Jean Paul
Werke in drei Bänden

Herausgegeben
von Norbert Miller

Nachwort
von Walter Höllerer

Band III

Carl Hanser Verlag
München

ISBN 3 446 10890 4

Hanserbibliothek
4. Auflage 1986

Gesetzt aus der Aldus-Antiqua
Umschlagentwurf: Christian Diener
Gesamtherstellung: Mohndruck Graphische Betriebe GmbH, Gütersloh
Library of Congress Catalog Card Number: 70-91340
Printed in Germany

INHALTSÜBERSICHT

FLEGELJAHRE

EINE BIOGRAPHIE

ERSTES BÄNDCHEN

Nro. 1. Bleiglanz

Testament – das Weinhaus

Solange Haßlau eine Residenz ist, wußte man sich nicht zu erinnern, daß man darin auf etwas mit solcher Neugier gewartet hätte – die Geburt des Erbprinzen ausgenommen – als auf die Eröffnung des Van der Kabelschen Testaments. – Van der Kabel konnte der Haßlauer Krösus – und sein Leben eine Münzbelustigung heißen, oder eine Goldwäsche unter einem goldnen Regen, oder wie sonst der Witz wollte. Sieben noch lebende weitläuftige Anverwandte von sieben verstorbenen weitläuftigen Anverwandten Kabels machten sich zwar einige Hoffnung auf Plätze im Vermächtnis, weil der Krösus ihnen geschworen, ihrer da zu gedenken; aber die Hoffnungen blieben zu matt, weil man ihm nicht sonderlich trauen wollte, da er nicht nur so mürrisch-sittlich und uneigennützig überall wirtschaftete – in der Sittlichkeit aber waren die sieben Anverwandten noch Anfänger –, sondern auch immer so spöttisch dareingriff und mit einem solchen Herzen voll Streiche und Fallstricke, daß sich auf ihn nicht fußen ließ. Das fortstrahlende Lächeln um seine Schläfe und Wulstlippen und die höhnische Fistel-Stimme schwächten den guten Eindruck, den sein edel gebautes Gesicht und ein Paar große Hände, aus denen jeden Tag Neujahrsgeschenke und Benefiz-Komödien und Gratiale fielen, hätten machen können; deswegen gab das Zug-Gevögel den Mann, diesen lebendigen Vogelbeerbaum, worauf es aß und nistete, für eine heimliche Schneuß aus und konnte die sichtbaren Beeren vor unsichtbaren Haarschlingen kaum sehen.

Zwischen zwei Schlagflüssen hatt' er sein Testament aufgesetzt und dem Magistrate anvertraut. Noch als er den Depositionsschein den sieben Präsumtiv-Erben halbsterbend übergab: sagt' er mit altem Tone, er wolle nicht hoffen, daß dieses Zeichen seines Ablebens gesetzte Männer niederschlage, die er sich viel lieber als lachende Erben denke denn als weinende; und nur einer davon, der kalte Ironiker, der Polizei-Inspektor Harprecht, erwiderte dem warmen: ihr sämtlicher Anteil an einem solchen Verluste stehe wohl nicht in ihrer Gewalt.

Endlich erschienen die sieben Erben mit ihrem Depositions-Schein auf dem Rathause, namentlich der Kirchenrat Glanz, der Polizei-Inspektor, der Hofagent Neupeter, der Hoffiskal Knoll, der Buchhändler Paßvogel, der Frühprediger Flachs und Flitte aus Elsaß. Sie drangen bei dem Magistrate auf die vom sel. Kabel insinuierte Charte und die Öffnung des Testaments ordentlich und geziemend. Der Ober-Exekutor des letztern war der regierende Bürgermeister selber, die Unter-Exekutores der restierende Stadt-Rat. Sofort wurden Charte und Testament aus der Rats-Kammer vorgeholt in die Ratsstube – sämtlichen Rats- und Erbherrn herumgezeigt, damit sie das darauf bedruckte Stadt-Sekret besähen – die auf die Charte geschriebene

Insinuations-Registratur vom Stadtschreiber den sieben Erben laut vorgelesen und ihnen dadurch bekannt gemacht, daß der Selige die Charte dem Magistrate wirklich insinuiert und scrinio rei publicae anvertraut, und daß er am Tage der Insinuation noch vernünftig gewesen – endlich wurden die sieben Siegel, die er selber darauf gesetzt, ganz befunden. Jetzt konnte das Testament – nachdem der Stadtschreiber wieder über dieses alles eine kurze Registratur abgefasset – in Gottes Namen aufgemacht und vom regierenden Bürgermeister so vorgelesen werden, wie folgt:

Ich Van der Kabel testiere 179* den 7. Mai hier in meinem Hause in Haßlau in der Hundsgasse ohne viele Millionen Worte, ob ich gleich ein deutscher Notarius und ein holländischer Dominé gewesen. Doch glaub' ich, werd' ich in der Notariatskunst noch so zu Hause sein, daß ich als ordentlicher Testator und Erblasser auftreten kann.

Testatoren stellen die bewegenden Ursachen ihrer Testamente voran. Diese sind bei mir, wie gewöhnlich, der selige Hintritt und die Verlassenschaft, welche von vielen gewünscht wird. Über Begraben und dergleichen zu reden, ist zu weich und dumm. Das aber, als was Ich übrigbleibe, setze die ewige Sonne droben in einen ihrer grünen Frühlinge, in keinen düstern Winter.

Die milden Gestifte, nach denen Notarien zu fragen haben, mach' ich so, daß ich für dreitausend hiesige Stadtarme jeder Stände ebenso viele leichte Gulden aussetze, wofür sie an meinem Todes-Tage im künftigen Jahre auf der Gemeinhut, wenn nicht gerade das Revue-Lager da steht, ihres aufschlagen und beziehen, das Geld froh verspeisen und dann in die Zelte sich kleiden können. Auch vermach' ich allen Schulmeistern unsers Fürstentums, dem Mann einen Augustd'or, so wie hiesiger Judenschaft meinen Kirchenstand in der Hofkirche. Da ich mein Testament in Klauseln eingeteilt haben will, so ist diese die erste.

2te Klausel

Allgemein wird Erbsatzung und Enterbung unter die wesentlichsten Testamentsstücke gezählt. Demzufolge vermach' ich denn dem Herrn Kirchenrat Glanz, dem Herrn Hoffiskal Knoll, dem Herrn Hofagent Peter Neupeter, dem Herrn Polizei-Inspektor Harprecht, dem Herrn Frühprediger Flachs und dem Herrn Hofbuchhändler Paßvogel und Herrn Flitten vor der Hand nichts, weniger weil ihnen als den weitläuftigsten Anverwandten keine Trebellianica gebührt, oder weil die meisten selber genug zu vererben haben, als weil ich aus ihrem eigenen Munde weiß, daß sie meine geringe Person lieber haben als mein großes Vermögen, bei welcher ich sie denn lasse, so wenig auch an ihr zu holen ist. – –

Sieben lange Gesichtslängen fuhren hier wie Siebenschläfer auf. Am meisten fand sich der Kirchenrat, ein noch junger, aber durch gesprochene und gedruckte Kanzelreden in ganz Deutschland berühmter Mann, durch solche Stiche beleidigt – dem Elsasser Flitte entging im Sessionszimmer ein leicht geschnalzter Fluch – Flachsen, dem Frühprediger, wuchs das Kinn zu einem Bart abwärts – mehrere leise Stoß-Nachrufe an den seligen Kabel, mit Namen Schubjack, Narr, Unchrist usw., konnte der Stadtrat hören. Aber der regierende Bürgermeister Kuhnold winkte mit der Hand, der Hoffiskal und der Buchhändler spannten alle Spring- und Schlagfedern an ihren Gesichtern wie an Fallen wieder an, und jener las fort, obwohl mit erzwungenem Ernste:

3te Klausel

Ausgenommen gegenwärtiges Haus in der Hundsgasse, als welches nach dieser meiner dritten Klausel ganz so, wie es steht und geht, demjenigen von meinen sieben genannten Herren Anverwandten anfallen und zugehören soll, welcher in einer halben Stunde (von der Vorlesung der Klausel an gerechnet) früher als die übrigen sechs Nebenbuhler eine oder ein paar Tränen über mich, seinen dahingegangenen Onkel, vergießen kann vor einem löblichen Magistrate, der es protokolliert. Bleibt aber alles trocken, so muß das Haus gleichfalls dem Universalerben verfallen, den ich sogleich nennen werde. –

Hier machte der Bürgermeister das Testament zu, merkte an, die Bedingung sei wohl ungewöhnlich, aber doch nicht gesetzwidrig, sondern das Gericht müsse dem ersten, der weine, das Haus zusprechen, legte seine Uhr auf den Sessionstisch, welche auf 11½ Uhr zeigte, und setzte sich ruhig nieder, um als Testaments-Vollstrecker so gut wie das ganze Gericht aufzumerken, wer zuerst die begehrten Tränen über den Testator vergösse.

– Daß es, solange die Erde geht und steht, je auf ihr einen betrübtern und krausern Kongreß gegeben als diesen von sieben gleichsam zum Weinen vereinigten trocknen Provinzen, kann wohl ohne Parteilichkeit nicht angenommen werden. Anfangs wurde noch kostbare Minuten hindurch bloß verwirrt gestaunt und gelächelt; der Kongreß sah sich zu plötzlich in jenen Hund umgesetzt, dem mitten im zornigsten Losrennen der Feind zurief: wart auf! – und der plötzlich auf die Hinterfüße stieg und Zähne-blöckend aufwartete – vom Verwünschen wurde man zu schnell ins Beweinen emporgerissen.

An reine Rührung konnte – das sah jeder – keiner denken, so im Galopp an Platzregen, an Jagdtaufe der Augen; doch konnte in 26 Minuten etwas geschehen.

Der Kaufmann Neupeter fragte, ob das nicht ein verfluchter Handel und

Narrensposse sei für einen verständigen Mann, und verstand sich zu nichts; doch verspürt' er bei dem Gedanken, daß ihm ein Haus auf *einer* Zähre in den Beutel schwimmen könnte, sonderbaren Drüsen-Reiz und sah wie eine kranke Lerche aus, die man mit einem eingeölten Stecknadelknopfe – das Haus war der Knopf – klistiert.

Der Hoffiskal Knoll verzog sein Gesicht wie ein armer Handwerksmann, den ein Gesell Sonnabendabends bei einem Schusterlicht rasiert und radiert; er war fürchterlich erboset auf den Mißbrauch des Titels von Testamenten und nahe genug an Tränen des Grimms.

Der listige Buchhändler Paßvogel machte sich sogleich still an die Sache selber und durchging flüchtig alles Rührende, was er teils im Verlage hatte, teils in Kommission; und hoffte etwas zu brauen; noch sah er dabei aus wie ein Hund, der das Brechmittel, das ihm der Pariser Hundearzt Hemet auf die Nase gestrichen, langsam ableckt; es war durchaus Zeit erforderlich zum Effekt.

Flitte aus Elsaß tanzte geradezu im Sessionszimmer, besah lachend alle Ernste und schwur, er sei nicht der Reichste unter ihnen, aber für ganz Straßburg und Elsaß dazu wär' er nicht imstande, bei einem solchen Spaß zu weinen. –

Zuletzt sah ihn der Polizei-Inspektor Harprecht sehr bedeutend an und versicherte: falls Monsieur etwan hoffe, durch Gelächter aus den sehr bekannten Drüsen und aus den Meibomischen und der Karunkel und andern die begehrten Tropfen zu erpressen und sich diebisch mit diesem Fensterschweiß zu beschlagen, so wolle er ihn erinnern, daß er damit so wenig gewinnen könne, als wenn er die Nase schneuzen und davon profitieren wollte, indem in letztere, wie bekannt, durch den ductus nasalis mehr aus den Augen fließe als in jeden Kirchenstuhl hinein unter einer Leichenpredigt. – Aber der Elsasser versicherte, er lache nur zum Spaß, nicht aus ernstern Absichten.

Der Inspektor seinerseits, bekannt mit seinem dephlegmierten Herzen, suchte dadurch etwas Passendes in die Augen zu treiben, daß er mit ihnen sehr starr und weit offen blickte.

Der Frühprediger Flachs sah aus wie ein reitender Betteljude, mit welchem ein Hengst durchgeht; indes hätt' er mit seinem Herzen, das durch Haus- und Kirchenjammer schon die besten schwülsten Wolken um sich hatte, leicht wie eine Sonne vor elendem Wetter auf der Stelle das nötigste Wasser aufgezogen, wär' ihm nur nicht das herschiffende Flöß-Haus immer dazwischengekommen als ein gar zu erfreulicher Anblick und Damm.

Der Kirchenrat, der seine Natur kannte aus Neujahrs- und Leichenpredigten, und der gewiß wußte, daß er sich selber zuerst erweiche, sobald er nur an andere Erweichungs-Reden halte, stand auf – da er sich und andere so lang am Trockenseile hängen sah – und sagte mit Würde, jeder, der seine gedruckten Werke gelesen, wisse gewiß, daß er ein Herz im Busen trage, das so heilige Zeichen, wie Tränen sind, eher zurückzudrängen, um keinem Nebenmenschen damit etwas zu entziehen, als mühsam hervorzureizen nötig habe aus Nebenabsichten. – »Dies Herz hat sie schon vergossen, aber heimlich, denn Kabel war ja mein Freund«, sagt' er und sah umher.

Mit Vergnügen bemerkte er, daß alle noch so trocken dasaßen wie Korkhölzer; besonders jetzt konnten Krokodile, Hirsche, Elefanten, Hexen, Reben leichter weinen als die Erben, von Glanzen so gestörzt und grimmig gemacht. Bloß Flachsen schlugs heimlich zu; dieser hielt sich Kabels Wohltaten und die schlechten Röcke und grauen Haare seiner Zuhörerinnen des Frühgottesdienstes, den Lazarus mit seinen Hunden und seinen eigenen langen Sarg in der Eile vor, ferner das Köpfen so mancher Menschen, Werthers Leiden, ein kleines Schlachtfeld und sich selber, wie er sich da so erbärmlich um den Testaments-Artikel in seinen jungen Jahren abquäle und abringe – noch drei Stöße hatt' er zu tun mit dem Pumpenstiefel, so hatte er sein Wasser und Haus.

»O Kabel, mein Kabel« – fuhr Glanz fort, fast vor Freude über nahe Trauertränen weinend – »einst wenn neben deine mit Erde bedeckte Brust voll Liebe auch die meinige zum Vermod« – –

»Ich glaube, meine verehrtesten Herren« – sagte Flachs, betrübt aufstehend und überfließend umhersehend – »ich weine« – setzte sich darauf nieder und ließ es vergnügter laufen; er war nun auf dem Trocknen; vor den Akzessit-Augen hatt' er Glanzen das Preis-Haus weggefischt, den jetzt seine Anstrengung ungemein verdroß, weil er sich ohne Nutzen den halben Appetitt weggesprochen hatte. Die Rührung Flachsens wurde zu Protokoll gebracht und ihm das Haus in der Hundsgasse auf immer zugeschlagen. Der Bürgermeister gönnt' es dem armen Teufel von Herzen; es war das erstemal im Fürstentum Haßlau, daß Schul- und Kirchenlehrers Tränen sich, nicht wie die der Heliaden in leichten Bernstein, der ein Insekt einschließet, sondern, wie die der Göttin Freia, in Gold verwandelten. Glanz gratulierte Flachsen sehr und machte ihm froh bemerklich, vielleicht hab' er selber ihn rühren helfen. Die übrigen trennten sich durch ihre Scheidung auf dem trockenen Weg von der Flachsischen auf dem nassen sichtbar, blieben aber noch auf das restierende Testament erpicht.

Nun wurd' es weiter verlesen.

4te Klausel

Von jeher habe ich zu einem Universalerben meiner Activa – also meines Gartens vor dem Schaftore, meines Wäldleins auf dem Berge und der 11 000 Georgd'ors in der Südseehandlung in Berlin und endlich der beiden Fronbauern im Dorf Elterlein und der dazugehörigen Grundstücken – sehr viel gefodert, viel leibliche Armut und geistlichen Reichtum. Endlich habe ich in meiner letzten Krankheit in Elterlein ein solches Subjekt aufgetrieben. Ich glaubte nicht, daß es in einem Dutzend- und Taschenfürstentümlein einen blutarmen, grund-guten, herzlich-frohen Menschen gebe, der vielleicht unter allen, die je den Menschen geliebt, es am stärksten tut. Er hat einmal zu mir ein paar Worte gesagt, und zweimal im Dunkeln eine Tat getan, daß ich nun auf den Jüngling baue, fast auf ewig. Ja ich weiß, dieses Universalerben tät' ihm sogar wehe, wenn er nicht arme Eltern hätte. Ob er gleich ein juristischer Kandidat ist, so ist er doch kindlich, ohne Falsch, rein, naiv und zart, ordentlich ein frommer Jüngling aus der alten Väterzeit und hat dreißigmal mehr Kopf, als er denkt. Nur hat er das Böse, daß er erstlich ein etwas elastischer Poet ist, und daß er zweitens, wie viele Staaten von meiner Bekanntschaft bei Sitten-Anstalten, gern das Pulver auf die Kugel lädt, auch am Stundenzeiger schiebt, um den Minutenzeiger zu drehen. Es ist nicht glaublich, daß er je eine Studenten-Mausfalle aufstellen lernt; und wie gewiß ihm ein Reisekoffer, den man ihm abgeschnitten, auf ewig aus den Händen wäre, erhellet daraus, daß er durchaus nicht zu spezifizieren wüßte, was darin gewesen und wie er ausgesehen.

Dieser Universalerbe ist der Schulzen-Sohn in Elterlein, namens *Gottwalt Peter Harnisch,* ein recht feines, blondes, liebes Bürschchen – –

*

Die sieben Präsumtiv-Erben wollten fragen und außer sich sein; aber sie mußten forthören.

5te Klausel

Allein er hat Nüsse vorher aufzubeißen. Bekanntlich erbte ich seine Erbschaft selber erst von meinem unvergeßlichen Adoptivvater Van der Kabel in Broek im Waterland, dem ich fast nichts dafür geben konnte als zwei elende Worte, Friedrich Richter, meinen Namen. Harnisch soll sie wieder erben, wenn er mein Leben, wie folgt, wieder nach- und durchlebt.

6te Klausel

Spaßhaft und leicht mags dem leichten poetischen Hospes dünken, wenn er hört, daß ich deshalb bloß fordere und verordne, er soll – denn alles das lebt' ich eben selber durch, nur länger – weiter nichts tun als:

a) *einen* Tag lang Klavierstimmer sein – ferner
b) *einen* Monat lang mein Gärtchen als Obergärtner bestellen – ferner
c) *ein* Vierteljahr Notarius – ferner
d) solange bei einem Jäger sein, bis er einen Hasen erlegt, es dauere nun 2 Stunden oder 2 Jahre –

e) er soll als Korrektor 12 Bogen gut durchsehen –
f) er soll eine buchhändlerische Meßwoche mit Herrn Paßvogel beziehen, wenn dieser will –
g) er soll bei jedem der Herrn Akzessit-Erben eine Woche lang wohnen (der Erbe müßt' es sich denn verbitten) und alle Wünsche des zeitigen Mietsherrn, die sich mit der Ehre vertragen, gut erfüllen –
h) er soll ein paar Wochen lang auf dem Lande Schule halten – endlich
i) soll er ein Pfarrer werden; dann erhält er mit der Vokation die Erbschaft. – Das sind meine *neun* Erb-Ämter.

7te Klausel

Spaßhaft, sagt' ich in der vorigen, wird ihm das vorkommen, besonders da ich ihm verstatte, meine Lebens-Rollen zu versetzen und z. B. früher die Schulstube als die Messe zu beziehen – bloß mit dem Pfarrer muß er schließen –; aber, Freund Harnisch, dem Testament bieg' ich zu jeder Rolle einen versiegelten Regulier-Tarif, genannt die geheimen Artikel, bei, worin ich Euch in den Fällen, wo Ihr das Pulver auf die Kugel ladet, z. B. in Notariatsinstrumenten, kurz gerade für eben die Fehler, die ich sonst selber begangen, entweder um einen Abzug von der Erbschaft abstrafe, oder mit dem Aufschube ihrer Auslieferung. Seid klug, Poet, und bedenkt Euren Vater, der so manchem Edelmann im –a–n gleicht, dessen Vermögen wie das eines russischen zwar in Bauern besteht, aber doch nur in einem einzigen, welches er selber ist. Bedenkt Euren vagabunden Bruder, der vielleicht, eh' Ihrs denkt, aus seinen Wanderjahren mit einem halben Rocke vor Eure Türe kommen und sagen kann: »Hast du nichts Altes für deinen Bruder? Sieh diese Schuhe an!« – Habt also Einsichten, Universalerbe!

8te Klausel

Den Herrn Kirchenrat Glanz und alle bis zu Herrn Buchhändler Paßvogel und Flitte (inclusive) mach' ich aufmerksam darauf, wie schwer Harnisch die ganze Erbschaft erobern wird, wenn sie auch nichts erwägen als das einzige hier an den Rand genähte Blatt, worauf der Poet flüchtig einen Lieblings-Wunsch ausgemalt, nämlich den, Pfarrer in Schweden zu werden. (Herr Bürgermeister Kuhnold fragte hier, ob ers mitlesen solle; aber alle schnappten nach mehreren Klauseln, und er fuhr fort:) Meine T. Herren Anverwandten fleh' ich daher – wofür ich freilich wenig tue, wenn ich nur zu einiger Erkenntlichkeit ihnen zu gleichen Teilen hier sowohl jährlich zehn Prozent aller Kapitalien als die Nutznießung meines Immobiliar-Vermögens, wie es auch heiße, so lange zuspreche, als besagter Harnisch noch nicht die Erbschaft nach der sechsten Klausel hat antreten können – solche fleh' ich als ein Christ die Christen an, gleichsam als sieben Weise dem jungen möglichen Universalerben scharf aufzupassen und ihm nicht den kleinsten Fehltritt, womit er den Aufschub oder Abzug der Erbschaft verschulden mag, unbemerkt nachzusehen, sondern vielmehr jeden gerichtlich zu bescheinigen. Das kann den leichten Poeten vorwärtsbringen und ihn schleifen und abwetzen. Wenn es wahr ist, ihr sieben Verwandten, daß ihr nur meine Person geliebt, so zeigt es dadurch, daß ihr das Ebenbild derselben recht schüttelt (den Nutzen hat das Ebenbild) und ordentlich, obwohl christlich, chikaniert und vexiert und sein Regen- und Siebengestirn seid und seine böse Sieben. Muß er recht büßen, nämlich passen, desto ersprießlicher für ihn und für euch.

9te Klausel

Ritte der Teufel meinen Universalerben so, daß er die Ehe bräche, so verlör' er die Viertels-Erbschaft – sie fiele den sieben Anverwandten heim –; ein Sechstel aber nur, wenn er ein Mädchen verführte. – Tagreisen und Sitzen im Kerker können nicht zur Erwerbzeit der Erbschaft geschlagen werden, wohl aber Liegen auf dem Kranken- und Totenbette.

10te Klausel

Stirbt der junge Harnisch innerhalb zwanzig Jahren, so verfället die Erbschaft den hiesigen corporibus piis. Ist er als christlicher Kandidat examiniert und bestanden: so zieht er, bis man ihn voziert, zehn Prozent mit den übrigen Herren Erben, damit er nicht verhungere.

11te Klausel

Harnisch muß an Eides Statt geloben, nichts auf die künftige Erbschaft zu borgen.

12te Klausel

Es ist nur mein letzter Wunsch, obwohl nicht eben mein letzter Wille, daß, wie ich den Van der Kabelschen Namen, er so den Richterschen bei Antritt der Erbschaft annehme und fortführe; es kommt aber sehr auf seine Eltern an.

13te Klausel

Ließe sich ein habiler, dazu gesattelter Schriftsteller von Gaben auftreiben und gewinnen, der in Bibliotheken wohl gelitten wäre: so soll man dem venerabeln Mann den Antrag tun, die Geschichte und Erwerbzeit meines möglichen Universalerben und Adoptivsohnes, so gut er kann, zu schreiben. Das wird nicht nur diesem, sondern auch dem Erblasser – weil er auf allen Blättern vorkommt – Ansehen geben. Der treffliche, mir zur Zeit noch unbekannte Historiker aber nehme von mir als schwaches Andenken für jedes Kapitel *eine* Nummer aus meinem Kunst- und Naturalienkabinett an. Man soll den Mann reichlich mit Notizen versorgen.

14te Klausel

Schlägt aber Harnisch die ganze Erbschaft aus, so ists so viel, als hätt' er zugleich die Ehe gebrochen und wäre Todes verfahren; und die 9te und 10te Klausel treten mit vollen Kräften ein.

15te Klausel

Zu Exekutoren des Testaments ernenn' ich dieselben hochedlen Personen, denen oblatio testamenti geschehen; indes ist der regierende Bürgermeister, Herr Kuhnold, der Ober-Vollstrecker. Nur er allein eröffnet stets denjenigen unter den geheimen Artikeln des Reguliertarifs vorher, welcher für das jedesmalige gerade von Harnisch gewählte *Erb-Amt* überschrieben ist. – In diesem Tarif ist es auf das genaueste bestimmt, wieviel Harnischen z. B. für das Notariuswerden beizuschießen ist – denn was hat er? – und wieviel jedem Akzessit-Erben zu geben, der gerade ins *Erbamt* verwickelt ist, z. B. Herrn Paßvogel für die Buchhändler-Woche oder für siebentägigen Hauszins. Man wird allgemein zufrieden sein.

16te Klausel

Folioseite 276 seiner vierten Auflage fodert Volkmannus emendatus von Erblassern die providentia oder »zeitige Fürsehung«, so daß ich also in dieser Klausel festzusetzen habe, daß jeder der sieben Akzessit-Erben oder alle, die mein Testament gerichtlich anzufechten oder zu rumpieren suchen, während des Prozesses keinen Heller Zinsen erhalten, als welche den andern oder – streiten sie alle – dem Universalerben zufließen.

17te und letzte Klausel

Ein jeder Wille darf toll und halb und weder gehauen noch gestochen sein, nur aber der letzte nicht, sondern dieser muß, um sich zum zweiten-, dritten-, viertenmal zu *ründen,* also *konzentrisch,* wie überall bei den Juristen, zur clausula salutaris, zur donatio mortis causa und zur reservatio ambulatoriae voluntatis greifen. So will ich denn hiemit darzu gegriffen haben, mit kurzen und vorigen Worten. – Weiter brauch' ich mich der Welt nicht aufzutun, vor der mich die nahe Stunde bald zusperren wird. – Sonstiger Fr. Richter, jetziger Van der Kabel.

*

Soweit das Testament. Alle Formalien des Unterzeichnens und Untersiegelns etc. etc. fanden die sieben Erben richtig beobachtet.

Nro. 2. Katzensilber aus Thüringen

J. P. F. R.s Brief an den Stadtrat

Der Verfasser dieser Geschichte wurde von der Testaments-Exekution, besonders vom trefflichen Kuhnold, zum Verfasser gewählt. Auf einen solchen ehrenvollen Auftrag gab er folgende Antwort.

P. P.

Einem hochedlen Stadtrat oder einer trefflichen Testaments-Exekution die Freude zu malen, daß Sie und die Klausel: *Ließe sich ein habiler, dazu gesattelter Schriftsteller* etc. mich aus 55 000 zeitigen Autoren zum Geschichtsschreiber eines Harnisch ausgelesen; Ihnen mit bunten Farben das Vergnügen zu schildern, daß ich mit solchen Arbeiten und Mitarbeitern beehrt worden: dazu hatt' ich vorgestern, da ich mit Weib und Kind und allem von Meinungen nach Koburg zog und unzählige Dinge auf- und abzuladen hatte, ganz natürlich keine Zeit. Ja, kaum war ich zum Stadt-Tore und zur Haus-Türe hinein, so ging ich wieder heraus auf die Berge, wo eine Menge schöner Gegenden neben- und hintereinander wohnen: »Wie oft«, sagt' ich droben, »wirst du dich nicht künftig auf diesen Tabors verklären!«

Hier send' ich dem etc. etc. Stadtrate die erste Nummer, *Bleiglanz* überschrieben, ganz ausgearbeitet; ich bitte aber die trefflichen Exekutoren, zu bedenken, daß die künftigen Nummern reicher und feiner ausfallen und ich mich darin mehr werde zeigen können als in der ersten, wo ich fast nichts zu machen hatte als die Abschrift der erhaltenen Testaments-Kopie.

Das *Katzensilber aus Thüringen* habe ganz erhalten; nächstens läuft das Kapitel dafür ein, das aus einer Kopie des gegenwärtigen Briefes, für die Leser, bestehen soll. Ein weder zu barocker noch zu verbrauchter Titel für das Werk ist auch schon fertig; *Flegeljahre* ist es betitelt.

So hat denn die Maschine ihren ordentlichen Mühlengang. Wenn die Van der Kabelsche Kunst- und Naturalien-Sammlung siebentausendundzweihundertunddrei Stücke und Nummern stark ist, wie ich aus dem Inventarium ersehe: so werden wir wohl, da der Selige für jedes Stück sein ganzes Kapitel haben will, die Kapitel etwas einlaufen lassen müssen, weil sonst ein Werk herauskäme, das sich länger ausstreckte als alle meine opera omnia (inclusive dieses) zusammengenommen. In der gelehrten Welt sind ja alle Kapitel erlaubt, Kapitel von *einem* Alphabet bis zu Kapiteln von *einer* Zeile.

Was die Arbeit selber anlangt, so verpfändet sich der Meister einem hochedlen Stadtrate dafür, daß er eine liefern will, die man keck jedem Mitmeister, er sei Stadt- oder Frei- und Gnadenmeister, zu beschauen geben kann, besonders da ich vielleicht mit dem sel. Van der Kabel, sonst Richter, selber verwandt bin. Das Werk – um nur einiges vorauszusagen – soll alles befassen, was man in Bibliotheken viel zu zerstreut antrifft; denn es soll ein kleiner Supplementband zum Buche der Natur werden und ein Vorbericht und Bogen A zum Buche der Seligen –

Dienstboten, angehenden Knaben und erwachsenen Töchtern wie auch Landmännern und Fürsten werden darin die Collegia conduitica gelesen –

Ein Stylisticum lieset das Ganze –

Für den Geschmack der fernsten, selber der geschmacklosesten Völker wird darin gesorgt; die Nachwelt soll darin ihre Rechnung nicht mehr finden als Mit- und Vorwelt –

Ich berühre darin die Vakzine – den Buch- und Wollenhandel – die Monatsschriftsteller – Schellings magnetische Metapher oder Doppelsystem – – die neuen Territorialpfähle – die Schwänzelpfennige – die Feldmäuse samt den Fichtenraupen – und Bonaparten, das berühr' ich, freilich flüchtig als Poet –

Über das weimarsche Theater äußer' ich meine Gedanken, auch über das nicht kleinere der Welt und des Lebens –

Wahrer Scherz und wahre Religion kommen hinein, obwohl diese jetzt so selten ist als ein Fluch in Herrnhut oder ein Bart am Hof –

Böse Charaktere, so mir der hochedle Rat hoffentlich zufertigt, werden tapfer gehandhabt, doch ohne Persönlichkeiten und Anzüglichkeiten; denn schwarze Herzen und schwarze Augen sind ja – näher in letztere gefasset – nur braun; und ein Halbgott und ein Halbvieh können sehr gut dieselbe zweite Hälfte haben, nämlich die menschliche – und darf die Peitsche wohl je so dick sein als die Haut? –

Trockne Rezensenten werden ergriffen und (unter Einschränkung) durch

Erinnerungen an ihre goldne Jugend und an so manchen Verlust bis zu Tränen gerührt, wie man mürbe Reliquien ausstellt, damit es regne –

Über das siebzehnte Jahrhundert wird frei gesprochen, und über das achtzehnte human, über das neueste wird gedacht, aber sehr frei –

Das Schaf, das eine Chrestomathie oder Jean Pauls Geist aus meinen Werken auszog mit den Zähnen, bekommt aus jedem Bande einen Band zu extrahieren in die Hand, so daß besagtes gar keine Auslese, sondern nur eine Abschrift zu machen braucht, samt den einfältigsten Noten und Präfationen –

Gleich dem Not- und Hülfs-Büchlein muß das Buch Arzneimittel, Ratschläge, Charaktere, Dialogen und Historien liefern, aber so viele, daß es jenem Not-Büchlein könnte beigebunden werden als Hülfs-Buch, als weitläuftiger Auszug und Anhang, weil jedes Werk der Darstellung so gut aus einem *Spiegel* in eine *Brille* muß umzuschleifen sein, als venezianische Spiegelscherben zu wirklichen Brillengläsern genommen werden –

In jeden Druckfehler soll sich Verstand verstecken und in die errata Wahrheiten –

Täglich wird das Werkchen höher klettern, aus *Lese*bibliotheken in *Leih*bibliotheken, aus diesen in Ratbibliotheken, die schönsten Ehren- und Parade-Betten und Witwensitze der Musen – –

Aber ich kann leichter halten als versprechen. Denn ein Opus wirds ...

O hochedler Stadtrat! Exekutoren des Testaments! sollt' es mir einst vergönnet werden, in meinem Alter alle Bände der Flegeljahre ganz fertig abgedruckt in hohen, aus Tübingen abgeschickten Ballen um mich stehen zu sehen – –

Bis dahin aber erharr' ich mit sonderbarer Hochachtung

Ew. Wohlgeb.
etc. etc. etc.
J. P. F. Richter
Legaz.

Koburg, den 6. Juni
1803

Die im Briefe an die Exekutoren versprochene Kopie desselben für den Leser ist wohl jetzt nicht mehr nötig, da er ihn eben gelesen. Auf ähnliche Weise setzen uneigennützige Advokaten in ihren Kostenzetteln nur das Macherlohn für die Zettel selber an, setzen aber nachher, wiewohl sie ins Unendliche fort könnten, nichts weiter für das Ansetzen des Ansetzens an.

Ob aber der Verfasser der Flegeljahre nicht noch viel nähere historische Leithämmel und Leithunde zu einer so wichtigen Geschichte vorzutreiben und zu verwenden habe als bloß einen trefflichen Stadtrat; und wer besonders sein herrlichster Hund und Hammel darunter sei – darüber würde man jetzt die Leser mit dem größten Vergnügen beruhigen, wenn man sich überzeugen könnte, es sei sachdienlich, es sei prudentis.

Nro. 3. Terra miraculosa Saxoniae

Die Akzessit-Erben – der schwedische Pfarrer

Nach Ablesung des Testaments verwunderten sich die sieben Erben unbeschreiblich auf sieben Weisen im Gesicht. Viele sagten gar nichts. Alle fragten, wer von ihnen den jungen Burschen kenne, ausgenommen der Hoffiskal Knoll, der selber gefragt wurde, weil er in Elterlein Gerichtshalter eines polnischen Generals war. »Es sei nichts Besonderes am jungen Haeredipeta,« versetzte Knoll, »sein Vater aber wollte den Juristen spielen und sei ihm und der Welt schuldig.« – Vergeblich umrangen die Erben den einsilbigen Fiskal, ebenso Rats- als neubegierig.

Er erbat sich vom Gerichte eine Kopie des Testaments und Inventars, andere vornehme Erben wandten gleichfalls die Kopialien auf. Der Bürgermeister erklärte den Erben, man werde den jungen Menschen und seinen Vater auf den Sonnabend vorbescheiden. Knoll erwiderte: »da er übermorgen, das heißt den 13ten hujus, nämlich Donnerstags, in Gerichts-Geschäften nach seiner Gerichtshalterei Elterlein gehe, so sei er imstande, dem jungen Peter Gottwalt Harnisch die Zitation zu insinuieren.« Es wurde bewilligt.

Jetzt suchte der Kirchenrat Glanz nur auf eine kurze Lese-Minute um das Blättchen nach, worauf Harnisch den Wunsch einer schwedischen Pfarrei sollte ausgemalet haben. Er bekams. Drei Schritte hinter ihm stand der Buchhändler Paßvogel und las schnell die Seite zweimal herunter, eh' sie der Kirchenrat umkehrte; zuletzt stellten sich alle Erben hinter ihn, er sah sich um und sagte, es sei wohl besser, wenn ers gar vorlese:

Das Glück eines schwedischen Pfarrers

So will ich mir denn diese Wonne ohne allen Rückhalt recht groß hermalen und mich selber unter dem Pfarrer meinen, damit mich die Schilderung, wenn ich sie nach einem Jahre wieder überlese, ganz besonders auswärme. Schon ein Pfarrer an sich ist selig, geschweige in Schweden. Er genießet da Sommer und Winter rein, ohne lange verdrüßliche Unterbrechungen; z. B. in seinen späten Frühling fällt statt des Nachwinters sogleich der ganze reife Vorsommer ein, weißrot und blütenschwer, so daß man in einer Sommernacht das halbe Italien, und in einer Winternacht die halbe zweite Welt haben kann.

Ich will aber bei dem Winter anfangen und das Christfest nehmen.

Der Pfarrer, der aus Deutschland, aus Haßlau in ein sehr nördlich-polarisches Dörflein voziert worden, steht heiter um 7 Uhr auf und brennt bis 9½ Uhr sein dünnes Licht. Noch um 9 Uhr scheinen Sterne, der helle Mond noch länger. Aber dieses Hereinlangen des Sternen-Himmels in den Vormittag gibt ihm liebe Empfindungen, weil er ein Deutscher ist und über einen gestirnten Vormittag erstaunt. Ich sehe den Pfarrer und andere Kirchengänger mit Laternen in die Kirche gehen; die vielen Lichterchen machen die Gemeinde zu einer Familie und setzen den Pfarrer in seine Kinderjahre, in die Winterstunden und Weihnachtsmetten zurück, wo jeder sein Lichtchen mit hatte. Auf der Kanzel sagt er seinen lieben Zuhörern lauter Sachen vor, deren Worte geradeso in der Bibel stehen; vor Gott bleibt doch keine Vernunft vernünftig, aber wohl ein redliches Gemüt. Darauf teilt er mit heimlicher Freude über die Gelegenheit, jeder Person so nahe ins Gesicht zu sehen und ihr wie einem Kind Trank und Speise einzugeben, das heilige Nachtmahl aus und genießet es jeden Sonntag selber mit, weil er sich nach dem nahen Liebesmahl in den Händen ja sehnen muß. Ich glaube, es müßt' ihm erlaubt sein.

(Hier sah der Kirchenrat mit einem fragenden Rüge-Blick unter den Zuhörern umher, und Flachs nickte mit dem Kopfe; er hatte aber wenig vernommen, sondern nur an sein Haus gedacht.)

Wenn er dann mit den Seinigen aus der Kirche tritt, geht gerade die helle Christ- und Morgensonne auf und leuchtet ihnen allen ins Gesicht entgegen. Die vielen schwedischen Greise werden ordentlich jung vom Sonnenrot gefärbt. Der Pfarrer könnte dann, wenn er auf die tote Mutter-Erde und den Gottesacker hinsähe, worin die Blumen wie die Menschen begraben liegen, wohl diesen Polymeter dichten:

»Auf der toten Mutter ruhen die toten Kinder in dunkler Stille. Endlich erscheint die ewige Sonne, und die Mutter steht wieder blühend auf, aber später alle ihre Kinder.«

Zu Hause letzt ihn ein warmes Museum samt einem langen Sonnenstreif an der Bücherwand.

Den Nachmittag verbringt er schön, weil er vor einem ganzen Blumen-Gestelle von Freuden kaum weiß, wo er anhalten soll. Ists am heiligen Christfest, so predigt er wieder, vom schönen Morgenlande oder von der Ewigkeit; dabei wirds ganz dämmernd im Tempel; nur zwei Altar-Kerzen werfen wunderbare lange Schatten umher durch die Kirche; der oben herabhängende Taufengel belebt sich ordentlich und fliegt beinahe; draußen scheinen die Sterne oder der Mond herein – der feurige Pfarrer oben im Finstern auf seiner Kanzel bekümmert sich nun um nichts, sondern donnert aus der Nacht herab, mit Tränen und Stürmen, von Welten und Himmeln und allem, was Brust und Herz gewaltig bewegt.

Kommt er flammend herunter: so kann er um 4 Uhr vielleicht schon unter einem am Himmel wallenden Nordschein spazieren gehen, der für ihn gewiß eine aus dem ewigen Südmorgen herüberschlagende Aurora ist, oder ein Wald aus heiligen feurigen Mosis Büschen um Gottes Thron.

Ists ein anderer Nachmittag, so fahren Gäste mit erwachsenen Töchtern von Betragen an; wie die große Welt diniert er mit ihnen bei Sonnenuntergang um 2 Uhr und trinkt den Kaffee bei Mondschein; das ganze Pfarrhaus ist ein dämmernder Zauberpalast. – Oder er geht auch hinüber zum Schulmeister in die Nachmittagsschule und hat alle Kinder seiner Pfarrkinder gleichsam als Enkel bei Licht um sein Großvater-Knie und ergötzet und belehret sie. –

Ist aber das alles nicht: so kann er ja schon von 3 Uhr an in der warmen Dämmerung durch den starken Mondschein in der Stube auf und ab waten und etwas Orangenzucker dazu beißen, um das schöne Welschland mit seinen Gärten auf die Zunge und vor alle Sinne zu bekommen. Kann er nicht bei dem Monde denken, daß dieselbe Silberscheibe jetzt in Italien zwischen Lorbeer-Bäumen hänge? Kann er nicht erwägen, daß die Äolsharfe und die Lerche und die ganze Musik und die Sterne und die Kinder in heißen und kalten Ländern dieselben sind? Wenn nun gar die reitende Post, die aus Italien kommt, durchs Dorf bläset und ihm auf wenigen Tönen blumige Länder an das gefrorne Museums-Fenster hebt; wenn er alte Rosen- und Lilienblätter aus dem vorigen Sommer in die Hand nimmt, wohl auch eine geschenkte Schwanzfeder von einem Paradiesvogel; wenn dabei die prächtigen Klänge Salatzeit, Kirschenzeit, Trinitatissonntage, Rosenblüte, Marientage das Herz anrühren: so wird er kaum mehr wissen, daß er in Schweden ist, wenn Licht gebracht wird und er verdutzt die fremde Stube ansieht. Will ers noch weiter treiben, so kann er sich daran ein Wachskerzen-Endchen anzünden, um den ganzen Abend in die große Welt hineinzusehen, aus der ers her hat. Denn ich sollte glauben, daß am Stockholmer Hofe, wie anderwärts, von den Hofbedienten Endchen von Wachskerzen, die auf Silber gebrannt hatten, für Geld zu haben wären.

Aber nun nach Verlaufe eines halben Jahres klopft auf einmal etwas Schöners als Italien, wo die Sonne viel früher als in Haßlau untergeht, nämlich der herrlich beladne längste Tag an seine Brust an und hält die Morgenröte voll Lerchengesang schon um 1 Uhr nachts in der Hand. Ein wenig vor 2 Uhr oder Sonnenaufgang trifft die oben gedachte niedliche, bunte Reihe im Pfarrhause ein, weil sie mit dem Pfarrer eine kleine Lustreise vor hat. Sie ziehen nach 2 Uhr, wenn alle Blumen blitzen und die Wälder schimmern. Die warme Sonne droht kein Gewitter und keinen Platzregen, weil beide selten sind in Schweden. Der Pfarrer geht so gut in schwedischer Tracht einher wie jeder – er trägt sein kurzes Wams mit breiter Schärpe, sein kurzes Mäntelchen darüber, seinen Rundhut mit wehenden Federn und Schuhe mit hellen Bändern; – natürlich sieht er, wie die andern auch, wie ein spanischer Ritter, wie ein Provenzale oder sonst ein südlicher Mensch aus, zumal da er und die muntere Gesellschaft durch die in wenigen Wochen aus Beeten und Ästen hervorgezogne hohe Blüten- und Blätterfülle fliegen.

Daß ein solcher längster Tag noch kürzer als ein kürzester verfliege, ist leicht zu denken, bei soviel Sonne, Äther, Blüte und Muße. Schon nach 8 Uhr abends bricht die Gesellschaft auf – die Sonne brennt sanfter über den halbgeschlossenen schläfrigen Blumen – um 9 Uhr hat sie ihre Strahlen abgenommen und badet nackt im Blau – gegen 10 Uhr, wo die Gesellschaft im Pfarrdorfe wieder ankommt, wird der Pfarrer seltsam bewegt und weich gemacht, weil im Dorfe, obgleich die tiefe laue Sonne noch ein müdes Rot um die Häuser und an die Scheiben legt, alles schon still und in tiefem Schlafe liegt, so wie auch die Vögel in den gelbdämmernden Gipfeln schlummern, bis zuletzt die Sonne selber, wie ein Mond, einsam untergeht in der Stille der Welt. Dem romantisch bekleideten Pfarrer ist, als sei jetzt ein rosenfarbnes Reich aufgetan, worin Feen und Geister herumgehen, und ihn würd' es wenig wundern, wenn in dieser goldnen Geisterstunde auf einmal sein in der Kindheit entlaufner Bruder heranträte, wie vom blühenden Zauber-Himmel gefallen.

Der Pfarrer lässet aber seine Reisegesellschaft nicht fort, er hält sie im Pfarrgarten fest, wo jeder, wer will, sagt' er, in schönen Lauben die kurze laue Stunde bis zu Sonnen-Aufgang verschlummern kann.

Es wird allgemein angenommen und der Garten besetzt; manches schöne Paar tut vielleicht nur, als schlaf' es, hält sich aber wirklich an der Hand. Der glückliche Pfarrer geht einsam in den Beeten auf und ab. Kühle und wenige Sterne kommen. Seine Nachtviolen und Levkoien tun sich auf und duften stark, so hell es auch ist. In Norden raucht vom ewigen Morgen des Pols eine goldhelle Dämmerung auf. Der Pfarrer denkt an sein fernes Kindheitsdörfchen und an das Leben und Sehnen der Menschen und wird still und voll genug. Da greift die frische Morgen-Sonne wieder in die Welt. Mancher, der sie mit der Abend-Sonne vermengen will, tut die Augen wieder zu; aber die Lerchen erklären alles und wecken die Lauben.

Dann geht Lust und Morgen gewaltig wieder an; – – und es fehlt wenig, so schilder' ich mir diesen Tag ebenfalls, ob er gleich vom vorigen vielleicht um kein Blütenblatt verschieden ist.

*

Glanz, dessen Gesicht die günstigste Selbstrezension seiner geschriebenen Werke war, sah, mit einigem Triumphe über ein solches Werk, unter den Erben umher; nur der Polizei-Inspektor Harprecht versetzte mit einem ganzen Swift auf dem Gesicht: »Dieser Nebenbuhler kann uns mit seinem Verstande noch zu schaffen machen.« Der Hoffiskal Knoll und der Hofagent Neupeter und Flitte waren längst aus Ekel vor der Lektüre weg und ans Fenster gegangen, um etwas Vernünftiges zu sprechen.

Sie verließen die Gerichtsstuben. Unterwegs äußerte der Kaufmann Neupeter:

»Das versteh' ich noch nicht, wie ein so gesetzter Mann als unser sel. Vetter noch am Rande des Grabes solche Schnurren treiben kann.« – »Vielleicht aber« – sagte Flachs, der Hausbesitzer, um die andern zu trösten –

»nimmt der junge Mensch die Erbschaft gar nicht an, wegen der schweren Bedingungen.« – Knoll fuhr den Hausbesitzer an: »Gerade so schwere wie heute eine. Sehr dumm wär's von ihm und für uns. Denn nach Clausul. IX. *Schlägt aber Harnisch* fiele ja den corporibus piis drei Viertel zu. Wenn er sie aber antritt und lauter Böcke schießet« –

»Das gebe doch Gott«, sagte Harprecht.

»– schießet«, fuhr jener fort, »so haben wir doch die Klauseln *Spaßhaft sagt' ich in der vorigen* – und *Ritte der Teufel* – und *Den Herrn Kirchenrat Glanz und alle* für uns und können viel tun.« Sie erwählten ihn sämtlich zum Schirmherrn ihrer Rechte und rühmten sein Gedächtnis. – »Ich erinnere mich noch«, sagte der Kirchenrat, »daß er nach der Klausel der *Erb-Ämter* vorher zu einem geistlichen Amte gelangen soll, wiewohl er jetzt nur Jurist ist« – – –

»Da wollt ihr nämlich«, versetzte Knoll geschwind, »ihr geistlichen Herren und Narren, dem Examinanden schon so einheizen, so zwicken – wahrhaftig, das glaub' ich« – und der Polizei-Inspektor fügte bei, er hoffe das selber. Da aber der Kirchenrat, dem beide schon als alte Kanzel-Stürmer, als Baumschänder kanonischer Haine bekannt waren, noch vergnügt einen Rest von Eß-Lust verspürte, der ihm zu teuer war, um ihn wegzudisputieren: so suchte er sich nicht recht sonderlich zu ärgern, sondern sah nach.

Man trennte sich. Der Hoffiskal begleitete den Hofagenten, dessen Gerichtsagent er war, nach Hause und eröffnete ihm, daß der junge Harnisch schon längst habe – als riech' er etwas vom Testamente, das dergleichen auch fordere – Notarius werden und nachher in die Stadt ziehen wollen, und daß er am Donnerstag nach Elterlein gehe, um ihn dazu zu kreieren. (Knoll war Pfalzgraf.) »So mög' er doch machen,« bat der Agent, »daß der Mensch bei ihm logiere, da er eben ein schlechtes unbrauchbares Dachstübchen für ihn leer habe.« – »Sehr leicht«, versetzte Knoll.

Das erste, was dieser zu Hause und in der ganzen Sache machte, war ein Billett an den alten Schulz in Elterlein, worin er ihm bedeutete, »er werde übermorgen donnerstags durch- und retourpassieren und unterwegs, gegen Abend, seinen Sohn zum Notarius kreieren; auch hab' er ein treffliches, aber wohlfeiles Quartier für solchen bei einem vornehmen Freunde bestanden.« – Vor dem regierenden Bürgermeister hatt' er demnach eine Verabredung, die er jetzt erst traf, schon für eine getroffne ausgegeben, um, wie es scheint, das Macherlohn für einen Notar, das ihm der Testator auszahlte, vorher auch von den Eltern zu erheben.

In allen Erzählungen und Äußerungen blieb er äußerst wahrhaft, solange sie nur nicht in die Praxis einschlugen; denn alsdann trug er (da Raubtiere nur in der Nacht ziehen) sein nötiges Stückchen Nacht bei sich, das er entweder aus blauem Dunst verfertigte als Advokat, oder aus arsenikalischen Dämpfen als Fiskal.

Nro. 4. Mammutsknochen aus Astrachan

Das Zauberprisma

Der alte beerdigte Kabel war ein Erdbeben unter dem Meere von Haßlau, so unruhig liefen die Seelen wie Wellen untereinander, um etwas vom jungen Harnisch zu erfahren. Eine kleine Stadt ist ein großes Haus, die Gassen sind nur Treppen. Mancher junge Herr nahm sogar ein Pferd und stieg in Elterlein ab, um nur den Erben zu sehen; er war aber immer auf die Berge und Felder gelaufen. Der General Zablocki, der ein Rittergut im Dorfe hatte, beschied seinen Verwalter in die Stadt, um zu fragen. Manche halfen sich damit, daß sie einen eben angekommenen Flöten-Virtuosen, Van der Harnisch, für den gleichnamigen Erben nahmen und davon sprachen; besonders tatens einhörige Leute, die, dabei taub auf dem zweiten Ohre, alles nur mit halbem hörten. Erst Mittwochs abends – am Dienstage war Testaments-Öffnung gewesen – bekam die Stadt Licht, in der Vorstadt bei dem Wirt zum weichen Krebs.

Ansehnliche Glieder aus Kollegien gossen da gewöhnlich in die Dinte ihres Schreib-Tages einiges Abendbier, um die schwarze Farbe des Lebens zu verdünnen. Da bei dem weichen Krebswirte der alte Schultheiß Harnisch seit zwanzig Jahren einkehrte: so war er imstande, wenigstens vom Vater ihnen zu erzählen, daß er jede Woche Regierung und Kammer anlaufe mit leeren Fragen, und daß er jedesmal unter vielen Worten die alten Historien von seinem schweren Amte, seinen vielen juristischen Einsichten und Büchern und seiner »zweiherrigen« Wirtschaft und seinen Zwillingssöhnen Abende lang vorsinge, ohne doch je in seinem Leben mehr dabei zu verzehren als einen Hering und seinen Krug – Es führe zwar, fuhr der Wirt fort, der Schulz sehr starke hochtrabende Worte, sei aber ein Hase, der seine Frau schickte bei handfesten Vorfällen, oder er reiche eine lange Schreiberei ein; hab' auch ein zu nobles Naturell und könne sich über eine krumme Miene zu Tagen kränken und habe noch unverdauete Nasen, die er im Winter von der Regierung bekommen, im Magen.

Nur von der Hauptsache, beschloß er, von den Söhnen, wiss' er nichts, als daß der eine, der Spitzbube, der Flötenpfeifer Vult, im 14¹/₂ Jahre mit einem solchen Herrn – er zeigte auf Herrn van der Harnisch – durchgegangen; und vom andern, der der Erbe sei, könne gewiß der Herr unten mit den schwarzen Knopflöchern die beste Auskunft geben, denn es sei der Herr Kandidat und Schulmeister Schomaker aus Elterlein, sein gewesener Präzeptor.

Der Kandidat Schomaker hatte eben in einem Makulaturbogen einen Druckfehler mit Bleistift korrigiert, eh' er ihn dick um ein halbes Lot Arsenik wickelte. Er antwortete nicht, sondern wickelte wieder weißes Papier über das bedruckte, siegelte es ein und schrieb an alle Ecken: Gift! – darauf überwickelte und überschrieb er wieder und ließ nicht nach, bis ers siebenmal getan und ein dickes Oktav-Paket vor sich hatte.

Jetzt stand er auf, ein breiter, starker Mann, und sagte sehr furchtsam, indem er Kommata und andere Interpunktionen so deutlich im Sprechen absetzte als jeder im Schreiben: »Ganz wahr, daß er mein Schüler, und hinlänglich, erstlich, daß er so edel ist, zweitens, daß er treffliche Gedichte, nach einem neuen Metrum, machet, so er den Streckvers nennet, ich einen Polymeter.«

Bei diesen Worten fing der Flöten-Virtuose van der Harnisch, der bisher kalt die Runde um die Stube gemacht, plötzlich Feuer. Wie andere Virtuosen hatt' er aus großen Städten die Verachtung kleiner mitgebracht – ein Dorf schätzen sie wieder –, weil in kleinen das Rathaus kein Odeum, die Privathäuser keine Bilderkabinette, die Kirchen keine Antiken-Tempel sind. Er bat verbindlich den Kandidaten um Ausführlichkeit. »Fodert meine Pflicht schon«, versetzte dieser, »daß ich morgen, bei der Heimkunft, dem Erben selber, die Eröffnung eines Vermächtnisses noch nicht eröffne, weil es erst die Obrigkeit, am Sonnabend, tuet, wieviel mehr, daß ich die ganze Geschichte eines lebenden Menschen, nie ohne seine Erlaubnis, kundtue, wieviel mehr – Aber Gott, wer von uns wird die Leiche sein!« setzt' er dazu, da er die Stundenglocke ins Gebetläuten tönen hörte; und griff sogleich zu einer darnebenliegenden Schlacht in der Zeitung, um dreist zu werden, weil wohl nichts den Menschen so sehr zum kalten Waghalse gegen sein Totenbette macht als eine oder ein paar Quadratmeilen, worauf unzählige rote Glieder und ein Tod nach dem andern liegt.

Über diesen religiösen Skrupel-Luxus zog der Flötenist ein sehr verächtliches Gesicht und sagte – indem er ein Prisma aus der Tasche holte und vier Lichter verlangte – verdrüßlich: »Ich könnte es bald wissen, wer die Leiche sein wird; aber ich will Ihnen, Herr Kandidat, lieber alles erzählen aus diesem Zauber-Prisma, was Sie mir nicht erzählen wollen.« Er sagte, das Prisma verschließe die viererlei Wasser, welche man aus den vier Welt-Ecken sammle, man reib' es am Herzen warm, fordere leise, was man in der Vergangenheit oder Zukunft zu sehen wünsche, und wenn man vorher etwas vorgenommen, was er ohne Todes-Gefahr nicht sagen dürfte – daher das Geheimnis immer nur von Sterbenden mitgeteilet werde, oder auch von Selbstmördern –, alsdann entstehe in den viererlei Wassern ein Nebel, dieser ringe und arbeite, bis er sich in helle Menschengestalten zusammengezogen, welche nun ihre Vergangenheit wiederholen oder in ihrer Zukunft oder auch Gegenwart spielen, wie man es eben gefordert.

Der Schulmeister Schomaker erhielt sich noch ziemlich gleichgültig und fest gegen das Prisma, weil er wußte, ihm habe, wenn er bete, kein Teufel viel an. Van der Harnisch zog seine Taufdecke aus der Tasche und sie sich über den Kopf und war darunter rege und leise; endlich hörte man das Wort: Schomakers Stube. Jetzt warf er sie zurück, starrete erschrocken in das Prisma hinein und beschrieb laut und eintönig jede Kleinigkeit, die in dessen stillem Zölibats-Zimmer war, von einer Druckerpresse an bis auf die Vögel hinter dem Ofen, ja sogar bis auf die Maus, die eben darin umherlief.

Noch immer stiegen dem Kandidaten wenig oder keine Haare zu Berge; als aber der Seher sagte: »Irgendein Geister-Schatte in der leeren Stube hat Ihren Schlafrock an und spielt Sie nach und legt sich in Ihr Bette« – so überlief es ihn sehr kalt. »Das war etwas Gegenwart von Ihnen«, sagte der Virtuose; »nun einige wenige Vergangenheit, und dann soviel Zukunft, als man braucht, um zu sehen, ob Sie etwan die diesjährige Leiche werden.«

Umsonst stellte ihm der Kandidat das Unmoralische der Rück- und Vor-Seherei entgegen; er versetzte, er halte sich ganz an die Geister, die es ausbaden möchten, und fing schon an, im Prisma zu sehen, daß der Kandidat als junger Mensch eine Frühpredigers-Stelle und eine Ehe ausschlug, bloß aus 11 000 Gewissensskrupeln.

Der Wirt sagte dem gepeinigten Schulmann etwas ins Ohr, wovon das Wort Schlägerei vorklang. Schomaker, der noch mehr seine Zukunft als seine Vergangenheit zu hören mied, schlug auf moralische Unkosten der Geister den Ausweg vor, er wolle selber lieber die Geschichte der jetzt durch Vermächtnisse so interessanten Harnischischen Familie geben; Herr van der Harnisch möge dabei ins Prisma sehen und ihm einhelfen.

Das hatte der quälende Virtuose gewollt. Beide arbeiteten nun miteinander eine kurze Vor-Geschichte des Testaments-Helden aus, welche man um so lieber im *Vogtländischen Marmor mit mäusefahlen Adern* – denn so heißet die folgende Nummer – finden wird, da sich nach so vielen Druckbogen wohl jeder sehnt, auf den Helden näher zu stoßen, wär's auch nur im Hintergrunde. Der Verfasser wird dabei die Pflicht beobachten, beide Eutrope zu verschmelzen zu einem Livius und diesen noch dadurch auszuglätten, daß er ihm Patavinitäten *aus*streicht und etwas Glanz-Stil *an*.

Nro. 5. Vogtländischer Marmor mit mäusefahlen Adern

Vorgeschichte

Der Schultheiß Harnisch – der Vater des Universalerben – hatte sich in seiner Jugend schon zum Maurergesellen aufgeschwungen und wäre bei seinen Anlagen zu Mathematik und Stubensitzen – denn er las Sonntage lang draußen im Reiche – weit gekommen, hätt' er sich nicht an einem frohen Marientage in einem Wirtshause in das Fliegenglas der Werber zu tief verflogen, in die Flasche. Vergeblich wollt' er am andern Morgen aus dem engen Hals wieder heraus; sie hatten ihn fest und darin. Er war unschlüssig, sollt' er hinausschleichen und sich in der Küche die Vorderzähne ausschlagen, um keine für die Patronen zum Regimente zu bringen, oder sollt' er lieber – denn es konnt' ihn doch die Artillerie als Stückknecht fassen – vor den Fenstern des Werb- und Wirtshauses einen Dachsschliefer niedermachen, um unehrlich zu werden und dadurch nach damaliger Sitte kantonfrei. Er zog die Unehrlichkeit und das Gebiß vor. Allein der erlegte Dachs machte ihn zwar aus den Werber-Händen los, aber er biß ihn wie ein Zerberus aus seiner Gewerkschaft aus.

»Nu, nu«, sagte Lukas in seinen Land-Bildern, »lieber einen Schlitz in dem Strumpf aufgerissen als einen in der Wade zugenäht.« – So sehr floh er, wie ein Gelehrter, den Wehrstand.

Damals starb sein Vater, auch Schultheiß; er kam nach Hause und war der Erbe des Hauses wie der Kronerbe des Amts; obwohl seine Krongüter in Kron-Schulden bestanden. In kurzem vermehrte er diese Krongüter beträchtlich. Er warf sich mit Leib und Seele auf das Jus – versaß seine kanonischen Stunden an angeborgten Akten und gekauften Büchern, teilte auf alle Seiten umsonst responsa aus, ganze Bogen und Tage lang – jeden Schulzen-Aktus berichtete er schriftlich und konzipierte und mundierte das Schreiben mit schöner gebrochener Fraktur und schiefer Kurrent, wobei ers noch für sich selber kopierte – schauete als Schulz überall nach, lief überall hin und regierte den ganzen Tag. Durch alles dieses blühte wenigstens das Dorf mehr als seine Äcker und Wiesen, und das Amt lebte von ihm, nicht er vom Amte. Er konnte gleich den besten Städtern, die ein gutes Haus machen, sich nun, wie die Sorbonne, als das ärmste unterschreiben (pauperrima domus). Alle verständige Elterleiner traten darin einander bei, daß er ohne sein hantierendes Weib – eine gesunde Vernunft in corpore –, das an *einem* Morgen für Vieh und Menschen kochte, grasete, mähte, längst mit dem Schulzenzepter in der einen Hand und mit dem Bettelstabe in der andern hätte von seinem regierenden Haus und Hof ziehen müssen, wovon er eigentlich nur der Pächter seiner Gläubiger war.

Nur eine Arzenei gabs für ihn, nämlich den Entschluß, das Haus und dadurch die Schultheißerei wegzugeben. Aber er ließ sich ebensogerne köpfen, als er diese Arzenei nur roch oder einnahm, einen Gifttrunk seiner ganzen Zukunft.

Erstlich war die Dorfschulzenschaft seit undenklichen Zeiten bei seiner Familie gewesen, wie die Regentengeschichte derselben beweiset; sein Jus und Herz hing daran, ja seine ewige Seligkeit, weil er wußte, daß im ganzen Dorfe kein so guter Jurist für diesen Posten zu finden war als er, wiewohl Sachverständige erklärten, es werde zu diesem Posten nicht mehr gefordert als zu einem römischen Kaiser nach der goldnen Bulle [1], nämlich ein gerechter, guter und brauchbarer Mann. Sein Haus anlangend, so trat vollends folgender frappanter Jammer ein.

[1] Aur. bull. II. 1. homo justus, bonus et utilis.

Elterlein war zweiherrig: am *rechten* Bachufer lagen die Lehnmänner des Fürsten, am *linken* die Einsassen des Edelmanns; wiewohl sie einander im gemeinen Leben nur schlecht die *Rechten* und die *Linken* hießen. Nun lief nach allen Flurbüchern und Grenzrezessen in alten Zeiten die Demarkationslinie, der Bach, dicht an des Schulzen Hause vorbei. Nachher veränderte der Bach sein Bette oder ein dürrer Sommer nahm ihn gen Himmel; kurz Harnischens Wohnung wurde so weit hinübergebaut, daß nicht nur *ein* Dachstuhl auf zwei Territorien stand, sondern auch *eine* Stubendecke und, wenn man ihn hinsetzte, *ein* Krüpelstuhl.

Aber so wurde dieses Haus des alten Schulzen juristischer Vorhimmel, so wie zugleich seine kameralistische Vorhölle. Mit unsäglichem Vergnügen sah er oft in seiner Wohnstube – die an der Wand ein fürstlicher Grenz- und Wappenpfahl abmarkte – sich um und warf publizistische Blicke bald auf landesherrliche, bald auf ritterschäftliche Stubenbretter und Gerechtsame und bedachte, daß er nachts ein Rechter wäre – weil er fürstlich schlief – und nur am Tage ein Linker, weil Tisch und Ofen geadelt waren. Es war seinen Söhnen nichts Seltenes, daß er sonntags vor dem Abendessen, wenn er viel gedacht hatte, mehrmals heiter und hastig den Kopf schüttelte und dabei murmelte: »Mein Haus ist einem redlichen Iktus [1], sag' ich, ordentlich wie auf den Leib gemacht – ein jeder anderer Mann würde die besten importantesten Gerechtsame und Territorien darin verschleudern, weil er gar nicht der Mann dazu wäre – denn er wäre in der Sache gar nicht zu Hause –, und ich alter verständiger Iktus soll heraus, solls losschlagen, höre Vronel?« – Erst nach langer Zeit antwortete er sich selber: »Nun und nimmermehr«, ohne die Antwort Veronikas, seiner Frau, zu hören.

Freilich wenn er sich täglich gegen seine Gläubiger mehr in die Zitadelle seines Hauses zurückzog und ihnen dabei wie andere Kommandanten die Vorstädte, nämlich das Feld, d. h. die Felder räumte und, so gut er konnte, mit dem Hause zugleich seinen Schulzenposten, den Spielraum seiner Kenntnisse, zu versteigern aufschob, statt solchen zu steigern – gleichsam sein schlagendes Herz, den Saitensteg seines lauten Lebens, wenn er das tat: so hatt' er noch vier von ihm selber gezeugte Hände im Auge, die ihm helfen und den Steg seiner hellsten Töne und Mißtöne wieder stellen sollten; nämlich seine Zwillingssöhne.

Als Veronika mit diesen niederkommen wollte, hielt er, als sei sie eine sizilianische oder englische Königin, hinlängliche Geburtszeugen bereit, die nachher sich in Taufzeugen einteilten. Das Kindbette hatt' er ins ritterschaftliche Territorium geschoben, weil es einen Sohn geben konnte, den man durch diese Bettstelle der Bettstelle den landesherrlichen Händen entzog, die ihm eine Soldatenbinde umlegen konnten statt der schon bestimmten Themisbinde. In der Tat trat auch der Held dieses Werkes, Peter Gottwalt, ans Licht.

[1] Juristen.

Aber die Kreißende fuhr fort; der Vater hielt es für Pflicht und Vorsicht, das Bette dem Fürsten zuzuschieben, damit jeder sein Recht bekomme. »Höchstens gibts ein Mädchen«, sagte er, »oder *was Gott will.*« Es war keines, sondern das letztere; daher der Knabe nach des Kandidaten Schomakers Übersetzung den Namen des Bischofs von Karthago unter Geiserich, nämlich Quod Deus vult, oder Vult im Alltagswesen bekam.

Jetzt wurden in der Stube scharfe Markungen, Einhegungen und Teilungs-Traktate gemacht, Wiegen und alles wurde geschieden. Gottwalt schlief und wachte und trank als Linker, Vult als Rechter; späterhin, als beide ein wenig kriechen konnten, wurde Gottwalten, dem adeligen Sassen, das fürstliche Gebiet durch ein kleines Gitterwerk – das man bloß aus Hühner- und andern Ställen auszuheben brauchte – leicht zugesperrt; und ebenso sprang der wilde Vult hinter einem Pfahlwerk, der dadurch fast das Ansehen eines auf- und ablaufenden Leoparden im Käfig gewann.

Erst mit langer Mühe und Strenge schaffte Veronika die lächerliche Ab- und Erbsonderung ab; denn der alte Lukas hatte, wie jeder Gelehrte, eine besondere Hartnäckigkeit der Meinungen und bei aller Ehrliebe steifen Kaltsinn gegen das Lächerlichwerden.

Bald wurde deutlich, daß wissenschaftliche Fächer künftig Gottwalts Fach sein würden; ohne alle elterliche Vorliebe war leicht zu bemerken, daß er weißlockig, dünnarmig, zartstämmig und, wenn er einen ganzen Sommer Schafhirtlein gewesen, noch schnee- und lilienweiß in solchem Grade war, daß der Vater sagte: einen Stiefel woll' er mit einem Eiweiß-Häutchen statt Pfundleder ebensogut besohlen, als den Jungen zum Bauersmann einrichten. Dabei hatte der Knabe ein so gläubiges, verschämtes, überzartes, frommes, gelehriges, träumerisches Wesen und war zugleich bis zum Lächerlichen so eckig und elastisch-aufspringend, daß zum Verdrusse des Vaters – der sich einen Juristen nachziehen wollte – jedermann im Dorfe, selber der Pfarrer, sagte, er müsse, wie Cäsar, der erste im Dorfe werden, nämlich der Pfarrer. Denn wie? – fragte man – Gottwalt, der blauäugige Blondin mit aschgrauem Haar und feiner Schneehaut – wie? dieser soll einmal ein Kriminalist werden und unter dem großen Triumphator Carpzov dienen, welcher bloß mit seinem Federmesser, wozu er das Themis-Schwert ausgeschliffen, an zwanzigtausend Mann niedergehauen? So schickt ihn doch, fuhr man fort, nur versuchsweise mit einem Gerichtssiegel zu einer blassen Witwe, die mit gefalteten Händen auf dem Sessel sitzt und die schwach und leise ihre Effekten anzeigt, und lasset ihn den Auftrag, unbehindert alle ihre alten Türen und Schränke und des Mannes letzte Andenken gerichtlich zu verpetschieren, vollziehen und seht zu, ob ers kann, vor Herzklopfen und Mitleiden! –

Aber der jüngere Zwilling, Vult, sagte man in froherem Tone, der schwarzhaarige, pockennarbige, stämmige Spitzbube, der sich mit dem halben Dorfe rauft und immer umherstreift und ein wahres tragbares théâtre aux Italiens ist, das jede Physiognomie und Stimme nachspielt – dieser ist ein anderer Mensch, dem gebt Akten unter den Arm oder einen Schöppenstuhl unter den Steiß. Wenn Walt am Fastnachtstage in der tanzenden Schulstube den Kandidaten und dessen Geige mit dem Bäßlein unterstützte und mit nichts hüpfte als mit ungemein freudigen Blicken und mit dem Bogen: so sprang Vult zugleich allein tanzend und mit einer Groschenflöte im Maule herum und fand noch Zeit und Glieder zu vielem Schabernack – Sollen solche Talente nicht für das Jus benutzt werden, Herr Schulz? beschloß man – –

Sie sollens, sagt' er. Also Gottwalt wurde auf die *Himmelsleiter* gesetzt als zukünftiger Pfarrer und Konsistorialvogel; Vult aber mußte sich die *Grubenleiter* in die delphische Rechtshöhle zimmern, damit er ein juristischer *Steiger* würde, von welchem der Schultheiß alle Ausbeuten seiner Zukunft erwartete, und der ihn aus der giftigen Grube ziehen sollte, zugleich mit Gold- und Silber-Geäder umwunden, es sei nun, daß der Sohn Prozesse für ihn führte, oder schwere ihm ersparte, oder Gerichtshalter im Orte wurde, oder Regierungsrat, oder wie es etwa ginge, oder daß er ihm jeden Quatember viel schenkte.

Allein Vult hatte außerdem, daß er bei dem Schulmeister und Kandidaten Schomaker nichts lernen wollte, noch das Verdrüßliche an sich, daß er ewig blies auf einer Batzenflöte, und daß er sich im vierzehnten Jahr bei der Kirms unten vor die spielende Flöten-Uhr des Schlosses hinstellte, um bei ihr als seiner ersten Lehrerin, wenn nicht Stunden zu nehmen, doch Viertelstunden. – Hier sollte Zeit sein, das Axiom einzuschichten, daß überhaupt die Menschen mehr in Viertelstunden als in Stunden gelernt. Kurz, an einem Tage, wo Lukas ihn in die Stadt und unter das Rekrutenmaß geführet (scheines- und ordnungshalber), lief er mit einem betrunkenen Musikus, der nur noch sein Instrument, aber nicht mehr sich und die Zunge regieren konnte, in die weite breite Welt hinein. Er blieb dann weg.

Jetzt mußte Gottwalt Peter daran, ans Jus. Aber er wollte auf keine Weise. Da er stets las – was das Volk beten heißet, wie Cicero religio von relegere, *oft lesen*, ableitet –, so lief er dem Dorfe schon als Pfarrherrlein durch die Finger, ja ein Metzger aus Tirol nannte ihn bald den Pfarrbuben, bald den Pfarrknecht[1], weil er in der Tat ein kleiner Kaplan und Küster, nämlich dessen Koadjutorie war, insofern er die schwarze Bibel gern auf die Kanzel trug, das Kommunikantentüchlein am Altare den Oblaten und dem Kelche unterhielt, allein den Nachmittagsgottesdienst, wenn Schomaker sich nach Hause geschlichen, hinausorgelte und ein fleißiger Kirchengänger bei Wochentaufen war. Ja, sah abends der Pfarrer nach dem Studieren mit Mütze und Pfeife aus dem Fenster, so hofft' er nicht zurückzubleiben, wenn er sich mit einer leeren kalten Pfeife und weißen Mütze an seines legte,

[1] Jener bedeutet in Tirol den Pfarrer, dieser den Diakonus.

welche letztere dem Knabengesicht ein zu altväterisches Ansehen gab. Nahm er nicht einmal an einem Winterabend ein Gesangbuch unter den Arm und stattete, wie der Pfarrer, bei einer ihm ganz gleichgültigen, arthritischen, steinalten Schneidersfrau einen ordentlichen Krankenbesuch ab und fing an, aus dem Liede »O Ewigkeit, du Freudenwort« ihr vorzulesen? Und mußt' er nicht schon bei dem zweiten Verse den Aktus einstellen, weil ihn Tränen übermannten, nicht über die taube, trockne Frau, sondern über den Aktus?

Schomaker nahm sich seines Lieblings so sehr an, daß er eines Abends vor dem *Gerichtsmann* – »so hör' ich mich lieber nennen als Schulz«, sagte Lukas – frei erklärte, er glaubte, im geistlichen Stande komme man besser fort, besonders zarte Naturelle.

Da nun der Kandidat selber nichts geworden war als sein eignes Minus und seine eigne Vakanzstelle, so beantwortete der Gerichtsmann die Rede bloß mit einem höflichen Gemurmel und führte nur seine schimmlige Geschichte wieder auf, daß einmal ein juristischer Professor seine Studenten so angeredet habe: »meine Hochzuverehrende Herren Justizminister, geheime Kabinettsräte, wirkliche Geheime Räte, Präsidenten, Finanz-, Staats- und andere Räte und Syndikus, denn man weiß ja noch nicht, was aus Ihnen allen wird!« Er führte noch an, im Preußischen werde die Stunde eines Advokaten auf 45 Kreuzer von den Gesetzen selber taxiert, und bat, man solle das nur einmal für ein Jahr ausschlagen – ferner einem rechten Juristen komme der Teufel selber nicht bei, und er wolle ebensogut ein Ferkel am eingeseiften Schwanz festhalten als einen Advokaten am jus – (welches wohl im edlern Stile heißen würde: Kenntnis des Rechts ist die um einen Mann geschriebene Münz-Legende und verwehrt das Beschneiden des Stücks) – und Heringe wie sein Peter Walt wären eben die ganzen Hechte; je dünner der Messerrücken, desto schärfer die Schneide; und er kenne Iktusse, die durch Nadelöhre zu fädeln waren, die aber ungemein zustachen.

Wie immer, halfen seine Reden nichts; aber die verständige Veronika, seine Frau, wollte gegen die Sitte der Weiber, die im häuslichen Kosistorium immer als geistliche Räte gegen die weltlichen stimmen, den Sohn aus dem geistlichen Schafstall in die juristische Fleischscharre treiben; und das bloß, weil sie einmal bei einem Stadtpfarrer gekocht habe und das Wesen kenne, wie sie sagte.

Diese hielt, als sie einst allein mit dem Sohne war, der mehr an ihr als am Vater hing, ihm bloß soviel vor: »Mein Gottwalt, ich kann dich nicht zwingen, daß du dem Vater folgst; aber höre mich an: das erstemal, wo du predigst, so tue ich meinen Trauerrock an und die weißen Tücher um und gehe in die Kirche und bücke mich unter der ganzen Predigt wie bei einer Leichenpredigt mit dem Kopfe nieder und weine, und wenn mich die Weiber fragen, so zeig' ich auf dich.« – Dieses Bild packte seine Phantasie so gewaltsam an, daß er weinend Nein Nein schrie – womit er das Trauer-Verhüllen meinte – und Ja Ja zum Advozieren sagte.

So werden uns die Lebens-Bahnen, wie die Ideen, vom Zufall angewiesen; nur das Fort- und Absetzen der einen wie der andern bleibt der Willkür freigestellt.

Walt erlernte nun, wie Völker, Sprachen fast von selber. Er warf dadurch den Vater in ein Freuden-Meer; denn Dorfleute finden, wie die Schulleute, fast bloß auf der Zunge den Unterschied des Lehr- und Nährstandes. Der Ex-Mäuerer bauete daher in einem trocknen Frühjahr ohne allen Widerspruch des toten Dachshundes und des Gewerks ein eignes Studierstübchen für seinen Iktus. Dieser frequentierte das Lyzeum (illustre) *Johanneum;* darauf wurd' er ins Gymnasium (illustre) *Alexandrinum* geschickt; – welches beides niemand war als in kollegialischer Eintracht der Kandidat Schomaker allein, der *Johann Alexander* hieß. Anfangs hatte Walt noch mit Vulten, eh' er davongelaufen, die Kleintertia und darauf die Großtertia sowohl besucht als repräsentiert; aber nachher mußt' er ohne den Pfeifer die ganze Sekunda und Prima allein ausmachen, worin er das Hebräische, das in beiden Klassen die Theologen trieben, wie gewöhnlich auch mit aufschnappte. Im zwanzigsten Jahre war er vom Gymnasium oder Gymnasiarchen unmittelbar als Abiturient abgegangen auf die hohe Schule Leipzig, in welche er aus Mangel einer höhern so lange täglich ging, als er es vor Hunger aushalten konnte. »Seit Ostern sitzt er bei den Eltern und wird morgen abends zum Notarius kreieret, um zu leben«, beschloß der Kandidat Schomaker die artige Historie.

Nro. 6. Kupfernickel

Quod Deus Vultiana

Nach dem Ende der Geschichte trat der Flötenist mit grimmigem Gesicht an den betrübten Schulmeister, fragend: »Wäret Ihr nicht wert, daß ich sogleich ins Prisma sähe und Euch darin als lange Leiche anträfe? Wie, Ihr moralischer Mikrolog, Ihr moralischer esprit de bagatelle, Ihr konntet Euch aus Furcht vor schätzbaren Weissagungen erfrechen, gegen Euer Gewissen die Geheimnisse zweier bedeutender Brüder und Eltern aus dem Laub herauszuziehen? Es soll Euch gereuen, wenn ich Euch entdecke, daß ich kein wahres Wort gesagt und daß ich die Geheimnisse nicht vom Prisma, sondern von dem davongelaufenen Flötenisten Vult selber erfahren, der ein ganz anderer Mensch ist. Ich habe mit dem Manne im andern Elterlein, nämlich im Bergstädtlein bei Annaberg, vereint geblasen. Damit ich aber nach dem bisherigen Weismachen der Gesellschaft glaubhaft werde, so will ichs ihr so beschwören: ewig verdammt will ich sein, kenn' ich ihn nicht und habe ich nicht alles von ihm.«

Es war kein Meineid; denn er war ja jener entlaufne Vult selber, aber ein starker Schelm.

Der Kandidat nahm alles friedlich hin, weil ihn eine neue Lage, in welche er sich immer so schnell geworfen fühlte, daß er keine Sekunde Zeit zum Ausarbeiten eines moralischen Modells und Lineals bekam, über alles abstieß. Es gab wenige Kasuisten und Pastoraltheologen, die er nicht gelesen, sogar den Talmud, bloß um selig zu werden.

Er hielt mit jedem Steckbrief seine eigne Person zusammen, um, im Falle sie zufällig der begehrten gleichsähe, sofort juristisch und sittlich gesattelt zu sein, so wie er sich häufig des Mords, der Notzucht und anderer Fraischfälle heimlich aus Spaß anklagte, um sich darein zu finden, falls ein Bösewicht öffentlich dasselbe täte im Ernst.

Er versetzte daher nur, daß er dem Bruder Gottwalt keine frohere Nachricht bringen könne als die von Vults Leben, da er den Flüchtling unendlich liebe. »So, lebt die Fliege noch?« fiel der Wirt ein. »Wir hielten sie sämtlich für krepiert. Wie sah er denn aus, gnädiger Herr?«

»Sehr wie ich,« (versetzte Vult und sah bedeutend trinkende Dikasterianten an) »falls nicht das Geschlecht einen Unterschied macht; denn ich könnte wohl ebensogut eine verkleidete Ritterin d'Eon sein als diese bekannte Frau, Messieurs, – ob wir gleich davon abbrechen wollen. – Vult selber ist wohl der artigste Mann und der schönste, ohne es aber zu wissen, dem ich je ins Gesicht gesehen, nur zu ernst und zu gelehrt, nämlich für einen Musikus. Sie alle sollten ihn sehen, das heißet hören. – Und doch so bescheiden, wie schon gesagt. ›Der Musikdirektor der Sphärenmusik werd' ich doch nie‹, sagt' er einst, sich verbeugend die Flöte weglegend, und meinte wahrscheinlich Gott. Jeder konnte mit ihm so frei reden wie mit einem russischen Kaiser, der in Kaiserspracht in die Kulisse von der Bühne kommt und fühlt, daß ihn Kotzebue geschaffen und er diesen. – Er war herzensgut und voll Liebe, nur aber zu aufgebracht auf sämtliche Menschen. Ich weiß, daß er Fliegen, die ihn plagten, *einen* Flügel auszupfte und sie auf die Stube warf mit den Worten: ›kriecht! die Stube ist für euch und mich weit genug‹, indes er gleichwohl mehreren ältlichen Herren ins Gesicht sagte, sie wären siebenfache Spitzbuben, alte, obwohl in Milch eingeweichte Heringe, die sich dadurch für frische gäben; inzwischen, setzt' er sogleich dazu, er hoffe, sie deuteten ihn nicht falsch, und bewies ihnen jede Artigkeit. – Unsere erste Bekanntschaft machte sich, als er von einer fürstlichen Versteigerung herkam und einen erstandenen Nachttopf aus Silber öffentlich so närrisch vor sich her- und heimtrug, daß jede Gasse stutzig wurde, wodurch er ging. – Ich wollte, er wäre mit hier und besuchte die Seinigen. – Ich habe eine so besondere Liebhaberei für die Harnische, als meine Namensvettern, daß ich sogar im Leipziger Reichsanzeiger mir ihren Stammbaum und Stammwald bestimmt ausbat ohne Effekt.«

Jetzt schied er kurz und höflich und ging auf sein Zimmer, nachdem er bei allem milden Scheine eines Mannes von Welt den ganzen Tag alles getan, was er gewollt. Er roch ohne Anstand an Fensterblumen vorübergehend; – er rückte auf dem Markte einem bettelnden Judenjungen seinen schlechten Bettel-Stil vor und zeigte ihm öffentlich, wie er anzuhalten habe – er setzte seinen französischen Paß in keinen deutschen um, bloß deshalb, um unter dem Stadttore die sämtliche Torschreiberei dadurch in Zank und Buchstabieren zu verflechten, indes er still dabei wartete und sagte, er steife sich auf seinen Paß – und am ersten Tage machte er den Scherz der Zauberschlägerei, von welcher oben der Wirt dem Kandidaten ins Ohr erzählt hatte. Er wußte nämlich ganz allein in seinem Zimmer ein solches Kunst-Geräusch zu erregen, daß es die vorübergehende Scharwache hörte und schwur, eine Schlägerei zwischen fünf Mann falle im zweiten Stocke vor; als sie straffertig hinaufeilte und die Türe aufriß, drehte sich Quod Deus Vult vor dem Rasier-Spiegel mit eingeseiftem Gesichte ganz verwundert halb um und fragte, indem er das Messer hoch hielt, verdrüßlich, ob man etwas suche; – ja nachts repetierte er die akustische Schlägerei und fuhr die hineinguckende Obrigkeit aus dem Bette schlaftrunken mit den Worten an: »Wer Henker steht draußen und stört die Menschen im ersten Schlafe?«

Dies alles kam daher, daß er in jeder kleinen Stadt zuerst den Regimentsstab wenig schätzte, dann Obrigkeit und Hof, etwa Bürger aber mehr. Bei einer solchen in Lustigkeit eingekleideten Verachtung konnt' ers nicht von sich erhalten, sich den Kleinstädtern, die ihn in seinen glänzenden Tagen unter Großstädtern nicht gesehen, in diesen überwölkten als Bauerssohn aus Elterlein zu zeigen; lieber adelte er sich selber eigenhändig.

Nach Haßlau war er nur gekommen, um ein Konzert zu geben, dann nach Elterlein zu laufen und Eltern und Geschwister inkognito zu sehen, aber durchaus ungesehen. Unmöglich wars ihm, daß er nach einem Dezennium Abwesenheit, worin er über so viele europäische Städte wie eine elektrische Korkspinne, ohne zu spinnen und zu fangen, gesprungen war, wieder vor seinen dürftigen Eltern erscheinen sollte, aber nämlich, o Himmel, als was? –

Als dürftiger Querpfeifer in langer Strumpfhose, gelbem Studentenkollet und grünem Reisehut und mit nichts in der Tasche (wenige Spezies ausgenommen) als mit einem Spiel gesiegelter Entrée-Karten für künftige Flötenkonzerte? – »Nein«, sagt' er, »eh' ich das täte, lieber wollt' ich täglich Essig aus Kupfer trinken, oder eine Fischotter an meiner Brust großsäugen, oder eine kantianische Messe lesen oder hören, eine Ostermesse.« Denn wenn er auch zuletzt den phantastischen Vater endlich zu überwältigen hoffen konnte durch einige Musik-Stunden und durch Erzählungen aus fremden Ländern: so blieb doch die unbestechliche Mutter unverändert übrig mit ihren kalten hellen Augen, mit ihren eindringenden Fragen, die seine Vergangenheit samt seiner Zukunft unerbittlich zergliederten.

Aber jetzt seit dem Abend und hundert andern Stunden hatte sich alles in ihm verändert – aus dem fremden Zimmer brachte er die ruhige Oberfläche und eine bewegte Tiefe in das seinige hinauf. – Walts Liebe gegen ihn hatt' ihn ordentlich angegriffen – dessen poetische Morgensonne wollt' er ganz nahe besehen und drehen und an ihre Achse Erddiameter und an ihre Kraft Licht- und Wärme-Messer anlegen – Kabels Testament gab dem Poeten noch mehr Gewicht – – Kurz, Vult konnte kaum den künftigen Tag erwarten, um nach Elterlein zu laufen, heimlich Walts Notariats-Examen zu behorchen und alle zu beschauen und am Ende sich dem Bruder zu entdecken, wenn ers verdiente. Mit welcher Ungeduld der gegenwärtige Schreiber auf den offiziellen, den Helden endlich aus seinen tiefen Spiegeln hervorziehenden Bericht des folgenden Kapitels mag gepasset haben, ermesse die Welt aus ihrer.

Nro. 7. Violenstein

Kindheits-Dörfchen – der große Mann

Vult van der Harnisch reisete aus der Haßlauer Vorstadt nach Elterlein aus, als die halbe Sonne noch frisch und waagrecht über die tauige Fluren-Welt hinblitzte. Die Sonne war aus den Zwillingen in den Krebs getreten; er fand Ähnlichkeiten und dachte, er sei unter den vieren der Zwilling, der am stärksten glühe, desgleichen der zweite Krebs. In der Tat hatte schon in der Bergstadt Elterlein bei Annaberg seine Sehnsucht nach dem gleichnamigen Geburtsdorf angefangen und zugenommen auf allen Gassen; schon ein gleichnamiger Mensch, wieviel mehr ein gleichnamiger Ort drängt sich warm ins Herz. Auf der lebendigen Haßlauer Straße – die ein verlängerter Markt schien – nahm er seine Flöte heraus und warf allen Passagiers durch Flötenansätze Konzertansätze entgegen und nach, schnappte aber häufig in guten Koloraturen und in bösen Dissonanzen ab und suchte sein Schnupftuch oder sah sich ruhig um. Die Landschaft stieg bald rüstig auf und ab, bald zerlief sie in ein breites ebenes Grasmeer, worin Kornfluren und Raine die Wellen vorstellten und Baumklumpen die Schiffe. Rechts in Osten lief wie eine hohe Nebelküste die ferne Bergkette von Pestitz mit, links in Abend floß die Welt eben hinab, gleichsam den Abendröten nach.

Da Vult erst nachts anzulangen brauchte, so hielt er sich überall auf. Seine Sanduhr der Julius-Tagszeiten waren die gemähten Wiesen, eine Linnäische Blumenuhr aus Gras: stehendes zeigte auf 4 Uhr morgens – liegendes auf 5 bis 7 – zusammengeharkte Ameishaufen daraus auf 10 Uhr – Hügel aus Heu auf 3 – Berge auf den Abend. Aber er sah auf dieses Zifferblatt der Arbeits-Idylle an diesem Tag zum erstenmal; so sehr hatten bisher die langen Fußreisen das übersättigte Auge blind gemacht.

Eben da der Hügel in dieser Sanduhr am höchsten anlief: so zogen sich die Kirsch- und Apfelbäume wie die Abend-Schatten lang dahin – runde grüne Obstfolgen wurden häufiger – in einem Tale lief schon als dunkle Linie das Bächlein, das durch Elterlein hüpft – vor ihm grünte auf einem Hügel, von der Abendsonne golden durchschlagen, das runde dünne Fichtengehölz, woraus die Bretter seiner Wiege geschnitten waren, und worin man oben gerade in das Dorf hinuntersah.

Er lief ins Gehölz und dessen schwimmendes Sonnen-Gold hinein, für ihn eine Kinder-Aurora. Jetzt schlug die wohlbekannte kleinliche Dorfglocke aus, und der Stundenton fuhr so tief in die Zeit und in seine Seele hinunter, daß ihm war, als sei er ein Knabe, und jetzt sei Feierabend; und noch schöner läuteten ihn die Viehglocken in ein Rosenfest.

Die einzelnen rotweißen Häuser schwankten durch die besonnten Baumstämme. Endlich sah er draußen das traute Elterlein dem Hügel zu Füßen liegen – ihm gegenüber standen die Glocken des weißen Schieferturms und die Fahne des Maienbaums und das hohe Schloß auf dem runden Wall voll Bäume – unten liefen die Poststraßen und der Bach breit durchs offne Dorf – auf beiden Seiten standen die Häuser einzeln, jedes mit seiner Ehrenwache von Fruchtstämmen – um das Dörfchen schlang sich ein Lustlager von Heu-Hügeln wie von Zelten und von Wagen und Leuten herum, und über dasselbe hinaus brannten fettgelbe Rübsenflächen für Bienen und Öl heiter dem Auge entgegen.

Als er von diesem Grenzhügel des Gelobten Kinderlandes hinunterstieg, hört' er hinter den Stauden in einer Wiese eine bekannte Stimme sagen: »Leute, Leute, sponselt doch euer Vieh; hab' ichs nicht schon so millionenmal anbefohlen? – Bube, sage zu Hause, der Gerichtsmann hat gesagt, morgen wird ungesäumt mit zwei Mann gefront, auf der Klosterwiese.« Es war sein Vater; der mattäugige, schmächtige, bleichfarbige Mann (in dessen Gesicht der warme Heu-Tag noch einige weiße Farbenkörner mehr gesäet) schritt mit einer leuchtenden Sense auf der Achsel aus den Rainen in die Straße herein. Vult mußte umblicken, um nicht erblickt zu werden, und ließ den Vater voraus. Dann fiel er ihm mit einigen klingenden Paradiesen der Flöte, und zwar – weil er wußte, wie ihm Chorale schmeckten – mit diesen in den Rücken.

Lukas schritt noch träger fort, um länger zurückzuhören – und die ganze Welt war hübsch. Braune Dirnen mit schwarzen Augen und weißen Zähnen setzten die Grassicheln an die Augenbraunen, um den vorbeipfeifenden Studenten ungeblendet zu sehen – die Viehhirtinnen zogen mit ihren Wandel-Glöckchen auf beiden Seiten mit – Lukas schneuzte sich, weil ihn der Choral bewegte, und sah ein ungesponseltes Weide-Pferd nur ernsthaft an – aus den Schornsteinen des Schlosses und Pfarrhauses und des väterlichen hoben sich vergoldete Rauchsäulen ins windstille kühle Blau –

Und so kam Vult ins überschattete Elterlein hinab, wo er das närrische verhüllte träumende Ding, das bekannte Leben, den langen Traum, angehoben und wo er im Bette zu diesem Traum, weil er erst ein kurzer Knabe war, sich noch nicht hatte zu krümmen gebraucht.

Im Dorfe war das Alte das Alte. Das große Haus der Eltern stand jenseits des Bachs unverändert mit der weißen Jahreszahl 1784 auf dem Dach-Schiefer da. – Er lehnte sich mit dem Flötenliede: »Wer nur den lieben Gott läßt walten« an den glatten Maienbaum und blies ins Gebetläuten hinein. Der Vater ging, sehr langsam unter dem Scheine des Umsehens, über den Bachsteg in sein Haus und henkte die Sense an den hölzernen Pflock an der Treppe. Die rüstige Mutter trat aus der Türe in einem Manns-Wamse und schüttete, ohne aufs Flöten zu hören, das abgeblattete Unkraut des Salats aus einem Scheffel, und beide sagten zueinander – wie Land-Gatten pflegen – nichts.

Vult ging ins nachbarliche Wirtshaus. Von dem Wirte erfuhr er, daß der Pfalzgraf Knoll mit dem jungen Harnisch Felder beschaue, weil die Notariusmacherei erst abends angehe. »Trefflich«, dachte Vult, »so wirds immer dunkler, und ich stelle mich ans Backofen-Fenster und sehe ihrem Kreieren drinnen zu.« Der alte Lukas trat jetzt schon gepudert in einer großblumigen Damast-Weste an die Türe heraus und wetzte in Hemdärmeln an der Schwelle das Messer für das Souper des Notarius-Schöpfers ab. »Aber das Pürschlein solls auch nicht herausreißen«, setzte der Wirt hinzu, der ein Linker war; »der Alte hat mir seine schöne Branntweinsgerechtigkeit verkauft, und der Sohn hat von der Blase studiert. Aber lieber das Haus sollt' er weggeben, und zwar an einen gescheuten Schenkwirt; sapperment! dem würden Biergäste zufliegen, der Bierhahn wäre Hahn im Korbe, aber ganz natürlich. Denn die Stube hat zweierlei Grenzen, und man könnte darin zuprügeln und kontrebandieren und bliebe doch ein gedeckter Mann.« –

Vult nahm keinen so spaßhaften Anteil am Wirte, als er sonst getan hätte; er erstaunte ganz, daß er unter der Hand ordentlich in eine heftige Sehnsucht nach Eltern und Bruder, besonders nach der Mutter hineingeraten war, »was doch«, sagt' er, »auf der ganzen Reise gar nicht mein Fall gewesen«. Es war ihm erwünscht, daß ihn der Wirt beim Ärmel ergriff, um ihm den Pfalzgrafen zu zeigen, der eben in des Schulzen Haus, aber ohne Gottwalt ging; Vult eilte aus seinem, um drüben alles zu sehen.

Draußen fand er das Dorf so voll Dämmerung, daß ihm war, als steck' er selber wieder in der helldunkeln Kinderzeit, und die ältesten Gefühle flatterten unter den Nachtschmetterlingen. Hart am Stege watete er durch den alten lieben Bach, worin er sonst breite Steine aufgezogen, um eine Grundel zu greifen. Er machte einen Bogen-Umweg durch ferne Bauernhöfe, um hinter den Gärten dem Hause in den Rücken zu kommen. Endlich kam er ans Backofenfenster und blickte in die breite zweiherrige Grenzstube – keine Seele war darin, die einer schreienden Grille ausgenommen, Türen und Fenster standen offen; aber alles war in den Stein der Ewigkeit gehauen: der rote Tisch, die roten Wandbänke, die runden Löffel in der hölzernen Wand-Leiste, um den Ofen das Trocken-Gerüste, der tiefe Stubenbalken mit herunterhängenden Kalendern und Herings-Köpfen, alles war über das Meer der langen Zeit, gut eingepackt, ganz und wie neu herübergeführt, auch die alte Dürftigkeit.

Er wollte am Fenster länger empfinden, als er über sich Leute hörte und am Apfelbaum den Lichtschimmer der obern Stube erblickte. Er lief auf den Baum, woran der Vater Treppe und Altan gebaut; und sah nun gerade in die Stube hinein und hatte das ganze Nest.

Darin sah er seine Mutter Veronika mit einer weißen Küchenschürze stehend, eine starke, etwas breite, gesund nachblühende Frau, das stille, scharfe, aber höfliche Weiberauge auf den Hoffiskal gelegt – dieser ruhig sitzend und an seinem breiten Kopfe das Nabel-Gehenke eines Pfeifenkopfes befestigend – der Vater gepudert und im heiligen Abendmahls-Rock unruhig laufend, halb aus achtender Angst vor dem großen eingefleischten corpus juris neben ihm, das gegen Fürsten und alle Welt geradeso keck war als er selber scheu, halb aus sorgender, das corpus nehm' es übel, daß Walt noch fehlte. Am Fenster, das dem Baum und Vulten am nächsten war, saß Goldine, eine bildschöne, aber bucklige Jüdin, auf ihr rotes Knäul niedersehend, woraus sie einen schafwollenen Rotstrumpf strickte; Veronika ernährte die blutarme, aber fein-geschickte Waise, weil Gottwalt sie ungemein liebte und lobte und sie einen kleinen Edelstein hieß, der Fassung brauchte, um nicht verloren zu gehen.

»Der Knecht ist nach dem Spitzbuben ausgeschickt«, versetzte Lukas, als der Fiskal unwillig erzählte, Walt habe nicht einmal seine eignen Felder, geschweige des sel. Van der Kabels seine ihm zu zeigen gewußt, sondern ihm einen Fronbauern Kabels dazu hergeholt und sei wie ein Grobian weggeblieben. Vom erfreulichen Testamente, sah Vult, hatte der Fiskal noch kein Wort gesagt.

Auf einmal fuhr Gottwalt in einem Schanzlooper herein, verbeugte sich eckig und eilig vor dem Fiskal und stand stumm da, und helle Freuden-Tränen liefen aus den blauen Augen über sein glühendes Gesicht.

»Was ist dir?« fragte die Mutter. »O meine liebe Mutter,« (sagt' er sanft) »gar nichts. Ich kann mich gleich examinieren lassen.«

– »Und dazu heulst du?« fragte Lukas. Jetzt stieg sein Auge und sein Ton: »Vater, ich habe«, sagte er, »heute einen großen Mann gesehen.« – »So?« versetzte Lukas kühl – »Und hast dich vom großen Kerl wamsen lassen und zudecken? Gut!«

»Ach Gott«, rief er; und wandte sich an die aufmerksame Goldine, um es so dem Examinator mit zu erzählen. Er hatte nämlich oben im Fichtenwäldchen eine haltende Kutsche gefunden und unweit davon am Waldhügel einen bejahrten Mann mit kranken Augen, der die schöne Gegend im Sonnenuntergange ansah. Gottwalt erkannte leicht zwischen dem Manne und dem Kupferstiche eines großen deutschen Schriftstellers – dessen deutscher Name hier bloß griechisch übersetzt werde, in den des Plato – die Ähnlichkeit. »Ich tat« – fuhr er feurig fort – »meinen Hut ab, sah ihn still immerfort an, bis ich vor Entzückung und Liebe weinen mußte. Hätt' er mich angefahren, so hätte ich doch mit seinem Bedienten über ihn viel gesprochen und gefragt. Aber er war ganz sanft und redete mit der süßesten Stimme mich an, ja er fragte nach mir und meinem Leben, ihr Eltern; ich wollt', ich hätt' ein längeres gehabt, um es ihm aufzutun. Aber ich macht' es ganz kurz, um ihn mehr zu vernehmen. Worte, wie süße Bienen, flogen dann von seinen Blumen-Lippen, sie stachen mein Herz mit Amors-Pfeilen wund, sie füllten wieder die Wunden mit Honig aus: O der Liebliche! Ich fühlt' es ordentlich, wie er Gott liebt und jedes Kind. Ach ich möcht' ihn wohl heimlich sehen, wenn er betete, und auch, wenn er selber weinen müßte in einem großen Glück. – Ich fahre sogleich fort«, unterbrach sich Walt, weil er vor Rührung nicht fortfahren konnte; bezwang sie aber etwas leichter, als er umhersah und gar keine sonderliche Fremde fand.

»Er sagte« – fuhr er fort – »die besten Sachen. Gott, sagt' er, gibt in der Natur wie die Orakel die Antwort, eh die Frage getan ist – desgleichen, Goldine: was uns Schwefelregen der Strafe und Hölle deucht, offenbart sich zuletzt als bloßer gelber Blumenstaub eines zukünftigen Flors. Und einen sehr guten Ausspruch hab' ich ganz vergessen, weil ich meine Augen zu sehr auf seine richtete. Ja da war die Welt ringsumher voll Zauberspiegel gestellt, und überall stand eine Sonne, und auf der Erde gab es für mich keine Schmerzen als die seiner lieben Augen. Liebe Goldine, ich machte auf der Stelle, so begeistert war ich, den Polymeter: ›Doppelte Sterne erscheinen am Himmel als einer, aber o Einziger, du zergehest in einen ganzen Himmel voll Sterne.‹ Dann nahm er meine Hand mit seiner sehr weichen, zarten, und ich mußte ihm unser Dorf zeigen; da sagt' ich kühn den Polymeter: ›Sehet, wie sich alles schön verkehrt, die Sonne folgt der Sonnenblume.‹ Da sagt' er, das tue nur Gott gegen die Menschen, der sich mehr ihnen zuwende als sie ihm. Darauf ermunterte er mich zur Poesie, scherzte aber artig über ein gewisses Feuer, was ich mir auch morgen abgewöhne; Gefühle, sagt' er, sind Sterne, die bloß bei hellem Himmel leiten, aber die Vernunft ist eine Magnetnadel, die das Schiff noch ferner führt, wenn jene auch verborgen sind und nicht mehr leuchten. So mag gewiß der letzte Satz geheißen haben; denn ich hörte nur den ersten, weil es mich erschreckte, daß er an den Wagen ging und scheiden wollte.

Da sah er mich sehr freundlich an, gleichsam zum Troste, daß mir war, als klängen aus den Abendröten Flötentöne.« –

»Ich blies in die Röten hinein«, sagte Vult, war aber etwas bewegt.

»Ja endlich, glaubt mirs, Eltern, drückt' er mich an seine Brust und an den lieblichen Mund, und der Wagen rollte mit dem Himmlischen dahin.« ––

»Und« – fragte der alte Lukas, der bisher, zumal wegen Platos vornehmen Amtsnamen, jede Minute gewärtig gewesen, daß der Sohn einen beträchtlichen Beutel vorzöge, den ihm der große Mann in die Hand gedrückt – »er ist weggefahren und hat dir keinen Pfennig geschenkt?« – »O wie denn das, Vater?« fragte Walt. »Ihr kennt ja sein weiches Gemüt«, sagte die Mutter. »Ich kenne diesen Skribenten nicht«, sagte der Pfalzgraf; »aber ich dächte, statt solcher leerer Historien, die zu nichts führen, fingen wir einmal das Examen an, das ich anstellen muß, eh' ich jemand zum Notarius kreieren will.«

»Hier steh' ich«, sagte Walt, im Schanzlooper hin- und von Goldinen wegfahrend, deren Hand er für ihre Teilnahme an seiner Seligkeit öffentlich genommen hatte.

Nro. 8. Koboldblüte

Das Notariats-Examen

»Wie heißet Herr Notariand?« fing Knoll an – Alles war nämlich so, erstlich, daß Knoll als ein zusammengewachsenes verknöchertes Revolutionstribunal das Vorhängeschloß des Pfeifen-Kopfes am eignen hatte und zu allem saß – ferner, daß Lukas seinen auf zwei Ellenbogen wie auf Karyatiden gestützten Kopf auf den Tisch setzte, jeder Frage nachsinnend, eine Stellung, die seine matten grauen Augen und sein blutloses Gelehrten-Gesicht, zumal unter dem Leichenpuder auf der gebräunten Haut, sehr ins nahe Licht setzte, so wie seinen ewigen regnerischen Feldzug gegen das Geschick – ferner, daß Veronika dicht neben dem Sohne, mit den Händen auf dem Magen betend, stand und das stille Weiber-Auge, das in die närrischen Arbeits-Logen der Männer dringen will, zwischen Examinator und Examinanden hin und wieder gleiten ließ – und zuletzt, daß Vult mit seinen leisen Flüchen zwischen den unreifen Pelzäpfeln saß und neben ihm – da ja alle Leser durch ein Fenster in die Stube sehen – auf den benachbarten Ästen sämtliche zehn deutsche Reichs- und Lese-Kreise oder Lese-Zirkel; so viele tausend Leser und Seelen von jedem Stande, was in dieser Zusammenstellung auf dem Baume lächerlich genug wird. –– Alles ist in der größten Erwartung über den Ablauf des Examens, Knoll in der allergrößten, weil er nicht wußte, ob nicht vielleicht manche mögliche Ignoranzen den Notariandus nach den geheimen Artikeln des Testaments auf mehrere Monate zurückschöben oder sonst beschädigten.

»Wie heißet Herr Notariand?« fing er bekanntlich an.

»Peter Gottwalt«, versetzte der sonst blöde Walt auffallend frei und laut. – Der geliebte entflogne Göttermensch hob noch seine Brust; nach einem solchen Anblicke werden, wie in der ersten Liebe, uns alle Menschen zwar näher und lieber, aber kleiner. Er dachte mehr an Plato als an Knoll und sich und träumte sich bloß in die Stunde, wo er recht lange darüber mit Goldinen sprechen könnte. »Peter Gottwalt«, hatt' er geantwortet.

»›Harnisch‹ muß noch bei«, sagte sein Vater.

»Dessen selben Eltern und Wohnort?« fragte Knoll – Walt hatte die besten Antworten bei der Hand.

»Ist Herr Harnisch ehelich geboren?« fragte Knoll – Gottwalt konnte schamhaft nicht antworten. »Das Taufzeugnis ist gelöset«, sagte der Schulz. »Es ist nur um Ordnung willen«, sagte Knoll und fragte weiter:

»Wie alt?« –

»So alt als mein Bruder Vult,« (sagte Walt) »vierundzwanzig« – »Jahre nämlich«, sagte der Vater.

»Was Religion? – Wo studiert? usw.«

Gute Antworten fehlten nicht.

»Wen hat Herr Harnisch von den Kontrakten gelesen? – Wie viele Personen sind zu einem Gerichte erforderlich? – Wieviel wesentliche Stücke gehören zu einem ordentlichen Prozesse?« – Der Notariand nannte sehr nötige, schlug aber die Ungehorsams-Beschuldigung nicht an. »Nein, Herr, dreizehn sinds schon nach Beieri Volkmanno emendato«, sagte der Pfalzgraf heftig.

»Hat man Kaiser Maximilians Notariats-Ordnung von anno 1512 zu Cölln aufgerichtet nicht nur oft, sondern auch recht gelesen?« fragt' er weiter.

»Sauberer und eigenhändiger konnte mans ihm nicht abschreiben als ich, Herr Hofpfalzgraf!« sagte der Schulz.

»Was sind Lytae?« fragte Knoll.

»Lytae oder litones oder Leute« (antwortete freudig Walt, und Knoll rauchte ruhig zu seiner Vermengung fort) »waren bei den alten Sachsen Knechte, die noch ein Drittel Eigentum besaßen und daher Kontrakte schließen konnten.« –

»Eine Zitation dazu!« sagte der Pfalzgraf.

»Möser«, versetzte Walt.

»Sehr wohl« – antwortete der Fiskal spät und rückte die Pfeife in die Ecke des formlosen Mundes, der nun einer aufgeschlitzten Wunde glich, die man ihm ins Siberien des Lebens mitgegeben – »sehr wohl! Aber lytae sind sehr verschieden von litonibus; lytae sind die jungen Juristen, die zu Justinianus' Zeiten im vierten Jahre ihres Kurses den Rest der Pandekten absolvierten [1]; und die Antwort war eine Ignoranz.«

Gottwalt antwortete gutmütig: »wahrhaftig, das hab' ich nicht gewußt.«

»So wird man wohl auch nicht wissen, was auf den Strümpfen, die der Kaiser bei der Krönung in Frankfurt anhat, steht?« – »Ein Zwickel, Gott-

[1] Heinecc. hist. jur. civ. stud. Ritter. L. I. § 393.

walt«, soufflierte hinter ihm Goldine. »Natürlich«, fuhr Knoll fort; »Herr Tychsen hat es uns folgendergestalt ins Deutsche übersetzt aus dem arabischen Texte: ›ein prächtiges königliches Strumpfband.‹« – Darüber, über den Text und Übersetzer der Strümpfe, fuhr das Mädchen in ein freies Gelächter aus; aber Vater und Sohn nickten ehrerbietig.

Unmittelbar nachdem Walt aus der durchlöcherten Fischwaage des Examens blöde und stumm gestiegen war, ging der Pfalzgraf ans Kreieren. Er sprach mit der Pfeife und auf dem Sessel Walten den Notariats-Eid auswendig zum Erstaunen aller vor; und Walt sagte ihn mit gerührter Stimme nach. Der Vater nahm die Mütze ab; Goldine hielt ihre Strumpfwirkerei innen. Der erste Eid macht den Menschen ernst; denn der Meineid ist die Sünde gegen den heiligen Geist, weil er mit der höchsten Besonnenheit und Frechheit ganz dicht vor dem Throne des moralischen Gesetzes begangen wird.

Jetzt wurde der Notarius bis auf das letzte Glied, auf die Fersen gar ausgeschaffen. Dinte, Feder und Papier wurden ihm von Knollen überreicht und dabei gesagt, man investiere ihn hiemit. Ein goldner Ring wurde seinem Finger angesteckt und sogleich wieder abgezogen. Endlich brachte der Comes palatinus ein rundes Käppchen (Barettlein hieß ers) aus der Tasche und setzte es dem Notarius mit dem Beifügen auf den Kopf, ebenso ohne Falten und rund sollen seine Notarien-Händel sein.

Goldine rief ihm zu, sich umzudrehen; er drehte ihr und Vulten ein Paar große blaue unschuldige Augen zu, eine hochgewölbte Stirne und ein einfaches beseeltes durchsichtiges, mehr von der innern als von der äußern Welt ausgebildetes Gesicht mit einem feinen Munde, welches auf einem etwas schiefen Torso stand, der wieder seinerseits auf eingeklappten Knie-Winkeln ruhte; aber Goldinen kam er lächerlich und dem Bruder wie ein rührendes Lustspiel vor und im Schanzlooper wie ein Meistersänger aus Nürnberg. Noch wurd' sein Notariats-Signet und das in Haßlau verfaßte Diplom dieser Würde übergeben; – und so hatte Knoll in seiner Glashütte mit seiner Pfeife den Notarius fertig und rund geblasen – oder bloß in einer andern Metapher, er brachte aus dem Backofen einen ausgebacknen offnen geschwornen Notarius auf der Schaufel heraus.

Hierauf ging dieser zum Vater und sagte gerührt mit Händedrücken: »Wahrhaftig, Vater, Ihr sollet sehen, welche Wogen auch .....« Mehr konnt' er nicht vor Rührung oder Bescheidenheit sagen. »Konsideriere besonders, Peter, daß du Gott und dem Kaiser geschworen, bei Testamenten ›absonderlich derer Hospitäler und anderer notdürftiger Personen Sachen, desgleichen gemeine Wege befördern zu helfen‹. – Du weißt, wie schlecht die Wege ums Dorf sind, und unter den notdürftigen Personen bist du die allererste.« – »Nein, ich will die letzte sein«, versetzte der Sohn. Die Mutter gab dem Vater einen silberhaltigen Papier-Wickel – denn die Menschen versilbern, sozusagen, die Pille des rohen Geldes einander durch Papier, erstlich aus feiner Schonung des fremden Eigennutzes, und zweitens, um es zu verstecken, wenn es zu wenig sein sollte –; der Vater drückt' es höflich in die fiskalische lang gedehnte haarige Hand mit den Worten: »Pro rata, Herr Hoffiskalis! Es ist das Schwanz-Geld von unserer Kuh und etwas darüber. – Vom Kaufschilling des Viehs soll der Notarius auskommen in der Stadt. – Morgen reitet er das Pferd des Fleischers hinein, der sie uns abgekauft. Es ist blutwenig, aber aller Anfang ist schwer; beim Aufgehen der Jagd hinken die Hunde noch; ich habe manchen gelehrten Hungerleider gesehen, der anfangs von nichts lebte. – Sei nur besonders vigilant, Peter, denn sobald der Mensch auf der Welt einmal etwas Braves gelernt« – –

»Ein Notarius« – fing heiter Knoll unter dem Geld-Einstecken an und hielt die Pfeife lange ans Licht, eh' er fortfuhr – »ist zwar nichts Sonderliches, im Reiche seynd viel, nämlich Notarii, sagt der Reichs-Abschied von 1500 Art. XIV, wiewohl ich selber meines Orts nur Notarien machen kann, und doch kein Instrument.« –

»Wie mancher Pfalzgraf und mancher Vater« – sagte leise Goldine – »keine Gedichte, aber doch einen Dichter.«

»Indes ist in Haßlau« – fuhr er fort – »so oft bald ein Testament, bald ein Interrogatorium, bald ein Vidimus, zuweilen, aber höchst selten eine donatio inter vivos zu machen; falls nun der junge Mensch advoziert« –

»Das muß mein Peter«, sagte Lukas –

»– Falls ers aber« – fuhr er fort – »recht macht, anfangs schlechte, zweideutige Prozesse mit Freuden annimmt, weil große Advokaten sie von der Hand weisen, letztere häufig konsultiert, sich windet und bückt und dreht« –

»So kann er ein rechtes Wasser auf desjenigen Mühle werden, der sein Vater ist, ja eine ganze Mühlwelle; er kann ihm ja nach Gelegenheit von Zeit zu Zeit ein beträchtliches Stück Geld zufertigen«, sagte der Vater –

»O meine Eltern, wenn ich das einmal könnte!« sagte leise Walt entzückt.

»O Gott, steh' mir bei«, sagte Lukas zornig, »wer denn sonst? Etwan dein Spitzbube, dein Landläufer und Querpfeifer, der Vult?« –

Dieser schwur auf seinem Baume, vor einem solchen Vater sich ewig zu verkappen.

»Falls nun« – fuhr Knoll lauter und unwillig über das Stören fort – »der junge Anfänger kein eingebildeter Narr oder Neuling ist, sondern ein Mensch, der bloß im juristischen Fache lebt und webt, wie hier sein vernünftiger Vater, der vielleicht mehr vom Jus versteht....«

Nun konnte Lukas sich nicht mehr halten: »Herr Hoffiskalis! Peter hat seines Vaters Sinn nicht; mich hätte man jura lassen sollen. Gott! ich hatte Gaben und mein Pferdgedächtnis und Sitzfleisch. – Es ist nur ein schlechter Gerichtsmann, der nicht zugleich ein Zivilist – ein Kameralist – ein Kriminalist – ein Feudalist – ein Kanolist – ein Publist ist, so weit er kann.

Längst hätt' ich dieses mein Amt niedergelegt – denn was zieh' ich weiter davon als jährlich drei Scheffel Besoldung und die Faß-Kanne und viel Versäumnis und Verdrüßlichkeit –, wär' im ganzen Dorf ein Mensch zu haben, ders wieder nähme und scharmant versähe. Wo sind denn die vielen Schulzen hierzulande, die vier Schulzenordnungen im Hause haben wie ich, nämlich die alte gothaische, die kursächsische, die württembergische und die haarhaarische? – Und setz' ich nicht in jede Bücherlotterie und erstehe die gescheutesten Sachen, unter andern: ›Julii Bernhards von Rohr vollständiges Haushaltungs-Recht, in welchem die nützlichsten Rechtslehren, welche sowohl bei den Landgütern überhaupt, derselben Kauffung, Verkauffung und Verpachtung, als insonderheit bei dem Ackerbau, Gärtnerei etc. etc. und andern ökonomischen Materien vorkommen, der gesunden Vernunft, denen römisch- und teutschen Gesetzen nach ordentlich abgehandelt werden, allen denenjenigen, so Landgüter besitzen, oder dieselben zu administriren haben, höchst nützlich und ohnentbehrlich. Die andere Auflage. Leipzig, 1738. Verlegts J. Ch. Martini, Buchhändler in der Grimmischen Straße.‹ Es macht aber zwei Bände, sehen Sie!« – »Ich habe sie selber«, sagte Knoll. – »Nun wohl!« (schloß der Vater daraus weiter fort) »Muß ein Gerichtsmann nicht wie ein Hufschmied die Taschen schon im Schurzfell bei der Hand haben, nicht erst in den Hosen? O du lieber Gott, Herr Fiskalis, wo zu pfänden ist – zu taxieren – zu einquartieren – mündlich und schriftlich Unzähliges anzuzeigen – wo Kränze um Brunnen zu machen, Zigeuner aus dem Lande zu jagen, auf Straßen und Feuerschau zu schauen – wo in Dörfern Pesten, Exzesse, Spitzbübereien sind: – da ist ja ein Gerichtsmann der erste dabei und zeigt die Sachen an, sowohl bei löblicher Landeshauptmannschaft als, wenn der Fall, bei der Ritterschaft. Was Wetter! da kann er nicht wie eine Kanzeluhr die Woche nur einmal gehen, Tag für Tag läuft er zum größten Schaden seiner Wirtschaft in alle Löcher – in alle Felder und Wälder – in alle Häuser und nachher in die Stadt und rapportierts mündlich, worauf ers schriftlich aus der Tasche zieht. Es sollen mir Pferdner und Anspänner oder Hintersättler hertreten und sagen: Lukas, lasse die Flausen! Du bist auch da und da fahrlässig gewesen! O solche große Verleumder, sehen sie denn nicht, daß ich mich darüber klaftertief in Schulden stecke, und wäre künftig der Notarius und Tabellio nicht ....«

»Hör einmal auf, Gerichtsmann«, sagte Veronika und wandte sich an den Fiskal, dessen Schuldner ihr Mann war – »Herr Fiskal, er sagt das nur so, um etwas zu sagen. Begehren Sie nichts? – Und ich habe nachher eine große Frage zu tun.«

Lukas schwieg sehr willig und schon gewohnt, daß in seiner Ehe-Sonatine die linke Hand, die Frau, weit über die rechte heraufgriff in die höchsten Töne zum harmonischen Vorteil.

»Er schnapse gern vor dem Essen«, versetzte Knoll zu Walts Erstaunen über ein solches Postillions-Zeitwort von einem Stadt- und Hofmann.

Die Mutter ging und brachte in der einen Hand das Extrapost-Blut und Elementarfeuer, aber in der andern ein dickes Manuskript. Walt nahm es ihr blutrot weg. Goldinens Augen schimmerten entzückt. »Du mußt aus dem Liederbuch lesen«, sagte die Mutter, »der gelehrte Herr sollen sagen, ob es taugt. Herr Kandidat Schomaker will es sehr loben.«

»Und ich lob' es wirklich«, sagte Goldine. Da trat der Kandidat selber herein, warf sich bloß vor dem Fiskale krumm und salutierte mit blitzenden Augen. Er sah aus allen, daß die Freuden-Post des Testaments noch nicht in der Stube erschollen war. »Sehr spät«, sagte Lukas, »der exzellente Aktus ist ganz vorbei.« Ausführlich beteuerte der Kandidat, er sei erst gegen Vesperzeit aus der Stadt gekommen; »ich steh' auch« – sagte er und sah gern den Schulzen an, vergnügt, daß er nicht einen so vornehmen und bedenklichen Herrn wie Knoll beschauen mußte – »schon seit einer geraumen Vierteil-Stunde unten im Hofe, habe mich aber vor fünf Gänsen, welche vor der Türe Flügel und Schnabel gegen mich aufgemachet, nicht hereingetraut.« – »Nein, sechs warens«, sagte die satirische Jüdin. »Oder auch sechs«, versetzte er, »genung, eine ist genung, wie ich gelesen, um einen Menschen durch einen wütigen Biß ganz toll und wasserscheu zu machen.«

»Ah ça!« wandt' er sich zu Walten (mehr französisch konnt er nicht), »Ihre Polymeter!« – »Was sinds?« fragte Knoll trinkend. »Herr Graf,« (sagte Schomaker und ließ die Pfalz weg), »in der Tat eine neue Erfindung des jungen Kandidaten, meines Schülers, er machet Gedichte nach einem freien Metrum, so nur einen einzigen, aber reimfreien Vers haben, den er nach Belieben verlängert, seiten-, bogenlang; was er den *Streckvers* nennt, ich einen *Polymeter.*«

Vult fluchte aus Ungeduld zwischen den Äpfeln. Walt stellte sich endlich mit dem Manuskripte und mit dem Profil seiner Bogenstirn und seiner geraden Nase vor das Licht – blätterte über alle Beschreibung lange und blöde nach dem Frontispiz seines Musentempels – der Kandidat tat mit der einen Hand in der Weste, mit der andern in der Hose drei Streck-Schritte nach Vults Fenster, um hinaus zu – spucken. Stotternd, aber mit schreiender ungebildeter Stimme fing der Dichter an:

Nro. 9. Schwefelblumen

Streckverse

»Ich weiß nicht, ich finde jetzt kein rechtes Gedicht, ich muß auf Geratewohl ausheben:

Der Widerschein des Vesuvs im Meer

›Seht, wie fliegen drunten die Flammen unter die Sterne, rote Ströme wälzen sich schwer um den Berg der Tiefe und fressen die schönen Gärten.

Aber unversehrt gleiten wir über die kühlen Flammen, und unsere Bilder lächeln aus brennender Woge.‹ Das sagte der Schiffer erfreut und blickte besorgt nach dem donnernden Berg auf. Aber ich sagte: ›Siehe, so trägt die Muse leicht im ewigen Spiegel den schweren Jammer der Welt, und die Unglücklichen blicken hinein, aber auch sie erfreuet der Schmerz.‹«

*

»Was weint denn der wunderliche Mensch, da er ja alles sich selber ausgesonnen?« rief Lukas. »Weil er selig ist«, sagte Goldine, ohne es zu treffen; es war bloß das Weinen der Bewegung, die weder eine entzückte noch betrübte, sondern nur eine Bewegung zu sein braucht. Er las jetzt:

»Der Kindersarg in den Armen

Wie schön, nicht nur das Kind wird leicht in den Armen gewiegt, auch die Wiege.

Die Kinder

Ihr Kleinen steht nahe bei Gott, die kleinste Erde ist ja der Sonne am nächsten.

Der Tod unter dem Erdbeben [1]

Der Jüngling stand neben der schlummernden Geliebten im Myrtenhaine, um sie schlief der Himmel und die Erde war leise – die Vögel schwiegen – der Zephyr schlummerte in den Rosen ihres Haars und rückte kein Löckchen. Aber das Meer stieg lebendig auf, und die Wellen zogen in Herden heran. ›Aphrodite‹, betete der Jüngling, ›du bist nahe, dein Meer bewegt sich gewaltig, und die Erde ist furchtsam, erhöre mich, herrliche Göttin, verbinde den Liebenden ewig mit seiner Geliebten.‹ Da umflocht ihm mit unsichtbarem Netze den Fuß der heilige Boden, die Myrten bogen sich zu ihm, und die Erde donnerte, und ihre Tore sprangen ihm auf. – Und drunten im Elysium erwachte die Geliebte, und der selige Jüngling stand bei ihr, denn die Göttin hatte sein Gebet gehört.«

*

Vult fluchte gewaltig im Laube vor lauter Jubel, seine sonst leicht zufallende Seele stand weit den Musen offen: »liebes Gottwältlein! du allein sollst mich kennenlernen; ja bei Gott, das geht an, das muß er mit ausführen – Himmel! wie wird der blöde göttliche Narr erstaunen, wenn ichs ihm vorlege«, sagte er und hatte einen neugebornen Plan im Sinne.

[1] Bekanntlich ist vor dem Erdbeben meist die Luft still, nur das Meer woget.

»Ich sollte meinen,« (sagte Schomaker) »daß er die Auktoren der Anthologie nicht ohne Nutz unter mir studieret.«

Da Knoll nicht antwortete, sagte der Vater: »Lies weiter!« Mit schwächerer Stimme las Walt:

»Bei einem brennenden Theatervorhang

Neue erfreuliche Spiele zeigtest du sonst, stiegst du langsam hinauf. Jetzt verschlingt dich schnell die hungrige Flamme, und verworren, unselig und dampfend erscheint die Bühne der Freude. Leise steige und falle der Vorhang der Liebe, aber nie sink' er als feurige Asche auf immer darnieder.

Die nächste Sonne

Hinter den Sonnen ruhen Sonnen im letzten Blau, ihr fremder Strahl fliegt seit Jahrtausenden auf dem Wege zur kleinen Erde, aber er kommt nicht an. O du sanfter, naher Gott, kaum tut ja der Menschengeist sein kleines, junges Aug auf, so strahlst du schon hinein, o Sonne der Sonnen und Geister!

Der Tod eines Bettlers

Einst schlief ein alter Bettler neben einem armen Mann und stöhnte sehr im Schlaf. Da rief der Arme laut, um den Greis aus einem bösen Traum aufzuwecken, damit den matten Busen nicht die Nacht noch drücke. Der Bettler wurde nicht wach, aber ein Schimmer flog über das Stroh; da sah der Arme ihn an, und er war jetzt gestorben; denn Gott hatt' ihn aus einem längern Traum aufgeweckt.

Die alten Menschen

Wohl sind sie lange Schatten, und ihre Abendsonne liegt kalt auf der Erde, aber sie zeigen alle nach Morgen.

Der Schlüssel zum Sarge

›O schönstes, liebstes Kind, fest hinuntergesperrt ins tiefe dunkle Haus, ewig halt' ich den Schlüssel deiner Hütte, und niemals, niemals tut er sie auf!‹ – Da zog vor der jammernden Mutter die Tochter blühend und glänzend die Sterne hinan und rief herunter: ›Mutter, wirf den Schlüssel weg, ich bin droben und nicht drunten!‹«

Nro. 10. Stinkholz

Das Kapaunengefecht der Prosaisten

»O Himmel, wär's nur morgen, Brüderlein! Es ist verdammt, man sollte nie passen müssen«, sagte Vult. – »Ich habe genug«, sagte Knoll, der bisher die eine Tabakswolke gerade so groß und so langsam geschaffen hatte wie die andere. – »Ich meines Parts«, sagte Lukas, »kann mir nichts Rechts daraus nehmen, und den Versen fehlt auch der rechte Schwanz, aber gib her.« – »Fromme und traurige Sachen stehen wohl darin«, sagte die Mutter. Gottwalt hatte Kopf und Ohren noch in der goldnen Morgenwolke der Dichtkunst, und außen vor der Wolke stehe, kam es ihm vor, der ferne Plato als Sonnenball und durchglühe sie. Der Kandidat Schomaker sah scharf auf den Pfalzgrafen und passete auf Entscheidungen. Aus religiöser Freiheit glaubte er überall zu sündigen, wo er eilen sollte und wagen. Daher hatt' er nicht den chirurgischen Mut, seine Schulkinder ordentlich zu prügeln – er ängstigte sich vor möglichen Frakturen, Wundfiebern und dergleichen –, sondern er suchte sie von weitem zu züchtigen, indem er in einer Nebenkammer dem Züchtling entsetzliche Zerrgesichter vorschnitt.

»Meine Meinung« – fing Knoll mit bösem Niederzug seiner schwarzwaldigen Augenbraunen an – »ist ganz kurz diese: Dergleichen ist wahrlich rechter Zeitverderb. Ich verachte einen Vers nicht, wenn er lateinisch ist, oder doch gereimt. Ich machte selber sonst als junger Gelbschnabel dergleichen Possen und – schmeichl' ich mir nicht – etwas andere als diese. Ja als comes palatinus kreier' ich ja eigenhändig Poeten und kann sie also am wenigsten ganz verwerfen. Kapitalisten oder Rittergutsbesitzer, die nichts zu tun und genug zu leben haben, können in der Tat Gedichte machen und lesen, so viele sie wollen; aber nur kein gesetzter Mensch, der sein gutes solides Fach hat und einen vernünftigen Juristen vorstellen will – der soll es verachten, besonders Verse ohne allen Reim und Metrum, dergleichen ich tausend in einer Stunde hecke, wenns sein muß« –

Vult genoß still den Gedanken, daß er in Haßlau schon Zeit und Ort finden werde, dem Pfalzgrafen durch Öl ins Feuer und durch Wasser ins brennende Öl zur Belohnung irgendein Bad zu bereiten und zu gesegnen. – Und doch konnt' ers vor Zorn kaum aushalten, wenn er bedachte, daß der Kandidat und der Pfalzgraf so lange dastanden, ohne des erfreuenden Testaments zu gedenken. Hätt' er sehen und schreiben können, er hätte einen Stein mit einem Rapport-Wickel als sanfte Taubenpost durchs Fenster fliegen lassen.

»Hörst du?« sagte Lukas. »Sie sind auch eben nicht schön geschrieben, wie ich sehe« und machte blätternd einen Versuch, das Manuskript ins Licht hineinzuhalten. Aber der bisher halbgesenkt in die Flamme blickende Dichter entriß es ihm plötzlich mit greifender Faust. – »In den Nebenstunden aber denn doch so etwa?« fragte Schomaker, für welchen der einzige Titel *Hoffiskal* einen Ruprechts-Zwilling und Doppelhaken in sich faßte; denn schon, wo einem Worte *Hof* oder *Leib* zum Vorsprung anhing – und wars an einem Hofpauker und Leibvorreiter –: da sah er in eine gehelmte Vorrede (praefation galeata) und hatte seine Schauer; wieviel mehr bei dem Worte *Fiskal,* das jeden auf Pfähle oder in Türme zu stecken drohte.

»In meinen Nebenstunden«, versetzte Knoll, »las ich alle mögliche auftreibliche Aktenstücke und wurde vielleicht das, was ich bin. Überspannte Floskeln hingegen greifen zuletzt in dem Geschäftsstil Platz und vergiften ihn ganz; ein Gericht weiset dergleichen dann zurück als inept.« – »Natürlich denn und verzeihlich daher,« (fing Schomaker als Selbstkrummschließer an) »daß ich aus Unkunde der Rechtskunde diese mit der Poesie vereinbaren wollen; aber ganz wahrscheinlich deshalb, daß Herr Harnisch, seinem alleinigen Fache heißer sich weihend, nun ganz vom poetischen absteht: nicht gewiß, gewiß, Herr Notar?«

Da fuhr und schnaubte der bisher sanfte Mensch – den Abfall des sonst lobenden Lehrers für eine Hofmännerei ansehend, die gleich einem Balbiermesser sich vor- und rückwärtsbeugt, obgleich Schomaker bloß nicht fähig war, so auf der Stelle, in der Schnelle, einem Thron-Diener gegenüber und bei der Liebe für den Schüler im Herzen sogleich das Jus auszufinden, sondern immer zu leicht fürchtete, unter der Hand gegen seinen Fürsten zu rebellieren, indes er sonst bei dem Bewußtsein des Rechts jeder Not und Gewalt entgegengezogen wäre – da schnaubte der sanfte Walt wie ein getroffener Löwe empor, sprang vor den Kandidaten und ergriff dessen Achseln mit beiden Händen und schrie aus lang gemarterter Brust so heftig auf, daß der Kandidat wie vor nahem Totschlag aufhüpfte: »Kandidat! bei Gott, ich werde ein guter Jurist von fleißiger Praxis, meiner armen Eltern wegen. Aber, Kandidat, ein Donnerkeil spalte mein Herz, der Ewige werfe mich dem glühendsten Teufel zu, wenn ich je den Streckvers lasse und die himmlische Dichtkunst.«

Hier sah er wild ausfordernd umher und sagte wichtig: »Ich dichte fort« – alle schwiegen erstaunt – in Schomaker hielt noch halbes Leben – Knoll allein zeigte ein grimmiges eisernes Lächeln – auch Vult wurde auf seinem Aste wild, schrie: »Recht, recht!« und griff blindlings nach unreifen Pelzäpfeln, um eine Handvoll gegen die prosaische Session zu schleudern. – Darauf ging der Notar als Sieger hinaus, und Goldine ging ihm mit dem Murmeln nach: »Es geschieht euch recht, ihr Prosaner!« –

Wider Vults Erwarten stellte der Notarius sich unter seinen Apfelbaum und hob nach der Sternenseite des Lebens, nach dem Himmel, das beseelte Antlitz, auf welchem alle seine Gedichte und Träume zu zählen waren. Beinahe wäre der Flötenspieler auf die verletzte Brust als ein weicher Pfühl herabgefallen; er hätte gern den nassen guten Sangvogel, dem es wie der Lerche gegangen, die auf das tote Meer, als wäre es blühendes Land, herunterstürzt und darin ersäuft, hoch unter die trocknende Sonne gehalten; aber Goldinens Ankunft verbot die schöne Erkennung, sie nahm Walts Hand, aber er schaute noch immer mit tauben Augen nach der Höhe, wo nur helle Sterne, keine trübe Erde standen. »Herr Gottwalt«, sagte sie, »denken Sie nicht mehr über die prosaischen Pinsel. Sie haben sie abgetrumpft. Dem Juristen streu' ich heute noch Pfeffer in den Tabak und dem Kandidaten Tabak in den Pfeffer.« – »Nein, liebe Goldine«, fing er mit schmerzlich sanfter Stimme an, »nein, ich war es heute nicht wert, daß mich der große Plato küßte. War es denn möglich? – Gott! es sollte ein froher letzter Abend werden. – Teuere Eltern geben schwer erdarbtes Geld zum Notariate her – der arme Kandidat gibt mir von Kindesbeinen an Lehrstunden fast in allem – Gott segnet mich mit dem Himmel an Platos Herzen –– und ich Satan fahre so höllisch auf! O Gott, o Gott! – Aber mein alter Glaube, Goldine, wie trifft er immer ein: nach jeder rechter inniger Seligkeit des Herzens folgt ein schweres Unglück.«

»Das dacht' ich gleich«, sagte Goldine zornig; »man schlage Sie ans Kreuz, so werden Sie eine festgenagelte Hand vom Querbalken losarbeiten, um damit einem Kriegsknecht seine zu drücken. – Haben denn Sie oder die Strohköpfe droben den heutigen Weinmonat, ich möchte sagen zum Weinessigmonat, versäuert?« – »Ich kenne«, versetzte er, »keine andere Ungerechtigkeiten gewiß und genau, als die ich an andern verübe; – die, so andere an mir begehen, können mir wegen der Ungewißheit der Gesinnungen nie ganz klar und entschieden sein. Ach es gibt ja mehr Irrtümer des Hasses als der Liebe. Wenn nun einmal eine Natur, welche die Antithese und Dissonanz der meinigen ist, existieren sollte, wie von allem die Antithesen: so könnte sie mir ja leicht begegnen; und da ich ebensowohl ihre Dissonanz bin als sie meine, so hab' ich nicht mehr über sie zu klagen als sie über mich.«

Goldine konnte, wie Vult, nichts gegen diese Denkweise einwenden, aber beiden war sie äußerst verdrüßlich. Da rief sanft die Mutter den Sohn und heftig der Vater: »Renne, Peter, renne, wir stehen im Testament und werden vorbeschieden auf den 15ten hujus.«

Nro. 11. Fisettholz

Lust-Chaos

Der Pfalzgraf hatte das Erstarren über Walts Sturmlaufen mit der Bemerkung flüssiger gemacht, daß der »Sansfaçon« es nicht verdiene, in einem wichtigen Testamente zu stehen, zu dessen Eröffnung er ihn vorzuladen habe, und dessen Bedingungen sich eben nicht sehr mit der Reimerei vertrügen. Da war das Anschlagerad und der Dämpfer gerichtlich von des

Schulmeisters ton- und wortvoller Seele abgehoben, und er konnte nun alle Glocken läuten – er wußte und gab die angenehmsten Artikel des Testaments, welche der Fiskal durch die unangenehmen ganz bestätigte. Der Kandidat handelte so lange ungewöhnlich sanft nach einer Beleidigung, bis man ihn ersuchte, sie zu vergeben. Lukas rief schon im halben Hören Walten wie toll hinein, um nur etwas zu reden.

Von zarter Schamröte durchdrungen, erschien dieser – niemand gab auf ihn acht – man steckte im Testamente, ausgenommen Knoll. Dieser hatte gegen den Jüngling seit dessen Vorlesen einen ordentlichen Haß gefaßt – so wie die Musik zwar Nachtigallen zum Schlagen reizt, aber Hunde zum Heulen –, weil ihm der eine Umstand, daß ein so schlechter poetischer Jurist mehr als er erben sollte (was seinen fiskalischen Kern anfraß), mehr wehe tat als der andere süß, daß sein Eigennutz selber keinen Erben hätte auslesen können, der geschickter wäre, die Erbschaft zu verscherzen.

Walt hörte gerührt der Wiederholung und Forterzählung der Erb-Ämter und der Erbstücke zu. Als um Lukas' Ohren jetzt die Worte »11 000 Georgd'ors in der Südsee-Handlung und zwei Fronbauern samt Feldern in Elterlein« flatterten, stand sein Gesicht, das der plötzliche warme Süd-Zephyr des Glückes umspülte, wie zergangen und verblüfft da, und er fragte: »Den 15ten? 11 000?« – Darauf warf er seine Mütze, die er in der Hand hatte, weit über die Stube weg – sagte: »Den hujus dieses?« – Darauf schleuderte er ein Bierglas gegen die Stubentüre über Schomakern weg. »Gerichtsmann«, rief die Frau, »was ist Euch?« – »Ich habe so mein Gaudium«, sagte er. »Nun aber komme mir der erste beste Hund aus der Stadt, ich will ihn lausen, breit tret' ich das Vieh. Und wir werden alle geadelt, wie wir hier sitzen, und ich bleibe der adelige Gerichtsherr – oder ich werde der Gerichthalter und studiere. Und auf meine Kabelschen Grundstücke säe ich nichts als Reps.«

»Mein Freund«, sagte verdrüßlich der Fiskal, »Sein poetischer Sohn hat noch vorher einige Nüsse aufzubeißen, dann ist *der* der Erbe.« – Mit Freudentränen trat der Notar zum enterbten Fiskal und zog dessen zähe Hände mit der Versicherung an sich: »Glauben Sie mir, Freuden-Bote und Evangelist, ich werde alles tun, um die Erbschaft zu erringen, alles, was Sie gefodert haben – (»Was wollt Ihr mit mir?« sagte Knoll, die Hände wegziehend) – denn ich tue es ja für Menschen,« (fuhr Walt fort, alle andere ansehend) »die noch mehr für mich getan, vielleicht für den Bruder, wenn er noch lebt. Sind denn die Bedingungen nicht so leicht, und die letzte so schön, die vom Pfarrerwerden? – Der gute Van der Kabel! Warum ist er denn so gut gegen uns? Ich entsinne mich seiner lebhaft, aber ich dachte, er liebte mich nicht. Doch mußt' ich ihm meine Streckverse vorlesen. Kann man denn zu gut von den Menschen denken?«

Vult lachte und sagte: »Kaum!«

Ganz blöde und schamhaft trat Walt zu Schomaker mit den Worten:

»Vielleicht verdanke ich der Dichtkunst die Erbschaft – und gewiß die Dichtkunst dem Lehrer, der mir die vorige Minute vergebe!« –

»So sei vergessen«, versetzte dieser, »daß man mich vorhin nicht einmal Herr genannt, was doch so allgemein. Wonne herrsche jetz! – Aber Ihr Herr Bruder, dessen Sie gedachten, lebt noch und im Flore. Ein lebhafter Herr van der Harnisch vergewisserte mich dessen, zohe mich aber in eine unerlaubte Ausschwatzung Ihres Hauses hinein, für die mir Ihre Verzeihung so wenig entstehe als Ihnen die meine!«

Der Notar rief es durch das Zimmer, der Bruder lebe noch. »Im erzgebürgischen Elterlein traf ihn der Herr in der Stadt«, sagte Schomaker. – »O Gott, er kommt gewiß heut oder morgen, beste Eltern«, rief Walt entzückt. – »Soll mir lieb sein«, sagte der Schulz, »ich werd' ihm unter der Haustüre mit der Habern-Sense die Beine abmähen und ihn mit einem Holzapfel erstecken, einen solchen Vagabunden!« – Gottwalt aber trat zu Goldinen, die er weinen sah, und sagte: »O ich weiß es worüber, Gute« – und setzte leise hinzu: »Über das Glück Ihres Freundes.« – »Ja bei Gott!« antwortete sie und sah ihn entzückter an.

Die Mutter warf nur die Bemerkung, wie oft ihr Gemüt durch ähnliche Sagen von ihres guten Kindes Wiederkunft betrogen worden, flüchtig unter die Männer, um sich bloß mit dem verdrüßlichen Fiskale abzugeben, welchem sie freundlich alle böse Klauseln des Testaments deutlich abfragte. Den Pfalzgrafen aber verdroß das von seiner Erbportion bestrittene Freudenfest am Ende dermaßen, daß er hastig aufstand, die Zitationsgebühren im Namen des Ratsdieners forderte und den männlichen Jubelköpfen die Hoffnung aufsagte, ihn am Abendtische unter sich zu haben, weil er lieber, gab er vor, bei dem Wirte drüben speise, der schon seinem Vater ein Darlehn schuldig sei, wovon er seit so vielen Jahren, sooft er Gericht halte, etwas abesse und abtrinke, um zu dem Seinigen zu kommen.

Als er fort war, stieg Veronika auf ihre weibliche Kanzel und hielt ihre Brandpredigten und Inspektionsreden an die Männer: sie müßtens haben, wenn der Fiskal ihnen das Kapital aufkündigte; ihr Frohtun habe ihn als einen ausgeschlossenen Erben ja verschnupfen müssen. – »Zieht denn aber er oder ich die Interessen für jetzt, he? – Er!« sagte Lukas. – Schomaker fügte noch den Bericht bei, daß schon der Frühprediger Flachs das Kabelsche ganze Haus in der Hundsgasse durch weniges Weinen erstanden. Der Schulz fuhr klagend auf und versicherte, das Haus sei seinem Sohne so gut wie gestohlen; denn weinen könne jeder; dieser aber sagte, es tröst' ihn ordentlich über sein Glück, daß ein anderer armer Erbe auch etwas habe. Veronika versetzte: »Du hast noch nichts. Ich bin nur eine Frau, aber im ganzen Testamente merk' ich eine Partitenmacherei. Seit vorgestern wurde schon im Dorfe von Erbschaften gemunkelt von fremden Stadtherren, ich sagte aber gern meinem Gerichtsmanne nichts. Du, Walt, hast gar kein Geschick zu Welthändeln; und so können leicht zehn Jahre verstreichen, und du hast nichts, und bist doch auch nichts; wie dann, Gerichtsmann?« – »So schlag' ich ihn«, sagte dieser, »tot, wenn er nicht so viel Verstand zeigt wie ein Vieh; und von dir, Vronel, wars auch keiner, mich nicht zu avertieren.« –

»Ich verpfände mich«, sagte Schomaker, »für Herrn Notars Finesse. Poeten sind durchtriebene Füchse, und haben Wind von allem. Ein Grotius, der Humanist, war ein Gesandter – ein Dante, der Dichter, ein Staatsmann – ein Voltaire, der beides, auch beides.«

Vult lachte, nicht über den Schulmann, aber über den gutherzigen Walt, als dieser sanft beifügte: »Ich habe vielleicht aus Büchern mehr Weltklugheit geschöpft als Ihr denkt, liebe Mutter. – Aber nun nach zwei Jahren, allgütiger Gott! – Wenigstens malen wollen wir uns heute die glänzende Zeit, wo alle hier frei und freudig leben, und ich nichts von allem brauche und wünsche, weil ich zu glücklich auf zwei alten heiligen Höhen wohne, auf der Kanzel und dem Musenberg« – »Du sollst dann auch«, sagte Lukas, »streckversen den ganzen Tag, weil du doch ein Narr darauf bist, wie dein Vater aufs Jus.« – »Jetzt aber werd' ich sehr aufmerksam«, sagte Walt, »das Notarienwesen treiben, besonders da ich es als mein erstes vorgeschriebenes Erbamt versehe; das Advozieren kann nun wohl wegbleiben.« –

»Seht ihr«, rief die Mutter, »er will nur wieder recht über seine langen Verse her, denn er hats ja vorhin so gotteslästerlich beschworen – ich hab' es nicht vergessen, Walt!«

»So wollt' ich doch, daß Donner und Teufel« – rief Lukas, der rein-froh sein wollte – »muß man denn aus jedem Turmknopf einen Nadelknopf machen wie du?« Er wollte gerade das Umgekehrte vorbringen. Er zog den Ehemanns-Vexierzug: »Schweig!« Sie tats immer sogleich, wiewohl mit dem Entschluß, etwas später erst recht anzufangen.

Man schritt zur Abend-Tafel, wie man dastand, Walt im Schanzlooper, obgleich in der Heu-Ernte, weil er sein Nanking-Röckchen schonte. Goldinens Freudenwein war mit vielen Tränen über die Trennung des Morgens gewässert. Der Notar war unendlich entzückt über die Entzückung des Vaters, welcher allmählich, da er sie ein wenig verdauet hatte, nun milder wurde und anfing, mit Tranchiermesser und Gabel der noch fliegenden gebratenen Taube der Erbschaft entgegenzugehen und dem Sohne zum erstenmal in seinem Leben zu sagen: »Du bist mein Glück.« So lange verharrte Vult auf dem Baume. Als aber die Mutter nun erst die ausführlichen Berichte Schomakers über den Flötenspieler um ihr warmes Herz versammlen wollte, stieg er, um nichts zu hören, weil ihm der Tadel bitterer war als das Lob süß, vom Baume herunter, schon beglückt genug durch den Bruder, dessen Unschuld und Dichtkunst ihn so liebend-eng umstrickten, daß er gern die Nacht im Abendrot ersäuft hätte, um nur den Tag zu haben und den Poeten an der Brust.

Nro. 12. Unechte Wendeltreppe

Reiterstück

Früh am betaueten blauen Morgen stand der Notar schon unter der Haustüre reit- und reisefertig. Er hatte statt des Schanzloopers den guten gelben Sommer- und Frühlings-Rock von Nanking am Leibe, weil er als Universalerbe mehr aufwenden konnte, einen runden weißen braungeflammten Hut auf dem Kopf, die Reit-Gerte in der Hand und Kindestränen in den Augen. Der Schulz rief halt, sprang zurück und sogleich wieder her mit Kaiser Maximilians Notariatsordnung, die er ihm in die Tasche steckte. Drüben vor dem Wirtshause stand der knappe flinke Student Vult im grünen Reisehut und der Wirt, welcher der Familien-Antichrist und ein Linker war. Das Dorf wußte alles und paßte. Es war des Universalerben erster Ritt in seinem Leben. Veronika – die ihm den ganzen Morgen Lebensregeln für Eröffnung und Erfüllung des Testaments vorgezeichnet hatte – zerrete den Schimmel am langen Zügel aus dem Stall. Walt sollte hinauf.

Über den Ritt und Gaul wurde von der Welt schon viel gesprochen – mehr als ein Elterleiner versuchte davon ein leidliches Reiterstück zu geben, lieferte aber freilich mehr die rohen Farbhölzer auf die Leinwand als deren feinsten Absud – auch ist das mein erstes Tierstück von Belang, das ich in die Gänge dieses Werks aufhänge und festmache – –: ich werde demnach einige Mühe daran wenden und die größte Wahrheit und Pracht.

In der Apokalypsis stand so lang ein alter verschimmelter Schimmel, bis ihn der Fleischer bestieg und aus ihr in die Zeit herüberritt. Der poetische Lenz liegt weit hinter dem Gaul, wo er eignes Fleisch statt des fremden trug und mit eignen Haaren den Sattel auspolsterte; er hat das Leben und den Menschen – dieses reitende Folterpferd der wunden Natur – zu lange getragen. Der aus zitternden Fühlfaden gesponnene Notar, der den Tag vorher im Stalle um dessen Keilschrift der Zeit, um die Stigmen von Sporen, Sattel und Stangengebiß, herumging, hätte für Geld keinen Finger in die Narben legen können, geschweige am Tage darauf die Knuten-Schneide oder den Sporendolch. Hätte doch der Himmel dem Konföderations-Tiere des Menschen nur irgendeinen Schmerzenslaut beschert, damit der Mensch, dem das Herz nur in den Ohren sitzt, sich seiner erbarmte. Jeder Tierwärter ist der Plagegeist seines Tiers; indes er gegen ein anderes, z. B. der Jäger gegen das Pferd, der Fuhrmann gegen den Jagdhund, der Offizier gegen Leute außer dem Soldatenstande, ein wahres weichwolliges Lamm ist.

Dieser Schimmel betrat am Morgen die Bühne. Der Notar hatte den Tag vorher den Gaul an eine seiner Gehirnwände festgebunden und – wie die *rechte* Seite des *Konvents* und des *Rheins* – sich immer die *linke* vorgestellt, um daran aufzusteigen; – in alle Stellungen hatt' er in seinen vier Gehirnkammern das Schulroß gedreht, geschwind es links bestiegen und so sich selber völlig zugeritten für den Gaul. Dieser wurde gebracht und gewandt. Gottwalts Auge blieb fest an den linken Steigbügel gepicht – aber sein Ich wurd' ihm unter den Händen zu groß für sein Ich – seine Tränen zu dunkel für sein Auge – er besteige, merkt' er, mehr einen Thron als einen Sattel – die linke Roß-Seite hielt er noch fest; nur kam jetzt die neue Aufgabe, wie er die eigne linke so damit verknüpfen könnte, daß beide die Gesichter vorwärts kehrten. –

Wozu die teuflische Qual! Er probierte, wie ein preußischer Kavallerist, rechts aufzuspringen. Pfiffen Leute wie Vult und der Wirt seine Probe aus, so zeigten sie weiter nichts, als daß sie nie gesehen hatten, wie emsig preußische Kavalleristen auf dem rechten Bügel aufsitzen lernen, um gesattelt zu sein, falls einmal der linke entzweigeschossen wird.

Auf dem Sattel hatte nun Walt als Selbst-Quartiermeister das seinige zu tun, alles zu setzen – sich gerade und sattelfest –, auszubreiten – die Finger in die Zügel, die Rockschöße über den Pferderücken –, einzuschichten – die Stiefel in die Steigeisen –; und anzufangen – den Abschied und Ausritt.

An letztern wollte der gesetzte Schimmel nicht gerne gehen. Walts delikates Rückwärtsschnalzen mit der Gerte war dem Gaule so viel, als wichse man ihn mit einem Pferde-Haar. Ein paar mütterliche Handschläge auf den Nacken nahm er für Streicheln. Endlich kehrte der Gerichtsmann eine Heugabel um und gab ihm mit dem Stiel auf den Hinterbacken einen schwachen Ritterschlag, um damit seinen Sohn als Reiter aus dem Dorfe in die Welt zu schicken, sowohl in die gelehrte als schöne. Das war dem Tier ein Wink, bis an den Bach vorzuschreiten; hier stand es vor dem Bilde des Reiters fest, kredenzte den Spiegel, und als der Notar droben mit unsäglicher Systole und Diastole der Füße und Bügel arbeitete, weil das halbe Dorf lachte, und der Wirt ohnehin, glaubte der Harttraber seinen Irrtum des Stehens einzusehen, und trug Walten von der Tränke wieder vor die Stalltüre hin, stört' aber die Rührungen des Reiters bedeutend.

»Wart nur!« sagte, ins Haus laufend, der Vater, kam wieder und langte ihm eine Büchsenkugel zu: »Setz ihm die ins Ohr«, sagt' er, »so will ich kavieren, er zieht aus, weil doch das Blei die Bestie kühlen muß, glaub' ich.«

Kaum war das Rennpferd, wie ein Geschütz, mit dem Kopf gegen das Tor gerichtet und das Ohr mit der Schnellkugel geladen: so fuhr es durchs Tor und davon; – und durch das mit Augen bestellte Dorf und vor des Kandidaten Glückwunsch flog der Notarius vorüber, oben sitzend, mit dem Gießbuckel des ersten Versuchs, als ein gebogenes Komma. »Weg ist er!« sagte Lukas und ging zu den Heuschobern hinaus. Still wischte die Mutter mit der Schürze das Auge und fragte den Großknecht, worauf er noch warte und gaffe. Nur *ein* weinendes Auge hatte Goldine mit dem Tuche bedeckt, um mit dem andern nachzublicken, und sagte: »Es geh' ihm gut!« und ging langsam in sein leeres Studierstübchen hinauf.

Vult eilte dem reitenden Bruder nach. Als er aber vor dem Maienbaume des Dorfes vorüberging und am Fenster die schönäugige Goldine und im Hausgärtchen die einsame Mutter erblickte, die mit tropfenden Augen, noch im Sitzen gebückt, große Bohnen steckte und Knoblauch band: so überströmte seines Bruders warmes mildes Blut plötzlich sein Herz, und er lehnte sich an den Baum und blies einen Kirchenchoral, damit beider Augen sich süßer löseten und ihr Gemüt aufginge; denn er hatte an beiden den kecken scharfen Seelen-Umriß innigst wert gewonnen.

Es war schade, daß der Notarius, der samt dem Schimmel auf Wiesenflächen zwischen grünschimmernden Hügeln, im blauen wehenden Tage flog, es nicht wußte, daß hinter ihm sein Bruder sein fernes Dörfchen und gerührte liebe Herzen mit Echos erfülle. Oben auf einem Berge legte Walt sich auf den Hals des Flugpferds, um aus dem Ohr die Druckkugel zu graben. Da er sie erwischt hatte: so trat das Tier wieder gesetzter einher als ein Mensch hinter einer Leiche; und nur der Berg schob es herunter, und in der Ebene ging es, wie ein silberner glatter Fluß, unmerklich weiter.

Jetzt genoß der zur Ruhe gesetzte Notarius ganz seine sitzende Lebensart auf dem Sattel und den weiten singenden Tag. Sein hoher Aufenthalt auf der Sattelwarte stellte ihm, diesem ewigen Fußgänger, alle Berge und Auen unter ihn, und er regierte die glänzende Gegend. An einer neuen Anhöhe stieg ein Wagenzug von sieben Fuhrleuten auf, den er gern zu Pferde eingeholt und überritten hätte, um nicht in seinen Träumen durch ihr Umschauen gestört zu werden; aber am Hügel-Fuße wollte der gerittene Blondin so gut die Natur genießen – die für ihn in Gras bestand – als der reitende und stand sehr fest. Walt setzte sich zwar anfangs dargegen und stark, wirkte auf viele Seiten des Viehs vor- und rückwärts; aber da es auf dem Feststehen bestand, ließ ers fressen und setzte sich selber herum auf dem Sattel, um die ausgedehnte Natur hinter sich mit seligen Blicken auszumessen und gelegentlich diese sieben spöttischen Fuhr-Hemden so weit vorauszulassen, daß ihnen nicht mehr unter die Augen nachzureiten war.

Am Ende kommt doch eines, ein Ende – der Bereiter wünschte am Hügelfuße, als er sich wieder vorwärts gesetzt, sich herzlich von der Stelle und etwa hinauf; denn die sieben Plejaden mußten nun längst untergegangen sein. Auch sah er den netten Studenten nachkommen, der das Besteigen gesehen. Aber setzte irgend jemand besondern Wert auf Ernte-Ferien, so tats der Schimmel – vor solcher Anhöhe vollends stand er im Drachenschwanz, im aufsteigenden Knoten – die Zäume, die Fußbälle auf der Erde, alle brachten ihn nicht vorwärts. Da nun der Notar auch die lebendige Quecksilberkugel jetzt nicht wieder mit diesem fixierten weißen Merkurius verquicken wollte – wegen der unglaublichen Mühe, sie aus dem Ohr zu fischen –: so saß er lieber ab und spannte sich seiner eigenen Vorspann vor, indem er sie durch den Flaschenzug des Zügels wirklich hinaufwand.

Oben blühte frische Not: hinter sich sah er eine lange katholische Wallfahrt nachschleichen, gerade vor sich unten im langen Dorfe die böse Fuhr-Sieben trinken und tränken, die er einholen mußte, er mochte wollen oder nicht.

Es grünte ihm auf der andern Seite Hoffnung, aber fruchtlos; er hatte Aussichten, durch des Kleppers Allegro ma non troppo den haltenden Fuhrleuten ziemlich vorzusprengen; er ritt erheitert in starkem Schritt den Berg hinab, ins Dorf hinein; – aber da kehrte das Filial-Pferd ohne sonderliches Disputieren ein, es kannte den Wirt, jeder Krug war seine Tochter-, jeder Gasthof seine Mutterkirche. »Gut, gut«, sagte der Notar, »anfangs wars ja selber mein Gedanke« – und befahl unbestimmt einem Unbestimmten, dem Gaule etwas zu geben. Jetzt kam auch der flinke Grünhut nach. Vults Herz wallete auf vor Liebe, da er sah, wie der erhitzte schöne Bruder von der schneeweißen Bogenstirn den Hut lüftete, und wie im Morgenwehen seine Locken das zarte, mit Rosenblute durchgossene kindliche Gesicht anflatterten, und wie seine Augen so liebend und anspruchlos auf alle Menschen sanken, sogar auf das Siebengestirn. Gleichwohl konnte Vult den Spott über das Pferd nicht lassen: »Der Gaul«, sagt' er, mit seinen schwarzen Augen auf den Bruder blitzend und die Mähne streichelnd, »geht besser, als er aussieht; wie ein Musenpferd schwang er sich über das Dorf.« – »Ach das arme Tier!« sagte Walt mitleidig und entwaffnete Vulten.

Sämtliche Passagiere tranken im Freien – die Pilgrime gingen singend durchs Dorf – alle Tiere auf dem Dorfe und in der Luft wieherten und kräheten vor Lust – der kühlende Nordost durchblätterte den Obstgarten und rauschte allen gesunden Herzen zu: weiter hinaus ins freie weite Leben! – »Ein sehr göttlicher Tag«, sagte Vult, »verzeihen Sie, mein Herr!« Walt sah ihn blöde an und sagte doch heftig: »O gewiß, mein Herr! Die ganze Natur stimmt ordentlich ein jubelndes herzerfrischendes Jagdlied an, und aus den blauen Höhen tönen doch auch sanfte Alphörner herunter.«

Da hingen die Fuhrleute die Gebisse wieder ein. Er zahlte schnell, nahm den Überschuß nicht an und saß im Wirrwarr auf, willens, allen vorzufliegen. Es ist ein Grundsatz der Pferde, gleich den Planeten nur in der Sonnen-Nähe eines Wirtshauses schnell zu gehen, aber langsam daraus weg ins Aphelium; der Schimmel heftete seine vier Fuß-Wurzeln als Stifte eines Nürnberger Spielpferdes fest ins lackierte Brett der Erde und behauptete seinen Ankerplatz. Der bewegte Zaum war nur sein Ankertau – fremde leidenschaftliche Bewegung setzt' ihn in eigne nicht – umsonst schnalzte der leichte Reiter in grün-atlassener Weste und mit braunen Hutflammen, er konnte ebensogut den Sattel über einen Bergrücken geschnallet haben und diesen spornen.

Einige der sanftesten Fuhrleute bestrichen die Hinterbeine des Quietisten; er hob sie, aber ohne vordere. Lange genug hatte nun Walt auf sein Mitleiden gegen das Vieh gehört; jetzt warf er ohne weiters dem Trauerpferd den Schusser ins Ohr – die Kugel konnte die Massa, den Queue fortstoßen ins grüne Billard. Walt flog. Er rauschte schnell dicht hinter der Hühner-Kette von Pilgern, die scheu auseinanderspritzte, bis leider auf eine an der Spitze gehende taube Vorsängerin, die Reiten und Warnen nicht vernahm – umsonst zupften seine sterbenden Finger voll Todesnot im Ohr und wollten Kugelzieher sein – seine fliegende Kniescheibe rannte an ihr Schulterblatt und warf sie um – sie erstand schleunigst, um frühe genug, unterstützt von allen ihren Konfessions-Verwandten, ihm über alle Beschreibung nachzufluchen. Weit hinter dem Fluchen bracht' er nach langer Ballotage die Glücks- und Unglückskugel zwischen dem Daumen und Zeigefinger heraus, teuer schwörend, nie dieses Oberons-Horn mehr anzusetzen.

Wenn er freilich jetzt die Bestie wie eine Harmonika traktierte, nämlich langsam – so daß jeder die größten Schulden auf ihr absitzen konnte, sogar ein Staat, wenns anders für diesen einen andern Schuldturm geben könnte außer dem Babelturm –: so wär' es wohl gegangen, hätt' er sich nicht umgedreht und gesehen, was hinter seiner Statua equestris und curulis zog; ein Heer, sah er, setz' ihm hitzig mit und ohne Wagen nach, Pilger voll Flüche, sieben weiße Weisen voll Spaß und der Student. Der menschliche Verstand muß sehr irren oder an dem, was er nachher tat, hatte die Vermutung aus dem Vorigen großen Teil, daß der nachschwimmende Hintergrund nicht nur seinen Durchgang durch ein Rotes Meer erzwingen, sondern daß sogar das Meer selber mit ihm gehen würde; weil er auf seinem lebendigen Laufstuhl niemand zu entrinnen vermochte. Schon das bloße Zurückdenken an den Nachtrab mußte wie Lärmtrommeln in die schönsten leisen Klänge fahren, die er jetzt am blauesten Tage aus den Himmels-Sphären seiner Phantasie leicht herunterhören konnte.

Deshalb ritt er geradezu aus der Landstraße über Wiesen in eine Schäferei hinein, wo er halb gleichgültig gegen lächerlichen Schein, halb mit errötender Ruhmliebe – für Geld, gute Worte und sanfte Augen – es sich von der Schäferin erbat, daß dem Schimmel so lange – denn er verstand nichts von Roß-Diätetik – Heu vorgesetzet würde, bis etwan die Feinde sich eine Stunde voraus- und ihn mathematisch gewiß gemacht hätten, daß sie nicht zu ereilen wären, gesetzt auch, sie fütterten zwei Stunden.

So *neu*-selig und erlöset setzt' er sich hinter das Haus unter eine schwarzgrüne Linde in den frischen Schatten-Winter und tauchte sein Auge still in den Glanz der grünen Berge, in die Nacht des tiefen Äthers und in den Schnee der Silberwölkchen. Darauf stieg er nach seiner alten Weise über die Gartenmauer der Zukunft und schauete in sein Paradies hinein: welche volle rote Blumen und welches weiße Blütengestöber füllte den Garten! –

Endlich – nach einer und der andern Himmelfahrt – machte er drei Streckverse, einen über den Tod, einen über einen Kinderball und einen über eine Sonnenblume und Nachtviole. Kaum wollte er, da das Pferd Heu genug hatte, von der kühlen Linde fort; er entschloß sich, heute nicht weiter zu reisen als nach dem sogenannten Wirtshaus zum Wirtshaus, eine kleine Meile von der Stadt. Indes eben in diesem Wirtshaus hatten alle seine Feinde um 1 Uhr halt und Mittag gemacht; und sein Bruder war dageblieben, um ihn zu erwarten, weil er wußte, daß die Landstraße und der Schimmel und Bruder durch den Hof liefen. Vult mußte lange passen und seine Gedanken über die nächsten Gegenstände haben, z. B. über den Wirt, einen Herrnhuter, der auf sein Schild nichts weiter malen lassen als wieder ein Wirtshausschild mit einem ähnlichen Schild, auf dem wieder das gleiche stand; es ist das die jetzige Philosophie des Witzes, die, wenn der ähnliche Witz der Philosophie das Ich-Subjekt zum Objekt und umgekehrt macht, ebenso dessen Ideen sub-objektiv widerscheinen lässet; z. B. ich bin tiefsinnig und schwer, wenn ich sage: Ich rezensiere die Rezension einer Rezension vom Rezensieren des Rezensierens, oder ich reflektiere auf das Reflektieren auf die Reflexion einer Reflexion über eine Bürste. Lauter schwere Sätze von einem Widerschein ins Unendliche und einer Tiefe, die wohl nicht jedermanns Gabe ist; ja vielleicht darf nur einer, der imstande ist, denselben *Infinitiv*, von welchem Zeitwort man will, im *Genitiv* mehrmals hintereinander zu schreiben, zu sich sagen: ich philosophiere.

Endlich um 6 Uhr hörte Vult, der aus seiner Stube sah, den Wirt oben aus dem Dachfenster rufen: »He, Patron, scher' Er sich droben weg! – Will Er ins Kuckucks Namen wegreiten?!« – Das Wirtshaus stand auf einem Birken-Hügel. Gottwalt war seitwärts aus dem Wege an den herrnhutischen Gottesacker hinaufgeritten, aus welchem der Schimmel Schoten aus den Staketen zog, während der Herr das dichterische Auge in den zierlichen Garten voll gesäeter Gärtner irren ließ. Wiewohl er den Kalkanten der groben Pedalstimme nicht durch die Birken sehen konnte: so zog er doch – da den Menschen überhaupt nach einer Grobheit feinstes Empfinden schwer verfolgt – sogleich den rupfenden Rüssel aus dem Spaliere auf und gelangte bald mit den Schoten im nassen Gebisse vor der Stall-Tür an.

Er tat an den sehr ernst unter seiner Türe stehenden Wirt von fernen – umsonst wollt' er gar vor ihn hinreiten – barhaupt am Stalle die Frage, ob er *hier* mit seinem Gaul logieren könne.

Ein ganzer heller Sternenhimmel fuhr Vulten durch die Brust und brannte nach.

Auch der Wirt wurde sternig und sonnig; aber wie wär' er – sonst hätt' er höflicher aus dem Dache gesprochen – darauf gekommen, daß ein Passagier zu Pferde in dieser Nähe der Stadt und Ferne der Nacht ihn mit einem Stillager beehren werde. – Als er wahrnahm, daß der Passagier ein besonderes Vieleck oder Dreieck mit dem rechten Beine über dem Gaule absitzend beschrieb, und daß er die schweren, mit einem organisierten Sattel behangenen Schenkel ins Haus trug, ohne weiter nach dem Tiere oder Stalle zu sehen: so wußte der Schelm sehr gut, wen er vor sich habe; und lachte zwar nicht mit den Lippen, aber mit den Augen den Gast aus, ganz verwundert, daß dieser ihn für ehrlich und es für möglich hielt, er werde den Hafer, den er morgen in die Rechnung eintragen konnte, schon heute dem Schimmel vorsetzen.

»Nun geht«, sagte Vult bildlich, der mit Herzklopfen die Treppe hinab dem Bruder entgegenging, »ein ganz neues Kapitel an.« Unbildlich geschiehts ohnehin.

Nro. 13. Berliner Marmor mit glänzenden Flecken

Ver- und Erkennung

Unten im Korrelationssaal und Simultanzimmer der Gäste forderte der Notar nach Art der Reise-Neulinge *schnell* einen Trunk, eine einmännige Stube und dergleichen Abendmahlzeit, damit der Wirt nicht denken sollte, er verzehre wenig. Der lustige Vult trat ein, tat mit Welt-Manier ganz vertraulich und freute sich sehr des gemeinschaftlichen Übernachtens: »Wenn – Ihr Schimmel zu haben ist«, sagt' er, »so hab' ich Auftrag, ihn für jemand zu einem Schießpferd zu kaufen, denn ich glaube, daß er steht.« – »Es ist nicht der meinige«, sagte Walt. »Er frisset aber brav«, sagte der Wirt, der ihn bat, nachzufolgen in sein Zimmer. Als ers aufschloß, war die Abendwand nicht sowohl ganz zerstört – denn sie lag ein Stockwerk tiefer unten in ziemlichen Stücken – als wahrhaft verdoppelt – denn die neue lag als Stein und Kalk unten darneben –. »Weiter«, fügte der Herrnhuter seelenruhig bei, als der Gast ein wenig erstaunt mit dem großen Auge durch das sieben Schritt breite Luftfenster durchfuhr, »weiter hab' ich im ganzen Hause nichts leer, und jetzt ists Sommer.« – »Gut«, sagte Walt stark und suchte zu befehlen; »aber einen Besen!« – Der Wirt lief demütig und gehorchend hinab.

»Ist unser Wirt nicht ein wahrer Filou?« sagte Vult. »Im Grunde, mein Herr« – versetzte jener freudig – »ist das für mich schöner. Welcher herrliche lange Strom von Feldern und Dörfern, der hereinglänzt und das Auge trägt und zieht; und die Abendsonne und -röte und den Mond hat man ganz vor sich, sogar im Bette die ganze Nacht!« – Diese Einstimmung ins Geschick und ins Wirtshaus kam aber nicht bloß von seiner angebornen Milde, überall nur die übermalte, nicht die leere Seite der Menschen und des Lebens vorzudrehen, sondern auch von jener göttlichen Entzückung und Berauschung her, womit besonders Dichter, die nie auf Reisen waren, einen von Träumen und Gegenden nachblitzenden Reisetag beschließen; die prosaischen Felder des Lebens werden ihnen, wie in Italien die wirklichen, von poetischen Myrten umkränzt und die leeren Pappeln von Trauben erstiegen.

Vult lobte ihn wegen der Gemsenartigkeit, womit er, wie er sehe, von Gipfeln zu Gipfeln setze über Abgründe. »Der Mensch soll«, versetzte Walt,

»das Leben wie einen hitzigen Falken auf der Hand forttragen, ihn in den Äther auflassen und wieder herunterrufen können, wie es nötig ist, so denk' ich.« – »Der Mars, der Saturn, der Mond und die Kometen ohne Zahl stören« (antwortete Vult) »unsere Erde bekanntlich sehr im Laufe; – aber die Erdkugel in uns, sehr gut das Herz genannt, sollte beim Henker sich von keiner fremden laufenden Welt aus der Bahn bringen lassen, wenns nicht etwa eine solche tut wie die weise Pallas – oder die reiche Ceres – und die schöne Venus, die als Hesper und als Luzifer die Erdbewohner schön mit dem lebendigen *Merkur* verbindet. – Und erlauben Sie es, mein Herr, so werfen wir heute unsere Soupers zusammen, und ich speise mit hier vor der Bresche, wo das Mondsviertel in der Suppe schwimmen und die Abendröte den Braten übergolden kann.«

Walt sagte heiter Ja. Auf Reisen macht man abends lieber romantische Bekanntschaften als morgens. Auch trachtete er, wie alle Jünglinge, stark, viele zu machen, besonders vornehme, unter welche er den lustigen Kauz mit seinem grünen Reise-Hute rechnete, diesem Gegenhut eines Bischofs, der einen nur innen grünen und außen schwarzen trägt.

Da kam der Wirt und der Besen, um den Bau-Abhub und Bodensatz über die Stube hinauszufegen; in den linken Fingern hing ihm ein breiter, in Holz eingerahmter Schiefer. Er zeigte an, sie müßten ihre Namen darauf setzen, weil es hierzulande wie im Gothaischen wäre, wo jeder Dorfwirt den Schiefer am Tage darauf mit den Namen aller derer, die nachts bei ihm logiert hätten, in die Stadt an die Behörde tragen müßte.

»O man kennt euch Wirte« – sagte Vult und faßte die ganze Tafel – »ihr seid wohl ebenso begierig dahinterher, was euer Gast für ein Vogel ist, als irgendein regierender Hof in Deutschland, der gleich abends nach dem Tor- und Nachtzettel aller Einpassanten greift, weil er keinen bessern Index Autorum kennt als diesen.«

Vult setzte mit einem angeketteten Schiefer-Stift auf den Schiefer mit Schiefer – so wie unser Fichtisches Ich zugleich Schreiber, Papier, Feder, Dinte, Buchstaben und Leser ist – seinen Namen so: »Peter Gottwalt Harnisch, K. K. offner geschworner Notarius und Tabellio, geht nach Haßlau.« Darauf nahm ihn Walt, um sich auch als Notarius selber zu verhören und seinen Namen und Charakter zu Protokoll und zu Papier zu bringen.

Erstaunt sah er sich schon darauf und schauete den Grünhut an, dann den Wirt, welcher wartete, bis Vult den Schiefer nahm und dem Wirte mit den Worten gab: »Nachher, Freund! – ce n'est qu'un petit tour que je joue à notre hôte«, sagte er mit so schneller Aussprache, daß Walt kein Wort verstand und daher erwiderte: »Oui.« Aber durch seinen verwirrten Rauch schlugen die freudigsten Funken; alles verhieß, glaubte er, eines der schönsten Abenteuer; denn er war dermaßen mit Erwartungen ganz romantischer Naturspiele des Schicksals, frappanter Meerwunder zu Lande ausgefüllet, daß er es eben nicht über sein Vermuten gefunden hätte – bei aller Achtung eines Stubengelehrten und Schulzensohns für höhere Stände –, falls ihm etwa eine Fürstentochter einmal ans Herz gefallen wäre, oder der fürstliche Hut ihres Herrn Vaters auf den Kopf. Man weiß so wenig, wie die Menschen wachen, noch weniger, wie sie träumen, nicht ihre größte Furcht, geschweige ihre größte Hoffnung. Der Schiefer war ihm eine Kometenkarte, die ihm Gott weiß welchen neuen feurigen Bartstern ansagte, der durch seinen einförmigen Lebens-Himmel fahren würde. »Herr Wirt« – sagte Vult freudig, dem seine beherrschende Rolle so wohl tat wie sein sanfter Bruder ohne Stolz – »servier' Er hier ein reiches Souper, und trag' Er uns ein paar Flaschen vom besten aufrichtigsten Krätzer auf, den er auf dem Lager hält.«

Walten schlug er einen Spaziergang auf den benachbarten Herrnhuter Gottesacker vor, während man fege; »ich ziehe droben«, fügt' er bei, »mein Flauto traverso heraus und blase ein wenig in die Abendsonne und über die toten Herrnhuter hinüber; – lieben Sie das Flauto?« – »O wie sehr gut sind Sie gegen einen fremden Menschen!« antwortete Walt mit Augen voll Liebe; denn das Ganze des Flötenspielers verkündigte bei allem Mutwillen des Blicks und Mundes heimliche Treue, Liebe und Rechtlichkeit. »Wohl lieb' ich«, fuhr er fort, »die Flöte, den Zauberstab, der die innere Welt verwandelt, wenn er sie berührt, eine Wünschelrute, vor der die innere Tiefe aufgeht.« – »Die wahre Mondachse des innern Monds«, sagte Vult. »Ach sie ist mir noch sonst teuer«, sagte Walt und erzählte nun, wie er durch sie oder an ihr einen geliebten Bruder verloren – und welchen Schmerz er und die Eltern bisher getragen, da es ein kleinerer sei, einen Verwandten im Grabe zu haben, als in jeder frohen Stunde sich zu fragen: mit welcher dunklen, kalten mag jetzt der Flüchtling auf seinem Brett im Weltmeer ringen? »Da aber Ihr Herr Bruder ein Mann von musikalischem Gewicht sein soll, so kann er ja ebensogut im Überflusse schwimmen als im Weltmeer«, sagte er selber.

»Ich meine«, versetzte Walt, »sonst dachten wir so traurig, jetzt nicht mehr; und da war es kein Wunder, wenn man jede Flöte für ein Stummenglöckchen hielt, das der in Nacht hinaus verlorne Bruder hören ließ, weil er nicht zu uns reden konnte.« Unwillkürlich fuhr Vult nach dessen Hand, gab sie ebenso schnell zurück, sagte: »Genug! Mich rühren hundert Sachen zu stark – Himmel, die ganze Landschaft hängt ja voll Duft und Gold!«

Aber nun vermochte sein entbranntes Herz keine halbe Stunde länger den Kuß des brüderlichen aufzuschieben; so sehr hatte die vertrauende unbefangene Bruderseele heute und gestern in seiner Brust, aus welcher die Winde der Reisen eine Liebes-Kohle nach der andern verweht hatten, ein neues Feuer der Bruderflammen angezündet, welche frei und hoch aufschlugen ohne das kleinste Hindernis. Stiller gingen jetzt beide im schönen Abend. Als sie den Gottesacker öffneten, schwamm er flammig im Schmelz und Brand der Abendsonne. Hätte Vult zehn Meilen umher nach einem schönen Postamente für eine Gruppe zwillings-brüderlicher Erkennung gesucht, ein besseres hätt' er schwerlich aufgetrieben, als der Herrnhuter Totengarten war mit seinen flachen Beeten, worin Gärtner aus Amerika, Asia und Barby gesäet waren, die sich alle aufeinander mit dem schönen Lebens-*Endreim* »heimgegangen« reimten. Wie schön war hier der Knochenbau des Todes in Jugend-Fleisch gekleidet und der letzte blasse Schlaf mit Blüten und Blättern zugedeckt! Um jedes stille Beet mit seinem Saat-Herzen lebten treue Bäume, und die ganze lebendige Natur sah mit ihrem jungen Angesicht herein.

Vult, der jetzt noch ernster geworden, freuete sich, daß er aller Wahrscheinlichkeit nach vor keinem Kenner zu blasen habe, weil seine Brust, solcher Erschütterungen ungewohnt, heute nicht genug Atem für sein Spiel behielt. Er stellte sich weg vom Bruder, gegenüber der strahlenlosen Abendsonne, an einen Kirschbaum, aus welchem das Brust- und Halsgeschmeide eines blühenden Jelängerjelieber wie eigne Blüte hing; und blies statt der schwersten Flöten-Passaden nur solche einfache Ariosos nebst einigen eingestreuten Echos ab, wovon er glauben durfte, daß sie ins unerzogne Ohr eines juristischen Kandidaten mit dem größten Glanz und Freuden-Gefolge ziehen würden.

Sie tatens auch. Immer langsamer ging Gottwalt, mit einem langen Kirschzweige in der Hand, zwischen der Morgen- und Abend-Gegend auf und nieder. Seliger als nie in seinem trocknen Leben war er, als er auf die liebäugelnde Rosen-Sonne losging und über ein breites goldgrünes Land mit Turmspitzen in Obstwäldern und in das glatte weiße Mutterdorf der schlafenden stummen Kolonisten im Garten hineinsah, und wenn dann die Zephyre der Melodien die duftige Landschaft wehend aufzublättern und zu bewegen schienen. Kehrt' er sich um, mit gefärbtem Blick, nach dem Osthimmel und sah die Ebene voll grüner auf- und ablaufender Hügel wie Landhäuser und Rotunden stehen und den Schwung der Laubholzwälder auf den fernen Bergen und den Himmel in ihre Windungen eingesenkt: so lagen und spielten die Töne wieder drüben auf den roten Höhen und zuckten in den vergoldeten Vögeln, die wie Aurorens Flocken umherschwammen, und weckten an einer düstern schlafenden Morgenwolke die lebendigen Blicke aufgehender Blitze auf. Vom Gewitter wandt' er sich wieder gegen das vielfarbige Sonnenland – ein Wehen von Osten trug die Töne – schwamm mit ihnen an die Sonne – auf den blühenden Abendwolken sang das kleine Echo, das liebliche Kind, die Spiele leise nach. – Die Lieder der Lerchen flogen gaukelnd dazwischen und störten nichts. – –

Jetzt brannte und zitterte in zartem Umriß eine Obstallee durchsichtig und riesenhaft in der Abendglut – schwer und schlummernd schwamm die Sonne auf ihrem Meer – es zog sie hinunter – ihr goldner Heiligenschein glühte fort im leeren Blau – und die Echotöne schwebten und starben auf dem Glanz: Da kehrte sich jetzt Vult, mit der Flöte am Munde, nach dem

Bruder um und sah es, wie er hinter ihm stand, von den Scharlachflügeln der Abendröte und der gerührten Entzückung überdeckt und mit blödem stillen Weinen im blauen Auge. – Die heilige Musik zeigt den Menschen eine Vergangenheit und eine Zukunft, die sie nie erleben. Auch dem Flötenspieler quoll jetzt die Brust voll von ungestümer Liebe. Walt schrieb sie bloß den Tönen zu, drückte aber wild und voll lauterer Liebe die schöpferische Hand. Vult sah ihn scharf an, wie fragend. »Auch an meinen Bruder denk' ich«, sagte Walt; »und wie sollt' ich mich jetzt nicht nach ihm sehnen?«

Nun warf Vult Kopf-schüttelnd die Flöte weg – ergriff ihn – hielt ihn von sich, da er ihn umarmen wollte – sah ihm brennend ins fromme Gesicht und sagte: »Gottwalt, kennst du mich nicht mehr? Ich bin ja der Bruder.« – »Du? O schöner Himmel! – Und du bist mein Bruder Vult?« schrie Walt und stürzte an ihn. Sie weinten lange. Es donnerte sanft im Morgen. »Höre unsern guten Allgütigen!« sagte Walt. Der Bruder antwortete nichts. Ohne weitere Worte gingen beide langsam Hand in Hand aus dem Gottesacker.

Nro. 14. Modell eines Hebammenstuhls

Projekt der Äther-Mühle – der Zauberabend

Für zwei luftige Komödianten, die den Orest und Pylades sich einander abhören, mußte jeder beide halten, der ihnen aus dem Wirtshaus nachsah, wie sie unten in einer abgemähten Wiese sich in Lauf-Zirkeln umtrieben, mit langen Zweigen in der Hand, um ihre Vergangenheiten gegeneinander auszutauschen. Aber der Tausch war zu schwer. Der Flötenspieler versicherte, sein Reiseroman – so künstlich gespielt auf dem breiten Europa – so niedlich durchflochten mit den seltensten confessions – stets von neuem gehoben durch die Windlade und Hebemaschine der Flûte de travers – wäre zwar für die Magdeburger Zenturiatoren, wenn sie ihm nachschreibend nachgezogen wären, ein Stoff und Fund gewesen, aber nicht für ihn jetzt, der dem Bruder andere Sachen zu sagen habe, besonders zu fragen, besonders über dessen Leben. Etwas von dieser Kürze mocht' ihm auch der Gedanke diktieren, daß in seiner Geschichte Kapitel vorkämen, welche die herzliche Zuneigung, womit der unschuldige, ihn freudig beschauende Jüngling seine erwiderte, in einem so weltunerfahrnen reinen Gemüte eben nicht vermehren könnten; er merkte an sich – da man auf Reisen unverschämt ist –, er sei fast zu Hause.

Walts Lebens-Roman hingegen wäre schnell in einen Universitätsroman zusammengeschrumpft, den er zu Hause auf dem Sessel spielte durch Lesen der Romane, und seine Acta eruditorum in den Gang eingelaufen, den er in den Hörsaal machte und zurück in sein viertes Stockwerk – wenn nicht das Van der Kabelsche Testament gewesen wäre; aber durch dieses hob sich der Notar mit seiner Geschichte.

Er wollte den Bruder mit den Notizen davon überraschen; aber dieser versicherte, er wisse schon alles, sei gestern beim Examen gewesen und unter dem Zanke auf dem Pelzapfelbaum gesessen. –

Der Notar glühte schamrot, daß Vult seinen Zorn-Kaskatellen und seinen Versen zugehorcht; – er sei wohl, fragt' er verwirrt, schon mit dem Herrn van der Harnisch angekommen, der mit dem Kandidaten von ihm gesprochen. »Jawohl«, sagte Vult, »denn ich bin jener Edelmann selber.« Walt mußte fortstaunen und fortfragen, wer ihm denn den Adel gegeben. »Ich an Kaisers Statt«, versetzte dieser, »gleichsam so als augenblicklicher sächsischer Reichsvikarius des guten Kaisers; es ist freilich nur Vikariats-Adel.« – Walt schüttelte moralisch den Kopf. »Und nicht einmal der«, sagte Vult, »sondern etwas ganz Erlaubtes nach Wiarda [1], welcher sagt, man könne ohne Bedenken ein *von* entweder vor den Ort oder auch vor den Vater setzen, von welchem man komme; ich konnte mich nach ihm ebensogut Herr von Elterlein umtaufen als Herr von Harnisch. Nennt mich einer gnädiger Herr, so weiß ich schon, daß ich einen Wiener höre, der jeden bürgerlichen *Gentleman* so anspricht, und lass' ihm gern seine so unschuldige Sitte.« –

»Aber du konntest es gestern aushalten«, sagte Walt, »die Eltern zu sehen und den Jammer der Mutter unter dem Essen über dein Schicksal zu hören, ohne herab und hinein an die besorgten Herzen zu stürzen?« –

»So lange saß ich nicht auf dem Baume –– Walt«, sagt' er, plötzlich vor ihn vorspringend – »Sieh mich an! Wie Leute gewöhnlich sonst aus ihren Not- und Ehrenzügen durch Europa heimkommen, besonders wie morsch, wie zerschabt, wie zerschossen gleich Fahnen, braucht dir wohl niemand bei deiner ausgedehnten Lektüre lange zu sagen; – ob es gleich sehr erläutert würde, wenn man dir dazu einen Fahnenträger dieser Art – dir unbekannt, aber aus einem altgräflichen Hause gebürtig und dessen Ahnenbildersaal mit sich als Hogarths Schwanzstück und Finalstock beschließend – wenn man dir jenen Grafen vorhalten könnte, der eben jetzt vollends in London versiert und einst nie mehr Arbeit vor sich finden wird, als wenn er von den Toten auferstehen will und sich seine Glieder, wie ein Frühstück in Paris, in der halben alten Welt zusammenklauben muß, die Wirbelhaare auf den Straßendämmen nach Wien – die Stimme in den Konservatorien zu Rom – seine erste Nase in Neapel, wo sich mehrere Statuen mit zweiten ergänzen – seine anus cerebri (diese Gedächtnis-Sitze nach Hoboken) und seine Zirbeldrüse und mehrere Sachen in der Propaganda des Todes mehr

[1] Wiarda über deutsche Vor- und Geschlechtsnamen. S. 216–221.

als des Lebens -- Kurz der Tropf (er hat mir den Redefaden verworren) findet nichts auf dem Kirchhof neben sich als das, worein er jetzt, wie andere Leichen auf dem St. Innozenz-Kirchhof in Paris, ganz verwandelt ist, das Fett. -- Nun aber beschau mich und die Jünglingsrosen – das Männermark – die Reisebräune – die Augenflammen – das volle Leben: was fehlt mir? Was dir fehlet – etwas zu leben. Notar, ich bin nicht sehr bei Geld.«

»Desto besser« – versetzte Walt so gleichgültig, als kenn' er das Schöpfrad aller Virtuosen ganz gut, das sich immer zu füllen und zu leeren, eigentlich aber nur durch beides umzuschwingen sucht – »ich habe auch nichts, doch haben wir beide die Erbschaft« ... Er wollte noch etwas Freigebiges sagen, aber Vult unterfuhr ihn: »Ich wollte vorhin nur andeuten, Freund, daß ich mithin in Ewigkeit nie mich in verlorner Sohnes-Gestalt vor die Mutter stelle – und vollends vor den Vater! – Freilich, könnt' ich mit einer langen Stange von Gold in die Haustüre einschreiten! -- Bei Gott, ich wollte sie oft beschenken – ich nahm einmal absichtlich Extrapost, um ihnen eine erkleckliche Spiel-Summe (nicht auf der Flöte, sondern auf der Karte erspielt) zugleich mit meiner Person schneller zu überreichen; leider aber zehr' ichs gerade durch die Schnelle selber auf und muß auf halbem Weg leer umwenden. Glaub es mir, guter Bruder, ob ichs gleich sage. Sooft ich auch nachher ging und flötete, das Geld ging auch flöten.«

»Immer das Geld!« – sagte Walt – »die Eltern geht nur ihr Kind, nicht dessen Gaben an; könntest du so scheiden und zumal die liebe Mutter in der langen nagenden Sorge lassen, woraus du mich erlöset?« – »Gut!« sagt' er. »So mög' ihnen denn durch irgendeinen glaubwürdigen Mann aus Amsterdam oder Haag, etwan durch einen Herrn van der Harnisch, geschrieben werden, ihr schätzbarer Sohn, den er persönlich kenne und schätze, emergiere mehr, habe jetzt Mittel und vor tausenden das Prä und lange künftig *an*, so wie jetzt *aus*. Ach was! Ich könnte selber nach Elterlein hinausreiten, Vults Geschichte erzählen und beschwören und falsche Briefe von ihm an mich vorzeigen – die noch dazu wahre wären –, nämlich dem Vater; die Mutter, glaub' ich, erriete mich, oder sie bewegte mich, denn ich liebe sie wohl kindlich! – Scheiden, sagtest du? Ich bleibe ja bei dir, Bruder!«

Das überfiel den Notarius wie eine versteckte Musik, die an einem Geburtstage herausbricht. Er konnte nicht aufhören, zu jubeln und zu loben. Vult aber eröffnete, warum er dableibe, nämlich erstlich und hauptsächlich, um ihm als einem arglosen Singvogel, der besser oben fliegen als unten scharren könne, unter dem adeligen Inkognito gegen die sieben Spitzbuben beizustehen; denn, wie gesagt, er glaube nicht sonderlich an dessen Sieg.

»Du bist freilich«, versetzte Walt betroffen, »ein gereiseter Weltmann, und ich hätte zu wenig gelesen und gesehen, wollt' ich das nicht merken; aber ich hoffe doch, daß ich, wenn ich mir immer meine Eltern vorhalte, wie sie so lange angekettet auf dem dunstigen Ruderschiffe der Schulden ein bitteres Leben befahren, und wenn ich alle meine Kräfte zur Erfüllung der Testaments-Bedingungen zusammennehme, ich hoffe wohl, daß ich dann die Stunde erzwinge, wo ihnen die Ketten entzweigeschlagen und sie auf ein grünes Ufer einer Zuckerinsel ausgeschifft sind und wir uns alle frei unter dem Himmel umarmen. Ja ich hatte bisher gerade die umgekehrte Sorge für die armen Erben selber, an deren Stelle ich mich dachte, wenn ich sie um alles brächte; und nur die Betrachtung machte mich ruhig, daß sie doch die Erbschaft, schlüg' ich sie auch aus, nicht bekämen und daß ja meine Eltern weit ärmer sind und mir näher.«

»Der zweite Grund« – versetzte Vult – »warum ich in Haßlau verbleibe, hat mit dem ersten nichts zu tun, sondern alles bloß mit meiner göttlichen Windmühle, die der blaue Äther treibt, und auf welcher wir beide Brot – du erbst indes immer fort –, soviel wir brauchen, mahlen können. Ich weiß nicht, ob es sonst nicht noch für uns beide etwas so Angenehmes oder Nützliches gibt als eben die Äthermühle, die ich projektieren will; die Frisiermühlen der Tuchscherer, die Bandmühlen der Berner, die Molae asinariae oder Eselsmühlen der Römer kommen nicht in Betracht gegen meine.«

Walt war in größter Spannung und bat sehr darum. »Droben bei einem Glas Krätzer«, versetzte Vult. Sie eilten den Hügel auf zum Wirtshaus. Drinnen taten sich schon an einem Tische, der die Marschalls-, Pagen- und Lakaientafel war, schnelle Freßzangen auf und zu. Der Wein wurde auf einen Stuhl gesetzt ins Freie. Das weiße Tischtuch ihres verschobenen Soupers glänzte schon aus der wandlosen Stube herab. Vult fing damit an, daß er dem Modelle der künftigen Äthermühle das Lob von Walts gestrigen Streckversen vorausschickte – daß er sein Erstaunen bezeugte, wie Walt, bei sonstigem Überwallen im Leben, doch jene Ruhe im Dichten habe, durch welche ein Dichter es dem Wasser-Rennen der Bayerinnen gleichtut, welche mit einem Scheffel Wasser oder Hippokrene auf dem Kopfe unter der Bedingung wettlaufen, nichts zu verschütten, und daß er fragte, wie er als Jurist zu dieser poetischen Ausbildung gekommen.

Der Notarius trank mit Geschmack den Krätzer und sagte, zweifelnd vor Freude: wenn würklich etwas Poetisches an ihm wäre, auch nur der Flaum einer Dichterschwinge, so käme es freilich von seinem ewigen Bestreben in Leipzig her, in allen vom Jus freigelassenen Stunden an gar nichts zu hangen, an gar nichts aufzuklettern als am hohen Olymp der Musen, dem Göttersitze des Herzens, wiewohl ihm noch niemand recht gegeben als Goldine und der Kandidat; »aber, guter Vult, scherze hier nicht mit mir. Die Mutter nannte dich schon früh den Spaßer. Ist dein Urteil Ernst?« – »Ich will hier den Hals brechen, Tabellio«, versetzte Vult, »bewunder' ich nicht dich und deine Verse aus voller Kunst-Seele. Hör erst weiter!« –

»Ach warum werd' ich denn so überglücklich?« (unterbrach ihn Walt und trank) »Gestern find' ich den Plato, heute dich, gerade zwei Nummern nach meinem Aberglauben. Du hörtest gestern alle Verse?« – Mitten unter dem heftigen Auf- und Abschreiten suchte er immer das Wirtskind, das im Hofe unter der Baute von Kartoffeln-Samenkapseln furchtsam aufguckte, jedesmal sehr anzulächeln, damit es nicht erschräke.

Vult fing, ohne ihm zu antworten, sein Mühlen-Modell folgendermaßen vorzulegen an, sehr unbesorgt, wie jeder Reisende, über ein zufälliges fünftes Ohr:

»Andächtiger Mitbruder und Zwilling! Es gibt Deutsche. Für sie schreiben dergleichen. Jene fassen es nicht ganz, sondern rezensieren es, besonders exzellenten Spaß. Sie wollen der poetischen Schönheitslinie ein Linienblatt unterlegen; dabei soll der Autor noch nebenher ein Amt haben, was aber so schlimm ist, als wenn eine Schwangere die Pocken zugleich hat. Die Kunst sei ihr Weg und Ziel zugleich. Durch den jüdischen Tempel durfte man nach Lightfoot nicht gehen, um bloß nach einem andern Orte zu gelangen; so ist auch ein bloßer Durchgang durch den Musentempel verboten. Man darf nicht den Parnaß passieren, um in ein fettes Tal zu laufen. – Verdammt! Laß mich anders anfangen! zanke nicht! Trinke! – Jetzt:

Walt!

Ich habe nämlich auf meinen Flötenreisen ein satirisches Werk in den Druck gegeben als Manuskript, *die grönländischen Prozesse* in zwei Bänden anno 1783 bei Voß und Sohn in Berlin. (»Ich erstaune ganz«, sagte Walt verehrend.) Ich würde dich inzwischen ohne Grund mit Lügen besetzen, wenn ich dir verkündigen wollte, die Bekanntmachung dieser Bände hätte etwan mich oder die Sachen selber im geringsten bekanntgemacht. Nimmt man sechs oder sieben Schergen, zugleich Schächer und Schächter, aus – und hier fallen zwei auf die Allgemeine deutsche Bibliothek, die also wohl einer sind –, so hat leider keine Seele die Scripta getadelt und gekannt. Es ist hier – wegen deiner Ungeduld nach der versprochenen Äthermühle – wohl nicht der Ort, es glücklich auseinanderzusetzen *warum*; – habe genug, wenn ich dir schwöre, daß die Rezensenten Sünder sind, aber arme, echte Gurkenmaler, die sich daher Gurken herausnehmen, Grenzgötter ohne Arme und Beine auf den Grenzhügeln der Wissenschaften, und daß wir alle hinauf und hinab florieren würden, gäb' es nur so viele gute Kunstrichter als Zeitungen, für jede einen, so wie es wirklich so viele meisterhafte Schauspieler gibt als – eine in die andere übergerechnet – Truppen.

Es ist eine der verwünschtesten Sachen. Oft rezensiert die Jugend das Alter, noch öfter das Alter die Jugend, eine Rektors-Schlafhaube kämpfet gegen eine Jünglings-Sturmhaube –

Wie Kochbücher arbeiten sie für den Geschmack, ohne ihn zu haben –

Solchen Sekanten, Kosekanten, Tangenten, Kotangenten kommt alles exzentrisch vor, besonders das Zentrum; der Kurzsichtige findet nach Lambert [1] den Kometenschwanz viel länger als der Weitsichtige –

Sie wollen den Schiffskiel des Autors lenken, nämlich den ordentlichen Schreib-Kiel, sie wollen den Autor mit ihrem Richterstabe, wie Minerva mit ihrem Zauber-Stabe den Ulysses, in einen Bettler und Greis verkehren –

Sie wollen die erbärmlichsten Dinge bei Gott –« (Des Notars Gesicht zog sich dabei ins lange, weil er wie jeder, der nur gelehrte Zeitungen hält, aber nicht macht und kennt, von einer gewissen Achtung für sie, vielleicht gar einer hoffenden, nicht frei war.)

»Indes jeder Mensch« – fuhr jener fort – »sei billig; denn ich darf nicht übersehen, daß es mit Büchern ist wie mit Pökelfleisch, von welchem Huxham dartat, daß es zwar durch mäßiges Salz sich lange halte, aber auch durch zu vieles sogleich faule und stinke – Notarius, ich machte das Buch zu gut, mithin zu schlecht.« –

»Du wimmelst von Einfällen.« (versetzte Walt) »Scherzhaft zu reden, hast du so viele Windungen und Köpfe wie die lernäische Schlange.«

»Ich bin nicht ohne Witz« – erwiderte Vult in vergeblicher Absicht, daß der Bruder lache – »aber du reißest mich aus dem Zusammenhang. – Was kann ich nun dabei machen? Ich allein nichts; aber mit dir viel, nämlich ein Werk; *ein* Paar Zwillinge müssen, als ihr eigenes Widerspiel, zusammen einen Einling, *ein* Buch zeugen, einen trefflichen Doppel-Roman. Ich lache darin, du weinst dabei oder fliegst doch – du bist der Evangelist, ich das Vieh darhinter – jeder hebt den andern – alle Parteien werden befriedigt, Mann und Weib, Hof und Haus, ich und du. – Wirt, mehr Krätzer, aber aufrichtigen! – Und was sagst du nun zu diesem Projekt und Mühlengang – wodurch wir beide herrlich den Mahlgästen Himmelsbrot verschaffen können, und uns Erdenbrot, was sagst du zu dieser Musenroß-Mühle?« – Aber der Notar konnte nichts sagen, er fuhr bloß mit einer Umhalsung an den Projektmacher. Nichts erschüttert den Menschen mehr – zumal den belesenen – als der erste Gedanke seines Drucks. Alte tiefe Wünsche der Brust standen auf einmal aufgewachsen in Walten da und blühten voll; wie in einem südlichen Klima fuhr in ihm jedes nordische Strauchwerk zum Palmenhain auf; er sah sich bereichert und berühmt und wochenlang auf dem poetischen Geburtsstuhl. Er zweifelte in der Entzückung an nichts als an der Möglichkeit und fragte, wie zwei Menschen schreiben könnten, und woher ein romantischer Plan zu nehmen sei.

»Geschichten, Walt, hab' ich auf meinen Reisen an 1001 erlebt, nicht einmal gehört; diese werden sämtlich genommen, sehr gut verschnitten und verkleidet. Wie Zwillinge in *ein* Dintenfaß tunken? Beaumont und Fletcher, sich hundsfremd, nähten an *einem* gemeinschaftlichen Schneider-Tische Schauspiele, nach deren Naht und Suturen noch bis heute die Kritiker füh-

[1] Lamberts Beiträge zur Mathematik. III. Bd. S. 236.

len und tasten. Bei den spanischen Dichtern hatte oft ein Kind an neun Väter, nämlich eine Komödie, nämlich Autoren. Und im ersten Buch Mosis kannst du es am allerbesten lesen, wenn du den Professor Eichhorn dazu liesest, der allein in der Sündflut drei Autoren annimmt, außer dem vierten im Himmel. Es gibt in jedem epischen Werke Kapitel, worüber der Mensch lachen muß, Ausschweifungen, die das Leben der Helden unterbrechen; diese kann, denk' ich, der Bruder machen und liefern, der die Flöte bläset. Freilich Parität, wie in Reichsstädten, muß sein, die eine Partei muß so viele Zensoren, Büttel, Nachtwächter haben als die andere. Geschieht nun das mit Verstand, so mag wohl ein Werk zu hecken sein, ein Ledas-Ei, das sich sogar vom Wolfischen Homer unterscheidet, an dem so viele Homeriden schrieben und vielleicht Homer selber.« –

»Genug, genug«, rief Walt. »Betrachte lieber den himmlischen Abend um uns her!« In der Tat blühten Lust und Lebens-Lob in allen Augen. Mehrere Gäste, die schon abgegessen, tranken ihren Krug im Freien, alle Stände standen untereinander, die Autoren mitten im tiers-état. Die Fledermäuse schossen als Tropikvögel eines schönen Morgens um die Köpfe. An einer Rosen-Staude krochen die Funken der Johanniswürmlein. Die fernen Dorfglocken riefen wie schöne verhallende Zeiten herüber und ins dunkle Hirtengeschrei auf den Feldern hinein. Man brauchte so spät auf allen Wegen, nicht einmal in dem Gehölze, Lichter, und man konnte bei dem Schein der Abendröte die hellen Köpfe deutlich durch das hohe Getreide waten sehen. Die Dämmerung lagerte sich weit und breit nach Westen hinein, mit der scharfen Mond-Krone von Silber auf dem Kopfe; nur hinter dem Hause schlich sich, aber ungesehen, die große hohle Nacht aus Osten heran. In Mitternacht glomm es leise wie Apfelblüte an, und liebliche Blitze aus Morgen spielten herüber in das junge Rot. Die nahen Birken dufteten zu den Brüdern hinab, die Heu-Berge unten dufteten hinauf. Mancher Stern half sich heraus in die Dämmerung und wurde eine Flug-Maschine der Seele.

Vult vergabs dem Notar, daß er kaum zu bleiben wußte. Er hatte so viele Dinge und unter ihnen den Krätzer im Kopfe; denn in diesem entsetzlichen Weine, wahrem Weinbergs-Unkraut für Vult, hatte sich der arme Teufel – dem Wein so hoch klang wie Äther – immer tiefer in seine Jahre zurückgetrunken, ins 20te, 18te und letztlich ins 15te.

Auf Reisen trifft man Leute an, die darauf zurückschwimmen ins erste Jahr, bis an die Quelle. Vormittags predigen es die Äbte in ihren Visitationspredigten: werdet wie die Kinder! Und abends werden sie es samt dem Kloster, und beide lallen kindlich.

»Warum siehst du mich so an, geliebter Vult?« sagte Walt. – »Ich denke an die vergangenen Zeiten«, versetzte jener, »wo wir uns so oft geprügelt haben; wie Familienstücke hängen die Bataillenstücke in meiner Brust – ich ärgerte mich damals, daß ich stärker und zorniger war und du mich doch durch deine elastische wütige Schnelle aller Glieder häufig unterbekamst. Die unschuldigen Kinderfreuden kommen nie wieder, Walt!«

Aber der Notar hörte und sah nichts als Apollos flammenden Sonnenwagen in sich rollen, worauf schon die Gestalten seines künftigen Doppelromans kolossalisch standen und kamen; unwillkürlich macht' er große Stücke vom Buche fertig und konnte sie dem verwunderten Bruder zuwerfen. Dieser wollte endlich davon aufhören, aber der Notar drang noch auf den Titel ihres Buchs. Vult schlug *Flegeljahre* vor; der Notar sagte offen heraus, wie ihm ein Titel widerstehe, der teils so auffallend sei, teils so wild. »Gut, so mag denn die Duplizität der Arbeit schon auf dem ersten Blatte bezeichnet werden, wie es auch ein neuerer beliebter Autor tut, etwan: *Hoppelpoppel* oder das Herz.« Bei diesem Titel mußte es bleiben.

Beide mengten sich wieder in die Gegenwart ein.

Der Notar nahm ein Glas und drehte sich von der Gesellschaft ab und sagte mit tropfenden Augen zu Vult: »Auf das Glück unserer Eltern und auch der armen Goldine! Sie sitzen jetzt gewiß ohne Licht in der Stube und reden von uns.« – Hierauf zog der Flötenist sein Instrument hervor und blies der Gesellschaft einige gemeine Schleifer vor. Der lange Wirt tanzte darnach langsam und zerrend mit dem schläfrigen Knaben; manche Gäste regten den Takt-Schenkel; der Notarius weinte dazu selig und sah ins Abendrot. »Ich möchte wohl« – sagt' er dem Bruder ins Ohr – »die armen Fuhrleute sämtlich in Bier freihalten.« – »Wahrscheinlich«, sagte Vult, »würfen sie sich dann aus point d'honneur den Hügel hinunter. Himmel! sie sind ja Krösi gegen uns und sehen herab.« Vult ließ den Wirt plötzlich, statt zu tanzen, servieren; so ungern der Notarius in seine Entzückung hinein essen und käuen wollte.

»Ich denke roher«, sagte Vult, »ich respektiere alles, was zum Magen gehört, diese Montgolfiere des Menschen-Zentaurs; der Realismus ist der Sancho Pansa des Idealismus. – Aber oft geh' ich weit und mache in mir edle Seelen, z. B. weibliche, zum Teil lächerlich, indem ich sie essen und als Selbst-Futterbänke ihre untern Kinnbacken so bewegen lasse, daß sie dem Tier vorschneiden.«

Walt unterdrückte sein Mißfallen an der Rede. Beglückt aßen sie oben vor der ausgebrochenen Wand; die Abendröte war das Tafellicht. Auf einmal rauschte mit verlornem Donnern eine frische Frühlingswolke auf Laub und Gräser herunter, der helle goldne Abendsaum blickte durch die herabtropfende Nacht, die Natur wurde eine einzige Blume und duftete herein, und die erquickte gebadete Nachtigall zog wie einen langen Strahl einen heißen langen Schlag durch die kühle Luft. »Vermissest du jetzt sonderlich«, fragte Vult, »die Park-Bäume, den Paruckenbaum, den Gerberbaum – oder hier oben die Bedienten, die Servicen, den Goldteller mit seinem Spiegel, damit darauf die Portion mit falschen Farben schwimme?« – »Wahrlich nicht«, sagte Walt; »sieh, die schönsten Edelsteine setzt die

Natur auf den Ring unseres Bundes« – und meinte die Blitze. Die Luftschlösser seiner Zukunft waren golden erleuchtet. Er wollte wieder vom Doppel-Romane und dem Stoff dazu anfangen – und sagte, er habe hinter der Schäferei heute drei hineinpassende Streckverse gemacht. Aber der Flötenist, einer und derselben Materie bald überdrüssig und nach Rührungen ordentlich des Spaßes bedürftig, fragte ihn: warum er zu Pferde gegangen? »Ich und der Vater«, sagte Walt ernst, »dachten, eh wir von der Erbschaft wußten, ich würde dadurch der Stadt und den Kunden bekannter, weil man unter dem Tore, wie du weißt, nur die Reiter ins Intelligenzblatt setzt.« Da brachte der Flötenist wieder den alten Reiterscherz auf die Bahn und sagte: »der Schimmel gehe, wie nach Winckelmann die großen Griechen, stets langsam und gesetzt – er habe nicht den Fehler der Uhren, die immer schneller gehen, je älter sie werden – ja vielleicht sei er nicht älter als Walt, wiewohl ein Pferd stets etwas jünger sein sollte als der Reiter, so wie die Frau jünger als der Mann – ein schönes römisches Sta Viator, Steh, Weg-Machender! bleibe der Gaul für den, so darauf sitze« ....

»O lieber Bruder« – sagte Walt sanft, aber mit der Röte der Empfindlichkeit und Vults Laune noch wenig fassend und belachend – »zieh mich damit nicht mehr auf, was kann *ich* dafür?« – »Nu, nu, warmer Aschgraukopf« – sagte Vult und fuhr mit der Hand über den Tisch und unter alle seine weichen Locken, sreichelnd Haar und Stirn – »lies mir denn deine drei Polymeter vor, die du hinter der Schäferei gelammet.«

Er las folgende:

Das offne Auge des Toten

Blick mich nicht an, kaltes, starres, blindes Auge, du bist ein Toter, ja der Tod. O drücket das Auge zu, ihr Freunde, dann ist es nur Schlummer.

»Warst du so trübe gestimmt an einem so schönen Tage?« fragte Vult. »Selig war ich wie jetzt«, sagte Walt. Da drückte ihm Vult die Hand und sagte bedeutend: »Dann gefällts mir, das ist der Dichter. Weiter!«

Der Kinderball

Wie lächelt, wie hüpfet ihr, blumige Genien, kaum von der Wolke gestiegen! Der Kunst-Tanz und der Wahn schleppt euch nicht, und ihr hüpfet über die Regel hinweg. – Wie, es tritt die Zeit herein und berührt sie? Große Männer und Frauen stehen da? Der kleine Tanz ist erstarrt, sie heben sich zum Gang und schauen einander ernst ins schwere Gesicht? Nein, nein, spielet ihr Kinder, gaukelt nur fort in eurem Traum, es war nur einer von mir.

Die Sonnenblume und die Nachtviole

Am Tage sprach die volle Sonnenblume: »Apollo strahlt, und ich breite mich aus, er wandelt über die Welt, und ich folge ihm nach.« In der Nacht sagte die Viole: »Niedrig steh' ich und verborgen – und blühe in kurzer Nacht; zuweilen schimmert Phöbus' milde Schwester auf mich, da werd' ich gesehen und gebrochen und sterbe an der Brust.«

»Die Nachtviole bleibe die letzte Blume im heutigen Kranz!« sagte Vult gerührt, weil die Kunst geradeso leicht mit ihm spielen konnte als er mit der Natur, und er schied mit einer Umarmung. In Walts Nacht wurden lange Violenbeete gesäet – an das Kopfkissen kamen durch die offne Wand die Düfte der erquickten Landschaft heran und die hellen Morgentöne der Lerche – sooft er das Auge auftat, fiel es in den blauen vollgestirnten Westen, an welchem die späten Sternbilder nacheinander hinunterzogen als Vorläufer des schönen Morgens.

Nro. 15. Riesenmuschel

Die Stadt – chambre garnie

Walt stand mit einem Kopfe voll Morgenrot auf und suchte den brüderlichen, als er seinen Vater, der sich schon um 1 Uhr auf seine langen Beine gemacht, mit weiten Schritten und reisebleich durch den Hof laufen sah. Er hielt ihn an. Er mußte lange gegen den Strafprediger seine Gegenwart durch die ausgebrochene Mauer herunter verteidigen. Darauf bat er den müden Vater, zu reiten, indes er zu Fuße neben ihm laufe. Lukas nahm es ohne Dank an. Sehnsüchtig nach dem Bruder, der sich nicht zeigen durfte, verließ Walt die Bühne eines so holden Spielabends.

Auf dem waagrechten Wege, der keinen Wassertropfen rollen ließ, bewegte sich das Pferd ohne Tadel und hielt Schritt mit dem tauben Sohne, dem der Vater von der Sattel-Kanzel unzählige Rechts- und Lebensregeln herabwarf. Was konnte Gottwalt hören? Er sah nur in und außer sich glänzende Morgenwiesen des Jugendlebens, ferner die Landschaft auf beiden Seiten der Chaussee, ferner die dunklen Blumengärten der Liebe, den hohen hellen Musenberg und endlich die Türme und Rauchsäulen der ausgebreiteten Stadt. Jetzt saß der Vater mit dem Befehle an den Notarius ab, durchs Tor zum Fleischer zu reiten, in sein Logis, und um 10 Uhr in den weichen Krebs zu gehen, wo man auf ihn warten wolle, um mit ihm gehörig vor dem Magistrate zu erscheinen.

Walt saß auf und flog wie ein Cherub durch den Himmel. Die Zeit war so anmutig; an den Häuser-Reihen glänzte weißer Tag, in den grünen tauigen Gärten bunter Morgen, selber sein Vieh wurde poetisch und trabte ungeheißen, weil es seinem Stalle nahe und aus dem herrnhutischen hungrig kam. – Der Notarius sang laut im Fluge des Schimmels. Im ganzen Fürstentum stand kein Ich auf einem so hohen Gehirnhügel als sein eigenes, welches davon herab wie von einem Ätna in ein so weites Leben voll morganischer Feen hineinsah, daß die blitzenden Säulen, die umgekehrten Städte und Schiffe den ganzen Tag hängenblieben in der Spiegelluft.

Unter dem Tore befragte man ihn: *woher*? »*Von* Haßlau«, versetzte er entzückt, bis er den lächerlichen Irrtum eilig umbesserte und sagte: »*nach* Haßlau.« Das Pferd regierte wie ein Weiser sich selber und brachte ihn leicht durch die bevölkerten Gassen an den Stall, wo er mit Dank und in Eile abstieg, um sofort seine »chambre garnie« zu beziehen. Auf den hellen Gassen voll Feldgeschrei, gleichsam Kompagniegassen eines Lustlagers, sah ers gern, daß er seinen Hausherrn, den Hofagent Neupeter, kaum finden konnte. Er gewann damit die Zeit, die verschüttete Gottes-Stadt der Kindheit auszuscharren und den Schutt wegzufahren, so daß zuletzt völlig dieselben Gassen ans Sonnenlicht kamen, ebenso prächtig, so breit und voll Paläste und Damen, wie die waren, durch welche er einmal als Kind gegangen. Ganz wie zum ersten Male faßte ihn die Pracht des ewigen Getöses, die schnellen Wagen, die hohen Häuser mit ihren Statuen darauf und die flitternen Opern- und Galakleider mancher Person. Er konnte kaum annehmen, daß es in einer Stadt einen Mittwoch, einen Sonnabend und andere platte Bauerntage gebe, und nicht jede Woche ein hohes Fest von sieben Feiertagen. Auch sehr sauer wurd' es ihm zu glauben – sehen mußt' ers freilich –, daß so gemeine Leute wie Schuhflicker, Schneidermeister, Schmiede und andere Ackerpferde des Staats, die auf die Dörfer gehörten, mitten unter den feinsten Leuten wohnten und gingen.

Er erstaunte über jeden Werkeltagshabit, weil er selber mitten in der Woche den Sonntag anhabend – den Nanking – gekommen war; alle große Häuser füllte er mit geputzten Gästen und sehr artigen Herren und Damen an, die jene liebe-winkend bewirteten, und er sah nach ihnen an alle Balkons und Erker hinauf. Er warf helle Augen auf jeden vorübergehenden lackierten Wagen und auf jeden roten Schal, auf jeden Friseur, der sogar werkeltags arbeitete und tafelfähig machte, und auf den Kopfsalat, der im Springbrunnen schon vormittags gewaschen wurde, anstatt in Elterlein nur sonntags abends.

Endlich stieß er auf die lackierte Türe mit dem goldgelben Titelblatt »Material-Handlung von Peter Neupeter et Compagnie« und ging durch die Ladentüre ein. Im Gewölbe wartete er es ab, bis die hin- und herspringenden Ladenschürzen alle Welt abgefertigt hätten. Zuletzt, da endlich nach der Ancienneté der Mahlgäste auch *seine* Reihe kam, fragte ihn ein freundliches Pürschchen, was ihm beliebe. »Nichts« – versetzte er so sanft, als es seine Stimme nur vermochte – »ich bekomme hier eine chambre garnie und wünsche dem Herrn Hofagenten mich zu zeigen.« – Man wies ihn an die Glastüre der Schreibstube. Der Agent – mehr Seide im Schlafrock tragend als die Gerichtsmännin im Sonntagsputz – schrieb den Brief-Perioden gar aus und empfing mit einem Apfel-roten und -runden Gesichte den Mietsmann.

Der Notarius gedachte wahrscheinlich, mit seinem Roßgeruch und seiner Spießgerte zu imponieren als Reiter; aber für den Agenten – den wöchentlichen Lieferanten der größten Leute und den jährlichen Gläubiger derselben – war ein Schock berittener Notarien von keiner sonderlichen Importanz.

Er rief ganz kurz einem Laden-Pagen herrisch zu, den Herrn anzuweisen. Der Page rief wieder auf der ersten Treppe ein bildschönes nettes, sehr verdrüßliches Mädchen heraus, damit sie den Herrn mit der Spießgerte bis zur vierten brächte. Die Treppen waren breit und glänzend, die Geländer figurierte Eisen-Guirlanden, alles froh erhellt, die Tür-Schlösser und Leisten schienen vergoldet, an den Schwellen lagen lange bunte Teppiche. Unterwegs suchte er die Stumme dadurch zu erfreuen und zu belohnen, daß er sanft ihren Namen zu wissen wünschte. Flora heißet der Name, womit das schöne mürrische Ding auf die Nachwelt übergeht.

Die chambre garnie ging auf. – Freilich nicht für jeden wäre sie gewesen, ausgenommen als chambre ardente; mancher, der im roten Hause zu Frankfurt oder im Egalitäts-Palaste geschlafen, hätte an diesem langen Menschen-Koben voll Ururur-Möbeln, die man vor dem glänzenden Hause hier zu verstecken suchte, vieles freimütig ausgesetzt. Aber ein Polymetriker im Göttermonat der Jugend, ein ewig entzückter Mensch, der das harte Leben stets, wie Kenner die harten Kartons von Raffael, bloß im (poetischen) Spiegel beschauet und mildert – der an einer Fischer-, Hunds- und jeder Hütte ein Fenster aufmacht und ruft: ist das nicht prächtig draußen? – der überall, er sei im Eskurial, das wie ein Rost, oder in Karlsruh, das wie ein Fächer, oder in Meinungen, das wie eine Harfe, oder in einem Seewurm-Gehäuse, das wie eine Pfeife gebauet ist, die Sommerseite findet und dem Roste Feuerung abgewinnet, dem Fächer Kühlung, der Harfen Töne, der See-Pfeife desfalls – Ich meine überhaupt, ein Mensch wie der Notarius, der mit einem solchen Kopfe voll Aussichten über die weite Bienenflora seiner Zukunft hin in den Bienenkorb einfliegt und einen flüchtigen Überschlag des Honigs macht, den er darein aus tausend Blumen tragen wird, ein solcher Mensch darf uns weiter nicht sehr in Verwunderung setzen, wenn er sogleich ans Abend-Fenster schreitet, es aufreißet und vor Floren entzückt ausruft: »Göttliche Aussicht! Da unten der Park – ein Abschnitt Marktplatz – dort die zwei Kirchtürme – drüben die Berge – Wahrlich sehr schön!« – Denn dem Mädchen wollt' er auch eine kleine Freude zuwenden durch die Zeichen der seinigen.

Er warf jetzt sein gelbes Röckchen ab, um als Selbstquartiermeister in

Hemdärmeln alles so zu ordnen, daß, wenn er von der verdrüßlichen Erscheinung vor dem Stadtrate nach Hause käme, er sogleich ganz wie zu Hause sein könnte und nichts zu machen brauchte als die Fortsetzung seines Himmels und seinen Streckvers und etwas von dem abgekarteten Doppelroman. Den Abhub der Zeit, den Bodensatz der Mode, den der Agent im Zimmer fallen lassen, nahm er für schöne Handelszeichen, womit der Handelsmann eine besondere Sorgfalt für ihn offenbaren wollen. Mit Freuden trug er von zwölf grünen, in Tuch und Kuhhaar gekleideten Sesseln die Hälfte – man konnte sonst vor Sitzen nicht stehen – ins Schlafgemach zu einem lackierten Regenschirm von Wachstuch und einem Ofenschirm mit einem Frauen-Schattenriß. Aus einer Kommode – einem Häuschen im Haus – zog er mit beiden Händen ein Stockwerk nach dem andern aus, um seine nachgefahrne fahrende Habe dareinzuschaffen. Auf einem Teetischchen von Zinn konnte alles Kalte und das Heiße getrunken werden, da es beides so kühlte. Er erstaunte über den Überfluß, worin er künftig schwimmen sollte. Denn es war noch eine Paphose da (er wußte gar nicht, was es war) – ein Bücherschrank mit Glastüren, deren Rahmen und Schlösser ihm, weil die Gläser fehlten, ganz unbegreiflich waren, und worein er oben die Bücher schickte, unten die Notariats-Händel – ein blau angestrichener Tisch mit Schubfach, worauf ausgeschnittene bunte Bilder, Jagd-, Blumen- und andere Stücke, zerstreuet aufgepappet waren, und auf welchem er dichten konnte, wenn ers nicht lieber auf einem Arbeitstischchen mit Rehfüßen und einem Einsatz von lackiertem Blech tun wollte – endlich ein Kammerdiener oder eine Servante, die er als Sekretär an den Schreibtisch drehte, um auf ihre Scheiben Papier, eine feine Feder zur Poesie, eine grobe zum Jus zu legen. Das sind vielleicht die wichtigern Pertinenzstücke seiner Stube, wobei man Lappalien, leere Markenkästchen, ein Nähpult, einen schwarzen basaltenen Kaligula, der aus Brust-Mangel nicht mehr stehen konnte, ein Wandschränklein u. s. w., nicht anschlagen wollte.

Nachdem er noch einmal seine Stiftshütte und deren Ordnung vergnügt überschauet und sich zum Fenster hinausgelegt und unten die weißen Kiesgänge und dunkeln vollaubigen Bäume besehen hatte: machte er sich auf den Weg zum Vater und freuete sich auf den Treppen, daß er in einem so kostbaren Hause ein elendes Wohn-Nest besitze. Auf der Treppe wurde er von einem hellblauen Kuvert an die Hofagentin festgehalten. Es roch wie ein Garten, so daß er bald auf der Duft-Wolke mitten in die niedlichsten Schreibzimmer der schönsten Königinnen und Herzoginnen und Landgräfinnen hineinschwamm; indes hielt ers für Pflicht, durch das Ladengewölbe zu gehen und das Kuvert redlich mit den Worten abzugeben: hier sei etwas an Madame. Hinter seinem Rücken lachte sämtliche Handels-Pagerie ungewöhnlich.

Er traf seinen Vater in historischer Arbeit und Freude an. Dieser stellte ihn als Universalerben sämtlichen Gästen vor. Er schämte sich, als eine

Merkwürdigkeit *dieser* Art lange dem Beschauen bloßzustehen, und beschleunigte die Erscheinung vor dem Stadtrat. Verschämt und bange trat er in die Ratsstube, wo er gegen seine Natur als ein hoher Saitensteg dastehen sollte, auf welchen andere Menschen wie Saiten gespannt waren; er schlug die Augen vor den Akzessit-Erben nieder, die gekommen waren, ihren Brotdieb abzuwägen. Bloß der stolze Neupeter fehlte samt dem Kirchenrat Glanz, der ein viel zu berühmter Prediger auf dem Kanzel- und dem Schreibpulte war, um zur Schau eines ungedruckten Menschen nur drei Schritte zu tun, von dem er die größte Begierde forderte, vielmehr Glanzen aufzusuchen.

Der regierende Burgermeister und Exekutor Kuhnold wurde mit *einem* Blick der heimliche Freund des Jünglings, der mit so errötendem Schmerz sich allein, vor den Augen stehender gefräßiger Zuschauer, an die gedeckte Glückstafel setzte. Lukas aber besichtigte jeden sehr scharf.

Das Testament wurde verlesen. Nach dem Ende der 3ten Klausel zeigte Kuhnold auf den Frühprediger Flachs, als den redlichen Finder und Gewinner des Kabelschen Hauses; und Walt warf schnell die Augen auf ihn, und sie standen voll Glückwünsche und Gönnen.

Als er in der 4ten Klausel sich anreden hörte vom toten Wohltäter: so wäre er den Tränen, deren er sich in der Ratsstube schämte, zu nahe gekommen, wenn er nicht über Lob und Tadel wechselnd hätte erröten müssen. Der Lorbeerkranz und die Zärtlichkeit, womit Kabel ihm jenen aufsetzte, begeisterte ihn mit einer ganz andern, heißern Liebe als das Füllhorn, das er über seine Zukunft ausschüttete. – Die darauf folgenden Stellen, welche für den Vorteil der sieben Erben allerlei aussprachen, versetzten dem Schultheiß den Atem, indem sie dem Sohne einen freiern gaben. Nur bei der 14ten Klausel, die seiner unbefleckten Schwanenbrust den Schandfleck einer weiblichen Verführung zutrauete oder verbot, wurde sein Gesicht eine rote Flamme; wie konnte, dachte er, ein sterbender Menschenfreund so oft so unzart schreiben?

Nach der Ablesung des Testaments begehrte Knoll nach der 11ten Klausel »*Harnisch muß*« einen Eid von ihm, nichts auf das Testament zu entlehnen. Kuhnold sagte, er sei nur »an Eides Statt« es zu geloben schuldig. »Ich kann ja zweierlei tun; denn es ist ja einerlei, Eid und an Eides Statt und jedes bloße Wort«, sagte Walt; aber der biedere Kuhnold ließ es nicht zu. Es wurde protokolliert, daß Walt den Notarius zum ersten Erbamt auswähle – Der Vater erbat sich Testaments-Kopie, um davon eine für den Sohn zu nehmen, welche dieser täglich als sein Altes und Neues Testament lesen und befolgen sollte – Der Buchhändler Paßvogel besah und studierte den Gesamt-Erben nicht ohne Vergnügen und verbarg ihm seine Sehnsucht nach den Gedichten nicht, deren das Testament, sagt' er, flüchtig erwähne – Der Polizei-Inspektor Harprecht nahm ihn bei der Hand und sagte: »Wir müssen uns öfters suchen, Sie werden kein *Erb-Feind* von mir sein, und ich bin ein *Erbfreund*; man gewöhnt sich zusammen und kann sich dann so wenig entbehren wie einen alten Pfahl vor seinem Fenster, den man, wie Le Vayer sagt, nie ohne Empfindung ausreißen sieht. Wir wollen einander dann wechselseitig mit Worten verkleinern; denn die Liebe spricht gern mit Verkleinerungswörtern.« Walt sah ihm arglos ins Auge, aber Harprecht hielt es lange aus.

Ohne Umstände schied Lukas vom gerührten Sohne, um die Kabelschen Erbstücke, den Garten und das Wäldchen vor dem Tore und das verlorne Haus in der Hundsgasse so lange zu besehen, bis der Ratsschreiber den letzten Willen mochte abgeschrieben haben.

Gottwalt schöpfte wieder Frühlings-Atem, als er die Ratsstube wie ein enges dumpfiges Winterhaus voll finsterer Blumen aus Eis verlassen hatte; so vieles hatt' ihn bedrängt; er hatte der unreinen Mimik des Hunds- und Heißhungers gemeiner Welt-Herzen zuschauen – und sich verhaßt und verworren sehen müssen – die Erbschaft hatte, wie ein Berg, die bisher von der Ferne und der Phantasie versteckten und gefüllten Gräben und Täler jetzt in der Nähe aufgedeckt und sich selber weiter hinausgerückt – der Bruder und der Doppelroman hatten unaufhörlich ihm in die enge Welt hinein die Zeichen einer unendlichen gegeben und ihn gelockt, wie den Gefangnen blühende Zweige und Schmetterlinge, die sich außen vor seinen Gittern bewegen.

Der liebliche Jesuiterrausch, den jeder den ganzen ersten Tag in einer neuen großen Stadt im Kopfe hat, war in der Ratsstube meistens verraucht. An der Wirtstafel, an der er sich einmietete, kam unter der rauhen ehelosen Zivil-Kaserne von Sachwaltern und Kanzelisten über seine Zunge, außer etwas weniges von einer geräucherten, nichts, kein warmer Bruder-Laut, den er hätte aussprechen oder erwidern können. Den Bruder Vult wußt' er nicht zu finden; und am schönsten Tage blieb er daheim, damit ihn dieser nicht fehlginge. In der Einsamkeit setzte er ein kleines Inserat für den Haßlauer Kriegs- und Friedens-Boten auf, worin er als Notarius anzeigte, wer und wo er sei; ferner einen kurzen anonymen Streckvers für den Poeten-Winkel des Blattes – Poets corner –, überschrieben

Der Fremde

⏑ – – – ⏑ ⏑ ⏑ ⏑ – ⏑ ⏑ –, – ⏑ – ⏑ – ⏑ –,
– – – ⏑ – ⏑ ⏑ –, – ⏑ – ⏑ – ⏑ – ⏑ – ⏑ – ⏑ – ⏑ ⏑ –,
– – – ⏑ – ⏑ ⏑, – ⏑ – ⏑ – ⏑ – ⏑ –.

Gemein und dunkel wird oft die Seele verhüllt, die so rein und offen ist; so deckt graue Rinde das Eis, das zerschlagen innen licht und hell und blau wie Äther erscheint. Bleib' euch stets die Hülle fremd, bleib' es nur der Verhüllte nicht.

Schwerlich werden einem Haßlauer Ohre von einiger Zärte die Härten dieses Verses – z. B. der Proceleusmatikus: kĕl wĭrd ŏft dĭe – der zweite Päon: dĭe Hǖllĕ frĕmd – der Molossus: blēib' ēuch stēts ėntwischen; durfte aber nicht der Dichter seine Ideen-Kürze durch einige metrische Rauheit erkaufen? – Ich bemerke bei dieser Gelegenheit, daß es dem Dichter keinen Vorteil schafft, daß man seine Streck- und Einverse nicht als *eine* Zeile drucken lassen kann; und es wäre zu wünschen, es gäbe dem Werke keinen lächerlichen Anstrich, wenn man aus demselben arm-lange Papierwickel wie Flughäute flattern ließe, die herausgeschlagen dem Kinde etwa wie ein Segelwerk von Wickelbändern säßen; aber ich glaube nicht, daß es Glück machte.

Darauf kaufte sich der Notar im Laden drei unbedeutende Visitenkarten, weil er glaubte, er müsse auf ihnen an die beiden Töchter und die Frau des Hauses seinen Namen abgeben; und gab sie ab. Als er eilig seine Inserate in der nahen Zeitungsdruckerei ablieferte: fiel sein Auge erschreckend auf das neueste Wochenblatt, worin noch mit nassen Buchstaben stand:

»Das Flötenkonzert muß ich noch immer verschieben, weil ein schnell wachsendes Augen-Übel mir verbietet, Noten anzusehen.

J. van der Harnisch.«

Welch einen schweren Kummer trug er aus der Druckerei in sein Stübchen zurück! Auf den ganzen Frühling seiner Zukunft war tiefer Schnee gefallen, sobald sein freudiger Bruder die freudigen Augen verloren, die er an seiner Seite darauf werfen sollte. Er lief müßig im Zimmer auf und ab und dachte nur an ihn. Die Sonne stand schon gerade auf den Abendbergen und füllte das Zimmer mit Goldstaub; noch war der Geliebte unsichtbar, den er gestern von derselben Sonnenzeit erst wiederbekommen. Zuletzt fing er wie ein Kind zu weinen an, aus stürmischem Heimwehe nach ihm, zumal da er nicht einmal am Morgen hatte sagen könen: guten Morgen und lebe wohl, Vult! –

Da ging die Türe auf und der festlich gekleidete Flötenist herein. »O mein Bruder!« rief Walt schmerzlich-freudig. »Donner! leise«, fluchte Vult leise, »es geht hinter mir – nenne mich Sie!« – Flora kam nach. »Morgen vormittag demnach, Herr Notarius«, fuhr Vult fort, »wünsche ich, daß Sie den Mietkontrakt zu Papier brächten. Tu parles français, Monsieur?« – »Misérablement«, versetzte Walt, »ou non.« – »Darum, Monsieur, komme ich so spät«, erwiderte Vult, »weil ich erstlich meine eigne Wohnung suchte und bezog und zweitens in einer und der andern fremden einsprach; denn wer in einer Stadt viele Bekanntschaften machen will, der tue es in den ersten Tagen, wo er einpassieret; da sucht man noch die seinige, um ihn nur überhaupt zu sehen; später, wenn man ihn hundertmal gesehen, ist man ein alter Hering, der zu lange in der aufgeschlagenen Tonne auf dem Markte bloßgestanden.«

»Gut«, sagte Walt, »aber mein ganzer Himmel fiel mir aus dem Herzen heraus, da ich vorhin in dem Wochenblatte die Augenkrankheit las« – und zog leise die Türe des Schlafkämmerchens zu, worin Flora bettete. »Die Sache bleibt wohl die« – fing Vult an und stieß kopfschüttelnd die Pforte wieder auf – »pudoris gratia factum est atque formositatis« [1], erwiderte Walt auf das Schütteln – »bleibt wohl die, sag' ich, was Sie auch mögen hier eingewendet haben, die, daß das deutsche Kunstpublikum sich in nichts inniger verbeißet als in Wunden oder in Metastasen. Ich meine aber weiter nichts als soviel: daß das Publikum z. B. einen Maler sehr gut bezahlt und rekommandiert, der aber etwan mit dem linken Fuße pinselte – oder einen Hornisten, der aber mit der Nase bliese – desgleichen einen Harfenierer, der mit beiden Zahnreihen griffe – auch einen Poeten, der Verse machte, aber im Schlafe – und so demnach auch in etwas einen Flautotraversisten, der sonst gut pfiffe, aber doch den zweiten Vorzug Dulons hätte, stockblind zu sein. – Ich sagte noch Metastasen, nämlich musikalische. Ich gab einmal einem Fagottisten und einem Bratschisten, die zusammen reiseten, den Rat, ihr Glück dadurch zu machen, daß der Fagottist sich auf dem Zettel anheischig machte, auf dem Fagott etwas Bratschen-Gleiches zu geben, und der andere, auf der Bratsche so etwas vom Fagott. Ihr machts nur so, sagt' ich, daß ihr euch ein finsteres Zimmer wie die Mund-Harmoniker oder Lolli bedingt; da spiele denn jeder sein Instrument und geb' es für das fremde, so wie jener ein Pferd, das er mit dem Schwanze an die Krippe gebunden, als eine besondere Merkwürdigkeit sehen ließ, die den Kopf hinten trage. – Ich weiß aber nicht, ob sie es getan.«

Flora ging; und Vult fragte ihn, was er mit der Türschließerei und dem Latein gewollt.

Gottwalt umarmte ihn erst recht als Bruder und sagte dann, er sei nun so, daß er sich schäme und quäle, wenn er eine Schönheit wie Flora in die knechtischen Verhältnisse der Arbeit gestürzt und vergraben sehe; eine niedrig hantierende Schönheit sei ihm eine welsche Madonna mitten auf einem niederländischen Gemälde. – »Oder jener Correggio, den man in Schweden an die königlichen Stallfenster annagelte als Stall-Gardine« [2] – sagte Vult –; »aber erzähle das Testament!«

Walt tats und vergaß etwan ein Drittel: »Seit die poetischen Äthermühlflügel, die du Mühlenbaumeister angegeben, sich vor mir auf ihren Höhen regen, ist mir die Testaments-Sache schon sehr unscheinbar geworden«, setzte er dazu. –

»Das ist mir gar nicht recht«, versetzte Vult. »Ich habe den ganzen heutigen Nachmittag auf eine ennuyante Weise lange schwere Dollonds und Reflektors gehalten, um die Herren Akzessit-Erben von weitem zu

[1] »Es geschah der Schamhaftigkeit und Wohlgestalt zuliebe.«
[2] Winckelmann, Von der Nachahmung etc.

sehen – so die meisten davon verdienen den Galgenstrang als Nabelschnur der zweiten Welt. Du bekommst wahrlich schwere Aufgaben durch sie.« – Walt sah sehr ernsthaft aus. – »Denn«, fuhr jener lustiger fort, »erwägt man dein liebliches Nein und Addio, als Flora vorhin nach Befehlen fragte, und ihr belvedere, d. h. ihre bellevue von schönem Gesicht und dazu das enterbte Diebs- und Siebengestirn, das dir vielleicht bloß wegen der Klausel, die dich um ein Sechstel puncto Sexti zu strafen droht, eine Flora so nahe mag hergesetzt haben, die zu deflorieren« – – –

»Bruder!« – unterbrach ihn der zorn- und schamrote Jüngling und hoffte, eine ironische Frage zu tun – »ist das die Sprache eines Weltmanns wie du?« – »Auch wollt' ich effleurer sagen statt déflorer«, sagte Vult. »O, reiner starker Freund, die Poesie ist ja doch ein Paar Schlittschuh, womit man auf dem glatten reinen kristallenen Boden des Ideals leicht fliegt, aber miserabel forthumpelt auf gemeiner Gasse.« Er brach ab und fragte nach der Ursache, warum er ihn vorhin so traurend gefunden. Walt, jetzt zu verschämt, sein Sehnen zu bekennen, sagte bloß, wie es gestern so schön gewesen und wie immer, so wie in andere Feste Krankheiten [1] fallen, so in die heiligsten der Menschen Schmerzen, und wie ihm das Augen-Übel in der Zeitung wehe getan, das er noch nicht recht verstehe.

Vult entdeckt' ihm den Plan, daß er nämlich vorhabe, so gesund auch sein Auge sei, es jeden Markttag im Wochenblatt für kränker und zuletzt für stockblind auszurufen und als ein blinder Mann ein Flötenkonzert zu geben, das ebenso viele Zuschauer als Zuhörer anziehe. »Ich sehe«, sagte Vult, »du willst jetzt auf die Kanzeltreppe hinauf; aber predige nicht; die Menschen verdienen Betrug – Gegen dich hingegen bin ich rein und offen, und deine Liebe gegen den Menschen lieb' ich etwas mehr als den Menschen selber.« – »O wie darf denn ein Mensch so stolz sein und sich für den einzigen halten, dem allein die volle Wahrheit zufließe?« fragte Walt – »*Einen* Menschen«, versetzte Vult, »muß jeder, der auf den Rest Dampf und Nebel loslässet, besitzen, einen Auserwählten, vor dem er Panzer und Brust aufmacht und sagt: guck hinein. *Der* Glückliche bist nun du; bloß weil du – soviel du auch, merk' ich, Welt hast – doch im ganzen ein frommer, fester Geselle bist, ein reiner Dichter und dabei mein Bruder, ja Zwilling und – so laß es dabei!« –

Walt wußte sich in keine Stelle so leicht und gut zu setzen als in die fremde; er sah der schönen Gestalt des Geliebten diese Sommersprossen und Hitzblattern des Reiselebens nach und glaubte, ein Schattenleben wie seines hätte Vulten diese vielfarbige moralische Nesselsucht gewiß erspart. Bis tief in die Nacht brachten beide mit friedlichen Entwürfen und Grenzrezessen ihres Doppelromans zu, und das ganze historische erste Viertel ihrer romantischen Himmelskugel stieg so hell am Horizonte empor, daß

[1] Weil die meisten Feste in große Wetter-Krisen treffen.

Walt den andern Tag weiter nichts brauchte als Stuhl und Dinte und Papier und anzufangen. Froh sah er dem morgenden Sonntag entgegen; der Flötenist aber jenem Abend, wo er, wie er sagte, wie ein Finke geblendet pfeife.

Nro. 16. Berggur

Sonntag eines Dichters

Walt setzte sich schon im Bette auf, als die Spitzen der Abendberge und der Türme dunkelrot vor der frühen Juli-Sonne standen, und verrichtete sein Morgengebet, worin er Gott für seine Zukunft dankte. Die Welt war noch leise, an den Gebürgen verlief das Nachtmeer still, ferne Entzückungen oder Paradiesvögel flogen stumm auf den Sonntag zu. Walt hätte sich gefürchtet, seine namenlose Wonne laut zu machen, wenns nicht vor Gott gewesen wäre. Er begann nun den Doppelroman. Es ist bekannt genug, daß unter allen Kapiteln keine seliger geschrieben werden (auch oft gelesen) als das erste und dann das letzte, gleichsam auch ein Sonntag und ein Sonnabend. Besonders erfrischt' es ihn, daß er nun einmal ohne allen juristischen Gewissensbiß auf dem Parnaß spazierengehen durfte und oben mit einer Muse spielen; indem er, hofft' er, gestern im juristischen Fache das Seinige gearbeitet, nämlich das Testament vernommen und erwogen. Da den Abend vorher war ausgemacht worden, daß der Held des Doppelromans einen langen Band hindurch sich nach nichts sehnen sollte als bloß nach einem Freunde, nicht nach einer Heldin: so ließ er ihn es zwei Stunden, oder im Buche selber so viele Jahre lang, wirklich tun; er selber aber sehnte sich auch mit und über die Maßen. Das Schmachten nach Freundschaft, dieser Doppelflöte des Lebens, holt' er ganz aus eigner Brust; denn der geliebte Bruder konnte ihm so wenig wie der geliebte Vater einen Freund ersparen.

Oft sprang er auf, beschauete den duftigen goldhellen Morgen, öffnete das Fenster und segnete die ganze frohe Welt, vom Mädchen am Springbrunnen an bis zur lustigen Schwalbe im blauen Himmel. So rückt die Bergluft der eignen Dichtung alle Wesen näher an das Herz des Dichters, und ihm, erhoben über das Leben, nähern die Lebendigen sich mehr, und das Größte in seiner Brust befreundet ihn mit dem Kleinsten in der fremden. Fremde Dichtungen hingegen erheben den Leser allein, aber den Boden und die Nachbarschaft nicht mit.

Allmählich ließ ihn der Sonntag mit seinem Schwalbengeschrei, Kirchengeläut, seinen Ladendiener-Klopfwerken und Nach-Walkmühlen an Sonntagsröcken in allen Korridoren schwer mehr sitzen; er sehnte sich nach einem und dem andern leibhaften Strahl der Morgensonne, von welcher ihm in seinem Abendstübchen nichts zu Gesichte kam als der Tag. Nachdem lange der Schreibtisch und die sonnenhelle Natur ihre magnetischen Stäbe an ihn gehalten und er sich vergeblich zwei Ichs gewünscht, um mit dem einen spazierenzugehen, während das andere mit der Feder saß: so verkehrte er dieses in jenes und trug die Brust voll Himmelsluft und den Kopf voll Landschaften (Aurorens Gold-Wölkchen spielten ihm auf der Gasse noch um die Augen) über den frohen lauten Markt und zog mit dem Viertels-Flügel der fürstlichen Kriegsmacht fort, welcher blies und trommelte, und der Nikolaiturm warf dazu seine Blasemusik in die untere hinein, die mit ihr im verbotenen Grade der Sekunde verwandt wurde. Draußen vor dem Tore hörte er, daß das magische, wie von fernen kommende Freudengeschrei in seinem Innern von einem schwarzen fliegenden Korps oder Chor Kurrendschüler ausgesprochen wurde, das in der Vorstadt fugierte und schrie. Herrlich wiegte sich in bunter Fülle der Van der Kabelsche Garten vor ihm, den er einmal erben konnte, wenn ers recht anfing und recht ausmachte; er ging aber verschämt nicht hinein, weil Menschen darin saßen, sondern erstieg das nahe Kabelsche Wäldchen auf dem Hügel.

Darin saß er denn entzückt auf Glanz und Tau und sah gen Himmel und über die Erde. Allmählich sank er ins *Vorträumen* hinein – was so verschieden vom engern *Nachträumen* ist, da die Wirklichkeit dieses einzäunt, indes der Spielplatz der Möglichkeit jenem freiliegt. Auf diesem heitern Spielplatze beschloß er das große Götterbild eines Freundes aufzurichten und solches ganz so zu meißeln – was er im Romane nicht gedurft –, wie ers für sich brauchte. »Mein ewig teurer Freund, den ich einmal gewiß bekomme«, sagt' er zu sich, »ist göttlich, ein schöner Jüngling und dabei von Stande, etwa ein Erbprinz oder Graf; – und eben dadurch so zart ausgebildet für das Zarte. Im Gesicht hat er viel Römisches und Griechisches, eine klassische Nase, aus deutscher Erde gegraben; aber er ist doch die mildeste Seele, nicht bloß die feurigste, die ich je gefunden, weil er in der Eisen-Brust zur Wehre ein Wachs-Herz zur Liebe trägt. So treuen, unbefleckten, starken Gemüts, mit großen Felsen-Kräften, gleich einer Bergreihe, nur *gerade* gehend – ein wahres philosophisches Genie oder auch ein militärisches oder ein diplomatisches – daher setzt er mich und viele eben in ein wahres Staunen, daß ihn Gedichte und Tonkunst entzücken bis zu Tränen. Anfangs scheuete ich ordentlich den gerüsteten Kriegsgott; aber endlich einmal in einem Garten in der Frühlings-Dämmerung, oder weil er ein Gedicht über die Freundschaft der zurückgetretenen Zeiten hörte, über den griechischen Phalanx, der bis in den Tod kämpfte und liebte, über das deutsche Schutz- und Trutzbündnis befreundeter Männer, da greift ihm das Verlangen nach der Freundschaft wie ein Schmerz nach dem Herzen, und er träumt sich seufzend eine Seele, die sich sehnet wie er. Wenn diese Seele – das Schicksal will, daß ichs sei – endlich neben seinen schönen Augen voll Tränen steht, alles recht gut errät, ihm offen entgegenkommt, ihn ihre Liebe, ihre Wünsche, ihren guten Willen wie klare Quellen durchschauen lässet, gleichsam als wollte sie fragen: ist dir weniges genug?, so könnt' es wohl ein zweites gutes Schicksal fügen, daß der Graf, gleich Gott alle Seelen liebend, auch wie ein Gott sich meine zum Sohne des Herzens erwählte, der dem Gotte dann gleich werden kann – daß dann wir beide in der hellsten Lebensstunde einen Bund ewiger, starker, unverfälschter Liebe beschwüren« .....

Den Traum durchriß ein schöner langer Jüngling, der in roter Uniform auf einem Engländer unten auf der Heerstraße vorüberflog, dem Stadttore zu. Ein gut gekleideter Bettler lief mit dem offnen Hute ihm entgegen – dann ihm nach, dann voraus – der Jüngling kehrte das Roß um – der Bettler sich – und jetzt hielt jener, in den Taschen suchend, den stolzen Waffentanz des schönen Rosses so lange auf, daß Walt ziemlich leicht die Melancholie auf dem prangenden Gesicht, wie Mondschein auf einem Frühling, bemerken konnte, so wie einen solchen Stolz der Nase und der Augen, als könn' er die Siegszeichen des Lebens verschenken. Der Jüngling warf dem Manne seine Uhr in den Hut, welche dieser lang an der Kette trug, indem er mit dem Danke dem Galoppe nachzukommen suchte.

Jetzt war der Notarius nicht mehr imstande, eine Minute aus der Stadt zu bleiben, wohin der Reiter geflogen war, der ihm fast als der Freund, nämlich als der Gott vorkam, den er vorher im Traume mit den Abzeichen aller übrigen Götter (signis Pantheis) geputzet hatte. »Befreunden«, sagt' er zu sich, in seinem romantischen, durch das Testament noch gestärkten Mute, und auf sein liebe-quellendes Herz vertrauend, »wollten wir uns leicht, falls wir uns erst hätten.« – Er wäre gern zu seinem Bruder gegangen, um sowohl das dürstende Herz an dessen Brust zu kühlen, als ihn über den schönen Jüngling auszufragen; aber Vult hatte ihn gebeten, der Spionen wegen und besonders vor dem Blinden-Konzert den Besuch viel lieber anzunehmen als abzustatten.

Mitten aus dem heiligen Opferfeuer rief ihn der Hofagent Neupeter in seine dunkle Schreib-Stube hinein, damit er darin vor dem Essen einige Wechsel protestierte. Wie an einem Käfer, der erst vom Fluge gekommen, hingen an ihm die Flügel noch lang unter den Flügeldecken heraus; aber er protestierte doch mit wahrer Lust, es war sein erster Notariats-Aktus; und – was ihm noch mehr galt – seine erste Dankhandlung gegen den Agenten. Nichts wurde ihm länger und lästiger als das erste Vierteljahr, worin ein Mensch ihn beherbergte oder bediente oder beköstigte, bloß weil ihm der Mensch so viele Dienste und Mühen vorschoß, ohne von ihm noch das Geringste zu ziehen. Er protestierte gut und sehr, mußte sich aber vom lächelnden Kaufmann den Monatstag ausbitten und war überhaupt kaum bei sich; denn immerhin komme ein Mensch mit der poetischen Luftkugel, die er durch Adler in alle helle Ätherräume hat reißen lassen, plötzlich unten auf der Erde an, so hängt er doch noch entzückt unter dem Glob' und sieht verblüfft umher.

Das war der Sonntags-Vormittag. Der Nachmittag schien sich anders anzufangen. Walt war von der hellen Wirtstafel – wo er mit seinem Puder und Nanking zwischen Atlas, Manchester, Lackzöpfen, Degen, Batist, Ringen und Federbüschen wettgeeifert und gespeiset hatte – in seine Schattenstube im völligen Sonntagsputz zurückgegangen, den er nicht ausziehen konnte, weil eben der Putz in nichts als in einigem Puder bestand, womit er sich sonntäglich besäete. Sah er so weiß aus, so schmeckt' er freilich so gut als der Fürst, was sowohl Sonntage heißen als Putz. Sogar dem Bettler bleibt stets der Himmel des Putzwerkes offen; denn das Glück weht ihm irgendeinen Lappen zu, womit er sein größtes Loch zuflickt; dann schauet er neugeboren und aufgeblasen umher und bietet es still schlechtem porösen Bettel-Volk. Nur aber war der frohe Vorsatz, den ganzen Nachmittag seinem Kopfe und seinem Romane dichtend zu leben, jetzt über seine Kräfte, bloß wegen des Sonntags-Schmucks; ein gepuderter Kopf arbeitet schwer. So müßte zum Beispiel gegenwärtiger Verfasser – steckte man ihn in dieser Minute zur Probe in Königsmäntel, in Krönungsstrümpfe, in Sporenstiefel, unter Kurhüte –, auf solche Weise verziert, die Feder weglegen und verstopft aufstehen, ohne den Nachmittag zu Ende gemalt zu haben, denn es geht gar nicht im herrlichsten Anzug; – ausgenommen allein bei dem verstorbenen Buffon, von welchem Madame Necker berichtet, daß er zuerst sich wie zur Gala und darauf erst seine Bemerkungen eingekleidet, um welche er als ein geputzter und putzender Kammerdiener herumging, indem er ihnen vormittags die Nennwörter anzog, und nachmittags die Beiwörter.

Den Notar störte außer dem Puder noch das Herz. Die Nachmittags-Sonne glitt jetzt herein, und ihre Blicke sogen und zogen hinaus in die helle Welt, ins Freie; er bekam das *Sonntags-Heimweh*, was fast armen Teufeln mehr bekannt und beschwerlich ist als reichen. Wie oft trug er in Leipzig an schönen Sonntagen die Vesper-Wehmut durch die entvölkerten Alleen um die Stadt! Nur erst abends, wenn die Sonne und die Lust-Gäste heimgingen, wurd' ihm wieder besser. Ich habe geplagte Kammerjungfern gekannt, welche imstande waren, wöchentlich siebenthalbe Tage zu lachen und zu springen, nur aber sonntags nach dem Essen unmöglich; das Herz und das Leben wurd' ihnen nachmittags zu schwer, sie strichen so lange in ihrer unbekannten kleinen Vergangenheit herum, bis sie darin auf irgendein dunkles Plätzchen stießen, etwan auf ein altes niedriges Grab, worauf sie sich setzten, um sich auszuweinen, bis die Herrschaft wiederkam. Gräfin, Baronesse, Fürstin, Mulattin, Holländerin oder Freiin, die du nach weiblicher Weise immer noch herrischer gegen die Sklavin bist als gegen den Sklaven – sei das doch sonntags nach dem Essen nicht! Die Leute in deinem Dienste sind arme Landteufel, für welche der Sonntag, der in großen Städten, in der großen Welt und auf großen Reisen gar nicht zu haben ist, sonst ein Ruhe-Tag war, als sie noch glücklicher waren, nämlich noch Kinder. Gern werden sie, ohne etwas zu wünschen, leer und trocken bei deinen Hoffesten, Hochzeit- und Leichenfesten stehen und die Teller und die Kleider halten; aber an dem Sonntage, dem Volks- und Menschenfest, auf das alle Wochen-Hoffnungen zielen, glauben die Armen, daß ihnen irgendeine Freude der Erde gebühre, da ihnen zumal die Kinderzeit einfallen muß, wo sie an diesem Bundes-Feste der Lust wirklich etwas hatten, keine Schulstunde – schöne Kleider – spaßhafte Eltern – Spielkinder – Abendbraten – grünende Wiesen und einen Spaziergang, wo gesellige Freiheit dem frischen Herzen die frische Welt ausschmückte. Liebe Freiin! wenn dann am Sonntage, wo gedachte Person weniger in der Arbeit, der Lethe des Lebens, watet, das jetzige dumpfe Leben sie erstickend umfängt und ihr über die Unfruchtbarkeit der tauben Gegenwart die helle Kinderzeit, die ja allen Menschen einerlei Eden verheißet, mit süßen Klängen wie neu herüberkommt: dann strafe die armen Tränen nicht, sondern entlasse die Sehnsüchtige etwan bis Sonnen-Untergang aus deinem Schlosse! –

Als der Notar sich noch sehnte, stürmte lustig Vult herein, den Mittagswein im Kopf, ein schwarzes Seidenband um *ein* Auge, mit offenem Hals und losem Haar, und fragte, warum er noch zu Hause sitze, und wieviel er vormittags geschrieben. Walt gab es ihm. Als ers durchhatte, sagte er: »Du bist ja des Teufels, Götterchen, und ein Engel im Schreiben. So fahre fort! – Ich habe auch« (fuhr er mit kälterer Stimme fort und zog das Manuskript aus der Tasche) »diesen Morgen in unserm *Hoppelpoppel oder das Herz* gearbeitet und darin ausgeschweift, so viel als nötig für ein erstes Kapitel. Ich will dir den Schwanzstern (so nenn' ich jede Digression) halb vorsagen – wenn du mich nur, o Gott, mehr zu goutieren wüßtest! –, nicht vorlesen, denn eben darum! Ich fahre im Schwanzstern besonders wild auf die jungen Schreiber los, die von dir abweichen und in ihren Romanen die arme Freundschaft nur als Tür- und Degengriff der Liebe vornen an diese so unnütz anbringen wie den Kalender und das genealogische Verzeichnis der regierenden Häupter vornen an die Blumenlesen. Der Spitzbube, der Kränkling von Schwächling von Helden will nämlich auf den ersten paar Bogen sich stellen, als seufz' er ziemlich nach einem Freunde, als klaffe auf sein Herz nach einer Unendlichkeit – schreibt sogar das Sehnen nach einem Freund, wenns Werk in Briefen ist, an einen, den er schon hat zum Epistolieren – ja er verrät noch Schmachtungen nach der zweiten Welt und Kunst; – kaum aber ersieht und erwischt die Bestie ihr Mädchen (der Operngucker sieht immer nach dem Freunde hin), so hat sie satt und das Ihrige; wiewohl der Freund noch elendiglich mehrere Bogen nebenher mitstapeln muß bis zu dem Bogen Ix, auf welchem dem geliebten Freunde wegen einer Treulosigkeit des Mädchens frei gesagt wird, es gebe auf der Erde kein Herz, keine Tugend und gar nichts. Hier spei' ich, Bruder, auf das schreibende Publikum Feuer; Spitzbube, so rede ich im Schwanzstern an, Walt, Spitzbube, sei wenigstens ehrlich und tue dann, was du willst, da doch dein Unterschied zwischen einem Freund und einem Liebhaber nur der zwischen einem Sau- und einem Hunds-Igel ist!« – –

Hier sah Vult lange das Papier, dann Walten an. »Der ist aber?« fragte dieser. – »So fragt auch mein Schwanzstern«, sagte jener. »*Keiner* nämlich. – Denn es gibt eben keine Schwein-Igel nach Bechstein [1], sondern was man dafür nahm, waren *Weibchen* oder *Junge*. Mit den Schweins-Dächsen ists ebenso. Was hilfts, ihr romantischen Autoren,« (las Vult weiter und sah immer vom Papier weg, um das Komische mehr zu sagen als, weil ers wenig konnte, vorzulesen) »daß ihr euere unterirdische Blattseite gegen den Himmel aufstülpet? Sie dreht sich wieder um; wie an Glastafeln wird nur euere der Erde zugekehrte Seite betauet; wie an elektrischen Katzen müsset ihr vorher aus eurem *Bürzel* einen Funken locken, bevor ihr einen aus dem *Kopfe* wieder bekommt und vice versa. Seid des Teufels lebendig; aber nur offen; liebt entsetzlich, denn das kann jedes Tier und jedes Mädchen, das sich deshalb für eine Edle, eine Dichterin und einen Welt-Solitär ansieht – aber befreundet euch nicht, was ja an liebendem Vieh so selten ist wie bei euch. Denn ihr habt nie aus Johann Müllers Briefen oder aus dem alten Testament oder aus den Alten gelernt, was heilige Freundschaft ist und ihr hoher Unterschied von Liebe, und daß es das Trachten – nicht eines Halbgeistes nach einer ehelichen oder sonstigen Hälfte, sondern – eines Ganzen nach einem Ganzen, eines Bruders nach einem Bruder, eines Gottes nach einem Universum ist, mehr um zu schaffen und dann zu lieben, als um zu lieben und dann zu schaffen..... Und so geht denn der Schwanzstern weiter«, beschloß Vult, der sich nicht erwehren konnte, ein wenig die Hand des Bruders zu drücken, dessen voriges Freundschafts-Kapitel ordentlich wie helles warmes angebornes Blut in sein Herz gelaufen war.

Walt schien davon entzückt zu sein, fragte aber, ob nicht auch oft die Freundschaft *nach* der Liebe und Ehe komme, oft sogar für dieselbe Person – ob nicht der treueste Liebhaber eben darum der treueste Freund sei – ob nicht die Liebe mehr romantische Poesie habe als die Freundschaft – ob jene am Ende nicht in die gegen Kinder übergehe – ob er nicht fast hart mit seinen Bildern sei; – und noch mehr wollte Gottwalt lindern und schlichten. Aber Vult fuhr auf, sowohl aus voriger Rührung als aus Erwartung eines viel weniger bedingten Lobes, hielt sich die Ohren vor Rechtfertigungen der Menschen zu und klagte: er sehe nur gar zu gut voraus, wie ihm künftig Walt eine Erbosung nach der andern versalzen werde durch sein Überzuckern; beifügend, in ihrem »Hoppelpoppel oder das Herz« gewännen ja eben die süßen Darstellungen am meisten durch die schärfsten, und gerade hinter dem scharfen Fingernagel liege das weichste empfindsamste Fleisch; »aber«, fuhr er fort, »von etwas Angenehmerem, von den sieben Erb-Dieben, wobei ich mir wieder deinetwegen Mühe gegeben! Ich muß etwas bei dir sitzen.«

»Noch etwas Angenehmes vorher«, versetzte Walt und schilderte ihm

[1] Dessen Naturgeschichte Deutschlands. 1. Bd. 2. Auflage.

den roten götterschönen Jüngling, und daß solcher, wie ein Donnergott auf einem Sturmvogel, zwischen Aurora und Iris gezogen und unter dem blauen Himmel wie durch eine Ehrenpforte geritten wäre. »Ach nur seine Hand«, endigte er, »wenn ich sie je anrühren könnte, dacht' ich heute, zumal nach dem Freundschaftskapitel. O kennst du ihn?«

»Kenn' ihn so nicht, deinen Donner- und Wetter- – – Gott« (sagte Vult kühl und nahm Stock und Hut). »Verschimmle nur nicht in deinem Storchnest – lauf hinaus ins Rosental wie ich, wo du alle Haßlauer beau monde's-Rudel mit *einem* Sau-Garn überziehen und fangen kannst, und ihn mit. Vielleicht jag' ich darunter den gedachten Donnergott auf – – möglich ists der Graf *Klothar*. – Nein, Freund, ich gehe absichtlich ohne dich; auch tu überhaupt nicht draußen, als ob du mich sonderlich kenntest, falls ich etwa zu nahe vor dir vorübergehen sollte vor Augen-Schwäche; denn nachgerade muß ich mich blind machen, ich meine die Leute. Addio!«

Nro. 17. Rosenholz

Rosental

In drei Minuten stand der Notar, dem Vults Verstimmung entgangen war, freudig auf dem grünen Wege nach dem Haßlauer Rosentale, das sich vom schönen Leipziger besonders dadurch unterscheidet, daß es sowohl Rosen hat als auch ein Tal und daher mehr der Fantaisie bei Bayreuth ähnlich ist, die bloß die Zuckerbäcker-Arabesken und *Phantasie-Blumen* und Prunk-Pfähle vor ihm voraus hat. Aus der Stadt zog er eigentlich kaum, denn er fand die halbe unterwegs; und alle seine Seelen-Winkel wurden voll Sonnenlicht bei dem Gedanken, so mitzugehen unter Leuten, die mitgehen, mitfahren, mitreiten. Rechts und links standen die Wiesen, die wallenden Felder und der Sommer. Aus der Stadt lief das Nachmittags-Geläute der Kirche in die grüne warme Welt heraus, und er dachte sich hinein, wie jetzt die Kirchengänger sich herausdenken und ihn und das freie luftige Leben göttlich finden würden in den schmalen, kalten, steinernen Kirchen auf langen leeren Bänken einzeln schreiend, mit schönen breiten Sonnenstreifen auf den Schenkeln und mit der Hoffnung, nach der Kirche nachzumarschieren so schnell als möglich.

Die Zugherings-Herde von Menschen legte sich in die Bucht des Rosentals an. Die Laubbäume taten sich auf und zeigten ihm die glänzende offne Tafel des Juli-Sonntags, die aus einbeinigen Täfelchen unter Bäumen bestand – »köstlich«, sagte der Notar zu sich, »ist doch wahrlich das allgemeine Sesselholen, Zeltaufschlagen, Rennen grüner Lauferschürzen, Weglegen der Schals und Stöcke, Ausziehen der Körke und Wählen eines Tischchens, die stolzen Federhüte zwischendurch, die Kinder im Grase, die Musikanten hinten, die gewiß gleich anfangen, die warmblühenden Mädchen-Stirnen, die durchschimmernden Gartenrosen unter den weißen Schleiern, die Arbeitsbeutel, die Goldanker und Kreuze und andere Gehenke auf ihren Hälsen und die Pracht und die Hoffnung, und daß noch immer mehr Leute nachströmen – – O ihr lieben Menschen, macht euch nur recht viel Lust, wünsch' ich!« –

Er selber setzte sich an ein einsames Tischchen, um kein geselliges zu stören. Vom Zuckerguß seines stillen Vergnügtseins fest überlegt, saß er daran, sich erfreuend, daß jetzt fast in ganz Europa Sonn- und Lusttag sei, und nichts begehrend als neue Köpfe, weil er jeden zwischen die Augen nahm, um auszufühlen, ob er dem roten Jüngling angehöre, wornach seiner Seele alle ihre Blütenblätter standen.

Ein Geistlicher spazierte vorüber, vor dem er sitzend den Hut abnahm, weil er glaubte, daß Priester, gewohnt, durch ihre Rockfarbe jeden Hut zu bewegen auf dem Lande, jedesmal Schmerzen in der Stadt empfinden müßten, wenn ein ganz fester vorbeiginge. Der Geistliche sah ihn scharf an, fand aber, daß er ihn nicht kenne. Jetzt trabten zwei Reiter heran, von welchen der eine wenig zu leben hatte, der andere aber nichts, Vult und Flitte.

Der Elsasser tanzte reichgekleidet und lustig – obgleich seine *te deum laudamus* in *laus deo* bestanden – nach seinem eignen Gesang vom Steigbügel unter seine Bekanntschaften, d. h. sämtliche Anwesende hinein; geliebt von jedem, dem er nichts schuldig war. Er überstand lustig eine kurze Aufmerksamkeit auf sich als den Menschen, der die Kabelsche Erbportion eingebüßet, welche er schon als Faustpfand so oft wie den Reliquienkopf eines Heiligen vervielfacht unter seine Gläubiger verteilt hatte, weil das marseillische Schiff, worauf er eine große, ebensooft verpfändete Dividende hatte, jedem zu lange ausblieb. Walt wunderte und freute sich, daß der singende Tänzer, der alle Weiber grüßte, der kühn ihre Fächer und Sonnenschirme und Armbands-Medaillons handhabte und kühner die Häng-Medaillen und Häng-Uhren von jeder weißen Brust mit den Fingern ans Auge erhob, sich gerade vor den Tisch der drei häßlichsten postierte, denen er Wasser und Aufwärter holte, sogar schöne Gespielinnen. Es waren die drei Neupeterischen Damen, bei welchen Gottwalt gestern drei Visiten-Karten abgegeben. Der Elsasser machte in kurzem umherlaufend das ganze Rosental mit dem dort sitzenden Nanking bekannt, der den alten Kabel beerbte; aber Walt, zu aufmerksam auf andere und zu wenig sich voraussetzend, entging durch sein menschenfreundliches Träumen dem Mißvergnügen, das allgemeine Schielen zu sehen. – Zuletzt trat Flitte gar zu ihm und verriet durch einen Gruß ihn der Kaufmannschaft. Unter allen sieben Erben schien der lustige Bettler gerade am wenigsten erbittert auf Walten zu sein; auch dieser gewann ihn herzlich lieb, da er zuerst den Spielteller der Musikanten nahm, belegte und herumtrug, und gern hätt' er ihm ein großes Stück der Erbportion oder des Testaments zum Lohne mit daraufgeworfen.

Der Notar war besonders auf die feinste Lebensart seines Bruders neugierig. Diese bestand aber darin, daß er sich um nichts bekümmerte, sondern auswärts tat, als sitz' er warm zu Hause und es gebe keine Fremden auf der Welt. Sollt' es nicht einige Verachtung oder Härte anzeigen, dachte Walt, durchaus keine fremde erste Stunde anzuerkennen, sondern nur eine vertraute, zweite, zehnte etc.? – Dabei machte Vult das ruhigste Gesicht von der Welt vor jedem schönsten, trat sehr nahe an dieses, klagte, sein Auge komme täglich mehr herunter, und blickte (als Schein-Myops) unbeschreiblich kalt an und weg, als sitze die Physiognomie, verblasen zu einem gestaltlosen Nebel, an einer Bergspitze hängend vor ihm da. Sehr fiel dem Notarius – welcher glaubte, auch gesehen zu haben in Leipzig in Rudolphs Garten, was feinste Sitten und Menschen sind, und mit welchen forcierten Märschen junge männliche Kaufmannschaft weibliche bedient und bezaubert, gleichsam willige kartesianische Teufelchen, die der Damenfinger auf- und niederspringen lässet – sehr fiel ihm Vults männliche Ruhe auf, bis er zuletzt gar seine Definition des Anstands änderte und sich folgende für den »*Hoppelpoppel*« aus dem weltgewandten Bruder abzog: »Körperlicher Anstand ist kleinste Bewegung; nämlich ein halber Schritt oder schwacher Ausbug statt eines Gemsensprunges – ein mäßiger Bogen des Ellenbogens statt einer ausgereckten spitzen Fechter-Tangente, das ist die Manier, woran ich den Weltmann erprobe.« –

Zuletzt wurde der Notar auch keck und voll Welt und Lebensart und stand auf mit dem Vorsatz, wacker hin und her zu spazieren. Er konnte so zuweilen ein Wort seines Bruders von der Seite wegschnappen; und besonders irgendwo den roten Liebling des Morgens auffischen. Die Musik, welche die Dienste des Vogelgesangs tat eben durch Unbedeutsamkeit, schwemmte ihn über manche Klippe hinüber. Aber welche Flora von Honoratioren! Er genoß jetzt das stille Glück, das er oft gewünscht, den Hut abzuziehen vor mehr als einem Bekannten, vor Neupeter et Compagnie, die ihm kaum dankten; und er konnte sich nicht enthalten, manche frohe Vergleichungen seiner jetzigen lachenden Lage im Haßlauer Rosental mit seiner sonstigen anonymen im Leipziger anzustellen, wo ihn außer den wenigen, die er nicht richtig bezahlen konnte, fast keine Katze kannte. Wie oft war er in jener unbekannten Zeit versucht, öffentlich auf *einem* Beine zu tanzen, oder auch mit zwei zinnernen Kaffeekannen in der Hand, oder geradezu eine Flammen-Rede über Himmel und Erde zu halten, um nur Seelen-Bekannte sich ans Herz zu holen! – So sehr setzt der Mensch – der älter kaum bedeutenden Menschen und Büchern zuläuft – jünger schon bloß neuen Leuten und Werken feurig nach.

Mit Freuden bemerkt' er im Gehen, wie Vult in seine Ruhe und Würde so viel insinuante Verbindlichkeit, und in sein Gespräch so viele selber an

Ort und Stelle geerntete Kenntnisse von Europens Bilderkabinetten, Künstlern, berühmten Leuten und öffentlichen Plätzen zu legen wußte, daß er wirklich bezauberte; worin ihn freilich seine Verbindung mit seinen schwarzen Augen (darin bestand besonders seine schwarze Kunst bei Weibern) und wieder die Kälte, welche imponiert (Wasser gefriert sich immer *erhoben*), sichtbar unterstützte. Eine alte Hofdame des regierenden Häuschens von Haßlau wollte schwer von ihm weg; und bedeutende Herren befragten ihn. – Aber er hatte den Fehler, nichts so sehr zu lieben – das Bezaubern ausgenommen – als Entzaubern darauf, und besonders die Sucht, Weiber, wie ein elektrisierter Körper leichte Sachen, anzuziehen, um sie abzustoßen. Walt mußte über Vults Einfälle über Weiber bei Weibern selber erstaunen; denn er konnte im Vorübergehen recht gut vernehmen, daß Vult sagte: sie kehrten stets im Leben und sonst, wie an ihren Fächern, gerade die reichste bemalte Fläche andern zu und behielten die leere – und mehr dergleichen, als z. B.: sie machten, wie man die Cœurs auf Karten zu Gesichtern mit malerischer Spielerei umgewandelt, wieder leicht aus ihrem und einem fremden Gesicht ein Cœur – oder, auch: die rechte poetische, aber spitzbübische Art der Männer, sie zu interessieren, sei, ihnen immer die geistige Vergangenheit, ihre Lieblingin, vortönen zu lassen, als z. B. welche Träume vergangen, und wie sich sonst das Herz gesehnt usw.; das sei die kleine Sourdine, die man in die Weite des Waldhorns stecke, dessen nahes Blasen dann wie fernes Echo klinge.

»Sie pfeifen auf der Flöte?« sagte die Hofagentin Neupeter. Er zog die Ansätze und Mittelstücke aus der Tasche und wies alles vor. Ihre beiden häßlichen Töchter und fremde schöne baten um einige Stücke und Griffe. Er steckte aber die Ansätze kalt ein und verwies bittend auf sein Konzert. »Sie geben wohl Stunden?« fragte die Agentin. »Nur schriftliche«, versetzt' er, »da ich bald da, bald dort bin. Denn längst ließ ich in den Reichs-Anzeiger folgendes setzen:

›Endes Unterschriebener kündigt an, daß er in portofreien Briefen – die ausgenommen, die er selber schreibt – allen, die sich darin an ihn wenden, Unterricht auf der herrlichen Flûte traversière (sie hier zu loben, ist wohl unnötig) zu geben verspricht. Wie die Finger zu setzen, die Löcher zu greifen, die Noten zu lesen, die Töne zu halten, will er brieflich posttäglich mitteilen. Fehler, die man ihm schreibt, wird er im nächsten Briefe verbessern.‹

Unten stand mein Name. Gleicherweise kegle ich auch in Briefen mit einem sehr eingezognen Bischof (ich wollt', ich könnt' ihn nennen); wir schreiben uns, redlicher vielleicht als Forstbeamte, wieviel Holz jeder gemacht; der andere stellt und legte seine Kegel genau nach dem Briefe und schiebt dann seinerseits.«

Die Haßlauer mußten lachen, ob sie gleich ihm glaubten; aber die Agentin strich sich mit innerer Hand so rot als einen Postwagen, dessen Stöße Herr Peter Neupeter am besten kannte, an und fragte die Töchter nach Tee.

Das Kirwanentee-Kästchen war vergessen. Flitte war froh, sagte, er sitze auf nach dem Kästchen, hoffe es in fünf Minuten aus der Stadt herzureiten, und sollte sein Gaul fallen – d. h. der geborgte, denn sein Zutritt in allen Häusern war auch einer in allen Ställen –, und er denke sogar noch dem Herrn van der Harnisch eine bewährte Starbrille mitzubringen. Vult behandelte, glaubte Walt, das Anerbieten und das Männchen etwas zu stolz.

Wirklich kam Flitte nach sieben Minuten zurückgesprengt, ohne Starbrille – denn er hatte sie nur versprochen –, aber mit dem Neupeterischen Tee-Kästchen von Mahagoni, dessen Deckel einen Spiegel mit der Tee-Doublette aufschlug.

Plötzlich fuhr Vult, als aus dem sogenannten Poetengange des Rosentals eine reiche rote Uniform mit rundem Hut heraustrat, auf den spazierenden Notarius los – tat kurzsichtig, als glaub' er ihn zu kennen – fragte ihn unter vielen Komplimenten leise, ob jener rote Bediente des Grafen von Klothar der bewußte sei – entschuldigte sich nach dem Kopfschütteln des bestürzten Notars laut mit seinem Kurzblicke, der jetzt Bekannte und Unbekannte durcheinanderwerfe, und setzte hinzu: »verzeihen Sie einem Halbblinden, ich hielt Sie für den Herrn Waldherrn Pamsen aus Hamburg, meinen Intimen« – und ließ ihn im Bewußtsein einer Verlegenheit, deren Quelle der redliche Notar nicht in seiner Wahrhaftigkeit suchte, sondern in seinem Mangel an Reisen, die immer das Hölzerne aus den Menschen wegnehmen, wie die Versetzungen das Holzige aus den Kohlrüben.

Jetzt trat nach dem dienerischen Abendrote der Aurora, hinter welcher der Notar seine Lebens-Sonne finden wollte, wirklich der Reiter des Morgens im blauen Überrock, aber mit Federbusch und Ordensstern aus dem dichten Laubholze heraus samt Gesprächen mit einem fremden Herrn. Der Flötenspieler brauchte bloß auf einen brennenden Blick des Notars seinen kalten zu werfen, um fest zu wissen, daß der Morgen-Mann dem Feuerherzen des Bruders wieder erschiene, den er nur aus Ironie mit der Verwechslung des roten Bedienten mit dem blauen Herrn geneckt. Walt ging ihm entgegen; in der Nähe erschien diesem der Musengott seiner Gefühle noch länger, blühender, edler. Unwillkürlich nahm er den Hut ab; der vornehme Jüngling dankte stumm fragend und setzte sich ans erste beste Tischchen, ohne durch den sprungfertigen Rot-Rock etwas zu fodern. Der Notar ging auf und ab, um, wie er hoffte, vielleicht unter das Füllhorn der Reden zu kommen, das der schöne Jüngling über den Begleiter goß. »Wenn auch« .... (fing der Jüngling an, und der Wind wehte das Hauptwort *Bücher* weg) »nicht gut oder schlecht machen, besser oder schlechter machen sie doch.« Wie rührend und nur aus dem Innersten in das Innerste dringend klang ihm diese Stimme, welche des schönen wehmütigen Flors um das Angesicht würdig war! – Darauf versetzte der andere Herr: »Die Dichtkunst führt ihre Inhaber zu keinem bestimmten menschlichen Charakter; wie Kunstpferde machen sie Küssen und Totstellen und Komplimentieren und andere fremde Künste nach; sind aber nicht die dauerhaftesten Pferde zum Marsch.« – Das Gespräch war offenbar im Poetengange aufgewachsen.

»Ich bin gar nicht in Abrede« – versetzte der blaue Jüngling ruhig ohne alle Gestus, und Gottwalt ging immer schneller und öfter vorüber, um ihn zu hören – »sondern vielmehr in der Meinung, daß jede, auch willkürliche Wissenschaft, dergleichen Theologie, Jurisprudenz, Wappenkunde und andere sind, eine ganz neue, aber feste Seite an den Menschen oder der Menschheit nicht nur zeige, auch wirklich hervorbringe. Aber desto besser! Der Staat machte den Menschen nur einseitig und folglich einförmig. Der Dichter sollte also, wenn er könnte, alle Wissenschaften d. h. alle Einseitigkeiten in sich senden; alle sind dann Vielseitigkeit; denn er allein ist ja der einzige im Staat, der die Einseitigkeiten unter *einen* Gesichtspunkt zu fassen Ruf und Kräfte hat und sie höher verknüpfen und durch loses Schweben alles überblicken kann.«

»Ganz evident«, sagte der Fremde, »ist mir das nicht.« – »Ich will ein Beispiel geben«, versetzte der Graf Klothar. »Im ganzen mineralogischen, atomistischen oder toten Reiche der Kristallisation herrschet nur die *gerade* Linie, der scharfe Winkel, das Eck; hingegen im dynamischen Reiche von den Pflanzen bis zu den Menschen regiert der *Zirkel*, die Kugel, die Walze, die Schönheitswelle! Der Staat, Sir, und die positive Wissenschaft wollen nur, daß sein Arsenik, seine Salze, sein Demant, sein Uranmetall in platten Tafeln, Prismen, langrautigen Parallelepipedis usw. anschießen, um leichter eingemauert zu werden. Hingegen die organisierende Kraft, eben darum die isolierende, will das nicht, das ganze Wesen will kein Stück sein; es lebt von sich und von der ganzen Welt. So ist die Kunst; sie sucht die beweglichste und vollste Form und ist, wie sonst Gott, nur wie ein Zirkel oder ein Augapfel abzubilden.«

Aber der Notar zwang ihn aufzuhören. – Er hatte sich darüber Skrupel gemacht, daß er so im Auf- und Abschleichen die obwohl lauten Meinungen des edeln Jünglings heimlich weghorche; daher lehnt' er sich aus Gewissen an einen Baum und sah unter dem Hören dem Blaurock deutlich ins Gesicht, um ihn anzuzeigen, daß er aufpasse. Aber den Jüngling verdroß es und er verließ den Tisch.

Herzlich wünschte der nachgehende Notar den Flötenisten herbei, um durch ihn mehr hinter den Donnergott zu kommen. Zum Glücke teilte und durchschritt der Graf einen bunten Menschen-Klumpen, der sich um ein Kunstwerk ansetzte. Es war ein knabenhohes und -langes Kauffahrteischiff, womit ein armer Kerl auf der Achse zu Lande ging, um mit diesem Weberschiffchen die Fäden seines hungrigen Lebens zu durchschießen und zusammenzuhalten. Als der Notar sah, daß der Jüngling sich ans Fahrzeug und Notruder des Menschen stellte, drang er ihm nach, um dicht neben ihm zu halten. Der Schiffspatron sang sein altes Lied von den Schiffsteilen, den Masten, Stengen, Reen, Segel- und Touw-Werk ab. »Das muß ihm hundslangweilig werden, es täglich wiederholen«, sagte der Herr zum Grafen.

»Es folgen sich«, versetzte dieser mit einigem Lehrtone, »in jeder Sache, die man täglich treibt, drei Perioden: in der ersten ist sie neu, in der nächsten alt und langweilig, in der dritten keines von beiden, sondern gewohnt.«

Hier kam Vult. Der Notar gab ihm durch Winke die entbehrliche Nachricht des Funds. »Aber, Patron«, sagte der Graf zum Schiffsherrn, »die Brassen der Fock-Ree müssen ja mitten von dem großen Stag an nach den Schinkel-Blocken laufen, dann sieben oder sechs Fuß tiefer nach dem großen Stag durch die Blocke und so weiter nach dem Verdeck. Und wo habt Ihr denn den Vor-Teckel, die Schoten des Vor-Mars-Segels, die Gy-Touwen des Bezaans-Segels und das Fall von dem Seyn?« – Hier ließ der Graf verachtend den Schiffer, der seinen Mangel durch Bewunderung fremder Kenntnis verkleistern wollte, in einer zweiten aufrichtigern über eine Geld-Fracht stehen, dergleichen ihm sein Proviantschiff und Brotwagen noch nie aus den beiden Indien des Adels- und des Bürgerstandes zugefahren.

Walt – auch in einem süßen Erstaunen über die nautischen Einsichten bei so viel philosophischen – ließ den blauen stolzen Jüngling schwer durchpassieren und sich von ihm statt an die Brust doch recht an die Seite so lange drücken, daß der Blaurock ziemlich ernsthaft ihn ansah. Vult war verschwunden. Der Jüngling flog bald mit seinem Bedienten auf schönen Pferden davon. Aber der Notarius blieb als ein Seliger in diesem Josaphats-Tal zurück, ein geheimer stiller Bacchant des Herzens. »Das ist ja gerade der Mensch«, sagt' er heftig, »den du feurig wolltest, so jung, so blühend, so edel, so stolz – höchstwahrscheinlich ein Engländer, weil er Philosophie und Schiffsbau und Poesie wie drei Kronen trägt. Lieber Jüngling, wie kannst du nicht geliebt werden, wenn du es verstattest!«

Jetzt verschüttete die Abendsonne unter ihre Rosen das Tal. Die Musikanten schwiegen, von dem Spielteller das Silber speisend, der umgelaufen war. Die Menschen zogen nach Hause. Der Notarius ging noch eilig um vier leere Tische, woran holde Mädchen gesessen, bloß um die Freude einer solchen Tischnachbarschaft mitzunehmen. Er wurde nun im langsamen Strome ein Tropfen, aber ein rosenroter heller, der ein Abendrot und eine Sonne auffaßte und trug. »Bald«, sagt' er sich, als er die drei Stadttürme sah, an welchen das Abendgold herunterschmolz, »erfahr' ich von meinem Vult, wer er ist und wo – und dann wird mir ihn Gott wohl schenken.« Wie liebt' er alle Jünglinge auf dem Wege, bloß des blauen wegen! »Warum liebt man«, sagt' er zu sich, »nur Kinder, nicht Jünglinge, gleichsam als wären diese nicht ebenso unschuldig?« – Ungemein gefiel ihm der Sonntag, worin jeder sich schon durch den Anzug poetisch fühlte. Die erhitzten Herren trugen Hüte in Händen und sprachen laut. Die Hunde liefen lustig und ohne scharfe Befehle. Ein Postzug Kinder hatte sich vor eine volle Kinderkutsche gespannt, und Pferde und Passagiere waren sehr gut angezogen.

Ein Soldat mit dem Gewehr auf der Achsel führte sein Söhnchen nach Hause. Einer führte seinen Hund an seinem rotseidnen Halstuch. Viele Menschen gingen Hand in Hand, und Walt begriff nicht, wie manche Fußgänger solche Finger-Paare und Liebes-Ketten trennen konnten, um nur gerade zu gehen; denn er ging gern herum. Sehr erfreuet' es ihn, daß sogar gemeine Mägde etwas vom Jahrhundert hatten und ihre Schürzen so weit und griechisch in die Höhe banden, daß ein geringer Unterschied zwischen ihnen und den vornehmsten Herrschaften verblieb. Nahe um die Stadt unter dem ersten Tore rasete die Schuljugend, ja ein gedachtes Mädchen gab der herrischen Schildwache einen Blumenstrauß keck neben das Gewehr – und so schien dem Notar die ganze Welt so tief in die Abendröte geworfen, daß die Rosenwolken herrlich wie Blumen und Wogen in die Welt hineinschlugen.

Ende des ersten Bändchens

ZWEITES BÄNDCHEN

Nro. 18. Echinit

Der Schmollgeist

Es braucht keinen großen diplomatischen Verstand, um zu erraten, daß der Notar in der Sonntags-Nacht nicht zu Hause blieb, sondern noch spät zu dem Theater-Schneider Purzel gehen wollte, wo sein Bruder wohnte, um bei ihm mehr über den blauen Jüngling zu hören. Aber dieser empfing heruntereilend ihn auf der Gasse, die er als Saal und Corso des Volks in Feier-Nächten erhob und zum Spaziergange vorschlug. Ziemlich entzückt nahms Walt an. So sonntags in der Nacht unter den Sternen mit Hunderten auf- und abzugehen, sagt' er, das zeig' ihm, was Italien sei; zumal da man den Hut aufbehalten und ungestört zu Fuße träumen könne. Er wollte sofort viel reden und fragen, aber Vult bat ihn, bis in andere, einsamere Gassen zu schweigen und nicht Du zu sagen. »Wie so gern!« sagte Walt. Unbemerkt war ihm in der Dämmerung die Brust voll Liebe gelaufen wie eine Blume voll Tau – sooft er durfte, streift' er mit der Hand ein wenig an eine jede blutfremde vorbeigehende an, weil er nicht wissen könne, dacht' er, ob er sie je wieder berühre – ja er wagt' es in schattigern Stellen der Nacht sogar, zu Erkern und Balkons, wo deutlich die vornehmsten Mädchen standen, aufzusehen und sich von der Gasse hinaufzudenken mitten darunter mit einer an der Hand als Bräutigam, den sein Himmel halb erstickt.

Endlich spannt' er vor dem Flötenspieler in einer schicklichen Sackgasse das glänzende historische Blatt von seinem innern Bankett und Freuden-Gewühle eines Nachmittags auf, der darin bestand – als Vult neugierig näher nachsah –, daß er draußen hin und her gegangen und den Blaurock getroffen. »Man sollte geschworen haben«, versetzte Vult, »Sie kämen eben aus Gladheim [1] statt aus dem Rosentale her und hätten sich entweder die Freya oder die Siöfna oder die Gunnur oder die Gierskogul oder die Mista oder sonst eine Göttin zur Ehe abgeholt, und ein paar Taschen voll Weltkugeln als Brautgabe dazu. – Doch ists zu rühmen, wenn ein Mann das Galakleid der Lust noch so wenig abgetragen – die Fäden zähl' ich auf meinem –, ausgenommen wenn der Mann nicht bedenkt, daß Zauberschlösser leicht die Vorzimmer von Raubschlössern sind.«

Aber jetzt wies ihm Walt den Berg der heutigen Weinlese, den blauen Jüngling, und fragte nach dessen Namen und Wohnung. Der Bruder erwiderte gelassen, es sei der Graf Klothar, ein sehr reicher, stolzer, sonderbarer Philosoph, der fast den Briten spiele, sonst gut genug. Dem Notar wollte der Ton nicht gefallen, er legte Vulten Klothars reiche Worte und Kenntnisse vor. Vult erwiderte, darin seh' er fast einige merkliche *Eitelkeit*

[1] Das Freuden-Tal in Walhalla.

des Stolzes. »Ich könnt' es nicht ertragen«, versetzte Walt, »wenn Menschen gewisser Größe demütig wären.« – »Und ich kann«, versetzte Vult, »es nicht erdulden, wenn der englische Stolz, oder der irländische oder der schottische, der sich sehr gut in Bücher-Darstellungen ausnimmt, in der Wirklichkeit auftritt und pustet. In Romanen gefällt uns fremde Liebe und Stolziererei und Empfindelei; – aber darüber hinaus schlecht.«

»Nein, nein,« (sagte Walt) »wie mir denn dein eigener Stolz gefällt. Wenn wir uns recht fragen, so erzürnt uns nie der Stolz selber, sondern nur sein Mangel an Grund – daher kann uns oft Demut ebensogut quälen; – daher ist unser Haß des Stolzes kein Neid gegen Vorzüge; denn indes wir allezeit größere über uns anerkennen und nur erstohlne, vorgespiegelte hassen: so ist unser Haß nicht Liebe gegen uns, sondern eine gegen die Gerechtigkeit.« – »Sie philosophieren ja wie ein Graf«, sagte Vult. »Hier wohnt der Graf.« Mit unsäglicher Freude sah Walt an die leuchtenden Fenster-Reihen einer Garten-Villa hinauf, die der Gasse den glänzenden Rücken zeigte und in welche ein langer Garten durch eine breite Vorhalle von Bäumen-Ordnungen führte. Jetzt ließ Walt vor dem Bruder eine durstige Seele in alle ihre Gedichte und Hoffnungen der Liebe ausbrechen. Der Flötenspieler sagte (eine gewöhnliche Ergießung seines Zorns): »freilich in gewissen Stücken – indessen – zumal so – insofern ja freilich, o Himmel!« und fügte bei, seines schwachen Bedünkens sei Klothar vielleicht nicht weit von dem entfernt, was man im gemeinen Sprachgebrauch einen Egoisten nennt.

Walt hielt es jetzt schon für Freundes-Pflicht, den unbekannten Grafen hierüber heftig zu beschützen, und berief sich auf dessen edle Physiognomie, die gewiß darum, vermutete er, so trübe beschattet sei, weil er fruchtlos nach einer Sonne sehe, die ihm auf irgendeinem Altare voll Opfer-Asche den alten Phönix der Freundschaft erwecke; und ganz reiner Liebe schließe gewiß kein Herz sich zu. »Wenigstens setzen Sie vorher«, sagte Vult, »eh' Sie vor seinen Kammerdiener treten, einen Fürstenhut auf, ziehen einen Stern an, binden ein blaues Hosenband um: – dann mögen Sie bei ihm zur Cour vorfahren; *so* nicht wohl. Ich ja selber, der ich von einem so eisgrauen Adel bin, daß er vor Alters-Marasmus fast erloschen ist, mußte vorher bei ihm eigne Verdienste vorschützen. – Und wie wollen Sie ihm Ihre Freundschaft promulgieren? Denn bloßes Hegen derselben tuts nicht.« –

»Von morgen an«, sagte Walt unschuldig, »such' ich ihm so nahe zu kommen, daß er alles deutlich lesen kann in meinem Herzen und Gesicht, was die Liebe an ihn hineingeschrieben, Vult!« – »Van der Harnisch, zum Henker! Was ist zu Vulten? Sie bauen demnach auf Ihren Diskurs und dessen Gewalt?« versetzte Vult. – »Jawohl«, sagte Walt, »was hat denn der Mensch außer so seltnen Taten noch anderes?« – Aber den Flötenspieler überraschte an einem so bescheidenen Wesen, das höhere Stände vergötterte, dieses stille feste Vertrauen auf Sieg ausnehmend. Die Sache war indes, daß der Notar schon seit geraumen Jahren, wo er Petrarcas Leben gelesen, sich für den zweiten Petrarca still ansah, nicht bloß in der ähnlichen Zeugungskraft kleiner Gedichte – oder darin, daß der Welsche von seinem Vater nach Montpellier geschickt wurde, um das Jus zu studieren, das er gegen Verse später fahren ließ –, sondern auch – und hauptsächlich – darin mit, daß der erste Petrarca ein gewandter zierlicher Staatsmann war. Der Notar glaubte, er dürfe, nach den Reden zu schließen, die er mehrmals siegend an Goldinen und die Mutter gehalten, ohne Unbescheidenheit auf einige Ähnlichkeit mit dem Italiener rechnen, falls man ihn nur in die rechten Lagen brächte. So geht eigentlich in dieser Minute kein Jüngling in ganz Jena, Weimar, Berlin u. s. w. über den Markt, der nicht glauben müßte, als Schrein – Sakramenthäuschen – Heiligen-Haus – Rindenhaus – oder Mumienkasten irgendeines jetzt oder sonst lebenden Geister-Riesen heimlich herumzulaufen, so daß, wenn man besagten Schrein und Mumienkasten aufschlüge, der gedachte Riese deutlich ausgestreckt darin läge und munter blickte. Ja Schreiber dieses war früher fünf bis sechs große Männer schnell nacheinander, so wie er sie eben gerade nachahmte. Kommt man freilich zu Jahren, nämlich zu Einsichten, besonders zu den größten, so ist man nichts.

»Wir wollen doch in *einem* fort hier auf- und abgehen«, sagte Walt, der in Vults Repliken, zumal von seiner Himmelsluft berauscht, nichts spürte als dessen Manier. »Ins Bette lieber; – wir stören vielleicht Klotharn, der schon darin liegt, denn ich höre, morgen verreiset er auf einige Tage sehr frühe« – berichtete Vult, als woll' er, ordentlich sich selber zur Pein, aus Walts vollem Herzen recht viel Liebe vorpressen.

»So ruhe sanft, Geliebter!« sagte Walt und schied gern von der lieben Stelle und dann vom verdrüßlichen Bruder. Voll Freude und Friede zog der Notar nach Hause – in die stillen Gassen schaueten nur die hohen Sterne – er sah im Marktwasser einer nach Norden offnen Straße die Mitternachts-Röte abgespiegelt – im Himmel zogen helle Wölkchen wie verspätet aus dem Tage heim und trugen vielleicht oben die Genien, die den Menschentag reich beschenket hatten – und Walt konnte, als er so glücklich in sein einsames dämmerndes Stübchen zurückkam, sich sowohl des Weinens als des Dankens nicht enthalten.

Sehr früh bekam er am Morgen von Vulten ein Briefchen, mit einer versiegelten Inlage, überschrieben: »tempori!«

Jenes lautete:

»Freund, ich fodere nichts von Euch als eine kurze Unsichtbarkeit, bis mein Blinden- und Flötenkonzert gegeben ist, zumal da ich dazu Gründe habe, die Ihr selber habt. Schreiben können wir uns sehr. Wächst mein Erblinden so hastig fort wie bisher: so blas' ich den vierzehnten, obgleich als stockblinder Dulon, bloß um nur das arme Ohren-Publikum nicht länger aus einem Wochentagsblatt ins andere zu schleppen. – Ich bitt' Euch, macht kein Instrument, ohne mirs zu schreiben. – Ich hoffe, daß Ihr die Familien-Ehre schonet, wenn Ihr in den Webstuhl tretet, um das bewußte Freundschafts-Band zu weben, und daß Ihr darauf rechnet, daß ich nötigstenfalls auch ein paar Fußstöße im Stuhle mitzutun bereit wäre. Auf Beilage setzt Euer Siegel neben meines und schickt sie zurück; zu gehöriger Stunde wird sie vor Euch einst erbrochen. Addio!

v. d. H.

N. S. Man muß jetzt meiner Augen wegen mit ellenlangen Buchstaben an mich schreiben wie diese da.«

Letzteres tat Walt in seiner Antwort gern, aber der Blindheit gedacht' er nicht, aus Wahrheitsliebe. Er versprach alles Verlangte und beklagte leidend die Trennung einer so kurzen Vereinigung; beteuerte aber, daß Vult jeden Schritt und jedes Glück bei dem Grafen mit ihm schriftlich teilen solle. – Übrigens erkannte Walt in dieser Unsichtbarkeit den Bruder nur als einen rechten Weltluchs, der sich auch gegen das kleinste Wetter-Leuchten des Zufalls einbauet, das den Menschen oft mitten in seiner besten Dunkelheit vom Scheitel bis zur Sohle aufrecht erhellet.

Das geheime Paket hätte man dem Notar ebensogut unversiegelt geben können, so sehr erfreute er sich, eine Gelegenheit der Treue gegen andere und sich zu erleben.

Das versiegelte Blatt lautete so:

»Da es ungewiß ist, ob du je diesen Brief an dich lesen darfst: so kann ich offen genug schreiben. Es hat mich ungemein und diese ganze Nacht durch gekränkt, lieber Bruder – wer weiß, ob wir uns noch so anreden bei dem Erbruche dieses Blattes, der entweder im schlimmsten oder im besten Falle geschieht –, daß du von der Freundschaft deines Bruders nicht so wie er von deiner befriediget wirst, sondern schon eine neue suchst. Daß ich deinetwegen im dummen Haßlau bleibe, oder daß ich für dich mit Würg-Engeln und Scharf- und Höllenrichtern mich herumschlagen würde – daraus kann nicht viel gemacht werden; aber daß ein Mensch, dem auf seinem Reisewagen das Herz halb ausgefahren, gerädert, ja abgeschnitten worden, doch für dich allein eines mitbringt, das darf er anrechnen, zumal in einem Tausche gegen deines, das zwar unbeschreiblich rein und heiß, aber auch sehr offen – der Windrose aller Weltgegenden – dasteht. Und nun wirds gar einem Grafen aufgemacht, der als Freund den Thron besteigt, indes ich auf dem Geschwister-Bänkchen oder Kinder-Stühlchen sitze – o Bruder, das durchbrennt mich. So rottenweise, so in der Landsmannschaft aller Menschen auch mit geliebt zu werden und um ein Herz sich mit seinem samt hundert andern Herzen wie ein Archipelagus von Zirkel-Inseln herumzulagern – – Freund, das ist mein Geschmack nicht. Ich muß wissen und halten, was ich habe.

Wollt' ich dir freilich meinen schwülen Giftbaum, worunter ich diese Nacht geschlafen, aufblättern: so kenn' ich dein schönes sanftes opferndes Gemüt; – aber lieber wollt' ich ihn ganz abernten, eh' ich so demütig wäre. Es verdrießet mich schon, daß ich vor dir nur so viel schon am Grafen getadelt. Sieh selber – wähle selber – nur deine Empfindung treibe dich, hinzu oder hinweg – Umgekehrt vielmehr werd' ich dir alle mögliche Flugwerke, Strickleitern und Schneckentreppen zum hohen Grafen machen und leihen, dem ich so gram bin; aber dann, wann du entweder ganz bezaubert oder ganz entzaubert bist, lös' ich das Siegel von folgender Schilderung dieses Herrn:

Er ist nicht zum Ausstehen. Eitelkeit des Stolzes und Egoismus sind die beiden Brenn- oder Frostpunkte seiner Ellipse. Mir mißfällt ein junger elender Fant gar nicht – denn ich seh' ihn nicht –, der ein Narr ist, ein Bilderdiener seines Spiegelbilds, ein Spiegel seiner Pfauenspiegel; und so gern ich in effigie jedem männlichen Fratzen, der sich hinsetzen und als Elegant einem Mode-Journalisten sitzen kann, einen tapfern Fußtritt gäbe: so bekümmern mich doch die Narren zu wenig, ja ich könnte einem, der frei seine Eitelkeit erklärte, solche nachsehen ... Hingegen einem, der sie leugnet – der den Pfauenschweif hinter den Adlersflügeln einheften will – der nur an Sonntagen schwarz gehet, weil da der Schornsteinfeger weiß gehet – der sehr ernst sich bloß die Glatze auskämmt – der wie eine Spinne nächtlich das Gewebe, womit er die Sums-Mücke Lob einfängt, wieder verschluckt und dann wieder ausspannt – und der die Ansprüche des Philosophen und Narren gern verbände – und der natürlich noch dabei vollends so egoistisch ist ... Ich sage egoistisch.

Macht sich ein Mensch, Bruder, aus den Menschen nicht viel, so bin ich stiller als einer dazu; nur mach' er sich auch nicht mehr aus sich, und im Streit-Fall seines und fremden Glücks wähl' er großmütig. Hingegen ein echter, recht frecher Selbstsüchtling, der ganz unverschämt gerade die Liebe begehrt, die er verweigert, der die Welt in einer Koschenille-Mühle mahlen könnte, um sich Weste und Wangen rot zu färben, der sich für das Herz der Allheit ansieht, deren Geäder ihm Blut zu- und abführt, und der den Schöpfer und Teufel und Engel und die gewesenen Jahrtausende bloß für die Schaffner und stummen Knechte, die Weltkugeln für die Dienerhäuser eines einzigen erbärmlichen Ichs nimmt: – Walt, es ist bekannt, einen solchen könnt' ich gelassen und ohne Vorreden totschlagen und verscharren. Die Leidenschaften sind doch wenigstens kecke, großmütige, obwohl zerreißende Löwen; der Egoismus aber ist eine stille sich einbeißende fortsaugende Wanze. Der Mensch hat zwei Herzkammern, in der einen sein Ich; in der andern das fremde, die er aber lieber leer stehen lasse, als falsch besetze. Der Egoist hat, wie Würmer und Insekten, nur eine. Du, glaub' ich, vermietest deine rechte an Weiber, die linke an Männer und behilfst dich, so gut du kannst, im Herzohr oder Herzbeutel. Vom Grafen will ich dir nichts sagen, als daß er als protestantischer Philosoph eine liebliche, aber katholische Braut – dir frappant ähnlich in der Liebe gegen jeden Atem des Lebens – schlechterdings aus ihrer Religion in seine schleppen will, bloß aus egoistischer stolzer Unduldsamkeit gegen einen stillen Glauben in der Ehe, der seinen als einen falschen schölte.

Und dieses Menschen Kebs-Braut wolltest du werden? – Es schmerzet mich jetzt, wo ich mich ins Kühle geschrieben, recht ins Herz hinein, daß du Sanfter bis dahin, bis zur Eröffnung *dieses* Testaments dieses Briefs, so manche Plage von zwei Spitzbuben erdulden wirst, wovon der zweite ich selber bin. Denn wie ich bis dahin schmollen, dich auf harte Proben stellen – z. B. auf die, ob meine Unsichtbarkeit, Ergrimmung und Ungerechtigkeit dir genug ans Herz gehe – und wie ich überhaupt des Teufels gegen dich sein werde, ist Gott und mir am besten bekannt; denn ich kenne meine Schmoll-Natur, welche – so sehr ich mir auf dieser Zeile das Gegenteil vornehme – so wenig als ein schwimmender Kork in einem Gefäß Wasser in der Mitte bleiben kann. Ach, auf jedem frischen Druckbogen des Lebens kommt immer unten der Haupttitel des Werks wieder vor.

Mein Übel aber eben ist der *Schmollgeist,* esprit de dépit d'amour, den mir eine der vermaledeitesten Feen muß in die Nasenlöcher eingeblasen haben. Eine schlimmere Bestie von Polter- und Plagegeist ist mir in allen Dämonologien und Geisterinseln noch nicht aufgestoßen. – Ordentlich als sei das Lieben nur zum Hassen da, erboset man sich den ganzen Tag auf das süßeste Herz, sucht es sehr zu peinigen, breitzudrücken, einzuquetschen, zu vierteilen, zu beizen – – aber wozu? – Um es halbtot an die Brust zu nehmen und zu schreien: o ich Höllenhund! So gottlos hielt ich mit Freunden Haus, noch gottloser freilich mit Freundinnen. – Dreitausendzweihundertundfünfmal söhnt' ich mich mit einer thüringischen Geliebten in dem kurzen Wonnemonde unserer Liebe aus – mit andern aber öfter –; und kündigte doch gleich darauf, wie ein kopulierter Fürst, die Seelen-Trauung wieder durch Kanonen-Schüsse und Mord-Knälle an, weil ich wieder den kleinsten schönsten allerliebsten *Reif* der Liebe für *Schnee* ansah. – Bei solchen Umständen, das schwur ich feierlich, heirate der Teufel oder ein Gott; denn ist die Person nicht abwesend, die man zu lieben hat (abwesend gehts sehr; auch brieflich), oder was ebensogut ist, abgegangen mit Tod (Liebe und Testament werden durch Sterben erst ewig): so hat man nach den bekannten wenigen Flitter-Sekunden seine Blei-Jahre, bringt sein Leben wie an einem Kamin hin, halb den Steiß im Feuer, halb den Bauch im Frost; oder wie ein Stück Eis im Wasser, oben von der schönen Sonne, unten durch die Wellen zerfließend. – Und da schaue Gott den Jammer! Jeder hüte sich, lehr' ich oft genug, vor dem sauern Schmoll- und Salzgeist, weils keinen schlimmern gibt. – Daß ich immer abreisete von alten Menschen zu neuen, muß ich eben tun, um nicht zu zanken, sondern noch zu lieben. Der Himmel weiß, wie ich dich peinigen werde. Aber vorausgesagt hab' ichs hier in bester Laune; und dann sei dieses Blatt, wenn es aufgemacht wird, mein Schirm-, mein Feigen-, mein Ölblatt. Q. H.«

Nro. 19. Mergelstein

Sommers-Zeit – Klothars-Jagd

Jetzt fing das Notariat des Notarius ordentlich erst recht an. Er wurde der allgemeine Instrumenten-Macher der neugierigen Stadt. Gerichtlich bei den Testamentsexekutoren sind die Schuldverschreibungen, die Protokolle über verdorbne Warenfässer, Pachtbriefe über Handelsgewölbe, Kontrakte über zu reparierende Stadt-Uhren und dergleichen niederlegt, die er in so kurzer Zeit ausfertigte, daß ein alter hinkender Notarius nicht wußte, was er dazu sagen sollte aus Grimm, sondern zu Gott hoffte, der Amtsbruder werde, was er da einbrocke, schon einmal auszuessen haben, wenn ihn einst die sieben Erben und die geheimen Testamentsartikel für jedes Notariats-Verbrechen bei den Haaren nehmen, wie ja das sein tägliches Gebet zum Himmel sei. Walt fand nichts dabei unbegreiflich, als daß er – freilich mehr sein Petschaft – imstande sein sollte, die wichtigsten Dinge zu bestätigen, da er kaum begriff, wie er einst einen Ehemann oder Staatsbürger abgeben könnte statt einem leeren Jüngling.

Seinem Bruder schrieb er, wie er mitten unter den Instrumenten den Roman weiterwebe, indem er so lange, bis eine Kopie abtrockne, ungehindert dichten könne – so wie d'Aguesseau behauptete, er habe viele seiner Werke im Zwischenraume gemacht, wo er sagte, qu'on serve, und wo man meldete, qu'il etoit servi. Aber Vult schrieb ihm Bitten und Gebote zurück, ums Himmels willen bei sich zu sein, sich nie zu irren, kein Stunden-Datum und andere Beiwerke der Kontrakte zu vergessen, nie zu abbrevieren mit Zeichen oder notis, obgleich notarius davon herstamme; – da er zumal sicher wisse, daß man jedem Federzug auflaure und daß ihm nur deshalb der Hoffiskal das Kunden-Heer zuweise.

Einst schrieb ihm etwas Ähnliches sein Vater Lukas – nachdem er bisher jeden dritten Tag mündlich deswegen gekommen war – in einem kalligraphischen, kopierten Briefe, worin er ihn bei der Erbschaft beschwor, in seinen Instrumenten nichts zu radieren, noch zweierlei Dinte zu nehmen, und darauf befragte, ob es außer Treibers Spatzenrecht, Kluvers Hundsrecht und Müllers Bienenrecht nicht noch Wespenrechte, Hühnerrechte und Rabenrechte gebe, und was das Bienenrecht statuiere, wenn einer nur eine Biene totmache oder ein paar. Der Sohn schickte eine höfliche und ernste Antwort mit einer Spielkarte, worein er einen Maxd'or als einen Ehrensold für den Rat gesteckt. Er hatte das Goldstück gegen übermäßiges Agio von Neupetern erwechselt, um seine Eltern durch das Gold (den Phönix und Messias des Landvolks) in den dritten Himmel zu werfen. Die Botenfrau mußt' ihm aber die Viertelstunde ihrer Ankunft bestimmen und beteuern, damit er erstlich bis dahin in den seligsten Träumen des nahen elterlichen Glückes schwimmen und zweitens doch noch die Viertelstunde kosten könne, wo er entschieden wußte, das ganze Haus in Elterlein sei nun außer sich vor Jubel über den Maxd'or und lasse Schomakern aus dem Schul- und die Goldwaage aus dem Pfarrhause dazu holen. So viel süßer wirds, lieber durch Boten als mit der Hand, lieber fernen Leuten als einem dasitzenden Mann zu schenken, der alles ausmacht, wenn er einsteckt und sich bedankt.

Seine alte Seelen-Schwester Goldine erhielt jetzt einen Brief. Vorn herein schrieb er: »er übertreib' es nicht, wenn er sowohl in Rücksicht seiner jetzigen Bekanntschaften als seiner künftigen Hoffnungen sich für ein Glückskind des gütigsten Schicksals erkläre; und nur mit griechischer Furcht vor der Nemesis bekenn' er, daß sein erster Ausflug fast zu glücklich, seine erste Ziel-Palme schon voll Früchte sei und seine Abende einen Abendstern besäßen, und die Morgen den Morgenstern.«

Darauf ging er weiter zur Malerei des Sommerlebens, an welche er sich ohne Furcht mit folgenden Farben machte:

»Schon der Sommer allein erhöbe! Gott, welche Jahres-Zeit! Wahrlich ich weiß oft nicht, bleib' ich in der Stadt, oder geh' ich aufs Feld, so sehr ists einerlei und hübsch. Geht man zum Tor hinaus: so erfreuen einen die Bettler, die jetzt nicht frieren, und die Postreiter, die mit vieler Lust die ganze Nacht zu Pferde sitzen können, und die Schäfer schlafen im Freien. Man braucht kein dumpfes Haus; jede Staude macht man zur Stube und hat dabei gar meine guten emsigen Bienen vor sich und die prächtigsten Zweifalter. In Gärten auf Bergen sitzen Gymnasiasten und ziehen im Freien Vokabeln aus Lexizis. Wegen des Jagdverbotes wird nichts geschossen, und alles Leben in Büschen und Furchen und auf Ästen kann sich so recht sicher ergötzen. Überall kommen Reisende auf allen Wegen daher, haben die Wagen meist zurückgeschlagen, den Pferden stecken Zweige im Sattel und den Fuhrleuten Rosen im Mund. Die Schatten der Wolken laufen, die Vögel fliegen darzwischen auf und ab, Handwerkspursche wandern leicht mit ihren Bündeln und brauchen keine Arbeit. Sogar im Regenwetter steht man sehr gern draußen und riecht die Erquickung, und es schadet den Viehhirten weiter nichts, die Nässe. Und ists Nacht, so sitzt man nur in einem kühlern Schatten, von wo aus man den Tag deutlich sieht am nördlichen Horizont und an den süßen warmen Himmels-Sternen. Wohin ich nur blicke, so find' ich mein liebes Blau, am Flachs in der Blüte, an den Kornblumen und am göttlichen unendlichen Himmel, in den ich gleich hineinspringen möchte wie in eine Flut. – Kommt man nun wieder nach Hause, so findet sich in der Tat frische Wonne. Die Gasse ist eine wahre Kinder-Stube, sogar abends nach dem Essen werden die Kleinen, ob sie gleich sehr wenig anhaben, wieder ins Freie gelassen, und nicht wie im Winter unter die Bett-Decke gejagt. Man isset am Tage und weiß kaum, wo der Leuchter steht. Im Schlafzimmer sind die Fenster Tag und Nacht offen, auch die meisten Türen, ohne Schaden. Die ältesten Weiber stehen ohne Frost am offnen Fenster und nähen. Überall liegen Blumen, neben dem Dintenfaß, auf den Akten, auf den Sessions- und Ladentischen. Die Kinder lärmen sehr, und man hört das Rollen der Kegelbahnen. Die halbe Nacht geht man in den Gassen auf und ab und spricht laut und sieht die Sterne am hohen Himmel schießen. Selber die Fürstin geht noch abends vor dem Essen im Park spazieren. Die fremden Virtuosen, die gegen Mitternacht nach Hause gehen, geigen noch auf der Gasse fort bis in ihr Quartier, und die Nachbarschaft fährt an die Fenster. Die Extraposten kommen später, und die Pferde wiehern. Man liegt im Lärm am Fenster und schläft ein, man erwacht von Posthörnern, und der ganze gestirnte Himmel hat sich aufgetan. O Gott, welches Freuden-Leben auf dieser kleinen Erde! Und doch ist das erst Deutschland! Denk' ich vollends an Welschland! – Goldine, dabei hab' ich noch die tröstende Aussicht, daß ich diesen Erntetanz der Zeit, den ich Ihnen hier in matter Prosa geschildert, weil ich Ihre Liebe, Ihr Vergeben kenne, mit ganz anderem poetischen Farben-Schmelze malen kann. –– Freundin, ich schreibe einen Roman. – Genug, genug! was ich sonst noch gefunden, was ich vielleicht nach anderthalb Stunden finde – Goldine, dürfte ich diese Freuden in Ihr Herz ausgießen! O müßt' ich nicht vor die glänzenden Sonnen-Wolken verhüllende Erdenwolken ziehen! – Addio, Carissima!«

Aber hier sprang er auf, ließ unabgeschrieben den Kaufbrief liegen, unter dessen Abfassung er heute eben vernommen, daß Klothar zurück und der Himmel in der Nähe sei, und lief in des Grafen Garten. Im Schreiben war Walt Befehlshaber seiner Phantasie beträchtlich, aber im Leben nur Diener derselben; wenn jene spielend ihm ihre Blumen und Früchte wechselnd in den Schoß hinein und über den Kopf hinüber warf: so drang unaufhaltsam sein ernsteres Herz seinen Gärten, seinem Gipfel zu und suchte den Zweig.

In Klothars Park hofft' er auf ein schönes Begegnen. Alle Fenster der Villa standen offen, aber kein Kopf darin. Der Gärtner, der ihn für einen Gartenfreund nahm, ging ihm nach der Sitte mit einem Blumenstrauß in der Hoffnung entgegen, er werde diese Gärtners-Blumen-Schwabacher und Fernschreiberei lesen können und ihm dafür ein paar Groschen schenken. Der Notar weigerte sich höflich vor dem blühenden Geschenke, nahm es endlich mit den dankbarsten Mienen an und drückte den aufrichtigsten Dank noch mündlich vor dem Gärtner aus, der sich mit den finstersten überwebte, weil er keinen Heller bekam. Selig strich der Notar durch die Gänge, in die dunkeln Busch-Nischen, an betitelte Felsen und Mauern, vor grüne

Bänke der Aussichten – und überall flog ihm ein Blumenkranz auf den Kopf oder ein Sommervogel ans Herz, nämlich wahre Freuden, weil er überall ein Beet erblickte, woraus, wie er dachte, sein künftiger Freund sich einige Blumen oder Früchte des schnellen Lebens-Frühlings ausgezogen. »Der edle Jüngling kann« – sagte Gottwalt an verschiedenen Plätzen – »wohl auf dieser Bank lang der Abendröte nachgesehen haben – in diesem Blütendickicht dämmernde Herzens-Träume ausgesponnen – auf dem Hügel wird er an Gott gedacht haben voll Rührung – Hier neben der Statue, o wenn er hier könnte die sanfte Hand seiner Geliebten genommen haben, falls er eine hat – wenn er betet, tat ers gewiß in diesem mächtigen Hain.«

Es gab wenige Bänke im Park, worauf er sich nicht niedersetzte, voraussetzend, Klothar habe früher da gesessen. – »Der englische Garten ist göttlich« – sagt' er abgehend zum stillen Gärtner an der Pforte – »abends erschein' ich gewiß wieder, liebster Mann.«

Er machte auch zur versprochnen Zeit die Gartentüre auf. In der Villa war Musik. Er verbarg sich und seine Wünsche in die schönste Grotte des Parks. Aus der Felsenwand hinter ihm drangen Quellen und überhängende Bäume. Vor ihm goß der glatte Fluß seinen langen Spiegel durch ein Auen-Land. Windmühlen kreiseten ungehört auf den fernen Höhen um. Ein sanfter Abendwind wehte das rote Sonnengold aus den Blumen höher um die Hügel. Eine weibliche Statue, die Hände in ein Vestalinnen-Gewand gehüllt, stand mit gesenktem Haupte neben ihm. Die Töne der Villa hingen sich wie helle Sterne ins Quellen-Rauschen und blitzten durch. Da Gottwalt nicht wußte, welches Instrument Klothar spiele: so gab er ihm lieber alle in die Hand; denn jedes sprach einen hohen, tiefen Gedanken aus, den er dem Herzen des Jünglings leihen mußte.

Er entwarf sich unter den süßen Klängen mehrmals den Umriß von der unerhörten Seligkeit, wenn der Jüngling auf einmal in die Grotte träte und sagte: »Gottwalt, warum stehest du so allein? Komme zu mir, denn ich bin dein Freund.«

Er half sich durch einige Streckverse an Jonathan (so wollt' er im Haßlauer Wochenblatte den Grafen verziffern), die ihm aber schlecht gelangen, weil sein innerer Mensch viel zu rege und zitternd war, um den poetischen Pinsel zu halten. Zwei andere Streckgedichte, unter welche er jene absichtlich im Wochenblatte zum Scheine mischen wollte, als sei alles Dichtung, waren viel besser und hießen so:

Bei einem Wasserfalle mit dem Regenbogen

O wie schwebt auf dem grimmigen Wassersturm der Bogen des Friedens so fest. So steht Gott am Himmel, und die Ströme der Zeiten stürzen und reißen, und auf allen Wellen schwebet der Bogen seines Friedens.

Die Liebe als Sphinx

Freundlich blickt die fremde Gestalt dich an, und ihr schönes Angesicht lächelt. Aber verstehst du sie nicht: so erhebt sie die Tatzen.

Eben kam der Gärtner und befahl ihm an, sich wegzumachen, weil man den Garten schließe. Er dankte und ging willig. Aber zu seinem Erstaunen fuhr er in der Theaterschneiders-Gasse nahe vor einem sechsspännigen Fackel-Wagen vorbei, worin Klothar saß nebst andern, so daß er im Garten manches, sah er, vergeblich empfunden. Er ging noch eine halbe Stunde vor Vults Fenstern auf und nieder, zwar ohne diesen zu sehen, der ihn sah, aber doch um ihn sich nahe zu denken.

Tags darauf hatt' er das Glück, den Grafen, der mit einer alten krummen Dame englisch sprach, auf einem Garten-Gange zu treffen und vor dessen ernstem schönen Gesicht den Hut mit Liebes-Augen zu ziehen. Er suchte ihm noch sechs oder sieben Male aufzustoßen und zog ebensooft – aus Unbekanntschaft mit der Garten-Kleiderordnung – den Salutier-Hut, was zuletzt dem Grafen so verdrüßlich fiel, daß er unter Dach und Fach auswich. Auch der Gärtner, der längst über ihn und seine scharfen Beobachtungen des Land-Hauses seine eignen angestellt, wurde konfus und glaubte, etwas zu vermuten.

Noch spät abends kam ein Läufer vom polnischen General Zablocki – der in Elterlein das bekannte Ritterschloß hatte – mit dem Befehle, sich morgen ganz früh Punkt 11 Uhr einzustellen, um etwas zu machen. »O lieber wenn doch mein Klothar ein Instrument bei mir bestellte! Gäb' es denn eine holdere Gelegenheit?« dacht' er. Punkt 11 Uhr kam derselbe Läufer und bestellt' ihn ab. Aber an der Wirtstafel vernahm er, welche Himmelskugel nahe vor ihm seitwärts weggezogen war.

Die Tisch-Genossenschaft vereinigte sich nämlich, das göttliche Gemüt einer gewissen »Generals *Wina*« zu erheben ... Es gibt vielerlei Ewigkeiten in der armen Menschenbrust, ewige Wünsche, ewige Schrecken, ewige Bilder – so auch ewige Töne. Der Laut Wina, ja nur der verwandte Winchen, Wien, Mine, München, erfaßte den Notar ebensosehr, als wenn er an – Aurikeln roch, auf deren Duft-Wolken er sich so lange in *neue* ausländische Welten verschwamm, bis er entdeckte, daß er nur die *frühesten* seines Lebens tauig ausgebreitet sehe. Und die Ursache war eben *eine*. In seiner Kindheit war nämlich, da er an den Blattern blind dalag, ein Fräulein Wina, die Tochter des General Zablocki, dem das halbe Dorf oder die sogenannten Linken gehörte, mit der Mutter zum Schultheiß gekommen. In der Familie hatte sich erhalten, daß das kleine Mädchen gesagt, der arme Kleine sei ja sehr tot, und sie woll' ihm alle ihre Aurikeln geben, weil sie ihm keine Hand geben dürfte. Der Notar beteuerte, daß er sich es noch klar und süß erinnere, wie ihn Blinden der Aurikeln-Geruch durchdrungen und ordentlich berauscht und aufgelöset habe, und wie er ein peinliches Schmachten gefühlt, nur eine Fingerspitze des Kindes, dessen süßes Stimmchen ihm fern, fern herzukommen schien, anzurühren, und wie er die kühlen Blumenblätter an seinen heißen Lippen totgedrückt. Diese Blumen-Geschichte mußt' ihm, erzählt' er, in der Krankheit und nachher in der Gesundheit unzählige Male erzählt werden, er habe aber Wina nie aus seiner Kindheits-Dämmerung gelassen und sie später nie angesehen, weil er es für Sünde gegen dieses für das Tageslicht ordentlich zu heilige zarte Wesen gehalten. Wenn ansehnliche Dichter ihre Arme und Flügel zusammenstellen, um wie auf einem Minervens-Schilde eine Schönheit emporzuheben durch Wolken hindurch, über schwache Monde, mitten unter die Nacht-Sonnen hinein: so hob doch Walt die ungesehene, süß sprechende Wina viel höher, nämlich in das dunkle tiefste Sternenblau, wo das Höchste und das Schönste glüht und strahlt, ohne Strahlen für uns Tiefe; gleich den großen Zentral-Sonnen Herschels, welche durch ihre unendliche Größe ihren unendlichen Glanz wieder an sich ziehen und ungesehen in ihrem Feuer schweben.

Gottwalt fragte, ob diese Wina die Tochter Zablockis sei. Er hörte, es sei diese eben die Braut – Klothars. Welche Überraschung, sich einen männlichen, markigen, scharfen Geist und Freund mit der sanften Liebe zu denken, mit dem Dämpfer, der das Schmettern zu Nach- und Widerklängen erweicht, einen Heros neben einer heiligen Jungfrau – und auf der andern Seite sich die Braut eines Freundes zu denken, diese höhere geistige Schwester, diese Gott geweihte Nonne im Tempel der Freundschaft (denn für eine schöne Seele gibt es keine schönere als des Freundes Geliebte) – – mehr Liebe und Freuden-Träume konnte eine einzige Nachricht schwerlich einem Menschen zuwerfen als die neue dem Notar, die neueste ausgenommen, daß heute beim General die Ehepakten aufgesetzet worden oder doch würden. Der Notar, der aus seiner Abbestellung das Widerspiel wußte, fuhr ordentlich vor der aufgeschobenen Herzens-Szene zusammen, die ihm entgangen war; »ich glaube, ich sterbe« – dacht' er – »vor Liebe gegen zwei solche Menschen, die ich auf einmal in ihrer fände; den Kontrakt würd' ich ohnehin mit zehntausend Fehlern aufsetzen, und stände mein Kopf darauf.«

Er hörte aber noch mehr. Der Graf, sagte die Wirtstafel, heirate sie bei seinem Reichtum nur der Schönheit und Ausbildung wegen, denn er habe zehnmal mehr Geld als der General Schulden. »Was tuts«, sagt' ein unbeweibter Komödiant, der *Väter machte*, »die Hehre soll die Liebe und Charis selber sein.« – »Zwar die Mutter in Leipzig, glaub' ich« – versetzte ein Konsistorial-Sekretär – »konsentiert bequem, da sie lutherischer Konfession ist, so gut wie der Bräutigam; aber der Vater« – – »Wieso?« fragte der Komödiant. »Tochter und Vater sind nämlich Katholiken«, antwortete der Sekretär. – »Wird sie die Religion changieren?« fragte ein Offizier. »Das weiß man eben nicht.« (sagte der Sekretär) – »Bleibt sie inzwischen bei ihrer, so sind sehr viele Dinge vorher auszumachen; und beide müssen durchaus zweimal kopuliert werden, einmal von einem lutherischen Geistlichen, hernach von einem katholischen.« – »Ihr Konsistorien«, sagte der Offizier, »bleibt doch bei Gott ein ganzer wahrer diffiziler, nichtsnütziger, langweiliger Schnickschnack, der mich ordentlich revoltiert; wie stecht ihr ab gegen einen Feldprediger!« –

So beklommen, als (nach der medizinischen Geschichte) Leute erwachen, die in ihrem Schlafzimmer einen Pomeranzenbaum hatten, der in der Nacht die Blüten auftat und sie mit seinem Duft-Frühling überfiel: so stand Walt, mit der süß-nagenden Geschichte am liebewunden Herzen, vom Tische auf. Er wollte, er mußte die Brautleute sehen. Wina, die er früher als der Graf wenigstens gehört, konnt' er ordentlich bitten, ihn dem Bräutigam, und diesen, den er längst gesehen und gesucht, ihn der Braut vorzustellen. Sehr hatt' ihm an der Wirtstafel die Bemerkung gefallen, daß Wina eine Katholikin sei, weil er sich darunter immer eine Nonne und eine welsche Huldin zugleich vorstellte. Auch daß sie eine Polin war, sah er für eine neue Schönheit an; nicht als hätt' er etwa irgendeinem Volke den Blumenkranz der Schönheit zugesprochen, sondern weil er so oft in seinen Phantasien gedacht: Gott, wie köstlich muß es sein, eine Polin zu lieben – oder eine Britin – oder Pariserin – oder eine Römerin – eine Berlinerin – eine Griechin – Schwedin – Schwabin – Koburgerin – oder eine aus dem 13. Säkul – oder aus den Jahrhunderten der Chevalerie – oder aus dem Buche der Richter – oder aus dem Kasten Noäh – oder Evas jüngste Tochter – oder das gute arme Mädchen, das am letzten auf der Erde lebt gleich vor dem Jüngsten Tage. So waren seine Gedanken.

Den ganzen Tag ging er in neuer Stimmung herum – so kühn und leicht, als lieb' er selber, war ihm – und doch war ihm wieder, als wenn er zwar alle habe, aber keine – er wollte Winen eine Brautführerin zuführen, in die er selber sterblich verliebt wäre – er lechzete nach dem Bruder, nicht um ihn darüber zu belehren oder zu vernehmen, sondern um eine liebe Menschenbrust zum Druck an seine zu haben – ein großer Regenbogen abends in Osten spannt' ihn noch höher. Der leichte schwebende Bogen schien ihm ein offnes Farben-Tor für ein unbekanntes Paradies – es war der alte glänzende Siegesbogen der Sonne, durch welchen schon oft so viele schöne, tapfere Tage gegangen, so viele sehnsüchtige Augen gesehen. Auf einmal fiel ihm ein gutes Mittel ein, drei Wünsche zu befriedigen, zwei laute und einen stillen.

Nro. 20. Zeder von Libanon

Das Klavierstimmen

Es ist bekannt, daß nach der sechsten Klausel des Testamentes der Notar auch einen Tag lang stimmen muß, um zu erben. Längst hatt' ihn außer Vult noch sein Vater, der nicht erwarten konnte, wie der sogenannte Regulier-Tarif oder die geheimen Artikel Fehler setzen und strafen würden, um Verwaltung dieses Erb-Amts als des kürzesten angelegen, um hinter die Ehrlichkeit des sel. Testators zu kommen; aber Walt hatte beiden stets das Unrecht entgegengesetzt, den alten gebenden Mann für einen Schelm zu halten. Aus schönern Gründen hingegen konnt' er jetzt stimmen, wenn er wollte; diese waren die dreifache Hoffnung, er werde, da sein Stimm-Amt vorher im Wochenblatt dem Publikum mußte angeboten werden, in die vornehmsten Häuser und Zimmer kommen – die schönsten Töchter vorfinden (denn Töchter und Instrumente sind nicht weit auseinander) – und wohl auch die köstlichen Mahagoni-Piano von Schiedmaier aufdecken, auf deren Tasten Klothar und Wina die beringten Finger gehabt.

Walt betrieb feurig die Sache ohne alles Ratfragen. Er zeigte seinen Willen den Testament-Exekutoren oder dem regierenden Bürgermeister Kuhnold an. Dieser eröffnete ihm, daß er nach dem geheimen Regulier-Tarif vier Louis aus der Erbschaftskasse erhalte, weil der Testator ihn keiner Verbindlichkeit fremder Bezahlung aussetzen wollen. Wie ein Vater ermahnte er ihn, sein Ohr unter dem Stimmen nicht zu zerstreuen, und er würde ihm deutlicher raten, sagt' er, wenn es seine Pflicht erlaubte. »Auch ich geb' Ihnen ein Instrument«, setzt' er mit einem wohlwollenden Lächeln dazu. Walt – in die Liebe verliebt – erinnerte sich mit Vergnügen an Kuhnolds bekannte fruchttragende Ehe voll Töchter.

Die Sache wurde ins Wochenblatt gesetzt.

Der einsilbige Vult schrieb nach der Erscheinung desselben einen ganzen fast ernsthaften Kautelar-Bogen voll Predigten über Saiten-Nummern, Saiten-Sprengen und falsche Temperaturen, samt dem Flehen, doch nur einen Tag lang kein Dichter zu sein. »Sondern Instrumente, statt zu machen wie ein Notar, zu stimmen wie ein ordentlicher Regensburger Komitial-Mensch.«

Am Abend vor dem Stimm-Tag erhielt Walt die Liste der Stimmhäuser; aber darunter war weder sein Wohnhaus – Neupeter war zu stolz dazu – noch Klothars und Zablockis ihre, doch sonst hohe genug.

Als er am Morgen zuerst bei Kuhnold – nach der ancienneté des Meldens hatt' er zu hausieren – als Stimmer ankam: fand er im netten, glatten Klavier-Zimmer statt der Demoiselles Kuhnold den obengedachten hinkenden grämlichen Notar, den der Fiskal Knoll, als der Kardinalprotektor der sieben Erben, hergeschickt zum Zeugen aller Fehler, weil ein Notar, wie Deutschland weiß, zwei Zeugen schwer wiegt, folglich für das Jus gerade jener nervus probandi und erster Grundsatz des Widerspruchs, jene geistige tonica dominante oder Primzahl ist, wonach so lange schon die Weltweisen wettrennen, um solche nur zu sehen; daher der Jurist in Minuten mehr beweiset als der Philosoph in Säkuln. –

Auch war Knoll weitläuftig schriftlich darauf bestanden, den Stimm-Tag durchaus nicht zu Walts Notariats-Zeit zu schlagen – was sich, replizierte Kuhnold, ja von selber verstanden hätte.

Das heiter-geordnete Zimmer ohne Töchter trug indes überall die Farben-Asche weiblicher Schmetterlings-Flügel, bunte Arbeiten und Arbeitszeug schöner Finger. Das Pianoforte war fast wie gestimmt, nur *zu hoch* um einen Ton – eine Stimmgabel lag dabei – auf den Tasten waren die Nummern der Saiten, auf dem Sangboden neben den Stiften das Tasten-Abc mit schwärzerer Dinte retouchiert – für Stille war in der Nachbarschaft gesorgt – und Kuhnold kam zuweilen nachschauend, aber ohne ein Wort zu sagen. Er bot den Notarien ein Frühstück an. »Wollte Gott«, dachte Walt, »eine oder die andere Tochter trüg' es herein!« Eine runzlige ehrliche männliche Haut von mehr Jahren als Haaren bracht' es so freundlich, als sei sie in der Tat der Wirt. – –

Redlicher Bürgermeister von Haßlau, lasse mich in dieser Minute, wo ich eben die folgende Nummer und Naturalie *Großmaul oder Wydmonder* samt Dokumenten von dir und der Post erhalte, die Geschichte mit der Versicherung stören, daß ich wissen würde, wie hoch ich dich zu stellen habe – wärest du auch weniger der Schirmherr des ewig in Schlingen gehenden Notars –, schon daraus, mein' ich, daß du erstlich einen ganz alten (wahrscheinlich beweibten) Bedienten hast, und daß er zweitens noch vergnügt aussieht.

Beide Notarien frühstückten, und der Exekutor sprach, während die Wachparade gleichsam mit ihrem Rauschgold und Knallsilber auf den Uniformen, mit einem Geschrei auf der Trommel, das nicht bloß an die *Haut* des sie überziehenden Tiers erinnerte, vorbeimarschierte und niemanden sonderlich die Stimme und das Stimmen zuließ. Da hinter der Parade noch Musik englischer Bereiter zog: so versicherte Kuhnold, jetzt höre niemand sein Wort, geschweige den zärtesten Mißton.

So ging der ganze Vormittag unter fehler- und töchter-losem Stimmen vorüber und beide Notarien zum Essen, jeder ganz verdrüßlich, der hinkende darüber, daß er wie ein Narr dagesessen ohne das geringste mögliche Niederschreiben, der stimmende, daß er niemand gesehen. In gewissen Jahren versteht das männliche – und das weibliche Geschlecht unter *niemand* das eigne, und unter *jemand* das andere.

Zu Buchhändler Paßvogel zogen darauf beide Notars. Dem Flügel des Stimm-Hauses fehlte nicht so sehr die Stimmung als Saiten dazu. Statt des Stimmhammers mußte Walt mit einem Gewölb-Schlüssel drehen und arbeiten für Musikschlüssel. Ein geschmücktes schönes Mädchen von fünfzehn

Jahren, Paßvogels Nichte, führte einen Knaben von fünf, dessen Sohn, in seinem Hemde herum und suchte leise-singend eine leise Tanz-Musik aus den zufälligen Stimm-Tönen zusammenzuweben für den jungen Satan. Der Kontrast des kleinen Hemdes und der langen Chemise war artig genug. Plötzlich sprangen die drei Saiten a, c, h, nach Haßlauer offiziellen Berichten, welche gleichwohl nicht festsetzen, in welchen gestrichnen Oktaven. »Ja lauter Lettern aus Ihrem Namen, Herr Harnisch«, sagte Paßvogel. »Sie wissen doch die musikalische Anekdote von Bach. Es fehlt Ihnen nur mein p!« – »Ich stimme am b«, sagte Walt, »aber für das Springen kann ich nicht.« – Da der hinkende Notar so viel Verstand besaß, um einzusehen, daß ein Stimm-Schlüssel nicht drei Saiten auf einmal sprenge: so stand er auf und sah nach und fands. »Aus dem *Ach* wird ja ein *Bach*.« (scherzte der Buchhändler ablenkend) – »Was macht der Zufall für Wortspiele, die gewiß keine Bibliothek der schönen Wissenschaften unterschriebe oder schriebe!« Allein der hinkende Notar versicherte, die Sache sei sonderbar und protokoll-mäßig; und als er noch einmal den Sangboden besah, guckte gar hinter der Papier-Spirale aus dem Resonanz-Loche eine – Maus heraus. »Die hats gemacht«, sagt' er, schrieb es nieder und schüttelte so, als ob er vermute, der Buchhändler habe sie aus Absichten in den Sangboden schießen lassen. Walt fragte auf einmal sich besinnend: »Stimm' ich denn fort? Ich sehe überall die Mausspuren, und alles springt.« Er legte den Gewölb-Schlüssel sanft hin. Paßvogel wollte als hitziger Mann ausfallen. Aber Walt entkräftete ihn durch die Erklärung, er wolle in der Stadt herumstimmen und zu ihm zuletzt, aber bei andern Saiten kommen.

Sie gingen zu Herrn van der Harnisch, der sich auch auf die Liste gesetzt. Er sagte, er erwartete jede Stunde sein Miet-Pantalon, und ließ beide fast eine ganze lauern. Es verschnupfte ordentlich den hinkenden Notar, der noch dazu nicht faßte, wie der stimmende den Edelmann so liebreich anschauen konnte. Walt schrieb alles dem brüderlichen Sehnen nach Wiedersehen zu, indes Vult dabei die Absicht hatte, dem Tage und Band-Wurm, der an der Erbschaft fraß, ein Stück abzureißen. Endlich ließ er beide unverrichteter Sache abziehen, nachdem er sie ein paarmal gefragt, ob sie noch da wären, weil er sie nicht höre in seiner Blindheit.

Sie kamen zu einer verwitibten schönen Stückjunkerin, die sich mit ihrem Stickrahmen (eine Paukendecke stickte sie), sehr nahe an das gleißend-gebohnte Klavier setzte, das sie ihn vielleicht stimmen ließ, um ihn für sich zu stimmen. Er horchte so vergnügt auf ihre Anreden, daß er einmal den Stimmhammer auf den Sangboden fallen ließ und ein paar Saiten abdrehte. Am Ende des Geschäfts zeigte sie ihm das musikalische Würfelspiel und bat ihn, damit zur Probe zu komponieren. Er tats und spielte seine erste Komposition vom Blatte; er wollte noch länger vorspielen – denn nie spielt der Mensch lieber als nach dem Stimmen –; aber der hinkende Notar setzt' ihm die Testaments-Klausel entgegen. Die Stückjunkerin machte selber einige prüfende Griffe – der Schoß-Hund sprang empor und ging mit vier dergleichen über die Tastatur und verstimmte ein wenig. Walt wollte nachhelfen; aber der hinkende Notar trieb ihn mit der Klausel von dannen. Er ging ungern. Sie war eine blonde Witwe von dreißig Jahren, also um fünf oder sieben Jahre jünger als eine Jungfrau von dreißig. Es freuete ihn, daß die Saite doch einmal der herrufende Klingeldraht der Schönheit geworden; aber Himmel, dacht' er, ein Stimmen kann ich ja im Doppelroman zur Einkleidung aller Zufälle gebrauchen!« –

Er mußte zum Polizei-Inspektor Harprecht, der, wie sein Protokollist sagte, mit einer Herde Töchter geschoren sei. Harprecht empfing ihn sehr verbindlich, stäubte ein altes Hackbrett eilig weiter ab und schob ihm dasselbe freundlich zum Stimmen vor. Töchter waren nicht zu sehen. Walt stutzte und sagte mit langer sanfter Höflichkeit Nein; er setzte auseinander, daß er, da in der 6. Klausel nur von Klavieren die Rede sei, durch heutiges Stimmen – morgendes versprach er ihm gern – gegen die vielen noch restierenden Stimm-Häuser auf der Liste (er wies sie vor) verstoßen würde, die alle ein gleiches Recht auf sein Stimmen ohne Geld besäßen. Auch der hinkende Notar sagte, unter Klavier könne nicht wohl ein Hackbrett begriffen werden.

»Oft doch« – versetzte mit alter Liebreichigkeit Harprecht, lächelnd bloß mit einem Mundwinkel, so wie er nur eine gerade Stirnfalte runzelte –; allein er sei vielleicht so billig als einer; und da er mit dem Hoffiskal Knoll *ein* Instrument gemeinschaftlich gemietet für ihre Kinder, so begleit' er ihn zum Stimmen desselben hin, um sich das Vergnügen seiner Gesellschaft etwas zu verlängern, dürf' aber gewiß bei der Testaments-Exekution darauf antragen, daß das Kompagnie-Instrument und also jeder Stimm-Fehler für zwei gelte, wobei ja Herr Harnisch genug an Zeit und Mühe erspare und gewinne. – »Wahrlich«, versetzte Walt, »ich wollt', es wäre recht, ich fragte nichts darnach.« Harprecht drückte ihm die Hand und sagte, einen solchen jungen Mann hätt' er längst zu finden gewünscht; und alle gingen. »Eben jetzt«, sagte Harprecht unterwegs, »ist Tanz- und Klavierschule bei Knoll und alle meine Töchter.«

Es wird nicht unter der Würde der Geschichte sein, hier anzumerken, daß Harprecht und Knoll sich ein einziges Spinett als eine Finger-Tenne und Palästra für ihre Jugend und deren partielle Gymnastik, ein passives Hammerwerk für ihr aktives, gemeinschaftlich bestanden von einem alten Kanzelisten, und daß das Spinett alternierend von einem Semester zum andern in den Häusern beider Dioskuren stand. Harprecht hatte sogar den Curas und Meidinger aus der Gymnasiumsbibliothek für die gallischen Stunden seiner Töchter geborgt und sagte, er schäme sich dessen gar nicht.

Der kürzere Weg zum Fiskal ging durch grüne, rote, blaue, bunte Gärten, denen der Vor-Herbst schon die Früchte färbte vor den Blättern; und Walt, dem die Vesper-Sonne so warmfreundlich ins Angesicht fiel, sehnte sich in den Abend-Glanz hinaus. »Wären Sie imstande«, sagte Harprecht, »so auf der Stelle ein Gedicht in Ihrer neuen Gattung, die man so lobt, auf was man will, zu machen –? Etwa ein Gedicht über die Dichter selber, z. B. wie sie glücklicherweise so hoch stehen auf ihrer fernen idealischen Welt, daß sie von der kleinen wirklichen wenig oder gar nichts sehen und also verstehen?« – Er sann lange nach; und sah gen Himmel; endlich schlug aus diesem der schöne Blitz eines Gedichtes in sein Herz. Er sagte, er hab' etwas; und bitt' ihn bloß, sich zu dessen Verständnis an die astronomische Meinung zu erinnern, daß das, womit die Sonne leuchtet, nicht ihr Körper sei, sondern ihr Gewölke. Er fing an und deklamierte, in die Sonne schauend:

Die Täuschungen des Dichters

Schön sind und reizend die Irrtümer des Dichters alle, sie erleuchten die Welt, die die gemeinen verfinstern. So steht Phöbus am Himmel; dunkel wird die Erde unter ihrem kalten Gewölke, aber verherrlicht wird der Sonnengott durch seine Wolken, sie reichen allein das *Licht* herab *und* wärmen die kalten Welten; und ohne Wolken ist er auch Erde.

»Hübsch und spitzig genug«, sagte der Inspektor mit aufrichtigem Lob einer Ironie, die er im Streckvers fand, die aber nicht der Dichter, sondern das Schicksal hineingelegt. – »In solcher Eile« – versetzte Walt – »kann man zwar wohl den Gedanken schaffen – denn jeder Gedanke des Menschen ist doch ein Impromptu –, aber gar zu schwer den rechten Versbau; ich gäbe ein solches Gedicht nie öffentlich.«

Sie traten ins laute Knollische Zimmer ein, wo außer dem Kompagnie-Spinett und dem Kompagnie-Musik- und Tanzmeisterlein noch der Zusammenwurf beider Nester war, die mit Füßen und mit Händen sausen und brausen wollten – lauter hagere, schmalleibige, hänghäutige, mokante, scharfe Mädchen-Figuren von jedem Alter, worunter zwei Knaben mit turnierten. Sämtliche Tanzschule harrete auf ihre Klavierschule, die wieder auf das Stimmen des Spinetts wartete.

Das Musikmeisterlein schwur, heute sei daran nichts zu brauchen, so toll klinge das Spinett. Gleichwohl hatte sich den Abend vorher der Polizei-Inspektor über das Spinett gemacht, um, wie er sagte zum Fiskal, der ihn vertrauend machen ließ, dem jungen Universal-Erben etwas vorzuarbeiten – hatte aber die meisten Saiten zu *tief* herabgelassen – ferner im Eifer der Vorarbeit zu dicke Nummern auf dreimal gestrichne Noten oder Tasten gespannt – und in der Tat genug gefehlt.

Walt fing an. Er sprengte eine Saite nach der andern entzwei. Harprecht *kegelte* mit Saiten-Rollen aus der einen Hand in die andere und trachtete sehr, wie er sagte, seinem jungen Freunde ein ziemlich langweiliges Geschäft zu versüßen durch Diskurse; auch reicht' er ihm die Saiten-Knäule, die er brauchte. Anfangs hielt der Notar den Tanz bei dem Klavierstimmen so gut aus, daß er sogar, da ihm keines Menschen Freudenstunde gleichgültig war, teils in das stimmende Oktaven- und Quinten-Probieren eine Art leichtern Tanz-Takt zu legen versuchte, teils ins Einhämmern der Stifte, so unangenehm ihm auch die sämtlichen Mädchen erschienen, die sogleich in den jüngsten Jahren die venia aetatis [1], die einem Freiherrn über 300 fl. in Wien kostet, auf dem Gesicht als Brautschatz mitgebracht.

Da aber jede Saite zersprang – und beinahe sein eignes Trommelfell, das er und andere spannten und aufschraubten –: so ersuchte er um erforderliche Stille. Man schwieg allgemein – er stimmte fort und lärmte allein – die Tanzschule samt dem Tanz- und Musikmeisterlein sah jede Minute dem Anfange der Klavierstunde entgegen – Walt durchschwitzte die Wind- und Meerstille – die Saiten sprangen jetzt statt der Tänzer – das Stimmen verstimmte sein Herz und Spinett – er hatte die annahende Nacht und die restierenden Stimmhäuser voll schönster Töchter und Zimmer im Kopfe – verdumpft hatt' er sich schon längst, weil keine Anspannung so hart ins Gehirn drückt als die des Ohrs – an siebenundzwanzig Saiten-Sprünge hatte der hinkende Referent schon zu Papier gebracht – und nun läutete die Abendglocke. – Mit Wut warf der Notar den Stimmhammer ins Zimmer und rief: »Der Donner unds ...... Was ist das? – Doch der bürgerliche und der kanonische Tag ist jetzt zu Ende, Herr Inspektor, und alles; die Saiten zahl' ich.«

Am Morgen darauf wurde ihm von Herrn Kuhnold der geheime Artikel des Regulier-Tarifs eröffnet, welcher bestimmt verordnete, daß ihn jede Saite, die er im Erb-Amte des Stimmens zerrissen hätte, ein Beet der Erb-Äcker kosten sollte, so daß er jetzt, nach dem Protokoll des Hink-Notars, um zweiunddreißig Saiten oder Beete ärmer war. Walt erschrak ungemein seines Vaters wegen. Aber als er dem regierenden redlichen Burgermeister in das traurige Gesicht recht sah, erriet er etwas, nämlich dessen ganze gestrige Güte, die ihm durch ein hochgespanntes Instrument und durch jede andere Erleichterung und durch die Entfernung der schönen Töchter sowohl die Gelegenheit zu Saiten-Rissen im eignen Hause abschnitt als auch ein großes Stück Zeit zu mehreren in einem fremden. Dieser erquickende Gewinn einer schönen warmen Erfahrung erstattete ihm den metallischen Verlust so reichlich, daß er den Abschied vom Bürgermeister mit einer frohen dankenden Rührung nahm, die jener nur halb zu verstehen scheinen mußte.

[1] Alters-Erlaß.

Nro. 21. Das Grossmaul oder Wydmonder

Aussichten

Gottwalt schwur beim Eintritt in sein Haus, er finde darin nach einem solchen Stein-, Platz- und Mäuse-Regen des Schicksals ein sehr hübsches Stück Sonnenschein. Und Flora brachte das Stück, nämlich eine mündliche Einladungskarte – weil man ihn einer schriftlichen nicht wert halten konnte, so lieb ihm auch ein Expektanzdekret eines Himmels, ein Wechselbrief auf Lust gewesen wäre –, nämlich morgen Sonntags mittags zu Neupeters Geburtstags-Diner auf einen Löffel Suppe zu erscheinen. Auf den Diner-Löffel und das Souper-Butterbrot, auf diese Eß-Pole laden die Deutschen ein, nie auf die Mitte, auf Hechte, Hasen, Säue und dergleichen. Flora sagte, des Grafen Klothars wegen feiere man die Geburt schon um 2 Uhr. Walt beteuerte, er komme gewiß.

Ihn wiegte darauf ein zweiter warmer Glückswind, das Wochenblatt mit Vults Nachricht ans Publikum, er flöte lieber Sonntags abends um 7 Uhr öffentlich, so stockblind er jetzt sei, als daß er länger ein verehrtes Publikum forttäusche und herumzerre in großen Erwartungen. Dem Zeitungs-Blatte lag ein Billett an Walten bei, worin ihn Vult um einen Vorschuß von zwei Louis für die Konzert-Dienerschaft ersuchte und um das Protokoll des Stimm-Tags und um ein Paar Ohren für morgen und um das Ohren-Gehenk, das Herz.

Es hat nicht den Anschein, daß einen so schönen und schweren *Terzentriller* der Lust jene Göttin, die immer plötzlich ins arme, von rauhen Wirklichkeiten zerrissene Menschen-Ohr mit linden Melodien herabfährt, je vor dem Notar geschlagen als eben den mitgeteilten. Er war selig und alles und redselig und schrieb erstlich: »Hier das begehrte Darlehn doppelt, was gestern von Kabel für das Stimmen eingelaufen« – dann schrieb er die köstlichen Hoffnungen auf Klothar – zugleich die Streckverse auf den Grafen – die bisherigen Preßgänge und Kesseljagden nach diesem – die Träume vom morgenden Flötengedackt und von der Zukunft eines freiern Bruder-Lebens ohne Blindheit – und den Verlust von 32 Beeten.

Es fürchte doch immer der Mensch die innerste Entzückung, er glaube nur nie ganz toll, es werde jemals ein so leiser sanfter Himmels-Tau, wie sie ist, auf der stürmischen Erde und in ihren Windklüften die seltenen Windstillen finden, worin allein er sich in feste offene Blumenkelche einsenkt, gleichsam die helle gediegne Perle aus dem grauen Wolken-Meer. Sondern der Mensch erwarte, daß er den zweiten Brief sogleich erhalten werde, den Vult an Walt in folgender Stimmung schrieb:

Vult hatte sich nämlich seit dem gestrigen Anblicke des Bruders mit ganz frischer Liebe für denselben versorgt und sich besonders heimlich mit ihm befreunden wollen durch die Bitte, ihm vorzuschießen – er hatte sich gute Plane voll jauchzender Hoffnungen auf die Zeit nach dem Sonn- und Konzert-Tag entworfen und sich gesagt: »Sobald ich nur sehe, was ich gleich nach dem Konzerte tue, so fallen lauter Bundes-Feste des Zusammenlebens und -schreibens vor, und mein versiegelter Brief an ihn wird täglich dümmer« – er war, wie oft, aus seinem eignen Himmels- sein eigner Höllenstürmer geworden – er hatt' es recht tapfer gefühlt, daß einige fliegende Winter des Herzens, den fliegenden Sommern so ähnlich, dessen freudige Wärme nicht mehr wegnehmen als Eisstücke an den Ufern den Lenz.

So bekam er Walts obiges Freudengeschrei und Schreiben an einen Bruder, der solange als blinder Mann zu Hause gesessen – gegen dessen Unsichtbarkeit der andere sich noch so wenig gesträubt – auf welchen dieser noch kein einziges Streck-Gedicht gemacht, obwohl auf den fremden Narren zwei oder drei – kurz an einen Mann, der den alliebenden Notar dreitausendmal mehr liebe und allein....

Folgendes setzte der Mann an Walten auf:

»Anbei folgen zwei Plus-Louis retour; mehr war ich nicht benötigt, obgleich kein Mensch soviel Geld bedarf als einer, ders verachtet. – Das hole der Teufel, daß 32 Beete jetzt vom Feinde mit Unkraut angesäet werden. Solche Tonleitern sind mehr Höllen- als Himmelsleitern für mich. Bei Gott, ein anderer als der eine von uns hätte vorher zu sich gesagt: paß auf! Kato schrieb ein Kochbuch; ein Streckdichter könnte wahrlich stimmen, wenn er wollte; nur umgekehrt gehts nicht, daß ein Koch einen Kato schreibt, sondern höchstens ein Cicero, dieser Cicerone alter Römer. Böse Träume, die echten Seelen-Wanzen des armen Schlafs, gegen welche mein Kopf nicht so viel verfangen will als ein Pferde-Kopf gegen Leibes-Wanzen, hatten mir manches vorgepredigt, was ich jetzt nachpredige vor Denenselben, mein Herr!

Noch zeigen Sie mir fast verwundert an, daß Ihnen, nach der Marsch-Ordre vom und zum General Zablocki dahier um 11 Uhr, gerade um dieselbe Stunde Kontre-Ordre zum Kontre-Marsch zugekommen, ohne daß Sie zu erwägen scheinen, daß er sich einen ganzen Tag Zeit genommen, um sich zu ändern. Herr, sind denn die Großen nicht eben das einzige echte Quecksilber der Geisterwelt? – Die erste Ähnlichkeit damit bleibt stets ihre Verschiebbarkeit – ihr Rinnen – Rollen – Durchseigern – Einsickern – Verdammt! die rechten Gleichheiten dringen nach und sind nicht zu zählen. Wie besagtes Quecksilber so kalt und doch nicht zu festem stoischem Eis zu bringen – glänzend ohne Licht – weiß ohne Reinheit – in leichter Kugelform und doch schwer drückend – rein und sogleich zu ätzendem Gift sublimiert – zusammenfließend, ohne den geringsten Zusammenhang – recht zu *Folien* und *Spiegeln* unterzulegen – sich mit nichts so eng verquickend als mit edlen Metallen – und noch, aus wahrer Wahl-Anziehung, etwan mit Quecksilber selber – Männer, die sich mit ihnen befassen, sehr zum *Aus-*

spucken reizend – – Herr, das wollt' ich die große Welt nennen, deren goldnes Alter immer das quecksilberne ist. Aber auf solchen glatten, blanken Weltkügelchen siedle sich nur niemand an! – Übrigens folgen auch Einlaßbilletts für das Flötenkonzert; à revoir, Monsieur! v. d. H.«

*

Walten taten indes nur die Retour-Louis so weh, als wären sie von Louis XVIII. geprägt; sonst nahm er Vults Stampfen aus Zorn für Tanzen aus Lust und für Takt-Treten. Hätt' er ahnen können, mit welchen Peinigungen der Liebe er den Schmollgeist Vults wechselnd weg- und herbannte: er hätte in seiner ganzen Gegenwart wenige Hoffnungen gefunden. Jetzt schlief er mit der schönsten auf morgen ein.

Nro. 22. Sassafras

Peters Neupeters Wiegenfest

Der Notarius konnte den ganzen Morgen nichts Gescheutes machen als Plane, an einem solchen Ehrentage ein neuerer Petrarca zu sein, oder ein in einem Dorfe gebrochner Juwel, der sich auf der Edelsteinmühle der Stadt schon sehr ausgeschliffen. Er hielt sich vor, das sei das erstemal, daß er in den schimmernden Tier-Kreis des feinsten Cercle oder Kränzchens rücke. »Gott, wie fein werden sie alles drehen«, sagte er sich, »und vor Tournüre kaum reden! Madame – kann der Graf sagen –, ich bin zu glücklich, um es zu sein. Herr Graf, kann sie versetzen, Ihr Verdienst und Ihre Schuld – Darf man das Erraten erraten? fragt er – Sollte Fragen mehr erlaubt sein als Antworten? fragt sie – Das eine erspart das andere, versetzt er – Oh Graf, sagt sie – Aber Madame, sagt er; denn nun können sie vor Feinheit nichts mehr vorbringen, und wenn sie toll würden. Ich für meine Person setze vieles in den Hoppelpoppel oder das Herz.«

Walt goß sich beizeiten seinen Sonntags-Beschlag, den Nanking, als sein eigner Gelbgießer über und setzte statt des braunflammigen Hutes – den wollt' er in der Hand tragen – mehr Puder als gewöhnlich auf. Er ging geputzt ein paar Stunden leicht auf und ab. Er hörte vergnügt einen Wagen nach dem andern vordonnern; »nur abgeladen!« sprach er, »lauter Fracht und Meßgut für den Roman, in dem ich Leute von Stande so nötig habe als Dinte. Und wie wird sich uns allen mein Klothar von so mannigfachen Seiten zeigen müssen; der alte treue Freund! Gott wird mir schon dazu verhelfen, daß ich auch etwas sagen kann zu ihm.«

Da er endlich bei einem neuen Rollen es für Zeit hielt, sich hinabzumachen und den Cercle zu schließen und zu runden mit seinem eignen Bogen und

Bückling: so stellt' er sich oben, mit seinem Hute in der Hand, ans Treppengeländer und schauete so lange hiedurch hinab, bis er dem neuen Nachschuß sich zuschießen konnte, um so unbemerkt und ohne sonderliche Kurvaturen im Saale einzutreffen. Er glänzte sehr, der Saal, die vergoldeten Schlösser waren aus den Papier-Wickeln herausgelassen, dem Lüster der Staub- und Bußsack ausgezogen, die Seiden-Stühle hatten höflich vor jedem Steiß die Kappen abgenommen, und auf dem getäfelten Fußboden war die Leinwand ganz von den Papiertapeten weggezogen, welche die ostindische Decke so zudeckten, daß diese sowohl sich als den getäfelten Fußboden an einigen Winkeln leicht zeigte. Den Salon selber hatte der Kaufmann, weil lebendige Sachen zuletzt jeden krönen, mit Gästen-Gefüllsel ordentlich wie ein hohes Pasteten-Gewölb saturiert, namentlich mit Aigretten – Chemisen – Schmink-Backen – Rotnasen – feinsten Tuchröcken – spanischen Röhren – Patentwaren und französischen Uhren, so daß vom Kirchenrat Glanz an bis zu netten Reisedienern und ernsten Buchhaltern sich alles mischen mußte. Der große Kaufmann sucht weiter in keine höchste Klasse zu kommen als in die der Gläubiger, wenn seine hohen Schuldner fallieren. Er, als kalter stiller Justierer des Verdienstes, schätzt gleich sehr den niedrigsten Bürger, wenn er Geld hat, und den höchsten Adel, wenn dessen altes Blut in silbernen und goldnen Adern läuft und dessen Stammbaum Nahrungs- und Handelszweige treibt. Freilich – so wie dem Pater Hardouin die Münzen der Alten mehr historische Glaubwürdigkeit hatten als alles Schriftliche derselben – so kann der abwägende Kaufmann Adels-Pergament und sonstige Ehren-Punktierkunst nie so hoch stellen als dessen Münzen, insofern er von fremder Zuverlässigkeit sprechen soll.

Schon die Anfurt des Ehrentages fand der Notar viel lustiger und leichter, als er nur hoffen wollen; denn er bemerkte bald, daß er nicht bemerkt wurde, sondern sich auf jeden Seidenstuhl setzen konnte und ihn zum Weberstuhl seiner Träume machen. Noch hatte er nichts vom Grafen noch vom Wiegenfest und den beiden Töchtern gesehen – als endlich Klothar, der Eßkönig, zu seiner Freude blühend hereintrat, obwohl in Stiefeln und Überrock, als hab' er sich mehr auf parlamentarische Wollen-Säcke zu setzen als auf seidne Agenten-Stühle. »Herr Hofagent«, sagt' er, ohne die Versammlung zu prüfen, »wenn Sie wollen, mich hungert verdammt.« Der Hofagent befahl Suppe und Töchter; denn er schätzte den Grafen längst und innigst, weil er als der Agioteur von dessen Renten am besten wußte, wie viel er war, besonders ihm selber; und er behauptete oft, einem Manne von so vielen jährlichen Einkünften solle doch jede vernünftige Seele es zugute halten, wenn er seine eignen Meinungen habe oder lese, was er wolle.

Plötzlich kam Musik – mit ihr die Suppenterrine mit gedruckten Geburtsfestliedern – dann die beiden Töchter mit einer langen Blumen-Girlande, die sie Neupeter so geschickt über den Körper wanden, daß er in einem blühenden Ordensband dastand – die Kontoristen liefen und teilten die

Gedichte aus – und zuerst ihrem Prinzipal ein vergoldetes – Nun fing andere Instrumentalmusik an, um das Karmen oder vielmehr den Gesang desselben zu begleiten – die Gesellschaft mit ihren Papieren in den Händen stimmte ihn an als ein längeres Tischgebet – und selber Neupeter sah singend in sein Blatt. Vult hätte nicht unter die gehört, die dabei am ernsthaftesten geblieben wären, zumals als der blumige Ordens-Mann sich selber ansang; aber wohl Gottwalt war dazu gemacht. Ein Mensch, sobald er an seine Geburt denkt, ist so wenig lächerlich, als es ein Toter sein kann; da wir, wie sinesische Bilder, zwischen zwei langen Schatten oder langen Schlummern laufen, so ist der Unterschied nicht groß, an welchen Schatten man denke. Walt quälte sich mit leisem Singen bei schlechter Stimme; und als es vorbei und der Alte sehr gerührt war über das fremde Gedächtnis für sein Wiegenfest bei eigner Vergeßlichkeit und die Seinigen ihm früher gratulierten als die Fremden: so war kein Glückwunsch so aufrichtig in irgendeinem Herzen als Gottwalts ferner und stiller; aber es beklemmte ihn, daß der Mensch – »besonders, seh' ich, an Höfen«, dacht' er – gerade den heiligen Tag, wo er sein erneuertes Leben überrechnen und ebnen sollte, im Rauschen fremder Wellen verhört – daß er das neue Dasein mit der lärmenden Wiederholung des alten feiert, anstatt mit neuen Entschlüssen – daß er statt der einsamen Rührung mit den Seinigen, deren Wiegen oder Gräber seinen ja am nächsten stehen, den undankbaren Prunk und trockne Augen sucht. Der Notar setzte sich vor, seinen ersten Geburtstag, an den ihn ein guter Mensch erinnere – denn noch hatt' er in seiner harten Armut keinen einzigen erlebt –, ganz anders zu begehen, nämlich sehr weich, still und fromm. – –

Man setzte sich zu Tisch. Walt wurde neben den zweiten armen Teufel – Flitten – als der erste postiert und rechts neben den jüngsten Buchhalter. Ihm verschlugs wenig; ihm gegenüber saß der Graf. Rund wie Geld, das wie der Tod alles gleich macht, war die Tafel, gleichsam ein größerer Kompagnie-Teller. Der Notar, ganz geblendet von der Neuheit des Geschirres und dessen Inhalts, streckte statt seiner sonstigen *zwei* linken Hände zwei *rechte* aus und suchte mit wahrem Anstand zu essen und den Ehren-Säbel des Messers zu führen; belesen genug, um mit der Breite des Löffels zu essen, nicht mit der Spitze, erhielt er sich bloß bei bedenklichen Vorfällen durch die alte Vorsicht im Sattel, nicht eher anzuspießen, bis ihm andere das Speisen vorgemacht; wiewohl er sie bei den Artischocken so wenig für nötig erachtete, daß er, Beweisen nach, deren bittern Stuhl und die Spitzblätter aufkäuete, die er hätte in die holländische Sauce getunkt ablecken können und sollen. Was ihm indes weit besser schmeckte als alles, was darin lag, waren die Senfdosen, Desssertlöffel, Eierbecher, Eistassen, goldne Obstmesser, weil er das neue Geschirr in seinen Doppelroman als in einen Küchenschrank abliefern konnte: »Esset ihr in Gottesnamen«, dacht' er, »die Kibitzen-Eier, die Mainzer Schinken und Rauch-Lächse; sobald ich nur die Namen richtig überkomme durch meinen guten Nachbar Flitte, so hab' ich alles, was ich für meinen Roman brauche, und kann auftischen.«

In die höchste Schule der Lebensart gingen seine Augen bei dem Grafen, der keine Umstände machte – geradezu weißen Portwein forderte – und einen Kapaunenflügel mit nichts abschälte als mit dem Gebiß – des Gebacknen nicht zu gedenken, das er mit den Fingern annahm. Diese schöne Freiheit – eingekleidet noch in Stiefeln und Überrock – spornte Walten an, daß er, als mehrere Herren Konfekt einsteckten für ihre Kinder, sich es zur Pflicht und Welt rechnete, auch einige süße Papierchen oder Süßbriefchen, die ihm ganz gleichgültig waren, in die Tasche zu schaffen. Auch sein Nachbar Flitte, der ungemein fraß und foderte, zeigte deutlich, *wie* man zu leben habe – besonders *wovon.*

Indes war sein ewiger Wunsch der, etwas zu sagen und von Klothar vernommen, wenn nicht gar angeredet zu werden. Aber es ging gar nicht. Dem Grafen war aus Achtung ein philosophischer Nachbar, der Kirchenrat Glanz, an die linke Seite gebeten – an die rechte die Agentin gesetzt; – aber er aß bloß. Walt sann scharf nach, inwieweit die vorsitzende Vorschrift feinster Sitten zu kopieren sei, kein Wort zu sagen zur Hausfrau. Er behalf sich, wie ein Verliebter, mit optischer Gegenwart auf Kosten der Zukunft. Es war ihm doch einige Erquickung, wenn der schöne gräfliche Jüngling etwas vom Teller nahm – oder die Flasche – oder froh umhersah – oder träumend in den Himmel hinter dem Fenster – oder in den auf einem lieblichen Gesicht. Aber bitterböse wurd' er auf den Kirchenrat, der einer so fruchttragenden Nachbarschaft ansitzen konnte ohne den geringsten schönsten Gebrauch von derselben, da er doch so leicht, dachte Walt, über Klothars Hand zufällig mit seiner hinstreichen könnte und vollends ihn ins Reden locken. Allein Glanz glänzte lieber – er war vergötterter Kanzelredner und Kanzelschreiber – auf seinem Gesicht stand wie auf den Bologneser Münzen geprägt: Bononia docet[1] – wie andere Redner die Augen, so schloß er die Ohren unter dem Flusse der Zunge – – Mit einer solchen Autors-Eitelkeit schloß er Klothars stolzen Mund. Darüber aber machte auch Walt seinen nicht auf. Er hielt es für Tisch-Pflicht, jedem Gesicht eine Freuden-Blume über die Tafel hinüberzuwerfen – die Artigkeit in Person zu sein – und immer ein wenig zu sprechen. Wie gern hätt' er sich öffentlich ausgedrückt und ausgesprochen! Leider wie Moses saß er mit leuchtendem Antlitz und mit schwerer Zunge da, weil er schon zu lange mit dem Vorsatze gepasset, in das aufgetischte Zungen- und Lippen-Gehäcke, das er fast roh und unbedeutend fand, etwas Bedeutendes seinerseits zu werfen, da es ihm unmöglich war, etwas Rohes wie der Kaufmann zu sagen: ein Westfale, der einen feinen Faden spinnt, ist gar nicht vermögend, einen groben zu ziehen. Je länger ein Mensch seinen sonnigen Aufgang verschob, desto

[1] Bologna lehrt.

glänzender, glaubt er, müßt' er aufgehen, und sinnet auf eine Sonne dazu; könnt' er endlich mit einer Sonne einfallen, so fehlt ihm wieder der schickliche Osten zum Aufgang, und in Westen will er nicht gern zuerst empor. Auf diese Weise sagen nun die Menschen hienieden nichts.

Walt legte sich indes auf Taten. Die beiden Töchter Neupeters hatten unter allen schönen Gesichtern, die er je gesehen, die häßlichsten. Nicht einmal der Notarius, der wie alle Dichter zu den weiblichen Schönheits-Mitteln gehörte und nur wenige Wochen und Empfindungen brauchte, um ein Wüsten-Gesicht mit Reizen anzusäen, hätte sich darauf einlassen können, eine und die andere Phantasie-Blume in Jahren auf beide Stengel fertig zu sticken. Es war zu schwer. Da er nun gegen nichts so viel Mitleiden trug als gegen eine weibliche Häßlichkeit, die er für einen lebenslangen Schmerz hielt: so sah er die Blonde (Raphaela hieß sie), die ihm zum Glücke Blickschuß-recht saß, in einem fort mit unbeschreiblicher Liebe an, um ihr dadurch zu verraten, hofft' er, wie wenig er sich von ihren Gesichts-Ecken abstoßen lasse. Auch auf die Brünette, namens Engelberta, ließ er von Zeit zu Zeit einen sanften ruhenden Seitenblick anfallen, wiewohl er sie wegen ihrer Lustigkeit nur eines mattern Mitleids würdigte. Es stärkte und erquickte ihn ordentlich bei seinem Mitleiden, daß beide Mädchen mit Putz und Pracht jeden weiblichen Neid auf sich zogen; – als vergoldete Wirtschaftsbirnen, geschminkte Blatternarben, in herrlichen Franz gebundene Leberreime mußte man sie anerkennen. Hoch mußt' er bei dieser Denkungsart den sympathetischen Nachbar Flitte stellen, der mit ihm in Aufmerksamkeit und Achtung für dieselbe häßliche Raphaela wetteiferte! Er drückte Flitten – der als armer Teufel nichts weiter von der verhaßten Schönheit wollte als die Hand mit dem Heiratsgut – unter der Serviette die seinige; und sagte nach dem dritten Glas Wein: »Auch ich würde mit einer Häßlichen zuerst sprechen und tanzen unter vielen Schönen.« – »Sehr galant!« (sagte der Elsasser) »Sahen Sie aber je eine superbere Taille?« – Diese nahm jetzt erst der Notar an beiden Töchtern auf Erinnern wahr; wer sie köpfte, machte jede zur Venus, ja mit dem Kopfe sogar konnte jede sich für eine Grazie halten, aber in doppelten Spiegeln. Gelehrte kennen keine Schönheiten als physiognomische; Walt war maiorenn geworden, ohne zu wissen, daß er zwei Backenbärte habe, oder andere Leute Taillen, schöne Finger, häßliche Finger usw. – »Wahrhaftig«, antwortete der Notar dem Elsasser, »ich wollte wohl einer Häßlichen ohne allen Gewissensbiß die schöne Taille ins Gesicht sagen und loben, um die Arme damit bekannt und darauf stolz zu machen.« Wenn Flitte etwas gar nicht begriff, so fragte er nichts darnach, sondern sagte schnell Ja. Walt heftete jetzt in einem fort recht sichtbar die Augen auf Raphaelens Taille, um sie damit bekannt zu machen. Die Blonde schielte von seinen Blicken zurück und suchte sich tugendhaft zu beunruhigen über die Frechheit des jungen Harnisch.

»Wer mir lieber, Herr? die Blonde oder Braune?« (sagte der Hofagent, vom Weine lustig) – »Auf jeden Fall die Blonde, sag' ich; denn sie kostet vierteljährlich der Kassa zwölf Groschen weniger. Für 3 Tlr. 12 Gr. gutes Geld verkauft der Mundkoch Goullon in Weimar seine Flasche roten Schminkessig (vinaigre de rouge) nota bene für Blonde; für Braune hingegen jede um nette 4 Tlr.; hat sie vollends schwarzes Haar, so muß ich gar die Flasche zu 4 Tlr. 12 Gr. verschreiben. Raphel! du sollst leben!« – »Cher père«, versetzte sie, »nennen Sie mich doch nur Raphaela.« – »Er verdients.« (dachte Walt, betroffen über Neupeters Ungeschicklichkeit) »daß sie sagte: Scheer-Bär!« Denn so hatt' er verstanden.

»Heute gibt der arme blinde Baron sein Flöten-Konzert«, sagte schnell Raphaela; »ach, ich weiß noch, wie ich über Dulon geweint.« – »Ich weiß des Menschen Namen nicht« – sagte die brillantierte Mutter, namens Pulcheria, aus Leipzig, wohin sie beide Töchter mehrmals abgeführt, als in eine hohe Schule bester Sitten – »der Habenichts ist aber ein grober Knoll und dabei ein Flausenmacher.« – Walt arbeitete in sich, weinglühend, an der schnellsten Verteidigung. – »Sobald ein poweres Edelmännchen«, sagte Engelberta spöttisch, »nur etwas lernt und versteht, so nehm' ichs nicht so genau.« – »Wer weiß es denn«, sagte die Mutter, »was er auf der Flöte kann für Leute, die schon was gehört haben?« – »Er ist«, fuhr Walt in größter Kürze los, »nicht grob, nicht dürftig, nicht ungeschickt, nicht manches andere, sondern wahrlich ein königlicher Mensch.« Hinterher merkt' er selber die unabsichtliche Hitze in seiner Stimme und Kürze; aber seinen sanften Geist hatte die absprechende Kauffrau überrumpelt, die zwar in den Zeiten hübsch gewesen, wo sie Gellerten reiten sehen, die aber jetzt – aus ihren eignen Relikten bestehend – als ihr eignes Gebeinhaus – als ihre eigne bunte Toilettenschachtel – ihren kostbaren Anzug zum bemalten metallischen, mit Samt ausgeschlagenen, mit vergoldeten Handheben beschlagenen Prunksarg ihrer gepuderten Leiche machte. Walt hatte gar nicht wild sein wollen, nur gerecht. Man hörte seine vorlaute Phrasis mit kurzem Erstaunen und Verachten an. Neupeter aber nahm sofort den Faden auf: »Bulchen«, sagte er zur Frau in angetrunkener Barmherzigkeit, »ich will, weils doch eine arme Haut sein soll und noch dazu blind, drei Billette für euch Weibsen holen lassen vom powern Wicht.«

»Die ganze Stadt geht hin«, sagte Raphaela, »auch meine teuerste Wina. O! Dank, cher père! Wenn ich den Unglücklichen höre, zumal im Adagio, ich freue mich darauf, ich weiß, da ›sammlen sich alle gefangnen Tränen um mein Herz‹ [1], ich denke an den blinden Julius im Hesperus, und Tränen begießen die Freuden-Blumen.«

Darauf sah sie nicht nur der Vater entzückt über ihren Sprechstil an – ob er gleich als ein alter Mann den seinigen fortackerte –, desgleichen Flitte begeistert, sondern auch der Notar begab sich mit innigstem Beifall wieder

[1] Die Redensart hat sie aus dem Hesperus.

in ihr Gesicht herauf, voll kurzer Wünsche, letzteres wäre auszustehen oder doch zu heben durch Liebe, da er unter einem Dache mit ihr lebte. Aber ihm wurde durch Winas Ankündigung ein Sturm in die Seele geschickt – sein beseeltes Auge hing sich an ihren Bräutigam – als plötzlich wieder Raphaela die größten Revolutionen an dem Tische anstiftete durch die Frage an Glanz: »Wie kommts, Herr Kirchenrat, um auf Sehende zu kommen, daß alle Bilder im Auge verkehrt sind, und wir doch nichts verkehrt erblicken?«

Dann als der Kirchenrat langsam und langweilig die Sache aus seiner Lektüre so gut auseinandersetzte, daß die Tafel bewundern mußte: so fing der Graf Feuer. Es sei, daß er satt war des Essens – oder satt des Hörens – oder übersatt der Glanzischen theologischen Halbwisserei und lingua franca, jener schalen Kanzel-Philosophie, wovon 1/4 moralisch, 1/4 unmoralisch, 1/4 verständig, 1/4 schief ist und das Ganze gestohlen – genug, der Graf begann und unterhielt ein so langes heftiges Feuern gegen den Kirchenrat – wozu die nahe Nummer *Congeries von mäusefahlen Katzenschwänzen* aus- und eingeräumt wird –, daß er ordentlich nicht mehr Haß gegen das Mattgold der theologischen Moralisten und Autoren hätte zeigen können, wenn er auch der Flötenspieler Quod deus vult selber gewesen wäre, der sich allerdings so aussprach: »von alten Schimmelwäldchen der Philosophen klauben sich die Theologen die abgefallnen Lese-Früchte auf und säen damit an. – Diese größten engsten Egoisten machen Gott zum frère servant der Pönitenzpfarren, wohin sie voziert worden, und auf dem Wege nach dem Filial glauben sie, die Sonnenfinsternis sei gekommen, damit sie weniger schwitzen und schattiger reiten – und so fegen sie die Herzen und Köpfe, wie in Irland die Bedienten die Treppen, mit ihren Perücken.«

Nro. 23. Congeries von mäusefahlen Katzenschwänzen

Tischreden Klothars und Glanzens

Nachdem also Glanz geäußert hatte: »daß eben, da sich im Auge alle Gegenstände umwenden, also wir uns auch mit, wir mithin nichts von einem Umkehren spüren könnten« –

So entgegnete der Graf: »Warum wird denn das einzige Bild im Auge nicht mit umgekehrt? – Warum greifen operierte Blinde nichts verkehrt? – Was hat denn das Hautbildchen mit dem innern Bilde zu tun? Warum fragt man nicht auch, warum uns nicht alles ebenso klein als jenes Bildchen erscheine?« –

Glanz äußerte nach Garve: »unsere Vorzüge seien am Ende keine und daher Demut unsere Pflicht.«

Der Graf entgegnete: »So seh' ich wenigstens nicht, warum ich Bettler demütig gegen den zweiten Bettler sein soll; – und ist er gar stolz, so hab' ich ja einen zweiten Vorzug vor ihm, die Demut.«

Es wurde ein schöner Satz aus Glanzens gedruckten Reden angeführt: daß die Kinder für Geringschätzung des Alters die vergeltende Strafe gewiß von ihren eigenen Kindern empfangen würden.

Klothar entgegnete: »Folglich hat das geringgeschätzte Alter auch einmal geringgeschätzt; und es geht ins Unendliche, oder man kann die Strafe erhalten ohne die Sünde.«

Glanz äußerte, wie leicht das Gedächtnis zu überladen sei.

Klothar entgegnete: »Das ist bloß unmöglich. Ist denn, etwas zu behalten, eine Beschwerde für Gehirn oder Geist? Verspürt ein Mann den Schatz, den zwanzig Jahre Leben in ihm niederlegten, wohl an seinem Gedächtnis, als wäre dieses belasteter als in der Jugend? – Aber ferner: der Bauer trägt ebenso viele Ideen in seinem Gedächtnis als der Gelehrte, nur andere, Sachen, Bäume, Äcker, Menschen. Überladung des Gedächtnisses kann also nichts heißen als versäumte Kultur anderer Kräfte.«

Glanz äußerte, man könne bei den Endabsichten leicht sich Voltairens Spotte aussetzen, daß die Nase für die Brille geschaffen sei.

Klothar versetzte: »Und das ist die Nase auch: sobald alle Kräfte einer Welt berechnet wurden, mußte auch die Kraft in Anschlag kommen, Gläser zu schleifen.«

Glanz äußerte: er sei ja dafür und finde in allen seinen gedruckten Reden in der künstlichen Weltordnung einen unendlichen Verstand.

Klothar fragte: »Was soll gedachter Verstand dabei sein?«

Glanz äußerte: »Die Ursache.«

Jener entgegnete: »Jede künstliche Ordnung, z. B. im Körperbau, erklären Sie doch jetzt aus blinden Kräften, nicht aus einer fremden Schöpfung, diese Kräfte wieder aus blinden, und wo wollen Sie denn in der durchaus mechanischen Endlichkeit mit dem Blitze der Geistigkeit einschlagen?« –

Glanz äußerte spät darauf: eine hübsche eingeschränkte Monarchie wie in England sei wohl am besten für jeden.

Klothar versetzte: »Nur nicht für die Freiheit. Warum hatten nur meine Voreltern die Freiheit, sich Gesetze zu wählen, und ich nicht? Wohin ich fliehe, find' ich schon Gesetze. Das Ideal eines Staats wäre, daß die kleinsten Föderativstaaten, die sich immer freie Gesetze gäben, sich in Föderativ-Dörfer – dann in Föderativ-Häuser – und zuletzt in Föderativ-Individuen zerfälleten, die in jeder Minute sich ein neues Gesetzbuch geben könnten.«

Glanz äußerte, durch kleinere Staaten würden freilich eher die Kriege aufhören.

Klothar versetzte: »Gerade umgekehrt. An mehreren Orten zugleich und häufiger in der Zeit entständen sie. Soll auf der ganzen Erde der Krieg aufhören: so muß sie in zwei ungeheure Staaten sich geteilt haben; davon muß der eine den andern verschlingen, und dann bleibt im einzigen Staate auf der Kugel Friede, und die Vaterlandsliebe ist Menschenliebe geworden.«

Glanz glaubte beim Dessert wenigstens soviel äußern zu dürfen, daß es gut sei, daß die Aufklärung den Hexenglauben vertrieben.

Klothar entgegnete: »Noch nicht einmal untersucht hat sie ihn.« Glanz schüttelte leicht. »Ich weiß nicht«, fuhr jener fort, »welche von zwei Meinungen Sie haben, aber da Sie nur eine von beiden hegen können – entweder die, daß alles Trug des Zeitalters, oder die, daß etwas Wunderbares bei der Sache ist: so müssen Sie in beiden Fällen irren.«

Glanz schüttelte sehr, äußerte aber, er sei wie jeder Vernünftige der ersten Meinung.

Klothar versetzte: »Die Wundergeschichte der Hexen ist ebenso historisch bewiesen als die der griechischen Orakel im Herodot; und diese ists gerade so sehr als überhaupt alle Geschichte. Auch Herodot unterscheidet sehr die wahren von den bestochenen Orakeln. In jedem Falle war es eine große Zeit, wo noch Götter die Weltgeschichte lenkten und darin mitspielten; daher ist Herodot so poetisch wie Homer. – Gemeine Seelen machen in der Hexen-Geschichte alles zum Werk der Einbildung. Wer aber viele Hexenprozesse gelesen, findet es unmöglich. Eine durch Völker und Zeiten reichende Einbildung festgehaltener, nuancierter Tatsachen ist so unmöglich als die Einbildung einer Nation, daß sie einen Krieg oder König habe, der nicht ist. Will man die Einbildung als Kopie einer solchen allgemeinen Einbildung erklären, so hat man das Urbild vorher zu deduzieren. Meist waren alte, dürftige, einfältige Frauen die Aktricen des Trauerspiels, mithin gerade am wenigsten fähig der Phantasie; auch malt die Phantasie mehr ins Große und Verschiedene zugleich. Hier findet man nur erbärmliche wiederholte Geschichten der Nachbarschaft – der Buhle, der Teufel, begleitet in gemeiner Kleidung die Frau zu Fuße auf irgendeinen benachbarten Berg, wo sie Tanz, bekannte Spielleute, elendes Essen und Trinken, lauter Bekannte aus dem Dorfe antrifft und nach dem Tanze mit dem Buhlen wieder heimgeht. Die Versammlungen auf dem Blocksberge können bloß für dessen nächste Anwohnerinnen gelten; aber in andern Ländern wurde nur der nachbarliche Berg zum Tanzplatz gewählt. Will man alle Bekenntnisse für Lügengeburten der Folter erklären: so bedenkt man nicht, daß man in den Prozessen findet, daß sie oft nach der Tortur zwei, drei unbedeutende Bekenntnisse, die ihnen den Tod nicht ersparten, feierlich und ängstlich widerriefen; und daß also der halbe Widerruf das halbe Geständnis – besiegelt, um so mehr, da man in damaligen Zeiten zu religiös dachte, um mit Lügen auf der Zunge zu sterben.

Die berauschenden Getränke und Salben, womit sie sich sollen in den Traum vom Blocksberg und dergleichen gezaubert haben, sind nirgends aus den Akten erweislich oder nach der Physiologie möglich – da es kein Getränk gibt, das faktisch bestimmte Visionen erschüfe –; und dann, um nur beide zu brauchen, mußten sie sich ja schon für Hexen halten.«

Glanz äußerte: »Warum gibt es aber jetzt keine mehr? Und warum ist alles so natürlich und alltäglich dabei zugegangen, wie Sie vorhin selber einräumten? Doch mach' ich diese Einwürfe gar nicht, Herr Graf, als wenn ich glaubte, daß Sie im Ernste jener Meinung wären.«

Klothar versetzte: »Dann verkennen Sie meine Denkweise. Wie? Kann man aus dem Aussetzen oder Wegbleiben einer Erfahrung, z. B. einer elektrischen, einer somnambulistischen, auf ihre Unmöglichkeit schließen? Nur aus positiven Erscheinungen ist zu beweisen; negative sind ein logischer Widerspruch. Kennen wir die Bedingungen einer Erscheinung? So viele Menschen und Jahre gehen vorüber, kein Genie ist darunter; – und doch gibts Genies; – könnt' es nicht ebenso mit den Sonntags-Kindern sein, die Augen und Verhältnisse für Geister haben? – Was Ihre Alltäglichkeit, die Sie einwenden, anlangt, so gilt diese auch für jede positive Religion, die sich in die Alltäglichkeit ihrer ersten Apostel versteckt; alles Geistige schmiegt sich so scheinbar an das Natürliche an *wie unsere Freiheit an die Naturnotwendigkeit.*«

Glanz äußerte: er wünsche nun doch sehr zu erfahren, was die zweite Meinung für sich habe.

Klothar versetzte: »Zuerst die damaligen Zeugen für die erste. Um eine Frau zu verurteilen, brauchte man statt der *Tatsachen* nur *Zeugenschlüsse;* meistens aus drei ganz fremden Tatsachen, aus dem Alpdruck, dem Drachen-Einflug und einem schnellen Unglück, z. B. Tod des Viehes, der Kinder etc., *schlossen* die Zeugen, und ihre Schlüsse waren ihre Zeugnisse.

Zweitens lief der ganze Zauber-Erfolg auf ein Raupen- oder Schnecken- oder anderes Schadenpulver hinaus, das der Buhle, der Teufel, dem getäuschten Weibe nebst einem Antritts- oder Werbe-Taler gab, den sie zu Hause oft als eine Scherbe befand. Die Macht des Teufels gab ihr weder Reichtum, noch einen Schutzbrief gegen den Scheiterhaufen. Ich schließe aus allem, daß damals die Männer sich des Zauberglaubens bedienten, um unter der leichten Verkleidung eines teufelischen Buhlen die Weiber schnöde zu mißbrauchen; ja daß vielleicht irgendeine geheime Gesellschaft ihren Landtag unter die Hülle eines Hexen-Tanzes verbarg. Immer machten Männer in den Hexenprozessen den Teufel gegen die Weiber, selten umgekehrt – Nur unbegreiflich bleibts, daß die Weiber bei dem damaligen Schauder vor dem Teufel, so wie vor der Hölle, sich nicht vor seiner Erscheinung und vor der höllischen Umtaufe [1] und Apostasie entsetzet haben.«

Glanz lächelte, äußerte aber, jetzt träfen sie beide ja vielleicht zusammen –

[1] Bekanntlich hob der Buhle die erste Taufe durch eine unreine wieder auf.

Klothar versetzte sehr ernst: »Kaum! denn eine Nachspielerei hebt ein Urbild nicht auf, sie setzt eben eines voraus. Noch mangelt eine rechte Geschichte des Wunder-Glaubens oder vielmehr des Glaubens-Wunders – von den Orakeln, Gespenstern an bis zu den Hexen und sympathetischen Kuren; – aber kein engsichtiger und engsüchtiger Aufklärer könnte sie geben, sondern eine heilige dichterische Seele, welche die höchsten Erscheinungen der Menschheit rein in sich und in ihr anschauet, nicht außer ihr in materiellen Zufälligkeiten sucht und findet – welche das erste Wunder aller Wunder versteht, nämlich Gott selber, diese erste Geistererscheinung in uns vor allen Geistererscheinungen auf dem engen Boden eines endlichen Menschen.« ...

Hier konnte sich der Notar nicht länger halten; eine solche schöne Seelenwanderung seiner Gedanken hatt' er in dem hohen Jüngling nicht gesucht. »Auch im Weltall«, hob er an, »war Poesie früher als Prosa, und der Unendliche müßte vielen engen prosaischen Menschen, wenn sie es sagen wollten, nicht prosaisch genug denken.«

»Was wir uns als höhere Wesen denken, sind wir selber, eben weil wir sie denken; wo unser Denken aufhört, fängt das Wesen an«, sagte Klothar feurig, ohne auf den Notarius sonderlich hinzusehen.

»Wir ziehen immer nur einen Theater-Vorhang von einem zweiten weg und sehen nur die gemalte Bühne der Natur«, sagte Walt, der so gut wie Klothar etwas getrunken. Keiner antwortete mehr recht dem andern.

»Gäb' es nichts Unerklärliches mehr, so möcht' ich nicht mehr leben, weder hier noch dort. Ahnung ist später als ihr Gegenstand; ein *ewiger* Durst ist ein Widerspruch, aber auch ein ewiges *Trinken* ist einer. Es muß ein Drittes geben, so wie die Musik die Mittlerin ist zwischen Gegenwart und Zukunft«, sagte der Graf.

»Der heilige, der geistige Ton wird von Gestalten geschaffen, aber er schafft wieder Gestalten« [1], sagte Walt, den die Fülle der Wahrheit allein fortzog, nicht einmal mehr der Wunsch der Freundschaft.

»Eine geistige Kraft bildet den Körper, dann bildet der Körper sie, dann aber bewegt sie am mächtigsten auf der Erde die Körper«, sagte Klothar.

»O die unterirdischen Wasser der tiefen zweiten Welt, die den gemeinen weltweisen Berg-Knappen in seinem Bergbau stören und ersäufen, ihn, der *Höhen* nur zum Durchbohren und Vertiefen haben will – diese sind eben für den rechten Geist der große Todesfluß, der ihn in den Mittelpunkt zieht...« sagte Walt; er stand längst aufrecht am Tisch und hört' und sah nicht mehr.

»Echte Spekulation – –«, fing der Graf an.

»Mr. Vogtländer« – unterbrach Neupeter, sich zum Buchhalter wendend und Klotharn am Arm haltend, da er gelehrten Diskursen ebensogern zu-

[1] Die Figuren auf klingenden Glasscheiben.

hörte als entsprang – »die 23 Ellen *Spekulation* haben Sie doch heute *gebuchet*[1]? Nun aber weiter, Herr Philosoph!« – Der Graf hörte den Mißton des Mißgriffs und schwieg und stand gern auf, die vergessene, längst wartende Gesellschaft noch lieber. Des Notars Keckheit und Rede-Narrheit hatte am meisten sie unterhalten. Der Kirchenrat Glanz hatt' es seinen Nachbarn leise zu verstehen gegeben, was sie von den gräflichen Sätzen zu halten hätten, und daß dergleichen ihn nicht weniger langweilte und anekelte als jeden.

Walt war in den dritten Himmel gefahren und behielt zwei übrig in der Hand, um sie wegzuschenken. Er und der Graf trugen nun – nach seinem Gefühl – die Ritterkette des Freundschafts-Ordens miteinander; nicht etwa, weil er mit ihm gesprochen – der Notar dachte gar nicht mehr an sich und seinen Wunsch der Audienz –, sondern weil Klothar ihm als eine große, freie, auf einem weiten Meere spielende Seele erschien, die alle ihre Ruderringe abgebrochen und in die Wellen geworfen; weil ihm sein kecker Geistes-Gang groß vorkam, der weniger einen weiten Weg als weite Schritte machte, und weil der Notar unter die wenigen Menschen gehörte, die mit unähnlichem Werte sympathisieren, wie das Klavier von fremden Blas- und Bogen-Tönen anklingt.

So lieben Jünglinge; und aller ihrer Fehler ungeachtet ist ihnen, wie den Titanen, noch der *Himmel* ihr Vater, die *Erde* nur ihre Mutter; aber später stirbt ihnen der Vater, und die Mutter kann die Waisen schwer ernähren.

Wie ganz anders – nämlich viel weniger schleichend, weniger stillgiftig, vipernkalt und viperglatt – stehen die Menschen von Tafeln, selber an Höfen, auf, als sie sich davor niedergesetzt! Wie geflügelt, singend, das Herz federleicht und federwarm! – Neupeter bot leicht seinen Park dem Grafen an – der schlug ein – Walt drang nach. Unterwegs riß der Agent sein blumiges Ordens-Band entzwei und steckt' es ein, weil er, sagt' er, nicht wie ein Narr aussehen wolle.

Nro. 24. Glanzkohle

Der Park – der Brief

Der Graf ging zwischen seinen Brautführern, wovon der linke im Gehen das Spinnrad drehte zu einem Faden der Rede und Seile der Liebe; doch hielts oft schwer, in den engsten Gängen drei Mann hoch aufzumarschieren.

[1] d. h. zu Buch gebracht. – Spekulation ist in Neupeters Sinn ein ungekreuzter halbleinener, halbseidener Pariser Zeug, der sich von der enzyklopädistischen Spekulation, ebenfalls da gewebt, zu seinem Vorteil unterscheidet.

Ein Markthelfer hielt sich hinter ihnen, um aus dem Sande alle sechs Fußstapfen auszubügeln. Der Agent führte Klotharn vor die Glanz-Partien des Parks in der Absicht, Ehrenflinten und -säbel da von Grafenhand zu empfangen – vor Kinderstatuen unter Turm-Bäumen – vor Herkules-Würggruppen unter Blumen; aber den Grafen griff nichts an. Neupeter zählte das »schöne Geld« aufs Rechenbrett hin, das ihm die Bildsäulen schon gefressen, besonders einige der feinsten, die er gegen Regenwetter in ordentliche, wasserdichte Über- oder Reitersröcke eingewindelt, und bracht' ihn vor eine eingekleidete Venus im Wachtrock. Klothar schwieg. Neupeter ging weiter im Versuche und Garten, er setzte eigenhändig seinen Park herunter gegen einen in England und erhob z. B. Hagleys seinen darüber; »aber«, sagt' er, »die Engländer haben auch die Batzen dazu.« Der Graf widerlegte nichts. Bloß Walt bemerkte: »am Ende werde doch jeder Garten, sei er noch so groß, kurz jede künstliche Eingrenzung klein und ein Kindergärtchen in der unermeßlichen Natur; nur das Herz baue den Garten, der noch zehnmal kleiner sein könne als dieser.«

Darauf fragte der Kaufmann den Grafen, warum er nicht aufgucke, z. B. an die Bäume, wo manches hänge. Dieser sah auf; weiße Zolltafeln der Empfindung waren von Raphaelen darangeschlagen zum Überlesen; »bei Gott, meine Tochter hat sie ohne fremde Hülfe ersonnen«, sagte der Vater, »und sie sind sehr neu und hochtragend geschrieben, so glaub' ich.« Der Graf stand vor den nächsten Gefühls-Brettern und *Herz*-Blättern poetischer Blumen fest; auch der Notar las den an die Welt wie an Arznei-Gläschen gebundnen Gebrauchzettel herab, welcher verordnete, wie man schöne Natur einzunehmen habe, in welchen Löffeln und Stunden. Walten gefiel die Gefühls-Anstalt, es waren doch Antritts- oder Oster-Programmen der Frühlings-Natur, Frachtbriefe der Jahrs-Zeiten, zweite, heimlich abgedruckte Titelblätter der Natur-Bilderbibel.

Dennoch strich Klothar stumm darunter hinweg. Aber Walt sagte, begeistert von den Baum-Not- und Hülfs-Täfelchen: »Alles ist hier schön, die Partien, die Bäume und die Tafeln. Wahrhaftig, man sollte die Poesie verehren, auch bis ins Streben darnach. Freilich wird nur die höchste, die griechische, gleich den Schachten der Erdkugel immer wärmer, je tiefer man dringt, ob sie gleich auf der Fläche kalt erscheint; indes andere Gedichte nur oben wärmen.« – »Mein Mietsmann, Herr Notar Harnisch« – sagte schnell der über dessen Nähe und Kecke verdrüßliche Neupeter, als der Graf ihn bedeutend ansah – »Der Lac da um Ermenonville herum – so lässet meine Frau den Teich nennen, weil sie sich auf Gärten versteht, da sie aus Leipzig ist – der Teich, sag' ich, ist bloß um die Insel herumgeführt, die ich um meinen seligen Vater, einen Kaufmann wie wenige, aufschütten lassen. Die Statue drinnen, das ist er selber nun.« – Auf der Teich-Insel sah unter Trauer- und Pappel-Bäumen allein, gleichsam wie ein Robinson, der alte sel. Christhelf Neupeter in Stein gebracht herüber, übrigens in seinem Börsen-Habit ausgehauen, wiewohl die in Marmor übersetzte Beutelperücke und die petrifizierten Wickelstrümpfe und Rockschöße dem magern Manne nicht das leichte Aussehen gaben, das er nackt hätte haben können.

»Sagen Sie nur heraus, wie Ihnen der ganze Park und Quark vorkommt?« fragte Neupeter den Sohn. »Was bedeutet noch die hölzerne wunderbare Pyramide,« (fragte der die Insel und den See umkreisende Graf), »die mit der Basis halb über dem Wasser schwebt?« Dem Hofagenten gefiel die Frage; er versetzte schelmisch: »in die Pyramide kann man ordentlich hineingehen durch eine Türe.« – »Cestius Pyramide?« sagte Walt halblaut. – Der Graf verstand den merkantilischen Schelm nicht. »Nun, es dient nun so«, erläuterte er weiter, froh über die Einkleidung jener Verkleidung, »bei der oder jener Gelegenheit – wenn mans eben braucht – ein Mensch trinkt mittags viel, besieht sich den Garten, und nun natürlich ....«

»God d–«, sagte der verständigte Graf im Feuer, »ich muß in die Pyramide« und gab, des Agenten satt, das Zeichen des Zurückbleibens. Ein Regenbogen – darein war die Holz-Brücke durch Farben verkleidet – führte an die Pyramide. Der unschuldige Notar dachte zu zart, um alles zu verstehen. Der stolze Kaufmann, der hier das Stehen-lassen äußerst unhöflich fand, murmelte halb für sich, halb für Walten: »ein höflicher, eigner Herr!« Er blieb nun nicht so lange, daß der Notar, der ein Riesen-Kniestück vom Klothar anlegen wollte, solches hätte aufspannen können; sondern ließ wieder diesen stehen, mit dem Pinsel voll Flammen in der Hand.

Ein zarter Genius war es, der den einsamen Gottwalt vom Betreten des Regen- und Brücken-Bogens zurücklenkte durch die Eröffnung der – Wahrheit. Anderthalb Garten-Gänge prallte davor der Jüngling zurück, den schon der vornehme Tafel-Zynismus mit den nackt gezognen Zahnstochern geärgert; – ohne doch auf den Agenten zu zürnen, daß er auf die väterliche Pappel-Insel eine solche Spitzsäule pflanzen können; er hatte oft zu viel Liebe, um Geschmack zu haben, wie andere umgekehrt.

Als der Graf von Ermenonville zurückgekommen: schlug Walt mehrere schmale Radien-Gänge ein, um ihm zufällig aufzustoßen und so, verschmolzen mit ihm, zu gehen. Aber der Graf, der allein bleiben wollte, merkte das stete Nachstreichen und bog ihm verdrüßlich aus. Auch dem Notar selber wurde am Ende das freundschaftliche Ballett versalzen, weil der Markthelfer mit seinem Verwaschpinsel als Schrittzähler hinter ihm blieb und ihm jeden Schritt dadurch vorrechnete, daß er ihn ausstrich.

»Welch ein ganz anderes Glück wäre es«, träumt' er, »fiel' ich ins Lac-Wasser, und mein Jüngling schleppte mich heraus, und ich läg ihm mit tropfenden Augen zu Füßen. Das denk' ich mir gar nicht – weil es zu groß wäre, das Glück –, wenn etwan gar er selber hineinstürzte und ich der Selige würde, der sein stolzes Leben rettete und ihn an der Brust ins Dasein trüge.«

Indes fand er jetzt etwas Besseres auf seinem Wege, einen verlornen Brief an Klothar. Indem er sich umsah, ihn zu übergeben, war der Graf unter die ins Haus gehende Gesellschaft zurückgetreten. Er lief nach. Jener war schon davongeritten auf ein Dorf. Es war ihm nicht sonderlich bitter, daß er durch den Brief ein Recht in die Hände bekam, den Grafen morgen auf seinem eignen Zimmer aufzusuchen.

Er erstieg eilig das seinige – nicht ohne Freude, daß er als der einzige Gast im Hause verbleibe, indes alle andere daraus fortmußten –; und besah und las ruhig droben den schon erbrochnen Brief – außen. Denn innen ihn zu lesen, auch irgendeinen andern fremden, lag außer seiner Macht. Sein Lehrer Schomaker – der, wie Vult sagte, für Schimmelwäldchen Waldordnungen entwürfe – behauptete, nicht einmal gedruckte dürfe man lesen, wenn sie wider des Verfassers Wunsch erschienen, da die Leichtigkeit und die Teilhaber einer Sünde an dieser nichts änderten. Eine Taube mit einem Ölzweig im Schnabel und in den Füßen flog auf dem Siegel. Der Umschlag roch anmutig. Er zog den Brief daraus hervor, faltete ihn auf von weitem und las frei den Namen – Wina und legt' ihn eiligst weg... »Ich will ihm alle meine Aurikeln geben«, hatte sie einst in der tiefen Kindheit gesagt, aus deren dunkeln überblühten Tempe unaufhörlich jene Töne wie bedeckte Nachtigallen heraufsangen. Jetzt aber berührte die zitternde Saite – deren Klänge bisher süß-drückend sein Herz umrungen hatten – seine Finger; er hatte ordentlich die Vergangenheit, die Kindheit in der Hand – Und heute trat vollends die Unsichtbare im Konzertsaale endlich aus der blinden Wolke –

Seine Bewegung bedarf keines Gemäldes, da jede auf jedem erstarrt.

Er hielt jetzt den offnen Brief nahe unter die Augen, obwohl *umgekehrt* – Das Papier war so blau-weiß-zart wie eine feinste Haut voll Geäder – die umgestürzte Handschrift so zierlich und gleich – Blumengewinde waren den vier Papier-Rändern eingepresset – er besah jeden – und ging auf Aurikeln aus – als er aber auf dem untern suchte, fuhr ihm die letzte Zeile ins Auge, mit sieben letzten Worten. Da steckt' er das Blatt erschrocken in die Hülle zurück.

Es lautete aber das Schreiben an Klothar so:

»Wozu meine längern Kämpfe, die vielleicht schon selber Sünden sind? Ich kann nun nach Ihrem gestrigen entscheidenden Worte nicht die Ihrige werden; denn ich könnte Ihnen wohl so leicht und so gern Glück und Leben und Ruhe opfern, aber meine Religion nicht. Ich schaudere vor dem Bilde eines erklärten Abfalls. Ihre religiöse Philosophie kann mich quälen, aber nicht ändern. Die Kirche ist meine Mutter; und nie können mich alle Beweise, daß es bessere Mütter gebe, von dem Busen der meinigen reißen. Wenn meine Religion, wie Sie sagen, nur aus Zeremonien besteht: so lassen Sie mir die wenigen, die meine mehr hat als Ihre. Denn am Ende ist doch alles, was nicht Gedanke ist, Zeremonie. Geb' ich *eine* auf, so weiß ich nicht, warum ich noch irgendeine bewahre. Halten Sie ja, wie ich, vor meinem Vater Ihre scharfe Foderung des Abfalls geheim, ich weiß, wie es ihn kränken müßte. – Ach lieber Jonathan, was könnt' ich noch sagen; jene Stille, die Sie oft rügen, ist nicht Laune noch Kälte, sondern die Trauer über meine Ungleichheit gegen Ihren großen Wert. O Freund, ist dieser Anfang unsers Bundes wohl der rechte? Mein Herz ist nur fest, aber wund.

Wina«

Er beschloß im ersten Feuer, das Schreiben ihr selber im Konzerte zuzustellen. Jetzt übrigens, da er ein wenig seine heutige schwelgerische Lage überschlug – Diner mittags – Konzert abends – Sonntag den ganzen Tag –: so konnt' er sich weiter nicht bergen, wie sehr er sich, gleich einem Großen, schwindelnd auf dem Glücksrad umschwinge, oder eine wahre Nacht der Ergötzlichkeiten durchträume, in der ein Sternbild voll freudiger Strahlen aufgeht, wenn ein anderes niedergeht, indes arme Teufel nichts haben als einen blau-dunkeln Tag mit beigefügter Sonne.

So macht' er sich denn – Kopf und Brust voll flötender Vulte, heiliger Aurikelnbräute, feinster ihnen zu übergebender Briefe – auf den Weg zum ersten Konzert in seinem Leben. Denn für die Leipziger Konzerte im Gewandhause hatt' er nie den dazugehörigen Eintritts- und Torgroschen erschwingen können, bekanntlich 16 Groschen schwer Geld.

Nro. 25. Smaragdfluss

Musik der Musik

Die Einlaßkarte fest drückend, langte er in der langen Prozession mit an, die seine Flügelmännin und Wegweiserin war. Das Einrauschen des glänzenden Stroms, der hohe Saal, das Stimmen der Instrumente, das Schicksal seines Bruders machten ihn zu einem Betrunkenen, der Herzklopfen hat. Dem Lauf des goldführenden Stroms sah er mit Freude über die Goldwäsche seines Bruders zu, er hätte die Wellen zählen mögen. Vergeblich sah er nach ihm sich um. Auch Wina sucht' er, aber wie sollt' er einen Juwel in einer Ebene voll Tau-Glanz ausfinden? Nach seiner Schätzung und Vermessung mochten unter den ihm zugekehrten Mädchen an 47 wahre Anadyomenen, Uranien, Cytheren und Charitinnen sitzen in Pracht; unter den abgewandten Rücken konnten sie sich noch höher belaufen.

Er legte sich die Frage vor: wenn diese ganze Kette von 47 Paradiesvögeln aufstiege und er sich einen darunter herabschießen sollte mit dem Amors-Pfeil, welchen er wohl nähme? – – Er brachte keine andere Antwort aus sich heraus als die: jede, die mir die Hand recht drückte und etwas bei der Natur und für mich empfände. Da nun unter diesem schönen Hondecoeters[1]-fliegenden Korps unzählige Raubvögel, Harpyen und dergleichen gewiß steckten: so ermesse doch aus diesem Selbstgespräch ein ganz junger Mensch, der seine erste Liebe zur ersten Ehe machen will, in was er rennen könne.

Eben stellte sich der Buchhändler Paßvogel grüßend neben den Notar, als Haydn die Streitrosse seiner unbändigen Töne losfahren ließ in die enharmonische Schlacht seiner Kräfte. Ein Sturm wehte in den andern, dann fuhren warme, nasse Sonnenblicke dazwischen, dann schleppte er wieder hinter sich einen schweren Wolken-Himmel nach und riß ihn plötzlich hinweg wie einen Schleier, und ein einziger Ton weinte in einem Frühling, wie eine schöne Gestalt.

Walt – den schon ein elender Gesang der Kinderwärterinnen wiegte und der zwar wenige Kenntnisse und Augen, aber Kopf und Ohren und Herzohren für die Tonkunst hatte – wurde durch das ihm neue Wechselspiel von Fortissimo und Pianissimo, gleichsam wie von Menschenlust und -weh, von Gebeten und Flüchen in unserer Brust, in einen Strom gestürzt und davongezogen, gehoben, untergetaucht, überhüllt, übertäubt, umschlungen und doch – frei mit allen Gliedern. Als ein Epos strömte das Leben unten vor ihm hin, alle Inseln und Klippen und Abgründe desselben waren *eine* Fläche – es vergingen an den Tönen die Alter – das Wiegenlied und der Jubelhochzeit-Gesang klangen ineinander, *eine* Glocke läutete das Leben und das Sterben ein – er regte die Arme, nicht die Füße, zum Fliegen, nicht zum Tanzen – er vergoß Tränen, aber nur feurige, wie wenn er mächtige Taten hörte – und gegen seine Natur war er jetzt ganz wild. Ihn ärgerte, daß man Pst rief, wenn jemand kam, und daß viele Musiker, gleich ihrem Notenpapier, dick waren, und daß sie in Pausen Schnupftücher vorholten, und daß Paßvogel den Takt mit den Zähnen schlug, und daß dieser zu ihm sagte: »ein wahrer ganzer Ohrenschmaus«; für ihn ein so widriges Bild wie im Fürstentum Krain der Name der Nachtigall: Schlauz.

»Und doch muß nun erst das Adagio und mein Bruder kommen«, sagte sich Walt.

»Den einer dort herführt« – sagte Paßvogel zu ihm – »das ist der blinde Flautotraversist, und der Führer ist unser blinder Hof-Pauker, der aber das Terrain besser kennt. Das Paar gruppiert sich indes ganz artig.« – Da der schwarzhaarige Vult jetzt langsam kam, das eine Auge unter einem schwarzen Band, mit dem andern starrblickend, den Kopf wie ein Blinder ein wenig hoch und die Flöte am Munde haltend – mehr um sein Lachen zu bedecken –; da er sich vom Pauker verbeugungs-recht stellen ließ – und da alle Schwätzereien stumm wurden und weich: so konnte Walt sich der Tränen gar nicht mehr enthalten, sowohl wegen der vorhergehenden als

[1] ein großer Vögelmaler.

schon über das bloße Gemälde eines blinden Bruders und über den Gedanken, das Verhängnis könne den Spaßtreiber beim Worte fassen; und zuletzt brauchť er wenig, um mit dem ganzen Saale zu glauben, Vult sei erblindet.

Dieser gab wie eine Monatsschrift stets das beste Stück zuerst und führte an, er gehe mit Einsicht von den allmählich steigenden Virtuosen ab, weil die Menschen einander nach der Erstgeburt, und nicht nach der Nachgeburt schätzten und den schlimmen, mithin auch den guten Erstlings-Eindruck festhielten – und weil man den Weibern, die von nichts so leicht taub würden als von langer Musik, das Beste geben müßte, wenn sie noch hörten.

Wie eine Luna ging das Adagio nach dem vorigen Titan auf – die Mondnacht der Flöte zeigte eine blasse schimmernde Welt, die begleitende Musik zog den Mondregenbogen darein. Walt ließ auf seinen Augen die Tropfen stehen, die ihm etwas von der Nacht des Blinden mitteilten. Er hörte das Tönen – dieses ewige Sterben – gar nicht mehr aus der Nähe, sondern aus der Ferne kommen, und der herrnhutische Gottesacker mit seinen Abend-Klängen lag vor ihm in ferner Abendröte. Als er das Auge trocken und hell machte: fiel es auf die glühenden Streifen, welche die sinkende Sonne in die Bogen der Saalfenster zog; – und es war ihm, als seh' er die Sonne auf fernen Gebürgen stehen – und das alte Heimweh in der Menschenbrust vernahm von vaterländischen Alpen ein altes Tönen und Rufen, und weinend flog der Mensch durch heiteres Blau den duftenden Gebürgen zu und flog immer und erreichte die Gebürge nie – – O ihr unbefleckten Töne, wie so heilig ist euere Freude und euer Schmerz! Denn ihr frohlockt und wehklagt nicht über irgendeine Begebenheit, sondern über das Leben und Sein, und eurer Tränen ist nur die Ewigkeit würdig, deren Tantalus der Mensch ist. Wie könntet ihr denn, ihr Reinen, im Menschenbusen, den so lange die erdige Welt besetzte, euch eine heilige Stätte bereiten oder sie reinigen vom irdischen Leben, wäret ihr nicht früher in uns als der treulose Schall des Lebens und würde uns euer Himmel nicht angeboren vor der Erde!

Wie ein geistiges Blendwerk verschwand jetzt das Adagio, das rohe Klatschen wurde der Leitton zum Presto. Aber für den Notar wurde dieses nur zu einer wildern Fortsetzung des Adagios, das sich selber löset, nicht zu einer englischen Farce hinter dem englischen Trauerspiel. Noch sah er Wina nicht; sie konnte es vielleicht im langen himmelblauen Kleide sein, das neben dem ihm zugewandten Rücken saß, der, nach den Kopffedern und nach der nahen Stimme zu schließen – die in einem fort, unter der Musik, die Musik laut pries –, Raphaelen zukam; aber wer wußt' es? Gottwalt sah bei solcher Mehrheit schöner Welten unter dem Prestissimo an dem weiblichen Sternenkegel hinauf und hinab und drückte mit seinen Augen die meisten ans Herz, vorzüglich die schwarzen Habite, dann die weißen, dann die sonstigen. Unglaublich steigerte die Musik seine Zuneigung zu Unverheirateten, er hörte die Huldigungsmünzen klingen, die er unter die Lieben warf. »Könnt' ich doch dich, gute Blasse« – dacht' er ohne Scheu – »mit Freudentränen und Himmel schmücken – Mit dir aber, du Rosenglut, möcht' ich tanzen nach diesem Presto – Und du, blaues Auge, solltest, wenn ich könnte, auf der Stelle vor Wonne überfließen, und du müßtest aus den *weißen Rosen* der Schwermut Honig schöpfen – Dich, Milde, möcht' ich vor den Hesperus stellen und vor den Mond, und dann wollt' ich dich rühren durch mich oder sonst wen – Und ihr kleinen helläugigen Spieldinger von vierzehn, fünfzehn Jahren, ein paar Tanzsäle voll Kleiderschränke möcht' ich euch schenken – O ihr sanften, sanften Mädchen, wär' ich ein wenig das Geschick, wie wollt' ich euch lieben und laben! Und wie kann die grobe Zeit solche süße Wangen und Äuglein einst peinigen, naß und alt machen und halb auslöschen?« – –

Diesen Text legte Walt dem Prestissimo unter.

Da er schon seit Jahren herzlich gewünscht, in einem schönen weiblichen Auge von Stand und Kleidung einer Träne ansichtig zu werden – – weil er sich ein schöneres *Wasser* in diesen harten Demanten, einen goldnern Regen oder schönere *Vergrößerungslinsen* des Herzens nie zu denken vermocht –: so sah er nach diesen fallenden Licht- und Himmelskügelchen, diesen Augen der Augen, unter den Mädchen-Bänken umher; er fand aber – weil Mädchen schwer im Putze weinen – nichts als die ausgehangenen *Weinzeichen,* die Tücher. Indes für den Notar war ein Schnupftuch schon eine Zähre und er ganz zufrieden.

Endlich fingen die in allen Konzerten eingeführten Hör-Ferien an, die Sprech-Minuten, in denen man erst weiß, daß man in einem Konzert ist, weil man doch seinen Schritt tun und sein Wort sagen und Herzen und Gefrornes auf der Zunge schmelzen kann. »Wer Henker«, sagt Vult sehr gut in einem Extrablatt seines Hoppelpoppels oder das Herz, überschrieben

Vox humana – Konzert

»Wer Henker wollte Ton- wie Dicht-Kunst lang' aushalten ohne das Haltbare, das nachhält? Beider Schönheiten sind die herrlichsten Blumen, aber doch auf einem Schinken, den man anbeißen will. Kunst und Manna – sonst Speisen – sind jetzt Abführungsmittel, wenn man sich durch Lust und Last verdorben. Ein Konzertsaal ist seiner Bestimmung nach ein Sprachzimmer; für den leisen Ton der Feindin und Freundin, nicht für den lauten der Instrumente hat das Weib das Ohr; wie ähnlicherweise nicht für Wohlgeruch, sondern nur für Geruch feindlicher und bekannter Menschen nach Bechstein die Nase der Hund hat. Bei Gott, man will doch etwas sagen im Saal, wenn nicht etwas tanzen. (Denn in kleinen Städtchen ist ein Konzert ein Ball, und keine Musik ohne Sphärentanz himmlischer Körper.) Dahero sollte das Pfeifen und Geigen mehr Nebensache sein und wie das Klingeln der Mühle nur eintreten, wenn zwei Steine oder Köpfe nichts mehr *kleinzumachen* haben. Aber gerade umgekehrt dehnen – muß ich klagen, so gern ich auch allerdings einige Musik in jedem Konzerte verstatte, wie Glocken und Kirchenmusik vorher, eh Kanzeln bestiegen werden – sich die Spielzeiten weit über die Sprechzeiten hinaus, und mancher sitzt da und wird taub und darauf stumm, indes es doch durch nichts leichter wäre als durch Musizieren, Menschen, so wie Kanarienvögel, zum Sprechen zu reizen, wie sie daher nie länger und lauter reden als unter Tafelmusiken. – Nimmt man vollends die Sache auf der wichtigern Seite, wo es darauf ankommt, daß Menschen im Konzert etwas genießen, es sei Bier oder Tee oder Kuchen: so muß man, wenn man erfährt, daß das Musizieren länger dauert als das Trinken, gleichsam das Blasen zur Hoftafel länger als die Tafel selber, oder das Mühlen-Geklingel länger als das Zähne-Mahlen« – – – und so weiter; denn der Hoppelpoppel gehört in sein eignes Buch und nicht in dieses.

Jetzt, da sich die ganze neue Welt und Hemisphäre der Schönheiten vordrehte und aufstellte, mußte Wina zu finden sein. Raphaela stand schon herwärts gekehrt, aber die himmelblaue Nachbarin saß noch vor ihr. Der Notar erkundigte sich zuletzt geradezu bei Paßvogeln nach ihr. »Die«, versetzte der Hofbuchhändler, »neben der ältern Demoiselle Neupeter – in Himmelblau mit Silber – mit den Perlenschnüren im Haar – sie war bei Hof – Jetzt steht sie auf – sie wendet sich wahrlich um. – Aber gibts denn schwärzere Augen und ein ovaleres Gesicht – ob ich gleich sehr wohl weiß, daß sie nicht regelmäßig schön ist, z. B. scharfe Nase und die ausgeschweifte Schlangenlinie des entschiedenen Mundes, aber sonst, Himmel!« –

Als Walt die Jungfrau erblickte, sagte die Gewalt über der Erde: »Sie sei seine erste und letzte Liebe, leid' er, wie er will.« Der Arme fühlte den Stich der fliegenden Schlange, des Amors, und schauerte, brannte, zitterte, und das vergiftete Herz schwoll. Es fiel ihm nicht ein, daß sie schön sei oder von Stand oder die Aurikeln-Braut der Kindheit oder die des Grafen; es war ihm nur, als sei die geliebte ewige Göttin, die sich bisher fest in sein Herz zu ihm eingeschlossen und die seinem Geiste Seligkeit und Heiligkeit und Schönheit gegeben, als sei diese jetzt aus seiner Brust durch Wunden herausgetreten und stehe jetzt, wie der Himmel außer ihm, weit von ihm (o! alles ist Ferne, jede Nähe) und blühe glänzend, überirdisch vor dem einsamen wunden Geiste, den sie verlassen hat, und der sie nicht entbehren kann.

Jetzt kam Wina an der angeklammerten Raphaela, die aus eitler Vertraulichkeit sich neben ihr unter die Menge drängen wollte, den Weg zu Walten daher. Als sie ganz dicht vor ihm vorbeiging und er das gesenkte schwarze Zauber-Auge nahe sah, das nur Jüdinnen so schön haben, aber nicht so still, ein sanft strömender Mond, kein zückender Stern, und worüber noch verschämte Liebe das Augenlid als eine Amors-Binde halb hereingezogen: so trat Walt unwillkürlich zurück, und ein körperlicher Schmerz drückte in seinem Herzen, als werd' es überfüllt.

Da auf der Erde alles so erbärmlich langsam geht, sie selber ausgenommen, und da sogar der Himmel seine Rheinfälle in hundert kleine Regenschauer zersetzt: so ist ein Mensch wie Walt ein Seliger, dem statt der von hundert Altären auffliegenden Phönix-Asche der Liebe und Schönheit ganz plötzlich der ausgespannte goldne Vogel farbeglühend am Gesicht vorüberstreicht. Den Zeitungsschreiber, den plötzlich Bonaparte, den kritischen Magister, den plötzlich Kant anspräche, würde der Schlag des Glücks nicht stärker rühren.

Die Menge verhüllte Wina bald, so wie den Weg auf der fernen Seite, den sie an ihre alte Stelle zurück genommen. Walt sah sie da wieder mit dem himmelblauen Kleide; und er schalt sich, daß er vom verschwundenen Gesicht nichts behalten als die Augen voll Traum und voll Güte. Aber beides allein war ihm ein geistiges All. Das männliche Geschlecht will den Stern der Liebe, gerade wie die Venus am Himmel, anfangs als träumerischen Hesperus oder Abendstern finden, der die Welt der Träume und Dämmerungen voll Blüten und Nachtigallen ansagt – später hingegen als den Morgenstern, der die Helle und Kraft des Tags verkündiget; und es ist zu vereinigen, da beide Sterne *einer* sind, nur durch die Zeit der Erscheinung verschieden.

Obgleich Walt die andern Mädchen jetzt in sein Auge einlassen mußte, so warf er doch ein mildes auf sie; alle wurden Winas Schwestern oder Stiefschwestern, und diese untergegangene Sonne bekleidete jede Luna – jede Ceres – Pallas – Venus mit lieblichem Licht, desgleichen andere Menschen, nämlich die männlichen, den Mars, den Jupiter, den Merkur – und sehr den Saturn mit *zwei* Ringen, den Grafen.

Dieser war Walten plötzlich näher gezogen – als sei der Freundschafts-Bund schon mündlich beschworen –; aber Wina ihm ferner entrückt – als stehe die Braut zur Freundin zu hoch. Ihren Brief ihr zu übergeben, dazu waren ihm jetzt Kraft und Recht entgangen, weil er besser überdacht, daß eine bloße Unterschrift des weiblichen Taufnamens nicht berechtigte, eine Jungfrau für die Korrespondentin eines Jünglings durch Zurückgabe bestimmt zu erklären.

Die Musik fing wieder an. Wenn Töne schon ein ruhendes Herz erschüttern, wie weit mehr ein tief bewegtes! Als der volle Baum die Harmonie mit allen Zweigen über ihm rauschte; so stieg daraus ein neuer seltsamer Geist zu ihm herab, der weiter nichts zu ihm sagte als: weine! – Und er gehorchte, ohne zu wissen wem – es war, als wenn sein Himmel sich von einem drückenden Gewölke plötzlich abregnete, daß dann das Leben luftigleicht, himmelblau und sonnenglänzend und heiß dastände wie ein Tag – die Töne bekamen Stimmen und Gesichte – diese Götterkinder mußten Wina die süßesten Namen geben – sie mußten die geschmückte Braut im

Kriegsschiff des Lebens ans Ufer einer Schäferwelt führen und wehen – hier mußte sie ihr Geliebter, Walts Freund, empfangen unter fremden Hirtenliedern und ihr rund umher bis an den Horizont die griechischen Haine, die Sennenhütten, die Villen zeigen und die Steige dahin voll wacher und schlafender Blumen – Er nötigte jetzt Cherube von Tönen, die auf Flammen flogen, Morgenröte und Blütenstaub-Wolken zu bringen und damit Winas ersten Kuß dämmernd einzuschleiern und dann weit davonzufliegen, um den stummen Himmel des ersten Kusses nur leise auszusprechen.

Auf einmal, als unter diesen harmonischen Träumen der Bruder lang auf zwei hohen Tönen schwebte und zitterte, die den Seufzer suchen und saugen: so wünschte Gottwalt mitzitternd, am Traum des fremden Glücks zu sterben. Da empfing der Bruder ein mißtöniges rauhes Lob; aber Walten war bei seiner heftigen Bewegung die äußere gar nicht zuwider.

Es war alles vorbei. Er strebte – und nicht ohne Glück – am nächsten hinter Wina zu gehen; nicht um etwa ihr Gewand zu bestreifen, sondern um sich in gewisser Ferne von ihr zu halten, mithin jeden andern auch und so als eine nachrückende Mauer von ihr das Gedränge abzuwehren. Doch drückte er unter dem Nachgange sehr innig ihre Hand im – Brief an Klothar.

Zu Hause setzt' er im Feuer, das fortbrannte, diesen Streckvers auf:

Die Unwissende

Wie die Erde die weichen Blumen vor die Sonne trägt und ihre harten Wurzeln in ihre Brust verschließt – wie die Sonne den Mond bestrahlt, aber niemals seinen zarten Schein auf der Erde erblickt – wie die Sterne die Frühlingsnacht mit Tau begießen, aber früh hinunterziehen, eh' er morgensonnig entbrennt: so du, du Unwissende, so trägst und gibst du die Blumen und den Schimmer und den Tau, aber du siehst es nicht. Nur dich glaubst du zu erfreuen, wenn du die Welt erquickst. O fliege zu ihr, du Glücklichster, den sie liebt, und sag es ihr, daß du der Glücklichste bist, aber nur durch sie; und glaubt sie nicht, so zeig ihr andere Menschen, der Unwissenden.

*

Beim letzten Worte stürmte Vult ohne Binde ungewöhnlich lustig herein.

Nro. 26. Ein feiner Pektunkulus und Turbinite

Das zertierende Konzert

»Ich sehe!« – rief der Flötenspieler mit einer Lustigkeit, worein sich Walt nicht schnell genug hinüberschaffen konnte. Er bat ihn, nur erst seine Augen-Kur anzuhören; und dann zu sprechen, wovon er wolle. Walt war es am meisten zufrieden. »Es wird dir nicht bekannt sein« – fing Vult an – »daß heute des Kapellmeisters Wiegenfest war; ob dir gleich aus dem guten Spiel aller Konzertisten bekannt werden konnte, daß sie sich noch früher als den Zuhörer berauschet. Die Konzertisten sind von Hunden, die vom Herrn nur kleine Stücke, aber aus Furcht nie große annehmen, das Widerspiel – Der Wein des Kapellmeisters war ihr Antihypochondriakus geworden, und sie hatten so viele Brunnenbelustigungen an diesem Wahrheitsbrunnen getrieben, daß der Violoncellist seine Baßgeige für einen Himmel ansah; und die andern umgekehrt. Nun glomm ein schwacher Funke zum nachherigen Kriegsfeuer schon unter dem Essen durch das einzige Wort an, daß ein Deutscher von einem deutschen großen Dreiklang sprach, worin Haydn, sagt' er, den Äschylus, Gluck den Sophokles, Mozart den Euripides vorstelle. Ein anderer sagte, von Gluck geb' ers zu, aber Mozart sei der Shakespeare. Jetzt mengten sich die Italier darein, zu Ehren des Kapellmeisters, und sagten, in Neapel geige man dem Mozart was. In der kurzen Zeit, wo ich mir die Kasse in die Hand legen lasse – sechzig Taler hab' ich übrig, und hier hast du deine zehn –, brach der Krieg wider die Ungläubigen in völlige Flammen aus, und als ich hinsah, fochten beide Nationen schon auf Hieb und Stoß.

Der Baßgeiger, ein Welscher, mochte zuerst mit seinem Fiedelbogen den Ellenbogen des Flûte-à-bec-Pfeifers im Feuer angestrichen, oder vielleicht auch auf solchen, wie auf eine Baß-Saite, pizzicato geschlagen haben – um wohl Harmonie der Meinungen vorzulocken –: kurz, als ichs sah, hatt' der Pfeifer den Bogen von ihm entlehnt und an ihm solchen – das eigne Instrument sollte ganz bleiben – bald wie einen Stechheber, bald wie eine Streichnadel versucht. Behend kehrte aber der Geiger den Baß um und rannte damit – er hielt ihn am Geigenhals – wie mit einem Mauerbock auf den Pfeifer los, wahrscheinlich um ihn umzurennen; der Flûte-à-bec-cist lag denn auch nieder, nahm sich aber auf dem Boden erst der Nation hitzig an und fuhr dem Feinde mit der Flûte à bec ins Gesicht und Maul, um ihn vielleicht so mit dem Schnabel der Flöte mehr an sich zu ziehen am eignen.

Der erste Violinist und der zweite fochten eine kurze Zeit mit Pariser Bogen, nahmen aber bald die Geigen bei den Wirbeln als Streitkolben, als Fäustel in die rechte Hand, um entweder Deutsch- oder Welschland hinaufzubringen; das Resonieren der Geigenbäuche sollte ein Räsonieren der Köpfe vorstellen, aber es war wohl mehr Wort- und Ton-Spiel.

Du weißt, Herr Hüsgen zu Frankfurt am Main hebt einen kostbaren Büschel Haare von Albrecht Dürer auf[1]; ein Amateur hielt ein paar herrliche Reliquien mit beiden Händen in die Höhe, in der einen die Perücke, die er einem Sänger ausgerauft, in der andern das natürliche Haar, was er darunter angetroffen.

[1] Meusels neue Miszell. art. Inhalts. 10. Stück.

Um den liegenden Schnabelpfeifer häufte sich das Hand-Gemenge dichter; der Violoncellist suchte den Baß von weitem tief in ihn zu drücken, näherte sich aber dadurch dem heftigen Flötabec, womit sich der Deutsche wie mit einem Kopulierreis, mit einer Fall- und Eselsbrücke an den Welschen anzuschließen strebte.

Den stehenden Sieger griff von hinten mit einem faulen Trommelbaß ein deutscher Zugtrompeter an – zur Schande der Deutschen –; den aber wieder ein welscher Bassetthornist von hinten angriff – zur Schande der Welschen –; worauf sich der Deutsche gegen den Welschen umkehrte, so daß nun beide in kurzem so glücklich waren, einander den Bruch, den sie sich sonst bliesen, jetzt – um einen Bruch der Nationen zu heilen – mit den Instrumenten zu stoßen, wenn ich recht sah.

Ein feiger Stadtpfeifer griff in die Tasche und zog Mittelstücke heraus, die er als Feldstücke von ferne auf die besten Köpfe warf, worauf ihm der Hofballettmeister mit dem Serpent, den er sonst bläset, zu Ohren kam.

O Zwillingsbruder! wie wünscht' ich sämtlichen Spitzbuben zu ihrem Mord- und Totschlag Glück! – Nur ein Virtuose, der den Gyges-Ring scheinbarer Blindheit anhat, kann sehen, wie ihn Orchester auslachen und auskeltern vom Kapelldiener an bis zum Kapellmeister, und wie sie, wenn er sie mühsam zum Spielen gewonnen und gepresset, wieder ihrerseits von ihm gewinnen und pressen. Meine einzige Angst unter dem Waffentanz war, man möge mein Lachen und Sehen sehen; ich kratzte mir daher in einem fort als Deckmantel das Kinn.

›Ich glaube wahrlich gar‹, fing der blinde Hofpauker neben mir an. ›Freilich, freilich, mein Pauker!‹ versetzt' ich. ›Und zwar sehr wird meines Wissens und Hörens zugeprügelt – es soll eine schöne dissertatiuncula pro loco zweier friedlichen guten Nationen vorstellen, wenn nicht eine Sonate à quarante mains – Aber Himmel, warum schenkte das Glück zu solchem reichen Ein- und Vielklang, zu solcher musikalischen Exekution und Stangenharmonie nicht noch mehr Gewehr – Stangenharmonikas – Posthörner – Schulterviolen – d'Amour-Violen – gerade Zinken – krumme Zinken – Flageolettes – Tubas – Zithern – Lauten – Orphikas von Rölling – Cölestinen vom Konrektor Zink – und Klavizylinder von Chladni – samt deren beigefügten gehörigen Spielern! – Wie könnten diese nicht damit sich schlagen und jeden! Wie könnte nicht gehämmert, gestaucht, gesägt, gepaukt werden, mein bester, stiller Pauker!‹ –

Jetzt hatte die Prügel-Partie ihre Blüte erreicht. Mehrere Stadtmusikanten und der Bratschist faßten, weil sie friedlich dachten, Notenpulte an und hielten sie umgekehrt vor, um sich bloß zu decken, eh' sie damit rannten – ein Trompeter sprang mit dem Instrument auf eine Fensterbrüstung und stieß und blies außer sich darein und in die Kriegsflamme und schmetterte, herunterspringend, fort, als ein Kerl ihn an der Quaste niederzog – Paukenschlägel flogen auf Kopf- und andere Häute – ein Welscher band, weil der Bogen entzwei war, einem deutschen Spielmann die Roßhaare von hinten wie eine Vogelschneuß um den Kehlkopf – der Fagottist und der Hoboist hatten einander an den linken Händen, so daß sie tanzend in dieser bequemen, wie verabredeten Richtung jeder des andern Rückgrat und Mark darin vor sich sahen und sich gegenseitig, wie Lauten, mit ihren Instrumenten, wie mit Fächern, schlagen konnten, die sonst bliesen – In die härtesten Köpfe wurde mehr Feuer hineingeschlagen als heraus – Wer einen Kamm und einen Delta-Muskel besaß, ließ beide schwellen, ohne nähere Rücksicht auf Religion – Es kam eine beträchtliche Vereinigung des Organischen und Mechanischen zustande, Rückenwirbel und Geigenwirbel verknüpften sich, so Geigen- und sonstige Hälse, die Kunstwörter *Vor-* und *Nachschlag, Dreimalgestrichen, Hämmerwerk, Kalkant* bekamen lebendige organische Beziehung, die ohne dieses sonst als flaches Wortspiel gänzlich zu verwerfen wäre – jede Hand wollte der Geigen-Frosch sein, der fremde Haare zu Tönen anziehet und spannt – –

Ich wünschte nicht, daß du lachtest; denn ganz furiös fuhr der ernstere Kapellmeister aus Neapel umher und herum – rief Santo Gennaro – schrie fragend, ob das sein Wiegenfest sei oder ordentliche Ordnung – bewaffnete sich, weil man ihm nichts darauf versetzte, obwohl jedem etwas, mit einer Armgeige links, mit einem Waldhorn rechts – setzte und stauchte das Horn mit der weiten Öffnung siegenden Köpfen wie einen Stechhelm mit Feder-Bogen auf, doch so, daß er halb stieß – schlug aber fort mit der Armgeige nach Knie- und allen Scheiben, die er traf.

Das mußte zuletzt den Klavizembalisten, den Stadttertius, ein Männlein, das sich selber nicht einmal an die Knie geht, geschweige längern Personen, dermaßen außer Fassung setzen, Bruder, da der Mann auf Sitten drang, aber auf mildere, daß er halb des Teufels hinter seinem Flügel mit einem Streit- und Stimmhammer auf- und niederlief und jeden verfluchte und Welsch- und Deutschland abkanzelte ganz frei. ›Was, Ihr dummer Teufel, Ihr Dampfhans, Ihr Schwengelgalgen!‹ rief der Kapellmeister, ›habt Ihr Euch dazu besoffen bei mir?‹ und wollte dem Tertius das Waldhorn aufsetzen, weil er geringen Unterschied darin fand, ob er ihn damit anblies wie einen jagdgerechten Hirsch oder damit halb erstieß; aber mit Stimm- und Gesetzes-Hammer in den Händen behauptete der Tertius den rechten Flügel des Flügels, und der welsche Napler mußte diesen erobern als einen Brückenkopf. – –

›Was bedeutet denn auf einmal das Lachen im Saal?‹ sagte der Pauker zu mir. ›Herr‹, versetzt' ich im Taumel, ›der Kapellmeister hat den kleinen Tertius unter dem Flügel beim Flügel erwischt und vorgezogen und hängt ihn jetzt, wie ein Paar Lederhosen, die ein Berliner trocknet, an den Beinen in die Luft.‹ –

›Was Donner, Herr‹, sagte zu meinem Schrecken der Pauker, ›Sie sehen ja alles.‹ – ›Eben diesen Augenblick‹, versetzt' ich, räumte aber eiligst das

Schlag- und Schlachtfeld, um nicht selber darauf angestellt zu werden. -- Und so hab' ich denn ganz unerwartet mein voriges Gesicht, obwohl noch ein äußerst kurzes, für Stadt und Land wieder erhalten durch galvanische Schläge von weitem.

Aber, mein Wältlein, eine so köstliche Nuntiaturstreitigkeit enharmonischer Konkordaten bedenk! Ist es nicht, als habe einer meiner besten Genien uns die Schlägerei als eine fertige Mauer mit Freskobildern für unsern Hoppelpoppel oder das Herz absichtlich so vor die Nase hingeschoben, daß wir unser romantisches Odeon nur darauf hinzumauern brauchen, bis sich die Mauer gerade da einfügt, wo es krumm läuft, Bruder?«

»Wenn alle Personalitäten dabei auszutilgen sind« – versetzte Walt – »gut! Froher ists auch zu lesen als zu sehen. Gottlob, daß du nur siehst! – Ach was haben wir heute nicht zu reden, was gewiß in keinen Roman gehört und kommt!«

»Nicht?« sagte Vult. »Darüber ließe sich noch reden, Walt.«

Nro. 27. Spatdrüse von Schneeberg

Gespräch

Walt kam am ersten aus dem Lachen zu sich und zur ernsten Frage, wie Vult vor der Stadt seine Augen-Rolle jetzt hinausspiele. »Ich habe«, sagte Vult, »schon einigen Schimmer, dann bessert sichs zusehends, zuletzt komm' ich mit einer großen Kurzsichtigkeit davon.« Der Notar bezeugte, wie er sich auf eine leichtere Zukunft freue, worin sich das Leben wie eine bunte Blume weit auftun würde. Er übergoß den Virtuosen, in der Hoffnung, ihn zu überraschen, mit einem Frühlings-Regen von wohlriechenden Wassern des Lobs auf die Flöte. Allein fahrende Ton-Meister, die man stets laut beklatscht, und nur hinter ihrem Rücken auspfeift, sind fast noch eitler als Schauspieler, welche doch zuweilen eine gute Monatsschrift kneipt und ärgert. »Ich darf mich« – versetzte Vult – »wohl, ohne die Bescheidenheit zu verletzen, einiger Bescheidenheit rühmen. Aber wie hörtest du? Voraus und zurück, oder nur so vor dich hin? Das Volk hört wie das Vieh nur Gegenwart, nicht die beiden Polar-Zeiten, nur musikalische Silben, keine Syntax. Ein guter Hörer des Worts prägt sich den Vordersatz eines musikalischen Perioden ein, um den Nachsatz schön zu fassen.«

Der Notar erklärte sich darüber ganz vergnügt; er teilte dem Flautisten die gewaltige Verstärkung des Eindrucks mit, die er selber der Flöte durch die Szenen-Träume, durch die Mädchen und durch Wina zugeschickt, ohne zu erraten, daß Vultens ganzes Gesicht an diesem Lorbeer verzogen käue, weil er den Unmut seinem mangelhaften Streckvers zuschrieb, worin der Virtuose las. Dieser hatte das Gedicht in der Hoffnung aufgenommen, es lobe keine andern Schönheiten als musikalische. »Es ist«, sagte der Notar stockend, »an die Braut des Grafen; ich bin auch nicht zufrieden mit manchem harten Fuß darin, ich meine den Ditrochäus (⏑ — ⏑ —), den dritten Phäon (⏑ ⏑ — ⏑) und den Jonikus mit dem langen Anfang (— — ⏑ ⏑); aber im *Feuer* wird man leicht *hart.*«

»Wie Prügel z. B. und Eier«, sagte Vult. »Aber, o Gott, wie hören deine Menschen! Sollte man nicht lieber seine Flöte zum Blasrohr oder zur Kinder-Klistierspritze ansetzen oder zu Hobelspänen für einen Sarg verschneiden, wenn man so die gräßliche Bespritzung des einzigen Himmlischen erfährt, das noch über die Lebens-Spießbürgerei oben vorüberfliegt? –

Ich ziele nicht auf dich, Notar; aber du bringst mich darauf. Denn wie besonders Musik entheiligt wird – obgleich jede Kunst überhaupt –, das höre! Tafelmusik lass' ich noch gelten, weil sie so schlecht ist wie Tafelpredigten, die man in Klöstern ins Käuen hinein hält; von verfluchten, verruchten Hofkonzerten, wo der heilige Ton wie ein Billardsack am Spieltische zum Spielen spielen und klingeln muß, red' ich gar nicht vor Grimm, da ein Ball in einem Bilderkabinett nicht toller wäre; aber das ist Jammer, daß ich in Konzertsälen, wo doch jeder bezahlt, mit solchem Rechte erwarte, er werde für sein Geld etwas empfinden wollen; allein ganz umsonst. Sondern damit das Klingen aufhöre ein paarmal und endlich ganz, – deswegen geht der Narr hinein. Hebt noch etwas den Spießbürger empor am Ohr, so ists zwei-, höchstens dreierlei: 1. wenn aus einem halbtoten Pianissimo plötzlich ein Fortissimo wie ein Rebhuhn aufknattert, 2. wenn einer, besonders mit dem Geigenbogen, auf dem höchsten Seile der höchsten Töne lange tanzt und rutscht und nun kopf-unter in die tiefsten herunterklatscht, 3. wenn gar beides vorfällt. In solchen Punkten ist der Bürger seiner nicht mehr mächtig, sondern schwitzt vor Lob.

Freilich bleiben Herzen übrig, Walt, die delikater fühlen und eigennütziger. Ich habe aber Stunden, wo ich aufbrausen kann gegen ein paar verliebte Bälge, die, wenn sie etwas Hohes in der Poesie oder Musik oder Natur vorbekommen, sofort glauben, das sei ihnen so recht auf den Leib gemacht, an ihren flüchtigen Erbärmlichkeiten, die ihnen selber nach einem Jahr bei noch größerer als solche erscheinen, habe der Künstler sein Maß genommen und komme mit dem gestickten Krönungsmantel und Isisschleier auf dem Ärmel zurück, für die Kunden. Ein Associé von Neupeter sieht bei solcher Gelegenheit nachts gen Himmel an die Milchstraße und sagt zur Kauffrau: ›Edle, so empfange jenen Kreis als einen schlechten Ring von mir zum Zeichen und Braut-Gürtel unseres himmlischen Bunds.‹«

»Ei, Bruder«, sagte Walt, »du bist so hart: was kann denn ein Mensch für eine Empfindung oder gegen sie, es sei in der Kunst oder großen Natur? – Und wo wohnen denn beide, so groß sie auch sind, als nur in einzelnen Menschen? – Wohl mag er sie sich daher zueignen, als wären sie für ihn allein. Die Sonne geht vor Schlachtfeldern voll Helden – vor dem Garten der Brautleute – vor dem Bette eines Sterbenden zugleich auf, ja in derselben Minute vor andern unter; und doch darf jeder nach ihr sehen und sie an sich heranziehen, als beleuchte sie seine Bühne nur allein und stimme ein in sein Leid oder in seine Lust; und ich möchte sagen, gerade so wie man Gott so anruft als den seinigen, indes doch ein Weltall vor ihm betet. Ach sonst wär' es ja schlimm, wir sind ja alle einzelne.«

»Gut, so nehmt die Sonne hin«, sagte Vult, »aber nur der Paradiesesfluß der Kunst treib' eure Mühlen nicht. Darfst du Tränen und Stimmungen in die Musik einmengen: so ist sie nur die Dienerin derselben, nicht ihre Schöpferin. Eine elende Pfeiferei, die dich am Todestage eines geliebten Menschen aus den Angeln höbe, wäre dann eine gute. Und was wäre das für ein Kunst-Eindruck, der wie die Nesselsucht sogleich verschwindet, sobald man in die *kalte* Luft wieder kommt? Die Musik ist unter allen Künsten die rein-menschlichste, die allgemeinste.« – –

»Desto mehr Besonderes geht hinein«, versetzte Walt; »irgendeine Stimmung muß man doch mitbringen; warum nicht die günstigste, die weichste, da das Herz ja ihr wahrer Sangboden ist? – Aber deine Lehre will ich nicht vergessen, nämlich voraus- und zurückzuhören.«

»Wie gings dir sonst?« fragte Vult mürrisch. »Denn ich bleibe dabei, Wirklichkeit in die Kunst zu kneten zum Effekt ist so eine Mischung wie an manchen Deckengemälden, in welche der Perspektive wegen noch wirkliche Gips-Figuren geklebet sind. Erzähle!« Walt – der Vults Murrsinn bloß seiner unkünstlerischen Hörkunst zuschrieb und über welchen ohnehin die Liebe ihren Traghimmel hielt – erzählte sanft und gern, wie eifrig er bisher den Grafen gesucht, wie er ihm bei Neupeter, dessen Diner er beschrieb, gegenüber gesessen, mit ihm gesprochen und an ihm gefunden, daß er durch die stolze Gewandtheit seines Geistes und durch den philosophischen Schwung über enge Blicke und Winke dem Flötenspieler so ungemein ähnlich sei. »Du liebst Doubletten, doch wahrlich hier sind keine, Freund; aber nur weiter!« versetzte Vult, dem, wie Frauen, kein Lob der Ähnlichkeit gefiel.

Darauf zeigt' er Winas Brief-Umschlag her als Einlaßkarte in Klothars Zimmer und Ohr. »Ja, ja, ganz natürlich – überhaupt« (fing Vult an) »aber nenne nur ins Henkers Namen nicht Spieß- und Pfahlbürgerinnen wie die Demoiselles Neupeter Damen; in großen Städten, an Höfen gibts Damen, aber in Haßlau nicht. Dein höllisches Preisen! Ich will gehangen sein, sprichst du mehreren Mamsellen auf der Welt den Verstand ab als fünfen, den fünf törichten im Neuen Testamente. – Und was hältst du von der weiblichen Tugend dieser scharmanten Wesen, der fünf klugen, der Rosenmädchen, der Wickel- und Freifrauen und der ersten Sängerinnen? Aber ich weiß es schon.«

»Nun, ich scheue mich nicht« – versetzte der Notar – »wenigstens dir, meinem leiblichen Bruder, zu bekennen, daß ich bis diese Stunde keinen

Begriff habe, daß ein vornehm gekleidetes schönes Frauenzimmer sich sündlich vergessen könne; etwas anders ist eine Bäuerin. Gott weiß wie heilig und zart alle insgeheim sind; wer wills wissen? Aber mein Blut, das weiß ich, könnt' ich für jede hingeben.«

Da sprang der Flautist wie von Verwunderung besessen im Zimmer auf und nieder, schnappte mit beiden Händen wie mit Schnappweifen, nickte mit dem Kopfe und wiederholte: »Vornehm gekleidetes!« – Es wäre zu wünschen, daß die Leserinnen sein anstößiges Erstaunen, wenn nicht rechtfertigen, doch entschuldigen wollten mit den Verhältnissen, worein er auf seinen großen Reisen geraten mußte, da es, wie schon gemeldet worden, wenig größere Städte und höhere Stände gab, denen er nicht blies als anerkannter Flötenmeister. Das bessert seinen Handel um vieles.

Walt wurde von der mimischen Widerlegung sehr beleidigt: »Rede wenigstens!« sagt' er, »denn *dies* widerlegt mich nicht.« – Aber Vult versetzte mit dem gleichgültigsten Tone von der Welt: »De gustibus non und so weiter. Von etwas Schönerem! Äußertest du nicht vorhin etwas, als ob beide Demoiselles Neupeter sich in der Tat für häßlich ansähen, und zeigtest ein Mitleid?« – »Desto besser«, sagte Walt, »wenn sie sich schöner finden. Bei allen Mädchen entschuldige ich das, weil sie sich nur im Spiegel sehen, mithin, wie du aus der Katoptrik wohl weißt, gerade in einer noch einmal so großen Ferne als der Fremde sie; jede Ferne aber, auch die optische, macht schöner.«

»So scheints«, sagte Vult erstaunt. »Spaßeshalber will ich dir doch nur die drei Weiber, so weit ich sie im Klatschrosen-Tal kennen lernen, aufstellen. Die alte Engelberta – nein, das ist die Tochter – die Mutter also, mag noch hingehen; ihr Herz ist ein ausgesessener Großvaterstuhl, und übrigens hat sie von der Muschel-Auster nicht nur die Seele geerbt, sondern auch die Perlen. Freilich, wäre der Agent weniger bemittelt, so würde sie wohl, als Widerspiel der Österreicher-Infanterie, die im Kriege aus den Zwilchkitteln Brotsäcke machen muß [1], seinen Brotsack zu einem bunten Kittel verschneiden. – – Engelberta, nun sie scherzt zuweilen – viele nennens Verleumden – wie Festungen bei schlimmem Wetter, so tut sie immer Ausfälle, wiewohl man sie nicht eben belagert – wehrt sich, wie ein Hamster gegen einen Mann zu Pferde, und ich könnte sie wie den Hamster am Stocke wegtragen, worein sie sich eingebissen. – Raphaela – sie empfinde, sagst du; aber doch nicht mehr als mein Fingernagel oder meine Ferse? frag' ich. Freilich will sie, ich bekenne es, an der Angelschnur ihres sentimentalischen Haar- und Liebesseiles und an der biegsamen Angelrute ihrer poetischen Blumenstengel sich einen hübschen Walfisch von Gewicht aus dem Meere heben, was andere einen Ehemann nennen. An ihrem Ufer, zu ihren Füßen schnalzt der kleine glatte Elsasser Flitte, der gern lebte und sich gern als ein Gold-

[1] Gesetzbuch für die kais. k. Armee. 1785. S. 248.

fischchen in einem Gehäuse auf einer Tafel stehen sähe, Semmelkrumen aus schönsten Händen fressend. Die andern – Aber was solls? An der ganzen Tafel dauert mich nichts als der südliche – Wein. Es ist Sünde, wenn ihn jemand anders trinkt als ein Kopf von Witz. Es ist Sünde gegen den heiligen Geist des Weins, wenn er Fracht-Mägen gemeiner Menschen durchziehen muß.«

»O Gott«, sagte Walt, »wie oft brauchst du nicht den Ausdruck gemeine Menschen, aber so erzürnt dabei, als habe sich das Gemeine freiwillig von einer Höhe herabbegeben oder das Ungemeine zu einer hinauf, indes du doch milder von Tieren und Feuerländern sprichst!«

»Warum? – Mich erbittert die Zeit, das Leben, der Satan. Überhaupt – aber was hilfts? – Grüße den Grafen von mir herzlich morgen. Von den ehrlichen sieben Erben haben dir doch ein paar an nahe 32 Beete gestohlen, ganz gegen meine Meinung weniger als gegen deine. Inzwischen Addio!« sagte Vult, schied hastig, über den geringen Erfolg verdrüßlich, womit er mit seiner Welt und Kraft den unerfahrnen Meinungen des sanften Bruders gebot.

Walt sagte mit zärtlichster Stimme gute Nacht, aber ohne Umarmung, und er sah ihn nur mit Lieb' und Trauer an. Er warf sich vor, daß er durch seine Urteile den künstlerischen Bruder so wenig belohnet, und daß er diesem die – Beete verloren habe. »Wenigstens aber hab' ich ihm doch«, sagt' er, »die Tafelschmähungen gegen ihn [1] verschwiegen.« Er hielt es nur für erlaubt, ein Lob hinter dem Rücken, nicht einen Tadel hinter dem Rükken dem Gegenstande mitzuteilen.

Nro. 28. Seehase

Neue Verhältnisse

Am Morgen eilte der Notar mit Winas Brief zum Grafen, übergab aber nichts, weil vergoldete Wagen und Bediente an der Türe und deren Herren im Besuchszimmer standen; was hätte ich davon? fragt' er sich. »Ich komme wieder, wenn niemand darin ist«, sagt' er zum Bedienten, dem das wie eine Diebs-Erklärung klang.

Im Speisehause fand er auf dem Tischtuche das Wochenblatt und Klothars gedruckte Bitte darin, ein redlicher Finder soll' ihm seinen Brief wieder zustellen.

Am Tische hört' er, daß der General Zablocki seinen Koch ein Dienstjubiläum feiern lasse. Der Komödiant leitete die Feier aus dem Herzen des

[1] An Neupeters Tische, wo er ihn kurz und stark verteidigt hatte.

Generals, ein Offizier aus dessen Gaumen und Magen her; »der Jubelkoch«, fügt' er bei, »ist ihm so nahe wie eine Kompagnie oder sein Schwiegersohn.« Walt lief wieder in die Villa des Grafen hinaus – Dieser aß eben bei dem General.

Zu erklären ist allerdings einer der keckesten Gedanken – die je Walten Sporen und Flügel angesetzt –, welcher ihm unter Klothars Gartentüre anflog, sobald man erwägt, daß er das Sonntags-Konzert noch im Kopfe haben mußte und im Herzen ohnehin. Daher ist es wohl nur ein Nebenumstand dabei – aber er trug mit bei –, daß der General der halbe Besitzer von Elterlein war und Gottwalt ein Linker. Gleichwohl wollt' er anfangs sich erst mit seinem Bruder beraten, ob er angehe, der Gang; ließ es aber unterwegs, um ihn, hofft' er, abends mehr mit der Nachricht zu fassen und aufzurütteln, daß er ganz kühn beim polnischen General gewesen, um Winas Brief an dessen Schwiegersohn auszuliefern.

Sehr spät brach er dahin damit auf, um nicht ins Essen zu fallen. Auch sollte jeder Mensch gegen Abend – nämlich nie gegen Morgen, wo der Geist noch den Körper und das Gestern verdauet – mit Gesuchen und sich zu Großen kommen, welche er vielleicht alsdann halb betrunken und halbmenschlich, es sei vom Mittags-Essen oder Mittags-Trinken, zu finden hoffen darf. Auf dem Wege dahin wallete Gottwalts Herz wie ein angewehtes Blumenbeet bei dem Gedanken auf, daß er dem Hause zugehe, worin Wina so lange als Kind und Jungfrau gelebt. Auf der letzten Gasse mußt' er mit dem Plane der Übergabe ins Reine kommen. »Anders«, sagt' er sich, »kanns doch nicht gehörig delikat ausfallen, als wenn ichs so mache, daß ich mich beim General – denn der Graf ist doch nur Gast – ordentlich melden lasse, mich dann entschuldige und sage, daß ich dem Herrn Grafen etwas in einem Seiten-Zimmer zu übergeben habe, dieser und seine Braut mögen nun dabeistehen oder nicht; und dabei seh' ich doch auch einmal einen General, ja einen polnischen.« Sehr sucht' er sich unterwegs keine andere Freude vorzuhalten als die, einen General zu hören. Drei Viertel-Stunden hatt' er einmal in Leipzig am Hotel de Bavière gelauert, um einen Ambassadeur einsteigen zu sehen. Denselben Durst hatte sein Herz nach dem Anblick eines preußischen Ministers. Dieses Triumvirat war ihm der Dreizack der Gewalt, der Feinheit und des Verstandes; feinere Tournüren, als die sind, womit dieser Staats-Trident guten Morgen, guten Abend und alles sagen werde (indes ohne Blumen), konnt' er nicht wohl für möglich halten, weil er glaubte, sie denen gleichsetzen zu können, womit Louis XIV. und Versailles auf die Nachwelt kamen. Nur drei Personen, gleichsam Kuriatier, stellt' er diesen drei Horatiern entgegen und sogar voraus – deren Gemahlinnen; oft ließ er besonders eine Ambassadrice durch seinen Kopf gehen, welche es war, eine russische, dänische, französische, englische etc. – »Bei Gott«, sagt' er, »sie ist ganz Göttin sowohl in betreff der zartesten Ausbildung und Tugend als des feinsten Teints, Gesichts und Anzugs; – aber warum hab' ich armer Teufel noch keine Ambassadrice zu Gesicht bekommen?«

Endlich stand er vor dem Zablockischen Palast. – Die Auffahrt und das Ketten-Gehenke an Pfeilern waren neue Siebenmeilenstiefel für seine Phantasie; er freute sich auf die Nacht, wo er diese gespannte bange Stunde auf dem Kopfkissen frei und ruhig beschauen und behandeln werde. Er trat in den Palast, er sah rechts und links breite Treppen mit Eisengeländern – große Flügeltüren – sogar einen rennenden Mohr mit weißem Turban – geputzte Menschen gingen herab, heraus, hinein – Türen wurden oben auf- und zugemacht – Treppen berennt. Schwer wars für einen Notar, sich einen Menschen auf der Hausflur auszusuchen, dem die Bitte vorzutragen war, daß er zum General wolle.

Eine Viertelstunde stand er, hoffend, einer der Leute wende sich an ihn und frag' ihn und entwickle dann alles; – aber man lief vorüber. Zuletzt spazierte er frei in der Hausflur auf und nieder – einmal eine halbe Treppe hinan – hielt sich die größten Männer aus der Weltgeschichte vor, um einen lebendigen besser zu handhaben – und bracht' es endlich zu einer Frage nach dem General an ein Mädchen.

Sie wies ihn an den Portier. Der Himmel hat öfter eine Vorhölle als einen Vorhimmel – tröstet' er sich – vielleicht die ganze gelehrte Vorwelt hat schon auf ähnlichen Palast-Fluren geschwitzt. Eine Himmelstüre tat sich ihm auf; heraus trat ein ältlicher gepuderter verdrüßlicher Mann, der ein breites Gehänge über dem Leib und einen Stock mit einem schweren Silber-Giebel trug. Walt, ganz unvermögend, das lederne Bandelier für etwas anders zu halten als für ein Ordensband und den Portier-Stab für einen Kommando- und Generalstab und den Portier für den General, machte ohne viele Umstände einige Verbeugungen und näherte sich dem Türsteher höflich murmelnd.

»Das hilft alles nichts« – sagte der Portier – »gegenwärtig schlafen Exzellenz, man muß sich gedulden.« –

– Aber niemand braucht aus Walts Verwechslung viel zu machen, wenn man so viel von der Welt gesehen, daß – keine möglich ist, – sondern daß jeder vornehme Inhaber eines Türhüters selber wieder einer ist, nur an einer höhern Türe, entweder an einer kaiserlichen, königlichen, fürstlichen Gnaden- oder an einer Falltüre, entweder als Klopfer, der das Hereinwollen, oder als Klingel, die das Hereinkommen ansagt, und jeder wie Janus als Schwellen-Gott ein anderes Gesicht gegen die Gasse kehrend, ein anderes gegen das Haus. – Sind manche gute Gemüter nur Portiers an blinden Toren: so stecken sie doch ihren Sperrgroschen von Proselyten des Tors so gut ein wie die schlimmsten, die wenigstens den Janustempel wie eine öffentliche Bibliothek gern öffnen.

Sehr rot trat der Notar in das lustige Domestikenzimmer, das Geißelgewölbe eines dürftigen Gelehrten. Bediente sind parasitische Menschen an

Menschen, Dörfer, wo auf den Briefen die nächste Poststation angezeigt werden muß. Doch die Zablockischen waren gut gelaunt und schön-betrunken vom Küchen-Jubel; – Walt saß unbeunruhigt da. »Wo ist der Bonsoir, Freund?« fragte ein eintretender Lakai. Walt glaubte sich gemeint und den Abendgruß vermisset, nicht aber den Licht-Töter; er versetzte frisch: »Bon soir, mon cher!« In der Tat kam es endlich dahin, daß ein Bedienter vor ihm vorausging und er hinterdrein, durch Vorsäle voll langer Kniestücke – über glatte Zimmer weg – und endlich vor ein Kabinett, das der Bediente zwar auf-, aber erst zumachte, da er hinein war, bevor ers ihm auftat.

Der General, ein stattlicher, männlich-schöner, stark genährter, lächelnder Mann, fragt' ihn mit freundlicher Miene und Stimme, was Monsieur Harnisch wünsche. »Exzellenz, ich wünsche« – fing er an und hielt die Wiederholung des Zeitworts für Welt – »dem Herrn Grafen von Klothar einen verlornen Brief zu übergeben, da ich ihn hier zu finden hoffe.« – »*Wen?*« fragte Zablocki. »*Den* Herrn Grafen von Klothar«, versetzte Walt. »Wollen Sie mir den Brief vertrauen, so kann ich ihn sogleich übergeben«, sagte Zablocki. Der Notar hatte sich viel schönere Entwicklungen versprochen; jetzt lief alles fast auf nichts hinaus; dem Vater mußt' er den Brief der Tochter abstehen und lassen. Er tats, da der Umschlag entsiegelt war, mit den feinen Worten: »er bring' ihn so offen, als er ihn gefunden«. Er wollte damit vielerlei leise andeuten – seine eigene Rechtschaffenheit, ihn nicht gelesen zu haben, sein Erwarten der Nachahmung und noch allerhand Gefühle. Der General steckte ihn, nach einem leichten Entzifferungsblick auf die Überschrift, gleichgültig ein und sagte, er habe soviel Schönes über seine Flöte gehört, er wünsche sie selber einmal zu hören. – Große sind ebenso vergeßlich als neugierig; doch konnt' es Zablocki auch tun, um reden zu hören.

Walten wars angenehm, zu berichtigen: »Ich wünschte« – sagt' er fein – »ich würde nicht verwechselt, oder vielmehr« – (fügt' er bei, da ihm das gerade einen zweiten, ganz entgegengesetzten Sinn geben wollte) »ich könnt' es werden.« – »Ich verstehe Sie nicht«, sagte der General. Walt entdeckte ihm kurz, er sei aus dessen Elterleinischem Territorium gebürtig, und sein Vater sei der Schulz. Jetzt glaubte er an Zablocki den wahren menschenliebenden Menschen-Dulder ganz zu erkennen, als dieser sich des Schulzen, der so oft als ein Mauerbock sich an dessen Gerichtsstube die Hörner abgestoßen, vielmehr mit den freundlichsten Mienen und sogar der Van der Kabelschen Erbschaft entsann, ja teilnehmend eine genauere Geschichte derselben zu hören begehrte. *Die* lieferte Walt gern, nett und heiß; indes halb schwindelte er vor Freude, wenn er von der Höhe und Spitze in die Dörfer hinuntersah, auf der er neben einem Großen stand und ihn so lange anreden und sich gut ausdrücken durfte. Mit Freuden hätt' er für ein so menschenliebendes Herz, das er nie im Verband eines Ordensbandes gesucht hatte, einen Zacken oder Stein aus der polnischen Krone ausgebrochen, oder diese für den schönen Kopf zugeschmolzen, um durch ein Präsent damit erkenntlich zu sein. In etwas drückt' er seine Liebe – weil er nichts Näheres hatte, die Blicke ausgenommen – streichelnd auf dem Kopfe eines Wind-Hunds aus, der sich hochbeinig an seine Schenkel anpreßte.

»Haben Sie eine französische Hand?« fragte der General auf einmal und schob ihm ein Papier vor zu einem Probeschuß. Walt sagte: »er verstehe es leichter zu schreiben, in mehr als einem Sinn, als zu sprechen und verdank' es seinem Lehrer«. Allein welchem Worte er unter so vielen Tausenden, die Gallien hat, das Schnupftuch zuwerfen sollte, das wußt' er schwer, da das Wort doch etwas vorstellen sollte. – »Was Sie wollen«, sagte endlich Zablocki. Er sann aber fort. »Das Vaterunser«, sagte jener. In der Geschwindigkeit konnt' ers unmöglich übersetzen.

»Vorzüglich«, fuhr der General fort, als jener noch nachdachte, »würd' ich auf rein französische Endbuchstaben sehen, dergleichen, wie Sie wissen, s, x, r, t, p sind.« Walt verstand die französische Benennung dieser Lettern nicht recht, aber sehr wohl das französische Camnephez[1]; Schomaker, der jahrelang keinen gallischen Dialog und Brief zu machen hatte – erstlich weil dazu stets eine zweite Person gehört, zweitens weil auch eine erste erforderlich ist, er aber gar nichts davon verstand –, dieser Kandidat hatte echt-französische Handschrift und Aussprache vermittelst dergleichen Kaufmannsbriefe und Reisediener zu einer so außerordentlichen Höhe hinaufgetrieben wie vielleicht, außer Hermes und einem zweiten Romancier, kein Autor von Gewicht ohne Stand. Und Walt hatte beides bei ihm erlernt.

»O vortrefflich!« – sagte der General, als endlich jener Winas französische Adresse an Klothar probierend hinschrieb – »Recht gut ja! – Nun hab' ich ein ziemliches Paket französischer Briefe über *einen* Gegenstand auf meinen Reisen gesammelt – von verschiedenen alten und neuen Personen –, welche ich sehr gern in *ein* Buch abgeschrieben sähe, da sie sonst leicht sich verspringen. Wenn Sie denn täglich an dem Buche – mémoires érotiques mag es heißen – *eine* Stunde – hier in meinem Hause – schrieben ....«

»Exzellenz« – stotterte Walt mit blitzenden rednerischen Augen – »wenn über den zärtesten Gegenstand kein Ja zart genug sein kann« – – »Gehts nicht?« fragte der General. – »O am besten«, versetzte jener, »und jede Minute.« – »Ich werde«, sagte Zablocki, »die Briefe zusammensuchen und Ihnen die Kopier-Stunde nächstens bestimmen lassen.« Darauf machte Zablocki den vornehmen Entlassungs-Bückling, Walt macht' ihn leicht zurück und harrte lange auf weitern Verfolg, bis er endlich – da der General sich umstellte und durchs Fenster guckte – den Abschied, dessen Schnelle er

[1] Dieses Wort faßt die hebräischen Buchstaben in sich, die am Ende größer und anders geschrieben werden.

schwer mit dem warmen Gespräche paaren konnte, herausbrachte durch Überlegung. Jetzt mußt' er etwas suchen, was ebenso schwer zu finden war als vorhin der Eingang, nämlich der Ausgang am glatten Kabinett. Keiner wollte vorstechen. Leise überstrich er mit den Händen die fugenlosen Wandtapeten, weil er sich schämte, zu fragen, wie er hereingekommen. Über drei Wände glitt er mit dem Bügel der Hand, bis er endlich in eine Ecke auf ein goldenes Kreuz einer Türe griff. Er dreht' es mit Vergnügen, und es tat sich ein Wandschrank auf, worin Winas himmelblaues Konzert-Kleid lang und nahe niederhing. Staunend guckte er hinein und wollte noch lange davor erstaunen, als sich der General, der das Handstreicheln und Glätten vernommen, endlich umdrehte und ihn vor dem Schranke mit dem Schauen halten sah; »ich wollte hinaus«, sagt' er. »Das geht *hier*«, sagte Zablocki und öffnete eine Türe, wo das wirklich zu machen war.

Das Schicksal mag ihm absichtlich die kleine Schamröte auf seinen Sieges-Weg mitgegeben haben, um damit einigermaßen das Bewußtsein zu dämpfen, womit er, so mit Ehrenmedaillen und Bassas-Roßschweifen behangen, so mutig durch Zimmer und Haus marschierte, daß er sich auf der Straße mit einigen maß, die, wie er, zu Fuße kamen von Hof. Indes hatte er alle Welt lieb und verbarg sich am wenigsten, wie mancher dahin gehe, der ohne Schuld solche Erhebungen nie erlebe. Daraus messe die Welt ab, wie vollends ein dürftiger Leutnant, der Sonntags seine seidenen Beine unter der Hoftafel gehabt, um $4^1/_4$ Uhr, mit dem Kurial-Krätzer und der Champagner-Folie im Kopfe, nach Hause gehen mag, mit welchem Selbst-Bewußtsein, meint man; Julius Cäsar selber kann dem Ortshalter aufstoßen, und dieser wird bloß fragen: »Jul, aber woher kömmst denn du, wüste Fliege?«

Mit größter Sehnsucht, vor allen Dingen auf Vults Tisch einige schwache Zeichnungen der heutigen Krönungsstadt und Ehrenpforte zu legen, klopfte Walt an dessen Türe; sie war zu und mit Kreide stand daran: »Hodie non legitur.«

Nro. 29. Grobspeisiger Bleiglanz

Schenkung

Nach einigen Tagen kam der Gärtner von Alkinous' Gärten – denn das war Walten Klothars Kutscher – und lud ihn in die Villa ein. Der Notar hatte kaum in größter Eile ein ganzes Philadelphia der Freundschaft auf einer Freundschaftsinsel gebauet und ein Sortiment Lorenzosdosen gedreht – weil er die Einladung für einen Lohn der Brief-Gabe nahm –, als der Eden-Gärtner die Treppe wieder heraufkam und durch die Tür-Spalte nachholte: »er solle was zum Verpetschieren einstecken, es wären Notarius-Händel.«

Indes wars in jedem Falle etwas. Er traf als Notarius im reichen Landhaus

Klothars zugleich mit dem Fiskal Knoll ein. Aber als er die vergoldeten Quartanten, die vergoldeten Wandleisten und das ganze Wohnzimmer des Luxus übersah: so rückte die eigne Wohnung den Grafen weiter von ihm weg als die fremden bisher. Klothar fuhr, ohne aus beiden Ankömmlingen viel zu machen, im Streite mit dem Kirchenrat Glanz und dessen flachem Tolerieren so fort: »Der Wille arbeitet den Meinungen mehr vor als die Meinungen dem Willen; man gebe mir eines Menschen Leben, so weiß ich sein System dazu. Glaubens-Duldung schlösse auch Handelns-Duldung in sich ein. Ganz tolerant ist daher niemand, Sie sind es z. B. nicht gegen Intoleranz.« Glanz gab recht, bloß weil sein Ich beschrieben wurde. Aber der Notar stellte – weil er ohnehin müßig stehen mußte – den Einwand auf: »Ganz intolerant ist auch kein Mensch, kleine Irrtümer vergibt jeder, ohne es zu wissen. Aber freilich sieht der Eingeschränkte, gleichsam im Tal Wohnende nur *einen* Weg; wer auf dem Berge steht, sieht alle Wege.«

»Ins Zentrum gibts nur *einen* Weg, aus dem Zentrum unzählige«, sagte der Graf zu Glanz. »Wollen Sie indessen sich an meinen Sekretär setzen, Herr Notar, und den gewöhnlichen Eingang zu einem Schenkungs-Instrument für Fräulein Wina von Zablocki in meinem Namen machen? Ich heiße Graf Jonathan von Klothar.« Die Namen Jonathan und Wina zitterten dem Notar wie Apfelblüten auf die Brust herab. Er setzte sich und schrieb voll Lust: »Kund und zu wissen sei jedermann durch diesen offenen Brief, daß ich Graf Jonathan von Klothar heute den« – – Walt fragte den Juristen um den wievielsten; »der 16.«, sagte dieser. Höflich nahm er keinen neuen Bogen, sondern schabte am Schreibfehler des alten lange. Unter dem Schaben konnt' er auf des magern haarigen Knolls Vorlesung über Ehekontrakte hinhören, neben welchem der schöne Graf ihm wie der edle Hugo Blair in der Jugend, dessen Geist-erhebende Predigten seine Flügel und seine Himmel zugleich gewesen, vorkam. Ein Kontrakt zwischen Wina und Jonathan – ein eigensüchtiges do ut des – war ihm eine widrige widersprechende Idee, da man wohl mit dem Teufel einen Pakt macht, aber nicht mit Gott. Er benutzte das Wegschaben des Datums als eine freie Sekunde und sagte (ebenso keck, wenn ihm etwas Rechtes einfiel, als blöd' im andern Falle): »Ob ich gleich ein Jurist bin, Herr Fiskal, und ein Notar, so bedauer' ich bei jedem Ehe-Kontrakt, den ich machen muß, daß die Liebe, das Heiligste, Reinste, Uneigennützigste, einen groben juristischen eigennützigen Körper annehmen muß, um ins Leben zu wirken, wie der Sonnenstrahl, der feinste, beweglichste Stoff, mit der heftigsten Bewegung nichts regen kann ohne Vermischung mit dem irdischen Dunstkreis.«

Knoll hatte mit saurem Gesicht nur auf die Hälfte des Perioden gehört; der Graf aber mit einem gefälligen. »Ich lasse«, sagt' er, aber mit sanftester Stimme, »wie schon gesagt, keine Ehestiftung machen, sondern nur ein Schenkungs-Instrument.« Da trat ein Bedienter des Generals mit einem Briefe ein. Klothar schnitt ihn aus dem Siegel – ein zweiter, aber entsiegelter lag darin. Als er einige Zeilen im ersten gelesen, gab er dem Notar ein schwaches Zeichen einzuhalten. Den eingeschlossenen macht' er gar nicht auf; Walten kam er sehr wie der von ihm gefundne vor. Mit leichtem Kopfnicken verabschiedete Klothar den Boten; aber auch mit einer Bitte um Vergebung das Zeugenpaar und den Notarius: »er sei zweifelhaft«, sagt' er, »ob er jetzt fortfahren lasse; aber da ers sei, so lass' er lieber nicht.« – Einige Schatten von innern Wolken flogen über sein Gesicht. Walt sah zum ersten Male einen geliebten Menschen, noch dazu einen Mann, in verhehlter Bekümmernis – und die fremde besiegte wurd' in ihm eine siegende. Eigennützig wär' es jetzt, dacht' er, nur daran zu erinnern (wie er anfangs gewollt), daß er den Brief gefunden und gegeben; desgleichen wahrhaft grob, nur darnach zu fragen, ob der Schwiegervater solchen ausgehändigt. Beim Abschied wollte der Graf ihm etwas Härteres in die Hand drücken als seine eigne. »Nein, nein«, stotterte Walt. – »Meine Verbindlichkeit«, sagte der Graf, »ist dieselbe, *Freund.*« – »Ich nehme nichts an als die Anrede!« sagte Walt, wurd' aber wegen seines Ideen-Sprungs wenig verstanden. Klothar drang verwundert und halb beleidigt in ihn. »Aber meinen Bogen nähm' ich gern«, sagte Walt, weil es ihm so wohlgetan, darauf zu schreiben: ich Jonathan von Klothar. – »Herr Graf«, sagte Knoll, »der Bogen gehört wohl uns sieben Erben, schon wegen der Rasur«; und wollt' ihn nehmen. »Sie sei ja eingestanden, o Gott!« sagte Walt erzürnt und behauptete den Bogen – ein zorniger Tropfe und Blick entbrannt' in seinen blauen Augen – diesen zu entschuldigen, drückt' er eilig Klothars Hand und floh davon, um sich zu trösten und andern zu vergeben.

»Ach«, dacht' er unterwegs, »wie weit ists von einem ähnlichen Herzen zum andern! Über welche Menschen, Kleider, Ordenssterne, Tage geht nicht der Weg! Jonathan! ich will dich lieben, ohne geliebt zu werden, wie ich deine Wina liebte; es ist mir vielleicht möglich; aber ich wünschte doch dein Porträt.«

Nro. 30. Misspickel aus Sachsen

Gespräch über den Adel

Der Notar verlor jeden Tag seinen Bruder einmal. Er konnte dessen Verschwinden nicht fassen; die Sonnenfinsternis des Schmollgeistes war ihm eine unsichtbare. Bald hielt er ihn für ersoffen – bald für verreiset – bald für entlaufen – bald für beglückt durch ein seltenes Abenteuer. Er suchte den zweimal besiegelten Brief mit der Unsichtbarkeit zu kombinieren und rechnete einige Hoffnung heraus. Immer macht' er die Betrachtung, wie wenig auch die besten Gewinn- und Verlust-Rechnungen von der Zukunft in der dunkeln Rechenkammer, die uns verhangen ist, bestätigt werden! Welche freudige glänzende Bilder hatt' er sich nicht schon weit in seine

Zukunft hineingestellt, welche Bilder davon, wie er mit seinem Bruder in täglicher Auswechselung wachsender Empfindungen und Ideen und Bekanntschaften leben und mit wenigen Frei-Mäuerer-Zeichen der Verwandtschaft den Grafen in den feurigen Bund hineinziehen werde, indes aus allen nichts wurde als die gedachte Betrachtung! – Aber schon bei dem peloponnesischen Kriege – und überhaupt in der Geschichte der Völker sowohl als seines Lebens – hatt' er zuerst bemerkt, daß in der Geschichte – was sie einem alles motivierenden Dichter der Einheit ordentlich zum Ekel macht – so unendlich wenig Systematisches in Leid oder Freude vorfalle, und daß man eben darum bei der falschen Voraussetzung einer trüben oder lichten *Konsequenz* seine oder fremde Zukunft so schlecht errate; denn überall werden im historischen Bildersaal der Welt aus den größten Wolken kleine, aus den kleinsten große – um die größten Sterne des Lebens ziehen sich dunkle Höfe – und nur der verhüllte Gott kann aus dem Spiel des Lebens und der Geschichte einen Ernst erschaffen.

Die Botenfrau aus Elterlein brachte Walten folgendes Briefchen vom Bruder:

»Morgen abends komm' ich, geh mir entgegen. Eben schneidet deine Mutter einer Bettlerin Brot vor; denn ich bin in Elterlein im Wirtshaus.

Ich habe seitdem in einigen bedeutenden Marktflecken geblasen für Geld; es wachsen freilich mehr Gräser als Blumen, doch heben jene diese, ich rede von Menschen. Es wird dir anvertraut, daß ich vor meiner Abreise aus Haßlau so verstimmt war wie eine Wind-Harfe oder wie die Glocke einer Brockenkuh. Ich weiß nicht wovon; ich wollt' aber, ein bedeutender Freund, oder gar du hättest meine Saiten so durcheinander geschraubt, kurz einer von euch beiden hätte mich ein wenig beleidigt und meinen Schmollgeist zitiert. Ich würde mich – das hätte mich wieder ausgestimmt ohne Verlust von 32 Saiten oder Zähnen – mit ihm tüchtig überworfen haben; ich hätte häßlich gedonnert, gehagelt, gewettert; das macht, wie gesagt, gutes Blut.

Denn nichts ist schädlicher, Notarius, sowohl in Ehen als Freundschaften seiner Seelen, als ein langer unaufgelöseter Verhalt auf einem Mißton bei einem wechselseitigen fortwährenden Zusammenstimmen in allen zärtesten Pflichten, so daß die Narren sich abstoßen, ohne sonst zu verstoßen; da doch solche Seelen in jeder bedeutenden Spaltung auf nichts so eifrig denken sollten, als sie bis zum rechten Zanke zu treiben, worauf sich Versöhnen von selber einstelle. Der Braunstein liefert bei mäßiger Erhitzung Stickgas; aber zwing ihn zum Glühen, so haucht er ja Lebensluft. Aus der Knallbüchse fliegt der Pfropf nicht anders heraus als durch einen zweiten.

Zum Glück können wir beide jeden Hader entraten, sogar den stärksten. Doch zurückzukommen – ich bekam bald Luft, sobald ich nur im Freien war und ritt und blies und schrieb. Erträgliche Sachen und Schwanzsterne setzt' ich für unsern Hoppelpoppel oder das Herz teils auf dem Sattel auf, teils sonst. Wahrlich ich wurde dir ganz gut; deswegen, glaub' ich, konnt' ichs ordentlich nicht lassen, sondern mußte nach Elterlein. Ich dachte: ›Dein Freund ist doch da so gewiß ans Licht gekommen, und seiner desgleichen‹, und was man so sagt, wenn man denkt.

Ein lang verschobenes Werk konnt' ich da verrichten. Da ich, wie ich dir öfters gesagt, dem entlaufenen jungen Harnisch Vult mit seiner Flöte mehrmals aufgestoßen: so konnt' ich dem alten Schulzen schöne Nachrichten und Briefe vom Wildfang geben. Ich ließ den Vater ins Wirtshaus kommen. ›Der und der Edelmann sei ich,‹ (sagt' ich dem staunenden Manne) ›und sein Sohn sei mein Intimer – er befinde sich wohl auf den Postwagen, wo man ihn außer den Konzertsälen zu suchen habe – es geh' ihm so gut wie mir selber – er würd' ihn nicht kennen, ständ' er vor ihm da, so schön verändert sei er, schon mit der volljährigen Stimme, deren Diskantschlüssel der Bart dadurch abgedreht worden, daß er selber einen Bart bekommen – und er lass' ihn grüßen.‹ – Er versetzte, es freue ihn über die Maßen, daß ein solcher braver Herr wie ich gut auf seinen Halunken von Sohn zu sprechen sei, und es widerfahre ihm und dem Flegel eine wahre Ehre. Ich warf noch einiges ein zur Entschuldigung des guten abwesenden Menschen und reicht' ihm zum Behalten den bewußten Brief desselben aus Baireuth an mich, worin er, einige musikalische Klagen über die dasigen Ohren ausgenommen, fast bloß von seiner geliebten Mutter spricht. ›Auch dessen Herrn Bruder, jetzigen Notar, kenn' ich sehr wohl‹, fügt' ich bei und schlug vor seiner Nase einen schwachen Riß von deinen Höhen und Tiefen auf: ›mehr nicht als 32 Beete hat der admirable Mann sich mit dem Stimm-Hammer *weg-* (nicht *zu-*) geschlagen, und die Stadt hält es bei so vielen Saiten, die er unter sich hatte, mehr für ein Wunder als für einen Bock‹, sagt' ich, um ihn für deine künftige Nachricht davon auszurüsten mit dem lindesten Herzen von der Welt. Es wollte ihm aber schwer ein, das Herz; und er schimpfte auf deinen Kopf. ›Er erlebe wenig Freude an seinen Söhnen‹ – beschloß er – ›und der Teufel könne die Spitzbuben holen, wenn er wolle.‹ Ich schickte den Bauer ganz kurz und hochtönig fort, da er zu vergessen anfing, daß seine Zwillinge meine Achtung in einigem Grade besäßen.

Abends – als ich auf der schönsten Höhe des Zablockischen Gartens lag und für uns eine Satire über den Adel entwarf und dabei der untergehenden Sonne ins große Engels-Auge sah, die ein lumpiges Dörfchen ebensogut als ihren Hof von Welten anschauet, und als über mir auf den leichten roten Wölkchen manche Bilder des Lebens dahinschifften, da erklang plötzlich eine köstliche kunstgerechte Singstimme, die mich aus allen Satiren, Träumen, untergehenden Sonnen wegjagte ins Ohr hinein, in dessen Labyrinth, wie im ägyptischen, Götter begraben liegen. Die Generals-Tochter sang; sie hatte, wie vornehme Mädchen auf ihren Rittergütern pflegen, der Sonne und der Einsamkeit – denn horchende Bauern sind nur stille Blumen und

Vögel in einem Hain – ein ganzes leidendes Herz mit Tönen auseinandergetan. Sie weinte sogar, aber sanft; und da sie sich allein glaubte, trocknete sie die Tropfen nicht ab. Sollte der edle Klothar, dacht' ich, seine Braut in dunkle Farben kleiden, weil sie eine taille fine geben? – Das schwerlich!

Endlich sah sie mich, aber ohne zu erschrecken, weil der blinde Konzertist, wofür sie mich noch halten mußte, ja ihr nasses Auge und Angesicht nicht kennen konnte. Sie, *die Unwissende*, sah sich nach meinem Führer um, indes sie leise ihr Busenlied ertönen ließ. Bekümmert um den hülflosen Blinden, ging sie langsam auf mich zu, begann ein fremdes frohes Lied, um sich mir unter Singen so zu nähern, daß ich nicht zusammenführe, wenn man mich plötzlich anredete. Ganz nahe an mir unter den heitersten Tönen floß ihr Auge heftig über aus Mitleid, und sie konnt' es nicht eilig genug lichten, weil sie mich anschauen wollte. Wahrlich ein gutes Geschöpf, und ich wollt', es wäre keine Braut oder eine Frau! – Wie ein Rosenbeet blühten, zumal vor der Abendsonne, alle ihre wohlwollenden Gefühle auf dem kindlichen Gesicht; und bedenk' ich die zarten schwarzen Bogen der schönsten schwarzen Augen, so hatt' ich Augenlust und Augenbraunenlust zugleich und genug. Aber wie kann ein Mann zu einer Schönheit sagen: heirate mich meines Orts! da ja durch die Ehe, wie durch Eva, das ganze Paradies mit allen vier Flüssen verlorengeht, ausgenommen den Paradiesvogel daraus, der schlafend fliegt? Eine schöne Stimme aber zu ehelichen durch Ehepakten – das ist Vernunft; außerdem daß sie, wie die Singvögel, immer wieder zurückkehrt – das Gesicht aber nicht –, so hat sie den Vorzug vor diesem, daß sie nicht den ganzen Tag dasteht, sondern manchmal. – Kenn' ich denn nicht mehr als einen abgeschabten Ehemann – gelb geworden gerade dadurch, wodurch gelbes Elfenbein weiß wird, durch langes Tragen an warmer Brust –, der sogleich die Farben änderte, wenn die Frau sang, ich meine, wenn das welsche Lüftchen aus warmer alter Vergangenheit närrisch und tauend das Polar-Eis seiner Ehe anwehte? –

Fast als schäme sich Wina, neben einem Blinden allein zu sehen, gab sie wenig auf die Himmelfahrt der Sonne acht. Sie hörte auf zu singen, sagte ohne Umstände, wer vor mir stehe, und fragte, wer mich geführet habe. Ich konnte sie unmöglich mit dem Geständnis guter Augen beschämen, doch versetzt' ich, es habe sich um vieles gebessert, ich sähe die Sonne gut, und nur nachts steh' es mit dem Sehen schlecht. Um einen Handlanger meiner Augen zu erwarten, fing sie ein langes Lob meiner Flöte an, der man in größter Nähe, sagte sie, nicht den Atem anhöre, und erhob die Töne überhaupt als die zweiten Himmels-Sterne des Lebens. ›Wie hält aber das Gefühl die immerwährenden Rührungen der Flöte aus, da sie doch sehr der Harmonika gleicht?‹ fragte sie. Wer so gut sänge, sagte ich, als sie, würde am besten wissen, daß die Kunst sich vom persönlichen Anteil rein halten lerne. So viel hätt' ich sagen sollen, nur nicht mehr; aber ich kann das nie: ›Ein Virtuose‹, fügt' ich bei, ›muß imstande sein, während er außen pfeift, innen Brezeln feil zu halten, ungleich den Brezel-Jungen, die beides von außen tun. Rührung kann wohl aus Bewegung entstehen, aber nicht aus Kunst, wie bewegte Milch Butter gibt, aber nur stehende Käse.‹

Sie schwieg sehr betroffen, als wäre sie du – nahm einige Dornenreiser weg, die mich Dornenstrauch stechen konnten – und sie dauerte mich halb, zumal als ich sehr ihrem zu häufigen Augenlider-Nicken zusah, das ihr lieblich lässet, ohne daß ich recht weiß warum.

Sie sagte, sie gehe, um mir aus dem Schlosse einen Führer zu holen, und ging fort. Ich stand auf und sagte, es brauch' es nicht. Da sie mich fort-tappen sah, kehrte sie lieber um und befahl mir zu warten; sie wolle mir bis ins Wirtshaus vorausgehen und jeden Anstoß und Eckstein melden. Die Freundliche tats wahrhaftig und ging mit dem ewig nach mir umgebogenen Halse, bis sie einem jungen Lehnbauer hinter seinem Pfluge begegnete, dem sie ein Stück Geld und die Bitte gab, mit dem blinden Herrn vor das Wirtshaus zu fahren. Sie sagte liebreich gute Nacht, und die langhaarigen Augenlider nickten zu schnellen Malen über den großen Augen.

Der Satan hole – vergib aber, Notarius, den Fluch – den Grafen von Klothar, wenn er einer so gutmütigen Weiberseele nur die dünneste, leichteste Zähre aus den schönen bräutlichen Augen preßte, dem armen Kinde, das das einzige ist, dem ich noch die freie Reichs-Ritterschaft gegönnt. Denn mit wie viel Gall' und Grimm ich in jedes Adels-Dorf eintrete, worin – wenn bei den Römern ein ganzes Volk für das Geißeln *eines* Menschen votieren mußte – umgekehrt nur *ein* stimmender Mensch zum Prügeln eines Volks erfordert wird, das kennst du; aber in Winas Elterlein dacht' ich ganz sanft.

Wie überall, besonders im Brautstand gegen den Ehestand: so halten die Menschen, wie in der Musik, den *Vorschlag* länger und stärker als die Hauptnote; und Klothar konnte doch schon im Vorschlag fehlen? –

Einen schwachen Streckvers in deiner Manier fertigte ich im Wirtshaus auf sie:

Bist du Philomele?

Nein; denn du hast zwar ihre Stimme; aber du bist unvergleichlich schön!

So wirst du schon früher nachgeahmet als gedruckt. – Nachher, nach dem Speisen zog ich im Dorf herum. Ich dachte an einen dir bekannten ersten und zweiten Abend so sehr, daß mir vorkam – schreib es auf Rechnung einer und der andern Liebe –, als sei manches von der Vergangenheit nachher vergangen. Eiligst, wenn du diesen Brief erhältst – was genau nachmittags gegen drei Uhr sein muß, weil ichs bei der Botenfrau auf diese Weise und Stunde bestellt habe –, läufst du mir entgegen. – Bei Gott, ich denke oft an vieles. – Und was ist denn das Leben als der ewige Ci-devant? – Werden denn nicht die reinsten Trommeten der Lust krumm gebogen und mit *Wasser* gefüllt durch bloßes Blasen? – Muß man denn nicht die längsten Himmelsleitern – die freilich kürzer sind als die Höllenleitern –, bloß damit sie stehen, unten auf Dreck aufsetzen, ob man sie gleich oben an Sternbilder und Polarsterne anlegt? Ganz verdrüßlich macht mich dergleichen, sonst nichts. Inzwischen seh' ich sehr auf Antwort, auf mündliche nämlich, womit du sogleich entgegengehst dem Wirtshaus zum Wirtshaus und dem dir sehr bekannten oder was Gott will.

Quoddeus etc.

N. S. Walt, wir könnten Brüder sein, ja Zwillinge! Schon der Stamm-Namen verkittet uns, aber noch weit mehr! –«

*

Walt nahm Flügel, aber sein Herz war schwer oder voll. Alles, was je ein Ritter zu Pferde für leidende Weiber zu tun gelobte, war er zu Fuße zu leisten bereit für jede und dann für Wina noch unzähligemal so viel. Auf dem Wege nach dem Wirtshaus begegneten ihm Neupeters Töchter an Flittes Armen. »Vielleicht wissen Sie es« – redete in Raphaela an und stimmte den Ton so schleunig um, daß man das Hinaufstimmen vernahm – »da Sie beim Generale schreiben und aus Elterlein her sind, was meine unglückliche Wina macht, ob die Teure noch dort ist?« – Vor Schrecken konnt' er kaum auf den Beinen, geschweige auf Vults schlaffem Lügen-Seile stehen: »Sie ist noch da«, sagt' er, »schreibt man mir eben. Ich schreibe noch nicht bei ihr. Ach warum ist sie denn unglücklich?« – »Es ist jetzt bekannt, daß ihrem Vater, dem General, ein unschuldiger Brief von ihr in die Hände geriet, und daß darauf ihr Bund mit dem Grafen aufgehoben wurde, o die Gute!« versetzte Raphaela und weinte etwas auf der Landstraße. Aber ihre Schwester verdammte, verdrüßlich blickend, die Straßen-Ausstellung hoher Bekanntschaften und Tränen; und der lustige Elsasser drohte ihr aus dem warmen Gewölke oben Regen und schwemmte sie damit davon.

Raphaela hatte Walts verliebte Blicke über der Tafel nicht übersehen mit ihren gerührten; zur Liebe gehören ohnehin wie zur Gärung – sie ist ja selber eine – zwei Bedingungen, *Wärme* und *Nässe*; und mit letzterer begann Raphaela gern. Es gibt weibliche Wesen – sie darf sich darunter rechnen –, die nichts so gern haben als Mitleiden mit fremden Leiden, besonders mit weiblichen. Sie wünschen sich ordentlich recht viel mitzuleiden und suchen Freundinnen gerade in der Not am liebsten, ja sie wecken durch Mitteilen fremde Seelen zu gleicher Teilnahme und finden wahren Genuß in fremden Tränen – denn so viel vermag die Tugend durch Übung –, so wie etwa der Zaun-König nie lustiger springt und singt als vor Regenwetter. Mendelssohn, der das Mitleid unter die vermischten Empfindungen bringt, hält eben darum reine für weniger schmackhaft.

Nur den Notar traf die bittere Ausnahme, daß ihn das Doppel-Unglück des Paares glühend durchstach und durchgrub – ob ihn gleich ein guter Engel nicht auf den Argwohn fallen ließ, ob nicht sein an den Vater übergebener Brief das Scheidungsdekret geworden –; indes setzt' er sich mehr an Klothars als an Winas Stelle und stieg in die Brust des Jünglings hinein, um von dort aus recht um die blühende Braut zu trauern und in Klothars Namen an nichts zu denken als an das geliebte Mädchen.

Er kam traurig im Wirtshaus zum Wirtshaus an. Vult war noch nicht da. Die kurze Zeit hatte schon manches wieder mit ihrer Sichel abgemäht – erstlich vom blühenden herrnhutischen Gottesacker das Grummet – zweitens am Wirtshaus ein Vergißmeinnicht und Jelängerjelieber der Erinnerung, nämlich die ausgebrochene Abendwand, wovor er mit dem Bruder gegessen, war zugemauert. Vult kam. Mit Flamme und Rührung flogen beide einander zu. Walt bekannte, wie er geschmachtet nach Vulten, wie er die Geschichte der Abwesenheit verlange, und wie sehr er eines Bruders bedürfe, um das Herz voll vermengter Gefühle in das verwandte zu gießen. Der Flötenspieler wollte seine Geschichte zuletzt berichten, und begehrte die fremde zuerst. Walt tats, erzählte rückwärts, erstlich Raphaelens Erzählung – aber so wie er zweitens den Schenkungsakt des Grafen samt der durch den Brief der Tochter jetzt gut motivierten Unterbrechung, drittens die Glücksfälle bei dem General berichtete und endlich mit den zusammengefaßten Flammen seines Sehnens nach Klothar schloß: so änderte Vult das mitgebrachte Gesicht – brach noch vor dem Wirtshaus auf – schickte den leeren Gaul durch einen außerordentlichen Schlag in Stadt und Stall voraus – und bat Walten, mitzugehen und fortzufahren und nach keinem Regen zu fragen.

Er tats. Vult steckte seine Flöten-Ansätze aneinander und blies zuweilen einen lustigen Griff. Bald hielt er sein Gesicht dem warm tropfenden Abend-Himmel unter und wischte die Tropfen daraus, bald schlug er ein wenig mit der Flöte in die Luft.

»Jetzt weißt du alles, mein guter Mensch, urteile!« sagte endlich Walt. Vult versetzte: »Bester, poetischer Fleu- und Florist! – Was soll ich urteilen? Verdammtes Regnen! – Der Himmel könnte auch trockner sein. Ich meine, was ist zu urteilen, wenn du mir über keinen Menschen beitrittst? Hinterher werd' ich dann ganz schamrot, daß ich als ein Mensch, der vielleicht kaum vor ein paar Stadttore hinaus-, und durch ein paar Flügeltüren hineingekommen – denn ich saß stets –, gegen einen Welt- und Hofmann wie du recht behalten will, der, die Wahrheit zu sagen, überall gewesen, an allen Höfen – in allen Häfen – Glücks- und Unglückshäfen – in allen Kaffee- und Teehäusern Europens – in belle-vue, in laide-vue – in Monplaisir, in Ton-plaisir und Son-plaisir – und so etwas weiter herum; das war ich aber nicht, Walt!«

»Verspottest du ernsthaft meine arme Lage, Bruder?« fragte Walt. »Ernsthaft?« sagte Vult. »Nein, wahrlich mehr spaßhaft. Was den General anlangt, so sag' ich, daß, was du Menschenliebe an ihm nennst, nur Anekdotenliebe ist. Schon im *gelehrten* Deutschland gelten keine Wasser für *tiefe* als die flach *breiten,* vollends aber im geadelten; nur breite lange Geschichte wollte der General von dir aus Langweile, wenn er sie auch schon wußte. Freund, wir Bücher-Menschen – so täglich, so stündlich in Konversation mit den größten belebtesten Männern aus der gedruckten Vorwelt, und zwar wieder über die größten Weltbegebenheiten – wir stellen uns freilich den Hunds-Ennui der Großen nicht vor, die weiter nichts haben, als was sie hören und essen bei Tafel. Gott danken sie auf Knien, wenn sie irgendeine Anekdote erzählen hören, die sie schon erzählen hörten; – aber ich weiß nicht, was du dazu sagst?«

»Über Sachen«, versetzte Walt, »kann man leicht die fremde Meinung borgen und glauben, aber nicht über Personen. Wenn die ganze Welt gegen dich spräche: müßt' ich wohl eher ihr als mir glauben?«

»Natürlich«, sagte Vult. »Was Wina anlangt, so ists mir ganz lieb, daß sie ihre weichen Finger wieder aus den gräflichen Ringen gezogen. So weiß ich auch, daß zwischen dir und dem Grafen die Mißheirat eurer Seelen rückgängig wird.«

Darüber erschrak der Notar ordentlich. Er fragte ängstlich: warum? Vult blies einen Läufer. Er setzte dazu, daß er dem Jüngling seit dem Verluste einer solchen Jungfrau noch heftiger anhänge; und fragte wieder: »warum, lieber Bruder?« – »Weil du«, versetzte dieser, »nichts bist, gar nichts als ein offener, geschworner Notar, der Graf aber ein Graf; du würdest ihm auch nicht größer, wenn du dich nach alter Weise noch einen tabellio nenntest – einen protocollista – einen judex chartularius – scriniarius – exceptor.« – »Unmöglich«, versetzte Walt, »ist in unsern Tagen ein philosophischer Klothar adelstolz; ich hört' ihn selber die Gleichheit und die Revolution loben.«

»Wir Bürgerliche preisen sämtlich auch die Fall- und Wasenmeister sehr und ihren sittlichen Wert, erlesen aber doch keinen zum Schwiegervater und führen keine maîtresse des hautes œuvres et des basses œuvres zum Tanze. – Gott, wenn soll einmal mein Jammer enden, daß ich immer von abgelegtem Adelstolze schwatzen höre? Sei so höflich, Walt, mir einige Grobheiten gegen dich zu erlauben. Bei Gott, was verstehst denn du von der Sache, vom Adel? oder die Schreiber darüber?

Ich wollte, du bliebest ein wenig stehen oder kröchest in jenen Schäferkarren und horchtest mir daraus zu; ich zöge aus der Satire, die ich bei Sonnenuntergang im Zablockischen Garten gemacht, das aus, was herpasset.

Den adeligen Stolz in einen auf Ahnen oder gar in deren Verdienste zu setzen, ist ganz kindisch und dumm. Denn wer hätte denn keine Ahnen? Nur unser Herrgott, der sonach der größte Bürgerliche wäre; ein neuer Edelmann hat wenigstens bürgerliche, es müßt' ihm denn der Kaiser vier adelige rückwärts datierend mit geschenkt haben, wovon wieder der erste geschenkte Ahn seine neuen vier geschenkten bedürfte und so fort. Aber ein Edelmann denkt so wenig an fremde Verdienste, daß er sich lieber von sechzehn adeligen Räubern, Ehebrechern und Saufausen als ihr Enkel an einen Hof oder in ein Stift oder auf einen Landtag geleiten lässet, als von einem Schock und Vortrab ehrlicher Bürgerlichen davon hinwegführen. Worauf stolziert denn der Edelmann? Zum Henker, auf *Gaben*; wie du und ich als Genies, wie der Millionär durch Erbschaft, wie die geborne Venus, der geborne Herkules. Auf *Rechte* ist niemand stolz, sondern auf *Vorrechte*. Letztere, sollt' ich hoffen, hat der Adel. Solang' er ausschließend an jedem Hofe aufwarten, tanzen, der Fürstin den Arm und die Suppe geben darf und die Karte nehmen; – solange die deutsche Reichs-Geschichte von Häberlin noch nie ein Paar bürgerliche *Weibs*-Füße am Sonntag unter einer Hof-Tafel angetroffen und vorgezogen (der Reichs-Anzeiger rede, wenn er kann); – solange Armeen und Stifte und Staaten ihre höchsten reichsten Frucht-Zweige nie von gemeinen harten *Händen* pflücken lassen, die bloß auf die Wurzeln Erde schaffen und von den Wurzeln leben müssen: so lange ,wäre der Adel toll, wenn er nicht stolz wäre, auf solche Vorrechte, mein' ich.

Bürgerliche werden, wie die Gewächse im alten System von Tournefort, nach *Blumen* und *Früchten* klassifiziert; Adelige aber viel einfacher, wie von Linné, nach dem *Geschlechts*- (Sexual-) System; und es gibt dabei keine Irrtümer. Den Adelstand ferner verknüpft die Gleichheit der Vorrechte durch ganz Europa. Er besteht aus einer schönen Familie von Familien; wie Juden, Katholiken, Freimäurer und Professionisten halten sie zusammen; die Wurzeln ihrer Stammbäume verfilzen sich durcheinander, und das Geflechte läuft bald hier unter dem Feudal-Acker fort, bald dort heraus am Thron hinan. Wir bürgerlichen Spitzbuben hingegen wollen einander nie kennen; der Bürgerstand ist ungefähr so ein Stand wie Deutschland ein Land, nämlich in lauter feindselige Unterabteilungen zersprengt. Kein Harnisch in Wien fragt nach Harnischen aus Elterlein, kein Legationsrat in Koburg nach einem in Haßlau oder Weimar.

Darum fährt der Adel in ein Fahrzeug mit Segeln eingeschifft, der Bürger in eines mit Rudern. Jener ersteigt die höchsten Posten, so wie das Faultier nur die Gipfel sucht. Aber was haben wir Teufel? Besitzen wir unbeschreibliche Verdienste: so können diese nicht adeln, sondern sie müssen geadelt werden; und dann sind wir zu brauchen, sowohl zu einem Ministers- als sonstigen Posten.

Doch der Adel erkennt auch selber seine Kostbarkeit und unsere Notwendigkeit gern an; denn er schenkt selber deswegen – wie etwan die

Holländer einen Teil Gewürz verbrennen oder die Engelländer nur siebenjährig ihre Wasserblei-Gruben auftun, damit der Preis nicht falle – in seiner Jugend der Welt fast nur Bürgerliche, und sparsam erst später in der Ehe eines und das andere Edelkind; er macht lieber zehn Arbeiter als eine Arbeit, weil er den Staat liebt und sich.

O schweige noch! freilich war dies nur Ausschweifung in der Ausschweifung. – Abnahme des Adelstolzes wollen neuerer Zeit viele noch daraus sehr vermuten, daß ein und der andere Fürst mit einer Bürgers-Tochter tanzte, wie ich trotz meines gelehrten Standes mit einer Bauerstochter, oder daß ein Fürst zuweilen einen Gelehrten oder Künstler zu sich kommen ließ, wie den Klavier- und den Schneidermeister auch, nicht in seinen Zirkel, sondern zum Privatgespräch. ›Meine Leute, mes gens‹, sagen sie von den Bedienten, um sie von uns andern Leuten zu unterscheiden.

Warum reitest und kletterst du aber so eifrig an einem der höchsten Stammbäume hinan? – Daß ich meines Orts droben sitze, als Herr van der Harnisch, hat seinen guten Grund: ich fenstere auf dem Gipfel meinen Zirkel aus und erhebe, was drunten ist, euch Bürger-Pack; kein Mensch kann sich rühmen, den Adel noch so geärgert zu haben als ich; nur in Städten, wo ich nicht von Geburt war, mußt' ich mich von ihm ärgern lassen, wenn er unter dem Vorwand, meine Person zu schätzen, mich zur Tafel bat, um meine Flöte zu kosten; dann blies ich aber nichts, sondern ich dachte: ich pfeif' euch etwas. Dem weich' ich jetzt ganz aus.«

Walt versetzte: »Ich will deinem halben Ernste ganz offen antworten. Ein Dichter, für den es eigentlich gar keine gesperrten Stände gibt, und welchem sich alle öffnen sollten, darf wohl, denk' ich, die Höhen suchen, wiewohl nicht, um da zu nisten, sondern den Bienen gleich, welche ebensowohl auf die höchsten Blüten fliegen als auf die niedrigsten Blumen. Die höhern Stände, welche nahe um das sonnige Zenith des Staates leuchten, als hohe Sternbilder, sind selber schon für die Poesie durch eine Poesie aus der schweren tiefen Wirklichkeit entrückt. Welch eine schöne freie Stellung des Lebens! Wär' es auch nur Einbildung, daß sie sich für erhoben hielten, und das zwar geistig – denn jeder Mensch, der Reiche, der Glückliche ruht nicht eher, als bis er aus seinem Glück sich ein geistiges Verdienst gemacht –: so würde dieser Wahn Wahrheit werden; wer sich achtet, den muß man achten. Welch eine hohe Stellung, alle mit einerlei Freiheit, alles zu werden – alle im Triumphwagen derselben Ehre, die sie beschützen müssen – –«

»Es ist pechfinster«, sagte Vult, »aber ich bin wahrlich ernsthaft.«

»– die einzelnen Namen verewigt und in Wappen-Werken wie Sterne gezählt und fortglänzend, indes im Volke die Namen wie Tautropfen ungeordnet verlöschen – und in der heiligen Nähe des Fürsten, der sie zart behandelt und im Wechsel seiner Repräsentation, es sei als Gesandte oder Generale oder Kanzler – näher dem Staate verwandt, dessen große Segel sie aufziehen, wenn das Volk nur rudert – wie auf einer Alpe nur von hohen Gegenständen umrungen – hinter sich die glänzende königliche Linie der alten Ritter, deren hohe Taten ihnen als Fahnen vorwehen, und in deren heilige Schlösser sie als ihre Kinder einziehen – –«

»Glaube mir auf mein Wort«, sagte Vult, »ich lache nicht –«

»– vor sich den Glanz des Reichtums, der Güter, der Höfe und einer blühenden Zukunft – Und nun vollends die schöne freie Bildung, nicht zu einem abgehauenen eckigen Staats-Gliede, sondern zu einem ganzen geformten Menschen, welche ihnen Reisen, Höfe, gesellige Freuden unter Gemälden, unter Tönen und am meisten ihre noch mehr gebildeten, schönen Frauen, deren Reize kein Gewicht der Not und Arbeit erdrückte, leicht und froh zuspielen, so daß im Staate der Adel die italienische Schule ausmacht, und das arme Volk die niederländische.« – –

Der Flötenspieler hatte bisher öfters, wiewohl mit verdächtiger Stimme, geschworen, er ziehe nicht eine Miene zum Lachen – beteuert, er wolle nicht Vult heißen, wenn er die Finsternis benutze und darin still lächle – wiederholt, er sei kein solcher Mann, der lache, sondern so ernst wie ein Totenvogel. Jetzt aber lachte er hell und sagte indes so viel: »Walt, um wieder einmal auf deinen Grafen zu kommen – schere dich nichts um mein dummes Gelächter über etwas anders, ich bin doch ernsthaft –, den du sonach in Bildungs-Bezug für einen Raffael hältst und dich für einen Teniers, wie wollet ihr zwei Figuren euch denn auf *einer* Leinwand paaren?« –

Walt schwieg verwundet, weil er sich gar nicht für einen Teniers, sondern eher für einen Petrarca ansah. Aber Vult drang heftig auf das Bindemittel, das der Bruder sich zutraue.

»Ich glaubte, dadurch«, sagt' er leise demütig, »wenn ich ihn recht liebte.« Vult wurde etwas bewegt, blieb aber unerbittlich und sagte: »Um dir aber zuzutrauen, daß du deine Liebe einem solchen Herrn zeigen könntest, mußt du dich, so bescheiden du auch tust, innerlich für einen zweiten Karpser halten, ganz gewiß?«

»Wer war dieser?« fragte Walt.

»Balbieramtsmeister in Hamburg, wovon noch die Karpserstraße in der Stadt da ist, weil er darin wohnte; ein Mann, darf ich dir sagen, von so feinen Sitten, so voll belebter Reden, so zauberisch, daß Fürsten und Grafen, die nach Hamburg kamen, ihr erstes und größtes Vergnügen nicht im Pestilenzhaus oder auf dem Dreckwall oder im Scheelengang und in den Alster-Alleen suchten und fanden, sondern lediglich darin, daß unser Balbier zu Hause war und sie vorlassen wollte.«

Der Notar, sich für einen versteckten Petrarca haltend, vermochte gar nicht, den Balbier-Amtsmeister so hoch über sich zu sehen; er sagte aber, erweicht durch einen ganzen Nachmittag, nichts als die Worte: »Wie glücklich ist ein Edelmann! Er kann doch lieben, wen er will. Und wär' ich einer, und ein redlicher gemeiner Notar gäbe mir nur einige warme Zeichen seiner

Liebe und Treue: wahrlich ich würde sie bald verstehen und ihn dann nicht ein Minute lang quälen, ja ich glaube, eher gegen meinesgleichen könnt' ich stolzer sein.«

»Himmel, weißt du was« – fing plötzlich Vult mit anderer Stimme an – »ich habe ein sehr treffliches Projekt – in der Tat für diesen Fall das beste – denn es löset alles auf und bindet dich und den Grafen (falls er deinem Bilde entspricht) schön auf ewig.«

Walt zeigte ihm seine Entzückung darüber ganz und die Neugier, womit er es zu hören kaum erwarten könne. Aber Vult versetzte: »Ich glaube, morgen oder übermorgen lass' ich mich mehr heraus.« – Walt flehte um das Projekt, sie waren nahe am Stadttore und Abschied. Vult antwortete: »So viel kann ich sagen, daß ich nie *Proschekt* sage, sondern entweder französisch projet oder lateinisch projectum.« – Walt fragte, ob er denn nicht seine Freude über den bloßen Vorschlag merke, und ob er nicht denke, daß sie noch stärker steige durch Eröffnung. »Gewiß!« (sagte Vult) »Allein das projet gehört ja in eine ganz andere Nummer, sag' ich dir, denn die heutige ist aus und gute Nacht!« –

Nro. 31. Pillenstein

Das Projekt

»Purzel tuts«, fuhr heftig Vult in die Stube des Notars, der freudig versetzte: »Das gebe Gott, und was denn?« – »Ich erkläre alles, und Purzel ist der Theaterschneider, mein Hausherr« – erwiderte Vult mit den Blitzen der Laune im Auge, weil er eben die Digression über den Adel für den Doppel-Roman zu Papier gebracht. – »So viel gibst du zu, daß du einige Heft- oder Demantnadeln zur Bundes-Naht mit Klothar – was eben mein Projekt sein will – vonnöten hast. Handlungen freilich galten von jeher für die besten Fähren zum Herzen, für die rechten Kernschüsse zur Brust, da Worte nur Bogenschüsse sind, oder was man will. Einem einen Uhrschlüssel abkaufen, oder sonst ein Kauf, das sperret mehr am bedeckten Gehäuse eines Menschen auf als dreißig déjeuners in einem Monat von 31 Tagen. Wolltest du also dem Grafen z. B. nur einen Stein ins Fenster werfen oder an das Schulterblatt: so kämest du sogleich mit ihm in Handlung und darauf leicht in nähere Verbindung; oder ebenso auch, wenn du im Finstern auf ihn losfahren, ihn bei den Rockklappen packen und nicht loslassen wolltest, weil du ihn für deinen Bruder gehalten hättest, den du so unbeschreiblich liebtest, gäbest du vor. Da aber das nicht geht, so höre: mein Hausherr Purzel hat jetzt viele turnier- und tafelfähige Kleider in Arbeit, die er für das Theater kehrt und wendet; ich staffiere dich mit einem vollständigen aus – habe vorher dem Grafen, da ich ihn kenne, in einem Billett geschrieben, ich wünschte sehr, eines Abends vor ihm zu blasen – bringe dich dann mit (sprich noch nicht) und lasse dich von ihm ohne besonderes artikuliertes Lügen für einen Edelmann ansehen, bloß weil du (das macht man ihm weis) mein Freund bist und wir miteinander umgehen. Dann kann sich das Adels-Pergament unmöglich mehr als Scheide- und Brand-Mauer und Ofenschirm zwischen eure Flammen ziehen; und falls der Graf wirklich nicht, wie ein Eisstück, ebensoviel Eis unter dem Wasser verbirgt, als er daraus vorhebt: so seh' ich euch, weil du unter und hinter der Flöte ihm alles sagen und zeigen kannst, vielleicht am Altar der Freundschaft verbunden stehen, und ich bin freudig das Kopuliermesser[1]. – – Jetzt sprich!«

»Göttlich, göttlich!« rief Walt und umhalsete Vulten. »Ich stehe dann auf dem Wagenstern der Liebe und rolle durch Himmel. Aber wenn ich ihn habe, den Lieben, ja dann muß ich durchaus – noch denselben Abend – meinen dürftigen Namen sagen; nicht nur ein heißes Herz, auch ein offnes muß ich ihm bringen; es tut dann nichts mehr.« –

Allein der bunte Zauberrauch verzog und senkte sich bald, womit seinen romantischen Geist anfangs das Wagstück berauschte. Das Gewissen stellte sich kalt mit der Waage hin und wog nach Skrupeln. Er konnt' es nicht recht finden, die Freundschaft mit einem Blendwerk anzufangen, wenn er dieses auch nachher vertilge. Der Bruder versicherte darauf, er woll' ihn bloß für seinen Verwandten desselben Namens ausgeben, was ja wahr sei, ferner das *von* im Feuer der Rede vergessen. »Aber wenn ich nun zuletzt sage, ich bin dein Zwillingsbruder, was sagst denn du?« sagte Walt. – »Herr Graf, sag' ich« – versetzte Vult – »er ist allerdings der Bruder, ja Zwillingsbruder meines Herzens, und geistige oder kanonische Verwandtschaft, dächt' ich, gälte wohl hienieden, da ja unser Herrgott selber eine dergleichen mit uns Bestien im allgemeinen verstattet und sich unsern Vater nennen läßt. – Ist diese Verwandtschaft nicht wahr?«

Walt schüttelte. »Was«, fuhr der Flötenspieler fort, »es wäre nicht so, nämlich daß wir uns geistig verbrüderten? O Zwilling, wer ist verwandter? bedenke! Wenn Körper Seelen ründen und Herzen gatten, so dächt' ich, ein Paar Zwillinge – um neun Monate früher einander verschwistert als alle andere Kinder – in ihrer zweischläferigen Bettstelle des ersten Schlafes ohne Traum – teilend alle und die frühesten und wichtigsten Schicksale ihres Lebens – unter *einem* Herzen schlagend mit zweien – in einer Gemeinschaft, die vielleicht nie im Leben mehr vorkommt – gleiche Nahrung, gleiche Nöte, gleiche Freuden, gleiches Wachsen und Welken – beim Teufel, wenn ein solcher Fall, wo im eigentlichsten Sinn zwei Leiber *eine* Seele ausmachen, wie ja der alte und erste Aristoteliker, nämlich Aristoteles selber, begehrt zur Freundschaft; zum Sakerment, wenn von solchen Personen nicht der eine Zwilling sagen dürfte, er sei mit dem andern geistig genug verwandt,

[1] Womit man bekanntlich Zweige pfropft.

Walt, wo wäre denn noch Verwandtschaft zu haben auf Erden? Kann es denn, du ordentlicher Bruder-Mörder, frühere, nähere, ältere, peinlichere Freundschaften geben als bei solchen Zwillingen? O Gott, du lachst ja über Gerührte!« schloß er wild und fuhr heftig mit der ganzen breiten Hand über die Augenknochen.

»Da wär' ich ja der Hölle wert«, rief Walt und fing dessen Hand, um sie auf sein nasses Auge zu decken – »O Bruder, Bruder, weißt du es denn nie, wie ich dich fasse und deinen weichen Geist im stärksten Scherz? Ach wie ist dein Inneres so schön und mild, und warum weiß es denn nicht die ganze Welt? – Darum aber, was wär' ich, wenn ich es litte, was du bei Klothar wagen wolltest für mich? Nein, fremde Opfer mag man wohl annehmen, um von Martern loszukommen, aber nie, um mit ihnen Freuden einzukaufen. Die Sache geht nicht, guter Vult!«

Aber hier war dieser schon die Treppe hinab. Indes, je mehr der Notar nachsann, desto unbilliger fand er es, auf Vultens Kosten den Himmel der Freundschaft zu erstehen. Zuletzt schrieb er ihm bestimmt, sein Gewissen leid' es unmöglich.

Wenige Stunden darauf antwortete Vult folgendes:

P. P.

Fraterkul! Eben erhalt' ich des Grafen Jawort mit deinem Neinwort; du mußt also mit, oder meine Ehre leidet gewaltig. Fleuch und flieh in einer guten Stunde zu mir. Dein Umkleid oder Masken-Charakter liegt schon auf dem Stuhl. Der Friseur ist bestellt mit Vorsteck-Locken. Sporen und die Steifstiefel darzu stehen auch fertig. Glaube mir aber auf Ehre, daß ein Bühnen-Habit für dich ausgelesen ist, der nicht simuliert, sondern nur dissimuliert. Ein anders – als was ich tue und miete – wäre, wenn ich dich in einen Berghabit oder in eine Mönchskutte oder in einen Waffenmantel oder in ein Bischofs-Pallium oder in englische Kapitäns-Uniform oder in den Satan und seine Großmutter steckte; so hingegen fällest du proper aus und unkenntlich, und dabei doch sittlich und wahr. Versuch ihn nur bei mir an, deinen polnischen Rock und Mantel der Liebe für Klothar. Purzel denkt gut, ja wohlfeil. – Ich schmachte freudig nach dem Spaß. Der Abend macht dich noch unkenntlicher, des Puders gar nicht zu gedenken, den du weglassen mußt. Dir zu schreiben vergess' ich ganz, daß ich nämlich – als ich den guten Grafen anfangs ins Rosental eingeladen zu einem matten Souper, natürlich ohne *deiner* Erwähnung – von ihm umgekehrt in seinen Garten invitieret worden. Komme bestimmt, ich brenne. Denn dieser Abend fället Definitiv-Sentenzen und Mandate ohne Klauseln über vierzig bis fünfzig tausend Abende nachher. Gegenwärtiges schreib' ich fast gerührt; – Garrick wußte das bloße Alphabet so herzusagen, daß die Leute dazu tränten; aber woraus besteht denn alles, was angreift, als aus Alphabeten? – Herzen gleichen Gänse-Eiern: die, so in lauem Wasser nicht sich bewegen, sind faule und tote – Gott, ich werde heute so blasen, so trillern! Ich freue mich freilich zu sehr.

P. S. Ich muß dir doch berichten – anfangs wollt' ich nicht –, daß dein künftiger Freund Klothar morgen früh um 3 Uhr auf und davon reiset, wie er sagt, nach Dresden – eigentlich aber wohl, wie ich sage, nach Leipzig, um durch die protestantische Mutter die katholische Braut sich anzuöhren. Bist du nicht der vollständige Schomaker II.: so kommst du heute und schlägst als Bürger mit dem Edelmann den Pedal-Triller der verwobenen Freundschaft. Denn wo wäre Lüge, sobald *ich* nicht sage – und du ohnedies nicht –, daß du ein Edelmann bist, sondern ich nur anfangs, daß du mein Freund – und du zuletzt, daß du ein Notarius bist – wo, frag' ich?«

*

»Ach, ich komme freilich!« schrieb Gottwalt zurück.

Nro. 32. Heller im Straussenmagen

Menschenhaß und Reue

Personen, die Vults alten, noch versiegelten Brief an Walt gedruckt gelesen, durchschauen am ersten alle geheime Zwecke bei seiner Einkleidung des reinen Notars und finden deren nicht weniger als zwei. Der *erste* geheime Zweck Vults ist wahrscheinlich der, sich mehr zu ärgern als bisher und dadurch – indem er der brüderlichen Freundschaft gegen den Grafen zusieht oder gar der Erwiderung derselben – sich zu jenem zornigen Ausbruch aufzutreiben, ohne welchen, seiner bekannten Meinung nach, an Versöhnungen gar nicht zu denken ist, außer an schlechte. Freundschaftliche Eifersucht ist viel stärker als liebende, schon weil sie nicht, wie diese, ihren Gegenstand zu verachten vermag. – Die *zweite* Absicht Vults bei dem Verkleiden kann sich nur auf den Wechsel- oder Hornschluß gründen, daß der Graf den Notar – wenn dieser den adeligen Pfauenschwanz fallen lassen – als nackte Notariats-Krähe entweder wild aus Herz und Garten jagt (dann gewänne eben Vult), oder ihm, wie eine Krähe der andern, nichts aushackt (dann könnte Vult sehr zanken und sich spät versöhnen); – und einen dritten Fall gibt es eben nicht.

Der Notar kam ziemlich beklommen bei dem Bruder an. »Hier«, sagte Vult, »liegt der menschenhassende Meinau aus Kotzebues Menschenhaß und Reue auf dem Stuhl« und zeigte auf den feinsten Überrock, den Purzel für edle Bühnen-Charaktere gekehrt hatte, ferner einen langhaarigen Rundhut, gespornte Steifstiefel, drei Ellen lange Halsbinden für den Hals, um die

Farben im Gesicht zu unterbinden, und seidene Unterkleider. Aber was vorher leicht durch den Äther der Einbildung flog, steckte jetzt fest vor Walt in der unbehülflichen Gegenwart, und die Sünde zerfiel in Sünden.

»Beim Henker«, sagte Vult und streifte dem Notarius das Zöpflein herunter, »skrupelst du doch, als könnt' es nicht ebensogut eine An- als Verkleidung vorstellen. Besteht denn ein Edelmann in einem Paar Stiefeln und Sporen? Versäuere mir nichts!« –

Ein Friseur erschien. Das ganze Haar mußte in unzählige Locken zurückrollen. Darauf wurd' er hermetisch mit Seide und Tuch versiegelt; und sein Kern wuchs ganz in die Kotzebuische Schote hinein.

Unterwegs schwur ihm Vult, er sei – schon wegen der Dämmerung – unkenntlich genug; und ein Großer sehe und behalte kein Bürgergesicht. Am Ende wurd' ihm selber der Notar, der blühend, liebe-zitternd neben ihm ging, ordentlich zum menschenfeindlichen Meinau. »Es fehlt nicht viel«, sagt' er, »so fall' ich dich an, weil ich denke, ich habe Meinau vor mir, der sich einige Akte lang schmeichelte und angewöhnte, die Menschen zu hassen aus Mädchen-Liebe, wie etwan Hasen durch Schlagen dahin zu bringen sind, daß sie trommeln wie Krieger. Weichen Schlamm und Sumpf soll der Kollegienrat K. abmalen, aber nicht Dieterichs-Felsen. Mit seinen *Patent-Herzen,* wie Pott mit Patent-Füßen zum Knien, steh' er feil, sogar mit verächtlichen, aber nur nicht mit verachtenden! Da sei der Teufel so sanft wie ein Exjesuit, wenn man überall *vor* und *auf* der Bühne Jünglingen begegnet, die Fait von Menschen-Verachtung machen, weil ein Mädchen sie ein wenig verachtet hatte – Tröpfe, bei denen der misanthropische Tollwurm nur, wie bei Hunden, im *Zungenbande* besteht und denen er, wie Kindern der Wurm, abginge, wenn man sie *stärkte* – Walt, unterstehst du dich auch und hassest die Menschen?« – »Nicht *einen,* auch nicht einen unglücklichen Menschenfeind,« (sagt' er unendlich sanft) »aber du fragst doch sehr hart.« – »Vergib«, versetzte Vult, »ich fahr' schon seit zehn Jahren auf und los, wenn ich nur etwas vom Theater rieche, und wär's nur ein Souffleur, oder der Souffleur des Souffleurs, der Poet, ja ein bloßer Hofrat – da doch die meisten Theater-Helden, wie in Dorpat die Professoren, Hofrats-Rang haben –; denn, das Schauspielervolk ausgenommen, zeigt nichts eine so ekle Gemeinheit als das Bühnenschreibervolk; Spieler und Schreiber verkörpern und beseelen sich wechselseitig; und bekielen sich mit Lanierschwänzen« – »Lanierschweife?« fragte Walt.

»Sind der Schwanz«, versetzte Vult, »den ein Falkenier einem abkräftigen Falken in die offnen *Kiele* des ausgefallenen künstlich einklebt mit ein wenig Hausenblasenleim. Die armen Schauspieler (transzendente Statisten) sind die Statuen, welche[1] jeden Abend eine Seele von ihren Bildhauern oder Dichtern fodern, um davon zu leben.«

[1] Die Perser glauben, daß die Statuen am jüngsten Tage Seelen von den Bildhauern begehren werden.

Sie kamen im Park an, wo ihnen der Graf mit seiner einfachen, ernsten, vornehmen Haltung entgegenging. »Es ist mein Freund und Verwandter gleichen Namens«, stellte Vult den gekehrten Meinau dem Grafen vor, »– seine Liebe zur Flöte treibt ihn mir nach.« Walt machte statt vieler Entschuldigungen – die ihm der Bruder abgeraten – ganz keck nur einen Bückling, weil der Graf, hatte Vult gesagt, wenig Welt besäße, wenn er ihn in seinem Garten ausfragen wollte, wie ein Katechet unter dem Tore.

Walt dachte gleichfalls zu redlich, um vor dem Grafen etwas anders, nur den schwächsten Gedanken, zu verkleiden als seinen Leib. Vult hatte recht gehabt, daß Große, die auf Reisen und an Höfen an zwanzig Heere von Menschen gesehen, nicht leicht den Nachtrab aus einem Notarius sonderlich im Kopfe behalten und aufheben; Klothar sah ihn ein wenig sinnend an, kannte aber den viellockigen, zopflosen, dickbindigen Kavalier in der Dämmerung nicht.

Letzterem wurd' es etwas eng in seiner Meinaus-Haut. Die Verkleidungen in Romanen bilden die in der Wirklichkeit den Menschen zu lustig vor. Wie im Zimmer das Wetter, so ist im Freien die schöne Natur der Notpfennig und Hecktaler des Gesprächs – Walt hatte dem Grafen kein Hehl, daß diese Stelle (wo er einmal abends dem Musizieren zugehöret hatte), mit der Katarakte hinter dem Rücken, der Vestalin-Statue dabei, den fernen Höhen, ihre wahren Reize habe. Klothar aber wollte wenig daraus machen, sondern versicherte, jeder Park gefalle nur einmal.

Der Flötenspieler war so wortkarg und höflich gegen den Grafen als dieser selber und sparte Laune und Zunge nur der Flöte auf. Die Gebrüder Harnisch wurden mit einem mehr aus Blättern als aus Beeren gequetschten Wein bewirtet. Der Graf trank keinen; Walt aber einigen, um wie ein Schmied Verstärkungs-Wasser ins Feuer zu sprengen. Vult, über den Krätzer und alles aufgebracht, ging schnell mit der Flöte auf und ab, ohne zu blasen.

Klothar überließ ihn seiner Laune. Endlich fing er (lustwandelnd dabei) sein Flötenkonzert ein wenig an und blies aus Künstler-Kälte gegen jenen nur obenhin – zerstückte Phantasier-Galoppaden – musikalische Halbfarben zu Halbschatten – starke Eingriffe in die Flöten-Saiten, wie sie die Faust eines Sturmwinds auf die Äolsharfe tut.

Beiden Kavalieren wurde durch dieses melodramatische Absetzen das Gespräch angenehm durchschossen, in welches sie miteinander geraten durften unter solcher Musik. Der englische Park wurde ein Postschiff, worauf beide nach England übersetzten, um es einmütig zu besehen und zu erheben. Klothar lobte die britische Ungeselligkeit: »Zu gewissen Fehlern gehören Vorzüge«, sagte er. »Nur Blumen schlafen, nicht Gras«, sagte Walt, der durch Poesie und Übersicht leicht die fremde Meinung in seine übersetzte und umgekehrt. Wer immer nur die Morgen- und Sonnenseite sucht, findet leicht überall Wärme und Licht. Klothar behauptete, daß die Freundschaft keinen Stand kenne, wie die Seele kein Geschlecht. Walt tournierte seine Antwort dergestalt, daß sie so klang: »Auch im Bestreben, die Ungleichheit zu vergessen, müssen beide Freunde gleich sein«; aber seine Aussprache war ein wenig bäuerisch, und sein Auge blickte nicht fein, sondern es strömte klar über von Liebesfeuer. Der Graf stand ruhig auf und sagte, er entferne sich nur einen Augenblick, um die Abreise eine halbe Stunde später anzuordnen, und er gestehe, er sei selten so leicht verstanden worden als diesen Abend.

Mit unsäglicher Entzückung sagte Walt leise zu Vult: »Habe Dank, habe Dank, mein Vult! – O so sollte man doch nie das Benehmen eines Menschen gegen uns, und wär' es noch so frostig, zum Maße seines Wertes machen! Wieviel reiche Seelen gehen uns durch Stolz verloren! – Ich sag' ihm nachher alles, Vult.« – – »Der Krätzer aber« – versetzte Vult – »könnte etwas besser sein. – Das tu! – Ich halt' *ihn* selber für keinen selbstsüchtigen Eisvogel und Frost-Zuleiter weiter. – Er wußte zwar von deinem Gesichte und von der schnellen Kur meiner stadtkündigen Erblindung nichts mehr; es mag aber mehr in seiner Memorie liegen und ohnehin darin, daß ein fremder Mensch ihm weniger sein muß als sein eigner.« Und hier ergoß er sich, ohne Antwort abzuwarten, in seine Flöte, seine zweite Luftröhre, sein Feuerrohr, und blies schon trefflich, als der Graf kam.

Dieser hörte das Spiel aus und sagte nichts. Walt konnte nichts sagen; er hatte den Mond, den Grafen, den Wein, die Flöte und sich selber im Kopfe. Der Mond hatte die mit Windmühlen besetzten Höhen erstiegen und glänzte vom Himmel herunter in die weite Ebene und den Fluß voll Licht. Der Notar sah auf dem Gesicht des Jünglings ein ernstes, tiefes und schmachtendes Leben wehmütig im Mondschein blühen. Die Töne wurden ihm ein Tönen, die Flöte setzt' er schon als ein Posthorn auf den Bock, das ihm den neuen Freund und die süßeste Zukunft davonblase in weite Fernen hinein. »Und wo kann der Gute wiederfinden«, dachte Walt, »was er verlassen und beweinen muß, eine Geliebte wie Wina?« – Länger konnt' er sich nicht halten, er mußte die zarte Hand des Grafen haben.

Da er unbeschreiblich delikat sein wollte, und zwar in einem Grade, der, hofft' er, über die ältesten französischen Romane der französischen Weiber hinauslief: so erlaubt' er sich nicht von weitem zu bemerken, daß die Achse an Klothars Braut-Wagen zerbrochen sei. »Wir hätten uns früher«, sagte der Graf und drückte die Hand, »sehen sollen, eh' die Sphinx, wie ein sehr wackerer Dichter die Liebe beschreibt, mir die Tatzen zeigte.« – Walt war der wackere Dichter selber gewesen. Mit diesem silbernen Leitton wurd' er ordentlich von dem zur Saite gespannten Liebesseil, das ihn gab und worauf er tanzte, aufgeschnellt, er konnte die Himmel nicht zählen (der Flug war zu schnell), wodurch er fuhr. Er drückte mit seiner zweiten Hand seine erste recht an die fremde ergriffene und sagte – nichts von seiner dichterischen Vaterschaft, sondern –: »Edler Graf, glauben Sie mir, ich kannte

Sie schon früher, ich suchte und sah Sie lange –– Blase, Guter« – wandt' er sich plötzlich zu Vult, der zwischen Himmel und Hölle auf- und niederfuhr mit jener männlichen Lustigkeit, die dem weiblichen hysterischen Lachen gleicht – »milder, blase Hirtenlieder, Lautenzüge, Gottesfrieden.«

Vult spielte noch fünf oder sechs Kehrause und Valetstürme und hörte gar auf, weil er sich zu gut dünkte und es zu lächerlich fand, den Abfall von seinem Herzen, den Text abtrünniger Empfindungen in Musik zu setzen. »Auch ich entsinne mich Ihrer Erscheinung, aber dunkel, doch wünsch' ich Ihr Inkognito nicht zu brechen«, versetzte der Graf. »Nein, es werde gebrochen!« (rief der Notar) – »Ich bin der Notarius Harnisch aus Elterlein, derselbe, der den Brief des Fräuleins Wina im Park fand und übergab.«

»Was?« sagte der Graf gedehnt und stand als König auf; er besann sich aber wieder und sagte ruhig: »Ich bitte Sie sehr ernsthaft um Ihren Namen und besonders um die Eröffnung, inwiefern Sie in die Brief-Sache verwickelt waren.« Walt sah sich nach dem Flötenisten um; aber dieser war nach seinen Sturm-Stößen in die Flöte seitwärts in einen Gang getreten, um zwei Herzens-Ergießungen aus dem Weg zu gehen, wobei nach seiner Überzeugung nichts Geringeres als es selber ersoff.

Walt erschrak über des Grafen Erschrecken und sagte, er wünsche herzlich, nichts Unangenehmes gesagt zu haben. »Gott, was ist mit meinem Bruder?« rief er; eine Schlägerei und Vults Stimme lärmten im Gebüsch. »Im Park ist keine Gefahr« – sagte der Graf – »nur weiter, weiter!« – Walt erzählte schnell das Finden des offnen Briefes im Park. »Was, Monsieur?« rief jener laut neben dem lauten Wasserfall. »*Er* kann sich unterstehen, meine Briefe, die Er in *meinem* Parke aufgelesen, dem Generale zu übergeben, um sich bei ihm einzuschmeicheln, weil dieser der Rittergutsherr von Elterlein ist, Herr?«

Walt wurde wie von zwei Blitzen getroffen, gelähmt und gereizt; mit sterbender milder Stimme sagt' er: »Ach Himmel! das ist aber zu ungerecht – Unglück über Unglück – ich bin wohl unschuldig – Nein, nein, nur nicht so entsetzlich ungerecht sei man – Und es war in Neupeters Park.« –

Vult hörte Klothars Stimme und lief aus der Mooshütte her, worin er aus Verdruß seine alte Kunst, mit seinem Ich eine prügelnde Stube vorzustellen, getrieben hatte. Walt stand an der Statue der Vestalin, die den Kopf senkte, als wär' er ihr Ehemann. Der Flötenist, auf eine noch geistigere Schlägerei treffend, als seine gewesen, sah aus allem, daß Walt seine adelige Hülse und Raupen-Haut abgesprengt habe und als feste unbewegliche Puppe dahänge. Er bat sich sogleich vom Grafen einige Erklärung des Unwillens aus.

»Sie liegt in der Sache« – versetzte, ohne ihn anzusehen, dieser – »nur begreif' ich nicht, wie man keck genug dieselbe Person aufsuchen kann, deren Briefe man lieset, man usurpiert und man in falsche Hände spielt, die ausdrücklich darin verbeten wurden.« – »O ich habe nichts gelesen« – sagte Walt – »ich habe nichts getan; aber ich erdulde gern das härteste Wort, da ich ein solches Unglück über Sie gebracht«, sagte Walt und zog im Krampf der Hand einen kurzen Theaterdolch aus dem menschenfeindlichen Überrock und schwang ihn unbewußt. Der Graf bog sich ein wenig zurück vor dem Sack-Stilett: »Was soll das?« sagt' er zornig. – »Herr Graf«, fing Vult sehr stark an, »auf mein Ehrenwort, er hat nichts gelesen, sag' ich, ob ich gleich nicht weiß, von was die Rede ist. – Gottwalt, besieh, was du in der Hand hast!« Glühend stieß dieser die Waffe in die Scheide der Tasche.

»Herr van der Harnisch«, wandte Klothar sich zum Flötenspieler, »von Ihnen hab' ich mir eine besondere Erklärung auszubitten, inwiefern Sie mir diesen Notar unter fremdem Namen präsentieren konnten.« – »Ich stehe zu jeder da« – versetzte Vult – »als meinen Freund und Verwandten gab ich ihn – das bleibt er – ich konnt' ihn auch als mutmaßlichen Gesamt-Erben der van der Kabelschen Erbschaft präsentieren. Ist sonst noch eine Erklärung nötig?« – »Ich würde sie fordern«, versetzte der Graf, »wenn ich nicht eben in den Reise-Wagen stiege.« – »Ich bin erbötig, nachzusteigen und darin auseinanderzusetzen oder überall«, sagte Vult und ging dem Grafen beleidigt nach, der auf seinen Wagen mit stolzer Kälte zuschritt. »O hör auf mich, schone mich«, bat Walt, »du weißt nicht, was ich ihm genommen.« –

»Der Narr soll nicht hitzig reden, und du bist auch einer«, fuhr er den Notarius an. »Herr Graf, Sie sind mir noch Antwort schuldig«, sagte Vult. »Gar keine; aber ich frage: Sind Sie beide Brüder?« sagte Klothar.

»Vater und Mutter müssen Sie fragen, nicht mich«, sagte Vult. Der unglückliche Notar konnte matt den Sargdeckel nicht aufstoßen, zu welchem hinunter er die polternden Zurüstungen zu einem Duelle über seinem Kopfe hörte. »Wenn Sie niemand unter falschem Titel präsentiert haben als sich selber, so brauch' ich keine Erklärung; von Bürgerlichen forder' ich keine«, sagte der Graf und saß im Wagen. Vult ließ die Türe nicht schließen und rief noch hinein: »Können denn nicht die zwei Narren von Adel sein – oder gar drei?« Aber der Wagen rollte fort, und er blieb mit vergeblicher Tapferkeit zurück.

Walt konnte erdrückt dem Menschen kein Glück nachwünschen, dem er das größte genommen; nicht einmal im Herzen wagt' er es, Wünsche auszudenken. Ohne Worte schlich er mit dem stillen Bruder aus dem verlornen Eden-Garten. Vult sah den Bruder unter der innern tiefhängenden Wetterwolke gebogen gehen; aber er sprach kein Wort zum Trost. Walt nahm dessen Hand, um sich an ein Herz anzuhalten, und fragte: »Wer kann mich noch lieben?« Vult schwieg und hielt seine Hand nur schlaff. Walt entzog sie; das steife scharfe Schweigen hielt er für eine Strafpredigt gegen seine Versündigung. Er ging weinend durch die lustigen Abend-Gassen, neben einem Bruder, um dessen eifersüchtige Brust die Tränen wie versteinernde Wasser nur Stein-Rinden ansetzten.

»Warum hast du mich beschützen wollen?« sagte Walt. »Ich war ja nicht unschuldig. Weißt du alles mit dem Briefe?« Vult schüttelte kalt den Kopf; denn Walts frühere Erzählungen davon waren, wie alle seine von sich, aus blöder Demut zu karg und unbestimmt gewesen, als daß Vult sein altes, von der Welt gewecktes historisches Talent, jede Begebenheit rück- und vorwärts zu konstruieren und zu der kleinsten eine lange Vergangenheit und Zukunft zu erfinden, sehr dabei hätte zeigen können. Walt hatte von diesem Hoftalent nichts an sich; er sah und strich in einem fort ein Faktum malend an; und weiter bracht' ers nie.

Walt erzählt' ihm nun das unglückliche Übergeben von Winas Brief an ihren Vater. »Ei Teufel!« – rief Vult verändert, denn er erriet nun alles und erschrak über die Verwicklung, in welche er den Bruder gezogen – »Schuppe dich droben bei mir ab.« – »Ja« – sagte Walt – »Und ob ich gleich kein Unglück wollte, so hätt' ich doch die Absicht nicht haben sollen, den Vater und die Braut zu sehen. Ach wer kann denn sagen im vielfach verworrenen Leben: ich bin rein. Das Schicksal hält uns« (fuhr er auf der Treppe fort) »im Zufalle den Vergrößerungsspiegel unserer kleinsten Verzerrung vor – Ach über dem leisen leeren Wort, über sanften Klängen steht eine stille bedeckte Höhe, aus der sie einen ungeheuern Jammer auf das Leben herunterziehen [1].«

»Schäle dich nur zuvörderst aus dem Hunds-Meinau heraus«, sagte Vult sanfter, als sie ins stille, von Mondlicht gefüllte Zimmer traten. Schweigend hob der Notar den Kotzebuischen Zuckerguß, wie ein Strom sein Eis, tat sanft den Überrock und Koadjutor-Hut ab und strich die Locken wieder aus. Als Vult im Mondlicht dem betrübten Schelm das dünne Nankingröckchen wie einen Gehenkten am Aufhäng-Bändchen hinlangt' und er es überhaupt überlegte, wie lächerlich der Bruder mit dem Korkwams der Verkleidung auf dem Trocknen sitzen geblieben: so dauerte ihn der getäuschte stille Mensch in seinen weiten Steifstiefeln unsäglich, und ihm brach mitten im Lächeln das Herz in zwei Stücke von – Tränen entzwei. »Ich will dir« – sagt' er, sich hinter ihn wie hinter ein Schießpferd stellend – »das Zöpflein machen. – Nimm aber das Zopfband zwischen die Zähne; das eine Ende.«

Er tats fast verschämt. Als Vult gar das weiche Kräuselhaar unter die Finger bekam und den brüderlichen Rücken vor sich hatte – der sehr leicht den Menschen auf einmal tot, fern und abwesend darstellt und durch diese Linienperspektive des Herzens das fremde mitleidig bewegt –: so hielt er dem Kopfe den Zügel des Haares ganz kurz am Genick, damit Gottwalt sich nicht umkehren könnte, weil er ihm mit fast schwerer Stimme (weinen konnt' er in solcher Stellung frei und lustig, wie er wollte) die Frage tat: »Gottwalt, liebst du einen gewissen Quoddeus Vult noch?«

In der Stimme lag etwas Gerührtes. Walt wollte sich eiligst herumwer-

[1] Ein Wort, ein Glockenton reißt oft die Lauwine ins Fallen.

fen, aber er wurde an den Haaren gehalten. »O Vult, liebst du mich denn noch?« rief er weinend und ließ das Zopfband fahren.

»Mehr als jeden und alle Spitzbuben hienieden« – versetzte Vult und konnte schwer reden – »und darum krächz' ich wie ein Hund und wie ein Weib. Beiße wieder aufs Zopfband!« – Aber der Notar fuhr schnell herum und wurde schneeweiß, als er Tränen über das Wellen schlagende Gesicht des Bruders rinnen sah: »O Gott! was fehlt dir?« rief er. – »Vielleicht nichts oder so etwas«, sagte Vult, »oder gar Liebe. So fahr's nur heraus, das verfluchte Wort, ich war eifersüchtig auf den Grafen. Es ist nicht sauber vom Bruder, sagt' ich mir, daß er so reviert und jagt, da man ihm mehr zugetan ist als allen Menschen, die der Satan sämtlich hole, und von welchen ich in der Tat so schlimm denke als irgendein Kirchen-Vater, ein griechischer oder römischer. Er muß nur nicht denken, mich mit lumpiger Geschwister-Liebe abzufinden. Mein junges Leben steht schon sehr trocken da, die Freihäfen der Liebe hat ihr Meer verlassen – und keine Katze kann hinein und ankern – Bruder, ich hatte oft einige Tage voll Ohrenbrausen, Nächte voll Herzgespann – Der Donner, ich weinte einmal abends gegen halb 12 Uhr – –«

Er mußte aber innen halten, die Unterlippe des bestürzten Notars zog ein heißer schwerer Liebesschmerz tief herunter. »Was betrübt dich so?« fragte Vult. Walt schüttelte – schritt weit auf und ab – nahm bald ein Glas, bald ein Buch in die Hand – sah nichts an – schauete in den hellen Mond und weinte heißer. »So sei es gut!« sagte Vult, »wir wollen die alten sein«, und umarmte ihn, aber Walt riß sich bald los. Endlich faßt' er sich und sagte schmerzlich: »Muß ich denn alles unglücklich machen? Du bist heute der *dritte* Mensch. Die drei Wachskinder in meinem Traum.«

Vult fragte, um ihn von den Schmerzen abzuführen, dringend nach dem Traum. Ungern, eilig erzählte Walt: »Verhüllte Gestalten gingen vor mir vorbei und fragten mich, warum ich nicht jammerte und nicht blaß würde. Eine nach der andern kam und fragte. Ich zitterte vor einer ungeheuern Entschleierung. Da flogen drei bildschöne Kinder aus Wachs vom Himmel, sie blickten freundlich, grüßten mich. ›Gebt mir die weißen Händlein und zieht mich hinauf‹, sagt' ich. Sie taten es, aber ich riß ihnen die Arme mit der Brust aus, und sie fielen tot herunter. Und schon als ich erwachte, sah ich noch einen fernen dunkeln Leichenzug, der auf den Knien weiterzog. Der Traum ist eingetroffen.«

Vult, dem der zornige Schmerz wie weggezaubert war, machte jetzt alle Anstalten zur Kur des fremden; er stellte ihm alles auf der leichtern Seite vor, klagte den giftigen Schmollwinkel in seiner linken Herzenskammer an, in welchem ein Schmoll-Kobold und Wehrwolf hause und feurig blicke, zog das Silber von den Giftpillen ab, die er bisher in seine Billette eingewickelt hatte, und machte sein Naturell bekannt, das ohne tüchtigen Zank nicht traktabel werde, wie die Haubenlerche allezeit singe, wenn sie keife, und schwur, Walt sei nicht der erste, dem er mit diesem Seelen-Pips beschwerlich falle, sondern der letzte; denn dessen grenzenlose Leutseligkeit stelle ihn gewiß davon her.

Aber Walt wollte wenig Vernunft annehmen, hielt alles für opfernde Zartheit und warf ein, daß ihn Vult ja eben gegen den Grafen so feurig beschirmt und bisher zu diesem sogar den Weg gebahnet habe. »Aus Gift, Schatz«, sagte Vult, »und einigem Stolz dazu, nur darum. Hier« – fuhr er fort und holte den mit zwei Siegeln verschlossenen Brief hervor – »lies den Beweis, ich habe dich voraus gerechtfertiget, und mich besonders.«

Der Notarius machte aber das Blatt nicht auf, er sagte, er glaubte aufs Wort und verstehe ihn endlich, und jetzt sei ihm wieder um vieles besser. Vult ließ es dabei und drückte sich dem Bruder mit der lang verschobenen heißen Umarmung an das Herz, die seinen wilden Geist erklärte.

Und der Bruder wurde glücklich und sagte: »Wir bleiben Brüder.«

»Nur *einen* Freund kann der Mensch haben, sagt Montaigne«, sagte Vult.

»Oh! nur *einen*«, sagte Walt – »und nur *einen* Vater und nur *eine* Mutter, *eine* Geliebte – und nur *einen, einen* Zwillings-Bruder!«

Vult versetzte ganz ernsthaft: »Jawohl, nur *einen*! Und in jedem Herzen bleibe nur die Liebe und das Recht.«

»Spaße wieder wie sonst, ich lache gewiß, so gut ich kann« – sagte Walt – »zum Beweise deiner Versöhnung; dein Ernst durchschneidet sehr das Herz.«

»Wenn du willst, so kann wohl gescherzt werden« – sagt' er – »Und nein! Bei Gott nein! – Wenn die Kamtschadalen glauben – nach Steller –, von zwei Zwillingen habe jederzeit der eine einen Wolf zum Vater: so bin ich wahrlich dieser Wolfs-Bastard-Mestize-Mondkalb, du schwerlich. Jetzt, da wir alle klar über die Verwicklung sprechen können, darf ich dir sagen, daß du durchaus rein und recht gegen den Grafen gehandelt; nur daß du zu wenig Egoismus hast, um irgendeinen zu erraten. Klothar hat fast großen – wahrlich, ich greife heute niemand an, sondern schlage dir nach – Aber die Philosophen, junge gar, wie er, sind doch bei Gott den Augenblick egoistisch. Menschenliebende Maximen und Moralien sind, weißt du, nur Scherwenzel; ein Licht ist kein Feuer, ein Leuchter kein Ofen; dennoch meint sämtliches philosophisches Pack das Deutschland hinauf und hinab, sobald es nur sein Talglicht in das Herz trage und auf den Tisch setze, so heize das Licht beide Kammern zulänglich.«

»Lieber Vult« – sagte Walt mit der allerzärtlichsten Stimme – »erlasse mir die Antwort; ich darf heute am wenigsten über den unglücklichen Klothar aburteilen, dem ich das Schönste genommen, und der nun einsam in der Nacht hinreiset mit nächtlichem Herzen in nächtliche Zukunft. Du bist rein, nicht ich; du kannst sprechen.«

»So sprech' ich«, sagt' er, »der Philosoph hat sich diesen Abend gehäutet; und das bedeutet, wenns Spinnen tun, klares Wetter. Apropos! häute dich, aber besser und physisch!« – Das. tat Walt; jener hielt ihn, als er sich zum Entkleiden auf den Stiefelknecht stellte. »Wie lächelt der Mond«, sagte Vult, »im Zimmer herum!« – Darauf setzte er hinzu: »Stelle dich in den süßen Schein und nimm wieder das Band-Ende zwischen die Zähne; jetzt flecht' ich dir dein Zöpflein mit ganz andern Empfindungen und Fingern als vorhin, pompöser Krauskopf!« – Darauf schieden sie ruhig und liebreich.

Ende des zweiten Bändchens

DRITTES BÄNDCHEN

Nro. 33. Strahlglimmer

Die Brüder – Wina

Selige, heilige Tage, welche auf die Versöhnungsstunde der Menschen folgen! Die Liebe ist wieder blöde und jungfräulich, der Geliebte neu und verklärt, das Herz feiert seinen Mai, und die Auferstandenen vom Schlachtfelde begreifen den vorigen vergessenen Krieg nicht.

Schlachten heitern den bezognen Himmel auf; beide Brüder standen nach der ihrigen im hellsten Wetter da und sahen sich und alles schön beleuchtet. Walt, der nichts war als Lieben und Geben, wußte jetzt gar nicht, wie er beides noch zärter, noch wärmer gegen seinen Bruder sein könnte; denn er trachtete nach dem höchsten Grade; die Narben der kleinen Gewissensbisse brannten ihn noch ein wenig, und die Tränen des sonst dürren Vults hatt' er in seiner Seele aufgehoben. Vult stand selber als ein Mensch mit neuen Melodien aus dem Kanon der Liebe da. Ob er diese gleich mehr durch Taten als durch Zeichen wirken ließ, so war sie doch zu sehen; sein häufiges Kommen, sein Nachgeben, seine Milde, seine Helfbegierde und bei dem Abschiede – wenn er eben schnell genug die Treppe und Unsichtbarkeit erwischen konnte – oft sein Bruder-Kuß verrieten sein Inneres. »Niemand«, sagte einst Walt zu ihm, »kann rührender aussehen als du, wenn du eben die Milde in deine Feueraugen bringst; so kamen mir immer die Sparter vor, wenn sie mit ihren Flöten auf das Schlachtfeld zogen.« – »Es muß mir freilich lassen«, sagte er, »als wenn ein Seehund Mama sagt [1]; ja ich möchte es fast einen leisen pianen Sturmwind nennen. Aber ernsthaft zu sprechen, ich bin jetzt noch bei Konzert-Geld und deswegen ein gutes frohes Lamm; mein Leben ist ein Buch voll geschlagnen Golds, die Blätter sind so weich und so beweglich, freilich Gold-Blättchen auch, mein Kind!«

Walt nahm solche Reden gar nicht übel. Soweit indes auch Vult das Lieben trieb – da er sich für den nächsten und lachenden Thron-Erben des abgegangenen Freund-Grafens ansehen konnte –, so merkte er doch, daß er darin seinen Bruder nur bezahle, nicht beschenke und daß dieser ihm stets um einen warmen Tag voraus war.

Einst hörte Vult von seinem Klingeldraht – er hieß eine ganze Mädchen-Pension so – die ganze heftige Schutzrede wieder, womit der sanfte Walt gerade in der Liebes-Pause für ihn gegen seine Antipathetiker an Neupeters Tafel aufgetreten war. Walt hatte ihm nicht ein Wort davon gesagt – wiewohl aus Liebe nicht bloß gegen den Bruder, sondern auch gegen alle Welt, so wie er aus doppelter Liebe das Kabelsche Testament, das den Bruder ein wenig beleidigen konnte, zu zeigen verweigerte. Vult drückte ihm beim Eintritt im Feuer der Liebe beide Achseln und machte solchem dadurch Luft,

[1] Nach Bechstein lernt er Worte, Papa etc., murmeln.

daß er die Neupeterschen scherzend handhabte. Aber er traf die falsche Zeit, wo Walt am Hoppelpoppel schrieb und den Schreib-Arm allen fünf Weltteilen liebend, führend bot und wo er so sehr an den verlornen Klothar dachte, weil er eben im Buch Freudenfeste findender und gefundner Seelen beging. Mit eigner wehmütiger Freude schrieb er jetzt daran unter dem Betrauern des abgestorbenen Freundes, so wie sonst mit Schmerzen unter dem Nachjagen nach ihm; und wunderte sich über den Unterschied.

Der schöne Begeisterungs-Mittag bei Neupeter, auf welchen ihn Vult durch seinen Dank zurückführte, stellte ihm den Grafen zu nahe wieder an die Brust; er bekannte es dem Bruder ganz offen, wie ihm der Ferne mit seinem ausgeleerten Dasein und mit der verlornen Wina immer in dem Kopfe liege und so schwer auf der Brust – wie er ihn einsam in dem zugesperrten Wagen sitzen und zurückdenken sehe – wie ihn ein solcher aus seinem Himmel in einen Käfig getriebene Adler erbarme und wie darum keine Marter bitterer auf der Erde gefunden werde als das Bewußtsein, einem edlen Geist irgendeine zugeführt zu haben. »O Vult, tröste mich nur recht, wenn du kannst« – sagt' er bei dem heftigsten Ausbruch – »Mein unschuldiger Wille tröstet mich wenig. Wenn du zufälligst, ohne böse Absicht, ja in der besten vielmehr, durch einen der Hölle entflognen Funken ein Krankenhaus oder ein unschuldiges Schweizerdorf oder ein Haus voll Gefangner angezündet hättest, und du sähest die Flammen und darauf die Gerippe: ach Gott, wer hälfe dir?«

»Mir die kalte Vernunft und dir ich.« (sagt' er, aber ohne Groll) »Denn ich werde mich bei der Mädchenpension hart neben mir an nach den nähern Umständen erkundigen. Als ich noch im Erblinden stand, saß ich jeden Abend drüben; es ist die schnelleste Wiener Klapperpost, die mir noch vorgekommen, da sie manche Sachen schon liefert, indem sie noch geschehen. – Der Graf wird nicht wie du durch Zufälle entschuldigt für seine niedrigen Voraussetzungen über das Lesen und Übergeben des Briefs; er macht' es ganz nach Art der Großen und der gallischen Tragiker, die, um etwas zu erklären, lieber die größte Sünde als eine kleine annehmen, lieber eine Blutschande als Unkeuschheit.« Der Notar gestand, Klothars Versündigung erleichtere die Last der seinigen; blieb aber bei seinem Gefühl. In der Gesellschaft kann man einen Menschen leichter herabsetzen als hinauf; bei Walt umgekehrt. Vult ging und versprach, bald wiederzukommen.

Eines Nachmittags hüpfte Flitte, dessen Tanzsaal die ganze Stadt war, in Walts Stübchen. Er war gewohnt, an jedem Orte so viele und gute alte Bekannte zu zählen, als Einwohner darin waren; daher schlug er den zur Volksmenge gehörigen Notar ohne Umstände zur Freundes-Menge. Dieser glaubte gern, er komme seinetwegen, und wurde durch die Freude und die Angst, einen solchen Weltmann zu beherbergen, etwas außer sich gebracht. Sein Ich fuhr ängstlich oben in allen vier Gehirnkammern und darauf unten in den beiden Herzkammern wie eine Maus umher, um darin ein schmackhaftes Ideen-Körnchen aufzutreiben, das er dem Elsasser zutragen und vorlegen könnte zum Imbiß. Er fand wenig, was diesem schmeckte, aber der Elsasser hatte auch keinen Hunger und keine Zähne. Gelehrte Studierstuben-Sassen, welche die ganze Woche, tagaus tagein, im Bankett und Picknick der feinsten, reizendsten Ideen und Gerichte aus allen Weltaltern und Weltteilen schwelgen, bilden sich gar zu leicht ein, daß der Welt- und Geschäftsmann verdrüßlich und trocken bei ihnen werde, wenn sie ihn nicht immer heiß und fett mit Ideen übergießen am Bratenwender des Gesprächs, indes der Geschäftsmann schon zufriedengestellt wäre, wenn er säße, und der Weltmann, wenn er am Fenster stände, oder vernähme, daß die Markgräfin gestern bei Tafel unmäßig genieset und daß der Baron von Kleinschwager, dessen Namen er gar nie gehört, diesen Morgen bloß durchpassiert, ohne anzuhalten. Gelehrten kann das schwerlich zu oft vorgestellt werden; sie ziehen sonst immer einen Proviant-Wagen für die Gesellschaft mit mehreren oder wenigern Gedanken nach oder gar mit Witz. Rechte gewöhnliche und doch befriedigende Unterhaltung ist allgemein unter den Menschen die, daß einer das sagt, was der andere schon weiß, worauf dieser aber etwas versetzt, was jener auch weiß, so daß jeder sich zweimal hört, gleichsam ein geistiger Doppeltgänger.

Mit Flitten, der so leer an Realien war als Gottwalt an Personalien, konnte dieser wenig anfangen. Indes sprach, sang und tanzte der Elsasser, so gut es ging, trat oft ans Fenster und oft ans Bücherbrett und suchte darüber etwas zu sagen, weil er gern vor jedem mit dem prahlte, was jeder eben war. Einige Menschen sind Klaviere, die nur einsam zu spielen sind, manche sind Flügel, die in ein Konzert gehören; Flitte konnte nur vor vielen reden; und blieb im Duett fast zu dumm.

Als endlich der gute Notar *an* der Langweile, die er zu machen glaubte, selber eine fand – denn im Gespräch, wie im Pharao, ist erwiesen der Gewinn (des Vergnügens wie des Geldes) nie größer als der Einsatz von beiden –: so studierte er am Elsasser heimlich den Franzosen (denn Elsaß, sagt' er, ist doch französisch genug) und goß ihn im Vorbeigehen ab für den Abgußsaal seines Romans und hob ihn auf.

Unter dem Gießen macht' er plötzlich das Fenster *zu* und eine Verbeugung in den Garten durchs Glas hinaus, weil ihn Raphaela, welche drunten neben Wina der Vespersonne entgegenging, mit zurückgewandtem Kopf leicht gegrüßet hatte. – Da flog Flitte herbei. Raphaela drehte sich, blickte schnell noch einmal um und erkannte nun diesen. Wina ging langsam und wie schwere Schmerzen tragend darneben, den Kopf nach der Abendsonne gehoben und das Schnupftuch mehrmals in die Augen drückend. Raphaela schien heftig zu sprechen und einzudringen und ordentlich an jeder nebligen Lebens-Stelle verborgnen tiefen Tränen-Quellen nachzugraben.

Walt vergaß sich so, daß er laut seufzete. »Ich glaube nur«, setzt' er gemäßigter hinzu, »daß die gute Generals-Tochter weint.« – »Drunten?«

fragte Flitte kalt. »So ists in Verzweiflung über den eingebüßten Grafen; denn sie kann seinen Verlust nicht überleben. Ein andermal! – à revoir ami!« So flog er in den Garten hinab.

Walt setzte sich nieder, stützte den Kopf auf die Hand, die seine Augen zudeckte, und hatte einen langen reinen Schmerz. Er war nicht imstand, das liebliche Angesicht des schönen Mädchens oder dessen Leiden zu behorchen mit Blicken, wenn sie den Garten herwärts kam. Er erschrak vor der ersten Stunde, wo er bei ihrem Vater kopieren und ihr aufstoßen könnte. Die untergehende Sonne wärmte ihn endlich mütterlich aus dem Winterschlafe der bösen Stunde auf. Der Garten war leer; er ging hinunter. Er wußte nicht, was er drunten wollte. Im Gebüsch flatterte ein halb zerrissenes feines Brief-Papierblatt. Er nahm es, es war von weiblicher Hand und enthielt eine aus einem fremden Briefe kopierte Stelle, wie er aus den sogenannten Gänsefüßen ersah. Ein halbes Blatt, ein entzweigeschlitztes, eine Kopie eines zweiten Briefes – einen ersten hätt' er nie gelesen – konnt' er wohl ansehen und lesen:

»›– Blumen entzwei. Glaub es mir. O wie leicht und froh verschmerzt man eignen Schmerz! Wie so schwer den fremden, den man, wiewohl schuldlos und gezwungen, hergeführt! Wie kann ein Wesen, das doch auch ein schlagendes Herz hat, ganze Völker weinen lassen, wenn schon der erste Unglückliche, den man machen müssen, so wehe tut? Verbirg und verschweige aber meine Klage gewissenhaft, damit sie nicht meinen Vater quäle, der so leicht alles erfährt! Doch du tust es ohnehin. Indessen steht mein Entschluß so fest als je; nur will ich ihn bezahlen durch Schmerzen. Ich kann jetzt nichts tun als leiden und besser werden, ich gehe häufiger in die Kirche, ich schreibe öfter an meine Mutter, ich bin gefälliger gegen meinen Vater, gegen jede Menschen-Seele. Denn es gehört sich, daß ich, da mir die Kirche befiehlt, Freuden zu nehmen, es anderswo einbringe, wo sie es erlaubt, einige zu vermehren. Meine haben längst aufgehört und früher, als ich Ihn verloren. – O sei du glücklich, meine liebe Raphaela!‹ – Daraus kannst du sehen, Schönste, wie diese Wunde meiner W. mein zu weiches Herz zerdrücken muß. Leb wohl! Das goldne Herz, wenn du es nicht schon beim Schmied bestellet hast, muß durchaus drei Lot wiegen. Den Hasenbrecher und das Armband hat meine Mutter bekommen.

Deine Raphaela.«

*

Walt wurde unter dem Lesen aus seinem Fenster namentlich gerufen von Vult mit den freudigsten Mienen; er las es unterwegs gar aus. »Du kannst«, fing jener lustig an, »meine eustachische Famas-Trompete? – Nämlich meine kumäische Sibylle der Vergangenheit? Das heißet meine Mietfackel? – Himmel, verstehest du mich noch nicht? Ich meine meine historische Oktapla und acht partes orationis (denn so viele Mädchen sinds)? Zum Henker, die Schnappweife? Die *Pension* nämlich! Von dieser nun erfahr' ich eben folgendes aus reinster Quelle, weil der General, der sie zuweilen besucht, ihr, wie alle Neugierige, ebensoviel vorerzählt als abhorcht.

Genau genommen ists die Dogaressa und Direktrice der Mädchen, die dem General für ein paar Neuigkeiten und Höflichkeiten geradesoviel Töchterseelen opfert, als mir referieren, acht. Es war vorgesehen, daß der General sein Wiegenfest beging und nach seiner Sitte das heilige Abendmahl vor seinem Mittagsmahl nahm und darauf der Seelen-Arzenei viel nachtrank. Die Tochter muß allemal mit beichten. Ich weiß nicht, ob du viel mit ausschweifenden Großen umgegangen, zu welchen Mönche am leichtesten sagen wie zu Hunden: faites la belle, für welche der Ohrenbeicht-Stuhl das Absonderungsgefäß ihres geistigen Übertrunks und Überfraßes ist, und welche, wie der Norden, ihre Bekehrung den Weibern verdanken, willst du anders Ludwigs XIV. letzten Stunden glauben. Kurz der General mag so etwas sein. An seinem Geburts- und Beicht-Tage liebt' er von jeher seine Tochter ganz besonders, weil er eine Art Taufwasser – um zwei entlegne Sakramente durch Flüssigkeiten zu vereinen – den ganzen Tag unter der Gehirnschale dem Kopfe aufgießet. Er hat überhaupt das Gute, daß er aufrichtig gut gegen sie ist; er sieht ihr sogar nach, daß sie der ihm verhaßten protestantischen Mutter in Leipzig anhängt. Da er nun so den ganzen Tag mit seiner Beicht- und Vater-Tochter beisammen bleibt: so trinkt und weint er sehr. Er foderte jetzt Rechenschaft von ihr, warum sie noch so trauerte, daß sie fast den Grafen mehr zu lieben schiene als ihren Gott und die heilige Kirche und ihren Vater. Sie antwortete heftig: das sei es am wenigsten; sogar dem Kirchenrate Glanz, der öfters mit ihr über den heiligen Glauben gesprochen, habe sie nur höflich zugehört; den Grafen aber nicht mehr geliebt als jeden guten Menschen! Zablocki fragte erstaunt, warum sie ihn, bei ihrer Freiheit der Wahl, doch heiraten wollen. ›Ich dachte‹, sagte sie, ›ich könnt' ihn vielleicht zu unserer Religion durch rechtes Aufopfern bringen.‹ Walt! einen Philosophen bekehren! Tauft und tonsuriert lieber eine Perücke! –

Der General lächelte und weinte zugleich vor Lust, lief aber immer mehr auf das weiche zarte Wesen Sturm, stieg ins offne Herz und holte sich das zweite Geheimnis. Sie hoffte nämlich, ihrer abgeschiedenen protestantischen Mutter (und wohl dem verschuldeten Vater) zuzeiten ein Kopfkissen aus dem reichen Ehebette zuzuwerfen; gestand es aber ohne Metaphern. Da konnte sich der trunkene Vater nicht enthalten zu schwören, ihm solle lieber ein Traubenschuß in den Magen fahren, oder sein Warschauer Prozeß verloren gehen, wollt' er je einem solchen seelentreuen Kinde etwas abschlagen oder aufdringen. Und so weiter! Bist du getröstet?« –

Walt schwieg; Vult bat ihn um das zerrissene Blatt in seiner Hand. Er las es froh und fand darin seinen Bericht besiegelt und machte seinen Spaß über Raphaelens weibliche Weise, Herz und Wäsche, Größtes und Kleinstes ineinanderzustecken. Aber Walt sagte, eben das, so wie ihr Erzählen, beweise, daß die Weiber mehr episch seien, die Männer hingegen lyrisch.

Ein Läufer Zablockis kam hinein und meldete, er solle morgen um 4 Uhr erscheinen zum bewußten Kopieren. Er verbarg mühsam den ganzen Abend die Stärke seiner Bewegungen.

Nro. 34. Inkrustierte Kletten

Kopierstunde

Um 4 Uhr erschien Walt vor dem General, der wie gewöhnlich lächelnd den Blauäugigen aufnahm. Vergeblich hatte er vor einer Erinnerung an den Brief oder einer Erscheinung der Verfasserin gezagt. Zablocki gab ihm die namenlosen oder nur taufnamigen Briefe auf dem schön geäderten Sekretär samt Schreibbefehlen und ging davon. Mit so sehr ausgesuchten End-Lettern oder Final-Schweifen als nur je aus Paris versandt werden nebst viel schlimmern Polaritäten, z. B. Robespierrischen Schweifen, Culs de Paris, kopierte der Notar und sah sich spät um.

Das schöne Kabinett war von den Tapeten zu einer Blumenlaube gemalt, aber voll Blumendüfte, die aus einer wahren kamen, und voll grüner Dämmerung. Die Jalousie-Gitter waren vorgezogen, für ihn ein grüner Schleier eines blendenden Tags; sogar im Winter grünte ihn dieses Blätter-Skelett der vertrockneten bunten Zeit wie ein Zauber an. »In dem nahen Wandschrank hängt« – sagt' er sich – »Winas himmelblaues Kleid, denk' ich.« Wie auf einer sanftwallenden Wolke saß er und schrieb oft eine briefliche Wendung ab, die sich für seine Lage sehr gut schickte. Es wiegt' ihn auf und nieder, daß er sich doch mit *ihr*, mit derjenigen in *einer* Zimmer-Ebene, unter *einem* Dache befand, mit welcher er das Trauerband derselben Schmerzen trug und die ihm nach dem Untergang der Freundschaftssonne als stiller Liebes-Hesperus fortschimmerte.

Er kopierte mit gespitzten Ohren, weil er (nicht ohne alle Hoffnung) in der Furcht dasaß, daß Wina gar ins Kabinett und an einen oder den andern Sekretär fliege, den hölzernen oder den lebendigen. Indes kam nichts. Er überlegte sehr, ob er nicht in den Wandschrank einbrechen und das himmelblaue Kleid als den blauen Äther der fernen Sinne leicht anrühren sollte mit Hand oder mit Mund – als der General eintrat, ihn erschreckte und das Kopieren pries und schloß.

So glücklich ging die Schreibstunde und die Gefahr, Wina zu sehen, vorüber, und er wankte heim mit einem Kopfe, der sich ein wenig im Herzen vollgetrunken hatte.

Auf den Turmknöpfen und Park-Gipfeln lag noch süßes rotes Sonnenlicht und weckte zugleich das Sehnen und Hoffen der Menschen in und außer Haßlau.

Er kopierte den zweiten Tag, stets mit derselben Angst, daß Wina die Türe aufmache. Der dritte aber – wo wieder nichts kam – machte ihn, wie jeden Krieger die Zeit, so mutig und so zum Mann am vierten, daß er in der Tat sich sehnte nach Gefahr. Ganze Nächte mußte jetzt das fromme Mädchen vor seiner Seele stehen – er hatte dabei einen ewigen Frühling –, bloß weil er einen Plan nach dem andern entwarf und verwarf, wie er noch jetzt, um die Folgen des offnen Briefs zu vergüten, etwan durch die Sanfte für den Grafen wirken könnte. Es wollte ihm aber nie etwas Bedeutendes einfallen.

Am vierten Tage hört' er, unter dem Abschreiben einer schönen erotischen Gestikulation im Briefe, eine weibliche Singstimme, die, obwohl aus dem dritten Zimmer, doch ebensogut aus dem dritten Himmel kommen konnte. Er kopierte feurig weiter; aber eine Sonnenstadt nach der andern erbaueten in ihm diese Orpheus-Töne, und die Felsen des Lebens tanzten nach ihnen. Er erinnerte sich noch recht gut, was ihm Vult über Winas Singen geschrieben. Als er darauf unter dem Heimgehen dieselbe Stimme fortsingend vor sich mit einer Schachtel unter dem Arm auf der Treppe sah und auf jeder Staffel erstaunte und nachdachte: so macht' es ihm das schlechteste Vergnügen von der Welt, diese Stimme auf der Gasse zu einer andern sagen zu hören, ihre Fräulein – denn es war die Putzjungfer – komme erst nächsten Freitag aus Elterlein zurück –– er spürte ordentliches Sehnen, einmal in seinem Geburtsörtlein zu sein und aus der so heißen Stadt herauszukommen.

Himmel, schloß er indes, wenn schon diese Putzjungfer-Karyatide der fernen Göttin so singt, wie muß erst diese glänzen, sowohl im Gesang als sonst! Er wurde unendlich begierig, einem Widerscheine der heiligen Nachbarschaft Winas ins Gesicht zu sehen, überhaupt einer Person, deren göttlichen Geist der Töne er, hinter ihr gehend, anbetete, kurz der Soubrette. Denn er glaubte längst, eine erste Sängerin sei gewiß nicht die letzte Monatsheilige oder eine Sirene; und eine babylonische Hetäre behalte keine Stimme, gesetzt sie hätte eine besessen; eine Meinung, die gutmütige Weltleute mehr seiner Unbekanntschaft mit Bühne und Welt zuschreiben sollten als seiner Dummheit.

Er mochte kaum drei schnellere Schritte getan haben, um ihr vorzukommen: als er drei Flüche und ein Kotwort vernahm. Er drehte sich heftig um, mit der glänzenden Ordenskette in Händen, die er der anscheinenden Ordensschwester der Sklavinnen der Tugend vom Sing-Halse gerissen; und in einer dunkeln Allee der Stadt ließ er Tränen fallen, darüber, daß eine solche rauhe Seele eine Singstimme besitze, und daß sie der heiligen so nahe wohne. Hoch aber zog Winas Gestalt in ihrem glänzenden Wolkenhimmel weiter; und ihm war, als könne nur ein Tod ihn, wie zu Gott, so zur Göttin bringen.

Nro. 35. Chrysopras

Träumen – Singen – Beten – Träumen

Am Freitage darauf, wo Wina wiederkommen sollte, sprang er, ohne an sie zu denken, so innig-vergnügt aus dem Bette in den Tag, als wär's ein Brauttag. Er wußte keinen Grund, als daß er die ganze Nacht einen immer zurückflatternden Traum gesehen, wovon er kein Bild und Wort und nichts behalten als einige anonyme Seligkeit. Wie Himmelsblumen werden oft Träume durch die Menschennacht getragen, und am Tageslicht bezeichnet nur ein fremder Frühlingsduft die Spuren der verschwundenen.

Die Sonne blitzte ihm reiner und näher, die Menschen sah er wie durch einen Traum der Trunkenheit schöner und werter gehen, und die Quellen der Nacht hatten seine Brust mit so viel Liebe vollgegossen, daß er nicht wußte, wohin er sie leiten sollte.

Zu Papier sucht' er sie anfangs zu bringen, aber kein Streckvers und kein Kapitel gelang. Er hatte einen Tag wie nach einer vertanzten Nacht: man will nichts machen als höchstens Träume, und auch nichts anderes haben – alles soll sanft sein, sogar die Freude – sie soll nicht mit Windstößen an den Flügeln reißen, still sollen die ausgestreckten Schwingen das dünne Blau durchschneiden und durchsinken – nur Abendlieder will der Mensch sogar am Morgen, aber kein einziges Kriegslied, und ein Flor, aber ein hellgefärbter, bezieht und dämpft die Trommel des Erden-Tobens.

Walt konnte nichts anders machen – »nur heute kein Instrument, das gebe Gott!« wünschte er – als einen Spaziergang in das Van der Kabelsche Hölzchen, das er einst erben kann, und wo er den entfremdeten Grafen zum erstenmale auf der Erde gesehen. Um ihn flogen, gingen, standen Träume aus tiefen Jahrhunderten – aus Blüten- und Blumenländern – aus Knabenzeiten – ja ein Träumchen saß und sang im spannenlangen grünen Weihnachts-Gärtchen der Kindheit, das sich der kleine Mensch auf vier Rädern am Faden nachzieht. Siehe, da bewegte vom Himmel sich ein Zauberstab über die ganze Landschaft voll Schlösser, Landhäuser und Wäldchen und verwandelte sie in eine blütendicke Provence aus dem Mittelalter. In der Ferne sah er mehrere Provenzalen aus Olivenwäldern kommen – sie sangen heitere Lieder in heiterer Luft – die leichten Jünglinge zogen voll Freude und voll Liebe mit Saitenspielen in die Täler vor hohe goldbedeckte Burgen auf fernen Bergspitzen – aus den engen Fenstern sahen ritterliche Jungfrauen herunter – sie wurden herabgelockt und ließen in den Auen Zelte aufspannen, um mit den Provenzalen ein Wort zu reden (wie in jenen Zeiten und Ländern, wo die Erde noch ein leichtes Lustlager der Dichtkunst war und der Troubadour, ja der Conteur sich in Damen höchsten Standes verlieben durfte) – und ein ewiger Frühling sang auf der Erde und im Himmel, das Leben war ein weicher Tanz in Blumen.

»Süße Freudentäler hinter den Bergen«, sang Walt, »ich möchte auch hinüberziehen in das morgenrote Leben, wo die Liebe nichts verlangt als eine Jungfrau und einen Dichter – ich möchte drüben in wehender Frühlingsluft mit einer Laute zwischen den Zelten mitgehen und die stille Liebe singen und schnell aufhören, wenn Wina vorbeiginge.«

Darauf kehrte Walt in sein Kämmerchen zurück, fand aber, mit seiner geographischen und historischen Provence in der Brust, so wenig Platz darin, daß er mit einiger Kühnheit – denn die Poesie hatt' ihn sehr *gleich* und *frei* gemacht – in Neupeters Park hinabspazierte, wo er Floren, mit Früchten wie eine Pomona beschwert, in den Wurf kam und die Hand gab. Dem Dichter glänzet die ganze Welt, doch aber eine herzogliche, königliche Krone matter als ein schöner weiblicher Kopf unter Krone und Herzogshut, oder als ein anderer, der nichts aufhat als den Himmel über sich; er ist bescheiden, wenn er einer Fürstin, und aufgerichtet, wenn er einer Hirtin die Hand gibt; nur zu den Vätern beider lässet er sich oft gar nicht herab.

In einer Laube fand er ein Strumpfband. Ein italischer Vers – denn Raphaela verstand welsch, obwohl er nicht – und ihr Name war darauf gestickt. Da er an diesem geistigen Morgen merkte, daß er einen provenzalischen Ritter und Poeten zugleich in sich verbinde: so faßt' er den freien Entschluß, das Strumpfband – denn er hielts für ein Armband – selber Raphaelen, die er brieflesend schleichen sah, mit einigen bedeutenden Worten zu überreichen. Er legte das Band weich vorn auf die flache Hand wie auf einen Präsentierteller und trug es ihr zart mit der Wendung entgegen – die er aus vielen andern über weltlichen Arm und Arm aus den Wolken ausgelesen –: »er sei so glücklich gewesen, ein schönes Band der Liebe zu finden, eine Sehne an Amors Bogen, gleichsam den größern Ring an schöner Hand, und er wisse nicht, wer glücklicher sei, der, so ihn abzöge, oder der ihn anlegte.« Raphaela errötete beschämend-verschämt, nahm das Band, steckt' es schnell ein und ging stumm fort; Walt dachte: fast ein gar zu zartes Gemüt!

Er brachte noch viel von seiner Morgenfreude an die Wirtstafel: als er zu seinem Erstaunen da erfuhr – was er schon längst gewußt –, daß an der Juden-Vigilie, am Freitag, die Katholiken fasteten. Er legte Messer und Gabel neben den Teller hin. Keinen Bissen – und wär' er aus dem Reichs-Ochsen in Frankfurt bei der Kaiserkrönung ausgeschnitten gewesen – hätt' er noch an die Zunge heben können. »Ich will nicht köstlich schwelgen«, dachte er – betagtes Vakzinefleisch war aufgesetzt –, »in der Stunde, wo eine so wohlwollende Seele wie Wina darben muß.« – Wie eine Ehefrau hatte er bei der Gleichgültigkeit gegen eigene Eß-Entbehrungen ein weinendes Erbarmen über fremde. Er dachte nach und fand es immer härter, daß die Kirche auch Nonnen fasten ließe, nicht die Mönche allein; da es vielleicht schon genug wäre, wenn nur Spitzbuben, Spieler, Mörder nichts Rechts zu essen hätten.

Er ging in die Kopierstube zum General, nicht nur mit dem völligen Wunsche, das Mädchen zu sehen, das heute – an seinem romantischen Tage – eine Märtyrin gewesen, sondern auch mit der Gewißheit, sie sei von Elterlein zurück und erscheine. Während er mit unsäglichem Vergnügen einen äußerst frechen Brief einer gewissen Libette, wie er nur aus der moralischen Lutetia [1] voll Epikurs-Ställe kommen kann, ins reine schrieb – denn er schmeckte in diesen Freudenkelchen nur den Abendmahlswein der geistigen Liebe und keinen geschwefelten –, so drang aus den halboffnen Zimmern kein Laut in sein Kabinett, den er nicht zu einer Ankündigung einer Erscheinung zitternd machte. Wie in weiten dichten Waldungen ferne lange Töne hier und dort romantisch durchklingen: so kamen ihm einzelne Akkorde auf dem Fortepiano – Rufe des Generals – Antworten an Wina vor. Endlich hört' er wirklich Wina selber im nächsten Zimmer mit ihrem Vater vom Singen sprechen. Er glühte bis zur Stirn hinauf und bückte den unruhigen Kopf fast bis an die Feder nieder. Sie hatte jenen innigsten, herzlichsten, mehr aus der Brust als Kehle heraufgeholten Sprachton, den Weiber und Schweizer viel häufiger angeben als andre Leute.

Indem der General eintrat und Walt flammend fortkopieren wollte: hatt' er das Unglück, daß das Mädchen Singnoten aus dem Kabinette fliegend wegholte, ohne daß er vor lauter Zartheit etwas gesehen hatte, wenn man nicht die weiße Schleppe zu hoch anschlagen will. Bald darauf fing im zweiten Zimmer ihre Singstimme an – »O nein doch«, rief der General durch die offnen Türen, »den letzten Wunsch von Reichardt meint' ich«. [2]

Sie brach ab und fing den begehrten Wunsch an. »Singe«, unterbrach er sie wieder, »nur die *erste* und *letzte* Strophe ohne die ennuyanten.« Sie hielt inne, mit Fingern über den Tasten schwebend, und antwortete: »Gut, Vater!«

Die Verse heißen:

Wann, o Schicksal, wann wird endlich
Mir mein letzter Wunsch gewährt:
Nur ein Hüttchen, klein und ländlich;
Nur ein kleiner eigner Herd;

[1] Diesen Namen Kotstadt trug sonst Paris in unbildlicher Beziehung.

[2] S. 10 in Reichardts Lieder-Sammlung, worin manche das zehntemal besser klingen als das erstemal, und Dichter und Komponist meistens ihr gegenseitiges Echo sind.

Und ein Freund, bewährt und weise,
Freiheit, Heiterkeit und Ruh'!
Ach und *sie*, das seufz' ich leise,
Zur Gefährtin *sie* dazu.

Vieles wünscht' ich sonst vergebens;
Jetzo nur zum letztenmal
Für den Abend meines Lebens
Irgendwo ein Friedens-Tal;
Edle Muß' in eigner Wohnung
Und ein Weib voll Zärtlichkeit,
Das, der Treue zur Belohnung,
Auf mein Grab ein Veilchen streut.

Wina begann, ihre süße Sprache zerschmolz in den noch süßern Gesang, aus Nachtigallen und Echos gemacht – sie wollte ihr liebewarmes Herz in jeden Ton drängen und gießen, gleichsam in einen tönenden Seufzer; – den Notar umfing der lang geträumte Seelenklang mit der Herrlichkeit der Gegenwart so, daß ihn das heranrollende Meer, das er von fernen rollen und wallen sah, nun mit hohen Fluten nahm und deckte. Der General sah unter dem Singen die Kopie des frechen letzten Briefes mit einiger witziger Heiterkeit auf dem Gesichte durch und fragte lächelnd: »Wie gefällt Ihnen die wilde Libette?« – »Wie der jetzige Gesang, so wahr, so innig und so tief gefühlt«, versetzte Gottwalt. – »Das glaub' ich auch«, sagte Zablocki mit einem ironischen Mienen-Glanz, den Walt für Hör-Verklärung nahm.

»Was sind so Ihre vorzüglichsten Notariats-Instrumente bisher gewesen?« fragte der General. Walt gab viele kurz und schleunig an, sehr verdrüßlich, daß er sein Ohr – wie sein Leben – zwischen *Gesang* und *Prosa* teilen sollte. Ob er gleich sich so weniger Seelenkräfte und Worte dabei bediente, als er nur konnte: so war für Zablocki doch kein Mensch – weder aus Wetzlar noch Regensburg oder aus irgendeinem schriftstellerischen bureau des longitudes et des longueurs – zu lang, zu weitschweifig, sondern bloß zu abrupt. »Ich glaube«, fuhr Zablocki fort, »Sie machten auch einige Sachen für den Grafen von Klothar?«

»Keine Zeile«, versetzte Walt zu eilfertig; er war völlig von den schönen Tönen weggespült und begriffs nicht, daß der General, der selber diese schönen Laute vorgeschrieben, sie über platte verhören wollte. »O Gott, wie kann ein Mensch nicht im harmonischen Strome untersinken, sondern daraus noch etwas vorstecken, besonders die Zunge? Ist das möglich, zumal wenn es einen so nahe angeht wie hier den verwaisten General?« – Walt glaubte nämlich, der General, der von der Frau und auch von der Jugend geschieden war, habe solche und ähnliche Zeilen wie

Jetzo nur zum letztenmal
Für den Abend meines Lebens – –
Und ein Weib voll Zärtlichkeit – –

bloß als Nachtigallen-Darstellungen eigener Seelen-Klagen singen lassen. Es konnte ihn weit mehr rühren – zumal da es auch viel reiner war –, wenn er Ton-Sprüche auf fremde Leiden und Wünsche, als wenn er sie auf eigne bezog; und darum war ihm der vergebliche Anteil an Zablocki so unlieb.

Vult aber, dem er alles vortrug, sprach später den Weltmann mit diesen Worten frei: »Er ist an Hof-Konzerte gewöhnt, mithin an Taub-Bleiben – wie Cremen ist das Weltleben gleich kalt und süß; – indes hat der Weltmann oft viel Ohr bei wenig Herz (wie andere umgekehrt) und behorcht wenigstens die Form der Tonkunst ganz gut.«

»Keine Zeile«, hatte Walt eilfertig gesagt. – »Wieso?« versetzte Zablocki. »Mein Gerichtshalter sagte mir gerade das Gegenteil.« Hier entfuhren Walten die Tränen; – er konnte nicht anders, die letzten Sang-Zeilen hatten ihn mit- und weggenommen; die Scham über die unwillkürliche Unrichtigkeit trug weniger bei: »wahrhaftig« – versetzt' er – »das meint' ich eben; denn die Schenkungs-Akte wurde unterbrochen – die ersten Zeilen schrieb ich natürlich.« Der General schrieb die Verwirrung des gerührtesten Gesichts nicht der schönern Stimme zu, sondern seiner eignen – brach gutmütig mit den Abschiedsworten ab, daß er auf einige Wochen das Kopieren einstelle, weil er morgen mit seiner Tochter nach Leipzig auf die Messe reise. Hier hörte das Singen auf; und Walts kurzes Entzücken.

Nro. 36. Kompassmuschel

Träume aus Träumen

Auf der hellen Gasse war dem aus dem Zablockischen Hause wankenden Notar, als sei ihm etwas aus den Händen gezogen, etwa ein ganzer brennender Christbaum oder eine Himmelsleiter, die er an die Sonne anlegen wollen. Plötzlich sah er – ohne zu fassen wie – die böse After-Sängerin oder Putzjungfer des Generals und vor ihr Wina gehen, in die katholische Kirche. Letztere macht' er ohne Umstände zur Simultankirche und trat der zarten Nonne nach, um von ihr die Zeile: »Wann, o Schicksal, wann wird endlich« fortsingen zu hören; denn sein inneres Ohr hörte sie noch ganz deutlich auf der Gasse.

Im Tempel fand er sie kniend und gebogen auf den Stufen des Hochaltars, ihr schmuckloser Kopf senkte sich zum Gebet, ihr weißes Kleid floß die Stufen herab. – Der Meßpriester in wunderlicher Kleidung und Bedienung machte geheimnisvolle Bewegungen – die Altarlichter loderten wie

Opferfeuer – ein Weihrauchwölkchen hing am hohen Fensterbogen – und die untergehende Sonne blickte noch glühend durch die obersten bunten Scheiben hindurch und erleuchtete das Wölkchen – unten im weiten Tempel war es Nacht. Walt, der Lutheraner, dem ein betendes Mädchen am Altare eine neue himmlische Erscheinung war, zerfloß fast hinter ihrem Rücken in Licht und Feuer, in Andacht und Liebe. Als wäre die Heilige Jungfrau aus dem beflammten Altarblatte, worauf sie gen Himmel stieg, herabgezogen auf die Stufen, um noch einmal auf der Erde zu beten, so heilig-schön sah er das Mädchen liegen. Er hielt es für Sünde, fünf Schritte weiter vorzutreten und der Beterin gerade ins fromme Angesicht zu sehen, obgleich diese fünf Schritte ihn fünf goldne Sprossen auf der Himmelsleiter höher gebracht hätten. Zuletzt zwang ihn sein Gewissen, gar selber – wiewohl er protestantisch dachte – hinter den stillen Gebeten einige eigne leichte zu verrichten; die Hände waren schon längst gehörig gefaltet gewesen, eh' er nur darauf gedacht, etwas dazu zu beten.

Es ist aber zu glauben, daß in der Welt hinter den Sternen, die gewiß ihre eignen, ganz sonderbaren Begriffe von Andacht hat, schon das unwillkürliche Händefalten selber für ein gutes Gebet gegolten, wie denn mancher hiesige Handdruck und Lippendruck, ja mancher Fluch droben für ein Stoß- und Schußgebet kursieren mag; indes zu gleicher Zeit den größten Kirchenlichtern hienieden die Gebete, die sie für den Druck und Verlag ohne alle Selbst-Rücksichten bloß für fremde Bedürfnisse mit beständiger Hinsicht auf wahre männliche Kanzelberedsamkeit im Manuskripte ausarbeiten, droben als bare Flüche angeschrieben werden.

Wenn nun solche Lichter dort von einem und dem andern Engel des Lichts ausgeschneuzet werden, wenn solche Konsistorialvögel zu völligen Galgenvögeln gerupft im Himmel fliegen: so dürfen verkannte Galgenvögel dieser Art in ihren theologischen Journalen, falls sie droben welche schreiben, mit Recht darauf aufmerksam machen, daß die zweite Welt *wunderliche Heiligen* habe und noch manche Aufklärung brauche, bis sie so weit vorrücke, daß sie Gebete auf dem Theater und Gebete auf dem Schreibepult, nach *einem* liturgischen Stilistikum sozusagen abgeflucht, gleich gut aufnehme.

Walt blieb, bis Wina aufstand und vorüberging, um sie anzusehen. Er konnt' es aber nachher gar nicht begreifen, daß er, als sie in der größten Nähe war, unwillkürlich wie krampfhaft die Augen zugedrückt; »und was halfs mir viel«, sagt' er, »daß ich ihr durch drei Gassen hinter ihr nachguckte?«

Er schweifte aus der Stadt hinaus. Es war ihm, als wenn zwei einander entgegenwehende Stürme eine Rose mitten im Himmel schwebend erhielten. Draußen stand ein langes bergiges Abendrot wie ein Nordschein am Himmel und machte Licht. Er suchte jetzt seine alte Sitte hervor, große Erregungen – z. B. wenn er irgendeinen Virtuosen gesehen, und wär's auf dem Tanzseile gewesen – dadurch zu nähren und zu stillen, daß er sich frei einen Superlativ des Falls austräumte, wo er die Sache noch millionenmal weitertrieb. Er wagte dreist den herrlichsten Traum über Wina und sich. »Wina ist eine Pfarrerstochter aus Elterlein« – fing er an – »zufällig reis' ich durch mit Suite; ich bin etwa ein Markgraf oder Großherzog, nämlich der Erbprinz davon – noch jung (doch ich bins jetzt auch), so bildschön, sehr lang, mit so himmlischen Augen, ich bin vielleicht der schönste Jüngling in meinem Lande, ganz ähnlich dem Grafen – Sie sah mich vor dem Pfarrhause vorbeisprengen auf meinem Araber; da wirft ein Gott aus dem Himmel den unauslöschlichen Brand der Liebe in ihre arme zarte Brust, als er das Zeichen, einen Erbprinzen auf einem Araber, erblickt. Ich sah sie aber nicht im Galopp.

Ich halte mich indes im schlechten Wirtshaus nicht lange auf, sondern besteige ohne Suite den nahen Himmelsberg, wovon man mir versicherte, daß er die schönsten Aussichten des Dörfchens um sich sammle. Und ich fand es auch wahr. Ich komme vor die hinabsteigende Sonne, auf goldnen Bergen der Erde stehen goldne Berge der Wolken; o nur die glückliche Sonne darf hinter die seligen Gebürge gehen, welche das alte, ewig verlangte rosenrote Liebestal des Herzens umschließen – Und ich sehne mich bitter hinüber, weil ich noch nicht lieben durfte als Prinz, und träume mir Szenen. Da schlägt eine Nachtigall hinter mir so heiß, als zöge sie ihren Ton gewaltsam aus meiner Brust; sie sitzt auf der linken Schulter der Pfarrtochter, die, ohne von mir zu wissen und mich zu sehen, herauf vor die Abendsonne gegangen war. Und ihre beide Augen weinen, und sie weiß nicht warum, denn sie schreibts den Tönen ihrer zahm gemachten Philomele zu. Ein Wesen seh' ich da, wie ich noch nie gesehen, ausgenommen im Konzert – doch es ist eben Wina – eine Menschen-Blume seh' ich, die ohne Bewußtsein prangt und deren Blätter nichts öffnet und schließet als der Himmel. Abendröte und Sonne möchten ordentlich gern näher zu ihr, das Purpurwölkchen wünschte herunter, weil sie die Liebe selber ist und wieder die Liebe selber sucht, sie zieht alles Leben an sich heran. Eine Turteltaube läuft um ihre Füße und girrt mit zitternden Flügeln. Die andern Nachtigallen flattern fast alle aus ihren Büschen und singen um die singende herum.

Hier wendet sich ihr Blau-Auge von der Sonne und fällt aufgeschlagen auf mich; aber sie zittert. Auch ich zittere, aber vor Freude, und auch ihretwegen. Ich gehe zu ihr durch die schlagenden Nachtigallen hin; wir sind uns in nichts gleich als in der Schönheit, denn meine Liebe ist noch heißer als ihre. Sie bückt ihr Haupt und weint und bebt, und ich glaube nicht, daß allein mein hoher Stand sie so erschüttert.

Was gehen mich gefürstete Hüte und Stühle mehr an? Ich schenke alles dem Gott der Liebe hin; ›wenn du mich auch kennst, Jungfrau‹, sag' ich, ›so liebe mich doch.‹ Sie redet nicht, aber ihre Nachtigall fliegt auf meine Schulter und singt. ›Sieh!‹ sag' ich ehrerbietig und mehr nicht; und nehme ihre rechte Hand und drücke sie mit beiden Händen fest an mein Herz. Sie will sie aber mit der linken holen und losmachen; aber ich fasse und drücke nun auch die linke. So bleiben wir, ich seh' sie unaufhörlich an, und sie blickt zuweilen auf, ob ichs noch tue. ›Jungfrau, wie ist dein Name!‹ sag' ich spät. So leise, daß ichs kaum vernehme, sagt sie: ›Wina.‹ Mich durchzittert der Laut wie eine ferne alte Bruder-Stimme.

›Wina bedeutet Siegerin‹, antwort' ich. Sie drückt, glaub' ich, schwach meine Hand; die Liebe hat sie erhoben, über Pfarrers- und über Prinzenstand. So blick' ich sie unaufhörlich an, und sie mich zuweilen – die rufenden Nachtigallen schließen uns ein – die blühenden Abendwolken gehen unter – der lächelnde Abendstern geht unter – der Sternenhimmel zieht sein Silber-Netz um uns – wir haben die Sterne in der Hand und in der Brust und schweigen und lieben. Da fängt eine ferne Flöte hinter dem Himmelsberge an und sagt alles laut, was uns schmerzt und freuet: ›Es ist mein guter Bruder‹, sag' ich, ›und im Dorfe wohnen meine lieben Eltern.‹« – Hier kam Walt zu sich; er sah umher, im Flusse (er stand vor einem) sank sein Fürstenstuhl ein, und ein Wind blies ihm die leichte Krone ab. »Es wär' auch zuviel für einen Menschentraum, *sie* gar zu küssen«, sagt' er und ging nach Hause. Unterwegs prüft' er die Rechtmäßigkeit des Traums und hielt ihn so Stück für Stück an den moralischen Probierstein, daß er ihn auf die beste Weise zum zweiten Male hatte. So hält sich die fromme Seele, welche bange schwimmt, gern an jedem Zweige fest, der auch schwimmt. So ist die erste Liebe, wiewohl die unverständigste, doch die heiligste; ihre Binde ist zwar dicker und breiter – denn sie geht über Augen, Ohren und Mund zugleich –, aber ihre Schwungfedern sind länger und weißer als irgendeiner andern Liebe.

Vor Neupeters Hause unten sah er lang zu seinem Fenster auf, seine Zelle kam ihm ordentlich fremd vor und er sich, und es war ihm, als müsse der Notar jede Minute oben herausgucken auf ihn herunter. Plötzlich fing am Fenster eine Flöte an; er fuhr sehr kurz zusammen, da sein lieber Bruder ihn droben erwartete. Er brachte ihm das Feuer zu, in welches Wina ihr mildes Öl gegossen. Vult war ganz liebreich und freundlich; denn er hatte unterdessen im Doppel-Roman das neue Stück Gartenland besehen und umschritten, das Walt bisher daran fertig gemacht und gemauert – und hatte da gefunden, daß die grünen Hängbrücken, die vom Herkules-Tempel der *Freundschaft* wegführten, sehr schön gut gebogen und angestrichen, die Moos- und Rinden-Einsiedelei der ersten *Liebe* aber, die sich selber noch für einsam und einherzig hält, vortrefflich, nämlich still und dunkel und romantisch angelegt worden, so daß nun nichts weiter mehr fehlte als die Vogelhäuser, Klingel-Häuschen, Satyrs und andere Garten-Götter, die Vult seines Orts und Amts von der Brücke an ausschweifend zu postieren hatte.

Er pries gewaltig, wiewohl heute das Lob den Notar weniger entzückte als erweichte. »Brüderlein«, sagt' er, »kennt' ich dich und die Macht der

Kunst nicht so gut, so schwür' ich, du wärest schon auf dem elektrischen Isolier-Schemel der ersten Liebe gestanden und hättest geblitzt; so wahr und hübsch steht jeder Funke da.« Denn Vult hatte bisher, ungeachtet oder vielmehr wegen aller Offenherzigkeit des Bruders, das Vergißmeinnicht der Liebe nicht in ihm bemerkt, weil alles in ihm voll Liebes-Blumen stand, und weil Vult selber jetzt nicht viel aus den Weibern machte. Sein Schmollgeist, sagt' er oft, meide den weiblichen; man müsse aus einem lackierten *Stäbchen*, das nur für die weiblichen Blumen in der Erde steht, eine römische *Säule* werden, deren Kapitäl jene Blumen bloß bekränzen.

Sehr erstaunte Walt – der im Doppelroman nur der Dichter, nämlich das stille Meer gewesen, das alle Bewegungen, der Seegefechte und des Himmels, abspiegelt, ohne selber in einer zu sein –, als Vult aus dem Buche von weitem schließen wollte, er liebe vielleicht. Er glaubte dem gereiseten Flötenisten aufs Wort; sagte aber selber keines davon und war heimlich ganz vergnügt, daß ers jetzt gerade so habe, wie ers hinschreibe. Stundenlang frappierte ihn eine neue Rolle, worin er etwas zu spielen hatte, was schon millionenmal auf allen Planeten gespielet worden.

Als nun die Brüder nach ihrer Gewohnheit ihre gegenseitigen Tagesgeschichten gegeneinander austauschen wollten: so ging dem Notar die seinige sehr schwer und klebend von der Zunge; – er hielt sich mehr an den General und an dessen mémoires érotiques, um seine eignen zu decken.

Er lobte die geistige reine Blüte in jenen; Vult lächelte darüber und sagte: »Du bist eine verdammt gute Seele!« Die Liebe, welche das ganze Herz öffnet, so wie verschenkt, verschließet und behält doch den Winkel, wo sie selber nistet; und diktiert dem besten Jüngling die erste Lüge, wie der besten Jungfrau die längste.

Walt begleitete – bei seinen innern Bewegungen, deren Blutkügelchen wie höhere Kugeln einen freien Himmel zum Bewegen brauchten – den Bruder nach Hause. Dieser begleitete erfreut wieder jenen; Walt wieder diesen, um vor Winas Fenstern auf dem Heimwege vorbeizukommen. So trieben sie es oft, bis der Notarius siegte.

Einsam unter dem breiten Sternenhimmel konnt' er die glühende Seele recht ausdehnen und abkühlen. »Sollt' ich denn den romantischen, so oft gedichteten Fall jetzt wirklich in der Wirklichkeit erleben, daß ich liebte?« sagte er. »Nun so will ich« – setzt' er dazu, und der bisher winterlich eingepuppte, gefrorne Schmetterling sprengte die Puppen-Hülse weit ab und fuhr auf und wiegte feuchte Schwingen – »lieben wie niemand und bis zum Tod und Schmerz – denn ich kanns ja gut, da *sie* mich nicht kennt und nicht liebt und ich *ihr* nichts schade und *sie* sehr von Stand ist und jetzt vollends auf einen Monat verreiset. Ja es sei *ihr* ganz und voll hingereicht, das unbekannte Herz, und wie unterirdischen Göttern will ich *ihr* schweigend opfern. O ich könnte diese Sterne für *sie* pflücken zum blitzenden Juwelen-Strauß und weiche Lilien aus dem Monde darein binden und es in *ihrem* Schlafe neben *ihr* Kissen legen; wüßt' es auch kein Wesen, wer es getan, ich wäre zufrieden.«

Er ging die Gasse herab an Zablockis Haus. Alle Lichter waren ausgelöscht. Eine kernschwarze Wolke hing sich über das Dach; er hätte sie gern herabgerissen. Alles war so still, daß er die Wanduhren gehen hörte. Der Mond schüttete seinen fremden Tag in die Fenster des dritten Stockwerks. »O wär' ich ein Stern« – so sang es in ihm, und er hörte nur zu – »ich wollte ihr leuchten; – wär' ich eine Rose, ich wollte ihr blühen; – wär' ich ein Ton, ich dräng' in *ihr* Herz; – wär' ich die Liebe, die glücklichste, ich bliebe darin; – ja, wär' ich nur der Traum, ich wollt' in *ihren* Schlummer ziehen und der Stern und die Rose und die Liebe und alles sein und gern verschwinden, wenn sie erwachte.«

Er ging nach Hause zum ernsten Schlaf und hoffte, daß ihm vielleicht träume, er sei der Traum.

Nro. 37. Eine auserlesene Kabinettsdrüse

Neues Testament

Der September war so schön, der die schönste Rose, Wina, versetzt hatte, daß dem Notar Rock, Stube und Stadt zu enge wurde; er wollte ein wenig in die weite Welt hinaus. Er reisete unsäglich gern, besonders in unbekannte Gegenden, weil er unterwegs glaubte, es sei möglich, daß ihm eines der romantischsten lieblichsten Abenteuer zuflattere, von dem er noch je gelesen. Daher war das erste, was er in einer neuen Stadt machte, kleine Stundenreisen um sie herum. Hatt' er aber lange da gewohnt, so lief er zuzeiten in eine neue Gasse ein und machte sich mit besonderem Vergnügen glaublich, er sei eben auf Reisen in einer ganz fremden Stadt, aus der er noch dazu die Freude hatte, in seiner anzulangen, sobald er nur um die Ecke umbog. Ja sah er nicht träumend dem Laufe der Chausseen nach, die wie Flüsse die Landschaft schmücken, weil sie, wie diese, ohne *wohin* und *woher* unendlich ziehen und das Leben spiegeln? – Und dacht' er jetzt nicht: auf einer davon geht das stille Mädchen dahin und sieht den blauen Himmel und den Vater an und denkt an vieles? –

Nur war er lange im Zweifel und Skrupel, obs nicht Sünde sei, das wenige von den Eltern und Instrumenten gewonnene Geld bloß vergnügt zu verreisen, zumal da der Bruder Vult nach seiner Gewohnheit wieder anfing, nicht viel zu haben. Er las alle moralischen Regeln des reinen Satzes genau durch, um zu erfahren, ob er diese süßtönende Ausweichung oder diese Quinten-Fortschreitung von Lust zu Lust in sein Kirchenstück aufnehmen dürfe; und noch war er unentschieden, als Flitte alles dadurch entschied, daß er den Stadttürmer, bei welchem er wohnte, zu ihm schickte und sagen ließ, er liege auf dem Sterbebette und wünsche noch diesen Abend sein Testament durch einen Notar zu machen.

Wenn die Welt hinter dem Notar den Turm besteigen soll, wo der Elsasser sich tödlich gebettet, so müssen ihr vorher, ohne lange darüber zu reden, die notwendigsten Treppen hingestellt werden, die zu seinem Lager bringen; alles war so:

Das Glück ist ein so schlechter Freund als dessen Günstlinge – die Natur gibt den Weisen auf die Lebensreise zu wenig Diätengelder mit – Flitte war ein solcher Weiser, und wiewohl er längst die Regel kannte, daß das Ende des Geldes wie das eines Parks geschickt verborgen werden müsse: so fehlt' ihm doch der allgemeine nervus rerum gerendarum zu dieser List.

In Städten, wo Flitte nur durchflog, vermocht' er leichter etwas, und wär' es auch nur dadurch gewesen, daß er sich als seinen eigenen reichen Bedienten ankleidete und sich selber anmeldete als seinen Herrn und zum zweitenmal ohne den Kerl wiederkam. In Haßlau tat es ihm einen Monat lang gute Dienste, daß er auf seine Kosten einen Teich abziehen und darin nach einem kostbaren Tafelsteine stochern und wühlen ließ, den er wollte hinein verloren haben. Aber der Hunger, der ebensowohl als Philipp II., zumal unter des letztern Regierung, der *Mittagsteufel* heißen sollte, und noch mehr der Kleiderteufel und jeder Tag hatten ihm allmählich ein anständiges Gefolge von *Lehnlakaien* oder valets de fantaisie, das immer hinter ihm ging unter dem bekannten Namen *Gläubiger,* in die Dienste geführet und zugewälzt. Oft schickten diese wahren *Kammer-Mohren* ihre eignen Laden- und andere Diener als Mephistophelesse, die, ohne zitiert zu sein, ihn selber zitierten.

Deswegen zog er auf den Glockenturm – seinen Schuldturm –, um durch die unzähligen Treppen manche Besuche zu verleiden, oder aus dem Glokkenstuhle vorauszusehen. Unten in der Stadt schwur er stets, er hab' es getan, um eine schöne *freie* Aussicht zu genießen, so sehr er auch die Beschwerden sich vorher habe denken können.

Unter seinen Gläubigern war nun ein junger Arzt, namens Hut, der sich sehr aufblies und der wenige Patienten hatte, weil er ihnen das Sterbliche auszog und sie verklärte. Dieser Hut hatte den vier großen Brownischen Kartenköniginnen seine vier ganzen Gehirnkammern eingeräumt – der Sthenie die erste vorn heraus – der Hypersthenie die zweite – der Asthenie die dritte – der Hyperasthenie die vierte als wichtigste –, so daß die vier großen Ideen ganz bequem allein ohne irgendeine andere darin hausen konnten. Gleichwohl macht' er mit der heiligen Tetraktys von vier medizinischen syllogistischen Figuren selber noch keine sonderliche; der alte Spaß über den Doktorhut des Doktor Huts wurde stets erneuert.

Der galante Flitte tat nun seinem Gläubiger folgenden Antrag: »die Stadt stecke voll Vorurteile – er selber in leichten Schulden – gesetzt aber, er stelle sich ein wenig tödlich krank und mache sein Testament: so heile erstlich durch einen Betrug sich die Stadt von ihrem Selbstbetrug, wenn Herr Doktor Hut ihn öffentlich wiederherstelle, und er selber zweitens, wenn er sein Vermögen dem Hofagent Neupeter vermache, gewinne diesen nach der schon längst gewonnenen Tochter und könne sie heiraten und Herrn Hut leichter bezahlen.« Der Doktor ging weigernd den Antrag ein.

Nach wenigen Tagen erkrankte der Elsasser sehr tödlich – erbrach sich – aß und trank nichts mehr (ausgenommen in seltenen einsamen Augenblicken) – nahm das Abendmahl, das er und andere, wie er dachte, ja auch in gesunden Tagen nähmen. Endlich mußte zum Notar in der Nacht geschickt werden, damit er den Letzten Willen aufsetzte.

Walt erschrak; Flittens tanzende blühende Jugend hatt' er geliebt, und ihn dauerte ihre Niederlage. Schwer, schwül, bewölkt legt' er den langen hohen Treppen-Gang zurück. Die dicke Glocke schlug 11 Uhr, und ihm klangs, als bewegte der Todesengel den Leichen-Klöppel darin. Matt und leise und geschminkt (aber weiß) lag der Elsasser da, unter sieben Testier-Zeugen, wovon der Frühprediger Flachs auch einer war, der es mit seinem blassen langen Gesicht zu keinem Vesperprediger bringen konnte.

Walt nahm stumm voll Mitleids des Patienten Hand mit der Rechten und zog mit der Linken sein Petschaft und Papier aus der Tasche; und überzählte mit den Augen kurz die Zeugen. Er foderte drei Lichter, weil sie das promptuarium juris von ihm foderte zu Nachttestamenten; war aber mit *einem* elenden zufrieden, weil auf dem ganzen Leucht-Turm kein zweites zu haben stand, desgleichen kein drittes, und er viel zu mitleidig und zu eilig war, jemand in die Nacht und den Turm herabzuschicken nach Licht.

Der Kranke fing an, das erste Vermächtnis zu diktieren, nach welchem dem Kaufmann Neupeter Flittens ganze Dividende am längst erwarteten westindischen Schiffe zustarb, desgleichen ein versiegeltes, mit OUF bezeichnetes Juwelenkästchen, das von den Gebrüdern Heiligenbeil in Bremen abzufodern war. – Es war sichtbar, daß Flitte, obwohl halb tot, doch überall auf diktierte, gut stilisierte Schreibart ausging. – Aber Walt mußte einhalten und einen Löffel Wasser fordern, um einige Dinte aus dem Dintenpulver zu machen, in das er eintunkte. Als die Dinte fertig war, fand er wieder sehr ungern, daß die neue ganz anders aussehe als die alte, und daß er so das Instrument – geradezu entgegen allen Notariats-Ordnungen – mit doppelter Dinte hinschreibe. Gleichwohl bracht' ers nicht über sein höfliches Herz, alles zu zerreißen und von neuem anzuheben.

Darauf testierte der Kranke dem dürftigen Flachs seine silbernen Sporen und seinen mit Seehund bezognen leeren Koffer und die Reitpeitsche. Dem Doktor Hut vermacht' er alles, was er an Aktiv-Schulden in der Stadt zu fodern hatte.

Er mußte innenhalten, um einige Kräfte zu schöpfen. »Auch vermach' ich dem Herrn Notar Harnisch«, hob er mit schwacher Stimme wieder an,

»für das Vergnügen, ihn zu kennen, alles, was sich teils an Barschaft, teils an Wechseln nach meinem Tode bei mir vorfinden mag, und was sich gegenwärtig nicht über 20 Friedrichsd'or belaufen wird, daher ich ihn bitte, vorlieb zu nehmen, und meinen goldnen Fingerring noch beifüge.«

Walt konnte kaum die Feder führen; und wollt' es auch nicht mehr; denn er errötete, vor so vielen Zeugen und von einem sterbenden Menschen, dem er nichts vergelten konnte, so ansehnlich beschenkt zu werden; er stand auf, drückte stumm vor Mitleiden und Liebe die gebende Hand und sagte Nein und bat ihn, doch einen Arzt zu wählen.

»Dem Herrn Stadttürmer Heering« – wollte Flitte fortfahren, sank aber, geschwächt durch Sprechen, aufs Kissen zurück. Heering sprang herbei, lockerte die Kissen besser auf und setzte den Patienten ein wenig in die Höhe. Es schlug 12 Uhr; und Heering sollte nachschlagen; aber er wollte in einen solchen Aktus nicht hämmern auf der Glocke, sondern erhielt Stille, damit man den Testierer forthöre: »ihn also bedenk' ich mit meinem feinen weißen Zeuge, desgleichen mit allen meinen Kleidern – nur die Reitstiefel gehören der Magd – und allem, was noch von einer reichbesetzten Tabatiere in meinem Koffer übrigbleibt, wenn man davon Leichen- und andere Kosten bestritten hat.«

Bald nach einigen Legaten und nach den Formalitäten, die den letzten Willen eines Menschen noch mehr erschweren als den schlimmsten vorher, war alles abgetan. Noch drang der sichtbar mehr ermattende Elsasser darauf, daß der Notar jetzt alle seine Effekten mit dem Notariatsspiegel zupetschiere. Er tats, da ihm alle Promptuarien, sowohl von Hommel als Müller, dafür bürgten, daß ers könne.

Es war ihm bitter, von dem armen lustigen Vogel – der ihm Federn und goldne Eier zurückließ – zu scheiden und ihn schon in den Krallen der rupfenden Todes-Eule um sich schlagen zu sehen. Heering leuchtete ihm und sämtlichen Zeugen herab. »Mir wills schwanen«, sagte der Türmer, »daß er die Nacht nicht übersteht, ich habe meine kuriosen Zeichen. Ich hänge aber morgen früh mein Schnupftuch aus dem Turme, wenn er wirklich abgefahren ist.« Schauerlich trat man die langen Treppenleitern durch die leeren dumpfen Turm-Geklüfte, worin nichts war als eine Treppe, herunter. Der langsame eiserne Perpendikelschlag, gleichsam das Hin- und Hermähen der an die Uhr gehangenen Eisen-Sense der Zeit – das äußere Windstoßen an den Turm – das einsame Gepolter der neun lebendigen Menschen – die seltsamen Beleuchtungen, die die getragene Laterne durch die oberste Empore hinunter in die Stuhlreihen flattern ließ, in deren jeder ein gelber Toter andächtig sitzen konnte, so wie auf der Kanzel einer stehen – und die Erwartung, daß bei jedem Tritte Flitte verscheiden und als bleicher Schein durch die Kirche fliegen könne, – – das alles jagte wie ein banger Traum den Notar im düstern Lande der Schatten und Schrecken umher, daß er ordentlich von Toten auferstand, als er aus dem schmalen

Turme unter den offnen Sternenhimmel hinaustrat, wo droben Auge an Auge, Leben an Leben funkelte und die Welt weiter machte. –

Flachs, als Geistlicher von den vier letzten Dingen mehr lebend als ergriffen, sagte zu Walt: »Sie haben Glück bei Testamenten.« Aber dieser bezog es auf seinen Stil und Stand, er dachte an nichts als an das närrische hüpfende Lebens-Karnaval, wo der zu ernsthafte Tod am Schlusse den Tänzern nicht nur die Larven abzieht, auch die Gesichter. Im Bette betete er herzlich für den jetzt kämpfenden Jüngling um einige Abendröte oder Frühlingsstrahlen in der wolkigen Stunde, welche auf jeden Menschen wie ein unendlicher Wolkenhimmel plötzlich oben herunterfällt und ihn zugehüllt auflöset. Er drückte dabei fest die Augen zu, um über nichts Zufälliges etwan zusammenzuschaudern.

Nro. 38. Marienglas

Raphaela

Als Gottwalt erwachte, hatt' er anfangs alles vergessen, und die Abendberge vor seinem Bettfenster standen so rot im Morgenschein, daß sein Wunsch der Reise wiederkam – darauf der Einwurf der Armut – endlich der Gedanke, daß er aber ja über zwanzig Louisd'or gebiete. Da sah er nach dem Stadtturm, worauf als einem castrum doloris nun der verstorbne Flitte liegen konnte, und wollte traurig aufblicken.

Aber sein Gesicht blieb aufgeheitert, so mitleidig er auch die Augen aufzog; die romantische Reise in solchen blauen Tagen – in solchen Verhältnissen – so plötzlich geschenkt – das war ihm ein Durchgang durch die helleste Glückssonne, wo es Licht stäubt und man sich ganz mit Flimmern überlegt.

Ganz verdrüßlich zuletzt darüber, daß er nicht traurig werden wollte, fuhr er ohne Gebet aus den Federn und hörte sein Herz ab. Er mochte aber fragen und zanken, solang' er wollte, und dem Herzen den blassen jungen Leichnam auf dem Turme hinhalten und dessen zugedrückte Augen, die mit keiner Morgensonne mehr aufgingen: es half gar nichts, die Reise und mithin die Reisegelder behielten ihren Goldglanz, und das Herz sah sehr gern hinein. Endlich fragt' er aufgebracht, ob es denn, wie er sehe, des Teufels lebendig sei, und ob es, wenn es könnte, etwa den armen Testator nicht sogleich und mit Freuden rettete und aufbrächte? Man besänftigte ihn ein wenig durch die Antwort: mit Freuden und auf der Stelle. Hier fiel ihm das Versprechen des Türmers ein, ein weißes Schnupftuch als Trauerflagge am Turme auszustecken, wenn der junge Mensch verschieden wäre. Da er aber droben keines fand und doch darüber einige Freude verspürte: so entließ er das arme verhörte Herz und war ordentlich auf sich ärgerlich, ohne Not dem ehrlichen guten Schelm so zugesetzt zu haben.

Er hätt' aber nur diesen Schelm fragen sollen, wie ihn bei zehnmal größerer Erbschaft z. B. der Tod des Bruders gestimmt haben würde: so würd' er, wenn er gefunden hätte, daß dann die Last viel zu schwer, der Kopf zu gebeugt gewesen wäre, um nur etwas anderes zu sehen als das Grab und den Verlust, leicht den Schluß gezogen haben, daß nur die Liebe den Schmerz erschaffe, und daß er vergeblich einen zu großen bei einer zu kleinen für den Elsasser von sich gefordert.

Jetzt sah er ein weißes Schnupftuch, aber nicht am Turm, sondern an Raphaelen, die im Parke traurig lustwandelte, und welcher die modische Taschenlosigkeit das Glück gewährte, diesen Schminklappen des Gefühls, diese Flughaut der Phantasie in der Hand zu haben. Sie sah oft nach dem Turme, einigemal an sein Fenster, grüßt' ihn mitten im Schmerz; ja als wenn sie ihm winke, hinunterzukommen, kam es ihm vor, aber nicht glaublich genug, weil er aus englischen Romanen wußte, wie weit weibliche Zartheit gehe. Indes kam Flora und bat ihn wirklich hinab.

Er ging zur Bewegten als ein Bewegter. »Ich denke mir leicht«, dacht' er sich auf der Treppe, »wie ihr ist, wenn sie an den Stadtturm sieht und droben den einzigen Menschen bald aufgebahret glauben muß, der nur durch eine herzlichste Liebe, wie eine mütterliche gegen ein mißgeschaffnes Kind, den Eindruck ihrer Widrigkeit schön überwand.« – »Verzeihen Sie meinen Schritt« – fing sie stockend an und nahm das Schnupftuch, diese Schürze eines trocknen Herzens, von den feuchten Augen weg –, »wenn er Ihnen mit der Delikatesse, die mein Geschlecht gegen Ihres behaupten muß, sollte zu streiten scheinen.«

Schade oder ein Glück wars, daß sie gerade diese Phrasis nicht dem hastigen Quoddeus Vult sagte; denn da es schwerlich in Europa oder in Paris oder Berlin einen Mann gab, der es in *dem* Grade so verfluchte – und erriet – als er, wenn eine Frau bestimmt auf ihr Geschlecht und auf das fremde und auf die nötigen Zartheiten zwischen beiden hinwies und es häufig anmerkte, wie da mancher Handkuß sie eine unreine Seele erraten lasse, dort mancher wilde Blick, und wie das zärtere Geschlecht sich gar nicht genug decken könne: so würde der Flötenspieler ohne Umstände geäußert haben: »eine freimütige H– sei eine kecke Heilige gegen solche Abgründe feiger und eitler Sinnlichkeit zugleich – er kenne dergleichen Herzen, welche das Schlimme argwohnen, um nur es ungestraft zu denken, die es wörtlich bekriegen, um es länger festzuhalten – ja manche sehen sich wohl gar in der Arzneikunde ein wenig um, damit sie im Namen der Wissenschaft (diese habe kein Geschlecht) ein unschuldiges Wort reden können – und lagern sich vor dem Altar und überall wie Friedrich II. so schlachtfertig, en ordre de bataille, wie auf dem Sopha.« – »Wahrlich«, setzt' er dazu, »sie gehen ins leibliche oder ins geistige Zergliederungshaus, um die Leichen zu – sehen. ›Unschuld, nur wenn du dich nicht kennst, wie die kindliche, dann bist du eine; aber dein Bewußtsein ist dein Tod.‹«

So scheint, gleichnisweise, *zermalmtes* Glas ganz *weiß*, aber *ganzes* ist beinahe gar *unsichtbar*.

So dachte aber nicht Walt: sondern als Raphaela an ihn die obige Anrede gehalten, gab er die aufrichtige Antwort, daß er nicht einmal bei seinem eignen Geschlechte, geschweige bei dem heiligsten, das er kenne, irgendeinen Schritt anders auslege, als das fremde Herz begehre.

Indes hatte sie ihn weiter nichts zu fragen als: wie der Sterbende – dem sie als einem Freunde ihres Vaters wohl gewollet, wie allen Menschen, und den sie sehr bedauert – sich in der Nacht bei seinem letzten Willen (wovon durch die sieben Zeugen als durch sieben Tore ebenso viele Brode hinlänglicher Nachrichten der Stadt herausgereicht waren) sich benommen habe, was sie gern zu wissen wünsche, da ein Sterbender ein höheres Wort sei als ein Lebender.

Der Notar antwortete gewissenhaft, das heißet als ein Notar, und sagte, er hoffe, nach dem Schnupftuch zu schließen, er sei noch lebendig. Sie berichtete, daß der Doktor Hut, der gerufen worden, ihn zwar angenommen, aber als einen verlornen Menschen, und sie wünschte dem Doktor, mit ihrem weichen Leumund, keine unglückliche Kur.

»Das ist doch schon was, und die überlebte Nacht dazu«, versetzte Walt ganz wohlgemut. Aber sie versicherte, sie tröste sich leider nicht so leicht und sie sei überhaupt so unglücklich, daß das fremde Leiden, auch das kleinste ihrer Verwandten, sie heftig angreife und sie Tränen koste. Sie brach in einige aus; sie wurde von sich so leicht als von andern schwer gerührt. Auch ist das Sprechen vom Weinen bei Weibern ein Mittel zum Weinen. Der Notar war seelenvergnügt über alle die Rührungen, die er teils sah, teils teilte. Liebes Frauen-Weinen war ihm eine so seltene Kost als langer grüner Ungar, Nierensteiner Hammelhoden, Wormser liebe Frauen-Milch oder andere Weine, die bei Herrn Kaufmann Corthum in Zerbst zu haben sind. Er blickte ihr mit allen Zeichen des teilnehmenden Herzens in ihre Augen voll Wasser-Feuer und hätte wohl gewünscht, die Delikatesse englischer Romane verstattete ihm, ihre zarte weiße Hand in etwas zu fassen, welche vor ihm stark im besonnten Grüne gaukelte und in den Tau der Gebüsche fuhr und darauf ins Haar, um es damit nach der Vorschrift eines Engländers wie andere Gewächse zu stärken.

Beide stellten sich jetzt – der Pyramide und dem steinernen Großvater auf der Insel gegenüber – an eine Urne aus Baumrinde. Raphaela hatte eine Lesetafel mit der Inschrift: »Bis *daher* dauere die Freundschaft« darangemacht. Sie schlang den Arm aufwärts um die Urne, so daß er immer schneeweißer wurde durch Bluts-Verhalt, und versicherte, *hier* denke sie oft an ihre ferne Wina von Zablocki, die ihr leider jährlich zweimal, durch die Michaelis- und die Ostermesse, nach Leipzig vom Generale entführet werde, seinem Vertrage mit der Mutter zufolge. Ohne ihr Wissen war ihr Ton durch langes Beschreiben der Schmerzen ganz munter geworden. Walt lobte sehr ihre Freundschaft und ihre – Freundin. Sie erhob die Freundin noch gewaltiger als er. Da konnt' er nicht länger mit dem anschwellenden Herzen bleiben. Mit Zurückberufung des alten Klagetons und einem Trauerblick gegen den Turm schied sie von dem Jüngling.

In diesem aber wurde ein Flug von Dämmerungsvögeln – um seine Ideen so zu nennen – wach und flog ihm 36 Stunden dermaßen um seinen Kopf, daß er ihnen nicht anders zu entkommen wußte als – zu Fuß, durch eine Reise. Winas lebendigeres Bild – die September-Sonne, die aus blauem Äther brannte – mögliches Reisegeld – und ein ganzes wünschendes Herz, das alles auf der einen Seite – und auf der andern und schlimmen Doktor Huts lautes Bedauern und Rezeptieren – Flittes laute Agonien – Heerings peinliches Schnupf- oder Bahrtuch, das jede Minute flattern konnte – Walts versäumte poetische Sing-Stunden (denn was war in solcher Krisis zu dichten?) – viele gesperrte Träume – und endlich 36 innere Fecht-Stunden dazu – – so viel und nicht weniger mußte sich ineinanderhaken, damit Walt, weils nicht mehr auszuhalten war, keine weitere Umstände machte, sondern zwei nötige Gänge, den ersten zu den Testaments-Vollstreckern, um den dritten langen anzusagen als Notariats-Pause; und darauf den zweiten zum Flötenspieler, um ihm hundert Anlässe zur Reise und die Reise zu melden.

Beide Brüder freuten sich wochenlang auf alles, was jeder nun dem andern Geschichtliches werde zu erzählen haben, wenn er wochenlang weggewesen; jetzt war Walt der Geber. Vult hatte sich über viel zu wundern. Sehr schwer fiel es ihm, die juristische Regel, daß Worte eines Sterbenden Eiden gleich gelten wie die eines Quäkers, auf den prahlenden Flitte anzuwenden; indes blieb ihm die Angel verdeckt, um welche sich die ganze Täuschung drehte. »Mir ist«, sagt' er, »als hätten die Narren dich zum – Weisen; ich weiß aber nicht wo. Um Gottes Willen, junger Mensch, sei eine Kutsche (folge einem ältern) und habe hinten dein rundes Fensterchen, damit kein Dieb dir Geld abschneidet oder Ehre.«

»Ich habe leider nichts zu erzählen«, sagte Vult.

Aber der Notar konnte zum Glück noch viel mitteilen. Er erzählte chronologisch – denn Vult gebots, weil jener sonst alles ausließ – und mit höchster Behutsamkeit – denn Walt kannte dessen unmetrische Härten gegen Weiber – Raphaelens Gespräch. Allein es half wenig; er haßte alles Neupetersche und besonders das weibliche. »Raphaela«, sagt' er, »ist lauter Lug und Trug.« – »Und einer so armen Häßlichen«, versetzte Walt, »könnt' ich einen vergeben, obgleich weder mir noch einer noch einem Geliebten.« – »Sie will nur, das mein' ich«, fuhr Vult fort, »sich auf ihre innere Brust brüsten, und während *ein* Liebhaber auslöscht, einen Sukzessor im trüben Tränenwasser erfischen. Ein Weib ist ein *weiblicher* Reim, der sich auf *zwei* Laute reimt; ein männlicher auf *einen*. Es ist nicht viel besser, Alter, als wenn sie als Falkenier zu dir Falken sagte und sich als Taube dir vorwürfe: rupf an, Männchen!«

»Die *Möglichkeit* solcher Täuschungen« – sagte Walt – »seh' ich wohl auch voraus, und dein Argwohn ist mir oft nichts Neues; aber über die *Wirklichkeit* in jedem Falle, darüber ist der Skrupel. Und Liebe kann ja ebensowohl stimmen als Haß verstimmen. Ist Raphaelens Freude über mein Lob auf ihre Freundin kein schönes Zeichen?« – »Nein«, sagte Vult. »Nur eine Schönheit ist an ausschließende Grade des Lobes und Feuers verwöhnt und hasset jede Unvollständigkeit und Teilung der fremden Empfindung; aber eine untergeordnete Gestalt ist genötigt zur Zufriedenheit mit mittlern Stufen und vergibt manches, ausgenommen manches.«

Walt hatte nichts weiter zu berichten als seinen Plan, den reinen Himmel zu atmen auf einigen Tagreisen, wo er auf nichts ausgehe als auf den Weg. Vult genehmigte ihn stark. Jener wollte sehr scheiden; aber der Flötenspieler, durch Reisen der Abschieds-Abende gewohnt, machte nicht viel Wesens, sondern sagte lustig: »Fahre dahin, fahre daher, gute Nacht, glückliche Reise.«

Die schönsten Reise-Winke standen am Himmel. Glänzend-scharf durchschnitt die Mond-Sichel der Abendblumen das Blau; frische Morgenluft strich schon über dunkelroten Wolken-Beeten am Himmel; und ein Stern nach dem andern verhieß einen reinen Tag.

NRO. 39. PAPIERNAUTILUS

Antritt der Reise

Am Morgen sah er auf der Schwelle reisefertig noch einmal seine dunkle westliche Stube an, darauf sogar in die Kammer hinein und flog mit zwei liebreichen Blicken, die einen Abschied bedeuten sollten, und mit einem an den Turm, dem der Tod noch kein Schnupftuch zugeworfen, freudig auf einen leeren Platz am Tore hinaus, wo er sich überall umsehen und unter den vier Holz-Armen eines Wegzeigers bei sich festsetzen konnte, wohin er gegenwärtig gedenke, ob nach Westen, Norden, Nordosten oder Osten; aus Süden, dem Stadttor, kam er aber her.

Seine Hauptabsicht war, den Namen der Stadt gar nicht zu wissen, der er etwa unterwegs aufstieß, desgleichen der Dörfer. Durch eine solche Unwissenheit hofft' er, ohne alles Ziel unter den geschlängelten Blumenbeeten der Reise umherzuschweifen und nichts zu begehren sowie zu besehen, als was er eben habe – in einem fort bei jedem Tritte anzukommen – sich in jedes goldgrüne Lust-Wäldchen zu betten, und ständ' es hinter ihm – in jeder Ortschaft selber den Namen der Ortschaft zu erfragen und darüber sich ganz heimlich zu ergötzen – und dabei, bei solchen Maßregeln in einem solchen Strich Landes, der vielleicht mit Landhäusern, Irrgärten, Tharanden, plauischen Gründen vorher, Bergschlössern voll heruntersehender Fräuleins-Augen, Kapellen voll aufgehobner Beter-Augen und überhaupt mit Pilgern, Zufällen und Mädchen ordentlich übersäet sein konnte, in romantische Abenteuer von solcher Zahl und Güte hineinzugeraten, als er freilich nie erwarten wollen.

»Mein guter Unendlicher in deinem blauen Morgenhimmel«, betete er in seiner durchdringenden Entzückung, »lasse doch die Freude dasmal nichts vorbedeuten.«

Er hatte sich in acht genommen, an den Wegweiser hinaufzusehen, der wie ein Affe vier Arme hatte, um nicht etwa an den abgewaschenen Armröhren einer Stelle ansichtig zu werden, von welcher die Zeit, besonders die Regenzeit, den Namen der Post-Stadt noch nicht rein weggerieben hatte. Am welt- und geistlichen Arm-Paar wär' er diese Gefahr nicht gelaufen, sondern dieses zeiget allgemeiner ins Blaue.

In Norden lag Elterlein; in Osten standen die Pestitzer oder Lindenstädter Gebürge, über welche diese Straße nach Leipzig – auch eine Lindenstadt – weglief; zwischen beiden nun nahm der Notar den Weg, um die Höhen, hinter welchen die holdselige Wina jetzt rollte oder ruhte, niemals aus den Augen zu verlieren, welche bald aus Blumenkelchen, bald aus Wolken auf Gebürgen trinken wollten. – Ein Glück ists für den gegenwärtigen Beschreiber der Reise und des Reisenden, daß Walt selber für sein und des Flötenisten Vergnügen ein so umständliches Tage- oder Sekunden-Buch seiner Reise gleichsam als ein Opfer- und Sublimier-Gefäß des Lebens vollgefüllt, daß ein anderer weiter nichts zu tun braucht, als den Deckel diesem Zucker- und Mutterfasse auszuschlagen und alles in sein Dintenfaß einzulassen für jeden, der trinken will. Der leidende Mensch hat einen erfreueten nötig – der erfreuete in der Wirklichkeit einen in der Poesie – und dieser, wie Walt, verdoppelt sich wieder, wenn er sich beschreibt.

»Fast wollt' ich hoffen«, so fängt Walt das Sekunden- und Tertienbuch an Vult an, »daß mein liebes Brüderlein mich nicht auslachen werde, wenn ich meine unbedeutende Reise nicht sowohl in deutsche Meilen als russische Werste abteile, welche als bloße Viertelstunden freilich sehr kurz sind, aber doch nicht zu kurz, ich meine für einen Menschen auf der Erde. So wie es nicht auszukommen wäre mit dem flüchtigen Leben, wenn man es, statt an Minuten- und Stunden-Uhren, lieber an Achttage- oder gar Säkular-Uhren abmäße, gleichsam einen kurzen Faden an ungeheuern Welt-Rädern: so möchte man, zumal wenn ein Reich es tut, dem es am wenigsten an Raum fehlt, das russische, dieselbe Entschuldigung haben, wenn man, da der kleine *Fuß* und der *Schuh* des Menschen sowohl sein eignes Maß als das seiner Wege ist, für bloße Fußreisen die Werste zum Wegmesser erwählt. Die Ewigkeit ist ganz so groß als die Unermeßlichkeit; wir Flüchtlinge in beiden haben daher für beide nur *ein* kleines Wort, Bruder: *Zeit-Raum.*«

Als er seine erste Werste nordöstlich antrat, Winas Gebürge und die Früh-Sonne zur Rechten und mitlaufende Regenbogen in den betaueten

Wiesen zur Linken: so schlug er die Hände als Schellen einer morgenländischen Musik gegeneinander vor Lust und wurde so leicht und behend von sich selber dahingetragen, daß er kaum aufzutreten brauchte! Läuferschuhe und Hosensäcke der Ohnehosen geben dem Menschen, wenn er sonst lange Stiefel und kurze Hosen trug, fast Flügel. Sein Gesicht war voll Morgenluft, und ein Orient der Phantasie war in seinen Blicken gemalt. Sein sämtliches Münzkabinett oder Studentengut hatt' er eingesteckt, als Surplus- und Operationskasse, um an dieser Geld-Katze einen Schwimm-Gürtel für alle Höllen- und Paradieses-Flüsse zugleich zu haben. Er bewegte sich durch das widerstrebende Leben so frei wie der Schmetterling über ihm, der nichts braucht als eine Blume und einen zweiten Schmetterling. Der Kunststraße, woran er einen ganzen Klumpen Reformatoren und Weg-Frotteurs stampfen und klopfen sah, ging er aus dem Wege, weil er sich nicht damit plagen wollte, entweder *einen* Morgengruß lang durch sie hinzuziehen, oder den nämlichen lächerlich immer von neuem zu sagen und doch wohl falsch abzusetzen. Hügelauf, talein lief er in nassen Gras-Blüten und verlor und erhielt abwechselnd die Stadt, von welcher er indes wünschte, daß er sie endlich einbüßte, weil ihm sonst immer nicht recht war, als sei er fort.

Er mußte noch zwei starke Werste zurücklegen, ehe sie hinter den Obsthügeln unterging. Noch war ihm nichts Besonders unterwegs begegnet als der Weg selber, als er seinen Gruß einem Menschen, dessen Gesicht ein Schnupftuch zuband im Fluge zuwerfen konnte. Er ging so lange fort, bis er glauben durfte, der Mann habe sich umgesehen, und er könn' es auch, ohne zusammenzustoßen. Aber eben sah jener her. Er ging wieder weiter und blickte um – der Bandagist seinerseits auch. Als ers zum drittenmal tat, merkte er, daß der Mann trotzig stehen bleibe, und daß ihn die Rücksicht gar verdrüße. Da ließ ihn Walt laufen und stehen.

Er stieß bald – so wuchsen die Abenteuer – auf drei alte Frauen und eine blutjunge, welche mit hochaufgetürmten Körben voll Leseholz aus einem Wäldchen kamen. Auf einmal standen sie alle in gerader Linie zugleich hintereinander still, die schweren Körbe auf den schief-untergestellten Stecken auflehnend, die sie vorher als Badinen getragen. Sein Herz machte viel daraus, daß sie, wie Protestanten und Katholiken in Wetzlar, ihre Ferien und Feiertage des Gehens gemeinschaftlich abtaten, um beisammen zu bleiben und fort zu reden. Nie entwischte seinem Auge die kleinste Handvoll Federn oder Heu, womit sich der Arme die harte Pritsche in der Wachtstube seines Lebens etwas weicher bettet und sich die Marterbank auspolstert. Ein liebender Geist spüret gern die Freuden der Armen aus, um darüber eine zu haben; ein hassender aber lieber die Plagen, seltener um sie zu heben, als um über die Reichen zu bellen, die er vielleicht selber vermehrt.

Herzlich gern wollt' er den Fracht- und Kreuzträgerinnen einige Groschen Trage-Lohn auszahlen; er schämte sich aber vor so vielen Zeugen einer warmen Tat. Darauf schob ein Mann einen Karren voll hoher klappernder Blechwaren daher; sein Töchterchen war als Vorspann vorgelegt; beide keuchten stark. Es zwang ihn, sich mit dem Karrenschieber zusammenzuhalten und sich auf die eine Waagschale zu stellen, den Kärrner auf die andere. Da er nun sogleich bemerkte, wie sehr er mit seinen Glückslosen und Zuckerhüten den Kärrner überwiege – der alten Holzweiber nicht einmal zu gedenken –; da er finden mußte, daß sein freies fliegendes Fortkommen, gegen das träge Karren- und Stunden-Rad des Mannes gemessen, mehr der freudigen leichten Weise beikomme, wie die Großen reisen: so wurd' er rot über seinen Reichtum und Stand – er sah die Weiber noch halten und lehnen – er lief zurück mit vier Gaben und eilig davon.

»Bei Gott«, schreibt er in sein Tagebuch, um sich ganz zu rechtfertigen, – »der armselige flüchtige Sinnen-Kitzel einer bessern Nahrung, welchen etwan ein paar geschenkte Groschen bereiten können, und überhaupt der *Genuß*, der kann nie der Anlaß werden, daß man die Groschen so freudig hinreicht; aber die *Freude*, die man dadurch auf einen ganzen Tag lang in ein ausgehungertes Herz und in seine welken, kalten, engen Adern auswärmend hineingießet, dieser schönste Himmel anderer Menschen ist doch wohl wohlfeil genug damit erkauft, daß man selber einen dabei hat.« Hier kramt er weitläuftig seinen alten Traum von dem Glücke eines reisenden Mylords aus, auf einmal durch eine offne volle Hand ein ganzes Dorf unter Bier und Fleischbrühe zu setzen und in ein Elysium langer Erinnerung.

Mit drei Himmeln im unschuldigen Gesicht – noch einen mehr hatt' er auf den Gesichtern hinter sich gelassen – glitt er leicht von Tautropfen zu Tautropfen. – Das Herz wird wie ein Luftschiff durch den Auswurf des schwersten Ballastes, des Geldes, so leicht, so schnell, so hoch. Indes traf er ziemlich spät in dem nur vier kleine Werste entlegenen Härmlesberg ein. Denn überall saß und schrieb, oder stand und sah er oder las alles – jede Inschrift einer Steinbank – und wollte keine Kleinigkeit übergehen, sie müßte denn Bevölkerung, Stallfütterung, Wiesenwuchs, Lehmboden und dergleichen betroffen haben.

»Drinnen will ich«, sagt' er zu sich, »da ich doch einem großen Herren ähnlich scheinen soll, mein déjeuner dinatoire einnehmen«, und trat in den Krug.

Nro. 40. Cedo nulli

Wirtshäuser – Reisebelustigungen

Der Notarius, der unter die Menschen gehörte, welche wohl jahrelang daheim sparen können, aber nicht unterwegs – hingegen andere kehren es gerade um –, foderte keck sein Nößel Landwein. Dabei aß und saß er und beobachtete vergnügt die Wirtsstube, den Tisch, die Bänke und die Leute.

Als einige Handwerkspursche ihren Kaffee bezahlten: bemerkte er sehr wahr, daß die Milchtöpfchen in Franken ihren Gießschnabel dem Henkel gegenüber haben, in Sachsen aber links oder gar keinen. Mit gedachten Purschen ging seine Seele heimlich auf Reisen. Gibt es etwas Schöneres als solche Wanderjahre in der schönsten Jahrszeit und in der schönsten Lebenszeit, bei solchen Diätengeldern, die man unterwegs bei jedem Meister erhebt, und bei solcher Leichtigkeit, in die größten Städte Deutschlands ohne alle Reisekosten zu gehen, und sobald kaltes nasses Wetter einbricht, sogar auf einem Arbeitsstuhl häuslich zu nisten und zu brüten wie der Kreuzschnabel im Winter? – »Warum« (schreibt sein Tagebuch Vulten) »müssen die armen Gelehrten nicht wandern, denen das Reisen und das Geld dazu gewiß ebenso nötig und dienlich wäre als allen Gesellen?« –

»Draußen im Reich«, sagte stets Walts Vater, wenn er bei Schneegestöber von seinen Wanderjahren erzählte; und daher lag dem Sohne das Reich in so romantischem Morgentau blitzend hin als irgendeine Quadratmeile von Morgenland; in allen Wandergesellen verjüngte sich ihm die väterliche Vergangenheit.

Jetzt fuhr ein Salzkärrner mit *einem* Pferde vor, trat ein, wusch sich in einer ganz fremden Stube öffentlich und trocknete sich mit dem an einem Hirschgeweih hängenden Handtuch ab, ohne noch für einen Kreuzer verzehrt oder begehrt zu haben. Walt bewunderte den kräftigen Weltmann, ob er gleich nicht fähig gewesen wäre, sich nur unter vier Augen die seinigen zu waschen. Dennoch exerzierte er – da er in etwas getrunken – einige Wirtshaus-Freiheiten und ging in der Stube wohlgemut umher, ja auf und ab.

Ob er gleich nicht imstande war, unter einer fremden Stubendecke den Hut aufzubehalten – sogar unter seiner sah er ungern bedeckt aus dem Fenster aus Artigkeit –: so hatt' er doch seine Freude daran, daß andere Gäste ihren aufhatten und sonst überall von den herrlichen akademischen Freiheiten und Independenzakten der Wirtsstuben den besten Gebrauch machten, es sei, daß sie lagen oder schwiegen, oder sich kratzten. Ihm schienen die Wirtsstuben ordentlich als hübsche geräumliche, aus abgebrochenen eingeäscherten Reichsstädten unversehrt herausgehobene reichsunmittelbare Diogenes-Fässer vorzukommen, als hübsche aus Marathons-Ebenen ausgestochne Grünplätze, vom Keller grünend gewässert.

Es wurde schon erwähnt, daß er auf und ab ging; aber er ging weiter und – denn das Wirtshausschild setzt' er als Achilles-Schild vor, den Weinbecher als Minervens-Helm auf – schrieb unter aller Augen ein und das andere Texteswort in seine Schreibtafel, um, wenn er allein wäre abends im Quartier, darüber zu predigen. Auch trug er ein, daß auf dem Schilde des Wirtshäuschens ein Schilderhäuschen stand.

Der Mut der Menschen wächset leicht, ist er nur herausgekeimt; – Kommende grüßten leise, Gehende laut; der Notarius dankte beiden lauter. Er war so freudig bei einem Freudenbecher, den nicht einmal sächsischer Landwein hätte wässern können. Er liebte jeden Hund, und wünschte von jedem Hund geliebt zu sein. Er knüpfte deswegen mit dem Wirtsspitze – um nur etwas für das Herz zu haben – ein so enges Band von Bade-Bekanntschaft und Freundschaft an, als ein Stückchen Wursthaut bei solchen Wesen sein kann. Für warmherzige Neulinge sind wohl stets die Hunde die Hundssterne, durch deren Leitung sie zur Wärme der Menschen zu gelangen suchen, sie sind sozusagen die Saufinder und Trüffelhunde tief versteckter Herzen. »Spitz, gib die Pfote«, rief der Wirt in Härmlesberg. Spitz, oder der Spitz – denn der Gattungsname ist, was bei dem Menschen selten, in Deutschland und in Haßlau zugleich der persönliche, ausgenommen in Thüringen, wo die Spitze Fixe heißen – Spitz drückte dem Notar die Hand, soweit er wußte.

»Gebt dem Herrn auch eine Patschhand, Bestien«, rief der Wirt, als drei kleine, armlange, geputzte Mädchen von einerlei Statur und Physiognomie an der Hand einer jungen schönen, aber schneeblassen Mutter hereintraten aus der Schlafkammer. »Es sind Drillinge und sollen zu ihrer Frau Patin«, sagte der Wirt. Gottwalt schwört im Tagebuch, daß etwas »Allerliebsteres, Herzinniglicheres« es gar nicht gebe, als drei so liebe hübsche, niedliche Mädchen von einerlei Höhe mit ihren Schürzchen und Häubchen und runden Gesichterchen sind, wobei nur zu bedauern sei, daß es Drillinge gewesen, und nicht Fünflinge, Sechslinge, Hundertlinge. Er küßte sie alle vor der ganzen Wirtsstube kurz und wurde rot; – es war halb, als hab' er die zarte bleiche Mutter mit der Lippe angerührt; auch sind ja die guten Kinder die schönste Wesen- und Jakobsleiter zur Mutter. Dabei sind solche winzige Mädchen für Notarien, welche ohne Mut und ohne Elektrisier- und Sprachmaschine für erwachsene Mädchen dazustehen fürchten, ordentlich die schönen Ableiter und Zuleiter, geschenkte Rechenknechte für den Augenblick; – man wundert sich fröhlich und heimlich, daß man ein Ding wie ein Mädchen so dreist umhalset. Walt wurde der Kleinen später satt als sie seiner. Er war ja dem Drilling – als eigner Zwilling – viel verwandter als alle Gäste in der Stube. Er beschenkte sie geldlich zur höchsten Freude der Mutter. Dafür bekam er drei Küsse, die er lange zurücklieferte, nur bei sich betrübt, daß ein Tauschhandel solcher Artikel selber so früh dem Tausche der Zeit heimfalle. »Ei, Herr guter Harnisch!« sagte der Wirt. Walt wunderte sich über die Kenntnis seines Namens, aber nicht ohne Vergnügen, ja mit einiger Hoffnung, daß es, nach einem solchen Anfange zu urteilen, wohl noch seltsamere Avantüren zu erleben gebe. Er wollte daher lieber nicht fragen, wie und wo und wann, aus Furcht, um seine Hoffnung zu kommen.

Mit Wollust sah er zu, wie der Vater sich von den Kindern Äpfel abkaufen ließ, um Walts Geld von ihnen zu haben – und wie die Mutter dem ersten Drilling Brot zulangte, damit er wieder davon furchtsam eine Ziege unter dem Fenster abknuppern ließe – und wie der zweite herzhaft in einen

Apfel einbiß, ihn dem dritten zum Beißen hinhielt, und wie beide ihn wechselnd anbissen und reichten und jedesmal lächelten. »O wär' ich nur ein wenig allmächtig und unendlich« – dachte Walt – »ich wollte mir ein besonderes Weltkügelchen schaffen und es unter die mildeste Sonne hängen, ein Weltchen, worauf ich nichts setzte als lauter dergleichen liebe Kinderlein; und die niedlichen Dinger ließ' ich gar nicht wachsen, sondern ewig spielen. Ganz gewiß, wenn ein Seraph himmelssatt wäre oder sonst die goldenen Flügel hängen ließe, könnt' ich ihn dadurch herstellen, daß ich ihn einen Monat lang auf meine springende jubelnde Kinderwelt herabschickte, und kein Engel könnt', solange er ihre Unschuld sähe, seine eigene verlieren.«

Endlich rückten die Kinder, einander an den Händen zu führen befehligt, mit der Mutter aus, zur Frau Patin. Ein langer Tiroler mit grünem Hut, von welchem bunte Bänder flatterten, trat singend hinein. – Walt trank und brach auf. Schön war draußen die Welt, sogar noch in Härmlesberg. Im Dorfe wurde Zimmerholz mit lauten Schlägen zugehauen und, mit der roten Meßschnur angeschnellet, in gerade Formen abgeteilt; – alle Kinderszenen unter dem Bauholz seines Vaters kamen mit dem Rosenhonig der Erinnerung aus den Kindheitsrosen beladen zurück. Bleicherinnen mit großen Hüten begossen, leicht gebückt, die weißen Beete aus Flachs-Lilien. Aus dem Hut, den ein Mädchen an langen Bändern an der Hand herunterhängen ließ, floh er zu den blauen, gelben Glaskugeln eines Gartens auf und wiegte sich überall.

Jetzt kam er in die lange Gasse des aus Bergen wie aus Palästen zusammengereiheten Rosana-Tals hinein – Edens Gartenschlüssel wurden ihm vorn überreicht, und er sperrte es auf. »Der völlige Frühling ist da, der Orpheus der Natur, sagt' ich,« (schreibt er) »denn die Wiesen blühen ja – die Dotterblumen stehen so dicht – den Heu-Bergen ziehen kleine Kinder mit großen Rechen kleine Hügel zu – oben aus den Wäldern der Berge ruft die Waldlerche und die Drosseln herrlich herunter – schöne Frühlingswinde ziehen durch das lange Tal – die Schmetterlinge und die Mücken halten ihren Kinderball, und der Rosennachtfalter oder das Goldvögelchen sitzt still auf der Erde – die Blätter der Kirschbäume glühen rot, wie ihre Früchte, nach, und statt blasser Blüten fallen schön bemalte Blätter – und im Frühling wie im Herbste zieht die Sonne am Spinnrade der Erde fliegendes Gewebe aus –– wahrhaftig es ist ein Frühling, wie ich noch selten einen gesehen.«

Im hohen Äther waren zarte Streifen Silberblumen gewebt, und Meilentief darunter zog langsam ein Wolken-Gebürge nach dem andern hin; – zwischen diese aufgebauete Kluft im Blau flog Walt und wandelte auf dem Himmelswege aus Duft leicht dahin und sah oben noch höher auf. Doch sah er auch herab ins heimliche Tal – sah den stillen glatten Fluß darin gleiten – Wälder bogen sich liebend von einem Bergrücken hinein, am andern glänzten Trauben und Weinbergshäuschen und reife Beete. – Er fuhr wieder hernieder in sein langes Tal, wie auf einen Eltern-Schoß.

»Wie geht es sich so schön in den Säulenhallen der Natur, auf dem Grün und zwischen dem Grün, in ewiger Begleitung des unendlichen Lebens!« sang er, ohne besondere Metrik, laut hin und sah sich um, damit niemand seine Singstimme belausche. – »Wallet nur hin, ihr hübschen Schmetterlinge, und genießet die Honigwoche des kleinen Seins – ohne Hunger, ohne Durst[1] – ein schönes Sonnenleben – ein Liebessein – und die einzige Kammer des Herzens ist nur eine ewige Brautkammer der Liebe – beugt die Blumen – lasset euch wehen – spielt im Glanz und entzittert nur linde wie Blüten dem Leben.«

Er sah eine Herde stummer Nachtigallen, die sich zum nächtlichen Abzug rüsteten. »Wo fliegt ihr hin, ihr süßen Frühlings-Klänge? Sucht ihr die *Myrte* zur Liebe, sucht ihr den *Lorbeer* zum Sange? Begehrt ihr ewige Blüten und goldne Sterne? So fliegt nur ohne Stürme unter unsern Wolken fort und besingt die schönsten Länder, aber fliegt dann liebesbrünstig in unsern Frühling zurück und singt dem Herzen in schmachtenden Tönen das Heimweh nach göttlichen Ländern vor.

Ihr Bäume und ihr Blumen, ihr neigt euch hin und her und möchtet noch lebendiger werden und reden und fliegen, ich liebe euch, als wär' ich eine Blume und hätte Zweige; einstens werdet ihr höher leben.« Und da bog er einen tief ans Wasser sich neigenden Zweig gar ein wenig in die Wellen hinein.

Plötzlich hört' er in tiefer Ferne hinter sich eine Flöte durch das Tal gleichsam auf dem Strom herunterkommen, dem Wehen entgegen. Die Ferne ist die Folie der Flöte; und ihm, der mehr ihren Ton als ihren Gang verstand, war keine nahe gute nur halb so lieb. Die Töne schienen nachzukommen, doch schwächer. Am Wege stand eine Steinbank, die ihn in dieser Einsamkeit schön an die Menschensorge für andere Menschen erinnerte. Er setzte sich ein wenig darauf, um gleichsam zu danken. Aber er legte sich bald ins hohe Ufer-Gras, um der guten Erde, die zugleich der Stuhl, der Tisch und das Bette der Menschen ist, näher zu sein, und regte sich wenig, um die im warmen stillen Uferwinkel spielenden Eintags-Fischchen nicht wegzuschrecken. Er liebte nicht einen und den andern Lebendigen, sondern das Leben, nicht einmal die Aussichten, sondern alles, die Wolke und den Gras-Wald der goldnen Würmchen, und er bog ihn auseinander, um ihren Aufenthalt zu sehen und ihre Brotbäumchen und ihre Lustgärtchen. Er hielt lieber mit Schreiben und Dichten auf seiner Schreibtafel innen, wenn ein buntes weiches Wesen über die glatte Fläche sich wegarbeitete, als daß er es weggeschnellet oder gar erdrückt hätte. »Gott, wie könnte

[1] Schmetterlinge haben nur eine Herzkammer und die meisten keinen Magen.

man ein Leben töten, das man recht angesehen, z. B. nur eine halbe Minute lang«, fragt' er.

Er hörte die Flöte, die gleichsam aus dem Herzen der stummen Nachtigallen sprach. Heiße Freudentropfen sog das dunkle Getön aus seinem von tausend Reizen überfüllten Auge. Jetzt schlugen ein paar große helle Tropfen aus einer warmen Flug-Wolke über ihm auf seine flache Hand herab – er sah sie lange an, wie er es sonst als Kind bei Regentropfen gemacht, weil sie vom hohen fernen heiligen Himmel gekommen. Die Sonne stach auf die weiße Haut und wollte sie wegküssen – er küßte sie auf und sah mit unaussprechlicher Liebe nach dem warmen Himmel auf, wie ein Kind an die Mutter.

Er sang nicht mehr, seitdem er hörte und weinte. Endlich stand er auf und setzte seinen Himmelsweg fort, als er einige Schritte in der Nähe einen aus der Hutschnur eines Fuhrmanns entfallenen Zollzettel auf dem Wege gewahr wurde. In der Hoffnung, daß er dem Mann vielleicht nachkomme und ihn finde, hob er das Blättchen auf; weil ihm nichts Fremdes klein, wie nichts Eignes wichtig vorkam, und weil sein poetischer Sturm leichter einen Gipfel bog als eine Blume. Wenn die Leidenschaft glutverworren auffliegt wie ein brennendes Schiff: so fliegt die zarte Dichtkunst des Herzens nur auf wie eine goldne Abendrot-Taube, oder wie ein Christus, der gen Himmel geht, weil er eben die Erde nicht vergisset.

Die Flöte floß ihm immer durch das Bette des Tales nach, ohne doch weder näherzukommen, wenn er stand, oder zurückzubleiben, wenn er lief.

Jetzt schwang sich die Landstraße plötzlich aus dem Tale den Berg hinauf. – Die Flöte drunten wurde still, da sich oben die Weltfläche weit und breit vor ihm auftat und sich mit zahllosen Dörfern und weißen Schlössern anfüllte und mit wasserziehenden Bergen und mit gebognen Wäldern umgürtete. Er ging auf dem Bergrücken wie auf einer langen Bogen-Brücke über die unten grünende Meeresfläche zu beiden Seiten hin.

Er war ganz allein und vor Ohren sicher, er pfiff frei daher figurierte Choräle, Phantasien und zuletzt alte Volksmelodien und hörte nicht einmal auf, wenn er einatmete. Gegen die Natur aller andern Blasinstrumente bleibt diese Mundharmonika, wie die andere, romantisch und süß in großer Nähe – keinen halben Fuß vom Ohre – und wie bei der Musik im Traum ist hier der Mensch zugleich der Instrumentenmacher, Komponist und Spieler, ohne im geringsten einen andern Lehrmeister dazu gehabt zu haben als wieder sich, den Schüler selber.

Immer betrunkner und glücklicher wurde Walt, als er auf dieser ersten Schäferpfeife, auf diesem ersten Alphorn fortblies, dem Morgenwinde entgegen, der die Töne in die Brust zurückwehte; und zuletzt wurd' ihm, als komme das verwehte Getön aus weiter Ferne her. Da er lange so ging und träumte – da er von dem Bergrücken bald links in die Hirtenstücken der Wiesen hinuntersah und zu den Kirchtürmen von Altengrün – von Joditz –

von Talhausen – von Wilhelmslust – von Kirchenfelda – und die Jagd- und Lustschlösser erblickte, deren beide Namen allein, wie romantische Zauberworte, alte Gegenden und Paradiese der Kinderseele erscheinen ließen – da er bald wieder rechts hinunterschauete auf die zweite Ebene, worin sich der gerade Fluß seines Tales, die Rosana, freigeworden, auf einem blumigen Tanzplatz schlängelte und das Silber-Schild der Sonne trug und immer zeigte – und da er das Auge auf die Lindenstädter Gebürge warf, wo unter den hohen hellen Laubholzwäldern die dunklen Tannen-Waldungen gleichsam nur als breite Schlagschatten zu stehen schienen – und da er in den Himmel sah, worin still und leicht die Wolke und die Taube flog – und da in den Wäldern des Tals die Herbstvögel schrien und in den Steinbrüchen einzelne Schüsse lang forthalleten: so schwieg er wie aus Andacht vor Gott und dachte dem, was er singen wollte, nach, als ob der Unendliche nicht auch das Denken höre; bis er mit leiser Stimme den Streckvers sang und wiederholte, den er schon längst gemacht:

»O wie ist der Himmel, wie die Erde so voll freudiger Stimmen! Viel schöner als dort, wo einstens der Chorus laut jammerte und nur Niobe schwieg und unter dem Schleier stand mit dem unendlichen Weh, jauchzen die Chöre im Himmel und auf Erden, und nur der Allselige ist still, und der Äther verschleiert ihn.«

Darauf sah er gen Himmel, nannte Gott zweimal du und schwieg lange; und hielt es für erlaubt, sogleich an Wina zu denken. Plötzlich kam ein altes vertrautes, aber wunderbares Mittagsgeläute aus den Fernen herüber, ein altes Tönen wie aus dem gestirnten Morgen dunkler Kindheit; siehe, Meilen-tief in Westen sah er Elterlein hinter unzähligen Dörfern liegen und glaubte die alte Dorf-Glocke zu erkennen und Winas weißes Bergschloß, ja sogar das elterliche Haus. Er dachte voll Sehnen an seine fernen Eltern – an das Stilleben der Kindheit – und an die sanfte Wina, die ihm, auch im Stilleben ihrer Kindheit, einst die Aurikeln in die Hand gelegt – sein Auge hing an den östlichen Gebürgen im stillen Blau, hinter welche er wie hinter Klostermauern Wina als sanfte Nonne in Blumen ihres Kloster-Gartens sinnend gehen ließ. Glocken aus mehreren Dörfern tönten zusammen – der Morgenwind rauschte stärker – der Himmel wurde blauer und reiner – der bunte leichte Teppich des Erdenlebens breitete sich über die Gegend aus und flatterte an den Enden, und Walt wohnte, wie ein Traum, nur in der Vergangenheit.

Er sang voll Seligkeit und nannte *ihren* Namen nicht: »Es zieht in schöner Nacht der Sternenhimmel, es zieht das Frühlings-Rot[1], es schlägt die Nachtigall – und der Mensch schläft und merkt es nicht; – endlich geht sein Auge auf, und die Sonne sieht ihn an. O Lina, Lina, du gingst auch vorüber mit deinen Blumen – mit den süßen Tönen – und mit Liebe – aber mein

[1] Die Abendröte im Norden.

Auge war blind; nun ist es aufgetan, allein die Blumen sind verwelkt, die Worte sind vergangen, und du glänzest hoch als Sonne.« –

Hier kehrte er um vor dem lauten Wehen; er fand die Welt sonderbar still um sich; nur das Geläute klang allein und leise, wie Schalmeien der Kindheit, und er wurde sehr bewegt. Er lief wieder und sang immer heißer: »Nasses Auge, armes Herz, siehst du nicht den Himmel und den Lenz und das schöne Leben? Warum weinest du? Hast du was verloren, ist dir wer gestorben? Ach ich habe nichts verloren, mir ist nichts gestorben; denn ich habe noch nicht je geliebt, o laß mich weiter weinen!«

Zuletzt sang er nur einzelne Füße noch, ohne besondern Zusammenhang – er kam eiliger durch Beete – durch grüne Täler – über klare Bäche – durch mittagsstille Dörfer – vor ruhendem Arbeitszeug vorbei – auf dem Zauberkreis der Höhen stand Zauberrauch – der Sturmwind war entflohen, und am klaren Himmel blieb das große unendliche Blaue zurück – Vergangenheit und Zukunft brannten hell und nahe, entzündet von der Gegenwart – der Blumenkelch des Lebens umschloß ihn buntdämmernd und wiegte ihn leise – und Pans Stunde ging an – –

»Jetzt ergriff mich« – schreibt er in seinem Tagebuche – »Pans Stunde, wie allemal auf meinen Reisen. Ich möchte wohl wissen, woher sie diese Gewalt bekommt. Nach meiner Meinung dauert sie von 11 und 12 bis 1 Uhr; daher glauben die Griechen an die Pans-, das Volk an die Tags-Geisterstunde, auch die Russen.[1] Die Vögel schweigen um diese Zeit. Die Menschen schlafen neben ihrem Arbeitszeug. In der ganzen Natur ist etwas Heimliches, ja Unheimliches, als wenn die Träume der Mittagsschläfer umherschlichen. In der Nähe ist es leise, in der Ferne an den Himmels-Grenzen schweifet Getön. Man erinnert sich nicht sowohl der Vergangenheit, sondern sie erinnert sich an uns und durchzieht uns mit nagender Sehnsucht; der Strahl des Lebens bricht in seltsam-scharfe Farben. – Allmählich gegen die Vesper wird das Leben wieder frischer und kräftiger.« –

NRO. 41. TRÖDELSCHNECKE

Der Bettel-Stab

In Grünbrunn kehrt' er ein. Im Wirtshaus hielt er seine Wachsflügel ans Küchenfeuer und schmolz sie ein wenig. In der Tat braucht der Mensch bei den besten Flügeln für den Äther doch auch ein Paar Stiefel für das Pflaster. Da der Speisesaal schon voll Hunde und Herren war: so setzt' er sich lieber unter eine Vorhalle oder Vordachung zu Tisch, die so breit war als der Tisch. Es war ihm, als sei er ein Patriarch, da er in einem offnen freien luf-

[1] Wenden und Russen nehmen eine Glieder raubende Mittags-Teufelin an. Lausitz. Monatsschrift 1797. 12. Stück.

tigen Halb-Haus am Hause sitzen und die ganze sich aufblätternde Welt umherhaben konnte. Er sah hinaus in die ihm fremden Gegenden und Felder, und er fühlte sich einem leichten Troubadour alter Zeiten gleich, nachdem er zusammengerechnet hatte, daß er jetzt schon in einer Ferne von neunzehn Wersten von seiner Heimat lebe. Er trug in sein Reisebuch die ökonomische Gewohnheit ein, die er vor sich sah, die Wiesen mit einem Kohl- oder anderen Fruchtbeete zu umrändern, anstatt daß man sonst umgewandt Beet-Felder in Wiesen-Raine einschließt; und bemerkte gegen einen neben ihm essenden Bauersmann, das sehe sehr niedlich aus.

Man ließ ihn lange in seinem Nachklange des melodischen Vormittags, in jener epischen Stimmung sitzen, worin er das Kommen und das Verschwinden der Sterblichen im Wirtshause ansah, und warten, bevor man ihm sein Tisch-Tuch und seinen Teller Essen auftrug. Es ist vielleicht der Mühe wert, zu bemerken, daß er nicht aufaß, teils aus Freundlichkeit gegen den Wirt, um ihn nicht um die Nachlese zu bringen, teils weil der Mensch, gleich seinen Unter-Königen, dem Adler und dem Löwen, eine besondere Neigung hat, nie rein aufzuspeisen, wie man an Kindern am ersten wahrnimmt. Der Notar begriff gar nicht, wie der Bauersmann und andere Gäste imstande sein konnten, den Teller ordentlich zu scheuern und zu trocknen und jeden abgeglätteten Knochen noch zu trepanieren und, wie Kanonen und Perlen, zu durchbohren.

Nach dem Essen stellte er sich vor die offne Saaltüre der Tafelstube, um mit dem im Zaubertal gefundenen Zollzettel in der Hand und mit dessen Übergabe zu warten, bis die speisenden Fuhrleute, die er in corpore anzureden und zu befragen scheuete, einzeln herauskämen. Da stand ein junges, schnippisches dreizehnjähriges Fuhrmännlein in blauem Hemde und dicker weißer Schlafmütze auf, drehte ganz heimlich des Wirts Sand-Uhr um und wollte dem Mann im eigentlichen Sinne (denn es war erst ein Drittel Stunden-Sand verlaufen) die Zeit vertreiben.

Aber der Notar fuhr erboset hinzu und kehrte die Umkehrung um, viel zu unvermögend, ein hämisches Unrecht, das er gegen sich erdulden konnte, gegen einen andern zu ertragen.

Diese Hitze setzt' ihn in den Stand, den Zettel vor der ganzen table d'hôte emporzuheben und auszurufen, ob ihn jemand verloren. »Ich, Herr«, sagte ein langer herübergestreckter Arm und ergriff ihn und nickte *einmal* kurz mit dem Kopfe statt der warmen Danksagung, auf die Walt aufgesehen.

Auf dem Fenster sah er neben der Uhr das Schreibbuch des Wirts-Kindes liegen, dem zu drei Zeilen die Worte Gott – Walt – Harnisch vorgezeichnet waren. Er war sehr darüber erstaunt und fragte den Wirt, ob er etwan Harnisch heiße. »Karner ist mein Name«, sagte dieser. Walt zeigte ihm das Buch und sagte, er selber heiße, wie da stehe. Der Wirt fragte grob, ob er denn auch wie die vorige Seite heiße: Hammel – Knorren – Schwanz – etc.

Jetzt wollte der Notar wieder Flügel anstatt der Pferde nehmen und fort, und vorher bezahlen, als ihn ein Bettelmann dadurch aufhielt und erfreuete, daß er sein Almosen in Naturalien eintreiben wollte und um ein Glas Bier bettelte, wahrscheinlich ein stiller Anhänger des physiokratischen Systems. Da der Mann unter dem Einkassieren der kleinen Naturalbesoldung seinen Bettelstab in eine Ecke stellte: so gab das dem Notar Gelegenheit, diesen dornigen, schweren Stab in die Hand zu nehmen. Walt hob und schwang ihn mit dem besondern Gefühl, daß er nun den Bettelstab, wovon er so oft gehört und gelesen, wirklich in Händen halte.

Zuletzt – da er sich es immer wärmer auseinandersetzte, wie das der letzte und dünnste Mast eines entmasteten Lebens, ein so dürrer Zweig aus keinem goldnen Christbaum, sondern aus der Klag-Eiche sei, eine Speiche aus Ixions Rad – wurd' er erfasset; er handelte dem Bettelmann, der vom Ernst nicht anders zu überzeugen war als durch Geld, den Stab ab, die einzige Nippe, die der Mann hatte. »Dieser Stab« – sagte Walt zu sich – »soll mich wie ein Zauberstab verwandeln und besser als eine Lorenzo-Dose barmherzig machen, wenn ich je vor dem großen Jammer meiner Mitbrüder einst wollte mit kaltem oder zerstreuetem Herzen vorübergehn; er wird mich erinnern, wie braun und welk und müde die Hand war, die ihn tragen mußte.«

So sagt' er strafend zu sich; und der weichherzige Mensch warf sich, ungleich den hartherzigen, vor, er sei nicht weichherzig genug, indes jene sich das Gegenteil schuld geben. Er brauchte dieses Stängeln seiner fruchtbringenden Blumen nicht; aber da, wo diese Wetterstange selber wächset, auf den Schlachtfeldern und um die Lustschlösser vierzehnter Ludwige herum, die schon gleich mit *Zähnen* auf der Welt ankommen [1], an Orten, wo die geheimen Treppen und Throngerüste aus solchem Marter-Holz gezimmert werden, in Ländern, wo der Bettelstab der allgemeine oder *General-Stab* ist, vielleicht durch den militärischen selber, da würd' es ein erwünschtes Legat sein, wenn jeder Bettler seinen Stab in ein eignes Staats-Hölzer-Kabinett vermachte; – wenigstens ist zu glauben, wenn neben jedem Kommando-Stab und Zepter ein solcher läge, er diente als Balancierstange und schlüge vielleicht wie ein Moses-Stecken aus manchen harten Thron-Felsen weiches Wasser.

Der Notar verließ sein Quartier mit dem Exulantenstab so froh, als es zu erwarten war, da er den Verkäufer desselben in Erstaunen und Freudentränen gesetzt; und besonders da er über die goldne Ernte von Abenteuern hinsah, die er bloß in einem halben Tage eingeerntet. »Wahrlich es ist stark«, sagt' er, »in Härmlesberg weiß man meinen Namen schon mündlich – in Grünbrunn gar schriftlich – eine wunderbare Flöte geht und steht mit mir – einen fremden Wander-Stab hab' ich desfalls – Gott, was kann

[1] Louis XIV wurde gezähnt geboren.

mir nach solchen Zeichen nicht in einem ganzen langen Nachmittag passieren? Hundert Wunder! Denn es schlägt erst halb 2 Uhr.« So schloß er und sah mit frohlockenden Augen in den blau-ausgewölbten Himmel hinein.

Nro. 42. Schillerspat

Das Leben

Im nächsten Flusse wusch er den Bettelstab und die Hände ab, in welche er ihn vor dem Verkäufer aus Schonung frei genommen. Der erste Akt der Wohltätigkeit, den er nach dem Kaufe des Stabes verrichtete, war einer mit dem Holze selber an Flöß-Holz. Er konnt' es nicht ertragen, daß, während mitten im Strome viele Flöß-Scheite lustig und tanzend hinunterschwammen, eine Menge anderer, die nicht unbedeutender waren, sich in Ufer-Winkeln stießen, drängten und elend einkerkerten; eine solche Zurücksetzung auf die Expektantenbank verdienten die Flöß-Scheite nicht; er nahm daher seinen Bettelstock und half so vielen hintangesetzten Scheiten durch Schieben wieder in den Zug der Wogen hinein, als neben ihm litten; denn alle Scheite – sowie alle Menschen – zu befördern, steht außer dem Vermögen eines Sterblichen.

Er holte darauf einen kleinen zerlumpten Jungen ein, der barfuß in einem Paar roten Plüschhosen voll unzähliger Glatzen ging, das, von einem Manne abgelegt, eine Pump- und Strumpfhose zugleich an ihm geworden war. Der Knabe hatte nichts bei sich als ein Gläschen, mit dessen Salbe er sich unaufhörlich die rotkranken Augen bestrich. Walt fragte ihm sanft seine Leidensgeschichte ab. Sie bestand nur darin, daß er von seiner Stiefmutter weggelaufen, weil sein Vater, ein Militär, von dieser weggelaufen, und daß er sich zu den Franzosen zu betteln hoffe. »Kannst du hessische Groschen brauchen?« fragte Walt, der zu seinem Schrecken zu großes Geld bei sich fand. Der Knabe sah ihn dumm an, lächelte dann, wie über einen Spaß, und sagte nichts. Walt wies ihm einen. »O«, sagt' er, »das kenn' er wohl, sein Vater hab' ihn oft wechseln lassen.« Der Notar erfuhr endlich, der Knabe sei ein Hesse – und gab ihm alle vaterländische Groschen.

Allmählich äußerte jetzt der Bettelstab seine feindselige Kraft, eine Wetterstange zu sein, welche Gewitter zieht. Walt konnte den Frühling des Vormittags durchaus nicht wieder zurückbringen, sondern mußte den Herbst vor sich stehen sehen, der gerade so episch macht als der Lenz lyrisch und romantisch. Er durft' es dem Stock sehr aufbürden, daß er nach den Leipziger Bergen sah und doch ganz vergeblich hinter ihnen auf der andern Seite in die Leipziger Ebenen herabzufahren suchte bis vor Winas Gartentüre, weil der Stock sich gleichsam unter den Berg-Schlitten stemmte und stülpte.

Er sah nur das Fliehen und Fliegen des Lebens, die Eile auf der Erde, die Flucht des Wolkenschattens, indes am Himmel die Wolke selber nur langsam zieht, und die Sonne gar wie ein Gott steht und blickt. Ach in jedem Herbst fallen auch dem Menschen Blätter ab, nur nicht alle.

Er sah eine abgefressene Wiese, aber violett von ausgeschlossenen giftigen Herbstblumen. Auf ihr lärmten Zugvögel, die miteinander den Plan zu ihrer Nachtreise zu bereden schienen. Auf der Landstraße fuhr ein rasselnder Wagen hin, unter den Hinterrädern boll ein Hund. Am fernen Berg-Abhange schritt eine weibliche weiße Gestalt kaum merkbar hinter ihrem dunkelbraunen Manne, um in irgendeinem unbekannten Dörfchen ein Glas und eine Tasse zu genießen und dazu vor- und nachher soviel von schöner Natur, als unterwegs gewöhnlich vorkommt. In der Nähe trippelten zwei weißgeputzte Mädchen von Stande, mit Blumen und Schnupftüchern in den Händen, durch die grünen Saaten-Furchen, und die gelben Schals flatterten zurück.

Er ging vor einem bis an die Himmelswagen hinauf getürmten sogenannten Brautwagen vorbei, worauf alle die Wachsflügel, Flügeldecken, Glasfedern und der Federstaub einerseits, und die Steiß- und Schwanzflossen, die Brust- und Rückenflossen, die Danaidengefäße, Wasserstücke, Wasserwaagen, Regenmesser und Trockenseile andererseits unter dem Namen Hausgeräte aufgeladen waren, welche der Mensch durchaus hienieden haben muß, um nur einigermaßen halb durch das Leben zu *schwimmen*, halb darüber zu *fliegen*. Der Eigentümer aber schritt voll Empfehlungen der größten Vorsichtsregeln für seine aufgepackten Flügel und Flossen neben dem Wagen her und versprach sich und andern Schritt vor Schritt ganz andere, blauere Tage in der Zukunft, als er in seinem vorigen unbekannten Neste gehabt.

Darauf kam Walt auf ein Filial-Dörfchen von fünf oder sechs waschenden, fegenden Häusern und rauchenden Backöfen. Die Jünglinge hoben mit Stangen und halber Lebensgefahr einen Maienbaum mit roten Bänder-Fahnen in die Höhe, der für ein Dorf wohl nicht weniger ist, als was eine Vogelstange für eine Mittelstadt. Die Mädchen, welche die Bänder hinaufgeschenkt, sahen hochrot dem Aufbäumen zu und hatten nichts im seligen Kopf und Herzen als den morgendlichen Kirmes-Tanz um den Baum mit den allerbedeutendsten Purschen des Orts.

Darauf begegnete der Notar einem schwer ausgeschmückten eilfjährigen Mädchen mit einer Krücke – was ihn unsäglich erbarmte –, und die Frau Patin lief aus dem Örtchen ihrem Kirmesgast schon entgegen.

Darauf kam ein an sich selber angeketteter Malefikant zwischen seinen Kerker-Führern; alle priesen, soweit sie mit Worten noch vermochten, das Bier des vorigen Dorfs; auch der Malefikant.

Er kam durch das ansehnlichere Dorf, worin das Filial nur eingepfarrt war. Da die Mutterkirchen-Türe gerade offen stand – aus dem kurzen dicken

Turme wurde etwas geblasen, worein wieder der Viehhirt blies –, so ging er ein wenig hinein; denn unter allen öffentlichen Gebäuden besucht' er Kirchen am liebsten, als Eispaläste, an deren leere Wände das Altarlicht seiner frommen Phantasie sich mit Glanz und irrenden Farben am schönsten brach und umhergoß. Es wurde drinnen getauft. Der Täufer und der Täufling schrien sehr vor dem Taufengel. Vier oder fünf Menschen waren nach ihrer Art sonntäglich blasoniert, graviert, mit getriebner Arbeit vom Schneider bedeckt; nur aus den vornehmsten Kirchen-Logen, den adeligen, schaueten Mägde, die Arme in blaue Schürzen wie in Unter-Schals gewikkelt, im demi-négligé des Wochentags heraus. Wirtschafts-Kleidung in heiliger Stätte war ihm ein harter Mißton. Der Pate des getauften Urenkels war der Ur-Großvater desselben, der das Schrei-Hälschen kaum halten konnte vor Jahren, und dessen abgepflückte winterliche nackte Gestalt Walten besonders dadurch ins Herz drang, daß der alte Mann fünf oder sechs schneeweiße Haare – mehr nicht – zu einem grauen Zöpflein zusammengesammelt und gedreht hatte, um sich zu zeigen.

Daß der alte Mensch dem jungen so nahe war, das Kind des Grabes dem Kinde der Wiege, die gelben Stoppeln dem heitern Maien-Blümchen, das rührte den Notar noch eine Stunde über das Dorf hinaus. »Spielet doch Kindtaufens«, sagt' er zu einigen Kindern, die ein Kreuz trugen und Begrabens spielen wollten. Gerade aus dem Herzen flog ihm in den Kopf der Streckvers:

»Spielet jauchzend, bunte Kinder! Wenn ihr einst wieder Kinder werdet, bückt ihr euch lahm und grau; unter dem weinerlichen Spiele bricht der Spielplatz ein und überdeckt euch. Wohl auch abends blüht im Osten und Westen eine Aurora, aber das Gewölke verfinstert sich, und keine Sonne kommt. O hüpfet lustig, ihr Kinder, im Morgenrot, das euch mit Blüten bemalt, und flattert eurer Sonne entgegen.«

Die Zauberlaterne des Lebens warf jetzt ordentlich spielend bunte laufende Gestalten auf seinen Weg; und die Abendsonne war das Licht hinter den Gläsern. Sie wurden gezogen, und es mußte vor ihm vorüberlaufen unten im Strom ein Meßschiff – ein niedriger Dorfkirchhof an der Straße, über dessen Rasenmauer ein fetter Schoßhund springen konnte – eine Extrapost mit vier Pferden und vier Bedienten vornen – der Schatte einer Wolke – nach ihr ins Licht der Schatte eines Rabenzugs – zerrissene hohe graue Raubschlösser – ganz neue – eine polternde Mühle – ein zu Pferde sprengender Geburts-Helfer – der dürre Dorfbalbier mit Schersack ihm nachschießend – ein dicker überröckiger Landprediger mit einer geschriebenen Erntepredigt, um für die allgemeine Ernte Gott und für seine den Zuhörern zu danken – ein Schiebkarren voll Waren und ein Stab Bettler, beide um die Kirmessen zu beziehen – ein Vor-Dörfchen von drei Häusern mit einem Menschen auf der Leiter, um Häuser und Gassen rot zu numerieren – ein Kerl, auf seinem Kopfe einen weißen Kopf von Gips tragend, der entweder einen alten Kaiser oder Weltweisen vorstellen sollte oder sonst einen Kopf – ein Gymnasiast spitz auf einem Grenzstein seßhaft, mit einem Leih-Roman vor den Augen, um sich die Welt und Jugend poetisch ausmalen zu lassen – und endlich oben auf ferner Höhe und doch noch zwischen grünen Bergen ein vorschimmerndes Städtchen, worin Gottwalt übernachten konnte, und die helle Abendsonne zog alle Spitzen und Giebel sehr durch Gold ins Blau empor.

»Wir sind laufende Strichregen und bald herunter«, sagt' er, als er auf einem Hügel bald rück-, bald vorwärts sah, um die Kette der auseinander eilenden Gestalten zu knüpfen. Da stieg ihm ein Bilder-Händler mit seiner auf eine Walze gefädelten flatternden Bilder-Bibel und Bilder-Galerie auf dem Nabel nach und fragte, ob er nichts kaufe. »Ich weiß gewiß, daß ich nichts kaufe« – sagte Walt und gab ihm zwölf Kreuzer – »aber lassen Sie mich ein wenig *dafür* darin herumblättern.«

»Wer lieber als ich«, sagte der Mann und bog seinen Thorax zurück und sein Bilderbuch ihm entgegen. Hier fand der Notar wieder die stehenden Bilder der laufenden Bilder, das Leben fuhr mit Farben auf dem Papiere durcheinander, die halbe Welt- und Regenten-Geschichte, Potentaten und herkulanische Topf-Bilder und Hanswürste und Blumen und Militär-Uniformen, und alles überlud den Magen des Mannes. »Wie heißet das Städtlein droben?« sagte Walt. »Altfladungen, mein lieber Herr, und die Berge dort sind eine prächtige Wetterscheide, sonst hätte uns vorgestern das liebe Gewitter alles angezündet.« (versetzte der Bildermann) »Indes hab' ich noch schöne aparte Stücke zum Ansehen« und blätterte das bunte Häng-Werk mit beiden Händen auf. Walts Auge fiel auf eine Quodlibetszeichnung, auf welcher mit Reißblei fast alle seine heutigen Weg-Objekte, wie es schien, wild hingeworfen waren. Von jeher hielt er ein sogenanntes Quodlibet für ein Anagramm und Epigramm des Lebens und sah es mehr trübe als heiter an – jetzt aber vollends; denn es stand ein Januskopf darauf, der wenig von seinem und Vults Gesichte verschieden war. Ein Engel flog über das Ganze. Unten stand deutsch: »was Gott will, ist wohlgetan«; dann lateinisch: »quod Deus vult, est bene *factus*.« Er kaufte für seinen Bruder das tolle Blatt.

Der Bildermann verließ den Hügel mit Dank. Walt heftete das von dem Vorüberzuge unseres malenden und gemalten Lebens gerührte Seelen-Auge auf den wetterscheidenden Berg, der ganz unter den Rosen der Sonne mit einzelnen Felsen-Schneiden und mit Schafen glühte, und er dachte:

»So fest steht er nun ewig da – früh, als noch keine Menschen hier waren, schnitt er auch die schweren Wetterwolken entzwei und zerbrach ihre Donnerkeile und machte es hell und schön im Tale ohne Augen – Und wie tausendmal mag das Abendrot im Frühlingsglanz herrlich ihn vergoldet haben, da noch kein Leben unten stand, das in die Herrlichkeit mit Träumen versank. – – Bist du denn nicht, du große Natur, gar zu unendlich und zu groß für die armen Kleinen hier unten, die nicht jahrelang, geschweige Jahrtausende glänzen können, ohn' es zu zeigen? – Und dich, o Gott, hat noch kein Gott gesehen. Wir sind ganz gewiß klein.«

Je mehr es Abend wurde, desto mehr ging das epische Gefühl in das süße romantische über, und hinter den Rosen-Bergen wandelte wieder Wina in Gärten. Denn der Abend färbet zugleich die optischen und geistigen Schatten bunter an. Er sehnte sich nach einem fremden Menschenworte; zuletzt drängt' er sich an einen Mann, der einen Schiebekarren voll Wolle ungemein langsam schob und immer stand und nach der Sonne sah.

»Er sei«, sagte dieser sehr bald aufgeregt, »sonst nur ein Hutmann gewesen und habe auf einem gläsernen Horn sein Vieh so in der Stadt zusammengeblasen, daß mancher Hutmann etwas daran gewendet hätte, wenn ers Blasen halb so hätte lernen können. Nicht ein jedweder sei es kapabel. Und er wünschte zu wissen, ob andern Hirten ihr Vieh so nachgegangen, wenn sie durch die Elbe vorausgewatet; ihm sei es wie Soldaten nachgezogen; und Gott behüt' ihn, daß er sich dessen rühmte, aber wahr sei's.«

Der Notar hatte über nichts so viel Freude, als wenn arme Teufel, die niemand lobte, sich selber lobten. »Ich schiebe noch ganzer fünf Stunden durch« – sagte der Mann, den der Anteil ins Reden setzte –, »die frische Nacht hab' ich dazu sehr gern.« – »Das kann ich mir leicht denken, mein Alter« (sagte Walt, der den unvergeßlichen dichterischen Mann von Tokkenburg vor sich glaubte) – »im zweiräderigen Schäferhäuschen, wo Er doch meist im Frühling schläft, hatt' Er ja den ganzen Sternenhimmel vor sich, wenn Er aufwachte. Ihm ist die Nacht gewiß besonders lieb?«

»Ganz natürlich, denk' ich«, versetzte der Schäfer; »denn sobalds frisch wird und es tapfer tauet, so zieht die Wolle die Nässe etwas an sich und schlägt mehr ins Gewicht, das muß ein rechtschaffener Schäfer wissen, Herr. Denn zum Zentner wills doch immer etwas sagen, wenns auch nicht viel ist.«

Da ließ ihn Walt mit einer zornigen guten Nacht stehen und eilte dem rauchenden Bergstädtchen zu, wo er, nach den heutigen Dörfern zu schließen, im Nachtquartier unter solche Abenteuer zu geraten verhoffte, die vielleicht ein anderer mit Wurzeln und Blüten geradezu ausheben und in einen Roman verpflanzen könnte.

Nro. 43. Polierter Bernsteinstengel

Schauspieler – der Maskenherr – der Eiertanz – die Einkäuferin

Er kehrte im Ludwig XVIII. ein, weil der Gasthof vor dem Tore lag, vor dessen Fragmaschinen er nie gern vorbeiging, nämlich stillstand. Das erste Abenteuer war sogleich, daß ihm der Wirt ein Zimmerchen abschlug; es sei alles von Fränzels Truppe besetzt, sagte der Ludwigs-Wirt, der höhere Posten und Stockwerke nur solchen, die auf den höhern des Wagens und der Pferde kamen, aufschloß, hingegen den Fußboden Fußboten anwies. Walt sah sich gezwungen, den lauten Markt der Gaststube mit der Aussicht zu bewohnen, daß wenigstens sein Schlafkämmerlein einsam sei.

Er setzte sich in den halbrunden Ausschnitt eines Wandtisches hinein und zog einen Hausknecht, da er nahe genug vorüberkam, gelegentlich an sich und trug ihm höflich seine Bitte um Trinken vor, die er mit drei guten Gründen unterstützte. Ohne Gründe hätt' ers sechs Minuten früher bekommen. Am Klapptischchen tat er nichts, als in einem fort die Schauspieler und -spielerinnen im allgemeinen hochachten, die aus- und eingingen, dann noch besonders an ihnen hundert einzelne Sachen – unter andern den mit dem Glättzahn aufgestrichenen Manns-Habit – die entgegengesetzten Schwimmkleider der Weiber – die allgemeine hohe Selbstschätzung, wodurch jeder Akteur leicht der Münzmeister seiner Preismedaillen und sein eigner Chevalier d'honneur war, und jede Aktrice leicht ihre Dekorationsmalerin – den Bühnen-Mut in der Wirtsstube – das Gefühl, daß der Sockus oder der Kothurn ihre Achilles-Fersen beschütze – die bunte Naht ihrer Diktion, die aus so vielen *Stücken* so gut zugeschnitten war als die Uniformen, welche sich die Frankreicher aus Bettdecken, Vorhängen und allem, was sie erplünderten, machten – und den reinern Dialekt, den er so sehr beneidete. »Darunter ist wohl keine einzige Person«, dacht' er, »die nicht längst und oft auf der Bühne eine rechtschaffene oder bescheidene, oder gelehrte, oder unschuldige, oder gekrönte gespielt«, und er impfte, wie Jünglinge pflegen, dem Holze der Bühne, wie des Katheders und der Kanzel, den Menschen ein, der darauf nur steht, nicht wächset.

Was ihn betrübte, war, daß alle Gesichter, sogar die jüngsten, die Alten-Rollen spielten, indes auf der Bühne, wie auf dem Olymp, ewige Jugend war, wenns der Zettel begehrte.

Im Abenddunkel fiel ihm ein Mensch auf, der keine Miene rückte, mit allen sprach, aber hohl, oft, wenn ihn einer fragte, statt der Antwort dicht an den Frager trat, mit dem schwarzen Blicke einmal wetterleuchtete und darauf sich umwandte, ohne ein Wort zu sagen. Er schien zu Fränzels Frucht-essender Gesellschaft zu gehören; dennoch schien diese wieder sehr auf ihn zu merken. Der Mann ließ sich jetzt eine Melone bringen und eine Düte Spaniol, zerlegte sie, bestreuete sie damit und aß die Tabaks-Schnitte und bot sie an. Eben kamen Lichter herein, als er den Teller dem staunenden Notar vorhielt, der vollends sah, daß der Mensch eine Maske, doch keine unförmliche, vorhatte und der bekannten eisernen glich, die so alte Schauder in seine Phantasie geworfen. Walt bog und schüttelte sich; es war ihm aber einiges lieb, und er trank.

Darauf stieg die Maske – auch diese Phrasis, wenn *ein* Wort eine ist, war ihm ein schwarz-bedeckter Wagen, der Tote und Tiger führen konnte –

auf einen Fensterstock, machte das Oberfenster auf und fragte einige Akteurs, ob sie ein Ei durch das Fenster zu werfen sich getraueten. »Warum?« sagte der eine, »warum nicht?« der andere. Die Maske machte aber mit etwas Versecktem in der Hand einige Linien in die Luft und versetzte kalt: »Jetzt vielleicht keiner mehr!« Er wolle alle Eier zweifach bezahlen, sobald einer nur eines durchwerfe, sagt' er. Ein Akteur nach dem andern schleuderte – alle Eier fuhren schief – die Maske verdoppelte den Preis der Aufgabe – es war unmöglich – Walt, der sonst auf dem Lande so oft in die Schleudertasche gegriffen, tat die Geldtasche auf und bombardierte gleichfalls mit einem Groschen Eier – ebensogut hätt' er eine Bombe geworfen ohne Mörser – Eine ganze Bruttafel und Poularderie von Dottern floß von den Fenstern hernieder.

»Es ist gut«, sagte die Maske; »aber noch bis morgen abend um diese Zeit bleibt die Eier-feindliche Kraft im Fenster; dann kann jeder durchwerfen« – und so ging er hinaus. Der Wirt lächelte, ohne sonderlich zu bewundern, gleichsam als schien' er mehr zu berechnen, daß er morgen auf seiner Rechentafel aus diesen Eiern die beste Falkonerie von Raubvögeln ausbrüten könnte, die ihm je in Fängen einen Fang zugetragen.

Da die Maske nicht sogleich wiederkam, so ging der Notar mit dem Gedanken: »Himmel, was erlebt nicht ein Reisender in Zeit von zwölf Stunden!« auch hinaus – als sei er nach neuen Wundern hungrig –, nach seiner Weise die Vorstadt im Zwielicht zu durchschweifen. Eine Vorstadt zog er der Stadt vor, weil jene diese erst verspricht, weil sie halb auf dem Lande an den Feldern und Bäumen liegt, und weil sie überall so frei und offen ist.

Er ging nicht lange, so traf er unter den hundert Augen, in die er schon geblickt, auf ein Paar blaue, welche tief in seine sahen, und die einem so schönen und so gut gekleideten Mädchen angehörten, daß er den Hut abzog, als sie vorbei war. Sie ging in ein offenes Kaufgewölbe. – Da unter den festen Plätzen ein Kaufladen das ist, was unter den beweglichen ein Postwagen, nämlich ein freier, wo der Romanschreiber die unähnlichsten Personen zusammenbringen kann: so behandelte er sich als sein Selbst-Romanschreiber und schaffte sich unter die Schnittwaren hinein, aus welchen er nichts kaufte als ein Zopfband, um doch einigermaßen ein Band zwischen sich und dem Blau-Auge anzuknüpfen.

Das schöne Mädchen stand im Handel über ein Paar gemslederne Mannshandschuh, stieg im Bieten an einer Kreuzerleiter hinauf und hielt auf jeder Sprosse eine lange Schmährede gegen die gemsledernen Handschuhe. Der bestürzte Notar blieb mit dem Zopfband zwischen den Fingern so lange vor dem Ladentisch, bis alle Reden geendigt, die Leiter erstiegen und die Handschuhe Kaufs-unlustig dem Kaufmann zurückgeworfen waren. Walt, der sich sogar scheute, sehr und bedeutend in einen Laden zu blicken, bloß um keine vergeblichen Hoffnungen eines großen Absatzes im Vorbeigehen in der feilstehenden Brust auszusäen, schritt erbittert über die Härte der

Sanftäugigen aus dem Gewölbe heraus und ließ ihre Reize, wie sie die Handschuhe, stehen. Schönheit und Eigennutz oder Geiz waren ihm entgegengesetzte Pole. Im Einkaufe – nicht im Verkaufe – sind die Weiber weniger großmütig und viel kleinlicher als die Männer, weil sie argwöhnischer, besonnener und furchtsamer sind und mehr an kleine Ausgaben gewöhnt als an große. Das Blau-Auge ging vor ihm her und sah sich nach ihm um; aber er sah sich nach der Brief-Post um, deren Horn und Pferd ihm nachlärmte. Am Posthorne wollte seiner Phantasie etwas nicht gefallen, ohne daß er sichs recht zu sagen wußte, bis er endlich herausfühlte, daß ihn das Horn – sonst das Füllhorn und Fühlhorn seiner Zukunft – jetzt ohne alle Sehnsucht – ausgenommen die nach einer – dastehen lasse und anblase, weil der Klang nichts male und verspreche, als was er eben habe, fremdes Land. Auch mag das oft den Menschen kalt gegen Briefpostreiter unterwegs machen, daß er weiß, sie haben nichts an ihn.

Im Ludwig XVIII. fand er die Briefpost abgesattelt. Diese fragte ihn, da er sie sehr ansah, wie er heiße. Er fragte warum. Sie versetzte, falls er heiße, wie er hieß, so habe sie einen Brief an seinen Namen. Er war von Vults Hand. Auf der Adresse stand noch: »Man bittet ein löbliches Postamt, den Brief, falls Herr H. nicht in Altfladungen sich befinden sollte, wieder retour gehen zu lassen, an Herrn van der Harnisch beim Theaterschneider Purzel.«

Nro. 44. Katzengold aus Sachsen

Abenteuer

Der Brief von Vult war dieser:

»Ich komme erst jetzt aus den Federn – indes deine dich wohl schon Wersten-weit getragen, oder du sie – und schreibe eilig ohne Strümpfe, damit dich mein Geschriebenes nur heute noch erreitet. Es ist 10 Uhr, um $10^1/_2$ Uhr muß der Traum auf die Post.

Ich habe nämlich einen so seltsamen und prophetischen gehabt, daß ich dir ihn nachschicke, gesetzt auch, du lachst mich einen Monat lang aus. Deine ganze heutige und morgende Reiseroute hab' ich klar geträumet. Belügt mich der Quintenmacher von Traum und trifft er dich in Altfladungen nicht an – worauf ich schwören wollte: – so läuft er retour an mich, und es ist die Frage, ob ich ihn einem Spott- und Spaßvogel wie du dann je vorzeige.

Ich sah im Traum, auf der Landzunge einer Wolke sitzend, die ganze nordöstliche Landschaft mit ihren Blüten-Wiesen und Miststätten; dazwischen hin eine rennende, schmale, gelbröckige, jubelnde Figur, die den Kopf bald vor sich, bald gen Himmel, bald auf den Boden warf – und natürlich warest du es. – Die Figur stand einmal und zog ihr Beutelchen, dann fuhr sie in Härmlesberg in den Krug. Darauf sah ich sie oben auf meiner

Wolkenzinne durch das Rosana-Tal ziehen, den Bergrücken hinauf, vor Dörfern vorbei. – In Grünbrunn verschwand sie wieder im Krug. Wahrhaftig dichterisch wars vom Traumgott gedacht, daß er mich allzeit sechs Minuten vorher, eh' du in einen Krug eintratest, ein dir ganz ähnliches Wesen vorher hinschlüpfen sehen ließ, nur aber glänzender, viel schöner, mit Flügelchen, wovon bald ein dunkelblauer, bald ein hellroter Strahl, so wie es sie bewegte, meinen Wolken-Sitz ganz durchfärbte; ich vermute also, daß der Traum damit nicht dich – denn den langhosigen Gelbrock zeigt' er mir zu deutlich –, sondern deinen Genius andeuten wollte.«

– Vor Bewegung konnte Walt kaum weiterlesen; denn jetzt fand er das Rätsel fast aufgelöst – wenn nicht verdoppelt durch ein größeres –, warum nämlich der Härmlesberger Wirt seinen Namen kannte, warum bei dem Grünbrunner derselbe dem Kinde im Schreibbuche vorgezeichnet war, und warum er bei dem Bildermann das seltsame Quodlibet gefunden. Ordentlich aus Scheu, nun weiter und tiefer in die aufgedeckte Geisterwelt des Briefs hineinzusehen, erhob er in sich einige Zweifel über die Wahrhaftigkeit desselben und fragte den trinkenden Postreiter, wann und von wem er den Brief bekommen. »Das weiß *ich* nicht, Herr«, sagt' er spöttisch; »was mir mein Postmeister gibt, das reit' ich auf die Station, und damit Gott befohlen.« – »Allerdings«, sagte Walt und las begierig weiter:

»Darauf sah ich dich wieder ziehen, durch viele Örter, endlich in eine Kirche gehen. Der Genius schlüpfte wieder voraus hinein. Abends standest du auf einem Hügel und nahmest im Städtchen Altfladungen Nachtquartier. Hier sah ich vor der Wirtshaustüre deine verherrlichte Gestalt, nämlich deinen Genius, mit einem dunklen behangnen Wesen kämpfen, dessen Kopf gar kein Gesicht hatte, sondern überall Haare.« – –

»Gott!« rief Walt, »das wäre ja der Masken-Mensch!«

»Das Wesen ohne Gesicht behauptete die Türe, aber der Genius fuhr als eine Fledermaus in die Dämmerung zu mir hinauf, sprengte dicht an meiner Wolken-Spitze seine Flügel wie Krebsscheren ab und hinab und fiel als Maus oder Maulwurf in die Erde (etwa eine Meile von Altfladungen) und schien fortzuwühlen (denn ich sah es am Wellenbeete) bis wieder zu dir und warf unweit einer Kegelbahn einen Hügel auf. Es schlug acht Uhr in den Wolken um mich herum; da kam das Ungesicht zum Hügel und steckte etwas wie eine Maulwurfsfalle hinein. – Du aber warst hinterher, zogst sie heraus und fandest, indem du damit bloß den Erd-Gipfel wegstrichest, einige hundert---jährige Friedrichsd'or, die der Genius, Gott weiß aus welcher Tiefe und Breite, vielleicht aus Berlin, gerade an die Stelle für dich hergewühlt« ....

Jetzt kam wirklich die Maske wieder. Walt sah sie schauernd an; hinter der Larve steckte gewiß nur ein Hinterkopf, dacht' er. Es schlug drei Viertel auf acht Uhr. Der Mann ging unruhig auf und ab, hatte ein rundes schwarzes Papier, das, wie er einem Akteur sagte, an Herzens Statt auf dem Herzen eines arkebusierten Soldaten zum Zielen gehangen, und schnitt ein Gesicht hinein, wovon Walt im Tagebuch schreibt: »Es sah entweder mir oder meinem Genius gleich. Die unabsehliche Winternacht der Geister, wo die Sphinxe und Masken liegen und gehen und nicht einmal sich selber erblicken, schien mit der Larve herausgetreten zu sein ins Sommerlicht des Lebens.«

Da es acht Uhr schlug, ging die Larve hinaus – Walt ging zitternd-kühn ihr nach – im Garten des Wirtshauses war ein Kegelschub, und der Notar sah (wobei er mäßig zu erstarren anfing) wirklich die Larve einen Stab in einen Maulwurfshügel stecken. Kaum war sie zurück und weg, so nahm er den Stab als ein Streichholz und rahmte sozusagen den Hügel wie Milch ab – – Die Sahne einiger verrosteten Friedrichsd'or konnt' er wirklich einschöpfen mit dem Löffel.

Die wenigen haltbaren Gründe, warum der Notar nicht auf die Stelle fiel und in Ohnmacht, bringt er selber bei im Tagebuch, wo man sie weitläuftiger nachlesen kann; obgleich zwei schon viel erklären; – nämlich der, daß er ein Strom war, der gegen die stärkste Gegenwart heftig anschlug, indes ihn bloß der auflösende Luft-Himmel der Zukunft dünn und verfliegend in die Höhe zog, wie er nur wollte. Jetzt aber nach dieser Menschwerdung des Geisterwesens stand Walt neben seinesgleichen. Der zweite Grund, warum er stehenblieb, war, weil er im Briefe weiter lesen und sehen wollte, was er morgen erfahren und welchen Weg er nehmen werde. »Es war wahrhaftig das erste Mal in meinem Leben«, schreibt er, »daß ich mich der seltsamen Empfindung nahte, ordentlich so hell wie über eine Gegenwart hinweg in eine Zukunft hineinzusehen und künftige Stunden zweimal zu haben, jetzt und einst.«

In der Gaststube war die Maske nicht mehr. Er las herzklopfend die Marsch- und Lebensroute des Morgens:

»Darauf wurde der Traum wieder etwas menschlicher. Ich sah, wie am Morgen darauf dein Genius und das Un-Gesicht dir auf zwei verschiedenen Wegen vorflogen, um dich zu locken; du folgtest aber dem Genius und gingest statt nach St. Lüne lieber nach Rosenhof. Darüber fiel das Un-Gesicht in Stücken herab, einen Totenkopf und einige Knochen sah ich deutlich von der Wolke. Der Genius wurde in der Ferne eine helle Wolke; ich glaub' aber mehr, daß er sie nur um sich geschlagen. Du trabtest singend aus deinem Mittagsquartier, namens Joditz, durch eine Landschaft voll Lustschlösser bis an die Rosana, die dich so lange aufhielt, bis dich die Fähr-Anstalt hinübergefahren hatte in die passable Stadt Rosenhof. Mir kams vor, soweit ich die tief in den Horizont hinunterliegende Stadt erkennen konnte, als habe sich über ihr der Genius in ein großes blendendes Gewölke auseinandergezogen und dich und die Stadt zuletzt darin aufgefasset, bis die Wolkenstrecke unter immer stärkerem Leuchten und Auswerfen von Sternen und Rosen und Gras zugleich mit meinem Traume auseinanderging.

Und damit wollt' er, denk' ich, nur bedeuten, daß du dich im Städtlein recht divertieren und darauf auf den Heimweg machen würdest.

Wie eine solche Träumerei in meinen Kopf gekommen, lässet sich nur dadurch begreiflich machen, daß ich seit gestern immer deinen eignen mit seiner Romantik darin gehabt.

Ich wollte, dein Name wäre so berühmt, daß der Brief dich fände, wenn bloß darauf stünde: an Herrn H., auf der Erde; wie man z. B. an den Mann *im Monde* recht gut so adressieren kann. Die schönste Adresse hat jener allein, an den man bloß die Aufschrift machen braucht: an Den im Universum.

Reise klug wie eine Schlange, Bruder. Habe viele Weltkenntnis und glaube nicht – wie du dir einmal merken lassen –, es sei tunlich, daß sich auf der Briefpost blinde Passagiere aufsetzen könnten oder auch sehende, und laß ähnliche Fehlschlüsse. Sei verdammt selig und lebe von den alten Friedrichsd'oren, die der Maulwurf ausgeworfen, in einigem Saus und Braus. Erkies, o Freund, nur kein Trauerpferd zu einem Steckenpferd; da ohnehin jedes Kreuz, vom Ordenskreuze an bis zum Eselskreuz herab, entweder genug trägt oder genug drückt. Meide die große Welt möglichst; ihre Hopstänze sind aus F-moll gesetzt. Das Schicksal nimmt oft das dicke Süßholz, an welchem die Leute käuen, als einen guten Prügel vor und prügelt sie sehr. – Ich wünschte doch nicht, daß du gerade auf der ersten Stufe des Throns gleich neben dem Fürstenstuhlbein ständest, wenn ihn der neue Regent zur Krönung besteigt, und daß er dich dann zu etwas erhöbe, in den Adelstand, zu einem Kammer- oder Jagdjunker oder so; – wie ein solcher Regent wohl pflegt, weil er in seiner neuen Regierung gerade nichts früher macht als das Edelste, nämlich Menschen, d. h. Kammer-Herrn, Edelleute usw., und erst später den Staat und dessen Glück, so wie die alten Theologen [1] behaupten, daß Gott die Engel vor der Erde und zwar darum erschaffen, damit sie ihn nachher bei deren Schöpfung lobten –

Ich wünscht' es nicht, sag' ich, daß du dem jungen neugebacknen und neubackenden Fürsten die gedachte Ehre antätest und eine annähmest – wahrlich ein Thron wird, wie der Vesuv, gerade höher durch Auswerfen von Höhen und Hohen um ihn her –; und mein Grund ist dieser: weil du, gesetzt, dir würde irgendeine bedeutende männliche oder weibliche Hof-, ja Regierungs-Charge zuteil, doch nicht eher ein ruhiges Leben und eine starke Pension bekämest als nach einem tapfern, verflucht großen Fehltritt

[1] Bibliothèque universelle T. IX. p. 83.

oder bei gänzlicher Untauglichkeit zu irgend etwas, worauf der Hofmensch Abschied und Pension begehrt und nimmt, gleich dem verurteilten Sokrates, der sich eine ähnliche Strafe vor Gericht diktierte, nämlich lebenslänglichen Freitisch als Prytan; wie untüchtig aber du zu rechter Untüchtigkeit bist, das weißt du am besten. – Kannst du wählen auf deiner Spannen-Reise, so besuche lieber den größten europäischen Hof als die kleinsten deutschen, welche jenen in nichts übertreffen (in den Vorzügen am wenigsten) als in den Nachteilen, wie man denn wahrgenommen, daß auch die Seekrankheit (was sie gibt und nimmt, kennst du) viel ärger würgt auf Seen als auf Meeren – Suche dein Heil an Höfen mehr in groben Taten als in groben Worten; diese werden schwerer verziehen – Ein Hofmann vergibt zwar leicht, aber mit Gift – Auf diesen schlüpfrigen Abhängen des Throns betrage dich überhaupt ganz trefflich und bedenke, daß man da, wie die Griechen zu Homers[1] Zeiten, die Verwünschungen nur *leise* zu tun habe, weil die *lauten* auf den Urheber zurückspringen – Sage Fürsten, Markgrafen, Erzherzogen, Königen zwar die Wahrheit, aber nicht gröber als jedem ihrer Bedienten, um dich von republikanischen Autoren zu unterscheiden, die sich lieber vor Verlegern als vor Potentaten bücken – Gegen Malteser-Damen, Konsulesse, Hof- und andere Damen vom höchsten Rang sei kein Pariser Bisam-Schwein, d. h. keine parfümierte Bestie, kein verbindlicher Grobian, der auf die manierlichste Weise von der Welt des Teufels gegen sie ist – Sei der schönste, langgewachsenste, schlankeste Mann von dreißig Jahren, der mir noch vorgekommen – Kurz, bleibe ein wahres Musterbild, bitt' ich dich als Bruder! Überhaupt, sei passabel!

Ich schließe den längsten ernsthaften Brief, den ich seit zehn Jahren geschrieben; denn es schlägt 10½ Uhr, und er soll durchaus noch fort. Himmel aber! wo magst du jetzt sein? Vielleicht schon mehr als Wersten-weit von unserm Haßlau, und erfährest nun an dir selber, wie leicht es großen Reisen wird, den Menschen auszubälgen und umzustülpen wie einen Polypen, und was es auf sich habe, wenn Häfen und Märkte und Völker vor uns vorübergehen, oder wir, was dasselbe ist, vor ihnen – und wie es einem ziemlich schwer ankommt, nicht zu verächtlich auf Stubenhocker herabzusehen, die vielleicht noch nie über zehn Meilen weit von ihrem Sparofen weggekrochen und für welche ein Urteil über ein paar Reisende wie wir eine Unmöglichkeit ist. Solche Menschen sollten, Freund, nur einmal an ihrer eignen Haut erfahren, wie schwer das britische Gesetz, daß Leute, die *aus* der Stadt kommen, denen ausweichen sollen, die *in* selbige reisen[2], manchem Weltmann moralisch zu halten falle: sie sähen uns beide anders an. – Fahre wohl! Folge mir, noli nolle!

v. d. H.

[1] Hermanns Mytholog. I.

[2] Humes Vermischte Schriften, 3. Bd.

Postscr. Hebe diesen Brief, im Falle du ihn bekommst – sonst nicht –, auf, es sind Gedanken darin für unsern Hoppelpoppel.«

Nro. 45. Katzenauge

Eß- und Trink-Wette – das Mädchen

Es mag nun hinter dem Traum ein Geist oder ein Mensch stecken, dachte Walt, eines der größten Abenteuer bleibt er immer. Das schwang ihn über die ganze Stube voll Gäste weg; er fuhr auf dem romantischen Schwanzstern über die Erden hinaus, die wir kennen. Die Friedrichsd'ore, von denen er viel vertun wollte, waren die goldnen Flügeldecken seiner Flügel, und er konnte ohne Eingriffe in den väterlichen Beutel sich ein Nößel Wein ausbitten, gesetzt auch, der Elsasser Testator komme wieder auf.

So froh gestimmt und leicht gemacht, bahnte er sich durch das theatralische Gewimmel der Stube seinen beständigen Hin- und Herweg, wie durch ein Kornfeld, streifte oft an Chemisen vorbei, stand vor manchen Gruppen still und lächelte kühn genug in fremdes Gespräch hinein. Jetzt trat die Blauäugige, welche keine Mannshandschuhe gekauft, ins Zimmer. Der Direkteur der Truppe schnaubte öffentlich Winen (so verkürzt' er Jako-bine) hart an, weil sie ihm zu teuere Handschuhe mitgebracht. Mit Vergnügen entschuldigte Walt innerlich ihren Handelsgeist mit der alten Theater-Einrichtung solcher Truppen, daß sie nichts übrig haben, und daß aller Goldstaub nur Geigenharzpulver ist, das man in ihr Feuer wirft. Das Mädchen heftete, während der rohe Direkteur um sie donnerte, die heitersten Blicke auf den Notarius und sagte endlich, der Herr da möge doch den Ausspruch tun und zeugen. Er tats und zeugte stark.

Aber der Donnerer wurde wenig erschüttert. Da trat die Maske wieder ein. Walt scheuete seinen bösen Genius. Sie schien ihn wenig zu bemerken, aber desto mehr den geizigen Prinzipal. Endlich brachte sie es durch leises Disputieren dahin, daß zu einer Wette der Regisseur zehn Taler in Silber auf den Tisch legte und jene ebensoviel in Gold.

Eine Flasche Wein wurde gebracht, eine Schüssel, ein Löffel und eine neugebackne Zweipfenning-Semmel. Es wurde nun vor dem ganzen Stuben-Publikum die Wette publiziert, daß der Masken-Herr in kürzerer Zeit eine Flasche Wein mit dem Löffel aufzuessen verspreche, als der Direkteur seine Semmel hinunterbringe; und daß dieser, wie gewöhnlich bei Wetten, gerade auf das Umgekehrte wette. Da die Wette gar zu ungleich schien: so beneideten die meisten Hintersassen des Theater-Lehnsherrn ihrem Vorgesetzten das ungeheure Glück, so leicht – bloß durch ein Semmel-Essen – zwei preußische Goldstücke, die nicht einmal aus dem Lande ausgeführt werden dürfen, in seines einzuführen.

Alles hob an, der Larvenherr hielt die Weinschüssel waagrecht am Kinn und fing das schnellste Schöpfen an.

Der Groß- und Brotherr der Truppe tat einen der unerhörtesten Bisse in die Semmel, so daß er wohl die Halb- oder Drittels-Kugel sich ausschnitt. Jetzt aß er unbeschreiblich – er hatte eine halbe Weltkugel auf dem Zungenbein zu bewegen, zu zerstücken, zu mazerieren, also auf trocknem und nassem Weg zugleich zu scheiden – was er von Dienst-Muskeln in der Wett-Höhle besaß, mußte aufstehen und sich regen, er spannte und schirrte den Beiß- und den Schläfe-Muskel an, die bekanntlich immer zusammenziehen – ferner den innern Flügelmuskel, den äußern und den zweibäuchigen – die Muskeln drückten nebenher die nötigsten Speicheldrüsen, um Menstrua und Alkaheste zu erpressen, der zweibäuchige die Kieferdrüse, der Beißmuskel die Ohrdrüse, und so jeder jede. Aber wie in einem Ballhause wurde der Magenball im Munde hin- und hergeschlagen; die Kugel, womit er alle zehn Taler wie Kegel in den Magen schieben wollte, wollte durchaus die Schlundbahn nicht ganz passieren, sondern halb und in kleinen Divisionen, wie ein Armee-Kern. Auf diese Weise indessen verlor der theatralische Kommandeur, der den Larvenherrn unaufhörlich und ungehindert schöpfen sehen mußte, eine unschätzbare Zeit, und indem er den Teufels-Abbiß mühsam, cahiers-weise oder in Rationen ablieferte und schluckte, hatte der Wett-Herr schon zwei Drittel mit dem Löffel leicht aufgetrunken.

Außer sich wirkte Fränzel in alle seine Muskeln hinein – mit den Ceratoglossis und den Genioglossis plattiert' er die Zunge, mit den Styloglossis exkaviert' er sie – darauf hob er Zungenbein und den Kehlkopf empor und stieß die Unglücks-Kugel wie mit Ladstöcken hinab. An anatomischen Schling-Regeln fehlt' es ihm gar nicht.

Noch lag eine ganze Drittels-Semmel vor ihm, und der Larvenherr inkorporierte schon zusehends das vierte Viertel, sein Arm schien ein Pumpenstiel oder sein Löffel.

Der Unglückliche schnappte nach der zweiten Hemisphäre der Höllenkugel – in Betracht der Zeit hatt' er ein entsetzliches Divisionsexempel vor sich oder in sich, eine lange Analyse des Unendlichen – er schauete käuend die Zuschauer an, aber nur dumm und dachte sich nichts bei ihnen, sondern schwitzte und malmte verdrüßlich vor sich – die zwanzig Taler auf dem Tische sah er grimmig an und wechselnd den Löffel-Säufer – zu reden war keine Zeit, und das Publikum war ihm nichts – die elende Pechkugel vom Drachen konnt' er nicht einmal zu Brei zersetzen (es floß ihm nicht) – ans Schlucken durft' er gar nicht denken, indes er sah, wie der Maskenherr den Wein nur noch zusammenfischte – –

Das fühlt' er wohl, sein Heil und Heiland wäre man gewesen, hätte man ihn auf der Stelle in eine Schlange verkehrt, die alles ganz einschluckt, oder in einen Hamster, der in die Backentaschen versteckt, oder ihm den Thyreopalatinus ausgerissen, der die Eßwaren hindert, in die Nase zu steigen.

Endlich schüttete der Maskenherr die Schüssel in den Löffel aus – und Fränzel stieß und worfelte den Semmel-globe de compression noch hin und her, so nahe am erweiterten Schlundkopfe, aber ohne das geringste Vermögen, die Semmel durch das so offne Höllentor zu treiben, so gut er auch aus den anatomischen Hörsälen wußte, daß er in seinem Maule über eine Muskel-Hebekraft von zweihundert Pfund zu befehlen habe.

Der Larvenherr war fertig, zeigte endlich dem Publikum die leere Schüssel und die vollen Backen des Direkteurs und strich das Wettgeld mit der Rechten in die Linke, unter der Bitte, Herr Fränzel solle, wenn er etwas darwider und die Semmel schon hinunter habe, bloß das Maul aufmachen. Fränzel tats auch, aber bloß um den teuflischen Fangeball durch das größere Tor davonzuschaffen. Der Maskenherr schien froh zu sein und bot dieselbe Wette wieder aus, bei welcher er glänzende Erleichterungen vorschlug, z. B. statt einer Semmel bloß einen ganzen kleinen Kuh- oder Ziegenkäse, kaum Knie- oder Semmel-Scheiben groß, auf einmal in den Mund zu nehmen und hinabzuessen, während er trinke ut supra; aber man dachte sehr verdächtig von ihm, und niemand wagte.

Den Notar hätte der Direkteur zu sehr gedauert, wenn er vorhin die schöne Blondine sanfter angefahren hätte. Diese saß und nähte und hob, sooft sie mit der Nadel aufzog, die großen blauen Augen schalkhaft zu Walten auf, bis er sich neben sie setzte, scharf auf die Naht blickte und auf nichts dachte als auf eine schickliche Vorrede und Anfurt. Er konnte leicht einen Gesprächs-Faden lang und fein verspinnen, aber das erste Flöckchen an die Spindel legen konnt' er schwer. Während er neben ihr so vor seiner eignen Seele und Gehirnkammer antichambrierte, schnellte sie leicht die kleinen Schuhe von ihren Füßen ab und rief einen Herrn her, um sie an den Trockenofen zu lehnen. Mit Vergnügen wär' er selber aufgesprungen; aber er wurde zu rot; ein weiblicher Schuh (denn er gab fast dessen Fuß darum) war ihm so heilig, so niedlich, so bezeichnend wie der weibliche Hut, so wie es am Manne (sein Schuh ist nichts) nur der Überrock ist, und an den Kindern jedes Kleidungsstück.

»Ich dächte, Sie sagten endlich etwas«, sagte Jakobine zu Walten, an dem sie statt der Zunge den Rest mobil machte, indem sie ihr Knäul fallen ließ und es am Faden halten wollte. Er lief der Glückskugel nach, strickte und drehte sich aber in den Faden dermaßen ein, daß Jakobine aufstehen und diesen von seinem Beine wie von einer Spindel abweifen mußte. Da sie sich nun bückte, und er sich bückte, und ihre Postpapierhaut sich davon rot beschlug – denn ihr schlechter Gesundheitspaß wurde außer und auf der Bühne mit roter Dinte korrigiert –, und er die Röte mit Glut erwiderte; und da beide sich einander so nahe kamen und in den unordentlichsten Zwiespalt der Rede: so war durch diese tätige Gruppierung mehr abgetan und getan für Bekanntschaft, als wenn er drei Monate lang gesessen und auf ein Präludium und Antrittsprogramm gesonnen hätte. – Er war am Ariadnens-Faden des Knäuls durch das Labyrinth des Rede-Introitus schon durch, so daß er im Hellen fragen konnte: »Was sind Ihre Hauptrollen?« – »Ich spiele die unschuldigen und naiven sämtlich«, versetzte sie, und der Augenschein schien das Spielen zu bestätigen.

Um ihr rechte Freude zu machen, ging er, so tief er konnte, ins Rollen-Wesen ein und sprach der stummen Nähterin feurig vor. »Sie reden ja so langweilig wie der Theaterdichter« – sagte sie – »oder Sie sind wohl einer? Dero werten Namen?« – Er sagte ihn. »Ich heiße Jakobine Pamsen; Herr Fränzel ist mein Stiefvater. Wo gedenken Sie denn eigentlich, Herr Harnisch?« Er versetzte: »Wahrscheinlich nach Rosenhof.« – »Hübsch«, sagte sie. »Da spielen wir morgen abends.« Nun malte sie die göttliche Gegend der Stadt und sagte: »Die Gegend ist ganz superb.« – »Nun?« fragte Walt und versprach sich eine kleine Muster- und Produkten-Karte der Landschaft, ein dünnes Blätterskelett dasigen Baumschlags und so weiter. »Aber – Was denn?« sagte die Pamsen, »die Gegend, sag' ich, ist die göttlichste, so man schauen kann. Schauen Sie selber nach.«

Da trat der Larvenherr unbefangen hin und sagte entscheidend: »Bei Berchtolsgaden im Salzburgischen ist eine ähnliche, und in der Schweiz fand ich schönere. Aber künstliche Zahnstocher schnitzen die Berchtolsgadner« und zog einen aus der Weste, dessen Griff sauber zu einem Spitzhund ausgearbeitet war.

»Wer Lustreisen machen kann«, fuhr er fort, »mein Herr, findet seine Rechnung vielleicht besser im Badort St. Lüne, wo gegenwärtig drei Höfe versieren, der ganze flachsenfingische, dems gehört, darnach der Scheerauer und der Pestitzer und ein wahrer Zufluß von Kurgästen. Ich reise morgen selber dahin.«

Der Notar machte eine matte Verbeugung; denn das Geschick hatt' ihn auf diesen ganzen Abend verurteilt zu erstaunen. »Allmächtiger Gott«, dacht' er bei sich, »ist denn das nicht wörtlich so wie in des Bruders Briefe?« Er stand auf – (Jakobine war aus Hasse gegen den um 10 fl. reichern Larvenherrn längst weggelaufen mit dem Nähzeug in den Händen) – und sah am Lichte diese Brief-Stelle nach: »Ich sah, wie am Morgen dein Genius und das Un-Gesicht dir auf zwei verschiedenen Wegen vorflogen, um dich zu locken; du folgtest aber dem Genius und gingest statt nach St. Lüne lieber nach Rosenhof« – Er sah nun zu gewiß, die Maske sei sein böser Genius, Jakobine Pamsen aber, nach manchem zu urteilen, sein bester, und er wünschte sehr, sie wäre nicht aus der Stube gegangen.

Hatt' er schon vorher den Entschluß gefasset, lieber dem Briefe und Traume zu folgen nach Rosenhof, weil er aus Homer und Herodot und ganz Griechenland eine heilige Furcht gelernt, höhern Winken, dem Zeigefinger aus der Wolke mit frecher Willkür zu widerstehen und gegen ihn die Menschen-Hand aufzuheben: so wurde sein Entschluß des Gehorsams jetzt durch die Zudringlichkeit der Maske und die Einwirkung Jakobinens und durch das Netz neu verstärkt, worin Menschen und Vögel sich der Farbe wegen fangen, weil es mit der allgemeinen der Erde und Hoffnung angestrichen ist, nämlich der grünen.

Jakobinen sah er nicht mehr als bloß auf ihrer Türschwelle mit einem Lichte, da er über die seines Kämmerleins trat. Er überdacht' es darin lange, ob er nicht gegen die Menschheit durch Argwohn verstoße, wenn er den Nachtriegel vorschiebe. Aber die Maske fiel ihm ein, und er stieß ihn vor. Im Traume war es ihm, als werd' er leise bei dem Namen gerufen. »Wer da?« schrie er auf. Niemand sprach. Nur der hellste Mond lag auf dem Bettkissen. Seine Träume wurden verworren, und Jakobine setzt' ihn immer wieder in das rosenfarbne Meer ein, sooft ihn auch die Maske an einer Angel auf einen heißen Schwefel-Boden geschleudert.

Nro. 46. Edler Granat

Der frische Tag

Am frühen Morgen brach die Truppe, wie Truppen, die Zelte lärmend ab und aus dem Lager auf. Die Fuhrleute stäubten das Nachtstroh von sich. Die Rosse wieherten oder scharrten. Die Frische des Lebens und des Morgens sprengte brennenden Morgentau über alle Felder der Zukunft, und man hielt es sehr der Mühe wert, solchen zuzureisen. Das Getöse und Streben belebte romantisch das Herz, und es war, als reite und fahre man gerade aus dem Prosa-Land ins Dichter-Land und komme noch an um 7 Uhr, wenn es die Sonne vergolde. Als vor Walten die über alles blasse Jakobine wie ein bleicher Geist einsaß, sah er in den Traum und Abend hinein, wo er diesen weißen Geist wieder finden, auch über die Blässe fragen konnte; denn er erriet fast leichter Seelen-Schminke als Wangen-Schminke, diese rote Herbstfarbe fallender Blätter statt der Frühlingsröte jungfräulicher Blüte. Weiße Schminke erraten Gelehrte noch schwerer oder gar nicht, weil sie nicht absehen können, sagen sie, wo sie nur anfange.

Die Maske saß auf und sprengte seitab nach St. Lüne zu. Gottwalt wußte, daß, wenn er den Weg nach Joditz einschlüge. der weissagende Traum, daß er da mittags essen werde, schon halb in Erfüllung gehe; – er nahm also diesen Weg. Es sei, daß der zweite Reisetag an der Natur den blendenden Glanz abwischet, oder daß sein unruhiger Blick in das geweissagte Rosenhof und dessen Gaben das leise Grün der Natur, das wie ein Gemälde nur in ein stilles Auge kommt, verscheuchte: genug, statt des gestrigen beschaulichen Morgens hatt' er jetzt einen strebenden tätigen. Er saß selten nieder, er flog, er stand und ging als Befehlshaber an der Spitze seiner Tage. Wär' ihm Don Quijotes Rosinante auf einer Wiese grasend begegnet, er hätte sich frei auf die nackte geschwungen (er wäre sein eigner Sattel gewesen), um in die romantische Welt hineinzureiten bis vor die Haustüre einer Dulzinee von Toboso. Er sah vorübergehend in eine hackende Ölmühle und trat hinein; die Riesenmaschinen kamen ihm lebendig vor, die hauenden Rüssel, die unaufhaltbaren Stampf-Mächte und Klötze wurden von seltsamen Kräften und Geistern geregt und aufgehoben.

Durch den rein-blauen Himmel brausete ein unaufhörlicher Sturm – der seine eigne Windharfe war –; aber nichts weht weiter in Zauber- und Zukunfts-Länder als eine solche unsichtbare tönende Gewalt. Geister flogen im Sturm; die Wälder und Berge der Erde wurden von Überirdischen geschüttelt und gerückt; – die äußere Welt schien so beweglich zu werden, wie es die innere ist.

Überall lagen auf den Felsen Ritter-Schlösser – in den Gärten Lustschlösser – an den kleinen Reben-Bergen weiße Häuserchen – zuweilen da eine rotglänzende Ziegelhütte, dort das Schieferdach einer Korn- oder Papiermühle. – – Unter allen diesen Dächern konnten die seltensten Väter und Töchter und Begebenheiten wohnen und heraustreten und auf den Notar zugehen; er versah sich dessen ohne Furcht.

Als eine zweite Straße seine zu einem Kreuzwege, diesem Andreaskreuze der Zauberinnen, durchschnitt: so wehten ihn tiefe Sagen schauerlich aus der Kindheit an; im Brennpunkte der vier Welt-Ecken stand er, das fernste Treiben der Erde, das Durcheinanderlaufen des Lebens umspannt' er auf der wehenden Stelle. Da erblickt' er Joditz, wo er Vults Traume nach essen sollte. Es kam ihm aber vor, er hab' es schon längst gesehen, der Strom um das Dorf, der Bach durch dasselbe, der am Flusse steil auffahrende Wald-Berg, die Birken-Einfassung und alles war ihm eine Heimat alter Bilder. Vielleicht hatte einmal der Traumgott vor ihm ein ähnliches Dörfchen aus Luft auf den Schlaf hingebauet und es ihn durchschweben lassen. [1] Er dachte nicht daran, sondern an Abenteuer und an die Natur, die gern mit Ähnlichkeiten auf Steinen und in Wolken und mit *Zwillingen* spielet.

Im Joditzer Wirtshaus wurd' er wieder überrascht durch Mangel an allem Überraschenden. Nur die Wirtin war zu Hause und er der erste Gast. Erst später kam mehr Leben an, ein Böheimer mit vier Verkaufschweinchen und dem Hunde; aber da dieser sehr lamentierte, daß er lieber vier Herden treiben und absetzen wollte als allemale die letzten Äser, mit denen es nie ein Ende nehme: so ließ sich Walt seine Sonnenseite nicht länger zur Winterseite umdrehen, sondern zog mit einer Portativ-Mahlzeit davon.

Er gelangte in einen felsigen stillen Wald und glitt vom Weg ab und lief so lange einer immer enger ablaufenden Schlucht nach, bis er an die sogenannte stille Stelle kam, die er im Tagebuche so beschreibt:

[1] Es gibt zwar ein zweites Joditz mit gleicher Gegend – das Kindheitsdorf des gegenwärtigen Verfassers –, es liegt aber nicht in Haßlau, sondern im Vogtland, wohin gewiß nicht der Notar gekommen.

»Die Felsen drängen sich einander entgegen und wollen sich mit den Gipfeln berühren, und die Bäume darauf langen wirklich einander die Arme zu. Keine Farbe ist da als Grün und oben etwas Blau. Der Vogel singt und nistet und hüpft, nie gestört auf dem Boden, außer von mir. Kühle und Quellen wehen hier, kein Lüftchen kann herein. Ein ewiger dunkler Morgen ist da, jede Waldblume ist feucht, und der Morgentau lebt bis zum Abendtau. So heimlich eingebauet, so sicher eingefasset ist das grüne Stilleben hier und ohne Band mit der Schöpfung als durch einige Sonnenstrahlen, die mittags die stille Stelle an den allgewaltigen Himmel knüpfen. Sonderbar, daß gerade die Tiefe so einsam ist wie die Höhe. Auf dem Montblanc fand Saussure nichts als einen Tag- und einen Nachtschmetterling, was mich sehr erfreuete. – Am Ende wurde ich selber so still als die Stelle und schlief ein. Ein Zaubertraum nach dem andern legte mir Flügel an, die bald wieder zu großen Blumenblättern wurden, auf denen ich lag und schwankte. Endlich war mir, als rufe mich eine Flöte beim Namen und mein Bruder stehe dicht an meinem Bette. Ich schlug die Augen auf, allein ich hörte fast gewiß noch eine Flöte. Ich wußt' aber durchaus nicht, wo ich war; ich sah die Baum-Gipfel mit Glut-Rot durchflossen, ich entsann mich endlich mühsam der Abreise aus Joditz und erschrak, daß ich eine ganze Nacht und den prophezeiten Abend in Rosenhof hier verschlafen hätte; denn ich hielt die Röte für Morgenröte. Ich drängte mich durch den tauenden Wald hindurch und auf meine Straße hinaus – ein prächtiges Morgen-Land faltete vor mir die glühenden Flügel auf und riß mein Herz in das allerheiterste Reich. Weite Fichtenwälder waren an den Spitzen gelbrot besäumt, freilich nur durch mordende Fichtenraupen. Die liebe Sonne stand so, daß es der Jahreszeit nach $5^3/_4$ Uhr am Morgen sein mochte, es war aber, die Wahrheit zu sagen, $6^1/_4$ Uhr abends. Indes sah ich die Lindenstädter Gebürge rot von der entgegenstehenden Sonne übergossen, die eigentlich der östlichen Lage nach über ihnen stehen mußte.

Ich blieb im Wirrwarr, obgleich die Sonne vielmehr fiel als stieg, bis ein junger hagerer Maler mit scharfen und schönen Gesichtsknochen und langen Beinen und Schritten und einem der größten preußischen Hüte vor mir dahin vorüber wollte, mit einer Maler-Tasche in der Hand. ›Guten Morgen, Freund‹, sagt' ich, ›ist das die Straße nach Rosenhof, und wie lange?‹ – ›Dort hinter den Hügeln liegts gleich, Sie können in einer Viertelstunde noch vor Sonnenuntergang ankommen, wenn die Fähre eben da ist.‹ Er entlief mit seinen gedachten Schritten, und ich sagte: ›Dank, gute Nacht.‹ Es war mir aber gewaltsam, als wenn sich die Welt rückwärtsdrehete, und als wenn ein großer Schatte über das Sonnen-Feuer des Lebens käme, da ich den Morgen zum Abend machen mußte.« So weit seine Worte.

Jetzt stand der Notar still, drehte sich um, eine lange Ebene hinter ihm schlossen unbekannte Berge zu; vor ihm standen sie, wie Sturmbalken der Gewitter, gehörnt und gespalten hinter den Hügeln gen Himmel, und die

Berg-Riesen trugen die hohen Tannen nur spielend. Der fliegende Landschaftsmaler, sah er, setzte sich auf die Hügel und schien, nach seiner Richtung zu schließen, die verdeckte Stadt Rosenhof auf sein Zeichenpapier heraufzutragen. Gott, dachte Walt, nun begreif' ichs einigermaßen, wie die Stadt liegen mag, wie göttlich und himmlisch, wenn der Landschaftsmaler von Bedeutung sich davor setzt und nur sie abreißet, indes er hinter seinem Rücken eine Landschaft weiß, die einen Fremdling, der jene nicht kennt, ordentlich mit Abend-Glanz und Ansicht überhäuft.

Als er oben vor die Aussicht kam, stand er neben dem Stand- und Sitzpunkte des Malers still und rief nach dem ersten Blick auf die Landschaft aus: »Ja, das ist des Malens wert.« – »Ich zeichne bloß«, sagte der gebückte Maler, ohne aufzublicken. Walt blieb stehen, und sein Auge schweifte von dem breiten Rosana-Strome zu seinen Füßen aufwärts zur Stadt am Ufer und Gebürg und stieg auf die waldigen zwei Felsen-Gipfel über der Stadt und fiel auf die Fähre, die, voll Menschen und Wagen zwischen Seilen, zu seinem Ufer voll neuer Passagiere herüberglitt, und sein Auge flog endlich den Strom hinab, der, lang von der Abendsonne beglänzt, sich durch fünf grüne helle Inseln brennend drängte.

Die Fähre war gelandet, neues Schiffsvolk und Fuhrwerk eingestiegen, sie wartete aber noch und, wie es ihm vorkam, auf ihn. Er lief hinab und sprang auf das Fahrzeug. Allein es wartete auf schwerere Befrachtung. Er schauete auf drei hier einlaufende Straßen hinauf. Endlich bemerkte er, daß im Abendglanze ein zierlicher Reisewagen mit vier Pferden, lange Staubwolken nachschleppend, daherrollte.

Darüber mußte der Notar frohlocken, weil schon ein Fuhrmanns-Karren mit Pferden auf der Fähre stand und der Reisewagen mit den seinigen sie noch viel gedrängter und bunter machte, als sie es schon durch den Kongreß von Bettlern, Boten, Spaziergängern, Hunden, Kindern, Wandergesellen und Grummet-Weibern war, wozu noch der Tiroler, der Geburtshelfer und der Bettelmann kam, die ihm unterwegs begegnet waren. Die Fähre war ihm ein zusammengepreßter Marktplatz, der schwamm, ein stolzes Linien-Schiff zwischen zwei Linien-Seilen, ein Bucentauro, aus welchem seine Seele zwei Vermählungsringe auswarf, einen in den Seestrom, einen in den glänzenden Abend-Himmel. Er wünschte halb und halb, die Überfahrt wollte sich durch einige Gefahr, die andern nichts schadete, noch trefflicher beleben.

Ein schöner stattlicher Mann stieg vorher aus dem angekommenen Wagen aus, eh' dieser auf das enge Fahrzeug getrieben und da gehörig eingeschichtet wurde; »er traue seinen Pferden nicht«, sagte der Herr. Walt fuhr ihm fast ohne ausgezeichnete Höflichkeit entgegen vor Jubel, denn er sah den General Zablocki vor sich. Dieser, durch Reisen häufiger an solche Erkennungen gewöhnt, bezeugte ein ruhiges Vergnügen, seinen erotischen Sekretär *hier* anzutreffen. Der lange Postzug stolperte endlich in die Fähre mit dem Wagen herein, und aufzitternd sah Walt, daß Zablockis schöne Tochter darin saß, die Augen auf die fünf Inseln heftend, welche der Sonnenglanz mit Rosenfeuer überschwemmte. Sein Herz brannte sanft in seinem Himmel, wie die Sonne in ihrem, und ging selig auf und selig unter. Schon der leere Bekannte wär' ihm auf unbekanntem Boden wie ein Bruder erschienen; aber nun die still geliebte Gestalt – sie gab ihm einen Seelen-Augenblick, den kein Traum der Phantasie weissagt.

Er stand an der Morgenseite des Kutschenschlags und durfte allda ohne Bedenken, da auf der Fähre alle Welt fest stehen muß, verharren und in einem fort hineinsehen (er hatte sich gegen den Wagen umgekehrt); er schlug aber die Augen oft nieder, aus Furcht, daß sie ihre herumwende und von seinen gestöret werde, ob er gleich wußte, daß sie, geblendet von der Sonne, anfangs so viel sähe als nichts. Er vergaß, daß sie ihn wahrscheinlich gar nie angesehen. Nach der herrlichen Pracht-Sonne und nach den fünf Rosen-Inseln sah er nicht hin, sondern genoß und erschöpfte sie ganz dadurch, daß er der stillen Jungfrau und dem stummen Abendtraume, womit sie auf den goldnen Inseln ruhte, mit tausend Wünschen zusah, es mög' ihr doch noch besser ergehen, und himmlisch, und darauf noch herrlicher.

Von weitem wars ihm, als wenn die Rosana flösse und die Fähre schiffte und die Wellen rauschten, und als wenn die waagrecht einströmende Abend-Sonne Hunde und Menschen mit Jugendfarben überzöge und jeden Bettler und Bettelstab vergoldete, desgleichen das Silber der Jahre und Haare. Aber er gab nicht besonders acht darauf. Denn die Sonne schmückte Wina mit betenden Entzückungen und die Rosen der Wangen mit den Rosen des Himmels; – und die Fähre war ihm ein auf Tönen sich wiegender Sangboden des Lebens, ein durch Abendlicht schiffendes Morgenland, ein Charons-Nachen, der das Elysium trug zum Tartarus des Ufers. Walt sah unkenntlich aus, fremd, überirdisch, denn Winas Verklärung warf den Widerschein auf ihn.

Ein Krüppel wollte ihm in der Nähe etwas von seiner Not vorlegen, aber er faßte nicht, sondern hassete es, wenn ein Mensch an einem solchen Abend nicht selig war, wo sich die bisher betrübte Jungfrau erheiterte und sich die Sonne gleichsam wie eine liebe warme Schwester-Hand an das Herz drückte, das bisher oft in mancher kalten dunklen Stunde schwer geschlagen.

»Hätt' er nur kein Ende, der Abend«, wünschte Walt, »und keine Breite die Rosana – oder man beschiffte wenigstens ihre Länge, fort und fort, bis man mit ihr ins Meer verschwämme und darin unterginge mit der Sonne.«

Eben war die Sonne über dem Strome untergegangen. Langsam wandte Wina das Auge ab und nach der Erde, es fiel zufällig auf den Notar. Er wollte einen Gruß voll Verehrungen spät in den Wagen werfen, aber die Fähre schoß heftig vom Ufer zurück und zerstieß das wenige, was er zusammengebauet.

Der Wagen fuhr bedächtlich ans Land. Walt gab an vier Groschen Fährgeld; »für wen noch?« fragten die Fährleute. »Für wer will«, versetzte Walt; darauf sprangen, ohne zu fragen und zu zahlen, mehr als zu viele ans Land. Der General wollte zu Fuß in die schöne Garten-Stadt, Walt blieb neben ihm. Jener fragte, ob ihm gestern keine Komödianten begegnet. Er berichtete, daß sie diesen Abend in Rosenhof spielten. »Gut!« sagte Zablocki – »so essen Sie abends bei mir im *Granatapfel* – Sie übernachten doch? – und morgens sieht man in Sozietät die ganze splendide Felsen-Gruppe, die Sie droben über der Stadt bemerken.«

Die Entzückung über diese Gabe des Geschicks spricht Walt in seinem Tagebuch kurz so aus: »Wie ich vor ihm darüber meine Freude aussprach, lieber Bruder, das kannst du dir vielleicht besser denken als ich jetzt.«

NRO. 47. TITANIUM

Kartause der Phantasie – Bonmots

Es gibt schwerlich etwas Erquicklicheres, als abends mit dem General Zablocki hinter dem Wagen seiner Tochter zwischen den Gärten voll Rosensträuche in die schöne Stadt Rosenhof einzugehen – ohne alle Sorge und voll Ausmalungen des Abendessens zu sein – und den schönen Eß-Rauch über der Stadt ordentlich für die Zauber-Wolke zu halten, womit der gute Genius in Vults Briefe sie überzogen – und von den wirtlichen reinen breiten Gassen und den leichten vergänglichen Spielen und Zwecken des Lebens immer gerade zu den draußen über der Vorstadt stehenden finstern Gebirgshäuptern aufzusehen, die so nahe aus ihrer kalten Höhe auf die Häuser und die Türme herunterschauen. Besonders nahm den Notar die grünende Gasse ein, wo der Granatapfel logierte: »Mir ist ordentlich«, sagte er begeistert und redselig zum General, »als ging' ich in Chalcis in Euböa [1] oder auch einer andern griechischen Stadt, wo so viele Bäume in den Gassen standen, daß man die Stadt kaum sah. Gibt es eine schönere Vermischung von Stadt und Land als hier, Exzellenz? – Und ist Ihnen nicht auch der Gedanke süß, daß hier zu einer gewissen Zeit, so wie in Montpellier, alles in Rosen und von Rosen lebt, wenn man auch gleich jetzt nichts davon sieht als die Dornen, Herr General?«

Dieser, der nicht darauf gehorcht hatte, rief seinem Kutscher einen derben Fluch zu, weil er mit seinem Wagen fast an dem Fränzelschen geentert hätte. Walt sagte, das seien die Akteurs; und forderte vom Wirt ein vortreffliches Zimmer, das man ihm leicht zugestand, weil man ihn für einen Sekretär Zablockis ansah, was noch dazu richtig war in Rücksicht der erotischen Memoiren. Da er dareingeführet wurde, erstaunte er schon vorläufig über den Prunk des Prunkzimmers und wurde gerührt von seinem Glücks-

[1] Pausan. in Att.

schwung, was zunahm, als er den Bettelstab, dem er seinen Hut aufsetzte, an den Spiegeltisch stellte. Da er aber in höchster Bequemlichkeit und Seelen-Ruhe auf und ab ging, die Papiertapeten statt des ihm gewöhnlichern Tapetenpapiers – die drei Spiegel – die Kommode-Beschläge mit Messing-Masken – die Fenster-Rouleaus – und vollends die Bedientenklingel ausfand: so läutete er diese zum erstenmal in seinem Leben, um sogleich ein Herr zu sein und, wenn er eine Flasche Wein sich bringen lassen, nun die süßquellende Gegenwart gehend auszuschlürfen und überhaupt einen Abend zu erleben, wie irgendein Troubadour ihn genossen. »Troubadours«, sagt' er sich, indem er trank, »übernachteten oft in sehr vergoldeten Zimmern der Höfe – den Tag vorher vielleicht in einer Moos- und Strohhütte – wie Töne durchdrangen sie hohe und dicke Mauern – und dann pflegten sie sich darin noch die schönste Dame von Stand zu aufrichtiger Liebe auszulesen und, gleich Petrarca, solche in ewiger Dichtung und Treue gar nie selber zu begehren« – setzt' er dazu und sah an die Wand des – Generals.

Zablockis Zimmer war seinem durch eine zweimal verriegelte Wand- und Transito-Türe versperrt und verknüpft. Er konnte gehend – denn stehend zuzuhören, hielt er für Unrecht – auspacken und jedes heftige Wort des Vaters an Bediente und den süßen Ton, worein Wina sie, wie eine Äolsharfe den Sturmwind, auf der Stelle übersetzte, leicht vernehmen. Ob er gleich hoffte, unten in der breiten Gaststube Jakobinen wieder und viel bekannter anzutreffen: so hielt er es doch für seliger, neben der nahen Nonne Wina als Wandnachbar auf und ab zu spazieren und sie unaufhörlich sich vorzustellen, besonders das große beschattete Auge und die Freundlichkeit und Stimme und das Abendessen neben ihr.

Er hörte endlich, daß der General sagte, er gehe ins Schauspiel, und daß Wina bat, zurückbleiben zu dürfen, und daß sie darauf ihrer Kammerdienerin – der gottlosen Sängerin Luzie – die Erlaubnis gab, sich im Städtchen umzusehen. Alsdann wurde alles still. Er sah zum Fenster hinaus an ihres. Winas beide Fenster-Flügel (sie schlugen sich nach der Gasse auf) waren offen und ein Licht im Zimmer und am Wirtshausschild ein Schattenriß, der sich regte. Da er aber nichts weiter sah, so kehrte er wieder mit dem Kopf in seine Stube zurück, worin er – so gehend, trinkend, dichtend – ein aus Rosenzucker gebackenes Zuckerbrot, ja Zucker-Eiland nach dem andern aus dem Backofen auf der Schaufel behutsam herausholte: – »O ich bin so glücklich!« dacht' er und sah nach, ob man keine Armenbüchse an die Papiertapeten geschraubt, weil er in keinem Wirtshause vergaß, in diese Stimm-Ritze unbekannter Klagstimmen, soviel er konnte, zu legen; aber das Zimmer war zu nett zu Wohltaten.

Es wurde sehr dunkel. Der frühe Herbstmond stand schon als ein halbes Silber-Diadem auf einem Gebirgshaupt. Der Kellner kam mit Licht, Walt sagte: »Ich brauche keines, ich esse bei dem Herrn General.« Er wollte das Stuben-lange Mondlicht behalten. An der Fensterwand wurde ihm endlich dadurch eine und die andere Reise-Sentenz von frühern Passagieren erleuchtet. Er las die ganze Wand durch, nicht ohne Zufriedenheit mit den jugendlichen Sentenzen, welche sämtlich Liebe und Freundschaft und Erden-Verachtung mit der Bleifeder anpriesen. – »Ich weiß so gut als jemand« – schreibt er im Tagebuch –, »daß es fast lächerlich, wenn nicht gar unbillig ist, sich an fremde Zimmer-Wand anzuschreiben; dennoch ergötzet den Nachfahrer ein Vorgänger sehr dadurch, daß er auch dagewesen und die leichte Spur eines Unbekannten einem Unbekannten nachgelassen. Freilich schreiben einige nur den Namen und Jahrszahl an; aber einem wohlwollenden Menschen ist auch ein leerer Name lieb, ohne welchen eine entrückte verreisete Gestalt doch mehr ein Begriff bliebe als ein Begriffenes, weniger ein Mensch als eine luftige, auch wohl ätherische Menschheit. Und warum soll man denn einen leeren Gedanken lieber haben und vergeben als einen leeren Namen? – Ich nehm' es gar nicht übel, daß einer bloßhin anschrieb J. P. F. R. Wonsidel: Martii anno 1793 – oder ein anderer Vivat die A. etc., die B. etc., die C. etc., die J. etc. – oder das Französische, Griechische, Lateinische, auch Hebräische. – Und es stehen ja oft kostbare Sentenzen daran wie folgende: »Im physischen Himmel glauben wir stets in der *Mitte* zu sein; aber in Rücksicht des innerlichen glauben wir immer am Horizont zu stehen; im *östlichen,* wenn wir frohlocken, im *westlichen,* wenn wir jammern.« Er wagte zuletzt selber Winas und Walts Namen samt Datum ans Stammbuch so zu schreiben: W – W. Sept. 179–. Er schauete wieder auf die mondhelle Gasse hinaus nach Winen und erblickte drei herausgelegte Finger und ein wenig weiße Hutspitze; dabei und davon ließ sich leben und träumen. Er schwebte und spielte wie ein Sonnenstäubchen in den langen Mondstrahlen der Stube, er ergänzte sich das stille Mädchen aus den drei Fingern; er schöpfte aus der nie versiegenden Zukunft, die beim Abendessen als Gegenwart erschien. Freuden flogen ihm als purpurne Schmetterlinge nach, und die beleuchteten Stubenbretter wurden Beete von Papillonsblumen – – drei Viertelstunden lang wünscht' er herzlich, so einige Monate auf und nieder zu gehen, um sich Wina zu denken und das Essen.

Aber der Mensch dürstet am größten Freudenbecher nach einem größern und zuletzt nach Fässern; Walt fing an, auf den Gedanken zu kommen, er könne nach der väterlichen Einladung ohne Übelstand sich jetzt gar selber einstellen bei der einsamen Wina. Er erschrak genug – wurde scham- und freudenrot – ging leiser auf und ab – hörte jetzt Wina auch auf und nieder gehen – der Vorsatz trieb immer mehr Wurzeln und Blüten zugleich – nach einer Stunde Streit und Glut war das Wagstück seiner Erscheinung und alle zartesten Entschuldigungen derselben fest beschlossen und abgemacht: als er den General kommen und sich rufen hörte. Er riegelte, mit dem Hut-Stock in der Hand, seine Wandtüre auf; »diese ist zu, Freund!« rief der General, und er ging, den Mißgriff nachfühlend, erst aus seiner durch die fremde ein.

Blühend von Träumen trat er ins helle Zimmer; halb geblendet sah er die weiße schlanke Wina mit dem leichten weißen Hute wie eine Blumengöttin neben dem schönen Bacchus stehen.

Der letztere hatte ein heiteres Feuer in jeder Miene. Die Tochter sah ihn unaufhörlich vor Freude über die seinige an. Bediente mußten ihm auf Flügeln das Essen bringen. Der Notar wog auf den seinigen, verschwebt in den Glanz dieses magischen Kabinetts, nicht viel über das Gewicht von fünf Schmetterlingen, so leicht und ätherisch flatterte ihm Gegenwart und Leben vor.

Er setzte sich mit weit mehr Welt und Leichtigkeit an das Eß-Täfelchen, als er selber gedacht hatte. Der General, der ein unaufhörliches Sprechen und Unterhalten begehrte, sann Walten an, etwas zu erzählen, etwas Aufgewecktes. Mit etwas Rührendem wär' er leichter bei der Hand gewesen; so aber sagt' er: er wolle nachsinnen. Es fiel ihm nichts bei. Schwerer ist wohl nichts als das Improvisieren der Erinnerung. Viel leichter improvisiert der Scharf- und Tiefsinn, die Phantasie als die Erinnerung, zumal wenn auf allen Gehirn-Hügeln die freudigsten Feuer brennen. Dreitausend fatale Bonmots hatte der Notar allemal schon gelesen gehabt, sobald er sie von einem andern erzählen hörte; aber er selber kam nie zuerst darauf, und er schämte sich nachher vor dem Korreferenten. Sehr hätt' er das Schämen nicht nötig, da solche Referendarien des fremden Witzes und solche Postschiffe der Gesellschaft meist platte Gehirne tragen, auf deren Tenne nie die Blumen wachsen, die sie da aufspeichern und auftrocknen.

»Ich sinne noch nach«, versetzte Walt, geängstigt, einem Blicke Zablockis, und flehte Gott um einigen Spaß an; denn noch sah er, daß er eigentlich nur über das Sinnen sinne und dessen Wichtigkeit. Die Tochter reichte dem Vater die Flasche, die nur er – seine Briefe aber sie – aufsiegelte. »Trinken Sie dies Gewächs für 48er oder 83er?« sagte der General, als man Walten das Glas bot. Er trank mit der Seele auf der Zunge und suchte forschend an die Decke zu blicken. »Er mag wohl«, versetzt' er, »um die Hälfte älter sein als mein voriger Wein, den ich eher für jungen 48er halte; – ja,« (setzt' er fest darzu und blickte ins Glas) »er ist gewiß herrliche 83 Jahre alt.« Zablocki lächelte, weil er eine Anekdote, statt zu hören, erlebte, die er schön weiter geben konnte.

Der General wollt' ihn aus dem stillen innerlichen Schnappen nach Bonmots herausfragen durch die Rede: wie er nach Rosenhof komme? Walt wußte keine rechte ostensible Ursachen – wiewohl diese ihm gegenüber saß im weißen Hute – anzugeben, ausgenommen Natur und Reiselust. Da aber diese keine Geschäfte waren: so begriff ihn Zablocki nicht, sondern glaubte, er halte hinter irgendeinem Berge, und wollte durchaus hinter ihn kommen. Walt schüttelte von seinen poetischen Schwingen die köstlichen Berge und Täler und Bäume auf das Tischtuch, die er auf dem seligen Wege mehr aufgeladen als durchflogen hatte. Zablocki sagte nach Walts langer Ausspende von Bildern: »Beim Teufel! nimm, oder ich freß nicht!« Wina – denn diese hatt' er in jenem Liebes-Zorn angeredet, den weniger die Väter gegen ihre Töchter als die Männer gegen ihre Weiber haben – nahm erschrocken ein großes Stück vom Schnepfen, dem Schoß-Kinde des väterlichen Gaumens, und reichte, höflicher als Zablocki, den Teller dem betretenen Notar hinüber, um ein paar hundert Verlegenheiten zu ersparen. Walt konnte auf keine Weise fassen, wie bei so mündlicher lebendiger Darstellung der lebendigen, beinahe mündlichen Natur, als seine war, eine Schnepfe mit allem seinem Album graecum noch einige Sensation zu machen imstande sei. Poetische Naturen wie Walt sind in Nordländern – denn ein Hof oder die große Welt ist der geborne Norden des Geistes, sowie der geborne Gleicher des Körpers – nichts weiter als Elefantenzähne in Siberien, die unbegreiflich an einem Orte abgeworfen worden, wo der Elefant erfriert.

Mit einschmeichelnder Stimme fragt' ihn wieder Zablocki, ob ihm noch nichts eingefallen; und Wina sah ihn unter dem Abendrote des rottaftenen Hutfutters so lieblich Augen-nickend und bittend an, daß er sehr gelitten hätte, wenn ihm nicht die drei Bonmots, auf die er sich gewöhnlich besann, endlich zugekommen wären, und daß er wieder nahe daran war, ein gelieferter Mann zu werden und alles zu vergessen, weil das kindlich bitthafte Auge zu viel Platz – nämlich allen – in seiner Phantasie, Memorie und Seele wegnahm.

»Ein harthöriger Minister« – fing er an – »hörte an einer fürstlichen Tafel« .... »Wie heißet er und wo?« fragte Zablocki. Das wußt' er nicht. Allein da der Notar den wenigen Historien, die ihm zufielen, keinen Boden, Geburtstag und Geburtsschein zuzuwenden wußte – vorfabeln wollt' er nie –: so braucht es Sozietäten nicht erst bewiesen zu werden, wie farbenlos er als Historienmaler auftrat, und wie sehr eigentlich als ein luftiger historischer Improvisatore. »Ein harthöriger Minister hörte an einer fürstlichen Tafel die Fürstin eine komische Anekdote erzählen und lachte darüber mit dem ganzen Zirkel unbeschreiblich mit, ob er gleich kein Wort davon vernommen. Jetzt versprach er, eine ebenso komische zu erzählen. Da trug er, zum allgemeinen Erstaunen, die eben erzählte wieder als eine neue vor.«

Der General glaubte, so schnapp' es nicht ab; da er aber hörte, es sei aus, so sagt' er spät: »Deliziös!«, lachte indes erst zwei Minuten später hell auf, weil er gerade so viel brauchte, um sich heimlich die Anekdote noch einmal, aber ausführlicher vorzutragen. Der Mensch will nicht, daß man ihm die spitze, blanke Pointe zu hitzig auf der Schwelle auf das Zwerchfell setze. Eine gemeine Anekdote ergreift ihn mit ihrem Ausgang froh, sobald er nur vorher durch viel Langeweile dahin getrieben wurde. Geschichten wollen Länge, Meinungen Kürze. Walt trieb die zweite anonyme Geschichte von einem Holländer auf und vor, welcher gern ein Landhaus, wegen der herrlichen Aussicht auf die See, besessen hätte, wie alle Welt um ihn, allein nicht das Geld dazu hatte. Der Mann aber liebte Aussichten dermaßen, daß er alle Schwierigkeiten dadurch zu besiegen suchte, daß er sich auf einem Hügel, den er gegen die See hatte, eine kurze Wandmauer und darein ein Fenster brechen ließ, in welches er sich nur zu legen brauchte, um die offne See zu genießen und vor sich zu haben, so gut als irgendein Nachbar in seinem Gartenhaus.

Sogar Wina lächelte glänzend unter dem roten Taft-Schatten hervor. Mit noch mehr Anmut als bisher teilte Walt die dritte Anekdote mit.

Ein Frühprediger, dessen Kehlkopf mehr zur Kanzel-Prosa als zur Altar-Poesie gestimmt war, rückte zu einer Stelle hinauf, die ihn zwang, vor dem Altare das »Gott in der Höhe sei Ehr'« zu singen. Er nahm viele Singstunden; endlich nach vierzehn Singtagen schmeichelte er sich, den Vers in der Gewalt und Kehle zu haben. Die halbe Stadt ging früher in die Kirche, um der Anstrengung zuzuhören. Ganz mutig trat er aus der Sakristei (denn er hatte sich darin vom Singmeister noch einmal leise überhören lassen) und stieg gefaßt auf den Altar. Alle Erzähler der Anekdote stimmen überein, daß er trefflich angehoben und sich anständig genug in den Choral hineingesungen hatte: als zu seinem Ruin ein blasender Postillion draußen vor der Kirche vorbeiritt und mit dem Posthorn ins Kirchenlied einfiel; – das Horn hob den Prediger aus dem alten Sing-Geleise in ein neues hinein, und er sah sich gezwungen, das ernste Lied mitten vor dem Altare nach dem vorbeireitenden Trompeterstückchen auf die lustigste Weise hinauszusingen.

Der General lobte sehr den Notar und ging heiter aus dem Zimmer; aber er kam nicht wieder.

Nro. 48. Strahlkies

Die Rosenhöfer-Nacht

Weder Jakobine noch der General machten je ein Geheimnis daraus – nämlich aus ihrem wechselseitigen; – es kann also die Anverwandten von beiden auf keine Weise zu etwas Juristischem gegen den Verfasser der Flegeljahre berechtigen, wenn er im *Strahlkies* bloß kalt erzählet, daß Zablocki ein wenig in den nächsten Garten spazieren gegangen, und die Aktrice Jakobine zufällig nicht sowohl, als in der guten Absicht, von ihrer Rolle der Johanna von Montfaucon im Freien zu verschnaufen. Noch viel weniger als schreibende Verfasser sind von hohen Anverwandten allgemeine Sätze anzugreifen, wie z. B. dieser: daß sehr leicht der weibliche theatralische *Lorbeer* sich rückwärts in eine *Daphne* verwandle – und der Satz, daß eine Schauspielerin nach einer schweren tragischen Tugend-Rolle am besten ihr eignes Theater aux Italiens und ihre eigne Parodie werde – am wenigsten dieser, daß das Militär, es sei auf Kriegs- oder Friedensfuß, den griechischen Möbeln gleiche, die meistens auf Satyrfüßen standen – und endlich der, daß wohl nichts einander mehr sucht und ähnlich findet (daher schon die Worte Kriegstheater und Theaterkrieg, Aktion und Staatsaktion, Truppen) als eben Theatertruppen die Kriegstruppen, und vice versa.

Ich fahre also, nachdem ich berichtet, daß beide spazieren gegangen, gleich ihnen ruhig und ungestört, hoff' ich, fort.

Walts Gesicht wurde eine Rose unter dem Ausbleiben des Vaters. Wina heftete die Augen, die sich wie süße Früchte unter das breite Laub der Augenlider versteckten, unter dem Hute auf ihr Strickzeug nieder, das einen langen Kinderhandschuh vollendete. Über den Notar kam nun wieder die Furcht, daß sie ihn als den Auslieferer ihres Briefes zu verabscheuen anfange. Er sah sie nicht oft an, aus Scheu vor dem zufälligen Augen-Aufschlag. Beide schwiegen. Weibliches Schweigen bedeutet – ohnehin als das gewöhnlichere – viel weniger als männliches. Die befeuernde Wirkung, welche der Wein hätte auf den Notar tun können, war durch seine Anstrengung, den feinsten Gesellschafter zu spielen, niedergehalten worden. Indes wär' ihm die Lage nicht unangenehm gewesen, wenn er nur nicht jede Minute hätte fürchten müssen, daß sie – vorbei sei.

Endlich sah er sehr scharf und lange auf den Strick-Handschuh und wurde so glücklich, sich einen Faden der Rede daraus zu ziehen; er schöpfte nämlich die Bemerkung aus dem Handschuh, daß er oft stundenlang das Stricken besehen, und doch nie begriffen.

»Es ist doch sehr leicht, Herr Harnisch«, versetzte Wina, nicht spöttisch, sondern unbefangen, ohne aufzublicken.

Die Anrede »Herr Harnisch« jagte den Empfänger derselben wieder in die Denk- und Schweig-Kartause zurück. – »Wie kommts« – sagt' er, spät heraustretend und den Strick-Faden wieder aufnehmend –, »daß nichts so rührend ist als die Kleidungsstücke der lieben Kinder, z. B. dieses hier – so ihre Hütchen – Schühchen? – – Das heißet freilich am Ende: warum lieben wir sie selber so sehr?« –

»Es wird vielleicht auch darum sein« – versetzte Wina und hob die ruhigen vollen Augen zum Notar empor, der vor ihr stand –, »weil sie unschuldige Engel auf der Erde sind, und doch schon viele Schmerzen leiden.«

»Wahrhaftig, so ist es« – (beteuerte Walt, indem Wina wie eine schöne stille Flamme glänzend vor ihm aufstand, um ihr Mädchen herzuklingeln) – »Und wie dürfen Erwachsene klagen? – Ich will wahrlich das Sterben eines Kindes« (setzt' er hinzu und folgte ihr einige Schritte nach) »ertragen, aber nicht sein Jammern; denn in jenem ist etwas so Heilig-Schauerliches.« Wina kehrte sich um und nickte.

Luzie kam; Wina fragte, ob der General ihr nichts aufgetragen. Luzie wußte von nichts, als daß sie ihn in den nahen Garten hineinspazieren sehen. Rasch trat Wina ans mondhelle Fenster, atmete *einmal* recht seufzend ein und sagte schnell: »den Schleier, Luzie! Und du weißt es gewiß, liebes Mädchen, und auch den Garten?« – Mit einer leisen Stimme, wie nur eine mährische Schwester anstimmen kann, versetzte Luzie: »Ja, Gnädigste!« Wina warf den Schleier über den Hut und redete, hinter diesem gewebten Nebel und fliegenden Sommer unbeschreiblich blühend und liebreizend, den Notarius mit sanftem Stocken an: »Lieber Herr Notar – Sie lieben ja auch, wie ich hörte, die Natur – und mein guter Vater« – –

Er war schon nach dem Hut-Stock geflogen und stand bewaffnet und reisefertig da – und ging hinter beiden mit hinaus. Denn ein *fremdes* Zimmer zu verlassen, fühlt' er sich ganz berechtigt. Indes aber solches geschlossen wurde, kam er wieder vorauszustehen, nahe an der Treppe; – und in ihm fing ein kurzes Treffen und Scharmützel an über die Frage, ob er mit entweder dürfe oder solle – oder weder eines noch das andere. Wina konnte ihn nicht zurückrufen – und so kam er, innen fechtend, auf die Treppe und trug das stille Handgemenge bis zur Haustüre hinaus.

Da ging er ohne weiteres mit und setzte den Hut von seinem Stock auf den Kopf; aber er zitterte, nicht sowohl vor Furcht oder vor Freude, sondern vor einer Erwartung, die beide vereinigt. O es ist eine lächerliche und reine Zeit im frühen Jünglingsalter, wo im Jüngling die alte französische Ritterschaft mit ihrer heiligen Scheu erneuert und wo der Kühnste gerade der Blödeste ist, weil er seine Jungfrau, für ihn eine von dem Himmel geflogne, eine nach dem Himmel fliegende Gestalt, so ehret wie einen großen Mann, dessen Nachbarschaft ihm der heilige Kreis einer höhern Welt ist, und dessen berührte Hand ihm eine Gabe wird. Unselig, schuldvoll ist der Jüngling, der niemals vor der Schönheit blöde war.

Die drei Menschen gingen durch eine waldige Gasse dem Garten zu. Der Mond zeichnete die wankende Gipfel-Kette auf den lichten Fußsteig hin, mit jedem zitternden Zweig. Luzie erzählte, wie schön der Garten und besonders eine ganz blaue Laube darin sei, aus lauter blauen Blumen gewebt. Blauer Enzian – blaue Sternblumen – blauer Ehrenpreis – blaue Waldreben vergitterten sich zu einem kleinen Himmel, worin gerade im Herbst keine Wolke, d. h. keine Knospe war, sondern offne Ätherkelche.

»Da die Blumen leben und schlafen«, sagte Walt bei diesem Anlaß, »so träumen sie gewiß auch, so gut wie Kinder und Tiere. Alle Wesen müssen am Ende träumen.« – »Auch die Heiligen und die heiligen Engel?« fragte Wina. »Ich wollte wohl sagen Ja« – sagte Walt –, »insofern alle Wesen steigen und sich also etwas Höheres träumen können.« – »Ein Wesen ist aber auszunehmen«, sagte Wina. – »Gewiß! Gott träumet nicht. Aber wenn ich nun die Blumen wieder betrachte, so mag wohl in ihren zarten Hüllen der dunkle Traum von einem lichtern Traume blühen. Ihre duftende Seele ist nachts zugehüllt, nicht durch bloße Blätter, sondern wahrhaft organisch, wie denn unsere auch nicht durch bloße Augenlider zugeschlossen wird. Sobald nun einmal die farbigen Wesen am Tage Licht und Kraft verspüren: so können sie ja auch nachts einen träumerischen Widerschein des Tages genießen. Der Allsehende droben wird den Traum einer Rose und den Traum einer Lilie kennen und scheiden. Eine Rose könnte wohl von Bienen träumen, eine Lilie von Schmetterlingen – in dieser Minute kommt es mir ordentlich fast gewisser vor – das Vergißmeinnicht von einem Sonnenstrahl – die Tulpe von einer Biene – manche Blume von einem Zephyr – Denn wo könnte denn Gottes oder der Geister Reich aufhören? Für ihn mag wohl ein Blumenkelch auch ein Herz sein, und umgekehrt manches Herz ein Blumenkelch.« –

Jetzt traten sie in den Zauber-Garten ein, dessen weiße Gänge und finstere Blättergruppen einander wechselnd färbten. Die Berge waren, wie Nachtgötter, hoch aufgestanden und hoben ihr dunkles Erdenhaupt kühn unter die himmlischen Sterne hinein. Der Notar sah den bisher auseinanderliegenden *Farbentau* der Dichtung an Winas Hand sich als einen *Regenbogen* aufrichten und im Himmel stehen als der erste glänzende Halbzirkel des Lebens-Kreises.

Er wurde – so wie Wina immer einsilbiger – immer vielsilbiger und betrank sich im Taufwasser seiner Worte, das er über jeden Berg und Stern goß, der ihnen vorkam. Es gab wenige Schönheiten, die er nicht, wenn er vorbeiging, abschilderte. Es war ihm so wohl und so wohlig, als sei die ganze schimmernde Halbkugel um ihn nur unter seiner Hirnschale von einem Traume aufgebauet und er könne alles rücken und rauben und die Sterne nehmen und wie weiße Blüten herunterschlagen auf Winas Hut und Hand. Je weniger sie ihn unterbrach und abkühlte: um so größer machte er seine Ideen und tat zuletzt die größte, jene ungeheure auf, worin die Welt zerschmilzt und blüht, so daß Luzie, die bisher weltliche Lieder murmelnd gesungen, damit aufhörte, aus Scheu vor Gottes Wort.

Eben wurde das Completorium geläutet, als Wina vor einer überlaubten kleinen Kapelle vorbeiging. Sie ging wie verlegen langsam, stand und sagte Luzien etwas ins Ohr. Walt war ihrer Seele zu nahe, um nicht in sie zu schauen; er ging schnell voraus, um sie beten zu lassen und sie heimlich nachzuahmen. Luzie hatte leise Winen gesagt, seitwärts oben die schwarze Laube sei die blaue. In dieser wollte er die Beterin erwarten. Als er näher trat, flog aus der Laube Jakobine lustig heraus und warf ihm scherzend einen Schal über den Kopf und entführte ihn am Arme, um an seiner grünen Seite, sagte sie, die kostbare Nacht zu genießen.

Ob er gleich nicht von weitem ahnte, mit welcher frechen Parodie der Morpheus des Zufalls den Menschen oft mit seinem Geschicke paare und entzweie: so widerstand doch der Spaß und die Freiheit und der Kontrast dem ganzen Zuge seiner höhern Bewegungen. Er setzt' ihr eiligst auseinander, woher und womit er komme, und sah bedeutend nach der Kapelle, als werd' er von dort aus stark erwartet. Jakobine scherzte schmeichelnd über Walts Damen-Glück und verschloß ihm den Mund durch das Überfüllen seines Herzens. Indes er nun äußerlich scherzend focht – und innen es auf allen Seiten überschlug, wie er ohne wahre Grobheit Jakobinens

Arm von seinem schütteln könne: – so sah er, wie vom Eingange des Gartens her, den General auf die Tochter loskommen, sehr freudig ihre Hand in seinen Arm einpacken und mit dem Engel der Sterne davon und nach Hause laufen.

»Ach wie schnell gehen die schönen Sterne des Menschen unter!« – dachte Walt und sah nach den Bergen, wo morgen ein paar Bilder davon wieder aufgehen konnten; und war nicht imstande, Jakobinen zu fragen, ob sie die Reize der schönen Nacht empfinde.

Diese flog kalt vor dem Notar ins Haus und verschwand auf der Treppe. Er brauchte diesen Abend nichts weiter als ein Kopfkissen für seine wachen Träume und ein Stück Mondschein im Bette. Aber in der Nachmitternacht – so lange träumt' er – fuhr wieder auf der Gasse eine Nachtmusik auf, welche Zablockis Leute abbliesen. Nachdem Walt die Gasse wie ein Lorettohäuschen in die schönste welsche Stadt getragen und niedergesetzt – nachdem er die herrlichen Blitze des Klanges, die an den Saiten wie an Metalldraht herabfuhren, auf sich einschlagen lassen – und nachdem er die Sterne und den Mond nach der irdischen Sphärenmusik in Tanz gesetzt – und nachdem die Lust halb aus war: so flatterte Jakobine, deren Flüstern er vorher fast im Nebenzimmer zu hören geglaubt, zur Türe hinein und ans Fenster, vor brennender Ungeduld, die Töne zu hören, nicht aber den Notar.

Walt wußte nicht sogleich, wo er war oder bleiben sollte. Er schlich sich heimlich und leise aus den Kissen in die Kleider und hinter die Hörerin; wie angezündeter Flachs war er in höhere Regionen aufgeflogen, ohne einen Weg zu wissen. Nicht daß er von ihr oder von sich etwas besorgte; aber nur die Welt kannte er und ihre Parterres-Pfeifen gegen jedes kühne Mädchen, ein Unglück, wogegen er lieber sich von der zweiten Famas-Trompete jagdgerecht anblasen ließe, um nur das Weib zu retten; – – und er wußte kaum, ob er nicht aus der Stube so lange unvermerkt entflüchten sollte, bis die Aktrice in ihre heimgegangen.

Sie hörte drei Seufzer – fuhr um – er stand da – sie entschuldigte sich sehr (zu seiner Lust, da er gefürchtet, er habe sein eignes Dasein zu exkusieren), daß sie in ein *besetztes* Zimmer gekommen, das ihr, da es ohne Nachtriegel gewesen, frei geschienen. – Er schwur, niemand habe weniger dawider als er; – aber Jakobinens Reinheit glaubte sich damit noch nicht rein gewaschen, sie fuhr fort und stellt' ihm unter dem musikalischen Getöse, so laut sie konnte, vor, wie sie denke, wie ihr Nachtmusik in Mark und Bein fahre, an Fast- und Freitägen ganz besonders, weil da vielleicht ihr Nervensystem viel rührbarer sei, und wie dergleichen sie nie unter dem Bette lasse, sondern wie sie die erste beste Wasch-Serviette (sie hatte eine um) über den Hals schlage, um nur ans Fenster zu kommen und zu hören.

Unter dieser Rede hatte eine fremde Flöte so närrisch mit feindlichen Tönen durch die Nachtmusik gegriffen und geschrien, daß diese es für angenehmer hielt, überhaupt aufzuhören. Jakobine sprach laut, ohn' es zu merken, weiter: »Man überkommt dann Gefühle, die niemand gibt, weder Freundin noch Freund.«

»Etwas leiser, Vortreffliche, um Himmels willen leiser!« – sagte Walt, als sie den letzten Satz *nach* der Musik gesagt – »der General schläft gerade nebenan und wacht. Wohl, wohl ist meistens für ein weibliches Herz eine Freundin zu unmännlich und ein Freund zu unweiblich.« – Sie sprach so leise, als ers haben wollte, und faßte ihn an der Hand mit beiden Händen an, wodurch die dicke plumpe Serviette, die sie bisher mit den Fingern wie mit Nadeln zugehalten, auseinanderfiel. Er erfuhr, was Höllenangst ist; denn das leisere Sprechen und Beisammenstehen, wußt' er, konnt' ihn ja jede Minute, wenn die Türe aufging, bei der Welt in den Ruf eines Libertins, eines frechen Mädchen-Wolfs setzen, der nicht einmal die Unschuld schonet, wofür er Jakobine hielt, weil sie sanfte blaue Augen hatte.

»Aber Sie wagen beim Himmel zu kühn!« sagt' er. »Schwerlich, sobald nur Sie nicht wagen«, versetzte sie. Er deutete, was sie von seinen Anfällen sagte, irrig auf seinen unbefleckten Ruf und wußte nicht, wie er ihr mit Zärte die Rücksicht auf seinen ohne Eigennutz – denn ihr Ruf war ja noch wichtiger – in der größten Eile und Kürze (wegen des Generals und der Türe) auseinandersetzen sollte. Und doch war er von so guten ehrlichen Eltern, von so unbescholtenem Wandel – und trug den Brautkranz jungfräulicher Sittsamkeit so lange vor dem Bruder und jedem mit Ehren – – er hatte den Henker davon, wenn der verfluchte Schein und Ruf hereingriff und ihm den gedachten Kranz vom Kopfe zog, gesetzt auch, es wuchs ihm nachher eine frische Martyrerkrone nach.

Ihm wurde ganz warm, das Gesicht rot, der Blick irre, der Anstand wild: »Gute Jakobine«, sagt' er bittend, »Sie erraten – es ist so spät und still – mich und meinen Wunsch gewiß.« –

»Nein«, sagte sie, »halten Sie mich für keine Eulalia, Herr v. Meinau. Schauen Sie lieber die reine keusche Luna an!« sagte sie und verdoppelte seinen Irrtum. – »Sie geht« – versetzte er und verdoppelte ihren – »in einem hohen Blau, das kein Erden-Wurf durchreicht. So will ich wenigstens meine Tür zuriegeln, damit wir sicher sind.«

»Nein, nein«, sagte sie leise, ließ ihn aber mit einem Handdruck los, um ihre Serviette zurechte zu falten. Er kehrte sich jetzt um und wollte dem Nachtriegel zufliegen, als etwas auf den Boden hinflog – ein Menschen-Gesicht. Jakobine schrie auf und rannte davon. Er nahm das Gesicht, es war die Maske des Larvenherrn, den er für den bösen Genius gehalten.

Im Mondschein durchkreuzten sich seine Phantasien so sehr, daß es ihm am Ende vorkam, Jakobine habe selber die *Maske fallen* lassen und ihm und seinem armen Rufe nachgestellt. Er litt viel; – es richtete ihn nicht auf, daß er sich der besten Behauptungen seines Bruders erinnerte, daß z. B. solche Befleckungen des Rufs heutzutage, gleich den Flecken von wohlriechenden Wassern, aus den Schnupftüchern und der weißen Wäsche von selber herausgehen, ohne alle Prinzessen-Waschwasser und Fleckenausmacher – es tröstete ihn nicht, daß Vult ihn einmal gefragt, ob denn die jetzigen Fürsten noch wie die alten gewisse moralische Devisen und Symbola hätten, dergleichen gewesen »praesis ut prosis« und andere spielende, und daß der Flötenist selber geantwortet, dergleichen habe jetzt nicht einmal ein tiefer Stand, und es könne überhaupt, wenn schon in Tassos und Miltons christliche Heldengedichte die heidnische Götterlehre hab' eindringen dürfen, auch in unserem Christentum so viel Götterlehre (wenigstens in betreff der schönsten Abgöttin) Platz greifen, als wir gerade bedürfen und begehren.

Darauf dachte Walt wieder an die Möglichkeit, daß irgend jemand das arme unschuldige Mädchen gesehen, und daß er ihren unbescholtnen Ruf anschmitze, der – schloß er – unbeschreiblich rein und fest sein mußte, da sie so viel gegen die Weiblichkeit sich herausnehmen durfte – Dann fiel ihm die 9te Testaments-Klausel »*Ritte der Teufel*« ein, die Ehebruch und ähnliche Sünden an ihm besonders bestraft – Dann der General mit seiner heiligen Briefsammlung von erotischen Platonikerinnen – Dann Wina und ihr Auge aus dem Himmel – – Der Notar bracht' eine der dümmsten und elendesten Nächte zu, die je ein Mensch durchgelegen, der unter dem Rückgrat keine Eiderdunen gehabt, welche freilich noch stärker einheizen.

Nro. 49. Blätter-Erz

Beschluß der Reise

Heiliger Morgen! Dein Tau heilet die Blumen und den Menschen! Dein Stern ist der Polstern unserer dahingetriebenen Phantasien, und seine kühlen Strahlen bringen und führen das verwirrte erhitzte Auge zurecht, das seinen eignen Funken nachsah und nachlief! –

Als noch viele Sterne in die Dämmerung schienen, rief der General den Notarius mit der frohesten Stimme aus dem Bette zur Berg-Partie; und dann nahm er ihn so liebreich auf – bis an die Stirnhaare lächelte er empor –, daß Walt sehr beruhigt war und beseligt; der General, dacht' er, würde ganz anders mit mir reden, wenn er etwas wüßte. Winas Angesicht blühte voll zarter Morgen-Rosen; im Paradies am Schöpfungs-Morgen blühten keine vollern.

Sie gingen zu Fuße dem zerspaltenen Gebürge zu. Die Stadt war tief still, nur in den Gärten rüstete schon einer und der andere Beete und Rosenhecken für den Frühling zu, und die Rauchsäulen des Morgenbrots bogen sich über die Dächer. Draußen flatterte schon Leben auf, die Singdrossel wurde in den nahen Tannen wach, unten an der Fähre klang das Posthorn herüber, und aus dem Gebürge donnerte der ewige Wasserfall heraus. Die drei Menschen sprachen, wie man am Morgen pflegt, gleich der grauen Natur um sie her, nur einzelne Laute. Sie sahen gen Osten, woran das Gewölke zu einem roten Vorgebürge des Tages anfing aufzublühen, und es wehte schon leise, als atme der Morgen vor der Sonne her.

Wina ging an der einen Hand des Vaters, der in der andern einen sogenannten schwarzen Spiegel hatte, um daraus die Natur zum zweiten Male als ein Luftschloß, als einen Abgußsaal einzuschöpfen. Die Frühe – Winas Morgenkleidung – das Träumerische, das der Morgenstern auflösend im Herzen so unterhält, als stehe er am Abendhorizonte – und Walts Bewegungen von der Nacht her, so wie seine Hinsichten auf die nahe Scheide-Sekunde; das zusammen machte ihn sprachlos, leise, sinnend, bewegt, voll wunderbarer Liebe gegen das nähere Jungfrauenherz, welche so weich und vielknospig war, daß er sich auf unterwegs freuete, um in der blühenden Seligkeit recht ruhig zu blättern.

Mit süßer Stimme aber tat an ihn Wina die Bitte um Verzeihung des gestrigen Auseinanderkommens. Da er die Bitte nicht zurückgeben konnte: so schwieg er. Darauf bat sie ihn, Raphaela zu grüßen und ihr als Ursache ihres brieflichen Schweigens den Umweg über Rosenhof nach Leipzig zu sagen. Der General, der so freimütig mit der Tochter vor dem Notarius sprach, als laufe dieser als ein tauber Schattenmann oder als ein stummer verschwiegner Affe mit, machte Winen geradezu Vorwürfe über ihre vielseitigen Sorgen und Schreibereien und über die ewigen **Opfer ihres Ichs.** Sie versetzte bloß: wollte Gott, sie verdiente den Tadel!

Als sie ins Gebürge traten, kroch die Nacht in die Schluchten zurück und unter die Tal-Nebel unter, und der Tag stand mit der Glanz-Stirn schon in den Höhen des Äthers. Plötzlich lenkte der General das Paar in eine Felsen-Spalte hinein, worin sie hoch oben das eine höchste Berghorn schon vom Morgen-Purpur umwickelt sahen, das andere tiefer vom Nachtschleier umwunden, zwischen beiden schimmerte der Morgenstern – die Jungfrau und der Jüngling riefen miteinander: »O Gott!«

»Nicht wahr?« sagte der General und sah den Himmel im schwarzen Spiegel nach – »das ist einmal für meine Schwärmerin?« – Langsam und ein wenig nickte sie mit dem Kopfe und mehrmals mit dem Augenlide, weil sie vom gestirnten Himmel nicht wegsehen wollte; führte aber die väterliche Hand an den betenden Mund, um ihm stiller zu danken. Darauf zankt' er ein wenig, daß sie so stark empfinde und die Gefühle so gern aufnehme, die er ihr zuleite.

Schnell führte er beide durch einen künstlichen Weg vor das stäubende Grab, worein sich der Wasserfall, wie ein Selbstmörder, stürzte, und woraus er als ein langer verklärter Strom auferstand und in die Länder griff. Der Strom stürzte – ohne daß man sehen konnte, aus welcher Höhe – weit über eine alte Ruinen-Mauer hinüber und hinab.

Zablocki sagte darauf schreiend, wenn beide nicht scheueten, sich auf

Gefahr eines schwachen Dampf-Regens mit ihm hart an der Mauer hin und durch deren niedrige, von lauter grünen Zweigen zugewebte Pforte durchzudrängen: so könnten sie auch etwas von der ebenen Landschaft sehen.

Er ging voraus, mit langem Arme sich Winen nachziehend. Als sie durch das halb versunkne Tor durch waren, sahen sie in Westen eine Ebene voll Klöster und Dörfer mit einem dunkeln Strom in seinem Tal und in Osten die Gebürge, die wieder auf Gebürgen wohnten und, wie die Cybele, mit roten Städten aus Eis, wie mit Goldkronen, im hohen Himmel standen. Die Menschen erwarteten das Durchbrennen der Sonne, welche den Schnee des Erden-Altars schon sanft mit ihren warmen Rosen füllte. Der Donner des Wassers zog noch allein durch den Morgenhimmel. – Jetzt blickte Gottwalt von Osten weg und in die Höhe, denn ein seltsamer Goldschein überflog das nasse Grün – da sah er über seinem Haupte den festschwebenden Wasserfall vor der Morgensonne brennen als eine fliegende Flammenbrücke, über welche der Sonnenwagen mit seinen Rossen entzündend rollte. – Er warf sich auf die Knie und den Hut ab und die Hände empor, schauete auf und rief laut: »O die Herrlichkeit Gottes, Wina!«

Da erschien ein Augenblick – niemand wußte wie oder wenn –, wo der Jüngling auf die Jungfrau blickte und sah, daß sie ihn wunderbar, neu und sehr bewegt anschaue. Seine Augen öffneten ihr sein ganzes Herz; Wina zitterte, er zitterte. Sie schauete auf zum Rosen- und Feuerregen, der die hohen grünen Tannen mit Goldfunken und Morgenrot bespritzte; und wie verklärt schien sie vom Boden aufzuschweben, und der rotbrennende Regenbogen leuchtete schön auf ihre Gestalt herunter. Dann sah sie ihn wieder an, schnell ging ihr Auge unter, und schnell auf, wie eine Sonne am Pol – das herzerhebende Donnern und das Wetterleuchten des Stroms umrauschte, überdeckte beide mit himmlischen goldnen Flügeln gegen die Welt – der Jüngling streckte die Arme nicht mehr nach dem Himmel allein aus, sondern nach dem Schönsten, was die Erde hat – –

Er vergaß beinahe alles und war nahe daran, in Gegenwart des Vaters die Hand des Wesens zu ergreifen, das über sein ganzes Leben diesen Sonnenblick der Zauberei geworfen. Wina drückte schnell die Hand über ihre beiden Augen, um sie zu verdecken. Der Vater hatte bisher den Wasserfall im schwarzen Spiegel beobachtet und sah nun auf.

Alles wurde geendigt. Sie kehrten zurück. Der General wünschte, daß man heftiger und deutlicher lobte. Das Paar konnt' es nicht. »Jetzt«, sagt' er, »nach solcher Freude sehnet man sich nach einem rechten Janitscharen-Marsch!« – Gottwalt erwiderte: »O wohl, nämlich nach solchen Stellen daraus, die *piano* und aus *Moll* zugleich gehen, wodurch vielleicht die Entzückung fürchterlich stark hereinspricht, wie aus einem Geisterreich.« – »Es regnet heute noch«, versetzte Zablocki, »die Morgenröte zieht sich närrisch über den ganzen Horizont, so ganz besonders; aber der schöne Morgen war doch wenigstens des Sehens wert, Wina?«

Sie gab kein Ja. Schweigend kam man nach Rosenhof. Zablockis Wagen, Pferde und Bedienten standen schon reisefertig da. Darauf flog alles auseinander und davon. Die Liebenden gaben sich kein Zeichen der vorigen Minute, und der Wagen rollte davon, wie eine Jugend und eine heilige Stunde.

Walt ging im Granatapfel noch einige nachblitzende Minuten in seiner Stube auf und ab, dann in die des Generals. In dieser fand er ein vergessenes beschriebenes Blatt von Wina, das er ungelesen, aber nicht ungeküsset einsteckte, samt einem Flakon. Borstwisch und Sprenggefäß, die Vorarbeiter neuer Gäste, trieben ihn in sein Zimmer zurück. Er steckte die sonderbare Maske zu sich. Darauf machte er – gleich unvermögend, länger zu bleiben und länger zu reisen – sich trunken auf den Weg nach Haßlau zurück. Er sehnte sich mit seinem Folioband voll Abenteuer unter dem Arm in die Stube Vults. Sein Herz hatte genug und brauchte keinen Himmel weiter als den blauen.

Jakobine warf ihm von der Treppe, die sie hinaufging, und er herunter, das Versprechen nach, im Winter in Haßlau zu spielen. – Draußen verwelkte der rosenrote Himmel immer grauer und bis zu Regenwolken. An der Fähre mußt' er lange warten. Es fing endlich an zu regnen. Aber da der Vorhang vor dem Singspiele der Liebe aufgegangen war: so wußt' er, mit Augen und Ohren unter ihren Gesängen und Lichtern wohnend, wenig oder nicht, ob es auf das Dach des Opernhauses regne oder schneie.

Da das Schicksal gern nach dem Feste der süßesten Brote dem Menschen verschimmeltes, wurmvolles aus dem Brotschrank vorschneidet: so ließ es den Notar hinter Joditz auf Irrwege – auf physische – laufen, was dem Verhängnis leicht wurde, da er ohnehin nichts Örtliches behielt, nicht den Riß eines Parks, in welchem er einen ganzen Sommer lang spazieren gegangen. Dann mußt' er die gebogne weiße Hutfeder, welche ohne Kopf von einem Kavalleristen aus einem Hohlweg vorstach, für die Schwanzfeder eines laufenden Hahns ansehen und nachher den Irrtum dem Militär gutmeinend entdecken, der ihn sehr anschnauzte. In einem Kirmesdorf wurd' ihm aus den Fenstern eines betrunknen Wirtshauses ein wenig nachgelacht. Das Rosanatal lief voll Wasser. In einem schönen Gartenhaus spielte der Regenwind auf der Windharfe einen mißtönigen Läufer und Kadenzen voll Schreitöne, da er vorüberlief.

Selig flog er seinen Weg – denn er hatte Flügel am Kopf, am Herzen, an den Füßen und saß als geflügelter Merkur noch auf dem Flügelpferd –, und ohne es kaum zu merken, kam er durch die vorigen Dörfer. Gleich dem Blitze lief sein Geist nur an den Vergoldungen des Welt-Gebäudes hin. Nur Wina und ihre Augen füllten sein Herz; an Zukunft, Folgen, Möglichkeiten dacht' er nicht; er dankte Gott, daß es noch einige Gegenwart auf der Erde gab.

Eine Freude kleinerer Art genoß er hinter Grünbrunn, wo ihm der böheimische Schweintreiber, dessen Klagen er in Joditz gehört, mit einem Pilger-Liede aufstieß und nichts von seinem Plagevieh mehr bei sich hatte als den Hund.

So trug ihn die rollende Erde ohne Erdstöße wiegend um die bedeckte Sonne. Gegen Abend sah er schon Haßlau, die Meilen waren ihm Wersten geworden. In Härmlesberg begegnete er noch einer alten Diebin, die man daraus bis an den Markstein mit dem Staupbesen gekehrt hatte.

Aus Haßlau kamen ihm Feuerspritzen entgegen, welche glücklich hatten löschen helfen. Als er im nassen knappen Badegewand mit fortleuchtenden Entzückungen durch das Haßlauer Tor getreten: sah er an den Kirchturm, wo Flitte und Heering wohnten; und nahm freudig wahr, daß der Testator Flitte, so hergestellt und gesund wie ein Fisch im Wasser, aus dem Schalloch guckte.

Nro. 50. Halber Blasenstein eines Dachshunds

J. P. F. R.s Brief an den Haßlauer Stadtrat

P. P.

Hier übersend' ich den trefflichen Testaments-Exekutoren durch den Student und Dichter Sehuster die drei ersten Bände unserer Flegeljahre samt diesem Briefe, der eine Art Vor- und Nachrede vorstellen soll. Von dem geschickten Schön- und Geschwindschreiber Halter, bisherigen Infanteristen beim Regiment Kurprinz – der zum Glücke des elend geschriebenen Manuskripts gerade in diesem Monat aus Bregenz mit freundlichem Abschied und gesunder Schreib-Hand nach Hause an das Schreibpult kam, nachdem er über vier Jahre sich auf mehreren Schlachtfeldern mit den Franzosen gemessen und geschlagen – von diesem sind, darf ich hoffen, sowohl die drei Bände als dieser Brief so gut geschrieben, daß sie sich lesen lassen; folglich setzen und rezensieren ohnehin.

Will ich mich über das Werk hier bis zu einem gewissen Grade äußern: so müssen einige allgemeine Sentenzen und Gnomen vorausgehen:

Nicht nur zu einer Perücke, auch zu einem Kopfe gehören mehrere Köpfe –

Ferner: Jedem muß seine Nase in seinen Augen viel größer und verklärter, ja durchsichtiger erscheinen als seinem Nebenmenschen, weil dieser sie mit andern Augen und aus einem viel fernern Standpunkte ansieht –

Weiter: die meisten jetzigen Biographen (worunter auch die Romanciers gehören) haben den Spinnen wohl das *Spinnen*, aber nicht das *Weben* abgesehen –

Ferner: die Verdauung spüren, heißet eben keine spüren, sondern vielmehr Unverdaulichkeiten –

Weiter: zur zweiten, bessern Welt, worauf alle Welt aus ist und aufsieht, gehöret auch der Höllenpfuhl samt Teufeln –

Ferner: der Schatten und die Nacht sehen weit mehr als Gestalten und Wirklichkeit aus als das Tageslicht, das doch nur allein existieret und jene scheinen lässet –

Und zuletzt: man reiche dem Leser etwas in einer Nuß, so verlangt ers noch enger als Nuß-Öl; man breche für ihn aus der steinigen Schale eine köstliche Mandel, so will er um diese wieder eine Hülse von Zucker haben – –

Bloß diese wenigen schwachen Sätze wende ein verehrlicher Stadtrat auf das Buch und sich und den Leser an und frage sich: »Ist noch jetzt die Frage von diesen und jenem?«

Noch vier Punkte hab' ich außerdem zu berühren.

Der erste Punkt ist nicht der erfreulichste. Noch hab' ich nicht mehr als fünfzig Nummern vom Kabelschen Naturalienkabinett (denn dieser Brief ist für den halben Dachshunds-Blasenstein) erschrieben; und fahre schon mit drei Bänden vor, die abzuladen sind; da nun das Kabinett 7203 Nummern in allem besitzt: so müssen endlich sämtliche Flegeljahre so stark ausfallen als die Allgemeine deutsche Bibliothek, welche sich doch von ihnen im Gehalte so sehr unterscheidet. Ich sage letzteres nicht aus Bescheidenheit, sondern weil ichs selber fühle. Indes werd' ich nächstens in meinen *Vorlesungen über die Kunst, gehalten in der Leipziger Ostermesse 1804*[1] erweisen, erstlich *daß* (was man ja sieht) und zweitens *warum* der *Epiker* (in wessen Gebiet dieses Werk doch zu rubrizieren ist) unendlich lang werde und nur mit dem *langen* Hebels-Arme den Menschen bewege, anstatt daß der *Lyrikus* mit dem kurzen gewaltig arbeitet. Ein epischer Tag hat, wie der Reichstag, kaum einen Abend, geschweige einen Garaus; und wie lang Goethes Dorothea, die nur einen Tag einnimmt, ist, weiß jeder Deutsche; der Reichsanzeiger würde eine bloße prosaische Geschichte dieser poetischen Geschichte in den Flächenraum einer Buchhändler-Anzeige einzupressen vermögen.

Auch dürfte ein verehrlicher Magistrat noch bedenken, daß die Autoren gleich gespannten Saiten – welche oben und unten, Anfangs und Endes sehr hoch klingen und nur in der Mitte ordentlich – ebenso im Eingange und nachher im Ausgange eines Werkes die weitesten und höchsten Sprünge machen (die immer Platz einnehmen), um sich teils zu zeigen, teils zu empfehlen, in der Mitte aber kurz und gut zu Werke gehen. Sogar diesen Dreiband hab' ich mit Briefen an Testaments-Exekutoren begonnen und beschlossen, um nur zu schimmern. Ich hoffe von den mittlern Bänden der Flegeljahre das Beste, nämlich lyrische *Verkürzungen*, worin meines Wissens Michelangelo ein wahrer Meister ist.

Der zweite Punkt ist noch verdrüßlicher, weil er die Rezensenten betrifft.

[1] in der Michaelis-Messe 1804.

Es wird ihnen allen, weiß ich, so schwer werden, sich alles feinen und groben, schon aus dem Titel Flegeljahre geschöpften und abgerahmten Spaßes gegen mich zu erwehren, als es mir wirklich selber, sogar in einem offiziellen Schreiben an verehrliche Exekutoren, sauer ankommt, solchen Personen mit keinen versteckten Retorsionen und Antizipationen des Titels entgegenzugehen. Doch das ließe vielleicht sich hören, wenigstens machen – und durch eine Grobheit wird leicht eine zweite fast zu einer Höflichkeit – Allein, verehrte Väter der Stadt, wie der Vorstädte, man packt Sie an, man fängt mit der Exekution bei den Exekutoren den Prozeß an. »Allgemein« – schreibt man mir sehr kürzlich aus Haßlau, Weimar, Jena, Berlin, Leipzig – »wundert und ärgert man sich hier, daß die ...... Exekutoren des Kabelschen Testaments gerade dir (Ihnen) die Biographie des Notarius, die nach der testatorischen Klausel ja ebensogut Richardson, Gellerten, Wielanden, Scarron, Hermesen, Marmonteln, Goethen, Lafontainen, Spießen, Voltairen, Klingern, Nikolain, Mds. Staël und Mereau, Schillern, Dyken, Tiecken usw. aufgetragen werden konnte, eben dir (Ihnen) zugewandt und das herrliche Naturalien-Kabinett dazu, das viele schon besehen. Freunde und Feinde benannter Autoren wollen – dich (Sie) ohnehin – den Haßlauer Magistrat in Journalen verdammt heruntersetzen und heimschicken. Doch bitt' ich dich (Sie), mich nicht zu nennen. Ein künftiger Rezensent schwur hoch: er wolle nicht ehrlich sein, wenn er ehrlich bleibe bei so bewandten Umständen.«

Hiergegen lässet sich nie etwas machen, ausgenommen Antikritiken, die aber ins Unendliche gehen; denn ein Hund billt das Echo an; es tritt der alte Zyklus von Jücken und Kratzen und von Kratzen und Jücken ein. Das sind aber böse Historien; und der Autor leidet dabei unsäglich; er hat immer einen Namen zu verlieren, und nur der Rezensent einen zu gewinnen; er lobt sich überhaupt das Lob und feiert so ungern nach seinem Namenstage noch einen Ekelnamens-Tag. Es ist ihm terribel und so unangenehm als irgend etwas, daß das deutsche Publikum von seinen Autoren, wie das englische von seinen Bären, wünscht, sie nicht nur *tanzen*, sondern auch *gehetzt* zu sehen. Ein jeder Autor hat doch – oder solls haben – so viel Stolz als irgendein Peha oder Tezet oder Iks oder ein anderer Kapital-Letter von Klopstock in dessen grammatikalischen Gesprächen, besonders da er ja der Chef dieser aufgeblasenen XXIIer Union oder dieser grande Bande des 24 Violons ou les vingt-quatre ist, die er in Glieder stellt auf dem Papier, wie er nur will.

Allerdings gäb' es ein gutes Mittel und Projekt dagegen, hochedler Stadtrat, wenn es angenommen würde. Hundertmal hab' ich gedacht: könnte nicht eine Kompanie wackerer Autoren von einerlei Grundsätzen und Lorbeerkränzen zusammentreten und soviel aufbringen, daß sie sich ihren eignen Rezensenten hielten, ihn studieren ließen und salarierten, aber unter der Bedingung, daß der Kerl nur allein seine Brotherren öffentlich in den gangbaren Zeitungen streng, aber unparteiisch und nach den wenigen ästhetischen Grundsätzen beurteilte, die ein solcher Famulant und Valet de Fantaisie haben und behalten kann? – Wenn sich eine solche Ordonnanz sozusagen in seiner Chefs-Manier einschlösse, nichts weiter triebe und wüßte: sollte sie sich nicht niedersetzen und hinschreiben können: »Da und da, so und so ist die Sache; und wers leugnet, ist so gewiß ein Vieh als ein Affe.«

– Einigermaßen, verehrlicher Stadtrat, hab' ich einen Anschlag; und er betrifft eben den jungen Mann, der Ihnen die Flegeljahre persönlich überbringt. Der Mensch heißt eigentlich *Schuster,* hat aber den dumpfen Namen durch *ein* Strichelchen mehr in den hellern *Sehuster* umgeprägt. Anfänglich stößet er vielleicht einen wohlweisen Rat etwas ab durch sein Äußeres, durch den verworren-grimmigen Blick, Schweden- und Igelkopf, greulichen Backenbart und durch die Ähnlichkeiten, die er mit sogenannten Grobianen gemein hat. Heimlich aber ist er höflich, und er hat überhaupt seine Menschen, die er veneriert. Ich mochte diesen Sehuster etwa vierzehn Tage, nachdem er sein Gymnasium als ein scheuer stiller leiser Mensch verlassen, der eben keinen besondern Zyklopen und Enak versprach, vierzehn Tage darauf in Jena wieder gefunden haben – Himmel! wer stand vor mir? Ein Fürst, ein Gigant, ein Flegel, aber ein edler, ein Atlas, der den Himmel trug, den er schuf, setzend eine neue Welt, zersetzend die alte! Und doch hatt' er kaum zu hören angefangen und wußte eigentlich nichts Erhebliches; er war noch ein ausgestreckt-liegender Hahn, über dessen Kopf und Schnabel Schelling seine Gleicher-Linie mit Kreide gezogen, und der unverrückt, ja verrückt darauf hinstarrt und nicht auf kann; aber eben er war schon viel und mehr, das fühlt' er, als er verstand und schien. Dieses beweiset beiläufig, daß es ebensogut im geistigen Reiche eine schnelle Methode, den innern Menschen in vierzehn Tagen zu einem großen Manne aufzufüttern, geben müsse, als es die ähnliche im körperlichen gibt, eine Gans, *schwebend* gehangen, die *Augen* verbunden, die *Ohren* verstopft, durch Nähren in nicht längerer Zeit so weit zu bringen und zu mästen, daß die Leber vier Pfund wiegt.

In der Tat bestimmte mich dieses, da der gute Gigant nichts hat außer Kräfte, mit vier andern belletristischen herrlichen Verfassern – (ich werde ihnen nie die Schuhriemen auflösen, – gesetzt, sie verlangtens) – aus der Sache zu sprechen und sie zu fragen, ob wir uns nicht könnten zusammenschlagen und ihn auf den nötigsten Akademien für unser Geld absolvieren lassen: »Wir hobeln Sehustern«, sagt' ich, »ganz nach unsern Werken zu, oder vielmehr er hat seine deduzierenden Theorien nach dem Meister und andern Stücken seiner Kostherren einzurichten, um einstens imstande zu sein, als unser Fixstern-Trabant, Brautführer und Chevalier d'honneur unserer fünf Musen, kurz als unser Rezensier-Markeur in den verschiedenen Zeitungen, die die Welt jetzt mithält, zu beurteilen und zu schätzen.«

Das nahm man an. Und wir Fünfer hatten wahrhaftig keine Ursache, unsere Ausgaben zu bereuen, als wir später, im ersten Semester hörten, daß er die Polaritäten und die Indifferenz leiden könne, daß er ein transzendenter Äquilibrist sei und ein polarischer Eis-Bär, daß er die Menschen indifferenziere, sich aber potenziere, daß er zwar kein Dichter, kein Arzt und kein Philosoph sei, aber, was vielleicht mehr ist, alles dieses zusammengenommen. Und in der Tat nannt' er uns bald darauf in seinen Rezensionen die fünf Direktoren, ja die fünf Sinne der gelehrten Welt, ich soll darunter der Geschmack sein, le Goût, el Gusto[1], spricht aber doch verdammt frei von jedem andern. »Gesetzt, mein feuriger Sehuster«, wandt' ich einstens ein, als er hingeschrieben hatte, er sehe voraus, in vier oder fünf Jahren sei Goethe so tief herunter als gegenwärtig Wieland – »O was?« versetzt' er, »ich stecke zuweilen einen Kometen-Kern ins blaue Äther-Feld und bekümmere mich nicht, ob er aufgeht und fliegt als Feuer-Blume. An der Himmels-Achse der Unendlichkeit sind die Pole zugleich Gleicher, alles ist eines, Herr Legaz.!«

Nun halten vier Treffer der Literatur (fünf würd' ich sagen, wär' ich nicht darunter) bei einem Hochedlen Rate um das *Maushackische* Legat, das eben für arme Studenten aufgeht, für den guten Ohnehosen an; denn letzteres ist er, wechselnd eigentlich und uneigentlich, gleichsam als differenziere und indifferenziere er auch hier und wähle Realismus und Idealismus beliebig als zwei Wechselstandpunkte aus einem dritten. Ich meine aber so: er hat nichts. Sein Marquisat de Quinet[2] wirft zu wenig ab – er braucht zu viele erregende Potenzen, wenn er selber eine sein soll, und Weinberge sind die Terrassentreppe zu seinem Musenberg – wir fünf Marquis verspüren das Ernähren eines sechsten auch stark: – Wiese man nun aber Sehustern das Maushackische Legat zu: so könnt' ers pro forma in Jena oder Bamberg verzehren; und dabei gemächlich beurteilen, einige bekränzen und ganz weg haben, Unzählige kaum von der Seite ansehen, die Gemeinheit herzlich verachten, viele Sachen deduzieren, wie z. B. den Roman, den Humor, die Poesie, aus vier oder fünf Termen und Schreibern, und völlig unter die sogenannten ganzen Leute gehören. Der selige Maushack selber – den ich zwar nicht kenne, der aber doch von der andern Welt muß endlich profitieret haben – würde droben, wenn er von diesen Früchten seines Nachlasses hörte, seelenvergnügt sagen: »Herzlich gönn' ich der wilden Fliege drunten das Legat, bloß weil sie um eine Welt früher als ich von dem Reflexions-Punkte weggeflogen.«

O Gott, Stadtrat! was wäre noch zu sagen, würd' es nicht gedruckt! Ein Autor gibt lauter Nüsse aufzubeißen, welche dem Gehirne gleichen, das

[1] Für den Sprachforscher ist le Goust von el Gusto das Anagramm, oder umgekehrt, und welche Sprache versetzte die andere?

[2] So nannte Scarron seinen Ehrensold vom Buchhändler Quinet.

nach Le Camus ihnen gleicht, und die also drei Häute haben; wer aber schälet sie ab? – Ein bekannter Autor ist allerdings bescheiden; das ist aber eben sein Unglück, daß niemand weiß, wie bescheiden man ist, da man von sich nicht sprechen und es sagen kann. Er könnte seinem Stiefelknecht hundert Livreefarben anstreichen, er könnte den Eisen-Fang seines Windofens zu seinem brennenden Namens-Zug verschweifen und ringeln lassen, aber niemand weiß es, daß ers nicht tut. Erwägt man vollends, wie viele Schlachten Bonaparte, sowohl in als außer Europa, ausstand und lieferte, bloß damit nur einmal sein Name richtig geschrieben würde, ohne das U, wofür er jetzt den Franzosen jenes X macht, jenes algebraische Zeichen der *unbekannten* Größe, erwägt man also, mit welcher Mühe ein Name gemacht, und mit wie leichter er wieder ausgewischt wird: so ists wahrlich ein matter Trost, daß es in Rücksicht des Verkennens auch andern größten Männern nicht besser ergangen, z. B. dem großen Gottsched, der selber sogar im Gellertischen Leipzig so manches erlitt, was man hier nicht wiederholen will.

Der vierte Punkt, wovon ich einem hochedlen Magistrate zu schreiben versprach, ist gerade ein närrischer, den der junge Sehuster am besten ausfechten würde in öffentlichen Blättern. Ein hochedler Stadtmagistrat wünschte nämlich von weitem, daß das Werk etwas verweint und beweglich verfasset würde. Aber wie war das noch tunlich in unsern Tagen, Verehrteste, die ein wahrer einziger heller Tag sind, wo die Aufklärung als ein eingeklemmter angezündeter Strick fortglimmt, an welchem an öffentlichen Orten jedes Tabakkollegium seine Köpfe anzündet? – Wer öffentlich noch ein wenig empfinden darf – und der ist zu beneiden –, das sind entweder die Buchhändler in ihren Bücher-Geburts-Anzeigen, indem man alle etwanige Empfindsamkeit darin mit dem Eigennutz entschuldigen kann; oder es sinds die lachenden Erben in ihren Todes-Anzeigen, wo aus demselben Grunde der Korkzieher der Tränen darf eingeschraubt und angezogen werden. Sonst aber hat man gegen Weinen, besonders wahres, viel – die Tränenkrüge sind zerschlagen, die weinenden Marienbilder umgeworfen von zeitiger Titanomanie – die besten Wasserwerke sind noch früher angelegt als die Bergwerke, welche davon auszutrocknen sind – wie in Schmelz-Hütten ist in die Seelenschmelz-Hütten, in die Romane, einen Tropfen Wasser zu bringen streng verboten, weil ein Tropfen das Glut- und Fluß-Kupfer zertrümmernd auftreibt – der Mensch fängt überhaupt an, und zwar bei den Tränen (nach Hirschen und Krokodilen zu schließen), das Tierische abzulegen, und das Menschliche anzunehmen, wo man bei dem Lachen anfängt, so daß jetzt eine poetische Zauberin, wie sonst eine prosaische Hexe, daran eben erkannt wird, daß sie nicht weinen kann.

Kurz, Rührung wird gegenwärtig nicht verstattet – leichter eine Rückenmarksdürre als eine Augenwassersucht; – und wir Autoren gestehen es uns manchmal untereinander heimlich in Briefen, wie erbärmlich wir uns oft wenden und winden, damit wir bei Rühr-Anlässen (wir müssen selber darüber lachen) keinen Tropfen fahren lassen.

Ich schließe diese Zeilen ungern; aber der Ohnehosen Sehuster steht hinter dem Kopisten, Halter, schon gestiefelt und wartet auf die Kopie derselben mit der Jagdtasche; denn es wäre kaum zu sagen, was ich den trefflichen Testaments-Vollstreckern noch zu sagen hätte über das Werk. Mög' ich und die Welt nicht zu lange bei Ihnen auf die nächsten fünfhundert Nummern passen müssen! Nachgerade gegen den vierten Band spinnt sich in der Biographie ordentlich merkbar eine Art von Interesse an. Denn nun müssen die kostbarsten Sachen kommen und im Anzug sein; und ich brenne nach Nummern. Überall stehen Tellerfallen, und Dampfkugeln fliegen, Wildrufdreher schleichen, Hummerscheren klaffen – Walts und Winas neuester Bund ist seltsam und kann unmöglich lange bleiben ohne die größten Stürme, die Bände-lang rasen von Messe zu Messe – Jakobinens Nachtvisite muß konfuse Fragen haben oder kanns doch – der Larvenherr muß entlarvt werden (wiewohl ich ihn wahrlich errate; denn er ist mir zu kenntlich) – Vult hat seinen Schmollgeist, ist erlogen von Adel, lebt von Luft, stürmt so leicht – der testierende Elsasser ist ganz hergestellt und sieht zum Schalloch heraus – die meisten Erben minieren gewiß, ich seh' aber, bekenn' ich, noch nichts – des Helden Vater sitzt zu Hause und rennt und verschuldet Haus und Hof – Paßvogel, Harprecht, Glanz, Knoll müssen sich sehen lassen und graben noch unter der Erde – guter Gott, welche eine der verwickeltsten Geschichten, die ich kenne! Walt soll Pfarrer werden, und ich begreife nicht *wie*, und hundert andere Dinge nicht besser – der Graf Klothar will heiraten, kommt zurück und findet beim Himmel eine neue Wirtschaft und Historie, die ihn natürlich etwas frappieret – Walt will unendlich gut und willig bleiben und ein zartes Gottes-Lamm, und soll daraus ein Schaf, ein Hammel werden, unter Wollen-Scheren, unter Schlachtmessern – Schlingen, Flammen, Feinde, Freunde, Himmel, Höllen, wohin man nur sieht! ......

– Allerdings, verehrlichster Stadtrat! hat eine solche Geschichte noch kein Dichter gehabt; aber ein Jammer ist es eben und ein noch unbestimmliches Unglück für die ganze schöne Literatur, daß sie wahr ist – daß mir so etwas nicht früher eingefallen als zugefallen – daß ich unglückliche Haut, an Testaments-Klauseln und Naturalien-Nummern gefesselt gehend wie an kleinschrittigem Weiber-Arm, nichts von romantischen Gaben und Blüten (indem ich doch auch unter den Romanciers mitlaufe) künstlich pelzen darf auf solchen Stamm – – O Kritiker! Kritiker, wär's meine Geschichte, wie wollt' ich sie für euch erfinden und schrauben und verwirren und quirlen und kräuseln! Würfe ich z. B. etwan nur ein schmales Schlachtfeld in eine solche göttliche Verwicklung – ein paar Gräber – einen Schlegelschen Revenant des Euripidischen *Ions*[1] – fünf Schaufeln voll italischer Erde oder

[1] Ion heißt der Kommende.

sonst klassischer – einen schwachen Ehebruch – einen Klostergarten samt Nonnen – von einem Tollhause die Ketten, wenn nicht die Häusler – ein paar Maler und deren Stücke – und den Henker und alles: – – – ich glaube, Vollstrecker, es fiele anders aus als jetzt, wo ich bloß nur nachschreibend zusehen muß, wie die Sachen gehen und aus Haßlau kommen, ohne daß ich, im möglichen Falle ungewöhnlicher Langeweile, etwas anderes für die Welt und für Herrn Cotta in der Gewalt hätte als wahres Mitleiden mit beiden, fast zu sehr vom Gewissen und sonst eingeklemmt und angepfählt.

– Aber mein Rezensent, der junge Sehuster, der eben zwischen Schreiber und Abschreiber steht, treibt außerordentlich und will fort und sieht verdrüßlich nach dem Gottesacker hinaus. Noch schlüßlich ersuch' ich die Vollstrecker, falls schwere Kapitel, die besondere Kraft und Stimmung fordern, im Anzuge sein sollten, mir sie bald und jetzt zu schicken, wo gerade meine Lokale (wozu auch mein Leib zu rechnen), mein Schreibfenster, das den ganzen Ilzgrund beherrscht (denn ich wohne im Grunerschen Hause in der Gymnasiumsstraße), und das Blühen der Meinigen (worunter mein empirisches Ich mit gehört) mich sichtbar unterstützen; ja ich würde – wenn nicht solche Selbst-Personalien eher vor ein Publikum als vor einen Stadtrat gehörten – dazu selber den gedachten Gottesacker schlagen, wo man eben jetzt (es ist sonntags 12 Uhr) halb in der Salvatorskirche, halb auf deren Kirchhofe im Sonnenscheine zwischen Kindern, Schmetterlingen, Sitz-Gräbern und fliegenden Blättern des Herbstes den singenden, orgelnden und redenden Gottes-Dienst so hält, daß ich alles hier am Schreibtische höre.

Ich könnte dabei manches empfinden; aber Rezensent drängt erbärmlich – weil die Tage kürzer werden –, und er ist schuld, daß ich in größter Eile mit der größten Hochachtung erharre

eines Hochedlen Stadtrats

Koburg, den 23. Okt. 1803.

J. P. Fr. Richter.

Ende des dritten Bändchens

VIERTES BÄNDCHEN

Nro. 51. Ausgestopfter Blaumüller

Entwicklungen der Reise – und des Notariats

Der Notar glaubte wie ein erwachter Siebenschläfer eine ganz umgegossene Stadt zu durchtreten, teils weil er einige Tage daraus weggewesen, teils weil eine Feuersbrunst, obwohl ohne Schaden, da gehauset hatte. Noch in den Gassen blieb er auf Reisen. Auch zog das Volk, durchs Feuer aus der Alltäglichkeit aufgerissen, gescharet hin und her, um das Unglück zu besehen, das hätte geschehen können. Walt lief zuerst zum Bruder mit dem größten Drange, dessen Neugierde unglaublich zu spannen und zu stillen. Vult empfing ihn ruhig, sagte aber von sich, er sehe erhitzt aus und gebe das glühende Gesicht der Feuers-Not schuld. Der Notar wollte ihn sofort mit den erlebten Reise-Wundern in die Höhe schrauben und droben erquicken; er schickte daher die lockendsten Ankündigungen voraus, indem er sagte: »Bruder, ich habe dir Sachen zu melden, in der Tat Sachen« – »Auch ich«, unterbrach Vult, »bin mit einigen sieben Wundern der Welt versehen und kann erstaunen lassen. Nur erst das erste! Flitte genas! Noch staunt und starret die Stadt.« – »Unter dem Lazarus-Tor sah ich ihn schon am Schalloch stehen«, versetzte Walt, eilig wegredend. – »Das ist ganz natürlich«, fuhr jener fort. »Denn der Doktor Hut, ein wahrer Chapeau wie wenige, hat ihn wieder auf die Hinterbeine gebracht, so daß der Testator sich selber beerbt als allernächster Anverwandte und du so wenig bekommst als der Rest. Wie freilich darüber die alten Ärzte, besonders die ältesten, welche in jeder Stadt als ein wahrer Rat der Alten einen *Alterserlaß* (veniam aetatis) nicht von zwanzig, sondern von allen irdischen Jahren dem jüngsten erteilen und so die Sterblichkeit der Einwohner köstlich mit der Unsterblichkeit verknüpfen, wie sie, sag' ich, darüber, daß ein so junger Wicht einen nicht ältern herstellte, außer sich sein müssen: dies kann man ganz natürlich noch wenig oder nicht bestimmen, bevor gar eine bekannte Arbeit von Flitte gedruckt und bekannt geworden. Es hat nämlich der Elsasser eine schwache Danksagung ein paar Male umgearbeitet, worin er im Reichs-Anzeiger (Doktor Hut schießt die Inserats-Gelder her) mitten vor der Welt Huten gerührt genug dankt und beteuert, nie könn' ers ihm lohnen, was ein so wahres Gefühl ist, da er nichts hat.«

Walt konnte sich nicht länger eindämmen: »Liebstes Brüderlein«, begann er, »wahrlich mehr deinen Einfällen als deinen Berichten horcht' ich zu; denn das, was ich dir zu erzählen... Deinen Brief nämlich mit dem Wunder-Traum hab' ich wirklich und in der Tat empfangen; aber was wäre bloß dies? Eingetroffen ist er von Punkt zu Punkt, von Komma zu Komma; höre nur!«

Er legte ihm jetzt die Spiel-Wunder zum ersten Male vor – dann (wegen der verworrenen Wellen der alles heranschwemmenden Flut) – zum zweiten Male. Kein Abenteuer, selber das schlimmste, ist je so selig zu erleben als zu erzählen. Ja er hätte beinahe von Winas liebendem Blick unter dem Wasserfalle in seinem Sturm den Schleier gehoben, hätt' er nicht auf dem ganzen Wege, mit Wina an einer Hand und mit Vulten an der andern, das Wichtigste vorläufig bedacht und sich die stärksten Gründe eingeprägt gehabt, daß er durchaus Wina in den General einkleiden müsse und Empfindungen, obwohl nicht Tatsachen, unterschlagen; so gern er auch in das einzige ihm vom Leben aufgeschloßne Herz die beiden Arme seines in Liebe und Freundschaft geteilten Stroms ergossen hätte.

»Aus deinen Abenteuern in bezug auf meinen Brief«, sagte Vult, »mach' ich eben nicht das meiste – ich lege dir nachher eine sehr gute Hypothese darüber vor –, hingegen in Jakobinens ›Stell-dich-ein‹ säh' ich mit Freuden klärer.« Walt erzählte dann den Nachtbesuch ganz wahr, hell und leicht und vergaß keine einzige Empfindung dabei

»Nichts will ich leichter erklären«, fing endlich Vult an. »Kann denn nicht ein Kerl, der alle Verhältnisse weiß, dir durch Wälder und Felder immer drei Schritte nach- oder vorgeschlichen sein – mit der Flöte geblasen haben – deinen Namen in den Krügen und Hotels vorausgesagt – die kleinste Sache bestellt und angestellt, z. B. mit dem Bilderhändler und dem Quodlibet und dessen quod deus vult est bene factus, statt factum – und so fort? Was den Brief anlangt, so war er ja in meinem Namen und Stil so leicht zu schreiben, unterwegs aufzugeben, darin alles zu weissagen, was man eben selber vollführen wollte, das Geld aber eine Minute vorher einzugraben!« – »Unmöglich!« sagte Walt. »Und vollends der Larvenherr?« – »Hast du die Larve etwa in der Tasche?« sagte Vult. Er zog sie hervor. Vult drückte sie vor das Gesicht, funkelte ihn darhinter mit Zorn-Augen an und rief wild mit bekannter Stimme des Larvenherrn: »He? Bin ichs? – Wer seid ihr?« – »Himmel, wie wäre denn das?« rief der erschrockene Walt. – Sanft hob Vult die Larve ab, sah ihn ganz heiter an und sagte: »Ich weiß nicht, was deine Gedanken über die Sache sind; ich sentiere, daß sowohl der Larvenherr und Flötenspieler als auch ich und der Briefschreiber dieselben Personen sind.« – »Mein Verstand steht still«, sagte Walt. »Kurz, ich wars«, beschloß Vult. Aber der Notar wollte seiner eigenen Bestürzung nicht recht glauben: »Etwas Wunderbares«, sagte er, »steckt gewiß noch hinter der Zauberei; und warum hättest du mich überhaupt so sonderbar hintergangen?«

Aber Vult zeigte, daß er ihm einige Lust zuwenden, ja einige Unlust ersparen wollen. Er fragte schelmisch-blickend, ob er nicht zur rechten Zeit seine Maske ins Zimmer geworfen, ehe Jakobine die ihrige fallen lassen. Endlich sagte er gerade heraus, die Klausel des Testaments, welche für Fleisches-Sünden um halbe Erbschaften bestrafe, sei allgemein bekannt, und Walt sei leider stets sehr unschuldig, auf nichts aber werde in einer Aktion öfter und besser geschossen als auf Schimmel wegen der Farbe der Unschuld

– die sieben Erben decken, wie kluge Feldherrn, ihr Lager mit Morast – »kurz«, beschloß er, »wie Taubenhändler wahrhaft betrügen und zwei Täubinnen oft für ein ordentliches Paar Ehetauben ausgeben: hätte man es mit dir und der Aktrice nicht ebenso machen können, wär' ich dir nicht nachgereiset?« – Da wurde der Notar blutrot vor Scham und Zorn, sagte: »O garstig über die Maßen« – setzte unter dem Umherfahren nach dem Hute hinzu: »In diesem Lichte steht ein armes Mädchen bei dir? Und dein eigner Bruder dazu?« – lief fort – sagte wild weinend: »Gute Nacht; aber bei Gott, ich weiß nicht, was ich dazu sagen soll« – und ließ keiner Antwort Zeit. Vult ärgerte sich fast über den unvermuteten Zorn.

»Ich, ich?« – wiederholte Walt auf der Gasse innigst-verletzt – »ich hätte mich versündigen sollen an einem Tage, wo mir Gott den rührendsten Reise-Abend bescherte und die fromme Wina mir so nahe lebte? – Das wolle Gott nicht!« –

Als er aber in sein Stübchen trat: überflog ihn eine ganz besondere Seligkeit und zehrte den Schmerz auf: – eine neue Empfindung wird an einem alten Orte lebendiger; – es war Winas guter Blick unter dem Wasserfalle, der jetzt ein ganzes Leben wie ein Morgenlicht golden überstrahlte und alle Taublumen darin blitzen ließ. Vieles um ihn war ihm nunmehr zu eigen geworden so wie neu: der Park unten, in dessen Gängen er sie einmal gesehen, und Raphaela im Hause, die ihre Freundin war, gehörten unter die Habseligkeiten seiner Brust. Selber seinen eignen Roman Hoppelpoppel kannte er kaum mehr, auf so neue Gemälde des liebenden Herzens stieß er jetzt darin, von denen er erst diesen Abend recht faßte, was er neulich etwa damit haben wollen; nie fand ein Autor einen gleichtöniger gestimmten Leser als er heute. Er bauete sich sogleich ein zartes Bilderkabinett für die Gemälde von den Auftritten, die Wina vermutlich diesen Abend haben könnte; z. B. im Schauspielhause, oder in den Leipziger Gärten, oder in einer gewählten Gesellschaft mit Musik. Darauf setzte er sich hin und beschrieb es sich mit Feuerfarben, wie ihr etwa heute sei in Glucks Iphigenie auf Tauris; dann machte er selige Gedichte auf sie; dann hielt er die Papiere voll Eden ins Talglicht und verkohlte alles, weil er, sagt' er, nicht einsehe, mit welchem Rechte er ohne ihr Wissen so vieles von ihr offenbare ihr oder andern.

Als er zu Bette ging, verstattete er sich, Winas Träume sich zu erträumen. »Wer kann mir verbieten«, sagt' er, »ihre Träume zu besuchen, ja ihr sehr viele zu leihen? Ist der Schlaf vernünftiger als ich? O sie könnte im wilden Wahnsinn desselben ja recht gut träumen, daß wir beide unter dem Wasserfalle ständen, verbunden aufflögen in ihn, umarmend hinschwämmen auf seinem flüssigen Feuergolde und zum Sterben herabstürzten mit ihm und vergöttert still nun weiterflössen durch die Blumen, in den Strahlen, sie mit ihrer Welle in meine schimmernd, und wir so uns ineinander verrönnen in das weite hohe blaue reine Meer, das sich über die schmutzige Erde deckt.

Ach, wenn du so träumen wolltest, Wina!« – Dann sah er auf dem Kopfkissen recht hell und scharf – weil nachts in der wilden Zeit des Vortraums vor der Seele alle blasse Bilder junge Lebensfarben annehmen und die Gestalten blitzende Augen öffnen – das liebe, milde Auge Winas vor sich aufgetan und wie einen Mond, den der Tag zum Wölkchen verdünnte, am Nachthimmel herrschend strahlen; und er sank in das liebe Auge, wie ein Frommer in das Auge, unter welchem man Gott abbildet. Wie leicht und dünn ist ein Blick und ein erinnerter! Kaum das Alpenröschen ist er, das der Mensch von der höchsten Stelle seines Lebens herunterbringt. Aber doch hält der Mensch unter der Masse von Massen und Weltkugeln sich gern an die kleine, die ein Augenlid bedeckt, an einen verhauchten, kaum entstandenen Blick – und auf dem himmlischen Nichts ruht sein Paradies mit allen Bäumen fest! So sind Geister; denn da die Unsichtbarkeit ihre Welt ist, so ist ein Nichts leicht ihre Sichtbarkeit!

Am Morgen lag Sonnenschein und Seligkeit um ihn her. Alle Blüten zu Zankäpfeln waren abgefallen. Die Morgenstunde hat Gold, aber das reinste, im Mund; die Sonne scheidet das in Schlacken vererzte Gemüt; das finstere Übermaß, besonders des Hasses, hört auf. Walt sah sich um im Morgenlicht, fand sich wie von einem Arm aus den Wolken durch alle übereinanderstehenden Wolken des Lebens durchgehoben ins Blau – Wer liebt, vergibt, wenigstens den Rest dem Rest; er fragte sich, wie er denn gestern, gerade am Heimkehr-Feste, so gegen den armen Bruder aufbrausen können.

»Jawohl den armen Bruder«, fuhr er fort; »denn er hat gewiß keine Geliebte, deren Liebesblick ihm wie ein Lebensbrennpunkt im Herzen bleibt.« Nun ging er ganz ins Einzelne und stellte sich – nach seinem Instinkte, der ihn stets in die fremde Seele trieb und in ihr über sie hinzuschauen zwang – an Vults Stelle, wie dieser nichts habe, nichts wisse (vom Wasserfalle nämlich), wie er alles oder vieles so sehr gut meine, besonders für Walt, wie er nur herrschsüchtig hart verfahre usw.

In dieser Gesinnung beschloß er, zum Bruder zu gehen und kein Wort zu sagen über die Essig-Sache, sondern bloß mit seiner Hand eine schon im Mutterleib verknüpft gewesene anzufassen und einiges gelassen zu besprechen, besonders was die bevorstehende Wahl eines neuen Erbamts betreffe.

Vult war verreiset. Ein Briefchen an Walt war an die Tür gesiegelt: »Bester! Ich reisete heute flüchtig ab, um in Rosenhof mein versprochenes Konzert zu blasen. Künftig arbeit' ich viel fleißiger; denn wirklich tu' ich für unsern Gesamt-Roman zu wenig, besonders da ich gar nichts dafür tue. Es entgeht uns nicht, daß ich lieber spreche – im reißendsten Strome mich schwemmend – als schreibe. Gut aber ists nicht, weder für die Literatur noch das Honorar. In Schulen gilt sonst *Rechen-* und *Schreib-*Meister für *einen*; ein trefflicher Buch-Schreibmeister hingegen ist selten ein Rechenmeister; leider bin ich nicht einmal einer von beiden und brauche doch Geld. Adieu! v. H.«

»Der gehetzte Bruder!« sagte Walt, »so muß er sich jetzt das Geschenk erpfeifen, das er mir so spaßhaft in die Hände gespielt; warum fall' ich immer so heftig aus und drücke den Guten?« Er faßte den ernstlichen Vorsatz, künftig seinem Sturm- und Poltergeiste ganz anders den Zügel anzuziehen. –

Aber Rosenhof warf bald heiteres Licht auf alles und heiligte fast den Flötenspieler, den er in den nachschimmernden Auen des schönsten Morgens mit Glanz besprützt umherwaten sah.

Wackerer als je betrat er nun seine Notariats-Gänge wieder, die sich gegen das Ende seines Erbamts immer häufiger auftaten. Es war ihm ganz einerlei – so freudig ging sein Puls –, worüber er ein Instrument aufsetzte, ob über die Verlassenschaft eines Hofpredigers oder über eine angebohrte Öl-Tonne, oder über eine Wette: immer dacht' er an das Haus des Generals, oder an den Wasserfall, oder an Leipzig, und es konnte ihm gleichgültig sein (denn er gab nicht darauf acht), was er niederschrieb als offner kaiserlicher Notar.

So glänzend-umsponnen vom Nachsommer des Herzens, kam er aus dem September und dem Notariat endlich in den Oktober hinüber, wo er vor den Kabelschen Testaments-Exekutoren die Rechnung über das bisherige Erbamt abzulegen hatte, vor welcher ihm nicht im geringsten bange war; denn Winas Blick hatte in ihm einen so feurigen Herzschlag entzündet, daß er mit einem solchen Frühlings-Pulse vermochte, in jeder äußern Kälte des Schicksals warm zu bleiben.

Sein Vater Lukas hatte ihn neuerlich in mehreren Kopien von Brief-Originalen (die der Schulze behielt, weil im Briefschreiben das Original das schlechtere ist) seine Angst vor dem Notariats-Hintergrund und die Beteurung seiner »Herbeikunft« wissen lassen. Walten wurde die Wiederholung desselben dürren Gedankens, die so manchen frischen erdrückte, sehr zur Last, und er wünschte nichts weiter als die alte Freiheit, an hundert Dinge zu denken: »Warum ist denn ein Irrweg so verdrießlich«, sagt' er, »als bloß weil man so lange, bis man den rechten wieder erwischt, immer die abgeschabte platte Idee des Wegs besehen und behalten muß!« Die gemeinen Qualen des Lebens belasten weniger unter ihrer Geburt als während ihrer Schwangerschaft, und der eigentliche Leidenstag geht 24 Stunden oder Zeiten früher an als der äußere. Der erste Schritt, den Walt am anberaumten Morgen ins Rathaus tat, machte ihn zu einem andern Menschen, nämlich zum alten – die Sache war für ihn vorbei, denn sie war so nahe. – Zu bald kam er im Vorzimmer an, harrte aber vergnügt und machte einen Polymeter, worin er einige gute Gruppen besang, die in halberhobener Arbeit am Ratsofen mit aller der Wärme dargestellt waren, welche die Jahreszeit an einem kalten Ofen erlaubt. Tanz-Horen, Füllhörner voll Heu,

Fruchtschnüre oder -stricke, Büschel von dicken festen Blumen oder Obst und sechs Frühlinge aus Ton (denn es war ein Zirkulierofen) waren allerdings imstande, einen Dichter wie er zu heizen. – Als noch immer die Ratsstube zublieb, so geriet er auf Neben-Ideen, ob nämlich nicht ein ganzer Roman aus Ofen-Pasten darzustellen und zu entwickeln wäre, besonders ein komischer. So vermag nur ein Mann vor einer wichtigen Wendepunktsstunde, z. B. vor einer Krönung, Schlacht, Selbstermordung, nicht aber seine Frau vor einer ähnlichen, z. B. vor einem Balle, – zu dichten, zu schlafen, zu lesen.

Da endlich der Schirmherr der Kabelschen enterbten Erben, der Pfalzgraf Knoll, eintrat, so fing alles an und wurde gehörig vor den Bürgermeister Kuhnold gestellt.

In seinem Leben war ihm nie so federleicht in einer Ratsstube gewesen; auf dem Staubfaden einer Lilie hätt' er sich schaukeln können. Er fiel aber bald von seiner Lilie ins Beet herunter, als der Schirmherr anfing vorzutragen und zu belegen, »daß der offne geschworne Notar bisher sehr absurd gewirtschaftet« – daß er nicht nur erstlich und zweitens zweimal in Instrumenten abbrevieret – drittens ein nächtliches (das Turm-Testament) mit zweierlei Dinte und viertens bei einerlei Licht geschrieben – fünftens einmal radiert – sechstens einmal gar nicht angegeben, daß er ausdrücklich zur Aufrichtung des Instruments vorgefordert worden – desgleichen siebentens in dem nämlichen auch die Stunde nicht – achtens den nägelein-braunen Bindfaden, womit die Klagschrift N. N. contra N. N. umwickelt gewesen, als einen gelben zu Protokoll gebracht – neuntens Hauszeugen, als sie eidlich aussagten für ihren Herrn, ihrer Pflicht vorher durch Handgeben sowohl zu entlassen als diesen Akt des Entlassens anzuzeigen ganz vergessen – sondern daß er auch zehntens einen falschen Datum im Wechselprotest, ja eilftens neuerlich und ganz zuletzt ein Instrument gar an einem 31. September, der nicht existiere, auszufertigen wenig Anstand genommen. – Nun wurd' er gerichtlich befragt, was er dawider einzuwenden habe. »Ich wüßte eigentlich nichts –« versetzt' er gegnerischerseits –; »auch trau' ich fremdem Gedächtnis hier weit mehr als eignem. Doch was die Hauszeugen anlangt, so hielt ich es für eigenmächtig und unmöglich, sie durch mein bloßes Wort ihren Pflichten zu entnehmen und wieder zurückzugeben.« Darauf sagte Herr Kuhnold, dieser Grund sei mehr edel gedacht als juristisch, und berief sich auf Herrn Fiskal Knoll. Nichts sei lächerlicher, versetzte dieser und schob nun zehn bis zwanzig breite hohle Worte aneinander, um bei den Testaments-Exekutoren um das nachzusuchen, was sich von selber verstand – die Eröffnung des hier eintretenden geheimen Artikels.

Eh' es Kuhnold tat, erwies er dem Pfalzgrafen, daß gar nicht alle Rechtsgelehrten allgemein zu Nacht-Kontrakten drei Lichter begehrten, sondern nur mancher; und langte – als Knoll auf seinem Satze beharrte – bloß das promtuarium juris von Hommel oder Müller als den nächsten Beweis aus dem Schranke vor. Die Ratsbibliothek war nicht höher als die vier Bände des promtuarium stark; dennoch fehlte ihr, wie den meisten öffentlichen Bibliotheken, ein Katalog.

Knoll behielt sich das Seinige vor; Kuhnold gab aber nicht nach, sondern verlas den Straftarif; »daß nämlich für jeden juristischen Notariats-Schnitzer des jungen Harnisch jedem der sieben Erben ein Tannenbaum in Kabels Wäldchen zu fällen verstattet sein sollte.« Da er nun in zehn Sünden geraten war – ohne die streitigen Lichter –, so belief sich der Dezem, mit den sieben letzten Plagen multipliziert, auf den ansehnlichen Schlag von siebzig Stämmen, so daß Walt nie halb so gut dadurch gelichtet werden konnte als das Wäldchen selber. – »Nu«, sagte der Notar, schnell beide Hände seitwärts auswerfend, »was ist zu machen?« – Er wußte sich innerlich über die Zufälle des Lebens so erheiternd zuzureden wie ein Schuster den Kunden über neue Stiefel, die er bringt; sind sie zu enge, so sagt der Meister: sie treten sich schon aus; sind sie zu weit, so sagt er: die Nässe zieht sie schon ein. So dachte Walt heimlich: »Das witzigt mich. Jetzt kann ich doch als Notar ruhig alle meine Instrumente machen, ohne daß mir geheime Artikel das geringste zu befehlen oder zu nehmen haben.« Aber am Ende machte ihm doch der Fiskal Knoll den leichten poetischen Götter-Ichor des Herzens schwer, dick und salzig, als dieser, ohne im geringsten durch die Freude über den Gewinn von Schlagholz irre oder trunken zu werden, seine Protestation im Punkte der drei Lichter erneuert zurückließ. Die stehende Gegenwart eines deutlich hassenden Wesens drückt und preßt eine immer liebende Seele, die ihre Kälte schon für Haß ansieht, mit dem schwülen Dunstkreis eines Gewitters, dessen Schlag weniger quält als dessen Nähe. Betrübt, selber von Kuhnolds sanftem Worte, das ihm so vermeidliche Fehler eben als die unverzeihlichern vorwarf, ging er nach Hause; und er sah Vults Fluchen und Scherzen darüber schon entgegen.

Das erste, was er zu Hause machte, war ein Sprung aus demselben auf die schönen stillen Höhen der Oktober-Natur, um seinem Vater, dem Schultheiß, und dessen Scherbengerichte zu entspringen, der, wie er gewiß wußte, in die Stadt laufen würde, um jede Scherbe des zerbrochenen Glücktopfes ihm an den Kopf zu werfen. Auf einer friedlichen Anhöhe – dem Wäldchen gegenüber – konnt' er, während er das medizinische Miserere des Schicksals durch Dichten und Empfinden in ein musikalisches verwandelte, recht gut wahrnehmen, daß schon mehrere Erben mit verständigen Holzhauern im Erb-Forste lustwandelten, um einträchtig mit Waldhämmern ihr Gnadenholz anzuplätzen. Endlich ritt im Schritt Flitte an der Spitze einer holzersparenden Gesellschaft mit Äxten, Sägen, Maßstäben in den Händen den Wald hinan. Gleich einem Witwer, der seine Halbtrauer täglich in kleinere Brüche zerfällt, in Drittelstrauer, in ein $^1/_4$, $^1/_8$, $^1/_{64}$ Teil – wiewohl die Trauer oder der Zähler nie Null werden kann, nach mathematischen Gesetzen –, verkehrte Walt bei diesem Anblick seine schwache Halbtrauer, arithmetisch zu sprechen, in einen unendlich großen Nenner und in einen unendlich kleinen Zähler, d. h. er wurde das, was man gemeinhin froh nennt. »Es ist schon recht«, dacht' er, »daß ich dem guten Flitte für seine gutmütige Erbeinsetzung meiner Person doch einen schwachen Dank durch meine Fehler zuschanze; er habe recht viele Freude dabei, nur keine Schadenfreude.« Aber die Lustigkeit über die Holz-Einbuße wurde Walten etwas verkümmert, als er den alten Schulzen aus der Stadt schreiten und ins Holz dringen sah, Märtyrerkrone und Zepter tragend. Auf die angeplätzten Stämme lief Lukas zu – fragte, sagte dies oder das und keifte – durchschnitt den Gehau nach allen Ecken – stritt ohne Vollmacht wider alles – flog als ein flüchtiges Waldgericht und Forstkollegium hin und her, an jeden Busch, neben jede Säge – machte die Wüste seines Gesichts immer dürrer und arabischer, je mehrere Erben ankamen, die größten Baumschänder, die er sich denken konnte – sah seufzend zu jedem Gipfel auf, der stürzen wollte – und trieb nichts durch als forstgerecht den Weg, auf welchem der fallende Baum das Buschholz schonen mußte.

Walt schaute erbärmlich herüber; so leicht er sonst sein schwarzes Schicksal wie sein weißes nur zu dichterischer Farbengebung verrieb, gleichsam zu Kohle und zu Kreide: so konnt' er sich doch den Holzschlag des Schlagholzes zu keinem dichterischen Baumschlag ausmalen, weil ihn der Vater peinigte. Er wartete aber fest dessen Weggang ab; dann fragte er nach der glühendsten Abendröte vor seinen Augen nichts, sondern er ließ in sich abstimmen, welches Erbamt, das seinen Vater freudig lasse, er jetzt zu wählen habe.

Nun fehlte es ihm aus Mangel des Flötenspielers an einer Stimmensammlung und an irgendeiner, auch nur kleinsten Minorität, weil die Majorität selber (er) nur ein Mann stark war, welches, wenn nicht die kleinste – denn oft ist gar kein Mann beim Stimmen –, doch keine beträchtliche ist.

Endlich wählte er das kürzeste Amt, nämlich das siebentägige Leben bei einem Erben. Die Stelle darüber heißet im Corpus juris des Testaments claus 6. Litt. g. so: »Er (Walt) soll bei jedem der Herrn Akzessit-Erben eine Woche lang wohnen (der Erbe müßt' es sich denn verbitten) und alle Wünsche des zeitigen Mietsherrn, die sich mit der Ehre vertragen, gut erfüllen.« Ein so kurzes Amt hoffte er ohne große Fehltritte und Fehlsprünge und mit einiger Ehre und in kurzem, noch eh' der Bruder erschiene, zu beendigen. Nach der Wahl des Amts mußt' er wieder die neue desjenigen Erben anstellen, welchem die erste Ehre davon zuzuwenden sei. Er erlas sich zum wöchentlichen Wohnen den, bei welchem er bisher gewohnt, Herrn Neupeter. »Auch begehrts die Zärte«, sagt' er.

NRO. 52. AUSGESTOPFTER FLIEGENSCHNÄPPER

Vornehmes Leben

Nachdem er am Morgen die feinste Anrede an den Hofagenten in den Kopf gebracht hatte, woraus sie ohnehin noch nicht gekommen war: trat er vor Neupeter, der ihn in der Schreibstube neben einem brennenden Lichte mit dem Petschaft am nassen Maul und mit der Nachricht empfing, es sei Posttag. Während der Kaufmann fortsiegelte, hielt er hinter dessen Rücken leicht seine Rede voll Zärte, bis dieser, da er ausgesiegelt hatte, das Licht ausputzte und fragte: »Was gibts?« Zerfahren war dem Notar der ganze Sermon.

Kein Mensch kann dieselbe Rede zweimal nacheinander halten; in der Eile mußte er nur darauf denken, aus dem Gesagten einen dünnen Bleiextrakt zu liefern. Der Hofagent ersuchte ihn aber, »mit solchen Schnurrpfeifereien den Leuten vom Halse zu bleiben«.

Alle möglichen Sünden im neuen Amt hätt' er lieber getragen als dieses harte Türzuschlagen vor demselben. – Jemanden nun ferner Ordensketten durch geschenktes Vorkaufsrecht der Wohnprobewoche überhängen zu wollen, fiel ihm nicht mehr ein: sondern wo ein armer, aber guter Teufel, mit welchem sich mehr Tränen- als Himmelsbrot, z. B. ein elendes Wohnloch teilen ließe, anzutreffen und zu beglücken wäre, darnach ging sein Sehnen, nicht sein Fragen; denn besagter Teufel war längst da, Flitte aus Elsaß. Walt ging auf den Nikolai-Turm und trug, aber furchtsam, Flitten den Vorzug an, daß er bei ihm die erste Probewoche halten wolle. Der Elsasser umhalste ihn erfreuet; und versicherte, er ziehe diesen Tag noch vom Turm herab, weil er ganz hergestellt sei und der frischen Turmluft weniger bedürfe. »Ich miete für uns ein paar kostbare garnierte Zimmer beim Cafetier Fraisse; pardieu wir wollen leben comme il faut«, sagt' er. Walt wurde zu selig. In einer halben Stunde hatte Flitte ein- und darauf ausgepackt; denn mit seinem Geräte hatt' er, wie eine Raupe und Spinne mit ihrem Fadengespinste, gewöhnlich den Gang durch seine Wechselwohnungen bedeckt und bezeichnet; gleichsam mit schönen Haarlocken, die zum Andenken ausgerauft werden; und hatte sich, wie gedacht, wie Weltkörper durch Umlauf kleiner eingeschliffen. Er wagte es jetzt, aus seinem Turm – seiner bisherigen Bastei und Grenzfestung gegen Gläubiger – herabzurücken in ein unbefestigtes Kaffeehaus, weil er teils sein eignes Testament beerbet hatte, nämlich den Kredit davon, teils das Kabelsche, in dessen Gütergemeinschaft ihn Walts neueste Fehler vor der Stadt einzusetzen schienen, teils die zehn Tannenstämme, Walts Klage-Eichen. »Der ausgestopfte Blaumüller« Nr. 51 erwähnte schon weitläuftiger, mit welchem Gepränge er die durch Walt gesäete Fehler-Ernte von Steinobst und Kernhäusern aufgeknackt und ausgekernet hatte, um sich der Stadt zu zeigen.

Walt schied am schönsten Nachsommer-Morgen halb wehmütig aus seiner leisen Klause; ihm war, als brauche sie ihn und habe dann so leer und allein Langeweile, besonders sein Sessel. Aber wie fuhr er, da er beim Cafetier Fraisse eintrat, vor der Garnitur der Zimmer, vor den langen Spiegeln voll Zurückfahrern, vor den Ei-Spiegeln an den Wandleuchtern und vor der Rest-Pracht zurück! – Er erschrak. Flitte lächelte – Fremden wollte Walt ein Ersparer sein; – daß der gute Elsasser solche Paläste von Stuben miete, bedacht' er und stöhnte sehr. Denn er hielts für Aufwand seinetwegen, weil er nicht voraussetzte, daß Flitte unter die wenigen sogenannten Verschwender gehöre, die wie der deutsche Kaiser schwören, nichts auf die Nachkommen zu bringen, Reich oder Reichtum, und welche wie hohe Staatsbediente Athens zum Zeichen ihrer Vaterlandsliebe nichts hinterlassen als Nachruhm und Schulden.

Walt zog ohne weiteres das aus der Kabelschen Operationskasse für die Probewoche bewilligte Goldstück hervor und legt' es mit den Worten auf den Tisch: »Dies bestimmte der Testator; ich wollte gern, es wäre mehr.« – Wenige Menschen wurden noch so stark angefahren als er von Flitten, der ihn fragte, ob er denn beim Henker nicht sein Gast sei.

Aber nun hatt' er noch einen feinern Punkt, nämlich den testatorischen Zweck seines Wohnens zu besprechen. Er nahm folgende Wendung: »Es wird ordentlich schwer, in diesen kostbaren heitern Zimmern und bei Ihnen an etwas so Juristisches wie das Testament und dessen Haupt-Klausel zu denken; da ich aber meine Freude nicht meiner Obliegenheit gegen meine Eltern opfern darf: so – darf ich eben schwerlich, sondern ich muß Sie um den Vorschlag dessen bitten, worin ich etwa Fehler begehen könnte. Wahrlich, es wird mir schwerer zu fragen als zu handeln.« –

Der Elsasser faßte ihn nicht sogleich mit seinen Feinheiten: »Pah!«, sagt' er, »was ist zu sakrifizieren? Wir parlieren und tanzen zusammen; das geht den alten Kabel nichts an.« – – »Parlieren und tanzen?« (versetzte der vom Notariat zusammengescheuchte Walt) »Und zwar beides zusammen? – Ich kann hier nichts sagen, als daß schon eines von beiden einen unabsehbaren Spielraum zu Fehlern auftäte, geschweige – Wahrlich, an und für sich oder für mich, lieber Herr Flitte – aber ...« – – »Sacre –! wovon reden wir denn eigentlich? – Wird denn ein Mensch auf der Erde prätendieren, daß man zum langnasigen Bürgermeister läuft und ihm es vorsingt, wie man lustig gewesen ist?« – Walt faßte schnell die Hand und sagte: »Ich vertraue«; und Flitte umarmte ihn.

Sie frühstückten unter freudigen Gesprächen. Die langen Fenster und Spiegel füllten das geglättete Zimmer mit Glanz; ein kühler blauer Himmel lachte hinein. Der Notar verspürte sich in vornehmer Behaglichkeit; das Glücksrad dreht ihn, nicht er das Rad, und er brauchte es nicht wie ein Wagenrad erst rot zu malen. Flitte las ihm zwei für den Reichs-Anzeiger in wenigen Tagen ausgearbeitete Inserate vor; – im ersten foderte er einen

Generalkriegszahlmeister, Herrn von N. N. in B., auf, ihm die Summe von 960 Albustalern für Wein innerhalb sechs Monaten zu bezahlen, wenn er nicht gewärtig sein wolle, daß er ihn öffentlich an den Pranger in dem Reichs-Anzeiger stellte. Dem Notar entdeckte er gern den Namen des Mannes und der Stadt; indessen war an der Sache nichts. Das zweite Inserat enthielt mehr ungefärbte Wahrheit, nämlich die Nachricht, daß er einen Compagnon mit 20 000 Tlr. zu einem Weinhandel suche und wünsche.

Walts Gesicht glänzte von Freude, daß der gutmütige Mensch so viele Mittel habe, und erhob dessen vergoldete Wetterstangen des Lebens recht stark.

Flitte aber versetzte: »Sagen Sie mir aufrichtig, ob keine Stil-Fehler darin sind. Ich warf die Dinge in der Zeit einer kleinen Stunde hin.« Walt erklärte, je kleiner eine Anzeige sei, desto schwerer werde sie; er wolle leichter einen Bogen für den Druck ausarbeiten als dessen $^{1}/_{24}$ Bogen. »Schadet wohl überhaupt Lukubrieren viel? An der Makrobiotik sahen mich oft die Nachbarn bis 3 Uhr aufsitzen«, sagte Flitte, nicht ganz unwahr, da er bisher durch seine Nachtmütze auf einem Haubenstock und durch ein Licht daneben einen makrobiotischen Leser auf die leichteste und gesündeste Weise vorgestellt hatte. Darauf schnürte er vor dem Notar, dessen herzliches aufrichtiges Bewundern und einfältiges Vertrauen ihn mit süßer Wärme durchzog, ein Bündel seiner Liebesbriefe an sich auf, worin er, sein Herz und sein Stil sehr geschätzet wurde. Der Elsasser hatte das Paket von einem jungen Pariser, an den es geschrieben war, zum sichern Verschlusse bekommen.

Walt wußte sich so wenig zu lassen vor Beifallklatschen über den Stil der schönen Schreiberin, daß der Elsasser am Ende beinahe selber glaubte, die Sache sei an ihn geschrieben; aber jener tats sehr deshalb, um nicht über die Liebe selber viel zu reden. Da er als ein unerfahrner verschämter Jüngling noch glaubte, die Empfindungen der Liebe müßten hinter dem Klostergitter, höchstens in einem Klostergarten leben, so sagt' er nur im allgemeinen: »Die Liebe dringt wie Opferrauch, so zart auch beide sind, doch im dicken Regenwetter durch die schwere Luft empor« – wurde aber ungemein rot. »Surement«, sagte der Elsasser, »die Liebe strebt jeden Tag immer weiter.«

Flitte ging noch weiter und zeigte sich seinem Gaste gar gedruckt; er wies ihm nämlich die feinsten Liebes-Madrigale, die er, wie er sagte, drukken lassen in Centesimo-Vigesimo-Format und nie über einen $^{1}/_{20}$ Bogen stark; es waren Verseblättchen, aus Pariser Zuckerwerk ausgeschält, wahre Süßbriefchen, deren Plagiat Flitte sich dadurch erleichterte, daß er den süßen Einband aufaß. Warum lässet die deutsche Poesie der französischen den Vorzug der süßesten Einkleidung; warum wollen wir nämlich, wenn die Franzosen Zucker und Gebäck um ihre Verse wickeln, es umkehren und mit den unserigen Zucker und Gewürz einkleiden und einpacken? – könnte man hier fragen, wenn es der Ort wäre, hier zu antworten. – Walt pries unmäßig; der Elsasser schwamm auf Freudenöl, ertrank beinahe in Lobes-Salb-Öl. Über jeden Genuß, den man den Menschen wohlwollend zubereitet, waltet der Zufall der Aufnahme, des Gaumens, des Magens, der ihn verarbeitet; hingegen für den Genuß eines aufrichtigen Lobes hat ohne Ausnahme jeder Mensch zu jeder Stunde Ohr und Magen aufgetan; und er sagt außer sich: »Lob ist Luft, die das einzige ist, was der Mensch unaufhörlich verschlucken kann und muß.« Flitte nicht anders; neuerfrischt zog er den Notar auf die Stadtgassen hinaus, um ihm einige Freuden zu machen und sich Platz. Nämlich die alten Gläubiger jagten ihm so eifrig nach als er neuen; da er nun die Maxime der Römer kannte, welche nach Montesquieu so weit als möglich vom Hause Krieg führten: so war er selten zu Hause. Beide durchstrichen die Morgenstadt; und Walten wurde sehr wohl. Da Flitte der Stadt sich zeigen wollte – nämlich den Kabels-All-Erben Harnisch in der Probewoche –, so sprach er mit vielen ein Wort; und der Notar stand glücklich dabei. Vor jedem Parterre-Fenster – »par-terre«, sagte Flitte, »sprechen die Deutschen ganz falsch aus« – klopft' er wie an einer Glastüre an und sagte dem aufmachenden Mädchenkopfe, dem noch die halbe Aurora des Morgenschlafs anschwebte, hundert gute Dinge, und die Tochter in der Morgenkleidung mußte am Fensterrahmen fortnähen. Oft gab er ohne weiteres Fragen Küsse von außen hinein – was Walt für einen Grad von Lebensart hielt, den nur einige Günstlinge Frankreichs erreichten. Rauchte ein ansehnlicher Mann in der Schlafseide mit der Pfeife aus dem zweiten Stock herab: so sprach oder ging Flitte hinauf, und Walt tats mit. Jener kannte jeden lange; denn bei dem Hochbürgerstande lehrte er die Kinder tanzen und beim Adel die Hunde; letzterem ging er auch auf heiligern Wegen nach, nämlich zur Altar-Partie. Denn da der Haßlauer Adel, wie bekannt und sonst gewöhnlich ist, in corpore öffentlich auf einmal als eine heilige Tischgesellschaft und Kompagniegasse das Abendmahl genoß: so war er hinterdrein und der letzte Mann, wie hinter den Bürgerlichen der Scharfrichter; das einzige Mal ausgenommen, wo er wie ein Schieferdecker es bloß nahm, weil er einen Turm bestiegen. Walt betrat nie mehr Zimmer als an diesem Morgen. Sprengte ein Herr vorbei: Flitte wußte ein Wort über den Gaul nachzuschicken, etwa dieses: er hinke. Stand ein Wagen fahrfertig: Flitte paßte, bis man einstieg, und verhieß nachzukommen aufs Landgut. Kehrten verspätete Kaufleute von der Leipziger Messe zurück: Flitte ließ sie auf die Meß-Neuigkeiten von Haßlau nie so lange warten, bis sie unter Dach und Fach waren, sondern er packte aus, während sie auspackten.

Walt wurde aller Welt vorgestellt und redete mehrmals.

Es wäre schwer zu glauben, daß beide an *einem* Morgen so viele Besuche abgestattet haben, wäre nicht die Gewißheit da. Sie gingen zu dem Spitzen- oder Klöppelherrn Herrn Oechsle und besahen die Sachen und die hübschen Klöpplerinnen aus Sachsen und viele Knöpfe aus Eger, in welche Vögel halb mit Farben, halb mit eigenen Federn gefasset waren. Walt hatte dessen schöne Fußtapeten ganz mit Stiefelspuren verschont durch einen einzigen tapfern Weitschritt, den er über sie sogleich in die gebohnte Stube tat.

Sie gingen ins Gartenhaus des Kirchenrat Glanz, wo Flitte seine Latinität an dem Kupferstich eines Kanzelredners schwach zu zeigen suchte, indem er die darunter gesetzten lateinischen Verse und Notizen fertig und mit gallischer Aussprache ablas, ausgenommen bis zu den Worten mortuus est anno MDCCLX. Denn wer solche fremde Zahlen-Zeichen mehr in eigner als in fremder Sprache ablesen muß, weil er diese nicht versteht, fällt halb ins Lächerliche bei aller sonstigen Gelehrsamkeit. –

Er ging mit Walt zum Postmeister, bloß um, wie er gewöhnlich tat, nach Marseiller Briefen vergeblich zu fragen. Dem Postsekretär las er eine schwere französische Aufschrift vor. Walt pries dessen Accent und Prononciation aufrichtig. Auf der Straße macht' ihm nun Flitte zehn vergebliche Male vor, wie er wenigstens beide Worte zu akzentuieren und zu prononcieren habe. Walt gestand, daß ihm mehr Ohr als Zunge fehle, drückte ihm die Hand mit dem Bekenntnis, daß er die meisten Franzosen gelesen, aber noch keinen gehört, und daß er deswegen so eifrig auf jeden Laut von Flitte horche; indes berief er sich auf den General Zablocki, ob er nicht vielleicht eine erträgliche Hand von Schomaker davongebracht. Darauf zeigte ihm Flitte gegenseitig Germanismen der Phrasen, die ihm noch anklebten.

Sie gingen zur Stückjunkerin, bei welcher Walt neulich Saiten aufgezogen hatte. Diese sprach von dem Tode ihres Mannes und der Einäscherung eines Palastes, den sie im belagerten Toulon gehabt, aus welchem sie nichts gerettet, als was sie zur Erinnerung ewig aufbewahrte, einen Nachttopf aus feinstem Porzellan. Der Zug entzückte den Notar durch den vornehmen Zynismus, womit er im Hoppelpoppel Leute von Welt kolorieren konnte. Selten sieht ein romantischer Anfänger einen alten General oder jungen Hofjunker im Zwielicht z. B. pissen, ohne sich an den Schreibtisch niederzusetzen und niederzuschreiben: »Herren vom Hofe stellen sich gemeinhin im Zwielicht in Ecken.« Man sprach viel französisch; und Walt tat, was er konnte, und sagte häufig: comment? – Flitte zeigt' ihm nachher den Germanismus in der Frage.

Sie gingen in die weibliche, ihm durch Vult bekannte Pensions-Anstalt, worin noch mehr Gallizismen und noch mehr Schönheiten regierten. Flitten war nicht nachzufliegen im freien Artigsein; doch wars ihm genug, nur nachzublicken und zwischen den Beeten voll Seelenlilien eng die eine Fußzehe an die Ferse der andern anzuschienen. »Ach ihr Lieben!« sagte sein Herz. Was er nur hörte, erklang ihm so zart; »aber«, dacht' er, »sind denn Frauenzimmer anders? Mitten im unreinen männlichen Weltleben, das alle Ströme und Leichen aufnimmt, sind sie ja abgesondert voll eigner Reinheit; im salzigen Weltmeer kleine Inseln voll frischen klaren Wasser; o diese Guten!« –

Als er heraustrat, wurden ihm auf einem goldnen Eßgeschirr des regierenden Fürsten leichte Farschen, Rouletten und Frikandellen aufgetischt – für die Freßspitzen der Phantasie. Das Geschirr – das Geschenk eines alten Königs – wurde nämlich jährlich zweimal öffentlich auf dem Markte abgescheuert und geputzt unter den Augen eines kleinen Kommandos zu Fuß, das seine Waffen hatte, um es gegen ungeratene Landeskinder zu decken.

Sie gingen zum Galanteriehändler Prielmayer und ließen sich von der Pracht der weiblichen Welt umgeben.

Ein so freier, leichter, alle Stände mischender Vormittag war Harnischen noch nie vorgekommen; ein Musenpferd nach dem andern wurde seinem Siegeswägelchen angeschirrt, und es flog. Flittens Leben hielt er von jeher für ein tanzendes Frühstück und für einen thé dansant; sein eignes hielt er jetzt für ein eau dansant. Er genoß ebensosehr in Flitten – den er sich wie sich begeistert dachte – als in sich selber hinein; die elsassischen Sonnenstäubchen vergoldete und beseelte er zu poetischem Blütenstaub. Zuletzt macht' er, neben ihm gehend, heimlich folgende Grabschrift auf ihn:

Grabschrift des Zephyrs

Auf der Erde flog ich und spielte durch Blumen und Zweige und zuweilen um das Wölkchen – Auch im Schattenland werd' ich flattern um die dunkeln Blumen und in den Hainen Elysiums. Stehe nicht, Wanderer, sondern eile und spiele wie ich.

Um 10 Uhr bracht' ihn Flitte dem Hofe näher: »Wir gehen in die champs élysées und nehmen ein déjeuner dinatoire.« Es war ein bejahrter Fürstengarten, welcher den Weg zur ersten Chaussee im Lande gebahnt hatte. Unterwegs fingen zwar Warnungstafeln gegen Kinder und Hunde an; aber in den champs élysées wurde erst ordentlich alles verboten, besonders die elysischen Felder selber – in keinem Paradies gab es so viele verbotene Bäume und Frucht- und Blumen-Sperren – auf allen Gängen blühten oben oder keimten unten Kerker-Diplome und Aus- und Einwanderungsverbote – unter Expektanzdekreten der Züchtigung durchkreuzte jeder als ein lustwandelnder Züchtling das Eden und feierte Petri Kettenfeier im Gehen und strapazierte sich hinter seinem Rücken – mehr wie eine Wallfahrt durch Dantes Höllenkreise (der Himmel blieb nirgends als über dem Kopfe) denn als ein katholischer Bußgang durch Christi Leidens-Stationen kam jedem unter dem schriftlichen Anschnauzen aller fluchenden Bäume und Tempel sein Lustwandeln vor – – ja der Mensch verstimmte sich zuletzt in den champs und kam fatigiert heraus.

War Walt je froh und frei: so wars in diesen Feldern; sein innerer Mensch trug ein Thyrsus-Stäbchen und rannte damit. Von allen diesen

Warnungstafeln war nämlich nichts mehr da als die Tafel, das Holz, Stein, Blech; die Warnung aber war gut vermooset, verraset, versandet. Köstliche Freiheit und Freilassung beherrschte nun Eden, wie ihm Flitte beschwur und bewies. Die ganze Sperrordnung war bloß in jenen Zeiten an der Tagesordnung gewesen, wo große und kleine Fürsten – ganz anders als jetzt die großen – (höflich zu sprechen) etwas grob gegen Untertanen waren, und wo sie als Ebenbilder der Gottheit – welche darin eben nicht von dem Maler geschmeichelt wurde –, dem mehr jüdischen als evangelischen Gotte der damaligen Kanzeln ähnlich, öfter donnerten als segneten. »Was die Herrschaft jetzt etwa im Parke sehr lieb und gern hat«, sagte Flitte, »dies ist schon besonders recht eingezäunt, so daß ohnehin niemand hinein kann.«

Beide nahmen ihr déjeuner dinatoire, Morgenbrot und Morgenwein, in einem offenen und lustigen Kiosk, unweit des Gartenwirts. Der Notar war erwähntermaßen selig; – den auf- und absteigenden Tag- und Nachtgarten samt dem leichten, wie herabgeflogenen Lustschlosse, das ein versteinerter Frühlingsmorgen schien, ferner die Wäldchen, woraus bunte Lusthäuschen wie Tulpen herauswankten, desgleichen die gemalten Brücken und weißen Statuen und die Regelschnüre vieler Hecken und Gänge – – das konnt' er dem Elsasser, dem ers zeigte, gar nicht feurig genug vorfärben, je länger er trank. Diesem gefiels natürlich; denn gewöhnlich führte er seine Claude-Lorrains nur mit dem einzigen Wort und Striche wacker aus: süperb! – Jeder aber hat seine andere Hauptfarbe der Bewunderung; der eine sagt: englisch!– der andere: himmlisch! – der dritte: göttlich! – der vierte: ei der Teufel! – der fünfte: ei! –

Walt aber sagte, obwohl zu sich: »Dies ist von Morgen an, oder ich irre entsetzlich, das wahre Weltleben Eleganter. Bin ich nicht wie in Versailles und in Fontainebleau; und Louis quatorze regiert zurück? Der Unterschied ist schwerlich erheblich. Diese Alleen – diese Beete – Büsche – diese vielen Leute am Morgen – dieser lichte Tag!« – Walten war nämlich, der Himmel weiß von welchen Frühblicken des Lebens, eine so romantische Ansicht von der Jugendzeit des galanten, liberalen, Länder, Weiber, Höfe besiegenden Ludwigs XIV. nachgeblieben, daß ihm dessen Jugend mit ihren Festen und Himmeln wie eine eigene Vorjugend schön als sanftes Feuerwerk in den Lüften vorschwebte und wie der freie frische Morgen eines im Negligé spazierenden Hofs – so daß ihn jeder Springbrunnen nach Marly warf, jede geschniegelte Allee nach Versailles und hohe Fontange-Kupferstiche an Schränken-Wänden ins damalige Königsschloß, ja sogar die ausgeschnittenen aufgepappten Bildchen auf seinem Schreibtische flogen mit ihm in jene lustige Hof-, wenn auch nicht lustige Völkerzeit. – »Ist nicht das Leben der Hofleute – hatt' er sich mehrmals gesagt – fortgehende Poesie (wenn anders die französischen Mémoires nicht lügen), ohne pressende Nahrungs-Qualen und in geflügelten Verhältnissen, und die Hofmänner können sich an jedem Musik-Abend verlieben und dann am Garten-Morgen mit den herrlichsten

Geliebten spazieren gehen? O wie ihnen die Göttinnen blühen müssen im frischen schminkenden Morgenrot!«

Dadurch genoß er im Garten einen ganz andern, schon beerdigten; als Feuerwerk hing das phantastische Nachbild über dem liegenden Vorbild. Glücklicherweise tat ihm Flitte – der in jeder Gesellschaft stets eine neue suchte – den Gefallen, daß er mit dem Garten-Restaurateur in ein Gespräch geriet und ihn dadurch mit der köstlichen Einsamkeit zu einigen träumerischen Streifzügen beschenkte. Wie freudig tat er diese! Er sah alles und dabei an – die grünen Schatten, von Sonnen-Funken durchregnet – die fernen Seen, einige wie dunkle Augenlider des Parks, einige wie lichte Augen – die Barken auf Wassern – die Brücken über beide – die weißen hohen Tempel-Staffeln auf Höhen – die fernen, aber hell-herglänzenden Pavillons – und hoch über allen die Berge und Straßen draußen, die kühn in den blauen Himmel hinaufflogen – Sein Vormittag hatte sich stündlich geläutert, aus reinem Wasser zur Zephyr-Luft, diese oben zu Äther, worin nichts mehr war und flog als Welten und Licht. Den Bruder hätt' er gern hergewünscht – Winas Blick unter dem Wasserfall sah er am hellen Tage. Er war selig, ohne recht zu wissen wie oder warum. Seine Fackel brannte mit gerader Spitze auf in der sonst wehenden Welt, und kein Lüftchen bog sie um. Nicht einmal einen Streckvers macht' er, aus Flucht des Silbenzwangs, es war ihm, als würd' er selber gedichtet, und er fügte sich leicht in den Rhythmus eines fremden entzückten Dichters.

In diesem innern Wohlklang stand er vor einem sonderbaren Garten im Garten und zog fast nur spielsweise an einem Glöckchen ein wenig. Er hatte kaum einige Male geläutet: so kam ein reich besetzter schwerer Hofdiener ohne Hut herbeigerudert, um einigen von der fürstlichen Familie die Türe aufzureißen, weil das Glöckchen den Zweck einer Bedientenglocke hatte. Als aber der vornehme Mensch nichts an der Türe fand als den sanften Notar: so filzte er den erstaunten Glöckner in einer der längsten Reden, die er je gehalten, aus, als hätte Walt die Sturm- und Türkenglocke ohne Not gezogen.

Diesem war indes sein Inneres so leicht und fest gewölbt, daß das Äußere schwer eindringen konnte, nicht mit einem Tropfen in sein leichtes fliegendes Schiff; zu Flitten kehrte er sogleich zurück. Sie gingen heim. Die großen Eßglocken riefen die Stadt zusammen, wie zwei Stunden später kleinere den Hof; dies wirkte auf den satten Notar, der jetzt nicht zum Essen ging, sehr romantisch. Gibt es einen wahren Mann nach der Uhr, der zugleich die Uhr selber ist, so ists der Magen. Je dunkler und zeitlicher das Wesen, desto mehr Zeit kennt es, wie Leiber, Fieber, Tiere, Kinder und Wahnsinnige beweisen; nur ein Geist kann die Zeit vergessen, weil nur er sie schafft. Wird nun dem gedachten Magen oder Manne nach der Uhr seine Speise-Uhr um Stunden voraus- oder zurückgestellt: so macht er wieder den Geist so irre, daß dieser ganz romantisch wird. Denn er mit allen seinen Himmels-Sternen muß doch der körperlichen Umdrehung folgen. Das Frühstück, das ein Spätstück gewesen, warf den Notar aus einem Gleise, worin er seit Jahrzehnten gefahren war, so weit hinaus, daß vor ihm jeder Glockenschlag, der Sonnenstand, der ganze Nachmittag ein fremdes seltsames Ansehen gewann. Vielleicht macht daher der Krieg den disziplinierten Soldaten durch die Verkehrung aller Zeiten in unordentlichen Ebben und Fluten des Genusses romantisch und kriegerisch.

Um die Vesperzeit erschien ihm der Schattenwurf der Häuser noch wunderlicher, und in Fraissens Zimmer wurd' ihm die Zeit zugleich eng und lang, weil er wegen seiner untergrabenen Sternwarte nichts voraussehen konnte. Er wollte wieder Monde und begleitete Flitten in ein Billardzimmer, wo er verwundert hörte, daß dieser die Bälle nicht französisch zählte, sondern deutsch. Hier entlief er bald aus dem magern Zuschauen allein hinaus an das schöne Ufer des Flusses. Als er da die armen Leute erblickte, welche an diesem Tage nach den Stadtgesetzen fischen durften (obwohl ohne Hamen) und Holz lesen (obwohl ohne Beil): so erhielt er plötzlich an ihren heutigen Genüssen eine Entschuldigung der seinigen, die ihm allmählich zu vornehm und zu müßiggängerisch vorgekommen waren: »Auch ich habe«, dacht' er, »heute vornehm genug geschwelgt und kein Wort am Roman geschrieben; doch morgen soll ganz anders zu Hause geblieben werden.«

Die langen Abend-Schatten am Ufer und die langen roten Wolken legten sich ihm als neue große Schwingen an, welche ihn bewegten, nicht er sie.

Er durchstreifte allein die dämmernden Gassen, bereit zu jedem Abenteuer, bis der Mond aufging und seine Mond-Uhr wurde. Da war der Wirrwarr gelichtet, und der Magen wußte, welche Zeit es sei. Vor Winas schimmerndem Hause trug er das vielfach erregte Herz auf und ab; da sank ihm in dasselbe eine stille Sehnsucht wie vom Himmel nieder, und den lustigen Erden-Tag kränzte die heiligste Himmels-Stunde.

Nro. 53. Kreuzstein bei Gefrees im Baireuthischen

Gläubiger-Jagdstück

Am Morgen freuete sich Walt kindisch in den vergangenen Tag zurück, weil dieser durch eine kleine Wendung sein Leben so schillernd gegen die Sonne gehalten, daß er eine Menge Tage an *einem* verlebte, indes sonst viele hintereinander fliegende, sich deckende Zeiten des Menschen kaum eine zeigen. Heute aber blieb er zu Hause und schrieb sehr.

Das war Flitten nicht recht; zu Hause bleibende Einsamkeit war ihm wohl Würze und Zukost der Gesellschaft, aber nicht diese selber. Indes wer nicht nachahmt, wird eben nachgeahmt; Walt hatte ihm mit seinem poetischen Saus und Braus so sehr gefallen – ob er sich gleich als seine prosaische Sprech-Walze neben jenes dichterischer Spiel-Welle drehte und ihn selten verstehen oder beantworten konnte –, und dessen ungewöhnliches Anlieben und Anlegen hatte den umherfliegenden Menschen so sehr erwärmt, daß er selber mit zu Hause blieb, bloß bei ihm, ob er gleich besser als einer in der Welt voraussah, welche Gläubiger-Moskiten ihn heute stechen würden, da Mücken bekanntlich uns mehr im Stehen als Gehen anfallen. Denn ein Grundgesetz der Natur ist dies: wer nichts baut als spanische Schlösser, rechne auf nichts als spanische Fliegen, welche so gewaltig ziehen. Ein zweites Gesetz ist: man kann nicht früh genug bei einem schlechten Schuldner vorsprechen, der eben tags vorher Geld bekommen.

Es kam das gewöhnliche wütende Heer, das der Elsasser immer als ein geheiltes zurückschicken mußte, zu rechter früher Tageszeit an; und Flitte konnte es hier wie überall in der besonders dazu gewählten Audienz-Kammer empfangen, um solchem das einzige zu geben, was er hatte, Gehör. Bloß letzteres mußte wieder der Notar versagen, der eifrig-taub fortdichtete, während Flitte von weitem seine Schlachten schlug. Es lohnet der Mühe, die Feldzüge flüchtig zu erzählen, welche der Elsasser an einem Tage tat, bevor er abends das warme Winterquartier des Betts bezog. Der linke Flügel des täglich angreifenden Heeres war aus Juden geworben; und den rechten formierten Zimmer- und Pferde- und Bücher-Verleiher und sämtliche Professionisten des menschlichen Leibs und deren Fisch-Weiber; und an der Spitze zog als Generalissimus ein Mann mit einer Tratte; – die offiziellen Berichte davon sind aber folgende:

Am Früh-Morgen im Nebel griff eine Karree Juden an; leicht schlug er sie mehr mit grobem Kriegsgeschrei als feiner Kriegslist zurück und sagte nur: »sie wären nur Juden, und er habe noch nichts, und was sie weiter wollten?«

Beim Frühstück mit Walt berennte ihn ein Uhrmacher, von welchem er eine Repetier-Uhr gegen seine Zeige-Uhr und Geld-Assignate eingekauft hatte. Flitte schwur, sie repetiere schlecht, seine sei ihm ebenso lieb – auch repetiert eine Zeige-Uhr wenigstens das Zeigen –, und bot Auswechslung der Gefangnen an. Da nun der Mann die stumme schon selber verkauft hatte – Flitte freilich auch die laute –: so zog sich der Feind mit dem Verlust einer Uhr zurück.

Später sah er zu seinem Glücke aus dem Fenster und die Bewegungen des berittenen Feindes, eines Pferde-Verleihers. Er empfing ihn in der Audienz-Kammer, bekannt mit dessen einhauender Stimme und Kriegsgurgel; erstickte aber dessen Feldgeschrei durch die Dampfkugel, die er so warf: »Lieber Mann! kennt Er die Ecktanne in Kabels Wald, die eben mein Erbstück geworden samt vielem anderem, des Künftigen zu geschweigen? – Eine Mühlwelle drechselt sich daraus her! – Was brauchts Redens! Kurz, ich hatte sie schon halb einem andern versprochen; Er soll aber das Vorzugsrecht haben – schätz' Er sie – dann geb' Er nach Abzug der Schuld heraus, was honett ist – was sagt Er, mein Freund?« – Sein Feind versetzte, das sei einmal ein Wort, das Hand und Fuß habe, und räumte das Feld.

Hart hinter ihm trabte ein zweiter Pferdelieferant ein, in langem, blauen, über dem Schurzfell aufklaffenden Überrock, und schob grimmig und grüßend die Ledermütze von hinten über die halbe Stirne hinein: »Wie wirds?« fragt' er. »Finten und Quinten schlagen heute nicht an bei mir.« – »Gemach!« versetzte Flitte. »Kennt Er die Ecktanne etc.? – Eine Mühlwelle drechselt etc. – Kurz, ich hatte sie schon etc.« – Der Feind versetzte: »Ists aber Vexiererei: Gott soll – Gott befohlen!«

Mit einer harthörigen Altreißin turnierte er gefährlich, weil ihr Geschrei nur mit einem solchen empfangen werden mußte, daß Walt es vernehmen konnte. Zum Glück konnt' er einen alten vergoldeten Schaupfennig – der schon hundertmal seine Belagerungsmünze und sein Hecktaler gewesen – herausziehen und ihr hinhalten und bloß ins Ohr schreien: »Wechseln – abends 6 Uhr!« Doch feuerte sie auf dem Schlachtfeld noch lange fort, weil sie sich nie verschoß. Die weibliche Bellona ist furchtbarer als der männliche Mars.

»Nur hieher!« rief er; ein kurzstämmiger, rundbackiger, runder Apothekers-Junge kugelte sich herein. »Allhier überbring' ich als Diszipel unserer Hechtischen Offizin laut Rechnung die Rechnung für die arme Bitterlichin in der Hopfegasse, weil sich mein Herr Prinzipal bestens empfiehlt und die Heilungskosten dafür zu haben ersucht. Es ist nur von wegen unsrer Ordnung in der Offizin; denn übermorgen werde ich bekanntlich zum Subjekt gesprochen.« Vor dem sanften Feinde streckte er das Gewehr, eine halbe Pistole (auf alten Pistolenfuß), sagte aber: »Herr Hecht lässet sich seine versilberten Pillen stark vergolden. Den Geburtshelfer – richt' Ers aus – hab' ich schon saldieret.« – »Guter, guter Mann!« sagte Walt. – »Die Frau war ja in den kümmerlichsten Umständen von der Welt und heute noch; und ist nicht einmal hübsch dabei«, sagt' er.

Ungesehen war eben ein Heerbann eingerückt, *einen* Banner stark, der so anfing: »Gehorsamer! – Ein für allemal, der Mensch läßt sich in die Länge nicht hänseln. Seit Pauli Bekehrung bin ich Sein Narr und laufe nach dem bißchen Mietzins. Herr, was denkt Er denn von Unser-Einem?« – »Weiß Er wohl«, versetzte Flitte, »daß ich nur messenweise zahle und überhaupt mich gar nicht mahnen lasse, Er?« – »So?« erwiderte der Banner. »Ich und noch drei Hausherren und der Stiefelwichser haben uns schon zusammengeschlagen und die Schuld dem Armen-Leute-Hause vermacht.« – »Wahhas, ungehobeltes Pack?« sang Flitte dehnend. »Das ist mir ja recht lieb. Eben gab ich dem Hechtischen Subjekt (der Herr da zeugts) ein halbes Goldstück für die blutfremde blutarme Bitterlich; was geht sie mich weiter an?« – Hier hielt er ihm den einen, mit einem Ringe zugeschraubten vollen Beutelpol mit der Erklärung vor, der Zins sei hier für ihn schon bereitgezählt gewesen, jetzt bekomm' er keinen Deut; – worauf der Feind nach vergeblichen Einlenkungen, das Armenhaus habe nichts Schriftliches, ohne alles klingende Spiel abzog, äußerst verdrüßlich, daß der Beutel, wie bei den Türken, das Geld selber bedeutet habe.

Diesem folgte der 23ste Herr, der Territorialherrschaft über ihn ausgeübt – dem 23sten sukzedierte der 11te – diesem der fünfte – jeder, um den Grundzins, die Quatembersteuer, das Stättegeld für den Winkel seines Staatsgebäudchens einzutreiben. Groben Herren gab er nichts als die Antwort, unter ihnen sei in die Zimmer mehr der Wind als das Licht eingedrungen, die Aufwartung schlecht und die Möbeln alt gewesen. Höfliche bezahlte er für ihre Territorialrechte mit Territorialmandaten auf die zehn Erb-Stämme, mit den Bonbons der Bons. Darauf kam der Herr, der vor dem Türmer regiert hatte, ein frommer Huter, mit zwei großen grauen Locken, welche aus dem knappen Lederkäppchen vorwalleten, und bat ihn um ein Darlehn, gerade die Hälfte der Schuld. Flitte gab ihm das Geld und sagte: »Ohnehin restiere ich, entsinn' ich mich recht, noch etwas, Herr Huter.« – »Es wird sich finden«, sagt' er.

Nach dem Vesperbrot lief ein Bücherverleiher Sturm und Gefahr. Er forderte für ein Buch à 12 Groschen und 12 Bogen genau 2 Tlr. Lesegeld auf 2 Vierteljahre. Flitte hatte nämlich nach seiner Weise, keine Sache abzuborgen, die er nicht ihrer Bestimmung gemäß wieder verborgte, das Werk so lange umlaufen lassen – denn jeder ahmte ihm nach –, daß es verloren war. Umsonst erbot er sich zum Drittel, zum Kaufe; der Verleiher bestand auf Lesegeld und fragte, ob viel mehr als ein Pfennig auf die Seite komme. Selber Walt suchte den Verleiher von seinem »Eigennutzen« zu überzeugen. »Eigennützig? das verhoff' ich eben; vom Eigennutzen lebt der Mensch«, sagte der Verleiher. Flitte ließ ihn ganz kurz ab- und wild in die nächste Gerichtsstube hineinlaufen, nachdem er bloß zehn Neujahrswünsche und fünf Kalender, die er zur Auswahl gehabt und behalten, großmütig bezahlet hatte.

Kurz vor 6 Uhr wollte das Paar ein wenig in die Luft, von der Flitte am liebsten lebte: auf der Hausschwelle bebte der Pinselmacher Purzel – jüngerer Bruder des Theaterschneiders – ihnen entgegen mit einem ausgehöhlten Gesicht wie ein Hohlglas (Stirn- und Kinn-Ränder waren konvex) – das verschabte Überröckchen auf die linke Seite hinübergeknöpft – mit einem langen Fadenwurm von Zopf aus Zopfband – und wackelnd mit dem rechten Knie: »Ihro gnädigen Gnaden«, fing das Jammerbildchen an, »werden meinen Miniatur-Pinsel vorgestern herrlich und nett erhalten – Ich stehe davor, daß der Pinsel ganz vortrefflich einigermaßen – und bitte denn um das wenige, was er kostet, und auch, daß Sie mir bei dieser Gelegenheit etwas schenken.« – »Hier!« sagte Flitte zum stillen lebendigen Friedensfest, ja ruhigen Reichs-Friedensprotokoll, zu Purzel dem Jüngern.

Abends machte den Waffentanz der Cafetier Fraisse mit einem Großvatertanz aus. Er kam herauf, um höflich anzumerken, es sei seine herkömmliche Weise, Gästen aus der Stadt jeden Abend die Rechnung zur Einsicht vorzulegen, damit sie solche sähen und saldierten. Walt sah hier zum ersten Male einen französischen oder elsassischen Zorn ohne Ohren; es war ein stürzend-fortrollender Streit- und Sichelwagen, woran Flüche, Schwüre, Blicke, Hände auf- und niederschlugen und zersäbelten. Fraissen wurde das nötige Geld vor die Füße, ja an den Kopf geworfen, dann eingepackt und fluchend fortgezogen in des verreiseten Doktor Huts leeres Haus. Walt wehte durch seine niederblasenden Friedenspredigten die Flammen nur höher auf. Eine verlebte Stunde war für Flitte der einzige Epiktet.

Nro. 54. Surinamischer Äneas

Malerei – Wechselbrief – Fehdebrief

Licht und leicht flogen die Horen in Doktor Huts vielgehäusigem Hause ein und aus und holten Honig. Hier, in diesem sonnenhellen Eiland der unschuldigen Freude, sah Walt keinen höflich-groben Fraisse – hörte keinen Geld-Werber und Geld-Jäger, der das durch Kontrakte eingezäunte Wild pürscht, keinen aus den fünf (Mosis-Bücher-)Klassen der Gläubiger, die uns ewig an die Lebens-Darre und Dörrsucht erinnern – hier hört' er nur Liederchen und Sprünge; hier waren ganze Sackgäßchen aus dem *neuen* Jerusalem. Denn was aus dem *alten* teils von Juden, teils von Christen einwanderte, konnt' er nicht hören, weil Flitte sich von seinen Arsenikkönigen der Metalle, den Gläubigern, bloß in einem fernen Schmollwinkel vergiften ließ. Im ersten Stockwerke wohnte die streitende Kirche, Flitte und die Könige; im dritten die triumphierende, Flitte und Walt.

Indes brachte der Notar es doch nicht so weit, daß er gar nichts gemerkt hätte. »Ich wollt', ich wäre kurzsichtiger.« (sagt' er sich) – »Bedenkt man, wie froh und freigebig der gute Mensch schon ist in Drangsalen, und wie ers vollends wäre ohne die geringsten Qualen – denn wahrlich gewisse Menschen hätten Tugend, wenn sie Geld hätten –, und mit welcher Süßigkeit er vom Reichsein spricht: wahrhaftig, so wüßt' ich keinen schönern Tag als den, wo der arme Narr die höchsten Geldkästen und Geldsäcke plötzlich in seiner Stube stehen sähe. Wie könnten einem solchen Menschen schon die Zinsen von den Zinsen der Zinsen der englischen Nationalschuld aufhelfen!« Er fragte, warum, da alle Leiden Ferien finden, denn die eines deutschen Schuldners nie absetzen, indes in England doch der Sonntag ein Ruhetag des verschuldeten Ohrs ist, wie sogar um die Verdammten (nach der jüdischen Religion) am Sabbat, am Feste des Neumonds und unter dem wöchentlichen Gebete der Juden die Hölle erstirbt und ein sanfter kühler Nachsommer des begrabnen Lebens über die heißen Abgründe weht.

Lieblich überwallete ihm das Herz, wenn er sich das Seelenfest ausfärbte, womit er den Flötenspieler durch den Elsasser und diesen durch jenen zu beschenken hoffte, wenn er Vulten die unschuldige liberale poetische Lebensfreiheit Flittens beschwüre und diesem einen Spiel- und Edelmann zugleich zuführte: »O ich will dabei dem wackern Bruder das Bewußtsein und Geständnis, geirrt zu haben, so sanft ersparen!« sagt' er entzückt.

Immer wärmer lebten beide sich in die Woche und ineinander hinein, sie hätten die Probewoche lieber wiederholt als geendigt. Flitten war das liebende warme Wesen, womit Walt wie mit einer elektrischen Atmosphäre umgeben war, etwas Neues und Anziehendes; er konnte zuletzt schwer mehr ohne ihn aus dem Hause.

Walt machte daraus desto mehr, je weniger beide eigentlich, wie er fühlte, einander unterhalten konnten; ihre Nervengewebe hatten sich verstrickt, sie waren wie Polypen ineinander gesteckt; doch fraß jeder so auf eigne Rechnung, daß keiner weder der Magen noch die Nahrung des andern war.

Es kam der letzte Probe- und Flitterwochentag. Walt scheuete alles Letzte, jedes scharfe Ende, sogar einer Klage. Ein Ripienist von Vults Spiele im Rosenhof hatte dessen Eintreffen verkündigt. Auch der Doktor Hut wollte nachts anlangen. Einige schöne Mitternachtsröte stand ihm bevor. Flitte bat ihn, diesen letzten Nachmittag, wo sie beisammen wären, ihn zu Raphaelen zu begleiten, welche ihm heute flüchtig sitze zu einem schlechten Miniatur-Porträt für den Geburtstag ihrer Mutter: »Wir drei sind süperbe allein«, fügt' er hinzu. »Wenn ich nun male, parlier' ich wenig; und doch animiert Reden ein Gesicht unglaublich.« Ob Walt gleich wenig delikate Welt darin fand, daß man ihn als Sprach- und Reiz-Maschine vor ein Sitzgesicht aufzustellen trachtete: so folgte er doch. Er wars schon gewohnt seit einer Woche, einige Male des Tags zu erstaunen über Mangel an zärtester Denkart, sowohl auf dem Markte als in den besten Häusern, welche äußerlich einen glänzenden Anstrich und Anwurf hatten.

Mit Vergnügen kam er in dem eigenen Hause wie in einem fremden an. Raphaela lächelte beiden von der obersten Treppe herab und führte sie hastig in ihr Schreibzimmer hinein. Hier waren schon widersprechende Weine, Eise und Kuchen gehäuft. Da eine Frau leichter das Herz als den Magen eines Mannes errät: so weiß sie freilich nicht, was er abends um 4 Uhr am liebsten trinkt. Ein Bedienter nach dem andern sah durch die Türe, um einen von Raphaelens Wünschen zu holen und erfüllt zurückzubringen. Die ganze Dienerschaft schien ihre Regierung für eine goldne von Saturn zu halten; man sah einige von der weiblichen sogar im Park spazieren gehen. Die immer voller ins Zimmer hineinströmende Abendsonne und der Freudenglanz, der jedem Gesichte steht, bewarfen das Mädchen und die Situation mit ansehnlichen Reizen. Flitte war gegen Raphaela nicht die Falschheit selber, sondern ein Fünftelsaft von Wesen – nämlich ein Fünftel galant, ein Fünftel gut, eines sinnlich, eines geldsüchtig, ein Fünftel ich weiß nicht was, als sie zu Walts Entzücken gesagt hatte: »Schmeicheln sollen Sie meinem Gesichte nicht, es hilft nichts; machen Sie es nur, daß ma chère mère es wiedererkennt.« – Im Notar kroch heimlich die stille Freude herum, daß er jetzt gerade unter seinem eignen Zimmer stehe, im Hause zugleich Gast und Mietsmann, daß er ferner nicht die kleinste Verlegenheit spüre – denn Flitte war ihm nicht fremd, und über *eine* Frau war schon zu regieren –, und daß die schönsten Düfte und namenlosesten Möbel jede Ecke schmückten: »Hätt' ich aber dies sonst als Bauernsohn aus Elterlein denken sollen?« dacht' er.

Flitte zog nun das Elfenbein und das Farbenkästchen hervor und erklärte dem Modelle, je freier und belebter es sitze, desto besser glück' es dem Maler. Indes hätte sie ebensogut auf dem Nordpol sitzen können, er aber auf dem Südpol kleben: die Ähnlichkeit wär' ihm nicht anders gelungen; er, überhaupt kein malerischer Treffer, wollte nichts treffen als das, was sie anhatte. Sie setzte sich hin und verfertigte das Sitz-Gesicht, das die Mädchen unter dem Malen schneiden. Die noble masque, womit sich alsdann der Mensch überstülpen will, ist das Kälteste, wozu er je sein Gesicht aushauet, so daß seltner Menschen als ihre Büsten porträtiert werden. Dieses Gesicht heißet in weiblichen Pensions-Anstalten das Sitz-Gesicht der Mädchen; – dann kommt das gespannte Frisiergesicht – dann das essende Butterbrot-Gesicht, eines der breitesten – endlich zwei Ballgesichter, das eine, die Wetterseite, für die Putzjungfer, das andere, die Sonnenseite, für den Tänzer. Walt kam jetzt in Gang und ins Feuer, und zwar um selber zu malen, nicht um andere malen zu helfen. Er kelterte – vortrefflich genug – Auszüge aus seiner neuesten Reise um die Welt und mischte beiher ein, daß er ihre Freundin, Wina, unter der Katarakte gesehen. Unter allen Erzählern und Unterhaltern sind Reisebeschreiber die glücklichsten und reichsten; in eine Reise um 1/1 000 000 der Welt können sie die ganze Welt bringen, und niemand kann ihnen (zweitens) widersprechen. Der Notar wollte sich seiner malerischen Stärke in Sommer- und Herbst-Landschaften – Flitte lieferte die Winter-Landschaft – noch stärker bedienen und setzte zu einem wandbreiten goldnen Bergstücke der Rosenhöfer Berghörner an; – aber Raphaela war ganz entzückt davon und brachte die Rede bald auf ihre Freundin Wina, um solche allein fortzuspinnen. Sie erhob deren Reize und Handlungen mit Feuer – sie zeigte ein Mahagoni-Kästchen, worin deren Briefe lagen – sie wies die sogenannte Winens-Ecke im Winkel, wo diese gewöhnlich saß und zwischen der Park-Allee der untergehenden Sonne nachsah – sie glänzte ganz liebend und warm. – Der Notarius war ziemlich schwach bei sich; nach seinen stillen Augen zu urteilen, jubelte er laut, feierte er Bacchanalien, trieb artes semper gaudendi, lieferte Lusttreffen, sprach sich selber die Seligsprechung – ja er ging so weit, daß er sich zufällig hineinsetzte in Winas Ecke –

Der Jubel wuchs ganz. Man trank fort – in jeder halben Viertelstunde machte ein Diener die Türe auf, um einem zweiten spätern Befehle wegzufangen. Flitte wußte gar nicht, wie er auf einmal zu der Glückseligkeit gelangte, daß man so viel sprach ohne alles Langweilen zum Henker, und daß Raphaela sich so herrlich enthusiasmierte. Zufällig rückte Walt den Fenster-Vorhang, und eine Sonne voll warmer Tinten übergoß Raphaelens Gesicht, daß sie es wegkehrte; auf sprang Flitte, wies ihr ihr Sbozzo, fragte, ob es nicht halb aus den schönen Augen gestohlen sei. »Halb? Ganz!« sagte Walt aufrichtig, aber einfältig; denn sie hätte demselben Bildchen ebensogut mit dem Hinter-Kopfe und Stahlkamm gesessen. Der Elsasser gab ihr darauf einige Küsse öffentlich. Er tats vermutlich zu abrupt, dachte zu wenig daran, daß auch *erblickte* Empfindungen – so gut als *gelesene* – vor dem Zuschauer wollen motiviert sein; Walt sah eiligst in den Park und stand endlich gar auf.

»Ich wäre ja ein Satanas«, dacht' er, »ließ' ich sie nicht einander abherzen« und schlich unter einem landschaftsmalerischen Vorwand ein wenig auf sein Zimmer. Flitte machte sich, sobald er die Türe zugedrückt, vom schönen Munde wieder ans Malen desselben und punktierte fleißig. »Wie müssen jetzt die Seligen«, sagte oben Walt, »einander an den Herzen halten, und die Abendsonne glüht prächtig dazwischen hinein!« – In seine eigne Stube quoll das Füllhorn der Abendrosen noch reicher und weiter aus; dennoch standen seine verschlissenen Zimmer-Pièces (die Wohn- und die Schlaf-Kammer) im Abstich von der eben verlassenen Putz-Stube, und er maß die Kluft seines äußerlichen Glücks. Er wurde weich und wollte aus Sehnsucht, die Liebe wenigstens zu sehen, eben eilig hinunter, als Vult hereintrat. Ans Herz, ins Herz flog ihm Walt: »Ach so himmlisch«, sagt' er, »daß du jetzt eben kommst!«

Vult, mit sanfter Stimmung zurückkehrend, tat zuerst (nach seiner Gewohnheit) die Fragen nach fremder Geschichte, eh' er die nach eigner auflöste. Walt teilte frei und froh den Ablauf des Notariats-Amtes und den Verlust der siebzig Stämme mit. »Schlimm ists nur«, sagte Vult gelassen, »daß ich gerade selber verschwende und Geld verachte; sonst würd' ich dir aus Vernunft, Gewissen, Geschichte zeigen, wie sehr und wie recht ich meine Ebenbildnerei an andern, z. B. an dir, verfluche. Verachtung des Geldes macht weit mehrere und bessere Menschen unglücklich als dessen Überschätzung; daher der Mensch oft pro prodigo, nie pro avaro erklärt wird.« – »Lieber ein volles Herz als einen vollen Beutel!« sagte lustig Walt und sprach sogleich von der neuen Erbamts-Wahl und von der schönen Flittes-Woche und vom Lobe des Elsassers: »Wie oft«, beschloß er, »wünscht' ich dich her in unsere heimlichen geflügelten Feste hinein; auch damit du ihn weniger hart richten lerntest; denn dies tust du, Lieber!«

»Flitte scheint dir erhaben? ein Seelenklassiker oder so? Und seine Lustigkeit poetisches Segel- und Flugwerk?« fragte Vult. »Ich habe in der

Tat«, versetzte Walt, »recht gut seinen schönen Temperaments-Leichtsinn, der nur Gegenwart abweidet, von dem dichterischen leichten Schweben über jeder unterschieden; er freuete sich nie lange nach.« –

– »Hat er dich in deiner Probe-Woche, die du dir selber sehr gut ohne allen fremden Rat gewählt, keine bedenklichen Sprünge machen lassen, die etwa Bäume kosten?« sagte Vult. »Nein«, versetzte Walt, »aber französische Fehltritte hat er mir abgewöhnt.« Hier fuhr der Notarius fort und bediente sich der fragenden Figur, ob Flitte ihm nicht das Feinste entdecket habe, z. B. daß man nie oder selten comment fragen müsse, sondern höflicher Monsieur oder auch Madame? Hab' ers nicht gerügt, fragte Walt, als er so ganz unfranzösisch bon appetit wünschte, oder eine Kammerfrau, femme de chambre, zur Kammerjungfer machte, oder einen friseur nicht coiffeur hieß? Hab' er ihm nicht gut erklärt, warum porte-chaise dumm sei, weil man die Wahl habe zwischen einer chaise à porteur und porteurs de chaise?

»Ich glaube nicht«, sagte Vult, »daß dich diese Sprachstunden mehr kosten als den Rest des Kabel-Walds.« – »Ein Hund woll' er heißen«, sagte Walt, »schwur mir Flitte, benütz' ers. In der Rechtschreibung aber dient' ich ihm, z. B. jabot schrieb er chapeau. Ach, bekäme der Arme nur weniger Gläubiger und mehr Geld!« – »Das wird eben deine Klippe auf ihm«, sagte Vult. »Wer arm *wird* – nicht wers *ist* –, verdirbt und verderbt, und wär's nur, weil er jeden Tag einen andern Gläubiger oder denselben anders zu belügen hat, um nur zu bestehen. So feiert er jeden Tag ein Fest der Beschneidung fremder Narren. So muß auch jeder Schuldner ungemessen prahlen; er muß mit Leibnizens Dyadik die 8 (z. B. Gulden) mit 1000 schreiben. Welche Reden – jeden Tag eine andere – hab' ich oft denselben Schuldmann an seinen Faust- und Pfand-Gläubiger halten hören und seine herrliche Unerschöpflichkeit Dichtern und Musikanten gewünscht, womit er dasselbe Thema – daß er nämlich eben nichts habe – so köstlich und süß immer mit Variationen vorzuspielen verstanden!« – »Ich lasse dich erst ausreden«, sagte Walt.

»So beschoß z. B., um es kurz zu machen« – fuhr Vult fort –, »der polnische Fürst *** in W. jeden Gläubiger anders; denn ich stand dabei; gemeines tiefes Volk beschoß er teils mit dem dragon, der 40 Pfund schießt, teils mit dem dragon volant, der 32 – nämlich er war grob gegen das Grobe – Honoratioren, besonders Advokaten, denen er schuldete, griff er teils mit der coulevrine, die 20 Pfund schießt, teils mit der demi-coulevrine an, die 10 – höher hinauf gebraucht' er den pelican, der 6 – den sacre von 5 – den sacret von 4 – und gegen seinesgleichen, einen Fürsten, den ribadequin, der 1 Pfund schießt.«

»Nun«, begann Walt, »darf ich dir doch mit einiger Zufriedenheit berichten, daß der gute Mensch, weit entfernt, hartherzig zu sein, eben durch Arme selber ein Armer wird. Aus lauter guter Freude über ihn bezahlt' ich hinter seinem Rücken zwei Damenschneiderinnen; denn er selber braucht doch nur einen Herrenschneider, und zwar *einen*, so aber überall; z. B. die Bitterlich.«

Da entbrannte der Bruder – sagte, dies sei vollends der Satan, im Dezember Häuser anzuzünden, um einige Brände an Hausarme auszuteilen – niemand verschenke mehr als Personen, die man später henke – nichts sei weicher als Schlamm, der versenke – Tyrannen, solche Tränen-Räuber, sängen und klängen wie Seraphim, aber mit Recht, da Seraphim feurige Schlangen bedeuteten – und hass' er etwas, so sei es diese Mischung von Stehlen und Schenken, von Mausen und Mausern – –

»O Gott, Vult!« – sagte Walt – »kann der Sterbliche so hart richten? – Soll denn ein Mensch sich gar nicht ein wenig liebhaben und etwas für sich tun, da er doch den ganzen Tag bei sich selber wohnt und sich immer hört und denkt, was ihn ja schon mit den niedrigsten Menschen und Tieren zuletzt versöhnt, nämlich das Beisammensein? Wer nimmt sich denn eines armen Ichs von Ewigkeit zu Ewigkeit so sehr an als dieses Ich selber? – Ich weiß recht gut, was ich sage; und jeden Einwurf. Doch basta! – Nur möcht' ich wissen, wenn man wie du schon kalt und ohne Leidenschaft die armen Menschen so rauh richtet und nimmt: was dann werden soll in heftiger Hitze, wo man von selber übertreibt. Vielleicht wie mit deiner Uhr, wovon du mir sagtest, daß der Stift, bloß weil er eben und recht passe, in kalter Zeit gut tue, aber in der Hitze, weil er sich ausdehne, das Werk aufhalte.«

»Solltest du nicht getrunken haben?« – sagte Vult – »du sprichst heute so viel; aber in der Tat sehr gut.«

Nun bat ihn Walt, selber mitzutrinken und mit ihm hinabzugehen, um sich drunten mit eignen Ohren von seinem schönen Leben mit Flitte zu überreden. »Der Tollheit wegen tu' ichs«, versetzt' er, »ob ich gleich weiß, daß ich beiden bürgerlichen Narren einen Eitelkeits-Jubel über die Herablassung eines adeligen bereite; du aber mußt mich mit einer Feinheit zu entschuldigen wissen, die kaum zu schätzen ist.«

»Herr von Harnisch« – führte drunten Walt ihn ein – »fand mich in meinem Zimmer; wie sollt' ich, Demoiselle, nun mein Vergnügen schöner teilen, als daß ichs mit ihm und mit Ihnen zugleich teilte.« Er warf dies so leicht hin und bewegte sich so leicht auf und ab – auf den teils von Flitte bisher polierten Rädern, teils auf den vom Wein eingeölten –, daß Vult ihn heimlich auslachte und sich dabei ärgerte; er verglich still den Bruder mit Minervens Vogel, mit einer Eule, der der Vogelsteller gewöhnlich noch einen *Fuchs*schwanz anheftet. Das erstemal, da ein Mensch, den wir vorher als unbeholfen gekannt, uns beholfen und gewandt vorübertanzt, will er unsrer Eitelkeit durch einen Schein der seinigen nicht sonderlich gefallen.

Vult war sehr artig – sprach über Malen und Sitzen – lobte Flittes Miniatur-Punktierkunst als ziemlich ähnlich, ob die Farben-Punkte gleich so wenig als roter und weißer Friesel ein Gesicht darstellten – und lockte dadurch den Bruder, der aufrichtiger lobte, in den Ausbruch der schelmischen Zartheit hinein: »Raphaela ist ja nicht weit von Raffael.«

Als jene indes nach ihrem Trauerreglement der Lust, sich ihr Freudenöl in Tränentöpfen zu kochen, auf des Flötenspielers Musik, dann schnell auf die Blindheit und deren schönen Eindruck auf andere verfiel und sich nach seinem Augen-Stand erkundigte, unterbrach Vult sie kurz: »Das war nur ein Scherz für mich und ist vorüber ...... Herr Notar, wie können wir beide so müßig dastehen und reden, ohne zum Malen zu helfen?« – »Herr von Harnisch?« fragte Walt, ohne comment zu sagen. »Kann denn nicht einer von uns, Freund, vorlesen« – versetzte Vult – »ist nichts dazu da? – und ich dazu die Begleitung blasen? – Wie oft sah ich auf meinen Reisen, daß Personen, welche saßen, sich hoben und entfalteten, weil nichts die Physiognomie, welche der Maler auffangen will, in ein so schönes Leben setzt als eine mit Musik begleitete Vorlesung von etwas, das gerade anpaßt!« –

Raphaela sagte, sie nehme freilich ein Doppelgeschenk von Musik und Deklamation dankend an. Vult faßte einen nahen Musenalmanach – blätterte – sagte, er müsse klagen, daß in allen Musenkalendern leider der Ernst zu hart mit dem Spaß rangiere, wie in J. P ...s Werken, wolle aber Hoffnung geben, daß er vielleicht durch Töne zu diesen Mißtönen Leittöne herbeischaffe – und reichte Walten eine Elegie, mit der Bitte, sie vorzulesen und darauf unbekümmert die satirische Epistel und dann das Trinklied.

Da dieser erfreuet war, daß er seinem Feuer eine Sprache, obwohl eine nachsprechende, geben durfte: so verlas er so heiß, laut und taub das sehr rührende Gedicht, daß er gar anfangs nicht vernahm, mit welchen närrischen $^6/_8$-Takten, Ballett-Passaden, sogar mit einem Wachtelruf ihn der Bruder flötend sekundierte. Erst als er die satirische Epistel vorlas, hörte er in der Kälte einigen Wider-Ton, daß nämlich Vult dem Witze mit Lagrimosis-Passagen und einigen Silben aus Haydns sieben Worten zur Seite ging; er nahm sie aber für Überreste voriger Rührung. Dem Trinkliede nachher setzte Vult mehrere Languidos-Halte, gleichsam schwarz und weiße Trauerschneppen an. Der Widerstreit preßte den Zuhörern einen gelinden Angstschweiß aus, der eben, wie Vult fest behauptete, ein Gesicht, das sitze, beseele.

Aber plötzlich trat ein ganz anderer Miß- und Dur-Ton, der vier Fuß lang war, höflich mit dem Hut in der Hand ins Zimmer. Es kam nämlich der Reisediener des Kauf-Herrns in Marseille, bei welchem Flitte lange gewesen, und präsentierte ihm einen fälligen Wechsel, den er auf sich ausgestellt.

Flitte verlor die Farben, die er Raphaelen geliehen, und verstummte ein wenig, und wurde wieder reich an roter. Endlich fragte er den Reisediener: »warum er so spät am Verfalltage komme? Jetzt hab' er eben nichts.« Der Diener lächelte und sagte, er habe ihn vergeblich gesucht zu seinem Verdrusse, denn er müsse jede Minute fort, sobald er die Valuta habe. Flitte zog ihn aus dem Zimmer auf *ein* Wort; aber fast noch unter dem Worte trat der Fremde wieder mit gezuckten Achseln ein und sagte: »Entweder – oder –; in Haßlau gilt das sächsische Wechselrecht.« Lieber fuhr Flitte in die Hölle, welche wenigstens gesellig ist, als in die Einsiedelei des Kerkers; dennoch lief er ohne eine sanfte Miene auf und ab und murmelte fluchende Angriffe; endlich sagt' er französisch Raphaelen etwas ins Ohr. Diese bat den Reisediener so lange um Geduld, bis eine Antwort auf ein Blättchen von ihr zurück sei; es war eine Bitte an ihren Vater um Geld oder Bürgschaft.

Flitte setzte sich wieder zum Malen mit jener Folie des Stolzes nieder, wovon der Diener eigentlich den Juwel besaß. Walt jammerte leise und flatterte so ängstlich *um* den Bauer als Flitte *in* demselben und folgte jedem Umherschießen des eingekerkerten Vogels außen am Gitter nach. Vult beobachtete scharf den gewandten Diener: »Sollt' ich Sie nicht«, sagt' er, »in der Gegend von Spoleto schon gesehen haben, wovon die alten Römer, wie bekannt, die Opfer-Tiere hergeholt wegen der *weißen* Farbe?« – »Ich war nie da und reise bloß nördlich,« (sagt' er) »mein Name klingt zwar italienisch, aber nur meine Großeltern warens.« – »Er heißet Mr. Paradisi«, sagte Flitte.

Endlich kam Neupeters Antwort. Flitte sah keck mit Raphaela ins aufgehende Blatt: »Ich glaube, Du bist betrunken. Dein Vater P. N.«

Mit großem Schmerzen blickte sie sinnend auf die Erde. Der Elsasser war von oben und von unten gerädert zu einem organischen Knäul und sann, wiewohl ins Blaue hinein. Paradisi trat höflich vor Raphaela und bat um Vergebung, daß er sie und die Gesellschaft in der schönen Stunde des Malens unterbrochen habe; »aber«, beschloß er, »Herr Flitte ist in der Tat ein wenig mit schuld.« – »O sacre!« sagte er, »was bin ich?« – »Sie kommen«, fragte Raphaela, »aus Norden wieder hiedurch? und wann?« – »In sechs Monaten, aus Petersburg«, sagte der Reisediener. Darauf blickte sie ihn, dann den Notar mit feucht-bittenden Augen an. »O, Herr Paradisi!« (fuhr dieser heraus) »ich will ein Wort mit wagen – ein Kriegszahlmeister, den Herr Flitte im Reichs-Anzeiger auffodert, muß ihn dann gewiß bezahlt haben –« – »Lassen Sie denn keine Bürgschaft bis zu Ihrer Rückkehr zu, edler Signore?« fragte Raphaela. »Herr Harnisch!« sprach sie und zog ihn in ihr Schlafzimmer. »Nur auf *ein* Wort, Herr Notar!« sagte Vult. »Gleich!« versetzte Walt und folgte Raphaelen.

»Ach guter Harnisch«, fing sie leise an, »ich bitte Sie mit Tränen – ich weiß, Sie sind ein edler Mensch und lieben den armen Flitte so aufrichtig – denn ich weiß es von ihm selber – Und er verdients, er geht Freunden durchs Feuer – Mit diesen meinen Tränen ....« Aber ein nahe laute Trommelschule von Kriegs-Anfängern, ein taub-stumm-machendes Institut, zwang sie unwillig innezuhalten. Er blickte ihr unter der Lärmtrommel in die großen runden Regen-Augen und nahm ihre weiße Wachs-Hand, um etwan durch beides ihre Bitte zu erraten. »Mit Wonne tu' ich alles« – rief er im wohlduftenden Kabinette voll Abendsonnen und roter Fenstervorhänge, voll Amor und Psychen und vergoldeter Standuhren mit herübergelegten Genien –, »weiß ich nur *was.*«

»Ihre Bürgschaft für Herrn Flitten« (fing sie an), »sonst muß er heute noch ins Gefängnis; – hier in Haßlau, ich beteure Ihnen, borgt und bürgt für ihn kein Mensch, selber mein lieber Vater nicht. – O wäre meine Wina da; – oder hätt' ich mein Nadelgeld noch ....« –

Sie schlug ihren weißen Bettvorhang auf die Seite und wies ihn oben auf die kurze Furche des blendenden Deckbettes mit den Worten: »da liegt er stets am Morgen, der holdselige Wurm, den ich ernähre, ein Soldatenkind – aber ich bürg' Ihnen für alles.« – »Herr Notarius Harnisch«, rief Vult aus dem Malerzimmer, »Sie sind hier nötig!« –

»Ich bin in der Tat selig« (sagte Walt und faltete die gehobnen Hände) – »Auch jene teuren Spielwaren dort auf dem Tisch schafften Sie für Kinder an?« – »Ach ich wollte lieber, ich hätte das Geld noch«, sagte Raphaela. – »Mit welcher Gesinnung ich Herrn Paradisin Bürgschaft leiste – denn ich leiste sie –, brauch' ich wahrlich Ihnen in solchem Zimmer nicht auszusprechen; glauben Sie mir!« sagt' er. Sie stürzte aus einer von ihr halb angesetzten Umarmung zurück, drückte die Hand und führte ihn daran heiter in die Gesellschaft zurück, der sie alles meldete. Der Reisediener dankte dem Mädchen lange und verbindlich, kam aber mit einer feingekleideten Frage über des Bürgen Rückbürgschaft zum Vorschein. Sie schrieb hastig eine Bitte an ihren Vater, den der Diener längst für solid gekannt, damit er diesen über Walts künftige Reichtümer belehre und bewähre. Paradisi ging handküssend damit ab und versprach, wiederzukommen.

Vult bat freundlich den Notar um einen Augenblick auf seinem Zimmer. Auf der Treppe dahin sagte er: »Himmel, Hölle! Rasest du? – Öffne nur hurtig! – Eile, fleh' ich! – O Walt, was hast du heute gemacht im Schlafzimmer! – Dreh' nicht – es ist Brot im Schlüssel – Klopf' ihn aus – Ist denn der Mensch ewig ein Hund, der zu passen hat? – Was hast du darin gemacht! – Wieder ein Ebenbild von dir; – wenn nun Feuer wäre! – Aber so bist du überall ... Ein Ebenbild wäre mir daraus wahrlich lieber entgegengehüpft als du selber – Gottlob!« Die Stube war offen. Walt begann: »Ich erstaune ganz.« – »Du merkst also nicht«, sagte Vult, »daß alles ein vom Satan gedrehter Fallstrick ist, womit sie dich Herrn Bürgen würgen und in den Fußblock schnüren, damit du dich ihnen nach der dummen Testamentsklausel[1] so lange verzinsest, als du sitzest?« – »Ich fürchte nichts«, sagte Walt. – »Du hoffest wohl«, versetzte Vult, »der alte Kaufmann werde dir den Kredit schon abschneiden, daß man deine Bürgschaft gar nicht an-

[1] In der neunten steht ausdrücklich: »Tagreisen und Sitzen im Kerker können nicht zur Erwerbzeit der Erbschaft geschlagen werden.«

nimmt?« – »Das verhüte der Himmel!« sagte Walt. – »Du verbürgst dich?« – »Bei Gott!« schwur Walt.

Der Flötenspieler sank jetzt steilrecht und versteinert auf den Stuhl, starrte waagrecht vor sich hin, jede Hand auf eines von den aufgesperrten, rechtwinklichten Knien gelegt, und wimmerte eintönig: »Nun so erbarms denn Gott und wer will! Das sind also die Garben und Weinlesen, die ich davontrage nach allem Anspannen und Hiersein! Und der Teufel hauset, wie er will! Das ist der Lohn, daß ich wie der Rumormeister bald hinten, bald vornen im Heere ritt bei jedem Unfug. – – Nu so schwör' ich, daß ich tausendmal lieber einem Schiffsvolk mitten im Sturm auf einem Schaukel-Schiffe den Bart abnehmen will, als einen Dichter sauber scheren, den alles bewegt und erschüttert. Lieber den Brocken hinauf will ich als hinterster Leichenträger im Wedel-Mantel eine Leiche tragen und nachstemmen, als einen Poeten geleiten und fortschaffen hinauf und hinab; denn dem redlichen, nicht ganz viehdummen Bruder glaubt der Poet weniger als weichem Diebsgesindel, das ihn umstellt und mit Füßen tritt wie ein Töpfer den Ton, um ihn zu kneten.«

»Ich muß dir gestehen« – erwiderte Walt sehr ernst –, »daß der weichste Mensch zum erstenmal hart werden könnte gegen einen harten, der über die Menschen stets ungerecht richtet.«

»Wie gesagt« – fuhr Vult fort –, »das tut er nicht, der Poet. Vergeblich reitet ihm ein leiblicher Zwillingsbruder, wie dem Suworow ein Kosak, nach und hat den leichten Nachtstuhl für ihn am Halse hängen, so daß er sich nur setzen brauchte aufs Gestelle – er tuts nicht, sondern er zeigt sich – und mehr dazu – der Welt –«

»An Menschheit glauben«, versetzte Walt, »an fremde und eigne – durch sein Inneres ein fremdes ehren und kennen – das ists, worauf das Leben und die Ehre ankommt; alles übrige hole der Henker. Wie, größere Leute haben in größeren Gefahren auf Leben und Tod vertrauet, ein Alexander hat sein Schein-Gift während der Brief-Lesung seines Arztes getrunken; und ich sollte den heißen Tränen eines menschenfreundlichen Mädchens nicht glauben? Nein, lieber nehm' ich diesen Stab, der ein Bettelstab ist, und gehe damit, so weit mich meine Füße tragen ...«

»Weiter kann auch kein Bettler« – sagte Vult – »aber du unterbrichst. So daß also, will ich nur noch zusetzen, die Alten nicht ohne Anspielung dem Gotte der Dichter einfältige junge Schafe geopfert. – Daher ein Reichs-Hofrats-Schluß jeden, der einen Band Gedichte bei Trattner verlegen lassen, sofort pro prodigo erklären sollte, da er in Betracht seiner ewigen göttlichen Apollos-Jugend von fünfzehn Jahren zu bürgerlichen Handlungen, z. B. Schenken unter den Lebendigen, nicht fähig ist, welche Volljährigkeit befehlen ..... Nun aber einmal gelassen, Bruder! Was ist denn das für ein Leben dahier, zum Sakrament? – Aber ganz ruhig! Vater, Mutter, Zwillingsbruder willst du Leuten opfern, von denen ich – nichts weiter sage?

Bedenk alles – siebzig eben gefällte Notariats-Bäume – eine so unerwartete Verkettung so vieler Ketten – manche deiner Irrsale auf dem Weg nach Rosenhof – und in der Tat bist du auch heute ganz ..... belebt durch den Wein. – Am Ende fliegst du wohl gar mit Sperber- und mit Weihes-Fittichen um das Brautherz der Sitzerin, Fuchs, und brauchst den Pinsel-Bräutigam nur zum Lockvogel, du Raub- und Spaßvogel! Doch du wirst rot. Was Raphaelens Tränen anlangt – glaube mir, *die Weiber haben größere Schmerzen als die, worüber sie weinen*!«

»Gott, wie desto trauriger!« rief Walt. »Weiber und Müller«, sagte Vult, »halten versteckte Windlöcher, damit Mehl für sie verstäube, wenn der andere mahlt.« –

»Meinetwegen!« sagte Walt. »Ich gab einem Frauenzimmer mein Wort. Ich bürge. Gott dank' ich nur, daß er mir eine Gelegenheit bescherte, das Vertrauen zu zeigen, das man zu den Menschen haben soll, will man nicht das eigne verlieren. Soll es aber sein – laß mich reden in dieser Stunde –, daß kein Gefühl mehr wahrsagt, soll der Glaube und die Liebe bluten und verbluten: o so freu' ich mich, daß ich die Wunde nur empfange, aber nicht schlage. Ich bürge entschieden. Vater-Zorn – aber kennt er in seiner Dorf-Welt meine höhern Verhältnisse? – und Mutter-Zorn – und Kerker und Not: es brech' ein; ich bürge. Zürne du. Ich bürge und gehe hinab.«

Vult hielt ordentlich noch an sich, ganz bestürzt und aus dem Sattel gehoben von Walts Sprüngen, der jetzt immer weniger zu regieren war, je mehr er ihn stach und trieb – vielleicht, weil der sanfteste Mensch, sobald man seiner Freiheit, statt zu schmeicheln, droht, *spornstetig* [1] wird –: »Du gehst«, sagte Vult, »(ich bitte dich gewiß ruhig) gehe bloß in dich. Fahre nicht, wie ein geblendeter Vogel, gerade in die Höhe! Kehr um. Ich flehe dich, Bruder!« – »Und müßt' ich gleich ins Gefängnis, ich hielte Wort!« sagt' er. – »Verschimmle da«, sagte Vult; »ich wehr' es nicht; nur aber die klärste Vernunft und Billigkeit behalt' ihr Recht – nur das Gesindel triumphiere nicht – Am Ende wird noch dazu erfahren, daß ich mit dir verwandt bin, und ich werde so verflucht ausgelacht als einer von uns – Freund, Bruder, höre, Teufel!«

Er ging aber. »O du wahrer Linker [2]!« (sagte glühend der Flötenist) »Doch zusehen will ich dir unten, wie du vor meinen Augen die Wintersaat zur herrlichsten Sommer-Ernte von Distelköpfen für Finken aussäest!«

Als sie eintraten, fanden sie das Liebes-Paar allein, der Reisediener war noch nicht zurückgekommen zu Vults Verdruß, der oben manche Reden lange gesponnen hatte, um versäumen zu lassen. Walts Gesicht glühte bewegt, auch die Stimme; dabei warf er Blicke auf Vult in Angst, dieser werde

[1] So sagt man von Pferden, welche das Spornen zu nichts bringt als zum Stehen.

[2] So hießen in Elterlein bekanntlich die adeligen Insassen.

grob. Aber gegen alles Erwarten war der Flötenspieler eine Flöte; er schauete so unbefangen an und sprach so sanft. »Malen Sie ganz lustig weiter«, sagte Vult zu Flitten. »Darüber kann wohl jeder sein Lied singen, über dergleichen Bußtexte; manche besitzen ganze Liederbücher. Ich habe selber einmal in diesem Gesange der drei Männer im Feuer auf eine Weise eine Stimme gehabt, daß ichs beinah' hier zum besten geben möchte, wenn ich wüßte, daß es uns zerstreuete. Ich entsinne mich nämlich noch sehr wohl, daß ich vorher in London eine Zeitlang in einer Sakristei wohnte und nachts den Kniepolster des Altars als Kopfkissen unterhatte, weil mir die Gelder ausblieben, die ich aus Deutschland bezog. Nicht ganz reich, noch weniger bequem kam ich mit noch sechs Emigranten auf der Post nach Berlin, aber nicht blind, sondern samt unserer ganzen geldersparenden Gesellschaft für ein einmänniges Postgeld. Einer nämlich ließ sich stets einschreiben, welcher zahlte und öffentlich vor der Welt einsaß. Draußen stieg einer um den andern von uns auf, nach der ancienneté der Müdigkeit, indes die übrigen Deutschlandsfahrer neben dem Wagen auf beiden Seiten mitgingen; so daß vor dem zweiten Posthaus immer ein anderer Passagier absprang, als vor dem ersten aufgesprungen war. Die deutschen Posten fahren immer so gut, daß man schon mit fortkommt zu Fuße. In Berlin selber fuhr ich, weil mir die Gelder ausblieben, die ich aus England bezog, noch viel härter. Vom einzigen Berge da, monte di pietà, hatt' ich Aussicht; in großen Städten mietet man sich alles, Häuser, Pferde, Kutschen, böse Frauen, besonders aber zuerst Geld. In letzterem ging ich weit. Schulden führen wie andere Silber-Pillen erst den Morgen darauf, wenn man ausgeschlafen, das ab, was man noch hat. Eine Figurantin bei dem Ballett, welche ich heiraten wollte, weil sie die Unschuld selber war und folglich solche nie verlieren konnte, steigerte das Leid ohne Beileid, die Schulden, noch höher, weil wir die Flitter- und Honig-Wochen vor der Ehe abtaten, damit diese nachher ungestört aus *einem* Stück gemacht wäre; Flittern und Honig wollen aber gekauft sein. Wie wir freilich liebten, sie im bessern Sinne Figurantin, ich Figurist, mit welchen Konfigurationen – davon ist kein anderer Zeuge mehr da – denn sie wollte kein bloßes Bruststück – als ihr Herzgrubenstück, das ich in einer Ferne von sechs Schuhen malte, indem ich nämlich, selber ein lebendiges Kniestück, die niedrigen Beine aus Ehrfurcht hinter mich oder meine Schenkel zurückwerfend, vor ihr stand auf den bekannten Scheiben der Kniee. Ärzte haben oft bemerkt, daß plötzliches Erschrecken den Körper und dessen Finger so frostig-knapp einziehe und einklemme, daß Ringe, die letztern sonst nicht abzuschrauben waren, von selber abglitten. Es sollte mir so gut werden, etwas Ähnliches zu beobachten. Das gute Tanz-Wesen erschrak so fürchterlich, als ich nachher beschreiben werde, den 7. Februar im Karneval. Ich stieß bei ihr vorher meine gewöhnliche Anzahl Seufzer in einer Minute aus – nämlich vierundzwanzig, wovon, weil man in einer nur zwölfmal atmet, die Hälfte aus-, die

Hälfte eingezogen wird –, tat die alten Wünsche, ich möchte meinen Seufzern Luft machen können, als ob ein Seufzer aus etwas anderm bestände, und rief endlich im Feuer aus: ›Wieviel, du Kostbare, bin ich Berlin *schuldig*, daß ich dich kennen lernte, Unbezahlbare‹: – als plötzlich bei diesen Worten, wie bei Stichworten, meine ganze Dienerschaft von Lakaien und meine ganze Herrschaft von Hausherren an der Spitze eines Jockeis hereindrangen auf mein Theater – leider keines, worauf meine Kebsbraut sprang – und Dinge von mir verlangten, die ich natürlich nicht bewilligen konnte. Meiner Geliebten – die weniger darauf vorbereitet war als ich – entglitschte vom erschrocknen erkälteten Ringfinger unser großer Ring der Ewigkeit, und sie sagte im Schrecken ohne Bewußtsein verflucht grob: ›Herr von Lumpenhund!‹

Wer in Berlin war, wundert sich gar nicht, sondern weiß, wie man da zuweilen angeredet wird, wenn man zwar von Stand und folglich nicht zu bezahlen ist, aber auch nicht zu bezahlen hat. Ich mutmaße, ich wäre damals gestorben in der Friedrichs-Straße, wär' ich nicht zu meinem Glücke erkrankt an einem hitzigen Fieber. Die Krankheit – weniger der Arzt – rettete mich. Sie, Herr Flitte wurden, hör' ich, von der *Ihrigen* auf dem Turm durch die Kunst gerettet; wahrscheinlich also eine ganz andere als die meinige. Mein Fieber organisierte mich so sonderbar, daß mir nicht nur die alten Haare ausfielen – bloß zu einem Titus behielt ich schwachen kurzen Pelz –, sondern auch die alten Ideen, vorzüglich verdrüßliche.

Platner bemerkt recht gut – so wie den teleologischen Vorteil davon –, daß das Gedächtnis des Menschen das Süße weniger fahren lasse als das Bittere.

Mit mir – obwohl nicht vom Krankenlager – standen meine Gläubiger auf. ›Trefflicher Herr Musikhändler Rellstab! – mein Bedienter versichert, Sie hießen so –‹ (sagt' ich zu dem bekannten Manne, meinem starken Gläubiger, ›eben mach' ich mich vom hitzigsten Fieber von der Welt auf und habe alles, 100 000 Dinge, ja den Namen vergessen, den ich gewöhnlich unterschreibe. Erklären läßt sichs gut genug aus Physiologie, aus Schweißen, Fieberbildern und Ermattungen; aber verdrüßlich ists für einen Mann wie ich, der gern seine Nota von Musikalien abführt, und dem doch alles entfallen. In dieser Not bitt' ich Sie, so lange zu warten, bis ich mich der Sache entsinne, guter Rellstab; dann, wahrlich, haben Sie Ihr Geld auf der Stelle im Hause, was sich im anderen Sinne ohnehin versteht.‹

Darauf erschien der erste Theaterschneidermeister und Garderobier und ersuchte mich um das Seinige. Ich antwortete: ›Lieber Herr Freytag – denn Sie sind, höre ich, ein Namensvetter des heutigen Karfreitags –, entfährt jedem Schuldner soviel auf dem Krankenbette als mir (z. B. etwa den Blutschuldnern, Ehrenschuldnern), so ists schlimm für Gläubiger. Denn mir für meine Person ist rein alles entfallen, was ich schuldig bin; – Sie werden mir kaum glauben, wenn ich Sie an meine Krankenmatratze führe, wo ich so geschwitzt und gefiebert, daß ich nichts behalten habe. Münzen helfen hier wenig ohne Gedächtnis-Münzen; es ist aber betrübt, Rellstab.‹

Er heiße Freytag, sagt' er. ›Das hole der Teufel‹, sagt' ich, ›brauch' ich auch gar einen Kor-Repetitor? Nun, ich will nicht vergessen, mich zu erinnern.‹ –

Der Kammerherr Julius ..... trat ein und wünschte zu meiner Genesung sich sowohl Glück als die zwanzig Friedrichsd'or Spielgeld von mir. ›Ich soll Sie kennen‹, sagt' ich. – ›Quoddeusvult? – Ich hoffe, du verstehst mich‹, sagt' er. – ›Entschieden!‹ sagt' ich. ›Aber du erschrickst; denn wenn ich weiß, ob ich mehr dir oder dem Mann im Mond oder dem Großwesir Spielgeld schuldig bin: so will ich nicht krank gewesen sein. Recht hast du gewiß; aber sollte man sich denn nicht jedesmal, eh' man in ein hitziges Fieber verfällt, tausend Knoten ins Schnupftuch machen, um genesen manche besser zu lösen als durch das Zuwerfen des Schnupftuchs? Sprich, Kammerherr! – Paß also, bis mir die Memorie wieder aufhilft! – aber verflucht fatal, daß ihr Leute vom Hofe ganz gegen Platners Bemerkung gerade nur das Fatale (weniger fast Fatalien) behaltet. Aber wie gehts übrigens? Revue schon an?‹ – ›Wie, im Winter, Vult?‹ sagte Julius. ›Nun, du siehst es selber‹, sagt' ich. ›Was macht denn die liebenswürdige Königin? – Manches, glaub' ich, vergißt man weniger.‹ – Darauf bat ich ihn, nächstens mich zu erinnern, und wir schieden ganz gütlich.

Anders gings, als ich von der Langen Brücke in die Königsstraße wollte und mich ein gebildeter Jude aufhielt: ›Lieber Moses!‹ sagt' ich, ›böse Nachrichten! das Fieber hat mich zu einem Titus geschoren.‹ – ›Böse!‹ unterbrach der Jude; ›wenn wir Juden einen schlimmen Fürsten malen wollen, so sagen wir: das ist ein wahrer Titus! – Die Titusköpfe bauen uns kein Jerusalem.‹ – ›Sonst‹ – fuhr ich fort – ›war Hebräisch, Judenteutsch, Neuhebräisch mein Fach, samt den Hülfssprachen, dem Chaldäischen, Arabischen – alles ist vergessen durchs starke Fieber, Moses – Sonst kannt' ich meine Schuldner auf hundert Schritte, die Gläubiger auf tausend weit.‹ – ›Wechsel‹, versetzt' er, ›sind da gut‹ und präsentierte mir einen fälligen noch über der Spree« .....

Hier machte aufgeheitert Herr Paradisi die Türe auf und dankte Raphaelen sehr für ihr Blatt und warf ein höfliches Auge auf Walt. Er nahm dessen Bürgschaft an. Selten war der Notarius seliger – und unseliger gewesen. Vults parodischer, zynischer Spaß hatte ihm allein rein-bitter geschmeckt – andern nur abgeschmackt –; indes ihn das neue Glück erquickte, Flittes Entsatz und Schutzgeist zu werden. Vor Vults Ohren und Augen wurde kühn und kalt die Wechselsache vollführt und geründet, und der Flötenspieler wurde über die so frei auseinanderblühende Gegenwart bestürzt und erzürnt, obwohl heimlich; so wenig verträgt sogar der Kraftmensch fremde Stärke und Konsequenz, sobald sie mehr *wider* ihn auftritt als *für* ihn, weil jeder überhaupt vielleicht von fremder mehr zu fürchten als zu hoffen hat.

Als der Wechsel erneuert war, schied der Flötenspieler sanft von der Gesellschaft, besonders von Walt. Dieser begleitete ihn nicht. Er fragte Flitten, ob er die wenigen Stunden, die etwa seiner Probe-Woche noch abgingen, nicht in seinem eignen Zimmer verbringen dürfe. Flitte sagte freudig Ja. Raphaela drückte dankend Walten noch ihre zarte Hand in die seinige. Er ging in seine stille Stube zurück, und beim Eintritte war ihm, als wenn er in Tränen ausbrechen sollte, ob vor Freude, oder Einsamkeit, oder Trunk oder überhaupt, daß wußt' er nicht; am Ende vergoß er sie vor Zorn.

Nro. 55. Pfefferfrass

Leiden des jungen Walts – Einquartierung

Der Notarius konnte eine ganze Nacht lang weder schlafen, noch seinen Bruder lieben; sondern der Zorn war sein Traum, und das nächtliche Auftürmen zankender Gründe erhitzte ihn zuletzt dermaßen, daß er, wenn Vult sich an dessen Bett gewagt hätte, vielleicht fähig gewesen wäre, ihm zu sagen: »Ich rede nun anders mit dir, Bruder; setze dich aber nicht aufs scharfe Bettbrett, sondern mehr auf die Kissen herein!« – Unbegreiflich und unverzeihlich fand er dessen Kraft, Menschen ins Gesicht hinein zu martern, den armen Flitte und ihn selber. Schon öfters hatt' er bei der Weltgeschichte versucht, in jene mächtigen Schnee- und Gletscher-Männer, welche mitten unter dem Hasse eines ganzen Hofs und Volks heiter glänzen und gedeihen, sich so gut poetisch zu versetzen als in andere Charaktere; aber es hatte nie besondern Erfolg – er wäre ebensogut einer Statue durch den Mund ins Herz gekrochen. Ihm griff schon ein Menschen-Antlitz in die Seele, und wär' es punktiert an der Puppe eines Nachtschmetterlings erschienen, oder wächsern an der Puppe eines Kindes; er hätte beide nicht kalt eindrücken können mit dem Daumen.

Er stieg aus dem Bette in einen platt-gemähten Herbsttag; denn er wollte, wie er pflegte, lieben und der süßesten Empfindung kaum mächtig sein; fand aber nichts Brauchbares dazu, sondern nur die Zuckersäure der vorigen Zuckerinsel. Jetzt stellte er sich, da es sein erstes Zürnen war, recht dazu an. Ein Herz voll Liebe kann alles vergeben, sogar Härte gegen sich, aber nicht Härte gegen andere; denn jene zu verzeihen ist Verdienst, diese aber Mitschuld.

Darauf machte er sich auf den matten Weg aufs Rathaus, um da, wie bisher, sich für seine Erbamts-Sünden wacker abstrafen zu lassen. Der Spaßvogel Flitte, jetzt sein gestriger Unglücksvogel, war schon da – denn er hatte fast nichts auf der Erde als Zeit –; samt Paßvogeln, dem Buchhändler. Walt sah so liebegießend dem Elsasser ins Auge, als hätte dieser sich für ihn verbürgt; nie warf irgendein Fegfeuer auf den Gegenstand, der es für ihn schuldlos angezündet, vor seiner Seele irgendeinen gelben häßlichen Widerschein; vielmehr freuete er sich recht, allein im Fegfeuer zu stehen und den Fremdling rein aus den Flammen anzuschauen.

Der Testaments-Ober-Vollstrecker, Herr Kuhnold, eröffnete nach der siebenten Klausel – möchte doch jeder Leser das Testament aus dem Buche herausgeschnitten, broschiert, immer neben sich haben – *den* geheimen Artikel des Reguliertarifs, der rechtmäßig zu öffnen war. In der Tat war darin auf jeden französischen Germanismus, den Flitte von ihm an Eides Statt berichten würde, ein Tag verspäteter Erbschaft zur Schulstrafe gesetzt. Flitte erwiderte darauf, »er wisse niemand, der soviel Organ für französische Sprache besitze, sowie Kalligraphie dafür, als Herrn Walt, und er entsinne sich keines erheblichen Fehlers«. Walt griff nach dessen Hand und sagte: »o wie schön, daß ich mir Sie so immer dachte! Aber meine Freude ist nicht so uneigennützig, als sie scheint, sondern noch uneigennütziger.« Der Ober-Vollstrecker wünschte ihm erfreuet Glück – desgleichen der Buchhändler – und jener bat ihn um die Wahl des neuen Erbamtes.

Es ist sehr schlimm für diese Geschichte, daß die Welt nicht die sechste Klausel *»Spaßhaft und leicht mags«* auswendig kann, auf welcher doch gerade die Pfeiler des Gebäudes stehen. Der Notar wußte sie ganz gut, und der Buchhändler am besten. Als Walt in dem Seelen-Rausche über die schönste Rechthaberei, die es gibt – sich nämlich nicht in guten Voraussetzungen von Flitte geirrt zu haben –, nicht sogleich das Erbamt erlesen konnte, das er bekleiden wolle: trat Paßvogel zu ihm und erinnerte ihn an den Buchstaben e der Klausel, welcher sagt: »Er soll als Korrektor 12 Bogen gut durchsehen.« – »Trefflich genug!« sagte Walt, verstand und erklärte sich dazu; – in das vom Nacht-Zorne zerfressene Herz flossen die kleinsten Ergüsse menschlicher Milde balsamisch-heilend ein.

Außerhalb der Ratsstube fand er auf einmal sein Herz um- und dem Bruder wieder zugewandt; Flitte war gerechtfertigt, er selber entschuldigt, und er verzieh in Massen, bloß weil er so viel – recht gehabt. Nachdem er eilig seinem geängstigten Vater den schönen Ablauf seines Wochenamtes geschrieben hatte: so machte er sich ernsthafter an seine alte Versetzung ins fremde Ich und fragte: »Kann denn Vult seine Handlungen nach andern Grundsätzen zuschneiden als nach seinen eigenen? Und wollt' er denn anders als ich selber, eben für mich handeln? – Jeder begehrt von andern Gerechtigkeit und dann noch ein wenig Nachsicht dazu; ei gut, so geb' er andern auch beides, und das will ich tun.« Er fand zuletzt in Vults Stoßkraft eine Ergänzung seiner eigenen weichwolligen Außenseite; die Freundschaft und Ehe wird, so wie ein Fernrohr, durch Zusammensetzung erhobner und hohler Gläser gemacht.

Was half aber sein aufgetanes Herz? Niemand ging hinein. Liebesschamhaft harrte er, daß Vult nur eine Viertels-Elle von einer weißen Friedensfahne flattern ließe, um sogleich mit Liebesaugen in die fremde

Seele einzuziehen; aber nicht einen Fingerbreit davon streckte dieser aus, sondern er schickte ihm Ausschweifungen für den Hoppelpoppel ohne ein Wort dazu. Walt sandte ihm mehrere Kapitel, die er in seinem Herzenskloster um so leichter aufgesetzt, da ihn Paßvogel noch immer auf den ersten Korrekturbogen warten ließ, so wie die Stadt ihn auf irgendein Notariats-Instrument, das ihn hätte stören und bereichern können. Ihnen fügt' er bloß zwei Streckverse bei:

I

Meine ganze Seele weint, denn ich bin allein; meine ganze Seele weint, mein Bruder!

II

Ich sah dich, und liebte dich. Ich sah dich nicht mehr, und liebte dich. So muß ich dich immer lieben, ich mag nun frohlocken oder weinen tief im Herz.

Einen Tag darauf schickte ihm Vult die ausgearbeitetsten Ausschweifungen zu und gedachte des Genusses kurz, den ihm jetzt Walts Hoppelpoppel oder das Herz zuführe, da jedes Kapitel mit wahrer Kunstwärme erschaffen sei und überfeilt – und schrieb noch, er selber schreibe zwar eifriger als je, dürfe aber nicht entscheiden, wie glücklich – und schrieb weiter nichts. »Nun denk' ich« – sagte Walt zu sich –, »weiß ich recht gut, woran ich bin, ich bin fast sehr unglücklich – es ist vorbei mit dem Himmel, der sich hier auftat für mein Armen-Auge – Auf ewig ist mir der Bruder begraben und eingesenkt – Tritt er etwan einmal vor mich, so, weiß ich wohl, ist sein Antlitz grimmig verzogen, und mich wird schaudern durch mein Herz. O mein Bruder, wie schön war es einst, als ich dich noch umarmte und zwar weinen mußte, aber ganz anders!«

Darauf schrieb er wieder ein gutes Kapitel am Romane, schickt' es ihm mit folgendem, hier ganz mitzuteilendem Briefe:

Bruder!
Hier! – – – – – – – –

Dein Bruder
G.

Vult versetzte nichts darauf. Gottwalt erzürnte sich nach der Tertien-Uhr; dann hatt' er wieder lieb nach der Turm-Uhr. Nur die Träume drangen mit ihren greulichen aufgerissenen Larven in seinen Schlaf, jede mußte wie ein Bruder aussehen, der ihn marterte auf einer unabsehlichen Folterleiter, auf der er ausgespannt lag von Stern zu Stern.

An einem November-Nachmittage ging er in das Wirtshaus zum Wirtshaus, wo er ihn, wie bekannt, nach einem langen Lebens-Winter gefunden hatte, wie einen Mai. Der herrnhutische Wirt prügelte eben, da er eintrat, die Wirtin aus dem Gasthofe hinaus, warf ihr seinen Jungen nach und schrie: wär' er kein Christ, so würd' er sie anders behandeln; so eben zähm' er sich, und kein böses Wort komme aus seinem Maule. Walten kannt' er gar nicht mehr, als dieser um das vorige, jetzt zugemauerte Oberzimmer anhielt, wo er im Juli geschlafen hatte. Teils Würste, teils Flachs auf Stroh waren darin auseinandergebreitet. Er entfloh auf den herrnhutischen Gottesacker, wo er einstens, als die Sonne unter- und der Bruder aufging, so froh und so neu geworden. – Aber die Bäume waren, anstatt begrabne Gerippe laubig zu bedecken, selber steilrechte geworden – dabei schneiete es regnerisch – mehr das Gewölke als die Sonne ging unter – und Abend und Nacht waren schwer zu sondern. Der Notarius sah aus wie der eben regierende November, der, noch weit mehr dem Teufel als dem April ähnlich, nie ohne die verdrüßlichsten Folgen abtritt.

Von da trug er sich verarmet – fern von jenem reichen Morgen, wo er neben dem reitenden Vater zu Fuße hergelaufen – zurück in die Stadt. Als er über die kalt wehende Brücke ging und nichts um ihn war als die öde dunkle Nacht: so flogen zwei dicke Wolken auseinander – der helle Mond lag wie eine Silberkugel einem weißen Wolkengebürge im Schoß, und der lange Strom wand sich erleuchtet hinab. Auf dem Wasser kam etwas herabgeschwommen wie ein Hut und ein Ärmel. »Geht es durch die Brücke unter mir durch«, sagte Walt, »so nehm' ichs für ein Zeichen, daß auch mein Bruder so von mir dahin geht; stößt es sich an die Pfeiler, so bedeutet es etwas Gutes.« Er fuhr zusammen, da es unten wieder hervorkam; endlich fiel ihm ein, daß wohl gar ein ertrunkener Mensch unter ihm ziehen könne, ja Vult selber. Er sprang herunter ans Ufer herum, wo sich das schwimmende Wesen in eine Bucht voll Buschwurzeln verfangen hatte. Mühsam und zitternd hob er mit seinem Stabe einen leeren Ärmel, dann noch einen und darauf gar noch einige auf, bis er sah, daß das Ganze nichts sei als eine ins Wasser geworfene, von der Jahrszeit abgedankte – Vogelscheuche.

Aber ein Schauder dauert länger als sein Anlaß oder Irrtum; er ging, noch sorgend für den Bruder, in dessen Wohngasse, als seine Flöte schon von ferne herauftönte und wie die Flut alle die offnen rauhen Klippen der Welt mit *einem* weichen Meer zudeckte. Der elende November, der herrnhutische Wirt, die Vogelscheuche und die leere Ebbe des Lebens gingen nun unter in schönen Wogen. Walt trat, weils finster war – denn am Tage schauete er nur die lange Gasse hinab –, dicht vor Vults Haus, obwohl in die Monds-Schatten-Seite. Er drückte den Türdrücker wie eine Hand, weil er wußte, wie oft ihn die brüderliche mußte angefaßt haben. Vult, dies merkte er aus dem Schatten und dem Lichtschimmer gegenüber, mußte mit dem Notenpulte nah' am Fenster stehen. Als wieder ein langer Wolkenschatte die Gasse heraufflog: schritt er querüber und guckte hinauf und sah hinter dem erleuchteten Notenpulte das so lange begehrte Gesicht; und weinte bitter. Er ging an ein großes rotes Tor seitwärts, worauf Vults Schattenriß, aber greulich auseinandergezogen wie ein angenagelter Raubvogel, hing und küßte etwas vom Schatten, aber mit einiger Mühe, weil sein eigner viel verdeckte.

Gern wär' er jetzt zu ihm hinaufgegangen mit der alten Bruder-Brust an sein Herz; aber er sagte: »Blies' ich selber droben, o so weiß ich alles wohl – nein, es gäbe für mich kein fremdes Herz; aber er ist fast immer das Widerspiel seines Spiels und oft fast hart, wenn er sehr weich dahinflötet. – Ich will ihn in seiner Geister-Lust nicht stören, sondern lieber manches zu Papier bringen und morgen schicken.«

Er tats zu Hause, die Flötentöne des Bruders fielen schön in das Rauschen seiner Gefühle ein – er versiegelte einen geistigen Sturm. Er legte dem Sturm zwei Polymeter über den Tropfstein bei, dessen Säulen und Bildungen bekanntlich aus weichen Tropfen erstarren.

Erster Polymeter

Weich sinkt der Tropfen im Höhlen-Gebirge, aber hart und zackig und scharf verewigt er sich. Schöner ist die Menschen-Träne. Sie durchschneidet das Auge, das sie wund gebiert; aber der geweinte Diamant wird endlich weich, das Auge sieht sich um nach ihm, und er ist der Tau in einer Blume.

Zweiter

Blick in die Höhle, wo kleine stumme Zähren den Glanz des Himmels und die Tempelsäulen der Erde spielend nachschaffen. Auch deine Tränen und Schmerzen, o Mensch, werden einst schimmern wie Sterne und werden dich tragen als Pfeiler.

Vult antwortete darauf: »Mündlich das übrige, Lieber! Wie mich unser so wacker gefödertes Schreiben freut, weißt du besser als ich selber.« – »So hol' ihn der Henker«, sagte Walt, »ich habe mehr eingebüßt als er, denn ich lieb' ihn ganz anders.« Er war nun so unglücklich, als es die Liebe auf der Erde sein kann. Er webte – ganz entblößt von Menschen und Geschäften – seinen Roman fort, als das einzige dünne leichte Band, das sich noch aus seiner Stube in die brüderliche spannen ließ.

An einem Abende, als der ausgewachsene reife Mond gar zu hell und lösend schien, bedacht' er, ob es denn nicht schicklich sei, ordentlich Abschied zu nehmen. Er schrieb folgendes Briefchen:

»Empfange mich nicht übel, wenn ich diesen Abend um 7 Uhr komme. Wahrlich, ich nehme nur Abschied; alles wird auf der Erde ohne Abschied auseinandergestürmt; aber der Mensch nimmt seinen von einem Menschen, wenn er kann, wenn kein Meer-Sturm, wenn kein Erdbeben die Seelen-Nächsten plötzlich zerwirft. Sei wie ich, Vult; ich will dich nur wiedersehen und dann nicht länger. Antworte nur aber nicht; weil ich mich fürchte.«

Er bekam auch keine Antwort und wurde noch furchtsamer und trauriger. Er ging abends, aber ihm war, als sei der Abschied schon vorbei. In Vults Stube war Licht. Welche Bürde trug er die Treppe hinauf, nicht um sie oben abzuladen, sondern zu verdoppeln! Aber niemand sagte: komm herein! Das Zimmer war ausgeleert, die Kammertüre offen – auf einem Stalleuchter wollte ein sterbendes Licht verscheiden – die Bettstelle beherbergte, gleich einer Scheune, nur fatales Stroh – verzettelte Papier-Späne, Brief-Umschläge, zerschnittene Flöten-Arien bildeten den Bodensatz verlaufener Tage – es war das Gebeinhaus oder Gebeinzimmer eines Menschen.

Walt dachte im ersten Unsinn des Schreckens, Vult könne, wenn nicht damals, doch später, im Wasser gelegen sein, und griff alle Papier-Reliquien mit groß tropfenden Augen halb unbewußt zusammen. Auf einmal rief die baßstimmige Frau des Theaterschneiders herauf, wer droben umtrabe. »Harnisch«, versetzt' er. Da fuhr sie die Treppe herauf und schalt: das sei Harnischens Stimme nicht. Als sie ihn gar im Finstern sah – denn er hatte das sterbende Licht getötet, weil jede Nacht besser ist, so wie der Tod besser als Sterben –, so mußt' er sich mit der Theaterschneiderin in ein anzügliches Hand-, nämlich Wortgemenge über seine Diebs-Tendenzen einlassen und zuletzt über sein Lügen. Denn er hatte sich in der Eile für Vults dasigen Bruder ausgegeben und doch gefragt, wohin Vult gekommen sei.

Verworren und gescholten wanderte er seiner Stube zu und schlich auf den Treppen voll Lichter und Leute – der Hofagent gab einen tanzenden Tee – gebückt hinauf.

Da fand er sein Zimmer aufgetan und einen Mann darin mit Hämmern arbeitend, um sich gut einzurichten in seiner neuen Wohnung. Es war Vult.

»Erwünschter« – sagte Vult und nagelte an einer Theaterwand fort – »Aber guten Abend! Erwünschter, meint' ich nämlich, kann mir nichts kommen, als du endlich kommst. Schon seit Schlag sieben vexier' ich mich ab, um alles aufs beste aufzustellen und etwa so einzurichten, daß keiner von uns nachher brumme oder grunze; unterstütze mich aber dabei, bei der gemeinschaftlichen Einrichtung, und hilf! – Du siehst mich so an, Walt?« –

»Vult? – Wie? – Sprich nur!« (sagte Walt) »Es könnte doch etwas Himmlisches sein! Und sei nur von Herzen willkommen!« Hier lief er mit Kuß und Umhalsen an ihn; Vult konnte aber, da er in der einen Hand den Nagel hielt, in der andern den Hammer, nichts dazu ablassen als Gesicht und Hals und antwortete: »Die Hauptsache ist wohl, daß du jetzt ein vernünftiges Wort darüber hören lässest, wie die Sachen zu traktieren sind für beiderseitige Lust. Denn ist einmal alles festgenagelt: so änderts der Mensch ungern. Mich deucht aber, so besitzest und beherrschest du gerade das eine Fenster und fast drüber, und ich das andere; ein drittes fehlt.«

»Ich weiß wahrlich nicht, was du vorhast, aber mache nur alles und sage dann, was es ist«, sagte Walt. »So muß ich dich gar nicht verstehen«, versetzte Vult, »oder du mich nicht. Solltest du kein Briefchen von mir erhalten haben?« sagte Vult. – »Nein«, sagte er.

»Ich meine das heutige«, fragte jener fort, »worin ich schrieb, ich würde dein Schweigen für ein Ja auf meine Bitte nehmen, daß wir doch möchten zusammen wie ein Vögelpaar *ein* Nest oder Quartier bewohnen, dieses nämlich? Wie?« – »Nichts!« (sagte Walt) – »Aber du willst dies? O warum traut' ich denn deinem Gemüte weniger? Gott züchtige mich dafür! O wie bist du!«

»In diesem Falle muß ich das Blatt noch in der Tasche tragen.« (versetzte Vult und zog es hervor) – »zuvörderst müssen wir aber unsern Stuben-Etat für den Winter ins reine und aufs trockne bringen; denn, Freund, leichter verträgt sich ein Simultaneum von Religionsparteien in einer Kirche als eines von Zwillingen in einer Stube, wie sie denn schon als kleine Kraken nicht einmal im Mutterleibe es ein Jahr lang ausdauern, sondern sich sondern. Mein Wunsch ist allerdings, daß die Feuermauer, die ich zwischen uns Flammen gezogen – und die Bühnenwand langt zum Glück so nett –, uns körperlich genug abtrenne, um uns nicht geistig zu trennen. Die Scheidewand ist auf deiner Seite mit einer schönen Reihe Paläste übermalt, auf der meinigen ist ein arkadisches Dorf hingeschmiert, und ich stoße nur dieses Palast-Fenster auf, so seh' ich dich von meinem Schreibtische an deinem. Reden können wir ohnehin durch die Mauer und Stadt hindurch.«

»Das ist ja köstlich«, sagte Walt.

»Wir arbeiten dann in unserm Doppel-Käfig am Hoppelpoppel Tag und Nacht, weil der Winter für Autoren und Kreuzschnäbel die beste Zeit zum Brüten ist und wir darin und die schwarze Nieswurz (was sind wir anders als Nieswurz der Welt?) im Froste blühen.«

»O herrlich«, sagte Walt.

»Denn ich muß leider bekennen, daß ich bisher aus einer Ausschweifung in die andere, nämlich aus spaßhaften in reelle geraten und in der Tat wenig gegeben. So aber werden wir beide schreiben und dichten, daß wir rauchen; – nur für Bücher und Manuskripte wird gelebt, nämlich von Honorarien. – In vierzehn Tagen, mein guter Freund, kann schon ein sehr hübscher Aktenstoß an einen Verleger ablaufen vom Stapel.«

»O göttlich«, sagte Walt.

»Falls ein solches gemeinschaftliches Zusammenbrüten in *einem* Neste – ich als Tauber, du als Täubin – nicht am Ende einen Phönix oder sonst ein Flügel-Werk aussitzen kann, das sich vor der Nachwelt so gut sehen lässet, daß sie ihre Vorwelt fragt, wer beide Brüder waren, wie lang, wie breit, wie sie gegessen, genieset, und was die Gebrüder sonst für Sitten und Möbeln und Narrheiten gehabt; wenn das, sag' ich, nicht der Fall bei uns sein soll: so will ich nicht im Ernste gesprochen haben.«

»Ach du schöner Gott«, rief Walt mit Freudenblicken.

»Fressen will ich meine Zunge vor Hunger und, wie man von Bomben sagt, krepieren, crêper, wenn wir uns hier nicht lange vorher lieben, eh' wir uns zanken, kurz überhaupt nicht Sachen vorfallen, wovon in Zukunft ein Mehreres mündlich.« – »Bei Gott, du gibst mir neues Leben«, sagte Walt. »Hältst du es aber genehm«, sagte Vult und führte ihn in die Schlafkammer, »daß ich unsere Bettstellen durch die spanische Wand – für die spanischen Schlösser der Träume – quer geschieden halte? Ich sehe sie aber mehr für einen alten Bettschirm an.«

»Du kennst darüber meine Grundsätze«, sagte Walt; »ich hielt es schon in frühern Jahren für unschicklich, nur mit einem Freunde gymnastisch zu ringen oder ihn zu tragen, es müßte denn aus Lebensgefahren sein.«

Darauf zeichnete ihm Vult den ganzen Weg und engen Paß vor, worauf er hereinkommen, ferner seine Zukunfts-Karten. Schon längst hab' er, sagt' er, zu ihm ziehen wollen, teils aus Liebe für ihn und den Hoppelpoppel, teils des halbierten Mietzinses halber, teils sonst. Neulich auf einem Spaziergange hab' er sich in die Gunst der guten Raphaela zurückgeschwungen, mit welcher er als mit einem Hebels-Langarm dann den Vater habe bewegt. Vor einer Stunde sei er mit der Theaterwand von Purzel und mit dem Koffer eingetroffen und habe den Stubenschlüssel im bekannten Mausloch gefunden. »Nun erbrich aber doch mein Schreiben«, beschloß er. Auf dem Umschlag stand: »An Herrn Walt, abzugeben bei mir.«

Walt bemerkte nicht, daß auf dem Briefe neben Vults Siegel auch seines stand und daß es jener alte war, worin Vult ihm in der Zukunft das nächtliche Polten, Türen-Zuwerfen seines Polter- oder Schmollgeistes voraussagt, um nachher entschuldigt zu sein, und den wir früher gelesen als Walt, oder vielmehr später.[1] Walt glaubte eilig, er meine eine von heute an zukünftige Zukunft, und sagte, dahin komm' es nicht; aber als Vult ihm am Datum zeigte, daß eine vergangne geschildert sei: so faßte der Notar seine Hände mit beiden fest, sah ihm in die Augen und fing mit langem Ton der Rührung an: »Vult! – Vult!« – Den Flötenspieler drückte es, daß er einige Tropfen in die eignen Augen, über die er mit den gefangnen Händen nicht hinfahren konnte, mußte treten lassen: »Nun«, fuhr er auf, »auch ich bin kein Kiesel; lasse mich aber auf mein Zimmer gehen und auspacken!« und fuhr hinter die Bühnenwand.

Er packte aus und stellte auf. Walt ging im seinigen auf und ab und erzählte ihm über die Stadt herüber seine bisherigen Versuche, ihren Seelen-Tauf-Bund zu erneuern. Alsdann kam er wieder in den Verschlag und half ihm, sein Haus- oder Stubengeräte ordnen. Er war so hülf-fertig, so freundlich-tätig, er wollte dem Bruder so viel Platz aufdringen samt Fenster-Licht und Möbeln, daß Vult heimlich sich einen Narren schalt, daß er ihm den

[1] Bd. II, S. 10.

eigensinnigen Widerstand in der Flittischen Wechselsache zu hart nachgetragen. Walt hingegen stellte seinerseits wieder heimlich den Flötenspieler ins größte Glanzlicht, dafür daß er ihm zuliebe den Widerwillen gegen Raphaela ersticke; und nahm sich vor, alle schönen Züge desselben unbemerkt aufzuschreiben, um sie als Rezepte nachzulesen, wenn er wieder knurren wolle. Die Gütergemeinschaft und Stuben-Verbrüderung wurde auf die hellsten Grenzverträge zurückgebracht, damit man am Morgen gleich anfangen könnte, beisammen zu sein. Schön bemerkte Vult, man müsse innerlich dem Zorne recht viel Platz machen, damit er sich abtobe und totrenne an den Gehirnwänden; dann werde ja dem Menschen nichts leichter, als mit dem gestorbenen Wolf im Herzen ein weiches Lamm zu sein außen mit der Brust. Man könnte aber hier noch andere Bemerkungen machen. z. B.

– Die starke Liebe will für Fehler nur bestrafen und dann doch vergeben – – Wenn mancher von kleinen Beleidigungen der Freundschaft zu tief getroffen wird: so ist daran bloß eine hassende Denkungsart über alle Menschen schuld, die ihn dann in jedem einzelnen Falle ergreift und diesen zum Spiegel des Ganzen macht. – – Die höchste Liebe kennt nur Ja und Nein, keinen Mittelstand; kein Fegefeuer, nur Himmel und Hölle; – und doch hat sie das Unglück, daß sie Geburten der Stimmung und des Zufalls, die nur zu Vorhimmel und Vorhölle führen sollten, zu Pförtnerinnen von Himmels- und Höllentoren macht –

Beide kleideten voreinander die eigentümlichsten Gefühle in allgemeine Sätze ein. Aber als Vult hinter dem Schirme ins Bett einstieg, sagt' er: »Versetze mir nichts darauf – denn ich stopfe mir eben die Ohren mit dem Kopfkissen zu –, aber ich glaube selber, ich hätte dich bisher noch besser lieben können.« – »Nein, ich dich«, schrie Walt.

Nro. 56. Fliegender Hering

Brief des Biographen – Tagebuch

Gegenwärtiger Biograph der jungen Harnische bekam nach dem Abschlusse der vorigen Nummer (des sogenannten Pfefferfraßes) von dem Haßlauer Stadt-Rate vier neue – nämlich den fliegenden Hering 56, den Regenpfeifer 57, die Giftkuttel 58 und die Notenschnecke 59 – samt einem äußerst wichtigen Tagebuche Vults über Walt. Darauf antwortete er den trefflichen Testaments-Exekutoren folgendes, was durchaus als ein Zeitstück der Flegeljahre hereingehört.

P. P.

Indem ich Ihnen, verehrlicher Stadtrat und Vollstrecker, die Ausarbeitung der 55sten Nummer *Pfefferfraß* zusende und den Empfang der vier neuesten

Naturalien, der Nummern 56, 57, 58, 59, desgleichen des Vultischen Tagebuchs bescheinige: leg' ich zugleich die vier Kapitel für das Nummern-Viereck bei, welche ich dadurch geliefert zu haben hoffe, daß ich das Vultische Tagebuch unzerzauset einwob und es durch Überschriften in Kapitel schnitt und andere Drucker-Sachen anflocht, z. B. Gänsefüße, um Vults jetzige Worte von meinen künftigen zu scheiden. Man griffe ohne weiteres meinen Charakter an, wenn Sie mich deshalb etwan einen Schelm, einen Naturalien-Räuber schölten und einen Arbeits-Knauser. Säh' es ein verehrlicher Haßlauer Stadtrat etwan lieber – was so unmöglich zu glauben –, wenn ich den herrlichen Vult, einen zwar außen ungemalten, aber innen schön glasierten Sauertopf, mit meinen Töpferfarben umzöge? Oder kann irgendein Testament ansinnen, daß ich einem fremden Charakter etwas aus meinem eignen vorstrecke? Mich dünkt, ich und sämtliche poetische Weberschaft haben oft genug bewiesen, wie gern und reich wir jedem Charakter – und wär' er ein Satan oder Gott – von unserem leihen und zustecken. Wir gleichen am wenigsten – dies dürfen wir sagen – jenem englischen Geizhalse, Daniel Dancer, welcher auf einen *fremden* Acker nichts von dem, was die Natur bei ihm übrig hatte, wollte fallen lassen, sondern wie toll vorher auf *seinen eignen* rannte mit der Sache. Sondern recht freudig leihet der Romancier alles, was er *hat* und was er *ist*, seinen geschriebenen Leuten ohne das geringste Ansehen der Person und des Charakters! Folglich hätte wohl niemand Vults Tagebuch so gern umgeackert und besäet als ich, wär' es nötig gewesen.

Andere Gründe, z. B. Zeitmangel und Haus-Tumult, schütz' ich nicht einmal vor, weil diese sich auf persönliche Vertrauungen gründen, womit man wohl schicklicher das Publikum als einen verehrlichen Stadtrat behelligt; worunter aber in jedem Falle die Nachricht gehören würde, daß ich gestern nach meinem Wechselfieber des Wechsels – doch nur mit Städten – wieder aus Koburg abgezogen bin nach Baireuth. Niemand muß überhaupt die Zeit mehr sparen als einer, der für die Ewigkeit nicht sowohl lebt – das tut jeder Christ – als schreibt. Wieviel Blattseiten lässet denn die Biographia britannica unseres Ichs der Historiole des Universums übrig? – Wie ohnehin alles uns Dichter drückt, scheinen nur die alten Holzschnittschneider zu ahnen, wenn sie Bienen und Vögel – diese bildlichen Verwandten unsers Honigs und unsers Flugs – bloß als fliegende Kreuze zeichnen. Wer hängt an diesen Kreuzen als wir Kreuzträger, z. B.

Ihr
testierter
Biograph,
J. P. F. Richter

Baireuth, den 13. August
1804.

Jetzt geht Walts Geschichte so fort, nämlich Vults Wochenbuch fängt so an:

»Ich schwöre hiemit mir, daß ich ein Tagebuch wenigstens auf ein Vierteljahr schreiben will; hör' ich früher auf, so strafe mich Gott oder der Teufel. Von heute – dem Tage nach dem gestrigen Einzuge – geh' es an. Ja wenn mich der Gegenstand – nicht ich, sondern Walt – hinge, pfählte, knebelte, zerfetzte, nach Siberien schickte, in die Bergwerke, in die zweite Welt, in die dritte, ja in die letzte: so führ' ich das Wochenbuch fort; und damit ich nicht wanke, so will ich mit den Fingern, die man sonst dazu aufhebt, es herschreiben:

Ich schwöre.

Die Welt – welche aber nie dieses Blatt bekommen soll – kann sich leicht denken, über wen das Wochenbuch geführet werde; nicht über mich. Ein Tagebuch über sich macht jeder Dinten-Mann schon an und für sich, wenn er seine opera omnia schreibt; bei einem Schauspieler sinds die Komödienzettel; bei einem Zeitungsschreiber die Jahrgänge voll Welthändel; bei einem Kaufmann das Korrespondenzbuch; bei einem Historienmaler seine historischen Stücke; Angelus de Constantio, der an seiner storia del regno di Napoli 53 Jahre verschrieb, konnte bei jeder Reichsbegebenheit sich die seinigen, obwohl nur auf 53 Jahre, denken; und so schreibt jeder Verfasser einer Weltgeschichte damit seine eigne mit unsichtbarer Dinte dazwischen, weil er an die Eroberungen, innern Unruhen und Wanderungen der Völker seine eignen herrlich knüpfen kann. Wer aber nichts hat und tut, woran er seine Empfindungen bindet, als wieder Empfindungen: der nehme Lang- und Querfolio-Papier und bringe sie dazu, nämlich zu Papier. Nur wird er Danaiden- und Teufelsarbeit haben: während er schreibt, fällt wieder etwas in ihm vor, es sei eine Empfindung oder eine Reflexion über das Geschriebene – dies will wieder niedergeschrieben sein – kurz der beste Läufer holet nicht seinen Schatten ein.

Und welch ein lumpiges knechtisches katoptrisches Nach-Leben, dieses grabes-luftige Zurückatmen aus lauer Vergangenheit statt eines frischen Zugs aus frischer Luft! Das flüchtige Getümmel wird ein Wachsfigurenkabinett, der blühende flatternde Lebensgarten ein festes pomologisches Kabinett. Ists nicht tausendmal klüger, der Mensch ist von Gegenwart zu Gegenwart wie Gott von Ewigkeit zu Ewigkeit, und der fröhliche Trieb tut seinen Windstoß in die Blumen und Wellen hinein, wirft Blumenstäubchen und Schiffe an ihren Ort und gähnt und stöhnt nicht wieder erbärmlich zurück?

Hingegen ein Tage- und Wochenbuch über andere! – Ich gesteh' es meinem geneigten Leser, dem guten Vult, dies ist etwas anderes; aber ich muß freilich sehen und – anfangen.

Doch so viel lässet sich auch, ohne anzufangen, annehmen, daß mein Hausherrlein und Brüderlein Walt vielleicht zu einem historischen Roman (den Titel »Tölpeljahre eines Dichters« verschwör' ich nicht) zu verbrauchen ist, nämlich als Held, besonders da er eben in Liebes-Blüte und vollends gegen eine Häßlichkeit[1] steht; wenn mich nicht der ganze neuliche Wechsel-Prozeß und sein heißes Verteidigen und Beschauen ihres Gesichts und Herzens zu sehr betrügt. Nur ist durchaus erforderlich, daß ich als der Beschreiber des Lebens ihn geschickt, wie eine herkulanische Bücherrolle, auseinanderwinde und dann kopiere. Ich seh' auch nicht ein, warum ich nicht überhaupt so gut einen göttlichen Roman schreiben sollte wie Billionen andere Leute. Mir selber ist Schriftstellerei so gleichgültig, Vult! Wie ich lebe, nicht um zu leben, sondern weil ich lebe, so schreib' ich bloß, Freund, weil ich schreibe. Worin soll denn das Ebenbild Gottes sonst bestehen, als daß man, so gut man kann, ein kleines Aseitätchen[2] ist und – da schon *Welten* mehr als genug da sind – wenigstens *sich* Schöpfer täglich erschafft und genießt, wie ein Meßpriester den Hostiengott? – Was ist überhaupt Ruhm hienieden in Deutschland? Sobald ich mir nicht einen Namen machen kann, daß ich vom Niedrigsten bis zum Höchsten täglich genannt, gelobt und vor Begierde verschlungen werde – diesen Namen aber hat in Deutschland weiter niemand als Broihann, nämlich der erste Brauer des Broihanns –, so erhebe mich doch nie ein Journal, fleh' ich. Ebensogern als einer Vergrößerung durch dasselbe will ich einem Erzengel zu Gebote stehen, welcher mit einem mittelmäßigen Sonnen- und Weltenmikroskop auf dem Marktplatz der Stadt Gottes etwas verdienen will und daher, um andern neugierigen Markt-Engeln die Wunder Gottes und des Mikroskops zu zeigen, mich als die nächste Laus einfängt und auf den Schieber setzt mit vergrößerten Gliedmaßen zum allgemeinen Bewundern und Ekeln.

Dies beiseite, so merk' ich noch für dich besonders an, liebes Wältlein, falls du der zweite Leser dieses Wochenbuchs würdest, wie dein Vult der erste ist – in welchem Falle du aber ein ausgemachter ausgebälgter Spitzbube wärest, der sein gestriges Wort bräche, nie in meine Papiere zu blikken –, ja, ich setz' es absichtlich zur Strafe der Lesung für dich her, was ich jetzt behaupten werde, daß ich nämlich dich echter zu lieben fürchte, als du mich liebst. Wäre dies gewiß: so ging' es schlimm. Sehr zu besorgen ist, mein' ich, daß du – ob du gleich sonst wahrlich so unschuldig bist wie ein Vieh – nur poetisch lieben kannst, und nicht irgendeinen Hans oder Kunz, sondern bei der größten Kälte gegen die besten Hänse und Künze, z. B. gegen Klothar, in ihnen nur schlecht abgeschmierte Heiligenbilder deiner innern Lebens- und Seelenbilder kniend verehrst. Ich will aber erst sehen.

Du wirst dich nicht erinnern, Wältchen, daß ich dir gestern oder heute

[1] Gegen Raphaela, glaubt er.

[2] aseitas, seine eigne Ursache sein.

morgen weisgemacht, daß ich nicht aus andern Gründen, sondern deinetwegen allein in deine Schweiß-, Dachs- und Windhunds-Hütte eingezogen bin. Folglich log ich nichts vor. Nur keine Lüge sage der Mensch, dieser Spitzbube von Haus aus! Fast alles ist gegen einen Geist eher erlaubt, weil er gegen alles sich wehren kann, nur keine Lüge, welche ihn, wie ein altrömischer Henker die unmannbare Jungfrau, in der Form der innigsten Vereinigung schänden und hinrichten will.

Schauest du also so sehr spitzbübisch und ehrvergessen in dieses Journal: so erfährst du hier nach dem vorigen Doppel-Punkt, daß ich ein Narr bin, und eine Närrin will, mit *einem* Wort, daß ich eben ein Fenster von dir – wie zu einer Hinrichtung Damiens' um vieles Geld – gemietet, bloß um aus dem Fenster mich selber hinzurichten, nämlich hinunterzusehen in den Neupeterschen Park, wenn *Wina*, in die ich mich vergafft habe, zufällig mit deiner Raphaela lustwandelt. Ich freue mich darauf, wie wir beide an unsern Fenstern stehen und hinabschmachten und lächerlich sein werden. Nichts ist komischer als ein Paar Paare Verliebter; noch mehr wär' es ein ganzer rechter und ein linker Flügel, der seufzend einander gegenüberstände; – hingegen eine ganze Landsmannschaft von Freunden sähe nur desto edler aus.

Für jeden ist eine Frau freilich etwas anderes: für den einen Hausmannskost, für den Dichter Nachtigallenfutter, für den Maler ein Schauessen, für Walten Himmelsbrot und Liebes- und Abendmahl, für Weltmenschen ein indisches Vogelnest und eine pommersche Gänsebrust – kalte Küche für mich. Die Lungensucht, welche Liebende und die Wärter der Seidenraupen – jene wollen ja auch Seide dabei spinnen – davontragen, wird mich als Seladon eher verlassen als ergreifen, weil ich so lange die lungengefährliche Flöte einstecke, als ich auf den Knien liege und spreche. Ich bin dir aber wirklich sehr gut, Wina, zumal da deine Singstimme so kanonisch ist und so rein! – Aber ich will denn mein heutiges Tagebuch über den Bruder anheben ...«

Nachtrag zu Nro. 56. der fliegende Hering

Das Vorstehende war zur Testaments-Exekution abgeschickt, als ich es von derselben – dem trefflichen Kuhnold – mit diesem Briefe wieder bekam:

Verehrtester Herr Legations-Rat! Ich glaube nicht, daß die Van der Kabelschen Erben das bloße Einheften der zugefertigten Dokumente, wie das Vultische Tagebuch ist, für eine hinlängliche Erfüllung der biographischen Bedingungen, unter welchen Ihnen das Naturalienkabinett testieret worden, nehmen werden. Und ich selber bin, gesteh' ich, mit den Vorteilen meines Geschmacks zu sehr dabei interessiert, als daß es mir gleichgültig sein sollte, Sie durch Vult verdrängt zu sehen. Ihr Feuer, Ihr Stil etc. etc. – – huldigen. [1] –

Dazu steht noch vieles andere dagegen. Es kommen im Verfolge des Vultischen Tagebuchs – zumal im Februar, wo er in vollen Flammen tobt – Stellen vor, deren Zynismus schwerlich durch den Humor, weder vor dem poetischen noch sittlichen Richterstuhle, zu entschuldigen steht. Z. B. die am 4ten Februar, wo er sagt: »Das junge Leben als eine Sonne verschlingend verdauen und es als einen Mond kacken.« – Oder da, wo er dem dezenten Bruder, um ihn zu ärgern, erzählt, wie er, da er kein Wasser um sich gehabt, um es ins vertrocknete Dintenfaß zu gießen, sich doch so geholfen, daß er eintunken konnte, um sein Paket Briefe, seinen »Briefbeutel«, zu schreiben. Das zweite mag eher hingehen, daß er, wenn er mit vielen Oblaten Pakete gesiegelt und doch keine Siegelpresse und keine Zeit, sondern zu viele Arbeit gehabt, sich bloß eine Zeitlang darauf gesetzt, um andere Sachen zu machen unter dem Siegeln. Es sind überhaupt, Verehrtester, in unserer Biographie so manche Anstößigkeiten gegen den laufenden Geschmack – vom Titel an bis zu den Überschriften der meisten Kapitel –, daß man ihn wohl mehr zu versöhnen als zu erbittern suchen muß.

Noch einen Grund erlauben Sie mir, da er der letzte ist. Unsere Biographie soll doch, der Sache, der Kunst, der Schicklichkeit und dem Testamente gemäß, mehr zu einem historischen Roman als zu einem nackten Lebenslauf ausschlagen; so daß uns nichts Verdrüßlicheres begegnen könnte, als wenn man wirklich merkte, alles sei wahr. Werden wir aber dieses verhüten – verzeihen Sie mein unhöfliches Wir –, wenn wir bloß die Namen verändern, nicht aber den Stil der Akteurs? Denn wird man uns nicht auf die Spur kommen schon durch Vults unverändert geliefertes Tagebuch allein, sobald man dessen Stil mit dem Stil des Hoppelpoppels (auch dieser Titel gehört unter die Gesamt-Rüge), den die Welt gedruckt in Händen hat und dessen Verfasser seit dem neulichen Artikel im literarischen Anzeiger jeder kennt, zusammenzuhalten anfängt? O ich fürchte zu sehr. –

Aber alle diese Noten stören die Verehrung nicht, womit ich ewig etc.

Kuhnold.

*

Ich antwortete folgendes:

Ich fluche, aber ich folge. Denn was hälf' es, den Deutschen zuzumuten und das Beispiel zu geben, nur wenigstens auf dem Druckpapier – nicht einmal auf dem Reichsboden – so keck zu sein, als ihre Vorfahren im 16ten,

[1] Die Bescheidenheit erlaubt nicht, Lobsprüche stehen zu lassen, die, wie leicht zu erraten, den Gegenstand zu einem literarischen Pair ausrufen und die desto größer und folglich desto unverdienter sind, je feiner, gebildeter und aufrichtiger der Geschmack des Herrn Bürgermeisters bekanntlich ist.

17ten Säkul auf beiden waren? Gedachte sagen, sie hofften seitdem von den Franzosen weiter gebracht zu sein. Unser Diamant der Freiheit ist aus unserem Ringe in einen Drachenkopf gekommen, wo er nicht eher glänzen kann, als bis wir im Drachenschwanze stehen.

Ich weiß nicht, ob ich mich dunkel erkläre, hoff' es aber.

Trefflichster! der Humorist hat zwar einen närrischen, widerlichen Berghabit zum Einfahren in seine Stollen; – er verleibt sich zwar nach Vermögen alle Aus- und Miß-Wüchse der Menschheit ein, um das Beispiel der Mißgeburten zu befolgen und zu geben, die in vorigen Jahrhunderten bloß darum mit fleischernen Fontangen, Manschetten und Pluderhosen geboren wurden, um damit der Welt, wie die Strafprediger errieten, ihre angezogenen vorzuwerfen; – und hiemit wäre Vult entschuldigt –; aber wie gedacht, ich folge und schlage nichts ein als den alten aristotelischen Mittelsteig, der hier darin besteht, daß ich weder erzähle, noch erdichte, sondern dichte; und wenn Scaliger in einem Werkchen von acht Bogen über seine Familie imstande war, vierhundertundneunundneunzig Verfälschungen anzubringen, wie Scioppius gut erwiesen [1]: so dürfte in einem Werkchen von ebenso vielen Bänden die Doppelzahl davon ebenso leicht als nützlich ausfallen.

Vor dem Erraten der wahren Namen unserer Geschichte dürfen wir, Herr Bürgermeister, uns nicht ängstigen, da bisher für keine von allen Städten, die ich in meinen vielen Romanen abkonterfeiet habe, der Büschingische Name ausgespähet wurde, ungeachtet ich in einigen davon selber wohnte, sogar z. B. in Haelwebeemcebe und Efgeerenengeha.

Indes ersuch' ich die Testaments-Exekution, daß mir doch Vults Einleitung zu seinem Tagebuch samt unserem Briefwechsel darüber in den fliegenden Hering (Nr. 56) einzunehmen zugelassen werde, weil Sachen dadurch vorbereitet werden, die ohne das Tagebuch kein Mensch motivieren kann, nämlich Vults schnelles Einziehen und Verlieben. Wahrlich Sie, verehrlicher Stadtrat, sind glücklich und erfahren nichts von den Vater- und Mutterbeschwerungen erträglicher Autoren. Sie als Menschen stehen sämtlich unter dem herrlichen Satze des Grundes, und der Freiheit dazu, und alles, was Sie nur machen oder sehen, bekommen Sie sogleich schon motiviert – – Aber Dichter haben oft die größten Wirkungen recht gut fertig vor sich liegen, können aber mit allem Herumlaufen keine Ursachen dazu auftreiben, keine Väter zu den Jungfernkindern. Wie ihnen dann Kritiker mitspielen, die weniger mit als von kritischem Schweiße – der hier die Krankheit, nicht die Krisis ist – ihr Brot verdienen, wissen der Himmel und ich am besten.

Der ich verharre etc etc. J. P. F. R.

*

Meiner Bitte wurde, wie man sieht, willfahren.

[1] Mencken de Charl. erud. ed. IV.

Nro. 57. Regenpfeifer

Doppel-Leben

»Der Himmel besteht wahrscheinlich aus ersten Tagen – wiewohl die Hölle auch –, so sehr jauchzet mich heute dein elendes Nest an«, sagte Vult beim Frühstück. Beide gingen in ihre Wohnungen an ihre Arbeiten nach Hause. Vult schrieb am Tagebuch ein wenig und schnitt zwei brauchbare Ausschweifungen sogleich heraus für den Hoppelpoppel. Dann sah er aus dem Fenster und sprach zur freundlichen Raphaela herab, welche auf Vaters Befehl im Garten Wachstehen mußte, weil man die Bildsäulen wie die Orangerie-Kästen in die Winterquartiere trug. Da er voraussah, daß Walt ihn hören müßte, so schneiete er zierlich-gefrorne Eisblümchen von Anspielungen auf Liebe, Kälte, Halbgötterchen und ganze Göttinnen hinab, welche, hofft' er, Walts und Raphaelens Wärme schon zu schönen bunten Tropfen auftauen würden. Raphaela ließ ähnliche Eisblumen an seinen Scheiben anschießen; und wurde im kalten Wetter des Gartens schön geheizt, bloß weil Vult ein Mann und ein Edelmann war. Für manches Mädchen sitze ein Ahnen-Mann auf seinem Stammbaum so entgliedert und zerschossen wie ein Schützenvogel am dritten Tage auf der Stange, sie wird doch an ihm gern zur Königin und will ihn erzielen. Mit einer Freude ohne Eifersucht gab sie ihm auf die Frage, wann der General mit seiner Tochter komme, die Hoffnung ihrer Nähe.

Kaum hatten die Gebrüder mit größerer Mühe wieder zu fliegen und zu scherzen angefangen im Roman: so stand Vult auf und murmelte so zu sich – Walt mußt' es hören –: »Ich wüßte nicht, warum ich nicht zu meinem einsamen Bruder einmal einen Spaziergang machte, da die Wege von hier zu ihm noch ebener und fester sind als selber in Kursachsen.« Darauf öffnete er das Kappfensterchen am gemalten Palaste der Bühnenwand und rief hindurch: »Kannst du mich hören? Ich hätte Lust, zu dir zu marschieren, wenn du eben allein wärest.« – »Du Schelm, du guter«, sagte Walt. Jener reisete denn um die Wand mit anderthalb Schritten und dem Wandnachbar entgegen mit vorgestrecktem Handschlag sagend: »Mich schröckt das Schneegestöber draußen wenig ab, dich in deiner Einsiedelei aufzusuchen und sie vielleicht zu verwandeln in eine lachende Zweisiedelei.« – »Bruder«, sagte Walt, vom Schreibetisch aufstehend, »könnt' ich komisch dichten oder dürfte man einen Freund abschatten in Rissen und Schattenrissen: wahrlich ich schriebe jeden Schritt ab von dir. Aber ich glaube nicht, daß es sich geziemt, ein geliebtes Herz auf den poetischen Markt zur Schau zu legen. Bin ich etwa zu sehr im Schreibfeuer?«

»Nein«, versetzte Vult, »auch nicht im Rechte; ists Zufall oder was, daß du in der Stube wieder ein Linker bist, und ich ein Rechter? [1] – Aber ich

[1] Bekanntlich heißen im Dorfe Elterlein die fürstlichen Untertanen am rechten Bachufer die Rechten, die adeligen am linken die Linken.

muß endlich nach Hause, Alter, und da spaßen – vor Welt und Nachwelt.« Er ging. Walt hielt es für Pflicht, ihn auch bald zu besuchen, um ihm die Einsperrung in eine halbierte Stube ein wenig zu vergelten. Er sagte Vulten, wie heute so viele andere Zufälle sich zu ihrem Glück vereinigten, daß z. B. der erste Schnee falle, der von jeher etwas Häusliches und Heimliches für ihn aus der Kindheit gehabt, gleichsam die Maienblümchen des Winters – und daß er heute von hier aus die ersten Drescher höre, diese Sprach- oder Spielwalzen des Winters. »Du meinst die Flegel«, sagt Vult; »nur störet ihr Takt meiner Flöte ihren.« – »Wie kommts beiläufig, mein Alter« – sagte Walt –, »daß ein fast so einfältiger Vers, der den Takt von drei Dreschern nachklappen soll, etwas Anziehendes für mich hat: ›Im Winter, mein Günther, so drischt man das Korn; wenns kalt ist, nicht alt bist, tapfer gefrorn‹?« – »Es kann so sein«, antwortete Vult, »daß der Vers in seiner Art vortrefflich ist und nachahmend, wer wills wissen? – Oder auch, weil ihn uns unser Vater so oft aus Herrn v. Rohrs Haushaltungs-Recht vorlas. Nämlich in Kursachsen hatte damals die Drescherzunft besondere Gesetze. Z. B. wer, wie du weißt, das halbe Vierte nicht nach dem Verse drasch: ›Fleisch in Töpfen, laßt uns höpfen‹, bekam vierzig Streiche mit der Wurfschaufel auf den Steiß. So wars ein Zunftartikel, daß man für jeden Zank in der Scheune einen neuen Flegel abgeben mußte; eine Strafe, welche bei literarischen Zwistigkeiten schon im Fehler selber abgeführt wird.«

Beide hoben wieder das Schreiben an. »Ich dachte jetzt daran« – rief ihm Vult aus dem Palastfensterlein –, »als ich dich laut das Papier umwenden hörte und innenhielt, wie von solchen Kleinigkeiten ganze europäische Städte, für die wir etwa arbeiten, mit ihren feinsten Empfindungen geradezu abhängen. Eine von Staub verdickte Dinte – oder eine elende weiße, die sich später schwärzt – ein ähnlicher bestohlner Kaffee – ein rauchender Ofen – eine knuspernde Maus – eine verdammte rissige Feder – ein Bartscherer, der dich gerade mitten in deinem höchsten Schuß durch den Äther einseift und dir mit dem Bart die Flügel beschneidet – – sind das nicht lauter elende Wolkenflocken, welche einer ganzen Erde eine Sonne voll Strahlen, um einen Autor so zu nennen, verdecken können? Es ist ja ordentliche Fopperei der Welt. Auf der andern Seite ist es allerdings – schreibe aber dann fort – ebenso ermunternd und erhaben, daß der Tropfen Dinte, den du oder ich nachher aus der Feder aufs Papier im stillen hinflößen, Wasser für die Mühlräder der Welt sein kann – aushöhlendes Ätzwasser und Tropfbad für das Riesengebirge der Zeit – ein Riechspiritus und Hirschhorngeist für manches Volk – der Aufenthalt des Meergottes als Zeitgeistes – oder sonst etwas Ähnliches dem Tropfen, womit ein Bankier oder ein Fürst Städte und Länder überschwemmt. Gott! womit verdient man es, daß man so erhaben ist? – Jetzt schreib aber.«

Abends gegen vier Uhr hörte Walt deutlich, daß Vult zu Floren sagte: »Eh' du uns bettest, schönes Kind, so laufe zum Herrn Notarius Harnisch, in meiner Nachbarschaft, und ich ließ' ihn bitten, diesen Abend zum Tee, auf einen Thé marchant – und bringe nur mir Licht, weil er dann keines braucht.« – Walt erschien, um das erstemal in seinem Leben einen Tee anders als nach Laxiermitteln zu trinken. Vult gab ihn mit Wein, den er nie vergaß zu borgen. »Wenn die Alten schon den Ahorn mit Wein begossen, wieviel mehr wir den Lorbeer! – Wer einen Hoppelpoppel schreibt, sollte ohnehin einen Hoppelpoppel trinken, ja er sollte beides vereinen und ein Punsch-Royalist werden, wenn du weißt, was Punch royal ist. Ich genieße das Leben sub utraque.« Beide führten darauf ihre guten Diskurse, wie Menschen pflegen und sollen. Vult: »Ich sprech' unendlich gern – vorher eh' ich das Gesprochne aufschreibe. Tausend Sachen lassen sich erfinden, wenn man keift und kriegt. Daher kommts vielleicht, daß man auf Akademien sich in alle Würden und Erlaubnisse, zu lehren, nicht wie an Höfen hineinschmeichelt, sondern hineinzankt, d. h. disputiert, wozu Sprechen so nötig; z. B. so bring' ich selber diesen Einfall oder den vormittägigen vom Flegel zu Papier.« – Walt: »Darum werden Briefe als Nachhalle der Gespräche so geschätzt.« – Vult: »Denn sogar zum Philosophieren ist ein zweites Menschengesicht behülflicher als eine weiße Wand- oder Papier-Seite.« – Walt: »O Lieber, wie hast du recht! Doch kann es nicht so sehr auf poetische Darstellungen passen als auf scherzhafte und witzige und philosophische; dir hilft Reden mehr, mir Schweigen.« – Vult: »Der Winter ist überhaupt die fruchtbarste Lettern-Zeit; Schneeballen gefrieren zu Bücherballen. Hingegen, wie reiset und fliegt ein Mensch im Lenz! Hier wären Bilder leicht; aber die Ostermesse ist der beste Beweis.« – Walt: »Es ist, als wenn der Mensch, von neuen Bergen aus Wolken umschlossen, ohne Himmel und ohne Erde, bloß im Meer des Schnees treibend – so ganz allein – kein Sington und keine Farbe in der Natur – ich wollte etwas sagen; nämlich der Mensch muß aus Mangel äußerer Schöpfung zu innerer greifen.«

Vult: »Trink diese Tasse noch. O sehr wahr! Wiewohl wir heute eben nicht viel geschrieben und ich gar nichts.«

Beide bedauerten nur, daß ihre so schöne Gemeinschaft der Güter durch Mangel an Gütern etwas gestört würde, indem alles, was sie von Gold in Händen hätten, sich bloß auf die Goldfinger daran einschränke. Weder Vult konnte auf dem Instrumente, das er blies, noch Walt mit den Instrumenten, die er jetzt selten zu machen bekam, sich viel verdienen. Armen-Anstalten für beide mußten getroffen und jeder der Almosen-Pfleger des andern werden. Noch heute, ja auf der Stelle mußte ein Zauberschlag von unabsehlichen Folgen getan werden; sie taten ihn im Weinfeuer mit vier Armen.

Sie schickten die ersten Kapitel und Ausschweifungen des Hoppelpoppel oder das Herz an den Magister Dyk in Leipzig zum Verlage.

Denn ein Werk kann immer mit dem hintern Ende noch in der Schnekkenschale des Schreibpultes wachsen, indes das vordere mit Fühlhörnern schon auf der Poststraße kriecht. Sie setzten ihre erste Hoffnung gütiger Annahme darum auf den Magister, weil sie glaubten, ein Buchhändler, der selber ein Gelehrter ist, habe doch immer mehr prüfenden Geschmack für Manuskripte als ein Buchhändler, der erst einen Gelehrten hält, welcher prüft.

Walt mußte im Briefe – auf Vults Welt-Rat – sich stolz gebärden und viel begehren und sich alle Rechte der folgenden Auflagen vorbehalten. »Da Milton« – setzte er hinzu – »zwölf Guineen für sein verlornes Paradies einstrich: so wollen wir, um in Leipzig zu zeigen, wie wenig wir uns ihm gleichsetzen, achtundvierzig begehren.« – Der Notar erstaunte, daß ein Autor, besonders er, die große Gewalt ausübe, Papier, Druck, Format und Stärke der Auflage – 3000 Exemplare wurden dem Magister zu drucken erlaubt – dem Verleger vorzuschreiben.

Vult trug darauf selber die Kapitel auf die sächsische Post, um, wie er sagte, einmal wieder die Welt zu sehen.

Am Tage darauf schufen beide sehr. Ein junger Autor glaubt, alles, was er auf die Post schickt, sei schon dadurch verlegt und gedruckt, und schreibt darum fleißiger. Kein Besuch, kein Fest, kein Mensch, kein Brief störte sie. Vult hatte kein Geld, und Walt war zum Sitzling geboren. Dichter bauen, wie die afrikanischen Völker, ihre Brotfelder unter Musik und nach dem Takte an. Wie oft fuhr Walt überglücklich vom Sessel auf und durch die Stube mit der Feder in der Hand (Vult sah oben über die spanische Wand hinein und merkt' es an) und ans Fenster und sah nichts und konnte den süßen Sturm kaum aus der Brust aufs Papier bringen und setzte sich wieder nieder! Darauf sagt' er überfließend: »Flöte immer, mein Vult, du störest mich nicht; ich gebe gar nicht darauf acht, sondern verspüre nur im allgemeinen das Ertönen vorteilhaft.« – »Sagt mir lieber, Ihr Kauz, von was ich jetzt auszuschweifen habe in Euerem Kapitel, damit wir beisammenbleiben!« sagte Vult.

Über dem Essen – bald auf Walts, bald auf Vults Zimmer – dehnten beide die Mahlzeit in die Länge, die aus *einer* Portion für zwei Menschen bestand, weil kein Wirt die zweite herborgte (was jedoch das Beisammenwohnen desto schöner motiviert), und zwar dadurch, daß sie mit höherem Geschmacke sprachen als mit körperlichem und mehr Worte als Bissen über die Zunge brachten. Sie rechneten aus, um wie viele Meilen die ersten Kapitel dem Magister Dyk schon näher wären, mit welchem Feuer der Hoppelpoppel ihn durchgreifen und aus allen Fugen schütteln würde, und ob das Drucken etwa, wenn es anginge, nicht so schnell fortginge, daß mit dem Schreiben kaum nachzukommen wäre. – Vult bemerkte, wenn ein Romanschreiber gewiß wüßte, daß er sterben würde – z. B. er brächte sich nur um –, so könnt' er so seltsame herrliche Verwicklungen wagen, daß er selber kein Mittel ihrer Auflösung absähe, außer durch seine eigne; denn jeder würde, wenn er tot wäre, die durchdachteste Entwicklung voraussetzen und darnach herumsinnen. »Weißt du denn gewiß, Walt, daß du am Leben bleibst? Sonst wäre manches zu machen. – Inzwischen seh' ich jetzt in unsrer Stube herum und denke daran, wie auffallend, falls wir nun beide durch unsern Hoppelpoppel uns unter Ehrenpforten und in Unsterblichkeits-Panthea hineinschrieben, unser Nest würde gesucht und besucht werden – jeden Bettel, den du an die Wand spucktest, würde man wie aus Rousseaus Stube auf der Peters-Insel abkratzen und abdrucken – die Stadt selber bekäme einigen Namen, wahrscheinlich nach Ähnlichkeit von Ovidiopolis den Namen Harnischopolis – Was mir aber die persönliche Unsterblichkeit versäuert, ist, daß mein Name nur *lange* währt, nicht lang.[1] O wer es wissen könnte bei der Taufschüssel, daß er sich einen großen Namen machte, würde sich ein solcher Mann, wenn er sonst scherzt, nicht einen der ausgestrecktesten erkiesen, zum Beispiel (denn der Sinn hat nichts zu sagen) den Namen, den schon ein Muskel führt, nämlich Mr. Sternocleidobronchocricothyrioideus? Belesene Damen kämen zu ihm und redeten ihn an: Herr Sternocl und könnten nicht weiter. Militärs tätens nach und sagten: Herr Sternocleido! – Die Geliebte allein suchte den Namen auswendig zu können und liebt' ihn so lange, als sie ausspräche: teurer Mr. Sternocleidobronchocricothyrioid! Er würde gern zitiert von Gelehrten, weil schon sein Name eine Zeile gilt vor Setzern und Käufern. – Apropos! Warum schickt denn der Sieben-Erbe Paßvogel nicht den ersten Korrekturbogen, gemäß allen Testaments-Klauseln in Haßlau?«

»Der Autor bessere noch an der Handschrift, ließ er mir vorgestern sagen«, sagte Walt. – Darauf verschnauften sich beide in der Luft. Wie manchen flüchtigen Zug der höhern Stände schnappte der Notar auf der Straße im Vorbeigehen auf für seinen Roman! Die Art, wie ein Haßlauer Hofkavalier aus dem Wagen sprang oder wie eine Gräfin aus dem Fenster sah, konnte romantisch niedergeschrieben werden und *ein* Mann für tausend stehen und fallen! Diese Übertragungs-Manier, ein Farbenkorn zu einer erhobenen Arbeit zu machen, erleichtert Bauernsöhnen das Studium der höhern Stände unglaublich. Aus demselben Grunde besuchte Walt am liebsten die Hofkirche und tat die Augen auf.

Alsdann ging man nach Hause und ans Erschaffen, das so lange währte, bis es finster wurde. Auf die Dämmerung verschoben sie – um Licht zu ersparen – teils weitläuftigere Gespräche, teils Flöte. Wenn Vult so blies hinter der Wand und Walt so dort saß im Finstern und in den blauen Sternenhimmel sah und an den Morgen in Rosenhof dachte und an Winas Herz und Wiederkunft und unter dem mondhellen Flöten-Lichte sein klippenvolles Leben eine romantische Gegend wurde: o so stand er oft auf und setzte sich wieder hin, um den Bruder dadurch im Blasen nicht zu stören, daß er ihm bekannte, wie ihn jetzt die Minuten in Brautkleidern umtanzten und mit Rosenketten umflöchten. Aber wenn er ausgeblasen hatte und nach

[1] Lange bezieht sich auf Zeit, lang auf Raum.

der langen Polardämmerung Licht kam: so sah ihn Walt forschend an und fragte froh: »Bist du zufrieden, Bruder, mit dieser süßen Enge des Lebens; und mit den Orchester-Tönen und innern Zauberbildern, die wir heute vielleicht ebenso reich, nur ungestörter, genossen haben als irgendein großer Hof?« – »Eine wahre Himmelskarte ist unser Leben«, versetzte Vult, »freilich vor der Hand nur ihre weiße Kehrseite; doch einen Taler, den mir jemand auf die Karte legte, säh' ich nicht mit Unlust.«

Am Morgen darauf sprach Walt von seinen schönen Aussichten auf die flötende Nachtigallen-Dämmerung. Etwas mühsam wurde Vult zu einer neuen Wiederschöpfung des melodischen Himmels gebracht. Aber mit desto größerem Feuer erzählte darauf der Notar, wie glücklich er die dämmernde harmonische Hörzeit angewandt habe, nämlich zur Verfertigung einer Replik und eines Streckverses im Roman; der Held sei – hab' er unter der Flöte gedichtet – getadelt worden, daß er über das Wort einer alten, kranken, dummen Frau, welche ihn für seine Gaben an jedem Abend in ihr Gebet eifrig einzuschließen versprochen, sich innigst erfreuet; allein der Held habe versetzt: nicht ihres Gebetes Wirkung auf ihn wäre ihm etwas, sogar wenn diese gewiß wäre, sondern die auf sie selber, daß ein so frierendes Wesen doch jeden Abend in eine schöne Erhebung und Erwärmung gelange. »Ist das kein wahrer Zug von mir, Vult?«

»Es ist ein wahrer von dir.« (sagte Vult). – »In der Kunst wird, wie vor der Sonne, nur das Heu warm, nicht die lebendigen Blumen.« Walt verstand ihn nicht; denn oft kam es ihm vor, als finde Vult zuweilen später den Sinn als das Wort.

Im nächsten Dämmerungs-Feiertag und Feierabende, nämlich im dritten, war der dritte abgeschafft, Vult griff kein Flötenloch, blies keine Note. Aber der Bruder nahm den künstlerischen Eigensinn nicht übel, hielt den Bruder für so glücklich als sich und wandte nichts ein gegen einen Wechsel der Dämmer-Partien. »Hab' ich denn nicht eine Luftröhre wie du, so gut zu Lauten gebohrt als die Flöte? Kann ich denn dir nichts sagen, ohne das Holz ins Maul zu stecken? – Diskurieren wir lieber beiderseits«, sagte Vult.

In den folgenden Dämmerungen kehrte dieser zur alten Sitte zurück, hinter den Laternenanzündern die Gassen zu durchstreifen – ein Abenteuer mit einer Schauspielerin zu bestehen – Burgunder allein zu borgen (Walten hielt er, seit dieser ihn mit Zucker absüßte, keines mehr würdig) – mit der Flöte in fremde Flöten auf der Gasse oder in die Kulisse einzutreten – und sich endlich auf dem Kaffee-Hause halbtot zu ärgern, daß er am Ende so gut als einer sich unter die Haßlauer mische, und, allmählich hinabgewöhnt, sich mit ihnen in Gespräche verflechte, da er doch mit der festesten Verachtung im Sommer angekommen sei.

Walt blieb freudig zu Hause; er fand in den kleinsten Blümchen, die durch seinen Schnee hindurchwuchsen, so viel Honig, als er brauchte. Als die Tage abnahmen: so freuete er sich über die Länge der Abenddämmerung sowie des gestirnten Morgens; ohne dabei zu vergessen, daß er sich ebensogut, nur später, über die Zunahme freuen würde. Der Mond war eigentlich sein Glücksstern, so daß er ihm in jedem Monate nicht viel weniger als 27 schöne Abende oder Morgen herunterwarf; denn beinahe vierzehn Tage (nur die paar ersten ausgenommen) konnt' er auf dessen Wachstum bauen; – von Vollmond bis zum letzten Viertel wurde ohnehin Elysiums-Schimmer, bloß später, oft über seinem Bette aufgetragen, und das letzte Viertel gab den Morgenstunden Silber in den Mund. Da einmal gerade in der Dämmerung Ballmusik gegenüber war: so nahm er sich ein Stück Winterlustbarkeit heraus, so gut wie einer. Die Musik drang unsichtbar, ohne den Armen-Zickzack und die Backen-Kurven des Orchesters, nur entkörpert mit seligen Geistern in sein dämmerndes Stübchen. Er stellte sich zum Tanzen an, und weil es ihm an den schönsten Tänzerinnen nicht fehlte – da ganze Harems und Nonnenschaften darin waren und mehrere Rosenmädchen und alles –: so zog er Göttinnen von solchem Glanz zum Tanzen auf und machte mit ihnen – obwohl leise, um unter seinen Füßen nicht rezensiert zu werden – nach den fernen Takten, die er begleitete, so gut seine Pas, seine Seiten-, seine Vorpas zu Hopstänzen, zu Eier-, zu Schaltänzen, daß er sich vor jedem sehen lassen durfte, der nichts suchte als einen muntern Geist, der im Fenstern umhersetzt. Was er in der Seligkeit zu scheuen hatte, war bloß Vults plötzlicher Eintritt.

Ihn – der ohnehin nicht gewohnt war, daß er etwas hatte – drückte kein Entbehren; er hatte Phantasie, welche helles Kristallisationswasser ist, ohne welches die leichtesten Formen des Lebens in Asche zerfallen.

Doch wurde sein Himmel nicht immer so phantastisch weit über die Lüfte der Erde hinausgehoben, er wurde auch zuweilen so real heruntergebaut wie ein Theater- oder ein Betthimmel. An Sonntagsgeläuten, am Hofgarten, an frischer kalter Luft, an Winterkonzerten (die er unten auf der Gasse spazierend hörte) hatt' er soviel Anteil als irgendeine Person mit Schlüssel und Stern, der im Innern gerade beide fehlen. Aß er sein Abendbrot, so sagt' er: »Der ganze Hof ißt doch jetzt auch Brot wie ich«; dabei setzte und benahm er sich zierlich und artig, um gewissermaßen in guter Gesellschaft zu sitzen. An Sonntagen kauft' er in einem guten Hause sich einen der besten Borsdorfer Äpfel ein und trug ihn sich abends in der Dämmerung auf und sagte: »Ganz gewiß werden heute an den verschiedenen Höfen Europens Borsdorfer aufgesetzt, aber nur als seltner Nachtisch; ich aber mache gar meinen Abendtisch daraus – und wenn ich mehr Leibliches begehre, du guter Gott, so erkenne ich deine Güte nicht, die mir ja in einem fort mit stillsten Freuden wie mit tiefen Quellen die Seele überfüllt.«

Im durchsichtigen Netze seiner Phantasie fing sich jeder vorüberschießende Freuden-Zweifalter – dazu gehörte sogar ein erwachender gelber Schmetterling im Gartenhaus – jeder Stern, der stark funkelte – italienische Blumen, deren deutschen Treibscherben zwischen Schals er auf der Gasse aufgestoßen – eine bekränzte, zwischen Andacht und Putz glühende Braut – ein schönes Kind – ein Kanarienvogel in der Webergasse, der mitten im deutschen Winter in Kanarieninseln und in Sommergärten hinüberschauen ließ – und alles.

Flog Flora, die Bettmeisterin, mit hellen Gesängen die Treppen herauf, so hörte er erste Sängerinnen für seinen Teil. –

Einst an einem Markttage hatt' er halb Italien mit einem ganzen Frühling um sich. Der Tag schien dazu erlesen zu sein. Es war ein sehr kalter und heller Winternachmittag, worin Mücken in den schiefen Strahlen spielen, als er im Hofgarten – den der gute Fürst jeden Winter dem Publikum öffnen ließ – die silbernen Schneeflocken der Bäume unter der blitzenden Sonne in weiße Blüten, die den Frühling überluden, umdachte und darunter weiterspazierte. So plötzlich auf die Frühlings-Insel ausgesetzt, schlug er in ihr die heitersten Wege ein. Er machte einen nahen an der Bude eines Sämereienhändlers vorbei und hielt ein wenig vor dessen Budentisch, nicht um eine Düte zu kaufen – wozu ihm ein Beet fehlte, da alle seine Morgen Lands nur in seinem Morgenland bestanden –, sondern um den Samen von französischen Radiesen, Maienrüben, bunten Feuerbohnen, Zuckererbsen, Kapuzinersalat, gelbem Prinzenkopf zu denken und zu riechen und auf diese Weise (nach Vults Ausdruck, glaub' ich) einen Vorfrühling zu schnupfen. In der Tat geht unter allen Sinnen-Wegen keiner so offen und kurz in das fest zugebauete Gehirn als der durch die Nasenhöhlen.

Darauf holte er sich beim Bücherverleiher vieles, was er von guten Werken über Schmetterlinge, Blumen- und Feldbau erwischen konnte – und las aufmerksam in den Werken, um sich die Lenz-Sachen vorzustellen, die darin auftraten. Bloß das Ökonomische, Botanische und Naturhistorische überhüpfte er ohne besondern Verstand und Eindruck, weil er auf wichtigere Dinge zu merken hatte.

Als der Bruder fort war, stand gerade die Abendröte am Himmel und auf dem Schneegebürg, dieses Vorstück Aurorens, dieser ewige Widerschein des Frühlings.

Über das Haus herüber war schon das Mondsviertel gerückt und konnte, nicht weit von der Röte, zugleich mit ihr in sein Stübchen kleine Farben und Strahlen werfen. »Wenn nicht der Winter nur eine längere Polar-Morgenröte des Frühlings für die Menschen ist«, sagt' er, indem er aufstand, »so weiß ich in der Tat nicht was sonst.« Der ganze Nachmittag war voll Frühling gewesen – und jetzt in der Abendstunde quoll gar ein Nachtigallenschlag wie aus einem äußern Blütenhain in seinen innern herüber. Er nahm einen Judenjungen, der im nächsten Wirtshaus schlug, für eine wahre Nachtigall. Ein unmerklicher Irrtum, da die Philomele, die uns singt, eigentlich doch nirgends sitzt und nistet als in unserer Brust! Schnell, wie von einem Zauberer, wurden die stillen Felsenwände seiner Lage umher mit Efeu und mit Blümchen überzogen. Der Mond kam heller herein, und Walt stand und ging mitten in seinem leisen Glanze träumend betend, es war ihm, als höben und hielten ihn die geraden Strahlen und als habe er jeden gemeinen Gegenstand im Zimmer oder auf der Gasse mit Festtapeten zu verhüllen, damit der Himmel nur Himmlisches auch auf der Erde berühre. »So war es gerade einst«, sang er mehrmals, auf jenen Abend deutend, wo er neben Winas Zimmer mondstill auf und ab ging. Ja er improvisierte singend den Polymeter:

»Liebst du mich?« fragte der Jüngling die Geliebte jeden Morgen; aber sie sah errötet nieder und schwieg. Sie wurde bleicher, und er fragte wieder, aber sie wurde rot und schwieg. Einst, als sie im Sterben war, kam er wieder und fragte, aber nur aus Schmerz: »Liebst du mich nicht?« – und sie sagte Ja und starb.

Er versang sich immer tiefer in sein Herz – Zeit und Welt verschwand – er spielte wie eine sterbende Ephemere süß in den hellern Strahlen des Mondes und unter Mondsstäubchen –: da kam Vult heiter zurück und brachte die Nachricht, Wina sei angekommen, deckte aber sogleich deren Wert für ihn selber durch eine zweite lustige zu (und lachte stark): daß er nämlich, sagt' er, im Vorbeigehen zu seinem Schuster gegangen, um ihn zu fragen, ob er denn seit vierzehn Tagen keinen fünfzehnten gefunden, um die Rehabilitierung, Palingenesie, Petersensche Wiederbringung seiner Stiefel (so drücke mancher leider ihr Besohlen aus) zu vollenden; er habe ihn aber nicht eher als auf dem Rückwege gefunden, wo er auffallend ihm immer rechts in die Schattenseite ausgebogen; – bis er nach langem Predigen gesehen, daß der Mann die Stiefel, welche der Bußtext der Kasualrede waren, an den Beinen bei sich habe und herumtrage, um sie erst noch etwas abzutreten, bevor er sie flicke. »War dieser Spaß, der noch dazu voll Anspielungen steckt, nicht soviel wert als das beste Paar Stiefel selber?« – »Ist er denn so sonderlich?« sagte Walt. – »Warum«, fragte Vult bestürzt, »siehst du so sonderbar aus? Warest du traurig?« – »Ich war selig, und jetzt bin ichs noch mehr«, versetzte Walt, ohne sich weiter zu erklären. Die höchste Entzückung macht ernst wie ein Schmerz, und der Mensch ist in ihr eine stille Scheinleiche mit blassem Gesicht, aber innen voll überirdischer Träume.

Nro. 58. Giftkuttel

Erinnerungen

Der Notarius erwartete am Morgen nichts Geringeres und Gewisseres als einen Bedienten außer Atem, der ihn eilig vor das Schreibepult des Generals bestellte. Nichts kam. Der Mittelmann glaubt, die Obermänner stehen darum auf den höhern Sprossen der Staatsleiter, um besser die Nachsteiger zu überschauen; indes er selber das Auge weniger auf den Kopf seines Nachsteigers als auf den Hintern seines Vorsteigers heftet; und so alle auf und ab. Die mittleren Stände haben den höhern keine andere Vergeßlichkeit schuld zu geben als die, welche die niedern wieder ihnen vorwerfen.

Die Dämmerung konnte Vult kaum erwarten, um ein Dämmerungsfalter zu werden und auszuflattern; Walt zählte ebenso stark darauf, um ein Dämmerungs-, ein Nacht- und ein Tagfalter zugleich zu sein, aber nur geistig und nur daheim.

Himmel! er wurd' es so sehr! Denn als Vult ganz spät und nicht in bester Laune nach Hause kam, fand er Walten hingegen darin, nämlich in bester – feurig schreitend – fast verjüngt, ja verkindlicht – so daß er ihn fragte: »Du hast, ich schwöre, heute Gesellschaft gehabt oder gesehen, und zwar die angenehmste, nur weiß ich nicht welche.« (Er meinte heimlich Raphaela.) »Oder hat der Magister Dyk gut geschrieben?«

»Ich erinnerte mich«, versetzte Walt, »den ganzen Abend fort, und zwar der Kindheit; denn sonst hatt' ich noch nichts.« – »Lehre mich diese Gedächtniskunst«, sagte Vult. – »Das Schulmeisterlein Wutz von J. P. macht' es wie ich, so wunderbar errät ein Dichter das Geheimste. Ich möchte wohl tagelang über die kleinen Frühlingsblümchen der ersten Lebenszeit reden und hören. Im Alter, wo man ohnehin ein zweites Kind ist, dürfte man sich gewiß erlauben, ein erstes zu sein und lange zurückzuschauen ins Lebens-Frührot hinein. Dir offenbar' ichs gern, daß ich mir höhere Wesen, z. B. Engel, ordentlich weniger selig aus Mangel an Kindheit denken kann, wiewohl Gott vielleicht keinem Wesen irgendeine Kindheits- oder Vergißmeinnichts-Zeit mag abgeschlagen haben, da sogar Jesus selber ein Kind war bei seiner Geburt. Besteht denn nicht das gute Kinderleben nur aus Lust und Hoffnung, Bruder, und die Frühregen der Tränen fliegen darüber nur flüchtig hin?«

»Früh-*Regen* und alter Weiber *Tänze* und so weiter – nämlich junge Not und alte Lust und so weiter. Fall' ich noch in den Zeitpunkt deiner versus memoriales?« sagte Vult.

»Wahrlich, stets hob ich in Leipzig und hier nur Tage dazu heraus, wo du noch nicht mit dem Musikus entlaufen warst.«

»So erinnere dich deines heutigen Erinnerns wieder vor mir«, bat Vult; – »ich stehe dir mit neuen Zügen bei.«

»Ein neuer Zug aus der Kindheit ist ein goldnes Geschenk«, sagte Walt – »nur wirst du manches zu kindisch finden.« (»Kindisch bloß«, sagte Vult.) »Ich nahm heute zwei Tage, nahe am kürzesten und längsten.

Der erste Tag fiel in die Adventszeit. Schon dieser Name und der andere ›Adventsvogel‹ umfliegt mich wie ein Lüftchen. Im Winter ist ein Dorf schön, man kann es mehr überschauen, weil man mehr darin beisammen bleibt. Nimm nur den Montag. Schon den ganzen Sonntag freuete ich mich auf die Schule am Montag. Jedes Kind mußte um 7 Uhr bei Sternenschein mit seinem Lichtchen kommen; ich und du hatten schön bemalte von Wachs. Vielleicht mit zu großem Stolze trug ich einen Quartband, einige Oktavbände und ein Sedez-Werkchen unter dem Arm.«

»Ich weiß«, sagte Vult, »du holtest der Mutter noch Semmel aus dem Wirtshause, als du schon den Markus und seinen Ochsen griechisch exponiertest.«

»Dann fing die schöne Welt des Singens und Lehrens in der süßen Schulstubenwärme an. Wir großen Schüler waren hoch über die kleinen erhoben; dafür hatten die Abc-Zwerge das Recht – und es war ihnen zu gönnen –, daß sie den Kandidaten laut anreden und ohne Anstand ein wenig aufstehen und herumgehen durften.

Wenn er nun entweder die Spezialkarte aufhing und wir am meisten froh waren, daß Haßlau und Elterlein und die umliegenden Dorfschaften daraufstanden – oder wenn er von den Sternen sprach und sie bevölkerte und ich voraussah, daß ich abends den Eltern und Knechten dasselbe erweisen würde – oder wenn er uns laut vorlesen hieß: –«

»Du weißt«, fiel Vult ein, »daß ich dann das Wort Sakrament, er mochte sagen, was er wollte, immer mit einem Akzent herlas, als ob ich fluchte, desgleichen Donnerwetter. Auch war ich der einzige, der ins laute gemeinschaftliche Abbeten eine Art $^3/_8$ Takt zu bringen versuchte.«

»Ich hätte dem arbeitsamen Manne so gern Entzückungen gegeben, wenn ich sie gehabt hätte. Ich betete oft ein leises Vaterunser, damit Gott ihn einen Finken, wenn er hinter seinem Kloben lauerte, darauf fangen ließe; und du wirst dich erinnern, daß ich stets die Schlachtschüssel mit Fleisch (du aber nur den Suppentopf) zu ihm trug. Wie ich mich auf das nächste Wiedersehen in der Schule freuete!«

»Wer mich hart gegen den Schulmeister findet«, sagte Vult, »dem halt' ich bloß vor, daß mir der Schulmann einmal eine angerauchte Pfeife abpfändete und sie in derselben Schulstube öffentlich vor meiner Nase gar ausrauchte. Heißt dies exemplarischer Lebenswandel von Schulmeistern? Oder etwa dies, daß sie Fischchen-Fangen und Vögel-Stellen uns Scholaren sprichwörtlich verbieten, wie Fürsten die Wagspiele, sich aber selber erlauben? Darüber möcht' ich einmal Männer in öffentlichen Blättern hören.« –

»O die liebe erste Schulzeit! Mir war alles erwünscht, was gelehrt und geboten wurde, die kleinste Wissenschaft war ja ganz voll Neuigkeiten, indes ihr jetzt in Messen nur einige nachwachsen. Kam nun vollends der Pfarrer mit den großen Augenbraunen im Priesterornat und verdunkelte doch den Kandidaten, wie ein Kaiser oder Papst einen Landesregenten, den er besucht: wie süß-schauerlich! Wie groß fiel jeder Laut seiner Baßstimme! Wie wollte man das Höchste werden! Wie wurde jedes Wort unsers Schomakers dreifach besiegelt durch seines!

Ich glaube, man ist schon darum in der Kindheit glücklicher als im Alter, weil es in ihr leichter wird, einen großen Mann zu finden und zu wähnen; ein geglaubter großer Mensch ist doch der einzige Vorschmack des Himmels.«

»Insofern«, sagte Vult, »möcht' ich ein Kind sein, bloß um zu bewundern, weil man damit sich so gut kitzelt als andere. Ja ich möchte als ein Fötus mit Spinnenarmen an die Welt treten, um die Wehmutter als eine Juno Ludovisi anzustaunen. Ein Floh findet leicht seinen Elefanten; ist man hingegen älter, so bewundert man am Ende keinen Hund mehr. Doch muß ich dir bekennen, daß ich schon damals unserem knurrenden Pfarrer Gelbköppel aus seiner Kragen-Glorie einige Strahlen ausrupfte. Ich hatte, wie gewöhnlich, ein Buch unter die Schultafel in der Absicht fallen lassen, hinunterzukriechen und drunten die Fruchtschnur von Hängfüßen am Bank-Galgen lächerlich zu finden: als ich auch Gelbköppels Wochen-Stiefel auf dem Boden antraf und durch den aufklaffenden Priesterrock die Hosen, die er bei dem Grummet-Aufladen angehabt, zu Gesicht bekam – weg war seine ganze oben daraufgepelzte Würde – Der Mensch, wenigstens der Apostel, sei aus *einem* Stück gekleidet, er sei kein halber Aposteltag, Walt!«

»Vult, bist du dergleichen nicht fast in mancher Bemerkung? – Nun kam 11 Uhr heran, wo wir beide auf den Turm zum Läuten und Uhr-Aufziehen gehen durften. Ich weiß noch gut, wie du dich oben auf dem Glockenstuhl an das Seil der ausschwankenden Glocke hingst, um geschwungen zu werden, obgleich viele dir sagten, sie werfe dich durch das Schalloch. Ich hätte selber hindurchfliegen mögen, wenn ich so hinaussah über das ganze kreuzweis gebahnte Dorf voll lärmender Dreschtennen und an die dunkle Bergstraße nach der Stadt und über den weiten Schnee-Glanz auf allen Hügeln und Wiesen und dabei den blauen Himmel darüber her! Doch damals war der Erde der Himmel nicht sehr nötig. – Hinter mir hatt' ich die ernsthafte Glocke mit ihrer eiskalten Zunge und mit ihrem Hammer, und ich dachte mir es schauerlich, wie sie einsam in der frostigen Mitternacht zu mir ins tiefe Haus und warme Bette hinab reden werde. Ihr Summen und Aussummen in dieser Nähe umfloß den Geist mit einem stürmenden Meere, und alle drei Zeiten des Lebens schienen darin untereinander zu wogen.«

»Bei Gott! Hier hast du recht, Walt. Nie hör' ich dieses Tonbrausen ohne Schauder und ohne den Gedanken, daß der Müller *erwacht*, sobald die rauschende Mühle stillsteht, unser Leib mit seiner Holz- und Wasser-Welt; indes ergötzt die Betrachtung schlecht für den Augenblick.«

»Nimm nicht dein ernstes Herz so wieder zurück, Bruder! Sollt' ich dein Gleichnis wieder mit einem beantworten, so würd' ich sagen, diese Stille sei die auf dem Gipfel des Gotthardsberges. Alles ist dort stumm, kein Vogel und kein Lüftchen zu hören, jener findet keinen Zweig, dieses kein Blatt; aber eine gewaltige Welt liegt unter dir, und der unendliche Himmel mit allen übrigen Welten umfängt dich rings. – Willst du jetzt weitergehen in unserer Kindheit, oder lieber morgen?«

»Jetzt, besonders jetzt. Der Kindheit werf' ich nichts vor als zuweilen – Eltern. Wir stiegen also beide die langen Turmtreppen herunter –«

»– und im elterlichen Hause wurden wir durch die reinlich-geordnete Mittags-Welt erfreuet an der Stelle der trüben Morgenstube; überall Sonnenschein und Aufordnung. Da aber der Vater in der Stadt war und also das Mittagbrot schlechter und später: so ließ ich mir es bis nach der Schule aufheben, weil ich nicht zu spät in diese kommen wollte, und weil mir jetzt aus der Ferne durchs Fenster schon Kameraden und Lehrer wieder neu erschienen.

In der Schulstube grüßte man die unveränderten Bänke als neu, weil man selber verändert ist. Ein Schul-Nachmittag ist, glaub' ich, häuslicher, auch wegen der Aussicht, abends zu Hause und noch häuslicher zu bleiben. Ich freute mich auf das ungewöhnliche Allein-Essen und auf den Vater mit seinen Sachen aus der Stadt. Ein ganzer Wolkenhimmel von Schneeflocken wirbelte herunter, und wir Schüler sahen es gern, daß wir kaum mehr die Bibel lesen konnten in der ohnehin dunkeln traulichen Schulstube.

Draußen nun sprang jeder in neu gefallnen Schnee sehr lustig mit den lange müßigen Gliedmaßen. Du warfst deine Bücher ins Haus und bliebst weg bis zum Gebetläuten; denn die Mutter erlaubte dir das Austoben am meisten in Absein des Vaters. Ich folgte dir selten. Der Himmel weiß, warum ich stets kindischer, ausgelassener, hüpfender, unbeholfen-eckiger war als du – ich machte meine Kinds- oder Narrenstreiche allein, du machtest deine als Befehlshaber fremder mit.«

»Ich war zum Geschäftsmann geboren, Walt!«

»Aber in der Vesper las ich lieber. Ich hatte erstlich meinen orbis pictus, der, wie eine Iliade, das Menschen-Treiben auseinanderblätterte. Ich hatte auf dem Gesimse auch viele Beschreibungen, teils vom Nordpol, teils von alter Norden-Zeit, z. B. die frühesten Kriege der Skandinavier usw., und je grimmig-kälter ich alles in den geographischen Büchern fand oder je wilder in den historischen: desto häuslicher und bequemer wurde mir. Noch kommt mir die altnordische Geschichte wie meine Kindheit vor, aber die griechische, indische, römische mehr wie eine Zukunft.

In der Dämmerung verflatterte das Schneegestöber, und aus dem reinen Himmel blitzte der Mond durch das Blumengebüsch der gefrierenden Fenster – Hell klang draußen in der strengen Luft das Abendläuten unter den aufgebäumten Rauchsäulen – Unsere Leute kamen Hände-reibend aus dem Garten, wo sie die Bäume und Bienenstöcke in Stroh eingebauet hatten – Die Hühner wurden in die Stube getrieben, weil sie im Rauche mehr Eier legen – Das Licht wurde gespart, weil man ängstlich auf den Vater harrete – Ich und du standen auf den Hand- und Fußhaben der Wiege unserer sel. Schwester, und unter dem heftigsten Schaukeln hörten wir dem Wiegenlied von grünen Wäldern zu, und der kleinen Seele taten sich tauschimmernde Räume auf – Endlich schritt der geplagte Mann über den Steg, bereift und beladen, und eh' er noch den Quersack abgehoben, stand sein dickes Licht auf dem Tisch, kein dünnes. Welche herrliche Nachrichten, Gelder und Sachen bracht' er mit und seine eigne Freude!«

»Wer bezweifelt seine Entzückung weniger als ich, den er darin allemal ausprügelte, bloß weil ich auch mit entzückt sein wollte und dadurch, springend und tanzend, den Lärm erregte, den er in stiller Lust am meisten verfluchte; so wie ein Hund sich nie mehr kratzen muß, als wenn er freudig an seinem Herrn aufspringt.«

»Scherze nicht! Und bedenke, was er uns mitbrachte; ich weiß es aber nicht mehr – mir einen für mein Geld gekauften Bogen Konzeptpapier, wovon ich damals nicht denken konnte, daß so etwas Breites, Nettes nicht mehr koste als zwei Pfennige – für die Schwester ein Abc-Buch mit Gold-Buchstaben schon auf der äußern Deckel-Schale und mit frischen saubern Tier-Bildern im Vergleich gegen unsre abgegriffenen alten.«

»Schießpulver als Digestivpulver für das Schwein, wovon die wenigen Körnchen, die ich zusammenkehrte, mir bessere Feuerwerke auf einen Span bescherten als irgendeinem König ein dreißigjähriger Krieg.« –

»Das Beste war wohl der neue Kalender. Es war mir, als hielt' ich die Zukunft in der Hand, wie einen Baum voll Fruchtlage. Mit Lust überlas ich die Namen Lätare, Palmarum, Jubilate, Kantate, wobei mir mein wenig Latein gute Dienste tat. Die Epiphanias waren mir verdrüßlich, besonders zu viele; hingegen je mehrere Trinitatis-Sonntage fielen, desto länger grüne, dacht' ich, die freudenreiche Zeit. Lächerlich kommt es mir vor, daß, eben da ich hinten im Kalender die Haßlauer Postberichte las, die kaiserliche reitende Post im Dorfe ins Horn stieß und ich den guten Menschen bewunderte und bedauerte, der nun, laut dem Berichte, mitten im Winter allein nach ganz Pommern, Preußen, Polen und Rußland ritt; ein Irrtum, den ich erst in Leipzig fahren ließ. Wenn nun darauf der Kandidat Schomaker zum Essen kam und wir vom Vater manche Historien mit Vergnügen zum zehntenmal hörten – wenn du nach dem Essen auf einer Span-Geige aus gewichstem Zwirnfaden kratztest – und ich einen glimmenden Schleußen-Span zu einem Feuerrad umschwang – und ich und du und der lange Knecht, der mir damals, wie den Kindern vielleicht alle gewohnte Gesichter, schön vorkam, spielten und sangen: ›Ringe, ringe Reihe, 's sind der Kinder dreie, Sitzen auf dem Holderbusch, Schreien alle Musch, Musch, Musch! Setzt euch nieder! Es sitzt 'ne Frau im Ringelein, Mit sieben kleinen Kindern. Was essens gern? Fischelein. Was trinkens gern? Roten Wein. Setzt euch nieder!‹ – Innig erfreuet las ich neulich in Gräters Bragur das einfältige Kinderding – Ich muß aber meinen Satz ganz anders angefangen haben.« –

»Nunmehr ist er geschlossen. Das Leben fängt, wie das griechische Drama, mit Possen an. Beginn, eh' du erwachst, deinen versprochenen Sommertag.«

»Ich könnte ihn wohl von der Faßnacht anheben, wo der neuerstandene

Frühling lauter Sonnenstrahlen in die Schulstube voll kleiner geputzter Tänzer streuet, so daß es in den Seelen früher blühte als in den Gärten. Schon der alte simple Vers: ›Zur Lichtmeß essen die Herrn am Tag', Zur Faßnacht tuns die Bauern auch nach‹ zog Abendröte und Blütenschatten um den Abendtisch. Gott, wie wehen noch die Namen Marientage, Salatzeit, Kirschenblüte, Rosenblüte die Brust voll Zauberduft! – So denk' ich mir auch die Jugend meines Vaters bloß als einen ununterbrochenen Sommer, besonders in der Fremde; so wie ich meinen Großvater und überhaupt die zurückliegende Zeit vor meiner Geburt immer jung und blühend sehe. Da gabs schöne Menschentage, sagt man sich. Wie frisch und hell springend, gleich Frühlingsbächen, kommen mir die alten Universitäten, Bologna und Padua, vor mit ihren ungemessenen Freiheiten, und ich wünschte mich oft in diese hinein!«

»Macht' ich weniger aus dir, so müßt' ich bei deinem Wunsche denken, es wäre damals, außer Hauspump, Buxen, Landesvater, auch Gassatim rumoren und Degen wetzen deine Sache gewesen; aber ich weiß gut, du wolltest zu allem nur ruhig sitzen und zusehen als Rector magnificus. – Allein gib nun deinen heutigen Sommertag!«

»Es war das heilige Dreifaltigkeitsfest, und zwar das jener Woche, worin du auf und davon gingest. Nur vorher lasse mich noch bemerken, daß mir deine erwähnten Studenten-Wörter teils neu klingen, teils roh. An diesem heiligen Feste nun, das mit Recht in die schönste Jahreszeit fällt, gingen, wenn du es nicht vergessen, unsere Eltern immer zum heiligen Abendmahl. Gerade an jenem Sonnabend – wie denn überhaupt an jedem Beichtsonnabend – bezeigten die lieben Eltern sich noch gütiger und gesprächiger gegen uns Kinder als sonst; Gott aber schenke ihnen in dieser Stunde die Freude, die mir jetzt in ihrem Angedenken das Herz durchwallt! Die Mutter ließ vieles im Stall durch Leute besorgen und betete aus dem schwarzen Kommunion-Büchlein. Ich stand hinter ihr und betete unbewußt mit herunter, bloß weil ich das Blatt umkehrte, wenn sie es herab hatte. Die Bauernstube war so rein und schmuck aufgeräumt für den Sonntag – wie am heiligen Christabend war es am Beichtabend – aber schöner und höher – dazu hing nun der reich-schwere Frühling herein, und der Blütengeruch zog durch das ganze Haus und jeden Dachziegel – Frühling und Frömmigkeit gehören gewiß recht für einander – Ich sah nachher, als der Nachtwächter antrat, noch ein wenig aus dem Dachfenster, voll Düfte und Sterne war der Himmel über dem Dorfe – die Generalin ging so spät noch mit ihrem Kinde an der Hand auf dem Schloßwall spazieren, und das ganze Dorf wußte, daß sie morgen kommunizierte und ich und du die Kommunikantentüchlein dabei hielten – Wahrlich, ob ich gleich schon lateinisch sprechen konnte, die weißgekleidete Generalin kam mir als die Mutter Gottes vor, und das Kind als ihr Kind.«

»Hat denn die Generalin einen Sohn?«

Walt sagte verlegen: »Ich stellte mir nämlich ihre damalige Tochter so vor in der Ferne. Ich möchte jetzt noch vor Freude über die Wundernacht weinen, wenn du nicht lachtest....«

»So weine zum Henker! Wer lacht denn, Satan, wenn einmal ein Mensch die Aufrichtigkeit in Person ist?«

»Es erschien denn das heilige Trinitatis-Fest mit einem blauen Morgen voll Lerchen und Birkendüfte; und als ich aus dem Bodenfenster diese Bläue über das ganze Dorf ausgespannt erblickte, wurde mir nicht, wie sonst an schönen Tagen, beklommen, sondern fast wie jauchzend. Unten fand ich die Mutter, die sonst nur in die Nachmittagskirche ging, schon angeputzt, und den Vater im Gottes-Tischrock, wodurch sie mir, zumal da sie unser Sonntags-Warmbier nicht mittranken, sehr ehrwürdig erschienen. Den Vater liebt' ich ohnehin am Sonntag stärker, weil er bloß da rasiert war. Ich und du folgten ihnen in die Kirche; und ich weiß, wie darin die Heiligkeit meiner Eltern gleichsam in mich herüberzog unter der ganzen Predigt; eine fremde wird in einem blutsverwandten Herzen fast eine größere.«

»Mein Fall war es weniger. Ich lebte nie lustiger als an ihren Kommuniontagen, weil ich wußte, daß sie es für Sünde hielten, mich früher als nach Sonnenuntergang auszuwichsen – und weil sie nach dem Abendmahl auch das Mittagsmahl bei dem Pfarrer nahmen und wir folglich das Schachbrett zum Rösselsprung frei hatten. Steht es noch vor deiner Seele, malt es sich noch glühend, färbt es sich noch brennend, daß ich an demselben Sonntage mit einem Taschenspiegel vom Chore herab den Sonnenglanz wie einen Paradiesvogel durch die ganze Kirche und sogar um die zugedrückten Augen des Pfarrers schießen ließ, indes ich selber ruhig mit nachsah und nachspürte? Und gedenkst du noch – denn nun entsinn' ich mich alles –, daß mich darüber der satanische Kandidat erwischte und der Vater nach der Kirche mich nach der peinlichen Halsgerichts-Ordnung von Karl, die (im Art. 113) Gefangenschaft mit Besen-Streichen leicht vertauschen lässet, aus Andacht bloß einkerkerte, anstatt, was mir lieber gewesen, mich halbtot zu schlagen?«

»Du hieltest aber dennoch in der Kirche das rechte Altartüchlein bei der Oblate unter den Kommunikanten auf und ich das linke beim Kelch. Es soll nie von mir vergessen werden, wie demütig und rührend mir unser blasser Vater auf seinen Knien an der scharlachenen Altarstufe vorkam, indes der Pfarrer ihm sehr schreiend den goldnen Kelch vorhielt. Ach wie wünscht' ich, daß er stark tränke vom heiligen Weine und Blut. Und dann die tief geneigte Mutter! Wie war ich ihr unter dem Trinken so rein-gut! Die Kindheit kennt nur unschuldige *weiße* Rosen der Liebe, später blühen sie röter und voll Schamröte. Vorher aber trat die majestätische lange Generalin in ihrem schwarzen und doch glänzenden Seidengewand an die Altarstufe, sich und die langen Augenwimpern senkend wie vor einem Gott, und die ganze Kirche klang mit ihren Tönen drein in die andächtige Gegenwart dieser idealen Herzogin für uns alle im Dorf.«

»Die Tochter soll ihr so ähnlich sehen, Walt?«

»Die Mutter wenigstens ist ihr sehr ähnlich. Darauf zog man denn aus der Kirche, jeder mit emporgehobnem Herzen – die Orgel spielte in sehr hohen Tönen, die mich als Kind stets in helle fremde Himmel hoben – und draußen hatte sich der blaue Äther ordentlich tief ins Sonntagsdorf hineingelagert, und vom Turme wurde Jauchzen in den Tag herabgeblasen – Jeder Kirchgänger trug die Hoffnung eines langen Freudentages auf dem Gesichte heim – Die sich wiegende lackierte Kutsche der Generalin rasselte durch uns alle durch, nette, reiche Bedienten sprangen herab – – Überhaupt, wäre nur nachher nicht die Sache mit dir gewesen – –«

»Zu oft käue sie nicht wieder!«

»Also ging der Vater im Gottestischrock ins Pfarrhaus und hinter ihm die Mutter. Und als ich, da sie abgesessen hatten, die Klingeltüre des Pfarrhofs öffnete und schon die Truthühner desselben mit Achtung sah: –«

»Du brauchst mirs nicht zu verdecken, daß du mich drüben aus meiner verfluchten Karzerkammer losbitten wolltest, weil ich zu sehr schrie und Fenster und Kopf einzustoßen schwur.«

»Die Bitte half wenig beim Vater; vielleicht weil der Pfarrer sagte, du hättest ihn zu sehr beleidigt und geblendet. Ich vergaß leider bald dich und die Bitte über dem herrlichen süßen Wein, den ich trank. Auf dem Lande hat man zu wenig Erfahrung der vornehmern Welt und bewundert ein Glas Wein. Der Pfarrer ließ mich Entzückten durch ein Prisma schauen und gleichsam jedes einzelne Stück Welt mit einer Aurora und Iris umziehen. Ich bildete mir oft ein, ich könnte wohl, da ich so viel Gefühl für Malerei, sogar für Farben an Schachteln, Zwickeln, Ziegelsteinen zeigte, fast mehr zum Maler taugen, als ich dächte. Da ich meinen Vater tief unten an der Tafel sitzen sah, dacht' ich mir das Vergnügen, ihn einst sehr auszuzeichnen, falls ich etwas würde.«

»Es ist auffallend, wie oft auch ich schon seit Jahren geschworen, mich meiner Herkunft zu entsinnen, wenn ich im Publikum bedeutend in die Höhe und Dicke wüchse, und mich weder deiner noch der Eltern zu schämen. Man kann fast nicht früh genug anfangen, sich bescheiden zu gewöhnen, weil man nicht weiß, wie unendlich viel man noch wird am Ende. – Liebe für Farben, wovon du sprachst, ist darum noch keine für Zeichnung; inzwischen kannst du immer, wenn die eine Art Maler sich von fremder Hand die Landschaften, die andere sich die Menschen darin malen ließ, beide Arten in dir vereinen. Vergib den Spaß!«

»Recht gern! Wir zogen als vornehme Gäste durchs Dorf nach Hause, wo der Vater die Scharlachweste anlegte und mit mir und der Mutter spazieren ging, um abends gegen 6 Uhr im Gartenhäuschen zu essen. Nun glaub' ich nicht, daß an einem solchen Abende, wo alle Welt im Freien und angeputzt und freudig ist und die Generalin und andere Vornehme mit rotseidnen Sonnenschirmen spazierengehen, irgendein Herz, wenn es zumal in einem Bruder schlägt, es ertragen kann, daß du allein im Kerker hausest.«

»Sakerment!« sagte Vult.

»Sondern es war natürlich, daß ich und der Knecht dir eine Dachleiter ans Fenster setzten, damit du herunter könntest ins Dorf zur Lust. – Nein, kein Spaziergang mit Menschen ist so schön als der eines Kindes mit den Eltern. Wir gingen durch hohe grüne Kornfelder, worin ich die Schwester hinter mir nachführte in der engen Wasserfurche. Alle Wiesen brannten im gelben Frühlingsfeuer. Am Flusse lasen wir ausgespülte Muscheln wegen ihres Schillerglanzes auf. Das Flößholz schoß in Herden hinab in ferne Städte und Stuben, und ich hätte mich gern auf ein Scheit gestellt und wäre mitgeschifft! Viele Schafherden waren schon nackt geschoren und legten sich mir näher ans Herz, gleichsam ohne die Scheidewand der Wolle. Die Sonne zog Wasser in langen wolkigen Strahlen, aber mir kam es vor, als sei die Erde mit Glanzbändern an die Sonne gehangen und wiege sich an ihr. Eine Wolke, die mehr Glanz als Wasser hatte, regnete bloß neben, nicht auf uns; ich begriff aber damals gar nicht, als ich die Grenzen der nassen und der trocknen Blumen sah, wie ein Regen nicht allezeit über die ganze Erde falle. Die Bäume neigten sich gegeneinander, als die Wolke tropfend darüber wegwehte, wie die Menschen am Abendmahls-Altar. Wir gingen ins Gartenhaus, das innen und außen nur weiß ist; aber warum glänzet dieser kleine Name über alle stolz gedeckte Prachtgebäude herüber und blinkt in seinem Abendrot sehr gegen fremdes Morgenrot? Alle Fenster und Türen waren aufgemacht – Sonne und Mond sahen zugleich hinein – die rotweißen Äpfelknospen wurden von ihren starren struppigen Ästen hineingehalten und zuweilen eine schneeweiße Äpfelblüte mit (o Vult, ich gebe den Apfel für die Äpfelblüte gern) – Die Bienen gaben dem Vater Zeichen eines nahen Schwärmens – Ich fing mir in eine Schachtel Goldkäfer, für welche ich den Zucker längst aufgesparet hatte – Noch glänzt mir das Gold und der Smaragd dieser Paradiesvögelchen hienieden, in Deutschland meint' ich – Auch zog ich mir im Garten Schößlinge aus, um sie daheim anzupflanzen zu einem Lustwäldchen unter meinem Knie. Die Vögel schlugen wie bestellt in unserem Gärtchen, das nur fünf Apfelbäume und zwei Kirschbäume hatte und mehrere Pflaumenbäume samt guten Johannisbeer- und Haselstauden. Zwei Finken schlugen, und der Vater sagte, der eine singe den scharfen Weingesang und der andere den Bräutigam. Aber ich zog – und noch jetzt – meinen guten Embritz vor –«

»Deutlicher in der ornithologischen Sprache Emmerling, Goldammer, Gröning, Gelbling, Geelgerst, Emberiza citrinella L.«

»– welcher, wie die Eltern sagten, sang: ›wenn ich eine Sichel hätt', wollt' ich mit schnied.‹ – Was ist denn das Dunkle im Menschen-Innern, daß ich wirklich den einfachen Embritz, wenn ich durch Wiesen gehe und ihn an belaubten Abhängen höre, leider über die göttliche Nachtigall, die freilich wenig rein durchführt, sondern heftig springt, zu setzen suche? – Floß aber nicht nachher die Abendröte in den ganzen Garten hinein und färbte alle Zweige? Kam sie mir nicht wie ein goldner Sonnentempel mit vielen Türmen und Pfeilern vor? Und gingen nicht auf den Wolkenbergen die Sternchen wie Maienblümchen auf? – und die breite Erde war ein Webstuhl rosenroter Träume? Und als wir spät nach Hause wandelten, hingen nicht in den finstern Büschen goldne Tautropfen, die lieben Johannis-Würmchen? Und fanden wir nicht im Dorfe ein ganz besonderes Fest-Leben, sogar die kleinen Viehhirten endlich im Sonntagsputz, und dem Wirtshause fehlte nichts als Musik, und auf dem Schlosse wurde gesungen?«

»Und nahm mich nicht«, fuhr Vult fort, »der gute Vater, als er mich in dieser Freude als Teilhaber fand, leise bei den Haaren mit nach Hause und prügelte mich so verflucht? – O daß doch der Teufel alle Erziehungen holte, so wie er selber keine erhalten! Wer nimmt mir jetzt die Fest-Prügel ab und den Karzer? Du kannst dich leicht herstellen und entsinnen und vergnügt außer dir sein und die Repetieruhr der Erinnerung aus der Tasche ziehen. Aber Hölle, was hab' ich denn schmelzend mich zu erinnern als an die lausige Aurora eines aufgehenden Schwanzsterns? O wie glücklich, glücklich könnte man ein Kind machen! Dies probiere aber einmal einer bei einem greisen Schelm von vierzig Jahren! Ein einziger Kindertag hat mehr Abwechsel als ein ganzes Manns-Jahr. Sieh an, wie er mich, wenn das kühne Bild zu gebrauchen ist, aus einem zarten, weißen Kindsgesicht so zu einem braunen Kopfe geraucht und erhitzt hat wie einen Pfeifenkopf!– Wärme mich nicht mehr wieder so auf! – Was seh' ich denn von Elysien und elysischen Äckern um mich her als ein paar Sessel? – unsern Bett- und Stuben-Schirm? – nichts zu trinken? – dich guten Millionär bloß voll innerer Gedächtnismünzen? – und einen hölzernen Sitz der Seligen? – O ich möchte ... He, herein nur! Vielleicht bringt uns doch, Walt, ein Himmelsbürger ein oder ein paar Himmelspforten und Empyreen.«

Es schritt die gelbe Postmontur ein mit dem Hoppelpoppel oder das Herz unter dem Arm, das der Magister Dyk mit den Worten zurückschickte, er verlege zwar gern Rabenersche und Wezelsche Pläsanterien, aber nie *solche*. »Nu, ist das kein Sonnenblick aus unserm Freudenhimmel?« fragte Vult. »Ach«, sagte Walt, »ich glaube, ich war eben vorhin und bisher zu glücklich; darauf kommt immer ein wenig Betrübnis – Es ist doch gut, daß das Werk nicht auf der Post hin und her verloren gegangen.« – »O du weiches – Holz!« fuhr jener auf. »Aber nicht du sollst es ausbaden, sondern der Magister. Ich will ihn waschen mit Seewasser, obs gleich nicht weiß macht.«

Er setzte sich auf der Stelle nieder und schrieb im Grimm einen unfrankierten Brief an den Magister, worin die Höflichkeit des Briefstils so gut als ganz hintangesetzt war.

Nro. 59. Notenschnecke

Korrektur – Wina

Am Morgen kam wieder ein Manuskript, aber ein fremdes abgedrucktes: der Setzer der Paßvogelschen Buchhandlung – für Walt war ein Setzer viel – händigte den ersten Korrekturbogen ein, damit der Universalerbe der Kabelschen Verlassenschaft daran seinen Testamentsartikel erfülle. Das Werk, dessen Titel war: »Das gelehrte Haßlau, alphabetisch geordnet von Schieß«, – nun in aller Händen – war sehr gut in deutscher Sprache mit lateinischen Lettern geschrieben, nur aber ganz schlecht oder unleserlich, und enthielt jeden Haßlauer, der mehr als eine Seite, nämlich zwei, d. h. ein Blatt, für Straße und Welt gemacht, samt einem kurzen Nachtrag von den Lands-Gelehrten, die schon als Kinder verstorben. Wenn man zählt, welche Menge von Autoren Fikenscher aus seinem *gelehrten Bayreuth* bloß dadurch hinaussperrt, daß er keinen aufnimmt, der nicht mehr als *einen* Bogen geschrieben – sogar zwei reichen nach der Vorrede nicht hin, wenns bloß Gedichte sind –, und welche noch größere Meusel aus seinem gelehrten Deutschland verstößt, dadurch daß er nicht einmal Leute einläßt, die nur *ein* Büchlein geschrieben, nicht aber zwei: so sollte wohl jeder wünschen, in Haßlau geboren zu sein, bloß um in das gedruckte gelehrte zu kommen, da Schieß nicht mehr dazu begehrt zum Einlaßzettel als etwas nicht Größeres, als der Zettel ist, nur ein gedrucktes Blatt; denn sich mit noch wenigerem in einen solchen Charons-Kahn, der stets zur Unsterblichkeit des Edens entweder oder des Tartarus abführt, einschiffen wollen, hieße ja Schriftsteller einladen, die ganz und gar nichts geschrieben.

Der Notar fing sofort das Korrektieren an – in die Korrekturzeichen hatt' er sich längst eingeschossen –; aber er fand statt der Hügel Klippen zu übersteigen. Schieß schrieb eine gelehrte Hand und eine ungelehrte zugleich; der Korrekturbogen war aus Titeln, Namen, Jahrszahlen und solchen Sachen gewebt, die nirgends zuammenhängen als in Gott. Es ist daher die gemeine Meinung, daß Paßvogel bloß zum Drucke des Notars den Druck des Werkes eingegangen. Vult wollte zwar bessern helfen, aber Walt fand fremde Hülfe gott- und treulos und korrigierte allein.

Eh' ers hintrug in die Buchhandlung, fragte ihn Vult, ob man nicht einen witzigen Einfall haben und er, Vult, nicht ihren Roman mit einem Briefe an Paßvogel tragen könnte, worin er sich als den Verfasser ausgäbe und sagte, der Endes Unterschriebene stehe dem Leser eben vor der Nase. Es geschah. Beide trafen zufällig einander im Buchladen. Kaum sah Paßvogel aus Vults Tasche eine Manuskript-Rolle stechen: so machte er sich nichts aus ihm – weils ein Autor war –, sondern setzte Walt, den Korrektor und Erben, höher und überlas freundlich den Bogen: »Der Herr Autor«, sagte er, »wird schon nachsehen.«

Darauf überreichte ihm Vult furchtsam den Brief samt Roman und sah begierig in seine lesende Physiognomie, wie sie sich bei der Stelle umsetzen würde, wo der Briefschreiber dasteht als Briefträger. Aber dem feinen, im Gesetze der geselligen Stetigkeit lebenden Manne tat der Riß und Zuck weh auf der eleganten Haut, und er sagte – nach dem Überlaufen des Titels – verdrüßlicher als gewöhnlich, er bedaure, daß er schon überladen sei, und schlage kleinere Buchhändler vor. »Wir Autoren«, versetzte Vult, »gehen anfangs wie Hirsche, denen das zarte Gehörn erst entsprießet, mit gesenktem Haupte; aber später, wenn es groß und hart zu sechzehn Enden ausgeschossen, schlägt man damit an die Bäume heftig, und ich fürchte, Herr Paßvogel, ich werde im Alter grob.« – »Wieso?« sagte dieser.

Vult tat darauf, als kenn' er Walten von weitem, und sagte: wenn er als Kabelscher Erbe erst den ersten Bogen übergeben, so schein' es fast, als wollten ihm die Erben das zwölfbogige Korrektoramt zu zwölf Wochen ausdehnen. Dann entsprang er nach seiner boshaften Sitte plötzlich, um dem Feinde die Replik zu entwenden.

Beide verliehen daheim vor allen Dingen dem Romane Flügel, weil die Hoffnung immer so lange zum Totliegenden gehörte als das Buch. Man schickte ihn an Herrn Merkel in Berlin, den Brief- und Schriftsteller, damit er das Buch einem Gelehrten, Herrn Nicolai, empfähle und aufheftete.

Mitten in den Genuß der abfahrenden Post fiel wieder ein Staubregen: der hinkende Notar, der bekannte Geschäftsträger der Erben, kam mit dem ersten Korrekturbogen und Schießens Re-Korrekturen.

Walt hatte einundzwanzig Druckfehler stehen lassen. Schieß wies aus dem Manuskripte nach, daß er ein c statt einem e – dann ein e statt eines c – ein ſ statt eines s – ein ſ statt eines f – ein Komma statt eines Semikolons – eine 6 statt einer 9 – ein h statt eines b – ein n statt eines u und umgekehrt, da eben beide umgekehrt waren, habe stehen lassen usw. Walt sah nach und sann nach und sprach seufzend: »Wohl ists nicht anders!«

Arme Korrektoren! wer hat noch eurer Mutter-Beschwerungen und Kindsnöten in irgendeinem Buche ernsthaft genug gedacht, das ihr zu korrigieren bekommen! So wenig, daß Millionen in allen Weltteilen aus der Welt gehen, ohne je erfahren zu haben, was ein Korrektor aussteht, ich meine nicht etwa dann, wann er teils hungert, teils friert, teils nichts hat als sitzende Lebensart, sondern dann, wann er ein Buch gern lesen möchte, das er zwar vor sich sieht (noch dazu zweimal, geschrieben und gedruckt), aber korrigieren soll; denn verfolgt er wie ein Rezensent die Buchstaben, so entrinnt ihm der Sinn, und er sitzt immer trister da; ebensogut könnte einer sich mit einer Wolke, durch deren Dunststäubchen er eine Alpe besteigt, den Durst löschen.

Will er aber Sinn genießen und sich mit nachheben: so rutscht er blind und glatt über die Buchstaben hinweg und lässet alles stehen; reißet ihn gar ein Buch so hin wie die zweite Auflage des Hesperus, so sieht er gar keinen gedruckten Unsinn mehr, sondern nimmt ihn für geschriebnen und sagt: »Man verstehe nur aber erst den göttlichen Autor recht!« – Ja wird nicht selber der Korrektor dieser Klage bloß aus Anteil an dem Anteil, den ich zeige, so manches übersehen? –

Endlich brachte das schlechtsprechende und schön singende Kammermädchen des General Zablocki nicht nur Raphaelen ein Briefchen der Tochter, sondern auch um eine Treppe höher Walten die Frage des Vaters, ob er nicht diesen ganzen Tag bei ihm schreiben könnte. »O Gott, gewiß!« sagte er und begleitete das Mädchen drei Treppen herab.

Vult lächelte ihn seltsam an und sagte: er kopiere ja mémoires érotiques mit und ohne Feder und jage Mädchen; er Hund hingegen müsse, wie die Schmetterlings-Puppe eines Naturforschers, sich in einer Schachtel von Stube zum Falter entfalten, wenn jener im Freien gaukle. »Allein«, setzt' er dazu, »ein Greifgeier, ein Basilisk wie ich hat so gut seinen Liebes-Pips als ein Phönix wie du.« – Walt wurde sehr rot, er sah sein und Winas Herz gleichsam gegen das helle freie Tagslicht gehalten. »Nu, nu, versteige dich nur um drei Treppen hinauf oder hinab; indes ich daheim hinter meiner arkadischen Dorfwand ein Madrigal auf den Schmelz der Auen und der Zähne setze und Blumen und Lippen röte. Das Mädchen gefiele mir selber, sie sollte eher ein Palast- als ein Kammermädchen sein.« Sehr zornrot erwiderte Walt, der endlich eigne und fremde Verwechslung erriet: »Du tust gar nicht recht, da du weißt, wie mir dieses Mädchen bei der besten Singstimme einmal durch unziemliche Reden aufgefallen.«

Damit ging er so rasch und wild fort, daß Vult sich gestand, er würde, wenn er nicht schon früher dessen Liebe für eine vornehmere Raphaela kennte, sie jetzt aus dem Grimm erraten, den bloße Heiligkeit unmöglich einbliese. Als der Notar in den großen Zablockischen Palast, wovor und worin viele leere Wagen standen, und unter die kalte Dienerschaft kam: so wirkten Vults Scherze, die seine Liebe entweder wie Schießpulver unter das Dach oder wie Öl in den Keller lagerten, verdrüßlich nach, und er erstaunte nun erst, daß er Wina liebe und ihren Morgenblick aufbewahre. Sein Glück blühte als eine nackte Blumenkrone auf einem entblätterten Stiel. Spät kam er nach seinem Erinnern an frühestes Vorfordern in das alte Schreibstübchen; und später der General.

»Innigst« – so spann Walt, nahe an ihn tretend, die Unterredung an, um sie dem andern nach den Gesetzen der Lebensart zu erleichtern – »wünsch' ich Ihnen Glück zum Glück der Wiederkunft, wie damals im Rosenhof zur Abreise, wenn Sie sich dieser Kleinigkeit noch entsinnen. Mög' Ihnen Leipzig ein fortgesetzter Spaziergang gewesen sein!« – »Sehr verbunden!« (sagte Zablocki) »Sie verpflichten mich, wenn Sie heute die bewußten Briefe zu Ende kopieren und mir Ihren Tag weihen.« – »Welchen nicht? – War Ihr dreifaches Glück – verzeihen Sie die kecke Frage – nicht, wie ich hoffe, der Jahrszeit ungleich?« fragt' er.

»Für die späte Jahrszeit war das Wetter gut genug«, versetzte Zablocki.

Da der Notar nichts Schwierigeres kannte, als zu fragen – d. h. im Ozean zu angeln –, nichts Leichteres aber, als zu antworten, weil die Frage die Antwort umkränze: so hielt er es für Pflicht jedes Unter-Sprechers, auf den Ober-Sprecher nur die leichtere Last zu laden, und fragte sogleich. Wie bequem wohnen dagegen Männer, welche gerade das Widerspiel als Weltsitte kennen und ehren, unter ihrer Gehirnschale, und wie vergnügt, wenn sie vor Kronen und Kronerben treten! Aller Anreden gewärtig und gewiß, machen sie außer der Verbeugung nichts und keine eigne, sondern warten ab. Sogar nach der ersten Antwort passen die Welt-Männer gelassen von neuem, weil kein anderer als der gekrönte Kopf fortzuweben hat.

Der Notar machte darauf seine Abschriften von den verliebten Zuschriften, aber seine Seele wohnte mit ihren Fühlfaden nirgends als in der Schnecke des Ohrs, um jedem Laute der verborgenen Lebensseele nachzustellen. Er schrieb keine Seite, ohne sich umzudrehen und das heilige Zimmer zu beschauen, das er einen ganzen Tag, aber als den letzten, bewohnen durfte, – für ihn, wenn kein Sonnen-, doch ein Mondtempel, dem nichts fehlte als die Luna dazu. Sogar der blaue Streusand voll Goldsand – das blauweiße Dintenfaß und Papier – das blaue Siegellack – und die Blumendüfte, welche aus dem Nebenzimmer einwehten, schmückten sein stilles Äther-Fest der Hoffnung. In der Liebe ist das Erntefest der Freude nicht um eine halbe Sekunde vom Säetage und Säefest der Freude verschieden.

Als er sich nun abschreibend abmalte, wie ihm das Herz schlagen würde, das schon heftig schlug, wenn die Liebes-Gestalt aus seinem Kopf und langen Traume wie eine Göttin lebendig ins Leben spränge, nämlich vor ihn hin: so kam nichts als das verhaßte Kammermädchen mit einem Stick-Gerüste, aber bald ihr nach die blühende Wina, die Rose und das Rosenfest zugleich. Es ist schwer zu sagen, womit er sie anmurmelte, da er sie damit nicht anredete. Sie verbeugte sich so tief vor ihm, als wäre er der goldne und figurierte Knopf am Oberstabe des Generals, und sagte das höchste Bewillkommnungs-Wort und setzte sich an den Stickrahmen. Konnte sie nicht hundert Deckmäntel ihrer Absicht, im Schreibzimmer zu sein, als ein Mädchen finden und umlegen? Hätte sie nicht z. B. ihr blaues Kleid aus dem Wandschrank holen können – oder das weiße – oder den Schleier – oder einmal eintunken wollen – oder an der elektrischen Lampe ein Licht zum Siegeln anzünden – oder hier den Vater ganz vergeblich suchen? – So aber trat sie herein und setzte sich vor den Stickrahmen, um für eine Stiftsdame einen Ordensstern aufgehen zu lassen, der für den abschreibenden Sternseher, wie oft für Trägerinnen, nichts werden konnte als ein Irr- und Nebelstern.

Der Schreiber schwamm nun in der Wonne einer himmlischen Gegenwart, wie in unsichtbarem Duft einer hauchenden Rose, Winas Dasein war eine sanfte Musik um ihn. Er sah zuletzt sehnsüchtig kühn ihre gesenkten großen Augenlider und den ernst geschloßnen Mund im Spiegel zu seiner Linken an, versichert der eignen Unsichtbarkeit und erfreuet, daß gerade zufällig, wenn er eben in den Spiegel sah, immer ein warmes Erröten das ganze niederblickende Antlitz überfloß. Einmal sah er im Spiegel den Brautschatz ihres Blicks ausgelegt, sie zog leise wieder den Schleier darüber. Einmal, da ihr offnes Auge darin wieder dem seinigen begegnete, lächelte sie wie ein Kind; er drehte sich rechts nach dem Urbild und ertappte noch das Lächeln. »Ging es Ihnen seit Rosenhof wohl, Herr Harnisch?« sagte sie leise. »Wie einem Seligen«, versetzte er, »wie jetzt.« Er wollte wohl etwas viel anderes, Feineres sagen; aber die Gegenwart unterschob sich der Vergangenheit und testierte in deren Namen. Doch gab er die Frage zurück. »Ich lebte«, sagte Wina, »mit meiner Mutter, dies ist genug; Leipzig und seine Lustbarkeiten kennen Sie selber.« – Diese kennt freilich ein darbender Musen- und Schulzensohn wenig, der an den Rosen des kaufmännischen Rosentals nicht höher aufklettert als bis zu den Dornen, weil er jene nicht einmal so oft teilt als ein Maurer-Meister einen fürstlichen Saal, zu welchem dieser stets so lange Zutritt hat, als er ihn mauert. Indes denken sich die höheren Stände nicht leichter hinab, zu Honoratioren besonders – denn von Schäfer-, d. h. Bauerhütten haben sie im französisch eingebundenen Geßner eine gute Modell-Kammer –, als sich die tiefern hinauf. »Göttlich ist da der Frühling«, antwortete er, »und der Herbst. Jener voll Nachtigallen, dieser voll weichem Duft; nur gehen der Gegend Berge ab, welche nach meinem Gefühl durchaus eine Landschaft beschließen müssen, doch nicht unterbrechen; denn auf einem Berge selber ist nicht die Landschaft, sondern wieder ein fernster Berg schön und groß. – Die Leipziger Gegend enget also ein, weil die Grenze, oder vielmehr die Grenzlosigkeit, nichts der Phantasie übrig lässet, was, soviel ich gehört, nicht einmal das Meer tut, das sich am Horizont in den Äther-Himmel auflöset.« – »Sonderbar«, versetzte Wina, »bestimmt hier die Gewohnheit des äußern Auges die Kraft des innern. Ich hatte eine niedersächsische Freundin, welche zum ersten Male von unsern Bergen ebenso beschränkt wurde als wir von ihren Ebenen.« Der Notarius war über ihre philosophische Sprachkürze – da überhaupt der Mann an der Frau geradeso sehr seinen Kopf bewundert, als seine Brust verdammt – so betroffen, daß er nicht wußte, was er sagen sollte, sondern etwas anderes sagte. »Besuchten Sie zuweilen die Badeörter um Leipzig?« fragte sie spät. Da er darunter nicht Lauchstädt, sondern die Studenten-Badeörter in der Pleiße verstand und eine solche Frage von weiblichen Lippen zum vornehmen Zynismus rechnete: so umging er sie nach Vermögen in der Antwort: »Der Leipziger Magistrat habe zu seiner Zeit wegen mehrerer Unglücksfälle erst die bessern Badörter bestimmen lassen.« – Wina mißverstand wieder sein Mißverstehen. Und so kann in Deutschland und fast auf der Erde jeder, der sich verspricht, auf einen zählen, der sich verhört; so wenige

Ohren, ob sie gleich doppelt am Kopfe stehen, gibt es für die hiesigen Zungen, und man findet noch schwerer ein offnes als ein kurzes.

Plötzlich sprang der General wie mit einem verschimmelten bleichen Gesicht herein aus dem Puderstübchen – mit einem Bilde in der Hand und trocknete sich aus den Augenlidern den Puder wie Zähren ab. »Sage mir, wer ist ähnlicher, die Mutter oder die Tochter? – In der Tat recht brav retuschiert!« Das Gemälde stellte Wina vor, wie sie zu einem ihr ähnlichen Töchterchen, das nach einem Schmetterling fing, ihr Gesicht herab an die kleine Wange beugt, sehr mütterlich-gleichgültig, ob sie vom Kinde über dem Schmetterling übersehen werde oder nicht. Im Kunst-Feuer fragte der General auch den Notar: »Ist denn die Mutter nicht so ausnehmend getroffen, meine Wina nämlich, daß man die Ähnlichkeit sogar im Kinde wieder findet? – Sprechen Sie als Dritter!« – Walt, verlegen mit seiner Errötung über den bloßen Gedanken, das Kind sei Winas, versetzte: »Die Ähnlichkeit ist wohl Gleichheit?« – »Und zwar auf beiden Seiten!« erwiderte Zablocki, ohne sehr den Notar zu fassen, der nach den gewöhnlichen Voraussetzungen des Standes schon alles voraussetzen sollte, und zwar folgendes: Der General wollte seiner losgetrennten Gattin ein Denkmal seiner Zärte zuwenden, einen Spiegel, der nur sie abbildete, nämlich ein festes Bild; hatt' aber leider aus Kälte sie sonst nie *sitzen* lassen, außer zuletzt juristisch – Zum Glücke war nun Wina ihr so ähnlich – die wenigen Jahrzehente ausgenommen, wodurch sich Töchter hauptsächlich von Müttern zu unterscheiden suchen –, daß die jetzige Wina als die vorige Mutter zu gebrauchen war, der man nichts als die vorige Wina in die Hand zu geben hatte, die, als Kind gemalt, eine Aurikel in der Linken hält und darauf einen weißen Schmetterling mit der Rechten setzt. Diese zweimal, als Bild und als Urbild, angewandte Wina wollte der General seiner Frau als einen ölgemalten Ichs-Himmel auf Leinwand auftun, um sie in Erstaunen zu setzen, daß sie über vierzig Meilen gesessen – einem Maler.

Als der Vater fort war, machte Walt – noch tiefer in Erstaunen und Unglauben gesetzt – die Bemerkung, sie sehe dem schönen Kinde ähnlich, um nur herausgezogen zu werden. »O bliebe man sich nur auch in wichtigern Punkten ähnlich!« sagte Wina. »Auch war ich noch bei meiner Mutter; ich glaube, Sie oder Ihr Bruder lag damals am Tage des Malens an den Blattern blind; denn sie ging mit mir in Ihr Haus. Schöne Zeit! ich wollte gern die eine Ähnlichkeit auf mich nehmen, könnte ich damit meiner Mutter die andere zurückführen.«

Nun fuhr der Notar über die Nähe des erhelleten Abgrunds, in den er hätte treten können, rot zurück und fürchtete ordentlich, die Betise fahre ihm noch wider Willen aus dem Halse. »Auch ich ginge gern in jene Blindheit zurück; die Nacht ist die Mutter der Götter und Göttinnen!« sagte er und wollte erträglich auf die Aurikelbraut anspielen. Wina verstand nichts davon als den Ton und Blick; und so war es genug und gut gemacht.

Man rief sie zum Essen. Da er glaubte, er werde wie im Rosenhöfer Wirtshaus wieder an die Generals-Tafel gezogen: so stand er auf, um ihr den Arm zu bieten, sie stickte aber fort; und er stand nahe am Rahmen und sah herab auf das lockige Haupt, worin seine Welt und seine Zukunft wohnte, die sich in lauter Schönheiten verbarg – das Fruchtgewinde des Geistes war vom Blumengewinde der Gestalt schön verhüllt und schön verdoppelt. Sie stand auf. Jetzt näherte er sich mit dem rechten Arme, um sie fortzuführen. »Ich werde« – sagte Wina sanft – »nach dem Essen wiederkommen und Ihrem Herzen eine Bitte bringen«; und sah ihn mit den großen guten Augen unverlegen an und gab, wie zur Antwort auf seinen fragenden Arm, ihm ein wenig die ablenkende Hand in seine, um sie zu drükken. Mehr braucht' er nicht, der Liebe ist eine Hand mehr als ein Arm, wie ein Blick mehr als ein Auge. Er blieb reich zurück am einsamen Eßtische, den ein verdrüßlicher Bedienter an den Schreibtisch gesetzt hatte. Seine Hand war ihm wie geheiligt durch das Wesen, das bisher nur von seiner Seele berührt wurde. Wer kann es sagen, warum der Druck einer geliebten Hand mehr innige Zauberwärme in die Seele sendet als selber ein Kuß, wenn nicht etwa die Einfachheit, Unschuld, Festigkeit des Zeichens es tut?

Er speiste an einer Göttertafel – die Welt war der Göttersaal –, denn er sann Winas nächster Bitte nach. Eine tun, heißt in der Liebe mehr geben, als eine zu erhören. Aber warum macht die Liebe denn diese Ausnahme? Warum gibt es denn keine verklärte Welt, wo alle Menschenbitten so viel gelten und geben, und wo der Geber früher dankt als der Empfänger?

Mit wunderbaren Gefühlen irrte er um Winas Bitte herum, da er doch fühlte, Wina sei ein durchsichtiger Juwel ohne Wölkchen und Federn. Denn dies ist eben die Liebe, zu glauben, man durchschaue das Geliebte noch schärfer als sich, so daß man den blauen Himmel dadurch erblickt, durch welchen man wieder die Sterne sieht – indes der Haß überall Nacht sieht und braucht und bringt.

Als er die wenigen Strahlen küßte, die am Sterne des Stifts und der Liebe aufgegangen waren oder gestickt: tat sein Himmel alle Wolken wieder auf, nämlich die Flügeltüren, und Wina erschien und schien. Er wollte sagen: ich bitte um die Bitte; aber er hielt es für unzart, das eine Bitte zu nennen, was Wina eine genannt. So hatt' er den höchsten Mut für sie, aber nicht vor ihr; und von den langen Gebeten an dieses Heiligenbild, welche er zu Hause sich aussann und vornahm, brachte er nichts zum Bilde selber auf seinen Knien als: Amen oder Ja, ja. »Sie sind zuweilen bei den hiesigen Tees?« fing Wina an und setzte, wie es ihr Stand tut, immer ihren Stand voraus. »Neulich bei mir, bei dem vortrefflichen Flötenspieler, den Sie gewiß bewundern.« – »Ich hör' dies heute von meinem Mädchen«, sagte sie, meinend die Nachricht des Beisammenwohnens; Walt aber nahm an, sie habe von seinem magern Weintee manches gehört.

»Ich meine vorzüglich, sind Sie öfters bei den geistreichen Töchtern des

Herrn Hofagenten? Eigentlich red' ich bloß von meiner Freundin Raphaela.« Er führte – doch ohne die Wechsel-Not – den Abend an, wo sie für den mütterlichen Geburtstag gesessen. »Wie schön!« sagte Wina. »So ist sie eben. Einst, als sie bei mir in Leipzig in eine lange Krankheit fiel, durfte ihrer Mutter nichts geschrieben werden, bis sie entweder genesen oder verschieden sei. Um dieser Liebe wegen lieb' ich sie so. Ein Mädchen, das seine Mutter und seine Schwestern nicht liebte, – ich weiß nicht, warum oder wie es sonst noch recht lieben könnte, nicht einmal seinen Vater.« – Walt wollt' es gern äußerst fein auf sie selber zurückwenden und machte daher die allgemeine Bemerkung, daß Töchter, die ihre Mutter lieben, die besten und weiblichsten sind.

»Ich tauge nicht zu Wendungen, wie Sie hören, Herr Sekretär. Empfangen Sie meine offne Bitte gutmütig auf einmal.« Es war diese: da Raphaelens Geburtsstunde in die Nachmitternacht oder Morgenstunde des Neujahrs einfalle: so wolle sie durch den Beistand Engelbertens sie durch leises Ansingen zur Feier des erneuerten Lebens wecken; wünsche aber zur dürftigen Stimme eine Begleitung, nämlich die Flöte, und an wen könne sie sich schicklicher wenden als an Herrn von Harnisch? – Walt schwur freudig, dieser blase freudig dazu.

Sie bat auch um das Setzen des Gesangs; Walt schwur wieder. »Aber sogar um die Verse dazu muß ich Ihren werten Freund angehen«, – setzte sie unbeschreiblich-lieblich lächelnd hinzu –, »da ich ihn aus unserer Zeitung als einen weichen Dichter des Herzens kenne.« –

Ganz froh erstaunt fragte Walt, was Vult darin gemacht. Sie sagt' ihm – mit der den Literatoren noch gewöhnlichern Verwechslung gleicher Namen – folgenden Polymeter von ihm selber her:

Das Maiblümchen

Weißes Glöckchen mit dem gelben Klöppel, warum senkst du dich? Ist es Scham, weil du, bleich wie Schnee, früher die Erde durchbrichst als die großen stolzen Farbenflammen der Tulpen und der Rosen? – Oder senkst du dein weißes Herz vor dem gewaltigen Himmel, der die neue Erde auf der alten erschafft, oder vor dem stürmenden Mai? Oder willst du gern deinen Tautropfen wie eine Freuden-Träne vergießen für die junge schöne Erde? – Zartes, weißes Knospenblümlein, hebe dein Herz! Ich will es füllen mit Blicken der Liebe, mit Tränen der Wonne. O Schönste, du erste Liebe des Frühlings, hebe dein Herz!

Walten waren unter dem Zuhören vor Freude und Liebe und vor Dichtkunst die Augen übergegangen – und Wina hatte mit geweint, ohne es zu merken –; darauf sagt' er: »Ich habe wohl den Vers gemacht.« –

»Sie, Lieber?« – fragte Wina und nahm seine Hand – »und alle Polymeter?« – »Alle«, lispelte er. Da blühte sie wie das Morgenrot, das die Sonne verspricht, und er wie die Rose, die schon von ihr erbrochen ist. Aber einander verborgen hinter den froher nachquellenden Tränen, glichen sie zwei Tönen, die unsichtbar zu *einem* Wohllaut zittern; sie waren zwei gesenkte Maienblümchen, einander durch fremdes Frühlingswehen mehr nachbewegt als angenähert.

Jetzt hörte sie den Vaterstritt. »Und sie machen den Text für den Geburtstag« sagte sie. – »O!« (versetzte er) – »Ja, ja!« und durfte nicht fortreden, weil Zablocki eintrat und mit dem Väter- und Gatten-Schnauben ihr den arbeitsamen Verzug vorrückte, da sie, wie er sagte, wisse, daß die Neupeters – dahin fuhr er mit ihr – Bürgerliche wären, und eh' er solche im kleinsten mankiere, komm' er lieber bei seinesgleichen um Stunden zu spät. Sie floh dahin; er rief sie aber zurück, um selber mit einem Schlüsselchen, so groß wie ein Staubfaden, ein goldnes Schloß an einer Kette auf ihrem schönen Halse aufzuschließen und sie abzunehmen. Unter dem Aufsperren sah sie gutmütig dem Vater ins Auge; dann warf sie scheidend dem Notar einen Flugblick voll Weltall zu.

Kauen und Schlucken unter einem Adagio Pianissimo einer Tafelmusik hätte Walten nicht so widerstanden als die Annahme von Kopiergebühren, die ihm der General jetzt aufnötigen wollte. Das Weigern hielt dieser anfangs scherzend aus, bis er durch den Argwohn, Walt handle aus Ehrgefühl, sein eigenes so beleidigt fand, daß er so heftig schwur, ihn, wenn er nicht gehorche, nie mehr zu einem Notariats-Instrument ins Haus zu lassen, daß Walt sich entschloß, sich seine Himmelspforte nicht selber zuzuriegeln.

Nun war er allein und zum letzten Male als Kopist im Zimmer; und hatte, was der Mensch zum feinsten Glücke braucht, nämlich einen Widerspruch der Wünsche: er wünschte nicht nur wegzukommen, um über Winas Kopf zu Hause mit Sternen-Träumen auf und ab zu schweben, sondern auch dazubleiben, da er das Krönungs-Zimmer seines Lebens zum letzten Male bewohnte. Die Sonne fiel immer feuriger hinein und vergoldete es zu einer Zauberlaube im elysischen Haine. Als er es verließ, war ihm, als falle ein blühender Zweig herab, worauf bisher die Nachtigall seiner Seele gesungen. Wie lag zu Hause, wo ihm nichts fehlte als Vult – aber dieser kaum –, das Leben und der Traum im Leben wie vergoldetes Gewölk um ihn her! Tausend Paradieses-Zweige schlugen über ihm unsichtbar zusammen und durchzogen ihn heimlich mit einem berauschenden Blüten-Dufte, in dessen Eden er nicht hineinsehen konnte. Wenn bisher die Wolke zu stehen schien und der Mond zu fliehen: so sah er jetzt die Flucht der Wolken unter dem festen schönen Gestirn.

»Wenn sie nur recht innig liebt« – dacht' er –, »gesetzt auch, sie meinte mich nicht allein; die Hauptsache ist ihre Wonne. Sie sollte dazu ordentlich mehrere Mütter haben, mehrere Väter und unzählige Freundinnen!« Er freuete sich mehr als dreißigmal über die Freude, womit Wina die Neujahrs-Nacht und jetzt unter seinen Füßen die Freundin anschauen werde. Daß sie ihn liebe und achte, wußt' er nun recht; aber nicht wie stark; – den höchsten Grad ihrer Liebe gegen ihn sich jetzt zu denken, hieß ihm, sich abzuzeichnen, wie ihm sein würde, wenn man ihn auf Millionen Weltstufen auf die Gipfel-Sonne geleitete, um ihn, den Notar, zum Gott zu krönen.

Er hatte schon viel von dem Geburtstags-Gedicht ohne sein Wissen ausgearbeitet – bloß durch das Denken an Winas Bitte –, als endlich Vult erschien. In der Angst, dieser schlage aus Kälte gegen Raphaela und den Adel das Musikfest ab, wollt' er ihn etwas künstlich, wie in einem englischen Garten, auf feinen Schlangenlinien und mit Mäandern vor den Vorschlag wie vor ein Denkmal führen. »*Leider* schrieb ich heute das letztemal beim General«, sagt' er mit der seligsten Miene von der Welt. »Du willst sagen: ›Gottlob‹«, sagte Vult. Walt stolperte schon vornen in den Mäander hinein und ertrank fast. »Ich hoffte bisher«, versetzte Vult, »du solltest mich Stimmen-Narren allmählich beim Vater einführen, damit die Tochter sänge, wenn ich bliese.« – »Beides«, schlug Walt heraus, »kannst du ohne ihn und mich jetzt haben, dies hab' ich dir sogar vorzuschlagen.«

Der Flötenspieler fragte heftig. Walt bestand aber darauf, daß er, bevor er deutlich werde, ihm einen einzigen Zug von Raphaelen geben dürfte; es war der schöne vom Verschweigen des Krankseins.

Es gab keinen Charakterzug von der Welt, den der Flötenspieler je mit einem so abstrebenden Gesichte sich vorzeichnen lassen, als diesen; doch zog er den satirischen zuckenden Stachel in die Scheide zurück, um nur den Vorschlag zu bekommen.

Walt quälte ihn so lange um sein Urteil hierüber, daß er losbrach: »Ich schwöre dir ja, ich schätze die Handlung; der Teufel und seine Großmutter könnten nicht zärter verfahren; es ist eine Redensart, ich meine wir beide. Nun sprich!« –

Walt schlugs vor.

»Du bist ein guter Mensch« – sagte Vult mit einer schwer zu bergenden Erfreuung – »ich nehm' es willig an. Ich scherze überhaupt oft bloß. Als Mietsmann zeig' ich der Tochter vom Hause so gerne einige Aufmerksamkeiten – und ich soll es. Doch die Wahrheit zu sagen – ein böser Ausdruck, gleichsam als habe man vorher keine gesagt –, so stimmt mich hier Wina mit ihrer reinen rollenden Perlen-Stimme noch mehr. Gott! wie kann nicht eine Singpartie gesetzt werden (besonders von mir), wenn man das edle Portamento der Sopran-Person, deren diminuendo und crescendo und ihre herrliche Vereinigung von *Kopf*- und *Brust*-Stimme – du verstehst mich unmöglich, Bruder, ich spreche als Künstler – dermaßen kennt wie ich! Mensch, glaubst du, daß ich damals, als ich sie in Elterlein hörte, schwur, sie soll mit meinem Willen nie mehr a secco singen? – a secco, Walt, heißt nämlich *allein;* ein Punsch-Royalist wie ich kommt freilich auch leicht aufs Trockne, aber anders.«

Walten schien es ein wenig, als komme Vult eben nicht vom festen Lande her. Beider Abend wurde aber im Feuer der Liebe vergoldet. Jeder glaubte, er sehe über den Paradieses-Strom hinüber recht gut die Quelle der Freude des andern von weitem rauchen und nebeln. Walt zwang ihn scherzhaft, es auf einen Bogen zu schreiben, daß er morgen noch der heutigen Meinung sein und blasen und setzen wolle. Vult schrieb: »Ich will, wie Siegwart, den Mond zu meinem Bettwärmer machen – oder ein Lauffeuer im Laufe aufhalten – ja ich will die erste beste Glacière von Prüde heiraten und mir es also gefallen lassen, daß eine Jungfrau die Früchte der Glutzeit zu Eiszieraten ausquetscht, z. B. zu Rosen- und Aprikoseneis, zu Stachelbeereneis, zu Zitroneneis: wenn ich nicht die beste Flötenmusik sogleich Mozartisch setze und blase zur Zauberflöte, in der Minute, wo diese mein Bruder gedichtet und aufgeschrieben hat; und ich entsage jeder Exzeption, besonders der, daß ich heute nicht gewußt hätte, was ich morgen wollte.« –

»Ein wahrer Schelm ist doch mein Walt« – dacht' er im Bette –; »würde ihn ein andrer wohl im Hauptpunkte so durchschauen wie ich? – Kaum!«

NRO. 60. SCHERSCHWÄNZEL

Schlittschuh-Fahrt

Der nächste Tag des Notars war aus 24 Morgenstunden gemacht, weil er über das Geburtstags-Lied für Wina nachsann. Der zweite bestand aus ebenso vielen Mittagsstunden, weil er es ausführte. Es war, als müßt' er sich selber verklären, um Winas heiliges Herz auf seine Zunge zu nehmen; als müßt' er in Liebe zerrinnen, um ihre Liebe gegen die Freundin in seiner Seele wie ein zweiter Regenbogen neben dem ersten nachzuglänzen. Da die Liebe so gern im fremden Herzen lebt: so wird sie noch zärter, wenn sie in diesem wieder für ein drittes zu leben hat, wie das zweite Echo leise über die Milde des ersten siegt. – Dies alles aber war nur leichtes Säen im Frühling, wo lauter neue Sänger am Himmel flogen; aber am zweiten Tage fiel die heiße Ernte ein – Walt mußte um die ätherischen Träume die feste Form des Wachens legen, nämlich nicht nur die neue metrischer Verhältnisse, sondern auch musikalischer, weil Vult oft den besten Gedanken weder sing- noch blasfähig fand. So muß sogar der Geist des Geistes, das Gedicht, aus seinem freien Himmel in einen Erdenleib, in eine enge Flügel-Scheide ziehen.

Vult hingegen hatte leicht Gesang und Begleitung gesetzt; denn im unermeßlichen Äther der Tonkunst kann alles fliegen und kreisen, die schwerste Erde, das leichteste Licht, ohne zu begegnen und anzustoßen.

Da Walt bekanntlich das Gedicht in seinem Roman ganz abdrucken lassen, nur mit wenigen, aber unwesentlichen Abänderungen in den Stellen: »Wach auf, Geliebte, der Morgen schimmert, dein Jahr geht auf« – dann: »Schläferin, hörst du nicht die Liebe rufen, und träumst du, wer dich liebt?« – und endlich: »Dein Jahr sei dir ein Lenz und dein Herz im langen Mai die Blume« – so setz' ich die Verse als allgemein bekannt voraus.

Jetzt war bloß die Schwierigkeit, Winen Musik und Text zuzuspielen. Walt schlug mehrere ausführbare Mittel und Wege dazu vor, die sehr dumm waren, Vult schlug aber jedes aus, weil man beim Treibjagen der Mädchen, sagt' er, nichts zu tun habe als ruhig zu stehen auf dem Anstand schußfertig, um sogleich abzubrennen, wenn sie das Wild vortreiben.
Indes wurde nichts gebracht; Wina verstand von den weiblichen Vermittlers- und Dietrichs-Künsten so viel als Walt. Endlich erschien eine helle Dezember-Dämmerung im Park, wo der lange See (es war ein schmaler Teich) mit dem Besen von Schnee gesäubert wurde, und wo später, da der Mond scharf jeden dürren Schatten-Baumschlag auf den weißen Grund abriß, nicht nur die drei Ursachen davon verschwanden in die nahe Rotonda – ein schönes Rindenhaus, das dem römischen Pantheon auffallend ähnlich war in der Öffnung nach oben –, sondern auch sogleich einander wieder herausführten aufs See-Eis, weil die drei sämtlich Schlittschuhe darin angeschnallet hatten, Wina sowohl als Raphaela und Engelberta.

»Göttlich« – rief Walt, als er fahren sah – »fliegen die Gestalten wie Welten durcheinander, umeinander; welche Schwung- und Schlangenlinien!« Eben machte Engelberta, beide Arme malerisch aufgehoben, hernickende Fingerwinke. »Lauf mit deinem Musikblatt und sei drunten ein Mensch!« sagte Vult zu Walt. »Sie wollen uns beim Teufel.« – »Unmöglich«, versetzte Walt, »betrachte doch die Dämmerung und die Zärte!« – »Für ein Paar Stiefel hat doch der See noch Platz?« fragte Vult hinab und flatterte drei Treppen hinunter, um einen Ladendiener ohne weiteres zum Nachtragen von ein Paar Schlittschuhen zu kommandieren, die er voraussetzte.

Walt steckte das heilige Blatt voll Ton- und Dichtkunst an einen Ort, den er für schicklicher als die Rocktasche ansah, nämlich an dessen Geburtsort, d. h. unter die Weste ans Herz. Drunten am See-Teich ließ er an seinem langen Bückling die drei Danksagerinnen vorübergleiten und teilend losen, weil er nicht offenbaren konnte, wie viel er jeder vom Rückenbogen abschneide.

Aber welche entwickelnde Lebenskraft war mit Vulten aufs Eis gefahren, und wie schwebte der Geist über dem Wasser, das gefroren war! – Zuerst bald Winas Bart-, bald ihr Wandelstern, bald ihre gerade schießende Sternschnuppe zu sein, damit fing er an – sie Schachkönigin zu decken gegen jede Königin, es sei als Läufer, als Springer oder Turm – als Amors Pfeil zu fliegen, so oft sie Amors Bogen war – es nicht zu leiden, wenn sie kühner fliegen wollte als er, sondern sie so lange zu überbieten, bis er selber überboten wurde und dann leichter den Wettflug mit einem Doppelsiege schloß – dies war die Kunst, womit seine schöne, von der Welt erzogne Gestalt ihren Wert entwickelte in leichter Haltung und Wechslung.

Walt war am Ufer als Strandläufer außer sich vor Lust und warf laut den schönen Tanz- und Schweb-Linien Kränze von Gewicht in so richtigen Kunstwörtern zu, daß man hätte schwören sollen, er tanze. Er sprach noch vernehmlich von drei Grazien; – »welche noch dazu«, versetzte Vult, »wenn nicht um die Venus, doch um deren Mann tanzen; und was fehlt denn uns, Herr Harnisch, zu drei Weisen als die Zahl?« – Nur mußte Walt unter dem Bewundern beklagen, nämlich sich und sein Strandlaufen; denn auf dem Eise wäre er nicht viel leichter zu drehen gewesen als ein Kriegsschiff. Vielleicht wird der Druck einer niedrigen Abstammung nie schmerzlicher empfunden als in den geselligen Festen, zu welchen die dürftige Erziehung nicht mit den Künsten der Freude ausrüstete, wie Tanz, Gesang, Reiten, Spiel, französisches Sprechen sind.

Gegen Raphaela war Vult der artigste Mann, den es auf dem Teiche gab, sagte ihr Höflichkeiten über ihre für diesen Tanz gemachte Gestalt – welche ihm und ihr leicht zu glauben waren, weil sie wirklich einige Zolle über Wina hinaus maß – und schnitt oder fuhr sogar ihr Namens-R mit den Schuhen in die Eisrinde wie in eine Baumrinde ein.

Sie nahm indes sein höfliches Übermaß ohne eignes auf; vielleicht weil das seinige den Scherz nicht genug verbarg und weil sie als eifersüchtige Freundin Winas unwillig die Hand sah, die er so offen nach dieser ausstreckte. Er überhüpfte oder überfuhr es. Zu Engelberta sagt' er: »Wir wollen Geliebtens spielen.« – »Auf dem Eise bin ich dabei«, erwiderte sie; und so neckten beide sich leicht und rasch mit ihrem Rollen-Schein, er mit edel- und weltmännischer Keckheit, sie mit kaufmännischer weiblicher. »Wüßte man nur«, schien sie zu denken, »ob er mehr ein seltsamer Haberecht wäre als ein närrischer Habenichts: dann wäre mehr zu tun.«

Fünfmal hatte schon Walt an sein Musikblatt gedacht, um es einzuhändigen, und es viermal vergessen, wenn Wina wie seine ganze Zukunft um sein Ufer flog oder gar ihn mit einem Blumenblicke bewarf, dem er zu lange nachträumte. Endlich sagte er der Eisfahrerin: »Zwei Ja sind neben Ihnen.« – »Ich verstand Sie nicht ganz«, sagte sie lächelnd wiederkommend und entglitt. Er ging ihr am Ufer ein wenig entgegen aufs Eis: »Ihr Wunsch wurde auch der fremde«, sagte er. »Wie ists mit der Flötenmusik?« fragte sie fliehend. »Ich trage Musik und Text bei mir, aber nicht bloß *am* Herzen«, antwortete er, als sie wieder herfuhr. »Wie herrlich!« sagte sie umwendend und glänzte vor Freude.

Vult flog wie eifersüchtig fragend her: »Hat sie das Blatt?« – »Sehr hingedeutet hab' ich dreimal«, versetzte Walt, »aber wie natürlich fährt sie nicht unweiblich vor mir aus und steht.« – Jener zog seine Flöte öffentlich vor und sagte laut, daß der ganze Teich es hörte: »Herr Harnisch, Sie haben vorhin mein Musikblatt eingesteckt? Jetzt blas' ich.« Dieser reichte es (seinem Blicke mehr als seinem Worte) zu. Wina kam herbei. »Können Sie«, sagte Vult laut zu ihr, es übergebend, »im Mondschein noch lesen, was ich abspiele?« Das trauende Mädchen sah ihn lieblich an und ernsthaft ins Blatt hinein, da er zu flöten anhob. Am Härchen des Zufalls hing nun der ganze Neujahrs-Morgen herab, zwar kein Schwert, aber eine blumige Krone. Gleichwohl tobt und jauchzet der Mensch wechselnd über dasselbe Härchen, bloß weil es zur einen Zeit ein Schwert, zur andern ein Diadem über seinem Kopfe hält und auf diesen fallen läßt.

Wina las lange auf dem Blatt Noten nach, die er gar nicht blies, bis sie endlich Vults End-Absichten merkte und erfüllte. Wie flog sie dann der Flöte nach, um mit Blicken zu danken – und Walts Stand-Ufer vorüber, um ihn anzuschauen – und freudig über die kalte Fläche, weil ihre freundschaftlichen Wünsche so schön begünstigt waren und dieser Nacht nichts mehr fehlte als die erste des künftigen Jahres. Welche erfreuete Blicke warf sie auf ihre Freundin und zum Sternenhimmel! Dazu ging nun die umherirrende Flöte, die wie mit einem Springstabe den Notar vom Eis der Erde ans Empyreums-Eis des Himmels aufhob. Alles war zwar selig, Vult besonders, Walt aber am meisten. »Ach wolltest du mir nicht« – sagte Vult herfahrend mit vergnügtem Gesicht – »ein paar Doppel-Louis vorstrecken nur auf zwei Stunden, armer Wicht?« – »Ich?« fragte Walt. Aber jener fuhr und blies fröhlich weiter, um als Chorführer mit Sphärenmusiken den himmlischen Körpern auf dem Eise vor- und nachzuschweben. Wenn die Tonkunst, welche schon in die gemeine feste Welt gewaltsam ihre poetische einschiebt, vollends eine offne bewegte findet: so wird darin statt des Erdbebens ein Himmelbeben entstehen, und der Mensch wird sein wie Walt, der das Ufer mit stillen Dankgebeten und lautem Freudenrufen umlief und seine Herzens-Welt, sooft die Flöte sie ausgesprochen, immer von neuem und verklärter erschuf. Er sammelte alle fremde Freuden wie warme Strahlen in seiner stillgehaltenen Seele zum Brennpunkte. Den mit Sternen weißblühenden Himmel ließ er ins kleine Nachtigallenspiel herabhängen, und der Mond mußte seinen Heiligenschein mit Winas Gestalt zusammenweben. Dieser Mond, sagt' er sich, wird in der Nachmitternacht des Neujahrs fast wieder so am Himmel stehen, und ich werde nicht nur die Flöte und meine Gedanken, auch *ihre* Stimme hören. – Die Sterne des Morgens werden blinken – und ich werde erst unter dieser künftigen Musik denken: »so groß hätt' ich mir die Wonne am frohen Abend der Eisfahrt nie gedacht.«

Jetzt trat er immer weiter in den Teich hinein oder stach weiter in die See oder ins Eismeer, um der Geliebten näher zu begegnen. Da sie ihn nun ein paarmal nahe umkreisete und seine Freudenblumen den höchsten Schuß taten und mit breiten Blättern wogten, mähte sie Zablockis Bedienter mit der Nachricht ab: der Wagen sei da. Der stolze Lakai erinnerte ihn wunderbar an Winas Stand und an seine Kühnheit.

Nach der Flucht der drei nahm ihn Vult am Arme aufs Eis hinein und sagte: »Jede Lust ist eine Selbstmörderin, und damit gut. Aber gibt es denn ein kahleres Paar arme Häute als ich und du, sämtlich? Denn wenn es ein Lumpen-Hündchen-Paar gibt, das drei durstige Engel den ganzen Abend trocken auf dem Wasser herumfahren lässet, weil es nicht so viel in der Tasche oder droben in der Stube zusammenbringen kann, um den Engeln nur die kleinste Erfrischung vorzusetzen, das wenige Kommiß-Eis ausgenommen, worauf sie fuhren –: so ist wahrlich das Paar niemand als wir. – Ach waren wir denn imstande, wenn sie schlechtes Wetter und kein Fuhrwerk hatten, nur eine Halbchaise anzuspannen und einen Floh dazu anzuschirren, wie einmal ein Künstler in Paris eine samt Passagieren und Postillon so fein ausgearbeitet hatte, daß ein einziger Floh alles zog? – Sonst war der Abend hübsch.«

»O wahrlich! Freilich; – aber gewiß so wenig als ich diesen Abend an leibliche Genüsse dachte, so wenig vielleicht die guten Wesen! Die Frau hat einen Schmerz, eine Freude; der Mann hat Schmerzen, Freuden. Sieh nach, dies trifft schön mit den Worten auf der Tafel, die dort an der Eiche hängt.« –

»Eine Linde ists«, sagte Vult. »So kenn' ich«, versetzte Walt, »immer die Gewächse nur in Büchern. – Darauf steht: ›Die schöne weibliche Seele sucht, wie die Biene, nichts als Blüte und Blume; aber die rohe sucht, wie die Wespe, nur Früchte.‹« ...

»Ja sogar Ochsenleber, wie die Fleischer wissen.« – »O, alle«, fuhr Walt fort, »waren heute so froh, und besonders über dich! Nun ich sage dirs offen, habe ich dich je als freien, gewandten, kühnen, alles schlichtenden Weltmann erkannt, so wars heute«, sagte Walt und hob besonders sein Benehmen gegen Raphaela heraus. Vult bedankte sich mit einem – Spaße über sie. Es war der, daß Weiber den Augen glichen, die so zart, rein und für Stäubchen empfindlich wären, und denen doch Metallsafran, Cayennepfeffer, Vitriolspiritus und andere angreifende Ätzmittel als Heilung dienen. Von Zeit zu Zeit ließ er einen mäßigen Scherz gegen Raphaela los, um den Bruder von einer verdrüßlichen Eröffnung seiner Liebe zurückzuschrecken.

Allmählich sanken beide sanft und tief in die Stille ihres Glücks. Von der schimmernden Gegenwart war ihnen nichts geblieben als oben der Himmel, und unten das Herz. Der Flötenspieler maß seinen Weg zu Winas Ich zurück und fand sich schon auf halbem – Ihr Danken, ihr Blicken, ihr Nähern, Raphaelens Meiden langte zu, ihm für die Neujahrs-Nacht, wo er alles durch einen Zauberschlag entscheiden wollte, die schönste Hoffnung zu lassen, und doch noch größere Sehnsucht. Aber gerade diese war ihm fast lieber und seltner als jene; er dankte Gott, wenn er sich nach irgend etwas unbeschreiblich sehnte, so sehr mußte er sich nach Sehnen sehnen. Aber die Entbehrungen und Schmerzen der Liebe sind eben selber Erfüllungen und Freuden und geben Trost, und brauchen keinen, so wie die Sonnenwolken eben das Leuchten der Sonne erzeugen und die Erdenwolken vertreiben.

Nur auf Walt, dessen dichterische Nachtigallen in seinem warmen Duft-Eden betäubend schlugen, machten die göttlichen Sterne und ein glücklicher Bruder zu starken Eindruck; er dürfte, schwur er vor sich, dem aufgeschloßnen Freunde gerade die heiligste Herzens-Stätte, wo Winas Denkmal in Gestalt einer einzigen Himmelsblume stand, nicht länger verdecken und umlauben. Daher schickte er ohne weiteres Hand-Drucke und Augen-Blicke als Vorspiele der schamhaften Beichte seiner kühnsten Sehnsucht voraus, um ihn zu fragen und vorzubereiten; dann fing er an: »Sollte der Mensch nicht so offen sein als der Himmel über ihm, wenn dieser gerade alles Kleinliche verkleinert und alles Große vergrößert?« – »Mich vergrößert er wenig«, versetzte Vult. »Laß uns aber im Schatten gehen; sonst muß ich alles vorbeigehend lesen, was da von Empfindungen an die Bäume genagelt ist. Denn so sehr mir Raphaela seit näherer Bekanntschaft in einem andern Lichte erscheinen muß als sonst, so hasse ich doch das gewaltsame Herauskehren und Umstülpen des Innern zum Äußern noch fort, als sei man eine kehrbare Tierpflanze. Wenn ein Mädchen anfängt: ›Eine schöne weibliche Seele‹: so lauf' ich gern davon; denn sie besieht sich mit. – Herzen hat ohnehin jedes so viele aufzumachen und zu verschenken als ein Fürst Dosen, und beide enthalten das Bildnis des Gebers, nicht des Empfängers. Überhaupt! – Und so fort! – Aber ich berufe mich auf dich selber, ob du wohl bei deiner und unserer Delikatesse fähig wärest, von deinen heiligern Herzens-Gegenden, vom innersten und heißesten Afrika, alles bekannt zu machen und Landkarten davon zu stechen. Ein anderes, Bruder, sind Spitzbübereien der Liebe – bloße schlimme Streiche – Wiegenfeste des alten Adams – alles dieses dergleichen wilde Fleisch am Herzen, oder, möcht' ich mit den Ärzten sprechen, solche Extravasata, oder mit den Kanonisten, solche Extravagantia, kurz deine starken Ausschweifungen kannst du mir, ob ich sie dir gleich kaum zugetrauet hätte, ohne Schaden entblößen. Verliebte Liebe hingegen – bedenke dies wenigstens für künftige Fälle. Denn der vortreffliche Mann, dem du etwa deine Flamme und deren Gegenstand bekanntgemacht, weiß nicht recht, da er doch an deinen frohen Empfindungen den frohesten Anteil nehmen will, wie er die Person zu behandeln habe – Ob ganz wie du? Aber dann fehlte gar der Unterschied, und du knurrtest wohl am Ende. – Oder ob ganz matt und hochachtend? Dann wirst du gequält und gedrängt, daß er dir mit seinen gipsernen Augen in deine naß-brennenden sieht. Der vortreffliche Mann schluckt jedes Wort zurück, das nicht wie ein Wunderungs-O über sie aussieht, dieser schöne Selbstlauter, der im Munde ebensogut den Kreis als die Nulle nachspielt. – Ihr beide oder ihr drei sitzt immer befangen nebeneinander. Der Mann schämt sich vor dem Mann stets mehr der Liebe als der Ehe; denn in der Ehe finden ein paar Freunde schon eher etwas zum Sympathisieren, z. B. Wechsel-Jammern über ihre Weiber usw.«

Walt schwieg, legte sich ins Bett und in die Träume hinein und tat die Augen zu, um alles zu sehen, was ihn beglückte.

Nro. 61. Labrador-Blende von der Insel St. Paul

Vults antikritische Bosheit – die Neujahrs-Nacht

Auf die süßen Früchte und Rosen, die sie an der Wetterseite ihres Lebens zogen, blies wieder ein rauhes Lüftchen, nämlich Herr Merkel, der ihren Roman mit wahrer Verachtung zurückschickte, den Waltischen Anteil noch erträglich, den Vultischen aber nicht nur abgeschmackt fand, sondern gar dem Kuckuck Jean Paul nachgesungen, welcher selber schon ohne die Kukkucks-Uhr der Nachahmung langweilig genug klinge. Dieses brachte den Flötenmeister dermaßen auf, daß er alle kritischen Blätter dieses Selbst-Redakteurs durchlief und darin bloß nach Ungerechtigkeiten, Bosheiten, Fehlschlüssen, Fehlgriffen und Fehltritten so lange nachjagte, bis er ihm gerade so viele, als man Delille in seinem homme aux champs Wiederholungen[1] vorwarf, zum zweiten Einrücken zufertigen konnte in einem Briefe, nämlich sechshundertunddreiundvierzig.

Der ganze Brief war voll Ironie, nämlich voll Lob – Anfangs erwähnte Vult achtend der Kritik im allgemeinen, welche er eine nötige Zuchthäusler-Arbeit nennt, da sie im *Polieren* des Marmors, *Schleifen* der Brillen, Raspeln der *Färbe*hölzer und Hanfklopfen für *Stricke* bestehe – machte glaublich, daß, insofern Genies nur durch Genies, Elefanten nur durch Elefanten zu bändigen und zu zähmen wären, ein kritischer Floh sich ganz tauglich dazu anstelle, da er sich von anderen Elefanten weder in der Gestalt, noch, unter einem Vergrößerungsglase, in der Größe unterscheide und noch den Vorzug habe, sich leichter ins Ohr zu setzen und überall zu stechen und zu hüpfen – erklärte jedoch die gewöhnliche Regelgeberei bei Männern wie z. B. Goethe für ebenso unnütz als eine zurechtweisende Sonnenuhr auf der Sonne – rückte nun Herrn Merkel nicht ohne Bosheit näher, indem er es erhob, daß er gerade an großen Autoren, die es am ersten und stillsten vertrügen, sich am meisten zeige durch kleine Ergießungen von Galle und Hirnwasser, so wie man nirgends (selten an kleine Privathäuser) so oft als an erhabene und öffentliche Gebäude wie Rats-, Opernhäuser und Kirchen pisset. – Er wunderte sich, daß das Publikum sich noch nicht die Qual und Arbeit stark genug vorgestellt, womit er ganz allein in den Frauenzimmer-

[1] Im Appel aux principes, wozu noch 558 – Antithesen vorgeworfen werden.

Briefen das tote Musenpferd aus der Straße wegzuschleppen strebte, eine Marter, wovon ein Wasenknecht zu sprechen wisse, der mehrere Tage ganz allein, weil jeder Vorbeigehende sich zur Handreichung aus Vorurteil für zu ehrlich halte, an einem gefallenen Gaule abtrage – nahm davon Gelegenheit, dessen Stolz im vorteilhaften Lichte zu erblicken, da M. allerdings über die ungeheuren Riesenschenkel und den Riesenthorax seines Schattens vergnügt erstaunen müsse, den er auf die Märker-Fläche projektiere bei dem tiefen Stand der Morgensonne der neuen Zeit. –

Da aber Vult im Verfolge anfängt, anzüglich zu werden, ja verachtend: so hält sich der Verfasser durch kein Kabelsches Testament und durch keine Labrador-Blende von der Insel St. Paul für das Kapitel verbunden, den Rest hier zu exzerpieren; um so mehr, da nicht einmal Merkel selber das ganze Schreiben eingerückt oder beantwortet hat, den ich hier öffentlich zu bezeugen auffordere, ob nicht der unterdrückte Rest noch unschicklichere Angriffe enthalten habe und aus gleichen Gründen von ihm wie von mir unterschlagen worden sei. –

Darauf wurde der Roman an Herrn v. Trattner in Wien geschickt, weil man dahin, sagte Vult, nur halb frankieren dürfe. »Ich danke Gott, sobald ich nur hoffen kann«, sagte Walt. Die neue Arbeit wurde der alten mit beigelegt. Der Buchhändler blieb dabei, daß er jede Woche nicht mehr als *einen* Korrektur-Bogen zuschickte und folglich dieses Erbamt des Korrektorats ungewöhnlich ausdehnte. Der Notarius beging jede Woche zwar nicht neue Korrektorats-Fehler, aber unzählige; nur über den Buchstaben W keine, weil sein Wohl und Weh, Wina, damit anfing.

Tot-öde wäre das Doppel-Leben der Brüder ausgefallen ohne die Liebe, welche den Baugefangenen der Not die höchsten Luftschlösser erbauen läßt, welches so viel ist, als sie bewohnen! Nichts erträgt die Jugend leichter als Armut (so wie das Alter nichts leichter als Reichtum); denn irgendeine Liebe – sie meine ein Herz oder eine Wissenschaft – erhellet ihre dunkle Gegenwart künstlich und lässet sie im künstlichen Tage so freudig sein, als sei es ein wahrer,· wie Vögel vor dem Nachtlicht fortschlagen, weil sie es für einen Tag ansehen.

Vult war nun entschlossen, in der Neujahrs-Nacht auf Winas Herz seine feindliche Landung – mit der Flöte in der Hand – zu machen. Hoffnungen hatt' er – da aus Gemeinschaft der Arbeit leicht die des Herzens wird und aus dem Faktor der Handelswitwe leicht ihr Mann – genug: »Wenn ein Paar durch das Ausführen eines zweistimmigen Satzes nicht einstimmig werden: so irr' ich mich sehr«, sagt' er. Walt hingegen entwarf keinen andern Eroberungsplan als den, Wina verstohlen anzuschauen – vor Freude zu weinen – ja heranzurücken mit sich – und, wenn Gott ihm Finsternis oder sonst Gelegenheit bescherte, im Saus und Braus der Wonne ihre Hand zu küssen und gewiß irgend etwas zu sagen. Bis dahin sagte er ihr noch mehr, aber gedruckt auf Taffent und feinstem Papier.

Da er nämlich durch seinen poetischen Anteil an der Haßlauer Zeitung das Vertrauen des Herausgebers so sehr gewonnen hatte, daß dieser von ihm die ganze Lieferung gedichteter Neujahrswünsche, eines beträchtlichen Handels-Artikels des Mannes, sich verschrieben, so legte er in die Blätter, die für Mädchen verkauft wurden, unzählige Phönix-, Paradiesvögel- und Nachtigallen-Eier zum Wünschen nieder, welche das Schicksal später ausbrüten sollte; nämlich es gab mit anderen Worten wenig Freudenkränze, Freudenmonde, Freudensonnen, Freudenhimmel, Freudenewigkeiten, welche er auf dem Taffent nicht den verschiedenen Mädchen wünschte, bloß in der Hoffnung, daß unter so vielen Wünschen wenigstens einer von so vielen Freundinnen Winas werde gekauft werden, für diese. »O wohl zehn!« sagt' er.

So kam Weihnachten heran und ging vorüber, ohne daß aus der Asche der Kindheit die gewöhnlichen schillernden Phönixe aufstiegen – da die Neujahrs-Nacht ihnen zu nahe vorglänzte –, und diese brach endlich mit ihrer Abend-Aurora an, die noch dem alten Jahre gehörte.

Noch abends beim Schimmer des Hesperus oder sonst eines Sterns verflucht' es Vult von neuem, daß er nichts weiter hatte als die schönste Gelegenheit, aber kein Geld, nachts den galantesten Mann von Welt bei den Jungfrauen zu spielen: »Ich wollte, ich wäre wie schlechtere Musici mit dem Bettelorden der Neujahrsfahrer umhergeschifft und hätte wenigstens mir soviel erbettelt, um den Reichen zu machen«, sagt' er. Sobald Engelberta ihn auf 4 Uhr morgens in die große gelbe Stube mit dem Bewußten bestellte: so ging er nachts mit Walt freudeglühend in das Weinhaus, wo er als ein alter Hausfreund den Tag vorher (es kostete ihm bloß seine feinen Beinkleider-Schnallen) Champagner-Wein ohne Kork aufs Eis setzen lassen, um, wie er sagte, die Ruinen ihres Hunds-Lebens ein wenig auszutapezieren.

Walt nahm sich eine halbe Stunde Zeit, um zu begreifen, daß dem offenen Weine kein Weingeist verrauchet sei. Dann trank – allen Nachrichten zufolge, die man hat – jeder; doch so, daß beide einander als positive und negative Wolken entladend entgegenblitzten, Walt mehr mit scherzhaften Einfällen, Vult mit ernsten. In einer Blumenlese aus ihrem Gespräche würden die Farben so bunt nebeneinander kommen, als hier zur Probe folgt:

»Der Mensch hat zum Guten im Leben so wenig Zeit als ein Perlenfischer zum Perlen-Aufgreifen, etwa zwei Minuten. – Manche Staatseinrichtungen zünden ein Schadenfeuer an, um die eingefrornen Wasserspritzen aufzutauen, damit sie es löschen. – Man steigt den grünen Berg des Lebens hinauf, um oben auf dem Eisberge zu sterben. – Jeder bleibt wenigstens in *einer* Sache wider Willen Original, in der Weise zu niesen. – Winckelmann verdient Suworows Ehrennamen Italiskoi. – Heimlich glauben die meisten, Gott existiere bloß, damit sie erschaffen wurden; und die durch den Äther ausgestreckte Welten-Partie sei die Erdzunge ihres Dunst-Meers, oder ihre

Erde sei die Himmelszunge. – Jeder ist dem andern zugleich Sonne und Sonnenblume, er wird gewendet und wendet. – Viele Witzköpfe an *einer* Tafel, heißt das nicht mehrere herrliche Weine in *ein* Glas zusammengießen? – Kann eine Sonne mit andern Kugeln als Welt-Kugeln beschossen werden? – Sterben heißt sich selber durch Schnarchen wecken.« – –

Und so weiter; denn im Verfolge war viel weniger Zusammenhang und mehr Feuer. So schlug endlich die Totenglocke des Jahrs; und der unsichtbare Neumond des neuen schrieb sich bald mit einer Silber-Linie in den Himmel ein. Als die Gläser endlich geleert waren wie das Jahr: so lustwandelten beide auf der Gasse, wo es so hell war wie am Tage. Überall riefen sich Freunde, die von Freuden-Gelagen herkamen, den Neujahrs-Gruß zu, in welchem alle Morgen- und Abendgrüße eingewickelt liegen. Auf dem Turm-Geländer sah man die Anbläser des Jahrs mit ihren Trommeten recht deutlich; Walt dachte sich in ihre Höhe hinauf, und in dieser kam es ihm vor, als sehe er das Jahr wie eine ungeheure Wolke voll wirbelnder Gestalten am Horizont heraufziehen; und die Töne nannten die Gestalten künftiger Stunden beim Namen. Die Sterne standen als Morgensterne des ewigen Morgens am Himmel, der keinen Abend und Morgen kennt; aber die Menschen schaueten hinauf, als gäb' es droben ihren eiligen Wechsel und ihre Stunden- und ihre Totenglocken und den deutschen Januar.

Unter diesen Gefühlen Gottwalts stand die Geliebte als ein Heiligen-Bild, von Sternen gekrönt, und der Himmels-Schein zeigte ihre großen Augen heller und ihre sanften Rosenlippen näher. Nicht wie sonst stellte ihm das alte Jahr, das an der Geburt des neuen starb, das Vergehen des Lebens dar; die Liebe verwandelt alles in Glanz, Tränen und Gräber; und vor ihr berührt das Leben, wie die niedergehende Sonne auf den nordischen Meeren am langen Tage, nur mit dem Rande die Untergangs-Erde und steigt dann wieder morgendlich den Himmelsbogen hinauf.

Beide Freunde gingen Arm in Arm, endlich Hand in Hand in den Straßen umher. Walts kurze Lustigkeit war dem tiefern Fühlen gewichen. Er sah sich oft um und in Vults Gesicht hinein: »So müssen wir bleiben in einem fort, wie jetzt«, sagt' er. Geschwind drückte ihm Vult die Hand auf den Mund und sagte: »Der Teufel hörts!« – »Und Gott auch«, versetzte Walt; und fügte dann leise, rosenrot und abgewandt hinzu: »In solchen Nächten solltest du auch einmal das Wort *Geliebte!* sprechen.« – »Wie?« sagte Vult rot, »dies wäre ja toll.« –

Nach langem Genuß des hellen Vorfestes sahen sie endlich Wina mit Engelberta wie eine weiße Blumen-Knospe in das Feuerhaus einschlüpfen. Hoffend auf die ausgearbeiteten Plane seiner Liebes-Erklärung und so glücklich wie ein Astronom, dem sich der Himmel aufklärt, ehe sich der Mond total verfinstert, suchte Vult jetzt die Ohren des Bruders in etwas vom Liebhaber-Theater wegzustellen, indem er ihm vorhielt, wenn er in einiger

Ferne z. B. unten im Park zuhorchte, würden ihn die Töne viel feiner ergreifen. »Guckst du mir über die Achsel: so ists soviel, als schnaubest du selber mit ins Flötenloch hinein, wobei wenig zu holen ist; und was überhaupt die Heldin des ganzen Musikfestes zu einem Lager, das zwei junge Männer vor ihrem eignen im Bette aufschlagen, sagt, braucht doch auch Bedacht, mein Walt!« – »Da es dir so lieb ist, so wend' ich nichts ein«, sagte dieser und ging in den kalten Garten, wo der blendende Schnee so gut gestirnt war als der tiefe Äther.

Aber oben ging es wider Vults Vermuten, doch nicht wider dessen Wunsch. Engelberta versicherte, ihre Schwester würde, da sie Flöte und Stimme so kenne, vom ersten Anklang erwachen und alles verderben. »So muß die Musik in größter Ferne anfangen und wachsend sich nähern.« – »Gut, das geschieht im Park«, sagte Wina und eilte hinab. Auf der Treppe, hinter nahen Ohren, nahm Vult eiligst alle musikalischen Abreden mit ihr, damit er auf dem einsamern Park-Wege nichts zu machen brauchte als seine Eroberung. Zu seinem Schrecken stand jetzt wie eine stille Pulverschlange, die bloß auf das Loszünden wartete, der Notar auf der Hauptstraße, der mit seiner heitern Miene sich und andern versprach, mitzugehen und alles zu begleiten. Wina gab ihm einen freudigen Morgen-, dann noch einen Neujahrs-Gruß und die Frage: »Geht nicht alles vortrefflich?« – »Sta, Sta, Viator!« sagte Vult und winkte ihm heftig rückwärts, stillzuliegen – was jener nachdenkend vollzog, »weil ich ja«, dacht' er, »nicht weiß, was er für Ursachen dazu hat«.

»Ein wahrer, inniger Mensch und Dichter«, begann Vult. »Seine Gedichte sind himmlisch«, versetzte sie. »Dennoch haben Sie uns beide als Verfasser verwechselt?« (fragt' er rasch, weil ihm wie einem Ewigen und Seligen jetzt nichts fehlte als Zeit) »Ein solcher Irrtum verdient nicht die geringste Verzeihung, sondern Dank. Eine andere, aber richtigere Verwechslung denk' ich mir eher –.« (Wina sah ihn scharf an) »Denn ich und er haben ein paar gegenseitige Zwillings-Geheimnisse des Lebens, die ich niemand in der Welt entdecke – außer Ihnen, denn ich vertraue Ihnen.« – »Ich wünsche nichts zu wissen, was Ihr Freund nicht gern erlaubt«, versetzte sie.

Jetzt sprang er, weil das Entdeckungs-Gespräch viel zu lange Wendungen nahm und er vergeblich auf langsamere Schritte sann, um ihr näher zu kommen, plötzlich vor eine Linde und las davon folgende Tafelschrift von Raphaelen ab: »Noch im Mondenschimmer tönen Bienen in den Blüten hier und saugen Honig auf; du schlummerst schon, Freundin, und ich ruh' hier und denk' an dich, aber träumst du, wer dich liebt?«

»Eilen wir nur«, sagte sie. »Wie köstlich ist Ihr Auge wiederhergestellt!« – »Ich nehme auch alles lieber von Amor an, besonders die Giftpfeile, als die Binde; *ich sah Sie stets*, verehrte Wina, wer dabei von uns beiden am meisten gewinnt, das weiß nicht ich, sondern Sie«, sagte er mit feiner Miene.

»Schön«, fuhr er fort, »hat der Dichter in Ihren Gesang die Zeile eingewebt: ›träumst du, wer dich liebt?‹« – Darauf drehte er sich halb gegen sie, sang ihr leise diese Zeile, die er absichtlich zu diesem Gebrauche komponiert, ins treuherzige Angesicht, und sein schwarzes Auge stand im langen Blitze der Liebe. Da sie schwieg und stärker eilte: so nahm er ihre Hand die sie ihm ließ, und sagte: »Wina, Ihr schönes Herz errät mich, Ihnen will ich anders, ja, wenns nicht zu stolz ist, ähnlicher erscheinen als der Menge. Ich habe nichts als mein Herz und mein Leben; aber beides sei der Besten geweiht.« – »Dort, Guter!« sagte sie leise, zog ihn eiliger an die Stelle, wo sie spielen wollten; dann stand sie still, nahm auch seine andre Hand, hob die Augen voll unendlicher Liebe zu ihm empor, und auf ihrem reinen Angesicht standen alle Gedanken klar, wie helle Tautropfen auf einer Blume. »Guter Jüngling, ich bin so aufrichtig als Sie, bei diesem heiligen Himmel über uns versichere ich Sie, ich würd' es Ihnen offen und froh gestehen, wenn ich Sie liebte, in dem Sinne, worin Sie es wahrscheinlich meinen. Wahrlich, ich tät' es kühn aus Liebe gegen Sie. Schon jetzt schmerzen Sie mich. Sie haben meinen Morgen gestört, und meine Raphaela wird mich nicht froh genug finden.«

Vult zog, schon ehe sie die letzten Worte sagte, die Flötenstücke heraus, setzte sie zusammen und gab, nur einen Blick hinwerfend, ein stummes Zeichen anzufangen. Sie begann mit erstickter Stimme, eine kurze Zeit darauf mehr forte, aber bald ordentlich.

Walt durchschnitt den Hauptgang unten hin und her, um beiden nachzublicken, bis sie ihm ferne in den Mondschimmer wie zergingen. Endlich hörte er den wunderbaren Gruß-Gesang an die Schlafende, seine eigenen Worte, aus der Dämmer-Ferne und sein Herz in eine fremde Brust versetzt, wie es der armen Schläferin droben, an die selber er bisher gerade am wenigsten gedacht, die Worte sagte: »Erwache froh, geliebtes Herz!« – Er sah deshalb aufrichtig mit Glückwünschen an ihr Fenster hinauf, um sich zu entschuldigen, und wünscht' ihr alles, was Leben und Liebe Schönes zu reichen haben, unter dem größten Bedauern, daß ihr Flitte gerade verreiset sein mußte. »Möchtest du dich doch, gutes Mädchen«, dacht' er »täglich für immer schöner halten, wär' es auch nicht ganz wahr! Und deine Mutter, deine Wina müsse auch so denken, um sich sehr an dir zu freuen!«

Auf einmal hört' er Engelberta, die ihm riet, er möge, wenn er sich warm laufen wolle, lieber ins Haus hinauf. Da ihn nun diese Aufmerksamkeit eines Zeugen störte: so ging er ins nahe Rindenhaus, wo er nichts sah als über sich das nächtliche Himmelsblau mit dem hereinstrahlenden Monde, und nichts hörte und in sich hatte als die süßen Worte der fernen zarten Lippen. Er sah hinter der Rinde die schimmernde Wildnis des Himmels aufgetan, und er jauchzete, daß das neue Jahr in seiner mit Sternen besetzten Morgenkleidung so groß und voll Gaben vor ihn trat.

Nun kam Wina, die melodische Weckerin zum Wiegenfesttage, immer näher mit stärkeren Tönen, Vult hinter ihr, um die heißen Tränen des Unmuts, die er neben der Flöte nicht trocknen konnte, niemand zu zeigen als der Nacht. In der Nähe gab ihr Engelberta auf das Schlafzimmer der Schwester und Walts Rinden-Rotunda winkende Zeichen, welchen sie zu folgen glaubte, wenn sie sich in die Rotunda singend verbarg, um da sich und ihr Frühlings-Lied von der erwachenden Freundin finden zu lassen.

Sie fand den Notar mit dem Auge auf dem Monde, mit dem Geiste in dem blauen Äther – ihre näheren Töne und Vults fernere hatten ihn berauscht und außer sich und außer die Welt gesetzt. Eigentlich versteht niemand als nur Gott unsere Musik; wir machen sie, wie taubstumme Schüler von Heinicke Worte, und vernehmen selber die Sprache nicht, die wir reden. Wina mußte fortsingen und die Anrede durch ein englisches Anlächeln ersetzen.

Da er gleichfalls nichts sagen durfte, so lächelte er auch an, und sehr, und schwamm vor ihr in Liebe und Wonne. Als sie nun die schöne melodische Zeile sang: »Träumst du, wer dich liebt?« und sie so nahe an seiner Brust die heimlichen Laute derselben nachsprach: so sank er auf die Knie, unwissend, ob zum Beten oder zum Lieben, und sah auf zu ihr, welche vom Mond wie eine obenherabgekommene Madonna umkleidet wurde mit dem Nachglanze des Himmels. Sie legte sanft die rechte Hand auf sein weichlockiges Haupt; – er hob seine beiden auf und drückte sie an seine Stirn; – die Berührung lösete den sanften Geist in Freudenfeuer auf, wie eine weiche Blume in üppiger Sommernacht Blitze wirft – Freudentränen, Freudenseufzer, Sterne und Klänge, Himmel und Erde zerrannen ineinander zu *einem* Äthermeere, er hielt, ohne zu wissen wie, ihre Linke an sein pochendes Herz gedrückt, und der nahe Gesang schien ihm wie einem Ohnmächtigen aus weiten Fernen herzuwehen.

Die Flöte stand ganz nahe, das letzte Wort wurde gesungen. Wina zog ihn sanft von der Erde auf; er glaubte noch immer, es töne um ihn. Da kam mit freudigem Ungestüm Raphaela hineingestürzt, an die Brust der Geberin des schönsten Morgens. Wina erschrak nicht, aber Gottwalt – sie gab der Freundin eine ganze Freundin. Sie sagte zu Gottwalt, der nicht sprechen konnte: »Wir sehen uns abends wieder, am Montage?« – »Bei Gott«, antwortete er, ohne das Mittel zu kennen. Jetzt trat Vult hinzu und empfing von Raphaela lauten Dank, und er verließ schweigend mit Walt den seltsamen Garten.

Oben hing sich dieser warm an seinen Hals. Vult nahm es für Freuden-Lohn seiner Bemühung um Raphaelens Morgenfest und drückt' ihn einmal an die Brust. »Laß mich reden, Bruder«, begann Walt. »O laß mich schlafen, Walt«, versetzte er – »nur Schlaf her, aber rechten tiefen, dunkeln; wo man von Finsternis in Finsternis fällt. O Bruder, was ist recht derber Schlaf nicht für ein köstlicher weiter Landsee für beidlebige Tiere, z. B. einen Aal, der matt vom schwülen Lande kommt, und der nun im Kühlen, Dunkeln,

Weiten schwanken und schweben kann! – Oder leugnest du so etwas, und mehr?« – »Nun, so gebe dir Gott doch Träume, und die seligsten, die ein Schlaf nur haben kann«, sagte Walt.

Nro. 62. Saustein

Einleitungen

Walt hatte nun in seinem (mit Blumen ausgeschmückten) Kopf nichts weiter als den Montag, an welchem er Wina sehen sollte, ohne zu wissen wo. Nach einigen Tagen ließ ihm Raphaela durch Flora sagen, die Redoute am Montage sei durch eine Landestrauer verschoben. Er stutzte das Mädchen an und sagte: »Wie, es war eine Redoute?« Als ihm Vult aber nachher auf die Achsel klopfte und anmerkte, wahrscheinlich habe ihn Engelberta dahin bestellt und lasse es fein genug durch die Schwester sagen, so ging ihm ein Licht, ja ein Stern über Winas Montag auf. Seine Gehirnkammern wurden vier Maskensäle; er schwur, so lange sich abzukargen – und sollte er verhungern –, bis er so viel Geld zusammen hätte, daß er zum erstenmal in seinem Leben den Larventanz besuchen und mitmachen könnte. »Hab' ich einmal eine Maske vor«, dacht' er, »so tanz' ich selig mit *ihr* oder führe *sie* und frage wahrlich nichts darnach, wie alles aussieht.« Wie sanft hätte es ihn berührt und gewärmt, wenn er seinen Zwillingsbruder an und in sein Herz und Geheimnis hätte ziehen können! Nur wars zu unmöglich. Die Schmerzen hatten in diesen harten Edelstein Winas Namen und Nein sehr tief geschnitten – dies ertrug er nicht, sondern er wollte den Juwel selber abnutzen und abscheuern, damit nichts mehr daran zu lesen wäre; nicht vor Liebe, sondern vor Ehrliebe, nicht vor Sehnsucht, sondern vor Rachsucht hätte er sterben oder töten können. In diesem Zustand war es jedem, der kein Notarius war, schwer, mit ihm auszukommen. Vor allen Dingen mißfiel ihm die Nähe und die Ferne, er verfluchte Quartier und Stadt, jenes fein, diese geradezu, indem er sie eine Schaluppe zu Brants Narrenschiff – eine Loge zum hohen Licht voll ausgelöschter, stinkender Studierlampen – ein Gebeinhaus von Geköpften ohne Schädelstätte – eine Tierresidenz mit Viehmarkt und Tiergärten, feinen Käferkabinetten und einigen Mäusetürmen nannte; Ausdrücke, wovon er viele in den Hoppelpoppel oder das Herz hineinnahm. Walt leitete die Ergießungen auf die Stadt doch auf sich selber, nämlich als ob der Bruder sagen wollte: »Deinetwegen sitz' ich im Nest.« – »Ach wärst du doch glücklicher, Vult«, sagte er einmal, und nicht mehr. »Was hast du von mir gehört?« sagte zornig Vult. »Nun eben das vorige«, versetzte er und nahm ihm den Argwohn, daß er um die Fehlschlagung seiner Liebes-Erklärung wüßte.

Am schönen Halbzimmer mit der arkadischen Aussicht auf das gemalte Bühnen-Dörfchen verschliß jetzt aller vorige Glanz. Vult donnerte – als wäre Walt an der Störung des Flötens und Schreibens schuld – hinter der Wand, wenn draußen ein guter angehender Zwerg von Tambour bei leidlichem Wetter sich auf der Trommel nach Vermögen übte und angriff; – oder wenn der näher wohnende Fleischer von Zeit zu Zeit ein Schwein abstach, das schrie, wenn er blies; – oder nachts, wenn der Nachtwächter so abscheulich absang, daß Vult mehrmals im Mondschein ihm über den Park hinüber die stärksten Schimpf- und Drohworte zuschreien mußte.

Die milde Wärme des ewig liebenden Notars trieb und blähte seinen Sauerteig nur mehr auf; »auch ich wäre an seiner Stelle«, sagte Vult, »ein Gottes-Lamm und eine Madonna und ein Johannes Schoß-Jünger, wenn ich das hätte, wofür er seine Grazie hält.«

Der Notar aber dachte bloß an den Larventanz und an die Mittel dazu. »O liebte nur mein Bruder irgendeine Geliebte, wie leicht und selig wollten wir sein! Wir drückten dann alle uns an *eine* Brust, und welche er auch liebte, es wäre meine Geliebte mit. – So ists leicht, ihm alles zu vergeben, wenn man sich an seine trübe Stelle nur setzt!«

Zufällig verflogen sich in ihre Zimmer Lose einer Kleiderlotterie. Da nun Walt aus der Sattel- und Geschirrkammer der Masken manches brauchte und nichts hatte, und Vult gar noch weniger, und doch beide in die Redoute begehrten: so nahm jeder ein Los, um etwa eine Maske zu ziehen.

Beide scharrten das Losgeld zusammen, Vult unter vielem Fluchen auf ihre Nichtshaberei und unter dem Beschwören, es geh' ihm so schlimm als den Hinterbacken eines Gaules. – Überhaupt hielt er über jeden Mangel und Unfall lange Schimpfreden gegen das Leben, indem er sagte, auf der Vorhöllen-Fahrt sei das Leben ein Hemde-Wechseln, nämlich mit Hären-Hemden, und zu jedem pis sage das Schicksal bis, und auf das Kanonen-Fieber folge das Lazarett-Fieber – oder indem er fragte, ob nicht so das Gebiß den Zahnfraß bekommen müßte, da es nichts anderes anzubeißen habe, wie Mühlsteine ohne Körner sich selber angreifen. – Bald sagte er auch, das Leben sei durch Eis gut darzustellen – auf einem Eisfeld habe man, außer kalter Küche und Gefrornes, noch seinen russischen Eispalast mit einem guten Eiskeller für Kühltränke, und, von Eisvögeln umsungen, drücke man den Glacier ans Herz, in der heißern Zeit eines Maifrosts. – »Ich kann dir nicht sagen«, sagt' er unter dem Anziehen einmal, »wie sehr ich wünschte, es wäre bei uns wie bei den Dahomets in Ober-Guinea, wo niemand Strümpfe tragen darf als der König, und es wäre jetzt wie unter Karl VII. von Frankreich, wo im ganzen Lande niemand zwei Hemden besaß als seine Gemahlin.« – »Warum?« fragte Walt. »Ei, dann könnten wir uns recht gut mit unserm Stand entschuldigen«, versetzte er.

Durch diese Ergießungen führte er eine Menge Verdruß ab, nur aber dem Bruder manchen zu, weil sich dieser für die Quelle hielt. »Armut«, antwortete Walt, »ist die Mutter der Hoffnung; gehe mit der schönen Tochter um, so wirst du die häßliche Mutter nicht sehen. Aber ich will gern dein Simon von Cyrene sein, der dir das Kreuz tragen hilft.« – »Bis nämlich auf den Berg«, versetzte jener, »wo man mich daran schlägt.« – Liebe kennt keine Armut, weder eigne noch fremde.

Endlich wurde die Kleider-Lotterie gezogen, auf welche beide sich bloß durch Länge der Zeit die größten Hoffnungen angewöhnt und weisgemacht hatten. Die Gewinste waren für Nr. 515 (Walt) ein beinah' vollständiger Anzug von Schützischem Gichttaffent, so daß er für jeden Gichtischen, es mochte ihn reißen, in welchem Gliede es wollte, brauchbar war. Nr. 11 000 (Vult) gewann ein erträgliches blaues Fuhrmanns-Hemd. In dieser Minute brachte der Postbote den Hoppelpoppel wieder, den sie an die Buchhandlung Peter Hammer in Köln mit vielen aufrichtigen Lobsprüchen des Herrn Hammers ablaufen lassen – nachdem vorher leider das Manuskript von Herrn von Trattner mit der kahlen Entschuldigung abgewiesen worden, er drucke selten etwas, was nicht schon gedruckt sei –; auf dem Umschlag hatte das löbliche Kölnische Postamt bloß bemerkt, es sei in ganz Köln keine Peter Hammersche Buchhandlung dieses Namens zu erfragen, und der Name sei nur fingiert.

Hätte Vult je die beste Veranlassung gehabt, über die ewigen Erdstöße des Lebens zu fluchen, etwa zu fragen, ob nicht alle Höllenflüsse für ihn aufgingen und Eis und Flammen führten, oder auch zu behaupten, daß in ihr Schicksal geradesogut Poesie zu malen sei als auf eine Heuschreckenwolke ein Regenbogen – hätte er je eine solche Gelegenheit gehabt, so wäre es jetzt gewesen, wenn er nicht aus diesem Schlagregen wäre herausgekommen gar unter die Traufe eines Wasserfalls. Der Elsasser erschien, aber er gehörte noch zum Regen. Er dankte beiden sehr für die Geburtstags-Arbeiten – noch regnete es –; darauf aber, da er mit seinem Auftrage von Raphaela herausrückte, welche Walten einen vollständigen Berghabit ihres Vaters, den er zuweilen in seinem Bergwerkchen *Gott in der Höh' sei Ehre* trug, für den Larventanz anbot – als Flitte seine Glückwünschungs-Mienen, und Walt seine Danksagungs-Mienen spielen ließ – dann beide wieder die Mienen umtauschten, und dies alles so wohlwollend gegeneinander, daß, wenn der Notar nicht der ausgemachteste Spitzbube des festen Landes war, Raphaela durchaus noch die Geliebte des Elsassers sein mußte: so fiel auf einmal der lange Nebel und Vult in die Traufe.

»Gott verdamme, *er* liebt Wina!« (sagte Vult in sich) »und sie wohl ihn!« Alle seine wilden Geister brauseten nun wie Säuren auf – doch fest zugedeckt, ausgenommen im Tagebuch. »So falsch, so heimlich, so verdammt keck und wie toll emporstrebend dacht' ich mir doch den Narren nicht« – sagte sein Selbstgespräch – »o recht gut! – Bei Gott, ich weiß, was ich tue, hab' ichs nur ganz gewiß! – Aber auf dem Larventanz entlarv' ich; – der Plan geht leicht, darauf kommt der Teufel und holt. Erst recht klar will ich mich, zum Beweise meiner Freundschaft gegen ihn, überzeugen lassen, und zwar von *ihr* selber. Himmel, wenn der Glückliche meinen refus in der dummen Neujahrs-Nacht erführe! – Ich tät' ihm viel an. – O lieber Vult, so sei nur diesmal, eben deswegen, desto gezähmter und stiller und bändige dein Sprech-Zeug und Gesicht, bloß bis morgen nachts!«

Vults bisherige Fehlblicke entschuldigt leicht die Bemerkung, daß dieselbe Leichtigkeit, womit man sich einbildet, geliebt zu werden, ja auch weismachen müsse, daß ein anderer geliebt werde, Walt von Raphaelen. Auch glaubte er, als Weiberkenner, die Weiber so verschieden, und folglich ihre Weisen, die Liebe zu bekennen, noch mehr, daß er nur eine Weise annahm, worauf zu fußen sei, welche aber nicht darin bestehe, daß die Frau etwa an den Hals oder an das Herz falle, sondern daß sie bloß einfach sage: ich liebe dich; »alles übrige«, sagte er, »sagt dies ganz und gar nicht.«

Um also sich das Wort der Ruhe zu halten und kalt und fest wie ein Hamilton auf der heißen Lava-Rinde zu stehen, auf welcher er fortrückte: so sprach er, wovon er wollte, und berichtete Flitten, er und Walt duzten sich jetzt. Er riet sehr ernsthaft dem Notar, lieber im Gicht-Taffent eingescheidet auf dem Ball zu erscheinen; und als dieser sich in seinem und der Mittänzerin Namen ekelte vor der Krankenhülle: blieb jener dabei, er sehe hierin nichts als eine ungewöhnliche Maske, die ganz unerwartet sei. »Doch fahre meinetwegen in den Berghabit ein und damit in den goldhaltigen Lustschacht; aber mein Fuhrmanns-Hemd wirf wenigstens über das A-leder«, sagte Vult. »Wenn in der Redoute«, versetzte Walt, »sich das Leben und alle Stände untereinander und aneinander mischen: so mögen zwei sich wohl an *einem* Menschen finden und einen.« – »Verzeih nur das ganz gewöhnliche *Berg*wort«, sagte Vult, für welchen es keine größere Freude gab, als Walten ins verlegne Gesicht zu schauen, wenn er von Culs de Paris sprach, welche er anus cerebri Lutetiae nannte (so heißt der Anfang der vierten Gehirnkammer), nie ein anderes Wort zur Übersetzung erlas als das gedachte, so sehr auch schon dem schwachen Kenner der deutschen Sprache der größte Reichtum zum Wechsel vorliegt.

»Er kann nämlich«, wandt' er sich zu Flitten, »das bekannte Wort A-- nicht leiden; ich bin hierin fast mehr frei wie irgendein Pariser oder Elsasser. Überhaupt, Herr Flitte, seh' ich doch nicht, warum die Menschen so viel Umstände machen, Sachen auf die Zunge zu bringen, zu welchen Gott selber mit seiner sagen mußte: werdet! Zur Sünde sagte ers gewiß nicht. Kannst du denn überhaupt je vergessen, Herr Notar, – mehr frag' ich nicht – wenn du an der größten Hoftafel Europens speisest, die es geben soll, daß hinter den feinsten Ordensbändern doch Splanchnologien liegen, wovon jeder die seinige unter die zierlichsten Menschen mitbringt und sich damit vor den heiligsten Herzen, weil er die Splanchnologie nicht wie seinen Mantel dem Bedienten geben kann, verbeugt? Wenigstens ist dies immer meine Entschuldigung, wenn er mich scharf vornimmt, weil ich die Feder an der innern unsichtbaren Überrocks-Klappe abstreife, indem er immer einwirft, die abgewandte Fläche sehe doch wenigstens der Geist;

worauf ich ihm, wie gesagt, den Nabel der Menschheit entgegenhalte. Doch Scherz beiseite! Reden wir lieber von Liebe, die auf dem Larven-Ball gewiß nicht fehlen wird. Ewige, glaub' ich, dauert lange, und länger als man glaubt – denn ich wüßte nicht, warum ein Liebhaber die seinige beschwüre, wenn er nicht damit verspräche, sein Herz so lange brennen zu lassen als das Steinkohlen-Bergwerk bei Zwickau, das es nun ein Säkulum durch tut.« – »Vive l'amour!« sagte Flitte.

Vult erzählte jetzt, Jakobine, die Schauspielerin, sei angekommen: »Sie wird auf dem Balle auch ihre Rolle spielen, spiele du weder den ersten noch den letzten Liebhaber, Walt. Es ist Teufelsvolk, die Weiber; scheinen sie schlimm, so sind sie es auch; scheinen sie es nicht, so sind sie es doch. Indes zieh' ich alle Jakobinen allen Prüden vor, welche ihre himmelblauen Netze durch den Äther aufspannen.« Walt fragte, wie es denn eine arme Schöne machen solle, wenn Schein und Sein nichts hälfen. Allerdings ist eine gewisse Zurückziehung ein Netz, aber eines um einen Kirschbaum voll süßer Früchte, nicht um die Sperlinge zu fangen, sondern um sie abzuhalten. Aber Vults Zunge schonte, ungleich dem Löwen, jetzt keine Frau.

Walt trug mit stillem Beklagen des verarmten Bruders alles ganz gern. Vor Vult hatte sich die Lebensseite in die Nachtseite gekehrt, darum mußte er im Schatten kalt sein und, wie andere Gewächse, Gift-Lüfte ausatmen. Hingegen der Liebe wendet sich die Himmelskugel, wie auch die irdische Welt sich drehe, stets mit aufgehenden Sternen zu. Wie ein Schiffer auf einem windstillen Meer, sieht sie ohne alle Erde Himmel über, Himmel unter sich offen, und das Wasser, das sie trägt, ist bloß der dunklere Himmel.

Als Vult mit Flitte freundlich fortging, dachte Walt: »Ich mach' ihn ja immer friedlicher; sogar mit dem Elsasser scheint er sich auszusöhnen.«

Nro. 63. Titan-Schörl

Larven-Tanz

»Nachts werden wir uns sehen«, sagte Vult zu Walt am Morgen der Redoute – und ging mit diesem Vorgruße wie mit dem Entschleiern eines Schleiers davon. In der Einsamkeit brannte dem Notar der Tag zu hell für die schöne Nacht, woraus und wozu dieser Tag bestand. Unter dem Essen sehnte er sich nach dem Bruder, dessen leeres Gehäuse noch leerer wurde, weil er ihn abends antreffen sollte, ohne doch zu wissen in welcher Gestalt.

Walt ging in eine Larven-Bude und suchte lange nach einer Larve, welche einen Apollo oder Jupiter darstellte; er begreife nicht, sagte er, warum man fast nur häßliche vorstecke. Da Vult ihm geraten, erst um 11 Uhr in den vollen Saal zu kommen: so holte er im gemächlichen Anputzen sich aus jedem Kleidungsstück wie aus Blumenkelchen feinen Traum-Honig. – Das Ankleiden gerade in der Zeit des Auskleidens und das allgemeine späte Wachen und Lärmen der Stadt sowie des Hauses färbte ihm die Nachtwelt mit romantischem Scheine, besonders der Punkt, daß er eine Rolle in diesem großen Fastnachtsspiele hatte. Wie anders klingt das Rollen der Wagen, wenn man weiß, man kommt ihnen nach, als wenn man es hört, mit der Nachtmütze vor dem Bett-Brett stehend! –

Da er aus dem Stübchen trat, bat er Gott, daß er es froh wieder finden möge; es war ihm wie einem ruhmdurstigen Helden, der in seine erste Schlacht auszieht. Mit häuslichem Gefühle, in der Doppelmaske des Bergknappen und Fuhrmanns gleichsam zu Hause zu sein und nur wie aus zwei Mansardenfenstern zu gucken, trug er sich wie eine Sänfte über die Gasse und konnte es kaum glauben, daß er so herrlich ungesehen und zweigehäusig mit allen Seelen-Rädern überall vorbeigehe, wie eine Uhr in einer Tasche. Durch einen Irrweg, der sein Leben verfolgte, trat er zuerst in das Punschzimmer ein, das er für den Tanzsaal hielt, worin Musik aus schicklicher Ferne schön-gedämpft eindringe. Ihn wunderte nichts so sehr, als daß er seine Bergkappe, einfahrend in die schimmernde Baumannshöhle voll Figuren, nicht abzog. Als er sich kühn aus der Maske mit den Augen ans Fenster legte, fand er umhersehend nicht ohne Verwunderung viele nackte Angesichter, mit der abgeschundenen Maske in der einen Hand, in der andern mit einem Glas. Das allgemeine Schöpfen aus dem Gesundbrunnen oder Ordensbecher rechnete er zu den Ballgesetzen und verlangte sogleich sein Glas und darauf – weil eine Admiralsmaske sein Flügelmann und Muster war – noch eines. Wina sah er nicht, auch keinen Schein von Vult. Eine Ritterin vom Orden der Sklavinnen der Tugend ging gewandt umher und sah ihm sehr in die Augenhöhlen hinein. Endlich faßte sie seine Hand, machte sie auf und zeichnete ein H darein; da er aber von dieser Fern- oder Naheschreibekunst nichts wußte, drückte er ihre Hand mäßig, anstatt solche zu beschreiben.

Endlich geriet er, da er das hereinströmende Nebenzimmer prüfen wollte, in den wahren schallenden brennenden Saal voll wallender Gestalten und Hüte im Zauberrauch hinaus. Welch ein gebärender Nordschein-Himmel voll widereinanderfahrender zickzackiger Gestalten! Er wurde dichterisch erhoben, da er, wie bei einer auferstehenden Erdkugel am Jüngsten Tage, Wilde, alte Ritter, Geistliche, Göttinnen, Mohren, Juden, Nonnen, Tiroler und Soldaten durcheinander sah. Er folgte lange einem Juden nach, der mit herausgeschnittenen Schuldforderungen aus dem Reichs-Anzeiger behangen war, und las ihn durch, dergleichen einen andern, welcher die Warnungstafeln des fürstlichen Gartens, an passende Gliedmaßen verteilt, umhatte. Von einer ungeheuren Perücke voll Papilloten, welche der Träger abwickelte und austeilte, nahm er auch seine an und fand nichts darin als einen gemeinen Lobspruch auf seine bezaubernden Augen.

Am meisten zog ihn und seine Bewunderung ein herumrutschender Riesenstiefel an, der sich selber anhatte und trug, bis ein altväterischer Schulmeister mit dem Bakel ihn so kopfschüttelnd ernst und zurechtweisend ansah, daß er ganz irre wurde und sich selber an sich und an seinem Fuhrmanns-Hemde nach einem Verstoße umsah. Als der Schulmann dieses merkte, winkte und rügte er noch heftiger, bis der Notar, der ihm erschrokken in die dräuenden Augen geblickt, sich in die Menge einsteckte. Es war ihm etwas Fürchterliches, in die dunkle unbekannte Augenhöhle wie in die offne Mündung eines Geschosses hineinzuschauen und lebendige Blicke eines Unbekannten zu empfangen.

Noch hatte er weder Vult noch Wina gesehen; und ihm wurde am Ende bange, ob er auch in diesem Meere sie wie Perlen oder Inseln finde.

Auf einmal stellte sich eine Jungfrau mit einem Blumenkranz auf dem Kopfe vor ihn; aus dem Munde der Maske hing ein Zettel des Inhalts: »Ich bin die personifizierte Hoffnung oder Spes, die mit einem Blumenkranz auf dem Kopfe und einer Lilie in der rechten Hand abgebildet wird; mit dem linken Arm stützt sie sich auf einen Anker oder eine starke Säule. S. Damms Mythologie, neue Auflage von Levezow §. 454.« Walt, der anfangs in jeder Sache mit den dümmsten Gedanken geplagt war, wollte innerlich auf Wina raten, wäre die Gestalt nur feiner und weniger groß gewesen. Die Hoffnung drehte sich schnell um; eine verlarvte Schäferin kam und eine einfache Nonne mit einer Halbmaske und einem duftenden Aurikelstrauß. Die Schäferin nahm seine Hand und schrieb ein H hinein; er drückte die ihrige nach seiner Gewohnheit und schüttelte den Kopf, weil er glaubte, sie habe sich mit einem H unterzeichnen wollen. Plötzlich sah er die Halbmaske, nämlich das Halbgesicht der Nonne recht an, an der feinen, aber kecken Linie der Rosenlippen und am Kinn voll Entschiedenheit erkannte er plötzlich Wina, welche bloß aus dem Dunkel mit sanften Augen-Sternen blickte. Er war mit der Hand schon auf dem Wege nach der Bergkappe, bis er sie nahe daran wieder in Maskenfreiheit setzte. »O wie selig!« (sagt' er leise) »Und Sie sind die Mademoiselle Raphaela?« Beide nickten. »O was begehrt man denn noch in solcher geistertrunkenen Zeit, wenn man sich, verhüllt wie Geister ohne Körper, in elysischen Feldern wiedererkennt?«

Ein Läufer tanzte daher und nahm Raphaela zum Tanzen davon: »Glück auf, Herr Bergknappe!« sagt' er entfliegend, daß Walt den Elsasser erkannte. Jetzt stand er eine Sekunde allein neben der ruhigen Jungfrau – die Menge war einen Augenblick lang seine Maske – Neu, reizend drang aus der Halb-Larve wie aus der Blüten-Scheide einer gesenkten Knospe die halbe Rose und Lilie ihres Gesichts hervor. – Wie ausländische Geister aus zwei fernen Weltabenden sahen sie einander hinter den dunklen Larven an, gleichsam die Sterne in einer Sonnenfinsternis, und jede Seele sah die andre weit entfernt und wollte darum deutlicher sein.

Da aber Walt in dieser Stellung Miene machte, als wollte er einige Jubiläen dieser schönen Minute feiern und erleben: so fragte ihn Wina, als Spes forschend die Sklavin der Tugend vorüberführte, ob er nie tanzte. Sogleich wurde er in den Tanz-Sturm geweht und half wehen, indem er tanzte wie die Römer, bei welchen nach Böttiger das mimische Tanzen in nichts bestand als in Bewegung der Hände und Arme. Mit den Füßen ging er feurig den Walzer bis zum Rast-Zeichen der Waage, wo der fliegende Schwarm hintereinander sich anlegte als Stand-Herde. Indes glaubt' er, er flöge hinter einem mit Sommervögeln fliegenden Sommer. Wie ein Jüngling die Hand eines berühmten großen Schriftstellers zum ersten Male berührt: so berührte er leise, wie Schmetterlingsflügel, wie Aurikeln-Puder, Winas Rücken und begab sich in die möglichste Entfernung, um ihr lebenatmendes Gesicht anzuschauen. Gibt es einen Ernte-Tanz, der die Ernte ist; gibt es ein Feuerrad der liebenden Entzückung: Walt, der Fuhrmann, hatte beide. Da er aber keinen Fuß bewegen konnte ohne die Zunge: so war der Tanzsaal nur sein größerer Rednerstuhl; und er schilderte ihr unter dem Tanz: »wie da sogar der Körper Musik werde – wie der Mensch fliege, und das Leben stehe – wie zwei Seelen die Menge verlieren und einsam wie Himmelskörper in einem Ätherraum um sich und um die Regel kreisen – wie nur Seelen tanzen sollten, die sich lieben, um in diesem Kunst-Schein harmonischer Bewegung die geistige abzuspiegeln«. Als sie standen und er die Redoute mit ihrem tanzenden Sturmlaufen übersah, so sagte er: »wie erhaben sehen die Mäntel und großen Hüte der Männer aus, gleichsam die Felsenpartie neben der weiblichen Gegenpartie! Ein Ball en masque ist vielleicht das Höchste, was der spielenden Poesie das Leben nachzuspielen vermag. Wie vor dem Dichter alle Stände und Zeiten gleich sind und alles Äußere nur Kleid ist, alles Innere aber Lust und Klang: so dichten hier die Menschen sich selber und das Leben nach – die älteste Tracht und Sitte wandelt auferstanden neben junger – der fernste Wilde, der feinste wie der roheste Stand, das spottende Zerrbild, alles, was sich sonst nie berührt, selber die verschiedenen Jahreszeiten und Religionen, alles Feindliche und Freundliche wird in *einen* leichten, frohen Kreis gerundet, und der Kreis wird herrlich wie nach dem Silbenmaß bewegt, nämlich in der Musik, diesem Lande der Seelen, wie die Masken das Land der Körper sind. – Nur *ein* Wesen steht ernst, unbedeckt und unverlarvt dort und regelt das heitere Spiel.« – Er meinte den Redoutenmeister, den er mit einem nackten kleinen Gesicht und Kopfe in einem Mantel ziemlich verdrüßlich achtgeben sah.

Wina antwortete leise und eilig: »Ihre Ansicht ist selber Dichtkunst. So mag wohl einem höhern Wesen die Geschichte des Menschengeschlechts nur als eine längere Ball-Verkleidung erscheinen.« – »Wir sind ein Feuerwerk«, versetzte Walt schnell, »das ein mächtiger Geist in verschiedenen Figuren abbrennt« und fuhr in seinen eckigen Walzer hinein. Je länger er ging, bis er stand, je mächtiger pries er die Frühlinge, die im Tanzflug ihm duftend begegneten. »O dürfte ich mich heute für die schönste Seele opfern, dann wär' ich die glücklichste«, sagt' er. Die Hoffnung (Spes) stand ihm überall zur Seite, wenn er sprach. Die Nonne Wina, eine sanfte Taube, noch dazu mit dem Ölblatt im Munde, bemerkte gar nicht, daß er ungestüm spreche, und schien sich aus Kühnheit über Mißdeutung fast so leicht wegzusetzen als er aus Unwissenheit.

Heute erschien sie ihm ganz vollendet, wiewohl er bisher jedes letztemal geglaubt hatte, er überschaue ihren ganzen weiten Wert; wie der Mond schon vorher, eh' er mit vollem Lichte über uns hängt, uns als eine vollendete Scheibe aufzugehen scheint.

Nach dem Ende des deutschen Tanzes ersuchte er sie – da ihm ihre Nachsicht allmählich zu einer Ehrenpforte seiner Kunst aufwuchs – gar um einen englischen, bloß damit er recht oft ihre Hand fassen und recht lange den guten Lippen und Augen gegenüberstehen könnte, ohne aufspringen zu müssen. Sie sagte leise: »Ja!« –

Noch leiser hört' er seinen Namen; hinter ihm stand Spes und sagte: »Gehe gleich durch die große Saaltüre und siehe links draußen umher.« Es war Vult. Erfreuet fand er unter Unbekannten seinen lieben Bekannten wieder, den er auf seiner elysischen Insel herumführen konnte. Er ging hinaus; Spes ins fünfte Kabinett; draußen winkte sie ihm aus einer Türe hinein. Walt wollte den Bruder umarmen, aber dieser fuhr nach beiden Türschlössern: »Bedenke das Geschlecht unserer Masken!« und schloß zu. Er warf seine Larve weg, und eine seltsame heiße Wüsten-Dürre oder trockne Fieberhitze brach durch seine Mienen und Worte. »Wenn du je Liebe für deinen Bruder getragen« – begann er mit trockner Stimme und nahm den Kranz ab und lösete das Weiberkleid auf – »wenn dir die Erfüllung eines innigsten Wunsches desselben etwas gilt, dessen Wichtigkeit du 24 Stunden später erfährst; – und ist es dir unter deinen Freuden nicht gleichgültig, ob er die kleinsten oder größten haben soll, kurz wenn du eine seiner flehentlichsten Bitten erhören willst: so ziehe dich aus; dies ist die halbe; ziehe dich an und sei die Hoffnung, ich der Fuhrmann; dies ist die ganze.«

»Lieber Bruder« – antwortete Walt erschrocken und ließ den im langen Erwarten geschöpften Atem los – »darauf kann ich dir, wie sich von selbst versteht, nur zur Antwort geben: mit Freuden.«

»So mache nur schnell«, versetzte Vult, ohne zu danken. Walt setzte hinzu, sein feierlicher Ton erschrecke ihn beinahe, auch fass' er den Zweck des Umtauschs wenig. Vult sagte, morgen werd' alles heiter entwickelt, und er selber sei gar nicht verdrüßlich, sondern eher zu spaßend. Unter dem wechselseitigen Entpuppen und Verpuppen fiel Walt auf den Skrupel, ob er aber als Maskendame mit Wina, einer Dame, den versprochenen Englischen tanzen könne: »O, ich freue mich so sehr darauf«, sagte er dem Bruder; »unter uns, es ist die allererste Angloise, die ich in meinem Leben tanze; aber auf mein heutiges Glück und auf die Maske muß ich ein wenig rechnen.« Da schossen auf Vults dürrem Gesicht lebendige Mienen auf. »Himmel, Hölle«, sagte er, »ebensoleicht nach dem Takte will ich niesen, oder die Arme zurückstrecken und meine Flûte traversière hinten anlegen, als, was du vorhast, nachtun. Deine Walzer bisher, nimm nicht die Nachricht übel, liefen als gute mimische Nachahmungen, teils waagrechte des Fuhr-, teils steilrechte des Bergmanns, im Saale durch, aber einen Englischen, Freund! und welchen? Ein teuflischer, nicht einmal ein irländischer wirds. Und erwägst du deine Mittänzerin, die ja schamrot und leichenblaß wird einsinken als eine Ritterin von trauriger Gestalt, als deine leidtragende Kreuzträgerin, sobald du nur stockst, plumpst, drunterfährst als Schwanzstern? – Aber dies ist nun alles so herrlich zu schlichten, als ich eben will. Der Pöbel soll nun eben sehen, daß der Fuhrmann sich entlarven und aus dem Tanz Ernst machen kann. Denn ich tanze in deiner Maske die Agloise. Sogar in Polen galt ich für einen Tänzer; geschweige hier, wo nichts von Polen tanzt als der Bär.«

Walt blieb einige Minuten still, dann sagte er: »Die Dame, wovon ich meinte, ist Wina Zablocki, der ich die Mühe bisher gemacht haben soll. Aber da sie meiner Maske den Tanz versprochen, wie willst du mich und den Wechsel entschuldigen bei ihr?« – »O dies ist eben unser Triumph,« (sagte Vult) »aber du sollst nicht eher erraten, wie ich es mache, als morgen.« – Darauf entdeckte er ihm, er habe heute im Pharao so viel gewonnen, daß er durchaus ein Goldstück als Stückwerk zum Zerstücken von ihm annehmen müsse, wäre es auch nur, damit er unter den Zuschauern etwas zu tun habe, im Magenzimmer; dabei empfahl er ihm, sich als Spes mit keiner weiblichen Maske einzulassen, da aus einer guten Hoffnung leicht die andere werde.

Walts Abendstern trat allmählich wieder ins Vollicht, und als er Vulten die Halbbüste anlegte und ihm ins sehr ernste Gesicht und Auge sah, so sagte er heiß: »Sei froher! Freuden sind Menschenflügel, ja Engelsschwingen. Ich bin nur heute zu sehr von allem berauscht, als daß ich dir meinen Wunsch fein genug ausdrücken könnte, wie du noch mehr lieben solltest als mich.« –

»Liebe«, versetzte Vult, »ist, um in deiner Flötensprache zu reden, ewig ein Schmerz, entweder ein süßer oder ein bitterer, immer eine Nacht, worin kein Stern aufgeht, ohne daß einer hinter meinem Rücken untertaucht – Freundschaft ist ein Tag, wo nichts untergeht als einmal die Sonne; und dann ists schwarz, und der Teufel erscheint. –

Aber ernsthaft zu sprechen, die Liebe ist ein Paradies- und Spaßvogel – ein Phönixvogel voll weicher Asche ohne Sonne – ist zwar weiblichen Geschlechts, hat aber, wie die Ziege, Hörner und Bart, so wie wieder deren Ehemann wahre Milch hat[1]. Es ist beinahe einerlei, was einer über die

[1] Nach Bechstein und anderen Naturforschern hat der Bock so gut als der Amerikaner Milch, und das alte Sprichwort ist richtig.

Liebe sagt oder einwirft; denn alles ist wahr, zu gleicher Zeit. – Hiemit setze ich dir den Blumenkranz auf und verkleide dich in das, was du hast, die Spes. Gehe aber durch meine Türe in den Saal, wie ich durch deine – sieh zu, schweige still und trinke fort!«

Walten kams beim Eintritt vor, als sehe jeder ihm den Larventausch an und kundschafte seinen Kern hinter der zweiten Hülse leichter aus als hinter der ersten. Einige Weiber merkten, daß Hoffnung hinter den Blumen jetzt blonde Haare statt der vorigen schwarzen trage, maßen es aber der Perücke bei. Auch Walts Schritt war kleiner und weiblicher, wie sichs für Hoffnungen geziemt.

Aber bald vergaß er sich und Saal und alles, da der Fuhrmann Vult ohne Umstände Wina, die jeder kannte, an die regierende Spitze des englischen Tanzes stellte und nun zum Erstaunen der Tänzerin mit ihr einen Tanzabriß künstlich entwarf und, wie einige Maler, gleichsam mit dem Fuße malte, nur mit größeren Dekorationsstrichen. Wina erstaunte, weil sie den Fuhrmann Walt vor sich zu haben glaubte, dessen Stimme und Stimmung Vult wider Walts Voraussetzung hinter der Larve wahrhaft nachspielte, damit er nicht etwa als Lügner befunden werde, der sich für den Notarius nur ausgebe.

Spät am Ende des Tanzes ließ Vult im eiligen Händereichen, im Kreuzen, im fliegenden Auf- und Ableiten sich immer mehrere polnische Laute entwischen – nur Hauche der Sprache – nur irre, aufs Meer verwehte Schmetterlinge einer fernen Insel. Wie ein seltner Lerchengesang im Nachsommer klang Winen diese Sprache herab. Freudenfeuer brannten hinter ihrer halben Larve. Wie sie aus der einsilbigen Angloise in den sprachfähigen Walzer sich hinübersehnte, weil sie ihm ihr Erstaunen und Erfreuen gern anders als mit frohen Blicken sagen wollte, sahen seine, die keine frohen waren.

Es geschah. Aber das zuwehende Lob seiner so lange bedeckten Talente blätterte wieder eines auf, seine Bescheidenheit. Er habe, sagte er von sich in den besten Polonismen, so wenig Welt, so viel Einfalt wie wenig andere Notarien und heiße mit Recht Gottwalt, nämlich Gott walte! Doch sein Herz sei warm, seine Seele rein, sein Leben leise dichtend; und er nehme, wie er vorhin im ersten Walzer gesagt, den Larventanz im Erdensaal gern und froh vom Länderer und Schäferballett an bis zum Waffen- und Totentanz.

Da jetzt der zweite Teil der Musik in jene sehnsüchtige Überfülle, wie in tiefe Wogen, einsank, welche gewaltsamer als alle Adagios den innersten Boden der Sehnsucht heiß aus tiefem Meer aufhebt – und da die Menschen und die Lichter flogen und wirbelten – und das weite Klingen und Rauschen die Verhüllten wieder in sich selber einhüllte, so sagte Vult im Fluge, aber polnisch: »Mit großblätterigen Blumengewinden rauscht die Lust um uns. Warum bin ich der einzige hier, der unaufhörlich stirbt, weil er keinen

Himmel und keine Erde hat, Nonne? denn du bist mir beides. Ich will alles sagen, ich bin begeistert zur Pein wie zur Lust – willst du einen Gottverlaßnen aus einem Gottwalt machen? O gib ein Zeichen, aber eines Worts! Nur der Zunge glaube ich mein Hochgericht; sie sei mein Schwert, wenn sie sich bewegt, Nonne!«

»Gottwalt«, sagte Wina erschüttert und schwerer als er dem Tanze folgend, »wie könnte eine Menschenzunge dies sein? – Aber dürfen Sie mich so quälen und sich?« – »Nonne«, fuhr er fort, »der Laut sei mein Schwert!« – »Harter«, antwortete sie mit leiser Stimme, »Sie foltern härter zum Schweigen als andere zum Reden.«

Jetzt hatt' er alles, nämlich ihr Liebes-Ja für seinen Scheinmenschen oder Rollenwalt, und lachte den wahren aus, der als Rolle und als Wahrheit noch bloße Hoffnung sei und habe; allein sein erzürntes Gemüt bequemte sich nun zu keinem Schattendank; sondern hartstumm tanzte er aus und verschwand plötzlich aus dem fortjauchzenden Kreise.

Lange hatte sich Spes mit lauter Segnungen einer Doppelwonne in der Nähe gehalten und sich und Wina zum besten Tänzer Glück gewünscht, und in der Meinung, ihr sei gesagt, was ihn abbilde, hatte er ihre himmelsvollen Blicke ganz auf sich bezogen. Zum Unglück schöpfte er eben im Trinkzimmer, als der langweilige englische Tanz ausging, auf dessen Ende er seine Anreden verschoben – Vult schwebte eben in der tanzenden Liebeserklärung, und Spes stand mit dem Blumenkranze auf dem Kopfe und dem Flatterzettel der Inschrift am Kinne leer-harrend da und mußte dem langen Walzer zusehen. Kurz vorher, ehe dieser schnell abbrach, kam die Sklavin der Tugend und zog Spesen in ein Nebenzimmer. Hundert der seltensten Ereignisse hoffte Spes. »So kennen Sie mich nicht mehr?« fragte die Maske. »Kennen Sie mich denn?« fragte Spes.

»Machen Sie nur einen Moment die Augen zu, so bind' ich Ihre Maske ab und meine dazu«, sagte sie. Er tats. Sie küßte ihn schnell auf den Mund und sagte: »Sie habe ich ja schon wo gesehen.« Es war Jakobine. In diesem Augenblick trat der General Zablocki durch eine zweite Tür hinein: »Ei Jakobine, schon wieder bei der Hoffnung?« sagte er und ging zurück. »Was meinte er damit?« sagte sie. Aber Walt lief erschrocken und halb nackt in den Saal und befestigte darin mit einiger Mühe die verschobene Maske wieder vor den bekränzten Kopf.

Wina und Vult waren nicht mehr zu finden; nach langem Suchen und Hoffen mußte er ohne Umtausch als Hoffnung nach Hause gehen. So schloß der Larventanz voll willkürlicher Verhüllungen endlich mit unwillkürlichen von größerer Schwere.

Nro. 64. Mondmilch vom Pilatusberg

Brief – Nachtwandler – Traum

Vult war, sobald er Walts überkühne Liebe gegen Wina und deren Begünstigung, so wie seine eigne Niederlage, sich recht nah' vor die eignen Augen gehoben hatte, nach Hause geeilt, mit einer Brust, worin die wilden Wasser aller Leidenschaften brausten, um sogleich an Walt so zu schreiben:

»Nur die Lächerlichkeit fehlte noch, wenn ich dirs lange verdächte, daß dein sogenanntes Herz nun auch endlich den Herzpolypen, den ihr Liebe nennt, in sich angesetzt, wenngleich manches dabei so wenig das Beste ist als dein künstliches Verstecken vor mir. Das aber nimmst du mir jetzt nicht übel, daß ich zum Teufel gehe und dich allein deinem Engel ablasse, da der Liebe die Freundschaft so entbehrlich und unähnlich ist als dem Rosenöl der Rosenessig. Halte denn deinen geistigen Schar- und sonstigen Bock aus, bis du auf grünes Land aussteigst und auf der Stelle genesest, die schwerlich auf der Freundschaftsinsel ist. Himmel! zu was waren wir denn beide überhaupt beisammen und ritten wie alte Ritter, auf *einem* Trauer- und Folter-Pferd (equuleus) oder Folteresel? – Etwa dazu, daß ich auf dem Wege und zum Besten deiner Erbschaft dich und dein Pferd lenkte und hielte und keinen von euch steigen oder fallen ließ? – Nun die sieben Erben wissen, ob ich ihnen geschadet. Überhaupt, was sind denn die irrenden Menschen anders als Himmelskörper auf Erden, bei deren täglichen und jährlichen Aberrationen und Nutationen man nichts machen kann als bloß den guten Zach dabei, nämlich die Zachischen Tafeln davon? Ebenso hättest du dich auch sonst hintergangen, wenn du dir geschmeichelt hättest, ich würde dich sonderlich ausbilden und ausprägen mit meinem Münzkopf. Ich lasse dich, wie du warst, und gehe, wie ich kam. Auch du hast mich nicht merklich umgemünzt, so daß ich leicht schließe, du bist der – so wahren – Meinung, es sei im Geisterreich, so wie im Körperreich – man trage das Fuhrmannshemde sowohl auf Redouten als auf Chausseen – das *Spurfahren* verderblich.

Morgen bin ich in die freie Welt hinausgezogen. Der nahe Frühling ruft mich schon ins weite helle Leben. Spielgeld, das meine Schulden bezahlt, liegt bei; – und somit guten Tag. Fällt und klagt mich jemand an, Bruder, so verficht mich nicht; wahrlich, sobald man mich haßt, so frag' ich wenig darnach, ob man mich um drei Stufen stärker hasse oder nicht; und wie viele Menschen verdienen es denn überhaupt, daß man sich von ihnen lieben lässet? Mich ausgenommen, nicht zwei, und kaum.

Wir beide waren uns einander ganz aufgetan, so wie zugetan ohnehin; uns so durchsichtig wie eine Glastür; aber Bruder, vergebens schreibe ich außen ans Glas meinen Charakter mit leserlichen Charakteren: du kannst doch innen, weil sie umgekehrt erscheinen, nichts lesen und sehen als das Umgekehrte. Und so bekommt die ganze Welt fast immer sehr lesbare, aber umgekehrte Schrift zu lesen.

Wozu sollen wir denn miteinander und voneinander Plagen haben? du, als liebender Dichter, als dichtender Liebhaber, hältst deine künftigen so leicht aus als ein Vogel das Erdbeben – und ich meine so leicht als eine Winterlandschaft den Hagel. Aber warum war ich so dumm und trank täglich eine Flasche Burgunder weniger, ja oft zwei? Du bezahltest mirs nicht, daß ich nichts trank, und ich nicht einmal, wenn ich etwas trank. Oder glaubst du, daß ein Mann, der seine Flöte bläset, der mehr Welt hat, sah und genoß als alle seine Anverwandten, der in Paris und Warschau abends um 1 Uhr, nach Mitternacht, seine Tasse Suppe trank und seinen Löffel Eis speiste, so leicht sein Paris und Warschau als du dein Haßlau und Elterlein in einer Neupeterschen Mansardstube opfert, die nicht einmal den Quadratinhalt eines Opferaltars groß ist? Ich aber glaube, ich war ein Cook, der Freundschafts- und Gesellschaftsinseln entdeckte und darunter die schöne Insel O-Waihi, welche aber den Entdecker und Weltumfahrer zuletzt, als er den Mastbaum wollte wieder zusammenschienen lassen, gar tot machte und auffraß.

Sogar meine Flöte ist dir entbehrlich, da du einmal (was du wohl vergessen) eine Hoboe für eine Flöte angesehen, nämlich angehört. Und da dir, wie du sagst, überall die höchsten Töne am meisten gefallen: so wirst du immer musikalisch-glücklich bleiben, weil in der Tat alle Schrei-, Miß- und Zorn-Töne, die den Ohren auf Gassen begegnen, stets hohe und höchste sind.

Meine Gedanken werfen sich so wild umher wie Granitblöcke; aber ich schreibe hier im Finstern bei hellem Sternenlicht; ich habe keine Zeit – die Post ist bestellt – nichts noch eingepackt; und du sollst nicht eher von meinem Unsichtbarwerden wissen als nach ihm. Mit Briefen, die ich dir, hoff' ich, schicke, sollen dir gar die wenigen Ausschweifungen zukommen, die unserem Hoppelpoppel noch fehlen, wenn er als fest zusammengeleimter und langgeschwänzter Papierdrache aufsteigen will in Leipzig in der Zahlwoche.

Gehabe dich wohl, du bist nicht zu ändern, ich nicht zu bessern; so wollen wir einander denn in wechselseitiger Luftperspektive entlegen erblicken, und jeder von uns sage: ›Warum warst du ein Narr und kein Lamm?‹ Und doch, Walt, bist du allein an allem schuld.«

*

Als er eben in das Papier noch den zweiten Inhalt, das Geld, gelegt hatte – und eilte, um noch vorher sein Tagebuch, seine Noten und Notae und alles vorher für die Post zugesperret zu haben, bevor der Bruder erscheine: hörte er ihn kommen. Er warf sich vor dessen Eintreten aufs Bett und schnarchte als Fuhrbergmann ihm entgegen. Walt trat nahe an ihn, sah als Spes ins braunglühende Gesicht voll stürmischer Träume. Leise ging er umher, hauchte sich Tanzmelodien vor und legte als Text Liebesworte unter.

Zuletzt richtete sich Vult – von diesem windstillen und hohen Himmel wie geärgert – auf, trat mit zugeschloßnen Augen im Zimmer umher und stellte sich als Nachtwandler an, um in solcher Rolle ungefragt einzupacken, und sobald jener schliefe, unbedauert fortzugehen. »Heda«, rief er, »her, ihr Leute, und was es noch sonst für Spitzbuben gibt, helft packen, Bestien, und schleppen! Greift mehr zu, ihr Helfershelfer! Soll ich denn nicht heute um 3 Uhr nach der Spitzbubeninsel, und unten steht schon mein Pferd gesattelt, wie?« Dabei zog er sich an. Walt begleitete seine blinden Schritte bewachend. »Allerdings, Freund, taugen die Menschen und die Gurken nichts, sobald sie reif sind; das ist ja mein eigner Satz. Der Mensch im allgemeinen verdient viele Nasen von Gott und mehrere Nasen, als sich je durch einen alten Theatervorhang gesteckt haben, den man daher an manchen Orten in Blech einfaßte. Die Gründe sind freilich nicht jedem geläufig.«

Jetzt ging er in seinen Zimmerverschlag und packte, blinzelnd und sich oft von Walt abkehrend, sein Tagebuch und alles in den Koffer. »Auf der Flöte? – Nein, sondern auf dem Kamm will ich ihn künftig anblasen und abkämmen. Sagen Sie mir nichts von Liebe, Herr Reisemarschall, sie ist zu dumm, eine hübsche Antike, die man den ganzen Tag ergänzen muß – ein Sonnentempel in Hosentaschenformat – und das dumme Ding glaubt, es lebe. Ich hab' es von ihr selber. Der Mensch führt sogar Gott vor einen Vergrößerungsspiegel, so unersättlich und so einfältig ist er – Stecht mich in Kupfer, wie einen britischen Kampfhahn, ich will eben ein Monatskupfer zum Wolfsmonat abgeben, liebster Artilleriesekretär!« Als er fertig war und bloß den Koffer zuzusperren brauchte, schien er nachzusinnen und auf eine neue Idee zu geraten. »Scher Er sich weg, Leichenmarschall, ich sperre meinen Sarg schon selber zu und will auch den Schlüssel als Hals-Gehenke tragen und niemand hineinlassen als einen oder den andern guten Freund. Was die ganze und halbe Trauer um mich anlangt, so soll sie niemand anlegen als ich. Musik wird als Requiem während der Trauerzeit am wenigsten verboten, aber ich bestehe auf einem scharfen Trauer-Reglement. Der Nachtstuhl muß schwarz ausgeschlagen werden – man lasse das Kammergeschirr wie den Degen stahlblau anlaufen; – jede Maus in meinem Haus soll in Krepp gehen – meine Papilloten können Trauerschneppen sein und der Zopf in einer Trauerschleppe herabfallen. Aber was Henker ist das? Dort steh' ich ja leibhaftig und erscheine mir eigenhändig. – Warte, wir wollen gleich finden, wer von uns beiden wahren Du's der wahre und haltbarste ist.«

Hier versetzte er sich und dem Notar zugleich einen derben Schlag und erwachte davon; erst nachdem er wie verdutzt sich von Walten lange auseinandersetzen lassen, wo und was er sei, wurde er dahin gebracht, sich angekleidet aufs Bett zu werfen. Indem beide einander eine Zeitlang bewachten, fielen beide in einen wahren Schlaf.

Jetzt weckte ihn Walt, der noch traumtrunken und in berauschter Vergessenheit der vorigen Szenen ihm aus dem Bette folgenden Traum aufdrang:

»Ich weiß kaum recht, wie oder wo der Traum eigentlich anging, wie ein Chaos wollte die unsichtbare Welt auf einmal alles gebären, eine Gestalt keimte auf der andern, aus Blumen wuchsen Bäume, daraus Wolkensäulen, aus welchen oben Gesichter und Blumen brachen. Dann sah ich ein weites leeres Meer, auf ihm schwamm bloß das kleine graue fleckige Welt-Ei und zuckte stark. Es wurde mir im Traum alles genannt, ich weiß aber nicht von wem. Dann fuhr ein Strom mit der Leiche der Venus durchs Meer; er stand fest, das Meer floß wieder an ihm hin. Darauf schneiete es helle Sterne hinein, der Himmel wurde leer, aber an der Mittagsstelle der Sonne entglomm eine Morgenröte; das Meer höhlte sich unter ihr aus und türmte in ungeheuren bleiernen Schlangen-Wülsten am Horizonte sich auf sich selber auf, den Himmel zuwölbend – und unten aus dem Meeres-Grund stiegen aus unzähligen Bergwerken traurige Menschen wie Tote auf und wurden geboren. Eine dicke Gruben-Nacht quoll ihnen nach. Aber ein Sturm schlug sich auf den Dampf und zerquetschte ihn zu einem Meer. Gewaltig fuhr er auf und ab und schüttelte alle Wellen, hoch oben im stillen Blau flog langsam eine goldene Biene leise singend einem Sternchen zu und sog an dessen weißen Blüten, und rund um den Horizont standen Türme heiter mit leuchtenden Gewitterspitzen, bis wieder ungeheure Wolken, als reißende Tiere gestaltet, ankamen und am Himmel fraßen.

Da hörte ich einen Seufzer, alles war verschwunden. Ich sah nichts als ein glattes stilles Meer, aus diesem brach die *böse Feindin,* ohne eine Welle zu machen, wie Licht durch Glas: ›Seit der Ewigkeit‹, fing sie an, ›ist das Wasser öl-glatt, das bedeutet eben den großen Sturm. Ich soll dir, sagt man, das älteste Märchen erzählen; bist du aber vorüber?‹ Sie sah seltsam aus, sie war in Meergrün und Meerblüten gekleidet, kleine Floßfedern zuckten an ihrem Rücken, ihr Gesicht war meergrau und doch jung, aber voll kämpfender Farben. Ehe ich antwortete, fuhr die böse Feindin fort: ›Es war einmal ein ewiges Märchen, alt, grau, taub, blind, und das Märchen sehnte sich oft. Dort tief in der letzten Welt-Ecke wohnt es noch, und Gott besucht es zuweilen, um zu sehen, ob es noch flattert und sich sehnt. – Bist du denn vorüber? So schaue die Tiere am Ufer an!‹ – Am glatten Meere hinauf lag es voll reißender Tiere, welche schliefen, aber im Schlafe sprachen und einander einen uralten Heißhunger und Blutdurst erzählten.

Ehe ich antwortete, versetzte die böse Feindin: ›Vernimm das alte Widerhallen; noch kein Wesen hat den Ton gehört, den es nachspricht. Wenn aber einst der Widerhall aufhört, so ist die Zeit vorbei, und die Ewigkeit kommt zurück und bringt den Ton; sobald alles sehr still ist, so werd' ich die drei Stummen hören, ja den Urstummen, der das älteste Märchen sich selber erzählt; aber er ist, was er sich sagt. Hölle, du erschrickst wie ein Sterblicher, bist du denn nicht vorüber, Tor?‹

Noch eh' ich antwortete, wuchsen ihr die Floßfederchen zu hohen zackigen Schwingen aus, womit sie mich unverdient und grimmig schlug; da verschwand alles, nur das schöne Tönen blieb. Es war mir, als sänk' ich in geflügelte Wogen eines wolkenhohen Meeres. Wie ein Pfeil schnitt ich durch seine weltenlange Wüste; aber ich konnte durch die gläserne Fläche nicht hindurch, sondern hing im dunkeln Wasser und schaute hindurch. Da sah ich draußen, nah oder fern, ich weiß es nicht, das *rechte Land* liegen, ausgedehnt, glänzend-dämmernd. Die Sonne schien als Ephemere in ihren eignen Strahlen zu spielen, und die Strahlen hörten auf. Nur die leisen Töne des *rechten Landes* flogen noch um mein Ohr. Goldgrüne Wölkchen regneten heiß übers Land, und flüssiges Licht tropfte überquellend aus Rosen- und Lilien-Kelchen. Ein Strahl aus einem Tautropfen schnitt herüber durch mein düsteres Meer und durchstach glühend das Herz und sog darin, aber das Tönen erfrischte es, daß es nicht welkte. Ich sagte laut: ›Es regnet drüben heiße Freudentränen; nur die Liebe ist eine warme Träne, der Haß eine kalte.‹ – Tief hinten im Lande stiegen Welten, wie Dunstkügelchen, unter einem weit umhüllten Sonnenkörper auf. In der Mitte drehte sich ein Spinnrad um, die Sterne waren mit tausend Silberfäden daran gereihet, und es spann sie immer näher und enger vom Himmel hernieder. – An einer Lilie hing ein Bienenschwarm. Eine Rose spielte mit einer Biene, beide neckten sich mit ihren Stacheln und ihrem Honig. Eine schwarze Nachtblume wuchs gierig gen Himmel und bog sich immer heftiger über, je heller es wurde; eine Spinne lief und wob emsig im Blumenkelche, um mit Fäden die Nacht festzuhalten, ja den Leichenschleier der Welt zu spinnen; aber alle Fäden wurden betaut und schimmerten, und der ewige Schnee des Lichts lag auf den Höhen.

›Es schläft alles im *rechten Lande*‹, sagt' ich, ›aber die Liebe träumt.‹ Ein Morgenstern kam und küßte eine weiße Rosenknospe und blühte mit ihr weiter – ein Zephyr hing sich küssend an einen Eichengipfel – einer der leisesten Töne kam und küßte eine Maiblume, und ihr Glöckchen wurde heftig emporgeweht – tausend warme Wolken kamen und hingen sich brünstig an Himmel und Erde zugleich – Turteltauben wiegten sich dufttrunken auf Nachtviolen und warfen girrend sich die Küsse auf Blumenblättern zu.

Auf einmal quoll am Himmel ein scharfblitzendes Sternchen heraus – es hieß die Aurora – wie vor Lust riß sich einen Augenblick mein Meer auf. – Statt der dämmernden Ebene lag ein fester breiter Blitz vor mir. Aber es schlug sich wieder zu, das verdämmerte Land erwachte, und alles wurde verändert; denn die Blumen, die Sterne, die Töne, die Tauben waren nur schlummernde Kinder gewesen. Nun umarmte jedes Kind ein Kind, und die Aurora klang unzählig darein. Die hohe Bildsäule des Donnergottes stand in der Landes-Mitte. Ein Kind um das andere flog auf den Stein-Arm und setzte einen Schmetterling auf den lebendigen Adler, der den Gott umkreiset. Dann flatterte das Kind wie leichtsinnig auf die nächste Wolke und sah herab nach seinem andern, das liebende Arme aufhob. Ach so wird schon Gott, vor dem wir ja alle Kinder sind, unser Lieben nehmen! Darauf spielten die Kinder untereinander »Liebens«. ›Sei meine rote Tulpe‹, sagte das eine, und das andere war sie und ließ sich an die Brust stecken. ›Sei mein liebes Sternchen oben‹, und es war es und wurde – an die Brust gesteckt. ›Sei mein Gott‹ – ›und du meiner‹, aber dann verwandelten sich beide nicht, sondern sahen sich lange an voll zu großer Liebe und verschwanden wie sterbend dahin. – ›Bleibe bei mir, mein Kind, wenn du von mir gehst‹, sagte das bleibende; da wurde das scheidende in der Ferne ein kleines Abendrot, dann ein Abendsternchen, dann tiefer ins Land hinein nur ein Mondschimmer ohne Mond, und endlich verlor es sich ferner und ferner in einen Flöten- oder Philomelenton.

Aber der Morgenröte gegenüber stand eine Morgenröte auf; immer herzerhebender rauschten beide wie zwei Chöre einander entgegen, mit Tönen statt Farben, gleichsam als wenn unbekannte selige Wesen hinter der Erde ihre Freudenlieder heraufsingen. Die schwarze Blume mit der Spinne bog sich krampfhaft bis zum Knicken nieder. Zu einem Lilienkranze waren vom Rade die Sterne vom Himmel herabgesponnen und er nun hellblau gemacht. Der Allklang hatte die Blumen zu Bäumen gereift. Die Kinder waren dem Auge zu Menschen gewachsen und standen endlich als Götter und Göttinnen da und sahen sehr ernst nach Morgen und Abend.

Die Chöre der Morgenröten schlugen jetzt wie Donner einander entgegen, und jeder Schlag zündete einen gewaltigern an. Zwei Sonnen sollten aufsteigen, unter dem Klingen des Morgens. Siehe, als sie kommen wollten, wurde es leiser und dann überall still. Amor flog in Osten, Psyche flog in Westen auf, und sie fanden sich oben mitten im Himmel, und die beiden Sonnen gingen auf – es waren nur zwei leise Töne, zwei aneinander sterbende und erwachende; sie tönten vielleicht; ›du und ich‹; zwei heilige, aber furchtbare, fast aus der tiefsten Brust und Ewigkeit gezogne Laute, als sage sich Gott das erste Wort und antworte sich das erste. Der Sterbliche durfte sie nicht hören, ohne zu sterben. Ich schlief in den Schlaf hinunter, doch schlaf- und todestrunken, war mir, als verhülle und vergifte mich der Blumenduft eines vorbeifliegenden Paradieses ––

Da fand ich mich plötzlich am alten ersten Ufer wieder, die böse Feindin stand wieder im Wasser; aber sie zitterte wie vor Frost und zeigte ängstlich auf das glatte Meer hinter ihr, mit den Worten: ›Die Ewigkeit ist vorbei, der Sturm kommt, denn das Meer wird geregt.‹ Ich sah hin, und die Unermeßlichkeit gor zu unzähligen Hügeln auf und zum himmelhohen Sturme; doch tief im Horizont wallete hinter den Zacken ein sanftes Morgenlicht empor. Aber ich erwachte; was sagst du, Bruder, zu diesem künstlich-fügenden Traume?«

»Du sollst es sogleich hören in dein Bett hinein«, versetzte Vult, nahm die Flöte und ging, sie blasend, aus dem Zimmer – die Treppe hinab – aus dem Hause davon und dem Posthause zu. Noch aus der Gasse herauf hörte Walt entzückt die entfliehenden Töne reden, denn er merkte nicht, daß mit ihnen sein Bruder entfliehe.

Ende des vierten Bändchens

Des Feldpredigers Schmelzle

REISE NACH FLÄTZ

mit fortgehenden Noten;

nebst

DER BEICHTE DES TEUFELS

bei einem Staatsmanne

Ich glaube, mit drei Worten ist sie gemacht, so wie der Mensch und seine Buße aus ebenso vielen Teilen.

1) Das erste Wort ist über den Zirkelbrief des Feldpredigers Schmelzle zu sagen, worin er seinen Freunden seine Reise nach der Hauptstadt Flätz beschreibt, nachdem er in einer Einleitung einige Beweise und Versicherungen seines Mutes vorausgeschickt. Eigentlich ist selber die Reise nur dazu bestimmt, seine vom Gerüchte angefochtene Herzhaftigkeit durch lauter Tatsachen zu bewähren, die er darin erzählt. Ob es nicht inzwischen feine Nasen von Lesern geben dürfte, welche aus einigen darunter gerade umgekehrt schließen, seine Brust sei nicht überall bombenfest, wenigstens auf der linken Seite, darüber lass' ich mein Urteil schweben.

Übrigens bitte ich die Kunstkenner, so wie ihren Nachtrab, die Kunstrichter, diese Reise, für deren Kunstgehalt ich als Herausgeber verantwortlich werde, bloß für ein Porträt (im französischen Sinne), für ein Charakterstück zu halten. Es ist ein will- oder unwillkürliches Luststück, bei dem ich so oft gelacht, daß ich mir für die Zukunft ähnliche Charakter-Gemälde zu machen vorgesetzt. – Wann könnte indes ein solches Luststückchen schicklicher der Welt ausgestellt und bescheret werden als eben in Zeiten, wo schweres Geld und leichtes Gelächter fast ausgeklungen haben, zumal da wir jetzt wie Türken bloß mit *Beuteln* rechnen und zahlen (der Inhalt ist heraus) und mit Herz-Beuteln (der Inhalt ist darin)? –

Verächtlich würde mirs vorkommen, wenn irgendein roher Dintenknecht rügend und öffentlich anfragte, auf welchen Wegen ich zu diesem Selbst-Kabinetts-Stücke Schmelzles gekommen sei. Ich weiß sie gut und sage sie nicht. Dieses fremde Luststück, wofür ich allerdings (mein Verleger bezeugts) den Ehrensold selber beziehe, überkam ich so rechtlich, daß ich unbeschreiblich ruhig erwarte, was der Feldprediger gegen die Herausgabe sagt, falls er nicht schweigt. Mein Gewissen bürgt mir, daß ich wenigstens auf ehrlichern Wegen zu diesem Besitztume gekommen, als die sind, auf denen Gelehrte mit den Ohren stehlen, welche als geistige Hörsaals-Hausdiebe und Katheder-Schnapphähne und Kreuzer die erbeuteten Vorlesungen in den Buchdruckereien ausschiffen, um sie im Lande als eigne Erzeugnisse zu verhandeln. Noch hab' ich wenig mehr in meinem Leben gestohlen als jugendlich zuweilen – Blicke.

2) Das zweite Wort soll die auffallende, mit einem Noten-Souterrain durchbrochne Gestalt des Werkleins entschuldigen. Sie gefällt mir selber nicht. Die Welt schlage auf und schaue hinein und entscheide ebenfalls. Aber folgender Zufall zog diese durch das ganze Buch streichende Teilungslinie: ich hatte meine eigne Gedanken (oder Digressionen), womit ich die des Feldpredigers nicht stören durfte, und die bloß als Noten hinter der Linie fechten konnten, aus Bequemlichkeit in ein besonderes Neben-Manu-

skript zusammen geschrieben und jede Note ordentlich, wie man sieht, mit ihrer Nummer versehen, die sich bloß auf die Seitenzahl des fremden Haupt-Manuskripts bezog; ich hatte aber bei dem Kopieren des letztern vergessen, in den Text selber die entsprechende einzuschreiben. Daher werfe niemand, so wenig als ich, einen Stein auf den guten Setzer, daß dieser – vielleicht in der Meinung, es gehöre zu meiner Manier, worin ich etwas suchte – die Noten gerade so, wie sie ohne Rangordnung der Zahlen untereinander standen, unter den Text hinsetzte, jedoch durch ein sehr lobenswürdiges künstliches Ausrechnen wenigstens dafür sorgte, daß unter jede Text-Seite etwas von solchem glänzenden Noten-Niederschlag käme. – – Nun, die Sache ist einmal geschehen, ja verewigt, nämlich gedruckt. Am Ende sollte ich mich eigentlich fast darüber erfreuen. In der Tat – und hätt' ich jahrelange darauf gesonnen (wie ichs bisher seit zwanzigen getan), um für meine Digressions-Kometenkerne neue Licht-Hülsen, wenn nicht Zug-Sonnen, für meine Episoden neue Epopöen zu erdenken: schwerlich hätt' ich für solche Sünden einen bessern und geräumigern Sündenbalg erfunden, als hier Zufall und Setzer fertig gemacht darreichen. Ich habe nur zu beklagen, daß die Sache gedruckt worden, eh' ich Gebrauch davon machen können. Himmel! welche fernsten Anspielungen (hätt' ichs vor dem Drucke gewußt) wären nicht in jeder Text-Seite und Noten-Nummer zu verstecken gewesen, und welche scheinbare Unangemessenheit in die wirkliche Gemessenheit und ins Noten-Untere der Karten; wie empfindlich und boshaft wäre nicht in die Höhe und auf die Seite heraus zu hauen gewesen aus den sichern Kasematten und Miniergängen unten, und welche laesio ultra dimidium (Verletzung über die Hälfte des Textes) wäre nicht mit satirischen Verletzungen zu erfüllen und zu ergänzen gewesen!

Aber das Schicksal wollte mir nicht so gut; ich sollte von diesem goldnen Handwerks-Boden für Satiren erst etwas erfahren drei Tage vor der Vorrede.

Vielleicht aber holt die Schreibwelt – bei dem Flämmchen dieses Zufalls – eine wichtigere Ausbeute, einen größern unterirdischen Schatz herauf, als leider ich gehoben; denn nun ist dem Schriftsteller ein Weg gezeigt, in *einem* Marmorbande ganz verschiedne Werke zu geben, auf *einem* Blatte zugleich für zwei Geschlechter, ohne deren Vermischung, ja für fünf Fakultäten zugleich ohne deren Grenzverrückung zu schreiben, indem er, statt ein ekles gärendes Allerlei für niemand zu brauen, bloß dahin arbeitet, daß er Noten-Linien oder Demarkationslinien zieht und so auf dem nämlichen fünfstöckigen Blatte die unähnlichsten Köpfe behauset und bewirtet. Vielleicht läse dann mancher ein Buch zum vierten Male, bloß weil er jedesmal nur ein Viertel gelesen.

3) Das dritte Wort hat bloß zu sagen, daß die *Beichte des Teufels* bei einem Staatsmanne ein unschuldiger Kalender-Anhang des Buches sein soll, der kein Beichtsiegel erbricht.

Wenigstens *den* Wert hat dieses Werk, daß es ein Werkchen ist und klein genug; so daß es, hoff' ich, jeder Leser fast schon im Buchladen schnell durchlaufen und auslesen kann, ohne es wie ein dickes erst deshalb kaufen zu müssen. – Und warum soll denn überhaupt auf der Körperwelt etwas anderes groß sein als nur das, was nicht zu ihr gehört, die Geisterwelt? –

Baireuth, im Heu- und Friedens-Monat 1807

Jean Paul Fr. Richter

Zirkelbrief des vermutlichen katechetischen Professors Attila Schmelzle an seine Freunde, eine Ferien-Reise nach Flätz enthaltend, samt einer Einleitung, sein Davonlaufen und seinen Mut als voriger Feldprediger betreffend

Nichts ist wohl lächerlicher, meine werten Freunde, als wenn man einen Mann für einen Hasen ausgibt, der vielleicht gerade mit den entgegengesetzten Fehlern eines Löwen kämpft, wiewohl nun auch der afrikanische Leu seit Sparrmanns Reise als ein Feigling zirkuliert. Ich bin indes in diesem Falle, Freunde, wovon ich später reden werde, ehe ich meine Reise beschreibe. Ihr freilich wißt alle, daß ich gerade umgekehrt den Mut und den Waghals (ist er nur sonst kein Grobian) vergöttere, z. B. meinen Schwager, den Dragoner, der wohl nie in seinem Leben einen Menschen allein ausgeprügelt, sondern immer einen ganzen geselligen Zirkel zugleich. Wie furchtbar war nicht meine Phantasie schon in der Kindheit, wo ich, wenn der Pfarrer die stumme Kirche in einem fort anredete, mir oft den Gedanken: »Wie, wenn du jetzt geradezu aus dem Kirchstuhle hinauf schrieest: ich bin auch da, Herr Pfarrer!« so glühend ausmalte, daß ich vor Grausen hinaus mußte! – So etwas wie Rugendas' Schlachtstücke – entsetzliches Mordgetümmel – Seetreffen und Landstürme bei Toulon – auffliegende Flotten – und in der Kindheit Prager Schlachten auf Klavieren – und kurz, jede Karte von einem reichen Kriegsschauplatz; dies sind vielleicht zu sehr meine Liebhabereien, und ich lese – und kaufe nichts lieber; es könnte mich oft zu manchem versuchen, hielte mich nicht meine Lage aufrecht. Soll indes rechter Mut etwas Höheres sein als bloßes Denken und Wollen: so genehmigt ihr es am ersten, Werteste, wenn auch der meinige einst dadurch in tätige Worte ausbrechen will, daß ich meine künftigen Katecheten, so gut es in Vorlesungen möglich, zu christlichen Heroen stähle. – Es ist bekannt, daß ich immer wenigstens zehn Äcker weit von jedem Ufer voll Badgäste und Wasserschwimmer fern spazieren gehe, um für mein Leben zu sorgen, bloß weil ich gewiß voraussehe, daß ich, falls einer davon ertrinken wollte, ohne weiteres (denn das Herz überflügelte den Kopf) ihm, dem Narren, rettend nachspringen würde, in irgendeine bodenlose Tiefe hinein, wo wir beide ersöffen. – Und wenn das Träumen der Widerschein des Wachens ist, so frag' ich euch, Treue, erinnert ihr euch nicht mehr, daß ich euch Träume von mir erzählet habe, deren sich kein Cäsar, Alexander und Luther schämen darf? Hab' ich nicht – um nur an einige zu erinnern – Rom gestürmt und mich mit dem Papste und dem Elefantenorden des Kardinal-Kollegiums zugleich duelliert? Bin ich nicht zu Pferde, worauf ich als Revue-Zuschauer

103) Gute Fürsten bekommen leicht gute Untertanen (nicht so leicht diese jene); so wie Adam im Stande der Unschuld die Herrschaft über die Tiere hatte, die alle zahm waren und blieben, bis sie bloß mit ihm verwilderten und fielen.

gesessen, in ein bataillon quarré eingebrochen und habe in Aachen die Perücke Karls des Großen, wofür die Stadt jährlich 10 Rtlr. Frisiergeld zahlt, und darauf in Halberstadt von Gleim Friedrichs Hut erobert und beide aufeinander aufgesetzt und habe mich doch noch umgekehrt, nachdem ich vorher auf einem erstürmten Walle die Kanone gegen den Kanonier selber umgekehrt? – Hab' ich nicht mich beschneiden und doch als Jude mich zählen lassen und mit Schinken bewirten, wiewohls Affenschinken am Orinoko waren (nach Humboldt)? Und tausend dergleichen; denn z. B. den Flätzer Konsistorial-Präsidenten hab' ich aus dem Schloßfenster geworfen – Knall- oder Alarmfidibus von Heinrich Backofen in Gotha, das Dutzend zu 6 gr. und jeder wie eine Kanone knallschlagend, hab' ich so ruhig angehört, daß die Fidibus mich nicht einmal aufweckten – und mehr.

Doch genug! Es ist Zeit, mit wenigem die Verleumdung meines Feldpredigeramtes, die leider auch in Flätz umläuft, bloß dadurch, wie ein Cäsar den Alexander, zu zerstäuben, daß ich sie berühre. Es sei daran wahr, was wolle, es ist immer wenig oder nichts. Euer großer Minister und General in Flätz, vielleicht der größte überall – denn es gibt nicht viele *Schabacker* –, konnte allerdings, wie jeder große Mann, gegen mich eingenommen werden, doch nicht mit dem Geschütz der Wahrheit; denn letzteres stell' ich euch hier her, ihr Herzen, und drückt ihrs nun zu meinem Besten ab! Es laufen nämlich im Flätzischen unsinnige Gerüchte um, daß ich aus bedeutenden Schlachten Reißaus genommen (so pöbelhaft spricht man), und daß nachher, als man Feldprediger zu Dank- und Sieges-Predigten gesucht, nichts zu haben gewesen. Das Lächerliche davon erhellt wohl am besten, wenn ich sage, daß ich in gar keinem Treffen gewesen bin, sondern mehrere Stunden vor demselben mich so viele Meilen rückwärts dahin gezogen habe, wo mich unsere Leute, sobald sie geschlagen worden, notwendig treffen mußten. Zu keiner Zeit ist der Rückzug wohl so gut – ein guter aber wird für das Meisterstück der Kriegskunst gehalten – und mit solcher Ordnung, Stärke und Sicherheit zu machen als eben vor dem Treffen, wo man ja noch nicht geschlagen ist.

Ich könnte zwar als hoffentlicher Professor der Katechetik zu solchen Verfumfeiungen meines Mutes still sitzen und lächeln – denn schmied' ich meine künftigen Katecheten durch sokratisches Fragen zum Weiter-Fragen zu: so hab' ich sie zu Helden gehärtet, da nichts gegen sie zu Felde zieht als Kinder – Katecheten dürfen ohnehin Feuer fürchten, nur Licht nicht, da in unsern Tagen wie in London die Fenster eingeworfen werden, wenn sie

5) Denn ein guter Arzt rettet, wenn nicht immer von der Krankheit, doch von einem schlechten Arzte.

100) Die Bücher liegen voll Phönixasche eines tausendjährigen Reichs und Paradieses; aber der Krieg weht, und viel Asche verstäubt.

102) Lieber politischer oder religiöser Inquisitor! Die Turiner Lichtchen leuchten ja erst recht, wenn du sie zerbrichst, und zünden dann sogar.

nicht *erleuchtet* sind, anstatt daß es sonst den Völkern mit dem Lichte ging wie den Hunden mit dem Wasser, die, wenn man ihnen lange keines gibt, endlich die Scheu vor dem Wasser bekommen – und überhaupt säuselt für Katecheten jeder Park lieblicher und wohlriechender als ein schwefelhafter Artilleriepark, und der Kriegsfuß, worauf die Zeit gesetzt wird, ist ihnen der wahre teuflische Pferdefuß der Menschheit. – –

Aber ich denke anders – ordentlich als wäre der Patengeist des Taufnamen Attila mehr, als sichs gehört, in mich gefahren, ist mir daran gelegen, immer nur meinen Mut zu beweisen, was ich denn hier wieder mit einigen Zeilen tun will, teuerste Freunde! Ich könnte diese Beweise schon durch bloße Schlüsse und gelehrte Zitate führen. Z. B. wenn Galen bemerkt, daß Tiere mit großen Hinterbacken schüchtern sind: so brauch' ich bloß mich umzuwenden und dem Feinde nur den Rücken – und was darunter ist – zu zeigen, wenn er sehen soll, daß es mir nicht an Tapferkeit fehlt, sondern an Fleisch. – Wenn nach bekannten Erfahrungen Fleischspeisen herzhaft machen: so kann ich dartun, daß ich hierin keinem Offizier nachstehe, welcher bei seinem Speisewirt große Bratenrechnungen nicht nur machen, sondern auch unsaldiert bestehen läßt, um zu jeder Stunde, sogar bei seinem Feinde selber (dem Wirte), ein offnes Dokument zu haben, daß er das Seinige (und Fremdes dazu) gegessen und gemeines Fleisch auf den Kriegsfuß gesetzt, lebend nicht wie ein anderer *von* Tapferkeit, sondern *für* Tapferkeit. – Ebenso wenig hab' ich je als Feldprediger hinter irgendeinem Offizier unter dem Regimente zurückstehen wollen, der ein Löwe ist und mithin jeden Raub angreift, nur daß er, wie dieser König der Tiere, das *Feuer* fürchtet – oder der wie König Jakob von England, welcher, davonlaufend vor nackten Degen, desto kühner vor ganz Europa dem stürmenden Luther mit Buch und Feder entgegenschritt, gleichfalls bei ähnlicher Idiosynkrasie sowohl mündlich als schriftlich mit jedem Kriegsheer anbindet. Hier entsinn' ich mich vergnügt eines wackern Sous-Lieutenants, der bei mir beichtete – wiewohl er mir noch das Beichtgeld schuldig ist, so wie noch besser seinen Wirtinnen das Sündengeld –, welcher in Rücksicht der Herzhaftigkeit vielleicht etwas von jenem indischen Hunde hatte, den Alexander geschenkt bekommen als einen Hunds-Alexander. Der Mazedonier ließ zur

86) So wahr! In der Jugend liebt und genießt man unähnliche Freunde fast mehr als im Alter die ähnlichsten.

128) In der Liebe gibts Sommerferien; aber in der Ehe gibts auch Winterferien, hoff' ich.

143) Die Weiber haben wöchentlich wenigstens *einen* aktiven und passiven *Neids*-Tag, den heiligen, den Sonntag; – nur die höhern Stände haben mehr Sonn- als Werkeltage, so wie man in großen Städten seinen Sonntag schon Freitags mit einem Türken feiern kann, Sonnabends mit einem Juden, Sonntags mit sich selber. Weiber gleichen köstlichen Arbeiten aus Elfenbein: nichts ist weißer und glätter, und nichts wird leichter *gelb*.

Probe auf den Wunderhund andere Helden- oder Wappen-Tiere anlaufen – erstlich einen Hirschen – aber der Hund ruhte; – dann eine Sau – er ruhte; – sogar einen Bären – er ruhte; jetzt wollt' ihn Alexander verurteilen, als man endlich einen Löwen einließ; da stand der Hund auf und zerriß den Löwen. Ebenso der Souslieutenant. Ein Duellant, ein Auswärts-Feind, ein Franzose ist ihm nur Hirsch und Sau und Bär, und er bleibt liegen; aber nun komme und klopfe an sein ältester stärkster Feind, sein Gläubiger, und fodere ihm für verjährte Freuden jetziges Schmerzen-Geld ab und woll' ihm so Vergangenheit und Zukunft zugleich abrauben: der Lieutenant fährt auf und wirft den Gläubiger die Treppe hinab. Leider steh' ich auch erst bei der Sau und werde natürlich verkannt.

Quo – sagt Livius XII. 5. mit Recht – quo timoris minus est, eo minus ferme periculi est, oder zu deutsch: je weniger man Furcht hat, desto weniger Gefahr ist fast dabei; ich kehre den Satz ebenso richtig um: je weniger Gefahr, desto kleiner die Furcht; ja es kann Lagen geben, wo man ganz und gar von Furcht nichts weiß – worunter meine gehört. Um desto verhaßter muß mir jede Afterrede über Hasenherzigkeit erscheinen.

Ich schicke meiner Ferienreise noch einige Tatsachen voraus, welche beweisen, wie leicht Vorsicht – d. h. wenn ein Mensch nicht dem dummen Hamster gleichen will, der sich sogar gegen einen Mann zu Pferde auflehnt – für Feigheit gelte. Ich wünschte übrigens nur, ich könnte ebenso glücklich einen ganz andern Vorwurf, den eines Waghalses, ablehnen, wiewohl ich doch im Folgenden gute Fakta beizubringen gedenke, die ihn entkräften.

Was hilft der Helden-Arm ohne ein Helden-Auge? Jener wächset leicht täglich stärker und nerviger, dieses aber schleift sich nicht so bald wie Gläser schärfer. Indes eben die Verdienste der Vorsicht fallen weniger ins Auge (ja oft mehr ins Lächerliche) als die des Mutes. Wer mich z. B. bei ganz heiterem Himmel mit einem wachstuchenen Regenschirme gehen sieht: dem komm' ich wahrscheinlich so lange lächerlich vor, als er nicht weiß, daß ich ihn als Blitzschirm führe, um nicht von einem Wetterstrahl aus blauem Himmel (wovon in der mittlern Geschichte mehr als ein Beispiel steht) getroffen zu werden. Der Blitzschirm ist nämlich ganz der Reimarussche; ich trage auf einem langen Spazierstocke das wachstuchene Sturmdach, von dessen Giebel sich eine Goldtresse als Ableitungskette niederzieht, die durch einen Schlüssel, den sie auf dem Fußsteig nachschleift, jeden möglichen Blitz leicht über die ganze Erdfläche ableitet und verteilt. Mit diesem

34) Nur die kleinen Tapeten- und Hintertüren sind die Gnadentüren; das große Tor ist die Ungnadentüre, die Flügeltüren sind halbe Januspforten.

21) Schiller und Klopstock sind poetische Spiegel vor dem Sonnengotte; die Spiegel werfen so blendend die Sonne zurück, daß man in ihnen die Gemälde der Welt nicht gespiegelt sehen kann.

Paradonner (paratonnere portatif) in der Hand will ich mich wochenlang ohne die geringste Gefahr unter dem blauen Himmel herumtreiben. Indes deckt diese Täucherglocke noch gegen etwas anderes – gegen Kugeln. Denn wer gibt mir im Herbste Schwarz auf Weiß, daß kein versteckter Narr von Jäger irgendwo, wenn ich die Natur genieße und durchstreife, seine Kugelbüchse in einem Winkel von 45° so abdrückt, daß sie im Herunterfallen bloß auf meinem Scheitel aufzuschlagen braucht, damit es so gut ist, als würd' ich seitwärts ins Gehirn geschossen?

Es ist ohnehin schlimm genug, daß wir nichts gegen den Mond haben, uns zu wehren – der uns gegenwärtig beschießt mit Gestein wie ein halber türkischer; denn dieser elende kleine Erd-Trabant und Läufer und valet de fantaisie glaubt in diesen rebellierenden Zeiten auch anfangen zu müssen, seiner großen Landesmutter etwas zuzuschleudern aus der Davids-Hirtentasche. Wahrhaftig, jetzt kann ja ein junger Katechet von Gefühl nachts mit geraden Gliedern in den Mondschein hinauswandeln, um manches zu empfinden oder zu bedenken, und kann (mitten im Gefühl erwirft ihn der absurde Satellit) als zerquetschter Brei wieder nach Hause gehen. – – Bei Gott! überall Klingenproben des Muts! Hat man mühsam Donnerkeile eingeschmolzen und Kometenschwänze anglisiert: so führt der Feind neues Geschütz im Mond auf oder sonst wo im Blau!

Noch eine Geschichte sei genug, um zu beweisen, wie lächerlich gerade die ernsthafteste Vorsicht bei allem innern Mute oft außen dem Pöbel erscheint. Reiter kennen die Gefahren auf einem durchgehenden Pferde längst. Mein Unstern wollte, daß ich in Wien auf ein Mietpferd zu sitzen kam, das zwar ein schöner Honigschimmel war, aber alt und hartmäulig wie der Satan, so daß die Bestie in der nächsten Gasse mit mir durchging, und zwar – leider bloß im *Schritte*. Kein Halten, kein Lenken schlug an; ich tat endlich auf dem Selbststreitroß Notschuß nach Notschuß und schrie: »Haltet auf, ihr Leute, um Gottes Willen aufgehalten, mein Gaul geht durch!« Aber da die einfältigen Menschen das Pferd so langsam gehen sahen wie den Reichshofrats-Prozeß und den ordinären Postwagen: so konnten sie sich durchaus nicht in die Sache finden, bis ich in heftigster Bewegung wie besessen schrie: »Haltet doch auf, ihr Pinsel und Pensel, seht ihr denn nicht, daß ich die Mähre nicht mehr halten kann?« Jetzt kam den Faulpelzen ein hartmäuliges, schrittlings ausziehendes Pferd lächerlich vor – halb Wien bekam ich dadurch wie einen Bartstern-Schwanz hinter meinen Roß-Schweif und Zopf nach – Fürst Kaunitz, sonst der beste Reiter des Jahrhunderts

72) Den Halbgelehrten betet der Viertelsgelehrte an – diesen der Sechzehnteilsgelehrte – und so fort; – aber nicht den Ganzgelehrten der Halbgelehrte.

35) Bien écouter c'est presque répondre, sagt Marivaux mit Recht von geselligen Zirkeln; ich dehn' es aber auch auf runde Sessions- und Kabinettstische aus, wo man referiert und der Fürst zuhört.

(des vorigen), hielt an, um mir zu folgen – ich selber saß und schwamm als aufrechtes Treib-Eis auf dem Honigschimmel, der in einem fort Schritt für Schritt durchging – ein vieleckiger rockschößiger Briefträger gab rechts und links seine Briefe in den Stockwerken ab und kam mir stets mit satirischen Gesichtszügen wieder nach, weil der Schimmel zu langsam auszog – der Schwanzschleuderer (bekanntlich der Mann, der mit einer zweispännigen Wassertonne über die Straßen fährt und sie mit einem drei Ellen langen Schlauch aus einem blechernen Trichter benetzt) fuhr den Hinterbacken meines Pferdes nach und feuchtete während seiner Pflicht jene und mich selber kühlend an, ob ich gleich kalten Schweiß genug hatte, um keines frischern zu bedürfen – ich geriet auf meinem höllischen trojanischen Pferd (nur war *ich* selber das untergehende Troja, das ritt) nach Matzleinsdorf (einer Wiener Vorstadt), oder warens für meine gepeinigten Sinne ganz andere Gassen. – Endlich mußte ich abends spät nach dem Retraiteschuß des Praters im letztern zu meinem Abscheu und gegen alle Polizeigesetze auf dem gesetzlosen Honigschimmel noch herumreiten, und ich hätte vielleicht gar auf ihm übernachtet, wenn nicht mein Schwager, der Dragoner, mich gesehen und noch fest auf dem durchgegangenen Gaule gefunden hätte. Er machte keine Umstände – fing das Vieh – tat die lustige Frage: warum ich nicht voltigiert hätte, ob er gleich recht gut weiß, daß dazu ein hölzerner Gaul gehört, der steht – und holte mich herab – und so kamen alle berittene Wesen unberitten und unbeschädigt nach Hause.

Aber nun endlich einmal an meine Reise!

Reise nach Flätz

Ihr wißt, Freunde, daß ich die Reise nach Flätz gerade unter den Ferien machen mußte, nicht nur weil Viehmarkt und folglich der Minister und General von Schabacker da war, sondern vornehmlich weil er (wie ich von geheimer Hand sicher hatte) jährlich den 23. Juli am Abend vor dem Markttage um fünf Uhr so voll Gaudium und Gnade sich ausließ, daß er die meisten Menschen weniger anschnauzte als anhörte und – erhörte. Die Gaudiums-Ursache vertrau' ich ungern dem Papier. Kurz, ich konnte ihm meine Bittschrift, mich als unschuldig vertriebenen Feldprediger durch eine katechetische Professur zu entschädigen und zu besolden, in keiner bessern

17) Das Bette der Ehren sollte man doch, da oft ganze Regimenter darauf liegen und die letzte Ölung und vorletzte Ehre empfangen, von Zeit zu Zeit weichfüllen, ausklopfen und sömmern.

112) Gewisse Weltweiber benutzen in gewissen Fällen ihre körperliche Ohnmacht wie Muhammed seine *fallende* Sucht – auch ist jene diese –, bloß um Offenbarungen, Himmel, Eingebungen, Heiligkeit und Proselyten zu erhalten.

Jahrs- und Tags-Zeit überreichen als abends um 5 Uhr Hundstags-Anfangs. Ich setzte mein Bittschreiben in drei Tagen auf. Da ich weder Konzepte noch Abschriften desselben schonte und zählte: so war ich bald so weit, daß ich das relativ Beste ganz vollendet vor mir hatte, als ich erschrocken bemerkte, daß ich darin über dreißig Gedankenstriche in Gedanken hingeschrieben hatte. Leider schießen diese Stacheln heutzutage, wie aus Wespen-Steißen, unwillkürlich aus gebildeten Federn hervor. Ich warf es zwar lange in mir hin und her, ob ein Privat-Gelehrter sich einem Minister mit Gedankenstrichen nähern dürfe – so sehr auch dieses ebene Unterstreichen der Gedanken, diese waagrechten Taktstriche poetischer *Ton*stücke und diese Treppenstricke oder Achillessehnen philosophischer *Seh*stücke jetzt ebenso allgemein als nötig sind –; allein ich mußte doch am Ende (da Ausschaben Standespersonen beleidigt) das beste Probstück wieder umschreiben und mich wieder eine halbe Viertelstunde am Namen Attila Schmelzle quälen, weil ich immer glaube, diesen so wie die Brief-Adresse, die beiden Kardinalgegenden und -punkte der Briefe, nie leserlich genug zu schreiben.

Erste Station von Neusattel nach Vierstädten

Der 22te Juli oder Mittwochs nachmittags um 5 Uhr war von der Postkarte der ordentlichen fahrenden Post selber zu meiner Abreise unwiderruflich anberaumt. Ich hatte also etwa einen halben Tag Zeit, mein Haus zu bestellen, welchem jetzt zwei Nächte und drittehalb Tage hindurch meine Brust als Brustwehr oder Verhack mit meinem Ich abgehen sollte. Sogar mein gutes Weib *Bergelchen,* wie ich meine Teutoberga nenne, reisete mir unaufhaltsam den 24ten oder Freitags darauf nach, um den Jahrmarkt zu beschauen und zu benutzen; ja sie wollte schon sogleich mit mir ausreisen, die treue Gattin. Ich versammelte daher meine kleine Bedientenstube und

120) Mancher wird ein freier Diogenes, nicht wenn er in dem Fasse, sondern wenn dieses in ihm wohnt; und die gewaltige Hebkraft des *Flaschenzugs* in der Mechanik spürt er fast von einem Flaschenzuge anderer Art beim Flaschenkeller wiederholt und gut bewährt.

3) Die Kultur machte ganze Länder, z. B. Deutschland, Gallien etc., physisch wärmer, aber geistig kälter.

99) Gleichwohl hab' ich bei allem meinen Grimm über Nachdruck doch nie den Ankauf eines Privilegiums gegen Nachdruck für etwas anderes oder Schlechteres gehalten als für die Abgabe, die bisher alle christliche Seemächte an die barbarischen Staaten erlegten, damit sie nicht beraubt würden. Nur Frankreich hat, eben der Ähnlichkeit wegen, sowohl das Nachdrucks-Privilegium als die barbarische Abgabe abgeschafft.

1) Je mehr Schwäche, je mehr Lüge; die Kraft geht gerade; jede Kanonenkugel, die Höhlen oder Gruben hat, geht krumm.

publizierte ihr die Hausgesetze und Reichs-Abschiede, die sie nach meinem Abschiede den Tag und die Nacht erstlich *vor* der Abreise meiner Frau und zweitens *nach* derselben auf das pünktlichste zu befolgen hatten, und alles, was ihnen besonders bei Feuersbrünsten, Diebs-Einbrüchen, Donnerwettern und Durchmärschen vorzukehren oblag. Meiner Frau übergab ich ein Sach-Register des Besten in unserm kleinen Registerschiffe, was sie, im Falle es in Rauch aufginge, zu retten hätte – Ich befahl ihr, in stürmischer Nacht (dem eigentlichen Diebs-Wetter) unsere Windharfe ans Fenster zu stellen, damit jeder schlechte Strauchdieb sich einbildete, ich phantasierte harmonisch und wachte; desgleichen den Kettenhund am Tage ins Zimmer zu nehmen, damit er ausschliefe, um nachts munterer zu sein. Ich riet ferner, auf jeden Brennpunkt der Glasscheiben im Stalle, ja auf jedes hingestellte Glas Wasser ihr Auge zu haben, da ich ihr schon öfter die Beispiele erzählet, daß durch solche zufällige Brenngläser die Sonne ganze Häuser in Brand gesteckt – Auch gab ich ihr die Morgenstunde, wo sie Freitags ab- und mir nachreisen sollte, so wie die Haustafeln schärfer an, die sie vorher dem Gesinde einzuschärfen hätte. Meine liebe kerngesunde, blühende Honig-Wöchnerin Berga antwortete ihrem Flitterwöchner, wie es schien, sehr ernsthaft: »Geh nur, Alterchen, es soll alles ganz scharmant geschehen – Wärest du nur erst voraus, so könnte man doch nach! Das währt ja aber Ewigkeiten.« – Ihr Bruder, mein Schwager, der Dragoner, für den ich aus Gefälligkeit das Passiergeld trug, um auf dem Postkissen einen an sich tapfern Degen und Hauinsfeld sozusagen als körperlichen und geistigen Verwandten und Spillmagen vor mir zu haben, dieser zog über meine Verordnungen (was ich leicht dem Hage- und Kriegsstolzen vergab) sein braunes Gesicht ansehnlich ins Spöttische und sagte zuletzt: »Schwester, an deiner Stelle täte ich, was mir beliebte; und dann guckte ich nach, was *er* auf seinem Reglements-Zettel hätte haben wollen.« – »O,« versetzte ich, »Unglück kann sich wie ein Skorpion in jede Ecke verkriechen; ich möchte sagen, wir sind den Kindern gleich, die am schön bemalten Kästchen schnell den Schieber aufreißen, und – heraus fährt eine Maus, die hackt« – »Maus,

32) Unser Zeitalter – von einigen papiernes genannt, als sei es aus Lumpen eines besser bekleideten gemacht – bessert sich schon halb, da es die Lumpen jetzt mehr zu Scharpien als zu Papieren zerzupft, wiewohl oder weil der Lumpenhacker (oder auch der Holländer) eben nicht ausruht; indes, wenn gelehrte Köpfe sich in Bücher verwandeln, so können sich auch gekrönte in Staatspapiere verwandeln und ummünzen; – in Norwegen hat man nach dem allg. Anzeiger sogar Häuser von Papier, und in manchen guten deutschen Staaten hält das Kammer-Kollegium (das Justiz-Kollegium ohnehin) seine eignen Papiermühlen, um Düten genug für das Mehl seiner Windmühlen zu haben. Ich wünschte aber, unsere Kollegien nähmen sich jene Glasschneiderei in Madrid zum Muster, in welcher (nach Baumgärtner) zwar neunzehn Schreiber angestellt waren, aber doch auch eilf Arbeiter.

Maus, Raus, Raus!« (versetzte er, auf und nieder trabend) »Herr Schwager, aber es ist fünf Uhr; und Sie werden schon finden, wenn Sie wiederkommen, daß alles so aussieht wie heute, die Hunde wie die Hunde und meine Schwester wie eine hübsche Frau: allons donc!« – Er war eigentlich schuld, daß ich aus Besorgnis seines Mißdeutens nicht vorher eine Art von Testament gemacht.

Ich packte noch entgegengesetzte Arzneien, sowohl temperierende als erhitzende, gegen zwei Möglichkeiten ein – ferner meine alten Schienen gegen Arm- und Beinbrüche bei Wagen-Umstürzen – und (aus Vorsicht) noch einmal so viel Geld-Wechsel, als ich eigentlich nötig hatte. Nur wünschte ich dabei wegen der Mißlichkeit des Aufbewahrens, ich wär' ein Affe mit Backentaschen oder ein Beuteltier, damit ich in mehr sichere und empfindungsvolle Taschen und Beutel solche Lebens-Pretiosen verschanzte. Rasieren lasse ich mich sonst stets vor Abreisen aus Mißtrauen gegen fremde mordsüchtige Bartputzer; aber diesmal behielt ich den Bart bei, weil er doch unterwegs, auch geschoren, so reich wieder getrieben hätte, daß mit ihm vor keinem Minister wäre zu erscheinen gewesen.

Ich warf mich heftig ans Kraft-Herz meiner Berga an und riß mich noch heftiger ab, aber sie schien über unsere erste Ehe-Trennung weniger in Jammer als in Jubel zu sein, viel weniger bestürzt als seelenvergnügt, bloß weil sie auf das Scheiden nicht halb so sehr als auf das Wiedersehen und Nachreisen und die Jahrmarkts-Schau ihr Augenmerk hatte; doch warf und hing sie sich an meinen etwas dünnen und langen Hals und Körper fast schmerzhaft als eine zu fleischige derbe Last und sagte: »Fege nur frisch davon, mein scharmanter Attel (Attila) – und mache dir unterwegs keine Gedanken, du aparter Mensch! – Haben wir denn zu klagen? Einen oder ein Paar Püffe halten wir mit Gottes Hülfe schon aus, solange mein *Vater* kein Bettelmann ist – Und dir aber, Franz,« fuhr sie gegen ihren Bruder ordentlich zornig fort, »bind' ich meinen Attel auf die Seele, du weißt recht gut, du wüste Fliege, was ich tue, wenn du ein Narr bist und ihn wo im Stiche lässest.« Ich verzieh ihr hier manches Gut-Gemeinte; und euch Freunden ist ihr Reichtum und ihre Freigebigkeit auch nichts Neues.

Gerührt sagt' ich: »Nun, Berga, gibts ein Wiedersehen für uns, so ists gewiß entweder im Himmel oder in Flätz, und ich hoffe zu Gott, das letztere.« – Stracks gings rüstig davon. Ich sah mich durch das Kutschen-Rückfenster um nach meinem guten Städtchen Neusattel; und es kam mir

39) Epiktet rät an, zu reisen, weil die alten Bekanntschaften uns durch Scham und Einfluß vom Übergange zur hohen Tugend abhalten – so wie man etwa seine Provinzialmundart schamhaft lieber außer Lands ablegt und dann völlig geläutert zu seinen Landsleuten zurückkommt; noch jetzt befolgen Leute von Stand und Tugend diesen Rat, obwohl umgekehrt, und reisen, weil die alten Bekanntschaften sie durch Scham zu sehr von neuen Sünden abschrecken.

gerührt vor, als richte sich dessen Turmspitze ordentlich als ein Epitaphium über meinem Leben oder meinem vielleicht tot zurückreisenden Leichnam in die Höhe; – wie wird alles sein, dacht' ich, wenn du nun endlich nach zwei oder drei Tagen wiederkommst? Jetzt sah ich mein Bergelchen uns aus dem Mansardenfenster nachschauen; ich legte mich weit aus dem Kutschenschlage hinaus, und ihr Falkenauge erkannte sofort meinen Kopf; Küsse über Küsse warf sie mir mit beiden Händen herab, dem ins Tal rollenden Wagen nach. »Du herziges Weib,« dacht' ich, »wie machst du deine niedrige Geburt durch die geistige Wiedergeburt vergeßlich, ja merkwürdig!«

Freilich das Postkutschen-Gelag und Pickenick wollte mir weniger schmekken; lauter verdächtiges, unbekanntes Gesindel, welches (wie gewöhnlich die Märkte tun) der Flätzer durch seine Witterung einlockte. Ungern werd' ich Unbekannten ein Bekannter; aber mein Schwager, der Dragoner, war, wie immer, schon mit allem, mit Himmel und Hölle herausgeplatzt. Neben mir saß eine höchst wahrscheinliche Hure – Auf ihrem Schoße ein Zwerg, der sich auf dem Jahrmarkte wollte sehen lassen – Mir gegenüber blickte ein Kammerjäger mich an – Und unten im Tale stieg noch ein blinder Passagier mit einem roten Mantel ein. Mir gefiel gar niemand, ausgenommen mein Schwager. Ob nicht die Hure meine Bekanntschaft zu einer eidlichen Angabe benützen, ob nicht Spitzbuben unter den Passagieren mich und meine Eigenheiten und Zufälle studieren würden, um auf der Tortur mich in ihre Bande zu flechten – dafür konnte sich mir niemand verpfänden. An fremden Orten schau' ich schon ungern – und aus Vorsicht – an irgendein Kerkergitter lange empor, weil ein schlechter Kerl darhinter sitzen kann, der eilig herunterschreiet aus bloßer Bosheit: »Drunten steht mein Spießkamerad, der Schmelzle!« – oder auch weil ein vernagelter Scherge sich denken kann, ich suchte meinen Konföderierten oben zu entsetzen. Aus einer wenig davon verschiedenen Vorsicht dreh' ich mich daher niemals um, wenn ein Star mir nachruft: Dieb!

Was den Zwerg selber anlangt, so konnt' er meinetwegen mitfahren,

2) Ein Soldat huldigt und gehorcht an seinem Fürsten zugleich seinem Fürsten und seinem Generalissimus; der Zivilist bloß seinem Fürsten.

29) Und wie viel ist nicht in der Jurisprudenz Jurisimprudenz, ausgenommen bei Unrechts-Gelehrten! –

39) *»Die größere Hälfte«* ist ein so meßwidriger Ausdruck, daß ihn kein Meßkünstler anders als von der Ehe, ja sogar nur von der seinigen gebrauchen könnte.

45) Die jetzigen Schriftsteller zucken die Achseln am meisten über die, auf deren Achseln sie stehen; und erheben die am meisten, die an ihnen hinaufkriechen.

14) Manche Dichter geraten unter dem Malen schlechter Charaktere oft so ins Nachahmen derselben hinein, wie Kinder, wenn sie träumen zu pissen, wirklich ihr Wasser lassen.

wohin er wollte; aber er glaubte ein besonderes Froh-Leben in uns zu bringen, wenn er uns verhieße, daß sein Pollux und Amtsbruder, ein seltener Riese, der ebenfalls der Messe zur Anschau zuzog, gegen Mitternacht uns unfehlbar mit seinem Elefanten-Schritte nachkommen und sich einsetzen oder hintenaufstellen würde. Beide Narren beziehen nämlich gemeinschaftlich die Messen als gegenseitige Meßhelfer zu entgegengesetzten Größen: der Zwerg ist das erhabne Vergrößerungsglas des Riesen, der Riese das hohle Verkleinerungsglas des Zwergs. Niemand bezeugte große Freude an der Aussicht der Nachkunft des Mas-Kopisten des Zwergs, ausgenommen mein Schwager, der (ist das Wortspiel erlaubt) wie eine Uhr bloß zum *Schlagen* gemacht zu sein glaubt und mir wirklich sagte: »Könn' er einmal oben in der ewigen Seligkeit keine Seele zuweilen wamsen und koram nehmen, so fahr' er lieber in die Hölle, wo gewiß des Guten und der Händel eher zu viel sein werden.« – Der Kammerjäger im Postwagen hatte, außerdem schon, daß uns niemand sehr einnimmt, der bloß vom Vergiften lebt, wie dieser Freund Hein der Ratten und diese Mäuse-Parze, und daß ein solcher Kerl, was noch schlimmer, sogleich ein Mehrer des Ungeziefer-Reichs zu werden droht, sobald er nicht dessen Minderer sein darf – dieser hatte überhaupt so viel Fatales an sich, zuerst den Stechblick wie eines Stiletts – dann das hagere scharfe Knochen-Gesicht in Verbindung mit seinem Vorrechnen seines ansehnlichen Gift-Sortiments – dann (denn ich haßte ihn immer heißer) seine geheime Stille, sein geheimes Lächeln, als seh' er in irgendeiner Schlupf-Ecke eine Maus, ähnlich einem Menschen – Wahrlich mir, der ich sonst ganz andern Leuten stehe, kam endlich sein Rachen als eine Hunds-Grotte vor, seine Backenknochen als Untiefen und Klippen, sein heißer Atem als Kalzinier-Ofen und die schwarzhaarige Brust als Welk- und Darr-Ofen – –

Ich hatte mich auch – glaub' ich – nicht viel versehen; denn bald darauf fing er an, der Gesellschaft, worin ein Zwerg und ein Mädchen war, ganz kalt zu berichten, er habe schon zehn Leiber mit dem Dolch nicht ohne Lust durchstoßen – habe gemächlich ein Dutzend Menschen-Arme abgehauen, vier Köpfe langsam gespalten, zwei Herzen ausgerissen und mehr dergleichen – und keiner davon, sonst Leute von Mut, hab' ihm im geringsten widerstanden – »Aber warum?« setzt' er giftig hinzu und nahm den Hut vom häßlichen Glatzkopf, »– ich bin unverwundbar – Wer von der Gesellschaft will, lege auf meiner Glatze so viel Feuer an, als er will, ich lass' es ausbrennen.«

103) Die Großen sorgen vielleicht so emsig für ihre Nachkommen wie die Ameisen; sind die Eier gelegt, so fliegen die männlichen und die weiblichen Ameisen davon und vertrauen sie den treuen *Arbeitsameisen* an.

10) Und liefert das Leben von unsern idealen Hoffnungen und Vorsätzen etwas anderes als eine prosaische, unmetrische, ungereimte Übersetzung?

Mein Schwager, der Dragoner, setzte sogleich einen brennenden Tabaksschwamm auf den Schädel, aber der Jäger stand es so ruhig aus, als wär' es ein kalter Brand, und er und der Dragoner sahen einander wartend an, und jeder lächelte sehr närrisch – »es tue ihm bloß sanft«, sagt' er, »wie eine gute Frostsalbe, denn dies sei überhaupt die Winterseite an seinem Leibe.« Hier griff mein Schwager ein wenig auf dem nackten Schädel umher und rief verwundert: »er fühle sich so kalt an wie eine Kniescheibe.« Nun hob der Kerl auf einmal nach einigen Vorrüstungen zu unserem Entsetzen den Viertels-Schädel ab und hielt ihn uns hin, sagend: »er habe ihn einem Mörder abgesägt, als ihm zufällig der eigne eingeschlagen gewesen«; und erklärte nun, daß man das erzählte Durchstechen und Arm-Abhauen mehr als Scherz zu nehmen habe, indem ers lediglich getan als Famulus auf dem anatomischen Theater. – Inzwischen wollte der Scherztreiber doch keinem von uns sehr schmecken und zu Hals, so daß ich, als er den Kapselkopf, den Repräsentations-Schädel, wieder aufsetzte, schweigend dachte: diese Mistbeet-Glocke hat gewiß nur den Ort, nicht die Gift-Zwiebel verändert, die sie zudeckt.

Am Ende wurde mirs überhaupt verdächtig, daß er so wie sämtliche Gesellschaft (auch der blinde Passagier) gerade demselben Flätz zuschifften, wohin ich selber gedachte; besonderes Glück brauchte ich mir davon nicht zu versprechen; und mir wäre in der Tat das Umkehren so lieb gewesen als das Fortfahren, hätt' ich nicht lieber der Zukunft getrotzt.

Ich komme endlich auch auf den rot gemantelten blinden Passagier, wahrscheinlich ein Emigré, oder ein Refugié (denn er spricht das Deutsche nicht schlechter als das Französische), entweder namens Jean Pierre oder Jean Paul ungefähr oder ganz namenlos. Sein roter Mantel wäre mir ungeachtet dieser Farbenverschmelzung mit dem Scharfrichter – der in vielen Gegenden trefflich *Angstmann* heißt – an sich herzlich gleichgültig geblieben, wäre nicht der besondere Umstand eingetreten, daß er mir schon fünfmal in fünf Städten (im großen Berlin, im kleinen Hof, Koburg, Meiningen und Baireuth) wider alle Wahrscheinlichkeit aufgestoßen, wobei er mich jedesmal bedeutend genug angesehen und dann seines Wegs gegangen. Ob er mir feindlich nachsetzt oder nicht, weiß ich nicht; nur ist auf alle Fälle der Phantasie kein Objekt erfreulich, das mit Observations-Corps oder aus Schießscharten vielleicht mit Flinten hält und zielt, die es jahrelang bewegt,

78) Die Weiber halten alles Weißzeug weiß, nur kein Buch, ob sie gleich vielleicht manchen polemischen Folianten, eh' er in die Papiermühle gekommen, als Brauthemde am Leibe mögen getragen haben. Die Männer kehren es nur um.

7) Der geharnischte deutsche Reichskörper konnte sich darum schwer bewegen, weshalb die Käfer nicht fliegen können, deren *Flügel* recht gut durch *Flügeldecken* – und zwar durch zusammengewachsene – verschanzet sind.

ohne daß man weiß, in welchem es abdrückt. – Noch anstößiger wurde mir der Rotmantel dadurch, daß er auffallend seine weiche Seelenmilde pries; dies schien beinah auf Ausholen oder Sichermachen zu deuten. Ich erwiderte: »Mein Herr, ich komme eben, wie hier mein Schwager, vom Schlachtfeld her (die letzte Affäre war bei Pimpelstadt) und stimme vielleicht deshalb zu stark für Mark-Kraft, Brust-Sturm, Stoß-Glut, und es mag für manchen, der eine brausende Wasserhose, eigentlich Landhose von Herz hat, gut sein, wenn seine geistliche Lage (ich bin darin) ihn mehr mildert als wildert. Indes gehört jeder Milde ihr eisernes Schrankengitter. Fällt mich irgendein unbesonnener Hund bedeutend an, so tret' ich ihn freilich im ersten Zorn entzwei, und nachher hinter mir treibts mein guter Schwager vielleicht noch zweimal weiter, denn er ist der Mann dazu. Vielleicht ists Eigenheit, aber ich beklags (gesteh' ich) noch heute, daß ich als Knabe einmal einem anderen Knaben drei erhaltene Ohrfeigen nicht derb zurückgereicht, und mir ist oft, als müßt' ich sie seinen Enkeln nachzahlen. Wahrlich, wenn ich auch nur einen Jungen vor den schwachen Kräften eines ähnlichen Jungen feig entlaufen sehe, so kann ich das Laufen nicht fassen und will ihn ordentlich durch einen Machtschlag erretten.« Der Passagier lächelte, indes nicht zum besten. Er gab sich zwar für einen Legations-Rat aus und schien Fuchs genug dazu zu sein, aber ein tollgewordener Fuchs beißt mich am Ende so wasserscheu als ein toller Wolf. Übrigens fuhr ich unbekümmert mit meinem Anpreisen des Mutes fort, nur daß ich absichtlich statt des lächerlichen Bramarbasierens, welches gerade den Feigen recht verrät, fest, still, klar sprach. »Ich bin«, sagt' ich, »bloß für Montaignes Rat: man trage nur Furcht vor der Furcht.«

»Ich würde« (versetzte der Legationsmann unnütz spitzfündig) »wieder fürchten, daß ich mich nicht genug vor der Furcht fürchtete, sondern zu feig bliebe.«

»Auch dieser Furcht«, erwidert' ich kalt, »steck' ich Grenzen. Ein Mann kann z. B. nicht im geringsten Gespenster glauben und fürchten; gleichwohl kann er nachts sich in Todesschweiß baden, und zwar bloß vor Angst, wie sehr er sich entsetzen würde (besonders mit welchen Nachwehen von Schlagflüssen, fallenden Suchten u. s. w.), falls nichts als bloß seine so lebhafte Phantasie irgendein Fieber- und Vexierbild vor ihn in die Lüfte hineinhinge.« – – »Man sollte daher«, fiel mein Schwager, wider Gewohnheit moralisierend, ein, »das so arme Schaf von Mann auch gar mit keinem Geister-Spuk foppen, der Hase kann ja auf der Stelle auf dem Platze bleiben.«

8) Mit Staatseinrichtungen ists wie mit Kunststraßen: auf einer ganz neuen unbefahrnen, wo jeder Wagen am Straßenbau mit arbeiten und zerklopfen hilft, wird man ebenso gestoßen und geworfen als auf einer ganz alten ausgefahrnen voll Löcher. Was ist also hier zu tun? Man fahre fort.

Ein lautes Gewitter, das dem Postwagen nachfuhr, veränderte den Diskurs. Ihr, Freunde, erratet wohl alle – da ihr mich nicht als einen Mann ohne alle Physik kennen lernen – meine Maßregeln gegen Gewitter: ich setze mich nämlich auf einen Sessel mitten in der Stube (oft bleib' ich bei bedenklichem Gewölk ganze Nächte auf ihm) und decke mich durch mein Reinigen von allen Leitern, Ringen, Schnallen etc. etc., und durch mein Absitzen von allen Blitzabsprüngen immer so, daß ich kaltblütig die Sphären-Musik der Donner-Pauke vernehme. – Diese Vorsicht hat mir nie geschadet, da ich ja dato noch lebe; und ich wünsche mir noch heute Glück, daß ich einmal aus der Stadtkirche, ob ich gleich tags vorher gebeichtet hatte, ohne weiteres und ohne vorher das Abendmahl zu nehmen, ins Gebeinhaus hinausgelaufen, weil ein schweres Gewitter (was wirklich in die Kirchhofs-Linde einschlug) darüberstand; – ich kam auch sogleich nach der Entladung der Wolke aus dem Gebeinhaus in die Kirche zurück und war so glücklich, noch hinter dem Henker (als dem letzten) zu kommen und das Liebesmahl zu genießen.

So denk' ich für meine Person; aber im vollen Postwagen traf ich Menschen, deren Physik wahre Narretei ist. Denn als die Gewitter sich fürchterlich über unserem Kutschenhimmel versammelten und prasselnde Feuerklumpen, als wärens Johanniswürmchen, im Himmel umherspielten; und als ich endlich ersuchen mußte, das schwitzende Post-Konklave möchte nur wenigstens Uhren, Ringe, Gelder und dergleichen zusammenwerfen, etwa in die Wagentaschen, damit kein Mensch einen Leiter am Leibe hätte: so tats nicht nur keiner, sondern mein eigner Schwager, der Dragoner, stieg gar mit gezognem nacktem Degen auf den Bock hinaus und schwur, er leite ab. Ich weiß nicht, war der desperate Mensch ein gescheuter oder keiner; kurz unsere Lage war fürchterlich, und jeder konnte ein gelieferter Mann sein. Zuletzt bekam ich gar einen halben Zank mit zweien von der rohen Menschenfracht der Kutsche, dem Vergifter und der Hure, weil sie fragend fast zu verstehen gaben, ich hätte vielleicht bei dem angepriesenen Pre-

3) Vor Gericht werden oft ermordete Geburten für totgeborne ausgegeben, in Antikritiken totgeborne für ermordete.

101) Nicht nur die Rhodier hießen von ihrem Koloß Kolosser, sondern auch unzählige Deutsche heißen von Luther Lutheraner.

88) Bis hieher hab' ich immer die Streitschriften der jetzigen philosophischen und ästhetischen idealen Streitflegel, worin allerdings einige Schimpfworte und Trug- und Lugschlüsse vorkommen, mehr von der schönern Seite genommen, indem ich sie bloß als eine Nachahmung des klassischen Altertums, und zwar der Ringer desselben angesehen, welche (nach Schöttgen) ihren Leib mit *Kot* bestrichen, um nicht gefaßt zu werden, und ihre Hände mit *Staub* anfüllten, um den fremden zu fassen.

103) Oder sind alle Moscheen, Episkopalkirchen, Pagoden, Filialkirchen, Stiftshütten und Panthea etwas anderes als der Heidenvorhof zum unsichtbaren Tempel und zu dessen Allerheiligsten?

tiosen-Pickenick nicht die ehrlichsten Anschläge gehabt. So etwas verwundet die Ehre mit Gewalt, und in mir donnerte es nun stärker als oben; dennoch mußt' ich den ganzen nötigen Erbitterungs-Wortwechsel so leise und langsam als möglich führen und haderte sanft, damit nicht am Ende eine ganz in Harnisch gebrachte Kutsche in Hitze und Schweiß geriete und in unsere Mitte so den nahen Donnerkeil auf Ausdünstungen durch den Kutschenhimmel herabfahren ließe. Zuletzt setzt' ich der Gesellschaft das ganze elektrische Kapitel deutlich, aber leise und langsam – ich wollte nicht ausdampfen – auseinander; und suchte besonders von der Furcht abzuschrecken. Denn in der Tat vor Furcht konnte jeden der Schlag – ja ein doppelter, mit dem elektrischen ein apoplektischer – treffen, da aus Erxleben und Reimarus genug bewiesen ist, daß starkes Fürchten durch Dünsten den Strahl zulockt; ich stellte daher in ordentlicher Angst vor meiner und fremder Furcht den Passagieren vor: daß sie jetzt durchaus bei unserer schwülen Menge, bei dem die Blitze spießenden Degen auf dem Kutschbock und bei dem Überhang der Wetterwolke und selber bei so vielen Ausdünstungen anfangender Furcht, kurz bei so augenscheinlicher Gefahr nichts fürchten dürften, wollten sie nicht samt und sonders erschlagen sein. »O Gott!« rief ich, »nur Mut! Keine Furcht! Nicht einmal Furcht vor der Furcht! – Wollen wir denn, als zusammengetriebne Hasen hier seßhaft, von unserem Herrgott erschossen sein? – Fürchte sich meinetwegen jeder, wenn er aus der Kutsche heraus ist, nach Belieben an andern Orten, wo weniger zu befürchten ist, nur aber nicht hier!«

Ich kann nicht entscheiden – da unter Millionen kaum *ein* Mensch an der Gewitterwolke stirbt, aber vielleicht Millionen an Schnee- und Regenwolken und dünnen Nebeln –, ob meine Kutschen-Predigt Anspruch auf Menschen-Rettungs-Preise zu machen hatte, als wir sämtlich unbeschädigt einem Regenbogen entgegen in das Städtchen Vierstädten einfuhren, wo ein Posthalter in der einzigen Gasse wohnte, die der Ort hatte.

Zweite Station von Vierstädten nach Niederschöna

Der Posthalter war ein grober Patron und ein Schläger; eine Gattung von Menschen, die ich unaussprechlich hasse, weil meine Phantasie mir immer vorspiegelt, ich könnte vielleicht aus Zufall oder wider Willen ihnen ein recht höhnisches und impertinentes Gesicht schneiden und mir solche Gesellen auf den Hals hetzen, und darauf spür' ich schon Ziehen von Mienen. Zum Glücke konnt' ich diesmal (gesetzt, ich hätte ein Fehl-Gesicht geschnit-

40) Das Volk ist nur im Erzählen, nicht im Räsonieren weitläuftig; der Gelehrte ist nur in jenem, nicht in diesem kurz; eben weil das Volk seine Gründe nur als Empfindungen so wie die Gegenwart bloß anschauet, der Gelehrte hingegen beide mehr nur denkt.

ten) mich mit meinem Schwager, dem Dragoner, bewaffnen, für dessen Riesenmacht dergleichen ein Leckerbissen ist. Denn er kann zum Beispiel vor keinem Wirtshause, worin eine Schlägerei laut wird, vorbeigehen, ohne hineinzutreten und sogleich unter der Türe zu schreien: »Macht Friede, ihr Hunde!«; darauf unter seinem Schein von Friedens-Deputation nimmt er ohne Verzug, als wär' es eine amerikanische Friedenspfeife, das nächste Stuhlbein in die Hand und deckt damit das schlagende Personale hinüber und herüber zu, oder er nähert die harten Köpfe der Parteien (er schlägt sich zu keiner) einander mit Gewalt, indem er in jede Hand einen am Hinterhaupte faßt; dann ist der Kauz im Himmel.

Ich für meine Person vermeide diskrepante Zirkel mehr, als daß ich sie aufsuche, so wie auch jeden toten oder totgemachten Menschen; – der vorsichtige Mann sieht leicht voraus, was davon zu holen ist, entweder verdrießliches und mißliches Zeugschaft-Geben oder oft gar (wenn die Umstände sich verschwören) peinliches Nachfragen über Mitschuld.

In Vierstädten stieß mir nichts von Wichtigkeit auf als – zu meinem Grausen – ein Hund ohne Schwanz, der durch die Stadt oder Gasse lief. Ich zeigte erbittert im ersten Feuer den Passagieren den Hund und legte ihnen die Frage vor: ob sie denn eine medizinische Polizei für trefflich bestellt ansähen, welche wie die Vierstädter es zuließe, daß Hunde öffentlich herumsprängen, denen der Schwanz fehlte. »An was«, sagt' ich, »halt' ich mich denn, wenn dieser weggeschnitten und mir jede solche Bestie entgegenrennen und ich weder aus dem eingezogenen noch aufgerichteten Schwanze, da der ganze weggehackt ist, einen Schluß ziehen kann, ob das Vieh toll ist oder nicht? So wird der gescheuteste Mann wütig und gebissen und scheitert bloß aus Mangel eines Schweif-Kompasses.« Der nachkommende blinde Passsagier (er ließ sich jetzt als sehender einschreiben, Gott weiß zu welchen Endzwecken) spann vor mir meinen eignen Satz, dem er zugehöret, fast bis ins Komische aus und erregte zuletzt in mir den Verdacht, er mache durch eine, aber sehr starke Schmeichel-Nachahmung meines Sprechstils Jagd auf mich: »Der Hundsschwanz«, sagt' er, »ist wohl für uns Alarmstange und Irrenanstalt, damit man in keine komme, gleichsam die äußern Vorposten der Wut – man schneide den Kometen den Schwanz, den Bassen den Roßschweif, den Krebsen den ihrigen (denn ausgestreckter bedeutet krepierte) ab: so ist man in den gefährlichen Ange-

9) Die Ägypter nahmen bei einem Landes-Unglück dadurch am Gott Typhon, dem sie es zuschrieben, Rache, daß sie seine Lieblinge von Felsen stürzten, die Esel. Ähnlicherweise haben sich in der Geschichte auch Staaten anderer Religion gerächt.

70) In die Philosophie verhülle sich die Dichtkunst nur so wie in diese sich jene; Philosophie aber in poetischer Prosa gleicht jenen Trinkgläsern in Schenken, welche, mit bunten Bilderschnörkeln umzogen, zugleich im Genusse des Getränkes und des Bildwerks, die oft widrig sich decken, stören.

legenheiten des Lebens ohne Leitseil, ohne Avertisseur, ohne Hand in margine – und man kommt um, ohne vorher zu wissen wie.«

Übrigens lief diese Station ohne Zank und Not vorüber. Alles schlief gegen 10 Uhr ein, sogar der Postillon, außer ich. Ich stellte mich zwar schlafend, um zu beobachten, wer sich etwa aus guten Gründen nur schlafend stelle; aber alles schnarchte fort, der Mond warf seine verklärenden Strahlen nur auf herabgesunkne Augenlider.

Herrlich konnt' ich jetzt Lavaters Rat befolgen, an Schlafende vorzüglich die physiognomische Elle anzusetzen, weil der Schlaf wie der Tod die echte Form gröber ausprägt. Andere Schläfer außerhalb der Postkutsche würd' ich mit gedachter Elle weniger auszumessen raten, immer in einiger Besorgnis bleibend, daß etwa ein Kerl, der sich nur schlafend stellte, sogleich als ich nahe genug stände, wie im Traume aufspränge und dem physiognomischen Meßkünstler in die eigne Gesichtsbildung einen so hinterlistigen Fauststreich versetzte, daß sie in keinem physiognomischen Fragmente, weil sie selber eines geworden, mehr florieren könnte, weder in punktierter Manier noch in geschabter. Und kann denn nicht der ehrlichste Schläfer von der Welt, eben während ihr über dessen physiognomische Leichen-Öffnung her seid, losschlagen, von der Ehre in einem Prügel-Traume angehetzt, und euch vielleicht mit wenigen Handgriffen und Fußtritten in einen viel ewigern Schlaf einwiegen, als der gewesen, woraus er aufgefahren?

In meinem sogenannten silhouettierenden Schattenspiele kommt der Gesichter-Inhalt der schlafenden Postkutsche selber vor; erst darin werde ich euch breit belegen, warum mir der Giftträger mit der Mord-Kuppel teuflisch erschienen – der Zwerg alt-kindisch – die Hure matt- und schlaff-frech – mein Schwager ruhig-gesättigt von Rache oder von Essen – der Legations-Rat Jean Pierre aber, Gott weiß warum, als ein halber Engel, wiewohl er sich denken läßt, der halbe Engel, da nur der schöne Körper, nicht die andere, im Schlaf vergangene Hälfte, die Seele, vor mir wirkte.

Beinahe vergäß' ichs, daß ich doch in einem Dörfchen, während beide Schwäger, der Dragoner und der Postillon, tranken, eine kleine Furcht glücklich bestanden, weil das Schicksal zweimal auf meiner Seite gewesen. Ich sah unweit eines Jagdschlosses neben einem schönen Baumklumpen eine weiße Tafel mit schwarzer Inschrift schimmern. Dies ließ mich hoffen, daß mich dort ein kleines Sarg-Kunstwerk, ein Ehren-Pfahl, irgend ein Treff-, Zier- und Spieß-Dank für einen Toten erwarte. Auf einem unbetretenen blumigen Gewinde gelang' ich vor dem Schwarz auf Weiß an und lese im Mondschein mit Entsetzen: »Jedermann wird hier vor dem *Selbstschuß*

158) Der Staat sollte öfter die Maul- und Kindertrommeln der Dichter nicht mit Regiments- und Feuertrommeln verwechseln; wieder umgekehrt sollte der Bürger manche fürstliche Trommelsucht nur für eine Krankheit nehmen, worin der Patient bloß durch die unter die Haut eingedrungene Luft sehr aufgeschwollen ist.

gewarnt!« So stand ich also vielleicht einen Fußzehen-Nagel breit von dem Büchsenhahn, womit ich, wenn ich die Ferse rückte, mich selber als einen verblüfften Stocknarren und Ladstock in die andere Welt unter die Seligen hineinschoß. Ich suchte vor allen Dingen mich mit den Fußnägeln in den Boden wie einzubeißen und einzufressen – weil ich wenigstens so lange am holden Leben bleiben konnte, als ich mich fest pflöckte neben der daliegenden Atropos-Schere und Henkersbühne –; darauf wünscht' ich mich zu entsinnen, auf welchen Steigen der Teufel mich unerschossen herbeigeführt. Aber vor Angst hatt' ich alles ausgeschwitzt und wußte gar nichts – im nahen Höllendorf war kein Hund zu ersehen und zu erschreien, der mich etwa aus dem Wasser hätte holen können, und die beiden Schwäger soffen selig. Indes ich faßte Mut und Entschluß – schrieb auf einem Pergamentblatte meinen letzten Willen so wie meine zufällige Sterbart nieder und meinen Todes-Dank ans Bergeichen – und flog dann mit vollen Segeln auf geradewohl und geradeaus den kürzesten Weg hindurch, unter der Voraussetzung, mich bei jedem Schritte niederzuschießen und mir so mit eigner Hand auf mein noch langes Lebenslicht den Bonsoir oder Lichttöter zu setzen. Aber ohne Schuß kam ich an. In der Schenke lachte freilich mehr als ein Narr über mich, weil, was nur ein Narr wissen konnte, die Warnungstafel schon seit 10 Jahren ohne Schüsse dageblieben, wie oft diese ohne jene. So aber stehts, ihr Freunde, mit unserer Jagdpolizei, die gegen alles warnt, nur nicht gegen Warnungstafeln.

Übrigens hatt' ich fast auf der ganzen Station leichte Händel mit dem Postillon, weil er nicht von Viertelstunde zu Viertelstunde halten wollte, wenn ich ausstieg, um zu pissen. Leider sind freilich von Postknechten keine Urinpropheten zu erwarten, da so selten Gelehrte aus Hallers großer Physiologie es wissen, daß Aufschieben der gedachten Sache teuflisches Steingut niederschlägt und zuletzt den Inhaber selber, weil diese Steingrube seltener der Blasensteinschneider als der Tod mit einem Grabe schließt. Hätten Postknechte gelesen, daß Tycho de Brahe wie eine Bombe am Zerspringen starb: sie hielten lieber an; sie fänden bei solchen mir so unerwarteten Kenntnissen es vernünftig, daß ein Mann seinen Leichen-Stein zwar einmal *auf* sich, aber nicht *in* sich tragen will. Bin ich denn nicht sogar in Weimar oft aus den längsten Abschieds-Auftritten Schillers mit Tränen in den Augen hinausgelaufen, bloß um, während seine Minerva mich im

89) In großen Städten lebt der Fremde die ersten Tage nach seiner Ankunft bloß von seinem Gelde im Gasthofe, erst darauf in den Häusern seiner Freunde umsonst; langt man hingegen auf der Erde an, wie z. B. ich, so wird man gerade die ersten Jahre hindurch höflich freigehalten, in den andern und längern aber – denn man bleibt oft sechzig Jahre – muß man wahrhaftig (ich habe die Dokumente in Händen) jeden Tropfen und Bissen bezahlen, als wäre man im großen Gasthofe zur Erde, was noch dazu wahr ist.

ganzen erweichte, nicht von deren Medusenkopf auf der Brust partiell versteinert zu werden? Und kam ich nicht ins weinende Komödienhaus zurück und fiel munterer in die allgemeine Rührung ein, weil ich dann nichts mehr zu erleichtern brauchte als mein Herz?

Sehr im Finstern kamen wir in Niederschöna an.

Dritte Station von Niederschöna nach Flätz

Als ich am Posthause, mit dem Auge auf meinen Mantelsack geheftet, in Gedanken dastehe: schmettert und schnaubt ein Vieh von Nachtwächter mir so nahe und unversehends mit seiner Nacht-Tuba ins Ohr, daß ich ordentlich zurückspringe, ich, den schon jede heftig-schnelle Anrede verdrießt. Gibts denn keine medizinische Polizei gegen solche geblasene Stunden-Lärmfidibus und Lärm-Kanonen, durch welche doch keine knallenden entbehrlich werden? Eigentlich sollte niemand mit dem Nachtwächter-Horne investieret werden als ein vernünftiger Mann, der sich schon einen Bruch geblasen oder gehoben hätte und der imstande wäre, seinen Stunden-Vers so leise abzusingen, daß man nichts hörte.

Was ich längst erwartet und der Zwerg vorausgesagt, traf jetzt ein: aus der hohen Posthaus-Pforte trat, tief sich bückend, der Riese heraus und hob im Freien eine unvernünftig große Statur und Dito-Kopf mit der ellenhohen Mütze und Feder empor; mein Schwager ihm zur Seite schien nur sein vierzehnjähriger Sohn zu sein und der Zwerg gar sein auf zwei Beinen aufwartendes Schoßhündchen. »Lieber Freund,« sagte mein neckender Schwager, der ihn an mich und die Postkutsche geleitete, »steig' Er ruhig ein, wir machen Ihm sämtlich gern Platz. Kremp' Er sich nur recht zusammen, und leg' Er den Kopf aufs Knie: so gehts.« Der unnütze Necker hätte so gern den fast einfältigen Giganten – dem ers bald abgemerkt, daß dessen Gehirn kein schlauer Gast, sondern die negative Größe seines Rumpfes war – unter uns im bangen Postschrank und Notstall vor sich gesehen, zu einem Gießpuckel eingeknüllt und krumm geschlossen. »Giht doch nit! Giht gar nit!« sagte der Riese, als er hineinsah. »Der Herr Soldat wissen vielleicht nicht,« versetzte der Zwerg, »wie groß ein Riese ist; und Er denken, weil *Ich* hineingehe – Aber das ist ein anderes Loch – *Ich* will überall hineinpassen, man sage mir nur wo« –

Kurz es war kein Ausweg für den Postmeister und den Riesen, als daß sich dieser hinten auf das Passagier-Warenlager stellte und setzte, sich als eine Tränenweide herüberbeugend über den ganzen Kutschenkasten. Mich selber konnte ein solcher Rückenwind und Rückhalt nicht außerordentlich

112) Ich sage aber Nein. Der Mensch stelle sich so wie seinen Hut – wenn er sich und diesen nicht gerade gebraucht –, beide um sie zu schonen, so lange auf den *Kopf*, bis wieder getragen wird.

ergötzen; und ich traue (hoff' ich) jedem von euch, ihr Freunde, zu, daß er hinter einem solchen Rücken-Dekret so gut und so hell wie ich überschlagen hätte, was ein Kerl und Riese hinter ihm, ein *Nach-Fahrer* in allerlei Sinne, etwa Mordendes probieren könne, es sei nun, daß er durch das Rückenfenster des Wagens einbräche und angreife oder sich überhaupt mit Titanen-Macht oben über den Kutschen-Himmel hermache. Indes fing der oben mit gekreuzten Armen auf dem Kasten liegende Elefant – der aber von seinem Gleichnis mehr die drückende Masse als das fliegende Geistes-Licht zu haben schien – bald zu schlafen und zu schnarchen an; ein Elefant, wovon (wie ich immer froher einsah) mein Schwager, der Dragoner, leicht der Kornak und Bändiger sein konnte, ja schon gewesen war.

Da jetzt mehr als eine Person schlafen wollte (mit Recht), ich hingegen wachen: so bot ich gern meinen Fahr-Ehrensitz, den Vordersitz, (auch um manchen Neid der Passagiere zu tilgen) solchen Personen an, die auf ihm ein wenig schlummern wollten. Der Legationsmann ergriff das Anerbieten und den Lehn-Polster mit Hast und entschlief an der Rücklehne des Titans hinter ihm. Etwas unbegreiflich blieb mir dergleichen Post-Schlaf von einem diplomatischen Chargé d'affaires. Ein Mann, der so mitten unter einer blutfremden, oft blutdürstigen Genossenschaft entschläft, kann ja, wenn er im Schlummer und Wagen spricht (denkt nur alle an den sächsischen Minister vor dem siebenjährigen Kriege!), hundert Geheimnisse, tausend Schandtaten herausstoßen, die er kaum verübt hat. Sollte nicht jedem Minister, Gesandten oder anderen Mann von Ehre und Stand ordentlich grausen vor Tollwerden oder hitzigen Fiebern, da ihm kein Mensch dafür steht, daß er nicht darin mit den größten Skandalen herausfährt, wovon vielleicht die Hälfte Lügen sind? –

Endlich nach der langen Julius-Nacht kamen wir Passagiere samt der Aurora vor Flätz an. Ich sah scharf und weich nach den Turmspitzen; ich glaube, daß jeder Mensch, der in einer Stadt etwas Entscheidendes zu suchen

10) Die Weltepochen feiern – wie die spanischen Könige – Regierungsantritt, Volljährigkeit, Vermählung gern mit Scheiterhaufen (Autodafés), Tressen-Ausbrennungen der Weisen oder auch der Irrgläubigen.

144) Der Rezensent gebraucht seine Feder eigentlich nicht zum Schreiben, sondern er weckt mit deren Brandgeruch Ohnmächtige auf, kitzelt mit ihr den Schlund des Plagiarius zum Wiedergeben und stochert mit ihr seine Zähne aus. Er ist der einzige im ganzen Gelehrten-Lexikon, der sich nie ausschreiben und ausschöpfen kann, er mag ein Jahrhundert oder ein Jahrtausend vor dem Dintenfasse sitzen. Denn indes der Gelehrte, der Philosoph und der Dichter das neue Buch nur aus neuem Stoff und Zuwachs schaffen, legt der Rezensent bloß sein altes Maß von Einsicht und Geschmack an tausend neue Werke an, und sein altes Licht bricht sich an der vorbeiziehenden, stets verschieden geschliffnen Gläser-Welt, die er *beleuchtet*, in neue Farben.

hat, und dem sie entweder ein Richtplatz seiner Hoffnungen oder deren Ankerplatz, entweder Schlacht- oder Zuckerfeld wird, sein Auge am ersten und längsten auf die Türme der Stadt als auf die Zeigefinger und Züngelchen seiner Zukunftswaage heftet; gleichsam architektonische Berge, welche, wie die natürlichen, die Thronen unserer Zukunft sind. Als ich mich damit zu dichterisch gegen Jean Pierre herausließ, so antwortete er geschmacklos genug: »Die Türme solcher Städte sind ja die Alpenspitzen, worauf wir den Alpenkäse unserer Zukunft suchen und melken.« Wollte der Legations-Peter mit diesem Stile mich lächerlich machen oder nur sich? – Entscheidet!

»Hier ist der Ort, die Stadt,« sagt' ich heimlich zu mir, »wo heute viel und über Zukünfte entschieden wird, wo du diesen Abend um fünf Uhr deine Bittschrift und halb dich selber übergibst; – geh' es doch gut! Geh' es herrlich! Werde Flätz, dieser Waffenplatz deiner kleinen Bestrebungen, zugleich die Baustelle von Lust- und Luft-Schlössern zweier Herzen, des deinigen und des weiblichen!«

Im Gasthofe zum Tiger stieg ich ab.

Erster Tag in Flätz

Kein Mensch wird sich anfangs in meiner Tigerhotels-Lage stark enthusiasmieren über die nächsten Aussichten. Ich als der einzige mir bekannte Mensch, besonders von der Seite der Liebe (vom abgehenden Dragoner nachher!), sah aus den Fenstern des mit Marktgästen sich vollstopfenden Gasthofs heraus und auf das Nachströmen des Marktheeres hernieder und konnte sehr bald bedenken, daß eigentlich niemand als Gott und die Spitzbuben und Mörder genau wußten, wieviel von beiden letztern darunter mit einschwämmen, um vielleicht die unschuldigsten Marktgäste teils zu enthülsen, teils zu enthalsen. Meine Lage hatte etwas gegen sich – mein Schwager hatte, weil er alles blind herausschlägt, es fallen lassen, daß ich im Tiger abstiege (o Gott, wann lernen solche Menschen geheimnisreich bleiben und auch den elendesten Bettel des Lebens unter Deckmänteln und Schleiern bloß deshalb zu tragen, weil so oft eine lausige Maus einen Eis- und Golgatha-Berg gebiert als ein Berg eine Maus?) – Sämtliches Post-Gesindel saß sämtlich im Tiger ab – die Hure – der Kammerjäger – Jean Pierre – der Riese, der schon am Stadttore ausstieg und den Großkopf des Zwergs als eignen Kopf durch Mantel-Bemäntelung über die Straßen trug,

107) Deutschland ist ein langes erhabnes Gebirge – unter dem Meer.

18) Unter Selbststillen versteht man nicht, wie beim Tatzen-saugenden Bären, daß man sich selber an die eigne Brust lege, sondern daß man andere nicht durch andere säugen lassse; so aber sollte auch das Wort Selbstliebe im Gebrauche sein.

damit er um einen halben Zwerg gratis riesenhafter erschiene, als er eigentlich für Geld zu sehen war. – –

Es kam nun auf jeden ausgestiegenen Passagier an, ob er zum Tiger, dem Wappentiere des Gasthofs, den Prototypus machen und welches Lamm er dann fressen, aussaugen, abrupfen wollte. Auch mein Schwager verließ mich, um einem Roßtäuscher nachzuziehen, behielt aber für seine Schwester sein Zimmer neben meinem; dies sollte, wie es schien, Aufmerksamkeit für sie verraten. Ich blieb einsam meiner Tatkraft überlassen.

Gleichwohl dacht' ich unter so vielen Spitzbuben, die mich umzingelten, wenn nicht gar belagerten, warm an eine ferne, redliche Seele, an meine Berga in Neusattel, ein Mark- und Kraft-Herz, das vielleicht manchem schwachen Ehe-Bündner mehr Schutz gewähren als verdanken würde. Erscheine nur morgen mittags recht bald, Berga, sagte mein Herz, und womöglich noch vormittags, damit ich dein Jahrmarkts-Paradies um so viele Stunden länger ausdehne, als du um frühere anlangst!

Ein Geistlicher läuft mitten im Weltsturm leicht in einen Freihafen ein, in die Kirche; die Kirchenmauer ist seine Schießhaus-Mauer und Fortifikation; und darhinter sitzen gleichergestimmte und friedlichere Seelen beisammen als auf dem Marktplatz – kurz ich ging in die Hofkirche. Inzwischen wurde ich in meiner Lieder-Andacht ein wenig verrückt durch einen Heiducken, der einem wohlgekleideten jungen Herrn mir gegenüber die Doppellorgnette von der Nase abriß, weil in Flätz, so wie in Dresden, Gläser, die verkleinern und nähern, gegen den Hof verstoßen; ich hatte zwar selber eines aufgesetzt, aber es vergrößerte. Ich konnte mich unmöglich dahin bringen, die Brille abzunehmen, und ich werde hier, fürcht' ich, wieder als Starrkopf und Waghals aussehen; bloß dies hielt ich für schicklich, in einem fort mit ihr ins Gesangbuch zu blicken und nicht einmal, da der Hof einrauschte, aufzuschauen, um Winke zu geben, daß sie erhaben geschliffen. – Die Predigt übrigens war gut, wenn auch nicht immer fein bedacht für eine Hofkirche; denn sie mahnte von unzähligen Lastern ab, zu deren Widerspielen, den Tugenden, ein anderer Prediger so leicht hätte ermahnen können! Unter dem ganzen Gottesdienste trachtete ich wahre tiefe Ehrerbietung an den Tag zu legen, sowohl gegen Gott als gegen meinen erhabnen Landesherrn. Zur letztern Ehrerbietung hatte ich noch meinen Privat-Grund; ich wollte solche nämlich recht öffentlich und stark wie mit erhabnen Schrift-Punzen auf meinem Gesicht ausprägen, um irgendeinen

97) Daher schließ' ich, daß Schmelzle gut predigt, schon aus seinen vielen Kenntnissen und Wortspielen. Die theologische Welt auf Kathedern, noch mehr auf die Kanzeln, verdient das Lob, daß sie gleichsam der Lichtsammler oder Licht-Fang oder Lichtmagnet der besten Strahlen und Entdeckungen ist, die aus andern Wissenschaften ausgehen, besonders derer aus der Philosophie und Dichtkunst; sie selber entdeckt eigentlich nichts als eben die passiven Diebs-Inseln, wo sie ihre Gewürze abholt. So findet man in Pre-

eingefleischten Schadenfroh am Hofe Lügen zu strafen, der etwa meine neuliche Widerlegung von Linguets Lob auf Nero und meine deutsche freie Satire auf diesen wahren Tyrannen selber, die ich ins Flätzische Wochenblatt eingeschickt, möchte zu einem heimlichen Charaktergemälde meines Fürsten umzudrehen beliebet haben. Leider kann man jetzt kaum auf den höllischen Teufel selber eine Stachelschrift abfassen, ohne daß irgendein menschlicher sie auf einen Engel appliziert.

Als endlich der Hof aus der Kirche in den Wagen stieg, hielt ich mich in solcher Entfernung, daß mein Gesicht unmöglich wäre zu sehen gewesen, falls ich etwa in der Nähe kein ehrerbietiges, sondern ein zu stolzes gezogen hätte. Gott weiß, wer mir allein jene toll-kecken Phantasien und Gelüste eingeknetet hat, die vielleicht einem Helden Schabacker mehr anständen als einem Feldprediger unter ihm. Ich kann hier nicht umhin, eine der frechsten euch, meinen Freunden, zu vertrauen, würfe sie auch anfangs ein zu grelles Licht auf mich. Es war bei meiner Ordination zum Feldprediger, als ich zum heiligen Abendmahle ging am ersten Ostertag. Während ich nun so dastand, weich bewegt vor dem Altargeländer mit der ganzen Männer-Gemeinde – ja, ich vielleicht stärker gerührt als einer darunter, weil ich als ein in den Krieg Ziehender mich ja halb als einen Sterbenden betrachten durfte, der nun wie ein zu Henkender die letzte Seelen-Mahlzeit empfängt –, so warf in mir mitten in die Rührung von Orgel und Sang etwas – sei es nun der erste Osterfeiertag gewesen, der mich auf das sogenannte alte christliche Ostergelächter brachte, oder der bloße Abstich teuflischer Lagen gegen die gerührtesten – kurz etwas in mir (weswegen ich seitdem jeden Einfältigern in Schutz nehme, der sonst dergleichen dem Teufel anschrieb!) – dies Etwas warf die Frage in mir auf: »Gäb' es denn etwas Höllischeres, als wenn du mitten im Empfange des heiligen Abendmahls verrucht und spöttisch zu lachen anfingest?« Sogleich rang ich mich mit diesem Höllenhund von Einfall herum – versäumte die stärksten Rührungen, um nur den Hund im Gesichte zu behalten und abzutreiben – kam aber, von ihm abgemattet und begleitet, vor dem Altars-Schemel mit der jammervollen Gewißheit an, daß ich nun in kurzem ohne weiteres zu lachen anfangen würde, ich möchte innen weinen und stöhnen, wie ich wollte. Als daher ich und ein sehr würdiger alter Bürgermeister uns miteinander vor dem langen Geistlichen verbeugten und letzterer mir (vielleicht kam

digten, z. B. in Marezolls Kanzelstücken, einen reichen Fund fremder Erfindungen; und überhaupt gibts wenige Entdeckungen in der Philosophie und Moral, welche ein Jahrfünf oder Jahrzehend später, nachdem sie ihren Schöpfer berühmt gemacht, nicht den Nachschöpfer in der theologischen Welt – diese Erbin ihrer Magd, der Philosophie – noch zehnmal größer und reicher gemacht hätten, sobald er nur Kanzel-Wasser genug zum Einflößen der fremden Bissen (boli) aufgegossen hatte. Aber hier möcht' ich gern auf einen Unterschied der meisten lutherischen Prediger von den Mönchen zeier mir auf dem niedrigen Kniepolster zu lang vor) die Oblate in den klemmen Mund steckte: so spürt' ich schon, daß an den Mundwinkeln alle Lachmuskeln sardonisch zu ziehen anfingen, die auch nicht lange an der unschuldigen Gesichtshaut arbeiteten, als schon ein wirkliches Lächeln darauf erschien – und als wir uns gar zum zweiten Male verneigten, so grinst' ich wie ein Affe. Mein Nebenmann, der Bürgermeister, redete ganz mit Recht, als wir hinter den Altar um gingen, mich leise an: »Um Gottes Willen, sind Sie ein ordinierter Prediger oder ein Pritschenmeister? – Lacht denn der lebendige Gott-Seibeiuns aus Ihnen?« – »Ach Gott! wer denn sonst?« sagt' ich; erst nachher bracht' ich meine Andacht ernsthafter zu Ende.

Aus der Kirche – (ich komme wieder in die Flätzer) – ging ich in den Gasthof zum Tiger und aß an der Wirtstafel, weil ich nie menschenscheu bin. Vor dem zweiten Gerichte reichte mir der Kellner einen leeren Teller, worauf ich zu meinem Erstaunen einen französischen Vers mit der Gabel eingekratzt erblickte, der nichts Geringeres enthielt als ein Pasquill auf den Kommandanten von Flätz. Ohne Umstände bot ich den Teller der Tischgesellschaft hin und sagte, ich hätte das pasquillantische Geschirr, wie sie sähen, eben bekommen und bäte sie zu bezeugen, daß der Handel mich nichts angehe. Ein Offizier wechselte sogleich mit mir Teller. Bei dem fünften Gerichte durft' ich mich über die chemisch-medizinischen Unkenntnisse der Tischgesellschaft verwundern, indem ein Hase, aus welchem ein Herr mehrere Schrotkörner, das heißt also ein mit Arsenik versetztes und durch den warmen Essig nun aufgelöstes Blei, öffentlich herausgezogen und vorgezeigt hatte, von den Zuschauern (mich ausgenommen) lustig fortgespeiset wurde.

Unter den Tischgesprächen faßte mich eines gewaltig bei meiner schwachen Seite, bei meiner Ehre. Es wurde nämlich der Gerichts-Gebrauch der Residenz erzählt, daß ein unzüchtiges Mädchen jeden, wen eine solche Dirne dazu wähle, in den Vater ihres Wurms verkehren könne bloß durch ihr Eidwort. »Schrecklich!« – sagt' ich, und mir stand das Haar zu Berg – »Auf diese Weise kann sich ja der erste beste Hausvater mit Frau und Kindern oder ein Geistlicher, der im Tiger logiert, von der ersten schlimmsten Auf-

gen, der nicht ganz zum Nachteil der erstern ausschlägt. Der Mönch darf (C. 2. X. de stat. monach.) *nichts Eigenes* haben bei Strafe unehrlichen Begräbnisses, und jedes Eigentum wird ihm als Kirchenraub angerechnet. Mich dünkt aber, der lutherische Kanzelredner demütigt und entäußert sich weit mehr, wenn er auch im höhern *Geistigen*, wo er noch schön und frei zu wählen hat – da über das Eigentum des Körperlichen ohnehin in seinem Namen das Kammerkollegium das Armuts-Gelübde ablegt –, kurz, wenn er, was Gedanken anlangt, gar nichts Eignes hat und haben will.

71) Der Jüngling ist aus Willkür *sonderbar* und freuet sich; der Mann ists unabsichtlich und gezwungen und ärgert sich.

wärterin, die er oder die ihn leider abends zufällig kennen lernen, um Ehre und Unschuld gebracht sehen!« Ein ältlicher Offizier fragte: »Soll denn aber das Mädchen sich lieber zum Teufel schwören?« Welche Logik! »Oder gesetzt,« fuhr ich ohne Antwort fort, »ein Mann reiset mit jenem Wiener Schlossergesellen, der nachher Mutter wurde und mit einem Söhnchen niederkam, oder mit irgendeinem verkleideten Ritter d'Eon, mit dem er häufig übernachtet; und der Schlossergeselle oder der Ritter dürfen dann ihre Beilager beeidigen: so kann ja kein zarter Mann zuletzt mehr mit einem andern reiten und fahren, weil er nicht weiß, wann dieser die Stiefel auszieht und die Weiberschuhe an und ihn dann zum Vater schwört und sich zum Teufel!«

Aber einige von der Tischgesellschaft vergriffen sich in meinem Kanzel-Feuer so sehr, daß sie schafsmäßig zu glauben andeuteten: ich selber sei in diesem Punkte nicht richtig, sondern lax. Beim Himmel! ich wußte da nicht mehr, was ich fraß und sprach. Zum Glücke wurde mir gegenüber eben die Lüge irgendeiner französischen Niederlage ausgesagt; da ich nun an den Straßen-Ecken die französische und deutsche Proklamation angesehen, welche jeden, der Kriegs-Berichte – nämlich nachteilige – anhört, ohne sie anzuzeigen, vor das Kriegsgericht bestellt: so konnt' ich als ein Mann, der sich nie gern vergessen will, wohl nichts Klügers tun als davongehen mit leeren Ohren und nur dem Wirte rapportieren warum.

Es war keine unrechte Zeit, denn absichtlich um $4^1/_2$ Uhr wollt' ich mir den Bart scheren lassen, um gegen fünf so recht mit einem vom Balbiermesser-Glättzahn geleckten Kinn, wie glattes Velinpapier, ohne Wurzelstöcke von Kinnhaaren (Barthaar ist Pleonasmus) auf- und vorzutreten. Vorher goß ich, wie Pitt vor Parlamentssitzungen, verdammt viel Pontak mit wahrem Ekel in meinen Magen hinunter gegen jede Heilslehre und Sperrordnung desselben, nicht sowohl um den leichten, fremden Bartputzer zu bestehen als den Minister-General Schabacker, mit welchem ich eines und das andere Feuerwort zu wechseln vorhatte.

Es kam der gewöhnliche Fremden-Balbier des Hotels, hatte aber sogleich in seinem viellinigen ausgezackten Gesichte mehr von einem endlich tollwerdenden als von einem weiser werdenden Manne an sich. Tolle nun hass' ich unglaublich und bin daher in kein Tollhaus zu bringen, weil da der erste beste Wütige mich mit Riesenfäusten erschnappt, wenn er mag, und weil ich überhaupt der Ansteckung wegen nicht weiß, ob ich wieder mit dem Verstande herauskomme, den ich hineintrage. – Gewöhnlich sitz' ich (bin ich eingeseift) dergestalt auf dem Stuhle, daß ich beide Hände (den

198) Der Pöbel und das Vieh schwindeln auf keinem Abgrunds-Abhang, aber wohl der Mensch.

11) Das goldne Kalb der Selbstsucht wächst bald zum glühenden Phalaris-Ochsen, der seinen Vater und Anbeter einäschert.

Blick spann' ich scharf gegen das balbierende Gesicht) auf den Schenkeln dem Zwerchfell des Balbiers gegenüber schlagfertig liegen habe, um ihn bei der kleinsten zweideutigen Bewegung wie wütig umzustoßen.

Ich weiß kaum recht, wie es zuging, aber indes ich mich ins närrischgewundene Gesicht des Bartputzers vertiefe und da er eben das lang' gewetzte Schlacht-Messer etwas vorschnell gegen meine entblößte Gurgel führte: so gab ich dem Feld- und Bart-Scherer einen so plötzlichen Stoß auf den Nabel, daß der Mann sich im Fallen bald selber selbstmörderisch die Gurgel abgeschnitten hätte. Mir blieb freilich nichts davon als Gutmachungen und eine gegen meine sonstigen Grundsätze umgebundne geschwollne Krawatte als Deckmantel dessen, was unbeschoren geblieben.

Jetzt brach ich denn endlich zum General auf und trank die Pontaks-Reste noch unter der Schwelle aus. Ich hoffe, in mir lagen Plane fertig, richtig zu antworten, ja zu fragen. Das Bittschreiben hatt' ich in der Tasche und in der rechten Hand. In der linken hatt' ich dessen Duplikat. Mein Feuer half mir leicht über alle ministeriellen lebendigen Zäune hinüber, und ich befand bald mich unverhofft im Vorzimmer unter seinen vornehmsten Lakaien, die, soviel ich merkte, nichts verpassen sollten. Ich überreichte dem ansehnlichsten meine papierne Bitte mit der mündlichen, sie seinerseits zu überreichen. Er nahm sie, aber unverbindlich. Ich wartete tief in die Stunde 6 Uhr hinein vergeblich, worin allein dem frohen Generale manches vorzutragen ist. Endlich erseh' ich einen Stief- oder Duzbruder des vorigen Lakaien und wiederhole mein Gesuch; dieser rennt umsonst umher, um Bruder oder Schreiben zu suchen – nichts war zu finden; – wie glücklich war ich, daß ich das Duplikat der Bittschrift mitten im Pontak vor dem Rasieren mir wieder abgeschrieben und also – bloß aus dem Grundsatz, daß man immer ein zweites hölzernes Bein im Mantelsack eingepackt haben müsse, wenn man ein erstes am Leibe habe – und aus der Furcht, daß, wenn mir das Urschreiben auf dem Wege vom Tiger zu Schabacker verloren ginge, meine ganze Reise und Hoffnung zu Wasser müßte werden – dies, sag' ich, war gut, daß ich das Repetierwerk des Ur-Schreibens eingesteckt hatte und folglich in jedem Falle etwas, und zwar ein detto, einzuhändigen vermochte. Ich händigte dasselbe ein.

Leider nur war schon sechs Uhr vorbei. Der Lakai aber blieb nicht lange aus, sondern brachte mir bald – ich möchte sagen den Predigt-Text dieses Zirkelbriefes – die fast rohe Antwort (die ihr, Freunde, aber aus Achtung für mich und Schabacker geheimzuhalten habt): »falls der Attila Schmelzle beim Schabackerschen Regiment wäre, so möcht' ich mich nur mit meinem

103) Das männliche Schmarotzer-Gewächs an den weiblichen Rosen und Lilien muß (wenn ich dessen Schmeicheln recht fasse) wahrscheinlich bei den Schönen die Sitte der Italiener und Spanier voraussetzen, welche jede Kostbarkeit dem zum Geschenke anbieten, der solche sehr lobt.

Hasenpanier wieder zum Teufel scheren, wie ich bei Pimpelstadt getan.« Ein anderer wäre auf dem Platze geblieben; ich aber ging ganz derb davon und versetzte dem Kerl: »Ich schere mich auch willig zum Teufel und schere mich den Teufel darum.« Unterwegs untersucht' ich mich selber, ob nicht etwa der Pontak aus mir gesprochen – wiewohl schon die Untersuchung widerspricht, da kein Pontak untersucht –; aber ich fand, daß nur ich, mein Herz, vielleicht mein Mut etwas gesprochen; und wozu denn überhaupt Kleinmut, da das Vermögen meiner guten Frau mich ja besser besoldet als zehn katechetische Professuren, und da sie alle Ecken meines Buchs des Lebens mit so viel goldnen Beschlägen versieht, daß ichs, ohne es abzunützen, immer aufschlagen kann! – Schwangere mögen bei Schrecken an den Hintern greifen, um das Muttermal des Versehens dorthin zu verstecken; ich griff bei dem Mute ans Herz und sagte: »Schlage dich nur tapfer durch! wer auch dabei geschlagen werde!« Ich fühlte mich ganz erhoben und erhitzt – ich dachte mir Republiken, wo ich als Held nach Hause kommen könnte – ich sehnte mich in jene heroischen Griechen-Zeiten hinein, wo ein Held vom andern Prügel gern einsteckte und sagte: schlage nur, aber höre mich!, und aus unseren feigen heraus, wo man kaum Schimpfworte aushält, geschweige mehr – ich male mir es aus, wie ich mich fühlen würde, wenn ich in glücklichern Umgebungen After-Thronen umwürfe und vor ganzen Völkern auf Großtaten wie auf Tempelstufen unsterblich aufstiege und in gigantischen Zeiten ganz andere und größere Männer zu übermannen und zu übertreffen fände als jetzt den Milben-Pöbel um mich her und höchstens einen und den andern Vulkanello. Ich dachte – und machte mich immer wilder, und ich selber berauschte mich (also kein Pontaks-Rausch, der bekanntlich mehr durch als ohne Trinken wächst) und gestikulierte öffentlich – als ich mich fragte: »Willst du ein bloßer Staats-Schoßhund werden – ein Hunds-Hund – ein pium desiderium eines impii desiderii – ein Ex-Ex – ein Nichts-Nichts? –– O Sackerment!« Darüber stieß ich mir aber meinen Hut in den Markt-Kot. Da ich ihn aufhob und säuberte, sah ich überall, wie verschossen er war, und entschloß mich, sogleich einen neuen zu kaufen und anfangs selber zu tragen in der Hand.

199) Aber wenige gegenwärtige Staaten, glaub' ich, köpfen unter dem Vorwande zu trepanieren – oder heften (in einer gesuchtern Allegorie) die Lippen zusammen unter dem Vorwand, deren Hasenscharten zuzunähen.

12) Die Einzelwesen haben Lehrjahre, die Staaten Lehrjahrhunderte; – aber sind beide freigesprochen, so sind doch wieder Lehrstunden und Sonntagsschulen nachzuholen.

67) Gastfreiheits-Wirt, willst du deinen Gast erforschen? Begleite ihn zu einem andern Wirte und höre zu! – Ebenso: willst du deine Geliebte in *einer* Stunde besser kennen lernen als in *einem* Monate Zusammenliebens? Sieh ihr eine Stunde lang unter Freundinnen und Feindinnen (wenn dies kein Pleonasmus ist) zu!

Ich vollzogs und erhandelte einen vom feinsten Kaliber. Sonderbar, durch diesen Hut, als wär's ein Magister-Hut, wurde in der Ziegengasse ordentlich mein Kopf geprüft und examiniert. Da nämlich der General Schabacker darin daherfuhr und ich (wie sich wohl von selber versteht) mich nicht durch gemeine Grobheit, sondern durch Höflichkeit rächen wollte: so bekam ich eine der kitzlichsten Aufgaben zu lösen vor. Schwenkt' ich nämlich bloß den feinen Filz, den ich schon in der Hand trug, behielt aber den verschossenen auf dem Kopfe: so konnt' ich einem Grobian von Haus aus ähnlich sehen, der nichts abzieht; zog ich hingegen den alten vom Kopfe und hofierte damit: so spielten zwei Filze auf einmal (ich mochte nun den andern mitbewegen oder nicht) die Sache ins Lächerliche. Nun stimmt doch ab, ihr Freunde, eh' ihr weiterleset, wie man sich hier herauszuziehen hätte, ohne den Kopf zu verlieren! .... Ich glaube, vielleicht dadurch, daß man bloß den Hut verliert; kurz und gut, ich ließ eben geradezu den Putz-Hut aus der Hand in den Kot fallen, um mich instand zu setzen, den Sudel-Hut einsam abzunehmen und mit nötiger Höflichkeit zu schwenken ohne einen Anstrich von Lächerlichkeit.

Im Tiger ließ ich – um etwas schließen zu lassen – den brillantierten Fein-Fein-Fein-Filz früher ausbürsten als den Kotsassen- oder Scharteken-Hut.

Nun ging ich, meine wichtige Vergangenheit in der Adjustier- und Probierwaage tragend, feurig auf und nieder. Der Pontak mußte – ich weiß wohl, daß es hienieden nur unechten gibt – ein noch unechterer gewesen sein; so sehr jagte er meine Phantasie in ein Feuer nach dem andern. Ich sah jetzt in ein weites glänzendes Leben hinein, wo ich ohne Amt lebte bloß von Geld; und das ich gleichsam mit den delphischen Höhlen und zenonischen Gängen und Musenbergen aller der Wissenschaften übersäet sah, die ich ruhig treiben konnte. Besonders konnte ich mich mehr auf Preisschriften bei Akademien legen, deren (nämlich der Schriften) sich kein Urheber jemals zu schämen braucht, weil eine ganze krönende Akademie in jedem Falle für den Koronanden steht und errötet. Schießt auch der Preiswerber neben der Krone vorbei, so bleibt er doch stets unbekannter und anonymer (da man seine Devise nicht entsiegelt) als ein anderer Autor, der zwar namenlos ein Langohr von Buch ediert, den aber doch bald ein literarisches Eselbegräbnis (sepultura asinina) öffentlich vor der halben Welt einsenkt.

Nur etwas dauerte mich voraus, das Leid meiner Berga, welcher ich morgen, der lieben Müde-Gereisten, die Ankunft und die abgekürzte Markt-Schau mit meiner abschlägigen Nachricht versalzen mußte. Sie wollte so-

80) Im Sommer des Lebens graben und statten die Menschen Eisgruben so gut als möglich aus, um sich doch für ihren Winter etwas aufzuheben, was fortkühlt.

gern in Neusattel – und wer verübelts einer reichen Pächters-Tochter – etwas vorstellen und manche Honoratiorin ausstechen – Jeder Mensch verlangt sein Parade-Plätzchen und eine frühere lebendigere Ehre als die letzte Ehre – Besonders will eine so gute niedriggeborene, sich vielleicht mehr ihres metallischen als ihres geistigen Schatzes und Tilgungsfonds bewußt, doch bei Ehrengelagen Meisterin von irgendeinem Stuhl oder Stühlchen sein und über die erste beste dumme gerupfte Gans loci hinaufsitzen.

Dazu sind nun Ehemänner so unentbehrlich. Ich nahm mir daher vor, mir und folglich ihr einen der besten Titel, womit die Höfe in Deutschland (gleichsam wie in einem Auerbachs-Hof in Leipzig) vom Adel und Halbadel an bis zum Rate herunter in einem fort feilstehen, anzukaufen und dieser geadelten Seele durch meinen Viertels-Adel einen solchen Achtels-Adel zuzuspielen, daß (hoff' ich) manche gemeine nebenbuhlerische Neusattlerin, vom Neide halb geborsten, sagen und rufen soll: »Ei du dummes Pachters-Ding! Seht doch, wie das schwänzelt und wedelt! Es denkt nicht daran, was es mit ihm wäre, wenn es keinen Geldsack und keinen Hofrat hätte!« Denn letzteres nämlich müßt' ich etwa vorher geworden sein.

Aber ich sehnte mich in der kalten Einsamkeit meines Zimmers und im Feuer meiner Erinnerungen unbeschreiblich nach dem Bergelchen – ich und mein Herz waren müde vom fremden treibenden Tage – niemand um mich her sagte mir ein gutes Wort, das er nicht in die Wirts-Rechnung zu bringen verhoffte. – Freunde, ich schmachtete nach der Freundin, deren Herz gern das Blut zum Balsam für ein zweites vergießt – ich verfluchte meine überklugen Maßregeln, daß ich nicht, um die Gute sogleich mit mir zu nehmen, lieber das dumme Hauswesen allen Spitzbuben und Feuerschäden preisgegeben – Im Auf- und Abgehen ward es mir immer leichter, alles zu werden, jeder Kammerrat, Akzisrat, anderer Rat, und was sie nur befahl, wenn sie ankäme.

»Mach dir nur einen guten Tag in der Stadt!« sagte Bergelchen diese ganze Woche hindurch. Aber wie ist einer ohne sie zu machen? Unsere Trauertränen trocknen auch Freunde ab und begleiten sie mit eignen; aber unsere Freudentränen finden wir am leichtesten in den Augen unserer Frauen wieder. – Verzeiht, Freunde, diese Libationen meiner Rührung – ich zeig' euch nur mein Herz und meine Berga – Bedarf ich eines Ablaß-Krämers, so nehmt den Pontaks-Krämer dazu.

28) Es ist mir unmöglich, sogleich auf der Stelle unter dem Wasserästen-Wald von Anspielungen in meinen Werken – sogar diese ist wieder ein Ast – herauszubringen und darauf zu fallen, ob ich je die sämtlichen Höfe oder Höhen die (Bouguersche) *Schneelinie* Europas genannt habe oder nicht; ich wünschte aber Belehrung darüber, um es im widrigen Falle etwa noch zu tun.

Erste Nacht in Flätz

Gleichwohl nahm mir der Wein die Besonnenheit nicht, vor dem Bette-Gehen unter das Bette zu sehen, ob jemand darunter lauere, z. B. die Hure, der Zwerg oder der Legations-Rat, ferner den Schlüssel unter den Tür-Drücker (die beste Sperr-Ordnung unter allen) zu schieben, dann zum Überflusse meine Nacht-Schraube in die Türe einzubohren und endlich davor noch die Sessel übereinander zu bauen und Beinkleider und Schuhe anzubehalten, weil ich durchaus nichts besorgen wollte.

Ich hatte aber noch andere Sachen des Nachtwandels wegen abzutun. Mir wars überhaupt von jeher unbegreiflich, wie so viele Menschen zu Bette gehen und darin gesetzt liegen können, ohne zu bedenken, daß sie vielleicht im ersten Schlafe sich aufmachen als Nachtwandler und auf Dächer hinauskriechen und irgendwo erwachen, wo sie den Hals brechen und den Rest. Ja es wäre mir schon Gefahr genug, wenn ein unbescholtner Mann, ein Feldprediger, im eigenen Bette einschliefe und etwa auf den Seidenpolstern im Schlafgemache der vornehmsten Dame in der Stadt aufwachte, von der er vielleicht sein Glück erwartet. Bin ich zu Hause: so wag' ich wenig mit Schlaf; – weil ich, da meine rechte Fußzehe jede Nacht mit einem drei Ellen langen Wickelbande (ich nenn' es scherzend unser eheliches Band) an die linke Hand meiner Frau angeschlungen wird, die Gewißheit habe, daß ich, falls ich aus dem Bett-Arrest herausginge, mit dem Sperrstrick sie wecken und ich folglich von ihr als meinem lebendigen Zaun an der Nachtschnur wieder ins Bett würde zurückgezogen werden. Im Gasthof aber konnt' ich nichts tun, als mich einige Male an den Bettfuß schnüren, um nicht zu wandern; obgleich alsdann einbrechende Spitzbuben neue Not mitbringen konnten. Ach, so gefährlich ist alles Schlafen, daß leider jeder, der nicht auf dem Rücken wie ein Leichnam daliegt, besorgen muß, mit dem Ganzen schlafe auch ein oder das andere Gliedmaß, ein Fuß, ein Arm, ein; und dann kann das entschlummerte Glied – da es in der medizinischen Geschichte gar nicht daran an Exempeln fehlt – am Morgen zum Amputieren gereift daliegen. Deshalb lass' ich mich häufig wecken, damit nichts einschläft.

36) Und so wünscht' ich überall der erste zu sein, besonders im Betteln; der erste Kriegsgefangne, der erste Krüppel, der erste Abgebrannte (ähnlich dem, der die erste Feuerspritze anführt) erbeutet die Hauptsumme und das Herz; der Nachkömmling spricht die Pflicht nur an; – und endlich geht es mit dem melodischen Mancando des Mitleids so weit herunter, daß der letzte – wenn der vorletzte wenigstens noch mit einem reichen »Gotthelf« beschwert abzieht – nichts von der mildtätigen Hand mehr erhält als deren Faust. Wie nun im Betteln der erste, so möcht' ich im Geben der letzte sein; einer löscht den andern aus, besonders der letzte den ersten. So aber ist die Welt bestellt.

Als ich an den Bettpfosten gut angebunden und endlich unter die Bettdecke gekommen war: wurde ich wegen meiner Pontaks Feuertaufe aufs neue bedenklich und furchtsam vor meinen zu erwartenden Kraft- und Sturm-Träumen – welche leider nachher auch nichts Besseres wurden als Helden- und Potentaten-Taten, Festungs-Stürme, Felsen-Würfe –; noch aber seh' ich wenig diesen Punkt ärztlich beherzigt. Medizinalräte und ihre Kunden strecken sich alle ruhig in ihren Betten aus, ohne daß nur einer von ihnen befürchtet oder untersucht, ob ihm ein wütiger Zorn (zumal wenn er schnell darauf kalt säuft im Traum) oder ein herzzerreißender Harm, was er alles in den Träumen erleben kann, am Leben schade oder nicht. Wär' ich, ich bekenn' es, eine Frau und mithin weiblich-furchtsam, zumal in guter Hoffnung, ich würd' in letzterer über die Frucht meines Schoßes in Verzweiflung sein, wenn ich schliefe und folglich im Traum alle die von medizinischen Polizeien verbotenen Ungeheuer, wilden Bestien, Mißgeburten und dergleichen zu Gesicht bekäme, wovon eine ausreicht (sobald die bestätigte Lehre des Versehens wahr bleibt), daß ich Kreißende mit einem elenden Kinde niederkäme, das ganz aussähe wie ein Hase und voll Hasenscharten dazu oder das eine Löwenmähne hinten hätte oder Teufelsklauen an den Händen oder was sonst noch Mißgeburten an sich haben. Vielleicht wurden manche Mißgeburten von solchem Versehen in Träumen gezeugt.

Nachts kurz vor 12 Uhr erwacht' ich aus einem schweren Traum, um eine für meine Phantasie zu geisterhafte Geister-Geschichte zu erleben. Mein Schwager, der sie mir eingebrockt, verdient für seine ungesalzene Kocherei, daß ich ihn euch als den Braumeister des schalen Gebräudes ohne Schonen nenne. Wäre Argwohn mit Unerschrockenheit verträglicher: so hätte ich vielleicht schon aus seinem Sittenspruche über dergleichen unterwegs so wie aus dem Fortbehalten seines Nebenzimmers, an dessen Mitteltüre mein Lager stand, leicht alles geschlossen. Mir war nämlich, als würd' ich angeblasen von einem kalten Geister-Atem, den ich auf keine Weise aus den entfernten und versperrten Fenstern herzuleiten vermochte; – worin ichs denn auch traf, denn der Schwager hatt' ihn aus einem Blasebalg durchs Schlüsselloch eingeschickt. Alles Kalte bringt in der Nacht auf Todes- und Geister-Kälte. Ich ermannte mich aber und harrte – nun fing gar das Deck-

136) Übersteigt ihr euere Zeit zu hoch, so geht es euern Ohren (von Seiten der Fama) nicht viel besser, als sinkt ihr unter solche zu tief; wirklich ganz ähnlicher Weise spürte *Charles* oben in der *Luftkugel* und *Halley* unten in der *Täucherglocke* gleichen besondern Schmerz in den *Ohren*.

25) In der Jugend sieht man wie ein eben operierter Blindgeborner – und was tut auch der Geburtshelfer oder die Geburtshelferin anders als operieren – die Ferne für die Nähe an, den Sternenhimmel für greifbares Stubengeräte, die Gemälde für Gegenstände; und die ganze Welt sitzt dem Jüngling auf der Nase, bis ihn, wie den Blinden, mehrmaliges Auf- und Zubinden endlich *Schein* und *Ferne* schätzen lehrt.

bette an, sich in Bewegung zu setzen – ich zog es an mich – es wollte wieder weiter – behend setz' ich mich plötzlich im Bette auf und rufe: »Was ist das?« – Keine Antwort, überall Stille im Gasthof – das ganze Zimmer voll Mondschein – Jetzt hob sich mein Zugpflaster, das Deckbette, gar empor und luftete mich, wobei mir war wie einem, von dem man ein Pflaster schnell abhebt. Nun tat ich den Rittersprung aus dem Teufels-Torus und zersprengte springend mein Nachtwandlers-Leitseil. »Wo ist der dumme Menschen-Narr,« rief ich, »der die erhabne unsichtbare Geister-Welt nachäfft, die ihm ja auf der Stelle erscheinen kann?« Aber an, über, unter dem Bette war nichts zu hören und zu sehen. Ich schauete zum Fenster hinaus; überall geisterhaftes Mondlicht und Straßenstille, und nichts bewegte sich als (wahrscheinlich vom Winde) auf dem fernen Galgenberg ein Neu-Gehenkter.

Jeder andere hätt' es so gut für Selbsttäuschung gehalten als ich; daher wickelte ich mich wieder in mein passives lit de justice und Luftbett ein, darin erwartend, inwiefern ich an Erschrecken erkalten sollte oder nicht.

Nach einigen Minuten fing das Deckbette, der teuflische Fausts-Mantel, sein Fliegen und Schiffs-Ziehen (ich allein war der Verurteilte) wieder an, der Abwechslung wegen hob auch wieder der unsichtbare Bettaufhelfer empor. Verfluchte Stunde! – Ich möchte wissen, ob es im ganzen gebildeten Europa einen gebildeten oder ungebildeten Menschen gäbe, der bei so etwas nicht auf Geister-Teufeleien verfallen wäre; – ich verfiel darauf unter der (sich selber) fahrenden Habe des Deckbettes und dachte, Berga sei Todes verfahren und fasse nun noch geistig mein Bette. Dennoch konnt' ich sie nicht anreden, so wenig als den Teufel, der hier einspielen konnte, sondern ich wandte mich bloß an Gott und betete laut: »Dir übergeb' ich mich ganz, Du allein sorgtest ja bisher für mich schwachen Knecht – und ich schwöre, daß ich anders werde.« – Ein Versprechen, das dennoch von mir soll gehalten werden, so sehr auch alles nur dummer Lug und Trug gewesen.

Mein Gebet verfing nichts bei dem unchristlichen Dragoner, der mich einmal im Zuggarn des Deckbettes gefangen hielt – unbekümmert, ob er ein Gastbette zum Parade- und Totenbette mache oder nicht – er spann meine Nerven wie Golddraht durch engere Löcher hindurch immer dünner bis zum Verschwenden und Verschwinden, denn das Bette marschierte endlich gar herab bis an die Mitteltüre. –

Jetzt war es Zeit, ohne Umstände erhaben zu werden und mich um nichts mehr hienieden zu scheren, sondern mich dem Tode schlicht zu widmen: »Rafft mich nur weg,« (rief ich und schlug unbedenklich drei Kreuze),

125) Am Ende muß man noch aus Angst und Not der wärmste Weltbürger werden, den ich kenne; so sehr schießen die Schiffe als Weberschiffchen hin und her und weben Weltteile und Inseln aneinander. Denn es falle heute das politische Wetterglas in Südamerika: so haben wir morgen in Europa Gewitter und Sturm.

»macht mich nur schnell nieder, ihr Geister; ich sterbe doch unschuldiger als tausend Tyrannen und Gottesleugner, denen ihr leider weniger erscheint als mir Unbefleckten.« Hier vernahm ich eine Art von Lachen, entweder auf der Gasse oder im Nebenzimmer; vor diesem warmen Menschenton blüht' ich plötzlich wie vor einem Frühling an allen Spitzen wieder auf. Ich verschmähte gänzlich die weggehaspelte Decke, die jetzt von der Türe nicht mehr wegkonnte; ich legte mich unbedeckt, doch warm und schwitzend genug, bald in den Schlaf. Übrigens schäm' ich mich nicht im geringsten vor allen aufgeklärten Hauptstädten – und ständen sie vor mir –, daß ich durch meinen Teufels-Glauben und meine Teufels-Anrede einige Ähnlichkeit mit dem größten deutschen Löwen bekommen, mit Luther.

Zweiter Tag in Flätz

Am Frühmorgen spürt' ich mich aufgeweckt durch das bekannte Zudeckbett; es hatte sich wie in Inkube auf mich gesetzt; ich gaffte auf; in einem Winkel saß still ein rotes, rundes, kernhaftes, aufgeputztes Mädchen, wie eine volle Tulpe von Lebens-Frische aufgebläht und leise flatternd mit bunten Bändern, gleichsam als mit Blättern. »Wer ist dort, wie kommt man herein?« rief ich halbblind. – »Ich habe dich nur leise zugedeckt, und du solltest erst ausschlafen,« – sagte Bergelchen – »ich bin die ganze Nacht gegangen, damit ich recht früh käme; sieh nur her!« Sie zeigte mir ihre Stiefel, das einzige Reise-Stück (die Achilles-Ferse), das sie vor dem Tore, als sie in der Mause der Toilette war, nicht hatte abstreifen können. – »Brach« – fragt' ich, über ihre um 6 Stunden beschleunigte Nachkunft um so mehr bestürzt, da ich es die ganze Nacht und selber jetzt über ihr unbegreifliches Hereinkommen gewesen – »brach etwan frischer Jammer über uns aus und ein Brand, Mord, Raub?« – Sie versetzte: »Der Ratz« (sie wollte sagen die Ratte) »ist gestern verreckt, dem du so lange nachgestellt; weiter passierte eben nichts.« – »Und auch alles ist richtig nach meinem Ordnungs-Zettel zu Hause besorgt?« fragt' ich. – »Jawohl,« versetzte sie, »ich hab' ihn aber gar nicht gelesen, er ist mir weggekommen, du hast ihn wohl mit eingepackt.« –

Indes ich verzieh alles der blühenden kecken Ritterin oder Fußgängerin. – Ihr Auge, dann ihr Herz brachte mir ja frisches kühles Morgenwehen mit Morgenrot in meine schwülen Vorstunden. Auch mußt' ich ja ohnehin nachher der freundlichen, ins Leben hineinhoffenden und hineinliebenden Seele den verdienten Himmel des heutigen Tages mit der trüben Nachricht

19) Leichter, hat man bemerkt, ersteigt man einen Berg, wenn man rückwärts hinaufgeht. Dies ließe sich vielleicht auch auf Staatshöhen anwenden, wenn man ihnen immer nur das Glied wiese, womit man sich daraufsetzt, und das Gesicht gegen das Volk unten gerichtet hielte, indes man in einem fort sich entfernte und höbe.

der fehlgeschlagnen Professur verfinstern. Daher vergab und verschob ich möglichst. Ich fragte, wie sie hereingekommen, da noch das ganze spanische Reiter-Werk von Sesseln an der Türe feststehe. Sie lachte, sich dabei nach Dorfsitte bückend, stark und sagte: sie hätte es vorgestern mit ihrem Bruder verabredet, daß er sie durch seine Stube, da sie meine Sperr-Vorsicht kennte, in meine einließe, damit sie mich heimlich wecken könnte. Jetzt fuhr der Dragoner laut lachend ins Zimmer und sagte: »Wie geschlafen, Herr Schwager?«

Aber auf diese Weise war mir freilich die halbe Gespenster-Geschichte wie von einem Biester und Hennings aufgelöset und aufgedeckt; und ich durchschauete sogleich des Dragoners ganzen Gespensterplan, den er ausgeführt. Etwas bitter sagte ich ihm meine Vermutung und der Schwester meine Geschichte. Aber er log und lachte, ja er versuchte noch frech genug, mir am hellen Morgen Geister zum zweiten Male weiszumachen und aufzuhalsen. Ich versetzte kalt, an mir find' er hierin sehr den unrechten Mann; gesetzt auch, ich wäre einem Luther, Hobbes, Brutus ähnlicher, die sämtlich Geister gesehen und gefürchtet. Er erwiderte – und riß die Tatsachen aus ihrer Motivierung –: »er sage ja weiter nichts, als daß er nachts irgendeinen armen Sünder ganz erbärmlich habe krächzen und lamentieren hören; und daraus habe er geschlossen, es sei eine arme desperate Nachtmütze von Mann, der ein Gespenst zusetze.« Endlich gingen auch seiner Schwester die Augen über die gemeine Rolle auf, die er mit mir zu spielen vorgehabt; sie fuhr ihn derb an, schob ihn mit zwei Händen aus meiner und seiner Türe schnell hinaus und rief nach: »Warte, du Schadenfroh, ich gedenk' dirs!« Darauf kehrte sie schnell sich um und fiel mir um den Hals und dabei am falschen Ort ins Lachen und sagte: »Der dumme Junge! Aber ich konnte das Lachen nicht mehr verbeißen; und der Narr soll doch nichts merken. Vergib dem Pinsel, du als ein gelehrter Mann, seine Eselei.«

Ich fragte sie, ob sie auf ihrer Nachreise auf keine Geisterwelt gestoßen sei – wiewohl ich wußte, daß ihr Tiere, ein Wasser, ein halber Abgrund nichts sind –; nein, aber vor den geputzten Stadtleuten, sagte sie, habe sie sich am Morgen gescheuet. O wie lieb' ich diese weichen Harmonikas-Bebungen weiblicher Furcht!

26) Wenige deutsche Gelehrte sind nicht originell, wenn man anders (wie wenigstens aller Völker Sprachgebrauch ist) jedem Originalität zusprechen darf, der bloß seine eignen Gedanken auftischt und keine fremden. Denn da zwischen ihrem Gedächtnis, wo das Gelesene oder Fremde wohnt, und zwischen ihrer Phantasie oder Erzeugungskraft, wo das Geschriebne und Eigne entsteht, ein hinlänglicher Zwischenraum und die Grenzsteine so gewissenhaft und fest gesetzet sind, daß nichts Fremdes ins Eigne und umgekehrt herüberkann, so daß sie wirklich hundert Werke lesen können, ohne den Erdgeschmack des eignen einzubüßen oder dasselbe sonst zu ändern: so ist, glaub' ich, ihre Eigenheit bewährt; und ihre geistigen Nah-

Endlich mußt' ich den Koloquinten-Apfel anbeißen oder anschneiden und ihr die Hälfte davon zureichen, nämlich die Nachricht der Fehlbitte um die Professur. Da ich aber das freudige Herz mit der vollständigen rohen Wahrheit verschonen und einer schweren Fracht etwas abschneiden mußte, die sich besser Männerschultern aufpackt, so begann ich: »Bergelchen, die Professor-Sache geht einen andern, aber an sich guten Gang – der General, nach welchem ich den Teufel und seine Großmutter frage, legt es auf einen Generalsturm an – und den soll er haben, so gewiß als ich die Nachtmütze aufhabe.« – »So bist du also noch nichts geworden?« fragte sie. »Vor der Hand zwar nicht!« versetzt' ich. »Aber doch bis Sonnabend abends?« sagte sie. »Das nicht«, sagt' ich. »Nun so bin ich hart geschlagen, und ich möchte zum Fenster hinausspringen«, sagte sie und drehte das Rosen- und Morgengesicht weg, um die feuchten Augen darin mir nicht zuzukehren, und schwieg sehr lange. Dann fing sie mit schmerzhaft zitternder Stimme an: »Du großer Heiland, stehe mir am Sonntag in Neusattel bei, wenn mich die hochtrabenden vornehmen Weiber in der Kirche sehen und ich blutrot werde aus Scham!« –

Jetzt sprang ich im Mitjammer aus dem Bette vor die liebe Seele hin, der die hellen Zähren über die schönblühenden Wangen flossen, und rief: »Du treues Herz, zermartre mich doch nicht so ganz! Gott soll mich strafen, wenn ich nicht noch in den Hundstagen alles werde, was du nur willst – Sprich, willst du Bergrätin werden oder Baurätin oder Hofrätin, Kriegsrätin, Kammerrätin, Kommerzienrätin, Legationsrätin oder des Henkers- und Teufels-Rätin: ich bin dabei und werd' es und such' an. Morgen schick' ich reitende Boten nach Hessen und Sachsen, nach Preußen und Reußen, nach Friesland und Katzen-Ellenbogen und begehre Patente. Ja ich treib's weiter als einer und werde zugleich alles, Flachsenfinger Hofrat, Scheerauer Akzisrat, Haar-Haarer Baurat, Pestitzer Kammerrat (denn wir haben das Geld), und stelle dann allein und eigenhändig mit einem einzigen Podex und Corpus eine ganze Ratssitzung von auserlesenen Räten vor – und stehe als eine ganze Ehrenlegion und ein Ehrengelag bloß auf zwei Beinen da – Dergleichen hat noch kein Mensch getan.«

rungsmittel, ihre Plinzen, Laibe, Krapfen, Kaviare und Suppenkugeln werden nicht, wie nach Buffon die körperlichen, zu organischen Kügelchen der Erzeugung, sondern erscheinen rein und unverändert wieder. Oft denk' ich mir solche Gelehrte als lebendige, aber tausendmal künstlichere Entriche von Vaukansons Kunst-Ente aus Holz. Denn in der Tat sind sie nicht weniger künstlich zusammengefugt als diese, welche frißt und den Fraß hinten wieder zu geben scheint – zarte Nachspiele der Ente, welche unter dem Schein, die Kost in Blut und Saft verwandelt zu haben, bloß einen vom Künstler im Hinterleibe trefflich vorgerüsteten Auswurf, der mit Speise und Verdauung gar nicht zusammenhängt, illusorisch in die Welt setzt und drückt.

»O! Nun du bist ja engel-gut!« (sagte sie, und frohere Zähren rollten) »du sollst mir selber raten, was die vornehmsten Räte sind, damit wirs werden.« – »Nein,« fuhr ich befeuert fort, »dabei bleib' ich nicht einmal; mir ists nicht genug, daß du dich ordentlich bei der Kaplänin kannst als Baurätin melden lassen, bei der Stadtpredigerin als Legationsrätin, bei der regierenden Bürgermeisterin als Hofrätin, bei der Chausseeeinnehmerin als Kommerzienrätin, oder wie du wo willst« – »Ach du mein gar zu gutes Attelchen!« sagte sie. »Sondern« (fuhr ich fort) »ich werde auch korrespondierendes Mitglied verschiedner besten gelehrten Gesellschaften in verschiedenen besten Hauptstädten (worunter ich bloß zu wählen habe), und zwar kein gemeines wirkliches Mitglied, sondern ein ganzes *Ehren*-Mitglied; und dann streck' ich wieder dich als ein auf mir Ehrenmitglied wachsendes Ehrenmitglied aus.«

Verzeiht, Freunde, diesen Breiumschlag oder Täuschungs-Balsam für eine verwundete Brust, deren Blut zu rein und köstlich ist, als daß man es nicht mit allen möglichen Stillungs-Mitteln aus Spinnweben ins schöne Herz zurückzuschließen trachten sollte.

Jetzt kamen schöne, schönste Stunden. Ich hatte die Zeit besiegt wie mich und Berga; selten beseligt, so wie ich, ein Sieger zugleich die überwindende und die überwundene Partei. Berga holte ihren alten Himmel zurück und zog die staubigen Stiefel aus und blumige Schuhe an. Köstlicher Morgentrunk! Wie berauscht ein liebendes Herz! Ich spürte ordentlich (ist die niedere Rede-Blume erlaubt) ein Doppel-Bier von Mut in mir, seitdem ich ein Wesen mehr um mich zu beschirmen hatte. Überhaupt werd' ich – was der treffliche General nicht ganz zu wissen scheint – nicht wie andere durch Mutige mutiger, sondern am stärksten durch Hasen, weil an mir das schlechte Beispiel sich zum Widerspiel umdreht. Kleine Pinselstriche mögen hier Mann und Frau mehr abschatten als verschatten! Als der nette Kellner mit der grün-seidenen Schürze Morgenbrezeln heraufbrachte – weil ich gesagt hatte: Johann, zwei Portionen! –, so sagte sie zu ihm: er verbände sie sehr damit, und hieß ihn *Herr* Johann. –

Bergelchen – mehr in Marktflecken als Hauptstädten aufgewachsen – wurde ordentlich bestürzt über die Kaffeebretter, Waschtische, Papiertapeten, Wandleuchter, alabasterne Schreibzeuge mit ägyptischen Sinnbildern und über den vergoldeten Klingel-Drahts-Knopf, den ja jeder abdrehen und einstecken konnte. Daher hatte sie nicht den Mut, durch den Saal voll Kron-

15) Nach Ähnlichkeit der schön polierten englischen Einlegmesser gibts auch Einleg-Kriegsschwerter oder – mit andern Worten – Friedensschlüsse.

13) Omnibus una *salus* sanctis, sed *gloria* dispar; das heißt – schrieben sonst die Gottesgelehrten – nach Paulus haben wir im Himmel alle *dieselbe Seligkeit*, aber verschiedene *Ruhm-Stufen*. Schon auf der Erde finden wir im Himmel der Schriftstellerwelt ein Vorbild davon. Nämlich die *Seligkeit* der von der Kritik seliggesprochenen Autoren, der genialen, der guten, der

leuchter zu gehen, bloß weil ein pfeifender vornehmer Federhut darin auf- und abspazierte. Ja ihrem armen Herzen wurde ordentlich die Brust zur Schnürbrust, wenn sie zum Fenster hinaus auf so viele geputzte und fahrende Städter guckte (ich pfiff frisch ein gaskonisches Liedchen darunter hinein) – und wenn sie daran dachte, wie sie nachher samt mir mitten durch dieses blendende Vorzimmer-Gewühl brechen müßte. Hier verfangen Schlüsse noch weniger als Beispiele. Ich wollte mein Bergelchen durch einige meiner nächtlichen Traum-Gigantesken heben – z. B. durch die, daß ich, auf einem Walfisch reitend, mit einer Dreizacks-Gabel drei Adler gespießet und gespeist, und durch mehr dergleichen –; aber ich machte keinen Effekt, vielleicht weil ich eben dadurch dem furchtsamen Frauenherzen das Schlachtfeld näher als den Sieger, den Abgrund näher als den Springer darüber vor das Auge geschoben.

Jetzt wurde mir ein Pack Zeitungen gebracht voll lauter kräftigster Siege. Obgleich diese nur auf der einen Seite vorfallen und auf der andern ebenso viele Niederlagen vorkommen: so verquicken doch jene sich mehr mit meinem Blute als diese und flößen mir – wie sonst Schillers Räuber – eine wunderbare Neigung ein, irgend jemand auf der Stelle zu dreschen und zu fegen. Unglücklicherweise für den Kellner hatte dieser sich eben, wie ein Heer, dreimalige Klingel-Ordre zum Marsche geben lassen, bevor er sich mobil und herauf gemacht. »Herr!« – fing ich an, den Kopf voll Schlachtfelder und den Arm voll Triebe, ihn abzuklopfen, und Berga fürchtete alles, da ich das ihr bekannte Zorn- und Alarmzeichen gab, nämlich die Mütze hinten am Hinterkopfe in die Höhe stieß – »ist das Manier gegen Gäste? Warum kommt Er nicht prompt? Komm' Er mir nicht wieder so, und geh' Er, Freund!« – Ungeachtet sein Rückzug mein Sieg war, so kanonierte ich doch noch auf der Walstatt lebhaft fort und feuerte desto lauter (er sollt' es hören), je mehrere Treppen er hinuntergeflogen. Bergelchen – die sich ganz entsetzte über mein Ergrimmen, zumal in einem ganz fremden Hause und über einen vornehmen Putzbengel mit Seidenschurz – suchte alle ihre sanften Worte hervor gegen wilde einer Kriegsgurgel und gab mir

mittelmäßigen, der geistesarmen, ist bei allen die nämliche, sie machen sämtlich im ganzen fast einerlei Kameral-*Glück*, denselben schwachen Profit. Aber Himmel, was hingegen *Nach-Ruhm-Staffeln* anlangt, wie tief wird nicht – ungeachtet des nämlichen Honorars und Absatzes – schon bei Lebzeiten ein sogenannter Duns unter ein Genie hinabgestellt! – Wird nicht oft ein geistesarmer Autor in *einer* Messe vergessen, indes ein geistreicher oder gar ein genialer durch fünfzig Messen durchblüht und so erst sein 25jähriges Jubiläum feiert, bevor er spät vergessen untergeht und im deutschen Ruhmtempel eingesenkt wird, der die bekannte Eigenheit der Kirchen des Ordens der Padri Lucchesi in Neapel nachahmt, welche bekanntlich (nach Volkmann) unter ihrem Dache eine *Begräbnisstätte*, aber kein *Denkmal* darauf verstatten?

Gefahren zu bedenken. »Gefahren«, versetzt' ich, »wünscht' ich ja eben, nur gibts keine für den Mann, stets wird er ihnen entweder obsiegen oder entspringen, entweder die Stirn bieten oder den Rücken.« –

Ich konnte kaum aufhören, mich zu erbittern, so süß war mirs und so sehr fühlt' ich mich vom Zornfeuer erfrischt und in der Brust wie von einem Geierfelle lind geheizt. Es gehört auch allerdings unter die unerkannten Wohltaten – worüber man sonst predigte –, daß man nie mehr in seinem Himmel und Monplaisir (ein Lustschloß) ist als so recht im Toben und Grimm. Himmel, was könnte nicht ein gewichtiger Mann darin versuchen? Die Gallenblase ist ja für uns die größte Schwimmblase und Montgolfiere, die uns nichts kostet als ein paar fremde teils Schimpfworte, teils Dummheiten. Und hat denn nicht der einstürmende Luther, mit dem ich mich auf keine Weise vergleiche, in seinen Tischreden bekannt: er predige, singe, bete nie so gut als im Zorn? – Wahrlich, er allein reichte hin, manchen zum Zorne zu reizen.

Nun wurde der ganze Vormittags-Morgen mit Beschauen und Behandeln verbracht; und zwar am längsten in der breiten Gasse unseres Hotels. Berga sollte sich erst ins Markt-Gedränge einschießen; sie sollte erst einsehen, daß sie mehr »nach der Modi«, mit ihr zu reden, aufgeschmückt sei als hundert andere ihres Un-Gleichen. Aber bald vergaß sie über den Haushalt den Anputz und auf dem Töpfermarkte den Nachttisch.

Ich meines Ortes spielte bloß, während ich voll echter Langweile sie auf ihren Marktplätzen voll langen Hinab-Hinaufhandelns umhergeleitete, in mir den verborgnen Weltweisen; ich wog das leere Leben und das schwere Gewicht, das man darauf legt, und die tägliche Angst des Menschen, daß dasselbe, diese leichteste Flaumfeder der Erde, davonfliege und ihn befiedere und mitnehme. Diese Gedanken verdank' ich vielleicht den Straßenbuben, die ihre Meßfreiheit dazu anlegten, daß sie auf einander um mich her mit Steinen feuerten; ich dachte mich nämlich dabei lebhaft in einen Mann hinein, der nie im Krieg gewesen und der also, da er nicht selber erfahren, daß oft tausend Kugeln keinen einzigen treffen, von so wenigen Steinwürfen doch besorgt, daß sie ihm Nase und Auge einschießen. O das Schlachtfeld allein säet, düngt und bildet Mut, sogar gegen die täglichen, häuslichen und kleinsten Gefahren. Denn erst, wenn er aus dem Schlachtfeld kommt, da

79) Schwache und verschobene Köpfe verschieben und verändern sich am wenigsten wieder; und ihr innerer Mensch kleidet sich sparsam um; ebenso mausern Kapaune sich nie.

89) Die Alten heilten sich im Zeiten-Unglück mit Philosophie oder mit Christentum; die Neuern aber, z. B. in der Schreckenszeit, griffen zur Wollust, wie etwa der verwundete Büffel sich zur Kur und zum Verband im Schlamme wälzt.

108) Verwundert las ich, der Gruß im Gotthardstal sei: Allegro! – Denn nie wurd' ich in Wetzlar, in Regensburg oder Wien anders gegrüßt als:

singt und kanoniert der Mensch, dem Kanarienvogel gleich, der, obwohl so melodisch, so scheu, so klein, so zart, so einsam, so weichfederig, gleichwohl dahin abzurichten ist, daß er Kanonen – wenn auch von kleinerem Kaliber – abfeuert.

Nach dem Mittags-Essen (auf unserem Zimmer) kamen wir aus dem Fegfeuer des Meßgetümmels, wo Berga an jeder Bude etwas zu bestellen und ihrer Nachtreterin etwas aufzuladen hatte, endlich im Himmel an, in der sogenannten Hunde-Wirtschaft, wie das beste Flätzer Wirts- und Lust-Haus außer der Stadt sich nennt, wo Messens-Zeiten Hunderte einkehren, um Tausende vorbeigehn zu sehen. Schon unterwegs wuchs meinem Weibchen als meinem Ellenbogen-Efeu dermaßen der Mut, daß sie unter dem Tore, wo ich mich, da nach der bekannten militärischen Prozeßordnung nicht *nahe* an der Schildwache vorübergegangen werden darf, deshalb auf die entgegengesetzte Seite hinwarf, ruhig dicht am Schieß- und Stech-Gewehr der Torwache vorüberstrich. Draußen konnt' ich ihr den umketteten, vergitterten, riesenhaften, schon außen mit Treppen aufsteigenden Schabackers-Palast mit Fingern zeigen, worin ich gestern gehauset und (vielleicht) gestürmt; »lieber den Riesen möcht' ich begucken«, sagte sie, »und den Zwergen; zu was sind wir denn mit ihnen unter *einem* Dach?«

Im Lusthause selber fanden wir hinlängliche Lust, umrungen von blühenden Gesichtern und Auen. Da setzt' ich mich heimlich in einem fort über Schabackers Refus mit Erfolg hinweg und machte mir überhaupt bis gegen Mitternacht einen guten Tag; ich hatt' ihn verdient, Berga noch mehr. Gleichwohl sollt' ich noch nachts um 1 Uhr eine Windmühle zu berennen bekommen, die freilich mit etwas längern, stärkern und mehreren Armen schlägt als ein Riese, wofür Don Quixote eine solche Mühle gern angesehen hätte. Ich lasse nämlich auf dem Marktplatz aus Gründen, die sich leichter denken als sagen, Bergelchen um einige zwanzig Schritte vorausgehen und begebe mich aus *gedachten* Gründen ohne Arg hinter eine versteckte Bude, die wohl die Silberhütte und der Silberschrank eines rohen Krämers sein mochte, und verweile davor natürlich nach Umständen: – sieh, kommt daher gerudert mit Spieß und Speer der Budenwächter und münzt und prägt mich so unversehends und unbesehen zu einem Schnapphahn und Raubfisch seiner Buden-Gassen aus, obgleich der schwache Kopf nichts weiter sieht, daß ich in einer Ecke stehe und nichts weniger tue als – nehmen. Ein Ehrgefühl ohne Kallus ist für solche Angriffe niemals abgestumpft. Nur aber, wie war einem Manne, der nichts im Kopfe hat – höchstens jetzt Bier statt Hirn –, in der Nachmitternacht Licht zu geben? –

Andante di molto! – zuweilen jedoch: Allegro ma non troppo! – Ja alte Generale grüßten sich oft: Poco vivace. – Ich erkläre mir es daher, daß der Deutsche, wenn alle Völker die *Füße* und Schuhe zu ihren Maßen nehmen, lieber mit Sessions-*Steißen* und Hosen abmißt.

Ich verhehle mein Wag-Mittel nicht: ich griff zum Fuchsschwanz, ich spiegelte ihm nämlich vor, ich hätte einen sogenannten Hieb und wüßte in der Betrunkenheit mich schlecht zu finden und zu halten – ich spielte daher alles nach, was mir aus diesem Fache zu Gesicht gekommen, schwankte hin und her, setzte die Füße tanzmeisterlich auswärts, geriet in Zickzacke hinein bei allem Aussegeln nach gerader Linie, ja ich stieß meinen guten Kopf (vielleicht einen der hellsten und leersten der Nacht) als einen vollen gegen wahre Pfosten – –

Gleichwohl sah der Buden-Vogt, der vielleicht öfter betrunken gewesen als ich und die Zeichen besser kannte, oder der es gar selber in dieser Stunde war, die ganze Verstellung für bloßes Blendwerk an und schrie entsetzlich: »Halt, Strauchdieb, du hast keinen Haarbeutel, du Windbeutel bist ja noch weniger besoffen als ich! – Wir kennen uns wohl länger. Steh! Ich komm' dir nach. Willt du im Markt deine Diebsfinger haben? – Steh, Hund, oder ich forciere dich!«

Man sieht hier seinen ganzen Zustand; ich entsprang zickzackig zwischen den Buden diesem rohen Trunkenbolde, so eilig als ich konnte; dennoch humpelte er mir nach. Aber meine Teutoberga, die einiges gehört, rannte zurück, faßte den betrunkenen Markt-Portier beim Kragen und sagte, obwohl (nach Dorfweise) zu schreiend: »Dummer Mann, schlaf' Er seinen Rausch aus, oder ich zeig's Ihm! Weiß Er denn, wen Er vor sich hat? Meinen Mann, den Feldprediger Schmelzle unter dem Herrn General und Minister von Schabacker bei Pimpelstadt, Er Narr! Pfui, schäm' Er sich, Kerl!« Der Wächter brummte: »Nichts für ungut!« und taumelte davon. »O, du Löwin,« sagt' ich im Liebes-Rausch, »warum bist du in keiner Todesgefahr, damit ich dir nun den Löwen zeigte als Gemahl!«

So gelangten wir beide liebend nach Hause; und ich hätte vielleicht zum schönen Tage noch den Nachsommer einer herrlichen Nachmitternacht erlebt, hätte mich nicht der Teufel über Lichtenbergs neunten Band, und zwar auf die 206te Seite geführet, wo dieses steht: »Es wäre doch möglich, daß einmal unsere Chemiker auf ein Mittel gerieten, unsere Luft plötzlich zu zersetzen durch eine Art von Ferment. So könnte die Welt untergehen.« Ach, ja wahrlich! Da die Erdkugel in der größern Luftkugel eingekapselt steckt: so erfinde bloß ein chemischer Spitzbube auf irgendeiner fernsten Spitzbubeninsel oder in Neuholland ein Zersetz-Mittel für die Luft, dem

181) Gott sei Dank, daß wir nirgends ewig leben als in der Hölle oder im Himmel; auf der Erde würden sonst wahre Spitzbuben aus uns und die Welt ein Haus von Unheilbaren, aus Mangel der Kurschmiede (der Scharfrichter) und der ableitenden Haarseile (am Galgen) und der Ekel- und Eisenkuren (auf Richtstätten). So daß wir also wirklich unsere sittliche Riesenkraft gerade so auf der *Schuld* der *Natur*, die wir zu bezahlen haben, beruhend finden, als die Politiker (z. B. der Verfasser des neuen Leviathans) die Übermacht der Engländer auf deren *Nationalschuld* gestützt erweisen.

ähnlich, was etwa ein Feuerfunke für einen Pulverkarren ist: in wenig Stunden packt mich und uns in Flätz der ungeheuere herschnaubende Weltsturm bei der Gurgel, mein Atemholen und dergleichen ist in der Erstick-Luft vorbei und alles überhaupt – Die Erde ist ein großer Rabenstein mit Galgen geworden, wo sogar das Vieh krepieret – Wurm- und Wanzenmittel, Bradleysche Ameisenpflüge und Rattenpulver und Wolfstreiben und Viehsterbekassen sind im Welt-Schwaden, im Welt-Sterb dann nicht sonderlich mehr vonnöten, und der Teufel hat alles geholt in der Bartholomäus-Nacht, wo man das verfluchte »Ferment« zufällig erfunden.

Indes verbarg ich der treuen Seele jeden Todes-Nacht-Gedanken, da sie mich doch entweder nur schmerzlich nachempfunden oder gar lustig ausgelacht hätte. Ich befahl bloß, daß sie am Morgen (des Sonnabends) für die zurückkehrende Landkutsche fertig und gestiefelt daständе, sollt' ich anders ihren Wünschen gemäß an die Überschwängerung mit Räten, die ihr so am Herzen lag, früh genug kommen. Sie war so freudig meiner Meinung, daß sie gern den Jahrmarkt aufgab. Auch ruht' ich ruhig, mit der Fußzehe an ihre Finger geknüpft, die ganze Nacht hindurch.

Der Dragoner nahm und zupfte mich am Morgen heimlich beim Ohre und sagte mir in dasselbe hinein, er habe ein lustiges Meßgeschenk für seine Schwester vor und reite deshalb auf seinem gestern vom Roßtäuscher eingetauschten Rappen etwas früher voraus. Ich bot ihm meinen Vor-Dank.

Am Morgen lief jeder lustig vom Stapel, ausgenommen ich; denn ich behielt noch immer, auch vor dem besten Morgenrote, das nächtliche Teufels-Ferment und Zersetz-Mittel meiner Gehirn-Kugel sowohl als der Erd-Kugel gärend im Kopfe; ein Beweis, daß die Nacht mich und meine Furcht

63) Die, welche vom Völker-Lichte Gefahren befürchten, gleichen denen, die besorgen, der Blitz schlag' ins Haus, weil es *Fenster* hat; da er doch nie durch diese, sondern nur durch deren *Blei*-Einfassung fährt oder an der *Rauchwolke* des Schornsteins herab.

76) Die ökonomische, predigende Poesie glaubt wahrscheinlich, ein chirurgischer Steinschneider sei ein artistischer; und eine Kanzel oder ein Sinai sei ein Musenberg.

115) Nach Smith ist die *Arbeit* der allgemeine Maßstab des kameralen Werts. Dies haben aber, wenigstens in Bezug auf geistigen und poetischen Wert, die Deutschen noch früher eingesehen und meines Wissens stets den gelehrten Dichter über den genialen und das schwere Buch voll Arbeit über das flatternde voll Spiel gesetzt.

4) Der Heuchler kehret die alte Methode, wornach man mit einem nur an einer Schneiden-Seite vergifteten Messer die Frucht zerschnitt und die damit geätzte Hälfte dem Opfer hinreichte und die gesunde zweite selber aß, so uneigennützig gegen sich selber um, daß er gerade die gute moralische Hälfte und Seite dem andern zeigt und gibt und nur sich die giftige vorbehält. Himmel, wie schlecht erscheint einem solchen Manne gegenüber der Teufel!

gar nichts hatte übertreiben lassen. Der mir verdrüßliche blinde Passagier setzte sich auch wieder ein und sah mich wie gewöhnlich an, doch ohne Effekt; denn diesmal, wo ich Welt-Umwälzungen, nicht bloß die meinigen, im Kopfe hatte, war mir der Passagier mehr ein Spaß und Spuk; da niemand unter Fuß-Absägen das Herz-Gespann verspürt oder unter dem Summen der Kanonen sich gegen das der Wespen wehrt, ebenso konnte mir ein Passagier mit allen Brandbriefen, die etwa sein verdächtiges Gesicht in meine nahe oder späte Zukunft wirft, bloß lächerlich zu einer Zeit vorkommen, wo ich bedachte, das »Ferment« könne ja mitten auf meinem Wege von Flätz nach Neusattel von irgendeinem Amerikas-, Europas-Manne, der ganz unschuldig versucht und versetzt, zufällig erfunden und losgelassen werden. Die Frage, ja Preisfrage wäre aber nun, inwiefern es seit Lichtenbergs Drohung nicht etwa welt- und selbst-mörderisch aussieht, wenn aufgeklärte Potentaten scheidekünstlerischer Völker es nicht ihren Scheidekünstlern, die so leicht Leib von Seele scheiden und Erde mit Himmel gatten, auferlegen, keine andere chemische Versuche zu machen als die schon gemachten, die doch bisher den Staaten weit mehr genützt als geschadet.

Leider blieb ich in diesen jüngsten Tag des Ferments mit allen Sinnen versunken, ohne auf der ganzen Rückreise nach Neusattel mehr zu erleben

66) Wenn die Bemerkung des Verfassers der *Glossen* richtig ist, daß die Postmeister in den *größern* Ländern zugleich auch die *gröbern* sind: so hat Napoleon, der viele kleine Länder zu *einem* großen korinthischen Erze zusammen schmolz und brannte, die Postmeister und Posthalter, z. B. im höflichen Sachsen, gewiß nicht noch höflicher gemacht, sondern sie eher aus der Komplimentierschule herausgeschickt. Was sie indes an Höflichkeit verloren, gewinnen sie vielleicht in Briefporto wieder, da ich mir nicht denken kann, daß der Kardinal-Protettore del S. Imperio, dessen Briefe bekanntlich sonst alle *postfrei* durch das heilige römische Reich gelaufen, nicht jetzt alles frankieren sollte, was er etwa zu melden hat.

67) Einzelne Seelen, ja Staatskörper gleichen organischen Körpern: zieht man aus ihnen die *innere* Luft heraus, so erquetscht sie der Dunstkreis; pumpt man unter der Glocke die *äußere* widerstehende hinweg: so schwellen sie von innerer über und zerplatzen. Demnach behalte jeder Staat innern und äußern Widerstand zugleich.

19) Mehr als ein Schriftsteller hat es hinter Hermes nach versucht, das Beispiel der Gattinnen und Ärzte, welche einem Trunkenbold das Lieblingsgetränk auf immer durch einen eingeschwärzten krepierten Frosch oder durch Brechweinstein zu verleiden wußten, nachzuahmen und auf ähnliche Weise dem heißhungrigen Romanen-Leser den Roman durch häufige in denselben eingebrockte Predigten, Moralien und Langeweilen (dergleichen sollte krepierte Frösche vorstellen) dermaßen zu versalzen und zu verekeln, daß er dann nach keinem Romane mehr griffe – – Aber der Ekel verfing wenig; und Hermesen selber glückt' es am wenigsten; eher noch seinen Nachfolgern, bei denen der Wein sich weniger im Geschmacke von dem Brechwein unterschied, den sie dazu gegossen.

und zu bemerken, als daß ich daselbst ankam, wo ich zugleich wieder den blinden Passagier seines Weges gehen sah.

Nur mein Bergelchen schauete ich in einem fort unterwegs an, teils um sie noch so lange zu sehen, als Leben und Augen dauern, teils um auch bei kleinster Gefahr derselben, es sei nun eine große oder gar ein ganzes hereinstürzendes Goldau und verzehrendes Welt-Gericht, wenn nicht *für* sie, doch *an* ihr zu sterben und so verknüpft mit ihr ein geplagtes und plagendes Leben hinzuwerfen, worin ihr ohnehin nicht die Hälfte meiner Wünsche für sie erfüllt geworden.

So wäre denn meine Reise an sich vollendet – gekrönt mit einigen Historiolen – vielleicht künftig noch belohnter durch euch, ihr Freunde um Flätz herum, wenn ihr darin etwa einige gut geschliffne Jätemesser finden solltet, womit ihr leichter das Lügen-Unkraut ausreutet, das mich bis jetzt dem wackern Schabacker verbauet – – Nur sitzt mir noch das verfluchte Ferment im Kopfe. Lebt denn wohl, solang' es noch Atmosphären einzuatmen gibt. Ich wollt', ich hätte mir das Ferment aus dem Kopfe geschlagen.

Euer

Attila Schmelzle.

N. S. Mein Schwager hat seine Sache ganz gut gemacht, und Berga tanzt. Künftig das Nähere! – –

8) In großen Sälen wird der wahre Ofen in einen zierlichen Schein-Ofen verlarvt; so ist es schicklich und zierlich, daß sich die jungfräuliche *Liebe* immer in eine schöne jungfräuliche *Freundschaft* verberge.

12) Die Völker lassen – als Widerspiele der Ströme, die in der Ebene und Ruhe am meisten das Unreine niederschlagen – gerade nur im stärksten Bewegen das Schlechte fallen, und sie werden desto schmutziger, je länger sie in trägen platten Flächen weiter schleichen.

23) Wenn die Natur das alte große Erdenrund, den Erden-Laib, von neuem durchknetet, um unter diesen Pasteten-Deckel neue Gefüllsel und Zwerge hineinzubacken: so gibt sie meistens, wie eine backende Mutter ihrem Töchterchen, zum Scherze etwas weniges Pastetenteig davon (ein paar tausend Quadratmeilen solchen Teigs sind genug für ein Kind) irgendeiner Dichter- oder Weisen- oder Heldenseele ab, damit das kleine Ding doch auch etwas auszuformen und aufzustellen habe neben der Mutter. Bekommen dann die Geschwister etwas vom Gebäcke des Schwesterchens: so klopfen sie alle in die Hände und rufen: Mutter, kannst du auch so braten wie *Viktoriechen*?

104) Der unendliche Ton- und Feuer- und Bewegungs-Geist wollte, nachdem er ewig lange nichts gesehen als im innern Spiegel sein donnerndes, flammendes, fliegendes Bild, endlich einmal auch ein schönes *Still-Leben* malen und schaffen; – sieh, da hatt' er auf einmal das *Universum* gemacht, aber noch immer hängt das Still-Leben vor Gott, und er scheint es gern anzusehen, das All.

Beichte des Teufels bei einem grossen Staatsbedienten

Ich hatte vor mehreren Jahren das Glück, einen Staatsmann von Belesenheit, von noch mehr Witz, noch stärkerer Phantasie und stärkster Hypochondrie zu kennen und aus seinem Munde die eingebildete Beichte zu erfahren. Seitdem mußte der kränkelnde Beichtvater mit Tod abgehen – wohin, weiß man nicht, falls nicht der Beichtsohn ihn aus Achtung zu sich abgeholt. Der brave Beichtiger wird im folgenden Beichtzettel nur unter dem Namen »unbescholtener Staatsbediente« aufgeführt, da wohl jeder, der ihn persönlich kennt, den Namen ergänzt.

Der Kardinal Richelieu hatte, wie bekannt, seine Stunden, wo er sich für ein Pferd ansah und wie eines trabte und ansprang und so weiter; kam er wieder zu sich, so wußte er freilich am ersten, wen er dafür zu halten habe, welches Land für sein Trauer-, Pack- und Lehn-Pferd, und welches für sein Freuden- und Paradepferd. In der medizinischen und politischen Geschichte erscheinen dergleichen sieche Staatsmänner voll fixer Ideen häufig. Darunter gehörte nun der gedachte Beichtvater des Teufels, der unbescholtne Staatsmann, ebenfalls; langes Sitzen am Sessions- und Schreibtisch und an deren Nachtischen, dem Eß-, Trink- und Spieltisch, und am Ende gar der Abschied und die Ungnade hatten dem Manne vermittelst des Körpers mehr Verstand genommen, als wenige besitzen, und ihn zuletzt ganz toll über andere gemacht, und dann toll in und für sich selber.

Schon eh' der Verfasser dieses – der, nach neuerer Wort-Spiel-Sucht zu reden, die Beichte einer Beichte beichtet – das Nähere durch den Staatsmann selber erfuhr, kam es früheren Bekannten desselben bedenklich vor, daß er das Talent des mailändischen Arztes *Cardan* besessen, im Finstern jede Gestalt nicht so wohl erblicken zu lassen – was sich mit einem gesunden Staatsmann weit eher vertrüge – als die selber zu erblicken, die er eben sehen und erdichten wollte. Wie oft sah er im Schwarzen der Nacht Schwarze der Goldküste und beklagte seinen – Magen!

Darauf geriet der – außen plagende, innen geplagte – Mann nach langem Lesen von Legenden um die Goldstücke oder Münz-Köpfe endlich aufs Lesen der Legenden um die Nimbus- und Glorien-Köpfe.

Wer nun von uns die Legende des Jakobs de Voragine, wie er, in Händen gehabt, erinnert sich leicht daraus, daß die heilige Margaretha den Teufel, der zu ihr (gewiß in keiner frommen Absicht) gekommen war, so lange abprügelte, bis sie ihn dahin brachte, vor ihr seine Ohrenbeichte abzulegen. Sehr weiche Seelen kann vielleicht der Beichtsohn, der Teufel, dauern, der früher zur Pönitenz als zur Beichte kam, wie man einen Angeklagten stets früher auf die Folter als zum Bekenntnis bringt; aber der Pein-Rechts-Lehrer weiß, daß man sogar geringe Verbrecher oft, wie durch elektrische Peitschen, um Wahrheits-Funken halbtot schlagen muß, bis man nur so viel *Licht* in der Sache bekommt, daß man sie halb lebendig lassen kann.

Wir kommen auf den unbescholtnen Staatsmann zurück. Einst am Vigilien-Abende seines Geburtsfestes fühlte er sich ungewöhnlich krank und fromm – das Wiegenfest brachte ihn aufs Sargfest – der Schluß, man sterbe am letzten Tag seines eignen Jahres leicht, weil man am ersten desselben geboren worden, leuchtete ihm ein – seinen Tod und den Teufel dacht' er sich immer gern beisammen – seine Gabe, im Finstern Beliebiges zu ersehen, wurde reger durch die Scheu davor – – nach so vielen Angst-Gedanken fiel er endlich gar auf die Knie, um womöglich ins Beten zu geraten.

Da erschien ihm der Teufel – anständig gekleidet, nämlich (wie es der unbescholtene Staatsbediente auch war) ganz schwarz, als geh' er in Gesellschaft oder an den Hof oder zur Beichte – ein schwacher Ordensstern in Form des Morgensterns oder Luzifers verzierte den dunkeln Brust-Grund ganz artig – Horn, Huf und Schwanz fehlten natürlich als zu schwerfällige Krönungs-Insignien, die jeder Fürst überall am Traualtar und Beichtstuhl wegläßt – kurz der Teufel konnte sich im ganzen sehen lassen.

Der große Staats- und Hofbediente, der ihn leicht erkannte, aber zum Schein, als ob er ihn für etwas Besseres hielte, auf den Knien verblieb, fragte verbindlich, wen er so spät um 12 Uhr das Glück habe, vor sich zu sehen. –

Der Teufel verbeugte sich und hob – weil er einen so ernsten, schwarzen, tonsurierten und knienden Mann am leichtesten für einen Beichtvater halten konnte – an, wie folgt:

»Ehrwürdiger lieber Herr, ich bekenne gern vor euch, daß ich zwar ein Teufel, aber kein sonderlicher Heiliger bin, sondern nur der beigeordnete Genius eines Staatsmännchens, das ich so und so geleitet habe. Übrigens bin ich so gut wie die beste Welt und lasse mich finden. Freilich hat meine Großmutter von ihrem siebenten bis in ihr 18tes Jahrhundert (nach *Voigts* Berechnung) neun Millionen Hexen ins Scheiterhaufenfeuer gelockt und sie zu Pulver gebraten für ihre Zähne; wiewohl sie sich darüber leicht mit ihrer Vorliebe für das weibliche Geschlecht entschuldigt, das, wie sie sagt, von niemand so sehr gehasset werde als von Weibern, sogar von alten. Indes war die Gute früher bei Jahren als Eva und ich. Ihr Mann, mein guter Großvater, zündete eintausendachthundertundsieben Kriegsfeuer an, um sich warm zu halten durchs Kalt-Machen der andern. Sein Enkel, ich, hat durch das große Staatsmännchen, dessen chevalier d'honneur et d'atour ich bin, bloß drei Sukzessions-Kriege und anderthalbe Antezessions-Kriege angezündet und gewiß mehr nicht; denn seine Zünd-Rute, der Fürst, war gar zu kurz; – und so geh' ich denn zur Beichte meiner Sünden, die ich weniger begangen als eingegeben, nicht ohne jenes Bewußtsein von Unschuld über, das ein armer Teufel wohl mehr braucht als irgendein anderer.

Ich bekenne, ehrwürdiger, an Gottes Statt hieher gesetzter Herr, daß ich nach der leider wankelmütigen und vielleicht nicht ganz unverdorbnen Natur der Teufel mein Staatsmännchen zu leidlichen Verführungen seines Fürsten verführet habe. Es war aber nicht eine Versuchung in der Wüste, sondern eine in der Gesellschaft. In der Tat bekam das große Staatsmännchen bald – so wie Muhammed die fallende Sucht – eine steigende und benutzte sie, wie der Prophet seine, erträglich; er stieg wie gute Falken, um zu stoßen. Wenn der Teufel (nach Luther) Gottes Affe ist, so konnt das Staatsmännchen bei seinem Fürsten als dem göttlichen Ebenbilde schon nichts weiter werden als das Affen-Äffchen.

Ich und das Männchen fanden bald Gründe, warum, wenn nach dem römischen Rechte sogar für den natürlichen Vater die Kinder nur Sachen, aber keine Personen sind, sich dies noch mehr für den Landesvater und dessen Landeskinder reflektiere; dies brachte auf mehr Schlüsse. Da nach den Rechten ohnehin kein Vertrag präsumiert wird, schlossen wir beide, so gilts am stärksten vom wichtigen contrat social; viel lieber gelte ein Völkerrecht als das Volksrecht, sagten wir drei.

Ich bekenne wohl, ehrwürdiger Herr, daß ich freilich durch den Staatsmann den Hof-Zucker, wie jeden Zucker, durch Kriegs-Blut abklärte und raffinierte. Doch wollt' ich mich entschuldigen, wollt' ich nicht gerade beichten. Gewiß die meisten Opern, Kriege, Jagden und Konzerte wurden bloß zum Besten der Armen gegeben, welche dabei augenscheinlich gewannen an Zahl oder Bevölkerung – ich sorgte durch ihn für die klügere Stimmen-Minderzahl, so daß die gemeine Mehrzahl nichts im Leibe hatte als den Magen – wir beiden ließen gegen drei Dichter, die verhungerten, stets *einen* Kastraten ersticken an Fett, der sie ab- und nachsang und ersetzte – und wenn wir gerade den Hauptsachen ihren faulen Gang zuließen, so geschah es gewiß nur in der Überzeugung, wie schwer ein Mensch zu bessern ist, geschweige ein Land, da man jenen wie eine Saite zu spannen, dieses aber wie eine Glocke gar einzuschmelzen und umzugießen hat, will man sie in einen andern Ton umstimmen. Ich sage, ehrwürdiger Herr, dies könnt' ich sagen, wenn ich nicht beichten wollte.

Ich bekenne gern, daß ich den guten Staatsmann vielleicht mehr zur Habsucht angeleitet, als er oder ich wird entschuldigen mögen. Nur ists schwer anders zu machen; im höhern Stand teilen sich Verschwendung und Geiz in Vater und Sohn; jeder von beiden muß davon eine Rolle übernehmen; so wie entweder der Flachs dem Leindotter oder dieser jenem aufgeopfert werden muß. Wenn sonst in alten Zeiten der Teufel selber das Geld getragen brachte: so sieht er in den neuern – wo er seinen Freunden nicht anders erscheinen kann als unsichtbar in ihrem Ich in der Gestalt desselben – sich darauf eingeschränkt, daß er es ihnen bloß mit den Händen ihres eignen Leibes geben darf. Und so, ich bekenn' es, reichte ich meinem guten Prinzipal und Staatsbedienten viel, Rittergüter, Ehren- und Unehren-Posten und Bank-Kapitalien. Sein eigner Prinzipal, den er dabei einzuschläfern hatte, fand sich wie ein fett eingeschlafner Dachs bei dem Erwachen aus dem Winterschlafe abgemagert wieder; aber kann ein Fürst, den so vieles beunruhigt, die Ruhe des Schlafes zu teuer bezahlen, er, der das Land, d. h. einen Elefanten, als Schoß- und Lieblingstier tragen muß? – Das Gewissen des Staatsmanns war leichter in Ruhestand zu versetzen; er konnte solches, wie der Stockfisch seinen Magen, heraustun und ausleeren und dann wieder zurückschlucken und beladen; ja er bekehrte sich wöchentlich ein paar Mal und versicherte oft, falls er verdammt würde, so sei er so unschuldig als einer.«

Hier stutzte der Beichtvater des Teufels oder der unbescholtene Staatsbediente etwas und schüttelte bewegt den Kopf.

»Es ist aber Faktum«, fuhr der Beichtsohn fort. »Noch bekenn' ich, ehrwürdigster Pater, daß ich, sollte der Titel: Vater der Lügen der meinige bleiben, den Staatsmann zu meinem Sohne und Mantelkind und Erben an Sohnes Statt angenommen. Der *blaue Dunst*, den wir machten, ging als das größte Blaufarbenwerk im Lande. Indes blieb er stets ein Freund jeder andern Wahrhaftigkeit und haßte herzlich jede Lüge, die man ihm sagte; denn eben aus Liebe zu Wahrheiten behielt er die seinigen bei sich, wie der Kamtschadale den Tabakrauch aus Liebe zurückschluckt, und darum sollten andere die ihrigen vor ihm, wie Deutsche den Rauch, zum Genusse ausblasen und dadurch mitteilen. Dennoch hatte ein solcher Mann von Wort, von nichts als Wort und Worten bei vielen für zweideutig gegolten; ordentlich als wenn ein Mann keine Farbe hielte, der ja eben den ganzen Cour-Abend darauf sinnt, mehr als eine und jede zu haben und zu halten.

Noch eine und zwar die letzte Sünde, ehrwürdigster alter Pater, möcht' ich fast mit einer Spaßhaftigkeit beichten, die wohl zu groß für den Beicht-Stuhl, aber nicht für meine vorige Harlekins-Rolle im altdeutschen Lustspiel wäre; es betrifft sogenanntes Geschlecht. Was vom vorigen Erobern der Besitzungen gilt, dies gilt wohl noch stärker vom Erobern der Besitzerinnen; kein Teufel erscheint einem Manne oder Weibe mehr körperlich als Suc- oder Incube, sondern er fährt in dessen Ich und verdoppelt dasselbe daselbst. Wie es nun jetzt immer zweiunddreißig natürliche Kinder (zum Glücke) gegen *einen* unnatürlichen Vater gibt: so hatte auch mein Staatsbedienter deren bloß in der Residenz 67, vielleicht nach der Zahl seiner Jahre. Die Landstädte und Dörfer waren für ihn Filiale oder Töchterkirchen.«

– Hier (versicherte mich der hypochondrische Staatsbediente) hab' er nicht mehr knien können im Beichtstuhl, sondern den Kopf erhoben, aber der Teufel habe sogleich seinen tiefer gesenkt und dann mit etwas Lächeln fortgefahren:

»Wie gesagt, Ehrwürdigster, das Staatsmännchen versah als flinker Altarist am Altare der schönsten Meergöttin, der nachherigen Hausfrau des Feuergottes, der nachhinkte, wenn sie vorschwamm, seinen Dienst ganz gut.

Sollt' ich wieder Schuld haben wie bei der Lüge: so führ' ich wieder an, daß er gleichwohl kein lauer, sondern ein so aufrichtiger Freund und Liebhaber jeder weiblichen Unschuld war, als nur der Gott der Nach-Paradiese der ersten Unschuld, nämlich der der Gärten, sein kann; denn jeder wahren Heiligen, beteuer' ich, setzte der Treffliche nach, bis in die Nonnenklöster hinein, ja eine heilige ewige Jungfrau hätte er ungeachtet seiner Staatslast täglich wie ein Nikodemus spät besucht und nur wie dieser den Heiligen-Schein vor den Pharisäern vermieden. Daß ich guter Teufel dies zuließ, ja unterstützte, legt, hoff' ich, Ehrwürdigster, wohl am besten meine Absicht dar und verringert vielleicht die Pönitenz, Pater! Bloße Reliquien einer Heiligen, die bekanntlich schon uns Teufel von jeher verjagten, solche bloße tote Knochen und Überbleibsel einer dahingeschiedenen Jungfrau zogen ihn niemals an, sondern machten ihn kalt; nur die Reinsten sollten sich vor ihm sehen lassen, und der Redliche sagte oft, sie seien gar nicht zu bezahlen, und klagte halb darüber. So sehr wußte er das jungfräuliche Herz zu schätzen, das (so sagt' er in einer passenden Bildnerei) wie ein neugebautes Schiff zum ersten Male in wahre Flammen aufschlägt, wenn es auf Walzen ins Weltmeer einrollt, indes es später im kalten Salz- und Seewasser nur in phosphoreszierenden Flammen zieht, die es weder macht noch teilt.

Was des Staatsmannes übernatürliche Kinder anlangt, um die paar ehelichen so zu nennen: so sorgte er eher zu viel und zu landesväterlich für sie und gab für sie das Land durch verschiedene Auflagen als eine in usum Delphini und Delphinorum heraus; was ich aber fremder Schätzung überlasse.« – Hier legte der Beichtvater oder Staatsbediente die Hand an den eignen Kopf anstatt auf den schuldvollen, der zu absolvieren war.

»Dies sind inzwischen meine Sünden,« fuhr der Teufel fort, »sowohl die großen als die größten. Aber ferne sei es von uns beiden, ehrwürdigster Vater, daß ich Sie, die Sie weder Tod- noch Mordsünden kennen, mit Ihrem sehr sichtbaren Schmerz über meine Beichte bestäche zu irgendeiner versüßten Pönitenz. – Nein! sondern ich will, um nur recht zu büßen, gerade von hier aus in einen frömmsten Leib und Geist – in Ihren fahren, Herr Pater!«

Weg war der Teufel; und die Ungewißheit seines Aufenthaltes setzte den unbescholtenen Staatsbedienten ordentlich in wahre Verlegenheit. »Es ist in jedem Falle sehr verdrüßlich, Bester,« – fuhr er fort gegen mich in jener hypochondrischen Zweideutigkeit, die vor andern sich gern in Mutmaßung verkleiden will – »wenn man nach einer so höchst dummen Vision sich in noch dümmern Stunden einbildet, man habe wirklich den Teufel im Leib, Vortrefflichster! Man wird irre an sich selber, wenn man den Exorzismus der Taufe sich sonach wie das Edikt von Nantes widerrufen denkt.«

Hier ergriff ich die Gelegenheit, dem unbescholtenen Staatsmann meine Achtung zu bezeigen durch meine leichte Erklärung seiner Erscheinung. Ich ersuchte ihn, sich bloß ähnliche Täuschungen aus Moritzens und fast aller

Seelenlehrer Magazinen zurückzurufen, worin die unleugbarsten Beispiele reden, daß viele kranke Menschen sich doppelt gesehen; in diesem Falle hab' er, fuhr ich fort, den Trost, daß er bloß sich selber für den Teufel genommen, und daß Beicht-Vater und Beicht-Sohn oder die Dreiheit von Staatsmännchen, Staatsbedienten und von dem aus beiden ausgehenden bösen Geist nur *ein* Wesen gewesen.

Der Greis sann etwas stark darüber nach; als ich aber ihn näher befragte, ob ihm das vermeinte Beichtkind etwas anderes bekannt, als was er schon gewußt, und ob er nicht selber über frappante Beziehungen stutzig geworden – und da ich ihm vorstellte, daß er Kraft und Witz und Scherz überflüssig besitze, um den Buffos-Charakter des Teufels in altchristlichen Mysterien jedesmal zu soutenieren und zu improvisieren – und als ich endlich bemerkte, daß nur die Finsternis ihn verhindert hätte, die Ähnlichkeit zwischen seiner und der teuflischen Gesichtsbildung wahrzunehmen: so fuhr der Greis, nach einem flüchtigen Überrechnen, wie erwachend aus einem schweren Traume, freudig nach meiner Hand und schüttelte sie mit den Worten: »Wahrlich, Freund, jetzt haben *Sie* absolviert, und zwar *mich*; aber wo hatt' ich meine Augen, Schönster!«

DR. KATZENBERGERS BADEREISE

ERSTE ABTEILUNG

1. Summula

Anstalten zur Badreise

»Ein Gelehrter, der den ersten Juli mit seiner Tochter in seinem Wagen mit eignen Pferden ins Bad *Maulbronn* abreiset, wünscht einige oder mehre Reisegesellschafter.« – Dieses ließ der verwittibte ausübende Arzt und anatomische Professor *Katzenberger* ins Wochenblatt setzen. Aber kein Mensch auf der ganzen Universität *Pira* (im Fürstentume Zäckingen) wollte mit ihm gern ein paar Tage unter *einem* Kutschenhimmel leben; jeder hatte seine Gründe – und diese bestanden alle darin, daß niemand mit ihm wohlfeil fuhr als zuweilen ein hinten aufgesprungener Gassenjunge; gleichsam als wäre der Doktor ein ansässiger Posträuber von innen, so sehr kelterte er muntere Reisegefährten durch Zu- und Vor- und Nachschüsse gewöhnlich dermaßen aus, daß sie nachher als lebhafte Köpfe schwuren, auf einem Eilboten-Pferde wollten sie wohlfeiler angekommen sein und auf einer Krüppelfuhre geschwinder.

Daß sich niemand als Wagen-Mitbelehnter meldete, war ihm als Mittelmanne herzlich einerlei, da er mit der Anzeige schon genug dadurch erreichte, daß mit ihm kein Bekannter von Rang umsonst mitfahren konnte. Er hatte nämlich eine besondere Kälte gegen Leute von höherem oder seinem Range und lud sie deshalb höchst ungern zu Diners, Gouters, Soupers ein und gab lieber keine; leichter besucht' er die ihrigen zur Strafe und ironisch; – denn er denke (sagte er) wohl von nichts gleichgültiger als von Ehren-Gastereien, und er wolle ebensogern à la Fourchette des Bajonetts gespeiset sein, als feurig wetteifern mit den Großen seiner Stadt im Gastieren, und er lege das Tischtuch lieber auf den Katzentisch. Nur einmal – und dies aus halbem Scherz – gab er ein Gouter oder Degouter, indem er um 5 Uhr einer Gesellschaft seiner verstorbnen Frau seinen Tee einnötigte, der Kamillen-Tee war. Man gebe ihm aber, sagte er, Lumpenpack, Aschenbrödel, Kotsassen, Soldaten auf Stelzfüßen: so wüßt' er, wem er gern zu geben habe; denn die Niedrigkeit und Armut sei eine hartnäckige Krankheit, zu deren Heilung Jahre gehören, eine Töpfer- oder Topf-Kolik, ein nachlassender Puls, eine fallende und galoppierende Schwindsucht, ein tägliches Fieber; – venienti aber, sage man, currite morbo, d. h. man gehe doch dem herkommenden Lumpen entgegen und schenk' ihm einen Heller, das treueste Geld, das kein Fürst sehr herabsetzen könne.

Bloß seine einzige Tochter *Theoda*, in der er ihres Feuers wegen als Vater und Witwer die vernachlässigte Mutter nachliebte, regte er häufig an, daß sie – um etwas Angenehmeres zu sehen als Professoren und Prosektoren – Teegesellschaften, und zwar die größten, einlud. Er drang ihr aber nicht eher diese Freude auf, als bis er durch Wetterglas, Wetterfisch und Fußreißen sich völlig gewiß gemacht, daß es gegen Abend stürme und gieße, so daß nachher nur die wenigen warmen Seelen kamen, die fahren konnten. Daher war Katzenbergers Einwilligen und Eingehen in einen Tee eine so untrügliche Prophezeiung des elenden Wetters als das Hinuntergehen des Laubfrosches ins Wasser. Auf diese Weise aber füllte er das liebende Herz der Tochter aus; denn diese mußte nun, nach dem närrischen Kontrapunkt und Marschreglement der weiblichen Visitenwelt, von jeder einzelnen, die nicht gekommen war, zum Gutmachen wieder eingeladen werden; und so konnte sie oft ganz umsonst um sieben verschiedne Teetische herumsitzen, mit dem Strumpf in der Hand. Indes erriet die Tochter den Vater bald und machte daher ihr Herz lieber bloß mit ihrer innersten einzigen Freundin *Bona* satt.

Auch für seine Person war Katzenberger kein Liebhaber von persönlichem Umgang mit Gästen: »Ich sehe eigentlich«, sagte er, »niemand gern bei mir, und meine besten Freunde wissen es und können es bezeugen, daß wir uns oft in Jahren nicht sehen; denn wer hat Zeit? – Ich gewiß nicht.« Wie wenig er gleichwohl geizig war, erhellt daraus, daß er sich für zu freigebig ansah. Das wissenschaftliche Licht verkalkte nämlich seine edeln Metalle und äscherte sie zu Papiergeld ein; denn in die Bücherschränke der Ärzte, besonders der Zergliederer, mit ihren Foliobänden und Kupferwerken leeren sich die Silberschränke aus, und er fragte einmal ärgerlich: »Warum kann das Pfarrer- und Poetenvolk allein für ein Lumpengeld sich sein gedrucktes Lumpenpapier einkaufen, das ich freilich kaum umsonst haben möchte?« – Wenn er vollends in schönen Phantasien sich des Pastors Göze Eingeweidewürmerkabinett ausmalte – und den himmlischen Abrahams-Schoß, auf dem er darin sitzen würde, wenn er ihn bezahlen könnte – und das ganze wissenschaftliche Arkadien in solchem Wurmkollegium, wovon er der Präsident wäre –, so kannte er, nach dem Verzichtleisten auf eine solche zu teuere Brautkammer physio- und pathologischer Schlüsse, nur ein noch schmerzlicheres und entschiedeneres, nämlich das Verzichtleisten auf des Berliner Walters Präparaten-Kabinett, für ihn ein kostbarer himmlischer Abrahams-Tisch, worauf Seife, Pech, Quecksilber, Öl und Terpentin und Weingeist in den feinsten Gefäßen von Gliedern aufgetragen wurden samt den besten trockensten Knochen dazu; was aber half dem anatomischen Manne alles träumerische Denken an ein solches Feld der Auferstehung (Klopstockisch zu singen), das doch nur ein König kaufen konnte? –

Der Doktor hielt sich daher mit Recht für freigebig, da er, was er seinem Munde und fremdem Munde abdarbte, nicht bloß einem teuern Menschen-Kadaver und lebendigen Hunde zum Zerschneiden zuwandte, sondern sogar auch seiner eignen Tochter zum Erfreuen, soweit es ging.

Diesmal ging es nun mit ihr nach dem Badorte Maulbronn, wohin er aber reisete, nicht um sich – oder sie – zu baden, oder um da sich zu belustigen, sondern sein Reisezweck war die

2. Summula

Reisezwecke

Katzenberger machte statt einer Lustreise eigentlich eine Geschäftsreise ins Bad, um da nämlich seinen Rezensenten beträchtlich auszuprügeln und ihn dabei mit Schmähungen an der Ehre anzugreifen, nämlich den Brunnen-Arzt *Strykius*, der seine drei bekannten Meisterwerke – den Thesaurus Haematologiae, die de monstris epistola, den fasciculus exercitationum in rabiem caninam anatomico-medico-curiosarum [1] – nicht nur in sieben Zeitungen, sondern auch in sieben Antworten oder Metakritiken auf seine Antikritiken überaus heruntergesetzt hatte.

Indes trieb ihn nicht bloß die Herausgabe und kritische Rezension, die er von dem Rezensenten selber durch neue Lesarten und Verbesserung der falschen vermittelst des Ausprügelns veranstalten wollte, nach Maulbronn, sondern er wollte auch auf seinen vier Rädern einer Gevatterschaft entkommen, deren bloße Verheißung ihm schon Drohung war. Es stand die Niederkunft einer Freundin seiner Tochter vor der Türe. Bisher hatte er hin und her versucht, sich mit dem Vater des Droh-Patchens (einem gewissen *Mehlhorn)* etwas zu überwerfen und zu zerfallen, ja sogar dessen guten Namen ein bißchen anzufechten, eben um nicht den seinigen am Taufsteine herleihen zu müssen. Allein es hatte ihm das Erbittern des gutmütigen Zollers und Umgelders [2] Mehlhorn nicht besonders glücken wollen, und er machte sich jede Minute auf eine warme Umhalsung gefaßt, worin er die Gevatterarme nicht sehr von Fangkloben und Hummerscheren unterscheiden konnte. Man verüble dem Doktor aber doch nicht alles; erstlich hegte er einen wahren Abscheu vor allen Gevatterschaften überhaupt, nicht bloß der Ausgaben halber – was für ihn das Wenigste war, weil er das Wenigste gab –, sondern wegen der geldsüchtigen Willkür, welche ja in *einem* Tage zwanzig Mann stark von Kreißenden alles Standes ihn anpacken und aderlassend anzapfen konnte am Taufbecken. Zweitens konnt' er den einfältigen Aberglauben des Umgelders Mehlhorn nicht ertragen, geschweige bestärken, welcher zu Theoda, da unter dem Abendmahl-Genuß gerade bei ihr der Kelch frisch eingefüllt wurde [3], mehrmal listig-gut gesagt hatte: »So wollen wir doch sehen, geliebts Gott, meine Mademoiselle, ob die Sache eintrifft und Sie noch dieses Jahr zu Gevatter stehen; ich sage aber nicht bei wem.« – Und drittens wollte Katzenberger seine Tochter, deren

[1] Für Leserinnen nur ungefähr übersetzt: 1. über die Blutmachung, 2. über die Mißgeburten, 3. über die Wasserscheu.

[2] So heißen in Pira, wie in einigen Reichsstädten, Umgeld- und Zoll-Einnehmer.

[3] Nach dem Aberglauben wird der zu Gevatter gebeten, bei welchem der Priester den Kelch von neuem nachfüllt.

Liebe er fast niemand gönnte als sich, im Wagen den Tagopfern und Nachtwachen am künftigen Kindbette entführen, von welchen die Freundin selber sie sonst, wie er wußte, nicht abbringen konnte. »Bin ich und sie aber abgeflogen,« dacht' er, »so ists doch etwas, und die Frau mag kreißen.«

3. Summula

Ein Reisegefährte

Wider alle Erwartung meldete sich am Vorabend der Abreise ein Fremder zur Mitbelehnschaft des Wagens.

Während der Doktor in seinem Mißgeburten-Kabinette einiges abstäubte von ausgestopften Tierleichen, durch Räuchern die Motten (die Teufel derselben) vertrieb und den Embryonen in ihren Gläschen Spiritus zu trinken gab: trat ein fremder feingekleideter und feingesitteter Herr in die Wohnstube ein, nannte sich Herr von *Nieß* und überreichte der Tochter des Doktors, nach der Frage, ob sie Theoda heiße, ein blaueingeschlagenes Briefchen an sie; es sei von seinem Freunde, dem Bühnen-Dichter *Theudobach*, sagte er. Das Mädchen entglühte hochrot und riß zitternd mit dem Umschlag in den Brief hinein (die Liebe und der Haß zerreißen den Brief, so wie beide den Menschen verschlingen wollen) und durchlas hastig die Buchstaben, ohne ein anderes Wort daraus zu verstehen und zu behalten als den Namen Theudobach. Herr von Nieß schaute unter ihrem Lesen scharf und ruhig auf ihrem geistreichen beweglichen Gesicht und in ihren braunen Feuer-Augen dem Entzücken zu, das wie ein weinendes Lächeln aussah; einige Pockengruben legten dem beseelten und wie Frühling-Büsche zart- und glänzend-durchsichtigen Angesicht noch einige Reize zu, um welche der Doktor Jenner die künftigen Schönen bringt. »Ich reise«, sagte der Edelmann darauf, »eben nach dem Badeorte, um da mit einer kleinen deklamierenden und musikalischen Akademie von einigen Schauspielen meines Freundes auf seine Ankunft selber vorzubereiten.« Sie blieb unter der schweren Freude kaum aufrecht; den zarten, nur an leichte Blüten gewohnten Zweig wollte fast das Fruchtgehänge niederbrechen. Sie zuckte mit einer Bewegung nach Nießens Hand, als wollte sie die Überbringerin solcher Schätze küssen, streckte ihre aber – heiß und rot über ihren, wie sie hoffte, unerratenen Fehlgriff – schnell nach der entfernten Türe des Mißgeburten-Kabinettes aus und sagte: »Da drin ist mein Vater, der sich freuen wird.«

Er fuhr fort: er wünsche eben ihn mehr kennen zu lernen, da er dessen treffliche Werke, wiewohl als Laie, gelesen. Sie sprang nach der Türe. »Sie hörten mich nicht aus« – sagte er lächelnd – »Da ich nun im Wochenblatte die schöne Möglichkeit gelesen, zugleich mit einer Freundin meines Freundes und mit einem großen Gelehrten zu reisen:« – Hier aber setzte sie ins Kabinett hinein und zog den räuchernden Katzenberger mit einem ausgestopften Säbelschnäbler in der Hand ins Zimmer. Sie selber entlief ohne Schal über die Gasse, um ihrer schwangern Freundin Bona die schönste Neuigkeit und den Abschied zu sagen.

Sie mußte aber jubeln und stürmen. Denn sie hatte vor einiger Zeit an den großen Bühnendichter Theudobach – der bekanntlich mit Schiller und Kotzebue die drei deutschen Horatier ausmacht, die wir den drei tragischen Curiatiern Frankreichs und Griechenlands entgegensetzen – in der Kühnheit des langen geistigen Liebetrankes der Jugendzeit unter ihrem Namen geschrieben, ohne Vater und Freundin zu fragen, und hatte ihm gleichsam in einem warmen Gewitterregen ihres Herzens alle Tränen und Blitze gezeigt, die er wie ein Sonnengott in ihr geschaffen und gesammelt hatte. Selig, wer bewundert und den unbekannten Gott schon auf der Erde als bekannten antrifft! – Im Briefchen hatte sie noch über ein umlaufendes Gerücht seiner Badreise nach Maulbronn gefragt und die seinige unter die Antriebe der ihrigen gesetzt. Alle ihre schönsten Wünsche hatte nun sein Blatt erfüllt.

4. Summula

Bona

Bona – die Frau des Umgelders Mehlhorn – und Theoda blieben zwei Milchschwestern der Freundschaft, welche Katzenberger nicht auseinandertreiben konnte, er mochte an ihnen so viel scheidekünsteln, als er wollte. Theoda nun trug ihr brausendes Saitenspiel der Freude in die Abschiedstunde zur Freundin; und reichte ihr Theudobachs Brief, zwang sie aber, zu gleicher Zeit dessen Inhalt durchzusehen und von ihr anzuhören. Bona suchte es zu vereinigen und blickte mehrmals zuhorchend zu ihr auf, sobald sie einige Zeilen gelesen: »So nimmst du gewiß einen recht frohen Abschied von hier?« sagte sie. »Den frohesten«, versetzte Theoda. – »Sei nur deine Ankunft auch so, du springfedriges Wesen! Bringe uns besonders dein beschnittenes aufgeworfnes Näschen wieder zurück und dein Backenrot! Aber dein deutsches Herz wird ewig französisches Blut umtreiben«, sagte Bona. Theoda hatte eine Elsasserin zur Mutter gehabt. – »Schneie noch dicker in mein Wesenchen hinein!« sagte Theoda. »Ich tu' es schon, denn ich kenne dich«, fuhr jene fort. »Schon ein Mann ist im ganzen ein halber Schelm, ein abgefeinerter Mann vollends, ein Theaterschreiber aber ist gar ein fünfviertels Dieb; dennoch wirst du, fürchte ich, in Maulbronn vor deinem teuern Dichter mit deinem ganzen Herzen herausbrausen und -platzen und hundert ungestüme Dinge tun, nach denen freilich dein Vater nichts fragt, aber wohl ich.«

»Wie, Bona, fürcht' ich denn den großen Dichter nicht? Kaum ihn anzusehen, geschweige anzureden wag' ich!« sagte sie. »Vor Kotzebue wolltest du dich auch scheuen; und tatest doch dann keck und mausig«, sagte Bona. – »Ach, innerlich nicht«, versetzte sie.

Allerdings nähern die Weiber sich hohen Häuptern und großen Köpfen – was keine Tautologie ist – mit einer weniger blöden Verworrenheit als die Männer; indes ist hier Schein in allen Ecken; ihre Blödigkeit vor dem Gegenstande verkleidet sich in die gewöhnliche vor dem Geschlecht; – der Gegenstand der Verehrung findet selber etwas zu verehren vor sich – und muß sich zu zeigen suchen, wie die Frau sich zu decken; – und endlich bauet jede auf ihr Gesicht; »man küßt manchem heiligen Vater den Pantoffel, unter den man ihn zuletzt selber bekommt«, kann die jede denken.

»Und was wäre es denn,« fuhr Theoda fort, »wenn ein dichtertolles Mädchen einem Herder oder Goethe öffentlich auf einem Tanzsaale um den Hals fiele?« –

»Tu es nur deinem Theudobach,« sagte Bona, »so weiß man endlich, *wen* du heiraten willst!« – »Jeden – versprech' ich dir –, der nachkommt; hab' ich nur einmal meinen männlichen Gott gesehen und ein wenig angebetet: dann spring' ich gern nach Hause und verlobe mich in der Kirche mit seinem ersten besten Küster oder Balgtreter und behalte jenen im Herzen, diesen am Halse.«

Bona riet ihr, wenigstens den Herrn von Nieß, wenn er mitfahre, unterwegs recht über seinen Freund Theudobach auszuhorchen, und bat sie noch einmal um weibliche Schleichtritte. Sie versprachs ihr und deshalb noch einen täglichen Bericht ihrer Badreise dazu. Sie schien nach Hause zu trachten, um zu sehen, ob ihr Vater den Edelmann in seine Adoptionloge der Kutsche aufgenommen. Unter dem langen festen Kusse, wo Tränen aus den Augen beider Freundinnen drangen, fragte Bona: »Wann kommst du wieder?« – »Wenn du niederkommst. – Meine Kundschafter sind bestellt. – Dann laufe ich im Notfalle meinem Vater zu Fuße davon, um dich zu pflegen und zu warten. O, wie wollt' ich noch zehnmal froher reisen, wär' alles mit dir vorüber.« – »Dies ist leicht möglich«, dachte Bona im andern Sinne und zwang sich sehr, die wehmütigen Empfindungen einer Schwangern, die vielleicht zwei Todespforten entgegengeht, und die Gedanken: dies ist vielleicht der Abschied von allen Abschieden, hinter weinende Wünsche zurückzustecken, um ihr das schöne Abendrot ihrer Freude nicht zu verfinstern.

5. Summula

Herr von Nieß

Wer war dieser ziemlich unbekannte Herr von Nieß? Ich habe vor, noch vor dem Ende dieses Perioden den Leser zu überraschen durch die Nachricht, daß zwischen ihm und dem Dichter Theudobach, von welchem er das Briefchen mitgebracht, eine so innige Freundschaft bestand, daß sie beide nicht bloß *eine* Seele in zwei Körpern, sondern gar nur in *einem* Körper ausmachten, kurz *eine* Person. Nämlich Nieß hieß Nieß, hatte aber als auftretender Bühnen-Dichter um seinen dünnen Alltagnamen den Festnamen Theudobach wie einen Königmantel umgeworfen und war daher in vielen Gegenden Deutschlands weit mehr unter dem angenommenen Namen als unter dem eignen bekannt, so wie von dem hier schreibenden Verfasser vielleicht ganze Städte, wenn nicht Weltteile, es nicht wissen, daß er sich *Richter* schreibt, obgleich es freilich auch andre gibt, die wieder seinen Parade-Namen nicht kennen. Gleichwohl gelangten alle Mädchenbriefe leicht unter der Aufschrift Theudobach an den Dichter Nieß – bloß durch die Oberzeremonienmeister oder Hofmarschälle der Autoren; man macht nämlich einen Umschlag an die Verleger.

Nun hatte Nieß als ein überall berühmter Bühnen-Dichter sich längst vorgesetzt, einen Badeort zu besuchen, als den schicklichsten Ort, den ein Autor voll Lorbeeren, der gern ein lebendiges Pantheon um sich aufführte, zu erwählen hat, besonders wegen des vornehmen Morgen-Trinkgelags und der Maskenfreiheiten und des Kongresses des Reichtums und der Bildung solcher Örter. Er erteilte dem Bade Maulbronn, das seine Stücke jeden Sommer spielte, den Preis jenes Besuches; nur aber wollt' er, um seine Abenteuer pikanter und scherzhafter zu haben, allda inkognito unter seinem eignen Namen Nieß anlangen, den Badegästen eine musikalische deklamatorische Akademie von Theudobachs Stücken geben; und dann gerade, wenn der sämtliche Hörzirkel am Angelhaken der Bewunderung zappelte und schnalzte, sich unversehens langsam in die Höhe richten und mit Rührung und Schamröte sagen: endlich muß mein Herz überfließen und verraten, um zu danken; denn ich bin selbst der weit überschätzte Theater-Dichter Theudobach, der es für unsittlich hält, so aufrichtige Äußerungen, statt sie zu erwidern, an der Türe der Anonymität bloß zu behorchen. Dies war sein leichter dramatischer Entwurf. In einigen Zeitungen veranlaßte er deshalb noch den Artikel: der bekannte Theater-Dichter Theudobach werde, wie man vernehme, dieses Jahr das Bad Maulbronn gebrauchen.

Da es gegen meine Absicht wäre, wenn ich durch das Vorige ein zweideutiges Streiflicht auf den Dichter würfe: so versprech' ich hier förmlich, weiter unten den Lauf der Geschichte aufzuhalten, um auseinanderzusetzen, warum ein großer Theater-Dichter viel leichter und gerechter ein großer Narr wird als ein andrer Autor von Gewicht; wozu schon meine Beweise seines größern Beifalls, hoff' ich, ausreichen sollen.

Nieß wußte also recht gut, was er war, nämlich eine Bravour-Arie in der dichterischen Sphärenmusik, ein geistiger Kaisertee, wenn andere (z. B. viele unschuldige Leser dieses) nur braunen Tee vorstellen. Es ist überhaupt ein eignes Gefühl, ein großer Mann zu sein – ich berufe mich auf der Leser eignes – und den ganzen Tag in einem angebornen geistigen Cour- und Kuranzuge umherzulaufen; aber Nieß hatte dieses Gefühl noch stärker und feiner als einer. – Er konnte sein Haar nicht auskämmen, ohne daran zu denken, welchen feurigen Kopf der Kamm (seinen Anbeterinnen vielleicht so kostbar als ein Gold-Kamm) regle, lichte, egge und beherrsche, und wie ebenso manches Gold-Haar, um welches sich die Anbeterinnen für Haar-Ringe raufen würden, ganz gleichgültig dem Kamm in Zähnen stecken bleibe als sonst dem Mexiko das Gold. – Er konnte durch kein Stadttor einfahren, ohne es heimlich zu einem Triumphtor seiner selber und der Einwohner unter dem Schwibbogen auszubauen, weil er aus eigner jugendlicher Erfahrung noch gut wußte, wie sehr ein großer Mann labe – und sah daher zuweilen dem Namen-Registrator des Tors stark ins Gesicht, wenn er gesagt: Theudobach, um zu merken, ob der Tropf jetzt außer sich komme oder nicht. – Ja er konnte zuletzt in Hotels voll Gäste schwer auf einem gewissen einsitzigen Orte sitzen, ohne zu bedenken, welches Eden vielleicht mancher mit ihm zugleich im Gasthofe übernachtenden Jünglingseele, die noch jugendlich die Autor-Achtung übertreibt, zuzuwenden wäre, wenn sie sich daraufsetzte und erführe, wer früher dagewesen. »O, so gern will ich jeden Winkel heiligen zum gelobten Lande für Seelen, die etwas aus meiner machen – und mit jedem Stiefelabsatze auf dem schlimmsten Wege wie ein Heiliger verehrte Fußstapfen ausprägen auf meiner Lebensbahn, sobald ich nur weiß, daß ich Freude errege.«

Sobald Nieß Theodas Brief erhalten – worin die zufällige Hochzeit der Namen Theoda und Theudobach ihn auf beiden Fußsohlen kitzelte –, so nahm er ohne weiteres mit einer Hand voll Extrapostgeld den Umweg über Pira, um der Anbeterin, wie ein homerischer Gott, in der anonymen Wolke zu erscheinen; und sobald er vollends in der vorletzten Station im Piraner Wochenblatte die Anzeige des Doktors gelesen: so war noch mehr entschieden; dazu nämlich, daß sein Bedienter reiten und sein Wagen heimlich nachkommen sollte.

In diesen weniger geld- als abgabenreichen Zeiten mag es vielleicht Nießen empfehlen, wenn ich drucken lasse, daß er Geld hatte und darnach nichts fragte, und daß er für seinen Kopf und für seine Köpfe ein Herz suchte, das durch Liebe und Wert ihn für alle jene bezahlte und belohnte.

Mit dem ersten Blick hatte er den ganzen Doktor ausgegründet, der mit schlauen grauen Blitz-Augen vor ihn trat, den Säbelschnäbler streichelnd; Nieß legte – nach einer kurzen Anzeige seiner Person und seines Gesuchs –

ein Röllchen Gold auf den Nähtisch mit dem Schwure: »nur unter dieser Bedingung aller Auslagen nehm' er das Glück an, einem der größten Zergliederer *gegenüber* zu sein.« – »Fiat! Es gefällt mir ganz, daß Sie *rückwärts* fahren, ohne zu vomieren; dazu bin ich verdorben durch die Jahre.« Der Doktor fügte noch bei, daß er sich freue, mit dem Freunde eines berühmten Dichters zu fahren, da er von jeher Dichter fleißig gelesen, obwohl mehr für physiologische und anatomische Zwecke und oft fast bloß zum Spaße über sie. »Es soll mir überhaupt lieb sein,« fuhr er fort, »wenn wir uns gegenseitig fassen und wie Salze einander neutralisieren. Leider hab' ich das Unglück, daß ich, wenn ich im Wagen oder sonst jemand etwas sogenanntes Unangenehmes sage, für satirisch verschrien werde, als ob man nicht jedem ohne alle Satire das ins Gesicht sagen könnte, was er aus Dummheit ist. Indes gefällt Ihnen der Vater nicht, so sitzt doch die Tochter da, nämlich meine, die nach keinem Manne fragt, nicht einmal nach dem Vater; mißlingt der Winterbau, sagen die Wetterkundigen, so gerät der Sommerbau. Ich fands oft.«

Dem Dichter Nieß gefiel dieses akademische Petrefakt unendlich, und er wünschte nur, der Mann trieb' es noch ärger, damit er ihn gar studieren und vermauern könnte in ein Possenspiel als komische Maske und Karyatide. »Vielleicht ist auch die Tochter zu verbrauchen in einem Trauerspiele«, dacht' er, als Theoda eintrat, die von nachweinender Liebe und von Jugendfrische glänzte, und die durch die frohe Nachricht seiner Mitfahrt neue Strahlen bekam. Jetzo wollte er sich in ein interessantes Gespräch mit ihr verwickeln; aber der Doktor, dem die Aussicht auf einen Abendgast nicht heiter vorkam, schnitt es ab durch den Befehl, sie solle sein Kästchen mit Pockengift, Fleischbrühtafeln und Zergliederungszeuge packen. »Wir brechen mit dem Tage auf,« sagte er, »und ich lege mich nach wenigen Stunden nieder. Sic vale!«

Der Menschenkenner Nieß entfernte sich mit dem eiligsten Gehorsam; er hatte sogleich heraus, daß er für den Doktor keine Gesellschaft sei – leichter dieser für ihn. Allerdings äußerte Katzenberger gern einige Grobheit gegen Gäste, bei denen nichts Gelehrtes zu holen war, und er gab sogar den Tisch lieber her als die Zeit. Es war für jeden angenehm zu sehen, was er bei einem Fremden, der, weder besonders ausgezeichnet durch Gelehrsamkeit noch durch Krankheit, gar nicht abgehen wollte, für Seitensprünge machte, um ihn zum Lebewohl und Abscheiden zu bringen; wie er die Uhr aufzog, in Schweigen einsank oder in ein Horchen nach einem nahen lautlosen Zimmer, oder wie er die unschuldigste Bewegung des Fremden auf dem Kanapée sogleich zu einem Vorläufer des Aufbruchs verdrehte und scheidend selber in die Höhe sprang, mit der Frage, warum er denn so eile. Beide Meckel hingegen, die Anatomen, Vater und Sohn zugleich, hätte der Doktor tagelang mit Lust bewirtet.

6. Summula

Fortsetzung der Abreise durch Fortsetzung des Abschieds

Am Morgen tat oder war Theoda in der weiblichen Weltgeschichte nicht nur das achte Wunder der Welt – sie war nämlich so früh fertig als die Männer –, sondern auch das neunte, sie war noch eher fertig. Gleichwohl mußte man auf sie warten – wie auf jede. Es war ihr nämlich die ganze Nacht vorgekommen, daß sie gestern sich durch ihren Freudenungestüm und ihre reisetrunkne Eilfertigkeit bei einem Abschiede von einer Freundin vollends versündigt, deren helle ungetrübte Besonnenheit bisher die Leiterin ihres Brauseherzens gewesen – so wie wieder die Leiterin des zu überwölkten Gattenkopfs – und welche ihre versteckte Wärme immer bloß in kaltes Lichtgeben eingekleidet; – und von dieser Freundin so nahe an der Klippe des weiblichen Lebens eilig und freudig geschieden zu sein – dieser Gedanke trieb Theoda gewaltsam noch einmal in der Morgendämmerung zu ihr. Sie fand das Haus offen (Mehlhorn war früh verreiset), und sie kam ungehindert in Bonas Schlafgemach. Blaß wie eine von der Nacht geschlossene Lilie ruhte ihr stilles Gesicht im altväterischen Stuhle umgesunken angelehnt. Theoda küßte eine Locke – dann leise die Stirn – dann, als sie zu schnarchen anfing, gar den Mund.

Aber plötzlich hob die Verstellte die Arme auf und umschlang die Freundin: »Bist du denn schon wieder zurück, Liebe,« – sagte wie traumtrunken Bona –, »und bloß wohl, weil du deinen Dichter nicht da gefunden?«

»O, spotte viel stärker über die Sünderin, tue mir recht innig weh, denn ich verdiene es wohl von gestern her!« antwortete sie und nannte ihr alles, was ihr feuriges Herz drückte. Bona legte die Wange an ihre und konnte, vom vorfrühen Aufstehen ohnehin sehr aufgelöset, nichts sagen, bis Theoda heftig sagte: »Schilt oder vergib!«, so daß jener die heißen Tränen aus den Augen schossen, und nun beide sich in *einer* Entzückung verstanden. »O jetzo möchte ich«, sagte Theoda, »mein Blut, wie dieses Morgenrot, vertropfen lassen für dich. Ach, ich bin eigentlich so sanft; warum bin ich denn so wild, Bona?« – »Gegen mich bist du gerade recht,« erwiderte sie; »nur einmal das beste Wesen kann dein wildes verdienen. Bloß gegen andere sei anders!« – »Ich vergesse«, sagte Theoda, »bloß immer alles, was ich sagen will oder leider gesagt habe; nur ein Ding wie ich konnte es gestern zu sagen vergessen, daß ich mich am innigsten nach der erleuchteten Höhle in Maulbronn wie nach dem Sternenhimmel meiner Kindheit sehne, meiner guten Mutter halber.« Ihr war nämlich ein unauslöschliches Bild von der Stunde geblieben, wo ihre Mutter sie als Kind in einer großen, mit Lampen erhellten Zauberhöhle des Orts – ähnlich der Höhle im Bade Liebenstein – umhergetragen hatte.

Beide waren nun *ein* ruhiges Herz. Bona hieß sie zum Vater eilen – wiederholte ihren Rat der Vorsicht mit aller ihr möglichen Ruhe (ist sie fort, dachte sie, so kann ich gerührt sein, wie ich will), vergaß sich aber selber, als Theoda weinend mit gesenktem Kopfe langsam von ihr ging, daß sie nachrief: »Mein Herz, ich kann nur nicht aufstehen vor besonderer Mattigkeit und dich begleiten; aber kehre ja deshalb nicht wieder um zu mir!« Aber sie war schon umgekehrt und nahm, obwohl stumm, den dritten Abschiedkuß; und so kam sie mit der Augenröte des Abschiedes und mit der Wangen- und Morgenröte des Tags laufend bei den Abreisenden an.

7. Summula

Fortgesetzte Fortsetzung der Abreise

Da der Doktor neben dem Edelmanne auf ihre Ankunft wartete: so ließ er noch ein Werk der Liebe durch *Flex* ausüben, seinen Bedienten. Er griff nämlich unter seine Weste hinein und zog einen mit Branntwein getränkten Pfefferkuchen hervor, den er bisher als ein Magen-Schild zum bessern Verdauen auf der Herzgrube getragen: »Flex,« sagte er, »hier bringe mein Stärkmittel drüben den untern Gerberskindern; sie sollen sich aber redlich darein teilen.« – Der Edelmann stutzte.

»Meiner Tochter, Herr von Nieß,« sagte er, »dürfen Sie nichts sagen; – sie hat ordentlich Ekel vor dem Ekel – wiewohl ich, für meine Person, finde hierin weder einfachen noch doppelten nötig. Alles ist Haut am Menschen, und meine am Bauche ist nur die fortgesetzte von der an den Wangen, die ja alle Welt küßt. Vor den Augen der Vernunft ist das Pflaster ein Pfefferkuchen wie jeder andere im Herzogtume, ja mir ein noch geistigerer.«

»Ich gestehe,« – versetzte der sich leicht ekelnde Dichter schnell, um nur dem bösen Bilde zu entspringen – »daß mich Ihr Bedienter mit seinem langen Schlepp-Rocke fast komisch interessiert. Wie ich ihm nachsah, schien er mir ordentlich auf Knien zu gehen, wie sonst ein Sieger zum Tempel des Jupiter capitolinus, oder aus der Erde zu wachsen.«

Freundlich antwortete Katzenberger: »Ich habe es gern, wenn meine Leute mir oder andern lächerlich vorkommen, weil man doch etwas hat alsdann. Mein Flex trägt nun von Geburt an glücklicherweise kurze Dachs-Beine, und auch diese sogar äußerst zirkumflektiert, daß, wenn sein Rock lang genug ist, sein Steiß und sein Weg, ohne daß er nur sitzt, halb beisammen bleiben. Diesen komischen Schein seiner Trauerschleppe nütz' ich ökonomisch. Ich habe nämlich einen und denselben längsten Lakaienrock, den jeder tragen muß, Goliath wie David. Diese Freigebigkeit entzweiete mich oft mit dem Piraner Prosektor, sonst mein Herzensfreund, aber ein geiziger Hund, der Leute en robe courte – aber nicht en longue robe – hat, und denen er die Röcke zu kurzen neumodischen Westen (nicht zu altmodischen) einschnurren läßt. Setz' ich nun seinem Geize mein Muster entgegen: so verweiset er mich auf die anatomischen Tafeln, nach denen unter den Gegenmuskeln der Hand der Muskel, der sie *zuschließe*, stets viel stärker sei als der, welcher sie *aufmacht*, und zu jenem Muskel gehöre noch die Seele, wenn Geld damit zu halten sei. Daher die Freunde auch die Hände leichter gegen einander ballen als ausstrecken. Etwas ist daran.«

Als Theoda kam, hatte der Doktor, der im Vordersitz wartete, daß er durch einen Hüften-Nachbar fester gepackt würde, den verdrüßlichen Anblick, daß das Paar nach langer Session-Streitigkeit sich ihm gegenübersetzte. Die Tochter tat es aus Höflichkeit gegen Nieß und aus Liebe gegen ihren Vater, um ihn anzusehen und seine Wünsche aufzufangen. Zuletzt sagte dieser im halben Zorn: »Du willst dich sonach an das Steißbein und Rückgrat des Kutschers lehnen und läßt ruhig deinen alten Vater, wie ein Weberschiffchen, von einem Kissen zum andern werfen, he?«

Da erhielt er endlich an seiner hinüberschreitenden Tochter seinen Füllstein, zur höchsten Freude des rücksässigen Edelmanns, dessen Blicke sich nun wie ein Paar Fliegen immer auf ihre Augen und Wangen setzen konnten.

8. Summula

Beschluß der Abreise

Sie fuhren ab . . .

.... Aber jetzo fängt für den Absender der Hauptpersonen, für den Verfasser, nicht die beste Zeit von Lesers Seite an; denn da dieser nun alle Verwicklungen weiß, so wird er mit seiner gewöhnlichen Heftigkeit die sämtlichen Entwickelungen in den nächsten Druckbogen haben wollen und die Foderung machen, daß in den nächsten Summuln der Rezensent ausgeprügelt werde, dessen Namen er noch nicht einmal weiß – daß Herr von Nieß seine Larve, als sei er bloß ein Freund Theudobachs, abwerfe und dieser selber werde – und daß Theoda darüber erstaune und kaum wisse, wo ihr der Kopf steht, geschweige das Herz. Tu' ich nun dem Leser den Gefallen und prügle, entlarve und verliebe, was dazu gehört: so ist das Buch aus, und ich habe erbärmlich in wenig Summuln ein Feuerwerk oder Luftfeuer abgebrannt, das ich nach so großen Vorrüstungen zu einem langen Steppenfeuer von unzähligen Summuln hätte entzünden können. Ich will aber Katzenberger heißen, entzünd' ichs nicht zu einem.

Von jetzt an wird sich die Masse meiner Leser in zwei große Parteien spalten: die eine wird zugleich mich und die andere und diesen Druck-Bogen verlassen, um auf dem letzten nachzusehn, wie die Sachen ablaufen; es sind dies die Kehraus-Leser, die Valetschmauser, die Jüngstentag-Wähler, welche an Geschichten wie an Fröschen, nur den Hinterteil verspeisen und, wenn sie es vermöchten, jedes treffliche Buch in zwei Kapitel einschmelzten, ins erste und ins letzte, und jedem Kopfe von Buch, wie einem aufgetragnen Hechte, den Schwanz ins Maul steckten, da eben dieser an Geschichten und Hechten die wenigsten Gräten hat; Personen, die nur so lange bei philosophierenden und scherzenden Autoren bleiben, als das Erzählen dauert, wie die Nordamerikaner nur so lange dem Predigen der Heidenbekehrer zuhorchen, als sie Branntwein bekommen. Sie mögen denn reisen, diese Epilogiker. Was hier bei mir bleibt – die zweite Partei –, dies sind eben meine Leute, Personen von einer gewissen Denkart, die ich am langen Seile der Liebe hinter mir nachziehe. Ich heiße euch alle willkommen; wir wollen uns lange gütlich miteinander tun und keine Summuln sparen – wir wollen auf der Bad-*Reise* die Einheit *des Ortes* beobachten, so wie die des Interesse, und häufig uns vor Anker legen. Langen wir doch nach den längsten verzögerlichen Einreden und Vexierzügen endlich zu Hause und am Ende an, wo die Kehraus-Leser hausen: so haben wir unterwegs alles, jede Zoll- und Warntafel und jeden Gasthofschild, gelesen und jene nichts, und wir lachen herzlich über sie.

9. Summula

Halbtagfahrt nach St. Wolfgang

Theoda konnte unmöglich eine Viertelstunde vor dem Edelmanne sitzen, ohne ihn über Inner- und Äußerlichkeiten seines Freundes Theudobach, von dem Zopfe an bis zu den Sporen, auszufragen. Er schilderte mit wenigen Zügen, wie einfach er lebe und nur für die Kunst, und wie er, ungeachtet seiner Lustspiele, ein gutmütiges liebendes Kind sei, das ebensooft geliebt als betrogen werde; und im Äußern habe er so viel Ähnlichkeit mit ihm selber, daß er darum sich oft Theudobachs Körper nenne. Himmel! mit welchem Feuer schauete die Begeisterte ihm ins Gesicht, um ihren Autor ein paar Tage früher zu sehen! »Ich habe doch in meinem Leben nicht zwei gleichähnliche Menschen gesehen,« sagte Theoda, der einmal in einem glänzenden Traume Theudobach ganz anders erschienen war als sein vorgebliches Nachbild. »Soll er meiner Tochter gefallen,« bemerkte der Doktor, »so muß die Nasenwurzel des Poeten und die Nasenknorpel samt dem Knochenbau etwas stärker und breiter sein als bei Ihnen, nach ihren phantastischen Voraussetzungen aus seinen Büchern.« Wenn also der Schleicher etwa, wie ein Doppeladler, zwei Kronen durch seine Namen-Maske auf den Kopf bekommen wollte, eine jetzige und eine künftige: so ging er sehr fehl, daß er den Menschen ein paar Tage vor dem Schriftsteller abgesondert vorausschickte; denn jener verhärtete in Theodas Phantasie und ließ sich spröde nicht mehr mit diesem verarbeiten und verquicken, indes umgekehrt bei einer gleichzeitigen ungeteilten Vorführung beider das Schriftstellerische sogleich das Menschliche mit Glimmer durchdrungen hätte.

Nieß warf ohne Antwort die Frage hin, wie ihr sein beziehlich-bestes Stück: »Der Ritter einer bessern Zeit« gefallen, mit welchem er eben in Maulbronn die deklamatorische Akademie anfangen wolle. Da ein Autor bei einem Leser, der ihn wegen eines halben Dutzend Schriften anbetet, stets voraussetzt, er habe alle Dutzende gelesen: so erstaunte er ein wenig über Theodas Freude, daß sie etwas noch Ungelesenes von ihm werde zu hören bekommen. Sie mußte ihm nun – so wenig wurd' er auf seinem Selberfahrstuhl von Siegwagen des schönen Aufzugs satt – sagen, was sie vorzüglich am Dichter liebe; »großer Gott,« versetzte sie, »was ist vorzüglich zu lieben, wenn man liebt? Am meisten aber gefällt mir sein Witz – am meisten jedoch seine Erhabenheit – freilich am meisten sein zartes heißes Herz – und mehr als alles andere, was ich eben lese.« – »Was lesen Sie denn eben von ihm?« fragte Nieß. »Jetzo nichts«, sagte sie.

Der Edelmann brauchte kaum die Hälfte seiner feinen Fühlhörner auszustrecken, um es dem Doktor abzufühlen, daß er mit seinem verschränkten Gesichte ebensogut unter dem Balbiermesser freundlich lächeln könnte als unter einem für ihn so widerhaarigen Gespräche; er tat daher – um allerlei aus ihm herauszureizen, worüber er bei der künftigen Erkennszene recht erröten sollte – die Frage an ihn, was er seines Orts vom Dichter für das Schlechteste halte. »Alles,« versetzte er, »da ich die Schnurren noch nicht gelesen. Mich wunderts am meisten, daß er als Edelmann und Reicher etwas schreibt; sonst taugen in Papiermühlen wohl die groben Lumpen zu Papier, aber nicht die seidnen.« Nieß fragte: ob er nicht in der Jugend Verse gemacht? »Pope« – gab er zur Antwort – »entsann sich der Zeit nicht, wo er keine geschmiedet, ich erinnere mich derjenigen nicht, wo ich dergleichen geschaffen hätte. Nur einmal mag ich, als verliebter Geßners-Schäfer und Primaner, so wie in Krankheiten sogar die Venen pulsieren, in Poetasterei hineingeraten sein, vor einem dummen Ding von Mädchen – Gott weiß, wo die Göttin jetzt ihre Ziegen melkt. – Ich stellte ihr die schöne Natur vor, die schon dalag, und warf die Frage auf: sieh, Suse, blüht nicht alles vor uns wie wir, der Wiesenstorchschnabel und die große Gänseblume und das Rindsauge und die Gichtrose und das Lungenkraut bis zu den Schlehengipfeln und Birnenwipfeln hinauf? Und überall bestäuben sich die Blumen zur Ehe, die jetzt dein Vieh frißt! – Sie antwortete gerührt: wird Er immer so an mich denken, Amandus? Ich versetzte wild: Beim Henker! an uns beide; wohin ich künftig auch verschlagen und verfahren werde, und in welchen fernen Fluß und Bach ich auch einst schauen werde – es sei in die Schweina in Meiningen – oder in die Besau und die Gesau im Henneberg – oder in die wilde Sau in Böhmen – oder in die Wampfe in Lüneburg – oder in den Lumpelbach in Salzburg – oder in die Sterzel in Tirol – oder in die Kratza oder in den Galgenbach in der Oberpfalz – in welchen Bach ich, schwör' ich dir, künftig schauen werde, stets werd' ich darin mein Gesicht erblicken und dadurch auf deines kommen, das so oft an meinem gewesen, Suse. – Jetzt freilich, Herr von Nieß, sprech' ich prosaischer.«

Nieß griff feurig nach des Doktors Hand und sagte: »Das scherzhafte Gewand verberge ihm doch nicht das weiche Herz darunter.« – »Ich muß auch durchaus früherer Zeit zu weich und flüssig gewesen sein,« – versetzte dieser – »weil ich sonst nicht gehörig hart und knöchern hätte werden können; denn es ist geistig wie mit dem Leibe, in welchem bloß aus dem Flüssigen sich die Knochen und alles Harte erzeugt, und wenn ein Mann harte Eiszapfenworte ausstößt, so sollte dies wohl der beste Beweis sein, wieviel weiche Tränen er sonst vergossen.« – »Immer schöner!« rief Nieß; »o Gott nein!« rief Theoda im gereizten Tone.

Der Edelmann schob sogleich etwas Schmeichelndes, nämlich einen neuen Zug von Theudobach ein, den er mit ihm teile, nämlich den Genuß der Natur. »Also auch des Maies?« fragte der Doktor; Nieß nickte. Hierauf erzählte dieser: Darüber hab' er seine erste Braut verloren; denn er habe, da sie an einem schönen Morgen von ihren Maigenüssen gesprochen, versetzt, auch er habe nie so viele gehabt als in diesem Mai wegen der unzähligen Maikäfer; als er darauf zum Beweise einige von den Blättern abgepflückt und sie vor ihren Augen ausgesogen und genossen: so sei er ihr seitdem mehr greuels- als liebenswürdig vorgekommen, und er habe durch seine Röselsche Insektenbelustigungen Brautkuchen und Honigwochen verscherzt und vernascht.

Nieß aber, sich mehr zur Tochter schlagend, fuhr kühn mit dem Ernste des Naturgenusses fort und schilderte mehre schöne Aussichten ab, die man sah, und von manchen erhabenen Wolken-Partien lieferte er gute Rötelzeichnungen: – als endlich die Partien zu regnen anfingen und selbst herunterkamen. Sogleich rief der Doktor den langröckigen Flex in den Wagen herein als einen Füllstein für Nieß. Diesem entfuhr der Ausruf: »Dies zarte Gefühl hat auch unser Dichter für seine Leute, Theoda!« – »Es ist«, antwortete ihr Vater, »zwar weniger der Mensch da als sein langer Rock zu schonen; aber zartes Gefühl äußert sich wohl bei jedem, den der Wagen verdammt stößt.« Bald darauf kamen sie in *St. Wolfgang* an.

10. Summula

Mittags-Abenteuer

Gewöhnlich fand der Doktor in allen Wirtshäusern bessere Aufnahme als in denen, wo er schon einmal gewesen war. Nirgends traf er aber auf eine so verzogne Empfangs-Physiognomie als bei der vewittibten, nett gekleideten Wirtin in St. Wolfgang, bei der er jetzt zum zwölften Male ausstieg.

Das zweitemal, wo sie in der Halbtrauer um ihre eheliche Hälfte und in der halben Feiertags-Hoffnung auf eine neue ihrem medizinischen Gaste mit Klagen über Halsschmerzen sich genähert, hatte dieser freundlich sie in seiner Amtssprache gebeten: sie möge nur erst den Unterkiefer niederlassen, er wolle ihr in den Rachen sehen. Sie ging wütig-erhitzt und mit vergrößerten Halsschmerzen davon und sagte: »Sein Rachen mag selber einer sein; denn kein Mensch im Hause frißt Ungeziefer als Er.« Sie bezog sich auf sein erstes Dagewesensein. Er hatte nämlich, zufolge allgemein-bestätigter Erfahrungen und Beispiele, z. B. de la Landes und sogar der Demoiselle Schurmann – welche nur naturhistorischen Laien Neuigkeiten sein können –, im ganzen Wirtshause (dem Kellner schlich er deshalb in den Keller nach) umhergestöbert und -gewittert, um fette runde Spinnen zu erjagen, die für ihn (wie für das obengedachte Paar) Landaustern und lebendige Bouillon-Kugeln waren, die er frisch aß. Ja er hatte sogar – um den allgemeinen Ekel des Wirtshauses, wo möglich, zurechtzuweisen – vor den Augen der Wirtin und der Aufwärter reife Kanker auf Semmelschnitte gestrichen und sie aufgegessen, indem er Stein und Bein dabei schwur – um mehr anzuködern –, sie schmeckten wie Haselnüsse.

Gleichwohl hatte er dadurch weit mehr den Abscheu als den Appetit in Betreff der Spinnen und Seiner-Selbst vermehrt, und zwar in solchem Grade, daß er selber der ganzen Wirtschaft als eine Kreuz-Spinne vorkam, und sie sich als seine Fliegen. Als er daher später einmal versuchte, dem Kellner nachzugehen, um unten aus den Kellerlöchern seine mensa ambulatoria, sein Kanarienfutter zu ziehen: so blickte ihn der Pursche mit fremdem, wie geliehenem Grimme an und sagte: »Fress' Er sich wo anders dick als im Keller!« –

Nichts bekümmerte ihn aber weniger als sauere Gesichter; der gesunde Sauerstoff, der den größeren Bestandteil seines in Worte gebrachten Atems ausmachte, hatte ihn daran gewöhnt.

Die Wirtin gab sich alle Mühe, unter dem frohen Gastmahle ihn von Theoda und Nieß recht zu unterscheiden zu seinem Nachteile; er nahm die Unterscheidung sehr wohl auf und zeigte große Lust, nämlich Eßlust; und ließ, um weniger der Wirtin als seinen Leuten etwas zu schenken, diesen nichts geben als seine Tafelreste. Die Wirtin ließ er zusehen, wie er mit derselben Butter zugleich seine Brotscheiben und seine Stiefel-Glatzen bestrich, und wie er den Zuckerüberschuß zu sich steckte, unter dem Vorwande, er hole aus guten Gründen den Zucker erst hinter dem Kaffee nach im Wagen.

Dennoch schlug ihm eine feine Kriegslist, von deren Beobachtung er durch Verhaßtwerden abzuziehen suchte, ganz fehl. Er hatte nämlich unter einer Winkeltreppe ein schätzbares Katzennest entdeckt, aus welchem er etwan einen oder zwei Nestlinge auszuheben gedachte, um sie abends im Nachtlager, wo er so wenig für die Wissenschaft zu tun wußte, aufzuschneiden, nachdem er vorher ihnen in der Tasche aus Mitleiden, zum Abwenden aller Kerkerfieber, die Köpfe einigemal um den Hals gedreht hätte. Es muß aber wohl von seinem eilften Besuche, wo die Wirtin gerade nach seiner Entfernung auch die Entfernung einer treuen Mutter mehrer Kätzchen wahrnahm, hergekommen sein, daß sie, überall von weiten ihn wie einen Schwanzstern beobachtend, gerade in der Minute ihm aufstoßen konnte, als er eben ein Kätzchen einsteckte. – »Hand davon, mein Herr!« – schrie sie – »nun wissen wir doch alle, wo voriges Jahr meine Kätzin geblieben – und ich war so dumm und sah das liebe Tier in Ihrer Tasche arbeiten – o Sie – –.« Den Beinamen verschluckte sie als Wirtin. Aber wahrhaft gefällig nahm er statt des Kätzchens ihre Hand und ging daran mit ihr in die Stube zurück. »Sie soll da besser von mir denken lernen«, sagte er. Und hier erzählt' er weitläuftig mit Berufen auf Theoda, daß er selber mehre Katzenmütter halte und solche, anstatt sie zu zerschneiden, väterlich pflege, damit er zur Ranzzeit gute starke Kater durch die in einer geräumigen Hühnersteige seufzenden Kätzinnen auf seinen Boden verlocke und diese Siegwarte neben den Klostergittern ihrer Nonnen in Teller- oder Fuchseisen zu fangen bekomme; denn er müsse als Professor durchaus solche Siegwarte, teils lebendig, teils abgewürgt, für sein Messer suchen, da er ein für seine Wissenschaft vielleicht zu weiches Herz besitze, das keinen Hund totmachen könne, geschweige lebendig aufschneiden wie Katzen. Die Wirtin murmelte bloß: »Führt den Namen mit der Tat, ein wahrer abscheulicher Katzen-Berger und -Würger.« – Nieß fragte nicht viel darnach, sondern da das erste, was er an jedem Orte und Örtchen tat, war, nachzusehen, was von ihm da gelesen und gehalten wurde: so fand er zu seiner Freude nicht nur im elenden Leihbücher-Verzeichnis seine Werke, sondern auch in der Wirtsstube einige geliehene wirkliche. Sich gar nicht zu finden, drückt berühmte Männer stärker, als sie sagen wollen. Nieß erteilte seinen Leihwerken aus Liebe für den Wolfgangischen Leihbibliothekar auf der Stelle einen unbeschreiblichen Liebhaber-Wert (pretium affectionis) bloß dadurch, daß ers einem Voltaire, Diderot und D'Alembert gleichtat, indem er, wie sie, Noten in die Werke machte mit Namens-Unterschrift; – die künftige Entzückung darüber konnte er sich leicht denken.

Während Theoda zwischen dem Dichter und der Freundin hin- und herträumte: kam auf einmal der Mann der letzten, der arme Mehlhorn, matt herein, der nicht den Mut gehabt, seinen künftigen Gevatter um einen Kutschensitz anzusprechen. Der Zoller war zwar kein Mann von glänzendem Verstande – er traute seiner Frau einen größern zu –, und seine Ausgaben der Langenweile überstiegen weit seine Einnahme derselben; aber wer Langmut im Ertragen, Dienstfertigkeit und ein anspruchloses redliches Leben liebte, der sah in sein immer freudiges und freundliches Gesicht und fand dies alles mit Lust darin. Theoda lief auf ihn entzückt zu und fragte selbvergessen, wie es ihrer Freundin ergangen, als sei er später abgereiset.

Er verzehrte ein dünnes Mittagmahl, wozu er die Hälfte mitgebracht: »Man muß wahrhaftig« – sagt' er sehr wahr – »sich recht zusammennehmen, wenn man noch zwei Stunden nach *Huhl* hat, und doch nachts wieder zu Hause sein will; es ist aber kostbares Wetter für Fußgänger.«

Theoda zog ihren Vater in ein Nebenzimmer und setzte alle weibliche Röst-, Schmelz- und Treibwerke in Gang, um ihn so weit flüssig zu schmelzen, daß er den Zoller bis nach Huhl mit einsitzen ließ. Er schüttelte kaltblütig den Kopf und sagte, die Gevatterschaft fürchtend: »Auch nähm' ers am Ende gar für eine Gefälligkeit, die ich ihm etwa beweisen wollte.« Sie rief den Edelmann zum Bereden zu Hülfe; dieser brach – mehr aus Liebe für die Fürsprecherin – gar in theatralische Beredsamkeit aus und ließ in seinem Feuer sich von Katzenberger ganz ohne eines ansehen. Dem Doktor war nämlich nichts lieber, als wenn ihn jemand von irgendeinem Entschlusse mit tausend beweglichen Gründen abzubringen anstrebte; seiner eignen Unbeweglichkeit versichert, sah er mit desto mehr Genuß zu, wie der andere, jede Minute des Ja gewärtig, sich nutzlos abarbeitete. Ich versinnliche mir dies sehr, wenn ich mir einen umherreisenden Magnetiseur und unter dessen Händen das Gesicht eines an menschlichen Magnetismus ungläubigen Autors, z. B. Biesters, vorstelle, wie jener diesen immer ängstlicher in den Schlaf hineinzustreichen sucht, und wie der Bibliothekar Biester ihm unaufhörlich ein aufgewecktes Gesicht mit blickenden Augen still entgegenhält. »Gern macht' ich selber«, sagte Nieß, »noch den kurzen Weg zu Fuß.« – »Und ich mit«, sagte Theoda. »O!« – sagte Nieß und drückte recht feurig die Katzenbergerische Hand – »ja es bleibt dabei, Väterchen, nicht?« – »Natürlich,« – versetzte letztes – »aber Sie können denken, wie richtig meine Gründe sein müssen, wenn sie sogar von Ihnen nicht überwogen werden.« Man schien auf seiten des Paars etwas betroffen; »auch möcht' ich den guten Umgelder ungern verspäten,« setzte der Doktor hinzu, »da wir erst nach dem Pferde-Füttern aufbrechen, er aber sogleich fortgeht.«

Als sie sämtlich zurückkamen, stand der Mann schon freundlich da, mit seinem Abschiede reisefertig wartend. Theoda begleitete ihn hinaus und gab ihm hundert Grüße an die Freundin mit und den Schwur, daß sie schon diesen Abend das Tagebuch an sie anfange: »Könnt' ich für Sie gehen, guter Mann!« sagte sie; und er schied mit einem langen Dankpsalm, ohne sie sonderlich zu verstehen, so wie sie selber, setz' ich dazu, ebensowenig den Doktor. Sie wußt' es aus langer Erfahrung, daß er zudringende Bitten gewöhnlich abschlug als Anfälle auf seine Freiheit; sie tat sie aber doch immer wieder und brachte vollends heute den Auxiliar-Poeten mit. Mehlhorn war ihm nicht am meisten als Gevatterbitter verdrießlich, sondern als eine Art Jaherr gegen die Frau und ein Ja-Knecht gegen alle Welt; schwachmütige Männer aber, sogar gutmütige, konnt' er nicht gut sich gegenüber sehen, besonders einen halben Tag lang auf dem Rücksitz.

Bald darauf, als die Pferde abgefüttert waren und die Gewinn- und Verlustrechnung abgetan, gab Katzenberger das Zeichen des Abschieds; – es bestand darin, daß er heimlich die Körke seiner bezahlten Flaschen einsteckte. Er führte Gründe für diese letzte Ziehung aus der Flasche an: »es sei erstlich ein Mann in Paris bloß dadurch ein Millionär geworden, daß er auf allen Kaffeehäusern sich auf ein stilles Korkziehen mit den Fingern gelegt, wobei er freilich mehr ans Stehlen gedacht als an erlaubtes Einstecken; zweitens sei jeder, der eine Flasche fodere, Herr über den Inhalt derselben, wozu der Stöpsel als dessen Anfang am ersten gehöre, den er mit seinem eigenen Korkzieher zerbohren oder auch ganz lassen und mitnehmen könne, als eine elende Kohle aus dem niedergebrannten Weinfeuer.« Darüber suchte Nieß zu lächeln ohne vielen Erfolg.

11. Summula

Wagen-Sieste

Im ganzen sitzt ohnehin jeder Kutschenklub in den ersten Nachmittagsstunden sehr matt und dumm da; das junge Paar aber tat es noch mehr, weil Katzenbergers Gesicht, seitdem er dem armen Schreckens-Gevatter die Wagentüre vor der Nase zugeschlagen, kein sonderliches Rosental und Paradies für jugendlich-gutmütige Augen war, die in das Gesicht hinein- und auf den sandigen Weg hinaussahen. Er selber litt weniger; ihn verließ nie jene Heiterkeit, welche zeigen konnte, daß er sich den Stoikern beigesellte, welche verboten, etwas zu bereuen, nicht einmal das Böse. Indes ist dieser höhere Stoizismus, der den Verlust der unschätzbaren höheren Güter noch ruhiger erträgt als den der kleinern, bei Gebildeten nicht so selten, als man klagt.

Nach einigen Minuten Sandfahrt senkte Katzenberger sein Haupt in Schlaf. Jetzo bekränzte Theoda ihren Vater mit allen möglichen Redeblumen, um dem Freund ihres Dichters ihre Tochter-Augen für ihn zu leihen. Besonders hob sie dessen reines Feuer für die Wissenschaft heraus, für die er Leben und Geld verschwende, und beklagte sein Los, ein gelehrter einsamer Riese zu sein. Da der Edelmann gewiß voraussetzte, daß die Augen-Sperre des Riesen nichts sei als ein Aufmachen von ein Paar Dionysius-Ohren, wie überhaupt *Blinde* besser *hören*: so fiel er ihr unbedingt bei und erklärte, er staune über Katzenbergers Genie. Dieser hörte dies wirklich und hatte Mühe, nicht aus dem Schlafe heraus zu lächeln wie ein Kind, womit Engel spielen. Des blinden optischen Schlafes bedient' er sich bloß, um selber zu hören, wie weit Nieß sein Verlieben in Theoda treibe; und dann etwa bei feurigen Welt- und Redeteilen rasch aufzuwachen und mit Schnee und Scherz einzufallen. Jetzo ging Theoda, die an den Schlummer glaubte, weil ihr Vater sich selten die Mühe der Verstellung gab, noch weiter und sagte dem Edelmanne frei: »Sein Kopf lebt zwar dem Wissen, wie ein Herz dem Lieben, aber Sie springen zu ungestüm mit seiner Natur um. – In der Tat, Sie legen es ordentlich darauf an, daß er sich über Gefühle recht seltsam und ohne Gefühle ausdrücke. Täte dies wohl Ihr Theudobach?« – »Gewiß,« – sagt' er – »aber in meinem Sinne. Denn Ihren Vater, liebreiche Tochter, nehm' ich viel besser als der Haufe. Mich hindert seine satirische Enkaustik nicht, darhinter ein warmes Herz zu sehn. Recht geschliffnes Eis ist ein Brennglas. Man ist ohnehin der alltäglichen Liebfloskeln der Bücher so satt! O dieser milde Schläfer vor uns ist vielleicht wärmer, als wir glauben, und ist seiner Tochter so wert!« Katzenberger, eben warm und heiß vom nahen Nachmittagsschlummer, hätt' etwas darum gegeben, wenn ihm sein Gesicht von einem Gespenste wäre gegen den Rücken und das Kutschen-Fensterchen gedreht gewesen, damit er ungesehen hätte lächeln können; wenigstens aber schnarchte er.

Theoda indes, nie mit einer lauen oder höflichen Überzeugung zufrieden, suchte den Poeten für den Vater noch stärker anzuwärmen durch das Berichten, wie dieser bei dem Scheine einer geizigen Laune ganz uneigennützig als heilender Arzt Armen öfter als Vornehmen zu Hülfe eile und dabei lieber in den seltensten gefahrvollsten als in gefahrlosen Krankheiten der Schutzengel werde. Jedes Wort war eine Wahrheit; aber die Tochter voll kindlicher und jeder Liebe kam freilich nicht darhinter, daß ihm eigentlich die Wissenschaft, nicht der Kranke höher stand als Geld und daß er mit einer gewaltigen Gegnerin von kranker Natur am liebsten das medizinische Schach spielte, weil aus der größern Verwicklung die größere Lehrbeute zu holen war; ja er würde für eine stichhaltige Versicherung der bloßen Leichenöffnung jeden umsonst in die Kur genommen haben aus Liebe zur Anatomie.

»Vollends aber die Güte, womit mein genialer Vater alle Wünsche erfüllt, mit welchen ich nicht gerade seinen wissenschaftlichen Eifer störe, und was er alles für meine Bildung getan, das kann ich als Tochter leichter in meinem Herzen verehren als durch Worte andern enthüllen; aber schmerzen muß es mich jederzeit, wenn ich ihn bei andern, da er Stand und fremdes Urteil gar zu wenig achtet, ordentlich darauf ausgehen sehe, verkannt zu werden«, beschloß Theoda. – Du warme Verblendete! – So wie wir alle merken, bildet sie sich ein, den Poeten Nieß durch Preisen für ihren Vater zu gewinnen, für einen Mann, der ihm doch ins Gesicht gesagt, seine Nasenwurzel sei zu dünn. Schwerlich sind *Wurzel*wörter eines solchen Ärgers je auszuziehen, und aus der Nasenwurzel wird in Nieß – da es etwas anderes sein würde, wäre statt der Eitelkeit bloß sein Stolz beleidigt worden – immer etwas Stechendes gegen den Doktor wachsen.

Dafür aber zog sich aller Weihrauch, den die Tochter für den Vater anbrannte, auf sie selber zurück in Nießens Nase, und am Ende konnt' er sie kaum anhören vor Anblicken; so daß ihm nichts fehlte zu einer poetischen Umhalsung Theodas als der wahre Schlaf des schnarchenden Fuchses. Indes ging er auf andere Weisen über, Lieben auszusprechen, und legte solche an einem bekannten Theudobachischen Schauspiel: »Die scheue Liebe« zergliedernd auseinander. Ein Bühnen-Dichter vieler Stücke oder ein Kunstrichter aller Stücke hat oder ist leicht eine Schiff- oder Eselbrücke in ein Weiberherz. Darüber versank doch der Doktor vor Langweile aus dem vorgeträumten Schlaf in einen echten, und zwar bald nach Nießens schönen wahren Worten: »Jungfräuliche Liebe schlummert wohl, aber sie träumt doch.«

Als er ganz spät aufwachte, sagt' er, halb im Schlafe: »Natürlich schläft sie und träumt darauf.« Nur Nießen war dieser ihm zugehörige Sinnspruch deutlich und erinnerlich, und er dachte leise: »Seht den Dieb!«

Eben watete ihnen im Sande ein Bekannter der Familie entgegen, der sogleich sich umkehrte und in die Taschen griff, als er den Wagen erblickte. Es ist bekannt, daß es der Winkel-Schul-Direktor *Würfel* war, ein feines Männchen. Der Doktor ließ ihm schnell nachfahren, um das Umwenden zu begreifen. Eingeholt kehrte der Direktor sich wieder um und verbeugte sich stufenweise vor jedem. Der Doktor fragte, warum er immer so umkehre. »Er sei«, sagte er, »so unglücklich gewesen, sein Taschenbuch in Huhl zu vergessen; und jetzt so glücklich geworden, indem ers hole, eine solche Gesellschaft immer vor Augen, wenn auch von weitem, zu haben.« – »So nehmen Sie hier Rücksitz und Stimme«, sagte der Doktor zu Nießens Verwundrung.

Der Winkel-Schul-Direktor war lange, wohl zehnmal, adeliger Haus- und Schloß-Lehrer gewesen – hatte mehr als hundert Hausbällen zugeschaut und getraute sich, jede adelige Schülerin noch anzureden, wenn sie mannbar geworden – wie der alte Deutsche im Trunke keusch blieb, so war er stets mitten unter den feinsten Dessertweinen nicht nur keusch, sondern auch nüchtern geblieben, weil er den schlechtesten bekam – und war überhaupt an den Tischen seiner Herren tafelfähig, wenn auch nicht stimmfähig gewesen. Dieses Durchwälzen durch die feine Welt hatt' an ihm so viele elegante Sitten zurückgelassen, als er zu oft an Spezial-, ja an Generalsuperintendenten vermißte; so daß ihm öfter nichts zum vollständigsten feinsten Fat fehlte als der Mut; aber er glich dem Prediger, welcher auf der Kanzel mitten zwischen seinen heiligsten Erhebungen über die Erde und deren Gaben von Zeit zu Zeit die Dose aufmacht und schnupft. Dabei hatte er durch langes Erziehen fast alle Sprachen und Wissenschaften samt übriger Bildung in den Kopf bekommen, die ihm, wie einem armen Postknechte Reichtümer und Prinzen, zu nichts halfen, als daß er sie weiterzuschaffen hatte. Da er indes kein Wort sagte, das nicht schon einen Verleger und Verfasser gehabt hätte: so hörte man seine Schüler lieber als ihren Lehrer.

Dieser Winkelschul-Direktor hatte nun einst mit Theoda Theudobachs

Stücke ins Englische und sich dabei (da sie nur eine Bürgerliche war) in einen Liebhaber und in den Himmel übertragen. Eben deshalb hatte ihm der Doktor, der in Herzsachen Scherz verstand und suchte, einen Sitz neben dem zweiten Liebhaber Nieß ausgeleert: »Ich sehe«, sagte er, »nichts lieber miteinander spielen als zwei Hasen, ausgenommen den Fuchs mit dem Hasen.«

Es ging anders. Theoda stellte vor allen Dingen den Vielwisser Würfel – dem sie freudig alles schenkte, sich ausgenommen – unserem Freunde des ins Englische verdolmetschten Dichters vor. Da fing das lange Zergliedern des Dichters (Nieß war der Prosektor) an, jedes Glied wurde durch kritisches Zerschneiden vervielfacht und vergrößert und zum Präparat der Ewigkeit ausgespritzt und mit Weingeist beseelt. Bloß der Hör-Märterer Katzenberger litt viel bei der ganzen Sache und war der einzige Mann in diesem feurigen Ofen, der sich nicht mit Singen helfen konnte. Nieß zeigte überall die leichte Weltmanns-Wärme eines feurigen Juwels. Würfel zeigte eine Schmelzofenglut, als wären in seiner die poetischen Gestalten erst fertig zu gießen; Theoda zeigte eine Französin, eine Deutsche und eine Jungfrau und ein Sich. Indes sah der helle Edelmann aus jedem Worte Würfels, wie dieser den Theudobachischen Sokkus und Kothurn nur in ein Fahrzeug verkehre, um darin auf einer von den schönen Freundschaft-Inseln Theodas anzulanden; je mehr daher der Direktor den Dichter erhob, desto mehr erboste sich der Edelmann. Doch blieben beide, Nieß und Theudobach, so fest und fein und studierten die Menschen und wollten weniger die Schuldner einer (dichterischen) Vergangenheit sein als einer (prosaischen) Gegenwart; Nieß wollte zugleich als Münzer und als Münze gelten.

Vom Dichter kommt man leicht aufs Lieben, und indem man ideale Charaktere kritisiert, produziert man leicht den eigenen, und ein gedruckter Roman wird das Getriebe und Leitzeug eines lebendigen. Würfel stach hier mehr durch Feinheit hervor, Nieß durch Keckheit. Jener zeigte einen Grad von romantischer Delikatesse, der seinen Stand verriet, nämlich den mittlern. Ich kann hier aus eigner Erfahrung die Weiber der höhern Stände versichern, daß, wenn sie eine romantischere zärtere Liebe kennen wollen als die galante, höhnende, atheistische ihrer Weltleute, sie solche in meinem Stande finden können, wo mehr Begeisterung, mehr Dichter-Liebe, und weniger Erfahrung herrscht; und es sollte diese Bemerkung mich um so mehr freuen, wenn ich durch sie zum Glücke manches Hofmeisters und dessen hoher Prinzipalin etwas beigetragen hätte; meines wäre mir denn Belohnung genug.

Niemand war wiederum in der Kutsche zu bedauern als der Blutzeuge Katzenberger, dem solche Diskurse so mild in die Ohren eingingen wie einem Pferde der Schluck Arzenei, den man ihm durch die Nasenlöcher einschüttet. Um aber mit irgend etwas seinem Ohre zu schmeicheln, brachte er einen feinen Iltispinsel heraus und steckte ihn in den rechten Gehörgang bis nahe ans Paukenfell und wirbelte ihn darin umher; er versicherte die Zuschauer, hierin sei er ganz der Meinung der Sineser, wovon er die Sitte entlehne, welche diesen Ohrenkitzel und Ohren-Schmaus für den Himmel auf Erden halten.

Da aber die Menschen immer noch links hören, wenn sie in Lust-Geschäften rechts taub sind: so vernahm er noch viel vom Gespräch. Er fiel daher in dieses mit ein und berichtete: »Auch er habe sonst als Unverheirateter an Heiraten gedacht und nach der damaligen Mode angebetet – was man zu jener Zeit Adorieren geheißen –; doch sei einem Manne, der plötzlich aus dem strengen mathematisch-anatomischen Heerlager ins Kindergärtchen des Verliebens hineingemußt, damals zumute gewesen wie einem Lachse, der im Lenze aus seinem Salz-Ozean in süße Flüsse schwimmen muß, um zu laichen. Noch dazu wäre zu seiner Zeit eine bessere Zeit gewesen – damal habe man aus der brennenden Pfeife der Liebe polizeimäßig nie ohne Pfeifendeckel geraucht – man habe von der sogenannten Liebe nirgend in Kutschen und Kellern gesprochen, sondern von Haushalten, von Sich-Einrichten und Ansetzen. So gesteh' er z. B. seinerseits, daß er aus Scham nicht gewagt, seine Werbung bei seiner durch die ausgesognen Maikäfer entführten Braut anders einzukleiden als in die wahrhaftige Wendung: nächstens gedenke er sich als Geburthelfer zu setzen in Pira, wisse aber leider, daß junge Männer selten gerufen würden und schwache Praxis hätten, solange sie unverehelicht wären. – »Freilich«, setzte er hinzu, »war ich damals hölzern in der Liebe, und erst durch die Jahre wird man aus weichem Holze ein hartes, das nachhält.«

»Bei der Trennung von Ihrer Geliebten mag Ihnen doch im Mondscheine das Herz schwer geworden sein?« sagte der Edelmann. »Zwei Pfund – also halb so schwer als meine Haut – ist meines wie Ihres bei Mond- und bei Sonnenlicht schwer«, versetzte der Doktor. »Sie kamen sonach über die empfindsame Epoche, wo alle junge Leute weinten, leichter hinweg?« fragte Nieß. »Ich hoffe,« sagt' er, »ich bin noch darin, da ich scharf verdaue, und ich vergieße täglich so viele stille Tränen als irgendeine edle Seele, nämlich vier Unzen den Tag; nur aber ungesehen (denn die Magenhaut ist mein Schnupftuch); unaufhörlich fließen sie ja bei heilen guten Menschen in den knochigen Nasenkanal und rinnen durch den Schlund in den Magen und erweichen dadrunten manches Herz, das man gekäuet, und das zum Verdauen und Nachkochen daliegt.«

Ich weiß nicht, ob ich mich irre, aber mir kommt es vor, als ob der Doktor seit dem schlafwachen Anhören der Lobreden, welche Theoda seinem liebereichen Herzen vor dem Poeten Nieß gehalten, ordentlich darauf ausginge, mehr Essigsäuere, d. h. Sauersauer aufzuzeigen; – ähnlich säh' ihm dergleichen ganz, und lieber schien er aus Millionen Gründen härter als weicher.

Als daher Nieß, um den seltenen Seefisch immer mehr für seine dichterische Naturalienkammer aufzutrocknen, eine neue Frage tun wollte, fuhr Theoda ordentlich auf und sagte: »Herr von Nieß, Sie sind im Innerlichen noch härter als mein Vater selber.« – »So,« sagte der Doktor, »noch härter als ich? Es ist wahr, die weibliche Sprache ist wie die Zunge weich und linde zu befühlen, aber diese sanfte Zunge hält sich hinter den Hundzähnen auf und schmeckt und spediert gern, was diese zerrissen haben.« Hier suchte der feine Würfel auf etwas Schöneres hin abzulenken und bemerkte, was bisher Theoda nicht gesehen: »dort schreite schon lange Herr Umgelder Mehlhorn so tapfer, daß ihn der Kutscher schwerlich auf dem höckerigen Wege überhole.« Als dies der Kutscher vernahm, dem schon längst der nicht einzuholende Zoller eine bewegliche Schandsäule und Höllenmaschine gewesen: so fuhr er galoppierend in die

12. Summula

– die Avantüre –

hinein und warf an einem schiefgesunknen Grenzstein leicht, wie mit einer Wurfschaufel, den Wagen in einen nassen Graben hinab. Katzenberger fuhr als Primo Ballerino zuerst aus der Schleudertasche des Kutschers, griff aber im Fluge in die Halsbinde des Schuldirektors wie in einen Kutschen-Lakaien-Riemen ein, um sich an etwas zu halten; – Würfel seines Orts krallte nach Flexen hinaus und in dessen Fries-Ärmel ein und hatte unten im Graben den mitgebrachten Fries-Aufschlag in der Hand; – Nieß, das Gestirn erster Größe im Wagen, glänzte unten im Drachenschwanze seiner Laufbahn, nahm aber mehr die Gestalt eines Haarsterns an, weil er die Theodasche Perücke nach sich gezogen, an die er sich laut wehklagend unterwegs hatte schließen wollen; – Theoda war durch kleines Nachgeben gegen den Stoß und durch Erfassen des Kutschenschlages diagonal im Wagen geblieben; – Flex ruhte, den Kutscher noch recht umhalsend, bloß mit der Stirn im Kote, wie ein mit dem Gipfel vorteilhaft in die Erde eingesetzter Baum.

Erst unten im Graben und als jedermann angekommen war – konnte man wie in einem Unterhause auf Herauskommen stimmen und an Einhelligkeit denken. Katzenberger votierte zuerst, indem er die Hand aus Würfels Halsbinde nahm und dann auf dem Rückgrate des Schuldirektors wie auf einer flüchtigen Schiffbrücke wegging, um nachher auf Flexen aufzufußen und sich von da, wie auf einem Gaukler-Schwungbrett, leicht ans Ufer zu schwingen. Es gelang ihm ganz gut, und er stand droben und sah hernieder.

Hier konnte er nicht ohne wahre Ruhe und Lust so leicht bemerken, wie die andern Hechte im Graben-Wasser schnalzten, aus Verlegenheit. Flexens

Rückgrats-Wirbel wurden ein allgemeines, aber gutes Trottoir, und der Schuldirektor schlug willig diesen Weg ein. Am Ufer zog der Doktor ihn an der Halsbinde nach kurzem Erwürgen ans Ufer, wo er unaufhörlich sich und seinen Kleider-Bewurf besah und zurückdachte. Auch der untergepflügte Dichter bekroch Flexen und bot dem Doktor die Hand, an deren Ohrfinger dieser ihn mit kleiner Verrenkung dadurch aufs Trockne zog, daß er selber sich rückwärts bog und umfiel, als jener aufstand. Was noch sonst aus dem Nilschlamme halb lebendig aufwuchs, waren nur Leute; aber diese waren am nötigsten zum Aufhelfen, sie waren die Flügel, die Maschinen-Götter, die Schutzheiligen, die Korkwesten des Wagens im Wasser.

Mehlhorn für seine Person war herbeigesprungen und stand auf dem umgelegten Kutschenschlage fest, in welchen er unaufhörlich seinen Hülf-Engels-Arm umsonst Theodan hineinreichte, um sie um den Schlag herum- und aufzuziehen – bis ihn der Kutscher von seinem Standort wegfluchte, um den Wagen aufzustellen.

Delikate Gesellschaftknoten werden wohl nie zärter aufgelöset als von dem Wurfe in einen Graben, gleichsam in ein verlängertes Grab, wobei das allgemeine Interesse wenig verliert, wenn noch dazu Glieder der Mitglieder verrenkt oder verstaucht sind oder beschmutzt. Diese Freude ging allgemein wie eine Luna auf; das Städtchen Huhl lag vor der Nase, und jeder mußte sich abtrocknen und abstäuben und deshalb vorher übernachten. Nur Würfel, der aus dem Örtchen sein Taschenbuch zurückzuholen hatte, mußt' verdrüßlich daraus heimeilen mit der nassen Borke am besten Vorderwestchen; eine halbe Nacht und einen ganzen Weg voll Nachtluft mußt' er dazu nehmen, um so trocken anzulangen, als er abgegangen. Katzenberger machte weniger aus dem Kot, von welchem er seine eigne Meinung hegte, welche diese war, daß er ihn bloß als reine Adams-Erde, mit heiligem Himmelwasser getauft, darstellte und dann die Leute fragte: was mangelt dem Dreck? Bloß den dachsbeinigen Flex schalt er über dessen schweres Schleppkleid so: »Fauler Hund, hättest du dich nicht stracks aufrichten können, sobald ich von dir aufgesprungen war? Warum ließest du dich von allen immer tiefer eintreten? Und warum gabst du dem unbedachtsamen Würfel nicht nach und ließest dich vom Bocke herunterreißen, anstatt meines Livrei-Aufschlags? He, Mensch?« – »Das weiß ich nicht,« versetzte Flex, »das fragen Sie einen andern.«

13. Summula

Theodas ersten Tages Buch

Die Destillation hinabwärts (dest. per descens.), wie der Doktor den Grabenfall nannte, brachte manches Leben in den Abend. Er selber behielt alles an und war sein Selb-Trockenseil.

Nieß konnte die Einsamkeit der abwaschenden Wiedergeburt zum Nachschüren von neuem Brennstoff für Theoda verwenden. Er sann nämlich lange auf treffliche Sentenzen über die Liebe und grub endlich folgende in die Fenstertafel seines Zimmers: »Das liebende Seufzen ist das Atmen des Herzens. – Ohne Liebe ist das Leben eine Nacht in einer Mondverfinsterung; wird aber diese Luna von keiner Erde mehr verdeckt, so verklärt sich mild die Welt, die Nachtblumen des Lebens öffnen sich, die Nachtigallen tönen, und überall ist Himmel. Theudobach, im Junius.«

Theoda schrieb eiligst folgende Tagebuchblätter, um sie dem Mehlhorn noch mitzugeben:

»Du teures Herz, wie lange bin ich schon von dir weg gewesen, wenn ich Zeit und Weg nach Seufzern messe! Und wann werd' ich in dein Haus springen oder schleichen? Gott verhüte letztes! Ein Zufall – eigentlich ein Fall in einen Graben – hält uns alle diese Nacht in Huhl fest; leider kommen wir dann erst morgen spät in Maulbronn an; aber ich habe doch die Freude, deinem guten Manne mein Geschreibsel aufzupacken. Der Gute! Ich weiß wohl, warum du mir nichts von seiner gleichzeitigen Reise gesagt; aber du hast nicht recht gehabt. Mein Vater setzte auf eine Stunde den raffinierten Zuckerhut Würfel in den Wagen; seine Weste litt sehr beim Umwerfen. Insofern war mirs lieb, daß dein Mann nicht mitgefahren; wer steht für die Wendungen des Zufalls? – Ich habe, Herzige, deinen Rat – denn in der Ferne gehorcht man leichter als in der Nähe – treu befolgt und heute fast nichts getan als Fragen an den Edelmann über den Dichter. Dieser ist selber – höre – bloß die beste erste Ausgabe seiner Bücher, eine Prachtausgabe, wenn nicht besser, wenigstens milder als seine Stachelkomödien. Niemand hat sich vor seinem Auge oder Herzen zu scheuen. Er lief schon als Kind gern auf Berge und in die Natur; und so war er auch schon als Kind vor seinem neunten Jahre unsterblich verliebt. Närrisch ists doch, daß man dergleichen an großen Menschen als so etwas Großes nimmt, da man ja bei sich und andern nicht viel daraus macht. – Herr von Nieß erzählte mir eine köstliche, längst abgeschloßne Geschichte von seiner ersten Liebe, als eines Knaben voll Zärte und Glut und Frömmigkeit; sie soll dir einmal wohltun, wenn ich sie dir in dein Wochenbett hineinwerfe. Nur machts der liebe Vater durch Mienen und Worte jedem gar zu schwer, dergleichen vorzutragen – anzuhören weniger, denn ich bin an ihn gewöhnt –; er wirft oft, wie du ja weißt, Eisspitzen ins schönste Feuer, auf die niemand in ganz Pira gefallen wäre, und bringt damit den Gerührtesten zum Lachen. Er nennt unser ewiges Sprechen über unsern Dichter ein holländisch-langes Glockenspiel. Freilich kennt ihn Herr von Nieß nicht oder will es nicht; so seltsam fragt er ihn an. Ich habe dir ihn überhaupt noch nicht gemalt, so mag er mir denn sitzen auf dem Kutschenkissen. Recht klug wird man nicht aus ihm; er wirft nicht sich, aber das Geld weg (fast zu sehr) – Er schimmert und schneidet, wie der Demant in einem Ringe; und ist doch weich dabei und stets auf der Jagd nach warmen Augenblicken – Ein Held ist er auch nicht, ja nicht einmal eine Heldin; vor dem kleinsten Stachelchen fährt er in die Bienenkappe – wie ich dir nachher meine eigne Perücke als Beweis und Bienenkappe vorzeigen will – Übrigens hat er alle nachgiebige Bescheidenheit des Weltmannes, der sich auf die Voraussetzung seines Werts verläßt – und dabei fein-fein und *sonst mehr*. – Dies ist aber eben der Punkt: von sich spricht er fast kein Wort, unaufhörlich von seinem Jugendfreunde, dem Dichter, gleichsam als wäre sein Leben nur die Grundierung für diese Hauptfigur. Auffallend ists, daß er nicht mit dem feurigen Gefühl, wie etwan ich, von ihm redet, sondern fast ohne Teilnahme (er berichtet bloß Tatsachen), so daß es scheint, er wolle nur meinem Geschmacke zu Gefallen reden und dabei unter der Hand für jemand anders den Angelhaken auswerfen als für unsern Theudobach. Zwischen diesem Namen und dem meinigen find' er etymologisch, sagt' er, nur den Unterschied des Geschlechts, worüber ich ordentlich zusammenfuhr, weil ich nie darauf gefallen war. Aber, warum sagt er mir solches angenehme Zeug, da er doch sieht, daß er mich nur durch ein ganz fernes Herz in Flammen setzt? Eilte dein Mann nicht so fürchterlich: wahrlich, ich wollte vernünftig schreiben. Ich sage dir Donnerstag alles, wenn es auch der Freitag widerlegt. In der Fremde ist man gegen Fremde (ja gegen Einheimische) weniger fremd als zu Hause; ich fragte geradezu Herrn von Nieß, wie der Dichter aussehe. ›Wie stellen Sie sich ihn denn vor?‹ fragt' er. ›Wie die edleren Geschöpfe dieses Schöpfers selber‹ (versetzt' ich) – ›Er soll und wird aussehen wie ein nicht zu junger Ritter der alten Zeit – vorragend auch unter Männern – Er muß Augen voll Dichter- und Kriegerfeuer haben, und doch dabei solche Herzens-Lieblichkeit, daß er sein Pferd ebensogut streichelt als spornt und ein gefallnes Kindchen aufhebt und abküßt, eh' ers der Mutter reicht – Auf seiner Stirn müssen ohnehin alle Welten stehen, die er geschaffen, samt den künftigen Weltteilen – Köstlich muß er aussehen – Der Bergrücken seiner Nase .....‹ – (Hier, Bona, dacht' ich an deinen Rat.) ›Nun Sie haben ja die Nase selber gesehen, und ich gedenke, das auch zu tun.‹

Hierauf versetzte Herr von Nieß: ›Vielleicht sollt' er, Demoiselle, diese Gestalt nach Maler-Ideal haben; aber leider sieht er fast so aus wie ich.‹

Gewiß hab' ich darauf ein einfältiges Staun-Gesicht gemacht und wohl gar die Antwort gegeben: ›Wie Sie?‹ – Überhaupt schien meine zu lebhafte Vorschilderei seines Freundes ihn nicht sonderlich zu ergötzen. – ›Theoda und Theudobach‹ – fuhr er fort – ›behalten ihre Ähnlichkeit sogar in der Statur; denn *er* ist so lang als ich.‹ – ›Nein,‹ unterfuhr ich, ›dann ist er kürzer als ich; eine Frau, die so lang ist als ein Mann, ist länger als ein Mann.‹ – Es schwollen beinahe Giftblasen mir auf, gesteh' ich gern. Es verdroß mich das ewige Prahlen mit der körperlichen Ähnlichkeit Theudobachs bei so wenig geistiger. Ich denke an seine unritterliche Furcht und an meine Perücke beim Wagen-Umwurf. Er wollte sich an meinen Kopf anhalten, um seinen zu retten. Raufen aber ist eine eigne Weise, einem Mädchen den Kopf zu verrücken. Mein Vater wird ihn mit dieser Perücke, womit er in die Grube gefahren, noch oft fegen, wie die Bedienten in Irland damit die Treppen kehren.

Freilich wars an ihn eine dumme Mädchenfrage, die ich nachher getan, wie ich dir beichten will. Aber wer machts denn anders? Die Leserinnen eines Dichters sind alle seine heimlichen Liebhaberinnen – die Jünglinge machen es mit Dichterinnen auch nicht besser –; und wir denken bei einem Genie, der Ehre unseres Geschlechts wegen, zuerst an die Frau, die der große Mann uns allen vorgezogen und die wir als die Gesandtin unseres Geschlechts an ihn abgeschickt. Auf seine Frau sind wir sogar neugieriger als auf seine Kinder, die er ja nur bekommen und selten erzieht. Ob ich mich gleich einmal tapfer gegen meinen Vater gewehrt, da er sagte, an einem Poeten zögen wir den Kniefall dem Silbenfall vor, ein Paar Freierfüße sechs Versfüßen, Schäferstunden den Schäferliedern und wären gern die Hausehre einer Deutschlands-Ehre: so hatt' er doch halb und halb recht. – Die dumme Mädchenfrage war nämlich die: ob der Dichter eine Braut habe. – ›Wenigstens bei meiner Abreise noch nicht‹, versetzte Nieß. – ›O ich wüßte‹, sagt' ich, ›nichts Rührenderes, als eine Jungfrau mit dem Edeln am Traualtare stehen zu sehen, welchen sie im Namen einer Nachwelt belohnen soll; sie sollte mir meine heiligste Schwester sein, und ich wollte sie lieben wie ihn.‹ – ›Wahrlich, Sie könnten es‹, sagte Nieß mit unnütz-feiner Miene.

O Gott, zanke nur hier über nichts, du Hellseherin. Ach mein Gesicht-Lärvchen – wahrlich mehr eine komische als tragische Maske – gibt mir keine Einbildungen, weil ich doch damit keinem Manne gefallen kann als einem halbblinden, der, wie du, nichts verlangt als ein Herz; aber der freilich sollte dieses denn auch ganz haben, mit allen Kammern und Herzohren und Flämmchen darin, und mein kleines Leben hinterdrein.

Ich wollt', es gäbe gar keine Männer, sondern die göttlichsten Sachen würden bloß von Weibern geschrieben; warum müssen gerade jene einfältigen Geschöpfe so viel Genie haben, und wir nichts? – Ach, wie könnte man einen Rousseau liebhaben, wenn er eine Frau wäre!

Gute Nacht, meine Seele! So viel Himmel, als nur hineingeht, komme in dein Herzchen! Th.«

14. Summula

Mißgeburten-Adel

Der Wirt, der die Gesellschaft immer hinter Büchern und Schreibfedern sah, vermutete, er könne sie als Ziehbrunnen benutzen und seinen Eimer einsenken; er brachte ein Werk in Folio und eins in Oktav zum Verkaufe getragen. Das kleinere war ein zerlesener Band von Theudobachs Theater. Aber der Doktor sagte, es sei kein Kauf für das Gewissen seiner Tochter, da das Buch vielleicht aus einer Leihbibliothek unrechtmäßig versetzt sei. Auch fragt' er sie, ob sie denn nicht glaube, daß in Maulbronn der Dichter selber sie als seine so warme Anbeterin und Götzen-Dienerin mit einem schönen Freiexemplare überraschen werde, das er wieder selber umsonst habe vom Verleger. »Ich komme ihm zuvor,« sagte Nieß, »ich habe von ihm selber fünf Prachtexemplare zum Geschenk und gebe gern eines davon um den Preis hin, den es mich kostet.« Theoda hatte Zweifel über das Annehmen, aber der Vater schlug alle nieder und sagte zum Edelmanne mit närrischen Grimassen: »Herr von Nieß, ich mache von so etwas Genießbaren Nießbrauch so wie von allen kostspieligen Auslagen, die Sie bisher auf der Reise vorschossen, weil Sie vielleicht wissen, daß ich ein schlechter Zahl- und Rechenmeister bin; aber am Ende der Reise, hoff' ich, sollen Sie mich kennen lernen.« Nieß bat Theoda in sein Zimmer zu folgen, wo er ihr vom Dichter vielleicht noch etwas Lieberes zu geben habe als das Gedruckte.

Er führte sie vor die oben gedachte Fensterscheiben-Inschrift. Als sie die Theudobachische Hand und die schönen Liebeworte erblickte und nun gewiß wußte, daß sie, den Boden und die Nachbarschaft mit ihrem Helden teilend, gleichsam in dessen Atmosphäre gekommen, wie die Erde in die der Sonne[1]: so zitterte das Herz vor Lust, und die Prachtausgabe verlor fast gegen die Fenster-Schrift. Nieß sah das feuchte Auge und hielt sich mit Gewalt, um nicht mit dem Bekenntnis seines zweiten Namens ihr ans Herz zu fallen, aber ihre Hand drückte er heftig und malte gerührt den Theaterstreich am Fenster nicht weiter aus.

Beide gingen halb trunken zum Doktor zurück. Dieser hatte eben teuer den Folioband vom Wirte erhandelt, nämlich Sömmerings Abbildungen und Beschreibungen einiger Mißgeburten, die sich ehemals auf dem anatomischen Theater zu Kassel befanden. Fol. Mainz 1791. Nicht nur das Paar, auch der Wirt sah, mit welchem Entzücken er die Mißgeburten verschlang. Da nun ein Wirt, wie jeder Handelsmann, bei jedem Käufer ungern aufhört zu verkaufen, so sagte der Wirt: »Ich bin vielleicht imstande, einem Liebhaber mit einer der veritabelsten ausgestopften Mißgeburten aufzuwarten, die je auf acht Beinen herumgelaufen.« – »Wie, wo, wenn, was?« rief der Doktor, auf den Gastwirt rennend. »Gleich!« versetzte dieser und entschoß.

»Gott gebe doch,« fing Katzenberger an, gegen den Edelmann sich wendend, »daß er etwas wahrhaft Mißgebornes bringt. Ich weiß nicht, haben Sie meine de monstris epistola gelesen oder nicht; inzwischen habe ich darin ohne Bedenken die allgemeine Gleichgültigkeit gegen echte Mißgeburten

[1] Das Zodiakal-Licht wird für den in die Laufbahn der Erde hineinreichenden Dunstkreis der Sonne gehalten.

gerügt und es frei heraus gesagt, wie man Wesen vernachlässigt, die uns am ersten die organischen Baugesetze eben durch ihre Abweichungen gotischer Bauart lehren können. Gerade die Weise, wie die Natur zufällige Durchkreuzungen und Aufgaben (z. B. zweier Leiber mit *einem* Kopfe) doch organisch aufzulösen weiß, dies belehrt. Sagen Sie mir nicht, daß Mißgeburten nicht bestehen, als widernatürlich; jede mußte einmal natürlich sein, sonst hätte sie nicht bis zum Leben und Erscheinen bestanden; und wissen wir denn, welche versteckte organische Mißteile und Überteile eben auch Ihrem oder meinem Bestehen zuletzt die Ewigkeit nehmen? Alles Leben, auch nur *einer* Minute, hat ewige Gesetze hinter sich; und ein Monstrum ist bloß ein Gesetzbuch mehrerer föderativen Staatkörperchen auf einmal; auch die unregelmäßigste Gestalt bildete sich nach den regelmäßigsten Gesetzen (unregelmäßige Regeln sind Unsinn). Eben darum könnte aber aus Mißgeburten als den höhern Haruspizien oder passiven Blutzeugen bei geschickter Zergliederung mehr Einsicht gewonnen worden sein als aus allem Alltagvieh, sobald man nur besser diese Sehröhre und Operngucker ins Lebensreich hätte zu richten verstanden, und wenn man überhaupt, Herr von Nieß, so seltene Cicerone und Zeichendeuter, die eben gerade, wie die Wandelsterne, in ihren Verfinsterungen am meisten geistig erleuchten, sorgfältiger aufgehoben hätte. Wo ist aber – mein elendes ausgenommen – noch ein ordentliches Mißgeburtenkabinett? Welcher Staat hat noch Preise auf Einliefern von monstris gesetzt, geschweige auf Erzeugung derselben, wie doch bei Blumen geschehen? Geht ein Monstrum als ein wahrer Solitär der Wissenschaft unter, so ist man noch gleichgültiger, als wäre ein Schock leicht zu zeugender Werkeltagleiber an der Ruhr verschieden. Wer kann denn aber eine Mißgeburt, die sich so wenig als ein Genie fortpflanzt – denn sie ist selber ein körperliches, eine Einzigperle – nicht einmal ein Sonntagkind, sondern ein Schalttagkind –, ersetzen, ich bitte jeden? Ich für meine Person könnte für dergleichen viel hingeben, ich könnte z. B. mit einer weiblichen Mißgeburt, wenn sie sonst durchaus nicht wohlfeiler zu haben wäre, in den Stand der Ehe treten; und ich will dirs nicht verstecken, Theoda – da die Sache aus reiner Wissenschaftliebe geschah und ich gerade an der Epistel de monstris schrieb –, daß ich an deiner sel. Mutter während ihrer guten Hoffnung eben nicht sehr darauf dachte, aufrechte Tanzbären, Affen oder kleine Schrecken und meine Kabinetts-Pretiosen fern von ihr zu halten, weil sie doch im schlimmsten Falle bloß mit einem monströsen Ehesegen mein Kabinett um ein Stück bereichert hätte; aber *leider*, hätt' ich beinah' gesagt, aber gottlob sie bescherte mir dich als eine Bestätigung der Lavaterschen Bemerkung, daß die Mütter, die sich in der Schwangerschaft vor Zerrgeburten am meisten gefürchtet, gewöhnlich die schönsten gebären. Ein Monstrum .... o, du guter Wirt kommst!«

Letzter kam an mit dem fast grimmig aussehenden Stadtapotheker und dieser mit einem gut ausgestopften, achtbeinigen Doppel-Hasen, den er wie ein Wickelkind im Arme trug und an die Brust anlegte. Der Doktor sah den Hasen fast mit geifernden Augen an und wollte wie ein Hasengeier auf ihn stoßen. »Ich bin« – sagte jener und sprang stirn-runzelnd seitwärts – »Pharmazeutikus hiesiger Stadt und habe dieses curiosum in Besitz. Besehen darf es werden, aber unmöglich begriffen vor dem Einkauf. Ich will es aber auf alle Seiten drehen, und wie es mir gut dünkt; denn es ist seinesgleichen nicht im Lande oder auf Erden.« – »Um Verzeihung,« sagte der Doktor, »im königlichen Kabinett zu Chantilly wurde schon ein solcher Doppel-Hase aufbewahrt [1], der sogar sich an sich selber, wie an einem Bratenwender, hat umdrehen und auf die vier Relais-Läufe werfen können, um auf ihnen frisch weiterzureisen, während die vier ausgespannten in der Luft ausruhten und selber ritten.« – »Das konnte meiner bei Lebzeiten auch,« sagte der Apotheker, »und Ihr anderes einfältiges Hasenstück hab' ich gar nicht gesehen und gebe nicht einen Löffel von meinem darum.« Jetzo nannte er den Kaufschilling. Bekanntlich wurde unter dem minderjährigen Ludwig XV. der Greisenkopf auf den alten Louisd'or von Ludwig XIV. bloß durch den Druck eines Rades in den noch lebendigen Kinderkopf umgemünzt; worauf sie 20 Livres statt 16 galten. Für ein solches Geld-Kopfstück, und zwar für ein vollwichtiges, wollte der Apotheker seinen Hasen mit 4 Löffeln, 2 Köpfen etc. hergeben. Nun hatte der Doktor wirklich ein solches bei sich; nur aber wars um viele Asse zu leicht und ihm gar nicht feil. Er bot halb so viel an Silbergeld – dann ebensoviel – dann streichelte er den Pharmazeutikus am dürren Arme herab, um in seinem Heißhunger nur, wie der blinde Angelo den Torso, so den Pelz der Hasen zu befühlen, die er wie ein Kalmucke göttlich verehrte. – Endlich zeigte er noch seinen langen Hakenstock vor und zog aus dessen Scheide, wie einen giftigen Bienenstachel, einen langen befiederten amerikanischen Giftpfeil vor und sagte, diesen Pfeil, womit der Pharmazeutikus jeden Feind auf der Stelle erlegen könnte, wollt' er noch drein schenken. Bisher hatte dieser immer drei Schritte auf- und abgetan, kopfschüttelnd und schweigend; jetzo trug er ohne weiteres seinen Hasenvielfuß zur Türe hinaus und sagte bloß: »Bis morgen früh steht viel feil ums Goldstück; aber Mittags katz ab!« – »Es ist mein Herzens-Gevatter«, sagte der Wirt, »und ein obstinater Mann, aber dabei blitzwunderlich; ich sage Ihnen aber, Sie kriegen ebensowenig den Hasen einzupacken als den Rathaus-Turm, wofern Sie kein solches Kopfstück ausbatzen; er hat seinen Kopf daraufgesetzt.« – »Gibts denn«, sagte der Doktor, »einen größern Spitzbuben? Ich habe freilich eins, aber es ist zu gut, zu vollötig für ihn – doch werd' ich sehen.« – »So tue«, sagte der Wirt, »doch unser Herr Gott sein Bestes und bringe zwei solche Herren zusammen!«

Der Poet Nieß hatte aus dem Vorfalle eine ganze Theaterkasse voll Ein-

[1] Unterhaltungen aus der Naturgeschichte. Die Säugetiere 1. B. S. 34.

fälle und Situationen erhoben; und auf der Stelle den Plan zu einer komischen Oper entworfen, worin nichts als Mißgeburten handeln und singen sollten.

15. Summula

Hasenkrieg

Der Doktor hatte eine unruhigere Nacht als irgendeiner seiner Heilkunden, weniger weil ein Goldstück für das Natur-Kunstwerk zu zahlen war, als weil dasselbe sehr zu leicht war. Endlich fiel ihm gegen Mitternacht der Kunstgriff eines christlichen Kaufmanns bei, der zu leichten Goldstücken nicht jüdisch durch Beschneidung, sondern vielmehr mit etwas Ohrenschmalz, als Taufe und Ölung, das alte Gewicht zurückgab. Er stand auf und nahm seine Gehörwerkzeuge und gab dem Louis XIV et XV d'or, ohne alle Reims-Fläschchen, so viele Salbung, bis er sein Gewicht hatte. Frühmorgens schickte er durch den Wirt die Nachricht in die Apotheke: er gehe den Kauf ein und werde bald vor ihr mit seinem Wagen halten. Man antwortete darauf zurück: »Gestern wär' es zwar ebensogut abzumachen gewesen; aber meinetwegen!«

Der Doktor sann sich viele List- und Gewalt-Mittel – d. h. Frieden-Unterhandlungen und Krieglisten – aus, um die Föderativ-Hasen zu bekommen; und er war, im Falle gute Worte, nämlich falsche, nichts verfingen, zum Äußersten, zu Mord und Totschlag entschlossen; weshalb er seinen Arm mit dem giftigen Gemshornstock armierte.

Vor der Apotheke befahl er, aus dem Wagen springend, die Türe offen zu lassen und, sobald er gelaufen käme, fliegend mit ihm abzurennen. Er hatte sich vorgenommen, anfangs dem Fuchse zu gleichen, der so lange sich einem Hasen näher tanzt, bis der Hase selber in den Tanz einfällt, worauf der Fuchs ihn leicht in Totentänze hineinzieht.[1] Er stieg dann aus – hielt ein zweiköpfiges Goldstück bloß zwischen Mittelfinger und Daumen am Rande, um es mehr zu zeigen, und um nichts vom Folien-Golde wegzureiben – und war jedes Wortes gewiß, das er sagen wollte. Er konnte sich aber beim Eintritte nicht viel Vorteil für seine Anrede oder Benevolenz-Kaptanz von dem Umstande versprechen, daß gerade das Subjekt[2] und der Provisor giftigen Bilsensamen in Mörser stampften; da nach allen Giftlehrern dieses Giftkraut unter dem Stoßen und Kochen den Arbeiter unter der Hand in ein toll-erbostes, bissiges Wesen umsetzt. Indes fing er – mit dem Goldstück

[1] Der Verfasser weiß nicht gewiß, ob er diese naturhistorische Bemerkung aus Bechsteins Werken oder aus dessen Munde hat.

[2] Bekanntlich der Name eines pharmazeutischen Beigehülfen und Gesellen.

in der Hand, wie ein venedischer Sbirre mit einem auf der Mütze – sein freundschaftliches Anreden mit Vergnügen an, weil er wußte, daß er stets mit der sanften Hirtenflöte den, dem er sie vor tauben Ohren blies, leicht hinter dieselben schlagen konnte.

»Herr Amtbruder,« sagt' er »meine de monstris epistola (Sendschreiben über Mißgeburten) kennen Sie wahrscheinlich früher als irgendein Protomedikus und Obersanitätrat in ganz größern Städten; sonst hätten Sie sich vielleicht weniger auf Mißgeburten gelegt. Ihr Monstrum, gesteh' ich Ihnen gern – denn es ist zu sehr gegen meine Sinnes Art, etwas herabzusetzen, bloß weil ich es erhandeln will –, ist, wie Sie selber trefflich sagten, ein curiosum; in der Tat ist Ihr Dioskuren-Hase (Sie verstehen mich leicht) wie ein Doppel-Adler gleichsam eine lebendige Sozietät-Insel, ein zusammengewachsenes Hasen-tête-à-tête. Sie wissen alles, wenn nicht mehr. Sie sehen aus meinem Goldstück in der Hand, ich gebe alles dafür; wär' es nur deshalb, um neben meiner Wißbegierde noch die des Fürsten im Maulbronner-Bad, meines intimen dicken Freundes, zu befriedigen; ich weiß zwar nicht, ob Sie bei ihm dabei verlieren, daß Sie den Doppel-Hasen früher aufgetrieben und besessen als ich; aber ich weiß, daß Sie dabei gewinnen, und daß ich ihm sagen werde, wie Sie sich schreiben, und daß nur Sie mir die Hasen abgelassen.«

»Ich will jetzt das Goldstück wägen«, versetzte der Apotheker und gab das Hasenpaar dem Provisor hin, der es mit vorfechtenden Blicken als Schutzheiliger auf- und abtrug. – Das Subjekt stieß feurig fort und sott ohne Not in eignen Augenhöhlen seine Eiweiß-Augen krebsrot. – Der Prinzipal stand im feuernden Krebs als Sonne und zitterte vor Hast, als er die Goldwaage hielt. – Die ganze Apotheke war die Sakristei zu einer streitenden Kirche. –

Katzenberger aber zeigte sich mild und schien als kalte Sonne im Steinbock.

»Mein Gold«, sagt' er, da es etwas in die Höhe ging, »ist wohl überwichtig; denn Sie halten nicht fest genug, und so fliegts auf und ab.« –

– »Wenn nicht Harn dran ist, ders schwer macht«, sagte der Apotheker und berochs; worauf er das Goldstück versuchsweise ein wenig am Oberrockfutter zu scheuern begann. Aber der Doktor fing seine Hand, damit er nicht die auf die Goldmünze aufgetragne Schaumünze wegfeile, und sagte ihm frei heraus: »er halte ihn zwar für den ehrlichsten Mann in der ganzen Apotheke, aber er könne deshalb doch nicht vergessen, daß in verschiedenen Leipziger und Frankfurter Messen Juden gestanden, welche ein feines Reibeisen im Unterfutter eingenäht getragen, womit sie unter dem Vorwande der Reinigung von den besten Fürstend'or Goldstaub abgekratzt und dann mitgenommen.«

»Fremder Herr! Mordieu! Ihr Geld« (sagte der Mann) »wird ja immer leichter, je länger ich wäge. – Ein Aß ums andre fehlt.«

»Wir wollen beide nichts daraus machen, Herr Amtbruder,« – sagte der Doktor und klopfte auf dessen spitze Achsel – »sondern als echte Freunde scheiden, zumal da man hinter uns Bilsensamen stampft; Sie kennen dessen Einfluß auf Schlägereien, in denen ohnehin jeder Charakter, wie eine Sommerkrankheit, leicht einen gewissen biliösen oder gallichten Charakter annimmt. Wir beide nicht also!«

»Sacker, zehnmal zu leicht!« (rief der Apotheker, die Goldwaage hoch über den Kopf haltend) – »An keinen Hasen zu denken!«

Aber der Doktor hatte schon daran gedacht; denn er hatte den aufs Gespräch horchenden Provisor mit dem Schnabelstocke, den er als ein Kammrad in dessen Zopf eingreifen lassen, rückwärts auf den Boden wie in einen Sarg niedergelegt und ihm im Umwerfen die Mißgeburt aus der Hand gezogen.

Wie ein Krebs trat er den Rückzug an, um mit dem Gemshornstock vorwärts in die Apotheke hineinzufechten. Der Landsturm darin organisierte sich bald. Wütig warf sich der Provisor herum und empor und feuerte (er konnte nicht wählen) mit Kräutersäckchen, Kirschkernsteinen, die erst zu extrahieren waren, mit alten Ostereiern voll angemalter Vergißmeinnicht dem Doktor auf die Backenknochen. – Der Apotheker hatte erstaunt das Goldstück fallen lassen und sucht' es unten mit Grimm. – Das Subjekt stocherte mit dem Stößel bloß auf dem Mörserrand und drehte sich selber fast den Kopf ab, um mehr zu sehen. –

Unten schrie der gebückte Apotheker: »Greift den Hasen, greift den Hund!« – »Nur auf ein ruhiges Wort, meine Herren!« rief Katzenberger ausparierend. »Das Bilsenkraut erhitzt uns alle, und am Ende müßte ich hier gar als Arzt verfahren und dagegen rezeptieren und geben, es sei nun, daß ich dem Patienten, der zu mir käme, entweder das Gemsenhorn meines äskulapischen Stabs als einen kühlenden Blutigel auf die Nasenflügel würfe, oder diese selber damit aufschlitzte, um ihm Luft zu machen, oder das Horn als einen flüchtigen Gehirnbohrer in seine Kopfnaht einsetzte. – – Aber den Hasen behalt' ich, Geliebte!«

Nun stieg die Krieglohe gen Himmel. Der Apotheker ging auf ihn mit einer langen Papierschere los, sie, wie ein Hummer die seinigen, aufsperrend; – Katzenberger indes hob ihm bloß mit dem Skalpier-Stock leicht eine Vorstecklocke aus; – der Provisor schnellte eine der feinsten chirurgischen Splitterscheren ab, die zum Glück nur in den langen Ärmel weit hinterfuhr. – Katzenberger aber ließ auf ihn durch den Druck einer Springfeder sein Gemsenhorn, woran noch die Vorstecklocke des Vorgesetzten hing, abfahren und schoß damit die ganze linke Brustwarze des Provisors zusammen, wiewohl die Welt, da er mit ihr nichts säugte, dabei weniger verlor als er selber. – Das Subjekt hielt im Nachtrabe den Stößel in die Lüfte aufgehoben und drohte nach Vermögen. – –

Aber jetzt ersah der Pharmazeutikus den langen amerikanischen Giftpfeil nackt vorstechend und wollte hinter den Subjekts-Hintergrund zurück. – »Um Gottes Willen, Leute,« rief der Doktor, »rettet euch – springt insgesamt zurück – auf wen ich diesen Giftpfeil zuwerfe, der fällt auf der Stelle tot nieder, eh' er nur meinen Steiß erblickt!«

Da der Mensch stets *neue* Waffen und Gefahren mehr scheut als die *gefährlichsten* bekannten: so ging die ganze pharmazeutische Fechtschule rückwärts; und der Doktor ohnehin, bis er auf diese Weise mit seinem Hasen und dem zielenden Wurfspieß und seinem Rücken an den Fußtritt seines Wagens gelangte. Darauf fiel zwar die erhitzte Apotheke wieder von ferne aus – der Apotheker begleitete den Siegwagen wie einen römischen mit Schimpfworten – der Provisor schleuderte präparierte Gläser voll Kühltränke dem Hasendiebe nach und zerrte vor Wut, um die Brustwarze und die Splitterschere gebracht zu sein, mit beiden Zeigefingern die beiden Mundwinkel bis an den Backenbart auseinander, um allgemeines Grausen auszubreiten – und das Subjekt hieb in der Weite mit der Mörserkeule heftig in das Stein-Pflaster und kegelte noch mit den Füßen Steine nach; inzwischen Katzenberger und die Hasen fuhren ab, und er lachte munter zurück.

So aber, ihr Menschen, schnappen öfters Krieg-Trubeln passabel ab, und am Friedenfeste sagt der eine: ich bin noch der Alte und wie neugeboren – und der zweite: verflucht! wir leben ja ordentlich wieder auf – und der dritte: ich hätte mehr wissen sollen, ich hätte mich weniger gefürchtet; denn mein Herz sitzt wohl auf dem rechten Fleck – und der vierte: aber die Hasen haben wir doch in diesem Kriege verloren.

Indes hat darin außer dem Doktor, der nicht durch einen Doppeladler, sondern einen Doppeladler selber gewann, noch eine Person viel erbeutet, welche dem Leser die nächste ist, nämlich ich hier. Zweite Auflagen haben den Vorzug, daß man darin Sachen sagen kann, welche durchaus in keiner ersten vorzubringen sind; so konnt' ich in der ersten dieses Werks gar nicht die schöne Nachricht mitteilen, daß der berühmte Zergliederer Johann Friedrich *Meckel* in Halle – der Erbe und Mehrer des Reiches von väterlichem Ruhm – mir im Jahr 1815 seinen de duplicitate monstrosa commentarium nicht nur geschenkt, sondern auch zugeeignet, und zwar in einem schönern Latein, als ich noch erlernen kann. Niemand aber hab' ich diese lateinische Triumphpforte zu verdanken als – laut der Zueignung – den Grundsätzen und Krieglisten des Dr. Katzenbergers, der jetzo den kenntnisvollen und scharfsinnigen Commentarius selber längst in Händen haben und sich über Buch und sich und mich erfreuen muß. Und hiemit erhalte Meckel nach dem geschriebnen Dank auch den gedruckten für sein Foliobändchen über den organischen Dualis oder die monströse Doppelheit, die an Körpern ebenso selten als widrig ist, indes die häufigere Doppelheit an Seelen weit angenehmer wirkt und sich auf die Zunge einschränkt durch Doppelzüngigkeit, Doppelsinn u. s. w.

16. Summula

Ankunft-Sitzung

Niemand fuhr wohl jemals froher mit Hasen als Katzenberger mit seinen. Es war ihm ein Leichtes und ein Spaß, mit seiner Mißgeburt im Arm jedes Wort auszudauern, das Nieß von erster Jugendliebe, dem Frühgottesdienst gegen weibliche Göttinnen und von Theudobachs seligmachendem Glauben an diese ihm an die Ohren warf; denn er wußte, was er hatte. Süßlich durchtastete er den Hasen-Zwilling und weidete ihn geistig aus. Seinem Kutscher befahl er, jetzt am wenigsten umzuwerfen, weil er sonst die Hasen bezahlen müßte und nachher aus dem Dienst gejagt würde ohne Livrei.

Nun schlug er der Gesellschaft, eigentlich dem Edelmanne, die Frage zur Abstimmung vor, ob man schon die nächste Nacht sehr spät in Maulbronn anlangen wolle oder lieber in *Fugnitz* verbleiben, der Zäckinger Grenzstadt, wenige Stunden von Maulbronn. Theoda bestand auf schnelle Ankunft; sie wollte wenigstens mit dem schlafenden Dichter in demselben gelobten Lande und unter *einer* Wolke sein. Der Edelmann sagte, er habe den eigennützigen Wunsch, erst morgen anzukommen, weil ein Wagen enger vereinige als ein Baddorf. Die heimlichern Gründe seines Wunsches waren, am Tage vom Turm herab mit dem Bade-Ständchen angeblasen zu werden – ferner sich den Genuß des Inkognitos und das Hineinfühlen in Theodas wachsende Herzspannung zu verlängern – und endlich, um mit ihr abends durch das gewachsene Mondlicht spazieren zu waten. Der Doktor schlug sich mit Freuden zu ihm; Nieß trug mit dichterischer Großmut die Frachtkosten für ihn und kürzte aus dichterischer Weichlichkeit alles Reise-Gezänk durch Doppel-Gaben ab, um auch die kleinsten Himmelstürmer von seinem Freuden-Himmel fernzuhalten. »Ohnehin« – sagte der Doktor – »müss' er in Fugnitz eine neue Scheide für seinen gefährlichen Giftpfeil machen lassen; und er reise ja überhaupt nur nach dem Bad-Neste, um da einen unreifen Rezensenten, den er nicht eher nenne, bis er ihn injuriert habe, auf jene Weise zu versüßen, wie man nach Doktor Darwin unreife Äpfel süß mache, nämlich durch Zerstampfen; wiewohl er sich beim Manne nur auf Prügel einschränke.

ZWEITE ABTEILUNG

17. Summula

Bloße Station

Ihr Wirtshaus war ein Posthaus, und zwar glücklicherweise für den Doktor. Denn während der Posthalter sich mit der Mißgeburt abgab: fand jener Gelegenheit, einen dicken unfrankierten Briefwürfel, an sich überschrieben, ungesehen einzustecken als Selb-Briefträger.

Nicht etwa, daß ers stehlen wollte – was er am liebsten getan hätte, wäre nicht der unschuldige Posthalter dadurch doppelt schuldig geworden, einmal an Ruf, dann an Geld –, sondern er nahms, um es ehrlich wieder hinzulegen, wenn ers mit zarter Hand aufgemacht, um zu erfahren, was darin sei, und ob der Bettel das Porto verlohne, oder ob er außen auf den Umschlag zu schreiben habe: retour, wird nicht angenommen. Vor der Nase des Briefträgers konnt' er nicht, ohne zu bezahlen, erbrechen; ob er gleich das Aufmachen, in der Hoffnung, einen recht gelehrten und bloß der Sicherheit wegen unfrankierten Brief zu gewinnen, selten lassen konnte. Indes der Schreck, daß er vor einigen Wochen eine schwere grobe Briefhülse und -schale aufgeknackt, woraus er für sein Geld nichts herauszuziehen bekommen als die grüne Nuß von einer Pränumerantenwerbung für einen Band poetischer Versuche samt einigen beigelegten, dieser Schreck fuhr ihm bei jedem neuen Briefquader in die Glieder. – Zum Unglück aber war in dem fein geöffneten Brieftestament dieses Mal eine herrliche Erbschaft von den wichtigsten, mit kleinster Schrift geschriebenen Bemerkungen über alle seine Werke, und zwar von Dr. Semmelmann, fürstlichem Leibarzt in Maulbronn. Auf der Stelle versiegelte er entzückt das Paket und legt' es auf den alten Platz zurück, um eine Viertelstunde darauf vor dem Posthalter sich anzustellen, als säh' er eben ein an sich adressiertes Briefschreiben, das er sofort auslösen und bezahlen wolle.

Aber der kurzstirnige Posthalter gabs durchaus nicht her, »er halt' es als Posthalter postfest,« sagte er, »bis auf die Station, und da könn' es der Herr selber holen, wenn er keine posträuberische Absichten habe, was ein Posthalter nicht riechen könne.« Nie bereute Katzenberger seine Ehrlichkeit aufrichtiger als dieses Mal; aber in die dicke Kurzstirn war kein Licht und kein Blitz und kein Donnerkeil zu treiben; und Katzenberger hatte von seinem Wünschen nichts weiter, als daß der Posthalter, über ein so unsinniges Ansinnen erbittert, ihm die Zeche verdoppelt anschrieb, und er selber zwischen Fortreisen nach Maulbronn und zwischen Umkehren, dem Semmelmannschen Pakete hintennach, ins Schwanken geriet.

Im ganzen bewahrte Katzenberger sich durch einen gewissen Egoismus vor allem Nepotismus. Eigentlich ist jede Menschenliebe, sobald sie auf besonderes Beglücken, nicht auf ruhiges Liebhaben anderer ausgeht, vom Nepotismus wenig unterschieden, da alle Menschen ja, von Adam her, Verwandte sind. Daher auch Männer in hohen Posten den Schein eines solchen Nepotismus gegen adamitische Verwandte so sehr fliehen. Übrigens lässet gerade diese Verwandtschaft von Jahr zu Jahr mehr ruhige kalte Behandlung der Menschen hoffen; denn mit jedem Jahrhundert, das uns weiter von Adam entfernt, werden die Menschen weitläuftigere Anverwandte von einander und am Ende nur kahle Namenvettern, so daß man zuletzt nichts mehr zu lieben und zu versorgen braucht als nur sich.

18. Summula

Männikes Seegefecht

Um den Leser nicht durch zu viel Ernst und Staat-Geschichte zu überspannen, möge ein unbedeutendes Seegefecht, im Städtchen *Höflein,* wo die Pferde Vesperbrot und Vesperwasser bekamen, hier eine kurze Unterbrechung gewähren dürfen, ohne dadurch den Ton des Ganzen zu stören.

Der Wasserspringer *Männike* hatte nämlich den ganzen Höfleiner Adel und Pöbel auf die Brücke des Orts zusammengeladen, damit beide sähen, ob er auf dem Wasser so viel vermöchte und gewänne als die Briten-Insel, diese Untiefe und Klippe des strandenden Europas. Der Springer, der sowohl bemitleidet als bewundert zu werden wünschte, und der unten im Nassen recht in seinem Elemente sein wollte, hatte dem Städtchen versprochen, im Wasser Tabak zu rauchen, mit einem Schiebekarren zu fahren, anderthalb Klafter hoch Freudenwasser wie Freudenfeuer zu speien, gleich einem Flußgotte von Stein, und dann im Strome noch größere Kunststücke für morgen der erstaunten Brücke zu versprechen.

Die Reisegesellschaft, die Pferde ausgenommen, begab sich gleichfalls auf die Brücke und machte gern einer herfliegenden gebratenen Taube den Mund auf.

Der Wasserspringer tat in der Tat, so weit Nachrichten reichen, das Seinige und den Rittersprung vom Geländer ins Wasser zuerst und stahl sich in viele Herzen. Inzwischen stand auf der Brücken-Brüstung ein längst in Höflein angesessener Hallore aus Halle, der mehrmals murmelte: die Pestilenz über den Hallpursch! Er wollte sich wahrscheinlich in seiner Sprache ausdrücken und sich so Luft verschaffen, da er durch den Nebenbuhler unten im Wasser so lange auf dem Geländer gelitten. Katzenberger neben ihm zeigte mit dem Finger wechselnd auf Männike und den Halloren, als woll' er sagen: Pavian, so spring nach! Endlich hielt der Hallore es auch nicht mehr aus – sondern warf seinen halben Habit hinter sich, die Leder-Kappe, – fuhr wie ein Stechfinke auf das Finken-Männchen in seinem Wassergehege – und machte den Sprung auf Männikes Schienbeine herunter, als dieser eben zurückliegend sein Freudenwasser aufwärts spie und, den offnen Himmel im Auge, anfangs gar nicht wußte, was er von der Sache halten sollte, vom Kerl auf seinen Beinen. Aber sein Nebenmann und Badegast zündete eilig Licht in seinem Kopf an, indem er den letzten bei den Haaren nahm und so – die Faust sollte den Raufdegen oder Raufer spielen – geschickt genug das Lufttreffen einleitete. Denn da diese neue Seemacht die Knie als Anker auf Männikes Bauchfell auswarf und zuvörderst die Zitadelle der Festung, nämlich den Kommandanten, d. h. dessen Kopf, besetzt und genommen hatte: so mußte sich für jedes Herz auf der Brücke ein anmutiges Vesperturnier anfangen oder eine flüchtige republikanische Hochzeit, folglich deren Scheidung auf dem nassen Wege. In der Tat prügelte jeder von beiden den andern genug – keiner konnte im lauten Wasser sein eignes Wort hören, geschweige Vernunft; nicht nur nach Lebensluft des Lebens, sogar nach Ehren-Wind der Fama mußten beide schnappen – die schönsten Taten und Stöße entwischten der Geschichte. Glücklicherweise stieß der Hallore und Fluß-Mineur unten auf den Schiebkarren, womit Männike als auf einem Triumphkarren vor wenigen Minuten wie ein glänzender Wassermann oder wässriger Meteor gefahren war und sich von der Brücke hatte mit Lob beregnen lassen. – Der Hallore faßte den Vorspringer und stülpte ihn so abgemessen auf den Karren, daß dessen Gesicht aufs Rad hinaussah und die beiden Beine mit den Zehen auf die Karren-Gabel fest geheftet lagen. So schob er den verdienten Artisten ans Ufer hinaus, wo er erwartete, was die Welt zu seiner Fischgerechtigkeit, Fischer zu fangen, sagen würde.

Die Freude war allgemein, Herr Männike wünschte während derselben auf dem terminierenden Teller Brückenzoll im schönen Sinne einzufordern; aber die Höfleiner wollten wenig geben. Der Doktor nahm sich der Menge an und sagte: Mit Recht! Jeder habe wie *er* bloß dem guten eingepfarrten ansässigen Halloren, ders umsonst getan, zugesehen, weiter keinem; am wenigsten Herrn Männike, dem spätern Nebenregenbogen des Hallensers. »Ich selber«, beschloß er, »gebe am wenigsten, ich bin Fremder.« Da nun das Wenigste Nichts ist, so gab er nichts und ging davon; – und der Ketzer-Glaube, gratis zugesehen zu haben, fraß auf der Brücke auffallend um sich.

19. Summula

Mondbelustigungen

Auf der kurzen Fahrt nach Fugnitz wurde sehr geschwiegen. Der Edelmann sah den nahen Lunas-Abend mitten im Sonnenlichte schimmern; und der Mondschein mattete sich, aus dieser Seelen-Ferne geschauet, zu einem zweiten zärtern ab. Theoda sah die niedergehende Sonne an, und ihr Vater den Hasen. Die stille Gesellschaft hatte den Schein einer verstimmten; gleichwohl blühte hinter allen äußern Knochen-Gittern ein voller hängender Garten. Woher kommts, daß der Mensch – sogar der selber, der in solchem Dunkel überwölbter Herzens-Paradiese schwelgt und schweigt – gleichwohl so schwer Verstummen für Entzücken hält, als fehle nur dem Schmerz die Zunge, als tue bloß die Nonne das Gelübde des Schweigens, nicht auch die Braut, und als geb' es nicht ebensogut stumme Engel wie stumme Teufel?

Im Nachtquartiere traf sichs für den Edelmann sehr glücklich, daß in die Fenster der nahe Gottesacker mit getünchten und vergoldeten Grabmälern glänzte, von Obstbäumen mit Zauberschatten und vom Mond mit Zauberlichtern geschmückt. Es wurd' ihm bisher neben Theoda immer wohler und voller ums Herz; gerade ihr Scherz und ihr Ungestüm, womit ihre Gefühle wie noch mit einer Puppen-Hülse ausflogen, überraschten den Überfeinerten und Verwöhnten; und die Nähe eines entgegengesetzten Vaters hob mit Schlagschatten ihre Lichter; denn er mußte denken: wem hat sie ihr Herz zu danken als allein ihrem Herzen? – Hätte er die Erfahrung der Soldaten und Dichter nicht gehabt, zu siegen wie Cäsar, wenn er käme und – gesehen würde oder gar gehört – wie denn schon am Himmel der *Liebestern* sich nie so weit vom dichterischen *Sonnengott* verliert, daß er in Gegenschein oder Entgegensetzung mit ihm geriete –: wäre dies nicht gewesen, Nieß würde anders prangen in dieser Geschichte.

Im Fugnitzer Wirthaus geriet er mit sich in folgendes Selbgespräch: »Ja, ich wag' es heute und sag' ihr alles, mein Herz und mein Glück. – Blickt sie neben mir allein in den stillen Mond und auf die Gräber und in die Blüten: so wird sie das Wort meiner Liebe besser verstehen; o dann soll das reine Gemüt den Lohn empfangen und der geliebte Dichter sich ihm nennen. Wenn sie aber Nein sagte? – Kann sie es denn? Geb' ich ihr nicht meinen Stand und alles und mein Herz? Und bist du denn so unwert, du armes Herz? Schlägst du nicht für fremde Freuden und Leiden stark? Und noch niemand hab' ich unglücklich machen wollen. Nicht stark genug ist mein unschuldiges Herz, aber ich hasse doch jede Schwäche und liebe jede Kraft. O wären nur meine *Verhältnisse* anders und hätt' ich meine Seelenzwecke erreicht: ich wollte leicht trotzen und sterben. Woraus schöpft' ich denn meinen ›Ritter größerer Zeit‹ als aus meiner Brust? – Meinetwegen! – Sagt sie doch Nein und verkennt mich und liebt nur den Autor, nicht den Menschen: so bestraf' ich sie im Badeort und nenne mich – und dann verzeih' ich ihr doch wieder von Herzen.«

Am Ende und zumal hier nach dem Lesen dieses Selbgesprächs werf' ich mir selber vor, daß ich vielleicht meinem fatalen Hange zum Scherztreiben zu weit nachgegeben und den guten Poeten in Streiflichter hineingeführt, in denen er eigentlich lächerlich aussieht und fast schwach. Kann er denn so viel dafür, daß seine Phantasie stärker als sein Charakter ist und Höheres ihm abfodert und andern vormalt, als dieser ausführen kann? Und soll denn ein Petrus, weil er einmal dreimal verleugnete, darum keine zwei

Episteln Petri schreiben? – Freilich von Eitelkeit kann ich ihn nicht losschwören, aber diese bewahrt (wie Hautausschläge vor der Pest) ihn vor Beulen des Hochmuts und Geschwulst des Stolzes. – Denn was sonst Theoda betrifft, die er so sehr lieben will, und zwar auf alle seine Kosten, so täte wohl jeder von uns dasselbe, wenn er nicht schon eine hätte oder gar etwas Besseres.

Wir kommen nun wieder auf die Sprünge seiner Freierfüße zurück. Er schlug, als das Glück die Gabe verdoppelt, nämlich den Doktor ausgeschickt hatte, Theodan den Nachtgang ins rechte Nachtquartier der Menschen, in den Gottesacker vor. Sie nahm es ohne Umstände und Ausflüchte an; so gern sie lieber ihre heutige Herz-Enge nur einsam ins Weite getragen hätte; Furcht vor bösen Männern vorher und vor bösen Zungen nachher war ihr ungewohnt. Als nun beide im Mond-Helldunkel und im Kirchhofe waren, und Theoda heute beklommener als je fortschritt, und sie vor ihm mit dem neuen Ernste (einem neuen Reize) dem alten Scherze den weichen Kranz aufsetzte, und als er den Mond als eine Leuchtkugel in ihre Seelen-Feste warf, um zu ersehen und zu erobern: so hört' ich deutlich, daß hinter ihm mit etwas anderm geworfen wurde. Er schaute sich um und sah gerade bei dem Gitter-Pförtchen einige Totenköpfe sitzen und gaffen, die er gar nicht beim Eintritte bemerkt zu haben sich entsinnen konnte. Inzwischen je öfter er sich umkehrte, desto mehr erhob sich die Schädelstätte empor. Sehr gleichgültige und verdrießliche Gespenster-Gedanken wie diese bringen um den halben Flug, und Nieß senkte sich.

Katzenberger – von dem kam alles – hatte sich nämlich längst in unschuldiger Absicht auf den Gottesacker geschlichen, weniger um Gefühle als um Knochen einzusammeln, das einzige, was der Menschenfresser, der Tod, ihm zuwarf unter den Tisch. Zufällig war das Beinhäuschen, worin er aus einer Knochen-Ährenlese ein vollständiges Gerippe auszuheben arbeitete, am Eingangs-Gitterpförtchen gelegen und hatte mehr den Schein eines großen Mausoleums als eines kleinen Gebeinhauses. Katzenberger hörte das dichterische Eingehen und zwei bekannte Stimmen, und er sah durch das Gitter alles und erhorchte noch mehr. Die Natur und die Toten schwiegen, nur die Liebe sprach, obwohl keine Liebe zur andern. Für den wissenschaftlichen Katzenberger, der eben mitten unter der scharfen Einkleidung des Lebens wirtschaftete, war daher der Blick auf Nieß, der, wie der Doktor sich in einem bekannten Briefe ausdrückte, »seinen Kopf, wie ein reitender Jäger den Flintenlauf, immer gen Himmel gerichtet anhängen hatte,« kein sympathetischer Anblick, obwohl ein antipathetischer. Bei ihm wollte das wenige, das Nieß über Tote und vermählte Herz-Paradiese auf dem Wege hatte fallen lassen, sich wenig empfehlen. Vor allem Warmen überlief gewöhnlich des Doktors innern Menschen eine Gänsehaut; kalte Stichworte hingegen rieben wie Schnee seine Brust und Glieder warm und rot. Übrigens verschlang sich seine Seele ziemlich mit der Nießischen, so wie der Werboffizier bei dem Rekruten schläft und immer einen Schenkel oder Arm auf ihn legt, um ihn zu behalten im Schlafe. Er nun hatte die Köpfe und Ellenbogen am Pförtchen angehäuft. – Endlich ließ er gar ein rundes Kinderköpfchen nach dem Dichter laufen als nach seinem Kegelkönig. Aber hier nahm Nieß aus übermäßiger Phantasie Reißaus und schwang sich auf einen nahen Birnbaum an der niedern Gottesackermauer, um allda – weil das Knochenwerk als Floßrechen und gestachelter Herisson die Pforte versperrte – ins Freie zu sehen und zu springen. Umsonst rief die über seinen Schrecken erschrockne Theoda bange nach, was ihn jage, ihr Vater sammle nur Skelette. Nun trat der Doktor selber aus seinen Schießscharten heraus, ein wohlerhaltenes Kindergerippe wie eine Bienenkappe auf den Kopf gestülpt, und begab sich unter den Birnbaum und sagte hinauf: »Am Ende sind Sie es, die selber droben sitzen, und wollen den Gottesacker und die Landschaft besser übersehen?« Aber Nieß, längst verständigt, war während des Hinaufredens des Doktors schon um die Mauer herum und durch das Pförtchen zurückgerannt und erfaßte jetzo, mit zwei aufgerafften Armknochen in Händen, hinten den Doktor an den Achselknochen, worüber er die bleichen ragen ließ, mit den Worten: »Ich bin der Tod, Spötter!« Katzenberger drehte sich selber ruhig um; da lachte der Poet ungemein, mit den Worten: »Nun so haben wir beide unsern lustigen Zweck einer kleinen Schrecken-Zeit verfehlt; nur aber Sie zuerst!« – »Ich für meine Person fahre gern zusammen,« – versetzte der Doktor – »weil Schrecken stärkt, indes Furcht nur schwächt. In Hallers Physiologie[1] und überall können Sie die Beispiele zusammenfinden, wie durch bloßen starken Schrecken – weil er dem Zorne ähnlich wirkt – Lähmung, Durchfall, Fieber gehoben worden, ja wie Sterbende durch auffliegende Pulverhäuser vom Aufflug nach dem Himmel gerettet worden und wieder auf die Beine gebracht; – und ganze matte Staaten waren oft nur zu stärken durch Erschrecken. *Furcht* hingegen, Herr von Nieß, ist, wie ihre Leiberbin und Verwandte, die *Traurigkeit*, nach demselben Haller und den nämlichen andern, wahres Lähmgift für Muskeln und Haut, Hemmkette des umlaufenden Bluts, macht Wunden, die man sich durch eigne Tapferkeit oder von fremder geholt, erst unheilbar und überhaupt leicht toll, blind und stumm. Es sollte mir daher leid tun, wenn ich Sie mit meinen Versuchen in Furcht anstatt in Schrecken und Zusammenschaudern mit Haarbergan gesetzt hätte; und Sie werden mich belohnen, wenn Sie mir sagen, ob Sie gefürchtet haben oder nur geschaudert.« –

»Ich bin ein Dichter, und Sie ein Wissenschaft-Weiser; dies erklärt unsern Unterschied«, versetzte Nieß. Theoda aber, die ihren eignen Mut bei Männern verdoppelt voraussetzte, glaubte ihm gern. Aber ihr Vater hatte seine Gedanken, nämlich satirische. – Übrigens ging er selig mit doppelten Glie-

[1] Im fünften Bande.

dern (wie ein Englisch-Kranker), mit mehren Köpfen und Rückgraten behangen, die er aus der Trödelbude und Rumpelkammer des Todes geholt, nach Hause.

20. Summula

Zweiten Tages Buch

In der Nacht schrieb Theoda an ihre Freundin:

»Vor Verdruß mag ich dir vom dummen Heute gar nichts erzählen (das ohne Menschenverstand bleibt) bis morgen früh, wenn wir in Maulbronn einfahren. Denke, wir nachtlagern noch drei Stunden davon. Himmel, wie göttlich könnt' ich morgen dort aufwachen und meinen Kopf aus dem Fenster stecken in die Aurora und in alles hinein! Aber dieses Feindschaft-Stückchen hab' ich bloß dem Freundschaft-Stückchen zu danken, daß Herr von Nieß nach mir etwas fragt, ob ich ihm gleich meine Person und Seele so komisch geschildert habe, daß er selber lachen mußte. Aber sieh, so kann eine Mädchenseele dem Männer-Poltergeist auch nicht unter einem Kutschenhimmel nahekommen, ohne wund gezwickt zu werden. Gib dem Teufel ein Haar, so bist du sein, gib einem Manne eines, so zerrt er dich daran so lange, bis er das Haar samt dem Kopfe hat. Der Bienenstich wird sonst mit Honig geheilt; aber diese Wespen geben dir erst die Honigblase und dann die Giftblase. Ich wollt', ich wär' ein Mann, so duellierte ich mich so lange, bis keiner mehr übrig wäre, und legte einer Frau den Degen mit der Bitte zu Füßen, mich zu erstechen. Aber wir Weiber sind alle schon ein paar Jahre vor der Geburt verwahrloset und verbraten, und eh' wir nur noch ein halbes Nadelköpfchen von Körper umhaben, sind wir schon voraus verliebt in die künftige Räuberbande und liebäugeln mit dem Taufpastor und Taufpaten.

Wieviel weißt du so? – Es ist aber überhaupt nicht viel. Nämlich den ganzen Reisetag hindurch hatt' es Theudobachs *angeblicher* Freund (merke, ich unterstreich' es) darauf angelegt, mein Gehirnchen und Herzchen in allen acht Kämmerchen ordentlich glühend zu heizen durch Anekdoten von ihm, durch Ausmalerei unserer dreifachen Zusammenkunft und sogar durch das Versprechen, noch abends vor dem stillen Monde, der besser dazu passe als das laute Räderwerk, mich näher mit seinem Freunde bekannt zu machen. Ich dachte dabei wahrlich, er würde mich nachts auf dem Gottesacker dem Dichter auf einmal vorstellen. Dazu kam mittags noch etwas Närrisches. Er brachte mir meinen Schal, mit unlesbarer Kreideschrift bedruckt; da er sie aber gegen den Spiegel hielt, so war zu lesen: ›Dein Namenvetter, schöne Th–da, wird dir bald für deinen Brief zum zweiten Male danken‹; worauf er mich hinab zu einer Birke führte, von deren Rinde wirklich er diese Zeile von des Dichters Hand am Tuche abgefärbt hatte. Am Ende mußt' ich gar noch oben in seinem Zimmer auf den Fensterscheiben eine herrliche Sentenz vom Dichter finden, die ich dir auf der Rückreise abschreiben will. Seltsam genug! Aber abends wars doch nichts; und mein Vater brach gar mit einem Spaße darein.

Du Klare errietest nun wohl am frühesten, was Herr von N. bisher gewollt – nicht mich, sondern (was auch leichter zu haben ist) sich. Er kokettiert. – Wahrlich die Männer sollten niemals kokettieren, da unter 99 Weibern immer 100 Gänse sind, die ihnen zuflattern; indes weibliche Koketterie weniger schadet, da die Männer als kältere und gleichsam kosmopolitische Spitzbuben selten damit gefangen werden, wenn sie nicht gar zu jung und unflügge im Neste sitzen. – Wahrlich, ein Mädchen, das ein Herz hat, ist schon halb dumm und wie geköpft.

Der Zärtling steckt seinen Freund als Köder an die Angel, um damit eine verdutzte Grundel zu fangen; er, der, wenn auch kein Narr, doch ein Närrchen ist, und welcher schreit, wenn ein Wagen umfällt.

Gott gehab dich wohl! Vergib mein Austoben. Ich bin doch allen Leuten gut und habe selber mit dem Teufel Mitleid, solang' er in der Hölle sitzt, und nicht auf der Erde streift. Der weichste Engel bringe dich über deine Hügel hinüber! Th.«

21. Summula

Hemmrad der Ankunft im Badeorte – Dr. Strykius

Als man am Morgen, nachdem der Doktor schon seine Flaschen-Stöpsel eingesteckt hatte (worunter zufällig ein gläserner), neu erfrischt von den letzten Siegen über alle Anstoßsteine, eben einzusitzen und heiter auf den breiten, beschatteten, sich durchkreuzenden Kunststraßen dem Badorte zuzufahren gedachte: so stellte sich doch noch ein dicker Schlagbaum in den Weg, nämlich ein Galgen. Es hatte nämlich Katzenberger unten in der Wirtstube von einem Durchstrom froher Leute, die abends zum glücklichen Wirte zurückkommen und länger da bleiben wollten, wenn sie alles gesehen, die Nachricht vernommen, daß diesen Vormittag in Potzneusiedl (auch in Ungarn gibt es eines) ein Posträuber gehangen werde und daß er selber, wenn er nur einige Meilen seitwärts und halb rückwärts umfahre, gerade zu rechter Zeit zum Henken kommen könne, um abends noch zeitig genug in Maulbronn einzutreffen. Himmel, so aufgeheitert im Angesicht wie das ganze Morgenblau brachte Katzenberger zu Tochter und Nieß seine heitere Nebenaussicht hinauf, den Abstecher nach Potzneusiedl zum Postdiebe zu machen. –

Aber von welchen Wolken wurde sein helles Berghaupt umschleiert, nicht bloß vom Nein des Reise-Bündners Nieß, der durchaus noch am Morgen in Maulbronn einpassieren wollte, sondern noch mehr von dem heftig-bittenden Nein seiner Tochter, deren Herz durchaus sich zu keinem Einnehmen einer solchen Mixtur von Brunnenbelustigung und Abwürgung bequemen konnte! Am Ende fand der Doktor selber einen Umweg über eine Richtstätte zum Lustorte für eine Weiberseele nicht zum anmutigsten, und er stand zuletzt aus Liebe für die sonst selten flehende Tochter, wiewohl unter mehr als einem Schmerze, von einem lachenden Seitenwege ab, wo ihm ein Galgenvogel als eine gebratene Taube in den Mund geflogen wäre, indem er am Diebe das Henken beobachten, vielleicht einige galvanische Versuche auf der Leiter nachher und zuletzt wohl einen Handel eines artigen Schaugerichts für seine Anatomiertafel hätte machen können. Der Gehenkte wäre dann eine Vorsteckrose an seinem Busen auf der ganzen Reise ins Maulbronner Rosental gewesen – –

So aber hatt' er nichts, und der Potzneusiedler Dieb hing wie eine Tantalusfrucht unerreichbar vor seiner Seele, und er mußte sichs auf der Landstraße von Stunde zu Stunde bloß schwach vormalen: jetzo wirft das Gericht die Tische um – jetzo fährt der Räuber seinem Galgen zu – jetzo hangt er ruhig herab – und er pries die Potzneusiedler glücklich, die um den Rabenstein stehen und alles genießen konnten.

Es war eigentlich nicht sehr zum Aushalten mit ihm an diesem Morgen, und er merkte an, nur um verdrießliche Dinge vorzubringen, es gebe schmerzhafte Erinnerungen, die man so wenig vergesse wie die erste Liebe; so könn' er z. B., erzählt' er, bis diesen Morgen nicht ohne neues Schmerzgefühl daran denken, daß er einmal in Holland, auf einer Treckschuyte fahrend, einem Hering den Kopf abgebissen, um den Rumpf aufzuspeisen, aber im Vergreifen den köstlichen Hering selber am Schwanze ins Wasser geschleudert und nichts behalten habe als den Kopf: »Nach diesem Hering sehn' ich mich ewig«, sagte er. – »Mir ganz denkbar,« sagte Nieß, »denn es ist traurig, wenn man nichts behält als den – *Kopf*.«

Als sie alle endlich in dem unmittelbaren Fürstentümchen *Großpolei* (jetzo längst mediatisiert) den letzten Berg hinabfuhren ins Bad Maulbronn, das ein Städtchen aus Landhäusern schien, und als man ihnen vom Turme gleichsam wie zum Essen blies: so mußte den drei Ankömmlingen, wovon jede Person sich bloß nach ihrer Ziel-Palme scharf umsah, nämlich:

die erste, um angebetet zu werden,
die zweite, um anzubeten,
die dritte, um auszuprügeln,

ganz natürlicherweise die präludierende Bad-Ouvertüre der ersten Person, Nieß, als eine Famatrompete erklingen, der zweiten, Theoda, als ein Verwandel- oder Meßglöckchen zum Niederfallen, und der dritten, Katzenberger, als eine Jagd- oder auch Spitzbubenpfeife zum Anfallen.

Wenn sie freilich Flexen mehr als ein Vogelschwanzpfeifchen vorkam, weil sein Herz nur sein Vor-Magen war, und er erst alles von hinten anfing, so ist dieser Einleg-Riese, wie man Einleg-Messer hat, viel zu klein, um hier angeschlagen zu werden.

Indes zeigt dieses widertönige Quartett, wie verschieden dieselbe Musik in Verschiedene einwirke. Da sie aber dies mit allem in der Welt und mit dieser selber gemein hat: so mag für sie besonders der Wink gegeben werden, daß ihr weites Ätherreich mit demselben Blau und mit derselben Melodie *einen* Jammer und *einen* Jubel trage und hebe.

Der Doktor bezog zwei Kammern in der sogenannten großen Badewirtschaft – bloß sein Herz war noch in Potzneusiedl unter dem Galgen –, und Nieß mietete ihm gegenüber eines der niedlichsten grünen Häuserchen.

Aber der rechte Musik-Text fehlt vor der Hand der begeisterten Theoda; auf der Badeliste, wornach sie zuerst fragte, erschien noch kein angelangter Theudobach. Doch hatte sie die Freude, in der großpoleischen Zeitung angekündigt zu lesen: »Der durch mehre Werke bekannte Theudobach, habe man aus sicherer Hand, werde dieses Jahr das Maulbronner Bad gebrauchen.« Die Hand war sicher genug, denn es war seine eigne.

Der Doktor fragte, ob der Brunnenarzt Strykius da sei; und ging, als man ihm ein feines, um das Brunnen-Geländer flatterndes Männchen zeigte, sogleich hinab.

Dieser Strykius, ein gerader Abkömmling vom berühmten Juristen Strykius – dem er absichtlich die lateinische Namens-Schleppe nachtrug, um dem deutschen Strick zu entgehen –, war bekanntlich eben der Rezensent der Katzenbergerschen Werke gewesen, den ihr Verfasser auszustäupen sich vorgesetzt. Auf Musensitzen – wie in Pira –, die zugleich rezensierende Musenvätersitze sind, ists sehr leicht, da alle diese Kollegien untereinander kommunizieren, den *Namen* des apokalyptischen *Tiers* oder Untiers zu erfahren; bloß in Marktflecken und Kleinstädten wissen die Schulkollegen von nichts, sondern erstaunen. Mehr als durch alle Strykischen Rezensionen in der allg. deutschen Bibliothek, in der oberdeutschen Literaturzeitung u. s. w. war der milde Katzenberger erbittert geworden durch lange grobe hämische und späte Antworten auf seine gelehrten Antikritiken. Denn dem Doktor wars schon im Leben bloß um die Wissenschaft zu tun, geschweige in der Wissenschaft selber. Da er indes eine unglaubliche Kraft zu passen besaß: so sagte er ein akademisches Semester hindurch bloß freundlich: »Ich koch's,« und tröstete sich mit der Hoffnung, den Brunnenarzt persönlich in der Badezeit kennen zu lernen.

Diese sehnsüchtige Hoffnung sollte ihm heute erfüllt werden, so daß ihm statt des potzneusiedlischen Galgenstricks wenigstens der Maulbronner Strick oder Strykius zuteil wurde. Er traf unten an dem Brunnenhause – dem Industriekomptoir und Marktplatze eines Brunnenarztes – den verlangten. Der Brunnenarzt lief, da er mit der gewöhnlichen Neugier dieses kürzesten Amtes schon Katzenbergers Namen erjagt hatte, ihm entgegen und konnte, wie er sagte, die Freude nicht ausdrücken, den Verfasser einer haematologia und einer epistola de monstris und de rabie canina persönlich zu hören und zu benützen und ihm, wo möglich, irgendeinen Dienst zu leisten. »Der größte«, versetzte der Doktor, »sei dessen Gegenwart, er habe längst seine Bekanntschaft gewünscht.« – Strykius fragte: »wahrscheinlich hab' er seine schöne Tochter als ihr bester Brunnenmedikus hierher begleitet, wenn sie das Bad gebrauche.«

«Nicht eines zu gebrauchen,« antwortete er, »sondern einem Badegaste eines zuzubereiten und zu gesegnen, sei er angelangt.« – »Also auch im Umgange der scherzhafte Mann, als den ich Sie längst aus Ihren epistolis kenne? Doch Scherz beiseite«, sagte Strykius und wollte fortfahren. »Nein, dies hieße Prügel beiseite«, sagte der Doktor. »Ich bin wirklich gesonnen, einen kritischen Anonymus von wenig Gewicht, den ich hier finden soll, aus Gründen, solange wir beide, nämlich er und ich, es aushalten, was man sagt, zu prügeln, zu dreschen, zu walken. Indes will ich als ein Mann, der sich beherrscht, nur stufenweise verfahren und früher seine Ehre angreifen als seinen Körper.«

»Nun diesen Scherz-Ernst abgetan,« – sagte der Brunnenarzt, sich totlachen wollend – »so versprech' ich Ihnen hier wenigstens fünf Freunde des Verfassers der Hämatologie, Männer vom Handwerk.«

»Es soll mich freuen,« sagte der Doktor, »wenn einer darunter mich rezensiert hat, weils eben das Subjekt ist, dem ich, wie ich Ihnen schon anvertraut, so viel Hirn ausschlagen will, als ein Mensch ohne Lebensgefahr entbehren kann, welches, wie Sie wissen, bis auf zwei Unzen steigt, es müßte denn sein, daß ich aus Liebe mich auf bloßes Einschlagen der Hirnschale einzöge. – Wenn schon jener Festung-Kommandant jeder davonlaufenden Schildwache fünfundzwanzig Streiche aufzählen ließ, die einen *Geist* gesehen: wieviel mehr kann ich einer kritischen geben, die keinen *Geist* in meinen Werken gesehen! Wie?«

»Tun Sie, was Sie wollen, Humorist; nur sein Sie heute mit Ihrer blühenden Tochter mein Gast im großen Brunnensaale«, sagte Strykius; er fand seine Bitte gern gewährt und schied mit einem eiligen Handdruck, um einem verdrüßlichen Grafen zu antworten, der eben gesagt: »Franchement, Mr. Médecin, ich habe bisher von dem detestabeln Gesöff nur die Hälfte Ihrer vorgeschriebenen Gläser verschluckt; ich verlange nun durchaus bloß diese Hälfte verordnet.«

»Gut,« versetzte er, »von morgen an dürfen Sie keck mit der bisherigen Hälfte fortfahren.«

Diese Antwort vernahm noch der Doktor mit unsäglichem Ingrimm; er, der sich von keinem Generale und Ordens-Generale und Kardinale nur eine einzige von 1000 verordneten Merkurialpillen hätte abdingen lassen. Strykius' milde Höflichkeit verdroß ihn mehr, als die größte Grobheit getan hätte, auf die er zufolge der anonymen in den Rezensionen so gewiß gezählet hatte; einen rauhen, widerhaarigen, stämmigen Mann hatte er zu finden gehofft, dem der Kopf kaum anders zu waschen ist als durch Abreißen oder Abhaaren desselben, wenigstens einen Mann, der wie ein Teich unter seinen weißen Wasser-Blüten scharfgezähnte Hechte verberge – – aber er, ein so gebognes, wangenfettes, gehorsamstes, untertänigstes Zier-Männchen, das noch niemand ein hartes Wort gesagt als etwa Frau und Kindern, gegen niemand ein Elefant als gegen Elefanten-Käfer und Elefant-Ameisen!...Nichts erbittert mehr als anonyme Grobheit eines abgesüßten Schwächlings!

Allerdings gibt es ein oder das andere Wesen in der Welt, das Gott selber kaum stärken kann ohne den Tod – das sich als ewiger Bettelbrief gern auf- und zubrechen, als ewiges Friedeninstrument gern brechen läßt – das eine Ohrfeige empfängt und zornig herausfährt, es erwarte nun, daß man sich bestimmter ausdrücke – das nicht sowohl zu einem armen Hunde und Teufel als zu einem niesenden fürstlichen mit Silberhalsband sagt: Gott helf, oder contentement – dessen Zunge der ewig geläutete Klöppel in einer Leichenglocke ist, welche ansagt: ein *Mann* ist gestorben, aber schon ungeboren – das erst halb, ja dreiviertels erschlagen sein will, bevor es dem Täter geradezu heraussagt auf dem Totenbette im Kodizill, es sei dessen erklärter Todfeind – das jeder so oft zu lügen zwingen kann, als er eben will, weil es sich gern widerspricht, sobald man ihm widerspricht – und dem nur der Feind gern begegnet und nur der Freund ungern. – –

Indem ich ein solches Wesen mir selber durch den Pinsel und das Gemälde näher vor das Auge bringe: erwehr' ich mich doch nicht eines gewissen Mitleidens mit solchen tausendfach eingeknickten Seelen, die nun Gott einmal so dünnhalmig in die Erde gesäet hat; und welchen, obwohl am wenigsten durch schnelles Aufschrauben, doch auch nicht durch schweres Niederdrücken aufzuhelfen ist, sondern vielleicht durch allmähliches Ermuntern und Aufwinden und durch Abwenden der Versuchung.

Aber an das letzte war bei Katzenberger nicht zu denken. Des Brunnenarztes Sprech- und Tat-Marklosigkeit neben seiner harten, heißen Schreib-Strengflüssigkeit im Richten setzten in ihm nun den Vorsatz fest, den Badearzt auf eine ausgedehnte Folterleiter von Ängsten und Ehren-Giften zu setzen und ihn erst auf der obersten Stufe zu empfangen mit dem Prügel. Strykius war der erste Patient, den er durch Heilmittel nicht heilen wollte, so sehr war er ergrimmt; und er war entschlossen, ihn durch zuvorkommende Unhöflichkeiten wo möglich zu einer zu zwingen und als umrollender Weberbaum das hin- und herfliegende Weberschiffchen zu bearbeiten. Es ist indes oft ebenso schwer, manche grob zu machen als andere höflich.

Zu Hause setzte er in Strykius' Namen einen öffentlichen Widerruf von dessen Rezensionen auf, den er ihn zu unterschreiben und herauszugeben in der Prügelstunde zwingen wollte.

22. Summula

Nießiana

Herr von Nieß lud auf abends gegen ein unbedeutendes Einlaßgeld die Badegesellschaft zu seinem musikalischen Deklamatorium des besten Theudobachischen Stückes, betitelt »Der Ritter einer größern Zeit«, auf Zetteln ein, die er schon fertig gedruckt mitgebracht hatte, bis auf einige leere Vakanz-Rahmen oder Logen, welche er mit Inhalt von eigner Hand besetzen wollte. Funfzig solcher Zettel ließ er austeilen und sagte mit inniger Liebe gegen jeden und sich: »Warum wollt' ich so vielen Menschen aus entgegengesetzten Winkeln Deutschlands, denen ein Buchstabenblättchen von mir vielleicht eine ewige Reliquie ist und zwei geschriebene Worte vielleicht mehr als tausend gedruckte von mir, warum sollt' ich ihnen diese Freude nicht mit nach Hause geben?«

Aber aus Liebe gegen Theoda, die dem Dichter als einem Sonnengott wie eine Memnonstatue zutönte mit heitern Nachtmusiken und Ständchen, setzte er sich nieder und schrieb, um ihr den Aufschub seiner Götter-Erscheinung oder seines Aufgangs zu versüßen, eigenhändig in Theudobachs Namen ein Briefchen an Herrn von Nieß, worin er sich selber als einem Freund berichtete: »er komme erst abends in Maulbronn an, doch aber, hoff' er, nicht zu spät für den Besuch des Deklamatorium; und nicht zu früh, wünsch' er, für unsre Dame.« Er steckte dies Blättchen in einen mit der Bad-Post angelangten Briefumschlag und ging zu Theoda mit entzücktem Gesicht. Daß er nicht log, war er sich bewußt, da er eben vorhatte, unter dem Deklamieren (um das Loben ins Gesicht zu hemmen) aufzustehen und zu sagen: ach nur ich bin selber dieser Theudobach. Ehe der Edelmann kam, hatte sie eben folgendes ins Tagebuch geschrieben: »Endlich bin ich da, Bona, aber niemand anders (außer einige Schocke Badegäste), sogar auf der Badeliste fehlt *er*. Bloß in der Großpoleischen Zeitung wird er gewiß angekündigt. Ich wollte, ich hätte nichts, worhinter ich mich kratzen könnte; aber die Ohren müssen mir lang auf der Fahrt gewachsen sein, weil ich so fest voraussetzte, der erste, auf den man vor der Wagentüre stieße, sei bloß der Poet. Wohin ich nur vom Fenster herabblicke auf die schönen Badegänge: so seh' ich doch nichts als den leeren Stickrahmen, worauf ihn meine Phantasie zeichnet, nichts als den Paradeplatz seiner Gestalt und sein Throngerüste. Wahrlich so wird einem Mädchen doch so ein Mensch, den man liebt, es mag nun ein Bräutigam oder ein Dichter sein, zu jedem Gestirn und Gebirg, gleichsam zum Augengehenk, und hinter allen steckt der Mensch, daß es ordentlich langweilig wird. Man sollte weniger nach einem Schreiber fragen, da man ja an unserm Herrgott genug hätte, der doch das ganze Schreiber-Volk selber geschaffen.

Ich merke wohl, ich werde allmählich eher toller als klüger; am besten schreib' ich dir nichts mehr über mein Aufpassen, als bis der Messias erschienen ist; denn ausstreichen, was ich einmal an dich geschrieben, kann ich aus Ehrlichkeit unmöglich; ich sage dir ja alles und nehme mir kein Blatt vors Maul, warum ein Blatt vors Blatt ...«

Da erschien Nieß und wollte seine eben erhaltene Nachricht übergeben. Sie empfing ihn, in der vaterlosen Einsamkeit, mit keinem größern Feuer, wie er doch gedacht, sondern mit einigem Maireif, der aus dem Tagebuche auf das Gesicht gefallen war. Sofort behielt er seine Selbbriefwechsel in der Tasche und beschenkte sie und ihren abwesenden Vater bloß mit der Einladung, mittags seine Gäste und abends seine Zuhörer zu sein. Auch wunderte er sich innerlich sehr, warum er nicht früher darauf gefallen, ihr das Blättchen erst an der Tafel zu geben und dadurch der Tafel zugleich; »ein Briefwechsel mit dem Dichter selber« (dacht' er) »müßte, sollt' ich denken, dem Deklamator desselben vorläufige Ehre und nachlaufende Zuhörer eintragen.«

Eben versprach Theoda seinem Tische sich und ihren Vater, als dieser eintrat und das Nein vorschüttelte und sagte: er habe sich dem Handwerkgesellen Strykius versprochen, um das Band der Freundschaft immer enger zusammen zu ziehen bis zum Ersticken; das Mädchen könne aber tun, was es wolle. Dies tat sie denn auch und blieb ihrem Wort und Nießen getreu. Sie saß nämlich, damit ich alles erkläre, an öffentlichen Orten gern so weit als tunlich von ihrem Vater ab, als Tochter und als Mädchen; sie kannte seine Luthers-Tischreden. Der Edelmann wendete diese Wendung ganz anders: »O! sie hat schon recht, die Zarte,« dacht' er; »jetzt in Gegenwart eines Fremden, nämlich des Vaters, verbirgt sie ihre Wärme weniger; neben dem einsamen Geliebten scheuet die einsame Liebende jedes Wort zu sehr und wartet auf fremde kühlende Nachbarschaft; o Gott, wie errat' ich dies so sehr und doch leider mich kein Hund!«

Endlich, hoff' ich, ist Hoffnung da, daß mittags gegessen wird in Maulbronn, in der 23sten Summel.

23. Summula

Ein Brief

Herr von Nieß führte seine schöne Tischgenossin in die glänzenden Eßzirkel an eine Stelle, wohin das väterliche Ohr nicht langte. Der Eßsaal war die grüne Erde, mit einem von Laubzweigen durchbrochenen Stückchen Himmel dazu. Lustbeklommen überflog Theoda mit dem scheuen Auge die wallende Menge, in der weiblichen Hoffnung, ob doch nicht zufällig daraus der Gehoffte auffliege. Ihre Seele quälte, sehnte sich immer heftiger und immer unverständiger; ihr war, als müsse er überall gehen und sitzen. In diesen Frauen-Rausch hinein reichte nun der Edelmann den Brief, den Theudobach an ihn geschrieben. Mehr bedurfte ihre Seele nicht, um den Tisch-Trompeten leise nachzuschmettern, um das Erden-Leben für Sonnenstern-Leben zu halten und um außer sich zu sein.

Nun standen alle Rosenknospen als glühende Rosen aufgebrochen da. Sie drückte Nießens Hand im Feuer, und er freuete sich, daß er keinen andern Nebenbuhler hatte als sich selber. Die Neuigkeit lispelte sich bald von seiner zweiten Nachbarin die Tafel hinab. Er brachte deswegen, da er schon als Freund eines Groß-Autors Aufmerksamkeit gewann, mehre Sentenzen teils laut, teils gut gedreht hervor, weil leicht auszurechnen war, wie sie vollends umlaufen würden, wenn er mit dem Dichter in *eins* zusammengeschmolzen. Die Tischlustbarkeit stieg zusehends. Das Brunnen-Essen ist, ungleich dem Brunnen-Trinken, die beste Brunnen-Belustigung und ohnehin froher als jedes andere; außer der Freiheit wirkt noch darin, daß man da keinen andern Arbeitstisch kennt als den Eßtisch und keine Schmollwinkel als die Badewanne.

24. Summula

Mittagtischreden

Aber unten am entgegengesetzten Tafel-Ausschnitt, wo Katzenberger neben seinem gastfreien Rezensenten saß, nahm man von Zeit zu Zeit auf den Damengesichtern von weitem verschiedene Querpfeifer-Muskel-Bewegungen und Mienen-Vielecke wahr. Der Doktor hatte nämlich bei der Suppe seinen Wirt gebeten, ihn mit den verschiedenen Krankheiten bekannt zu machen, welche gerade jetzt hier vertrunken und verbadet würden. Strykius wußte, als ein leise auftretender Mann, durchaus nicht, wie er auf Deutsch (zumal da außer dem eignen Namen wenig Latinität in ihm war) zugleich die Ohren seines Gastes bewirten, und die der Nachbarinnen beschirmen sollte. »Beim Essen«, sagte eine ältliche Landjunkerin, »hörte sich dergleichen sonst nicht gut.« – »Wenn Sie es des Ekels wegen meinen,« versetzte der Doktor, »so biet' ich mich an, Ihnen, noch ehe wir vom Tisch aufstehen, ins Gesicht zu beweisen, daß es, rein genommen, gar keine ekelhafte Gegenstände gebe; ich will mit Ihnen Scherzes halber bloß einige der ekelhaften durchgehen und dann Ihre Empfindung fragen.« Nach einem allgemeinen, mit weiblichen Flachhänden unternommenen Niederschlagen dieser Untersuchung stand er ab davon.

»Gut,« sagt' er, »aber dies sei mir erlaubt zu sagen, daß unser Geist sehr groß ist und sehr geistig und unsterblich und immateriell. Denn wäre dieser Umstand nicht, so waltete die Materie vor, und es wäre nicht denklich; denn wo ist nur die geringste Notwendigkeit, daß bei Traurigkeit sich gerade die Tränendrüse, bei Zorn die Gallendrüse ergießen? Wo ist das absolute Band zwischen geistigem Schämen und den Adernklappen, die dazu das Blut auf den Wangen eindämmen? Und so alle Absonderungen hindurch, die den unsterblichen Geist in seinen Taten hienieden teils spornen, teils zäumen? In meiner Jugend, wo noch der Dichtergeist mich besaß und nach seiner Pfeife tanzen ließ, da erinner' ich mich noch wohl, daß ich einmal eine ideale Welt gebauet, wo die Natur den Körper ganz entgegengesetzt mit der Seele verbunden hätte. Es war nach der Auferstehung (so dichtete ich); ich stieg in größter Freude aus dem Grabe, aber die Freude, statt daß sie hienieden die Haut gelinde öffnet, drückte sich droben bei mir und bei meinen Freunden durch Erbrechen aus. Da ich mich schämte wegen meiner Blöße, so wurde ich nicht rot, sondern sogenannt preußisch Grün, wie ein Grünspecht. – Beim Zorn sonderten sämtliche Auferstandne bloß album graesum ab. – Bei den zärtern Empfindungen der Liebe bekam man eine Gänsehaut und die Farbe von Gänse-Schwarz, was aber die Sachsen Gänse-Sauer nennen. – Jedes freundliche Wort war mit Gallergießungen verknüpft, jedes scharfe Nachdenken mit Schlucken und Niesen, geringe Freude mit Gähnen. – Bei einem rührenden Abschied floß statt der Tränen viel Speichel. – Betrübnis wirkte nicht wie bei uns auf verminderten Pulsschlag, sondern auf Wolf- und Ochsen-Hunger und Fieber-Durst, und ich sah viele Betrübte Leichentrunk und Leichenessen zugleich einschlucken. – Die Furcht schmückte mit feinem Wangenrot. – Und feurige, aber zarte Zuneigung der Ehegatten verriet sich, wie jetzt unser Grausen, mit Haarbergan, mit kaltem Schweiß und Lähmung der Arme. – Ja, als ....«

Aber hier lenkte der vorsorgende Brunnenarzt den ungetreuen Dichterstrom durch die Frage seitwärts: »Artig, sehr artig, und wie Haller, wahrer Dichter und Arzt zugleich – Aber Sie haben sich gewiß vorhin in der Wirklichkeit schöner gefühlt, da Sie aufmerksam unsern schönen Damenzirkel durchliefen?« – »Allerdings,« versetzte er, »und ich tue es auch in jeder neuen Gesellschaft in der Hoffnung, endlich einmal ein Monstrum darunter zu finden. Denn jetzt bin ich der blühende schwärmerische Jüngling nicht mehr, der sonst vor jeder schönen Gestalt oder Brust außer sich ausrief: Rumpf einer Göttin! Brustkasten für einen Gott! Und das feine Hautwarzensystem und das Malpighische Schleimnetz und die empfindsamen Nervenstränge darunter! Oh ihr Götter! – Auch Sie wie alle Schwärmer haben sich gewiß sonst nicht schwächer ausgesprochen; jetzo freilich wird der Ausdruck immer lahmer. Um aber auf die Mißgeburten zurückzukommen, nach denen ich mich hier nach dem ersten Komplimente vergeblich umgesehen, so sag' ich dies: Eine Mißgeburt ist mir als Arzt eigentlich für die Wissenschaft das einzige Wesen von Geburt und Hoch- und Wohlgeboren; denn ich lerne mehr von ihm als vom wohlgeborensten Manne. Aus demselben Grunde ist mir ein Fötus in Spiritus lieber als ein langer Mann voll Spiritus; und Embryonengläser sind meine wahren

Vergrößer-Gläser des Menschen. – Ach wohl in jedem von uns«, fuhr er feuriger fort, »sind einige Ansätze zu einem Monstrum, aber sie werden nicht reif; mit dem Rückgrat-Ende, dem Steißbein, setzen wir z. B. zu einem Affenschwanz an, und auf dem neugebornen Kindskopfe erscheint nach Buffon eine hornartige Materie zu einem Gehörne, die man leider sauber wegbürstet; aber jeder will wahrlich nur seinesgleichen sehen, ohne nur im geringsten sich um die schon fürs Auge köstliche Mannigfaltigkeit zu bekümmern, welche z. B. an dieser Badtafel genossen würde, wenn jeder von uns etwas Verdrehtes an sich hätte, und wenn z. B. der eine statt der Nase einen Fuchsschwanz trüge, der andere einen Zopf unter dem Kinn, der dritte Adlerfänge, der vierte ordentliche, nicht etwa abgenutzte mythologische Eselohren. Ich für meine Person, darf ich wohl bekennen, ginge mit Jauchzen vor einer mißgebornen Knappschaft und Mannschaft an der Spitze, als verzerrter Flügelmann und monströses Muster, und würde Gott danken, wenn ich (nämlich körperlich) nicht wäre wie andere Leute, sondern wenn auf mir etwa Kamel und Dromedar, also drei Höcker zugleich verkettet wären zur Gebirgkette, oder wenn die Natur mir hinten eine angeborne Frau aufgesetzt hätte samt zwölf Fingern vorne, oder wenn ich sonst mit vielen Curiosis für mich und andere begabt wäre, insofern mir nämlich bei diesem lebendigen Naturalienkabinett auf mir mein gewöhnlicher medizinischer Verstand gelassen würde, der sich wie eine Biene auf alle Blumen-Monstrosen setzen müßte und könnte. Was hat aber jetzt mein Geist davon, daß mein Leib wohlgestaltet ist und die gemeinsten Reize für Volkaugen umherspreitet? – Nichts hat er; er sieht sich nach bessern um. Aber ich entsinne mich noch recht gut meiner Jugend, wo ich mehr idealisierte und weniger auf Erden als im Himmel wandelte, da weidete ich mich an geträumten, noch höhern Mißgeburten, als das teuere schwache Hasenpaar ist, das ich gestern gekauft; da war es mir ein Leichtes, ganze ineinander hineingewachsene Sessionen geboren und zu Kauf zu denken, die ich dann nach dem Ableben leicht in einem Spiritus-Glase bewahrte und bewegte nach Lust – oder einen Knaben mit einem angebornen vollständigen fleischernen Krönunghabit – oder einen tafelfähigen Edelmann mit zweiunddreißig Steißen besetzt – und doch sind das nicht ganz arkadische Träume. Sonst wurden ja wirklich Menschen mit lebendigen Pluderhosen und Fontangen geboren zum Abschrecken vor genähten; warum könnte nicht unsern Zeiten der Fang zufallen, daß ihnen das Glück einen Incroyable mit pulsierenden Hutkrempen und Schnabelstiefeln und fleischernen Kravatten-Zacken bescherte? frag' ich.«

Der Brunnenarzt schwitzte, während er pries, mehre Schweiße von verschiedener Temperatur darüber, daß er einen Flügel seiner Patienten, zumal den weiblichen, eine Landjunkerin, eine Konsistorial-Rätin, eine halb bleich-, halb gelbsüchtige Zärtlingin, und am Ende sich selber in die Hör- oder Stech-Weite eines solchen geistigen Raufdegens gebracht als Wirt.

Gern hätte er verschiedene kaltsinnige Mienen dabei geschnitten, wenn er versichert gewesen wäre, daß ihn der Doktor nicht als Rezensenten kenne und darum schärfer angreife. Doch tat er das Seinige und sprang von den Mißgeburten auf die Katzenbergerischen Geburten, um vorzüglich dessen Hämatologie zu huldigen, worin, sagt' er, Paragraphen wären, ohne welche er manche glückliche Bemerkungen gar nicht hätte machen können. »Schön,« versetzte der Doktor, »so denkt wohl nur ein äußerst parteiischer und guter Mann wie Sie – denn außer Ihnen gibts nur noch einen Leser, der gern alles redlich tut, was ihm Bücher vorschreiben, nämlich den Buchbinder, der jedes Wort an den Buchbinder befolgt –; aber Sie sollten meinen Hund von Rezensenten kennen und dagegen halten. Himmel, wie bellt der Zerberus, zwar nicht mit drei Köpfen, aber aus sieben Hundhütten und an sieben Ketten gegen mich! – – Ich wollt', ich hätte ihn da; ich wollte jetzt alles tun, da ich eben getrunken, was ich ihm längst geschworen, nämlich meine Blut-Machlehre (die haematologia) an ihm selber erproben. – Oder gibt es etwas Sündlichers, als wenn ein Narr – bloß weil er sieben Zeitungen dazu frei hat, wie zu sieben Türmen – die sieben Weisen spielt und sieben Todsünden begeht, um als einziger Zeuge vermittelst einer bösen literarischen Heptarchie seinen Ausspruch zu besiebnen? Ich kann von der bösen Sieben gar nicht los; aber ich werde, sollt' ich denken, in jedem Falle den Mann ausprügeln, erwisch' ich ihn. Hier fass' ich zum Glück den redlichen Stryk an der Hand, der denkt wie ich, wenn nicht zehnmal besser. Diesem *Magen* übergeb' ich mich – denn ich meine Magus, nicht Stomachus –, und er entscheide; für mich ist er der große *Thor* (ich spreche zwar nach einem Glas Wein, aber ich weiß recht gut, daß *Thor* unser erster altdeutscher heilender Gott gewesen) – der sage hier .... was wollt' ich denn sagen? Nun mir gilts sehr gleich, und die Sache ist ohnehin klar und fest genug. Kurz – –«

»Ich errate unsern guten Autor,« sagte Strykius, »denn vielleicht kann ich, als alter Leser seiner witzreichen Werke, ihn wenigstens zum Teil würdigen. Man kennt diesen tiefen Mann, er verzeihe mir sein Lob ins Gesicht, nur wenig, wenn man nicht seine gelehrte und seine witzige Seite zugleich bewundert und unterscheidet, die er beide so eng verschmelzt; aber er hat nun einmal, um spaßhaft-gemein zu sprechen, Haar im Mund.« – »Aber ich habe sie eben zwischen den Zähnen;« (versetzte er, einen Truthahn-Hals an der Gabel aufhebend) »ich wünschte, mancher hätte so viel Haarwuchs auf dem Kopfe als der Truthahn hier am Halse, und solche herrliche Haarzwiebeln wären auf eine bessere Haut und Glatze gesäet, als ich eben käuen muß.«

»Ich tadle aber doch die Sauce dabei,« – fiel ein ältlicher, mehr blöd- und fünfsinniger als scharfsinniger Posthalter ein –, »sie will mir fast wie abgeschmackt schmecken; aber jeder hat freilich seinen Geschmack.« – »Abgeschmackt, Herr Posthalter,« sagte der Doktor und hielt lange inne,

»nennen die Physiologen alles, was weniger Salz enthält als ihr eigner Speichel; daher sind Sie wegen des Ungesalzenen wahrscheinlich ein Mann von Salz, ich meine den Speichel.« –

Eine schwergeputzte Landjunkerin, die ihren Kahlschädel mit einem Prunk- und Titular-Haar gekrönt, merkte (aber nicht leise genug, weil sie es französisch sagte) gegen ihre Tochter an: »Fi! Welch ein Mensch! Wer kann dabei essen?« – Der Posthalter, der ihn schlecht verstand und gut aufnahm, wollte es höflich erwidern und fragte: »Wie gefallen Sie *sich* hier, Herrrr ... ich weiß Ihren werten Charakter nicht?« – »Ich mir selber?« versetzte der Doktor. »Sehr!«

Eben bekam er und die Landjunkerin kleine, etwas klumpige Pasteten auf den Teller. Er schob seinen weit in den Tisch hinein, bemerkend: gerade in solchen Pasteten würden gewöhnlich die Frauen-Perücken ausgebacken, wie hier mehre an der Tafel säßen; indes find' er darum noch kein Haar aus Ekel darin, ja er ziehe in Rücksicht des letzten Pasteten den Perücken vor.

Die Edeldame brach mit Abscheu auf, um es zu keinen stärkern Ausbrüchen kommen zu lassen. Endlich taten es auch die übrigen. Wohlgemutet drückte Katzenberger dem Rezensenten die Hand und prophezeiete sich die Freuden, die ihn erwarteten, könn' er öfter so mit ihm zusammenhausen, und beschenkte ihn mit der Herz-Ergießung: »Ich habe am Ende (und nur mit Gewalt verschieb' ichs) sagen wollen zu Ihnen: Du!«

25. Summula

Musikalisches Deklamatorium

Die Leser finden um 7 Uhr alle Maulbronner von Bildung in Nießens Deklamiersaal. – Das musikalische Vorspiel hat schon ausgespielt – Nieß geht mit dem »Ritter einer größern Zeit« in der Hand, ihn drittels deklamierend, drittels lesend, drittels tragierend, langsam zwischen der weiblichen und männlichen Kompagniengasse auf und ab und hält bald vor diesem Mädchen still, bald vor jenem. Auch Katzenberger ging auf und ab, aber einsam im Vorsaal, teils um den reinen Musik-Wein ohne poetischen Bleizucker einzuschlürfen, teils weil es überhaupt seine Sitte war, im Vorzimmer eines Konzertsaales unter unaufhörlicher Erwartung des Billeteurs, daß er seine Einlaßkarte nehme, so lange im musikalischen Genusse gratis versunken hin und her zu spazieren, bis alles vorbei war. – Der Vorleser steht schon bei den größten lyrischen Katarakten seiner dichterischen Alpenwirtschaft, und die Musik fällt (auf kleine Finger-Winke) bald vor, bald nach, bald unter den Wasserfällen ein, und alles harmoniert. –

Der Charakter des Ritters einer größern Zeit war endlich so weit vorgerückt, daß viele Zuhörerinnen seufzten, um nur zu atmen, und daß Theoda gar ohne Scheu vor den scharf geschliffenen Frauen-Blicken darüber in jene Traualtar- oder Brauttränen (ähnlich den männlichen Bewunderungtränen) zerschmolz, welche freudig nur über Größe, nicht über Unglück fließen. Der geschilderte blühende Ritter des Gemäldes, schamhaft wie eine Jungfrau, liebend wie eine Mutter, schlagend und schweigend wie ein Mann, und ohne Worte vor der Tat, und von wenigen nach der Tat, stand im Gemälde eben vor einem alten Fürsten, um von ihm zu scheiden. Es war ein prunkloses Gemälde, das ein jeder leicht hätte übertreffen wollen. Der ältliche Fürst war weder der Landesherr noch Waffenbruder des Jünglings; er hatte sich bloß an ihn gewöhnt, aber jetzo mußt' er ihn ziehen lassen, und dieser mußte ziehen. Beide sprachen nun in der letzten Stunde bloß wie Männer, nämlich nicht über die letzte Stunde, sondern wie sonst, weil nur Männer der Notwendigkeit schweigend gehorchen; und so gingen beide, so sehr auch in jedem der innere Mensch schwere Tränen in den Augen hatte, wortkarg, ernst, mit ihren Wunden und mit einem: Gott befohlen auseinander.

So weit war die Vorlesung einer größern Zeit schon vorgerückt, als noch die Türe aufging und wie ein fremder Geist ein Mann eintrat, der, wie auferstanden aus dem Gottesacker der Ritterzeiten, ganz dem Ritter an Blick und Höhe gleich und die Hör-Gesellschaft fast ebensosehr erschreckte als erfreuete ...

26. Summula

Neuer Gastrollenspieler

Jetzt in den Monaten, wo ich die 26ste Summel für die Welt bereite und würze, ist es freilich sogar der Welt bekannt, wer ankam; aber am beschriebenen Abende war noch Maulbronn selber darüber dumm.

Der eintretende Mann schrieb sich Herr von Theudobach, Hauptmann in preußischen Diensten. Nach altdeutschem Lebens-Stil war er noch ein Jüngling, das heißt 30 Jahr alt – und nach seinem blühenden Gesicht und Leben war ers noch mehr. Seine dunkeln Augen glühten wie einer wolkigen Aurora nach, weil er sie bisher noch auf keine andere Figuren geworfen als auf mathematische in Euler und Bernoulli, und weil er bisher nichts Schöneres zu erobern gesucht, als was Koehorn, Rimpler und Vauban gegen ihn befestigt hatten. Unter diesem mathematischen Schnee schlief und wuchs sein Frühling-Herz ihm selber unbemerkt. Vielleicht gibt es keinen pikantern Gegenschein der Gestalt und des Geschäfts, als der eines Jünglings ist, welcher mit seinen Rosenwangen und Augenblitzen und versteckten Donnermonaten der brausenden Brust sich hinsetzt und eine Feder nimmt und dann keine andere *Auflösung* sucht und sieht als eine – algebraische. Gott!

sagen dann die Weiber mit besonderem Feuer, er hat ja noch das ganze Herz, und jede will seinem gern so viel geben, als sie übrig hat von ihrem. Dieser Hauptmann hatte nun auf seiner Reise durch das Fürstentum Großpolei zufällig in der Zeitung gelesen: der durch seine Schriften bekannte Theudobach werde das Maulbronner Bad besuchen. »Das ich doch nicht wüßte!« sagte der Hauptmann, weil er von sich gesprochen glaubte, indem er mehre kriegmathematische Werkchen geschrieben. Von Nießens Namenvetterschaft und Dichtkunst wußt' er kein Wort. Unter allen Wissenschaften bauet keine ihre Priester so sehr gegen andere Wissenschaften ein als die sich selber genügsame Meßkunst, indes die meisten andern die Meßrute selber als eine blühende Aarons-Rute entlehnen, die ihnen bei Priesterwahlen raten helfen soll. Ich kann mir Mathematiker gedenken, die gar nicht gehöret haben, daß ich in der Welt bin, und die also nie diese Zeile zu Gesicht bekommen. »Es sind folglich«, schloß der Hauptmann, »nur zwei Fälle denkbar: entweder irgendein literarischer Ehrenräuber gibt sich für mich aus, und dann will ich ihm öffentlich die Meßrute geben – oder es treibt wirklich noch ein Wasserast und Nebensprößling meines Stammbaums, was mir aber unglaublich – in jedem Falle sind fünf Meilen Umweg so viel als keiner für einen solchen Prüfung-Zweck.«

Sein Erstaunen, aber auch sein Zürnen – denn das Zornfeuer der Ehre hatte bisher ganz allein in ihm neben dem wissenschaftlichen Feuer und Lichte gebrannt – erstieg einen hohen Grad, da er in Maulbronn von seinem entzückten Wirte hörte: ein Herr von Nieß habe schon heute nach einem Brief, den er von Herrn von Theudobach erhalten, dessen Ankunft angesagt; und alles werde sich im Deklamatorium über seinen Eintritt entzücken, zumal da etwas von ihm vorgelesen werde. Der Wirt trug sogar Vorsorge, ihm unter dem Deckmantel eines Wegweisers seinen Sohn mitzugeben, welcher der Wirttochter, weil sie belesen und mit darin war, sogleich das ganze Signalement des neuen Zuhörers durch drei Worte ins Ohr zustecken sollte.

Als der Hauptmann eintrat, blickten ihn die übrigen weiblichen Augen an, ausgenommen nur ein Paar: Theoda sah unter dem Vorlesen keine Gesichter als – ihre innern und bloß zu den poetischen Höhen hinauf. Noch ehe die Wirttochter die Nachricht von Theudobachs Ankunft wie einen elektrischen Funken hatte durch die Weiber-Ohrenkette laufen lassen: hatten sich schon alle Augen an den Hauptmann festgeschraubt. Denn immerhin halte Christus auf einem Berge seine Predigt oder auf dem Richterstuhle sein Jüngstes Gericht: es ist unmöglich, daß die Frauen, die davon erbaut oder gerührt werden, nicht mehre Minuten den Heiland vergessen und sich alle an den ersten Kirchengänger und Verdammten heften, der eben die Gesellschaft verstärkt; sie müssen sich umdrehen und schauen und einander etwas sagen und wieder nachschauen.

Ich will setzen, mein zweiter Satz wäre wahr, daß für das Weiberherz ein

Federbusch auf dem Mannskopfe mehr wiege als ein ganzer Bund gelehrter Federn hinter dem Ohre, weil mein erster richtig wäre, daß interna non curat Praetor, oder wörtlich übersetzt, daß eine Frau vor allen Dingen gern wissen will, wie ein Mann von außen aussieht: so hätt' ich ziemlich erklärt, warum der junge Mann mit seinem Federbusch-Hut in der Hand, mit seinem Jünglingsblicke und seiner Mannkraft und selber mit einigen Krieg- und Blatternarben, ja sogar mit dem düstern Feuer, womit er dem Vorleser nachsah und nachhörte, den ganzen weiblichen Hör- und Sitz-Kreis wie in *einem* Hamen gefangen und schnalzend aus dem Wasser emporhob. Jetzo schlug vollends die Nachricht der Wirttochter von einem beringten Ohre zum andern: der da sei's, der Dichter.

Theoda hörte es, sah auch ihn – und sie und ihr Leben wurden wie von einem ausgebreiteten Abendrote überzogen. Wie ein stiller Riese, wie eine stille Alpe stand er da; und ihr Herz war seine Alpenrose. – Irgend einmal findet auch der geringste Mensch seinen Gottmensch, und in irgendeiner Zeit findet er ein wenig Ewigkeit; Theoda fands.

Der Vorleser, den die fremde Bewunderung seines Lesestücks hinriß in eigne, und der unter allen Empfindungen diese am innigsten mit dem Hör-Kreis teilte, hatte jetzo, wo die eigentliche Höhe und Bergstraße seiner Schöpfung erst recht anging, gar nicht Zeit, die Ankunft, geschweige die Gestalt und die Einwirkung des Kriegers wahrzunehmen. Er stand eben an der zweiten Hauptstelle seines Gesangs (der Anfang war die erste), am Schwanengesange, am Ende-Triller; denn wie im Leben die Geburt und der Tod, im Gesellschaftzimmer der Eintritt und der Austritt die beiden Flügel sind, womit man steigt oder fällt, so im Gedichte – Nieß konnte also nicht unaufhaltsam genug stürmen und laufen und deklamieren und sich begleiten lassen von Musik, um, wie ein Gewitter, gerade den stärksten und entzündendsten Schlag beim Abzuge zu tun.

Indes hören mitten in diesem Gerassel von poetischen Streit- und Siegwagen Vorleser eigner Sachen gleichwohl manches leise Wort, das darüber ausfliegt. Nieß vernahm mitten im Dichter-Sturm sehr gut Theodas Wort: »Ja er ists und hat sich selber kopiert im Ritter.« – »Und tut doch immer,« sagte die Nachbarin, »als ginge ihm das ganze Gedicht nichts an.« Es war Nießen auf keine Weise möglich, bei solchen Aussprüchen, daß er da sei und sich im alten Ritter selber getroffen habe, und bei dem allgemeinen Klatschen und Anblicken und Anfragen der Bewunderung, sich etwa in den Kopf zu setzen, er sei gar nicht gemeint, nur der neue Soldat. Sondern eine wärmere Minute und höhere Stelle, um sich zu enthüllen und zu entwölken, – dies sah er wohl ein – könnte kein Sternseher für ihn errechnen, als der Kulmination- und Scheitelpunkt war, den er eben vor sich hatte, um die Wolke des Inkognito seinem Phöbus auszuziehen. Zum Glück war er früher darauf gerüstet und hatte daher – da er längst wußte, daß die Menschen die ersten Worte eines großen Mannes, sogar die kahlsten, länger behalten und umtragen als die besten nach einem Umgange von Jahren – schon auf der Kunststraße, zehn Meilen vom Lesesaal, folgende improvisierende Anrede ausgearbeitet:

»Ehrwürdige Versammlung, fänd' ich nur die ersten Worte! Auf eine solche Sympathie einer so gebildeten Gesellschaft mit mir durft' ich ohne Eigenliebe nicht rechnen. Aber eine Herzergießung verdient die andere, und ich gebe mich willig dem Ungestüm der Augenblicke preis. Möge, ihr Herrlichen, euch jeder Schleier des Lebens so abgehoben werden als jetzt, und nie decke sich euch ein Leichenschleier statt eines Brautschleiers auf. – Ich war nämlich mein eigner Vorläufer; denn ich bin wirklich der Theudobach, dessen Ankunft ich auf heute in Briefen ansagte.«

»Der sind *Sie* nicht, mein Herr,« – sagte der Hauptmann – »ich heiße von Theudobach – *Sie* aber, wie ich höre, Herr von Nieß. – Was Sie für Ihre Werke ausgeben, sind ganz andere und die meinigen.«

Nieß blickte ihm ganz erstarrt ins Gesicht. – Besonnener springt der Mensch plötzlich zu hoch als zu tief – Theudobach stand fast gebietend mit seinem Macht-Gesicht, Krieger-Auge, hohen Wuchs neben dem zu kurzen Dichter, von welchem nun jedes Weiber-Auge abfiel; aber er ermannte sich und sagte: »Ich kenne Sie nicht, aber Deutschland mich.« – – »Herr von Nieß,« versetzte Theudobach, »dasselbe ist gerade mein Fall.«

Unversehends trat Theoda, welche längst vor Begeisterung unbewußt aufgestanden war, aus der verblüfften Schwester-Gemeine heraus vor Theudobach und sagte zu ihm im hohen Zürnen gegen den vieldeutigen Nieß: »Sie sind der Mann, den wir alle achten, oder aller Glaube lügt.« Der Hauptmann sah das kühne Feuer-Mädchen verwundert an und wollte erwidern; aber Nieß rief zornig dazwischen: »An mich haben Sie geschrieben, nicht an diesen Herrn, meld' ich jetzt, und ich an Sie.« – »O Gott, ich?« sagte Theoda.

»Mein Name Theudobach, Herr von Nieß, ist kein angenommener, ich habe nur *einen*; und es gibt nur meinen noch in der Welt; Sie führen eingestanden zwei, wovon ich nur den meinigen reklamiere und Ihnen den Ihrigen billig lasse. In der allgemeinen deutschen Bibliothek können Sie meinen Namen Theudobach neben meinem rezensierten Werke finden. Jede andere Erklärung können wir uns an andern Orten geben«, setzte er mit einigen Blicken hinzu, die sehr gut als Funken auf das Zündpulver einer Pistole fallen konnten.

»Sehr gern!« versetzte Nieß, um nur zuerst auf der Adelprobe zu bestehen; aber auf das Vorhergehende konnte er kein Wort zurückgeben vor Überfülle von Antworten. Wer zu viel zu sagen hat, sagt meistens zu wenig. Nieß noch weniger.

Noch habe ich in der allgemeinen Welt-Geschichte von Essig und Zopf – die ohnehin mein Fach nicht ist, weil ich vielmehr selber eines in ihr füllen und fodern will – kein rechtes Beispiel (unter so vielen abgesetzten

Günstlingen und Königen) aufgetrieben, das einigermaßen dazu taugen könnte, Nießens Falle und Verfalle die gehörige Beleuchtung zu geben, wenn jemand sehen wollte, wie einem Manne zumute gewesen, den man auf einmal vom Musenberge auf die Quartanerbank, vom Throne eines Sonnen-Gottes auf den Altar seiner Opfertiere, die er vermehren soll, oder von Allem zu Nichts herunterwirft -- Gehenkte, auf den Zergliederungtischen erwachend unter dem Messer anstatt im Himmel, sind nichts dagegen.

»O, ich bin stolz!« sagte Nieß und ging davon.

27. Summula

Nachtrag

Keine Seele bekümmerte sich um den davongelaufnen, von seinem Siegwagen herabgepurzelten Deklamator. Doch lachte man ihm allgemein nach. Ein Mann von Belesenheit – wenigstens im Junistück der Minerva von 1804, wo die Notiz steht – sagte sehr laut: Nieß hab' es mit seinem Namengeben gemacht wie die Einwohner von Nootka, welche Gott den Namen Quautz geben; der Mann hatte verbindlich für Theudobach reden wollen; aber in der Eile war ihm auf der Zunge das Lob in Essig umgeschlagen.

»Fährt man so fort,« sagte ein Korrespondent einer ungelehrten Gesellschaft, »so weiß am Ende keiner von uns, was er geschrieben, und der halbe Meusel sitzt im Sand.« –

Der Hauptmann nahm – mit einer kurzen Entschuldigung, daß er sich seines Geschlechtnamens so öffentlich angenommen, und mit einer besonderen Verbeugung an Theoda – schnell seinen Rückzug; – und die Menschen sahen seinem Kopfe nach.

Ungefähr tausendunddreihundert Siegkränze – folglich gerade soviel als Theagenes von Thasus in den griechischen Spielen erbeutet – trug er auf seinem Kopfe, seinen Schultern und seinem Rücken davon; – aber warum?

28. Summula

Darum

Man hielt ihn für den großen Theater-Dichter, dessen Stücke die meisten gehört. Ich will eine kurze Abschweifung und Summel daranwenden, um zum Vorteil der Bühnen-Dichter zu zeigen, warum sie leichter größere Eitelkeit-Narren werden als ein anderer Autor. Wie fällt erstlich der letzte mit seinen verstreueten Leser-Klausnern – ein wenig verehrt von bloßen gebildeten Menschen – beklatscht in den hundert Meilen fernen Studier-

Zimmerchen und zweimal hintereinander gelesen, nicht vierzigmal angehört, wie fällt ein solcher Ruhm-Irus und Johann ohne Land schon ab gegen einen Bühnen-Dichter, der nicht nur diese Lorbeer-Nachlese auch auf dem Kopfe hat, sondern ihr noch die Ernte beifügt, daß der Fürst und der Schornsteinfeger und jedes Geschlecht und Alter seine Gedanken in den Kopf und seinen Namen in den Mund bekommen – daß oft die erbärmlichsten Marktflecken, sobald glücklicherweise ein noch elenderes Maroden-Theater von Groschengaleristen einrückt, sich vor den knarrenden Triumphkarren vorspannen, worauf jene den Dichter nachführen, so daß, wenn gar der Dichter die Truppe selber dirigiert, er an jedem Orte, wo beide ankommen, den englischen Wahlkandidaten gleicht, die auf vielen Wagen (Lord Eardley auf funfzig) die Wahlmänner für den Sitz im Hause der Gemeinen an den Wahlort bringen lassen. – Noch hundert Vorteile könnt' ich vermittelst der Auslaßfigur (figura praeteritionis) anführen, die ich lieber weglasse, solche z. B., daß einen Theaterautor (und oft steht er dabei und hört alles) eine ganze Korporation von Händen gleichsam auf den Händen trägt (daheim hat ihn nur ein Mann in seiner Linken und blättert mit der Rechten verdrießlich) – daß er auswendig gelernt wird nicht nur von Spielern, sondern am Ende von deren Wiederkehr-Hörern – daß er in allen stehenden, obgleich langweiligen Theaterartikeln der Tag- und Monatblätter stets im selben Blatt von neuem gelobt wird, weil die Bühnen-Schelle immer als Taufglocke seines Namens und das Einbläser-Loch als sein delphisches Loch wiederkommt. – Woraus noch manches folgt, z. B. daß ein gemeiner Autor, wie z. B. Jünger, ja Kotzebue, länger in seinen gehörten Stücken lebt als in seinen gelesenen Romanen. Daraus erklärt sich die Erscheinung, daß das kalte Deutschland sich für *Schiller* (und mit Recht, denn es sündigte von jeher nur durch Unterlassen, nie durch Unternehmen) so sehr und so schön anstrengt, und für *Herder* so wenig. Denn mißt der Wert den Dank: so hätte wohl Herder als der frühere, höhere, vielseitigere Genius, als der orientalisch-griechische, als der Bekämpfer der Schillerschen Reflexion-Poesie durch seine Volklieder, als der Geist, der in alle Wissenschaften formend eingriff, und der nur den Fehler hatte, daß er nicht mit allen Flügeln flog, sondern nur so wie jene Propheten-Gestalten, wovon vier ihn bedeckten und nur zwei erhoben, dieser Tote hätte ein Denkmal nicht neben, sondern *über* Schiller verdient; wären, wie gedacht, die Komödianten nicht gewesen oder das Publikum nicht, das für die Vielseitigkeit wenig anschließende Seiten mitbringt. Übrigens wie man lieber von Personen als von Sachen hört, so steht auch der gewöhnlichste Theater-Dichter als ein Nachttisch-*Spiegel*, der dem Parterre Personen und dieses selber darstellt, schon darum dem Sachen-Dichter als einem bloßen *Juwel* voran, der nur Feuerfarben wirft und unverwüstlich nichts darstellt als sich und das Licht. Übrigens ist dies für uns andere Undramatiker eben kein Unglück; denn wir haben uns eben darum zum schönen Lose einer leichtern liebenswürdigen

Bescheidenheit Glück zu wünschen, zumal wenn wir berechnen, was aus uns, da jetzo schon ein paar Zeitungen und einige Teetische uns (ich selber kenne mich oft kaum mehr) sichtbar aufblasen, vollends durch das Luftschiff der Bühne für trommelsüchtige Narren geworden wären, so wie Schweinblasen, die schon auf Bergen schwellen, auf Höhen der Luftbälle gar zerplatzen.

29. Summula

Herr von Nieß

Er kam nicht zum Abendessen.

30. Summula

Tischgebet und Suppe

Der Tumult der Erkenn- und Verkennszene mischte die Eßgäste schon auf dem Gange zur Tafel zu bunten Reihen der Freude zusammen. Der Sternenhimmel, Blasmusik und Bäume voll Lampen und hauptsächlich der abends angekommene und mitsoupierende große Mann bezauberte und vereinigte alles. Viele Mädchen, die Nießens Stücke aus Leihbibliotheken und auf Bühnen kennen lernen, gingen unter dem Schirme wechselnder Schatten ganz nahe und anblickend neben seiner schönen Gestalt vorbei. Als er in seiner Uniform – dem weiblichen Jagd-Tuch oder Rebhühnergarn oder Frauen-Tyras – und mit der hohen Feder (die auf dem Kopfe erhabner aussieht als hinter dem Ohre) so dahinschritt und die Menge überragte wie der ursprüngliche Theudobach (nach Florus) seine Trophäe, und er als das Zwillinggestirn der Weiber, als Dichter und Krieger zugleich, sich durch seinen Himmel bewegte und mit Auge und Stimme so entschieden gegen männliche Wesen und doch mit beiden so scheu und bescheiden gegen weibliche einhertrat: so riß ein allgemeines Verlieben ein; – und hinter ihm sah, da er mit dem fünfschneidigen Melpomenens-Dolch und mit dem Kriegerschwert alles schlug, der Weg wie eine weibliche Walstatt aus: der einen war der Kopf, der andern das Auge, der dritten das Herz verwundet. Er aber merkte gar nichts von den sämtlichen Verwundeten, die er hinter sich nachführte. Bisher mehr astronomisch zu den Himmelsternen hinauf- als zu den weiblichen Augensternen herabzusehen gewohnt, zeigte er nicht den geringsten Mut vor einem ganzen Augensternhimmel; und vor einigen, welche den Busen mit nichts bedeckt hatten als mit ein paar Locken und Blumen, wollt' er gar das Hasenpanier ergreifen. Jedoch schickte er seinen Blick heimlich nach dem Mädchen herum, das, ihm so unbekannt, dreist ihm vor einer Menge beigestanden hatte.

Theoda war aber längst durch das Gedränge zu ihrem Vater hingeeilt, wie unter dessen schirmende Fittiche gegen ihr Herz und das Volk. Sie war berauscht und beschämt zugleich, daß sie so öffentlich, mehr eine Leserin als ein Mädchen, sich in den Zweikampf von Männern als Sekundantin gemischt. Erst durch langes Bitten rang sie dem Vater die Erlaubnis ab, ihn dem Dichter vorzustellen, wiewohl ers ein Selber-Spektakelstück nannte.

Neben ihm stand sie, als sie ihren Lebens-Abgott, den bald Lichter, bald Schatten reizend bedeckten, herkommen sah und sie ihm aus der Ferne unbeschämter in das edle Antlitz schauen konnte. Sie stellte mit kindlicher Lust ihren Vater dem berühmten Genius vor. »Meine Tochter« – nahm Katzenberger leicht den Faden auf – »hat mich mit ihrem Künstlerruhm bekannt gemacht; ich bin zwar auch ein Artista, insofern das Wort *Arzt* eine verhunzte Verkürzung davon ist; aber, wie gesagt, nur Menschen- und Vieh-Physikus. Daher denk' ich bei einer Hauskrone und Lorbeerkrone mehr an eine Zahnkrone oder bei einem System sehr ans Pfortadersystem, auch Hautsystem, und ein Blasen- und ein Schwanenhals sind bei mir nicht weit genug getrennt. Mir sehen Sie dergleichen wohl nach! Dagegen weis' ich Sie auf meine Tochter an.«

Der Hauptmann machte, d. h. zeigte die größten Augen seines Lebens; er fand in diesem Badeorte zu viel Wirrwarrs-Knoten. Doch aus Dankbarkeit gegen das Mädchen, das heute einen so kühnen Anteil an seinem Schicksale genommen, sagt' er nur: »Das schöne Fräulein, dem ich viel Dank schuldig bin, hat bloß Ihren Namen zu nennen vergessen.«

»So seid ihr Volk;« – wandte sich der Vater an die Tochter – »wenn ihr nur eure Taufnamen habt, unter Briefen und überall; nach des Vaters Namen fragt ihr keinen Deut. Ich und sie heißen Katzenberger, Herr von Theudobach!«

Der Hauptmann, der nach mathematischer Methode aus allen bisherigen Hindeutungen auf einen Briefwechsel mit ihm gar nichts heraussummiert hatte als den Heischesatz, daß man hier erst hinter manches kommen müßte, setzte wie jeder Sternseher fest: »Zeit bringt Rat; ein jeder Stern, besonders ein Bartstern, muß erst einige *Zeit* rücken, bevor man die Elemente seiner Bahn aufschreibt; folglich rücke der heutige Abendstern nur weiter, so weiß ich manches und rechne weiter.« Man setzte sich zu Tisch und Theoda sich neben den Hauptmann; Erdferne von ihm wäre ihr diesen Abend Wintertod gewesen. Sie hatte noch auf väterliche Nachbarschaft gerechnet; aber der Doktor, der sich von beiden Leuten nichts versprach als einen Abend voll dichterischer Sachen, einen Teich voll schwimmender Blüten ohne Karpfen und Karauschen und Hechte, hatte sich längst weggebettet unten hinab; und vom Doktor hatte sich wieder weit abgebettet der Brunnenarzt Strykius in einer geistigen Ehescheidung von Tische. Theoda schwieg lange neben dem geliebten Manne, aber wie voll Wonne und Reichtum! Und alles um sie her überfüllte ihre Brust! Über die Tafel wölbten sich Kastanienbäume –

in die Zweige hing sich goldner Glanz, und die Lichter schlüpften bis an den Gipfel hinauf, über welchen die festen Sterne glänzten – unten im Tale ging ein großer Strom, den die Nacht noch breiter machte, und redete ernst herauf ins lustige Fest – in Morgen standen helle Gebirge, auf denen Sternbilder wie Götter ruhten – und die Ton-Feen der Musik flogen spielend um das Ganze hinunter, hinauf und ins Herz.

Theoda, durch jeden eignen Laut einen vom Dichter zu verscheuchen fürchtend und für ihre sonst scherzende Gesprächigkeit zu ernst bewegt, stimmte wenig mit der redelustigen Gesellschaft zusammen, welche desto lauter und herzhafter sprach, je mehr die Musik tobte; denn Tisch-Musik bringt die Menschen zur Sprache, wie Vögel zum Gesang, teils als Feuer- und Schwungrad der Gefühle, teils als ein Ableiter fremder Spür-Ohren.

Bloß der Hauptmann konnte sein Ich nicht recht mobil machen; er hatte so viele Fragen auf dem Herzen, daß ihm alle Antworten schwer abgingen. Theoda, welche schon nach Nießens Schilderung mehr Angrenzung an Nießische Leichtigkeit erwartet hatte und vollends von einem Dichter, konnte sich die in sich versenkte Einsilbigkeit nur aus einem stillen Tadel ihrer öffentlichen Anerkennung erklären; und sie geriet gar nicht recht in den scherzenden Ton hinein, den Mädchen oft leicht gegen ihre Schreibgötter, auch aus einer mit Seufzern und Wonnen überhäuften Brust, anzustimmen wissen.

Der Brunnenarzt Strykius, der sich ihm mit einem festgenagelten Anlächeln gegenübergesetzt, befiel und befühlte ihn mit mehren Anspielungen und Anspülungen seiner Werke; aber der Hauptmann gab – bei seiner Unwissenheit über den Dichter und darüber, daß man ihn dafür hielt – unglaubliche Quer-Antworten, ohne zu verstehen und ohne zu berichtigen. So gewiß hören die meisten Gesellschafter nur *einen*, sich selber; – so sehr bringt jeder statt der Ohren bloß die Zunge mit, um recht alles zu schmekken, was über dieselbe geht, Worte oder Bissen. Hat sich ein Mann verhört, folglich nachher versprochen und endlich darauf sich aufs Unrechte und Rechte besonnen: so blickt er verwundert herum und will wissen, wie man seinen zufälligen Unsinn aufgenommen; er sieht aber, daß gar nichts davon vermerkt worden, und er behält dann zornig und eitel den wahren Sinn bei sich, ohne die fremden Köpfe wieder herzustellen in das Integrum des eigenen. Daher verstehen sich wenig andere Menschen als solche, die sich schimpfen, weil sie von einerlei Anschauungen ausgehen.

– – Hier führt mich die lange vorstehende Bemerkung beinahe in die Versuchung, nach vielen Jahren wieder

ein Extrablättchen

zu machen. Denn eben die gedachte Bemerkung hab' ich erst vor einigen Tagen im neuesten Bande des Kometen gelesen; ja ob sie nicht gar (wie fast zu befürchten) noch in einem dritten Buche von mir sich heimlich aufhält, das weiß der Himmel, ich aber am wenigsten. Denn woher sollt' ich nach ein paar Jahrzehenden wissen oder erfahren, was in meinen so zahl- und gedankenreichen Werken steht, da ich sie – ausgenommen unter dem Schreiben – fast gar nicht oder nur zu oberflächlich lese, sobald nicht zweite oder dritte Auflagen gefodert werden, in welchem letzten Falle ich mich sogar rühmen darf, daß ich den Hesperus dreimal (zweimal im achtzehnten Jahrhundert und einmal im neunzehnten) so aufmerksam durchgelesen als irgendein Mitleser aus einer Leihbibliothek, welcher exzerpiert. – Eben seh' ich noch zum Glück, da ich, wie gesagt, mich unter dem Schreiben immer lese, daß ich den Satz oben fragweise angefangen, unten aber wegen seiner unbändigen Länge mit einem Fragzeichen zu schließen vergessen. – – Denn – um zurückzukommen – kann ich wohl bei der Menge wichtiger Bücher, welche die Vergangenheit und das Ausland aus allen Fächern liefern und wovon ich noch dazu die besten, vor vielen Jahren gelesenen wieder durchgehen muß, weil ich sie jetzo besser verstehe, der neuen Supplementbibliotheken in jeder Messe gar nicht zu gedenken – kann ich da wohl Lust und Zeit gewinnen, einen mir so alltäglichen und bis zur Langweile bekannten und auswendig gelernten Autor wie mich in die Hand zu nehmen? – Was in unserem Jahrhundert Gelehrte zu lesen haben, welche Berge und Bergketten von Büchern, leidet keine Vergleichung mit irgendeinem andern, ausgenommen mit dem nächsten zwanzigsten, wo sich die Sachen noch schlimmer zeigen, nämlich 200 neue Büchermessen mehr. Wahrlich, da brauch' ich keine Sorbonne, welche mir wie einmal dem Peter Ramus das Verbot auflegt, die eignen Werke zu lesen. Aber warum fährt, bellt, schnaubt und schnauzt denn irgendein kritischer Schoßhund mich an, wenn ich statt des eignen Lesens nichts wiederhole als zuweilen eigne Gedanken? – Sinds aber vollends Gleichnisse: so möcht' ich nur erst den fremden Mann kennen, der bei meiner Überschwängerung damit solche aus neunundfunfzig Bänden behielte; vollends nun aber der eigne Vater, welchem Gebornes und Ungebornes durcheinanderschießt und der oft (der gute Mann!) zehn ungedruckte Geburten auf dem Papiere ungetauft liegen läßt und dafür eine alte, schon gedruckte unwissend wieder in die Kirche trägt und über das Becken hält. –

Da Strykius, wie gesagt, durch alle Halbantworten Theudobachs nicht aus seinem Mißverständnis, dieser sei der Dichter, herauskam, so ließ er sich auch durch nichts halten, er mußte der ganzen auf dem Gesichte des Hauptmanns konvergierenden Gesellschaft zeigen, daß er selber Verdienst schätze und besitze. – »Das Wetter« (dacht' er bei sich) »soll den Dichter erschlagen, wenn er nicht merkt, daß ich mir etwas aus ihm mache.« – Er knüpfte daher von neuem so an: »Ich darf wohl unberufen im Namen der ganzen Gesellschaft unsere Freude über die Gegenwart eines so berühmten Mannes ausdrücken. – Sie haben zwar bessere Gegenden gezeichnet; aber auch unsere verdient von Ihnen aufgenommen zu werden.«

Der Hauptmann, der, zum Genie-Corps gehörig, sich dabei nichts denken konnte als eine militärische Zeichnung zum Nachteil der Feinde, nicht eine poetische zum Vorteil der Freunde, gab aufgemuntert, weil er endlich doch ein vernünftiges, d. h. ein Handwerks-Wort zu hören und zu reden bekam, zur Antwort: »Wenn hier eine Festung ist, so tu' ichs; jede ist übrigens überwindlich, und mich wunderte besonders, in demselben Buche Anleitung zur unüberwindlichen Verteidigung und zur sieghaftesten Belagerung anzutreffen, wovon ja eines eo ipso falsch sein muß.«

Hier lächelte Strykius verschmitzt, um dem Krieger zu zeigen, daß er die Allegorie ganz gut kapiere; ihm war nämlich, wie allen Prosa-Seelen, nichts geläufiger als die vermoosete Ähnlichkeit zwischen Liebe und Krieg.

Der Hauptmann fuhr etwas verwundert fort: »Mich dünkt, durch Approchen, durch die dritte Parallele, wobei man über die Brustwehr fechten kann – durch falsche Angriffe« – (Hier nickte Strykius unaufhörlich zu und wollte immer lächelnder und schalkhafter aussehen) – »und am Ende durch den Generalsturm wird jede Jungfrau von Festung erobert.«

»Ich weiß nicht,« – setzte der Hauptmann, ganz erbittert über den anlachenden Narren, hinzu – »ob Sie wissen, daß ich zum Genie-Corps gehöre.«

»O wer wüßte es nicht von uns,« erwiderte er schelmisch, »und eben das *Genie* trägt den Köcher voll Liebepfeile.«

Da wurde wie von einem Schlagfluß der Arzt aus seinem Anlächeln weggerafft durch des zürnendroten Hauptmanns Wort: »Herr, Sie sind ein Arzt, und darum verstehen Sie nichts von der Sache.«

Ohne weiteres wandte er sich zu Theoda und fragte mit sanfter Stimme: »Sie, Vortreffliche, scheinen mich zu kennen, aber doch weiß ich nicht wodurch.« – »Durch Ihre *Werke*«, sagte sie furchtsam .... »Sie hätten die einen gesehen und die andern gelesen ....?« sagte er und wollte über den Unterschied zwischen seinen um die Festung *gebauten* Werken und seinen darin *geschriebnen* noch ein Wort fallen lassen, als sie ihre Augen gegen ihn aufhob und auftat wie ein Paar Ehrenpforten ... Aber beide wurden unterbrochen.

31. Summula

Aufdeckung und Sternbedeckung

Theoda bekam ein versiegeltes Paket mit der Bitte auf dem Umschlag, es sogleich zu öffnen. Sie tats. Anfangs kam bloß ein Band der allgemeinen deutschen Bibliothek heraus – dann in diesem, zwischen dem Titelblatte und dem gestochenen Gesicht eines berühmten Gelehrten, ein Briefchen von Nieß und dann das Briefchen von Theoda an Theudobach. –

Nieß schrieb: »Ich ehre Ihr Feuer. Ich verdamme meines. Ich bin selber der Dichter, für dessen Freund bloß ich mich leider unterwegs ausgegeben, und dessen Feind ich eigentlich dadurch geworden. Ich vergebe Ihnen gern Ihren öffentlichen Widerspruch gegen den meinigen; aber als Gegengeschenk bitt' ich Sie, mir auch meine vielleicht indiskrete, doch abgedrungene Eröffnung zu verzeihen, daß Sie an mich geschrieben. Hier ist Ihr Brief, hier ist die Abschrift meiner Antwort darauf. Hier ist sogar noch mein, wenn nicht getroffnes, doch zu erratendes Gesicht vor der allgemeinen deutschen Bibliothek und dazu eine Rezension Seite 213 darin, worin freilich nichts Wahres ist als die Namen-Jagd, daß ich nämlich meinem Geschlechtnamen Nieß den Vornamen Theudobach vorgesetzt. – Kurz ich bin der Dichter der unbedeutenden Trauerspiele, die mir jetzo selber eines bereiten. Ich verwünsche jede Minute, wo ich Ihnen etwas so Gleichgültiges verbarg, als mein Name ist. Das Bessere habe ich vielleicht zu wenig verfehlt. – Hier ist nun Ihr Brief – meine Handschrift – mein Geständnis – sogar mein Zerr-Bild. Am Himmel entfernt sich die Venus nicht über 47 Grade vom Bilde des Dichtergottes; wollen Sie Sich weiter entfernen?«

Schweigend gab Theoda dem Hauptmann Nießens Brief, Rezension und Kupferstich mit der Unterschrift: Theudobach von Nieß. Ihr Herz quoll, ihr Auge quoll. »Was hatt' ich ihm getan,« rief es in ihr, »daß er mein Herz so nahe aushorchte – daß er mich zu einem öffentlichen Irrtum verlockte und daß ich beschämt dem Volks-Lächeln preisgegeben bin; was hatt' ich ihm getan?« Sie dauerte der edle Mann neben ihr, als ob sie und der Poet zusammen ihm Lorbeer und Genie abgeplündert hätten – und sie wollte, als hätte sein Herz davon Risse bekommen, alle gern mit ihrem ausfüllen. Wie anders klang und schnitt jetzt die Musik in die Seele! Wie anders sahen die Riesenwache von Bäumen und die tollkühnen Nachtschmetterlinge an den Lichtern aus! So ist das Leben und Schicksal immer nur ein äußeres Herz, ein widerscheinender Geist, und wie die Freude die Wolken zu hohen, nur leichtern Bergen aufhebt, so verkehrt der Kummer die Berge bloß zu tiefern festern Wolken. Theoda sah recht starr in die kleine Morgenröte des heraufziehenden Mondes, um durch starkes Aufmerken und Offenhalten das Zusammenrinnen einer Träne zu verhindern; als aber der Mond heraufkam, mußte sie die Augen abtrocknen.

32. Summula

Erkennszene

Der Hauptmann las sehr lange im Briefe und in der Rezension, um Licht genug zu bekommen. Lange durchsah er Nießens Bildnis vor der allgemeinen deutschen Bibliothek, dessen Ähnlichkeit ihm nicht recht einleuchten wollte; weil diese überhaupt Köpfe vorne vor dem Titelblatte nicht viel kenntlicher darstellte als im Werke selber. Doch wird damit nichts gegen den gebliebenen Wert eines Werkes gesagt, das von jedem guten Kopfe Deutschlands ohne Ausnahme wenigstens eine volle Seite, noch dazu mit Namens-Unterschrift aufweist, nämlich die mit seinem Kopfe vorne vor dem Titelblatte. Der Hauptmann, der so plötzlich aus der Sonnenfinsternis in den hellen Mittag herabfiel, wandte sich gar nicht an Theoda, sondern zuerst an die Tischgesellschaft – erklärte laut, nicht er sei der große Dichter, sondern Herr von Nieß – er habe zwar etwas geschrieben, über die alte holländische Fortifikation – aber er ersuche also jeden, die Bewunderung, die er ihm zugedacht, zurückzunehmen und der Behörde zu schenken. – Darauf riß er ein Blättchen aus der Schreibtafel und schrieb an Herrn von Nieß: er nehme gern sein unschuldiges Mißverständnis zurück, stehe aber zu jeder andern Genugtuung bereit.

Als dies alles bekannt wurde – und dem Brunnenarzt zuerst –, so brachte dieser jeden Abgrund versilbernde Mondschein sogleich zwei laute Toasts aus: »Einen Toast auf den Mathematiker von Theudobach! – Einen Toast auf den Dichter Theudobach von Nieß!« rief er. – So tanzte der frohe Mann nicht nur nach jeder Flöte, sondern wie H–n nach jeder Flötenuhr, die eben ausschlägt, und auf die vorige schnelle Anrede des Hauptmanns an ihn, welche, aus der Tafelsprache in die Schlachtsprache übersetzt, doch nur sagen wollte: krepiere! – – versetzte er freudig: auf Ihr langes Leben! – –

Jetzt endlich kehrte sich Theudobach an die Jungfrau, welche auf ihre Kosten ihn mit dem Sonnenlehn eines großen Dichters belehnet hatte, und wand, indem er schmerzlich und vergeblich über Gutmachen nachsann, die bittende Frage herauf: wie alle diese Mißverständnisse möglich gewesen? »Ich bitte Sie,« sagte sie mit müder Stimme, »meinen Vater zu fragen, der alles weiß.« Er schwieg. Trauerndes Nachdenken auf dem starken Männergesicht rührte die Jungfrau immer stärker; ihre Seele litt zu viel und konnte wieder nicht alle Zeichen verbergen, welche die fremde Teilnahme vermehrten. Hastig stand sie endlich auf – sagte ihrem Vater etwas ins Ohr – dieser nickte, und sie verschwand.

33. Summula

Abendtisch-Reden über Schauspiele

Auch Katzenberger hatte unten einige Werthers Leiden ausgelitten, und zwar schon bei der Krebssuppe, weil da noch die ganze Tischgesellschaft, als eine niedere Geistlichkeit, zum Kirchdienste für den Dichter-Gott angestellt saß, welcher der Hauptmann zu sein schien; wozu noch der Kummer stieß, daß er seinen Strykius nicht vor sich hatte. Ein solcher Wirttisch war für Katzenberger ein Katzentisch. Er erklärte deshalb gern ohne Neid der nächsten Tisch-Ecke, daß er als Arzt über Bühnen-Skribenten seine eigne Meinung habe, und folglich eine diätetische. Ein Lustspiel an und für sich, fuhr er fort, verwerfe niemand weniger als er; denn es errege häufig Lachen, und wie oft durch solches Lachen Lungengeschwüre, englische Krankheit nach Tissot, Ekel (wenn auch nicht gerade der am Stücke selber), ja durch bloße Spaß-Vorreden Rheumatismen gehoben worden, wiss' er ganz gut. – Ja, da Tissot eine Frau anführe, die nicht eher als nach dem Lachen Stühle gehabt, so halt' er allerdings ernsthaft einen Sitz im Komödienhause für so gut als ein treibendes Mittel, so daß jeder aus seiner Leidengeschichte, wie man sonst bei einer andern getan, ein Lustspiel machen könnte.[1] – Daher, wie der Quacksalber gern einen Hanswurst, so sehe der Arzt gern einen Lustspieldichter bei sich, damit beider Arzneien nach Verhältnis ihres Werts von gleichmäßigen Späßen unterstützt und eingeflößt würden.

»Das Trauerspiel aber, Herr Doktor?« fiel ein junger Mensch ein, der zu beantworten glaubte, wenn er befragte.

Gleichwohl glaub' er – fuhr er ohne Antwort fort – Verstopfung und dergleichen ebensoleicht durch einige Sennes- und Rezeptblätter zu heben als durch ein vielblättriges Lustspiel, und ein Apotheker sei hier wenig verschieden von einem Hanswurst. – Er könne sich denken, daß man ihm hier das Trauerspiel einwerfe; aber entweder errege dieses gar nichts (dann gähnte man ebensogut und noch wohlfeiler in seinem warmen Bette) oder es errege wahre Traurigkeit, wenn auch nur halbstündige; nun aber sollten doch Dichter, dächte man, wie Kotzebue und deren Kunstrichter so viel durch Aufschnappen aus der Arzneikunde zufällig wissen, daß Traurigkeit Leber-Verstopfung, folglich Gelbsucht – woher sonst der gelbe Neid der Trauerspieler gegeneinander? – zurücklasse, ferner entsalzten Urin, ein scharfes Tränen (der größte Beweis der Blut-Anstemmung in den Lungen) und sogar Darmkrämpfe. –– Auf letzte habe man sogar bei Wesen, die in gar kein Schauspiel gehen oder sonst Seelenleiden gehabt (denn es gebe keine andere, da nur die Seele, nicht der bloße Körper empfinde und leide),

[1] Die Confrérie de la Passion 1380; der Bischof von Angers machte für sie aus der Passion eine Komödie.

nämlich bei traurigen Hirschen[1] geschlossen aus den kleinen Knötchen in ihrem Unrate als den besten Zeichen von Krämpfen.

»Erhärteten freilich« – fuhr er feurig fort – »Bühnen-Tränen, gleich Hirschtränen, zu Bezoar: so schrieb' ich wohl selber dergleichen Spaß und bewegte das Herz. Aber jetzt, beim Henker! muß der wahre Arzt mitten unter den weichsten, himmlischsten Gefühlen der Damenherzen so scharf das Weltliche dazwischen kommandieren als ein Offizier unter der Messe seinen Leuten das Gewehr-Strecken und Heben. Vielleicht aber gäb' es einen Mittelweg, und es wäre wenigstens ein offizieller Anfang, wenn man das Trauerspiel, so gut es ginge, dem Lustspiel näher brächte, durch eingestreute Possen, Fratzen und dergleichen, die man denn allmählich so lange anhäufen könnte, bis sie endlich das ganze Trauerspiel einnähmen und besetzten.« Eine solche Anastomose und Kirchenvereinigung des Weh- und Lustspiels, setzte er hinzu, eine solche Reinigung der Tragödie durch die Komödie wäre zuletzt so weit zu treiben – ja in einigen neuesten Tragödien sei so etwas –, daß man durch ganze Stücke hindurch recht herzlich lachte. Er fragte, ob denn komische Darstellung so schwer sei, da man in Frankreich im siebzehnten Jahrhundert die ernstesten biblischen Geschichten[2] in burlesken Versen begehrte und bekam; wie er denn überhaupt wünsche, daß ernste Dinge, z. B. Manifeste, Todesurteile etc., öfter im gefälligen Gewand, nämlich burlesk vorgetragen würden. Er berief sich noch auf die sonst im Trauerspiel so ernsten Franzosen, denen Noverre die tragischen Horatier Corneilles als einen pantomimischen Tanz gegeben; folglich in Sprüngen, welches schön an den griechischen Namen der Tragödie, nämlich Bockspiel, erinnere; sogar er selber getraue sich, seinen stärksten Schmerz über einen Verlust, z. B. seines Freundes Strykius, durch bloßes Tanzen auszudrücken, in einem Schäferballett oder in einem Hopstanz oder im Fandango.

»Also hätt' ich«, beschloß er, »die entkräftende Empfindsamkeit, die man uns auf den Tränenwegen der Meibomischen Drüsen, der Tränenkarunkel u. s. w. hereinschießen läßt, leicht durch Possen gedämmt.«

Hier konnte ein winddürres Landfräulein aus dem Vordorf und der Vorstadt der Hauptstadt, das sich längst auf Rührung gelegt, sich nicht länger halten: »Dies kann er Narren weismachen«, sagte sie leise vor seinen Katzenohren zu ihrer Mutter. »Närrinnen allerdings nicht«, sagte er noch leiser zu obigem Posthalter im ersten Bande. Das hagere Fräulein fuhr leise gegen die Mutter fort: »Freilich rohe Kerls rührt nichts; eine Seele aber, die zarte *gespannte* Nerven hat, fühlt allein, was *weiche* Nerven heißen, und fragt nach nichts bei der Rührung. Ach wie weit sind noch alte Personen hinter den jüngsten oft zurück!«

[1] Hallers Physiologie. Bd. 5.
[2] Flögels Geschichte der komischen Literatur.

Auch der Doktor versetzte wieder leise: »Mangel an Fett, Herr Posthalter, können Sie im ersten Bande von Walthers köstlicher Physiologie gefunden haben – der sich vom Berliner Zergliederer Walter so unterscheidet wie beider Wissenschaften, also wie Geist von Körper – Fett-Mangel macht zu empfindsam; denn die Nerven liegen halb nackt da und stoßen sich an alles. Ein Fetter hingegen führt sie, wie Eier, unter diesem Überguß gut bewahrt bei sich; Speck schützt gegen geistige Hitze und gegen äußerliche Kälte.«

Giftig redete den dicken Doktor selber das Fräulein an und sagte: »Ich kenne doch manche beleibte Personen von Empfindung.« –

»Von diesem Schlage«, versetzte er, »dürfte ich selber sein, meine reizende Grauaugige! Im Vorbeigehen bei Ihren himmelgrauen Augen will ich doch anmerken, daß es gar keine blauen und keine schwarzen Augen unter den Menschen gibt (grüne und gelbe jedoch), sondern was sie so nennen, sind nur graue und braune, weil die Iris nie blau und schwarz aussieht. – Aber zurück! Ob ich nun gleich als ein Mann von Talg hier am Tafel-Ende den Fettschweif vorstelle, den sich das kirgisische Schaf nachfährt auf einem Wägelchen: so hab' ich doch auch zwei Augen und ein Schnupftuch; wie oft hab' ich nicht unter dem heftigsten Lachen Tränen vergossen! Desgleichen bei Kälte von außen im Schlitten. Überhaupt wie könnte man als gefrorne Winterbutter erscheinen, wäre man nicht äußerst weich? Nur das Weiche kann gefrieren, Gnädige, nicht das Harte.«

Zum Glück für einen Waffenstillstand unterbrach eben den Doktor der oben toastende Strykius mit seinen Neuigkeiten. Schwer ging jenem die unbegreifliche Verwandlung der beiden Edelmänner in ihr Widerspiel ein. Als er aber endlich das Wahre begriff und erhörte, und daß Nieß bisher wie die alten Manuskripte ohne Titelblatt gewesen und endlich sich eines vorgebunden, sein Namens-Pergament, und daß er bloß nach Autor-Sitte sich den Namen Theudobach geborgt und eingeätzt: so konnte sich der Doktor einiger Bemerkungen und Verwunderungen nicht enthalten, sondern gestand: »ein anderer als *er* hätte dies ebensogut erraten können – die Namen-Rasur und Tonsur durch Rezensenten gebe leicht Namen-Alibi und Namen-Nachdrucke der Autoren.« Ja er fand hierin Ähnlichkeit zwischen großen Autoren und großen Spitzbuben, daß beide bei ihrem Geschäfte fremde Namen annehmen, und führte aus des badischen Hofrats Roth Jauner-Liste von 1800 mehre zweite Autor-Namen an, wie sonst französische Prinzen zweimal getauft wurden, z. B. den großen Allgeier – den dürren Herrgott – den kleinen Pappenheimer – den reichen Bettler oder Spatzendarm – den großen Sauschneider – den Hennenfanger – den welschen Mattheis – kurz lauter Namen, worüber die Gauner-Bande die wahren so vergißt wie das Publikum bei Autoren.

34. Summula

Brunnen-Beängstigungen

Nach dem Entwickelungabende erschien Theoda nie an der öffentlichen Tafel mehr; weder väterlicher Spott noch Zank bezwangen sie. Hinter ihrer jungfräulichen Scherzhaftigkeit und Entschlossenheit, das Rechte sogar auf Kosten der Form und Gewohnheit zu ergreifen, lag ein empfindliches, lange nachfühlendes Herz verborgen; leider hielt dieses jetzt die Dornen der Übereilung in seinen Wunden fester. Wie sollte sie Unbescholtene das kleine Gewehrfeuer der weiblichen Blicke ertragen? Und doch ließ sie sich von diesen mit Quecksilber gefüllten organisierten Nachtschlangen noch lieber anleuchten, als von den zwei Brautfackeln der Augen des Hauptmanns anglänzen, der damit in ihren offen gelaßnen Herzenkammern alles hatte sehen können, was er gewollt. Nur Nieß stieß ihr ohne besondere Verlegenheit von ihrer Seite auf; gegen ihn und dessen Passagier-Charaktermaske glaubte sie, wiewohl sie eigentlich ihm das öffentliche Unrecht angetan, ordentlich das meiste Recht zu haben. Man mag nun dies daraus herleiten, daß die weibliche Seele leichter vergibt, wenn sie Unrecht gelitten, als wenn sie es getan – oder daß sie Irrtümer lieber verdoppelt als zurücknimmt und sich lieber am Gegenstand derselben rächt als an sich selber bestraft – oder daß ihr sich ihr Inneres so abspiegelt wie im Spiegel sich ihr Äußeres, nämlich jedes Glied verkehrt und das linkische Herz auf der *rechten* Seite – oder man mag es daraus erklären wollen, was fast das Vorige wäre, nur in andern Wendungen, daß Frauenseelen dem milden Öle gleichen, welches, entbrannt, gar nicht zu löschen ist (denn Wasser verdoppelts) außer durch die kühle Erde – und daß sie sich wie der Vesuv durch Auswürfe nur desto mehr erheben – oder daß ihre Fehler den Menschen gleichen, welche nach Young durch den Krieg (d. h. durch das Erlegen) sich erst recht bevölkern –– kurz wie man Theodas Betragen auch ableite: ich bin der Meinung, daß ich mehr Recht habe, wenn ich behaupte, daß sie Herrn von Nieß weniger liebt als den Hauptmann. Ich berufe mich hier auf nichts als auf die Summeln, die noch kommen.

Ihre Brunnenbelustigungen bestanden jetzo – außer einigen hinter Schnupftuch und Bett- und Fenstervorhang versteckten Tränen – darin, daß sie zuweilen mit ihrem Vater ausging, der etwas an sich hatte, um damit Jünglinge leicht wegzuscheuchen, oder daß sie einsam die Berge der Blumen-Ebene bestieg, wenn eben Ball, Schauspiel oder Essen war – oder daß sie in das Tagebuch an ihre Freundin flüchtete, wie an eine nah herübergeflogne Brust. Dieses erzähle sich denn selber.

35. Summula

Theodas Brief an Bona

»Bona! Ich war dir nie ernst genug, jetzt dächt' ich, wär' ichs. Doch kann ich mich irren, und ich bin vielleicht nur wund. Herzen und Glocken bekommen so leicht Sprünge bei starkem Bewegen. Wär' ich nur mit meinem an deinem schneeweißen Halse: es sollte bald heil sein. Gräme dich nicht voraus, ich habe nichts verloren, nicht einmal ein Stückchen Liebe, bloß ein paar Dummheiten. Nur der Mond, der mir beim Aufgang die Augen wässerte, steigt jetzt immer höher und zieht mit Gewalt blutwarme Tropfen aus der Brust herauf; so zieh' er denn fort.

Ach Bona, ich weine! Denn ich habe dumm gefehlt; und du sollst heute alles wissen. Nur wird es mir sauer, dir das lange historische Zeug auszubreiten, da ich dessen so satt und genug habe. Wir brauchen einen ganzen Herbst dazu, eh' wir beide fertig sind mit der Sache.

Herr von Nieß ist ein Spitzbube: er ist eben der Dichter Theudobach eigenhändig, zu dem er mich geleiten wollen. So also ist eine heutige Manns- und Schreibperson! Wenn nun, sage mir, die bessern Schauspiel-Dichter nicht redlicher sind als ihre Schauspieler oder irgendein feinster Dieb: auf was hat sich eine gute Seele zu verlassen? Auf Gott und eine Freundin, wahrlich auf sonst nichts. Wär' ich nur über deine Sorge und Bürde hinweg und wäre dein Kind an deiner Brust: so fragte ich keinen Deut nach Begebenheiten, sondern säße bei dir und erzählte sie.

Kurz das geschmeidige gewundene Schlangenwesen der Männer, das sich bis sogar in den Sonnentempel der Kunst einschlängelt, legte sich auch an mich und meinen Vater und kroch ein, unter dem Namen von Theudobachs Freund. Er konnte mithin jedes Wort hören, was ich von ihm dachte: es war so gut, als war er mit meiner Seele in mein Gehirn eingesperrt.

Um uns alle recht in seinem blauen Dunste herumzuführen, sprengt' er aus, der Poet komme erst abends, wenn er seinen Ritter vorläse. Vermutlich war sein Plan, wenn wir so alle mitten im Jubilieren über seinen Ritter und im Vormusizieren des Ständchens säßen, vom Sessel aufzustehen und zu sagen: ich bin der Mann selber. Zum Unglück für ihn und für mich versalzte ihm ein Namenvetter das ganze Te deum. Es tritt nämlich gerade, als uns Frauen die Herzen steilrecht himmelan brennen, ein edler junger Mann herein, den alle Mädchen für den Maler und für das Urbild des Ritters zugleich ansehen müssen, nicht etwa ich allein. In einem Traum küßt' ich einmal einer hohen himmlischen und doch sanften Gestalt des noch ungesehenen Dichters die Hand; gerade so sah der Fremde aus. Da sein Name wirklich Theudobach war und er auch allerlei geschrieben, wiewohl nur über Mathematik: so war er neugierig und zornig hieher gereiset, um zu sehen, wer ihm hier seine Rolle nachspiele. Kurz in der Minute, da Nieß sich als den Theudobach demaskierte, steht der zweite bessere da, der ihn in die alte Nießische Chauve-souris-Maske zurücksteckt. Und wahrlich, wer nur beide nebeneinander stehen sah, den Hauptmann Theudobach in einer Gestalt, seines riesenmäßigen Urahns nicht unwürdig, und das feine Schachfigürchen Nieß, an ihm hinauf sturmlaufend, der mußte es machen wie ich und an alle deine vernünftige Ratschläge nicht denken. Ich ging nämlich öffentlich zum Hauptmann und erklärte ihn für den Dichter. Mir glüht hier schmerzlich das Gesicht, und ich denke an meines Vaters Wort: ›Durch Eiligkeit entstehe oft Feuer, und durch Langsamkeit werd' es stärker; weil die Leute die Sachen gerade umkehrten.‹ Indes war jeder meiner Meinung – auch noch unter dem Abendessen – gleichwohl lauf' ich jetzt als das Maulbronner Sünden-Böckchen herum und werde von den andern Sünden-Zicklein meines Geschlechts heimlich angemeckert. Denn Nieß schickte mir unter dem Essen meinen Brief an ihn und seinen Kupferstich; kurz der Star wurde mir mit der Starnadel gestochen und ein bißchen das Herzchen dabei.

O, wie war ich hinter meiner Augenbinde, als hätte ich sie mir vom Amor geborgt, so ruhig-froh! Wenn ich dir erst künftig einmal male, wie himmlisch der Sternen-Abend war, solange mir ihn nicht mein Schmerz umzog – wie rein-heiter ich an der Seite des guten Menschen saß, den ich noch für den poetischen Traumgott meiner Jugendträume ansah, und wie froh ich mein Auge auf alles um mich warf, auf die erleuchteten Bäume, auf jeden Gast am Tisch, wie auf die Sterne über mir – wie immer das freudige Herz überkochen wollte – und wie ich gern die armen Nachtschmetterlinge verscheucht hätte, die sich an den Lichtern zerstörten – und wie ich in die aufdämmernden Wolken in Osten mit feuchten Augen sah und dachte: wie gar zu selig wird dich vollends dein beglückender Mond machen, wenn er dich so findet .... Er fand mich nicht mehr so – er fand mich voll Scham und Gram, ich sah ihn an – dein stillendes Auge wäre mir heilsamer gewesen – ich grub meines ordentlich ein in seinen Glanz und dachte dann nach: wie anders, anders es gewesen wäre, wäre alles so geblieben, welch eine unvergeßliche Paradieses-Nacht, die noch in keinem Traume gewohnt, ich hätte durchleben und ewig im Herzen halten dürfen! – Es sollte nicht sein, das zu große Glück. Indes, glaub' ich, durchquellt keine Träne so heißschmelzend den ganzen Menschen als die, die er fallen lassen muß, wenn er, ebenso heiter wie andere, in einem weiten, duftenden, wehenden Arkadien angelangt und stehend, plötzlich von irgendeinem einsamen Unglück umgriffen wird und nun mitten unter dem allgemeinen Gesange: ›Freut euch des Lebens‹, den er mitsingt, leise sagt: freuet *euch* des Lebens, *meines* ist anders.

Ach wozu dies alles? Aber eine wichtige Regel macht' ich mir; und ich wollte, besonders die Männer hielten sie heilig: schone, o schone jede Seele bei einem Lustfeste, weil es ihr viel zu wehe tut, mitten in der allgemeinen

Freuden-Ernte ganz allein gar nichts zu haben, und doch noch bei dem Zentner-Ach in der Brust mit einem leichten Lächel-Gesicht dazustehen; daher sollten besonders die Liebhaber und die Eltern uns arme Mädchen mit Qualen verschonen auf Bällen, Hochzeitfesten, Maienfesten, Weinlesen. Ach wir leiden nie mehr als in Gesellschaft; die Männer vielleicht in der Einsamkeit! Ich weiß es nicht.

Jetzo sah ich nicht mehr ab, warum ich Umstände mit der Tafel machen sollte; unglücklich konnt' ich ja in der Einsamkeit so gut sein als in der Gesellschaft. Ich ging davon; und sagt' es dem Vater. Das Aller-Dümmste (dacht' ich) denken doch die Bade-Gästinnen ohnehin von mir; also ist nichts zu verderben an den Dummheiten.

Ich konnte aber unmöglich schon nach Haus und unter die Dach-Enge; ich mußte ins Weiteste; ich wollte die Sterne bei mir behalten. Da senkte mein ganzes Herz sich plötzlich auf die unsichtbare Brust meiner toten Mutter. Ich dachte an die Zauberhöhle, durch deren wunderbare Lichter sie einst die auf ihren Armen aufhüpfende Tochter durchgetragen; und ich erfragte unten im Dorfe den Höhlen-Eingang. Der Mond schien an die Pforte; die Kinder hatten davor gespielt und Ketten von Dotterblumen und ein kleines Gärtchen von eingesteckten Weiden zurückgelassen. Ich öffnete die Türe, um vor die weite, wie ein Leichnam in die Höhle begrabne Finsternis zu treten; aber als der Mond seinen Schimmer lang hineinwarf und ich meinen Schatten drinnen in der Höhle liegen sah: so schauderte michs; ich sah die Schattengestalt meiner Mutter in ihrem Grabe schlafen; da eilt' ich davon und dachte mir dich und dein Wohl, um mein Herz zu wärmen. O lebe wohl!

Spätere N. S. Sein Herz ist sein Gesicht; ich rede vom Hauptmann. Aus Zartheit wich er mir bisher aus; aber er schickte mir durch meinen Vater ein Blättchen, worin er alle Schuld des öffentlichen Mißverständnisses auf sich nimmt und durch seine Zurückziehung, um es nicht zu bestätigen, dafür zu büßen gesteht. Du wirst es lesen. Es gehe dem braven Jüngling wohl!

Aber unendlich sehne ich mich aus diesem Gottesacker voll blühender Nesseln und begrabner Schönheiten hinweg an deine treue Brust hinan; dennoch muß ich ausharren, weil mein Vater nicht eher reisen will, als bis er, wie er fast so ernsthaft versichert, daß man bange wird, seinen Rezensenten abgestraft. Erfahr' ich indes deine Niederkunft: so bin ich ohne weiteres – ohne Vater und ohne Wagen – zu Fuße bei dir, bei meiner alten schönern Zeit. Sonderbar ists, daß hier so manche noch außer uns weilen, die alle nicht baden und nicht trinken, nämlich Nieß und sogar der Hauptmann.«

36. Summula

Herzens-Interim

Nun liefen vier Menschen wie vier Akte immer näher in dem Brennpunkt eines fünften zusammen. Aber Nieß gehörte nicht unter die Strahlen. Nachdem er lange und vergeblich bei Theoda auf den Thron des Autors sich als Mensch hinzusetzen versucht; – nachdem er den vielschneidigen Schmerz empfunden, daß ein bloßes Mädchen und ein begeistertes für ihn dazu und eine Reisegefährtin obendrein den Dichtergeist nur als zufällige Flamme wie das S. Elms-Feuer an seinen Masten gefunden oder nur wie Blumen auf rohem Stamm: so war er seiner Sache gewiß und Theodas ledig und der Brunnenbelustigungen froh, nämlich des allgemeinen Lobes. Die Trompete der Fama bläset am leichtesten die Mädchen aus dem männlichen Herzen. Er war jetzt imstande, sich selber zu leben und seine Unsterblichkeit einzukassieren – ganz Maulbronn schwamm ihm zu – er konnte (er tats auch) seinen Stock aus Vergessenheit liegen lassen, damit ihn am Bade-Morgen die schöneren Hände herumtrugen und die Herzen dabei glossierten. – Er konnte mit wahrem dichterischen Tiefsinn überall lustwandeln und keinen Menschen bemerken, da es ihm genug war, wenn er bemerkt wurde in seinen Schöpfungen mitten am hellen Tage. Er konnte sich hundertmal öffentlich vergessen, um ebensooft an sich zu erinnern. – Ohnehin konnte (und mußte) er den Maulbronner Schauspielern als flügelmännischer Vor-Souffleur vorsitzen und sich in der umherstehenden Lern-Truppe wie in einem Spiegelzimmer vervielfachen. – –

Dies alles heilte das Herz; denn es gab Lust und Tumult, worin man eben Lieben so leicht versäumt als die Christen an Kirchweih-Tagen (Kirmes) die Frühpredigt. Am meisten aber wurd' er von seiner Passion durch den Absatz heil, den seine Haare bei den Damen fanden. Da er voraussah, daß seine Verehrerinnen nach einer Reliquie von ihm so laufen würden als das Volk nach dem Lappen eines Gehenkten, wiewohl jene für das Bezaubern, und dieses gegen dasselbe: so hatt' er absichtlich seine Haar-Schur dem Bade aufgehoben und daher seinem Bedienten verstattet, sie anzukündigen und mit seiner Pegasus-Mähne einen kleinen Schnitthandel anzulegen. In der Tat schlug die Spekulation mit dem Flor von seinen Haarzwiebeln so gut ein als der holländische mit Blumenzwiebeln; ja eine Gräfin wollte den ganzen Artikel allein an sich bringen zu einer adeligen und genialen Perücke, so versessen war alles auf die Geburten seines fruchtbaren Kopfes, es mochten Gefühle oder Locken sein. Dieser Handelflor seines Bedienten, wovon ihm selber gerade das Geistigste zuwehte, das Lob, ließ ihn, wie gedacht, Theodas Verlust männlicher verschmerzen, als er sonst gehofft; indes ob er ihr gleich seine Krönungen, d. h. seine Tonsuren, nicht am sorgfältigsten zu verhehlen strebte, so warf er als heiliger Vater der Musen doch mitten unter seinem Kardinalgefolge aus angeborner Gutmütigkeit statt der Bannstrahlen sanfte Sonnenblicke von Zeit zu Zeit auf die verlassene Geliebte, um, wie er hoffte, sie dadurch unter ihrer Last, wo möglich, aufrecht zu erhalten.

Hingegen den Hauptmann sah er kaum an – erstlich vor Ingrimm – zweitens weil er ihn nicht sah oder selten. Der gute Meßkünstler – dem sich jetzt das Leben mit einem neuen Flor bezogen hatte, und welchem der Brunnen-Lärm sich zur Trauermusik einer Soldatenleiche gedämpft – war nirgend zu sehen als über den unzähligen Druckfehlern seines mathematischen *Kästners*, welche er endlich einmal, da er sie bisher immer nur improvisierend und im Kopfe umgebessert, von Band zu Band mit der Feder ausmusterte. So wenig er nun Ursache hatte, dazubleiben, so wenig hatt' er Kraft, fortzureisen. Bracht' er sich selber auf die Folter und auf die peinliche Frage, was ihn denn plage und nage, so fragte er nichts heraus als dies, es gehe ihm gar zu nahe, daß er ein unschuldiges Frauenzimmerchen durch seinen mißverstandnen Namen-Wettkampf mit Nieß zu einer Etourderie hingelockt und sie mit Gewalt in die Bußzellen der Einsamkeit gejagt. »Die Wunden ihres Ehrgefühls«, sagt' er sich, »müssen sie ja noch heißer schmerzen als einen Mann die des seinigen; und ich wäre ja ein Hund, wenn ich nicht alles täte, was ich könnte, und nicht so weit wegbliebe von ihr als nur menschenmöglich.« Dennoch fuhr er oft mitten aus den kältesten Rechnungen – die ihn eben weniger zerstreuten, weil sie ihn weniger anstrengten als einen andern – zähne-knirschend und schmerzenglühend auf vom Buche (er hatte unbewußt fortgerechnet und fortgefühlt) und sagte: »O mein Gott! was ist denn? Dies hole der Teufel, o Gott!«

Ein redlicher Krieg- und Meßkünstler von Jüngling, der in seinem Leben nichts Weibliches weiter innig geliebt als seine Mutter und welchem bisher das leichte Blut so ungedämmt durch das stilloffne Herz geflogen, weiß gar nicht, wie er sich einmal einen ganz andern Gang und Schlag erklären und erleichtern soll; er seufzt und weiß nicht worüber und wofür. Er möchte sterben und leben, töten und küssen, weinen und lachen; aber er kann doch nicht seine süßglühende Hölle auslöschen mit allen Tränen der ersten Sehnsucht.

Wie wohlgemut und froh hält dagegen ein Mann wie Nieß, der schon öfter den heißen Liebe-Gleicher passiert ist, den bittersten Herzen-Harm aus! Ordentlich mit Lust schmilzt er in Tränen und schnalzt wie ein lustiger Fisch. Das Gefühl, das bei einem mathematischen Theudobach eine drükkende Perle in der Auster ist, trägt er als eine schmückende außen an sich. Kurz er gehört zu den Leuten, wovon ich einmal Folgendes geträumt. Ich hatte aber vorher gelesen, wie man in Österreich die Kompagnien zum Beten so kommandiert: »Stellt euch zum Gebet! – Hergestellt euch zum Gebet! – Kniet nieder zum Gebet! – Auf vom Gebet!« – Da der Flügelman alle andächtigen Handgriffe deutlich vormacht und früher als die Kompagnie sein Herz zu Gott erhebt, dankend oder flehend: so kann kein Kerl aus der ganzen so für die Andacht zugestutzten Kompagnie im Beten stolpern ohne eigne Schuld, und falls einer eine Minute länger als der Flügelmann Gott verehrte, so wird er mit Recht vom Offizier zu allen Teufeln verflucht. In meinem Traume aber war von einem nähern Anbeten die Rede und waren mehr Kommandowörter in Gang. Ich war zugleich der Offizier und der Flügelmann – die größte Schönheit Baireuths saß auf dem Kanapee – und ich sagte zu meiner Rotte: »Hergestellt euch zum Anbeten! – Kniet nieder zum Anbeten! – Sehnet euch! – Hand geküßt! – Seufzer ausgestoßen! – Tränen vergossen! – Fallt in Verzweiflung! – Ermannt euch! – Aufgelacht! – Aufgestanden!« – Und so hab' ich und die Rotte das Roman-Exerzitium siebenmal in so kurzer Zeit durchgemacht, daß wir fertig waren, eh' ich erwachte.

37. Summula

Neue Mitarbeiter an allem – Bonas Brief an Theoda

Noch immer blieb der Doktor Strykius ungeprügelt – und Theoda voll Sehnsucht nach Bona, und der Hauptmann unentschlossen zur Reise: als der Landesherr des Badeorts ankam und mit ihm die Aussicht auf neue scènes à tiroir, auf neue Spektakelstücke und Szenenmaler für diese kleine Bühne; besonders die Aussicht auf die Erleuchtung der Höhle.

»Wird die Höhle erleuchtet,« dachte der Doktor, »so find' ich vielleicht einen entlegenen finstern Winkel darin, worin ich den Höhlen-Aufseher (Strykius) vor der Hand mit einem Imbiß der zugedachten Henkermahlzeit bewirte; oder mit einem Vorsabbat seines Hexensabbats – dergleichen wäre eben wahre Kriegbefestigung im juridischen Sinne – ja ein bloßer im Finstern recht geworfner Stein wäre wenigstens eine Ouvertüre für seinen nicht offnen Kopf. In jedem Falle kann ich bei der Erleuchtung die Knochen der Höhlenbären, die darin liegen sollen, besser suchen und holen; der Kerl bleibt mir ja immer.«

Wirklich wurde die Erleuchtung der Höhle, gleichsam die einer unterirdischen Peterskuppel, auf den nächsten Sonntag angekündigt. Für Theoda nahte das mütterliche Totenfest: »Weiter wollt' ich ja hier nichts mehr«, sagte sie.

Vormittags am sehnlich erwarteten Sonntag langte aus Pira zu Fuße der schweiß-bleiche Zoller und Umgelder Mehlhorn mit einem Gevatter-Brief an den Doktor an. Glaubwürdige Zeugnisse hat man zwar nicht in Händen, womit unumstößlich zu beweisen wäre, daß Katzenberger auf seinem Gesichte über diese Freudenbotschaft besondern Jubel, außerordentliche Erntetänze oder Freudenfeuer, mit Freudentränen vermischt, habe sehen lassen; aber so viel weiß man zu seiner Ehre desto gewisser, daß er sich im höchsten Grade anstrengte (er beruft sich auf jeden, der ihn gesehen), starke Freude zu äußern, nur daß es ihm so leicht nicht wurde, auf die Schwefelpaste seines Gesichts die leichten Rötelzeichnungen eines matten Freudenrots hinzuwerfen; besonders wenn man bedenkt, daß er auf seinem Janus-Gesicht zwei einander deckende Gefühle zu beherbergen hatte, Lust und Unlust. Kurz er bracht' es bald dahin, daß er, da er anfangs so verblüfft umhersah wie ein Hamster, den ein schwüler Hornung vorzeitig aus dem Winterschlaf reißt, dann lebendig aufblickte und aufsprang. Gegen den gutmütigen Mehlhorn war aber auch Härte so leicht nicht anwendbar; er stand da mit dem weißen Vollgesicht, so lauter Nachgeben, lauter Hochachten und Hoffen und Vaterfrohlocken! Wenigstens der Teufel hätte ihn geschont.

Da ohnehin an kein Abschrecken vom Gevatterbitten mehr zu denken war: so überschüttete ihn der Doktor mit allem, was er Bestes, nämlich Geistiges hatte, mit Herzens-Liebe, Hochachtung, innern Freudenregungen und dergleichen verschwenderisch, gleichsam mit einem Patengeschenk edlerer Art, um nur an schlechte massive Gaben gar nicht zu denken. Sein Herz fühlte sich weit seliger dabei, wenn er eine geliebte Hand recht herzlich drücken und schütteln durfte, als sie füllen mußte.

Da ihm bei jeder Geburt Mißgeburten in den Kopf kamen – solche hätt' er mit Jubel aus der Taufe gehoben und beschenkt mit seinem Namen Amandus –, so warf er bei der Möglichkeit wenigstens einiger wissenschaftlichen Mißbildung nur wie verloren die Frage hin: »Der Junge ist wohl höchst regelmäßig gebaut?« – »Herr Doktor,« versetzte der Zoller, »wahrlich wir alle können Gott nicht genug dafür danken; er ist aber, wie die Wehmutter sagt, wie aus dem Ei geschält für sein Alter.«

»Aus dem Leuwenhoekischen Ei für sein Alter von neun Monaten,« versetzte er etwas verdrießlich, »was? – Versteigen Sie sich doch um Gottes Willen nicht mit einem Anachronismus in die Physiologie!« – »Gott, nein,« fuhr Mehlhorn fort, »und die Wöchnerin ist gottlob so frisch wie ich selber.« – »Ja, das ist sie, Gott sei Dank!« rief Theoda, nach der Lesung des Briefchens von Bona, in das wir alle auch hineinsehen wollen, und stürzte vor Freude dem Zoller an den Hals, der mühsam einen dicken Schal unter der Umhalsung aus der Tasche herausarbeitete, um ihn zu übergeben. »Noch heut«, sagte sie, »geh' ich zu Fuße mit Ihnen und laufe die ganze Nacht durch, denn sie verlangt mich, und nichts soll mich abhalten.« Bona hatte sie allerdings zum Schutzengel weniger ihrer Person als des Haushaltens angerufen, aber eigentlich nur, um selber Theodas Engel zu sein, deren unglückliche Lage, wo nicht gar unglückliche Liebe, sie nach ihren letzten Tageblättern zu kennen glaubte und zu mildern vorhatte.

Allein Mehlhorn konnte sein Ja und seine Freude über die schnelle Abreise nicht stark genug ausdrücken, sondern bloß zu schwach; denn da der Mann einen Tag und eine Nacht lang mit seinem Gevatter-Evangelium auf den Beinen gewesen: so sehnte er sich herzlich, in der nächsten statt auf den Beinen nur halb so lange auf dem Rücken zu sein im Bette. Der Vater sagte, er stemme sich nicht dagegen, gegen Theodas Abreise; überall lass' er ihr Freiheit. Er sah zwar leicht voraus, daß sie der Umgelder als galanter Herr unterwegs kostfrei halten würde; aber solchen elenden Geld-Rücksichten hätt' er um keinen Preis die Freiheit und die Freilassung einer volljährigen Tochter geopfert. Dazu kam, daß er sich öffentlich seines Gevatters schämte; der Zoller war nämlich in der gelehrten Welt weder als großer Arzt noch sonst als großer Mann bekannt. Was er wirklich verstand – das Zollwesen –, hatte Katzenberger ihm längst abgehört; aber der Doktor gehörte eben unter die Menschen, welche so lange lieben, als sie lernen – was die armen Opfer so wenig begreifen, welche nie vergessen können, daß sie einmal von dem Übermächtigen geachtet worden. –

Katzenbergers Herz war in dieser Rücksicht vielleicht das Herz manches Genies; wenigstens so etwas von moralischem Leerdarm. Bekanntlich wird dieser immer in Leichen leer gefunden – nicht weil er weniger voll wird, sondern weil er schneller verdaut und fortschafft; – und so gibts Leer-Herzen, welche nichts haben, bloß weil sie nichts behalten, sondern alles zersetzt weitertreiben.

Aber schnell nach der Einwilligung des Doktors erkannte die vorher freudenberauschte Theoda die nähern Umstände der Zeit. Hier fiel ihr Licht auf ihren unbesonnenen Antrag, den Gevatter totzugehen. Sie nahm ihn erschrocken zurück und schlug ihm sofort den schönern und hellern Gang vor, den in die abends erleuchtete Höhle.

Aber um sich für ihr Entsagen zu belohnen, las sie den folgenden Brief der Kindbetterin wieder und ruhiger:

»Herz! Ich darf dir nicht viel antworten auf alle deine gelehrten Briefe. Ich bin diese Nacht niedergekommen, und zwar mit einem herrlichen großen Jungen, der wie das Leben selber aussieht; und ich ärgere mich nur, daß ich ihn nicht gleich an die Brust legen darf, meinen schreienden Amandus; auch ich bin nicht sonderlich schwach, ob mir gleich der Physikus Briefschreiben und Aufstehen bei Seligkeit verboten. Du hast, du Leichte, dein dickes Halstuch, das du durchaus in der Abendkälte nicht entraten kannst, bei mir liegen lassen, du Leichtsinnige, und mein einfältiger Mehlhorn konnte es in allen Kommoden nicht herausfinden, bis ich endlich selber aufstand und es erst nach einer Stunde ausstöberte, weil der Mensch den Schal für einen Mantel oder so etwas angesehen und ihn unter die andern Sachen hineingewühlt hatte. Zur Strafe muß er dir in der Rocktasche das bauschende Ding hintragen. Aber wie ich lese, bist du ja um und um mit lauter Fallgruben von Mannsleuten umgeben. O, komme doch recht bald nach Pira und pflege mich, und wir wollen darüber recht ordentlich reden, denn ich kann die Feder nicht führen, wie etwa du. Deinen Nieß könnt' ich keine Stunde leiden; der Hauptmann wäre mehr mein Mann. So einen mußt du einmal haben, einen Vernünftigen und Gesetzten, keinen Phantasten, denn ich wundere mich oft, wie du bei deinem Verstande und Witze, wo wir Weiber alle dumm vor dir stehen, doch so närrisch und unüberlegt handeln und dir oft gar nicht sogleich helfen kannst, aber doch andern die herrlichsten Ratschläge erteilst. Hätte ich deine Feder und wäre so vif wie du, ich wollte mich in der Welt ganz anders stehen. Jedoch bin ich herzlich zufrieden mit meinem Mehlhorn, da ers mit mir auch ist in unserer ganzen Ehe, weil er einsieht, daß ich die Haussachen und Weltsachen so gut verstehe wie er sein Zollwesen. Nur bitte ich dich inständig, mein Herz, lasse ja niemal zu, daß ihm dein Herr Vater etwan aus Höflichkeit viel mit Wein zuspricht; Mehlhorns schwacher Kopf verträgt auch den allerschlechtesten Krätzer nicht, den ihm etwa dein Herr Vater vorsetzen möchte; sondern er spricht darauf ordentlich kurios-stolz und sogar, so sehr er mich auch lieb hat, gegen mein Hausregiment, was dir gewiß nicht lieb über deine alte Freundin zu hören wäre. – Und dich wilde Fliege selber beschwör' ich hier ordentlich, gieße im Bade vor so vielen Leuten nicht dein altes Teelöffelchen voll Arrak in deinen Tee; denn du hältst immer den Löffel zu lange über der Tasse und gießest fort, wenn es schon überläuft, und dann überläuft es bei dir auch, wenn du diese Wirtschaft trinkst. Tu es ja nur bei mir, nur nicht dort. – Nun so komme nur recht schleunig zu

deiner

Bona.

Schreibe mirs wenigstens, im Falle du nicht kannst. Deine Tanzschuhe hast du auch stehen lassen, und er hat sie mit eingesteckt.«

– So weit der Brief.

Was nun den zu Gevatter gebetenen Katzenberger anlangt, so besaß er zu viel Ehrgefühl und Geld, als daß er sich nicht hätte verpflichtet fühlen sollen, seinen Gevatter an der öffentlichen Wirttafel mit schlechtem Tisch-Krätzer zu erfreuen und ihn eine glänzende Tafel voll Blasmusik abgrasen zu lassen, wo außer Grafen und Herren der Völkerhirt selber saß; so wurde denn ein erster Tisch- oder Fechter-Gang verabredet und angetreten, wohin, denk' ich, alles, was in der kunftigen Nachwelt Anspruch auf höhere Bildung macht, uns ohne weiteres, wenn auch in bedeutender Ferne (nämlich von Zeit) ohnehin nachfolgen wird.

DRITTE ABTEILUNG

38. Summula

Wie Katzenberger seinen Gevatter und andere traktiert

Auch Theoda begab sich wieder an die öffentliche Tafel, nämlich zum letzten Male und an dem Arme des Zollers, der, ganz stolz auf die Ehre einer so vornehmen Nachbarschaft und auf den Schein, weniger der Gast des Vaters als der Wirt der Tochter zu sein, sie an ihren Sessel geleitete. Es ist zweifelhaft, ob ihr Entschluß der öffentlichen Erscheinung bloß von ihrer Gevatter-Freude herkam oder von ihrer Achtung gegen Mehlhorn, der ohne ihre Nachbarschaft nur eine sehr kalte an der väterlichen finden konnte; – oder vom Gedanken der Abreise und vom Aufwachen ihres alten Stolzes – oder (wer könnt' es wissen) vom Wunsche, an der Tafel einen Fürsten zum ersten Male zu erblicken, oder gar den Hauptmann Theudobach zum letzten Male, oder von der Aussicht in die abends aufleuchtende Eden-Grotte; – oder aus unbekannten Ursachen; sehr zweifelhaft, sag' ich, ist es, aus welcher von so vielen Ursachen ihre Umänderung entsprang, und mein Beweis ist der, daß es wahrscheinlich ist, alle diese Gründe zusammen – samt allen unbekannten – haben mitgewirkt.

Theoda sollte diesmal immer froher werden; noch vor dem Essen sah sie ihren Vater über 100 Vaterunser lang vom Fürsten gehalten und gehört. Der Fürst hörte, wie andere Fürsten, Gelehrte aller Art fast noch lieber und noch länger, als er sie las; vollends einen, der wie Katzenberger nicht sein Landeskind, seine Landesplage oder sonst von ihm abhängig war; er befragte ihn besonders über die Heilkräfte des Brunnens. Der Doktor setzte sie sehr hoch hinauf und sagte, er habe ein kleines chemisches Traktätchen in der Tasche, worin er dargetan, der Maulbronner Brunnen vereinige als Schwefel-Wasser alle Kräfte des Aachner, des Zaysenhauser im Württembergischen und des Wildbads zu Abach, wie schon das häßliche Stinken nach faulen Eiern verspreche. Hier wollt' er das Traktätchen aus der Tasche ziehen, brachte aber dafür einen langen Bärenkinnbacken mit Zähnen halb heraus, den er in der Bärenhöhle schon ohne Hülfe der Illumination aufgefunden und zu sich gesteckt. »Ei, wie böse!« sagt' er, »hab' ich die Untersuchung doch zu Hause gelassen. Aber ich habe immer die Taschen voll anatomischer Präparate!« – Der Fürst, leicht den verpönten Knochendiebstahl und willkürlichen Knochenfraß wahrnehmend, ging lächelnd darüber mit der Bitte hinweg, ihm den Traktat zu senden; und tat die Frage, ob es ihm im Bade gefalle. – »Ungemein,« versetzte er, »ob ich es gleich nicht selber gebrauche; aber für einen Arzt ist schon der Anblick so vieler Preßhaften mit ihrer unterhaltenden Mannigfaltigkeit von Beschwerden, die alle ihre eigne Diagnose verlangen und alle verschieden zu heben sind, eine Art Brunnenbelustigung, gleichsam eine volle Flora von Welkenden. Der ordentliche Brunnenarzt freut sich hier wie ein Lumpensammler, wenn recht viel zerrissen ist; es gibt dann unter dem Lumpenhacker viel verklärtes feines Postpapier in die andere Welt zu liefern, und der Badort ist ein schöner Vorhof zum Kirchhofe.« Den Fürsten wunderte und erfreute am Arzte sehr die Satire auf den eignen Stand, und er lächelte; allein er bedachte nicht, daß eigentlich jeder am meisten über seinen als den ihm bekanntesten, der Hofmann über den Hof, der Autor über das Schriftstellerwesen, ja der Fürst über Seinesgleichen Spott ausgießt, nur ihn aber andern nicht gern erlaubt. – »Raten Sie mir doch, Herr Professor,« fragte der Fürst, »welche Motion ist die beste?« – »Gehen, Durchlaucht, als die rechte Mitte zwischen Reiten und zwischen Fahren«, antwortete Katzenberger. »Aber ich gehe täglich, und es hilft mir wenig«, versetzte der dickleibige Regent. »Wahrscheinlich darum,« sagte der Doktor, »weil Höchstderoselben vielleicht nur mit den Füßen gehen; was zum Teil seine Nachteile hat –« (der Fürst sah ihn fragend an) »denn auch mit den Händen muß zu selber Zeit gegangen und sich bewegt werden, da wir Säugtiere in Rücksicht des Körpers ja Vierfüßer sind, wie Moscati sehr gut, nur mit Übertreibungen, bewiesen.« – Er setzte nun die Sache mehr ins Licht und zeigte: »das Venenblut steige ohnehin schwer die Füße herauf, häufe sich aber noch mehr in ihnen an, wenn man sie allein in Bewegung und Reizung setzt; und dann sei für den ganzen übrigen Venenblutumlauf nur schlecht gesorgt.[1] Daher müssen durchaus die Oberfüße oder Arme als Mitarbeiter – wenigstens von hohen Personen, die mit ihnen nicht am Sägebocke oder hinter dem Garnweberstuhl oder auf der Drechselbank hantieren wollen – gleich stark mit den Unterfüßen auf- und abgeschleudert werden, zumal da schon nach Haller in seiner Physiologie das einfache Aufheben eines Armes den Puls um viele Schläge verstärke.« – Und hier machte der Doktor dem Fürsten den offizinellen Gang mit gehenden Perpendikelarmen so geschickt vor, daß er, wie ein trabendes Pferd, Ober- und Unterbeine in entgegengesetzter Richtung vorwärts und hinterwärts schlug; – und die ganze Badgesellschaft sah von fernen den unbegreiflichen und unehrerbietigen Schwenkungen des Doktors vor dem Fürsten zu. »In der Tat,« sagte der Fürst lächelnd, »dies muß man versuchen, wenn auch nicht in großer Gesellschaft.« – »Dann«, fuhr der Doktor fort, »kann man noch mehr tun. Da eigentlich das Säuern oder Entkohlen des Blutes das Ziel alles Lustwandelns ist: so halt' ich auf Spaziergängen meinen Mund außerordentlich weit aufgesperrt, um so die Luft stromweise in meine Lungen einzuschütten zum Oxydieren. Ja, ich darf Ihrer Durchlaucht vorschlagen, daß Sie in Zeiten, wo das Wetter nicht zum Gehen ist, dafür recht gut das Reden wählen können, weil dieses das Blut herrlich säuert durch das schnellere Einatmen der Lebensluft und

[1] Dasselbe bemerkt Puchelt im köstlichen Werke über »das Venensystem in seinen krankhaften Verhältnissen«; ein Werk, worin der Gang des Untersuchens den Verfasser so auszeichnet als der Gewinn durch dasselbe.

das Ausatmen der Stickluft. Daher erkranken wir Professoren häufig in den Ferien durch Aussetzen der Vorlesungen, mit welchen wir uns zu säuern und zu entkohlen pflegen. Auch der treffliche, in unsern Zeiten zu wenig erwähnte *Unzer*, Ihro Durchlaucht, bemerkt im achtzigsten Stücke seines *Arztes* ganz wahr, daß den Verrückten das unaufhörliche Sprechen und Singen die Motion ersetze.« – Da nahm endlich der Fürst von dem berühmten Gelehrten – der seinen Bückling mehr nur mit dem innern Menschen machen konnte, obwohl nur vor einem van Swieten, Sydenham, Haller, Swift – mit größerer Höflichkeit Abschied, als Katzenberger verhältnismäßig erwiderte, ja mit zu großer fast. Warum aber? vielleicht weil überhaupt Fürsten gern dem *fremden* Gelehrten am höflichsten begegnen – weil ihre Höflichkeit sie noch nichts kostet – weil sie ihn erst angeln wollen – weil ein von innen aus Freigemachter bei ihnen unter die Freiherrn und Freifrauen tritt, d. h. unter ihresgleichen – weil die Sache ohne Folgen (gute ausgenommen) ist – weil die Fürsten gern alles tun, aber nur *einmal*, auch das Beste – weil die ganze Sache kurz abgetan, und lang abgesprochen wird – weil sie einmal in Erstaunen ihrer Herablassung setzen wollen, welches bei Untertanen sie zu viel kosten würde – weil sie vom Manne später an der Tafel etwas sagen wollen und ihn also vorher etwas sagen lassen müssen – und weil sie eben dasselbe ohne alle Gründe täten, um so mehr da sie den besagten Mann schon halb vergessen, wenn er noch dasteht, und sich nach Jahren nicht gut mehr erinnern, wer der Mensch gewesen – und endlich, weil es doch beim Himmel auch Fürsten gibt, welche, wie Friedrich II., die schönste Ausnahme machen und einen Gelehrten noch höher würdigen als ein Gelehrter.

Indes auch einheimische Schriftsteller könnten die Sache benützen und sich vor solchen von ihren Fürsten, die auf ihnen wie Sultane auf verschnittenen niedergebückten Zwergen sich in den Sattel schwingen wollen, geradezu als Tanzbären aufrichten und auf die Hinterfüße treten. Um so unbegreiflicher bleibt es darum, daß bisher die Ärzte und die Rechtsgelehrten gegen die höhern Stände nicht zehnmal gröber ausfallen, als sie tun, und nicht so grob, als die Virtuosen der Zeichen-, der Ton-, der Schau- und der Tanzkunst längst getan; denn ohne jene, die ja erst Lang-Leben und Wohlleben verschaffen, sind alle Springer und Geiger unbrauchbar, indem alle Philosophen darüber einig sind, daß man, um wohl zu leben, zuvörderst leben müsse. Doch sprech' ich jenen nicht alle Grobheit ab, sondern nur den größten Grad. Etwas anders sind Dichter, Weltweise und Moralisten, ja Prediger (in unsern Tagen); diese können nie höflich genug sein, weil sie nie unentbehrlich genug sind.

Endlich setzte sich der Doktor mit dem Glanze, den er als ein Lichtmagnet an sich gezogen vom Fürsten-Sterne, kalt zu seinem Mehlhorn und seiner Tochter. Der Umgelder hätte beinahe den Hunger verloren vor Anbetung des Fürsten und vor Bewunderung Katzenbergers, der so leicht mit jenem diskuriert hatte. Unter dem Essen lenkte der Doktor die Rede aufs Essen und merkte an, er wundre sich über nichts mehr, als daß man, bei der Seltenheit von Kadavern und vollends von lebendigen Zergliederungen, so wenig den für die Wissenschaft benutze, in dem man selber stecke, besonders im Sommer, wo tote faulen. »Wär' es Ihnen zuwider, Herr Mehlhorn, wenn ich jetzo z. B. den Genuß der Speisen zugleich mit einem Genusse von anatomischen Wahrheiten oder Seelenspeisen begleitete?« – »Mit tausend Wohlgefallen, teuerster Herr Doktor,« sagt' er, »sobald ich nur kapabel bin, Ihrer gelehrten Zunge zu folgen.« – »Sie brauchen bloß zu meinem Sprechen zu käuen; nämlich bloß von der Käufunktion will ich Ihnen einen kleinen wissenschaftlichen Abriß geben, den Sie auf der Stelle gegen Ihre eigne, als gegen lebendiges Urbild, halten sollen. – Nun gut! – Sie käuen jetzt; wissen Sie aber, daß die Hebelgattung, nach welcher die Käumuskeln Ihre beiden Kiefern bewegen (eigentlich nur den untern), durchaus die schlechteste ist, nämlich die sogenannte dritte, d. h. die Last oder der Bolus ist in der größten Entfernung vom Ruhepunkte des Hebels; daher können Sie mit Ihren Hundzähnen keine Nuß aufbeißen, obwohl mit den Weisheitzähnen. Aber weiter! Indem Sie nun den Farsch da auf Ihrem Teller erblicken: so bekommt (bemerken Sie sich jetzt) die Parotis (hier ungefähr liegend) so wie auch die Speicheldrüse des Unterkiefers Erektionen, und endlich gießt sie durch den stenonischen Gang dem Farsche den nötigen Speichel zu, dessen Schaum Sie, wie jeder andere, bloß den ausdehnenden Luftarten verdanken. Ich bitte Sie, lieber Zoller, fortzukäuen, denn nun fließet noch aus dem ductus nasalis und aus den Tränendrüsen alles nach, woraus Sie Hoffnung schöpfen, so viel zu verdauen, als Sie hier verzehren. Nach diesem Seedienst kommt der Landdienst.« –

Hier lachte der Zoller über die Maßen, teils um höflich zu erscheinen, teils das Mißbehagen zu verhehlen, womit er unter diesem Privatissimum von Lehr-Kursus alles verschlang; – gleichwohl mußt' er fortfahren, zu genießen. –

»Ich meine unter dem Landdienst dies: jetzt greift Ihr Trompetermuskel ein und treibt den Farsch unter die Zähne – Ihre Zunge und Ihre Backen stehen ihm bei und wenden und schaufeln hin und her – ausbeugen kann der Farsch unmöglich – auswandern ebensowenig, weil Sie ihn mit zwei häutigen Klappen (Wangen im gemeinen Leben) und noch mit dem Ringmuskel oder Sphinkter des Mundes (dies ist nur Ihr erster Sphinkter, nicht Ihr *letzter*, damit korrespondierender, was sich hier nicht weiter zeigen läßt) auf das schärfste inhaftieren und einklammern – kurz der Farsch wird trefflich zu einem sogenannten Bissen, wie ich sehe, zugehobelt und eingefeuchtet. – Nun haben Sie nichts weiter zu tun (und ich bitte Sie um diese Gefälligkeit), als den fertigen Bolus in die Rachenhöhle, in den Schlundkopf abzuführen. Hier aber hört die Allmacht Ihres Geistes, mein Umgelder, gleichsam an einem Grenzkordon auf, und es kommt nun nicht mehr auf jenes ebenso unerklärliche als erhabne Vermögen der Freiheit (unser Unterschied von den Tieren) an, ob Sie den Farsch-Bissen hinunterschlukken wollen oder nicht (den Sie noch vor wenigen Sekunden auf den Teller speien konnten), sondern Sie müssen, an die Sperrkette oder Trense Ihres Schlundes geheftet, ihn nun hinabschlingen. Jetzt kommt es auf meine gütige Zuhörerschaft an, ob wir den Bissen des Herrn Zollers begleiten wollen auf seinen ersten Wegen, bis wir weiterkommen.« –

Mehlhorn, dem der Farsch so schmeckte wie Teufelsdreck, versetzte: »wie gern er seines Parts dergleichen vernehme, brauch' er wohl nicht zu beschwören; aber auf ihn allein komm' es freilich nicht an.« – »Ich darf denn fortfahren?« sagte der Doktor. »Vortrefflicher Herr,« versetzte eine ältliche Dame, »Ihr Diskurs ist gewiß über alles gelehrt, aber unter dem Essen macht er wie desperat.« – »Und dies ist«, erwiderte er, »auch leicht zu erklären; denn ich gestehe, daß ich selber unter allen Empfindungen keine kenne, die stärker, aber auch grundloser ist und die weniger Vernunft annimmt, als der Ekel tut. Nur zwei Beispiele statt tausend! Ich hielt mir im vorigen Herbste ein Paar lebendige Schnepfen, die ich mit unsäglicher Mühe zahm gemacht, teils um sie zu beobachten, teils um sie auszustopfen und zu skelettieren. Da ich nun meinen Gästen gern Ausgesuchtes vorsetze: so bot ich einigen Leckermäulern darunter Schnepfendreck, wie gewöhnlich mit Butter auf Semmelscheiben geröstet, an, und zwar so wie ihn täglich meine beiden Schnepfen unmittelbar lieferten. Aber ich darf Sie als ehrlicher Mann versichern, meine Gnädige, auch kein einziger bezeigte statt einiger Lust etwas anderes als ordentlichen Abscheu vor dem vorgesetzten Dreck; und weshalb eigentlich? – Bloß deshalb – nun komm' ich auf unsern Punkt –, weil das Schnepfengedärm nicht mit auf die Semmelscheiben gestrichen war und die Gourmands nur bloßen Netto- und keinen Bruttodreck vor sich erblickten. Ich bitte aber hier jeden vernünftigen Mann zu urteilen, ob ich meine Sumpfvögel – da sie ganz die Kost erhielten (Regenwürmer, Schnecken und Kräuter), aus der Schnepfen von jeher den Liebhabern wieder eine Kost auf den ersten Wegen zugeführt – ob ich, sag' ich, solche etwan abschlachten sollte (wie jener seine Henne, die ihm täglich goldne Eier legte), um gleichsam die Legdärme aufzutischen. – Es kommt mir vor, als ob solche Liebhaber die nußbraunen Locken der schönen Damen am Tische nicht anders nach ihrem Geschmacke finden könnten, als noch in Papilloten eingemacht. – Man denke doch an den Dalai Lama, der seine Verehrer, die größten Fürsten und Glaubige, auch täglich mit seinen eignen Schnepfen-Reliquien beschenkt; aber keinem darunter ist es noch eingefallen, diesen asiatischen Papst wie eine Schnepfe zu schießen oder zu würgen, um ihn in Bausch und Bogen zu haben, sondern man ist zufrieden mit dem, was er geben kann.

Dies ist das eine Beispiel vom Unsinne des Ekels. Aber das stärkere kommt. Wein, Bier, Likör, Brühe, kurz nichts ist uns so rein, so einheimisch und so zugeartet und bleibt so gern tagelang (was nichts Fremdes kann) in unserm Munde als etwas, wovon der Besitzer, wenn es heraus wäre, keine halbe Teetasse trinken könnte – Speichel. Ist aber dies kein wahrer Unsinn, so wär's auch keiner, sondern vernünftig, wenn ich meinen trefflichen Herrn Kollegen Strykius verabscheute aus Ekel, bloß weil er, obwohl mir in Wissenschaft und Streben so verwandt und durch Freundschaft gewissermaßen ein Teil meines Innern, außer mir stände neben meinem Stuhle.«

Daneben war wirklich der Brunnenarzt Strykius im Mute des Wein-Nachtisches getreten. Über des Doktors Mut und Glück bei dem Fürsten und besonders über das Armwerfen des einen und über das Anlächeln des andern konnt' er kaum zu sich kommen; denn er selber lag, kaum von einem Fürstenfinger berührt, wie manche Raupen gebogen und steif da oder fiel wie eine Hangspinne am Faden nieder auf den Boden; und er würde als Geburthelfer eines Kronprinzen unter den fürstlichen Wehen höchstens gesagt haben: wollen Ihre Durchlaucht nicht die hohe Gnade haben, einzutreten in die Geburt und das Licht der Welt erblicken? Auch wollte er seinem Landesherrn von weitem seine innigen Verständnisse mit einem so gelehrten Manne vorzeigen. Aber Katzenberger ließ ihn seinen Schein und sein Annähern ziemlich bezahlen; denn er kam auf einem schwachen, nicht sehr maskierten Umweg auf seinen Rezensenten zurück. – (Der Umweg war bloß die Einschränkung des vorigen Satzes über den Abscheu, nämlich die Bemerkung, daß ihn allerdings sein Kunstrichter, obwohl Handwerkgenoß, anekle.) – Er sprach davon, was wir leider so oft in diesem Werkchen gelesen, von der Sünde, *eine* Stimme für mehre, für drei Instanzen zu verkaufen, *einen* geschwornen Meineidigen für eine Jury, *einen* Judas für elf Apostel. Er brachte dann wieder – was wir alle leider so oft von ihm gehört, so daß ich die Leser fast noch mehr bedaure als mich – die alten kalten Einkleidungen seines künftigen Ausprügelns zu Markte und äußerte (denn ich führe nicht alles an), ihn quäle sehr die Wahl, wie ers zu halten habe, da er von der einen Seite recht gut dem Kunstrichter bloß die Haare ausziehen könne, weil nach Aretäus schon bloßes Abscheren Wahnsinn heile (wie an den Tituskopfen der Revolution noch zu sehen), aber da er auch von der andern Seite noch stärker zu Werke gehen und den Kerl, wie Bierflaschen, durch Schrot reinigen könne, welcher Schrot, freilich anders als bei der Flasche, bloß durch einen Schuß in ihn zu bringen wäre, wiewohl man bei Blei des Feindes Gesundheit stets riskiere, weil dasselbe stets vergifte, es fließe nun langsam und süß in Wein aufgelöst in den Magen, oder es fahre im ganzen roh durch Magen und Leib.

»Bon!« versetzte Strykius und verstand Spaß. – »Wer Leben wiedergibt, kann es auch zurücknehmen, und Sie können ermorden, weil Sie oft genug geheilet haben. Doch Scherz beiseite! – Ich habe, guter Katzenberger, Ihre köstlichen Werke erst *nach* den Rezensionen gelesen – –«

– »Ganz natürlich!« unterbrach der Doktor ... »Und ich habe etwas darin gefunden, was ich noch von niemand gehört, daß Sie nämlich einem berühmten Engländer aufs Haar gleichen«, fuhr Strykius fort.

»Wem aufs Haar?« fragt' er.

»Dem wackern Doktor und Romancier Smollet in London. Weniger in Wissenschaft – denn hier weiß ich nicht genau, ob Smollet besondere Vorzüge besessen – als im Humor; wie, Herr Doktor?« –

»Prügelszenen«, versetzte er, »hat er allerdings einladend dargestellt, und insofern dürft' ich etwas von ihm haben, wiewohl nicht in theoretischer Darstellung, sondern etwan in praktischer; denn ich frage Sie als Unbefangenen ernstlich, ob es eine größere Halunkerei gibt, als mit sieben Stimmen aus drei Zerberus-Kehl-Köpfen – –«

»Wir kennen dies, Freund. Vielleicht haben wir beide etwas getrunken! wenigstens ich«, sagte Stryk; »Sie bleiben Smolletus secundus. Aber zum Zeichen, wie mich auch das Kleinste an Ihnen interessiert, sag' ich Ihnen ganz leise ins Ohr: Ihre linke Beinkleiderschnalle ist eine stählerne, und die rechte ist bronzen. Sie verzeihen doch, mein Trefflicher, einem Kollegen, der sich gleichfalls nicht von gelehrten Zerstreuungen für frei erklärt, diese freimütige Bemerkung, die ich wahrhaftig bloß wegen einiger Augen und Blicke der erbärmlichsten Gemeinheit gemacht.« – »Schon vor Jahren,« versetzte der Doktor, »seitdem ich von jedem Paare eine Schnalle verloren, hab' ich meine Knie ganz absichtlich so eingeschnallt, weil ich mir immer sagte: da jeder nur *eine* Schnalle auf einmal bemerken kann und dann eine gleiche voraussetzt: was müßte dies für ein Narr sein, der auf beide Schnallen Jagd machte und so ihren Unterschied sich recht einkeilte? Hatt' ich aber wohl unrecht, mein Freund?« – Katzenberger war mit einem unüberwindlichen Haß gegen das Aufwallen knechtischer Herzlichkeit, gegen jenes ekle Überfließen der Liebedienerei da geplagt, wo er gerade Gallergießungen vorgereizt und erwartet hatte; und hier war er leichter von fremder Süßlichkeit zu erbittern als von Bitterkeiten selber.

Da er nun das Seinige getan, nämlich gesagt, so richtete er die Frage: »Kommt der Leibmedikus Semmelmann doch dem Fürsten nach?« mit einer seltsamen Miene an Strykius, welche fast tun sollte, als wolle sie Erbitterung und Hinterlist verbergen. Strykius starrte plötzlich in eine ganz neue, aber hübsche Perspektive hinein – glaubte zu wittern, daß der Doktor den Leibmedikus Semmelmann für den prügelbaren Rezensenten halte – und versetzte: »Künftige Woche!«

39. Summula

Doktors Höhlen-Besuch

Eine Stunde vor Sonnenuntergang war die Höhle mit Lampen erleuchtet. Der Brunnenarzt, zugleich Höhlen-Inspektor, hatte einen flüchtigen, aber guten Einfall, als er im engen langen Eingange stand. Katzenbergers kalte Handhabung seiner, zumal vor den Augen seines Fürsten, hatt' ihn wahrhaft verdrossen; denn gern ließ er sich Herabwürdigung gefallen, aber sein Ehrgefühl litt empfindlich, sobald man sie ihm nicht unter vier Augen antat. Daher geriet er auf den Gedanken: jetzt, wenn der Doktor durch die wie ein Sperrkreuz laufende Türe in den engen düstern Gang eintrete und einige Minuten lang vom Taglichte so blind in diese untere Welt komme als ein neugeborner Hund in die obere, ihm auf seine beißigen Antikritiken eine leise anonyme Antwort zu geben. Diese, hoffte er nun, würde erschöpfend sein, wenn sie seinen Geiz und seine Geburthelferkunst zugleich angriffe. Aus diesem Grunde legte er sein spanisches Rohr wie eine Lanze gegen die einzige im Gange hängende Lampe ein und stieß – sobald der blinde Katzenberger unter sie kam und links umhergriff – die ganze Lampe behend auf dessen Achsel und Ärmel herab; – darauf, als er ihm Licht und Öl genug in eine dazu erst nachzuschießende Wunde voraus eingegossen, trug er die nötige Wunde nach, indem er sein Rohr, während der Drehkrankheit des Doktors, so geschickt wie einen Stundenhammer auf dessen geburthelferische Fingerknöchel fallen ließ, als woll' er den Arm von unten rädern.

Noch eh' Katzenberger ausgetanzt und ausgerungen hatte und denken und sehen konnte: stand der Brunnenarzt nach einigen schnellen, weiten, leisen, in Nebengänge eingebognen Schritten schon mitten auf dem schimmernden Marktplatz der Höhle in Bereitschaft da, dem unruhigen Freunde mit Gruß und Liebe entgegenzugehen und ihn anders als vorher zu empfangen, indem er ihm inbrünstig die herabwelkende Hand bloß drückte. Katzenberger sah ihn scharf an, lächelte unversehends und schauete umher, bald auf die Lampen, bald auf seine wunden Fingerknöchel, und sagte: »Herrlich, überraschend! Und alles so Ihrer Hände Werk?« – »Das wohl nicht,« versetzte Strykius, »aber Plan und Ideen gab ich ziemlich her.« –

»Serenissimus« – fuhr Katzenberger fort und zog seinen Höhlen-Bärenkinnbacken aus der Tasche – »haben neulich, als ich diesen Bärenknochen zufällig statt meines Traktätchens über das Bad aus der Tasche brachte, den kleinen Raub, soviel ich gemerkt, nicht ungnädig aufgenommen. Ganz gewiß, Herr Höhleninspektor, lassen Sie mich auch wohl den zweiten Kinnbacken – hier hab' ich nur den linken – aus der Höhle mitnehmen, obgleich hier dieser Knochenraub sonst andern verboten sein soll; was entscheiden Sie?« – »Sie werden nur lange im Finstern suchen müssen, bis Sie den rechten dazu finden, Herr Professor«, sagte Strykius. – »Und so lange will ich auch suchen,« antwortete Katzenberger, »bis ich meinen zweiten Kinnbacken habe. Denn es ist mir ordentlich,« (fuhr er fort und schwenkte den Bärenknochen sehr in die Höhe) »als wenn ich ihn als einen Eselkinnbacken gegen meinen kritischen Philister führen könnte, gegen den Rezensenten, den Sie kennen. – Der Bär ist am Kopf am schwächsten, so auch mein Rezensent, und könnt' ich solchen homöopathisch, Ähnliches durch Ähnliches, kurieren, wenn ich diese Kinnbacken statt menschlicher als Sprachwerkzeuge bewegte, als tote Streitflegel gegen einen lebendigen Streitflegel; wie, mein Bester?« – »Dort seh' ich ja wohl Ihr Fräulein Tochter herkommen«, versetzte Stryk.

40. Summula

Theodas Höhlen-Besuch

Spät kam Theoda mit Mehlhorn, in dessen ehrlichem, warmen Herzen sie sich ordentlich wie zu Hause befand; denn eine schöne Seele kann eine schwache, die bloß zum Widertönen geboren ist, so lange genießen, ja mit sich verwechseln, bis sie ein solches Echo auch den Tierstimmen untertänig findet.

Theoda trat mit dem Gedanken an die mütterliche Schlafhöhle in den kühlen düstern Gang und sah anfangs nur Nacht unten und Licht-Sternchen oben – endlich tat sich ihr das Schattenreich auf, mit einer schimmernden Sternendecke und mit Hügeln, Felsen, Grotten und Höhlen in der Höhle. Alles schien eine Unterwelt zu bedeuten; der Volkstrom, den sie so lange draußen im Taglichte in die Tür einfluten sah, schien hier, wie ein Menschengeschlecht in Gräbern, ganz vertropft zu sein; und bald erschien auf den Hügeln da ein Schatte, bald kam aus den langen Gängen dort einer her. Ihr Herz, das heute so manchen Abschied nahm und dem das Geklüft immer mehr zum Schlafsaale der Toten wurde, schlug zuletzt so ernst und beklommen, daß das gutmütige, heitere Gespräch Mehlhorns sie in ihren Erinnerungen und Phantasien störte; sie wollte allein denken und recht traurig; die ganze Wölbung war nur die größere Eisgrube des Todes; ein Grubenbau der Vergangenheit, so wie ein Gebeinhaus der Höhlenbären, deren unverrückt gelassene Gerippe alle mit den Köpfen an der Wandung lagen, wie zum Ausgange.

Sie brachte, obwohl mühsam, ihren Begleiter dahin, daß er ihr den Genuß der Einsamkeit zuließ und selber den seinigen mit den größern Männerschritten auf dem durchbrochenen Boden suchte.

Jetzt ungestört ging sie unter den andern Lichtschatten herum – sie kam vor eine kleine Bergschloß-Ruine – dann vor ein Schiefer-Häuschen, bloß aus Schiefern voll Schiefer-Abdrücke gemacht – dann tönte auf den entfernten unterirdischen Alpen zuweilen ein Alphorn die Höhlungen hindurch – sie kam an einen Bach, in welchem die unterirdischen Lampen zum zweiten Male unterirdisch widerglänzten – dann an einen kleinen See, worin eine abgespiegelte Gestalt gegen den umgekehrten Himmel hinunterhing; es war die Bildsäule der Fürstin-Mutter, die ihr Sohn dicht neben ihrem Grabe aufgestellt. Theoda eilte zu dem blassen Marmor, wie zu einer stillen Geistergestalt, und setzte sich auf das Grab daneben. Sie durfte jetzt alles vergessen und nur an ihre Mutter denken und sogar weinen; wer konnt' es im Dunkel bemerken?

Theudobach kam aus Felsengängen gegen sie daher, dessen schöne Gestalt ihr durch den Zauber des Helldunkels noch höher aufwuchs. Sie erschrak nicht, sondern sah liebreich zu seiner entblößten Stirn empor, auf der das Licht einer unbefleckten Jugend blühte; »er habe sie heute«, fing er an, »lange gesucht, weil er diesen Abend noch über Pira nach Hause abreise; denn er könne nicht gehen, bevor er noch einmal sein Betragen entschuldigt und ihre Verzeihung mitgenommen.«

»Recht gut!« sagte sie. »Morgen hätten Sie mich ohnehin umsonst gesucht; ich geh' ebenfalls ab; und was das Übrige anbetrifft: ich vergebe Ihnen herzlich; Sie vergeben mir; und wir wissen beide nicht recht was: so ist alles vorbei.« Dieses brachte sie in einem Tone vor, der sehr leicht und scherzend sein sollte, eben weil ihre Augen noch in der Wehmut der vorigen Rührung schwammen. Auf einmal tönte von einem blasenden Musikchore auf einem fernen Felsen das Lied herüber: Wie sie so sanft ruhn! Heftig fuhr sie vom Grabe auf und sagte, unbekümmert, daß ihre Tränen nicht mehr zu halten waren, mit angestrengtem Lächeln: »Eine Abschied-Gefälligkeit könnten Sie mir wohl erweisen – einen Freund meines Vaters in Ihrem Wagen mitzunehmen bis Pira.« – »Mit Freuden!« sagt' er. »So hol' ich ihn her«, versetzte sie und wollte davoneilen; er hielt sie an der Hand fest, blickte sie an, wollte etwas sagen, ließ aber die Hand fahren und rief: »Ach Gott, ich kann Sie nur nicht weinen sehen.« Sie eilte in einen Felsen-Talweg hinein, er folgte ihr unwillkürlich nach – da fand er sie mit dem Kopfe an eine Felsenzacke gelehnt; sie winkte ihn weg und sagte leise: »O laßt mich weinen, es fehlt mir nichts, es ist nur die dumme Musik.« – »Ich höre keine« (sagte der Krieger außer sich und riß sie vom Felsen an sein Herz) – »O du himmlisches, gutes Wesen, bleib' an meiner Brust – ich meine es redlich, muß ich von dir lassen, so muß ich zugrunde gehen.« Sie schauerte in seinen Armen, das weinende Angesicht hing wie aufgelöset seitwärts herab, die Töne drangen zu heftig ins gespaltene Herz, und seine Worte noch heftiger. »Theoda, so sagst du nichts zu mir?« – »Ach,« antwortete sie, »was hab' ich denn zu sagen?« und bedeckte das errötende Gesicht mit seiner Brust. – Da war der ewige Bund des Lebens zwischen zwei festen und reinen Herzen geschlossen.

Aber sie faßte sich in ihrer Trunkenheit zuerst und nahm seine Hand, um wieder in die weite Mitte des schimmernden Himmelgewölbes vor die Zuschauer zu gehen. – Als jetzt dem Musikchore ein zweites, in tiefe Ferne gelegt, antwortete als ein Echo: – so hielten beide Glückliche das leisere Tönen noch für das alte laute, weil die Saiten ihres Herzens darein mitklangen. Und als Theoda heraustrat vor den Glanz des brennenden Gewölbes, wie anders erschien es ihr nun! Eine Unterwelt lag vor ihr, aber eine elysische; unter der weiten Beleuchtung flimmerten selber die Wasserfälle in den Grotten und die Wassersprünge in den Seen – überall auf den Hügeln, in den Gängen wandelten selige Schatten, und auf den fernen Widerklängen schienen die fernen Gestalten zu schweben – alle Menschen schienen einander wiederzufinden, und die Töne sprachen das aus, was sie entzückte – das Leben hatte ein weißes Brautkleid angezogen – wie in einem vom Mondschein glimmenden Abendtau und in Lindenduft und Sonnen-Nachröte schienen der seligen Theoda die weißgekleideten Mädchen zu gehen, und sie liebte sie alle von Herzen – und sie hielt alle Zuschauer für so gut und warm, daß sie öffentlich wie vor einem Altare hätte dem Geliebten die Hand geben können. –

In dieser Minute ließ der Fürst eine heimliche, nach dem Abendhimmel gerichtete Eichenpforte des Höhlen-Bergs aufreißen und ließ die Abendsonne wie einen goldnen Blitz durch die ganze Unterwelt schlagen und mit einer Feuersäule durch sie lodern. »Ach Gott, ist denn dies wahr, sehen Sie es auch?« sagte Theoda zu ihm, welche glaubte, sie erblicke nur ihr innres Entzücken in das äußere Glänzen ausgebrochen und ihr Gesichte vorspielend, da gleichsam die goldne Achse des Sonnenwagens in der Nachtwelt ruhte und mit dem Glanz-Morgen, den er ewig mitbringt, die Lichter auslöschte und die Höhen und die Wasser übergoldete – da der ferne Mond-Tempel wie ein Sonnen-Tempel glühte – da die bleiche Bildsäule am See sich in lebendigem Rosenlichte badete und auseinanderblühte – da das angezündete Frührot des Lebens an der einsamen Abend-Welt plötzlich einen bevölkerten Lustgarten voll wandelnder Menschen aufdeckte. –

Und doch, Theoda, ist dein Irrtum keiner! Was sind denn Berge und Lichter und Fluren ohne ein liebendes Herz und ein geliebtes? Nur wir beseelen und entseelen den Leib der Welt. Ist ein Garten eine engere Landschaft, so ist die Liebe nur ein verkleinertes All; in jeder Freudenträne wohnt die große Sonne rund und licht und in Farben eingefaßt.

Lange noch immer wars Theodan, als wenn die Strahlen hineinweheten und zitterten. Die Sonne senkte sich höher an der seltsamen Klippendecke hinweg, bis alles mit einem kurzen Nachschimmern entschwand. Während der Finsternis, ehe drinnen die Lichter wieder, wie draußen die Sterne, aufgingen, begleitete Theudobach die Geliebte aus der unvergeßlichen Höhle.

41. Summula

Drei Abreisen

Unter dem frischen, wehenden, lebensfrohen Abendhimmel fanden beide den Doktor und den Zoller. Theoda erinnerte sich sogleich an Theudobachs Versprechen, dem letzten die langsame Fußreise abzunehmen, und berichtete dem Zoller das Anerbieten. Er verbeugte sich häufig, aber der Doktor nahm das Wort: »Du möchtest nur gern, ich merk' es, recht bald ans Wochenbett deiner Bona kommen und zum Patchen. Hältst du aber die Nacht-Strapaze aus?« Sie erschrak ordentlich, denn sie hatte, als sie zuerst die Bitte für Mehlhorn getan, daran keinen andern Anteil für sich erwählen können als den, tags darauf allein die Fußreise zu machen. »O Fräulein!« sagte der Hauptmann bittend und plötzlich so aufgeheitert, als er eine Minute vorher bewölkt geworden von der Aussicht, daß er, gemäß seinem Versprechen der Abreise und Fracht, eben jetzt, da ihm Sonne, Mond und Sterne über Maulbronn aufgegangen, nichts davon vor der Hand wegzufahren habe als den Umgelder. Theoda sann einen Augenblick nach, sah ihren Vater an, fragte noch einmal den Zoller: ob ihm ein zweites Nacht-Wachen nicht beschwerlich sei, und gab, da er versetzte: »Im mindesten nicht, da man ihn ja nachts tagtäglich wecke«, leise die Antwort: »So wie Sie denn wollen, Vater!«

Alle waren nun zufrieden mit ihren Perspektiv-Malereien – die Liebenden mit der steilrechten Himmelfahrt, Mehlhorn mit der waagrechten, Katzenberger mit der Aussicht in eine Höllenfahrt zu Strykius als ein auferstandner Gekreuzigter.

Theoda nahm ihren Vater noch beiseite und bat ihn mit mehr Ernst als gewöhnlich um einen leichten Gefallen; sie habe, sagte sie, allerdings noch französisches Blut genug, um ihre unerschrockne Mutter nachzuahmen, die ihr von ihren kühnen Reisen mit Männern erzählt habe, nur aber an diesem Orte, wo die Menge ihre öffentliche Verwechslung des Hauptmanns mit dem Dichter nicht vergessen, wohl aber mißdeuten werde, sei es nötig, daß er ihre Abreise einige Tage verschweige und daß sie jetzt zu Fuß ins nächste Dorf vorausgehen dürfe, indes beide Herren während des tumultuarischen Abendessens abreisen könnten, um weniger bemerkt zu sein. – –

»Was willst du denn eigentlich?« (fragte Katzenberger) »Ich tus ja.« Sie mußte ihm noch kühner die Bitten wiederholen. – »Und weiter nichts? – Wahre Weiber-Schulfüchserei! So laufe nur, denn etwas ist doch daran, an deinem Zartgehör; ich sogar höre ungern mich verleumden von Rezensenten: geschweige ein Mädchen; empfindliche Ohren sind bei Mädchen so gut wie bei Pferden gute Gesundheit-Zeichen. Nur vergiß nicht« – setzt' er noch dazu bei ihrem Abschiede – »schändlich vor lauter Lieben und Lieben den Vater und dich.« – »O Vater!« sagte sie – »Ja du ganz besonders;« (fuhr er fort) »oder was gilt denn dir Vaterliebe, Gesundheit und Wirtschaft und alles gegen deine – Bona? Sag es.« Denn nur letzte hatt' er gemeint.

So flog sie denn noch seliger aus dem Badorte hinaus als in denselben hinein, nachdem sie vorher dem Dichter von Nieß seine falschnamigen Geschenke zurückgesandt. Jeder gute Mensch, sogar ein böser, der sie, einsam und ihrer Mutter ihr Seelen-Glück mit betenden Tränen zuschreibend, auf dem Wege nach dem nächsten Dorfe hätte laufen und sich anstrengen sehen, hätte ihr nachgewünscht: »So werde nur recht glücklich, du furchtloses und schuldloses Mädchen! Es wäre für einen, der dich kennt, zu hart, dich im Unglück und das kalte Messer des Grams in deinem Rosen-Herzen zu sehen. Nein, ihr Liebenden, in dieser nie wiederkommenden Nacht sprecht euch beide *selig* und *heilig*, in höherem als römischen Sinn!«

Theudobachs Wagen rollte schon hinter ihr, da sie kaum das Dörfchen erlangt hatte.

42. Summula

Theodas kürzeste Nacht der Reise

Warum wollen wir in der schönsten Julius-Nacht nicht lieber zuerst den Paradiesvögeln nachfliegen und erst später in Maulbronn uns mit Katzenberger und seinem Stiefbruder an die Tafel des Unliebe-Mahls setzen? Wenigstens ich für meine Person fliege mit ihnen; in der nächsten Summel sind ich und die Leser wieder beisammen im Bad. Es vergehen viele Jahre und viele – Herzen, eh' einmal das Schicksal den Himmel der Liebe wieder so mit einem äußern voll Sterne einbaut und verdoppelt; denn nur im Schlachtgetümmel der Not wird meistens der Zauberkelch der Liebe schleunig geleert; aber diesmal wollte irgendein Liebe-Engel, der die Erde regiert, zwei unschuldige Jugend-Herzen mit allem segnen und belohnen, was sich unsre frühen Träume malen. Eine gestirnte duftende Sommernacht hindurch, über welche das Mutter-Auge des Mondes wachte, durften beide, nach dem ersten Feuer-Worte der Liebe, einander fortsehen und forthören. Ihr Begleiter schlummerte anfangs scheinbar aus Höflichkeit, dann wahrhaft aus Notwendigkeit. Und wie flog das Leben vorbei und die Bäume und die schlafenden Dörfer, und nur einzelne Töne der Nachtigall zogen ihnen nach und sprachen ihren Seelen nach! Theodas Herz zitterte, aber freudig, mit dem Boden unter dem aufrollenden Wagen; ihr war immer, als höre sie die Töne der Höhle fort, überall klang die Welt zurück, und es wurde ihr zuletzt im Rausche der Nacht, als stehe sie wieder mit ihrem Geliebten an der Felsenwand, an der sich ihr Leben entschieden. – Die Dörfer, die Städte, das Erdengetümmel schwanden hin, und nur die Sterne und die Berge blieben der Liebe. – Die Welt schien ihnen die Ewigkeit, die Sterne gingen nur auf und keine unter. – Endlich stieg der Stern der Liebe wie ein kleiner hellblinkender Mond im Morgen auf, die Morgenröte glühte ihnen entgegen, und die Sonne zog in die Rosen-Glut hinein. – Hinter ihnen über den Bergen, wo sie sich gefunden hatten, wölbte sich ein Regenbogen hoch in den Himmel. Und so kamen sie an, eine Seele in die andere gesunken, den Nachtschimmer in den Tages-Glanz ziehend, und ihre Blicke waren traumtrunken.

O Schicksal, warum lässest du so wenige deiner Menschen eine solche Nacht, ach nur eine Stunde daraus erleben? Sie würden sie nie vergessen, sie würden mit ihr als mit dem Frühlings-Weiß und Rot die Wüsten des Lebens färben – sie würden zwar weinen und schmachten, aber nicht nach Zukunft, sondern nach Vergangenheit – und sie würden, wenn sie stürben, auch sagen: auch ich war in Arkadien! –

Warum muß bloß die Dichtkunst das zeigen, was du versagst, und die armen blütenlosen Menschen erinnern sich nur seliger Träume, nicht seliger Vergangenheit? Ach Schicksal, dichte doch selber öfter!

43. Summula

Präliminar-Frieden und Präliminar-Mord und Totschlag

Wir kehren vom Nachfluge hinter den unschuldigen Paradiesvögeln zurück, um noch einen Abend lang in die Bühne hineinzusehen, wo freilich kein erster Liebhaber spielt, obwohl ein letzter Haßhaber. Katzenberger ist Held und Regisseur zugleich. Gewissermaßen sing' ich in der 43. Summel, wie Homer den Zorn des Achilles, so Katzenbergers seinen.

Dieser – seit dem tückischen Handschlag in stiller Trauer und Wut – hatte diesen Abend dazu erlesen, um die Wolfgrube für seinen Freund mit noch einigen Blütenzweigen mehr zu bedecken und ihn an dieselbe zu geleiten, um den Isegrimm, wenn er unten saß, oben zu empfangen und anzureden mit einem und dem andern Wort. Zufällig mußt' er sich an der Wirtstafel dem Fürsten nahe setzen, folglich auch dessen Hintersassen und Unedelknaben oder Edelknechte, dem Arzte Strykius. Der Doktor pries vor dem Landesherrn stark die Höhle und alles; aber bloß um überall auf den Inspektor derselben, auf Strykius, schmeichelhafte Lichter zu werfen. Dieser wollte überall den Weihrauch wieder auf ihn zurückblasen; der Doktor versicherte aber, sein Lob sei um so unbestochner, da sie beide oft in ärztlichen Sachen frei auseinandergingen. – Da er absichtlich bloß mit der Linken aß: so fragt' ihn der Fürst darüber; er antwortete: wie mehre damit gemalt, so esse er noch leichter damit, bis eine schwache Wunde seiner Rechten, die er im Höhlen-Eingange von einem mit der Lampe herabfallenden Stein erhalten, sich geheilt; – und dabei schüttelte er die schlaffe Rechte und sah heiter genug aus.

Nur der Brunnenarzt stutzte innerlich darüber hin und her; inzwischen erhob er die Höhle und den Höhlen-Bären, den Doktor, hoch, doch zu hoch; aber er gehörte unter die wenigen Seelen, die von Natur klein sind; mit Seelen ists nun wie mit Vergrößerlinsen: je kleiner und winziger diese sind, desto breiter und ausgezogner stellen sie den Gegenstand vor. So, je kleiner Herz oder Auge ist, desto größer stellt es das Kleinste dar; – am

Großen erliegt ein Vergrößerglas; – vielleicht ein Wink für Fürsten, welche gern sich und der Welt groß erscheinen wollen, daß sie sich mehr nach Menschen umsehen, welche klein genug zugeschliffen sind zu bedeutenden Vergrößerungen.

Der Fürst schlich sich am Ende unter die Bäume – und gar davon, wie die nachziehenden Lakaien bewiesen. Katzenberger hätte nun endlich die Freude haben können, seinen Strykius ganz allein zu genießen und die Frucht abzuschälen; aber die alte widerwärtige Landedeldame, die früher über seine medizinischen Tischreden ein Fi! ausgerufen, war so spät sehr nahe sitzen geblieben, nicht etwan aus heimlicher Hinneigung zu Katzenberger, sondern aus Dorfgehorsam gegen ein lindes sieches weiches Hoffräulein, das gerade von den Gerüchten seiner kecken Äußerungen nach ihm und nach seinen Ratgebungen für ihr Wohl und Wehe desto lüsterner gemacht worden; denn für eine Dame von Stand war ein wilder zackiger Doktor bloß ein englischer Park voll Stechgewächse. Die junge Dame hatte die alte, wie gewöhnlich, zum Schilderhaus oder zur Brandmauer ihrer freundschaftlichen Gefühle verbraucht oder als weibliches Meßgeleite des Anstands. Da nun der Doktor – der fein erriet, um grob zu handeln – sehr leicht fand, daß er bloß die Alte fortzutreiben habe, um beide weg zu haben: so tat er das Seinige und genierte vorzüglich die Alte. »Es zeige zu seiner ärztlichen Freude« – wandte er sich an sie – »schöne Jugendkräfte, daß sie sich so spät und kühn der Nachtluft aussetze, die oft viel Jüngern schlecht zuschlage.« – »Meine Brust ist ganz gesund«, antwortete sie kurz. – »Doch dadurch allein, meine Schönste,« versetzte Katzenberger, »wäre wohl Ihr Brustfell nicht vor nächtlicher Entzündung gedeckt. Aber Sie haben gewiß damit allzeit selber gesäugt, und wieviele Kinder wohl? Schon an und für sich eine der edelsten tierischen Verrichtungen, um die ich Sie bis auf jedes Säugtier von Amme beneide.« – Strykius, der sie kannte, nahm eiligst das Wort für die stumm-Entrüstete und sagte hastig: er sei im vollständigsten Irrtum über das Fräulein. »Nu, nu, mein Freund,« erwiderte der Doktor, »unter die *Saug*tiere gehören wir doch alle, wenn sich auch gleich nur die schönere Hälfte unter die *Säug*tiere zählen darf. – – Aber unser Herr Brunnenarzt« – fuhr er gegen die beiden Fräulein fort – »lag von jeher gern vor Damen auf den Knien und dies, glaub ich, mit' Recht; denn er weiß als Arzt, der Schelm, recht gut, daß die Knie, wie stark er sie auch beuge, den feurigsten Blutumlauf nicht im geringsten einhemmen. Wenn ein unmedizinischer Liebhaber vielleicht dächte, die großen Aderstämme der Beine liefen an den Kniescheiben hinauf und würden also durch das Drücken der Scheiben auf den Boden so gut wie unterbunden: so weiß dagegen unser Arzt aus seinem Sömmering, daß es anders ist und daß die großen Adern unten um die Kniekehle liegen und nicht leiden und stocken durch Biegen ....«

Da war des Bleibens nicht mehr für das Landfräulein, das unter die feinern Dorfdamen gehörte, welche vor einer Hofdame nie Füße, Strümpfe,

Knie, Beine anbehalten, sondern sie zu Hause ablegen, um nicht am Hofe damit anzustoßen; zarte Wesen, welche wie Sirenen nur ihre Hälfte zur Sprache bringen und aus Anstand sich nur als Büsten geben. – Zögernd und mit einer freundlichen Abschieds-Verbeugung an den Doktor zog das Hoffräulein dem aufbrechenden Landfräulein nach, das sich die größte Mühe gab, bloß von Strykius den Abschied zu nehmen durch Knicks und Blick und gute Nacht. –

Endlich saß Katzenberger ohne Scheidewand und Ofenschirm neben seinem Strykius. Er ließ sogleich viel Achtundvierziger bringen und verrichtete vor der Welt das Wunderwerk, daß er den Brunnenarzt mitzutrinken bat.

»Längst schon hab' er sich verwundert,« – hob er an – »daß die Ärzte ungeachtet des Sprichwortes (experimentum fiat in corp. vil.) so wenig Versuche an ihrem eignen Körper machten und nicht die verschiedenen Arten wenigstens der angenehmen Unmäßigkeiten durchgingen, um nachher besser zu verordnen. Ob sich nicht ein ganzes Collegium medicum so in die verschiedenen Unmäßigkeiten teilen könnte, daß z. B. das eine Mitglied sich aufs Saufen, das andere aufs Essen, das dritte aufs Denken legte, das vierte aufs sechste Gebot, davon oder von der Unnützlichkeit wünsche er doch einen Beweis zu vernehmen, und zwar um so mehr, da z. B. so viele glückliche Kuren der Aphroditen- oder Cypris-Seuche durch junge Ärzte in Residenzstädten bewiesen, daß ein solches Vorarbeiten und solche sich gelesene Selber-Privatissima der Praxis gar nicht schaden – Er wolle nicht hoffen, daß man sich dabei ans Laster stoße, das hier als ein Pestimpfstoff der Arzt ja nur so wie der Schauspieler oder Dichter an sich selber darstelle, um zu lehren und zu heilen.«

»Ich weiß fast,« – versetzte Strykius, der dasaß mit dem Ölblatt im Schnabel und wie Buridans Esel zwischen Ernst und Lächeln – »wohinaus Sie damit wollen.« – »Hinein will ich damit, mit dem Weine nämlich«, sagte der Doktor und eröffnete ihm ganz frei, er sei gesonnen, sich gegenwärtig vor seinen Augen zu betrinken, um den Effekt mit wissenschaftlichen Augen zu beobachten und jede Tatsache rein ausgespelzt zurückzulegen für die Wissenschaft. »Es wird« – fuhr er fort – »meinen Handel gewiß nicht schlechter machen, daß ein Mann vom Fache, wie Sie, dabeisitzt, den ich bitten kann, von seiner Seite mehr die nüchternen Beobachtungen über mich anzustellen und deshalb langsamer als ich zu trinken, da es genug ist, wenn *einer* sich opfert. Spätere Folgen am nüchternen Morgen beobacht' ich allein.« – »Wie gebeten, zugesagt!« versetzte der Arzt.

Darauf rückte der Doktor noch mit einer Bitte ganz leise heraus, Strykius möge, da seinen schwachen Kopf der Wein leicht so zurichte wie der verschluckte Traubenkern den Anakreon, in diesem Falle sein Leib- und Seelenhirt, seinen Gesundheit- und Gewissens-Rat machen und besonders dann, wenn er wie alle Trinker am Ende anfangen sollte zu weinen, zu umhalsen, zu verschenken, ja die größten Geheimnisse auszuplaudern, ihn warnen und lenken und notfalls mit Gewalt nach Hause ziehen; er geb' ihm Vollmacht zu jeder Maßregel, mög' er selber betrunken dagegen ausschlagen, wie er wolle.

Der Brunnenarzt sagte lächelnd, er versprech' es für den undenklichen Fall, erwarte aber denselben Liebe-Dienst, falls er selber hineingeriete.

In der Tat ging bisher der Doktor mit Anschein genug zu Werke – und Strykius fing an, aus den geleerten Flaschen schöne Hoffnung Katzenbergerischer Ehrlichkeit zu schöpfen; doch war es mehr Trug; denn jenem, der sich längst als einen ehemaligen (wie Pitt in London) sogenannten Sechs-Flaschen-Mann gekannt, blieb das schöne Bewußtsein, daß er bei allem Trinken nicht aus den Fußstapfen der Griechen wanke, welche bekanntlich den *Rachegöttinnen* nur nüchtern opferten und deshalb keinen Wein vor ihnen libierten oder weggossen.

Jetzo berührt' er wieder von weitem den Rezensenten und sagte, er sei im Badmonat bloß nach Maulbronn wie die Juden zum Ostermonat nach Jerusalem gegangen, um das kritische Passahlamm oder den Passahsündenbock zu schlachten und zu genießen; noch aber fehle der Bock, und käm' er an, so sei doch manches anders, als ers haben möchte. Strykius konnte nicht anders, als er mußte stutzen. Bei der dritten Flasche oder Station hielt es der Doktor für seinen Schein zuträglich, ein wenig mit seinem Verständigsein nachzulassen und mehr ins Auffallende zu fallen; überhaupt mehr den Mann zu zeigen, der nicht weiß, was er will. »Noch gehts gut, Herr Kollege,« sagt' er, »doch sieht man, was der Mensch verträgt. Ich wäre jetzt imstande, jedem, der wollte, unangenehme Dinge mit einer solchen juristischen Kautelarjurisprudenz zu sagen, daß der Mann an keine Injurienklage denken dürfte. – Es böte mir z. B. eine vornehme Residenz-Frau ihr Herz und Hand, so könnt' ich, da es nach Quistorp[1], für Kleinigkeiten einen recht hämischen Dank zu sagen, keinen Animus injuriandi, Schimpf- oder Schmäh-Willen verrät, der trefflichen Dame ins Gesicht versichern: gut! Ich nehme noch dies an; aber nun beschämen Sie mich mit keinen größern Geschenken, da ich noch nicht einmal Ihre Kleinigkeiten zu vergelten vermocht. – Dies könnt' ich.

So weiß ich aus demselben Quistorp die andere Einschränkung, daß man nie beschimpfe, wenn man bloß die Sachen seines Neben- und Mit-Menschen (nicht ihn) verächtlich heruntersetzt, als etwan seinen Anzug, seine Gastmähler u. s. w. Ich würde also mit Vorbedacht, da doch am Menschen alles nur fremde Sache ist, außer seiner Moralität, die er sich, wie der preußische Soldat die Knöpfe, auf eigne Kosten anschaffen muß, ohne Ehrenklage im höchsten Grade anzüglich und geringschätzig z. B. von den schwachen Talenten oder Gesichtszügen eines Rezensenten sprechen, beides Sachen,

[1] Quistorps Grundsätze des teutschen peinlichen Rechts. 1. Bd. 2te Auflage.

die der Tropf sich nicht geben kann; ebenso wollt' ich auf viele deutsche *Kronen* und *Thronen* (ein schöner weiblicher Reim) losziehen, ohne die Besitzer, die ja beides teils halb auf, teils unter sich haben, im geringsten zu meinen. Doch ich kehre zu meinem Satze zurück – beiläufig ein ganz gutes Zeichen, denn Trunkne können, wie Verrückte, nie dieselbe Sache unverändert wiederholen und stehen hier tief unter Autoren und Advokaten. – Und Rechtswissenschaft ist nicht einmal mein Fach – (doch trinken wir recht auf sie!); aber Heilkunde bleibt es stets. Wie gesagt, ich sagte vorhin von Injurien und dergleichen. Wo finden Sie hier, Herr Doktor, den Vollzapf?«

Strykius beschwor nach allen Seiten hin das Widerspiel. »Dies sag' ich, beim Teufel, ja selber,« versetzte der Doktor – »und wozu denn Ihr Fluchen? Ich denke, ich kenne mich und viele. Manches bringt mich auf, darüber ist keine Frage. Nur wünscht' ich zu wissen, ob jemand von der trefflichen, nie hoch genug zu achtenden Gesellschaft um uns her etwas an mir merke; aber freilich Fox und Pitt konnten nur halb so viel vertragen.

Mein lieber Herr Brunnenarzt, Sie brauchen, bei Gott, nicht zu lächeln, als läg' ich schon in den Lagen, für welche ich Ihre Vormundschaft bestellte. Sie sehen, ich weiß noch alles. Hab' ich aber ein Geheimnis verraten? Seh' ich irgendeinen Kopf doppelt? Kaum einfach. – Verschenk' ich schon außer dem Einschenken? Und wo stehen mir dumme Tränen der Liebe und Trunkenheit im Auge? Im Gegenteil verspür' ich eher harten Humor zum Totschlagen, besonders schlüg ich gern einem Manne aus Ihrer Residenzstadt, der mir mit seinen Augen- und Weisheitzähnen ins Bein gefahren, diese auf der Stelle aus. Die Bestie kommt aber erst, wie Sie sagten, künftige Woche.«

»Sie erhitzen sich, Guter«, sagte Strykius. – »Aber für das Recht und für jeden Rechtschaffnen, der es mit mir so redlich meint als du, Stryk! – Herr Brunnenarzt, ich sage du zu Ihnen, wie der Russe zu seinem Kaiser. Einen Kuß, aber einen Judas den zweiten! Denn du weißt aus dem Neuen Testament, wo der Brief des zweiten Judas steht. Der erste Judas war nie mein Mann.« –

Strykius gab Katzenberger einen Bühnen-Kuß. »Trinke zu, heize ein, zünd an, mein Zünd-Stryk! Ohne Wein war dem Urdeutschen kein Vertrag heilig. – O, wenn ich daran denke! Ein Freund ists Höchste. Ich sage dir, Stryk, einst hatt' ich einen, und wir herzten einander und er mich – alles tat ich für ihn und machte meinen Schnitt für ihn – ich hätt' in seinem Namen gestohlen. Halt, dacht' ich, hältst du auch stich? Ich wollte ja in der Eile etwas Ihnen darstellen; sage mirs, Bruder!«– »Das Bewähren Ihres mir unbekannten Freundes«, versetzte der Brunnendoktor. »Und dies willst du besser wissen als ich? Stich, sagt' ich ja vorhin, hält er, wenn er sich bewährt und seinem Freunde zu verzeihen weiß. Der nur ist mein Freund. Deshalb macht' ich mir eine leichte Streitsache mit ihm zunutz und schleuderte diesem Freund, um recht zu wissen, woran ich mit ihm wäre, eigentlich um seine Liebe gegen mich zu erproben, einen vollen Bumper oder Willkommen mit allen Kräften an den Kopf; darauf beobachtete ich scharf und kalt, wie er bei dieser ersten Freundschaft-Anker-Probe standhalte und sich betrage. – Aber wir prügelten sogleich uns mit vier Händen durch, und der Treulose haßte mich hinterher wie einen Hund. Dies hatt' ich von meiner ersten leichten Liebe-Probe; – was hätt' ich mir vollends von einem so wankelmütigen Freunde zu versprechen gehabt, hätt' ich ihn noch ganz anders und schärfer auf die Kapelle gebracht, z. B. um Haus und Hof oder gar ums Leben? Anders sollen, hoff' ich, unsere Freundschaft-Proben ablaufen. Mich meinerseits erschlagen Sie, wenn Sie wollen; ich umhalse Sie stets sogleich in der frohen Ewigkeit und sage: willkommen, mein Stryk, mein heraufführender Franziskaner-Strick und Galgen- und Treppen-Strick – Doch dies sind Wortspiele und elend genug.«

Der Brunnenarzt hatte bisher, zumal vor mehren Maus-Ohren an der Tafel, den bedächtigen Mann gespielt und sich wenig anders gegen den Trunk-Sprecher ausgelassen als mit leichtem Nein, Ja und Wink. Nur Neugier nach dem Ausgange, Scheu vor dem wild-begeisterten Doktor, mehr Hoffnung, ihn vor der Welt zuletzt beschämend zu verwickeln, und sogar einiger angetrunkener Mut pichten ihn auf dem Folterstuhle fest. Nüchtern erhielt er sich übrigens durch Meid-Künste – ja mehr als der Doktor selber, der sich zuletzt doch durch Reden betrank.

Erst bei der vierten Flasche überzeugte jener sich, daß im Weine oder im Doktor wirklich Wahrheit sei; mehre versprochne Rausch-Nachwehen und Feuermäler waren schon da, nur das geweissagte Verschenken wollte sich nicht einstellen. Der Doktor warf allerlei seltsame Winke hin, daß er sehr gern wolle, der Fürst wäre nicht da, aber wohl dafür ein anderer Mann für einen dritten, der prügelt: »Kennst du seinen Leibmedikus Semmelmann recht?« sagt' er. – »Längst als den gelehrtesten Arzt und feinsten Mann und meinen Freund«, versetzt' er etwas laut, um von fürstlichen Spionen, die den Geblendeten der Tafellichter rings im Blätter-Dunkel ungesehen belauschen konnten, besser vernommen zu werden. »Nun so sag' ich dir, ich bin noch schwankend, ob ich gegen Taganbruch diesen deinen Freund ganz totschlage oder nur halb. Weißt du,« (fing er leise an und fuhr sogleich laut fort) »wer dieser Semmelmann im innersten ist, Stryk? Der Fallstrick, der Galgenstrick, der Ehrenkronenräuber, kurz der Rezensent meiner Werke.« – »Wie? – Herr Kollege!« sagte Strykius. – »Kein Wort weiter, er wird totgemacht! – Flex, heda! mein Kerl fährt augenblicklich vor bei Herrn Brunnenarzt Strykius, meine Tochter wird nicht geweckt – sie soll nichts wissen, bis ich wiederkomme, und das ohne alle Umstände.«

Wenn wirklich, wie schon Swift nach Rochefoucault sagt, wir in jedes Freundes Unglück etwas weniges finden, was uns heimlich erlabt: so mußte allerdings der Brunnenarzt in der Aussicht auf die Ausprügelung seines

Freundes Semmelmann etwas Behagliches finden, da er so lange diese sich selber zugedacht geglaubt; auch wurde diese Behaglichkeit durch die Betrachtung eher vermehrt als vermindert, daß der Leibmedikus, sein Nebenbuhler, der als Weg-Aufseher der ersten und zweiten Wege des Fürsten mehre Wege Rechtens und Himmelfahrten und bedeckte Wege und enge Pässe des Landes besetzte, vom berühmten Katzenberger vielleicht durch Prügel könnte um einigen Kredit, wenn nicht um Glieder und mehr gebracht werden. Dies hielt ihn aber nicht ab, vielmehr spornte es ihn an, sich nicht nur unter vier Ohren, sondern vielleicht vor mehr als zehn Hörmaschinen des Hofs im Finstern entschieden des Leibmedikus oder der Semmelmannschen Unschuld anzunehmen, und zwar mit um so größerer Wärme der Überzeugung, je gewisser er wußte, daß er selber die Rezension gemacht.

»Mein bester Kollege«, begann er, »möge mich nur hören! Wie stark der Argwohn gegen den Herrn Leibmedikus gegründet, entscheid' ich am wenigsten, da ich Journale, worin etwas stehen soll, als z. B. die Gothaischen Anzeigen, die Oberdeutsche Literatur-Zeitung, die neue allg. deutsche Bibliothek und dergleichen Unrat, mehr mithalte als mitlese. Aber trefflicher kühner Amt- und Waffenbruder! Lassen Sie mich doch auch reden! Kennen Sie die Mißlichkeit solcher Namen-Ablauschungen wie die Ihres Herrn Richters? Ich halte Semmelmann, soweit ich ihn kenne, durchaus für unschuldig; doch gesetzt, aber nicht zugegeben, Sie hätten recht: aber Freund, wie kann ein Gelehrter mit einem andern Gelehrten (zur Abwägung zwei solcher hab' ich keine Gewichte) den geistigen Zwist mit Waffen ausfechten wollen, die nichts treffen als Leiber? – Bei Gott, ich bin hier nicht bestochen, und die fremde Sache nehm' ich kühn für eigne.«

»Ich habe dich Spitzbuben wirklich ruhig ausgehört, bloß nur um dir vorläufig darzutun, daß ich, bei Gott! bei Verstand bin wie einer und nach niemand frage – Was verschlagen alle Flaschen im Magen gegen das wenige, was aus ihm davon in den Kopf steigt? Aber, wie gesagt, das ist mein Satz, oder ich weiß nicht, was wir sagen. Und doch ein Spitzbube bist du selber, so groß wie Semmelmann, weil du ihm ähnelst und beistehst. Denn du bist, nimm mirs nicht übel, lieber Stryk, – von Hause aus – ein milder Mann mit einem weichen Herzen im Brustkästchen, und es ist dir nachzusehen, wenn du aus verdammter verhaßter Liebe Schubjacke und Stricke (ich rede gesetzt) verfichst; denn dein Angesicht ist ein sanfter Ölgarten, wo man Blut schwitzt, und du bist am ganzen Leibe mit Selber-Dämpfern wie mit Blutigeln besetzt. Du weißt nur zu gut, wer mich rezensiert hat; aber siehst ihn nur nicht gern erschlagen. Ein Knicker ist Semmelmann auch, und nichts hass' ich mehr als so einen geizigen Hund, der mir nichts herschenkt, der selber seinem Hund nichts zu fressen gibt als Gras, das dem Tier nur schmeckt, wenn sich das Wetter ändert. – Hat er nicht bloß aus Geizhalsigkeit meine Praxis beneidet, obwohl außer Lands, und meinen Ehrensold und die wenigen Ehrenpforten und Ehrenlegionen, die ich mir etwa erschrieben? Ist der Leibmedikus nicht der größte Schmeichler des Hofs und denkt bei dem Fürsten, weil ich, bei Gelegenheit der Hämatosen und Mißgeburten, nichts von den mineralischen Bestandteilen des Landes-Bades angebracht, Ehre einzulegen, wenn er mir eine größere nimmt, als er hat? Die Sache ist: seine Zunge gleicht der Bienenzunge, welche einem Fuchsschwanz ähnlich ist und die für sich Honig saugt, und für andere Gift. Wie gesagt, Bruder! – Ich erhebe dich vielleicht zum Leibmedikus, wenn ich den alten erschlage, mags hören, wer will.«

»Guter Amtbruder,« sagte Strykius, »jetzt in der Nachtkälte tritt die vorher abgeschlossene Bedingung ein, nolens volens« – »Dummes Wort, ich will entweder nolens oder volens« – »Fein bemerkt! Wir gehen dann miteinander zu mir auf einen warmen Tee«, sagte Stryk und nahm ihn mit.

44. Summula

Die Stuben-Treffen – der gebotene Finger zum Frieden

Unterwegs stammelte er nach Vermögen, und was er sagte, sollte nicht sowohl Sinn haben als wenigen: »Ich brauche keinen guten Rat,« sagt' er, »so wenig als ein Hund Zahnpulver und -stocher – ich werde meine Sache schon so machen, daß man vielleicht dies oder jenes davon sagt – Mancher ist ein geiziger Hund, und ziehe mir einmal einen Hundsschwanz gerade, ich bitte sehr – Gut, der Mann soll abstehen, wie Fische vom Donnerwetter, auch ungetroffen, oder wie ein Wagen voll Krebse, wenn unten ein Schwein durchkriecht.« –

Sie fanden den Wagen vor Strykius Türe, der sich wieder laut gegen das Nacht-Fahren erklärte und den Doktor die Treppe hinaufzog, um droben leiser sich über den Leibmedikus auszuschütten. Er schickte sogar den Bedienten, sobald er den Ofen für den Tee geheizt, mit Aufträgen in ferne, schon zugesperrte Häuser davon, um unbehorcht zu bleiben.

Der Wein – die Nacht – die Einsamkeit – der Schlag auf die Hand – dieses Ineinandergreifen so vieler Zufalls-Räder brachte den Doktor auf einmal in der Stube so weit, als er nach andern Planen kaum in einer Woche sein konnte. Er zog daher einen Taschen-Wind-Puffer heraus, schoß die Kugel in die Wand – zog und spannte einen zweiten und sagte: »Ein lautes Wort von dir, so schieß' ich dich leise nieder, und ich fahre davon. Du bist mein Rezensent, Dieb, nicht der ehrliche gelehrte Semmelmann – und ich bin noch nüchterner als du Saufaus. Schweig; ein Wort, ein Schuß! Es macht mich schon dein bloßes Waschschwamm-Gesicht mit seinen schlappen Vorderbacken und seinem Gelächel halb wütig. Ein Strafexempel muß ich nun an dir zum Vorteil der ganzen gelehrten Welt diese Nacht statuieren; nur steh' ich noch an, ob ich dich ganz aufreibe oder bloß lahmschlage oder gar nur ins Gesicht mehrmals streiche. Hier schleudr' ich noch zum Überfluß den Hakenstock von dem Giftpfeil auf deinen Nabel ab (der Stock fuhr aber ans Knie) – sieh den ausländischen Pfeil, womit ich dich harpuniere auf ewig, wenn du schreiest oder läufst. Jetzt verantworte dich leise, nenne mich aber Sie; denn ich bin der Richter und du der Inquisit.«

»In der Tat,« (hob der Brunnenarzt an) »es wird mir schwer, nach vielen heutigen geschickten scherzhaften Rollen von Ihnen – und insofern so angenehmen – diese mit einem Überfall auf Leib und Leben nicht für Scherz zu nehmen, besonders da Sie ja nicht ganz gewiß wissen können, ob ich die Rezensionen gemacht.«

»Hier werf' ich dir« – sagte der Doktor, in die Tasche fahrend, und nahm das Heft des Pfeils in den Mund, um mit dem Windpistol fort zu zielen – »deine Handschrift aus der Druckerei vor die Füße, Räuber zu Fuß.«

»Gut, dies entschuldigt Ihre erste Hitze gewiß; aber erwägen Sie auch, daß überall von jeher der Gelehrte, besonders der Kunstrichter, gegen den Gelehrten zum Vorteile der Wissenschaft auf dem Papier eine freie Sprache führt, die er sich nie im Zimmer unter vier Augen ...«

»Zum Wissenschaft-Vorteil? – Ist es nicht jammerschade, daß Leute wie du auch nur das Geringste davon verstehen? Können solche Leute unwissend genug sein? Die Wissenschaft ist etwas so Großes als die Religion – für jene sollte man ebensogut Mut und Blut daransetzen als für diese – und doch wagen die Rezensenten nicht einmal ihre Namens-Unterschrift daran. Eine Sünde pflanzt sich nicht fort, und jeder Sünder erkennt sie an; ein unterstützter Irrtum kann ein Jahrhundert verfinstern. Wer sich der Wissenschaft weiht, besonders als Lehrer der Leser, muß ihr entweder sich und alles und jede Laune, sogar seinen Nachruhm opfern –«

»Wie schön gesagt und gedacht!« lispelte Strykius. – »Schweig! – oder er ist ein Rezensent wie du; und der Teufel hole jeden Esel, der schreibt, und den er reitet; es ist genug, wenn das Tier spricht. Mache mir jetzt etwas Tee zurecht, denn das Wasser kocht; schneide aber deine Hosenknöpfe ab, damit du mir nicht entläufst.«

»Lieber mein Leben lass' ich als meine Ehre,« sagte Stryk, »bloß aufknöpfen will ich den Hosensack und herunterlassen; und es tut ja der Länge wegen denselben Dienst ...«

Während er im Hemd mühsam das Teewasser aufgoß: zog der Doktor den Widerruf hervor und sagte, wenn er ihn beschwöre und unterschreibe, so woll' er ihm das Leben selber schenken und ihn nur an den Gliedern, wo er es für gut befinde, mit dem Stab-Sanft bestreifen. Strykius schwur und schrieb. Darauf begehrte der Doktor, daß ers auswendig vor ihm lerne, weil er selber das Dokument wieder zu sich stecken müsse. Der Arzt predigte den Aufsatz endlich auswendig (der Hosensack war seine Kanzel) her. »Gut!« sagte Katzenberger. »Nun haben wir beide nichts Wichtiges weiter miteinander abzumachen, als kollegialisch zu überlegen, welches von den Gliedmaßen ich denn vor dem Einsitzen zu zerschlagen habe; wir haben die Wahl. Wir könnten die Nase nehmen und solche breitschlagen; teils weil du auf meine grobe knollige kurze Fuhrmanns-Nase etwas heruntersiehst, teils weil nach Lavater sich unter allen Gliedern die Nase am wenigsten verstellen kann, und du also bei deiner Vermummerei Gott und mir danken wirst, wenn du ein aufrichtiges Glied weniger hast – Wir könnten aber auch zum Kopfe greifen, womit oder worin du besonders gesündigt und rezensiert, und ich könnte, da er noch nicht offen genug scheint, wenigstens die sieben Sinnenlöcher, die der Vorderkopf hat, auch dem Hinterkopf durch den Natur-Trepan eines sogenannten Stocks einoperieren – Oder vor und von der Hand könnten so viele Finger, als leider rezeptieren und rezensieren, bequem dezimiert werden – Oder ich könnte auch das Pistol an deine Wade halten und sie durchschießen, um aus der Hämatose zu sehen, ob sie eine falsche sei – Die Auslese wird schwer, du hast verdammt viel Glieder, und ich glaube, *gerade so viel,* als Pestalozzi in seinem Buch der Mütter aufzählt – Oder wählt man am besten das Ganze, die dreihäutige Oberfläche, und zeigt man sich dir mehr von der liebenden Seite, wann ich eben auf dich, als meinen Nachfolger, beeidigten Priester und Lehrboten, geradeso wie der Franziskus und andere Heilige die Wundenmäler von ihrem erscheinenden Herrn bekamen, alle die blauen und braunen und gelben Flecken, womit mich in mehr als einer Prügel-Disputa mancher Raffael angemalt, gleichsam als stigmata übertrage und abfärbe, um unsere Vereinigung zu zeigen – Nun so stimme doch mit über das Glied, sage, welches!« –

– »Mein Herz«, versetzte er. – »So vertraut spricht man nicht mit mir«, sagte Katzenberger. – »Meines mein' ich ja«, sagte Stryk.

»In dies Glied mögen die Weiber ihre dummen Wunden machen! Herr, hier liegt Euer dummer Dachsschliefer, der niemand anbellt und anwedelt; das unnütze Vieh sollt Ihr mir, wenn ich unter den wählbaren Gliedmaßen etwas naschen soll, zum Zerschneiden mitgeben und vorher vor meinen Augen erdrosseln, da ich die Bestie sonst nicht fortbringe!« – »Er ist«, sagte der Arzt, »nur so still, weil er vor Alter keine fünf Sinne mehr hat; erdrosseln kann ich das treue Tier unmöglich, aber hergeben will ich ihn, da er doch bald abgeht.«

Hier hob er den leben- und schlaftrunknen Dachsschliefer auf und gab ihm den Judas- und den Todeskuß. »Behalt ihn, unwissenschaftlicher Narr!« rief der Doktor; »eh' ich ein veraltetes Vieh, lieber meine zehn Finger gäb' ich her!« – Dieser Zufall öffnete plötzlich dem Brunnenarzt einen Himmel und eine Aussicht: »Ich besitze hier«, sagt' er, »im Kabinett aus dem Fraisch-Archiv eine alte abgedürrte Hand, zwar keine ausnehmende Mißgeburt, aber es ist doch eine Hand mit *sechs* Fingern, die nicht jeder am Arme hat.«

»Si bon! – Ganzer Mann! Schatz, gebt mir die Hand, nicht Euere – so geh' ich ab und schone jeden Hund.« – Während Strykius die Sechsfingerhand als einen Reichsabschied gegen das Faustrecht aus dem Kasten holte, säete Katzenberger hinter dessen gebognem Rücken mehre Knallkügelchen auf verschiedne erwärmte Plätze des Ofens und legte nicht sowohl Feuer als Donner ein, um auch in seiner Abwesenheit das Strykische Gewissen nachts oder sonst mehrmals fürchterlich zu wecken durch Lärmkanonen, Notschüsse, Türkenglocken oder andere Metaphern. Während der Donnersaat sprach er fort und sagte ins Kabinett hinaus: »Ich bin aber heute so weich wie ein Kind; das macht der Trunk. Darwin bemerkt schon längst, daß sich den Säufern die Leber, folglich die Galle verstopfe; daher ihre Gallensteine und Gelbsuchten.«

Strykius brachte die eingeräucherte Hand, wogegen Esaus und Van Dyks Hände dem Doktor nur als invalide oder defekte erschienen. Nachdem er den Plus-Finger genau daran besehen: mußte sie ihm jener selber in die Tasche stecken, damit er in der gerüsteten Stellung verbliebe. Freundlich und ganz verändert bat er, ihm ein Fläschchen mit Tee mitzugeben, um es ruhiger im Wagen zu trinken. »Nach der Schenkung der fremden Hand verzicht' ich gern auf jeden lebendigen Handdruck; Eure Kußhand in meiner Tasche hat alles ins reine und uns einander näher gebracht, und wir lieben uns, so gut wir können. Nur bitt' ich Euch noch, mir die Stockscheide, womit ich vorher in die Scheibe des Knies getroffen, selber an den Giftpfeil anzustoßen, weil ich mich aus Mißtrauen nicht bücke, Schatz!«

Als Stryk etwas ängstlich die obere Hälfte des Hakenstocks an die untere angeschienet hatte, händigte Katzenberger mit dem Gemsenhorn noch schleunig einen beträchtlichen Schlag den Schreibknöcheln des Mannes ein – es sollte ein Siegel auf die Bundakte sein – und sagte: »Nur ein Katzenpfötchen und Handschlag für den in der Höhle, Addio!« Er eilte die Treppe hinunter und in den Wagen hinein, um schnell über die Grenze des Hauses und Landes zu kommen. Noch im Dorfe begegnete ihm Stryks Bedienter, dem er neuen Dank an seinen Herrn mitgab, und vor dem er fahrend die Gesundheit desselben in Tee trank. Frohlockend fuhr er mit dem Reichtum von sechs Fingern und von zwei Allianz-Hasen im Geleise des Himmelweges seiner Tochter nach. Strykius sang zu Hause Dankpsalmen an seine Geschicklichkeit und an das Geschick, daß er sich durch eine tote Hand aus einer lebendigen gerettet, und machte singend die Beinkleider und dann die Haustüre zu; erst da er die letzte dem Bedienten wieder öffnete, stimmte er Kriegslieder und Wettergebete gegen dessen ungeheures Außenbleiben an und gegen den Räuber von Doktor. Sein erster Gedanke war, diesem in einer ganz neuen Zeitung durch die zehnte Hand statt einer Benefiz- lieber eine Malefizkomödie zu geben und ihn zu einem Mitgliede in die Unehren-Legion der erbärmlichen Autoren aufzunehmen. Ferner hatt' er den zweiten Gedanken, bei sich anzustehen, ob er überhaupt einen ihm mit dem Pistol auf der Brust abgenötigten Eid und Widerruf nur wirklich zu halten habe. Da platzte auf dem Ofen eine Knallkugel, und sein Gewissen, von dieser Krachmandel gestärkt, sagte: »Nein, halte deinen Eid und nimm dir nur die Zeit; denn nach zwanzig Jahren kannst du ebensogut widerrufen, wenn du nicht stirbst, als morgen.«

45. Summula

Ende der Reisen und Nöten

Die sechs Finger und acht Hasenbeine waren so erquickende Zuckerröhre, an denen Katzenberger unterwegs saugte, daß er nach dem Unfall wenig fragte, sowohl die Abrechnung der Reisekosten mit Nießen vergessen zu haben als das Aufheben des weggeworfenen Windpistols bei Stryk. Das letzte sollten ihm, beschloß er, ein paar höfliche Zeilen nachholen. Er ließ galoppieren, um noch vor Untergang des Mars über das großpoleiische Grenzwappen hinauszufahren. Dann stieg er in Fugnitz aus und genoß bei Licht seine Mißgeburten ruhiger.

Nach einem kräftigen Extrakt von kurzem Schlaf flog er der Tochter nach und durch das Städtchen Huhl mit gezognem Giftpfeil vor dem Hause des Pharmazeutikus vorbei. Dieser stand eben unter der pharmazeutischen Glastüre und unter der Wappen-Schlange seiner Offizin neben dem Orts-Physikus und zeigte diesem ohne Hutabziehen und sonstige Gruß-Schüsse mit ausgestrecktem Arme den Giftmischer und Hasendieb.

Erst spät, bei Licht-Anzünden, kam er zu Hause an. Er hörte, Theoda, die schon vormittags angelangt, sei bei ihrer Freundin. Halb verdrüßlich machte er sich nach Mehlhorns Wohnung im Erdgeschosse auf, welches für ihn den Vorteil hatte, da es abends durch Fensterladen verschlossen war, daß man ungesehen durch sie hineinsehen konnte.

Katzenberger war ein Mann von vielen Grundsätzen, worunter er einen hatte, den zarte Seelen, welche die menschliche, von keiner sichtbaren Gegenwart gemilderte Schärfe der Urteile über taube Abwesende schwer ertragen, ihm nicht so leicht nachbefolgen konnten, nämlich den, zu – horchen und zu luken. Darum erklärte er besonders Fenster-Läden der Erdgeschosse für die besten Operngucker und Hörmaschinen, die er nur kenne; und sagte, solche Läden schlössen etwas wohl dem Räuber, aber nichts dem Herzen zu – und man schaue nie ruhiger und schärfer in Haushaltungen als durch zarte Ritzen, entweder in einen offnen Himmel oder offnen Schaden, und er wisse dieses aperturae Jus oder diese servitus luminum et prospectus, kurz diese Licht-Anstalt mit nichts zu vergleichen als mit Totenbeschau und Leichenöffnung; nie sei er von solchen Fensterläden weggegangen, ohne irgendeinen Gewinn davonzutragen, entweder eines Schmähwortes auf ihn oder sonst einer Offenherzigkeit.

Durch den Fensterladen sah er nun mit Erstaunen die Wöchnerin Bona im Bette und in ihren Händen zwei fremde Hände, die sie aufeinanderdrückte, Theodas und Theudobachs, indem sie ihr klares, obwohl mattes Auge mit so viel Entzückung und Teilnahme zu den beiden Liebenden aufhob, als sie ihrem Zustand erlauben durfte. – Er sah ferner, wie der Umgelder mit (geborgten) Weingläsern und mit (bezahltem) Weine ohne Anstand, aber sehr lebhaft umhersprang und den Aufguß seiner eignen Begeisterung einer himmlischern vorhielt und anbot, sogar der neuen Kindbetterin, welche indes mitten in der ihrigen genug Bedachtsamkeit besaß, diesen bösen Honigtau des Wochenbettes auszuschlagen. Er vernahm sogar, daß der Zoller ein Wagstück mit seiner Zunge bestand und sagte: »Gnädigster Herr Gevatter, aufs hohe Wohl unseres Paten!« – Von dem Nachmittag und der vorigen Nacht war also (sah er durch die Spalten) das Pfund jeder Stunde gewissenhaft benutzt und auf Zinsen der Liebe angelegt. Nie sah die blasse hellblauaugige Bona verklärter und durchsichtiger aus als in dieser Stunde des Mit-Entzückens, aber ihre Verklärung verschönerte auch die fremde; denn ein liebendes Paar erscheint zärter und himmlischer durch den Widerschein einer teilnehmenden Freude.

Jetzt hörte der Doktor den Zoller ausrufen: »Ich gäbe meine Hand darum, wären der Herr Doktor Gevatter da; meine scharmanten Brautleute wären aufgeräumter und stießen an.« – Der Zoller hatte als ein Mann, der wenig anders noch in der Welt scharf beobachtet hatte als Zoll und Umgeld, aus Theodas Bleich- und Ernst-Sinn den Schluß gezogen, sie bange vor des Vaters Entscheidung; wiewohl die heitere Rose bloß vor der heißen Sonne der Liebe und Entzückung zur weißen erblaßte. Der tiefe Ernst der Liebe griff ihr ganzes munteres Wesen an. Der Hauptmann, schon von Natur und Wissenschaft ernst, war durch die plötzliche unberechnete Lohe der Liebe nur noch ernster geworden; denn sonst irgendeine äußere Störung (Perturbation) seines Liebe-Hesperus durch den Vater Saturn oder Mars kam ihm bei seiner mathematischen Hartnäckigkeit und kriegerischen Entschlossenheit gar nicht in Betracht, ja wenig in Sinn. Mehlhorn fuhr fort: »Ich setze meine Ehre zum Pfande, die Sache geht.« Vergeblich winkte ihm Bona. »Ich weiß sehr gut,« sagt' er, »was ich sagen will; ich kenne meinen teuersten Herrn Gevatter Doktor so gut als euch selber, und vermachen ihm Dieselben auf Ihrem herrlichen Rittergut Ihre ganze Höhle voll Bärenknochen zum Ausleeren: so weiß ich, was ich weiß.«

Der Doktor ärgerte sich am Fensterladen, daß Mehlhorn bei Kräften sein wollte und keck – denn derselbe Liebhaber aller Kraft-Menschen wird doch verdrießlich über einen Schwächling, welcher plötzlich, wenn auch nur im Trunk-Mut, etwas vorstellen und dadurch das Verhältnis der Unterordnung schwächen will –; doch sagte zu sich der Doktor: »Übrigens ists gut, und ich bin Herrn Theudobachs gehorsamer Diener und Schwiegervater, wenn es mit der Höhle richtig ist.«

Der Doktor trat gelassen ins Zimmer und sah jeden unverlegen an. Die verschiedenen Konzertisten der harmonischen Liebe mußten gegen den eintretenden Taktschläger sich in angemessenen Spielen der Harmonie darstellen. Die Tochter hatt' es am leichtesten, sie hatte einen Vater zu empfangen und zu küssen. – Auch der Zoller unternahm bei so viel Wein im Kopf mit Erfolg die schwersten Umhalsungen. Nur der Schwiegersohn, Theudobach, begab sich gegen Katzenberger, der ohnehin mit lauter Winterseiten besetzt war, mit Anstrengung in das gewöhnliche krause Höflichkeit-Gefecht zwischen kühlen Schwiegervätern und heißen Schwiegersöhnen. Je feuriger und reifer der Doktor das Ja im Herzen hatte, desto fester verkorkte er es darin; schon auch darum, um dem ergötzenden Ringel-Frontanze um sein Vaterherz herum zuzusehen. Bona durchblickte sogleich die Ineinanderwirrung; der nun trocknere Hauptmann, der neben dem Alten die Hand der Tochter nicht fortbehalten konnte, schien ihr Anstalt zum Abzuge in sein Quartier im Sinne zu haben, um sich aus demselben an den Nordmann mit der Feder zu wenden. Auch der geheizte Kopf des Zollers, schiens ihr, versprach mit allen seinem Reverberier-Feuer nicht viel Licht für den Ausgang der Sache.

Aber sie tat es kühn ab; sie bat die Gesellschaft um einen einzigen Augenblick, um mit ihrem alten Arzte ein Wort zu reden. Man ging leicht, nur Mehlhorn schwer.

Sie leitete wirklich mit einigen Kranken-Fragen ein, ehe sie den Doktor zur Geschichte ihrer Freundin, zu der Vergangenheit, Gegenwart und Zukunft derselben überführte. Zuletzt kam ihr eben aus Wöchnerin-Schwäche ihre Schwäche ganz aus dem Sinn, und sie ließ Herz und Zunge flammen für Theoda. Ihr verschwinde zwar, sagte sie, mit ihr das halbe Glück des Lebens; wenn aber diese dadurch das ganze gewinne, so weine sie gern ihre heißesten Tränen.

Der Doktor bat, ihn mit den nähern Verhältnissen des Mannes in Bekanntschaft zu setzen. Sie erzählte, ihr Mann habe schon vormittags bei mehr als fünf Studenten aus Theudobachs Nachbarschaft Nachrichten über seine Umstände und über die Wahrheit seiner Versicherungen einziehen müssen, aber lauter Bejahungen eingebracht, wie sich denn im ganzen Wesen desselben der Mann von Wort ausweise. Sie nahm so viel Anteil an Theudobachs Reichtum als Katzenberger selber; und es steht einer schönen Seele nicht übel an, für eine fremde dasselbe Irdische zu beherzigen, das sie für sich selber versäumt. »Sie können ja« – setzte sie lächelnd hinzu – »unter einem sehr guten Vorwand selber hinreisen und sich alles mit Augen befühlen; er hat nämlich auf seinem Gute eine Höhle voll Bären- und Gott weiß was für Knochen. Für die Tochter gibt er Ihnen freudig alles, was er von toten Bären hat; es wird schon was zu einem lebendigen übrig bleiben für die Ehe.«

»Ich« – versetzte der Doktor – »bin gewissermaßen dabei. Weibleute kann man nicht früh genug auf jüngere Schultern abladen von alten; wir armen Männer werden bei allem Gewicht leicht in ihnen geschmolzen, wie z. B. Bleikugeln in Postpapier ohne dessen Anbrennen. Sie soll ihn vor der Hand haben, *bedingt*.«

Hier war der Umgelder schon von der Türe (er hatte, um sie nicht aufzumachen, davor gehorcht) abgeflogen zum Braut-Paar; vierundzwanzig blasende Postillione stellte er vor, um das gewonnene Treffen anzusagen. Vielleicht hätten sie wenig dagegen gehabt, hätte sich der Sieg auch einige Stunden später entschieden. Die Liebenden kamen zurück, und in ihren Augen glänzte neue Zukunft, und auf den Wangen blühte die Gegenwart. Der Umgelder wollte auf einem Umweg durch die Knochenhöhle – als einem tierischen Scherbenberge Roms – der Sache näherkommen und tat dem Hauptmann die Frage, was er für Schönheiten auf seinem Landgute verwahre. Aber dieser wandte sich, ohne Antwort und Umweg, gerade an den Vater und legte ihm den durchdachten Entschluß seines Herzens zum Besiegeln vor. Katzenberger murmelte, wie verlegen, einige Höflichkeit-Schnörkel, bloß um sich bestimmtes Loben zu ersparen, und äußerte darauf: er sage ein bedingtes Ja und schieße das unbedingte freudig auf dem Gute selber nach, wenn ihm und seiner Tochter der Hauptmann erlaube mitzureisen. »Warum soll ichs nicht sagen?« fuhr er fort, »ich bin ein gerader Mann mit dem ganzen Herzen auf der kleinen Zunge. Ich wünschte wirklich den unterirdischen Schatz zu sehen, dessen Herr Zoller gedachte, und Sie mögen immerhin dies für einen Vorwand mehr aufnehmen, um meine naturhistorische Unersättlichkeit zu befriedigen.« Ob er nicht eine wahre Verstellung in die scheinbare verbarg und eigentlich gerade dem Reichtum über der Erde unter seinem Vorwand eines tiefern nachschauen wollte, konnte außer der hellen Bona wohl niemand bejahen; sondern eine triumphierende Kirche frommer Liebe, ein Brockengipfel tanzender Zauberfreude wurde das Zimmerchen; und selber Katzenberger stellte in dieser Walpurgisnacht voll Zauberinnen schöner als sein Urbild (der Teufel) den umtanzten Brocken-Helden dar.

Nachdem er, um die allgemeine Entzückung und die eigne lustiger zu ertragen, den nötigen Wein getrunken: so macht' er sich unversehends, in der Flucht vor vier Dankstimmen, nach Hause und sagte unterwegs, die Augen gegen den Sternenhimmel gerichtet: »Rechn' ich auch nur flüchtig nach, daß ich einen achtfüßigen Hasen – eine sechsfingrige Hand – die goldfingerige eines Schwiegersohns auf einer kurzen Reise gewonnen, wobei ich nicht einmal im Vorbeigehn die Strykische Schreibtatze anschlage, auf die ich geschlagen – und schau' ich in die Höhle hinein, wo ich auf ganz andere Höhlenbären als auf die kritischen stoßen soll: so kann ein Mann, der auf einer Reise ums Weltmeer nicht mehr hätte fischen können als ich auf meiner ins Maulbronner Bad, dafür Gott, sollt' ich denken, nicht genug danken.«

Werft noch vier Blicke in den kleinen Freudensaal der vom Vater-Ja beglückten Liebe und der beglückten Freundschaft zurück, eh' ihr von allen auf immer geht! Solche Abende und Zeiten kommen dem dürftigen Herzen selten wieder; und obgleich die Liebe wie die Sonne nicht kleiner wird durch langes Wärmen und Leuchten, so werden doch einst die Liebenden noch im Alter zu einander sagen: »Gedenkst du noch, Alter, der schönen Juli-Nacht? – Und wie du immer froher wurdest und deine Bona küßtest! – Und wie du, Theoda,« (denn beide fallen einander unaufhörlich in die Rede) »den guten Zoller herztest! – Und wie wir dann nach Hause gingen, und der ganze Himmel funkelte, und das Sommer-Rot in Norden ruhte – Und wie du von mir gingst, aber vorher einen ganzen Himmel in meine Seele küßtest, und ich im Lieberausche leis' an meinem Vater vorüberschlich, um den müden nicht zu wecken – – Und wie alles, alles war, Theoda; ich bin kahl, und du bist grau, aber niemals wird die Nacht vergessen!« – So werden beide im Alter davon sprechen.

LEBEN FIBELS,

des Verfassers

DER BIENRODISCHEN FIBEL

Vorrede

Kein Werk wurde von mir so oft – schon den 16. Nov. 1806 das erste Mal – angefangen und unterbrochen als dieses Werkchen. Daraus sollte man (scheint es) mutmaßen, daß ich meine eignen jährlichen Veredlungen und Erhebungen im Buche von Zeit zu Zeit nachgetragen und nachgeschossen hätte; und ich hätte den Schaden, daß man vom Werklein sich etwas verspräche. Nimmt also ein irrender Leser dasselbe darum in die Hand, um sich darin auf seinem Sessel mit den größten Himmels- und Erden-Stürmern, die es je gegeben, in Bekanntschaft zu setzen – und mit Riesenkriegen gegen Riesenschlangen auf Riesengebirgen – mit reißenden Höllenflüssen der Leidenschaften – mit Nachhöllen voll Kreuzfeuer romantischer Liebes-Qualen – mit weiblichen Erzengeln und männlichen Erzteufeln – ja mit Ober-Häuptern, welche auf Staatsgebäuden als Drachen-Köpfe von Tränen-Rinnen den Regen in die Traufe verwandeln –; nimmt darum der Leser geneigt mein Buch in die Hand: so wart' er so lange, bis ers durchgelesen hat, um nach einem andern zu greifen, worin dergleichen Sachen wirklich stehen. Wahrlich in diesem steht nichts – einige wenige harmlose, schuldlose, lichtlose, glanzlose Leute mit ähnlichen Schicksalen durchleben darin ihr Oktavbändchen – das Ganze ist ein stillendes Still-Leben – eine Wiege erwachsener Leser zum Farniente – ein leises graues laues Abendregnen, unter welchem statt der Blumen etwan die unscheinbare Erde ausduftet, wozu höchstens noch ein Fingerbreit Abendrot und drei Strahlen Abendstern kommen möchten.

Weiter gibts nichts darin, im Buch.

Wendet man sich freilich am Ufer um von diesem stillen Meerchen und blickt landeinwärts in das Treiben und Laufen jetziger Zeit und Politik samt deren darangehängten Menschen: so erstaunt man über den Unterschied und Glanz dieser Treiber und Läufer und vergleicht sie bald mit den sogenannten Bergmännlein, welche neben den Bergknappen so ausnehmend arbeiten, in Stollen fahren, Fäustel handhaben, Erz hauen, Bergzuber ausgießen, Haspel ziehen – –

Freilich tun – tun die Kobolde eigentlich nichts, und die Tätigkeit bleibt mehr akustisch und optisch, während der liegende Bergknappe schönes Erz gewinnt. So haben leise Menschen tiefer, wenigstens fruchtbringender in die Zukunft hinein gehandelt als laute; den *Stillen* im Lande wurde öfters Raum und Zeit das Sprachgewölbe, das sie zu den *Lauten* außer Landes machte.

So möge denn den weißen kleinen Lämmerwolken dieser Bogen ein Durchzug am literarischen gestirnten Himmels-Gewölbe oder Laden-Gewölbe verstattet werden, obgleich Lämmerwolken weder blitzen und donnern, noch erschlagen und ersäufen. Ich für meine Person bekenne gern, daß ein solches Werkchen, wie ich eben hier der Welt darreiche, mir, wenn ichs von einem Dritten bekäme, ein gefundnes Essen wäre und Leben in mich brächte; denn ich würd' es auf die rechte Weise lesen, nämlich Ende Novembers (der wie der April und der Teufel immer schmutzig abzieht) oder auch sonst bei starkem Schneegestöber und Windspfeifen – ich würde an einem solchen Abend mehr Holz nachlegen lassen und die Stiefel ausziehen, ferner die politischen Zeitungen einen Tag zu lange liegen oder sie ungelesen fortlaufen lassen – ich würde Mitleid mit jeder Kutsche haben, die zum Tee führe, und mir bloß ein Glas und ein vernünftiges Abendbrot aus der Kindheit bestellen und für den Morgen ein halbes Lot Kaffee Überschuß, weil ich schon voraus wüßte, wie sehr ich durch ein so treffliches, ruhiges Buch (wofür dem Verfasser ewiger Dank sei!) zur Anspannung für ein eignes glänzendes ausgeholet hätte ....

So würd' ich das Werkchen lesen; aber leider hab' ich es selber vorher gemacht.

Baireuth, den 17ten Jenner 1811

Jean Paul Fr. Richter

»Das Zähl-Brett hält der Ziegen-Bock« sind die sieben letzten Worte, die der Verfasser der gelehrten Welt zurief [1]; er hat recht, wenn ich ihn anders hier verstehe, was ich nicht glaube.

Dieses Werk nun, das mit den Elementen aller Wissenschaften, nämlich mit dem Abcdef etc. etc. zugleich eine kurze Religionslehre, gereimte Dichtkunst, bunte Tier- und Menschenstücke und kleine Still-Leben dazu, eine flüchtige Natur- und Handwerks-Geschichte darbringt, hat gleichwohl einen Verfasser, den in der deutschen Nation kein Mensch namentlich kennt, ausgenommen ich. In ganz Sachsen, Vogtland und Franken u. s. w. hat dieses Werk Millionen Leser nicht bloß gefunden, sondern vorher dazu gemacht; – sogar ich gehöre unter die Männer, welche demselben das erste Monds-Viertel ihrer nachherigen gelehrten Glanz-Fülle verdankten, indem ich aus ihm nicht nur Buchstaben erlernte, sondern auch mein Buchstabieren und mein noch fortdauerndes Lesen der verschiedensten Lektüre.

Desto unbegreiflicher bleibt es, daß gleichwohl so viele gelehrte Gesellschaften nebst den ungelehrten, die deutsche in Leipzig, die lateinische in Jena, die baireuthische in Baireuth, und sogar der lange Bartstern-Schwanz von so zahlreichen Universitäten und noch mehrerern Literatoren und Nekrologen – z. B. Jöcher, Jördens, Meusel etc. etc. – nicht viel mehr von ihm wissen als vom Mann im Mond, dessen Namen gleichfalls, so bedeutend dieser kinderlose Adam und Universal-Monarch eines ganzen, uns so nahen und wichtigen Nebenplaneten auch ist, noch keine Katze kennt, geschweige ein Mensch. Wenigstens in Chirographa personarum celebrium. E collectione Christ. Theoph. de *Murr*. Missus I. duodecim tabularum. Vinariae, sumptibus novi Bibliopolii *vulgo* Landes-Industrie-Comtoir dicti 1804. gr. Folio hofft' ich Sachdienliches zu finden, ging aber leer aus.

Zwar wird (mir unbegreiflich) in einem neuern Büchlein: »Enthüllung der Hieroglyphen in dem Bienrodischen Abcbuche. Arnstadt, in Kommission bei Klüger 1807« ein Konrektor Bienrod [2] in Wernigerode als Verfasser genannt; ob der gute Konrektor existiert hat (gestorben wär' er ohnehin schon jetzt), untersuch' ich gar nicht; aber daß er das Abcbuch nicht geschrieben, dazu braucht es weiter keines andern Beweises als mein Buch, welches historisch dartut, daß *Fibel* das Werk gemacht; daher ja eben später allen Abcbüchern der Name Fibel geworden, wie man etwa raffaelische Gemälde Raffaele nennt; wiewohl leider noch ganze gelehrte Knappschaften

[1] Das Werk selber oder das Abcbuch ist hinter diesem Büchlein als Anhang beigefügt.

[2] Am Namen Bienrod ist wirklich etwas Wahres, aber diese Lebensbeschreibung selber wird am besten zeigen, inwiefern der ganze Irrtum, der noch fortdauert, entstanden.

aus Unwissenheit über den Verfasser sagen *die* Fibel und es (fast zu lächerlich) von Fibula ableiten. Einen ähnlichen Fehler begingen wir jungen Leute sonst am verdienten und verdienenden Kirchenrat *Seiler* in Erlangen. Da nämlich das markgräfliche Konsistorium – gleichsam eine Royal Jennerians Society – mehrere seiner Werke, die Katechismen, den Bischofs-Extrakt aus der Bibel, die lateinische Dogmatik, den Fürstentümern Baireuth und Anspach, nämlich den Kindern darin, eingeimpft hatte: so hielten wir Impflinge, auf welcher Schulbank wir auch saßen, immer etwas Gedrucktes in der Hand, was wir unsern »Seiler« hießen. Als wir nun einmal nach der Schule mit unsern Seilern im Bücherriemen vor dem Posthause vorübergingen und vernahmen, unser Seiler stehe darin und bestelle Postpferde: so wollt' es keiner begreifen, wie der gedruckte Seiler am Leben sein und einen Geist haben könne, so daß wir alle so lange warteten, bis der ungedruckte herauskam und wirklich einstieg.

Um nun mit einem Manne bekannt zu werden und bekannt zu machen, mit einem Fibel, den ich früher gelesen als Bibel und Homer, versucht' ich viel ohne Erfolg. Mein gelehrter Briefwechsel deshalb ließ mich so leer, als ich war – Aus den öffentlichen Büchersälen ging ich so heraus, wie ich hineingekommen – Mehrere Mädchen- und Knabenschulmeister in Sachsen, die über Fibels Buch lesen ließen, standen noch leerer vor mir als ich – Der gelehrte Nicolai sagte, er wisse alles, ausgenommen dies – Herrn von Murr hab' ich schon genannt – Lessings Bruder in Schlesien versicherte mich, er wisse nicht, was sein eigner Bruder gewußt, nämlich davon – Ja ich stattete in Leipzig sogar zwei Mitarbeitern des vorigen literarischen Anzeigers, welche ich als hohle Köpfe (der eine hatte darin gegen mich gebollen, der andere gezischt) zu kennen glaubte, einen gelehrten Besuch ab, in der Voraussetzung, daß ausgeleerte ausgeweidete Seelen oft am besten vergrabne Schätze und Namen ans Licht, so wie leere Fässer, an versunknes Schiffgut angebunden, dasselbe aus dem Meere, aufziehen. Aber die Köpfe nahmen aus Einfalt die Frage für Spaß und krumm, so daß sie mich beinahe nicht auf die hergebrachte langsame Weise wollten die Treppen hinabgelangen lassen.

Die Sache mußte anders angefangen werden, nämlich fortgesetzt.

Ich faßte den Entschluß zu meinen gelehrten Reisen – wohl mehr gelehrte Aufenthalte – und hielt mich in Hof, Leipzig, Weimar, Meiningen, Koburg und Baireuth wie andere Einwohner auf. Mein Schluß war dieser: Kaufleute sind nicht bloß die Ausschnitthändler mit *Büchern*, auch mit *Handschriften*; ihr Gewölbe ist das Invaliden-Hospital abgedruckter Bücher und der Magnetbruch von anziehenden Papieren. Der Buchhandel hat sich vielleicht nie so stark als jetzt fast mit allen Handelszweigen verflochten, indem er überall die Tara festsetzt und der gemeinen Material-Materie erst ein Kleid geben muß. Da er sich aus den schmalen Buchläden so in die stolzen Kaufgewölbe aller Art gezogen: so ists kein Wunder, daß ein Buch, das sonst, nach der Verleger Klagen, mehr Leser als Käufer fand, jetzt in zwanglosen Heften mehr gekauft wird als sogar gelesen.

So läßt denn der Handelsmann seine Ladenkunden täglich Weisheit und Kunst – oder Licht- und Wärme-Stoff – also die größten Lose ziehen, mit beigefügter Lotterie-Prämie von Magen-Ware, die mancher fast dem gedruckten Gewinste vorzieht. Der Freund des Höhern findet hier gern den Belgier, Briten und Deutschen wieder, den Völker-Drilling, welcher das Himmlische vom Irdischen gebären und alles Göttliche ein Stück Fleisch werden lässet; so hat man auch von den Alten (den Vorgängern des Drillings) im Herkulanum[1] eine Sonnenuhr gefunden, die in die Form eines Schinkens (der Schweinschwanz wies die Stunden) eingekleidet gewesen.

Nun zurück zu den Kauf-Städten, in welchen ich nach Fibels Hand- und Druckschriften forschte. In *Hof*, wo der Handel sehr blüht, hatt' ich gelehrte Ausbeute in Materialhandlungen zu finden gehofft; aber sogar in *Leipzig* traf ich leichter alles Papier, selber Wiener, an, als Fibelsches. Natürlich war in *Meiningen, Koburg, Baireuth*, wo die Handelschaft und folglich die wissenschaftliche Makulatur viel weniger florieren, noch weniger zu erbeuten, und man mußte letztere mehr bei den Buchhändlern selber suchen.

Zum Glück fuhr ich auf meinen Reisen selten vor Landschulmeistern vorbei, ohne bei ihnen einzusprechen (oft mühsam genug; denn einmal im Sommer jagte ich einem eine Viertelmeile weit nach, bevor ich ihn endlich unter den Schweinen fand, deren Hirt er war) – und zwar tat ichs, um mir von jedem das Abcbuch zeigen zu lassen, worüber er im Winter las. Hier fand ich nun häufig auf der innern Seite des goldnen Abcbuchs-Deckel bald das Wort *Fibel*, bald *Heiligengut* geschrieben, bald mit griechischen Buchstaben, bald mit hebräischen, syrischen; – ja in einem stand mit arabischen: Fibel, Heiligengut. Ich zitiere meine Quellen – die diese Exemplare noch traktieren mit ihren Untergebnen –, nämlich die Herren Schulmeister in Münchberg, Hof, Schleiz, Plauen, Posseck, desgleichen viele im alten Kursachsen. Ich dachte aber noch nichts, sondern stutzte.

Endlich traf sichs bei meiner Durchreise durch die Markgrafschaft *Markgrafenlust*, daß ich in der Hauptstadt gleichen Namens einem getauften Juden – der sich funfzehnmal, wiewohl ohne Erfolg, hatte taufen lassen, um durch die Menge des Taufwassers und die wiederholten Exorzismen sich reinzuwaschen – in die Hände geriet, als er eben eine verbotne Bücher-Versteigerung hielt. Sie bestand anfangs aus 135 Bänden jedes Formats und jeder Wissenschaft, aber sämtlich (zufolge des Titelblattes) von *einem* Verfasser namens Fibel geschrieben. Vierzigjährige Literatoren wie ich können nicht genug darüber erstaunen über ihre sämtliche Unkenntnis eines solchen vielbändigen Verfassers. Fast aus Zorn erstand ich, was abends noch zu haben war, was aber bloß folgendes betrug:

[1] Stolbergs Reisen B. III.

1) Fibels Zufällige Gedanken von dem bishero so zweifelhaften wahren Ursprung der heutigen Reichs-Ritterschaft. 1753.
2) Fibels *Alphabetische* Verzeichnus und Beschreibung der aus denen neuern Jauner-Actis und Listen gezognen Jauner, Mörder etc. Fol. Stuttgart 1746.
3) Fibelii catalogus Bibliothecae Brühlianae. Fol. Dresdae 1750.
4) Etat abrégé de la Cour de Saxe sous le Règne d'Auguste III, de Fibel. 1734.
5) Fibels Erlangische gelehrte Anzeigen, Jahrgang 1749.
6) Fibels Gründliche Ausführung derer dem Kurhause Bayern zustehenden Erbfolgs- und sonstigen Ansprüche auf Ungarn und Böhmen wie ingleichen auf das Erzherzogtum Österreich. Fol. München 1741.
7) Fibels Ruhe des jetztlebenden Europa, dargestellt in Sammlung der neuesten Europäischen Friedensschlüsse von dem Utrechtischen bis auf 1726. Coburg 1726.
8) Fibelii Nobilis territorio subjectus. Culmbach 1722.
9) Fibelii Biblia. Tondern 1737.
10) Lettres Turques de Fibel. A Amsterd. 1750.

Zwei Tage vorher hatte der Judenchrist Buchbinder bloß auf leere Bände bieten lassen, gleichsam auf ausgeleerte Pastetenrinden für neues Meßgefüllsel; einen Tag nachher wurde den Materialkrämern, denen weniger am kostbaren Marmorbande als am Inhalte (am Papier) gelegen war, dieser allein versteigert.

Der jüdische Wieder-Täufling sagte mir, er habe die Werke nicht aus der ersten Hand, sondern aus der letzten, welches ich – da die seinige die letzte war – auslegte, er habe sie durch die göttliche Hülfe des Diebs-Gottes Merkur bekommen. Er erklärte aber, er sei französischen Nachzüglern auf die Dörfer nachgezogen mit einem Packwägelchen, um in französischer Uniform – da er sein Äußeres so leicht veränderte als sein Inneres oder die Religion – den Marodeurs das, was sie weniger gebrauchen als zerstören könnten, um zivilen Militär-Preis abzukaufen. Er nannte mir unter den passiven Raubnestern zufällig *Heiligengut* mit. Himmel! Fibel und Heiligengut standen ja schon in Höfer und Schleizer Abcbüchern arabisch; und konnte nicht der Verfasser von 135 Werken auch der vom 136ten sein, vom *Abc?* – Der Jude sollte mir noch das Übrige von Fibel zeigen; er hatte aber nichts mehr davon vorzuweisen als kostbare leere Band- oder Buchschalen, die er dem Hofbuchbinder aufgehoben. Dennoch sah ich darnach; und da fand ich nicht nur im ersten Bande noch anderthalb Ruinen Blätter, sondern unter diesen zum höchsten Erstaunen folgendes Titelblatt: »Curieuse und sonderbare Lebens-Historie des berühmten Herrn Gotthelf Fibel, Verfassern des neuen Markgrafluster, Fränkischen, Voigtländischen und Kur-Sächsischen Abc-Buchs, mit sonderbarem Fleiße zusammengetragen und ans Licht gestellt von Joachim Pelz, der heil. Gottesgelahrtheit Beflissenen. Erster Tomus, so desselbigen Fata im Mutterleibe enthält.«

Seid außer euch, ihr sämtlichen Literatoren dieser Zeit! –

– Und noch ganze 39 Bände waren da, welche den Teil seines Lebens *nach* der Geburt berührten, und in welchen oft über zwei bis dritthalb Bogen stehen geblieben. »Und welcher Höker erstand das Übrige darin?« fragt' ich. »Gar keiner«, sagte der Jude. Denn ach! die Marodeurs hatten die Lebensbeschreibung, diese herrliche historische Quelle für uns alle, zerschnitten und aus dem Fenster fliegen lassen und die besten Notizen sonst schlecht gebraucht. Aber zum Glücke für uns alle lasen (nach des Juden Aussage) die guten Heiligenguter alle übriggebliebenen Quellen auf und verschnitten sie zu Papierfenstern, Feldscheuen und zu allem – Daraus war immer etwas zu machen – wenigstens *ein* Buch aus den Vierzigern, welches nicht leicht aus den 40 französischen Generalpächtern und nicht immer aus den 40 geistigen der Akademisten zu destillieren war.

Ich kaufte dem Judenchristen leicht um den Ladenpreis die Erlaubnis ab, alles Gedruckte aus den Werken auszuziehen, nämlich auszureißen, sobald ich die Einbände verschonte. So setzt' ich mich instand, in folgender Lebensbeschreibung Kapitel, die aus ausgezogenen Blättern ausgezogen waren, gleichsam wie mit Judeneiden und Urkunden zu verbriefen, indem ich über ein solches setzte: *Judas*-Kapitel. Judas nämlich nennt sich unser wiedertäuferischer Judenchrist; denn er hatte seinen frühern jüdischen Namen Judas, welchen Ischariot der Verräter geführt, vertauscht gegen den christlichen Namen Judas, welcher bekanntlich als Apostel im Neuen Testamente mit seiner sehr kurzen Epistel St. Judä steht. Indes diese Namens-Assonanz oder Milchbrüderschaft mag wohl mehr, als man denkt, dazu beigeholfen haben, daß der ehrliche Judas immer von neuem nach Taufwasser durstig wurde, weil er sogleich, wenn er aus dem Taufbecken gesprungen und kaum abgetrocknet war, sich wieder in seine Simultankirche zweier Judasse verlor und Gütergemeinschaft mit altem und neuem Bunde als ein et Compagnie machen wollte. Und so wurd' ers gar nicht satt, sich zu bekehren.

Jetzt war wohl für mich fibelschen Lebensbeschreiber nichts in der Welt wichtiger, als mit meinen Trümmern von historischen Quellen in der Tasche schleunigst nach dem Geburtsdorfe Fibels abzureisen und mich da ein wenig anzusetzen, um wenigstens noch so viele aufzutreiben, als etwa nötig wären, um aus allen biographischen Papierschnitzeln geschickt jenen Luftballon zusammenzuleimen, welcher, sobald ich mein Feuer dazufüge, aufgeblasen und rund genug wird, um den unten darangehängten Helden Fibel (in Paris stieg zuerst nur ein Hahn gleich dem bekannten *Fibelhahn* empor) von der Erde in die Höhe und in den Himmel zu tragen.

Als ich in Heiligengut abstieg, so war es von höchster Importanz, daß ich mich sogleich an die Dorfjungen wandte und namentlich an die Schwein-, Schaf- und Gäns-Hirten darunter, um durch Personen unter ihnen, welche zu Kompilatoren der im Dorfe zerstreueten Quellen tüchtig waren, mir die nötigsten einfangen zu lassen. Ich sollte auch so glücklich werden, daß ich dieses ganze streifende corps diplomatique gewann und anwarb – ein Aufwand von Düten voll Heller durfte dabei nicht geachtet werden –, so daß ich die trefflichen barfüßigen Sammler nicht wie ein Forstmann nach Fichtenraupen und Maikäfern, sondern nach Kaffee-Düten, Heringspapieren und andern guten (Heiligenguter) Papieren ausschicken konnte. In wenigen Wochen war ich vermögend, gegenwärtiges Leben oder Buch anzufangen – in so außerordentlichem Grade wurd' ich von meiner nackten Pennypost unterstützt durch Fidibus, durch Stuhlkappen, Papier-Drachen und andere *fliegende* Blätter fiblischen Lebens (und mancher Wisch ist oft ein Kapitel stark), welche mir die Knaben-Knappschaft täglich einbrachte, daß ich also sofort anfangen und nach den eingebrachten papiernen Verkröpfungen gut das Kapitel benennen konnte; so ist z. B. schon das dritte Haubenmuster-Kapitel benannt und das vierte Leibchen-Muster.

So wäre denn nun wieder durch Gesamt-Wirkung vieler das entstanden, was man ein Werk nennt, eine Lebensbeschreibung durch Jungen, zwei Beschreiber und den Helden selber. Ja vielleicht stell' ich im kleinen persönlich eine große Académie des Inscriptions vor – weil die Jungen, deren korrespondierende Mitglieder sind und ich zeitiger Präsident und beständiger Sekretär oder Erzschreinhalter –; oder ich bin, will ich jenes nicht, doch jene Gesellschaft in Edimburg persönlich, welche Ossians Überbleibsel sammelt und prüft.

Das folgende Buch ist demnach der treue Auszug aus den 40 bruchstücklichen Bänden des Christen-Judas und meiner Jünger, und das Dorf Heiligengut hebt sich zu einer biographischen Schneiderhölle voll zugeworfener Papier-Abschnitzel.

Ich bekenne letztlich gern, daß ich oft unter dem Benutzen und Überfärben der köstlichsten, aber unwahrscheinlichsten (von den Knaben gelieferten) Züge, auf welche schwer ein Dichter zu fallen wagt, unmoralische Stunden hatte, worin ich es beinahe bereuete, daß ich nicht das Ganze für mein eigenes Gemächt ausgegeben; denn ich fragte mich: welcher kann mich denn einen Plagiarius (Gedanken-Dieb oder Geistes-Räuber) schelten, da kein Beiträger nicht einmal lesen kann – – geschweige schreiben, ich meine meine Jungen?

Sonst was ich noch zu sagen hätte, wüßt' ich meines Wissens nicht.

Baireuth, den 7. Juni 1808

Jean Paul Fr. Richter

1. Judas-Kapitel

Geburt

Komme nur endlich herein ins Leben, lieber Fibel, so winzig und anonym du auch noch bist! Du wirst schon mit der Zeit fünfte- oder sechst-halbe Fuß hoch und bekannt und benannt genug, wie ja wir alle! Der neugeborne Zwerg bleibt stets die erste Kapsel des unsichtbaren Riesen, der später mit Bergen nach Himmel und Hölle wirft. – Mein Anruf an den ungebornen Schriftsteller, daß er endlich in die Geburt und Welt trete, kommt nur den Lesern unnütz vor, die alle nicht wissen, daß er vor dem zehnten Monate noch gar nicht geboren war.

Endlich eines Tages stand sein Vater, ein armer Vogelsteller und Invalide, eben hinter einem Finkenkloben, den er zum Fenster hinaushielt, und lauerte auf den anhüpfenden Finken, um ihn an der Fanggabel hereinzuziehen, als ihm die Wehmutter aus der Klage-Kammer die frohe Botschaft brachte, es komme ein lebendiges Kind; dies veranlaßte ihn, den Kopf langsam umzudrehen und leise zu sagen: »Still!« Aber eben da er den Finken am Fangholze hereinzog, stand die Hebamme schon mit Fibeln auf beiden Armen vor ihm und hielt ihm ihn hin; er gab (Fibel und der Finke schrien erbärmlich, und jeder anders) bloß die Worte von sich – und griff nach dem Vogel und sah den Kleinen an –: »Hab' ich *ihn*?«

2. Judas-Kapitel

Jahreszeiten der Kindheit

Das goldne Jahrhundert des Menschen, nämlich die ersten Kinderjahre legten ihr Fluggold sogar noch den Spätjahren an, so gut und glanz-golden fielen sie für unsern kleinen Gotthelf aus. Gotthelf war der Taufname eines Leipziger Rektor magnifikus, eines entfernten Schwertmagens (Verwandten männlicherseits) von der Mutter, welchen der alte Vogler auf Antreiben der Kindbetterin leicht zum Gevatter bekam, weil man eine Einladung auf die Taufschüssel so wenig als eine Sarg-Rechnung abschlagen darf! Der Rektor nahm die Bitte liebreich auf und teilte jetzt so freudig sein Bestes, wie sonst jedem, der bettelte, oder der niesete, mit, seinen Christen-Namen: Gotthelf!

Der kleine Gotthelf hatte schöne Kinderjahre. In der Hoffnungs-trunknen Jahrszeit, im Frühling, nahm der alte Vogler stets ihn und einen Stechfinken mit in den helldunklen Wald, um etwas zu fangen. Während der Alte zusah, wie sein mit Leimruten bestecktes Finken-Er die eifersüchtigen Männchen auf sich lockte: so schauete der Kleine auch mit hin und lief zuerst dazu, sobald sich einer an dem singenden Häscher oder am lebendigen Schwanenhals[1] gefangen hatte; zuweilen ging er aber den hellen Waldstreifen nach und zog fußhohe Bäumchen aus, um sie einige Schritte davon wieder elend einzupflanzen zu einem Gärtchen. Bald schnitzte er dem Baum die Wurzel ab und steckte ihn als einen artigen Strauß auf seinen Wachshut, um ihn nachher der Mutter anzustecken, in Ermanglung von Blumen und Erdbeeren. Zuweilen wußt' er eine dicke Fichtenborke mit dem Einlegmesser auszubrechen und sie phelloplastisch zu behandeln, indem er bald eine Kuh, bald einen Vogel oder einen Menschen aus dem Blocke der Rinde bildete und erlösete. Mit einer vom langen Morgenlichte ganz durchleuchteten Seele folgte er voll hörbarer Selbstgespräche seinem stummen Vater nach, der unter allen Sprachen die menschliche am wenigsten verbrauchte, dafür aber selber ein organisierter Wild- und Vogelruf war; es gab wenige Vögel im Walde, mit denen er nicht in ihrer Muttersprache hätte pfeifend reden können. Überhaupt gibts viele Staats-Bürger, die lieber pfeifen als sprechen.

Vier Ackerlängen vor dem Vater voraus war Gotthelf schon am Mutterhalse mit seinen Armen und Geschenken; nun mochte *Engeltrut* (so hieß die Mutter) immerhin Kopfschmerzen oder Grillen in dem Kopfe haben, oder Arbeit in den Händen: sie behielt jederzeit eine frei, um ihm damit die Backen zu streicheln. – Eine andere Jahrszeit brachte Gotthelfen wieder andere Freuden, nämlich andere Vögel und Fang-Weisen derselben. Der Sommer hing voll Nester, welche für jeden Heinrich den Vogler indische sind, wenn er sie leeren darf; wozu noch die Wachteln stoßen, die er fängt, eh' sie nur eines machen. – Was für einen träumenden Jüngling der Ossian ist, nämlich eine magische Herbstlandschaft, das war vollends der Herbst, wie für einen Maler, so für den alten Vogler, besonders der Spätherbst; sein Nachsommer war ein Nach-Frühling und Vorsommer, ein üppiger Valetschmaus des Jahrs. Wie ein zärtlicher Schwanengesang des Lenzes fiel ihm das Kehraus-Geschrei der Zugvögel ins Ohr; – und sein Sohn stand überall dabei und trug mit nach Hause, wenn viel gefangen wurde, es sei auf Vogelherden oder an Leimbäumen.

Freilich blühte für ihn der Winter am reichsten, und jede Stunde war ihm ein Sträußer-Mädchen (bouquetière), falls nämlich die Kälte grimmig genug war, der Schnee tief und das Wetter stürmisch genug. Schon für sich ist das Leben eines guten Vogelstellers, der ruhig pfeift und fängt, voll stiller Wochen und Wiegen, ein Mondregenbogen über schlafenden Dörfern. Nimmt man nun den ruhigen Winter, diese Natur-Sieste, besonders den in des Voglers Stube dazu: so läßt sich alles begreifen. Ich denke mir ordentlich sein Haus – ich könnt' es sogar besehen, wenn ich aufstehen wollte –: das Erdenstockwerk hat *ein* Zimmer und *einen* Stall – Fußboden und Mauern sind mit Sang- und Girrvögeln bedeckt und behangen – ein

[1] Namen des Fuchseisens.

ganzer Frühling schreiet durcheinander, und der Vogler singt als Gegenchor dazwischen und gibt Pfeif-Stunden – und im Schnee draußen stehen Schlagwände und Meisenkästchen offen, um das Vogel-Odeum stärker zu besetzen. Das Stricken der Wachtelnetze, das Flechten der Käfige und Kanariennester – die Stallfütterung der unkastrierten Sänger (Vater und Sohn bilden das Küchenpersonale für die Tiere, die Mutter das für die Menschen) machen die kurzen Tage kürzer. Werden nun dabei noch bald Kanarienstieglitze illuminiert und türkisch gefärbt, bald Staren prosaische Stilistica gelesen, bald Gimpeln in Konservatorien poetische Singstunden gegeben: so tut dies auf den jungen Gotthelf Wirkungen von wahren Folgen, und Folgen wirken wieder. Daher fällt man leicht Pelzen (dem ersten Lebensbeschreiber) bei, welcher fragt, ob nicht diese ersten Kinder-Freuden und poésies-fugitives des Lebens unter Vögeln die ersten Kartons und Sbozzis zu den Tierstücken des Fibelschen Abc-Buchs in der jungen Seele abgerissen, indem im letztern nur fünf Menschen – der Mönch, der Jude, der Vogelsteller und die Nonne und die Xanthippe –, aber funfzehn Tiere auftreten. Ich für mich bejahe die Sache; *ein* warmer Tropfe vermag das harte Samenkorn der Kindheit zum Schwellen und Grünen zu treiben, indes den ausgebreiteten Blätterbaum ein ganzer Regenguß nur wenig umschafft und befruchtet.

3. Haubenmuster-Kapitel

Musikalische Ehe-Ständchen

Die Ehe seiner Eltern war ein kopuliertes Ja-Nein und doch die friedlichste im Markgraftum. Der Vogler, ein alter langer hagerer Soldat – der von seinen Heerzügen nichts heimgebracht als den Abschied und eine Kugel, die noch in ihm ging –, sprach zwar zuweilen mit sich, aber selten mit andern, höchstens sinesisch, nämlich einsilbig. Wie in einem durchsichtigen Eispalast wohnhaft, sah er ruhig und kühl die äußeren Schneestürme um sich fliegen und sagte: »Es ist halt Welt«; und war durch nichts zu ändern, nicht einmal durch die Frau. Darwider hatte sie viel; sie hatte sich in den Träumen einer glücklichen Ehe versprochen, sie werde in der ihrigen, wie jede andere Gattin, ordentlich schmollen und weinen können; aber der Alte brachte sie darum und sagte zu allem Ja und machte keine Worte, sondern bloß was er wollte. »Sagst einmal wieder Ja?« fuhr sie ihn oft außer sich an; darauf nickte er Ja. Engeltrut hatte, obwohl von gemeinem Stande (aus einem Dorfe bei Dresden gebürtig), doch etwas so Feines, Zartes und Sieches in Farbe und Bau und etwas so Weich-Warmes im Herzen und Launenhaftes im Kopfe – und dieser Fall ist überhaupt öfter, als man glaubt, in den niedern Ständen –, daß Wieland sich wahrscheinlich nur auf historische Gründe stützte, da er die Xanthippe, deren Weiberruhm er ja selber herstellen helfen, aus den vornehmen abstammen lassen; denn auch das Land trägt liebenswürdige Launen, weibliche Bisarden und lebhafte sokratische Gespräche darüber.

Der Studiosus Pelz teilt im gegenwärtigen Haubenmuster eine Geschichte mit, die es wohl bestätigt. Engeltrut fuhr, als sie einmal lange mit verbundenen Kinnbacken voll Zahnschmerzen herumgegangen, und der Vogler immer dabei so gelassen geblieben war, als hätte er sie selber, endlich los und ihn an, darüber daß er wie ein Eiszapfe dabeistehe, ohne sich nur ein Gefühl wie sie oder eine Ungeduld merken zu lassen, eine Träne gar nicht. Und doch ist eine, besonders eine männliche, oft der Tropfe Wassers, womit ein jahrelange vertrocknetes Rädertierchen wieder erwacht und lustig ins Leben schnalzet. »Gedulde dich, Trut,« versetzte er, »morgen lauft der Bader durch, der zieht das Unwesen heraus.« – »Ja, ja, morgen, wenn schon alle Schmerzen längst vorbei sind – o du harter Mann!« erwiderte sie. Statt der Antwort pfiff er darauf, wie er bei halbem Zorn über ganzen Unsinn pflegte, bloß den sogenannten scharfen Weingesang des Finken, welchen das Jagd-Handwerk gemeiniglich so in Text-Worte setzt: Fritz, Fritz, willst du mit zum Weine gehen? – *Siegwart* (es ist sein Taufname) wechselte indes nach den verschiedenen Anreizungen zu lachen, zu zürnen, zu schmähen, zu vergessen mit den verschiedenen Finken-Variationen, wovon wohl der Ritscher, der Groß-, der Kleinrollende, der Musketierer, der Kuhdieb und Sparbarezier die beliebtesten sein mögen, die er vorgepfiffen. Doch gabs seltne Fälle, worin er dermaßen in Zorn und außer sich geriet, daß er den Finken vergaß und die Nachtigall machte und vor kurzer Wut liebend flötete.

Engeltrut hingegen hätte gern, wie *von*, so *mit* ihm gelitten; aber er sagte und klagte kein Weh. Ihren Willen – den sie oft am wenigsten wollte – ließ er ihr auch; und so war es natürlich, daß sie klagte: »Wollte unser Herr Gott, er fiele einmal grausam grob aus und traktierte einen wie ein anderer Mann; so wüßte man doch wie und woran.« Nicht einmal mit Eifersucht, dem Fumet der Ehe, war diese schmackhaft zu machen; ob die Frau gleich, um nur etwas von der Würze dieser Blumen-Zwiebel zu genießen, zuweilen, wenn er Eier und Semmel niemand gab als seinem Gevögel, die Frage aufwarf: »Ein Star ist dir also lieber als eine Frau?« Wie gewöhnlich gab er ihr recht und nickte.

Sein Fehler war wohl – wenn wir dem Haubenmuster trauen dürfen – sein Name Siegwart, der ihn wider jedes Weinen und Jammern erbitterte; denn Siegwart kommt her von guard, werd und heißt Beschützer, daher Edward, Burckward, Siward, Weromir, Werner und (im Verkleinerungs-Sinne) Wernlein.

Er hatte für die Frau noch eine böse Sitte, daß er an den heiligen drei Festen nie zu Hause war, sondern auf den Beinen, um Vögel abzusetzen und die Kirche zu umgehen. Zum Unglück schleppte er stets den Kleinen mit und überließ Mutter und Sohn dem gegenseitigen Sehnen nach einander.

Alle von Dorfjungen eingebrachten Haubenmuster bestätigen, daß ers getan, um ihn dazu zu machen, was er selber gewesen – zum Rekruten. Gotthelf zeigte eine so goldne Streckbarkeit des Leibes – was sucht aber ein Werber und Fürst anders als, gleich dem Magneten, die *Länge?* –, daß der langarmige Affe und der ähnliche Artaxerxes ihn in nichts erreichten als im Arme. Um ihn nun zum Soldaten, ja zum Offizier zu bilden, wollte er ihn nichts lernen lassen – verbot ihm Mutter und Kirche wie einen Hof – prügelte ihn fast zum Prügeln – forcierte ihn zu forcierten Märschen – Wett-Laufen und Steif-Stehen, Schweißtropfen und Zähne-Klappen, Auswintern und Aussömmern konnte nach ihm der Junge nicht genug haben, der doch Verfasser des künftigen sächsischen Abcbuchs werden sollte.

O wie ging es besser! Helf schrieb später das Seinige und ich hier das Meinige über jenes!

4. Leibchen-Muster

Weihnachten

Gotthelf sollte einmal die schönsten Weihnachten der Erde erleben. Es war so:

Engeltrut kam in gesegnete Umstände, Siegwart dadurch fast in verfluchte; sie war voll Gelüste und Verabscheuungen, und die 600 Krankheiten, die nach Hippokrates die Gebärmutter erzeugt, färbten mit ihren 600 Schatten sein Leben etwas grau. Zu allererst hatte sie einen noch größern Abscheu vor dem Manne als sonst vor Wein und Sauerkraut – weil beide häufig mit fremden Füßen gestampft werden. Dann war ihr jeder Vogel horribel, den er besaß, seine Turteltauben ihre Basilisken; das Dorf war ihr eine schmutzige Untersetzschale für Vogelhäuser und eine überall offne Pandorasbüchse;. sogar Gott selber sank bei ihr zuletzt – bloß Gotthelf nicht. Sie weinte einmal drei Tage lange und war, da sie keine Ursache dazu wußte, nicht zu trösten, bis glücklicherweise ihr Helf, da er auf einer Gartenmauer ritt, sich durch einen Sturz einige Glieder verstauchte; dies gab ihr wieder Leben.

Freilich hätte sie eine schwangere Nabobin oder Fürstin sein sollen: welche ganz andere Wünsche hätte sie tun können als bloß solche, einen Lerchen-Hals zu braten, eine Henne zu kochen bloß zum Essen von Eiern ohne Eiweiß und Schale und sich wie Dorfbier durch Kreide zu entsäuern! Hätte sie nicht als Fürstin verlangen können, z. B. daß man ihr eine Zaunkönigs- und Elefanten-Mark-Suppe auftrage – oder daß sie die zarten Hirschkolben auf der Geburtsstelle selber, auf dem Hirschkopfe gereift, d. h. gebraten bekäme? Hätte sie nicht ein Kanapee aus Barthaaren für ihre Kammerfrauen begehren können, ein Stadt-Tor als Rahmen für ihr Groß-Bild, Streuzucker statt der Streublumen für ihre Einzugs-Straße und noch stärkere Gaben, z. B. Windeln aus bloßen Palliums, Wickelbänder aus zerschnittenen Schäferkleidern, eine Toiletten-Schachtel aus Paris mit 6 Pferden zugerollt, für das Wickelkind einen Christbaum aus zerspaltenen Hoheitspfählen gezimmert und geästet und ein Christgeschenk aus Thron-Insignien? Könnte man solche Phantasien zu erschöpfen glauben: so ließen sich noch mehrere Foderungen einer gedachten *Landes-Mutter* gedenken, z. B. daß sie schlechte Dekorations- und Deckenmaler lieber selber auf einer Kochenille-Mühle zu Farbenkörnern und Farbentropfen vermahlen möchte – daß sie vornehme Gefangene mit (Zucker-) Wasser und (Zucker-) Brot traktierte – daß sie ein Kollegium ins andere gösse, das der Kammer in das der Justiz etc. etc., etwa wie Wasser in Schmelz-Kupfer oder wie Öl in Wasser oder wie Wasser in brennendes Öl.

Bei mehreren Völkern legen sich daher die Väter ins Kindbette, um sich von den bisherigen Mutter- oder Vaterbeschwerungen der Schwangerschaft zu erholen. Der alte Vogler heilte sich seine Töpferkolik – eine passende Metapher, da er der Töpfer des Fötus war – bloß durch ein gewöhnliches Verreisen; ließ aber der Geplagten ihren Liebling als maître de plaisirs zurück.

Welche Weihnachten wurden im Häuschen gefeiert! Kaum war er aus dem Dorfe hinaus: so fing die mütterliche oder Oppositions-Erziehung an. Zuerst durfte Helf alle Vögel selber füttern; daher er der Heidelerche so viele Mehlwürmer vorwarf, daß sie am dritten Festtage verreckte. Darauf durfte er ihre Küchen-Soubrette sein und half für das Fest-Gebäcke viele Mandeln schneiden, die er verschluckte. Wie froh-murmelnde Frühlings-Wasser floß den ganzen heiligen Abend heiteres Geschwätz des Sohnes und der Mutter durch Stube und Stubenkammer. Sie brachte ihm Scharrfuß und Handkuß der vornehmen Herrschaften in Dresden bei; und er scharrte und küßte unaufhörlich an der Mutter. Sie stand neben ihm ihre alten Kopfschmerzen aus, aber ohne sie zu bemerken.

Der Kleine war eine personifizierte triumphierende Kirche im kleinen, ein tanzender Sitz der Seligen, bloß weil er den ganzen Tag nicht das geringste zu fürchten hatte, nichts was ihn prügelte. Den wenigen mütterlichen Schlägen lief gewöhnlich eine lange Vorerinnerung und Kriegsbefestigung voraus und er ihnen unterdessen davon; hingegen der Vogler hatte die Gewohnheit, daß er als lange Windstille dastand und als Blau-Himmel; und daß daraus die Vaterfaust unversehens wie ein Wetterstrahl auf die Achselknochen fuhr.

An diesem heiligen Abende war Helf ein verklärter Junge, Engeltrut eine verklärte überirdische Schwangere! Welches Fortgenießen! Mittags wurde gar nichts gegessen vor Back-Lust. Schon um drei Uhr war – der Geschichte zufolge – alles Scheuern abgetan, und die Fest-Kuchen dampften ausgebakken durchs Haus. Helf konnte sich vor seinen eignen Leuchter hinsetzen und fünf neue willkürliche Alphabete erfinden, womit er vieles zur Probe aufsetzte, was niemand lesen konnte, auch er nicht ohne Einsehen ins Alphabet. Abends soupierte er selig, denn es schmeckte der Mutter; dieser aber schmeckte es, weil es ihm schmeckte. Eucharistische oder sakramentalische Streitigkeiten mit ihrem Manne fielen weg; denn sie brauchte weder das Mahl anzupreisen, wär' es versalzen und verkohlt gewesen, noch es herabzusetzen, wenn nichts daran gefehlt hätte.

Kinder lieben, wie Pariser, langes Aufbleiben; die Mutter erlaubte eines, und in diesen stillen Goldstunden schrieb er fast in allen seinen Alphabeten etwas Unbedeutendes – die Mutter genoß ihren sitzenden Vorschlummer aus, obwohl ein Gift des Nachtschlafs – aus der Pfarrei funkelte das goldne Feuerwerk des Christbaums herüber (der Bauerstand bescherte sich erst am Morgen) – jeder Stern schien licht und nah, und der hohe Himmel war an das Fenster herabgerückt – Gotthelf kratzte mit der Feder sehr leise, um die Mutter nicht zu wecken – endlich legte er, matt von gelehrten Arbeiten, selber den Kopf auf den Tisch. Dann erwachte und erweckte die Mutter – erinnerte an Christkindchen und Schlafengehen – und befahl ihm, in dieser heiligen Nacht mit ihr niederzuknien und Gott um alles zu bitten, besonders daß er einmal kein Vogler werde, sondern ein Rektor magnifikus wie ihr Großvater und sein Herr Pate. Er tats gern. Ebenso ersuchte Lavater Gott, ihm das Pensum zu korrigieren, und Lichtenberg desfalls, ihm seine gelehrten Fragen auf Zettelchen zu beantworten. Recht hat hierüber jeder Beter; vor dem Unendlichen ist eine Bitte um eine Welt und die um ein Stückchen Brot in nichts verschieden als in der Eitelkeit der Beter, und er zählt entweder Sonnen und Haare, oder beide nicht.

Nach dem Gebete ließ sie ihn in ihres Mannes Bette steigen, bloß um es am Morgen wieder zu betten; eine Freude, um die sie der alte selber bettende Siegwart täglich brachte, der ungern Weibern mehr verdankte als seine Geburt und Kinder. »Wie wird unser Vater jetzt liegen, Helfchen?« (sagte sie) »Und schließ ihn mit in dein Abendgebet ein«; worauf sie den Sohn einsegnete und seine Hände selber für die ganze Nacht faltete, gegen jedes Gespenst. – Engeltrut wünschte nie Siegwarts Gegenwart sehnlicher als in seiner Abwesenheit; so wenig tut der Liebe die Ferne auch in der Ehe Abbruch, und so sehr muß der Mann wie ein Brennspiegel erst in die Brennpunkts-Ferne von dem Gegenstande, den er schmelzen will, geschoben sein.

Am Morgen verschwand Helfen das übrige Christgeschenk vor zwei Stücken desselben, vor einem weiß-roten Büchelchen von Marzipan und einem lackierten Näh-Buch der Mutter; aus diesen an sich leeren Büchern – was sind aber die meisten Bücher anders als höhere Bücherfutterale – schöpfte er mehr geistige Nahrung als ich aus so vielen vollen.

Landweiber versäumen an ersten Feiertagen lieber die Kirche als die

Küche; gleichwohl blieb er nicht bei seiner Mutter daheim, sondern verrichtete seinen vormittägigen Gottesdienst. Sie maß dies sehr seinem Geschmack an längern Predigten zu; der Studiosus Pelz aber fügt bei, er habe sich in der Kirche immer so gesetzt, daß, wenn der sogenannte Heiligenmeister mit dem Klingelbeutel-Stabe (dem waagrechten Opferstock, der Heller-Wünschelrute, dem Queue mit Billard-Beutel) ankam, er dem Manne, weil der Stab nicht so lang war als die ganze Kirchenbank, solchen abnehmen und damit bei sich und andern das einsäckeln konnte, was gegeben wurde. Diese kirchliche Untereinnehmers-Stelle, so wie die Predigt-Disposition und die Predigt-Teile, welche er der Mutter unter dem Essen überlieferte, rissen ihn in die Kirche hinein.

Aber auch nachmittags, ob man ihn gleich da nur gratis erbaute, kam er gern mit dem schwarzen Müffchen an den Händen neben seiner Mutter wieder und schauete beim Eintritte sehr familiär im ganzen Tempel herum, um zu zeigen, daß er früher dagewesen. Wenn er schon sonst aus dem umgekehrt gehaltenen Gesangbuche stark ins große Singen hineinsang: wieviel mehr jetzt, da er das Buch richtig hielt und notdürftig las! Noch auffallender war die Schnelligkeit, womit er, sobald nur oben am Chore auf die schwarze Tafel die weiße Seiten-Zahl des Sing-Lieds aufgesteckt war, der Mutter das Gesangbuch aufschlagen konnte mit dem verlangten Liede.

Wenn er dann nach Hause kam, und die goldne Stunde der Dörfer anfing, die nach der Abendkirche, so hatt' er die schönste im Dorfe, den Pfarrer selber nicht ausgenommen. Die Herings-Papiere sind dazu da, sie uns zu malen.

5. Herings-Papiere

Die Studien

Helf las. Vor den Augen des Voglers hätte er keinen Viertels-Abend über Büchern von Makulatur sitzen dürfen; jetzt konnt' er alles lesen, was er poetisches, juristisches, chemisches Gedrucktes aus dem Gewürzladen, seiner Lese-Bibliothek, vorbekam, und konnte unter dem Lesen an andere Sachen denken und in die köstlichsten Nebenträume fallen und zu jeder Seite Kuchen oder Äpfel abbeißen, gleichsam die sauber gestochnen Vignetten und Kupfer und Notenblätter seiner Makulatur. Nicht für jeden Gelehrten ist ungeachtet ihres kleinen *Laden*-Preises Makulatur eine Lektüre; aus Mangel an Titelblättern, und weil sie, wie das Epos, bald mitten, bald hinten anfängt, kann der Mann nichts daraus zitieren und saugt sich elend voll Kenntnisse, ohne instand zu sein, nur einen Tropfen wieder aus sich zu drücken mit beigefügtem Zitat; und doch bekommt er nur einen Namen durch Namen.

Hingegen floß die Makulatur so schön auf Fibels Leben ein wie eine zweite allgemeine deutsche Bibliothek und vertrat deren Stelle. Jene bildete ihn – da er vom Würzhändler Düten aus allen Fächern bekam – zu jenem Vielwisser, als welchen er sich im Abc-Buch überall durch Tierkunde, Erziehungs- und Sittenlehre, Poesie und Prose zeigt. Ebenso mögen aus Nicolais Bibliothek die jetzigen Viel- und Zuviel-Wisser hervorgegangen sein, bloß weil sie die Rezensionen aus allen und fremden Fächern nicht umsonst gekauft, sondern auch gelesen haben wollen.

Seit diesen Weihnachten aber kam Gotthelf ins Lesen hinein und war von niemandem mehr zu halten. Es gibt glückliche Menschen – z. B. ihn selber –, welchen ein Buch mehr ein Mensch ist als ein Mensch ein Buch, und welche in der Wahrheit den Irrtum des Franzosen Mr. Martin nachtun, der in seinem Verzeichnis der Bibliothek des Mr. de Bose das Wort *gedruckt* als einen Schriftsteller unter dem Titel Mr. Gedruckt an- und fortführt. Ich kenne wenige Literatoren, für welche nicht gedachter *Herr Gedruckt* der Kreisoberste und Kreisdirektor aller Erden- und Himmelskreise wäre und der einzige Mann, mit dem zu reden ist, und der neue Adam der Welt – und das Heckmännchen aller Männer und Zeiten und das absolute Ich; ich kenne, sag' ich, wenige.

Was der angehende Gelehrte Fibel vom obigen Verfasser Gedruckt auftreiben konnte, damit verstärkte er seine Büchersammlung unter dem Dache, mit einem Korrekturbogen – mit alten Kalendern – mit einem seltenen Fingerkalender – mit einem Stück Bücherverzeichnis – mit einem halben Bogen eines Registers – mit allem. Die ersten Lettern, womit die Pfarrers-Tochter als Namen-Setzerin auf Wäsche druckte, nahm er als wahre Inkunabeln erstaunend in die Hand; und er sah lange einem durchs Dorf gehenden Drucker durstend nach, der in einer – Kattunmanufaktur arbeitete. Die Anekdote ist bekannt, daß er schon jünger, da er sich eine gelehrte Feder wünschte, weil er so oft gelesen, daß aus einer gelehrten Feder so manches Buch geflossen, in einigem Mißverständnis aus dem Schwanze eines Stars, den Siegwart für einen gelehrten und gelernten Vogel erklärt hatte, mehrere Federn ausgezogen! Darauf habe – fährt die Anekdote fort – der Vogler, als er den Wildschaden am Steiße des Stars vorgefunden, dem Sohne zum simpeln Auszug der gelehrten Niete noch eine Prämie bewilligt, die er, wie bekannt, still mit der Hand austeilte an das Gliedmaß, das er eben traf. Die Mutter legte Sauerkraut auf die Beule.

Am meisten zog ihn ein alter Markgrafen-Hof- und Staatskalender an, und er las ihn vierzigmal, wie andere den Kant viermal und Bardili fünfmal. Das regierende Haus war zwar abgerissen; aber es waren noch immer hohe Chargen, Inspektionen und Deputationen genug darin, um ihn außer sich zu setzen; am meisten erstaunte und genoß er, daß sein Dorf und der Pfarrer mit hineingedruckt waren, samt den gemeinsten umliegenden Nestern mit Namen. Und Himmel, wie bewunderte er dabei das herrlich ineinandergefügte Uhrwerk des Staats, wo für das Kleinste und Größte zusammengreifende Dienerschaft bestellt dastand, die Bonnetische tierische Stufenleiter im geistigen Sinn. Er fühlte dunkel, daß es nichts Gerechteres, Weiseres, besser Verwaltetes gebe als einen Staat. Auch Verfasser dieses erinnert sich noch mit Sehnsucht aus seinen Knabenjahren dieses süßen Gefühls.

Es ist dies eine der unerkannten Kindheitsfreuden, daß man in dem Adreßkalender – diesem geistigen Hypothekenbuch der Staatsverwaltung – die festlich und ehrwürdig einherziehende Jubelkette des Staats, die Sattel- und Geschirr-Kammer von Bärten, Perücken, Uniformen und Degen für das ansieht, was sie so schön scheint. Was geht denn dieser Jugendfreude ab, an Gehalt, außer Dauer? – Und erquickt ihre Erinnerung nicht so oft den kalten Staatsbeamten, der später den Staat für eine Schützen-Gild zum Abschuß eines Gewinst-Adlers oder eines Rebhühner-*Volks* ansieht, oder für ein Nest von *Prozessions*-Raupen auf der Staats-Eiche? – Ja wer unbefangen genug bleibt, entdeckt sogar reifer in Staatsgliedern noch manche Bewegungen, welche gleichsam seine alte Ansicht vorspiegeln; und er vergleicht es mit jenem Tabaks-Liebhaber[1], welcher, vom Schlagflusse getroffen, sich jede Viertelstunde regelmäßig bewegte, als nehm' er Tabak, und sich darauf ordentlich die Nase abrieb wie jeder.

6. Judas-Kapitel

Der Rektor magnifikus

Als die Leidens-Woche vor Ostern erschien, ging Siegwart wieder der seinigen aus dem Wege und mit Vögeln davon, um, ungleich den Heeren, Marschtage und Ruhetage zugleich zu haben. Das Vorfest-Backen der Weiber ist nicht sowohl wie das Backen des Zwiebacks und das Verproviantieren der Festungen ein Zeichen des nahen Kriegs als eine Ursache desselben. Langen vollends die Festtage selber an, so bringen sie den Engeltruten, die stets etwas vergießen wollen, entweder Schweiß oder Tränen, statt der Arbeit die Weinerlichkeit des Ruhens mit; so wird auf Kriegsschiffen jede ausgeleerte Tonne süßes Wasser wieder mit Seewasser gefüllt, damit das Gleichgewicht bleibe. Er ließ ihr wieder Gotthelfen daheim; sie war noch in gesegneten Umständen.

Aber wie war ihr Sohn seit Weihnachten an Ruhm und Ruhmbegierde gestiegen! Wie würde sie jetzt schon, hätte sie anders eine Wünschelrute seiner geistigen Gold- und Wasseradern in Händen gehabt, aus so vielen großen Zügen und Kindereien des Knaben den Fibel erraten haben, der eine sächsische Fibel schrieb! – Der störende Vogler lag auf ihm bloß als

[1] Reils Fieberlehre B. IV.

Leichenstein, der die Keimspitze nicht erdrückt, weil sie sprießend sich um ihn heraufbeugt. Wann wünschte Fibel mehr zu werden als jetzt! Sein Vater war ihm wenig, er stand nicht im Adreßkalender; mehr seine Mutter. Denn Engeltrut hatte aus dem alten Kurfürstlichen Sächsischen Hof- und Staats-Kalender aufs Jahr ihrer rosenwangigen Jugend das gedruckte Blatt gerissen und gerettet, worauf sie mit ihrem Tauf- und Geschlechts-Namen (geborne Böpple) stand, als sogenanntes »Extra-Weib bei der Hofdame«. Den Dorf-Honoratioren war das Extra-Blatt längst mitgeteilt und Siegwarten früh vorgehalten als Jugend-Patent und Frauen-Heiligenschein.

Laßt uns aber das Osterfest mitfeiern und nachschauen, was Fibel tut vor der Welt ...

Durch Heiligengut lief die Landstraße und folglich viel Volk. Noch wurde von Erziehern wenig ausgerechnet, in welchem Grade eine Landstraße, die mit ihren Silberflotten der Städte ein nacktes Dörfchen durchschneidet, einen Knabenkopf anleuchte und befrachte und abschleife, der sich eben aus dem Fensterchen steckt, wenn etwas vorüberrollt – und wie dies so einfließe, daß oft vornehme *Reisende* zehnmal mehr ausbilden als Reisen – und welchen Schwung jedes rote Kutschenrad, jeder galonierte Tressenhut einem armen Dorf-Teufel erteile, der wie Fibel gern alles einmal erreichen will, was vorfährt, und gern bebändert hinter jedem Kutschenkasten stände, oder vergoldet darauf säße.

Wollen wir der Geschichte glauben – und wem wollen wir weiter über Vergangenheit glauben? –, so ritten schon vormittags am dritten Ostertage mehrere Studenten ein als Vorzeichen und saßen ab im Pfarrhofe, um dem Pfarrer den Vaters-Bruder zu verkündigen, den Rektor magnifikus der Landes-Universität. Es gibt Filial-Dörfer, die vielleicht abbrennen, ohne daß je in ihnen das lange Wort Magnifizenz ausgesprochen wurde; diesmal lief der kostbare Laut umher wie ein gemeiner Vieh-Titel; und es wurde davon geredet, wieviel ein solcher akademischer Kommandant und Kommandeur sei, wie nahe er hinter dem Regenten regiere als detto, wie Fürstensöhne selber oft diesen Posten (den einzigen Zivil-Posten) bekleideten.

Fibel stellte sich einen Rektor magnifikus ungefähr vor wie die heilige Dreifaltigkeit und voll ausgehender heiligen Geister; er dachte, ein so großer Mann komme sogleich mit Rektor-Mantel und Zepter in der Hand auf die Welt. – Die Mutter bekam einige heftige Kopfschmerzen vor Ausmalen ihres Großvaters.

Fibel war zu Einbrechen und Einsteigen entschlossen, um ein paar Blicke auf einen Mann zu werfen, von welchem er ein Sinnenbild haben mußte, wenn er nachher nach seiner Weise stundenlange träumen wollte, er selber sei es. Aber die Mutter zeigte, daß sie in Dresden gewesen und daß sie einen Großvater besessen; sie sagte zu Gotthelf, sie wolle mit ihm zu Seiner Magnifizenz gehen und ihn inskribieren lassen; »dann bist du auf einmal ein gemachter Student; so wars schon bei meinem Großvater.«

Das Schicksal wollt' es anders; ein langzöpfiger Pedell schritt ein und fragte nach dem Vogler und nach einem abgerichteten Stare für Seine Magnifizenz. Sie warf vor Freude ihre Antworten durcheinander, bat ihn, sich den Matz herauszufangen – versicherte, ihr Mann sei nicht da – sagte, sie habe ihm den Vogel eigenhändig verehren wollen – und schloß, sie ziehe sich stracks an und überreiche selben.

Nach einer kleinen Doppel-Toilette, als sie sich in ihre dicksten Kleider eingehülset und Helfen an ein langes Lederband des spanischen Rohrs befestigt hatte, trafen beide – den Star trug Fibel in einem Säckchen – in der Gaststube des Pfarrers ein.

Die Gelehrten, der Pfarrer und Rektor, fuhren noch lange in den sach- und wortreichsten Diskursen über den Psalmum abc-darium fort, ehe sie jene stehen und passen sahen – Helf übersetzte später der Mutter nach Vermögen (da er kein Latein konnte) das Gespräch, es sei über das Abcbuch und den Psalter gewesen. Aber wie erstaunte über des Rektors Erhabenheit unser Paar, das statt eines bloßen gelehrten Lichts einen herrlichen Schwanzstern anzubeten fand.

Der Rektor hatte nämlich eine dreiknotige Zipfelperücke auf.

Andere und gute Perücken, Zopf- und Beutel-Perücken, ja solche, die weit am Rückgrat hinabliefen, hatte man in Heiligengut längst gekannt, aber noch keine, welche über beide Achseln bis auf die Brustknochen herunterwuchs.

Zum Glück stellte der Star (im Sacke wurd' ihm die Zeit lang wie der Atem kurz und der Aufenthalt verdrüßlich) dem Rektor seinen Träger vor und wurde Oberzeremonienmeister, indem er im Säckchen, um seine Sprachübungen (in lauter Vokativen) zu treiben, den Rektor anredete: Spitzbube, Reckel etc. etc. – »Es sind nur die Voglers-Leute mit dem Staren«, sagte der Pfarrer und winkte ihnen zum Verehren zu.

Jetzt trat die Mutter hin und küßte freude-bebend des Rektors rechte Hand, der Sohn darauf weinend die linke und ließ, weil er den Vogel hielt, seinen spanischen Stecken fallen. »Das Männchen hier hat das Mätzchen?« fragten Magnifizenz. »O Gott, jawohl! Es ist mein Söhnchen«, versetzte die Mutter. Der gesäckte Vogel wurde frei und auf des Prorektors fette gleißende Hand gelassen; auf derselben redete ihn der Star mit seinem ganzen Laster-Sprachschatze an. »Nur jammerschade,« sagte die Mutter, »daß mein Alter nicht Zeit genug gehabt, der Matz sollte Euer Magnifizenz ganz anders schimpfen, er wollte die Sache nach den 10 Geboten vornehmen.« – »Man kann«, sagte der Musen-Weisel, »mit dem zufrieden sein, was er vorgebracht.« – »Nein,« sagte die Frau, »mein Mann nimmt eine Sünde nach der andern her und richtet ihn zu ihr ab, sie sind aber beide erst beim Huren und Stehlen.«

»Ich habe oft«, sagte der Prorektor, sich an seinen Verwandten wendend, »Gottes Weisheit in den Vögeln bewundert, welche fast allein zu sprechen scheinen unter allen Tieren, obwohlen vierfüßige, wie der Esel, uns in Gestalt und Wandel viel näher stehen mögen. Es ist mir aber aufgefallen, daß solche nichts sagen als Schimpf- und Schand-Worte; nicht etwa als ob ich nicht wüßte, daß ja Menschen ihnen dergleichen erst beibringen; sondern dieses hab' ich erwogen, daß, da doch die Lehrer der Vögel wie der Kinder unter höherer Leitung stehen, erstere immer Injurien zu ihren Vokabeln nehmen. Hier steckt eben wieder geheime Weisheit des Allwissenden: die Steine schreien, Kinder und Narren und Vögel reden die Wahrheit; und daher die wahren Schimpfworte, welche z. B. dieser Star vorhin ausgestoßen. Und ein solcher Vogel beleidigt dabei ebensowenig als ein Pfarrer, welcher Schneider oder Weber auf der Kanzel Diebe schilt [1], oder der Esel Bileams. – Ach, Gott steckt oft das Allergrößte ins Allerkleinste! sozusagen die größte Weisheit in die größte Dummheit. Pedell, packe Er mein Microscopium aus, und bring' Ers hieher.«

Denn anfangs vorigen Jahrhunderts waren mehr Größen gemein als Vergrößerungsgläser und Größenlehren. Es war freilich nur ein bloßes einfaches Mikroskop, etwas das man jetzt Kindern beschert; aber der Rektor magnifikus machte viel daraus – und viel damit

Je mehr er Flaschen auf das Faß seines Leibes abzog, desto mehr erhob er Gott verstärkter, indem er die verschiednen Nichtswürdigkeiten vorbrachte, womit wie mit eingeschnitztem oder untergestelltem Thronvieh bisher die Büchermacher Gottes Thron verzierten und hoben. Da er noch nicht *Derhams* Astrotheologie lesen können: so konnt' er nicht auf die gemeinern Beweise und Verherrlichungen und Wappenhalter des göttlichen Throns verfallen und nicht wie etwan mit *Menzius* auf den Frosch – mit *Meier* auf die Spinne – mit *Sloane* auf den Magen – mit *Stengel* auf die Mißgeburt – mit *Schwarz* auf den Teufel. –– Er verfiel auf etwas anderes, auf ein dem viergehäusigen Menschen-Ich nächstes Ich – auf die *Laus*.

Als ihm das einfache Vergrößerungsglas gebracht worden: sah er sich – wie ein Dedikator – nach dem Gegenstande zum Vergrößern um. »Mein Söhnchen,« sagt' er, »ein Pediculus, den du uns abgeben wolltest, würde für uns alle ein Lehrer sein, oder auch einige Pediculi.« Gotthelf guckte ihm ohne die geringste Anstalt zu einer Antwort ins Gesicht. »Söhnchen,« fuhr er fort, »zeige deinen Kopf!« Dieses hielt ihn vor ihm unter. »Sehr scharmant« – rief der Teleolog – »ich halte etwas fest, gleichsam die Petit Schwabacher von Gottes Schrift im Buche der Natur, einen homunculum auf dem homine, einen winzigen Fingerkalender der großen Ewigkeit.« Nun steckte er den homunculus auf eine feine Nadel vor dem Vergrößerungsglase und bat die Gesellschaft, sowohl das Tier zu betrachten als die Schlußketten, die sich aus demselben ziehen ließen – ferner ließ er bemerken, wie eben das

[1] Die Helmstädter Fakultät erklärte eine solche Scheltung frei von Injurie. Leys. sp. 548. Med. 7.

Kleinste gleich dem Zwergbaum das größte Obst abwerfe – dann wollt' er bemerkt wissen, daß der homunculus, die Laus, durchsichtig sei und nichts Festes zeige als den Magen, der sich bald größer, bald kleiner ziehe – und endlich bat er, noch einen göttlichen Fingerzeig oder Zeigefinger nicht zu übersehen, den nämlich, daß Mohren schwarze Läuse besäßen, Brünetten brünette, Blondinen blonde; denn so sehr auch erstlich der Schöpfer durch gleichartige Farbe des Gewildes und des Bodens, z. B. bei Hasen, Raupen, Rebhühnern, für die Sicherheit durch ihre Verwechslung mit der Farbe des Bodens sorge und folglich hier auch, so sei doch, da das Wesen auf dem Menschen selber sitze, noch mehr darüber auszudenken; denn sobald man betrachte, daß dem Menschen (wie dem Deutschen) nichts ekelhafter und abscheulicher vorkomme, als was ihm gerade am nächsten und ähnlichsten liege – (hier berief er sich auf Gerüche, Läuse, Verwandten, Affen u. s. f.) – und zwar darum, weil uns der Schöpfer auf unsere Erbärmlichkeit hinführen wollte, so sei es Wohltat des Schöpfers, daß er uns den Anblick solcher Spiegel-Dinge durch ähnliche Farbe mit unserem Kopfe erspare, und so habe Gott auch an dem vorstehenden blonden Kindeskopfe seine Güte dadurch bewiesen, daß keine brünetten Läuse darauf zu sehen, sondern leicht verwechselbare blonde.

Erst da der Star »Dieb!« sagte, kam er wieder zu sich und fragte nach dem Preise des Pasquillanten. – »Ach Gott,« versetzte die Voglerin, »wenn Euer Euer ihn nur nähmen! – – Nur für meinen Sohn da will ich mir etwas ausflehen, es möchte nämlich eine *Inskription* zu einem Studenten sein.« – Als der Rektor nach langem Mißverstehen endlich begriff, daß sie jetzt schon eine begehre: packte er in der Wein-Laune wirklich einen solchen gedruckten lateinischen Inskriptions-Bogen aus, worin dem Namen leerer Raum gelassen war, und reichte ihn Helfen mit dem Befehle, seinen hineinzuschreiben oder zu inskribieren. Fibel schrieb sich belebend zwischen gedrucktes Latein; der Rektor unterschrieb nichts, sondern ermahnte nur eifrig zu allen gelehrten Sprachen und Studien. Ja der Pfarrer las ihm das Blatt in einer guten Übersetzung vor.

Mutter und Sohn kehrten als Selbst-Ehrensäulen, als lebendige Krönungs-Kleider nach Hause, wohin sie sich sehnten, um einander an den Hals zu fallen. »Ach Gott sei Dank,« sagte die Mutter weinend, »daß ich einen Studenten geboren habe.« – »O ich möchte«, rief er, »vor Freude die Abendglocke läuten, damit nur die Bauern zusammenliefen und meine Inskription durchläsen! Oder ich könnte sie auch deutsch vormachen; denn sie verstehen zu wenig von der Sache.«

»Aber die *Wildmeisterin* muß es in einer halben Stunde wissen.«

Die Sache bekommt sehr leicht Licht, wenn ich fortfahre. Nämlich im Fangwalde seines Vaters stand ein einsames Jägerhaus, worin nichts wohnte als der verwittibte Jäger mit seiner einzigen Tochter, welche man jetzt schon in ihren unreifen Jahren die Wildmeisterin nannte, weil sie dem Jagdmann

Hausfrau, Haushofmeister, Ratskollegium und alles war, was er brauchte, um ruhig zu schießen und zu schnarchen. Diese Wildmeisterin – *Drotta* – hatte Helfen schon in der Kindheit, wenn sein Vater im Walde Finken durch Aneinanderleimen fing, auf schönere Weise an ihre Psyches-Flügel geleimt, weil er immer zu ihr hineinsprang. Sie hatte aber den Fehler, den sie lange fortsetzte, daß sie ihren jungen Siegwart häufig ausprügelte, eine Sache, für welche er aus Geschmack so wenig war, daß er am Ende nur auf den *Waldberg*[1] ging, von welchem aus er geradezu in die Fenster des Jägerhauses und auf den Spielplatz sehen und alles finden konnte, was einem Herzchen Flügel und Flammen gibt. Er war aber bei aller Biegsamkeit von keiner Liebe jemals abzubringen; in Buchstaben und Menschen nun hatte er sich einmal verschossen und unter letztern besonders in Drotta; kein Teufel zog ihn vom Alphabet, kein Engel oder Geliebter von der Liebe ab.

– »Ich bin ein Studiosus. Guten Abend!« rief er der im Walde und im Osterputze einsam flickenden Drotta zu und hielt ihr den Einschreibe-Bogen aufgeschlagen entgegen. Sie fand wirklich seinen geschriebenen Namen mitten im Hofzirkel gedruckter und lateinischer Buchstaben regierend und sagte: »Ei!« – »Höre Sie aber!« fuhr er fort; und verlas ihr das ganze lateinische Studier-Patent langsam ohne sonderliche Prosodie. »Schön!« sagte sie, »aber das muß doch etwas heißen?« Er verdolmetschte (linde Laute!) ihr das Latein – denn er selber konnte keines – stellen- und gedächtnisweise, nach des Pfarrers Übersetzung, zu welcher er jedesmal irgendeine lateinische Zeile des Textes beilas, nur daß zu seiner an sich richtigen Übersetzung niemals die vorgelesenen Zeilen einpaßten, sondern entweder zu früh kamen oder zu spät. Als er aber gar erklärte, daß aus einem Studenten, gleichsam als aus einem Vexier-Menschen, gewöhnlich alles Vornehme würde, was man nur wolle, was mußte da nicht erst das Mädchen sagen? – Eigentlich nichts; sie war so langsam im Glauben als schnell im Handeln. – »Wer von uns hätte gedacht, daß Er so viel würde? Vergess' Er nur Seine alten Freunde nicht darüber!« – Sie schied von ihm mit ungewöhnlichem Ernst; vielleicht auch darum, weil sie gerade diesen Abend $14^1/_4$ Jahr alt wurde.

Aber wie war nicht Fibel an diesem Osterfeste aus allen alten Gräbern auferstanden und nach mehreren Himmeln vorausgefahren! Des Pfarrers Spaßrede, er müsse nun alles lernen, war Salbe für ihn. Der Universitäts-Bogen und das Schmarotzer-Tier, das Peter Pindar[2] zum Achilles und Aeneas eines Heldengedichtes gemacht, erhoben ihn zu einem Helden. In der ersten Woche lernte er griechische Werke lesen (vom Pfarrer borgte er

[1] Soviel ich aus meinem Fenster sehe, ists ein mitten aus dem Walde aufsteigender runder Bergkopf.

[2] In der Lousiade.

sich die Grammatik dazu); – im zweiten Monate lernte er das Hebräische und las das Alte Testament in der Ursprache; – im dritten das Syrische; – im vierten und fünften das Arabische. Die sämtlichen Sprachlehren waren vom spaßhaft-gefälligen Pfarrer zu verleihen. In diesen vier Sprachen konnte er zum Erstaunen des ganzen Hauses jedes Buch lesen, das man ihm vorlegte; ja einmal assekurierte der Pfarrer öffentlich die Sache. Natürlicherweise verstand er nicht ein Wort von dem, was er vorlas; aber der Stoff ging ihn, wie einen Dichter, nichts an, sondern nur die Form. Desto reicher fiel sein reiner Genuß an den orientalischen Sprachen aus, weil deren Lettern-Formen und Selbstlauter-Untersätze sie weit über alle neueren Sprachen hoben. Indes wollte er sogar in Wörter-Gelehrsamkeit nicht zurückbleiben, sondern lernte aus einem alten guten Werke, das ich selber in meiner Jugend ohne Nutzen gelesen, in sieben Wochen das mexikanische, arabische, isländische, englische, dänische, grönländische, französische Vaterunser auswendig; dann in jeder spätern Woche wieder ein fremdes, kurz ein linguistisches Paternoster; so daß er schon vor Adelung im Mithridates ganz den nämlichen Sprachforschungs-Weg betrat. Dadurch setzte er sich instand, vor dem Essen bald als Hottentott, bald als Türke, bald als Franzose seine Andacht zu verrichten; dem Himmel selber, der alle Sprachen versteht und vernimmt, konnt' es gleichgültig sein, welche er nehme. Fibel war jetzt überhaupt ein ganz anderer Mensch.

Glücklich ist der Knabe, dem früh genug der begeisternde Geist begegnet, der ihn plötzlich über die langweilige breite Wüste der Versuche hinwegwirft ans Ziel und ihm für immer nachleuchtend stehen bleibt, das wankende Jugend-Herz ausstärkend wie ein Prophet sein Volk! – Nur in der Jugend rollt das Glücksrad, später knarrt das Pflugrad, und mühsam-langsam gibt die Furche, was der Glückstopf reichlich ausgießt.

Gleichwohl schien das Schicksal jetzt noch nicht alles mit allen Gerüsten vorbereitet zu haben, um aus Fibel das zu bauen, was er nachher geworden, einen Baumeister eines neuen alphabetischen Gebäudes.

7. Zwirnwickler

Der Smaragd

Der alte Vogler ließ jedem, also auch dem Sohne seinen Lauf und Flug; man kann, sagt' er, nichts anders werden, als was man ist, und wens treibt, der heckt, und da mag er von seinen Eiern leben. Auch hatt' er, wie jeder gemeine Mann, eine anbetende Hochachtung für Geschriebenes, vorzüglich Unlesbares. – »Und es schadet ja einem Soldaten nichts, wenn er auch noch so viel weiß und sein tartarisches Vaterunser versteht.«

Dafür aber hatt' er eine andere Sorge. Da seine Frau bisher dem Erstgebornen immer einen stärkern Nachtrab von Verwandten nachgeboren, die ohne Namen die Welt verließen, weil sie ohne Leben auf sie kamen; und da sie einmal Zwillinge, dann einmal Drillinge geboren und begraben, so machte Siegwart, besonders nach den jetzigen Schwangerschafts-Nöten, sich auf nichts gefaßt als auf Vierlinge – vier letzte Dinge auf einmal, auf einen Postzug, der ihn leichter in die Tiefe als in die Höhe zog. Ein schwacher Ersatz war es, daß sie nicht getauft wurden; sie mußten doch immer so gut begraben werden wie der echteste Christ.

In der Tat ists auf der einen Seite hart, daß gerade die Armen – nach allen Bemerkungen der Ärzte und Naturforscher – die meisten Kinder nicht nur nacheinander, sondern auch auf einmal bekommen – zumal wenn man die dürftige Wiege, die Wickelschnur und die Brust und die Kasse berechnet, die nun wider Erwarten sich in vier Teile und Zöglinge zerteilt. Aber auf der andern Seite ists eben trefflich, daß gerade hier das Gesetz sich *menschlich* wiederholt, welchem zufolge im Reiche der Tiere die verfolgten und furchtsamsten, z. B. Fische und Hasen, die fruchtbarsten sind, so daß sich ebenso im menschlichen Reiche die Untertanen mehr vermehren als die Oberherrn.

Als das Entbinden Engeltrutens anfing, ersah Siegwart schon aus zwei toten Zwillingen wie an Vorläufern, was nachkomme; und ging den kleinen Leichen aus dem Wege und in den Wald, seine Seelen-Freistatt, und überlegte die Stol-Gebühren.

–– Ständ's nicht im *Zwirnwickler* beglaubigt: so müßt' ich mich schämen, der Welt die Seltsamkeit zu berichten; aber diesmal gleicht das Wickelpapier, um welches eine Frau ihre Garnkugel aufgezwirnt hat, dem naturphilosophischen Schreibpapier, welches die Schreiber zum Granitkern der Weltkugel machen. Die Sache ist wahr:

Als nämlich der arme Vogler, der bisher nichts Außerordentliches erlebt hatte, als was er selber gezeugt, sinnend saß: hört' er sich oben im Blau mit menschlichen, obwohl ausländischen Worten anreden: filou, bourreau, diable sacre etc.; und zu gleicher Zeit fiel ein goldner Ring vor seine Füße nieder. Er hob ihn auf und sah in die Höhe; – ein grüner Vogel, so groß wie ein Papagei (wahrscheinlich auch einer), flog über ihn hin und nahm mit dem Antritts-Gruße filou Abschied. Aber vermutlich war der Vogel selber, so wie die Elstern, Dohlen und andere sprachkundige Vögel, welche gern zwei benachbarte Gebote, das 8te und das 7te, zugleich übertreten, der Haus-Dieb des Ringes gewesen. Gott weiß aber wo. Als Siegwart den Ring näher besah, fand er etwas in ihm, was er zum Zauber-Ring und Fischer-Ring seiner ausgeleerten Zukunft machen konnte, nämlich einen in kleine Brillanten gefaßten unschätzbaren Smaragd, wiewohl freilich der im Kloster Reichenau von 28¾ Pfund größer ist [1]. Vor Überraschung verhörte er, was

[1] Von Karl V. geschenkt. Keyßlers Reisen.

der Vogel noch pfiff; im ganzen schiens ein sehr unregelmäßiges, springendes Durcheinanderpfeifen der verschiedensten Vogelweisen.

Mit diesem grünen Stein der Weisen ging er eine Viertelstunde im Walde auf und ab, um sich einen Gebrauchszettel desselben zu entwerfen. Dieser lief auf einen Nicht-Gebrauchszettel hinaus; er wollte der Frau kein Wort davon sagen – Fibeln ohne Golddünger aufschießen lassen zum Rekruten oder auch zum Schreiber und nach nichts in der Welt mehr fragen als nach seinen Vögeln. Nur einen Aufwand wollt' er machen, sich einen Papagei kaufen, als den Chorführer oder schottischen Meister und Lehrer der untern Klassen des Sprachgevögels.

Ruhig trug er seine Theaterkasse künftiger Spiele in seinem Pfeifenkopfe mit Deckel nach Hause. Doch da das Feuer seiner Augen graue Asche geworden war – bei ihm ein Zeichen entweder der Entrüstung oder der Entzündung –: so erriet ihn doch die matte Mutter von vier Leichen und fragte, was ihm fehle. – »Nichts«, sagt' er.

Ich wollte, man könnte öfter so wie wir Lebensbeschreiber den Menschen in der ersten Stunde beschleichen, wo er in die Goldgrube einer goldenen Zukunft fällt. Großes Glück ist die Feuerprobe des Menschen, großes Unglück nur die Wasserprobe; denn jenes schließt die Zukunft auf, dieses nur zu; und folglich zeigt nur jenes das keckere Herz in mehreren und freieren Bewegungen.

Als Siegwart ruhig die quadrinomische Wurzel in die Erde gesenkt (die Leichen-Vierlinge), gleichsam die vier Ahnen, die man in Adelsbriefen einem Bürgerlichen unterbettet: untersuchte er den goldnen Ring genauer; die Jahrszahl 1666 konnt' er lesen, aber nicht die Zuschrift: pour l'amour de mon Dieu et de ma Déesse Ph. Ch. Th. Er brach nun das Gestein aus dem Golde (wie Bergleute Gold aus dem Gestein), weil er den Juwel wollte schätzen lassen, ohne die Ringschrift irgendeinem Spitzbuben zu zeigen, der zum ganzen Eigentum sich als Eigner angetragen hätte. Nach mehreren Wochen trug – als er nur allein zu Hause war – ein Kleiderjude den Handelsack seiner Trödelbude in sein Haus, um einige Lumpen zu erhandeln. Siegwart führte ihn ins zweite Stockwerk und erschreckte den Handelsmann ordentlich mit dem Frühlingsglanze des Steins. Da der Jude verhoffte, er habe ihn gestohlen, so wünschte er am Diebstahle teilzunehmen und bot zwei Taler – dann sogleich das Doppelte, weil Siegwart lachte – dann das Dreifache und schwur, er tue es bloß, weil er den Stein als Arznei gegen einen eingeseßnen Magenkrampf einzunehmen vorhabe. »Noch einen, den letzten Taler!« rief er und verschluckte vor dem angaffenden Vogler den Stein.

Siegwart faßte vor der Hand erst des Juden Rechte und Linke und sah ihn mit erloschenem grauen Blick ins spitz-eckige Gesicht. Dann drückte er ihm die Gurgel zu und sagte, während der Patient schwarz anlief wie eine Trauerschnalle, er werde ihn entweder erdrosseln oder das Genicke brechen, sobald er rufe und nicht stillhalte, bis er den Stein wieder aus ihm herausgeholt. Der stumme Jude bot alles, was er von Professor Engels Mimik besaß, auf, um Ja zu sagen. Darauf nahm Siegwart aus dem Gesangbuch seiner Frau eine schöne Pfauenfeder – wie auch auf großen Tafeln Pfauenfedern mit Silber-Griffe zu gleichem Gebrauche bereit liegen –, spannete ihm den Mund stark über die natürlichen Schranken auseinander und scheuerte und krauete mit der weichen Feder linde die Zungenwärzchen, den Kehldeckel und Schlundkopf des Schnurrjuden, um dessen Magen zu umgekehrten Bewegungen und zur Edition eines so wichtigen Dokuments anzuspornen. Der Jude bewegte sich zwar heftig, doch kam nichts, sein Magen hatte so gut wie ein Ring den Stein gefaßt, und der Smaragd wurde ein Ladenhüter, der nicht abgehen wollte. Endlich sagte der Jude, wie wär' es auch anders möglich, da er seit gestern keinen Bissen über die Zunge gebracht und nichts im Magen habe als das Steinchen. Hierauf reichte der Vogler ihm den nächsten Stettinerapfel, der auf dem Kleiderschrank stand, und einen Schluck reines Wasser, worin sich die schönsten Blumen schon wochenlange erhalten hatten. Sobald der Steinfresser die Henkers-Mahlzeit hinunterhatte, setzte der Vogler seine Feder wieder an, um jene wieder emporzuheben und damit den wichtigsten Impost des Hafens. Endlich gelang es der Feder, wie einer diplomatischen, dem Raubnest des Magens einen Zessionstraktat abzupressen. Mit weißen Farben und kühlen Schweißen und Magenkrämpfen zog der Jude von dannen.

8. Judas-Kapitel

Der Markgraf

Jeder danke Gott, der den großen Diamant Pitt nicht in der Tasche hat oder im Ohrläppchen oder am Ringfinger; weil ein Leben, worin man jede Minute fürchten müßte, ein Königreich aus der Tasche oder aus dem Ohr zu verlieren, wohl ein wahres Galgenleiter-Leben wäre. Der Schnurrjude hetzte dem Vogler die benachbarte Judenschaft auf den Hals, deren Prozession der Hofjude unter dem Deckmantel eines Wachtel-Kaufs beschloß. Da Neuigkeiten leichter als Klagen, weil diese eben selten jene sind, zu Fürsten-Ohren auffliegen: so vernahms auch der Markgraf. Er ließ den Vogler holen. Engeltrut glaubte, man rädere ihn am Hofe, Gotthelf aber, man adele ihn wohl; nur Siegwart vermutete, man wolle den Stein, und nahm ihn mit. Er hatte Mut vor Land- und Reichsgrafen; ein Markgraf, sagte er, führt so gut seinen Steiß bei sich als ich selber. – Aber nach den neuern Logikern zieht er daraus eine Fehl-Schluß-Kette. –– Ich will hier niemand unterbrochen haben, wenn ich bloß sage, daß es mit dem Anwuchse der Zeit weniger Irrtum und mehr Irrtümer, weniger Fehlschlüsse als Fehl-Schluß-Ketten geben müsse.

Der Markgraf war ein lustiger junger Herr. »Nun, mein lieber Kriegskamerad, wie ich höre, so ...« Sogleich zog dieser ohne weiteres den Ring heraus und sagte: »Da ist er, der Ring!« Den Fürsten erfreute die Krieger-Keckheit und die Entfernung von den kleinlichen Sargdeckeln, hinter welchen die Lebendig-toten erst die Sachen abwarten wollen. »Ihr, lieber Korporal, könnt den Juwel zu nichts gebrauchen, ich entdecke vielleicht an Höfen den Besitzer; wieviel wollt Ihr mit *einem* Wort?« – »Ich bitte um so viel Souverains, als Tage im Jahr sind,« sagte Siegwart, »nämlich um *halbe,* denn ich weiß wohl Tag *von Nacht* zu unterscheiden.« – »Doch viel!« sagte der Fürst. – »Ich habe nämlich« (sagte der Mann) »366 Tage nach dem Schaltjahre gemeint, weil man doch nicht wissen kann, wann eines einfällt.«

Der Fürst holte und legte lachend ihm selber den Goldhügel von 366 halben Souverains in die Hand und wünschte den Vogler bald wieder zu sehen.

Dieser nahm unterwegs bloß den halben Schalttags-Souverain heraus, um ihn zu Hause vorzuweisen als Fürsten-don gratuit und damit den Schatz und Gang zu verstecken. – Im Dorfe selber halfs ihm wenig; in den höchsten Häusern, von Sakristei und Turm bis zum Hirtenhaus, wurde wochenlange davon gesprochen, daß der Markgraf ihm das Leben und einen halben Souverain geschenkt.

9. Pfeffer-Düte

Der alte Siegwart

Will etwan das Schicksal allegorisch mit mir spielen, daß es mir des Voglers Gold-Grund gerade in Pfeffer-Düten zuschickt? Denn was können die Dorfjungen dafür?

In der Tat nistete er jetzt in einer Laube von Pfefferstrauch. Seine Goldgrube von 365 halben Souverains hatt' er selber wieder eingegraben; was damit anzufangen und auszumachen sei, dies konnt' ihm nicht einmal ein Freihafen beantworten, der ein Marktplatz der seltensten Vögel ist; denn nach diesen und ihren Verkaufs-Preisen fragt' er jetzt als Reicher weniger.

Am Ende wurd' er, nach gemeinem Ausdrucke, melancholisch; ihm preßte die metallische Einspritzung mit Gold die lebendigen Adern auseinander. Er setzte sich aus dem alten Siegwart fast in einen gedruckten Roman-Siegwart von 1775 um. – Er hatte jetzt Tage, wo er so viel sprach wie einer seiner besten Vögel, und wo er einem mexikanischen Vaterunser Gotthelfs zuhörte. – Er besuchte an heiligen Tagen statt der Dörfer die Kirche, wo er sehr schlief. – Seinen Sohn stempelte er nicht mehr zum Soldaten, sondern er sagte: der Balg mag werden, was er will. Kurz die alte Bleikugel, die ihm seit dem Kriegs-Abschied im Leibe herumzog, wurde vom Goldklumpen, der ihm im Kopf herumging, spezifisch überwogen. Die Bleikolik schneller Armut frißt nicht so viele Kräfte weg als die Goldkolik schnellen Reichtums. Aus solchen Veränderungen – denen gleich, die ein Geizhals erlebt, wenn er zu schenken anfängt, oder ein Wahnsinniger, wenn er wieder zu seinen Sinnen kommt – konnte die Welt schließen, sein Tod sei nahe. Seltsam ists, daß der ausländische Engel, der uns Irdischen die Erdentracht abzieht oder abbricht, schon von ferne durch sein Annahen sogar am innern Menschen verändert; wie mag er erst einreißen und umformen, wenn er dicht am Sterbebette steht, und nachher!

Man weiß nicht bestimmt, wem er den Traum – denn seine Frau wußte ihn nicht – erzählt hat, den er am Abende gehabt, als er mit dem Golde des Fürsten heimkam: »Ein schwarzer Papagei flog mit dem Ring im Schnabel auf ihn zu; und fragte: kennst du mich? Ich bin der Totenvogel. Du lebst noch so viele Tage, als ich dir neulich Goldstücke vom Fürsten gebracht: bestelle dein Haus!«

Er bestellte nichts, er sagte: jeder sorge für sich, kanns der Ratgeber, so kanns ein anderer Narr auch. Es dauerte aber nicht die 365 halben Souverains oder Tage hindurch, so warf ihn ein schnelles Ermatten auf das vorletzte Kopfkissen.

Nach einer siechen Nacht raffte er sich wild, aber leichenweiß wieder auf und wankte in den alten Fangwald hinaus, wahrscheinlich um die untergeackerten Souverains zu befreien. Dies wird noch dadurch viel glaublicher, daß er im Dorfe umherschlich und alle zum Begraben nötige Dienerschaft vom Pfarrer bis zu den Trägern voraus besoldete, damit nachher seinen beiden Leuten durch keine Unruhe das Trauer- und Familienfest verkümmert würde.

Darauf bestellt' er sich auf Abend einen Sarg, bloß mit Bretterfarbe, ohne darangepinselte Lebens-Schlußvignetten und Nachtstücke; er wolle, sagt' er, lieber in einem liegen als einen riechen. Er kam so matt nach Hause, daß er kaum einen Rosenstock aus dem zweiten Stockwerk in ein Wandschränkchen seiner Schlafkammer hinuntertragen konnte. Bald darauf kam der bestellte Schulmeister als Notar mit Testaments-Zeugen nach, vor welchen er testierte und schwur, sie hätten für das erste nichts aufzuzeichnen – denn alles, wie es gehe und stehe, gehöre seiner Frau –, sondern sie hätten bloß das Wandschränkchen mit gutem gerichtlichen Siegellack zu verpetschieren. – Darauf befahl er, als sie es tun wollten, der wieder hereingerufenen Frau, dem armen Rosenstocke vorher so viel Wasser zu geben, daß es oben und unten wieder herausliefe, was sie denn ganz vollzog mit einem Überschuß von warmen Tränen. Endlich aber ließ er ein geschriebenes Testament aufsetzen, das nicht früher als das Wandschränkchen zu erbrechen sei, nämlich erst wenn Gotthelf sechzehn Jahre (heute noch nicht funfzehn) alt geworden.

Nach Abgang der Todessiegel-Bewahrer griff der Vogler in die Tasche und zog 7 (halbe) Souverains heraus und gab sie wie 7 Brote dem Familienpaare mit der Bemerkung, daß man damit schon, wenn man arbeite, auslangte bis zu Eröffnung des Wandschränkchens; wobei er noch von dem stumm-zerfloßnen Sohne das Versprechen, ein *Skribent* zu werden wegen seiner netten Hand, abnahm, das Gotthelf vielleicht auch ohne Verwechslung eines Schreibers mit einem Schriftsteller gegeben hätte; denn der Mensch verspricht aufrichtiger den Scheidenden – sie mögen nun in die Erde oder um diese reisen – als dem eingewurzelten Nachbar! Und dies nicht etwan in Hoffnung, daß die Abwesenden nichts fodern und rügen, sondern weil man vor ihren verklärten Bildern desto mehr von sich selber in ihrem Namen fodert.

Jetzt schon weinte Engeltrut wie eine Regenwolke; dann aber gar wie ein Wolkenbruch, als der Tischler der Menschen kleinstes Haus brachte – worin man jedoch, wie ein Emporkömmling, täglich ein größeres macht, weil man es täglich durch verkleinerndes Einstäuben geräumiger einrichtet für einen neuen Gast von Wurm. – Der Vogler dingte dem Tischler ein Drittel des Sargpreises – des Preises für die nicht-gemalten Gemälde – zum Erstaunen des Tischlers und aller ab, wiewohl sich noch untersuchen läßt, ob nicht eben ein *lebendiger* Sarg-Sasse und Konklavist etwas herunterbieten könne. Er ließ sich seine Montur anziehen und damit in den viel zu schmalen und kurzen Sarg (der tischlerische Dieb hatte auf einen Mann ohne alles Gefühl gezählt) einschachteln; geschworen mußte ihm dabei werden, daß keine Totenfrau ihn anrühre oder gar wasche für ein paar Würmer, die selber nicht reinlich leben. Verfasser dieses muß schon irgendwo anders die Abneigung bemerkt haben, welche die meisten Männer gegen Totenfrauen (Leichenweiber) und Wehmütter hegen, vielleicht weil sie dem Zwischenreiche der beiden in das Leben und aus dem Leben führenden Frauen ungern ihre männliche Machtvollkommenheit unterordnen; denn gegen Leichenbesorger und Geburtshelfer hätten sie wohl weniger.

So sehr das Volk auch Abendmahl, wie Testament, für eine Selbstverschreibung an den Tod ansieht: so konnte seine zerronnene Frau ihn doch nicht in dieser *freien* Wohnung liegen sehen, ohne ihn zu *freier* Kost zu bereden, zum Abendmahl. Er wollte aber lange nicht, bis er endlich sagte: der Pfarrer möge kommen, wenn man ihn vorher eine halbe Stunde allein gelassen, damit er sein letztes Haus-, Heil- und Stärkungsmittel versuche.

Engeltrut sah und hörte ihm unter dem Gebrauche dieses Mittels heimlich zu durchs Schlüsselloch .....

– Die sächsische Zensur könnte – so liberal sie auch gegen das sei, was Meß-Fuhrleute bei schlechtem Wetter auf dem Wege sagen – letztern nicht erlauben, mein Buch auf eine Messe zu fahren, wenn ich auch nur *eine* Seite mit den Flüchen anfüllte, welche der Vogler ausstieß im Sarg. Er stellte sichs so lebhaft vor, er stehe in voller Blüte auf keinem engern Felde als dem Schlachtfelde, und zwar als Korporal vor seinen Leuten, daß er unter dem Schwunge der längsten Arme und dem Ballen der magersten Fäuste entsetzlich fluchte und sakramentierte. Der Fluch-Orkan sollte ihn etwas stärken hatt' er gehofft. Aber der alte heiße, sonst eisenhaltige Sprudel überlegte ihn diesmal bloß mit einigem Mattgold nachglänzender Zeit, und er sank kränker ins enge Haus zurück. Er fühlte, im Krieg sei mehr Geselligkeit; gemeinschaftliches Kämpfen – Siegen – Sterben und geselliges Übereinanderfaulen.

Engeltrut holte den durch sein Sakramentieren desto nötigern Beichtvater samt dem Sakrament. – Nach dem Abendmahl sagt' er: »In dieser Nacht fahr' ich ab, und eßt vorher.« – »Ach Vater!« sagte Helf. – »Nun so leistet mir noch einen christlichen Liebesdienst!« sagt' er. Er ließ sich seinen Leibvogel (bloß ein Kanarienmännchen) auf die Brust setzen – dann sollte die Frau entweder ein weltliches Schlemper- oder ein geistliches Kirchenlied singen, und der Sohn zuweilen auf eine Soldatentrommel klopfen, damit alle seine Vögel auf einmal anfingen zu pfeifen. Nach der Bitte zog er selber mühsam seine Mütze über die Augen herein bis an den Mund und sagte: »Adje!«

Als der Sohn auf die Trommel schlug, und die Mutter ein Kirchenlied sang: legten die Sangvögel ihren ganzen Ton-Markt aus, die Sprach-Vögel warfen ins harmonische Wettrennen alle Schimpfworte der Menschen, und der Kanarienvogel sprang auf der untergehenden Brust umher. »Es ist halt Welt«, murmelte Siegwart unter der Mütze. Die Mutter sang fort, ergriff aber damit sich selber hart, und sie mußte noch die väterliche Hand dem Sohne ins Gesicht fest drücken, der seine Hände für die Trommel-Klöppel brauchte. »Es ist halt Welt«, sagte der Vogler, aber mit viel anderem Tone als vorher. Die Wogen rauschten ihm lauter, womit der Raubfisch ankommt, welcher den Menschen verschlingt. Aber der Traum seiner Kriegs-Jugend erleuchtete das Totenmeer mit seinem Glanz, und er rief: »Drauf und dran!« und drückte den Kanarienvogel auf der Brust entzwei. »Sie pfeift!« sagt' er endlich, und dieses war sein letztes Wort; – aber niemand weiß, ob er damit seine Nachtigall oder eine Schlachtfelds-Kugel gemeint. Kurz darauf wurd' er still und war tot.

Die Frau bemerkte es zuerst und fuhr über ihn her mit schreienden Schmerzen. Der Sohn trommelte fort, weil er ihn wegen der offenen Augen noch für lebendig ansah. Seine Mutter drückte sie zu und ging zur Finsternis in ihr Kämmerchen zum Weinen. Jetzt durfte Gotthelf dem stillgemachten Krieger, ders sonst nie litt, die aufgesparten Sehnsuchts-Küsse vieler Jahre geben; und eine unersättliche Liebe küßte zum letzten Male. Darauf ging er – weil der Vater der Mutter befohlen hatte, zu essen – in die Küche, schürte das mit dem Sterben ausgegangne Feuer wieder an und kochte unter solchen Umständen das Ei (es war das Abendessen) gut genug, wenn man bedenkt, daß in der Stube des tauben Voglers alle seine Leib-Vögel munter forttrompeteten und ihre Maie, Junis und Julis sangen, und daß dem Kinde das Herz zerrann.

So wenig der alte Soldat uns sonst anging – z. B. in der Fensterscheibe –, so ists doch, als nähmen wir jetzt Anteil an ihm. Wie kurz ist das Sterben gegen das Leben! Aber eben die Kürze gibt das Gewicht. Zweimal zeichnet sich jeder Erdensohn vor allen Zuschauern aus, 1) wenn er hier ankommt, 2) wenn er fortgeht. Auch gibts noch keine Mode zu sterben, jeder stirbt originell.

Doch nunmehr lasse der Alte sich zudecken von Holz und Gras. Es gefällt mir sehr, daß zufällig eine Rotte singender Soldaten durchs Dorf zog und so etwas von militärischem Begräbnis ihm nachwarf.

Als der Vater einige Fuß tief als ein ganz unbekannter Mann in die Erde einsank und der Sohn bedachte, daß dies so viel sei, als habe man den Mann durch die halbe Erdkugel durchgesenkt, besonders da er auf deren Rinde keinen eingeschnittenen Namen nachgelassen, nämlich im Heiligenguter Adreßkalender keinen: so war es ihm, als habe alle Welt, nicht bloß er, einen Vater auf immer verloren, und es quälte ihn sehr; und er schwur am vollen Grabe noch einmal den Testaments-Schwur, den freilich Siegwart anders gemeint: »bei Gott, er werde ein *Skribent*« und schreibe, damit nur durch seine gelehrte Feder sein armer Vater weit und breit bekannt werde, bei Gelegenheit seiner selber.

10. Judas-Kapitel

Still-Leben

– Und hätte eine Familie ein Dutzend Tränenkrüge voll geweint: stets wird, wenn ein Hausvater, der über sie einen etwas dicken und langen Zepter hingehalten, aus ihr scheidet, sogleich nach den ersten Tagen ein eigenes Wohlbehagen den Trauerbund umfließen, weil der Bund jetzt selber mit dem zurückgebliebenen Zepter in der Hand herumgehen kann; bei jedem Schritte stößt er auf Lust, nämlich auf einen nicht mehr verbotenen Schritt.

Durch das ganze Siegwartische Haus fächelte dieses frische Mai-Wehen.

Die halben Souverains freilich gaben dem durchziehenden Zephyr viel ausländische Blütendüfte mit. – Hier aber sei mir vom guten Leser eine kleine Bequemlichkeit vergönnt, daß ich nämlich, da ich sonst das Wort in so vielen Kapiteln zu oft schreiben müßte zu meiner unsäglichen Langeweile, künftig überall in jedem Kapitel, wenn ich hinsetze Souverain, darunter nur stets einen *halben* verstehen dürfe. Hat doch Thümmel sogar den *lebendigen* Souverains ähnliche Titulatur-Abkürzungen vorgeschlagen zum Vorteil ihrer Kanzellisten!

Sogleich nach der Leichenbestattung mußte in der Haushaltung, wie in jeder, jemand da sein, der den ordentlichen Hausvater und Ehemann vorstellte; Helf versprach, dergleichen vorzustellen, doch ohne Nachteil seiner Studien. Deshalb setzt' er sehr bald die Siegwartsche Ledermütze auf als Hauskrone, hackte das Holz – und kleiner dazu als der Vogler –, holte jeden Abend aus dem Miet-Beete Souper-Kartoffeln und stellte sich abends häufig unter die Haustüre und sah ernst ins Dorf hinein. Jeden Abend besah er mit der Mutter das Wandschränkchen und dessen Papier-Riegel und Siegel-Schloß aus Vorsicht. Da er als Hausvater immer – oder er war ein Mensch ohne Erziehung – den nötigen Taler Geld in die Haushaltung zu schaffen denken mußte, so ging er von Zeit zu Zeit in die Stadt, um den Souverain umzuwechseln, der eben nach Abgang des alten die Regierung antrat. Den neuen verwahrte er gut in seiner Schweinsblase – die auf dem Lande der Beutel der Männer ist, wie ein hölzernes Schraub-Büchschen der Beutel der Weiber –; er zersetzte in der Stadt bei dem Schnurrjuden Judas – eben dem Patienten, der den Smaragd als krampfstillendes Mittel gebrauchen wollte – das Gold ins kleinste Silbergeld, das ihm Judas mit Freuden gab, da er sah, wie gern der junge Mensch einen recht vollen Beutel mitnahm; und jener lösete freiwillig *einen* volksrepräsentierenden Souverain in den vielzähligen Münzen-Pöbel auf. – Zu Hause schüttete Helf aus der Blase einen hohen Kreuzer-Berg – kein Fürst weiß, wieviel 4 Tlr., 4 1/2 Gr., 3 Pf. sind, aber wohl ein Heiligenguter, nämlich fast eine unermeßliche Summe. In die ersten Tage nach dem Regierungs-Antritt eines Goldstücks fiel ein goldnes Zeitalter; dann kündigte ein silbernes, eisernes, papiernes das Versilbern eines neuen Souverains an. Nur Weiblichkeit und Jugend erklären durch ihre Hoffnungs-Kraft ein solches in den Tag Hineinleben, das sich unter der allmählich aussterbenden Heptarchie (Sieben-Herrschaft) der sieben Souverains auf die ihnen noch unbekannte Ausbeute des Wandschränkchens verließ. Es sei ihnen gegönnt!

Sein 15tes Wiegenfest fiel zum Glücke gerade gegen die Zeit, wo sie vom verwechselten Souverain nichts mehr hatten. Geburtstage waren wichtig – da an seinem 16ten das Guckkästchen ihrer Zukunft, das Wandschränkchen, sollte geöffnet werden –; daher ging er am Tage vorher mit dem Goldstücke und mit dem Auftrage in die Stadt, sich ein Angebinde und sich und der Mutter den Wiegenfestbraten zu kaufen. »Auf dem Lande«, sagte die Mutter, »haben die Bauern gar keinen Geburtstag, weil sie nicht dressiert sind; aber du glaubst nicht, wie in Dresden am Hofe jeder einen der prächtigsten Geburtstage hat, die man sich denken kann.«

In der Stadt wurd' er auf einmal drei- oder viermal selig. Der Jude Judas band ihn an mit einem Paar abgeschabten Plüschhosen, besetzt mit den bekannten zwei Vorder- und einer Hinter-Glatze und (damals ein Meerwunder) mit zwei Uhrtaschen, wollte aber kein Geld, sagte keinen Preis, bevor Helf sie bis zum nächsten Geburtstage abgetragen hätte.

Bekanntlich weiß ein Jude mehr vom Innern einer Stadt auswendig als selber der Polizeileutenant, so wie Hebammen die Zukunft der weiblichen Hälfte; die gegen schwaches Beichtgeld beichtsitzende Judenschaft ist die eigentliche Observationsarmee aller Haushaltungen, sie sind lauter Lafontaines voll Familiengeschichten, nie aber um solche auszutragen, sondern die Stadt- und Lands-Geschichtforscher wollen bloß pragmatisch und praktisch sein. Das Borgen der Hosen ließ dem seligen Helf Geld zu einem Selbst-Angebinde, zum Ankaufe eines schönen Werks, des sogenannten »Neu geöffneten *Ritterplatzes*« in drei Duodezbänden, worin er sich in allen Wissenschaften umsehen konnte, weil er noch immer zweifelhaft war, in welcher er ein Skribent werden wollte.

Er sollte noch das Glück haben, daß die Markgräfin-Mutter den Tag vor ihrem Geburtstage vom Schlagfluß getroffen wurde, so daß die eingefallene Hoftrauer das halbgebackne und -gebratene Hof-Souper an den Pöbel zu versteigern nötigte. Jeder Taglöhner, der tafelunfähigste Tischler konnte erstehen, was er bezahlte. Helf hatte für die Gerichte seines eigenen Geburtstages das schon mitgebracht, was, bis jetzt unerklärt, in allen Sprachen mit demselben Worte benannt wird, also auch in der deutschen, nämlich einen – Sack; in diesen ging viel. Er ließ sich, aber mehr für die Mutter als sich – was fragen Menschen mit Ritterplätzen in der Tasche mehr nach Kost aus der Hofküche –, ein schönes souper fin zuschlagen, nämlich einige Plätzchen sogenannten krachenden Rahm – Prinzesse-Pastete und Hasenkuchen ein paar Schnittchen – einen Wiener Spieß-Krapfen – ein Galanterie-Küchlein – und ein Marzipan auf herzogliche Art. [1]

Allem setzte er die Spitze durch ein Arzneigläschen auf, das er sich für seine liebe Seele im Walde, für Drotta, mit dem feinsten Stachelbeeren-Eise stopfen ließ und das er sauber in türkisches Papier einwickelte.

Seiner Mutter, einem Dresdner Extraweibe, eine halbe Hofküche in der Tasche zuzutragen, war ein so froh aufwehender Gedanke, daß ihm wirklich war, als blase ihn in Träumen der starke Rückenwind über die Fluren weg – den Stock hielt er waagrecht (in der Stadt steilrecht), und nicht einmal im Ritterplatze las er, bloß um recht zu fliegen.

»Denkst denn du,« – sagte die Mutter, als er ausgepackt – »dies ist mir etwas Neues? Sieh, dies da heißt krachender Rahm, dies Marzipan auf herzogliche Art; aber alles ist herrlich.« Jetzt wies er sein Arzneiglas voll Eis für die Geliebte vor; aber es war zu Wasser erwärmt; – »So kann ichs ihr gar nicht zu essen, sondern nur zu trinken geben, wenn sie es nicht bis in den Frost aufhebt«, merkt' er an.

Beide sprachen sich abends fast halbtot über die Stadt, dennoch schauete der erhitzte Helf im Ritterplatz von den meisten Wissenschaften, z. B. der Astronomie, Reitkunst etc. etc., ein Blatt an, ohne es zu lesen; und vergaß

[1] Wer dergleichen aus eigner Küche verlangt, findet die Anweisungen in dem »Neuen lehrreichen Magazin vor junges Frauenzimmer, die ganze Kochkunst etc. etc.« Carlsruhe 1770 bei Maklot, 2 Bände.

auch nicht, der schlafenden Mutter die Pantoffeln so vom Bette abzukehren, daß sie am Morgen bloß die Fußzehen hineinzustoßen brauchte.

Der hellste Morgen erschien! Er betete diesmal sein Vaterunser bloß in der Muttersprache. Die Mutter segnete ihn ein, als er noch im Bette aufrecht saß, und nannte ihn ihren Stecken und Stab – sie las mit dunkeln Augen die ausgeschlüpften Federchen seines Bettes zum Nachfüllen auf, während sie Nachtträume vortrug, die ein gutes Jahr bedeuteten.

Der Tagsheld tat nach frischer Morgenluft einen Gang durch das Dorf mit zwei Händen in Uhrtaschen und zwei Schenkeln im Plüsch und grüßte jedes Kind, und einige Leute von hinten, die zu sehr ins Feld eilten. Daheim fand er schon alles weggekehrt und hergeputzt zum Studieren – die Mutter in einem statt der Schürze vorgebundnen weißen Schnupftuch wirtschaftend und lange warme Lichtstreifen von der Novembersonne in die nette Stube gezogen. An diesem Tage sollte er, verlangte die Mutter, keinen Finger rühren, sondern wie Neapel den Beinamen des Müßigen tragen und in einem fort an seinem Tische sitzen. Er kam auch aus dem neueröffneten Ritterplatze nicht heraus, Himmel! er schlug sich darin an diesem Morgen zu einem heraldischen Ritter, zu einem numismatischen, zu einem geschichtlichen, zu einer ganzen gelehrten Ritterschaft und zu mehr, was er las. Aber ein Umstand, der bisher ihm – sonst beschlagen fast in allen Wissenschaften durch die ganzen Bücher des Pfarrers und durch die halben des Krämers – erhitzt im Zeugungsalter der Bücher und kein Kind mehr – gespornt durch Testament und Trieb – und schon ein alter Autodidaktos (Selbstgelehrter) – ein Umstand, sag' ich, der immer die Hand ihm hielt, wenn er mit seiner Feder seinen literarischen Prachtkegel (noch lag der Obelisk) vor der Welt ganz aufrichten wollte, dieser böse Umstand war der, daß, er mochte die Feder an welche Wissenschaft er wollte setzen, er sogleich mit zwei oder drei Bogen fertig war und abfahren mußte und seine Meinung wider Willen schon vollständig und gut herausgesagt und herausgeschrieben hatte – die Sache war erschöpft, oder er – das Buch selber sah nach nichts aus – ebensogut hätt' er einen Kometenschwanz auskämmen können, als etwan einen halben Bogen noch zuschießen; – und doch stand zu seiner Scham die Welt umher voll Folianten über alles geschrieben.

Aber Fibel blieb getrost, er wußte, der Parnaß will wie Wien [1] erwartet sein, ja noch länger, da dieses selber noch auf jenen wartet; ja hatt' er nicht vom Pfarrer Gelehrte unter den Händen gehabt, welche ihren literarischen Eierstock länger im Bauche als auf dem Neste ausbrüteten, so daß sie erst bei grauen Haaren aus dem Legdarm etwas Langes, einen Folianten zogen? »Eh' ich vielleicht mein Winterholz kleingehackt,« sagt' er, die Hände reibend, »hab' ich was Langes beim Schwanz; aber dann arbeit' ich wie ein Pferd und bring' es fertig.«

[1] Vienna vult expectari.

Hier ist ein Punkt, wo alte Schriftsteller jungen nachahmen sollten; nämlich sie sollten sich nur halb so viel Mühe geben, ihren Ruhm zu erhalten (statt daß er sie erhalten muß), als jene sich geben, einen zu erwerben; denn nur wenige junge bedienen sich ihres Privilegiums, anfangs bloß schlecht und für das Volk zu schreiben, so wie etwan auf einem gut geschärften Mühlsteine zuerst (wegen des abfallenden Sandes) nur für das Vieh gemahlen wird, erst später für uns!

Aus dem neugeöffneten Ritterplatze hatte Helf nur einen Schritt zum Eßtisch, wo der krachende Rahm, das Marzipan auf herzogliche Art und der Hasen- und Galanteriekuchen, d. h. der Nachtisch als Vor-Tisch verspeiset wurden. Es war mehr eine Seelen- als Magen-Mahlzeit. – Die Mutter geriet dadurch nach Dresden an den Hof und in ihre schöne alte Zeit – der alte Siegwart schritt frisch als Liebhaber mit dem Rekrutenhute vor sie und führte sie an den honnetesten Ort und rauchte. »Ein solcher Mann lebt gar nicht mehr wie Er!« sagte sie. Ich weiß nicht, werfen mehr die Brautfackeln oder die Leichenfackeln das schönste Licht auf ein Ehe-Gesicht; indes der längste Tetzelsche Ablaßkrämer auf Jahrzehende bleibt dennoch der Tod, und das Grab der Traualtar einer innern Silberhochzeit. Der Vogler hatte dem gedachten Tetzel so gute Ablaßzettel zu danken, daß Mutter und Sohn weinten aus Zärtlichkeit gegen ihn, gegen einander und gegen den Tag voll stiller Lust.

Unter dem Tischgebet kam es der Mutter, als sie im Spiegel den langen betenden Gotthelf sah, deutlich vor, als stehe der alte Vater darin, und ihr wurde wunderlich zumute. Als sie es aber dem von so vielerlei angeregten Sohne sagte, so hob sich dieser wie begeistert auf den Zehen empor und faßte ihre beiden Hände mit den Worten: »Mutter, Mutter, Ihr sollt an mir einen Versorger in Euern alten Tagen haben, so gut als wenn mein sel. Vater noch lebte – das Gesicht im Spiegel bedeutet viel an einem Geburtstage; denn ich weiß es recht gut.« Er meinte aber seine Feder-Saaten.

Plötzlich tat er einen Sprung aus dem mütterlichen Romane und aus allen Rührungen in seinen eignen und sagte: »abends geh' er zur Wildmeisterin«. So schnell nach andern an sich zu denken, scheint kühn; aber beneidet Kinder, Wilde und gemeine Stände, welche unbefangen das Herz, das noch am alten Liebes-Pfeile steckt, doch von einer andern Seite auftun und welche schnell von eigner und fremder Rührung auf das Gleichgültigste springen. In uns verfeinerten Ständen hingegen muß (es schickt sich durchaus nicht anders) die Hungerquelle der Rührung nur allmählich versickern. Gewisse Respekt- oder Respitminuten sind nach warmen Worten herkömmlich, bevor man ein kälteres gut anbringt. Oft vexiert es aber äußerst. Ich erinnere mich noch gut, daß ich einmal mit einem empfindsamen philosophischen Adjunkt, Namens *Mitreiter*, dem später im Reichs-Anzeiger sieben unbezahlte Hauswirte nachsetzten, im Leipziger Rosental fühlend lustwandelte, nachdem wir uns vorher, weil ich ihn einen unsittlichen

Schleicher mit Unrecht (nämlich um ein Jahr zu früh) gescholten hatte, seitwärts im Gebüsche gerührt entladen, ausgesöhnt und umhalset hatten. Mitreiter, mit seiner Hand in meinem Arm liegend, drückte und schwieg in einem fort; die Baßsaite der Empfindung sollte sich langsam auszuschwingen scheinen. Ich mußte (schicklicherweise, besonders als Beleidiger) auch zart fühlen und mit ihm im langsamen Ausschwingen wettrennen, ein elendes Spiel, ähnlich dem Spiele der Knaben, welche wetten, wessen Spinnenbein, das sie der Läuferspinne ausgerissen, am längsten zapple. Gleichwohl war es Tatsache, daß seine Hand auf meinem Arme sämtliche Drucke der Empfindung erschöpft hatte und nicht mehr wußte, was sie auf ihm, ihrer Gefühls-Tastatur, anfangen sollte. Mich vollends hungerte nach etwas Festem von Diskurs. Jetzt schäme ich mich freilich vor Höfen und Lesewelten zu bekennen, daß ich in der Desperation über die Herzens-Strapazen nach einer kindischen Knabenkunst griff, nämlich daß ich wie ein Fallgatter plötzlich (als wär' ich angestoßen) niederfiel auf den Steiß und aufsaß und herauflächelte. Mitreiter hatte mich kaum aufgezogen, als schon die lebhaftesten Gespräche regierten. –

Wollen wir wieder Helfens Stubentüre aufmachen! Er gehe abends zur Wildmeisterin, hatt' er frei gesagt. So sehr er und diese in ihren Naturen abwichen; so deutlich die Sechzehnjährige in diesem ihren Bücher-Helden den Haushaltungs-Zwerg nisten sah; so wenig sogar Helfen der Unterschied zwischen dieser ewig fliegenden und bauenden Arbeitsbiene und zwischen seiner kränklich-zarten und mehr für Finger- als Arm-Arbeiten zugespitzten Mutter entging: so vermochte doch dies alles nichts gegen das, was ich eben zu berichten habe, daß eine Art Zuneigung beide so langsam und doch so steigend anflog, wie etwa die Morgenröte mitten unter dem Anschauen unmerklich und doch glühender die fernsten grauen Wölkchen überfließet. Aber die Sonne, woraus sich alles erklärt, stand für beide noch tief unter dem Gesichtskreise.

Seine Mutter machte oft, wenn sie den Sohn tief in den Musenberg hineinfahren sah, heimlich, und ohne ein Wort zu sagen, sich einen Weg zur einsamen Waldmeisterin, bloß um Helfen abends unerwartet von ihr zu erzählen. Engeltrut war gezwungen, jede Seele zu lieben, die ihre Geliebten liebten; so wie jedem teuern Herzen alles zu sagen, was es für dasselbe und in ihrem Frohes gab. Daher hatte sie oft mehrmals vor Drotta, wie vor Gotthelf, ihres so weit aufgetan (ein Mittel, das fremde zuzudrücken), daß sie herausstieß: »Ach ich tue oft vor dem Wandschränkchen meines Seligen wie vor einer heiligen Bundeslade mein Gebet. Beschert uns der gütige Gott etwas darin: o liebe Jungfer Wildmeisterin! Sie weiß, wie mein Sohn denkt und ich; aber es sei alles Gott anheimgestellt.« – Dabei senkte Drotta ohne alles Erröten bloß die Augenlider ein wenig. Sie wußte aber, daß ihr Vater, der nichts besaß als Büchsen und Hunde, ihre leere Hand nur einer vollen lasse.

Gotthelf versaß seinen Geburts-Nachmittag so zufrieden-windstill, als stände gar keine Himmelfahrt in den Wald bevor. Um sich sah er die Mutter in Ruhestand mit einem Strang am Halse, woraus sie die Fäden zum Nähen zieht, und die Orts-Schulmeisterin, die schneller spinnt als spricht, beide mit ihren Kaffeeschalen in der Hand; denn jeder Prorektorats- oder Souverains-Wechsel wurde mit *einem* Lote Kaffee gefeiert, was anfangs des vorigen Jahrhunderts vielleicht kein kleinerer Aufwand war als anfangs des jetzigen. Helf selber las leise einen griechischen Autor herunter, wobei nur schade, daß er nicht auch die Vokabeln verstand. Die Schulmeisterin fand es, obwohl Gast, ganz billig, daß die Mutter für den »Studenten« die Haut der Sahne abfischte. Die drei Köpfe heizten sich immer wärmer; der Kaffee macht Araber, der Tee nur Sineser, sagt' ich einmal, und in des ersten schwarzer Stunde widerscheint wie im schwarzen Spiegel alles lebendiger als in des andern farblosem. Helf übersetzte, nach dem Walde schmachtend, noch feurig einen deutschen Bogen in hebräische Buchstaben; oft schrieb er lange fort, ohne aufs Papier zu sehen, nicht um Geschicklichkeit zu zeigen, sondern um eine zu haben, falls er einmal im Finstern zu arbeiten hätte.

Endlich schied der Gelehrte aus dem Flachs-Kreise; es war, als ob man eine Universität aus einer Stadt versetzte.

11. Judas-Kapitel

Wald-Gang

Unbeschreiblich mit sich und dem Leben zufrieden, sich und die Landschaft beschauend und über keinen Zaun und Hügel verdrießlich, kam er, mit den statt der Uhren pulsierenden Fingern in den Uhrtaschen, vor dem bekannten Jägerhause an, dessen echte Geweih-Kronen auf den hölzernen Hirschköpfen er bis auf jedes Ende auswendig wußte. Alles war offen, aber niemand zu Hause als ein paar Hunde, welche bloß wedelten, ohne aufzustehen. Auch die Leerheit war ihm etwas Altes. Der alte Wildmeister, am Tage mit der Büchse belastet, abends mit dem Kruge, überließ der Tochter – die er deshalb so hoch schätzte wie den besten Hühnerhund – das Haus und den Tag. Oft saß sie in langen Winterabenden, nur vom finstern Sturme und vom krachenden Walde umgeben, unter Tieren allein und zog sich nur durch Vorarbeiten des Morgens in die schwarze Nacht einen kleinen lichten Raum. Schnaubte freilich ihr Vater frostrot und trinkrot endlich ein, so kam Lenz und Morgenrot in die Stube, und alle Hunde sprangen. Jeder Bericht von ihm war ihr ein Roman aus der Leihbibliothek, und jedes Zankwort bloß ein Vexierzug, der ihr Instrument stumm machte. Wie sanft tut einer Einsamen abends ein Mensch, wenn sie den ganzen Tag keine menschliche Stimme gehört als ihre singende, und kein Gesicht gesehen als ihres! – Ists daher ein Wunder, daß wir uns untereinander nicht viel inniger lieben als Wölfe und Spinnen, wenn man bedenkt, daß wir alle ganz verschwenderisch mit Menschen übersättigt werden, daß der eine in der Mittelstadt 10 000 Menschen zu lieben vorbekommt, der andere in der Residenzstadt gar 50 000, und vollends ein Kerl in Paris? Werft aber einen Pariser Egoisten nur ein Vierteljahr in einen einsamen Hunger- oder nur Leuchtturm und seht dann nach, wenn ihr ihm wieder aufmacht, ob er nicht als weicher Menschenfreund heraufkommt.

Als der wartende Gotthelf am offnen Fenster saß und die Hunde bewirtete, ergriff ihn eine Hand von draußen an den Haaren – die vollrosige Drotta guckte unter ihren großen Augenbraunen herein und sagte: »Will Er mit einbeeren? – Guten Abend!« und hob eine Hand voll Vogelbeeren für die Drosseln-Schneuß empor.

Er war sogleich dabei und draußen. Er ließ sie raten, was heute für ein Tag sei. »Peters-Tag«, sagte sie. »Noch ein anderer«, sagte er. Er bat sie, seinen grünen Plüsch zu betrachten – er gab ihr 1 Lot gemahlnen Kaffee – sie erriet nichts. Er ließ sie das Beeren-Eis trinken, sie wurde nicht klüger. Endlich sagte er: 1, 2, 3, und zählte bis 15. »Was denn?« versetzte sie – »Wenn Er aber etwa Seinen Geburtstag meint: so hat mir ihn die Mutter schon vorgestern gesagt, und unser Herr Gott wird gewiß für Ihn sorgen, nicht allein dieses Jahr, sondern auch die folgenden, was ich von Herzen wünsche.« – Sie gab ihm hastig das Vogelbeer-Drittel mit der Bitte zu eilen, damit sie sich zu Hause vernünftig setzen könnten und ein Wort reden. Auf daß er sich nicht im Walde verlaufe, schlug sie ein geistliches Lied zu singen vor, sie einen Vers, dann er einen. Sie wählte das Abendlied: »Der lieben Sonne Licht und Pracht.« Aber sie sangen sich bald auseinander, weil er die Gegensängerin näher glaubte, da er (vielleicht aus Einfalt) nicht wie sie seine Stimme zugleich mit der Ferne verdoppelte. Die Finken, welche in ein wärmeres Land gerade in dem Monate abfliegen, wo er selber im kältern angekommen war und wo der sel. Siegwart am Geburtstage einen als Geisel gefangen hatte, schlugen oder schrieen schon durch den sonst herbststummen Wald; dasselbe taten die Kreuzschnäbel, wie er in diesem Monat eben angekommen; und es war überhaupt im ganzen Wald viel lebendiger Ton, und man dachte mehr an Lenze als an sonst was. Endlich legte gar die Abendsonne an mehreren Stellen einen kleinen Waldbrand an, und viele Stämme flammten von der Wurzel bis an die Gipfel.

Ihm wurde das Innere süß-schwer, er wußte nicht wie – und gleich dem Wasser in einem unsichtbar-lecken Schiffe stieg es ihm die Brust immer voller hinan; die meisten Beeren legte er während Drottas Singen außerhalb der Schlinge. Sie kam wieder und hatte zwanzig Fallen mehr eingeködert und verbesserte kopfschüttelnd die seinigen.

Er sah einige Tropfen auf ihrem Gesicht für Arbeits-Regnen an; sie sagte, sie habe weinen müssen, weil sein Singen in der Ferne wie das ihrer seligen Mutter gelautet: »Ach Gotthelf,« setzte sie hinzu, »wohl dem, der noch eine hat!« Hier floß er ganz ins Lob der seinigen auseinander, die jeden Menschen so pflege und warte. »Nun,« sagte sie, »das täte noch lieber eine Tochter an ihr, und es schickte sich auch nicht anders.« Er wußte aber, von der Liebe zart gemacht, kein Mittel, der Haupt-Sache näher zu kommen und etwa damit herauszufahren, daß sie und seine Mutter einander unendlich beglücken würden. Gerührt und verwirrt war er ohnehin von Drottas Versicherung seiner Echo-Stimme aus dem mütterlichen Grabe und überhaupt vom ganzen Gespräch über zwei gute Mütter zugleich – denn das männliche Geschlecht hat eine besondere Achtung für Liebe gegen Mütter –; er faßte ihre Hand. »Was Er für eine weiche Hand hat gegen meine!« sagte sie. »Vom Studieren«, sagte er; »mich sticht alles.«

Während sie in der Zimmer-Finsternis Licht anschlug, trieb ers so weit, daß er seufzete: »Ich wollte, ich wäre sechzehn Jahre alt!« – Sogleich hielt ihn wieder das ferne Gebetläuten aus seinem Dorfe auf, währenddessen beide die Hände schweigend falteten und laut sagten: »Amen!« Leichter wurde ihm sein Redefaden unter ihrer Arbeit zu spinnen und zu zwirnen, als sie Abendbrot für Hund und Wildmeister einschnitt und den Kaffee für sich und Helf abkochte. Er holte die neueste Zeitung zur Welt – übrigens sogar für die lesende Welt und Nachwelt die älteste –: jetzt dauer' es nur noch sein Jährchen, so werde das Schränkchen aufgemacht. – »Wenn nun aber nichts drinnen wäre?« sagte sie. »Nun, so wär' ich ein geschlagner Mann«, versetzte er. »Ernähren will ich mich und die Mutter wohl mit meiner bloßen Feder, nach dem Beispiel der allergrößten Gelehrten, die ich im Drucke kenne; aber damit allein ist mir und der Mutter schlecht geholfen!« – »Leider Gottes!« sagte sie traurig. Nach diesem Wörtchen war es ihm nicht möglich, aus der Kaffee-Schüssel mit eingebrocktem Brote mitzuessen, so sehr sie ihm auch die Tasse, nämlich einen Löffel aufzwang. Er hatte nachzusinnen. So ist der Mensch; hundert Zweifel an seinem Glücke durchfliegen wie Wölkchen ohne Schatten seine Seele, er merkt es kaum vor Sonnenschein. Jetzt sprech' aber ein anderer von den nämlichen Zweifeln einige aus, sofort ist sein Himmel bedeckt.

»Iß Er!« – sagte sie – »was hilft alles? Er kennt meinen Vater. Dieses Jahr lang dürfen wir einander nicht gut sein und an nichts denken.« Er sah die Hirschgeweihe an den Wänden an, und sie kamen den feuchten Augen rege und stechend vor. Sie trocknete ihre eigenen und streichelte zärtlich von seiner Achsel bis zur Schreibhand herab und fügte bei: »Schick' Er nur die Mutter immerfort! – Ein Jahr ist bald vorbei.«

Diese warme Gegenwart siegte über die kalten Bilder der Zweifel; aus dem Kaffee-Satze waren anmutigere Prophezeiungen zu holen. Auf welchen Sonnenstäubchen fliegt oft dem Menschen eine kleine Sonne, ein Himmelsgarten an und wurzelt ein! Ein solches flatterndes Stäubchen bewohnt' er jetzt und sah davon herab.

Das Stäubchen wurde viel breiter, als sie das Licht ausschneuzte und sagte, sie wolle ihn ein wenig begleiten und durch den dunkeln Wald auf den kürzern Holzwegen führen. Sie zog ihn im Finstern an seiner Hand und befühlte einen weichen Finger nach dem andern. Als beide endlich aus dem Walde kamen und vor die hinabliegende, im Monde gleißende Landschaft traten, an deren Abhang unten sein lichtervolles Dörfchen lag: begleitete sie ihn wieder über nächste Raine und Fußsteige. Die Nacht war vielleicht die letzte schöne laue des Novembers, der einen verkürzten Nachsommer des Nachsommers mitbringt; der Mond war nach seiner Herbst-Sitte unerwartet früher im Himmel erschienen – das Saatgrün des künftigen Frühlings und die rote Blätterglut des Laubholzes färbten die bleiche Nacht und Jahreszeit lebendiger – rufend kamen im Himmel Winter-Vögel an, und Sommer-Vögel zogen ab, und auf den silbernen Gebirgen aus Gewölk, dachte man, müßten die Sommer-Gäste ausruhen und in die künftigen Länder schauen – und die ganze hinabglänzende Abdachung der Landschaft nach dem noch erleuchteten Dörfchen hin füllte die Seele mit Wunsch und Glück.

Lange sah Drotta den im Mondlicht blinkenden niedrigen Kirchturm an. Dann sagte sie hastig: »Gute Nacht«, behielt aber seine Hand. Er sagt' es auch und faßte ihre zweite.

»Ich habe schon gute Nacht gesagt, lieber Helf!« sagte sie mit anderer Stimme, und der Mond schien auf sie und zeigte den Liebesglanz ihrer Augen und alle offnen Rosen ihres Angesichts. »Auf ein ganzes Jahr gute Nacht?« fragte er und konnte seiner Tränen sich nicht enthalten. Und sie sanken einander in den ersten Kuß, ohne zu wissen wie. Alle Glut und Kraft und Kühnheit ihres Wesens wollten Drottas Lippen gleichsam in seine eindrücken, und die Küssende unterschied sich wild von der Sprechenden. »Schick' Er morgen die Mutter!« sagte sie und entlief.

Er sah ihr wenig sehend nach, bis sie der Wald verschlungen hatte. Dann sprang er mit Schwingen am Rücken den Abhang hinab. Jeden Graben und Zaun überflog er leicht treffend. – Im Dorfe und in seinem Häuschen verwunderte er sich über die vielen Lichter, als wäre er so gar lange weggewesen. – Die zu einer schmerzhaften Lage herniedergeschlummerte Mutter weckt' er gelinde und führte die Schlaftrunkne an ihr Bette und sagte ihr, er wolle schlafen, und morgen erzähl' er schon alles.

Er sah aber vorher lange in den Mondschein hinaus – Landschaft und Seele verwebten sich ineinander seltsam und süß – er floß mit dem Schimmer in die Auen hin, und der Schimmer zog wieder in sein Herz und glänzte auf allen Gedanken. Und als er endlich die Augen schloß, hörte er nur *eine, eine* Stimme unaufhörlich, und die Liebesträne quoll davon heiß aus den geschloßnen Augenlidern.

O gönnt Jugend und Traum den Sterblichen! Sie gleichen den Blumen zu sehr, welche nur so lange schlafen, als sie blühen; sind sie abgeblüht, so stehen sie aufgetan der kalten nassen langen Nacht. Jünglinge und Jungfrauen schlummern, und daher träumen sie; raubt ihr den Schlaf, so raubt ihr den Traum und den zarten Keimen der Zukunft den Schirm!

12. Kaffee-Düten

Nach-Freuden statt der Nach-Wehen

Da die Liebe in der dürftigen Zeit mehr darreicht als die Ehe in der reichen, ähnlich den Vögeln, welche auf den unbelaubten Zweigen schlagen, aber im Herbst auf den fruchttragenden verstummen: so hatte Gotthelf ein Jahr voll froher Jahrzehende vor sich; denn den herrlichen Kuß konnt' ihm niemand nehmen; und das goldne Ophir und Peru, aus welchem seine Eheringe geholt und geschmiedet werden konnten, lag ihm im Wandschränkchen sicher verwahrt. Er wunderte sich daher, wie er bei Drotta ein- oder ein paarmal habe ins Lamentieren geraten können; aber die vielen Rührungen durch das Wiegenfest erklären es jedem. Jetzt lebte und zehrte er von dem besten Kusse, den es unter den vier Arten und Jahreszeiten der Küsse gibt, nämlich vom Frühlingskusse, recht gemächlich.

Ich weiß nicht, ob allen Lesern die Einteilung so bekannt ist als mir; die Sache selber ist etwas Altes, und ich wundere mich über Unwissende; um aber diesen auch zu helfen, verschwend' ich ein paar Worte.

Mit dem besten, dem Abschieds- oder Valet- oder Schluß-Kuß – denn jeder kann ihn anders nennen –, fängt jeder an, so wie Fibel; ein blutjunger Mann hat nämlich lange und weich-warm gesprochen, getraut sich aber nicht – und er triffts auch –, seine Lippen anders anzuwenden. Beim Abschiede springt er davon, nachdem er vorher den Dixi-Kuß für notwendig und nicht für zu kühn gefunden. Ein Schulmann von mehr Witz als Geschmack würde dies die erste *Konjugation* von vieren nennen.

Unter dem zweiten oder Mittel- oder Orientier-Kuß kann man nie etwas anders meinen als den ohne Stock und Hut; den nämlich, den sich junge Leute in einer Rede geben, die sie fortsetzen, wenn sie können vor Liebe; aber freilich wird oft länger jener als diese fortgesetzt.

Zum dritten – hier sei einmal kein Einfall – greift das Brautpaar; er wird beim Eintritte unter vier oder vierzig Augen ohne Bedenken gereicht. Er präludiert schon sehr dem vierten Kusse vor und ist dessen augenscheinlicher Vorläufer.

Von diesem vierten oder der kalten Jahrszeit aus dem Quartett wüßt' ich nichts zu sagen – er seines Orts kann überall gegeben werden, es sei vor oder nach dem Zanken, oder nach der Ehescheidung.

Aber durch welche Mittel ertrug Gotthelf eine durch die feste Drotta ausgesprochne jahreslange Ehescheidung vor der Ehe? Denn der Winter male der Liebe immerhin den Frühling voraus, und der Frühling ihr das Paradies, und dieses spiegle sie selber zurück: man hat nicht daran genug, man will einander ins Auge fassen und bei der Hand. Auch die Mutter konnte nicht ganz die Stellvertreterin oder den Widerschein der Geliebten vorstellen (ob sie gleich, als ein Weberschiffchen zwischen beiden hin- und herschießend, sie noch fester ineinanderwebte, indem sie zu Hause die Geliebte erhob und im Walde den Sohn und beider Tugenden ab- und zutrug); denn auch das stärkste Erregen der Sehnsucht trägt wenig zum Stillen derselben bei. War Helf aber nicht so glücklich – könnte ein Mann sagen, der im Dorfe die kleinsten Kindereien seines Nächsten wüßte –, die Wildmeisterin gerade am Sonntage in der Kirche und im Kirchenputze zu sehen? Und macht nicht die Sonntags-Glasur und Lasur des mittlern und tiefern Standes, den man sechs Tage lang im abgerissenen Einbande gesehen, einen tiefern Eindruck als alle Parade-Farben einer Dame, welche man nie ungefärbt erblickt, und die sich nur für fremde Augen, nicht für eigne Hände kleidet? Und ist es denn so unbekannt – könnte der Mann fortfahren –, daß sich Helf am zweiten Pfingsttage auf dem Chore hinter eine Birke stellte und unaufhörlich der zu einer Goldschleie aufgeschmückten Drotta – da auf dem Lande am zweiten Feiertag die Kleider-Ausstellung des jungen Volks ist – unaufhörlich und ungesehen ins andächtige Gesicht sah, so daß er sich teils durch den Maienduft der grünenden Kirche, teils durch die Augen einen Doppel-Rausch zuzog? Endlich – beschließt der Mann aus dem Dorfe – kann er ja bekanntlich das frohe Ereignis nicht leugnen, daß ein lungensüchtiger Anverwandter des Wildmeisters und des Vogelstellers begraben wurde, und Helf mit Drotta den Leichentrunk einnahm, nach dörflicher Sitte, und er sie, wie den Abendstern der Liebe, in der schönen Nacht des Trauerkleids erblickte, ja sie über den Tisch hinüber hörte; wie oft aber auf dem Lande der Genius des Todes sich bloß die Augen zubinde, um als ein Amor herumzufliegen, ist wirklich stadtkundig.

Aber was auch der Heiligenguter sage: wem einmal ein Frühlingskuß auf den Lippen sitzt wie Helfen, der würde, von der teuern Geberin abgeschieden, nicht zu bleiben wissen – er würde, mit den feurigen Naphthaquellen in der Brust, in der ein Jahr langen Wüstenei desto leichter verdursten – er würde stark sich Werthern nähern, folglich dem Pulver, das die Mühle selber, worin es bereitet wird, in die Luft sprengt – dies würde er so gewiß tun, als ich hier erst das 12te Kapitel schreibe, sobald sich nicht aus den Wolken selber ein Arm ausstreckte mit dem besten Arzneifinger an der Hand – sobald es daraus nicht plötzlich Brandsalben oder Balsam auf dergleichen Schmerzen regnete und gösse – sobald der Mann nicht unerwartet in einen zweiten Glückshafen oder Glückstopf einliefe – sobald das Schicksal nicht einen ganz unerwarteten Mardi gras an seine Fasttage stellte. --- Aber Helf überkam den gedachten Finger – gedachten Balsam – Hafen – Topf – und mardi; – und von wem?

Von sich; er erfand das alte sächsische oder Bienrodische Abcbuch.

13. Papierdrache

Erfindung und Erschaffung des sächsischen Abc's

Leidenschaftlicher sah wohl niemand aus als ich in der ersten Stunde, wo ich das 13te Kapitel aus dem Juden-Buche ausgerissen fand, man müßte denn mich selber in der zweiten ausnehmen, wo ich die Sache dennoch bekam, als eine spielende Knapp- oder Knabschaft (es war nicht meine biographische) das Kapitel an mein Fenster steigen ließ, als Papierdrachen. Ein artiger Schicksals-Wink! Er will damit wohl sagen: so heben wir Autoren auf Papier uns sämtlich hoch genug (höher vielleicht, als unsere Bescheidenheit anerkennen will); Wind (er bedeutet das Publikum) trägt auf- und fortwärts; an der Schnur hält den Drachen ein Knabe (er soll den Kunstrichter vorstellen), welcher durch sein Leitseil dem Flugtiere die ästhetische Höhe vorschreibt.

Bei solchen Erfindungen wie die eines ganz neuen Abcbuchs für ganze Länder, die es lesen, sind auch Kleinigkeiten, welche um deren Geburt umher waren gleichsam als Mütter und Wehmütter, in hohem Grade wichtig. Das Schicksal wollte nämlich haben, daß Fibel eines Abends vor der zerbrochenen Fensterscheibe des Schulmeisters vorbeiging, und daß darein statt des Glases der sogenannte Abc-Hahn eingeklebt war, dessen Tierstück die ältern Abcbücher mit einem Prügel in der Kralle abschließt. Aber dieser Scheiben-Hahn wird noch viel wichtiger durch einen Traum, womit er Fibels ersten Schlummer schwängerte, und welcher nachher so gewaltig alle Schulbänke und Abcschützen erschütterte.

Alle Vögel seines Vaters – träumte er – flatterten und stießen gegeneinander, pfropften sich ineinander und wuchsen endlich zu *einem* Hahne ein. Der Hahn fuhr mit dem Kopfe zwischen Fibels Schenkel, und dieser mußte auf dessen Halse davonreiten, mit dem Gesichte gegen den Schwanz gekehrt. Hinter ihm krähete das Tier unaufhörlich zurück, als würd' es von einem Petrus geritten; und er hatte lange Mühe, das Hahnen-Deutsch in Menschen-Deutsch zu übersetzen, bis er endlich herausbrachte, es klinge ha, ha. Es sollte damit weniger – sah er schon im Schlafe ein – der Name des Hahns ausgesprochen (das n fehlte), noch weniger ein Lachen oder gar jener Verwunderungs-Ausbruch vor den damals noch unerfundnen Park-Graben angedeutet werden, sondern als bloßes ha des Alphabets, welches h freilich der Hahn ebensogut he betiteln konnte, wie b be, oder hu, wie q ku, oder hau, wie v vau, oder ih, wie x ix. Fibel hörte hinter sich über funfzehn Schulbänke das Abc aufsagen, aber jedesmal das h überhüpfen; endlich fuhr der Reithahn unter sie, und sie riefen einhellig: ha, ha etc. etc., ohne zu lachen. Und Helf konnte jetzt sehen, daß jede Bank ein Abcbuch voll eingeschnitzter Bilder war – z. B. bei A einen Hintern, bei B eine Birkenrute für jenen –, aber nur um H war nichts gemalt, bis der Hahn leibhaftig den Buchstaben vorstellte so wie Hennen die en.

Da rief Helfen eine Stimme mehr aus dem Himmel als aus der Hahn-Gurgel zu: »Sitze ab, Student, und ziehe aus eine Schwanzfeder dem Hahn und setze damit auf das Buch der Bücher, voll aller matres et patres lectionis, das Werk, das der größte Geist studieren muß, schon eh' er nur fünf Jahr alt wird, kurz das tüchtigste Werk mit dem längsten Titel, das so viele Menschen aus Kürze bloß das Abc-Buch nennen, da sie es das Abecedeeef-gehaikaelemenopequeresesthetheuvauweixypsilonzet-Buch nennen könnten; schreibe dergleichen, *mein* Fibel, und die Welt liest.«

Darüber wurd' er – was wohl jeder angehende Schriftsteller würde – wach und setzte sich im Bette auf; der Traum war heiß in seine Brust gefahren und bestellte darin ein ganzes neues Leben voraus. Helf konnte gar nicht genug mit sich sprechen aus der Sache. Er müsse gar erstaunen – so übersetz' ich ungefähr sein Selbstgespräch –, daß er, der bisher so viel in ausländischen Alphabeten gearbeitet, noch nicht das geringste in seinem eignen Alphabet für Abc's getan, ordentlich als hab' ihn die Sucht, den glänzenden Vielwisser zu spielen, verblendet. – Er habe Gewalt und Zeit genug gehabt, das alte Abc durch ein neues aus dem Weg zu räumen, bloß schon dadurch, daß er neben jeden schwarzen Buchstaben einen roten gemalet hätte, ein rouge et noir-Spiel, bei welchem jeder alte Abcdarius nur verlieren könne. – Könn' ers nicht viel weiter treiben und jeden Buchstaben mit einem kleinen Gedicht von zwei Reimen versehen und ihn so in die Gehirnrinde einschneiden? – Und könn' er nicht sogar mit ganzen Tieren und Werkzeugen *einen* und denselben Buchstaben benamen und anfangen, z. B. das E mit Esel und Elle oder F mit Frosch und Flegel? – Ja könn' er nicht (denn das entwerfende Feuer eines Autors wächst fürchterlich) sogar die Holzschnitte der Sachen eindrucken lassen über den Reimen? Himmel! wären sie nicht vollends zu illuminieren? –

Aber man sieht hier, wie ungeheuer in einem Autor alles aufwächst, und wie ein Würmchen, kaum federlang, noch ehe er vom Sessel aufsteht, sich zum Lindwurm[1] ausstreckt und verdickt. Dem Muhammed diktierte die Taube in *einer* Minute 180 000 Offenbarungen[2]; aber diese Taube sitzt auf jeder Schulter, über welcher ein Kopf ein Buch entwirft, nur sagt sie mehr ins anstoßende Ohr.

[1] Dieser besteht nach der Naturgeschichte aus vereinigten Würmer-Marschsäulen.

[2] Siehe Düvals Leben.

Fibel sprang aus dem Bette, das Zudeckküssen über den Bett-Stollen hinausstoßend. Er erlebte die schönste Dämmerung, in welche ein Mensch schauen kann; denn in einem Buche, dessen Schöpfung man sich eben vorsetzt, steckt ein halbes Leben und Gott weiß wie viel Zukunft dazu; Verbesserungen, Erweiterungen regneten in seinen Kopf hinein; indem er leise auf und ab ging aus Mangel an Licht; denn es war den 6ten Dezember oder Maria-Empfängnis-Tag. Auch Verfasser dieses bekennt hier, er nähme selber mit einem Vorhimmel vorlieb, dessen Seligkeit darin bestände, daß er jeden Tag auf den Plan eines neuen Buchs verfiele, so wie mit einer verdammten Vorhölle, wo er zur Strafe bloß einzupacken vorbekäme, Bücher in Packpapier, Briefe in Umschläge, alles in Reisekästen.

Jetzt, da wir freilich das fertige Abc vor uns liegen haben [1], denken wir es uns schon so fertig gelegen auch in Fibels Gehirn, daß er es aus diesem nur bei dem Kopfe herauszuziehen brauchte; aber könnte man nur in eines Autors Gehirn-Uterus nachsehen, welche Menge zurückgebliebener Glieder, ja ganze Halbzwillinge des Buchs würde man darin aufgespeichert finden!

Am Morgen schüttete er vor der Mutter seinen Nachtfang aus, aber unter dem Ausschütten schnalzte immer mehr nach. Er konnte es kaum erwarten, daß er anfing und die Feder nahm.

Schon die erste Blatt-Seite – sonst eben kein Spielplatz und Lustlager für den Autor, sondern ein Exerzier- und Kampfplatz, weil er nur mit den besten Ideen anfangen will, und folglich ein Richtplatz so vieler Gedanken, die er ausstreicht – schon die erste Seite war ein schönes Tuskulanum und Utopien für Helf; er schrieb das kleine Abc in schöner Kanzleischrift, ohne einen Buchstaben auszustreichen, geschweige ein Wort, lustig und ungestört herab. Zwischen alle schwarze Buchstaben steckte er rote auf, um allgemeine Aufmerksamkeit zu erregen; daher die meisten Kinder Deutschlands sich noch der Freude entsinnen, mit welcher sie aus den schwarzen die rot gekochten wie gare Krebse herausfischten und genossen.

Ein Mann, der ohnehin schon längst mit Rot schrieb – denn Fibel triebs sogar zu Blau und Grün –, muß allerdings bei dem Rot-Auflegen auf das Antlitz seines Werks rot-froher dagestanden sein als die letzten römischen Kaiser, die sich allein mit roter Dinte zu schreiben vorbehielten, wiewohl sie damit fast nur Staatsschnitzer, wie jetzt die Schullehrer Donat-Verbrechen, zeichneten.

Menschen überhaupt, welche mit mehr als *einer* Dinte schreiben, sind heimlich-selige Käuze und finden bei jeder Einkehr in sich schon den Tisch gedeckt und lustige Gesellschaft; Fibel war von der Zahl der Käuze. Sobald er mit roter Dinte Drucksachen schrieb, so ging er fast in Reih und Glied mit den alten Rubrikatoren, welche sonst die Buchstaben rot anstrichen und überhaupt in alles Schwarze ihr Rot einschwärzten.

[1] Siehe Anhang.

Den Genuß des reinen Alphabets oder der ersten Seite tischte er sich und andern oben über der Druckerlinie auf jeder spätern Seite immer wieder auf [1], ohne daß die Abc-Schützen-Gesellschaft besondern neuen Nutzen davon ziehen könnte; denn Buchstaben gabs ja im Werke ohnehin wie in jedem andern genug.

Aber er konnte eben solcher Buchstaben über der Linie [2] nicht satt werden, welche in der feinsten Ordnung in Reih und Glied, nämlich alphabetisch dastanden, noch nicht in einzelne Worte versprengt und verrückt; unter der Linie sah er nur die *angewandte* Buchstaben-Mathesis, oben aber die *reine.*

Himmel aber! zu welch einem Himmelsbürger hätte ein Erdenbürger geboren werden können – zu einem wenigstens, der in Ambrosia und in Nektar ersoffen wäre –, wenn der Himmel einen Fibel hätte wollen unter den Chinesern aufgrünen lassen, welche achtzigtausend Sprachzeichen besitzen und welchen mithin ein Abc-Buch von einigen Folianten zu geben wäre. O Himmel! So etwas – Nur aber wär' er unter solchem Honig erstickt, und wir hätten nichts. Von desto mehr Gewicht mußten ihm die wenigen Buchstaben sein, die wir besitzen, und 24 bleierne konnten ihm wohl ein so großes haben, als jene 23 goldene waren, jeder einen Zentner schwer, von welchen ich, Gott weiß in welchem Reisebeschreiber, einmal Meldung gefunden.

Es muß zu seinem Freudenhimmel noch eingerechnet werden, daß er nicht nur mit Fraktur und Kanzleischrift – die so nahe an Druckschrift grenzt –, sondern auch mit Dinte schrieb, welche Gutenberg anfangs (nach Schröckh) gebrauchte statt der Druckerschwärze. Helf sah sich schon halb gedruckt; sah er sich um, so war er ganz gedruckt, falls im Wandschränkchen etwas war.

Er ging nun – mit dem Gefolge seiner unzähligen Abcschützen hinter sich – ins Ab-Eb-Ib- hinein; eine Buchstabier-Methode, von welcher ihn durch das ganze Buch hindurch nichts abbrachte, auch keine neuere blendendste nach seinem Tode. Er tat auf dem Papier keinen Schritt, ohne von einer Silbe zur andern auf zwei übereinander liegenden Teilungs-Strichen (z. B. Stri-che) [3] wie auf einer Brücke überzugehen; aber auf diese Weise eben schließt er sich an das lange Narren- und Weisen-Seil der Erfinder an, nämlich als der Erfinder der – Gedanken*striche,* welche im jetzigen Surrogaten-Jahrzehend so bewährteste Gedanken-Surrogate geworden. Die neuern Nießhaber dieser Erfindung setzen freilich die parallelen Striche

[1] Ich verweise auf das Werk selber, das als die erste literarische Amme wohl in keiner Bibliothek fehlen sollte, so wie auch Griechen und Orientaler stets ihre physischen Ammen in der Familie fortbehielten. Ich hab' es daher diesem Buche beigedruckt; und beziehe mich stets darauf.

[2] Siehe Anhang.

[3] Siehe Anhang.

nebeneinander, ja oft drei, bloß um vielleicht --- mehr Raum auf dem Papier zu leeren und in dem Beutel zu füllen.

Es ist kein Wunder daher, daß ein solcher Mann und Buchstabierer späterhin so bittere Feinde fand; und daß ein Heinicke seiner Buchstabier-Methode so viel Unheil zuschrieb als Malthus der Übervölkerung. Ich weiß, sie hätten ihm, hätten sie ihn über der Arbeit ertappt, den Schreibarm abgesägt.

Er setzte bloß die geistlichsten Sachen, z. B. das Vaterunser, den Morgen- und Abendsegen, zum Buchstabieren in Bewegung – so wie die Deutschen anfangs Bibeln, die Welschen aber nur Klassiker druckten –; nur schwankt' er anfangs am Schreibtisch bei sich, ob er z. B. das Vaterunser und die beiden Segen zugleich mitzubeten hätte, wenn er sie silbenweise hinschriebe – was sehr ins Verdrüßliche und Langweilige fiel –, oder ob er die Andacht auf die schicklichern Zeiten versparte, wo es schneller zuging. Letzteres wählt' er um so lieber, da es doch nicht geklungen hätte, wenn er im Abendsegen, den er am hellen Tage abschrieb, hätte ordentlich andächtig verfahren und halblächerlich für das Verleben eines Tages danken wollen, der noch tageshell dastand. Himmel! wie muß ein Mann den Dampf und Rauch des Lebens durch seine Schreibspule von sich weggeblasen haben, wenn er nicht nur[1] nach dem Morgensegen hinschreibt: »Und alsdenn mit Freu-den an dein Werk ge-gan-gen und et-wa ein Lied ge-sungen, als die Ze-hen Ge-bot, o-der was sonst dei-ne An-dacht gie-bet« – sondern wenn er auch dem Abendsegen die Zeile ansetzt: »Und als-dann flugs und fröh-lich ein-ge-schla-fen.«

Sogar das Körperliche bei seinem geistigen Erzeugen kehrte sich zu seinen Freuden um, z. B. er schnitt in ruhigen Muße-Stunden mehrere Federn voraus, um sie im Feuer bei der Hand zu haben – er deckte Dintenfaß und Dintentopf vor allem Staube zu, was so viele von uns versäumen, so wie das Abwischen der Federn nach dem Schreiben! – Ja war er nicht sein eigner Dinten-Koch (und dadurch hofft' er, nicht mit Unrecht, sein Goldkoch zu werden) und setzte, sobald es regnete oder schneite, die beste Dinte im Dorfe an und prüfte die Schwärze von Stunde zu Stunde, um leserlicher aufzutreten? – Und bracht' er nicht unter dem letzten Souverains-Wechsel eine Feder, so teuer als ein ganzer Flügel oder Flederwisch ist, nach Hause und gestand der Mutter frei, diese Seefeder – zwar bekanntlich ein Seetier, er wollte aber sagen ein Seekiel – sei wohlfeiler gar nicht zu haben als um einen Batzen der Kiel? –

»Jetzt aber,« fügt' er entschlossen bei, »jetzt gehts auch an die hochtrabendsten Reime, die es nur gibt, und da gehören die wackersten Seefedern dazu; Reime, wie nur im Gesangbuche stehen, müssen vorkommen und alles sehr schön ausfallen!«

Er fing denn das Reimen an und folgte seinem Rufe, dem Hahnenrufe.

[1] Siehe Anhang.

Bekanntlich stellt' er in seinem Werke immer neben etwas Lebendiges etwas Totes, eine Frucht oder ein Werkzeug, z. B. neben die Gans die Gabel, neben die Sau den Szepter, neben den Affen den Apfel; ein schöner Wechsel, welchen später die Franzosen zu ihrem revolutionären Kalender entlehnten und glücklich nachahmten, um die Tage statt nach Schutzheiligen lieber nach Schutztieren und Schutz-Gerätschaften zu benennen.

Dreierlei macht aber den Autoren das Leben sauer, erstlich der Anfang, weil sie gleich auf der Schwelle mit Wolken und Juwelen vor den Lesern blitzen wollen; – zweitens die Wahl unter der Fülle, wenn sie über eine ganze halbe Welt zu reden und zu gebieten haben, z. B. ein Beschreiber der gräßlichsten Vorfälle jetziger Zeit; – drittens die Wahl, wenn wenig oder gar nichts da ist; z. B. wenn einer ein Namens-Lexikon der jetzt in Paris kursierenden Mystiker und ersten Christen schreiben wollte, wovon er (ungleich dem dasigen Atheisten-Lexikographen) schwerlich für jeden Diphthong einen Mann finden würde.

Diese drei Torturen oder Teile der Buße stand auch Fibel aus. Die erste Seite, worauf bekanntlich der Affe und der Apfel stehen, hatt' er als die Fassade so festlich als möglich mit Raffaels-Tapeten vollzuhängen, um dem Leser oder dem Buchstabierer gleich vornen einen Vorschmack zu geben, auf was er drinnen im Lehr- und Bildersaale sich zu freuen habe. Noch dazu mußte die erste Seite, da sie allein stand – neben jeder folgenden schlug sich (die letzte ausgenommen) immer die Nebenseite auf – und da sie also den Vorteil des Kontraposts entbehrte, sich mit eigentümlichen Schönheiten waffnen, um ihre Stelle würdig zu behaupten.

Auch mußte die Welt – ließ sich ohne Scharfsicht voraussehen – ihr Auge zu allererst auf die erste Seite mit drei Haupt- und drei Bei-Figuren richten, weil die Anfangs-Buchstaben ihrer Namen zugleich die Anfangs-Buchstaben des Titels seiner Schrift, nämlich des Abc waren.

Es gehört unter die vielen Autorfreuden, welche ich unter dem Schreiben dieser Lebens-Beschreibung genieße, daß ich die ganz unbekannte Anekdote – sie wäre denn der göttingschen Bibliothek bekannt – aus meinen Dorf-Papieren geben kann, daß Fibel auf folgende Weise anfing:

Der *Adam* gar possierlich ist,
Zumal wenn er vom Apfel frißt.

Mehrere Deutsche meiner Bekanntschaft wünschen, er hätt' es stehen lassen, daß sein Vorbertuchs-Bilderbuch wie das Menschengeschlecht anfing, mit dem A Adams. Das Schicksal und er selber wollten es anders. Der nackte Adam, der wohl nach, aber nicht unter dem Apfel-Biß in Pelze zu kleiden war, wollt' ihm nicht als der anständigste Großzeremonienmeister vorkommen, der nackend sowohl Abc-Bilder als die langen Menschenreihen anführte. Dabei blieben noch dazu Be und Ce unbesetzt.

Auch, wie gesagt, das Schicksal wollte ein anders, indem es ihn durch einen *A*ffen, *B*ären und ein Camel aus dem elenden Eismeer herausfahren ließ ans Ufer; nämlich ein Bärenführer tat ihm diese Vorspann-Dienste dadurch, daß er mit ihnen für Geld durch das Dorf zog und gleichsam ihren farbigen Schatten für ewige Zeiten auf die erste Seite warf. So ritt denn unser Fibel auf dem dreileibigen Geryon ins Holzschnitt-Werk hinein, wozu ihm bald ein Quintett von vaterländischen, aber dummen Tieren stößt, Dachs, Esel, Frosch, Gans und Hase.

Am meisten sind wir Menschen dem Bärenführer Dank für das repräsentative System schuldig, daß durch seinen Durchzug unser alter Stammvater und Stammhalter Adam sich, unserer anständiger, in den Stief- und Zerr-Menschen, den Affen, verwandelte. Letzterer homme postiche kann nach einem umgekehrten Anthropomorphismus in so viele Äpfel beißen, als er will. Dabei ist er, wie Adam erst *nach* dem Falle, schon von Natur in Tierfelle anständig gekleidet; und es ist überhaupt zu einem gesandtlichen Repräsentanten Adams, des wahren Menschenkönigs, indem ein Stellvertreter doch nicht alle Vorzüge seines Fürsten haben kann, recht gut der Affe gebrauchbar und zuschickbar, da dieser, kann er auch nicht alle höhern Eigenheiten seines Repräsentandus darstellen, doch die andern niedrigern an seiner Natur wie durch ein Kreditiv erträglich aufweiset, unter welchen er tückische Laune, Wollust, Possierlichkeit, Unbezähmbarkeit wohl ohne Eitelkeit anführen darf.

Die zweite obgedachte Not, die ein Autor hat, nämlich die Wahl unter dem Überflusse, erlitt Fibel an dem Buchstaben S, dem bekannten Lexikon-Riesen, ja Riesengebirge, das mit seiner Länge kaum aufhören will und sich daher flegelhaft über einen Bogen nach dem andern legt, indes sich X und Z kaum sehen lassen. Der vom Wörter-Zufluge gestochene Fibel wurde noch mehr verfolgt vom Lexikon, worin er gewöhnlich die Substantiven jedes Artikels als z. B. des S (schon hier bei mir sitzt S an S), nachschlug; und er hätte vor so vielen S- oder Es-Tieren sich gar nicht zu retten gewußt, wäre nicht sein Landesherr auf einer Saujagd mit Hülfstruppen zu ihm gestoßen. Sofort hatt' er dieses Gedicht:

S s Sau -- S s Scepter.

Die Sau im Koth sich wälzet sehr,
Das Scepter bringet Ruhm und Ehr.

Er wurde mit S gleichsam überregnet, denn er konnte sogar den Scepter in einen Sau-Spieß (worin allein 4 S nisten) umschmieden. Ein feiner Takt riet ihm, das S-ch-wein, das seinem Ohre so nahe und seinem Gaumen noch näher kam, nicht aufzunehmen, sondern die Sau aus der höhern Jagd, das sogenannte ritterliche Tier, das sich mit seinen Hauern viel näher an Thron und Scepter schließt.

Die dritte Not, die einen Autor befällt, ist die: wenn er nicht weiß, was er sagen soll. Sie traf Helfen sehr hart vor den Buchstaben qu, x, y, z; solche undeutsche Buchstaben legten einem ehrlichen echtdeutschen Schreiber Schreibdaumenschrauben an; es sollte sein und es war von solchen Ausländern schlechter Dank für seine Gastfreundschaft, daß sie ihn nötigten, sich halb verdreht zu zeigen. Wahrlich es kommen künftige Kapitel in dieser Geschichte, wo man über diese Buchstaben mehr hören wird.

So versah nun Fibel mit unendlicher Mühe und Freude alle 24 Buchstaben mit kleinen Sinn-Gedichten, welche bis auf diese Stunde im Maule der Nation fortdauern. Sein feilendes Ausbessern war gewaltig; er hatte alle Hände voll Arm- und Schlichtfeilen – voll Jätemesser – Stimmhämmer – Erd-Siebe – Schwingfutter – und Poliermühlen. Daraus läßt es sich freilich erklären, daß er uns Füße und Reime von einer Reinheit geschenkt, welche sich jetzt selten macht; z. B. Reime wie ist, frißt – Bär, her – Last, Gast – Hund, kund – Säck, weg (wäck) – Nacht, macht etc. etc.; – wozu aber noch kommt, daß er, anstatt wie Büffon (nach Mad. Necker) vormittags die Substantiva und nachmittags die Adjektiva zu Papier zu bringen, es gerade umkehrte und am Morgen nur die Beiwörter und erst nachmittags und abends, wo er mehr Zeit hatte, die viel wichtigern Hauptwörter aussann und hinsetzte; so wie es ein späterer Kunstgriff war, daß er den frühern Kunstgriff Boileaus, stets den zweiten Vers früher als den ersten zu fertigen, gleichfalls geschickt umkehrte und jedesmal den ersten zuerst machte, und den andern aus der Zukunft abholte. Dies gibt aber auch seinen Gedichten eine Nette und eine solche Säuberung von allen minnesängerischen Flicklauten der Neuern – z. B. von *sehre, deme, Zoren* etc. etc. –, daß ich mich gar nicht verwundere, wenn unsere größten deutschen Dichter ihn früher lasen und studierten als irgendeinen andern Poeten, den Homerus selber nicht ausgenommen.

Gleichwohl wär' es unbillig, eine solche ausgefeilte Vollendung von unsern neuesten Dichtern zu begehren, da es genug ist, wenn sie diesem Polyklets-Kanon von weitem nacharbeiten.

Fibelische Musterhaftigkeit im Abcbuche, kann ein Sonettist sagen, ist wohl in Gesängen von zwei Zeilen und *einem* Reime zu erreichen; aber ein Mann versuche einmal, nach ihr in einem großen Werke von vielen Reimen in *einem* Sonett zu ringen: er wird bald eine tödliche Verse-Ferse eines Achilles und Herkules an mehr als einem Fuße vorzeigen.

Selber jenen demant-dichten und demant-hellen Sinn und Inhalt der Fibelschen Gedichte[1] möcht ich nicht zu strenge unsern Dichtern zumuten.

[1] Z. B.: Das Fleisch der Gänse schmecket wohl,
Die Gabel es vorlegen soll.
Oder: Gebratne Hasen sind nicht bös etc. etc.
Und so sind fast alle mehr oder weniger griechisch-plastisch und real-klar.

Vielmehr ists eben bei ihnen das Zeichen, daß sie vom Phöbus (wie wir den Apollo heißen, und Franzosen schwülstigen Unsinn) nicht weit mehr entfernt sind; so wie auch bei den Kometen das Zeichen der Sonnen-Nähe ist, wenn sie, wie diese, den Kern rein verflüchtigen und durchsichtig werden und ganz zu Schwanz, der hier Assonanz und Reim bedeuten mag.

Dennoch bleibt den Dichtern des letzten Jahrzwanzigs genug übrig, worin sie sich mutig mit Fibeln messen dürfen – auch wär's unbegreiflich, wenn so ein doch weniger von der Kunst als vom Genie begünstigter Voglers-Junge allein ganze mystische und romantische Schulen überwöge und niederzöge –; ich meine aber besonders eine gewisse, in Fibeln sehr vertrocknete Wässerigkeit im edeln Sinn. Diese weisen wir aber auf, und wir können, wie Juweliere ihre Edelsteine, so mehrere unserer poetischen Edelsteine nach ihrem hellen weißen Wasser schätzen und ausbieten. Wir besitzen Dichter vom ersten Wasser, vom zweiten, vom dritten; und in Roßdorfs Dichtergarten spiegeln und wallen Dichter vom zehnten Wasser.

14. Judas-Kapitel

Fibels Einschiebessen, bis zum Aufdecken des Wandschränkchens

Das Werk war auf- und ausgebauet, und die Kranzrede auf dem Dachsattel hatte Fibel schon seit der ersten Mauer mehrmals an sich gehalten; – bekam es vollends noch Drucklettern und illuminiertes Vieh dazu, so war etwas in Heiligengut fertig errichtet, was man, seit der Kirchturm stand, niemals da gesehen. Im ganzen Dorfe lief das Gerücht um, daß der Student ein neues Abc-Buch für alle Kinder, auch die ausländischen, verfertigt; – ein Unternehmen, das freilich der Ortsschulmeister, der so lange Fibelhahn auf dem Mist und im Korbe war, für windig und absurd erklärte.

Der junge Autor – froh, schon Geld noch unter der Regierung des letzten Halbsouverains erschrieben zu haben – trug seine Abcfiguren, womit er, wie mit Schachfiguren, König und Königin, sich und Mutter decken wollte, in die Buchdruckerei der Stadt und zeigte dem Druckerherrn sein Papier und fragte sanft an: »Wieviel bekommt man dafür?« Fibel meinte damit, wieviel er selber für das Gedruckte werde erhalten; der Druckerherr aber verstand natürlich, wieviel er ihm für seine eigene Schwärze und Arbeit zahle, und versetzte daher: »Je mehr Exemplare, desto mehr wird ausgebatzt.« – »Nu,« sagte Gotthelf, »so will ich eine unglaubliche Menge haben und will das Geld gleich mitnehmen.« Sogar die letzte Wendung zog den Druckerherrn noch nicht aus dem Labyrinth; bis er endlich aus diesem durch einen neuen Antrag Fibels in ein unbändiges Lachen geriet, wozu sich Gesellen und Jungen gesellten. Jetzt wurde dem Schriftsteller das Wesen der Buchhändler auseinandergesetzt, wobei er freilich aussah und zuhorchte wie eine sprachunkundige Mutter, welche ihres Sohnes wegen mitten in den lateinischen Reden einer Gymnasiums-Feierlichkeit sitzt.

So trug er denn seinen Verlags-Artikel zum Verleger der Stadt und wollt' ihn losschlagen für Geld. Aber der Mann schlug den Artikel aus; und es ist wahre Schonung, daß ich den Namen eines Buchhändlers verschweige, der ein Werk fahren ließ, wovon nachher so viele tausend Buchbinder in Sachsen und Franken sich bekleideten und beköstigten. Noch schwerer wird mir das Verschweigen, wenn ich weiter erzähle, daß er fast hämisch dem jungen Schriftsteller zu Selbstverlag und Selbstdruck riet und ihm den Kauf einer kleinen Handbuchdruckerei, die er ihm vorzeigte, antrug; »mit diesen Lettern«, setzt' er hinzu, »getrau' er sich Werke von jedwedem Fache, sogar die allerexzellentesten zu drucken.« Helf schlug ein und fleht' ihn bloß um Gottes willen halb kniefällig an, ihm die Buchdruckerei nur so lange aufzuheben, bis er seine Erbschaft gewonnen, bis in den tiefen November. Es wurd' ihm zugesagt.

Er ging so froh nach Hause, als hätt' er in der Tasche eine der besten Taschendruckereien mitzubringen; indes glaubte die Mutter seinen Hoffnungen mitten in der Not schon darum, weil er ihr niemals widersprach. So lebten nun beide sich in den November hinein. Wenn man bloß daran zu denken gewohnt ist, wie viel Große brauchen, um ihr schales Leben einigermaßen abzusüßen – Lumpenzucker, halbe Bastern, Großmelis, Kleinmelis, fein-fein Raffinade, Kandis, Rosenzucker und Bleizucker –: so erstaunt man freilich, wie unser Paar mit dem matten Zuckerwasser auskam, welchem es täglich so viel Wasser nachgoß, daß das Gesöff wie gutes Wasser nach nichts schmeckte. Es finden sich Belege in beider Geschichte, daß sie einmal abends nichts als einen einzigen Kartoffel verspeisten, aber einen so ungeheuern und diesen so freudig und satt, daß ihnen dazu nichts zu wünschen übrig blieb als ein Gast. Aber was machte jede Entbehrung so leicht? – das Wandschränkchen. Mit Freuden darbt, hungert, dürstet jeder vor der Tür einer Silberkammer, wenn er weiß, sie tut sich ihm auf nach wenigen Tagen. – Und – wenn wir die tierdumme Furcht wegwerfen – sitzt nicht jeder von uns an der Tür einer solchen Kammer?

Fibel gehörte überhaupt unter die wenigen Menschen, die sich von den vielen unterscheiden, welche dem Hunde ähnlichen: man streiche diesem irgend etwas ihm Abscheuliches auf Nase und Schnauze, so leckt er gleichwohl an demselben, wie sonst am Wohlschmeckenden, so lange bis ers hinein und rein aufgenossen hat; gleichermaßen wiederkäuen die meisten Menschen lieber das aufgelegte Widrige als Süße und saugen es stückweise in sich, bis sie endlich unter lauter Fluchen über den bittern Nachgeschmack ihn erschöpfen. Aber der leichtsinnige Fibel hielt nur den Honiggeschmack im Munde fest, und ließ das Übrige aus dem Magen gehen, wohin es konnte. Möchte doch jeder ein Register, eine Spieltabelle über Hoffnungen und Befürchtungen halten und Ende Jahrs nachlesen, wie unendlich viele – Befürchtungen gar nicht eingetroffen sind! Aber der Mensch vergißt leichter altes Fürchten als altes Hoffen, denn er setzt eben nicht das Drohen, sondern das Versprechen der Zukunft, d. h. des Weltgeistes voraus.

Sogar Fibels Mutter, welche kein Ehe-Krieg mehr überzog, ängstigte sich nicht darüber, daß der Magen des Sohnes mit den Jahren größer wurde; indes andere Mütter schwache Freude über die Menge und Tätigkeit der kindlichen Zähne bezeigen, so großes Vergnügen ihnen auch früher das erste Erscheinen jedes einzelnen Zahnes gemacht – Und dafür, alte Mutter Engeltrut, dafür, daß du deinem Sohne das schreibende und hoffende Leben nicht durch unnützes Zagen verkümmertest, sei dir noch auf deinem Grabhügel Dank gebracht!

Allerdings lagen um Fibels Haus noch ganz andere Paradiesgärtlein. Es wird hier nicht sowohl die Mutter-Post gemeint – die wöchentlich persönlich mit jedem neuen Reim und Tier, aus der Eierschale gebrütet, zur Wildmeisterin abging und ihr einmal gar das Jägerhorn und den Reim mitbrachte: »Das Jägerhorn macht Lust und Freud« – als der Tubus und Berg. Vielen ist aus einem frühern Kapitel dieses Werks der Waldberg bekannt, von dessen Abendseite man gerade in die Fenster des Jägerhauses schauen konnte. Vom Pfarrer bekam er gern ein altes Fernrohr geliehen, »weil er«, sagte der Pfarrer, »das Wort Teleskop aussprechen konnte, was bei uns der Schulmeister selber nicht vermag, geschweige der Bauer.« Diese Himmelsleiter holte er sich nun an grimmigen pfeifenden Wintertagen und setzte sie ans Auge, wenn die Abendsonne den Berg mit Glanzrot überlegte. Da hing der ferne kalt-windige Gipfel dicht an seiner Nase vor dem Fenster, und er, mit dem ganzen Leibe im warmen Stuben-Bade, lagerte sich bequem auf den fernen Schnee hin und konnte nun die wärmsten Blicke aufs grüne Jäger-Haus herabwerfen, worin er bald Drotta allein antraf, bald seine Mutter dazu, welches letztere leicht vorauszuwissen war.

Verschieden von diesen Winterlustbarkeiten sind die Sommerbelustigungen des optischen Älplers, wenn er abends ganz spät – sein langes ziehbares Schnecken-Fühlhorn in der Hand und am Auge – den sonnenroten Berg mitten ins Dorf mit seinem optischen Zauberstabe versetzte, und wenn er dann auf diesem Verklärungs-Tabor sich niederließ auf das von ihm selber früher zu einer Bank zusammengetragne Steinhäufchen und er keck herunter thronte und fort schauete – wenn darauf die Sonne den Berg wie einen heitern Greis mit ihren letzten Rosen überkränzte und endlich ihn stehen ließ und unterging, statt ihrer aber die schönste Abenddämmerung zum Vergolden nachschickte; und wenn dann in der Stube Fibel oben mitten auf dem fernen Gipfel saß und unter dem Gebetläuten herabsah in die Wildmeisterei und jeden Waldvogel und Drottas Abendgesang vernahm durch Tubus und dabei ohnehin oben genau zusah, wie die Einsame das Haus verwaltete und herumarbeitete: –– in solchen Umständen war es freilich kein Wunder, wenn er das Tubusglas ohne Nutzen abwischte, weil er fälschlich dachte, der Tubus sei naß, aber nicht sein Auge. –

Kenner des menschlichen Herzens müssen es halb und halb, also ganz erklären können, daß er, sobald sein Abc-Werk fast ins reine gebracht und geschrieben war, seine Liebe gegen die vom Walde verhüllte Braut fast wie einen halben Schmerz empfand und sich kaum zu helfen wußte; und ich bin auf der Seite der gedachten Kenner, wenn sie z. B. bemerken, daß eben jedes Blatt voll Reime und Tiere gleichsam als ein guter dicker Ofenschirm und Sonnenschirm sich unter dem Ausarbeiten vor die Gestalt gestellt, die seinem kindischen Herzen so warm gemacht. Vollends war nun der Monat der großen Entscheidung über das Schicksal seines Abc, seiner Mutter, seiner Liebe so nahe herangedrungen, der Windmonat oder November, worin das Wandschränkchen, wie bekannt, testatorisch geöffnet werden mußte. Allerdings konnte vielleicht sich kein Batzen im Schränkchen zeigen, sondern etwan irgendein Spaß; daher auch dem Helden der Geschichte nicht zu verargen ist, daß er in der Nähe des so großen Tags – der im nächsten Kapitel aufgeht – seinen Tubus, bisher die Saftröhre und Brunnenröhre seines fast ausgetrockneten Lebens oder die Balancierstange seines schwankenden, nun nicht mehr an Aug' und in Hand nimmt, sondern lieber ohne alle Hoffnungen erwartet, was sogleich kommt in der folgenden

15. Vogelscheuche

Eröffnung des Schränkchens und des Testaments

Ich wollte, es wäre nicht so vieles in diesem dünnen Leben wichtig, sondern man hätte aus einer oder ein paar Millionen Dinge sich wenig zu machen und könnte ruhig sich aufs Ohr legen. Aber Himmel! welche schwere eingreifende Minuten, die oft das Geh- und Schlaggewicht ganzer Jahrhunderte aufziehen oder abschneiden, haben nicht die größten Königreiche z. B. an einem Schlachttage auszuhalten! Und so geht es bis zum Einzelnen herab, der oft Stunden hat, wo für ihn ein Urteil – ein Examen – ein Landtag – eine Tapetentür – sein eigner Leib eröffnet wird – oder ein Testament.

Und im letztern Falle sind wir alle jetzt durch Fibel, dem man das väterliche aufmacht. Wahrlich ein Autor, dem das funfzehnte, so lange als Vogelscheuche aufgehangene und jeden Schnabel abtreibende Kapitel endlich von Heiligenguter Jungen eingeliefert wird, dem wird leicht der Inhalt so scheuchend, als das Papier auf dem Felde war. Schon der Anfang setzt in Angst

Die Mutter nämlich hatte für diesen zu wichtigen Tag, zugleich Sohnes-Geburts- und ihr Erbschafts-Tag, nicht nur Kammer, Küche und Treppe gescheuert, sondern auch viel Eß- und Trinkware hingesetzt für die drei Herrn Aufschließer; – hatte nun der Vogler im Wandschrank nichts hinterlassen: so blieb, nach dem Abzuge der drei Aufmacher, die blanke Stube so wie das ganze hoffnungsleere wüste Häuschen als eine widerwärtige Hinterlassenschaft der so hoffnungsreichen Vergangenheit zurück. Inzwischen soll dieser Eingang auch nicht dem ärmsten Leser einer Lesebibliothek ohne Not das Leben sauer machen, sondern es soll gesetzt fortgefahren werden.

Es erschien denn der Schulmeister *Flegler* als Dorfs-Notar samt zwei Zeugen, da kein Jurist noch Unglück allein kommt, ja Fakultäten, die Urtelsverfasser mehrfach aufeinander sitzend versenden, wie oft in der Paarzeit vier Frösche aufeinander sitzen oder wie man Schnecken gepaart verschickt. Flegler sagte, heute erscheine der Tag, wo er komme und an woselbem er nach der Bevollmächtigung des sel. Erblassers als Executor testamenti wirklich auftrete mit allen gehörigen gewöhnlichen Zeugen. Sowohl dieses als sein Dasein bracht' er darauf gehörig zu Papier.

Engeltrut weinte, weil sich vor ihr der verklärte Vogler gleichsam halb im Sarge, obwohl sträubend aufrichtete und ihr in dieser halben Auferstehung ordentlich die Hand reichte, als sei er da drunten freundlich geworden.

Sein Sohn paßte scharf auf alles auf und dachte am meisten an die Mutter und an das Abc.

»Von höchster Importanz ists endlich,« sagte Flegler – »daß man allerseits von Gerichts wegen sich zum Besichtigen und Erbrechen des Wandschrankes erhebet und den Schrank zur Erbschaftsmasse schlägt, wenn auch kein Geld oder Geldeswert darinnen ist; – denn das Protokoll vom heutigen dato muß ordentlich geschlossen werden.« Die Fünfer verfügten sich ordentlich in die Kammer – der Schulmeister sah erst diese, dann noch genauer die Siegel an – dann die Papierstreifen als Eisenbänder über der Türe, ob nicht gar darauf geschrieben sei – dann schnitt er behutsam die Streifen vom Siegel los – endlich sperrt' er auf.

Der verwelkte Rosenstock in seinem Topfe stand darin. Sonst wars leer; – und als die Zeugen alles untersuchten, bliebs leer.

»Dennochen«, sagte der Schulmeister, »muß der Topf ins Protokoll eingetragen werden, mein liebes Studentchen«, und schlug Helfen auf die Achsel, schnell hintereinander Kopf nickend. Er gehörte unter die willigen Menschen, welche gern einem andern, wie Simeon dem Erlöser, das Kreuz nachtragen, wenn sie wissen, daß er daran geschlagen werde.

Flegler verfügte sich in der Stube an den Protokolltisch, gebot aber sogleich in die Kammer hinein, den Topf neben das gerichtliche Protokoll hinzustellen. Die halb erstarrte Mutter war nicht vermögend, ihre erfrornen Hände zu rühren; der Student aber ergriff den Topf und ließ – weil dieser zu schwer war, oder sein Herz – ihn aus den Schreibfingern gleiten, und die Blumenscherbe zersprang in hundert Scherben.

Indes kam aus der Erde – und woraus denn überhaupt sonst? – Gold heraus; an 300 Souverains (halbe) hatte der Münzmeister Gotthelf durch einen leichten Handgriff ausgeprägt. Die Kammer (nämlich die vier Fakultäten darin) schrie vor Lust über den Aufgang des goldnen Sternen-Gewimmels: »Die Erbschaft ist da, die Erbschaft ist da!« Der im Niederschreiben unterbrochne Flegler fuhr in die Kammer und tat im ersten dummen Schrekken die zornige Frage: »Wer von euch da hat das Gold eingeschwärzt?« – Man reiset jetzt durch wenige Länder, welche eine solche Frage nicht gerne hätten oder einen goldeinschwärzenden Taschenspieler. Der Schulmeister half sich sogleich aus dem Dummsein dadurch, daß er bestimmt erklärte, nicht das geringste Goldstück dürfe der Erbschafts-Massa unterschlagen werden, weil er diese zu Protokoll zu nehmen habe; freilich da niemand ihre Größe kannte, war jede sichtbare die ganze. Es gibt ebensooft einen diabolus ex machina als einen deus ex machina; Flegler wäre gern jener auf Fibels Lebenstheater gewesen; so aber arbeitete er unter dem Golde verdrießlich fort, wie ein Goldarbeiter in seiner Werkstatt, über welchen eben ein die Metalle suchendes Gewitter zieht.

Er gehe! –

Aber ich wünschte, auch andere und anders teilnehmende Heiligenguter überließen Frau und Sohn ihrer gegenseitigen Seligsprechung und ihrem Weinen vor Lust und Dank. Engeltrut wurde an diesem Tage zum zweiten Male Siegwarts Braut und Preis-Gattin, und ihr Lebenstheater drehte sich wie ein römisches Amphitheater auf Angeln um, und sie wurde aus der Zukunft zugekehrt der Vergangenheit. Helf aber saß seines Orts tief bis über die Ohren und Augen in lauter Zukunft; er sah nur Abc und die Braut. Erst später, als ihre Glückwünscher und Glückverwünscher über Schwelle und Dächlein hinaus waren, fiel der Mutter der Geburtstag Gotthelfs fast wie etwas Neues wieder ein, und sie sagte, er müsse nun mit ihr hinknien und Gott für alles danken. Er tat es mit Freuden und kniete neben sie hin und sagte Gott Dank, doch aber mehr dafür, daß er Erbe, als daß er Mensch geworden, indes die Mutter mehr an sein Gebären als an sein Erben dachte.

Jetzt war es nun Zeit für die Mutter, sich aufzumachen und die Sache der Welt zu berichten. Großen Schmerz steckt man leichter ins tiefe Herz zurück als große Freude – obgleich die Äußern, die Menschen, an jenem den größern Anteil nehmen –; aber man plaudert aus hundert Gründen: z. B. weil man doch mehr die Teilnahme voraussetzt und wieder nach ihrer Entbehrung weniger fragt – weil man in der *Freiheit* der Freude losgebunden alles liebt – weil sogar ein fremdes kaltes Ohr und Herz die Glut der eignen Entzückung nicht löscht – weil zwar Überschmerz das Herz langsam zerläßt, aber Überfreude es gewaltsam zersprengt, auch schon, weil man sich unbesorgter den reißenden Paradiesesflüssen der Entwürfe als den zurückgehenden Höllen-Strömen der Fehlschlagungen übergibt, und weil man daher bei großen Freuden-Stürmen zuerst dem Herzen Luft zu machen hat durch die Lungen, d. h. durch Sprechen – und endlich, weil Engeltrut zuvörderst zur Wildmeisterin ging.

Gotthelf hingegen ließ seine Freude am Schreibpapier aus und feilte aus den Reimen das Dümmste lustig weg. Denn nun rückte ja die Zeit – die Goldscheiben lagen als Räder zum literarischen Siegswägelchen schon da und brauchten nur eingebohrt und angeschraubt zu werden – immer näher mit dem Wägelchen an, wo er sich aufsetzen und auf ihm hinausfahren konnte in die Welt und Unsterblichkeit. Er hatte die Taschendruckerei schon so gut als in der Tasche; durch das güldne Abc des Testaments war das bleierne des Buchs zu kaufen und zu setzen. So sehr ist sogar der größte Schriftsteller, gleichsam wie jetzt Europa, zu den Metallen verurteilt, wie ein Römer-Knecht, dieser Silberdiener und Goldsohn der metallischen Verhältnisse, obwohl in einem andern Sinn als der Silberdiener einer fürstlichen Silberkammer oder der Goldsohn einer mütterlichen Herzenskammer. Und so schrieb denn Fibel frohsam weiter und gebar selig Reime, welche die Welt kennt, aber nie kennen würde ohne den Druck.

Er siebte und filtrierte fürchterlich an seinen Abc-Gedichten, aber ohne viel Glück; denn im Haarsieb und Filtrum oder Philtrum saß immer die Wildmeisterin und verstopfte die kritischen Löcher. Zuletzt ging er, da er müde war, spazieren, fast bis an Drottas Gehege, um seine Mutter und von ihr die Nachricht früher zu haben, was das Wandschränkchen für Wirkung im Walde getan. Er selber hatte unmöglich der erste Reichtums-Bote bei der Geliebten sein können, um ihr Ja oder Nein fast herauszufodern – entweder sie rot, oder sich blaß zu machen, dies überstieg die Kräfte seines Herzens.

Die Mutter überbrachte mit mehr Freude, als ich Ursache dazu finde (denn ich höre noch nichts Bestimmtes von Einwilligung des Vaters), die Nachricht, daß der alte Jäger schon zu Hause gewesen und in zehn kurzen Flüchen seine Entzückung über den Verstand seines seligen Duzbruders ausgedrückt; – und daß die Wildmeisterin sogleich höchst gescheut mit ihr die Anlegung und Sicherheit eines solchen Kapitals besprochen. »Mutter,« rief Helf, »jetzt kommt Leben ins Haus! Und Ihr sollt recht in Euerer Kommodität sein.« Natürlicherweise sprach er dann von leichten Verlobungen und von Taschendruckereien und Autorschaften deutlicher als je.

Nicht das 16., sondern das 17. Kriminal-Kapitel

Der Maienbaum im Paradies

Ich stelle das ganze Dorf zum Zeugen auf, daß ich das 16te Kapitel vermittelst aller Jungen desselben nicht aufzujagen vermocht. Ja die Welt kann sich glücklich preisen, daß ich wenigstens das unschätzbare 17te Kapitel, worin so viel von Liebe vorkommt, an einer alten Halsgerichtsordnung Karls des Fünften als Einkleidung oder Umschlag angetroffen. So zieht sich doch immer genug Zusammenhang mit dem Vorigen fort. Ich finde Helfen im Kapitel, das ich eben schreibe, schon im Mai ansässig und noch unverheiratet, aber voll Liebeserklärung; ferner find' ich Winke in dem, was ich schreiben werde, daß er die Taschendruckerei zwar gekauft, aber noch nicht (vielleicht aus Unkunde des Druckens) für Abc und Welt verwandt; endlich erseh' ich aus dem, was ich sogleich erzähle, leicht, daß Sohn und Mutter manches ausgestanden, manchen kotigen Schnee durchwatet, bis sie da angelangt, wo wir fortfahren.

Wollt' ich sonst die Lücke, welche über einen ganzen Winter hinausreicht, bloß mit Dichtungen zufüllen: so könnt' ichs wohl; oder ich müßte in meinem Leben nicht gelebt oder gelesen haben, um nicht sogleich so viel Jammer und Not bei der Hand zu haben, um zwei sorg- und schuldlose Menschen auf eine Folterleiter zu spannen, die sich vom November bis zum Johannistag hinüberlegt. Himmel! wie leicht wäre nicht beider gewonnenes Hirtenländchen von Doppellust sogar durch den frostigsten Autor dick zu überschneien! – Und wenn dem Leser so sehr an Tränen liegt und er sich aus dem Tränen-Gefäß oder Lakrymatorium eines Paares nicht satt schöpfen kann, so liegt ja noch immer das Heidelberger Tränenfaß des Krieges vor ihm, woraus er mit einem Stechheber sich so viel Jammer holen kann, als er nur Lust hat.

Inzwischen bei dieser Gelegenheit rühr' ich mich selber und jeden andern. Wünschen wir uns lieber Glück zum Verluste des sechzehnten Hiobs-Kapitel! Zu erraten ists ja von selber aus allen Winken, die ich sogleich hie und da einstreuen will, daß der alte Forstmann sich als Hemmkette und Hemmschuh aus Starrsinn dem Brautwagen beider Liebenden anschnallte. Auch sagt' ich es sogleich zu mir, als man das breite grüne Paradies aller dieser Leute aus dem Wandschränkchen zog: »So kann es nicht bleiben; ein paar finstere Wolkenschatten, ja einige Hände voll Hagel wirft der Himmel wahrscheinlich darauf.« – Und o wie ists eingetroffen! Sechs Sprossen, d. h. sechs Monate, sind der vor die Nasen der Helden und der Leser hingestellten Himmelsleiter ausgebrochen.

Die Sache ist diese:

Der Wildmeister war wie alle Einsame oder Waldmenschen – denn ein Wald ist noch weniger volkreich als ein Dorf – unter die Schaumünzen von Selbst-Gepräge gehörig, unter die sogenannten Festhasen, die man für das Fest mitten aus dem Jagdverbot herausschießt. Er hielt sich für klüger als alle Hasen, Rehe, Sauen und Jägers-Pursche, folglich für klüger als die ganze Welt, denn diese bestand bei ihm nur aus jenen. Personen nun von solchem höchsten Verstande, wofür der Forstmann sich galt, nehmen jedes Dekret – sobald sich ihm nur niemand mit Gründen widersetzt – leicht zurück, weil sie den Selbst-Löseschlüssel den ganzen Tag in der Tasche tragen und sie wenigstens bei sich recht haben, wenn sie Nein nach dem Ja sagen und umgekehrt. Gleichwohl waren seine Wald-Kabinettsordres, seine pragmaticae sanctiones, seine Kreisdirektorialkonklusa, seine edicta perpetua so unwandelbar und ehern, daß sie niemand ändern konnte als er selber, was er eben darum, mehr sich als andern zu Gefallen, unaufhörlich tat. – So kam er denn nun einst kurz vor dem Johannisfeste halb freude-, halb bier-trunken nach Hause und sagte ungewöhnlich-freundliche Worte zur Tochter, woraus diese indes auf nichts schloß als auf Schüsse.

Endlich zerriß ihm das Herz, und dabei zeigte er eines, und er hob an: »Den Tannenbaum für Johannis (zum Maienbaum) habe ich prächtig losgeschlagen, um drei Taler zu teuer; besonders muß ich dir sagen, du sollst endlich einmal deinen Studenten heiraten, so gewiß die Pursche den Maienbaum aufrichten.« – Die Tochter fing an: »Herzallerliebster Vater, und wenn Ihr meine leibliche Mutter wäret, so könntet Ihr nicht mehr an mir tun, daß Ihr so« .... Er aber fuhr unbekümmert um ihre Antwort fort: »Denn ich habe mirs bei mir wohl überlegt, wenn ich einen einzigen Jägers-Purschen zu Hause lasse, so ist mir das so gut, als wenn du da bist. Ich will dich an deinem Glück gar nicht hindern, da dein Kerl einmal die Jagdkugel[1] im Maule hat.«

Aber er erklärte fest, daß sie »ihrem Patrone« nicht eher die Heirat antragen dürfe als am Johannis-Vorabend, wenn der Maienbaum aufgerichtet würde, und zwar nicht eher als im Augenblick, wo er aus dem Wirtshause mit dem Hifthorne dreimal hintereinander herausstoße und beide »jagdgerecht« blase. Am Morgen darauf sagt' er: »Ich weiß, was ich gestern gesagt, aber es bleibt dabei.«

Wir müßten das untergegangne Kapitel gelesen haben, um recht in Drottas freudig aufgestürmtes Herz hineinzukommen. Sie muß viel gelitten und wenig gesprochen haben; es muß ihr der Aufschub ihrer Liebe, den sie vor dem Reichtums-Tage so leicht ertrug, nach der Ankündigung desselben sehr hart auszuhalten vorgekommen sein. Sie sah bleich aus, so stark und arbeitsam sie war. Aber der Schmerz der Liebe zernagt Geister und Körper, männliche und weibliche Kraft; und der Schmerz frißt heißer weiter, weil der Mensch zu niemand wie bei andern Leiden sagen darf: ich leide, denn er könnt' es nur zur zweiten Seele sagen, mit der er nicht reden darf oder die mit ihm leidet.

Nachmittags vor Johannis kam sie mit dem Vater im Wirtshaus in Heiligengut an, als die jungen Pursche, mit Bändern um den Hut, mit langen bunten Seidentüchern um den Hals, etwas Ähnliches für die rote Fahne des Maienbaumes einsammelten. Drotta gab – sie hatte nichts anders – eine ganze eben gekaufte Rolle rotes Taftband dem Baume zur langen Siegesflagge her, welcher der Segelbaum einer neuen Zukunft, die Siegessäule ihrer Wünsche geworden. Endlich wurde der weiß-glatte voll

[1] Eine Kugel so groß wie ein Ei, aus vielen nahrhaften Bestandteilen gebacken, womit Jäger und Pferde sich lange gegen den Hunger wehren können.

geschmückte Freiheitsbaum dieses Freuden-Abends in die Erde eingetrieben, und Hebstangen und Haltstricke der Dorfjugend hoben ihn unter Lust- und Lenk-Geschrei in den abendroten Himmel hinein, und sein vielfarbiger Gipfel-Schmuck flatterte auf, und das lange rote Band hing spielend den halben Baum herab.

Auch Gotthelf hob in Feierkleidern mit, aber ganz schlecht und sah nach dem Wirtshaus. Von einem Manne, der zehnmal mehr Souverains vorspannen konnte als Sesostris Fürsten, galts im Dorfe schon viel, wenn er nur anfaßte; auch war er der Student. Kaum war der Lustbaum eingekeilt, so fingen Geigen und Tänzer an. Die Nachtkühle lud zum Tanze – ein Tanz am hellen Mittag ist Tarantelstich –; die gelassensten Pursche wollten einen Vorschmack und Imbiß vom morgendlichen Johannistage nehmen; und tatens. Die Wildmeisterin näherte – Freundinnen waren die Sprossen der Jakobsleiter – sich dem scheuen Helf, der ihr bisher mit nichts nachgegangen war als mit Blicken. Ihre offene Freundlichkeit, sogar in der väterlichen Nachbarschaft, setzte ihn nicht in nachsinnende Verlegenheit, sondern in trunknes Entzücken. Ein so schneller Zug aus dem Freuden-Becher oder Tummler stieg ihm in den Kopf, daß er alles sich drehen sah und sich selber zu drehen entschloß. Er fragte sogleich nach nichts, und wenn hundert Väter Drottas im Wirtshause säßen, sondern ergriff ihre Hand und fuhr ins umlaufende Weltkörper-System hinein mit allen Schraubengängen älterer astronomischer Systeme oder seines eignen Körpers. Die Geigenwirbel wurden ihm kartesische Wirbel – auf der Geliebten blassem Angesicht schlugen gar zu anmutig rote Blüten aus – ihm war bei dem Niederschlagen ihrer Augen, als sei sie ordentlich zu vornehm für die Baum-Ronde – aber die kleinen Drucker ihrer Hände gaben dem Gemälde seines Glücks gewaltiges Licht – weit flatterte das rote Band in den Himmel und über die Tänzer, wie eine Freiheitsflagge des Lebens, wie ein all-verknüpfendes Liebes-Band – Gotthelf wurde ein völliger geschwungner Brand im Feuerrad, das den Baum umlief – zum ersten Male ermüdete ein Tänzer eine Tänzerin.

Das Abc hatte sich tief in seinem Kopfe zurückgezogen; er war selber ein Abc-Hahn mit geschwungenen majestätischen Flügeln.

Sie bat endlich um einen Sitz. Am Wirtshause stand ein Kirschbaum mit einer schlechten Laube, in welcher man auf einem hölzernen Bänkchen gut verdeckt und ungesehen ins Fest-Gewühl einschauen konnte. In Dörfern dürfen ein Paar warme Menschen sich schon hinsetzen und hinbegeben, wohin sie wollen; kein Argwohn verbietet oder verbittert die Unsichtbarkeit. In Städten freilich erscheint jede Entfernung von den Zuschauern als eine von der Tugend, und kein kostbares weibliches Herz wird allda in Wäldern und Feldern oder in Zimmern gesichert und gedeckt genug geglaubt ohne eine *Ehren*-Wache von hundert Hoch- und Nachtwächtern mit Schnarren, von Addisons spectators und Schirmgöttinnen u. s. w., so daß weibliche Herzen von Stand und überhaupt städtische Damen wegen ihrer Zartheit und Reinheit zu einem so außerordentlichen Werte geschätzt werden, daß man sie gänzlich Kunstwerken, z. B. Cassanovas und anderer guten Künstler fürstlichen Bildsäulen gleichstellt, vor welche man gegen Verletzungen Tag- und Nacht-Wachen ausstellt.

Anfangs saßen beide Liebende dem fernen Rund-Getümmel mit Wonne gegenüber; die Kinder wurden wach und liefen heraus und wiegten sich im Hemde auf Wagendeichseln, die Männer kamen aus dem Wirtshause, die Weiber aus den Stuben, und alles freuete sich ineinander. »Mir ist heute so tanzerlich zumute, Jungfer Wildmeisterin«, sagte Helf; »ich könnte fast von einem Stern auf den andern springen, und wohl darüber weg, da sie einander so nahe hocken. Und ach, Sie ist wohl so gar sehr gut gegen mich, allerliebste Wildmeisterin.« – Sie drückte ihm die Hand ungemein zärtlich und scharf; was aber wohl kein Unparteiischer für einen Bund-Bruch gegen ihren Vater erklärt, insoferne er bedenkt, daß der Forstmann außer der Zungen- und Büchsensprache gar keine andere kennt und voraussetzt, mithin keine Finger- oder Augen- oder gar Herzens-Sprache.

Aber dieses Anwehen der nahen Liebe bei dem Anblicke des hüpfenden Menschenspiels kehrte auf einmal den nahen Fibel um, er saß als der leibhafte Gott der Sehnsucht da, er sagte und klagte, wie wenig ihn jetzt die ganze Erbschaft erfreue und das Abcbuch, sobald er gegen den Waldberg hinschaue. Sie bat ihn aber mit frohem Tone nur um ein kurzes Gedulden; und es sei gar kein halbjähriges. Dieses goß schon wieder so viel Labsal in den Gott der Sehnsucht, daß er ganz froh ausrief: »Wie doch heute die Kirschen so schön blühen und riechen!« Drotta fing zu lachen an, weil er den mit atmenden Blüten hinaufsteigenden Jelängerjelieber für Kirschblüten genommen.

So saßen sich beide weit in die Nachmitternacht hinein. Der alte Jäger vergaß das Hifthorn über das Trinkhorn. Um den lustigen Maienbaum wurd' es leer und leerer, und Liebende nach Liebenden gingen selig nach Hause. Das lang in den Himmel hineinflatternde Purpurband des Mädchens und der Waldberg voll Mondsschnee und die aus den festen Sternen herabschießenden Erden-Sterne und das Herüberglänzen weißblühender Schotenfelder und ein langer dicker weißer Raubvogel, der gar nicht von der Turmfahne wegwollte, und das zärtliche Neigen der Gipfel eines Wäldchens gegeneinander – – – dies machte ihn und zuletzt auch das Mädchen immer wehmütiger; es war für ihn hart, so vor dem Glücke als Verarmter zu sitzen, und für sie noch härter, einen teuern Trostlosen neben sich zu sehen, dem sie den nahen Trost vorenthalten mußte.

Zuletzt, als ers nicht mehr aushalten konnte, stand er auf und sagte: »Nun gut! so ergeb' ich mich denn in Gottes Willen! Lebe Sie immerdar recht herzvergnügt, Jungfer Wildmeisterin! Und ich und meine Mutter werden wohl von nun an ewiglich allein beisammen bleiben.« Er nahm und drückte ihre Hand und wollte sie fahren lassen .... – – als auf einmal der heitere Forstmann lustig mit dem Hifthorn aus einem Wirtsfenster herausblies und der Tochter das Zeichen der Einwilligung gab.

Aber Drotta konnte vor Herzensfülle nicht reden, hielt nur seine Hand fester, mit der andern aufs Fenster zeigend, und fing zu weinen an. Er fing auch an. Jetzt war ihr vollends die Erklärung des herausgeblasenen Vaters-Ja unmöglich. Sie rief daher bänglich: »Vater! Vater!« – Er kam mit dem Horne heraus, sie fiel ihm an die Brust und sagte: »Ich hab' ihm noch nichts gesagt, sag' Ers!« – »Nun, mein gelehrter lieber Student,« hob er an, »in acht Tagen ist Er mein Schwiegersohn« und zog ihn bei den Haaren an seinen Kußmund.

– – Es gibt viele Entzückungen in der Welt – viele herrliche Nachmitternächte und Waldberge – viele rote Bänder, die ausgewickelt im Morgenrote flattern – viele Wildmeister und Studenten – Aber diese Nachmitternacht und allen Zubehör behält der Student allein; er sank in einen unauflöslichen Kuß der Geliebten hinein, und der Jäger blies wieder das alte Lied, um nur etwas zu tun und zu begleiten. Wie glänzten jetzt die Sterne anders und der Blütenschnee der Erbsenfelder – wie wollte das Band gleichsam von Osten herüber nach Westen flattern, und wie spielten mit allen farbigen Tüchern und Bändern des Freuden-Baumes die duftenden Frühlingswinde! Und wie waren zwei Menschen so froh! –

Es war gut, daß sie dem Vater in das Wirtshaus folgen mußten; denn ein Jahrzehend vergeudet ein Mensch in einem solchen Minutenzehend, und es ist daher gut, zwischen solchen Minuten einige Stunden und Tage einzuschalten.

Der Jäger wollte sogleich mit dem Himmel des Paars in die Schlafkammer der Mutter einbrechen; aber die Tochter bereitete ihm im Kruge seinen Wärmtrunk zu, weil er die Nachmitternacht noch mit Jagen verbringen wollte. Sie wußte geschickt so lange daran zu kochen, daß der Vater die sieche Schwiegermutter nicht aus dem schönsten Morgenschlafe jagen konnte. Alsdann zogen alle – der Vater auf dem Hifthorne voranjubelnd – die Morgenröte gerade im Angesicht – Lerchen über dem Kopfe – frischer Morgenluft entgegen – ins Mutter-Häuschen ein; und Drotta weckte gelind.

Die Mutter, bei welcher sonst das Weinen der Tau war, der den Kelch der Freudenblume glänzend anzeigt und füllt, stand anfangs bei dem Empfange trocken da und sah lächelnd und wie verworren umher; ihre Freude war zu groß und zu weit.

Der Jäger zog nach den nötigsten Anreden bald seinen Tieren nach. Drotta blieb auf ihre Bitte an den Vater den ganzen Tag im Häuschen zurück, um, wie sie sagte, der Mutter die Einrichtung ein wenig abzulernen. Sie wurde im Hause halb Braut, halb Frau. Die Mutter verrichtete vor lauter halb weinendem, halb lächelndem Zuschauen fast gar nichts. Die Sonne und der Frühlingsduft füllten die offne Stube. Fibel an sich wankte ohne bedeutenden Verstand im Hause herum; denn die Nacht läßt sich wohl den Schlaf, aber nicht den Traum entwenden, sondern schickt diesen als Nachregenten, als letztes Mondsviertel in den ganzen hellen Tag.

Er wollte ein wenig feilen am Hochzeit-Kranze, am Jägerhorn[1] und sonst, aber er hätte ebensogut die Turmfahne polieren können; es wurde nichts vor Lust. Er machte daher mit seinen seligen Nachträumen einen Spaziergang in die Küche, dann gar eine Reise ins Dorf bis zum Pfarrhaus und trat schleunig die Rückreise wieder an, um zu sehen, was sich zu Hause nach einigen -- Minuten etwa Neues zugetragen. Darauf konnt' er sich leichter zu einer längern Reise durch Heiligengut entschließen. Er trat sie an. Das ganze Dorf schien ihm neu umgebauet zu sein und zu lächeln, um in seine Feier zu stimmen. Johannisfest war ohnehin. – Stolz und sieghaft und die gerötelte Fahne voll Bänder herumwerfend, stand der Maienbaum als Siegespalme und Ehrensäule seines Lebens im Dorf. Alles war schon im voraus so lustig, daß mehrere Mädchen die Gänse im Sonntags-Anzuge auf dem Gemeinde-Anger weideten. Ihm gefiel viel, sogar der Bogen, den der Mäher machte, und darauf die nett hingelegten Beete Heu. Er sagte zum Schulmeister Flegler: »Gehorsamster Diener«, und dieser versetzte: »Schönen Dank«, aber er war ganz zufrieden damit. Am Pfarrhause leerte sich eine ganze Kutsche voll vornehmer Herren und Damen aus, und er grüßte die Fremden sämtlich und wurde noch besonders hingerissen von einem unbeschreiblich rosenrot-blühenden Damengesicht, weil er nicht erriet, daß bloß der rote Fächer es mit Purpur-Widerschein bezog; – und zum Freudenglanze des gastlichen Pfarrhauses, der sonst alle seine Wünsche überstieg und verdunkelte, gab er gern sein stilles Ja, weil er zu Hause die Wiederholung bereitstehen wußte. – Und endlich sangen noch ein paar mit eingefahrne Stadt-Kinder, weil es Kindern an Text fehlt, das A B C D u. s. w. lustig vor, und er hörte seine Zukunft voraus.

Er ging nach Hause und brachte an den Mittagstisch eine ganze Brust voll hellen Tagsschein, mit heiteren Gestalten bevölkert, mit. Unter dem Gastmahl ging sein Auge von der Geliebten zur Mutter, von dieser zu jener; Drotta allein schien am gefaßtesten und männlichsten, nur ein besonderer Zug einer ihr seltenen Rührung ging durch das ganze Gesicht, der aber auf diesem das fremde Herz mächtiger angriff als ein ganzes Auge voll Wasser. Sie war weit mehr für die Mutter tätig und vorsorgend als für den Sohn; aber ihm war gerade dieses Schwiegertöchterliche ungemein erfreuend, denn er konnte vor Liebe beben und hineinlieben, wenn er jemand seine Mutter recht herzlich lieben sah. Gleichwohl hatt' er nicht den Mut, die Braut vor den Augen der Mutter zu küssen, sondern er versparte es, bis diese hinausging.

Falls auf der Erde es kurz vor den schweren Gold- und den Silber-

[1] Nämlich in der Zeile: »Das Cränzlein ziert den Hochzeitsgast« – und »Das Jägerhorn macht Lust und Freud«.

hochzeiten eine Äther-Hochzeit gibt: so war an diesem Tage Fibel gewiß ein Äther-Hochzeitgast auf der letztern; aber man dankt ordentlich dem Schicksal dafür, daß ihn sonst in manchen Punkten nicht am reichsten ausgesteuert, ausgenommen etwan sein bißchen Unsterblichkeit und sein *Zufriedensein.* Letzteres herrschte fast zu stark in ihm, den Ruprecht des Lebens verheiratete er mit Christkindlein; für die Ährenlese der Freude sah er schon Strohlese an, und so war ihm ein leeres geschwärztes Buch schon ein Buch geschlagnen Goldes. Das Schicksal mochte ihm Hübsches reichen, was es wollte: er hatte stets einen guten Vergrößerungsspiegel im Auge angebracht und dadurch leicht die Kirsche zum Pfirsich geschwellt und die Beere zum Apfel.

Bloß anlangend seine Unsterblichkeit, übertrieb er nichts, sondern versprach sich eine so weit ausgestreckte, als die Homerische ist, welche wie seine bloß bis an den heutigen Tag langt; denn den morgenden haben ja die selber noch nicht erlebt, welche sie weiter breiten, z. B. wir.

Ich errate leicht mit Vergnügen, wie sehr die gefühlvolle Welt sich auf einen Hochzeittag freuet und spitzt, dem eine solche Vigilie vorgeflogen und von welchem sie (so sagt sie mit Recht) schwer glauben könne, wie er nur zu erreichen sei, geschweige zu übertreffen.

18. Judas-Kapitel

Hochzeit – und Pelz

In Warschau werden wöchentlich drei Sonntage hintereinander gefeiert: der Jude feiert seinen vor dem christlichen, der Türke seinen vor dem jüdischen, am Freitage, und nur der Christ verschiebt seinen bis Anfang der Woche.

Fibel hatte seinen Sonntag vor dem Sonnabend gefeiert, den Himmel vor dem Vorhimmel; kurz sein Hochzeittag tat – wenn er auch alt-fürstlichen Beilagern nach Verhältnis nicht nachstand, wo man die Lämmer nach Herden und die Gewürze nach Zentnern und die Flaschen nach Fässern verschluckte – es doch dem vergangnen Verlobungstage nicht gleich, wo die Stubenluft ordentlich himmelblauer Äther wurde und die Sonnenstäubchen als Sonnen darin spielten, und den ich hier gern zum zweiten Male beschriebe, wenn ich Käufer dazu fände.

Kurz im Heumonat wurd' er kopuliert, wechselte seinen Ring, und Drotta ihren Namen.

Den ganzen Tag begriff er nicht, wie eines einzelnen Menschen wegen, wie er, so vieles in Bewegung gesetzt wurde, Pfarrer – Schulmeister – Glocken – Orgel – mitsingende Leute – der Schwiegervater – Gäste; und er sah ebenso demütig als geputzt darein. Aber Himmel, wenn er erst noch höher sich hätte müssen erheben lassen und etwa eine schwere Ordenskette und ein schweres Großkreuz noch dazu auf der Brust hätte zu schleppen bekommen! Dennoch halte ich diese Schwäche einem Mann zugute, von dem so selten (heute zum ersten Male) ein ganzes Dorf auf einmal Notiz nahm. Daher bilde ein anderer, in Auszeichnungen aufgewachsener Glückssohn sich nicht so viel darauf ein, daß er sich kein besonderes Verdienst der Bescheidenheit daraus macht (was auch Verfasser dieses immer tat), wenn er gleich den größten Fürsten sich fähig fühlt, so leicht und unbeschwert einen Krönungs-Anzug, so schwer wie einen alten Panzer, Kardinalshüte mit drei Kronen oben darauf zu tragen – dabei einen Zepter, schwerer als Ehrensäbel – große Paris-Äpfel statt Rockknöpfe – einen Hosenband-Bandorden als Bruchband vornen und auf dem Hintern hinten eine breiteste Medaille. Freilich Fürsten, schon in der Wiege bloß von Huldigungen eingesungen und mit Vivats aufgeweckt, ertragen gar noch mehr; sie halten gleich Taschenspielern die Brust als Amboß unter, worauf das schwere Land gut geschmiedet wird; und wie Luftspringer auf ihren Händen Gruppen tragen, so balancieren sie auf ihren Zeptern Völker. Ja sogar berühmte Autoren härten sich zusehends so kräftig gegen Auszeichnung ab, daß sie zuletzt das größte Lob viel leichter ertragen als den kleinsten Tadel. – –

Der Bräutigam Fibel sollte in sein Hochzeithaus noch eine andere Glücksgöttin und maitresse de plaisirs hineinbekommen, als er schon darin hatte an seiner Braut. Ein Extraposthorn wurde geblasen. Nach einer Stunde meldete der Wirtssohn einen wildfremden Herrn Magister *Pelz* an, welcher, sagt' er, den Krug voll Bauern ganz außer sich setze, weil er ihnen die kleinsten Punkte ihrer Prozesse auswendig vorsage. Sogleich trat Pelz selber herein, noch ein frischer Jüngling nach römischem Sprachgebrauch, nämlich 45 Jahre alt, mit langem Raufer und Hut, großen Hiebschmarren auf einem entschiedenen Gesichte und einer überlangen, aber schief geschneuzten Nase, und fragte nach Herrn Fibel; »er sei«, sagt' er, »der Vetter des Buchdruckers, welchem Herr Fibel die Taschenpresse abgekauft. – Da ihm nun der Druckerherr gesagt, daß er ein neues treffliches Werk über das Abc unter der Feder habe und noch nicht unter der Presse: so biet' er ihm hiemit seine Dienste an, indem er ein ganzes Semester lange ein Drucker-Faktor gewesen; er zeige deshalb hier als Probebogen einige Druckbogen vor.« – Fibel sah die deutschen, lateinischen, griechischen Druckbogen mitten im hochzeitlichen Rausche nicht oberflächlich, sondern scharf und nüchtern durch und mußte sie ganz genehmigen. Freilich konnte mutmaßlich Pelz die Muster-Bogen bequem aus jedem Buche gerissen haben; aber Fibel sagte sich gleich heimlich beim ersten Erblick: »Daran erkennt man doch den Mann von Wort. Er fängt gleich mit der Tat an; aber wie wollte man sich denn sonst auf einen verlassen?«

»Druckerfirnis« – fügte Pelz unter dem Bogen-Besehen hinzu – »kocht wohl kein Gelehrter so schwarz als ich; aber die Sache hält schwer; und ich will ebensogut eine Glocke in der Glockengrube gießen als Druckerschwärze im Kessel sieden; denn es kommt so viel auf die Luft an, und Gott weiß auf was.«

»Herr Magister Pelz,« – antwortete endlich der Bräutigam – »ich glaube, Sie haben mir bis daher gefehlt, und wir können in Gottes Namen das Werk anfangen, wenn Sie hier bleiben. An Geldern und Manuskripten und Pressen fehlt es uns ja nicht.«

»Ich lasse mirs gefallen«, sagte Pelz. Die Braut aber sah ihn sehr scharf an (er sie auch) und sagte nichts; – sie wollte vielleicht am hohen und Sonn-Tage der Flitterwoche ihrem künftigen Manne noch nicht widersträuben. –

Jetzt legte der Magister den Raufer ab und bat um ein Glas Wein, zufügend: »Es geht zuweilen einem Gelehrten fatal; aber er hilft sich. Ich habe auf der Universität mich für jeden duelliert, ders haben wollte, und bin dabei alt geworden und satt quantum satis. – Glauben Sie mir, Demoiselle,« fuhr er gegen die Braut fort, »es tut nicht wohl, sich drei- oder viermal quer auf die Nase herumhauen zu lassen, besonders auf eine große. Ich gedachte einmal mit einer solchen Nase in den Krieg; aber nirgends gabs vernünftigen; – es hilft auch einem Magister legens nicht genug, wenn er auf Akademien von allerlei Köpfen leben will, es sei nun, daß er manche menschliche hell macht und darin aufräumt als ihr Pfeifenräumer, oder es sei, daß er meerschaumene, wie ich getan, braun raucht und solche gut absetzt an Liebhaber. Ich machte mich daher auf den Weg zu meinem Vetter, dem Buchdrucker, um ihm mit zu helfen, besonders aber mir selber. Buchdruckerei ist überhaupt etwas erstaunlich Edles, so daß sich ganze Länder um die Ehre ihrer Erfindung gezankt und gerauft; denn der Pariser schreibt sie dem Nicolas Gnason zu – der Römer dem Ulrico Gallo – der Haarlemer dem Lorenz Jansen; so gut auch alle diese Städter wissen könnten, daß der Straßburger Johann Mäntelin sie wahrhaft und zuerst, und sogar der Mainzer Gutenberg sie viel später erfunden hat. Dies war die einzige Ursache, warum ich mir ein hübsches Säckchen mit Spatzenköpfen gefüllet (es ist ordentlich, als sollt' ich immer nur von allerhand Köpfen leben), bloß damit ich mich unterwegs von Dorf zu Dorf beköstigte, indem ich die Köpfe an die Bauern absetzte, welche sie ihrem Amtmann einzuliefern hatten. – Und so bin ich denn glücklich hier angekommen und habe keinen Kopf mehr als meinen eigenen.«

»Der Herr«, sagte die Braut, »mag einen hübschen Sack voll Köpfe bei sich geführt haben, da die Extraposten bei uns so teuer sein.« – »Demoiselle,« versetzte er (und zog ein Baumblatt heraus), »dies ist mein Posthorn; darauf schmettere ich wie ein Postillion. Freilich die Räder und die Pferde fehlen einem dabei.«

Helf war ganz außer sich über die Offenheit des Mannes; er ging unter allen Hochzeitgästen herum und pries ihn jedem Gaste besonders, am stärksten aber dem Wildmeister. Pelz bat ihn um das Manuskript. Helf brachte vier oder fünf sauber geschriebne Manuskripte des nämlichen Werks aufeinander gelegt; denn gegen die Gefahr des Verlustes (sah er leicht) war es nicht oft genug abzuschreiben. Der Magister las sie alle mit der gespanntesten Aufmerksamkeit durch und trank, ohne es zu wissen, unaufhörlich darein. Dann stand er auf, faßte Fibels Hand, schüttelte sie und sagte nach einiger Pause: »Ausbund von einem habilen Autor! Ich saufe heute einen Kessel Druckerschwärze aus, wenn das Werk nicht eines ist, welches uns bisher noch gefehlt, und dabei so exzellent. Wahrlich die Manuskripte haben mich ordentlich« (hier unterbrach er sich durch einen Trunk) »berauscht.« Fibel wurde blutrot und wollte fast weinen vor Lust. Dieses offne Pelzische Lob, das später Sachsenland, Vogtland und Frankenland bloß kräftiger wiederholten durch Einführung des Werks selber, war freilich für Fibel, da es das erste gehörte war, ein köstlicher, aber betäubender Bisambeutel eines Bisamschweins. Aber ach, wollen wir Autoren alle uns doch der Allmacht des *ersten* Bewunderns, das wir erhielten, erinnern (wiewohl mein eignes Gedächtnis hier so weit nicht zurückreicht), um Fibels balsamische Betäubung zu teilen. Das erste Lob ist oft schon darum das schönste, weil es zuweilen das letzte ist; denn ein himmlisches, besonders aber ein originelles Schreiben gleicht dem Niesen: bei dem ersten verbeugt sich jeder im Zimmer oder ruft gar: Gotthelf!; nieset aber ein Mann aus Schnupfen fort und hundertmal hintereinander, so nimmt niemand mehr von dessen Nase Notiz. Daher bleibt jedem Schriftsteller sein erster Lobredner so unvergeßlich, indes er den spätern zwanzigsten, hundertsten, millionsten vielleicht (soll ich anders nach mir selber urteilen) kaum ebenso viele Sekunden lange im Kopfe behält.

Pelz blies freilich Fibels Feuer fieberhaft an. Denn er tat, als er die Abcbuchs-Reime auf jedes Tier und Werkzeug in den Manuskripten gelesen, die treffende Frage an den Bräutigam, warum er nicht z. B. über die Zeilen:

Der Affe gar possierlich ist,
Zumal wenn er vom Apfel frißt.

das Tier selber holzschnittmäßig und den Apfel dazu und so überall alles zum Anschauen hinsetzen wolle.

»In Holz schneiden kann ich« (stammelte freudetrunken Fibel) – »hab' ich schon geschnitten – und es war gleich anfangs mein Gedanke«; – aber die Torflügel eines langen Rosengartens hatte Pelz vor ihm aufgerissen.

»Sie könnten dann etwan die lebendigen Sachen ausschneiden; ich würde, da ich mich etwas weniger darauf verstehe, mich auf die toten legen; z. B. Sie machten den Esel, ich die Elle[1] – Sie machten den Frosch, ich den Fle-

[1] Nämlich zum Reime:
Der Esel träget schwere Säck,
Mit Ellen mißt der Krämer weg.
Und so zu den übrigen bekannten Reimen des Abcbuchs.

gel – Sie die Gans, ich die Gabel – Sie den Hasen, ich den Hammer«, fuhr der Magister entflammend fort.

Fibel bekam Rosenkränze auf und aß Syrup mit Vorleg-Löffeln; »ach nur gar zu herrlich, Herr Magister!« sagt' er.

»Ja« – feuerte der Magister fort – »das Werk wäre zu einem unglaublichen Grade von Importanz zu treiben, wenn man gar nicht nachließe, sondern ein Farbenkästchen anschaffte und daraus jedes Tier und Instrument sehr nett für Kinder anfärbte und illuminierte.«

»Um Gottes willen, Herr Pelz, gut! Ich weiß kaum, was ich sagen soll«, versetzte Fibel; ein Kessel voll Rosenöl war auf ihn ausgeschüttet, und es verdampfte an ihm ein Rosen-Eden.

»Es ist daher auch wohl gescheuter,« versetzte Pelz, »wenn ich einen gewissen Definitiv- und Fundamental-Rat vor der Hand noch verschiebe, das Allerhöchste, womit Sie einmal dermaßen Viktoria schießen können, daß sich Mann nach Mann ordentlich einen Narren an Ihnen frißt aus bloßem Applaus.« – »Ach, du lieber Herre Gott!« rief Helf und fuhr in den Tanz hinein mit der einsamen, zweihändig dastehenden *Fleglerin,* um mit ihr die Tanz-Sonate à quatre mains abzuspielen. Freilich hätt' er lieber mit Pelzen gewalzt. – »Und doch« – sagt' er zu ihm fortfahrend – »steht mir noch der Fundamental-Rat bevor!« – »Aber nur nicht heute«, sagte Pelz. – »Gott! wie herrlich wird *der* erst lauten!« rief Fibel.

Welcher Abend indes! Wie durchströmten die beiden Paradiesesflüsse der Autorschaft und der Heirat sich einander! – Er konnte kaum die Viertelstunde erwarten, wo er der kurz- und dünnstämmigen Mutter und der großgebaueten und ungelenken Ballkönigin (Reine de Bal), seiner Braut, ausführlicher das Glück erzählen durfte, das er in Geldern und Lorbeeren mit beiden so teilen wollte, daß er höchstens das Drittel annahm. –

Endlich nach dem trägen Abfluß aller Gäste erfischte er das Glück, Mutter und Braut allein vor sich zu haben und ihnen zu melden, welche Flitterwochen und Flitterjahre allen dreien bevorständen. Vor beiden allein konnt' er sein Herz ausdrücken. Der Mutter war, da er ihr die gute Nacht anküßte, als ob sie ihre Silberhochzeit feiere; denn sie glaubte beiden Abc-Machern alles aufs Wort. Die Braut fragte nach dem einen weggegangnen, ihr verdächtigen Abc-Macher so wenig, daß sie sich schon bei dem andern dagebliebnen für selig genug hielt. Mutter und Tochter und Sohn konnten sich kaum von ihren wechselseitigen Küssen sondern.

– Und so waren denn endlich einmal drei Unschuldige vom Schicksal nicht beraubt, sondern beschenkt. – Beinahe möcht' ich meinen Anfang dieses Judas-Kapitels, der die Verlobung über die Hochzeit heben wollte, Lügen strafen; aber man prüfe doch selber!

19. Judas-Kapitel

Flitterwochen

Das rosenfarbige Morgentor der Zukunft war aufgetan, und Fibel ging am Arme Pelzens hindurch.

In wenig Tagen hatte dieser die große Weltdinte, den Buchdruckerfirnis, gekocht – darauf die erste Seite des neuen Werks als geschickter Setzer gesetzt – dann sie als geschickter Drucker abgedruckt – und konnte sie dem Verfasser als geschicktem Korrektor darreichen.

Deine erste Druckseite, mein Fibel? Diesen Konfekt-Teller der Schriftstellerei – diese schönste belle-vue auf Papier – diesen Everdingischen Vorgrund eines langen herrlichen Schreib-Lebens – dieses Lustlager von tausend Hoffnungen bekamst du in die Hand? Und mit welchen Empfindungen? Sprich, angehender Autor des künftigen Werks! – Doch laß es! Wir Autoren selber haben längst diesen Himmel vorempfunden; Lesern aber, die nicht wenigstens ein oder ein paar Trauer-Anzeigen mit Mittrauer-Verboten haben drucken lassen, ist dergleichen doch durch kein Beschreiben zu beschreiben.

Dabei wurde nun noch gar in Holz geschnitten – von Fibeln Menschen und Vieh des Abc's, von Pelzen nur Sachen – die 24 Holzschnitte. Trefflichähnlich stiegen vom Holze oder Formbrett, dieser Bruttafel und Pflanzstätte der besten Vorbilder, sogleich der Affe und der Apfel wohlgebildet aufs Papier.

Aber was war doch dies alles, wenn Fibel seine drei einzigen Farben nahm, – rot, gelb und grün, und damit die abgedruckten Holzschnitte langsam und prächtig illuminierte und tätowierte? Wenn er die Farben-Toilette seinen Tieren machte und gleichsam über dem regendunkeln Holzschnitt den farbigen Regenbogen langsam zog? – Wenn er dies alles tat und erlebte, was war, wurde gefragt, alles andere darneben? Aber allerdings gab es noch etwas, welches sich recht gut mit seiner färbenden Freude messen konnte: es war das Zusammenfreuen und Zusammenklingen eines dreistimmigen Seelen-Satzes (Mann und Frau und Mutter); sogar der Kauz Pelz warf auf das Essen den bunten Streuzucker seiner Erzählungen. Seine Mutter ferner hatt' es so gut und wurde von der Schwiegertochter auf den Händen und Lippen getragen, und es fehlte ihr nichts als etwan – Arbeit; Drottas Liebeszeichen sog sie durstig ein, da deren ganzes Kraftwesen ihr ihren wackern Siegwart zurückspiegelte. Nur eine Ähnlichkeit mit diesem wollt' ihr nicht gefallen, daß Drotta mit Weibern ebenso ungern geschwätzig war als der stumme Vogler. – Der Magister tat oft von weitem – so zärtlich verzerrte sich der Universitäts-Goliath und Schläger –, als ob er Miene habe, die verwittibte Engeltrut gar zu – heiraten; was man dahin und an seinen Ort gestellt sein lassen muß, nämlich in die andere Welt, wo beide nun hausen; denn in dieser kam es zu nichts.

Fibel, obschon ein Ehemann, blieb doch seiner Mutter so untertan, als würd' er gar nicht älter. Drotta aber nahm ihn aus Pflicht für ein Stückchen Vater und Wildmeister; sie befragte seinen Willen in der kleinsten Sache, ob sie gleich wußte, daß er, in seine höhern gelehrten Arbeiten eingesenkt, ihr jeden ihrigen ließ; denn sie sagte: »Ein Ehemann muß sein Recht haben.« Und so stand denn sein Lebensbaum voll bunter Blüten, Früchte und Sangvögel. Unter diese Vögel gehörte besonders der metrische und rhythmische Geist der Gattin, welche – ungleich seiner zuweilen ein wenig chaotischen Mutter – alles zur rechten Zeit, für den rechten Ort, im rechten Maße bestimmte; was die Nachwelt schon daraus schließen kann, daß sie abends alles bereit hinstellte, was man am Morgen brauchte und genoß, Wasser, Milch, Bier und mehr.

Nur eine fast spitzige Feder spitzte sich aus diesem Eiderdunen-Ehebett etwas heraus und konnte stechen; und dieser Kiel war Pelz. Anfangs der Flitterwochen sah die helle Wildmeisterin dem Treiben und Reden des Magisters noch bloß nach und zu, wiewohl es ihr immer am Montage weniger gefiel als am Sonntage, und Mittwochs weniger als Dienstags. Aber mögen nun die schweigende Nachgiebigkeit die Flitterwochen geboren haben, oder überhaupt der neue Übergang aus Vaters-Händen in Gatten-Hände: immer trägt die junge Frau viel töchterliche jungfräuliche Beugsamkeit in die Ehe hinüber als eheträuliche; ja man könnte behaupten, es werde das unschuldige Kind kaum früher aus elterlicher, mithin ehemännlicher Gewalt frei gelassen (emanzipiert), als bis es selber ein noch unschuldigeres Kind unter dem Herzen trägt, wodurch auf einmal zwei schlagende Herzen sowohl den Mann als dem Manne schlagen.

Obgleich diese Freilassung bei Drotta nicht eintrat, so nahm sie sich doch die Freiheit, ihrem Manne zu sagen, sie wisse nicht recht, was sie von Pelzen zu denken habe; womit sie wahrscheinlich andeuten wollte, er sei ein Windsack; oder er sei ihr im Hause neben Fibel das, was in der heiligen Bundeslade die Aarons-Rute neben dem Manna war. Fibel lächelte sehr im ganzen Gesichte herum und schüttelte seinen Kopf, den er in der Sache aufgesetzt. »Geht denn nicht alles«, sagt' er, »schon herrlich über die Maßen, und hat er mir nicht noch gar seinen Definitiv- und Fundamental-Rat zugesagt, den er mir auf der Stelle gibt, sobald nur *drei* Exemplare abgedruckt sind? – Auf diesen Fundamental-Rat muß jeder harren, wenn er nicht ein unvernünftiger Mann und Autor heißen will.«

Kurz der sonst nachgiebige Mann gab hier nicht nach. So wie es keinen vollendeten Sklaven so wenig als einen vollendeten Alleinherrscher gibt: so saß noch kein Mann im Fußblocke aus weiblichem Pantoffelholz, der nicht wenigstens ein oder das andere Glied sich freibehalten hätte. Ich kannte einen trefflichen Ehemann, welcher nicht aus Schwäche, sondern aus Kraft und Liebe immer mit dem Willen seiner Frau zusammentraf; aber doch mußte diese über einen hartmäuligen Fehler herbe klagen, den er sich nicht abgewöhnen ließ – nämlich am Morgen aus dem Bette an die Wand zu spucken, anstatt sich bloß umzukehren gegen die Stube. Das Abcmachen war für Fibel dieses Spucken. Er war ein guter Sohn, ein guter Gatte, ein guter Mensch, aber er blieb doch ein Autor. Gleich manchen Luftschiffern warf er sein als Ballast mitgenommenes Geld herunter, um höher und leichter zu steigen. Er war am Tage ebenso warm gebettet, wenn er die Federn hielt, als nachts, wenn sie ihn hielten.

Wenn indes Drotta ihn in seinem Himmels-Brot-Studium öfters durch ihre Zweifel über Pelzen störte: so beherzige doch jeder, der an dieser Sache wahren Anteil nimmt, daß sie nach ihrem magern, im Waldmoos erwachsenen Stande unter dem Küssen in der Ehe das sogenannte Schnäbeln der Tauben verstand, von welchem Bechstein[1] bewiesen, daß es kein Küssen, sondern ein wechselseitiges Ätzen sei. Ich meines Orts, der ich an ihr so viel Anteil nehme, beherzige dies zuerst; und soll es auch.

Fibel aber hielt sich an die alte Antwort des Magisters fest: »Sind drei Exemplare abgedruckt, so geh' ich mit dem Fundamentalrate heraus, und dann sehen wir.«

Im eben folgenden Kapitel erfahren wir alles so gut wie Fibel.

20. oder Pelz-Kapitel

Der Definitiv- und Fundamental-Rat

Dieses ganze Kapitel wurde in einem Impf- oder Pelzgarten im Grase gefunden und schien zum Verbinden der Pelz-Wunden gedient zu haben, was einer leicht fein-allegorisch deuten könnte, wenn er wollte.

Pelz gab endlich feierlich seinen Definitiv- und Fundamental-Rat her: »Fibel möge nämlich dem Markgrafen das Buch mündlich zueignen und drei Exemplare für die jungen drei Herren Markgräfchen ad usum Delphini sehr submiß, ja submissest überreichen« –

– Es steht nicht in meiner Gewalt, Fibels Erbeben zu malen; ich fahre also sogleich mit dem fortfahrenden Pelze fort:

– »Und dann muß vorzüglich bei Serenissimus angehalten werden um ein rechtes Abc-Edikt oder ein gutes Privilegium, daß das Buch von den Kindern aller Völker seiner Markgrafschaft zum Buchstabieren und Lesen verbraucht werde. Und was brauchen wir dann weiter?« –

Es stände noch weniger als vorhin in meinen Kräften, Fibels Erbeben, und zwar ein süßeres, zu schildern, wenn nicht der Magister sogleich beigesetzt hätte:

»Freilich brauchen wir noch etwas Wichtiges, einen Mann, der unsere

[1] In seiner Naturgeschichte der Vögel.

drei Abcbücher nett einbindet und außen auf der Schale alles vergoldet, sowohl die Buchstaben als den Deckel und Schnitt – und diesen Mann haben wir schon bei der Hand in der Hauptstadt, Pompier heißt er, ein Réfugié, aber er weiß, was Vergolden ist.«

Denn nach diesen Worten war Fibel in einen warmen leichten Himmel aufgelöset, und seine Hoffnung schwamm als Sonne darin. Er versetzte: »Kriegten wir nur gleich diesen Pompierer her zu uns, o lieber Pelz!«

Er war bald gekriegt. Es kam ein gutes langes gesprenkeltes Männchen unter einer Perücke – den Schmetterlings-Flügeln seines seidnen Anzugs mochte die Hand der Zeit Schmetterlingsstaub abgescheuert haben, aber seine papiernen Manschetten hatten ihre Farbe – es hatte Ehre im Leibe, wenigstens auf dem Leibe – jedes Glied war ein Solotänzer, und der Inhaber voltigierte um jede fremde Seele geschickt. Helf hatte schon viele Höflichkeiten in seinem Leben empfangen; aber so große wurden ihm noch nicht angetan. Damals nannte man einen Franzosen noch kriechend, aber so unrichtig wie im Mittelalter der tapfere Drache ein Wurm genannt wurde.

Pompier gestand, er sei außer sich über die Ehre, Sr. markgräflichen Durchlaucht und Herrn Fibel einige attentions durch seine Chrysographie [1] beweisen zu dürfen.

– – »Chrysographie?« Allerdings! Außer Weibern und Titeln liebte der Franzose von jeher nichts so sehr als griechische Wörter. Auch hat ein solcher fremde Wörter ausspielende Grec mehr für sich als wir. Wir können aus der lateinischen Sprache borgen, aber er, der mit ihr in der seinigen schon überflüssig versehen ist, wendet sich lieber an die großmütterliche griechische, aus welcher die lateinische entsprang. Was den französischen Grec aber ganz rechtfertigt, sind die beiden alten Geschichts-Sagen [2], daß die Franzosen von übriggebliebenen und entwischten Trojanern abstammten und daß sie schon unter Philipp und Alexander gegen die Griechen gedient hätten; denn in jedem Falle beweiset es doch ihre alte (auch sonst bewährte) Antipathie gegen die Griechen, daß sie so recht aus Hohn und Parodie ihnen ordentlich ihre Wörter nachreden und nachäffen.

Kaum hatte Pompier die ersten Höflichkeiten abgetan – nie die letzten –, so fiel er, wenigstens im Abstich mit sich selber, grob aus; indem er gerade heraus foderte, was ihm für die Arbeit gehöre. Dieses französische Polarisieren des höflichen oder anziehenden Pols mit dem eigennützigen oder abstoßenden kann nur Menschen unerklärlich sein, welche die dazwischenliegende Indifferenz gegen Menschen nicht erraten.

Aber Drottan war der ganze Mann verdrüßlich, nur der Magister noch

[1] Chrysographen nannte man sonst die Schreiber, welche in Bücher die Anfangsbuchstaben mit Gold einmalten.

[2] Leibniz führt diese Sagen, obwohl widerlegend, an in seinem Essai sur l'origine des François.

mehr, weil dieser ihr, wie sie auf dem Kopfkissen klagte, einen Brotfresser nach dem andern einschwärze. Doch Fibel beharrte auf Nachruhm. – In kurzer Zeit hatte der Franzose ohne zögernden Eigennutz Einbinden und Vergolden vollendet und konnte die drei ersten Pracht-Exemplare zum künftigen devoten Überreichen überreichen. Es war für Pompier, der sich mehr an das Große der ganzen Sache heftete, Herzens-Angelegenheit, daß er Fibeln zur Übergabe der Prachtbändchen Fußfall empfahl. Wie gern wär' er selber fürstlichen Füßen zu Fuße gefallen, hätt' er daran kommen können! »Warum bin ich«, sagt' er sich selber ins Ohr, »malheureusement nicht so glücklich wie der Tropf da, daß ich statt seiner den Thron bestiege und auf der vorletzten Thronstufe niederfiele, um mich zu heben? – Wird der Dorfbengel Fibel dem Markgrafen nur halb so viele douceurs zu sagen wissen, als ich vorbrächte? – Darauf bin ich wirklich begierig.«

Der Besuch des Hofes wurde nun Sache des Hauses. Das Kleinste wurde zugenäht, eingekauft, abgebürstet, ausgekämmt und eingesteckt, was der Haus- und Buch-Vater zu seiner Erscheinung am Hofe bedurfte.

Da Helf glaubte, es verstoße gegen den Respekt, zu Fuße und bloß auf dem gemeinen Fußsteige der Landleute zu seinem Landesvater zu marschieren: so lief er tags vorher in die Stadt und bestellte sich eine Schöse (Kutsche), welche ihn samt seinen drei Dedizier-Abc's am Morgen darauf (er traf abends zeitig genug vorher ein) aus dem Dorfe abzufahren hatte.

Sein Triumphzug (die Nachricht davon drang bis an die äußersten Häuser des Nests) bleibe für biographische Pinsel nach mir; genug, unterwegs saß er auf dem Kutschenkissen halb gekrönt und lächelte sehr heraus, sooft es schnell fort- oder jemand vorüberging; und wär' ich dabei gesessen, ich hätte mit ihm zusammen gelächelt. Er müßte nicht bei sich gewesen sein, wenn er unter seinem Kutschenhimmel sich bei solchen Umständen und den drei Abcbüchern nicht für den Prinzenhofmeister, und insofern höchsten Orts einmal deren allgemeine Einführung geboten wurde, den Landesherrn für den Lehrherrn der Markgrafschaft angesehen hätte, für den König Dionysius, der syrakusischer Schulmeister gewesen wie Homer smyrnischer. Allerdings konnte Fibel sich selber mikroskopisch oder vergrößert erblicken, wenn er erwog, daß er, anstatt wie Pestalozzi seine neue Lehrmethode anfangs nur Bettelkindern anzuversuchen, gerade umgekehrt an Fürstenkinder-Probiersteine seine Bücher streichen wollte, indem ein Erziehungsbuch, sobald es sogar hohe Prinzchen aufbessert, die sich ungern an Bücher gewöhnen, noch tausendmal mehr (durft' er schließen) den tiefen breiten Kinder-Pöbel umarbeiten müsse, welchem ja Arbeit zweite Natur ist. Und wenn er sich erinnerte, wie reich sein Vater bei diesem paßhaften Serenissimus weggekommen war, so sprützte er sich ordentlich mit Couragewasser und Riechspiritus an.

Nur da er die Fenster-Reihen des Schlosses und gar einige Balkons erblickte und rasselnd über den Rubikon der Schloßbrücke und kletternd über die Alpe seiner noch geschloßnen Wagentüre ging: so war ihm außen auf dem Schloßpflaster beim Aussteigen viel von Cäsar und Hannibal entfallen, was er von beiden beim Einsteigen mitgenommen und womit er in der Kutsche so bedeutend aufsaß. – Der Fürst schwoll ihm durch Annähern immer riesenhafter auf und über einen Menschen hinaus; die bedeckten Glieder, wie Schultern, Schienbeine, Nabel, Eingeweide, konnt' er sich bei ihm gar nicht mehr gedenken, nur ein Gesicht mit ein Paar Händen.

Als er vollends im alten Riesenhause, im Schlosse, die in der Mitte hohlgetretnen lang-gestreckten Steinstufen aufstieg, ließ er auf jeder Stufe ein Stückchen Herz fallen, so daß er auf der obersten keines mehr hatte.

Endlich traten gar im langen Korridore alle goldne Familien-Bilder vor ihm so ins Gewehr, daß er seines streckte und nichts weiter blieb als ein schwacher markgräflicher Untertan und Knecht, dessen Gesichts-Oval sich etwa so zum glänzenden Kron-Gesicht verhielt – aber ich halte das Gleichnis nicht für erlaubt – wie zur Sonnenscheibe die Kniescheibe, oder wie ein Christuskopf zu einem Dachrinnenkopf. Die Menschen suchen Gott in der Höhe des Himmels, als ob der Himmel nicht auch in der Tiefe und in seinen waagrechten Enden wäre; Fibel suchte nach derselben verwechselnden Hoheits- und Höhenmessung ebenso seinen Gott-Markgrafen; und stieg so viele Treppen hinan, daß er am Ende einen Dachgelehrten hätte finden und bestürzen können; eine närrische Verwechslung von Höhe mit Hoheit, nach welcher man große Kaiser gar nur auf Babels-Türmen suchen müßte oder auf Cestius-Pyramiden [1].

Noch dazu tat er fast auf jeder Treppe einen falschen Fußfall und stieg sozusagen, wie andere Hofleute, unter lauter Fallen, weil ihm vier oder fünf Falsch- oder Pseudo-Markgrafen mit ihren goldnen Tressen und Bamlotten aufstießen, ungefähr nach Anzahl der Pseudo-Neronen – wie man sonst annahm; denn später waren die Neronen wieder in guten und aufrichtigen Sorten zu haben –. Er kam sogar in die Gefahr, als er den bordierten Leib-Husaren hinter sich hörte, vor ihm einen Fußfall die ganze Treppe hinunter zu tun. – So trieb er sich irre im weiten Schlosse, weil Vexier-Markgrafen gerade unter der Tafelzeit ganz schmackhaftere Sachen an Ort und Stelle zu bringen hatten als ihn. Niemand litt mehr dabei als sein Hut, den er nach dem Haarkräusler-Zeremoniell gewöhnlich als Fündling vor jede vornehme Türe legte, die er aufmachte. Es war einer der neuesten, trefflichsten, aber engsten Hüte, welcher seine Stirne – da er ihn unterwegs sehr hereingedrückt hatte, weil er ihn weiten wollte, um ihn dadurch leichter abzunehmen – mit einem artigen Heiligenzirkel oder roten Schnitt gerändert hatte. Sie stand ihm erträglich, diese königliche Kopfbinde.

Nach der Tafelzeit gelangte er endlich ausgehungert in das Bibliothekzimmer, worin er einen bejahrten Mann ohne alle Tressen und Bamlotten im Mittags-Schlummer antraf. Statt selber niederzufallen, regte er den

[1] Um welche bekanntlich in Rom die Deutschen begraben werden.

Mann an, sich aufzurichten, weil er sich von ihm einige Auskunft über den Fürsten versprach. »Welcher Sackermenter weckt mich da aus meinem besten Schlafe? – Wer Teufel von den Leuten hat denn Ihn hereingelassen?« schrie der Markgraf. So hatte denn Fibel als wahrer Hofmann mehr Nachdruck auf Bediente als auf den Herrn gesetzt, so wie der Tonkünstler auf die Vorschlags-Note mehr Gewicht des Ausdrucks als auf die Hauptnote legt. Hier tat er, doch mehr aus Schrecken als vor Ehrfurcht, seinen sechsten Fußfall und steckte die Hände in die Tasche nach den Abc-Büchern; kniete aber so verblüfft und sprachlos mit seinem Stirn-Ringe fort und war wie ein Schlagflüssiger unvermögend, nur die Hände aus den Taschen, geschweige damit etwas zu heben. Endlich aber, da der Fürst nach dem ersten Knallfidibus des Erwachens den knienden närrischen, an der Stirn wie von einem Postmeister rot adressierten Menschen ansah, sprang er auf und lachte unbändig. Es war ein lustiger alter Herr.

An sich ist das Niederfallen vor Fürsten-Füße nicht lächerlich, sondern gut angebracht, es sei nun, daß man sich hinwirft, wie bei dem Samielwind und dem Blitze, um etwas Ähnlichem zu entgehen, oder wie der Buzephalus, um einem Alexander untertänig und dienstbar zu sein, oder wie die Römer vor dem Papste, um gesegnet zu werden.

Von Erfahrungs-Seelenkundigen kann viel darüber geschrieben werden, daß Fibel vom markgräflichen Gelächter auf einmal etwas gehoben wurde, gleichsam als stelle durch dasselbe der Fürst den Menschen sich näher, wie etwan ein Gott, der lacht. Er trieb es bis zur Anrede und sagte, indem er die drei Bücher herauszog: »Herr Durchleucht!« Um sich noch deutlicher zu erklären, fügt' er noch bei, er wolle diese von ihm selbst geschriebenen und gefärbten Bücher den drei kleinen Herren Durchleuchten Markgräflein hiemit untertänigst dedizieret haben, damit Hoch-Wohl-Dieselben recht bald lesen lernten.

Was später ganze Länder taten, dies tat der Fürst früher um so leichter, weil ihm Fibel gar zu lächerlich vorkam: er genehmigte das ohnehin gute Buch. So fand ers, nachdem er erst *ein* Exemplar davon durchgelesen. Er rief sogleich seine kleinen drei Königlein aus ihrem Morgenlande herzu und gab ihnen die drei Gaben, mit deren Triklinium sie freudig entsprangen.

»Was will Er sich für eine Gnade ausbitten?« sagte der Fürst. Nun gibt es wohl auf alle Fürsten-Fragen keine schwierigere Antwort als auf diese, welche auf einmal alle Spar- und Glückstöpfe und ägyptischen Fleischtöpfe der Wünsche, alle Zuckerdosen und Zuckerinseln der Lust, Silberschränke und Silbergruben des Glanzes in langen Reihen aufgedeckt hinstellt, so daß man eigentlich nichts zu nehmen hätte als seine eigne Hand, um damit alles Geliebteste zu nehmen, wenn man in der Eile nur sogleich wüßte, was. – »Das!« wußte Fibel; denn seine Antwort war mehrere Tage älter als die fürstliche Frage; er versetzte nach Pelzens Rat: er bitte sich die Gnade aus, daß seine Werke in allen Ländern und Staaten Ihro Durchlauchtigkeit dürften einpassieren und gekauft werden, anstatt der ganz alten Abcbücher. Überall rasch, so wie scherzvoll und prunklos, resolvierte der Fürst auf der Stelle, Fibel solle davon so viel drucken, als anginge, er räume ihm drei unbrauchbare Zimmer im alten Schlosse zu Heiligengut dazu ein und werde seinem Konsistorium befehlen, durch einen Umlauf das verbesserte Abc-Buch allen Schulen des Landes vorzuschreiben.

– Beiläufig! Sollte nicht eine Konsistorial-Anstalt, die ein ganzes Land zum Findelhause *eines* vielgebärenden Kopfes auftut, wie z. B. die baireuthische, längst für Dr. Seilers Religionsschriften als Muster getan, viel öfter, als geschieht, für geistarme Geistliche, welche schreiben, durch solche Einfuhr-Gebote sorgen, gleichsam wahre gezwungene Leser-Anlehen, welche ja geistarme weit mehr als geist-reiche, die sich selber einführen und bezahlen, bedürfen.

– Fibels Erstaunen darüber war vielleicht das größte nach dem Falle Adams, wenn nicht noch größer als das paradiesische adamitische, denn Er stieg, aber Adam nicht. – Dennoch war sein Stolz auf die Umarbeitung des Staats oder gar der drei Markgrafen nicht so groß, als er hätte sein dürfen; vielleicht war bei letzterem Untertanen-Demut im Spiele, vielleicht auch die Betrachtung, wie ohnehin gewöhnlich es von jeher war, daß die Thronhöhen und Thronbühnen immer von unten her, von den mittlern Ständen, erhellet werden, wie das Theater (oft besetzt von größten Königen) nur durch Lichter von unten herauf erleuchtet oder durch den so tief sitzenden Vorhelfer und Einbläser (Souffleur) belehrt wird.

Aus Behagen an Fibels Luft- oder Äthersprüngen der Entzückung oder an dessen unbeholfenem Eiertanz zwischen den unausgebrüteten Eiern seiner auffliegenden Zukunft behielt ihn der Fürst zum Abendessen bei sich, das er gewöhnlich ohne Damen und Rang nur mit frohen Genossen genoß, unter welche auch der Rektor magnifikus seiner Residenz und Universität gehörte. Übrigens litt es seine jovialische Gutmütigkeit nie, daß ein Gast irgendeine andere mitessende Seele in ein lächerliches Licht setzte als diese sich selber; eben dadurch gewann Fibel die Freiheit, sich selber rein darzustellen und auszusprechen und wie eine unschuldige bescheidne Jungfrau ohne Selbstwissen durch sein ganzes Wesen zu ergötzen; er konnte (er war dazu aufgefodert) sein verlebtes Leben seinem Landesherrn vortragen, ohne zu erraten, in welche lachende Stimmung er damit diesen so wie mehrere Große des Reichs in der Stube versetze.

Aber so viele Freude leidet der Teufel an keinem Menschen; auch hier folgte der Satan seinem alten Naturell, nach welchem er an jeden Wiener Apollosaal der Freude gern ein kleines Zucht- und Totenhaus derselben anlegt, neben jeden Freuden-Tempel eine Begräbnis-Kapelle. Es waren nämlich damals noch die Zeiten, daß Markgrafen, Herzoge und andere Standespersonen Tabak rauchten, so wie Rektores magnifizi; der Landesherr präsentierte daher dem Studenten so gut wie dem Rektor magnifikus den Pfeifenkopf. Fibeln nun konnt' es jetzt keinen Vorschub tun, daß er niemals in seinem Leben geraucht. Denn da er dessenungeachtet den Pfeifenkopf heiter genug ansetzte – weil er es für Majestäts-Verbrechen hielt, seinem Regenten und dessen Beispiele nicht nachzufolgen und nachzurauchen –: so mocht' er kaum zehn bis zwölf Züge getan haben, als fremde Dinge in seinem Kopfe, in seinem Herzen, in seinem Magen vorgingen und aufstanden, welche ich nur sehr matt und unklar darstelle, wenn ich sie mit den bekannten Umwälzungen des berühmten Stein- und Kunstkenners *Stosch* zusammenhalte, welche in diesem Kenner walteten, als ihm in Paris, nachdem er als echter Kunstfreund im großen Kunstkabinett das berühmte Angelos-Petschaft weniger wie ein anderer den Goethe als wie Johannis das Buch verschlungen hatte, nämlich wirklich und ohne Metapher, als diesem Kunstfreunde, sag' ich, ein Brechmittel vom höflichen zarten Aufseher des Kabinetts (weil er nicht zum besten aussehe, sagte der menschen- und petschaftsfreundliche Mann) ordentlich aufgedrungen wurde, welches ihm und seinem Magen nichts kostete und nahm als eben nur das – Petschaft, das so für ihn aus einem geschnittenen Stein zu einem schneidenden wurde; – – und doch vergleich' ich Stoschen nicht mit Fibeln.

Der treffliche Markgraf, ein fertiger Gesichter-Leser, zumal wenn sie, wie feuer-speiende Berge, rauchten, tat nur einfach die Frage an Helf, ob er etwan sich an andern Tabak gewöhnt habe; der Rauch-Schüler beteuerte: er kenne gar keinen bessern als diesen.

Noch einige Zeit sah die Tabagie auf seinem Gesichte das Mienen-Gefecht immer hitziger werden, wodurch er – aber sittlicher als andere – das Seinige zu behalten suchte: als endlich der Fürst dem Leibhusaren einen Wink gab, den tapfern Gesichts-Fechter in die benachbarte Bibliothek abzuführen. – Fibel gehorchte Fürsten, geschweige fürstlichen Bedienten und folgte sogleich.

In dieser nahen Bibliothek wies ihn der Leibhusar auf den Leibstuhl an, zeigend auf einen der größten Folianten, in welchem jemals ein Blatt war; so sehr maskieren Große nicht nur Batterien, oder sich, oder Schönheiten des Parks, oder durch Tapetentüren Schönheiten des Kabinetts, sondern auch alles. Aber Fibel wurde weder von seinem Magen mit dessen Krebsgängen, noch von seinem Kopfe mit dessen kartesianischen Wirbeln auf die Sprünge des Husaren gebracht, sondern er dachte ganz anders und nahm an: »da ein Foliant vielleicht das Größte ist, was je geschrieben worden – wieviel mehr dieser da, der noch größer ist!« Als er vollends dessen schönen Rückentitel las: »Compendieuse Hand-Bibliothèque und Repertorium gelehrter Sachen«, konnt' er da wohl als ein vernünftiger Mann sich einbilden, daß der Foliant der Feind aller Folianten sei – und die Untiefe so mancher strandenden Unsterblichkeit – der Kassationshof der gelindesten Rezensionen – die papinianische Maschine und das Gebeinhaus sowohl theologischer als philosophischer Skelette – der Judenkirchhof der Akten –

die Schneiderhölle von Depeschen – kurz daß der große Foliant und Polyphem nur eine kleinere Allgemeine deutsche Bibliothek und Oberdeutsche Literaturzeitung sei, welche bloß die Gefährten des Ulysses verzehrt? Hieße dies nicht (mußt' er annehmen) den Bock zum Gärtner der umherstehenden Bücher, sogar aller seiner Abcbücher setzen?

Da endlich der Husar sah, daß Fibel die Sache nicht herausbrachte: so deckte er ihm das, was zum Verständnis des Folianten nötig war, auf und ging, ihn seiner eignen Einsicht überlassend, davon.

Nüchtern, leicht, aber gebleicht, als hab' er unterirdische Erscheinungen gehabt, kam Fibel ins heitere Zimmer zurück und rauchte mit frischen Kräften die Pfeife gar aus. Übrigens spielte er den ganzen Abend den Mann von Lebensart durch, so daß – weil er wußte, wie sehr ein Gast dem Wirte jede Mühe abzunehmen habe – er fleißig die Wachslichter schneuzte. Wenn indes Fibel Abendstunden lange den Mann von Welt in einem solchen Grade vorstellte, daß nichts an ihm auszusetzen war als höchstens der Dorf-Insasse, der einem ledernen Schlauche gleicht, von welchem dem feinsten geistigsten Wein, den man in Spanien darin aufbewahret, einiger Leder-Geschmack nachbleibt, wenn er, sag' ich, sich so poli benahm: so übertreibe man dennoch nicht sein Lob; ihm wurde ja der Mann von Lebensart leichter als andern, die von Fürsten etwas zu suchen haben, denn er hatte schon gefunden; für ihn war der Fürst eine Uhrfeder, die seine schöne Zukunft in Gang erhielt, nicht eine Uhrfeder, womit ein Gefangener sich aus den Ketten sägt.

Als ihm zuletzt der Fürst die Einweisungs-Akte auf die drei Zimmer des alten Schlosses besiegelt und unterschrieben mitgab: so – dies ist Tatsache; denn jedes Pferd war ihm eine Schnecke – rannte er zu Fuße nach Hause. Welche glückliche Inseln und Rosentäler er da ausgepackt, konnte man noch um drei Uhr nachts sehen; so lange blieb das Haus erleuchtet, überall brannten Lichter, sowohl in der Stube als in der Kammer, in jeder eines – Pelz und Pompier tanzten miteinander eine Brautmenuett, und Pelz sagte, morgen sag' er noch etwas – Die Mutter weinte freudig über ihren begrabnen Mann, weil er noch früher den Markgrafen gesehen – und Drotta besah das Siegel des Befehls an den Schloßverwalter. Nur Fibel war bei sich, freilich die einfältigste Stelle oder Person, bei welcher er in solchen Verhältnissen sein konnte.

21. Judas-Kapitel

Die großen Geschäfte

Wer einige Monate nach dem vorigen Kapitel sich auf die Zehen gestellt und durch die Fenster in die drei bewilligten abc-darischen Arbeits-Zimmer des Schlosses hineingesehen hätte: würde vier Menschen in voller Arbeit gefunden haben, Fibel mit dem Farbenpinsel in der Hand, Pelz mit der Feder zum Verschreiben des Druck-Papiers, Pompier mit der Buchbinderpresse und voll Buchbindergolde – und einen vierten, uns noch gar nicht vorgestellten mit der Druckerpresse, namens *Fuhrmann.*

Letztern, einen halb verhungerten und viertels verdursteten Buchdrucker, schlug Pelz, da jetzt die Sache ins Große ging und ganze Länder und Zeiten aus der Raufe oder dem Futtergerüste des Letternkastens zu ernähren waren, zum Haupt-Uhrgewichte des Preßbengels vor. Der bestellte Fuhrmann lief aus der Stadt richtig ein und brachte an seinem Kopfe ein getreues arbeitsames Gesicht mit, worauf geschrieben stand, daß sein Lebensbuch bisher ein langer Geschäftsbrief, oder sein Leben ein verlängerter Werktag gewesen; ein guter Schlag Menschen, dem sogar der müßige Sonntag, besonders drei Festtage hintereinander nicht gelegen kamen. Die erste Sache, wornach er fragte, waren die Drucksachen, und er wünschte, »der Herr Buchdruckerherr (Fibel) ließ' ihn noch nachmittags über die Presse«. –

Anfangs des Kirchenjahrs, wo die Dorfkinder nicht mehr auf die Weide, sondern in die Schule gehen, um, statt zu weiden, geweidet zu werden, sollte nach ausdrücklichem markgräflichen Befehl die nötige Anzahl neuester Abc-Bücher ausgefertigt daliegen, um in alle Landes-Schulmeistereien eingewiesen zu werden.

Aber sie waren alle schon drei Sonntage früher fertig, so daß später die Exemplare bedeutend überschossen zum Vorteil für alle ausländische Eltern, welche zu Weihnachten den Kindern Christkindchen-Geschenke damit zu machen verlangten. Die unparteiische Geschichte setzt nun hierin auf Fuhrmann den Kranz, denn sein Nacharbeiten war so außerordentlich, daß ihn kein Vorarbeiter einholte; er trieb den Korrespondenzer (so nannte er Pelzen) und jeden zum Zuliefern an und fiel fast in Grobfraktur gegen Fibeln aus, wenn dieser mehr fremden als eignen Vorteil beherzigte und Sachen und Leuten den Lauf ließ.

Diese drei Mitarbeiter oder die drei Leiber des Riesen Geryon (Fibel stellte die Seele im Riesen vor) arbeiteten in den drei Schloßzimmern, gleichsam auf einer Insel St. Trinidad; daher auch das untere beseelte Stockwerk im Dorfe allmählich die *Fibelei* hieß, wozu noch Fibelei-Leute, der Fibelei-Hund etc. etc. kamen. Verfasser erinnert sich noch gut, in Jena gehört zu haben, daß man das große Schützische Haus, aus welchem die Literaturzeitung kam, die Literatur genannt und so nach dieser Analogie Literatur-Mägde, Literatur-Knechte, Literatur-Hunde, Literatur-Stall u. s. w. gebildet; unschuldige Ausdrücke an sich, welche man aber von der oberdeutschen Literaturzeitung nicht ohne die Gefahr gebrauchen dürfte, figürlich verstanden zu werden.

Kaum waren viele hunderte Pracht-Abc's im Lande eingeführt, sogar im Geburts-Dorfe selber die nötigen: als die angesehensten Buchbinder in großen baireuthischen, vogtländischen, sächsischen Städten, z. B. in Baireuth, Münchberg, Hof, Plauen, Schleiz, bedeutende Bestellungen machten, so daß man gar nicht schnell genug abdrucken konnte, wenn gar der Drukker Fuhrmann mit einem voll befrachteten Schiebkarren aufbrechen und die Werke in die Korrespondenz-Städte schieben sollte. Der Name *Buchführer* kommt (nach Nicolai) davon her, daß damals und noch später (in Baiern) solche geistige Küchenwagen oder Küchenkarren (der Buchführer oder Buchschieber war seine eigne Hinterspann) wie einräderige Thespis-Wägen voll Kunst im Reiche umliefen und abluden. Auch Armeen wurde oft diese fahrende Habe der Gelehrsamkeit nachgeschoben.

Der Buchführer brachte auf seinem leeren Munitionskarren unermeßliche Schätze zurück, ein halbes Peru, das nicht in die Kreuzer, sondern in die Batzen lief; dies machte zu viel Eindruck aufs ganze Haus, ja auf das Ferney unsers kleinen Voltaire, welcher jetzt weit und breit darin bekannt und gesucht wurde; und der Pfarrer ließ ihn grüßen.

Aber ihm waren die Blätter am aufschießenden Lorbeerbaum zu pflücken lieber als die Früchte am Brotbaum. Einer lebenslänglichen Armut so vergnügt zugewohnt und immer aus dem engen Spalte seiner Selbst-Armenbüchse so langsam-dürftig herausschüttelnd als hineinsteckend, konnt' er gar nicht begreifen, wenn er jetzt von dünnen Lichtern zu dickern aufspringen sollte – von Bindfäden zu Strumpfbändern – oder von hölzernen Löffeln zu blechernen – von einem Korb Lese- zu einer halben Klafter Fuhr-Holz. Es betäubte ihn anfangs die Flut. Aber da seine Mutter als ein Extraweib am Dresdner Hofe gern den alten Glanz ihres vorigen Hofes erneuerte; und da Drotta als Haushälterin lieber im großen als kleinen, z. B. den Kaffee lieber zu einem ganzen Pfunde als zu Loten einkaufte; und vorzüglich da an seinem ganzen Menschen kein Saugäderchen eines Schluck- und Geizhalses oder kein Stäubchen eines Geld- und Aschenziehers war, was ich, um den Perioden leichter zu ründen, noch stärker in der Note[1] beweise; und da er überhaupt die lebendige Gefälligkeit selber war: so trank er leicht bei so viel Glanz und Auffoderung Bier statt Kofents, aß wöchentlich mehr als einmal Fleisch und machte fast ein halb so großes Haus als der Pfarrer. Drang denn nicht der Ruhm seines Reichtums sogar zum Christjuden Judas, aus dessen Judäa von Kapiteln ich selber dieses einundzwanzigste ziehe? Und holte dieser Neu-Christ nicht selber den Kaufpreis der bekannten vor-

[1] Er lebte nämlich von jeher auf geradewohl in den Tag, nämlich in das Abcbuch hinein. Es ist eine Sentenz, wenn ich schreibe: Die meisten Menschen wollen im Sommer ihres Lebens vorsorgend recht viele Eiskeller und Eisgruben füllen für den – Winter desselben; aber das Alter oder Grab ist selber eine Eisgrube. Und im Alter schlagen vielleicht Erinnerungen reichgenoßner Freuden dem ruhigen Busen besser zu als das Dasein jetziger. Denn der Alte lebt rückwärts, wie der Jüngling voraus, und das Stelldichein beider ist immer in einer Welt außer der Gegenwart.

geschoßnen Plüschhosen ohne Zinsen, den er bloß nach dem jetzigen Vermögen bestimmte?

Aber was ihm noch mehr den Zunamen des Glücklichen, den Sulla führte, gewährte, war der Ruhm, den er aber nicht wie Sulla durch Abhauen, sondern Aufhellen der Köpfe gewann. Geehrt vom Landesfürsten und dessen Ländern – von vorbeigehenden Abcschützen, deren jeder eine wandelnde Ehrensäule oder ein vorgetragnes römisches Ahnenbild seiner Nachahnen war – vom verworren-gemachten Wildmeister, welcher doch sonst, wie er sagte, wisse, wo der Hase liegt – vom Franzosen, welcher seit der großen Cour beim Fürsten sich kaum zu den Nägeln des Fibelschen Stiefel-Absatzes zu erheben getrauete – und von allen. Pelz setzte gar wie in einer Glashütte seine Pfeife an und ließ aus ihr den flüssigen durchsichtigen Fibel, in der Form eines großen Mannes oder Kolossus geblasen, abfliegen. Wenn er damit Hofleuten glich, welche Fürsten, wie Köchinnen Tauben, aufblasen, um wie diese besser zu rupfen: so unterschied er sich zu seinem Vorteil von den Leichenpredigern mancher verstorbnen Fürsten, welche gleich Ägyptern tote Krokodile einbalsamieren, so daß man die Vormittagsstunde pünktlich weiß, wo im ganzen Lande die größten und ähnlichsten Lügen gesagt werden, z. B. die sonst noch gewöhnlichere theologische, daß die Untertanen den Tod des Fürsten durch ihre Sünden verschuldet hätten, da sie durch diese vielleicht öfters das Leben desselben verdienet hatten. Kurz Pelz blies Helfen möglichst auf, und im ganzen gut genug; nur äußerlich wollte dieser nicht gebläht genug aussehen: sein obwohl längst erwarteter Ruhm machte weniger seine stolze Kälte als seine bescheidne Wärme gegen alle größer, die um ihn waren – es war ihm, als wären alle die Seinigen mit ihm zugleich gestiegen, und als müsse er dem halben Dorfe danken, da er ja in dem ganzen bisher geboren und erzogen worden. Er war der Sanfteste und Bescheidenste gegen die von ihm beglückte Klein- und Großwelt umher, der Versenkte ins Geschäft, der feurigere Liebhaber seiner Mutter und seiner Frau.

Doch innerlich ging es mit dem Blähen erträglicher; er sah tagtäglich ein, wen er vor sich habe, sich nämlich, und wie sehr er von Kindheit an recht gehabt, sich für einen *großen* Mann, den er künftig mit Händen würde greifen können, so wie für einen *langen* zu halten, und wie beides schön zugetroffen. Himmel, wie viel Entschuldigung hat ein Mensch, der auf einmal sehr viel wird! Unvermerkt und dann erstaunt sieht sich der Mensch so ins Große hineingezogen als die Dörfer um London ins London, und er weiß nicht zu unterscheiden, sondern hält sich statt eines vorigen Dorfs für eine geborne Gasse in der Hauptstadt.

Je länger aber Fibel überlegte, daß sein Ruhm fast größer sei als sein Büchelchen, das nur ein Bändchen stark war, und je mehr er sich mit andern Gelehrten verglich, welche einen ähnlichen großen Ruhm kaum durch ein Dutzend schweinlederne Folianten mit Register errangen: um so mehr hielt er es für Pflicht, noch etwas Übriges zu leisten. Er erstand nämlich in Versteigerungen Bücher jedes Bands und Fachs und Idioms, welche auf den Titelblättern ohne Namen der Verfasser waren; in diese Blätter druckte er nun seinen Namen so geschickt hinein, daß das Werk gut für eines von ihm selber zu nehmen war; und jetzt erst fällt helles Licht rückwärts auf meine Vorrede und auf mein Erstaunen, als ich aus der Bücher-Versteigerung des Christen-Judas die schon darin gedachten Werke erstand, z. B.

Fibels Ruhe des jetztlebenden Europa, dargestellt in Sammlung der neuesten Friedensschlüsse von dem Utrechtschen bis auf 1726, Coburg 1726 – oder

Histoire du Diable par Fibel, Amst. 1729 – Und so weiter; denn ich habe noch viele nicht angeführt, z. B.

Villa Borghese di Fibel, 8. in Roma 1700, oder das seltne Werk Tale of a Tub from Fibel, Lond. 1700, oder Pensées libres sur la Religion de Fibel, à la Haye 1723 – und noch andere Fündlinge von höchst gottlosem und unzüchtigem Inhalt, die er unwissend an Kindes Statt annahm. Die schwersten Werke war er imstande herauszugeben, sobald er sich bei Pelzen erkundigt hatte, in welcher Sprache sie geschrieben waren, damit er das Einzudruckende *»von Fibel«* der Sprache angemessen ausdrückte, entweder durch di oder durch autore oder durch de oder from etc. Aber mit der menschlichen Schwachheit werd' es zugedeckt, daß er einmal vom Reize, einen Folianten geschrieben zu haben, sich so weit verlocken ließ, daß er seinen Namen als Verfasser auf ein Werk setzte, das einige Jahrzehende vor seiner eignen Geburt geboren worden, unter dem Titel: »Acta in Sachen zwischen dem teutschen Orden, dann Bürgermeistern und Rath der Reichs-Stadt Nürnberg, das Exercitium religionis zu St. Elisabeth und Jacob betreffend, von Gotthelf Fibel, Nürnberg 1631.« –

Übrigens sagen alle Unparteiischen, daß fast wir alle es nicht so machen wie Fibel, sondern viel schlimmer, weil wir nicht, wie er, nur auf anonyme Gedanken eines Einzelnen, sondern auf die unzähligen vieler Tausende, ganzer Zeitalter und Bibliotheken unsern Namen unter dem Titel »unsere gelehrte Bildung« setzen und sogar bald *dem*, bald *den* Plagiarius selber stehlen.

Indes *einen* lebendigen Feind hatte der milde Mensch in ganz Heiligengut. Lebendiger Feind? Welch ein Wort voll glühender Widerhaken für ein stilles Herz! Nicht aus Haß, nicht aus Schwäche, aber aus Gewohnheit der Liebe wird eine warme Seele schon durch die Vorstellung, noch mehr durch die Gegenwart eines Hassers durchdringend verwundet.

Es hieß dieser Fibels-Feind *Flegler*, der bekannte Schulmeister, der einige Tage nach dem Dekretalbriefe des Konsistoriums, welcher Fibels Abc einzuführen anbefohlen, keine Suppe recht mehr verdauen konnte, und den Dekretalbrief noch weniger.

Es läßt sich schon ohne das 21te Judas-Kapitel denken, daß ein so lange in der Schulstube ansässiger Schulmann ebensogut einen Diamant zerkäuen könne, als die Nuß aufbeißen, daß ihm ein Voglers-Junge Gesetze vorschrieb und den gemalten Fibelhahn, der einen Stock in der Kralle auf dem letzten Blatte des alten Abcbuch hält, daraus verjagte. Allen Papieren zufolge wurd' er darüber *gelb* und legte also an seinem Leibe die Farbe an, welche sonst andere Bankbrüchige (Banqueroutiers) tragen mußten. Er wollte durchaus sein Abc mit dem Hahne behalten, welcher daher als Kampfhahn gegen Fibel oder als Petrushahn noch diese Stunde den Namen Fibelhahn trägt. Zehn Frei- und Pracht-Exemplare wurden von ihm dem schenkenden Verfasser sehr verächtlich zurückgeschickt. Im Kruge macht' er sich öffentlich lustig über das Werk und sagte, der Mensch schreibe nicht einmal orthographisch, sondern Trache, Ygel und Yüdenkirschen; dabei schwank' er so sehr in seiner Rechtschreibung, z. B. zwischen Juden und Yüden. Ja Flegler, nur ein malerischer Laie, griff sogar die Fibelische Bilder-Ausstellung an und fand manches verzeichnet, z. B. den Schwanz des Ochsen zu lang, den des Esels zu dünn; und fragt' er die Bauern nicht, ob jemand wohl je einen grünen Dachs, eine rote Katze anderswo habe stehen sehen als im Abcbuch? Sogar – und dies ist so betrübt – auf den Lehrstuhl seiner Abc-Jugend setzte er diesen harten Richterstuhl und tat Fibeln bei der Schulbank wirklichen Abbruch. Kurz, wie Attila eine Völker-Knute, so war Flegler ein Fibelio-Mastix.

Ich weiß schon so gewiß voraus, als ichs hersetze, daß irgendein trüber Jeremias hier sagt: »So ists denn stets das Schicksal aller großen Autoren und großen Anfänger, daß sie bei dem Eintritt in den Unsterblichkeits-Tempel die Zeremonie sich müssen gefallen lassen, welche alle Hottentotten beim Eintritt in die Volljährigkeit, in die Ehe, in ein Ehrenamt erfahren, daß sie nämlich nach hottentottischer Sitte ein Priester – anpißt?« –

Jawohl, versetz' ich freudig, ists unser sämtlicher Fall; aber werden denn die trefflichen Folgen der Sache von einem von uns durch eine literarische rota romana geräderten Riesen berechnet? Oder sind es denn eben nicht jene ungerechten Kritiken, welche uns alle der Bescheidenheit wieder zuführen, um welche wir so leicht durch gerechte kommen? Ist nicht das Schandtäfelchen einer recht Dummen-Teufels-Rezension gerade das Brettchen, welches ein Turmdecker scharf in der Hand und vor das Auge hält, um, darauf hinstarrend, nicht in seiner Höhe zu schwindeln, wegen der zu großen Tiefe der Hunderte unter ihm? – Himmel! wie oft hat selber der Verfasser dieses seinen Dank groben und einfältigen Kunstrichtern auszudrücken gewünscht, welche ihm so viel von seinem gerechten Selbstbewußtsein wegschnitten, daß er bescheiden genug wurde! – Es halte sich doch jeder wahrhaft große Autor für ein Rom (Fibel ist eines), das durchaus eines Karthago bedarf (Flegler ists), damit dasselbe (wie die Scipionen so richtig weissagten) immer an einem Feinde seine außerordentliche Größe übe und erhalte; und jeder Tropf nehme sich für ein Karthago eines Roms.

22. Schneiders-Papiermasze

Die biographische Akademie

Die kleinen Schneidersjungen selber brachten mir und – was noch mehr ist – der Welt dieses zweiundzwanzigste Kapitel, das ihr Vater mit der Schere aus der großen vierzigbändigen Fibels-Lebensbeschreibung zu einem schönen langen papiernen Maß für einen Mann von fast sechs Fuß zugeschnitten; ordentlich als hätt' er damit dem so langen Fibel selber einen Ehrenrock anmessen wollen. Für mich wie für ihn waren die Papierstreifen Ordensbänder; gleichsam zuammenhaltende Papierstreifen dieser Lebens-Weltkugel. Sie erzählen aber folgendes:

Der Magister Pelz brauchte kein Kirchen- und Staats-Jahr, um einzusehen, daß er durch den Überfluß an Exemplaren zuletzt so überflüssig werden würde, daß er auf kein Geld weiter Aussicht hätte als auf Reisegeld. Freilich hielt ihn die Betrachtung etwas aufrecht, daß Fibel ganz unvermögend war, irgendeinen Menschen, sogar einen Bettler, abzudanken (das jetzige Irr- und Strafgesetz einer Geldstrafe gegen zufälliges Almosengeben hätte ihn selber in die Almosenkasse geworfen); ja ein Schustermeister konnte ihm ein Paar sinesische Stiefel liefern, welche jeden Tag ein neues Hühnerauge aus den Zehen ausbrüteten: er gab sie nicht zurück, sondern trug sie und ihren Druck vergnügt. Ferner liebte er wie alle Heimisch-Selige Ordnung und die Unverrücktheit jedes Dings; ihm nun von seinen drei zugewöhnten Arbeits-Köpfen einen nehmen, hieß ihm wie einem Höllenhunde einen Kopf abhauen.

Aber – und dies war kein Trost für Pelz – Drotta stand da und konnte ihren Arm und daran ihren Finger ausstrecken und Pelzen die Türe zeigen. Die Allmählichkeit der Weiber ist so furchtbar als die Plötzlichkeit der Männer. Daher verfiel er auf etwas. Männer, die wie Fibel bei Ländern und einem Fürsten in Kredit stehen, sind es gewohnt, sich für etwas zu halten; und in der Tat brannte Fibels Name mit 24 rot erleuchteten Buchstaben am Triumphbogen, wie – um das Gleichnis zu Wasser und auf der Achse zu holen – in London Goldsmiths Grabmal[1] mit *Drucklettern,* welche eine benachbarte Feuersbrunst zu *einem* Flusse geschmolzen hatte, glänzend überflossen wurde. Um so leichter konnte Pelz dem lammfrommen Abcschützenmeister auf dessen eigenen Trommelfell seine Viktorien und Tedeums abtrommeln und ihm geradezu zu verstehen geben, er sei ein verdammt großer Mann; obgleich sonst die Schmeichelei mit dem Kandis-Zucker nicht nur die Süßigkeit, sondern auch die Eises-Durchsichtigkeit gemein haben muß.

Es war an dem merkwürdigen Tage, wo bei dem Pfarrer eigner Geburts-

[1] Im Freimütigen vom J. 1802.

tag war und so große Cour von Amtsbrüdern oder schwarzen Kirchensklaven, daß der Rauchfang noch zwei Stunden nach der Eßstunde aufrauchte und der Bratendampf die äußersten Häuser ergriff und sich statt in Bratenröcke in Armensuppen-Röcke zog. An diesem Tag wars, wo Pelz und Helf auf einem Berge auf abgetriebnen Baumstöcken saßen und in den Weihrauch des Pfarrhauses hineinsahen und an die Ehre dachten, welche die Menschen auf der Erde haben. »Ich sollte der Pfarrer gewesen sein,« fing Pelz an, »einen Mann wie Sie hätt' ich dazu gebeten.« – »Es sind aber, Herr Magister, Pfarrherrn dabei, welche jeder schon seinen guten Band Leichenpredigten herausgegeben, voran mit seinem kurzen Lebenslauf und mit lateinischen Lobgedichten auf sich.«

Jetzt konnte Pelz seine Schleusen aufziehen: »Ach, das ists ja! Wozu ist man denn ein berühmter Mann in vielen Ländern, wenn man den Ländern oft bis auf die kleinste Kleinigkeit, auf Husten, Schnarchen, Niesen, unbekannt bleibt? Es sollte doch wahrlich (oder ich bin ein Narr) von einem großen Manne jeder Schritt und Tritt und jeder Zahn, der in seinem Gebiß und in seinem Friesierkamm fehlt, der Welt so gut bekannt sein als irgendeine Lücke in alten Handschriften, zumal da er selber neue gibt. Siebzehn Predigten wurden anno 1541 gehalten und ediert, bloß damit sie Luthers Lebenslauf vortrügen.... Herr, Sie sollten etwas von sich drucken lassen!«

»Was soll ich denn noch, außer dem Abc?« sagte Fibel.

»Gar nichts« – versetzte Pelz –; »aber wir andern tätens. – Herr Fibel! erwägen Sie, wenn ich nun Ihr Leben von vornen an beschriebe und alles Ihr Wesen, und wir drei Leute es dann wöchentlich abdruckten, bis ein Band nach dem andern daraus würde« – –

»Und das ginge?« fragte Fibel und drehte vor Freude nach seiner Gewohnheit an einem Beinkleiderknopfe. –

»Und wenn« – fuhr Pelz fort – »ich vollends Fuhrmannen und Pompieren anhielte, mir wöchentlich jede biographische Kleinigkeit von Ihnen einzuliefern, und ich selber am stärksten hinter Ihnen her wäre« – –

»Falls Sie drei mich so wegbekämen und ich ganz leibhaftig in Druck herauskäme – und einen schönen Mordspektakel gäb's mir zu Ehren – und Wind sollten Sie von mir von allem bekommen« ... vor Bewegung drehte er sich einen Knopf ab und warf ihn weit den Berg hinunter. –

»Ich meine nämlich vorzüglich,« – fuhr jener fort – »wenn ich den Beispielen der größten Biographen folgte oder auch Paravicini singularia de viris claris zum Stickmuster nähme oder auch den Selbst-Lebensbeschreiber Montaigne oder hundert andere, welche alle von den größten Gelehrten, sie mochten entweder sie selber sein oder nicht, das Kleinste, Exterieur, Leibes-Öffnung (wie Montaigne), Schuhspitzen, Handschrift, Flüche, Schwüre, Spitzbübereien, gedruckt in die Welt schickten« –

»So möchte man aber des Henkers werden, wenn alles so herrlich ginge,«

(sagte Helf und warf den zweiten Hosenknopf hinunter) »und meines guten Vaters würde dabei, hoff' ich, sehr nach Verdienst gedacht« – –

»Ach was das? Sogar des Groß- und Urgroßvaters, so weit hinauf Nachrichten zu haben ständen. Nun wenn aber, fahr' ich endlich fort, die Sache sich vollends ins Große triebe und Fuhrmann und Pompier und ich jeden Sonntag gleichsam eine *biographische Akademie* in der Fibelei hielten und Sie bei der Sitzung säßen und ich das Eingesammelte vorläse, bevor es in der Woche gedruckt würde« – –

»O mein zu schönster Magister Pelz!« (sagte Fibel Knopf drehend und werfend) »ich weiß nur jetzt nicht, wo ich bin, und ich bin freilich dabei, bei der Sache ... o du lieber bester Gott!«

»Ich meine nur aber so« – fuhr Pelz fort –: »wenn wir nun dies alles so verständig einfädelten und abdruckten, daß wir gar in unserer biographischen Akademie, eben weil bisher in allen Akademien nur auf tote Mitglieder Reden gehalten wurden, so wie die alten römischen Kaiser nur dem nächst verstorbnen oder die Päpste den nächst verstorbnen katholischen Königen Lobreden wie grüne Erdschollen nachwarfen, wenn wir, wie gesagt, es so machten, daß wir, ich nämlich, Sie als wohlseliges Mitglied, oder richtiger als den verstorbnen Stifter der Akademie ansähen und ansprächen, nur damit ich dann hundert Dinge sagen könnte, welche sonst gegen Ihre Bescheidenheit verstießen« – –

»Natürlich ständ' ich lebendig bei der Sache und hörte ihr zu, nur säh' es nicht so aus; aber es täte nichts« – sagte Helf schon ohne Verstand.

– »Freilich! Wenn ich nun vollends den elenden Flegel von Flegler, welcher uns jeden Sonntag nachmittags im Kruge angreift, in der Fibelei der Welt in seiner lächerlichsten Blöße zeigte, worin er statt seiner ausgefallnen Kritik- und Hundszähne den Simsonschen Zahnkinnbacken vorweisen muß, und es dann am Montag und Dienstag in Druck setzte vor die ganze zivilisierte Welt hin – und ihn fast zu lächerlich machte von hier bis in die Vorstädte von Hof in Vogtland hinein – wiewohl es von der andern Seite gut ist, daß wir einen Feind haben, weil ohne einen uns die in Biographien so nötigen gelehrten Streitigkeiten fehlen würden: – täte man nun dies alles trefflich« – –

– Hier gab Helf vor Lust und Dank Pelzen einen kräftigen Schlag auf den Schenkel und sagte: »Und so würde wahrlich die ganze Schenke zu Verstand gebracht; aber um Gottes willen, herrlicher Magister, Sie wollten was sagen und fingen an: *wenn*« –

»Mehr nicht;« (sagte er) »denn alles wäre eben fertig, nämlich einer der berühmtesten Skribenten, den Sie nur kennen; denn mich sollte der Donner erschlagen, wenn ich nicht jede Woche wöchentliche Nachrichten von Ihnen gäbe, und sollt' ich die schlechtesten haben. Setzen wir beide nun, ich und Sie, Ihr Leben lange genug so miteinander fort: so kann Ihr lebendiges Leben so stark ins Gewicht fallen als Faßmanns Quartanten-Gespräche im

Reiche der Toten und Ihre Biographia Fibeliana so vielbändig werden als die Biographia britannica, ob diese gleich aus mehreren Leben besteht.«

»Pelz! Gott!« (versetzte Fibel schwindelnd und hielt ein ausgerauftes Bäumchen in der Hand) »das ist der Ehre gar zu viel für mich Voglers-Sohn in diesem Dorfe; aber wahrlich ich will gern demütig einhergehen und mich in Gottes Augen für einen Madensack halten, wenn Sie die bewußten Bände fertigen und meiner so sehr in Ehren gedenken; und glauben Sie mir, ich würde mir etwas einbilden auf das Lob eines solchen Mannes wie Sie, Wertester!«

Auf dem Heimwege hatte er (dummerweise trug er noch immer das ausgerupfte Bäumchen) viele Mühe, seine drei abgedrehten Kammerherren-Knöpfe von vornen (welche drei das Ganze hielten, weil damals aus Mangel an Luxus die jetzige Mode der Knöpfe nach der Zahl des Cinq-Quaramboles oder der fünf törichten Jungfrauen fehlte, so wie in Otaheiti und in der innern Schweiz aus derselben Abwesenheit des Luxus und des Diebstahls den Hütten die Vorlegschlösser mangeln) – – Fibel hatte Mühe, mit fünf Fingern die abgängige Drei zu decken, bis er das Bäumchen wegwarf und also zehn Finger wie zur Deckung von zehn Geboten aufbieten konnte, um gehalten in das Dorf einzuziehen, wo seine künftige biographische Akademie stand. Es sollte wohl ein lustiger Einfall des Schicksals sein, daß dasselbe ihn darin auf einen wieder erwischten Rekruten stoßen ließ, welchen das Werber-Kommando ähnliche Knöpfe gegen das Entlaufen abgeschnitten; seht, wollt' es sagen, wie zwei Rekruten der Unsterblichkeit in einerlei Haltung ihrer Gewänder vor einander vorüberziehen auf die Bahn der Lorbeern zu.

23. Laternen-Kapitel

Eröffnung der Sitzungen

Den Weibern im Hause leuchtete noch wenig von der Sache ein, als schon am nächsten Sonntage sich sämtlicher lebensbeschreibender Gelehrten-Verein (die biographische Akademie) samt Fibel in die Fibelei zur ersten Sitzung begab. – Bevor wir aber einen Schritt dem Vereine nachtun, muß ich vorausbemerken, daß ich freilich Pelzens akademische Vorlesungen in einem ganz andern, nur damals noch neuen Deutsch vor mir liegen habe, als ich sie hier lesen lasse; aber da mir die Welt zu erwarten schien, daß ich an die Stelle des altfränkischen Stils einen glänzenden klassischen setzte und die steife Chrysaliden-Puppe voriger Sprache zur jetzigen leichten Sommervogels-Gestalt ausbrütete, damit das Ganze mehr Glanz hätte: so wendete ich ihm diesen Glanz zu.

– Sollt' es im folgenden der späten Nachwelt mißfallen, daß man diese selber Fibeln so sehr ins Gesicht weissagt und er schon bei Lebzeiten so viel

Lob auszuhalten hat: so frag' ich diese späte Nachwelt, ob nicht noch größere Leute sich dasselbe lebendige Einmauern in ihre Ruhmtempel oder das lebendige Begraben unter ihre Rauchopferaltäre mußten gefallen lassen. Himmel! wieviel Lob müssen nicht die guten Fürsten tragen, sogar die schwächsten! Dennoch ertrugen sie's wacker und wurden nicht ungehalten, daß ganze Korporationen sie so stark ins Gesicht lobten als die orientalischen Fürsten sich selber und sie als Gargantuas auf Thron-Chimborassos aufstellten und an einem Karl dem Kahlen den Haarwuchs und an einem Johann ohne Land die europäischen Besitzungen vorhoben.

Allerdings ist Übertreibung des Lobs da recht gut und angemessen, wo der Fürst bloß schwaches verdient. Die Griechen gaben für den olympischen Kämpfer erst dann zu einer ikonischen Statue, die ihn nach seiner wahren Wirklichkeit darstellte, Erlaubnis, wenn er *drei* Siege davongetragen; hingegen nach *einem* Siege durft' er nur größer und edler, als er war, abgebildet werden. Aber es beweiset eben das schöne griechische Gemüt der Hofleute wie der Zeitungsschreiber, daß sie von einem kleinen Helden-Fürsten, der kaum *einmal* gesiegt, stets bloß hohe, über die Wahrheit hinaus veredelte Darstellungen geben, und der Fürst selber, wenn er griechisch genug denkt, willigt in bloße Verschönerung ein; aber ein Helden-Fürst, der dreimal und öfter gesiegt – es sei im Felde, Kabinette oder sonst –, darf wohl auf eine bloße treue (ikonische) Abbildung seiner Anspruch machen und kann zu seinen übertreibenden Hof- und Zeitungs-Sprechern recht gut im Jähzorn sagen: »Wie? ihr schmeichelt mir ja, als hätt' ich noch nichts getan? Geht, Bestien! Ihr leckt, aber nicht Lazarus-Wunden heil, sondern geifernd Wunden der Wasserscheu an.« – Indes gibts noch immer sanftere gekrönte Heroen, welche, anstatt ihre Ansprüche auf eine ikonische Darstellung geltend zu machen, sich mit kolossalen, über ihre geistige Lebensgröße hinausgehenden begnügen, vertrauend auf die gerechtere Nachwelt, welche die Karten und Masken abzieht. Wie sollte nun unser Fibel, der bei weitem nicht so groß ist als ein Heros, viel daraus machen, daß zu viel aus ihm gemacht wird?

Sonntags nach dem Mittags-Essen verfügte sich nämlich die ganze Akademie in die Fibelei. Der Magister stellte sich vor den Letternkasten (es sollte den Katheder vertreten), die beiden Akademisten Fuhrmann und Pompier saßen ihm gegenüber; das wohlselige Mitglied Fibel setzte sich aus Schicklichkeit so, daß es ihnen den Rücken wies; teils sollte der Rücken in etwas Verstorbnes hineinspielen, teils konnte auf dem gegen die Wand gekehrten Gesichte sich besser die Bescheidenheit erhalten unter so außerordentlichem Lobe bei Lebzeiten.

Verehrlicher Gelehrten-Verein!

Der Zweck unserer Gesellschaft ist, das Leben unsers seligen Präsidenten und Mitgliedes allmählich zusammenzutragen, um es dann der Welt gedruckt zu schenken. Keine Anekdote aus seinem wöchentlichen Leben soll uns zu schlecht sein, daß wir mit ihr nicht dessen sonntägliche Beschreibung aufstutzten.

Eh' wir aber zum Leben selber schreiten, wird es gut sein, den Seligen vorher flüchtig im allgemeinen zu loben, weil wir sonst Toren wären, wenn wir ein Leben lieferten, woran nichts wäre. Seine jetzige Seligkeit allein gäbe ungeachtet des Sprichworts de mortuis nil nisi bene (von Toten sage nur Gutes) noch keinen Grund zum Lobe ab. Die ganze Geschichte ist ja eine Gegenfüßlerin dieses hohlen Sprichworts und spricht als Teufels-Advokatin gerade nach Jahrhunderten die gelobtesten Fürsten, Helden und Gelehrten zu Unheiligen statt zu Heiligen. Wie lange muß denn einer verstorben sein, damit man anfangen könne, ihn, statt zu loben, so zu tadeln, wie Geschichtsschreiber an so vielen Tausenden tun? Denn der Vorwand, solche strafende Totengerichte darum zu verwerfen, weil die Toten sich nicht mehr verteidigen können, gälte ja noch stärker für ältere als neuere. Nur in folgendem Sinne kann das Sprichwort gelten: »Du, Vertrauter und Zeuge eines Verstorbnen, sage ihm nichts Böses nach, was du allein weißt; denn du bist nur *ein* Zeuge, dem noch dazu das fremde Eingeständnis fehlt.«

Aber wir haben bessere Gründe als den Tod, aus unserem Seligen viel zu machen. Das Knausern mit Lob kommt überhaupt Männern lächerlich vor, welche längst gelesen, daß Lobreden sogar auf die gemeinsten Sachen, auf den Rettich (von Marcianus) – auf das Podagra (von Pirchheimerus) – auf den Kot (von Majoragius) – auf den Hintern (von Coelius Calcagninus) – auf Hölle und Teufel (jenes von Mussa, dieses von Bruno) geschrieben worden. Sogar mündlich hat man es von jeher mit Loben weit getrieben und, wie schriftlich Major die Lüge oder Dornavius den Neid, so mündlich beides an Hofleuten gepriesen und, wenn nicht wie Archippus den Esels-Schatten, doch den Mächtigen, unter dessen Schatten sie standen.

Aber wozu dies? Wir haben hier einen ganz andern Mann vor uns, welcher uns (nicht wir ihm) Ruhm macht, das bekannte Mitglied unserer Akademie; und es wäre bloß dessen eigne Schuld, wenn er nicht einer der größten Männer wäre; aber dafür hat er gesorgt:

Er hat das Abcbuch gemacht.

Wer schon bloß bedenkt, was Buchstaben sind und wie sie einen Kadmus durch ihre Erfindung unsterblich gemacht – und Fibel hat sie bekanntlich forterhalten und gelehrt, Erhaltung aber ist zweite Schöpfung, conservatio altera creatio –; wer nur gelesen, daß unbedeutende Menschen schon dadurch auf die Nachwelt gekommen, daß sie den vorhandnen Buchstaben noch einige hinzuerfanden, z. B. Evander, der den Römern aus dem Griechischen [1] die Buchstaben h r q x y z zuführte, indes unser Fibel auch die übrigen 18 darbringt – wer nur obenhin erwägt, daß über diese Vierundzwanziger kein Gelehrter und keine Sprache hinauszugehen vermag, sondern daß sie die wahre Wissenschaftslehre jeder Wissenschaftslehre sind und die eigentliche, so lange gesuchte und endlich gefundne allgemeine Sprache, aus welcher nicht nur alle wirkliche Sprachen zu verstehen sind, sondern auch noch tausend ganz unbekannte, indem 24 Buchstaben [2] können 1391 724 288 887 252 999 425 128 493 402 200 mal versetzt werden – und wer sich aus diesem allem sehr leicht erklärt, warum diese vierundzwanziger Union [3] von jeher in solchem Werte gestanden, daß (zufolge dem Talmud) Gott noch Freitag abends kurz vor dem ersten Schabbes sie so wie der bileamschen Eselin Mund, mit welchem sie daher als Koätaneen (Gleichzeitige) immer in besonderer Freundschaft geblieben, nachgeschaffen – wer gar berechnet, daß sogar der Kaufmann, das arithmetische Tier, dem die Zahlen noch mehr gelten als einem Pythagoras, gleichwohl ihnen nicht so viel kreditiert als den Buchstaben, sondern hinter jede Zahlensumme die buchstäbliche Summe als Assekuranz nachfügt – ein Mann, sag' ich, der nun dies alles überschlüge und addierte, würde schwerlich sich der Frage enthalten: wer ist wohl größer als Fibel?

Und doch kann ich dem darüber außer sich seienden Manne antworten: Fibel selber ist größer. Denn dem Höchsten hat er noch ein oder ein paar Giebel aufzusetzen gewußt, und der Mann ist in demselben Abcbuch ein paar hundert Sachen auf einmal; oder wodurch sonst hätte der Selige sich so viele Ehrensäulen aus Sachsen, Franken, Vogtland abgeholt, als daß er nicht bloß Prosaist ist, sondern Dichter, nicht bloß Dichter, sondern Formschneider und Kolorist und Naturforscher und das übrige?

Der Selige hat, wie große epische Dichter, den poetischen Teil seiner Arbeit in 24 Gesänge oder 24 Reime abgeteilt, wie er es denn schon wegen der Zahl der Buchstaben nicht anders machen konnte.[4] Aber vom Epiker Tryphiodorus, welcher eine Odyssee zwar auch in 24 Büchern machte und jedes Buch nach *einem* der 24 Buchstaben nannte, aber gerade diesen Nenn-Buchstaben darin aus literarischer Seiltänzerei nie gebraucht, z. B. im ersten kein A, im zweiten kein B, – von diesem unterscheidet sich unser Epiker Fibel so sehr zu seinem Vorteil, daß er gerade in jedem Gesang den Buchstaben, wornach er ihn nannte, z. B. im ersten A: Der Affe gar possierlich ist etc. etc., zweimal nicht nur anbrachte, sondern Gott weiß wie oft. Himmel! wie wäre hier ein feiner Humanist (er müßte Kenner sein) ein Mann

[1] Isidor. l. I. Etym. c. 4.

[2] Nach D'Alembert.

[3] Anspielung auf die künftige zwanziger Union von Bahrdt.

[4] Siehe Anhang.

für uns, der kritisch scharf die verschiedenen Dichtungsarten absonderte und aushöbe, unter welchen unser Dichter hinüber- und herüberlaufend abwechselt; denn bald dichtet er komisch in X: Xantippe war eine arge Hur', die X mal X macht hundert nur (der zweite Reim ist ein guter Stich gegen das päpstliche Recht, das in seiner Definition einer H. weit über Hundert hinausgeht) – bald streift er in M ins Didaktische über, z. B.: Zum Beten ist der Münch verpflicht, Mit Messern stich bei Leibe nicht – bald in T ins Elegische: Vorm Trachen uns bewahre Gott, Die Trage uns aus aller Noth – bald in Y ins Lyrische, z. B.: Des Ygels Haut voll Stachel ist, Nach Yüdenkirschen mich gelüst. – Die meisten Gesänge sind jedoch bloß episch. Nirgends besser aber als hier lernt man begreifen, wie die Alten im dickbändigen Homer die Enzyklopädie aller Wissenschaften finden konnten, wenn man in einem so schmalen Werkchen nicht weniger antrifft, indem darin bald Geographie vorkommt, z. B. polnische (Wie grausam ist der wilde Bär, Wenn er vom Honigbaum kommt her) oder arabische (Camele tragen schwere Last) oder italienische in M (Mit Messern stich bei Leibe nicht) – bald Kriegskunst in D (Soldaten macht der Degen kund) – bald Mystizismus in L (Geduldig ist das Lämmelein. das Licht gibt einen hellen Schein) – bald Teleologie in O (Das Ohr zu hören ist gemacht).

Möchte ich doch mit dem wenigen, was ich aus der Fibelischen Enzyklopädie als dem poetischen Teile des Werks ausgehoben, den Humanisten Beispiel sein, wie überhaupt alle Klassiker, besonders die alten, so behandelt werden können, daß man in ihnen das findet, was man sucht, nämlich alles. Ein guter Humanist sollte wahrlich imstande sein zu sagen: »Gebt mir irgendeine alte elende matte klassische Scharteke her, ganz nahr- und mehllos und nur voll von Wurmmehl, ich will euch zeigen, was darin steckt, wenn nicht ein Vor-Homer, doch ein Nach-Homer, oder ich will nicht Professor der Alten heißen.«

Noch berühr' ich flüchtig das letzte Verdienst unsers Seligen, die Zeichnung und Farbengebung der Abcbilder. Gleich Raffaels Stanzen und Madonnen (ich kann mirs denken) gefallen vielleicht anfangs Fibels Bilder schwach; ja wie bei jenen, so ist es vielleicht bei diesen bloß das Zeichen einer affektierten Kunsthöhe, wenn ein Mann, um für einen Kenner zu gelten, sich schon von deren erstem Anblicke entzückt anstellt. Ein anderes aber ist, wenn er diese Kunstwerke studiert und sie alsdann würdigt und genießt, was mein Fall ist.

Alles, was ich bisher vorgebracht, bitt' ich den lebensbeschreibenden Gelehrten-Verein nur für eine matte Abschattung des großen Deckenstücks von Kopf- und Bruststück zu nehmen, das der Selige oben an das Pantheon seines Ruhm-Tempels, gleichsam aus den Abcbildern musivisch zusammengesetzt, geworfen hat. Freilich sind meine heutigen Worte nur ein paar ausgerupfte Schwanzfedern als Kopfputz, welche nur wenig die ganze Größe des Vogel Strauß aussprechen. Nur von den Beiträgen des ganzen lebensbeschreibenden Gelehrten-Vereins unterstützt, kann ich in den nächsten Sitzungen an die Lebensbeschreibung gehen, soll sie anders mehr als gewöhnliches Interesse erregen.

In den nächsten Sitzungen ist es nun von der höchsten Wichtigkeit so wie Wirkung für uns, in die Fußstapfen der größten Biographen zu treten und alle Fragen genau zu beantworten, welche die Welt an die eines Fibels tut –

über des Helden Geburt und Eltern –

über dessen Briefwechsel –

über dessen Latinität, Gräzität, Hebräizität –

über dessen Lieblings-Menschen und Lieblings-Essen –

über dessen Schriften und Verbesserungen derselben –

über andere Schriften, die ihn bloß zitieren –

über andere Gelehrte, die er gekannt, wovon Scioppius eine vollständige Liste der seinigen in einer Handschrift in der königlichen Bibliothek zu Neapel hinterlassen –

über seine gelehrten Streitigkeiten, Ehrenbezeugungen, Lächerlichkeiten und übriges –

über seinen Todestag, der gar noch nicht auszumachen ist.

– – Auf diese Weise würde vielleicht der Selige mit Wohlgefallen aus dem Schoße Abrahams herunter auf unsere biographische Fibelei sehen und droben für uns wirken.

Darauf hob sich die Sitzung einmütig auf, und der selige Fibel kehrte sich um und kehrte, wie Herkules aus dem Orkus, so nach Hause, daß er hienieden abends aß.

24. Patronen-Kapitel

Sitzungs-Fortsatz

Ich kann mich hier sehr leicht lächerlich machen, wenn ich nicht verständig verfahre. Setz' ich nämlich die Pelzischen Sitzungen her, so bring' ich das aus ihnen ausgehobne Leben zum zweiten Male und fange mitten im Buche wieder beim Anfange des Lebens an. Merz' ich die Sitzungen aus, so fehlt gerade der Teil des Fibelischen Lebens, der in die Vorlesungen hineinfällt, und es wird das ganze Werk ein Wrack.

Um also die papiernen *Patronen* dieses Kapitels, die aus Flintenläufen zurückgeblieben, zu Land- und Schiff-Patronen für mein Buch zu machen, ist es notwendig, daß ich zwar in Sitzungen über Fibels jetziges Leben eine Weinlese, aber in Sitzungen über dessen früheres nur eine Ährenlese halte, und so werden, hoff' ich, alle so befriedigt, daß man weder pfeift noch keift.

In der zweiten Sitzung mußte die Lebensbeschreibung mit Fibels Theogonie oder dessen Ahnen-Vortrab angefangen werden; aber Pelz klagte sehr darin, daß man zwar in Lebensbeschreibungen glücklich einen Sprung bis zu dem Urahnen Adam, aber den Rückweg nicht herab durch die spätern Vorahnen eines Helden machen könne, was doch so verdrüßlich sei. Schon der gewöhnlichste Biograph schickt seinem Helden ein Leben dessen Vaters, dessen Großvaters, Urgroßvaters abgekürzt voraus; aber viel weiter rückwärts hinauf ringt der höhere Lebensbeschreiber, dessen Ziel wäre, womöglich gleich nach der Sündflut anzufangen und Noahs Kasten zum treibenden Lohkasten des Stammbaums seines Helden oder zum Mumienkasten von dessen Vorfahren zu machen. Könnt' ers, der Mann, es gäbe gewiß ein Werk von mehreren Bänden. – Aber unendlich besser stehen sich Lebensbeschreiber, wenn sie herabwärts gehen von dem Helden zu dessen Enkeln; hier ist das Notizen-Flöz unerschöpflich, und die Gesippschaft ist ein Wurmstock von frischen Biographien, den man nur auszubrüten braucht. Mich wundert daher, daß Biographen eines berühmten Mannes ihn nur bis zu seinem Tode verfolgen, und selten durch Enkel und Urenkel hindurch. Eigentlich nimmt ja keine Biographie ein Ende, den die darin aufgeführten Kinder des Helden zeugen neue, und so fort, und alles ist dem Helden verwandt. Leider kann nur der Lebensbeschreiber nicht die durch ganze Jahrhunderte fortfließende biographische Nachkommenschaft erleben, sondern legt die Feder schon beim Enkel nieder. Desto unerwarteter wars mir und uns allen, daß Richardson und andere englische Romanschreiber dem Leben ihrer romantischen Personen hinten nur dürftige Nachrichten von deren am Ende des Romans gebornen Kindern u. s. w. anheften und uns mit einem kurzen Robespierres-Schweif abspeisen, da es bei ihnen als Dichtern so sehr in ihrer Macht stand, dem gedichteten Leben wie einem Wechsel voll Indossi ein Allonge nach dem andern anzukleben und romantische Prozessionsraupen von Urenkeln so ausgedehnt nachziehen zu lassen, daß die ganze Wesen-Kette nicht eher abreißen konnte als mit dem Lebens-Faden des Dichters selber. Von dem an sich unbedeutenden englischen Dichter Dyer erzählt Johnson [1] – so sehr vergißt der Brite seine kleinen Dichter später als der Deutsche seine großen –, daß er sich gerühmt, eine Frau geheiratet zu haben, deren Großmutter eine wirkliche Shakespeare von einem Bruder Shakespeares war. Dyer lieferte dadurch wenigstens einen guten Beitrag zu Shakespeares Nach-Lebens-Beschreibung bis zu seiner Zeit.

Nun komme die Welt wieder auf Fibeln und Pelzen und die zweite Sitzung. Letzterer tat viel, nämlich das Seinige, und suchte trotz den notdürftigsten Nachrichten Fibeln so weit herzuleiten, als wäre dieser eine Makulatur, welche eine lange Ahnenreihe von Lumpen, weißer Wäsche, Garn, Flachs- und Leindotter aufweist. Die von Pelz aufgeführten Ahnen Fibels stehen auch im 1. B. Mos. K. 10. V. 26 bis 29: »Und Jaketan zeugte Almo-

[1] Lives of the English Poets, Dyer.

dad, Saleph, Hazarmaveth, Jarah, V. 27. Hadoram, Usal, Dikela, V. 28. Obal, Abimael, Seba, V. 29. Ophir, Hevilah und Jobab. Das sind alle Kinder von Jaketan.« Die fiblischen heißen zwar anders als die biblischen, aber der Leser denkt sich in der Tat bei den einen so viel als bei den andern, da die Stammbäume eine Differential- und Integral-Rechnung sind, welche nach Euler und Schulz[1] eine Rechnung nicht mit Größen, sondern mit Nullen ist; wie man denn diese Nullen am Stammbaum in Kupfer gestochen hängen sieht.

Fibels Enkel und Urenkel berührte Pelz nicht sehr, erstlich weil diese Stuben-Nachzügler eines genialen Feld-Herren darum unbedeutender sind als der Ahnen-Vortrab, insofern öfter ein Köpfchen einen Kopf erzeugt, ein Prosaiker einen Dichter (wie die ungeflügelte Blattlaus eine geflügelte), ein figürlicher Neptunist einen Vulkanisten als umgekehrt ein Kopf seinesgleichen.[2] Zweitens ging er auch darum leicht über Fibels Enkel etc. etc. weg, weil dieser nicht einmal Kinder hatte.

Große Lebensbeschreiber – sah Pelz – wetteifern gemeiniglich in Versuchen, schon aus der Kindheit oder Zwiebelwurzel des Helden die ganze künftige Tulpe vorzuschälen, aus der kindlichen Typologie den Messias, so daß die nachherigen männlichen Krönungskleider nichts sind als die vorherigen kindischen Windeln, und daß die Kartenhäuser desselben schon die Modellzimmer seiner künftigen Lehrgebäude, Krönungssäle und babylonischen Türme u. s. f. vorstellen. Es zeigt Studium der großen Biographen, daß Pelzen kein Zug aus Fibels Kindheit elend genug vorkam, mit welchem er nicht dessen jetzige Größe zu beschreiben hoffte. Aus der Laus, welche, wie wir alle gelesen, der Rektor magnifikus ihm zu mikroskopischen Belustigungen vom Kopfe abgehoben, zog Pelz viel und legte sie gleichsam, so wie jener Floh ein Kunstwägelchen zog, als Vorspann Fibels Siegswagen vor. Pelz hatte nämlich recht, da er dartat, daß die Hand eines Prorektors voll akademischer Inskriptionen, welche eine Laus von einem jugendlichen Kopfe hebt, zugleich einen Floh ins Ohr setzt: mit bessern Worten: kann ein junger Mensch gleichgültig dabei bleiben, wenn der Finger eines berühmten Mannes ihn berührt und wie ein Zitteraal elektrisch durchschlägt? – – Ich für meine Person versichere aufrichtig, daß es, wenn ich in jüngern Tagen das Glück gehabt hätte, mit Goethe im Billardzimmer zu sein und zufällig bei dem Weggehen seinen runden Hut für meinen anzusehen und mitzunehmen, ich versichere, daß es für meinen Kopf, hätt' ich den Hut nur einige Tage auf ihm herumgetragen (im Hutfutter müßt' ich seinen Namen

[1] Dessen Sehr leichte und kurze Entwicklung der wichtigsten mathematischen Theorien. 1803.

[2] Nur adeliges ritterliches Blut zeugt wieder dasselbe; daher nach denselben Grundsätzen nach den Eskimos sogar ein Schiffskapitän wieder einen zeugt, und sie führen einem solchen ihre Weiber zu, um Kapitäne zu bekommen.

erfahren haben), daß es von Folgen gewesen und ich etwas geworden wäre.

Fast das halbe Abc-Buch nun wußte Pelz aus den Knospen der Kinderjahre herauszuziehen.

Es ist bekannt, daß ich im Judas-Kapitel die ungleichartige Zusammenstellung des 18ten Gesangs:

Die Sau im Koth sich wälzet sehr,
Das Scepter bringet Ruhm und Ehr.

auf eine leichte Weise aus einer fürstlichen Saujagd-Partie zu erklären suchte, welche eben durch das Dorf ritt, als Fibel episch beim S saß und sang; worin auch dessen Preiserteilung an die Sau statt an das Schwein für mich spricht. Aber mein gelehrter Amtsbruder Pelz will hier anderer Meinung sein und glaubt (in der 10ten Sitzung) den ersten Keim des achtzehnten Gesangs (nach seinem Entwicklungssystem) auf dem Wirtshaus-Tische zu finden, allwo der kleine Fibel unter dem Spielen der deutschen Karten so oft gesehen habe, daß die Sau regelmäßig den König steche oder besiege; wobei Pelz noch die Frage tut (ich muß sie halb für Spaß halten), ob nicht Fibel damit einige französische, von ihren Mätressen besiegte Könige, z. B. den damaligen Louis XIV, von weitem ansteche, besonders da der Szepter (im Bilde) sich gegen das Tier wie gegen eine Esther neige, ja da es bei dem S das Hauptbild vorstelle. »Hätt' er nicht ebensogut einen *Schach-* oder S–chützen- oder S–chlangenkönig zum S auswählen können und einen S–auspieß statt S–zepters zum Seitenstück?« fragt Pelz und will die Nachwelt entscheiden lassen. Zu dieser gehör' ich zwar und kann als solche entscheiden; aber ich überlasse wieder meiner noch späteren Nachwelt die Entscheidung.

Mein verehrter Mit-Plutarch Pelz hatte noch andere Sitzungen über die Jugend-Geschichte, aus welcher er, um den jetzigen großen Mann schon im Kinde zu zeigen, alle Züge eines Einfalts-Pinsels aufzutreiben suchte, welche (als Vorläufer eines raffaelischen Götter-Pinsels) ihn in die Reihe der großen Männer stellen konnten, die mit ähnlichen Zügen debütierten. Es ist derselbe Gedanke, auf welchen nachher Jean Jaques im Emil verfallen, daß sich das Genie in der Kindheit oft durch Stupidität ansage, so wie (füg' ich und die Erfahrung bei) die vorzeitigen Geistes-Reifen den Bäumen gleichen, welche, je weniger Früchte, desto mehr Blüten tragen. Daher brachte Pelz bei, daß Fibel noch im 14ten Jahre immer einige Bedenkzeit haben mußte, wenn er die rechte Seite von der linken gut unterscheiden sollte (im Spiegel konnt' ers nicht einmal) – daß er mehrmals auf die Zähne eines Heurechens aufgefußt, mit dessen Stiel er sich dadurch an die Stirne geschlagen – und daß er lange fortgeglaubt, zwei angezündete Lichter zugleich müßten langsamer verbrennen als eines allein, da jedes dem andern beim Leuchten helfe. Ja stellte der Lebensbeschreiber nicht die Mutter als Zeugen auf bei der Tatsache, daß der Selige einmal im Regen mit einem neuesten Hute neben einem Spießgesellen gegangen, der einen der verschossensten auf hatte, und daß er ihn gebeten, den verschossenen ihm (er wollte seinen neuen schonen) zum Aufsetzen zu leihen und dafür den feinen zu tragen? – Aus solchen erwiesenen Beispielen, wo Fibel den Kopf verloren, bat Pelz jeden, selber zu schließen, welch' ein großer er sei.

Meng' ich meine Meinung herein, so bin ich sehr der seinigen. Die Sache ist in der Gelehrtengeschichte noch stärker erwiesen und die Einfalt in ein höheres Alter hinaufgeführt. Es ist noch wenig, daß man den scharfspaltenden Thomas von Aquino bloß in seiner Kindheit Ochs genannt, wie den Brutus etwas später brutus; war nicht in viel spätern Jahren Leibniz so unvermögend, in Leipzig, als Swift in Oxford, Magister zu werden? Und wie viele Jahre lang hatte wohl der Mathematiker Schmidt keinen Ansatz zu allen Wissenschaften, sogar zu seinen, den mathematischen? Gerade bis in sein vierzigstes; – überhaupt ein besonderes Jahr, gleichsam die vierzigtägige Genie-Fasten (Quadragesimä), nach welchem erst auch Rousseau [1], Cromwell [2], Muhammed [3] aufflogen und sich ganz zeigten.

Aber die Gelehrten sollten berechnen, daß in diesem Satze noch weit mehr steckt. Liegt es uns dadurch denn nicht ganz nahe, daß es vielleicht hienieden Genies geben könne, welche bis ins 80te Jahr (die doppelte Quadragesimä) und also bis in den Tod so einfältig und vernagelt bleiben als andere bis ins 40te, so daß sie erst in spätern Jahren, also *nach* dem Tode ihre Blütenknöpfe wie die Aloe nach ihrem dreißigjährigen Wetterkriege aufsprengen und prangend auseinanderfahren und so der Welt – aber der zweiten – zeigen, was an ihnen ist?

Ich will dem Satze nicht länger nachsinnen, weil ich ihn sonst immer weiter treibe. Denn da nach der bewährten Umkehrung der vorigen Erfahrung folglich vorzeitig-kluge Kinder im Alter wenig werden, und da unser achtzigjähriges Erden-Sein nur eine bloße düstere Kinderstube zum Ewigkeits-Sonnentempel ist: so steht mir leider niemand dafür, daß nicht irdische Genies dieser Welt, wie Herder und Goethe, als vorzeitig-kluge für die zweite (gleichsam Barattiers des Himmels) vielleicht in der zweiten, dritten, vierten Welt, wo gerade der aufgeblühte Jüngling sich zeigen soll, die auf der Erde gegebenen Hoffnungen nur schlecht erfüllen, indes dagegen ihnen dort viele ihrer hiesigen Rezensenten desto weiter vorspringen, je weniger diese zu ihrem Glücke hier etwas von dem gezeigt, was man Verstand nennt. Sogar ich Unbedeutender bin nicht sicher, daß ich nicht im Himmel auf den Sand gesetzt werde und vor den Seligen das Schaf mache. –

Fibel nahm alle diese fast befremdenden Gesichts- und Feld-Züge Pelzens

[1] Confessions.
[2] Hume.
[3] Gibbon.

ganz gut auf, da keiner davon auf sein Abc-Wesen losging. Nur die Wildmeisterin, welche einige Sitzungen mißtrauisch belauscht hatte, wollte gar Mäuse merken und mutmaßen, Pelz habe ihren Mann zum Narren und wolle von ihm profitieren. Aber die Schwiegermutter dachte weiter und gab ihr durch ihre gelehrten Anverwandten in Dresden Licht, deren Verstand man auch, sagte sie, selten habe verstehen können.

Die Leser wissen schon seit mehrern Bogen, daß der Magister Pelz alle Pflichten guter Lebensbeschreiber in den Sessionen erfüllt und des Helden Vergangenheit ausführlich abgehandelt – denn woher sollt' ich die vorigen Kapitel sonst darüber nehmen, falls ich sie nicht geradezu erfabeln wollte? – Und jedes Mitglied hatte Pelzen biographische Subsidien und dons-gratuits nach eigner Weise geliefert, z. B. Pompier viel von der Heirat und von des alten Siegwarts Cour bei dem Markgrafen – Fuhrmann hingegen mehr solide Artikel, z. B. Siegwarts Tod – Pelz sich selber manches mehr Komische.

– Ich habe nur schlechte Freude am vorigen Absatze; denn ich sehe ja, daß ich immer mehr den Lebensbeschreiber der Lebensbeschreiber mache und ganz unvermerkt durch die Sitzungen mich in die schon erzählten Kapitel zurückwerfe. Es muß aber doch fortgefahren werden.

Andere versprochne lebensbeschreiberische Artikel tat Pelz kürzer ab; nämlich bei dem Artikel »Latinität, Gräzität, Hebräizität, Arabizität des seligen Mannes« führte er dessen Kenntnis und Schreibung der lateinischen, griechischen, hebräischen Alphabete und die ähnlichen Vaterunser an, wie ich aber ja auch beim Henker in weit frühern Kapiteln erzählt.

Der versprochne Artikel: »Fürstliche Gnadenbezeugungen gegen den Helden« ist leider auch schon da gewesen.

Der versprochne Artikel: »Hauptwerk, welches der Gelehrte geschrieben.« Natürlicherweise meint Pelz das Abcbuch; aber, lieber Gott, ist denn dies etwas den armen Lesern noch Unbekanntes?

Der versprochne Artikel: »Andere Werke, welche des Seligen Namen tragen«, bekanntlich die anonymen, auf deren Titelblatt Fibel elendiglich seinen Namen einschwärzte, und welche Pelz sämtlich in Folio, in Quarto, in Sedezimo in den Sitzungs-Saal einschleppen ließ, um den dummdreisten Pompier und den dummscheuen Fuhrmann, welche freilich aus Unkenntnis namhafter Autoren namenlose schlecht kannten, durch das Titelblatt, das sie lesen konnten, auf die Gedanken zu bringen, daß Fibel sie gemacht. – – Aber ihr Heiligen alle, und selber euch Leser ruf' ich zu Zeugen an, ob ich nicht dies alles schon längst gemeldet, sowohl in der Vorrede vieles davon, als im 21. Judas-Kapitel den Rest! – Und doch soll ich Unschuldiger noch immer zurückschreiben? Aber Gott wird neue Kapitel senden.

25. UND 26. JUDAS-KAPITEL

Gelehrte Streitigkeiten – oder antikritische Sitzungen

Und da sind sie, zwei auf einmal! Die verdammte biographische Vergangenheit ist fort, und man fängt ordentlich zu leben an. Künftig kann nun nichts mehr kommen, was ich öfter zu erzählen hätte als *einmal* in dem dazu anberaumten Kapitel, und alles, was nur vorfällt, ist den guten Lesern noch nicht erzählt, sondern wahre Neuigkeit. Vorfallen aber muß noch viel in den künftigen Kapiteln, da ja Fibel, Mutter, Frau und alles noch lebt, was erst künftige Kapitel begraben.

Dadurch entkomm' ich unschuldiger Verfasser dieses Werkes dem Vorwurf, dem Jupiter, dem größten Planeten, zu gleichen, als biographisch *rückgängiger* Stern; man sieht, daß mein Ruhm darin besteht, dieser größten Welt unsers Systems darin zu ähnlichen, daß ich wie er nach der scheinbaren Rückläufigkeit den schönen Bogen des Fortgangs rein beschreibe.

Ohne die geistige und sauere Gärung gelehrter Streitigkeiten hätten wir schwerlich jene köstlichen Felsenkeller und Essigkammern voll März- und Oktober-Bier oder Oster- und Michaelismeßbücher, welche wir Bibliotheken nennen und aus welchen wir so schöpfen. Der Janustempel ist der Heidenvorhof zum Ehrentempel. Ich habe mehrmals den Ausdruck gelehrte *Raufereien* dadurch verfochten, daß ich gute schwarze polemische Dinte das echte eau épilatoire nannte, womit man in Paris jedes schönheitswidrige *Haar* ausbeizt und durch welches oft ein Kritiker einen ganzen Weisheitsbart abnimmt. Und ich möchte auch wissen, was denn sonst anders als dieses Bespritzen und Beflecken mit polemischer Dinte uns von jeher zu jenen Streitschriften und Antikritiken aufgemuntert hat, worin wir Feuer speien und eben wie Vesuvius durch Speien und Auswerfen uns immer höher aufmachen. – Schon bloß was ich allein durch schreibende Feinde an Bescheidenheit auf der einen, und an Selbstachtung und Gelehrsamkeit auf der andern Seite gewonnen, ist kaum zu berechnen. So manchem Rezensenten, der gleich den türkischen Schreibern mit dem Schreibzeug den Dolch trug, klopft' ich stark auf die Achsel und sagte: »Schreib und stich, Männlein, du stichst mich in Kupfer, und dein Dinten-Ätzwasser ist mein Salböl.«

Wie schön hätte daher neuerdings *Arndt* in seinen *»Briefen an Freunde«* durch die Frechheit seines Urteils über mich auf mich einfließen können, wenn er dem Mangel an Verstand und Wahrheit, woran das gute Urteil leidet, durch ein reiches Werk, worein ers gesteckt hätte, in etwas abgeholfen hätte. Aber er wollt' es nicht recht, sondern schrieb ein leeres Buch, worin freilich sein Urteil, und wär' es noch zehnmal frecher gewesen, für keine zwei Pfennige werte Besserung auf mich wirken konnte. Den Schaden hab' ich allein, weil dadurch meine Verstockung wächst. Sonst ist das Werk als eine generatio aequivoca der frühern Schlegelschen Dinten-Infusion gut genug und der Zeit angemessen, in welcher man höhern Orts Kraft ungern sieht. Es tat sich nämlich eine Gesellschaft schwächlicher Egoisten oder guter Maul-Riesen (nach Art der Maul-Christen) auf dem Druckpapier zusammen, welche die Tränen der Empfindsamkeit auszurotten suchte, und welche sagte, man solle mehr von Kraft reden. Es kann aber allen Ministern nicht oft genug bewiesen werden, daß diese scheinbar verdächtigen Kraft-Menschen ihren Namen so wie die Butterblumen führen, aus welchen niemals Butter wird (denn die Kühe fressen sie nicht), und die man nur der gelben Farbe wegen so tauft; es sind gute tatenreine Seelen, welche, so wie man nach Martial, Lipsius und Bayle[1] sehr wohl unzüchtig schreiben kann, ohne im geringsten so zu leben, mit ähnlicher Unschuld die Kraft-Sprache ohne schädlichen Einfluß ins Leben reden, wie Briten die französische ohne französische Gesinnung. Freilich sieht sich zuletzt mancher für ein Donnerpferd an, der nur ein Donneresel ist. Auch der gute Arndt findet beinahe alles um sich her klein und gemein, wenn er es mit seinem großen Leben vergleicht; dieses besteht, seinem Buche zufolge, jetzt darin, daß er sich seiner Jugendzeiten erinnert, in welchen er sich großer Ritter- und Römer-Zeiten erinnerte, wenn er die halbe Nacht in den Rheingegenden und in Italien mit guten Freunden spazieren gegangen und getrunken. – –

Um zu Fibeln zurückzukommen, so gibt es sogar unter den Literaturzeitungen jetzt nur wenige, welche durch unschuldige Bosheit und Einfalt Schriftsteller zu guten Streitschriften spornten; und es tut mir leid, daß ich dem Universität-Tetrarchat von literarischen ökumenischen Konzilien, Heidelberg, Halle, Jena, Leipzig, jenes Lob nicht geben kann (höchstens ist ihre Dinte zuweilen offizineller Vier-Räuber-Essig); aber von der fünften Literaturzeitung (ein schönes fünftes Rad, das erträglich rädert), von der *Ober*-Deutschen, behaupten sogar Feinde, daß sie mit ihren Wassern jene erhabne Pisse-Vache für die unten stehenden Köpfe *Nieder*-Deutschlands sei und, recht als *Tropf*bad unterwegs verstäubend, so wenig *auffalle*.

– Es ist Zeit, endlich der Pelzischen Antikritik-Sitzung beizuwohnen. Der Schulmeister Flegler war im Wirtshaus die gelehrte kritische Anstalt jeden Sonntag nach der Abendkirche und nach der Sitzungszeit. Er durfte freilich ein langes Gesicht dabei machen, daß er, so lange berühmter Schullehrer mit dem Wappenschild des Abchahns, der einen Prügel hält, und der selber Fibeln unterrichtet und geprügelt hatte, nun von seinem jungen Jünger sich Schulbücher mußte in die Hand geben lassen; sein Hahnengeschrei im Wirtshause sollte den verleugnenden Petrus wenigstens ins Bereuen hineinkrähen. Da Pelz mit dessen Rügen und Hahnenkämpfen mehr als eine Sitzung bestreiten konnte: so trank er gerne nach dem Gottesdienst im Wirtshause sein Glas und holte vermittelst des Widersprechungs-Geistes gleichsam wie mit einem Stechheber aus dem Schulmanne alles Sauere gegen

[1] Dictionnaire, Art. Virgile.

Fibel heraus, was er in der nächsten Sitzung aufzutischen und abzusüßen hatte.

Ich glaube nicht, daß ich dem Schulmeister Abbruch tue, wenn ich seine gelehrten Angriffe Fibels in die gefällige Form einer Rezension, mit Auslassung seiner Sprache, zusammenziehe und nur so viele pöbelhafte Ausdrücke aufnehme, als sich mit einer gesitteten Rezension vertragen.

Oberdeutsche Literaturzeitung
No. 0000001
Pädagogik

A A a b c d e f g h u. s. w. (von Herrn Gotthelf Fibel) ohne Druckort. (In Heiligengut bei dem Verfasser.) (Einen Oktavbogen stark.)

Es war uns vor Ekel unmöglich, den abscheulich-langen Titel abzuschreiben. Der Verfasser dieses sein sollenden Schulbuchs (es scheint ein junger Mensch zu sein) gehe doch ja vorher in eine Schule, aber nicht als Lehrer, sondern als Schüler, damit er wenigstens Rechtschreibung lerne. Peil statt Beil, Trache statt Drache (das wir von draco ableiten), Yüdenkirschen statt Judenkirschen, Appfel statt Apfel sind wahrlich, zumal in einem Schulbuche, Schnitzer gegen den Priscian-Adelung, die wir wenigstens in unserem Hör- und Lehrsaale nicht einmal Abcschützen verzeihen würden, die noch nicht schreiben könnten. Der Schulbakel gehört weniger *in* als *auf* die Hand des Herrn Verfassers. Das Machwerk selber (bei dem wir uns nicht aufhalten) ist aus den allerbekanntesten, abgedroschensten Sachen zusammengeflickt, aus dem Abc und den Diphthongen (wobei der Verfaser sich ewig oben auf der Zeile jedes Blattes wiederholt[1]) – aus den bekannten Syllaben – aus dem Vaterunser, das der Plagiarius aus der Bibel wörtlich abgeschrieben, so wie die 10 Gebote, sogar das 7te – aus dem christlichen Glauben, der schon zu Luthers Zeiten im Katechismus gestanden.

Jetzt kommt aber der originelle Teil des Buchs, der uns eine Gemälde-Ausstellung mit einer (scilicet!) poetischen versio interlinearis auftischt. Wir wollen nun ein wenig beleuchten, was Herr Fibel im Fache der Kunst geleistet. Was erstlich das Kolorit, so wie auch die Farbengebung anlangt, so gestehen wir gerne, daß uns das schlechteste Stück von Vecelli Titian (aus Friaul, gestorben 1576) tausendmal besser mundet als das beste in Herrn Fibels Galerie; denn unser große Kolorist fertigt alles mit 3 Farben ab, mit Gelb, Grün und Rot. In dieser dreifarbigen Kokarde ist besonders Rot seine Leibfarbe, es sei nun seine Schminke oder seine sonst nicht unnötige Schamröte, *wiewohl auch Zorn und Trunk rot machen.* Genug unser

[1] Siehe Anhang.

Rotgießer und Rotgerber treibt uns einen roten Bären, roten Wolf und eine rote Katze vor; auch anderem Vieh, dem Kamel, Esel, Lamm u. s. w., legt er hinten und vorn immer etwas Rot auf. Ob nun aber durch diese türkische Garnfärberei die Jugend wahre Begriffe von dem Kolorite auch nur des gemeinsten Viehs einsauge, entscheide der Leser.

Was die Zeichnung anlangt, so schiebt dieser kleine Guckkasten zwanzig Tierstücke und nur fünf Menschenstücke vor. Doch das sei; der Kunstkenner hält sich nicht an Stoff, sondern an Form, und ein guter Ochs ist Rezensenten lieber als ein schlechter Evangelist Lukas, darneben er steht. Aber leider müssen wir, wenn wir nicht ganz unsere niederländische Schule und niederländische Reise vergessen wollen, in diesem gemalten Viehstalle die Fragen aufwerfen: wo ist hier ein David Tenier (Vater und Sohn, jener 1649 gestorben, dieser 1674) – ein Potter – ein Stubb – ein Jacob Ruysdal (aus Haarlem, gestorben 1681) –? Freilich ein Lamm ist da, aber man vergleich' es mit dem Nicolaus Berghem (aus Amsterdam, gestorben 1683); freilich ein Gaul ist da, aber man vergleich' ihn mit einem Philipp Wouvermann (aus Haarlem, gestorben 1668)! Und so könnten wir die ganze herrliche Maler-Reihe durchgehen, aber immer vergeblich fragen: ist der und der da? – Wollte der junge Mann in der Blumenmalerei etwan einen Huysum erreichen oder gar übertreffen (wie es bei den blumistischen Zeilen scheint: »Das Cränzlein ziert den Hochzeitgast; Vom Rettig man den Koth schabt ab; Nach Yüdenkirschen mich gelüst«): so soll uns jeder für einen Verleumder und Verkenner echter Malerei erklären, wenn wir je sagen, daß dieses herbarium vivo-mortuum nur von weitem an eines der unsterblichen Huysums herbarium perenne reiche.

Noch sind, wie gesagt, 5 Menschenstücke darin: 1) Ein Mönch, gegen welchen ein Messer gerichtet ist; soll das bedeuten, daß Mönche Könige erstachen, oder daß Mönche zu erstechen? 2) Eine Nonne; wer aber die Nonne della sedia von Urbino Raffael gesehen (gestorben 1520), der entscheide zwischen beiden Bildern. – Das dritte Menschenstück ist ein *Jude,* ja Judas mit Beutel, worunter die versio interlinearis steht: Der Jüde (Jude) schindet arme Leut. An sich mag der Jude mit dem Hute, und mit der Rechten am Magen, mit der Linken im Beutel, ganz gut und vielleicht das Beste in der ganzen Galerie sein; aber ob gegen die Zeichnung, Stellung und die versio: »er schinde« nicht die ganze Judenschaft eine Injurienklage anstellen, ob nicht jetzt, wo die Christen immer jüdischer werden, gerade eine Annäherung und Gemeinschaft von Tempel und Kirche, gleichsam der Einband des alten Testaments ins neue, mehr dadurch gehindert als befödert werde, muß laut gefraget werden. Auch in den Jüdenkirschen kommt wider unser Vermuten später der Jude wieder vor, und der Verfasser gelüstet nach ihnen; was soll man davon denken? Der Verfasser ist gewiß zu rechtschaffen, um sich an Juden (zumal da er auf keiner Universität war und da borgen mußte) durch Aufhetzung der Jugend zu rächen. Es ist aus dem Buche nicht anzunehmen, daß er sonst andere widrige Familienverhältnisse mit Juden[1] gehabt; um so mehr fällt der Ausfall auf.

Das vierte Menschenstück ist ein Vogelsteller. Wir sagen nichts darüber; ein Sohn kann seinem Vater doch nicht so viel Unsterblichkeit zurückgeben, als er von ihm vorher erhalten, indem er vom Vater für die ganze Ewigkeit gezeugt worden.

Das fünfte Menschenstück ist die Xantippe, Ihr Zurückflughaar und Vorwärtsschritt wird keinen Kenner, der nur *einmal* des Peter, sogenannten Höllen-Breughels (gestorben 1642) Furienbilder zu sehen bekommen, täuschen und bestechen, daß er diese Xantippe so wie auch den Trachen (im Buchstaben T des Abc) für etwas Gelungnes und Wahrhaftes hielte.

Schlüßlich bedauert Rezensent jeden Leser so wie sich, der sich durch dieses Machwerk durcharbeiten mußte. Aber wie soll man erst einen armen Schulmann genug beklagen, welcher gar ein solches unhaltbares Flocken-Gewebe zum Leitfaden im Labyrinthe des Schulgebäudes täglich in die Hand zu nehmen und daran Kinder zu führen hat? O Dii immortales! R. F.

Unter diese Rezension setzte die Redaktion folgende Note:

Zu unserer und gewiß auch des Lesers Freude ist noch eine zweite Rezension von einem großen Ästhetiker und Historiker eingelaufen, von welcher wir nur das Ende hier zum besten geben:

– Aber eine ganz besondere Aufmerksamkeit zieht der Herr Verfasser durch die Art auf sich, wie er ausländische Formen behandelt und der Jugend darstellt; und diese sind q, x, y, z. Der Herr Verfasser schreibt so:

Q q Kuh – Q q Quarkkäs.
Was Wunder? die sehr rothe Kuh,
Giebt weiße Milch, Quarkkäs dazu.

Andere mögen den Jambus Quark-Käs rügen (offenbar ein Spondäus); wir bemerken für Schullehrer nur, daß nicht Q q, sondern Qu qu stehen muß, wenn der Schüler nicht Quark lesen soll wie Kuark. Gleichwohl kommt nach Qu(ark) doch ein K(äse), wobei noch zu fragen, ob es denn in allen Käsekammern einen andern Quark gebe als einen käsigen (etwas anders ist freilich figürlicher). – Übrigens dauert es einen Verehrer des berühmten Verfassers, daß er sich in dieser Strophe durch die Ausdrücke »die *sehr* rothe Kuh«, ferner »gibt weiße (?) Milch, Quarkkäs dazu« (als ob sie auch den Käse aus dem Euter gäbe) schlechte Krittler auf den Hals hetzt. Auch dürfte mancher Verehrer der Fibelschen Dichtkunst den fast

[1] Der Rezensent spielt vielleicht auf des Judas Verschlucken des Edelsteins und dessen Wechselgeschäft mit dem Fibelschen Hause an; aber Fibels gutmütige Seele war keines rachsüchtigen Einfalls auf ein Einzelwesen fähig und zwickte aus Weichheit so wenig als ein Krebs mit seinen weichen Scheren in der Mauße.

gesuchten Gegensatz »sehr rothe Kuh und weiße Milch« wegwünschen, je mehr er sonst dessen von allem antithetischen Witze geläuterten Geschmack so schätzt.

Wir gehen nun weiter, aber leider zu bösartigen Punkten (denn der redliche Kunstrichter fragt nach nichts); und hier finden wir nun folgende Strophe:

X x Xantippe – X mal X.
Xantippe war eine arge Hur (Hur'),
Die zehnmal zehn macht hundert nur.

Dieser Denkvers (versus memorialis) heftet dem jungen deutschen Volke nicht nur den Irrtum auf, das römische Zahlzeichen X sei mit dem deutschen Ix einerlei, sondern er vergiftet dem Volke, wenn es noch im Neste sitzt, den ersten gelehrten Imbiß mit einer Hure. Kann es der Verfasser am jüngsten Gerichte, wenn er mit der Xantippe verklärt aufersteht, bei ihr verantworten, daß er sie mit einem Strohkranz ins Dreh- oder Drillhäuschen öffentlich eingeschoben und gesperrt? Wenn sie, wie einige vermuten, aus höherem Stande gewesen [1] – wogegen wenig vorzubringen ist als höchstens des Sokrates Versicherung, daß sie sehr gut hausgehalten –, so ist das unschickliche Beiwort im Abcbuch eine wahre Injurie und Unmöglichkeit. Ja sogar wenn man annehmen will – was viele tun –, daß Damen, umpanzert von höchster Zartheit, Tugend, Prüderie und gegen die kleinsten Verstöße, gerade gegen die größten am unbewehrtesten sind, ordentlich den Haustüren in Aleppo [2] ähnlich, welche gegen Diebe von Eisenblech sind, aber nur hölzerne Schlösser haben; wenn man dies anführen will: so ist doch wieder auf der andern Seite für Xantippens Tugend zu bemerken, daß sie ungemein zänkisch und haushälterisch war und damit sich nahe an Altjungferschaft anschloß. Auch dieses Zanken und ihre Hausdragonaden sind durch die Geschichte längst entschuldigt; denn wie Sokrates ohne sie nicht Sokrates geworden wäre, so Xantippe ohne ihn nicht Xantippe, weil sie, hätt' er mehr gezankt, es selber nicht nötig gehabt hätte. Schweigen bringt die beste Frau auf, die eben im Keifen ist; ja auf einem so stillen Meere wie Sokrates kommt selber die wildeste nicht weit. Wie oft mag die gute Xantippe, wenn der wie ein mit Sporen gestochnes Pferd lautlos bleibende Sokrates ihre Geduld erschöpft hatte, vor ihrer Freundin geklagt haben: »O Gute, wenn du nun alles getan hast gegen einen solchen Ehemann und Pflastertreter, was nur gestattet ist, Vorstellungen, Tischumwerfen, Nachgießen, und er doch immer bleibt, wie er ist: – so sage mir doch – prügeln und totschlagen kannst du ihn nicht –, wie du mit einem solchen Eisblock und Eisbock leben willst! Schon der bloße Gedanke daran macht mich wie-

[1] Auch Wieland äußerte später diese Vermutung.
[2] Russels Beschreibungen von Aleppo.

der furiös und fuchswild.« – In unsern Zeiten ist freilich eine Xantippe (welcher der unparteiische Sokrates selber das Lob einer guten Haus- und Kinder-Mutter gegeben und welche in dessen Kerker so sehr um ihn geweint) kein gewöhnliches Geschenk für einen Ehemann, und man sollte den Beinamen Xantippe nicht aus Schmeichelei an so viele Weiber verschwenden, als man tut.

Wir kommen zum Ypsilon.

Y y Ygel – Y y Yüdenkirschen.
Des Ygels Haut voll Stachel ist,
Nach Yüdenkirschen mich gelüst.

Der Jude und der Igel müssen sich hier ihren Anfang aus Griechenland holen, ein i grec. Mit dem Juden vornen, der den Beutel hält, ging er weit höflicher und orthographischer um. Überhaupt setzt den Verfasser das Ende mit den drei Auslands-Buchstaben x, y, z in solche Not, daß er damit, wie die Mathematiker mit x, y, z, gesuchte (ihm) unbekannte Größen bezeichnen könnte. Denn auch im Z gehts her, wie folgt:

Z z Ziegenbock – Z z Zählbret.
Die Ziege Käse giebt zwei Schock,
1 2 3 4 5 6 7
Das Zähl-Bret hält der Ziegen-Bock.

Die zweite Zeile enthält die letzten sieben Worte des am Buch-Kreuz hängenden Verfassers; daher man bei einem, der im Ausmachen ist, den sogenannten Verstand so wenig erwartet als findet. Auch im ersten Gnomon will der Sinn fehlen, da ohne Zeit-Bestimmung eine Ziege ebensogut 100 Schock als ein halbes gibt. Lächelnd bemerkt Rezensent, daß Käse dreimal im Werklein vorkommt, hier und im Q (Quark-Käse). Aber ernsthaft rügt Rezensent die Unvorsichtigkeit, die zarte Jugend durch das Fusti und Sporco der Zweideutigkeiten, durch die pontinischen Sümpfe des sechsten Verbots zu ziehen, da man vor Kindern den alten Malern nachschlagen sollte, welche Adam und Eva sogar *vor* dem Falle mit Feigenblättern darstellen. Uns fällt noch einmal bei der Xantippe das Hochzeitkarmen oder der Trauschein zweier Tiere auf, welche ohnehin in keiner Kryptogamie (Geheim-Ehe) leben, sondern von welchen die eine eheliche Hälfte die andere in die Welt gesetzt, den sogenannten Sündenbock der Juden; – doch wollen wir hiemit nur vor Gefahr und Vergiftung der armen Kindheit zur Vorsicht warnen; denn wir lassen gerne zu, daß der Verfasser nicht sowohl absichtlich als unvorsichtig und ohne Willen mehr gegen als für die Kindheit geschrieben. – –

I. P.

Pelz mag wohl manche Fleglereien selber ausgesonnen haben, um mit fremden Angriffen eigne Siege zu vervielfältigen. Aber was machte Fibel dabei? Das Lamm; er glaubte hundertmal grob und feindselig zu sein, wenn er nichts war als gerecht und still; seine Galle glich der Galle des Fötus, die nur süß ist; daher meinte er eine Rache von Belang zu nehmen an Flegler, wenn er vor dessen Fenstern gar nicht vorbeiging, höchstens nur bei dessen Wegsein, oder im Finstern, weil ers für zu große Beleidigung hielt, sich am Tage nicht umzudrehen und alles am Fenster zu grüßen. Jeder Billige muß eine solche durchlöcherte Gallenblase oder Zornschale eines sonst guten Mannes vor einem antipathetischen Jahrhundert, in dessen Heldengedicht, wie in Voltaires Henriade, die Eris die Maschinengöttin ist – eine literarische wie kriegerische Jahrszeit, worin, wie bei Nordischen, Arabern, Persern die Schwerter Namen trugen, man durch Schwerter einen gewinnen will – jeder Billige muß dergleichen entschuldigt zu sehen wünschen. Aber Fibel kann dadurch entschuldigt werden, daß Flegler im Lesen sein erster Lehrer und – da er selber nichts weiter lernte – sein letzter war. Die Unauslöschlichkeit der ersten Liebe gilt auch für die erste Achtung und Bewunderung gegen Lehrer; ja das Kind bewundert mehr den ersten wissenschaftlichen Lehrer als den ersten moralischen, erstlich weil der moralische, z. B. der Vater, immer zwischen Irrgängen und Rechtgängen wechselt, wozu noch das kindliche Gewissen kommt, das nur *eines* kennt; zweitens weil das Kind Richter über das Herz, aber nicht über das Gehirn ist.

Sind, wie es scheint, die beiden Rezensionen gleichsam Vorlegblätter aller echten Rezensionen: so ist die Antikritik, die Pelz darauf vorlas, ein Muster, wie alle gute Antikritiken abzufassen sind; denn er macht, ohne Fleglers Einwürfe im Geringsten zu berühren und sich durch unnützes Eingehen in die Sache den Streit absichtlich zu erschweren, den Schulmeister bloß lächerlich und verächtlich und hetzt ihn bloß im allgemeinen so gut ab und schickt ihn heim, daß jeder Antikritiker geradezu diese Antikritik wörtlich gegen jeden kritischen Anfall abschreiben und als stehende Antwort für sich selber gebrauchen kann. Er sagte nämlich folgendes in kurzen Sätzen:

Akademist würde den Seligen zu beleidigen glauben, wenn er auf die Rezension nur antwortete – Solcher Anfälle ist ohnehin jeder Schriftsteller gewärtig – Die Zeit wird gewißlich richten – Auch muß jedes Buch sich selber verteidigen – Und ist denn irgendein Menschenwerk vollkommen? Wo aber plura nitent, ego non offendor – Ich würd' es auch schon darum für verlorne Mühe halten, dem Herrn Gegner zu antworten, weil zwar wohl in Kirchen-Geschichten Beispiele vorhanden sind, daß Märterer ihre heidnischen Scharfrichter bekehret haben, aber keines in der Gelehrtenhistorie zu finden ist, daß ein Autor seinen Kunstrichter durch Antikritik herumgebracht hätte – Noch mehr ist dies der Fall, wenn, wie hier, Neid und Alter einstimmig miteinander in *ein* Horn auf der Stirne blasen, das sie für eine Famas Trompete ansehen. Unser Gegner – wir wollen ihn nur den Doktor Abcdarius heißen, wie man der Anfangsbuchstaben wegen den

Bilderstürmer Andreas Bodenstein Carlstadt nannte – ist ein Bilderstürmer der neuen Abcbilder, weil sein Fibel-Hahn seitdem nicht allein Hahn im Korbe sein darf. Es tut freilich einem greisen Lehrer nicht wohl, wenn sein Schüler seine Schultern besteigt und, um einen ganzen Mann höher, noch einmal so viel sieht und ihm dabei Schwielen tritt und seinem Kopfe den Hintern zukehrt. Aber in diesen Fall kommen wir alle, und auch ein Fibel kann einst nach Jahrhunderten so übertroffen werden, daß Schüler auf den Schultern thronen. – Indes gewisse grauweiße Köpfe werden wie ungehopfte weiße Biere nie hell; sie glauben, wenn sie sich auf das stellen, was sie ihren Kopf nennen, gefüllten Wein-Flaschen zu ähnlichen, welche, auf den Kopf gestürzt, sich länger erhalten. – Zuweilen hab' ich solche Neider eines Musenpferd-Reiters gern den Hunden verglichen, welche einem Pferde, je schneller es durch die Gassen fliegt, desto heftiger nachfahren und nachbellen. Aber wahrlich ihr Fehdehandschuh ist kein Hemmschuh; – und jeder Kunstrichter muß wie Herr Abcdarius das Werk, das er angreift, abgreifen und abnützen und dabei denken: »Mein Tadel ist unparteiisch, aber das Buch ist trefflich, und ich streit' ihm auch nur die Unsterblichkeit in der Mitwelt, nicht in der Nachwelt ab.«

Es soll keine Anzüglichkeit obwalten, wenn Akademist hier leicht anfragt, ob Abcdarius ein Werk, das sein eigner Landesherr laut genehmigt und hoch gestellt, ohne ein gelehrtes Majestätsverbrechen tiefer hängen dürfe. Der Abcdarius verdient freilich nicht unsere Schonung und die Auslassung jeder Persönlichkeit, da er selber den Seligen mit dieser jede Minute angreift und als Kampfhahn sich nicht bloß mit Flügel- oder *Schreibfedern* bewaffnet, sondern wie die englischen Streithähne an den Sporen mit *Feder*messern, nämlich mit Anzüglichkeiten, unter welchen Akademist nur der Vorrückung des dreifachen Käses und des Bocks erwähnt. Ein Mann, der Fibels Leben und Haushalten näher kennt, müßte doch wissen, wie so vieles ist und wie eben ein Biograph die feinsten Züge eines Schriftstellers aus seinem Leben leicht erklärt. Es kann Fibeln unmöglich Schande machen, daß er und seine Vor-Verwandtschaft dem Gott Jupiter geglichen, welcher noch als Dauphin sich von einer Ziege ernährte. Nun ist diese Ziege-Amalthea ein so kurzes Ding, gegen eine lange Kuh gehalten, die in keinen kurzen Viehstall hineingeht, daß von jeher Arme, die von Viehzucht lebten, ihren Viehstand eben auf dieses läppische Springtierchen eingezogen und sich von dieser Franziskaner- und Rumfordischen Milchsuppe erhalten haben. Desto mehr sollten Gelehrte es am edeln Wohlseligen loben, daß er als Sohn seiner Eltern die gedruckte Ziege auf seinen Gehirnhügeln herumklettern läßt.

Akademist beantwortet alle gelehrten (sic)! Einwendungen des Herrn Doktor Carlstadt bloß mit der einfachen Frage: was wohl für solche gelehrte Kriege zu schließen sei, welche mit Persönlichkeiten, gleichsam mit unmoralischen Scharfschützen angreifen; und woher anders kommen die

Persönlichkeiten als aus seiner eignen, da er, bisher von den Eier legenden Zins- oder Rauchhennen seines Fibelhahns beköstigt, sich aus des letzteren Schwanze eine Hahnenfeder ausrupft und sie auf den Hut steckt, mit welcher der Gottseibeiuns von jeher als Kokarde und Schwungfeder auf dem Haupte einhergetreten? Ist schon Erwidern der Persönlichkeiten schlecht: wieviel mehr Anfangen derselben! – Übrigens macht sich Akademist ein Vergnügen daraus, dem Herrn kritischen Abcdarius (eigentlich Anti-Abcdarius) auf Ehre zu versichern, daß gerade die x + y + z-Stellen des Abc's, welche der gute Mann anficht, diejenigen sind, welche (vielleicht auch der Anstrengung wegen) bei dem Seligen stets die Preise davongetragen haben. Denn wenn jener Autor [1] recht hat, daß gerade das, was dem Schriftsteller unter dem Niederschreiben am meisten gefallen und zugesagt, auch dem Leser am meisten gefallen werde, indes ein eigner Tadel bedenklich mit fremdem drohe: so dürfte wohl des Seligen Zufriedenheit mit den Endpunkten und Desert-Weinen des Abc's der stärkste Beweis ihrer Trefflichkeit sein, gegen welchen Kritiken sehr verschwinden.

Wenn Cicero bei allem Lobe und Werte doch gestehen muß: »Ich gefalle allen andern, aber nicht mir selber genug«, so sollten wir wahrlich Schriftsteller höher achten, welche wirklich von sich aussagen, daß sie andern und sich gleich sehr gefallen; ein seltenes Glück und Verdienst, sich nicht nur über fremden, auch über eignen Tadel erhoben zu finden, da doch jeder sich am häufigsten bei sich hat und sich also kennen kann und alle Schwierigkeiten seiner Siege auswendig weiß.

Dies ist indes das wenige, was man den Doktor Abcdarius würdigen wollte, entgegenzusetzen. Eh' er künftig urteilt, rät man ihm, doch selber ein ähnliches oder gleiches Abcbuch zu schreiben. Freilich möchte man unserem Nachbar Endres [2], da ihm dieser Rat sauer auszuführen fiele, lieber den leichtern erteilen, daß er wie sein Vorfahrer Carlstadt ein ordentlicher Bauer würde, zu Markte führe und wie jener im hiesigen Wirtshaus als der neueste den ältern Bauern Bier einschenkte.

Und so glaubt denn Akademist den Nachbar Endres hinlänglich zurechtgewiesen und ihm die Leerheit seiner Einwürfe bloß durch kaltblütige Gründe ins Licht gestellt zu haben. Das Publikum aber wäge die Gründe beider Seiten ab. In jedem Falle belohnet sich Akademist mit dem Bewußtsein, daß er die Sache statt der Person angegriffen; ein Bewußtsein, wodurch diese Antikritik sich vielleicht nicht zu ihrem Nachteile von andern Antikritiken unterscheidet. Dixi et locutus sum.

Vergnügt und überzeugt erhob sich die Sitzung aus der Fibelei heraus, besonders Fibel, Fuhrmann und Pompier.

[1] Auch Garve behauptete später dasselbe.

[2] So hieß der Bilderstürmer Doktor Carlstadt, weil er sich als Doktor in den Bauernstand herabpromoviert hatte und alle Bauerngeschäfte trieb. Bernhards curieuse Historie etc.

27. Judas-Kapitel

Der kleine Plutarch

Obgleich Pelz die Vergangenheit erschöpft hatte, so schlug sich doch aus jeder Woche wieder frische nieder, und sein Ufer wuchs täglich. Er stellte den guten Grundsatz in der Fibelei auf, daß Plutarch das beste Beispiel gegeben, aus den kleinsten Punkten gleichsam in Punktiermanier den Kupferstich eines Mannes zu liefern; daher umschiffte den Helden der biographische Dreidecker die ganze Woche überall, um etwas für den Sonntag aufzufischen und irgendeinen reichen Zug zu ihren historischen Zügen zu tun. So gelang es denn auch Pelzen, in den nächsten Sitzungen den Helden dadurch weiter auszumalen, daß er vermischt bemerken konnte: Fibel gehe gern mit gebognen Knien, so wie man mit ähnlichen reitet – Er sei ein Mann nicht nach der Stadtuhr, sondern nach der Sekundenuhr – Er hänge die Röcke immer zusammengefaltet, die Innenseite auswärts gekehrt, an den Nagel – Er zünde für seine Person jedes Talg-Licht am untern dickern Ende an, ob er gleich seinen Weibern den Nutzen davon nicht beibringen könne, daß das Rinnen des Talgs eben das dünnere Ende schön verdicke – Zu seinem Ordnungs-Zuge gehöre noch die außerordentliche Sorgfalt für Magazine an Federmessern, Federn und an Dinten von allen Farben, so wie sein Eintunk- und Schreib-Reglement und Regulativ, daß er (was leider so viele versäumen) die Feder abwische, nachdem er damit geschrieben, weil sich sonst die Feder-Spalte verklebt, und daß er jedes Dinten-Faß gegen Bestäuben zudecke.

Selber gegenwärtiger Mitarbeiter an der Lebensbeschreibung wurde in dem hohen Begriff, den er sich längst von Fibels Gutmütigkeit gemacht, ungemein durch folgende kleine Pelzische Pinselstriche bestärkt. Der gute Held nahm vor jedem die Jungen ätzenden Vogel den Umweg; er vermied so ängstlich, falsche Erwartungen in seinem Seidenpudelspitz zu erregen, daß er, da derselbe von allem Eßbaren seinen Bröckchen-Fleischzehend erhob, ihn an ungenießbare Sachen, z. B. Obst, das er aß, riechen ließ, damit sich Spitz auf nichts vergeblich spitzte. Trugen hingegen Täuschungen zum Glück des Hundes bei, z. B. dessen Voraussetzungen unter Fibels Ankleiden, mitlaufen zu dürfen: so ließ er dem Hunde das Hoffen und sagte nur beim Abgehen: zurück! und fragte jeden: warum dem Tiere die kurze Lust nicht gönnen? Aus derselben warmen Herzens-Quelle springt auch seine Sitte, Spitzen, der alles Beste ohne rechten Genuß auf einmal durch die Gurgel jagte, dadurch zu einem feinern Lebens-Genuß zu zwingen, daß er z. B. die Fleischstücke, in gebrochne Brüche zerfällt, überall in der Stube umhersäete und ihn so nötigte, nicht nur mehrere kleine Hoffnungen, sondern auch Bissen mit wahrem Geschmacke zu verzehren.

Sogar seiner Frömmigkeit wurde stark gedacht, so sehr diese bei einem gut geschriebnen Werke ein opus supererogationis ist. Gute Werke, die man schreibt, sollten von guten, die man tut und von denen man leichter in *einem* Tage zwanzig vollenden kann als von jenen ein halbes, dispensieren, besonders einen Verfasser von Predigten, Sittenlehren und so weiter. Shakespeare wurde durch das *Schreiben* göttlicher Werke unsterblich, ungeachtet er im *Ausführen* derselben als Schauspieler es nur bis zum Mittelmäßigen und im Hamlet nur zum Geiste gebracht, den er nicht einmal hinter einem Körper, sondern hinter einem Helme und Panzer zu spielen hatte. Ebenso sollte man moralischen Schriftstellern, nachdem sie schon das Ihrige getan und die reinste Sittenlehre auf das Papier gestellt, nicht gar zumuten (was desto mehr ihren Lesern obliegt), dieselbe auch im gemeinen Leben darzustellen.

Für nichts lernt ein Mann sich leichter halten als für einen großen, sobald er die erfoderlichen Leute dazu um sich hat; und Fürsten werfen diese so leichte Täuschung einander billig vor. Man findet sich freilich so unvermerkt in etwas Großes verwandelt, wie etwan um London herum allmählich die Dörfer sich als Hauptstadt-Gassen einschwärzen und anschienen und die Landleute sich unter der Hand in Großstädter umsetzen. Aber obgleich der Student Fibel an seinem biographischen Hofe auch gezwungen war, sich für so groß zu halten, als er lang war (er maß bekanntlich sechs Schuh): so sah er die Verstandes-Größe bloß wie die körperliche für eine Gabe Gottes an, an welcher ihn dies am meisten freuete, daß er durch sie mehr zum frühern Lesen der Bibel (durch sein Abcbuch) und zum schönen Ernähren seiner Mutter und Frau und der väterlichen Tier-Verlassenschaft helfen können.

Ja zuletzt wurde ihm dieses Nachschleichen und Niederschreiben der drei biographischen Staatsinquisitoren zu verdrüßlich, daß er, da er nicht niesen konnte, ohne ins Lebensprotokoll hineinzuniesen, und keinen Schritt tun, ohne die drei angeschnallten lebendigen Schrittzähler hinter sich – (sie hätten gern seinen Lutherischen Tisch- und Bettreden aufgepaßt, wären sie nicht von Tisch und Bett geschieden gewesen) – daß er, sag' ich, sichs als eine besondere Gefälligkeit von der Akademie ausbat, in jedem Monate *eine* Woche ganz frei für sich zu behalten, aus der gar nichts ausgezogen und eingetragen werden sollte, und mit welcher er so frank und frei umspringen könnte, als besäß' er wirklich diese Lebenswoche als Eigentümer – – aber tut er dies denn nicht auch sonst und lebt selber von Woche zu Woche?

Überhaupt ein wunderlicher Heiliger und Seliger! O ein anderer hätte Gott gedankt, daß er drei Evangelisten und, rechnet man mich vollends dazu, vier Evangelisten seines Lebens bekommen, von welchen die drei nie zu nahe (wie schon Kants und Schillers Lebensbeschreiber beweisen) dem Helden anwohnen konnten. Ja nicht einmal bloß unter *einem* Dache sollte der Heldensänger mit seinem Helden sich aufhalten, sondern sogar unter *einer Hirnschale*, wodurch, da nur *einer* darunter Platz hat, natürlich der Held und sein Sänger in *eins* zusammenfallen und miteinander das herausgeben, was man eine Selbstlebensbeschreibung, Autobiographie, Confessions u. s. w. nennt; aber welcher Vorteil, da alsdann der Selbst-Beschreiber allein die geheimsten Ehren- und Schandtaten weiß und sie am zartesten von sich erfährt!

Wahrlich! Fibel hätte das Glück mehr schätzen können, Leute um sich zu haben, die ihren Helden warm aufgreifen und ungemein kenntlich abbosseln in Wachs und ihn so der Nachwelt wie ausgebälgt hinstellen. Louis XIV. ließ seine beiden Geschichtsschreiber, Boileau und Racine, sogar seinen Feldzügen – als den Gegenständen der demokritischen Satire des einen, und der heraklitschen Trauerspiele des andern – nachfahren, damit sie selber das Unsterbliche sähen, was sie zu verewigen hätten, und aus dem Schlachtenblut Weingeist abzögen, um den Monarchen darein konserviert zu hängen. – Traten nicht immer ein oder mehrere Studenten in Wittenberg dem großen Luther auf die Fersen nach und hielten ihre Schreibtafeln unter, um für die Nachwelt alles aufzufangen, was er fallen ließ? – Diese Vorsicht wird aber nur zu oft vergessen, wenn die großen Männer noch am Leben sind. So könnte z. B. – um nur vom allerdünnesten, kürzesten Lichtchen der Welt zu sprechen, von mir – mir überall ein lebensbeschreibender Mensch auf Wegen und Stegen nachsetzen, bis in mein Haus und Schlafzimmer hinein, ja der leere Mensch könnte sich als Reitknecht und Abschreiber anbieten und mir in jedes heimliche und öffentliche Gemach nachdringen, bloß damit er etwas zu liefern hätte, wenn ich abgefahren wäre, und könnte wirklich auf diesem Wege (denn er schnappte von mir jeden Laut und Zug und Wisch auf) die meisten Spezereien und Salze sammeln, womit man die Walfische der gelehrten Welt mit einem solchen Glück einmariniert, daß selber der sterbliche Schreiber sich am unsterblichen mit verewigt, z. B. Lord Oxford an Swift; – dies, sag' ich, könnte jetzt geschehen bei Lebzeiten; aber noch zeigt sich niemand dazu, und vergeblich bin ich jahrelange am Leben und führe in Baireuth meine Gespräche und den beigefügten Lebenswandel, ohne daß da nur ein Hund die Feder nähme und charakteristische Züge heimlich für solche Mémoires von mir aufgriffe, als ich (aus Mangel eines andern) mich leider künftig selber zusammenzutragen genötigt sehe.

(Sollten wir aber nicht überhaupt, ihr guten Mitgelehrten, in den Zeit-Strom, wie die Pariser Polizei in die Seine, öfters Netze einlegen und ausspreizen, um gelehrte namenlose Schein-Leichen aufzufangen und ihnen so Leben und Namen wiederzugeben? Welche schon halb verfaulte Schein-Tote mögen an den beiden Freimütigen, an der Allgemeinen deutschen Bibliothek und an andern, noch blühenden Anstalten gearbeitet haben, welche, ganz und gar vergessen, doch so leicht auf die Beine und auf den Pranger zu stellen wären, wenn man sie nennte? –)

Wir kehren zu unserem Pelz zurück. Er muß manche Mißwochen aus biographischen Mißjahren erlebt haben, da er den Seligen zu mehreren kleinen Charakterzügen anzuspornen suchte, welche in Sitzungen und unter die Pressen zu gebrauchen wären. So riet er Fibeln zu einigem gelehrten Zerstreuetsein; »die größten Gelehrten«, sagt' er, »lieferten in ihre Lebensgeschichte die größten Beispiele von Zerstreuung – bald hielten sie in London Frauen-Daumen für Tabaks-Stopfer, bald in Paris fremde Wohnungen für ihre eigne – bald hatten sie in Paris die bekanntesten Autoren aus der Bibel nicht gewußt, sondern fragten entzückt, ob man den Baruch gelesen – Könne Er denn nicht ebensogut nicht wissen, was Er gewußt – Könn' Er nicht im Wirtshaus einen Hund einkaufen und unterwegs dessen Namen vergessen und so in der größten Verlegenheit, da Hunde wie Rezensenten niemals ihren Namen sagen, vor einer Wiedertaufe gar nicht mit ihm umzuspringen wissen? – Er, Pelz, könne sich Gelehrte denken, welche an manchen Tagen kaum wüßten, was sie wollten – welche Pferde auf der Leipziger Roßmesse kauften, die 5/4 zu teuer wären – er gestehe, er selber würde sich zu bedeutenden Zerstreuungen bereit zeigen, falls sie für sein eignes Leben in Druck gefodert würden.«

»O Gott,« rief Pelz in zu großem Feuer aus, »wär' ich nur an Ihrer Stelle, ich wollte wahrlich tausendmal einfältiger erscheinen als Sie oder ein Schaf – ich wollte mir oft gar nicht zu helfen wissen, ich wollte oft so einen kleinen Schuß haben und nicht einmal den Zunamen meines Vaters oder meines Kindes wissen, was sonst nur Personen höhern Standes zu ignorieren vermögen.«

Aber alle Beweggründe brachten Fibeln in der Zerstreuung nicht sonderlich vorwärts. Je mehr er sich an die Sachen erinnerte, die er bei Gelegenheit vergessen sollte, desto mehr entsann er sich ihrer.

Als eine erträgliche Zerstreuung könnte man es anschlagen, daß er einige Male in Bücher-Versteigerungen, nachdem er bei dem zweiten Ausruf das zweite überbietende Gebot getan, bei dem dritten, alles ihm zuschlagenden Ruf noch ein drittes höchstes, ihn selber überbietendes nachsandte. Dies war vielleicht etwas.

Noch weniger ging es aber mit ihm fort, als ihm Pelz die Pflicht vorgesagt, großen Gelehrten, welche erbärmlich schreiben (docti male pingunt), dadurch zu ähnlichen, daß er wenigstens eine Hand schriebe, die kaum zu lesen wäre. Unleserlichkeit wurde ihm aber schwer; durch Geschwindschreiberei kam er gerade am weitesten von ihr ab. Aus Verzweiflung fiel er endlich in seine alte süße Schnörkelei und Liebesdienerei mit Zierbuchstaben zurück – und gerade diese waren zum Glücke endlich kaum zu lesen.

Allmählich wurde die Wochensaat für die Sonntags-Lese so dünn gesäet, daß zuletzt in den Sitzungen jedes Wiegenfest im Hause, allerlei Geräte und Lappen des Seligen für die Nachwelt spezifiziert wurden, falls diese nach Überbleibseln und Reliquien Nachfrage hielte. Ja Pelz zeigte dem Vereine Fibels Kinderschreibzeug und Weiberrock der ersten Jahre und anderes Gerümpel vor; und setzte dazu, wie viel er darum gäbe, könnt' er nur einen Schreib- oder Kopf-Knochen des Seligen habhaft werden; ein elender Mangel, da oft von gewöhnlichen Heiligen ganze Arme und Köpfe, noch dazu in Doubletten, ja in vielfachen Auflagen zu haben seien. Ja um nur Sonntags-Perikopen zu haben, machte Pelz sich selber zum Episteltext, über welchen er einiges sagte, was doch wieder mit der Leichenpredigt auf Fibel zusammenhing. Eben da ich auf dem Wege war, diese Verquickung und Gütergemeinschaft des Lebensbeschreibers mit dem Helden etwas ins Lächerliche zu ziehen, fiel mir bei, daß ich biographischer Korreferent auch mich schon in die Vorrede und nachher ins Dorf selbst lebensbeschreibend gesetzt habe; – – mithin gibts hier nichts zu lachen.

In einer Woche aber ging die Dürre und Darre für Pelz so weit, daß ihm Sonntags nichts übrig blieb, als über den Nutzen aller Akademien überhaupt, welchen diese teils brächten, teils zögen, eine kurze Vorlesung zu halten.

28. Judas-Kapitel

Der Nutzen der Akademien

Es war gerade der Brandsonntag des Dorfs, der für den an Materialien abgebrannten Pelz so sehr das *Beschneidungs-Fest* wurde – welches Fest, beiläufig gesagt, wir jüdisch und symbolisch genug zum Evangelium des Neujahrstages unseres Beschneidungs-Jahrhunderts machen –, daß er die Sitzung mit der Bemerkung anhob, er habe nur diesen Tag erwartet, um einmal große Akademien, falls er bisher einer kleinen einige Ehre durch die Praxis gebracht, auch durch die Theorie zu rühmen. Er sagte erstlich den Verächtern der Akademien der Wissenschaften ins Gesicht, ihre abgenutzte Einwendung, als ob von Gesellschaften immer das Kleinste, und nur von Einzelnen immer das Größte geleistet werde, nehm' er gern an, ja er treib' es noch weiter und behaupte, daß, wenn der Staat einzelne geldarme und geistreiche Köpfe zur Unterstützung aussuchte und ferner statt der lebendigen Mitglieder lieber tote Instrumente, physikalische, chemische etc. etc., anhäufte, wir ganz reichere Werke bekommen würden, als die meisten akademischen Vorlesungen sind.

Pelz räumte willig ein, so wie von jeher große Kirchen- oder große Ratsversammlungen wenig geliefert, so sei es auch mit Gelehrten-Konzilien (wie, setz' ich selber hinzu, Lavater bemerkt, daß die Schattenrisse mehrerer Männer, zu *einem* Gesichte zusammen exzerpiert, den Schattenriß eines Narren gäben); – die Dichter oder Philosophen, zusammengetan in *eine* Akademie, brächten ohnehin nicht einen einzigen bessern Dichter oder Philosophen mehr zuwege, weil ja sonst die Anhäufung der Dichter oder Philosophen auch in der *Zeit* wie im *Raume* so wirken müßte, daß der letzte Dichter der beste aus so vielen würde. – Ja er gestand Gegnern der Akademien freiwillig, es sei ihm recht gut bekannt, wie erbärmlich die Gelehrten verschiedener Klassen, z. B. Geschichtschreiber, der eine scheidekünstlerische Vorlesung auszuhalten, ein Scheidekünstler, der eine historische zu besuchen und auszudeuten hätte u. s. w., schon sogleich Ekel mitbrächten und Ekel mitnähmen, wie etwan zu Ciceros Zeit[1] es zum artigen Gast gehörte, vor der Mahlzeit ein Brechmittel zu nehmen und nach derselben wieder eins, womit Pelz gleichnisweise nur sagen wollte, der Akademist behaupte vor und nach der fremdartigen Vorlesung einen gewissen, nichts behaltenden Ekel.

Aber jetzt, nachdem er den feindlichen Taureadoren guter Akademien alles nur Billige eingeräumt zu haben glaubt, stößt er sie ziemlich unsanft mit den bloßen leichten Fragen nieder: wie niedrig sie es denn anschlügen, daß die Akademien große Säle und darin Büsten der größten Männer samt lebendigen wirklichen Mitgliedern und Ehrenmitgliedern der letztern hätten? Ob sie Sekretäre der Akademie, welche überall hinschreiben, ferner die Geburts- und Jubelfeste, die fremden Zuhörer für nichts und für Spaß ansähen? Ob nicht die Akademien jedesmal, wären auch die Vorlesungen sämtlich weniger wichtig ausgefallen, so wichtige Protokolle darüber führen ließen, daß sogar Fremde nicht dabei bleiben dürfen? Ob sie nicht die seltensten schwersten Preisfragen statt gemeiner leichter Antworten gäben und nicht, anstatt sich selber krönen zu lassen, andere krönten? – »Man nehme«, sagte Pelz, »die Akademien weg, so sind auf einmal alle Protokolle derselben kaputt und fort und die Säle, die Diener, die Ehrenmitglieder und die verschiedenen Klassifikationen der Glieder; oder wäre dies alles nichts? Ja lieset zuweilen (was nicht so unerhört ist) irgendein trefflicher Akademist vollends ein reiches herrliches Werkchen vor: so gibt das Opus noch gar Überschuß des Gewinns, welcher als ein Supernumerar- und Surplus-Opus doch auch sehr mit anzuschlagen ist. So könnt' ich mich noch besonders über die großen akademischen Gebäude und weiten Säle auslassen, insofern, wenn nach Newton der Raum das sensorium der Gottheit ist, diese Räume die sensoria gelehrter Untergötter sind. Ja ich könnte getrost die Frage aufwerfen, warum man, wenn ein Gellius Vibius am Ende selber wahnwitzig wurde, weil er als Redekunst-Lehrer seinen Schülern Gebärden und Worte von Wahnwitzigen zu oft vorzumachen gesucht, warum man, sag' ich, nicht mit viel mehr Recht verhofft, daß im umgekehrten schönern Falle der Ernst, die Würde, die Wichtigkeit, die Sprache, kurz die ganze Außenseite großer Weisen, welche von allen Akademisten gefodert und gezeigt wird, zuletzt diese selber innen in das umsetzen, was sie außen in

[1] Meiners Geschichte des Verfalls der Sitten der Römer.

Sitzungen vorspielen. – Ein schöner Zug der Akademisten ists noch, daß sie auf jedes Mitglied neidlos eine Lobrede halten, und zwar sogar nach dessen Tod, der es doch der Nachwelt überliefert, bei welcher ein Nach-Ruhm so sehr lange dauert; und noch dazu mit so schönem Verzicht auf sich, da der Lobredner schon weiß, daß er dadurch nicht sein eigner, sondern bald vergessen wird.[1] – – Mehr dergleichen könnte ich noch zum Vorteile akademischer Vorlesungen beibringen; sind indes meine eignen nur von einigem Werte, so läßt sich schon daraus urteilen, von welchem große Vorlesungen größerer Akademien sein müssen.« –

Ich Lebens-Mitbeschreiber finde gleichwohl die wahrste Empfehlung der Akademien von Pelzen ausgelassen, nämlich daß der Staat durch sie vor dem adeligen und dem unadeligen Volke und vor den Geschäftstreibern den sonst in magerer Einsamkeit nachdunkelnden Anbeter der Wissenschaft, also damit die Wissenschaft selber durch diese öffentliche Pflege und Krönung von außen auf einen unsichtbaren Neben-Thron neben sich setzt, auf welchem man leicht alle äußeren Throne nur für Thronstufen zum innern ansieht.

Nicht Judas-, sondern Jean Pauls-Kapitel

Lauter Kapitelchen

Verdrüßlich und fast grimmig hab' ich das Kapitel ohne eine Zahl überschrieben; denn seit Wochen lauft nichts mehr von den Dorfjungen ein, und ich sehe mich mitten im Buche und im Dorfe mit leeren Händen festsitzen, ohne einen Ausweg zu einem ordentlichen Ausgang. Treib' ich aber das Ende nicht auf: so ist mein ganzes Buch ein elender Fisch, dem der Schweif, ohne welchen er sich nicht steuern kann, oder ein Pfau, dem der Schwanz abgeschnitten ist, um dessen Glanz-Rad sich doch der ganze Vogel dreht. Es gibt ja keinen Leser in der Welt, der mich nicht anfahren und fragen wird: »Wie gings aber denn zuletzt mit Fibeln, mein Freund?« Und es wird ungern oder nicht angenommen, wenn man sich etwan mit Homer, der den angekündigten Tod des Achilles auch nicht abgesungen, vergleichen

[1] Solche kalte, aber doch schmelzbare und riesenhafte Darstellungen von Personen sind schöne Schnee-Lobreden, welche Hofleute und Akademisten täglich machen, so wie jetzt in Paris ein Künstler die alten römischen Kaiser-Brustbilder kolossal in Schnee vorzeigt, oder wie die Armen dem Louis XVI. für Holz-Geschenke im harten Winter 1784 einen Obelisk aus Schnee (siehe Campes Reisebeschreibungen T. 8.) aufrichteten. Und doch schmelzt vielleicht dieser Obeliskus an der Geschichte nicht so schnell als ein steinerner.

und rechtfertigen wollte; denn neuerer Zeit soll man eben (fodern sie) mehr leisten als Homer.

Etwas wohl hab' ich doch getan; und liefere es denn hier. Es muß nämlich tiefern Geschichtsforschern sehr wohl bekannt sein, daß einst die Jesuiten, um des spanischen Königs Philipp II. Staats-Heimlichkeiten auf Papier zu haben, durch Geld und List einen Vertrag über die täglichen Lieferungen des königlichen Nachtstuhls abgeschlossen, weil sie aus dem Stuhle an jedem Ziehungstage manches zerrissene brauchbare Staatspapier desselben zu ziehen hofften, um den Hintergrund der Entwürfe dieses geistigen unsichtbaren Weibs (Femme invisible) zu haben. Sie schlossen ganz recht, der Nachtstuhl kann gut aus einer spanischen Wand der königlichen Pläne unser ordentliches bureau décachetage von D'Argenson werden, oder ein passives Beichtsitzen, oder eine versio interlinearis dieses schwer zu verdeutschenden Königs, kurz der Ambasciadore unsers Jesuitengenerals; denn wenn wir diesem, endigen sie, alles mitteilen, so wird aus dem Nacht- ein Weber- und Seidenstuhl, worauf wir einige Seide spinnen zu guten Geweben.

Diese Anekdote kann viel dazu beigetragen haben, daß ich bei einem *Mangel* an *umlaufendem Papier*, welchen geldlose Staaten gar nicht kennen, auf den Gedanken verfiel, ob nicht die Göttin Gelegenheit (denn *Gelegenheit* nennt man in mehreren deutschen Kreisen einen bekannten Inkognito-Ort; daher vielleicht auch der Ausdruck *Gelegenheits*-Gedichte) mir mehr zubringen könne als alle Jungen des Dorfs. Denn es war vorauszusetzen, daß wenigstens die bedeutendern Personen die von den Franzosen zerrissenen ausgestreueten Nachrichten von Fibel als Drucksachen durch ihre Kinder auflesen ließen und sie dann verwandten, wie sie wollten. Ich stattete daher dem gewöhnlichen Honoratioren-Dreimaster der Dörfer, dem Pfarrer, dem Rektor (so hieß der neueste Schulmeister, wie in Städten wieder der Rektor Professor) und dem Amtmann, die nötigen Besuche ab, welche ohne Unhöflichkeit nicht wohl zu unterlassen waren. Vergnügt und reichlich genoß ich die gute Gesellschaft jedes Honoratiors und führte mit ihm die gehörigen Gespräche, ohne welche ein Besuch ein Bettel ist; und tauschte gern, wie Diskurse fodern, unsere verschiedenen Meinungen über Kriegs- und Friedensläufe, über neue Bücher und alles um. Darauf nahm ich zufällig – ich sann in einem fort darauf – einen kurzen Abtritt, um bei diesem Abstecher vielleicht etwas zu holen für mein Buch; – ordentlich als wäre jedes Gemach nur das Vorzimmer eines heimlicheren (wie es denn auch politisch so ist), verurteilt' ich mich selber willig auf den Armensünderstuhl der Menschheit (nach König Alexanders Meinung) oder auf Philipps II. Thron-Untersatz, um, wie gesagt, mein Buch mit dem guten Geruche zu schließen, in welchem ich schon als Poet bei der Welt stehe. Nun hab' ich von jeher eine Art von feinerem Sittengesetz darin beobachtet, daß ich an den besagten benannten namenlosen Orten nie etwas anders gelesen als Gedrucktes; aber nichts Geschriebenes, in welches letztere kein Fremder hineinzugucken hat, er sitze hoch oder niedrig. So tat ich wieder; – aber es schien, als sollte seltene Rechtschaffenheit auf der Erde *einmal* belohnt werden: ich fand wirklich Abschnitzel von Fibels gedruckter Lebensbeschreibung und steckte sie zu mir, da ja *Gelegenheit* Diebe macht, aber ohne einen einzigen Gewissensbiß. In der ersten Freude über den dritten Honoratior, bei welchem ich die letzten biographischen Kleeblätter fand, rief ich freilich: es ist halb unerhört, ein solcher zweimaliger Gewinn eines biographischen Paroli: einen Pelz, Pompier, Fuhrmann; dann einen Pfarrer, Rektor und Amtmann; alle sechs arbeiten an einem einzigen Leben, ein lebensbeschreibendes Trabanten-Sextett, das um den Uranus [1] Fibel lauft, wobei ich mich nicht einmal zähle, weil er sonst ein Saturn mit sieben Trabanten wird! Ich weiß nicht, was ich dazu sagen soll, zu diesem biographischen Zyklus. – Jetzt aber weiß ichs, daß wenig davon zu sagen, da alles, was ich bei diesen Cour- und Sitz- und Ziehungs-(Nachmit-)Tagen erhob, sich auf so karge Zeilen belief, daß ich mich schämen würde, sie als Ausgangs- oder Abtritts-Kapitelchen abzusetzen und vorzusetzen, wenn es ein besseres Mittel gäbe, die allgemeine, von so vielen Bogen gespannte Neugierde der Welt erträglich zu stillen. Aber es ist nichts anders zu machen als Kapitelchen, wie da folgen.

1. Kapitelchen

Sogleich nach einem Geburtsfeste des Sohnes starb die gute Mutter Engeltrut und phantasierte erhabene Sachen vom Dresdner Hofe und vom Rektor magnifikus und von unserem Herrgott. Ihr berühmter Sohn ließ sie mehrere Tage länger unbegraben liegen, als sich wohl schickte, weil er unter dieser Zeit erst etwas gelassen zu werden hoffte, um als berühmter Gelehrter hinter der Leiche mehr mit erlaubten mäßigen als unmäßigen Tränen nachzufolgen.

*

2. Kapitelchen

Der berühmte französische Biograph Pompier starb allhier mehr aus Überfluß als aus Mangel an Jahren und wurde mit den Lettern seines Namens beigesetzt; wer aber seinen Lebensfaden abgerissen ... (hier war dem Kapitelchen das Ende abgerissen).

*

[1] Auch der Uranus am Himmel hat sechs Trabanten, wie Saturn sieben.

3. Kapitelchen

Der ehrliche Fuhrmann ließ alles fahren und fuhr selber lebendig ab. Die vortreffliche Gemahlin Herrn Fibels, von welcher so viel Gutes zu sagen wäre, wenn es nicht parteiisch wäre, gab ihm eines und das andere Wort mit, das er als einen guten unentgeltlichen Wanderpaß ansehen konnte.

*

4. Kapitelchen

Gewaltige Änderungen und Durchbrüche in Herrn Studenten Fibels Seele – die ganze Fibelei halb aufgehoben ... (Hier fehlt alles.)

*

5. oder Abtritts- und Abgangs-Kapitel

Eben setzt und druckt ganz allein der letzt übriggebliebene Magister Pelz das letzte Kapitel der Lebensbeschreibung; unser guter Herr Fibel ist, obwohl alternd, doch gesundend. Pelz, bisheriger Redakteur des lebensbeschreibenden Gelehrtenvereins, geht eben auch fort und druckts nur vorher. Niemand bleibt nun mehr im Dorfe zurück, der das Leben des großen Fibels fortsetzen könnte, ausgenommen *er* selber durch Fortleben. Vielleicht in spätern Zeiten treten hohe Biographen auf, welche unsere Spreu zu Weizen sichten. (Ich J. P. Richter gestehe unverhohlen, daß mir diese Abtritts-Stelle eine gute Idee von mir gegeben.) Im Himmel oder wohin man sonst verdammt wird – denn im Himmel ist doch nur der Unendliche allein ganz selig – hoff' ich meinen Lebensbeschriebenen wieder zu treffen. Soli Deo gloria. Vierzigster oder letzter Band.

† † †

Und Sic (setz' ich dazu) transit gloria mundi.

Nach-Kapitel

Neueste Aussicht

Unerwartet ist vieles, was eben kommt, und ich würd' es selber nicht glauben, wenn ichs nicht selber erzählte. Niemals denkt man mehr an seinen Kopf, als wenn man *in* ihm drinnen etwas sucht (wie ich hier den anständigen Beschluß), oder *auf* ihm oben etwas trägt, wie Fleischer, Mauerer, Wäscherinnen die Gefäße; in jedem solchen Falle gibt man auf den Kopf acht; wer Kronen trägt, ist ein zu seichter Einwand.

Die Sache war nämlich so: nachdem der bisherige Fluß der Fibelschen Geschichte gleichsam als eine perte du Rhône nur unter die Erde hin verschwunden war: so mußt' ich nachsuchen, wo die Geschichte oder der Fluß wieder hervorbräche, und befragte deshalb alle Welt. Diese versetzte: mir könne wohl niemand Auskunft geben als das alte *Herrlein* in *Bienenroda*, ein trefflich steinaltes Männchen von mehr als 125 Jahren, das einige Meilen vom Dorfe abwohne, und das am gewissesten alles wisse, was sich etwa zu dessen Jugend-Zeiten mit Fibeln zugetragen.

– Nicht der Ruhm (man glaube mir), ein Hadrian zu sein, der bei dem Orakel über Homers Lebensumstände nachfragte (nämlich ich bei dem alten Herrlein in Rücksicht des Abc-Stellers), sondern die nahe Aussicht entzückte mich, endlich einmal nach meinem jahrelangen Wunsche einen ältesten Mann der Erde lebendig in die Hände zu bekommen; aber darunter verstand ich weniger einen Methusalem von 969 Jahren als einen Peter Zorten von 185 Jahren aus dem Temeswarer Bannat, weil jetzt unserem Gefühle und Gewohntsein und Gewißsein eigentlich der Ungar älter vorkommt als der Jude. »Eine eigne Empfindung,« sagt' ich, »ja eine neue müßt' es erwecken, ein ganz abgefloßnes Jahrhundert lebendig und kompakt im noch laufenden vor sich zu haben – nämlich einen vorsündflutigen (antediluvianischen) Menschen der Zeit bei der Hand und Haut anzugreifen, über dessen Haupt so manche Jugend-Morgen und Alter-Abende ganzer Zeugungen weggeflogen und vor dem man selber am Ende weder jung noch alt dasteht – einen ausländischen, hinterzeitigen, fast unheimlichen Menschen-Geist zu hören, welcher allein unter den eisgrauen Tausendschläfern und Bekannten seines schon überlebten Greisen-Alters übrigblieb und der nun als Wache vor den alten Toten sehr kalt und befremdet ins närrische Neue des Lebens blickt, in der Gegenwart keine Abkühlung findend für den angebornen Geister-Durst, kein Zauber-Gestern und Zauber-Morgen mehr, nur das Vorgestern der Jugend und das Übermorgen des Todes.« – Und wenn nun folglich der gar zu alte Mann, wie sich denken läßt, immer nur von seiner Vor-Vergangenheit, von dem Früh-Rot spricht, das jetzt am längsten Abende seines längsten Tages ordentlich mit dem Abend-Rot in Mitternacht zusammenrückt: so muß man schon vorher romantisch werden und empfinden, ehe nur der Über-Greis gestorben ist, dem seine Todes-Sonne in später Mitternacht aufgeht.

Dennoch wird auf der andern Seite einer wie ich nicht sonderlich jünger neben einem solchen Stunden-Millionär, wie der besagte Mann in Bienenroda sein soll, und muß weit mehr von Sterblichkeit als von Unsterblichkeit dabei empfinden; ein Greis erinnert stärker als ein Grab, je älter jener, desto mehr spiegelt er Sterben vor, je älter dieses, desto weiter schauet man in zurückliegende, hintereinander abgeblühte Jugenden hinein, und das eingesunkne beherbergt zuweilen eine Jungfrau, aber der veraltete, zusammengefallne Leib nur einen eingedrückten Geist.

– Meine Sehnsucht nach dem alten Herrlein nahm durch die Nachricht, daß er sich bloß den Bienenroder nenne – wobei jedem von selber das Bienrodische Abcbuch einfällt –, dermaßen zu, daß ich die erste Gelegenheit ergriff, die sich im folgenden Nachkapitel zur Reise nach dem Dorfe darbot.

2. Nach-Kapitel

Meine Ankunft

Die Reise-Gelegenheit war ein markgräflicher Retour-Wagen mit Sechsen, in welchen mich der Leibkutscher, da ich dem Markgrafen und dadurch dem Kutscher vorgestellet war, willig einnahm. – Ich habe meine Ursachen, folgende Anekdote vorher zu erzählen, eh' ich im Dorfe ankomme.

Ein Graf A–a, der sein wichtiges Empfehlungsschreiben dem Minister B–b zu überreichen hatte, suchte aus Umständen noch spät abends zu Fuße dessen Haus, konnte aber weder dieses noch sich selber recht finden, ob er gleich jedes Haus doppelt sah und die Gegenstände um ihn noch stärker umliefen als er selber. Zum Glück legte das Wenige, was er über das Viel zu viel getrunken, ihn in eine Gosse seitwärts hinein. Unten fand er schon Herz und Brust eines andern Herrn, der aus ähnlichen Gründen sich nach den Gesetzen der fallenden Körper gerichtet hatte. Schrecklich fluchte der untere Herr über den ungeschliffenen Menschen, der sich auf ihn heruntergebettet habe; ob er denn nicht wisse, befragte er den Grafen, daß er den Minister B–b vor sich habe. »O entzückend, hinreißend!« – rief der Graf vor Freude darüber, daß der Minister drunten vorrätig lag – »Ich bin der Graf A–a und suche Ihre Exzellenz schon seit einer Stunde überall.« Hierauf machten beide, ohne sich erst von neuem zu umarmen, da sie ohnehin einander schon an die Brust gedrückt hatten, sich verbindlich, aber mühsam miteinander auf und halfen sich gegenseitig heraus, um, so gut das Gehen gehen wollte, Arm in Arm in das ministerielle Haus zu kommen, wo sie diesen Abend sich den Wechselfall so oft wieder erzählten, als sie forterzählen konnten. –

Ich bitte diese Anekdote so lange zu vergessen, als ich nicht daran erinnere, weil wir auf viel wichtigere Dinge zu merken haben. Noch vor Bienenroda zeigte der Kutscher mit der Peitsche auf ein Obstwäldchen voll Gesang und sagte: »Dort sitzt es, das alte Herrlein, und hat sein kleines Vieh bei sich.« Ich sprang aus dem Fürstenwagen und ging auf den sogenannten Bienenroder zu. Da mich dem alten Herrlein meine sechs markgräflichen Pferde (ich durft' es erwarten) als einen Mann von Rang vorstellen mußten – meiner schlichten einfachen Kleidung nicht einmal zu gedenken, womit sich immer Fürsten und Helden vor ihrem vergoldeten Gefolge auszeichnen –: so nahm es mich ein wenig wunder, daß das Herrlein, ohne dem Pudel das Bellen zu wehren, noch lange mit seinem Hasen fortspielte, bevor es langsam – als wären Markgrafen ihm tägliches Brot – den wachstuchenen Hut von einem Kopf voll Haare abzog. In einem zugeknöpften Überrock – wofür ich seine Weste ansah –, in ein Paar Strumpfhosen von unten herauf – seine ungeheuern Strümpfe warens – und in einem Halstuch (Krawatte), das aber bis auf den Magen herabhing, schien der Greis modisch genug bekleidet. Noch seltsamer war sein überalter Körper zusammengesetzt: der Grund des Auges ganz weiß, der in der Kindheit schwarz ist – mehr seine Länge als seine Jahre schienen ihn zum Bogen zu krümmen – die aufwärts gedrehte Kinnspitze gab seinem Sprechen ein Ansehen von Wiederkäuen; – aber dabei waren seine Züge lebendig, seine Augen hell, die Kinnbacken voll weißer Zähne, der Kopf voll blondes Haar.

Ich fing endlich an: ich hätte bloß seinetwegen Pferde genommen, um einen Mann zu sehen, für welchen es gewiß wenig Neues unter der Sonne gäbe, ob er gleich selber etwas Neues unter ihr sei. Um ihn zu Mitteilungen über Fibel zu gewinnen, fuhr ich fort: »Eigentlich sind Sie als ein Fünfundzwanziger ein Mann in Ihren besten Jahren; denn nach dem Hundert geht eine ganz neue Rechnung an; daher Personen von hohem, wieder von eins an zählenden Alter, z. B. die Frau Verdut [1] oder der Greis von Rechingen, Zähne und Haare und jede Verjüngung wieder bekommen, wie ich ja an Ihrem eignen Haar und Gebiß errate. Ein anderes ist ein Mann in Achtzigern wie Peter Zorten, der Ungar, welcher freilich in seinem fünfundachtzigsten Jahre nach dem Weltlaufe (zumal da er schon vorher 100 Jahre zurückgelegt) nichts anderes erwarten konnte, als was darin eintraf, der Tod. Ich weiß übrigens aus dem erbärmlich philosophierenden Museum des Wundervollen, bei Baumgärtner in Leipzig (B. 7. 5.), recht gut, daß Castegneda versichert, in Bengalen sei ein Mann 370 Jahre alt geworden und

[1] Dictionnaire des Merveilles de la nature par Sigaud de la Fond. T. I. – Der 120jährige Greis von Rechingen in der Oberpfalz bekam 4 Jahre vor seinem Tode neue Zähne, die nach sechs Monaten wieder neuen Platz machten, und so fort. Hufelands Makrobiotik. Und so noch viele Verjüngungen der Veraltung.

habe viermal neues Haar und Gebiß und übrigens 70 Weiber gehabt, und daß mithin ein Mensch, wenn man bei dieser wie bei andern Nachrichten auch nur die Hälfte für wahr annimmt, wenigstens 185 Jahre alt werden kann. Genau genommen, halten Sie sich ohnehin für etwas älter, als Sie wirklich sind, wenn ich nach den Schalttagen rechnen soll; denn da nach jedem vierten Jahre viermal sechs Stunden eingeschaltet werden, dies aber, scharf genommen, falsch ist, weil nach genauester Berechnung jedem Jahre nicht sechs, sondern nur 5 Stunden, 48 Minuten, 45 Sekunden, 30 Terzien fehlen: so bleibt Ihnen, sogar bei Auslassung des Schalttags, wie z. B. anno 1800 geschah, doch noch ein Vorschuß von Zeit übrig, den Sie nachzuleben haben.«

Ich hatte mich so verwickelt – weil sich mir die astronomische Schmeichelei unter den Händen dünner ausspann –, daß freilich der Bienenroder kaum wissen konnte, was er dazu sagen sollte: und daher sagt' er auch nichts.

»Ich meines Orts gestehe gern,« knüpft' ich wieder an, »wär' ich einmal über das Jahrhunderts-Ziel oder die Kirchhofmauer von 100 Jahren hinüber, ich würde dann gar nicht wissen, wie alt ich würde, oder ob ichs wäre, sondern frisch und frei, wie ja die Weltgeschichte öfters getan mitten in Jahrtausenden, wieder von anno Eins zu zählen anfangen. Warum soll denn ein Mensch nicht so alt werden können als mancher indische Riesenbaum, der noch steht? Übrigens sollte man ordentlich protokollarisch alle Über-Greise vernehmen über die Mittel, wodurch sie ihr Leben ohne den Geheimrat Hufeland in Berlin so sehr zu verlängern wußten, als der Geheimrat selber nicht kann, da er sich nur achtzig bis neunzig anheischig macht. Wie stellten Sie es eigentlich an, teueres altes Herrlein? Aus einer langen Nase allein ist schwer, dünkt mich,« (beschloß ich in einigem Ärger über das Schweigen des Herrleins) »ein langes Leben zu drehen, wiewohl ein Franzose [1] die Sache behauptet.«

»Einige meinen wohl,« – versetzte das Herrlein sanft – »weil ich immer froh gewesen und das symbolum gebraucht: nunquam lustig, semper traurig [2]; aber ich schreib' es gänzlich unserem lieben Herrgott zu; die Tiere da um uns her sind ja auch nunquam lustig, wenigstens meistens lustig, leben aber doch nicht so weit über ihr Ziel hinaus als der Mensch, weil dieser das Ebenbild des ewigen Gottes auch in der langen Dauer vorstellt.« Der Mann schwieg. Solche Worte von Gott haben auf einer hundertundfünfundzwanzigjährigen Zunge viel Gewicht und Trost; – und ich wurde anfangs sehr schön angezogen; aber bei Erwähnung der Tiere fiel der Bienenroder wieder auf seine Tiere und fing – als sei er gleichgültig gegen einen mit Sechsen gekommenen Mann – wieder mit seinem Viehstande zu spielen an, mit dem

[1] Irgendwo habe ich in der Tat von einem Franzosen diese Bemerkung gehört oder gelesen, für welche sich indes manche physiologische Begründung finden ließe.

[2] Er wollte bloß das Umgekehrte sagen.

Hasen, Pudel, Seidenspitze, Stare, ein paar Turteltauben auf seinem Schoße; auch ein lustiger Bienenstand im Obstwäldchen gehörte, da er die Bienen mit einem Pfiffe heraus-, mit einem andern hereinrief, zum Viehhofe, der ihn wie ein Hofzirkel umschrieb. Zu erklären war das Ganze nicht anders als durch meinen Gedanken: alte Menschen und alte Bäume haben eine rauhe kratzende Borke an, junge aber eine sehr glatte weiche.

Er sagte endlich: »Es soll sich aber niemand wundern, daß ein gar alter Mann, der ja alles vergessen und den auch niemand kennt und gern hat als der liebe Gott, sich bloß mit dem lieben Vieh abgibt. Wem kann ein altes Herrlein viel dienen? Ich gehe in den Dörfern da herum wie in lauter blutfremden Städten; seh' ich Kinder, so kommen sie mir wie meine grauen Kinderjahre vor; seh' ich Greise, so sehen sie wie meine vergangnen Greisenjahre aus. Ich weiß nicht recht, wohin ich jetzt gehöre, und hänge zwischen Himmel und Erde; doch Gott siehet mich immer hell und liebreich an, mit seinen zwei Augen, mit der Sonne und mit dem Mond. Und die Tiere leiten zu keiner Sünde an, sondern zur Andacht; und mir ist ordentlich, als säh' ich Gott selber vieles tun, wenn meine Turteltauben ihre Jungen so wärmen und ätzen; denn von ihm erhielten sie doch ihre Liebe und Kunst gegen die Jungen geschenkt.« –

Auf einmal schwieg der Greis lange und sah ordentlich wie wehmütig vor sich hin; das Kindtaufsglöckchen in Bienenroda schallte ins Gartenwäldchen herein. Endlich weint' er ein wenig; ich weiß aber nicht, wie ich nach seinen vorigen schönen Worten zu der Einfalt kam, die Tropfen bloß für Zeichen altkranker Augen zu halten. »Mir ist immer,« sagt' er, »da ich wegen meines Alters nicht gut höre, als wenn das Kindertaufglöckchen aus dem fernen *Heiligengut* schwach herüberklinge; hundertjährige Kinderjahre steigen aus alten tiefen Zeiten auf und sehen mich verwundert an, und ich und sie wissen nicht, ob wir weinen oder lächeln sollen. Oh! Oh!« – Darauf setzte er hinzu: »Hieher, mein Alertchen!« Er meinte seinen Seidenpudelspitz.

Jetzt hatt' er mich selber auf die Bahn zu meinem Reise-Ziel gebracht. »Bester Herr Bienenroder,« hob ich an, »in diesem *Heiligengut,* das Sie also kennen, hab' ich eben das Leben des seligen Herrn Gotthelf Fibel, der das berühmte Abcbuch gemacht, verfertigt und beendigt, und mir geht nur noch dessen Abgang mit Tod ab.« (Hier lächelte das Herrlein und nickte sehr tief.) »Niemand kann wohl seinen Tod besser wissen als Sie, und überhaupt sind Sie der einzige, der mir seltene Züge aus seiner Kindheit zuschanzen und bescheren könnte, zumal da jede ins kindliche Gehirn geschriebne Geschichte, wie eingeschnittene Namen in einem Kürbis, mit den Jahren größer bis zur Fraktur anwächst, indes spätere Einritzungen bald verquellen. Sagen Sie mir um des Himmels willen alles, was Sie vom seligen Manne wissen; denn in der Michaelis-Messe 1811 muß sein Leben in Nürnberg bei Schrag heraus.«

Er antwortete: »Exzellentes Genie – Literator – Man of Genius – homme de lettres – autor clariss .....« Da ich vermutete, der Greis ziele auf mich: so wollt' ich abwehren; er ließ sich aber nicht halten, denn er hatte sich selber gemeint. »Wie gesagt,« (fuhr er fort) »für alles dieses und für mehrere prächtige Titel, die ich alle deshalb auswendig gelernt, hab' ich mich zwar sonst gehalten, als ich noch jener verblendete eitle Fibel war, der das gedachte, fast mittelmäßige Abcbuch gemacht und drucken lassen.« .....

Das alte Herrlein ist der selige Fibel! – – Hundertundfünfundzwanzig, ja eintausendachthundertundelf Ausrufungszeichen, hintereinander gesetzt, malen nur schwach mein Verwundern darüber vor, wenn man das stärkere dagegen hält, in welchem jetzt auf diesem Blatte ganze kalte ernste Lager von Literatoren wie Körke aus lange versperrten Flaschen in die Höhe fahren und sich die Hände reiben vor unermeßlicher Freude, daß die Sache so ist. – Beinahe hätt' ich in der ersten Dummheit des Jubel-Sturms große Freude über sein jetziges Deutsch gezeigt und mich verwundert, daß ein Mann wie Fibel, von dessen bearbeitetem Leben ich eben herkäme, so gut spreche. Aber ich kehrte mich bald zur Besinnung und zum Lobe Fibels um. »So weiß ich denn nicht,« versetzt' ich, »was mir in diesem Jahrhundert Froheres und Vorteilhafteres hätte aufstoßen können als gerade der lebendige Held selber einer Lebensbeschreibung, in welche noch eilig so manches nachzutragen ist, da sie Herr Schrag schon in diesem Herbste verlegt. Glauben Sie mir, mehr als einen Irrtum über Sie reut' ich nun leicht in meinem Werkchen aus, z. B. den seit jetzt erst erklärlichsten, daß ein gewisser Konrektor Bien-*Rod* in Wernige-*Rode* Ihr Werk solle geschrieben haben.«

»So müßte ich auch davon wissen« (versetzte das Herrlein) – »Aber meinen guten lateinischen Namen Fibel, so schön er sich auch mit Bibel reimt, tauscht' ich willig gegen den deutschen eines ganzen Dorfs weg und hieß mich nur den Bienenroder, um den Hoffartsteufel in mir ein und das andere Horn und Bein zu brechen, weil leider alle Welt, den vorigen Fibel zu sehen, gefahren kam und mich mitten in jeder Demut störte. Diese Übersetzung eines lateinischen Namens in einen deutschen ist, hoff' ich ja, die entgegengesetzte Übersetzung eines deutschen in einen lateinischen, z. B. Schwarzerde in Melanchthon, welche so oft von der Eitelkeit gemacht wurde.« –

»So ganz aus ähnlicher Eitelkeit« – bracht' ich selber aus meiner kleinen Kenntnis bei – »übersetzte sich ja Neumann in Neander – Schmidt in Faber – Horn in Ceratinus – Herbst in Oporinus – und eine Menge, die ich recht gut kenne, wie ich mich denn selber[1], aber freilich als angehender Autor und also aus Demut, ins Französische verdeutscht habe. – *Sie* übrigens sind freilich überhaupt stark berühmt, und die größten Städte in Vogtland und Reußen bildeten sich Ihrem Werke nach – Nachfolger, nämlich Nachschreiber Ihres Abc's haben Sie längst unglaublich viele gehabt – Sogar Ihr

[1] Verfasser dieses heißt ursprünglich Johann Paul Friedrich Richter.

Bilder-Abc bekam an einem Herrn Bertuch (ein Legations-Rat wie ich) einen Nacharbeiter, dessen Sie sich gar nicht zu schämen brauchen, da er Ihr Werk in seinem Bilderbuch, wiewohl ohne alle Dichtkunst, in Ihrem Geiste fortsetzt, wenn auch viel kostspieliger und dickbändiger, doch minder fühlbar bei bloßer heftweiser Lieferung. – Und das Leben eines so wichtigen Mannes habe ich aus 40 Bänden der Pelzischen Vierziger ausgezogen, so viel mir nämlich der letzte Krieg noch Bruchreste davon gönnen wollen.«

»Es war der siebenjährige«, sagte der Greis, welcher ganz wie der alte schwache Pütter den letzten französischen mit jenem verwechselte.

»Ungefähr« – versetzt' ich –; »aber desto größer ist mir der kleinste Nachtrag von den Lippen des Helden selber; und besonders sind mir mehrere alte späte Jahre nötig, um gehörig in der Michaelismesse zu schließen. O Gott, wie viele Autoren oft einem einzigen Buch zum Großsäugen unentbehrlich sind, zumal einem großen, nicht etwan wie dem Jupiter Ziegen, Bienen, Bärinnen als Ammen, oder etwan wie mir ein Pelz, Pompier und Fuhrmann, kurz wie viel Autoren oft einem Autor nötig sind, davon weiß ein Autor ein Wort zu sagen.«

– »Fast« – fing Fibel, aber mit unbeschreiblicher Milde, an – »sollt' ich Sie, Herr Legations-Rat, für Pelz den zweiten halten, so lieblich Sie auch aussehen und aussprechen; aber nur der erste bestach mich stark mit Loben. Es mag denn sein! Es ist mir jetzo vieles auf der Erde gleichgültig, ausgenommen der Himmel darüber; und ich sehe jetzunder nur gar zu deutlich ein, wie eitel ich sonst von meinen Gaben gedacht. Wer der Erde abstarb – nicht der Welt, denn dazu gehören mehrere Leben, wenn nicht gar eine ganze Ewigkeit; ja der Ewige selber ist ja nicht dem All abgestorben, vielleicht weil er ihm ewig-ur-vorgeboren ist..... Ach mein alter Kopf wollte etwas anderes sagen –«

Nach diesen letzten Worten wurd' ich noch neubegieriger auf die Erklärung der Metallverwandlung oder Brotverwandlung des vorigen unscheinbaren Fibels in dieses glänzende Herrlein, und ich bat ihn, mir seinen Übertritt in diesen neuen Charakter zu erklären und zu motivieren. Ihm freilich konnte das Motivieren seines Charakters gleichgültig sein, da er ihn schon hatte, aber nicht dem Leser, der es von mir wissen will. Fibel versetzte: nachher recht gern, aber jetzt sei es schon spät.

Er ging in sein Gartenhäuslein – ich ihm nach –; und er tat einen Pfiff; sogleich kam sein schwarzes Eichhörnchen von einem Baume, worauf es mehr zur Lust als zur Kost war – mehrere Vögel, Nachtigallen, Drosseln, Staren (die Vogel-Pudel), flogen von ihren Gipfeln in die offnen Fenster zurück – ein von Alter aus Rot- zu Schwarzwildpret angelaufner Gimpel trabte im Stübchen einher, närrische Laute von sich gebend, die er selber nicht erklären konnte – der Hase trommelte auf Hinterfüßen den Abend aus mit Vorderfüßen – es gab kein Hündchen im Häuschen, das nicht in froher, menschenliebender Laune hineingesprungen kam, und ich hebe statt aller nur das Alertchen aus; doch am frohesten trat wohl der Pudel an, welcher schon wußte, was die Glocke geschlagen, daß er nämlich jetzt eine blecherne Büchse mit Schieber an den Hals bekomme, worin der Speise-Zettel des Abendbrotes liege, das er aus dem Bienenroder Wirtshause zu holen habe. Er war Fibels Küchen-Geschäftsträger oder Küchenwagen – dessen Vertumnus und Feldpost – und Ambassadeur in Bienenroda und Indroducteur des Ambassadeurs im Wäldchen (durch Anbellen meiner als Legationsrat). – Fibels übrige dienende Brüder und Schwestern waren nur Kinder, die ab- und zuliefen.

Erst nachdem er angemerkt: »man sollte auch den engen Tieren so weit bildend nachhelfen, als man kann, da man gewissermaßen ihr Herrgott ist, und man solle sie zu guten Sitten abrichten, da sie wohl nach dem Tode fortleben könnten; Gott und Vieh sei immer gut, aber der Mensch nicht« – da ließ er sich auf mein Erinnern zu seinem bringen. Greise geben, wie alles Körperliche, so auch das Geistige mit zitternder Hand, die die Hälfte verschüttet; dennoch bekam ich folgendes unverschüttet: Er mochte etwan erst hundert Jahr alt sein, als er in einer sein Leben wiedergebärenden Nacht von neuem zahnte und unter Schmerzen wilde Entwicklungs-Träume durchlebte. Vor Mitternacht erschien seine verstorbne Frau und sagte ihm, sie sei seinetwegen von Toten auferstanden, um ihn auszuschelten und zu benachrichtigen, daß Pelz ein Spottvogel gewesen und er selber ein Gimpel. Dann träumte er nach Mitternacht: er halte ein breites Sieb in Händen und müsse durchaus dessen Geflecht auseinanderziehen; das fest geflochtne Sieb und der Holz-Rand ängstigten ihn unsäglich, und nichts konnt' er zerreißen als träumend sich selber, bis er endlich plötzlich statt des Siebes die ganze große lichte Sonne in seinen Händen hielt, welche ihm blendend ins Gesicht schien. – Er erwachte neugeboren und entschlief wie auf wogenden Tulpen wieder. Da träumte er, er sei *ein* Jahr alt nach dem Hundert – und sterbe als ein schuldloses einjähriges Kind ohne Erden-Weh und Erden-Schuld und finde droben seine Eltern, welche ihm einen ganzen Zug von seinen Kindern entgegenführten, die ihm auf der Erde unsichtbar geblieben, weil sie bloß wie helle Engel ausgesehen.

Er stieg aus dem Bette nicht nur mit nahen neuen Zähnen, sondern mit neuen Ideen. Der alte Fibel war abgebrannt, und der rechte Phönix stand da und sonnte die Farben-Schwingen. Er war verklärt auferstanden aus keinem andern Grabe als aus dem Körper selber. Die Welt wich zurück; der Himmel sank heran.

Als er mir die Sachen erzählet hatte: sagte er mir, ohne auf den diensthabenden Pudel zu warten, ohne weiteres gute Nacht und zeigte mir mit den zum Beten gefalteten Händen den Weg. Ich ging ab, zog aber lange im Obstwäldlein umher, das bloß aus Kernen gewachsen, die er eingesteckt. Er aß nämlich selten eine Kirsche, ohne den Kern – oft zum Verdrusse der Bauern, welche auf ihren Rainen nichts Hohes haben wollten – einzuschwärzen und in die Erde zum Verklären zu begraben. »Ich kann«, sagte er, »keinen Kern umbringen; reißt auch nachher der Bauer das Bäumchen heraus, nun so hatt' es doch ein bißchen gelebt und war als Kind gestorben.«

Im Wäldchen hört' ich ein Abendlied orgeln und singen; – und ich brauchte nur zurück an Fibels Fensterchen zu treten, um zu sehen, daß er darin eine Drehorgel langsam umdrehte, welche er durch seine Singstimme mit einem sanften Abendlied begleitete. In der eintönigen Einsamkeit und bei seinem Abschnitzel von Stimme reichte diese noch mehr als eine Voglersche simplifizierte Orgel schon zu seiner Haus-Andacht zu; und ich ging nachsingend nach Hause.

3. Nach-Kapitel

Zweiter Tag

Schon unterwegs, als ich am Morgen wieder kam, wußt' ichs ein wenig voraus, er würde mich halb vergessen haben. Im Nachtfroste des Alters, das (beinahe ohne Gegenwart) nur von Vergangenheit und Zukunft lebt, ist dergleichen natürlich; in der alten Lebens-Sanduhr höhlet sich oben alles immer mehr aus, und unten steigt der Hügel höher, den ihr Grab oder Vergangenheit nennen könnt. – Ich hätte allerdings erwarten können, er werde sich um einen Mann von einiger Importanz, welcher ja sein fiblisches Leben unter der Feder hatte, angelegentlicher bekümmern – vorzüglich werde er nachforschen, was der Mann in Sprachen und Wissenschaften getan – ob er in der Poesie ein lebendiges goldnes Alter und tausendjähriges Reich im kleinen sei – und ob es noch unentdeckte Inseln gebe, die von ihm nichts wissen –; von allen diesen Fragen über mich, deren Beantwortung ja immer zu seinem Ruhme ausfallen mußte, tat er keine einzige, wenn ich die matte ausnehme: ob ich denn wohl in der Schrift, was er so inniglich von Herzen hoffe, seiner lieben Eltern recht mit Ehren gedächte. Er setzte dazu: »Ach sie sind doch zu wenig bekannt, sowohl auswärts als in Heiligengut, und sogar ihr Sohn ist viel bekannter.« Ich tat zwei Schwüre, daß ich das Schönste von beiden gesagt; ich holte aber vielerlei von diesem Schönsten noch aus dem frommen Sohne heraus und schob es ein.

Schön war der Morgen im Obstwäldlein. Der Alters-Reif schien geschmolzen und beweglich nur als Morgentau in Fibels Spätflor zu schimmern. Selber die Liebe seiner Tiere gegen ihn, die wie Kinder den zu erraten scheinen, der sie lieb hat, machte den Morgen in einem Obstwäldchen schöner, wovon jedes Bäumchen eine von ihm genoßne Frucht zur Mutter hatte. Das Tierreich war Erbschaft von seinen Eltern, nur natürlicherweise waren es die Urenkel und Ur-Ur-Enkel etc. etc. des elterlichen. Das ganze Wäldchen beherbergte singende und brütende Vögel, aber er konnte mit wenigem

Pfeifen sämtliche zahme Nachfahrer der väterlichen Singschule von ihren Gipfeln auf die Schultern locken. Es anzuschauen, wie er geschwind zärtlich umflattert wurde, erquickte das Herz. Überall, wo die Sonne anglänzen konnte, hatte er ordentlich mit dem kindischen Wohlgefallen eines Greis-Kindes bunte Glaskugeln auf Stäbe gesteckt oder in Bäumchen gehangen, und in dieses Farbenklavier von Silberblicken, Goldblicken, Juwelenblicken blickte er unbeschreiblich vergnügt hinein. Ich gab ihm ungemein recht, es waren verglasete Tulpenbeete, diese bunten Sonnenkugeln, welche mit mehr als zehn Farbenfeuern das Grün ansteckten – ja manche rote taten in den Zweigen, als wären sie reife Äpfel-Fruchtstücke. – Aber am meisten erquickte sich der alte Mann an den nachschillernden Landschaften auf diesen Welt-Kügelchen, gleichsam der nachfärbende Verkleinerungs-Spiegel der beweglichen Aussichten. »Ach,« sagte er, »wenn ich so recht in die Farben hineinschaue, die Gott der dunkeln Welt gegeben und zu welchen er immer seine Sonne gebraucht: so ist mir, als sei ich gestorben und schon bei Gott; aber da er in uns ist, so ist man ja immer bei Gott.«

Hier brach ich endlich mit der lange gehegten Frage heraus, wie er denn bei seinen Jahren zu einem so guten Deutsch komme, als kaum die neuesten Schreiber sprächen. »Er wäre etwan zwei Jahre wieder alt gewesen,« versetzte er (seine 100 Jahre vorher verstanden sich von selber), »als er mehrere Jahrszeiten hindurch jeden Sonntag einen heiligen geistigen Geistlichen zu hören fand, welcher sein Deutsch mit einer solchen Engelszunge sprach, daß er sogar, wenn er einmal auf der Kanzel versterbe, im Himmel keine bessere brauche.« – Den Prediger so wie die Stadt konnt' er mir nicht beschreiben, aber wohl sein Kanzel-Wesen, wie er ohne Überfluß der Worte und der Mienen und der Bewegungen sprach – wie er das Schönste und Stärkste mit milden Tönen sagte – wie der Mann gleich einem Johannes, der, nahe am Himmel ruhend, zur Welt spricht, seine Hände ruhig auf das Kanzelpult oder in die Kanzel-Ärmel legte – wie jeder Ton ein Herz und jeder Blick ein Segen war – wie dieser Christusjünger Kraft in Liebe verhüllte, so wie der feste Diamant[1] im weichen Gold gefunden wird, das ihn auch später am Menschen einfaßt – wie die Kanzel ein Tabor für ihn wurde, worauf er sich und Zuhörer verklärte – und wie er unter allen Geistlichen am besten das Schwerste vermochte, würdig zu beten ....

Mehr als einmal wollt' ich glauben, er habe jenen großen Geistlichen gehört, dessen Namen ich nie ohne die Erinnerung des höchsten Glücks und des höchsten Verlustes ausspreche und über dessen Grab seine Kirche sich als Denkmal wölbt. Aber nicht alle Umstände wollten den frohen Glauben bestätigen.

Immer wärmer wurd' ich dem uralten Manne zugetan und foderte von ihm so wenig als von einem Kinde volle Liebes-Erwiderung. Zuletzt mahnt'

[1] Nämlich der mazedonische.

ich mich selber zum Scheiden an, um den Frieden seiner Abendtage mit nichts Weltlichem zu stören. Er sollte jene erhabne Alters-Stellung ungetrübt behalten, wo der Mensch gleichsam wie auf dem Pole lebt, kein Stern geht da unter, keiner auf, der ganze Himmel steht und blinkt, und der Polarstern der zweiten Welt schimmert unverrückt gerade über dem Haupte. – Ich sagte ihm daher, ich würde abends wiederkommen und Abschied nehmen. Er versetzte zu meinem Erstaunen, da er vielleicht abends selber einen nehme von der ganzen Welt, so möcht' er sich nicht gern im Sterben gestört sehen; diesen Abend les' er die Offenbarung Johannis hinaus, und da könn' es leicht um ihn geschehen sein. – Ich hätte nämlich früher erzählen sollen, daß er nichts tat und nichts las als die Bibel von vornen an bis zu Ende und dabei des festen Glaubens war – daher er die letzten Bücher schneller las –, er werde bei dem 20ten und 21ten Verse des 22ten Kapitels der Offenbarung Johannis: »Es spricht, der solches zeuget: Ja, ich komme bald. Amen. – Ja komm, Herr Jesu. Die Gnade unsers Herrn Jesu Christi sei mit euch allen. Amen!« verscheiden.

So wenig ich an dieses schnelle Verwelken seines so langen Nachblühens glaubte, so vollzog ich doch seinen eingebildeten letzten Willen – wiewohl wir bei jedem guten Willen eines Menschen bedenken könnten, ob es nicht sein letzter sei – und nahm mit der Bitte Abschied, mir Aufträge in Rücksicht seiner Verlassenschaft ans Dorf mitzugeben. Er sagte, längst sei alles besorgt, und die Kinder wüßtens. Er schnitt einen Zweig von einem aufbewahrten Christbaum seiner Kindheit ab und verehrte mir ihn als Vergißmeinnicht.

Gleichwohl bracht' ich trotz der Unfehlbarkeit meines Unglaubens die Abendzeit in Bienenroda mit einigen Ängsten zu. Abends holte sein Wirtschaftspudel das Abendessen, begleitet von dem Seidenspitz Alert. Ordentlich als wollt' ich ihn um einen Hund beerben, behielt ich den Spitz, ein Mustertier von Haar und Herz, bei mir, um nur etwas vom alten Herrlein zu haben. Doch hing ich dem Pudel in einem Selbst-Steckbrief die Nachricht des Tier-Plagiats an. Sehr und schön wedelte der Gestohlne um mich; – als ein Simultaneum von Spitz und Pudel, also von Schlange und Taube, war er in seiner Gattung so klassisch, als er sein konnte.

In der schönen Sommernacht konnt' ichs zuletzt nicht lassen, in das Obstwäldlein dem Häuschen nahzuschleichen, um gewiß zu sein, daß mein gutes Herrlein nicht Bibel und Leben zugleich beschlossen. Unterwegs fand ich einen schwarzgesiegelten zerrissenen Briefumschlag, und über mir traten die weißen Störche schon den Rückflug in warme Länder an; es war aber dabei auf vielerlei zu verfallen. Ich wurde nicht sehr gestärkt, als ich aus seinem Wäldchen alle Vögel singen hörte, welches deren Vorfahren ja auch bei dem Tode seines Vaters getan. Vor meinen kurzsichtigen Augen streckte sich ein aufrechtes Gewölke voll spätes Abendrot als eine liegende, lang hinblühende fremde Landschaft aus, und ich begriff gar nicht, wie ich bisher das fremde rotschimmernde Land übersehen können; desto leichter konnte mir einfallen: es ist *sein* Morgenland, wohin Gott den müden Menschen zieht. Ja mir war alles so verworren, daß ich ordentlich für ein herabgefallnes abendrotes Wolken-Stück eine rote Bohnen-Blüte ansah. – Endlich hört' ich im Wäldchen einen Menschen singen und eine Orgel gehen; kurz der alte Mann drehte ungestorben das Abendlied: »Herr, es ist von meinem Leben abermal ein Tag dahin.« Daher und zu seinem Singen kam das der Vögel in der Stube und auf fernen Zweigen. Sogar das Summen der Bienen, die in lauer Sommernacht in die Lindenkelche sich vertieften, wehte die Flamme meiner Freude höher auf. –

Er lebte. – Doch störte ich seinen heiligen Abend nicht; er bleibe bei dem, sagt' ich, der ihn mit seinen Gaben und mit Jahren umringt, und denke an keinen Menschen hier unten besonders.

Nachdem ich sein Lied bis zum letzten Verse ausgehört, um noch gewisser seines Selbst-Überlebens zu sein: schlich ich langsam fort und fand zur Freude in der ewig jungen Natur noch schöne Beziehungen auf seine veralterte, von der Wiesenquelle an, dieser ewigen Woge, bis zu einem Nachschwarm von Bienen, der sich (wahrscheinlich vormittags vor 2 Uhr) an ein Lindenbäumchen angesetzt, ordentlich als sollt' er durch ihr Beherbergen ihr Bienen-Vater werden und lange leben; – und jeder Stern winkte mir eine Hoffnung zu.

Gleichwohl töteten und begruben ihn in meinem Bette die Träume bald so, bald so, doch immer schön genug. Einmal starb mir darin der Greis in einer Frühlingsnacht – einmal wieder an einem Neujahrstage – zuweilen saß er an ein väterliches Obstbäumchen angelehnt, und der Blitz fuhr bloß vom Himmel herab, um ihn in diesen hinaufzutragen – einmal trugen seine Bahre hohe Riesenkinder her und wurden unter dem Tragen kleine rotblühende bekränzte Greise. – In einem andern Traume drückt' er sich sterbend selber die Augen zu und sagte: »Ich will nichts mehr sehen, es steht Jesus Christus neben mir.« – In einem andern Traume bückte er sich schmerzhaft tief bis ans Grab seiner Mutter nieder und bog nur dessen Blumen an sein Gesicht und brach keine; auf einmal fuhr die Mutter aus dem Grabe und fuhr mit ihm über die Wolken in den nächsten Stern. – In verschiedenen Träumen hörte ich nur die Anfangszeilen unbekannter Sterbelieder, z. B.: An der Ewigkeit zerrinnt die längste Zeit – längres Leben, kürzre Ewigkeit – Nichtiges hat Gott nicht aus Nichts gemacht – Totenstaub wird Blütenstaub, und die Seele trägt Seelen.

So spielt das Schlafen mit dem Menschen, wie der Mensch mit dem Wachen.

4. Nach-Kapitel

Letzter Tag

Da ich zum letzten Male zum Helden dieser Geschichte ging, dacht' ich schon unterwegs an die Stelle, die ich hier schreiben werde: daß nämlich nach diesen Nachkapiteln ganze Brigaden von Literatoren, die nun daraus erfahren, wo Fibel lebendig zu haben ist, aufsitzen oder einsitzen werden (manche machen sich gar nur auf die Beine), um das alte Herrlein zu besichtigen; – und so hätt' ich denn dem armen Schul-Weisel in seinen alten Tagen einen ganzen Bienen-Schwarmsack über seinem grauen Kopfe ausgeschüttet. – Literatoren, Literatoren, seid ihr nicht durch die Figur des Epizeuxis oder auch Anaphora, welche dasselbe Wort am Anfange zweimal nachdrücklich wiederholt, von euern gelehrten Reisen zu ihm abzubringen? Und wenn ich gar mich der Epiphora bediene, welche dasselbe Wort am Ende wiederholt, und ich rufe: lasset doch einem Manne kurz vor der letzten Ruhe die vorletzte Ruhe! – bleibt ihr dann noch des Teufels lebendig?

Ich hatte nachts seinen Alert bei mir behalten, welcher, seltsam genug, so gern bei mir blieb und mit mir ging, ordentlich als ob der Seidenspitz mich als den Lobredner des Post-Spitzes in den *Hundsposttagen* kennte und schätzte, was doch bei seiner Kälte gegen Lektüre nicht denklich ist. Ich will sogleich auf der Stelle die Nachricht geben – die ich wahrscheinlich nachher vergäße –, daß der Bienenroder, als er die Anhänglichkeit dieses Superlativ-Viehs sah, mir mit demselben ein ansehnliches Geschenk gemacht, das bekanntlich noch lebt. Der Hund Alert sollte wahrscheinlich ein Ehrensold sein, ein Ehrenhund oder ein Medaillon – oder ein evangelistisches Wappentier (wie denn Lukas hinter sich seinen Ochsen hat, Matthäus seinen Engel) – oder ein prophetisches Wappentier (da bekanntlich die Propheten Bileam und Muhammed jeder einen Esel hat) – oder überhaupt nur eine Andeutung teils meiner persischen Reinlichkeit, teils meiner persischen Abkunft (da wir Deutsche von den Persern abstammen, diesen größten Freunden sowohl der Reinheit als der Hunde) – oder wollte das Herrlein die Sache bloß aus Liebe tun: genug ich habe den Hund, und dato kratzt er sich lebendig auf meinem Schreib-Kanapée; auch soll er gern jedem Leser, der sich davon mehr zu überzeugen wünscht, wenn er mir die Ehre eines Besuchs erweist, ins Bein fahren. Verreckt er einstens für eine bessere Welt, als diese ist – worin er nichts Heiliges hat als bloß das heilige Bein, das er verlängert als Schwanz nach dem Himmel kehrt und bewegt –, so stopf' ich ihn aus mit dem Vegetabilischen, das er jetzt haßt und das ihm dann bei dem Mangel an Magen so lieb sein kann wie einem Brahminen.

Doch zurück – All mein Trauer-Träumen hatte mir kein Trauer-Wachen mitgegeben, sondern jedes genommen: wie hätt' ich sonst so froh auf den nächsten Seiten von Alert sprechen können? – Ich ging recht früh ins Wäldchen, um den Greis noch im Schlafe zu sehen, in diesem alten Vorspiel des Todes, in diesem warmen Traume des kalten Todes. Aber er hatte sich schon in der großgedruckten Bibel bei Hülfe eines flammigen Morgenrots weit über die Sündflut hinausgelesen, wie ich aus den Kupferstichen ersah.

Da ichs für meine Pflicht hielt, seine Einsamkeit nicht lange zu stören, so sagt' ich zu ihm, ich schiede und gäbe ihm bloß ein leichtes Abschiedsbriefchen statt Abschiedswörtchen – ein Blättchen, das wohl niemand zu lesen bekommen soll –; da heftete er so warme Augen darauf, daß ich reine Freude über den Eindruck, den das erste kleine Manuskript von mir auf ihn machte, empfand, bis er mich freundlich fragte, ob ich nicht mehr von diesem himmlischen – Streusand hätte. Es hatt' ihn nämlich besonders der *blaue* Streusand ergriffen, in dessen Äther ich die gestirnten Gedanken meines Blättchens gestreuet hatte. Er bat mich geradezu um meine Sandbüchse; »denn es kann sein,« sagt' er, »daß ich noch an jemand schreibe, vielleicht an Gott selber.« Dabei erzählte er mir einmal recht redselig, daß das Wort Blau ihn überall besonders gerührt – z. B. die blauen Berge in amerikanischen Reisebeschreibungen bis zur Sehnsucht –; und so hab' er die Flachsblüte und die Kornblumen und blaue große Glasschalen von jeher geschätzt. »Und meine selige Mutter hatte noch im Sarge lebendige blaue Augen«, setzt' er dazu.

Ich schied, sehr bewegt, doch verschlossen; es war nicht die Rührung eines Abschiedes, den man von einem Freunde, einem Jünglinge, einem Greise nimmt, sondern die des Abschieds von einem fremdartigen entfernten Wesen, das uns nur kaum von seinen hohen kalten Wolken, die es zwischen Erde und Sonne halten, nachblickt. Es gibt eine Seelen-Stille, ähnlich der Körper-Stille im Eismeer und auf hohen Gebirgen; jeder Sprech-Laut unterbricht, wie einer in einem zartesten Adagio, zu prosaisch hart. Auch das Wort »zum letzten Male« hatte der Greis schon längst hinter sich.

Außer dem Hunde schenkte oder vermachte er mir noch eilig meine in Duft und Farbe romantische Lieblingsblume, eine *blaue* spanische Wicke in einem Ton-Töpfchen; desto lieblicher, da dieser Schmetterling von Blume sich so leicht verhaucht und seinen Düften nachstirbt. Er bat mich, es nur nicht übelzunehmen, da er sein gewöhnliches Morgenlied, nach überlebtem Sterbe-Abende, noch nicht angestimmt, wenn er mich gar nicht begleite oder mir nicht einmal nachschaue, und er könne ohnehin nicht sehr sehen. Darauf sagte er fast wie gerührt: »O recht wohl zu leben, Freund! Auf Wiedersehen, wo meine seligen Anverwandten auch dabei sein werden und der große Prediger, dessen Namen ich vergessen habe. Auf Wiedersehen!«

Sogleich trat er ganz ruhig an seine Drehorgel. Ich lösete mich von ihm wie von einem Leben los. Wiewohl er seine Orgel unter den Bäumen spielte und sein Gesicht mir nachgerichtet hatte: so wußt' ich doch, daß ich seinen blöden Augen bald zum unbeweglichen Nebel werden mußte, und blieb daher stehen, als er das Morgenlied (vom alten Neander) anfing:

Noch läßt der Herr mich leben!
Mit fröhlichem Gemüt
Eil' ich, ihn zu erheben;
Er hört mein frühes Lied.

Unter dem Singen flogen um ihn seine Vögel; auch die Hunde schienen der Musik gewöhnt und schwiegen, und den Bienenschwarm wehte diese gar in sein Häuschen hinein. So entfernt er mir war und so sehr von den Jahren gegen das Grab gebückt: so sah er doch von weitem wegen seiner so langen Gestalt noch aufgerichtet genug aus.

Eben bauete in Abend, wohin mein Weg zuführte, die Morgensonne einen Regenbogen in allen Farben in den frühen Tag hinein, und der Morgen glühte noch mit seiner einzigen roten nach; und Morgen und Abend, Anfang und Ende, die Farbentore der Zeit und der Ewigkeit standen gegeneinander aufgetan, und beide führten nur aus Himmel in Himmel. Ich blieb so lange stehen, bis der Greis den letzten (den zwölften) Vers seines Morgenliedes ausgesungen:

Bereit, den Lauf zu schließen
Auf deinen Wink, o Gott!
Und lauter im Gewissen:
So finde mich der Tod. –

Dann zog ich meine Straße langsam weiter.

Anhang

A a b c d e f ff g h i k ck l ll m n o p q r ꝛ
s ſ ſſ ß ſt t u v w x y z tz.

A B C D E F G H I K L M N O P Q R
S T U V W X Y Z.

a b c d e f ff g h ch i j k ck l ll m n o p q
r ꝛ s ſ ſſ ß ſt t u v w x y z tz.

A B C D E F G H I K L M N O P
Q R S T U V W X Y Z.

Die ſelbſt-lau-ten-den Buch-ſta-ben

a e i o u y.

Die ſtum-men Buch-ſta-ben

b c d f g h k l m n p q r ſ t w x z.

Die dop-pelt ſelbſt-lau-ten-den Buch-ſta-ben

ä	ö	ü	au	eu	ei	ey	ie
Käß	Götz	Thür	Staub	Eul	Pfeil	Bley	Sieg

A a b c d e f ff g h i k ck l ll m n o p q r r s ſ ſſ ß ſt t u v w x y z tz

Ab	eb	ib	ob	ub
Ba	be	bi	bo	bu
Ca	ce	ci	co	cu
Da	de	di	do	du
Fa	fe	fi	fo	fu
Ga	ge	gi	go	gu
Ha	he	hi	ho	hu
Ja	je	ji	jo	ju
Ka	ke	ki	ko	ku
La	le	li	lo	lu
Ma	me	mi	mo	mu
Na	ne	ni	no	nu
Pa	pe	pi	po	pu
Qua	que	qui	quo	quu
Ra	re	ri	ro	ru
Sa	ſe	ſi	ſo	ſu
Ta	te	ti	to	tu
Va	ve	vi	vo	vu
Wa	we	wi	wo	wu
Xa	xe	xi	xo	xu
Za	ze	zi	zo	zu

*

Du beſter Lehrer Jeſulein,
Mein Lernen laß geſegnet ſeyn,
Daß all mein Thun durch deine Gnad
Erſprieslich werd und wohlgerath, Amen.

*

A a b c d e f ff g h i k ck l ll m n o p q r r s ſ ſſ ß ſt t u v w x y z tz

Das Zäh=len

1. 2. 3. 4. 5. 6. 7. 8. 9. 10. 20. 30. 40. 50. 60. 70. 80. 90. 100. 1000. 10000. 100000.

*

Das hei=li=ge Va=ter Un=ſer

Va=ter Un=ſer, der Du biſt im Him=mel. Ge=hei=li=get wer=de Dein Na=me. Zu=kom=me Dein Reich. Dein Wil=le ge=ſche=he wie im Him=mel, al=ſo auch auf Er=den. Un=ſer täg=lich Brod gieb uns heut. Und ver=gieb uns un=ſe=re Schuld, als wir ver=ge=ben un=ſern Schul=di=gern. Und füh=re uns nicht in Ver=ſu=chung. Son=dern er=lö=ſe uns vom Ui=bel. Denn Dein iſt das Reich, und die Kraft, und die Herr=lich=keit in E=wig=keit, A=men!

*

Der hei=li=ge Chriſt=li=che Glau=be

Ich glau=be an GOTT den Va=ter, All=mäch=ti=gen Schöp=fer Him=mels und der Er=den.

Und an JE=ſum Chri=ſtum, Sei=nen ein=ge=bohr=nen Sohn, un=ſern HErrn, der em=pfan=gen iſt von dem Hei=li=gen Geiſt, ge=boh=ren von der Jung=frau=en Ma=ri=a, ge=lit=ten hat un=ter Pon=ti=o Pi=la=to, ge=creu=tzi=get ge=ſtor=ben und be=gra=ben, nie=der=ge=fah=ren zur Höl=len, am drit=ten Ta=ge wie=der auf=er=ſtan=den von den To=den, auf=ge=fah=ren gen Him=mel, ſit=zet zur Rech=ten GOt=tes, des all=mäch=ti=gen Va=ters. Von dan=nen Er kom=men wird zu rich=ten die Le=ben=di=gen und die To=den.

Ich glau=be an den Hei=li=gen Geiſt, ei=ne hei=li=ge Chriſt=li=che Kir=che, Ge=mein=ſchaft der Hei=li=gen, Ver=ge=bung der Sün=den, Auf=er=ſte=hung des Flei=ſches, und ein e=wi=ges Le=ben, A=men.

A a b c d e f ff g h i k ck l ll m n o p q r r s ſ ſſ ß ſt t u v w x y z tz

Die hei-li-gen ze-hen Ge-bo-te Got-tes

Das er-ſte Ge-bot

Ich bin der HERR dein GOtt, du ſolt nicht an-de-re Göt-ter ne-ben mir ha-ben.

Das an-de-re Ge-bot

Du ſolt den Na-men des HErrn dei-nes GOt-tes nicht ver-geb-lich füh-ren, denn der HErr wird den nicht un-ſchul-dig hal-ten, der Sei-nen Na-men ver-geb-lich füh-ret.

Das drit-te Ge-bot

Ge-den-ke des Sab-baths, daß du ihn hei-li-geſt.

Das vier-te Ge-bot

Du ſolt dei-nen Va-ter und dei-ne Mut-ter eh-ren, auf daß du lan-ge le-beſt im Lan-de, das dir der HERR dein GOTT ge-ben wird.

Das fünf-te Ge-bot

Du ſolt nicht töd-ten.

Das ſech-ſte Ge-bot

Du ſolt nicht e-he-bre-chen.

Das ſie-ben-de Ge-bot

Du ſolt nicht ſteh-len.

Das ach-te Ge-bot

Du ſolt nicht fal-ſche Zeug-niß ge-ben wi-der dei-nen Näch-ſten.

Aa b c d e f ff g h i k ck l ll m n o p q r r s ſ ſſ ß ſt t u v w x y z tz

Das neun=te Ge=bot

Du ſolt nicht be=geh=ren dei=nes Näch=ſten Haus.

Das ze=hen=te Ge=bot

Du ſolt dich nicht laſ=ſen ge=lü=ſten dei=nes Näch=ſten Weibs, noch ſei=nes Knechts, noch ſei=ner Magd, noch ſei=nes Och=ſen, noch ſei=nes E=ſels, noch al=les was dein Näch=ſter hat.

*

Das hei=li=ge Sa=cra=ment der Tau=fe

Der HERR JE=ſus ſprach zu ſei=nen Jün=gern: Ge=het hin in al=le Welt, und leh=ret al=le Völ=ker, und tau=fet ſie, im Na=men des Va=ters, und des Soh=nes, und des Hei=li=gen Gei=ſtes. Wer da gläu=bet, und ge=tau=fet wird, der wird ſe=lig. Wer a=ber nicht glau=bet, der wird ver=dam=met.

*

Sprüchlein

Chriſtum lieb haben, iſt beſſer, denn alles Wiſſen, Amen!

*

Der Mor=gen See=gen

Des Mor=gens, ſo du aus dem Bet=te fäh=reſt, ſolt du dich ſeg=nen mit dem hei=li=gen Creu=tze, und ſa=gen:

Das walt GOtt † Va=ter, † Sohn, und Hei=li=ger † Geiſt, A=men!

A a b c d e f ff g h i k ck l ll m n o p q r ꝛ s ſ ſſ ß ſt t u v w x y z tz

Dar-auf denn kni-end o-der ſte-hend den Glau-ben und Va-ter Un-ſer, wilt du, ſo magſt du dieß Ge-bet-lein dar-zu ſpre-chen:

Ich dan-cke dir, mein himm-li-ſcher Va-ter, durch JE-ſum Chri-ſtum, dei-nen lie-ben Sohn, daß du mich die-ſe Nacht für al-lem Scha-den und Ge-fahr be-hü-tet haſt; und bit-te dich, du wol-leſt mich die-ſen Tag auch be-hü-ten, für Sün-den und al-lem Ue-bel, daß dir al-le mein Thun und Le-ben ge-fal-le. Denn ich be-feh-le dir mein Leib und See-le, und al-les in dei-ne Hän-de, dein hei-li-ger En-gel ſei mit mir, daß der bö-ſe Feind kei-ne Macht an mir fin-de, Amen.

Und als-denn mit Freu-den an dein Werk ge-gan-gen und et-wa ein Lied ge-ſun-gen, als die Ze-hen Ge-bot, o-der was ſonſt dei-ne An-dacht gie-bet.

*

Der A-bend See-gen

Des A-bends, wenn du zu Bet-te ge-heſt, ſolt du dich ſeg-nen mit dem hei-li-gen Creu-tze, und ſa-gen:

Das walt GOtt † Va-ter, † Sohn, und Hei-li-ger † Geiſt, A-men.

Dar-auf denn kni-end o-der ſte-hend den Glau-ben und Va-ter Un-ſer, wilt du, ſo magſt du dies Ge-bet-lein da-zu ſpre-chen:

Ich dan-cke dir, mein himm-li-ſcher Va-ter, durch JE-ſum Chri-ſtum dei-nen lie-ben Sohn, daß du mich die-ſen Tag gnä-dig-lich be-hü-tet haſt, und bit-te dich, du wol-leſt mir ver-ge-ben al-le mei-ne Sün-de, wo ich un-recht ge-than ha-be, und mich die-ſe Nacht auch gnä-dig-lich be-hü-ten. Denn ich be-feh-le dir mein Leib und See-le, und al-les in dei-ne Hän-de, dein hei-li-ger En-gel ſei mit mir, daß der bö-ſe Feind kei-ne Macht an mir fin-de, A-men.

Und als-dann flugs und frö-lich ein-ge-ſchla-fen.

A a Affe. A a Apfel.

Ein Affe gar poſſirlich iſt,
Zumal wenn er vom Apfel frißt.

B b Bär. B b Baum.

Wie grauſam iſt der wilde Bär,
Wenn er vom Honigbaum kömmt her.

C c Camel. C c Cranz.

Camele tragen große Laſt,
Das Cränzlein ziert den Hochzeitgaſt.

D d Dachs. D d Degen.

Der Dachs im Loche beißt den Hund,
Soldaten macht der Degen kund.

E e Esel. E e Elle.

Der Esel träget schwere Säck,
Mit Ellen mißt der Kramer weg.

F f Frosch. F f Flegel.

Der Frosch Coax schreit Tag und Nacht,
Der Flegel gar sehr müde macht.

G g Gans. G g Gabel.

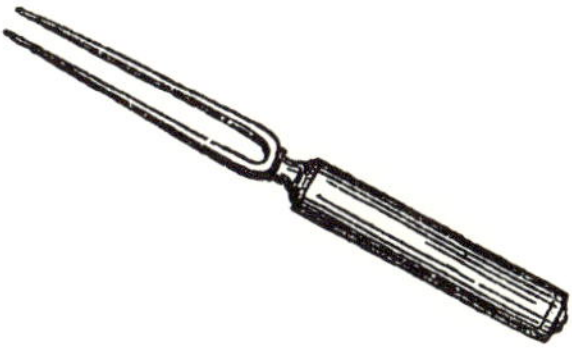

Das Fleisch der Gänse schmecket wohl,
Die Gabel es vorlegen soll.

H h Haase. H h Hammer.

Gebratne Haasen sind nicht bös,
Der Hammer giebt gar harte Stöß.

J i Jüde. J i Jägerhorn.

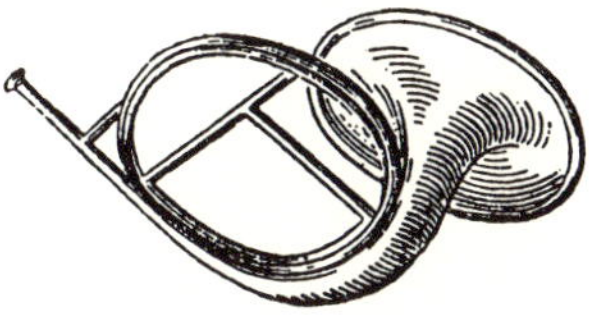

Der Jüde schindet arme Leut,
Das Jägerhorn macht Lust und Freud.

K k Katze. K k Kamm.

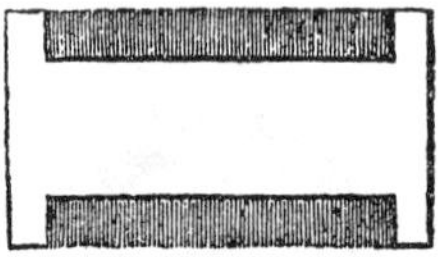

Die schlaue Katze frißt die Mäus,
Der Kamm herunter bringt die Läus.

L l Lamm. L l Licht.

Geduldig ist das Lämmelein,
Das Licht giebt einen hellen Schein.

M m Münch. M m Messer.

Zum Beten ist der Münch verpflicht,
Mit Messern stich bei Leibe nicht.

N n Nonne. N n Nagelbohr.

Die Klosternonne will thun Bus,
Ein Nagelbohr man haben muß.

O o Ochs. O o Ohr.

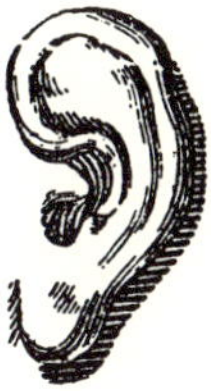

Ein Ochse stösset, daß es kracht,
Das Ohr zu hören ist gemacht.

P p Pferd. P p Peil.

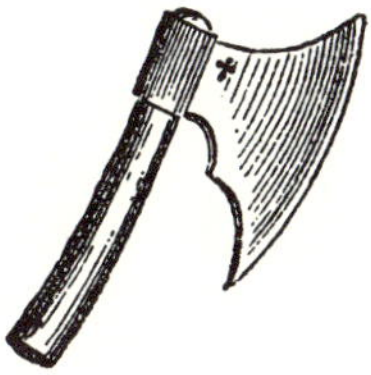

Ein Pferd dem Reuter stehet an,
Das Peil gebraucht der Zimmermann.

Q q Kuh.

Q q Quarkkäs.

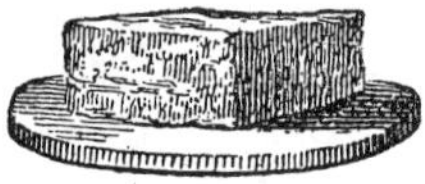

Was Wunder? die sehr rothe Kuh,
Giebt weiße Milch, Quarkkäs dazu.

R r Rab.

R r Rettig.

Der Raben Lied ist: Grab, Grab, Grab.
Vom Rettig man den Koth schabt ab.

S s Sau.

S s Scepter.

Die Sau im Koth sich wälzet sehr.
Das Scepter bringet Ruhm und Ehr.

T t Trache. T t Trage.

Vorm Trachen uns bewahre GOtt.
Die Trage uns aus aller Noth.

V v Vogelsteller. U u Uhr.

Der Vogelsteller früh aufsteht,
Er fragt nicht, ob die Uhr recht geht.

W w Wolf. W w Winkelmaas.

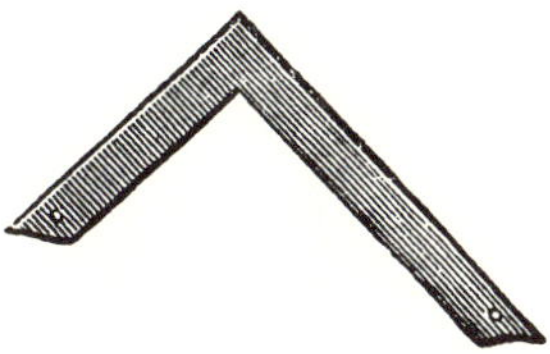

Der Wolf das Schäfgen frißt mit Haß.
Der Tischer braucht sein Winkelmaas.

X x Xanthippa. XXXXXXXXXX.

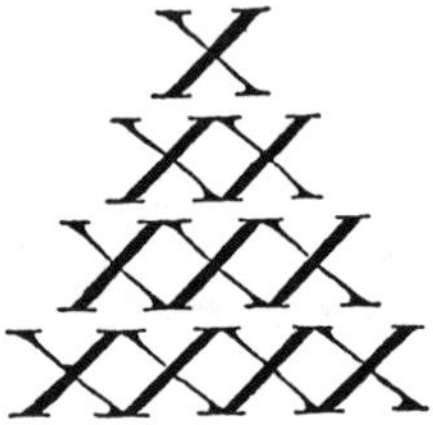

Xanthippa war eine arge Hur,
Die X mal X macht hundert nur.

Y y Ygel. Y y Yüdenkirschen.

Des Ygels Haut voll Stachel ist,
Nach Yüdenkirschen mich gelüst.

Z z Ziege. Z z Zählbret.

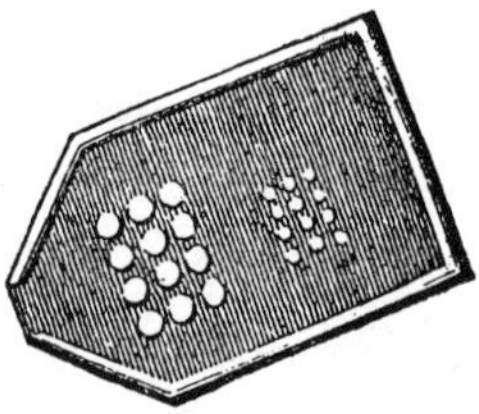

Die Ziege Käse giebt zwey Schock,
Das Zählbret hält der Ziegenbock.

SELBERLEBENSBESCHREIBUNG

Erste Vorlesung

Wonsiedel – Geburt – Großvater

Geneigteste Freunde und Freundinnen!

Es war im Jahr 1763, wo der Hubertsburger Friede zur Welt kam und gegenwärtiger Professor der Geschichte von sich; – und zwar in dem Monate, wo mit ihm noch die gelbe und graue Bachstelze, das Rotkehlchen, der Kranich, der Rohrammer und mehre Schnepfen und Sumpfvögel anlangten, nämlich im März; – und zwar an dem Monattage, wo, falls Blüten auf seine Wiege zu streuen waren, gerade dazu das Scharbock- oder Löffelkraut und die Zitterpappel in Blüte traten, desgleichen der Ackerehrenpreis oder Hühnerbißdarm, nämlich am 21ten März; – und zwar in der frühesten frischesten Tagzeit, nämlich am Morgen um 1$^1/_2$ Uhr; was aber alles krönt, war, daß der Anfang seines Lebens zugleich der des damaligen Lenzes war.

Den letzten Einfall, daß ich und der Frühling zugleich angefangen, hab' ich in Gesprächen wohl schon hundert Male vorgebracht; aber ich brenn' ihn hier absichtlich wie einen Ehrenkanonenschuß zum 101ten Male ab, bloß damit ich mich durch den Abdruck außer Stand setze, einen durch den Preßbengel schon an die ganze Welt herumgereichten Bonmot-Bonbon von neuem aufzutragen. Es ist nicht gut, wenn in die Geschichte eines Mannes – und heckte er täglich die neuen Einfälle zu Schocken – das Schicksal selber ein Wortspiel wie ein Nestei gelegt hat; auf diesem Ei sitzt und brütet er sein Leben lang und will etwas herausbringen. So hab' ich einen Balbier und einen Kutscher gekannt, welche beide auf die Frage, wie sie hießen, niemal anders oder einfacher oder mit weniger Witz [zu] antworten pflegten als: »Ihr gehorsamer Diener« – oder auch: »Ihr Diener Diener«; aber die Ursache war, jeder hatte das Unglück, *Diener* zu heißen, und damit waren sie zu einem unaufhörlichen Einfalle verdammt und ihr Passat-Witz strömte nach *einer* Richtung fort. – Um so weniger hoffe keiner von uns, meine Verehrtesten, irgendeinen Mann, der einen Eigen- und Gemeinnamen zugleich führt, wie z. B. Ochs und Rapinat (beide sonst in der Schweiz) – Wolf – Schlegel – Richter, einen solchen doppelnamigen Mann mit irgendeinem noch so glänzenden Wortnamenspiel zu überraschen; denn er hat lange genug mit seinem Namen gelebt, um nicht jede Namenanspielung, die dem Neuling seiner Bekanntschaft neu, fern und witzig vorkommt, in sich als abgenützte zu finden. Witziger wortspielte z. B. *Müllner* mit Schotten und Schatten; denn kein Schotte hielt sich je für einen Schatten, und kein Schatte für einen Schotten, denn zwei Selblauter trennen sie ewig. – Ich kehre aber zu unserer Geschichte zurück und begebe mich unter die Toten; denn alles ist aus der Welt, was mich auf sie kommen sah. Mein

Vater hieß Johann Christian Christoph Richter und war Tertius und Organist in Wunsiedel; meine Mutter, die Tochter des Tuchmachers Johann Paul Kuhn in Hof, hieß Sophia Rosina. Am Tage nach der Geburt wurd' ich vom Senior Apel getauft. Der eine Taufpate war gedachter Johann Paul; der andere Johann Friedrich Thieme, ein Buchbinder, der damals nicht wußte, welchem Mäzen seines Handwerks er seinen Namen verlieh; daher denn der von beiden zusammengeschoßne Name Johann Paul Friedrich entstand, dessen großväterliche Hälfte ich ins Französische übertragen und dadurch zum ganzen Namen Jean Paul erhoben, aus Gründen, welche in spätern Vorlesungen dieses Winterhalbjahrs vollständig angegeben werden sollen.

Aber jetzo mag der Held und Gegenstand dieser historischen Vorlesungen unbesehen in der Wiege und an der Mutterbrust so lange liegen und schlafen – da doch dem langen Morgenschlaf des Lebens nichts für allgemeinwelthistorisches Interesse abzuhören ist – so lange, sag' ich, bis ich von denen gesprochen, wenn auch nicht viel und genug, nach welchen mein Herz sich und die Feder hindrängt, von meinen Vorverwandten, von Vater, Mutter und Großeltern.

Mein Vater war der Sohn des Rektors Johann Richter in Neustadt am Kulm. Man weiß nichts von diesem als daß er im höchsten Grade arm und fromm war. Kommt einer von seinen zwei noch übrigen Enkeln nach Neustadt, so empfangen ihn [die] Neustädter mit dankbarer Freude und Liebe, alte erzählen, wie gewissenhaft und strenge sein Leben und sein Unterricht gewesen und doch wie heiter beide. Noch zeigt man ein Bänkchen hinter der Orgel, wo er jeden Sonntag betend gekniet; [und] eine Höhle, die er sich selber in den sogenannten kleinen Culm gemacht, um darin zu beten, und welche nach den Fernen offenstand, in welchen sein feuriger Sohn – obgleich nur für ihn zu feurig – mit den Musen und der Penia spielte. Die Abenddämmerung war eine tägliche Herbstzeit für ihn, worin er einige dunkle Stunden in der ärmlichen Schulstube auf- und abgehend, die Ernte des Tags und die Aussaat für den Morgen unter Gebeten überschlug. Sein Schulhaus war ein Gefängnis, zwar nicht bei Wasser und Brot, aber doch bei Bier und Brot; denn viel mehr als beide – und etwa frömmste Zufriedenheit dazu – warf ein Rektorat nicht ab, das obwohl vereinigt mit der Kantor- und Organistenstelle, doch dieser Löwengesellschaft von 3 Ämtern ungeachtet nicht mehr abwarf als 150 Gulden jährlich. Und an dieser gewöhnlichen baireuthischen Hungerquelle für Schulleute stand der Mann 35 Jahre lang und schöpfte. Allerdings hätt' er ein oder mehr Paar Bissen oder Pfennige gewonnen, wär' er weitergerückt, z. B. zu einem Landpfarrer hinauf. Sooft die Schulleute ihre Kleider wechseln, z. B. den Schulmantel in den Priestermantel, so bekommen sie bessere Kost, wie die Seidenraupen bei jeder neuen Häutung reicheres Futter erhalten, so daß ein solcher Mann die Vermehrung seiner Einkünfte durch das Vermehren seiner Arbeiten so weit treiben kann, daß er einem mit Wart- oder mit Gnadengeldern oder überhaupt hohen quieszierten Staatbeamten nachkommt, dessen fünf Notenlinien von Treffern durch die ganze Partitur der Kammer bei allem Pausieren des Instruments durchgeführt werden. –

Wenn indes mein Großvater die Eltern seiner Schüler nachmittags besuchte, mehr der Schüler als der Eltern wegen: so brachte er von dem vorhin erwähnten Bier und Brot, bei welchem er lebenlang saß, sein Stück Brot in der Tasche mit und erwartete als Gast bloß ein Kännchen Bier. Es traf sich aber endlich im Jahre 1763 – eben in meinem Geburtjahr –, daß er am 6ten August, wahrscheinlich durch besondere Konnexionen mit *Höhern* steigend, eine der wichtigsten Stellen erhielt, wogegen freilich Rektorat und Stadt und der Culmberg leicht hinzugeben waren, und zwar zählte er gerade erst 76 Jahre, 4 Monate und 8 Tage, als [er] die gedachte Stelle wirklich erhielt im Neustädter – Gottesacker; seine Gattin aber war ihm schon 20 Jahre vorher dahin vorausgegangen in die Nebenstelle. – Meine Eltern waren mit mir als 5 Monat altem Kinde zu seinem Sterbelager gereiset. Er war im Sterben, als ein Geistlicher (wie mir mein Vater öfter erzählt) zu meinen Eltern sagte: lasset doch den alten Jakob die Hand auf das Kind legen, damit er es segne. Ich wurde in das Sterbebett hineingereicht und er legte die Hand auf meinen Kopf – – Frommer Großvater! Oft hab' ich an deine im Erkalten segnende Hand gedacht, wenn mich das Schicksal aus dunkeln Stunden in hellere führte; und ich darf schon den Glauben an deinen Segen festhalten in dieser von Wundern und Geistern durchdrungenen, regierten und beseelten Welt!

Mein Vater, in Neustadt 1727 den 16ten Dezember geboren – fast mehr zum Winter des Lebens als gleich mir zu einem Frühling, würd' ich sagen, hätte seine Kraftnatur sich nicht auch in Eisberge gute Häfen einzuschneiden vermocht – konnte das Lyzeum in Wunsiedel, wie Luther die Schule in Eisenach, nur als sogenannter Alumnus oder armer Schüler genießen oder erdulden; denn wenn man 150 fl. jährliche Einnahme gehörig unter Vater, Mutter und mehre Schwestern verteilte, so mußte auf ihn selber gerade gar nichts kommen, als höchstens das Alumnus-Brot. Darauf bezog er das Gymnasium poeticum in Regensburg, um nicht nur in einer größern Stadt zu hungern, sondern auch darin statt des Laubes die eigentliche Blüte seines Wesens zu treiben. Und diese war die Tonkunst. In der Kapelle des damaligen Fürsten von Thurn und Taxis, – des bekannten Kenners und Gönners der Musik – konnte er der Heiligen, zu deren Anbetung er geboren war, dienen. Klavier und Generalbaß erhoben ihn zwei Jahrzehende später zu einem geliebten Kirchenkomponisten des Fürstentums Baireuth. An Karfreiabenden erfreuete er oft sich und uns Kinder mit den Darstellungen der heiligen Allmacht, womit an eben diesen Tagen die Töne in katholischen Kirchen die Seelen hoben und heiligten. Ich muß leider bekennen, daß mir, als ich vor einigen Jahren in Regensburg war, unter allen dortigen Antiken und Vergangenheiten – nicht einmal den Reichstag ausgenommen – das väterliche gedrückte Leben die wichtigste war; und ich dachte im Thurn und Taxischen Palast und in den engen Gassen, wo ein paar Dickbäuche ein schweres Ausweichen haben, oft an die einklemmenden Wege und engen Pässe seiner Jugendtage. Darauf studierte er statt der Tonkunst in Jena und Erlangen Theologie, vielleicht bloß um in Baireuth, wo sein Sohn alle diese Nachrichten sammelt, als Hauslehrer eine Zeit lange, d. h. bis in sein 32tes Jahr, sich abzuplagen. Denn schon 1760 rang er dem Staate den Posten eines Organisten und Tertius in Wonsiedel ab; und machte sonach unter dem Baireuther Markgrafen mehr und früheres Glück als jener Kandidat in Hannover, wovon ich gelesen, welcher 70 Jahre alt wurde und doch keine andere Stelle in der Kirche bekam als eine darneben im Kirchhofe.

Nur fürchte aus dem bisherigen ja niemand von meinen Zuhörern, daß sie etwan einen Vater von mir vorbekommen, welcher erbärmlich wie einige neuere Überchristen in tränennasse Schnupftücher eingewindelt daherzieht; er lebte auf Flügeln, und wurde als der anmutigste Gesellschafter voll Scherz in den Familien von Brandenburg und Schöpf gesucht. Die Kraft des geselligen Scherzes begleitete ihn durch sein ganzes Leben, indes er im Amte als strengster Geistlicher und auf der Kanzel als sogenannter Gesetzprediger galt. In seiner Vaterstadt gewann er durch seine begeisterten Predigten seine Anverwandten, in Hof im Vogtland noch etwas Wichtigeres, eine Braut und was noch schwerer war, die reichen Schwiegereltern dazu. Wenn ein Bürger, der durch Tuchmachen und Schleierhandel wohlhabend geworden, von seinen zwei einzigen Töchtern die schönste kränklichzart gebildete und geliebteste einem dürftigen Tertius, der mit seinen Gläubigern eine Tagreise von ihm wohnt, nicht versagt: so konnte auf der einen Seite dieser Tertius nur mit vielem Verdienste der persönlichen Erscheinung und mit dem Ruhm und Eindruck großer Kanzelgaben Tochter und Eltern erobert haben, und auf der andern mußte in dem Tuchmacher eine über sein Tuch und Geld erhobene Seele wohnen, für welche der Stand des Talents und der geistlichen Würde in einem höhern Lichte erschien als der gleißende Silberhaufe eines gemeinen Wesens. Im Jahre 1761 den 13ten Oktober ging die Liebende als Braut mit ihren Schätzen in sein enges Schulhäuschen, das er zum Glück ohnehin durch kein Hausgeräte noch enger gemacht. Sein heiteres Leben, seine Gleichgültigkeit gegen Geld verbunden mit seinem Vertrauen auf seine Haushälterin ließen in der Tertiat-Konchylie überflüssig-leeren Raum für alles offen, was aus Hof von fahrender Habe Platz nehmen wollte; – aber meine Mutter – so waren die damaligen Eheleute und einige jetzige – stieß sich in der ganzen Ehe so wenig an diese Leerheit als mein Vater selber. Der kräftige Mann muß den Mut haben, ebensogut eine Landreiche zu ehelichen als eine Hausarme.

In meinen historischen Vorlesungen wird zwar das Hungern immer stärker vorkommen – bei dem Helden steigts sehr – und wohl so oft als das Schmausen in Thümmels Reisen und das Teetrinken in Richardsons Clarisse; aber ich kann doch nicht umhin, zur Armut zu sagen: sei willkommen, sobald du nur nicht in gar zu späten Jahren kommst. Reichtum lastet mehr das Talent als Armut und unter Goldbergen und Thronen liegt vielleicht mancher geistige Riese erdrückt begraben. Wenn in die Flammen der Jugend und vollends der heißen Kräfte zugleich noch das Öl des Reichtums gegossen wird: so wird wenig mehr als Asche vom Phönix übrig bleiben; und nur ein Goethe hatte die Kraft, sogar an der Sonne des Glücks seine Phönixflügel nicht kürzer zu versengen. Der arme historische Professor hier möchte um vieles Geld nicht in der Jugend viel Geld gehabt haben. Das Schicksal macht es mit Dichtern wie wir mit Vögeln und verhängt dem Sänger so lange den Bauer finster, bis er endlich die vorgespielten Töne behalten, die er singen soll.

Nur aber verschone, gerechtes Geschick, einen alten Menschen mit Darben! Der, gerade dieser soll und muß etwas haben; seinen Rücken haben schon die schweren Jahre zu krumm gebogen, und er kann sich nicht mehr aufrichten und wie Jünglinge Lasten leicht tragen auf dem Kopfe. Der alte Mensch braucht die Ruhe in der Erde schon auf ihr; denn er hat ja keine pflanzende blühende Zukunft mehr als Folie für seine Gegenwart. Er will zwei Schritte vom letzten und tiefsten Schlafbette ohne andere Vorhänge als Blumen im Großvaterstuhl des Alters noch ein wenig ruhen und schlummern und noch einmal halb im Schlafe die Augen aufmachen und die alten Sterne und Wiesen seiner Jugend anschauen, und ich habe so wenig dagegen – da er doch sein Wichtigstes getan hat, sogar für die andere Welt – wenn er sich abends freuet auf sein Frühstück und am Morgen auf sein Bett und wenn ihn als zum zweiten Male ein Kind die Welt unter den unschuldigen Sinnenfreuden entläßt, womit sie ihn als erstes aufgenommen.

Nur einen einzigen Fehlentschluß meines Vaters könnte man vielleicht auf die Rechnung der Dürftigkeit setzen, daß er nämlich anstatt sein ganzes musikalisches Herz der Tonmuse zu geloben, wie ein Mönch [sich] dem Predigtamte hingab und daß [er] sein Ton-Genie in eine Dorfkirche begraben ließ. Freilich war damals – zumal nach der Meinung bürgerlicher Schwiegereltern – das Kirchenschiff das Proviant- und Luftschiff, und der dürftige Musensohn suchte in den Kanzelhafen einzulaufen. Aber wer eine nicht von Bedürfnissen und Abrichtungen aufgedrungne mit ihm aufgewachsene Deklination und Inklination seiner Magnetnadel in sich fühlt: der folge ihrer Weisung getrost als einer Nadel durch die Wüste hin. Hätte gegenwärtiger Professor der eignen Geschichte seinem Vater, wie dieser es selber begehrte, nachgeahmt: so hielte er jetzo statt dieser Vorlesungen heilige Amtreden, sowohl Kasual- als andere Reden und etwan im »allgemeinen Magazin für Prediger« dürft' er stehen, nur leider dasselbe über Gebühr anschwellend.

Aber mein Vater wurde im Grunde weder sich noch der Ton-Muse untreu. Besuchte sie ihn denn nicht als alte Geliebte im Nonnengewande der heiligen Jungfrau und brachte ihm im einsamen tonlosen Pfarrdorf Joditz jede Woche Kirchenmusiken mit? – Und auf der andern Seite wohnte noch eine andere Kraft neben seiner musikalischen in ihm und suchte ihren Spielraum, die Kanzel; denn wenn gewöhnlich der große Tonkünstler nach einer alten Bemerkung nur das sinnliche Trinken und nach Lavater das sinnliche Essen sucht und so der Kapellmeister als sein Selbkellermeister und als sein Selbspeisemeister erscheint: so hört man eben nicht, daß sie besondere Kanzelredner dabei waren. Beredsamkeit, die prosaische Wand- und Türnachbarin der Poesie, wohnte im Predigerherzen meines Vaters; und dieselben Sonnenstrahlen des Genius, die am Morgen seines Lebens in ihm wie in einem Memnons-Bild Wohllaute weckte[n], wurden später auf der Kanzel warmes Licht und endlich der Donner der Gesetzpredigten.

– Ich merke wohl, meine Zuhörer, daß ich lange von meinen Anverwandten rede und sie sehr lobe; aber ich will ja sogleich von mir zu reden anfangen und kaum damit aufhören. Zwar das Lob selber, das ich meinen Vätern hier erteile, käme ihm, wenn er noch lebte, noch so bedeutend vor als es mir selber leer erscheint, wenn ich mir ihn in der Ewigkeit vorstelle, wo er sich unter den Seligen nicht sonderlich damit brüsten wird, daß er im Jahr 1818 von meinem Lehrstuhl herab wieder als Kirchenkomponist der Baireuther Markgrafschaft ausgerufen worden; – und ganz dasselbe und dieselbe Kälte gegen alles Loben soll mein Sohn von mir voraussetzen, wenn er einst in der Zeit, wo ich schon ein Seliger bin, den allgemeinen Beifall, den meine Werke gewonnen, feurig der Welt erzählt; er soll aber, sowenig als ich, deshalb kälter oder kürzer malen.

Meine verehrtesten Herren, ich würde überhaupt Ihnen zehnmal lieber historische Vorlesungen über meine Voreltern halten als über mich selber. Wie anders gestaltet sich die sonst uns fremdartige Vorzeit, wenn unsere Verwandten durch sie ziehen und sie mit unserer Gegenwart verbrüdern und verketten! Und zu beneiden ist der Mann, welchen die Geschichte von Voreltern zu Voreltern namentlich zurückbegleitet und ihm eine graue Zeit in eine grüne umfärbt. Denn wir können uns die Zeiten, worin unsere Vor- und Ureltern lebten, und diese selber sogar in ihrem Alter nicht anders als im Jugendglanz und Jugendfrische denken, so wie wir unsere Nachwelt uns eigentlich aus Greisen, nicht aus Jünglingen zusammensetzen. – –

Ich kehre endlich zu dem Helden und Gegenstande unserer historischen Vorlesungen zurück [und] hebe besonders den Umstand heraus, daß ich in Wonsiedel (unrichtiger Wunsiedel), einer Stadt am Fichtelgebirge, geboren bin. Das Fichtelgebirge, fast die höchste Gegend Deutschlands, gibt seinen Anwohnern Gesundheit (sie können am ersten das Alexandersbad entbehren) und starken hochgebaueten Wuchs; und der Professor läßt seine Zuhörerinnen entscheiden, ob er in seiner Lehrkanzel als Bestätigung davon oder als Ausnahme erscheint. Verdrüßlich ists übrigens für einen Mann, der am liebsten in seiner Geburtstadt sich einen Namen machen will, daß die Wonsiedler gerade das R bei Mitte und Ende der Wörter verschlucken, mit welchem doch bekanntlich der Name *Richter* beginnen und beschließen muß. Übrigens standen von jeher die Wonsiedler mit den Lorbeerkränzen der Kriegtapferkeit da, die ich von ihnen als meinen Geburtstadt-Ahnen mir wünschen muß; und es ist hinlänglich bekannt, wie sie den Hussiten widerstanden und obgesiegt; und ich bin, wenn man statt der Hussiten Rezensenten setzt, vielleicht nicht aus der tapfern Art geschlagen, wenn man meine Siege über meine Feinde zählen will, vom Hussiten Nicolai an bis zum Hussiten Merkel. – Von jeher war in Wonsiedel, der sechsten Stadt in den sogenannten Sechsämtern, wenigstens für Patriotismus und für Vereine zu Hülfe und zu Recht, ein sechster Schöpfungstag und deutsche Treue und Liebe und Kraft hielten sich da auf. – Ich bin gern in dir geboren, Städtchen am langen hohen Gebirge, dessen Gipfel wie Adlerhäupter zu uns niedersehen! – Deinen Bergthron hast du verschönert durch die Thronstufen zu ihm; und deine Heilquelle gibt die Kraft – nicht dir, sondern – dem Kranken, hinaufzusteigen zum Thronhimmel über sich und zum Beherrschen der weiten Dörfer- und Länderebene. – Ich bin gern in dir geboren, kleine, aber gute lichte Stadt! –

Es ist eine bekannte Beobachtung, daß die Erstgebornen gewöhnlich weiblichen Geschlechts sind. Von dieser Beobachtung macht der Gegenstand dieser Geschichte keine Ausnahme ungeachtet seines Rechts der Erstgeburt; denn da die Eltern im Oktober 1761 getrauet und er 1763 im März geboren worden: so ging ihm (wie er gehört) ein Wesen – für die Erde nur ein Schatten – voraus; und fing vielleicht, ohne das Licht der Welt erblickt zu haben, im Lichte einer andern das Dasein an.

Tief hinunterreichende Erinnerungen aus den Kindjahren erfreuen, ja erheben den bodenlosen Menschen, der sich in diesem Wellendasein überall festklammern will, unbeschreiblich und weit mehr als das Gedächtnis seiner spätern Schwungzeiten; vielleicht aus den zwei Gründen, daß er durch dieses Rückentsinnen sich näher an die von Nächten und Geistern bewachten Pforten seines Lebens zurückzudrängen meint und daß er zweitens in der geistigen Kraft eines frühen Bewußtseins gleichsam eine Unabhängigkeit vom verächtlichen kleinen Menschkörperchen zu finden glaubt. Ich bin zu meiner Freude imstande, aus meinem zwölf-, wenigstens vierzehnmonatlichen Alter eine bleiche kleine Erinnerung, gleichsam das erste geistige Schneeglöckchen aus dem dunkeln Erdboden der Kindheit noch aufzuheben. Ich erinnere mich nämlich noch, daß ein armer Schüler mich sehr liebgehabt und ich ihn und daß er mich immer auf den Armen – was angenehmer ist als oft später auf den Händen – getragen und daß er mir in einer großen schwarzen Stube der Alumnen Milch zu essen gegeben. Sein fernes nachdunkelndes Bild und sein Lieben schwebte mir über spätere Jahre herein; leider weiß ich seinen Namen längst nicht mehr; aber da es doch möglich wäre, daß er noch lebte hoch in den Sechzigern und als vielseitiger Gelehrter diese Vorlesungen in Druck vorbekäme und sich dann eines kleinen Professors erinnerte, den er getragen und geküßt – – ach Gott, wenn dies wäre und er schriebe oder der ältere Mann zum alten käme! – Dieses Morgensternchen frühester Erinnerung stand in den Knabenjahren noch ziemlich hell in seinem niedrigen Himmel, erblaßte aber immer mehr, je höher das Taglicht des Lebens stieg; – und eigentlich erinnere ich mich jetzo nur dies klar, daß ich mich früher von allem heller erinnert. –

Da mein Vater schon im Jahre 1765 als Pfarrer nach Joditz berufen worden: so kann ich mein Wonsiedler Kindheitreliquiarium desto reiner von den ersten frühen Joditzer Reliquien und Erinnerungen abscheiden.

Das Pfarrdorf ist nun der zweite Aufzug dieses kleinen historischen Monodramas, wo Sie, hochgeehrteste Herren und Frauen, den Helden des Stücks schon in ganz andern Entwicklungen antreffen werden in der zweiten Vorlesung. Denn jede Vorlesung spielt an einem andern Wohnorte. Es ist überhaupt die ganze Geschichte dieser Vorlesungen – oder die Vorlesungen dieser Geschichte – so kunstmäßig und glücklich durch alles geordnet, daß von den gewöhnlichen drei Einheiten eines historischen Stücks nur nach der ersten des Orts – da ich ja in den verschiedenen Orten meines Aufenthaltes vorkommen und auftreten muß – keine weiter als die Einheit der Zeit verletzt wird, weil der Held vom Antritt seines Lebens bis zum Antritt seiner Professur ja immer aus einer Zeit in die andere gehen muß, noch abgerechnet, daß er unter dem Darstellen und Spielen des Stücks ja selber durch Älterwerden die Einheit der Zeit beleidigt. Dafür [entschädigt] aber die durchgängige Einheit des Interesses, die schwerlich größer zu denken ist. Schon hebt aber das Steigen unseres Helden an und wir haben die Freude, die historische Person, die wir als bloßen Tertiussohn in der ersten Vorlesung verlassen, schon nach zwei Jahren als Pfarrsohn in der zweiten anzutreffen; denn 1765 wurde mein Vater nach Joditz voziert von der Freifrau von Plotho in Zedwitz, eine geborne Bodenhausen, die Gemahlin desselben Plotho, der unter Friedrich dem Einzigen im Reichstag einen österreichischen Gesandten geradezu aus Gründen die Treppe herabgeworfen.

Zweite Vorlesung

(welche den Zeitraum von 1765 bis 177[5] umfaßt)

Joditz – Dorfidyllen

Verehrteste Herren und Frauen!

Sie finden jetzo den Professor der Selbergeschichte im Pfarrdorfe Joditz, wo er in einer Weiberhaube und einem Mädchenröckchen mit seinen Eltern eingezogen; die Saale, gleich mir am Fichtelgebirge entsprungen, war mir bis dahin nachgelaufen, so wie sie, als ich später in Hof wohnte, vorher vor dieser Stadt unterwegs vorbeiging. Der Fluß ist das Schönste, wenigstens das Längste von Joditz, und läuft um dasselbe an einer Berghöhe vorüber, das Örtchen selber aber durchschneidet ein kleiner Bach mit seinem Stege kreuzweise. Ein gewöhnliches Schloß und Pfarrhaus möchten das Bedeutendste von Gebäuden da sein. Die Umgegend ist nicht über zweimal größer als [das] Dörfchen, wenn man nicht steigt. – Und doch ist das Dorf für einen Professor der eignen Geschichte noch wichtiger als die Stadt der Geburt, weil er in ihm das Wichtigste, nämlich die Knabenolympiaden verlebte.

Niemals konnt' ich den 19 Städten, die sich (nach Suidas) um die Ehre homerische Geburtörter zu sein, zankten, meine Stimme geben, ebensowenig als den verschiednen holländischen Ortschaften, die (nach Bayle) sämtlich den Erasmus geboren haben wollten; denn sogar am Orte des Grabes konnten Einwohner mehr Anteil des Verdienstes – vielleicht auch Tadels – haben als an dem Orte der Wiege. Obgleich im ganzen gar so viele Fürsten in Residenzstädten geboren werden: so rühmem sich doch London, Paris, Berlin und Wien nicht damit; sonst müßten sich im umgekehrten Verhältnisse alle die Städte und Dörfer schämen, wo große Spitzbuben geboren worden. Höchstens Geburtländer möchten die Ehre der Geburtörter sich anmaßen dürfen, wenn in ihnen durch die Mehrheit guter Geburten etwas für ihren Himmelstrich und die Bewohner desselben entschieden wird; aber *ein* Pindar in Bäotien macht aus diesem noch keinen Schwalbensommer.

Aber die eigentliche Geburtstadt und zwar die geistige ist der erste und längste Erziehort; sogar schon für die weltberühmten Männer, welche Erziehung selten brauchen und selten gebrauchen; wieviel mehr aber für dorf- und stadtberühmte Mittel-Männer, wie mein Held ist, der so viel durch Erziehen und Verziehen gewonnen und der durch beides in Verbindung mit Lektüre (nur eine größere Er- und Verziehanstalt) wirklich das geworden, was er eben ist, ein Hildburghäuser Gesandtschaftrat, ein Heidelberger Doktor der Philosophie und nachher ein dreifaches Mitglied verschiedener Gesellschaften und gegenwärtiger unwürdiger Besitzer dieses selberhistorischen Professorats.

Lasse sich doch kein Dichter in einer Hauptstadt gebären und erziehen, sondern womöglich in einem Dorfe, höchstens in einem Städtchen. Die Überfülle und die Überreize einer großen Stadt sind für die erregbare schwache Kindseele ein Essen an einem Nachtisch und Trinken gebrannter Wasser und Baden in Glühwein. Das Leben erschöpft sich an ihm in der Knabenzeit und er hat nun nach dem Größten nichts mehr zu wünschen als höchstens das Kleinere, die Dorfschaften. Man gewinnt und errät aber nicht so viel, wenn man aus der Stadt ins Dorf kommt als umgekehrt aus Joditz nach Hof. Denk' ich vollends an das Wichtigste für den Dichter, an das Lieben: so muß er in der Stadt um den warmen Erdgürtel seiner elterlichen Freunde und Bekanntschaften die größern kalten Wende- und Eis-Zonen der ungeliebten Menschen ziehen, welche ihm unbekannt begegnen und für die er sich so wenig liebend entflammen oder erwärmen kann als ein Schiffvolk, das vor einem andern fremden Schiffvolk begegnend vorübersegelt. Aber im Dorfe liebt man das ganze Dorf und kein Säugling wird da begraben, ohne daß jeder dessen Namen und Krankheit und Trauer weiß; Joditzer haben sich alle ineinander hineingewohnt und hineingewöhnt; – und dieses herrliche Teilnehmen an jedem, der ein Mensch, welches daher sogar auf den Fremden und den Bettler überzieht, brütet eine verdichtete Menschenliebe aus und die rechte Schlagkraft des Herzens. – Und dann, wenn der Dichter aus seinem Dorfe wandert, bringt er jedem, der ihm begegnet, ein Stückchen Herz mit und er muß weit reisen, eh er endlich damit auf den Straßen und Gassen das ganze Herz ausgegeben hat. –

Allerdings gibt es noch ein größeres Unglück als das, in einer Hauptstadt erzogen zu sein – nämlich das, unterwegs erzogen zu werden als ein vornehmes Kind, das nun jahrelang durch fremde Städte und Menschen fährt und kein Haus kennt als den Kutschenkasten.

Wir nähern uns wieder mehr unserem Pfarrsohne, dessen Leben in Joditz ich am besten darzustellen glaube, wenn ich dasselbe später als einen ganzen Idyllenjahrgang vorüberziehen lasse. Aber wie Nebelwetter gehe das voraus, was nicht zu den hellen Tagen gehört; und dies ist mein Unterricht; obwohl freilich am Ende – erst nach 10 Jahren – dieser Nebel fiel. Alles Lernen war mir Leben und ich hätte mit Freuden, wie ein Prinz, von einem Halbdutzend Lehrern auf einmal mich unterweisen lassen, aber ich hatte kaum einen rechten. Noch erinnere ich mich der Winterabendlust, als ich aus der Stadt endlich das mit einem Griffel als Zeilenweiser versehene Abcbuch in die Hand bekam, auf dessen Deckel schon mit wahren goldnen

Buchstaben (und nicht ohne Recht) der Inhalt der ersten Seite geschrieben war, der aus wechselnden roten und schwarzen bestand; ein Spieler gewinnt bei Gold und rouge et noir weniger an Entzücken als ich bei dem Buche, dessen Griffel ich [nicht] einmal anschlage. Damit bezog ich nun – nachdem ich bei meinem Innern Privatissima genug genommen und die tiefern Schulklassen durchgemacht – in einer grüntaftnen Haube, aber schon in Höschen (die Schulmeisterin ersetzte öffentlich dabei meine schwachen Händchen) die hohe Schule, nämlich die der Pfarrwohnung gegenübergelegene Schulmeisterwohnung und sagte gleich jedem auf mit dem Griffel. Wie gewöhnlich gewann ich alles Lebende in der Stube lieb, und den lungensüchtigen magern, aber aufgeweckten Schulmeister zuerst, mit welchem ich alle Wartangst teilte, wenn er hinter seinen zum Fenster hinausgehaltenen Finkenkloben auf einen anfliegenden Stieglitz lauerte, oder wenn er das Zuggarn über die Emmerlinge auf dem Vogelherde draußen im Schnee herüberzuschlagen vorhatte. Aus der grönländischen Winterschwüle der vollen Schulstube erinnre ich mich noch vergnügt der langen ausgestopften Zapfen aus Leinwand, welche in kleinen durch die Holzwand gebohrten Luftlöchern steckten und die man nur herauszuziehen brauchte, um in den offnen Mund die herrlichsten Erfrischungen von Luft aus dem Froste draußen einzunehmen. Jeder neue Schreibbuchstabe vom Schulmeister erquickte mich wie andere ein Gemälde; und um das Aufsagen der Lektion beneidete ich andere, da ich gern wie die Seligkeit des Zusammensingens auch die des Zusammenbuchstabierens genossen hätte.

War es 12 Uhr und das Essen noch nicht fertig: so konnte mir und meinem verstorbnen Bruder Adam, ob ihm gleich jedes Vogelnest lieber war als ein ganzer Musensitz, nichts Erwünschteres begegnen; denn wir flogen mit unserem Hunger in die Schule, um keine Minute zu versäumen, sondern ihn erst nachher zu stillen. Man machte viel aus dieser lernbegierigen Aufopferung; aber ich weiß noch gut, daß an ihr die gewöhnliche Neigung der Kinder, von der täglichen Ordnung abzuweichen, den größern Anteil hatte; wir wollten gern um 3 Stunden später essen; gerade so wie wir deshalb uns auf das Spätessen des Fast- und Bußtags freueten. Geht alles im Hause recht durcheinander – z. B. durch Ausweißen der Zimmer, oder gar durch Ausziehen in ein fremdes Haus oder durch Ankunft vieler Gäste – so wissen sich die kleinen Menschnarren nichts Schöneres.

Leider schloß ich mir selber durch eine unzeitige Klage bei meinem Vater, daß ein langer Bauersohn (*Zäh* ist sein Name für die Nachwelt) mich mit einem Einlegmesser ein wenig auf die Fingerknöchel geschlagen, auf immer die Schulstube zu. Er, in seinem ehrgeizigen Zorne, gab nun mir und meinen Brüdern allein den Unterricht; und mir gegenüber mußt' ich jeden Winter die Schulkinder in einen Hafen einlaufen sehen, der mir versperrt war. Indes blieb mir doch die Nebenfreude, häufig dem Schulmeister die Bullen und Dekretalen seines Dorfpapstes zu überbringen und statt der römischen agnus dei oder geweihten Windeln und Rosen Christgeschenke, die Schlachtschüssel, oder sonst einen Teller mit Essen.

Vier Stunden vor- und drei nachmittags gab unser Vater uns Unterricht, welcher darin bestand, daß er uns bloß auswendig lernen ließ, Sprüche, Katechismus, lateinische Wörter und Langens Grammatik. Wir mußten die langen Geschlechtregeln jeder Deklination samt den Ausnahmen, nebst der beigefügten lateinischen Beispiel-Zeile lernen, ohne sie zu verstehen. Ging er an schönen Sommertagen über Land: so bekamen wir so verdammte Ausnahmen wie panis piscis zum Hersagen für den nächsten Morgen auf, von welchen mein Bruder Adam, dem der ganze lange Tag kaum zu seinem Herumrennen und Kindereien aller Art zulangte, gewöhnlich kein Achtel im Kopfe übrig hatte. Denn nur selten erlebte er das Glück, so köstliche Deklinationen wie scamnum oder gar wie cornu in der Einzahl, wovon er allerdings jedesmal wenigstens die lateinische Hälfte trefflich herzusagen wußte, aufgegeben zu bekommen. Übrigens glauben Sie mir, meine Herren und Frauen, wars gar nichts Leichtes, an einem blauen Juniustag, wo der Allherrscher Vater nicht zu Hause war, sich selber in einen Winkel festzusetzen und gefangen zu nehmen und zwei oder drei Seiten von Vokabeln desselben Buchstabens und ähnlichen Klanges auswendig zu lernen, an einem blauen langen Wonnetag, sag' ich, war es nichts Leichtes, sondern mehr an einem weißdunkeln kurzen Dezembertag und man muß sich nicht wundern, wenn mein Bruder Adam desfalls immer Schläge von solchen Tagen davontrug. Professor dieser eignen Geschichte darf aber den allgemeinen Satz aufstellen, daß er überhaupt *niemal* in seinem ganzen *Schüler*leben ausgeprügelt worden, weder gliederweise, geschweige vollends im ganzen; der Professor wußte immer das Seinige.

Nur werfe dieses bloße Auswendiglernenlassen kein falsches Licht auf meinen unverdroßnen und liebevollen Vater. Er, der den ganzen Tag dem Aufschreiben und Auswendiglernen der Predigten für seine Bauern opferte bloß aus überstrenger Amtgewissenhaftigkeit, da er die Kraft seiner improvisierenden Beredsamkeit mehrmal erfahren hatte, und er, der im wöchentlichen Besuche der Schulstube und im Verdoppeln öffentlicher Kinderlehren und überall die Pflichten mit Opfern überbot, und der mit einem weichen warmen Vaterherzen an mir am meisten hing und leicht über kleine Zeichen meiner Anlagen oder Fortschritte in frohes Weinen ausbrach, dieser Vater machte in seiner ganzen Erziehweise keine andern Fehler – so seltsame auch noch vorkommen mögen – als die des Kopfes, nicht des Willens.

Eigentlichen Schullehrern ist sogar diese Methode anzuempfehlen, weil bei keiner so viel Zeit und Mühe zu ersparen ist, als bei dieser wahrhaft bequemen, wo der Zögling am Buche den Vikarius oder Adjunktus des Lehrers oder dessen curator absentis bekommt und wie ein kräftiger Hellseher, sich selber magnetisiert. Ja dieses geistige Selberstillen der Kinder läßt eine solche Ausdehnung zu, daß ich mir getraue, durch die bloße Briefpost ganzen Schulen in Nordamerika vorzustehen oder in der alten Welt funfzig Tagreisen entfernten, indem ich meiner Schuljugend bloß schriebe, was sie täglich auswendig zu lernen hätte, und einen unbedeutenden Menschen hielte, dem sie es hersagte, und ich genösse das Bewußtsein ihrer schönen geistigen Fastensonntage reminiscere.

Im Speccius übersetzte ich auf Befehl viel vom Anfange ins Lateinische mit der Freude, womit ich jeden neuen Zweig des Lernens abbeerte; die letzte Hälfte desselben bracht' ich von selber ins Latein, aber ohne einen Korrektor der Fehler zu finden. Die Colloquia (Gespräche) in Langens Grammatik weissagt' ich mir deutsch aus Sehnsucht ihres Inhalts; aber mein Vater ließ mich in Joditz nichts übersetzen. In einer lateinisch geschriebnen Grammatik der griechischen Sprache studiert' ich durstig und hungrig das Alphabet und schrieb am Ende ziemlich griechisch, was nämlich die Handschrift anlangt. Wie gern hätt' ich mehr gelernt und wie leicht! Wenn nicht der Leib, doch der Geist einer Sprache fuhr leicht in mich hinein, wie die dritte Vorlesung unseres Winterhalbjahrs wohl der Welt am besten zeigen wird.

Nur einmal an einem Winter-Nachmittage – ich mochte etwa 8 oder 9 Jahre alt sein – als mein Vater ein kleines lateinisches Wörterbuch mit mir treiben wollte, d. h. es mich auswendig lernen lassen und ich ihm die erste Seite vorher abzulesen hatte: las ich lingua ungeachtet seiner Verbesserung nicht lingwa, sondern immer lin-gua; und wiederholte denselben Fehler allen Korrekturzeichen zum Trotze so oft, daß er wild wurde und in zorniger Ungeduld auf immer mir das Vokabelnbuch und dessen Erlernen entzog. Noch jetzo kann ich der Quelle dieser hartnäckigen Dummheit nicht auf den Grund kommen; mein Herz aber – dies sagt' es selber mir durch mein ganzes Leben hindurch – war mit keinem Mutwillen im Spiele, so wie überall nicht, so am wenigsten hier gegen den Vater, der mir ja durch ein neues Lernbuch eine neue Knabenlust anbot. Es wird aber absichtlich dieser historische Zug in unserem Hörsaale erzählt, damit die Unparteilichkeit des Geschichtforschers und Geschichtprofessors sich durch die Mängel erweise, auf die er sogar geradezu an einem Helden anerkennend hinweiset, den er sonst gern überall, wo nur Wahrheit es verstattet, im glänzendsten Licht vorführt. – Übrigens aber wie oft sagen unverstanden und mißverstanden die armen unschuldigen Menschen im Leben lin-gua anstatt des so richtigen ling-wa, und noch dazu mit der Zunge (lingua), die zugleich auch Sprache bedeutet! –

Geschichte übrigens – sowohl alte als neue –, Naturgeschichte, ferner das Wichtigste aus der Erdbeschreibung, desgleichen Arithmetik und Astronomie so wie Rechtschreibung, alle diese Wissenschaften lernt' ich zwar hinlänglich kennen, aber nicht in Joditz – wo ich recht gut ohne ein Wort von ihnen zwölf Jahre alt wurde – sondern mehre Jahre später schriftlich und brockenweise aus der Allgemeinen Bibliothek. Desto lechzender war mein

Durst nach Büchern in dieser geistigen Saharawüste. Ein jedes Buch war mir ein frisches grünes Quellenplätzchen, besonders der orbis pictus und die Gespräche im Reiche der Toten; nur war die Bibliothek meines Vaters, wie manche öffentliche, selten offen, ausgenommen wenn er nicht darin und daheim war. Wenigstens lag ich doch oft auf dem platten Dache eines hölzernen Gitterbettes (ähnlich einem vergrößerten Tierkäfig) und kroch wie der große Jurist Baldus auf Büchern, um eines für mich zu haben. Man erwäge nur, in einem volkleeren Dorfe, in einem einsamen Pfarrhause mußten für eine so hörbegierige Seele Bücher sprechende Menschen, die reichsten ausländischen Gäste, Mäzene, durchreisende Fürsten und erste Amerikaner oder Neuweltlinge für einen Europäer sein.

Ich verstand zwar die Quartbände der Gespräche im Reiche der Toten als ein historischer Abcschütz nicht im geringsten; aber ich las sie so gut wie die Zeitungen als ein geographischer, und konnte aus beiden viel berichten. So wie ich meinem Vater aus jenen erzählte – einmal abends ohne seine Mißbilligung die während seiner Abwesenheit gelesene Liebegeschichte der Roxelane mit dem türkischen Kaiser – so trieb ich es ebensoweit mit Zeitungen-Extrakten bei einer alten Edelfrau. Er bekam nämlich von seiner Patronatherrin Plotho in Zedwitz die Baireuther Zeitung geschenkt; monatlich, oder vierteljährig – sooft er eben nach Zedwitz ging – brachte er einen Monat- oder Vierteljahrgang auf einmal nach Hause und ich und er lasen sie mit Nutzen, eben weil wir sie mehr band- als blattweise bekamen. Eine politische Zeitung gewährt, nicht blatt- sondern heft- und bandweise gelesen, wahrhafte Berichte, weil sie erst im Spielraume eines ganzen Heftes Blätter genug zum Widerruf ihrer andern Blätter gewinnt, und sie kann gleich dem Winde ihre wahre Farbe nicht in einzelnen Stößen und Stücken zeigen, sondern nur in ihrem großen Umfang, wie eben gedachte Luft erst in Masse ihre himmelblaue Farbe. Gewöhnlich am Morgen trug ich meinen Neuigkeiten-Atlas in das Schloß zur alten Frau von Reizenstein und weissagte ihr am Kaffeetischchen eines und das andere von dem, was ich ihr gebracht, und ließ mich loben. Noch erinnere ich mich einer damals oft vorkommenden Mehrzahl »Konföderierte«. Höchst wahrscheinlich war in Polen der Plural; aber ich entsinne mich nicht des geringsten an ihnen genommenen Anteils, wahrscheinlich weil ich nichts vom ganzen Handel verstand. So parteilos und ruhig wurden nun in unserem Dorfe die polnischen Affären beurteilt, sowohl von mir als von der alten Frau von Reizenstein, meiner Zuhörerin.

Die lerndurstigen Wurzeln unsers Helden drängten und krümmten sich überall umher, um zu erfassen und zu saugen. Er verfertigte Uhren, bei denen ihm die Zifferblätter am besten gerieten und welche ihren Perpendikel und *ein* Rad und Gewichter hatten und gut standen. Sogar eine Sonnenuhr erfand er, indem er auf einem Holzteller ein Zifferblatt mit Dinte schrieb und den Teller mit dem Zeigerblech nach der Turmuhr stellte und befestigte; und so wußt' er häufig, welche Zeit es war. Zifferblätter macht' er, wie viele Staaten, am liebsten an Uhren und voraus und, wie Lichtenberg den Buchtitel, früher als das Werk. Den gegenwärtigen Schriftsteller zeigte schon im kleinen eine Schachtel, in welcher er eine Etui-Bibliothek von lauter eignen Sedezwerkchen aufstellte, die er aus den bandbreiten Papierabschnitzeln von den Oktavpredigten seines Vaters zusammennähte und zurechtschnitt. Der Inhalt war theologisch und protestantisch und bestand jedesmal aus einer aus Luthers Bibel abgeschriebenen kleinen Erklärnote unter einem Verse; den Vers selber ließ er im Büchelchen aus. So lag in unserem Friedrich Richter schon ein kleiner Friedrich von Schlegel, der gleichfalls in seinem Auszuge »Lessings Geist« dessen Meinungen über gewisse Schriftstellen auszog, die Stellen selber aber nicht besonders angab.

Gleicherweise warf sich unser Held auch auf die Malerei; mehre reitende Potentaten saßen oder vielmehr lagen ihm, wenn er mit einer Gabel alle ihre Züge so durchfuhr, daß ein fettiges Rußblatt unter ihnen sie mit der Kehrseite treffend auf einem weißen Blatte nachdruckte. Ob er nicht zu einem zweiten Raphael Mengs, den man nicht wie den ersten *zu* dem Malen hin, [sondern] *von* ihm weg zu prügeln hatte, unter einem andern Sonnenstande aufgeschossen wäre, weil sich daraus etwas vermuten lasse, daß er nach dem Geschenke eines Farbenkästchens den ganzen orbis pictus (die gemalte Welt) nach dem Leben durchgefärbt, das im Kästchen war, sollt' ich vor der Hand nicht glauben, so farbig auch in seiner Erinnerung die ersten rotgefleckten Lederbälle und die viereckten roten Ziegel und die von ihm geformten Schiefer und die herrlichen Farbenmuscheln im Kästchen und die grünlichen Goldkäfer noch nachschimmern. Es wäre nur um etwas weniges richtiger als wenn man aus seiner Kunst, im Winter Heringe zu machen, auf einen künftigen großen Kameralkorrespondenten schließen wollte. Sein Kunstgriff nämlich, sich auf dem Lande den Hering zu ersetzen in solcher Ferne von der Küste, bestand darin, daß er, wenn er Semmel holen mußte, in den Bach watete und leise einen Stein aufhob, worunter eine Grundel oder ein noch kleineres Fischchen zu fangen war. Diese tat er in einen ausgehöhlten Krautstrunk (er stellte eine Heringtonne vor) und salzte sie gehörig ein und so hätt' er, sobald das Tönnchen voll war, Heringe zu essen gehabt, wenn nicht alles gestunken hätte. Nicht besser, sondern noch schlechter würden zu Vorläufern eines kleinen Kameralkorrespondenten Surrogat-Erfindungen wie solche sich eignen, daß er braun getrocknete Birnhälften für kleinere Schinken, in Scherben gebratene abgeschnittene Taubenfüße für ein fertiges Essen gab oder daß er Schnecken auf die Weide trieb. In der Tat äußerst lächerlich würde mir jeder künftige Geschichtforscher des gegenwärtigen Geschichtforschers sein, der aus aufgelesenen Bruchstücken, wie sie in jeder andern Kindheit umhergestreuet sind, etwas besonderes zusammenlesen wollte; der närrische Mann würde mir bloß wie jener Pariser Balbier vorkommen, der mit Beistand eines Jesuiten mehre

Elefantenknochen zusammenstellte und sie für das wahre Gerippe des deutschen Riesen Teutobachs verkaufte. Nicht der Bart macht einen Philosophen, obwohl einen Matrosen oder einen Missetäter, wenn beide damit aus Schiff und Kerker steigen, weil sie darin nicht unter das Balbiermesser kommen.

Da die uferlose Tätigkeit unseres Helden sich mehr auf geistige als auf körperliche Spiele warf – die er aber alle mit unsäglicher Wollust trieb –: so erfand er auch statt neuer Sprachen neue Buchstaben. Er nahm geradezu die Kalenderzeichen – oder geometrische aus einem alten Buche – oder chemische – oder neueste aus seinem Kopfe und setzte daraus ein ganz neues Alphabet zusammen. Hatt' er es fertig: so war sein erstes, daß er selber von seinem alphabetischen Solitär Gebrauch machte und eine oder ein paar Seiten voll abgeschriebner Materien darein kleidete. So war er zwar sein eigner Geheimschreiber und Versteckens-Spieler mit sich selber: konnte aber doch – ohne nur in die Büttnerschen Vergleichtafeln aller Schriftarten zu gucken – auf der Stelle seine neue so leicht weglesen wie eine gewöhnliche, weil er diese eben buchstabenweise schon als Steckbrief unter die heimliche gestellt und er bloß nachzusehen brauchte. Diesmal könnte man es vielleicht dem mehr besagten Geschichtforscher weniger verdenken, wenn er aus diesem Verziffern und Entziffern, das schon in so früher Zeit weniger im Inhalte als in der Einkleidung seinen Wert setzte, eine Anlage zu einem Gesandtschaftrate oder wirklichen Gesandten sehen wollte; und in der Tat hab' ich später mir den Charakter eines Legationrates erworben und könnte noch heute manches verziffern.

Der Tonkunst war meine Seele (vielleicht der väterlichen ähnlich) überall aufgetan und sie hatte für sie hundert Argus-Ohren. Wenn der Schulmeister die Kirchengänger mit Finalkadenzen heimorgelte; so lachte und hüpfte mein ganzes kleines gehobnes Wesen wie in einen Frühling hinein; oder wenn gar am Morgen nach den Nachttänzen der Kirchweihe, welchen mein Vater am nächsten Sonntage lauter donnernde Bannstrahlen nachschickte, zu seinem Leidwesen die fremden Musikanten samt den gebänderten Bauerpurschen vor der Mauer unseres Pfarrhofes mit Schalmeien und Geigen vorüberzogen: so stieg ich auf die Mauer und eine helle Jubelwelt durchklang meine noch enge Brust und Frühlinge der Lust spielten darin mit Frühlingen und an des Vaters Predigten dacht' ich mit keiner Silbe. Stunden widmete ich auf einem alten verstimmten Klaviere, dessen Stimmhammer und Stimmeister nur das Wetter war, dem Abtrommeln meiner Phantasien, welche gewiß freier waren als irgend kühne in ganz Europa, schon darum, weil ich keine Note kannte und keinen Griff und gar nichts; denn mein so klavierfertiger Vater wies mir keine Taste und Note. Aber wenn ich doch zuweilen – wie gute neue Tonsetzer für Seil- und Hexentänze und Finger auf Klaviersaiten – eine kurze Melodie oder Harmonie von drei bis sechs Saiten aufgriff: so war ich ein seliger Mann und wiederholte den Fingerfund so unaufhörlich wie jeder gute neuere deutsche Dichter einen Gehirnfund von Manier, womit er den ersten Beifall gefunden; weil er freundlicher handelnd als Heliogabalus, der den Koch einer *schlechten* Brühe so lange zum Fortessen derselben verurteilte, bis er eine bessere ausgeforscht, umgekehrt die Lesewelt vielmehr mit einer *trefflichen* Brühe so viele Leipziger Messen hindurch bewirtet bis sie so abgestanden schmeckt wie die schlechte des kaiserlichen Kochs.

In der künftigen Kulturgeschichte unsers Helden wird es zweifelhaft werden, ob er nicht vielleicht mehr der Philosophie als der Dichtkunst zugeboren war. In frühester Zeit war das Wort Weltweisheit – jedoch auch ein zweites Wort Morgenland – mir wie eine offne Himmelpforte, durch welche ich hineinsah in lange lange Freudengärten. Nie vergeß' ich die noch keinem Menschen erzählte Erscheinung in mir, wo ich bei der Geburt meines Selbbewußtseins stand, von der ich Ort und Zeit anzugeben weiß. An einem Vormittag stand ich als ein sehr junges Kind unter der Haustüre und sah links nach der Holzlege, als auf einmal das innere Gesicht »ich bin ein Ich« wie ein Blitzstrahl vom Himmel vor mich fuhr und seitdem leuchtend stehen blieb: da hatte mein Ich zum ersten Male sich selber gesehen und auf ewig. Täuschungen des Erinnerns sind hier schwerlich gedenkbar, da kein fremdes Erzählen in eine bloß im verhangnen Allerheiligsten des Menschen vorgefallne Begebenheit, deren Neuheit allein so alltäglichen Nebenumständen das Bleiben gegeben, sich mit Zusätzen mengen konnte.

Um das Joditzer Leben unsers Hans Paul – denn so wollen wir ihn einige Zeit lang nennen, jedoch immer mit andern Namen abwechseln – am treuesten darzustellen, tun wir glaub' ich am besten, wenn wir dasselbe durch ein ganzes Idyllenjahr durchführen und das Normaljahr in vier Jahrzeiten als ebenso viele Idyllenquatember abteilen; vier Idyllen erschöpfen sein Glück.

Niemand übrigens wundere sich über ein Idyllenreich und Schäferweltchen in einem kleinen Dörfchen und Pfarrhaus. Im schmalsten Beete ist ein Tulpenbaum zu ziehen, der seine Blütenzweige über den ganzen Garten ausdehnt; und die Lebenluft der Freude kann man aus einem Fenster so gut einatmen als im weiten Wald und Himmel. Ist denn nicht selber der Menschengeist (mit allen seinen unendlichen Himmelräumen) eingepfählt in einen fünf Fuß hohen Körper mit Häuten und malpighischem Schleim und Haarröhren und hat nur fünf enge Weltfenster von fünf Sinnentreffern aufzumachen für das ungeheuere rundaugige und rundsonnige All; – und doch sieht und wiedergebärt er ein All.

Kaum würd' ich wissen, mit welchem unter den vier Idyllenquatembern anzufangen wäre, da jeder ein kleiner Vorhimmel des nächsten ist; indes gerät doch, wenn wir mit dem Winter und Januar anheben, das Steigern der Freuden am besten. In der Kälte war der Vater, wie ein Senne, gewöhnlich von der Treppenhöhe der Studierstube herabgezogen und hielt zur Freude der Kinder sich in der Ebene der allgemeinen Wohnstube auf. Am Morgen saß er an einer Fensterecke und lernte seine Sonntag-Predigt auswendig und wir drei Brüder Fritz (das bin ich selber) und Adam und Gottlieb (denn Heinrich kam erst gegen das Ende des Joditzer Idyllenlebens dazu) trugen abwechselnd die volle Kaffeetasse zu ihm, um noch froher die leere zurückzuholen, weil der Träger die ungeschmolzenen Reste des gegen Husten genoßnen Kandiszucker frei aus ihr nehmen durfte. Draußen deckte zwar der Himmel alles mit Stille zu, den Bach durch Eis, das Dorf mit Schnee; aber in der Wohnstube war Leben, unter dem Ofen ein Taubenstall, an den Fenstern Zeisig- und Stieglitzenhäuser, auf dem Boden die unbändige Bullenbeißerin, unsere Bonne, der Nachtwächter des Pfarrhofs, und ein Spitzhund und der artige Scharmantel, ein Geschenk der Frau von Plotho, – und darneben die Gesindestube mit zwei Mägden; und weiter gegen das andere Ende des Pfarrhauses der Stall mit allem möglichen Rind-, Schwein- und Federvieh und dessen Geschrei; unsere auch vom Pfarrhofe umschloßne Drescher könnt' ich mit ihren Flegeln auch rechnen. So von lauter Gesellschaft umgeben brachte nun leicht der ganze männliche Teil der Wohnstube den Vormittag mit Auswendiglernen nahe neben dem weiblichen Kochen zu.

Ferien fehlen keinem Geschäfte in der Welt; und so hatt' auch ich die Luftferien, – ähnlich den Brunnenferien – daß ich in den Schnee des Hofs gehen durfte und an die dreschende Scheune. Ja, war im Dorfe ein schweres Redegeschäft auszurichten, z. B. bei dem Schul-, oder bei dem Schneidermeister, so wurde ich dahin mitten aus meinen Lerngeschäften verschickt; und so kam ich denn immer ins Freie und Kalte und konnte mich mit dem neuen Schnee messen. Mittags konnten wir Kinder noch vor unserem Essen die hungrige Freude haben, daß wir die Drescher in der Gesindestube einbeißen und aufessen sahen.

Der Nachmittag wurde schon bedeutender und freudenreicher. Der Winter verkürzte und versüßte die Lernstunden. In der langen Dämmerung ging der Vater auf und ab, und die Kinder trabten unter seinem Schlafrock nach Vermögen an seinen Händen. Unter dem Gebetläuten stellten sich alle in einen Kreis und beteten das Lied einstimmig ab: »Die finstre Nacht bricht stark herein.« Nur in Dörfern – nicht in der Stadt, wo es eigentlich mehr Nacht- als Tagarbeiten und Freuden gibt – hat das Abendläuten Sinn und Wert und ist der Schwanengesang des Tags; die Abendglocke ist gleichsam der Dämpfer der überlauten Herzen und ruft wie der Kuhreigen der Ebene die Menschen von ihren Läufen und Mühen in das Land der Stille und des Traums. – Nach dem süßen Warten auf den Mondaufgang des Talglichtes unter der Türe des Gesindestübchens, wurde die weite Wohnstube zu gleicher Zeit erleuchtet und verschanzt; nämlich die Fensterladen wurden zugeschlossen und eingeriegelt und das Kind fühlte nun hinter diesen Fensterbasteien und Brustwehren sich traulich eingehegt und hinlänglich gedeckt gegen die verdammten Spitzbuben, und auch gegen den Knecht Ruprecht, der draußen nicht hereinkann sondern nur vergeblich brummt.

Um dieselbe Zeit geschah es dann, daß wir Kinder uns auskleiden und in bloßen langen Schlepphemden herumhüpfen durften. Idyllenfreuden verschiedner Arten wechselten. Entweder trug der Vater in eine mit leeren Folioblättern durchschoßne Quartbibel bei jedem Verse die Nachweisung auf das Buch ein, worin er über ihn etwas gelesen; oder er hatte gewöhnlicher sein rastriertes Folioschreibbuch vor sich, worauf er eine vollständige Kirchenmusik mit der ganzen Partitur mitten unter dem Kinderlärmen setzte: in beiden Fällen, in letztem aber am liebsten sah ich dem Schreiben zu und freuete mich besonders, wenn durch Pausen mancher Instrumente schnell ganze Viertelseiten sich füllten. Er dichtete seine innere Musik ohne alle äußere Hülftöne – was auch Reichard den Tonsetzern anriet – und unverstimmt von Kinderlärm. Wir saßen spielend alle *am* langen Schreib- und Eßtische, ja sogar auch *unter* ihm. Unter die Freuden, welche auf immer der schönen Kinderzeit nachsinken, gehört auch die, daß zuweilen ein so grimmiges Frostwetter eintrat, daß der lange Tisch der Wärme wegen an die Ofenbank geschoben wurde; und wir hofften in jedem Winter auf dieses frohe Ereignis. Um den Kutschkasten von unförmlichem Ofen liefen nämlich zwei Holzbänke; und unser Gewinn bestand darin, daß wir auf ihnen sitzen und laufen konnten, und daß wir Ofensommer nah an der Haut sogar unter der Mahlzeit hatten.

Wie stieg wöchentlich mehrmal der Winterabend an Wert, wenn die alte Botenfrau mit Schnee überzogen mit ihrem Frucht- und Fleisch- und Warenkorbe aus der Stadt in der Gesindestube einlief und wir alle im Stübchen die ferne Stadt im kleinen und Auszuge vor uns hatten und vor der Nase wegen einiger Butterwecken!

In den frühern kindischern Zeiten wurde vom Vater nach dem frühen Abendessen noch ein Lustnachtisch des Winterabendes erlaubt, welchen die Viehmagd am Spinnrocken in der Gesindestube bei aller der Beleuchtung auftrug, welche die Kienspäne geben konnten, die man wie in Westfalen von Zeit zu Zeit in den Kienstock angezündet steckte. Auf diesem Nachtisch stand nun – außer mehren Konfekttellern und Eistassen mit Volkmärchen wie der Aschenbrödel – die von der Magd selber erzeugte Ananas von Geschichte eines Schäfers und seiner Tiergefechte mit Wölfen, wie zur einen Zeit die Gefahr immer größer wurde, und zur andern seine Verproviantierung. Noch fühl' ich das Glücksteigen des Schäfers als ein eignes nach; und merke dabei nur aus eigner Erfahrung an, daß Kinder in Erzählungen von den Steigerungen des Glücks weit mehr als von denen des Unglücks ergriffen werden und daß sie die Himmelfahrten ins Unendliche hinauf-, aber die Höllenfahrten nur so tief hinabgetrieben wünschen als zur Verherrlichung und Erhöhung des Himmelthrones nötig ist. Diese Kinderwünsche werden Männerwünsche; und man würde deren Erfüllung auch vom Dichter öfter fodern, wäre nur ein neuer Himmel so leicht zu schaffen als eine neue Hölle. Aber jeder Tyrann kann unerhörte Schmerzen geben; aber unerhörte Freuden zu erfinden muß er selber Preise aussetzen. Die Grundlage davon ist die Haut; auf ihr können hundert Höllen von Zoll zu Zoll ihr Lager aufschlagen; aber die fünf Sinnenhimmel schweben luftig und einfarbig über uns. –

Nur das Ende der Winterabende streckte für den Helden eine verdrüßliche Wespenstachelscheide oder Vampyrenzunge aus. Wir Kinder mußten uns nämlich um 9 Uhr in die Gaststube des zweiten Stocks zu Bett begeben, meine [Brüder] in ein gemeinschaftliches in der Kammer und ich in eines in der Stube, das ich mit meinem Vater teilte. Bis er nun unten sein zweistündiges Nachtlesen vollendet hatte: lag ich oben mit dem Kopfe unter dem Deckbette im Schweiße der Gespensterfurcht, und sah im Finstern das Wetterleuchten des bewölkten Geisterhimmels und mir war als würde der Mensch selber eingesponnen von Geisterraupen. So litt ich nächtlich hülflos zwei Stunden lang, bis endlich mein Vater heraufkam und gleich einer Morgensonne Gespenster wie Träume verjagte. Am andern Morgen waren die geisterhaften Ängste rein vergessen wie träumerische; obgleich beide abends wieder erschienen. Jedoch hab' ich nie jemand anderem etwas davon gesagt als der – Welt heute.

Dieser Geisterscheu wurde allerdings durch meinen Vater selber – erzeugt nicht sowohl als – ernährt. Er verschonte uns mit keiner von allen Geistererscheinungen und Geisterspielen, wovon er gehört ja selber einige erfahren zu haben glaubte; aber er verband wie die alten Theologen, zugleich mit dem festen Glauben daran den festen Mut davor und Gott oder das Kreuz war ihr Schild gegen das Geisterall. Manches Kind voll Körperfurcht zeigt gleichwohl Geistermut, aber bloß aus Mangel an Phantasie[1]; ein anderes hingegen – wie ich – bebt vor der unsichtbaren Welt, weil die Phantasie sie bevölkert und gestaltet, und ermannt sich leicht vor der sichtbaren, weil diese die Tiefen und Größen der unsichtbaren nie erreicht. So machte mich eine, auch schnelle, körperliche Gefahrerscheinung – z. B. ein herrennendes Pferd, ein Donnerschlag, ein Krieg-, ein Feuerlärm – nur ruhig und gefaßt, weil ich nur mit der Phantasie, nicht mit den Sinnen fürchte; und sogar eine Geistergestalt würde, hätt' ich nur den ersten Schauder überlebt, mir sogleich zu einem gemeinen Körper des Lebens gerinnen, sobald sie nicht wieder durch Mienen und Laute mich ins endlose Reich der Phantasie überstürzte. Wie aber ist nun vom Erzieher der tragischen Übermacht der geisterrufenden Phantasie zu wehren? Nicht durch Widerlegen und durch Biestersche und Wagnersche Auflösungen des Ungemeinen ins Alltägliche – denn die Möglichkeit der unaufgelöseten Ausnahmen bleibt ja festgehalten

[1] Manchen Proseseelen sollte man ein bißchen Geisterfurcht als Religion und Poesie einimpfen oder lassen.

vom tiefsten Gefühl – sondern einesteils durch prosaisches Angewöhnen, Vorführen und Einquartieren an Orte und Zeiten, welche sonst die Phantasie zu ihrem Zauberrauche anzündeten, und andernteils dadurch, daß man die Phantasie selber gegen die Phantasie bewaffnet und den Geistern den Geist gegenüberstellt, dem Teufel Gott und Recht [?].

Sogar am Tage befiel mich bei einer besondern Gelegenheit zuweilen die Gespensterscheu. Wenn nämlich bei einem Begräbnis der Leichenzug mit Pfarrer, Schulmeister und Kindern und Kreuz und mir von der Pfarrwohnung an bei der Kirche vorüber zu dem Kirchhofe neben dem Dorfe sich mit seinem Singgeschrei hinausbewegte, so hatt' ich die Bibel meines Vaters durch die Kirche in die Sakristei zu tragen. Erträglich und herzhaft genug ging es im Galopp durch die düstere stumme Kirche bis in die enge Sakristei hinein; aber wer von uns schildert sich die bebenden grausenden Fluchtsprünge vor der nachstürzenden Geisterwelt auf dem Nacken und das grausige Herausschießen aus dem Kirchentore? Und wenn einer sichs schildert, wer lacht nicht? – Indes übernahm ich jedesmal das Trägeramt ohne Widerrede und behielt mein Entsetzen still bei mir.

Wir kommen jetzo in eine größere Idyllenzeit, in den Joditzer Frühling und Sommer. Beide Jahrzeiten fallen aus Gründen in *eine* Idylle zusammen, zumal auf dem Lande. Eigentlich wohnt der Frühling nur im Herzen, außen in Beeten gibt es bloß Sommer, der überall nur auf Früchte und Gegenwart berechnet ist. Nur der Schnee ist der Vorhang, der bloß von der Bühne oder Erde aufgezogen zu werden braucht, so fangen für das Dorf – denn die Stadt hat ihre Lustbarkeiten nur im Winter – die Sommerlustbarkeiten an; denn schon Ackern und Säen sind dem Landmann Lenzernten und jeder Tag bringt für einen Pfarrer, der seinen Feldbau hat, und für seine immer eingesperrten Söhne neue Szenen. Da werden wir armen vom ganzen Winter und Kerkermeister in den Pfarrhof eingeschloßnen Kinder, durch den vom Himmel gesandten Engel der Jahrzeit befreiet und hinausgelassen in die freien Felder und Wiesen und Gärten. Da wird geackert – gesäet – gepflanzt – gemäht – Heu gemacht – Korn geschnitten – geerntet – und überall steht der Vater dabei und hilft mit und die Kinder helfen ihm nach, besonders ich als ältestes. Ihr lieben Zuhörer solltet nur wissen, was das heißt, auf einmal nicht etwa aus Stadtmauern, welche viel Feld umschließen, sondern aus Hofmauern, und zwar sogar über das ganze Dorf hinweg zu kommen in mauerfreie Bezirke hinaus und in das Dorf von oben zu sehen, in das man nicht von unten gesehen.

Mein Vater stand aber neben den Feldarbeiten nicht als ein Fronvogt (obwohl sie durch Fronbauern geschahen), sondern als freundlicher Seelenhirt, der an der Natur und an den Beichtkindern zugleich Anteil nahm. Wenn ich andere Geistliche und Rittergutbesitzer und Geizige so reichlich vom Kopf bis zum Fuße ausgerüstet sehe mit Saugerüsseln, Saugestacheln und allen Einsauggefäßen, so daß sie immer an sich ziehen: so find' ich bei meinem Vater leider das äußere Einsaugsystem fast in gar zu siechem schwachen Zustande und er dachte zehnmal des Tags wohl an das Geben – er hatte nur aber wenig dazu – aber kaum einmal an das Nehmen, womit er doch sich selber hätte etwas geben können; und wenn ich später an so manchem Mensch-Insekt gute *Freßzangen* zu bewundern hatte, so hielt er weiter nichts als *Geburtzangen* in der Hand, welche bloß fremdes Leben hervorziehen und befestigen. Himmel! wie anders – und warum sieht man es nicht mehr ein – sind rechte Kauf- und Pfarr- und Edelleute, welche, da sie auch wissen, was sich gehört, ihre Hand als einen guten Vogelkloben gebrauchen, welcher sich nur auf- und zumacht zum Fangen, und die nur die Hand eröffnen, um sie zuzuschließen.

Jetzo fing das Leben in dem, nämlich unter [dem] Himmel an. Die Morgen glänzen mir noch mit unvertrocknetem Tau, an welchen ich dem Vater den Kaffee in den außer dem Dorfe liegenden Pfarrgarten trug, wo er im kleinen nach allen Seiten geöffneten Lusthäuschen seine Predigt lernte, so wie wir Kinder den Lange später im Grase. Der Abend brachte uns zum zweiten Male mit der Salat brechenden Mutter in den Garten vor die Johannis- und die Himbeeren. Es gehört unter die unbekannten Landfreuden, daß man abends essen kann ohne Licht anzuzünden. Nachdem wir diese genossen hatten, setzte sich der Vater mit der Pfeife ins Freie, d. h. hinaus in den ummauerten Pfarrhof, und ich samt den Brüdern sprang im Hemdtalare in der frischen Abendluft herum und wir taten als seien wir die noch kreuzenden Schwalben über uns und wir flogen behend hin und her und trugen etwas zu Nest.

Der schönste Sommervogel indes, ein zarter blauer Schmetterling, welcher den Helden in der schönen Jahrzeit umflatterte, war seine erste Liebe. Es war ein blauaugiges Bauermädchen seines Alters, von schlanker Gestalt, eirundem Gesicht mit einigen Blatternarben, aber mit den tausend Zügen, welche eben wie Zauberkreise das Herz gefangennehmen. Augusta oder Augustina wohnte bei ihrem Bruder Römer, ein feiner Jüngling, als guter Sänger im Chore und als Rechner bekannt. Zu einer Liebeerklärung kam es zwar bei Paul nicht – sie müßte denn meine Vorlesung gedruckt in die Hand bekommen – aber von weitem spielte er doch seinen Roman lebhaft so, daß er in der Kirche von seinem Pfarrstuhle aus sie in ihrem Weiberstuhle ziemlich nahe genug ansah und nicht satt bekam. Und doch war dies nur Anfang; denn wenn sie abends ihre Weidekühe nach Hause trieb, die er am unvergeßlichen Glockengeläute erkannte, so kletterte er auf die Hofmauer, um sie zu sehen und heranzuwinken, und dann wieder herab an den Torweg, um durch eine Spalte die Hand hinauszubringen – mehr vom Körper durfte nicht von den Kindern aus dem Hofe – und ihr etwas Eßbares, Zuckermandeln oder sonst etwas Köstliches, das er aus der Stadt gebracht, in die Hand zu geben. Leider trieb ers in manchen Sommern nicht dreimal soweit, sondern er mußte meistens alles Gute, besonders den Gram dazu, in sich fressen. Waren jedoch seine Mandeln einmal nicht auf einen steinigen Acker gefallen, sondern in das Eden seines Auges: so erwuchs freilich aus ihnen ein ganzer blühender, im Kopfe hängender Garten voll Duft und er ging darin wochenlang spazieren. Denn die reine Liebe will nur geben und nur durch Beglücken glücklich werden; und gäb' es eine Ewigkeit fortsteigernder Beglückung, wer wäre seliger als die Liebe? –

Die Kuhglockenspiele blieben ihm lange Zeit die Kuhreigen der hohen fernen Kindheitalpen; und noch würde sein altes Herzblut wogen und wallen, wenn diese Klänge ihm wieder begegneten; »es sind Töne,« würd' er sagen, »von Windharfen hergespielt aus weiter weiter schöner Ferne und ich möchte dabei fast weinen vor Lust.« Denn man gebe der Liebe auch nur den kleinsten Ton, und wäre die Kuh die Glöcknerin: so verdoppelt er seine orphische Zauber- und Baukraft und seine unsichtbaren Wogen wiegen und ziehen das Herz ins Ewige hin und es weiß nicht, ist es zu Hause oder in der Ferne, und der Mensch weint froh zugleich über Haben und Entbehren.

Und in dieser Brennweite der Liebe blieb Augustine gegen Paul; und er erlebte in Jahren nie eine Zeit, ihr nur die Hand zu drücken. An einen Kuß wollen wir gar nicht denken. Zuweilen flog er einem gewöhnlichen Dienstmädchen seiner Eltern, das er nicht einmal liebte, verschämt und heftig an den Mund und schon in dem Kusse brauseten Seele und Körper unbewußt und schuldlos miteinander auf; aber vollends der Mund einer Geliebten, welche gerade in der Sonnenferne auf die geistigste innigste Liebe am wärmsten herabschien, hätte ihn in heißen Himmeln eingetaucht und ihn in einen glühenden Äther zerlassen und verflüchtigt. Und doch wollte ich, er wäre schon in Joditz ein oder ein paar Male verflüchtigt geworden. – Als er oder vielmehr sein Auge in seinem dreizehnten Jahre zwei Meilen weit von der Geliebten vertrieben war, da sein Vater eine reichere Pfarrei bekommen: so packte er einem jungen Schneider aus Joditz, den der Vater aus Liebe gegen sein liebes geräumtes Dörfchen mitgenommen [und] mehre Wochen im neuen großen Pfarrhaus behalten, mehre artige Potentaten auf, die er mit Fett und Ruß nach ihrem gemalten Leben gezeichnet und mit dem Farbenkästchen täuschend illuminiert hatte, und ließ den Schneider Augustinen sie mit dem Auftrage überbringen, die Reiter und Fürsten wären von ihm und er schenk' ihr sie zum ewigen Angedenken.

Einen andern Liebehandel aus derselben Zeit, der nicht länger dauerte als das Mittagessen, spann er seines Orts – die junge Frau wußte kein Wort davon – ganz im stillen und tief im Busen an, als er einst in Köditz an einer vornehmen Tafel voll Erwachsener eben der gedachten jungen Frau gegenübersaß und solche anblickte in einem fort. Da entquoll in ihm für sie ein Lieben (nicht eine Liebe) unaussprechlich an Süßigkeit, unerschöpflich dem Anschauen, ein Herzens-Auseinanderwallen, ein himmlisches Vernichten und Auflösen des ganzen Menschen bloß in sein Auge. Weder sie sagte dem verzauberten Pfarrknaben ein Wort, noch weniger er ihr; hätte sie sich aber gebückt und den armen Jungen etwa geküßt, er wäre vor lauter Himmel gen Himmel gefahren. Dennoch blieb ihm mehr das Gefühl als ihr Gesicht, von welchem er nichts behalten als die Narben. Da nun diese Schönheit schon die zweite blatternarbige ist – in spätern Vorlesungen kommen noch einige nach – so hält es der Professor für Pflicht, allen vaccinierten Zuhörerinnen zu erklären, daß er sie allerdings so gut und so hoch zu schätzen weiß wie einer, daß nur aber damals eine andere Gesichtermode gewesen. Paul hat überhaupt dies an sich, – und er macht sich heute in dieser schönen Versammlung anheischig – daß er jedes weibliche Gesicht, dessen sogenannte Häßlichkeit nur keine moralische sein darf, ohne alle kosmetische Kunstgriffe, ohne Schmink- und Salbbüchsen, ohne März- und Seifenwasser, und ohne Nachtlarven im höchsten Grade reizend und bezaubernd zu machen vermag, wenn man ihm dazu nur einige Abende, Gesänge, Herzworte einräumt, daß wohl niemand schöner erscheint als eben die gedachte Person – aber natürlich nur in seinen eignen Augen; denn wer spricht von andern?

Sehr bestätigt dies eben die erwähnte Frau; denn als er sie zwanzig Jahre darauf in Hof wiedersah, ihm gegenüber wohnhaft, fand er bloß noch die Narben, sonst nichts; sie selber unscheinbar und gebückt und ich nenne sie nicht.

Die reine Liebe hat so unendliche Kräfte zu erschaffen und zu erheben – so wie die gemeine zu zertrümmern und hinabzudrücken – daß sie uns im Darstellen noch stärker ergreifen würde, wäre sie nicht so oft geschildert worden; aber eben darum konnte nur sie die vielen tausend Bände vertragen, welche sie malen. Man nehme einem Menschen, der in der Zeit der Liebe die Landschaften – die Sterne – die Blüten und Berge – die Töne – die Lieder – die Gemälde und Gedichte – ja die Menschen und das Sterben mit dichterischem Genießen anschauet; man nehme diesem die Liebe: so hat er die zehnte Muse oder vielmehr die Musenmutter verloren; und jeder fühlt in spätern Jahren, wo dieser heilige Rausch sich selber verbietet, daß zu allen Musen ihm noch die zehnte fehle.

Wir kommen zu den Sonntagen unsers Pauls, an denen die Idylle ansehnlich zunimmt. Sonntage scheinen ordentlich für Pfarrer und Pfarrkinder erschaffen; besonders ergötzte unsern Paul eine recht große Menge Trinitatis, oder die größte von 27, obgleich durch alle 27 nicht *ein* Sommersonntag mehr in die Welt und Kirche kam als an andern Jahren. In Städten sind etwa fürstliche oder amtliche Geburttage, Meßzeiten die wahren Trinitatis. Paul fing an glänzenden Sonntagmorgen sein Genießen dadurch an, daß er noch vor der Kirche durch das Dorf mit einem Bund Schlüssel ging – er läutete unterwegs damit, um sich dem Dorfe zu zeigen – und den Pfarrgarten mit einem davon aufsperrte, um daraus einige Rosen für das Kanzelpult des Vaters zu holen. – In der Kirche selber ging es schon darum heiter zu, weil die langen Fenster den kalten Boden und die Weiberstühle mit breiten Lichtstreifen durchschnitten und weil das Sonnenlicht an der Zauberhirtin Augustina herunterfloß. Auch ist es nicht zu verachten, daß er (samt seinen Amtbrüdern) nach der Kirche und vor dem Essen zu den Fronbauern der Woche das gesetzmäßige Halbpfund Brot samt Geld austragen durfte, erstlich weil der Vater das Brot lieber zu groß und also den Bauern eine Freude schickte, zweitens weil Kinder gern eine ins Haus tragen, am meisten Paul. Zuweilen hatt' er auch dem Fronbauer Römer den Ausschnitt-Brotlaib zuzutragen; und er sah sich um nach seiner Kirchen- und Herzenheiligen – aber immer vergeblich; denn in seiner Prospektmalerei von Liebe machten doch zehn Schritte mehr oder weniger etwas; und gesetzt, er hätte etwan durch eine besondere Glückgöttin nur einen halben Schritt weit vor ihr gestanden! – Aber ich gebe – denn er hätte dann vollends auch hörbar gesprochen – nicht einmal einen Wink von solcher ausgebliebenen Seligkeit.

Ich behaupte, kein Insasse auf Richter-, Fürsten-, Lehr-, heiligem oder sonstigem Stuhle macht sich einen Begriff davon, wie Pfarrkindern eine Sonntag-Vesper schmeckt, (sondern nur einer auf dem Predigtstuhle selber) wenn die beiden Kirchenandachten vorüber sind, weil sie gleichsam mit dem Vater die späte Sabbatruhe nach den Kirchenlasten und sein Umwechseln des Priesterrocks in den leichten Schlafrock feiern – zumal im Dorfe, wo am Sonntagabend der ganze Ort sich selber mit den Augen genießt und gastiert.

Man würde mir vielleicht Unvollständigkeit vorwerfen, wenn ich eine andere Trinitatisfreude, bloß weil sie eine seltenere war, aufzuführen vergessen; dafür war sie eine desto größere, daß nämlich die Pfarrleute Hagen von Köditz, um den Vater zu hören und zu besuchen, unter der Predigt erschienen und Pauls Spielkamerad, das kleine Pfarrherrlein, sich vor der Kirchtüre sehen ließ. Wenn nun Paul samt Bruder ihn aus seinem nicht weit entfernten vergitterten Chorstuhle erblickte: so hob auf beiden Seiten das Zappeln und Trippeln, das Herztanzen und Grußwinken an, und an Predigthören war – und hätten propaganda, zehn erste Hofprediger und pastores primarii sich hintereinander auf der Kanzel gereihet und ausgesprochen – nicht mehr zu denken. Bloß der gegenwärtige Vorsabbat, das Vorgebirge der schönsten Hoffnungen, das Gabelfrühstück des Tags mußte hauptsächlich in der Ferne und Kirche genossen werden. Wer aber nun nach dem ersten doch so freudigen Sturm kindlicher und elterlicher Vorbereitungen noch die seligen Zephyre und Windstillen des Abends beschrieben verlangt: der vergißt, daß ich nicht alles vermag. Höchstens möchte noch beizumalen sein, daß spät abends das Joditzer Pfarrhaus das Köditzer weit über das Dorf hinaus begleitete, und daß folglich dieses von Eltern und vom Pfarrherrlein erhöhete weite Hinausspringen über das Dorf ins Weite vollends so spät Seligkeiten erteilen und nachlassen mußte, wovon im künftigen Leben ein mehres.

Wir steigen nun zu solchen Joditzer Idyllen auf, meine teuern Zuhörer und Hörerinnen, welche von Paul mehr außerhalb Joditz genossen werden und die man wohl am bequemsten einteilt in die, wo er selber nicht zu Hause ist und die, wo sein Vater nicht zu Hause ist. Ich fange mit den letzten an, weil ich es unter die unerkannten Kindheitfreuden rechne, wenn die Väter verreisen. Denn gerade in diesen Zeiten erteilen die Mütter die herrlichen akademischen Zensur- und Handelfreiheiten der Kinder. Paul und seine Brüder konnten unter den Augen der in Geschäfte verstrickten Mutter über die Hofklingeltüre hinaus nach einigem Grenzwildpret des Dorfs jagen, z. B. nach Schmetterlingen, Grundeln und Birkensaft und Weidenrinden zu Pfeifen, oder einen neuen Spielkameraden, den Schulmeisters-Fritz hereinlassen, oder mittags läuten helfen, bloß um von dem Seil bei dem Ausschwingen der Glocke in die Höhe gezogen zu werden. Eine an sich bedeutende Lustbarkeit innerhalb des Hofes war auch groß genug – nur konnte Paul dabei sich leicht das Genick brechen und mir so meine ganze Professur im voraus abnehmen – und bestand darin, daß er in der Scheune auf einer Leiter einen freiliegenden Balken bestieg und von ihm auf das zwei Stockwerk tief gelegte Heu hinuntersprang, um unterwegs das Fliegen zu genießen. Zuweilen setzte er das Klavier im obern Stock ans offne Fenster und spielte auf ihm über alle Maßen in das Dorf hinab und suchte gehört zu werden von Vorübergehenden. Das Hinabklingen verstärkt' er noch gewaltig durch eine Feder, die er stark über die Saiten, welche die Linke vermittelst der Tasten spannte, mit der Rechten führte. Wohl tat er auch einige Federstriche auf die vom Saitenstege gespannten Saiten hinüber, aber viel Wohlklang wollte nicht dabei herauskommen.

Natürlich fallen Joditzer Sommeridyllen noch reicher aus, wenn man gar das ganze Dorf verläßt und in ein anderes geht oder in die Stadt. Gibt es an einem schönen Sommertag einen segenvollern Befehl nach dem Hersagen der Langischen Grammatik als der war: »Zieh dich an, du gehst nach dem Essen mit nach Köditz«? Nie schmeckte das Essen schlechter, Paul mußte dem starken Schritte des Vaters gleichlaufen. Nach einer Stunde hatt' er nun sein Pfarrherrlein, freie Spiele, dessen herrliche Mutter – deren Sprachton ihm noch wie ein Lautenzug und eine Harmonikaglocke des Herzens durch die Ferne nachklingt – und zuweilen einen oder den andern winzigen Lorbeerkranz, groß genug für sein Köpfchen. Der Vater nämlich, väterlich erfreuet über dessen Auffassen und Behalten seiner Predigten, von welchen er ihm Sonntag-Abends Hauptsatz und Teile und anderes flink wiederholte, befahl ihm, das nämliche wieder zu wiederholen vor den Pfarrleuten; – und der Kleine, darf ich sagen, bestand beständig. An einem Knaben, der in seinem Leben nichts Großes gesehen – keinen Grafen – keinen General – keinen Superintendenten – nur einen Edelmann höchstens zweimal im Jahre (den H. von Reitzenstein, weil er lange in Verhaft und darauf in der Flucht war) – an einem solchen Knaben zeigte es Mut, öffentlich in der Stube vor den Pfarrleuten zu sprechen. Aber von jeher fuhr, so scheu er im Schweigen dastand, Mut und Feuer in ihn, sobald er zum Sprechen gelangte. Ja, wagte er sich nicht einmal an etwas noch Kühneres? Nahm er nicht an einem Nachmittage, wo sein Vater nicht zu Hause war, ein Gesangbuch und ging damit zu einer steinalten Frau, die jahrelang gichtbrüchig darniederlag und stellte sich vor ihr Bette als sei er ein erwachsener Pfarrer und mache seinen Krankenbesuch und hob an, ihr aus den Liedern Sachdienliches vorzulesen? Aber [er] wurde bald unterbrochen von dem Weinen und Schluchzen, mit welchem nicht etwan die alte Frau das Gesangbuch anhörte – diese ließ sich kalt auf nichts ein – sondern er selber.

Einmal nahm der Vater den Helden sogar an den Hof mit nach Versailles, wie man wohl Zedwitz ohne Übertreiben nennen mag, da es die Residenz der Patronatherrschaft der Joditzer Pfarrer war. Jedesmal, wenn er bei Hofe gewesen, – im Sommer fast zweimal monatlich – setzte er abends Frau und Kind in das größte ländliche Erstaunen über hohe Personen und deren Hofzeremoniell und über die Hofspeisen und Eisgruben und Schweizerkühe, und wie er selber aus dem »Domestiken«-Zimmer sehr bald zu dem H. von Plotho, oder auch zum Fräulein, dem er auf dem Klavier einige Vor- und Nachübungen gab, und endlich zur Freiin von Bodenhausen und stets wegen seiner Munterkeit zur Tafel gezogen wurde, wenn auch daran (dies änderte nichts) die bedeutendsten Rittergutbesitzer Vogtlands saßen und aßen. Aber gleich einem alten lutherischen Hofprediger erkannte er die unabsehliche Größe des Standes wie das Erscheinen der Gespenster an, ohne vor beiden zu beben. Und doch sag' ich: wie glücklicher seid ihr jetzigen Kinder, die ihr aufgerichtet erzogen werdet, zu keinem Niederfallen vor dem Range gebeugt und von innen gegen den äußern Glanz gestärkt! – Das eine Stunde entfernte Anbeten der Joditzischen Pfarrsöhne vor dem Zedwitzer Thron wurde noch besonders jährlich durch eine prächtige Kutsche verstärkt, welche jeden grünen Donnerstag den Vater als Beichtvater zur Abendmahlfeier der Herrschaft abzuholen kam. Die Söhne können von der Kutsche sprechen, da sie jedesmal abends vor der Abfahrt selber darin ein wenig im Dorfe mit ihren Entzückungen herumgefahren wurden.

Jetzo haben Sie vielleicht eine Vorstellung von dem Unternehmen unsers Helden, als er mit dem Hofbeichtvater, der von ihm höhern Orts mit zu großem Loben und Lieben gesprochen, nach Zedwitz ging, um sich dem regierenden Hause vorstellen zu lassen. Die Freiin von Bodenhausen empfing ihn, nachdem er lange vor den Ahnenbildern unten im Schlosse herumgegangen, oben auf der Treppe, gleichsam das Präsenzgemach, wo Paul, der sogleich hinaufschoß, nach der Hofordnung ihr Kleid erschnappte und diesem den Zeremoniellkuß aufdrückte. – Und so war die ganze Audienz ohne besondere Hofdegen und Obristhofmarschälle glücklich abgetan, und der Junge konnte wieder herumlaufen.

Und dies tat er im prächtigen Garten. Schwerlich hat je ein anderer Gesandter als unser damals noch kleine Hildburghäuser Legationrat unmittelbar nach der abgemessenen regelrechten Audienz solche romantische Stunden durchgeatmet und eingesogen, wie die Laubengänge, die Springbrunnen, die Mistbeete, die Baumaltane einem mehr in als außer sich phantasierenden Dorfkinde geben mußten, das zum ersten Male und einsam in diesen Herrlichkeiten mit gepreßter und mit gefüllter Brust umherwankte. Was den aufgeschwungenen Paul wieder in die niedere Wirklichkeit trug, war ein hölzerner Vogel an einem Seile, den er mit dem Eisenschnabel geschickt in das Schwarze einer Scheibe schießen lassen konnte. Ein vom Schlosse herabgesandter Obstkuchen hielt die Mitte zwischen Flug und Stand und dessen köstlicher Nachgeschmack erhält sich unverwüstlich im Reliquiarium des Helden. O ihr schönen einsamen Stunden und Gänge für das darbende Dorfkind, dessen Herz so gern sich füllen, ja nur sehnen wollte an der Außenwelt! –

Unter den Sommeridyllen von weniger Hofglanz kommen nun die häufigen Gänge vor, welche Paul mit einem passenden Quersack auf dem Rücken nach der Stadt Hof zu den Großeltern machen mußte, um Fleisch und Kaffee und alles zu holen, was im Dorfe entweder gar nicht zu haben war, oder doch nicht um den äußerst geringen Stadtpreis. Denn die Mutter gab ihm nur einige wenige Geldstücke mit – es sollte nämlich nicht alles hergeschenkt erscheinen –, damit seine Großmutter, spendend gegen Tochter und Enkel und nur kargend gegen die übrige Welt, den Quersack mit allem füllte, was etwan auf dem jedesmaligen Küchenzettel stand. Der zweistündige Weg führte über gewöhnliche reizlose Gegenden, durch einen Wald, und darin über einen brausenden Fluß voll Felsstücke, bis endlich auf einer Felderhöhe die Stadt mit zwei Brüdertürmen und mit der Saale in der Talebene den begnügsamen kleinen Träger übermäßig überschüttete und ausfüllte. Vor einem Höhleneingange nahe an der Vorstadt, in welchem der Sage nach sich die Höfer im Dreißigjährigen Kriege geflüchtet hatten, ging er mit dem kindlichen Schauer vor alten Kriegen und Marterzeiten vorüber; und die nahe Tuch-Walkmühle machte mit ihren fortdauernden Donnerstößen und den unbändigen Maschinenbalken seine Dorfseele weit und groß genug, um die Stadt geräumiger darein aufzunehmen.

Hatte er nun dem sehr ernsten langen Großvater hinter seinem Webestuhle die Hand geküßt und der erfreueten kurzen Großmutter; und den offiziellen Mutterbrief überreicht – der Vater war zum Bitten zu stolz – [und] das wenige Geld öffentlich und hinter der Türe auf dem Gange die heimlichen Artikel von Bitten übergeben: so konnt' er nachmittags mit seinem vollen Tornister und mit den Zuckermandeln für seine Augustine, höchst erfreuet über den elterlichen Freitisch auf dem Rücken, wieder nach Hause traben.

Noch erinnert er sich eines Sommertages, wo ihn, da er auf der Rückkehr gegen zwei Uhr die sonnigen beglänzten Anhöhen und die ziehenden

Wogen auf den Ährenfeldern und die Laufschatten der Wolken überblickte, ein noch unerlebtes gegenstandloses Sehnen überfiel, das fast aus lauter Pein und wenig Lust gemischt und ein Wünschen ohne Erinnern war. Ach es war der ganze Mensch, der sich nach den himmlischen Gütern des Lebens sehnte, die noch unbezeichnet und farbelos im tiefen weiten Dunkel des Herzens lagen und welche sich unter den einfallenden Sonnenstreifen flüchtig erleuchteten. Es gibt eine Zeit der Sehnsucht, wo ihr Gegenstand noch keinen Namen trägt und sie nur sich selber zu nennen vermag. Auch noch später hat weniger der Mondschein, dessen Silberseen das Herz nur sanft in sich zerlassen und so aufgelöset ins Unendliche treiben und führen, als auf einer weiten Gegend der Nachmittagschein der Sonne diese Macht einer peinlich sich ausdehnenden Sehnsucht behauptet; und in den Werken Pauls ist sie einige Male geschildert und mitgeteilt.

Auch im Schneewinter mußte Paul oft [als] ein Hof- oder Hollandgänger in Geldnöten ausreisen, wenn er sogar bei dem Großvater durch seinen Verstand Hülfgelder zu negotiieren hatte; so wie er im kältesten Wetter dem Vater in die nahen Gastpfarreien beifolgen durfte. Diesen wöchentlichen Turnläufen verdankt er manche spätere nachhaltende Kräfte und überhaupt das beste Gegengift seiner widersinnigen Körpererziehung, welche wie jede damalige mit Pelzmützen, Purgiermitteln und Luftsperren, mit Warmhalten und Festschrauben und Schonen einer feindlichen Zukunft nicht vorbauete, sondern vorarbeitete. Aber dies ist eben das schöne Glück der Dorf- und Armenkinder, daß der Sommer, mit seinem Lenz und Herbst links und rechts, glücklich das Unkraut des Winters ausrottet; indem die im winterlichen Gewächshause erbleichten Pflanzen nun auf einmal in Luft und Wetter und an Sprüngen und an kühler und ungekochter Kost barhaupt und barfuß sich erholen und ermannen können. Nur den guten Prinzessinnen darf kein Sommer beispringen. Das Volk indes glaubt nicht, daß der Sommer den Winter gut mache, sondern umgekehrt, daß diese häusliche Jahrzeit der Arzt der außerhäuslichen werde.

Ich gebe nun die letzte und größte nie wegbleibende Sommeridylle, welche stets am Montage nach Jakobi einfiel. Denn hier zum Höferjahrmarkt ließen die Großeltern die zarte Mutter Pauls jedesmal in einer Kutsche holen, in der er auch mit einsaß. Um hier den kalten Historiker nicht zu verletzen, sag' ich bloß ruhig und einfach, daß wenn eine bloße Alltagstadt für einen Dörfling schon mehr als ein Kirmesdorf ist, vollends eine Jahrmarktstadt eine potenziierte Doppelstadt werden und folglich alles an Glanze überbieten muß, was ein Dorfjunge sich nur vorstellt. Und so war es bei Paul, der noch dazu nie ohne Phantasie war. Wie Kaisern sonst Ehrentrünke geschickt wurden, so wurde die Mutter stets mit süßem Wein von ihren Eltern empfangen, und der Sohn ging mit etwas davon im Kopfe zum damaligen Haarkräusler Silberer. Dieser kühlte von außen den Kopf durch Brenneisen ab und durch scharfes An- und Umdrehen der Lockenwickel; aber desto neuer und weißer kam er dann mit Locken und Toupet aus dem Pudergestöber zum Mittagmahle zurück, das nicht bedeutend sein konnte, weil der Großvater sehr bald auf das Rathaus hinter den Verkauftisch seiner Tücherballen eilen mußte. Bei dem Abendessen war wie bei den alten Römern desto mehr Zeit und Überfluß. Nun wurde der Nachmittag herrlich und aufsichtfrei und übertäubt und überglänzt unter dem bunten und lauten Getümmel der Menschen und Waren verbracht – Paul hatte seinen Groschen Jahrmarktgeld von der Großmutter in der Tasche und konnte alles kaufen – er konnte einiges Eingekaufte heimtragen ins leere unheimliche Haus, weil alles fort war, düster einsam, man mußte ordentlich wieder unter die Menge – die vornehmsten und schönsten Damen hatt' er umsonst oben an den Fenstern und er verliebte sich von unten vorbeimarschierend überall hinauf und fiel ihnen, da sie ihn nicht kannten, auf der Gasse um den Hals, zeichnete jedoch keine über ihn so erhobne durch Stockwerke und durch Kopfputz zur Favoritsultanin [aus], sondern kaufte Mandeln und Rosinen für die viehweidende Augustine in Joditz – Allerdings wurde gegen sechs, halbsieben Uhr Lärm und Lust größer unter den Abendstrahlen, die immer mehr sich und die Menschen verschönerten und vergoldeten; aber es mußte nach Haus gegangen werden, weil der Großvater nach den Verkäufen um 7 Uhr aß und alles beisammen war.

Ich schenke jedem das Abendessen, denn Paul schmeckte wenig davon – weil er vorher genug gegessen –; aber desto freudiger folg' ich ihm nach dem zweiten Tischgebete nach auf die Straße, wo er so selig wird als irgendeine junge Seele aus einer Pfarrei.

Gänge in tiefer Dämmerung und halber Nacht berauschen und begeistern die Jugend. In ihr zog nun an den Markttagen die Janitscharenmusik durch die Hauptstraßen; und Volk- und Kindertroß zog betäubt und betäubend den Klängen nach, und der Dorfsohn hörte zum ersten Male Trommeln und Querpfeifchen und Janitscharenbecken. »In mir,« – dies sind seine eignen Worte – »der ich unaufhörlich nach Tönen lechzete, entstand ordentlich ein Tonrausch und ich hörte, wie der Betrunkne sieht, die Welt doppelt und im Fliegen. Am meisten griff in mich die Querpfeife durch einen melodischen Gang in der Höhe ein. Wie oft sucht' ich nicht diesen Gang vor dem Einschlafen, wo die Phantasie das Griffbrett oder die Tastatur verklungner Töne am leichtesten handhaben kann, wieder zu hören und wie bin ich dann so selig, wenn ich ihn wieder höre, so innig-selig als ob die alte Kindheit wie ein Tithon unsterblich geworden bloß mit dem Tone und damit spräche zu mir! – Ach leichte, dünne, unsichtbare Klänge beherbergen ganze Welten für das Herz und sie sind ja Seelen für die Seele.« – – Vielleicht schnitten die Töne der höhern Oktave am tiefsten ein. *Engel* behauptet zwar, daß die eigentlichen Wohllaute sich zwischen den tiefen und den hohen Tönen aufhalten; aber man könnte sagen, über beide hinaus liegt eben die poetische Musik. In der dunkeln Tiefe der niedrigsten Baßklänge woget langsam unten vergangne, abgelaufne Zeit; hingegen die schroffe Höhe der äußersten Diskanttöne schreien und schneiden in die Zukunft hinein, oder rufen sie heran, indem sie sie tönen, und sprechen das Scharfe und Enge aus. So klang mir bei der russischen Feldmusik das hohe scharfe Dareinpfeifen der kleinen Pfeifchen fast fürchterlich als eine zum Schlachten rufende Bootmanns-Pfeife, ja als ein grausames Früh-Tedeum für künftiges Blutlassen. – –

Ich fürchte, man wird in Deutschland und sonst darüber reden, daß ich den Herbst zur höchsten Joditzer Idylle aufgespart, ihn der eben zu nichts führen kann als in Schneewege. Aber ein phantastischer Mensch wie Paul genießt im Herbste außer diesen selber noch voraus den Winter mit seiner Häuslichkeit und den Frühling mit seinen poetischen Fernmalereien, indes der angekommene Frühling schon in den Sommer zerfließt, der Sommer aber gar ein Stille- und Mittelstand der Phantasie, zu verwandt dem Herbste und zu fern verwandt dem Frühling ist. Noch jetzo sieht er im Nachsommer durch die halbdurchsichtigen Bäume fern im andern Jahre Blütenschneegebirge stehen und begeht sie wie eine Biene honigtrunken, die in der Nähe unter den Händen zerrinnen, und die weitaussehendsten Plane der Lenzreisen und Lenzernten werden entworfen und durchgenossen und im Frühling selber ist die Hauptsache schon vorbei. Wenn die Landschaftmaler den Herbst vorziehen: so tut es der geistige, der Dichter, wenigstens im Alter.

Aber dem Herbste wandte sich unser Held noch mit einer besondern Kehrseite zu; und diese ist, daß er von jeher eine eigne Vorneigung zum Häuslichen, zum Stilleben, zum geistigen Nestmachen hatte. Er ist ein häusliches Schaltier, das sich recht behaglich in die engsten Windungen des Gehäuses zurückschiebt und verliebt, nur daß es jedesmal die Schneckenschale breit offen haben will, um dann die vier Fühlfäden nicht etwa so weit als vier Schmetterlingflügel in die Lüfte zu erheben, sondern noch zehnmal weiter bis an den Himmel hinauf [zu] strecken, wenigstens mit jedem Fühlfaden an einen der vier Trabanten Jupiters. Von diesem närrischen Bunde zwischen Fernsuchen und Nahesuchen – dem Fernglas ähnlich, das durch bloßes Umkehren entweder die Nähe verdoppelt, oder die Ferne – wird in unseren Vorlesungen mehr vorkommen als ich verlange oder der bloße Herbst zuliefert.

Dieser Haussinn zeigte sich in den Phantasien des Knaben; die jungen Schwalben pries er glücklich, weil sie in ihrem ummauerten Neste innen so heimlich sitzen konnten in der Nacht – Wenn er in den großen Taubenschlag auf dem Dache hineinstieg, so war er in diesem Zimmer voll Zimmerchen oder Taubenhöhlen ordentlich wie zu Hause und die Antlitzseite war ihm ein Louvre oder Eskurial im kleinen. Ich fürchte nur, man läßt es mir selber entgelten, wenn ich die kindische Kleinigkeit in meine Vorlesungen aufnehme, daß er ein vollständiges Fliegenhaus aus Ton, eigentlich einen Palast erbauete, so lang und so breit wie eine Männerfaust und um etwas höher; es war aber das ganze Speisehaus rot angestrichen und mit Dinte in Ziegelquader abgeteilt, innen mit zwei Stockwerken, vielen Treppen mit Geländern und Kammern, einem geräumigen Dachboden versehen, außen aber mit Erkern und Vorsprüngen und sogar mit einem Rauchfange versorgt, welchen ein Glas zudeckte, damit nicht statt des Rauchs die Fliegen hinauszögen. Nirgends waren Fenster gespart und das Schloß, durfte man behaupten, bestand weit mehr aus Fenster als aus Mauer. Wenn nun Paul so die unzähligen Fliegen in diesem weiten Lustschloß treppauf treppnieder in alle große Zimmer und dann gar in die niedlichen Erkerchen laufen sah: so macht' er sich eine Vorstellung von ihrer häuslichen Glückseligkeit und wünschte selber darin an den Fenstern mitzulaufen und er setzte sich an die Stelle der Hausbesitzer, welche aus den weitesten Zimmern sich in die niedlichsten engsten Kämmerchen und Erkerchen zurückziehen konnten. Wie unbedeutend und klein mußt' ihm dagegen das Pfarrhaus vorkommen!

Aber auch als Schriftsteller hat er später diesen Haus- und Winkelsinn fortgesetzt in Wutz und Fixlein und Fibel; und noch sieht der Mann gern jedes nette niedrige Schieferhäuschen von zwei Stockwerkchen mit Blumen vor den Fenstern und einem Hausgärtchen, das man bloß vom Fenster heraus begießt; und im zugemachten Kutschkasten kann der gute häusliche Narr ordentlich ganz vergnügt sitzen und an den Seitentaschen herumsehen und sagen: »Ein prächtiges stilles feuerfestes Stübchen! Und draußen fahren die größten Dörfer und Gärten vorbei!« – So viel ist darzutun, daß er in einem Rittersaale, in einer Peterskirche noch weniger schreiben als wohnen könnte – es wär' ihm ein Marktplatz mit einem Dache versehen –, indes er doch fähig wäre, auf dem Montblanc, oder auf dem Ätna, wäre alles gehörig dazu hergerichtet für ihn, in einem fort zu schreiben und zu wohnen; denn nur das enge Menschliche kann ihm nicht klein genug, aber die weite Natur nicht zu ausgedehnt sein; denn die Kleinheit der Menschenwerke verkleinert sich durch ihr Vergrößern.

Die Joditzer Herbstidylle ist durch voriges fast ausgemalt. Der Herbst führt nämlich die Menschen nach Hause und läßt ihnen sein Füllhorn da, für das Nest des Winters, das sie bauen, wie der Kreuzschnabel im Eismonate Nest und Junge hat. Von damals her muß kommen, daß Paul noch das erste Dreschen, die lauten Krähenzüge in die Wälder, der Zugvögel Schreien oder Blasen zum Aufbruche mit einem nachgebliebenen Vergnügen als die Vorboten der engen häuslichen Winter-Einnistung hört; und es tut mir seinetwegen leid, daß er auch die Gänse im Herbste, die dann in Herden gehen, mit ziemlicher Lust schreien hört als Vorsänger und Vorredner der Winterzeit. Aus diesem Stuben- und Wintersinn hab' ich mir von jeher erklärt, warum er mit so ungemeinem Behagen Reisebeschreibungen von Winterländern wie Spitzbergen und Grönland las; denn das Anschauen einer bloßen Not auf dem Druckpapier erklärt das Vergnügen dabei nicht, weil sonst das nämliche auch bei der Lesung der Glutnot der heißen Länder wieder dasein müßte. Hingegen die bekannte Freude des Mannes über jede Viertelstunde, um welche im Herbste die Tage abnehmen, würd' ich mehr seiner Vorliebe für Superlative – welche es auch seien – für unendliches Großes und unendliches Kleines, kurz für die Maxima und Minima zuschreiben, besonders da er ja ganz ebensosehr sich über das Wachsen der Tage erfreuet und nichts dabei wünscht als gar einen langen Schwedentag. Man sieht aber aus allem, mit welcher unschätzbaren Genügsamkeit und Geschicklichkeit Gott den Mann auf seinen Lebensweg, auf welchem nicht viel rechts und links zu finden war, zugerüstet und ausgestattet, so daß er, es mochte noch so schwarz um ihn sein, immer Weiß aus Schwarz machen konnte und mit einem beidlebigen Instinkte für Land und Meer weder ersaufen noch verdursten konnte.

Es sind dies lauter autobiographische Züge, meine Herren, die ein künftiger Lebenbeschreiber desselben recht bequem zu einer Lebenbeschreibung verarbeitet und für welche er mir vielleicht dankt.

Auch wüßt' ich nichts als jenen behaglichen Stuben- und Wintergeschmack, um mir begreiflich zu machen, warum Paul eine andere an sich so hagere Herbstlust mit solchem Wohlgeschmacke wiederkäuet. In den Herbstabenden (noch dazu an trüben) ging nämlich der Vater im Schlafrocke mit ihm und seinem Bruder auf ein über der Saale gelegenes Kartoffelfeld; der eine Junge trug eine Grabhaue, der andere ein Handkörbchen. Draußen wurden nun neue Kartoffeln, soviel für das Abendessen nötig waren, vom Vater ausgegraben; Paul warf sie aus dem Beete in den Korb, während Adam an dem Haselnußgebüsche die besten Nüsse erklettern durfte. Nach einiger Zeit mußte dieser von den Ästen herunter ins Beet und Paul stieg seinerseits hinauf. Und so zog man denn mit Kartoffeln und Nüssen zufrieden nach Hause; und die Freude, auf eine Viertelstunde weit und eine Stunde lang ins Freie gelaufen zu sein und zu Hause bei Lichte das Erntefest zu feiern, male sich jeder selber so stark wie der Empfänger.

Besonders frisch und grün aber sind noch zwei andere Herbstblumen der Freude in seinen Gehirnkammern erhalten und aufbewahrt, und beide sind Bäume. Der eine ist bloß ein dickzweigiger hoher Muskatellerbirnbaum im Pfarrhofe, an dessen herrlichen Fruchtgehängen die Kinder den ganzen Herbst hindurch künstliches Fallobst hervorzubringen versuchten, bis endlich an einem der wichtigsten Tage der Jahrzeit der Vater den verbotenen Baum selber auf der Leiter bestieg und das süße Paradies herunterholte für das ganze Haus und für den Bratofen. – Der andere immer grüne und noch herrlicher fortblühende Baum ist aber kleiner, nämlich die abgehauene Birke, welche jährlich an dem Andreasabend bei dem Stamme vom alten Holzhauer in die Stube geschleppt und dann in einen weiten Topf mit Wasser und Kalk gepflanzt wurde, damit sie gerade zur Weihnachtzeit, wenn die goldnen Früchte an sie gehangen wurden, schon die rechten grünen

Blätter dazu trüge. Es hatte diese Birke, keine Trauer- sondern eine Jubelbirke, das Eigne an sich, daß sie den dunkeln Dezemberweg bis zum Christfest mit Freudenblumen bestreuete, nämlich mit ihren hervorgenötigten Blättchen, wovon jedes neue wie ein Uhrzeiger auf einen zurückgelegten Tag hinwies, und daß jedes Kind unter diesem Maienbaum des Winters sein Laubhüttenfest der Phantasien feiern konnte.

Pauls Weihnachtfest selber zu beschreiben, erlassen mir wohl gern alle die Zuhörer, welchen in Pauls Werken Gemälde davon, die ich am wenigsten übertreffen kann, zu Händen gekommen. Bloß zwei Zusätze dürften nachzuholen sein. Wenn Paul nämlich am Weihnachtmorgen vor dem Lichterbaum und Lichtertische stand und nun die neue Welt voll Gold und Glanz und Gaben aufgedeckt vor ihm lag und er Neues und Neues und Reiches fand und bekam: so war das erste, was in ihm aufstieg, nicht eine Träne – nämlich der Freude –, sondern ein Seufzer – nämlich über das Leben –; mit einem Worte schon dem Knaben bezeichnete der Übertritt oder Übersprung oder Überflug aus dem wogenden spielenden unabsehlichen Meere der Phantasie an die begrenzte und begrenzende feste Küste sich mit dem Seufzer nach einem größern schönern Lande. Aber ehe dieser Seufzer sich veratmete und ehe die glückliche Wirklichkeit ihre Kräfte zeigte: so fühlte Paul aus Dankbarkeit, daß er sich im höchsten Grade freudig zeigen müßte vor seiner Mutter; – und diesen Schein nahm er sofort an und auf kurze Zeit, weil sogleich darauf die angebrochnen Morgenstrahlen der Wirklichkeit das Mondlicht der Phantasie auslöschten und entfernten.

Hier mag auch einer väterlichen Eigenheit gedacht werden, welche in dieselbe Minute fiel: der Vater nämlich – immer so froh teilnehmend, jede Freude so bereitwillig gönnend und gebend – kam an dem Christmorgen wie mit einem Trauerflor bedeckt aus seiner Stube in die lustige leuchtende Wohn- und Gesindestube herab; die Mutter selber versicherte ihre Unwissenheit über diese jährliche Traurigkeit und niemand hatte Mut zur Frage. Auch überließ er der Mutter die ganze Mühe und Freude, die Tafeldeckerin der h. Christnacht zu sein, und hier blieb er vielleicht beträchtlich hinter Paul zurück, und holte den Sohn nicht ein, welcher immer bei der Weihnachtoper der Kinder seiner Frau viel half, wenn nicht gar sie bloß ihm; denn in der Tat hatte er – zumal früher, da sie dümmer waren – schon Monate vor der Aufführung dieser Zauberoper den Lügen-Zettel-Träger, den Theaterdichter und Szenenmaler auf dem Kanapee gespielt, und hatte endlich abends als vollständiger Operdirektor und Maschinenmeister alles auf den Tischen und Bäumchen so lichtervoll und verständig ausgebreitet und zusammengeordnet, daß das Ganze glänzte und sein Auge dazu.

Demungeachtet ist der Vater aus dem Sohne und die väterliche Trauer fast [zu] erklären und zwar daraus, daß [dieser] seit vielen Jahren selber eine ähnliche bei aller äußern Freudigkeit und Tätigkeit zu verhüllen hat. Es ist eben bei beiden nur das von Kirchenstücken und Romanen wunde

Wehgefühl der Vergleichung zwischen dem männlichen Herbste der Wirklichkeit und dem kindlichen Frühlinge vor ihnen, in welchem noch dicht aus dem Stamme der Wirklichkeit die Blüten des Ideals ohne Umwege von Blättern und Ästen wachsen.

Bedurfte doch damals sogar der kindliche Honig und Wein der Freude des idealen Ätherzusatzes von dem Glauben an ein darreichendes Christkindchen. Denn sobald er zufällig sich mit Augen überzeugt hatte, daß nur Menschen, nicht Überirdische, die Freudenblüten und Früchte bringen und auf die Tafel legen: so war diesen der Edenduft und Edenglanz ausgegangen und abgewischt und das alltägliche Gartenbeet da. Indes unglaublich ists, wie er gleich allen Kindern, sich gegen die Himmelstürmer seines himmlischen Glaubens gewehrt und wie lange er seine übernatürliche Offenbarung festgehalten gegen alle Einsichten seiner Jahre, gegen alle Winke des Zufalls, bis er endlich sah und siegte weniger als besiegt wurde. So schwer läßt sich der Mensch in allen Religionen zu den Menschen herunterziehen, welche oben im Lufthimmel die gebenden Götter spielen.

– So weit gehen die Joditzer Idyllen, welche für Eltern und Kinder lange genug gedauert, nämlich so lange wie der trojanische Krieg. Die Schulden und die Ausgaben für vier Söhne wuchsen und diesen wurde die versprochene bessere Schule immer nötiger. Auch den Vater faßte zuweilen ein Unmut an, daß er schöne Jahre und schöne Kräfte in einer so engen Dorfkirche abmatte und verzehre. Endlich starb der Pfarrer Barnickel in Schwarzenbach an der Saale, einem kleinen Städtchen oder großen Marktflecken. Der Tod ist der eigentliche Schauspieldirektor und Maschinenmeister der Erde. Er nimmt einen Menschen wie eine Ziffer aus der Zahlenreihe vorn, mitten, oder hinten heraus und siehe, die ganze Reihe rückt in eine andere Geltung zusammen. Die Pfarrstelle, welche der Fürst von Reuß und die Frau von Bodenhausen wechselnd besetzten, bekam diesesmal die Gönnerin Richters in die Hand, welche sich lange und unverhohlen auf die Gelegenheit gefreuet, den guten uneigennützigen heitern und verarmenden Pfarrer zu erretten und zu belohnen.

Aber deshalb ging er jetzo nicht öfters nach Zedwitz, sondern seltener. Vollends eine Bittschrift um die Pfarrei, oder nur eine mündliche Bitte zu bringen, dies hätte ihn nach seiner altglaubigen Überzeugung, daß nur der heilige Geist zum heiligen Amte rufen müsse, als eine Simonie befleckt. So mußte denn die geburtstolze Gönnerin sich den festen amtstolzen ärmlichen Mann ohne Bitte und ohne Gesuch gefallen lassen. Ich teile Ihnen hier ein Geheimnis des Zedwitzer Hofes mit – das er selber längst vergessen –, wenn ich aus dem Munde des alten Pfarrer erzähle, wie es dort am Tage seiner Berufung zugegangen. Da er gewöhnlich zuerst bei dem alten Herren (von Plotho) vorgelassen wurde: so konnte dieser vor Liebe und Freude ihm die Nachricht seiner Beglückung nicht zurückhalten, sondern gab sie ihm geradezu, oder gar die Vokation selber, indes eigentlich erst dessen

Gemahlin als die wahre Patronatherrin ihm das Schreiben hätte geben sollen. Natürlicherweise war nachher, als der neugeschaffne Pfarrer vor sie mit seinem Danke eintrat, einige Verstimmung der Freiin gegen ihren Gemahl dem Hofe nicht ganz zu entziehen. Übrigens hatten beide mit der eigenhändigen Übergabe der Vokation gleichgesinnt dem geldlosen Freunde allerlei Gratiale und Douceurs der Überbringer – fatale Worte für die eine Partei – ersparen wollen.

Da ich Ihre wohlwollenden Gesinnungen für Vater und Sohn so gut kenne, so wollt' ich wohl erraten, daß Sie jetzo innerlich im Jubel rufen: »Dies ist ja köstlich, daß der Mondwechsel der Pfarreien endlich ihm ein anderes schönes Wetter bringt; und wir sehen den jovialen Tonkünstler ordentlich früher als sonst von der Herrschaft (er unterhielte sie aus Dank gern länger) mit seiner Bullenbeißerin nach Hause laufen, bloß um nur so früh wie möglich seine Selberentzückung unter die Seinigen, besonders an die arme Gattin auszuteilen, welche durch das bisherige Ährenlesen ja Zehenden-Sammeln auf den elterlichen Feldern wahrlich genug geduldet hat.« –

Ich bemerke dagegen nichts als daß Sie sämtlich fehlschießen und mich wundert der Fehlgriff. Ernst und traurig brachte er die Freudenpost; aber nicht bloß weil auf dem Blumen- und Erntekranz des Glücks wie auf dem Brautkranz immer einige Tautropfen hangen, die wie Tränen aussehen, sondern auch weil in ihm schon der Abschied von der geliebt-liebenden Gemeinde zu weinen anfing, welche seit so vielen Jahren seine zweite Familie, nur im größern Familienbetsaal der Kirche gewesen, und zuletzt noch, weil nun das stille, ruhige, unbegaffte, einfache Stilleben des Dorfes in der Zukunft nur als ein fernes Gemälde in seiner Erinnerung hangen sollte. Freilich ist das Landleben gleich dem Seeleben einfarbig, ohne Abwechsel kleiner, nur großer Gegenstände; aber es gibt eine Art einförmiger Freude, welche stärkt, so wie das einfarbige Meer [auf] Lungensüchtige freundlich wirkt, weil keine Staubwolken einzuatmen sind und keine Insekten quälen.

– Nun glaub' ich meine Pflicht als selbhistorischer Professor in Rücksicht auf das Erziehdörfchen Joditz so erfüllt zu haben, daß ich in der nächsten Vorlesung mit dem Helden und den Seinigen in Schwarzenbach an der Saale einziehen kann, wo freilich der Vorhang des Lebens um mehre Schuh hoch aufgeht und man vom Hauptspieler schon etwas mehr zu sehen bekommt als die bloßen Kinderschuhe, wie leider bisher. Denn in der Tat aus der heutigen Vorlesung schicken wir ihn in die nächste als einen mehr als zwölfjährigen Menschen mit zehnmal weniger Kenntnissen als [der dreijährige Christian Heinrich Heineken] hatte, da ihn nach dem Examen die Amme wieder an den Busen legte – so ohne alle Natur- und Länder- und Weltgeschichte ausgenommen das Teilchen davon, welches er selber war – so ohne alles Französische und Musikalische – im Lateinischen nur mit ein bißchen Lange und Speccius angetan – kurz als ein solches leeres durchsichtiges Skelett oder Geripplein ohne gelehrte Nahrung und Umleib, daß ich mit Ihnen allen kaum Zeit und Ort erwarten kann, wo er doch einmal anfangen muß, etwas zu wissen und das Gerippe zu beleiben in Schwarzenbach an der Saale.

Wir verlassen nun mit ihm das unbekannte Dörfchen; aber ob es sich gleich noch keinen Lorbeerkranz wie so manches anderes Dorf durch eine Schlacht aufgesetzt: so darf er, glaub' ich, es doch hoch in seinem Herzen halten und zu ihm, als wenn er heute schiede, sagen: »Liebes Dörflein! du bleibst mir teuer und wert! Zwei kleine Schwestern ließ ich in deinem Boden – Mein zufriedener Vater hat *auf* ihm seine schönsten Sonntage gefunden – und unter dem Morgenrote meines Lebens sah ich deine Fluren stehen und glänzen. Zwar sind deine [mir] bekannten Bewohner, denen ich danken will, längst fortgegangen wie mein Vater; aber ihren unbekannten Kindern und Enkeln geh' es wohl, wünscht mein Herz, und jede Schlacht ziehe weit vor ihnen vorbei.«

Dritte Vorlesung

[Schwarzenbach an der Saale]

Glauben Sie wohl, meine Zuhörer, daß Paul aus dem ganzen Aufpacken und Ausziehen und Fortziehen und Einziehen nichts im Gedächtnis behalten, keinen Abschied weder der Eltern noch der Kinder, keinen Gegenstand auf einem Wege von zwei Meilen, bloß den schon erwähnten Schneiders-Sohn ausgenommen, welchem er die Rußzeichnungen einiger Könige für seine Geliebte in die Tasche gesteckt? – Aber so ist Kind- und Knabenheit; sie behält Kleinstes, sie vergißt Größtes, man weiß bei beidem selten warum. Abschiede behält ohnehin die immer unten und oben und überall hinauswollende Kindheit weniger als Ankunft; denn ein Kind verläßt zehnmal leichter die langgewohnten Verhältnisse als die kurzgewohnten und erst im Manne erscheint gerade das Umgekehrte der Berechnung. Für Kinder gibt es kaum Abschiede; denn sie kennen keine Vergangenheit, sondern nur eine Gegenwart voll Zukunft.

Schwarzenbach an der Saale hatte freilich viel – einen Pfarrer und einen Kaplan – einen Rektor und einen Kantor – ein Pfarrhaus voll kleiner und zwei großer Stuben – diesem gegenüber zwei große Brücken mit der dazugehörigen Saale – und gleich daneben das Schulhaus so groß (wohl größer) wie das ganze Joditzer Pfarrhaus – und unter den Häusern noch ein Rathaus, nicht einmal gerechnet das lange leere Schloß.

Gerade mit dem Vater trat auch ein neuer Rektor an, Werner, aus dem Merseburgischen, ein schöner Mann mit breiter Stirne und Nase, voll Feuer und Gefühl, mit einer hinreißenden Naturberedsamkeit voll Fragen und Gleichnisse und Anreden wie Pater Abraham; übrigens aber ohne alle Tiefe weder in Sprachen noch in andern Wissenschaften. Indes half er der Armut auf dieser Kehrseite durch einen Kopf voll Freiheit-Rede und Eifer ab; seine feurige Zunge war der Hebel der kindlichen Gemüter. Sein Grundsatz war, aus der Grammatik die nur allernotwendigsten Sprachformen – worunter er bloß die Deklinationen und Konjugationen verstand – lernen zu lassen und dann ins Lesen eines Schriftstellers überzuspringen. Paul mußte sogleich den Sprung hoch über Langens Colloquia hinweg in den Cornelius tun; und es ging. Die Schulstube oder vielmehr die Schularche faßte Abc-Schützen, Buchstabierer, Lateiner, große und kleine Mädchen – welche wie an einem Treppengerüste eines Glashauses oder in einem alten römischen Theater, von Boden bis an die Wand hinaufsaßen – und Rektor und Kantor samt allem dazugehörigen Schreien, Summen, Lesen und Prügeln in sich. Die Lateiner machten gleichsam eine Schule in der Schule. Bald darauf wurde auch die griechische Grammatik mit dem Erlernen der Deklinationen und der nötigsten Zeitwörter angefangen und ohne weiteren Aufenthalt bei der Grammatik sofort ins Neue Testament zum Übersetzen übergesetzt. Werner, der oft im Feuer der Rede sich selber so lobte, daß er über seine eigne Größe erstaunte, hielt auch seine fehlerhafte Methode für eine originelle, ob sie gleich nur eine Basedowsche war; aber Pauls fliegendes Fortschreiten wurde ihm ein neuer Beweis. Etwan ein Jahr darauf wurden einige wenige Deklinationen und Zeitwörter aus Danzens lateinisch geschriebener hebräischen Grammatik zu einer Schiffbrücke zum ersten Buche Mosis geschlagen, dessen Anfang, gerade die Exponierschwelle junger Hebräer, den ungebildeten Juden zu lesen verboten war.

Ich werde mit Ihnen sogleich wieder mit dem Leben des Helden chronologisch fortschreiten, sobald ich nur *einen* Augenblick kursorisch über die Zeit hinaus weiter und vorausgegangen bin und Ihnen habe sehen lassen, wie viel er auf einmal zu tun gewußt und gehabt. Sogleich darauf werd' ich wieder statarisch.

Das griechische Testament mußt' er und das hebräische mündlich übersetzen in ein lateinisches wie ein Vulgata-Macher. Der Rektor hatte unter Pauls Übersetzung (er war der einzige Hebräer in der Schule) eine gedruckte neben sich liegen. War der Held mit dem Analysieren mancher Wörter nicht zurechte gekommen: so schlug wohl zuweilen das zweite Unglück dazu, daß es dem Lehrer ebenso ging.

Der jetzige Romanschreiber verliebte sich ordentlich in das hebräische Sprach- und Analysier-Gerümpel und Kleinwesen – eigentlich auch ein heimlicher Zug seiner Liebhaberei für Häuslichkeit – und borgte aus allen schwarzenbachischen Winkeln hebräische Sprachlehren zusammen, um über die diakritischen Punkte, die Vokalen, die Akzente und dergleichen alles aufgehäuft zu besitzen, was bei jedem einzelnen Worte analysierend aufzutischen ist. Darauf nähte er sich ein Quartbuch und fing darin bei dem ersten Buche Mosis an und gab über das erste Wort, über seine sechs Buchstaben und seine Selbstlauter und das erste Dagesch und Schwa so reichliche Belehrungen aus allen entlehnten Grammatiken mehre Seiten hindurch, daß er bei dem ersten Worte »anfangs« (er wollte so von Kapitel zu Kapitel fortschreiten) auch ein Ende machte, wenn es nicht bei dem zweiten war. Was noch von des Quintus Fixlein Treibjagd in einer hebräischen Foliobibel nach größern, kleinern, umgekehrten Buchstaben (im ersten Zettelkasten) geschrieben steht, ist wörtlich mit allen Umständen auf Pauls eignes Leben anzuwenden.

Ebenso närrisch verfuhr Paul mit dem jetzo veralteten Hofmann, der mit seinen deutschen Übersetz-Sätzen oder Beispielen für lateinische Regeln ein Großkreuz-Speccius für Schüler war, und wand sich durch Schraubengänge, da der Mann zu immer mehrer Syntaxis ornata überging, so sehr in lauter schwere Partizipial-Verengungen ein, daß der gute Rektor mehr darauf sinnen mußte, ihn zu verstehen als zu verbessern.

Sogleich nach der Ankunft in Schwarzenbach – noch immer steh' ich im Kursorischen – bekam er vom Kantor Gressel Unterricht auf dem Klaviere; – und auch hier, nachdem er nur einige Tanzstücke und später das Gemeinste des Chorals erlernte – Gott gebe doch dem armen Knaben einmal einen gründlichen Lehrer, wünsch' ich, sowenig auch überall dazu sich Aussicht zeigt – geriet er bald in seine Selberfreilassung vom Unterrichte, nämlich in Phantasieren auf dem Klaviere und in Aufsammeln und Abspielen aller Klavierstücke, die nur im Orte aufzutreiben waren. Die musikalische Grammatik, den Generalbaß, erlernte er so durch viel Phantasieren und Notenspielen etwa so wie wir die deutsche durch Sprechen.

Zu gleicher Zeit legte er sich lesend auf die schöne Literatur der Deutschen; da aber in Schwarzenbach keine andere zu haben war als die romantische und von dieser nur die schlechten Romane aus der *ersten* Hälfte des vorigen Jahrhunderts: so trug er sich von diesen Quadern einen kleinen babylonischen Turm zusammen, ob er gleich jedesmal aus ihm nur *einen* Quader herausziehen konnte zum Lesen. Aber unter allen Geschichten auf Bücherbrettern – denn Schillers Armenier wiederholt später nur die halbe Wirkung – goß keine ein solches Freudenöl und Nektaröl durch alle Adern seines Wesens – bis sogar zu körperlichem Verzücken – als der alte Robinson Crusoe –; er weiß noch Stunde und Platz, wo die Entzückungen vorfielen; es war abends an dem Fenster gegen die Brücke zu; und nur später ein zweiter Roman, Veit Rosenstock von Otto, – vom Vater gelesen und verboten – wiederholte die Hälfte jener Begeisterung. Nur als Plagiar und Bücherdieb genoß er ihn aus der väterlichen Studierstube so lange bis der Vater wiederkam – einmal las er ihn unter einer Wochenpredigt des Vaters in einer unbesuchten Empor auf dem Bauche liegend. Jetzige Kinder beneid' ich wenig, welchen der erste Eindruck des kindlichen und kindischen Robinson entzogen und vergütet wird durch die neuern Umarbeiter des Mannes, welche die stille Insel in einen Hörsaal oder in ein abgedrucktes Schnepfental verwandeln und den schiffbrüchigen Robinson überall mit einem Lehrbuche in der Hand und eignen dictatis im Maule herumschicken, damit er jeden Winkel zu einer Winkelschule stifte, obgleich der Mann mit sich selber so viel zu tun hat, damit er sich nur notdürftig beim Leben erhält.

Zu gleicher Zeit, nämlich kurz darauf bat der junge Kaplan Völkel sich vom Vater den Jungen auf tägliche zwei Stunden nach dem Essen aus, um allerlei aus Philosophie und Geographie mir beizubringen. Wodurch ich ihm, den kein besonderes Erziehtalent anfeuerte, bei meiner dörfischen Unbehülflichkeit so wert bis zum Aufopfern seiner Ruhezeit geworden, weiß ich nicht.

In der Philosophie las er oder eigentlich ich ihm vor die Weltweisheit von Gottsched, welche mich bei aller Trockenheit und Leerheit doch wie frisches Wasser erquickte durch die Neuheit. Darauf zeigte er mir auf einer Landkarte – ich glaube von Deutschland – viele Städte und Grenzen; was ich aber davon behalten, weiß ich nicht und such' es bis heute vergeblich in meinem Gedächtnis. Ich getraue mir zu beweisen, daß ich unter allen jetzt lebenden Schriftstellern vielleicht der bin – was freilich stark klingt – welcher von Landkarten – das wenigste versteht. Ein Atlas von Landkarten trüge statt des Himmels des mythologischen für mich eine Hölle, wenn ich sie in meinen Kopf überzutragen hätte. Was in diesem von Erdbeschreibung an Städten und Ländern etwan hangen geblieben, ist das wenige, was mir unterwegs angeflogen auf dem geographischen Lehrcursus, welchen teils die Postwagen statarisch, teils die Hauderer kursorisch mit mir nahmen, um mich in gutem Gymnasiumdeutsch auszudrücken.

Desto mehr dank' ich dem guten Kaplane für seine Anleitung zum deutschen Stil, welche in nichts bestand als in einer Anleitung zur sogenannten [natürlichen] Theologie. Er gab mir nämlich den Beweis ohne Bibel zu führen auf, z. B. daß ein Gott sei oder eine Vorsehung u. s. w. Dazu erhielt ich ein Oktavblättchen, worauf nur mit unausgeschriebnen Sätzen, ja mit einzelnen Worten durch Gedankenstriche auseinandergehalten die Beweise und Andeutungen aus Nösselt und Jerusalem oder andern standen. Diese verzifferten Andeutungen wurden mir erklärt; und aus diesem Blatt entfalteten sich, wie nach Goethens botanischen Glauben, meine Blätter. Mit Wärme fing ich jeden Aufsatz an, mit Lohe hört' ich auf; denn immer kamen in das Ende das Ende der Welt, des Lebens, die Freuden des Himmels und all das Übermaß, das der jungen Rebe in ihrem warmen Frühling entquillt und das erst im Herbst zu etwas Geistigen zeitigt. Wenn nun diese Schreibstunden nicht Arbeit-, sondern Freuden- und Freistunden waren: wem gehört das Lob und Verdienst als dem Wahlherrn des rechten blüte- und fruchttragenden Thema? – Denn man bedenke und halte diese anfüllenden und anregenden Aufgaben doch nur gegen die gewöhnlichen der Schullehrer, welche so geräumig und unbestimmt, dem Herzen der Jugend so fremdartig, oder über den jugendlichen Lebenkreis so weit hinausragend, wie ich zum Scherze in einer Note [1] tausend erfinden wollte, daß ich lieber im Ernste wünschte, ein freier jugendkennender Mann setzte sich hin und schriebe ungeachtet der besten Gedanken und Ausarbeitungen, die er sonst liefern könnte, vor der Hand weiter nichts als nach der Maßgabe der unzähligen Dispositionen über die Sonntagtexte, ein Bändchen voll bloßer Preisaufgaben für Lehrer, welche diese bloß dadurch zu lösen hätten, daß sie unter ihnen erwählten, um sie den Schülern aufzugeben. –

Noch besser als alle Aufgaben sind vielleicht gar keine; der Jüngling dürfe selber sich jedesmal die Materie wie eine Geliebte auslesen, für welche er warm und voll ist und mit der allein er das Lebendige zu erzeugen vermag. Lasset doch den jungen Geist nur auf einige Stunden und Bogen lang frei – wie ja sogar der ältere es braucht –, damit er von eueren Händen ungestört austöne; sonst ist er eine Glocke, die auf dem Boden aufsteht und nicht eher ertönen [kann] als bis sie unberührt im Freien hangt.

Aber so sind die Menschen durch alle Ämter hinauf; sie haben keine Lust, knechtische Maschinen zu freien Geistern zu machen und dadurch ihre Schöpf-, Herrsch- und Schaffkraft zu zeigen, sondern sie glauben diese umgekehrt zu erweisen, wenn sie an ihre nächste oder Obermaschine aus Geist wieder eine Zwischenmaschine und an die Zwischenmaschinen endlich die letzte anzuschienen und einzuhäkeln vermögen, so daß zuletzt eine Mutter Marionette erscheint, welche eine Marionettentochter führt, die wieder ihrerseits imstande ist, ein Hündchen in die Höhe zu heben –– Alles nur *eine* Zusammenhäkelung desselben Maschinenmeisters. Gott, der Reinfreie, will nur Freie erziehen; der Teufel, der Reinunfreie, will nur seinesgleichen.

Meine wöchentlichen Ausarbeitungen gäbe ich jetzo für keine jetzigen hin, sie mögen auch die Welt noch so sehr bilden; denn jene bildeten noch weit mehr mich selber, besonders da ihre Gegenstände meinem Triebe zum Philosophieren die Schranken auftaten und ihn sich auslaufen ließen; ein Trieb, der schon vorher sich in meinem engen Kopfe ausrennen wollte in einem schmalen Oktavbüchlein, worin ich das Sehen und Hören logisch zu ergründen suchte und dachte und woraus ich meinem Vater etwas erzählte,

[1] Über so allgemeine kalte leere, alles und nichts fodernde Schreibaufgaben wie z. B. Lob des Fleißes, Wichtigkeit der Jugend könnte kaum der reichste und reifste Kopf etwas Lebendiges ausbrüten. Wieder andere übervolle zu große wie z. B. Vergleichung von alten Feldherrn, Abwägungen der alten Regierformen sind Straußeier, auf welchen der Schüler mit seinen zu kleinen Flügeln vergeblich sitzt und brütet und niemanden warm macht als sich selber. Schöner stehen zwischen beiden Arten die vollen an sinnlichen oder an historischen Stoffen: z. B. Darstellung einer Feuerbrunst, des Jüngsten Tages, der Sündflut, Beweis ihrer Nicht-Allgemeinheit.

der mich so wenig tadelte und verstand als ich. Kann man denn es den Jugendlehrern zu oft sagen – oft genug hab' ichs wohl indessen schon gesagt – daß alles Hören und Lesen den Geist nicht halb so kräftigt und regt und reizt als Schreiben und Sprechen, weil jenes dem weiblichen Empfangen ähnlich nur die Kräfte der Aufnahme bewegt, dieses aber dem männlichen Erzeugen ähnlich die Kraft des Schaffens in Anspruch nimmt und in Bewegung setzt? – Schreiben nicht lebenlange Übersetzer der geistreichsten und sprachkürzesten Schriftsteller, z. B. Ebert als der von Young, ihre Vorreden, Noten und Gedichte mit der angebornen Wässerigkeit fort, indes doch einige Verbesserung zu erwarten gewesen wäre, da unter allem Lesen das Übersetzen das aufmerksamste ist, so wie das scharf- und feinsichtigste, daher auch jeder Übersetzer eines genialen Werks dieses besser durchgenießt und auskernt als jeder Leser? ... Lesen heißt in die Schulklasse oder den Armensäckel einsammeln, Schreiben heißt eine Münzstätte anlegen; aber der Prägstock macht reicher als der Klingelbeutel. Schreiben verhält sich als eine sokratische Hebammenkunst, die man an *sich selber* übt, zum Lesen, wie Sprechen zum Hören. In England und bei Hof- und Weltleuten bildet das Sprechen aus und hilft dem seltenern Lesen nach.

Diese Stunden des Kaplans setzt' ich endlich auf ein Schachspiel und sie wurden verspielt, weil – nicht gespielt wurde. Zuweilen nämlich beschloß der Kaplan den geographischen Unterricht mit einem im Schach; mein liebstes Spiel bis noch jetzt, ob ich gleich darin wie in jedem andern der Anfänger geblieben, als der ich gleich anfangs aufgetreten. Da ich nun einmal die Stunde ungeachtet der Kopfschmerzen besuchte, weil mir ein Schach versprochen war; und da dasselbe aus Vergessen nicht kam: so kam ich auch niemals mehr wieder. Ich begreife viel schwerer den einen Umstand, daß mir der Vater ein solches von keinem Worte motivierte Wegbleiben schweigend erlaubte, als den andern natürlichen, daß ich ein Narr war und den Kaplan zur nämlichen Zeit fortfloh, als ich ihn fortliebte. Zwar war ich mit Freuden zwischen ihm und dem Vater die kleine Fußbotenpost; und mit Liebeblicken und Freudenpulsen sah ich ihn fast nach jeder Kindtaufe (die Taufglocke läutete meinem Ohre deshalb eine Frohmesse ein) bei meinem Vater einspringen und – ich las oder schrieb unweit ihres Sprechtisches – den halben oder ganzen Abend da verplaudern; aber ich hatte mir wie gesagt, das Schachbrett in den Kopf gesetzt und blieb aus. Himmel! wer mag in meiner und in so mancher poetischen und weiblichen Natur in die besten Honigzellen einen solchen Sauerhonig (wenn nicht Honigessig) des Liebens und Grollens eintragen, eine solche widerstreitende Mixtur, die oft die schönsten Tage, ja vielleicht die schönsten Herzen vergiftete und wundfraß? – Wahrlich, wäre oft der heißesten Liebe nur noch eine halbe Unze Lichtäther oder Verstand beizumischen: ich wüßte nichts darüber, über die wärmste Liebe; so aber gerinnt sie zu ihrem sauern Boden- und Gegensatz.

Scherz mit dem Rektor

Da die Schraubgenossenschaft wußte, daß er in der Schule die Zeitung las und in seine Schulstubenpredigten jede lebendige Gegenwart aufnahm: so schickte sie ihm von der Erlanger Realzeitung, die er mithielt, ein altes Blatt aus den 70ger Jahren, das die schreckliche Hungernot in Italien, besonders in Neapel, grausend abschilderte. Die Jahrzahl der Zeitung hatten sie mit einem daraufgeflößten Dintenklecks gut genug versiegelt. Sie hörten es nun alle in ihre Stuben gleichsam hinein, wie er vom Fidibus-Blatt entzündet (er kann kaum den Abzug des Kantors erwarten) mit dem Erklären losbrechen und mit welchen Feuerfarben er jetzo – der Erlanger gab nur die Wasserfarben dazu – das hungrige Betteln, Schreien, Niederfallen, Verschlucken auf allen Gassen so nahe vor die Schwarzenbacher Schuljugend rücken werde, daß es unentschieden sein werde, ob sie mit heißeren Tränen heimkommen werden oder mit heißerem Hunger. Und in der Tat in solchen Fällen der Schilderungen glaubt der Mensch kaum mehr, daß es noch etwas zu essen gibt in der Welt. Unter welche Ehrenpforten (oder auf welchen Ehrenbetten) noch abends der gute Herold des Hungers von der Spaßgenossenschaft für sein Rühren und Mahnen gebracht worden, als die Schützengesellschaft die Kinder besehen und vernommen, kann sich jeder denken, ich aber nicht berichten, weil ich erst dunkel und spät etwas erfahren habe. Alter gutmeinender Rektor! schäme oder ärgere dich indes nicht besonders über das Spaß- oder Stoßgevögel, das auf deine Kanzel-Tauben niederfahren will! Die heilige Taube hatte doch mit warmen Flügeln über unsern Herzen geschwebt und sie angebrütet. Für die angewärmte Seele ists einerlei ob sie für eine alte oder für eine junge Hungerzeit mit den Schlägen des Wohlwollens gezittert.

Kuß

Wie früher dem Kirchenstuhl gegenüber, so konnt' ich nicht anders als zur erhöhten Schulbank hinauf – denn sie saß ganz oben, die Katharina Bärin – mich verlieben, in ihr niedliches rundes rotes blatternarbiges Gesichtchen mit blitzenden Augen und in ihre artige Hastigkeit, womit sie sprach und davonlief. Am Schulkarneval, das den ganzen Fastnachtvormittag einnahm [und] in Tänzen und Spielen bestand, hatt' ich die Freude, mit ihr den unregelmäßigen Hopstanz zu machen und so dem regelrechten gleichsam vorzuarbeiten und vorzutanzen. Ja bei dem Spiele »wie gefällt dir dein Nachbar« – wo man auf das Bejahen des Gefallens zu küssen befehligt wird und auf das Verneinen einem Hergerufnen unter einigen Ritterschlägen des Klumpsackes laufend Platz zu machen hat – trug ich letzte häufig neben ihr davon; eine Goldschlägerei, durch die meine Liebe wie das edelste Metall größer wurde, und ein unterhaltendes Abwechseln wie sie mir immer den Hof verbot und ich sie immer an den Hof rief, waltete ob.

Alle diese böslichen Verlassungen (desertio malitiosa) konnten mir die Seligkeit nicht abschneiden, ihr täglich zu begegnen, wenn sie mit ihrem schneeweißen Schürzchen und Häubchen über die lange Brücke dem Pfarrhause entgegenlief, aus dessen Fenster ich schauete. Sie freilich zu erwischen, um ihr etwas Süßes nicht sowohl zu sagen, als zu geben, z. B. einen Mundvoll Obst – dies war ich, so schnell ich auch durch den Pfarrhof eine kleine Treppe hinablief, um die Vorbeilaufende unten im Fluge zu empfangen, meines Wissens nie imstande. Aber ich genoß genug, daß ich sie vom Fenster aus auf der Brücke lieben konnte, was, hoff' ich, für mich nahe genug war, da ich gewöhnlich immer hinter langen Seh- und Hörröhren mit meinem Herzen und Munde stand. Ferne schadet der rechten Liebe weniger als Nähe. Wäre mir auf der Venus eine Venus zu Gesicht gekommen: ich hätte das himmlische Wesen mit seinen in solcher Ferne so sehr bezaubernden Reizen warm geliebt und es ohne Umstände zu meinem Morgen- und Abendstern erwählt zum Verehren.

Inzwischen hab' ich das Vergnügen, alle, welche in Schwarzenbach bloß ein wiederholtes Joditz der Liebe erwarten, aus ihrem Irrtum zu ziehen und ihnen zu melden, daß ich es zu etwas brachte. An einem Winterabende, wo ich meine Prinzessinsteuer von Süßigkeiten schon vorrätig hatte, der gewöhnlich nur die Einnehmerin fehlte, beredete der Pfarrsohn, der unter allen meinen Schulkameraden der schlechteste war, mich zum verbotenen Wagstücke, während ein Besuch des Kaplans meinen Vater beschäftigte, im Finstern das Pfarrhaus zu verlassen, die Brücke zu passieren und geradezu (was ich noch nie gewagt) in das Haus, wo die Geliebte mit ihrer armen Mutter oben in einem Eckzimmerchen wohnte, zu marschieren und unten in eine Art von Schenkstube einzudringen. Ob Katharina aber zufällig da war und wieder hinaufging, oder ob sie der Schelm mit seiner Bedientenanlage unter einem Vorwande herunterlockte, auf die Mitte der Treppe; oder kurz wie es dahinkam, daß ich sie auf der Mitte fand: dies ist mir alles nur zu einer träumerischen Erinnerung auseinandergeronnen; denn eine plötzlich aufblitzende Gegenwart verdunkelt dem Erinnern alles was hinter ihr ging. So stürmisch wie ein Räuber war ich zuerst der Geber meiner Eßgeschenke, und dann drückt' ich – der ich in Joditz nie in den Himmel des ersten Kusses kommen konnte, und der nie die geliebte Hand berühren durfte – zum ersten Male ein lange geliebtes Wesen an Brust und Mund. Weiter wüßt' ich auch nichts zu sagen, es war eine Einzigperle von Minute, etwas, das nie da war, nie wiederkam; eine ganze sehnsüchtige Vergangenheit und Zukunft-Traum war in einen Augenblick zusammen eingepreßt; – und im Finstern hinter den geschloßnen Augen entfaltete sich das Feuerwerk des Lebens für *einen* Blick und war dahin. Aber ich hab' es doch nicht vergessen, das Unvergeßliche.

Ich kehre wie eine Hellseherin aus dem Himmel auf die Erde zurück und bemerke nur, daß diesem zweiten Weihnachtfest der Ruprecht, da er ihm nicht vorlief, nachlief und ich nach Hause kommend schon unterwegs den Boten fand und zu Hause stark gescholten wurde über mein Auslaufen. Gewöhnlich fällt immer nach zu heißen Silberblicken der Glücksonne ein solcher Schlossen- und Schlackenguß. Was tat es mir? Mein Paradies war durch nichts zu ersäufen; denn blüht es nicht noch heute fort bis an diese Feder heran?

Es war, wie gesagt, der erste Kuß, und zugleich, wie ich glaube, der letzte dazu, wenn ich nicht absichtlich, da sie noch lebt, nach Schwarzenbach fahren und da einen zweiten geben will. Wie gewöhnlich nahm ich während meines ganzen Schwarzenbacher Lebens mit meiner telegraphischen Liebe vorlieb, welche noch dazu ohne einen antwortenden Telegraphen sich erhalten und beantworten mußte. Aber wahrlich, niemand tadelt die Gute weniger als ich, wenn sie damals schwieg oder jetzo noch – nach ihres Mannes Tode –; denn ich mußte mich später in fremdes Lieben und Herz immer erst langsam hineinreden; es half mir nichts, daß ich sogleich mit fertigem Gesicht und allem Außen schon dastand; allen diesen körperlichen Reizen mußte später erst die Folie der geistigen von mir unterlegt werden, bevor sie genugsam glänzten und blendeten und zündeten. Aber dies war eben das Fehlerhafte in meiner unschuldigen Liebezeit, daß ich, ohne Umgang mit der Geliebten, ohne Gespräche und Einleitung, ihr bei meiner dürren Außenseite die ganze Liebe auf einmal hervorgefahren zeigte und kurz daß ich ordentlich als der Judenbaum vor ihr stand, der ohne den Umschweif von Ästen und Blättern [die weiche feine Blüte aus der unansehnlichen Rinde hervortreibt.]

Abendmahl

Das Abendmahl steht auf dem Lande oder noch richtiger unter rechten Christen nicht bloß als eine christliche toga virilis da; nicht wie in Städten für Mädchen als die Einkleidung weniger in Nonnen als in Jungfrauen, sondern es ist die höchste und erste geistliche Handlung, das Bürgerwerden in der Gottes-Stadt; erst jetzo wird die frühere Wassertaufe eine wahre Feuertaufe und das erste Sakrament steht im zweiten verklärt und lebendiger wieder auf. Vollends Kinder eines Geistlichen, welche so oft die Augen- und Ohrenzeugen fremder Vorbereitungen zu diesem Sonnentage des Herzens gewesen, nähern sich ihm mit größerer Ehrfurcht. Diese stieg noch höher in mir durch den einjährigen Aufschub der Handlung, da meinem Vater das gesetzmäßige Alter von zwölf Jahren durch den 21ten März nicht reichlich genug abgelaufen zu sein schien.

Nun gebt diesen warmen Tagen der Religion noch einen Feuersprecher

– nicht Besprecher – wie der Rektor ist, der uns die schreckliche, bloß dieser Religionhandlung eigentümliche Bedingung glühend vor die Seele hält, daß das Abendmahl, unbußfertig genossen, gleichsam wie ein Meineid, statt des Himmels eine Hölle gebe und daß ein Erlöser und Heiliger in einen unreinen Sünder einziehen und die seligmachende Kraft seiner persönlichen Gegenwart in eine vergiftende verwandeln müsse. Heiße Tränen, die er selber mit vergießen half, waren das wenigste, was seine Herzrede aus mir und andern hervortrieb; glühende Reue des vorigen Lebens und feurige Schwüre auf ein tadelloses füllten die Brust aus und arbeiteten nach seinem Schweigen darin fort. Wie oft ging ich vor dem Beichtsonnabende unter den Dachboden hinauf und kniete hin, um zu bereuen und zu büßen! Und wie wohl tat es dann an dem Beichttage selber, noch allen geliebten Menschen, Eltern und Lehrern, mit stammelnder Zunge und überfließendem Herzen alle Fehler abzubitten und diese dadurch gleichsam zu entsühnen.

Aber dann ruhte auch am Beichtabende ein sanfter lichter heller Himmel der Ruhe in der Seele, eine unaussprechliche nie wiederkommende Seligkeit, sich ganz rein, nämlich gereinigt und entsündigt zu fühlen, mit Gott und den Menschen einen heitern weiten Frieden abgeschlossen zu haben; und doch sah ich aus diesen Abendstunden des milden warmen Seelenfriedens noch auf die Morgenstunden der himmlischen Begeisterung und Entzückung am Altare hinaus.

Selige Zeit, wo der Mensch die schmutzige Vergangenheit von sich abgeschält hat und rein und weiß frei und frisch in der Gegenwart steht und so mutig in die Zukunft tritt! Wem aber kann sie wiederkehren als Kindern? – Denn in jener glücklichen Jugendzeit ist der volle Seelenfriede leichter zu gewinnen, weil der Kreis von Opfern, die er fodert, kleiner ist und die Opfer geringfügiger; indes die verworrenen und ausgedehnten wichtigen Verhältnisse des ältern Menschen durch Lücken und Zögern vollständiger Hingebung den himmlischen Regenbogen des Friedens nur unvollendet und nicht wie die Frühzeit, zu *einem* Zirkel zusammengewölbt zulassen. Im zwölften Jahre kann die Begeisterung einen ganz Reinen erschaffen, aber nicht im Alter. Auch der Jüngling wie die Jungfrau haben bei allen ihren Feuertrieben einen leichtern und nähern Weg zur höchsten sittlichen Reinheit, als der ist, welchen der Mann oder die Frau mit kältern und eigennützigern Strebungen durch die Wildnis der Plagen und Sorgen und Arbeiten zurückzulegen finden. Der rechte Mensch ist irgend einmal in frühester Zeit ein Diamant vom ersten Wasser, wasserhell ohne Farbe; dann wird er einer vom zweiten und spielt mehre Farben, bis er endlich zu einem Farbensteine sich verdunkelt.

Am Sonntagmorgen versammelten sich die für den Opferaltar geschmückten Knaben und Mädchen im Pfarrhofe zum Feiereinzuge in die Kirche unter Geläute und Gesang. Alles dieses und sogar der Festanzug und der Blumenstrauß und die verdunkelnden duftenden Birken im Hause und im

Tempel wurden für die junge Seele, deren Flügel schon in der Bewegung und in der Höhe waren, noch vollends ein mächtiges Wehen in die aufgespannten Flügel hinein. Sogar der langen Predigt war [das] Herz mit seinem Feuer gewachsen; bloß Kämpfe wurden unter ihr gegen jeden Gedanken, der nur weltlich und nicht heilig genug war, geführt.

Als ich nun endlich von meinem Vater das Abendmahlbrot empfing und von dem jetzo rein geliebten Lehrer den Kelch: so erhöhte sich die Feier nicht durch den Gedanken, was sie mir beide waren, sondern mein Herz und Sinn und Feuer war bloß der Seligkeit und dem Empfange des Heiligsten hingegeben, der sich mit meinem Wesen vereinigen sollte; und die Seligkeit stieg bis zum körperlichen Gefühlblitze der Wunder-Vereinigung.

So trat ich mit einem reinblauen und unendlichen Himmel im Herzen weg vom Altare; aber dieser Himmel offenbarte sich mir durch eine unbeschränkte von keinem Flecken getrübte sanfte Liebe, die ich jetzo für alle, alle Menschen empfand. Die Erinnerung der Seligkeit, wie ich alle Kirchgänger mit Liebe ansah und alle in mein Inneres aufnahm, hab' ich bis jetzo lebendig und jugendlich-frisch in meinem Herzen aufbewahrt. Die weiblichen Mitgenossinnen des h. Tisches wurden mir mit ihren Brautkränzen als Bräute Christi nicht nur geliebter, sondern auch heiliger; und ich schloß sie alle in ein so weites reines Lieben ein, daß auch die von mir geliebte Katharina nach meiner Erinnerung nicht anders von mir geliebt wurde als alle übrigen.

Die ganze Erde blieb mir den ganzen Tag ein aufgedecktes großes Liebemahl und das ganze Gewebe und Gespinste des Lebens stand als eine leise sanfte Wind- oder Ätherharfe da, welche der Atem der Liebe durchweht. Wenn schon der Menschenfeind sogar ein künstliches Vergnügen aus einem von keiner Ausnahme beschränkten Abneigen erpressen kann: von welcher unsäglichen Süßigkeit ist erst ein allgemeines Lieben aller Herzen in dem schönen noch von keinen Verhältnissen verwickelten und verletzten Alter, dessen Sehkreis noch eng ist und dessen Arme noch kurz, dessen Glut aber desto dichter. Und wollen wir uns nicht die Freude gönnen, den überfließenden Himmel uns auszuträumen, welcher uns aufnehmen müßte, wenn wir ebenso im höhern heißern Brennpunkte einer zweiten Weltjugend mit höhern Kräften liebend ein größeres Geisterreich umfaßten und das Herz von Leben zu Leben immer weiter machten für das All? –

Aber im beweglichen Menschen kann leichter alles sich beständig oben erhalten [als] das Reinste und Beste, wie im Quecksilber alle Metalle oben bleiben, aber das Gold untersinkt. Das Leben duldet wie nach Goethe die Sonne kein Weiß. Nach wenigen Tagen entwich das köstliche Bewußtsein dieses Standes der Unschuld, weil ich gesündigt zu haben glaubte, daß ich mit einem Steine geworfen und mit einem Schulfreunde gerungen und zwar beides nicht aus Feindschaft, sondern in schuldloser Spiellust. Aber ewiger Dank gehört dem allgütigen Genius. Jedem Feste folgen Werkeltage; aber aus ihm gehen wir neugekleidet in diese; und das vergangne führet über sie hinweg zu einem neuen wieder. Dieses Lenzfest des Herzens kam später in den Jünglingjahren, nur aber als ein ruhiger heiterer Sabbat zurück, als vor mir zum ersten Male aus Plutarch und Epiktet und Antonin die alten großen stoischen Geister aufstiegen und erschienen und mir alle Schmerzen der Erde und alles Zürnen wegnahmen; aber von diesem Sabbat hoff' ich vielleicht ein ganzes Sabbatjahr zusammengebracht zu haben, oder das, was daran abgeht, noch nachtragen zu können.

ANHANG

ANMERKUNGEN

FLEGELJAHRE

Die ersten Ansätze zu diesem Roman datieren bis in den Sommer 1795 zurück, zwei Jahre vor den Beginn der »Titan«-Niederschrift. J. P. dachte zunächst an eine knapp erzählte Idylle in der Art des »Quintus Fixlein«, die darstellen sollte, wie ein aus niederem Stand und engen Verhältnissen stammender Mensch durch einen glücklichen Zufall in eine bessere Lage versetzt wird: »Landkrämer, der Ratsherr [wird] – oder Bauer, der ein Rittergut gekauft – oder ein armer Gelehrter, der eines bekommen ... Edelmann vermacht dem Bedienten das Gut«, heißt es im frühesten erhaltenen Skizzenblatt. Bis Anfang Oktober 1798 geht die mehr oder minder sporadische Sammeltätigkeit zu einem »Quintus Fixlein II«, der im Winter 1798/99 ein erster Ausarbeitungsversuch folgte, da J. P. die Idylle in den ersten »Komischen Anhang zum Titan« mit aufnehmen wollte. Nach dem Abschluß des zweiten Bandes »Titan« geht er dann, nach Ausweis des »Vaterblattes« am 19. April 1801, erstmals ernsthafter an die Niederschrift des »Notarius Gottwalt Beiz« genannten Werks, präzisiert und erweitert die ersten Handlungslinien und überwindet die Absicht, aus seinem Thema eine humoristische Idylle zu machen. Um die Vollendung des »Titan« durch ein umfangreicheres neues Werk nicht zu gefährden, läßt er die Arbeit bereits nach wenigen Wochen ruhen, um sie erst nach Abschluß des dritten »Titan«-Bandes am 13. Januar 1802 energischer wiederaufzunehmen. In den fünf Wochen bis zum 28. Februar entstehen als »Wechselschreiberei« zu seinem »italienischen« Roman eine Reihe von ausgearbeiteten Kapiteln der »Flegeljahre« in ihrer ersten Redaktion, nach der J. P. selbst als Walts Zwillingsbruder auftreten und mit diesem gemeinsam die »Unsichtbare Loge« schreiben wollte. Es dauerte aber noch bis zum Dezember 1802, bis der Dichter im unmittelbaren Anschluß an die Fertigstellung des »Titan«, nachdem er »durch 6 Tage Arbeit den perspektivischen, alles ordnenden Punkt gefunden« hatte (gemeint ist das Van der Kabelsche Testament), die endgültige Niederschrift der »Flegeljahre« begann, in der Vult an Stelle J. P.s jetzt die Rolle des Zwillingsbruders übernahm. In zügigen Folgen entstehen die 50 Kapitel der ersten drei Teile, über deren Druck J. P. mit dem Stuttgarter Verleger Cotta am 19. Oktober 1803 einen festen Vertrag schließt. Die ersten drei Bändchen erschienen, ziemlich nachlässig und fehlerhaft gedruckt, im Mai 1804, fanden aber ebenso wie die letzten Bände des »Titan« bei Publikum und Kritik eine mehr als kühle Aufnahme, die J. P. die Weiterarbeit verleidete. Noch einmal geht er nach dem Abschluß der »Vorschule der Ästhetik« im August 1804 an die »Flegeljahre«, klagt aber mehrfach über den schleppenden Fortgang seiner Arbeit und unterbricht sie oft durch andere Schriften und umfangreiche Entwürfe. Am 30. Mai 1805 beendigt er schließlich die Niederschrift des vierten Bändchens mit Walts Traum und Vults Abschied, die dem Roman zumindest ein provisorisches Ende geben. An dem Vorsatz, die »Flegeljahre«, zu denen der Plan in seinen Vorarbeiten weitgehend feststand, zu einem befriedigenden Ende zu führen, hat J. P. zeitlebens festgehalten, auch wenn seine späteren Versicherungen mehr und mehr rhetorischen Charakter haben. – Um dem Leser doch in etwa eine Vorstellung der weiteren Teile des Romans zu vermitteln, sei hier der Plan J. P.s mitgeteilt, wie ihn Eduard Berend, der Herausgeber der Historisch-kritischen Jean-Paul-Ausgabe aus den Notizen des Dichters rekonstruiert hat:

»Nachdem durch Vults Entweichen das Brüdermotiv vorläufig ausgeschaltet war, mußte das bisher über Gebühr vernachlässigte Testamentsmotiv wieder mehr in den Vordergrund rücken. Von den neun Erbämtern hatte Walt in dem halben Jahr, das seit der Testamentseröffnung verstrichen ist (Juli bis Januar), erst zwei erledigt, das Notariat und das Klavierstimmen, ein drittes, das Korrektorat, begonnen. Das letztere sollte unerwartet günstig ausgehen: auf Grund des ›Reguliertarifs‹ erhält Walt für jeden übersehenen Druckfehler einen Louisdor ausbezahlt, so daß er von seinem Vater noch Vorwürfe anhören muß, gerade diesmal so wenig Böcke geschossen zu haben! Es sollte damit wohl die launisch-ironische Willkür des Testators gekennzeichnet und der Leser auf künftige Überraschungen neugierig gemacht werden. Als nächstes Amt sollten wahrscheinlich die paar Wochen als Schulmeister auf dem Lande an die Reihe kommen, die Walt bei Schomaker in Elterlein als dessen Stellvertreter oder Adjunkt zubringt. Jean Paul hatte hier zur Ausmalung des pedantischen, mikrologischen Wesens des Kandidaten die köstlichsten Einfälle in Bereitschaft, z. B. ein von Schomaker herauszugebendes elterleinisches ›Reichsanzeigerlein‹ voller Haarspaltereien. ›Schomaker II.‹, d. i. Walt, sollte durch den Anblick dieses seines ›vergröberten Urbilds‹ gefestigt werden. Auch Wina ist in Elterlein; in die Zeit des ausgehenden Winters, der Fastnacht, sollte der ›Liebesschwur‹ fallen, also wohl eine geheime Verlobung Walts mit der Generalstochter. Möglicherweise sollte auch der im dritten und vierten Bändchen ganz verschwundene Klothar wieder auftauchen und noch einen vergeblichen Versuch machen, Wina mit Hilfe ihrer Mutter für sich zu gewinnen. Zu Ostern bezieht Walt mit Paßvogel die Leipziger Messe. Auch hier sollte er Wina treffen, die wieder bei ihrer Mutter zu Besuch ist. Vielleicht sollte sie ihm bei neuen Versuchen, das Roman-Manuskript anzubringen, behilflich sein. Daneben waren in Leipzig noch anscheinend nicht ganz harmlose Liebesszenen mit einem ›Rosenmädchen‹ vorgesehen. Nach der Rückkehr folgt dann, noch im Frühling, der Gärtner-Monat. Bald darauf mußte der Reisediener aus Petersburg zurückkehren. Da Flitte natürlich immer noch nicht zahlen kann, kommt Walt als dessen Bürge in Schuldarrest, wird aber bald wieder befreit, entweder durch das Eintreffen des Honorars für den Doppelroman, oder wenigstens der Zusage des Verlegers, oder durch Eingreifen Winas, die bei dieser Gelegenheit anscheinend ihrem Vater ihre Liebe zu Walt bekennen sollte. Die ›Jägerei‹ sollte in den Herbst fallen. Von den Probewochen bei den Akzessit-Erben waren zwei bereits im vierten Band erledigt, die bei Neupeter (der verzichtet hatte) und bei Flitte. Die Woche bei Paßvogel fiel wohl mit dem Messebesuch zusammen. Es blieben also noch die vier Wochen bei Glanz, Knoll, Flachs und Harprecht übrig. Sie sollten, wie die Flitte-Woche, wohl hauptsächlich zur Charakteristik der betreffenden Persönlichkeiten dienen, aber auch wichtige Ereignisse bringen. So sollte in die Glanz-Woche das Erscheinen des Romans ›Hoppelpoppel‹ fallen, auch ein neuer Angriff gegen Walts Keuschheit. In der Woche bei Knoll, dem ›Todfeind‹ Walts, sollte die von Zablocki oder Vult geschwängerte Jakobine Walt der Verführung, ja sogar – da sie sich inzwischen rasch mit einem Schauspieler hat kopulieren lassen – des Ehebruchs bezichtigen, so daß ihm der Verlust eines Viertels der Erbschaft und wohl auch von Winas Gunst droht. Hier sollte Vult durch einen Brief an die Testamentsexekutoren, in dem er u. a. eine Liste von Jakobinens Liebhabern vorlegt, dem bedrängten Bruder beispringen. – Den alten Plan, Walt an den Hof zu bringen, hatte Jean Paul noch keineswegs aufgegeben; es war in Aussicht genommen, ihn dort mit Wina zusammentreffen zu lassen, die wohl Hofdame werden sollte. Auch sollte er – eventuell aber auch Vult – Kabinettssekretär werden .....

Schließlich blieb noch die letzte und schwierigste Testamentsbedingung zu erfüllen: Walt mußte Pfarrer werden. Bei dieser Gelegenheit sollten die Nebenerben, die überhaupt ›gegen das Ende immer wilder werden‹ – es sollte ein ›conseil‹ derselben vorgeführt werden –, alle Minen springen lassen. Bei dem theologischen Examen, das Walt als Jurist zu absolvieren hatte, sollte ihm vermutlich der Kirchenrat Glanz gehörig einheizen; doch konnten ihm seine bei Schomaker erworbenen Kenntnisse durchhelfen. Seine Bewerbung um verschiedene Vakanzen aber sollte an den Intrigen seiner Gegner, die alles auf diese ihre letzte Karte setzen, scheitern. Als letztes Auskunftsmittel hatte der Dichter, wie wir wissen, die Selbstvokation nach vorheriger Erwerbung des Zablockischen Ritterguts in petto. Hier ergab sich nun allerdings die Schwierigkeit, daß Walt das Geld, das er zum Ankauf des Gutes benötigte, erst eben mittels dieses Gutes erlangen konnte. Auf die künftige Erbschaft zu borgen, war ihm durch die elfte Klausel verboten. Aber diese Schwierigkeit ließ sich unschwer beheben: Wina brauchte ihm nur ihre Hand zu geben und ihn dadurch zum Guts-, Schloß- und Patronatsherrn zu erheben. Der bankerotte Vater konnte seine Einwilligung nicht verweigern, zumal da er geschworen hatte, seiner Tochter keinen Wunsch abzuschlagen. Die Verschiedenheit der Religion hätte vermutlich ebensowenig ein unüberwindliches Hindernis bedeutet wie im Titan zwischen Albano und der katholischen Idoine, der Unterschied des Standes ebensowenig wie zwischen Siebenkäs und Natalie. – Nach dem ursprünglichen Plane hätte der Held nun erst einige Zeit als reicher Schloßbesitzer leben und allmählich wieder verarmen müssen. Das wäre jetzt jedenfalls weggefallen; Walt mußte sich gleich selber zum Pfarrer vozieren, um endlich in den Besitz der Erbschaft zu gelangen. Ob ihm diese noch viel eingebracht hätte, ist freilich zweifelhaft. Einen großen Teil hatte er sicher durch seine Fehler und die Intrigen der Gegenerben eingebüßt. Aber er hatte das Wertvollere davongetragen, gründliche Lebens- und Menschenkenntnis und Festigung des Charakters; er sollte ›zuletzt immer freier‹, ja gelegentlich sogar etwas menschenfeindlich werden. Da ihm von seinen fünf Lebenswünschen drei erfüllt sind, Gattin, Pfarramt und Dichterruhm, so kann er auf den vierten, Reichtum, getrost verzichten; und den fünften, den Freund, konnte ihm Vult ersetzen, der am Schluß jedenfalls wiedererscheinen, vermutlich auch noch zu dem endgültigen ›Siege‹ des Bruders beitragen sollte. Vielleicht hatte sich Jean Paul für den Schluß auch sonst noch irgendeine große Überraschung aufbehalten. Ist doch in den Vorarbeiten sogar von ›Kabels Wiederkunft als Greis‹ die Rede! Das Spiel mit dem Namen Friedrich Richter legt die Vermutung nahe, daß sich Jean Paul schließlich doch auch noch selber ins Spiel bringen wollte, etwa so wie am Schluß des Hesperus. Wie dem auch sein mag, ein happy end war auf alle Fälle gesichert.«

S. 11 *Münzbelustigung:* 1768–74 erschienen in 5 Tln. J. J. Spießens »Brandenburgische Münzbelustigungen«. – *Goldwäsche unter einem goldnen Regen:* Vermutlich Anspielung auf den antiken Mythos, nach dem sich Zeus der von ihm geliebten, argivischen Königstochter Danae in Gestalt eines goldenen Regens näherte. – *Benefiz-Komödien:* Theatervorstellungen, deren Ertrag dem Autor oder einem der Mitwirkenden zufällt. – *Gratial:* Belohnung, Trinkgeld. – *Schneuß:* Vogelschlinge. – *Depositionsschein:* Hinterlegungsschein (für das Testament). – *Präsumtiv-Erben:* mutmaßliche Erben. – *Hoffiskal:* hoher Gerichtsbeamter, der die landesherrlichen Einkünfte und die Finanzführung der Behörden überwacht. – *insinuierte Charte:* offiziell eingereichte Urkunde. – *Sekret:* Geheimsiegel.

S. 12 *Insinuations-Registratur:* amtlicher Vermerk über die Einhändigung. – *scrinium rei publicae:* Aktenschrank des staatlichen Archivs. – *Dominé:* holländischer Landgeistlicher. – *Gemeinhut:* Gemeindeweide. – *Revue-Lager:* Truppen-Lagerplatz. – *Erbsatzung:* Erbeinsetzung. – *Trebellianica:* Pflichtlegate in Höhe eines Viertels der Erbmasse. Dieses Viertel

(Quarta Trebellianica) trägt im römischen Recht seinen Namen nach dem römischen Konsul Trebellius Maximus, in dessen Amtszeit 56 n. Chr. ein entsprechender Entschluß gefaßt wurde.

S. 13 *Jagdtaufe:* eigtl. Jachtaufe, d. h. jähe Taufe. Eine solche Nottaufe an neugeborenen, lebensunfähigen Kindern wurde von den Lutheranern nach katholischem Vorbild befürwortet, von den Reformierten abgelehnt.

S. 14 *Meibomische Drüsen* (glandulae tarsales)*:* Die von dem Arzt Heinr. Meibom (1638–1700) 1666 zuerst beschriebenen, in die Augenlidknorpel eingelagerten Talgdrüsen verhindern, daß die Tränen überfließen. – *Karunkel:* Fleischauswuchs in der Bindehaut des Auges. – *ductus nasalis:* Nasengang. – *dephlegmiert:* entwässert, wasserlos.

S. 15 *den Lazarus mit seinen Hunden:* Im bekannten Bibelgleichnis vom reichen und armen Lazarus (Luk. 16,19 ff.) wird erzählt, wie die Hunde des Reichen an den Wunden und Schwären des Armen lecken. – *Akzessit:* Nebenpreis, der zweite Preis bei Preisaufgaben. – *wie die der Heliaden:* Die nie versiegenden Tränen der Töchter des Helios, mit denen sie den Tod ihres vom Himmel gestürzten Bruders Phaëthon beweinten, wurden in Bernsteintropfen verwandelt. Vgl. Ovids »Metamorphosen« II, 340 ff. – *wie die der Göttin Freia:* Den Hinweis auf die Tränen der Göttin Freia entnahm J. P. dem dritten Band der »Neueren Geschichte der Polarländer« (1778). – *Scheidung auf dem trockenen und nassen Weg:* In der Alchemie unterschied man die Scheidung der Elemente auf dem trockenen Weg von der auf dem nassen Weg, je nachdem man die Legierungen im Kalkofen (Kalzinieren) oder im Destillationsapparat auflöst.

S. 16 *Friedrich Richter:* Der Hinweis auf J. P.s eigenen Namen macht es wahrscheinlich, daß der Autor sich wie in den meisten seiner Bücher auch hier nicht nur als »Biograph«, sondern auch als handelnde Figur einzuführen gedachte. – *Hospes:* Fremdling, Gastfreund.

S. 18 *Regen- und Siebengestirn:* Die Plejaden oder das Siebengestirn galten als regenbringend. – *corporibus piis:* den frommen Körperschaften, den mildtätigen Stiftungen.

S. 19 *habil:* geschickt, geeignet. – *venerabel:* verehrlich. – *oblatio testamenti:* Versiegelung des Testaments. – *Volkmannus emendatus:* Gemeint ist das von Georg Beyer herausgegebene Handbuch: »Volkmannus emendatus [der neubearbeitete Volkmann], das ist vollständige und verbesserte Notariat-Kunst etc.«, das 1715 bereits in vierter Auflage erschienen war.

S. 20 *clausula salutaris:* gerichtliche Vorbehaltsformel, mit der man sich gegen Unvollständigkeiten und Mißverständnisse in Schriftsätzen zu schützen suchte. – *donatio mortis causa:* Schenkung, die erst mit dem Tod des Schenkers in Kraft tritt. – *reservatio ambulatoriae voluntatis:* Vorbehalt, daß sich der Wille des Testierenden ändert. – *von Meinungen nach Koburg:* J. P. war am 4. 6. 1803 nach Coburg übergesiedelt. – *Tabor:* der Berg von Christi Verklärung.

S. 21 *Frei- und Gnadenmeister:* Handwerker, der nur unter Vorbehalt aus Gnade und mit Einschränkungen in die Zunft aufgenommen wurde. – *Buch der Seligen:* So wollte J. P. gelegentlich seinen Roman nennen. – *Collegia conduitica:* Vorlesungen über gutes Benehmen. Solche wurden nach J. P.s Exzerpten im Jahre 1700 in Leipzig an der Universität gehalten. – *Stylisticum:* Vorlesung oder Übung über die Kunst der richtigen und schönen Formulierung. – *Vakzine:* Kuhpocken. – *Schellings magnetische Metapher oder Doppelsystem:* Fr. W. Schelling (1775–1854) entwickelte in den Jahren 1801 und 1802 in der »Zeitschrift für spekulative Physik« und in den »Vorlesungen über die Methode des akademischen Studiums« ein System der sog. Identitätsphilosophie, wonach die reale und ideale Sphäre wesenhaft identisch sind und nur verschiedene Ansichten ein und desselben Absoluten bilden. – *Schwänzelpfennige:* Kleingeld, das bei Abrechnungen leicht unterschlagen wird.

S. 22 *Chrestomathie oder Jean Pauls Geist:* 1801 waren die ersten beiden Bände (von vier) einer anonym von Pölitz herausgegebenen Anthologie: »Jean Pauls Geist oder Chrestomathie der vorzüglichsten, kräftigsten und gelungensten Stellen aus seinen sämtlichen Schriften« erschienen, über die J. P. zu Recht ungehalten war. – *Noth- und Hülfs-Büchlein:* Anspielung auf Rudolph Zacharias Beckers (1752–1822) oft nachgeahmte Erbauungsschrift: »Noth- und Hülfsbüchlein oder lehrreiche Freuden- und Trauergeschichten der Einwohner zu Mildheim. Für Junge und Alte beschrieben« (Gotha 1788). – *Legaz.:* Im August 1799 hatte J. P. vom Herzog von Hildburghausen den Titel eines Legationsrates erhalten. – *es sei prudentis:* es sei ratsam.

S. 23 *Haeredipeta:* Erbschleicher. – *Kopialien:* Abschreibgebühren. – *Zitation insinuieren:* Vorladung überreichen.

S. 25 *Museum:* Studierzimmer.

S. 27 *nach Clausul IX:* Versehentlich aus einer früheren Fassung stehen geblieben. Es muß natürlich heißen: »nach Klausel 14«. – *Pfalzgraf:* Seit Karl IV. wurde der Titel des Hofpfalzgrafen (Comes Palatinus) vom Kaiser doppelt verliehen. Das sog. kleine Komitiv (Vollmacht), das der Hoffiskal Knoll offenbar besitzt, schließt u. a. das Privileg der Notariats-Ernennung mit ein.

S. 29 *ädel:* Schomaker will durch seine gezierte Aussprache die Ableitung des Wortes »edel« von Adel dokumentieren. – *Odeum:* Tonhalle, Konzertsaal. – *Antiken-Tempel:* 1765 durch Karl v. Gontard errichteter Pavillon im Park von Sanssouci, für die kleine Antikensammlung Friedrichs II. bestimmt.

S. 30 *Eutrope:* Stillagen, Ausdrucksweisen. – *Patavinitäten:* Die Mundart der Stadt Patavium (Padua) galt im klassischen Rom als besonders fehlerhaft. Man warf Patavinität vor allem dem römischen Historiker Titus *Livius* (59 v. Chr.–17 n. Chr.) vor, der aus Patavium stammte.

S. 31 *Stückknecht:* Artillerist im Mannschaftsrang. – *kantonfrei:* wehrdienstfrei. – *kanonisch:* vorschriftsmäßig. – *responsa:* Rechtsgutachten. – *konzipieren und mundieren:* aufsetzen und ins reine schreiben. – *die goldene Bulle:* das 1356 auf dem Reichstag zu Metz von Kaiser Karl IV. proklamierte Reichsgrundgesetz des deutschen Reichs.

S. 32 *Grenzrezesse:* Grenzzwistigkeiten. – *Krüpelstuhl* (eigtl. Kröpelstuhl): kleiner Armsessel. – *kameralistisch:* hier svw. hauswirtschaftlich (eigtl. die Staatswirtschaft betreffend). – *Gerechtsame:* Rechtsprivilegien. – *Themisbinde:* Die Göttin der Gerechtigkeit wird mit einer Binde vor den Augen dargestellt, um die Unparteilichkeit der Justiz zu symbolisieren.

S. 33 *Geiserich* (um 390–477), König der Vandalen, eroberte für seinen Volksstamm die römische Küste Afrikas und regierte von Karthago aus über das heutige Tunesien, Marokko und Sizilien. – *wie Cäsar:* Von ihm ist der bekannte Ausspruch überliefert, er wolle lieber auf einem Dorf der Erste als in Rom der Zweite sein. – Benedikt *Carpzov* (1595–1666): Jurist an der Leipziger Universität und Richter, soll an mehr als zwanzigtausend Todesurteilen mitgearbeitet haben. – *Effekten:* Besitztümer, Habseligkeiten. – *ein wahres tragbares théâtre aux Italiens:* Gemeint ist ein tragbares Handpuppentheater (Das *Théâtre Italien* in Paris war bis in das späte 18. Jahrhundert hinein eines der beiden führenden Pariser Theater, an dem die Tradition der italienischen Stegreifkomödie, mit der französischen Regelkomödie verbunden, weiterwirkte.).

S. 34 *in die delphische Rechtshöhle:* Das Orakel des Apoll hatte seinen Sitz in einer Höhle unter dem Apollo-Tempel zu Delphi. – *Quatember:* der erste Tag eines Vierteljahrs. – *Koadjutorie:* die Stelle eines Pfarrgehilfen, der zugleich dessen Amtsnachfolger werden soll.

S. 35 *Münz-Legende:* Umschrift am Münzrand, die eingeprägt wurde, um das Beschneiden und Abfeilen der Münzen zu vermeiden. – *Fleisch-Scharre*: Fleischbank.

S. 36 *Mikrolog:* Kleinigkeitskrämer, Pedant. – *esprit de bagatelle:* Kleinigkeitsgeist.

S. 37 *Kasuisten und Pastoraltheologen:* Die Kasuistik ist der von den Zweifels- und Gewissensfällen handelnde Teil der kirchlichen Morallehre, die Pastoraltheologie die Lehre von der Seelsorge. – *Fraisch:* Gericht über Leben und Tod. – *Dikasteriant:* Schöffenrichter. – *eine verkleidete Ritterin d'Eon:* Der Chevalier d'Eon de Beaumont (1728–1810), Diplomat am Hofe Ludwigs XV., galt bei seinen Zeitgenossen seines weiblichen Aussehens wegen als zweigeschlechtig. Er mußte zeitweilig sogar in Frauenkleidung am Hof erscheinen. – August Ferdinand v. *Kotzebue* (1761–1819): ebenso seichter, wie virtuos die Publikumsaffekte berechnender Dramatiker (»Die deutschen Kleinstädter«, »Menschenhaß und Reue«, »Die beiden Klingsberg« etc.) und Romancier. Er war im Jahr 1800 bei einer Rußlandreise verhaftet und nach Sibirien verschleppt worden. Durch ein kleines Lustspiel: »Der

Leibkutscher Peters III.« erlangte er die Gunst des Zaren Paul I., der ihn begnadigte. – *»kriecht! die Stube ist für euch und mich weit genug«:* Parodie auf die damals vielzitierte Szene aus Laurence Sternes (1713–68) Roman: »The Life and Opinions of Tristram Shandy« (1759–68), in welcher der philanthropische Onkel Toby eine ihn plagende Fliege zum Fenster hinausfliegen läßt mit den Worten: »Flieg, armer Teufel, mach dich fort, warum sollte ich dir wehtun? – Die Welt ist sicher weit genug für dich und mich.« – *Leipziger Reichsanzeiger:* Der von Becker herausgegebene »Reichsanzeiger« erschien in Gotha, nicht in Leipzig.

S. 38 *Studentenkollet:* Studentenwams. – *Spezies:* Gemeint sind Speziestaler, Taler mit aufgeprägtem Kopf (von lat. species = Gesicht). – *kantianische Messe:* alle auf einer Buchmesse erschienenen Schriften der Kantianer, die damals mit ihren Erklärungen und Fortsetzungen des kantischen Philosophiesystems den Buchmarkt überschwemmten.

S. 39 *Linnäische Blumenuhr:* Der schwedische Naturforscher Karl v. Linné (1707–79) hatte in Upsala eine solche Uhr aus Blumen konstruiert, »deren Räder die Sonne und Erde, und der Zeiger Blumen sind, wovon immer eine später erwacht und aufbricht als die andere«. Vgl. dazu »Siebenkäs«, Kap. 13.

S. 40 *Rosenfest:* Anspielung auf das Rosenfest in Salency, bei dem die Einwohner des Ortes, mit Rosen geschmückt, zusammenkamen, um das schönste und tugendhafteste Mädchen zur Rosenkönigin zu erheben. – *sponseln:* locker zusammenbinden.

S. 41 *»Wer nur den lieben Gott läßt walten«:* 1640 zuerst veröffentlichtes Kirchenlied von Georg Neumark (1621–81).

S. 42 *Schanzlooper:* weiter und langer Herrenmantel mit breitem Überfallkragen, wie er im späten 18. Jahrh. Mode wurde.

S. 43 *in den des Plato:* Gemeint ist Joh. Gottfried Herder (1744–1803). J. P. malt hier ein von ihm nur erträumtes Jugenderlebnis aus: Herder war auf einer Reise nach Karlsbad am 29. Juli 1791 durch Hof gekommen, ohne daß der junge J. P., der ihn glühend bewunderte, ihn zu Gesicht bekommen hätte. Nun wollte er dem alternden, kränklichen Mann, mit dem ihn seit Jahren enge Freundschaft verband, eine Huldigung darbringen. Herder hat die Stelle jedoch nicht mehr zu sehen bekommen, da er während der Drucklegung starb.

S. 44 *wegen Platos vornehmem Amtsnamen:* Herder war am Ende seines Lebens Konsistorialpräsident. – *zehn deutsche Reichs- und Lesekreise:* Das deutsche Reich war seit 1521 in zehn, resp. elf Regierungskreise eingeteilt. Diese Kreisverfassung blieb bis 1803 in Kraft.

S. 45 *Beieri Volkmanno emendato:* s. o. zu S. 19. J. P. folgt mit seiner Beschreibung im wesentlichen dem Kapitel: »Das Examen derer Notarien« aus diesem Handbuch. – Justus *Möser* (1720–94)*:* politischer und historischer Schriftsteller, Advokat und Syndikus der Landstände in Osnabrück.

Die Anspielung auf die *litones* bezieht sich auf Mösers »Patriotische Phantasien«, 2. Tl. (1776), S. 111. – *Justinian* (regierte 527–565): römischer Kaiser, in dessen Regierungszeit das römische Recht im »Corpus juris civilis« kodifiziert wurde. Die *Pandekten* (die alles Aufnehmenden) sind der zweite Teil dieser Sammlung. J. P.s Quellenangabe bezieht sich auf die »Historia juris civilis studii« (ed. Ritter und Silberrad 1765) des bedeutenden Juristen Joh. Gottlieb Heineccius (1681–1741).

S. 46 Claus Gerhard *Tychsen* (1734–1815): Orientalist an der Universität Bützow. – *investieren:* feierlich einführen, eigtl. einkleiden. – *Comes palatinus:* s. o. zu S. 27.

S. 47 *pro rata:* als Abschlagszahlung. – *vigilant:* wachsam. – *Interrogatorium:* Verhör. – *Vidimus:* Beglaubigung, Beglaubigungsschreiben. – *donatio inter vivos:* Schenkung unter Lebenden. – *Kameralist:* Staatswirtschaftler; die nachfolgenden Ausdrücke »Kanolist« und »Publist« sind wie das »hujus dieses« leicht durchschaubare Beispiele für die Verballhornungen von Walts Vater.

S. 48 *Faß-Kanne:* Nach dem nachstehend erwähnten »Haushaltungsrecht« des J. B. v. Rohr (S. 206) erhalten die Dorfrichter »von einem Gebräude, so es fäßig, eine Kanne Bier, so die Faß-Kanne genennt wird«. – *haarhaarische:* Haarhaar heißt das benachbarte Fürstentum im »Titan«. – *Pferdner, Anspänner oder Hintersattler:* Pferdner sind Bauern, die zur Bestellung ihres Ackerbodens ein paar Pferde halten müssen, die Anspänner haben noch genügend Zugvieh, um damit die Frondienste abzuleisten, während Hintersättler zu Handarbeiten verpflichtet waren. – *Tabellio:* Notar.

S. 49 *Frontispiz:* hier svw. Vordergiebel.

S. 51 *Auktoren der Anthologie:* Gemeint ist die »Anthologia graeca«, eine umfangreiche, aus der Spätantike stammende Sammlung der hellenistischen Lyrik. J. P. kannte die Anthologie vermutlich aus der ersten Sammlung von Herders »Zerstreuten Blättern« (1785).

S. 52 *Rapport-Wickel:* d. h. ein Stein, um den eine Nachricht gewickelt ist.

S. 53 *Rupprecht-Zwilling:* ein doppeltes Schreckgespenst. – *praefatio galeata:* So nannte man in älteren, gelehrten und kritischen Werken eine vorausgestellte Verteidigungsschrift gegen fremde, widerstreitende Ansichten. – *inept:* unfähig, ungeziemend, töricht.

S. 55 *Zephyr:* Der Südwind wird schon von der antiken Poesie als glücksbringend besungen.

S. 56 *Partitenmacherei:* Ränke-, Parteienmacherei.

S. 57 Hugo *Grotius* (1583–1645): holländischer Gelehrter und Staatsmann, begründete durch seine Schrift: »De jure belli et pacis« (1625) das Völkerrecht. – *Nanking-Rock:* gefütterter Rock aus Leinen oder Baumwolle. Der Nankingstoff wurde ursprünglich aus China importiert, damals aber bereits in England hergestellt.

S. 58 *Apokalypse:* vgl. dort 6,2. – *wie die rechte Seite des Konvents:* Sie brach am 9. Thermidor (27. Juli) 1794 die Macht der Jakobiner; am 1. Oktober 1795 beschloß der franz. Nationalkonvent, das linke Rheinufer mit Frankreich zu vereinigen.

S. 59 *Systole und Diastole:* Zusammenziehen und Ausdehnen (der Muskeln). – *kavieren:* aushöhlen. – *Gießbuckel:* kugelförmiges Metallgeschirr, in dem man zwei gemischte Metalle beim Schmelzen voneinander scheidet.

S. 60 *im Drachenschwanz, im aufsteigenden Knoten:* Für die astrologische Vorhersagung ist mitentscheidend die Lage der Knoten, in denen die Ekliptik (die Himmelskonstellation zum Zeitpunkt der Geburt) durch die Planetenkreise geschnitten wird. Man unterscheidet dabei den aufsteigenden und den absteigenden Knoten (nodus *adscendens* und *descendens*), beides hemmende Zeichen im Horoskop, je nachdem das Sternbild des Drachen im Kopf oder im Schwanz geschnitten wird. Hier ist, genaugenommen, der *absteigende Knoten* gemeint. – *die Fußbälle:* Plural zu »der Fußballen«! – *fixierter weißer Merkurius:* der weiße Niederschlag des Quecksilbers in der Retorte.

S. 61 *Filial-Pferd:* Ersatzpferd (Filial ist eigentlich eine Nebenkirche oder -pfarre. – *Aphelium:* Sonnenferne. – *Trauerpferd:* Bei fürstlichen Begräbnissen wurde im Trauerzug ein lediges, schwarzgedecktes Pferd zum Zeichen der Trauer mitgeführt, hinter dem auf einem sogenannten Freudenpferd ein prächtiger Reiter folgte, der die Freude des Landes über den neuen Regenten vorstellte. – *Massa, Queue:* Billardstock.

S. 62 *Ballotage:* Abstimmung der Kugeln. – *Oberons-Horn:* Zauberhorn des Elfenkönigs Oberon, bei dessen Schall alle, die es hörten, bis zur völligen Erschöpfung tanzen mußten. Vgl. in Chr. M. Wielands berühmter Verserzählung den 9. Gesang. – *Statua equestris und curulis:* Standbild zu Pferd und im Viergespann. – *Diätetik:* Gesundheitslehre.

S. 63 *die jetzige Philosophie des Witzes:* Seitenhieb auf die von J. P. lebhaft bekämpfte Ich-Philosophie J. G. Fichtes. – *Kalkant:* Orgelbalgtreter. – *organisiert:* organisch, natürlich.

S. 64 *Schießpferd:* besonders abgerichtetes Jagdpferd, in dessen Deckung die Jäger das Wild anpirschen.

S. 65 *Pallas und Ceres:* Die beiden Planetoiden waren eben damals (Ceres, 1. 1. 1801; Pallas, 28. 3. 1802) entdeckt worden. – *Index Autorum:* Autorenverzeichnis. – *unser Fichtisches Ich:* Nach Fichtes System setzt das Ich erst die Welt als das Nicht-Ich, was J. P. absichtlich wörtlich nimmt, so als sei das bürgerliche Ich sowohl Schöpfer wie Geschöpf wie alles umgebende Schreibgerät. – *Tabellio:* Notar. – *ce n'est qu'un petit tour que je joue à notre hôte:* »Es ist nur ein kleiner Scherz, den ich mit unserem Gast vorhabe.«

S. 67 *Gärtner aus Amerika, Asia und Barby:* Die herrnhutische Gemeinde begann bald nach ihrer Gründung 1727 in Indien und Amerika zu missionieren. Die später sehr berühmte Gemeinde in Barby wurde 1747 gegründet.

S. 68 *Magdeburger Zenturiatoren:* Mitarbeiter an den »Magdeburger Zenturien«, einer in den Jahren 1559–74 in 13 Bdn. von Matthias Flaccius (1520–75) herausgegebenen Kirchengeschichte, die nach Jahrhunderten (*Centurien*) abgeteilt war.

S. 69 *Acta eruditorum:* Gelehrten-Abhandlungen. So lautete der Titel der ersten deutschen wissenschaftlichen Zeitschrift, die von 1682 bis 1782 erschien und zu deren Mitarbeitern die bedeutendsten dt. Philosophen und Wissenschaftler gehörten. – *nach Wiarda:* Das u. mit seinem Titel zitierte Buch über dt. Geschlechts- und Vornamen von Tilemann Doth Wiarda erschien 1800. J. P. entnahm ihm u. a. die Namen von Chlotar, Wina, Hut, Hecht, Frenzel und Schomaker. – *Hogarths Schwanzstück:* »Tail-Piece, Finis or the end of the world« nannte der engl. Maler und Kupferstecher William Hogarth (1697–1764) seinen letzten Kupferstich. – *versieren:* sich aufhalten. – *seine erste Nase in Neapel:* Anspielung auf die Lustseuche, deren Spuren frühzeitig an der Nase sichtbar wurden. – *anus cerebri:* der Ausgang der vierten Gehirnkammer. – Nikolas *Hoboken* (1632–78): holl. Arzt, schrieb u. a. eine Abhandlung über den Sitz des Verstandes, die auf die physiologischen Theorien von J. P.s Lehrer Platner (vgl. u. zu S. 303) von Einfluß war. – *Propaganda:* hier Fortpflanzung.

S. 70 *emergieren:* hochkommen.

S. 71 *Hippokrene:* die Musenquelle auf dem Helikon.

S. 72 John *Lightfoot* (1602–75): englischer Theologe und Historiker. – *grönländische Prozesse:* Die anonym erschienene Satirensammlung war J. P.s erste Buchveröffentlichung. Von den wenigen Rezensionen stammte eine (nicht zwei!) aus der von Friedrich Nicolai (1733–1811) herausgegebenen »Allgemeinen deutschen Bibliothek« (1765–1806), dem Hauptorgan der Berliner Aufklärung. – *Gurkenmaler:* svw. schlechter Maler (der nur Gurken zu malen versteht). – *sich Gurken herausnehmen:* wohl »sich Freiheiten herausnehmen«.

S. 73 Johann Heinrich *Lambert* (1728–77): bedeutender Philosoph, Astronom und Mathematiker, Professor in Berlin. Seine »Beiträge zum Gebrauche der Mathematik und deren Anwendung« erschienen 1765–72 in 3 Bdn. – *wie Minerva:* Um Odysseus bei seiner Heimkehr nach Ithaka vor den Nachstellungen der Freier, die in seiner Abwesenheit um seine Gemahlin Penelope warben, zu bewahren, verwandelte ihn Athene in einen alten Bettler. Vgl. Odyssee, XIII, 395 ff. – John *Huxham* (1694–1768): engl. Arzt. Seine »Medical and chymical observations upon antimony« (1755) erschienen 1759 deutsch in Bayreuth. – *wie die lernäische Schlange:* die Herakles, als zweite seiner zwölf Taten, erlegte. Sie hatte neun Köpfe. – *romantisch:* hier im alten Wortsinn »für einen Roman geeignet, romanhaft«. – Francis *Beaumont* (1584–1616) und John *Fletcher* (1579–1625): engl. Dramatiker der Shakespeare-Zeit. Sie schrieben während ihrer Zusammenarbeit mehr als fünfzig Stücke gemeinsam. – *Suturen:* Kopfnähte.

S. 74 Joh. Gottfr. *Eichhorn* (1752–1827): Theologe und Orientalist, durch seine »Historisch-kritische Einleitung in das Alte Testament« (1780) Begründer der historischen Bibelkritik. – *Ledas-Ei:* Aus der Verbindung mit Zeus, der sich Leda als Schwan genähert hatte, gingen die Zwillinge Kastor und Pollux und die schöne Helena hervor, die in einem Ei zur Welt gebracht wurden. – *vom Wolfischen Homer:* Der Altphilologe Friedr. August Wolf (1759–1824) gab in seinen berühmten »Prolegomena ad Homerum« (1795) einen ersten Versuch, die Verfasser der homerischen Epen zu scheiden und an die Stelle *eines* Dichters Homer mehrere, auch zeitlich getrennte Sänger zu setzen. – *tiers-état:* der dritte, bürgerliche Stand, der in der Französischen Revolution neben den Adel und die Geistlichkeit trat. – *Tropikvögel* (Phaëton): In den Tropen heimischer, schwalbenähnlicher Vogel. (Vielleicht sind allgemeiner hier »tropische Vögel« gemeint.)

S. 75 *neuerer beliebter Autor:* Jean Paul selbst. Vgl. etwa »Hesperus oder 45 Hundposttage« oder »Das Kampaner Tal ... nebst einer Erklärung der Holzschnitte unter den 10 Geboten des Katechismus« etc. – *Montgolfiere:* die Brüder Jacques-Etienne und Joseph-Michel Montgolfier konstruierten 1783 den ersten tragfähigen Flugballon.

S. 76 *Sta Viator:* »Verweile, Wanderer«, Beginn röm. Grabschriften. (Im alten Rom wurden die Friedhöfe entlang den Ausfallstraßen der Städte angelegt und die Gräber oft mit Ruhebänken versehen.)

S. 78 *morganische Feen:* Die Fee Morgana, Schwester des sagenhaften bretonischen Königs Artus, spielt auch in den Feenmärchen und Verserzählungen des 18. Jahrh. (vor allem bei Wieland) eine große Rolle.

S. 79 *chambre ardente:* »Das brennende Gericht« nannte das französische Volk vor allem das unter Ludwig XIV. eingesetzte Sondergericht, das unter La Regnie in den Jahren 1677 bis 1680 die Giftmorde der Voisine (gest. 1677) und ihrer zahlreichen adligen Kundschaft zu untersuchen hatte. – *rotes Haus zu Frankfurt:* berühmter Gasthof am Römer. – *Egalitäts-Palast:* Gemeint ist das Pariser Palais royal (nach 1630 für Richelieu erbaut, später vom franz. König an den Herzog von Orléans geschenkt), das während der Revolution nach dem Namen des letzten Herzogs von Orléans, Philippe Egalité (= Gleichheit, da dieser sich auf die Seite der Revolutionäre geschlagen hatte), Palais Egalité genannt wurde.

S. 80 *Paphose:* auch Liebessessel genannt, eine Art Ottomane. – *Pertinenzstücke:* zugehörige Stücke. – *Stiftshütte* (oder Bundeshütte): das zeltartige, tragbare Heiligtum, das Moses auf dem Zug der Israeliten durch die Wüste als Mittelpunkt für den israelitischen Gottesdienst anfertigen ließ.

S. 82 La Mothe *Le Vayer* (1588–1672): franz. Philosoph, Erzieher Ludwigs XIV. – *Jesuiterrausch:* Die mäßige Trunkenheit wurde von den Jesuiten als unsündlich erklärt. – *Poets'corner:* der Teil der Westminster Abbey, wo die Grab- und Denksteine der engl. Dichter stehen. In engl. Zeitungen des 18. Jahrh. wird so auch der Teil des Feuilletons genannt, in den Lyrik aufgenommen wird.

S. 84 *Metastase:* Übertragung einer Krankheit auf einen anderen Körperteil. – Friedrich Ludwig *Dülon* (1769–1826): Flötenvirtuose, war seit seiner Kindheit blind. 1807 gab er in zwei Bänden Erinnerungen an seine sehr erfolgreiche Solistenlaufbahn heraus unter dem Titel: »Dülons, des blinden Flötenspielers Leben«. – *Mundharmonika:* eine vervollkommnete Art der Maultrommel mit mehreren Stahlfederzungen, die in ein hufeisenförmiges Stück Eisen eingeklemmt sind, das mit den Zähnen gehalten wird. Die so mit fast geschlossenem Mund auf das Instrument gesummten Töne haben eine eigentümlich wehmütige Klangfarbe, ohne mehr als ganz kleine Räume auszufüllen. – Antonio *Lolli* (um 1730–1802): einer der berühmtesten Geigenvirtuosen des 18. Jahrh. – Antonio Allegri da *Correggio* (1489 bis 1534): ital. Renaissancemaler, einer der im 18. Jahrh. am meisten geschätzten Künstler der Raffael-Zeit. J. P.s Quellenvermerk in der Fußnote bezieht sich auf Joh. Joachim *Winckelmanns* (1717–68) berühmte Abhandlung: »Gedanken über die Nachahmung der griechischen Werke in der Malerei und Bildhauerkunst« (1754) und deren Fortsetzung: »Sendschreiben über die Gedanken *von der Nachahmung* etc.« (1756). In beiden Abhandlungen wird, gestützt auf die »Briefe an einen jungen Prinzen von einem alten Manne« (1751) des schwedischen Grafen Karl Gustav Tessin (1695 bis 1770), die bei J. P. angeführte Geschichte erzählt, daß Königin Christina von Schweden dem französischen Maler Stephan Bourdon fünf Meisterwerke Correggios (darunter die berühmte »Leda mit dem Schwan«) geschenkt habe, die dieser im königlichen Marstall ausfindig gemacht hatte, wo sie vor schadhaften Fenstern aufgespannt waren. – *Dollond:* von John Dollond (1706–61) erstmals 1758 konstruiertes, achromatisches Fernrohr. – *Reflektor:* Fernrohr, das die Reflexion des Lichts in Hohlspiegeln sich zunutze macht, Spiegelteleskop.

S. 85 *puncto Sexti:* des sechsten Gebotes wegen. – *effleurer:* anrühren, streifen.

S. 89 George Louis Leclerc, Graf von *Buffon* (1707–88): franz. Naturforscher, verfaßte mit Daubenton eine umfängliche »Naturgeschichte der Tiere« (1749–83, 24 Bde.). Seine berühmte »Histoire naturelle, générale et particulière« erschien fast gleichzeitig mit 38 Bdn. in Paris 1750–88. – *Madame Necker:* Gemeint ist Susanne Necker (1739–94), die Frau des franz. Finanzministers Necker und Mutter der späteren Frau von Staël. J. P. hatte damals eben die »Nouveaux Mélanges« gelesen, die 1801 in 3 Bdn. aus ihren Schriften zusammengestellt worden waren. Dieser Quelle dürfte auch die Buffon-Anekdote entstammen.

S. 90 *Lethe:* die Quelle, aus der, nach der griech. Mythologie, die Verstorbenen beim Eintritt in die Unterwelt Vergessen trinken.

S. 91 Joh. Matth. *Bechstein* (1757–1822): Naturforscher und Forstmann, untersuchte zuerst systematisch die Tiere nach ihrer Nützlichkeit. Aus seiner »Naturgeschichte Deutschlands« (4 Bde., 1789–95) hat sich J. P. viel exzerpiert. – *Solitär:* eigtl. Einsamer, dann svw. seltener und besonders gefaßter Edelstein. – Johannes v. *Müller* (1752–1809): Publizist und Historiker. Seine »Briefe eines jungen Gelehrten an seinen Freund« (1802) hatte J. P. schon im Vorabdruck des »Deutschen Magazins« 1799 mit begeisterter Zustimmung gelesen.

S. 92 *Rosental:* beliebter Ausflugsort vor den Toren von Leipzig. – *Fantaisie:* 1758 erbautes Lustschloß bei Bayreuth, das von einem großen Park umgeben ist.

S. 93 *te deum laudamus:* »Herrgott dich loben wir«. – *laus deo:* Schuldbriefe, genannt nach den früher üblichen Anfangsworten eines solchen Schreibens. Gemeint ist also, daß des Elsässers Lobpreisungen in Schuldbriefen bestanden.

S. 94 *Myops:* Kurzsichtiger. – *Kartesianische Teufelchen:* Wenn man leichte Glasfigürchen in einem durch eine Luftblase verschlossenen Wassergefäß schwimmen läßt, kann man sie durch bloßen Fingerdruck steigen und fallen lassen. Die Figürchen, meist als Teufel mit Schwänzen versehen, werden nach ihrem Erfinder, dem Philosophen René Descartes oder Cartesius (1596–1650) genannt.

S. 96 *Kirwanentee:* Der auf dem Landweg, durch Karawanen nach Europa gebrachte Tee wurde seines besseren Aromas wegen dem auf dem Seeweg transportierten vorgezogen.

S. 98 *Seyn* (holl.): Signal. – *Josaphats-Tal:* das Tal des Kichon, östlich von Jerusalem, Ort der Wiederauferstehung am Jüngsten Tag.

S. 104 *Marasmus:* Schwäche, Entkräftung. – *promulgieren:* bekannt machen.

S. 105 *tempori:* zur rechten Zeit.

S. 107 *mein schwüler Giftbaum:* Anspielung auf den sagenhaften, in Indien heimischen Boa Upas-Baum, unter dem zu schlafen den Tod bringt. – *in effigie:* bildlich, im Bild. – *Koschenille-Mühle:* Aus den Koschenilleläusen, einer in Westindien vorkommenden Art der Schildläuse, wurden die Farben Karmesin und Scharlach gewonnen, indem man die getrockneten Tiere in einer Handmühle zu Pulver rieb.

S. 109 Henri François *d'Aguesseau* (1668–1751): seit 1717 Kanzler von Frankreich, vielseitig gebildeter Schriftsteller. Seine gesammelten Werke erschienen in 13 Bdn. 1759–89, dt. in 8 Bdn. 1767. – *qu'on serve, qu'il etoit servi:* »man möge auftragen« und »es sei aufgetragen«. – *Treibers Spatzenrecht:* Gemeint ist J. Ph. Treibers »De lege exstirpandorum passerum« (1707). – *Kluvers Hundsrecht:* Heinrich Klüver (Kluverus) schrieb »Electa de jure canum« (1711). – *Müllers Bienenrecht:* Von Peter Müller schließlich gibt es eine 1685 erschienene Abhandlung: »De jure apium«.

S. 110 *Agio:* Aufgeld.

S. 111 *Schwabacher:* altertümliche barocke Frakturschrift.

S. 114 Friedr. Wilh. *Herschel* (1738–1822): Astronom, entdeckte 1781 den Planeten Uranus und stellte bei der Untersuchung der Sternhaufen als erster fest, daß sich die Sternsysteme um gemeinsame Zentralpunkte bewegen. – *Charis:* Göttin der Anmut.

S. 115 *Huldin:* Hexe, Zauberin.

S. 116 Joh. Lorenz *Schiedmaier* (1786–1860): damaliger Inhaber der von seinem Vater gegründeten Pianoforte-Fabrik in Erlangen. – *Kautelar-Bogen:* Bogen mit Vorsichts-Maßregeln. – *Regensburger Komitial-Mensch:* Jurist am Regensburger Reichstag (der die verschiedenen Rechtsinstrumente nicht mehr selbst aufsetzt, sondern nur noch auf einen allgemeinen Konsensus hin abstimmt). – *Kardinalprotektor:* der rangälteste Kardinal eines Landes, der dessen Belange in Rom vor der päpstlichen Kurie wahrnimmt.

S. 117 *nervus probandi:* Hauptbeweisgrund. – *erster Grundsatz des Widerspruchs:* scherzhafte Verquickung der beiden philosophischen Termini: »erster Grundsatz der Moral« und »Satz des Widerspruchs«. – *tonica dominante:* Die Tonika ist der Grundton jeder Tonleiter, die Dominante die das harmonische Geschehen »beherrschende« Quinte.

S. 118 *die musikalische Anekdote von Bach:* Joh. Seb. Bach nahm bekanntlich für die letzte Folge seiner »Kunst der Fuge«, über der er starb, die Buchstaben seines Namens als Thema für das »Contrasubjekt« seines dreithemigen Stücks. – *Bibliothek der schönen Wissenschaften:* erg. »und der freien Künste«. Diese Zeitschrift erschien, hrsg. v. Moses Mendelssohn und Friedrich Nicolai von 1757 bis 1765 und wurde dann unter dem Titel: »Neue Bibliothek« usw. fortgeführt bis 1806. – *Pantaleon:* 1690 von Pantaleon Hebenstreit (1660–1750) erfundene Vorform des Hammerklaviers. – *Stückjunkerin:* Frau eines Fahnenjunkers bei der Artillerie. – *das musikalische Würfelspiel:* In einem Artikel des »Journals des Luxus und der Moden« vom Februar 1787 heißt es dazu: das musikalische Würfeln sei »eine der neuesten modischen Zeitvertreibe in Gesellschaften in Frankreich, wo jedermann, der nur ein bißchen Klavier spielen kann, ohne ein Wort von Komposition zu verstehen, vermittels zweier Würfel und eines Notenblattes Menuets ins Unendliche komponiert«.

S. 119 *Palästra:* Ring- und Fechtplatz, Ringschule. – *Curas und Meidinger:* Hilmar Curas veröffentlichte mehrere, damals verbreitete Grammatiken und Lehrbücher des Französischen; Joh. Valentin Meidinger schrieb ebenfalls zahlreiche Werke über die französische Umgangsprache.

S. 122 *Expektanzdekret:* Verfügung, die einem Antragsteller die Anwartschaft auf eine amtliche Stelle zusichert. – *Preßgang:* In England wurden im 18. Jahrh. Matrosen für den Kriegsdienst durch sog. Preßkommandos angeheuert, die nachts in der Hafengegend patrouillierten und ihre Opfer mit Gewalt auf die Schiffe verschleppten. – *Flötengedackt:* eine verdeckte, winddicht geschlossene Orgelpfeife von enger Tonöffnung, deren Ton um eine Oktave tiefer anspricht, dafür aber eine sehr weiche Intonation besitzt.

S. 123 *Cicerone:* Fremdenführer.

S. 124 *von Louis XVIII. geprägt:* Ludwig XVIII. von Frankreich (1755 bis 1824), Bruder Ludwigs XVI., nahm 1795 in der Emigration den Königstitel an und ließ während der Regierungszeit Napoleons eigene Münzen schlagen. – *Tournüre:* feine Umgangsart, gesellschaftliche Gewandtheit. – *Gelbgießer:* Messinggießer.

S. 125 *Aigrette:* Reiherfeder, auch juwelengeschmückte Nadel. – *Justierer:* Münzberichtiger, der die Münzen auf ihr Gewicht prüft. – *der Pater Hardouin:* Der Antiquar und Altertumsforscher Jean Hardouin (1646–1729) stellte in seiner 1697 erschienenen »Chronologia ex nummis restituta« die Behauptung auf, alle aus der Antike überlieferten Werke seien mit wenigen Ausnahmen (Homer, Cicero, Virgils Bukolika etc.) von einer benediktinischen Schule aus dem 13. Jahrh. gefälscht worden. – *Anfurt:* Landeplatz. – *parlamentarische Wollen-Säcke:* Im englischen Oberhaus saßen die Lords auf roten Wollsäcken. – *Agioteur:* Makler.

S. 127 *Süßbriefchen:* Eindeutschung des noch heute geläufigeren »billet-doux«. – *wie Moses:* vgl. 2. Mose 34,5,29 ff.

S. 128 *in herrlichen Franz gebundene Leberreime:* in edles Leder gebundene Machwerke. (*Leberreime* sind eigtl. schlechte Stegreifgedichte unflätigen Inhalts, wie sie nach altem Brauch über dem Essen einer Hechtleber gemacht wurden.)

S. 129 Chr. Fürchtegott *Gellert* (1715–69): der beliebteste Dichter und Schriftsteller der Gottsched-Zeit in Deutschland. In seinen späteren Jahren ritt er täglich auf einem Pferd spazieren, das ihm Prinz Heinrich von Preußen, der Bruder Friedrichs des Großen, geschenkt hatte. – *der blinde Julius im Hesperus:* In J. P.s zweitem Roman spielt ein blinder Sohn des Lord Horion als Begleiter des indischen Weisen Dahore eine Nebenrolle. Das parodistische Selbstzitat stammt aus dem dritten Ostertag des »28. Hundposttags«, wo es von dem leidenden Helden Viktor während eines Konzerts heißt: »Alle seine gefangnen Tränen wurden um sein Herz versammelt, und sein ganzes Innere schwamm, aus dem Boden gehoben, sanft in ihnen.«

S. 130 *lingua franca:* Mischsprache auf der Levante, die sich aus einem korrumpierten Italienisch entwickelt hat. – *frère servant:* dienender Bruder, der in den Freimaurerlogen die niederen Obliegenheiten zu verrichten hatte, ohne vollgültiges Mitglied zu sein. – *Pönitenzpfarre:* Strafpfarre (mit geringerem Einkommen). – Christian *Garve* (1742–98): Übersetzer und Schriftsteller, durch seine zahlreichen popularwissenschaftlichen Abhandlungen einer der wichtigsten Vertreter der deutschen Aufklärung.

Seine »Versuche über die verschiedenen Gegenstände aus der Moral, Literatur und dem gesellschaftlichen Leben« erschienen 1795, gesammelt und erweitert in 5 Bdn. 1802. Im 5. Bd. dieser Ausgabe findet sich S. 407 ff. Garves Abhandlung: »Über den Stolz«.

S. 133 *Apostasie:* Glaubensabfall.

S. 134 *Figuren auf klingenden Glasscheiben:* Gemeint sind die nach ihrem Entdecker, Ernst Florens Friedrich *Chladni* (1756–1827), benannten »chladnischen Figuren«, die auf einer mit Sand bestreuten Glasscheibe entstehen, wenn man mit einem Geigenbogen darüberstreicht.

S. 136 *Hagley:* berühmter englischer Park in Worcestershire. J. P.s Kenntnis stammt aus Chr. Caius Lorenz Hirschfelds (1742–92) berühmtem Werk: »Theorie der Gartenkunst« (5 Tle., 1779–85). Vgl. dort Bd. 1, S. 62 ff. – *Baum-Not- und Hülfs-Täfelchen:* s. o. zu S. 22. – *Der Lac da um Ermenonville herum:* Um das Schloß von Ermenonville im Departement Oise, nahe bei Soissons, hatte in den Jahren nach 1763 der damalige Besitzer, der Marquis de Girardin, einen französischen Park anlegen lassen. Hier starb am 2. Juli 1778 Jean-Jacques Rousseau (geb. 1712) auf der kleinen *Pappelinsel* inmitten des künstlichen Sees und wurde vom Marquis de Girardin, einem langjährigen Freund und Verehrer des Philosophen, dort auch begraben.

S. 137 *petrifiziert:* versteinert.

S. 139 *Anadyomene, Urania, Cythere:* Beinamen der Aphrodite. – *Charitianen:* Göttinnen der Anmut, Grazien.

S. 140 *Harpyen:* Raubvogeldämonen aus der griech. Sage mit weiblichen Gesichtern, Armen und Schenkeln. – *enharmonisch:* Tonart-ungebunden.

S. 142 *Manna:* die von Gott den Juden auf ihrem Weg durch die Wüste gespendete Speise; dann ein Abführmittel, das aus dem Saft der sog. Manna-Esche gewonnen wurde.

S. 145 *zertierend:* streitend.

S. 146 *Antihypochondriakus:* »A. oder Etwas zur Erschütterung des Zwerchfells und zur Beförderung der Verdauung«, Titel einer mehrbändigen Sammlung von Anekdoten und Witzen, die G. A. Kayser in den Jahren 1782–96 herausgab. – *Brunnenbelustigungen:* Name von Heilquellenbüchern. Am bekanntesten die franz. Schrift: »Les amusements des eaux de Spaa«, von der vermutlich die deutsche Bezeichnung abgeleitet ist. – *Flûte-à-bec:* Hornflöte, Blockflöte. – *Stechheber:* Gerät, um Flüssigkeiten aus fest verschlossenen Gefäßen zu heben. – Joh. Georg *Meusel* (1743–1820): Historiker und Lexikograph. J. P.s Quellenvermerk geht auf sein »Museum für Künstler und Kunstliebhaber oder Fortsetzung der Miszellanen artistischen Inhalts« (18 Tle., 1787–92).

S. 147 *Kopulierreis:* aufgepfropftes Reis. – *Serpent:* damals bereits veraltetes, schlangenförmig gewundenes Blasinstrument. – *Gyges-Ring:* unsichtbar machender Ring, mit dessen Hilfe sich der Hirt Gyges zum König von Lydien machte. – *dissertatiuncula pro loco:* kurze Abhandlungen, die zur Erlangung einer Stelle eingereicht wurden. – *Stangenharmonie* (oder Stangenharmonika): Glasharmonika, bei der die einzelnen Glasröhren wie bei einem Tasteninstrument angeschlagen wurden. – *Orphika:* 1795 erfundenes Instrument, Mittelding zwischen Tasten- und Saiteninstrument. – *Klavizylinder:* um 1800 von *Chladni* (vgl. o. zu S. 134) eingeführtes Harmonikainstrument.

S. 148 *Delta-Muskel:* Muskel im Oberarm. – *Santo Gennaro:* Der Heilige Januarius, dessen Blut alle Jahre an seinem Namensfest wieder flüssig wird, ist der Stadtheilige von Neapel. – *Stechhelm mit Federbogen:* nur mit engen Sehschlitzen versehener Turnierhelm mit gebogenem Federbusch. – *Stadttertius:* der dritte Lehrer an der Stadtschule (am Gymnasium).

S. 149 *Nuntiatur:* Amt des päpstlichen Gesandten. – *Odeon:* Konzertsaal.

S. 150 *Billardsack:* Die älteren Billardtische hatten sechs Löcher mit Beuteln für die Bälle. – *Isisschleier:* Das Standbild der Göttin Isis zu Sais war von einem dichten Schleier verhüllt, den kein Sterblicher je heben durfte.

S. 151 *der fünf klugen, der Rosenmädchen:* Anspielung auf das Bibelgleichnis mit den fünf klugen und den fünf törichten Jungfrauen, von denen nur fünf die Ankunft des himmlischen Bräutigams erwarten (vgl. Matth. 25,1 ff.), und auf die Mädchen, die beim Rosenfest in Salency zur Königin gewählt werden (vgl. o. zu S. 40).

S. 152 *Schnappweife:* Zählhaspel, wobei ein dünnes Brettchen durch Zuschnappen anzeigt, wie viele Fäden die Spule aufgewunden hat. – *Katoptrik:* Spiegellehre.

S. 154 *Hotel de Bavière:* vornehmer Gasthof in Leipzig. – *Kuriatier und Horatier:* Die Drillingssöhne des vornehmen Römers Publius Horatius traten zur Zeit des Tullus Hostilius (672–640 v. Chr.) zu einem Zweikampf gegen die Drillingsbrüder der Curatier vor den beiden Heeren an, um den Krieg zwischen Rom und dem etruskischen Alba Longa zu entscheiden. Der Sage nach gelang es dem letzten, überlebenden Horatier, die ihn bedrängenden Curatier listig zu trennen und einzeln zu erschlagen.

S. 155 *Proselyten des Tors:* Nach dem jüdischen Gesetz waren darunter die zum Judentum Bekehrten zu verstehen, die sich nicht zu den Vorschriften des mosaischen Gesetzes, besonders zur Beschneidung, verpflichtet hatten und denen darum nur in den Vorhof des Tempels von Jerusalem Eintritt gewährt wurde. – *Janustempel:* Der Tempel des doppelgesichtigen Gottes Janus wurde nur zu Kriegszeiten geöffnet.

S. 156 *Bonsoir:* Lichtputze.

S. 157 *»Haben Sie eine französische Hand?«:* Ursprünglich war von J. P. im Van der Kabelschen Testament auch das Amt eines Kopisten vorgesehen. – *das französische Camnephez:* Die Endbuchstaben, die in diesem Wort enthalten sind, wurden damals in Frankreich mit reichen Schnörkeln versehen. – Jak. Timotheus *Hermes* (1738–1821): fruchtbarer Roman- und Erbauungsschriftsteller, einflußreich für die Entwicklung des dt. Romans im 18. Jahrh. durch seine beiden frühesten Romane: »Geschichte der Miss Fanny Wilkes« (2 Bde., 1766) und »Sophiens Reise von Memel nach Sachsen« (6 Bde., 1769–1773, 3. Aufl. 1778). – *ein zweiter Romancier:* J. P. selbst, der allerdings eine ziemlich unleserliche Handschrift besaß.

S. 158 *Bassas-Roßschweifen:* Die Würdenträger am Hof der Sultane wurden nach ihrer Ranghöhe mit Roßschweifen auf ihrer Helmzier ausgezeichnet. – *Kurial-Krätzer:* gewöhnlicher, schlechter Wein. – *Ortshalter:* scherzhafte Eindeutschung des franz. »lieutenant«, Leutnant. – *hodie non legitur:* »Heute wird nicht gelesen«, üblicher Anschlag an den Hörsälen, wenn eine Universitätsvorlesung ausfällt. – *Alkinous Gärten:* Der Palast des Phäakenkönigs Alkinous, zu dem Odysseus am Ende seiner Irrfahrt verschlagen wurde, lag mitten in einem paradiesisch schönen Park. – *Philadelphia:* Die Hauptstadt von Pennsylvania wurde 1682 von William Penn und der Quäkergemeinde als die Stadt der »Bruderliebe« gegründet. – *Freundschaftsinseln:* von James Cook (1728–79) auf seiner dritten Erdumseglung entdeckte Inselgruppe im Pazifik, zu der vor allem die Insel Hawaii gehört, auf der Cook in einem Handgemenge am 17. Jan. 1779 den Tod fand. – *Lorenzodose:* Laurence Sterne (s. o. zu S. 37) berichtet in seiner »Empfindsamen Reise« (A Sentimental Journey through Italy and France«, 1767 f., vgl. dort den Abschnitt »Calais«) von dem Mönch Lorenzo, der dem Helden des Buchs, Yorick, obwohl dieser ihn gekränkt hat, gutmütig Tabak anbietet, ohne auf die Beleidigung zu achten. Yorick tauscht daraufhin gerührt seine Tabaksdose gegen die ärmliche des Mönchs, um sich seiner stets heilsam zu erinnern, und schließt mit Lorenzo Freundschaft.

S. 159 *Hugo* (Hugh) *Blair* (1718–1800): schottischer Prediger und Theologe, dessen »Sermons« (1777) in der Übersetzung von Sack und Schleiermacher 1781 ff. in 5 Bdn. erschienen. Der 4. Bd. enthält eine Predigt über die Freundschaft. – *ein eigensüchtiges do ut des:* »Ich gebe, damit du gibst«, Grundsatz des römischen Rechts.

S. 161 *Lebensluft:* Sauerstoff.

S. 165 *Ci-devant:* vormals, gestrig.

S. 166 Moses *Mendelssohn* (1729–86): Freund Lessings und Friedrich Heinrich Jacobis, bedeutender Philosoph der dt. Aufklärung. Im »Beschluß« seiner »Briefe über die Empfindungen« nennt er das Mitleid eine Vermischung angenehmer und unangenehmer Empfindungen. – *Fleu- und Florist:* Blumenhändler und Blumenfreund. – *belle-vue, mon-plaisir:* im 18. Jahrh. beliebte Namen für Lust- oder Gartenschlößchen. (So heißt ein 1786 errichtetes Schloß in Berlin Bellevue, ein 1684 gebautes Lustschloß im Park von Schwedt bei Potsdam Monplaisir.)

S. 167 *gelehrtes Deutschland:* »oder Lexikon der jetzt lebenden deutschen Schriftsteller«: von Hamberger 1753 begründetes Sammelwerk, das von

Joh. Georg Meusel (s. o. zu S. 146) nach 1776 vielbändig fortgesetzt wurde. – *protocollista – judex chartularius-scriniarius – exceptor:* Schriftführer, Gerichtsarchivar, Kanzleileiter und Nachschreiber. – *Fall- und Wasenmeister:* Umschreibung für »Abdecker, Schinder«. – *maître des hauts œuvres:* Scharfrichter. – *maître des basses œuvres:* Grubenräumer.

S. 168 *im alten System von Tournefort:* Das in seinen »Institutiones rei herbariae« (3 Bde. 1700) entwickelte System der Pflanzen (nach Blumen und Früchten unterteilend) des franz. Botanikers Joseph Pitton de Tournefort (1656–1708) war in der Botanik vor Linné (s. o. zu S. 39) führend. – *Professionist:* Handwerker.

S. 170 David *Teniers der Jüngere* (1610–90): berühmter niederländischer Genre-Maler. – *Karpser:* Die Kenntnis des Namens und der Lebensumstände dieses Mannes verdankt J. P. dem Buch von J. G. Büsch: »Erfahrungen« (1790), vgl. dort Bd. 1, S. 288 ff.

S. 173 *Bischofs-Pallium:* Bischofsmantel (ein Teil des bischöflichen Ornats). – *polnischer Rock:* kragenloser Rock mit Ärmeln, aus dem Kaftan entwickelt. Die Mode verbreitete sich nach der Hochzeit Ludwigs XV. mit der Tochter des polnischen Königs Stanislaus Leszcynski 1725 von Frankreich aus über Europa. – *ohne deiner Erwähnung:* erg. »zu tun«. – *Definitiv-Sentenz:* endgültiges Urteil, gegen das keine Berufung möglich ist. – *Mandat:* landesherrlicher Erlaß. – David *Garrick* (1716–79): der berühmteste Schauspieler des 18. Jahrh. in England. Der Freund von William Hogarth und Henry Fielding trat auch als Dramatiker hervor.

S. 174 *Menschenhaß und Reue:* Titel eines 1789 zuerst aufgeführten Rührstücks von Kotzebue (s. o. zu S. 37). In ihm wird der Held Meinau über der Untreue seiner Frau zum Menschenhasser, bis ihn der spätere Anblick ihrer Leiden wieder versöhnt. – *Wechsel- oder Hornschluß:* Entscheidung zwischen zwei gleichwertigen Möglichkeiten.

S. 175 *der Kollegienrat K.:* Kotzebue war 1801 nach seiner Befreiung aus der sibirischen Verbannung vom Zaren zum Kollegienrat ernannt worden. – *Dieterichs-Felsen:* wohl svw. »Helden wie Dietrich von Bern«. – Percival *Pott* (1714–88): engl. Chirurg. Seine »Chirurgical Observations« (1775) erschienen deutsch 1776. – *Fait machen:* sich wichtig tun.

S. 176 *Katechet:* Ausfrager, eigtl. der Lehrer im Religionsunterricht, hier die Stadtwache. – *Hecktaler:* Taler im Märchen, der immer neue Geldstücke hervorbringt.

S. 180 *Schießpferd:* s. o. zu S. 64.

S. 182 *sagt Montaigne:* Michel Eyquem de *Montaigne* (1533–92): franz. Moralist und Philosoph. Die angegebene Sentenz findet sich in seinen »Essays« I,12. – Georg Wilh. *Steller* (1709–46): Naturforscher und Reisender, begleitete Vitus Behring (1680–1741) 1737 auf dessen Expedition und blieb nach seinem Tod noch bis 1744 auf Kamtschatka. Auf der Rückreise überraschend verstorben, wurden aus seinem Nachlaß die »Beschreibung von dem Lande Kamtschatka« (1774) und »Tagebuch einer Reise von Kamtschatka nach Amerika« (1793) herausgegeben. – *Scherwenzel:* wertloses Allheilmittel.

S. 188 *Wiener Klapperpost:* In Wien gingen Boten mit Klappern durch die Straßen, um die Briefe zur Beförderung einzusammeln.

S. 190 *Eustachische Famas-Trompete:* scherzhafte Verquickung von »eustachischer Röhre« (tuba Eustachii) und »Fama-Trompete«. Die »eustachische Röhre« ist der trompetenförmige Kanal zwischen Mund und Trommelhöhle, entdeckt von dem it. Anatom Bartolommeo Eustachio (gest. 1574); die Fama (das Gerücht) wird in der Kunst oft mit einer Trompete dargestellt.

S. 191 *kumäische Sybille:* in Cumae bei Neapel hausende, sagenhafte Wahrsagerin. – *Oktapla:* Acht-Sprachen-Bibel, bei der der Bibeltext in acht Spalten nebeneinander in den verschiedenen Sprachen gedruckt ist. – *acht partes orationis:* Die Rhetorik unterscheidet acht Redeteile voneinander. – *Dogaressa:* die Gemahlin des venezianischen Dogen. – *faites la belle:* hier svw. »sei artig«. – *Ludwigs XIV. letzte Stunden:* Der franz. König versöhnte sich gegen Ende seines Lebens unter dem Einfluß der Madame de Maintenon mit dem katholischen Glauben.

S. 192 *Robespierresche Schweife:* »Queue de Robespierre« nannte man die wenigen Anhänger, die Robespierre nach seinem Sturz am 2. Juli 1794 treu blieben und mit ihm das Schafott bestiegen. – *Cul de Paris:* künstlicher Steiß. Gemeint sind die Einlagen in die weiten, von der franz. Hofmode vorgeschriebenen Röcke.

S. 193 *Orpheus-Töne:* Verwechslung mit dem Sänger Amphion, der nach der griechischen Sage durch seinen Gesang die Mauern von Theben zusammengefügt hatte. – *Ordensschwester der Sklavinnen der Tugend:* Einen solchen Orden stiftete 1662 die Kaiserin Eleonore, die Gemahlin Ferdinands III.

S. 195 *Troubadour, Conteur:* Liedersänger und Erzähler kleiner, meist lockerer Versgedichte. Beide Namen kannte J. P. aus dem »Versuch über die romanischen Dichter des 12. und 13. Jahrh.« in der o. im Text angeführten Zeitschrift »*Bragur*« (7 Bde., 1791–1804) von Friedr. David *Gräter* (1768 bis 1830). Vgl. dort Bd. 5 (1697), 2. Abtlg., S. 9. – *Pomona:* röm. Göttin des Obstbaus. – *Vigilie:* Nachtwache, Vorabend hoher Feste. – *Vakzine:* Gemeint ist hier die *Kuh,* nicht die *Kuhpocken.*

S. 196 *Epikurs-Stall:* Der griech. Philosoph *Epikur* (342–270 v. Chr.) war der Begründer aller materialistischen Weltauffassungen. Später wurde ihm von seinen Gegnern fälschlich unterschoben, er verfechte eine Ausschweifungen aller Art fördernde Lehre vom Lebensgenuß. – *den letzten Wunsch von Reichardt:* Gemeint ist das von dem Schweizer Lyriker Joh. Gaudenz, Freiherr von Salis-Seewis (1762–1834) stammende Gedicht: »Der letzte Wunsch«, das J. P. aus den »Liedern der Liebe und Einsamkeit« (1798) des mit Goethe befreundeten Berliner Lieder- und Opernkomponisten Joh. Fr. Reichardt (1752–1814) kannte.

S. 197 *Wetzlar, Regensburg:* In Wetzlar war der Sitz des Reichskammergerichts, in Regensburg tagte der Reichstag, beide für die Langsamkeit ihrer Entscheidungen bekannt. – *bureau des Longitudes et des Longueurs:* Büro der Längen und Längengradsvermessung, Anspielung auf das gleichnamige Büro in Paris.

S. 198 *Simultankirche:* Kirche, in der von beiden Konfessionen Gottesdienste abgehalten werden.

S. 199 *wunderliche Heilige:* Vgl. Psalm 4,4: »Erkennet doch, daß der Herr seine *Heiligen wünderlich* führet.«

S. 200 *Philomele:* Nachtigall. (Die Tochter des Pandion von Athen, Philomele, wurde nach der griech. Sage, als sie von ihrem Schwager geschändet und der Zunge beraubt wurde, von den Göttern in eine Nachtigall verwandelt.)

S. 201 *Probierstein:* Auf ihm machte man Münzproben, indem man mit dem Geldstück in den weichen Kieselschiefer einen Strich ritzte und diesen mit anderen, durch Nadeln aus gleicher Legierung gezogenen Strichen verglich. – *Herkules-Tempel der Freundschaft:* Gemeint ist wohl eine besonders feste Freundschaft? Einen *Tempel der Freundschaft* hatte Friedrich der Große im Park von Sanssouci bauen lassen, doch gibt es ähnlich allegorische Weihestätten in fast allen Parks des späten 18. Jahrh. – *Moos- und Rinden-Einsiedelei*: Erinnerung an die nach 1715 im Park des Bayreuther Eremitage-Schlosses errichteten Einsiedlerhütten, in denen sich allerdings ein sehr fröhliches Eremitendasein abgespielt hatte. – *Klingel-Häuschen:* Vermutlich ist hier an chinesische, mit Glöckchen geschmückte Pavillons gedacht, wie sie zu jener Zeit gelegentlich in Gartenanlagen errichtet wurden.

S. 202 *Isolier-Schemel:* bei den damals häufigen elektrischen Versuchen ein Schemel im Isolatorium, der keine Berührung mit dem Boden zuläßt, so daß die Versuchsperson ohne Schaden elektrische Stöße vertragen kann.

S. 203 *Ausweichung:* Wechsel der Tonart innerhalb eines Musikstücks. – *Quinten-Fortschreitung:* Das musikalische Tonartensystem nimmt die Folge-Tonart stets auf der Dominante (der großen Quinte) der vorausgehenden an.

S. 204 *nervus rerum gerendorum:* Handlungsnerv, Lebensnerv, bei Unternehmungen. Hier ist natürlich Geld gemeint. – *Mittagsteufel:* »Wenden und Russen nehmen eine Glieder raubende Mittags-Teufelin an«, vermerkt dazu J. P. selbst (vgl. o. S. 221, Anmerkung). – *valet de fantaisie:* wohl svw. »kurzweiliger Rat«. Ein Beleg ist bisher zu J. P.s Wort nicht aufgetaucht. Man könnte an eine Analogiebildung zu dem barocken »berger de fantaisie« (als Hirt verkleideter vornehmer Herr) denken: »valet de fantaisie«, ein als Diener verkleideter Herr. Wahrscheinlicher ist, daß J. P.

den Ausdruck wie andere der gleichen Art einem älteren Werk über franz. Hofordnungen entnahm. Dann wäre entweder ein Mann gemeint, der für bestimmte Lustbarkeiten verantwortlich ist oder eine Art Hofnarr. – *den vier großen Brownischen Kartenköniginnen:* Der engl. Mediziner John Brown (1635–88) hatte die damals vielbeachtete Theorie entwickelt, die menschliche Gesundheit und das Leben hingen von der Reizbarkeit des Menschen durch Luft, Schlaf usw. ab. Krankheit beruhe also in einem Zuviel oder Zuwenig an Erregung. Er versuchte entsprechend die Krankheiten nach sthenischen (überreizten) und asthenischen (zuwenig gereizten) zu unterscheiden und mit entsprechenden Mitteln zu bekämpfen. – *Tetraktys:* die den Pythagoräern, einer naturphilosophischen Sekte des Altertums, heilige Vierzahl. – *vier syllogistische Figuren:* die vier von der Logik anerkannten Schlußfiguren logischer Folgerungen.

S. 205 *promptuarium juris:* Rechtshandbuch.

S. 206 Karl Ferdinand *Hommel* (1722–81), Professor für röm. und Zivilrecht, schrieb ein damals vielbenutztes Nachschlagewerk: »Rhapsodia quaestionum in foro quotidie obvenientium etc.« (1765).

S. 207 *vier letzte Dinge:* Tod, Jüngstes Gericht, Himmel und Hölle (nach der kath. Lehre). – *castrum doloris* (Schmerzenslager): der aufgebahrte Katafalk in der Kirche vor der Beisetzung des Verstorbenen.

S. 211 *Tharand:* Die Landschaft, durch die Walt wandert, ist ein Abbild der J. P. vertrauten Gegend zwischen Hof und Bayreuth mit nur zum Teil veränderten Namen. In den Vorarbeiten heißt es: »Stelle dir einen bestimmten wirklichen Weg vor. Gera, Hof, Bayreuth«. Das gab ihm die Möglichkeit, Kindheitserinnerungen, Reiseeindrücke mit den Ideallandschaften seiner Romane zu verbinden. Tharand und den plavischen Grund bei Plauen hatte J. P. im Mai 1798 von Dresden aus besucht, allerdings ohne seine Erwartung befriedigt zu sehen: »Ich war auf dem Königstein, um den die Welt wie um einen Thron liegt; und im plavischen Grund, der so wenig ist, daß ich in Tharand dachte, nun komme er erst, wie in jenem, das sei schon Tharand, woran so viel nicht ist«, schrieb J. P. am 8. Juni 1798 an seinen Freund Christian Otto.

S. 212 *Pestitz:* Hauptstadt von Hohenfließ, wo die Handlung des »Titan« spielt. – *Tertie:* der sechzigste Teil einer Sekunde.

S. 213 *Hosensäcke der Ohnehosen:* Sansculottes (Ohnehosen) wurden die aufrührerischen Proletarier während der franz. Revolution von ihren adligen Gegnern genannt, weil sie nicht die Culottes (Kniehosen) der Standespersonen trugen, sondern offene lange Hosen. – *Surplus-Kasse:* Überschuß-Kasse. – *Badine:* Spazierstock.

S. 214 *Nößel:* kleine Maßeinheit, etwa ein Achtel-Liter.

S. 216 *Wesen- und Jakobsleiter:* einmal Anspielung auf die Wesenleiter, die nach dem Weltbild des Thomas von Aquin (1225–74) von der unbelebten Natur bis zu Gott als dem höchsten Wesen reicht, zum anderen auf die

Himmelsleiter, die im A. T. der Patriarch Jakob im Traum erblickt. Vgl. 1. Mose, 28,11 ff.

S. 217 *Rosana-Tal:* Tal in Hohenfließ, an dem Pestitz, die Hauptstadt des »Titan«, liegt. – *der Orpheus der Natur:* Weil der Frühling wie der sagenhafte Sänger Orpheus die Natur (durch seinen Gesang) mit blühenden Blumen belebt.

S. 218 *Joditz:* Mitten unter den umbenannten Dörfern seiner engeren Heimat erwähnt J. P. auch den kleinen Ort, an dem er die ersten Jahre seines Lebens zugebracht hat. Vgl. in seiner »Selberlebensbeschreibung« das zweite Kapitel, S. 717 ff. – *die Jagd- und Lustschlösser:* Gemeint ist im einen Fall wohl Venzka, das bei Töpen gelegene Gut der mit dem jungen J. P. befreundeten Familie von Spangenberg, im zweiten Fall Töpen selbst, wo die Familie seines Jugendfreundes, Adam Lorenz von Oerthel, lebte. – *nur Niobe schwieg:* Niobe, die Tochter des Tantalus, schmähte nach der griech. Sage die Göttin Leto, daß sie nur zwei Kinder habe, während sie selbst zehn Söhne und zehn Töchter besitze. Apoll und Artemis, Letos Kinder, töteten aus Rache mit ihren Pfeilen alle Kinder der Niobe, die vor Schmerz darüber versteinerte. In einer verlorenen Tragödie hat Äschylos die Niobe stumm dargestellt.

S. 221 *Pans Stunde:* Die Mittagsstunde war bei den Griechen dem Waldgott Pan heilig, der in der Mittagshitze schläft und über Störungen so ungehalten ist, daß kein Hirt durch Flötenspielen oder Rufen die Stille zu brechen wagt.

S. 222 *trepanieren:* eigtl. »den Schädel aufbohren«. – *in corpore:* insgesamt.

S. 223 *physiokratisches System:* Der franz. Arzt und Nationalökonom François Quesnay (1694–1774), Leibarzt Ludwigs XV., begründete die Theorie, daß der Bodenertrag eines Landes die Quelle des Volkswohlstandes sei und daß nur die intensive Bodennutzung und die verbesserte Landwirtschaft ausreichenden Reinertrag abwerfen könne. – *Lorenzo-Dose:* s. o. zu S. 158. – *wie ein Moses-Stecken:* Um den dürstenden Juden ein Zeichen zu geben, schlug Moses in der Wüste mit seinem Stab vor den Augen der Verdurstenden Wasser aus dem Felsen. Vgl. 2. Mos., 17. – *Exulant:* Verbannter.

S. 225 *giftige Herbstblumen:* Die Herbstzeitlosen werden vom Vieh nicht abgefressen. – *die Himmelwagen:* die beiden Sternbilder des großen und des kleinen Wagens (Bären). – *Danaidengefäße:* Die Töchter des Danaos mußten in der Unterwelt Wasser in ein durchlöchertes Faß füllen. – *Malefikant:* Missetäter, Verbrecher.

S. 226 *Eispaläste:* In Petersburg wurde während des strengen Winters von 1756 auf der zugefrorenen Newa ein Palast aus Eis für die Kaiserin Katharina die Große errichtet. – *blasonieren:* Wappen kunstvoll beschreiben oder ausmalen.

S. 227 *herkulanische Topf-Bilder:* Bilder, wie sie auf Geschirr und Vasen in Herkulaneum bei Neapel ausgegraben worden waren. Stichwerke über diese Ausgrabungen waren seit Winckelmanns ersten Schriften im 18. Jahrh. sehr verbreitet. – *Quodlibet:* Allerlei. – *Anagramm:* Veränderung eines Wortes durch Neuzusammensetzung seiner Buchstaben.

S. 228 *der unvergeßliche dichterische Mann von Tockenburg:* Gemeint ist der Schweizer Ulrich Bräker (1735–98), der als Hirtenjunge zum Militär gepreßt wurde und im Siebenjährigen Krieg desertierte. Er beschrieb seine Abenteuer und Mißgeschicke in dem unvergleichlichen Buch: »Lebensgeschichte und natürliche Ebenteuer des Armen Mannes in Tockenburg« (1789).

S. 229 *Chevalier d'honneur:* Ehrenkavalier aus der Begleitung eines Fürsten. – *Sokkus oder der Kothurn:* Das alte griechische Theater unterschied die Komödie und die Tragödie bei Aufführungen durch die unterschiedlich hohen Schuhe, in denen die Schauspieler auftraten. Kothurn ist dabei der hohe Schuh der Tragödie, Sokkus der niedrige der Komödie. – *Achilles-Ferse:* Achilles war nur an seiner rechten Ferse verwundbar. – *Fruchtessende Gesellschaft:* scherzhafte Anspielung auf die 1617 von den Fürsten Ludwig von Anhalt, Joh. Ernst, Wilhelm und Friedrich von Weimar gegründete »Fruchtbringende Gesellschaft«, die sich – nach italienischem Vorbild – die Reinigung und Pflege der deutschen Sprache und Literatur zur Aufgabe gemacht hatte. – *der bekannten eisernen:* Gemeint ist die aus Voltaires: »Siècle de Louis XIV.« (2 Bde., 1751) bekannte eiserne Maske, ein Gefangener in der Pariser Bastille, der stets eine eiserne Larve vor dem Gesicht tragen mußte und in dem man den Zwillingsbruder des franz. Königs vermutete.

S. 233 *St. Lüne:* kleiner Badeort in der Nähe von Flachsenfingen, der Hauptstadt des gleichnamigen Fürstentums in J. P.s »Hesperus«.

S. 234 *Trauerpferd:* s. o. zu S. 61. – *aus F-Moll:* Nach Schubarts »Ideen zu einer Ästhetik der Ton-Kunst« (1806), S. 378, drückt diese Tonart: »tiefe Schwermut, Leichenklage, Jammergeächz und grabesverlangende Sehnsucht« aus.

S. 235 *gleich dem verurteilten Sokrates:* Vor dem Scherbengericht erklärte Sokrates bei seinem Prozeß auf die Frage, was für einen Schuldspruch er erwarte, die Athener seien eigentlich verpflichtet, ihn für seine Verdienste mit den fünfzig Ratsherren (*Prytanen*) und anderen um den Staat verdienten Männern auf öffentliche Kosten im Prytaneum (dem Ratshaus) lebenslänglich zu verköstigen. – *nolli nolle:* »Wolle nicht nicht wollen! Sträube dich nicht!«

S. 237 *mazerieren:* einweichen. – *Menstrua:* Auflösungssäfte. – *Alkaheste:* ein Lösemittel der Alchemie, dem angeblich keine festen Stoffe widerstehen können. – *Teufels-Abbiß:* eigtl. Pflanzennamen. – *die elende Pechkugel vom Drachen:* Im A. T. gibt Daniel dem babylonischen Drachen

»Pechküchlein« zu fressen, an denen das Ungeheuer zugrunde geht. Vgl. die apokryphen Zusätze zum Buch Daniel (Dan. 14,23–27).

S. 238 *globe de compression:* Mord- oder Druckschlag, eine besonders explosionsstarke Granate, die 1725 von dem franz. Ingenieur Bernard Forêt de Bélidor (1697–1761) erfunden wurde. – *ut supra:* wie oben. – *Ariadnens-Faden:* Mit Hilfe eines Fadens, den ihm die kretische Königstochter Ariadne mit auf den Weg gegeben hatte, vermochte der Athenerprinz Theseus nach seinem Sieg über das Ungeheuer des Minotaurus den Rückweg aus dem Labyrinth von Knossos zu finden.

S. 239 *Introitus:* Eingang, Einleitung. – *drei Höfe:* die Höfe aus J. P.s Romanen: »Die Unsichtbare Loge«, »Hesperus« und »Titan«.

S. 241 *Andreas-Kreuz:* Kreuz mit schrägen Balken. An einem solchen war der Überlieferung nach der Apostel Andreas gekreuzigt worden. – *Portativ-Mahlzeit:* tragbare Mahlzeit.

S. 242 Horace Bénédict de *Saussure* (1740–99): Schweizer Naturforscher, erstieg 1787 den Montblanc und verfaßte ein umfangreiches Werk: »Voyages dans les Alpes« (4 Bde., 1779–96; dt. 1781 ff.).

S. 243 *Bucentauro:* Das Staatsschiff des venezianischen Dogen, von dem aus er alljährlich sich durch das Werfen eines kostbaren Rings mit dem Meer vermählte.

S. 245 *Pausan. in Att.:* Gemeint ist der Attika und Euböa behandelnde Teil der berühmten »Beschreibung Griechenlands« des spätantiken Reisenden Pausanias (2. Jahrh. n. Chr.).

S. 247 *J. P. F. R. Wonsidel: Martii anno 1793:* »Johann Paul Friedrich Richter aus Wonsiedel, im März 1793«, – die Abkürzung steht für J. P.s Namen und Geburtsort, das Datum bezieht sich auf das Erscheinungsdatum seines ersten Romans.

S. 249 *Album graecum:* eigtl. getrockneter, weißer Hundekot, hier wohl svw. Schnepfendreck.

S. 250 *Johanna von Montfaucon:* 1800 uraufgeführtes, romantisches Schauspiel von Kotzebue (s. o. zu S. 37). – *Daphne:* Nymphe, die auf der Flucht vor den Nachstellungen des Apoll in einen Lorbeerbaum verwandelt wurde. – *Theater aux Italiens:* s. o. zu S. 33.

S. 251 *Staatsaktion:* »Haupt- und Staatsaktion« nannte man die barocken Schauspiele der Wanderbühnen, wenn sich die Begebenheiten um Staatshäupter, Fürsten und hochadlige Liebesintrigen drehten.

S. 252 *»Da die Blumen leben und schlafen, träumen sie gewiß auch«:* Den Gedanken hatte sich J. P. in seinen Exzerpten aus der deutschen Ausgabe von Erasmus Darwins (1731–1802) »Zoonomie, oder die Gesetze des organischen Lebens« notiert, vgl. dort Bd. 1 (1795), S. 193.

S. 253 *Completorium:* Schlußandacht, die letzte, dem kath. Priester vorgeschriebene Gebetszeit.

S. 254 *Lorettohäuschen:* Das Geburtshaus der Maria in Nazareth wurde der Legende nach 1295 von Engeln nach Loreto in Italien gebracht. Dort wird die »casa santa«, eingebaut in einen gewaltigen Dom, noch heute verehrt.

S. 255 *Eulalia:* die Heldin aus Kotzebues Rührstück: »Menschenhaß und Reue« (vgl. o. zu S. 174). Herr von Meinau ist freilich nicht ihr Verführer, sondern der von ihr betrogene Gatte.

S. 256 *praesis ut prosis:* »Sei der erste, um zu helfen!«

S. 258 *wie die Cybele:* Die antike Fruchtbarkeitsgöttin Cybele wurde als Beschützerin der sie verehrenden Städte oft mit einer Krone dargestellt, die die Form eines Mauerrings besaß.

S. 260 *Staupbesen:* Mit ihm wurden Missetäter vom Henker öffentlich verprügelt (»gestaupt«). – *Halter:* J. P.s Kopist. In einem Brief an seine Freunde Emanuel Osmund und Thieriot vom 5. Nov. 1803 schreibt er über dessen Erwähnung in den »Flegeljahren«: »Halter schrieb einen 2ten Brief an den Haslauer Rat mit vergnügter Regung ab, weil er darin seinen Namen und sein Abschreiben und sein Loben abschreiben mußte.« – *Gnomen:* sprichwörtliche Merksprüche.

S. 261 *Vorlesungen über die Kunst:* So sollte ursprünglich die »Vorschule der Ästhetik« genannt werden, die zur Leipziger *Herbstmesse* 1804 erschienen war.

S. 262 *Retorsionen:* Vergeltungen, Entgegnungen. – *Antizipationen des Titels:* Flegeleien in Vorwegnahme des Titels. – Samuel *Richardson* (1686 bis 1761): engl. Romancier, dessen Familienromane: »Pamela« (1741), »Clarissa« (1748) und »Sir Charles Grandison« (1753) zu den einflußreichsten Büchern des 18. Jahrhunderts gehören. – Paul *Scarron* (1610–60): franz. Dichter von Burlesken und Dramen, Verfasser des berühmten »Roman comique« (1651). – *Hermes:* s. o. zu S. 157. – Jean-François *Marmontel* (1723–99): franz. Schriftsteller, bekannt für seine formgewandten »Contes nouveaux« (1761) und für seinen Roman: »Bélisaire« (1768). – *Lafontaine:* Gemeint ist hier wohl der sentimentale Vielschreiber August Lafontaine (1758–1831), der eben damals sehr in Mode war. – Chr. Heinrich *Spieß* (1755–99): Verfasser von vielgelesenen Schauerromanen (»Das Petermännchen«, 1793, »Hans Heiling«, 1796). – Friedrich Maximilian *Klinger* (1752–1831): Sturm und Drang-Dramatiker und Romancier. Zwischen 1790 und 1800 schrieb der von J. P. hochverehrte Jugendfreund Goethes, der inzwischen zum zaristischen General avanciert war, eine Reihe philosophischer Romane. – *Nicolai:* s. o. zu S. 72. Er hatte in den Jahren 1773 bis 1776 einen aufklärerischen Roman: »Leben und Meinungen des Magisters Sebaldus Nothanker« geschrieben. – Germaine, Baronin von *Staël*-Holstein (1766–1817): franz. Schriftstellerin, schrieb außer der berühmten Schrift: »De l'Allemagne« (1813) zwei von J. P. geschätzte Romane: »Delphine« (1802) und »Corinne, ou l'Italie« (1807). – Sophie *Mereau* (1770–1806): Schriftstellerin, seit 1803 in zweiter Ehe mit Clemens Brentano verheiratet, verfaßte mehrere, wenig erfolgreiche Romane (»Amanda und Eduard«, 1803). – Joh. Gottfried *Dyk* (1750–1813): Leipziger Buchhändler, wohl nur scherzhaft (wegen des Reims auf Ludwig *Tieck*) in diese Reihe von Romanciers mit aufgenommen. – *Klopstock:* In seinen »Grammatischen Gesprächen« (1794) läßt Klopstock einzelne Buchstaben redend auftreten. – *XXIIer Union:* Anspielung auf den 1780 von dem aufklärerischen Theologen Karl Friedrich Bahrdt (1714–94) gegründeten »Orden der Zweiundzwanzig«, aus dem eine den Freimaurer-Logen entsprechende Geheimgesellschaft, die »Deutsche Union«, hervorgehen sollte. Er berichtet über die für ihn unglücklich endende Unternehmung in »Geschichte und Tagebuch meines Gefängnisses, nebst geheimen Urkunden und Aufschlüssen über die Deutsche Union« (1781). – *grande Bande des 24 Violons ou les vingt-quatre:* das aus 24 Spielern bestehende Hoforchester Ludwigs XIV.

S. 263 *Famulant:* Aushilfsdiener. – *Valet de fantaisie:* s. o. zu S. 204. – *Enak:* Die Enakiter, ein kanaanitischer Stamm, wurden nach 5. Mose 9,2 als »ein groß hoch Volk« von Riesen genannt. – *Schelling seine Gleicher-Linie:* Anspielung auf Schellings Identitätsphilosophie (s. o. zu S. 21. Gleicher ist eigtl. ein älterer, meist poetisch gebrauchter Ausdruck für den Äquator.). – *Markeur:* Billarddiener, der die Points der Spieler notiert.

S. 264 *Ohnehosen:* s. o. zu S. 213.

S. 265 Antoine *Le Camus* (1722–72): Arzt, schrieb ein »Amphiteatrum medicum«, ein Gedicht über die Medizin und ihre Gegenstände (1745). – *der große Gottsched .... im Gellertischen Leipzig:* Der aufklärerische Literatur-Reformator und Gesetzgeber Joh. Christoph Gottsched (1710–66) fiel im Verlauf der für ihn ungünstig endenden Auseinandersetzungen um die Entwicklung der dt. Literatur so tief in der Achtung, daß er selbst in der aufklärerischen Stadt Leipzig, die auch die Stadt des ihm in manchem wesensverwandten Gellert (s. o. zu S. 129) war, verspottet wurde. – *Titanomachie:* Im Kampf gegen die Titanen sicherten sich nach der griech. Mythologie die olympischen Götter die Herrschaft über die Welt.

S. 266 *Wildrufdreher:* Treiber, der auf der Jagd das Wild durch Nachahmen seiner Laute zu locken hat. – *pelzen:* aufpfropfen. – *ein Schlegelscher Revenant des Euripidischen Ions:* August Wilhelm Schlegel (1767–1845) schrieb 1803 eine an dem gleichnamigen Stück des Euripides orientierte Tragödie »Ion«, die gleichsam das wiederkehrende und nachzehrende Gespenst (*revenant*) der Vorlage ist.

S. 271 *wie ein erwachter Siebenschläfer:* Die Siebenschläfer sind nach der Legende sieben Diener des Kaisers Decius, die während der Christenverfolgung 251 n. Chr. in einer Höhle bei Ephesus eingemauert wurden, dort in Schlaf verfielen, aus dem sie erst unter Theodosius II. im Jahr 446 n. Chr. wieder erwachten. – *Chapeau:* Mann, Kerl. – *Alterserlaß:* vorzeitige Mündigkeitserklärung.

S. 272 *sentieren:* entscheiden, hier: der Meinung sein.

S. 273 *in Glucks Iphigenie auf Tauris:* Chr. Willibald Glucks (1714–87) Reformoper »Iphigenie en Tauride«, 1779 in Paris im Wettstreit gegen Piccini erfolgreich uraufgeführt, gehörte zu den wichtigsten Repertoirestücken der Oper im 18. Jahrh.

S. 276 *Zirkulierofen:* bei dem zur besseren Ausnutzung der Wärme das Feuer durch gewundene Gänge geführt wird. – *Ofen-Pasten:* Eigtl. sind »Pasten« die Abdrücke geschnittener Steine. Hier sind mit Pasten wohl eher die figürlich ausgeschmückten Ofenkacheln gemeint.

S. 277 *Ichor:* das äther-ähnliche Blut der Götter.

S. 281 *Lukubrieren:* gelehrtes Nachtarbeiten. – *Makrobiotik:* Kunst, das Leben zu verlängern. – *Centesimo-Vigesimo-Format:* Hundertzwanzigstel-Format.

S. 282 Charles de *Montesquieu* et Secondat (1689–1755): franz. Philosoph und Politiker, Wegbereiter der Aufklärung. Die angeführte Bemerkung findet sich abgewandelt in seinem 1748 erschienenen Hauptwerk: »De l'ésprit des lois« (XXI, 12) und ausführlicher in seinen »Considérations sur les causes de la grandeur des Romains et de leur décadence« (1734). – *Hochbürgerstand:* J. P.s Eindeutschung von »Honoratioren-Stand«.

S. 283 *im belagerten Toulon:* Toulon war im Dezember 1793 bei dem Angriff der Revolutionsheere auf Stadt und Hafen sehr verwüstet worden.

S. 284 *thé dansant:* morgendliche Tanzbelustigung. – *eau dansant:* Quickwasser, tanzendes Wasser. – *champs élysées:* Die Pariser Prachtstraße erinnert in ihrem Namen an die *elysischen Gefilde,* in denen nach der griechischen Überlieferung die schuldlosen Seelen im Hades wohnen. – *Thyrsus-Stäbchen:* Solche mit Weinranken und Efeu umwundenen Stäbe trugen der Gott des Weins, Dionysos, und sein Gefolge.

S. 285 *Claude Gellée,* gen. *Lorrain* (1600–82): der gefeiertste und bedeutendste Landschaftsmaler des 17. Jahrh. – *Marly:* Das von Hardouin-Mansart 1693 erbaute Lustschloß bei Louveciennes war für seine Gartenanlagen und Wasserkünste weltberühmt. Nach der franz. Revolution verkauft und abgerissen, ist heute die Anlage kaum mehr erkennbar. – *Fontange:* hoher Kopfputz aus Reiherfedern, den 1679 die Herzogin von Fontanges zuerst am franz. Hof einführte.

S. 286 *Mann nach der Uhr:* Titel eines 1765 entstandenen Lustspiels des Romanciers Th. G. v. Hippel (1741–96).

S. 287 *Hamen:* Angelrute, Kescher.

S. 288 *spanische Schlösser:* Luftschlösser. – *spanische Fliegen:* Die getrockneten Kanthariden oder spanischen Fliegen enthalten ein stark blasenziehendes und reizendes Mittel, das oft gefährliche Entzündungen nach sich zog. – *Tratte:* gezogener Wechsel, auch Wechselbuch. – *Assignate:* Anweisungen an Dritte, auf eigene Rechnung Geld zu zahlen.

S. 289 *Altreißin:* Flickschusterin. – *Bellona:* die röm. Göttin des Kriegs. – *Subjekt:* Apothekergehilfe. – *Pistole:* Dukaten.

S. 290 *Territorialmandat:* Landesfürstliche Verordnung, Anweisungen auf Grundbesitz.

S. 291 *Epiktet:* Der griech. Philosoph (ca. 50–138 n. Chr.) lehrte die stoische Überwindung der bedrückenden Umwelt durch Bedürfnislosigkeit. – *Horen:* Stunden. – *fünf (Mosis-Bücher) Klassen der Gläubiger:* Gemeint ist, daß die Juristen die Gläubiger in fünf Klassen einteilen wie die Bibelexperten die Moses-Bücher des A. T. in fünf Bücher, zugleich wohl, daß die Gläubiger z. T. wenigstens dem Stamme Mosis angehören. – *die englische Nationalschuld:* Sie war in den Jahren 1763–1801 von 184 Millionen auf 490 Millionen Pfund Sterling gewachsen.

S. 292 *Ripienist:* Musiker, der nur die Füllstimme in einem Stück spielen darf. – *Fünftelsaft:* Verdeutschung von »Quintessenz«.

S. 293 *artes semper gaudendi:* »Künste, stets glücklich zu sein«. »Ars semper gaudendi« heißt ein gelehrsames, theologisches Werk von Alfonso de Sarasa, das in den Jahren 1664–67 erschienen war, und im Anschluß daran nannte Joh. Peter Uz (1720–96) einen Traktat von 1760 »Versuch über die Kunst, stets fröhlich zu sein«.

S. 294 *Sbozzo:* erster Entwurf, eigtl.: in der Plastik erste Bearbeitung des Steins. – *pro prodigo, nie pro avaro:* für einen Verschwender, nie für einen Geizhals.

S. 295 *französische Fehltritte:* Im folgenden zitiert J. P. aus einem Schulprogramm des Bayreuther Professors Charles François Langlois: »Observations essentielles et utiles sur differentes *locutions vicieuses de la langue françoise* introduites en Allemagne« (1791). An Emanuel Osmund schrieb J. P. am 7. 12. 1802: »Ich will dem Sprachmeister eine Kammer in meinem komischen Roman bauen, oder eine Statuen-Nische, damit man ihn anbete.« – *Leibnizens Dyadik:* Zahlensystem, das alle Zahlen nur mit den Ziffern 1 und 0 darstellt. Auf seine genauere Ausbildung hat auch Leibniz einige mathematische Abhandlungen verwandt. – *dragon, dragon volant etc.:* Die Aufzählung der alten franz. Geschütznamen stützt sich auf das Sammelwerk: »Der Neueröffnete Ritterplatz« (1704), 2. Tl., Nr. 2: »Das Neueröffnete Arsenal«, S. 11.

S. 296 *Friesel:* Hautausschlag.

S. 297 *Lagrimosis-Passagen:* wehklagende Tonläufe. – *Haydns sieben Worte:* 1785 komponierte Joseph Haydn eine Passionsmusik, die er später in einen Zyklus von Streichquartetten umarbeitete (1787). – *Languido* (musik. Bezeichnung): sehnsüchtig, schmachtend. – *Valuta:* Wechselbetrag.

S. 299 *Wieder ein Ebenbild von dir:* d. h.: »Das sieht dir wieder ähnlich.«

S. 300 *Rumormeister:* in Wien der Polizeihauptmann, der auf den Straßen für Ruhe und Ordnung zu sorgen hat. – Alexander Wassily, Graf *Suworow* (1729–1800): russischer Feldherr in den Revolutionskriegen, kämpfte siegreich gegen die Franzosen in Oberitalien und bekam dafür vom Zar den Titel eines Fürsten Italiskij verliehen. – Joh. Thomas, Edler v. *Trattner* (1717–98): berüchtigter Wiener Nachdrucker. (Der unerlaubte Nachdruck von Büchern war in Wien durch lasche Verlagsgesetze besonders im Schwang.)

S. 302 *Gesang der drei Männer im Feuer:* Unter der Regierung König Nebukadnezars wurden drei Juden, die sich weigerten, ein goldenes Bildnis als Gottheit anzubeten, in einen glühenden Ofen geworfen. Gott aber schickte ihnen einen Engel, und die drei priesen laut den Herrn, der sie im Feuer unversehrt gelassen hatte. Vgl. Dan. 3,13 ff. – *monte di pietà:* »Berg der Frömmigkeit« nannte man in Italien Kapitalvereinigungen auf mildtätiger Basis, die ohne Gewinn Notleidenden Darlehen beschaffen sollten. Die erste Anstalt wurde 1462 in Perugia durch den Franziskanermönch Barnaba gegründet. Späterhin ist »monte di pietà« einfach eine Bezeichnung für ein Pfand- oder Leihhaus. – *Figurantin:* Ballettänzerin. – *Figurist:* Figurenmaler. – *Konfigurationen*: Zuordnung, Stellung.

S. 303 *Titus:* kurze, strenge Haartracht, entsprechend der Frisur des röm. Kaisers Titus auf den antiken Darstellungen. – *Platner:* Das Zitat findet sich in dessen »Aphorismen« (1776), 1. Tl., § 1037. – Karl Fr. *Rellstab* (1759 bis 1813): Berliner Musikalienhändler und Verleger. – *Herr Freytag:* Den Namen des ersten Theaterschneiders und Garderobiers entnahm J. P. dem Berliner Adreßkalender.

S. 304 *Nun, ich will nicht vergessen, mich zu erinnern:* Zitat aus der dritten Satire des engl. Lyrikers Eduard Young (1681–1765), wo es von einem Zerstreuten heißt: »Er macht sich einen Denkzettel, um etwas zu vergessen.« Das bei J. P. öfters wiederkehrende Wortspiel wird in § 47 der »Vorschule der Ästhetik« als beispielhaft angeführt. – *Fatalien:* dringende Meldungen, vor allem von Sterbefällen. – *die liebenswürdige Königin:* Kompliment an Königin Luise von Preußen (1776–1810), die Berliner Gönnerin J. P.s.

S. 312 *krepieren, crêper:* Der deutsche Ausdruck kommt vom italienischen »crepare« (zerspringen; franz. »crêver«), nicht vom franz. »crêper« (kräuseln).

S. 314 *Biographia Britannica:* Die erste Auflage des Sammelwerks erschien 1747–53 in 6 Bdn., die deutsche Übersetzung als »Sammlung von merkwürdigen Lebensbeschreibungen« in Halle 1754 ff.

S. 315 *Angelus de Constantio* (1507–91): Historiker, veröffentlichte 1572 seine »Istoria del regno di Napoli ...« (überarbeitete, zweite Auflage 1582). – *Danaiden-Arbeit:* s. o. zu S. 225. – *pomologisch:* früchtekundig.

S. 316 *herkulanische Bücherrolle:* In Herkulaneum wurden bei den ersten Ausgrabungen auch vereinzelte Handschriftenrollen gefunden, von denen die meisten freilich beim Versuch, sie aufzurollen, zerstört wurden. – *Broihanns:* Hannoveraner Bierbrauer, der seit 1526 ein eigenes, aus Weizen und Gerstenluftmalz bereitetes Bier braute.

S. 317 *wie zu einer Hinrichtung Damiens':* Robert François Damiens (1715–57) versuchte ein Attentat auf Ludwig XV. und wurde danach vor einer großen Volksmenge auf dem Pariser Grêve-Platz hingerichtet. – *indisches Vogelnest*: In Indien und China wurden die Nester der Salanganen-Vögel, aus eingetrockneten Ausscheidungen ihrer Speicheldrüsen bestehend, als sexuelles Anreizmittel gegessen. – *Seladon:* Liebhaber. *Celadon* heißt die Hauptfigur in Honoré d'Urfé's berühmtem Schäferroman: »L'Astrée« (5 Bde. 1607–27).

S. 319 *Drachenkopf, Drachenschwanz:* s. o. zu S. 60. – *den alten aristotelischen Mittelsteig:* Vgl. in J. P.s »Vorschule der Ästhetik« den § 1: »Will man aber eine wörtliche kurze [Definition]: so ist die alte aristotelische, welche das Wesen der Poesie in einer schönen (geistigen) Nachahmung der Natur bestehen lässet, darum verneinend die beste, weil sie zwei Extreme ausschließet, nämlich den poetischen Nihilismus und den Materialismus«. – Jos. Justus *Scaliger* (1540–1609): humanistischer Philologe, seit 1593 Professor an der Universität Leiden. – Kaspar *Scioppius* (1576–1649): scharfsinniger, zugleich aber durch seine Streitlust und Schmähsucht berüchtigter Philologe. 1598 zum Katholizismus übergetreten, schrieb er zahlreiche Pamphlete gegen seine protestantischen Widersacher. – Anton Fr. *Büsching* (1724–93): Begründer der neueren Geographie. Seine »Neue Erdbeschreibung«, 1754 begonnen, war bei seinem Tod noch unvollendet.

S. 321 *Herrn v. Rohrs Haushaltung-Recht:* Vgl. dazu o. S. 48. In dem dort erwähnten Buch heißt es S. 546: ».... wanns kalt ist, nicht alt bist und tapfer gefrohren.« – *Hirschhorngeist:* damals Allheilmittel, vor allem gegen fiebrige Erkrankungen.

S. 322 *Laxiermittel:* Abführmittel. – *Punch royal:* Er besteht aus dem Extrakt von Orangen- und Zitronenschalen, die in Rum oder Arrak gezogen haben, aus geschlagenem Eiweiß und Zucker, die mit gleichen Teilen roten und weißen Weins aufgegossen werden. – *sub utraque:* Im Gegensatz zu den Katholiken nehmen die Protestanten das kirchliche Abendmahl »sub utraque (specie)«, unter beiderlei Gestalt (Brot und Wein als Leib und Blut Christi), zu sich. – *die Ostermesse ist der beste Beweis:* Sie brachte mehr Bücher als die Michaelismesse heraus. – *Magister Dyk in Leipzig:* s. o. zu S. 262.

S. 323 John *Milton* (1608–74): Lyriker und Epiker, einer der größten Dichter Englands. Für sein Hauptwerk, das in reimlosen Jamben geschriebene Epos: »The Paradise lost« (1667), fand der verarmte und erblindete Milton lange keinen Verleger und erhielt schließlich nur 10 Pfund Sterling.

S. 324 *Unsterblichkeits-Panthea:* In der 1764 ff. von Soufflot erbauten Kirche der Heiligen Genoveva wurde 1791 auf Erlaß des Nationalkonvents ein Kult der unsterblichen Männer Frankreichs eingerichtet, in dem nicht wie im röm. Pantheon, dessen Namen das Gebäude seitdem trägt, alle Götter (so die alte Überlieferung!), sondern alle großen Franzosen verehrt werden sollten. – *Rousseaus Stube auf der Peters-Insel:* Rousseau verbrachte den Herbst 1765 auf der im Bieler See liegenden, kleinen Petersinsel und schilderte seinen Aufenthalt in diesem Refugium zu Ende seiner »Confessions« und in seinen »Rêveries du promeneur solitaire« (1782). – *Ovidiopolis:* So wurde die kleine Stadt Tomi am Schwarzen Meer von Kaiser Hadrian genannt, in welcher der röm. Dichter Publius Ovidius Naso (13 v. Chr.–17 n. Chr.) als Verbannter gestorben war. – *Sternocleidobronchocricothyrioideus:* scherzhafte Vermengung von lateinischen Muskelbezeichnungen.

S. 326 *Person mit Schlüssel und Stern:* Kammerherr mit dem Schlüssel als Abzeichen seiner Würde und mit einem Ordensstern.

S. 328 *Palingenesie, Petersensche Wiederbringung:* Wiedergeburt, so auch der Titel einer berühmten Abhandlung des Schweizer Naturforschers und Philosophen Charles Bonnet (1720–93): »Idées sur l'état futur des êtres vivants, ou Palingenésie philosophique« (1769), die auf das Denken des jungen J. P. großen Einfluß gewann; Joh. Wilhelm Petersens Schrift: »Das Geheimnis der Wiederbringung aller Dinge« erschien 1701 ff. – *Kasualrede:* Predigt zu besonderem Anlaß, hier im Sinne von: sich zufällig ergebende Rede.

S. 329 *versus memoriales:* Denk- oder Merkverse, um dem Schüler das Erlernen der lat. Grammatikregeln zu erleichtern. – *Adventsvogel:* »Die Norweger glauben, er komme nur am vierten Advent«, erklärt J. P. an anderer Stelle.

S. 330 *den Markus und seinen Ochsen:* Eigentlich ist der Ochse als Evangelistensymbol dem Lukas zugeordnet, nicht dem Markus, dessen Tier der Löwe ist.

S. 331 *Juno Ludovisi:* heute im kapitolinischen Museum in Rom befindliche Monumentalstatue der röm. Göttin, einst im Besitz der röm. Familie Ludovisi.

S. 332 *orbis pictus:* So nannte Joh. Amos Comenius (1592–1670) sein großes Lehrbuch in Bildern, das 1658 erschien und bis weit ins 18. Jahrh. verwendet wurde.

S. 333 *in Gräters ›Bragur‹:* s. o. zu S. 195. Vgl. in der angegebenen Quelle, Bd. 3 (1794), S. 245, wo es jedoch heißt: »'s sind der Kinder *Zweie.*« – *wie das griechische Drama:* Gemeint ist, daß das griechische Drama die Komödie vor der Tragödie erfunden habe und das Trauerspiel aus dem Lustspiel erwachsen sei. Vgl. »Vorschule der Ästhetik« § 28: »Alle Nachahmung war ursprünglich eine spottende; daher bei allen Völkern das Schauspiel mit der Komödie anfing. Zur spielenden Nachbildung dessen, was Liebe oder Schrecken einflößte, gehörte schon ein höherer Stand der Zeit.«

S. 334 *Buxen*: stiebitzen. – *Landesvater:* Kommerslied. Wenn man es sang, wurde der Hut mit dem Rapier durchstochen. – *gassatim rumoren:*

auf der Gasse lärmen. – *Degen wetzen:* eine Herausforderung, bei der man mit dem Degen aus dem Pflaster Funken schlug.

S. 335 *nach der peinlichen Halsgerichts-Ordnung von Karl:* Der Art. 113 der »Constitutio criminalis«, die Kaiser Karl V. 1532 erließ und die bis weit ins 18. Jahrh. in Geltung blieb, sagt allerdings nur: wer Maße und Gewichte fälsche, solle mit Ruten gestaupt und des Landes verwiesen werden.

S. 338 *Empyreum:* der Feuerhimmel der griech. Mythologie. – Gottl. Wilhelm *Rabener* (1714–71): viel gelesener, satirischer Dichter, der zu J. P.s Zeit häufig mit Horaz verglichen wurde. – Joh. Carl *Wezel* (1747 bis 1819): Roman- und Lustspieldichter, seit 1786 geistig umnachtet.

S. 339 Georg Wolfgang Augustin *Fikenscher* (1773–1813): Gymnasialprofessor in Bayreuth, schrieb ein lexikographisches Werk über »Das gelehrte Bayreuth«. In der »Vorrede«, S. 14, sagt er, er habe jeden berücksichtigt, »der mehr als *einen* Bogen, doch nicht ein bloßes Gedicht geschrieben« habe.

S. 340 Garlieb *Merkel* (1769–1850): Schriftsteller und Journalist, fiel in den Beiträgen seiner Zeitschrift: »Der Freymüthige« (1803 ff.) und in den berüchtigten »Briefen an ein Frauenzimmer über die neuesten Produkte der schönen Literatur in Deutschland« (26 Hefte, Berlin 1800–03) heftig über Goethe, Schiller und auch J. P. her, der sich vor allem über Merkels gehässige Urteile zum »Titan« geärgert hatte. Übrigens lebte Merkel erst seit 1799 in Berlin. – *Nicolai:* s. o. zu S. 72. – *die zweite Auflage des Hesperus:* Sie war mit gewichtigen Veränderungen des Dichters und vielen Druckfehlern des Setzers 1798 erschienen.

S. 342 *Rosenfest:* s. o. zu S. 40. – Salomon *Geßner* (1730–87): Schweizer Maler und Dichter. Seine Idyllen und Schäferpoeme wurden anfänglich in Frankreich und Deutschland sehr gefeiert, ehe die Entwicklung der Naturdichtung in Deutschland die graziösen Gebilde als »französisierend« und unecht abwertete.

S. 348 *Portamento:* das tragende Aushalten der Singstimme. – *a secco:* nur vom Klavier begleitetes Rezitativ.

S. 349 *wie Siegwart:* In Joh. Martin Millers (1750–1814) tränenseligem Erfolgsroman: »Siegwart. Eine Klostergeschichte« (1776) erfriert der Held am Ende auf dem Grabhügel seiner Geliebten und wird dort im Mondschein von seinen Freunden und Verwandten gefunden. – *Glacière:* Eiskeller. – *Exzeption:* Einwand, Ausflucht, Ausnahme.

S. 350 *dem römischen Pantheon:* Der schon o. zu S. 324 erwähnte Rundtempel in Rom hat in der Kuppel eine kreisförmige, ungedeckte Öffnung.

S. 354 *Extravasate:* die aus einem Körpergefäß austretenden Blut- oder Lymphflüssigkeiten. – *Kanonisten:* Kirchenrechtskenner. – *Extravagantia:* Die beiden letzten Teile des Corpus juris (s. o. zu S. 45) behandeln »Ausnahmefälle«, die in das allgemeine System nicht einzuordnen waren.

S. 355 Jacques *Delille* (1738–1813): franz. Dichter. Lange Zeit beim Publikum gefeiert, fiel er durch sein Lehrgedicht: »L'Homme de champs ou les Georgiques françaises« (nach der Revolution 1800 erschienen) bei der Kritik in Ungnade. – *in den Frauenzimmer-Briefen:* s. o. zu S. 340.

S. 356 *Wasenknecht:* s. o. zu S. 167. – *Herr von Trattner:* s. o. zu S. 300. – *Faktor:* Buchhalter.

S. 357 *Suworows Ehrennamen Italiskoi:* s. o. zu S. 300. Gemeint ist wohl, daß Winckelmann für seine Verdienste um die Wiedererweckung der röm. Altertümer mit gleichem oder größerem Recht der Beiname eines »um Italien Verdienten« zukomme als dem russischen General, der dort nur militärische Siege erfochten hatte.

S. 359 *Sta, sta, Viator:* s. o. zu S. 76.

S. 361 Samuel *Heinecke* (1727–90): Pädagoge, begründete nach 1755 den modernen Taubstummenunterricht, trat gegen das herkömmliche Buchstabieren im Grundunterricht und für eine Lautmethode ein.

S. 362 *Brants Narrenschiff:* Der Straßburger Arzt und Ratsherr Sebastian Brant (1457–1520) veröffentlichte 1494 sein satirisches Gedicht: »Das Narrenschiff«, das in 113 Kapiteln die menschliche Narrheit und die Modetorheiten seiner Zeit Revue passieren läßt.

S. 363 *zu jedem pis sage das Schicksal bis:* Zu jedem »Schlimmsten« sage das Schicksal: »noch einmal«. – *russischer Eispalast:* s. o. zu S. 226.

S. 364 *Peter Hammer:* Unter dieser fingierten Verlagsangabe erschienen im 18. Jahrh. viele anonyme, oder auch unerlaubt nachgedruckte Schriften.

S. 365 Sir William *Hamilton* (1730–1803): berühmter Altertumsforscher. Er beschreibt in seinen »Campi Phlegraei« (1776–79), einem Buch über die Altertümer der Umgebung von Neapel, die Überschreitung des Lavastroms vom Vesuv. – *Culs de Paris:* s. o. zu S. 192. – *anus cerebri Lutetiae:* eigtl. Ausgang der vierten Gehirnkammer, hier svw. Geheimausgang der Dreckstadt (Lutetia ist eine alte, spottend ausgedeutete Bezeichnung für Paris). – *Splanchnologie:* Eingeweidelehre.

S. 367 *in die schimmernde Baumannshöhle:* berühmte Tropfsteinhöhle im Harz, die 1670 von einem Bergarbeiter namens Baumann entdeckt wurde. – *Orden der Sklavinnen der Tugend:* s. o. zu S. 193.

S. 369 Carl August *Böttiger* (1760–1835): Direktor des Gymnasiums in Weimar, wichtiges, intrigantes Mitglied der Weimarer Hofgesellschaft. Sein Hauptwerk: »Sabine, oder Morgenszenen im Putzzimmer einer reichen Römerin« war eben damals (1803) erschienen.

S. 374 *Schar-Bock:* Skorbut. – *Freundschaftsinseln:* s. o. zu S. 158. – *Aberrationen und Nutationen:* Abweichungen und Bahnstörungen eines Planeten durch einen anderen. – *der gute Zach:* Der Astronom Franz Xaver von Zach (1754–1832) veröffentlichte 1792 »Tabulae motuum solis novae et correctae« (mit Supplementen 1804), denen er – jedoch erst 1806 ff. – »Tabulae speciales aberrationis et nutationis etc.« folgen ließ.

S. 375 *O-Waihi:* Hawaii. Hier wurde James Cook 1779 von den Eingeborenen erschlagen. Vgl. auch o. zu S. 158. – *Zahlwoche:* die letzte Woche der Leipziger Messe.

S. 376 *Wolfsmonat:* eigtl. Dezember, von J. P. gewöhnlich auf den November bezogen.

SCHMELZLES REISE NACH FLÄTZ

Der Plan zu diesem »komischen Gemälde« tauchte zuerst im Frühjahr 1807 bei Jean Paul auf. Es sollte nach des Dichters Absicht einen Teil der »Vermischten Schriften« bilden, die er bei Cotta in Tübingen herausgeben wollte, um damit einem Raubdruck des Jenaer Buchhändlers Voigt zu begegnen, der 1804 unter dem Titel: »Kleine Schriften von Jean Paul Friedrich Richter« eine Reihe von Aufsätzen nachgedruckt hatte. Doch die Geschichte gewann dann schnell selbständiges Leben, und schon am 8. Mai 1807 konnte der Dichter an seinen Freund Emanuel Osmund schreiben, er versteige sich jetzt sogar ins satirische Fach und schreibe an einem »Zirkelbrief des Feldpredigers Geiserich Schmelzle an seine Freunde, sein Davonlaufen und seinen Mut betreffend«. Im Juni notierte dann Jean Paul in dem sog. »Vaterblatt«: »Die Flätzer Reise, die in die vermischten Schriften gehört, zu besonderem Druck vollendet.« Jean Paul fügte noch eine Anzahl willkürlich unter den Text gesetzter Noten bei und stellte die Erzählung mit der »Beichte des Teufels« zusammen, einer ursprünglich für Cottas »Morgenblatt« bestimmten Satire aus dem Januar 1807, die damals die Zensur nicht hatte passieren können. – Die Verlagssuche gestaltete sich schwierig, zum großen Teil durch die politische Situation bedingt: das Bändchen lag erst zwei Monate bei dem Münchner Buchhändler Scherer und dann fast ein Jahr bei Cotta in Stuttgart. Nach ersten Vorabdrucken im »Morgenblatt« ging Cotta erst im November 1808 auf mehrfache Anmahnungen Jean Pauls an den Druck. Das Werkchen erschien im Februar 1809, fand jedoch nur eine kühle Aufnahme beim Publikum. So mußte Jean Paul den Gedanken an eine zweite erweiterte Auflage fallenlassen.

S. 384 *fünf Fakultäten:* Damals war eben an mehreren deutschen Universitäten die Fakultät der Wirtschaftswissenschaften eingerichtet worden.

S. 385 *im Heu- und Friedens-Monat:* Im Juli 1807 wurde der Tilsiter Frieden geschlossen.

S. 386 *katechetisch:* Katechetik nennt man das theologische Lehrgebiet, wie im Unterricht Frage und Antwort zu erteilen sind. – *Sparrmanns Reise:*

der Zoologe und Naturreisende Anders Sparrmann (1747–87) begleitete Cook auf seiner Weltumseglung und bereiste später das Innere Afrikas. – Georg Philipp *Rugendas* (1666–1742): gefeierter Schlachtenmaler aus Augsburg, dessen Darstellungen sich durch einen krassen Realismus hervorheben. – *Seetreffen und Landstürme bei Toulon:* Die franz. Hafenstadt war im Dezember 1793 bei dem Angriff der Revolutionsheere sehr verwüstet worden. – *Prager Schlachten:* J. P. denkt wohl an das bekannte Volkslied: »Als die Preußen marschierten vor Prag«, das auch in »Des Knaben Wunderhorn« mit aufgenommen wurde. – *Elefantenorden:* ein 1458 gestifteter dänischer Orden.

S. 387 *Gleim:* In einem Brief an Knebel vom 16. Januar 1807 erzählt J. P., der alte Dichter und Philanthrop Johann Wilh. Ludwig Gleim (1719 bis 1803), bekannt durch seine »Preußischen Grenadierlieder«, habe in seinem Haus zu Halberstadt einen »falschen Hut von Friedrich II.« besessen. – *wie ein Cäsar:* richtig: Augustus. Dieser soll in Alexandria das Grab Alexanders besucht haben und seinen Leichnam noch unversehrt vorgefunden haben, der jedoch bei der ersten Berührung zerfiel. J. P. verdankte diese Notiz wahrscheinlich Lord Orrerys Buch: »Bemerkungen über das Leben und die Schriften Swifts, in Briefen an seinen in Oxford studierenden Sohn Hamilton Boyle« (1751). Vgl. dort den 13. Brief. – *überall:* hier svw. überhaupt. – *Turiner Lichtchen:* phosphoreszierende Wachslichter, die sich selbst entzünden, sobald sie mit der Luft in Berührung kommen.

S. 388 *unsaldiert:* unbeglichen. – *wie König Jakob von England:* J. P. verwechselt hier Jakob I. mit Heinrich VIII., der sich mit Luther in eine längere theologische Fehde eingelassen hatte. Über die Feigheit Jakobs I. hatte sich J. P. in seinen Exzerpten das bissige Epigramm notiert: »Rex erat Elisabetha, nunc est regina Jacobus.« (König war Elisabeth, nun herrscht die Königin Jakob.)

S. 389 *Livius XII. 5.:* Das Zitat muß heißen: »Livius XX. 5, 2« und bezieht sich auf die berühmte »Geschichte Roms« des antiken Historikers Titus Livius (59 v. Chr.–17 n. Chr.). – Joh. Albert Heinr. *Reimarus* (1729 bis 1814): Theologe und Naturforscher, schrieb mehrere Arbeiten über Wirkung und Gefahr des Blitzes. J. P.s Beschreibung bezieht sich auf sein Buch: »Vom Blitze« (1778), S. 221 f.

S. 390 *valet de fantaisie:* s. o. zu S. 204. – *anglisieren:* den Pferden den Schwanz stutzen. – *hartmäulig:* svw. störrisch. – *Fürst Kaunitz:* Der Nachsatz läßt vermuten, J. P. habe darunter den österreichischen Staatskanzler Wenzel Anton Fürst von Kaunitz (1711–94) gemeint, der in seiner Jugend als ausgezeichneter Reiter galt. – *Bien écouter c'est presque répondre:* »Gut Zuhören ist beinahe schon eine Antwort«. Die Quelle des oft paraphrasierten Satzes konnte im Werk des großen franz. Lustspieldichters und Romanciers Pierre Carlet de *Marivaux* (1688–1763) nicht nachgewiesen werden.

S. 391 *Schwanzschleuderer:* Der Name ist ebenso wie weiter unten »*Matzleinsdorf*« Fr. Nicolais (s. o. zu S. 72) »Beschreibung einer Reise durch Deutschland und die Schweiz«, Bd. 3 (1784), S. 209 und 48 entnommen. – *Retraiteschuß:* Schuß, mit dem die Soldaten zum Rückzug befohlen werden. – *sömmern:* hier svw. in der Sonne oder Hitze trocknen.

S. 392 *Treppenstricke:* als Treppengeländer dienende Stricke. – *Achillessehne:* Strecksehne am Fuß. – *der 22te Juli oder Mittwochs:* Die Datumsangabe paßt auf das Jahr 1807, in dem die Erzählung entstanden ist.

S. 393 *Registerschiff:* eigtl. ein von Spanien zum Handel mit Amerika befugtes und in einem eigenen Register geführtes Schiff. – *Spillmagen:* Verwandte von der weiblichen Seite. – *nach dem allg. Anzeiger (der Deutschen):* vgl. in dieser Zeitschrift den Jahrg. 1807, Nr. 115. – *nach Baumgärtner:* Gemeint ist Fr. Gotthelf Baumgärtners »Reise durch einen Teil von Spanien« (1793).

S. 396 *Mas-Kopisten:* Das nicht ganz glückliche Wortspiel will besagen, der Zwerg sei mit dem Riesen eine Handelskompagnie eingegangen (»Maskopjie« = Handelsgesellschaft) und »kopiere ihn«, d. h. rücke durch seine Kleinheit die ungeschlachten Ausmaße des Riesen ins rechte Licht. – *koram nehmen:* in der Studentensprache der Zeit: »zur Rede stellen«. – *Hunds-Grotte:* Anspielung auf die sog. Grotta del Cane bei Neapel. Diese Höhle war durch ihre unerklärliche Luftleere seit dem Altertum berühmt: man warf ursprünglich Sklaven, später Hunde in die Grotte, die nach wenigen Augenblicken erstickten. Vgl. J. J. Volkmanns »Historisch-kritische Nachrichten von Italien«, Bd. 3 (2. Aufl. 1778), S. 244 ff. – *Kalzinier-Ofen:* Kalkofen.

S. 398 *Legations-Rat:* s. o. zu S. 22. – *Montaigne:* vgl. dessen Essais, I, 17: »C'est de quoy i'ay le plus de peur que la peur.«Das Wort war im 18. Jahrh. offenbar sehr verbreitet. So führt Schreinert zwei Beispiele aus Th. G. von Hippels (1741–96) »Lebensläufen nach aufsteigender Linie«, Bd. 2 (1779), S. 208 und der »Eigenen Lebensbeschreibung« von Adam Bernd (1738) an, aus der sich J. P. notiert hatte: »Schlaflos vor Furcht, nicht zu schlafen – dann, wenn dies nicht war, die Furcht, er werde sich fürchten.«

S. 402 *Avertisseur:* Warner. – *in margine:* am Rande (bei Büchern). – *Lavaters Rat:* Er meinte, wie J. P. an anderem Ort anführt, »daß Schlafende am besten physiognomischen Observationen halten und dienen«. – *Treff-, Zier- und Spießdank:* Der Treffdank ist eine Prämie für mutige und erfolgreiche Soldaten, der Spießfolgedank wird den Söldnern als Belohnung für einen geglückten Feldzug gegeben, Zierdank nennt man eine Belohnung für einen Turniererfolg.

S. 403 *Atropos-Schere:* Atropos, die Unerbittliche, eine der drei Parzen, durchschneidet nach der griechischen Sage den Faden des Lebens, den ihre Schwestern spinnen. – *Bonsoir oder Lichttöter:* Hütchen zum Löschen des Lichtes. – Albrecht v. *Haller* (1708–77): »das Wunder seiner Zeit«, Arzt,

Naturforscher, Politiker und Dichter. Sein med. Hauptwerk: »Elementa physiologiae corporis humani« (1759–66; dt. 8 Bde., 1762–76) übte auf den jungen J. P. ungemeinen Einfluß aus.

S. 405 *das fliegende Geistes-Licht:* Die Elefanten galten als besonders kluge Tiere. – *Kornak:* Elefantentreiber. – *Chargé d'affaires:* Geschäftsträger. – *der sächsische Minister vor dem siebenjährigen Krieg:* Vermutlich ist damit der berühmte Reichsgraf Heinrich v. Brühl (1700–63) gemeint, der Günstling und erste Minister Augusts des Starken, der Sachsen durch seine Verschwendung und seine Veruntreuungen an den Rand eines Staatsbankerotts brachte.

S. 406 *als ein Berg eine Maus:* Anspielung auf den bekannten Vers des Horaz aus der Epistel: »De arte poetica« (V. 139): »Parturient montes, nascetur ridiculus mus.« (Gebirge wollen gebären, und nur ein Mäuslein wird zur Welt gebracht.)

S. 407 *Diebs-Inseln:* »Ladrones« wird eine kleine Inselgruppe an der südchinesischen Küste genannt.

S. 408 *Linguets Lob auf Nero:* Der franz. Historiker Simon Nicola Henri Linguet (1736–94) verteidigte in seiner »Histoire des révolutions de l'empire Romain« (1766) Nero gegen die Angriffe des Tacitus und des Sueton. – *das alte christliche Ostergelächter:* An Ostern wurden im Mittelalter oft scherzhafte und possenreißerische Predigten gehalten. – Joh. Gottlob *Marezoll* (1761–1828): evangelischer Prediger.

S. 409 *(C. 2. X. de stat. monach.):* J. P. meint vermutlich die Bestimmung: »c. 2 X 3,35« der Ordensregeln, wonach ein Mönch, der einen vom Abt nicht gebilligten Besitz hat und nicht für sein Vergehen Buße tut, nicht ehrlich begraben werden darf. Es ist aber nirgends davon die Rede, daß den Mönchen »jedes Eigentum .... als Kirchenraub angerechnet« wurde.

S. 410 *irgendein verkleideter Ritter d'Eon:* s. o. zu S. 37. – William *Pitt d. J.* (1759–1806): bedeutender engl. Staatsmann, seit 1783 Premierminister. – *Pontak:* herber, franz. Rotwein aus der Gegend von Medoc. – *Phalaris-Ochse:* Der Tyrann Phalaris von Agrigent verbrannte seine Opfer in einem von Perillos gefertigten ehernen Stier und wurde 549 v. Chr. bei einem Volksaufstand ermordet.

S. 412 *ein Held:* Themistokles. Als Eurybiades ihn einmal mit dem Stock bedrohte, sagte er zu diesem: »Du magst mich schlagen, doch höre mich an!« – *pium desiderium:* frommer (nicht erfüllter) Wunsch. Philipp Jakob Spener (1635–1705), der Stifter des Pietismus, nannte sein Hauptwerk: »Pia desideria« (1675). – *trepanieren:* den Kopf aufmeißeln.

S. 413 *Adjustierwaage:* besonders genaue Münzwaage. – *delphischen Höhlen:* s. o. zu S. 34. – *zenonische Gänge:* Der griechische Philosoph Zenon unterrichtete seine Schüler, während er mit ihnen im Gespräch durch die Säulenhalle der »Stoa« wandelte. – *Eselbegräbnis (sepultura asinina):* unehrliches Begräbnis.

S. 414 *Meisterin von irgendeinem Stuhl:* Anspielung auf das Amt des »Meisters vom Stuhl« in den Freimaurerlogen. – *Auerbachs-Hof:* berühmter Gasthof in Leipzig. – *Libation:* Trankopfer. – *die (Bouguersche) Schneelinie:* Dazu machte J.P. selbst in der 2. Aufl. des »Hesperus« die folgende Anmerkung: »So heißet die von Bouguer bestimmte Erhebung über das Meer, auf der die Berge in allen Zonen verschneiet sind.« (Pierre Bouguer [1698–1758] war ein bedeutender franz. Naturforscher.)

S. 415 *Nacht-Schraube:* In Friedrich Nicolais »Reisebeschreibung«, Bd. 1 (1783), S. 23 findet sich die folgende Erklärung: »Es ist ein französisches oder Riegelschloß. Der Schließhaken wird besonders angeschraubt und man kann damit alle unverschlossene Türen, oder deren Schlosse man nicht trauet, fest verschließen. Vermittelst eines am Schlosse befindlichen Gewindes kann man es umdrehen und also, nachdem man es benötigt ist, das Schloß rechts und links, innerhalb des Zimmers und auswärts anbringen.« – *mancando:* musikalische Ausdrucksbezeichnung für »schwächer werdend«.

S. 416 *Charles und Halley:* Der franz. Physiker Jacques Alexandre César Charles (1746–1823) stieg 1783 mit einem selbst erfundenen Luftballon auf, der engl. Astronom Edmund Halley (1656–1742) machte von 1698–1700 zahlreiche Seereisen, um die Abweichungen der Magnetnadel zu studieren.

S. 417 *Rittersprung:* Er gab nach altem Rechtsbrauch Anrecht auf einen Besitz. Die Metapher erscheint sehr häufig bei J. P. – *Torus:* Bett. – *lit de justice:* der erhöhte Sitz, auf welchem die franz. Könige bei Parlamentsversammlungen zu sitzen pflegten, dann auch die Versammlungen selbst, bei denen der König Verordnungen erließ. – *der teuflische Fausts-Mantel:* Nach dem alten Volksbuch vom Doktor Faustus trug der Teufel den Faust auf seinem Mantel durch die Lüfte, wohin dieser verlangte. – *Bettaufhelfer:* Lederriemen über dem Bett, um das Aufstehen zu erleichtern.

S. 419 *spanisches Reiter-Werk:* So nannte man ein Verhack aus Balken und Holzplanken, um Hohlwege und Feldeinfassungen zu sperren. – Joh. Erich *Biester* (1749–1816): aufklärerischer Publizist und Bibliothekar in Berlin, Herausgeber der »Berlinischen Monatsschrift«. – Joh. Chr. *Hennings* (1731–1815): aufklärerischer Physiologe, schrieb »Von Geistern und Geistersehern« (1780) und »Von den Träumern und Nachtwandlern« (1784). – Thomas *Hobbes* (1588–1679): engl. Philosoph und Staatstheoretiker. Sein Hauptwerk: »Leviathan, seu de materia, forma et potestate civitatis ecclesiasticae et civilis« (1650) blieb für mehr als ein Jahrhundert maßgeblich für die Staatsauffassung Englands.

S. 420 *Koloquinten-Äpfel:* die Frucht der Bittergurke, die als Abführmittel verwendet wurde. – *Buffon:* s. o. zu S. 89. – *Vaukansons Kunst-Ente:* Der im 18. Jahrh. sehr gefeierte Mechaniker Jacques Vaucanson (1709–82) hatte 1754 eine mechanische Ente konstruiert.

S. 421 *Flachsenfingen, Scheerau, Haar-Haar, Pestitz:* Schauplätze aus

J. P.s Romanen: »Hesperus«, »Die unsichtbare Loge« und »Titan«. – *Omnibus una salus sanctis, sed gloria dispar:* »Alle Heiligen erlangen die gleiche Seligkeit, aber ihr Ruhm wird unterschiedlich sein.«

S. 422 *Duns:* Tropf, Tölpel.

S. 423 *Monplaisir:* s. o. zu S. 166. – *Montgolfiere:* s. o. zu S. 75. – *Meßfreiheit:* eine den Besuchern der Messe von der Obrigkeit zugesicherte Freiheit vor dem Recht. – *in Wetzlar, in Regensburg oder Wien:* In Wetzlar war der Sitz des Reichskammergerichtes, in Regensburg tagte der Reichstag und in Wien war die Reichshofkanzlei, die alle für ihre langsame Arbeitsweise bekannt waren.

S. 424 *Kallus:* Rinde, Haut.

S. 425 *zum Fuchsschwanz greifen:* zu Schmeicheleien greifen. – *Diebsfinger:* Daumen, die man von Leichen am Galgen abschnitt, sollten zauberische Kräfte besitzen. – *Lichtenbergs neunter Band:* in der 1800–06 erschienenen Ausgabe von Georg Christoph Lichtenbergs »Vermischten Schriften«. – *Ferment:* hier svw. Gärungsmittel. – *Spitzbubeninseln:* Gemeint sind die »Ladrones«, eine Inselgruppe im nordwestlichen Teil des Stillen Ozeans. – *Neuholland:* der australische Kontinent.

S. 426 *der Verfasser des neuen Leviathans:* Der Autor dieser 1805 erschienenen Streitschrift, die sich mit ihrem Titel auf den alten »Leviathan« von Hobbes beruft, war der Publizist Paul Ferdinand Fr. Buchholz (1768 bis 1843). – *Rabenstein:* Galgenhügel.

S. 427 *Verfasser der Glossen:* Fr. August Schilling schreibt in seinen »Glossen über einige Gegenden und Städte des nördlichen Deutschland. Im Jahre 1806«, S. 67: »Je beschränkter ein Staat ist, je artiger, bescheidner und dienstfertiger sind in der Regel die Beamten; die Postmeister selbst, und das ist viel gesagt.« – *Hermes:* s. o. zu S. 157. – *Schwaden:* in der Bergmannsprache »stickendes Wetter«.

S. 428 *Goldau:* Der kleine Ort im Kanton Schwyz war mit einigen umliegenden Dörfern am 2. September 1806 durch einen Bergrutsch völlig zerstört worden.

S. 429 *Trauer- und Freudenpferd:* s. o. zu S. 61. – Geronimo *Cardano* (1501–1574): ital. Philosoph und Naturwissenschaftler, gab 1546 und 1575 in zwei Teilen eine Autobiographie heraus: »De vita propria«, von der sich J. P. sehr beeindruckt fühlte. – *die Legende des Jakobs de Voragine:* Die zu Ende des 13. Jahrh. entstandene »Leganda aurea« des Erzbischofs von Genua ist die berühmteste Legendensammlung des Mittelalters.

S. 430 *Luzifer:* lat. Name für »Morgenstern«. – *nach Voigts Berechnung:* Der Quedlinburger Stadtsyndikus Gottfried Chr. Voigt hatte in einem Aufsatz: »Etwas über die Hexenprozesse in Deutschland«, der in der »Berlinischen Monatsschrift« (April 1784, vgl. dort S. 308) erschienen war, umständlich ausgerechnet, daß in Deutschland 9 442 944 Menschen als Hexen verbrannt worden seien. – *eintausendachthundertundsieben Kriegsfeuer:*

Hinweis auf die damaligen blutigen Ereignisse. – *chevalier d'honneur et d'atour:* Hof- und Kammerherr.

S. 431 *contrat social:* Anspielung auf Rousseaus berühmte Abhandlung von 1762.

S. 432 *Mantelkind:* ein vor der Ehe geborenes Kind, das legitimiert wurde, indem es die Mutter bei der Trauung unter den Mantel nahm.

S. 433 *in usum Delphini:* »zum Gebrauch des Dauphin«. So wurden Ausgaben klassischer Autoren genannt, die mit Auslassung der obszönen Stellen gedruckt wurden. – *Exorzismus:* Teufelaustreibung. – *Edikt von Nantes:* Am 22. Okt. 1685 hob Ludwig XIV. das Toleranzedikt von Nantes, das Heinrich IV. den Hugenotten 1598 gegeben hatte, auf und trieb diese aus ihrer Heimat fort. – *Moritzens Magazin:* Karl Philipp *Moritz* (1757–93): Philosoph und Ästhetiker, Freund Goethes und Jean Pauls, gab 1783 ff. ein »Magazin zur Erfahrungsseelenkunde« heraus. – *soutenieren:* aufrechthalten.

DR. KATZENBERGERS BADEREISE

Nach dem Abschluß des »Schmelzle« nahm Jean Paul zu Anfang August 1807 die Arbeit an der Herausgabe seiner »Vermischten Schriften« wieder auf. Da »Schmelzles Reise« gesondert erscheinen sollte, nahm er nun als Hauptstück seiner Sammlung die Geschichte Dr. Katzenbergers in Angriff. In seiner Gestalt sollte der Dr. Sphex wieder aufleben, den er aus den späteren Bänden des »Titan« als unverträglich mit der Atmosphäre des Buchs verbannt hatte. Bereits im Oktober war die Erzählung abgeschlossen, Anfang Dezember auch die Durchsicht und Ergänzung des Manuskriptes. Doch dauerte die Arbeit an der Zusammenstellung und Umarbeitung der »Vermischten Schriften« noch bis zum 28. März 1808. Auf seiner Suche nach einem Verleger bekam Jean Paul diesmal mehrfach Absagen, ehe nach langem Zaudern schließlich im Mai 1808 Mohr und Zimmer in Heidelberg den Verlag übernahmen. Jean Pauls Hoffnung, das Buch werde noch rechtzeitig zur Herbstmesse erscheinen, ging nicht in Erfüllung, erst zur Ostermesse 1809 kamen schließlich die beiden schmalen Bände heraus. Publikum und Kritik waren im allgemeinen von dem Werkchen nicht begeistert, doch war der Absatz etwas besser als beim »Schmelzle«. So konnte Jean Paul über zehn Jahre später 1822 bei dem jungen Breslauer Verleger Josef Max eine umgearbeitete und erweiterte Neuauflage erscheinen lassen. Sie begründete zuerst den späteren Ruhm und die Verbreitung dieser Erzählung. – Unsere Ausgabe trennt die Geschichte von Doktor Katzenbergers Badereise von den Werkchen, mit denen sie ohnedies nur das Band des Kontrastes verbindet. In der Erstausgabe von 1809 läßt sich J. P. ausführlicher über den Zynismus seines Helden aus, gegen den er nicht zu Unrecht erhebliche Widerstände bei Publikum und Kritik gewärtigte:

»Das zweite und das dritte Drittel dieses Buchs sind ganz neu, nämlich *Dr. Katzenbergers Badreise* und Geschichte, so wie die Schluß-Polymeter; aber hierüber sei ein Beichtwort an den Leser vergönnt, würd' es ihm auch schwerer, zum zweiten Male der heilige Stroppinus zu sein. Und doch sind über das folgende leichter vergebende Beichtväter zu haben als Beichtmütter. Es betrifft den Zynismus des Doktors Katzenberger.

Es gibt aber viererlei Zynismen. Der *erste* ist der rohe in Betreff des *Geschlechts*, wie ihn Aristophanes, Rabelais, Fischart, überhaupt die alten, obwohl keuschen Deutschen und die Ärzte haben. Dieser ist nicht sowohl gegen Sittlichkeit als gegen Geschmack und Zeit.

Der *zweite* Zynismus, den die Vernunftlehre annimmt, ist der subtile der Franzosen, der, ähnlich dem subtilen Totschlag und Diebstahl der alten Gottesgelehrten, einen zarten subtilen Ehebruch abgibt; dieser glatte nattergiftige Zynismus, der schwarze Laster zu glänzenden Sünden ausmalt und welcher, die Sünde verdeckend und erweckend, nicht als Satiriker die spanischen Fliegen etwan zu Ableitschmerzen auflegt, sondern welcher als Verführer die Kanthariden zu Untergangs-Reizen innerlich eingibt; dieser zweite Zynismus nimmt freilich, wie Kupfer, bei der Ausstellung ins Freie bloß die Farbe des *Grüns* an, das aber vergiftet, indes der erste schwere, gleich Blei, zur *schwarzen* verwittert.

Von dem zweiten Zynismus unterscheidet sich überhaupt der erste so vorteilhaft-sittlich, wie etwan (um undeutlicher zu sprechen) Epikurs Stall von der Sterkoranisten Stuhl, worin das Gottgewordne nicht Mensch wird; oder auch so wie boue de Paris (Lutetiae) oder caca du Dauphin von des griechischen *Diogenes* offiziellem album graecum verschieden ist.

– Beinahe macht die Rechtfertigung sich selber nötig; ich eile daher zum *dritten* Zynismus, welcher bloß über natürliche, aber *geschlechtlose* Dinge natürlich spricht, wie jeder Arzt ebenfalls. Was kann aber hier die jetztdeutsche Prüderie und Phrasen-Kleinstädterei erwidern, wenn ich sage: daß ich bei den besten Franzosen (z. B. Voltaire) häufig den cû, derrière und das pisser angetroffen, nicht zu gedenken der filles-à-douleur? In der Tat ein Franzose sagt manches, ein Engländer gar noch mehr. Dennoch wollen wir Deutsche das an uns Deutschen nicht leiden, was wir an solchen Briten verzeihen und genießen, als hier hintereinander gehen: Butler, Shakespeare, Swift, Pope, Sterne, Smollet, der kleinern wie Donne, Peter Pindars und anderer zu geschweigen. Aber nicht einmal noch hat ein Deutscher so viel gewagt als die sonst in Sitten, Sprechen, Geschlecht- und Gesellschaft-Punkten und in weißer Wäsche so zart-bedenklichen Briten. Der reinliche, so wie keusche Swift drückte eben aus Liebe für diese geistige und leibliche Reinheit die Patienten recht tief in sein satirisches Schlammbad. Seine

Zweideutigkeiten gleichen unsern Kaffeebohnen, die nie aufgehen können, weil wir nur halbe haben. Aber wir altjüngferlichen Deutschen bleiben die seltsamste Verschmelzung von Kleinstädterei und Weltbürgerschaft, die wir nur kennen. Man bessere uns! Nur ists schwer; wir vergeben leichter ausländische Sonnenflecken als inländische Sonnenfackeln. Unser salvo titulo und unser salva venia halten wir stets als die zu- und abtreibenden Rede-Pole den Leuten entgegen.

Der *vierte* (vielleicht der beste) Zynismus ist der meinige, zumal in der Katzenbergerschen Badgeschichte. Dies schließ' ich daraus, weil er bloß in der reinlichsten Ferne sich in die gedachten britischen Fußstapfen begibt und sich wenig erlaubt oder nichts, sondern immer den Grundsatz festhält, daß das Komische jene Annäherung an die Zensur-Freiheiten der Arzneikunde verstatte, verlange, verziere, welche hier, wie natürlich, in der Badgeschichte eines Arztes nicht fehlen konnte. Schon Lessing hat in seinem Laokoon das Komisch-Ekle (das Ekel-Komische ist freilich etwas anderes) in Schutz genommen durch Gründe und durch Beispiele, z. B. aus des feinen Lord Chesterfield Stall- und Küchenstück einer hottentottischen Toilette.

Genug davon! Damit mir aber der gute Leser nicht so sehr glaube: so versichere ich ausdrücklich, daß ich ihn mit der ganzen Einteilung von vier Zynismen gleichsam wie mit heilendem Vierräuberessig bloß vorausbesprenge, um viel größere Befürchtungen vor Katzenberger zu erregen, als wirklich eintreffen, weil man damit am besten die eingetroffnen entschuldigt und verkleinert.

Gebe der Himmel, daß ich mit diesen zwei Bändchen das Publikum ermuntere, mich zu recht vielen zu ermuntern.

Baireuth, den 28. Mai 1808

Jean Paul Fr. Richter

Die Neuauflage erhielt eine eigene, wiederum auf Katzenberger bezogene »Vorrede«:

»Die Badreise wurde 1807 und 1808 schon geschrieben und 1809 zuerst gelesen, in Jahren, wo das alte Deutschland das Blutbad seiner Kinder zu seiner stärkenden Verjüngung gebrauchte; indes wurde das Buch mitten in der schwülen Kurzeit heiter ausgedacht und heiter aufgenommen.

Die neue Auflage bringt unter andern Zusätzen mehre neue Auftritte des guten Katzenbergers mit, welche ich eigentlich schon in der alten nicht hätte vergessen sollen, weil ich durch diese Vergeßlichkeit seinem Charakter manchen liebenswürdigen Zug benommen. Was hingegen die Malerei des Ekels anlangt, an der einige keinen besondern Geschmack finden wollten, so ist sie ganz unverändert geblieben.

Denn wo sollte man aufhören wegzulassen? Die Ärzte – und folglich starke Leser derselben wie ich – schauen im wissenschaftlichen Ätherreich herab und unterscheiden durch ihre Vogelperspektive des untern Unrats sich ungemein von Hofdamen, die alles zu nahe nehmen. Und zweitens kommen denn nicht alle die verschiedenen Leser mit allen ihren verschiedenen Antipathien zum Bücherschreiber, so daß er ringsum von Leuten umstanden ist, deren jedem er etwas nicht schildern soll, dem einen nicht das Schneiden in Kork, dem andern nicht Abrauschen auf Atlas oder Glasklirren, dem dritten nicht (z. B. mir selber) das Abbeißen vom Papier, dem vierten vollends am wenigsten etwa Kreuzspinnen und so fort? – Wenn nun der vierte, wie z. B. der freundliche *Tieck* im ›*Phantasus*‹, mit einem wahren Abscheu gegen die Figur der Kanker dasteht, so muß ihm freilich erbärmlich werden, wenn er dem Dr. Katzenberger zusehen soll, wie dieser die Spinnen vor Liebe gar so leicht verschluckt als ein anderer Fliegen. Und doch könnte der Doktor immer die Seespinnen, die Krebse und die Austern und andere tafelfähige Mißgestalten für sich sprechen lassen und überhaupt nebenher die naturhistorische Bemerkung machen, daß die Tiere desto ungestalter ausfallen, je näher am Erdboden sie leben – so die chaotischen Anamorphosen und Kalibane des Meers und die Erdbohrer des Wurmreichs und die kriechende Insektenwelt – und daß hingegen – wie z. B. die letzte als fliegende und das schwebende Vogelreich und die hochaufgerichteten Tiere bis zum erhabnen Menschen hinauf beweisen – sich im Freien alles verschönere und veredle.

Der Hauptpunkt aber ist wohl dieser, daß das flüchtige Salz des Komischen manche Gegenstände, die wie ketzerische Meinungen in übelm Geruche stehen, so schnell zersetzt und verflüchtigt, daß der Empfindung gar keine Zeit zur Bekanntschaft mit ihnen gelassen wird. Da das Lachen alles in das kalte Reich des Verstandes hinüberspielt: so ist es (weit mehr noch als selber die Wissenschaft) das große Menstruum (Zersetz- und Niederschlagmittel) aller Empfindungen, sogar der wärmsten; folglich auch der ekeln.

– Freilich etwas ganz anderes wär' es gewesen, wenn ich im Punkte des Ekels den zarten Wieland zum Muster genommen hätte und, wie er[1] auf einer Vignette, statt unseres Katzenbergers, dem über nichts übel wird, einen Leser hätte aufgestellt, der sich über den Doktor und das Gelesene öffentlich erbricht. Aber zum Glücke ist im ganzen Werke von allen Lesern kein einziger in Kupfer gestochen und kann also die andern auf dem Stuhle seßhaften nicht anstecken.

Baireuth, den 16ten Oktober 1822

Jean Paul Fr. Richter

[1] In der ersten Ausgabe seiner Beiträge zur geheimen Geschichte der Menschheit wurde eine Rede über den moralischen Anstoß, den der Leser an gewissen Behauptungen nehmen würde, mit einer Vignette beschlossen, die ihn mit der letzten Wirkung eines Brechpulvers darstellt.

S. 439 *Krüppel- (oder Kröpel-)fuhre:* elendes Bauernfahrzeug. – *à la Fourchette:* mit der Gabel. – *Töpfer-Kolik:* wie die sog. Malerkolik eine in beiden Berufen damals häufig auftretende Bleivergiftung. – *venienti currite morbo:* »Begegnet der kommenden Krankheit!« Leicht verballhorntes Zitat nach einer sprichwörtlichen Stelle des römischen Satirikers Persius (34–62 n. Chr.). Vgl. dessen »Satiren« 3, 64: »venienti occurrite morbo«. – *Prosektor:* in der Anatomie der Gehilfe des Chirurgen, der die Leichen zur Sektion vorbereitet. – *Wetterfisch:* auch Schlammpeitzger. Er kommt bei trübem Wetter gern an die Wasseroberfläche und wird deshalb bisweilen als Wetterprophet in Gläsern gehalten.

S. 440 *des Pastors Göze Eingeweidewürmerkabinett:* Der Theologe und Naturforscher Joh. August Ephraim Goeze (1731–93) gab 1782 den »Versuch einer Naturgeschichte der Eingeweidewürmer tierischer Körper« heraus. – *des Berliner Walters Präparaten-Kabinett:* Gemeint ist »Joh. Gottlieb Walters anatomisches Museum, beschrieben von Fr. August Walter« (2 Bde. 1796). – *Klopstockisch zu singen:* J. P. denkt vermutlich an Klopstocks Gedicht: »Die Auferstehung«, in dem diese unter dem Bild eines Feldes beschrieben wird.

S. 442 *der Doktor Jenner:* Der engl. Arzt Edward Jenner (1749–1823) führte als erster die Pockenimpfung ein und gründete eine eigene Gesellschaft, die »Jennerian Society« zur Verbreitung seiner Erfindung.

S. 443 *die drei deutschen Horatier:* s. o. zu S. 154.

S. 445 *weiter unten:* in der 28. Summula.

S. 446 *Kaisertee:* der grüne oder Perltee, der zum großen Teil in China blieb.

S. 447 *die Anatomen Meckel:* Philipp Friedr. Meckel (1756–1803) war Professor der Anatomie in Berlin und Halle, sein Sohn Joh. Friedr. d. J. (1781–1833) war Professor in Halle, einer der bedeutendsten Anatomen des 19. Jahrh. Er hat 1815 seine Abhandlung »De duplicitate monstrosa« J. P. gewidmet und in seinem Widmungsbrief dem Dichter für den Katzenberger gedankt.

S. 449 *en robe courte – en longue robe:* Bis zum Ausgang des 18. Jahrh. unterschied man in Frankreich zwischen der Kleidung des Klerus und des Hofadels (robe longue) und der des Militärs (robe courte).

S. 450 *dessen Namen er noch nicht einmal weiß:* unrichtig, denn schon zu Beginn der »2. Summula«, S. 441, wurde der Leser über den Namen des Rezensenten aufgeklärt. – *Jüngstentag-Wähler:* gebildet nach: »Tageswähler«, wie im A. T. (vgl. 5. Mose 18,10) Leute genannt werden, die aus Aberglauben bestimmte Tage zu bestimmten Geschäften wählen.

S. 451 *Epilogiker:* scherzhafte Wortbildung J. P.s für Leute, die sich nur für den Epilog interessieren.

S. 452 *beziehlich:* Verdeutschung von »relativ«. – Alexander *Pope* (1668 bis 1744): engl. Dichter der Aufklärung, deren Gesetzgeber er durch die

Weite seines Denkens und die Geschliffenheit seiner Sprache war. – *Geßner:* s. o. zu S. 342.

S. 453 *Röselsche Insektenbelustigungen:* Aug. Joh. Rösel v. Rosenhof (1705–59), Zoologe und Kupferstecher, veröffentlichte seit 1746 die »Monatlich herausgegebenen Insekten-Belustigungen« (4 Tle.).

S. 454 *de la Lande und Demoiselle Schurmann:* In seinen Exzerpten hatte sich J. P. 1799 notiert: »De la Lande isset gern Raupen, schmeckt wie Kern aus Steinobst; wie Haselnüsse schmecken Spinnen, die auch Schurmann gern aß.« Seine Quelle war die »Araneologie« von Quatremere-Disjonval (dt. Übersetzung 1798). – *mensa ambulatoria:* Wandeltisch, d. i. abwechselnder Freitisch.

S. 455 *Siegwarte neben den Klostergittern ihrer Nonnen:* Anspielung auf Joh. Martin Millers o. zu S. 349 erwähnten Roman. Im 2. Tl. dieses Romans schleicht sich Siegwart, als Gärtner verkleidet, in das Kloster, wo er seine Geliebte eingesperrt glaubt.

S. 456 *Biester:* s. o. zu S. 419. – *Jaherr:* Gerichtsbeisitzer, der dem Urteil der Richter nur zustimmen darf.

S. 457 *Rosental:* s. o. zu S. 92. – *Dionysius-Ohren:* Ein von dem Tyrannen Dionysius von Sizilien errichtetes Gefängnis war zu einem Trichter zugespitzt, so daß er die Klagen und Pläne seiner Gefangenen jederzeit hören konnte.

S. 458 *Enkaustik:* eigtl. antike Maltechnik, bei der die Farben dem Malgrund eingebrannt wurden.

S. 459 *Fat:* Geck.

S. 460 *in diesem feurigen Ofen:* Anspielung auf die drei Jünglinge, die im Feuerofen unversehrt Gott lobsangen. Vgl. Dan. 3,1 ff. und o. zu S. 302. – *Sokkus und Kothurn:* s. o. zu S. 229. – *Freundschaft-Inseln:* s. o. zu S. 158.

S. 463 *Destillation hinabwärts:* Bei älteren Destillierapparaten unterschied man die Vorgänge nach der Richtung, die der Dampf dabei zu nehmen hatte.

S. 464 *ein holländisch-langes Glockenspiel:* In Holland waren die Glockenspiele sehr verbreitet und ihr Spiel dauerte zugleich besonders lange.

S. 467 Samuel Thomas *Sömmering* (1755–1830): bedeutender Anatom und Physiologe.

S. 468 *Haruspizien:* Prophezeiungen aus den Eingeweiden von Opfertieren. – *Solitär:* »Einsamer«, einzeln gefaßter Diamant – *monströser Ehesegen:* Zu diesem Gedanken führt Schreinert aus J. P.s Exzerpten die Bemerkung an: »Der Geschmack des Prinzen an Ungeheuern ist so groß, daß er in die lebhafteste Freude würde versetzt werden, wenn ihm seine Gemahlin einmal eines gebären würde.« Diese Anmerkung über den eigenwilligen Prinzen von Palagonien, der sich in seinem Palast bei Catania einen Zyklus phantastischer Statuen von Ungeheuern hatte errichten lassen, ist Flögels »Geschichte der komischen Literatur«, Bd. 1 (1784), S. 66, entnommen.

S. 469 *Relais-Läufe:* Wechsel- oder Ersatz-Läufe. – *Anmerkung:* das 1792 veröffentlichte Buch von Gottfried Tobias Wilhelm hat J. P. schon früh exzerpiert. Die hist.-krit. Jean-Paul-Ausgabe führt noch einen weiteren J. P. bekannten Bericht über dieses Naturwunder an, das 1621 bei Ulm gefangen wurde und später nach Chantilly kam. Es ist der Bericht in Bergks und Baumgärtners »Museum des Wundervollen und Magazin des Außerordentlichen in Natur, Kunst und Menschenleben«, 5. Bd. (1806), 3. Stück, S. 229 f. – *wie der blinde Angelo:* Michelangelo war im hohen Alter fast gänzlich erblindet, arbeitete aber noch weiter an seinen Statuen.

S. 470 *Reims-Fläschchen:* Der Sage nach hatte eine Taube vom Himmel ein Ölfläschchen nach Reims gebracht, um aus ihm den bekehrten Merowingerkönig Chlodwig zu salben. – *Benevolenz-Kaptanz:* »Captatio benevolentiae« nennt man die Bitte um geneigtes Gehör als Einleitung einer Rede. – *Bechstein:* s. o. zu S. 91.

S. 471 *Sbirre:* venezianischer Häscher. – *Sozietät-Insel:* s. o. zu S. 158.

S. 472 *biliös:* gallsüchtig.

S. 474 *Darwin:* Darunter ist der engl. Arzt und Naturforscher Erasmus Darwin (1731–1802) zu verstehen, dessen Hauptwerk: »Zoonomie, oder die Gesetze des organischen Lebens« 1795–99 ins Deutsche übersetzt worden war.

S. 478 *Summula:* Die Episode beruht auf einem wirklichen Vorkommnis in Hof, von dem Christian Otto dem Dichter erzählt hat, vgl. seinen Brief an J. P. vom 29. Mai 1804: »Einen Spaß aus Hof muß ich Dir noch mitteilen. Vor kurzem befand sich ein Wasserkünstler da, um in der Saale allerlei Kunststücke zu machen; zugleich ist auch ein Franzose da, der der Beschreibung nach ein Abenteurer ist, und sich mit dem Erbauen von engl. Spinnmaschinen, vielleicht auch sogar mit Goldmachen [beschäftigt]. Als der angekündigte Wasserkünstler mit seinen Kunststücken bereits den Anfang gemacht hatte, sprang besagter Franzose auch ins Wasser, machte sie nach, ja zuweilen soll ihm sogar manches besser gelungen sein als jenem. Der eigentliche Künstler geriet darüber in Zorn; erst stellten sie ein gemeinschaftliches Wettschwimmen an, bei dem der Franzose meistens obenan schwamm; das Schauspiel wurde zu einem Seetreffen, denn beide prügelten sich im Wasser tüchtig aus. Als nach gelieferter Schlacht der Künstler mit dem Teller am Ufer herumging und die Höfer Schaumünzen einsammeln wollte, versicherten ihn die Zuschauer, daß sie auf ihn gar nicht, sondern bloß auf den Zwillingsschwimmer gesehen hätten, und so mußte der arme Schelm mit leerem Teller und Tasche und zerprügeltem Rücken abziehen.« Das bei Otto nicht erwähnte Schubkarrenkunststück und den Namen des Wasserkünstlers Joh. Georg Männike entnahm J. P. einer Notiz in seinen Exzerpten aus dem Jahre 1790. – *Hallore:* So wurden die Salzsieder in Halle genannt, die eine streng in sich geschlossene Gilde bildeten und für ihre Geschicklichkeit im Schwimmen und Bergsteigen bekannt waren.

S. 479 *republikanische Hochzeit:* So nannte man die Hinrichtungsart, die in der franz. Revolution von dem Terroristen Carrier bei seinen Blutbädern in Nantes verwendet wurde. Man band Männer und Frauen jeweils zusammen und ertränkte sie dann gemeinsam. – *Scheidung auf dem nassen Wege:* chemischer Ausdruck für die Aufbereitung von Mineralien in wässerigen Lösungen.

S. 482 *Floßrechen:* Wehr aus Baumstämmen in Flößgewässern. – *Herisson:* Igel.

S. 485 *Brunnenbelustigung:* s. o. zu S. 146. – *Tantalusfrucht:* Der phrygische König Tantalus wurde für den Verrat an den Göttern in der Unterwelt dazu verurteilt, hungernd und dürstend bis ans Kinn im Wasser zu stehen und über sich die lockendsten Früchte zu sehen, ohne beide erreichen zu können. – *Treckschuyte:* ein von Tieren oder Menschen gezogenes Postschiff in Holland. – *unmittelbar:* d. i. reichsunmittelbar, nur dem Kaiser unterstellt. – *mediatisiert:* einem Reichsstand untergeordnet. »Mediatisierte« nannte man frühere reichsunmittelbare Staaten, die durch den Reichsdeputationshauptschluß von 1803 ihre Unabhängigkeit verloren und einem größeren Staat unterstellt wurden. – *Verwandel- oder Meßglöckchen:* In der kath. Kirche wird zum Zeichen der »Wandlung«, der Verwandlung von Brot und Wein, ein Glöckchen geläutet. – *Vogelschwanzpfeifchen:* vermutlich eine wie ein Vogel aussehende Pfeife, mit der man den Vogelruf nachahmte.

S. 486 *der berühmte Jurist Strykius:* J. P. denkt vermutlich an den Hallenser Professor der Rechte Samuel Stryk (1640–1710). – *der Name des apokalyptischen Tiers:* vgl. Apokal. 13, 17. Gemeint ist der anonyme Rezensent. – *allg. deutsche Bibliothek:* s. o. zu S. 72. – *oberdeutsche Literaturzeitung:* erschien 1788–1811. In beiden Zeitungen waren die letzten Werke J. P.s hämisch angegriffen worden.

S. 487 *Merkurialpillen:* Quecksilberpillen.

S. 489 *eine Memnonstatue:* Die Kolossalfigur des Memnon, der als Bruder des Tithon verehrt wurde, stand bei Alexandria und ertönte beim Anbruch des Morgens. Sie wurde im Altertum viel beschrieben.

S. 492 *album graecum:* s. o. zu S. 249. – *Haller:* s. o. zu S. 403. – *das Malpighische Schleimnetz:* die mittlere Hautschicht am menschlichen Körper, nach dem ital. Arzt Marcello Malpighi (1628–94) benannt.

S. 493 *mythologische Eselohren:* Der König Midas bekam von Apoll Eselohren angezaubert, weil er in dessen Wettstreit mit Marsyas diesem den Sieg zuerkannt hat. – *Fontange:* s. o. zu S. 285. – *Incroyable:* Modenarr.

S. 494 *Heptarchie:* Siebenherrschaft. – *besiebnen:* durch sieben Zeugen beweisen. – *Mage:* älterer Name für »Blutsverwandter«. (magus = Geheimkünstler, Stomachus = Magen.)

S. 495 *Titular-Haar:* d. i. Perücke.

S. 496 Leonhard *Euler* (1707–83): berühmter Mathematiker und Astronom. – Daniel *Bernoulli* (1700–82): Schweizer Physiker und Mathematiker. – Menno van *Koehoorn* (1641–1704), Georg *Rimpler* (1636–83) und Sébastian le Prestre, Seigneur de *Vauban* (1633–1707): bedeutende Festungsbaumeister und Ballistiker.

S. 497 *Aarons-Rute:* vgl. 4. Mose 17,16 ff.

S. 498 *interna non curat Praetor:* »Das Innere bekümmert den Prätor nicht.« – *Hamen:* Fischnetz, Fischreuse.

S. 499 *allgemeine Welt-Geschichte von Essig und Zopf:* Ein Lehrbuch der Weltgeschichte von J. G. Essig erschien zuerst 1707, ein anderes von J. H. Zopf 1729.

S. 500 *Minerva:* eine von Joh. Wilh. v. Archenholz 1792 begründete Zeitschrift. – *Meusel:* s. o. zu S. 146.

S. 501 *Irus:* ein Bettler aus Homers »Odyssee«, vgl. dort XVIII, 1 ff. – Joh. Fr. *Jünger* (1759–97): seichter Romancier und Lustspielautor. – *Kotzebue:* s. o. zu S. 37. – *jene Propheten-Gestalten:* vgl. Jes. 6,2.

S. 502 *Tyras:* Zuggarn beim Vogelfang. – *nach Florus:* Der röm. Geschichtsschreiber Lucius Annaeus Florus (2. Jahrh. n. Chr.) berichtet von dem Teutonenkönig Theutobochus, der 102 v. Chr. in der Schlacht von Aquae Sextiae in die Hände der Römer gefallen war, er sei beim Triumphzug des Marius besonders aufgefallen, »quippe vir proceritatis eximiae super tropaea sua eminebat« (da der Mann durch seine ungeheure Körpergröße über seine Tropäa herausragte). Vgl. Lucii Annaei Flori epitomae rerum romanarum, Nürnberg (1787), Bd. 3, Kap. 3. – *Meipomene:* Muse der tragischen Dichtkunst, die mit einer Heroenmaske, einem Efeukranz und einem Schwert dargestellt wird.

S. 503 *Pfortadersystem:* Dadurch wird das Blut aus Magen, Darm und Milz in die Leber geführt. – *Blasenhals:* Verengung der Harnblase beim Übergang in die Harnröhre. – *Heischesatz:* Satz, dessen Anerkennung allgemein vorausgesetzt werden darf. – *Bartstern:* Komet.

S. 504 *im neuesten Bande des Kometen:* Anspielung auf den großen komischen Roman, an dem J. P. damals bereits längere Zeit arbeitete. Die Stelle findet sich dort im 17. Kapitel des dritten Bandes, der 1822 erschienen war.

S. 505 *Petrus Ramus* (1515–72): lehrte an der Sorbonne in Paris Dialektik und Rhetorik, wurde von seinen orthodoxen Kollegen sehr angefeindet und schließlich in der Bartholomäusnacht ermordet. – *konvergieren:* zusammentreffen.

S. 506 *Genie-Corps:* Ingenieur-Corps. – *Approchen:* Zickzack-Laufgräben, welche die Parallel-Laufgräben miteinander verbinden.

S. 509 Simon-André *Tissot* (1728–97): berühmter Schweizer Arzt. Seinen unvollendeten »Traité des nervs et leurs maladies« (dt. 1781–82) hat J. P. exzerpiert.

S. 510 *Bezoar:* steinartige Verfestigung, die sich im Magen verschiedener Tiere bildet und damals noch als Heilmittel verwendet wurde. – *Anastomose:* Zusammenmündung (von Adern in der Medizin). – Jean Georges *Noverre* (1727–1810): Ballettmeister der Pariser Oper und Theoretiker der Tanzkunst. – *Horatier Corneilles:* eine Tragödie von Pierre Corneille (1606 bis 1684). – *Fandango:* span. Volkstanz. – *Meibomische Drüsen:* s. o. zu S. 14. – *zu obigem Posthalter im ersten Bande:* nach der Einteilung der 2.Aufl. im 2. Bd., vgl. o. S. 494 f.

S. 511 Philipp Franz v. *Walther* (1782–1849): von Schelling beeinflußter Arzt, Professor der Physiologie in München, schrieb: »*Physiologie* des Menschen mit durchgängiger Rücksicht auf die vergleichende Physiologie der Tiere« (2 Bde., 1806–08). – Joh. Gottlieb *Walter* (1734–1818): bekannter Anatom und Präparateur in Berlin. – *Flögels Geschichte der komischen Literatur:* Das Hauptwerk des Literarhistorikers Karl Friedrich Flögel (1729 bis 1788) erschien in vier Bänden 1784–87.

S. 514 *Chauve-souris-Maske:* Fledermaus-Maske, ein grauer Domino mit Kapuze. – *riesenmäßiger Urahn:* s. o. zu S. 502.

S. 516 *S. Elms-Feuer:* Lichtbüschel, die sich bei Gewittern an den Mastspitzen der Schiffe zeigen. – *Er konnte sich hundertmal öffentlich vergessen, um ebensooft an sich zu erinnern:* s. o. zu S. 304.

S. 517 Abraham Gotthelf *Kästner* (1719–1800): Professor der Mathematik in Göttingen und Gelegenheitsdichter. – *Etourderie:* Unbesonnenheit. – *Gleicher:* damals insbesondere dichterisch verwendeter Ausdruck für Äquator.

S. 518 *scène à tiroir:* Ein »pièce à tiroir« (Schubladenstück) nannte man damals ein Stück mit lose verbundenen Szenen ohne festen Zusammenhalt. – *Peterskuppel:* Die Illumination der Peterskirche gehörte im 18. Jahrhundert zu den großen Sehenswürdigkeiten Roms.

S. 519 Anton *Leuwenhoek* (1632–1723): holländ. Arzt und Physiologe, der sich auch mit der Entwicklung des Kindes im Mutterleib beschäftigte. Der Satz heißt in der 1. Aufl. einfacher und verständlicher: »aus dem Ei für sein Alter?«

S. 525 *preßhaft:* oberdt. für »bresthaft«.

S. 526 Pietro *Moscati* (1739–1824): Professor der Medizin in Padua, schrieb: »Von dem körperlichen wesentlichen Unterschiede zwischen der Struktur der Tiere und der Menschen« (dt. 1771).

S. 527 Joh. Aug. *Unzer* (1727–99): Psychologe und Arzt, gab 1755 ff. in 12 Tln. die Wochenschrift: »Der Arzt« heraus. – Gerhard van *Swieten* (1700–1772): Leibarzt der Kaiserin Maria Theresia. – Thomas *Sydenham* (1624–89): engl. Arzt, dessen Augenmerk vor allem auf die Heilung von Fieberkrankheiten gerichtet war.

S. 528 *Bolus:* Bissen. – *Parotis:* Ohrspeicheldrüse. – *der stenonische Gang:* die Ausführungsröhre der Ohrspeicheldrüse, nach dem Arzt Nikolaus Stenonis genannt. – *Sphinkter:* Schließmuskel.

S. 529 *Trense:* Zaum. – *Papilloten:* Haarwickel. – *Glaubige:* Unter dem Einfluß des dilettantischen Bayreuther Sprachforschers Wolke ging J. P. mehr und mehr dazu über, unumgelautete Pluralformen zu bilden.

S. 530 *drei Instanzen:* im Prozeß. – *Tituskopfe:* s. o. zu S. 303. – Tobias *Smollet* (1721–71): engl. Arzt und Romanschriftsteller, für J. P. das Hauptbeispiel des »niederländischen« Romanstils. Vgl. »Vorschule der Ästhetik« § 72.

S. 534 *Wie sie so sanft ruhn:* Anfang des Liedes: »Der Gottesacker«, dessen erste beiden Strophen von A. C. Stockmann stammen und das später vielfach umgearbeitet wurde.

S. 538 *Homer:* Der Zorn des Achilles bildet bekanntlich den Gegenstand von Homers »Ilias«.

S. 539 *Sömmering:* s. o. zu S. 467.

S. 540 *experimentum fiat in corp. vil.:* »Experimente sind an wohlfeilen, d. h. wertlosen Körpern zu machen« (Rechtssatz für die ältere Anatomie). – *wie Buridans Esel:* der zwischen zwei gleichstarken Heubündeln steht und verhungert, weil er sich für keines entscheiden kann. Das verbreitete Gleichnis geht angeblich auf den franz. Scholastiker Johannes Buridan (gest. nach 1358) zurück, stammt aber wohl eher von seinen Gegnern, die damit seine Willenslehre verspotteten. – *Aphroditens- oder Cypris-Seuche:* die Lustseuche. – *ausgespelzt:* ausgeschält. – *der verschluckte Traubenkern:* An einem solchen soll der griech. Dichter Anakreon gestorben sein.

S. 541 *Pitt:* s. o. zu S. 410. – *libieren:* das Trankopfer ausgießen. – Joh. Christoph, Edler v. *Quistorp* (1737–95): bedeutender Rechtsgelehrter, schrieb »Grundsätze des Teutschen peinlichen Rechts« (zuerst 1770).

S. 542 Carles James *Fox* (1749–1806): engl. Staatsmann, der große Gegenspieler und erste Nachfolger Pitts. – *der zweite Judas:* Judas Thaddäus, gilt als Verfasser des »Judasbriefes« im N. T.

S. 543 *Bumper:* nach dem Grimmschen Wörterbuch ein volles Glas, das man aufstößt. – *auf die Kapelle bringen:* (im Hüttenwesen) streng prüfen. Kapelle nennt man einen Schmelztiegel für Schmelzproben. – *Franziskaner-Strick:* Bettelstrick. – *Treppen-Strick:* s. o. zu S. 392.

S. 544 *Ölgarten, wo man Blut schwitzt:* vgl. Luk. 22,44.

S. 545 *abstehen:* eingehen, sterben. – *Krebse:* Der Geruch von Schweinen soll für Krebse tödlich sein.

S. 546 *der Hakenstock von dem Giftpfeil:* Katzenberger hat wohl den Stock umgedreht. – *Stab-Sanft:* vgl. Zach. 11,7: »Und nahm zu mir zween Stäbe, einen hieß ich Sanft, den andern hieß ich Wehe; und hütete der Schafe.«

S. 547 *Trepan:* Schädelbohrer. – *Pestalozzi:* In Joh. Heinr. Pestalozzis (1746–1827) »Buch der Mütter« (1803) wird in der »Ersten Übung« der menschliche Körper auf über 20 Seiten beschrieben; die folgenden »Übungen« beschäftigen sich dann mit den einzelnen Körperteilen. – *Lehr-*

boten: von dem Sprachreiniger Joachim Heinr. Campe (1746–1818) vorgeschlagene Verdeutschung von »Apostel«. – *Disputa* (Streitgespräch): berühmtes Gemälde Raffaels in den vatikanischen Stanzen. – *Dachsschliefer:* svw. Dachshund. – *lebentrunkner:* hier svw. lebensmüder. – *Vieh:* danach ist wohl »nehme« ausgefallen. – *Fraisch-Archiv:* In ihm werden die Rechtspfänder des Fraisgerichts (peinlichen Gerichts) aufbewahrt.

S. 548 *Esaus Hände:* vgl. 1. Mose 11–13. – *Van Dyks Hände:* Der niederländische Maler Anthonis van Dyck (1599–1641) war für seine kunstvoll gemalten Hände berühmt. – *Benefizkomödie:* Vorstellung zugunsten eines der Mitwirkenden. – *Legion der erbärmlichen Autoren:* 1768–69 hatten Riedel und andere eine »Bibliothek der elenden Scribenten« herausgegeben.

S. 549 *aperturae Jus:* Recht der Eröffnung. – *servitus luminum et prospectus:* Recht auf Licht und freie Aussicht.

S. 550 *Perturbation:* Bahnstörung eines Planeten durch einen anderen.

S. 551 *Reverberier-Feuer:* Feuer, bei dem das Licht von einem glänzenden Metall reflektiert und verstärkt wird.

S. 552 *Scherbenberg Roms:* der sog. monte testaccio neben der Cestius-Pyramide.

LEBEN FIBELS

Die Erzählung wurde von allen hier abgedruckten kleineren Erzählungen am frühesten angefangen. Jean Paul begann mit den Vorarbeiten Anfang Oktober 1806 und beendete damit das jahrelange Schweigen des Dichters, der sich seit dem Abschluß der »Flegeljahre« den theoretischen Werken: »Vorschule der Ästhetik« und »Levana« zugewandt hatte. Wahrscheinlich war das »Leben Fibels« zunächst als eine die Jugendsatiren wieder aufgreifende Vorstudie zu einem »komischen Pantheon« gedacht, »worin reine Spaß-Mysterien gefeiert werden« sollten, ein Plan, aus dem später der große komische Roman: »Der Komet« hervorging. Unmittelbaren Anlaß bot die Kleinigkeitensucht und breit ausgemalte Spießbürgerlichkeit der zahlreichen Kant-Biographien aus dessen Todesjahr 1804 und später. Die Ausarbeitung begann nach dem »Vaterblatt« am 16. Nov. 1806, geriet jedoch bald wieder ins Stocken. Immer wieder von Nebenarbeiten und anderen Plänen abgehalten, zog sich die Niederschrift über fast fünf Jahre hin, obwohl Jean Paul mit viel Laune und Lust an seinem Werk feilte. Es entstanden die beiden Erzählungen: »Schmelzles Reise nach Flätz«, »Dr. Katzenbergers Badereise« und zahlreiche Aufsätze, so daß das Werk in zahlreichen Anläufen nur sehr langsam von der Stelle rückte. Erst am 19. Juli 1811 konnte Jean Paul das Manuskript abschließen. 1808 bereits hatte er das entstehende Buch Vieweg zum Verlag angeboten, der im folgenden Jahr seine Zusage zurücknahm. Auch mit Mohr und Zimmer in Heidelberg konnte er sich diesmal nicht einigen, schließlich überließ er »Fibels Leben« dem Nürnberger Buchhändler Joh. Leonhard Schrag. Das Bändchen erschien recht liederlich gedruckt im Oktober 1811 mit der Jahreszahl 1812. Auch hier ließ die unsichere politische Lage eine weitere Verbreitung und eine 2. Auflage nicht zu. – Die zweite Reimersche Gesamtausgabe verbesserte als erste die vielen Druckfehler der Originalausgabe nach einem im Nachlaß Jean Pauls befindlichen Manuskript. Wenn auch diese Handschrift noch nicht die Druckvorlage bildete, lassen sich doch eine ganze Reihe schwerwiegender Fehler nach ihr korrigieren, und so sind alle Ausgaben, auch die Kritische, mehr oder weniger diesem Text gefolgt.

S. 557 *Fäustel:* Bergmannshammer, mit dem man früher den Meißelbohrer bediente.

S. 559 *sieben letzte Worte:* Anspielung auf die sieben letzten Worte Christi am Kreuz. – *der Verfasser:* Fibel. – *die baireuthische Gesellschaft:* Vermutlich ist die Bayreuther Harmonie gemeint, in der J. P. gern verkehrte. – *Bartstern:* Komet. – *Jöcher, Jördens, Meusel:* berühmte Lexikographen der Zeit. Chr. Gottlieb Jöcher (1694–1758) gab 1750 ff. ein »Allgemeines Gelehrtenlexikon« heraus, Karl Heinr. Jördens (1757–1835) ein »Lexikon deutscher Dichter und Prosaisten« (1806–1811); über Meusel s. o. zu S. 146. – *Chirographa personarum celebrium:* Handschriften berühmter Persönlichkeiten. – *Enthüllung der Hieroglyphen in dem Bienrodischen Abcbuche:* Das anonyme Büchlein wird dem Rudolstädter Kammersekretär Karl Werlich zugeschrieben. – *Anmerkung:* Nach dem ursprünglichen Plan sollte das ABC-Buch vor der Biographie stehen, wobei dann der Anfang des Kapitels unmittelbar an den Schluß der Fibel anschließen sollte.

S. 560 *Fibel:* Die falsche Ableitung von lat. »fibula« war damals sehr verbreitet. – *Kirchenrat Seiler in Erlangen:* »Die Hl. Schrift des Alten Testaments im Auszug samt dem ganzen Neuen Testament ... mit Anmerkungen« (zuerst 1781) von dem Bayreuther Konsistorialrat und Erlanger Theologieprofessor Georg Fr. Seiler (1733–1807) war in Ansbach und Bayreuth als Schulbuch eingeführt. Schon in den »Teufelspapieren« hat J. P. gegen Seiler vom Leder gezogen und es auch sonst nicht an gelegentlichen Hieben fehlen lassen. – *Royal Jennerians Society:* s. o. zu S. 442. – *der gelehrte Nicolai:* s. o. zu S. 72. – Chr. Gottlieb von *Murr* (1733–1811): gelehrter Augsburger Antiquar. – *literarischer Anzeiger:* eine seit 1796 in Leipzig erschienene Zeitschrift, die J. P.s Werke mehrfach abfällig besprochen hatte. – *in Hof, Leipzig, Weimar, Meiningen, Koburg und Baireuth:* Mit Ausnahme des nicht erwähnten Berlin sind dies die Stationen von J. P.s eigenem Leben. – *Tara:* das Gewicht der Verpackung einer Ware.

S. 561 *Belgier, Briten und Deutsche:* Sie galten J. P. als besonders prosaische Völker. – *alles Göttliche ein Stück Fleisch:* vgl. Joh. 1,14. – *Exorzismus:* Teufelsaustreibung. – *Anmerkung:* vgl. Fr. Leopold v. Stolbergs (1750 bis 1819) »Reise in Deutschland, der Schweiz, Italien und Sizilien in den Jahren 1791 und 1792«, 3. Bd. (1794), S. 108.

S. 562 Die nachfolgend aufgezählten Werke sind alle wirklich, wenn auch anonym erschienen. – *Fata im Mutterleibe:* Die hist.-krit. Jean-Paul-Ausgabe verweist auf den 1795 erschienenen humoristischen Roman: »Meine Geschichte, eh' ich geboren wurde« (von Joh. Chr. Siede), in dem die Überschrift des vorletzten Kapitels lautet: »Besondere Fata im Mutterleibe«. In dem oben S. 664 von J. P. erwähnten Werk: »Curieuse Historie derer Gelehrten« handelt das 4. Kap. des 1. Buches von den »Fata gelehrter Leute im Mutterleib«.

S. 563 *40 französische Generalpächter:* Bis zur franz. Revolution wurden in Frankreich die Staatseinnahmen durch 40 Generalpächter (fermiers généraux) eingetrieben. – *Akademisten:* Die »Académie française« und die »Académie des inscriptions et belles lettres« haben je 40 Mitglieder. – *in Paris:* Bei dem zweiten Ballonaufstieg des von den Brüdern Montgolfier konstruierten Luftballons in Versailles am 19. Sept. 1783 wurde das Luftschiff mit einem Hahn, einer Ente und einem Hammel beladen.

S. 564 *Pennypost:* die Londoner Stadtpost. – *jene Gesellschaft in Edimburg:* Gemeint ist die »Highland Society«, die 1807 die ihr von James Macpherson übergebenen gälischen Urtexte seiner »Ossian«-Übertragung herausgab. – *Schneiderhölle:* So nennt man den Kasten unter dem Tisch des Schneiders, in den die Tuchreste geworfen werden. – *Baireuth, den 7. Juni 1808. Jean Paul Fr. Richter:* Datum und Unterschrift sind versehentlich stehengeblieben, da das Kapitel ursprünglich als Vorrede gedacht war.

S. 565 *Stechfink:* ein als Lockvogel dienender Fink. – *Finken-Er:* Finkenmännchen.

S. 566 *Wachshut:* mit Wachstuch überzogener Hut. – *phelloplastisch:* Phelloplastiken nannte man nach einem Ausdruck Böttigers Nachbildungen von Architekturwerken in Kork, wie sie vor allem der röm. Bildhauer Antonio Chigi in Mode gebracht hatte.

S. 567 *Kanarienstieglitz:* eine von Liebhabern bevorzugte Kreuzung zwischen Kanarienvögeln und Stieglitzen. Der alte Siegwart erzielt diese Kreuzung auf offenbar damals übliche Weise durch bloßes Anmalen eines Stieglitz. – *poésies-fugitives*: eine im 17. Jahrh. in Frankreich eingeführte Gattung leichter Gelegenheitsdichtungen. – *Sbozzis:* (ital.) Entwürfe. Wie häufig verwendet J. P. auch hier bei ital. Wörtern den doppelten Plural. – *funfzehn Tiere:* in Wirklichkeit neunzehn. – *in einem durchsichtigen Eispalast:* s. o. zu S. 226. – *Wieland:* vgl. Wielands Aufsatz im »Attischen Museum«, 3. Bd. (1799), S. 156.

S. 568 *Rädertierchen* (vorticella rotatoria): eine Gattung der Infusionstierchen. – *der Ritscher, der Groß-, der Kleinrollende usw.:* Die Namen sind J. M. Bechsteins »Gründlicher Anweisung, alle Arten von Vögeln zu fangen« (1797), S. 324 entnommen. – *Fumet:* Wohlgeruch von Speisen oder Wein. – *Wernlein:* Seitenhieb auf J. P.s ehemaligen Freund Fr. Wernlein, der mit Christian Ottos Schwester Friederike verheiratet war und sie sehr tyrannisch behandelte. Die übrigen Namen sind Wiardas Buch: »Über deutsche Vor- und Geschlechtsnamen« (1800), S. 45 entnommen.

S. 569 *Länge:* Die Werber suchten besonders »lange Kerls«, der Magnet dient zum Aufsuchen des Längengrades. – *Artaxerxes:* Gemeint ist Artaxerxes I. von Persien mit dem Beinamen »Langhand« (Longimanus). – *Auswintern und Aussömmern:* hier svw. Winter und Sommer ertragen.

S. 570 *Pallium:* Bischofsmantel. – *Kochenille-Mühle:* s. o. zu S. 107. – *Töpferkolik:* s. o. zu S. 439. – *Soubrette:* Dienstmädchen.

S. 571 *Eucharistische oder sakramentalische Streitigkeiten:* die seit der Reformation häufig aufflammenden Auseinandersetzungen über das Abendmahl.

S. 573 *allgemeine deutsche Bibliothek:* s. o. zu S. 72. – *Heckmännchen:* Anspielung auf den »Hecktaler«, der seinem Herrn stets das Geld im Beutel vermehrt und, auch wenn er ausgegeben wird, zu ihm zurückkehrt. – *Fingerkalender*: besonders kleinformatiger Kalender. – *wie andere den Kant viermal:* So hat, wie J. P. bei anderer Gelegenheit mitteilt, der Kantianer Karl Leonhard Reinhold (1758–1825) den Kant fünfmal gelesen. – Christoph Gottfried *Bardili* (1761–1808): Philosoph aus Kants Schule, später sein lebhafter Gegner.

S. 574 *Bonnetische tierische Stufenleiter:* Der Naturforscher Charles Bonnet (s. o. zu S. 328) vertrat in seinen »Contemplations de la nature« (dt. 1766) die Idee, daß sich alle Lebewesen stufenartig fortentwickeln. – *Prozessions-Raupen:* Sie leben auf Eichen und gehen in geordneten Zügen auf Nahrung aus.

S. 576 *ein langes Lederband des spanischen Rohrs:* Um den Rohrstock war ein Lederriemen gebunden, den man sich um das Handgelenk schlang. – *Psalmus abcdarius:* Der 119. Psalm. Seine 22 Strophen beginnen mit den 22 Buchstaben des hebräischen Alphabets. – *Reckel:* Flegel. – *Weisel:* Anführer, besonders bei den Bienen die Königin.

S. 577 *der Esel Bileams:* Als der heidnische Wahrsager Bileam ausritt, die Israeliten zu verfluchen, stellte sich ihm dreimal ein Engel in den Weg, den nur sein Esel gewahr wurde. Erst als der Esel zu sprechen begann, sah auch Bileam den Engel und bekehrte sich. Vgl. 4. Mose 22,22 ff. Doch weist die hist.-krit. Jean-Paul-Ausgabe zu Recht darauf hin, daß »nicht der Esel flucht, sondern Bileam fluchen soll«. – William *Derham* (1657–1735): engl. Prediger, der in seinem Hauptwerk: »Astro-Theology« (1715) das Dasein Gottes aus dem Lauf der Gestirne beweist. – *das viergehäusige Menschen-*

Ich: Hinweis auf die vier Gehirnkammern des Menschen. – *Pediculus:* Laus. – *Petit Schwabacher:* kleine Frakturschrift.

S. 578 *Pasquillant:* eigtl. Satiriker.

S. 579 *Vexier-Mensch:* wie »Vexier-Spiegel« gebildet. Der Sinn ist wohl: »ein Mensch, der alles mögliche vorspiegeln kann«. – *Peter Pindar:* Pseudonym für den engl. Satiriker John Wolcot (1735–1819), dessen satirisches Gedicht: »The Louisiad« (1768) lange als Meisterwerk galt.

S. 580 *Selbstlauter-Untersätze:* Im Hebräischen werden die Vokalzeichen unter die Konsonanten gesetzt. – *Adelung im Mithridates:* Der aufklärerische Sprachforscher Joh. Chr. Adelung (1732–1806) veröffentlichte 1806 sein letztes Werk: »Mithridates oder allgemeine Sprachenkunde mit dem Vaterunser als Sprachprobe in beinahe 500 Sprachen und Mundarten«.

S. 581 *vier letzte Dinge:* Tod, Gericht, Himmel und Hölle. – *Postzug:* Viergespann. – *Stol-Gebühren:* Nebengebühren für den Pfarrer. – *Granitkern der Weltkugel:* J. P. denkt vermutlich an den sog. Schriftgranit, der eine schriftähnliche Zeichnung aufweist.

S. 582 *schottischer Meister:* Der »Maître écossais« ist der vierte Grad in den Freimaurerlogen. – *quadrinomische Wurzel:* Quadratwurzel. – *verschluckte den Stein:* Die Szene beruht auf der o. S. 634 geschilderten Anekdote von dem Steinkenner Stosch.

S. 583 *Professor Engels Mimik:* Der Berliner Schulprofessor Joh. Jak. Engel (1741–1802), ein bekannter Ästhetiker der Zeit, gab 1782 »Ideen zu einer Mimik« heraus. – *Pfauenfeder:* damals beliebtes Lesezeichen. – *Schnurrjude:* Betteljude. – *Zessionstraktat:* Abtretungsvertrag. – *der große Diamant Pitt:* ein riesiger Diamant, den Thomas Pitt, der Großvater des berühmten Politikers, 1717 an den Herzog von Orleans, den damaligen Regenten von Frankreich, verkaufte. Für die abfallenden Splitter bekam er noch 1200 Dukaten. – *ein Markgraf führt so gut seinen Steiß bei sich als ich selber:* vgl. Montaignes »Essais« III, 13: »au plus élevé trône du monde nous ne sommes assis que sur notre cul«.

S. 584 *Souverain:* Goldstück im Wert des engl. Pfunds. – *don gratuit:* freiwillige Abgabe, in vielen Gegenden jedoch als Pflichtsteuer eingeführt. – *Roman-Siegwart:* s. o. zu S. 349. Der Roman erschien 1776.

S. 585 *Schlußvignette:* Zierleiste am Schluß eines Kapitels oder Buchs.

S. 586 *dingte dem Tischler ein Drittel des Sargpreises ab:* Der Aberglaube verbietet, beim Einkauf des Sargs zu handeln. – *Konklavist:* Mitglied der Kardinalsversammlung, die im Konklave (hinter verschlossenen Türen) den neuen Papst wählt. – *schon irgendwo:* im 20. Kap. des »Siebenkäs«. – *die sächsische Zensur:* Sie galt als besonders streng und rückständig.

S. 587 *Schlemperlied:* Tanz- und Sauflied.

S. 588 *Thümmel:* vgl. in Moritz Aug. v. Thümmels (1738–1817) Roman: »Reise in die mittäglichen Provinzen Frankreichs«, 6. Bd. (1799) S. 216. – *Leichenbestattung.* Die Originalausgabe hat fälschlich: »-bestellung«.

S. 589 *der Schnurrjude Judas:* Er ist nach S. 637 mit dem Judas identisch, den J. P. im Vorkapitel erwähnt, müßte also noch wesentlich älter sein als der 25jährige Fibel selbst.

S. 590 *Lafontaines voll Familiengeschichten:* Der Romanschriftsteller Aug. Heinr. Julius Lafontaine (1758–1831) gab 1797–1804 »Familiengeschichten« in 12 Bdn. heraus. – *»Neu geöffneter Ritterplatz«:* Ein 1701 bis 1704 in Hamburg erschienenes Werk, das J. P. 1801 exzerpiert hatte.

S. 591 *Prachtkegel:* von Gottsched vorgeschlagene Verdeutschung von Obelisk. – *der Parnaß will wie Wien erwartet sein:* J. P. schätzte die aufklärerische und seichte Literatur in Wien sehr gering.

S. 592 *Hungerquelle:* eine Quelle, die nur zu gewissen Zeiten Wasser gibt. – *Respekt- oder Respitminuten:* Nach dem Verfall eines Wechsels wurden früher noch einige sog. Respit- oder Anstandstage gewährt. – *Leipziger Rosental:* s. o. zu S. 92.

S. 594 *anfangs des jetzigen:* Die Kontinentalsperre, die Napoleon 1806 gegen England verhängt hatte, machte sehr zu J. P.s Verdruß den Kaffee unbezahlbar.

S. 595 *Schneuß:* Vogelschlinge. – *Abendlied: »Der lieben Sonne Licht und Pracht«:* Das Lied ist von Chr. Scriver (1629–93).

S. 598 *Ophir und Peru:* goldreiche Länder, aus denen Salomon und die spanischen Könige ihre Reichtümer bezogen. – *Dixi-Kuß:* Mit dem Wort: »dixi« pflegten lat. Redner häufig ihre Ausführungen zu beenden. – *Konjugation:* hier wörtlich als »Verbindung« gebraucht, wobei aber der grammatische Sinn der »Verbenflexion« mitschwingt. Im Lat. unterscheidet man vier solche Konjugationen.

S. 599 *sobald sich .... aus den Wolken selber ein Arm ausstreckte:* wie es auf alten Wappen vor allem üblich war. – *Arzneifinger:* der Ringfinger. – *Mardi gras:* »fetter Dienstag«, Fastnachtsdienstag.

S. 600 *Park-Graben:* Man nennt in der franz. Gartenkunst des 18. Jahrh. einen Parkgraben, den man nur aus der Nähe sieht, während er doch die Aussicht offen läßt, nach dem Ausruf der Überraschung einen *»Haha«*.

S. 601 *matres et patres lectionis:* »Lesemütter« heißen in der hebräischen Schrift die eingeschalteten Schriftzeichen, die nicht mitgelesen werden. – *rouge et noir:* das Roulette, bei dem man außer auf die Zahlen auch auf die beiden Farben Rot und Schwarz setzen kann. – *Abcdarius:* hier Abc-Schütze, eigtl. ein Schimpfname für die Wiedertäufer, die das Lesen und Schreiben abschaffen wollten. – *Anmerkung:* bezieht sich auf die Selbstbiographie des franz. Emigranten und Wiener Hofbibliothekars Jamerai Duval (1695 bis 1775).

S. 602 *Tuskulanum:* Ciceros Villa bei Tuskulum. – *Utopien:* So nannte Thomas Morus seinen Idealstaat, den er in dem Roman: »De optimo rei publicae statu, deque nova insula Utopia libellus« (1517) beschrieben hat. – *Donat-Verbrechen:* grober Verstoß gegen die Elementarregeln der Sprachlehre, genannt nach Aelianus Donatus, einem röm. Sprachlehrer des 4. Jahrh.

S.603 *Surrogaten-Jahrzehend:* Während der Kontinentalsperre wurde für viele Genußmittel künstlicher Ersatz geschaffen. – *Anmerkung 2:* In dem von J. P. dem »Fibel« beigegebenen Anhang fehlten die Buchstaben über der Linie.

S. 604 *Heinicke:* s. o. zu S. 361. – Thomas Robert *Malthus* (1766–1834): engl. Nationalökonom, begründete mit seinem Hauptwerk: »Essay on the Principles of Population« (1798) die nach ihm benannte Theorie, daß zur Erhaltung der Menschheit der Bevölkerungszuwachs künstlich eingeschränkt werden müßte. – *Seefeder:* eine Meerespflanze in Gestalt einer Feder. – *Seekiel:* holl. Schreibfeder.

S. 605 *Atheisten-Lexikograph:* Gemeint ist Sylvain Maréchal, der 1799 in Paris einen »Dictionnaire des athées anciens et modernes« herausgab. – *Raffaels-Tapeten:* von Raffael nach 1516 entworfene Gobelins aus der Amsterdamer Manufaktur, die für die Sixtinische Kapelle bestimmt waren. – *Kontrapost:* in der bildenden Kunst die Gegenbewegung z. B. von Spiel- und Standbein bei Statuen. – *göttingsche Bibliothek:* damals die umfangreichste Bibliothek in Deutschland. – *Vorbertuchs-Bilderbuch:* Der Schriftsteller und Buchhändler Fr. Justin Bertuch (1747–1822) gab 1790 ff. sein berühmtes »Bilderbuch für Kinder« in 12 Bdn. heraus.

S. 606 *Geryon:* ein von Herakles erschlagener Riese, der drei Leiber besaß. – *homme postiche:* Aftermensch. – *Kreditiv:* Beglaubigungsschreiben.

S. 607 *Schwingfutter:* Korb für das Pferdefutter, richtig Futterschwinge. – *nach Mad. Necker:* Die Anekdote ist den »Mélanges« (1798) der Suzanne Necker (1739–94) entnommen. – *minnesängerische Flicklaute:* Stich gegen die romantische Manier, »altdeutsch« zu dichten, im besonderen gegen Ludwig Tiecks »Minnelieder aus dem schwäbischen Zeitalter« (1803). – *Polyklets-Kanon:* Der »Lanzenträger«, das Hauptwerk des griech. Bildhauers Polyklet von Argos, galt im Altertum als Muster, um an ihm die Proportionen des menschlichen Körpers zu studieren.

S. 608 *Phöbus:* »phébus« heißt im Franz. »Schwulst«. – *diese:* die Sonne. – *Roßdorfs Dichtergarten:* Unter dem Pseudonym Rostorf gab der jüngere Bruder des Novalis, Karl v. Hardenberg, 1807 eine Anthologie romantischer Lyrik: »Dichtergarten« heraus. – *ausgebatzt:* ausgezahlt (von »Batzen«, einem Geldstück, abgeleitet).

S. 609 *Bastern, Großmelis usw.:* damals handelsübliche Zuckersorten.

S. 610 *Tubus:* Fernrohr. – *Tabor:* s. o. zu S. 20.

S. 614 *zu den Metallen verurteilt:* »Ad metalla condemnare« nannte man im alten Rom die Verurteilung zur Strafarbeit in den Metallbergwerken. – *Philtrum:* Liebestrank.

S. 616 *pragmaticae sanctiones:* allgemeine Gesetze zur Landeswohlfahrt, besonders die Verordnung Karls VI. im Jahre 1713, durch die er die Erbfolge in Österreich regelte. – *edicta perpetua:* ewig gültige Erlässe, analog gebildet zu »capitulatio perpetua«, wie der Wahlvertrag des Westfälischen Friedens genannt wurde, da er unaufhörliche Geltung besitzen sollte.

S. 617 *Sesostris:* Dieser sagenhafte König von Ägypten ließ seinen goldenen Wagen von vier besiegten Fürsten ziehen. – *Jakobsleiter:* s. o. zu S. 216. – *Tummler:* halbrunder Trinkbecher. – *kartesische Wirbel:* Nach der Lehre des Descartes (principia philosophica III, 19) bewegt sich die flüssige Himmelsmaterie nach Art eines Wirbels um die Sonne. – *Drucker:* in der Malerei nachträglich aufgesetzte Lichter auf Bilder. – Joseph *Addison* (1672 bis 1719): einflußreicher Schriftsteller der engl. Aufklärung. Er gab mit seinem Freund Richard Steele (1671–1729) die ästhetisch-moralischen Wochenschriften: »The Tatler« und »The Spectator« heraus.

S. 618 *Cassanova*: Es gibt nur zwei Maler des Namens Casanova, keinen Bildhauer. Vielleicht ist Canova gemeint. – *Gott der Sehnsucht:* Cupido. – *Erden-Sterne: Sternschnuppen.*

S. 620 *sangen Kinder das ABCD:* Im 18. Jahrh. gab es eine Menge kleiner Liedchen, um das ABC leichter zu erlernen.

S. 622 *Raufer:* Stockdegen.

S. 623 *Säckchen mit Spatzenköpfen:* Um dem Überhandnehmen der Spatzen zu begegnen, mußte damals jeder eine »Spatzensteuer«, eine bestimmte Anzahl von Spatzenköpfen, abliefern.

S. 626 *belle-vue:* s. o. zu S. 166. – *Everdingischer Vorgrund:* Der holl. Landschaftsmaler Alaert van Everdingen (1621–75), der Lehrer Jacob Ruysdaels, war im 18. Jahrh. besonders für seine Behandlung des Vordergrundes berühmt. – *Mittrauer-Verbot:* die Bitte, von Trauerbezeigungen abzusehen.

S. 627 *in der heiligen Bundeslade die Aaronsrute neben dem Manna:* vgl. Hebräerbrief 9,4.

S. 628 *Bechstein:* s. o. zu S. 91. – *Pelzgarten:* pelzen = aufpfropfen. – *ad usum Delphini:* s. o. zu S. 433.

S. 629 *voltigieren:* beim Reiten auf- und abschwingen. – *Grec:* Falschspieler.

S. 630 *douceurs:* Schmeichelreden. – *Dionysius:* Nach seinem Sturz soll der Tyrann von Syrakus, der jüngere Dionysius, in Korinth als Schulmeister sein Leben gefristet haben. – *Probierstein:* s. o. zu S. 201. – *Couragewasser:* ein aus Ameisensäure destilliertes, wirksames Stärkungsmittel.

S. 631 *Bamlotten:* Borten. – *Pseudo-Neronen:* Nach Neros Tod gaben sich mehrere Betrüger für den Kaiser aus. – *die Deutschen:* eigtl. Protestanten.

S. 632 *Samielwind:* Samum, der heiße afrikanische Sandsturm. – *Buzephalus:* das Pferd Alexanders des Großen, das er als Knabe nach einem langen Kampf mit dem Tier zugeritten hatte. – *Erfahrungs-Seelenkundiger:* Psychologe, nach dem o. S. 433 f. erwähnten »Magazin der Erfahrungs-Seelenkunde« von Karl Philipp Moritz genannt. – *Triklinium:* eigtl. dreifaches Lager, bei den Römern ein Speiselager für drei Personen.

S. 633 *Dr. Seilers Religionsschriften:* s. o. zu S. 560

S. 634 *der berühmte Stein- und Kunstkenner Stosch:* Gemeint ist der gelehrte Antiquar Philipp, Baron Stosch (1691–1757), der eine ungewöhnliche Sammlung von Gemmen besaß. Die Anekdote über einen angeblichen Diebstahl eines mit dem Namen Michelangelos verbundenen Petschafts aus dem Pariser Kunstkabinett verdankt J. P. der Quartalsschrift: »Pözile« (1801), Nr. 2, S. 202. – *wie Johannis das Buch:* vgl. Apokal. 10,10. »Johannis« ist hier Nominativ, wie auch sonst bei J. P. diese Form nicht ungewöhnlich ist. – *Tabagie:* Rauchgesellschaft. – *Mienen-Gefecht:* Bei J. P., der »Mienen« und »Minen« gleichmäßig ohne »ie« schrieb, kommt das Wortspiel besser zum Ausdruck. – *kartesianische Wirbel:* s. o. zu S. 617. – *papinianische Maschine:* ein von dem franz. Arzt Dionys Papin 1680 konstruiertes Gerät, um Knochen in Gallert zu verwandeln.

S. 635 *Allgemeine deutsche Bibliothek:* s. o. zu S. 72. – *Oberdeutsche Literaturzeitung:* s. o. zu S. 486. – *glückliche Inseln:* J.P. denkt an die Inseln der Seligen in der griechischen Sage. – *Rosentäler:* s. o. zu S. 92.

S. 636 *Preßbengel:* Hebel zum Festziehen der Schraube an der Buchbinderpresse. – *Grobfraktur:* eine fette Frakturschrift. – *Insel St. Trinidad:* die südlichste Insel der Kleinen Antillen. – *das große Schützische Haus:* Der angesehene Philologe Chr. Gottfried Schütz (1747–1832) begründete die von J. P. geschätzte »Jenaische Allgemeine Literaturzeitung«.

S. 637 *Thespis-Wägen:* Der Begründer des attischen Theaters spielte allein auf seinem als Bühne dienenden Wagen. – *ein halbes Peru:* s. o. zu S. 598. – *Ferney:* Auf diesem Gut bei Genf lebte Voltaire die letzten 20 Jahre seines Lebens. – *Aschenzieher:* Turmalin, der bei Erhitzung Asche und Staub anzieht. – *Kofent:* billiges Dünnbier.

S. 639 *Histoire du Diable:* eine franz. Übersetzung von Defoes »Political History of the Devil« (1726). – *Tale of a Tub:* von Swift; die engl. Originalausgabe erschien erst 1704. – *from:* richtig »by«. – *Pensées libres sur la Religion:* eine franz. Übersetzung von Bernard de Mandevilles (1670 bis 1733) »Free Thoughts on Religion« (1720).

S. 640 *Fibelio-Mastix:* Der griech. Rhetor Zoilus aus Amphipolis (um 270 v. Chr.) wurde für seine zänkische und boshafte Kritik an Homer «Homeromastix« (die Geißel Homers) genannt. Der Beiname wurde später von den Humanisten bei ihren Streitgesprächen häufig verwendet. – *rota romana:* »römisches Rad«, der oberste Gerichtshof der päpstlichen Kurie.

S. 641 Oliver *Goldsmith* (1728–74): engl. Dichter und Romancier. Die Anekdote ist nach der Kritischen Ausgabe dem in der Anmerkung erwähnten »Freimütigen« von Merkel entnommen, vgl. dort Nr. 40 vom 11. März 1803 (die Zeitschrift erschien erst seit diesem Jahr).

S. 642 *Siebzehn Predigten:* Gemeint sind wohl die 1566 erschienenen Predigten über Luther, die Joh. Mathesius 1562–64 in Joachimsthal gehalten hat. – *Paravicini singularia de viris claris:* Dieses Buch des Basler Predigers und Konrektors Vinzenz Paravicini erschien 1713. – *wie Montaigne:* Er spricht in seinen Essays gern von den Alltäglichkeiten seines Lebens.

S. 643 *Simsonsche Zahnkinnbacken:* vgl. Buch der Richter 15,15 ff. – *Faßmanns Quartanten-Gespräche:* David Faßmann (1683–1744) gab 1717–40 viele Bände »Gespräche im Reiche der Toten« heraus, die zu J. P.s erster Jugendlektüre gehörten.

S. 644 *Biographia britannica:* s. o. zu S. 314. – *Cinq-Quarambole:* Billardspiel mit fünf Bällen. – *Otaheiti* (oder Tahiti): eine der Gesellschaftsinseln. – *Chrysalide*: goldfarbene Schmetterlingspuppe.

S. 645 *Gargantua:* der riesenhafte Held aus Rabelais' gleichnamigem Roman.

S. 646 *de mortuis nil nisi bene:* Die Kritik an diesem Satz ist von J. P. ganz ernst gemeint. – *Gegenfüßlerin:* J. P.sche Verdeutschung von »Antipodin«. – *Teufels-Advokat:* (advocatus diaboli) bei den Heiligsprechungsprozessen der kath. Kirche. – *Lobreden:* Die nachfolgenden Namen entstammen zum Teil der »Courieusen Historie der Gelehrten« von Bernhard, zum Teil Karl Fr. Flögels, o. zu S. 511 erwähnter »Geschichte der komischen Literatur«. Sie werden bei J. P. häufig erwähnt. – *Kadmus:* Der Gründer von Theben galt im Altertum als Erfinder der Schrift.

S. 647 *Vierundzwanziger:* s. o. zu S. 262. – *Anmerkung 1:* In dem von J. P. erwähnten Kapitel aus Isidors »Etymologiae« (1. Buch) ist wohl von »de literis romanis«, aber nicht von Evander die Rede. – *Anmerkung 3:* vgl. dazu o. zu S. 262: »XXIIer Union«.

S. 648 *Definition einer H.:* Die Ausleger des kanonischen Rechtes bezeichneten eine Person als Hure, wenn sie mit mehr als 23 000 Männern fleischliche Beziehung unterhalten hatte. – *Mystizismus:* Die hist.-krit. Jean-Paul-Ausgabe verweist auf die »Nachtgedanken über das ABC-Buch von Spiritus Asper« (d. i. F. F. Hempel, 1809), 1. Bd., S. 3: »Selbst ein göttlicher Mystizismus fehlt hie und da nicht ....«

S. 649 *über des Helden Geburt und Eltern usw.:* Parodie auf eine 1804 anonym erschienene Kant-Biographie, die in einer »Übersicht des Werkes« (Bd. 1, S. 9–14) ähnliche Kapitel über Kants Geburt und Herkunft, Korrespondenzen, Latinität, Abbildungen und Ehrenbezeugungen verspricht. – *Scioppius:* s. o. zu S. 319. – *wie Herkules aus dem Orkus:* Herkules befreite Alkeste, die Gemahlin des Admet, aus der Unterwelt.

S. 650 *Theogonie:* Lehre von der Entstehung der Götter. – *Lohkasten:* mit geriebener Baumrinde (Loherde) gefüllter Treibkasten. – Samuel *Richardson* (1680–1761): engl. Romanschriftsteller, Verfasser der sehr berühmten und sehr langen Briefromane: »Pamela« (1740–41), »Clarissa« (1747–48) und »Sir Charles Grandison« (1753–54). – *Robespierres-Schweif:* »Queue de Robespierre« nannte man die wenigen Anhänger, die Robespierre nach seinem Sturz im Juli 1794 treu blieben und mit ihm hingerichtet wurden. – *Indossi:* Überschreibungen eines Wechsels durch eine Aufschrift auf den Rücken (ital. dosso) des Wechsels. – *Allonge:* angehängter Zettel zu einem bereits indossierten Wechsel. – John *Dyer* (1700–58): engl. Lyriker. Der aufklärerische Literaturkritiker und Essayist Samuel *Johnson* (1709–84) zitiert in seiner Kurzbiographie Dyers (aus den 1779–81 zuerst veröffentlichten »Lives of the Poets«) dessen Ausspruch, die Großmutter seiner Frau sei »eine Shakespeare gewesen, die von einem Bruder von jedermanns Shakespeare abstammte«.

S. 651 *Neptunist und Vulkanist:* der eine hält das Wasser, der andere das Feuer für die Ursache der Erdentstehung. Die erste Lehre wurde im 18. Jahrh. vor allem von den Anhängern Abraham Gottlob Werners (1715 bis 1787) vertreten. – *Zitteraal:* Dieser Fisch teilt mit seinem Schwanz elektrische Schläge aus.

S. 652 *Esther:* vgl. im A. T. das Buch Esther 5,2 u. 8,4. – *Jean Jaques im Emil:* vgl. Rousseaus bekanntes Werk über die Erziehung: »Emile« (1761), 2. Buch, § 113.

S. 653 *brutus* (lat.): stumpfsinnig. – *der Mathematiker Schmidt:* Gemeint ist der Mechaniker und Goldschmied Nikolaus Ehrenreich Anton Schmidt (1717–85) aus Hannover. – *Muhammed:* vgl in Edward Gibbons (1737–94) berühmtem Geschichtswerk: »The Decline and Fall of the Roman Empire« das Kap. 50. – *Aloe:* Sie bekommt ihren vielblütigen Schaft erst nach langen Jahren. – Joh. Philipp *Barattier* (1721–40): berühmtes Wunderkind.

S. 654 *dons-gratuits:* s. o. zu S. 584.

S. 655 *Janustempel:* s. o. zu S. 155. – *Heidenvorhof:* der Vorhof des Salomonischen Tempels, den die Heiden nicht betreten durften. – *Arndt:* Ernst Moritz Arndt (1769–1860) hatte in seinem 1810 erschienenen Buch: »Briefe an Freunde« (S. 150) den von ihm vorher geschätzten Dichter exemplarisch für die Inzucht des Gefühls in der deutschen Literatur verantwortlich gemacht. Die zweite Reimersche Ausgabe fügt in einer Anmerkung den Wortlaut der Stelle bei: »Doch rang dieser edle Mensch [Schiller], indem er zeugte und bildete, und suchte die Wahrheit und Schönheit mit Ernst und Liebe; nie trieb er in Eitelkeit ein unheiliges Spiel mit dem Heiligen, wie so viele, die nur auf die Zerstörung des Menschlichen und Tapfern in uns hinarbeiten und alles in die Ungestalt der Weichlichkeit und Empfindung hinüberspielen. Ja wenn sie noch spielten! nein, sie rasen und wüten und zerfleischen und zerreißen den Menschen in seinen heiligsten Teilen so tief, daß jedes gesunde Herz ein unbezwinglicher Ekel gegen diese Verderber anwandelt. Der erste dieser verbrecherischen Verweichlicher, dieser Nervenausschneider menschlicher Kraft, dieser Anatomen des innersten Heiligtums des Herzens, dieser dumpfen Totengräberseelen, ist der berühmte Jean Paul Richter, der das Schönste durch Unmaß verdirbt und alle Empfindung und Sehnsucht des menschlichen Gemütes über die Grenze der Mäßigkeit und Ruhe hinauslockt: ein gefährlicher Mensch durch lebendig Blut und hohe Geistigkeit und durch viele echte Götterblitze; aber ein verderblicher Verführer und Vergifter, durch welchen alles Gestaltvolle und Männliche untergehen muß in dem, der sich ihm ergibt.« – *generatio aequivoca* (od. originaria): Urzeugung, Zeugung durch sich selbst. – *Schlegelsche Dinten-Infusion:* Anspielung auf den Streit, der 1798 durch die Brüder Friedrich (1772–1829) und August Wilhelm Schlegel (1767–1845) durch deren scharfe und oft böswillige Polemiken in ihren »Athenäums«-Fragmenten ausgelöst worden war. J. P. war selbst halbwegs glimpflich davongekommen, verübelte aber den beiden jungen Literaten den »lieblosen« Ton, in dem allgemein über die verdienstvollen älteren Autoren der deutschen Literatur hergezogen wurde.

S. 656 *Donnerpferd:* Pferd vor dem Donnerwagen des Zeus. – *seinem Buche zufolge:* vgl. Arndts Buch, S. 4, wo jedoch nur von »Rheinwein« die Rede ist. – *Tetrarchat:* Vierherrschaft. Tetrarchen nannte man die Fürsten in Israel, das unter den Römern viergeteilt war. – *Heidelberg, Halle, Jena, Leipzig:* Gemeint sind die »Heidelberger Jahrbücher«, an denen J. P. damals mitarbeitete, die »Hallische«, »Jenaische« und »Leipziger Literaturzeitung«. – *offizinell:* arzneilich, heilsam. – *Vier-Räuber-Essig:* starkes Desinfektionsmittel. – *Pisse-Vache:* eigtl. pissende Kuh, ein bekannter Wasserfall im Wallis. – *Stechheber:* s. o. zu S. 146.

S. 657 *No. 0 000 001:* Die Zahl deutet vermutlich an, daß diese Nummer lange vor dem ersten Erscheinen der Zeitung (1788) geschrieben sei. – *Priscian-Adelung:* Der röm. Grammatiker Priscianus von Cäsarea (um 500 n. Chr.) bestimmte durch seine »Institutiones grammaticae« die Anlage und Terminologie aller späteren Werke über die Grammatik. Ähnlich war lange Zeit der aufklärerische Sprachforscher Joh. Christoph Adelung (1734–1806) der Gesetzgeber der deutschen Sprachforschung. – *versio interlinearis:* zwischen die Zeilen eingefügte wörtliche Übersetzung. – *Vecelli Titian:* Die Namensumstellung soll vermutlich die protzende Unbildung des Rezensenten zeigen, wie S. 658: »Urbino Raffael«.

S. 658 Jan van *Huysum* (1682–1749): holl. Stillebenmaler, berühmt für seine Blumendarstellungen. – *herbarium vivo-mortuum:* von J. P. nach dem Beispiel von »herbarium vivum« (lebendes Herbarium), einem damals häufigen Titel für Pflanzenbücher, gebildet. – *herbarium perenne:* Sammlung von »dauernden«, d. i. auch im Winter blühenden Pflanzen. – *daß Mönche Könige erstachen:* Heinrich III. von Frankreich wurde 1588 von dem Mönch Joseph Clément, Heinrich IV. 1610 von Ravaillac ermordet, der ebenfalls früher Mönch gewesen war. – *die Nonne della sedia:* Gemeint ist die berühmte Madonna della sedia im Palazzo Pitti.

S. 660 *versus memorialis:* s. o. zu S. 329. – *Strohkranz:* Ihn mußten ehemals in manchen Gegenden die gestrauchelten Mädchen als Schandzeichen an ihrem Hochzeitstage tragen. Später änderte sich der Brauch, und der Strohkranz wurde nun der Braut am Tag nach der Hochzeit mit einer scherzhaften Rede überreicht. – *Dreh- oder Drillhäuschen:* ein beweglicher

Verschlag, in den ehebrecherische Weiber gesteckt wurden. – *Hausdragonade:* Dragonaden hießen die Zwangseinquartierungen von Dragonern, durch die unter Ludwig XIV. die Hugenotten in Frankreich zur Konvertierung gezwungen wurden. – *Eisbock:* eine Barriere aus Balken, um die Brückenpfeiler gegen den Eisstoß zu sichern.

S. 661 *im ersten Gnomon:* richtiger »Gnome« (Sinnspruch). – *Fusti:* Abfallstücke bei Waren. – *Sporco:* das Unreine (bei der Quarantäne). – *das Hochzeitkarmen oder der Trauschein zweier Tiere:* Darunter ist der Vers von der Ziege und dem Ziegenbock zu verstehen. – *Sündenbock:* vgl. 3. Mose 16,21. – *I. P.:* Jean Paul gibt sich damit selbst als den Verfasser der Rezension aus.

S. 662 *in Voltaires Henriade:* Voltaires Epos auf Heinrich IV. erschien 1727. – *Eris:* Göttin der Zwietracht. – *plura nitent, ego non offendor:* vgl. Horaz in »De arte poetica« (V. 550): »Verum ubi plura nitent in carmine, non ego paucis offendar maculis.« (Wo aber in einem Gedicht das Mehrere glänzt, werde ich mich nicht an wenigen Fehlern stoßen.)

S. 663 *Amalthea:* Diese Ziege säugte den jungen Jupiter. – *Rumfordische Milchsuppe:* von dem in bayerischen Diensten stehenden engl. Politiker Benjamin Rumford (1753–1814) erfundene Sparsuppe. – *Gehirnhügel:* runde Erhebung am Gehirn.

S. 664 *Zins- oder Rauchhennen:* als Abgaben zu entrichtende Hennen.

S. 665 *Ufer:* der Gang der Geschichte als Strom verstanden! – *ihren:* auf »Dreidecker« zu beziehen! – *ein Mann nach der Sekundenuhr:* Anspielung auf Th. G. v. Hippels Lustspiel: »Der Mann nach der Uhr« (1765).

S. 666 *opus supererogationis:* überpflichtiges gutes Werk. So bezeichnete die Scholastik die Verdienste der Heiligen, die den Sündern zugute kommen. – *Lutherische Tisch- und Bettreden:* Bekanntlich haben Luthers Freunde zahlreiche seiner Tischgespräche aufgezeichnet und nach seinem Tod veröffentlicht. – *Kants und Schillers Lebensbeschreiber:* s. die Vorbemerkung zum »Fibel«.

S. 667 *abbosseln:* in Wachs oder Ton abformen. – *demokritische Satire – heraklitsches Trauerspiel:* Demokritus von Abdera galt im Altertum als der lachende, Heraklit als der weinende Philosoph. – *Lord Oxford:* J. P. verwechselt hier wie stets Robert Harley, Graf von Oxford (1661–1724), den Freund und Gönner Swifts, mit dem Lord Orrery, der 1751 »Bemerkungen über das Leben und die Schriften Swifts, in Briefen an seinen in Oxford studierenden Sohn Hamilton Boyle« herausgab. – *Mémoires von mir:* Bereits damals sammelte J. P. Materialien für sein »Vita-Buch«. – *die beiden Freimütigen:* Die o. zu S. 340 erwähnte Zeitschrift kam 1808 in einem neuen Verlag wieder heraus.

S. 668 *Frauen-Daumen:* Von Newton wird erzählt, er habe einmal in seiner Zerstreuung den Daumen einer Dame in Gesellschaft mit seinem Pfeifenstopfer verwechselt. – *Baruch:* ein apokryphes Buch des A. T.

S. 669 *Sonntags-Perikopen:* die den Predigern vorgeschriebenen Bibelstellen für die einzelnen Sonntage des Jahres. – *Brandsonntag:* Am Sonntag Invocavit wurden zu Beginn der Fastenzeit im Freien Feuer angezündet.

S. 670 *Supernumerar- und Surplus-Opus:* ein überzähliges Überschußwerk (Supernumerar nennt man einen noch nicht fest angestellten Beamten). – *Gellius Vibius:* richtig Gallus Vibius.

S. 672 *bureau décachetage von D'Argenson* (richtig: »de décachetage«): Marc René d'Argenson (1652–1721) war lange Jahre der Chef der Pariser Polizei, deren Institution er erst zu Macht und Ansehen verhalf. Seine Entzifferungskanzlei genoß europäischen Ruf. – *nach König Alexanders Meinung:* Ihm wird schon in der antiken Überlieferung der Ausspruch zugeschrieben, auch er sei nur ein Mensch, wie man an seiner Wollust, seinem Schlaf und seinem Stuhlgang sehen könne. Die Stelle erinnert auch an den o. zu S. 583 erwähnten Ausspruch Montaignes.

S. 673 *Paroli:* Gewinn des dreifachen Einsatzes beim Pharaospiel.

S. 675 *perte du Rhône:* eine Felsschlucht bei Bellegarde, in der die Rhône im Boden versickert. – *Herrlein:* in Franken übliche Bezeichnung für Großvater. – *Tausendschläfer:* nach »Siebenschläfer« von J. P. gebildet.

S. 676 *Ein Graf A–a usw.:* Mit dieser Anekdote sollte ursprünglich das ganze Werk beginnen, doch wollte J. P. in den Nachkapiteln nicht mehr an die Ruhmsucht seines Helden erinnern, so daß die Anekdote nun etwas zusammenhanglos die Geschichte unterbricht.

S. 678 *anno Eins:* Bekanntlich führte die franz. Revolution eine mit dem Sturz der Monarchie beginnende, neue Zeitrechnung ein. – *der Geheimrat Hufeland in Berlin:* Christoph Wilhelm Hufeland (1762–1836) ist gemeint, der berühmte Arzt und Professor in Jena und Berlin. Jean Paul kannte vor allem seine damals weitverbreitete »Makrobiotik oder die Kunst das menschliche Leben zu verlängern« (1796). Vgl. auch J. P.s Anmerkung zu S. 677.

S. 679 *Alertchen:* J. P.s eigener Spitz hieß Alert.

S. 681 *Herr Bertuch:* s. o. zu S. 605. – Joh. Stephan *Pütter* (1725–1807): Staatsrechtler und Professor in Göttingen.

S. 682 *Vertumnus:* der röm. Gott der Jahreszeiten, gewöhnlich als Gärtner mit Früchten dargestellt.

S. 683 *eine Voglersche simplifizierte Orgel:* Der berühmte Orgelvirtuose Georg Joseph Vogler, der »Abt Vogler« (1749–1814), vereinfachte das Orgelsystem, indem er alle nur tonverstärkenden Register fortließ.

S. 684 *Farbenklavier:* ein Instrument, das durch den Wechsel von Farben ähnliche Wirkungen auf das Auge haben sollte wie die Musik auf das Ohr. – *jener große Geistliche:* Herder, der in der Weimarer Stadtkirche begraben ist. – *volle Liebes-Erwiderung:* Die Originalausgabe hat: »voll Liebes-Erwiderung«.

S. 685 *Simultaneum:* eigtl. eine von Katholiken und Protestanten gemeinsam benutzte Kirche.

S. 686 *Abendlied:* von Kaspar Neumann (1648–1750). – *Bienen-Vater:* Imker sollen ein besonders hohes Alter erreichen.

S. 687 *Post-Spitz:* Spitz in den Hundposttagen. In J. P.s Roman: »Hesperus oder 45 Hundposttage« (1795) werden dem Erzähler die Materialien zu seiner Geschichte von Kapitel zu Kapitel durch einen Spitz zugetragen. – *der Prophet Bileam:* s. o. zu S. 577. – *heiliges Bein:* os sacrum nennt man das Kreuzbein am Ende des Rückgrats.

S. 689 *Morgenlied (vom alten Neander):* Das Lied ist nicht vom *alten* Joachim Neander, sondern von Christoph Fr. Neander (1723–1802).

S. 691 *Anhang:* Die Originalausgabe gibt der Erzählung nur den Text der Fibel ohne die Bilder bei, vermutlich weil es schon damals schwierig war, von dem früher so allgemein verbreiteten Büchlein noch ein Exemplar zu finden. Heute scheint sich überhaupt keines mehr auftreiben zu lassen. Unsere Ausgabe folgt der Kritischen Ausgabe, welche die Bilder nach denen in den »Nachtgedanken über das A-B-C-Buch von Spiritus Asper« gibt. Es versteht sich von selbst, daß hier die altertümliche Schreibweise und die Frakturschrift unverändert beibehalten werden müssen.

SELBERLEBENSBESCHREIBUNG

Die Absicht, sein eigenes Leben als einen Schlüssel zu seinen Romanen zu schreiben, beschäftigte Jean Paul sehr lange. Sieht man von einem jugendlichen Versuch aus dem Jahr 1781 ab, so trat er seinem Vorhaben zuerst um die Jahrhundertwende ernsthaft gegenüber, als er seinen »opera omnia«, an deren Ausgabe er damals zuerst dachte, einen biographischen Vorspann in Gestalt eines Nekrolog-Artikels voranstellen wollte. Um diese Zeit begann er, sich Aufzeichnungen und Erinnerungsnotizen zu seinem Leben zu machen, die er später als »Vita-Buch« fortlaufend ordnete. Aber erst der Plan, seine Lebensbeschreibung mit dem »Komet« zu verbinden, brachte ihn zu einer intensiveren Beschäftigung mit diesem lange gehegten Lieblingsgedanken. In den Jahren 1813–17 sammelte er Nachrichten über seine Eltern und seine frühe Kindheit. Schließlich begann er am 4. Juli 1818 mit der Sichtung des Materials und am 14. Juli mit der Niederschrift. Leider verlor er sehr schnell die Lust an diesem Geschäft, und er klagt schon am 3. August 1818 seinem Freund Emanuel Osmund, er sei durch seine Romane so sehr ans Lügen gewöhnt, daß er zehnmal lieber jedes andere Leben beschriebe als sein eigenes. Bis in den Spätherbst zog sich die Arbeit schleppend hin, dann drängten sich die Umarbeitung des »Hesperus« für die dritte Auflage und der jährliche Neujahrsaufsatz für Cotta dazwischen. Am 22. Januar 1819 brach er nach dem Vaterblatt die Niederschrift endgültig ab. – Die ausgearbeiteten Teile der Handschrift wurden nach Jean Pauls Tod zuerst 1826 von seinem Freund Christian Otto im ersten Bändchen von »Wahrheit aus Jean Pauls Leben« bei Joseph Max in Breslau herausgegeben. Er gibt dort eine kurze Entstehungsgeschichte und eine Auslese aus den Vorarbeiten zur Vorrede. Bei seiner Textgestaltung liebte er es, jeweils die farbigere Lesart zu wählen, wo Jean Paul zwei oder mehrere zur Auswahl hatte, bisweilen auch beide zu verbinden. Wir folgen dem Text der Kritischen Ausgabe ohne die dort angegebenen Varianten.

S. 707 *Preßbengel:* s. o. zu S. 636. – Adolf *Müllner* (1774–1829): Literaturkritiker und Verfasser romantischer Schauerdramen. Der Wortwitz steht in seinem Drama: »König Yngurt« (1817) III, 1: »Doch Yngurts Schotte, der, wie euch bekannt, / Auch Yngurts Schatten ist, kam uns entgegen.«

S. 708 *aus Gründen:* Dazu ist J. P. nicht mehr gekommen. – *zwei noch übrige Enkel:* J. P. und sein Bruder Gottlieb (gest. 1768). – *Penia:* die griech. Göttin der Armut.

S. 709 *Gottesacker:* Die hist.-krit. Jean-Paul-Ausgabe führt dazu eine Stelle aus dem Roman: »Andreas Hartknopf« (1786) von K. Ph. Moritz an, einem der Lieblingsbücher J. P.s: »Endlich schien ihm [dem Dr. Sauer in Erfurt] die Glückssonne ein wenig zu lächeln; der Statthalter von Dalberg lernte ihn kennen und dachte an seine Beförderung, als der Tod ihn weit schneller und besser beförderte, wie alle Fürsten und ihre Statthalter hätten tun können.« Der Todestag des Großvaters war nicht der 6., sondern der 8. Aug. 1763. – *schon 20 Jahre vorher:* Die Großmutter Margarete war am 22. Juni 1744 durch einen Unglücksfall umgekommen. – *Alumnus-Brot:* Armenschülerbrot. – *des bekannten Kenners und Gönners der Musik:* Gemeint ist der Fürst Alexander Ferdinand von Thurn und Taxis, der 1748 von Frankfurt a. M. nach Regensburg übersiedelte. – *als ich vor einigen Jahren in Regensburg war:* im Spätsommer 1816.

S. 710 *1760:* richtig: 1759. – *Tertial-Konchylie:* das Schneckenhaus des Tertius (dritten Schullehrers). – *das Schmausen in Thümmels Reisen und das Teetrinken in Richardsons Clarisse:* Aug. Wilh. Thümmels o. zu S. 588 erwähnter Roman: »Reise in die mittäglichen Provinzen von Frankreich« (10 Tle. 1791–1805) spielt zu einem großen Teil auf Poststationen und in Wirtshäusern; das Teetrinken, das in allen Romanen Richardsons eine große Rolle spielt, rügt J. P. an anderer Stelle von seinem letzten Roman: »History of Sir Charles Grandison«.

S. 712 *Memnons-Bild:* s. o. zu S. 489. – *Sohn:* Dazu gibt Otto die Anmerkung: »Im oben genannten Jahre lebte dieser einzige, dem Vater ähnliche und nacheifernde Sohn noch. Er starb, 19 Jahre alt, am Nervenfieber, und wir wollen künftig von ihm sprechen, wenn die väterlichen Denkbücher mit Schmerzen an ihn erinnern werden.«

S. 713 *hinlänglich:* Otto setzt in die Lücke ein: »aus der Geschichte« und fügt als Fußnote eine von J. P. exzerpierte Stelle bei: »Nach der ausführlichen Beschreibung des Fichtel-Berges (Leipzig 1716), S. 52 hatten die Hussiten im Jahre 1462 das ganze Land oberhalb des Gebirgs verheert; die Wonsiedler aber schlugen am Freitag vor Pfingsten 18 000 Mann Böhmen, die ihre Stadt dreimal stürmten, zurück.« – *Nicolai:* s. o. zu S. 72. – *Merkel:* s. o. zu S. 340. – *Thronstufen:* Das Felsenlabyrinth der Luisenburg war zu J. P.s Zeiten durch Steige und Treppen zugänglich gemacht worden.

S. 714 *Plotho:* Nicht der österr. Gesandte, sondern der Notar Appril wurde von dem Reichstagsabgeordneten Erich Christoph v. Plotho am 14. Okt. 1757 die Treppe herabgeworfen, als er versuchte, ihm die Achterklärung gegen seinen Herrn, den Markgrafen von Brandenburg, auszuhändigen. Otto scheute sich noch 1826, Anstoß zu erregen und setzte dafür: »der bei Beginn des siebenjährigen Kriegs Friedrichs des Einzigen Gesandter am Reichstage in Regensburg war.«

S. 715 *vorher:* vor Joditz. – *Bäotien:* richtig: Böotien. Die Böotier galten im Altertum als besonders ungeschlacht und ungebildet.

S. 716 *ein Hildburghäuser Gesandtschaftrat usw.:* s. o. zu S. 22. – *in einer Hauptstadt gebären:* Zu diesem Gedanken vgl. die Stelle aus Herders Aufsatz über Winckelmann in Wielands »Teutschem Merkur« (1781): »Kurz der deutsche Baron, der damit nicht zufrieden ist, daß Winckelmann später, mit schon ausgebildeter Seele, nach Italien kam, ... der lasse sich etwa selbst in Rom gebären.«

S. 717 *mein verstorbner Bruder Adam:* Er lebte von 1764 bis 1816. – *Bullen und Dekretalen:* Erlasse und Rechtsentscheidungen.

S. 718 *Langens Grammatik:* Gemeint ist die lateinische Schulgrammatik von Joachim Lange (1670–1744), die bis in den Anfang des 19. Jahrh. benutzt wurde. – *panis piscis:* besonders abweichende lat. Deklination. – *scamnum und cornu:* verkümmerte und darum fast gleichbleibende Deklinationen. – *curator absentis:* Stellvertreter in Abwesenheit.

S. 719 *Fastensonntag reminiscere:* der zweite Fastensonntag. – *Speccius:* Gemeint ist das verbreitete lat. Grundbuch: »Speccii praxis declinationum et conjugationum« (verb. Aufl. 1779) von Heinr. Peter Chr. Esmarch (Christoph Speccius [1585–1639] war ein bedeutender Grammatiker und Schulbuchautor).

S. 720 *orbis pictus:* s. o. zu S. 332. – *Gespräche im Reiche der Toten:* s. o. zu S. 643. – *Liebegeschichte der Roxelane mit dem türkischen Kaiser:* vgl. D. Faßmanns eben erwähnte »Gespräche in dem Reiche der Toten«, 9. Entrevue, zwischen Henrico VIII., König von England, und Solimanno II., Türkischem Kayser, (1719), S. 711 ff. – *in Polen:* J. P. spielt wohl auf die Unruhen vor der zweiten polnischen Teilung an.

S. 721 *Lichtenberg:* vgl. dessen »Vermischte Schriften«, 2. Bd. (1801), S. 310 f. – *»Lessings Geist«:* Anspielung auf eine Stelle in Friedrich Schlegels Buch: »Lessings Geist« (1804), 2. Bd., S. 331.

S. 722 *Gerippe des deutschen Riesen Teutobachs:* s. o. zu S. 502. – *Solitär:* s. o. zu S. 468. – *die Büttnerschen Vergleichtafeln aller Schriftarten:* Gemeint sind Chr. Wilh. Büttners »Vergleichungstafeln der Schriftarten verschiedener Völker« (2 Tle., 1771–79).

S. 723 *malpighisch:* s. o. zu S. 492.

S. 724 *Heinrich:* Er wurde am 3. Juni 1770, in der Mitte der Joditzer Zeit geboren (gest. 1789). – *»Die finstre Nacht bricht stark herein«:* Gemeint ist das Lied: »Hinunter ist der Sonne Schein, / Die finstre Nacht bricht stark herein« von Nik. Herman.

S. 725 *Reichard:* s. o. zu S. 196. – *die alte Botenfrau:* Sie brachte vermutlich Geschenke der Großmutter Kuhn.

S. 726 *Preise:* Xerxes setzte einen Preis für die Erfindung neuer Freuden aus. – *Biester:* s. o. zu S. 419. – *Wagner:* J. P. denkt an die aufklärerische Geschichtensammlung: »Die Gespenster, Kurze Erzählungen aus dem Reiche der Wahrheit« (1797 ff.) von Sigismund Christoph Wagener.

S. 728 *Augusta oder Augustina:* Das Mädchen hieß Eva Justine Römer. Ihr zweiter Name ist auf die Frau des Schulmeisterlein Wutz übergegangen.

S. 729 *die junge Frau:* Nach den Vorarbeiten handelte es sich um eine Frau oder ein Fräulein Fritz (wohl Abkürzung für »Friederike«) Tretscher.

S. 730 *vacciniert:* durch eine Impfung vor den Blattern bewahrt.

S. 732 *das kleine Pfarrherrlein:* Joh. Christian, der jüngste Sohn des Pfarrers Christian Hagen (1698–1776), der ein Jahr älter als J. P. war. – *propaganda* (fidei): die 1622 in Rom von Papst Gregor XV. zur Verbreitung des kath. Glaubens gegründete Gesellschaft.

S. 733 *Klavier:* wohl ein Klavichord. – *lange in Verhaft:* Darüber steht in der Handschrift verdeutlichend: »wegen Münzerei«.

S. 734 *mit zwei Brüdertürmen:* der dortigen St. Michaelskirche.

S. 735 *Hollandgänger:* So nannte man die Niedersachsen, die in Holland ihrem Erwerb nachgingen.

S. 736 *wie ein Tithon:* Eos erbat nach der griech. Sage für ihren Geliebten die Unsterblichkeit, vergaß aber um seine ewige Jugend zu bitten. So schrumpfte Tithon immer unkenntlicher zusammen, und nur seine Stimme blieb ihm erhalten, bis ihn die Götter in eine Zikade verwandelten. – *Engel:* vgl. den Aufsatz: »Über die Schönheit des Einfachen«, den der Berliner Philosoph und Ästhetiker Joh. Jakob Engel (1741–1802) in der »Neuen Bibliothek der Schönen Wissenschaften«, 20. Bd. (1776), 1. Stück veröffentlicht hatte.

S. 737 *russische Feldmusik:* Nach den Vorarbeiten denkt J. P. an die Musik der durch Bayreuth ziehenden russischen Truppen, die er z. B. am 19. Okt. 1815 gehört hatte.

S. 740 *in Pauls Werken:* vgl. etwa »Quintus Fixlein«, 3. Zettelkasten; »Jubelsenior«, Appendix des Appendix oder meine Christnacht; »Flegeljahre«, Nr. 3.

S. 741 *der Pfarrer Barnickel:* Er starb bereits am 25. März 1775, doch trat Vater Richter sein Amt erst Anfang 1776 an.

S. 742 *Gratiale und Douceurs:* Geschenke und Schmeicheleien. – *[der dreijährige Christian Heinrich Heineken]:* Schon Otto ergänzt diese Lücke weitgehend richtig nach J. P.s Exzerpten: »der fünfjährige Christian Heinrich Heineke von Lübeck« und gibt dazu die Anmerkung: »Christian von Schöneich, der Lehrer und Lebensbeschreiber dieses am 6. Febr. 1721 geborenen Wunderkindes, berichtet (1726) in dessen ›Leben, Taten, Reisen und Tod‹, daß es die lateinische und französische Sprache, Geschichte, Geographie und die Institutionen des Römischen Rechts verstanden, Kenntnisse von der Theologie und Anatomie gehabt habe, witzig und scharfsinnig gewesen sei, aber beständig von der Milch seiner Amme gelebt habe.«

S. 743 *Schloß:* Es gehörte dem erwähnten Grafen von Schönburg-Waldenburg.

S. 744 *Pater Abraham:* der Wiener Prediger und Satiriker Abraham a Santa Clara (1644–1709). – *Langens Colloquia:* Joachim Lange veröffentlichte neben seinen Grammatiken noch die verbreiteten »Colloquia scholastica latina captui tironum accommodata oder Schulgespräche, nach dem Begriff der Anfänger in der lateinischen Sprache« (1713 u. ö.). – *in den Cornelius:* Die »Biographien berühmter Männer« (De viris illustribus), ein fragmentarisch erhaltenes Werk des röm. Historikers Cornelius Nepos (100 bis 25 v. Chr.), war bis in jüngste Zeit die früheste Schullektüre für angehende Lateinschüler. – Joh. Bernh. *Basedow* (1723–90): bedeutender Pädagoge des 18. Jahrh., Gründer des Dessauer Philanthropinums. – Joh. Andreas *Danz* (1654–1727): Orientalist und Sprachforscher, schrieb ein popular-philosophisch begründetes »Compendium grammaticae ebraio-chaldaicae« (1710). – *statarisch:* ortsfremd. – *diakritische Punkte:* Unterscheidungszeichen für die richtige Aussprache der Buchstaben.

S. 745 *Dagesch und Schwa:* Das erste Zeichen dient zur Verdoppelung oder Abschwächung von hebräischen Buchstaben, das zweite bezeichnet einen unhörbaren E-Laut. – *der jetzo veraltete Hofmann:* Gemeint ist »M. Gottfried Hoffmanns Ordentlicher und gründlicher Weg zur Composition der lateinischen Sprache, in welchem der studierenden Jugend durch deutliche Regeln und richtige Exempel gewiesen wird, wie man im Latein anfangs recht, und hierauf zierlich construieren lernen und im übrigen Culturam Linguae Latinae durch allerhand Oratorische Adminicula also treiben soll, daß man auch durch eigenen Fleiß sich den rechten Grund der lateinischen Sprache könne bekannt machen.« Leipzig 1705; 8. Aufl 1750. – *Großkreuz-Speccius:* d. h. wohl, wenn der o. S. 719 erwähnte »Speccius« schon ein Kreuz war, ist es dieses altertümliche Buch noch mehr. – *romantische:* hier im älteren Sinn: »romanhaft«. – *Schillers Armenier:* in Schillers »Geisterseher« (1789). – *der alte Robinson Crusoe:* Defoes Roman von 1719 im Gegensatz zu den unten erwähnten Umarbeitungen, vor allem etwa Joh.

Heinr. Campes (1746–1818) »Robinson der Jüngere«, der 1779–80 erschienen war. – *Veit Rosenstock von Otto:* Als Verfasser des derbkomischen Romans: »Veit Rosenstock, auch genannt Rosenbaum, Rosenstrauch, Rosenthal, Rosier. Eine Geschichte, worin viel gekannegießert wird« (3 Bde., 1776–77; 2. Aufl. 1781–82) nennt sich im 3. Tl. ein Joh. Fr. Otto. In Wirklichkeit stammt das Buch jedoch von dem Theologen Hier. Fr. Sintenis (1750 bis 1826).

S. 746 *Schnepfental:* Erziehungsanstalt in Sachsen. – *Weltweisheit von Gottsched:* Gottscheds »Erste Gründe der gesamten Weltweisheit« erschienen zuerst 1734. – *Hauderer:* Fuhrmann, Mietskutscher. – *Nösselt und Jerusalem:* Joh. Aug. Nösselts »Verteidigung der Wahrheit und Göttlichkeit der christlichen Religion« erschien 1766, Joh. Fr. Wilh. Jerusalems (1709 bis 1789) »Betrachtungen über die vornehmsten Wahrheiten der Religion« wurden 1768 f. veröffentlicht. – *nach Goethens botanischen Glauben:* vgl. Goethes Gedicht: »Die Metamorphose der Pflanzen«.

S. 747 *der Sündflut:* Aus dem 2. Bd. von Jerusalems »Betrachtungen« hatte sich der junge J. P. 1779 den Abschnitt: »Die Sündflut war nicht allgemein« exzerpiert.

S. 748 Joh. Arnold *Ebert* (1723–96): Schriftsteller und Übersetzer, gab 1760 eine trockene Übersetzung von Youngs »Nachtgedanken« heraus. – *sokratische Hebammenkunst:* Sokrates verglich seine Lehrmethode, den Gesprächspartner durch Fragen zur eigenen Erkenntnis des Wahren zu bringen, mit der Hebammenkunst seiner Mutter. – *Frohmesse:* von J. P. nach dem Muster von »Frühmesse« gebildet. – *Sauerhonig:* ein Gemisch aus Honig und Pflanzenessig. Otto schreibt versehentlich: »Sommerhonig«.

S. 749 *Scherz mit dem Rektor:* Die nachfolgende Anordnung der Kritischen Ausgabe der drei Stücke geht auf eine Aufstellung in J. P.s Vorarbeiten zurück. Otto bringt in der Erstausgabe die drei Stücke in folgender Reihenfolge: »Kuß – Scherz mit dem Rektor – Abendmahl«. – *Schraubgenossenschaft:* Otto gibt dazu die Anmerkung: »Sie bestand aus den Bekannten des Rektors, die sich gegen ihn und untereinander Scherze, wie der erzählte, erlaubten.« – *Goldschlägerei:* das Breitschlagen von Gold zu Blattgold.

S. 750 *Prinzessinsteuer:* einmalige Steuererhebung für die standesgemäße Aussteuer einer Prinzessin. – *Pfarrsohn:* vermutlich sein Bruder Adam.

S. 751 *toga virilis:* Die Toga, das Überkleid, erhielten in Rom die Jünglinge, wenn sie das mannbare Alter erreichten. – *das gesetzmäßige Alter:* J. P. wurde 1776 nach dem Umzug nach Schwarzenbach eingesegnet.

S. 753 *der geliebte Lehrer:* Kaplan Völkel. – *nach Goethe:* vgl. Faust I, Vers 911.

LEBENS- UND WERKCHRONIK

1763 21. März: Johann Paul Friedrich Richter in Wunsiedel (Fichtelgebirge) geboren als erster Sohn des Hilfsgeistlichen und Organisten Johann Christian Christoph Richter und dessen Frau Sophia Rosina, geb. Kuhn.

1765 August: Johann Christian Christoph Richter wird Pfarrer in Joditz a. d. Saale.

1776 Januar: Johann Christian Christoph Richter wird Pfarrer in Schwarzenbach a. d. Saale.
Rektor Werner, Kaplan Völkel in Schwarzenbach und Pfarrer Vogel aus Rehau Mentoren Jean Pauls.

1778 Anfang der Exzerptenhefte Jean Pauls.

1779 Februar: Jean Paul Gymnasiast in Hof.
17. April: Tod des Vaters.
Beginn der Freundschaft mit Johann Bernhard Hermann, Lorenz Adam von Oerthel und Georg Christian Otto.

1780/81 ›Übungen im Denken‹.

1781 ›Abelard und Heloise‹ (Roman in Briefen).
Mai: Jean Paul Student der Theologie in Leipzig.

1781/82 ›Lob der Dummheit‹.

1783 ›*Grönländische Prozesse*‹ (2 Teile) erscheinen anonym bei Chr. Fr. Voß in Berlin.
Vorübergehendes Verlöbnis mit Sophia Ellrodt in Hof.

1784 ›Andachtsbüchlein‹.
November: Rückkehr zur Mutter nach Hof.

1786 ›Mixturen für Menschenkinder aus allen Ständen‹ (Aufsätze Jean Pauls und seiner Freunde) erscheinen anonym in Frankfurt am Main und Leipzig.
Oktober: Tod des Freundes Lorenz Adam von Oerthel.

1787 Januar: Jean Paul Hauslehrer im Hause von Oerthels Vater in Töpen. Freundschaftlicher Verkehr mit der Familie von Spangenberg in Venzka.

1789 ›Auswahl aus des *Teufels Papieren*‹ erscheint zur Ostermesse (geschrieben bereits 1786).
Juni: Rückkehr zur Mutter nach Hof.

1790 Februar: Tod des Freundes Johann Bernhard Hermann.
März: Jean Paul Erzieher in Schwarzenbach.
»Erotische Akademie« in Hof.
15. November: Todesvision.

1790/91 ›Des Amts-Vogts Josuah *Freudel* Klaglibell gegen seinen verfluchten Dämon‹, ›Des Rektor Florian *Fälbels* und seiner Primaner Reise nach dem Fichtelberg‹ und ›Leben des vergnügten Schulmeisterlein Maria *Wutz* in Auenthal‹ entstehen.

1791/92 ›*Die Unsichtbare Loge*‹ (erscheint 1793 in 2 Bänden). Darin erscheint auch das ›Schulmeisterlein Wutz‹.

1792 Beginn der Arbeit am ›*Hesperus*‹ (erscheint 1795 in 3 Bänden). Erste Notizen für den ›Titan‹.

1793 Sommer: Reise nach Bayreuth, Neustadt a. d. Aisch und Erlangen.

1794 Mai: Rückkehr von Schwarzenbach zur Mutter.
Jean Paul Erzieher und Schriftsteller in Hof.
September: Besuch in Bayreuth.
Beginn der Freundschaft mit Emanuel Mandel (Osmund).
Vorübergehendes Verlöbnis mit Karoline Herold.

1794/95 ›Leben des *Quintus Fixlein*‹ (erscheint 1796).
›*Biographische Belustigungen* unter der Gehirnschale einer Riesin‹ (erscheint 1796).

1795/96 ›*Siebenkäs*‹ (erscheint 1796/97 in 3 Bänden).

1796 Februar: Beginn der Bekanntschaft mit Charlotte von Kalb durch ihre briefliche Einladung nach Weimar.
Juni: Besuch in Weimar. Freundschaft mit Herder.
Begegnungen mit Knebel, Einsiedel, Wieland, der Herzogin Amalie, Goethe und (in Jena) mit Schiller.

1797 ›*Geschichte meiner Vorrede* zur zweiten Auflage des Quintus Fixlein‹.
›*Der Jubelsenior*‹.
›*Das Kampaner Tal*‹.
25. Juli: Tod der Mutter.
November: Übersiedlung nach Leipzig. Wechselvolle Beziehungen zu Emilie von Berlepsch, Bekanntschaft mit Friedrich von Oertel und Paul Emil Thieriot.

1798 ›*Palingenesien*‹.
›Hesperus‹ (erweiterte Neuausgabe in 4 Bänden).
Mai: Besuch in Dresden, dort Besichtigung der Antikenabgüsse und der Gemäldegalerie. Begegnung mit Karoline Schlegel.
Juli: Besuch in Halberstadt. Begegnung mit Gleim.
August: zweiter Besuch in Weimar.
Oktober: Übersiedlung nach Weimar.

1799 ›Jean Pauls *Briefe und bevorstehender Lebenslauf*‹.
August: Jean Paul erhält den Titel Legationsrat (vom Herzog von Hildburghausen).
Oktober: Verlobung mit Karoline von Feuchtersleben.

1800 ›*Titan*‹, 1. Band.
›*Komischer Anhang* zum Titan‹, 1. Bändchen.
›*Clavis Fichtiana*‹.
Mai/Juni: Besuch in Berlin, Zusammentreffen mit Henriette von Schlabrendorff. Begegnung mit Rahel Levin. Einladung nach Potsdam durch die Königin Luise.
Oktober: Übersiedlung nach Berlin. Im Kreise um Henriette Herz Begegnungen mit Fichte, Schleiermacher, Tieck, Friedrich Schlegel, Bernhardi. Verlobung mit Karoline Mayer.

1801 ›*Titan*‹, 2. Band.
›*Komischer Anhang* zum Titan‹, 2. Bändchen.
›*Das heimliche Klaglied* der jetzigen Männer‹ und ›*Die wunderbare Gesellschaft* in der Neujahrsnacht‹.
27. Mai: Hochzeit mit Karoline Mayer.
Juni: Besuch in Weimar. Anschließend Übersiedlung nach Meiningen. Freundschaftliche Beziehungen zu Herzog Georg von Meiningen.

1802 ›*Titan*‹, 3. Band.
20. September: Erstes Kind Emma.

1803 ›*Titan*‹, 4. Band.
Juni: Übersiedlung nach Coburg.
9. November: Zweites Kind Max.
18. November: Tod Herders.

1804 ›*Flegeljahre*‹, 1. und 2. Band.
›*Vorschule der Ästhetik*‹.
August: Übersiedlung nach Bayreuth, enger Verkehr mit den Freunden Christian Otto und Emanuel Osmund.
9. November: Drittes Kind Odilie.

1805 ›*Flegeljahre*‹, 3. und 4. Band.
›*Freiheits-Büchlein*‹.

1807 ›*Levana* oder Erziehlehre‹.
›*Ergänzblatt* zur Levana‹.

1808 ›*Friedenspredigt* an Deutschland‹.

1809 ›Des Feldpredigers *Schmelzle* Reise nach Flätz‹.
›*Dr. Katzenbergers* Badereise‹.
›*Dämmerungen* für Deutschland‹.

1810 ›*Herbst-Blumine,* oder gesammelte Werkchen aus Zeitschriften‹, 1. Band.
August: Reise nach Bamberg. Begegnung mit E. T. A. Hoffmann.

1811 Juni: Reise nach Erlangen.
Erste Notizen zum ›*Komet*‹.

1812 ›Leben *Fibels,* des Verfassers der Bienrodischen Fibel‹ (schon 1806 begonnen).

Juni: Reise nach Nürnberg. Begegnung mit Friedrich Heinrich Jacobi.

1813 ›Vorschule der Ästhetik‹ (erweiterte Neuausgabe).

1814 ›*Mars' und Phöbus'* Thronwechsel im Jahre 1814‹.
›*Museum*‹ (gesammelte Aufsätze).

1815 ›*Herbst-Blumine,* oder gesammelte Werkchen aus Zeitschriften‹, Band 2.

1816 August: Reise nach Regensburg. Besuch beim Fürst-Primas von Dalberg.

1817 ›Politische *Fastenpredigten* während Deutschlands Marterwoche‹.
Juli/August: Reise nach Heidelberg, Mannheim und Frankfurt am Main.
Jean Paul Ehrendoktor der Philosophie (Heidelberg).
Freundschaft mit Heinrich Voß d. J.
Beziehungen zu Sophie Paulus.

1818 ›Siebenkäs‹ (erweiterte Neuausgabe in 4 Bänden).
Juni: zweite Reise nach Frankfurt am Main und Heidelberg.

1818/19 Niederschrift der ersten drei Kapitel einer Selbstbiographie.

1819 ›Hesperus‹ (erweiterte Neuausgabe in 4 Bänden).
März: Tod Friedrich Heinrich Jacobis.
Juni/Juli: Reise nach Stuttgart.
September: Reise nach Löbichau auf Einladung der Herzogin Dorothea von Kurland.

1820 ›*Komet*‹, 1. und 2. Band.
›Über die deutschen *Doppelwörter*‹.
›*Herbst-Blumine,* oder gesammelte Werkchen aus Zeitschriften‹, Band 3.
Juni/Juli: Besuch in München beim Sohn Max. Audienz beim König Max Joseph.
Jean Paul Ehrenmitglied der Bayerischen Akademie.

1821 April: Reise nach Bamberg.
September: Tod des Sohnes Max. Danach Beschäftigung mit seinem letzten Werk: ›Selina oder über die Unsterblichkeit der Seele‹.

1822 ›*Komet*‹, 3. Band.
Mai/Juni: Reise nach Dresden.
Oktober: Tod von Heinrich Voß.

1825 ›*Kleine Bücherschau.* Gesammelte Vorreden und Rezensionen nebst einer *kleinen Nachschule* zur ästhetischen Vorschule‹.
September: Kapitel 1 bis 5 der ›Selina‹ beendet.
14. November: Jean Paul in Bayreuth gestorben.

ZUR VORLIEGENDEN AUSGABE

Der außerordentliche Umfang von Jean Pauls schriftstellerischem Werk, die Unüberschaubarkeit, ja Disparatheit seines Schaffens und die oft nicht geringen Verständnisschwierigkeiten, die seine Texte dem Lesegenuß entgegenstellen, haben schon zu Lebzeiten des Dichters der eigentlichen Wirkung seines Werks im Weg gestanden. Dabei war Jean Paul zeitweilig der am meisten gefeierte, fast kultisch hochgerühmte Autor der Goethezeit, die Figuren seiner Jugendromane waren so bekannt wie Werther und Karl Moor, Jean Pauls Gedanken und Metaphern, seine Visionen und Idyllen waren das Entzücken einer gebildeten und halbgebildeten Gesellschaftskultur, wie sie den literarischen Geschmack des späten 18. Jahrhunderts in Deutschland bestimmte. Von seinen ersten Erfolgen an gab es bei Jean Paul zwei Arten von Lesern: eine verhältnismäßig begrenzte Anzahl von Kennern und Liebhabern – an ihrer Spitze Herder und Karl Philipp Moritz –, die seine eigenwillige, kühn aus Gegensätzen montierte Romanstruktur und seinen ebenso glänzenden wie vertrackten Erzählstil bewunderten, die also Jean Pauls Werke als Ganzes rezipierten, und ein sehr breites, in seiner Zusammensetzung nicht klar zu überblickendes Lesepublikum, das seine Werke in Blütenlesen und Auswahlen genoß, das wahlweise sich an den lyrisch-empfindsamen Aufschwüngen der Träume und Gefühlsaugenblicke berauschte oder sich in den Furchen einer behaglich-kauzigen Küchengartenwelt der Schulmeisterlein Wutz und Quintus Fixlein einnistete. Nicht von ungefähr ist dann auch eine geschickt zusammengestellte Anthologie: »Jean Pauls Geist oder Chrestomathie der vorzüglichsten, kräftigsten und gelungensten Stellen aus seinen sämtlichen Schriften« – von Karl Heinrich Ludwig Pölitz in den Jahren 1801–1816 herausgegeben und von Jean Paul mit Erbitterung zur Kenntnis genommen – zu einem der einflußreichsten Bücher des Dichters geworden, auf dem vor allem Jean Pauls Ruhm bei den französischen Romantikern beruhte.

Es hat im späteren 19. Jahrhundert nicht an Versuchen gefehlt, zwischen so extremen Lesepositionen zu vermitteln, und neben den vier Gesamtausgaben steht eine Reihe kleinerer Auswahleditionen, die den Versuch unternahmen, aus den zahlreichen Schriften und Aufsätzen die »bleibenden« Leistungen Jean Pauls auszusondern und diese zum allgemeinen Besitz der literarischen Bildung zu machen. Entsprechend dem gewandelten Geschmack dieser Zeit, die in Deutschland im Zeichen eines poetischen Realismus stand und zu deren Lieblingsbüchern Berthold Auerbachs »Dorfgeschichten«, Otto Ludwigs »Zwischen Himmel und Erde« oder Wilhelm Raabes »Hungerpastor« gehörten, wurde Jean Paul als Meister der Idylle und des komischen Romans gefeiert, während man seine großen »italienischen« Romane, vor allem die Überschwenglichkeit seiner Jugenderzählungen: »Die Unsichtbare Loge« und »Hesperus«, als schwülstig und geschmacklos abtat. Die Ausgaben von Paul Nerrlich (1884–89), Rudolf Steiner (1897–98), Rudolf Wustmann (1908) und Karl Freye (1910) legten den Kanon der Jean Paulschen Schriften dabei im wesentlichen so fest, wie er noch heute trotz eines ganz veränderten ästhetischen Empfindens und eines ganz gewandelten Jean-Paul-Bildes die herkömmliche Kenntnis des Dichters Jean Paul bestimmt: »Schulmeisterlein Wutz«, »Quintus Fixlein«, »Der Jubelsenior« gehören zum Grundbestand jeder Ausgabe ebenso wie die grotesk-komischen Erzählungen von »Schmelzles Reise nach Flätz« und »Dr. Katzenbergers Badereise«. Von den größeren Werken erscheinen »Siebenkäs« und »Flegeljahre«, mitunter auch Jean Pauls eigentliches Hauptwerk, der »Titan«. Obwohl früh schon Stefan George und Karl Wolfskehl auf die Bedeutung der lyrischen Passagen, der Träume und Visionen hingewiesen hatten, und obwohl Max Kommerell in seinem »Jean Paul« (1933) auch dem Spätwerk eine genauere Darstellung hatte zuteil werden lassen, dauerte es bis zur Ausgabe von Eduard Berend: »Jean Pauls Werke« (5 Bde., Berlin 1923), ehe zum erstenmal mit dem »Hesperus« einer von Jean Pauls Jugendromanen wieder zugänglich gemacht wurde, und bis zum Erscheinen der sechsbändigen Hanser-Ausgabe (1959 ff.), ehe auch Jean Pauls letztes großes Werk, der komische Roman »Der Komet«, außerhalb der Gesamtausgabe neu erschien. (Allerdings hat bereits Joseph Müller in seiner vierbändigen Ausgabe von 1925 beide Romane, jedoch mit ganz erheblichen Streichungen im Text, wieder abgedruckt.) Sowohl die Ausgabe von Eduard Berend als die Hanser-Ausgabe unterschieden sich in ihrer Zielsetzung sowie in ihrem Umfang jedoch von den vorher erwähnten Auswahlausgaben: sie versuchten beide eine möglichst umfassende Präsentation von Jean Pauls literarischem Werk zu geben, die nicht zuletzt zu Studienzwecken dienen sollte. Berends Ausgabe sollte die damals noch fehlende historisch-kritische Edition der Schriften Jean Pauls ersetzen und vorbereiten, die Hanser-Ausgabe sollte an deren Stelle treten, da inzwischen die meisten Bände dieser ebenfalls von Eduard Berend herausgegebenen Gesamtausgabe lange vergriffen und antiquarisch nur schwer zugänglich waren und ein Neudruck nicht zu erwarten stand. Mit weit über 4 000 (Berend), resp. 7 000 Seiten (Hanser) konnte keine dieser beiden Ausgaben den Anspruch erheben, Jean Pauls Werk einem breiteren Publikum näherzubringen, wie das die früheren Editionen beabsichtigt hatten. Das soll nun mit der vorliegenden Ausgabe versucht werden. Die Planung einer Auswahl-Ausgabe läßt dem Herausgeber nur bedingte Entscheidungsfreiheit, da einerseits der Umfang vorgegeben ist und zum anderen die Zusammenstellung der Werke abhängig ist von der literarischen Ranghöhe des jeweiligen Titels im Œuvre des

Dichters, aber auch vom tradierten Kanon der allgemein gekannten und gewünschten Bücher eines Autors: es kann dabei nicht angehen, daß man um einer aparten, in sich reizvollen Auswahl von – sagen wir – Goethes Dramen willen die »Natürliche Tochter« für ein paar Gelegenheitsarbeiten des Stürmers und Drängers preisgäbe oder eine Hofmannsthal-Ausgabe veranstaltete, in welcher der »Jedermann« fehlte, um für »Das Bergwerk zu Falun« Platz zu schaffen. Gerade im Fall Jean Paul ist das Problem noch besonders knifflig: nach Möglichkeit sollen ja alle Phasen und Spielarten seines Schaffens dokumentiert, gleichzeitig aber auch die lange Liste des Vertrauten und Unentbehrlichen mit untergebracht werden. Und das ganze Unterfangen bei einem Autor, der einer der bändereichsten Romanciers und Essayisten Deutschlands ist!

Daß den Kern unserer Ausgabe die Trias der großen Romane aus Jean Pauls mittlerer Schaffenszeit bilden muß, versteht sich von selbst: »Siebenkäs«, »Titan« und »Flegeljahre« stellen unbestreitbar den Höhepunkt in Jean Pauls Werk dar und geben zugleich das glänzendste Zeugnis für die Variationsbreite seiner Erfindungskraft und seiner stilistischen Bravour. Nicht weniger selbstverständlich ist es, daß aus der langen Reihe der idyllischen und humoristischen Erzählungen zumindest die bekanntesten hier erscheinen müssen, aus Jean Pauls Jugendzeit das »Schulmeisterlein Wutz« und der »Quintus Fixlein«, aus dem Spätwerk der »Schmelzle« und »Dr. Katzenbergers Badereise«. Der Umfang dieser eben skizzierten Grundauswahl erzwingt aber bereits eine ganz grundsätzliche Beschränkung unserer Ausgabe: sie ist ausschließlich dem Erzähler Jean Paul vorbehalten und läßt den Ästhetiker, Pädagogen, Politiker und Philosophen, kurz, den *Essayisten* Jean Paul außer Betracht. Hier den Zusammenhang von Jean Pauls geistiger Welt in sich, in ihrer Entwicklung und in ihrem Wechselspiel mit Jean Pauls Zeit auch nur ansatzweise sichtbar zu machen, würde die Möglichkeiten einer Auswahl nicht nur übersteigen, sie würde ihr auch jede erkennbare Konzeption rauben. Aber auch im Werk des *Erzählers* können nicht alle für sich oder in Jean Pauls Entwicklung bedeutsamen Stücke aufgenommen werden. Während das 19. Jahrhundert die ekstatischen, schon von Goethe als »tragelaphisch«, d. h. als grotesk charakterisierten Jugendromane ganz fortließ und den jungen Jean Paul als Idylliker einführte, scheint uns heute diese Verengung des Blickwinkels auch eine Verzerrung des Werks darzustellen: die Idylle spielt für Jean Paul wohl eine gewichtige Rolle, aber nur als Gegenwelt zur gesteigerten Welt der »höheren Stände und Verhältnisse«, der idealischen Naturschilderungen und Visionen. Von den beiden in Frage kommenden Romanen: »Die Unsichtbare Loge« und »Hesperus« wurde dabei – nach langem Zögern – aus Umfangsgründen die frühere Erzählung aufgenommen, die Jean Paul selbst zu seinen Lieblingsbüchern rechnete und die im Keim bereits alle Möglichkeiten und Eigentümlichkeiten des Dichters enthält. Die Aufnahme der »Unsichtbaren

Loge« in den ersten Band unserer Ausgabe machte es zugleich möglich, auch das »Schulmeisterlein Wutz« in den Zusammenhang zu bringen, für den es der Autor bestimmt hat: als lose mit dem Roman verknüpften Anhang. »Das Leben des Quintus Fixlein« und der »Siebenkäs« schließen an und geben ein verläßliches und in den Proportionen stimmiges Bild von Jean Pauls frühem und mittlerem Schaffen. – Der zweite Band bleibt in der Hauptsache Jean Pauls »Kardinalroman« vorbehalten, dem »Titan«, in dem Jean Paul in Auseinandersetzung mit und unter dem Einfluß von Goethes »Wilhelm Meister« seine äußerste Leistung vollbrachte. Auch wenn sich in dem ersten Band dieses Romans noch Erinnerungen an seine früheren Erzähltechniken erhalten haben, steht der »Titan« nach seiner Geschlossenheit, seiner erzählerischen Disziplin und seiner gedanklichen Konsequenz in Jean Pauls Werk fast isoliert. In unserer Ausgabe wird der Roman eingerahmt von zwei kürzeren Erzählstücken, der kleinen Schrift: »Das Kampaner Tal oder über die Unsterblichkeit der Seele« (1797) und dem Capriccio von des »Luftschiffers Giannozzo Seebuch« (1801). Die Einbeziehung der letzteren Schrift, die in den »Komischen Anhang zum Titan« – einer von Jean Paul früh fallengelassenen Ergänzungspublikation aus vermischten, nur zum Teil im Zusammenhang mit dem Roman entstandenen Aufsätzen – gehört und eng mit der Person Leibgeber-Schoppes aus dem Roman verknüpft ist, bedarf keiner Rechtfertigung: spät entdeckt, gilt sie heute allgemein als eine der genialsten Schöpfungen des Autors. »Das Kampaner Tal«, das als einzige Schrift aus der sonst chronologischen Anordnung unserer Ausgabe ein wenig herausfällt, wurde dem »Titan« vorangestellt, da sich in der kurzen, bisher wenig bekannten Erzählung zum erstenmal in Jean Pauls Schaffen die geistige und stilistische Haltung des »Titan« durchsetzt und weil das Gespräch zu den bedeutendsten Vorstufen von Jean Pauls späterer Weltauffassung gehört. – Der dritte Band schließlich bringt außer den »Flegeljahren« die drei kleineren Erzählungen aus Jean Pauls Spätzeit: »Schmelzles Reise nach Flätz«, »Dr. Katzenbergers Badereise« und »Das Leben Fibels«. Ausgeschlossen werden mußten hier der umfangreiche, allerdings sehr fragmentarische komische Roman: »Der Komet« und die nachgelassene, ebenfalls Fragment gebliebene Schrift: »Selina oder über die Unsterblichkeit«, in der Jean Paul noch einmal die Gedanken aus dem »Kampaner Tal« neu darstellen wollte. In den letzten Jahrzehnten seines Lebens trug sich Jean Paul stets mit dem Gedanken, eine Autobiographie in halb romanhafter Form zu schreiben und mit einem seiner Romane zu verbinden. Erst spät hat er zu einer Verwirklichung zu kommen versucht, die aber nach kurzer Zeit an anderen Arbeiten scheiterte. Dennoch gehört das kurze Fragment über seine Kinderjahre zu Jean Pauls vollkommensten Dichtungen. Aus dem Nachlaß veröffentlicht, soll es auch unserer Ausgabe den Abschluß geben. (Gleichsam als Pendant stellen wir an das Ende des ersten Bandes den heiteren Scherz der »Konjektural-Biographie«, in der Jean Paul vor der Veröffentlichung seines Hauptwerks 1798 sein künftiges Leben und seinen Tod vorherbeschreibt.)

Frühere Auswahlausgaben, auch die sonst in vieler Hinsicht verdienstliche Edition von Joseph Müller, haben dem Ziel, Jean Paul dem Publikum näherzubringen, auch darin zu dienen versucht, daß sie mehr oder weniger stark in das Textgefüge seiner Romane eingegriffen und »um der leichteren Lesbarkeit willen« oft ganze Kapitel gestrichen haben. Ein solches Verfahren kam für die vorliegende Ausgabe, die ein zutreffendes und nicht retuschiertes Bild des Erzählers Jean Paul bieten will, nicht in Frage: alle Romane und Erzählungen sind in sich ungekürzt. Die großen Romane: »Die Unsichtbare Loge«, »Siebenkäs«, »Titan« und »Flegeljahre« werden mit allen Einschüben, Beigaben und Appendices gebracht, soweit sie nicht, wie in dem Einzelfall des »Komischen Anhangs zum Titan«, als eigenes und mit dem Roman unverbundenes Buch erschienen sind. Nun benutzte Jean Paul mehr als einmal – und gerade der erwähnte »Komische Anhang zum Titan« ist ein Beispiel dafür – seine Erzählungen als Aufhänger oder Reizmittel, um größere Quantitäten an fertigen Aufsätzen, Satiren, Erzählungsskizzen etc., wie sie sich in seinen Schubladen stauten, an das Publikum zu bringen. Schon der »Quintus Fixlein« ist in der Originalausgabe eingerahmt von einem »Mußteil für Mädchen« und von »*Jus de tablettes* für Mannspersonen«, die mit der Idylle überhaupt nichts gemein haben. Sowohl der »Siebenkäs« wie die späteren Erzählungen von »Schmelzle« und »Katzenberger« wurden überhaupt nur geplant, um sie als Dreingabe einer Sammlung von kleineren Aufsätzen beizugeben. Während »Siebenkäs« und »Schmelzle« in ihrer endgültigen Gestalt keine oder nur wenige Beigaben bekamen, ist die Erzählung von »Dr. Katzenbergers Badereise« zur größeren Hälfte mit Aufsätzen und Satiren vollgestopft, mit denen Jean Paul einer unrechtmäßigen Sammlung seiner »Kleineren Schriften« begegnen wollte. Während eine kritische Edition auch in diesen Fällen auf Vollständigkeit bedacht sein muß, schien es für unsere Auswahl erlaubt, ja notwendig, das ganz und gar Unverbundene und nur durch äußere Rücksichten Zusammengefügte zu trennen. So wurde vom »Quintus Fixlein« nur das Mittelstück übernommen, die eigentliche Idylle: »Des Quintus Fixlein Leben bis auf unsere Zeit«, während der »Mußteil« und die »Jus de tablettes« samt der »Geschichte meiner Vorrede zur zweiten Auflage des Quintus Fixlein« fortfielen. Aus Jean Pauls Schrift: »Jean Pauls Leben und bevorstehender Lebenslauf«, einem der am lockersten gefügten Stücke des Autors, wurde nur die »Konjektural-Biographie« übernommen. – Von den Schriften des zweiten Bandes ist »Das Kampaner Tal« von der dem Gespräch beigegebenen »Erklärung der Holzschnitte unter den Zehn Geboten« abgetrennt worden, die ohnehin nur zur Auffüllung des Buchumfangs verfertigt wurde und zu den schwächsten Arbeiten des Dichters zählt. »Des Luftschiffers Giannozzo Seebuch« bildet im Original das Hauptstück aus dem zweiten

Band des »Komischen Anhangs zum Titan« und ist von allen Stücken dieses Werks das einzige, das sowohl engere Beziehungen zum Hauptroman unterhält wie auch für sich künstlerisch bestehen kann. – Die Titel des dritten Bandes sind mit einer Ausnahme gegenüber den Originalausgaben unverändert geblieben. Nur in »Dr. Katzenbergers Badereise« sind die jeweils am Ende eines Bändchens zusammengestellten »Werklein« gestrichen worden. (In allen Fällen findet der Leser die Passagen aus Jean Pauls Vorreden, die sich auf den abgedruckten Text beziehen, im Anhang, jeweils am Ende der Vorbemerkung über Entstehung und Wirkung des Buchs.) Nur durch diese behutsamen Eingriffe, die niemals die Substanz von Jean Pauls Schriften berühren, war es möglich, sein Schaffen ausreichend zu repräsentieren, ohne daß man aus Pedanterie wichtige Werke einer scheinbaren Textauthentizität opfern mußte.

Als Grundlage unserer Ausgabe diente die auf Grund der historisch-kritischen Ausgabe (Jean Paul Friedrich Richters Sämtliche Werke, hrsg. von Eduard Berend. 1. Abtlg.: Zu Lebzeiten des Dichters erschienene Werke, bish. ersch. Bd. 1–19, Weimar 1927 ff.; 2. Abtlg.: Nachlaß, bish. ersch. Bd. 1 bis 5, 1928 ff.) und der Originaldrucke erarbeitete sechsbändige Ausgabe von Jean Pauls »Werken«, hrsg. von Norbert Miller und (Bd. 2) von Gustav Lohmann (2. Aufl. Carl Hanser Verlag, München 1964 ff.). Nur wurde bei »Siebenkäs« und »Flegeljahre« (Bd. 2 der sechsbändigen Ausgabe) der Text für die vorliegende Ausgabe neu bearbeitet. Alle Beiträge erscheinen im originalen Wortlaut der jeweils letzten Ausgabe, die zu Jean Pauls Lebzeiten erschienen ist. Alle, auch die mundartlich bedingten Eigenheiten des Autors wurden beibehalten, ebenso die zum Teil sehr sonderlichen Gepflogenheiten seiner letzten Zeit, in der Jean Paul unter dem Einfluß eines Bayreuther Sprachapostels in seinen Werken streng auf Tilgung von Fremdwörtern und auf die Beseitigung des Binde-S bei zusammengesetzten Wörtern (*Hundposttage* statt Hundsposttage) geachtet hat. Die Orthographie und Zeichensetzung wurden jedoch unter Wahrung des Lautstandes behutsam den heutigen Gepflogenheiten angepaßt. (Die Grundsätze der Textgestaltung sind im ersten Band der sechsbändigen Ausgabe, S. 1247 ff. ausführlich dargestellt und begründet worden.) Die Anmerkungen entsprechen in ihrem Umfang etwa denen der großen Ausgabe, doch wurden sie gründlich durchgesehen und gelegentlich ergänzt (vgl. dazu im 1. Bd. dieser Ausgabe S. 909 f.), die Anmerkungen zu »Siebenkäs« und »Flegeljahre« wurden für die vorliegende Ausgabe neu verfaßt.

Zum Schluß hat der Herausgeber den Mitarbeitern an dieser Ausgabe zu danken: Herrn Hartmut Sommer vom Deutschen Seminar der Universität München, der die Textredaktion für »Siebenkäs« und »Flegeljahre« besorgte, Frau Marlies Korfsmeyer, München, und Frau Waltraut Pfäfflin, München, die die Korrekturen der drei Bände lasen.

Norbert Miller

Walter Höllerer

ÜBER JEAN PAUL

»Mache die Gegenwart zu keinem Mittel der Zukunft, denn diese ist ja nichts anderes als eine kommende Gegenwart, und jede verachtete Gegenwart war ja eine begehrte Zukunft.«
Jean Paul, Levana

Von den Leitfäden und von den Abschweifungen, von analysierender Intelligenz und phantastischer Vision, und von dem Zusammenwirken beider

Der Leser Jean Pauls läßt sich auf folgendes Spiel ein: Er wird von Jean Paul in Handlungen eingesponnen, aber der Autor hat dabei den Hintergedanken, daß er den Leser um so überlegener von den Handlungen ablenken kann, je mehr dieser von den Leitfäden gefesselt wird. Erst wenn er den Leser durch die Handlung eingenommen hat, kann er ihn dorthin bringen, wohin er ihn haben will, erst im »20. Sektor«, so kalkuliert er in der ›Unsichtbaren Loge‹, könne aus einer scheinbaren Digression der Natur eine schriftstellerische gemacht werden, »weil ich erst ein paar Monate geschrieben haben muß, bis ich den Leser so eingesponnen habe, daß ich ihn werfen und zerren kann, wie ich nur will«.

Jean Pauls Handlungsnetze kommen dem heutigen Leser oft genug trivial vor; und die Mittel, mit denen Jean Paul von den Handlungen abschweift und den Leser von ihnen ablenkt, lesen sich nicht selten allzu breit angelegt, superverrückt und damit enervierend. Das Jean Paul'sche Verfahren scheint sich aus dem Gegeneinander zweier erzählerischer Untugenden zu ergeben: der Autor hält an Kolportagehandlungen fest und macht sie dann noch durch seitenlange Einschübe und Abirrungen schwer überblickbar. – Dabei erreicht er erstaunlich viel mehr und anderes als ein landläufiger Handlungskonstrukteur und ein aufzählerischer, verschrobener Enzyklopädist. Er bringt durch solche widerstreitenden Kompositionen erstarrte Weltbilder in Bewegung. Er findet auf diese Weise Ausdruck für seine eigene Weltvorstellung. Er erfindet den Roman als ein durch Widersprüche sich vorwärtstreibendes Weltpanoptikum, als ein nicht lineares, als ein aus einzelnen, strahlungskräftigen Flecken zusammengesetztes theatrum mundi, das end- und grenzenlos ist. Einen solchen Roman strebt er in immer neuen Entwürfen an. Während er ausgeklügelte Handlungsstränge und phantastische

Abweichungen gegeneinanderstellt, teilt sich seine Phantastik auch den Handlungen mit, geben andererseits seine vernünftigen Überlegungen den Rattenkönigen seiner Assoziationen noch so viel Halt und praktische Aufklärungsmöglichkeit, daß sich diese Grundelemente, mit denen seine Erzählstrategie auszukommen sucht, gegenseitig beeinflussen können: die Kolportagehandlung bekommt eine Essenz von entgrenzender Entdeckungslust, und noch das zitaten- und metaphernreichste Geröll der Einschübe hilft mit, der Entdeckungsneugier des Lesers gangbare Wege anzubieten. Wege wohin? Wege, die quer durch die säuberlich trennenden Zettelkästen der Gelehrtenwelt und die unübersichtlichen Knäuel der Träumenden und Phantasten zu einem Ausblick führen in die Ich-, Gesellschafts- und Weltordnung von Jean Pauls Einsicht und Jean Pauls Gnaden. Der Leser wird mehr und mehr erkennen, daß es Jean Paul versteht, seine Schwächen in seine Tugenden zu verkehren, je unermüdlicher er, und der Leser, praktisch und theoretisch, an dieser Ordnung arbeitet. Er rechtfertigt seine Mittel, indem er sie für sein Ziel zurichtet, sie geeigneter macht. Er entgeht so zwei entgegengesetzten Gefahren, denen schwächere Kollegen von ihm verfallen sind: der Gefahr, Beobachtungen und Überlegungen auf ein allzu simples und deshalb nicht standhaltendes rationales Muster zu bringen; und der anderen, die Intelligenz von verdunkelnder Phantastik überwuchern zu lassen. In Jean Pauls Plan liefern sich analysierende Intelligenz und phantastische Vision die weiterführenden Gefechte. Von seinem ersten Roman, der ›Unsichtbaren Loge‹, bis zu seinem letzten, dem ›Komet‹, arbeitet er daran, *beide* Parteien zu stützen, *beide* zu stärken und sie unangreifbar zu machen, ja sie, wie in Vult und Walt aus den ›Flegeljahren‹, als Gegenspieler zu verkörpern (»ein Paar Zwillinge müssen, als ihr eigenes Widerspiel, zusammen einen Einling, *ein* Buch zeugen«) – um das Ziel, den Roman, die unbegrenzte, uneingeschränkte bewegliche Ordnung, um so stichhaltiger anzusteuern.

Vom ›Wutz‹ und der ›Unsichtbaren Loge‹, von satirischen, enzyklopädistischen und idyllischen Fermenten, vom Kolportage- und Staatsromanschema sowie vom Hang zum Fragment. Seitenblick auf ›Hesperus‹

Die frühesten Stationen, vor seinem Romanerstling, waren lange Listen und Kladden mit Einfällen und Exzerpten, und daraus ergab sich zunächst seine »satirische Essigfabrik«, die ihn auf den Spuren von Erasmus und Swift, Sterne und Pope, Hamann, Liscow und Rabener nicht gerade glücklich machte. Allerdings gab Jean Paul die Satire nie auf. Er nahm ihr in seinen Romanen ihre Alleinherrschaft und ließ sie dort im theatrum mundi lediglich mitspielen. Schon im ›Schulmeisterlein Wutz‹, das er später der

›Unsichtbaren Loge‹ »beileimte«, hatte er sich halbwegs aus dem Satirendrechseln herausgezogen. Was im ›Wutz‹ und in der ›Unsichtbaren Loge‹ die Tonlage mitbestimmt, ist nicht eine Satire, die unmittelbar durch Komik vernichten oder herabsetzen will, sondern ein huschendes satirisches Schattenspiel, das gegen die Gefahr von Zustandsschilderungen, gegen die Breite idyllischer und »hoher« Passagen eingesetzt wird.

Schon im ersten Sektor und im ersten Extrablatt der ›Loge‹ gibt Jean Paul zu erkennen, daß er sich nicht mehr in die Essigfabrik seiner früheren Satiren zurücktreiben läßt. Obwohl der erste Sektor einen alten, konventionellen Vorwurf der Satiren behandelt: Heiratsfragen und mögliche Kuppelei, wird hier in der Episode mit der ›Kopulierkatze‹ ein feineres Garn gesponnen. Dies geschieht durch eine genauere Beobachtung der Einzelfälle und, durch die scharfe Wahrnehmung und Bezeichnung in Gang gesetzt, eine stärkere Bewegung der Worte.

Hier werden nicht mehr Pointen und Bonmots gejagt, sondern Denkvorgänge vorexerziert. So hilft das satirische Element, die Handlung zurücktreten zu lassen und die Spontaneität des Autors direkt auf den Leser zu übertragen.

Jean Pauls Enzyklopädistik, seine Wortgerölle, Fremdwortserien, Zitate, Exzerpten und Fußnoten wirken mit in diesem Plan. »... und der bessere Mensch müßte sich verachten, dessen Arme nur um einen einzigen Planeten reichen«, erklärt Viktor im ›Hesperus‹, und Jean Paul ist kein Aufwand gewaltig genug, um diese Gebärde dem Leser nahezubringen. Mit großem Fleiß legte er Register über Register an, dazu wiederum »Register dessen, was ich zu tun habe«. Aus dem in seinen früheren Jahren systematisch begründeten Wort-Fundus wurde die Enzyklopädistik seiner Romane gespeist. Die ungewöhnliche Art der »Systematisierung« in seinen Registern und in seinem Mitwörterbuch führt er in der ›Unsichtbaren Loge‹ am Ende des 16. Sektors in einem Extrablatt über ›Erzieh-Idiotismen‹ vor: »Ich gewöhnte meinem Gustav an, die Ähnlichkeiten aus entlegenen Wissenschaften anzuhören, zu verstehen und dadurch selber zu erfinden. Z. B. alles Große oder Wichtige bewegt sich langsam: also gehen gar nicht die orientalischen Fürsten – der Dalai Lama – die Sonne – der Seekrabben; weise Griechen gingen (nach Winkelmann) langsam – ferner tut es das Stundenrad – der Ozean – die Wolken bei schönem Wetter« ... etc. –

Jean Paul hatte, ähnlich wie Rabelais und Fischart, einen sicheren Spürsinn für Kombinationen, die motorisch waren: d. h. die mehr hergaben als ein kurioses Sammelsurium. Er arbeitete zwar mit der Gelehrtenmethode der Zettel und Zettelkästen, jedoch nicht, um die Erscheinungen der Welt zu spezialisieren, sondern sie, im Gegenteil, aus der Spezialisierung der »entlegenen Wissenschaften« zu erlösen, auf Grund von vorhandenen und erfundenen Ähnlichkeiten. Von »der Erschaffung des Schöpfers Jean Paul in seinen Werken« hat Oskar Loerke gesprochen, ein Ausdruck, der dem Verfahren Jean Pauls entspricht. Wer diesem Vorgang mit dem Zeigefinger am Begriffsgerüst dahintastend oder mit einer falsch eingestellten informationstheoretischen Mechanik nachgeht, kommt nach wie vor zu dem Schluß: »sinnlose Anhäufung zufälligen Wissens«. – Erst das Zusammenwirken von Wahrnehmung und Vorstellung, von Systematik und Imagination hob Jean Pauls Enzyklopädistik aus bloßer Skurrilität und ließ sie als eines der wichtigsten Elemente teilhaben an seinem schöpferischen Vorgehen: »Aus allen Winkeln des Gehirns krochen verborgene Einfälle hervor; jede Ähnlichkeit, jede die Stammutter einer Familie von Metaphern, sammelte ihre unähnlichen Kinder um sich, und gleich einer wandernden Mäusefamilie hängt sich ein Bild an den Schwanz des andern.« Durch Sinnüberladung treten die Worte aus ihrer gewohnten Reihe und führen hin zur »complexe et indivisible totalité«, die Baudelaire fordert, der sich auf Jean Paul beruft. Die Dichtkunst entdeckt hier neu ihre Domäne als erste konstituierende Macht; denn »die Philosophie macht« nach Jean Paul »nur die Silberhochzeit zwischen den Begriffen, die Dichtkunst aber die erste«.

Gustav, am Anfang der ›Unsichtbaren Loge‹, wird in einer Höhle erzogen. Den Ausbrüchen und Aufflügen Jean Pauls stehen solche geschlossenen, begrenzten Räume gegenüber, Zufluchtsorte, in denen sich der Mensch »zuhause« fühlen kann. Jean Paul ist ein Genie der Idylle, mit der Sehnsucht nach der ewigen troglodytischen Zeit. Aber wer sich nur den idyllischen Teil aus dem gesamten Werk herausschneidet, und noch dazu sich aus diesem Teilaspekt vielleicht nur die harmlosen Lauben-Partien aneignen möchte, der verkennt ihn. Er verkennt ihn so wie Friedrich Hebbel, der der Meinung war, das ›Schulmeisterlein Wutz‹ enthalte den »ganzen Succus des echten Jean Paul«. Dagegen steht ein Wort aus den Vorarbeiten zu Jean Pauls Selbstbiographie: »Wer mich rein und recht beurteilen will, muß mich in meinem *Ganzen* nehmen; denn sonst gibt und nimmt er mir im einzelnen zuviel und ist nie meiner Meinung über mich.«

In dem Ausblick Gustavs aus der Höhle in das Nachtmeer kommen die beiden großen Panoramen der Jean Paul'schen Kunst zusammen: »– – und nun siehst du, Gustav, zum ersten Mal in deinem Leben und auf den Knien, in das weite neun Millionen Quadratmeilen große Theater des menschlichen Leidens und Tuns hinein; aber nur so wie wir in den nächtlichen Kindheitjahren und unter dem Flor, womit uns die Mutter gegen Mücken überhüllte, blickest du in das Nachtmeer, das vor dir unermeßlich hinaussteht mit schwankenden Blüten und schießenden Feuerkäfern, die sich neben den Sternen zu bewegen scheinen und mit dem ganzen Gedränge der Schöpfung!« – –

»Welch ein halsbrecherischer Idylliker!« bemerkt Max Rychner. Das Menschenleben scheint zwischen Himmel und Höhle eingespannt wie zwischen »längst vergangene frohe Ewigkeiten«, – Jean Paul hat die meisten seiner Idyllen mit diesen Sehnsüchten beladen; auch seine Vorrede zur ›Loge‹, die er in einer Postkutsche schreibt, beherrscht die Erwartung eines Ausblicks:

vom Fichtelberg. Wutz, dem er am Tag vor seiner Hochzeit einen solchen Aus- und Aufblick vermacht, ist keinesfalls harmlos und unbedarft. Er nähme sonst die »Höhle« seines Betts als Selbstverständlichkeit und erkennte nicht in ihr den seltenen Schutz-Winkel inmitten der mörderischen Bataille, in dem er sich selber sprechen hört. Es ist, als wüßte er sich zurückgeschluckt in jene Höhle, aus der er einst unfreiwillig kam: »Und kroch er endlich in der letzten Stunde eines solchen Leidentages unter sein Oberbett, so schüttelte er sich darin, krempte sich mit den Knien bis an den Nabel zusammen und sagte zu sich: Siehst du, Wutz, es ist doch vorbei.«

Aus diesen Arten von Verwandlungen, die Jean Paul mit den Mitteln einer motorisch angewandten Satirik, Enzyklopädistik und Idyllik probiert, wird schon deutlich, wie er in der ›Unsichtbaren Loge‹, und von da ab in allen seinen Romanen, den übernommenen Schemata des damaligen Unterhaltungs- und Schauerromans zu Leibe rückt. Diese gebräuchliche Apparatur ist vollzählig vorhanden: mit Verwechslungen, Kindsvertauschungen, Raubüberfällen, requisitenreichen Intrigen, geheimnisvollen Andeutungen, sentimentalen Liebesgeschichten, edelmütigen Freundestaten, Reisen, Episoden vom Glück im Winkel und vielen anderen Motiven. Der Bericht über die Auffindung des Kindes mit den zerschnittenen Augen in der ›Unsichtbaren Loge‹ ist ein Beispiel für die Übernahme der Kolportage-Handlung. Er übernimmt, wie gesagt, Handlungsgerüste, die sein Romanleser von ihm erwartet, um ihn dabei mit *seinen* Mitteln dorthin zu bringen, wohin er ihn haben will. –

Neben den Motiven des wirren und geheimniskramenden Abenteuerromans finden sich bereits in der ›Unsichtbaren Loge‹ die des Staatsromans. Auch diese Tradition liefert ein Gerüst: das Liebes- und Intrigantenleben am Hof, Auseinandersetzungen zwischen politischen Richtungen, die Frage der Erziehung von Fürsten und Staatsmännern sind die wiederkehrenden Bausteine. Die Erziehung des Helden zum Staatsmann ist ein Hauptthema der ›Unsichtbaren Loge‹. Am Ende des Roman-Fragments sitzt jedoch der Held Gustav als Verschwörer im Gefängnis. Das Schema der aufgeklärten Haupt- und Staatsaktion wurde von Jean Paul (wie bald darauf im ›Hesperus‹) während des Schreibens am Roman aufgelöst. Erst im ›Titan‹ zwang er sich dazu, dieses Schema folgerichtig zu Ende zu führen. In den ersten beiden Romanen, der ›Loge‹ und dem ›Hesperus‹, behielt dagegen das Sterne'sche »progressive digression«, die vorwärtsschreitende Abweichung, die Oberhand über dem vorgefaßten Plan. Indem der Autor das Pathos der Staatsaktion mit Witz und Phantasie durchsetzt, schafft er sich die Möglichkeit, durch die Maschen eines konventionellen Handlungsnetzes hindurchzuschlüpfen: wobei er das Handlungssystem am Schluß zerreißt, und so die Bewegung des Hindurchschlüpfens wesentlicher für den Roman wird als das System selbst.

Die ›Unsichtbare Loge‹ gehört zu den drei großen Fragment gebliebenen Romanen Jean Pauls, zusammen mit ›Flegeljahre‹ und ›Komet‹. Er selbst bezeichnet diesen Erstling später, in der ›Entschuldigung bei den Lesern der sämtlichen Werke in Beziehung auf die unsichtbare Loge‹ als eine »geborene Ruine«. Gerade als solche ist sie ein bezeichnendes Jean Paul'sches Werk. Sein Drang zum unendlichen, weltumspannenden Roman macht es ihm schwer, Abrundungen, Zusammenführungen der Handlungsstränge und Abschlüsse zu finden; Abbrüche, bei denen man die einzelnen Enden heraushängen sieht, liegen da näher. Noch in der Vorrede zur zweiten Auflage hatte Jean Paul eine Beendigung des Fragments versprochen. Der Titel »soll etwas aussprechen, was sich auf eine verborgene Gesellschaft bezieht, die aber freilich so lange im Verborgenen bleibt, bis ich den dritten oder Schlußband an den Tag oder in die Welt bringe«.

Aus dieser versprochenen Fortsetzung wurde nichts, – das ist um so verständlicher, als Jean Paul inzwischen in seinem zweiten Roman ›Hesperus‹ mit ähnlichem Vorwurf, aber mit neuen Aufbauplänen diesen Komplex in Angriff genommen hatte: in einem Roman, der dem Höfischen zwar zugehört, sich ihm aber mehr und mehr ins Bürgerliche entfremdet. Die Residenzstadt Scheerau in der ›Loge‹, der traumhafte Ort Lilienbad und das angehängte idyllische Auenthal fächern sich im ›Hesperus‹ mit noch stärkerer Betonung auf den bürgerlichen Sujets auf: Der Residenzstadt Flachsenfingen mit ihrer höfischen Intrigenhandlung und den Elementen der vielen kleinen antihöfischen Verschwörungen in jener Zeit der Großen Revolution gesellt sich die idyllische Umgebung des Pfarrhauses Eymann in St. Lüne bei; dazu kommt das jeanpaulisch-phantastische Gegengewicht, der paradiesische Ort Maienthal und die heroische »Insel der Vereinigung«.

Während in der ›Loge‹ der adelige Held Gustav in völliger Abgeschlossenheit mit dem Anspruch höchster Idealität erzogen wird, aber schließlich den Verführungen des Hoflebens unterliegt, entpuppt sich der Held Victor des ›Hesperus‹ gegen Ende sogar als ein Bürgerlicher; der versöhnliche Schluß des ›Hesperus‹ täuscht nicht darüber hinweg, daß Victor vergeblich versucht hat, seine Ideale im Hofleben zu verwirklichen.

Vom ›Leben des Quintus Fixlein‹ als einem Höhepunkt der idyllischen Gattung

Zwischen ›Hesperus‹ und ›Siebenkäs‹ erschien als kleineres Werk das ›Leben des Quintus Fixlein aus funfzehn Zettelkästen gezogen; nebst einem Mußteil und einigen Jus de tablette‹. Jean Paul läßt hier die höfische Welt mit ihren Erzähltücken beiseite und knüpft dort an, wo er schon einmal die für ihn am leichtesten nachprüfbare, selbsterlebte Realität hatte hervorheben können: an der Welt des Schulmeisters Wutz. Aber auch die vordeutenden Anklänge an ›Siebenkäs‹ sind hier unverkennbar.

Die Geschichte vom Quintus Fixlein ist eine Idylle, die mit einzelnen satirischen Einfällen gespickt und an einigen Stellen in den hohen Stil erhoben ist. Ein Schulmeister, der von dem Aberglauben erfüllt ist, an einem bestimmten Tag zu sterben, wird zum Konrektor befördert, verlobt sich mit einem armen Edelfräulein und kommt durch grotesken Zufall zu der ersehnten Pfarrstelle in seinem Heimatdorf. Heirat, erste Predigt, Investitur, Geburt eines Sohnes bilden die Höhepunkte des Handlungsablaufes. Schließlich tritt der Erzähler mit Namen Jean Paul selbst auf, beginnt in der Handlung mitzuspielen, wird Taufpate, schreibt die Lebensgeschichte des Fixlein. Unterdessen glaubt der Idyllenheld, das gefährlich drohende Todesdatum überlebt zu haben. Aber das erweist sich als unrichtig, als ein Betrug seiner Mutter. Er wird krank und droht tatsächlich zu sterben. Jean Paul heilt seine Hypochondrie und verläßt dann das Dorf.

Dies alles ist kunstvoll durch Vorreden vorbereitet, durch Theorien gestützt, in Idyllen-Details und mit Nebenumständen ausgemalt, mit Extrablättern durchsetzt, mit witzigen Einfällen bewegt und in Traumprosastellen verdichtet und zusammengefaßt. Jede einzelne Station ist in sich abgerundet ausgeführt und der vorhergehenden angereiht, verbunden durch »den Erzähler«, der gleichsam einen Teppich aus einzelnen Flecken zusammenfügt. Gartenhaus- und Küchenidylle, Erzählung vom Hühnerhof, Abendessen, abendlicher Blumendampf im Garten, Nachtlüfte, Krankenbesuch, absonderliche Fixleinsche Werke: Sammlung von Druckfehlern, Philologie auf statistisch-numerischer Basis (schon von Fixlein als revolutionär geplant, schon von Jean Paul als biedermeierlich durchschaut), eine Anmerkung über Gebeträdlein, Winter mit Eisblumen am Fenster (»er konnte nun Pechholz in den Ofen und Möhrenkaffee in den Magen nachlegen«): ›Fixlein‹ wird ein Höhepunkt der idyllischen Gattung im Gesamtwerk Jean Pauls. Der Humor, als das umgekehrt Erhabene, vernichtet nicht das einzelne, sondern das Endliche »durch den Kontrast mit der Idee«. Das Endliche wird überführt durch eine Unsumme von Einzelheiten. Ein gewisses Vielwissen sei, nach Jean Paul, dem Leser zuzumuten; denn »zuletzt muß die Erde *ein* Land werden«. Durch die zerstörende Wirkung des Vielwissens müsse es einen Zugang zum »ganzen Wissen« geben; durch die des Vielliebens einen Weg zur »ganzen Liebe«.

Deshalb verspricht sich Jean Paul von einer Magie der Idylle mehr als von idyllischer Abschilderung des Milieus. »Die Teile müssen wirklich, aber das Ganze idealisch sein«, schreibt er in: ›Über die natürliche Magie der Einbildungskraft‹, einem Anhang, den er dem ›Fixlein‹ mitgibt. »Die richtigste Beschreibung einer Gegend gehöret darum noch in keinen Musenalmanach, sondern mehr in ein Flurbuch – ein Protokoll ist darum noch keine Szene aus einem Lustspiel – die Nachahmung der Natur ist noch keine Dichtkunst«, lautet sein antinaturalistisches Programm. Er praktiziert es. Man kann die Nachtwanderung des Verfassers Jean Paul nachlesen, mit der das letzte ›Fixlein‹-Kapitel ausklingt. Die Erde wird *ein* Land in Jean Pauls Landschaft: »Und ich ging ohne Ziel durch Wälder, durch Täler und über Bäche und durch schlafende Dörfer, um die ganze Nacht zu genießen wie einen Tag ..... Ich ging still durch kleine Dörfer hindurch und nahe an ihren äußern Kirchhöfen vorbei, auf denen morsche herausgeworfene Sargbretter glimmten, indes die funkelnden Augen, die in ihnen gewesen waren, als graue Asche stäubten .... Gegen Morgen sah ich deine späten Lichter, kleine Wohnstadt, in die ich gehöre diesseits des Sarges; ich kam auf die Erde zurück, und in deinen Türmen schlug es, hinter der vorübergezogenen großen Mitternacht, halb drei Uhr: da ging um diese Stunde 1794 der Mars in Westen unter und der Mond in Morgen auf; und meine Seele wünschte, beklommen um Bedauern des edlen kriegerischen Bluts, das noch auf die Frühlingsblumen strömt: ›Ach, blutiger Krieg, weiche wie der rötliche Mars, und, stiller Friede, komme wie der milde zerteilte Mond!‹«

Vom ›Siebenkäs‹, von der Selbstaufteilung und von der Befreiung

Betrachtet man im ›Fixlein‹ die Ehe-Geschichte, also einen psychologischen und gesellschaftlichen Realitätsfall, und vergleicht ihn mit den Variationen desselben Themas im darauffolgenden ›Siebenkäs‹, so bemerkt man die Problematik der im ›Fixlein‹ praktizierten Idyllentheorie. In der Idylle kann die Verkehrung der Liebe in Nützlichkeit nicht angeprangert werden, obwohl Jean Paul in seiner ›Fixlein‹-Vorrede sich das vornimmt. Im darauffolgenden ›Ehestand, Tod und Hochzeit des Armenadvokaten Siebenkäs‹ wird denn auch die Gesetzmäßigkeit der Idylle verlassen, die Ehe Lenettens mit Siebenkäs erscheint im realistischen Licht.

Von vornherein hatte hier Jean Paul gegen ein lineares Handlungsschema seine rebellierenden Strukturpläne: Dornenstück, Blumenstücke und Fruchtstücke sollten sich fleckenhaft aneinanderreihen und Linearität erst gar nicht aufkommen lassen. Die Handlung verschob sich dann doch mehr auf die sukzessiven Dornenkapitel einer Siebenkäs-Biographie.

Jean Paul fiel dabei nicht in die Einsträhnigkeit seiner früheren Satiren zurück, ebensowenig wie in die Simplizität der Idylle. Wohl erscheinen einzelne Züge dieses Burgverlieses »Ehe« im ›Siebenkäs‹ in satirischer Zeichnung, nicht aber geraten die beiden Ehepartner selbst in satirische Verzerrung; für beide, für die haushälterisch-praktische Lenette sowohl wie für den schriftstellernden Eheherrn, – der mit gespitzten Ohren auf die ihn störenden Haushaltsgeräusche lauert, mögen sie nun besonders laut oder besonders leise sein, – für beide bewahrt der Erzähler die Gerechtigkeit des beobachtenden Empiristen und die Sympathie des Humoristen. Aus den festgelegten Gattungen des achtzehnten Jahrhunderts weiß sich Jean Paul durch differenzierte Darstellungen herauszuziehen. Er entgeht, vom ›Wutz‹ bis zu den ›Flegeljahren‹, mehr und mehr den literarischen Modellen, den idyllischen, satirischen und heroischen Schwarzweiß-Figuren, und findet zu der unterscheidenden und vereinigenden Schreibweise hin, die seinem eigenen Impuls entspricht.

Jean Paul kommt diesem seinem Schreibvorsatz im ›Siebenkäs‹ sehr nah. Er muß nun nicht mehr mit schroffen Gegenüberstellungen, mit Stilgegensätzen operieren, er schreibt vielmehr haarscharf am Rand des Realistischen und Phantastischen dahin, dort, wo gerade noch die allenthalben aufspürbare Alltagsrealität getroffen wird und wo gerade schon die von den Fesseln der Alltagskausalität befreite Phantasiewelt beginnt. Er amalgamiert das eine mit dem anderen, er gibt dem Leser die Möglichkeit, sich in einem eingeengten Interpretationsschema der Welt lachend wiederzuerkennen, und zeigt ihm zugleich die Mittel, dieses Interpretationsschema zu bekämpfen; denn hier steht nicht eine unerreichbare Idealwelt einer unveränderbaren Realwelt gegenüber, sondern eine freiere Lebensauffassung einer gefesselten.

Bei diesem Experiment hilft dem Autor seine Aufteilung in ein ungleiches Zwillingspaar, Siebenkäs und Leibgeber, die hier zum erstenmal mit Glück vollzogen wird. Was hier durch Aufteilung und Vertauschung gezeigt wird, behält zwar noch die Skurrilität der früheren Jean Paulschen Einfälle, fügt sich aber einem weitausgreifenden Plan ein. Das Drama der Selbstaufteilung, das Jean Paul seit Beginn seines Schreibens ausprobiert, erfährt seinen ersten Höhepunkt. Wenn hier einleitend davon die Rede war, daß sich analysierende Intelligenz und phantastische Vision bei Jean Paul die weiterführenden Gefechte liefern, so ist im ›Siebenkäs‹ das Gelingen eines solchen Haupttreffens festzustellen. Die Partei der witzigen Ironie wird hier genauso verstärkt wie die Partei der Gefühlsaussprache, beide steigern sich gegenseitig, und so werden in Jean Pauls Welttheater mehr und mehr die Attrappen überflüssig, die er sich aus der Überlieferung zusammenholte.

Man ist versucht, den Autor, der sich freigeschrieben hat, mit Firmian zu vergleichen, der, nach seinem von Leibgeber glücklich arrangierten Tod und dem Abschied für immer von Lenette, zusehends lebendiger wird, je weiter er sich von seiner früheren Käfigexistenz entfernt. – Übrigens schrieb Jean Paul die Ehegeschichte fünf Jahre vor seiner Hochzeit, mit Erfahrungen versehen, die er aus dem räumlich beengten Zusammenleben mit seiner Mutter zog, ließ aber nach achtzehn Ehejahren den ›Siebenkäs‹ mit neuen Perioden angereichert erscheinen, z. B. mit der abendlichen Martergeschichte vom Kerzenschneuzen. –

Am Ende des zweiten Bandes des ›Siebenkäs‹ steht im ersten Blumenstück die großartige Traumvision ›Rede des toten Christus vom Weltgebäude herab, daß kein Gott sei‹; Jean Paul hat sie in die Geschichte Firmians hineinkomponiert, um einen dunklen Kontrapunkt zu setzen. Sie geht auf einen früheren Entwurf, aus dem Jahr 1789, zurück. Damals ließ er die Klage nicht Christus, sondern Shakespeare sprechen, von dem ihn drei Verse zeit seines Lebens verfolgt haben. »Eindruck bei Platner der Stelle aus dem ›Sturm‹:

›– We are such stuff
As dreams are made on, and our little life
Is rounded with a sleep.‹ ....

Die Stelle im Shakespeare: ›mit Schlaf umgeben‹, von Platner ausgesprochen, erschuf ganze Bücher von mir.« So notiert Jean Paul in Erinnerung an seine Leipziger Studienzeit für seine Selbstbiographie.

›Das Kampaner Tal‹ – und die Verbindung von Jean Pauls Traumvisionen mit seinen philosophischen Theorien

›Das Kampaner Tal oder über die Unsterblichkeit der Seele‹ ist, neben der ›Vorrede zur zweiten Auflage des Fixlein‹, ein Hauptdokument dafür, wie Jean Paul seine schriftstellerische Praxis mit seinen philosophischen Überlegungen in Einklang zu bringen versuchte. Von einer enthusiastischen Schilderung des Pyrenäen-Tals ausgehend, begibt sich der Erzähler in philosophische Diskussionen mit Anhängern von Kant und Fichte, verteidigt, in Anlehnung an Jakobis Romane ›Allwill‹ und ›Waldemar‹, den »Sinn« innerhalb der »Sinnlosigkeit«, mitten in Schmerz und menschlicher Nichtigkeit; denn »das innere Universum, das noch herrlicher ist als das äußere, braucht einen anderen Himmel als den über uns, und eine höhere Welt, als sich an einer Sonne wärmt«. Das Meditieren über eine nicht erkannte Welt, die an die von Menschen bewohnte »Geisterinsel« Erde grenzt, beherrscht hier das Denken Jean Pauls; hier stellt er seine Spekulationen über seine Planetenreisen an; hier liegt die Verbindung seiner Traumvisionen samt ihrer spannungsgeladenen Metaphorik mit seinen philosophischen Theorien. »Der Mensch wohnt hier auf einer Geisterinsel«, heißt es dazu in der ›Vorschule der Ästhetik‹, »nichts ist leblos und unbedeutend, Stimmen ohne Gestalten, welche schweigen, gehören vielleicht zusammen, und wir sollen ahnen; denn alles zeigt über die Geisterinsel hinüber, in ein fremdes Meer hinaus.«

Das ständige Bestreben von Jean Paul sieht man hier motiviert, an die Stelle von Lebensläufen, Intrigenhandlungen, Erziehungsgeschichten, Reiseberichten, einzelnen Liebesgeschichten ein anderes Modell zu setzen: eine Ahnung von Erde und Planeten und von den Menschen auf dieser Erde inmitten der Planeten in allen möglichen Relationen, keine streckenhaften Abläufe, sondern Konfigurationen, das theatrum mundi, ein Pantheon des Scherzes, das Leben in allen Wechseln, Tausend und eine Narrheit. Dafür fand er die literarischen Mittel nicht vor (höchstens bei Rabelais). Deshalb war er darauf aus, die überkommenen Mittel sich dementsprechend auf sein Projekt hin, auf seinen umspannenden Panoptikum-Roman hin zuzurichten, durch Häufung, durch Verfeinerung, durch Gegenkomposition, durch gesteigerten Enthusiasmus, durch Aufhebung der Kausalitäten im Traumflug, durch gegenseitige Relativierung, durch Ausgefallenheit. Alles, was er beobachtete, lebte, notierte, imaginierte, mußte ihm dazu verhelfen, diesen Bau zu errichten, und schon kleinste Bausteine, die einzelnen Metaphern, mußten diese Dynamik mitentwickeln. Er mußte das bislang Bekannte nützen, auf eine weiterführende Art, um das bis zu diesem Punkt noch nicht Bekannte, noch nicht Ausgedrückte zeigen zu können.

Dieser Spannung zwischen Bekannt und Fremd »verdanken wir nicht allein Gott, sondern auch die kleine poetische Blume, die Metapher«.

Somit wäre die Metapher, ähnlich Gott, eine Bewegung, eine Anstrengung, – sie zeigt das Äußerste, wozu der Mensch sich aufraffen kann, nämlich aus seiner eigenen Befangenheit auszubrechen und mehr zu sehen. Hier zeigt sich eine Verbindung zwischen Jean Pauls Poetik und seiner Religiosität, ein Zusammenhang, der auch im Charakter der Hauptheiden seiner Romane und in der letzten Konsequenz dieser Romane deutlich wird. Eine solche äußerste Bewegung beobachtet Jean Paul an Vult: »so sehr mußte er sich nach Sehnen sehnen«, und er hält sie seiner Lieblingsgestalt Albano im letzten Kapitel seiner Ästhetik vor Augen: »Über das Erheben kann man sich nicht erheben.«

Gegen Fichtes Philosophie setzt er im ›Kampaner Tal‹ die Sätze: »Auf die Zeit, auf ein ewiges Ich in uns, auf ein ewiges Du über uns müssen wir hoffen ... so sei uns die Vernunft oder das lichte Ich keine selbstschaffende ziehende Sonne, sondern nur eine lichte Ritze und Fuge am irdischen Klostergewölbe, durch welche der ferne ausgebreitete Feuerhimmel in einem sanften und vollendeten Kreise bricht und brennt.«

Mit einem Traum-Flugbild beschließt er die 507. Station des ›Kampaner Tal‹. In ihm spornt er die Bewegkraft der Metapher an und führt die großen Bilderfluchten, die Weltraumvisionen und Erdbeobachtungen aus Astronautenabstand gleichsam als eine Ankündigung des ›Giannozzo‹ vor:

»– Und nun zogen uns die Sonnen empor. Die schwere Erde sank wie eine Vergangenheit zurück – Flügel, wie der Mensch in glücklichen Träumen bewegt, wiegten uns aufwärts – die erhabene Leere und Stille der Meere ruhte vor uns bis an die Sterne hin – wie wir stiegen, verlängerten sich die schwarzen Waldungen zu Gewitterwolken und die beschneiten beglänzten Gebirge zu lichten Schneewolken – die auftreibende Kugel flog mit uns vor die stummen Blitze des Mondes, der wie ein Elysium unten im Himmel stand, und in der blauen Einöde wurden wir von einem gaukelnden Sturm gleichsam in die nähere schimmernde Welt des Mondes geblendet gewiegt .... und dann wurd' es dem leichtern Herz, das hoch über dem schweren Dunstkreis schlug, als flatter' es im Äther und sei aus der Erde gezogen, ohne die Hülle zurückzuwerfen. –– Plötzlich stockte unser Flug – wir blickten hinunter in das von der Tiefe und Nacht verschlungene Tal, und nur die Lichter des Schlosses schimmerten zusammenfließend hinauf – eine westliche Wolke hing vor uns in Gestalt einer weißen Nebelbank, und ein schwarzer Adler glitt wie ein Todesengel von Morgen vorüber und durchschnitt die lichte Wolkensäule und suchte seinen Gipfel – und ein kaltes Wehen zog uns spielend gegen die Insel aus Dunst – das Abendrot war schon gegen Mitternacht unter der Erde fortgezogen und wandelte über das geliebte Frankreich als künftige Aurora .... O wie richtete sich der innere Mensch unter den Sternen auf und wie leicht wurde über der Erde das Herz ....«

Jean Pauls Ausblick durch die »lichte Ritze und Fuge am irdischen Klostergewölbe« reicht so weit, als sein »Sprachgewölbe« darüber hinreicht. Noch in seiner einzelnen Metapher ist Jean Pauls Bewegung, ist die Sonanz dieses Gewölbes zu erkennen. Das ist der erste der drei Wege, die er sich als Schriftsteller auszukundschaften vorgenommen hat: »Ich konnte nie mehr als drei Wege, glücklicher (nicht glücklich) zu werden, auskundschaften. Der erste, der in die Höhe geht, ist: so weit über das Gewölke des Lebens hinauszudringen, daß man die ganze äußere Welt mit ihren Wolfsgruben, Beinhäusern und Gewitterableitern von weitem unter seinen Füßen nur wie ein eingeschrumpftes Kindergärtchen liegen sieht. – Der zweite ist: – gerade herabzufallen ins Gärtchen und da sich so einheimisch in eine Furche einzunisten, daß, wenn man aus seinem warmen Lerchennest hinaussieht, man ebenfalls keine Wolfsgruben, Beinhäuser und Stangen, sondern nur Ähren erblickt, deren jede für den Nestvogel ein Baum und ein Sonnen-Regenschirm ist. – Der dritte endlich – den ich für den schwersten und klügsten halte – ist der, mit den beiden anderen zu wechseln« (im ›Billett an meine Freunde‹, anstatt einer Vorrede zum ›Fixlein‹).

Vom ›Titan‹, – von dem Einfluß Weimars und dem Gegengift des ›Giannozzo‹

Zehn Jahre hat Jean Paul an seinem ›Titan‹ gearbeitet, den er in vier Teilen und mit ›Des Luftschiffers Giannozzo Seebuch‹ erscheinen ließ. Hier wird das Modell des Staatsromans, nach Art der ›Loge‹ und des ›Hesperus‹, wieder aufgegriffen. Mannigfach sind die Rückverbindungen: kein Zweifel, daß der Albano des ›Titan‹ einige Züge von Victor aus dem ›Hesperus‹ und von Gustav aus der ›Loge‹ trägt. Auch das Ensemble der Gegenfiguren und der Frauengestalten stellt sich wieder ein, wird vermehrt, gesteigert, aufgrund von inzwischen (mit einer ganzen Reihe von höfischen Damen) gemachten Erfahrungen besser durchgezeichnet. Liane erscheint als eine gesteigerte und ausgeprägtere Beata oder Klotilde. Schauplätze lassen sich ebenfalls vergleichen, wenn sie auch im ›Titan‹ an Wirklichkeitsgewicht gewinnen: Hier heißt das Fürstentum nicht Scheerau oder Flachsenfingen, sondern Hohenfließ (dies Fürstentum soll Albano dereinst regieren), es ist in Universitätsstadt, ländliche Idylle und die Parklandschaft Lilar gegliedert; als phantastisch-heroische Gegenlandschaften stehen diesmal italienische Regionen, die Jean Paul zwar nicht gesehen hat, die er sich aber in den glühendsten Farben vorstellt: die Isola Bella im Lago Maggiore, Rom und die Insel Ischia. –

Mit dem ›Titan‹ wird, in Nacheiferung des klassischen Bildungsromans, kein Fragment gegeben, kein offener Schluß, sondern gegen mancherlei Widerstände der Jean Paulschen Erzählfreude ein abgeschlossener Erziehungsweg vorgeführt: Albano heiratet zum Schluß und kann die Regierungsgeschäfte übernehmen. Gleichsam stellvertretend für ihn gehen die in ihrem Wesen noch weniger als Albano klassisch gestimmten Nebenfiguren zugrunde: die ätherische Liane, die extravagante Linda, der titanische Roquairol und der geniale Humorist Schoppe. Und, so ist hinzuzufügen, auch der Luftschiffer Giannozzo zerbirst, – er muß zum Ventil für Jean Pauls kaum im Zaum zu haltende Erzähldynamik werden, die sich an Albano zurückhalten muß, wenn dieser, den Forderungen der Zeit folgend, eine Art Wilhelm Meister werden soll. Dabei hat Albano von Anfang an etwas Giannozzohaftes: er versucht, zum Entsetzen des Magisters Wehmeier, das Fliegen, und sei es nur von der Vogelstange, – und ihm liegen die großen Ausblicke und Aufflüge und die Veränderung der Welt weit mehr als das Sich-Abfinden mit der »rohen, schweren Welt«, an die er am Schluß nicht mehr rühren will. An dem jungen Albano wiederholt sich das freudige Erschrecken eines nochmaligen Geborenwerdens, das Gustav am Beginn der ›Loge‹, beim Ausblick aus der Höhle, erfährt. Hier, im ›Titan‹, ereignet sich ein solcher Augenblick auf Isola Bella; Albano steht auf ihrer höchsten Terrasse mit verbundenen Augen, die Binde wird ihm abgerissen: »›O Gott!‹ rief er selig erschrocken, als alle Türen des neuen Himmels aufsprangen und der Olymp der Natur mit seinen tausend ruhenden Göttern um ihn stand.« Das ist Impuls und Augenblick eines Luftschiffers Giannozzo. Aber die weitere Entwicklung des Helden, in diese Richtung hin, hätte keinen Erziehungsroman nach klassischem Leitbild entstehen lassen, oder, anders ausgedrückt, der Jean Paulsche, giannozzohafte Albano mußte zugunsten des klassischen Romanziels im Verlauf dieses Romanes schwächer und farbloser werden. Für einen an der Klassik geschulten Leser hat dieser Roman somit etwas Beruhigendes: die Handlung ist klar zu verfolgen, das Jean Paulsche Rankenwerk darf nicht zu üppig schießen, die Prinzipien des Werks sind überblickbar. Für die Literaturgeschichtsschreiber fügt sich der ›Titan‹ in eine Kette deutscher Romantradition ein; – näher besehen gliedert er sich allerdings nicht so widerspruchslos ein, wie manche wahrhaben wollen, und andererseits tritt er, was Jean Paulsche Eigenerfindung und besondere Realistik betrifft, etwas hinter die ›Flegeljahre‹ zurück. In der Spannung zwischen dem Giannozzo-Schluß und dem harmonischen Ende des ›Titan‹ liegt jedoch die ganze Spannweite des Autors. Das Ende des Giannozzo, der zwischen zwei Gewittern zerschellt, ist das mögliche Ende auch des jungen Albano, so wie ihn der Leser in den ersten Kapiteln des ›Titan‹ kennenlernt. Aber das »Schauet auf zum schönen Himmel!«, das am Schluß des ›Titan‹ steht, ».... der Regenbogen des ewigen Friedens blüht an ihm, und die Gewitter sind vorüber, und die Welt ist so hell und grün – wacht auf, meine Geschwister!« ist nicht im geringeren Maß eine Vision Jean Pauls, des Verfassers der ›Friedenspredigt an Deutschland‹.

Albano freilich hat für seine klassisch-harmonische Entlassung aus dem Roman zu zahlen. Seine ursprünglichen Pläne gibt er auf, er schreitet schließlich an der Hand des für die abschließende Komposition wichtigen Iphigenien-Gespenstes Idoine in eine Zukunft, um die ihn zu beneiden niemand Grund hat. Der Kampf des klassischen Bildungsprogramms gegen den Flug des Enthusiasmus mündete, in diesem einzigen Fall im epischen Werk Jean Pauls, in den Sieg Weimars, – mochte es sich der Autor eingestehen oder nicht.

Dieser Widerstreit zieht sich den ganzen ›Titan‹ hindurch, er macht den Roman einmalig und großartig. Der Ministersohn und Hauptmann Roquairol wird zum »Himmelsstürmer, der seine Hölle findet«, der sich und andere zugrunde richtet, – eine zeittypische Gestalt, in der Jean Paul ein Schreckbild seiner eigenen Möglichkeiten entwirft. Die Szene der Verführung Lindas durch Roquairol ist ein Höhepunkt im ›Titan‹ und im Gesamtwerk. Schoppe, der Erzieher Albanos, nennt sich »Malteser-Bibliothekar«, schneidet Silhouetten, hinkt und wird von einem Wolfshund begleitet, der »Mordian« heißt. Man erkennt deutlich den Leibgeber aus dem ›Siebenkäs‹, der im ›Titan‹ wiederauftaucht und hier seinen Spieltrieb und seine Skeptik ausbreiten kann. Zum Begräbnis des Fürsten von Hohenfließ betrachtet er die Welt von oben, – nicht mit Giannozzo-Abstand, sondern nur von einer Anhöhe aus: »Mit komischem Humor fing Schoppe gewöhnlich an und endigte mit tragischem; so führte auch jetzt der leere Trauerkasten, die Flöre der Pferde, die Wappen-Schabaracken derselben, des Fürsten Verachtung des schwerfälligen deutschen Zeremoniells und die ganze herzlose Mummerei, alles das führte ihn auf eine Anhöhe, wohin ihn immer das Anschauen vieler Menschen auf einmal trieb und wo er mit einer schwer zu malenden Erhebung, Ergrimmung und lachender Kümmernis ansah den ewigen, zwingenden, kleinlichen, von Zwecken und Freuden verirrten, betäubten schweren Wahnsinn des Menschengeschlechts – und seinen dazu.«

Mitten im Widerstreit der klassisch-humanen Entwicklungsidee mit dem antiklassischen Rebellentum Jean Pauls entstand 1800, nach acht Jahren Arbeit am ›Titan‹ und zwei Jahre vor seiner Beendigung, ›Des Luftschiffers Giannozzo Seebuch‹. Schon während der vorhergehenden Arbeit am Roman wurden immer wieder Flugbilder gezeigt, – ›Das Fliegen‹ heißt es in den Untertiteln zur zweiten Jobelperiode des ›Titan‹. Die Visionen des Luftschiffers sind hier, am Anfang des Romans, schon vorweggenommen. »Woher hatte unser Albano diese unbezwingliche Sehnsucht nach Höhen, nach dem Weberschiffe des Schieferdeckers, nach Bergspitzen, nach dem Luftschiffe, gleichsam als wären diese die Bettaufhelfer vom tiefen Erdenlager?« Albano vermenge den »Umkreis des Auges« mit dem »Umkreis des Herzens«, ist Jean Pauls Antwort; seine Seele steige »im physischen Himmel dem idealischen nach«. Albanos Bericht vom Gipfel der Isola Bella bestätigt das: »– und als der Morgenwind ferne Schiffe zwischen die Alpen hineinjagte – und als Isola Madre gegenüber sieben Gärten auftürmte und ihn von seinem Gipfel zu ihrem im waagrechten wiegenden Fluge hinüberlockte – und als sich Fasanen von der Madre-Insel in die Wellen warfen: so stand er wie ein Sturmvogel mit aufgeblättertem Gefieder auf dem blühenden Horst, seine Arme hob der Morgenwind wie Flügel auf ...« Das Aufleuchten der Welt in der Sprache des Enthusiasmus ist keine leere Geste, so deutlich diese Sprache auch ihre Manier zur Schau stellt. Jean Paul hat sie aus der Empfindsamkeit entwickelt, hat sie von bloßer Sentimentalität befreit, im ›Titan‹ gegenüber dem ›Hesperus‹ noch durch Genauigkeit der Wort- und Bilderwahl bestärkt. Er stellt sie nicht nur dem System des Intrigenromans, sondern auch dem »Agathon«- und »Meister«-System entgegen. Er verselbständigt ihre Rolle schließlich in des Giannozzo Seebuch, sobald er sich entschließt, ihre für einen zielgerichteten Staats- und Erziehungsroman untragbare Konsequenz im ›Titan‹-Roman selbst und damit auch die Konsequenz des ursprünglichen Charakters Albanos – Albano als scheiternder Held – aufzugeben. –

Der ›Giannozzo‹ stand anfänglich nicht am Schluß des gesamten ›Titan‹-Romans, sondern erschien im Anschluß an den zweiten Band. In einer Gesamtübersicht seiner Werke setzte ihn Jean Paul nach dem ›Titan‹ ein.

»Giannozzo heißt der große Hans«, heißt es im ›Giannozzo‹, »der absonderliche, der wunderliche, der große Wunder-Hans«, – Hans, Jean, Jean Paul. Einflüsse von Sterne und die Vorfahrenschaft von ›Habermanns große Tour‹ aus Jean Pauls Jugendwerk ›Auswahl aus des Teufels Papieren‹ sind im ›Giannozzo‹ unverkennbar. Schon über ›Habermann‹ hatte er sich 1791 entzückt geäußert: »So ein Vergnügen, womit ich Habermanns Reise machte, indem ich das rechte Bein am arktischen Pole und das linke am antarktischen hatte, gibts schwerlich mehr, du müßtest mir dann erlauben, das und die Reise noch einmal zu machen.« Im ›Giannozzo‹ ist dies Vergnügen um vieles gesteigert. Des Autors oftmaliger Ortswechsel in dieser Zeit gehört mit zum Erlebenshintergrund einer mosaikhaften Darstellung, wie sie auch bei Sterne und bei Heine, mit ironischen Lichtern versehen, auftritt; so entstehen »Reisebilder«, die nicht abschildern, sondern einen fahrig-vibrierenden Weltzustand einfangen: »Um 12 Uhr sank ich in Fantaisie bei Baireuth zum Essen nieder. Blühendes, tönendes, schattendes Tal! ... Um 6 Uhr sank ich im Seifersdorfer Tale zum Goutieren nieder. Es war schon ein Josaphats-Tal voll Schatten; das Abendlicht lief als vergoldetes Leistenwerk um die Berge. Stilles, reiches Tal! ... Fort, fort! der Südost fliegt gerade über Wörlitz. Mit der Sonne sank ich da in den wechselnden Garten, dessen Ansichten wieder Gärten sind.«

Die rastlose Bewegung überträgt sich durch gestenreiche Sprache, in Ausrufen, Wiederholungen, Assonanzen, sich fortpflanzenden Bildern unmittelbar auf den Leser, eine Lebensrhythmik, die sich zur Weltrhythmik deklariert. – Schließlich läßt die Vision die Grenzen abgezirkelter Länder und Pläne hinter sich, aber sie verschwimmt nicht. Sie präzisiert sich. Sie spricht nicht von einem märchenhaften Traumland, sondern sie umkreist den Mittelpunkt des bewußten Daseins. Nie ist bis dahin in deutscher Sprache ein Flug geschildert worden, der, als äußerste Möglichkeit des Menschen aufgefaßt, nicht nur sich selbst als begrenzte Bewegung begreifen läßt, sondern der die Bewegung der Erde, das Verhältnis des Menschen zur Erde, das Verhältnis der Erde zu den anderen Himmelskörpern, die Relation der menschlichen Regung zu andersartigen Größen, Weiten, Bewegungen ahnbar macht. Es erscheint hier nicht nur ein Flug in visionärer Beschreibung; als poetisches Bild faßt dieser Flug den Widerstreit im Denken und Fühlen und Erfahren Jean Pauls. – Hier trifft sich das ›Seebuch‹ mit den Höhepunktstellen des endlosen Romans vom ›Titan‹, der in der abgeschlossenen Entwicklungsgeschichte Albanos eben auch aufzuspüren ist. In ihm erkennt man die Spuren verwandelter Schauergeschichten wie auch die Anzeichen poetischer Dämmerungsaugenblicke, »wo uns ist, als schieden sich Tag und Nacht – als würden wir gerade geschaffen oder gerade vernichtet – das Theater des Lebens und die Zuschauer fliehen zurück, unsere Rolle ist vorbei, wir stehen im Finstern allein, aber wir tragen noch die Theaterkleidung und wir sehen uns darin an und fragen uns: was bist du jetzo, ich?«

›Flegeljahre‹ als unbegrenzter Roman

Das Romanfragment ›Flegeljahre‹ kommt Jean Pauls Vorstellung vom umfassenden, weltumspannenden Roman am nächsten. Ein Besucher Jean Pauls berichtet 1808: »Er betrachtet sie (die ›Flegeljahre‹) wie sein bestes Werk, worin er recht eigentlich wohne ... Auch ist er überzeugt, seine eigentümlichste und wahrste Richtung in diesem Buch befolgt, seine wahre Art gewiß darin getroffen zu haben.« Ferner: »Andre seiner Bücher, meinte er, könnte er mit seinem Talent gemacht haben, in den ›Flegeljahren‹ aber habe sein Talent ihn selbst ergriffen, auch seien Vult und Walt nur die beiden entgegengesetzten und doch verwandten Personen, aus deren Vereinigung er bestehe.«

Die Handlung beginnt damit, daß dem Dorfschulzen Harnisch ein Knabe geboren wird, den er Peter Gottwald nennt; aus Gottwalt wird Walt. Hinter Gottwald will noch ein zweites Kind ans Tageslicht. »Höchstens gibts ein Mädchen«, sagt der Vater, »oder was Gott will.« – »Quod Deus vult«; da es kein Mädchen wird, führt der zweite Knabe den Namen Vult.

Wir sagten ganz zu Anfang, es sei in diesem Roman Jean Paul, nach vielen vorhergehenden Versuchen, gelungen, seine beiden, widerstreitenden Parteien, analysierende Intelligenz und phantastische Vision, beide, entscheidend zu stärken, sie unangreifbar zu machen, und sie in Vult und Walt als Gegenspieler zu verkörpern: »ein Paar Zwillinge müssen, als ihr eigenes Widerspiel, zusammen einen Einling, *ein* Buch zeugen«.

Daß ihm dies gelingt, hat eine ganze Reihe von Gründen. Zunächst: er macht sich weitgehend frei von den vorgefundenen Roman-Apparaturen; weder der Staatsroman, noch der Erziehungsroman können ihm hier ein Korsett anlegen, und soweit er sich noch mit dem empfindsamen Reiseroman und gewissen Intrigenverwicklungen befreundet zeigt, so lassen ihm diese Motive große Handlungsfreiheit. Sodann: er knüpft an der beweglichen Realistik seines ›Siebenkäs‹ an, schärft diesen Stil, der sich an der Grenze von Alltagsanalyse und freier Vision bewegt, was ihm um so treffsicherer gelingt, als er in seinem eigenen Erfahrungsbereich bleibt: weder die höfische Gesellschaft noch eine heroische Landschaft lenken ihn von seinem Konzept ab. Dabei ist sein Beobachtungsfeld weit genug geöffnet; die Gefahren der einengenden Idylle und Satire wurden vermieden, und vermieden wird die Schablonenhaftigkeit der Typisierung: gerade der wissenschaftlich begabte Walt, der Jurist ist und sich dem Alltagsleben einzufügen versucht, ist der Poet und der Verfasser der Streckverse; der Skeptiker Vult, der aus dem Alltagsleben ausgebrochen ist, verkörpert die beobachtende und analysierende Intelligenz, das satirische Element – und die Musik. Beide finden sich, verabreden, zusammen einen Roman zu schreiben. Vults Titelvorschlag ›Flegeljahre‹ wird von Walt verworfen; dem Doppeltitel ›Hoppelpoppel oder Das Herz‹ muß er zustimmen. Sie leben so lange zusammen, als dies Vult möglich erscheint, und lange kann das nicht guttun; – in dem Moment, in dem sich Vult entfernt und Walt bei seinen noch ungelösten Testamentsauflagen in der Stadt zurückläßt, bricht der Roman ab. Die Handlungsfäden werden nicht geschürzt, es wird nicht Happy-End oder Katastrophe gespielt, – es wird ein Widerspruch vorgeführt, und in diesem Widerspruch können sowohl Gefühl wie Ironie die überzeugendsten Szenen sichtbar machen.

Jean Paul gelingt es hier, seine Helden in ihrer Umgebung plausibel zu machen, ob sie sich mit einem betrügerischen Wirt im »Wirtshaus zum Wirtshaus«, mit einer kleinstädtischen Erbengemeinschaft oder mit Angehörigen der Hautevolee auseinanderzusetzen haben. Eine freiheitlich gestimmte Moral wehrt sich gegen den Muff der Bürgergewohnheiten und der Böswilligkeiten auf zweierlei Art, und jede einzelne Phase dieser Auseinandersetzung wird dabei, aus zwei verschiedenen Perspektiven, genau vorgeführt.

Bei dieser Recherche, bei der sich der eine Zwillingsbruder mit dem anderen und beide Zwillingsbrüder mit allen übrigen Mitspielern zu beschäftigen haben, kommt Jean Paul alles zugute, was er bisher erprobt hat: sein Witz, seine Beobachtungsschärfe, seine Augenblicksstrategie, seine Erfindungskunst, seine Visionskraft, sein psychologisches und gesellschaftliches Analysiertalent. Walt und Vult sind nicht mehr hohe Helden im Stil der »italienischen« Romane, oder komische Helden im Stil der »niederländischen« Idyllen: sie werden in der sie umgebenden Arbeitswelt vorgeführt, und sie erreichen es, mit all ihrer Exzentrik, daß diese Welt in ihrer Mechanik durchschaubar wird. In ihrem beiderseitigen Bemühen, dieser Gesellschaft eine freudvollere Lebensart abzugewinnen, zeigen sich Höhepunkte und Tiefpunkte, zeigen sich die Möglichkeiten und die Fesselungen. Walts Streckverse oder Polymeter werfen in kurzen Einschüben Jean Pauls Wortchemie bei diesen Befreiungsversuchen mit ins Treffen, Vults eingestreute Tagebuchnotizen Jean Pauls Witzsprengsätze. Walt fühlt sich dort, wo der Romancier Jean Paul seinen Roman haben möchte: »Im Brennpunkte der vier Welt-Ecken stand er, das fernste Treiben der Erde, das Durcheinanderlaufen des Lebens umspannt' er auf der wehenden Stelle.« Dabei finden sich in diesem Roman, ungewöhnlich für die deutsche Literatur der damaligen Zeit, durch Bewegung und kaleidoskopische Komposition überzeugende Visionen der deutschen Dorf- und Stadtlandschaft, der deutschen dörflichen und städtischen Gesellschaft. Der Schluß des Fragments ist von keinem »geschlossenen« Schluß zu überbieten: der Abschiedsbrief Vults, sein Scheinmonolog als kofferpackender Nachtwandler, Walts Traumerzählung vom rechten Lande, Vults heimlicher Weggang.

Rückblick auf ›Flegeljahre‹ von der ›Vorschule der Ästhetik‹ aus; vom Schmelzle, Katzenberger und Fibel; vom großen und letzten Plan Rabelais'scher Inseln und dem Torso ›Komet‹

Noch während des Erscheinens der ›Flegeljahre‹ wurde Jean Pauls ›Vorschule der Ästhetik‹ gedruckt, die er später ergänzte und erweiterte. In dieser erweiterten Fassung lesen wir, im Kapitel über Romantheorie, seine Meditationen über das Fragment-Schicksal der ›Flegeljahre‹: »Der Held im Roman der deutschen Schule [im Gegensatz zur »italienischen«: ›Hesperus‹, und »niederländischen«: ›Fixlein‹], gleichsam in der Mitte und als Mittler zweier Stände, so wie der Lagen, der Sprachen, der Begebenheiten, und als ein Charakter, welcher weder die Erhabenheit der Gestalten der italienischen Form noch die komische oder auch ernste Vertiefung der entgegengesetzten niederländischen annimmt, ein solcher Held muß dem Dichter nach zwei Richtungen hin die Mittel, romantisch zu sein, verteuern, ja rauben, und wer es nicht einsehen will, setze sich nur hin und setze die Flegeljahre fort« (Vorschule, § 72). –

Der Grund dafür, weshalb dieser Roman so schwer fortzusetzen war, kann aber gerade in seinem Gelingen liegen: als Bildungsroman sowie als Intrigenroman war er nicht mehr zu beenden; dafür waren die beiden Hauptgestalten zu komplex und sprühend gelungen, als daß sie sich solchem Handlungsschema noch fügten; dazu waren die provozierten Einsichten zu realitätsnah (»Gehabe dich wohl, Du bist nicht zu ändern, ich bin nicht zu bessern«, Vult); zu solcher Illusionierung war die ganze, ins Offene strebende Anlage nicht mehr angetan, die die Wirklichkeit, z. B. die Stadt, nicht als stilisiertes geschlossenes Ganzes vorführt (und damit nur als einen Teil), sondern als herausgegriffenes Stück, hinweisend auf das Endlose des Gesamtmodells der Wirklichkeit (und damit als ein Zeichen für das Ganze). So erscheint zwar, schon nach dem ersten Drittel der gestellten Aufgaben, die Erfüllung der Testamentsvorschriften abgebrochen; aber was hätte Überzeugenderes noch kommen können, wenn man auf die »innere Entscheidung« blickt, nach dem Scheinmonolog des Vult, nach Walts Traum »vom rechten Land« und nach der realistisch-komisch-gefühlspathetischen Abschiedsflöte? Das Fragment des Entwicklungsromans (in bezug auf Walts Aufgabenerfüllungen) und des Intrigenromans (in bezug auf die Erbschaftsbeobachter und ihre Ränke) hatte zum gelungenen Ansatz für den unendlichen Roman gedient, der als Widerpart auch in den übrigen Romanen Jean Pauls mitspielte, der sich aber dort den traditionellen Romanplänen zu beugen hatte; hier nicht. –

In der Werkreihe folgten nun ›Levana oder Erziehlehre‹, politische Schriften, ›Des Feldpredigers Schmelzle Reise nach Flätz‹, ›Dr. Katzenbergers Badereise‹ und ›Leben Fibels‹. Jean Paul zog sich zunächst auf die kleinen Erzählformen zurück. In ihnen war die Begrenzung von ihm von vornherein akzeptiert, in der großen Romanform war ihm die Erfüllung dessen, was ihm als notwendig vorschwebte, beschwerlich, ja unmöglich geworden. Sein Anspruch war gewachsen. Noch einmal wurde dann der Versuch unternommen, *den* umfassenden Roman, diesmal ganz als komischen Roman zu schaffen: im ›Komet‹. Er ist ein bewunderungswürdiger Torso geblieben. Während Jean Paul also zu der Sünde seiner beengten Jugend zurückkehrte, zur Satire, dabei direkter, schärfer und bitterer wurde, rüstete er sich insgeheim zum großen Schlag, zum großen, kommenden Roman.

Den ›Schmelzle‹ faßte Jean Paul als einen »Bericht vom Furchtsamen« auf, »der sich selber schildert«. Schmelzles Frau, sein Schwager, die gesamte Reisegesellschaft samt Zwerg und Riese hängen, liegen, lasten auf dem idyllisch Schlafenden. Der Ich-Erzähler seziert sich, wo immer es möglich ist, er entlarvt sein angeblich Unendliches als Endliches.

Nach dem Hasenfuß wird in ›Dr. Katzenbergers Badereise‹ der Zyniker unter die Lupe genommen, der mit verstandesmäßigem Interesse analysiert, ohne Rücksicht auf Empfindungen. Schon beim frühen Jean Paul sind Vorfahren der Katzenberger-Gestalt aufzufinden: in den Teufelspapieren balsamiert ein Schulrektor einen »sonderbaren Abortus« seiner Frau mit Vergnügen ein, zur sammlerischen Aufbewahrung; der Professor für Moral Hoppedizel, der, laut Plan, »alles analysiert«, und für den Tränen nur »Ausleerung des Tränensacks« sind, gehört zum Bestand der ›Unsichtbaren Loge‹; und vom Dr. Sphex im ›Titan‹ heißt es in der ›Vorschule‹, er werde dort als niederländische Schleichware angetroffen, er verberge sich dort »wie eine Maus im Sangboden« unter dem romantischen Saitenbezug, »daher der Verfasser mit Einsicht dieses Tier aus den folgenden Bänden vertrieben in den ›Katzenberger‹«. Die Werke Jean Pauls sind auf solche Weise mannigfach untereinander verbunden.

Die zynische Gestalt des Katzenberger soll ein »Purgatoriumslachen« erregen. Dabei wird die Phantasie des Lesers viel mehr als bei den früheren Satiren auf Auge und Ohr verwiesen. Aber gerade dies erregte Unwillen, – nur E. T. A. Hoffmann ließ damals den ›Katzenberger‹ gelten.

›Leben Fibels‹ schließlich ist eine Parodie auf zweierlei Arten von Büchern: auf panegyrisch und pedantisch gehaltene Biographien und auf die sogenannte Bienrodische Fibel, nach der Jean Paul schreiben und lesen gelernt hatte. Ihre Verse und Bilder, vor allem ihre Kombination von beidem, reizten ihn nun zu komisch-philosophischer Auslegung. Den ›Fibel‹ dachte sich Jean Paul als satyrhaft-idyllischen Vorspruch zum komischen Gesamtkunstwerk ›Komet‹, auf das er in seinen letzten Jahren alle seine Hoffnung setzte.

Dieser Roman sollte sich, nach den ersten Plänen, wie folgt zusammensetzen: aus der Geschichte eines Apothekers, abwechselnd mit der Selbstbiographie des Autors, und aus der kunterbunten Fülle einer englischen Wochenschrift; oder: aus einer Selbstbiographie, aus »Rabelais'schen wilden Szenen« und einer Planetenreise. Von vornherein sollte es ein »freier« Roman werden. Die Selbstbiographie wurde als erstes herausgenommen, weil sie sich dem frei beweglichen Roman nicht einfügen wollte.

Die Grenzenlosigkeit des Romans sollte sich schon im Titel andeuten: ›Das Leben auf der Erde in allen Wechseln‹, oder ›Tausend und eine Narrheit‹, oder ›Reise durch alle neun Kreise Deutschlands‹. Nach längerem Hin und Her, das sich zu »Jammertagen« steigerte, entschied sich Jean Paul dann doch für eine überschaubare Handlung um eine Hauptperson herum. Er erkannte sehr genau, daß er sich damit wieder in alte Fesselungen der Tradition zurückbegab, die er diesmal von vornherein hatte vermeiden wollen. Zunächst sollte das Buch ein »Pantheon des Scherzes« sein, mit einem Massenangebot von Narren. Davon blieb der überblickbare Reise-Narrentroß des Haupthelden, des Apothekers Marggraf, übrig.

Dieser Apotheker ist damit beschäftigt, künstliche Diamanten herzustellen, damals ein phantastisches Projekt (das heute nach einem Verfahren aus dem Jahre 1955 durchführbar ist). An dem Gerücht, Jean Paul arbeite an einem deutschen Don Quichotte, das ihn erschreckte, war insofern etwas Wahres, als die große Fahrt des Marggraf tatsächlich die eines irrenden Ritters, hier irrenden Bürgers, werden sollte. Seine vermeintliche fürstliche Abkunft und die Liebe zu seiner Dulcinea Amanda sind die weiteren Triebfedern der Handlung. Jean Paul nimmt sich vor, nie des irrenden Bürgers Reisezweck zu vergessen, nämlich sein Menschenbeglücken, »welches er donquixotisch ins Feuer setzt«, ebenso wie seine Suche nach dem fürstlichen Vater und der Braut.

Mit dieser Entscheidung über die Handlung war aber der Kampf um den diskontinuierlichen Rabelais-Plan noch nicht ausgestanden. Jean Paul notiert, daß ihm in Miedels Garten, in Bayreuth, eine Planänderung des ›Kometen‹ eingefallen sei, nämlich nach Art von Handlungsinseln nur die ihn interessierenden wichtigen Höhepunkte der Reise des Narrentrosses zu schildern, die er dementsprechend hätte ausbreiten können, – nicht ein Nacheinander von Ausritt, Einkehr, Nachtlager usw. Dies wollte er durch eine Einteilung in »Rabelais'sche Inseln«-Kapitel vorführen.

Damit wäre der rigoros »offene Roman« in der Struktur angepeilt gewesen. Aber auch dieser letzte Versuch stieß mit der übermächtigen Tradition, hier des empfindsamen und humoristischen Schelmenromans, zusammen. So änderte er denn den Inselplan wieder um und führte in seinem dritten Band des ›Komet‹ die geläufigeren »Gänge« als Kapitelüberschriften ein.

Er war nicht völlig zufrieden mit dem Ergebnis der drei Bände des ›Komet‹. Seine Pläne waren höherfliegend gewesen. Er fragte sich, wo die Vorsätze des Ungebunden-Rabelaishaften geblieben seien: »Wo bleibt denn am Ende dein Kühnes, deine Nachahmung des Rabelais?« – Bereits 1821 sprach er die Befürchtung aus, daß ihm nicht Lebenszeit genug gegeben sei, das Werk zu vollenden. Am 17. Januar 1823 schrieb er an Cotta, der ›Komet‹ werde nun, »Gott weiß wie lange«, in seinem dritten Sternbilde stehen bleiben, wie es leider die ›Flegeljahre‹ auch getan.

Wenn Jean Paul am Ende seines Schaffens auch schmerzlich erkannte, daß nicht nur sein zeitgenössischer Leser von den Leitfäden der traditionellen Romanhandlungen gefesselt wurde, sondern weitgehend der Autor selbst, er, Jean Paul, der sich damals in der ›Unsichtbaren Loge‹ über den leicht zu fesselnden Leser belustigte, – er hat im ›Komet‹ so viele Flecken und Inseln des »Lebens auf der Erde in allen Wechseln« realisiert, er hat so facettiert an der ihn umgebenden Gesellschaft und an sich selber Kritik geübt und zur Veränderung gemahnt, daß seine Bestrebung nach einem neuen, wirkungsvoll entfesselten Roman noch einmal ganz deutlich wurde. Die hochfahrende Strafpredigt des Ledermenschen, der sich für Kain hält, auf eine fürstendienerische und dumm bleibende Menschheit aus heuchlerischen Abels, seine Auffahrt in den Kamin, seine Verwandlung und sein Bekenntnis: »Ich will euch mit Freuden alles von mir sagen, lauter Wahrheit« samt seinem Rückfall ist ein bezeichnendes Exempel dafür, – oder die Ankunft des Narrenzuges in der neblichten Stadt, die deutlich an den Stadtbildern der ›Flegeljahre‹ anknüpft, sie weiterführt. Das sind große, Jean Paulsche Passagen, von denen aus die ihm überkommenen Romanformen als unzureichende »Tröge für ein Meer« erscheinen. So zieht der irrende Bürger in die vernebelte Residenz ein:

»Entfernung, point-de-vue, Hintergründe und dergleichen gab es in der ganzen Dampfstadt nicht mehr – Sänftenträger, wütig schreiend: ›Vorgesehen!‹ trabten alte Weiber nieder. – Auf einem nahen Töpfermarkt war Krieg und Kriegsgeschrei, denn die Fußgänger wanderten über die Schüsseln als über glatte Pflastersteine weg und machten sie als Chausseesteine möglichst klein. – Der Zuchthausprediger hörte einen galoppierenden Gaul und bat Gott um nichts anderes als um einen Reiter, damit das Vieh nicht allein wäre, sondern beritten. – Einem Wagnergesellen war sein mit bloßen Händen gerolltes Kutschenrad entlaufen, und er schrie: ›Wer hat mein Rad gesehen?‹, und eine Ganshirtin stand einsam unter fünf treuen Gänsen im Gewölke, die Hände über den Kopf zusammenschlagend über ihr bei Nacht und Nebel abgefallenes und entflohenes Federheer. – Ein rotwangiger Frühprediger lief ängstlich mit nachfliegendem Priestermantel hin und her und rief aus dem weißen Meere: ›O Gott, ihr Christen, wo steht meine Kirche? Es hat dreimal geläutet, und ich muß schon längst auf der Kanzel stehen!‹«

INHALT

FLEGELJAHRE – EINE BIOGRAPHIE

Erstes Bändchen

Zweites Bändchen

DRITTES BÄNDCHEN

VIERTES BÄNDCHEN

SCHMELZLES REISE NACH FLÄTZ

DR. KATZENBERGERS BADEREISE

Erste Abteilung

Zweite Abteilung

Dritte Abteilung

LEBEN FIBELS

SELBERLEBENSBESCHREIBUNG

Erste Vorlesung

Zweite Vorlesung (1765–177[5])

Dritte Vorlesung

ANHANG

Jean Paul

Werke in drei Bänden

*Herausgegeben
von Norbert Miller*

*Nachwort
von Walter Höllerer*

Band I

*Carl Hanser Verlag
München*

ISBN 3 446 10890 4

Hanserbibliothek
4. Auflage 1986

Gesetzt aus der Aldus-Antiqua
Umschlagentwurf: Christian Diener
Gesamtherstellung: Mohndruck Graphische Betriebe GmbH, Gütersloh
Library of Congress Catalog Card Number: 70-91340
Printed in Germany

INHALTSÜBERSICHT

DIE UNSICHTBARE LOGE

EINE LEBENSBESCHREIBUNG

Motto

Der Mensch ist der große Gedankenstrich im Buche der Natur

Auswahl aus des Teufels Papieren

MUMIEN

ERSTER TEIL

Entschuldigung

bei den Lesern der sämtlichen Werke in Beziehung
auf die unsichtbare Loge

Ungeachtet meiner Aussichten und Versprechungen bleibt sie doch eine geborne Ruine. Vor dreißig Jahren hätte ich das Ende mit allem Feuer des Anfangs geben können, aber das Alter kann nicht ausbauen, nur ausflicken, was die kühne Jugend aufgeführt. Ja man setze sogar alle Kräfte des Schaffens ungeschwächt, so erscheinen ihnen doch nicht mehr die vorigen Begebenheiten, Verwicklungen und Empfindungen des Fortsetzens wert. Sogar in Schillers Don Carlos hört man daher zwei Zeiten und zwei Stimmen. –

Noch ein Werk, die biographischen Belustigungen unter der Hirnschale einer Riesin, steht in der Reihe dieser Sammlung ohne Dach und Baurede da – aber es ist auch das letzte; – und sind denn zwei unausgebaute Häuserchen so gar schwer zu verzeihen in einem Korso von Gebäuden aller Art – von Gartenhäusern – großen Sakristeien, wenn auch ohne Kirchen – Irren- und Rathäusern – kleinen Hörsälen – vier Pfählen – Dachstuben – Erkern – und italienischen Kellern? – Wenn man nun fragt, warum ein Werk nicht vollendet worden, so ist es noch gut, wenn man nur nicht fragt, warum es angefangen. Welches Leben in der Welt sehen wir denn nicht unterbrochen? Und wenn wir uns beklagen, daß ein unvollendet gebliebener Roman uns gar nicht berichtet, was aus Kunzens zweiter Liebschaft und Elsens Verzweiflung darüber geworden, und wie sich Hans aus den Klauen des Landrichters und Faust aus den Klauen des Mephistopheles gerettet hat – so tröste man sich damit, daß der Mensch rund herum in seiner Gegenwart nichts sieht als Knoten, – und erst hinter seinem Grabe liegen die Auflösungen; – und die ganze Weltgeschichte ist ihm ein unvollendeter Roman. –

Baireuth, im Oktober 1825.

Jean Paul Friedrich Richter.

Vorrede zur zweiten Auflage

Wer einigen wohlwollenden Anteil an den kleinen Haus-, ja Studierstubenfesten der Schriftsteller nimmt: der läuft gewiß ihre Vorreden zu zweiten Auflagen mit Vergnügen durch; denn in diesen feiern sie ihr Buch-Jubiläum und haben darin fast nichts zu sagen als das Angenehmste, nämlich von sich. Wenn der Schriftsteller in der Vorrede zur Probier-Auflage sich so gar matt und scheu handhaben muß und aus weit getriebner und doch unentbehrlicher Bescheidenheit so viele Besorgnisse und Zweifel (sie betreffen seine Gaben) an den Tag zu legen hat: wieviel ungebundner und heiterer geht es dagegen her nach dem Übergange des Jubel-Autors aus der streitenden Kirche der ersten Vorrede in die triumphierende der zweiten, und der Jubilarius bringt sich selber ohne Angst sein Ständchen und sein vivat und vivam!

Gegenwärtiger Schreiber ist auf diesem Bogen selber im Begriffe, zu jubilieren und ein Familienfest mit einem seiner liebsten Kinder – eben dem gegenwärtigen Buche, seinem romantischen Erstling – zu begehen, und redet hier zur zweiten Auflage vor.

– Aber mitten im Feste erwägt er wohl, daß ein Autor wie er auf diese Weise am Ende mehr Vorreden als Bücher macht – z. B. zu *einem* dreimal aufgegangnen Hesperus drei Vorreden als Morgenröten – und daß folglich beinahe des Redens mehr ist als des Machens. Das Alter spricht ohnehin gern von sich; aber nachteilig genug vermehren sich eben mit den Jahren die neuen Auflagen und mithin die Vorreden dazu, worin man allerlei über sich vorbringt.

Das wenige, was ich hier von mir selber zu sagen habe, beschränkt sich auf das gewöhnliche vorrednerische Eigenlob und auf den als Lobfolie untergelegten Eigentadel.

Stehende Verbesserungen aller meiner Auflagen blieben auch hier die Land- oder Buch-Verweisungen von faulen Tag- oder Sprachdieben oder Wortfremdlingen und die Ausrottung falscher Genitiv-S und Ungs. – Ferner auf allen Blättern, wo es nottat, wurden Lichter und Schatten und Farben gehoben oder vertieft, aber nur schwach; und da bloß meistens in komischen Stellen. Denn wenn ich hätte – um mit dem Lobe fortzufahren – an den ernsten stärken oder ändern wollen, welche die Natur und die Liebe und das Große in uns und über uns malen: so hätt' ich es in meinem spätern Alter nicht zu machen vermocht, indem ich bei jenen Stellen schon Gott danken muß, daß ich sie nur das erste Mal gemacht. Diese Not wird sich erst recht zeigen – so daß ich lieber und leichter nach den vier gedruckten Flegeljahren noch so viele neue, als ich Jahre habe, gäbe –, wenn ich einmal den dritten oder Schlußband dieser Loge bauen muß; und ich wünschte herzlich, irgendein anderer Nachahmer von mir als ich selber übernähme die Last.

Denn die Gründe liegen offen da. Der Verfasser dieses blieb und arbeitete nach den im 19ten Jahre geschriebnen Skizzen noch neun Jahre lang in seiner satirischen Essigfabrik (Rosen- und Honigessig lieferte aus ihr die Auswahl aus des Teufels Papieren), bis er endlich im Dezember 1790 durch das noch etwas honigsauere Leben des Schulmeisterlein Wutz [1] den seligen Übertritt in die unsichtbare Loge nahm: so lange also, ein ganzes horazisches Jahrneun hindurch, wurde des Jünglings Herz von der Satire zugesperrt und mußte alles verschlossen sehen, was in ihm selig war und schlug, was wogte und liebte und weinte. Als es sich nun endlich im achtundzwanzigsten Jahre öffnen und lüften durfte: da ergoß es sich leicht und mild wie eine warme überschwellende Wolke unter der Sonne – ich brauchte nur zuzulassen und dem Fließen zuzusehen – und kein Gedanke kam nackt, sondern jeder brachte sein Wort mit und stand in seinem richtigen Wuchse da ohne die Schere der Kunst. Gerade ein lange zugedrücktes übervolles Herz bewahrt in seiner Flut mehr das Richtige und Gemäßigte als ein immer offen gelaßnes, sich leer rinnendes in seiner Ebbe, das Wellensprünge machen muß für die nächste Buchhändlermesse. Ach! man sollte alles Beste, zumal des Gefühls, nur *einmal* aussprechen! – Die *Blüten* der Kraftbäume sind schmal und haben nur zwei einfache Farben, die weiße und rote, Unschuld und Scham; hingegen die *Blumen* auf ihren dünnen Stengeln sind breiter als diese und schminken sich mit brennenden Farben. – Aber jedes erste Gefühl ist ein Morgenstern, der, ohne unterzugehen, bald seinen Zauberschimmer verliert und durch das Blau des Tags verhüllt weiterzieht .....

Ich gerate hier beinahe in dasselbe blumige Unwesen durch Sprechen darüber; aber eben wieder aus der angeführten Ursache, weil ich über die jungfräuliche Kraft und Schönheit, womit frische Gefühle zum ersten Male reden, schon so oft und besonders in Vorreden gesprochen (ich verweise in dieser zur zweiten Auflage der Mumien auf die neueste zur zweiten Auflage der grönländischen Prozesse); und so beweiset sich der Satz schon dadurch, wie er sich ausspricht.

Man wird vielleicht dem Verfasser es nachsehen, daß er seinen ersten Roman zwei Jahre zu früh geschrieben, nämlich schon in seinem 28ten; aber im ganzen, gesteht er selber, sollte man Romane nicht vor dem Jahre schreiben, wo der alte Deutsche seinen spielte und ihn sogleich in Geschichte durch Ehe verwandelte, nämlich im 30ten Jahre. An Richardson, Rousseau, Goethe (nicht im lyrischen Werther, sondern im romantischen Meister), an

[1] Es steht am Ende des zweiten Bandes der Loge; wurde aber früher als diese gemacht; und das Schulmeisterlein zog denn als Logemeister und Altmeister und Leithammel meinen romantischen Helden Gustav, Viktor, Albano etc. voran.

Fielding und vielen bewährt sich der Satz. – Der Verfasser der unsichtbaren Loge hatte von Lichtenberg so starke Bußpredigten gegen die Menschenunkunde der deutschen Romanschreiber und Dichter gelesen und gegen ihre so große Unwissenheit in Realien ebensowohl als in Personalien, daß er zum Glück den Mut nicht hatte, wenigstens früher als im 28ten Jahre das romantische Wagstück zu übernehmen. Er fürchtete immer, ein Dichter müsse so gut wie ein Maler und Baumeister etwas wissen, wenn auch wenig; ja er müsse (die Sache noch höher getrieben) sogar von Grenzwissenschaften (und freilich umgrenzen alle Wissenschaften die Poesie) manches verstehen, so wie der Maler von Anatomie, von Chemie, Götterlehre und sonst. – Und in der Tat hat sich niemand so stark als Goethe – der unter allen bekannten Dichtern die meisten Grundkenntnisse in sich verknüpft, von der Reichspraxis und Rechtslehre an durch alle Kunststudien hindurch bis zur Berg- und Pflanzen- und jeder Naturwissenschaft hinauf – als den festen und zierlichen Pfeiler des Grundsatzes hingestellt, daß erst ein Dichter, welcher Licht in der einen und andern Sache hat, sich kann hören lassen, so daß sichs hier verhielte mit den Dichtungen wie mit den Pflanzen, welche bei aller Nährung durch Wärme, Feuchte und Luft doch nur Früchte ohne Geschmack und Brennstoff bringen, wenn ihnen das Sonnen*licht* gebrach.

Glücklicherweise hat sich freilich seitdem – seit dem eingegangenen Predigtamte Lichtenbergs und anderer Prosaisten – sehr vieles und zwar zum wahren Vorteile der Dichter geändert. Menschenstudien vorzüglich werden ihnen von Kunstverständigen und Leihlesern willig erlassen, weil man dafür desto mehr im Romantischen von ihnen erwartet und fodert. Daher sind sogenannte Charaktere – wie etwa die vorkömmlichen bei Goethe, oder bei Shakespeare, ja wie nur bei Lessing – gerade das, wodurch sich die neueren Roman- und Drama-Dichter am wenigsten charakterisieren, sondern es ist ihnen genug – sobald nur sonst gehörige Romantik da ist –, wenn die Charaktere bloß so halb und halb etwa etwas vorstellen, im ganzen aber nichts bedeuten. Ihre Charaktere oder Menschen-Abbilder sind gute Konditor- oder Zuckergebilde und fallen, wie alle Kandis- und Marzipanmänner, sehr unähnlich, ja unförmlich, aber desto süßer aus und zerlaufen mild auf der Zunge. Ihre gezeichneten Köpfe sind gleichsam die Papierzeichen dieser höhern Papiermüller und bedürfen keiner größern Ähnlichkeit mit den Urbildern als die Köpfe der Könige von Preußen und Sachsen auf dem preußischen und sächsischen Konzept-Papiere, die und deren Unähnlichkeit man erst sieht, wenn man einen Bogen gegen das Licht hält. Da nun gerade neue Charaktere so schwer und ihrer nur so wenige zu erschaffen sind, wenn man sich nicht zu einem Shakespeare steigern kann, hingegen neue Geschichten so leicht zu geben, zu deren Zusammensetzungen schon vorgeschriebene Endreime der Willkür die organischen Kügelchen oder den Froschlaich darbieten: so wird durch stehende Wolkengestalten von Charakteren, welche unter dem Anschauen flüssig aus- und einwachsen und sich selber eine Elle zusetzen und abschneiden, dem Dichter unglaubliche Mühe und Zeit, die er fruchtbarer an Begebenheiten verwendet, im Schaffen erspart, und er kann jede Messe mit seinem frischen Reichtum neuer Geschichten und alter Charaktere auftreten; er ist der Koch Andhrimmer (in der nordischen Mythologie) und hat den Kessel Eldhrimmer und kocht das Schwein Sährimmer, das jeden Abend wieder lebendig wird, und bewirtet damit die Helden in Walhalla jeden Tag.

Dieser romantische Geist hat nun in Romanen und Trauerspielen eine Höhe und Vollkommenheit erreicht, über welche hinaus er ohne Selbstverflüchtigung schwerlich zu gehen vermag, und welche man in der ganz gemeinen Sprache unbedenklich schon Tollheit oder Wahnwitz nennen kann, wenn auch nicht in der Kunstsprache. Von den Trauerspielen an des ohnehin nicht verstandreichen Werners bis hinauf zu dem Yngurd und der Albaneserin des verstandüberreichen Müllners regiert ein seltner, luftiger, keines Bodens bedürftiger Wahnwitz die Charaktere und dadurch sogar einen Teil der Geschichte, deren Schauplatz eigentlich im Unendlichen ist, weil verrückte und verrückbare Charaktere jede Handlung, die man will, motivieren und rücken können. Sogar bei den größten Genien anderer Völker und früherer Zeiten sucht man Kunst-Verrückungen und Anamorphosen und Anagrammen des Verstandes, wie z. B. in des gedachten Proselyten Luther oder Attila, umsonst. Sogar ein Sophokles glaubte, von seinen erbsüchtigen Kindern des Alterwahnwitzes angeklagt, sie durch ein so verstandreiches Trauerspiel wie der Ödipus zu Boden zu schlagen; aber in unserer Zeit würde wohl ein deutscher Sophokles vor Gericht den Beweis seines Verstandes durch kein anderes Gedicht führen als durch eines, worin er seinen Haupt-Charakteren den ihrigen genommen hätte.

Dieser romantische Kunst-Wahnwitz schränkt sich glücklicherweise nicht auf das Weinen ein, sondern erstreckt sich auch auf das Lachen, was man Humor oder auch Laune nennt. Ich will hier der Vorreden-Kürze wegen mich bloß auf den kraftvollen Friedrich *Hoffmann* berufen, dessen Callotische Phantasien ich früher in einer besondern Vorrede schon empfohlen und gepriesen, als er bei weitem weniger hoch, und mir viel näher stand. Neuerer Zeit nun weiß er allerdings die humoristischen Charaktere – zumal in der zerrüttenden Nachbarschaft seiner Morgen-, Mittag-, Abend- und Nachtgespenster, welche kein reines Taglicht und keinen festen Erdboden mehr gestatten – zu einer romantischen Höhe hinaufzutreiben, daß der Humor wirklich den echten Wahnwitz erreicht; was einem Aristophanes und Rabelais und Shakespeare nie gelingen wollen. Auch der heitere *Tieck* tat in frühern Werken nach diesen humoristischen Tollbeeren einige glückliche Sprünge, ließ aber als Fuchs sie später hangen und hielt sich an die Weinlese der Bacchusbeeren der Lust. – –

Dieses wenige reiche hin, um zu zeigen, wie willig und freudig der Verfasser den hohen Stand- und Schwebepunkt der jetzigen Literatur anerkenne. Unstreitig ist jetzo die Belladonna (wie man die Tollkirsche nennt) unsere Muse, Primadonna und Madonna, und wir leben im poetischen Tollkirschenfest. Desto erfreulicher ist es, daß auch die Lesewelt diese poetische Hinaufstimmung auf eine freundliche Weise begünstigt durch ihre Teilnahme, und daß sie, wie das Morgenland, Verrückte als Heilige ehrt, und was sie sagen, für eingegeben hält. Überhaupt eine schöne Lorbeer- und Kirschlorbeerzeit! – –

Bei allen neuen zweiten Ausgaben wird es dem Verfasser, der sie so gern zu recht verbesserten machen möchte, von neuem schmerzhaft, daß keine seiner Dichtungen ein um- und eingreifendes Kunsturteil über Charaktere und Geschichte und Sprache jemal hat erobern können. Mit einem allgemeinen Lobe bis zur Übertreibung und mit einem ähnlichen Tadel bis zu einer noch größern ist einem rechtschaffenen Künstler nicht gedient und geholfen. Natürlicherweise wurden zweite Auflagen noch weniger beurteilt und geprüft als erste, und der Verfasser sah jeden Abend vergeblich auf ein Lob seiner Strenge gegen sich selber auf. Wie gern er aber bessert und streicht – noch mehr als ein Wiener Schauspieldirektor, der bloß fremde Stücke zerstückt – und wie emsig er aus jedem bedornten oder gestachelten Tadel, sei er entweder Rose oder Wespe, den Honig der Besserung saugt, dies könnte ein Kunstrichter erfahren, ohne mehr Bücher zu lesen als zwei, nämlich die zweite Ausgabe neben der ersten; ja sogar aus einem einzigen könnte er alles wegbekommen, wenn er einen Herrn Verleger bloß um gefällige Vorzeigung des letzten, mit weisen Runzeln und mit Druck- und Dintenschwärze zugleich durchfurchten *Alt*-Exemplars ersuchte: der Mann würde im Buchladen sich wundern über das Bessern, ihm so gerade gegenüber.

Aber, wie leider gesagt, gegenwärtig wird in Deutschland wenig Belletristisches rezensiert, und die Taschenkalender sind hier wohl die einzigen Ausnahmen von Belang, nämlich ihre verschiedenen kleinen Aufsätze und die verschiedenen kleinen Urteile dazu.

Es ist eigentlich ziemlich spät, daß ich erst nach 28 Jahren sage, was die beiden Titel des Buchs sagen wollen. Der eine »*unsichtbare Loge*« soll etwas aussprechen, was sich auf eine verborgne Gesellschaft bezieht, die aber freilich so lange im Verborgnen bleibt, bis ich den dritten oder Schlußband an den Tag oder in die Welt bringe. Noch deutlicher läßt sich der zweite Titel »*Mumien*« erklären, der mehr auf meine Stimmung, so wie jener mehr auf die Geschichte, hindeutet. Überall werden nämlich im Werke die Bilder des irdischen Vorüberfliegens und Verstäubens, wie ägyptische Mumien und griechische Kunst-Skelette, unter den Lustbarkeiten und Gastmahlen aufgestellt. Nun soll aber die Poesie mehr das Entstehen als das Vergehen zeigen und schaffen und mehr das Leben auf den Tod malen als das Gerippe auf das Leben. Der Musenberg soll als der höchste, alle Wolken überflügelnde Berg, der uns sowohl den Himmel als die Erde heller schauen läßt und zugleich die Sternbilder und den blumigen Talgrund uns näher bringt, dieser soll der Ararat der im Wasser arbeitenden und schiffbrüchigen Menschheit sein; wie sich in der Mythe[1] Deukalion und Pyrrha aus der Sündflut auf dem Parnassus erretteten. So verlangt es besonders unser Goethe und dichtet darnach; die Dichtkunst soll nur erheitern und erhellen, nicht verdüstern und bewölken. – Und dies glaub' ich auch; ja ohne eine angeborne unwillkürliche – was man eben Hoffnung und Erinnerung nennt – wäre keine Wirklichkeit zu ertragen, wenigstens zu genießen. –

Aber ebenso gewiß ist es, daß gerade die Jugend, diese lebendige Poesie, mitten unter ihren Blütenästen (für sie aber schon Fruchtäste) und auf ihren sonnigen warmen Anhöhen nichts lieber dichtet und gedichtet liest als Nachtgedanken; und nicht nur vor der liebekranken Jungfrau, sondern auch vor dem liebestarken Jüngling – der darum einem Schlachttode weit begeisterter entgegenzieht als ein Alter – schweben die Gottesäcker als hangende Gärten in Lüften, und sie sehnen sich hinauf. Die Jugend kennt nur grüne blumige Grabhügel, aber das Alter offne Gräber ohne grünende Wände.

Diese jugendliche Ansicht komme nun dem Verfasser, der in einem für ihn noch jugendlichen Alter schrieb, bei seinen zu häufigen Grablegungen und seinen Nachtstücken der Vergänglichkeit in diesem Werke zugute. – Indes ist hier eben eine nicht zu furchtsame Rechtfertigung notwendig; denn da wir doch einmal alle in der immer vernichtenden und vernichtetwerdenden Zeit fortschwimmen und wir auf den kleinen Gräbchen jeder Minute in das große der letzten Stunde steigen müssen: so kann hier kein scheues Seitwärtsschielen der Poesie – was etwa bei Übeln gelten könnte, die nur einzelne und nur zeitweise ergreifen –, sondern bloß ein tapferes Aufwärtsschauen dichterisch und erquickend werden. Die Poesie mache nur keck die Erdgruft auf, aber sie zeige auch, wie sie zwischen zwei Halbhimmeln liegt und wie wir aus dem zugedeckten uns dem aufgedeckten zudrehen. – Und wenn wir nur als spielende Eintagmücken, eigentlich Einabendmücken in den Strahlen der untergehenden Sonne uns sonnen und dann senken: so geht nicht bloß die Mücke, auch die Sonne unter; aber im weiten Freien der Schöpfung, wo kein Erdboden sich dazwischenstellt, haben Sonnen und Geister keinen Untergang und kein Grab.

Und so mögen denn diese zwei Mumien, weniger mit neuen Gewürzen zur Fortdauer einbalsamiert als hie und da mit den Zeichen-Binden anders eingewickelt, sich wieder der frühern Zuziehung und Einladung zu den Gastmahlen der Leser zu erfreuen haben! Und die dritte oder Schlußmumie soll nachgeschickt werden – als die dritte Parze im schönen griechischen Sinne –, wenn nicht den Mumien-Vater selber vorher das Schicksal zur großen Mumie macht. Also im einen und im andern Falle kann es an einer dritten Schlußmumie nicht fehlen.

Baireuth den 24ten Jun. 1821. Jean Paul Fr. Richter.

[1] Ovid. Metamorph. VI.

Vorredner

in Form einer Reisebeschreibung

Ich wollte den Vorredner anfangs in Sichersreuth oder Alexandersbad ber Wonsiedel verfertigen, wo ich mir das Podagra wieder in die Füßen hinunterbaden wollte, das ich mir bloß durch gegenwärtiges Buch zu weit in den Leib hinaufgeschrieben. Aber ich habe mir meinen Vorredner, auf den ich mich schon seit einem Jahre freue, aus einem recht vernünftigen Grunde bis heute aufgespart. Der recht vernünftige Grund ist der Fichtelberg, auf welchen ich eben fahre. – Ich muß nun diese Vorrede schreiben, damit ich unter dem Fahren nicht aus der Schreibtafel und Kutsche hinaussehe, ich meine, damit ich die grenzenlose Aussicht oben nicht wie einen Frühling nach Kubikruten, die Ströme nach Ellen, die Wälder nach Klaftern, die Berge nach Schiffpfunden, von meinen Pferden zugebröckelt bekomme, sondern damit ich den großen Zirkus und Paradeplatz der Natur mit allen seinen Strömen und Bergen auf einmal in die aufgeschlossene Seele nehme. – Daher kann dieser Vorredner nirgends aufhören als unweit des Ochsenkopfs, auf dem Schneeberg.

Das nötigt mich aber, unterwegs mich in ihm an eine Menge Leute gesprächsweise zu wenden, um nur mit ihm bis auf den Ochsenkopf hinauf zu langen; ich muß wenigstens reden mit Rezensenten – Weltleuten – Holländern – Fürsten – Buchbindern – mit dem Einbein und der Stadt Hof – mit Kunstrichtern und mit schönen Seelen, also mit neun Parteien. Es wird mein Schade nicht sein, daß ich hier, wie es scheint, in den Klimax meiner Pferde den Klimax der Poeten verflechte .....

Der Wagen stößet den Verfasser dermaßen, daß er mit Nro. 1, den Rezensenten, nichts Vernünftiges sprechen, sondern ihnen bloß erzählen will, was sein guter grauer Schwiegervater begeht – nämlich alle Tage seinen ordentlichen Mord und Totschlag. Ich geb' es zu, viele Schwiegerväter können hektisch sein, aber wenige sind dabei in dem Grade offizinell und arsenikalisch als meiner, den ich in meinem Hause – ich hab's erst aus Hallers Physiologie T. H. erfahren, daß Schwindsüchtige mit ihrem Atem Fliegen töten können – statt eines giftigen Fliegenschwamms mit Nutzen verbrauche. Der Hektiker wird nicht klein geschnitten, sondern er gibt sich bloß die kleine Mühe, den ganzen Morgen statt einer Seuche in meinen Stuben zu grassieren und mit dem Schirokkowind seines phlogistischen Atems aus seiner Lunge der Fliegen ihre anzuwehen; aber die Rezensenten können sich leicht denken, ob so kleine Wesen und Nasen, die sich keinen antimephitischen Respirator vom Herrn Pilatre de Rozier applizieren können, einen solchen abscheulichen Schwaden auszuhalten fähig sind. Die Fliegen sterben hin wie – Fliegen, und statt der bisherigen Mücken-Einquartierung hab' ich bloß den guten giftigen Schwiegervater zu beköstigen, der mit ihnen auf den Fuß eines Mücken-Freund-Hein umgeht. Nun glaub' ich, den ordentlichen guten Rezensenten einem Schwiegervater von solchem Gift und Wert gleichsetzen zu dürfen; ja ich möchte jenen bei der Hand anfassen und, auf den grassierenden Phthisiker hindeutend, ihn anfeuern und fragen: »ob er nicht merke, daß er selber gar nicht zu verachten sei, sondern daß er – wenn der Hektikus, mit seinen Lungenflügeln das feinste und nötigste Miasma unter die Fliegen wehend, ein edles seltenes Glied in der naturhistorischen Welt vorstelle – ein ebenso nützliches in der literarischen ausmache, wenn er, in der Gelehrtenrepublik auf- und abschleichend, das summende Insektengeflügel mit seinem ätzenden Atem so treffend anhauche, daß es krepiere wie eine Heuschreckenwolke –; ob er dieses und noch besseres, möcht' ich den Rezensenten fragen, nicht merke und nicht daraus schließe, daß der Vorredner zu der *unsichtbaren Loge* dies zehnmal weitläuftiger haben werde?« –

Er hat es aber natürlicherweise viel kürzer, weil ich sonst auf den Ochsenkopf hinaufkäme mitten in der Vorrede, ohne nur der *Weltleute* gedacht zu haben, geschweige der andern.

Diese wollen nun die zweite Nummer und Sprosse meines *Aufklimmers* abgeben – Campe wirft nicht ungeschickt durch dieses Wort den Klimax aus seinen und meinen Büchern –; allein ich werde wenig mehr bei ihnen anzubringen haben als eine Rechtfertigung, daß ich mich in meinem Werke zu oft anstellte, als macht' ich mir aus der Tugend etwas und aus jener Schwärmerei, die so oft den Namen Enthusiasmus trägt. Ich besorge wahrhaftig nicht, daß vernünftige Leute meine Anstellung gar für Ernst ansehen; ich hoffe, wir trauen beide einander zu, daß wir das Lächerliche davon empfinden, statt der *Namen* der Tugenden *diese* selber haben zu wollen – und heutzutage sind die wenigsten von uns zu den tollen Philosophen in Lagado (in Gullivers Reisen) zu rechnen, die aus Achtung für ihre Lunge die *Dinge* selber statt ihrer *Benennungen* gebrauchten und allemal in Taschen und Säcken die Gegenstände mitbrachten, worüber sie sich unterhalten wollten. Aber ob man mir nicht eben dies verdenken wird, daß ich Namen so oft gebrauche, die nicht viel modischer als die Sache selber sind und deren man sich in Zirkeln von Ton, so wie der Namen »Gott, Ewigkeit«, gern enthält, darüber lässet sich disputieren. Inzwischen seh' ich doch auf der andern Seite auch, daß es mit der Sprache der Tugend wie mit der lateinischen ist, die man jetzo zwar nicht mehr *gesprochen*, aber doch *geschrieben* duldet und die deswegen längst aus dem Mund in die Feder zog. Ich berufe mich überhaupt auf einsichtige Rezensenten, ob wir dichtenden Schriftsteller ohne tugendhafte Gesinnungen, die wir als *poetische Maschinen* gebrauchen so wie die ebenso fabelhafte Mythologie, nur eine Stunde auszukommen vermögen und ob wir nicht zum Schreiben hinlängliche Tugend haben müssen als Wagenwinde, Steigeisen, Montgolfiere und Springstab unsrer (gedruckten) Charaktere – widrigenfalls gefallen wir keiner Katze; und es ergeht den armen Schauspielern auch nicht anders. Freilich Autoren, die über Politik, Finanzen, Höfe schreiben, interessieren gerade durch die entgegengesetzten Mittel – Eben damit kann sich ein Schreiber decken, der in seine Charaktere das, was die Poeten und Weiber ihr Herz nennen, eingeheftet; es muß drin hangen (nicht nur in geschilderten, auch in lebenden Menschen), es mag Wärme haben oder nicht; ebenso versieht der Büchsenmacher die *Windbüchsen* so gut mit einer *Zündpfanne* wie Feuergeschoß, ob gleich nur mit *Wind* getrieben wird.... Es kann wahrlich um den ganzen Fichtelberg kein so kalter pfeifen als gerade im Holzweg, wo eben mein Wagen mitten im Auguste geht....

Mit Nro. 3, den Holländern, wollt' ich mich in meinem Kasten zanken wegen ihres Mangels an poetischem Geschmack: das war alles. Ich wollte ihnen vorwerfen, daß ihrem Herzen ein Ballenbinder näher liege als ein Psalmist, ein Seelenverkäufer näher als ein Seelenmaler, und daß das ostindische Haus keinem einzigen Poeten eine Pension auswerfen würde als bloß dem alten Orpheus, weil seine Verse Flüsse ins Stocken sangen und man also sein Haberrohr und seine Muse anstatt der belgischen Dämme gebrauchen könnte. Ich wollte den Niederländern den kaufmännischen Unterschied zwischen Schönheit und Nutzen nehmen und ihnen es hinunterschreiben, daß Armeen, Fabriken, Haus, Hof, Äcker, Vieh nur das Schreib- und Arbeitszeug der Seele wären, womit sie einige Gefühle, worauf alle Menschentätigkeit auslauft, errege, erhebe und äußere, daß den indischen Kompagnien Schiffe und Inseln dazu dienten, wozu den poetischen Reime und Federn taugten, und daß Philosophie und Dichtkunst die eigentlichen Früchte und Blüten am Baume des Erkenntnisses ausmachten, aber alle Gewerb- und Finanz- und Staat-Wissenschaften und Kameralkorrespondenten und Reichsanzeiger bloß die einsaugenden Blätter wären und der Splint, der Wurzeln-Efeu und das unter dem Baume treibende Aas. – Ich wollt' es sagen; ließ es aber bleiben, weil ich besorgte, die Deutschen merkten es, daß ich unter Holländern bloß – sie selber meine; denn wie käm' ich auch sonst unter die mit Tee ausgelaugten belgischen Schlafröcke? – Ich habe ohnehin wenig mehr zu fahren und viel noch abzufertigen.

Ich untersag' es den europäischen Landständen, mein Werk Nro. 4 einem Fürsten zu geben, weil er sonst dabei *einschläft*; welches ich – da ein *fürstlicher* Schlaf nicht halb so spaßet wie ein *homerischer* – recht gern geschehen lasse, sobald die europäischen Landstände das Gesetz wie ein Arcuccio [1] so über die Landeskinder wölben, daß sie der Landesvater im

[1] Das ist ein Gehäuse in Florenz – in Krünitz' ökon. Enzykl. 2. B. ists abgebildet –, worin die Mutter bei Strafe das Kind unter dem Säugen legen muß, um es nicht im Schlummer zu erquetschen.

Schlafe nicht erdrücken kann, er mag sich darin werfen, wie er will, auf die Seiten, auf den Rücken oder auf den Bauch.

Da hundert Buchbinder Nro. 5 mich unter den Arm und in die Hände nehmen werden, um mich ganze Wochen früher zu *lesen* als zu *beschneiden* und zu *pressen* – gute Rezensenten täten gewiß das Widerspiel –: so müssen die guten Rezensenten auf die Buchbinder warten, die Leser auf die Rezensenten und ich auf die Leser, und so darf ein einziger Unglückvogel uns alle verhetzen und in den Sumpf ziehen; aber wer kanns den Buchbindern verbieten als ich, der ich in dieser *Nachricht an Buchbinder* mein Buch für dergleichen Binder eigenhändig konfisziere?

Mit dem Einbein, der sechsten Nummer, viel zu reden, wie ich verhieß, verlohnt der Mühe gar nicht, da ich das Ding selber bin und noch überdies der einbeinige Autor heiße. Die Höfer (die Einwohner der Stadt Hof, der 7ten Nr.), worunter ich hause, mußten mich mit diesem anti-epischen Namen belegen, weil mein linkes Bein bekanntlich ansehnlich kürzer ist als das andre und weil noch dazu unten mehr ein Quadrat- als Kubikfuß dransitzt. Es ist mir bekannt, Menschen, die gleich den ostindischen Hummern eine kurze Schere neben der langen haben, können allerdings sich mit der chaussure behelfen, die ihre Kinder ablegen; aber es ist ebenso unleugbar, daß das Zipperlein einem solchen Mann dennoch an beiden Füßen kneift und diesen den verdammtesten spanischen Stiefel anschraubt, den je ein Inquisit getragen.

Ich hätte gar nicht sagen sollen, daß ich mit meinem lieben Hof in Voigtland schriftlich am Fichtelberge sprechen wollte, da ichs mündlich kann und mein eigener Kerl daraus her ist. Mein Wunsch und Zweck in einem solchen Werke wie diesem ist und bleibt bloß der, daß diese betagte und bejahrte Stadt den Schlaf, den ich ihr darin mit den harten Federn einer Gans einflößen will, auf den weichen dieses Tiers genießen möge .....

– Endlich hab' ich nun den Ochsenkopf. –

Diese Zeile ist kein Vers, sondern nur ein Zeichen, daß ich droben war und da viel tat: meine Sänfte wurde abgeschnallet und ich mit geschlossenen Augen hineingeschafft, weil ich erst auf dem Schneeberg, der Kuppel des Fichtelgebirgs, mich umsehen will .... Unter dem Aussteigen strömte vor meinem Gesicht eine ätherische Morgenluft vorüber; sie drückte mich nicht mit dem schwülen West eines Trauerfächers, sondern hob mich mit dem Wehen einer Freiheitfahne .... Wahrhaftig ich wollte unter einem Luftschiffe ganz andre Epopöen und unter einer Täucherglocke ganz andre Feudalrechte schreiben, als die Welt gegenwärtig hat ....

Ich wünschte, Nro. 8, die Kunstrichter würden in meiner Sänfte mitgetragen und ich hätte ihre Hände; ich würde sie drücken und sagen: Kunstrichter unterschieden sich von Rezensenten wie Richter von Nachrichtern – Ich würde ihnen gratulieren zu ihrem Geschmack, daß er, wie der eines Genies, dem eines Kosmopoliten gleiche und nicht bloß *einer* Schönheit räuchere – etwa der Feinheit, der Stärke, dem Witze –, sondern daß er in seinem Simultantempel und Pantheon für die wunderlichsten Heiligen Altäre und Kerzen dahabe, für Klopstock und Crebillon und Plato und Swift .... Gewisse Schönheiten, wie gewisse Wahrheiten – wir Sterbliche halten beide noch für zweierlei – zu erblicken, muß man das Herz ebenso ausgeweitet und ausgereinigt haben wie den Kopf .... Es hängt zwischen Himmel und Erde ein großer Spiegel von Kristall, in welchen eine verborgne neue Welt ihre großen Bilder wirft; aber nur ein unbeflecktes Kindes-Auge nimmt sie wahr darin, ein besudeltes Tier-Auge sieht nicht einmal den Spiegel .... Nur *einen* öffentlichen Richter, den mein Herz verehrt, schenke mir dieses Jahr, und wär' er auch wider mich parteiisch; denn ein parteilicher dieser Art fället ein lehrreicheres Urteil als ein unparteiischer aus der Wochentag-Kaste.

Über den *Plan* eines Romans (aber nicht über die *Charaktere*) muß man schon aus dem ersten Bande zu urteilen Befugnis haben; alle Schönheit und Ründe, mit der die folgenden Bände den Plan aufwickeln, nimmt ja die Fehler und Sprünge nicht weg, die er im ersten hatte. Ich wüßte überhaupt keinen Band und kein Heft, worin der Autor recht hätte, den Leser zu ärgern. Die Nähe des Schneeberges hindert mich, es zu beweisen, daß die französische Art zu erzählen (z. B. im Candide) die abscheulichste von der Welt und daß bloß die umständliche, dem Homer oder Voß oder gemeinen Manne abgesehene Art die interessanteste ist. Ferner käm' ich auf dem Schneeberg an, eh' ichs nur halb hinaus bewiesen hätte, daß wir Belletristen (ein abscheulicher Name!) insgesamt zwar den Aristoteles für unsern Magister sententiarum und seine Gebote für unsre 39 Artikel und 50 Dezisionen halten sollten – daß wir aber doch für nichts von ihm so viele Achtung zu tragen hätten als für seine drei Einheiten (die ästhetische Regeldetri), gegen die nicht einmal Romane sündigen sollten. Der Mensch interessiert sich bloß für *Nachbarschaft* und *Gegenwart;* der wichtigste Vorfall, der in Zeit oder Raum sich von ihm entfernt, ist ihm gleichgültiger als der kleinste neben ihm; so ist er, wenn er die Vorfälle erlebt, und mithin auch so, wenn er sie *lieset.* Darauf beruht die Einheit der Zeit und des Orts. Also der Anfang in der Mitte einer Geschichte, um daraus zum anfangenden Anfang zurückzuspringen – das zeitwirre Ineinanderschütteln der Szenen – Episoden – so wie das Knüpfen mehrer Hauptknoten, ja sogar das Reisen in Romanen, das den Maschinengöttern ein freies, aber uninteressantes Spiel erlaubt – – kurz alle Abweichungen von dem *Tom Jones* und der *Klarissa* sind Sekunden und Septimen im Aristotelischen Dreiklang. Das Genie kann zwar alles gutmachen; aber Gutmachen ist nicht aufs beste machen, und glänzende verklärte Wundenmale sind am Ende doch Löcher am verklärten Leibe. Wenn manche Genies die Kraft, die sie aufs Gutmachen übertretner Regeln wenden müssen in der Befolgung derselben arbeiten ließen: sie täten mehr Wunder als der heilige Martin, der ihrer nicht mehr bewerkstelligte als zweihundertundsechs – Goethe in seiner Iphigenie und Klinger in seiner Medea tuns vielleicht dem heiligen Martin zuvor ....

– – Gegenwärtig trägt man das Einbein (mich) über den Fichtelsee und über zwei Stangen, die statt einer Brücke über diese bemooste Wüste bringen. Zwei Fehltritte der Gondelierer, die mich aufgeladen, versenken, wenn sie geschehen, einen Mann in den Fichtelsumpf, der darin an seinem Vorredner arbeitet und der mit acht Nummern Menschen gesprochen und dessen Werk zum Glück schon in Berlin ist .... Berge über Berge werden jetzo wie Götter aus der Erde steigen, die Gebirge werden ihre Arme länger ausstrecken und die Erde wird wie eine Sonne aufgehen und dann wird ihre weiten Strahlen *ein* Menschen-Blick verknüpfen und meine Seele wird unter ihrem Brennpunkt glühen ..... Nach wenigen Schritten und Worten ist die Vorrede aus, auf die ich mich so lange gefreuet, und der Schneeberg da, auf dem ich mich erst freuen soll. – Es ist gut, wenn ein Mensch seine Lebensereignisse so wunderbar verflochten hat, daß er ganz widersprechende Wünsche haben kann, daß nämlich der Vorredner dauere und der Schneeberg doch komme.

– – In diesen Gegenden ist alles still, wie in erhabnen Menschen. Aber tiefer, in den Tälern, nahe an den Gräbern der Menschen steht der schwere Dunstkreis der Erde auf der einsinkenden Brust, zu ihnen nieder schleichen Wolken mit großen Tropfen und Blitzen, und drunten wohnt der Seufzer und der Schweiß. Ich komme auch wieder hinunter, und ich sehne mich zugleich *hinab* und *hinauf*. Denn der irre Mensch – die ägyptische Gottheit, ein Stückwerk aus Tierköpfen und Menschen-Torsos – streckt seine Hände nach entgegengesetzten Richtungen aus und nach dem ersten Leben und nach dem zweiten: seinen Geist ziehen *Geister* und *Körper*. So wird der *Mond* von der *Sonne* und *Erde* zugleich gezogen, aber die Erde legt ihm ihre Ketten an, und die Sonne zwingt ihn bloß zu Ausweichungen. Diesen Widerstreit, den kein Sterblicher beilegt, wirst du, geliebter Leser, auch in diesen Blättern finden; aber vergib ihn mir wie ich dir. Und ebenso habe für unverhältnismäßige Ausbildung die Nachsicht des Menschenkenners. Eine unsichtbare Hand legt den Stimmhammer an den Menschen und seine Kräfte – sie überschraubt, sie erschlafft Saiten – oft zersprengt sie die feinsten am ersten – nicht oft nimmt sie einen eilenden Dreiklang aus ihnen – endlich wenn sie alle Kräfte auf die Tonleiter der Melodie gehoben: so trägt sie die melodische Seele in ein höheres Konzert, und diese hat dann hienieden nur wenig getönet. – – –

.... Ich schrieb jetzt eine Stunde nicht; ich bin nun auf dem Schneeberg, aber noch in der Sänfte. Erhabne Paradiese liegen um mich ungesehen, wie um den eingemauerten Menschengeist, zwischen dem und dessen höherem Mutterland der dunkle Menschenkörper innen steht; aber ich habe mich so traurig gemacht, daß ich in das schmetternde Trommeten- und Laubhüttenfest, das die Natur von einem Gebirge zum andern begeht, nicht hineintreten will: sondern erst wenn die Sonne tiefer in den Himmel gesunken und wenn in ihren Lichtstrom der Schattenstrom der Erde fällt, dann wird unter die stummen Schatten noch ein neuer beglückter stiller Schatten gehen. – – Aufrichtiger zu sprechen, ich kann bloß von euch – ihr schönern Leser, deren geträumte, zuweilen erblickte Gestalten ich wie Genien auf den Höhen des Schönen und Großen wandeln und winken sah – nicht Abschied nehmen; ich bleibe noch ein wenig bei euch, wer weiß, wann und ob die Augenblicke, wo unsre Seelen über einem zerstiebenden Blatte sich die Hände geben, je wiederkommen – vielleicht bin ich hin, vielleicht du, bekannte oder unbekannte teuere Seele, von welcher der Tod, wenn er vorbeigeht und die unter Körnern und Regentropfen gebückte Ähre erblickt, bemerkt: sie ist schon zeitig. – Und gleichwohl was kann ich jenen Seelen in den Augenblicken des Abschieds, die man so gern mit tausend Worten überladen möchte und eben deswegen bloß mit Blicken ausfüllt, noch zu sagen haben oder zu sagen wissen, als meine ewigen Wünsche für sie: findet auf diesem (von uns Erdball genannten) *organischen Kügelchen,* das mehr *begraset* als *beblümet* ist, die wenigen Blumen im Nebel, der um sie hängt – seid mit euren elysischen Träumen zufrieden und begehret ihre Erfüllung und Verkörperung (d. h. Verknöcherung) nicht; denn *auf der Erde ist ein erfüllter Traum ohnehin bloß ein wiederholter* – von außen seid, gleich eurem Körper, von Erde, und bloß innen beseelt und vom Himmel; und haltet es für schwerer und nötiger, die zu lieben, die euch verachten, als die, die euch hassen – und wenn unser Abend da ist, so werfe die Sonne unsers Lebens (wie heute die draußen) die Strahlen, die sie vom irdischen Boden weghebt, an hohe goldne Wolken und (als wegweisende Arme) an höhere Sonnen; nach dem müden Tage des Lebens sei unsre Nacht *gestirnt,* die heißen Dünste desselben schlagen sich nieder, am erkalteten hellen Horizont ziehe sich die *Abendröte* langsam um *Norden* herum, und bei *Nord-Osten* lodere für unser Herz die neue *Morgenröte* auf ......

.... Nun tritt auch die Erdensonne auf die Erdengebirge und von diesen Felsenstufen in ihr heiliges Grab; die unendliche Erde rückt ihre großen Glieder zum Schlafe zurecht und schließet ein Tausend ihrer Augen um das andre zu. Ach welche Lichter und Schatten, Höhen und Tiefen, Farben und Wolken werden draußen kämpfen und spielen und den Himmel mit der Erde verknüpfen – sobald ich hinaustrete (noch *ein* Augenblick steht zwischen mir und dem Elysium), so stehen alle Berge von der zerschmolzenen Goldstufe, der Sonne, überflossen da – Goldadern schwimmen auf den schwarzen Nacht-Schlacken, unter denen Städte und Täler übergossen liegen – Gebirge schauen mit ihren Gipfeln gen Himmel, legen ihre festen Meilen-Arme um die blühende Erde, und Ströme tropfen von ihnen, seitdem sie sich aufgerichtet aus dem uferlosen Meer – Länder schlafen an Ländern, und unbewegliche Wälder an Wäldern, und über der Schlafstätte der ruhenden Riesen spielet ein gaukelnder Nachtschmetterling und ein hüpfendes Licht, und rund um die große Szene zieht sich wie um unser Leben ein hoher Nebel. – – Ich gehe jetzo hinaus und sink' an die sterbende Sonne und an die entschlafende Erde.

Ich trat hinaus – –

Auf dem Fichtelgebirg, im Erntemond 1792.

Jean Paul

Erster Sektor

Verlobung-Schach – graduierter Rekrut – Kopulier-Katze

Meines Erachtens war der Obristforstmeister von *Knör* bloß darum so unerhört aufs Schach erpicht, weil er das ganze Jahr nichts zu tun hatte als *ein*mal darin der Gast, die Santa Hermandad und der teure Dispensationbullen-Macher der Wildmeister zu sein. Der Leser wird freilich noch von keiner so unbändigen Liebhaberei gehört haben, als seine war. Das wenigste ist, daß er alle seine Bediente aus dem Dorfe Strehpenik verschrieb, wo man durch das Schach so gut Steuerfreiheit gewinnt als ein Edelmann durch einen sächsischen Landtag, damit er (obwohl in anderem als katonischen Sinne) ebenso viele Gegner als Diener hätte – oder daß er und ein oberysselscher Edelmann in Zwoll mehr Postgeld verschrieben als verreiseten, weil sie Schach auf 250 Meilen nicht mit Fingern, sondern Federn zogen – Auch das kann man sich gefallen lassen, daß er und die Kempelsche Schachmaschine Briefe miteinander wechselten und daß des hölzernen Moslems Konviktorist und Adjutant, Herr v. Kempele, ihm in meinem Beisein aus der Leipziger Heustraße im Namen des Muselmanns zurückschrieb, dieser rochiere – Man wird seine Gedanken darüber haben, daß er noch vor zwei Jahren nach Paris abfuhr, um ins Palais royal und in die Société du Salon des Echecs zu gehen und sich darin als Schachgegner niederzusetzen und als Schachsieger wieder aufzuspringen, wiewohl er nachher in einer demokratischen Gasse viel zu sehr geprügelt wurde, da er im Schlafe schrie: gardez la Reine – Bloß frappieren kanns einen und den andern, daß seine Tochter ihm nie einen neuen Hut oder eine neue Soubrette, die ihn ihr ansteckte, anders abgewann als zugleich mit einem Schach – – Aber darüber wundert und ärgert sich alles, was mich lieset, Leute von jedem Geschlecht und jedem Alter, daß der Obristforstmeister geschworen hatte, seine Tochter keiner andern Bestie in der ganzen Ritterschaft zu geben, als einer, die ihr außer dem Herzen noch ein Schach abgewänne – und zwar in sieben Wochen.

Sein Grund und Kettenschluß war der: »Ein guter Mathematiker ist ein guter Schachspieler, also dieser jener – ein guter Mathematiker weiß die Differentialrechnung zehnmal besser als ein elender – und ein guter Differentialrechenmeister versteht sich so gut als einer aufs Deployieren und Schwenken [1] und kann mithin seine Kompagnie (und seine Frau vollends)

[1] Das wüßt' er nicht, wenn ers nicht aus den neuen Taktikern, Herrn *Hahn* und Herrn *Miller*, hätte, die den jungen Offizier die Differentialrechnung lehren, damit es ihm nicht schwer werde, mitten im Treffen beim Deployieren und Schwenken die Grundwinkel herauszurechnen. – Ebenso hab' ich hundertmal ein Buch schreiben und darin die armen visierenden Billardspieler in den Stand setzen wollen, bloß nach einigen Auflösungen aus der Mechanik und höheren Mathesis mit zugemachten Augen zu stoßen.

zu jeder Stunde kommandieren – und warum sollte man einem so geschickten, so erfahrnen Offizier seine einzige Tochter nicht geben?« – Der Leser hätte sich gewiß sogleich ans Schachbrett hingesetzt und gedacht, der Zug einer solchen Quaterne aus dem Brette, wie die Tochter eines Obristforstmeisters ist, sei ja außerordentlich leicht; aber er ist verdammt schwer, wenn der Vater selbst hinter dem Stuhle passet und der Tochter jeden Zug angibt, womit sie ihren König und ihre Tugend gegen den Leser decken soll.

Wers hörte, begriff gar nicht, warum die Frau Obristforstmeisterin, welche lange Gesellschaftdame einer Gräfin von Ebersdorf gewesen, bei ihrem feinen Gefühl und ihrer Frömmigkeit eine solche Jägerlaune dulde; sie hatte aber eine herrnhutische durchzusetzen, welche begehrte, daß das erste Kind ihrer Tochter Ernestine für den Himmel sollte groß gezogen werden, nämlich: acht Jahre *unter der Erde* – »Meinetwegen achtzig Jahre«, sagte der Alte.

Ob man gleich in jedem Falle Teufelsnot mit einer Tochter hat, man mag Abonnenten an sie anzulocken oder abzutreiben haben: so hatte doch Knör bei der Sache seinen wahren Himmel auf Erden – unter so vielen Schachrittern, die sämtlich seine Ernestine bekriegten und verspielten. Denn mit einem Kopfe, in den der Vater Licht, und mit einem Herzen, in das die Mutter Tugend eingeführt hatte, eroberte sie leichter, als sie zu erobern war; daher ärgerte und spielte sich an ihr eine ganze Brigade ehelustiger Junker halb tot. Und doch waren unter ihnen Leute, die auf allen nahen Schlössern den Namen *süßer Herren* behaupteten, weil sie keine – *Matrosensitten* hatten, wie man in Vergleichung mit dem *Seewasser* unser schales *süßes* nennt.

Aber ich und der Leser wollen über die ganze spielende Kompagnie wegspringen und uns neben den Rittmeister von *Falkenberg* stellen, der bei dem Vater steht und auch heiraten will. Dieser Offizier – ein Mann voll Mut und Gutherzigkeit, ohne alle Grundsätze als die der Ehre, der, um sich nichts hinter seine Ohren zu schreiben, die sonst bei einiger Länge das *schwarze Brett* und der *Kerbstock* empfangner Beleidigungen sind, lieber andre Christen hinter die ihrigen schlug, der feiner handelte, als er sprach, und dessen Kniestück ich nicht zwischen diesen zwei Gedankenstrichen ausbreiten kann – warb in dieser Gegend so lange Rekruten, bis er selber wollte angeworben sein von Ernestinen. Er haßte nichts so sehr als Schach und Herrnhutismus; indessen sagte Knör zu ihm: »abends um 12 Uhr fingen, weil er so wollte, die sieben Spiel-Turnierwochen an, und wenn er nach sieben Wochen um 12 Uhr die Spielerin nicht aus dem Schlachtfelde ins Brautbette hineingeschlagen hätte: so tät' es ihm von Herzen leid, und aus der achtjährigen Erziehung brauchte dann ohnehin nichts zu werden.«

Die ersten 14 Tage wurd' in der Tat zu nachlässig gespielt und – geliebt. Allein damals hatten weder andre gescheite Leute noch ich selber jene hitzigen Romane geschrieben, wodurch wir (wir habens zu verantworten) die jungen Leute in knisternde, wehende *Zirkulieröfen* der Liebe umsetzen, welche darüber zerspringen und verkalken und nach der Trauung nicht mehr zu heizen sind. Ernestine gehörte unter die Töchter, die bei der Hand sind, wenn man ihnen befiehlt: »Künftigen Sonntag, so Gott will, werde um 4 Uhr in den Herrn A–Z, wenn er kommt, – verliebt.« Der Rittmeister biß im Artikel der Liebe überhaupt weder in den gärenden Pumpernickel der physischen – noch in das weiße kraftlose Weizenbrot der parisischen – noch in das Quitten- und Himmelbrot der platonischen, sondern in einen hübschen Schnitt Gesindebrot der ehelichen Liebe: er war 37 Jahre alt.

Sechzehn Jahre früher hatt' er sich einen Bissen vom gedachten Pumpernickel abgeschnitten: seine Geliebte und sein und ihr Sohn wurden nachher vom ehrlichen Kommerzien-Agenten *Köper* geheiratet.

Wir Belletristen hingegen könnens recht sehr bei unsern Romanen gebrauchen, daß es unserem Magen und unserer Magenhaut guttut, wenn wir in *einem* Nachmittage jene vier Brotsorten auf einmal anschneiden; denn wir müssen aller Henker sein, um allen Henker zu schildern; wie wollten wirs sonst machen, wenn wir im nämlichen Monat aus dem nämlichen Herzen, wie aus dem nämlichen Buchladen (ich ärgere hier Herrn Adelung durchs Wort »nämlichen«) Spottgedichte – Lobgedichte – Nachtgedanken – Nachtszenen – Schlachtgesänge – Idyllen – Zotenlieder und Sterbelieder liefern sollen, so daß man hinter und vor uns erstaunt übers Pantheon und Pandämonium unter *einem* Dache – mehr als über des Galeerensklaven Bazile nachgelassenen Magen, in welchem ein Mobiliarvermögen von 35 Effekten hausete, z. B. Pfeifenköpfe, Leder, Glasstücke und so fort.

Wenn die beiden jungen Leute am Schachbrett saßen, das entweder ihre Scheidewand oder ihre Brücke werden sollte: so stand der Vater allemal als Markör dabei; es war aber wirklich nicht nötig – nicht bloß weil der Rittmeister so erbärmlich spielte und seine Gegenfüßlerin so philidorisch; auch darum nicht, weil ihr die weibliche Kleiderordnung ohnehin verbot, matt oder verliebt zu werden (denn am Ende kehren Weiber und Ruderknechte allzeit eben den Rücken dem Ufer zu, an das sie anzurudern streben) – sondern aus einem noch sonderbarern Grunde war der Auxiliarforstmeister zu entraten: die Ernestine wollte nämlich um alles gern schachmatt werden, und *eben deswegen* spielte sie so gut. Denn aus Rache gegen das zögernde Schicksal arbeitet man gerade Dingen, die von ihm abhängen, absichtlich entgegen und wünschet sie doch. Die beiden kriegenden Mächte wurden zwar sich einander immer lieber, eben weil sie einander einzubüßen fürchteten; gleichwohl stands in den Kräften der weiblichen nicht, nur *einen* Zug zu unterlassen, der gegen ihre doppelseitigen Wünsche stritt: in fünf Wochen konnte der Werbeoffizier nicht *einmal* sagen: Schach der Königin. Die Weiber spielen ohnehin dieses Königspiel (wie andre Königspiele) recht gut .... Da aber das eine Digression der Natur zu sein scheint und doch keine ist: so kann eine schriftstellerische daraus gemacht werden, aber erst im 20ten Sektor; weil ich erst ein paar Monate geschrieben haben muß, bis ich den Leser so eingesponnen habe, daß ich ihn werfen und zerren kann, wie ich nur will.

Wäre die Liebe des Rittmeisters von der Art der neuern gigantischen Liebe gewesen, die nicht wie ein aufblätternder Zephyr, sondern wie ein schüttelnder Sturmwind die armen dünnen Blümchen umfasset, welche sich in den belletristischen Orkan gar nicht schicken können: so wäre das wenigste, was er hätte tun können, das gewesen, daß er auf der Stelle des Teufels geworden wäre; so aber wurd' er bloß – böse, nicht über den Vater, sondern über die Tochter, und nicht darüber, daß sie das Schachbrett nicht zum Präsentierteller ihrer Hand und ihres Herzens machte, oder daß sie gut gegen ihn spielte, sondern darüber, daß sie *so sehr* gut spielte. So ist der Mensch! – und ich ersuche den Menschen, meinen Rittmeister nicht auszulachen. Freilich – hätt' ich die weiblichen Reize und die Rolle Ernestinens gehabt und hätt' ich ihm, indes er seine Kontraapproche aussann, ins betretne Gesicht geschauet, auf dessen geründetem Munde der Schmerz über unverdiente Kränkung stand, der so rührend an Männern von Mut aussieht, sobald ihn nicht die Gichtknoten und Hautausschläge der Rache verzerren: so wär' ich rot geworden und wäre wahrhaftig geradezu mit der Königin (und mir dazu) ins Schach hineingefahren: denn was hätt' ich da geliebt als strenge Selberbüßung?

Beinahe hätte am 16. Junius Ernestine diese Büßung geliebt, wie man aus ihrem Briefe sogleich ersehen soll. Denn allerdings ist eine Frau imstande, zweimal 24 Stunden lang eine und dieselbe Gesinnung gegen einen Mann (aber auch gegen weiter nichts) zu behaupten, sobald sie von diesem Manne nichts vor sich hat als sein Bild in ihrem schönen Köpfchen; allein steht der Mann selber unkopiert fünf Fuß hoch vor ihr: so leistet sie es nicht mehr – ihre wie eine besonnete Mückenkolonne spielenden Empfindungen treibt auseinander, widereinander und ineinander ein Fingerhut voll Puder am besagten Mann zu viel oder zu wenig – eine Beugung seines Oberleibs – ein zu tief abgeschnittener Fingernagel – eine sich abschälende schurfichte Unterlippe – der Puder-Anschrot und Spielraum des Zopfs hinten auf dem Rock – ein langer Backenbart – alles. Aus hundert Gründen schlag' ich hier vor den Augen des indiskreten Lesers Ernestinens Brief an eine ausgediente Hofdame in der Residenzstadt *Scheerau* auseinander: sie mußte jede Woche an sie schreiben, weil man sie zu beerben gedachte und weil Ernestine selber einmal so lange bei ihr und in der Stadt gewesen war, daß sie recht gut eilftausend Pfiffe mit wegbringen konnte – drei Wochen nämlich.

»Die vorige Woche hatt' ich Ihnen wirklich nichts zu schreiben als das alte Lied. Unser Gespiele ennuyiert mich unendlich, und es dauert mich nur der Rittmeister; es hilft aber bei meinem Vater kein Reden, sobald er nur jemand haben kann, den er spielen sieht. Wär's nicht besser, der gute Rittmeister ließe seinen Kutscher, der den ganzen Tag in unserer Domestikenstube schnarcht, aufwecken und anspannen und führ' ab? Seit dem Sonntage martern wir uns nun an *einer* Partie herum, und ich habe mir schon den Ellenbogen wund gestützt – abends soll sie zu Ende.

Abends um 12 Uhr. Er verlierts allemal mit seinen Springern und durch meine Königin. Wenn er einmal geheiratet hat: so will ich ihm seine Fehlgriffe und meine Kunstgriffe zeigen. Ich bin recht verdrüßlich, gnädige Tante.

Den 16. Jun. In vier Tagen bin ich von meinem Spieler und Schachbrett los, und ich will dieses nicht zusiegeln, bis ich Ihnen schreiben kann, wie er sich gegen seine müde und unschuldige Korbflechterin benommen. Heute spielten wir oben im sinesischen Häuschen. Da die Abendröte, die gerade in sein Gesicht hineinfiel, verwirrte Schatten unter die Figuren warf und da mich sein rechter Zeigefinger dauerte, der von einem Säbelhiebe eine rote Linie hat und der auf der Schachbande auflag: so kam ich aus Zerstreuung wahrhaftig um meine Königin, und das abscheuliche Kindtaufgeläute des sinesischen Glockenspiels ließ mir fast kein Dessein – zum Glück kam mein Vater wieder und half mir ein wenig ein. Ich führte ihn nachher in unsern neuen Anlagen im Wäldchen herum, und er erzählte mir, glaub' ich, die Historie seines linierten Fingers; er ist gegen seinesgleichen sehr wild, aber dabei ungemein verbindlich gegen Frauenzimmer.

Den 18. Jun. Seit gestern sind wir alle etwas lustiger. Abends brachten zwei Unteroffiziere fünf Rekruten, und da man sagte, es wär' ein Mensch darunter, der eine ganze geschlagene Armee zum Lachen brächte, gingen wir alle mit hinunter. Unten erzählte der Mensch gerade halblaut einem andern Rekruten ins Ohr, er habe ein eingesetztes Gebiß von lauter falschen Schneidezähnen, und sie fielen alle bis auf einen Eckzahn heraus, wenn er eine Patrone anbisse; er habe aber bloß das Handgeld wegkapern wollen. Er schraubte unsertwegen den Hut vom Kopf ab, aber eine weiße Mütze, die sich bis über die Augenbraunen hereinsenkte, zerrete er noch tiefer nieder: ›zög' er sie ab,‹ sagt' er, ›so käm' er in seinem Leben nicht zum Regiment.‹ Der eine Unteroffizier fing an zu lachen und sagte: ›Er tuts bloß, weil er drei abscheuliche Muttermäler darunter hat, weiter nichts‹ – und ein Kamerad streifte ihm heimlich die Mütze von hinten herunter. Kaum war zu unserem Erstaunen ein Kopf daraus vorgesprungen, der an beiden Schläfen zwei brennende Muttermäler wies, eine Silhouette mit einem natürlichen Haarzopf und gegenüber zwei Iltis-Schwänzchen: so faßte zu unserm noch größeren Erstaunen der Rittmeister den bemalten Kopf an und küßte ihn so heftig wie seinen leiblichen Bruder und wollte sich totlachen und totfreuen. ›Du bist und bleibst doch der Doktor *Fenk*!‹ sagt' er. Er muß sehr vertraut mit dem Rittmeister sein und kommt unmittelbar von *Oberscheerau*. Kennen Sie ihn nicht? Der Fürst lässet ihn als

Botaniker und Gesellschafter mit seinem natürlichen Sohn, dem Kapitän von *Ottomar*, nach der Schweiz und Italien reisen, wie Sie schon wissen werden. Er setzt tolle Streiche durch, wenns wahr ist, was er schwört, daß dieses seine 21te Verkleidung sei und daß er ebenso viele Jahre habe. Er sieht übel aus; er sagt selber, sein breites Kinn stülpe sich wie ein Biberschwanz empor und der Bader rasier' ihm im Grunde die halbe Wüste gratis, so viel wie zwei Bärte – seine Lippen sind bis zu den Stockzähnen aufgeschnitten, und seine kleinen Augen funkeln den ganzen Tag. Er spaßet auch für Leute, die nicht seinesgleichen sind, viel zu frei.« – –

– Ernestine silhouettiert hier den äußern Menschen des Doktors, der wie viele indische Bäume unter äußern Stacheln und dornigem Laub die weiche kostbare Frucht des menschenfreundlichsten Herzens versteckte. Ich werd' ihn aber ebenso gut zeichnen können wie die Briefstellerin. Da Humoristen wie er selten schön sind – weibliche Humoristinnen noch weniger – und da der Geist sich und das Gesicht zugleich travestiert: so würde ja, sagt' er, seine schönste Kleidung keinem Menschen etwas nützen – ihm selber und den Schönen am wenigsten – als bloß den Schnitthändlern. Daher waren seine Montierstücke in zwei Fächer gesondert, in kostbare (damit die Leute sähen, daß er die elenden nicht aus Armut trüge) und in eben diese elenden, die er meistens mit jenen zugleich anhatte. Stachen nicht die Klappen-Segel der schönsten gestickten Weste allemal aus einem fuchsbraunen Überrock heraus, der fast in seiner Haar-Mause verschied? Hatt' er nicht unter einem Hut für 1½ Ld'or einen schimpflichen Zopf aufgehangen, den er für nicht mehr erstanden als für drei hiesige Sechser? Freilich wars halb aus Erbitterung gegen diesen so geschmacklosen Krebsschwanz des Kopfes, gegen dieses wie ein Tubus sich verkürzendes und verlängerndes Nacken-Gehenk an der vierten gedankenvollen Gehirnkammer. Sein Schreib-Geschirr mußte schöner als sein Eß-Geschirr und sein Papier feiner als seine Wäsche sein; er konnte nirgends schlechte kleine Federn leiden als bloß auf seinem Hute, den sein Bette – und seine den Ehelosen natürliche Unordnung – sozusagen in einen adeligen Federhut umbesserte; indessen setzte er seinen Bettfedern in den Haaren gute Seekiele hinter den Ohren an die Seite – der Prinzipalkommissarius hätte sie auf dem Reichstag mit Ehren hinter seine stecken können! –

Um aber keinen Anzugs-Sonderling und Kleider-Separatisten zu machen, ließ er sich von Jahr zu Jahr nach den besten Moden des Narrheit-Journals abkonterfeien und schützte vor, er müsse den Leuten doch zeigen, daß er oder sein Kniestück vielleicht gleichen Schritt mit den neuesten Elegants zu halten wüßten. – Der untere Saum seines Überrocks war gleich dem Menschen oft aus Erde gemacht; allein er drang darauf, man sollt' es ihm sagen, was es verschlüge, wenn ers leibhaftig wie der Strumpfwürker triebe, dessen Historie ich sogleich erzählen will, um nur nicht ohne alle Moral zu schreiben. Der Mann hatte nämlich das Gute und Tolle an sich, daß er den kotigen

Anschrot, womit sich sein Überrock besetzte, wenn er seine Strümpfe in die Stadt auf seinem Rücken ablieferte, niemals herausbürstete oder ausrieb: sondern er griff in eine breite Schere und zwickte damit den jedesmaligen Schmutzkragen und kotigen Horizont mit Einsicht herunter – je länger es nun regnete, desto kürzer schürzte sich sein Frack hinauf, und am kürzesten Tage ging der Epitomator wegen des unerhörten Wetters im kürzesten Überrock herum, in einer niedlichen Sedez-Ausgabe der vorigen Langfolio-Ausgabe. Die Moral, die ich daraus holen kann, möchte die Frage sein: sollte ein gescheiter Staat, der doch gewiß siebzigmal klüger ist als alle Strumpfwürker zusammengenommen, die ja selber nur Glieder desselben sind, den eingesäumten Strumpfwürker nicht dadurch am besten einholen, daß er auch seine schmutzigen Glieder (Diebe, Ehebrecher etc.), statt lange an ihnen zu reiben und zu säubern, mit dem Schwerte oder sonst frisch herunterschnitte? ...

Der Doktor Fenk zerstreuete durch launigen Trost die einsamen Flüche, die sein Freund Rittmeister statt der Seufzer tat. Er sagte, er habe an Ernestinen mehr als einmal über einen besonders guten Zug, den er getan, kein andres Erschrecken bemerkt als ein freudiges. Er wolle sein Reisegeld daransetzen, daß sie, da sie ihn liebe, einen Pfiff in ihrem Kopfe großbrüte, der die Treppe zum Brautbette zimmern werde – er riet ihm, sich zerstreuet und achtlos anzustellen, damit er sie nicht im Ausbrüten des Pfiffes ertappe und wegstöre – er fragte ihn: »Kennst du den *kleinen Dienst* der Liebe vollkommen?« – Kein Deutscher verstand Metaphern weniger als der Rittmeister. »Ich meine,« fuhr er fort, »kannst du denn nicht der listigste Vokativus von Haus aus sein? – Kannst du nicht die Schachfigur, die du ziehen willst, lange fassen, um deine Hand lange über deiner Schachmiliz zu behalten und die Generalissima mit der Hand irre und verliebt zu machen? – Kannst du nicht deine Positionen jede Minute gegen diese Feindin wechseln und besonders Anhöhen suchen, weil ein stehender Mann einer sitzenden Frau schöner vorkommt als einer stehenden? Ich und sie sollten dich bald auf den Stuhl zurückgebogen, bald vorwärts, bald links, bald rechts gerankt, bald im Schatten, bald ihre Hand, bald ihren Mund fixierend erblicken im Spiele. Ja du solltest drei oder vier Bauern ins Zimmer herunterstoßen, bloß um dich zum Aufheben nachzubücken, damit etwa dein schwellendes Gesicht auf ihr Herz Eindrücke machte und damit du das Blut in deinen und ihren Kopf zugleich emportriebest. Laß deinen Zopf eine Achtels-Elle dem Hinterkopfe näher oder ferner schnüren, falls etwa diese Schnürung und diese Elle sich bisher eurer Ehe entgegengesetzt hätte.« Der arme Rittmeister begriff und tat vom ganzen Dienstreglement kein Jota, und dem Doktor wars ebenso lieb; denn er redete aus Humor in nichts lieber als in den Wind. Ernestine schreibt in ihrem Briefe fort:

»Morgen gehen gottlob meine Karwochen zu Ende, und es ist ein Glück für den Rittmeister, der alle Tage empfindlicher wird, daß nur der Doktor da ist, der über jede gezogne Figur einen Einfall weiß. Sein Witz, sagt er, beweise, daß er selber jämmerlich spiele, weil gute Spieler über und unter ihrem Spielen niemals ein Bonmot hätten.

Den 20. Jun. um 3 Uhr. Heute abends um 12 Uhr werd' ich endlich vom Schach-Fußblocke losgeschlossen. Er will an der Definitiv-Partie – nennt sie Fenk – den ganzen Tag spielen; er lässet aber, weil er aus seinen Tags-Kampagnen den Ablauf der nächtlichen errät, nachts den Kutscher mit dem Wagen halten, um sogleich wie ein Leichnam traurig abzufahren. Er sollte mir nur nicht zumuten, so schlecht zu spielen wie er. Er ist aber in allem so hastig und hält vor allen Vorstellungen die Ohren zu.

Um 12 Uhr nachts. Ich bin außer mir. Wer hätt' es von meinem Vater geglaubt? Mein Spiel konnte kaum besser stehen – es war auf meines Vaters Sekundenuhr, die neben dem Schachbrett lag, schon viel über halb Zwölf – er hatte nur drei Offiziere und ich noch alle meine – ohn' ein Wunderwerk war er in 18 Minuten matt – eine fliegende Röte spannte einmal ums andre sein ganzes Gesicht – wir wurden zuletzt ordentlich beklemmt, und selbst der Doktor sagte kein lustiges Wort mehr – bloß mein weißes Miezchen marschierte schnurrend auf dem Spieltisch herum – kein Mensch denkt natürlicherweise auf die Katze, und er bietet mir im Spiele das erste Schach – nun mocht' er (oder war ichs? denn ich schlage zuweilen auch solche Pralltriller auf dem Tische) mit den Fingern einen auf der Bande machen – wie der Blitz fährt die Bestie, die es für eine Maus halten muß, darauf hin und schmeißet uns das ganze Spiel um und da sitzen wir! Stellen Sie sich vor! Ich halb froh, daß ihm diese Mittelsperson die Beschämung des förmlichen Korbes abnimmt – er mit einem Gesicht voll Trostlosigkeit und Zorn – mein Vater mit einem voll Verlegenheit und Zorn – und der Doktor, der in der Stube mit den zehn Fingern herumschnalzet und schwört: ›der Rittmeister hätt' es gewonnen, so gewiß wie Amen!‹ Kein Mensch wich mit seiner Fußsohle von der Stelle, der Doktor blieb keine Minute auf der seinigen und warf sich endlich in einem Enthusiasmus, den unsre verlegne Stille immer mehr erhob, vor einer weißen Amorbüste, vor einem Miniaturporträt meines Vaters und vor seinem eignen Bilde im Spiegel auf die Knie hin und betete: ›Heiliger Herr von Knör! heiliger Amor! heiliger Fenk! bittet für den Rittmeister und schlagt die Katze tot! Ach würdet ihr drei Bilder lebendig: so würde Amor gewiß die Gestalt des Doktor Fenks annehmen, und der lebendig gewordene Amor würde die Hand des lebendig gewordenen Knörs ergreifen und ihr die der Spielerin geben – seine gäbe ihre dann vielleicht weiter. Ihr Heiligen! bittet doch für den Rittmeister, der gewonnen hätte!‹ – Das ist aber nicht wahr, und zum Unglück war nur der Termin zu einem neuen Spiele zu kurz.« ...

Da nun der Iltis-Doktor (ich selber erzähle als Autor wieder) aufstand und wirklich die Hand von Knör in Ernestinens ihre legte und sagte, er sei der Amor – da überhaupt durch die Versicherungen des Doktors und durch die Unentschiedenheit des Spiels die Ehre des empfindlichen, von Menschen und Katzen geneckten Spielers ebensoviel zu verlieren hatte als die Liebe desselben – da ich in einem ganzen Sektor zeige, daß Falkenberg vom ältesten Adel im ganzen Lande war – und da zum Glück im Obristforstmeister die Sitten seiner rohen Erziehung (wie bei mehren Landedelleuten) halb unter dem Firnis der Sitten seines feinern Umgangs verborgen lagen wie seine alten Möbel unter modischen: so ging der elektrische Enthusiasmus des Doktors in großen Funken in des Vaters Busen über, und Knör legte hingerissen die Hand Ernestinens, die zum Scheine erstaunte, in des Rittmeisters seine, ders im Ernste tat – und der Bräutigam drängte und warf sich in einem Sturm von Dankbarkeit an den Hals des neugebornen Schwiegervaters, eh' er, weil seine Ehre mehr als seine Liebe triumphierte, etwas kälter die geschickte Hand nachküßte, welche ihm bisher diesen doppelten Triumph entzogen. – – –

Dies verdachte ihm die Inhaberin der Hand; aber ich verdenk' es wieder ihr; mit welchem Grund will sie dem Manne, der gar keine Seele, seine eigne kaum und eine weibliche nie erriet, ansinnen, daß er seine Weisheitszähne und seinen Philosophen-Bart soll so außerordentlich lang gewachsen tragen, wie der geneigte Leser beide trägt, dem es freilich nicht erst hier vorgedruckt zu werden braucht – er merkte alles schon vor drei guten Stunden –, daß hinter der Kopulierkatze etwas stak und steckte, Ernestine nämlich selber.

Es war so ... Ich brauch' es aber dem Leser kaum zu berichten, da ers schon längst gewußt, daß Ernestine die Kitt- und Heftkatze vier Abende vorher täglich privatissime auf den Tisch stellte und sie abrichtete, auf die Finger loszufahren, wenn sie trillerten – und ich freue mich, daß der Scharfsinn des Lesers kein gewöhnlicher ist, weil er weiter mutmaßet; denn sie ließ also auch am letzten Abend das Kleisterälchen von Katze als Leimrute nachschleichen, versenkte es bis um 11½ Uhr in ihren Schoß und hob endlich mit dem Knie diesen Katzen-terminus medius aus dem Schoße auf den Spieltisch, und der terminus tat nachher das Seinige. – Armer Rittmeister!

Nachdenklich ist es aber. Denn wenn auf diese Art Weiber Anordnung für Zufall und Zufall für Anordnung auszumünzen wissen – wenn sie schon vor den Verlöbnissen (folglich nachher noch mehr) in die erste Linie gegen die Männer, wie Kambyses gegen die Ägypter [1], Bundeskatzen stellen, die wie Untergötter ex machina das männliche Spiel umwerfen und das weibliche aufstellen – wenn unter hundert Menschen nur fünf Männer sind, welchen tierische Katzen oder gar menschliche ausstehlich sind, und nur zehn Weiber, denen sie es nicht sind – wenn also ganz offenbar die besten

[1] Kambyses eroberte Pelusium mit Sturm, weil er unter seine Soldaten heilige Tiere, Katzen u. s. w., mengte, auf welche die ägyptische Garnison nicht zu schießen wagte und an die sie statt der Pfeile Gebete abschickte.

Weiber entsetzliche Bündel Männergarn unter den Armen halten, Hasengarne, Steckgarne, Spiegelgarne, Nacht- und Hänggarne: was soll da das Einbein [1] machen, das am nämlichen Tag, wo es einen Roman zu schreiben anfing, zugleich einen zu spielen anhob und so beide wie auf einem Doppelklavier nebeneinander zu Ende führen wollte? Am vernünftigsten, seh' ich, mach' ich, wenn meine Frau den ganzen Tag am Bärenfange steht und Zweige darauf wirft, damit ich hineinstolpere, nur durchaus keinen – Bären, obwohl auch keinen Affen. Nein! ihr gefügigen gedrängten Geschöpfe! ich setze mirs noch einmal vor und gelob' es einer von euch hier öffentlich im Druck. Geschäh' es dennoch, daß ich die eine nach den Flitterwochen quälen wollte: so les' ich bloß diesen Sektor hinaus und rühre mich mit dem kommenden Gemälde eurer ehlichen Pilatus, das ich deswegen hieher trage – wie nämlich der dümmste Mann sich für klüger hält als die klügste Ehefrau; wie diese vor ihm, der vielleicht außer dem Haus vor einer Göttin oder Götzin auf den Knien liegt, um beglückt zu werden, gleich dem Kamele auf die ihrigen sinken muß, um befrachtet zu werden; wie er seine Reichskammergericht-Erkenntnisse und seine Plebiszita nach den sanftesten, nur mit zweifelhafter Stimme wie verloren gewagten Gegengründen mit nichts versüßet als mit einem »wenn ichs nun aber so haben will«; wie eben die Träne, die ihn bezauberte im freien Auge der Braut, ihn entzaubert und ganz toll macht, wenn sie aus dem ankopulierten fällt, so wie in den arabischen Märchen alle Bezauberungen und Entzauberungen durch Besprengen mit Wasser geschehen – wahrhaftig das einzige Gute ist doch dies, daß ihr ihn recht betrügt. Ach! und wenn ich mir erst denke, wie weit ein solcher Ehe-Petz gegangen sein muß, bis ihr so weit ginget, daß ihr, um nicht von ihm gefressen zu werden, euch (wie man auch bei den Waldbären tut) gar ohnmächtig anstellet; und der Petz schritt mit seinen müßigen Tatzen um die Scheintote herum!....

»In meinem Alter soll das Einbein schon anders pfeifen!« sagt der verheiratete Leser; allein ich bin selber schon neun Jahre älter als er, und noch dazu unverheiratet.

[1] Das Einbein bin ich selber. Ich habe die Vorrede, die man wird überschlagen haben, und diese Note, die nicht zu überschlagen ist, gemacht, damit es einmal bekannt werde, daß ich nicht mehr habe als *ein* Bein, wenn man das zu kurze wegrechnet, und daß sie mich in meiner Gegend nicht anders nennen als das Einbein oder den einbeinigen Autor, da ich doch Jean Paul heiße. Siehe das Taufzeugnis und die Vorrede.

Zweiter Sektor oder Ausschnitt

Ahnen-Preiskurant des Ahnen-Grossierers – der Beschäler und Adelbrief

Es gibt in der ganzen entdeckten Welt keine verdammtere Arbeit als einen ersten Sektor zu schreiben; und dürft' ich in meinem Leben keine andern Sektores schreiben, keinen zweiten, zehnten, tausendsten, so wollt' ich lieber Logarithmen oder publizistische Kreisrelationen machen als ein Buch mit ästhetischen. Hingegen im zweiten Kapitel und Sektor kommt ein Autor wieder zu sich und weiß recht gut im vornehmsten Cercle, den es vielleicht gibt (Knäsen sitzen in meinem), was er mit seinen schreibenden Händen anfangen soll und mit seinem Hute, Kopfe, Witz, Tiefsinn und mit allem.

Da ich durch das Ehepaar, von dessen Verlobung durch Schach und Katze wir sämtlich zurückkommen, mir in neun Monaten den Helden dieses Buches abliefern lasse: so muß ich vorher zeigen, daß ich nicht unbesonnen in den Tag hineinkaufe, sondern meine Ware (d. i. meinen Helden) aus einem recht *guten* Hause, um kaufmännisch zu reden, oder aus einem recht *alten*, um heraldisch zu sprechen, ausnehme. Denn der reichsfreien Ritterschaft, den Landsassen und den Patriziern muß es hier oder nirgends gesagt und bewiesen werden, daß mein Heldlieferant, Herr von Falkenberg, von älterem Adel ist wie sie alle; und zwar von unechtem.

Nämlich Anno 1625 war Mariä Empfängnis, wo sein Urgroßvater sich ungemein besoff und dennoch aus dem Glücktopfe die volle Hand mit etwas Außerordentlichem herausbrachte, mit einem zweiten Adeldiplom. Denn es trank mit ihm, aber siebenmal stärker, ein gescheiter Roßtäuscher aus Westfalen, auch ein Herr von *Falkenberg*, aber nur ein Namenvetter; ihre beiden Stammbäume bestreiften und anastomosierten sich weder in Wurzelfäserchen noch in Blättern. Ob nun gleich der Sippschaftbaum des Westfälingers so alt und lang im Winde und Wetter des Lebens dagestanden war, daß er mit manchem Veteranen auf den Bergen Libanon und Ätna zugleich aus der Erde vorgeschossen zu sein schien, kurz, obgleich der Roßhändler 64schildig war, indes der Urgroßvater zu seiner größten Schande und zu dessen seiner, der ihn in seinen Roman mit hineinnimmt, wirklich sowohl Zähne als Ahnen mehr nicht zählte als 32: so wars doch noch zu machen. Der alte Westfale war nämlich der Stammhalter und die Schlußvignette und das hogarthische Schwanzstück seines ganzen historischen Bildersaals; nicht einmal in beiden Indien, wo wir alle unsre Vettern haben und erben, hatt' er noch einen. Darauf fußte der Urgroßvater, der ihm sein Adeldiplom abzufluchen und abzubetteln suchte, um es für sein eignes auszugeben: »Denn wer Teufel weiß es,« sagte er, »dir hilft es nichts, und ich heft' es an meines.« Ja der Ahnen-Kompilator, der Urgroßvater, wollte christlich handeln und bot dem Roß- und Ahnentäuscher für den Brief einen unnatürlich schönen Beschäler an, einen solchen Großsultan und Ehevogt eines benachbarten Roß-Harems, wie man noch wenige gesehen. Aber der Stammhalter drehte *langsam* den Kopf hin und her und sagte kalt »ich mag nicht« und trank Zerbster Flaschenbier. Da er ein paar Gläser von Quedlinburger Gose bloß versucht hatte, fing er schon an, über das Ansinnen zu fluchen und zu wettern; was schon etwas versprach. Da er etwas Königslutterischen Duckstein, denk' ich, daraufgesetzt hatte (denn Falkenberg hatte einen ganzen Meibomium de cerevisiis, nämlich seine Biere, auf dem Lager): so ging er gar mit einigen Gründen seines Abschlagens hervor, und die Hoffnung wuchs sehr.

Als er endlich den Breslauer Scheps im Glase oder in seinem Kopfe so schön milchen fand: so befahl er, das Luder von einem elenden Beschäler in den Hof zu führen – – und da er ihn etwa zwei- oder dreimal mochte haben springen sehen: so gab er dem Urgroßvater die Hand und zugleich die 128 Ahnen darin. Da nun der Falkenbergische Urgroßvater das erkaufte Adelpatent, das einige Ahnenfolgen tausendschildiger Motten fast aufgekäuet hatten, mit einem Pflasterspatel, weil es porös wie ein Schmetterlingfittich war, auf neues Pergament aufstrich und aufpappte, Buchbinderkleister aber vorher: so tat, kann man leicht denken, das Pergament seiner ganzen adeligen Vorwelt den nämlichen Dienst der Veredlung, den der Beschäler in Westfalen der Roßnachwelt leistete, und über hundert begrabene Mann, an denen kein Tropfen Blut mehr adelig zu machen war, kamen wenigstens zu adeligen Knochen. Also brauchen weder ich noch irgendeine Stiftdame uns zu schämen, daß wir mit dem künftigen jungen Falkenberg so viel Verkehr haben, als man künftig finden wird. – Übrigens möcht' ich nicht gern, daß die Anekdote weiter auskäme, und einem Lesepublikum von Verstand braucht man dies gar nicht zu sagen. –

Die Hochzeit-Luperkalien hab' ich samt ihrem längsten Tage und ihrer kürzesten Nacht niemals hersetzen wollen; – doch den Einzug darauf wollt' ich gut beschreiben. Allein da ich mich gestern zum Unglück mit dem Vorsatze ins Bett legte, heute morgen das Schach- und Ehepaar mit drei Federzügen aus dem Brautbette ins Ehebette zu schaffen, das 19 Stunden davon steht, nämlich im Falkenbergischen Rittersitz *Auenthal* – und da ich ganz natürlich nur mit drei kleinen Winken das wenige schildern wollte, das wenige Pfeifen, Reiten und Pulver, womit die guten Auenthaler ihre gnädige Neuvermählten empfingen: so ging die ganze Nacht in meinem Kopfe der Traum auf und ab, ich sei selber ein heimreisender Reichsgraf und der Reichs-Erb-Kasperl und würde von meinen Untertanen, weil sie mich in 15 Jahren mit keinem Auge gesehen, vor Freuden fast erschossen. In meiner Grafschaft wurde natürlicherweise tausendmal mehr Bewillkommunglärm und Honneurs gemacht als im Falkenbergischen Feudum; ich will deswegen die Honneurs für den Rittmeister weglassen und bloß meine bringen.

Erstes Extrablatt

Ehrenbezeugungen, die mir meine Grafschaft nach meiner Heimkehr von der grand tour antat

Wenn gräfliche Untertanen einem Grafen seine sechs *nicht natürlichen Dinge* [1] nehmen: so weiß ich nicht, wie sie ihn besser empfangen können. Nun ließen mir die meinigen kein einziges nicht natürliches Ding.

Sie nahmen mir das erste unnatürliche Ding ohnehin weg, den *Schlaf*. Da ich von Chalons nach Straßburg, so watend langsam, als wär' ich schwanger, gefahren war, um von da aus so donnernd, daß ich mehr hüpfte als saß, meinen Läufer umzufahren: so wär' ich um Flörzhübel (den ersten Marktflecken in meiner Grafschaft) für mein Leben gern schlafend (und war das nicht im Traume so leicht zu machen?) vorübergeflogen; allein gerade an der Grenze und einer Brücke, da ich die Augen bergunter auf- und bergauf zumachte, wurd' ich überfallen, nicht mörderisch, sondern musikalisch, von 16 Mann besoffnem Ausschuß, der schon seit früh 7 Uhr mit dem musikalischen Gerümpel und Ohrenbrechzeug hier aufgepasset hatte, um mich und meine Pferde zu rechter Zeit mit Trommeln und Pfeifen in die Ohren zu blessieren. Glücklicherweise hatten die Sturm-Artisten den ganzen Tag zum Spaße oder aus Langweile vorher mehr getrommelt als aus Ernst und Liebe nachher. Unter dem ganzen Weg, während Orchester und Kaserne neben meinen Pferden ging, zankt' ich mich aus, daß ich Flörzhübel vor 17 Jahren zu einer Stadt habilitiert und graduiert hatte, – »Ich meine nicht deswegen,« sagt' ich zu mir, »weil nachher das landesherrliche Reskript dem Flörzhübel das Stadtrecht und seiner Gendarmerie die Monturen wieder auszog, oder deswegen, weil wir die überzähligen Monturen in Kassel versteigern wollten – sondern weil sie mich jetzt nicht schlafen lassen, welches doch das *erste nicht natürliche* Ding bleibt.«

Essen ließen sie mich gar nicht, weils das zweite unnatürliche Ding eines regierenden Herrn ist. Sann mir nicht der flörzhübelsche Restaurateur, der für mich das ganze gekochte und gesottene *Mußteil* meiner Grafschaft ans Feuer gesetzet hatte, geradezu am Kutschenfußtritt an, ich sollte anbeißen, und da ich ihn – wir Großen setzen nicht ungern den Pöbel durch Verschmähen beneideter Kost in ein hungriges Erstaunen – mit eignem Munde nur um eine Biersuppe ansprach: machte da nicht der Restaurateur eine eitle Miene und sagte: »im ganzen Hotel hätt' er keine; und hätt' er sie: so sollten ihm doch die künftigen Traiteurs nicht nachsagen, er habe unter so vielen jus und bouillons seinem gnädigsten Herrn nichts präsentiert als einen Napf Biersuppe«?

[1] Darunter meinen die Ärzte 1) Wachen und Schlafen, 2) Essen und Trinken, 3) Bewegung, 4) Atmen, 5) Ausleerungen, 6) Leidenschaften.

Um das dritte Ding, um die *Bewegung* und *Ruhe* zugleich, hätte mich bei einem Haare die Ehrenpforte meines Begräbnisdorfes gebracht, maßen sie mich beinahe erschlug, weil sie und die musizierende Galerie auf ihr hart hinter meinem letzten Bedienten einpurzelten, aber zur Freude der Grafschaft keinem Menschen etwas zerbrachen als dem Bader die Glas-Schröpfköpfe, die er der Ehrenpforte angesetzt und vorgestreckt hatte, damit doch etwas daranhinge, worein die nicht schlechte Illumination zu stecken wäre. Ich wollte schon an und für sich etwas toll werden über die satirischen Schröpfvasen, die ich für satirische Typen und Nachbilder meines gräflichen Ausschröpfens der vollen Allodial- und Feudaladern nehmen wollte, und ich fragte den Schultheiß, ob er dächte, es fehle mir echter Witz; allein sie taten sämtlich Eide, an Witz wäre bei der ganzen Ehrenpforte gar nicht gedacht worden.

Luft, das vierte nicht natürliche Ding eines Reichs-Erb-Kasperls, hätt' ich schon haben können; denn bloß etwa des kurzen Mißbrauchs wegen, den die Instrumente und Lungen meiner Vasallen von einem so herrlichen Elemente machten, hätt' ich wahrlich nicht mich und den Luftsektor um mich so fest in meinen Wagen eingesperrt, als ich wirklich tat – ich muß das ausdrücklich sagen, damit nicht der gute Kelzheimer Kantor sich einbilde, es habe mir nicht gefallen, daß mir sein musikalisches Feuerrohr, seine Trompete, doppelt aus dem Schalloch, sowohl seines Kirchturms als seines Körpers, dermaßen entgegenstach, daß die melodischen Luftwellen aus beiden mir vier Äcker weit entgegengingen, indes noch dazu unten im Turm seine Frau die Glocken melkte, als würd' ich begraben und nicht sowohl empfangen als verabschiedet – wie gesagt, des musikalischen Ehepaars wegen hätt' ich den Wagen gar nicht zugeschlossen; aber der Todesgefahr wegen; denn ein freudiges Pikett Fronbauern schoß mir aus 17 Vogelflinten und einem paar Taschenpuffern sowohl Ehrensalven als einige Ladstöcke entgegen.

Sitzt ein Graf einmal ohne vier nicht natürliche Dinge da: so darf er an das fünfte gar nicht denken, an *Ausleerung*; der Sphinkter aller, selbst der *größten* Poren bleibt samt der Wagentüre zu. Es war also kein Wunder, da ich gar kein Hephata zu irgendeinem Porus sagen konnte, daß ich auffuhr: »Den Henker hab' ich davon von meinem Sitzen auf der Grafenbank in Regensburg, wenn ich hier auf dem Kutschkissen hocken muß und nichts – verrichten kann, nicht einmal....«

Echte *Leidenschaft*, die das sechste nicht natürliche Ding des Menschen ist, wird von nichts so leicht erstickt als von einem atlassenen Hundekissen, auf dem die Pfarrer, Schuldiener und Amtleute, die ein Reichs-Erb-Kasperl hat, ihm die Carmina überreichen, die sie auf ihn haben fertigen lassen: denn darüber ist weder zu lachen, noch zu greinen, noch zu zanken, noch zu loben, noch zu reden.

Meine Lehnleute und Hintersassen, die mir so viel von meinen sechs unnatürlichen Dingen abfischten, gaben mir eben dadurch die Hälfte des ersten wieder, das *Wachen* – sie hatten sich aber meinetwegen so in Schweiß gesetzt, daß ich ihrentwegen auch darin lag. Da ich aufwachte: dacht' ich anfangs, es wär' ein Traum; aber bei mehrem Aufwachen merkt' ich, daß es, die Namen ausgenommen, die gestohlne Geschichte meiner Nachbarschaft war. Freilich ärgert michs so gut, als würde die *Illumination* und der musikalische *Lärm* meinetwegen veranstaltet, daß die Untertanen beide bloß in der boshaften Absicht machen, ihren großen oder kleinen Regenten durch Ekel und Plage wieder auf seine Reise zurückzujagen; was sie offenbar den orientalischen Karawanen abgelernt, die gleichfalls durch *Trommeln* und *Feuerschlagen* wilde Tiere sich vom Leibe halten.

Dritter Sektor oder Ausschnitt

Unterirdisches Pädagogium – der beste Herrnhuter und Pudel

Jetzo geht erst meine Geschichte an; die Szene ist in Auenthal oder vielmehr auf dem Falkenbergischen Bergschlosse, das einige Ackerlängen davon lag. Das erste Kind der Schachamazone und des sterbenden Fechters und Rittmeisters im Schach war *Gustav*, welches nicht der erhabene schwedische Held ist, sondern meiner. Sei gegrüßet, kleiner Schöner, auf dem Schauplatze dieses Lumpenpapiers und dieses Lumpenlebens! Ich weiß dein ganzes Leben voraus, darum beweget mich die klagende Stimme deiner ersten Minute so sehr; ich sehe an so manchen Jahren deines Lebens Tränentropfen stehen, darum erbarmet mich dein Auge so sehr, das noch trocken ist, weil dich bloß dein Körper schmerzet – ohne Lächeln kommt der Mensch, ohne Lächeln geht er, drei fliegende Minuten lang war er froh. Ich habe daher mit gutem Vorbedacht, lieber Gustav, den frischen Mai deiner Jugend, von dem ich ein Landschaftstück ins elende Fließpapier hineindrücken soll, bis in den Mai des Wetters aufgehoben, um jetzo, da alle Tage Schöpfungtage der Natur sind, auch meine Tage dazu zu machen, um jetzo, da jeder Atemzug eine Stahlkur ist, jeder Schritt vier Zolle weiter und das Auge weniger vom Augenlid verhangen wird, mit fliegender Hand zu schreiben und mit einer elastischen Brust voll Atem und Blut! –

Zum Glück bleibt es vollends vom 2ten bis zum 27ten Mai (länger beschreib' ich nicht daran) recht hübsches Wetter; denn ich bin ein wenig ein meteorologischer Clair voyant, und mein kurzes Bein und mein langes Gesicht sind die besten Wetterdarmsaiten in hiesiger Gegend.

Da Erziehung weit weniger am innern Menschen (und weit mehr am äußern) ändern kann, als Hofmeister sich einbilden: so wird man sich wundern, daß bei Gustav gerade das Gegenteil eintrat: denn sein ganzes Leben klang nach dem Chorton seiner überirdischen, d. h. unterirdischen Erziehung. Der Leser muß nämlich aus seinem ersten Sektor noch im Kopfe haben, daß die herrnhutisch gesinnte Obristforstmeisterin von Knör ihre Tochter Ernestine nur unter der Bedingung sich selber durch das Schach ausspielen ließ, daß der gewinnende Bräutigam in den Ehepakten verspräche, das erste Kind acht Jahre unter der Erde zu erziehen und zu verbergen, um dasselbe nicht gegen die Schönheiten der Natur und die Verzerrungen der Menschen zugleich abzuhärten. Vergeblich stellte der Rittmeister Ernestinen vor: »so verzög' ihm ja die Schwiegermutter den Soldaten zu einer Schlafhaube, und man sollte nur warten, bis ein Mädchen käme.« Er ließ auch wie mehre Männer den Unmut über die Schwiegermutter ganz am Weibe aus. Aber die Alte hatte schon vor der Taufe einen himmlischschönen Jüngling aus *Barby* verschrieben. Der Rittmeister konnte wie alle kraftvolle Leute das herrnhutische Diminuendo nicht ausstehen; am meisten redete er darüber, daß sie so wenig redeten; sogar das war nicht nach seinem Sinne, daß die herrnhutischen Wirte ihn nicht sowohl überschnellten als zu sehr überschnellten.

Allein der Genius – diesen schönen Namen soll er vorjetzt auf allen Blättern haben – lag nicht an jenen das Herz einschraubenden Krämpfen des Herrnhutismus krank, und er nahm bloß das Sanfte und Einfache von ihm. Über seinem schwärmerischen trunknen Auge glättete sich eine ruhvolle schuldlose Stirne, die das vierzigste Jahr ebenso *unrastriert* und ungerunzelt ließ wie das vierzehnte. Er trug ein Herz, welches Laster, wie Gifte Edelsteine, zerbrochen hätten; schon ein fremdes von Sünden durchackertes oder angesäetes Gesicht beklemmte schwül seine Brust, und sein Inneres erblaßte vor dastehenden Schmutzseelen, wie der Saphir an dem Finger eines Unkeuschen seinen Blauglanz verlieren soll.

Gleichwohl mußte eine solche vieljährige Aufopferung für ein Kind sogar auf eine so schöne Seele wie des Herrnhuters schwer und hart aufdrükken; aber er sagte: »o welche himmlische Anlässe hab' er dazu, die er aber nur seinem Gustav, der gewiß mit Gottes Hülfe so aufblühe, wie er hoffe, künftig vertraue; und niemand solle sich doch über sein scheinbares Selbst-Hinopfern zu einem wahren tiefen *Erden*-Leben wundern.« – Und in der Tat werden feinere Leser, die weit denken, hoff' ich, nicht sich wundern, sondern vielmehr sich anstellen, als fänden sie ein solches Erzieh-Heldentum eben recht natürlich. Übrigens ist wohl die Tugend der meisten Menschen mehr nur ein Extrablatt und Gelegenheitgedicht in ihrem Zeitung- und Alltagleben; allein zwei, drei und mehre Genien sind doch vorhanden, in deren epischem Leben die Tugend die Heldin ist und alles übrige nur Nebenpartie und Episode und deren Steigen vom Volke mehr angestaunet als bewundert werden kann.

Die ersten dunkeln Jahre lebte Gustav mit seinem Schutzengel noch in einem überirdischen Zimmer; er trennte ihn bloß von den heillosen Kipperinnen und Wipperinnen der Kindheit, denen wir ebenso viele lahme Beine als lahme Herzen zu danken haben – Mägden und Ammen. Ich wollte lieber, diese Unhuldinnen erzögen uns im zweiten Jahrzehend als im zweiten Jahr.

Der Genius zog darauf mit seinem Gustav unter eine alte ausgemauerte Höhlung im Schloßgarten, von der es der Rittmeister bedauerte, daß er sie nicht längst verschütten lassen. Eine Kellertreppe führte links in den Felsenkeller und rechts in diese Wölbung, wo eine Kartause mit drei Kammern stand, die man wegen einer alten Sage die Dreibrüder-Kartause nennte; auf ihrem Fußboden lagen drei steinerne Mönche, welche die ausgehauenen Hände ewig übereinander legten; und vielleicht schliefen unter den Abbildern die stummen Urbilder selber mit ihren untergegangnen Seufzern über die vergehende Welt. Hier waltete bloß der schöne Genius über den Kleinen und bog jeden knospenden Zweig desselben zur hohen Menschengestalt empor.

Elende Umständlichkeit, z. B. über die Lieferanten der Wäsche, der Betten und Speisen, werden mir Frauenzimmer am liebsten erlassen; aber sie werden begieriger sein, wie der Genius erzog. Recht gut, sag' ich, er befahl nicht, sondern *gewöhnte* und *erzählte* bloß. Er *widersprach* weder sich noch dem Kinde, ja er hatte das größte Arkanum, ihn gut zu machen – er wars selbst. Ohne dieses Arkanum könnte man ebensogut den Teufel zum Informator dingen als sich selber, wie die Töchter schlimmer Mütter zeigen. Der Genius glaubte übrigens, beim ersten Sakramente (der Taufe) gehe die Bildung des Herzens an, beim zweiten (Abendmahl) die des Kopfes.

Von guten Menschen hören ist so viel als unter ihnen leben, und Plutarchs Biographien wirken tiefer als die besten Lehrbücher der Moralphilosophie zum Gebrauche – akademischer Lehrer. Für Kinder vollends gibts keine andere Sittenlehre als Beispiel, erzähltes oder sichtbares; und es ist erzieherische Narrheit, daß man durch Gründe Kindern nicht diese Gründe, sondern den Willen und die Kraft zu geben meinet, diesen Gründen zu folgen. O tausendmal glücklicher als ich neben meinem Tertius und Konrektor lagst du, Gustav, auf dem Schoße, in den Armen und unter den Lippen deines teuern Genius, wie eine trinkende Alpenblume an der rinnenden Wolke, und sogest dein Herz an den Erzählungen von guten Menschen groß, die der Genius sämtlich Gustave und *Selige* nennte, von denen wir bald sehen sollen, warum sie mit Schwabacher gedruckt sind! Da er gut zeichnete, so gab er ihm, wie Chodowiecki dem Romanenmacher, die Zeichnung jeder Geschichte und umbauete den Kleinen mit diesem orbis pictus guter Menschen wie der allmächtige Genius uns mit der großen Natur. Aber er gab ihm die Zeichnung nie *vor*, sondern *nach* der Beschreibung, weil Kinder das Hören zum Sehen stärker zieht als das Sehen zum Hören. Ein anderer hätte zu diesem pädagogischen Hebebaum statt der Reißfeder den Fiedelbogen oder die Klaviertaste genommen; aber der Genius tat es nicht; das Gefühl für Malerei entwickelt sich wie der Geschmack sehr spät und bedarf also der Nachhülfe der Erziehung. Es ist der frühesten Entwicklung wert, weil es das Gitter wegnimmt, das uns von der schönen Natur absondert, weil es die phantasierende Seele wieder unter die äußern Dinge hinaustreibt und weil es das deutsche Auge zur schweren Kunst abrichtet, schöne Formen zu *fassen*. Die Musik hingegen trifft schon im jüngsten Herzen (wie bei den wildesten Völkern) nachtönende Saiten an; ja ihre Allmacht büßet vielmehr durch Übung und Jahre ein. Gustav lernte daher als Taubstummer in seiner taubstummen Höhle so gut zeichnen, daß ihm schon in seinem dreizehnten Jahre sein Hofmeister saß, ein schöner Mann, der weiter unten im Buche auftreten muß.

Und so floß beiden ihr Leben sanft in der Katakombe wie eine Quelle davon. Der Kleine war glücklich; denn seine Wünsche langten nicht über seine Kenntnisse hinaus, und weder Zank noch Furcht rissen seine stille Seele auseinander. Der Genius war glücklich; denn die Ausführung dieses zehnjährigen Baues wurd' ihm leichter als der Entschluß desselben; der Entschluß drängt alle Schwierigkeiten und Entbehrungen auf einmal vor die Seele. Die Ausführung aber stellet sie weit auseinander und gibt uns erst das Interesse daran durch die sonderbare Freude, ohne die man bei tausend Dingen nicht ausdauerte – etwas unter seinen Händen täglich wachsen sehen.

Für beide Menschen war es gut, daß unten in diesem moralischen Treibhaus ein Schulkamerad des Gustavs mit wohnte, der zugleich ein halber Kollaborator und Adjunktus des Genius war, indes von der ganzen Erziehung wegen gewisser Mängel seines Herzens nur schlechten Vorteil zog, ob er gleich so gut wie Gustav zu den Tieren mit zwei Herzkammern und mit warmen Blute gehörte. – Wenn ich sage, daß der größte Fehler des Mitarbeiters war, daß er keinen Branntwein trinken wollte, so sieht man wohl, daß er *klein*, wie Gustav *groß gezogen* werden sollte, weil er der netteste schwärzeste – Pudel war, der jemals über der Erde mit einer weißen Brust herumgesprungen war. Dieser verständige Hund und Unterlehrer lösete den Oberlehrer oft im Spielen ab; zweitens konnten die meisten Tugenden nicht sowohl *von* als *an* ihm durch Gustav ausgeübt werden, und er hielt dazu die nötigen *ungleichnamigen* Laster bereit: – im Schlaf biß der Schulkollege leicht um sich nach lebendigen Beinen, im Wachen nach abgezauseten.

In diesem unterirdischen Amerika hatten die drei Antipoden ihren Tag, d. h. es war ein Licht angezündet, wenn es oben bei uns Nacht war – Nacht, d. h. Schlaf hatten sie, wenn bei uns die Sonne schien. Der schöne Genius hatte des äußern Lärms und seiner Tagausflüge wegen es so eingerichtet. Der Kleine lag dann unten in seiner Kartause, während sein Lehrer Luft und Menschen genoß, mit *zugeschnürten* Augen, weil dem Zufall und der Kellertür nicht zu trauen war. Zuweilen trug er den schlafenden verhüllten Engel in die frische Luft und in die beseelenden Sonnenstrahlen hinauf, wie Ameisen ihre Puppen den Brutflügeln der Sonne unterlegen. Wahrlich wär' ich der zweite oder dritte Chodowiecki: so ständ' ich jetzo auf und stäche zu meinem eignen Buche den Auftritt in schwedisches Kupfer, nicht bloß wie unser herausgetragner blaßroter Liebling unter seiner Binde in einem gegitterten Rosenschatten schlummert und, ähnlich einem gestorbenen Engel, im unendlichen Tempel der Natur still mit kleinen Träumen seiner kleinen Höhle vor uns liegt – Es gibt noch etwas Schöners, du hast deine Eltern noch, Gustav, und siehst sie nicht; deinen Vater, der mit dem von der Liebe verdunkelten Auge neben dir steht und sich freuet über den reinern Atem, der die kleine Brust beweget, und darüber vergisset, wie du erzogen wirst – und deine Mutter, die an dein Angesicht, auf welchem die zweifache Unschuld der Einsamkeit und der Kindheit wohnt, die liebehungrigen Lippen presset, die ungesättigt bleiben, weil sie nicht reden und nicht schmeicheln dürfen ... Aber sie drückt dich aus deinem Schlummer heraus, und du mußt nach einer kurzen Zeit wieder in deine Platos-Höhle hinunter.

Der Genius bereitete ihn lange auf die Auferstehung aus seinem heiligen Grabe vor. Er sagte zu ihm: »Wenn du recht gut bist und nicht ungeduldig und mich und den Pudel recht lieb hast: so darfst du sterben. Wenn du gestorben bist: so sterb' ich auch mit, und wir kommen in den Himmel« (womit er die Oberfläche der Erde meinte) – »da ists recht hübsch und prächtig. Da brennt man am Tage kein Licht an, sondern eines so groß wie mein Kopf steht in der Luft über dir und geht alle Tage schön um dich herum – die Stubendecke ist blau und so hoch, daß sie kein Mensch erlangen kann auf tausend Leitern – und der Fußboden ist weich und grün und noch schöner, die Pudel sind da so groß wie unsere Stube – im Himmel ist alles voll Seliger, und da sind alle die guten Leute, von denen ich dir so oft erzählet habe, und deine Eltern,« (deren Abbilder er ihm lange gegeben hatte) »die dich so lieb haben wie ich und dir alles geben wollen. Aber recht gut mußt du sein.« – »Ach wenn sterben wir denn einmal?« fragte der Kleine, und seine glühende Phantasie arbeitete in ihm, und er lief unter jeder solchen Schilderung zu einem Landschaftgemälde, worin er jede Grasspitze betastete und befragte.

Auf Kinder wirkt nichts so schwach als eine Drohung und Hoffnung, die nicht noch vor abends in Erfüllung geht – bloß solange man ihnen vom künftigen Examen oder von ihrem erwachsenen Alter vorredet, so lange hilfts; daher manche dieses Vorreden so oft wiederholen, daß es nicht einmal einen augenblicklichen Eindruck mehr erzeugt. Der Genius setzte daher den langen Weg zur größten Belohnung aus kleinern zusammen, die alle den Eindruck und die Gewißheit der großen verstärkten und die im folgenden Sektor stehen.

Apropos! Ich muß es nachholen, daß es unter allen Übeln für Erziehung und für Kinder, wogegen das verschriene Buchstabieren und Wichsen golden ist, kein giftigeres, keinen ungesundern Mißpickel und keinen mehr zehrenden pädagogischen Bandwurm gibt als eine – Hausfranzösin.

Vierter Sektor oder Ausschnitt

Lilien – Waldhörner – und eine Aussicht sind die Todes-Anzeigen

Auf allen meinen Gedächtnisfibern (diesen Denkfäden und Blättergerippen von so manchem schlechten Zeug) schläft keine schönere Sage als die aus dem Kloster *Corbey*: – wenn der Todesengel daraus einen Geistlichen abzuholen hatte: so legte er ihm als Zeichen seiner Ankunft eine weiße *Lilie* in seinem Chorstuhl hin. Ich wollt', ich hätte diesen Aberglauben. Unser sanfter Genius ahmte dem Todesengel nach und sagte dem Kleinen: »Wenn wir eine Lilie finden: so sterben wir bald.« Wie alsdann der Himmellustige, der noch keine gesehen, überall darnach suchte! Einmal, da sein Genius ihm den Genius des Universums nicht als ein metaphysisches Robinets-Vexierbild, sondern als den größten und besten Menschen der Erde geschildert hatte: zog sich ein nie dagewesener Wohlgeruch um sie herum. Der Kleine fühlt, aber sieht nicht; er tritt zur Klause hinaus und – drei Lilien liegen da. Er kennt sie nicht, diese weißen Juniuskinder; aber der Genius nimmt sie entzückt von ihm und sagt: »Das sind Lilien, die kommen vom Himmel, nun sterben wir bald.« Ewig zitterte die Rührung nach spätern Jahren noch vor jeder Lilie in Gustavs Herzen fort, und gewiß gaukelt einmal in seiner wahren Todesstunde eine Lilie als das letzte glänzende Viertel der verlöschenden Monderde vor ihm.

Der Genius hatte vor, ihn am ersten Junius, seinem Geburttage, aus der Erde zu lassen. Aber um seine Seele noch höher zu spannen (vielleicht zu hoch), ließ er ihn in der letzten Woche noch zwei heilige Vorfeste des Sterbens erleben. – Als er ihm nämlich die Seligkeiten des Himmels, d. h. der Erde mit seiner Zunge und mit seinem Gesichte vorgemalet hatte, besonders die Herrlichkeiten der Himmel- und Sphärenmusik: so endigte er mit der Nachricht, daß oft schon zu Sterbenden, die noch nicht oben wären, dieses *Echo* des menschlichen Herzens hinuntertönte und daß sie denn eher stürben, weil davon das weiche Herz zerflösse. In das Ohr des Kleinen war Musik, diese Poesie der Luft, noch nie gekommen. Sein Lehrer hatte längst ein sogenanntes Sterbelied gemacht; in diesem bezog natürlicherweise Gustav alles, was es vom zweiten Leben sagte, auf das erste, und sie lasen es oft, ohne es zu singen. Aber in der letzten Woche erst fing der Genius auf einmal an, seine milde Lehrstimme zu der noch weichern Singstimme des herrnhutischen Kirchengesanges zu verklären und das sehnsüchtige Sterbelied vorzutragen, indes er durch Veranstaltungen sich oben von einem Waldhorne – dieser Flöte der Sehnsucht – begleiten ließ; und die ziehenden Adagio-Klagen sanken durch die dämpfende Erde in ihre Ohren und Herzen wie ein warmer Regen nieder....

Gustavs Auge stand in der ersten Freudenträne – sein Herz drehte sich um – er glaubte, nun stürb' es an den Tönen schon.

O Musik! Nachklang aus einer entlegnen harmonischen Welt! Seufzer des Engels in uns! Wenn das Wort sprachlos ist, und die Umarmung, und das Auge, und das weinende, und wenn unsre stummen Herzen hinter dem Brust-Gitter einsam liegen: o so bist nur du es, durch welche sie sich einander zurufen in ihren Kerkern und ihre entfernten Seufzer vereinigen in ihrer Wüste! –

Wie bei einem wahren Sterben näherte der Genius seinen Zögling in diesem nachgeahmten auf der Stufenleiter der fünf Sinne dem Himmel. Er schmückte den scheinbaren Tod zum Vorteile des wahren mit allen Reizen aus, und Gustav stirbt einmal entzückter als einer von uns. Anstatt daß andere uns die Hölle offen sehen lassen: verhieß er ihm, er werde wie Stephanus an seinem Sterbetage den Himmel schon offen sehen, eh' er in ihn aufsteige. – Dies geschah auch. Ihr unterirdisches Josaphats-Tal hatte außer der erwähnten Kellertreppe noch einen langen waagrechten Kreuzgang, der am Fuße des Bergs ins Tal und ins Dörfchen darin offen stand, und den zwei Türen in verschiedenen Zwischenräumen versperrten. Diese Türen ließ er in der Nacht vor dem ersten Junius, als bloß die weiße Mondsichel am Horizonte stand und wie ein altergraues Angesicht sich in der blauen Nacht nach der versteckten Sonne wandte, mitten in einem Gebete unvermerkt aufziehen – – und nun siehst du, Gustav, zum ersten Male in deinem Leben und auf den Knien in das weite, 9 Millionen Quadratmeilen große Theater des menschlichen Leidens und Tuns hinein; aber nur so wie wir in den nächtlichen Kindheitjahren und unter dem Flor, womit uns die Mutter gegen Mücken überhüllte, blickest du in das Nachtmeer, das vor dir unermeßlich hinaussteht mit schwankenden Blüten und schießenden Feuerkäfern, die sich neben den Sternen zu bewegen scheinen, und mit dem ganzen Gedränge der Schöpfung! – – O! du glücklicher Gustav; dieses Nachtstück bleibt noch nach langen Jahren in deiner Seele wie eine im Meere untergesunkne grüne Insel hinter tiefen Schatten gelagert und sieht dich sehnend an wie eine längst vergangne frohe Ewigkeit.... Allein nach wenigen Minuten schloß der Genius ihn an sich und verhüllte die suchenden Augen mit seinem Busen; unvermerkt liefen die Himmeltüren wieder zu und nahmen ihm den Frühling.

In zwölf Stunden steht er darin; aber ich werde ordentlich beklemmt, je näher ich mich zu dieser sanften Auferstehung bringe. Es rührt nicht bloß daher, daß ich nur ein einziges Mal in meinem Leben einen solchen des Himmels werten Geburttag wie Gustavs seinen in meinem Kopfe auf- und untergehen lassen kann, einen Tag, dessen Feuer ich an meinem Pulse fühle und wovon nur Widerschein aufs Papier herfällt – auch nicht bloß daher kommt es, daß nachher der schöne Genius ungekannt von Autor und Leser wegziehet – sondern daher am meisten, daß ich meinen Gustav aus der stillen Demantgrube, wo sich der Demant seines Herzens so durchsichtig und so strahlend und so ohne Flecken und Federn zusammensetzte, hinauswerfe in die heiße Welt, welche bald ihre Brennspiegel auf ihn halten wird zum Zerbröckeln, aus seiner Meerstille der Leidenschaften heraus in den sogenannten Himmel hinein, wo neben den Seligen ebenso viele Verdammte gehen. – Aber da er alsdann auch der großen Natur ins Angesicht schauen darf: so ists doch nicht sein Schicksal allein, was mich beklommen macht, sondern meines und fremdes, weil ich bedenke, durch wieviel Kot unsere Lehrer unsern innern Menschen wie einen Missetäter schleifen, eh' er sich aufrichten darf! – Ach hätte ein Pythagoras, statt des Lateinischen und statt der syrischen Geschichte, unser Herz zu einer sanft erbebenden *Äolsharfe*, auf welcher die Natur spielt und ihre Empfindung ausdrückt, und nicht zu einer lärmenden *Feuertrommel* aller Leidenschaften werden lassen – wie weit – da das Genie, aber nie die Tugend Grenzen hat und jeder Reine und Gute noch reiner werden kann – könnten wir nicht sein! –

So wie Gustav eine Nacht wartet, will ich auch meine Schilderung um eine verschieben, um sie morgen mit aller Wollust meiner Seele zu geben.

Fünfter Sektor oder Ausschnitt

Auferstehung

Vier Priester stehen im weiten Dom der Natur und beten an Gottes Altären, den Bergen, – der eisgraue Winter mit dem schneeweißen Chorhemd – der sammelnde Herbst mit Ernten unter dem Arm, die er Gott auf den Altar legt und die der Mensch nehmen darf – der feurige Jüngling, der Sommer, der bis nachts arbeitet, um zu opfern – und endlich der kindliche Frühling mit seinem weißen Kirchenschmuck von Blüten, der wie ein Kind Blumen und Blütenkelche um den erhabenen Geist herumlegt und an dessen Gebete alles mitbetet, was ihn beten hört. – Und für Menschen*kinder* ist ja der Frühling der schönste Priester.

Diesen Blumenpriester sah der kleine Gustav zuerst am Altar. Vor Sonnenaufgang am ersten Junius (unten wars Abend) kniete der Genius schweigend hin und betete mit den Augen und stumm-zitternden Lippen ein Gebet für Gustav, das über sein ganzes gewagtes Leben die Flügel ausbreitete. Eine Flöte hob oben ein inniges liebendes Rufen an, und der Genius sagte, selber überwältigt: »Es ruft uns heraus aus der Erde, hinauf gen Himmel; geh mit mir, mein Gustav.« Der Kleine bebte vor Freude und Angst. Die Flöte tönet fort – sie gehen den Nachtgang der Himmelleiter hinauf – zwei ängstliche Herzen zerbrechen mit ihren Schlägen beinahe die Brust – der Genius stößet die Pforte auf, hinter der die Welt steht – und hebt sein Kind in die Erde und unter den Himmel hinaus ...... Nun schlagen die hohen Wogen des lebendigen Meers über Gustav zusammen – mit stokkendem Atem, mit erdrücktem Auge, mit überschütteter Seele steht er vor dem unübersehlichen Angesicht der Natur und hält sich zitternd fester an seinen Genius.... Als er aber nach dem ersten Erstarren seinen Geist aufgeschlossen, aufgerissen hatte für diese Ströme – als er die tausend Arme fühlte, womit ihn die hohe Seele des Weltall an sich drückte – als er zu sehen vermochte das grüne taumelnde Blumenleben um sich und die nickenden Lilien, die lebendiger ihm erschienen als seine, und als er die zitternde Blume tot zu treten fürchtete – als sein wieder aufwärts geworfnes Auge in dem tiefen Himmel, der Öffnung der Unendlichkeit, versank – und als er sich scheuete vor dem Herunterbrechen der herumziehenden schwarzroten Wolkengebirge und der über seinem Haupt schwimmenden Länder – als er die Berge wie neue Erden auf unserer liegen sah – und als ihn umrang das unendliche Leben, das gefiederte neben der Wolke fliegende Leben, das summende Leben zu seinen Füßen, das goldne kriechende Leben auf allen Blättern, die lebendigen, auf ihn winkenden Arme und Häupter der Riesenbäume – und als der Morgenwind ihm der große Atem eines kommenden Genius schien und als die flatternde Laube sprach und der Apfelbaum seine Wange mit einem kalten Blatt bewarf – als endlich sein belastet-gehendes Auge sich auf den weißen Flügeln eines Sommervogels tragen ließ, der ungehört und einsam über bunte Blumen wogte und ans breite grüne Blatt sich wie eine Ohrrose versilbernd hing .....: so fing der Himmel an zu brennen, der entflohenen Nacht loderte der nachschleifende Saum ihres Mantels weg, und auf dem Rand der Erde lag, wie eine vom göttlichen Throne niedergesunkene Krone Gottes, die *Sonne*. Gustav rief: »Gott steht dort« und stürzte mit geblendetem Auge und Geiste und mit dem größten Gebet, das noch ein kindlicher zehnjähriger Busen faßte, auf die Blumen hin.....

Schlage die Augen nur wieder auf, du Lieber! Du siehest nicht mehr in die glühende Lavakugel hinein; du liegst an der beschattenden Brust deiner Mutter, und ihr liebendes Herz darin ist deine Sonne und dein Gott – zum ersten Mal sieh das unnennbar holde, weibliche und mütterliche Lächeln, zum ersten Male höre die elterliche Stimme; denn die ersten zwei Seligen, die im Himmel dir entgegengehen, sind deine Eltern. O himmlische Stunde! Die Sonne strahlt, alle Tautropfen funkeln unter ihr, acht Freudentränen fallen mit dem milderen Sonnenbilde nieder, und vier Menschen stehen selig und gerührt auf einer Erde, die so weit vom Himmel liegt! Verhülltes Schicksal! wird unser Tod sein wie Gustavs seiner? Verhülltes Schicksal! das hinter unsrer Erde wie hinter einer Larve sitzet und das uns Zeit lässet, *zu sein* – ach! wenn der Tod uns zerleget und ein großer Genius uns aus der Gruft in den Himmel gehoben hat, wenn dann seine Sonnen und Freuden unsere Seele überwältigen, wirst du uns da auch eine bekannte Menschenbrust geben, an der wir das schwache Auge aufschlagen? O Schicksal! gibst du uns wieder, was wir niemals hier vergessen können? Kein Auge wird sich auf dieses Blatt richten, das hier nichts zu beweinen und nichts dort wiederzufinden hat: ach wird es nach diesem Leben voll Toter keiner bekannten Gestalt begegnen, zu der wir sagen können: willkommen?....

Das Schicksal steht stumm hinter der Larve; die menschliche Träne steht dunkel auf dem Grabe; die Sonne leuchtet nicht in die Träne. – Aber unser liebendes Herz stirbt in der Unsterblichkeit nicht und vor dem Angesichte Gottes nicht.

Sechster Sektor oder Ausschnitt

Gewaltsame Entführung des schönen Gesichts – wichtiges Porträt

Das Erstaunen Gustavs, zu dem ihn den ganzen Tag ein Gegenstand nach dem andern anstrengte, und die Entbehrung des Schlafs endigten seinen ersten Himmeltag mit einem Fieberabend, den er würde verweint haben, auch ohne einen Grund. Aber er hatte einen: sein Genius war während des Tumultes im Garten mit einem sprachlosen Kusse von dem Liebling fortgezogen und hatte nichts zurückgelassen als der Mutter ein Blättchen. Er hatte nämlich ein Notenblatt in zwei Hälften zerschnitten; die eine enthielt die Dissonanzen der Melodie und die Fragen des Textes dazu, auf der andern standen die Auflösungen und die Antworten. Die dissonierende Hälfte sollte sein Gustav bekommen; die andere behielt er: »Ich und mein Freund«, sagt' er, »erkennen einmal in der wüsten Welt einander daran, daß er Fragen hat, zu denen ich Antworten habe.« Auch den Pudel, der immer größer wurde, nahm er mit..... Wo werden wir dich wiedersehen, unbekannter schöner Schwärmer? Du erfährst es nicht, wie dein verwaisete Zögling abends rufet und schluchzet nach dir, und wie ihm der neue gestirnte Himmel nicht so gefället als seine Stubendecke mit dir, und wie ihm die Lichtkerzen jedes Zimmer zur stillen Höhle ummalen, in der er dich geliebt hatte und du ihn. Ebenso bücken wir uns am Lebens-Abend an alten Gräbern unsrer frühen Freunde, die niemand bedauert als wir; bis endlich den letzten Greis aus dem liebenden Zirkel ein fremder Jüngling beerdigt; aber keine einzige Seele erinnert sich der schönen Jugend des letzten Greises! –

Am Morgen war er wieder gesund und froh; die Sonne trocknete sein Auge aus, und das Nebelbild seines Genius zog in der Hülle der letzten Nacht sich weit zurück. Es tut mir leid, daß ichs seinen Jahren und seinem Charakter beizumessen habe, daß er, die Abendstunden der schmerzlichsten Sehnsucht ausgenommen, ein wenig zu leicht das Bild eines Freundes durch nähere Bilder in den Hintergrund verschieben ließ. Alle Blumen waren jetzo Spielzeug für ihn, jedes Tier ein Spielkamerad und jeder Mensch ein Vogel Phönix; jede Himmelsveränderung, jeder Sonnenuntergang, jede Minute überschüttete ihn mit Neuigkeiten.

Es war ihm wie vornehmen Kindern, die aufs Land hinauskommen; alles begucken, betasten, bespringen sie in der neuen Erde und dem neuen

Himmel. Denn es ist ein unbeschreibliches Glück für stiftfähige Kinder, daß ihre Eltern, die sonst aus der Natur sich wenig machen, sie dennoch zwischen hohen Zimmern und hohen Häusern, die nicht 38 Quadratschuhe vom Himmel sichtbar lassen, wie in Treibgärten mit hohen Mauern erziehen, damit die Natur ihnen so wenig als ihre Eltern unter die Augen komme; dadurch erhält sich ihr Gefühl für beide ebenso unverhärtet über der Erde, als würden sie wirklich unter ihr erzogen; ja sie sehen den Sonnenaufgang zum ersten Male fast noch später als Gustav, – auf der Postkalesche oder in Karlsbad. –

Seine Eltern ließen ihn als einen Neugebornen ungern von der Seite, kaum in den Schloßgarten und nicht zum Berg hinunter, wo ihm die Poststraße gefährlich war. Auch hatt' er aus seiner unterirdischen Schulpforte eine gewisse Verlegenheit mit heraufgebracht, die mittelmäßige Menschen und fast sein Vater für Einfalt nehmen, welche aber höhere Menschen, sobald sie in Gesellschaft eines nicht stieren, sondern überfüllten schwärmerischen Auges wie bei ihm erscheint, für das Ordenkreuz ihres Ordenbruders halten. Gleichwohl bereueten es seine Eltern acht Tage darauf, nicht, ihn eingesperrt, sondern, ihn hinausgelassen zu haben.

Die Obristforstmeisterin von Knör und ein Faszikel Herrnhuter und Herrnhuterinnen waren mit ihr gekommen, den Zögling des Grabes zu hören; ein Grummetschober alter Fräulein hatte schon vier Wochen vorher eingesprochen, und jetzo wieder, um nur ein solches Wunderkind ansichtig zu werden. Die herrnhutischen Brüder waren lebhaft und frei mit Anstand; die Schwestern mauerten sich sämtlich um eine Standuhr, deren Gehäuse mit Engeln als Hornisten gerändert war – sie waren von den Hornisten nicht wegzubringen. Beizubringen war ihnen auch nichts; Maul und Augen machten sie auch nicht auf, und der Rittmeister wurde schwarz vor verhaltenem Ärger. Endlich tippte die Lippe einer Schwester an ein Weinglas, die andern tippten nach – so viel die eine vom Gebacknen abknickte, so viel bröckelten die andern sich zu – *ein* Zuck regte die ganze obligate Kompagnie dieser auf zwei Füße gestellten Schafe. Der Fräuleinschober hingegen hieb in alles ein; im Flüssigen und Festen war er wie ein Amphibium zu Hause, sie hatten in ihrem kauenden und klappernden Leben nie etwas geregnet als die Zunge. – Als nun für so viele Zuschauer das Wundertier her sollte: wars – weg. Alles wurde ausgestöbert, langverlorne Dinge wurden gefunden, in alles hineingeschrien, in jeden Winkel und Busch – kein Gustav! Der Rittmeister, dessen anfangende Betrübnis immer eine Art Zorn war, ließ die ganze sehlustige Schwesterschaft sitzen; die Rittmeisterin aber, deren Betrübnis noch weichere Teile angriff, setzte sich kosend zu ihr. Als aber alle ängstliche, fragende, laufende Gesichter immer trostloser zurückkamen und als man gar hinter dem offnen Schloßtor, wo der Kleine abgerißne Blumen in kleine beschattete Beete steckte, diese noch naß von seinem Begießen fand: so zerknirschte die Verzweiflung die Gesichter der

Eltern; »ach der Engel ist gewiß in den Rhein gestürzt«, sagte sie, er aber sagte nichts dagegen. Zu einer *andern* Zeit hätt' er einen solchen Fehlschluß mit den Füßen zerstampft; denn der Rhein floß eine halbe Stunde vom Schlosse; aber hier schloß in beiden die Angst, die weit tollere Sprünge tut als die Hoffnung. Ich rede hier deswegen von einer andern Zeit, weil mir bekannt ist, wie sonst der Rittmeister war: nämich aus Mitleiden aufgebracht gegen den Leidenden selber. Niemals z. B. fluchten seine Mienen mehr gegen seine Frau, als wenn sie krank war (und ein einziges schnelles Blutkügelchen stieß sie um) – klagen sollte sie dabei gar nicht – war das, auch nicht seufzen – war auch das, nur keine leidende Miene machen – gehorchte sie, überhaupt gar nicht krank sein. Er hatte die Torheit der müßigen und vornehmen Leute, er wollte stets fröhlich sein.

Hier aber, da einmal sein Glücktopf in Scherben lag, versüßete ein fremder Seufzer seinen eignen und seinen Zorn über die unachtsame Hausdienerschaft und über den dürren Schwester- und Grummetschober.

Als das Kind die Nacht ausblieb und den ganzen Vormittag und als man gar im Walde auf der Kunststraße sein Hütchen antraf: so verwandelten sich die Stiche der Angst in das forteiternde Schmerzen dieser Stichwunden. Gegen keine Gemüterschütterung ist ein guter Gegenbeweis so schwer zu führen als gegen die Angst; ich führe daher gar keinen seit Jahr und Tag, sondern ich gebe ihr das Ärgste, was sie behauptet, sofort willig zu und falle dann bloß die andere Gemütbewegung, die aus dem besorgten Ärgsten kommen kann, mit der Frage an: »Und wenns nun wäre?«

Jeder Fliegenschwamm im Walde wurde breitgetreten und jeder Baumspecht aufgejagt, um den Kopf zum Hut zu finden – aber vergeblich; – und am dritten Tage ging der Rittmeister, dessen Gesicht eine Ätzplatte des Schmerzes war, ohne Absicht zu suchen so vertieft im Walde herum, daß er einen mit Koffern und Bedienten ausgelegten Reisewagen durch das Gebüsch schwerlich hätte fliegen sehen, wenn nicht daraus wie ein Freuden-Donnerschlag die Stimme seines verlorenen Sohnes ihn erschüttert hätte. Er rennt nach, der Wagen schießet voraus, und im Freien sieht er ihn schon hinter seinem Schlosse stäuben. Außer sich kommt er in Schloßhof angestürmt, um nachzusprengen und um es – bleiben zu lassen. Denn oben an der Haustüre stand die in einen Knäul zusammengelaufne Schloß-Genossenschaft schon um den Gustav, die Schloßhunde bellten, ohne einen gescheiten Grund zu haben, und alles sprach und fragte so, daß man gar keine Antwort des Kleinen vernahm. Der vorbeifliegende Wagen hatte ihn ausgesetzt. Am Halse hing in einem schwarzen Bande sein Porträt. Seine Augen waren rot und feucht von den Qualen der Heimsucht. Er erzählte von langen langen Häusern, wofür er Gassen hielt, und von seinem Schwesterchen, das mit ihm gespielet, und vom neuen Hute; es wär' aber keine Seele daraus klug geworden, hätte nicht der Koch eine entfallne Karte zu seinen Füßen erblickt. Diese las der Rittmeister und sah, daß er sie nicht lesen sollte, sondern seine Frau. Er verdolmetschte es aus dem mit weiblicher Hand geschriebenen Italienischen so:

»Kann sich denn eine Mutter bei einer Mutter entschuldigen, daß sie ihr Kind ihr so lang entzogen? Wenn Sie mir auch meinen Fehler nicht vergeben: ich kann ihn doch nicht bereuen. Ich traf Ihren lieben Kleinen vor drei Tagen im Walde irrend an, wo ich ihn in meinen Wagen stahl, um ihn vor schlimmern Dieben zu bewahren und um seine Eltern auszufinden. – Ach, ich will es Ihnen nur sagen: ich hätt' ihn auch mitgenommen, wenn auch beides nicht gewesen wäre. O nicht, weil er so himmlisch schön, sondern weil er so ganz, sogar bis auf die Haare, wie mein teuerer verlorner *Guido* aussieht, kann ich ihn kaum lassen. Ach es sind schon viele Jahre, daß mir das Schicksal auf eine sonderbare Art mein liebstes Kind lebendig aus dem Schoß genommen. Ihres kommt heute wieder, meines vielleicht nie! – Das Hals-Gehenk verzeihen Sie. Das Porträt werden Sie für seines halten, so ähnlich ist er meinem Sohn; aber es ist das meines Guido. Sein eignes ließ ich mir auch malen und behalt' es, um das Ebenbild meines Guten doppelt zu haben. Sollt' ich einmal Ihren Gustav aufgeblüht zu Gesicht bekommen: so würd' ich ihn lange anschauen, ich würde denken: so muß mein Guido jetzt auch aussehen, so viel Unschuld wird er auch im Auge haben, so sehr wird er auch gefallen. – Ach meine Kleine weint, daß ihr Spielgenosse wieder wegfahren soll – und ich tu' es auch; sie gibt nur einen Bruder, aber ich einen Sohn zurück. Mögen Sie und er glücklicher sein! – Meinen Namen schenken Sie mir.«

Sie rieten alle über die Verfasserin hin und her. Der Rittmeister allein sagte traurig nichts; ich weiß nicht, ob aus Kummer über die Erinnerungen an seinen ersten verlornen Sohn, oder weil er gar wie ich über die ganze Sache dachte. Ich vermute nämlich, der verlorne Guido ist eben sein eignes Kind; und die Briefstellerin ist die Geliebte, die ihm der Kommerzien-Agent Röper aus den Händen gewunden hatte. Ich werde erst nachher sagen warum.

Gustavs Schönheit kann man erstlich aus der Vernunft oder von vornen dartun, zweitens von hinten. Sein Treibhaus, das ihn auferzog und zudeckte, bleichte ganz natürlich seine Lilienhaut zu einem weißen Grund, auf welchen zwei blasse Wangenrosen oder nur ihr Widerschein und die dunklere feste Rosenknospe der Oberlippe geblasen waren. Sein Auge war der offne Himmel, den ihr in tausend fünfjährigen und nur in zehn funfzigjährigen Augen antrefft; und dieses Auge wurde noch dazu von langen Augenwimpern und von etwas Schwärmerischen verschleiert oder verschönert. Endlich hatten weder Anstrengung noch Leidenschaften ihren Waldhammer und die scharfen Lettern desselben in dieses schöne Gewächs geschlagen, und ihm war noch kein Todesurteil, das seinen Fall bezeichnet, in seine Rinde eingeschnitten. Alles Schöne aber ist sanft; daher sind die schönsten Völker die ruhigsten; daher verzerret heftige Arbeit arme Kinder und arme Völker.

Es ist aber noch kein Jahr, daß ich Gustavs Schönheit von hinten beweisen kann. Denn da der Auktionproklamator damals mein intimster Freund war: so beging er mir zu Gefallen den kleinen Schelmenstreich, daß er die Gemälde und Kupferstiche gerade an einem Tage versteigerte, wo der Maskerade wegen kein Mensch gerade von der großen Welt aus Unterscheerau in die Versteigerung kam, mich ausgenommen; ich erstand für Sündengeld tausend Dinge. Die ganze Stadt und Vorstadt hatte zu diesem Schutthaufen von Möblen zugetragen und war Verkäuferin und Käuferin zugleich. In dieser Auktion erschienen alle europäische Potentaten, aber elend gezeichnet und koloriert; und ein Edelmann von bon sens hielt seine beiden Eltern feil und wollte sie als gute Kniestücke verstechen – in Rom verhandelten umgekehrt die Eltern die Kinder, aber in natura. Der Edelmann hoffte, ich würde auf seinen Papa und seine Mama bieten; aber ich war bei nichts der Mehrbieter als bei Gustavs Porträt, das er auch losschlug. Der Edelmann hieß – Röper, von dem ich oben gesagt, daß er an *einem* Tage Ehemann und Stiefvater geworden.

Und hier hängst du ja, Gustav, mir und meinem Schreibtisch gegenüber, und wenn ich über etwas sinne, so stößet mein Auge immer auf dich. Viele tadeln mich, mein kleiner Held, daß ich dich hier zwischen Shakespeare und Winckelmann (von Bause) aufgenagelt; aber hast du nicht – das bedenken zu wenige – einen Nasen-Schwibbogen, auf dem schwere und hohe Gedanken ruhen, einen solchen, der oft unter der Hand des Todes sich noch schöner wölbt, und hast du nicht unter dem Knochen-Architrav ein weites Auge, durch das die Natur wie durch eine Ehrenpforte in die Seele zieht, und ein *gewölbtes* Haus des Geistes und alles, womit du deine in Kupfer gestochne Nachbarschaft verdienest und aushältst?

Der Leser sollte wissen (es geschieht aber weiter hinten), was mich jetzo nötigt, meinen Sektor plötzlich auszumachen und einzusperren....

Zweites Extrablatt

Strohkranzrede eines Konsistorialsekretärs, worin er und sie beweisen, daß Ehebruch und Ehescheidung zuzulassen sind

Ich gesteh' es hier, unser aufgeklärtes Jahrhundert sollte man das ehebrechende nennen. Ich sagte allerdings einmal auf dem Marktplatz zu Marseille, ich hielt' den Bettel für recht, den Ehebruch – schon weit vor München sagt' ich, man sollte an die Mutterkirche des Ehebettes noch ein Ehefilial stoßen – im Obersächsischen sagt' ich, wenn jene Gräfin ein ganzes Jahr fortgebar, jeden Tag etwas: so wäre noch jetzo bei Gräfinnen wenigstens das *vorhergegangene* Jahr zu haben – in den zehn deutschen Kreisen drückt' ich mich gewiß auf zehn verschiedene Arten aus; –– aber es war damals nirgends der Ort, die Sache klar aus der Physiologie darzutun, als bloß hier.

Sanktorius wars[1], der sich auf einen delphischen Nachtstuhl setzte und da die Wahrheit aussaß, daß der Mensch alle 11 Jahre einen neuen Körper umbekomme – der alte wird wie der deutsche Reichs-Körper stückweise flüchtig, und es bleibet von der ganzen Mumie nicht so viel sitzen, als ein Apotheker klein geschabt in einem Teelöffel eingeben will. *Bernoulli* widersprach gar diesem ganz und rechnete uns vor, Sanktorius stolpere, denn nicht in 11, sondern in 3 Jahren dampfe der eine Zwilling-Bruder weg und schieße der andere an. Kurz Russen und Franzosen wechseln den Körper öfter als das Hemd des Körpers, und eine Provinz bekommt allzeit neue Leiber und einen neuen Provinzial miteinander, in 3 Jahren, wie gesagt.

Die Sache ist gar nicht gleichgültig. Denn es ist sonach unmöglich, daß ein Kahlkopf, der sein Ehejubiläum begeht, an seinem ganzen Leibe auf ein Stückchen Haut hellersgroß hinweise und anmerke: »Mit diesem Läppchen Haut stand ich vor 25 Jahren auch am Altar und wurde samt dem übrigen an meine jubilierende Frau hinankopuliert.« Das kann der Jubelkönig unmöglich. Der Ehering ist zwar nicht herunter, aber der Ringfinger längst, um welchen er saß. Im Grunde ists ein Streich über alle Streiche, und ich berufe mich auf andre Konsistorialsekretäre. Denn die arme Braut steigt freudig mit der Statua curulis von einem Bräutigamkörper unter den Betthimmel und denkt – was weiß sie von guter Physiologie –, am Körper habe sie etwas Solides, ein eisernes Stück, ein Immobiliargut, kurz einen Kopf mit Haaren, von denen sie einmal sagen könne: an meinen und an meiner Haube sind sie grau geworden! Das hofft sie; indes schafft unter ihrem Hoffen der Schelm von einem Körper seine sämtliche Glieder, wie ein Student sein verschuldetes Studentengut, nach 3 Jahren infinitesimalteilchenweise bei Nacht und Nebel fort. – Wendet sie sich am Neujahrabend um: so liegt im Ehebette bloß ein Gipsabguß oder eine zweite Auflage neben ihr, die der vorige Körper von sich darin gelassen und in welcher kein altes Blatt der alten mehr ist. Was soll nun eine Frau, wenn der Kubik-Inhalt des Brautbettes und der des Ehebettes so verschieden sind, von der Sache denken? – ich meine, wenn z. B. ein ganzes weibliches Konsistorium (z. B. die Frau Konsistorialpräsidentin, die Vizepräsidentin, die Konsistorialsekretärin) nach 3 Jahren auf dem Kopfkissen ein ganz anders männliches Konsistorium antrifft, als das aufgelöste war, das die Ehe versprach: was soll eine Frau da anstellen, die, wenns eine Konsistorial-Hälfte ist, recht gut weiß quid juris? Sie, sag' ich, die es hundertmal über dem Essen gehört haben muß, daß eine solche Entweichung des männlichen Körpers

[1] In Hallers großer Physiologie steht es, daß der Mensch nach *Sanktorius* alle 11 Jahre den alten Körper fahren lasse – nach *Bernoulli* und *Blumenbach* alle 3 Jahre – nach dem Anatomiker *Keil* jedes Jahr.

eine verfluchte *bösliche Verlassung* oder desertio malitiosa ist, die sie von ihren Ehepflichten ganz losknüpfet – und es kann vollends eine solche Strohwitwe gar Lutherum de causis matrimonii gelesen haben und sich daraus entsinnen, daß er einer böslich Verlassenen nach einem oder einem halben Jahre eine neue Ehe nicht verbeut..... Sich in besagte neue Ehe zu begeben, wird offenbar die erste Pflicht und Absicht einer solchen Verlassenen sein; da aber der neue restierende Ehemanns-Körper nichts für den fortgedünsteten kann: so wird sie es, um ihn nicht zu kränken, ohne sein Wissen und ohne Rachsucht tun, wenn er etwan auf der Börse ist – oder auf dem Katheder – oder auf der Messe – oder zu Schiffe – oder hinter dem Sessiontisch oder sonst aus.

Inzwischen ist der Mann kein Narr, sondern so viel hat er von der Physiologie allemal innen, daß auch die Frau ihren Körper ebensooft als ihre Mägde tausche; mithin braucht er auf nichts zu passen. Nov. 22. c. 25. reicht ihm das Recht der Ehescheidung schon, wenn sie auf *eine* Nacht von ihm gelaufen; hier aber ist die Konsistorialrätin gar auf immer weggedünstet und repetiert noch dazu in jedem Dreijahr diese Wegdünstung, – sie, die doch nach »Langens geistlichem Recht« dem Konsistorialrat, ders selber in seiner Büchersammlung hat, nachziehen müßte, wenn er Landes verwiesen würde, gesetzt sogar, in den Ehepakten hätte sie sich ausbedungen, zu Hause zu bleiben. So redet *Lange* mit den Männern aus der Sache. In der großen Welt, wo echte Keuschheit und Vielwissen und also auch Physiologie zu Hause ist, traktierte man den Punkt längst mit Anstand und Verstand und trieb Gewissenhaftigkeit weit. Denn da ein Mann allda an seiner Gemahlin 3 Jahre nach dem Vermählungsfest nicht ein Apothekerlot Blut, nicht eine dünne Vene, worins läuft, mehr von der alten auszuspüren hofft; da er mithin die weggewanderten Teile seiner guten Gemahlin an jeder andern viel eher und sicherer wiederzufinden glaubt als an ihr selbst; da er also vielmehr Liebe zur ankopulierten für eigentlichen Ehebruch *an* ihr und *mit* ihr halten muß – und, genau genommen, ists auch so –: so ists ihm jetzo hauptsächlich um reine Sitten zu tun; er lässet also zwar derjenigen Sammlung von Pulsadern, Nervenknoten, Fingernägeln und edlern Teilen, die man insgemein seine Frau benennt, seinen Namen, seinen halben Kredit und seine halben Kinder, weil man überhaupt in der großen Welt ungern öffentliche Verbindungen öffentlich aufhebt und lieber am Ende an tausend aus Luft geflochtenen Ketten geht; aber *das* gestattet ihm seine Achtung für Moral und Publikum nicht, eine und dieselbe Wohnung – Tafel – Gesellschaft mit einer Frau zu haben, die einen andern Körper hat; er erscheint sogar (welches vielleicht zu skrupulös ist) ungern mit ihr öffentlich und enthält sich wenigstens in seinem Hause alles dessen, wozu er oder Origenes sich unfähig machten.

Es sind schlechte abgefärbte Katheder, die mir den Einwurf machen können, die verehelichten Seelen blieben ja doch zurück, wenn die Leiber verrauchten. Denn mit der Seele (also mit dem Gedächtnis, mit dem Denkvermögen, sittlichen Vermögen u. s. w.) lässet man sich heutzutage wenig oder nicht kopulieren, sondern mit dem, was um sie herumhängt. Zweitens ist es ja bei jedem Materialisten auf der philosophischen Börse zu erfahren, daß die Seele nichts ist als ein Wassersprößling des Körpers, der also bei Mann und Frau mit dem Leib zugleich weggeht. Man braucht es aber gar nicht, sondern man darf nur *Humen* beifallen, welcher schreibt, die Seele wäre gar nichts, sondern bloße Gedanken leimten sich wie Krötenlaich aneinander und kröchen so durch den Kopf und dächten sich selbst. Bei solchen Umständen kann das Brautpaar Gott danken, wenn sein Paar kopulierte Seelen nur so lange halten will, wie die zwei Paar Tanz-Handschuhe des Hochzeitballs. Auch sieht man es am Vormittag nach den Flitterwochen.

Also, wie gesagt, alle Kanonisten können die Woche, wo Mann und Frau zum Ehebrechen schreiten darf, nicht weiter hinausschieben als ins vierte Jahr nach der Verlobung; allein für Leute von Welt und von Stand ist das hart und zu rigorös, zumal wenn sie aus ihrem »*Keil*« (dem Anatomiker) wissen, daß schon in *einem* Jahre der ganze alte Körper wegtauet, – bloß elende 16 Pfund Fleischgewicht ausgenommen. Daher warens oft meine Gedanken, daß ich, wenn ich meinen Ehebruch schon ins erste Jahr verlegte (wie's viele tun), wirklich nur sehr wenigen Pfunden meiner Gattin, die 107 hat, untreu würde, den 16 Pfund nämlich, die noch restierten.

Auf den nämlichen Körpertausch, worauf man seinen Ehebruch gründet, muß das Konsistorium seine Scheidung gründen. Denn wenn Leute oft 9, 18 Jahre nach der Trauung offenbar noch in der Ehe beisammen bleiben, indes alle Physiologen wissen, daß zwei neue Ehekörper und zwar ohne priesterliche Einsegnung beisammen sind: so ist nun das Konsistorium verbunden, dreinzusehen und dreinzuschlagen und die zwei fremden Leiber zu scheiden durch ein paar Dekrete. Daher wird man auch niemals hören, daß ein gewissenhaftes Konsistorium Schwierigkeiten macht, Christen, die schon in der Ehe sind, zu trennen; man wird aber auch von der andern Seite ebensowenig hören, daß es solche, die sich die Ehe bloß versprochen, ohne die größten Schwierigkeiten scheide –: eben ganz natürlich; denn dort bei der langen Ehe ist wahrer Ehebruch durch die Scheidungbulle abzuwenden, weil unkopulierte Leiber da sind; hier aber bei der Verlobung sind die Körper, die den Vertrag gemacht, noch völlig da, und sie müssen erst lange in der Ehe leben, bevor sie zur Scheidung taugen. Das ist die wahre Auflösung eines Scheinwiderspruchs, der so viele Schwache schon verleitet hat, uns sämtlich im Konsistorio für sportelsüchtig, mich für den Markör und unsre grünen Sessiontische für grüne Billarde zu halten, um welche sich Präsident und Räte mit langen Queues herumtreiben, um die Partien auszuspielen; ach, ein Konsistorialsekretär schneidet ohnehin mehr Federn als Geld.

Warum wird uns überhaupt nicht von den Pastoren jedes eingepfarrte

Ehepaar, das über 3 Jahre beisammen geschlafen, einberichtet, damit mans scheide zur rechten Zeit? Eine solche Scheidung, wozu man keine weitern Gründe braucht als den, daß die zwei Leute lange beisammen waren, hat in allen Ländern ja keine andere Absicht als die, daß sie nachher sich wieder ordentlich kopulieren lassen mit den erneuerten Leibern. Das Konsistorium und ich fahren am fatalsten dabei, falls die Sache sich nicht etwa bessert, wenn der neue Minister den Thron besteigt. Wahrlich, ein solches geistliches Landeskollegium legt oft die lange Säge an und zersägt Eheblöcher oder Betten, in denen Ehepaare 21 Jahre lang gehauset hatten, die in so langer Zeit wenigstens siebenmal (alle drei Jahre sind Ehebruch und Ehescheidung fällig) wären zu scheiden und zu trauen gewesen: was für Sporteleinbuße, da wir die Scheidungkosten, die wir hätten versiebenfachen können, vervierfachen mußten! Es ist ohnehin an einer solchen Scheidliquidation wenig, weil sie bekanntlich moderiert wird, und zwar vom Konsistorium selber. Man gebraucht noch dazu im Konsistorialzimmer die Vor- und Nachsicht, daß ich allemal den Sportelzettel, wenn ihn das geschiedne Paar abgezahlt hat, nach 15, 20 Jahren wieder extrahiere und dem Konsistorialboten und Pfennigmeister von neuem mitgebe, nicht sowohl um die Sporteln zweimal einzukriegen (welches Nebensache ist), als um zweimal darüber zu quittieren, falls das getrennte Paar die erste Quittung etwa verloren hätte, und auch, um es vor einer dritten Zahlung sicherzustellen. Man will dem Paare alles leicht machen, wenn man es in mehren und großen Terminen zahlen lässet.

.... Und heute vor drei Jahren kopulierte man mich für meine Person auch .... aber die damalige Strohkranzrede war zu schlecht ....

Siebenter Sektor oder Ausschnitt

Robisch – der Star – Lamm statt der obigen Katze

Nach einer solchen Entführung schränkte man Gustavs Spieltheater und Lustlager ganz auf den Wall des Schlosses ein; in die wogende Flur und ins Dörfchen Auenthal, das wohl eine 1/17 deutsche Meile davon ablag, durft' er nur hinein – sehen. Dieses blumige Empor-Eiland umkreisete er den ganzen Tag, um jeden roten Käfer niederzuschlagen, jedes marmorierte Schneckenhäuschen von seinem Blatte abzudrehen und überhaupt alles, was auf sechs Füßen zappelte, einzufangen in seinem eignen Kerker. Auf Kosten seiner unerfahrnen Finger unternahm er anfangs auch die Biene an ihrem Hinterleibe aus ihrem Freudenkelche zu ziehen. Die bunten Arrestanten drängte er nun – wie Fürsten alle Menschenklassen in *eine* Hauptstadt – sämtlich in einen schönen Salomons-Tempel oder in eine *Silberschlag*-Noachitische Arche von Pappendeckel mit mehr Fenstern als Mauer zusammen.

Der Baumeister dieses vierten salomonischen Tempels war nicht, wie bei dem ersten, der Teufel oder der Wurm Lis [1], sondern ein Mensch, der leicht beiden glich, der sogenannte Kammerjäger *Robisch.* Dieser Hintersasse des Rittmeisters besuchte jährlich die besten Zimmer und Gärten des ganzen Landes, um beide nicht sowohl von ihren *schlimmsten* als von ihren *kleinsten* Bewohnern zu säubern – von Mäusen und Maulwürfen. Ich will die Gelehrten-Republik eben nicht bereden, daß dieser Mausschächter so viele unterirdische Maulwürfe aus der Welt fortschickte, als jährlich schriftstellerische hineintreten, um sich auf die Hinterfüße zu setzen und dann mit den Vorderfüßen, die an beiden Maulwurfarten Menschenhänden gleichen, in den Buchläden und auf dem Leipziger Buchhändlermarkte ihre Erdhäufchen als kleine Musenberge aufzuwerfen; – inzwischen bezahlt wurde Robisch gerade so, als habe der Kammerjäger alles Ungeziefer verjagt. Denn die Leute glaubten, wenn man diesen Kelchvergifter der Nagetiere erbose und nicht bezahle: so mach' er Moses' Wunder nach und verdoppele durch dagelassene Kolonien das Ungeziefer, das man seinem Königs- und Blutbann entziehe. Ich will von dieser morastigen Seele, die sich nie meinem Gustav näher wälze, mich wegbegeben, wenn ich geschrieben habe, daß er oft im Falkenbergischen Hause war, daß er, wenn Fremde da waren, den Extra- und Kasualbedienten, und wenn Rekrutenwildpret zu fangen war, für den Rittmeister den Leithund machte, und daß er sich an den kleinen Gustav mit seinen Fabrikaten drängte. Ein solches Anhäkeln an Kinder ist ohne elterliche Kindlichkeit zweideutig. Kinder aber lieben Bediente besonders; und Gustav vollends, der schlechterdings auch später nicht vermochte, jemand zu hassen, den er in seiner Kindheit lieb gehabt; von allen Untaten, die Robisch an ihm verübt hätte, wäre gleichwohl das Band der Dankbarkeit für das elende Insektenstockhaus, das den Wall entvölkerte, nicht entzwei gegangen.

Was in der salomonischen Schloßkirche war und sumsete, sollte Zucker fressen, weil Kinder ihn für das Vortisch- und Nachtisch-Essen ansehen; und es wären die schönsten Inhaftaten verhungert, wenn nicht ihr Fronvogt, Gustav, vom Kammerjäger noch einen Starmatz zum Geschenk bekommen hätte; denn den Matz ließ er auch in das Pantheon hineinspringen, und der fraß alles, was nichts zu fressen hatte .... Wenn ich hier unter die Flügeldecken der Insekten und in den Schnabel des Matzes die nächsten Reflexionen und die kühnsten Winke versteckt habe: so hoff' ich, man finde sich in dergleichen schön.

Außer mir hatte wohl niemand Gustavs Namen so oft im Schnabel als der Star, der gleich Hofleuten nichts weiter im Kopfe hatte als ein nomen proprium. Der Kleine dachte, der Star denke und sei so gut ein Mensch wie

[1] Nach den Rabbinen half der Teufel den Tempel mit bauen, und der Wurm nagte die Steine zurecht.

Robisch und liebe ihn für alles; daher konnt' er sich nicht satt an ihm hören und lieben. Er konnte sich eben an nichts satt umarmen. Bloß lebendige Geschöpfe waren sein Spielzeug. Der Pachter hatte dazu noch ein schwarzes Lamm gesellt, das er mit einem roten Band und mit Brotrinden um den Wall herumlockte. Das Lamm mußte wie ein Dorfkomödiant alle Rollen machen, bald mußt' es der Genius, bald der Pudel sein, bald Gustav, bald Robisch. So spielte also unser Freund seine ersten Erdenrollen Solo und war zugleich Regisseur, Einbläser und Theaterdichter. Solche Komödien, die sich Kinder *machen*, sind tausendmal nützlicher als die, die sie *spielen*, und wären sie aus *Weißes* Schreibtisch: in unsern Tagen, wo ohnehin der ganze Mensch Figurant, seine Tugend Gastrolle und seine Empfindung lyrisches Gedicht wird, ist diese Verrenkung der armen Kinderseelen vollends gefährlich. Indes ist es zuweilen auch nicht wahr: denn ich machte den vollständigen Filou bloß ein-, zwei- oder dreimal in meinem Leben, aber wirklich noch, eh' ich zum erstenmal gebeicht hatte.

Die Verordnung, die ihn nicht vom Schloßberg hinunterließ, unterschied sich von den Verordnungen unserer transzendenten Eltern, der Obrigkeit, dadurch rühmlich, daß sie erstlich der Partei bekannt gemacht, und zweitens daß sie wenigstens 14 Tage lang gehalten wurde. Gustav hätte für sein Leben gern sich und das Lamm vom Walle hinab an den Fuß des Berges getrieben. – Da nun der Rittmeister aus Quistorps peinlichen Beiträgen wußte, daß man an die Stelle der *Verstrickung* oder Konfination (Einsperrung auf den Wall) die Distrikt- oder *Gebieträumung* setzen kann: so diktierte er die letzte Strafe statt der ersten und sagte: »Kann man denn nicht das Lamm des Pachters Regel (Regina) mitgeben, solang sie da am Berge weidet? Meinetwegen kann der Junge mittreiben, wenn ich ihn nur immer im Gesicht behalte.« Ich muß es noch abwarten, was die Reichsritterschaft dazu sagen oder schreiben wird, daß ein Ehrenmitglied derselben, mein Held, nachmittags um 4 Uhr sich allemal eine lange Haselgerte abdrehte und damit ein Ochsenjunge wurde und neben der eilfjährigen Strößners Regina die Schaf- und Rindherde und das Lamm am Band mit solchem Stolze und mit solchen Jupiters-Augenbraunen austrieb, daß er leicht andeutete, er lenke den ganzen Stall und die Reichsritterschaft solle ihm nur jetzo kommen.

Nur im tausendjährigen Reiche gibt es solche Nachmittage, wie Gustav an der Anhöhe, gleichsam auf dem Schoße der Erde hatte. Mein Vater hätte mich in die Zeichenschule senden sollen: könnt' ich nicht jetzt die ganze Landschaft in meinem Farbenstrom statt im Dintenstrom auffangen und hinausspiegeln? Wahrhaftig ich könnte jedes Gebüsch mit dem hineinschlüpfenden Vogel dem Leser in die Augen zurückspiegeln, jede lippenfarbige Rotbeere der Felsen-Abdachung, jedes von Anflug überwachsene Schaf und jeden Baum, den das Eichhörnchen mit zerbröckelten Tannzapfen umsäete. Inzwischen gibt es Dinge, an denen wieder die Iltishaare des Pinsels vergeblich bürsten, die aber schön aus meinem Kiele rinnen – das auf Genüssen schwimmende Auge Gustavs schifft leicht hinüber und herüber zwischen dem Lamme, dem hellen Blumengrund mit der Schatten-Landspitze und zwischen dem Zauber-Gesichte Reginens und braucht nirgend wegzublicken.

Warum sagt' ich ein Zauber-Gesicht, da es ein alltägliches war? – weil mein kleiner Apollo und Schafhirt mit trinkenden Augen auf dieses Gesicht wie auf eine Blume flog. Unter einer Hirnschale wie seine, zu welcher den ganzen Tag die weiße Flamme der Phantasie, und kein blaues Branntewein-Flämmchen des Phlegma auffackelte, mußte jedes weibliche Gesicht mit vergüldeten Reizen in Götterfarbe und nicht in Totenfarbe dastehen. Alle Schönen hatten bei ihm den Vorteil noch, daß er sie nicht seit zehn Jahren, sondern seit zehn Tagen sah. Indessen ist das nicht seine erste Liebe, sondern nur ein Frühgottesdienst, ein Vorfest, ein Protevangelium irgendeiner ersten Liebe, mehr nicht.

Zwei ganze Wochen trieb er sein Lamm auf die Weide, eh' sein Mut so weit stieg, daß er – nicht sich neben ihr Strickzeug hinsetzte, dies überstieg Menschenkräfte, sondern nur daß er – das Schaf an seinem postillon d'amour festhielt, nicht um es zu Reginen hinzuziehen, sondern um selber von ihm hingezogen zu werden; denn die beste Liebe ist am blödesten, wie die schlimmste am kühnsten. Wie ein stillender Mond legte sich alsdann, wenn sie mehr in seinen Gedanken als in seinen Augen war, ihr Bild an seine träumende Seele, und so viel war ihm genug. – Sein zweites Mittel, ihr Akzessist zu werden, war der runde Schatten eines tiefer unten schwankenden Lindenbaums, hinter dem die Abendsonne wie hinter einem Jalousieladen sich zersplitterte. Mit diesem Schatten rutscht' er nun der Regina immer näher; unter dem Vorwand, als mied' er die eine Sonne, rückte er einer andern rötern zu. Von solchen kleinen Spitzbübereien läuft die Liebe über; sie werden aber alle erraten und alle verziehen; und sie werden oft mehr vom Instinkt als vom Bewußtsein eingegeben. Wenn freilich der Abend langsam aus dem Tal sich in die Höhe richtete – wenn die einschlummernde Natur in abgebrochenen Lauten des zu Bette gegangnen Vogels gleichsam noch ein paar Worte im halben Schlafe sagte – wenn das Glockenspiel am Halse der Herde, die unschuldige Blumen der Freude aus Wiesen pflückte, und der eintönige Guckguck und das verwirrte Abendgeräusch die Tasten der leisesten Saiten gedrückt hatten: so nahm sein Mut und seine Liebe um ein Namhaftes und nicht selten in *dem* Grade zu, daß er den Kuchen, den er für sie eingesteckt, öffentlich aus der Tasche holte und ohne Bedenken – ins Gras legte, um ihr wirklich den Antrag dieses Backwerks zu machen, sobald sie in der Dämmerung beim – Schloßtor auseinander mußten: hier stieß er ihr die Schenkung mit hastiger Verwirrung zu und sprang mit freudiger Beschämung davon. Gelang es ihm, ihr dieses Abendopfer zu insinuieren: so war jede Pulsader seines Arteriensystems ein entzückt klopfendes Herz (denn die Sprache und Freude seiner Liebe war Geben), und unter seiner Bettdecke pflanzte er die ganze Nacht kühne Plane auf morgen, die der Nachmittag-Glockenhammer mit *vier* Schlägen sämtlich – bis auf ihre Herz-Wurzel – in die Erde schlug. Sie tat immer das breite Halstuch ihrer Mutter um; daraus muß es ein Philosoph von Verstand ableiten, daß ihm später die großen Halstücher der Damen gefielen, die ich selber den vorigen Tändelschürzen des Halses vorziehe; aus dem nämlichen Grunde gefielen ihm wie mir auch breite Kopfbinden und breite Schürzen. Ich habe schon mit Philosophen L'hombre gespielt, die es umwandten und behaupteten, alles das gefalle ihm, nicht, weil das Zeug an der Schönheit (Reginens) war, sondern weil die Schönheit am Zeuge war.

Im Grunde schäm' ich mich, daß ich hier, während die zerrissendsten Bakkalaureen eintunken und den übrigen Bakkalaureen die feinsten Sponsalien von Königinnen und Marquisinnen ausmalen, meine Schreibmaterialien auf das Weiden und Verlieben zweier Kinder verwende. Beides lief bis in den Herbst hinein fort, und ich möchte es abschildern; aber, wie gesagt, die Scham vor den Bakkalaureen! – Und doch gönn' ich dir, winziger Träumer, so sehr diese weiße Sonnenseite deines Lebens an deinem Berge und dein Lamm und dein Auge! Und ich möchte so gern die Tage, die vor dir vorüberlaufen und deinen kleinen Schoß mit Blumen überlegen, zum Stehen bringen, damit der Leichenzug der bewaffneten Tage hinten halten müßte, die deinen Schoß entlauben können – dein Lusthölzchen lichten – dein Lamm stechen – deiner Regina Dienstgeld zur Magd geben!

Aber im Oktober fährt alles nach Unterscheerau; und die Kinder wissen noch nicht einmal, daß es Lippen und Küsse gibt!

O Wochen der vorersten Liebe! warum verachten wir euch mehr als unsre spätern Narrheiten? Ach an allen eueren sieben Tagen, die an euch wie sieben Minuten aussehen, waren wir unschuldig uneigennützig und voll Liebe. Ihr schönen Wochen! ihr seid Schmetterlinge, die aus einem unbekannten Jahre [1] herüberlebten, um unserem Lebens-Frühlinge vorzuflattern! Ich wollte, ich dächte von euch noch so enthusiastisch wie sonst, von euch, wo weder Genuß noch Hoffnung an Grenzen stockten! – Du armer Mensch! wenn der zarte weiße, die ganze Natur überzaubernde Nebel deiner *Kinderjahre* herunter ist: so bleibst du doch nicht lange in deinem Sonnenlichte, sondern der gefallene *Nebel* kriecht wieder als dichtere *Gewitterwolke* unten rings am Blauen herauf, und am *Jünglings-Mittage* stehest du unter den Blitzen und Schlägen deiner Leidenschaften! – Und *abends* regnet dein zerschlitzter Himmel noch fort! –

[1] Die Schmetterlinge im Frühling haben sich (durch das Zölibat) aus dem vorigen Jahre hergefristet; die im Herbst sind Kinder des gegenwärtigen Jahres.

Achter Sektor

Abreise – weibliche Launen – zerschnittene Augen

Da die Edelleute und Waldratten im Sommer das Land, im Winter die Stadt bewohnen: so tats der Rittmeister auch; denn die schöne Natur (meint' er und sein Gerichthalter) läuft am Ende auf nichts als auf ein Inventarium von Bauern hinaus, deren Ellbogen und Schenkel in einer Scheide halb von Zwillich, halb von aufgeflicktem Leder stecken, auf Sumpfwiesen, auf Brachfelder und auf Schweinvieh, und es gibt da nichts zu empfinden als Gestank – in der Stadt hingegen ist doch ein Stück Fleisch zu haben, ein Spiel französischer Karten, einiger wahrer Spaß und ein Mensch. Es ist jugendliche Unduldsamkeit, einem Manne, der kein Gefühl für Musik und Gegenden hat, auch das für fremde Not und Ehre abzusprechen, besonders dem Rittmeister.

Noch viel wichtigere Gründe trieben ihn nach Scheerau; er suchte da 13 000 Rtlr., eine Menge Rekruten und einen Hofmeister. – Den letzten zuerst! Seine Frau sagte: »Gustav muß jemand haben, es fehlt ihm noch an Lebensart!« Aber Hofmeistern fehlts nicht daran – diese Infanten aus dem Alumneum, die nichts hebt als eine Kanzeltreppe, die so lange die Seelenhirten des jungen Edelmanns sind, bis sie die Seelenhirten der Gemeinde werden, welche ihr Zögling regiert, diese Erzieh-Poussierer sind imstande, nicht bloß den Kopf des Junkers – wie der Vater hofft –, sondern auch den Rumpf desselben – wie die Mutter hofft – recht gut zu formen und zu glätten, erstlich ohne eigne Glätte, zweitens in Lehrstunden, drittens mit Worten, viertens ohne Weiber, fünftens auf eine sechste Art, dadurch, daß der Hofmeister das weiteste Löwenherz zu einem schläfrigen Dachsherzen einkrempt.

Der zweite metallische Sporn, der den Rittmeister nach der Stadt forttrieb, war das Geld. Niemand kam so leicht in den Fall, ein Gläubiger sowohl als ein Schuldner zu werden, als er: die halbe Nachbarschaft hatt' er, weil er weder sich noch andern etwas abschlug, zuletzt in seine *Gäste* und seine *Schuldner* verwandelt; aber jetzt verwandelte er darüber sich beinahe selber in beides, wenn nicht der Landesherr seinen zerrollenden Geldhaufen wieder aufbauete. Er mußte also nach der Residenz Oberscheerau die mißliche Bitte mitbringen, daß ihm jener 13 000 Rtlr. nicht sowohl schenken oder leihen – das wäre zu machen gewesen – als *bezahlen* möchte, als ein Kapitel von sieben Jahren. Der scheerauische Sophi hatte nämlich die Gewohnheit, keine Geliebte abzudanken, ohne ihr ein Landgut, oder ein Regiment, oder einen gestirnten Mann mitzugeben; – er ließ von einer Geliebten allzeit noch so viel übrig, daß noch eine Ehefrau für einen Ehetropfen daraus zu machen war, wie der Adler und Löwe (auch *Fürsten* der Tiere) allemal ein Stück vom Raube unverzehrt für anderes Vieh liegen lassen. Mithin trennte er sich auch von der Mutter seines natürlichen Sohnes – des Kapitän von Ottomar – auf dem Rittergute *Ruhestatt,* das er an *einem* Tage (mit Falkenbergs Gelde) kaufte und verschenkte.

Drittens wollte der Rittmeister in Scheerau seinen Unteroffizieren, die meistens da lagen, ein paar Schritte ersparen; denn er schlug zwar mit dem Stock so leicht wie eine Dame mit dem Fächer zu, aber er brach nicht gern einer Heuschrecke das sechste Bein aus, und daher schonte er die seiner Leute, die viere weniger hatten, um so mehr.

Endlich packen sie ein, die Falkenbergischen: wir wollen dabei sein. Da Falkenbergs Seele, wie Uhren und Pferde, nur unter dem Reisen nicht stockte: so war er am Abzugmorgen am frohesten und raschesten; liebte keine Fortschreitung durch *Sekunden,* sondern durch *Nonen;* fluchte über sämtliche Hände und Füße im Schloß, weil sie nicht flogen; drückte und stauchte das weibliche Schiff und Geschirr mit ehernen Händen in die nächste Schachtel hinein; und hatte keine andern abführenden Haarseile seiner ungeduldigen Langweile als seine Füße, die stampften, und seine Hände, mit denen er teils den Kutscher aus solchen Gründen, wie dieser die Pferde, auswichste, teils die Zurückbleibenden im Schlosse sämtlich recht gut beschenkte.

Die Rittmeisterin aber weiß alles so komplett und vernünftig zu tun, daß sie mit nichts fertig wird. Hätte sie drei Sprünge zu tun, um dem herunterplumpenden Monde auszuweichen: so streifte sie doch, eh' sie spränge, noch eine Falte aus der Fenstergardine heraus – beim Plätten wär's noch ärger. Gleich Gelehrten liegt sie neben dem Brotstudium noch einem Nebenstudium und Beiwerk ob und tut mit jeder Sache die benachbarten mit. »Ich kann nun einmal nicht so lüderlich sein wie andre Weiber«, sagte sie eben zum knirschenden Ehemann, der acht stumme Minuten ihr zusah. »Ich wollt' ins Teufels Namen lieber, du wärest die lüderlichste in der ganzen schriftsässigen Ritterschaft« – sagt' er. Da sie nun, sooft sie Sturm und unrecht hatte, bloß auf den zornigen Hyperbeln des andern ankerte, wie ich als appellatischer Sachwalter häufig muß: so bewies sie auch dasmal geschickt, daß an lüderlichen Frauen wenig wäre – und da einen hitzigen Rittmeister nichts noch mehr aufbringt als ein stolzer Beweis dessen, was er gar nicht leugnet: so gings wie allemal los – die Zungen-Streitflegel bewegten sich – seine Speicheldrüse, ihre Tränendrüse und beider Lebern mit Gallenblasen sonderten so viel ab, als in christlichen Ehestunden gesondert werden muß – aber 15 Minuten und 15 Packereien sogen wie Blutadern alle diese ehelichen Absonderungen wieder ein. Beim Abreisen hat kein Mensch Zeit, sich zu erbosen.

– Sie war auf meine Ehre eine recht gute Frau, aber nur nicht allemal, z. B. beim Abreisen am wenigsten: sie wollte erstlich dableiben und keifte in alle hörende Wesen hinein, zweitens wollte sie fort. Niemals, wenn ihr Mann am Morgen sich und seinem Hunde den Halsschmuck umlegte, um

Besuche zu machen, begehrte sie mit (sie müßte denn die völlige Unmöglichkeit mitzukommen vorausgesehen haben): sondern wenn er am zweiten Tage nur ein Wort von einer Dame, die mit dagewesen, schießen ließ: so klagte sie ihm ihre Not: »Unsereine riecht nun den ganzen Sommer nicht aus dem Hause hinaus.« Wollt' er sie das nächste Mal mitzwingen: so war entsetzlich zu tun, es war zu bleichen, zu jäten, Fleischfässer und Serviettenpressen zuzuschrauben, Wäschzettel und alles zu machen, oder das vorzuschützen: »Ich bin am liebsten bei meinem Kleinen.« Allein ihre Absicht, die wenige errieten, war bloß, an zwei Orten auf einmal zu sein, in und außer dem Hause – und es ist für unsre Weiber schlimm, wenn unsre Philosophen und Männer nicht so viel einsehen, wie die katholischen Philosophen und Männer, die kombrischen, Ariaga, Bekanus, längst einsahen[1], daß der nämliche Körper leicht zur nämlichen Sekunde an zwei Orten oder mehren nicht nur auf einmal sitzen, reden, wachsen, sondern auch in der einen Stadt empfinden könne, indem er in der andern denkt, – zu gleicher Zeit in der Kirche lachen und in dem Theater weinen könne. – –

Extrablättchen

Sind die Weiber Päpstinnen?

Alle Fragen dieses Blättchens tat ich an eine Äbtissin, die lieber Münzen als Fromme machen ließ. Ist nicht die dreifache Krone des Papstes jetzt auf den weiblichen Köpfen als eine vier-, fünffache da, und schossen nicht ihre Hüte in die Höhe wie Salat in den Hundstagen? – Ists nicht den Weibern selber schon bekannt, daß sie so untrüglich sind wie der Papst, und wenn dieser es mehr in dogmatischen als in historischen Dingen ist, wie die Jansenisten glauben, ist es bei den Päpstinnen nicht umgekehrt? – Und wer hat den Mut, eine zu widerlegen, die er nicht geheiratet? Der Papst ist Gottes Vizekönig oder gar Gott selbst, wenn dem *Felinus*[2] zu glauben; sind aber die Päpstinnen nicht bekannte Göttinnen? – Allerdings sagt ein Papst selbst, Klemens VI., daß er Engeln befehlen könne, jeden Kerl aus dem Fegefeuer in den Himmel zu spedieren[3]; brauchen aber unsre Päpstinnen Engel dazu?

[1] Affirmant idem corpus existens in duobus locis habere posse utrobique formas absolutas non dependentes – ita ut hic moveatur localiter, illic non, hic calidum sit, illic frigidum, etc. hic moriatur, illic vivat, hic eliceret actus vitales tum sensitivos tum intellectivos, illic non. *Voetii* disp. theol. T. I. p. 432. Bekanus beschränkt es mit philosophischem Scharfsinn so weit, daß ein solcher Körper – also eine Frau – nicht an einem Orte fromm und zugleich am andern gottlos sein könne; dieses leuchtet mir auch ein.

[2] Wolfii lect. memorab. Cent. XVI. p. 994. etc.

[3] loco cit.

Bloß eine Woche brauchen sie, um uns ins Fegefeuer, und eine Stunde, um uns zurück in den Himmel zu werfen. – Marianus Soccinus, welcher behauptet [1], daß ein Papst aus Nichts Etwas, aus Unrecht Recht und aus allem Henker allen Henker machen könne, muß nur nicht glauben, daß unsre Päpstinnen es nicht auch vermögen, und sind ihm ihre Ohrenbeichten nicht erinnerlich? – Wer exkommuniziert seine Ketzer, oder dispensieret seine Rechtgläubigen öfter, Päpste oder Päpstinnen? – Und wer macht heutzutage, durchlauchtige Äbtissin, allmächtigere Augenbreven und Lippenbullen, wer kreieret mehr Heilige, mehr Selige und mehr Nuntien a und de latere? Petri Nachfolger oder Petri Nachfolgerinnen? – Päpste sollen sonst immerhin Königreiche weggeschenkt oder abgenommen haben; beherrschen nicht Päpstinnen diese Königreiche? – Päpste konnten von Amerika nichts verschenken als den Namen; ist aber nicht das, was einige Päpstinnen von diesem Lande uns mitteilen, etwas viel *Reelleres*? – Könige, die sonst von Päpsten gequält wurden, werden jetzt von Päpstinnen beglückt; und wenn jene höchstens einen oder ein paar Könige schufen, werden nicht die Könige unter den meisten europäischen Thronhimmeln von Päpstinnen gemacht, und zwar in niedlichem Taschenformat, bis sie aus der Taufschüssel nach und nach heranwachsen, daß sie so lang sind wie ich oder ihr Thron? – Küssen wir ihnen nicht den Pantoffel öfter als dem seligsten Vater, indem die zwei Arme vom Professor *Moskati* zu Padua längst als zwei Vorderfüße befunden worden, auf deren lederne oder seidne Schuhe wir alle Wochen unsre Lippen drücken? – Legen nicht Papst und Päpstin den alten *Namen* ab, wenn sie den Thron beschreiten, den der eine durch Alter, die andre durch Jugend behauptet? – Und wenns wahr wäre, daß Papst und Päpstin ursprünglich nur Bischöfe einer Provinz (eines Mannes) sein sollen und daß es weiter keine Päpstin gibt als die gute *Johanna*: würd' ich wohl gerade das Gegenteil öffentlich in einem Extrablättchen oder heimlich zu Ihnen zu sagen wagen, durchlauchtige Äbtissin? –

Ende des Extrablattes

Fortsetzung des vorigen Sektors

Während ich die Äbtissin befragte: kam ich von der wildlaunischen Rittmeisterin weg. Ich will setzen, ich oder der Leser hätten sie geheiratet: so würden wir zwar dem Himmel danken, an ihren Ringfinger unsern brillantierten Ring geschraubt zu haben; – aber doch würden wir uns täglich, wie man sieht, mit ihr herumzubeißen haben: so gewiß bleibts, daß nicht die weiblichen Laster, sondern die weiblichen Launen so viel Pferdestaub und Dornen in das Ehelager säen, daß oft der Satan darauf liegen möchte. –

[1] loco cit.

Ohne Gustav, der so viel zuschleppt, kämen wir vor zehn Minuten nicht aus dem Schlosse. Mein Leser malt sich ihn wider meine Erwartung ganz falsch vor, traurig nämlich, weil er aus seiner Kindheit-Erdenwiege, aus seinem Adamsgarten und von seinem Abendberge weichen soll. So falsch! – Ein anderer Leser würde sich ihn freudig denken, weil für Kinder, denen noch jede andre Szene eine neue ist, Reisen die Schöpfung eines neuen Himmels und einer neuen Erde wird und weil die Phantasien eines Kindes noch keine kummerhaften sind. Scheerau mußte in seinen Vermutungen durchaus die Stadt mit langen Häusern sein, worin er mit seiner Schwester gespielt. Noch dazu wurde – was allen Kindern eine Naturalisationakte ist – sein Spielmagazin eingeschifft; sogar der Starmatz, der als geschüttelter Hierarch in der salomonischen Filialkirche auf- und absprang, hielt er auf den stauchenden Knien. Jeden Winkel des Schlosses bedauerte er samt dem, was darin war, daß es nicht mit einsteigen dürfte; dieses ganze Konchyliengehäus kam ihm so eng, so abgegriffen, so abgeschossen vor! Leute, die wenig gereiset, schauen ihre Stube in den Augenblicken der Abreise – der Ankunft – und in den übrigen mit drei verschiedenen Gefühlen an; aber für Zugheuschrecken und Zuggeflügel sind die Kunststraßen und Residenzstraßen nur Korridore zwischen den Zimmern.

Schon eine halbe Stunde saß er auf dem nackten Kutschenkasten voraus, mit den Beinen in Gepäck eingekeilt und in zappelnder Erwartung, wann die Pferde den ersten Riß täten. Endlich wurde die Wagentüre zugeworfen, und alles rollte dahin, den Berg hinab, den Gemeindeanger hinüber, auf welchem der weißgeschälte Baum, der zur Kirchweih sich mit gerötelter Fahne und Bänderwimpeln noch einmal in die Erde bohren sollte, unserem Gustav ganz verächtlich wurde, der jetzt in Scheerau hundert schönern Maienbäumen und Kirchweihen entgegenfuhr. – Aber als es vor der an Freuden *fruchtbaren Region* seines Berges vorüberging: so zog er vom Trauergerüste der gestorbnen Nachmittage, vom klingenden Vieh, das am Gipfel grasete, von einem Weideadjunktus, der ihm schlecht gefiel, vom zusammengetragenen Steinpferch, in den er sein Lämmchen gesellt, das nun ohne Band und ohne Liebe droben stand, und endlich vom Markstein, auf dem sonst seine Traute, seine Schöne strickte, davon freilich zog er die zurückgewandten Blicke sehnend langsam weg. »Ach«, dacht' er, »wer wird dir Zitronenkuchen geben und meinem Lämmchen Brotrinden? Ich will euch aber schon alle Tage recht viel herschicken!«

Es war ein reiner Oktobermorgen, der Nebel lag zusammengefaltet dem Himmel zu Füßen, der wegfliegende Sommer schwebte mit seinen blauen Schwingen noch hoch über den Ästen und Blumen, die ihn getragen, und schauete mit dem weiten, still erwärmenden Sonnenauge den Menschen an, von dem er Abschied nahm. Gustav wollte aus dem Wagen, um den betaueten fliegenden Sommer, der zartgesponnen wie ein Menschenleben die Erde überzog, zusammenzuwickeln und mitzunehmen. Aber du,

Mensch, hängst so oft als stinkende Pest- und Nebelwolke in die reine Natur herein!

Denn sie mochten kaum eine Stunde gefahren sein, nach der er schon jedes Dorf für Scheerau hielt.... Ich will aber erst angeben, wo's war. Bei Issig schrie er im Wald: »O! nun dort wird der schwarze Arm hineinlangen und mich hinausziehen!« Als sich der Alte noch darüber wunderte, woher der Kleine wüßte, daß jetzt eine Armsäule komme, die wirklich aus den Bäumen herauswies: so fings auf einmal darhinter an zu schreien: »Ach meine Augen, meine Augen!« Den Kleinen und die Mutter versteinerte der Schrecken; aber der Rittmeister stürzte sich aus oder durch den Wagen, zerstieß die Gläser und prallte in den Wald hinein – und an ein kniendes feines Kind hinan, aus dessen zerschnittenen Augen Tränen und Wasser liefen. »Ach tu mir nichts, ich kann nimmer sehen!« sagt' es und griff mit den Händchen um sich, um die Lanzette wegzuschlagen, die zu seinen Knien lag. »Wer hat dir denn das getan?« sagt' er mit der sanftesten, vom heftigsten Mitleid brechenden Stimme; aber eh' es sprach, kam ein altes verwüstetes Bettelweib näher und sagte, im Gebüsch wär' ein Bettler hingeschossen, ders Kind blenden hätte wollen, um darauf zu betteln. Allein das Kind krümmte sich mit größern Konvulsionen an seine Hand und sagte: »O! sie will mich wieder schneiden.« Der Rittmeister erriet die Spitzbüberei, schlitzte den nächsten Ast herab, peitschte die Elende mit verfehlender Wut ins Angesicht und lief mit dem Blinden auf dem Arm dem furchtsamen Wagen zu. Es war ein herzerdrückender Anblick, der unschuldige Wurm mit feinen Zügen und Bewegungen in Lumpen und mit rot eingerunzelten Augen! –

Neunter Sektor

Eingeweide ohne Leib – Scheerau

Nicht bloß Lügner und L'hombrespieler, sondern auch Romanenleser müssen ein gutes Gedächtnis haben, um die ersten 10 oder 12 Sektores gleichsam als Deklinationen und Konjugationen auswendig zu lernen, weil sie ohne diese nicht im Exponieren fortkommen. Bei mir steht kein Zug umsonst da; in meinem Buche und in meinem Leib hängen Stücke Milz; aber der Nutzen dieses Eingeweides wird schon noch herausgebracht. – Da ein Romanschreiber wie Hofmann bloß darauf hinarbeiten muß, daß er seinen Freund und Helden stürze und in geladene Gewitter führe: so bild' ich seit einem Quartale am Himmel hie ein graues Wölkchen, das schwindet, dort eines, das zerläuft; aber wenn ich endlich alle Zellen des Horizonts unsichtbar elektrisiert habe: fass' ich den ganzen Teufel in ein Donnerwetter zusammen – nach dem Abdruck von 14 Bogen kann der Setzer das Krachen schon hören und setzen. – – Im Grunde ist freilich kein Wort wahr; aber da andre Autoren ihre Romane gern für Lebensbeschreibungen ausgeben: so wird es mir verstattet sein, zuweilen meiner Lebensbeschreibung den Schein eines Romans anzustreichen.

Das Kind gab statt seiner Geschichte bloß die Klagen über seine Geschichte. Es schien über sieben Jahre alt, akzentuierte das Deutsche italienisch, und sein kränklich zarter, blaßroter Körper legte sich um seine Seele, wie ein bleiches Rosenblatt um das Würmchen darin. Sein Vater hieß Doktor Zoppo, kam aus Pavia, botanisierte sich aus Italien nach Deutschland und ließ die Kleinen unterwegs gelbe Blumen reißen. Der blinde Amandus wollte in diesem Walde auch Kräuter pflücken; aber die teuflische Augenärztin traf ihn, half ihm gelbe Blumen finden und lockte ihn damit so tief in den Wald hinein, daß sie ihm Kleider und Augen rauben konnte.

Gustav fragte ihn jede Minute, ob er noch nicht sähe, schenkte ihm sein Morgenbrot, damit er nicht mehr weinen sollte, und konnte seine Blindheit, da seine Augen so offen waren, nicht begreifen. Im nächsten Landstädtchen ließ sich Falkenberg rasieren und Amandus verbinden. Ich sah einmal auf der letzten Station vor Leipzig eine so reizende Querbinde über der Stirn und dem Auge eines Mädchens, daß ich wünschte, meine Frau würde von Zeit zu Zeit dorthin geritzt, weil es nett ausfällt; hingegen Amandus' Verband über zwei Augen machte ihn zu einem Kinde des Jammers.

Da Amandus in besserer Einkleidung und mit der traurigen Binde im Wagen saß: konnte Gustav gar nicht zu weinen aufhören und wollte ihm seinen Matz herauslangen und schenken; denn nicht die Größe, sondern die Gestalt des Leidens bestimmt das Mitleiden.

Wenige Menschen, die nach Scheerau fahren, werden das närrische Glück haben, daß ihnen zwei Stunden davor ein einsamer Magen ohne den Pertinenz-Menschen aufstößet; Falkenberg und seine Leute und Pferde hatten dieses Glück. Es kam angefahren der Magen, das dünne und dicke Gedärm, die Leber, worin die Fürsten ihre Galle sieden, die Lunge, deren Luftbläschen die fürstliche Gallenblase sind, wie die Luftröhre der Gallengang derselben ist, und das Herz; aber kein Leichnam kam mit; denn der Leichnam, der regierender Herr von Scheerau war, lag schon in der Erbgruft. Dieser ganze Magen verdaute so viel wie sein Gewissen, nämlich ganze Hufen Landes; und besser als sein dünner Kopf, dem Wahrheiten und Gravamina eine schwere Speise waren; die papinianische Magenmaschine blieb noch im Alter feurig, als schon alles andre kindisch war. Er ritt, kurz vor seinem Tode, stundenlang einen – Kammerherrn, den er wohl leiden konnte; gleichwohl schob er wie ein ganz verständiger den Teller und das Glas weg, wenn nicht der alte rechte Inhalt in beiden war. Hinter dem Eingeweidesarge – dem Reliquienkästchen des Unterleibes – fuhren der Obristküchenmeister, einige Beiköche, der Hofkellereiadjunkt und noch größere Glieder des Hofetats – z. B. der Medizinalrat *Fenk*. Dieser und

Falkenberg bemerkten einander nicht. Letzter stieß heute auf lauter Seltenheiten, auf den Doktor, den er in Italien, und den Fürsten, den er noch auf der Erde suchte. Die gekrönten insolventen Eingeweide, die ihm auf diese Weise das Geld nicht zahlten, verwickelten ihn nun mit dem Kronerben in ein Gläubigergefecht.

Der Leichenzug des fürstlichen Gedärms ging in die Abtei *Hopf*, wo das Erbbegräbnis derer fürstlichen Glieder war, die – wenn dem Plato ein Wort zu glauben ist – wahres Vieh sind und mit denen der Mensch, er überschnüre sie mit Ordenbändern oder Tragriemen, allemal seine Höllennot hat. Ich will der Darmkapsel nur drei Schritte nachziehen, weil der Medizinalrat jetzo – nach seiner lustigen Sitte, an allen Orten, in Theater- und Kirchenlogen und Gasthöfen, nur in seinem Museum nicht, zu schreiben – in der Begräbniskirche der Eingeweide seine Schreibtafel aufwickelte und Sachen hineinschrieb, die wahrhaftig so lauten: »Da Fürsten sich an mehren Orten auf einmal beerdigen lassen, wie sie auch so leben, so möcht' ichs auch – allein nicht anders als so: mein Magen müßte in die Episkopalkirche beigesetzt werden – meine Leber mit ihrer bittern Blase in eine Hofkirche – das dicke Gedärm in ein jüdisches Bethaus – die Lungenflügel in eine Simultan- oder doch Universitätkirche – das Herz in die triumphierende, und die Milz in ein Filial. Wenn ich aber erster Leichenprediger eines gekrönten Unterleibes wäre: so hätt' ich einen andern Gang; ich nähme den Schlund zum Eingange der – Trauerrede und den Blinddarm zum Beschluß! Und könnt' ich nicht in den drei Teilen der Predigt die drei Konkavitäten durchgehen, darin die edlern Teile des Körpers flüchtig berühren und endlich auf den letzten Wegen desselben mich weinend und preisend aus dem Staube machen? Denn so scherzt man hienieden.« Es gibt einen poetischen Wahnsinn, aber auch einen humoristischen, den *Sterne* hatte; aber nur Leser von vollendetem Geschmack halten höchste Anspannung nicht für Überspannung.

Der Falkenbergische Reisezug kam in Scheerau abends an, abends, der schönsten Zeit, um anzulangen, daher so viele abends in der andern Welt anlangen. Gustav schien schon dort gewesen zu sein, während seiner Entführung. Da aber von meinen Lesern die wenigsten der Schönheit wegen nach Scheerau sind entführt worden und sie also die Stadt nicht kennen: so soll sie ihnen der zehnte Ausschnitt vorzeigen.

Zehnter Sektor

Ober-, Unterscheerau – Hoppedizel – Kräuterbuch – Besuchbräune – Fürstenfeder

Es ist noch keinem Geographen und Oberkonsistorialrat das Unglück begegnet, das Herr *Büsching* hatte, daß er in seinem topographischen Atlas ein ganzes gutes Fürstentum ausließ, das auf der wetterauischen Grafenbank mit sitzt und Scheerau heißet – das nach dem Reichsmatrikularanschlag $^8/_9$ zu Roß und $9^2/_3$ zu Fuße und zum Kammerzieler 21 Fl. $^1/_{19}$ Xr. gibt – das unter Karl IV. gefürstet wurde – das seine fünf hübschen Landesstände hat, die allerhand zu sagen, aber nichts zu tun haben, nämlich den Kommentur des deutschen Ordens, die Universität, die Ritterschaft, die Städte und die Dörfer – und das unter andern Einwohnern auch mich hat. Ich möchte nicht an der Stelle eines solchen Schreib-Mannes sein, der sonst in jede Sackgasse mit seinem geographischen Spiegel kriecht, um sie zurückzuspiegeln, der aber hier ein ganzes Fürstentum samt seinen fünf paralytischen Landständen rein übersprungen hat; ich weiß, wie es ihn kränkt, aber nun, da ich mit der Welt darüber gesprochen, ist ihm nicht mehr zu helfen.

Die Hauptstadt Scheerau besteht eigentlich aus zwei Städten, aus Neu- oder Oberscheerau, wo der Fürst residiert, und aus Alt- oder Unterscheerau, wo der Rittmeister logiert. Ich meines Orts bin längst überzeugt, daß die Sachsenhäuser nicht halb so weit von den Frankfurtern abstehen als die Altscheerauer von den Neuscheerauern, in Ton, Gesicht, Kost und allem. Der Neuscheerauer hat Hofton genug, um Anstand und Schulden und Wut zu außerhäuslichen Freuden zu haben, und doch wieder zu viel Kanzleiton (weil alle höchste Landeskollegien da sind), um nicht überall steife Subordination entweder anzuerkennen oder abzufodern und um nicht aus dem Kammerherrn in den Kanzelisten und Rechnungsrevisor zurückzufallen. Das sieht nun der Altscheerauer ein. Der Neuscheerauer hingegen sieht ein, daß jener folgende Züge hat: wenn in China die Mäuler einer Tischgenossenschaft sich wie ein Doppelklavier zu gleicher Zeit bewegen müssen; wenn in Monomotapa das Land dem Kaiser nachzuniesen pflegt: so gehe man nach Altscheerau, wo es noch viel besser ist; in derselben Minute müssen alle Gassen weinen, husten, beten, laxieren, hassen und pissen – ihre Konduitenliste sieht wie eine Partitur aus, aus der alle das nämliche Stück, nur mit verschiednen Instrumenten und Stimmen spielen – (bloß in der Musik regiert sie einiger wahre Freiheitgeist, und keiner bindet seinen Ellen- oder Fiedelbogen oder Tangenten sklavisch an seines Nachbars seinen) – sie hassen schöne Wissenschaften so sehr wie sich untereinander – unfähig, gesellschaftliches Vergnügen zu entbehren, zu veranstalten, zu genießen, unfähig zu wagen, einander offen zu hassen und zu lieben und zu ertragen, bohren sie sich in ihre Geldhügel und achten öffentlich den Reichsten und geheim den Verwandten oder gar niemand – ohne Geschmack und ohne Patriotismus und ohne Lektüre...

Ich mach' es aber gar zu toll; kein Leser wird hinter dem Rittmeister einen Fuß nach Unterscheerau setzen wollen. Ihr größter Fehler ist, daß sie nichts taugen; aber sonst sind sie fleißig, voll lauter Kaufleute, enthaltsam und fegen die Gassen und Gesichter hübsch. Residenzstädte haben wie Höfe Familienähnlichkeit; aber Landstädte haben – je nachdem mehr kaufmännische, militärische, juristische, bergmännische, seemännische Säfte in ihnen rinnen – ein verschiednes Vollgesicht und Halbgesicht.

Vor der überblechten Haustür des Professors der Moral *Hoppedizel* stieg die Falkenbergische Schiffgesellschaft aus ihrer fahrenden Arche; sie hielt in des Professors zweitem Stockwerk gewöhnlich ihr Winterquartier. Gleich hinter der Haustüre stieß der Rittmeister auf ein tolles Melodrama. Nämlich der Flößinspektor *Peuschel* lehnte sich an die Wand und vomierte und schimpfte; und wechselte mit beidem regelmäßig, wie mit Pentameter und Hexameter – der Professor der Moral schrieb mit einem uneingetunkten Finger ruhig die Züge folgender Worte an die Wand, die er unaufhörlich ablas: »Ekelhaft wars wohl, verteufelt ekelhaft!« – Jeden andern hätte ein eintretender alter Freund wie Falkenberg sogleich in der ganzen Szene gestört; aber der Professor war nicht aus seinem Spaß zu ziehen, sondern hob seine Umhalsung in unverändertem Tone mit dem Rapport des gegenwärtigen Vorfalls an: »gegenwärtiger Herr Flößinspektor Peuschel«, begann Hoppedizel, »zeche gern, Wein nämlich – es habe nichts verfangen, daß die Frau Inspektorin« (– denn schonende Diskretion war nie auf Hoppedizels Lippen –) »ihn habe umbessern wollen durch einen lebendigen Frosch, den sie in seinem Weine krepieren lassen. Er selber habe daher heute Hand angelegt, ihm das Nippen zu verleiden. Denn er habe zum Glück einen Blasenstein – so dick wie eine Muskatellerbirn – aus einem Universitätkadaver geschnitten; den hab' er zu einer Trinkurne ausgebohret und Herrn Peuscheln weisgemacht, aus Lava sei sie; und heute habe er seinen vomierenden Freund echten ungarischen Ausbruch daraus saugen lassen; damit es ihn nun geekelt und zu einem andern Ausbruch genötigt hätte, hab' ers vor einem Paar Minuten dem Patienten klar dargetan, daß das vulkanische Spitzglas wahrer Harn- oder Nierenstein gewesen. Und er hoffe, sein Freund schlage sich das urinöse Steingut eine Zeitlang nicht aus dem Kopf.« Der Professor ging den Inspektor an, ihm den Gefallen zu tun und, sobald der Ekel nachließe, heute abends in der Gesellschaft des Herrn Rittmeisters zu einem Löffel voll Suppe dazubleiben.

Man komme noch so oft in gewisse Häuser, so erblickt man alles revidiert und umgesetzt und umgestürzt; aber im Hoppedizelschen am meisten; und des Rittmeisters Winterlager sah immer aus wie ein Gartenhaus im Winter. Menschen von feinem Gefühl bezaubern durch eine gewisse zärtliche Aufmerksamkeit auf *kleine* Bedürfnisse des andern, durch ein Erraten seiner leisesten Wünsche, durch eine stete Aufopferung ihrer eignen, durch Gefälligkeiten, deren seidenes Geflecht sich fester und sanfter um unser Herz herumlegt als das schneidende Liebeseil einer großen Wohltat. – Hoppedizel bediente sich weder des Flechtens noch Seiles und fragte nach nichts. Es war nicht Abwesenheit des feinen Gefühls, sondern Ungehorsam gegen dasselbe, daß er – wenn der Rittmeister die erste Woche Quartier und Verleiher verfluchte – dazu lachte.

Der zarte Amandus bewohnte den ganzen Abend das Siechbett, und Gustav kroch an seine Seite, um mit ihm zu spielen. Wie heitern uns im steinichten Arabien der hassenden Welt Kinder wieder auf, die einander lieben und deren gute kleine Augen und kleine Lippen und kleine Hände noch keine Masken sind!

Am andern Tage nahm beide Kinder ein Zufall wieder auseinander. Der Rittmeister führte sie durch alle Gassen der Stadt wie durch eine Bildergalerie und hielt endlich mit den zwei Herzensmilchbrüdern vor seines Freundes, des Doktor Fenks Hause still und sah sehnend das Gemälde desselben an – es bildete eine Doktors-Kutsche vor mit einem Arzt innen, mit dem Tode vorn, der in die Gabel eingespannt war, und mit dem Teufel oben, der auf dem Bock saß. – »Der gute Narr«, dacht' er, »könnt' auch einmal aus seinem Italien abziehen und seinen Freunden eine Freude machen!« Denn er wußte von seiner Ankunft nichts. »Mandus! Mandus! lauf rauf!« schrie plötzlich ein zappelndes Mädchen oben und kam selber gesprungen und zerrte und guckte am Kleinen. Der gutmütige Rittmeister wanderte gern aus dem großen Parterre den Kindern nach ins vertraute Haus, und seine Verwunderung über alle Zeichen der Rückkehr Fenks endigte nichts als der hereinbrechende Doktor selbst. Dieser prallte vom halben Wege zu seiner Umarmung auf den kleinen Blinden zurück und riß unter Tränen und Küssen die Bandage auf – besah die Augen lange am Fenster – und sagte nach einem tiefen Atemzug: »Gott Lob und Dank! er wird nicht blind!« Erst jetzt schlug der Doktor seine Arme mit doppelter Wärme um den Freund: »Verzeihs, es ist mein Kind!« Gleichwohl nahm er Amandus wieder ans Licht und beschauete ihn noch länger und sagte mit hinaufgezogenen Augenbrauen: »Bloß die Sclerotica scheint lädiert; die Okulistin zapfte die wässerige Feuchtigkeit heraus. In Pavia sah ichs alle Wochen an Hunden, denen die Zahnärzte (unsre medizinischen Lehnsvettern) die Augen aufschnitten und eine dumme Salbe daraufstrichen. Wenn nachher die Feuchtigkeit und das Gesicht von selber wiederkamen: so hatt' es die Salbe getan.«

Ich übergehe den Strom von gesprächiger und freudiger Ergießung beider Freunde, vor dem sie kaum mehr hörten und sahen, am wenigsten die Uhr – »Ach sie kommen!« sagte Fenk, nämlich die Gäste. – Da meine Leser Verstand genug haben: so können sie mich, hoff' ich, auserzählen lassen, eh' sie ihre Zornrute gegen den bildlichen Steiß des Doktors hinter dem Spiegel vorholen. –

Niemand als er haßte so brennend das Enge, das Unduldsame und Kleinstädtsche der Unterscheerauer, womit sie sich ein so kurzes Leben verkürzten und ein so saueres versäuerten. – »Mich ekelts, von ihnen gelobt zu werden«, sagt' er nicht bloß, sondern er erboste auch gern mit dem schlimmsten Anstrich seiner reinsten Sitten alles von einem Tore zum andern; indes vermocht' er aus Herzens-Weichheit mehr nicht zu ärgern als die ganze Stadt in grosso, einen allein nie. Deswegen grassierte er am zweiten Morgen seiner Ankunft wie eine Influenza von einem Hause zum andern und bat alle Muhmen, Basen, Blut*feinde,* Leute, die ihn nichts angingen als die liebe Christenheit, z. B. den Flößinspektor Peuschel, den Lottodirektor Eckert mit seinen vier Spätbirnen von Töchtern, und was nur unterscheerauschen Atem hatte, das bat er sämtlich zusammen auf den Nachmittag, auf eine Reiseseltenheit, nämlich auf ein Herbarium vivum, das er zeigen werde: »es sei kein lebendiges Kräuterbuch, sondern etwas ganz Besondres, und von den Gletschern wäre das Beste her.«

Diese kamen eben jetzo alle – nicht weil sie das geringste nach einem Kräuterbuch fragten, sondern weil sie es doch sehen wollten und die Haushaltung des unbeweibten Doktors nebenbei. Ich muß den europäischen Höfen so viel gestehen, daß sich die Landsmannschaft und Basenschaft mit Grazie hineinhustete, hineinfegte und -räusperte; und den vier Spätbirnen fehlt' es nicht an Welt, sondern sie machten statt der Verbeugung eine Vertiefung und bewegten sich sehr gut steilrecht. Der Hauswirt trug alsdann zwei lange Kräuterfolianten herein und sagte freundlich, er wolle gern alles herweisen – nun zündete er die Hölle an, in die er die Gesellschaft warf – er kroch mit Raupenfüßen und Schneckenschleim von Blatt zu Blatt des Buches sowohl als des Krautes – er zeigte nichts oberflächlich – er ging die Pistillen, die Stigmen, die Antheren eines jeden Gewächses genau durch – er sagte, er würde sie ermüden, wenn er weitläuftiger wäre, und beschrieb also Namen, Land, Naturgeschichte eines jeden Grases ganz kurz – – alle Gesichter brannten, alle Rücken brühten sich, alle Fußzehen zuckten. – Vergeblich versuchte eine Base, dem blinden Amandus mit den Augen nachzulaufen, um nur etwas Animalisches zu ersehen; der Kräuterkenner befestigte sie an einen neuen Staubbeutel, den er gerade anpries. Schon bis an die Pentandria hatte er seinen Klub geschleift, als er sagte: »Der heutige Abend soll uns nahe um die Dodecandria finden; aber Schweiß und Fleiß kostets.« – Er wurde beim allgemeinen Jammer über einen solchen Fegfeuer-Nachmittag, dergleichen noch kein Scheerauer erlebt hatte, immer vergnügter und sagte, ihre Aufmerksamkeit feuere am meisten ihn an. – Gleichwohl ließen sich die botanischen Magistranden aus einem Blatte ins andere martern und wollten verbindlich bleiben: – bis der Rittmeister, ob er gleich den Scherz erriet, teufelstoll wurde und fort wollte. Der Doktor sagte: »den zweiten Folianten müßt' er ohnehin für eine andre Stunde versparen; aber er wünschte, sie kämen bald wieder, das soll' ihm erst ein Beweis sein, daß es ihnen heute gefallen.« Der bloße Gedanke an den zweiten Torturfolianten – wogegen der Theresianische Kodex mit seinen Folter-Abrissen nur ein Taschenkalender mit Monatkupfern ist – führte etwas von einem Fieberschauer bei sich. So hatten sie also einen ganzen halben Tag schändlich ohne eine Verleumdung, ohne eine Erzählung verloren, die hätte nach Haus können mitgebracht und von da weitergegeben werden. Die ältern Damen besuchten Konzerte und Bälle gewöhnlich, aber gar nicht, um gesehen zu werden, sondern um zu sehen und darin physiognomische Fragmente zur Beförderung der *Menschenkenntnis*, obwohl nicht er *Menschenliebe*, auszuarbeiten; – ja sie besuchten auch ihre erklärten Feindinnen gern, wenn über eine abwesende Feindin loszufallen war, wie Wölfe, die einander fliehen, sich doch verbünden zum Tode eines andern Wolfs. Ich habe immer mit Vergnügen bemerkt, wie ein Paar Scheerauerinnen sich einander so herzlich und mit reiner Freundschaft dann mitteilen, wenn sie gerade das geheimste Schlimme von einer dritten auszupacken haben. Nur, wenn zwei auf dem Kanapee nicht mehr nebeneinander sitzen, sondern sich die Gesichter statt der Hüften zuwenden, so mag ich der nicht sein, den sie gerade handhaben.

Extrazeilen über die Besuchbräune,
die alle Scheerauerinnen befällt bei dem Anblick
einer fremden Dame

Männern schadet daselbst der Anblick einer fremden Dame wenig; bloß alle Friseure und Barbiere kommen später als sonst; auf dem Billard zeichnen die Queues oder die Tabakpfeifen ihre Gestalt in die Luft, und die Lehrer des löblichen Gymnasiums hören gar nicht darauf – Hingegen die Weiber! –

Auf der Insel *St. Kilda* geschieht, wenn ein Fremder da aus dem Schiff aussteigt, ein Unglück, das noch kein Philosoph erklären konnte – das ganze Land *hustet* seinetwegen[1]. Alle Dörfer, alle Körperschaften, alle Alter husten – kauft sich der Passagier etwas ein, so umhustet ihn der Nährstand – unter dem Tor tuts der Wehrstand; und der Lehrstand hustet in seine Lehren hinein. Es hilft gar nichts, zum Arzt zu gehen – der bellt selber ärger als seine Kunden und ist sein eigner Kunde....

In Unterscheerau ist dasselbe Unglück, aber größer. Eine fremde Dame setze ihren netten Fuß in das Posthaus, in den Konzert- oder Tanzsaal, in irgendein Visitenzimmer: sogleich sind alle Scheerauerinnen genötigt zu *husten* und – was allzeit von einem schlimmen Hals herkommt – *leiser* zu

[1] Sogar Kinder im Mutterleibe. S. Allgem. deutsche Bibl Bd. 67. S. 138.

reden – allen fliegt die Bräune an, d. h. die angina vera. An den armen Damen erscheinen alle Zeichen der giftigsten Halsentzündung, *Hitze* (daher das Fächern), *Kälte,* schweres Atemholen, *Phantasien,* aufgeblähte Nasenflügel, steigender Busen. *Kühlende* Mittel, Wasser, *Entledigung* der Luftröhren tun den Patientinnen noch die besten Dienste. Ist aber (welches der Himmel abkehre) die eintretende Fremde die schönste – die bescheidenste – die reichste – die geehrteste – die am meisten gefeierte – die geschmackvolleste – so wird keine einzige Leidende im Krankensaale kuriert; ein solcher Engel wird ein wahrer Todesengel, und man sollte am Tor gar keine Fremde von Verdienst einpassieren lassen. –

Die Besuchbräune grassiert wie jede andre am meisten im Herbste und Winter unter den Winterlustbarkeiten und Wintergästen. – Diese Bräune schreibt Witz oder Verstand zwei Gründen zu: erstlich den *äußern* oder Schalenverdiensten (innern nie); so glaubt auch *Unzer,* daß *Schaltiere* auf den *Hals* am meisten wirken, daher z. B. Austern schweres Schlucken, kalzinierte Krebse gegen Wasserscheu, Dunst von Krebsen Stummheit, Skorpionen Zungenlähmung wirken. – Der zweite Grund ist, daß Damen in einer Stadt wie auf einem Isolatorium wohnen und daß, wenn eine Fremde, die mit ihnen sich nicht in Rapport gesetzt, die manipulierten Clairvoyanten berührt, oder auch nur in der Ferne von ihnen steht, diese lauter häßliche Empfindungen in allen Gliedern spüren.

Ende der Extrazeilen

Den weggehenden Scheerauerinnen gab Fenk nach dem botanischen Gottesdienste noch die Nachricht als einen Altarsegen mit nach Haus, bei welchem er das Kreuzmachen ihnen selber überließ: »daß die beiden Kinder, die man gesehen, den Kleinen und die Kleine, keine andere Wiege gehabt als den Reisewagen; daß aber er gegenwärtig Pestilenziarius samt Medizinalrat geworden; jedoch nur Frauen kurieren wolle und mit der Zeit eine ehelichen, und er bitte inständig.« –

Wenn die Unterscheerauer etwas, das süß, sauer und toll zugleich scheint, vorbekommen: so horchen sie erstlich auf – dann lächeln sie an – dann sinnen sie nach – dann sehen sie es nicht ein – dann mutmaßen sie drei Tage darnach nichts Gutes – und endlich werden sie darüber recht aufgebracht. Fenk fragte nichts darnach und sagte von Zeit zu Zeit etwas, was sie nicht verstanden oder er selber nicht.

Er erklärte alsdann dem Rittmeister, und ich dem Leser, alles. Die aufgeklebten Kräuter, sagt' er, hielten von nun an alle Basen und Tröpfe und Visitenameisen von seiner Stube ab, wie umzäunender Hanf die Raupen vom Krautfeld. – Seine Reisegeschichte und ein paar Rätsel daraus zeig' er nur halb, weil man sich für die Menschen am meisten interessiere, an denen man noch etwas zu erraten suche, und die neugierigen Patientinnen würden die seinigen sein. – Ob er verheiratet sei, wiss' er selber nicht; und andere solltens auch nicht wissen, weil man ihn in alle Häuser, wo ein Warenlager von Töchtern steht, als Arzt hineinrufen werde, damit er als Bräutigam wieder herausgehe. – – Endlich nehm' er deshalb nur weibliche Kranke an, weil diese die häufigsten wären; weil man zu ihm für diese ausschließende Praxis ein besonderes Zutrauen fassen würde; weil dieses Zutrauen das ganze Dispensatorium eines Weiberdoktors sei; weil die meisten Krankheiten der Weiber bloß in schwachen Nerven und deren ganze Kur in Enthaltung von – Arzeneien bestände; weil Apotheken nur für Männer, nicht für Weiber wären und weil er sie ebensogern anbetete als kurierte.

Ein anderer Punkt war der, wienach er so geschwind nach Scheerau und so geschwind zum Medizinalrat gekommen. Es ist so: der Erbprinz, der jetzt auf dem hohen Thronkutschersitz mit dem Staatwagen zum Teufel fahren wird, liebt niemand; auf seiner Reise spottete er über seine Mätressen; seine Freundschaft ist nur ein geringerer Grad von Haß, seine Gleichgültigkeit ist ein größerer; den größten aber, der ihn wie Sodbrennen beißet, hegt er gegen seinen unehelichen Bruder, den Kapitän von *Ottomar*, Fenks Freund, der zu Rom in der schönsten *natürlichen* Natur sowohl als *artistischen* geblieben war, um im *Genuß* und *Nachahmen* der römischen *Gegenden* und *Antiken* zu schwelgen. Ottomar schien ein Genie im guten Sinne und im bösen auch. Er und der Erbprinz ertrugen einander kaum in Vorzimmern und waren dem Duelle oft nahe. Nun hasset der scheerauische Großfürst auch den armen Fenk, erstlich weil dieser ein Freund seines Feindes ist, zweitens weil er dem dritten Bruder des Erbregenten einmal das Leben und mithin die Apanagengelder wiedergab, drittens weil der Fürst weit weniger (oder gar keine) Gründe brauchte, um jemand zu hassen, als um zu lieben. –

Nun wäre der Doktor schon unter der vorigen Regierung, deren Magen uns entgegenfuhr, gern Medizinalrat geworden; unter der künftigen Regierung, deren Magen sich noch in Italien füllte, war wenig zu machen. Der Doktor suchte also sein Glück noch ein paar Wochen vor der neuen Krönung festzupflanzen. Er fand den alten Minister noch, der sein Gönner war und dessen Gönner der Erbprinz aus *dem* Grunde wenig war, aus welchem Erbprinzen gewöhnlich glauben, daß sie die Kreaturen des verstorbenen Vaters ebensowohl, nur delikater und langsamer unter die Erde bringen müssen als wilde Völker, die auf den Scheiterhaufen des Königs auch seine Lieblinge und Diener legen. Als Fenk kam, machte ihn der *verstorbene* Regent zu allem, was er werden wollte; denn es war so:

Da der selige Landesvater ein Landeskind im physiologischen Sinne geworden war, d. h. wieder so alt, als er gewesen, da man ihm das erste Ordensband statt eines Laufbandes umflochten, nämlich $6^1/_2$ Jahr: so wurde dem Fürsten das ewige Unterschreiben seiner Kabinettdekrete viel zu sauer und zuletzt unmöglich. – Da er indessen doch noch regieren mußte, als er nicht mehr schreiben konnte: so stach der Hofpetschierstecher seinen dekretierenden Namen so gut in Stein aus, daß er den Stempel bloß einzutunken und naß unters Edikt zu stoßen brauchte: so hatt' er sein Edikt vor sich. Auf diese Weise regierte er um 15 Prozent leichter; – der Minister aber um 100 Prozent, welcher zuletzt aus Dankbarkeit, um dem geschwächten Fürsten sogar das schwere Handhaben des Stempels abzunehmen, das schöne Petschaft (er zog es Michel-Angelos seinem vor) selber in sein eignes Dintenfaß eintunkte; so daß der alte Herr ein paar Tage nach seinem eignen Tode verschiedene Vokationen und Reskripte unterschrieben hatte – aber dieser Poussiergriffel und Prägstock der Menschen wurde der Legestachel und Vater der besten Regierbeamten und laichte zuletzt den Pestilenziarius.

Extragedanken über Regentendaumen

Nicht die Krone, sondern das Dintenfaß drückt Fürsten, Großmeister und Kommenturen; nicht den Zepter, sondern die Feder führen sie mit so vieler Beschwerde, weil sie mit jenem bloß befehlen, aber mit dieser das Befohlne unterschreiben müssen. Ein Kabinettrat würde sich nicht wundern, wenn ein gequälter gekrönter Skribent sich, wie römische Rekruten, den Daumen amputierte, um nur vom ewigen Namen-Malen, wie diese vom Kriege, loszukommen. Aber die regierenden und schreibenden Häupter behalten den Daumen; sie sehen ein, daß das Landeswohl ihr Eintunken begehrt, – das wenige Unleserliche aus Kabinettbefehlen, was man ihren Namen nennt, macht wie eine Zauberformel Geldkästen, Herzen, Tore, Kaufläden, Häfen auf und zu; der schwarze Tropfe ihrer Feder dünget und treibet oder zerbeizet ganze Fluren. Der Professor Hoppedizel hatte, da er erster Lehrer der Moral beim scheerauischen Infanten war, einen guten Gedanken, wiewohl erst im letzten Monat: könnte der Oberhofmeister nicht dem Unterhofmeister befehlen, daß er den Kron-Abcschützen, der doch einmal schreiben lernen müßte, statt unnützer Lehnbriefe lieber mitten auf jedem leeren Bogen seinen Namen schmieren ließe? – Das Kind schriebe ohne Ekel seine Unterschrift auf so viele Bogen, als es in seiner ganzen Regierung nur bedürfe – die Bogen legte man bis zur Krönung des Kindes zurück – und dann, fuhr er fort, wenn es genau überschlagen wäre, wie oft ein Kollegium seinen Namenzug jährlich haben müßte, wenn folglich am Neujahrtage die nötige Zahl signierter Ries Papier zum Gebrauche aufs ganze Jahr den Kollegien zugeteilt würde: was hätte nachher das Kind unter seiner Regierung für Not?

Ende der Extragedanken

Noch ein Wort: nach neun Wochen tat dem Doktor die Rache mit dem Kräuterbuche wie jedem guten Menschen die kleinste, wieder wehe. »Das Herbarium«, sagte er, »ärgert mich, sooft ich hineinklebe; aber es ist gewiß wahr, ein Mann sei immerhin durch alle Residenzstädte bescheiden passiert: unter dem Tor seiner Vaterstadt fährt der Hochmutteufel in ihn und macht mit ihm die ersten Besuche – seine guten Landsleute, will er haben, sollen während seiner Reise vernünftig geworden sein.«

Eilfter Sektor

Amandus' Augen – das Blindekuhspiel

Die Sympathie, welche Erwachsene in der ersten Viertelstunde *ablaktiert,* fügt auch oft Kinder aneinander. Unser Paar lief einander täglich über vierzigmal in die Arme und herzte sich. Ihr guten Kinder! seid froh, daß ihr eure Liebe noch stärker ausdrücken dürfet als durch Briefe. Denn die Kultur schneidet dem Ausdruck der Liebe das Gebet des Körpers immer kleiner vor – diese hagere Gouvernante nahm uns erstlich den ganzen Körper dessen weg, den wir lieben – dann die Hand, die wir nicht mehr drücken dürfen – dann die Knöpfe und die Achseln, die wir nicht mehr berühren dürfen – und von einer ganzen Frau gab sie uns nichts zum Küssen zurück als (wie ein *Gewölle*) den Handschuh: – wir manipulieren einander jetzt alle von ferne. – Amandus hing mit seinem mehr weiblichen Herzen an Gustavs mehr männlichem mit aller der Liebe, die der Schwächere dem Stärkern reichlicher gibt, als er sie ihm abgewinnt. Daher liebt die Frau den Mann reiner; sie liebt in ihm den gegenwärtigen Gegenstand ihres Herzens, er in ihr öfter das Gebilde seiner Phantasie; daher sein Wanken kommt. Dieses Vorredchen soll nur eine Anfurt zu einer kleinen Schlägerei zwischen unserem kleinen Kastor und Pollux sein.

Sie waren nämlich ungern so lange auseinander, als die Augen auf- und zugebunden wurden. Sooft der Verband wegkam, stellte sich Gustav vor ihn und verlangte durchaus, er sollte ihn sehen, und tat seinen Finger sich an die Nase und sagte: »Wo tipp' ich jetzt hin?« Aber er examinierte den Blinden nicht sehend. Nach einer wöchentlichen Abwesenheit fuhr Amandus auf ihn zu: »Schieb mein Band auf,« sagte er, »ich kann dich gewiß auch sehen wie meinen Katzenheinz!« Da Gustav es aufgelüftet hatte und da er wirklich in das Auge des operierten Freundes einging, ganz wie er war, mit allem, mit Rock, Schuhen und Strümpfen: so war er froher als ein Patriot, dessen Fürst die Augen oder den Verband aufmacht und ihn sieht. Er inventierte sein ganzes Bilderkabinett vor seinen Augen mit einem ewigen »Guck!« bei jedem Stück. Aber weiter! Die Welt wird wenig davon wissen – die kleinen Partikelchen derselben ausgenommen, die Kinder, von denen eben ich reden will –, daß diese bei Hoppedizel Blindekuh gespielet. Ein fatales Spiel! wenn Mädchen dabei sind, wie hier war, zumal so schlimme wie des Professors seine! Amandus ließ sich in das Spiel ein und rannte hinter seinem Schnupftuch, das weibliche Pfiffigkeit über seine Augen gefaltet hatte, im Zimmer umher, nichts fangend als entkörperte Kleider. Zum Unglück stießen die Mädchen unter dem Ofen, worunter sie gegen alle gute Spielordnung geschlichen waren, auf die volle Milchschüssel des Spitzhundes. Da sie nun damals zu wenige Moralphilosophen gelesen, obgleich deren genug gesehen hatten: so schoben sie, aus Mangel an reiner praktischer Vernunft, die Schüssel so weit leise vor, daß der greifende Häscher ohne Mühe hineintrampelte und drüberschlug. Gustav mußte als Kind ein wenig lachen. Auf ihn schoben es die Sünderinnen und riefen: »O du! wenn nun Amandus ein Unglück genommen hätte!« Er riß sich von den nassen Scherben auf und pufte dem Gustav, der ihn tröstend bei den Händen faßte, ein wenig hinten ans Schulterblatt, da, wo nach den Kompendien der Milchsaft mit dem Blut zusammenrinnt. »Ich hab's doch nicht hingestellt«, sagt' er. – »Ja, ja! und hast mir nichts gesagt«, versetzte der Blinde und stieß ihn wieder, aber *heftiger* und doch *weniger* zornig. – »Schlag immer! ich hab' dir nichts getan«, und die Stimme brach meinem guten Helden – jener schlug wieder nach und sagte: »Ich bin dir auch gar nimmer gut«, aber so, als würd' er sogleich zu weinen anfangen. – »Ach du hast dir gewiß einen Splitter eingestochen?« fragte Gustav mit der mitleidigsten Stimme – mitten im Versuch zu einem neuen Stoße glitt die dünne Eisrinde vom erwärmten Herzen Amandus' herunter, er umfaßte den Unschuldigen und sagte unter hellen Zähren: »Du hasts ja nicht getan, und ich geb' dir all meine Spielware: schlag mich doch recht!« und schlug sich selber. – – Bloß die Empfindung der Liebe kämpft mit solchen bittersüßen Sonderbarkeiten. Amandus gestand oft, noch immer wandle ihn, wenn er jemand unrecht getan, mitten in seiner Kränkung darüber die Neigung an, fortzubeleidigen, um sich selber so weit fortzukränken, daß er endlich vor Schmerz sich mit der heißesten Liebe ans versehrte fremde Herz werfen müßte. Aber, o lieber Amandus! wenn gerade ein Pädagog in Gestalt einer Moral die Tür aufgemacht hätte! –

Man muß niemals glauben, als wollt' ich hier persönlichen Groll an sämtlichen Hofmeistern auslassen; denn erstlich hatt' ich gar niemals einen Hofmeister, zweitens war ich selber einer und ein rechter.

Zwölfter Sektor

Konzert – der Held bekommt einen Hofmeister von Ton

Ich habe mich in einen neuen Ausschnitt begeben, weil ich darin dem Leser eine neue Person zu präsentieren habe – den Hofmeister meines Helden.

Ich brauche keinen Menschen daran zu erinnern, daß der Rittmeister ein so närrisches, bald zu gefügiges, bald zu sprödes, moralisierendes, mutloses Ding, als ein Informator ist, in Scheerau suchte, damit sein Kind zu gleicher Zeit mit dem Lande einen Regenten bekäme. Nun hatt' er eine Pate da, welche advozierte, musizierte, badinierte, lorgnierte und Welt hatte; aber er hatte nicht den Mut, ihr in einem Pädagogium, dessen Schuljugend auf einen Mann belief, die Lehrstelle anzutragen. Ich will es nur heraussagen, daß ich selber diese Pate und diese neue Person bin; aber es wird meiner Bescheidenheit mehr zustatten kommen, wenn ich mich in einem Sektor, wo ich so viel zu meinem Lobe vorbringen muß, aus der ersten Person in die dritte umsetze und bloß sage Pate, nicht ich.

Diese Pate blies im Unterscheerauer Konzert, um mit der Flöte in die Sphärenstimme eines sehr jungen Fräuleins von Röper zu spielen, dessen Kehle sich oft kaum von der Flöte scheiden ließ. Die ganze Seele dieses Mädchens ist ein Nachtigallton unter Blütenüberhang; der Leib desselben ist eine fallende himmelreine Schneeflocke, die nur im Äther dauert und auf dem Kot des Bodens zerläuft. Dem Flötenisten fiel während den Pausen ein schönes, in phantasierende Aufmerksamkeit verlornes Kind in die Augen und auf das Herz: Gustav wars. Der erste Blick nach der Begleitung war auf die Nachbarschaft des Kindes, um den Eigner desselben zu finden – der erste Schritt, den die Pate tat, war zur andern Pate, zum Rittmeister, dessen Freundschaft mit mir bekannt genug ist. Das männliche Geschlecht ist glücklicher und neidloser als das weibliche, weil *jenes* imstande ist, zweierlei Schönheiten mit ganzer Seele zu fassen, männliche und weibliche; hingegen die Weiber lieben meistens nur die eines fremden Geschlechts. Ich hab' aber vielleicht zu viel Enthusiasmus für die *erhabne* männliche Schönheit, so wie für poetische Schwärmerei, ungeachtet ich wenigstens letzte selber nicht habe. Aus Gustav wirkte die doppelte Zauberei auf mich, ich vergaß alle Zauberinnen des Konzerts über den Zauberer; aber ich ward am Ende traurig, daß ich dem Schönen mehr Blicke als Worte abzuschmeicheln vermochte. Auf das Konzert gab ich, gleich andern Zuhörern, ohnehin nur so lange acht, als ich selber ein Mitarbeiter war oder als eine meiner Schülerinnen spielte; denn die Scheerauer Konzerte sind bloß in Musik gesetzte Stadtgespräche und prosaische Melodramen, worin die Sesselreden der Zuhörer wie gedruckter Text unter der Komposition hinspringen. Übrigens unterzeichnen wir auf unsere Konzerte mehr unserer Kinder als unserer selber wegen; die musikalische Schuljugend bekommt darin einen Tanz-

und Tummelplatz ihrer Finger, und von meinen artistischen Katechumenen kantschuet wöchentlich wenigstens einer den Flügel. Ich frische die Eltern dazu an und sage, in einem solchen Konzertsaal lernen die Kleinen Takt, weil da nicht nur genug, sondern auch überflüssig Takt ist, indem jeder dasige Musikoffiziant seinen eignen originellen pfeift, hackt, streicht, stampft, den erstlich kein anderer neben ihm pfeift, hackt, streicht, stampft und den er zweitens selber von Minute zu Minute umbessert. »Und wenn auch das nicht wäre,« sag' ich, »so ist doch wahrer musikalischer Ausdruck im Überfluß da; jeder drückt darin seine Empfindungen, die der Verlegenheit, des Erstarrens, auf seinem Instrumente aus; und *Bachs* Regel, Dissonanzen stark und Konsonanzen schwach vorzutragen, weiß in einem Saale jeder, wo die Konsonanzen so sanft eingeschmolzen werden, daß man fast keine hört und nur die Dissonanzen zu vernehmen meint.«

Am andern Morgen flog ich unfrisiert zum Rittmeister und – da ich den guten Kleinen um keinen niedern Preis erhalten konnte – brachte ihn ganz ans erste Ziel seiner Reise hinan, nämlich das, einen Hofmeister mitzubekommen. Man muß nicht denken, daß ich Informator geworden, um Lebensbeschreiber zu werden, d. h. um pfiffigerweise in meinen Gustav alles hineinzuerziehen, was ich aus ihm wieder ins Buch herauszuschreiben trachtete; denn ich brauchte es erstlich ja nur wie ein Romanen-Manufakturist mir bloß zu ersinnen und andern vorzulügen; aber zweitens damals wurde an eine Lebensbeschreibung gar nicht gedacht.

Mir ist weit weniger daran gelegen, meine scheerauischen Verhältnisse bekannt zu sehen, als der Welt; denn ich kenne sie schon. Aber die Welt nicht. Ich formierte eine Dreieinigkeit von Personen da: ich war Klaviermeister, Rechtskonsulent und Weltmann. Drei närrische Rollen! – Ich studierte in der Stadt, die sonst die größten *Juristen* und jetzo die kleinsten *Hunde* liefert, in Bologna, zwei ganz entgegengesetzte Lieferungen, wie Paris sonst die Universität aller europäischen *Theologen* war, jetzo der *Philosophen*. In Paris war ich auch, hätte auch da ein geschickter Parlamentsadvokat werden können; ich wollt' aber nicht und nahm nichts daraus mit (so wie aus Bologna und aus einigen deutschen Reichsstädten) als die schwarze juristische Kleidung, die ihren Grund hat; denn da unsere Klienten uns ernähren und bezahlen und mehr Recht und Not als Geld behalten: so trauern wir Patronen um sie schwarz; hingegen bei den Römern legten die Klienten, die mehr bekamen als gaben, für den Patronus, wenn es ihm schlimm erging, Trauerkleider an.

Zweitens war ich Klaviermeister, aber vielleicht kein gesetzter; denn ich verliebte mich im ersten Quartal in alle meine Schülerinnen (für Schüler dankte ich) und richtete mich nach meinen Stunden mit meinen Empfindungen. Ich hegte wahre Zärtlichkeit, erstlich gegen eine Dame von Rang, die ich nie kompromittieren werde – zweitens gegen ihre Schwester, eine Äbtissin, weil sie Generalbaß bei mir lernte – drittens gegen *** – viertens gegen die Hofkaplänin, die zwar hektisch, aber geschmackvoll ist und die eher zu viel als zu wenig Zieraten *an* (nicht *auf*) dem Klavier liebte und es auf das schönste wichste, überzog und aufstellte – fünftens in die Residentin von Bouse, die gar nicht einmal die Sache weiß und an deren Hüften und Reizen ich ordentlich vor Bewunderung dumm wurde, bis ich zum Glück ihre allgemeine Koketterie und ihre Untreue gegen ihren Inkognito-Liebhaber verspürte – sechstens in den ganzen Scheerauer Hof, wo ich nach dem Recht der *toten Hand* den Empfang einer lebendigen Hand, die eine Schülerin der meinigen werden wollte, für eine Investitur zum ganzen Herzen und Vermögen ansah – siebentens sogar in ein wahres Kind, in Beata (die obgedachte Tochter von Röper), für welche ich alle Wochen einmal bei schlechtem Wetter und ebenso schlechtem Honorar aufs Land lief und bei der an gar nichts anders zu denken war als an Liebe – kurz in alles, in Laubknospen, Blütknospen, Blüten und Früchte verschießet sich ein Mensch, der ein Klaviermeister ist.

Nun kommt der Weltmann. Ich kann mich zwar meinen Lesern (wovon ich mir die Volkmenge und richtigere Tabellen wünschte) nicht persönlich zeigen; aber die Scheerauer, denen dieses Blatt vorkommt, werden hier aufgefordert, ihre Gedanken zu sagen und abzuurteln, ob ein Mann, der der großen Welt täglich drei Klavierstunden gibt, mehr ihr Lehrer als ihr Schüler ist. Anstand, Gang, geschmackvoller Anzug, Attitüden, steilrechte, waagrechte und quere, sind zwar nicht die geforderten Vorzüge des Autors, obwohl des feinen Gesellschafters, und können nicht gedruckt werden; aber ich verfechte nur so viel: bloß an einem Hofe lernt mans, zumal bei einigem Einfluß, und wenn man mitspielt, es sei am L'hombretisch oder am Klaviertisch [1], der, wie manche Brust am Hofe, unter der stummen Holzplatte ein holdes Saitenspiel verbirgt. Wenn man freilich wieder in seinem Museum auf- und abgeht, unter großen Büchern und großen Männern, begleitet von der ganzen republikanischen Vergangenheit, emporgerichtet zur tiefen Perspektive der unendlichen Welt hinter dem Grabe: so verachtet selber der Inhaber seine Konchylien-Vorzüge; er fragt sich: gibt es nichts Bessers als über seinen Körper (anstatt über Leidenschaften) Herr zu sein und ihn so leicht zu tragen wie nach den drei ersten Gläsern Champagner – seinen Ton in den allgemeinen Ton hineinzustimmen, weil an Höfen und Klavieren keine Taste über die andre hinausklingen darf – auf dem dünnen schaukelnden Brette der weiblichen Launen so fliegend wegzueilen, daß unsere Tritte die Schwankungen bloß begleiten – schön zu tanzen und zu gehen, soweit es mit *einem* langen Bein tunlich ist (denn freilich wenn ein Klaviermeister mit einem Kurzbein zu kämpfen hat: so mag der Henker auf beiden so zierlich aufstehen wie der Prinz von Artois) – kurz allen Verstand zu Narrheit zu sublimieren, alle Wahrheiten zu Einfällen, alle Kraftgefühle zu

[1] Ich meine ein in die Gestalt eines Tisches verstecktes Klavier.

pantomimischen Nachäffungen? – – Nichts Bessers, fragt der Läufer im Museum, gibt es? –

– Etwas viel Bessers gibts: ein Informator zu werden in Auenthal bei so einem Himmel-Kinde, wie Gustav ist,. und den ganzen Spuk drucken zu lassen. –

Dreizehnter Sektor

Landestrauer der Spitzbuben – Scheerauer Fürst – fürstliche Schuld

Der Kronprinz, auf dessen Zahlen der Rittmeister wartete, war noch auf der ausländischen Kunststraße, von der er auf den Thron wie auf einen Turm hinauffuhr. Drei arme Spitzbuben hielten ihren Einzug noch früher als er. Es kann erzählet werden: Seit dem Tode des Höchstseligen – der Papst ist der Allerseligste – wurde eine Kirche um die andre im Scheerauischen nicht ausgestohlen, sondern ausgekleidet; die Kirchendiebe schälten bloß das Landtrauertuch, das unsere Kanzeln und Altäre anhatten, wieder ab. Die Kirchner und Kantores fanden alle Morgen skalpierte heilige Stätten, und die Pfarrer mußten darin stehen in dem Frühgottesdienst. Nun hatte neulich der Geldgreifgeier, Kommerzien-Agent Röper, in der Maußenbacher Kirche Altar und Kanzel am Bußtage mit einem Frack von schwarzem Tuch – buntes war ihm nicht heilig und wohlfeil genug – übersohlen lassen. Diese schwarze Emballage blieb daran als Landtrauer. Der alte Röper hatte mithin wenig Schlaf mehr, weil er besorgte, die Kirchen-Greifgeier zögen dem Maußenbacher Altar das Ehrenkleid aus und nähmen den mit silbernen und seidnen Lettern aufs Tuch genähten Schuldschein mit, welcher besagte, wer alles hergeschenkt. Sein Gerichthalter *Kolb*, dem ein Diebfang Zobelfang und Perlenfischerei ist, umgab daher die Kirche mit allerlei Falkenaugen; es wäre auch nichts gewesen, wenn nicht der Falkenbergische Bediente *Robisch* am Sonntage abends, sobald die Kirche zugeschlossen war, zum Schulmeister gesagt hätte: »er solle sie zulassen, er habe die Kirchleute gezählet, und drei wären nicht mit herausgegangen.« Kurz man blockierte den Tempel bis nachts und – zog glücklicherweise drei versteckte Tuchkorsaren aus dem Andachtorte heraus. Am Morgen erstaunt alles, die drei Kirchgänger fahren auf einem Leiterwagen zum Scheerauer Tor hinein und haben sämtlich *schwarze* Röcke und Unterkleider an – abends sind sie verschwunden. Für den Hof (wenn er nicht noch geschlafen hätte) wars ein häßlicher Prospekt, daß eine Räuberbande so gut wie er Hoftrauer angelegt und sich deswegen die Trauergarderobe aus Kirchen gestohlen hatte.

»Henken sollte man dich,« sagte der Rittmeister zu seinem Kerl – »arme Diebe ins Unglück zu bringen, die keinem Menschen etwas nehmen, sondern nur Kirchen.« – »Aber für solche Schufte« (sagt' ich) »gehört doch auch keine Hoftrauer, schon des Aufwands wegen. Warum darf man überhaupt nicht seinen leiblichen Vater[1], aber wohl den Landesvater betrauern? – Oder warum verstattet die Kammer den Landeskindern noch das Weinen, da doch das die Tränendrüsen des Staats erschöpft und da die Tränen noch steuerfrei sind?« –

»Sie greifen zu weit,« sagte der Rittmeister; »gerade so wie bisher muß die zeitige Regierung bleiben, wenn sie sich von allen vorigen durch die Sorgfalt auszeichnen soll, womit sie über unsern Flor, über alle unsere Pfennige und Pulsschläge wacht.«

»Die Negermarketender« (sagte der Doktor, aber unpassend genug) »wachen noch mehr; denn einen Sklavenhandelsmann kümmert die Unpäßlichkeit eines solchen Stück-Menschen oder Sklaven mehr als seiner Frau ihre. Sogar Bewegung und Tanz soll sein menschlicher Viehstand haben, und er prügelt ihn dazu.«

»Ackerbau,« (fuhr er fort) »Handel, Fabriken, Volksreichtum und Volkswohlleben sogar, kurz die *Körper* der Untertanen kann der schlimmste Despot erheben und nähren – aber für ihre *Seelen* kann er nichts tun, ohne alles *wider* seine zu tun.«

Ich bin oft auf den Gedanken gefallen, ob nicht die Trauerordnungen oder -abordnungen haben wollen, daß der pfiffige und traurige Staatsbürger die Erlaubnis der Landtrauer benütze und seine Haustrauer mit ihr zusammenwerfe. Könnt' er nicht seinen Einzelkummer über die Sterblichkeit seiner Tanten, seiner Vettern aufheben, bis ein allgemeiner einfiele, und so, wenn das Land den Kondolenzflor um Arm und Degen gewickelt hätte, alles in Pausch und Bogen wegtrauern und sich hinter dem nämlichen Flor über eine Landesmutter und eine Stiefmutter betrüben? Höfen wär's leicht. Ja könnten diese nicht in der Landestrauer ihre Sippschaft gar voraus betrauern? Könnte man überhaupt nicht die ganze Narrheit bleiben lassen? –

Mein neuer Landesherr stieg endlich aus dem Reisewagen auf den Thron und verwechselte den Kutschenhimmel mit dem Thronhimmel. Der Rittmeister hielt vor der Krönung eine Bittschrift bereit, worin er so trotzig wie ein Sattler sein Geld verlangte; nach der Krönung hatte der Fürst wie ein Demant so viel Feuerglanz aus seiner Krone und seinem Zepter eingeschluckt, daß sein Gläubiger vom Gerichthalter ein neues Memoriale machen ließ und bloß um die Zinsen anhielt. Da er nichts bekam, nicht einmal eine Resolution: so wollt' er mehr fordern. Denn er bedachte nicht, daß unsere regierende Brotherrn in Scheerau selten Geld haben. Wenn wir außerordentliche Gesandtschaften bekommen oder senden, wenn wir taufen oder begraben lassen, der Kriege gar nicht zu erwähnen: so haben wir wenig oder nichts als – Extrasteuern, diese metallischen Stützen und Klam-

[1] Im Scheerauischen war damals, wie in noch einigen Staaten, den Untertanen alle Trauer verboten.

mern des mürben Thrones. In dem Kammerbeutel deuten wir, wie in der Heraldik, das Silber durch leeren Raum an.

Aber dem Schuldner und Gläubiger war bald geholfen. Letzter, der Rittmeister, marschierte als Cicerone mit seinem Gustav durch das Kadettenhaus und zeigte ihm alles, um ihm alles zu loben, weil er mit seinem Kopf einmal in einen Ringkragen hinein sollte – als der junge Fürst auch ankam und auch alle Gemächer besah, nicht um alles wieder auf dem nächsten Sattel zu vergessen, sondern um gar nichts zu bemerken. Es tat mir leid – denn ich war auch mitgekommen –, daß jeder Professor sich darauf verließ, der Regent zähle, wenn nicht jedes Haar auf seinem Haupte, doch jede Locke an seiner Perücke; denn er wurde nicht einmal meiner und meines Anstandes ansichtig; aber ganz natürlich, da ihm ein solcher Anstand in den feinsten Sälen aller Länder schon etwas Altes geworden war. Er trug – denn wie lang' war er vom Reisen heim? – den Fürstenhut mit der Ungezwungenheit eines Damenhutes; keine lange Regierung hatte noch die Krone finster hereingedrückt, und die *geraden* Menschen brachen sich in den Medien, Feuchtigkeiten und Häuten seines Auges noch nicht zu *krummen* Baugefangnen. Seine Worte bot er mit der Freigebigkeit eines Weltmanns noch wie Schnupftabak herum. Endlich erhielt auch Falkenberg eine Prise. Ich sehe meine beiden Prinzipale noch gegeneinander stehen – meinen adeligen und verborgenden Prinzipal mit dem festen, aber gehorchenden Anstande eines Soldaten, in Embonpoint und aufquellende Muskeln gedrückt, und mit dem leichtgläubigen Wohlwollen, das gutmütige Menschen für jeden hegen, der gerade mit ihnen spricht – den gekrönten und insolventen Prinzipal aber mit dem malerischen Anstand, worin jedes Glied sich in den andern hinein verbeugt und worin selbst die Stellung eine fortdauernde Schmeichelei ist, mit einem vielblätterigen Faltenwurf im lahmgespannten Gesicht, mit einer Gefälligkeit, die weder verweigert noch hält. Meine Pate sah die allgemeine Gefälligkeit des Kronträgers für eine ausschließende gegen sich an; sie dachte, er tue seine Fragen, um eine Antwort zu haben; und als vollends mein gnädigster Fürst und Landesherr geäußert hatten: »der kleine Gustav sei *hier* an seiner Stelle, er interessiere durch sein air de reveur stärker, als man sich selber die Rechenschaft zu geben wisse, und man würde ihn, sobald er für diese Zimmer groß genug wäre, dem Vater mit 13 000 Rtlr. Handgeld abkaufen«: so war der Rittmeister außer sich, oder vielmehr aus seiner Bitte; seine Bittschriften wurden Dankadressen; sein Wunsch war, daß ich schon acht Jahre Hofmeister bei ihm gewesen wäre; seine Hoffnung war, das Geld komme nach; und der wahre Vorteil war, daß der Sohn ins beste deutsche Kadettenhaus käme.

Man tut mir keinen Gefallen, wenn man ihn auslacht. Freilich schwur er auf seinem Schlosse, »Hofleuten traue er keine Hand breit und die ganze Nation stink' ihn an«; hingegen solchen Hofleuten, mit denen er gerade zu tun hatte, traut' er mehr – allein militärische Unwissenheit der Rechte ist bei ihm an vielem schuld; wie soll er als Soldat wissen, daß ein Fürst zu keiner Bezahlung verbunden ist? – Vielleicht ists nicht einmal allen Lesern so bekannt, als sie vorgeben werden. Ein Regent braucht aus drei Gründen nicht einen Heller zu bezahlen, den er seinen Landeskindern abgeliehen (borgte sein Herr Vater: so versteht sichs von selber). Erstlich: ein Gesandter, er sei vom ersten oder dritten Rang, stieße die ältesten Publizisten vor den Kopf, wenn er seine Schulden abtrüge; nun kann er, der ja der bloße Repräsentant und die abgedrückte Schwefelpaste des Regenten ist, unmöglich Rechte haben, die dem Urbilde abgehen, folglich wird nicht bezahlt. Zweitens: der Fürst ist – oder wir dürfen unsern akademischen Nachmittagstunden kein Wort mehr glauben – der wahre summarische Inbegriff und Repräsentant des Staates (wie wieder der Envoyé ein Repräsentant des Repräsentanten ist oder ein *tragbarer Staat* im kleinen) und stellet folglich jedes Staatsglied, das ihm einen Kreuzer leihet, so vor, als wenn ers selber wäre; mithin leihet er sich im Grunde selber, wenn ein solches zu seinem repräsentierenden Ich gehöriges Glied ihm leihet. Gut! man gesteht es; aber dann gestehe man auch, daß ein Fürst sich so lächerlich machen würde, wenn er seinen eignen Landeskindern wieder bezahlen wollte, als sich der Vater des Generals Sobouroff machte, der die Kapitalien, die er sich selber vorstreckte, sich ehrlich mit den landesüblichen Interessen heimzahlte und sich nach dem Wechselrecht bestrafte. Woher käm' es denn als aus der Verwandtschaft mit dem Throne und dessen Rechten, daß sogar Große im Verhältnis ihres Standes und ihrer Schuldenmasse fallieren dürfen? Oder warum ist ein gerichtliches Konsens- oder Hypothekenbuch der richtigste Hofadreßkalender oder almanac royal? –

Drittens: der geflickteste Untertan kann sich von seinem Fürsten Anstandbriefe oder Moratorien verschaffen; wer soll sie aber dem Fürsten geben, wenn ers nicht selber tut? Und tut ers Gewissens halber nicht: so kann er sich doch wenigstens alle fünf Jahre ein erneuertes *Quinquennell* bewilligen.

Einen vierten Grund wüßt' ich aber nicht.

Vierzehnter Sektor

Eheliche Ordalien – fünf betrogene Betrüger

Einen Hofmeister hatte Falkenberg also jetzt und die Hoffnung der 13 000 Rtlr. und eine Kadettenstelle für seinen Sohn – Rekruten braucht' er nur noch. Auch diese führte ihm und seinen Unteroffizieren der Maulwurfs-Moloch Robisch reichlich zu; ich weiß aber nicht, was die Kerle wollten, daß sie, wenn Robisch seinen Kuppelpelz und sie ihr militärisches Patengeld hatten – mit letztem meistens davongingen. Im Maußenbacher Wald fielen

Diebe den Transport an, und nach dem Ende der Schlacht waren Feind und Transport vom Schlachtfelde geflohen. Den Rittmeister drückt' es sehr, weil er, der für sich und seine Familie nicht die nützlichste Ungerechtigkeit beging, zuweilen auf dem Werbplatz eine kleine verstattete.

Dem stillen Gustav machte der laute Stadtwinter die längsten Stunden. Er sah keine weiße Kopfbinde und kein schwarzes Lamm vorbeitragen, ohne auf einem Seufzer hinüber zu seinem zauberischen Wall und unter seine Sommerfreuden zurückzufliegen. Wenn ihn die ungezogne Nachkommenschaft Hoppedizels für dumm hielt, weil er nicht listig, für stolz, weil er nicht laut war: so stillte er das Bluten seines Innern, das verlacht und geneckt wurde, mit dem Gedanken an die Menschen, die ihn geliebt hatten, an seinen Genius und an seine Schäferin. Um seinen Amandus hätt' er so gern eine andere als Hoppedizelische Nachbarschaft gehabt, so gern die Fluren und den freien Himmel seiner Heimat! – Er liebte das Stille und Enge neben sich und das Unermeßliche in der Natur. O wenn du bei mir bist, Trauter, wie will ich dich schonen und lieben! Dein Auge soll nie trübe neben meinem Lehrstuhle werden, dein Herz nie schwer! Du zarte Pflanze sollst nicht mit einschneidendem Bindfaden um mich wie um eine richtende Hopfenstange geschnüret sein, sondern mit lebendigen Efeuwurzeln sollst du selber mich als etwas Lebendiges umfassen!

Überhaupt hatte man im Hoppedizelischen Hause ein verdammtes Hundeleben, wie ich selber oft sah, wenn ich und der Hausherr einander über die ersten Prinzipien der Moral bloß moralisch bei den Haaren hatten: denn alles hatte da einander dabei, aber physisch, ein Hund den andern – die Knaben die Mädchen – die Dienerschaft einander – die Herrschaft die Dienerschaft – der Professor die Professorin, wovon ein merkwürdiges Faktum abgedruckt werden soll – und alle diese einander wechselseitig nach der Vermischrechnung. – Zum Unglück hatte Hoppedizel nie Achtung für irgendeinen Menschen (mithin Verachtung auch nicht); er borgte alles, besudelte alles, kompromittierte jeden, verzieh jedem und zuerst sich. Im Winterquartier des Rittmeisters waren die ölfarbigen Tapeten (Elle zu 24 Gr.) eine spanische Wand zwischen des Rittmeisters leerem Raum und zwischen der Wanzen Wandspalten; der Ofen war gut, aber wie der Babylonische Turm ohne Kuppel; die Zimmerdecke drohte (wiewohl gleich manchen Thronhimmeln schon lange ohne Schaden) einzubrechen und den größten Philosophen die Köpfe einzuschlagen, die von Stein auf dem Spiegeltische standen. Er hatte oft darum wenig Zartheit für die Leute, weil er sich darauf verließ, daß sie deren zu viele hätten, um die Unsichtbarkeit der seinigen zu rügen – in Unterscheerau machen wirs nicht anders. Aber nun kommt der Zufall, der uns alle eher daraus wegtrieb.

Der Professor hatte nämlich, wie die meisten Leute, keinen Geschmack an Möbeln; am liebsten stellte er die besten unter die elendesten, die feinste Pißvase unter ein Großvaterbett und gegenüber einem sandigen Waschgefäß, eine geputzte Livree seines Bedienten hinter versäumten Anzug seiner Kinder u. s. w. Nun beging er allemal einen Friedensbruch an seiner Frau dadurch, daß er nie leer heimkam; er hatte immer etwas erhandelt, das nichts taugte; er hatte die Schwachheit unzähliger Männer, sich weiszumachen, er verstände die Haushaltkunst so gut wie die Frau, wenn er nur anfangen wollte – Sachen, die man lange treiben sieht, glaubt man zuletzt selber treiben zu können – Sie hatte die Schwachheit unzähliger Weiber, sich vorzuschmeicheln, der Eheherr sei ein wahrer Ignorant im Haushalten und könn' es nicht einmal erlernen, wenn er auch wollte. »Red' ich in deine Büchersachen auch?« fragte die sehr grob verkörperte Professorin. Man konnt' es also bei jeder Möbelversteigerung oder auf jedem Jahrmarkt in einer Kalenderpraktika neben den Kriegen der großen Herren prophezeien, daß hier ein kleiner zwischen dem Ehepotentaten und der andern feindlichen Macht ausbrechen werde; weil diese seinen Kommerzien-Traktat nicht leiden konnte; das Ehepaar feierte dann seine olympischen Spiele der Zunge und Hände und konnte die Zeitrechnung der Ehe nach diesen Olympiaden abteilen.

Weiter! Unser neue Regent ließ – da das Volk in Italien den Palast des verstorbnen Papstes und Doge gratis erhält – die Möbeln seines Herrn Vaters um Weniges versteigern; er tats wie alle Kronprinzen aus Achtung gegen ihn, damit das Volk ein Andenken vom Seligen, wie das römische die Gärten von Cäsar, erben könnte. Der Professor wollte auch erben und erstehen. Er bot also zum Besten des Rittmeisters, in dessen Zimmer die Kommode, der Spiegel und die Sessel jämmerlich waren, nicht auf diese drei Dinge, sondern auf drei benachbarte – auf zwei schöne Bronze-Vasen mit Ziegenköpfen und Myrtenblättern für die elende Kommode, auf einen gerad- und spitzbeinigen Spiegeltisch unter den elenden Spiegel, auf eine prächtige Bergere zwischen die elenden Sessel. Es wurde ihm zugeschlagen. Sein erstes Wort, als er aus dem Auktionzimmer in seines trat, war an seine Frau: »Ist der Rittmeister droben? – Ich hab' schöne Dinge für ihn erstanden.« Jetzo sang sie schon den ersten Vers ihres Kriegliedes, ohne ein Kaufstück noch zu kennen. Er nannte ihr keines; denn er hatte das größte Unglück eines Ehemannes, nämlich Verachtung gegen seine Frau, so wie sie hingegen ihm gegen alle Menschen, sogar gegen die besten, beitrat, außer gegen sich nicht. Unter dem Abholen der Kaufstücke antwortete er auf den ersten Vers des Krieggesanges und nannte doch keines; und so antiphonierten sie bloß. Endlich wurden die Ziegenköpfe und Spitzbeine ins Haus gesetzt. Da ging das Krieggeschrei los: »Das ist dumm, dumm, dumm! Ei du dummer Mann du! das Zeug! den Bettel! wo waren heute deine fünf Sinne? *Ich* bezahle keinen Deut.« (sie war ohnehin nie Kassierer) »Und so teuer! Aber wenn man Kinder und Narren zu Markt etc.« Er sagt ganz kalt: »Lasse nur nichts drankommen und schaff es hinauf zum Rittmeister, mein Schatz!« Sie gehorchte den Augenblick; ging aber in seine Stube und öffnete alle

Schleusen ihres rauschenden Zorns. Spät unter diesem Rauschen sagt' er endlich drohend: »Du weißt, Frau!....« Nun wurde in ihrem Munde aus dem Wind ein Sturm. Er war kein Mann, den Zorn oder irgendeine Leidenschaft fortrissen, sondern ein echter Stoiker war er und immer bei sich; daraus lässet sichs erklären, warum er, da Epiktet und Seneka Stoikern den verbotnen innern Zorn durch den äußern Schein desselben zu ersetzen raten, um die Leute zu bändigen, sich sogar dieses zornigen Scheins befliß und gelassen seine Faust petrifizierte und diesen Knauf als eine *Leuchtkugel* auf diejenigen Gliedmaßen seiner Gattin warf, die ohne Licht in der Sache waren. Dieser stumpfe Wilsonsche Knopfableiter ihres Zorns zog erst die größten beredten Funken aus ihr hervor; und in der Tat ists in der Ehe wie in den alten Republiken, die (nach Homes Bemerkung) nie größere Redner trugen als in stürmenden kriegerischen Zeiten. Er machte das Sinnliche bloß zum Fahrzeug des Geistigen und begleitete seine Hand mit ausgewählten Bruchstücken aus Epiktets Handbuch: »Ich bin wahrlich ganz bei mir;« (sagt' er) »aber du schreiest gar zu sehr, wenn ich mich nicht dreinschlage.« Sein weltlicher Arm bewegte sich auf ihr fort. »Ich fahre immer fort« (fuhr er fort) – »inzwischen danke Gott, daß dein Mann so viel Gelassenheit hat, daß er alles abwägen kann, was er tut.« Sie wurde nicht eher kalt, als bis er hitzig wurde; dieses merkte sie daraus, wenn er wie Sokrates stumm wurde und seine Hand mit seiner herabgerissenen Schlafmütze bewaffnete und beflügelte. So heiß ihr vor seinem einschlagenden Gewitter seine stechende Sonnenfreundlichkeit vorkam: so unangenehm kalt war ihr nach demselben sein Gewölke; kurz beide spielten vor und nach dem Kampfe umgekehrte Rollen. Diesesmal traf ihr Zorn eine Wetterscheide an und zog sich ganz über den, der unter den ziegenköpfigen Vasen auf der Bergere saß, auf den Rittmeister. Dieser ließ auf die erste Zeitung dieses ekelhaften Krieges sein Wintergeräte in Scheerau einpacken und das Sommergeräte in Auenthal auspacken und ging – zwar.

Aber er wäre beinahe geblieben.

Übrigens wünsch' ich dieses geschilderte schlagfertige Ehepaar mit seinen Ehe- und Schlagringen nicht zu sehr von der feinern Ehewelt, die sich nie ausprügelt, verachtet zu sehen; denn wahrlich die ätzenden Giftworte, die das raffinierte Ehepaar einander zutröpfelt, das verhaltene, wie ein Blasenpflaster ziehende Kränken, womit sie einander wund und heil machen wollen, reißet die Wunde bloß tiefer unter der Haut und macht zwar nicht den Chirurgus, aber wohl den Doktor nötig.

Jetzt will ich berichten, warum der Rittmeister beinahe geblieben wäre.

Hoppedizel hatte außer ihm an einem Nachmittag fünf Leute bei sich, den Gerichthalter Kolb, den Flößinspektor Peuschel, einen alten Karmenmacher, einen Hofzimmerfrotteur und einen Hofjunker; denn was wird der Leser nach Zunamen dieses Volks fragen? Er zog erstlich den Gerichthalter beiseite und sagte zu ihm: »heute sollt' er einen Spaß machen und den vier andern Herren mit gefärbtem Wasser, das sie für Wein hielten, zutrinken, damit diese sich in wahrem Wein besöffen.« – – »Recht gut!« sagte der Gerichthalter, »sie sollen alle an den Gerichthalter gedenken.« Das nämliche sagte der Professor dem Flößinspektor, dem Karmenmacher u. s. w.; alle antworteten: »Recht gut! sie sollen alle an den Flößinspektor, an den Karmenmacher u. s. w. gedenken.« Jeder wollte vier Mann zum Narren haben; der Professor wollte fünf Mann dazu haben – allen gelang es.

Abends wurden fünf Körbe gefärbtes Wasser ins Zimmer getragen; jeder rückte hinter sein Schenktischchen und schraubte den Korkstöpsel vom Quasi-Wein ab. Die ersten Flaschen Bouteillenwasser wurden still von der Gesellschaft eingesogen; wahre Pfiffigkeit mußte der Lust- und Wasserpartie diesen Schein stufenweiser Berauschung vorschreiben.

Nun aber hob das Sonnensystem sein *Wasserziehen* an. »Der Wein könnte stärker sein«, sagte jeder und wollte jeden betrügen. Der Gerichthalter mit rosenroter Nasenknospe spritzte seinen Kadaver statt des Spiritus mit mehr Wasser aus, als er in seiner ganzen Ewigkeit a parte ante selbst getrunken oder gep.ss.t, oder aus fremden Augen gedrückt. Ein Mensch, der so wasserhaltig wie er wird, daß er sich schwer aufrecht erhält vor Nüchternheit, macht andern Trunkbündnern leicht glaublich, es sei vor Betrunkenheit; und alle lächelten sehr, da er lachte.

Der Flößinspektor Peuschel leitete einen ganzen Wasserschatz in den Magen und machte seine Blutadern zu Wasseradern; aber er ärgerte sich halb, daß er die andern mit seinem Schein-Gesöff betrügen mußte, und sehnte sich heimlich statt der verstellten Betrunkenheit nach echter.

Der Zimmerfrotteur mazerierte und laugte sich im Grunde durch das geschminkte Wasser aus und ersäufte beinahe sein gallisches Übel – so schluckte der Schadenfroh.

Dem Hofjunker, der sich fast den Magen entzweisoff, schlugs schlechter zu; drei Tage nachher schmolz er an einer incontinentia urinae hin. – Bloß durch den zellulösen Karmenmacher fuhr eine ganze aufgefärbte Sündflut ohne Schaden glatt hinein und hinaus; er sah aber munter und satirisch herum und lauerte darauf, wenn sein Nächster hinter den vier Tischen besoffen wäre.

Etwan eine flammende Scheune wäre mit ihren Walfisch-Bescheiden zu retten gewesen.... Nun kam die Zeit, da jeder betrunken scheinen mußte, wer Spaß verstand – sie diskurierten und lallten widereinander mit überschweppender bäumender Zunge – der Junker und Frotteur streckten sich gar in die Stube als zwei Lagerbäume hin, und ihre bauschenden Unterleiber, sollte die Welt denken, lägen als Weinschläuche auf den Bäumen – der Amtmann machte die Augen zu, das Maul auf – der Karmenmacher stellte sich vor, am tollsten und plausibelsten würd' ers machen, wenn er erstlich gleich wahren Betrunknen vorschwüre, er sei nüchtern, und zweitens, wenn er so gegen die Bettpfoste umsänke, daß er ein wahres Löchelchen kriegte. Er hatte sich auch glücklicherweise eine Wunde verschafft, die größer war als seine Trunkenheit, und wollte aus Rache mit der Nachricht vorbrechen, er habe die Vierherren zum Narren und bloß Wasser gehabt – der Professor wollte auch alles heraussagen, wie alles und der Wein wäre – die andern wolltens auch und lachten schon sämtlich voraus: als zum Unglück der längst übersättigte Flößinspektor sich zum Frotteur abgeschlichen und diebisch statt eines Gegengiftes und Konfortativs gegen seinen nachgedruckten Wein die vorgebliche Originalausgabe desselben gekredenzt hatte aus des Frotteurs oder Reibers Kelch.... es war auch Wasser darin wie in seinem – blitzschnell und halbnärrisch kredenzte er die Kelche aller Wassergötter – in allen war Wasser – da fuhr er mit allen heraus – und die ganze Marine kredenzte fliegend herum, und jeder sollt' es im Ernste sagen, ob er toll und voll wäre. – Leider war die ganze Spaßbrüderschaft nüchtern. Der Rittmeister, dem solche Scherze lieber waren als Fastnachthühner, verwandelte aus Liebe zur Moral die allgemeine Verstellung der Betrunkenheit in reine Aufrichtigkeit und vollführte es durch echten Wein. Als nachher das Fünfeck nach Hause hüpfte und diese fünf törichte Jungfrauen als fünf kluge, wiewohl mit der Wasser-Plethora, heimzogen, so sagt' er: »Bei meiner Seele! so etwas sollte man drucken lassen.« – – Und wahrhaftig, hier lässet man es ja drucken. –

Ich möchte gern von diesem Hoppedizel, eh' ich und der Leser aus seinem Hause ziehen, ein Medaillon, eine Abschattung zum Andenken mit uns nehmen; aber es grauet mir vor der Arbeit – lieber bossier' ich alle Charaktere dieses Werkchens in Papier oder Wachs als diesen Mann. Sein Charakter besteht aus hundert kompilierten Charaktern, seine Kenntnisse aus allen Kenntnissen, sein Scharfsinn aus Skeptizismus, seine Laster aus Stoizismus, seine Tugend aus einem System über die Tugend und seine Handlungen aus Schnurren, Schnacken und Charakterzügen.

Dennoch oder demnach liebte ihn der Rittmeister, weil er ihn oft sah (er war fast jedem gram, der ihn nicht besuchte) und weil beide lustig waren und weil hundertmal Menschen einander lieben, ohne daß ein Teufel weiß warum. Falkenberg hätte sich für jeden Freund, selbst für den, der ihn erst berückt hätte, mit dem Behemoth selber geschossen – aus Ehre und Gutherzigkeit; der Professor hingegen zog reine Moral, gleichsam als reine Mathematik, der angewandten weit vor und handelte selten. Man erinnert sich daher gern an seine schöne Selbständigkeit in Grundsätzen, die er einmal in Auenthal als Gast bewies, da nachts um 12 Uhr statt des Rittmeisters aus dem aufgetürmten Schnee bloß der leere Gaul heimkam. – Ein andrer, z. B. der Rittmeister selber, wäre auf demselben Gaule aufgesessen und hinausgeritten, um den Ausgebliebenen zu suchen und zu retten; allein der Professor schnäuzte nett das Talglicht und setzte sich an die trostlos fortweinende Ehefrau – welche schon früher bei einem bloßen kurzen Verspäten in jeder Nacht sich abängstigte, ob sie gleich an jedem Morgen darauf sich ausschalt – und sagte mit Fassung zu ihr: »sie möge nur weinen, so viel sie wolle, er erlaub' es gern; es schade wenig, erleichtere vielmehr das Herz; und wasche dabei die Augäpfel ab und breche zu heftiges Licht; die übrigen Tränen müßten ohnehin durch die Nasenhöhle in den Schlund und Magen sickern und dem Verdauen helfen; ihren Mann aber anbelangend, so könne das Schlimmste, was ihm zugestoßen, ohnehin nur sein, daß er erfroren wäre; er kenne aber halb aus Erfahrung kein sanfteres Sterben als das aus Kälte – denn es sei im Grunde so viel, als werde man gehenkt oder ersäuft; denn man sterbe am Schlagfluß.«

Aber, wie gesagt, der Rittmeister liebte und verließ ihn doch.

Funfzehnter Sektor oder Ausschnitt

Der funfzehnte Sektor oder Ausschnitt

Vor der Abreise gab ich allen, besonders der Residentin von Bouse, die geborgten Musikalien zurück; und dieser, die mir so viel aus Italien geliehen, lieh ich noch etwas Bessers aus Deutschland, meine Schwester Philippine nämlich: diese soll da die kleine Tochter der Residentin bilden helfen; aber sie wird unter den zarten Fingern einer solchen talentvollen Dame selber mehr gebildet werden, als sie bildet. Möge sie da nur nie ihr rasches, zitterhaftes, scherzendes und doch fühlendes Herz zu einem koketten umsetzen! Möge sie ihrer Laura (eben der Tochter der Residentin) das Joch der koketten Erziehung lüften, da das arme Kind beständig unter der Glasglocke des Fensters schmachtet, den Leib unter der Bettdecke in 4 Lot Fischbein einkeilt, die Händchen auch wieder nachts in die Handschuh-Hülsen sperret und das Köpfchen mit einem Blei an Haaren rückwärts gewöhnt. Bekanntlich lebt die Mutter, die Residentin, eine halbe Stunde von der Stadt zu Marienhof, im sogenannten neuen Schloß, das mit einem alten zusammenstößet, welches, glaub' ich, vermietet ist.

..... Aber zu meinem Gefolge in dieser Lebensbeschreibung stoßen mit jedem Bogen seh' ich, mehr Leute und machen mir das Lenken und Schwenken sauerer. Ich wollte lieber, ich wär' ein Reichstand und hätte Millionen zu regieren – und einzunehmen – als hier dieses fatale Menschen-Siebeneck, das mit Mühe in die rechten Ausschnitte zu treiben ist und worunter ich selber der widerhaarigste bin. Denn mir, als bloßem Lebensbeschreiber, stehen weder Reichskammergericht noch Exekutiontruppen gegen mein Siebeneck bei; wär' ich aber ein Reichstand, so täten sie schon manches – versprechen.

Unsern Abschiedwagen in Scheerau umgab die lustige Kälte des Professors – das arbeitsame Geschrei seiner Stoikerin – das zärtliche Lächeln des Pestilenziarius mit Iltisschwänzen – das gute Herz seines Söhnchens, das kaum mit Lügen von Gustav abzuschneiden war – und meine dankbaren Erinnerungen an unsichtbare Stunden, an geliebte Menschen und an alle meine Schülerinnen – – O daß doch der Mensch hier so viel vergehen sieht, eh' er selber vergeht.

Unterweges weinte Gustav im Wagen immerfort in unsere Gedankenstille hinein; aber der Alte, dem doch selber das Herz so leicht zerläuft, wurde endlich darüber toll und sagte zu mir: »Ich sehe immer mehr, daß mir ihn der Herrnhuter« (er meinte den Genius) »zu einer Milchsuppe eingerührt hat; und wenn Sie ihn nicht, Herr Hofmeister, ein bißchen kernhaft machen, so wird einmal ein weinerlicher Soldat herauskommen, der kaum zu einem Feldprediger taugt; denn auch der muß manchmal sich auf einen Kernfluch verstehen.« –

Den Herrnhuter brachte er im Kopfe nach dem Städtchen Issig, als folgendes Selbgespräch vor unserem Wagen vorbeiging: »Ich bin ein Esel und ein rechter Spitzbube von Hause aus, ich elender Schlingel. O ich Racker allzumal und verflucht-bekannter alter Höllenbrand! Sollte man mich denn nicht entzweisägen und braten, mich Teufel, mich Matz und Vieh!« sagte ein Schulknabe, den alle Schulkameraden umliefen und beklatschten. »Er spricht«, sagte mein Prinzipal, »wie eine herrnhutische Bestie, die sich heruntersetzt, um jeden andern noch mehr herabzusetzen.« Aber nicht im geringsten; ein armer Teufel wars, der Hunger hatte und Humor, und für welchen die ganze Schule Brotkrumen und Äpfel zusammengeschossen hatte, wenn er ihr den Gefallen täte und auf sich entsetzlich schimpfte....

– – Schönes Auenthal! dein Schnee ist schon weg? –

Sechzehnter Sektor

Erzieh-Vorlegblätter

Da ich meine Pretiosen (Manuskripte warens) und meine Effekten (das Güterbuch derselben war über dreißig Zeilen dick) und mein Väterliches und Mütterliches (das war ich selber) in meiner Wohn- und Schulstube herumgestellet hatte; da ich schon vorher mit drei langen Schritten an meine Fensteraussicht getreten war, die in einer Windmühle, in der Abendsonne und einem Starenhäuschen an einer Birke bestand: so konnte ich sogleich ein ausgemachter Hofmeister sein, und ich durfte nur anfangen; – ich konnte jetzt die ganze Woche ernsthaft aussehen und meinen Zögling auch dazu nötigen – alle meine Worte konnten Wochenpredigten, alle meine Gesichter Gesetztafeln sein – ich hatte sogar zwei Wege vor mir, ein Narr zu sein: ich konnte eine unsterbliche Seele sich halbtot deklinieren, konjugieren, memorieren und analysieren lassen im Lateinischen – ich konnte aber auch seine junge Zirbeldrüse in höhere Wissenschaften eintunken und versenken, so sehr, daß sie ganz aufschwölle und sich groß anschluckte von Logik, Politik und Statistik – ich konnte mithin (wer wehrte es) die Beinwände seines Kopfes zu einem dürren Bücherbrett aushobeln, den lebendigen Kopf zu einem Silhouettenbrett, woran sich gelehrte Köpfe abschatten, entzweidrücken; sein Herz hingegen ließ sich verarbeiten aus einem Hochaltar der Natur zu einem Drahtgestell des alten Testaments, aus einer Himmelkugel zu einem engen Paternosterkügelchen der Frömmelei, oder gar zu einer Schwimmblase der Weltklugheit – wahrhaftig, ich konnte ein Tropf sein und ihn zu einem noch größern machen....

Dich Trauten! Dich Arglosen, Freundlichen, der du dich mit deinem ganzen Schicksal, mit deiner ganzen Zukunft in meine Arme warfst! – O es tut mir schon wehe, daß so viel von mir abhängt! –

Da aber vom Hofmeister meiner künftigen Kinder ebensoviel abhängt: so will ich für ihn hier folgende Erzieh-Vorlegblätter drucken lassen, die er nicht übelnehmen kann, weil ich den guten Mann ja noch nicht kenne und nicht meine.

»Mein lieber Herr Hofmeister!

Wär' ich der Ihrige: so setzten Sie sich gewiß nieder und schrieben mir folgende recht gute Regeln auf:

Die Naturgeschichte sei das Zuckerbrot, das der Schulmeister dem Kinde in der ersten Stunde in die Tasche steckt, um es anzuködern, – so auch Geschichten aus der Geschichte. – Aber nur nicht komme die Geschichte selber! Was könnte nicht diese hohe Göttin, deren Tempel auf lauter Gräbern steht, aus uns machen, wenn sie uns zum ersten Male dann anredete, wann unser Kopf und Herz schon offen wären und beide die großen Wörter ihrer Ewigkeitsprache – Vaterland, Volk, Regierform, Gesetze, Rom, Athen – verständen! – Was Herrn Schröckh anlangt, der noch ehrliche Gelehrtenhistorie und reine Waisenhaus-Moral mit beigeschaltet, so schneiden Sie mir, Herr Hofmeister, nur nicht aus seinem Buche die Kupferblätter mit heraus, und am englischen Einband ist mir auch gelegen.

Geographie ist ein gesundes Voressen der kindlichen Seele; auch Rechnen und Geometrie gehört zum frühen wissenschaftlichen Imbiß; nicht weil sie denken lehren, sondern weil sie es nicht lehren (die größten Rechenmeister und Differentialisten und Mechaniker sind oft die seichtesten Philosophen) und weil die Anstrengung dabei die Nerven nicht schwächt, wie Rechenrevisoren und Algebraisten beweisen.

Philosophie aber oder Anspannung des Tiefsinns ist Kindern tödlich oder knickt die zu dünne Spitze des Tiefsinns auf immer ab. – Tugend und Religion in ihre ersten Grundsätze bei Kindern zurückzerspalten, heißet, einem Menschen die Brust abheben und das Herz zerlegen, um ihm zu zeigen, wie es schlägt. – Philosophie ist keine Brotwissenschaft, sondern geistiges Brot selber und Bedürfnis; und man kann weder sie noch Liebe lehren; beide, zu früh gelehrt, entmannen Leib und Seele.

Es gefället mir, daß Sie selber erklärten, Sie würden das Französische dem Lateinischen, das Sprechen den grammatischen Regeln (d. h. den Laufwagen den Theorien von der Muskelbewegung) vorausschicken und die toten Sprachen später vornehmen, weil sie mehr durch den *Verstand* als durch das *Gedächtnis* gefasset werden. Latein wird zum Teil darum so schwierig, weil es so frühzeitig vorkommt; im funfzehnten Jahre tut man darin mit einem Finger, wozu man früher die Hand brauchte.

Abscheulich ists, daß auch schon unsere Kinder lesen und sitzen und den Steiß zur Unterlage und Basis ihrer Bildung machen sollen. Das *belehrende* Buch ersetzt ihnen den Lehrer nicht, das *belustigende* das gesündere Spielen nicht; die Dichtkunst ist für ein *unbärtiges* Alter noch zu unverständlich und ungesund; der Lehrer, der *vorlieset*, muß erbärmlich sein, wenn er nicht weit nachdrücklicher *spricht*. Kurz keine Kinderbücher!

In ein pädagogisches Stammbuch würden wir beide schreiben: Vergeblich tadeln ist schlimmer als gar nicht tadeln – Fehler, die das Alter nimmt, nehme der Lehrer nicht, der dauerhaftere zu bekämpfen hat, u. s. w. Ihr Katechismus sei Plutarch und Feddersen (aber ohne seinen elenden Stil); d. h. keine Moralien, sondern Erzählungen darnach – und noch dazu in keiner besondern Stunde, sondern zur rechten, damit der Kopf meiner Kinder nicht ein *Vokabelnsaal* von Moralen, sondern ihr Herz eine durchglühte *Rotunda* der Tugend werde.

Da der blöde, enge, ängstliche Anstand der dümmste und unnatürlichste ist, so lehren Sie den Kindern den besten, wenn Sie ihnen keinen *befehlen;* von Natur achten sie weder silberne Sterne noch silberne Köpfe – gewöhnen Sie ihnen dergleichen nicht ab.

Meine größte Bitte ist – die ich viele Jahre vorher drucken lassen –, daß Sie der spaßhafteste Mann in meinem Hause sind; Lustigkeit macht Kleinen alle wissenschaftliche Felder zu Zuckerfeldern. Meine müssen bei Ihnen durchaus nach ihrem *Wohlgefallen* scherzen, reden, sitzen dürfen. Wir Erwachsene ständen den abscheulichen Schulzwang unserer Abkommenschaft keine Woche aus, so vernünftig wir sind; gleichwohl muten wir es ihren mit Ameisen gefüllten Adern zu. Überhaupt: ist denn die Kindheit nur der mühselige *Rüsttag* zum genießenden *Sonntag* des spätern Alters, oder ist sie nicht vielmehr selber eine *Vigilie* dazu, die ihre eigne Freuden bringt? Ach, wenn wir in diesem leeren niederregnenden Leben nicht jedes *Mittel für den nähern Zweck* (wie jeden Zweck für ein entferntes Mittel) ansehen: was finden wir denn hienieden? – Ihr Prinzipal (ein abscheuliches Wort!) hat sich auf seine Verlobung ebensosehr gefreuet als auf seine Hochzeit.

Spielender Unterricht heißt nicht, dem Kinde Anstrengungen ersparen und abnehmen, sondern eine Leidenschaft in ihm erwecken, welche ihm die stärksten aufnötigt und erleichtert. Nun taugen dazu durchaus keine unlustigen Leidenschaften – z. B. Furcht vor Tadel, vor Strafe etc. –, sondern freudige; spielend würden alle Mädchen von Scheerau das Arabische erlernen, wenn ihre Liebhaber in keiner andern Sprache an sie schrieben als in dieser synonymischen. Hoffnung des Lobs ist es, das Kindern (das Lob äußerer Vorzüge ausgenommen) weit weniger schadet als Tadel und gegen welches sich keines, am wenigsten das beste, verstocken kann. Ich will Ihnen hier sagen, was mein eigner Hofmeister für Erzieh-Ränke anwandte: er nähte sich ein Zifferbuch; in diesem gab er jedem Glied seines Lyzeums (19 waren) für jede Arbeit eine große oder kleine Zahl; diese Zahlen erwarben, wenn sie auf eine gewisse festgesetzte Summe gestiegen waren, einen Adel- und Fleißbrief, worauf man sein Lob mit nach Hause nahm. Da Belohnungen kraftlos werden, die zu *oft* oder erst *von weitem* kommen: so setzte er auf diese geschickte Art den Weg zur *entfernten* Belohnung aus täglichen kleinen zusammen. Wir konnten ferner unsere Zahlen zusammensparen; und Kinder heftet nichts so sehr an Fleiß als ein *wachsendes Eigentum* (von Ziffern oder von Schreibbüchern). Solche Zahlen wegstreichen war Strafe. Er machte uns alle dadurch so fleißig, besonders mich, daß ich wenige Jahre darauf imstande war, eine Biographie zu schreiben, die noch jetzt gelesen wird.

Reden Sie mit meinen Lieben nie kurz, nie allgemein, sondern sinnlich, und *erzählen Sie so ausführlich wie Voß seine Idyllen.*

So hab' ich die Poussiergriffel und Formzeuge an meinem Gustav gebraucht, wahrhaftig nicht, um ihn seiner Lebensbeschreibung, die ich verfaßte, sondern dem Leben anzupassen; ich wollt' aber, der Henker holte das Menschenherz, das für eigne Kinder nicht tun will, was es für ein fremdes tat.

Meine Töchter hingegen, werter Herr Hauslehrer, die ältern sowohl als die jüngern, geb' ich Ihnen nicht in die nämliche Schulstunde – Mädchen könnten mit Knaben ebensogut Schlafzimmer als Schulstube teilen – und in gar keine. Ein Hofmeister, der Mädchen zu erziehen wüßte (und Sie könnens), müßte so viel Welt, so viel Weiberkenntnis, so viel Witz, so viel launige Gewandtheit bei ebenso vieler Festigkeit besitzen – inzwischen erzieht eine recht gescheite Gouvernante die meinigen: häusliche Arbeit unter dem Auge einer gebildeten Mutter.

Ehe ich diese geheime Instruktion beschließe, merk' ich noch an, daß sie ganz unnütz ist – erstlich für Sie, weil ein Mann von Genie auch mit jeder andern Methode allmächtig bleibt, zweitens für den lahmen Kopf, weil er Kindern die Geisteskräfte, er mags machen, wie er will, wie ein alter Schlafgenoß einem jungen die körperlichen, stets auszehren wird. Ich habe überhaupt diesen pädagogischen Schwabenspiegel lange vor meinen Kindern in die Welt vorausgeschickt – mithin gar nicht für Sie, sondern für ein Buch.« –

Nämlich für dieses.

Um meinem Prinzipal zu zeigen, was ich in der Erziehung getan hätte, sagt' ich so: »Der Superintendent in Oberscheerau hat einen Wachtelhund, *Hetz* genannt, den er für keine Menagerie Schoßhunde weggibt. Nun sollte man denken, der Mann, da er Beichtkinder, eigne Kinder und Weine und indianische Hühner genug hat, wäre gut daran; aber falsch: Hetz leidet es nicht. Denn sobald die Suppe auf dem Tische raucht: so umschifft Hetz den Tisch, springt in die Höhe – seine Schnauze liegt dann wasserpaß in einer Ebene mit der Rehkeule – und billt und stochert mit dem Kopfe an jedes Knie so sehr, besonders ans geistliche, daß der Mann seines Orts wie in einem Fegefeuer fortschlucket und häufig nicht weiß, käuet er Zucker oder Salz. Es rettete ihn nicht, daß er oft den Hund selber anboll; die Radikalkur dagegen aber wäre bloß die, Hetzen nie einen Bissen zu geben. Er hielt es auch oft tagelang: aber in der nächsten Mahlzeit bewarf er aus Vergessen oder Unwillen den Plagegeist mit einem Knochen. Dieser einzige Knochen verhunzte den ganzen Hund. Dem Seelenhirten ist, besorg' ich, so lange nicht zu helfen, bis Hetz, der von selbst sich nicht ändert, etwa verreckt. Mir hingegen begegnet Hetz mit Vernunft und Schonung: warum? – Solang ich an jenem Tische aß, schenkt' ich Hetzen keine Faser, ohne Ausnahme. Auf Hetze und Menschen wirkt *Festigkeit* allmächtig. Wer keinen Hund erziehen kann, Herr Rittmeister, kann auch kein Kind erziehen; ich würde Hofmeister, welche in mein Brot wollten, an keinen Probierstein streichen als an den, daß sie mir Eichhörnchen und Mäuse zähmen müßten: wers am besten verstände, zög' ein, z. B. *Wildau* wegen seiner Bienenzähmung.« – – Aber meine gnädige Pate lachte nie herzhaft über meine oder Fenkische Scherze; hingegen über einen Hoppedizelischen lachte sie sehr, und doch hat sie uns beide lieber.

Wenn ich noch zwei Erzieh-Idiotismen – wovon der eine ist, daß ich den Witz meines Zöglings so stark als seinen Verstand übte, der zweite daß ich lauter Autores aus Zeitaltern von unedlen Metallen mit ihm traktierte – in einem Extrablatt werde gerettet haben: so gehen wir weiter in sein Leben hinein.

Extrablatt

Warum ich meinem Gustav Witz und verdorbne Autores zulasse und klassische verbiete, ich meine griechische und römische?

Ich muß vorher mit drei Worten oder Seiten beweisen, daß und warum das Studium der Alten niedersinke [1] und daß es zweitens wenig verschlage.

Wir sind bekanntlich jetzt aus den philologischen Jahrhunderten heraus,

[1] Diese Bemerkung über den Verfall hat seit 20 Jahren, wenn nicht in Frankreich, doch in Deutschland viel von ihrer Ausdehnung verloren.

wo nichts als die lateinische Sprache an Altären, auf Kanzeln, auf dem Papier und im Kopfe war und wo sie alle gelehrte Schlafröcke und Schlafmützen von Irland bis Sizilien in einen Bund zusammenknüpfte, wo sie die Staatsprache und oft die Gesellschaftsprache der Großen ausmachte, wo man kein Gelehrter sein konnte, ohne ein Inventarium alles römischen und griechischen Hausrats und einen Küchen- und Waschzettel dieser klassischen Leute im Kopfe zu führen. Jetzt ist unser Latein Deutsch gegen das eines Camerarius, ders also nicht nötig gehabt hätte, seinen schmalkaldischen Krieg griechisch abzufassen; jetzo wird selten eine Predigt lateinisch, geschweige wie sonst griechisch geschrieben und kann also nicht wie sonst ins Lateinische, sondern bloß ins Deutsche übersetzt werden. In unsern Tagen drängt keine Frau mehr ihren eingepuderten infulierten Kopf durch das klassische enge Kummet, wenns nicht Hermes' Töchter tun. Dieses war meinem Leser noch eher bekannt als mir, weil ich jünger bin – so wie uns beiden auch das jetzige bessere Kommentieren, Rezensieren und Übersetzen der Alten bekannt genug ist. Nur wuchs mit dem *Werte* ihrer Verehrer nicht die *Zahl* dieser Verehrer; alle andre Wissenschaften teilen sich jetzt in eine Universalmonarchie über alle Leser; aber die Alten sitzen mit ihren wenigen philologischen Lehnleuten einsam auf einem S. Marino-Felsen. Es gibt jetzo nichts als Vielwisser, die alles gelesen haben, nur die Alten nicht.

Der Geschmack am *Geiste* der Alten muß sich so gut abstumpfen als der an ihrer *Sprache*. Ich behaupte nicht, daß man in den klassischen Papageien-Jahrhunderten diesen Geist besser fühlte als jetzo; denn Vossius hing am Lukan, Lipsius am Seneka, Kasaubon am Persius; ich sage nicht, daß damals ein Faust, eine Iphigenie, eine Messiade, ein Damokles geschrieben wurden wie jetzt. Allein ich rede vom jetzigen Geschmack des Volks, nicht des Genies.

Wenn der Geist der Alten in ihrem geraden festen Gang zum Zweck bestand, in ihrem Hasse des doppelten dreifachen Manschetten-Schmucks, in einer gewissen kindlichen Aufrichtigkeit: so muß es uns immer leichter werden, diesen Geist zu fühlen, und immer schwerer, ihn in unsre Werke zu hauchen; mit jedem Jahrhundert müssen in unserm Stile die Ein-, Über- und Rücksichten mit unserm Lernen schimmernd wachsen; die Fülle unserer Komposition muß ihre Ründe verwehren; wir putzen den Putz an, binden den Einband ein und ziehen ein Überkleid über das Überkleid; wir müssen den weißen Sonnenstrahl der Wahrheit, da er uns nicht mehr zum ersten Male trifft, in Farben zersetzen, und anstatt daß die Alten mit *Worten* und *Gedanken* freigebig waren, sind wir mit *beiden* sparsam. Gleichwohl ists besser, ein Instrument von sechs Oktaven zu sein, dessen Töne leicht unrein und ineinander klingen, als ein Monochord, dessen einzige Saite sich schwerer verstimmt; und es wäre ebenso schlimm, wenn jeder, als wenn niemand wie *Monboddo* schriebe.

Mit unserer Unfruchtbarkeit an Werken im alten Stil nimmt zugleich der

Geschmack für diese Werke zu. Die Alten fühlten den Wert der Alten – nicht; und ihre Einfachheit wird bloß von denen genossen, von denen sie nicht erreicht werden, von uns. Ich denke, aus diesem Grunde: die griechische Einfachheit ist von der der Morgenländer, Wilden und Kinder [1] nur durch das höhere Talent verschieden, womit das heitere griechische Klima jene Simplizität auszeichnete. Das ist die *angeborne*, nicht erworbene. Die *künstliche* erworbene Einfachheit ist eine Wirkung der Kultur und des Geschmacks; die Menschen des 18ten Jahrhunderts waten erst durch Sümpfe und Gießbäche zu dieser Alpen-Quelle hinauf; wer aber droben bei ihr ist, verlässet sie nie mehr, und nur Völker, nicht einzelne können von Monboddos Geschmack zu Balzacs seinem herabfallen. Dieser erworbne Geschmack, den das junge Genie immer antastet und das bejahrte meistens bekennt, muß von Messe zu Messe durch die Übung an allem Schönen bei Einzelwesen empfindlicher und schärfer werden: die Völker selber aber verlieren sich jedes Jahrhundert weiter von den Grazien weg, die sich, wie die homerischen Götter, in Wolken verstecken. Die Alten konnten mithin die natürliche Einfachheit ihrer Hervorbringungen so wenig empfinden, als das Kind oder der Wilde die der seinigen. Die reinen einfachen Sitten und Wendungen eines Älplers oder Tirolers bewundert weder der eigne Besitzer, noch sein Landsmann, sondern der gebildete Hof, der sie nicht erreichen kann; und wenn die römischen Großen sich am Spielen nackter Kinder labten, mit denen sie ihre Zimmer putzten: so hatten die Großen, aber nicht die Kinder die Labung und den Geschmack. Die Alten schrieben also mit einem unwillkürlichen Geschmack, ohne damit zu lesen – wie die jetzigen genievollen Autoren, z. B. Hamann, mit weit mehr Geschmack lesen als schreiben – daher jene Speckgeschwülste und Hitzblattern an den sonst gesunden Kindern eines Plato, Äschylus, sogar eines Cicero; daher beklatschten die Athener keine Redner mehr als die Antithesen-Drechsler und die Römer die Wortspieler. Zur übermäßigen Bewunderung Shakespeares fehlte ihnen nichts als Shakespeare selber. Eben deswegen konnten diese Völker, wie das Kind, von der natürlichen Einfachheit zum gleißenden, lackierten Witzeln heruntergehen.

Zweitens versprach ich auf drei Seiten zu behaupten, daß die Vernachlässigung der Alten wenig schade. Denn was nutzet denn ihre Bearbeitung? Sie werden wie die Tugend weit weniger gefühlt und genossen, als man sagt [2]. Das Vergnügen an ihnen ist die richtigste Neuner-Probe des besten

[1] In der Erzählung des Kindes ist die nämliche Verschmähung des Putzes, der Seitenblicke und der Kürze, dieselbe Naivetät, die uns oft Laune zu sein scheint und keine ist, und dasselbe Vergessen des Erzählers über die Erzählung, wie in den Erzählungen der Bibel, der ältern Griechen etc.

[2] Was die Neuern im Geschmack der Alten schreiben, wird wenig verstanden; und die Alten selber sollen so häufig verstanden werden?

Geschmacks; aber dieser beste Geschmack setzt eine solche geistige Aufschließung für alle Arten von Schönheiten, ein solches Rein- und Schönmaß aller innern Kräfte voraus, daß nicht bloß *Home* Geschmack unvereinbar mit einem bösen Herzen findet, sondern auch daß ich nächst dem Genie, das ihn nach Entladung seiner geistigen Vollsaftigkeit immer bekommt, nichts Seltners kenne als ihn, den vollendeten Geschmack. O ihr Konrektoren und Gymnasiarchen, die ihr über die Devalvation der Alten winselt und greint, wenn sie noch Augen hätten, sie würden über euere Valvation weinen! – O es gehören andre Herzen und Seelenflügel (nicht bloße Lungenflügel) dazu, als in euren pädagogischen Rümpfen stecken, um einzusehen, warum die Alten Plato den Göttlichen nannten, warum Sophokles groß und die Anthologen edel sind! Die Alten waren Menschen, keine Gelehrten; was seid ihr? Und was holt ihr aus ihnen?...

Copiam vocabulorum – In mittlern Jahrhunderten war auch jeder kleine Nutzen der Alten ein großer; aber jetzt im 18ten, wo alle Völker gradus ad parnassum in den Musen-Granit eingehauen, kommt es auf zwei Treppen mehr oder weniger nicht an. Haben denn die jetzigen Nationen nichts im alten Geschmacke geschrieben? – Wär' es so: so würden ohnehin Muster, die sich in keinen Ebenbildern vervielfältigt haben, leicht zu entraten sein; es ist aber nicht einmal so, und die Omarsche Verbrennung aller Alten könnte uns nur ein wenig mehr entreißen, als wenn man den ganzen noch stehenden Herbstflor von einigen griechischen Tempeln und andern Ruinen umbräche: wir würden doch noch Häuser im griechischen Geschmack bekommen. Die Muster haben ja selber ohne Muster geschrieben, und Polyklets Bildsäule wurde nach keiner Polyklets Bildsäule geregelt. Trotz dem Studium der geschriebenen Antiken lag sonst in Deutschland und liegt noch in Italien die dichtende Schöpferkraft auf dem Siechbett.

Wer wie *Heyne* die alten Sprachen zur *formalen* Ausbildung der Seele dingen will: der vergisset, daß jede Sprache es kann, und daß eine unähnlichere, wie die orientalischen, es noch besser kann, und daß diese Ausbildung uns zuweilen so teuer zu stehen kommt als manchem Baron sein Französisches. Die Griechen und Römer wurden Griechen und Römer ohne die formale Bildung von griechischen und lateinischen Autoren – sie wurden es durch Regierung und Klima.

Es ist ein Unglück für das Schönste, was der menschliche Geist geboren hat, daß dieses Schönste unter den Händen der Primaner, Sekundaner und Tertianer zerrieben wird – daß das Scholarchat glauben kann, die bessere Ausgabe oder die besseren Nominal- und Real-Erklärungen setzten die jungen Gymnasiasten mehr instand, die erhabenen klassischen Ruinen zu fassen, als eine bessere von Druckfehlern gesäuberte Ausgabe des Shakespeares und die beigefügten Novellen nebst den Noten einen Schulmann oder Franzosen instand setzen würden, die Augen vor diesem englischen Genius aufzuschließen – daß sonach das Scholarchat sich einbildet, einen Hämling oder Täufling erhalte nichts kalt gegen die Reize einer Kleopatra als die Hüllen dieser Reize – und daß die Scholarchate nicht mir und der Natur nachgehen [1]. – –

Die Natur erzieht nämlich unsern Geschmack durch vorragende Schönheiten für feinere; der Jüngling zieht den Witz der Empfindung vor, den Bombast dem Verstand, den Lukan dem Virgil, die Franzosen den Alten. Im Grunde hat dieser minderjährige Geschmack nicht darin unrecht, daß er gewisse niedere Schönheiten stärker empfindet als wir, sondern daß er die damit verbundnen Flecken und höhere Reize schwächer empfindet als wir alle; denn wir würden nur desto vollkommner sein, wenn wir zugleich mit dem jetzigen Gefühl für das griechische Epigramm das verlorne Jugend-Entzücken über das französische verknüpfen könnten. Man sollte also den Jüngling sich an diesen Leckereien, wie der Zuckerbäcker seinen Lehrjungen an andern, so lange sättigen lassen, bis er sich daran überdrüssig und für höhere Kost hungrig genossen hätte; – jetzo aber übersetzt er sich umgekehrt an den Alten satt und bildet und reizet damit seinen Geschmack für die Neuern. In unserer Autoren-Welt erscheinen die traurigen Folgen davon, daß Scholarchate den Anfang mit dem Ende machen und von Schriftstellern, die bloß dem zartesten besten Geschmacke die letzte Ründe geben, den gymnasiastischen aus dem Groben wollen hauen lassen und so weder der Natur folgen noch mir.

Die Scholarchate besorgen freilich, »dadurch käme unter die jungen Leute mehr Witz, als schicklich ist, wenn man den Seneka, Epigrammen und verdorbne Autores lese«. Meine erste Antwort ist, daß die Konstitution des Deutschen robust und gesund genug ist, um dem Fleckfieber des Witzes weniger ausgesetzt zu sein als andre Völker. Z. B. das witzige Buch »Über die Ehe« oder Hamanns Schriften machen wir durch tausend reine Werke wieder gut, wo der Witz nicht darin ist. Ich habe daher oft gedacht, so wie der Deutsche von seinen Vorzügen wenig weiß, so weiß er auch von dem nichts, daß er nicht überflüssigen Witz hat, obgleich die Rezensenten mir und den Verfassern der Romane diesen Überfluß oft genug vorwerfen. Aber ich und diese Verfasser verlangen unparteiische Richter hierüber; sogar diese sonst unbedeutenden Rezensenten selber sind hier in einem Seneka und Rousseau, die beide den witzigen Stil verdammten, bekämpften und doch haschten, zu ihrem Ruhm so wenig ähnlich, daß sie den Fehler des Witzes strenge an andern rügen und glücklich selber vermeiden.

Meine zweite Antwort ist tiefer: eh' der Körper des Menschen entwickelt ist, schadet ihm jede künstliche Entwicklung der Seele; philosophische Anstrengung des Verstandes, dichterische der Phantasie zerrütten die junge Kraft selber und andre dazu. Bloß die Entwicklung des Witzes, an die man

[1] Fühlen denn alle Deutsche die Messiade, die der deutschen Sprache und biblischen Geschichte kundig sind?

bei Kindern so selten denkt, ist die unschädlichste – weil er nur in leichten flüchtigen Anstrengungen arbeitet; – die nützlichste – weil er das neue Ideen-Räderwerk immer schneller zu gehen zwingt – weil er durch Erfinden Liebe und Herrschaft über die Ideen gibt – weil fremder und eigner uns in diesen frühen Jahren am meisten mit seinem Glanze entzückt. Warum haben wir so wenig Erfinder und so viele Gelehrte, in deren Köpfen lauter *unbewegliche* Güter liegen und die Begriffe jeder Wissenschaft klubweise auseinandergesperrt in Kartausen wohnen, so daß, wenn der Mann über eine Wissenschaft schreibt, er sich auf nichts besinnt, was er in der andern weiß? – Bloß weil man die Kinder mehr Ideen als die Handhabung der Ideen lehrt und weil ihre Gedanken in der Schule so unbeweglich fixiert sein sollen wie ihr Steiß.

Man sollte *Schlözers* Hand in der Geschichte auch in andern Wissenschaften nachahmen. Ich gewöhnte meinem Gustav an, die Ähnlichkeiten aus entlegnen Wissenschaften anzuhören, zu verstehen und dadurch selber zu erfinden. Z. B. alles Große oder Wichtige bewegt sich langsam: also gehen gar nicht die orientalischen Fürsten – der Dalai Lama – die Sonne – der Seekrabben; weise Griechen gingen (nach Winckelmann) langsam – ferner tut es das Stundenrad – der Ozean – die Wolken bei schönem Wetter. – Oder: im Winter gehen Menschen, die Erde und Pendule schneller. – Oder: verhehlt wurde der Name Jehovas – der orientalischen Fürsten – Roms und dessen Schutzgottes – die sibyllinischen Bücher – die erste altchristliche Bibel – die katholische – der Vedam etc. Es ist unbeschreiblich, welche Gelenkigkeit aller Ideen dadurch in die Kinderköpfe kommt. Freilich müssen die Kenntnisse schon vorher da sein, die man mischen will. Aber genug! der Pedant versteht und billigt mich nicht; und der bessere Lehrer sagt eben: genug!

Siebzehnter Sektor

Abendmahl – darauf Liebemahl und Liebekuß

O geliebter Gustav! die ausgewinterten Tage unserer Liebe schlagen in meinem Dintenfasse wieder in Blüten aus, indem ich sie vorzeichne! Hast du, Leser, irgendeinen Frühling deines Lebens gehabt, und hängt noch sein Bild in dir: so leg es im Wintermonat des Lebens an deinen warmen Busen und gib seinen Farben Leben, wie Erwärmung das unsichtbare Frühlinggemälde des Ofens enthüllt und belebt – denk dir alsdann deine Blumentage, wenn ich unsere zeichne..... Unsere vier kleinen Wände waren die Staketen eines reichern Paradieses, als sich durch einen Augarten ausstreckt, unser Kirschbaum am Fenster war unser Dessauisches Philanthropinwäldchen, und zwei Menschen waren glücklich, ob sie gleich befahlen und gehorchten. Das Maschinenwerk des Lobes, das ich in dem Regulativ meinem Hofmeister so sehr anpries, legt' ich beiseite, weil es nicht an einen, sondern an eine ganze Schule anzusetzen ist: mein Paternosterwerk war seine Liebe zu mir. Kinder lieben so leicht, so innig; wie schlimm muß ders treiben, den sie hassen! Auf der Skala meiner Strafen-Karolina oder Theresiana standen – statt der pädagogischen Ehren- und Leibesstrafen – Kälte, ein trauernder Blick, ein trauernder Verweis und die höchste, das Drohen, fortzugehen. Kinder von zartem Herzen und von einer immer durch den Wind aufgehobnen Phantasie wie Gustav sind am leichtesten zu wenden und zu drehen; aber auch ein einziger falscher Riß des Lenkseils verwirrt und verstockt sie auf immer. Besonders sind die Flitterwochen einer solchen Erziehung so gefährlich wie die in der Ehe mit einer feinfühlenden Frau, bei welcher ein einziger kakochymischer Nachmittag durch keine künftigen Jahr- und *Tagzeiten* wieder auszutilgen ist. Ich wills nur bekennen: eben einer solchen sensitiven Frau wegen bin ich Hofmeister geworden. Da die Weiber (hieß es in mir) in einem auffallenden Grade alle Vollkommenheiten der Kinder haben – die Fehler derselben schon weniger –: so kann ein Mensch, der an den so weit auseinanderstehenden Ästen der Kinder sein Gespinste anzukleben und anzuziehen weiß, d. h. der sich in Kinder schicken kann, so sehr schlimm unmöglich fahren als andre, wenn er – heiratet.

Wo der Tadel das Ehrgefühl des Kindes versehrte, da unterdrückte ich ihn, um meine Kollegen in der Runde durch das Beispiel zu lehren, daß das Ehrgefühl, das *unsere* Tage nicht genug erziehen, das Beste im Menschen sei – daß alle andre Gefühle, selbst die edelsten, ihn in Stunden aus ihren Armen fallen lassen, wo ihn das Ehrgefühl in seinen emporhält – daß unter den Menschen, deren Grundsätze schweigen und deren Leidenschaften ineinanderschreien, bloß ihr Ehrgefühl dem Freunde, dem Gläubiger und der Geliebten eine eiserne Sicherheit verleihe.

Sieben Tage früher, als recht war, kommunizierte mein Gustav; denn das Kosistorium – die Feme der Pfarrherren, die Pönitentiaria der Gemeinden und die Widerlage der Regierung – schickte uns mit Vergnügen als geistige Fastendispensation oder Alters-Erlaß (venia aetatis) diese sieben Tage, um welche sein Kommunion-Alter zu leicht war, für ebensoviel Gulden geschenkt aufs Schloß heraus. Mein Zögling mußte also – der geschickteste Religionlehrer saß vergeblich zu Hause – wöchentlich zweimal zum dummen Senior *Setzmann* in Auenthal abmarschieren, der zum Glück kein Jurist wie ich war und in dessen Pfarrwohnung ein Rudel Katechumenen die Schnauzen in geronnene Katechismus-Milch stecken mußten – Gustav brachte statt des Tier-Rüssels einen zu kurzen Mund mit.

Gleichwohl war der Senior Setzmann nicht übel; auf einem Parlaments-Wollensack hätt' er sich zu einem Redner gesessen, d. h. zu einem Ding, das unter den Personen, die ihm anfangs nicht glauben, zuerst seine eigne überredet – Der Senior war jeden Sonntag in den ersten Stunden nach der Predigt fromm genug; er kann zwar verdammt werden, aber bloß Mangel an Predigten würd' es tun und der an Bier. Eine vernünftige Betrunkenheit kommt beides dem *aszetischen* und dem *poetischen* Enthusiasmus unglaublich zustatten. *Die* Leser sind meine Freunde nicht, welche sagen, aus bloßem Ärger und Neid – daß mein Gustav seine Stunden hörte – schrieb' ich es hier in die Welt hinaus, daß der Keller die Pauls- und Peterskirche des Seniors war – daß seine Seele, wie geflügelte Fische, nur so lange emporflog, als die Schwingen eingeölet waren – daß er immer betrunken und gerührt zugleich erschien und eher nicht in den Himmel hineinbegehrte, als bis er ihn nicht mehr sehen konnte. Hermes und Oemler sagen, ich würde Ärgernis vermeiden – obgleich das *Beispiel* Setzmanns ein größeres geben muß als der *Spaß* darüber –, wenn ichs lateinisch vortrüge, daß die aquae supra coelestes seiner Augen allemal seine zwei Schuh tiefern humores peccantes begleiteten.

Gustav ging an wehenden Frühlingnachmittagen auf jungem Grase zu ihm und freuete sich unterwegs auf zwei hübsche Dinge –: erstlich auf diesen Missionar der heidnischen Dorfjugend selber, dessen schwärmerischer Atem Gustavs Ideen, deren jede ein Segel war, wie ein Sturmwind bewegte und der besonders in der letzten, sechsten Woche, wo er die jungen *Sechswöchner* über den Leisten des *sechsten Hauptstücks* schlug, meines Gustavs *Ohren so verlängerte,* daß zwei *Flügel* daraus wurden, die mit seinem Köpfchen davongingen. – Zweitens spitzte dieser sich auf eine *breite Binde* über einen breiten Halstuch und der gleichen Schürze, welches alles noch dazu so blütenweiß war wie er und am schönsten Leibe in der ganzen Pfarrei saß – an *Reginens* ihrem, welche darin sich auf das zweite Kommunizieren vorbereitete. So etwas, mein Gustav, machte dich ganz natürlich aufmerksamer als zerstreuet; und wenn mir das Scholarchat nur eine halbe solche Muse statt des Bauchkissens meines lecken Konrektors auf dem Lehrstuhle entgegengestellt hätte. Himmel! ich würde gelernt haben, ferner memoriert, ferner dekliniert, desgleichen konjugiert, und endlich exponiert! – Deshalb war es zweitens eben keine Hexerei, Gustav – da bloß dein Ohr der *Windseite* vom Pastor entgegenlag, das Auge aber der *Sonnenseite* von Reginen –, daß du wenig dir aus der halben Stunde machtest, die der Senior darüber gab, um sein Gewissen zum Narren zu haben. Er hielt, um den Frais- und Zentherrn und Feimer im Herzen, das Gewissen, stille zu machen, seine Kinderlehren eine halbe und seine Predigten dreiviertel Stunden länger als die ganze Diözes. Der Mensch tut lieber mehr wie seine Pflicht als seine Pflicht.

Da Gustav nicht wußte, daß Mädchen nichts übersehen und alles überhören: so war ihm der ganze Katechismus ein Liebebrief, in dem er sich mit ihr unterredete. Wenn sie dem Senior zu antworten hatte: wurd' er rot; »der Senior«, dacht' er, »kann sein Fragen und Quälen nicht verantworten«, und sein Sehnerve wurzelte auf ihrem Gesichte.

Da die Falkenbergischen kein besonderes Kommunizierzimmer mit samtnen Dielen hatten: so ging meine Pate, der Rittmeister, an der Spitze ihrer Lehnleute um den Altar; also auch Gustav.

Am Beichtsonnabend – O ihr stillen Tage meiner frömmsten Entzükkungen, geht wieder vor mir vorüber und gebt mir euere Kinderhand, damit ich euch schön und treu beschreibe! – Am Sonnabend ging Gustav nach dem Essen – schon unter demselben konnt' er vor Liebe und Rührung seine Eltern kaum ansehen – die Treppe hinauf, um nach einer so schönen Sitte den Seinigen seine Fehler abzubitten. Der Mensch ist nie so schön, als wenn er um Verzeihung bittet oder selber verzeiht. Er ging langsam hinauf, damit seine Augen trocken und seine Stimme fester würde; aber als er vor die elterlichen kam, brach ihm alles wieder, er hielt lange in seiner glühenden Hand die väterliche, um etwas zu sagen, um nur die drei Worte zu sagen: »Vater, vergib mir«; aber er fand keine Stimme, und Eltern und Kind verwandelten die Worte in stille Umarmungen. Er kam auch zu mir... in gewissen Verfassungen ist man froh, daß der andre in der nämlichen ist und also unsre vergibt... Ich wollt', Gustav, ich hätte dich jetzt in meiner Stube. – Wenn Kinder sich Gott – nicht wie Erwachsene als ihresgleichen, nämlich als ein Kind, sondern – als einen Menschen denken: so ist das für ihr kleines Herz genug. Gustav ging nach diesen Abbitten wankend, zitternd, betäubt, wie wenn er das sähe, was er dachte – Gott –, in die verlassene Kindheithöhle hinab, wo er unter der Erdrinde erzogen wurde und wo seine ersten Tage und ersten Spiele und Wünsche begraben lagen. Hier wollt' er knien und in dieser zerbrochnen Andachtstellung, worin der Genius der Sonnen und Erden in jener vielleicht frömmsten Zeit unsers Lebens alle gefühlvolle Kinder erblickt, seine ganze Seele in einen einzigen Laut, in einen einzigen Seufzer verwandeln und sie opfern auf dem Dankaltar; aber dieser größte menschliche Gedanke riß sich wie eine neue Seele von seiner los und überwältigte sie – Gustav lag, und sogar seine Gedanken verstummten... Aber die Stimme wird gehört, die in der Brust bleibt, und der Gedanke gesehen, der zurücksinkt unter den Strahlen des Genius; und in der andern Welt betet der Mensch seine hiesigen verstummten Gebete hinaus. – – –

Am Abende dieses heilig-seligen Tages trug eine wiegende Ruhe auf ihren sichern Händen sein überfülltes Herz; er schlug nicht gewaltsam die kurzen Kinder- und Menschen-Arme um die Freude, sondern diese schloß die Mutterarme leis' um ihn. Dieser Zephyr der Ruhe wehte – anstatt daß der Orkan des Jauchzens den Menschen durch und wider alles reißet – noch am Pfingsttage spielend um sein Leben voll kleiner Blüten, und sein Wesen lag wie auf einer sanft tragenden Wolke, da die heitere Pfingstsonne ihn fand; aber als der Blumengeruch der geschmückten Brust, das Gefühl des pressenden, rauschenden Anzugs, das Glockengeläute, dessen fortlaufende Töne wie goldne Fäden um alle einzelne Auftritte liefen und sie in *einem* verbanden, der Birkenduft und das grüne Helldunkel der Kirche, sogar das

Fasten, da all dies seine Gefühle und seine Blutkügelchen in fliegende Kreise warf: so stand in seiner Brust eine angezündete Sonne; das Bild eines tugendhaften Menschen brannte nie in so großen, über die Wolken hinaustretenden Umrissen vor ihm als da! – –

Aber der Abend! – Die kleinen Kommunikanten spazierten da mit leichterem Herzen und vollerem Magen in sittsamen Gruppen herum und fühlten Essen und Putz. Gustav – von dessen Flammen das Abendessen einiges überleget hatte, wiewohl sich noch eine sanfte Glut verhielt – wandelte seinen Garten, da sein Kopf kein Tanzplatz, sondern eine Moosbank froher Gefühle war, langsam auf und ab und zog die eingeschlafnen Tulpenblätter auseinander, um aus diesem Blumenkerker manches verspätete Bienchen loszulassen. Endlich lehnte er sich an den Türstock des hintern Gartentürchens und sah sehnend über die Wiesen ins Dörfchen hinab, wo die gereiheten Eltern zusammen plauderten und den Kindern mütterlich-eitel nachschaueten, welche heute zum ersten und wohl zum letzten Male spazieren gingen, weil Bauern und Morgenländer nur Sitzen lieben. Da rückte ein scheues Bauerkinder-Pikett behutsam um die Gartenmauer herum, weil dasselbe den alten Starmatz, den Gustav heute mit seinem Bauer ins Freie getragen, gern näher hören wollte in seiner echt-ironischen Laune voll derber Schimpfwörter. Kinder sind in fremden Kleidern und an fremden Orten sich fremd; aber Gustav hatte seinen Leitton, um mit ihnen ins Gespräch überzugehen, zum Glücke bei der Hand, den Matz, mit welchem er bloß in eines zu geraten brauchte. Und alles gelang; und die redenden Künste des Vogels machten bald die Konversation so allgemein und unbefangen, daß man über alles mit allen sprechen konnte. Gustav fing an Geschichtchen zu erzählen, aber vor einem jüngern und billigern Publikum als ich; seine Geschichtchen erdachte und erzählte er im nämlichen Augenblick, und seine Phantasie stieß mit ihren Flügeln im unermeßlichen Tummelplatz an nichts. Überhaupt erfindet man gescheitere Contes unter dem Sprechen als unter dem Schreiben, und Madame d'Aunoy, die ich lieber heiraten als lesen möchte, würde uns großen Kindern bessere Feenmärchen gegeben haben, wenn sie solche vor den Ohren der kleinen erfunden hätte.

Unter dem Vorwande des Niedersetzens lud und bat er sein ganzes Hör-Publikum auf einen Altan, der um einen Lindenbaum im Garten samt einer Treppe geflochten und gewölbet war.... Ich lasse so zeitig meine Leser nicht herab; denn Bienen, Bildschnitzer und ich lieben Linden sehr, jene des Honigs, diese des weichen Holzes und ich des weichen Namens und des Duftes wegen.

Aber hier ist noch etwas ganz anders zu lieben – Drei Kommunikantinnen horchten zur offnen Gartentür hinein und verdoppelten von weitem den Hörsaal: mit einem Worte, Regina war darunter und ihr Bruder schon mit droben; die Galerie oder die Logen mußten endlich – da das Hinaufrufen nichts half – das weibliche Parterre hinaufzerren. Ich erzähle selber jetzt feuriger nach; kein Wunder, daß auch Gustav es tat. Regina setzte sich am weitesten von ihm, aber ihm gegenüber. Er fing eine ganz frische Historie an, weil das bureau d'esprit viel stärker geworden. Ein elendes blutjunges Mädchen – Kinder wollen in der Geschichte am liebsten Kinder – malte er vor, eines ohne Abendbrot, ohne Eltern, ohne Bett, ohne Haube und ohne Sünden, das aber, wenn ein Stern sich putzte und herunterfuhr, unten einen hübschen Taler fand, auf dem ein silberner Engel aufgesetzt war, welcher Engel immer glänzender und breiter wurde, bis er gar die Flügel aufmachte und vom Taler aufflog gen Himmel und dann der Kleinen droben aus den vielen Sternen alles holte, was sie nur haben wollte, und zwar herrliche Sachen, worauf der Engel sich wieder auf das Silber setzte und sehr nett da sich zusammenschmiegte. – Welche Flammen schlugen unter dem Schaffen aus Gustavs Worten heraus, aus seinen Augen und Mienen in die Zuhörerschaft hinein. Noch dazu stickte nebenbei der Mond die Lindennacht auf dem Fußboden mit wankenden Silber-Punkten – eine verspätete Biene kreuzte durch den glühenden Kreis und ein schnurrender Dämmerungvogel um einen bekränzten Kopf – auf dem Doppel-Grund von Lindengrün und Himmelblau zitterten Blätter neben den Sternen – der Nachtwind wiegte sich auf dünnem Laube und auf Goldflittern der geputzten Regina und bespülte mit kühlen Wellen ihre Feuerwange und Gustavs Flammenatem.... Aber wahrhaftig ich behaupte, *den* Katheder brauchte er nicht einmal, so herrlich waren Katheder und Redner. Wie konnt' ihm dieser nötig sein, da er der Braut Christi und seiner eignen erzählte; da der ganze heutige Tag mit seinem blendenden Nimbus wieder aufstand; da er das Mitleid in die Brust der unbefangenen Kinder einführte und aus ihren Augen es wieder vorpreßte; und da er gewisse weibliche sich benetzen sah.... Seine eignen zergingen in Wonne, und er dehnte sein Lächeln immer weiter auseinander, um damit sein Auge zu bedecken, das sich schon schöner bedecket hatte. –– »Gustav!« hatt' es schon zweimal vom Schlosse her gerufen; aber in dieser seligen Stunde hörte es keiner; bis zum dritten Male die Stimme nahe unten im Garten erklang. Die betäubte geheime Gesellschaft rollte die Treppe hinab; – neben Gustav verweilte nur noch Regina unter der dunkeln Laube, um eiligst mit ihrer Schürze die Spuren der Erzählung aus den Augen zu bringen und mit einer Nadel sich etwas hinaufzustecken – er stand dem Gesichte, auf dem so viele schöne Abendröten seines Lebens untergegangen waren, so nahe und so stumm und hielt sie ein wenig, als sie nachwollte – wäre sie stille gestanden, so hätt' er sie nicht halten können; aber da sie riß: so umfaßte er sie fester und im größern Bogen – ihr Ringen vereinigte beide, aber seiner trunknen Seele ersetzte die Nähe den Kuß – das Sträuben führte seine zuckende Lippen an ihre – aber doch erst als sie seine Brust von ihrer wegstemmte und seine mit der Nadel zerritzte, dann erst strickte er sie mit unaussprechlicher vom eignen Blute berauschter Liebe an sich und wollte ihren Lippen ihre Seele aussaugen und seine ganze eingießen – sie standen auf zwei entfernten Himmeln, zueinander über den Abgrund herübergelehnt und einander auf dem zitternden Boden umklammernd, um nicht loslassend zwischen die Himmel hinunterzustürzen....

.... Könnt' ich seinen ersten Kuß tausendmal brennender abmalen: ich tät' es; denn er gehört unter die *ersten Abdrücke* der Seele, unter die Maiblumen der Liebe, er ist die beste mir bekannte *Dephlegmation* des erdigen Menschen. Nur ist es in diesem deutschen und belgischen Leben nicht möglich zu machen, daß der Mensch über fünf oder sechs Male zum ersten Male küsse. Später sieht er allezeit in seine Sachdefinition, die er von einem Kusse im Kopfe hat, ordentlich hinein und zitiert den Paragraphen, wo's steht; der ganze Inhalt des dummen Paragraphen ist aber der, die eigentliche Sache sei ein Zusammenplätten roter Häute. Wahrlich ein Autor von Gefühl kann sich nicht niedersetzen und bedenken, daß ein Kuß eines von den wenigen Dingen ist, die nur genossen werden, wenn unter dem Geistigen das Körperliche nicht vorschmeckt – ohne daß ein solcher Autor von Gefühl (es ist niemand als ich) die ausfilzet, die nicht so viel Verstand haben wie er – er filzet nicht bloß die Herren *Veit Weber* und *Kotzebue*, in deren Schriften zu viele Küsse stehen, sondern auch andre Leute aus, in deren Leben zu viele kommen, namentlich ganze Pickenicks, die einander nach dem Tischgebet die Wangen mit den Lippen abbürsten und anschröpfen. Kommt es gar so weit, daß diese schöne Lippenblüte unsers Gesichts sich an Häuten von Schafen und von Seidenraupen, an Handsandalen, zerknüllen muß: so will ein Autor von so viel Empfindung der leidenden Partei die Hände und der tätigen die Lippen wegschneiden....

Ich begieße den vom letzten Kusse erhitzten Leser mit diesem kalten Wasserschatze wirklich nicht deshalb, um mit ihm so umzuspringen wie das Schicksal mit mir; denn dieses hat sichs einmal zum Gesetz gemacht, jedesmal, wenn ich mitten im *Freudenöl* solcher Auftritte wie der Gustavische – oder auch nur der Beschreibung solcher Auftritte – stehe, mich sogleich in Salzlaken und Vitriolöle unterzutauchen. Sondern ich wollte gerade umgekehrt *die* häßliche Empfindung über den Tausch entgegengesetzter Szenen dem Leser halbieren, die der arme Gustav ganz bekam, da es unten rief:

»Wollt ihr gleich!« Die Rittmeisterin legte in den Ton mehr Beleidigendes, als mein unschuldiger Gustav noch zu fühlen verstand. Die Liebhaberin verliert in solchen Überraschungen den Mut, den der Liebhaber bekommt. Die ersten Versikel des abgefluchten Strafpsalms durchlöcherten das Ohr der schuldlosen Regina, welche stumm und weinend aus dem Garten schlich und so den freudigen Tag trübe beschloß. Die sanftern Verse erfaßten den Geschichtdichter, der seine Contes moraux ästhetisch und mit Pathos [1] aus-

[1] Gustavs Mut zum Kuß ist übrigens natürlich. Unser Geschlecht durchläuft drei Perioden des Muts gegen das schöne – die erste ist die kindliche,

zumachen vorhatte und nun selber von einem fremden Pathos erwischt wurde. Ernestinens Herz, Lippen und Ohren waren hinter den strengsten Gittern erzogen; daher wich ihre so melodische Seele (bei einem bloßen Kuß) in eine fremde harte Tonart aus; sie gab vom *schönsten* Mädchen nichts zu, als: »Ein gutes Mädchen ists.« Überhaupt ist mir die Frau, die gewisse Fehltritte einer andern sehr schonend beurteilt, mit ihrer Duldung verdächtig: eine ganz reine weibliche Seele erzwingt an sich höchstens die Miene dieser Toleranz für eine weniger reine.

Auf unschuldige Lippen drückte Gustav den ersten und letzten Kuß; denn in der Pfingstwoche zog die Schäferin nach Maußenbach als Schloß-Dienstbote. Wir werden nichts mehr von ihr hören. – So wird es durch das ganze Buch fortgehen, das wie das Leben voll Szenen ist, die nicht wiederkommen. Nun tritt schon die Sonne höher an Gustavs Lebenstage und fängt an zu stechen – eine Blume der Freude um die andre bückt sich schon vormittags zum Schlummer nieder, bis nachts um 10 Uhr der gesenkte Flor mit verschwundnen Blüten schläft....

Achtzehnter Sektor

Scheerauische Molukken – Röper – Beata – offizinelle Weiberkleider – Oefel

Ich würde närrisch handeln und schreiben, wenn ich – da uns alle, Leser sowohl als Einwohner dieser Biographie, Scheerau so nahe angeht; da Gustav, der Held, dahin als Kadett kommt; da ich, der Hofmeister, daraus komme; da Fenk, der Doktor, noch daselbst ist und da Fenk in dieser Geschichte noch wichtig werden kann – drei Papiere von Dr. Fenk trotz aller dieser Gründe nicht einrückte. Die Rede ist von *zwei* Zeitungsartikeln und *einem* Brief, die der Pestilenziar geschrieben.

Ich weiß gewiß, daß es einigen hohen Fremden, die durch die scheerauischen höhern Zirkel gereiset, bekannt ist, daß der Doktor eine Zeitung schreibt, die nicht gedruckt wird, nämlich eine geschriebne Gazette oder Nouvelles à la main, wie mehre Residenzstädte sie haben. Dörfer haben gedruckte Neuigkeiten, kleine Städte mündliche, Residenzstädte schriftliche. Das Papier ist Fenks Marforio und Pasquino, der seine satirischen Arzneien austeilt.

Seinen *ersten* Zeitungsartikel flecht' ich ein, schon bloß des Journals für

wo man beim weiblichen Geschlecht noch aus Mangel an Gefühl etc. wagt – die zweite ist die schwärmerische, wo man dichtet, aber nicht wagt – die dritte ist die letzte, wo man Erfahrung genug hat, um freimütig zu sein, und Gefühl genug, um das Geschlecht zu schonen und zu achten. Gustav küßte in der ersten Periode.

Deutschland wegen. Dieses so platte und so wortreiche Journal – denn sonst wär' es weder *von* noch *für* Deutschland geschrieben – rückte eine gute Abhandlung von mir nicht ein, die ich über den außerordentlichen Handelflor in Scheerau eingeschickt, weil vielleicht keine Regierung in Deutschland weniger bekannt ist als die scheerauische. Wahrhaftig man sollte denken, dieses Fürstentum verstecke sich wie ein Walfisch unter die Eisrinde der Polarmeere, so unbekannt sind die wichtigern Nachrichten von ihm; z. B. solche wie die, daß wir Scheerauer seit der neuen Regierung den ganzen ostindischen Handel und die Molukken an uns gezogen, von denen wir jetzo unsere Gewürze selber holen, welche letzte die Regierung eigenhändig dazu aus Amsterdam verschreibt. –– Aber das steht ja eben im ersten Zeitungsartikel.

Nro. 16

Gewürzinseln und Molukken in Scheerau

Der Brandenburger Weiher bei Baireuth ist ein ausgegrabner Landsee von 500 Tagwerken, und vor einigen Monaten saß ich eine Stunde darin; denn man trocknet ihn jetzt zum Besten seiner bleichen Küstenbewohner aus. Der scheerauische Weiher, an dem vier Regenten weitergraben ließen, hat 129 Tagwerke mehr und ist für Deutschland wichtig: denn durch seine aërostatischen Dünste wird er so gut wie das Mittelländische Meer das Wetter in Deutschland ändern, sobald der Wind über beide geht. Die Ebbe und Flut muß genau genommen sogar auf einer Träne oder im Saufnäpfchen eines Zeisigs stattfinden, wie viel mehr auf einem solchen Wasser: – die Diözes von Inseln, die diesen Teich so putzt und furniert, z. B. Banda, Sumatra, Zeylon und das schöne Amboina, die großen und kleinen Molukken, traten erst unter der jetzigen Regierung aus dem Wasser – oder vielmehr ins Wasser. Herrn Buffon, wenn er noch lebte, und andre Naturforscher müßt' es frappieren, daß die Inseln auf dem Scheerauischen Ozean nicht durch Auftürmungen von Korallen entstanden – auch nicht durch Erdbeben, die den Dromedar-Rücken des Meergrundes aus dem Wasser aufkrümmten – selber durch keinen Vulkan in der Nähe, der diese Berge ins Wasser hineingesäet hätte; denn Sumatra, die großen und die kleinen Molukken wurden bloß in kleinen Partien auf unzähligen Schubkarren und Leiterwagen an die Küsten herbeigeschoben – und weil auf den Karren Steine, Sand, Erde und alle Ingredienzien einer hübschen Insel waren, so brachten die Fronbauern, landesherrliche sowohl als ritterschaftliche, die ebenso viele (Tabak-) rauchende und Inseln bildende Vulkane waren, in kurzem die Molukken fertig, indes die ritterschaftlichen Brücken über landesherrliche Wasser noch nicht angefangen sind. Die Absicht des Landesherrn ist, den ganzen ostindischen Handel bei Asien in Scheerau so bei der

Hand zu haben wie eine Rappémühle – und ich denke, wir haben ihn; nur mit dem Unterschiede, daß die scheerauischen Gewürzinseln noch besser sind als die holländischen. Auf den letzten muß man erst das Reifen des Pfeffers, der Muskatnüsse etc. abpassen; aber auf unsern liegt schon alles reif und trocken da, und man darfs nur ans Essen reiben: das macht, weil wir alle diese Früchte schon ganz zeitig aus – Amsterdam verschreiben. Es ist nämlich so:

»Entweder alles oder nichts ist ein Regale. Der Rechtskundige kann es nicht billigen, daß die Fürsten, wiewohl sie die kostbarsten, aber seltensten Produkte zu ihren Regalien erheben, gleichwohl die gemeinen, aber desto ergiebigern in den Händen der Landeskinder lassen und dadurch den Fiskus schwächen. Der Jurist findet bei den südasiatischen Fürsten, so despotisch sie sonst sind, mehre Folgerichtigkeit, welche nicht das Wild, oder Salz, oder Bernstein, oder Perlen, sondern das ganze Land und den ganzen Handel nehmen und beide bloß jährlich verpachten. Die deutschen Fürsten haben hiezu größere Befugnis als alle andre; denn alle europäische Reiche haben indische Besitzungen, haben ein Neu-England, Neu-Frankreich, Neu-Holland; aber ein Neu-Deutschland hat das Alt-Deutschland nicht, und das einzige Land, welches ein Fürst noch wegzunehmen hat, ist sein eignes, man müßte denn aus Polen oder der Türkei ein Neu-Österreich, Neu-Preußen etc. zu machen wissen.

Allein dieses sah bisher kein Regent als der scheerauische ein, der diese Grundsätze seinem geheimen Kabinette vorlegte, aber schon vor dem Abstimmen seinen Entschluß gefasset hatte: daß nun die Leute alles Gewürz bei ihm nehmen sollten. Er selber schafft nun, gleich der Natur, auf seinen Molukken die Gewürze, die sein Land isset, indem er sich durch den Kommerzien-Agenten von Röper den Samen dieser Gewürze – Pfeffer-Körner, Nüsse etc., aber nicht zum Pflanzen, sondern zum Kochen – aus Amsterdam spedieren lässet. Daher umschnüret (weil die Molukken bei der Gewürz-Defraudation litten) ein Pfeffer- und Zimt-Kordon von Kadetten und Husaren das Land; niemand könnte eine Muskatnuß einschwärzen als die Muskattaube in ihrem dicken Gedärm. Alles, was meine scheerauische Leser aus den Läden nehmen, der Kaufladen mag einem großen Hause gehören, das mehr Schiffe und Reisediener auf den Beinen erhält als ich Setzer, oder er mag von einem armen Höker gemietet sein, dessen Schilderung mich schon dauert, dessen Strazza eine Schiefertafel ist und dessen Kapitalbuch eine schmierige Stubentür und dessen Kaufmannsgüter nicht zu Schiffe, sondern als Landfracht unter dem Arme oder auf der Achse, d. h. an einem Stocke auf der Achsel gebracht werden – in beiden Fällen käuet der scheerauische Leser Erzeugnisse aus Molukken, die vor seiner Nase sind. –

Einer, der dergleichen beurteilen kann, fället nachher dem Gewürz-Inspektor von Herzen bei, welcher im scheerauischen Intelligenzblatte schreibt, 1) daß jetzt das Land Pfeffer und Ingwer um niedrigern Preis erhalten könnte, weil bloß der Fiskus imstande wäre, sie in größern, mithin in wohlfeilern Partien zu beziehen – 2) daß der Regent jetzt vermögend sei, diese Leckereien, die unsern Beutel über Indien leeren, unter allen Deutschen zuerst den Scheerauern abzugewöhnen, indem er bloß den Preis beträchtlich zu steigern brauchte – 3) und daß eine neue Dienerschaft ihr Brot hätte.

Ich brauch' es nicht zu verteidigen, daß unser Fürst – da die russische Kaiserin Dörfern das Stadtrecht gibt – Schutt-Hügeln das Inselrecht erteilt, oder daß er ihnen ostindische Namen schenkt, da jeder Tropf von Schiffer bei der größten Insel, die er noch dazu mehr entdeckt als macht, Patenstelle vertreten darf. Unser Sumatra ist über 1/4 Quadratviertelstunde groß und hat hauptsächlich Pfeffer – die Insel Java ist noch größer, aber noch nicht fertig – auf Banda, das dreimal so groß als der Konzertsaal ist, liefert die Natur Muskatnüsse, auf Amboina Gewürznelken – auf Teidor steht ein artiges Landhaus eines bekannten Scheerauers (des Doktors hier selber) – die kleinen Molukken, die in den Weiher hineinpunktiert sind, kann ich samt ihren Produkten in die Westentasche stecken, sie haben aber ihr Gutes. – Wer noch in keiner Seestadt, in keinem Hafen war: der kann hieher in den Scheerauer reisen und selber nachmittags ein Zeuge davon werden, was in unsern Tagen der Handel ist, den die verbundnen Hände aller Völker heben – hier kann er sich einen Begriff von Kauffahrteiflotten machen, von denen er so viel, aber nur blind gelesen und die er hier wirklich über unsern Teich segeln sieht – er kann die sogenannte Gewürzflotte des Herrn Kommerzien-Agenten von Röper sehen, die gleich einem hitzigen Klima die nötigen Gewürze, die er verschrieben, unter alle Inseln austeilt – er kann auch auf arme Teufel stoßen, die auf ein wenig Floßholz sich aus Ostindien die wenigen Kaufmannsgüter abholen, die sie kreuzerweise absetzen – am Hafen und Ufer, wo er selber steht, kann er bemerken, was der Küstenhandel ist, den da sogenannte Fratschler-Weiber mit Pfeffer- und Welschen-Nüssen im kleinen treiben.«

Ende von Nro. 16

Das zweite Stück der Fenkischen Zeitung ist eine Schilderung eben dieses Kommerzien-Agenten von Röper ohne seinen Namen. Wenn der Leser diese Abschweifung gelesen hat: so wird er sagen, es war gar keine.

Nro. 21

Ein unvollkommner Charakter, so für Romanenschreiber im Zeitungkomptoir zu verkaufen steht

Im Roman gefallen wie in der Welt keine vollkommen-gute Menschen; aber auch auf der andern Seite wird einer weder Lesern noch Nebenmenschen gefallen, der ganz und gar ein Schelm ist – bloß halb oder dreiviertel muß ers sein, wie alles in der großen Welt, Lob und Zote und Wahrheit und Lüge.

Im Zeitungkomptoir steht ein halber Schelm und wird allen Romanschreibern im Scheerauischen um das wenige, was sie dafür geben können, verkäuflich erlassen. Ich versichere die Herrn Schreiber, daß ich etwa nicht die Unvollkommenheiten dieses Schelms übertreibe, um ihn teuerer abzusetzen; der Inhaber nimmt den Schelm wieder zurück, wenn er nicht Bosheit genug hat.

Dieser unvollkommne Charakter wurde im Kirchenstaat gezeugt und an der Grenze von Unter-Italien geboren; und kaufte sich, nach seiner Taufe und Mündigkeit, Hecheln und Mausfallen. Die wenigsten Deutschen wissen, daß sie die Italiener, bei denen dieser Handelzweig blühet, reich auskaufen. Unser Charakter schwang sich bald von einem Hechel-Kommissionär zu einem Hechel-Associé empor; er verfertigte die Mausfallen, die er aus Italien bezog, in Deutschland, und die Mauslöcher waren sein Ophir und die Flachsfelder seine Münzstädte. Die Hechel, die er vor dem Einkauf seines Adeldiploms an gegenwärtigen Tiermaler verkaufte, schlug er ihm für sechstehalb Gulden los.

Er muß schon vor seiner Geburt in der andern Welt in einem großen Hause gehandelt haben; denn er brachte eine Kaufmann-Seele schon fertig mit. Es war nicht klug von mir, daß ichs nicht eher erzählet habe, daß er als Knabe von neun Jahren in seiner Blatterkrankheit einen kleinen Kaufladen aufsperrte und mit dem Pockengifte feil hielt, das man aus seiner Apotheke, nämlich von seinem Körper nahm zum Einimpfen. Er gab keine Blatter umsonst her, sondern verlangte sein Geld dafür und sagte, er sei ein Pocken-Sämereihändler, aber noch ein junger Anfänger. Diesen Handel mit eigner Manufaktur legt' ihm bald der Arzt und die Natur, und der Doktor sagte, er sei so teuer wie ein Apotheker. Daher wollt' er sogar selber einer werden.

Er wurd' auch einer, aber nach dem mecklenburgischen Idiotikon; denn in diesem heißet jeder Materialladen eine Apotheke. Nämlich in Unterscheerau änderte er die Religion und den Nährzweig und bauete sich einen Laden, der bloß für Käufer Hechel und Mausfalle war. Hier hielt er sich einen Ladenjungen, ein Küchenmensch, einen Friseur, einen Barbier und einen Vorleser des Morgensegens – alle diese Personen machten nur *eine* Person aus, seine eigne; diese war und tat wie ein Ensoph alles.

Da bei unserem Schelm als einem unvollkommnen Charakter Tugenden in Fehler vererzt sein müssen – ich würd' ihn sonst keinem Roman-Bauherrn antragen –: so nehme man mirs nicht übel, daß ich auch seine weiße Seite neben seine schwarze bringe, wie man auf böheimischen Tafeln immer weiße und schwarze Gerichte nebeneinander stellet.

Er ging damals Sonntags aus seinem Laden bei aller erlaubter Sparsamkeit doch gut gekleidet heraus. Seinen Hut, seine Ringfinger und seine Weste bordierte echtes Gold; seinen Magen und seine Waden spann der Seidenwurm ein und seinen Rücken das englische Schaf. Es ist ganz der menschlichen Bosheit gemäß, das Verschwendung zu nennen, was hier seltene verheimlichte Wohltätigkeit war; alles, was der unvollkommne Charakter anhatte, waren – Pfänder; denn um die Leute vom Verpfänden abzubringen, drohte er jedem, jedes Pfand, worauf er leihe, würd' er so lange anziehen, als es bei ihm stände. Auf diese Art hielt er manchen ab, und die Kleidung dessen, bei welchem menschenfreundliches Warnen nichts verfing, legte er wirklich Sonntags nach dem Essen an. Es war daher weniger Mangel an Geschmack als an Geiz und Härte, daß er an sich, so wie mehre Dienst-Personen, so auch mehre Kleider vereinigte und so bunt aufschritt wie ein Regenbogen oder wie eine Kleidermotte, die sich von Tuch zu Tuch durchfrißt.

Da ich so gewiß weiß, daß Verschwendung ihn nicht verunzierte, so sehr es den Anschein hat: so will ich allen Anschein durch die Nachricht wegnehmen, daß er jeden Sonnabend sein Pfund Fleisch im Zölibate kaufte, aber – denn sonst bewiese es noch nichts – nicht aß. Er aß allerdings eines und mit dem Löffel; aber es war vom vorigen Sonnabend. Der unvollkommne Charakter holte nämlich jeden Sonnabend sein Andachtfleisch aus der Bank und veredelte und dekorierte damit sein Sonntag-Gemüs. Aber er nahm nichts zu sich als den vegetabilischen Teil. Am Montag hatt' er den tierischen noch und würzte mit ihm ein zweites Gemüs – am Dienstage arbeitete das abgekochte Fleisch mit neuem Feuer an der Kultur eines frischen Krautes – am Mittwoch mußt' es vor ihm mit matten Fettaugen auf einer andern Kräutersuppe liebäugeln – und so ging es fort, bis endlich der Sonntag erschien, wo das ausgelaugte Fleischgeäder selber zum Essen, aber in einem andern Sinne, kam und Röper das Pfund wirklich aß. Ebenso kann man mit einem Pfund Leibnizischer, Rousseauischer, Jakobischer[1]

[1] Friederich Jakobi in Düsseldorf. Wer an seinem Woldemar – das Beste, was noch über und gegen die Enzyklopädie geschrieben worden – oder an seinem Allwill – wodurch er die Stürme des Gefühls mit dem Sonnenschein der Grundsätze ausgleichet – oder an seinem Spinoza und Hume – das Beste über, für und gegen Philosophie – die zu große Gedrungenheit (die Wir-

Gedanken ganze Schiffkessel voll schriftstellerischen *Blätterwerks* kräftig kochen.

Diese Sparsamkeit legierte der unvollkommne Charakter noch mit einigem Betrug. Er interpolierte die Güter, die er gut bekam, und schrieb zurück, er habe sie schlecht bekommen, sie wären so und so und er könnte sie nur um den halben Preis gebrauchen. Ein Drittel des Preises spielt' er so dem Kaufmann geschickt genug aus der entfernten Tasche. Waren, Fässer, Säcke, die in seinem Hause nur ein Absteig-Quartier hatten und weiterreisen mußten, gaben ihm den Transito-Zoll durch ein kleines Loch heraus, das er in sie hineinmachte, um das wenige daraus sich zu entrichten, was dem Fuhrmann aufgebürdet werden konnte, wenns fehlte. – Er legte ein Münzkabinett oder Hospital für arme invalide amputierte Goldstücke an. Andern verrufenen Münzen gab er den ehrlichen Namen, den sie verloren, wieder und zwang seine Faktore, sie als legitimiert und rehabilitiert anzunehmen. Ein Goldstück mochte noch so schlecht in sein Haus gekommen sein, er dankte es wie einen Offizier nie ohne Avancement ab. So decken solche edlere Seelen sogar die Mängel des Geldes mit dem Mantel der Liebe zu.

Auf diese Art breiteten sich seine Kaufmanns- und Feldgüter immer mehr aus, und in seinem von der freundschaftlichen Wärme des Publikums angebrüteten Herzen regte sich, wie ein Ei-Infusiontierchen, ein federloses durchsichtiges mattes Ding, das er Ehre nannte. Der unvollkommne Charakter ließ sich also einen Charakter als Kommerzienrat kommen.

Jetzt, da er die Ehre recht beim Flügel und aufs Papier befestigt hatte, konnt' er sie eher beleidigen als vorher, als er sie noch nicht unter seinen Papieren besaß. Er machte also seine Lieberklärung dem reichsten und geizigsten Vater einer schönen Tochter, welche die Liebe gegen einen Offizier zum letzten Schritte hingerissen hatte. Die Tochter haßte seine Lieberklärung; aber der Charakter mit Hülfe des Vaters bemächtigte sich ihrer sträubenden Hand, zog sie daran zum Altar, schraubte den Ring ihr an und pfählte ihre Hand in seine. Ihr zweites Kind war sein erstes.[1]

kung der ältesten Bekanntschaft mit allen Systemen) oder den Tiefsinn oder die Phantasie oder einige Züge, die gewisse *seltnere* Menschen heben, bewundert: einem solchen wird dabei das erste Anbellen, unter welchem Jakobi in den Tempel des deutschen Ruhms treten mußte, sehr widrig ins Ohr fallen; aber er muß sich nur erinnern, daß in Deutschland (nicht in andern Ländern) neue Kraftgeister immer an der Tempelschwelle anders empfangen werden (z. B. von bellenden Dreiköpfen) als im Tempel selber, wo die Priester sind; und sogar einem Klopstock, Goethe, Herder ging es nicht anders. Aber vollends du armer *Hamann* in Königsberg! Wie viele Mardochais haben in der Allgemeinen deutschen Bibliothek und in andern Journalen an deinem Galgen gezimmert und an deinem Hängstrick gesponnen! – Inzwischen bist du doch glücklicherweise nur scheintot vom Galgen gekommen.

[1] Gebe doch der Himmel, daß der Leser alles versteht und sich hier nur

Da indessen seine Ehre sich nach diesem Blutverlust und diesen Ausleerungen schlecht auf den Füßen erhalten konnte: so mußt' er daran denken, ihr ein recht stärkendes Amulett, ein Ignatius-Blech, einen Lukas- und Agathazettel umzuhängen – ein *Adeldiplom.* Sie wurde aus der Reichshofrats-Kanzlei von Wien auch glücklich hergestellt.

Da er nicht mit seiner Frau, sondern nur mit seinen Gläubigern *Güter-Gemeinschaft* hatte: beurlaubte er sich vom Kaufmannstande mit einem unschuldigen Falliment und rettete sich und sein reines Gewissen und die Güter seiner Frau und seine eigne auf seinen Landgütern, um da seinem Gott zu dienen.

Ich meine seinen Göttern. – Freunde hatte übrigens der unvollkommne Charakter nicht. Seine Begriffe von Freundschaft waren zu edel und hoch und verlangten die reinste uneigennützigste Liebe und Aufopferung vom Freunde; daher ekelten ihn die niedrigen Tröpfe um ihn an, die nicht sein Herz, sondern seinen Beutel verlangten und die ihn bloß an sich drückten, um etwas aus ihm herauszudrücken. Er konnte einen solchen Eigennutz nicht einmal vor sich sehen, und sein Haus litt daher, wie die menschliche Luftröhre oder wie Sparta, nichts Fremdes in sich. Er glaubte mit *Montaigne,* man könne nicht mehr als *einen* Freund, so wie *eine* Geliebte, recht lieben; daher schenkt' er sein Herz einer einzigen Person, die er unter allen am höchsten schätzte – seiner eignen nämlich – diese hatt' er geprüft; ihre uneigennützige Liebe gegen ihn selber vermochte ihn, daß er Ciceros Ideal erreichte, welcher schrieb, daß man für den Freund alles, sogar das Schlimme tun könne, was man für sich nicht täte.

Er ist der größte Stoiker im Scheerauischen; er sagt nicht bloß, an allen Vergnügungen sei nichts: sondern er verachtet auch alle zeitliche Güter, weil sie ihn nicht glücklich machen können. Diese Verachtung derselben ist vom heftigsten Bestreben nach ihnen wohl nicht zu trennen, weil ein Weiser, wie die Stoiker in der Note[1] sagen, ein Leben, in dessen Mobiliarvermögen nur eine Kratzbürste oder ein Stallbesen drüber ist, einem Leben, dem bloß dieses wenige fehlte, vorziehen wird, ob er gleich nicht durch jenes glücklicher wird. Daher legt der unvollkommne Charakter auf die kleinsten Effekten, wie der alte Shandy auf die kleinsten Wahrheiten, einen so großen Wert wie auf die größten; daher muß er mit den Nußschalen heizen, mit abgelösten Siegeln siegeln, auf fremde leere Briefräume eigne

einigermaßen noch der ersten Sektoren erinnert, wo ihm erzählt wurde, daß die Frau des Kommerzien-Agenten Röper die erste Geliebte des Rittmeisters Falkenberg gewesen und dem Agenten ihren Erstgebornen von dem Rittmeister als Morgengabe zugebracht.

[1] Si ad illam vitam, quae cum virtute degatur, *ampulla* aut *strigilis* accedat, sumturum sapientem eam vitam potius quo haec adjecta sint nec beatiorem tamen ob eam causam fore. Cic. de finib. bonor. et mal. Lib. IV.

Briefe schreiben etc. Der unvollkommne Charakter hat hierin Ähnlichkeit mit dem Geizigen, der mit ähnlichen Kleinigkeiten wuchert und den keine Gründe widerlegen können: denn wenn ich einen Groschen nicht wegwerfen darf, so darf ich auch keinen Pfennig, keinen halben Pfennig, keinen 1/100 000 Pfennig; die Gründe sind dieselben.

Im Menschen liegt ein entsetzlicher Hang zum Geiz. Den größten Verschwender könnte man zu noch etwas Schlimmern, zum größten Knicker machen, wenn man ihm so viel gäbe, daß *er* es für viel und der Vermehrung wert hielte; und umgekehrt. So will der Wassersüchtige desto mehr Wasser, je höher er davon geschwollen ist; mit seinem Wasser fället zugleich der Durst darnach.

Der unvollkommne Charakter dankt dem Himmel für zweierlei, erstlich daß er in keinen Geiz, zweitens in keine Verschwendung gefallen sei – daß er seiner Frau und seinem Kinde nichts versagt, alles gibt und bloß dummen Leuten, die Stoff zur Verschwendung behalten wollen, diesen Stoff aus den Händen nimmt, wie die alten Deutschen, Araber und Otaheiter nur Fremde, nie aber Inländer bestehlen – daß er keusch ist und lieber die Geldkatze eines Kaufmanns als den Gürtel der Venus löset – daß er Armen ganz anders beispringen wollte, wenn er so viel Pfennige hätte wie der und der – daß er aber gleichwohl sein bißchen sich so wenig wie der Traurige seinen Kummer nehmen lasse und daß er einmal am Jüngsten Tage werde befragt werden, ob er mit seinen Pfunden (Sterling) gewuchert. – –

Dieser verkäufliche Charakter im Zeitungkomptoir ist wie ein englischer Missetäter Ware und Verkäufer zugleich und will vom Romanschreiber nichts für sein ganzes Wesen haben als gratis den Roman, in den er geworfen wird.

So weit Fenk, der alle Menschen trug, aber keinen Unmenschen, keinen Filz. Ich habe diesen unvollkommnen Charakter für meine Biographie an mich gehandelt (denn er selber existiert auch biographisch unter dem Namen Röper); es fehlet ihr ohnehin an echten Schelmen merklich; ja wenn ich auch Röpern mit den Teufeln der epischen Dichter vergleiche und mich mit den Dichtern selber: so sind wir beide doch nicht sehr groß.

Wenn die Leser einen Brief vom Doktor Fenk hätten, der seine vorige Härte entschuldigte – der uns an Scheerau, an den Doktor und an eine mir so liebe Person erinnerte und der zum Ganzen recht paßte: so würden sie den Brief in die Lebensbeschreibung mit einknüpfen. Ich habe den nämlichen Brief und das nämliche Recht; und schicht' ihn hier ein.

Fenk an mich

»Nimm den armen Überbringer dieses zum Klienten an; der Maußenbacher hat seine Saug- und Schöpfwerke dem armen Teufel eingeschraubt und zieht. Die sämtlichen Spitzbuben von Advokaten in Scheerau dienen ihm gegen keinen reichen Edelmann zu Patronen, den sie einmal zu ihrem eignen zu bekommen wünschen.

Ich bin zwar selber täglich in Maußenbach und advoziere; aber der Knikker nimmt keine uneigennützigen Gründe an; und sonst hat Röper für alles andre Gefühl und Vernunft. Es wird einmal eine Zeit kommen, wo man unsre vergangne Dummheit so wenig begreifen wird als wir künftige Weisheit, ich meine, wo man nicht bloß, wie jetzo, keine Bettler, sondern auch keine *Reichen* dulden wird.

Vom Vater einer schönen Tochter zwingt man sich gut zu denken. Ich nötige mich auch: an deiner Klavierschülerin Beata sahest du nur die grünen Blätter unter der Knospe; jetzo könntest du die aufbrechenden Rosenblätter selber sehen und den Duft-Nimbus darum. Eine solche Tochter eines solchen Vaters! Das heißt, die Rose blüht auf einem schwarzen, im Schmutze saugenden Wurzelgeflecht.

Ich bin dort, sie zu heilen; der Alte will für sein Geld was haben; aber in Maußenbach bedenkt kein Mensch, daß der Abt Galiani, den man vier Tage vor meiner Abreise aus Italien begrub, gesagt hat, daß die Weiber ewige Kranke sind. Jedoch bloß an Nerven; die Gefühlvollsten sind die Kränklichsten; die Vernünftigsten oder Kältesten sind die Gesündesten. Wenn ich ein Fürst wäre: ich resolvierte fürstlich und setzte in einem allerhöchsten Reskript Hausarrest darauf, wenn eine Frau auch nur einen einzigen Medizinlöffel austränke. Ihr armen hintergangnen Geschöpfe, warum habt ihr so viel Zutrauen zu uns Männern überhaupt und zu uns Doktoren insbesondere und lasset es euch gern gefallen, daß wir, die Arzneigläser wie in einer Reiheschank verzapfend, euch auf einem Medizinwagen so lange spazieren fahren, bis wir euch auf den Leichenwagen abladen? ... So sagt' ich manchmal zu ihnen; und dann nahmen sie alle Arzneien noch lieber ein, die ich ihnen verordnete.

Die einzigen Arzneien, die Weibern mehr nützen als schaden, sind höchstens Kleider. Nach vielen Naturforschern verlängert das Mausern das Leben der Vögel; aber auch das der Weiber, setz' ich dazu, die allemal so lange siechen, bis sie wieder ein neues Gefieder anhaben. Aus der Therapeutik lässet sichs schlecht erklären; aber wahr ists; und je vornehmer eine ist, mithin je kränklicher, desto öfter muß sie sich mausern, wie auch der Sumpfsalamander sich alle fünf Tage häutet. Ein weiblicher Krebs, der auf eine neue Schale wartet, hockt erbärmlich in seinem Loche. Jedes Gift kann ein Gegengift werden; und da gewiß ist, daß Kleider Krankheiten geben können, z. B. die Hektik, Pest etc.: so müssen sie unter Anleitung eines vernünftigen Arztes auch Krankheiten heben können. Ein aufgeklärter Medikus wird meines Bedünkens, wenn die Hällische Hausapotheke, d. i. die Kleiderkommode, nichts hilft, aus keiner Apotheke als aus dem Auerbachischen Hofe in Leipzig rezeptieren. Da du mancher Preßhaften damit beispringen kannst: so will ich dir aus meiner weiblichen materia medica folgende offizinelle Halstücher, Kleider etc. hersetzen:

Stahlarzneien sind Stahlrosetten und Stahlketten. Der Stahl- und Magenschild des atlassenen Gürtels erwärmt den Magen und andre intestina sehr.

Die Edelsteine, die sonst aus Apotheken gegeben wurden, sind noch jetzo äußerlich gut zu gebrauchen.

Blumenbouquets, sobald sie von Seide sind, sind probate Arzneipflanzen und stärken durch den Geruch das Gehirn.

Schals sind Brustarzneien, und nicht ein roter Faden (welches Aberglaube ist), sondern ein Halsband mit einem Medaillon ist nach neuern Ärzten kranken Hälsen dienlich.

Mit der peruvianischen Rinde wird viel betrogen, aber echte ist ein Rock à la peruvienne.

Da alle Wunden nach der neuern Chirurgie durch bloße *Bedeckung* geheilet werden: so tut statt des englischen Taftpflasters bloßer Taft am Leibe dieselben Dienste.

Ein neuer Visitenfächer ist bei starken Ohnmachten unentbehrlich; ob aber ein Muff unter die erweichenden Mittel, falsche Touren unter die Haarseile, und ein Sonnenschirm unter die kühlenden Mittel, und eine Kleidgarnitur unter die Bruchbänder und Bandagen gehöre – das können ein oder dreihundert Beispiele noch nicht erweisen.

Wir halten uns lieber daran, daß ein Frisierkamm ein Trepan gegen Kopfübel, eine Repetieruhr gegen intermittierenden Puls und ein Ballkleid ein Universale gegen alles ist.

So ist also, scherzhaft zu reden, der Damenschneider ein Operateur, sein Nähfinger ein Arzneifinger, sein Fingerhut ein Doktorhut....

... Warum vergaß ich dich, edle Beata? Dich heilt eine Parüre nicht; und wenn künftig einmal dein schönes Herz erkrankte: so würde nichts es heilen als das beste Herz, oder es stürbe. – –

Wundere dich über mein Feuer nicht. Ich komme gerade von ihr und vergesse alle Fehler, die ich vor vierzehn Tagen noch von ihr wußte. Mädchen, die oft krank sind, gewöhnen sich eine Miene von geduldigem Ergeben an, die ›*zum Sterben schön*‹ ist. Ich habe ihren Lieblingausdruck unterstrichen, aber nur von ihrer Zunge kann er im schönsten sterbenden sinkenden Laute fließen. Diese Geduld gewöhnet ihr außer ihren ewigen Kopfschmerzen auch ihr Vater an, der sie gleich sehr quält und liebt und der ihr zu Gefallen (nach dem Egoismus des Geizes) eine Welt abschlachtete. Wenn die *Seele* mancher Menschen (sicher auch diese) zu zart und fein für diese Morast-Erde ist: so ist es auch oft der *Körper* mancher Menschen, der nur in Kolibri-Wetter und in Tempe-Tälern und in Zephyrn ausdauert. Ein zarter Körper und ein zarter Geist reiben einander auf. Beata hängt, wie alle von dieser Kristallisation, ein wenig zur Schwärmerei, Empfindsamkeit und Dichtkunst hin; aber was sie in meinen Augen hoch hinaufstellt, ist ein Ehrgefühl, eine demütige Selberachtung, die (meinen wenigen Bemerkungen nach) ein Erbteil nicht der Erziehung, sondern des gütigsten Schicksals ist. Diese Würde sichert ohne prüde Ängstlichkeit die weibliche Tugend. Wenn man aber dieses weibliche point d'honneur erst einerziehen, ja einpredigen muß – ach wie leicht ist nicht eine Predigt besiegt! – Weiber, die sich selber achten, umringt eine so volle Harmonie aller ihrer Bewegungen, Worte, Blicke! ... Ich kann sie nicht schildern, aber die sind zu schildern, die der Rose gleichen, welche unten, wo man sie nicht bricht, die längsten und härtesten Dornen hat, aber oben, wo man sie genießet, sich nur mit weichen und umgebognen verpanzert.

Ich weiß nicht, ob es dir etwas Altes ist, daß Töchter ihren Müttern jede Wahrheit und alle Geheimnisse sagen; mir ists etwas Neues, und nur eine beste Tochter, wie Beata, kann es.

Vor vierzehn Tagen erinnerte ich mich eines Fehlers von ihr nicht so schwach als heute, welcher der ist, daß sie zu wenig Freude an der – Freude und zu große an traurigen Phantasien hat. Es gibt zu weiche Seelen, die sich nie freuen können (so wie nie beleidigt fühlen), ohne zu weinen, und die ein großes Glück, eine große Güte mit einem seufzenden Busen empfangen. Wenn aber diese vor rohen Seelen stehen, die den verborgnen Dank und die stumme Freude nicht erraten können: so werden sie gezwungen, nicht Empfindung, aber den Ausdruck derselben vorzuheucheln. Beatens Vater will für jedes seiner Geschenke, deren Wert er bis zu Apothekergranen auswiegt, eine springende Freude; sie hingegen fühlt höchstens später darauf eine; die Erscheinung irgendeines lichten Glücks selber blitzet ihr auf einmal über alle traurige Tage hin, die wie Gräber in ihrer Erinnerung liegen. Auch an dieser Beata seh' ichs wieder, daß der weibliche Leib und Geist zu zart und zu wallend, zu fein und zu feurig für geistige Anstrengung sind und daß beide sich nur durch die immerwährende Zerstreuung der häuslichen Arbeit erhalten; die höhern Weiber erkranken weniger an ihrer Diät als an ihren exzentrischen Empfindungen, die ihre Nerven wie den Silberdraht durch immer engere Löcher treiben und sie aus Fadennudeln in geometrische Linien zerdehnen. Eine Frau, wenn sie *Schillers* Feuerseele hätte, stürbe, wenn sie damit eines seiner Stücke machte, im fünften Akte selber mit nach.

Ich verstehe deine verliebte Fragartikel recht gut: freilich steigt der geheime Legationrat von *Oefel* hier oft aus. Er scheint zwar keine zärtlichern Geschäfte hier zu haben als kaufmännische und vom Kommerzien-Agenten nichts verschrieben zu fodern als Pfeffer für Zeylon und Muskatnüsse für Sumatra, folglich seine Tochter und ihre Güter am allerwenigsten. – Desgleichen ist die *Ministerin*, dieser Zoll- und Almosenstock voll männlicher Herzen, zwar auch mit da und hat Oefels angeöhrtes oder gehenkeltes schon an ihren Reizen hängen; aber der Teufel trau' geheimen Legationräten, zumal Oefeln. Ich sage dir, er mag Beaten kapern oder nicht, so wundert mich jedes. Du wirst dich freilich damit trösten, lieber Jean Paul, daß du erstlich größere Reize hast als er und zweitens gar nicht weißt, daß du die Reize hast, welches in der Konversation viel tut. Es ist wohl etwas daran; denn Oefel will nicht sowohl gefallen als bloß zeigen, daß er gefallen könnte, wenn er nur wollte, und er erlaubt sich daher alle Launen, bloß damit man etwas zu tadeln und zu vergeben und er gutzumachen habe; er ist auch – weil ein Hofmann und ein Demant außer der Härte noch reine Farbenlosigkeit haben müssen, um fremde Farben und Lichter treuer nachzustrahlen – sogar zu einem Hofmann zu eitel und kauft sich mit fremder Gunst nur seine eigne. Ich will dich mit noch mehr ›Zwars‹ trösten, bis ich meine Aber hole. Beata sieht zwar aus, als ob sie sich alle Minuten frage: ›warum bewunder' ich ihn nicht?‹; die Ministerin sieht aus, als ob sie jene alle Minuten frage: ›warum beneidest du mich nicht, da mein Lehnmann ein Forte-Piano mit hundert Zügen und Tritten ist wie ich selber?‹ – denn er behält keine Stellung und kann sich in jede wagen; jede Bewegung scheint aus der andern herzufließen; seine Seele ändert ebenso spielend wie der Körper die Positionen und biegt sich, wie ein Springbrunnen bei Wind, in die entlegensten Materien hinüber; ihn macht nichts irre, er jeden; er weiß hundert Eingänge zu einer Predigt, fängt an, um anzufangen, bricht ab, um abzubrechen, und weiß selber nicht eher als seine Zuhörer, was er will – – kurz es ist ein Nebenbuhler, lieber Paul! – Ich kann jetzt das versprochene Aber nicht recht hereinbringen.

Aber obgleich meine schöne Patientin ihn so kalt überblickt wie einen, der uns ein Kleid anprobiert, so setzt er doch das Gegenteil voraus und wirft Leuchtkugeln zu seiner Erhellung und Dampfkugeln zu ihrer Verfinsterung in sie und sticht schon im voraus die Münzstempel für seine künftige Eroberung-Medaillen. – Männer oder Männchen wie Oefel haben einen solchen Überfluß von Treue, daß sie ihn nicht *einer*, sondern unter tausend Weibern verteilen müssen; Oefel will ein ganzes weibliches Sklavenschiff kommandieren: er fragt dabei nach dir so wenig wie nach der Ministerin, die ihn liebt, weil es ihr letzter Liebhaber ist, und die er liebt, erstlich weil er an ihrem Triumphwagen, vor welchem sonst mehre Tröpfe eingespannt waren, gern als Gabelpferd allein ziehen will, zweitens weil sie mehr List und weniger Empfindung als er besitzt und ihn beredet, es sei gerade umgekehrt.

Da ich nun unsere Beata, die du gern in dein Leben und in dein Buch hineinhaben möchtest, in das Leben und das Buch des Oefels (er ist auch über einem) verflechte, so hab' ich, trauter Paul, dem alten Röper so viele Kabinett-Predigten darüber gehalten, daß die Kränklichkeit seiner Tochter nicht durch *einen*, sondern durch ein paar hundert Ärzte zu besiegen sei, d. h. durch Gesellschaft – daß der Alte ihr eine Gesellschaft oder vielmehr sie einer geben will, ohne selber für eine die Alimentengelder auszugeben. Er will sie auf irgendein Beet des Hofgartens verpflanzen: ›Sie soll auch

Welt mitkriegen‹, sagt er und hat selber keine. Er würde, wenn er dürfte, die ganze weibliche Welt von ihren Altären und Bilderstühlen und Präsidentenstühlen und ordentlichen Sesseln auf Melkstühle und Werkstühle und Schemel herabziehen und drücken; gleichwohl sollen seiner Tochter durch Juden und durch Diamant-Pulver Facetten oder Glanzecken angeschliffen werden, die er selber hasset. Ist sie am Hofe, so sieht sie nachher der Legationrat alle Tage – und Jean Paul hat nichts.

Dieser Jean fragte mich auch pfiffigerweise, ob er nicht Gerichthalter beim Vater der besagten Tochter werden könne, weil er, der Jean, von dem Abdanken des jetzigen gehört habe – Herr *Kolb* (eben der Gerichthalter) ist aber noch da, zankt sich noch, sagt jede Woche: ›Wenn jeder *die* Streiche von Röper wüßt', die ich‹....; Röper sagt jede Woche: ›Wenn jeder die Streiche von Kolb wüßte, die ich‹...., und so sind beide aneinander durch wechselseitige Besorgnisse geleimt. – – Jetzt ist ohnehin nicht daran zu denken; denn in vierzehn Tagen lässet sich der alte Röper von seinem Rittergute huldigen. Ein Geiziger scheuet sich, zu ändern und zu wagen.

›Warum lässest du deine gute Schwester so lange im giftigen Hüttenrauche des Hofes stehen? Ist das, was sie dort gewinnen kann, wohl so viel wert wie das, was sie mitbringt und dort verlieren kann, ihr reines, weiches, obgleich flüchtiges Herz? Auf meinen Reisen dacht' ich anders, aber jetzt in der Einsamkeit ist mir ein kokettes Insekt, eine kokette Krebsin, die bald vor-, bald rückwärts kriecht, die ihre große und kleine Scheren immer aufsperrt und sie immer wieder erzeugt, wenn man sie abgerissen, die in der Brust statt des Herzens einen Magen trägt und doch kaltblütig ist wie alle Insekten, eine solche inkrustierte Krebsin ist mir widerlicher als eine schalenlose in der Mause der Empfindsamkeit, die zu weich ist und aus der Romanschreiber die empfindsame Krebsbutter machen. Empfindelei bessert sich mit den Jahren, Koketterie verschlimmert sich mit den Jahren. – Warum schaffst du deine Philippine nicht nach Haus?‹ Auf diese Fragen hat mir Jean Paul nicht geantwortet; ich aber auf seine: denn ich räche mich nicht; ich wünschte vielmehr, besagter Paul drückte Beatens Finger heute an unrechte Finger mehr als auf die rechten Tasten und jetzt im Lenz-Alter sähe sie sich neben dem Klavier fragend nach Paulo um und überleuchtete ihn mit dem blauen Himmel ihres weiten Auges; der arme Teufel, eben der Paul, würde sich nicht mehr kennen und dann sagen: ›Ohn' ein schönes Auge geb' ich für alles andre Schöne nicht einen Deut, geschweige mich; aber über ein Himmels-Augenpaar vergess' ich alle benachbarte Reize und alle benachbarte Fehler und den ganzen *Bach* und *Benda*, wie er ist, und meine *Mordanten* und die falschen Quinten und weit mehr.‹ Leb wohl, Vergeßlicher!

Dr. *Fenk*.«

Wir verstehen uns, herzlicher Freund; wer selber einmal Satiren geschrieben hat, vergibt alle Satiren auf sich, zumal die boshaftesten, bloß die dummen nicht. Aber, ob es der Doktor gleich im Scherze verfochten hat, so muß ich doch solche Leser, die weit von Scheerau wohnen, ohne Rücksicht auf mich benachrichtigen, daß der besagte Legationrat Oefel die unbedeutendste Haut ist, die wir beide nur kennen, wie er denn bloß unter Weibern weniger, aber unter Männern allzeit verlegen ist und im kleinen Zirkel viel mehr als im großen, zu geschweigen, daß er immer *die* Aufmerksamkeit aufsucht und auch erjagt, welche bescheidne Leute geschickt vermeiden, die allgemeine nämlich. Wenn ihm diese überall gelingt: so soll er sie doch nicht in meinem Buche haben.... Die folgende Sache ist freilich unmöglich – zumal meiner verdammten lang- und kurzbeinigen oder *spondäischen* Stellage und Konsole wegen, auf die mein übrigens von Kennern beurteilter Torso gelagert ist – – aber ausmalen kann sich doch ein Mensch die unmögliche Sache, welche diese ist, daß ich mich einmal Beaten mit einer Lieberklärung zeigte und so – wider eigne Erwartung – selber der Held dieser Lebensbeschreibung und sie die Heldin würde – – ich bin ordentlich verdutzt, denn ich wollte wahrhaftig nur sagen und setzen, daß ich bei Röper Gerichthalter würde und hernach im Grunde – weil ich jeden Gerichttag zärtlich wäre, oder eine zärtliche Bestie, wie eine Frau sich ausdrückt, die mehr zum *schönen* als *schwachen* Geschlecht gehört – gar sein Schwiegersohn – Mit Freuden wollt' ich dem so guten Leser, der Mitfreude fühlt, alles biographisch beschreiben und ihn ergötzen.... Aber, wie gesagt, die Sache ist fatalerweise wohl unmöglich, so weit ich in die Zukunft schauen kann; und dies bloß eines verdammten unsymmetrischen Drahtgestelles wegen, das doch der, den sein Unglück darauf geheftet, durch tausend Glasuren und Rasuren wieder gutmachen will und auf welchem ja Epiktet gleichfalls lange stand.

Im Feuer bin ich ganz aus meinem biographischen Plan herausgegangen; es sollte bisher der Lesewelt geschickt verhalten werden (und glückte auch), daß alle diese Avantüren noch nicht alt sind und daß in kurzem das Leben dieser Personen mit meiner Lebensbeschreibung davon Hand in Hand gleichzeitig gehen werde – – Jetzt aber hab' ich alles losgezündet – Es muß nun überhaupt ein neuer Sektor angefangen werden, worin mehr Vernunft ist...

Neunzehnter Sektor

Erbhuldigung – Ich, Beata, Oefel

Vierzehn Tage nach Fenks Brief.... Ist aber auf Leser zu bauen? – Ich weiß nicht, wohers beim deutschen Leser kommt, ob von einem Splitter im Gehirn oder von ergossener Lympha oder von tödlichen Entkräftungen, daß er alles vergisset, was der Schriftsteller gesagt hat – oder es kann auch von Infarktus oder von versetzten Ausleerungen herrühren: genug der Autor hat davon die Plackerei. So hab' ichs schon auf einer Menge Bogen dem Leser durch Setzer und Drucker sagen lassen (es hilft aber nichts), daß wir 13 000 Taler beim Fürsten stehen haben, welche kommen sollen – daß ich zwar keine Jura studiert, daß ich aber doch, während ich mich zum Advokaten examinieren lassen, manchen hübschen juristischen Brocken weggefangen, der mir jetzo wohl bekommt – daß Gustav Kadett werden soll und ich Gerichthalter werden will – daß Ottomar unsichtbar und sogar unhörbar ist – und daß mein Prinzipal zu viel verschleudert! – –

Leider freilich: denn solang' er noch ein Zimmer oder einen Pferdestand ohne tierischen Kubik-Inhalt weiß: so hängt er seine Angelrute nach Gästen ein. Er ist wie die jetzigen Weiber nirgends gesund als im gesellschaftlichen Orkan und Visiten-Dickicht – er und diese Weiber steigen aus einem solchen lebendigen *Menschen-Bad* so verjüngt und neugeboren wie aus einem *Ameisen-* und *Schnecken-Bad.* Er kann sich nie schmeicheln, hier nur die geringste Ähnlichkeit (geschweige mehr) mit dem Kommerzien-Agenten Röper zu haben, der in der Einsamkeit eines Weisen und Rentierers stille nachdenkt über Hausprozesse und rückständige Zinsen und der es weiß, daß sein Schloß nur Schenk- und Kruggerechtigkeit besitzt und also niemand über Nacht beherbergen darf. – Falkenberg! hör auf den Biographen! Ziehe deinen Beutel, dein Schloßtor und dein Herz zuweilen zu! Glaube mir, das Schicksal wird deine großmütige Seele nicht schonen, das rennende Glück wird dein weiches Herz mit seinem Rade überfahren und zerschneiden, um sein Lottorad hinter seiner Binde vor einem Röper auszuladen! O Freund! es wird dir alles nehmen, was du dem fremden Elend oder der eignen Freude geben willst, nicht einmal den Mut wird es dir lassen, dein beschämtes Herz mit seinen Wunden an einem Freunde zu verbergen! – und wie soll es dann deinem Sohn ergehen? –

Und doch! – ich tadle dich nur *vorher;* aber *nachher,* wenn du dich einmal unglücklich gemacht durch Glücklich-Machen: so findest du Achtung in jedem guten Auge, Liebe an jeder guten Brust!

... Also vierzehn Tage nach Fenks Briefe, als mein Zögling schon achtzehn Jahre, aber noch ohne die Kadettenstelle war, saß bei meinem Prinzipal ein bureau d'esprit böheimischer Edelleute und hatte feurige Pfingst-Zungen und März-Bier. Ich hatte nichts, war aber mit drunter: ich konnt' es meinem guten Rittmeister nie abschlagen, sondern vermehrte, wenn nicht die Gesellschafter – man schätzet Menschen von einer gewissen zu großen Feinheit erst dann am meisten, wenn man von ihnen weg ist unter Menschen von einer gewissen Grobheit –, doch die Leute. Manche Menschen sind wie er Visiten-Preßknechte und können nicht genug Leute zusammenbitten, ohne zu wissen weswegen, ohne sie zu lieben; Taubstumme lüde Falkenberg ein. Es hat für die Leser Folgen, daß ich sagte: »Heute lässet sich Röper huldigen.« Falkenberg, der gern Böses von andern sprach und ihnen nichts als Gutes tat und der seinen abwesenden Erbfeinden, d. h. Geizigen, gern Erbsen auf den Weg streuete und diese doch wieder wegfegte, wenn jene fallen wollten, dieser war froh über meinen Gedanken und über seinen: »Wir sollten«, sagt' er, »ihm (Röper) zum Ärgernis heute alle hinreiten.« – In sechs Minuten saß das trinkende bureau d'esprit und der Hofmeister auf den Gäulen; Gustav nicht: er war für ein schöneres Schwärmen gemacht als für ein lautes. Daher verwickelte Gustavs *inneres Leben* mich oft bei seinem Vater, der *äußeres* forderte, in den verdrüßlichen und vergeblichen Versuch, daß ich ihm beibringen wollte, worin eigentlich der hohe Wert seines Sohnes läge – für einen Hofmeister, der auf Ehre hält, ist dergleichen zu fatal.

Wir sahen auf unsern Pferden *Maußenbach*, das vor seinem adeligen Bojaren stand und ihm die Feudal-Krone auf seinen italienischen Kopf setzte. Neben dem gehuldigten Lehenherren stand sein Justiz-Departement, sein Akzis-Kollegium, seine geheime Landesregierung, sein Departement der auswärtigen Angelegenheiten – nämlich Herr *Kolb*, der Gerichthalter, der alle diese Kollegien vorstellte. Dieses Miniatur-Ministerium des Miniatur-Souveräns hatte auf einer Wiese – das konnten wir von weitem sehen – einen langen Brief in der Hand, woraus es den Leuten alles vorlas, was zu beschwören war; die hundert Hände der Eidgenossenschaft zogen sich dann durch die härtenden zwei Hände Röpers und Kolbes hindurch und versprachen, dem Edelmann gern zu gehorchen, falls er seines Orts versprechen wollte, zu befehlen.

Aber nach *Freud'* kommt Leid, nach Erbhuldigung ein bureau d'esprit... Im achtzehnten Jahrhundert sind allerdings viele Menschen erschrocken und sehr, z. B. die Jesuiten, die Aristokraten, auch Voltaire und andre große Autores erschraken oft ziemlich – aber es erschrak doch keiner im ganzen aufgehellten Jahrhundert so als der Kommerzien-Agent, da er sah, was kam; da er sah 15 Menschenköpfe und 15 Roßköpfe zwischen einem Artillerietrain von Hunden oben über den Berg hinunterziehen, die sämtlich in seinem Schlosse nichts zu suchen hatten, aber zu finden genug. Da aber auch zweitens niemand im achtzehnten Jahrhundert seltner zu Hause war als er – er war es zwar, hockte aber hinter Spiegelglas-Fenster wie hinter Brandmauer und Schanzkorb, weil sie ihm wie ein Gyges-Ring die Sichtbarkeit benahmen –, so hätt' er sich helfen und für so viele Säugetiere ebenso viele Meilen entfernt sein können; aber auf der Wiese wars nicht zu machen. Ein fröhlicher Mensch, und wär' es ein Geiziger, will Fröhliche machen: Röper erschrak – erstaunte – resignierte – und empfing uns freudiger, als wir errieten. Er blieb im Geben heute, *weil* er einmal im Geben war.

Denn seine Lehnleute, die heute den Verstand verschworen hatten, sollten ihn auch vertrinken; einige sauer erworbene und ebenso sauer schmekkende zwei Eimer hatt' er als Gefangne aus ihrem Burgverlies am Kröntage losgelassen – er hatte die Fässer ihnen mit doppelter Kreide weniger *angeschrieben* als getüncht und *leuteriert* und Fleckkugeln von Kreidenerde so lange in Hängbettchen darein eingesenkt gehabt, daß das Gesöff fast am Ende zu gut war, um verschenkt zu werden. Der Filz sucht zu ersparen, sogar indem er verschenkt. Übrigens sprang er mit seinen Lehn-Untertanen zutraulicher und freigebiger um als mit uns geadelten Gästen; – »so handelt ein Mann stets, der keinen Adelstolz besitzt«, sagt der Rezensent; aber »so handelt der Knicker stets, dem geringere, aber silberhaltige Leute lieber sind als standmäßige nehmende Gäste und der einen eignen Bedienten über einen fremden Freund und über den Stand die Nutzbarkeit hinaufsetzt«, sag' ich. – Luise, die Kommerzien-Agentin von Röper, legte jeder Bier-Arche ihres Mannes noch eine kleine Schaluppe zu; seine Geschenke waren ihr allemal ein Vorwand, geheime Zusätze dazu zu machen. Nur befahl sie dem Dorfrichter, ein wachsames Auge darauf zu haben, daß ihr von der Bierhefe nichts verloren gehe. Die Natur hatte ihr eine freie liebende Seele gegeben; aber eben diese Liebe für ihren Mann ließ ihr von seinen Fehlern wenigstens den Schein.

Du treues Herz! Lasse mich einige Zeilen bei deiner ehelichen Uneigennützigkeit verweilen, die alle eigne Wünsche für Sünden und alle Wünsche ihres Mannes für Tugenden hält, und der kein Lob gefället als eines auf den, welchen du übertriffst! Warum bist du nicht einer Seele zugefallen, die dich nachahmt und kennt und belohnt? Warum waren dir für deine Aufopferungen, für deine Herzensrisse hienieden keine schmerzstillenden Tropfen als die beschieden, die deinetwegen aus den schönen Augen deiner Tochter fallen? – Ach du erinnerst mich an alle deine Leidens-Mitschwestern. – Ich weiß es zwar aus meiner Seelenlehre recht gut, ihr armen Weiber, daß euere Leiden nicht so groß sind, als ich mir sie denke, eben weil ich sie denke und nicht fühle, da der Blitz, der in der Ferne der Vorstellung zu einer Flammen-Schlange wird, in der Wirklichkeit nur ein Funke ist, der durch mehre Augenblicke schießet; aber kann sich ein Mann, ihr weiblichen Wesen, die Seelen-Schwielen und Brüche denken, die sein grober, von Waffen gehärteter Finger in euere weichen Nerven drücken muß, da er nicht einmal so sanft mit euch umgeht, wie ihr mit ihm, oder er selber mit saftvollen glatten Raupen, die er nur mit dem ganzen Blatte, worauf sie liegen, wegzutragen wagt? ... Und vollends eine Luise und eine Beata! – Aber wäre Jean Paul nur euer Gerichthalter, wie ihm der Alte zugesagt, er wollt' euch trösten genug....

Es ist aber auf den Alten schlecht zu bauen: schleicht er nicht in ganz Unterscheerau umher und voziert im voraus alle Advokaten zu einer Gerichthalterei, um uns Rechtsfreunde durch die Hoffnung, unter ihm zu dienen, vom Entschlusse wegzubringen, gegen ihn zu dienen? – Inzwischen muß ers doch mit *einem* ehrlich meinen, der ich wohl bin.

Als die böheimische Ritterschaft und ich von der Wiese ins Schloß eintraten: so stieß sie und ich auf etwas sehr Schönes und auf etwas sehr Tolles. Das Tolle saß beim Schönen. Das Tolle hieß Oefel, das Schöne hieß Beata. Der Himmel sollte einem Autor eine *Zeit* geben, sie zu schildern, und eine *Ewigkeit*, sie zu lieben; Oefeln kann ich in drei Terzien ausmalen und auslieben. Es gereichte mir und ihr zur Ehre, daß sie in ihrem alten Klavier-Lehrer sogleich den Bekannten wiederfand; aber es gereichte mir zu keiner Freude, daß sie am Bekannten nichts Unbekanntes entdeckte und daß sie bei meinem Anblick sich nicht erinnerte, aus einem Kind ein Frauenzimmer geworden zu sein. – Es gibt ein Alter, wo man Schönen doch verzeiht, wenn sie uns auch nicht bemerken und nicht annehmen. O ich verzieh dir alles, und der größte Beweis ist der, daß ich davon spreche. – Der junge Jüngling bewundert und begehrt zugleich, der ältere Jüngling ist fähig, bloß zu bewundern. Beatens Empfindungen und Worte sind noch der blendend weiße und reine frische Schnee, wie sie vom Himmel gefallen sind: noch kein Fußtritt und kein Alter hat diesen Glanz beschmutzt. Sie wurde noch schöner, weil sie heute tätiger war als sonst und ihre schönen Schultern den Lasten der Mutter lieh; die blasse *Mond-Aurora*, die sonst auf ihren Wangen den ganzen Himmel weiß ließ, überfloß ihn mit einem Rosen-Widerschein; auch die fremde Freude, für die sie heute tätig war, gab ihr das erhöhte Kolorit, das sie sonst durch eigne verlor. – Die Mädchen wissen nicht, wie sehr sie Geschäftigkeit verschönere, wie sehr an ihnen und den Taubenhälsen das Gefieder nur schillere und spiele, wenn sie sich bewegen, und wie sehr wir Männer den Raubtieren gleichen, die keine Beute haben wollen, welche festsitzt.

Ihre Mutter sagte mir freudig die Ursache, weswegen der Legationrat dasitze: er hatte Beaten eine Einladung von der Residentin von Bouse gebracht, auf ihr Landgut zu kommen, wo meine Schwester auch ist. Das neue Schloß Marienhof liegt eine halbe Stunde von der Stadt; am neuen hat Oefel das alte innen, das vielleicht durch geheime Türen mit jenem zusammenhängt. Er gab unhöflicherweise zu erraten, ohne sein feines Intrigieren – d. h. er machte, wie die Advokaten, über den schmalsten Bach eine Brücke statt eines Sprunges – wär' es hinkend gegangen. Unmöglich kann ein solcher eitler Narr von seinem Herzen einen Schiefer-Abdruck in einen so edlen Stein, als Beata ist, ausprägen. Wenn sie auch der Faselhans künftig alle Nachmittage im neuen Schlosse umlagert, wie er tun wird: so kann ich mich doch darauf verlassen – ja ich wollte dafür schwören. Ein Haselant seiner Größe kann zwar ein paar eckige begrasete Landfräulein (wie heute geschah) zu einem verliebten Erstaunen über seine Glockenpolypen-Drehungen, über seinen Mut, über seinen Verstand (d. h. Witz) und seine Unverschämtheit zwingen, statt Damen und Schönen bloß zu sagen Weiber – das kann er und mehr, sag' ich; aber von Beatens Herz werden ihn ewig alle ihre Tugenden trennen; sie wird neben seiner Liebe zur Ministerin seine zu ihr selber gar nicht sehen und nicht glauben; sie wird ihre Seele keinen Oefelschen empfindelnden Floskeln öffnen, die, wie das falsche Geld, bald zu groß sind, bald zu klein. – Sie wird vielmehr finden, mit einem ehrlichen Jean Paul sei mehr anzufangen; sie wird, hoff' ich, besagtem Paul die Ähnlichkeit, die er mit Oefel in einigen Vorzügen haben mag, gern verzeihen, da er ohne seine Fehler ist und mit einem treuen bescheidenen Herzen vor ihr steht, das kaum den Mut hat, ihr das feinste Goldblatt des Lobes leise aufzuhauchen, und welches schweigt, auch mißverstanden, und zurückweicht, auch ohne versucht zu haben...... Sie wird in ihrem Urteile gerade so von den alten Landfräulein abweichen wie ich von den jungen Landjunkern, die mit dasaßen. Denn Oefels Erscheinung nahm ihnen allen vorigen Witz und Verstand, und sein quecksilberner Anstand goß alle ihre Glieder mit Blei aus; sie zogen in einer Falkenbeize, wo ein solcher Vogel die weiblichen Herzen stieß, ihre plumpen Schwingen an sich und bewunderten vermöge der männlichen Aufrichtigkeit statt der weiblichen Reize seine – Hingegen Jean Paul blieb, wie er war, und ließ sich nichts anhaben.

Ich würde manchen deutschen Kreis auf die Vermutung einer heimlichen Eifersucht bringen, wenn ich gar nichts zum Lobe Oefels sagte: er versprach am nämlichen Nachmittag meinem Zögling einen großen Dienst. Er hielt sich nämlich, ob er gleich das alte Schloß neben der Residentin zur Miete hatte, nicht darin, sondern im Scheerauer Kadettenhause auf und rückte von Zimmer zu Zimmer, um – da ihm sein hoher Stand verbot, sich sonderbar zu kleiden – wenigstens sonderbar zu handeln; er wollte da Menschen studieren, um sie in Kupfer stechen zu lassen. Er setzte nämlich einen Roman als eine kurze Enzyklopädie für Erbprinzen und Kronhofmeister auf und schrieb auf den Titel »Der Großsultan« – Dieser Fenelon machte den Harem seines Telemachs zu einem Spiegelzimmer, das den ganzen weiblichen Scheerauer Hof widerspiegelte, sein Werk war ein Herbarium vivum, eine Flora von allem, was auf und am Scheerauer Throne wächset, vom Fürsten an bis, wenn er sich noch erinnert, zu mir. Wenns erscheint, verschlingen wirs alle, weil er uns selber darin verschlungen. Die Rezensenten werden nichts darin finden, sondern sagen: »Triviales Zeug!« – Da er nichts tat, was er nicht vorher und nachher aller Welt vortrompetete: so hatt' es sogar mein Rittmeister gehört, daß er beim Kadettengeneral so lange und so fein intrigiert hatte, bis er statt eines aufsehenden Offiziers die Zimmer des Kadettenschulhauses bewohnen und wechseln durfte; und so kam unser Fürst diesem Menschen-Naturforscher ebenso mit einer menschlichen Menagerie zu Hülfe, wie Alexander dem Aristoteles mit einer tierischen. Der Rittmeister trat also mit seiner siegenden Menschenfreundlichkeit zu ihm und bat ihn, sich für seinen Gustav beim Kadettengeneral geschickt zu verwenden, damit er einmal unter dessen Fahne käme. Der Protektor Oefel sagte, nunmehr sei es schon so gut als richtig; er entzückte sich selber mit der Vorstellung, einen unter der Erde erzognen Sonderling zum Stubenkameraden und zum sitzenden Urbilde zu bekommen.

Die Strahlenbrechung zeigt Schiffern das Land allezeit um etliche hundert Meilen näher, als es liegt, und stärkt durch so einen unschuldigen Betrug sie mit Hoffnung und Genuß. Aber auch in der moralischen Welt ist die wohltätige Einrichtung, daß Fürsten und ihre Ministerien uns *Bittsteller* (so will Campe statt Supplikant hören) dadurch froh und munter erhalten, daß sie uns durch eine Augen-Täuschung die Hofstellen, Ämter, Gnaden, die wir haben wollen, allzeit um einige hundert Meilen oder Monate näher – wir können sie mit der Hand erlangen, denken wir – sehen lassen, als sie wirklich sind. Diese Täuschung der Annäherung ist auch alsdann nützlich und gewöhnlich, wenn die geistliche oder weltliche Bank, die den Sitzern auf der langen Expektantenbank näher gewiesen wird, am Ende gar bloß eine – Nebelbank ist.

»Der Kommerzien-Agent«, sagte unterwegs der Rittmeister zu mir, »ist doch kein so übler Mann, als sie ihn machen – und der Legationrat braucht nur vollends in die Jahre zu kommen.« –

Zwanzigster Sektor

Das zweite Lebens-Jahrzehend – Gespenstergeschichte – Nacht-Auftritt Lebensregeln

Oefel hielt Wort. Vierzehn Tage darauf schrieb uns der Professor Hoppedizel, er werde den neuen Kadetten abholen. –– Nun wurde unser bisheriger Wunsch unsre Pein. Gustavs und mein Bund sollte auseinandergedehnt und verrenkt werden; jedes Buch, das wir nun zusammen lasen, kränkte uns mit dem Gedanken, daß es jeder allein zu Ende bringen würde; ich wollte meinem Gustav kaum etwas mehr lehren, dessen Ausbau ich an fremde Architekten übergeben mußte, und jeder schöne Blumenplatz war uns die Gartentür des Edens, die ein bewaffneter Cherub abschloß. Die Sturmmonate seines Herzens rückten nun auch näher. Ich hatte ohnehin den Flügeln seiner Phantasie nicht Federn genug ausgerissen und ihn aus seiner Einsamkeit nicht oft genug verjagt. In dieser trieb seine Phantasie ihre Wurzeln in alle Fibern seiner Natur hinein und verhing mit den Blüten, die seinen Kopf auslaubten, die Eingänge des äußern Lichts. –

Wahrhaftig weder der klappernde Mentor noch seine Bücher, d. h. weder die Gartenschere noch die Gießkanne sättigen und färben die Blume, sondern der Himmel und die Erde, zwischen denen sie steht – d. h. die Einsamkeit oder Gesellschaft, in der das Kind seine ersten Knospen-Minuten durchwächset. Gesellschaft treibt im Alltagkind, das seine Funken nur an fremden Stößen gibt. Aber Einsamkeit zieht sich am besten über die erhabnere Seele, wie ein öder Platz einen Palast erhebt; hier erzieht sie sich unter befreundeten Bildern und Träumen harmonischer als unter ungleichartigen Nutzanwendungen. Um so mehr haben General-Akziskollegien darauf zu sehen, daß große poetische Genies – im Grunde taugt keines zu einem gescheiten Kammer- oder Kanzleiverwandten – vom zehnten Jahre bis zum fünfunddreißigsten in lauter Besuch-, Schreib- und Votierzimmern herumgehetzet werden, ohne in eine stille Minute zu kommen; sonst ist keines in einen Archivar oder Registrator umzusetzen. Daher hält auch das Marktgetöse der großen Welt allen Wuchs der Phantasie so glücklich am Boden.

Daran dacht' ich oft und warf mir manches vor. Würde nicht (hielt ich mir vor) ein gründlicherer Schulkollege deinen Gustav, wenn er mit dem Rücken auf dem Grase liegt und in den blauen Himmelkrater hinaufzusinken oder auf Flügeln an den Schulterblättern durch das All zu schwimmen träumt, mit dem Spazierstock an ein Buch von Nutzen treiben? Und, sagt' ich, wenn ich zum gründlichern Kollegen sagte, es sei einerlei, woran eine kindliche Phantasie sich aufwinde, ob an einem lackierten Stäbchen, oder an einer lebendigen Ulme, oder an einem schwarzen Räucherstecken: würde der Kollege nicht witzig versetzen, eben deshalb, es sei also einerlei? –

Inzwischen besäß' ich meines Orts auch Witz; ich würde auf die Replik verfallen: »Glauben Sie denn, Herr Konfrater, daß unter dem größten Spitzbuben und dem größten komischen Dichter, den Sie vertieren, ein Unterschied ist? – Allerdings; ein guter Plan des Cartouche ist von einem guten Plan des Dichters Goldoni darin verschieden, daß der erste die Komödie selber ausführet, die der letzte von Schauspielern ausführen lässet.«

Gustav war jetzt in der Mitte des schönsten und wichtigsten Jahrzehends der menschlichen Flucht ins Grab, im zweiten nämlich. Dieses Jahrzehend des Lebens besteht aus den längsten und heißesten Tagen; und – wie die heiße Zone zugleich die Größe und den Gift der Tiere mehrt – so kocht sich an der Jünglingglut zwar die Liebe reif, die Freundschaft, der *Wahrheit-Eifer*, der Dichtergeist, aber auch die Leidenschaften mit ihren Giftzähnen und Giftblasen. In diesem Jahrzehend schleicht das Mädchen aus ihren durchlachten Jahren weg und verbirgt das trübere Auge unter derselben hängenden Trauerweide, worunter der stille Jüngling seine Brust und ihre Seufzer kühlt, die für etwas Nähers steigen als für Mond und Nachtigall. Glücklicher Jüngling! in dieser Minute nehmen alle Grazien deine Hand, die dichterischen, die weiblichen und die Natur selber, und legen ihre Unsichtbarkeit ab und schließen dich in einen Zauberkreis von Engeln ein. Ich sagte: selber die Natur; denn an ihr glühen noch höhere Reize als die malerischen; und der Mensch, für dessen Auge sie ein meilenlanges *Kniestück* voll Zaubereien war, kann ihr ein Herz mitbringen, das aus ihr ein Pygmalions-Gebilde macht, welches tausend Seelen hat und mit allen eine umschlingt.... O sie kehrt niemals, niemals wieder, die zweite Dekade des armen Lebens, die mehr hat als drei hohe Festtage: ist sie vorüber, so hat eine kalte Hand unsre Brust und unser Auge berührt; was noch in diese dringt, was noch aus ihnen dringt, hat den ersten Morgenzauber verloren, und das Auge des alten Menschen öffnet sich dann bloß gegen eine höhere Welt, wo er vielleicht wieder Jüngling wird!

Drei Tage, eh' der Professor kam, war Gespensterlärm im Schloß; zwei Tage vorher währte er noch fort; einen Tag zuvor machte der Rittmeister Anstalten zur Entdeckung der Schelmerei. Er hatte einen Wasserscheu vor Gespenstergeschichten und gab jedem Bedienten, der eine wie Bokaz erzählte, als ein Honorar seiner Novelle nach der Bogenzahl Prügel. Die Rittmeisterin ärgerte ihn durch ihren Leichtglauben, und sie bekam oft den Blick von ihm, den Männer werfen, wenn die Hoffnungen oder Befürchtungen ihrer Weiber Hasensprünge wie Erdhalbmesser tun. – Sie hatte nachts ein dreifüßiges Gehen durch den Korridor gehört, ein Blitz war durch ihr Schlüsselloch gefahren, und eine andre Taschenuhr als ihre hatte 12 geschlagen, und alles war verflogen.

Er lud also seine Doppelpistolen, um den Teufel mit dem Pulver, das er nach Milton früher als die Sineser erfunden, anzufallen; sein Gustav mußte mit dabei sein, um mutig zu werden. Die Schloßuhr schlug 11, es kam nichts – sie schlug 12, wieder nichts – sie schlug 12 noch einmal ohne Hülfe des Uhrwerks: jetzo wickelte sich auf dem Schloßboden ein hieroglyphisches Gepolter heran, drei Füße traten die vielen Treppen herab und erschüttern den Korridor. Er, der selten in *Leiden*, aber immer in *Gefahren* mutig war, ging langsam aus dem Zimmer und sah im langen Gange nichts als die ausgeblasene Hauslaterne an der Haupttreppe; etwas ging im Finstern auf ihn zu – und indem er auf das stumme Wesen feuern wollte, rief er: »Wer da?« Plötzlich blitzte fünf Schritte von ihm – und hier faßte der Tetanus der Angst Gustavs Nerven – das Licht einer Blendlaterne auf ein Gesicht, das in der Luft hing und das sagte: »Hoppedizel!« Der wars; warf sein Stiefelholz und andern Apparat dieser Farce weg, und niemand hatte etwas darwider als der Rittmeister, weil er seinen Mut nicht beweisen konnte, und die Rittmeisterin, weil sie keinen bewiesen hatte.

– Aber in Gustavs Gehirn riß dieses in der Luft hangende Gesicht mit der Ätznadel ein verzerrtes Bild hinein, das seine Fieberphantasien ihm einmal wieder unter die sterbenden Augen halten werden. Bloß heftige Phantasie, nicht Mangel an Mut schafft die Geisterfurcht; und wer jene einmal in einem Kinde zum Erschrecken aufwiegelte, gewinnt nichts, wenn er sie nachher widerlegt und sie belehrt: »Es war natürlich.« Daher fürchten sich in der nämlichen Familie nur einige Kinder, d. h. die mit geflügelter Phantasie – daher zieht Shakespeare in seinen Geisterszenen die Haare des Ungläubigen in der Frontloge zu Berge, offenbar vermittelst seiner aufgewiegelten Phantasie. – Die Geisterfurcht ist ein außerordentliches Meteor unserer Natur, erstlich wegen ihrer Herrschaft über alle Völker; zweitens weil sie nicht von der Erziehung kommt; denn in der Kindheit schauert man zugleich vor dem großen Bären an der Türe und vor einem Geiste zusammen, aber die eine Furcht vergeht, warum bleibt die andre? – Drittens des Gegenstandes wegen: der Geisterfurchtsame erstarret nicht vor Schmerz oder Tod, sondern vor der bloßen *Gegenwart* eines ganz fremdartigen Wesens; er würde einen Mond-Insassen, einen Fixstern-Residenten so leicht wie ein neues Tier erblicken können, aber in den Menschen wohnt ein Schauer gleichsam vor Übeln, die die Erde nicht kennt, vor einer ganz andern Welt, als um irgendeine Sonne hängt, vor Dingen, die an unser Ich näher grenzen....

Ich mußte den einfältigen Professor-Spaß aufschreiben, weil er nach zwei Tagen um den fliegenden Gustav folgende Szene erzeugte, die ihm ebensogut das Herz zerquetschen als erheben konnte.

In der Frist vor seiner Abreise trug er sein schweres Herz und schweres Auge an alle Orte, die er liebte und verließ, in das heilige Grab seiner Kinderjahre, unter jeden Baum, der ihm die Sonne genommen, auf jeden Hügel, der sie ihm gezeigt hatte – er ging zwischen lauter Ruinen des sanften Kinderlebens hindurch; über seinem ganzen Jugendparadies lag die Vergangenheit wie eine Flut; vor ihm, hinter ihm zog sich das Marsch- und Ackerland, worein das Schicksal so bald den Menschen treibt.... Das war die Minute, wo ich vor der Sonne, die wie er von dannen ging, und vor der ganzen großen Natur, die mit unsichtbaren Händen den blinden Menschen in weite, reine, unbekannte Regionen hebt, meinem geliebten Schüler das Bild seines Guido [1], das ich ihm bisher entzog, ans Herz drückte; in solchen Minuten sind Worte nicht nötig, aber jedes, das man spricht, hat eine allmächtige Hand: »Hier, Gustav,« (sagt' ich) »hier vor dem Himmel und der Erde und vor allem Unsichtbaren um den Menschen, hier übergeb' ich dir aus meinen bewahrenden Händen fünf große Dinge in deine: – ich übergebe dir dein unschuldiges Herz – ich übergebe dir deine Ehre – den Gedanken an das Unendliche – dein Schicksal – und deine Gestalt, die auch um Guidos Seele liegt. Die großen Stunden stehen nicht auf der Erde, die dich fragen werden, ob du diese fünf großen Dinge erhalten oder verloren hast – aber sie werden einmal deine künftige Seele mit deiner jetzigen vergleichen – – ach! laß mich an mich nicht denken, wenn du alles verloren hast!«...

Ich ging und umarmte ihn nicht; die besten Gefühle haften stärker, wenn man ihnen nicht erlaubt, sich auszudrücken. Er blieb, und seine Gefühle wendeten sich an Guidos Bild; aber das konnte ihn nicht an seine eigne Gestalt erinnern – denn eine Mannsperson kann 20 Jahre alt werden, ohne ihre Zähne, und 25 Jahre, ohne ihre Augen-Wimpern zu kennen, indes ein Mädchen dahinter kommt vor der Firmelung –, sondern das Bild

[1] Das Bild des verlornen Kleinen, das er an seinem Halse von der Entführerin mitbrachte, und das ihm so ähnlich sah.

regte alles, was in ihm von dem Andenken und der Liebe gegen seinen Genius, den ersten Erzieher, schlummerte, wieder auf; ja er fand am Bilde lauter Ähnlichkeiten mit seinem weggeflohenen Freunde aus und sah dessen Gestalt im gemalten Nichts wie in einem Hohlspiegel.

Sein Gehirn brannte wie eine glimmende Steinkohlenmine im Traume auf dem Kopfkissen fort. Ihm kams darin vor, als zerlief' er in einen reinen Tautropfen und ein blauer Blumenkelch sög' ihn ein – dann streckte sich die schwankende Blume mit ihm hoch empor und höb' ihn in ein hohes hohes Zimmer, wo sein Freund, der Genius, oder Guido mit dessen Schwester spielte, dem der Arm, sooft er ihn nach Gustav ausstreckte, abfiel und dem die Schwester ihn wieder reichte. Auf einmal knickte die Blume zusammen, und niederfallend sah er drei weiße Mondstrahlen seinen Freund in den Himmel ziehen, der die Blicke abwärts gegen den Gefallnen drehte. Er erwachte – außer dem Bette am offnen Fenster lehnend, das über den Garten ins schlafende Auenthal sah. Der Himmel sank in einem stummen Strahlen-Regen nieder – am leuchtenden Universum regte sich nichts als die Strahlenspitzen der Fixsterne – die Häuser standen wie Grabmäler, in denen die Sterblichen ausschliefen – die Träume gingen in den geschlossenen Sinnen der Sterblichen aus und ein, und der Tod trat zuweilen ein Haupt und den Traum darin entzwei. Der Himmel schien Gustaven an sein Fenster gesunken. »O kehr um, komm wieder, Geliebter!« (rief er, durch Traum und Gegenwart dahingerissen) – »o du warst da, du suchest mich! Erscheine mir, töte mich! – Ach du tausendfach Geliebter! sende mir von deinem Himmel wenigstens deine Stimme!« – Unversehends schnitt etwas vor dem Fenster die Luft entzwei und rief »Gustav«, und im fernen Weiterfliegen riefs zweimal höher herab »Gustav, Gustav«. Ein Eisberg fiel auf seine starrende Haut in der ersten Sekunde; aber in der zweiten glühte er wieder an, gab seine Arme dem Tode und dem Freunde und schlug das Auge an einer Luftstelle unter dem Mondblenden ein, um etwas zu sehen. – Die zwei Welten waren nun für ihn in eine zusammengefallen; gefaßt erwartete er den Freund aus der Welt hinter den Sonnen und wollte an seine Ätherbrust stürzen mit einer von Erde. Er glühte sich ab und ging endlich mit dem Schaudern der Seele und der Haut ins Bett zurück. Aber lange werden von dieser Stunde her, wie von der Gegend eines Gewitters die Winde, die Bewegungen seiner Seele wehen.

–– Der alte Starmatz tats vermutlich, der, so viel ich weiß, aus dem Bauer entkommen war. Gustav erfuhr es nicht. Ob eine Seele Wellen gleich einem Setzteich, so hoch wie Hemd-Jabots, oder gleich dem Ozean solche wie Alpen schlage, das ist zweierlei; ob diese hohen Bewegungen ein Star erregt oder ein Seliger, das ist einerlei.

Der Professor lehrte ihm unter meinen Ohren güldne Brokardika der Menschenkenntnis, die er durch das Lehren selber übertrat – z. B.: Nicht bloß die Liebe, sondern auch der Haß der Menschen ist veränderlich, und beide sterben, wenn sie nicht wachsen. – Die meisten reden bloß gegen die Laster, die sie selber haben. – Je größer das Genie, je schöner der Körper ist, desto mehr verzeiht ihnen die Welt; je größer die Tugend ist, desto weniger verzeiht sie ihr. – Jeder Jüngling denkt, keiner gleiche ihm in Gefühlen etc.; aber alle Jünglinge gleichen sich. – Man muß sich nie entschuldigen; denn nicht die Vernunft, sondern die Leidenschaft des andern zürnt auf uns, und gegen diese gibt es keinen Grund als die Zeit. – Die Menschen lieben ihre Freuden mehr als ihr Glück, einen guten Gesellschafter mehr als den Wohltäter, Papageien, Schoßhunde und Affen mehr als nützliche Lasttiere. – Man errät die Menschen, wenn man ihnen keine Grundsätze zutraut; und der Argwöhnische hat allemal recht, er errät, wenn nicht die *Handlungen* des andern, doch seine *Gedanken*; die *Niederlagen* des Schlimmen und die *Versuchungen* des Guten. – Die Sünde gegen den heiligen Geist, die dir keiner vergibt, ist die gegen seinen Geist, d. h. gegen seine Eitelkeit; und der Schmeichler gefället, wenn nicht durch seine Überzeugung, doch durch seine Erniedrigung etc.

Es gibt gewisse Regeln und Mittel der Menschenkenntnis, die der bessere höhere Mensch verschmäht und verdammt, und die gerade diesen nicht erraten helfen und die ihn weder belehren noch erforschen. – Der Professor riet noch meinem Gustav, sein Gesicht zu formen, Tugend auf demselben zu silhouettieren, es vor dem Spiegel auszuplätten und es mit keinen heftigen Regungen zu zerknüllen. Ich weiß es selber, für Weltleute ist der *Spiegel* noch das einzige Gewissen, das ihnen ihre Fehler vorhält und das man, wie das Gehirn, ins große und kleine einteilen muß; das große Gewissen sind Wand- und Pfeilerspiegel, das kleine steckt in Etuis und wird als Taschenspiegel herausgezogen; für die Weltleute; aber für dich, Gustav? – du, der du den obigen Dekalogus für Spitzbuben nicht annehmen, nicht einmal verstehen oder nützen kannst – denn man nützt und versteht nur solche Lebensregeln, von denen man die Erfahrungen, worauf sie ruhen, so durchgemacht, daß man die Regeln hätte selber geben können – du, den ich gelehrt, daß Tugend nichts sei als *Achtung* für das fremde und für unser Ich, daß es besser sei, an keine Laster als an keine Tugend zu glauben, daß die Schlimmsten nur ihre eigne Kaste und die Besten noch eine mehr kennen?... Wenn Gustav nicht gegen jene Lehren, die meistens Wahrheiten sind, und gegen den Lehrer aufgefahren wäre; wenn er nicht geschworen hätte, daß diese ekelhafte Kanker-Philosophie nie über eine Ecke seines Herzens sich spinnen und kleben sollte: so hätt' ich von ihm nicht einmal so gut gedacht als von der Residentin von Bouse, der das System des *Helvetius* so schön wie sein Gesicht vorkommt; denn in ihrem Stande hat oft das beste Herz die schlimmste Philosophie.

Es wird kaum die Mühe verlohnen, daß ichs hersetze, daß der Spitzbube Robisch zum Henker gejagt wurde, weil er einen entwischten Rekruten für einen neuen ausgab und verrechnete. Wenn ich sagte: zum Henker gejagt, so satirisierte ich; denn zum Herrn von Röper wars, der keine Bediente annimmt als die, welche Livree-Polyhistore wie Robisch sind, d. h. zugleich Jäger, Gärtner, Schreiber, Bauern und Bediente. –

Einundzwanzigster oder Michaelis-Sektor

Neuer Vertrag zwischen dem Leser und Biographen – Gustavs Brief

»Ziehe hin, Geliebter,« (sagt' ich) »den das Welt-Meer mitnimmt; das Sonnenbild deines verborgen fühlenden Herzens lächle aus dem Meergrund und schwimme mit dir! Dein junges Herz bringest du nicht mehr nach Auenthal! – O daß doch die Früchte am Menschen ein andres Wetter haben müssen als seine Blüten – statt des Hauches des Lenzes den Stich des Augusts und den Sturm des Herbstes!« Ich dachte dies, solange sein Wagen in meinen Augen blieb; nachher ging ich in die Gartenhöhle hinunter zu den zwei Mönchen; und als ich dachte: in euerer kalten Stein-Brust wohnt kein Wunsch, kein Sehnen, kein Schmerz, kein – Herz: »Eben darum«, sagt' ich in anderem Sinn.

Heute ist Michaelis, und heute – ich kann mich nicht länger verstellen – *bejährt* sich seine Abreise. Heute fängt zwischen mir und dem Leser ein ganz neues Leben an, und wir wollen ruhig alles miteinander vorher ausmachen.

Erstlich bin ich zwar ein Jahr hinter Gustavs Leben zurück; aber in acht Wochen gedenk' ich solches erschrieben zu haben. Ich verhoffte freilich schon vor einem halben Jahre, nun käm' ich ihm nach; aber ein Leben ist leichter zu führen als zu schildern, zumal gut stilisiert. Überhaupt kann ein Autor – ein guter – leichter die Sterne des Himmels zählen als seine zukünftigen Bogen, die auch Sterne sind. Schlüßlich erwartet man, daß die Literatur-Zeitung wenigstens so viel bedenke, daß ich ein Rechtsfreund bin und unmöglich für sie so viel zu schreiben vermag wie für ganze Kollegien, Fakultäten und höchste Reichsgerichte. Kennt die Literatur-Zeitung meine entsetzlichen Arbeiten? Man muß meinen Speiseschrank voll Manualakten gesehen haben, in denen noch dazu kein Wort steht, weil ich sie erst aus der Papiermühle holen ließ, oder man muß in meiner Gerichthalterei in Schwenz, worin die 12 Untertanen und der Lehn- und Gerichtherr selber Bauern sind, gewesen sein, um von mir nicht mehr zu fordern als jährlich ein Buch. Wer ist um ganz Scheerau derjenige Sachwalter, der in einem Prozesse dient, welcher mit nächstem – der Teufel müßte sein Spiel haben – zum Wetzlaer Tor unter die Sessiontische des Reichskammergerichts, das von gutem Stil weiß, dürfte hingetrieben werden? Und doch diente der Prozeß, wie Peter der Große, von unten auf und bestieg, wie die Styliten-Sekte, immer höhere Stühle.

Zweitens – oder das ist noch erstlich: ich kann folglich, gleich den Juden, nur am Sabbat oder Sonntag auf die Plastik meines Seelen-Fötus denken; an Wochentagen wird nichts geschrieben – als zwar auch Biographien, aber nur von Schelmen, man meint Protokolle und Klaglibelle.

Zweitens oder drittens bin ich der Insaß eines Schulmeistertums. – Der gute Rittmeister wollte mich, da sein Sohn zur Tür hinaus war, mit Personalarrest belegen, der bei mir zugleich Realarrest ist, weil mein Mobiliar-Vermögen in meinem Körper und mein Immobiliar-Vermögen in meiner Seele besteht; ich sollte auf seinem Schlosse so lange advozieren und satirisieren, als ich wollte. Es wäre zu wünschen, sein alter Gerichthalter verbliche: so würde ich der neue; denn abdanken kann sein gutes Herz – dem doch mein spitzbübisches, an Hoffeinheiten verwöhntes den Mangel der letzten nicht allemal vergeben mag – keinen Menschen. Behalte deinen gesunden Nord-Ost-Atem, behalte deine Hände mit dem prügelnden Stab Wehe und deine Zunge mit ihrem Paar Donnerwettern und tausend Teufeln, mein Falkenberg!

Ich blieb auch bei ihm im Winter; aber heuer im Frühjahr zog ich an den Ort herab, wo ich dieses schreibe – in die obere Stube des Auenthaler Schulmeister Sebastian *Wutz* [1]. Ich hatte vielleicht die drei vernünftigsten Gründe von der Welt dazu; ich schwind' erstlich nirgends mehr ein als in einem Vatikan voll öder Klüfte, in Sara-Wüsten von leeren Zimmern; ein Eßsaal mit seiner Möblen-Armut ist für mich ein Patmos, und bloß in kleinen Stübchen wird man größer. Der Mensch sollte von Jahr zu Jahr in immer kleinere Zellen kriechen, bis er in die kleinste schlüpfte, d. h. ins engste Loch dieses gequetschten Silberdrahts. – Der zweite Grund war Herr *Fortius* (in Morhof. Polyhist. L. II. c. 8.), welcher Gelehrten anrät, alle halbe Jahre die Städte zu wechseln, damit sie besser schrieben – und in der Tat schreibt man besser nach jeder Veränderung, und wäre es eine des Schreibepults. Ohne solche auffrischende Luft schreibt sich die Seele so tief in ihren Hohlweg hinein, daß sie darin steckt, ohne Himmel und Erde zu sehen. Aus gegenwärtigem Werke könnte vielleicht etwas werden; aber jeden Monat und jeden Sektor muß ich in einer andern Kajüte schreiben. –

Der dritte und vernünftigste Grund ist meine Schwester: sie ist wieder von der Residentin von Bouse zurück, erstlich, weil sie ihre Stelle einer schönen Bücherpatientin leer zu machen hatte, der guten Beata nämlich, welche der Vater, der Doktor, der Liebhaber – der dumme Oefel (er wird aber gar nicht begünstigt) – endlich mitten in diese Zusammenströmung

[1] Den ganzen Lebenslauf seines Vaters, Maria Wutz, hab' ich dem Ende des zweiten Bandes beigegeben. Allein ob er gleich eine Episode ist, die mit dem ganzen Werke durch nichts zusammenzuhängen ist als durch die Heftnadel und den Kleister des Buchbinders: so sollte mir doch die Welt den Gefallen erweisen und ihn *sogleich* lesen nach dieser Note.

aller Freuden und Visiten hinberedeten; – zweitens ist meine Schwester da, weil ichs so haben wollte, aber Schwester, Schwester, warum hab' ich dich nicht eher aus diesem übersinternden Mineral-Strudel gerissen? Warum hast du dich so verändert? Wer kann dich zurück verändern? Wer will dir aus dem Herzen scheuern deine Gedanken an fremde Blicke, deine Gier, bewundert, aber nicht geliebt zu werden, deine Gefallsucht, welche Liebe nur erregen, nicht erwidern will, und alles das, was dein Herz unterscheidet von deinem vorigen Herzen und von Beatens ewigem? – – Mit meiner Schwester wollt' ich also nicht gern das Schloß verengern, auf dem sie übrigens alle Tage ein paar Stunden versitzet.

Jetzt hab' ich dem Leser beigebracht, woran er ist: wir wenden uns wieder zu Gustavs Wagen und sind alle zufrieden, Leser, Setzer und Schreiber.

Gustav fuhr in einer Trunkenheit des Schmerzes, die der schöne Himmel in Tränen auflösete, nach Scheerau und hielt jede Schwalbe und Biene, die unserem Schlosse zuflogen, für glücklich; die nächsten zehn Jahre hingen als zehn Vorhänge vor ihm düster nieder, »und liegen«, fragt' er sich, »Totengerippe, Raubtiere oder Paradiese hinter den Vorhängen?« – Was ohne Vorhang vor ihm saß und dozierte, sah er auch nicht, den Professor. Zwei Stunden vor Scheerau schrieb er mir mit jener flammenden Dankbarkeit, die aus dem Menschen nur in seinem zweiten Jahrzehend so strahlend bricht. Wie bei allen Seelen, die sich mehr von innen heraus als von außen hin verändern, stand in ihm der Barometer seines Herzens oft unbeweglich auf demselben Grade. Die Regenwolken und den Regenbogen in seinem innern Himmel brachte er nach Scheerau mit; er trug sein überhülltes Herz in das weite widerhallende Kadettenhaus und in dessen Jahrmarktlärm auf den Treppen und in das Kadetten-Feldgeschrei wie unter die Schläge einer Kupferschmiede und Walkmühle hinein – er wurde noch trauriger, aber mit mehr Schmerzen.

Das Merkwürdige im Zimmer, das er betrat und bewohnte, waren nicht drei Kadetten – denn sie waren Kurrent-Menschen, Scheidemünze und prosaische Seelen, d. h. lustig, witzig, ohne Gefühl, ohne Interesse für höhere Bedürfnisse und von mäßigen Leidenschaften –, sondern der Stuben-Ephorus, Herr von Oefel, der mit dem Degen wie eine gespießte Fliege mit der Nadel lief. Oefel fing ihn sogleich zu beobachten an, um ihn abends zu beschreiben; – in Gesellschaften aber beobachtete er jeden, nicht um fremde Pfiffe zu erlauschen, sondern um seine vorzuweisen. So lobte er auch, ohne zu achten, und schwärzte an, ohne zu hassen: glänzen wollt' er bloß.

Unter diesen Verhältnissen, ehe Gustav den schweren Gang über Schmerzen zu Geschäften tat, kam der Trost in der Gestalt der Erinnerung zu ihm, und Gustav sah, was er nicht hätte vergessen sollen – seinen *Amandus*, seinen Kindheitfreund. Aber der gute Jüngling trat vor ihn nicht in der ersten Gestalt eines Blinden, sondern in der letzten eines Sterbenden; er hatte die Nervenschwindsucht, die alles sein Mark aus der noch stehenden Rinde ausgezogen hatte – an der Rinde grünte nichts mehr als hängende Zweige mit fahlem gesenkten Laub. Er bereitete sich auf kein Amt und kein Leben vor, sondern erwartete und wollte empfangen an der Schwelle des Erbbegräbnisses den Tod, der die Treppe heraufstieg. – Aber daß seine Seele in einer lebendigen Wunde lag, daran kann uns nichts wundern als das *Geschlecht;* denn die schönsten weiblichen Seelen wohnen selten anders; aber die Männer schonen diese Wunde nicht; es erweicht sie gegen ein so weiches Geschlecht der Anblick nicht, daß die meisten nicht von einem Tage zum andern, sondern von einem Schmerze zum andern leben und von einer Träne zur andern....

In Gustav wohnte das zweite Ich (der Freund) fast mit dem ersten unter *einem* Dache, unter der Hirnschale und Hirnhaut; ich meine, er liebte am andern weniger, was er sah, als was er sich dachte; seine Gefühle waren überhaupt näher und dichter um seine Ideen als um seine Sinne; daher wurde oft die Freundschaft-Flamme, die so hoch vor dem Bilde des Freundes emporging, durch den Körper desselben gebogen und abgetrieben. Daher empfing er seinen Amandus, weil überhaupt eine Ankunft weniger erwärmt als ein Abschied, mit einer Wärme, die aus seinem Innern nicht völlig bis zu seinem Äußern reichte – aber Oefel, der beobachtete, hatte mit sechs Blicken heraus, der neue Kadett sei adelstolz.

Unter allen Kriegs-Katechumenen hatte Gustav die meiste Not. Aus einer stillen Kartause war er in ein Polter-Zimmer verbannt, wo die drei Kadetten ihm den ganzen Tag die Ohren mit Rapierstößen, Kartenschlägen und Flüchen beschossen – aus einer Dorfburg war er in ein Louvre geworfen, wo die Trommel das Sprachorgan und die Sprachmaschine war, wodurch das Scholarchat mit den Schülern sprach, wie die Heuschrecke allen ihren Lärm mit einer angebornen Trommel am Bauche macht. Zum Essen, zum Schlafen, zum Wachen wurden sie wie das Parterre eines Dorfkomödianten zusammengetrommelt. Im Marschschritt und hinter dem Kommandowort erstieg diese Miliz den Speisesaal als ihren Wall und nahm von der Festung nichts weg als die Mundportion auf einen halben Tag. Der Kommandozuck riß sie von ihren Stühlen auf und lenkte sie zur Zitadell wieder hinaus. Man konnte nachts die Schritte eines einzigen Kadetten zählen, und man wußte die aller übrigen, weil der kommandierende Luftstoß diese Räder auf einmal trieb. – Eben deswegen, ich meine, weil der Dank vor dem Essen ordentlich kommandiert wurde, hatte das ganze Korps die gleiche Andacht; keine Sekunde sprach einer länger mit Gott als der andre. Ich weiß nicht, in welchem scheerauischen Regimente der Kerl stand, der einmal bei der Kirchenparade, wo der Offizier die Seelen einmal zu Gott kommandierte, die er sonst zum Teufel gehen hieß, so sehr wider vernünftige Subordination verstieß, daß er wenigstens vier Minuten länger dem Himmel auf seinem frommen Knie dankte als der Flügelmann – ich sag' es deswegen, weil ich nachher, als der Beter darüber Fuchtel bekam, öffentlich die Frage tat, ob nicht eben auf diese Weise den Kompagnien die Logik beizubringen wäre, die ihnen so nötig ist wie die Schnurrbärte und noch nützlicher, da man diese, aber nicht jene zu wichsen braucht. Könnte man nicht kommandieren und das Wörtchen »macht« weglassen: »Macht den Vordersatz – macht den Hintersatz – macht den Schluß«? So wär' ich nicht zu tadeln, wenn ich mir eine Kompagnie kaufte und sie die drei Teile der Buße etwa so durchmachen ließe: bereuet – glaubt – bessert – nämlich euch, oder sonst soll das liebe.... in euch fahren, wie jüngere Offiziere beisetzen.

Der östreichsche Soldat hatte bis Anno 1756 zweiundsiebzig Handgriffe zu lernen, nicht um damit den Feind zu schlagen, sondern den – Satan.

In dieser Stimmung, worin Gustav gegen Krieg und seine Kameraden war, schrieb er mir einen Brief, dessen Anfang hier wegbleibt, weil unser Briefsteller dabei allemal so kalt wie beim Empfang zu sein pflegte.

*

– – – »Das Exerzieren und Studieren machen mich zu einem ganz andern Menschen, aber zu keinem glücklichern. Ich ärgere mich oft selber über meine Weichheit, über meine Augen, aus denen ich die Spuren ingeheim wegzuwaschen suche, und über mein Herz, das bei Beleidigungen, die ich jetzo häufig, aber gewiß ohne Absicht der Beleidiger erfahre, nicht hart aufschwillt, sondern sich zusammenpreßt, wie zu einer großen Träne über die unheilige Welt. Meine Stubenkameraden, unter denen ich nichts höre als Rapiere und Flüche, lachen mich über alles aus. Sogar dieses Blatt schreib' ich nicht unter ihnen, sondern unter freiem Himmel im *stillen Lande*[1] zu den Füßen und auf dem Fußgestell einer Blumengöttin, von welcher Arm und Blumenkorb abgebrochen sind. Der gute Herr von Oefel ist unterdessen im alten Schlosse bei der Residentin.

Sobald ich nicht arbeite, drückt jedes Zimmer, jedes Haus, jedes Gesicht auf mich herein – Und doch, wenn ichs wieder tue – zwar wenn trübes Wetter ist, wie in voriger Woche, mach' ich mein mathematisches Reißzeug so gern wie ein Schmuckkästchen auf; aber wenn ein Flammenmorgen unter dem Geschrei aller Vögel, sogar der *gefangenen*, von den Dächern in unsere Gassen niedersinkt, wenn der Postillon mich mit seinem Horn erinnert, daß er aus den eckigen, spitzigen, verwitternden, unorganisch zusammengeleimten Schutthaufen der getöteten Natur, die eine Stadt heißen, nun hinaus-

[1] So hieß der englische Garten um Marienhof, den die Gemahlin des verstorbenen Fürsten mit einem romantischen, gefühlvollen, über Kunstregeln hinausreichenden Geiste angelegt. Der Kummer gab ihr den Namen und die Anlage des stillen Landes ein. Jetzt ist ihrer sterbenden Seele selbst dieses Land zu laut, und sie lebt verschlossen. Diejenigen Leser, die nicht da waren, will ich mir durch eine Beschreibung des Gartens verbinden.

komme in das pulsierende, drängende, knospende Gewühl der nicht ermordeten Natur, wo eine Wurzel die andre umklammert, wo alles mit- und ineinander wächset und alle kleinere Leben sich zu *einem* großen unendlichen Leben ineinander schlingen: da tritt jeder Bluttropfen meines Herzens zurück vor den Pechkränzen, Trancheekatzen und vor den Wischkolben, womit die Artillerie unsere blauen Morgenstunden ausstopfet. – Dennoch vergess' ich die grünende Natur und die Kontraminen, womit wir sie in die Luft aufschleudern lernen, und sehe bloß die langen Flöre, die an den Stangen aus dem Hause eines Färbers gegenüber in die Höhe fliegen, schon wie Nächte über den Gesichtern armer Mütter hängen, damit der Tau des Jammers im Dunkeln hinter den Leichen falle, die wir am Morgen machen lernen. – – Ach! seitdem es keinen Tod mehr *für*, sondern nur *wider* das Vaterland gibt; seitdem ich, wenn ich mein Leben preisgebe, keines errette, sondern nur eines binde: seitdem muß ich wünschen, daß man mir, wenn mich der Krieg einmal ins Töten hineintrommelt, vorher die Augen mit Pulver blindbrenne, damit ich in die Brust nicht steche, die ich sehe, und die schöne Gestalt nicht bedaure, die ich zerschnitze, und nur sterbe, aber nicht töte..... O da ich noch aus Kartausen, noch aus Ihrem Studierzimmer in die Welt hinaussah, da breitete sie vor mir sich schöner und größer aus mit wogenden Wäldern und flammenden Seen und tausendfach gemalten Auen – jetzo steh' ich auf ihr und sehe das kahle Nadelholz mit kotigen Wurzeln, den schwarzen Teich voll Sumpf und die einmähige Wiese voll gelbes Gras und Abzuggräben. –

Vielleicht könnt' ich aber doch meine Träume, den Menschen zu nutzen, mehr verwirklichen, wenn ich eine andre Laufbahn einschlüge und statt des Schlachtfeldes den Sessiontisch wählen und den Zweck der Aufopferung veredeln dürfte [1] .... Die rote Sonne steht vor meiner Feder und bewirft mein Papier mit laufenden Schatten: o du wirkst stehend, Himmeldiamant, und machst licht wie der Blitz, aber ohne seinen mörderischen Knall! Die ganze Natur ist stumm, wenn sie erschafft, und laut, wenn sie zerreißet. Große, im Abendfeuer stehende Natur! der Mensch sollte nur deine Stille nachahmen und bloß dein schwaches Kind sein, das deine Wohltaten dem Dürftigen hinausträgt!

Wenn Sie heute von Auenthal zu den im Sonnengolde wogenden Fenstern unsers Schlosses aufsehen: so schauet jetzt meine Seele auch hinüber, aber mit einem Seufzer mehr.« etc.

[1] Ich kann nichts dafür, daß mein Held so dumm ist und zu nützen hofft. Ich bins nicht, sondern ich zeige unten, daß das Medizinieren eines kakochymischen Staatskörpers (z. B. bessere Polizei-, Schul- und andre Anstalten, einzelne Dekrete etc.) dem Arzneieinnehmen des Nerven-Schwächlings gleiche, der gegen die *Symptome und nicht gegen die Krankheitmaterie* arbeitet und der sein Übel bald wegschwitzen, bald wegbrechen oder weglaxieren oder wegbaden will.

Die Offiziere sehen ein, daß Gustav keiner werden will; aber er hat seinen ganzen Vater wider sich, der bloß den stürmenden Krieger liebt und ruhigere Geschäftmänner ebenso verschmähet, wie diese den noch ruhigern geschäftlosen Gelehrten verachten. –

Zweiundzwanzigster oder XVIIII. Trinitatis-Sektor

Der echte Kriminalist – meine Gerichthalterei – ein Geburttag und eine Korn-Defraudation

Als ich am Donnerstag darauf meinen Gustav besuchen und ein wenig belehren will: hat ihn Herr von Oefel aus einer Ursache, die bloß ein ganzer Sektor vor- und auswickeln kann, mit einigen Husaren an die Grenze verschickt, wo sie einen Frucht-Kordon bildeten, der kein Korn hinaus- und keinen Pfeffer hereinließ. Da die meisten Bewegungen des Volks sich von *peristaltischen* anfangen: so wollten es manche feine Leute gerochen haben, der Landesvater täte die Sache, damit seine Landskinder etwas zu brocken und zu beißen hätten.

Ich bekam aber am Ende die größte Teufelei damit, und man soll es jetzo hören, aber nur von vornen an.

Nämlich so: das große Rittergut *Maußenbach* hat, wie bekannt, die Obergerichtbarkeit, obgleich ich und der Rittergutbesitzer, Herr Kommerzien-Agent von Röper, darüber aus entgegengesetzten Gründen ärgerlich sind. Ich bin ärgerlich, weil ich das Leben, wenigstens die Ehre von einigen hundert Menschen nicht in den Händen eines ganzen römischen Volks, sondern eines Amtmanns etc. sehe; – der Erb-, Lehn- und Gerichtherr ist ärgerlich, weil der Blutbann nichts einträgt, da es mehr kostet, das Richtschwert schleifen zu lassen, als alles abwirft, was damit in den Beutel hineinzumähen ist. »Ehebruch ist für eine malefizische Obrigkeit noch das einzige!« sagte der Erbherr. – Ganz das Gegenteil sagte sein Gerichthalter *Kolb*; hohe Frais war seine hohe Oper, peinliche Akten waren ihm Klopstocks Gesänge und ein Scherge sein Orest und Sancho Pansa – Er hätte die Welt in zwei Reihen zerteilet, in die aufhängende und in die aufgehangne Reihe, und er wäre Kriminalist geblieben – Ein unrasierter Malefikant im Karzer war ihm ein sinesisches Goldfischchen in einer gläsernen Bowle, beide wurden Gästen vorgestellt – Freie Spitzbuben-Pürsch nur in ein paar Weltteilen wäre seine Sache und Lust gewesen – Mich haßte er auf den Tod, weil ich ihm einmal einen vom Tode ins Zuchthaus wegdefendieret hatte – Er besaß die Sterbelisten aller Hingerichteten und eine Matrikul oder ein genealogisches Saatregister aller Räuber (Ehrenräuber ausgenommen), die in allen deutschen Kreisen zu ernten standen, und wahre Spitzbuben waren für ihn, was für den biographischen Plutarch gutgesinnte Menschen. Kurz er war ein echter Kriminalist, ganz wie ihn die alten deutschen oder neuen englischen Gesetze haben wollen; denn nach beiden soll jeder bloß von seinesgleichen gerichtet und verdammt werden; Kolben aber mußte jeder Spitzbube und Mörder für einen ebenso großen halten, und Inkulpat konnte mithin sagen, daß er die Rechtswohltat genösse, von einem seinesgleichen gerichtet zu werden. Ich kenne nicht viele ebenbürtige Malefizräte und Fakultisten, auf welche dieses anzuwenden wäre.

Das verdroß Röpern ungemein; denn sein Malefizrat zog ihm alle Monate einen kostensplitterigen Fraisfall zu; und hohen Frais-Gerichtherrn ist doch nicht sowohl mit der Einfangung als Beerbung der Inquisiten gedient. Kurz als der Amtmann eine neue Galgenrekruten-Aushebung im Maußenbacher Walde vorzunehmen gedachte – woran *vielleicht* Robisch schuld war –: so stellte Herr von Röper diese Dieb-Preßgänge dadurch ab, daß er seinem Malefizrat so viel Grobheiten antat, als dazu vonnöten waren, daß der Amtmann nichts tun konnte als abdanken.

Er tat doch noch etwas, der Schelm, er malte meine Wenigkeit ab. Da er mein *Defensorat* nicht vergessen konnte, so verwaltete er das *Fiskalat* und sagte zu Röpern, ich taugte nichts, ich wäre ein Mensch, der ihn und mehre Edelleute haßte und der den feinsten Hofton hätte; Paul nähme jeden Prozeß von Untertanen gegen ihre Lehnherrn an und hätte selber einmal gegen den Herrn Kommerzien-Agenten die Feder geführet. – Du elender Kolb! warum sollen Einbeine das nicht tun? – Meine wichtigsten Prozesse sind noch heute keine andern. – Und warum soll nicht gar ein Vorschlag wirklich werden, den ich sogleich tun will? Der, daß man nach dem Muster der Armen-Advokaten Untertanen-Advokaten einführt, die bloß gegen Patrimonialgerichte wie die Malteserritter gegen Ungläubige fechten. –

Ich hab' es aus Röpers eignem Munde; denn kurz, er installierte mich doch zum Maußenbacher – Amtmann, die Advozier- und Lesewelt erstaune, wie sie will. Die Kolbischen Angriffe waren eben meine Wendeltreppe zu diesem Gerichtstuhle. Mein Gerichtprinzipal muß zu seinen ewigen Kämpfen mit allen Instanzen und Edelleuten einen juristischen Taureador, einen hitzigen Federmesser-Harpunierer haben; Kolb sagte aber, ich wäre einer. Zweitens präsentierte mir Herr von Röper den Gerichtstuhl, weil ich weder ritt (des kurzen Beines wegen) noch fuhr (des seekranken Magens wegen) und mithin zur Justizpflege ohne den Pferde-Nachtrab, den sein Stall bisher zu apanagieren hatte, gegangen kam. Für Rezensenten und deren Redakteurs wird der Wink kein Schade sein, daß sie bedenken mögen, daß sie von nun an Papier nehmen und einen Mann rezensieren, der nicht etwa wie sie nichts ist, sondern einen, der so gut richtet wie sie, aber über ein reelleres Leben als das literarische, und der solche Rezensenten selber henken kann, wenn sie in seinem Gerichtsprengel etwas anders stehlen als Ehre.

Jetzt kommt die Hauptsache. Ich war zum erstenmal als Richter in Maußenbach und trat meine Amtmannschaft an. Es ging alles recht gut, ich und

Untertanen wurden einander vorgestellt, und ich hatte an diesem Tage über fünfhundert Hände in meiner. Freilich muß ich noch manches saure Gesicht wegscheuern, das sie mir mit machen, weil sie es meinem weniggeliebten Prinzipal machen; denn Volk und Adel liegen nicht bloß in Rom, sondern auch in heutigen Dörfern stets einander in Haaren und Zöpfen und fechten über Schuldensachen. Außer meiner Gerichthalterei feierte heute noch etwas seinen Geburttag – der Verleiher derselben, Röper; wir aßen also recht gut, zweierlei Dingen zu Ehren; erstlich weil das von ihm aufgelöste Parlament in mir heute wieder zusammenberufen und zweitens weil der Berufer vor vielen Jahren geboren worden. Ich kann sagen, mir war wohl dabei trotz meiner Verschiedenheit von dem Wiedergebornen – von dir ist gar nicht die Rede, Luise und Gerichtprinzipalin! – Welches lahme Herz schlüge nicht mit deinem in sympathetischer Harmonie zusammen, wenn es dein Auge über das Vergnügen deines Mannes und von Wünschen für sein Leben glänzen sieht. – Sondern von deinem Eheherrn selber red' ich: er sei nun, wie er will, mir ist es unmöglich, von einem Manne, mit dem ich unter *einer* Stubendecke sitze, das Schlimme zu denken, das ich bisher von ihm gehört oder auch geglaubt, und es ist wahrlich nicht einerlei, ob uns ein Tisch oder eine Kunststraße trennt. Wenn du einen Menschen von Hörensagen hassest: so gehe in sein Haus und sehe zu, ob du, wenn du in seinen Gesprächen so manchen freundlichen Zug, in seinem Betragen gegen das Kind oder Weib, das er liebt, so manches Zeichen der Liebe aufgefunden hast, ob du da mit dem hineingebrachten Hasse wieder hinausgehest. War gegenwärtiger Verfasser in einem Leben gegen etwas eingenommen, so waren es die Großen; seitdem er aber in seinen Klavierstunden zu Scheerau Gelegenheit gehabt, mit manchem Großen unter einem Deckengemälde zu stehen, seitdem er selbst unter diesen Riesen mit sich herumspringt: so sieht er, daß ein Minister, der ein Volk drückt, seine Kinder lieben und daß der Menschenfeind am Sessiontisch ein Menschenfreund am Nähpult seines Weibes sein kann. So haben die Alpenspitzen in der Ferne ein kahles steiles Ansehen, in der Nähe aber Platz und gute Kräuter genug.

Ich gesteh' es also, da nach altväterischer Sitte (an Geburttagen bei Hofe speist' ich dergleichen nie) eine Biskuit-Torte aufgetragen wurde, auf der das Vivat und der Name Röper mit Typen von Mandeln aufgesäet zu lesen und zu essen war – da ferner der Inhaber des Namens zwar sagte: »Solche dumme Streiche machst du nun«, aber sogleich das Auge voll bekam und beifügte: »Schneid unsern Leuten draußen auch einen Bissen« – ich gestehe, sagt' ich, ich wünschte alsdann manche Sage von ihm aus meinem Gedächtnis, die sich mit dem lapidarischen Mandelstil nicht wohl vertrug, und ich hätte besonders etwas darum gegeben, die Krebse am allerliebsten, wenn er, weniger um das Steingut in ihren Köpfen besorgt, seine Luise nicht angebrummt hätte, die in der Freude einige Beiträge zu seiner Krebs-Daktyliothek verschüttet hatte. – Ich will nur aufrichtig sein: der Henker hätte mich holen müssen, wenn ich hart wie ein Krebsauge hätte bleiben wollen, da du, meine Musik-Schülerin, geliebte Beata, welche aus der Hofluft [1], wie andre Blumen aus der mephitischen, nichts eingesogen als zärtere Reize und höhern Schmelz, da du, holde Schülerin, mit dem weiblichen Gefühle des väterlichen Ansehens hingingest und dem Vater, mit dem Munde auf seiner Hand, die aufrichtigsten Wünsche brachtest und da du erst am Halse deiner Mutter, die euch beide mit Blicken der Liebe überschüttete, dein Herz in ein näheres übergossest....

Erst jetzo kommt die versprochne Hauptsache – nämlich mein Gustav. Ich wollt', er wär' ausgeblieben. Er tritt vor zwei Husaren voraus, die einen Kornwagen eskortierten. Der Wagen wollte sich über der Grenze – das Fürstentum Scheerau stößet wie der menschliche Verstand überall auf Grenzen – abladen; die zwei Husaren wollten sich bestechen lassen, es war alles gut; aber Gustav wars nicht; der Kondukteur, der Pachter, hatte die Schleichware für Röperisches Gut ausgegeben – und vor Röper sträubte sich der ganze Gustav schon vom Vater her zurück. Zweitens lebte er jetzt mit der Tugend im Brautstand und in den Flitterwochen, wo man gute Werke und moralische hors d'œuvre für einerlei nimmt und wo zugleich Stil und Tugend zu viel Feuer haben. Kurz der Pachter und Wagen mußten zurück; und der Kadett war ins Geburttagzimmer getreten, um es mit überwallendem Hasse gegen Röperische Betrügereien anzusagen. – Aber war er dies imstande, als er mich nach vielen Wochen und meine Schülerin zum ersten Male sah und unter die fröhlich geröteten Gesichter trat, aus denen er auf einmal Blut und Freude jagen wollte? – Er konnte nichts als mich beiseite ziehen und mir alles entdecken; aber das Belauschen und das anfahrende corpus delicti entdeckten dem Kommerzien-Agenten das nämliche. Er geriet ohne weiteres in eine schimpfende Wut gegen den Kadetten, den die Sache, wie er sagte, nichts angehe, und steigerte sich so lange darin, bis ihm ein Heilmittel gegen das ganze Unglück beifiel. Ich mußte mit ihm vor die Haustür hinaus, und er sagte mir, ich würde als sein Amtmann leicht einsehen, daß man das Getreide für das Getreide seiner Pachter ausgeben müßte, weil der Fürst mit einem Beamten kein Schonen hätte. Das letzte sah ich als sein neuer Amtmann ein, daß der geizige Arsenikkönig, der den Ämter-Handel, Justiz-Unfug und ähnliches duldete, doch auf Ungehorsame gegen ihn wie ein giftiger Wind zufähret; aber das sah ich nicht ein, daß eine zweite Betrügerei der Verhack und Advokat der ersten sein müsse. Zu unserem Gefechte stieß endlich der Gegenstand desselben, der Pachter selber, der mit zerrüttetem Gesicht und mit der stotternden Bitte zulief, »Ihro Gnaden sollten es nicht ungnädig vermerken, daß er in der Angst *sein*

[1] Der Leser muß sich erinnern, daß sie von der Residentin von Bouse bloß zur Feier des väterlichen Geburttags hierhergereiset war.

Korn für Ihro Gnaden *Ihres* ausgegeben hätte«. Nun war der Knoten auseinander: mein Prinzipal hatte bisher bloß seine glücklich über die Grenze gebrachte Schleichware mit der ertappten fremden vermengt. Dem Pachter hielt er sogleich als gesunder Moralist die Bosheit vor, auf einmal ihn, das Land und den Fürsten zu betrügen, »und er wünschte, er bräche jetzt das Schreiben der Regierung auf, er würde ihn auf der Stelle ausliefern«. Zu meinem Gustav eilt' er hinein und warf ihm mit der Hitze der verkannten Unschuld so viel Grobheiten entgegen, als man von einem beleidigten Halb-Millionär erwarten kann, da Besitzer des Goldes, wie *Saiten* von Gold, am *allergröbsten* klingen. Mich dauerte mein lieber Gustav mit seiner Tugend-Plethora; ihn dauerte das Unglück des armen Pachters; und Beaten dauerte unsere allseitige Beschämung. Mit reißenden Gefühlen floh Gustav aus einem stummen Zimmer, wo er vom weichsten Herzen, das noch unter einem schönen Gesicht gezittert, von Beatens ihrem, die Blumen kindlicher Freude weggebrochen und herabgeschlagen hatte.

Im Grund ging jetzt der Henker erst los – nämlich das Röperische Gebelle gegen das Falkenbergische Haus und gegen dessen abscheuliche Verschwendung und gegen den Kadetten. Beata schwieg; aber ich nicht: ich wäre ein Schelm gewesen (ein größerer, mein' ich), wenn ich dem Rittmeister die Verschwendung in *dem* Sinne, worin sie der Gegner nahm, hätte beimessen lassen – ich wäre auch dumm (oder dümmer) gewesen, wenn ich ihn nicht in meinem ersten Amtmanns-Aktus an Widerstand zu gewöhnen getrachtet hätte, sondern erst im zehnten, zwanzigsten – – – Aber das Öl, das ich herumfließen ließ, um seine Wellen zu glätten, tropfte statt ins Wasser ins Feuer. Es half uns beiden wenig, daß uns meine Schülerin mit den silberhaltigsten Stellen aus Bendas *Romeo* anspielte – der alte Spaß war nimmer zurückzubringen – wir zuckten und lenkten vergeblich an unsern Gesichtern, Röper sah wie ein indianischer Hahn aus und ich wie ein europäischer. – Ich hatte vorgehabt, gegen Abend nach Mondaufgang etwas sentimentalisch zu sein in Beisein von Beaten, da sie mir ohnehin der Hof entriß; ich weiß gewiß, ich hätte hinlänglich empfunden und gefühlt; ich würde unter einem Schatten oder Baum mein Herz hervorgenommen und gesagt haben: »prenez«; ja ich schien sogar heute Beaten mir weit näher heranzuziehen als sonst, welches bei allen Mädchen gelingt, mit deren Eltern man die Geschäfte teilt. – – Das war nun sämtlich zum Henker; ich mußte kalt und zähe davongehen wie ein Kammergerichtbote und empfand schlecht. War der neue Amtmann verdrießlich, den man in sein Amt hineingeärgert hatte: so wars sein Prinzipal noch mehr, der in sein Jahr hineingezankt geworden. So hinkte ich davon und sagte unter dem ganzen Weg zu mir: »So und mit *dem* Gesicht und Aussehen ziehest du also, glücklicher Paul, von deiner Maußenbachischen Gerichthalterei heim, von der du schon in deinen Sektoren voraus geplaudert. – – Du brauchst meinetwegen nicht aufzugehen, Mond, ich brauche dein Puder-Gesicht heute nicht – der einzige verdammte Korn-Karren! und der Fürst! – und der Filz dazu! und auch die Jünglingtugend! – Ich wollt', daß ihr alle.... Wär' ich aber nur so gescheit gewesen und hätte gleich vormittags gefühlt und hätte vor dem Essen etwas von meinem Herzen vorgezeigt, nur ein Herzohr, nur eine Faser.«

»Ei! Herr Amtmann!« (fuhr mir mein Wutz entgegen) »wieder da? Hats hübsche Ehebrüche gegeben, Hurenfälle, Raufereien, Injurien?«

»Bloß einige Injurien«, sagt' ich.

Dreiundzwanzigster oder xx. Trinitatis-Sektor

Andrer Zank – das stille Land – Beatens Brief – die Aussöhnung – das Porträt Guidos

Noch am heutigen Sonntag hab' ichs nicht heraus, warum Gustav fünf Tage später in Scheerau eintraf, als er konnte; er wich sogar meinen Erkundigungen ängstlicher als listig aus. Oefel ließ sich alles rapportieren und machte daraus ein paar Sektores in seinem Roman, den ich und der Leser hoffentlich noch zu sehen bekommen. Ich wollte, seiner käme eher als meiner in die Welt, so könnt' ich den Leser darauf verweisen oder vielleicht einige Anekdoten daraus nehmen. Gustav schien ein geistiges Wundfieber zu haben. Er trug sein vom bisherigen Bluten erkaltetes Herz zu Amandus, um es an des Freundes heißer Brust wieder auszuwärmen und anzubrüten und um die Achtung gegen sich selber, die er nicht aus der ersten Hand bekommen konnte, aus der zweiten zu erhalten. Und dort erhielt er sie stets – aus einem besonderen Grunde. In seinem Charakter war ein Zug, der ihn, wenn er unter einer Brüdergemeinde wäre, längst als Wildenbekehrer aus ihr nach Amerika hinabgerollet hätte: er predigte gern. Ich kann es anders sagen: seine quellende Seele mußte entweder strömen oder stocken, aber tropfen konnte sie nicht – und wenn sich ihr denn ein freundschaftliches Ohr auftat: so regnete sie nieder in Begeisterung über Tugend, Natur und Zukunft. – Dann wehte eine heitere frische Luft durch seine Ideenwelt – die niedergestürzten Ergießungen deckten den schönen lichten tiefblauen Himmel seines Innern auf, und Amandus stand unter dem offnen Himmel entzückt. Dieser, dem die Übermacht seines herzlich Geliebten ein Postament war, das ihn nicht belastete, sondern emporhob, genoß im fremden Wert seinen eignen; ja in seinem minder ausgelichteten Kopf entstand noch größere Wärme, als im redenden war, wie etwa *dunkles* Wasser sich unter der Sonne stärker als *helles* erwärmt. Gustav erzählte ihm den Vorfall und sprach mit ihm so lange über sein Recht und Unrecht dabei, bis sein Schmerz darüber weggesprochen war; dies ist das freundschaftliche *Besprechen* des innern Schadenfeuers. Bloß Liebe und ein wenig Schwäche war es, daß

Amandus mit größerer Teilnahme eine herausgeweinte als eine hervorgelachte Träne aus dem geliebten fremden Auge wischte; er kam deswegen, um sich das Interesse an fremdem Kummer zu verlängern, noch einmal auf die Sache und tat die zufällige Frage, wo mein Held die übrigen fünf Tage war. Gustav überhörte es ängstlich und rot – jener drang heftiger an – dieser umfaßte ihn noch heftiger und sagte: »Frage mich nicht, du quälest dich nur.« – Amandus, dessen hysterisches Gefühl nicht so fein als konvulsivisch war, feuerte sich erst recht damit an – Gustavs Herz war innigst bewegt, und daraus kamen die Worte: »O! Lieber, du kannst es nie erfahren, von mir nie!« – Amandus war wie alle Schwache leicht zur Eifersucht in Freundschaft und Liebe geneigt und stellte sich beleidigt ans Fenster. – Gustav, heute nachgiebiger und wärmer durch das Bewußtsein seiner neuesten Vergehung in der Korn-Anklage, ging hin zu ihm und sagte mit nassen Augen: »Hätt' ich nur keinen Eid getan, nichts zu sagen« – Aber an Amandus' Seele waren nicht alle Stellen mit jenem feinen Ehrgefühl bekleidet, an welchem Wort- und Eidbruch fressender Höllenstein ist. Auch setzten in ihm wie in allen Schwachen die Bewegungen seiner Seele, sogar wenn die Ursache dazu gehoben war, wie die Wellen des Meers, wenn auf den langen Wind ein entgegenblasender folgt, noch die alte Richtung fort. – Er sah also weiter durchs Fenster und *wollte* vergeben, mußt' aber die mechanisch aufspringenden Wellen allmählich zusammenfallen lassen. Hätte Gustav sich weniger um seine Vergebung beworben: so hätt' er sie früher bekommen; beide schwiegen und blieben. »Amandus!« rief er endlich im zärtlichsten Ton. Keine Antwort und kein Umkehren. Auf einmal zog der einsame Gequälte das Porträt des verlornen und ihm ähnlichen Guido, das in seinen schönen Kindheittagen über seine Brust gehangen worden und das er ihm heute zu zeigen willens gewesen, vom Schmerze übermannt, hervor und sagte mit zerschmelzendem Herzen: »O du gemalter Freund, du geliebtes Farben-Nichts, du trägst unter deiner gemalten Brust kein Herz, du kennst mich nicht, du vergiltst mir nichts, – und doch lieb' ich dich so sehr. – Und meinem Amandus wär' ich nicht treu?« – – Er sah plötzlich im Glase dieses Porträts sein eignes mit seinen Trauerzügen nachgespiegelt: »O blicke her;« (sagte er in einem andern Tone) »ich soll diesem gemalten Fremden so ähnlich sehen, sein Gesicht lächelt in einem fort, schau aber in meines!« – und er richtete es auf, und weit offne, aber in Tränen schwimmende Augen und zuckende Lippen waren darauf. – – Die Flut der Liebe nahm beide in fester Umfassung hinweg und hob sie – und als Amandus erst darnach seine halbeifersüchtige Frage: »er habe geglaubt, das Porträt sei Gustavs« mit Nein und mit der ganzen Geschichte beantwortet erhielt: so tat es keinen Schaden; denn die Bewegungen seines Herzens zogen schon wieder im Bette der Freundschaft hin.

Nach solchen Erweiterungen der Seele bietet eine Stube keine angemessenen Gegenstände an; sie suchten sie also unter *dem* Deckengemälde, von dem nicht ein gemalter, sondern ein lebendiger Himmel, nicht Farbenkörner, sondern brennende und verkohlte Welten niederhängen, und gingen hinaus ins *stille Land*, das keine halbe Stunde von Scheerau liegt. Ach, sie hättens nicht tun sollen, wenn sie ausgesöhnet bleiben wollten!

Willst du hier beschrieben sein, du stilles Land, über das meine Phantasie so hoch vom Boden und mit solchem Sehnen hinüberfliegt – oder du stille Seele, die du es noch in der deinigen bewachst und nur ein irdisches Bild davon auf die Erde geworfen hast? – Keines von beiden kann ich; aber den Weg will ich nachzeichnen, den unsre Freunde dadurch nahmen, und vorher teil' ich noch etwas mit, das den sonderbaren Ausgang ihres Spaziergangs gebar.

Ich wußte ohnehin nicht recht, wohin ich den Brief tun sollte, welchen Beata sogleich nach meiner und ihrer Rückkehr von Maußenbach an meine Schwester schrieb. Sie war in den wenigen Tagen, die sie mit meiner Philippine bei der Residentin zugebracht, ihre Freundin geworden. Die Freundschaft der Mädchen besteht oft darin, daß sie einander die Hände halten oder einerlei Kleiderfarben tragen; aber diese hatten lieber einerlei freundschaftliche Gesinnungen. Es war ein Glück für meine Schwester, daß Beata keine Gelegenheiten hatte, ihrem sie halb bestreifenden Widerschein von Gefallsucht zu begegnen; denn Mädchen erraten nichts leichter als Gefallsucht und Eitelkeit, zumal an ihrem Geschlecht.

»Liebe Philippine,

ich habe bisher immer gezögert, um Ihnen einen recht muntern Brief zu schreiben – Aber, Philippine, *hier* mach' ich keinen. Mein Herz liegt in meiner Brust wie in einer Eisgrube und zittert den ganzen Tag; und doch waren Sie hier so freudig und niemal betrübt als bei unserem Abschiede, der fast so lange währte wie unser Beisammensein: ich bin wohl selber schuld? Ich glaub' es manchmal, wenn ich die lachenden Gesichter um die Residentin sehe oder wenn sie selber spricht und ich mir in ihrer Stelle denke, was ich ihr mit meinem Schweigen und Reden scheinen muß. Ich darf nicht mehr an die Hoffnungen meiner Einsamkeit denken, so sehr werd' ich von den Vorzügen fremder Gesellschaft beschämt – Und wenn mich eine Rolle, die für mich zu groß ist, freilich niederdrückt: so weiß ich mit nichts mich aufzurichten, als daß ich ins stille Land wegschleiche: – da hab' ich süßere Minuten, und mir gehen oft die Augen plötzlich über, weil mich da alles zu lieben scheint und weil da die sanfte Blume und der schuldlose Vogel mich nicht demütigen, sondern meine Liebe achten; – dann seh' ich den Geist der trauernden Fürstin einsam durch seine Werke wandeln, und ich gehe mit ihm und fühle, was er fühlet, und ich weine noch eher als er. Wenn ich unter dem schönsten blauesten Tage stehe: so schau' ich sehnend auf zur Sonne und nachher rings um den Horizont herum und denke: ›Ach wenn du deinen Bogen hinabgezogen bist, so hast du doch auf keine Stelle der Erde geschienen, auf der ich ganz glücklich sein könnte bis zu deinem Abendrot; – und wenn du hinunter und der Mond herauf ist: so findet er, daß du mir nicht viel gegeben.‹ ... Teure Freundin! verübeln Sie mir diesen Ton nicht; schreiben Sie ihn einer Krankheit zu, die mich allemal hinter diesem Vorboten anwandelt. O könnt' ich Sie mit meinem Arme an mich ketten: so wär' ich vielleicht auch nicht so. Glückliche Philippine! aus deren Munde schon wieder der Witz lächelnd flattert, wenn noch über ihm das Aug' voll Wasser steht, wie die einzige Balsampappel in unserem Park Gewürzdüfte ausatmet, indes noch die warmen Regentropfen von ihr fallen. – Alles ziehet von mir weg, Bilder sogar; ein totes stummes Farbenbild hinter einer Glastür war der ganze Bruder, den ich zu lieben hatte. Sie können nicht fühlen, was Sie haben oder ich entbehre – jetzo scheidet sogar sein Widerschein von mir, und ich habe nichts mehr vom geliebten Bruder, keine Hoffnung, keinen Brief, kein Bild. – Ich vermisse dieses Porträt zwar seit meiner Rückkehr von Maußenbach; aber vielleicht ists schon länger weg; denn ich hatte mich bisher bloß einzurichten; vielleicht hab' ichs selber mit unter die Bücher, die ich Ihnen gab, verpackt – Sie werden mich benachrichtigen. Ich weiß gewiß, in unserem Hause war noch ein zweites, etwas unähnlicheres Porträt meines Bruders; aber seit langem ists nicht mehr da.« etc.

*

Natürlich! denn der alte Röper hatt' es publice versteigert, weil es das von Gustav war. – Aber wir wollen wieder ins stille Land unsern beiden Freunden nach.

Sie mußten vor dem alten Schlosse vorbei, das wie eine Adams-Rippe das neue ausgeheckt, das seinerseits wieder neue Wasseräste, ein sinesisches Häuschen, ein Badhaus, einen Gartensaal, ein Billard u. s. w., hervorgetrieben hatte. Im neuen Schlosse wohnte die Residentin von Bouse, die diesen architektonischen Fötus das ganze Jahr nicht zweimal bewunderte. Hinter dem zweiten Rücken des Schlosses fing sich der englische Garten mit einem französischen an, den die Fürstin stehen lassen, um den Kontrast zu benützen oder um den zu vermeiden, in welchem sich ein brillantierter Gala-Palast neben die patriarchalische Natur im Schäferkleide postiert. Wer nicht vor den beiden Schlössern vorbei wollte: konnte durch ein Fichtenwäldchen in den Park gelangen und vorher in eine Klausnerei, deren Väter der alte Fürst und sein Favorit-Kammerherr gewesen waren. Beide waren in ihrem Leben nicht einen halben Tag allein gewesen, außer wenn sie sich auf einer Jagd oder *sonst* verirrten; – daher wollten sie doch allein sein und setzten deswegen (was fragten sie darnach, daß, sie ein Plagiat und einen Nachdruck der vorigen Baireuther Eremitage veranstalteten?) neun Häuserchen aufs Papier, nachher auf den Tisch und endlich auf die Erde, oder vielmehr neun bemooste Klafter Holz. In diesen ausgehöhlten Vexier-Klaftern steckte sinesisches Ameublement, Gold und ein lebendiger Hofmann, wie man etwa in lebendigen Baumstämmen auf eine lebendige Kröte mit Erstaunen stößet, weil man nicht sieht, wo ihr Loch ist. Die Klafter umrangen eine Klause, die man – weil am ganzen Hof keine Seele zu einem lebendigen Einsiedler Ansatz hatte – einem hölzernen anvertrauete, der still und mit Verstand darin saß und so viel meditierte und bedachte, als einem solchen Manne möglich ist. Man hatte den Anachoreten aus der Scheerauischen Schulbibliothek mit einigen aszetischen Werken versehen, die für ihn recht paßten und ihn zu einer Abtötung des Fleisches ermahnten, die er schon hatte. Die Großen oder Größten werden entweder repräsentiert oder repräsentieren selber; aber sie *sind* selten etwas; andere müssen für sie essen, schreiben, genießen, lieben, siegen, und sie selber tun es wieder für andre; daher ist es ein Glück, daß sie, da sie zum Genuß einer Einsiedelei keine eigne Seele haben und keine fremde finden, doch hölzerne Geschäftträger, welche die Einsiedelei für sie genießen, bei Drechslern auftreiben; aber ich wünschte nur, die Großen, die nie mehr Langweile erleiden als bei ihrer Kurzweile, ließen auch vor ihre Parks, vor ihre Orchester, ihre Bibliotheken und ihre Kinderstuben solche feste und unbelebte Geschäft- und Himmelträger oder Genuß-Curatores absentis und Schönwetterableiter machen und hinstellen, entweder in Stein gehauen oder bloß in Wachs bossiert.

In die Decke der Klause sollte (wie an der Decke der Grotte beim Kloster S. Felicita) hinlängliche Baufälligkeit, sechs Ritzen und ein paar Eidechsen, die daraus fallen, eingemalet werden. Der Maler war auch schon auf Reisen, blieb aber so lange darauf und aus, daß sich die Sache zuletzt selber hinaufmalte und gleich offnen Menschen nichts war, als was sie schien. Allein als die künstliche Einsiedelei sich zu einer natürlichen veredelt hatte, war sie längst von allen vergessen. Ich halt' es daher mehr für Persiflage als für reine Wahrheit, daß der Kammerherr – wie so viele Oberscheerauer sagten – Holzwürmer hätte zusammenfangen und in den Stuhl des Eremiten impfen lassen, damit die Tiere statt der Haarsägen und Trennmesser daran arbeiteten und den Sessel früher antik machten – wahrhaftig das Gewürm beißet jetzo Stuhl und Mönch um! Noch lächerlicher ists, wenn man einem vernünftigen Mann weismachen will, anfangs hätte der architektonische Kammerherr ein künstlich laufendes Räderwerk mit einem Mausfell kuvertiert und papillotiert, damit die Kunst-Eidechse oben eine Korrespondenz-Maus unten hätte und so für Symmetrie hinten und vorn gesorgt wäre, hernach hätte der Herr sich der Natur genähert und über eine lebendige rennende Maus ein künstliches zweites Mausfell als Überrock und Frack gezogen, damit Natur und Kunst ineinander steckten – lächerlich! Mäuse fahren zwar stets um den Einsiedler herum, aber sicher nur in *einer* Unterzieh-Haut....

Unsere zwei Freunde sind weit von uns und schon im sogenannten langen Abendtal des Parks, durch welches aus der untergehenden Sonne ein schwebender Goldstrom fiel. Am westlichen, sanft erhöhten Ende des Tales schienen die zerstreuten Bäume auf der zerrinnenden Sonne zu grünen; am östlichen sah man über die Fortsetzung des Parks hinüber bis ans glühende Schloß, auf dessen Scheiben sich die Sonne und das Abend-Feuerwerk verdoppelten. Hier sah die alte Fürstin allemal den ersten Untergang der Sonne; dann hob sie ein sanft aufgewundner Weg auf das hohe Gestade dieses Tals, wo der Tag noch in seinem Sterben war und noch einmal mit dem brechenden Sonnen-Auge väterlich den großen Kinderkreis anblickte, bis ihm seine Nacht das Auge zudrückte und diese in ihren mütterlichen Schoß die verlassene Erde nahm.

Gustav und Amandus! hier versöhnet euch noch einmal – der rote Sonnenrand steht schon auf dem Rande der Erde – das Wasser und das Leben rinnen fort und stocken unten im Grabe – nehmet euch an den Händen, wenn ihr auf das zerstörte *Ruhestatt*[1] hinüberschauet und auf seine stehende Kirche, das Bild der unglücklichen Tugend – oder wenn ihr auf die *Blumeninseln* blickt, wo jede Blume auf ihrem grünen Weltteilchen einsam zittert und ihr kein Verwandter entgegenschwankt als ihr gemalter Schatten im Wasser – drückt euch die Hände, wenn eure Augen fallen auf das *Schattenreich,* wo heute Licht und Schatten wie Leben und Schlafen nebeneinander und ineinander zitternd flatterten, bis die schwarze Schattenflut über allem, was an der Erde blinket, steht und den Tod nachspielt – und wenn ihr an des *stummen Kabinetts* dreifachem Gitter Alphörner und Äolsharfen lehnen sehet: so müssen euere Seelen die Harmonien im Einklang nachbeben .... Es ist eine elende rhetorische Figur, die ich aufstelle, daß ich hier so lange an- und zugeredet habe: sind denn nicht die zwei Freunde in einem größern Enthusiasmus als ich selbst? Ist nicht Amandus über freundschaft-

[1] Diese wenigen Partien beschreib' ich nur kurz: *Ruhestatt* ist ein abgebranntes Dorf mit stehender Kirche, die beide bleiben mußten, wie sie waren, nachdem die Fürstin den Einwohnern Platz und alles eine Viertelstunde davon mit den größten Kosten und durch Hülfe des Herrn von Ottomars, dem es gehört und der noch nicht da ist, vergütet hatte. – Die *Blumeninseln* sind einzelne abgesonderte Rasenerhöhungen in einem Teiche, jede mit *einer* andern Blume geputzt. – Das *Schattenreich* besteht in einem mannigfaltigen Schatten-Gegitter und -Geniste, durch großes und kleines Laubwerk, durch Äste und Gitterwerk, durch Büsche und Bäume verschieden auf den Grund von Kies, Gras oder Wasser gemalt. Sie hatte die tiefsten und die hellsten Schattenpartien angelegt, einige für den abnehmenden Mond, andre für das Abendrot. – Das *stumme Kabinett* war ein schlechtes Häuschen mit zwei entgegengesetzten Türen, über deren jeder ein Flor hing und die durchaus keine Hand aufschließen durfte als die der Fürstin. Noch jetzo weiß man nicht, was darin ist, aber die Flöre sind zerstört.

liche Eifersucht emporgehoben und hält eigenhändig das heutige angeredete Porträt des unbekannten Gustavischen Freundes vor sich hin und sagt: »Du könntest der Dritte sein«? Ja legt er nicht in der Begeisterung das Bild ins Gras, um mit der linken Hand Gustav zu fassen und mit der rechten auf ein Zimmer des neuen Schlosses zu deuten, und gesteht er nicht: »Hätt' ich auch in der rechten das, was ich liebe: so wären meine Hände, mein Herz und mein Himmel voll, und ich wollte sterben«? Und da man nur in der größten Liebe gegen einen Zweiten von der gegen einen Dritten sprechen kann: können wir unserem Amandus mehr ansinnen, der hier auf dem Berge seine Verliebung in Beaten bekennt? – –

Das Unglück war, daß sie eben selber heraufstieg, um am Sterbebette der Sonne zu stehen – noch schöner als die, die ihre Augenlust war – immer langsamer gehend, als wollte sie jeden Augenblick still stehen – mit einem Auge, das erst sah, nachdem sie es einigemal schnell auf- und zugezuckt – kein lebender europäischer Autor könnte Amandi Entzückung vormalen, wenn es dabei geblieben wäre; – aber ihr kleines Erstaunen über die zwei Gäste des Berges floß plötzlich in das über den dritten auf dem Grase über. Eine hastige Bewegung gab ihr das brüderliche Bild, und sie sagte, unwillkürlich zu Amandus gekehrt: »Meines Bruders Porträt! Endlich find' ichs doch!« – Aber sie konnte nicht vorbeigehen, ohne aus jenem weiblichen feinen Gefühl, das in solchen Manual-Akten zehn Bogen durchhat, ehe wir das erste Blatt gelesen, zu beiden zu sagen: »sie dankte ihnen, wenn sie das Bild gefunden hätten« – Amandus bückte sich tief und erboset, Gustav war weg, als stände sein Geist auf dem Berg Horeb und hier bloß der Leib – sie wandelte, als wär' es ihre Absicht gewesen, gerade über den Berg hinüber, mit den eignen Augen auf dem Bilde und mit den vier fremden auf ihrem Rücken ....

»Jetzt sind ja deine fünf Tage heraus, und ohne deinen Meineid«, sagte Amandus erzürnet, und die hohe Oper des Sonnen-Untergangs rührte ihn nicht mehr; Gustaven hingegen rührte sie noch stärker; denn das Gefühl, Unrecht zu leiden, floß mit dem irrigen Gefühle, Unrecht angetan zu haben – zarte Seelen geben in solchen Fällen dem andern allzeit mehr Recht als sich –, in *eine* bittere Träne zusammen, und er konnte kein Wort sagen. Amandus, der sich jetzt über seine Versöhnung ärgerte, wurd' in seinem eifersüchtigen Verdachte noch dadurch befestigt, daß Gustav in der pragmatischen Relation, die er ihm von der Maußenbacher Avantüre gemacht, Beaten völlig ausgelassen; allein diese Auslassung hatte Gustav angebracht, weil ihn beim ganzen Vorfall gerade der Zarten Gegenwart am meisten schmerzte und weil vielleicht in seinem wärmsten Innersten eine Achtung für sie keimte, die zu zart und heilig war, um in der freien harten Luft des Gesprächs auszudauern. »Und sie war natürlich neulich mit in Maußenbach?« sagte der Eifersüchtige im fatalsten Tone. – »Ja!« aber so viel vermochte Gustav nicht beizufügen, daß sie da kein Wort mit ihm gesprochen. Dieses dennoch unerwartete Ja zerstückte auf einmal des Fragers Gesicht, der seinen Stumpf in die Höhe gehalten (falls die Hand wäre abgeschossen gewesen) und geschworen hätte: »es brauche weiter keines Beweises – Gustav halte Beaten sichtlich in seinem magnetischen Wirbel – schweig' er nicht jetzt? Ließ er ihr das Bildnis nicht sogleich? Wird sie, da sie die Kopien verwechselte, nicht auch die Originale verwechseln, da sie sich alle vier so gleichen u. s. w.?«

Amandus liebte sie und dachte, man lieb' ihn auch, und man merke, wo er hinauswolle. Er hatte Delikatesse genug in seinen eignen *Handlungen*, aber nicht genug in den *Vermutungen*, die er von fremden hegte. Er hatte nämlich oft an der medizinischen Seite seines Vaters die sieche Beata in Maußenbach besucht; er hatte von ihr jene freimütige Zutraulichkeit erfahren, die viele Mädchen in siechen Tagen immer äußern, oder in gesunden gegen Jünglinge, die ihnen tugendhaft und gleichgültig auf einmal vorkommen; das gute Partizipium in *dus*, Amandus, mutmaßte daher nach einigem Nachdenken, daß ein Brief, den Beata als ein Spezimen aus Rousseaus Heloise auf feinem Papier – auf grobes schreibt keine – verdolmetschet hatte und der an den seligen St. Preux geschrieben war, an das Partizipium selber gerichtet wäre. Mädchen sollten daher nichts vertieren; Amandus war in einen Liebhaber vertiert.

In Gustavs wogendem Kopf brach endlich *die* Nacht an, die außer ihm vortrat; Stürme und Mondschein waren in seiner nebeneinander, Freude und Trauer; er dachte an einen unschuldigen, vom Verdacht angefressenen Freund, an das eingebüßte Porträt, an die Schwester, mit der er einmal in seiner Kindheit gespielt hatte, an den unbekannten abgemalten Freund, der also der Bruder dieses schönen Wesens sei u. s. w. – Amandus brach einseitig auf; Gustav folgte ihm ungebeten, weil er heute nichts als verzeihen konnte. Noch unter dem Hinuntergehen rangen Haß und Freundschaft mit gleichen Kräften in Amandus, und erst ein Zufall war einem von beiden zum Siege vonnöten – der Haß errang ihn, und der Auxiliar-Zufall war, daß Gustav parallel an Amandus' Seite ging. Gustav hätte voraus- (oder höchstens hintennach-)schleichen sollen, zumal mit seiner freundschaftlich gebeugten Seele: so hätte die Freundschaft vermittelst seines Rückens gesiegt, weil ein Menschenrücken durch den Schein von Abwesenheit mehr Mitleiden und weniger Haß mitteilt als Gesicht, Brust und Bauch.... Man kann die Menschen gar nicht oft genug von *hinten* sehen....

Ihr Bücherleser! keift nicht mit dem armen Amandus, der sein morsches Leben verkeift. Ihr solltet nur nachsehen, wie in einem Nervenschwächling der Sitz der Seele ist, verteufelt hart, ausgepolstert mit keinen drei Rindhaaren, einschneidend wie eine Schlittenpritsche; kurz alle mir bekannte Ich sitzen weicher – – Dennoch wird mein Mitleiden gegen den wunden Schelm durch ganz andre Dinge als durch seine harte steinige Zirbeldrüse der Seele erregt: es sind Dinge, die den Leser weich machen würden und zu denen ich mich trotz meines Austunkens nur leider noch nicht habe hinzuschreiben vermocht! –

Überhaupt versteck' ichs vergeblich, wie sehr es meiner Historie noch mangelt an wahrem Mord und Totschlag, Pestilenz und teuerer Zeit und an der Pathologie der Litanei. Ich und der Bücherverleiher finden hier das ganze weiche Publikum im Laden, das aufpasset und schon das weiße Schnupftuch – dieses sentimentalische Haarseil – heraushat und das Seinige beweinen *will* und abwischen.... und doch bringt keiner von uns viel Rührendes und Totes..... Von der andern Seite bleibt mir wieder die besondere Not, daß das deutsche Publikum seinen Kopf aufsetzt und sich nicht von mir ängstigen lassen will; denn es bauet darauf, ich könne als bloßer platter Lebensbeschreiber es zu keinem Morde treiben, ohne welchen doch nichts zu machen ist. Aber ist denn nur der Romanen-Fabrikant mit dem Blut- und Königsbann beliehen, und ist nur *sein* Druckpapier ein Greveplatz? – Wahrhaftig Zeitungschreiber, die keine Romane schreiben, haben doch von jeher eingetunkt und niedergemacht, was sie wollten, und mehr, als rekrutieret war – Geschichtschreiber ferner, diese Großkreuze unter den gedachten Kleinkreuzen (denn aus 100 Zeitung-Annalisten extrahier' ich höchstens *einen* Geschichtschreiber als Absud), sind fortgefahren und haben so viel umgebracht, als der Plan ihrer historischen Einleitungen, ihrer Abrégés, ihrer Kaiserhistorien und Reichsgeschichten durchaus erforderte.... Kurz ich bin nicht zu entschuldigen, wenn ich hier gar nichts tot und interessant mache; und ich erschlage am Ende aus Not einen oder ein paar Lakaien, die noch dazu außer Scheerau kein Henker kennt.

Ich fahre aber in meiner Geschichte fort und rücke aus des Pestilenziarius Nouvelle à la main folgenden Artikel in meine für mehre Weltteile geschriebene Nouvelle à la main herein:

»Es bestätigt sich aus Maußenbach, daß der dasige Bediente Robisch Todes verfahren ist wie seine Mäuse. Sein Tod hat zwei medizinische Schulen gestiftet, wovon die eine verficht, sein Sekten stiftender Tod komme von zu vielem Prügeln, und die andre, vielmehr von zu wenigem Essen.«

Es ist nicht ein Wort daran wahr; der Mensch hat zwar Striemen und Appetit, lebt aber noch dato, und der Zeitungartikel ist erst seit einer Minute von mir selber gemacht worden. Das kühne Publikum ziehe sich aber daraus auf immer die Witzigung, daß es keinen Lebensbeschreiber reize und aufbringe, weil auch *der* durch die Kelchvergiftung seines Dintenfasses und durch das Rattenpulver seiner Streusandbüchse Robische und Fürsten und jeden umwerfen und auf den Gottesacker treiben könne; es lerne daraus, daß ein rechtschaffenes Publikum stets unter dem Lesen beben und fragen müsse: »Wie wirds dem armen Narren (oder der armen Närrin) ergehen im nächsten Sektor?« – –

Vierundzwanzigster oder xxi. Trinitatis-Sektor

Oefels Intrigen – die Infammachung – der Abschied

Schlecht genug ergehts ihm, wenn das fragende Deutschland anders unsern Gustav meinte. Oefel ist daran schuld. Ich will aber dem erschrocknen Deutschland alles eröffnen; die wenigsten darin wissen, warum dieser ein Romanschreiber und ein Legationrat ist.

Kein empfindsamer Offizier – im Kadettenhause trug er Uniform – hat weniger Kugeln und mehr Hemden und Briefe gewechselt als Oefel. Letzte wollt' er an alle Leute schreiben; denn seine Briefe ließen sich lesen, weil er selber las, und zwar belletristische Sachen, die er noch dazu nachmachte. Er war nämlich ein schöner Geist, hatte aber keinen andern. Sämtliche französische Buchhändler sollten eine närrische Dankadresse an ihn erlassen, weil er ihr sämtliches Zeug einkaufte – sogar gegenwärtige Lebensbeschreibung, worin er selber steht, wird einmal wieder bei ihm stehen, wenn er von ihrer Ausgabe und von ihrer Übersetzung ins Französische hört. Sich selber, Leib und Seele nämlich, hatt' er schon in alle Sprachen übersetzt aus seinem französischen Mutter-Patois. Die schönen Geister in Scheerau (vielleicht auch mich) und in Berlin und Weimar verachtete der Narr, nicht bloß weil er aus Wien war, wo zwar kein Erdbeben einen Parnaß, aber doch die Maulwurfs-Schnäuzchen von hundert Broschüristen Duodez-Parnäßchen aufstießen und wo die daraufstehenden Wiener Bürger denken, der Neid blicke hinauf, weil der Hochmut heruntergucktt – sondern er verachtete uns sämtlich, weil er Geld, Welt, Verbindungen und Hofgeschmack hatte. Der Fürst Kaunitz zog ihn einmal (wenns wahr ist) zu einem Souper und Ball, wo es so zahlreich und brillant zuging, daß der Greis gar nicht wußte, daß Oefel bei ihm gespeiset und getanzt. Da sein Bruder Oberhofmarschall und er selber sehr reich war: so hatte niemand in ganz Scheerau Geschmack genug, seine Verse zu lesen, als der Hof; für *den* waren sie; der konnte solche Verse wie die Graspartien des Parks ungehindert durchlaufen, so klein, weich und beschoren war ihr Wuchs – zweitens gab er sie nicht auf Druckpapier, sondern auf seidnen Bändern, Strumpfbändern, Bracelets, Visitenkarten und Ringen heraus. Unter andern Flöhen, die auf dem Ohrentrommelfell des Publikums auf- und abspringen und sich hören lassen, bin auch ich und donnere mit; aber Oefel ahmte keinen von uns nach und verachtete dich sehr, mein Publikum, und setzte dich Höfen nach: »Mich«, sagt' er, »soll niemand lesen, wenn er nicht jährlich über 7000 Livres zu verzehren hat.«

Künftigen Sommer reiset er als Envoyé an den **schen Hof ab, um die Unterhandlungen wegen der Braut des Fürsten, die schon neben ihrer Wiege angesponnen und abgerissen wurden, neben ihrem Doktor-Grahams-Bette wieder anzuknüpfen. Der Fürst mußte sich im Grunde mit ihr vermählen, weil ein gewisser dritter Hof, der nicht genennt werden darf, sie dadurch einem vierten, den ich gern nennen möchte, entziehen wollte. Man glaube mir aber, es glaubt kein Mensch am ganzen Hofe des Bräutigams, daß er an den Hof der Braut verschickt werde, weil dort etwa schöne Geister und schöne Körper gesuchte Ware sind: wahrhaftig in beiden Schönheiten war er von jedem zu überbieten; aber in einer dritten Schönheit war ers nur leider nicht, die einem Envoyé noch nötiger und lieber als die moralische ist – im Geld. An einem insolventen Hof hat der Fürst die erste und der Millionär die zweite Krone. Ich habe oft den verdammten Erbschaden des scheerauischen Fürstentums verflucht und besehen, daß selten genug da ist, und wir hälfen uns gern durch einen Nationalbankerutt, wenn wir nur vorher Nationalkredit bekämen. Aber außer diesem Fürstentum hab' ich auf meinen Reisen folgende vier Regionen nirgends angetroffen als am Ätna selber: erstlich die *fruchtbare* und zweitens die *waldige* Region unten am Throne, wo Früchte und grasendes und jagdbares Pöbelwild zu haben ist, drittens die *Eisregion* des Hofes, die nichts gibt als Schimmer, viertens die *Feuerregion* der Thronspitze, wo außer dem Krater wenig da ist. Ein Thron-Krater kann selber Goldberge einschlucken, verkalken, auswerfen als Lava.

Zum Unglück gefiel ihm Gustav, weil er seine jugendliche Menschenfreundlichkeit für ausschließende Anhänglichkeit an sich ansah, seine Bescheidenheit für Demütigung vor Oefelscher Größe, seine Tugenden für Schwachheiten. Er gefiel ihm, weil Gustav für die Poesie Geschmack und folglich, schloß er, für die seinige den größten hatte: denn Oefels *adeliges Blut* lief wider die Natur in einer dünnen *poetischen Ader*, und in einer *satirischen* dazu, dacht' er. Vielleicht fand auch Gustav in seinen Jahren des Geschmacks, wo den Jüngling die poetischen kleinern Schönheiten und Fehler entzücken, zuweilen die Oefelschen gut. Wie nun schon Rousseau sagt, er könne nur den zum Freund erwählen, dem seine Heloise gefalle: so können Belletristen nur solchen Leuten ihr Herz verschenken, die mit ihnen Ähnlichkeit des Herzens, Geistes und folglich des Geschmackes haben und die mithin die Schönheiten ihrer Dichtungen so lebhaft empfinden als sie selber.

Was indessen Oefel an Gustav am höchsten schätzte, war, daß er in seinen Roman zu pflanzen war. Er hatte in der Kadetten-Arche siebenundsechzig Exemplare studiert, aber er konnte davon keines zum Helden seines Buchs erheben, zum *Großsultan*, als das achtundsechzigste, Gustav.

Und der ist gerade mein Held auch. Das kann aber unerhörte Leselust mit der Zeit geben, und ich wollte, ich läse meine Sachen und ein andrer schriebe sie.

Er wünschte meinen Gustav zum künftigen Erben des ottomanischen Throns auszubilden, ihm aber kein Wort davon zu sagen, daß er Großherr würde – weder im Roman noch im Leben; – er wollte alle Wirkungen seines pädagogischen Lenkseils niederschreiben und übertragen aus dem lebendigen Gustav in den abgedruckten. Aber da setzte sich dem Bileam und seiner Eselin ein verdammter Engel entgegen; Gustav nämlich. Oefel wollte und mußte aus dem Kadettenhause, wo seine Zwecke befriedigt waren, ins alte Schloß zurück, wo neue seiner warteten. Erstlich aus dem alten Schloß konnt' er leichter in die kartesianischen Wirbel des neuen, der Visiten und Freuden springen und sich von ihnen drehen lassen; – zweitens konnt' er da mit seiner Geliebten, der *Ministerin,* besser zusammenleben, die alle Tage hinkam und welche der Liebe die Tugend und die Liebe der Assembleen-Jagd aufopferte – drittens ist die zweite Ursache nicht recht wahr, sondern er machte sie der Ministerin nur weis, weil er noch eine dritte hatte, welche Beata war, die er in ihrem Schlosse aus dem seinigen zu beschießen, wenigstens zu blockieren vorhatte. – – Fort mußt' er also; aber Gustav sollte auch mit.

»Das ist den Augenblick zu machen,« (dachte Oefel) »er soll mich am Ende selber um das bitten, um was ich ihn bitte.« Ihm war nichts lieber als eine Gelegenheit, jemand zu seinem Zweck zu lenken – das Lenken war ihm noch lieber als das Ziel, wie er in der Liebe die Kriegzüge der Beute vorzog. Er hätte als Gesandter aus Krieg Frieden und aus Frieden Krieg gemacht, um nur zu unterhandeln. – Er zog, um Gustaven nahezukommen, seine erste Parallele, d. h. er stach ihm mit seiner spitzen Zunge ein schönes Bild der Höfe aus: daß sie allein das savoir vivre lehren und alles und das Sprechen, wie denn auch die Hunde, je kultivierter sie sind, desto mehr bellen, der Schoßhund mehr als der Hirtenhund, der wilde gar nicht – daß durch sie ein Paradieses-Strom von Freuden brause – daß man da an der Quelle seines Glücks, am Ohre des Fürsten und am Knoten der größten Verbindungen stehe – daß man intrigieren, erobern etc. könne. Es war in Oefels Plan, dem kleinen Großsultan nicht einmal die Möglichkeit, ins alte Schloß mitzukommen, zu verraten: »Um so mehr reiz' ich ihn«, dacht' er. Es ging aber nicht mit dem Reizen, weil Gustav noch nicht aus den poetischen Idyllen-Jahren, wo der aufrichtige Jüngling Höfe und Verstellung hasset, in die abgekühlten hinüber war, wo er sie sucht. Oefel studierte, wie Hofleute und Weiber, nur Einzelwesen, nicht den Menschen.

Nun wurde die zweite Parallele gezogen und der Festung schon näher gerückt. Er ging einmal an einem Vormittage mit ihm in den Park spazieren, als er gerade die *Residentin* da zu treffen wußte. Während er sie unterhielt, beobachtete er Gustavs Beobachten oder errötendes Staunen, der noch in seinem Leben vor keiner solchen Frau gestanden war, um welche sich alle Reize herumschlangen, verdoppelten, einander verloren, wie dreifache Regenbogen um den Himmel. Und du, Blumen-Seele, Beata, deren Wurzeln auf dem irdischen Sandboden so selten die rechte Blumenerde finden, standest auch dabei, mit einer Aufmerksamkeit auf die Residentin, die eine unschuldige Maske deiner kleinen Verwirrung sein sollte. – Gustav brachte für seine große keine Maske zustande. Oefel schrieb diese Verwirrung nicht wie ich der gegenseitigen Erinnerung an die Guido-Bilderstürmerei, sondern die Gustavische der Residentin, und die weibliche sich selber zu.

»So hab' ich ihn denn, wo ich ihn haben will!« sagt' er und ließ sich von ihm bis ins alte Schloß begleiten. »A propos! Wenn wir nun beide dablieben!« sagt' er. Die aus anderen Gründen herausgeseufzete Antwort der Unmöglichkeit war, was er eben begehrte. »Gleichviel! Sie werden mein Legationsekretär!« fuhr er mit seinem feinen, auf Überraschung lauersamen Blicke fort, den er eigentlich niemal mit einem Augenlide bedeckte, weil er stets alles zu überraschen glaubte.

– Es lief aber einfältig für Oefel ab: Gustav wollte nicht, sondern sagte: *nie*! sei es nun aus Furcht vor Höfen, vor seinem Vater, aus Scham der Veränderung, aus Liebe der Stille; kurz Oefel stand dumm vor sich selber da und sah den schwimmenden Stücken seines gescheiterten Baurisses nach. Es ist wahr, es blieb ihm doch *der* Nutzen daraus, daß er den ganzen Schiffbruch in seinen Roman tun konnte – nur aber der Sekretär war fort! – Er hatte ihn auch nicht unvernünftig schon im voraus zum Gesandtschaft-Sekretariat voziert; denn an den Scheerauer Thron ist eine Leiter mit den tiefsten und den höchsten Ehrensprossen angelehnt, die Staffeln aber stehen sich so nahe, daß man mit dem linken Beine auf die unterste treten und doch die höchsten noch mit dem rechten erspannen kann – wir hätten ja beinahe einmal einen Oberfeldmarschall erschaffen. Zweitens hängt und picht an Höfen wie in der Natur alles zusammen, und Professores sollten es den kosmologischen Nexus nennen; jeder ist Last und Träger zugleich; so klebt am Magnet das eiserne Lineal, an diesem ein Linealchen, an diesem eine Nadel, an dieser Feilstaub. Höchstens nur was *auf* dem Throne oben sitzt und was *unter* ihm unten liegt, hat nicht Nexus genug mit der wirksamen Kompagnie: so werden in der französischen Oper nur die fliegenden *Götter* und schiebenden *Tiere* von Savoyarden gemacht, alles übrige von der ordentlichen Truppe.

Also mußte Oefel die dritte Parallele ziehen und daraus auf den Kadetten schießen. Er machte ihm nämlich seine Uniform täglich um einen Daumen spannender und knapper, um ihn aus ihr hinauszuängstigen. Er hatte ihn schon neulich in dieser Absicht zum Getreide-Kordon versenden helfen, wo dem warmen, nur an mildes Geben gewöhnten Jüngling scharfe Neins neue und harte Pflichten waren; aber nun wurde der Dienst von unten auf noch mehr erschwert, und die militärischen Übungen zerbrachen beinahe seinen feinen porzellanenen Leib, so oft und strenge schleppte ihn der Romancier in die Gesellschaft des Vaters aller Friedenschlüsse, nämlich des Kriegs. –

Wie schmerzlich mußte die rauhe Außenwelt seine wunde *innere* berühren! Vor ihm stand, seit seinem Zerfallen mit seinem sterbenden Liebling, fast jener Trauerabend mit seinen Tränen und wich nicht; auf sein verlassenes Herz schimmerte noch die blutrote Sonne und ging nicht unter. –

Der stumme Abschied seines Amandus, der ihn und andre Wünsche verlor, die abnehmenden Herbsttage seines Lebens und die vorige Liebe drückten sein Auge und Herz zum Trauern zusammen. Die Freundschaft duldet Mißhelligkeiten weniger als die Liebe; diese kitzelt damit das Herz, jene spaltet es damit. Amandus, der ihn so mißverstanden und betrübet und doch dessen innigste Liebe nicht verloren hatte, verzieh ihm alles bis abends um 5 Uhr – dann hört' er (oder es war ihm genug, wenn er sichs nur dachte), daß Gustav den Park (und mithin die Spaziergängerin) besucht hatte – dann nahm er seine Versöhnung bis auf 11 Uhr abends zurück – dann legte die Nacht und der Traum wieder einen Mantel auf alle Fehler der Menschen und auf diesen. Abends um 5 Uhr fing es von vornen an. Lacht ihn aus, aber ohne Stolz, und mich und euch auch; denn alle unsre Empfindungen sind – ohne ihre Löwen- und Narrenwärterin, die Vernunft – ebenso toll, wenn nicht in unserem Leben, doch in unserem Innern! – Aber endlich hatte er seine Verzeihung so oft zurückgenommen, daß ers bleiben lassen wollte, falls nur Gustav anklopfte und von ihm alle die Beschuldigungen anhörte, welche er ihm zu verzeihen vorhatte. Man schiebt oft das Vergeben auf, weil man das Vorwerfen aufzuschieben gezwungen ist. – Aber, trauter Amandus, konnt' er denn kommen, Gustav, und ließ ihn der Romancier? –

Letzter triebs noch weiter und kartete es listig ab, daß Gustav, dieser Großsultan, dieser Held zweier gut geschriebner Bücher, an einem Abend, wo der Kadettengeneral großes Souper gab, vor dessen Haus kam als – Schildwache. Beim Henker! wenn die schönsten Damen vorfahren, die bekannte Residentin – die mit einem zufälligen Blick unsre gute Schildwache *ausbälgte* und ausgestopft unter ihrer Hirnschale aufstellte – und ihr Gesellschaftfräulein Beata, und wenn man vor solchen Gesichtern das Gewehr präsentieren muß: so will mans viel lieber strecken und überhaupt statt stehen knien, um nicht sowohl den Feind zu verwunden als die Freundin.... Beim Henker! ich werde hier mehr Witz gehabt haben, als wohl gern gesehen wird; aber es versuch' es einmal ein lebhafter Mann und schreib' über die Liebe und entschlage sich des Witzes! – Es geht fast nicht. – Ich behaupt' es nicht und widerleg' es nicht, daß Oefel vielleicht aus den Träumen Gustavs, die immer sprechend und oft nach dem Erwachen nachwirkend waren, die Namen der gedachten weiblichen Schönheit-Ambe mag vernommen haben. Der Romanschreiber hat also einen Vorteil vor dem Lebensbeschreiber (ich bins) voraus: er schläft neben seinem Helden.

Er ängstigte seinen und unsern Helden, ders aber nur im ästhetischen, nicht im militärischen Sinne war, mit der Herbstheerschau; denn jeder kleine Fürst spielt dem großen Soldaten auf der Gasse nach neben noch kleinern Kindern; daher haben wir Scheerauer eine niedliche Taschen-Landmacht, eine tragbare Artillerie und eine verjüngte Kavallerie. Es macht ein Landesherr ohnehin einen Spaß, wenn er einen Menschen zu einem

Rekruten macht: es widerfährt dem Kerl nichts, sondern nur Bewegung soll er haben, weil jetzt[1] unsre wichtigern Kriege, wie sonst die italienischen, in nichts bestehen als in Marschieren, aus Ländern in Länder. So bestehen auch die Feldzüge auf dem Theater bloß in wiederholten Märschen um das Theater, aber in kürzern. Ich ging vor einem Jahre zum Scherze 1/2 Stunde neben einem Regimente her und machte mir weis: »Jetzt tuest du im Grunde einen halbstündigen Feldzug gegen den Feind mit; aber die Zeitungen gedenken deiner schwerlich, ob du und das Regiment gleich durch diese kriegerische Vexier-Prozession ebensoviel Landplagen abwenden als die Klerisei durch geistliche singende Prozessionen.«

Er ängstigte ihn, sagt' ich; er schilderte die Heerschau nämlich: »Friedrich II. tat kleinere Wunder, als man da vom Kadetten-Korps fordern wird! Mehr Blessierte als Blessierende wird es geben! Unter allen Zelten und Kasernen wird man reden von der letzten Scheerauer Heerschau!« Gustav hatt' es im kleinen Dienst längst so weit gebracht, daß er imstande war, mit der Fortifikation seines Leibes wenigstens *einen* zu verwunden, diesen Leib selber. – Ich werde die Angst der Welt sicher nicht vermindern, wenn ich noch erzähle, daß Gustav regelmäßig alle sieben Wochen auf fünf Tage verreiset, woraus seine Freunde und der Biograph selber gerade so klug werden als die ältesten Leser – daß Oefel ihm durch geheimes Intrigieren seinen Urlaub so sauer machte, daß er ihn um diesen Preis kein zweites Mal begehren konnte – daß Gustav vom letzten Verreisen an den Dr. Fenk einen Brief von *Ottomar* heimbrachte, den man zwar dem Leser nicht vorenthalten wird, von dessen Überkommung man ihm aber nichts entdecken kann, weil man selber nichts davon weiß.

Aus allen diesen Dornen und aus der blessierenden Heerschau rettete unsern Gustav eine fremde Infamie. Nach der gedachten Rückkehr wurde in Oberscheerau ein Offizier, dessen Namen und Regiment man hier aus Schonung seiner vornehmen Familie unterdrücken will, für ehrlos erklärt, weil er mit Spitzbuben Verbindung gehabt. Als der Profos ihm in der Mitte des Regiments, das er entehret hatte, den Degen und das Wappen zerknickte und die Uniform abriß und ihm alles nahm, was den gebückten Menschen noch in die Höhe richtet im Unglück: so stürzte Gustav, dessen Ehrgefühl sogar aus den Wunden eines fremden blutete und der noch nie den schwarzen Anblick einer öffentlichen Bestrafung erlebt hatte, in Ohnmacht zusammen; sein erster Laut nach der Belebung war: »Soldat gewesen auf ewig! – Wenn der arme Offizier unschuldig war oder wenn er besser wird: wer gibt ihm die ermordete Ehre wieder? – Nur der untrügliche Gott kann sie nehmen; aber der Kriegsrat sollte nichts nehmen als das Leben! – Die Bleikugel, aber nicht die Infamie!« rief er wie in einer Verzuckung. Ich denke, er hat recht. Zwei Tage war er krank, und seine Phantasien schleiften ihn in die

[1] Nämlich 1791.

Räuber-Katakomben des Infamierten hinein – – zum neuen Beweis, daß die Fieberbilder der armen, aus dem Krankenbette ins Grab hineingefolterten Menschen nicht immer die Steckbriefe und Abdrücke ihres Innern sind! – Gemarterte Brüder! wie lieb' ich euch jetzt und den sanften Gustav in dieser Minute, wo meine Phantasie unter euch alle hineinblickt, wie ihr, vom Zickzack des Schicksals herumgetrieben, mit eueren Wunden und Tränen müde nebeneinander stehet, einander umfasset, einander beklagt und einander – begrabet! –

Solang' er krank war und phantasierte: hing Amandus an seinen glühenden Augen und litt so viel wie er und vergab ihm alles. – Als der Doktor Fenk versicherte, am Morgen sei er genesen: so kam Amandus am Morgen nicht und wollte wieder hartherzig sein.

Oefel genoß den Sieg seines Plans. Er trug sich selber die Einlenkung des alten Falkenbergs auf und schrieb eigenhändig an den Mann. Da er mit Dinte den guten Vater auf den mosaischen Berg stellete, hinter dem Berg den Prospekt des gelobten Landes der Gesandtschaft, und mitten ins Kanaan den jungen Legationsekretär: so hatte der gute Mann die Freude vieler Eltern, die ihre Kinder gern das werden sehen, was sie selber zu werden hasseten oder nicht vermochten. Er kam zu mir mit dem Briefe und ritt unter mein Fenster. – Alles, was Gustav noch innerlich gegen seine Versetzung ins alte Schloß zu sagen hatte, war, daß die schöne Beata im neuen wohnte, welches vom alten bloß durch eine halbierte Mauer abgeschieden war, und daß er Amandus' Verdacht bewährte. Aber zum Glück verfiel er *nach* dem Entschlusse auf den eigentlichen Beweggrund, der ihm denselben eingegeben hatte und der Veredlung und Erweiterung seines Wirkkreises war: »er könnte«, sagte er, »nach der Ablösung vom Gesandtschaftposten in einem Kollegium angestellet werden und da dem liegenden Lande aufhelfen u. s. w.« Kurz die größte Schönheit Beatens hätt' ihn nun nicht dahin bringen können, sie zu – meiden.

Überhaupt schälte ihn der Romanschreiber so eifrig aus seiner militärischen Hülse, daß man, da er, wie Ehemänner und Fürsten, den Zügel öfter im passiven *Munde* als in den aktiven *Händen* hatte – hätte denken sollen, er werde gelenkt, um zu lenken; aber ich denk' es nicht.

Gustav legte den Abschiedbesuch bei Amandus ab. Ein gutes Mittel, dem zu vergeben, den eine eingebildete Beleidigung auf uns erbitterte, ist, ihm eine wahre anzutun – Gustav dachte in den freiwilligen Umwegen von Gassen, durch die er zu seinem gekränkten Amandus ging, an Beata, die nun seine Wandnachbarin wurde, an die Liebe und den Verdacht seines Freundes, an die Unmöglichkeit, den Verdacht zu heben; und da gerade um 6 Uhr vom eisernen Orchester um den Stephansturm die abendliche Sphärenmusik in die Gassen niederfloß: so sank sein Herz in die Töne hinein, und er brachte seinem Freunde das weichste mit, das es außer der Brust Beatens gab. Ich und der Leser haben hierüber unsre Gedanken: eben diese versöhnliche Weichheit schrieb sich bloß vom versteckten Bewußtsein her, daß er halb den Verdacht der Nebenbuhlerei verdiene; denn sonst hätt' er, von Stolz gehoben, dem andern zwar auch vergeben, aber ihn darum nicht stärker geliebt. – Er fand ihn in der schlimmsten Stimmung für seine Absicht – in der freundschaftlichsten nämlich; denn in Zärtlich-Kranken ist jede Empfindung ein gewisser Vorbote der entgegengesetzten, und alle haben abwechselnde Stimmen. Amandus war im Anatomier-Zimmer seines Vaters – der Sonnenstrahl fiel vor seinem Untergang in die leere Augenhöhle eines Totenschädels – in Phiolen hingen Menschen-Blüten, kleine Grundstriche, nach denen das Schicksal den Menschen gar ausziehen wollte, Menschchen mit vorhängendem großen Kopf und großen Herzen, aber mit einem großen Kopfe ohne einen Irrtum und einem großen Herzen ohne einen Schmerz – auf einer Tafel lag eine schwarze Färbers-Hand, an deren Farbe der Doktor Proben machen wollte.... Welche Nachbarschaft für eine *Aussöhnung* und einen *Abschied!* Drei Blicke machten und versiegelten *jene* – schon Blicke reden in dieser nackten Entkörperung der Seelen eine zu schreiende Sprache –; aber als Gustav *diesen*, vom schönsten Enthusiasmus über Verdacht und Furcht hinübergehoben, seinem Freunde ansagte; als er ihm, der noch nichts davon begriff, seine neue Wandnachbarschaft und den Verlust der alten kundtat: – zerflogen war der Freund, und ein schwarzer Feind sprang aus seiner Asche heraus – diese Minute benützte der Tod und schlug die letzten Wurzelfasern seines wankenden Lebens gar entzwei.... Gustav stand zu hoch, um zu zürnen – aber er mußte sich noch höher stellen – er fiel um ihn und sagte mit entschlossener reiner Stimme: »Zürne und hasse, aber ich muß dir vergeben und dich lieben – mein ganzes Herz mit allem seinem Blut bleibet deinem getreu und sucht es auf in deiner Brust – und wenn du mich auch künftig verkennest: so will ich doch alle Wochen kommen, ich will dich ansehen, ich will dir zuhören, wenn du mit einem Fremden redest, und wenn du mich dann mit Haß anblickst: so will ich mit einem Seufzer gehen, aber dich doch lieben – ach ich werde alsdann daran denken, daß deine Augen, da sie noch zerschnitten waren, mich schöner anblickten und besser erkannten.... o stoße mich nicht so weg von dir, gib mir nur deine Hand und blicke weg.« –

»Da!« sagte der zertrümmerte Amandus und gab ihm die kalte schwarze – Färbers-Faust.... Der Haß überlief wie ein Schauer das liebreichste Herz, das sich noch in einer menschlichen Brust verblutete – Gustav zerstampfte auf der Erde seine Liebe und seinen Haß und ging verstummt mit erstickten Empfindungen aus dem Hause und am andern Tage aus Oberscheerau.

Kaum hatte Amandus den gemißhandelten Jugendfreund über die Gasse zittern sehen: so ging er in sein Zimmer, hüllte sich mit dem Kopfkissen zu und ließ, ohne sich anzuklagen oder zu entschuldigen, seine Augen so viel weinen, als sie konnten. Wir werden es hören, ob er sein krankes Haupt wieder vom Kopfkissen erhob und wann er wieder von Gustav ins stille

Land *begleitet* wurde, aus dem er ihn zurückzustoßen suchte. O der Mensch! – warum will dein so bald in Salz, Wasser und Erde zerbröckelndes Herz ein anderes zerbröckelndes Herz zerschlagen – Ach eh' du mit deiner aufgehobnen Totenhand zuschlägst: fällt sie ab in den Gottesacker hin – ach eh' du dem feindlichen Busen die Wunde gegeben, liegt er um und fühlt sie nicht, und dein Haß ist tot oder auch du.

Fünfundzwanzigster oder XXII. Trinitatis-Sektor

Ottomars Brief

Wenn wir Ottomars Brief gelesen: so wollen wir uns an Gustavs neues Theater stellen und ihm zuschauen. Im folgenden Briefe herrscht und tobt ein Geist, der wie ein Alp alle Menschen höherer und edler Art drückt und oft bewohnt und den bloß – so viel er auch holländische Geister überwiege – ein *höherer Geist* übertrifft und hinausdrängt. Viele Menschen leben in der *Erdnähe*, einige in der *Erdferne*, wenige in der *Sonnennähe*. – Fenk sehnte sich so oft nach seinem Ottomar, zumal nach seinem Stillschweigen von einigen Jahren, und er sprach so oft von ihm gegen Gustav, daß es gut war, daß die Adresse des Briefes von fremder Hand und an Doktor Zoppo in Pavia war: sonst hätte der Doktor sogleich gegen die erste Zeile des Briefes gesündigt.

»Nenne, ewiger Freund, meinen Namen dem Überbringer nicht; *ich* muß es tun. Auf meinem letzten Lebensjahre liegt ein großes schwarzes Siegel; zerbrich es nicht, halte die Vergangenheit für die Zukunft – ich mache sie zur Gegenwart für dich, aber jetzo noch nicht – und wenn ich stürbe, ich träte vor dich und sagte dir mein letztes Geheimnis der Erde.

Ich schreibe dir, damit du nur weißt, daß ich lebe und daß ich im Herbste komme. Mein Reisedurst ist mit Alpen-Eis und Seewasser gelöscht; ich ziehe nun heim in meine Ruhestatt, und wenn mich dann unter meiner Haustüre wieder über die Berge hinüberverlangt: so denk' ich: in den Guadiana- und in den Wolgastrom sieht das nämliche lechzende Menschenherz hinein, das in dir neben dem Rheine seufzet, und was auf die Alpen und auf den Kaukasus steigt, ist, was du bist, und wendet ein sehnendes Auge nach deiner Haustüre herüber. Wenn ich aber hier sitze und alle Morgen auf den Nachtstuhl gehe und froh bin, daß ich hungrig, und nachher, daß ich satt werde, und wenn ich alle Tage Hosen und Haarnadeln ausziehe und anstecke: ach! was ists denn da am Ende? Was wollt' ich denn haben, wenn ich in meiner Kindheit auf dem Stein meines Torwegs saß und sehnend dem Zug der langen Straße nachsah und dachte, wie sie fortliefe, über Berge schösse, immer immerfort...? und endlich?... Ach alle Straßen führen zu nichts, und wo sie abreißen, steht wieder einer, der sich rückwärts herübersehnt. – Was wollt' ich denn haben, wenn mein kleines Auge sonst auf dem Rhein mitschwamm, damit er mich hinnähme in ein gelobtes Land, in welches alle Ströme, dacht' ich, zögen, ach sonst, wo ich nicht wußte, daß er, wenn er manches schwere Herz getragen, neben mancher zerquetschten Gestalt vorbeigebrauset, die nur er von ihren Qualen erlösen konnte, daß er dann wie der Mensch sich zersplittere und zertrümmert einsickere in *holländische* Erde? – Morgenland, Morgenland! auch nach deinen Auen neigte sich sonst meine Seele wie Bäume nach Osten: – ›Ach wie muß es da sein, wo die Sonne aufgeht!‹ dacht' ich; und als ich mit meiner Mutter nach Polen reiste und endlich in das nach Morgen liegende Land und unter seine Edelleute, Juden und Sklaven trat.... Weiter gibts aber auf dieser optischen Kugel kein Morgen-Sonnenland als das, welches alle unsere Schritte weder *entfernen* noch *erreichen.* Ach ihr Freuden der Erde alle, ihr sättigt die Brust bloß mit Seufzern und das Auge mit Wasser, und in das arme Herz, das sich vor euerem Himmel auftut, gießet ihr eine Blutwelle mehr! Und doch lähmen uns diese paar elenden Freuden, wie Giftblumen Kindern, die damit spielen, Arme und Beine. Nur keine Musik, diese Spötterin unserer Wünsche, sollt' es geben: fließen nicht auf ihren Ruf alle Fibern meines Herzens auseinander und strecken sich als so viele saugende Polypenarme aus und zittern vor Sehnsucht und wollen umschlingen – wen? was?... Ein ungesehenes, in andern Welten stehendes Etwas. Oft denk' ich, vielleicht ists gar nichts, vielleicht geht es nach dem Tode wieder so, und du wirst dich aus einem Himmel in den andern sehnen – und dann zerdrücke ich unter diesem phantastischen Unsinn die Klaviersaiten, als wollt' ich aus ihnen eine Quelle auspressen, als wär' es nicht genug, daß der Druck dieses Sehnens die dünnen Saiten meines innern Tonsystems verstimmt und absprengt....

In Rom wohnte ein Maler, der Kirche von S. Adriano gegenüber, der unter dem Regen sich allemal unter die Dachrinnen stellte und sich toll lachte; der sagte oft zu mir: ›Einen Hundetod gibts nicht, aber ein Hundeleben.‹ Fenk! nimm wenigstens, was der Mensch wird oder tut: so gar gar wenig! Welche Kraft wird denn an uns ganz ausgebildet, oder in Harmonie mit den andern Kräften? Ists nicht schon ein Glück, wenn nur *eine* Kraft wie ein Ast ins Treibhaus eines Hör- oder Büchersaals hineingezogen und mit partialer Wärme zu Blüten genötigt wird, indes der ganze Baum draußen im Schnee mit schwarzen harten Zweigen steht? Der Himmel schneiet ein paar Flocken zu unserem innern Schneemann zusammen, den wir unsre Bildung nennen, die Erde schmelzt oder besudelt ein Viertel davon, der laue Wind löset dem Schneemann den Kopf ab – das ist unser gebildeter innerer Mensch, so ein abscheuliches Flickwerk in allem unseren Wissen und Wollen! Vom Einzelwesen auf die ganze Menschheit mag ich gar nicht übergehen; ich mag nicht daran denken, wie ein Jahrhundert untergeegget und untergeackert wird zur Düngung des nächsten – wie nichts sich zu etwas runden will, wie das ewige Bücherschreiben und Aufschlichten des Scibile kein Ziel, kein Ende hat und alle nach entgegengesetzten Richtungen graben und laufen! – Was tut der Mensch? Noch weniger, als er weiß und wird. Sage mir, was verrichten denn vor dem fürstlichen Porträt über dem Präsidentenstuhl, oder gar vor einem verschnittenen regierenden Gesicht selbst, dein Scharfsinn, dein Herz, deine Schnellkraft? Die zurückgepreßten ineinander sich krümmenden Zweige drücken das Fenster des Winterhauses, der Regent lässet in der compotière ihre Frucht vor seinem Teller vorübergehen, der blaue Himmel fehlet ihnen, das Gescheiteste ist noch, daß sie verfaulen! – Was tun denn die edelsten Kräfte in dir, wenn Wochen und Monate verströmen, die sie nicht brauchen, nicht rufen, nicht üben? Wenn ich oft so der Unmöglichkeit zusah, in allen unsern monarchischen Ämtern ein ganzer, ein edel tätiger, ein allgemeinnützlicher Mensch zu sein – selbst der Monarch kann nicht mit denen unendlich vielen schwarzen subalternen Klauen und Händen, die er erst als Finger oder Griffe an seine Hände anschienen muß, etwas vollendet Gutes tun – sooft ich zusah, so wünscht' ich, ich würde gehenkt mit meinen Räubern, wär' aber vorher ihr Hauptmann und rennte mit ihnen die alte Verfassung nieder!.... Geliebter Fenk! *dein* Herz reißet mir niemand aus *meiner* Brust, es treibet mein bestes Blut, und nie kannst du mich verkennen, ich sei so unkenntlich, als ich wolle! Aber, o Freund, es kommen Zeiten heran, wo dir dieses Verkennen doch leichter werden kann!

Verhüllter Genius unserer verschatteten Kugel! ach wär' ich nur etwas gewesen, hätte meine Gehirnkugel und mein Herz nur, wie Luther, mit irgendeiner dauerhaften, weit wurzelnden Tat das Blut abverdient, das sie rötet und nährt: dann würde mein *hungriger Stolz satte Demut,* vier niedrige Wände wären für mich groß genug, ich sehnte mich nach nichts Großem mehr als nach dem Tode und vorher nach dem Herbst des Lebens und Alters, wo der Mensch, wenn die Jugend-Vögel verstummen, wenn über der *Erde* Nebel und fliegender Faden-Sommer liegt, wenn der *Himmel* ausgeheitert, aber nicht brennend über allem steht, sich entschlafend auf die welken Blätter legt. – – – Lebe wohl, mein Freund, auf einer Erde, wo man weiter nichts Gutes tun kann als *in* ihr liegen; im *nächsten* Herbst sind wir aneinander!«

*

Zu diesem Briefe, der meine ganze Seele nimmt und meine Irrtümer sowohl als meine Wünsche erneuert, kann ich nichts mehr sagen, als daß heute der erste Mensch in dieser Geschichte auf einem Berg begraben worden ist. Wenn ich nach vier oder fünf Sektoren von seinem abendrötlichen Tode rede: so werden schon die Züge seiner Gestalt bleicher und zerrissen sein, sowohl im Sarge als im Herzen der Freunde!

Extrablatt

Von hohen Menschen – und Beweis, daß die Leidenschaften ins zweite Leben und Stoizismus in dieses gehören

Gewisse Menschen nenn' ich *hohe* oder Festtagmenschen, und in meiner Geschichte gehören Ottomar, Gustav, der Genius, der Doktor darunter, weiter niemand.

Unter einem hohen Menschen mein' ich nicht den geraden ehrlichen festen Mann, der wie ein Weltkörper seine Bahn ohne andere Abirrungen geht als scheinbare – noch mein' ich die feine Seele, die mit weissagendem Gefühl alles glättet, jeden schont, jeden vergnügt und sich aufopfert, aber nicht wegwirft – noch den Mann von Ehre, dessen Wort ein Fels ist und in dessen von der Zentralsonne der Ehre brennenden und bewegten Brust keine anderen Gedanken und Absichten sind als Taten außer ihr – und endlich weder den kalten von Grundsätzen gelenkten Tugendhaften, noch den Gefühlvollen, dessen Fühlfäden sich um alle Wesen wickeln und zucken in der fremden Wunde und der die Tugend und eine Schöne mit gleichem Feuer umfasset – auch den bloßen *großen* Menschen von Genie mein' ich nicht unter dem *hohen*, und schon die Metapher deutet dort waagrechte und hier steilrechte Ausdehnung an.

Sondern den mein' ich, der zum größern oder geringern Grade aller dieser Vorzüge noch etwas setzt, was die Erde so selten hat – die Erhebung über die Erde, das Gefühl der Geringfügigkeit alles irdischen Tuns und der Unförmlichkeit zwischen unserem Herzen und unserem Orte, das über das verwirrende Gebüsch und den ekelhaften Köder unsers Fußbodens aufgerichtete Angesicht, den Wunsch des Todes und den Blick über die Wolken. Wenn ein Engel sich über unsern Luftkreis stellte und durch dieses trübe mit Wolkenschaum und schwimmendem Kot verfinsterte Meer herniedersähe auf den Meergrund, auf dem wir liegen und kleben – wenn er die tausend Augen und Hände sähe, die geradeaus *waagrecht* nach dem Inhalte der Luft, nach Gepränge, fangen und starren; wenn er die schlimmern sähe, die *schief* niedergebückt werden gegen den Fraß und Goldglimmer im morastigen Boden, und endlich die schlimmsten, die *liegend* das edle Menschengesicht durch den Kot durchziehen; – wenn dieser Engel aber unter den Seetieren einige aufrecht gehende hohe Menschen zu sich aufblicken sähe – und er wahrnähme, wie sie, gedrückt von der Wassersäule über ihrem Haupte, umstrickt vom Geniste und Schlamm ihres Fußbodens, sich durch die Wellen drängten und lechzeten nach einem Atemzuge aus dem weiten Äther über ihnen, wie sie mehr liebten als geliebt würden, das Leben mehr ertrügen als genössen, gleich fern von stehendem Emporstaunen und rennendem Geschäftleben Hände und Füße dem Meerboden ließen und nur das aufwärts steigende Herz und Haupt dem Äther außer dem Meere gäben und auf nichts sähen als auf die Hand, die das Gewicht des Körpers, das den Täucher mit dem Boden verbindet, von ihm trennt und ihn aufsteigen lässet in sein Element .... o dieser Engel könnte diese Menschen für untergesunkne Engel halten und ihre Tiefe bedauern und ihre Tränen im Meer.... Könnte man die Gräber eines Pythagoras (dieser schönsten Seele unter den Alten) – Platos – Sokrates' – Antonins (aber nicht so gut des großen Kato oder Epiktets) – Shakespeares (wenn sein Leben wie sein Schreiben war) – J. J. Rousseaus und ähnlicher in *einem* Gottesacker zusammenrücken: so hätte man die wahre Fürstenbank des *hohen Adels* der Menschheit, die geweihte Erde unserer Kugel, Gottes Blumengarten im tiefen Norden. – – Aber warum nehm' ich mein weißes Papier und durchstech' es und bestreu' es mit Kohlenstaub oder Dintenpulver, um das Bild eines hohen Menschen hineinzustäuben; indes vom Himmel herab das große, nie erblassende Gemälde herunterhängt, das Plato in seiner Republik vom tugendhaften Manne aus seinem Herzen auf die Leinwand trug.

Die größten Bösewichter sind einander am unkenntlichsten; hohe Menschen einander in der ersten Stunde kenntlich. Schriftsteller, die darunter gehören, werden am meisten getadelt und am wenigsten gelesen, z. B. der selige Hamann. Engländer und Morgenländer haben diesen Sonnen-Stern öfter auf ihrer Brust als andre Völker.

Ottomar führte mich auf die Leidenschaften: ich weiß, daß er, wenigstens sonst, nichts so haßte als Köpfe und Herzen, die von der stoischen Stein-Rinde überzogen waren – daß er in seine Pulsadern Katarakten hineinwünschte und in seine Lungenflügel Stürme – daß er sagte, ein Mensch ohne Leidenschaft sei noch ein größerer Selbstling als einer mit heftigen; einen, den das nahe Feuer der sinnlichen Welt nicht entzünde, flamme das weite Fixsternlicht der intellektuellen noch viel weniger an; der Stoiker unterscheide sich vom abgenützten Hofmann nur darin, daß die Erkältung des ersten von innen nach außen fortgehe, die des andern aber von außen nach innen.... Ich weiß nicht, obs bei dem innen brennenden, außen glatteisenden Hofmann so ist; aber beim Glase ists so, daß es, wenn es von außen und nach dem glühenden Kern zu erkaltet, hohl und zerbrechlich wird; es muß umgekehrt sein....

Alle Leidenschaften täuschen sich nicht über die *Art* oder den *Grad*, sondern über den *Gegenstand* der Empfindung; nämlich so:

Darin irren unsere Leidenschaften nicht, daß sie irgendeinen Menschen hassen oder lieben – denn sonst verfiele alle moralische Häßlichkeit und Schönheit –; auch darin nicht, daß sie über etwas jammern oder frohlocken – denn sonst wär' auch die kleinste Freuden- oder Kummerträne über Glück und Unglück unerlaubt, und wir dürften nichts mehr wünschen, nicht einmal wollen, nicht einmal die Tugend. – Auch irren die Leidenschaften über den *Grad* dieser Ab- und Zuneigung, dieses Freuens und Betrübens nicht; denn sobald ihnen die Sinne und die Phantasie den Gegenstand mit tausendmal größeren moralischen oder physischen Reizen oder Flecken vorlegen, als sie andre sehen: so muß doch das Lieben und Hassen nach Verhältnis des äußern Anlasses zunehmen, und sobald irgendein äußerer Reiz den geringsten Grad von Liebe und Haß rechtfertigt: so muß auch der vergrößerte Reiz den vergrößerten Grad der Leidenschaft rechtfertigen. Die meisten Gründe gegen den Zorn beweisen nur, daß die vermeintliche moralische Häßlichkeit des Feindes mangle, nicht, daß sie da sei und er doch zu lieben – die meisten Gründe gegen unsre Liebe beweisen nur, daß unsre Liebe weniger den Grad als den Gegenstand verfehle u. s. w. Nicht bloß ein mäßiger, sondern der höchste Grad der Leidenschaften würde zulässig sein, sobald sich ihr Gegenstand vorfände, z. B. die höchste Liebe gegen das höchste gute Wesen, der höchste Haß gegen das höchste böse. Da aber alle Gegenstände dieser Erde die Beschaffenheit nicht haben, die solche Seelenstürme in uns verdienen kann; da also das Größte, was uns zu sich reißen oder von sich stoßen kann, in andern Welten stehen muß: so sieht man, daß die größten Bewegungen unsers Ich nur vielleicht außerhalb des Körpers ihren vergönnten geräumigern Spielraum antreffen.

Überhaupt ist Leidenschaft subjektiv und relativ: die nämliche Willensbewegung ist in der stärkern Seele unter größern Wellen nur ein Wollen und in der schwächern auf der glattern Fläche ein innerer Sturm. Unser ewiges Wollen fließet immerfort durch uns und in uns, wie ein Strom, und die Leidenschaften sind nur die *Wasserfälle* und Springfluten dieses Stroms; sind wir aber zur Verdammung derselben bloß durch ihre Seltenheit befugt? Ist nicht dem kleinen Bach das Flut, was dem Strom nur Welle ist? – Und wenn wir im Feuer unsre Kälte und in der Kälte unser Feuer schelten: wo haben wir recht? Und gibt die Dauer des Scheltens das Recht? –

Ich fühle Einwürfe und Schwierigkeiten voraus, ja ich weiß es und fühle, daß auf dieser umwölkten Regen-Kugel uns nichts gegen die äußern Stürme einbauen und bedecken kann, als das Besänftigen der innern – gleichwohl fühl' ich auch, daß alles Vorige wahr ist.

Sechsundzwanzigster oder xx. Trinitatis-Sektor

Diner beim Schulmeister

Wenn ein Autor wie ich so viele Wochen hinter seiner Geschichte zurückgeblieben, so denkt er: mag der Henker den heutigen Post-Trinitatis auch gar holen – ich will also darin von nichts reden als vom heutigen Post-Trinitatis, von meiner Schwester, meiner Stube und von mir. Wenige Geschichtschreiber werden heute hinter ihren Dintenfässern einen solchen guten Tag haben wie ihr Zunftgenoß.

Ich sitze hier in des Schulmeister Wutzens Empor-Stube und halte seit einem Vierteljahr meinen Arm als Armleuchter zum Fenster hinaus mit einem langen Licht, um in die zehn deutschen Kreise hineinzuleuchten. Ich werde in jedem Herbst und Winter alle meine Sektores wie den heutigen am Morgen um $4^1/_2$ Uhr bei Licht zu machen anfangen; denn wie die erhabne Finsternis vor Mitternacht den Menschen über die Erde und ihre Wolken hinaushebt: so legt uns die nach Mitternacht wieder in unser Erd-Nest herein – schon nach 12 Uhr nachts fühl' ich neue Lebenslust, die so zunimmt, wie das herübergegossene Morgenlicht die Finsternis verdünnt und durchsichtig macht. Gerade die feinsten und unsichtbarsten Fühlfäden unserer Seele laufen wie Wurzeln unter der groben Sinnenwelt fort und werden von der entferntesten Erschütterung gestoßen. Z. B. wenn der Himmel gegen Osten licht- und wolkenlos, gegen Westen mit Wolkenschläuchen verhangen ist: so kehr' ich mich scherzhafterweise mehr als zehnmal um – steh' ich gegen Osten, so fliegen alle innern Wolken aus meinem Geiste weg – fahr' ich gegen Westen um, so hängen sie sich wieder um ihn her – und auf diese Art zwing' ich durch schnelles Umdrehen die entgegengesetztesten Empfindungen, vor mir ab- und zuzulaufen.

An logische Ordnung ist in diesem Lust-Sektor gar nicht zu gedenken; einige geschichtliche soll zu finden sein. Nur wird mancher Gedanke mit tausend Schimmerecken von meiner Lichtschere erdrückt werden, wenn ich das Licht schneuze, oder in meiner Tasse ersaufen, wenn ich gestrigen Kaffee daraus trinke. Dem Publikum ist letzter mehr anzuraten: unter allen warmen Getränken ist kalter Kaffee zwar vom abscheulichsten Geschmack, aber doch von der geringsten Wirkung. Der schlafende Tag wird schon wie eine schlafende Schöne, in der die Morgenträume glühen, rot und muß bald das Aug' aufschlagen. Sein erstes wird – poetisch zu reden – sein, daß er meine Schwester weckt und mit ihr als Schlafgenoß in meine Stube tritt. Ich sollte wie ein mährischer Bruder ein paar tausend Schwestern haben, so lieb' ich sie überhaupt alle. Wahrlich manchmal will ich mit den stößigen Satyrs-Bockfüßen gegen das gute weibliche Geschlecht ausschlagen und lass' es bleiben, weil ich neben mir die kleinen Kirchenschuhe meiner Philippine sehe und mir die schmalen weiblichen Füße hineindenke, welche in so manches Dornengeniste und manche Gewitterregenlache, die beide leicht durch die dünnen weiblichen Fußtapeten dringen, treten müssen. Die *leeren* Kleider eines Menschen, zumal der Kinder, flößen mir Wohlwollen und Trauern ein, weil sie an die Leiden erinnern, die das arme Einschiebsel darin schon muß ausgestanden haben; und ich hätte mich einmal in Karlsbad leicht mit einer Böhmin ausgesöhnet, wenn sie mich ihre Hauskleidung, ohne daß sie darin war, hätte beschauen lassen ....

Diese Punkte stellen verrollte Zeitpunkte vor. Jetzt sind die Blinden heil, die Lahmen gehen, die Tauben hören – wach ist nämlich alles; unter meinen Füßen zerhämmert der Schulmeister schon den Sonntagzucker; meine Schwester hat mich schon viermal ausgelacht; der Senior Setzmann hat schon aus seinem Fenster meinem Hausherrn die nötigsten heutigen Religionedikte zugepfiffen; die Uhr ist, wie Hiskias Sonnenuhr, von der Wunderkraft des dekretierenden Pfeifens eine Stunde zurückgegangen, und ich kann eine länger schreiben; – bin aber dadurch mit meinem Pinsel aus meinem Morgen-Gemälde gekommen. Die Sonne steht meinem Gesichte gegenüber und macht mein biographisches Papier zu einem blanken Mosis-Angesicht; daher ists mein Glück, daß ich ein Federmesser und Östreich oder Böhmen oder das Jesuiter-Deutschland nehme – nämlich Homannische Karten davon – und mit dem Messer diese Länder über meinem Fenster aufnagele und einpfähle; ein solches Land hält allemal die *Morgensonne* so gut ab und wirft so viel *Schatten* herüber, als hätt' ich die Tändelschürze oder das *Pallium* eines Fenstervorhangs daran.

Meine Feder fährt nun im *Erdschatten* des Globus so fort: Wutz führt in seinem Hause nicht drei gescheite Stühle, keine Fenstervorhäng und Hautelisse-Tapeten. Indes mein viel zu prunkendes Ameublement in Scheerau steht: letz' ich mich hier an dem jämmerlichsten und sage, ein Fürst weiset kaum in einer Kunst-Einsiedelei ein elenderes vor. Sogar den Kalender schreiben wir uns, ich und mein Hausherr, eigenhändig, wie Mitglieder der Berliner Akademie – aber mit Kreide und an die Stubentüre; jede Woche geben wir ein Heft oder eine Woche von unserem Almanach und wischen die Vergangenheit aus. Auf dem vierschrötigen Ofen können drei Paare tanzen, die er wie die jetzigen Tragödien trotz der unförmlichen Zurüstung und Breite schlecht erwärmen würde. Es muß beiläufig noch zu Hand- und Taschenöfen kommen, wenn man einmal aus den Bergwerken statt der Metalle das Holz, womit man sie jetzt ausfüttert, wird holen müsen....

Ein Schöps wird entsetzlich geprügelt, nämlich sein toter Schenkel – die zinnernen Patenteller der zwei Wutzischen Kinder werden abgestäubt – – mein Silber-Besteck wird abgeborgt – das Feuer knackt – die Wutzin rennt – ihre Kinder und Vögel schreien. – – Alle diese Zurüstungen zu einem viel zu großen Diner, das heute unten gegeben wird, hör' ich in mein Studierzimmer herauf. Vielleicht sind solche Zurüstungen dem Range der beiden Gäste, die das Traktement annehmen sollen, angemessener als dem Stande der beiden Schulleute, die es geben. Gegenwärtigem Geschichtschreiber und seiner Schwester dürfen sie nämlich ein Essen geben und selber mit am Tische sitzen. Der Schulmeister hatte viel von seinem ausgeräumten Ameublement eine Woche lang in meine Stube einpfarren dürfen, weil die seinige endlich nach langem Bittschreiben – denn das Konsistorium sieht Reparaturen an der sichtbaren wie an der unsichtbaren Kirche nicht gern – reformiert, d. h. repariert, nämlich geweißet wurde. – Daher invitierte er mich (aus Hofton) zum Dinieren, und ich nahm (ebenfalls aus Hofton) die Karte an.

Ich werde den Sektor erst abends ausschreiben, teils um mir nicht die Eßlust wegzudenken, teils um mir draußen noch einige zu erhinken, wo ich noch dazu ein paar Emmerlinge und die Kirchenleute singen hören kann. Überhaupt ist der Nachsommer, der heute mit seinem schönsten himmelblauen Kleide und der Orden-Sonne darauf auf den Feldern draußen steht, ein stiller Karfreitag der Natur; und wenn wir Menschen höfliche Leute wären: so gingen wir da öfter ins Freie und begleiteten den verreisenden Sommer höflich bis an die Türe. Ich seh' es voraus, ich würde mich heute an der milden Sonne, die ein sanft um uns schleichender Mond geworden ist, und die im Nachsommer den weiblichen Artikel verdient, nicht satt sehen können, wenn ich nicht mein Auge nach Scheeraus Berge richten müßte, wo meine Guten wohnen und von wannen heute mein Doktor mich besuchen wird. – –

Unter die Erde ist nun der Tag und seine Sonne. Komme glücklich heim, geliebter Freund! Auf den Silber-Grund, den der Mond auf deinem Weg anlegt, male deine Seele das verlorne Eden der Jugend, und der schwarze Schatten, den du und dein scheues Roß auf den Strahlenboden werfen, müsse euch nachschwimmen, aber nicht voraus! –

Warum sind die meisten Einwohner dieses Buchs gerade Fenks Freunde? – Aus zwei recht vernünftigen Gründen. Erstlich verquickt sich das humoristische Quecksilber, das aus ihm neben der Wärme des Herzens glänzt, mit allen Charakteren am leichtesten. Zweitens ist er ein *moralischer Optimist.* Zehn metaphysische Optimisten würd' ich für *einen* moralischen auszahlen, der nicht *ein* Kraut, wie die Raupe, sondern einen ganzen Blumenflor von Freuden, wie der Mensch, zu genießen weiß – der nicht fünf Sinnen, sondern tausend hat für alles, für Weiber und Helden, für Wissenschaften und Lustpartien, für Trauer- und Lustspiele, für Natur und für Höfe. – – Es gibt eine gewisse höhere Toleranz, die nicht die Frucht des Westfälischen Friedens noch des Vergleichs von 1705, sondern die eines durch viele Jahre und Besserungen gesichteten Lebens ist – diese Toleranz findet an jeder Meinung das Wahre, an jeder Gattung des Schönen das Schöne, an jeder Laune das Komische und hält an Menschen, Völkern und Büchern die Verschiedenheit und Eigentümlichkeit der Vorzüge nicht für die Abwesenheit derselben. Nicht bloß das Beste muß uns gefallen; auch das Gute und alles. –

Als die Leute aus der kleinen und ich aus der großen Kirche zurück waren, fing man im Wutzischen Hause das Dinieren an. Unser Brotherr empfing das Gast-Paar mit seiner gewöhnlichen Freundlichkeit und mit einer ungewöhnlichen dazu; denn er hatte heute aus seiner Kirchenkollekte – er kroch nach dem Gottesdienst in alle Stühle und zog alle unter dem Einlegen niedergefallnen Pfennige magnetisch an sich – eine ansehnliche Silberflotte von 18 Pfennigen mitgebracht. Die Pracht des Mahls erdrückte in dieser Stube das Vergnügen nicht. Messer und Gabel waren, wie schon gesagt, von Silber und von mir; aber wer sollte nicht damit mit Vergnügen an einer Tafel agieren, wo der Braten und die Sauce aus *einer* – Pfanne gespeiset werden? – Unsere Schaugerichte waren vielleicht für einen Kurfürsten zu kostbar: denn sie bestanden nicht etwa aus Porzellan, Wachs oder aus Alabaster-Sämereien auf Spiegelplatten und waren nicht etwa bloß wenige Pfund schwer: sondern die beiden Schaugerichte wogen sechzig und waren vom nämlichen Meister und von der nämlichen Materie wie die Kurfürstenbank, von Fleisch und Blut, nämlich Wutzens Kinder. Ein geistlicher Kurfürst würde vor Vergnügen keinen Bissen essen können, wenn er, wie wir, neben seiner Riesen-Tafel ein Zwerg-Täfelchen mit seinen Kleinen darum stehen hätte. Ihr Tisch war nicht viel größer als eine Heringschüssel; sie sahen aber auf Verhältnis und speiseten auf dem lilliputischen Tafel-Service, wovon sie seit Weihnachten mehr spielenden als ernsthaften Gebrauch gemacht hatten. Die Kleinen waren außer sich, ihr Fleisch auf Oblaten von Tellern und mit Haarsägen von Messern zu zerschneiden; – Spiel und Ernst flossen hier wie bei essenden Schauspielern ineinander; und am Ende sah ich, daß es bei mir auch so war und daß mein Vergnügen von erkünstelter Kleinheit und Armseligkeit käme.

An der großen Tafel ging – andere Tafeln kehren es um – das individuelle Gespräch bald ins allgemeine über; ich und der Kantor sagten jeden Augenblick der Preuße, der Russe, der Türk und verstanden (gleich dem Premierminister) unter der Nation den Regenten derselben. – Ich hatte heute eine solche besondre Freude an erbärmlichen Sitten, daß ich mir jeden Bissen hineinpredigen ließ und daß ich über zwanzig Gesundheiten trank. Frauenzimmer von Stande können sonst nicht so leicht wie Männer sich zu unfrisierten Leuten herunterbücken, am wenigsten zu solchen von weiblichem Geschlecht; aber meine Schwester verdienet, daß ihr Bruder ihr in seinem Buche das Lob der schönsten liebreichsten Herablassung erteilt. Je weiblicher eine Frau ist, desto uneigennütziger und menschenfreundlicher ist sie; und *die* Mädchen besonders, die das *halbe* menschliche Geschlecht lieben, lieben das *ganze* von Herzen. Z. B. von der Residentin von Bouse weiß man nicht, schenkt sie Armen oder Männern mehr. Alte Jungfern sind geizig und hart. – Mein Doktor und eine Flasche Wein kamen als Nachtisch. Da er im gegenwärtigen Buche alle Wochen lieset: so will ich ihn darin lieber schelten als preisen. Am besten ists, ich webe hier ein Zwitterding, was ihn bei manchen weder lobt noch tadelt, ein – seine herzliche Zuneigung gegen das weibliche Geschlecht, die zwischen gefühlloser Galanterie und Feuer-Liebe mitten innen steht. Diese nämliche Zuneigung stehet unserem Geschlechte gut, aber dem weiblichen nicht, und meine Schwester ist doch von diesem. Die Sache kam bloß von ihrem linken Ohre her. Das Ohrgehenk hatte sich durch das Ohrläppchen durchgerissen; sie hätte aber füglich bis auf den Montag warten können, wo ihr Bruder das Läppchen ihr, wie einem jüdischen Knecht, auf die geschickteste Weise würde durchlöchert haben. Allein heute sollte es sein, und sein Doktorhut war der Bettschirm ihrer Absicht. Es hätte gemalet werden sollen, wie der arme Pestilenziarius das Ohrläppchen zwischen den drei Vorderfingern scheuerte und rieb – wie ein offizinelles Blatt, an das man riechen will –, um es geschwollen und unempfindlich zu machen. Nichts ist mir und dem Medizinalrat gefährlicher, als wenn wir nur mit zwei, drei Fingern an ein Frauenzimmer picken und anstreichen – mit dem ganzen Arm hinanzukommen, ist für uns ohne alle Gefahr; so wie etwa die Nesseln weit mehr brennen, leise bestreift als hart gefasset. Vielleicht ists mit diesem Feuer wie mit dem elektrischen, das durch die Fingerspitzen mit größerem Strome in den Menschen fährt als durch eine große Fläche. – Meine Schwester ging weiter und brachte einen Apfel; der Doktor mußte mit seinen Pulsfingern den roten Ohrzipfel an den Apfel pressen und dann eine Zitternadel oder was es war durch dieses Sinnwerkzeug, das die Mädchen weit seltener als das *nächste* spitzen, drükken – nun konnte hinangeschnallet und hineingeknöpfet werden, was dazu paßt. Der Stahl kettete beinahe den Künstler selber an ihr Ohr. »Mit nichts strickt eine Schöne uns mehr an sich, als wenn sie uns Anlaß gibt, ihr eine Gefälligkeit zu tun«, sagte der Doktor selber und erfuhr es selber. Daher klagte der Operateur und Ohren-Magnetiseur, es sei schwer, eine Schöne zu heilen und doch nicht zu lieben, und seine erste Patientin hab' ihn beinahe zu einem Patienten gemacht. Gegen den Doktor hab' ich nichts; er sei immer ein Weltbürger in der Liebe – aber, Schwester, ich wollte, du wärest schon zu Bette, weil ich keine Minute, in der ich nur drei Schritte auf- und abtue, sicher bin, daß du nicht in meine Sektoren schielest und liesest, was ich an dir tadle! – Ach ich tadle weniger als ich bedauere deine so niedlich um fremden und eignen Kummer spielende Laune und dein aus den weichsten Fibern gesponnenes Herz, daß die blanke Krone *scheuer Weiblichkeit*, die alle diese Vorzüge erst putzt und hebt, in den volkreichen Zimmern der Residentin ein wenig schwärzlich angelaufen ist, wie Silber im sumpfigen Holland, und daß deiner Tugend, der nichts fehlet, die Gestalt der Tugend fehlt! – Ihr Eltern! euere Jungen machen sich in der Hölle kaum schwarz; aber für euere Töchter und ihren *schneeweißen* Anzug ist kaum der Himmel gescheuert und sauber genug!

Sie sind selten schlechter als ihre Gesellschaft, aber auch selten besser. Dieser geistige Wein zieht den Obstgeschmack der Evas- und Paris-Äpfel, die um ihn liegen, ein; er schmeckt alsdann noch gut, aber nur wie Wein nicht.

Der Doktor gab mir über Gustavs Lage viel Licht, das zu seiner Zeit den Leser wieder gegeben werden soll. –

Eine gewisse Person, die fast alle vierzehn Tage nachlieset, was ich geschrieben, ist satirisch und fragt mich, auf welchem Bogen, ob auf dem Bogen Aaa oder Zzz, der fernere Liebehandel zwischen Paul und Beata bearbeitet werde – sie fragt ferner, obs dem Leser schon erzählt ist, daß der kokettierende Paul Verse, Schattenrisse, Sträußer und Adagios seitdem gemacht, um sein Herz auf diesen Deserttellern, auf diesen durchbrochnen

Fruchttellern, in diesen Konfektkörbchen zu bringen und zu präsentieren – diese fatale mokante Personage fragt endlich, ob es der Welt schon berichtet ist, daß aber Beata sich nichts ausgebeten als das *leere* Körbchen und den leeren Desertteller.... Im Grund' ärgert mich diese Maliz niemal; aber der Doktor Fenk und der Leser haben offenbar die boshafteste Geschicklichkeit, Herzens-Sachen falsch zu stellen und zu sehen – Wahrhaftig es war bisher lauter Scherz, meine vorgegebene Liebe; und wenn sie keiner war: so müßte sie einer werden, weil ich einen so schönen und so verdienstvollen Nebenbuhler, als ich, wie es scheint, an Gustav bekommen soll, nicht einmal überflügeln und verdunkeln möchte, wenn ich auch könnte oder dürfte, wie doch wohl nicht ist....

ZWEITER TEIL

Siebenundzwanzigster oder XXI. Trinitatis-Sektor

Gustavs Brief – Fürst mit seinem Frisierkamm

Nun ist Gustav im alten Schlosse – sein Schauplatz hob sich bisher täglich, von der Erdhöhle in eine Ritterburg, dann in ein Kadetten-Philanthropin, endlich in ein Fürstenschloß. Der reiche Oefel mietete es, weil es an das neue anstieß, wo der Blocksberg der großen Welt von Scheerau war. Die Residentin von Bouse hatte beide von ihrem Bruder geerbt, der hier unter ihren Küssen und Tränen verschied. Die Natur hatte ihr alles gegeben, was das eigne Herz erhebt und das fremde gewinnt; aber die Kunst hatte ihr zu viel gegeben, ihr Stand ihr zu viel genommen – sie hatte zu viele Talente, um an einem Hofe andre Tugenden zu behalten als männliche; sie vereinigte Freundschaft und Koketterie – Empfindung und Spott – Achtung der Tugend und Philosophie der Welt – sich und unsern Fürsten. Denn dieser war ihr erklärter Liebhaber, welchem sie ihr Herz mehr aus Ehre als aus Neigung ließ. Sie war zu etwas Besserem gemacht als zu schimmern; allein da sie zu nichts Gelegenheit hatte als zum Schimmern: so vergaß sie, daß es jenes Bessere gebe. Aber wer zu etwas Höherem geboren ist als zur Welt- oder Hofglückseligkeit: der fühlt in bittern Stunden seine versäumte Bestimmung. – Es wird sich hieher eine neue Ursache anzugeben schicken, die Oefeln aus Scheerau warf: er sollte und wollte auf fürstlichen Befehl für den Geburttag der Residentin ein Drama auf der Drehscheibe seines Pultes auskneten. Das Drama sollte Beziehungen haben. Auf dem Liebhabertheater zu Oberscheerau – wo der Fürst nicht wie auf dem Kriegtheater Figurant, sondern erster Akteur war und wo er eine ordentliche Hoftruppe ersetzte und *ersparte* – sollte es vom Fürsten, von Oefel und einigen andern gespielt werden. Der Fürst hatte noch Augen, die Residentin anzublicken, noch eine Zunge, sie zu lieben, noch Tage, es ihr zu beweisen, noch ein Theater, ihr zu huldigen: gleichwohl haßte er sie schon, weil sie zu edel für ihn war; denn seine Theaterrolle sollte (wie unten gedruckt werden soll) mehr ihm als ihr Dienste tun. – Oefel (welcher Ambassadeur und Hoftheaterdichter und Akteur auf einmal war, weil ein schlechter Unterschied ist) malte in sein Drama Beaten hinein und wollte ihr durch ihr Abbild schmeicheln und verhoffte, sie werde mit agieren und ihr Porträt zu ihrer Rolle machen. Alles dies glaubte er von Gustav auch; aber unten werden wir eben sehen.

Gustav fühlte im alten Schlosse – indes über seine Ohrennerven alle Visitenräder gingen und alle Besuch-Prozessionen um seine Augen schwärmten – sich toten-allein. Er arbeitete sich in seine künftige Bestimmung hinein. Mehr als funfzig Gesandtschaftschreiber werden daher denken, er lernte Briefe und Herzen aufmachen, Weiber und Berichte dechiffrieren, Amour, Cour und Spitzbübereien machen – die funfzig Schreiber irren; sie werden ferner denken, er lernte klein schreiben, um das Porto zu schwächen, ferner Chiffern und Titel machen, ferner wissen, wessen Name im öffentlichen Instrument, das an drei Potenzen kommt, zuerst stehe – und daß jede Potenz in ihrem Instrument zuerst stehe – sie haben recht; aber er tat mehr: er lernte in der Einsamkeit die Gesellschaft ertragen und lieben. Fern von Menschen wachsen *Grundsätze*; unter ihnen *Handlungen*. Einsame Untätigkeit reift außer der Glasglocke des Museums zur geselligen Tätigkeit, und unter den Menschen wird man nicht *besser*, wenn man nicht schon *gut* unter sie kommt.

Seine Geschäfte gingen in schöne Unterbrechungen über. Denn vor seinem Fenster draußen stand die schöne und fast kokette Natur von Paris-Äpfel umhangen und mitten in ihr eine Spaziergängerin, die die Äpfel alle verdiente. Wer kann es sein als – Beata? – Ging sie in den Park: so wars ihm ebenso unmöglich, ihr nachzuspazieren, als ihr nicht nachzuschauen durchs Fenster, und seine Augen suchten aus dem Gebüsche alle vorbeiblinkende Bänder heraus. Wandelte sie rückwärts mit dem Gesichte gegen seine Fenster: so trat er nicht bloß von diesen, sondern auch von den Vorhängen so weit wie möglich zurück, um ungesehen zu sehen. Vielleicht (aber schwerlich) kehrten sich die Rollen um, wenn er nach ihr sich auf ihre Gänge wagte, die für ihn Himmelwege waren. Eine herabgewehte Rose, die er einmal in der dunkelsten Nacht unter ihrem Fenster aufhob, war eine Ordenrose für ihn, ihr welker Honigkelch war das Potpourri seiner schönsten Träume und seines Freudenflors: – so legest du, hohes Schicksal, für den ewigen Menschen seinen Himmel oft unter ein falbes Rosenblatt, oft auf den Blütenkelch eines Vegißmeinnichts, oft in ein Stück Land von 305 000 Quadrat-Meilen. –

Wer zu viel verziehen hat: will sich nachher rächen. Gustavs Freundschaft gegen Amandus war in eine so hohe *Flamme* aufgeschlagen, daß sie notwendig Asche auf ihren Stoff herunterbrennen mußte. Wenn er Beaten nachblickte, blickte er auf Amandus zurück und tadelte sich so oft, daß er anfangen mußte, sich zu rechtfertigen. Was vom Aschenberg, worunter seine Liebe glimmte, abgetragen wurde, wurde dem Aschenberge seiner Freundschaft zugeschüttet. Gleichwohl würde er zu jeder Stunde für Amandus alles geopfert haben, was das Volk Freuden nennt; – denn in der neuen Zeit einer ersten Freundschaft werden Opfer noch wärmer gesucht, als in der spätern gebracht, und der Geber ist beglückter als der Empfänger. O! die rechte Seele hat nicht bloß die Kraft, sondern auch die Sehnsucht, aufzuopfern. – Das Leben, das Gustav jetzo von Frühling und Garten und von Wünschen der Liebe umgeben genoß, soll er selber malen in seinem Briefe an mich. Diesen Brief werden freilich die verwerfen, die vor dem Natur-

Schauspiel als kalte Zuschauer, als entfernte Logen-Pächter stehen; aber es gibt bessere und seltenere Menschen, die sich für hineingerissene Spieler halten und jede Grasspitze für beseelt ansehen, jedes Käferchen für ewig und das unbändige Ganze für ein unendliches schlagendes Adersystem, in welchem jedes Wesen als ein saugendes und tropfendes Ästchen zwischen kleinern und größern pulsiert und dessen volles Herz Gott ist. – –

*

Gustavs Brief

»Heute stieg ich zum zweiten Male aus meiner Höhle in die unendliche Welt – alle meine Adern fluten noch vom heutigen Nachmittage, mein Blut möchte sich mit den Erden um die Sonnen drehen und mein Herz mit den Sonnen um das funkelnde Ziel, das neben dem Schöpfer steht....

Die Nachtluft, die mein Licht umkrümmt, kühlet mich vergeblich ab, wenn ich nicht die brennende Brust vor dem Auge des Freundes aufdecke und ihm alles sage. Ich nahm nachmittags mein Reißzeug, womit ich bisher statt der Landschaften die Festungen, die sie verwüsten, schaffen müssen, und ging ins stille Land hinaus. Der Erdball glitt so leise wie der Schwan unter den Blumeninseln, an die ich mich lagerte, durch den Äther-Ozean dahin, der freundliche Himmel bückte sich tiefer zur Erde nieder, es war dem Herzen, als müßt' es im stillen weiten Blau zerfließen, als müßt' es von fernen ein verhalltes Jauchzen hören, und es sehnte sich nach arkadischen Ländern und nach einem Freund, vor dem es zerginge – – Ich setzte mich mit der Reißfeder auf einen künstlichen Felsen neben dem See und wollte meine Aussicht zeichnen – die einander umarmenden Erlenbäume, die das Ende des umgekrümmten Sees zuhüllten und belaubten – die bunte Reihe der Blumeninseln, um deren jede schon ein doppeltes Blumenstück ihrer geschmückten Insulanerin gemalet schwamm, nämlich das bunte Blumenbild, das unter dem Wasser zum Spiegel-Himmel hinabging, und der Schattenriß, der auf dem zitternden Silbergrunde schwankte – und die lebendige Gondel, der Schwan, der zu meinen Füßen sich in hungriger Hoffnung drehte; – – aber als die ganze hoch aufgerichtete Natur mir saß und mich mit ihren Strahlen ergriff, die von einer Sonne zur andern reichen: so betete ich an, was ich nachfärben wollte; und sank Gott und der Göttin zu Füßen....

Ich stand auf mit gelähmter Hand und übergab mich dem steigenden Meere, das mich hob. – Ich ging an alle Ecken der großen Tafel mit Millionen Gedecken für riesenhafte Gäste und für unsichtbare; denn meine Brust war noch nicht voll, und ich ließ die Wellen, die hineinschlugen, leidend in mir steigen. – Ich drängte mich in den tiefsten Schatten der Schattenwelt, in welcher die in einen Stern zergangene Sonne entlegner schimmerte. – Ich ging im Fichtenwald vor dem Gezänk der Kohlmeise und vor dem einsamen Wüstenlaut der Drossel vorüber unter die singende Lerche hinaus. – Ich ging im langen Abendtal an dem bewohnten Bach hinauf, und ein entzücktes Wesenchor wandelte mit mir, die hineingetauchte Sonne und die Mücke mit ihren Schrittschuh-Füßen liefen neben mir auf dem Wasser weiter, die großäugige Wasserlibelle floß auf einem Weidenblatte dahin, ich watete durch grünes aus- und einatmendes Leben, umflogen, umsungen, umhüpfet, umkrochen von freudigen Kindern kurzer warmer Augenblicke. – Ich stieg auf den Eremitenberg, und meine Brust war noch nicht von dem Weltstrome voll, dem sie leidend offen stand. – – – Aber dort richtete sich die liegende Riesin der Natur vor mir auf, in den Armen tausend und tausend saugende Wesen tragend – und als meine Seele vom Gedränge der unzähligen, bald in Mückengold gefaßter Seelen, bald in Flügeldecken gepanzerter, bald mit Zweifalter-Gefieder überstäubter, bald in Blumenpuppen eingeschlossener Seelen angerühret wurde in einer unendlichen, unübersehlichen Umarmung – und als sich vor mir über die Erde legten Gebürge und Ströme und Fluren und Wälder, und als ich dachte, alles dieses füllen Herzen, die die Freude und die Liebe bewegt, und vom großen Menschenherzen mit vier Höhlungen bis zum eingeschrumpften Insektenherzen mit einer und bis zum Wurmschlauch nieder springt ein fortschaffender, ewiger, eine Zeugung um die andre entzündender Funke der Liebe....

.... Ach dann breitete ich meine Arme hinaus in die flatternde zuckende Luft, die auf der Erde brütete, und alle meine Gedanken riefen: o wärest du sie, in deren weitem wogenden Schoß der Erdball ruht, o könntest du wie sie alle Seelen umschließen, o reichten deine Arme um alles wie ihre, die da beugen das Fühlhorn des Käfers und das bebende Gefieder des Lilien-Schmetterlings und die zähen Wälder, die da streicheln mit ihrer Hand das Raupenhaar und alle Blumen-Auen und die Meere der Erde, o könntest du wie sie an jeder Lippe ruhen, die vor Freude brennt, und kühlend um jeden gequälten Busen schweben, der seufzen will. – – Ach, hat denn der Mensch ein so schmales versperrtes Herz, daß er vom ganzen Reiche Gottes, das um ihn thront, nichts lieben, nichts fühlen kann, als was seine zehn Finger fassen und fühlen? Soll er nicht wünschen, daß alle Menschen und alle Wesen nur *einen* Hals, nur *einen* Busen haben, um sie alle mit einem einzigen Arm zu umschließen, um keines zu vergessen und in gesättigter Liebe nicht mehr Herzen zu kennen als zwei, das liebende und das geliebte? – Heute wurd' ich mit der ganzen Schöpfung verbunden, und ich gab allen Wesen mein Herz....

Ich kehrte mich nach Osten gegen das neue Schloß und gegen Auenthal. Hinter dem Auenthaler Wald brausete durch einen zerbrochnen Regen-Schwibbogen ein aufgerichteter Ozean – ich stand hier einmal in einer weiten Stille – ich wandte mich zur heruntergegangenen Sonne, ich dachte daran, daß ich sie einmal für Gott gehalten, und es fiel heute schwer auf mich, daß ich den, ders war, bisher so selten gedacht – ›O Du, Du!‹ rief so nahe an ihm mein ganzes Wesen – aber allen Sprachen und allen Herzen und allen Gefühlen entfällt vor ihm die Zunge, und Beten ist Verstummen, nicht bloß mit den Lippen, auch mit dem Gedanken .... Aber der große Geist, der die Schwäche des guten Menschen kennt, hat ihm Mitbrüder herabgesandt, damit der Mensch sich vor dem Menschen öffne und vor ihnen das Gebet, in dem er verstummte, vollende. – –

O Freund meiner schönsten Jahre! der du Dankbarkeit und Demut in meinem Innersten befestigt hast, diese hab' ich empfunden, als ich auf dem Eremitenberg mich einsam über das geschaffne Gewürm erhob und fühlte, was der Mensch fühlt, aber nur er auf der Erde – als ich einsam vor dem bis in das Nichts hinausreichenden großen Spiegel, an den sich das Insekt mit Fühlhörnern stößet, mit Menschenaugen knien konnte, vor dem Spiegel, aus dem der unendliche Sonnen-Riese flammt .... Nein! In Erdfarben und auf der Leinwand von Tierfellen und auf allem, was vor mir liegt, ist bloß das *Bild* des Ur-Genius; aber im Menschen ist nicht sein Bild, sondern er selbst....

Die Sonne glühte noch halb über dem Erdball, der sie zerschnitt; aber ich sah sie durch mein zerrinnendes Auge nicht mehr, vergangen, verstummt, verhüllt, versunken im treibenden, flammenden, reißenden, uferlosen Meere um mich....

Die Sonne nahm den entzückten Tag mit hinunter; und jetzo steht der Äther-Diamant, den die Nacht schwarz einfasset, der Mond, über diesen zugehüllten Szenen und strahlet wie andre Diamanten den entlehnten Schimmer aus.... O du stille Mitternacht-Sonne! du schimmerst, und der Mensch ruht, deine Strahlen besänftigen das irdische Toben, deine herunterrinnenden Funken wiegen wie ein schimmernder Bach den liegenden Menschen ein, und der Schlaf bedeckt dann wie eine Graberde das ruhende Herz, das trocknende Auge und das schmerzenlose Angesicht.... Leben Sie wohl, und die weiße Luna-Scheibe zeige Ihnen alle Paradiese der vergangnen und alle Paradiese der zukünftigen Jugend......

Gustav.«

*

So weit war er, als Oefels Bedienter mit einem Paket an ihn in seine Stube trat, welches leichter als die kälteste Nachtluft und der wärmste Brief die Bewegungen seiner Seele anhielt und abkühlte. Ein Brief vom Doktor lag mit der Nachricht darin, daß die Frau von Röper ihm in Maußenbach gegenwärtiges *Porträt* mitgegeben, das ihre Tochter für ihr eignes verlornes gehalten, auf dessen Rücken aber der Name Falkenberg stehe, der alle übrige Ähnlichkeiten widerlege. So lieb ihm das Porträt war, so ärgerlich wars ihm, da es nun ein neuer Beweis seiner Vermutung war, Mutter und Tochter hasseten ihn wegen des Korn-Avertissements. Die Spinne des Hasses, die bei jedem Menschen über eine Ecke der Herzkammer ihr Gespinste hängt – nur überspinnen große Kanker in manchen alle vier Kammern mit ihren fünf Spinnwarzen –, lief auf ihren Fäden hervor, die Amandus erschüttert hatte, und verlangte Fang; kurz die kalte Färber-Hand berührte sein Herz und macht' es ein wenig kälter gegen seinen Amandus, dessen seines durch das zurückgehende Porträt wärmer geworden war. Die gestörte Liebe macht den besten Menschen nicht besser, bloß die glückliche.

In sieben Minuten war alles vorbei; denn im geistigen Menschen ist die nämliche herrliche Einrichtung wie im physischen, daß um eine bittere, scharfe Idee so lange andre Ideen als mildere Säfte zufließen, bis sie ihre Schärfe verdünnt und ersäuft haben. Das Porträt wurde nun die zweite gefundene Rose; es war angehaucht mit Leben und Rosenduft durch die schönsten Augen und Lippen, die auf ihm gewesen waren.

Jetzo sah er Beata einige Zeit nicht im Garten, aber dafür den Fürsten mit und ohne die Residentin. – Gehet beide aus dem stillen Lande in euer rauschendes! Ihr genießet doch die schöne Natur nur als eine größere Landschaft, die in euerem Bilderkabinett oder an der Leinwand euerer Operntheater hängt, oder als eine nur breitere Tafel- und Kamin-Verzierung, wo euch die Felsen von Bimsstein und die Bäume von Moos geformet vorkommen, höchstens als den größten englischen Park, der neuerer Zeiten in Europa in irgendeinem Hofe anzutreffen ist. – In allen Sessionzimmern war wegen der Kanikularferien Arbeit-Windstille – im Winter könnte man wegen der Kälte Frostferien erlauben und ebensogut einen Winterschlaf der Geschäfte als die Sommer-Sieste derselben in Gebrauch setzen, wie denn auch die bekannten Tiere beider Extreme wegen aus Scheu vor ihrer Wasserscheu zu Hause bleiben müssen – mithin konnte der Minister leichter mit dem Fürsten abkommen, und beide waren länger da. Ohne mich würde der Leser nie erfahren, warum das fürstliche Dasein Anlaß war, daß Beata das stille Land gegen ihr stilles Zimmer vertauschte. So wars: Unser Fürst ist zwar ein wenig hart, ein wenig geizig und weidet seine Herde öfter mit dem *Hirtenstabe* als mit der *Hirtenflöte;* aber er wird ebensogern ein Schäfer in einem schönern Sinne und geht gern vom Throne, wo ihn die Landeskinder anbeten, zu jeder Staffel desselben herunter, um selber ein schönes anzubeten – er kann zwar das Volk, aber keine Schöne seufzen hören; er wendet emsiger eine gesellschaftliche Verlegenheit als eine Teuerung ab; er bleibet lieber den Landständen als seinem Gegenspieler etwas schuldig und bauet keine abgebrannte Stadt, aber eine eingerissene Frisur willig wieder auf. Kurz der Landesvater und der Gesellschafter sind in seinen Herzkammern Wandnachbaren, aber Todfeinde. Dieser Gesellschafter subdividierte sich wieder in zwei Liebhaber, in den kurzen und in den langen. Seine lange oder weitergrünende Liebe besteht in einer kalten verachtenden Galanterie und in dem Vergnügen an der Feinheit, an dem Witze und an der Grazie, womit er und der geliebte Gegenstand ihre gegenseitigen Siege zu verzieren wissen. Seine kurze Liebe besteht in seinem Vergnügen an jenen Siegen, insofern sie jene Dekoration nicht haben. Damit man dieses unschuldige Pasquill auf *einen* nicht für Satire auf die meisten Großen halte, so will ich so fortfahren:

Lange Liebe hegte er gegen die Residentin, von deren Gunstbezeugungen man nicht sagen konnte: das ist die unschuldigste – die erste – die letzte. Eine solche Immobiliarliebe durchflocht er zu gleicher Zeit mit hundert kursorischen Sekunden-Ehen oder Liebschaften und über dem schleichenden Monatzeiger der langen fixen Liebe oder Ehe wirbelte sich der fliegende Terzienweiser der abbrevierten Ehen unzähligemal um.

Darwider hatte die Residentin nichts – sie konnte auf dieselbe Weise durchflechten – darwider hatte er nichts.

In diesen kurzen Ehen tun die Großen vielleicht manches Gute, über welches Moralisten zu leicht wegsehen, die lieber ihre Druckbögen als die Geburtlisten voll haben wollen. Gleich jungen Autoren lassen junge Große ihre ersten Ebenbilder anonym oder unter geborgten Namen erscheinen; und ich kann zu Montesquieus Bemerkung, daß das *Namengeben* der Bevölkerung nütze, weil jeder seinen fortzupflanzen trachte, nichts setzen als meine eigne, daß die *Namenlosigkeit* ihr noch besser forthelfe. In der Tat geht es hierin den erhabensten Personen wie den griechischen Künstlern, die unter die schönsten *Statuen*, womit ihre Hand *Tempel* und *Wege* ausschmückte, ihren Vaternamen nicht setzen durften; indessen findet der pfiffige Phidias auch seine Nachahmer, der statt des Namens sein altes *Gesicht* an der Statue Minervens einhieb.

Der Fürst hatte im Sinn, Beaten, die ihm zu viel Unschuld und zu wenig Koketterie zu haben schien, eine kurze Liebe anzubieten. Ihr Widerstand machte, daß er auf eine längere dachte. Unter den Augen der Residentin waren vor ihm alle ihre Sinne gesichert, nur das Ohr nicht – im Park keiner. Die Residentin, die wußte, daß ihr Geist sich für jede Minute in einen neuen Körper umwerfen könne, indes ihre Nebenbuhlerin nicht mehr hatte als einen, in welchem noch dazu weiter nichts als Unschuld und Liebe steckte, diese sah die ganze Sache mit keinen andern Augen an als mit satirischen. So weit wars, als der Fürst in dem Hundtags-Interregnum kam und am andern Morgen statt des Zepters nichts in der Hand hatte als den Frisierkamm und den Kopf der Residentin. Er hatte es an seinem Hofe Mode gemacht; jeder Kammerherr bis auf den Hofdentisten herunter hatte seitdem seine preteuse de tête, um an ihrem Kopfe so viel zu lernen, als er am Kopfe einer schönern preteuse auszuüben hatte – Es war ebenso notwendig, daß man frisierte, als daß man frisiert war.

Ich könnt' es in der Note sagen, daß eine preteuse de tête ein Mädchen in Paris ist, das an einem Tage hundertmal frisieret wird, weils die Innung daran lernen will – unmöglich kann es unter ihrer Hirnschale so viele Veränderungen und Versuche geben als über derselben – die Koalition und Einkindschaft der unähnlichsten Frisuren ist so groß, Dappieren und Auskämmen kommen hintereinander so schnell, oder Aufbauen oder Umreißen, daß es nur auf dem Kopfe der Göttin der Wahrheit noch ärger zugehen kann, den die Philosophen frisieren und aufsetzen, oder in ganzen Staatkörpern, an denen die Regenten sich üben.

Am nämlichen Morgen, wo unserer die Regentin coiffierte, sagte er der träumerischen Beata, am andern Tage komm' er mit dem Friseur zu ihr. Die Residentin sagte nichts als: »Die Männer können alles, aber das Leichte selten; sie wirren leichter zehn Prozesse als zehn Haare ein.« Beata konnte nicht reden – nachts konnte sie nicht schlafen. Ihr ganzes Innere entsetzte sich vor des Fürsten Frostgesicht und stechendem Feuerblick, der (so wenig sie es deutlich dachte) die *Präliminarsiege* im neuen Schlosse so abzukürzen brannte, als wär' er im Palais royal. Am andern Morgen hatte sich ihr Wunsch, krank zu werden, beinahe in die Überzeugung, es zu sein, verwandelt. Sie sah mit lebenssatter Leerheit zum Fenster in das stille Land hinaus, in dem zwei Kinder des Hofgärtners eine bunte Glaskugel herumkegelten, als der Kanarienvogel, der auf den Achseln des Fürsten wohnte und der ihn wie eine Mücke umflog, von seinem Kopf, der durch sechs Fenster von ihr geschieden war, auf ihren geflattert kam. Sie zog den Kopf mit dem Vogel hinein – aber auch mit dem Inhaber des Tiers, der sogleich ohne Bedenken kam und sagte: »Bei Ihnen hat man das Schicksal, zu verlieren – aber meinem Vogel können Sie die Freiheit nicht nehmen.« Leuten seiner Art entfließet dies alles ohne Akzent; sie reden mit gleichem Tone vom Sternen- und vom Kutschen-Himmel und von der Bewegung beider.

Ohne Umstände wollt' er ihr den Pudermantel umtun; sie nahm ihn aber aus andern Rücksichten selber um und sagte, sie wäre schon für den ganzen Tag aufgesetzt bis aufs Pudern. Allein sie mochte ihren Weigerungen immerhin die schönsten Gestalten umgeben, die ihr sein Stand und die von ihrer Mutter anerzogene Hochachtung gegen sein Geschlecht befahlen: am Ende sah sie, sein Widerlegen sei nicht viel besser als sein Frisieren. Als er das letzte anfing und so nahe vor ihr stand, sah sie wieder das Gegenteil. Jedes Haar wurd' an ihr zu einem Fühlfaden, und ihr war, als berührte er ihre wunden Nerven, als ginge mit ihm eine flammende Hölle um sie. Auf einmal quoll ihre Bangigkeit, nach den Gesetzen der weiblichen Natur, von der mittlern Stufe zur höchsten auf – ich möchte wissen, obs von seinen eigennützigen Stellungen kam, die ihm nichts halfen, oder von einem Kusse, als der Einnahme der Benefizkomödie, die er zu seinem Besten aufführte, oder von ihrem Blick auf die Pyramide des Eremitenbergs, der ihre zagende Brust mit dem *Bilde* und *Ebenbild* ihres Bruders überfüllte – genug sie sprang fieberhaft auf, und nach den Worten: »sie hätte so gewiß versprochen, der Residentin den Hut aufsetzen zu helfen, und wäre noch hier!«

erwartete sie gewiß, daß ihn dieser demütig-stolze Vorwurf forttriebe. Er war nicht fortzutreiben. Dieses Mißlingen zerriß ihre zarten Kräfte, und sie lehnte sich wankend mit dem Arme und frisierten Kopfe an die Tapete. Er, vielleicht gelangweilt oder froh, sie an seine Nachbarschaft gewöhnt zu haben, nahm seinen Vogel und sie und führte sie selber zur Residentin; hier holte er mit ihr das Belachen der Benefizkomödie nach und so fort.

Indessen hatten sich dennoch die Qualen des äußern Kopfs in die Migräne des innern aufgelöset; sie blieb von der Tafel und – solang' er dasmal da war – auch aus dem Parke.

Welches letzte zu erweisen nicht sowohl als zu erklären war.

Achtundzwanzigster oder Simon Judä-Sektor

Gemälde – Residentin

Vorgestern (den 26. Oktober) war dein Namentag, Amandus! Hast du wohl in deinem Leben einen mit freudigen Augen gefeiert? Hast du je am Ende eines Jahrs gesagt: möge das neue ebenso sein? – Ich will nicht darauf antworten, um nicht trauriger zu werden....

Gustav sah nichts mehr im Garten, als was er nicht suchte, den Fürsten und dergleichen; er trug unnötiges, d. h. verliebtes Bedenken, sich bei jemand über Beatens Unsichtbarkeit zu erkundigen – bei den zwei Gärtners-Kindern ausgenommen, die nichts wußten, als daß Beata, wie er, noch immer mit ihnen tändle und sie beschenke. Vielleicht gab sie ihnen, weil er ihnen gab; denn er gab ihnen, weil sie es tat. Die einzigen Reliquien von ihr, ihre Spazierwege, zogen ihn desto öfter an sich. O wäre doch der Kies weicher oder das Gras länger gewesen, damit beide ihm den matten Abriß einer Spur, daß sie dagewesen, aufgehoben hätten; so würde dieser Dornengarten seiner Unsichtbaren seinen Wünschen noch größere Flügel, und seiner Wehmut größere Seufzer gegeben haben. Denn ich muß es nur einmal dem Leser und mir gestehen, daß er jetzt in jenem schwärmerischen, sehnenden, träumenden Zustand war, der *vor* der erklärten Liebe ist. Dieser Traumflor muß über ihm gelegen haben, da er einmal statt des Schlangenbachs im *Abendtal*, den er zeichnen wollte, die schöne Statue der Venus, die aus diesen Wellen gezogen schien, abgerissen hatte; und zweitens, da er nicht sah, wer ihn sah – die Residentin. Er kam ihr vor wie ein schönes Kind, das fünf Fuß hoch gewachsen ist; er konnte mit allen seinen innern Vorzügen noch nicht imponieren, weil auf seinem Gesicht noch zu viel Wohlwollen und zu wenig Welt geschrieben war. Mit jener scherzhaften Koketten-Freimütigkeit, die die erstgeborne Tochter der Koketten-Geringschätzung des männlichen Geschlechts ist, sagte sie: »Ich geb' Ihnen für die *Zeichnung* das *Original*« und nahm die erste und besah sie mit schöner (über etwas anders) denkenden Bewunderung. Oefel, dem ers erzählte, schalt ihn, daß er nicht fein gesagt hatte: »*Welches Original?*« Denn er hatte zur lebendigen Venus nichts gesagt.

Er war es auch nicht imstande; denn sie stand vor ihm mit allen Reizen, die einer Juno bleiben, wenn man ihr die holde Farbe der ersten Unschuld nimmt, mit ihrem Plümagen-Walde, den ihr in Unterscheerau hundert nachtragen, weil sie mit wenigen meiner Leserinnen, die auch mehr Federn *aufsetzen*, als sie in ihrem Leben Federn *schließen* werden, so viel herausgebracht haben, daß jede Juno eine Göttin und jede Göttin eine Juno sein und daß man Damenköpfe und Klaviere stets *bekielen* müsse.

Sie fragte ihn nach dem Namen seines Zeichenmeisters (des Genius); seinen eignen sagte sie ihm selbst. Sie konnte Achtung sich erwerben, bei allen ihren Fehltritten, und ihre Sünden und der Teufel schienen ihr nur als Kammermohren nachzutreten; ihr Gesicht wie ihr Benehmen trug das innere Bewußtsein ihrer nachgebliebnen Tugenden und ihrer Talente. Gleichwohl merkte sie an der scheuen Ehrfurcht, die Gustav weniger ihrem Stande und Werte als ihrem Geschlecht erwies, daß er wenig Welt habe. Sie verließ alle Umwege und ging ihn geradezu um eine Abzeichnung des ganzen Parks für ihren Bruder in Sachsen an. Ich nenne das Bitte, was sie eigentlich allemal im scherzhaften Tone einer Kabinettordre an Männer komponierte – und man konnte ihren weiblichen Ukasen nichts entgegensetzen als männliche.

Eine Frau trage dir nur einmal ein Geschäft auf: so bist du mit Leib und Seele ihr; alle deine sauern Tritte, alle deine Mühwaltungen für sie legen sich an ihrem Bilde, das du an die Beinwände deines Kopfes ausgebreitet, als Reize an. Eine retten – rächen – lehren – schützen ist fast nicht viel besser (bloß ein wenig) als sie schon lieben. Gustav hörte nie eine willkommnere Bitte. Den Park riß er in kurzem ab, und er konnte den Vormittag kaum erwarten, an dem er ihn überreichen durfte. Wir wissen alle, was er in der Residentin Zimmer noch außer der Residentin zu erblicken suchte – aber alles, was er außer ihr da fand, war die kleine Elevin (Laura) der abwesenden Beata am Silbermannischen Klavier.

Die Residentin heftete einen langen Blick in die Zeichnung. »Haben Sie« (sagte sie) »Stücke von unserem Hofmaler gesehen? Sie sollten sein Schüler werden und er Ihrer – er hat noch kein schönes Porträt gemalt und noch keine schlechte Landschaft – Sie machen einen schönern Fehler und geben dem Bewohner, was Sie der Landschaft nehmen – in Ihrer Zeichnung sind die Statuen schöner als der Garten – – behalten Sie Ihren Fehler und verschönern Sie Menschen« und sah ihn an. Meines geringen artistischen Erachtens – denn man ließ noch keines aller meiner Stücke als Akzessist in eine Bildergalerie, auch suche ich mit mehr Ehre solche Ausstellungen lieber öffentlich zu rezensieren als zu bereichern – ist gerade das Gegenteil wahr, und mein Held macht (gleich seinem Biographen) weit bessere Landschaften als Porträte. – »Versuchen Sie es«, fuhr sie fort, »mit einem lebendigen Original« – er schien verlegen über die Absicht ihres Rats – »nehmen Sie eines, das Ihnen so lange sitzt, als der Maler selber sitzt.« – Oefels Eitelkeit mit Gustavs Voreiligkeit hätten hier eine dumme Höflichkeit zusammenbringen können – »Hier! das darin mein' ich« – und sie wies auf einen Spiegel; jetzt wollt' er doch mit der palingenesierten Höflichkeit herausfahren, ihre Gestalt sei über seinem Pinsel, als sie zum Glück dazufügte: »Malen Sie sich und zeigen Sie mirs.« – Über eine zufällig verschluckte Sottise wird man ebenso rot wie über eine herausgestoßene – du schöner, rotglühender Gustav!

Daher schreib' ich hier für Kinder, die noch nicht auf Winterbällen getanzt, diesen Titel aus der Kleiderordnung heraus: Leuten, die euch eine Erklärung geben wollen, eine in den Mund zu legen, ist ebenso unhöflich als mißlich.

»Ich will Ihnen nur zeigen warum«, sagte sie und ging mit ihrer Hand den halben Weg zu seiner und wieder zurück und nahm ihn mit durch ihr Lesekabinett, durch ihr Bücherzimmer in ihr Bilderkabinett. Wenn sie ging: konnte man selber kaum gehen; weil man stehen wollte, um ihr nachzusehen. Bilder waren neben ihr noch schwerer anzuschauen. Sie wies ihm im Kabinett eine bunte Kette Abbilder, welche die berühmtesten Maler von sich mit eigner Hand gemalet hatten und welche die Residentin aus der Galerie zu Florenz kopieren lassen. »Sehen Sie, wenn Sie ein berühmter Maler würden – und das müssen Sie werden –, so hätt' ich Ihr Porträt noch nicht in meiner Sammlung.« Auf dem Fenster lag der steilrechte weibliche Sonnenschirm, ein grüner Spazierfächer, den er vor einem gesessenen Gericht für Beatens ihren eidlich erkläret hätte – Einige Heuwägen von Wouvermans *Gras*, einige Zentner von Salvatore Rosas *Felsen* und eine Quadratmeile von Everdingens *Gründen* hätt' er hingeschenkt für den bloßen Fächer.

Aber das ihm abgedrungne Versprechen, sich selber zu malen, wurde einem Natursohne wie er, welchem die Kunst noch keine Eitelkeit gegeben, zu erfüllen äußerst schwer. Hundert jetzige Jünglinge zeigen mehr Kraft, sich in einer Gesellschaft vor dem Spiegel zu besehen, als er hatte, es in der Einsamkeit zu tun. Er fürchtete ordentlich, er begehe in einem fort die Sünde der Eitelkeit.

Auf diese Weise wird mein Held, der sich aus dem Spiegel zu holen sucht, von drei Zeichenmeistern auf einmal besehen und gemalet: von dem Lebensbeschreiber oder mir – vom Romancier oder Herrn von Oefel, der in seinen Roman ein Kapitel setzt, worin er von Gustavs Liebe gegen die Bouse anonymisch handelt – und vom Maler und Helden selber. So muß er denn wohl wohl getroffen werden.

Von Oefels Roman »Großsultan« erscheinet in der Hofbuchhandlung künftige Messe nichts als das erste Bändchen; und es wird dem minorennen

Publikum, das unsre meisten Romane lieset und macht, angenehm zu hören sein, daß ich in den Oefelschen Großsultan ein wenig geblickt und daß darin die meisten Charaktere nicht aus der elenden *wirklichen* Welt, die man ja ohnehin alle Wochen um sich hat und so gut kennt wie sich selber, sondern meistens aus der *Luft* gegriffen sind, diesem Zeughaus und dieser Baumschule des denkenden Romanmachers; denn wenn (nach dem System der Dissemination) die *Keime* des wirklichen Menschen neben dem Samenstaub der Blumen in der *Luft* herumflattern und aus ihr, als dem Repositorium der Nachwelt, von den Vätern müssen niedergeschlagen und eingeschluckt werden: so müssen Autoren noch vielmehr die *Zeichnungen* von Menschen aus der Luft, wo alle epikurische *Abblätterungen* wirklicher Dinge fliegen, sich holen und auf das Papier schmieden, damit der Leser nicht brumme.

Einige Tage war die von Bouse nicht zu sprechen, als das Original seine Kopie zu ihr tragen wollte. Endlich schickte sie nach beiden. Sein Gesicht wurde dem gemalten sehr unähnlich, als sein Blick bei dem Eintritt auf seine physiognomische Schwester fiel, die mit der kleinen Bouse am Klaviere sang, auf Beata. Wir armen Teufel, die wir nicht an Stammbäumen, sondern von Stammgebüsch herauswuchsen, werden von vier Wänden so nahe aneinander gerückt, daß wir uns *warm* machen; hingegen die veloutierten Wände der Großen halten ihre Insassen so sehr als Stadtmauern auseinander, und es ist darin wie in Wirtzimmern, wo unser Interesse nur einige vom ganzen Haufen ablöset. Beata fuhr also fort; und er fing an: für ihn wars so viel, als säh' er sie durch das Fenster im Garten. Sein Porträt fand die günstigste Rezensentin. Sie flog damit durch einige Zimmer hindurch. Gustav konnte nun seine Augen dahin tun, wo seine Ohren längst waren: sein einziger Wunsch war, die Elevin wäre außerordentlich dumm und sänge alles falsch, bloß damit die reizende Diskantistin ihr öfter vorsänge. Es war jenes göttliche »Idolo del mio cuore« von *Rust*, bei dem mir und meinen Bekannten allemal ist, als würden wir vom lauen Himmel Italiens eingesogen und von den Wellen der Töne aufgelöset und als ein Hauch von der Donna eingeatmet, die unter dem Sternen-Himmel mit uns in *einer* Gondel fährt.... Durch solche verderbliche Phantasien bring' ich mich im Grunde um allen wahren Stoizismus und werde noch vor dem dreißigsten Jahre achtzehn Jahre alt. –

Um so leichter kann ich mir denken, wie es dem jungen Gustav war, der Augen und Ohren so nahe an der magnetischen Sonne hatte: wahrhaftig tausendmal lieber will ich (ich weiß recht gut, was ich wage) mit der Schönsten im Fürstentum Scheerau ganz durch letztes fahren und sie nicht nur *in*, sondern auch (was weit schädlicher ist) *aus* dem Wagen heben; – noch mehr: lieber will ich ihr das Beste, was wir aus dem poetischen und romantischen Fache haben, gerührt vorlesen – ja lieber will ich mich mit ihr aus einem Redoutensaale in den andern tanzen und sie, wenn wir sitzen, fragen, ob sie heiter ist – und endlich (stärker kann ichs nicht ausdrücken) lieber will ich den Doktorhut auftun und ihre matte Hand an den Aderlaßstock mit meiner anschließen, indes sie, um nicht den Blutbogen über dem Schnee-Arm zu erblicken, mir in einem fort erblassend in das Auge schauet – – lieber, versprech' ich, will ich (Wunden hol' ich mir freilich mehre und weitere als das Aderlaßmännchen im Kalender) alles das tun, als die Schönste *singen* hören; dann wär' ich leck und weg; wer wollte mir helfen, wer wollte meine Notschüsse hören, wenn sie in der ruhigsten Stellung den rechten Schnee-Arm weich über irgend etwas Schwarzes hinschneiete, die Knospe der Rosen-Lippen halb voneinander schlösse, die tauenden Augen auf ihre – Gedanken senkte und darein verhüllete, wenn der weiche Dunen-Busen [1] wogend wie ein weißes Rosenblatt auf den Atem-Wellen läge und mit ihnen auf- und niederflösse, wenn ihre Seele, sonst in den dreifachen Überzug der Worte, des Körpers und der Kleider geschlagen, sich aus allen Hüllen wände und in die Wellen der Töne stiege und im Meer des Sehnens untersänke....? Ich spräng' nach. – – –

Gustav war noch im Nachspringen begriffen, als die Residentin mit *zwei* Porträten wiederkam. »Welches ist ähnlicher?« sagte sie zu Beata und hielt ihr beide entgegen und heftete ihr Auge statt auf die drei Gesichter, die zu vergleichen waren, bloß auf das, welches verglich. Das mitkommende war nämlich das echte brüderliche und verlorne, um das Beata an meine Philippine geschrieben hatte. »O mein Bruder!« sagte sie mit zu viel Bewegung und Akzent (welches zu vergeben ist, da sie erst vom Klavier herkam); unter dem schnellen Ergreifen erschrak sie so lange, bis sie mit einem ungezwungnen Blick über den Rücken des Bildes heruntergeglitscht war und keinen Namen darauf gefunden hatte. Von solchen Erdstäubchen hängt das Pochen des menschlichen Herzens oft ab: den Zentnerdruck der ganzen Lebens-Atmosphäre trägt und hebt es, allein unter dem schwülen Atem einer gesellschaftlichen Verlegenheit fällt es kraftlos zusammen. Wer nicht hat, wohin er sein *Haupt* hinlegt, leidet oft kleinere Pein, als der nicht hat, wo er seine – *Hand* hinlege.

»Ich dachte, Ihr Bruder wäre ein weitläuftiger Verwandter von Ihnen«, sagte die Residentin vielleicht boshaft-doppelsinnig, um sie in die Wahl irgendeines Sinnes zu verstricken. Allerdings standen der Residentin alle Worte, Ideen und Glieder so behend zu Gebote, daß die *Kraft* in Beatens und Gustavs Verstand und Tugend kaum, wie sonst in der Mechanik, zureichte, die *Geschwindigkeit* zu ersetzen. Aber Beata erzählte standhaft, ohne Entschuldigung, ohne Übergänge alles von diesen Bildern, was die

[1] Denn bekanntlich ist die männliche Brust viel härter und unbiegsamer und dem ähnlich, was zuweilen von ihr umschlossen wird. – Sonderbar ists, daß die Eltern ihre Töchter Dinge mit allem Gefühle *singen* lassen, die sie ihnen nicht erlaubten vorzulesen.

Leser aus meinem Munde wissen. Gustav hätte eine solche Erzählung nicht liefern können. Die Nachricht, wie es in der Residentin Hände gekommen, vergaß die Residentin zu geben, weil sie hundert Antworten dazu wußte; Beata vergaß sie zu verlangen, weil sie das eben merkte.

»Für Ihr Gesicht« – sagte sie im lustigsten Tone, in dem sie ohne Bedenken das Gute von ihren Reizen sagte, das andre im ernsthaften davon sprachen – »könnt' ich Ihnen keines geben als mein eignes; das muß ich aber meinem *Bruder* in Sachsen samt dem Garten schicken – malen können Sie es mit zum Park, damit beide Stücke *einen* Meister hätten.« Dem scherzhaften Tone ist weit schwerer etwas abzuschlagen als dem ernsthaften – höchstens nur wieder im lustigen; aber zu diesem waren in Gustav alle Saiten abgerissen. Beata hatte die Anspielung auf den Park nicht verstanden; Bouse brachte die ganze Landschaftzeichnung und fragte sie, was ihr am meisten gefiele. Diese war für das Schattenreich und Abendtal (warum ließ sie den Eremitenberg aus?). »Aber die Menschen im Garten?« – fuhr sie fort (die arme Inquisitin heftete ihren stillen Blick fester aufs Abendtal); – »besonders die schöne Venus hier im Abendtal?« – Sie mußte endlich reden und sagte unbefangen: »Der Bildhauer wird sich nicht über den Zeichner zu beschweren haben, aber vielleicht der Maler über den Bildhauer; vielleicht hat auch bloß der *Frost* diese *Venus* ein wenig verdorben.« Die Residentin machte durch ihr Lachen und ihr *witziges* Anblicken Gustavs ein Bonmot daraus, *sie* ein wenig rot, *ihn* flammendrot, sie durch letztes wieder röter und vollends durch die Antwort: »So würde mein *Bruder* auch denken, wenn er die Venus *so* bekäme; Sie tun mir aber den Gefallen, meine Liebe, und sitzen unserem Herrn Maler mit, so kommt in unsern Park eine schönere Venus. Es ist mein Ernst. Die zwei nächsten Morgen geben Sie unsern Gesichtern, Herr von Falkenberg!« Die Gute schwieg; Gustav, der schon eingewilligt hatte, mit seinem Pinsel Bousens Antlitz zu verdoppeln, wäre bei einem Haare mit der Anmerkung losgebrochen, Beaten ihres vermög' er nicht mit seinem nachzudrucken. Zum Glück fiel ihm ein, daß sie sich zur Tafel ankleiden würde – – (Am Sonntag über acht Tage muß ich meinen Sektor mit »Denn« anfangen – –).

Neunundzwanzigster oder XXII. Trinitatis-Sektor

Die Ministerin und ihre Ohnmachten – und so weiter

Denn er war in jenem grünen Gewölbe, das Scheeraus größte Schönheiten umfing, in Bousens Zimmer, nur vormittags; nachmittags und später rauschten durch dasselbe die Ströme des Vergnügens, aus den Freudenkelchen von Freuden-Najaden ausgeschüttet. Der halbe Hofstaat fuhr aus Scheerau her. Bekanntlich hat dieser, indes das Volk nur *Sabbate* hat, lauter

Sabbatjahre, und die nähern Diener des Fürsten suchen sich von den Dienern des Staates dadurch auszuzeichnen, daß sie gar nichts arbeiten; so wurden auch schon in den alten Zeiten den Göttern nur Tiere, die noch nichts *gearbeitet* hatten, auf den Altar gelegt. Ich weiß es recht gut, daß mehr als einer der paralytischen großen Welt Arbeit zumutet, die nämlich, sich und andre in einem fort zu amüsieren; diese ist aber so herkulisch schwer und nützt alle Kräfte so sehr ab, daß es genug ist, wenn sie sämtlich nach einer Fête morgens bei dem Auseinanderfahren oder am Tage darauf sich verstellen und sagen: »Bei alledem wars heute ein deliziöser Abend und überhaupt alles so brillant!« Große Quartanten-Theologen haben längst bewiesen, daß Adam *vor* dem *Falle* kein Vergnügen aus dem *Essen* und *andern* Vergnügungen geschöpfet habe – unsre Großen sind vor ihrem Falle ebenso schlimm daran und verrichten alles das in ihrer Unschuld, ohne den geringsten Spaß dabei zu haben. Ich wollt', ich könnte dem Hofstaat helfen. – –

Ein Mensch, der eine festgesetzte Arbeitstunde (und wäre sie nur 30 Minuten lang) hat, siehet sich für emsiger an als einer, der gerade heute seinem 12stündigen Pensum 30 Minuten abgebrochen. Oefel warf sich selber seine übertriebene Anspannung vor und sagte, er wüßte sich nicht zu entschuldigen, daß er jeden Morgen *eine* volle Stunde schreibe am »Großsultan«. Erst darnach waren die ernsthaften Geschäfte des Tages zu Ende; er ließ sich nun zum *ersten Male* frisieren und einstäuben, um als *Tagschmetterling* gegen alle Toilettenspiegel anzuflattern; auf den Blumenkopf der Défaillante (so hieß noch die Ministerin) ließ er sich nieder. Alsdann ließ er sich zum *zweiten Mal* frisieren und beflügeln, um als bestäubter *Dämmerung-* und *Nachtschmetterling* zwischen den Spielmarken und Schaugerichten und ihren Ebenbildern herumzusausen. Ich würde auf dieses Gleichnis nicht gekommen sein, wenn mich nicht sein gehörntes und in eine Kapsel zusammenlaufendes Abendhaar auf die Raupen der Nachtschmetterlinge geführet hätte, denen auch hinten ein Horn oder Zopf ansitzt – den Tagraupen sitzt nichts an, so wie sein abbreviertes aufgestecktes Morgenhaar es verlangte, damit sie diesem glichen.

Da ich die Ministerin die Défaillante genannt, und da man ihr überhaupt die Einfalt zutrauen konnte, als ob sie dem Legationrat treuer wäre als er ihr, so will ich alles sagen und für sie reden. Die Eitelkeit, die ihn wie eine eingeschränkte Monarchin beherrschte, regierte wie eine uneingeschränkte über sie – sie hatte und machte italienische Verse, Epigrammen und alle schöne Künste – und es ist stadtkundig, daß sie, weil sie aufgehört hatte, zur schönen *Natur* zu gehören, sich unter die Werke der schönen *Künste* warf und sich aus einem Modell durch Schminke in ein *Gemälde* veredelte, durch Pantomime in eine *Aktrice,* durch Ohnmachten in eine *Statue.*

Das letzte ist der Kardinalpunkt – sie starb wöchentlich und öfter, wie jede wahre Christin, nicht ihrer Keuschheit wegen, sondern sogar vor ihrer Keuschheit, ich meine ein paar Minuten – sie und ihre Tugend fielen hintereinander in Ohnmacht. Wenn ich über so etwas nicht weitläufig bin: so bin ich nicht wert, eine Feder zu schneiden, und der Henker soll meine Produkte holen. – Die Tugend also war bei der Ministerin so verdammt schlimm daran wie bei einem Kind die junge Lieblingkatze. Ich will von Tagzeiten gar nicht reden, sondern nur von Wochentagen: ich will setzen, an jedem Tage hätte ein andrer Antichrist und Erbfeind ihrer Tugend statt der Visitenkarte seinen Leib geschickt: so hätt' es etwa so gehen können: am Montag war ihre Tugend im strahlendlosen Neumond für Herrn v. A. – am Dienstag im Vollmond für Herrn v. B., der sagte: »Zwischen ihr und einer Devote ist kein Unterschied als das Alter« – am Mittwoch im letzten Viertel für Herrn v. C., der sagt: »Je la touche dejà«, nämlich ihre âme – am Donnerstag im ersten Viertel für Herrn v. D., der sagt: »Peut-être que« – – und so fort mit den übrigen Feinden der Woche; denn jeder Gegner sah, wie seinen eignen Regenbogen, so an ihr seine eigne Tugend. Ehre und Tugend waren bei ihr keine leeren Wörter, sondern hießen (ganz gegen die Kantische Schule) der *Zeit-Zwischenraum zwischen ihrem Nein und ihrem Ja,* oft bloß *der Ort-Zwischenraum.* Ich sagte oben, sie hatte immer eine Ohnmacht, wenn der *Montag* ihrer Tugend war. Es lässet sich aber erklären: ihr *Körper* und ihre *Tugend* sind an *einem* Tag und von *einer* Mutter geboren und wahre Zwillinge, wie die Gebrüder Kastor und Pollux – nun ist der *erste,* wie Kastor, menschlich und sterblich, und die *andre,* wie Pollux, göttlich und unsterblich – wie nun jene mythologische Brüderschaft es pfiffig machte und Sterblichkeit und Unsterblichkeit gegeneinander halbierten, um miteinander in Gesellschaft eine Zeitlang tot und eine Zeitlang lebendig zu sein: so macht es ihr Körper und ihre Tugend ebenso listig, beide sterben allezeit miteinander, um nachher miteinander wieder zu leben. – Das artistische Sterben solcher Damen lässet sich noch von einer andern Seite anschauen: eine solche Frau kann über die Stärke und die Proben ihrer Tugend eine *Freude* haben, die bis zur Ohnmacht gehen kann; ferner über die Leiden und Niederlagen derselben eine *Betrübnis,* die auch bis zur Ohnmacht reichen kann: nun denke man sich, ob eine Frau beim vereinigten Anfall von zwei Gemütbewegungen, wovon jede allein schon töten kann, noch aufrecht zu verbleiben vermöge. – Bekanntlich stirbt die Ehre der Damen von Welt so wenig wie der König von Frankreich, und es ist das eine bekannte Fiktion; wenigstens ist dieser Ehre der Tod, wie den Frommen, ein Schlaf, der über 12 Stunden nicht dauert. Ich kenne an unserem Hofe eine Art Ehre oder Tugend, die gleich einem Polypen an nichts stirbt; sie kann, wie die alten Götter, verwundet, aber nicht umgebracht werden – gleich Hornschrötern zappelt sie an der Nadel und ohne alle Nahrung fort – Naturforscher von Stand tun oft einer solchen Tugend, wie *Fontana* den Aufgußtierchen, tausend Martern an, an denen bürgerliche weibliche Tugenden sogleich verscheiden: nichts! kein Gedanke von Sterben. – – Es ist eine wohltätige Anordnung der Natur, daß gerade in den höhern Damen die Tugend eine solche achilleische Lebens- oder Wiedererzeugkraft hat, damit sie erstlich leichter die einfachen und doppelten Brüche, Knochensplitterungen und Gliederabnehmungen und überhaupt das Schlachtfeld jenes Standes ausdauere – zweitens damit jene Damen (im Vertrauen auf die Unsterblichkeit und lange Lebenslinie ihrer Tugend) ihren Freuden, deren physische Grenzen ohnehin so enge sind, wenigstens keine moralischen zu setzen brauchen.

Ich komme wieder zu den tugendhaften Ohnmachten oder erotischen Sterben der Ministerin zurück; ich will mich aber nicht dabei aufhalten, daß ich etwa sagte, wie die alte Philosophie die Kunst sterben zu lernen sei, so sei es auch die französische Hof-Philosophie, nur aber angenehmer – oder daß ich witzigerweise sagte: qui (quae) scit mori, cogi nequit – oder daß ich Senekas Ausspruch über Kato auf die Ministerin zöge: majori animo repetitur mors quam initur; sondern ich erzähle bloß, warum sie überall in Oberscheerau die Défaillante heißet – bloß darum, weil ein gewisser Herr auf die Frage, wie sie einen wichtigen Prozeß trotz dem versäumten Präklusiontermin doch gewonnen hätte, doppelsinnig erwiderte: en défaillant....

Ich komme zurück.... Aber ich wäre ein glücklicher Mann, wenn die Zeit sich niedersetzte und mich heranließe; so aber setz' ich ihr, in einer Entfernung von mehren Monaten, nach; die Avantüren-Fracht wird täglich schwerer; ich muß Papier zu einer doppelten Geschichte – zu der jetzt geschriebnen und zu der jetzt vorfallenden – haben, ich ängstige mich ab, und am Ende werd' ich mit Mühe gelesen! – Ist mir aber zu helfen? – –

Amandus lag damals auf dem härtesten Bette von der Welt – die Dornen- und Stein-Matrazen der alten Mönche fühlen sich dagegen wie Eiderdunen an –, auf dem Krankenbette; sein ödes Auge ruhte oft auf der Stubentüre, ob sie kein Gustav öffne, ob nicht der Tod in der Gestalt einer Freude, einer Aussöhnung eintrete und die Blume seines Lebens mit einem Liebe-Druck gelinde niederlege; – aber Gustav lag von seiner Seite auf einem Zauberbette, an das ihn ein besserer Gott als Vulkan mit unsichtbaren Kettchen heftete; kaum regen konnt' er sich unter seinem Drahtgeflecht.

Am Morgen, wo er sich vorbereitete, der Residentin das Porträt und die Visite zu machen, zündete Oefel um ihn eine Menge Raketen des Witzes an und gestand ihm mit *der* Zufriedenheit, mit welcher ein Belletrist stets die Armut an leiblichen Gütern und die schwerere an geistigen, an Verstand etc., erträgt, so viel geradezu, er habe an Gustav die Neigung zur – Residentin vielleicht eher entdeckt als beide Interessenten selbst. Jede Gustavische Verneinung war ein neues Blatt in seinen Lorbeerkranz. »Ich will aufrichtiger sein«, sagt' er; »ich will mein eigner Verräter werden, weil ich keinen fremden habe. Im Zimmer, wo Sie einen Altar haben, steht einer für mich; es ist ein Pantheon [1]; Sie knien mehr vor einem Gott als einer Göttin – ich aber finde da meine Venus (Beata). Ihr mangelt zu einer Mediceischen nichts als die – *Stellung*; ich weiß aber nicht, *welche* Hand ich ihr dann in dieser Stellung küssen würde.« ... Vor Gustavs reiner Seele flog zum Glück dieser Klumpe von boue de Paris vorbei, in die an Höfen sogar gute Menschen ohne Bedenken treten; selber Schriftstellern aus dieser Zone hängt dieser Schmutz noch an.

Ihm gefiel an Beaten (und an jedem Mädchen) nichts als dieses, daß er, wie er dachte, ihr gefalle; er würde die fünfhundert Millionen Weiber auf der Erde alle lieben, wenn er ihnen allen gefiele, er wieder keine einzige, wenn er keiner einzigen. Er erzählte jetzt dem Gustav, durch welches Fenster er im Winterhaus von Beatens Herzen ihre Liebe zu ihm habe blühen sehen. Außer einem gewissen Tropf, den ich in Leipzig gekannt, und außer einer Katze, die neun Leben hat, hatte kein Mensch mehre Leben als er – er büßte eines ein: sogleich hatt' er wieder ein frisches, ich meine, er hatte mehr Ohnmachten als ein andrer Einfälle. Einen solchen Vexier-Selbstmord konnt' er begehen, wenn er wollte und wenn er ihn in seinen Dramen so nötig hatte als ein rührender Theaterdichter; am häufigsten aber taten er und der Tropf in Leipzig sich diesen Tod in effigie an, wenn sie unter einem Bündel Frauenzimmer *das* herauszuvisitieren hatten, das in sie am verliebtesten war. Denn sie unterschieden, sagten die beiden Tröpfe, sich sämtlich voneinander nicht im Dasein, sondern im Grade der Liebe gegen beide Ohnmächtige. Der größte Schrecken über den pantomimischen Schlagfluß ist, sagte das ohnmächtige Paar, das Notariatsiegel der größten Liebe. Da also Oefel vor drei Wochen Beaten seinen Sondier-Tod vormachte: so zitterte unter allen Schal-Fichus, die da waren, kein so zartes und mitleidiges Herz als ihres, das weder fremden Betrug noch eigne Härte kannte. Gleichgültig legte sich Oefel in den optischen Tod; verliebt stand er wieder auf, und er hätte mit seiner scheinbaren Ohnmacht beinahe eine wahre gewirkt. »Ich konnte sie nur seitdem nicht darüber sprechen«, sagt' er. Gustav kämpfte mit einem großen Seufzer nicht über Oefels gefühllose Eitelkeit, sondern über sich selbst und über Oefels Glück. »Ó Beata, in dieser Brust« – redete sie sein Innerstes an – »hättest du ein verschwiegneres und aufrichtigeres Herz gefunden, als das ist, das du ihm vorziehest – es würde sein Glück verborgen haben, wie jetzt seine Seufzer – es wäre dir ewig treu geblieben – ach es wird dir doch treu bleiben!« – Dennoch empfand er das Ekelhafte in Oefels Eitelkeit nicht ganz, weil ein Freund sich unserem Ich so sehr inokuliert und damit verwächset, daß wir seine Eitelkeit so leicht wie unsre eigne und aus gleichen Gründen übersehen.

Da es meinem Gustav im Buche wie im Leben gehen kann, so hätt' ich

[1] Im römischen Pantheon standen nur *zwei* Götter, der Mars und die Venus.

folgende Anmerkung noch eher machen sollen: niemand war leichter zu verkennen als er – alle Strahlen seiner Seele brach die Wolkenhülle milder Demut, ja seitdem Oefel ihm Stolz auf dem Gesichte vorgeworfen, sucht' er gerade so demütig auszusehen, als er war – sein Äußeres war still, einfach, voll Liebe, ohne Ansprüche; aber auch ohne durchbrechenden Witz und Humor – Phantasie und Verstand arbeiteten in ihm, wie in einem einsamen Tempel, Altarblätter mit großen Maßen und ließen mithin nicht, wie andre, Dosenstücke und Medaillons von der Zunge purzeln – er war, was Descartes von der Erde glaubt, eine inkrustierte Sonne, aber unter den phosphoreszierenden Lichtern des Hofes ein dunkler Erdkörper – er war das äußere Gegenteil von Ottomar, der mit seiner Sonne seine Kruste durchgebrannt hatte und nun vor den Leuten stand blitzend, knisternd, glühend, anreißend, einäschernd und ausbrütend – Gustavs Seele war ein gemäßigtes Land ohne Stürme, voll Sonnenschein ohne Sonnenhitze, ganz mit Grün und Knospen überzogen, ein magisches Italien im Herbst; Ottomars seine aber war ein Polarland, das sengende lange Tage, lange Eis-Nächte, Orkane, Eis-Berge und Tempische Täler-Fülle durchstrichen. – –

Der Gustavischen Bescheidenheit kam also nichts natürlicher vor, als daß Beata einen, der seinen Geist und Körper so gut zu zeigen wußte, über ihn stellte, der beides nicht konnte und der dazu einmal ihren Vater halb tot geärgert hatte. Sein Blut ging mithin langsam traurig, da er zur Residentin schlich. Es war ihm, als könnt' er heute sie als seine Freundin ansehen – das tat er wirklich halb, als sie ihm noch dazu ein ebenso trauriges Air und Gesicht entgegentrug, dem ähnlich, in dem eine Frau eine Woche nach dem Verlust ihres Geliebten mit leeren Augen und erkalteten Wangen am meisten rührt. Es sei, sagte sie, der Sterbetag ihres jüngsten Bruders, den sie und der sie am meisten geliebt. Sie ließ sich in Trauerkleidung malen. Nichts wirkt stärker als der Lustige, der einmal in die Halbtöne des Kummers fällt. Gustav hatte überhaupt zu viel Zuneigung für Menschen, in deren Ohren das Trauergeläute irgendeines Verlustes widertönte; ein Unglücklicher war ihm ein Tugendhafter. Die Residentin sagte ihm, sie hoffe, er werde den heutigen Kummer aus ihrem wirklichen Gesichte wegmalen und ihn bloß ins gemalte bannen – sie habe deswegen diese Zerstreuung auf heute verlegt – morgen sei ihr gewiß besser – sie spielte nachlässig mit der bloßen rechten Hand einige Tänze, aber nur ein paar Takte und mit vergeblichem Kampfe gegen ihren Trübsinn – er sollte ihr etwas erzählen, eh' er anfinge, damit er nicht einem Gesicht, das sie nur ein paar Tage im Jahr trüge, ein ewiges Leben in seinen Farben gäbe. Aber er hatte noch am Hofe weder Stoff noch Manier zu erzählen gewonnen – endlich fiel sie auf seine unterirdische Erziehung. Bloß ihrem *heutigen* Gesichte war er so etwas in dem Wolkenbruch von Herzergießung, den er seit Amandus' Groll entbehret hatte, zu erzählen fähig. Da er fertig war, sagte sie: »Zeichnen Sie nur; Sie hätten mir etwas anders erzählen sollen.«

Sie nahm ihre kleine Laura auf den Schoß – dem Fürsten, der ein leidenschaftlicher Tiermaler ist, mußte sie statt mit der Kleinen mit einem Seidenpudel sitzen – welche Gruppe fällt aber jetzt sein Auge, sein Herz und seine Zeichenfeder an, um diese drei Dinge zu verrücken! Sie zittern wenigstens alle, indem die Mutter die Händchen der Laura in eine malerische und kindliche Umschlingung legt – indem sie schweigend, traurend, mit den Lippenwellen gegen den Kummer des Auges streitend, ihm denkend in das seine blickt und mit der nächsten Hand das Haar der Kleinen spielend krümmt – – Wahrhaftig zehnmal dacht' er: wenn ein Engel einen Körper umtun wollte, der menschliche wäre nicht zu schlecht dazu, und er könnte in dieser *Reise-Uniform* in jeder Sonne erscheinen!

Seine Zeichnung wurde so treffend, daß der Residentin vielleicht ein paar Unähnlichkeiten lieber gewesen wären – sie hätten größere Ähnlichkeit ihres zweiten Bildes in ihm angesagt. Sie kam jetzt durch sanfte, nicht wie sonst scherzhaft-springende Übergänge von seinem Maler-Lohn und von den Nachteilen seiner Erziehung auf die Vorbereitungen zu seiner Legationrolle – sie deckte ihm, aber mit langsamer vertraulicher Hand, seinen Mangel an Welt auf – sie bot ihm ihren Zutritt zu sich an und lud ihn zum Souper auf morgen ein. – »Aber vormittags«, setzte sie lächelnd hinzu, »kommen Sie nicht schon; Beata will durchaus nicht gemalet sein.«

– – Der Leser hat im ganzen Buche noch nicht drei Worte reden oder schreiben dürfen: jetzt will ich ihn ans Sprachgitter oder ins Parloir lassen und seine Fragen nachschreiben. »Was hat denn« – fragt er – »die Residentin vor? Will sie aus Gustav ein gezähntes Kammrad schnitzen, das sie in irgendeine unbekannte Maschine setzet? – Oder bauet sie den Jägerschirm und zwirnt die Prallnetze, um ihn zu fällen und zu fangen? – Wird sie wie jede Kokette dem ähnlich, der ihr nicht ähnlich werden will, wie nach *Platner* der Mensch das, was er empfindet, so sehr wird, daß er sich mit der Blume bückt, und mit den Felsen hebt?«

– – Der Leser bemerke, daß der Leser selber hier Witz hat, und gehe weiter! – –

»Oder« (geht er also weiter) »geht die Residentin nicht so weit, sondern will sie aus Edelmut, worüber man oft die optischen Kunststücke ihrer Koketterie verzeiht, den schönsten uneigennützigsten Jüngling aus den schönsten uneigennützigsten Gründen aufsuchen und ausbilden? – Oder könnens nicht auch alles bloße Zufälle sein – und nichts leuchtet mir so ein –, an welche sie, als Rennerin durch Lusthaine, die flatternde Schlinge eines halben Planes fliehend befestigt, ohne in ihrem Leben am andern Tag nach dem strangulierten Fang der Dohnenschnait im mindesten zu sehen? – Oder irr' ich gänzlich, lieber Autor, und ist vielleicht von allen diesen Möglichkeiten keine wahr?« – Oder, lieber Leser, sind sie alle auf einmal wahr, und du errätest darum eine Launenhafte nicht, weil du ihr weniger Widersprüche als Reize zutrauest? – Der Leser bestärket mich in meiner Bemerkung, daß Personen, die niemals die Gelegenheit haben konnten, der großen Welt tägliche Klavierstunden zu geben (wie z. B. leider der sonst treffliche Leser), zwar alle *mögliche* Fälle irgendeines Charakters vorzurechnen, aber nicht den *wirklichen* auszuheben vermögend sind. – Übrigens verlasse sich der Leser auf mich (der ich schwerlich ohne Grund Vorzüge verkleinern würde, die mir selber ansitzen), übrigens hat er die Armut an gewissen konventionellen Grazien, an gewissen leichten modischen und giftigen Reizen, die ein Hof nie versagt, weit weniger zu bedauern, als andre Höflinge – der Autor wünschte, nicht darunter zu gehören – ihren Reichtum an dergleichen Gift-Spezies wirklich zu beklagen haben; denn auf diese Art blieb er ein ehrlicher und gesunder Mann, der Herr Leser; aber wer ihn kennt, würde der Bürge gewesen sein, daß er, falls alle Bänder und Zügel der großen Welt an ihm gezuckt und gezogen hätten, außer seiner Ehrlichkeit auch seine Unähnlichkeit mit *den* Leuten von Ton behalten hätte; die die Mißhandlung des schönsten Geschlechts mit verlorner *Stimme* und verlornen *Waden* büßen, wie (nach den ältesten Theologen) die Weiber-Versucherin, die Schlange, die vorher *reden* und *gehen* konnte, durch die aktive Verführung *Sprache* und *Beine* verscherzte?...

Dreissigster oder xxiii. Trinitatis-Sektor

Souper und Viehglocken

Heut' arbeit' ich im Hemd wie ein Hammerschmied, so abscheulich lang und schwer ist der dreißigste Sektor. – Da Gustav von Oefel erfuhr, daß ein kleines Souper bei der Residentin so viel heiße wie bei uns das größte, so teilte er in seinem Kopf, eh' er es zieren half, Personen und Rollen aus, und sich die längste: – den einzigen Fehler beging er allemal, daß, wenn er endlich auf die Bühne kam und spielen sollte, er nicht spielte. Eh' er in eine große Gesellschaft ging, wußt' er Wort für Wort, was er sagen wollte; kam er wieder heraus, so wußt' er (in der Kulisse) auch, was er hätte sagen sollen – aber gesagt hatt' er darin weiter nichts. Es kam nicht von Menschenfurcht; denn es war ihm fast leichter, etwas Kühnes als etwas Witziges zu sagen; sondern davon kams, daß er das Gegenteil einer Frau war. Eine Frau lebt mehr außer als in sich, ihre fühlende Schnecken-Seele legt sich fast *außen* um ihre bunte Körper-Konchylie an, sie zieht ihre Fühlfäden und Fühlhörner nie in sich zurück, sondern betastet damit jedes Lüftchen und krümmt sie um jedes Blättchen – mit drei Worten: das Gefühl, das der Arzt *Stahl* der Seele von der ganzen Beschaffenheit ihres Körpers zuschreibt, ist bei ihr so lebendig, da sie in *einem fort* fühlt, wie sie sitzt und steht, wie das leichteste Band aufliegt, welchen Zirkelbogen die gekrümmte Hutfeder beschreibt – mit zwei Worten: ihre Seele fühlt nicht nur den *Tonus* aller empfindlichen Teile des Körpers, sondern auch den der unempfindlichen, der Haare und der Kleider – mit *einem* Worte: ihre innere Welt ist nur ein Weltteil, ein Abdruck der äußern.

Bei Gustav aber nicht; seine innere Welt steht weit abgerissen neben der äußern, er kann von keiner in die andre, die äußere ist nur der Trabant und Nebenplanet der innern. Seiner Seele – in den Gehirn-Weltglobus, den der Hut bedeckt, eingesperret – verbauen die bunten eignen Gewächse, auf denen sie sich wiegt und vergisset, die Aussicht auf die Gegenstände jenseits ihres Körpers, die nur dünne Schatten auf ihre Gedanken-Auen werfen; sie *sieht* also die äußere Welt nur dann, wenn sie sich ihrer *erinnert;* dann ist diese in die innere versetzt und verwandelt. Kurz Gustav beobachtet nur das, was er denkt, nicht was er empfindet. Daher weiß er niemals seine Ideen und Worte mit den vorüberschießenden Ideen und Worten andrer Leute zu amalgamieren. Der Hofmann schraubt auf und zu, und die Kaskaden seines Witzes springen und schimmern – Gustav hingegen wirft erst den Eimer in den Ziehbrunnen und will darin den Trunk mit der Zeit herausdrücken. – Eine feinere Ursache geb' ich unten an.

Oefel rühmte ihm am Morgen dieses wichtigen Souper so viel von Beaten vor, er würde heute ihr cœur so sehr im Gleichgewichte mit dem esprit der Residentin sehen, – daß er alles Sehen verwünschte und einen zweiten Grund bekam, sein schweres Herz ins stille Land zu tragen. Sein erster war: er schickte sich allemal zu einer großen Gesellschaft dadurch an, daß er vorher in die größte ging – unter den großen blauen Himmel. Hier unter kolossalischen Sternen, an der Brust der Unendlichkeit, lernt man sich erheben über metallene Sterne neben das Knopfloch genäht; von der Betrachtung der Erde bringt man Gedanken mit, durch die man die Erdstäubchen, die man Menschen nennt, kaum wirbeln sieht – und die farbigen Gold-Insekten, womit sich das Gewächsreich musivisch stickt, werden von der Gold- und Juwelenstickerei der Hofpracht nicht übertroffen, nur nachgeahmt. – Gegenwärtiger Verfasser stattete allemal dem großen Erd- und Himmelzirkel einen Besuch *vor* und einen *nach* dem Besuche ab, den er verhütete und verlöschte.

Ich werde rot, wenn ich mir denke, wie unbehülflich sich mein Gustav durch zwei Vorzimmer in einen Salon mag haben führen lassen, wo wenigstens schon an sieben Spieltischen Streiter saßen. Feinheit der Denkart ist Anlage, Feinheit des Ausdrucks ist eine Frucht, wozu nicht gerade Hofgärtner nötig sind; aber Feinheit des äußern Anstands ist nirgends zu holen als da, wo sie alles gilt – in der *großen* Welt voll *Mikrokosmen.* Sollt' ich von letzterer Feinheit mehr aufzuweisen haben, als man gewöhnlich bei meinem Advozier-Stand sucht: so bin ich nie so eitel, sie aus etwas anderem abzuleiten als aus meinem Leben am Scheerauer Hof. – Die Residentin (Beata ohnehin nicht) spielte selten, und mit Recht: eine Frau, die mit ihrem Gesichte andre Herzen gewinnen kann als lackierte auf der Karte und die den Männern einen andern Kopf nehmen kann als den auf Metalle gedrückten, tut übel, wenn sie sich mit dem Kleinern begnügt, sie müßte denn mit den schönsten Fingern taillieren und coupieren können, die ich noch in weiblichen Handschuhen und Ringen gesehen. Vor dem funfzigsten Jahre sollte keine spielen und nach ihm nur die, die der Mann und die Tochter verspielen sollte. – Hingegen der poetische Gladiator, Herr von Oefel, diente unter der Armee, die (nach dem Modejournal) in jeder Winternacht 12 000 Mann stark ist in den vordern deutschen Reichskreisen – nämlich mit und gegen L'hombre-Spieler. Die Residentin war eine brillante *Sonne*, der immer Beata als *Abendstern* nachzog. Sanfter holder Hesperus am Himmel! du wirfst deine Strahlen-Silberflitter auf unser Erden-Laub und schließest leise unser Herz für Reize auf, die so sanft wie deine sind! Alle Sommerabende, die mein Auge in Träumen und Erinnerungen auf deinen über mich erhöhten Unschuld-Auen verlebte, belohn' ich dir, versilberter schönster Tautropfe in der blauen Äther-Glockenblume des Himmels, indem ich dich zu einem Bilde der schönen Beata mache! – O könnt' ich doch ihre Heiligengestalt aus meinem Herzen heben und hieher auf meine Blätter legen, damit es der Leser sähe, nicht bloß begriffe, wie von der junonischen Bouse, aus der alle weibliche Reize brechen, selber seltene Uneigennützigkeit, doch aber *Unschuld* und weibliche bescheidne *Zurückgezogenheit* nicht, wie von ihr alle diese hölzernen Strahlen abfallen, wenn sich neben ihr mehr verhüllt als zeigt Beata, welche über die heftigsten weiblichen Wünsche den innern Sieg erhält und doch weder Sieg noch Kampf verrät – die, ohne Bousens Trauer-Hülse und Trauerspielen, ein erweichtes Herz dir gibt und deinen Blick unwiderstehlich beherrschet – und mit der du im Mondschein gehen kannst, ohne *sie* oder den Nachthimmel auf der Erde minder zu genießen! – Gustav fühlte noch mehr als ich; und ich fühle in meinen biographischen Stunden wieder mehr als sonst in meinen musikalischen. – –

Bei Gelegenheit! wenn sie essen: werd' ich auch die übrigen Gäste abfärben. Unter dem gesellschaftlichen Tumult, der sowohl Gustavs Sinnen als Ideen betäubte, fiel freilich nur Beatens halbes Sonnenbild in seine Seele. Aber nachher freilich! – Vorher aber lagen beide mit der Residentin unter dem Fensterbogen, die ironisch Gustaven vor Beaten entschuldigte, daß er heute nicht mit dem Pinsel gekommen – eine Menge zufälliger Zwischenredner zu geschweigen. Die Residentin wurde ihnen entrissen; die nahe und einsame Stellung nötigte beide zum Sprechen und Beaten zum Bleiben. Gustav, der schon vor der Assemblee im Kopfe hatte, was er sagen wollte, sagte nichts. Aber Beata endigte das vorige Gespräch über das Abzeichnen und sagte: »Wenn Sie mich nicht schon entschuldigt haben, so kann ich mich nicht entschuldigen.« Ein andrer von mehr Wendung hätte geradezu Nein gesagt und so im Scherze, der keine Verlegenheit zuließ, die Fäden der Vogelspinne um das arme Kolibri herumgewunden. – Gustav hatte zu starke Gefühle, um hier zu scherzen. An einer Menge schwerer Materien, wovon euch alle Handhaben abbrechen, hält bloß die des Scherzes fest, und ihr könnt sie damit regieren; besonders wenn ihr mit Mädchen unter Fensterbögen sprecht.

Gustav suchte längst Gelegenheit, Beaten andre Teile seiner Seele zu zeigen, als damals in der Korn-Sache zum Vorschein gekommen; jetzo hätt' er die Gelegenheit, obwohl keine Mittel gehabt, wenn nicht der Park mit dem Abend-Schmuck sich vor das Fenster gelagert hätte. Aber Natur-Schönheit war die einzige Sache, worüber er mit andern Schönheiten begeisternd und begeistert sprechen konnte; – und er konnte am frischesten alle Weltreize in *einen* Morgen zusammendrängen, wenn er seinen Eintritt aus der Erde hinauf in das hohe Weltgebäude beschrieb. Auf jedes Wort und Bild, das er sagte, oder sie zurückgab, war eine Seele geprägt, die sie einander zugetrauet hatten. Plötzlich schwieg er mit weiten glänzenden Augen – ihm war, als gehe in seiner Seele ein Zauber-Mond auf und scheine über ein weites dämmerndes Land und ein Engel seiner Kindheit steh' im Blütenlande und nehm' ihn in seine Arme und drück' ihn so an sich, daß das Herz an ihm zerflösse.... Und worauf ruhte dieses innere Landschaftstück? – Worauf das berühmte Straßburger Uhrwerk ruht – auf einem Tierhals: dieses liegt nämlich auf einem Pegasus-Nacken; seines trugen die Hälse des zufällig vor dem Schlosse heimgehenden Weideviehs, an denen solche Glocken hingen, die denen der Herde *Reginens* ähnlich klangen und die mithin die ganze Jugendszene mit ihren Tönen wieder in seine Seele setzten.... In einer solchen Stimmung hätt' er in einer National-Versammlung *geredet*; auch machte der Tumult, der beide einfaßte, sie einsamer und vertraulicher: kurz er erzählte ihr mit Feuer und historischen Auslassungen seine Schäferei mit *einem* Lamm auf dem Berg. – Dieses Schwärmen steckte sie (wie jedes alle Weiber) so sehr an, daß sie anfing – zu *schweigen.*

Die Not zwang beide, jetzt einen äußern Gegenstand (wie ein Schwert im fürstlichen Bett) zwischen ihre zusammenfließenden Seelen zu bringen – sie sahen auf die beiden Gärtners-Kinder unten hinab, und zwar so begierig, daß sie nichts sahen. Der Junge sagte: »Mich hat das Fräulein (Beata) so lieb« und streckte beide Arme auseinander – das Mädchen sagte: »Mich hat der Herr (Gustav) so groß lieb, wie das Schloß« – »und mich«, replizierte er, »so groß wie den Garten« – »und mich«, exzipierte das Mädchen, »so groß wie die ganze Welt.« Darüber konnten die Flügel des Jungen nicht hinaus, und hätten seine Schwanzfedern über den Katheder-Horst hinausgestochen. Jedes zählte dem andern die Liebepfänder, die es von den oben über gegenseitiges Lob erfreueten Zuhörern gehalten hatte, und sagte bei jedem Stück: »Hast du das g'kriegt?« –

Mit jenem hastigen Sprung der Kinder zu einem neuen Spiel sagte das Mädchen: »Jetzo mußt du der Herr (Gustav) sein; und ich will das Fräulein (Beata) sein. Jetzo will ich dich liebhaben, nachher mußt du mich.« Sie strich ihm sanft die Backen und dann die Augenbraunen und endlich die

Arme und manipulierte den Herrn. »Jetzo mich!« sagte sie mit schnell herunterhängenden Armen. Der Junge warf seine Arme so eng um ihren Hals, daß die zwei Ellenbogen sich durchschnitten und schürzten und als überflüssige Bandschleifen über den Liebeknoten hinausragten; er küßte sie derb. Plötzlich fand ihre kritische Feile einen verdammten Anachronismus an diesem historischen Schauspiele, und sie sagte fragend: »Ja, der Herr und das Fräulein haben sich ja nicht lieb?« –

Das war zu viel für die Frontloge oben, die zugleich das Auditorium und das *Original* der kleinen Spieler war, und die *Kopie* derselben zu werden in Gefahr geriet. Gustav hielt das Augenlid gewaltsam offen, damit es das Wasser, worin sein Auge stand, zu keiner sichtbaren auf die Wange fallenden Träne vereinigte – und die gerührte Beata ließ, ohne oder mit Absicht, ihre Rose abgeknickt zu Boden zittern: er bückte sich nach ihr lange und ließ seine Träne verborgen wegsinken; aber da er ihr die Rose gab und beide furchtsam die gesenkten Augen auf der Blume versteckten und hefteten und da sie ein herspringender Tropf unterbrach: so standen plötzlich ihre aufgeschlagnen Augen einander wie der aufgehende Vollmond der untergehenden Sonne gegenüber und sanken ineinander, und in einem Augenblick unaussprechlicher Zärtlichkeit sahen ihre Seelen, daß sie einander – suchten.

Der springende Tropf war Oefel, der Beatens Arm haben wollte, sie in den Speisesaal zu führen. Jetzt, Leser, trag' ich dir statt lebendiger Rosen (wie unser Seelen-Paar ist) lauter in Butter gesottene Rosen auf. Sechs- oder siebenundzwanzig Gedecke, glaub' ich, waren. Ich will hier statt eines Küchenzettels einen Passagierzettel der Gäste verfertigen. Erstlich waren am Tische und im Schlosse zwei keusche Menschen – Beata und Gustav; welches ein Beweis ist, daß schöne Seelen an allen Orten wachsen, sogar an den *höchsten*: so ließ der Kaiser Joseph jährlich einige *Nachtigallen* in den Augarten werfen, damit man da was hörte.

Nro. 2 war der Fürst, der in seinem kurzen Leben mehr Weiber in der Nähe gesehen als der *Ochs Apis*, dessen Leben doch so lang war wie das ägyptische Alphabet. Er war an dieser Tafel, was er auf seinen Reisen an mancher table d'hôte nicht zu sein vermochte, der Bruder Redner und der *Hauptwind* unter 63 andern Nebenwinden. Seine Krone hatten sämtliche Damen auf.

Nro. 3 war sein apanagierter Bruder, den der gekrönte haßte, nicht weil er zu viel Volkliebe hatte und verdiente, sondern weil er einmal todkrank war und nicht starb, sondern von der Apanage fortlebte. Das Gerippe dieses Bruders würde den Fürsten, wie ein jedes Gerippe Ägypter und Griechen, zu einem freudigern Genuß des Gastmahls überredet haben.

Nro. 4 war ein Michaelisritter aus Spaa (Herr v. D.), dessen Ordenstern in Scheerau noch Strahlen abschickte, nachdem er in Paris längst vernichtet war. So sagt Euler, daß ein Fixstern am Himmel noch wegen seiner *Entfer-*

nung sein Schimmern fortsetzen kann, ob er gleich längst eingeäschert worden.

Nro. 5 war Cagliostro, der unter so vielen *pointierenden* Köpfen das Schicksal der Ärzte und Gespenster und Advokaten hatte, daß seine öffentlichen *Spötter* zugleich seine geheimen *Jünger* und Klienten sind.

Nro. 6 war mein Gerichtherr von Röper, der, weil er mit dem Fürsten etwas zu sprechen hatte, dageblieben war. Er war der einzige im ganzen Eßkonvent, der zweierlei tat: *erstlich* daß er alle Weinsortiments des Bousischen Wein-Inventariums sich reichen ließ, um von allen Weingütern der Residentin denjenigen deutlichen oder doch klaren Begriff in seinen Magen zu bringen, worauf die ältern Logiken so sehr dringen – *zweitens* daß er einen so großen Wert auf das frikassierte, marinierte etc. Essen legte, als wenn ers gäbe und nicht bekäme, und immer höflicher und *gebückter* wurde, je satter und voller er wurde, gleich einer Wurst, die sich *krümmt,* wenn man sie *füllet.*

Nro. 7, 8, 9 waren zwei grobe Regierungsräte ** und ein grober Kammerpräsident *, wovon die zwei ersten den ganzen Hof verachteten, weil er keine andern *Pandekten* im Kopfe hatte als *literarische,* und der dritte, weil er sich es ausmalte, wie viel Pensionen und Gagen der ganze Hof ohne die Kammer, d. h. ohne ihn wohl hätte, und sämtliche drei, weil sie glaubten, sie hielten den Thron, ob sie gleich nichts hätten tragen können als in Salomons Tempel das – eherne Meer.

Nr. 10 war die Residentin, die sich nach dem Tone eines jeden stimmte und doch durch ihren eignen sich von allen Weibern unterschied – gleich dem König Mithridates redete sie die *Sprachen* aller ihrer *Untertanen.*

Nro. 11, 12 war eine durchreisende Äbtissin und eine verwittibte Fürstin von **, die ihrem Stande gemäß einsilbig und hautain waren.

Nr. 13 war die Défaillante, deren größte Reize und Anziehkraft in den kleinen Füßen angebracht waren, wie in den zwei Füßen eines armierten Magneten. Der Kopf, ihr zweiter Pol, stieß ab, was der untere zog.

Nro. ooooo gehen mich nichts an; es waren alte, in den Schminksalpeter eingepökelte Damen-Gesichter, denen aus dem Schiffbruch ihres untergesunknen Lebens nichts geblieben war als ein hartes Brett, auf dem sie noch sitzen und herumfahren, nämlich der Spieltisch.

Nro. ooooo gehen mich auch nichts an; es waren eine Garbe Hofdamen, verschnittene Spaliergewächse an den Tapeten, oder vielmehr Einfassunggewächse um fruchtbare Beete – sie hatten Witz, Schönheit, Geschmack und Betragen, und wenn man zur Flügeltür hinaus war, hatte mans schon wieder vergessen.

Nro. oooo war eine Kompagnie Hofleute, mit roten und blauen Ordenbändern durchschnitten, welche an ihnen wie die rote und blaue Farbe des Spiritus in Thermometern stehen, damit man ihr *Steigen* besser sehen könne – die gleich dem Silber *glänzten* und alles, was sie berührten, *schwarz* machten – die keinen höhern und breitern Himmel sich denken konnten als den Thronhimmel und keinen größern Tag im Jahr als einen Courtag – die in ihrem Leben weder Väter waren, noch Kinder, noch Ehegatten, noch Brüder, sondern bloß Hofleute – die Verstand hatten ohne Grundsätze, Kenntnisse ohne Glauben daran, Leidenschaften ohne Kräfte, satirisches Gefühl der Torheiten ohne Haß derselben, Gefälligkeit ohne Liebe und Freimütigkeit zum Spaß – deren Echtheit man wie die des *Smaragds* daran prüft, daß sie wie er *kalt* bleiben, wenn man sie mit dem Munde erwärmen will – und die, die Wahrheit zu sagen, der Satan schildern mag und nicht ich....

Oefel war zwischen Beata und die Ohnmächtige eingemauert; Gustav wars ihnen gegenüber zwischen zwei kleine witzige Dämchen: aber er vergaß die Nachbarschaft seiner Arme über die seiner Augen. Aus Oefels Gliedern schossen Witzfunken, als wenn ihn die Seide, die ihn umlag, elektrisieren hälfe. Die Ohnmächtige war ihrer Lehnherrschaft über ihn so gewiß, daß sie es für keinen Lehnfehler ansah, wenn ihr Lehnmann Beaten, seiner Teller-Nachbarin, die schönsten Dinge sagte; »Er wird sich« (dachte sie) »ärgern genug, daß er aus Höflichkeit nicht anders kann.« Dem Herrn von Oefel war am Ende nie um etwas anders zu tun als um den Herrn von Oefel; er lobte, nicht um seine Achtung, sondern um seinen Witz und Geschmack auszukramen; er unterdrückte weder Schmeicheleien noch Satiren, wenn sie gut und ungegründet waren; er tadelte die Weiber, weil er beweisen wollte, er erriete sie, und weil er das für schwer hielt; und ich halte ihn für einen Narren.

Drei Bergbohrer setzte er gewöhnlich an einem Mädchenherzen an, um eine Lücke darein zu bringen, in die er das Schießpulver legte, womit er die vererzte Liebeader aus dem Mädchen hervorsprengen wollte. Seine erste Miniergrube, die er heute wie allemal im weiblichen Herzen lud, war bei Beaten, daß er mit ihr lange von ihrem Anzug sprach – es ist ihnen, behauptete er, einerlei, ob man von ihren Gliedern oder ihren Kleidern redet; aber ich behaupte, die Häßliche trägt ihren Anzug als ihre *Frucht*, die Kokette als die bloße *Gartenleiter* oder den *Obstbrecher* und die Gute als das *Laub* der Frucht. Beata trug ihn wie Eva als Laubwerk.

Zweitens stellte er um Beaten die Schlag- und Garnwände der Metaphern, um sie darin zu jagen – er behauptete, wie die Mädchen das *singen*, was sie nie sagen würden (gleich denen, die zu stammeln aufhören, wenn sie zu singen anfangen), so lassen sie in Bildern und Allegorien alle die Geständnisse ihres Innern aus sich winden, die man ihnen mit eigentlichen Worten nie abföchte, ob es gleich einerlei wäre – ich hingegen behaupte, diese taugen nichts und die, die so viel taugen als Beata, können nicht mit Worten gefangen werden, weil ihre Gedanken nie schlimmer sind als ihre Worte. Freilich aus einem Zimmer (oder Herzen), wo es innen brennt und raucht, lodert die Flamme aus der ersten Öffnung heraus, die du aufmachst.

Seine dritte Behauptung und List war, Männer fühlten den Wert des Einfachen und das Erhabene der Aufrichtigkeit und der geraden Versicherung »ich habe dich lieb«, aber Mädchen wollten tournure und Feinheit und Umschweife in diese Versicherung, die türkische Briefstellerei durch gewachsene Blumen wär' ihnen lieber als die mit poetischen, eine tätige Schmeichelei lieber als eine wörtliche – ich aber behaupte, daß er recht hat. Daher ließ er z. B. seine Repetieruhr vor der Ohnmächtigen allemal die Stunde ihres letzten Rendezvous repetieren, und er gefiel ihr unendlich; daher sah er eine allemal, wenns zu machen und zu merken war, schielend hinter dem Rücken im *Spiegel* an – daher steckt' er gegen Beaten voll Teufeleien, die ich fast alle nennen sollte. Zwei nenn' ich auch. Er erinnerte sich erstlich, daß er sich zu vergessen und auf ihre Hand die seinige im Feuer des Redens zu legen habe; darauf stellt' er sich, als besänn' er sich, als nähm' er seiner Hand ein Lot ums andre in der Absicht, sie unvermerkt wegzuheben, sobald sie mehr nicht wöge als ein Fingerglied – »So handelt« (sagt' er zu sich) »feinere Delikatesse immer; und ich werd' es sehen, was sie verfängt.« Seine zweite Teufelei war, daß er in der Spiegelplatte, woran er saß, ihr Gesicht (seinem eignen gab er statt des Preises nur das Akzessit) anschielte und bewunderte, da er doch das Original näher hatte. Eine Schäferin von Porzellan trieb Schäfchen über den Spiegel: »Ich habe noch keine schönere Schäferin unter Glas gesehen«, sagt' er doppelsinnig; »aber ich ein schöneres Schaf«, sagte die Défaillante und meinte ihn.

Diese Spiegelplatte kam mit ihrer Schäferin, die über ein umblümtes Ufer in das gläserne Wasser sah, und mit ihrem Lamm und Schäfer fast dem Gustavischen Kindheitspiele nahe. Beatens Auge verlor sich unwillkürlich zwischen diese Blumen und nahm ihr Ohr mit sich, in welches der Legationrat vergeblich mit seinem krieglistigen Witze einzubrechen trachtete. Gustavs Augen suchten und mieden nur – Augen, nicht Szenen; aus dem gesellschaftlichen Gewühl, unter dem seine innern Flügel erlagen, konnt' er nur durch einen Springstab von außen in die Höhe. Denn die ausgenommen, die ihm ähnlich war, ritzten und beizten die andern alle, die es nicht waren, sein Inneres so sehr mit ihren Tischreden, daß er nie in größerer Beklemmung war als heute. Ich will das fliegende Tischgespräch, das die Tugend betraf, in Gedankenstrichen abgemarket hersetzen, weil mehre Köpfe daran sprachen, wie am Bauern-Tischgebet die ganze Familie antiphonierend betet.

»Man hat keine Tugend, sondern nur Tugenden – Die Weiber haben sie, die Männer bekriegen sie – Tugend ist nichts als eine *ungewöhnliche Höflichkeit* – Tugend ist un peu de pavillon joint à beaucoup de culasse[1]; mais le moyen de n'être que l'un ou que l'autre? – Sie ist, wie die Schön-

[1] Bekanntlich heißet an einer Doublette der in der Fassung versteckte Kiesel oder Bergkristall culasse, und der darauf blühende Demant pavillon.

heit, überall anders; die Köpfe sind hier spitz, dort breit; so ists mit den Herzen, die darunter sind – Schönheit und Tugend zanken und lieben sich wie ein Paar Schwestern, und doch geben sie einander ihren Putz (bezog sich) – Man denkt nie so gern an die Tugend, als wenn man die Rosenmädchen in Salency sieht – Sie wird auch an andern Orten *gekrönt* (bezog sich wieder) u. s. w.«

Kurz jeder Ton und Blick erwies nicht, sondern setzte es schon voraus, daß Tugend nichts wäre – als der Ökonomus des Magens, die Konviktoristin der Sinne, die Offiziantin und Tochter des Körpers. Der Liebe gings wie der Tugend. »Die Julie des Jean Jaques« (sagte einer) »ist wie tausend Julien oder wie Jean Jaques selber: sie beginnt mit Schwärmen, endigt mit Beten – aber das Fallen ist zwischen beiden.«

Niemand, als wer einmal in Gustavs Lage war, wer einmal das verheerende Bestürmen seiner tiefsten Überzeugung von der Möglichkeit und Göttlichkeit der Tugend in einem Kreise witziger und entscheidender Leute von Stande erlitt; wen unter solchen Erschütterungen, deren jede ein Riß in die Seele ist, sein eignes Unvermögen kränkte, solche Tugend- und Heiligen-Stürmer zu beschämen, geschweige zu bekehren; wen unter diesen *Herodes*-Beschimpfungen seiner *Heilandin* nicht einmal der Stolz aufrichtete, der zwar gern mit uns auf unserm besondern Zimmer isset, aber an der table d'hôte aus unserem Innern eilt – – bloß also wer in solchen Lagen keuchte, kann sich Gustavs Alpdrücken in der seinigen denken.

Selbst Beatens Angesicht, das die Partei der Tugend und der Liebe nahm, konnt' ihn nicht gegen jene persiflierenden Frostgesichter decken, aus denen, wie aus Gletscher-Spalten bei wechselnder Witterung, schneidende Winde bliesen und die das Herz *zerphilosophierten* und das Gefühl des eignen Werts zerrissen. In Gustavs Alter machen die Gustave zwei grundfalsche Schlüsse – sie suchen erstlich unter jeder tugendhaften Zunge ein tugendhaftes Herz, zweitens aber auch unter jeder schlimmen ein schlimmes.

Gustav würde wenig darnach gefragt haben, daß er nicht viel antworten, geschweige fragen konnte, wären ihm nicht zwei Ohren gegenüber gesessen, die etwas Bessers wert waren, als was sie zu hören bekamen. Er glitschte allemal neben der rechten Taste hinaus und griff Konsonanzen, wo Dissonanzen in der Partitur geschrieben standen, und umgekehrt. Bald erstaunte er über die fremden freimütigen Lizenzen, bald erstaunten seine Nachbarn über seine; und Witz wär' ihm leichter gewesen, als einen Ton zu treffen, der ihm bald zu kühn, bald zu feig vorkam. – Das wars aber nicht eigentlich: sondern sein wichtiger Fehler, der wie ein Fußblock seine Füße hielt, war,

daß er logisch richtig dachte. –

Den Fehler haben viele; und ich selber mußte mich viele Vormittage üben und mit der Seele voltigieren, eh' ich einigermaßen unzusammenhängend und hüpfend denken konnte nur wie ein halber Narr. Ich hätt' es am Ende doch zu nichts gebracht, wenn ich mich nicht zu Weibern in die Schule und auf die Schulbank gesetzet hätte. Diese denken weit weniger logisch, und wer bei ihnen den guten Ton nicht erlernt, aus dem ist nichts zu machen – als ein deutscher Metaphysiker. Antworten sie wohl jemals Ja oder Nein, statt dessen, was nicht zur Sache gehöret? Drücken sie sich über das Wichtigste bedachtsam und mit prozessualischen Weitläuftigkeiten aus oder über das Frivolste frivol? Hören und üben sie Persiflieren ungern, oder legen sie – Ballköniginnen und Gouvernanten der bureaux d'esprit freilich ausgenommen – wohl je den geringsten Akzent, *Accent* und Wert auf ihre Tisch-, Nachttisch-, Spiegel- und andre Reden? Oder legen sie einen auf Wahrheiten? Zum Glück nimmt diese Feinheit des Tons, die das Fakultätsiegel und der Handwerkgruß der Weiber ist, mit der Feinheit der Stoffe zu, die eine umhat. Ein paar kleine deutsche Städte, etwa Unterscheerau u. a., müssen sich mir nicht entgegenwerfen, wo freilich die dasigen Weiber, die sich lieber Damen nennen hören, mit nichts Laute von sich geben als mit dem artikulierten Fächer und Schlepprock, den Insekten gleich, deren Stimme nicht aus dem Munde, sondern aus dem schwirrenden Flugwerk und Bauchtrommelfell hervorsauset.

Viele muten mir zu, diese Ähnlichkeit des weiblichen und des Hoftons gar hinaus zu beweisen: ich habe ja die Feder in der Hand und brauche bloß einzutunken. Ein Sopranist im guten Ton (ich werde des Wohlklangs wegen »Hof- und guter Ton« abwechselnd gebrauchen) wird stets den Witz der Wahrheit durch Pointen so zuzuleiten und zu entkräften wissen, wie den *elektrischen* durch *Spitzen*. Der wirkliche Sopranist schneidet aus dem ewigen Zirkel der Wahrheit bunte Segmente und Boten aus, die auf nichts hängen und ruhen, wie die farbigen herausgeschnittenen Fragmente des Regenbogens. Er ists, von dem man fordert, daß er wie Spiegelquecksilber alles, was vor ihm vorüberrennt, fremde Charaktere und eigne Meinungen, abfärbend abschatte und alles Äußere zeige und alles Innere berge. Wird es für einen Weltmann genug sein – es reiche immer für einen Gelehrten zu –, wenn er ein Feld ist, das satirische Dornen *umstecken*, und müssen diese nicht vielmehr statt des Raines alle Furchen *erfüllen* und mehr die *Frucht* als der *Zaun* des Ackers sein? Und wer anders als er und die Schwefelleber – die sich aber nur auf Metalle einschränkt – muß alle Heilige und alle Teufel *schwarz* zu präzipitieren wissen? – Allein Leute, die so hohe Forderungen zu machen wagen, bedenken nicht immer, daß nur ein Latitudinarier und Indifferentist aller Wahrheiten sie befriedigen könne, d. h. ein Mann, der gänzlich sich über den Katheder-Eiländer erhebt, welcher vielleicht jahrelang die nämlichen Meinungen und Hosen behält. Nichts verengert den Tanzplatz des Witzes so sehr, als wenn eigne Meinungen und Wahrheitliebe darin als feste dicke Säulen stehen. – –

Dieses sind eben die Mittel, wodurch Weltleute sowohl andre als sich selber im feinsten lächerlichen Lichte darzustellen wissen. Der Hofmann kann allerdings den deutschen Komödienstellern vorwerfen, daß sie das attische Salz und das feine Komische, das er stets an seiner Person zu haben weiß, unter ihren Schwielen-Händen meistens verfliegen lassen. Er, der Hofmann, macht sich stets auf eine feine, nie niedrige Weise lächerlich und würzet mit einem echten hohen Komischen, das seinem hohen Stande anpaßt, seine Person leicht; aber er kann fragen: »Studieren mich die deutschen Tröpfe, oder salzet Terenz, den sie studieren, seine Chraktere so delikat wie ich meinen eigenen?«...

Ich denke, durch meine Verirrungen hab' ich den Umstand in meiner Geschichte zureichend motiviert, daß Gustav am Ende, weil er niederlag unter so schnell witzigen Damen und unter dem zu bescheidnen Gefühle fremder Talente und etwa, weil von ihm die Residentin durch ihre Gesellschaft und Beata durch ihren Herrn Vater abgezogen wurde – sich gar fortmachte. Aber draußen richtete sich unter dem kühlenden Nachttau die hängende Blume erfrischt wieder auf; im stillen Lande ging er vor dem viereckigen Schimmer, den die Wandleuchter ins Gras herunter warfen, ohne Sehnen vorüber und drehte sich rund umher, um alle Wände des weiten schwarzgemalten Ballhauses, wo das Schicksal den Sonnen-Ball in große und den Erdball in kleine Kreise wirft, ins Auge zu nehmen. Als er hier den großen *Schattenriß* des Tages, die Nacht, wie den einer weggegangnen Freundin, kühlend und tröstend an seinem Busen hatte: so dachte er, aber ohne Stolz: »O zu dir, große Natur, will ich allzeit kommen, wenn ich mich unter den Menschen betrübe; du bist meine älteste Freundin und meine treueste, und du sollst mich trösten, bis ich aus deinen Armen vor deine Füße falle und keinen Trost mehr brauche.«....

»Können Sie mich nicht berichten, wo hier der junge Herr von Falkenberg logiert?« redete ein Nachtbote ihn an. Er überbrachte ihm einen Brief, den er eilig im Fixsternlicht der fernen Wandleuchter durchlief. Aber sie schienen heute lauter trübe Auftritte beleuchten zu sollen. Amandus hatte ihm darin auf dem Deckbette seines Krankenlagers so geschrieben:

Einunddreissigster oder XXIIII. Trinitatis-Sektor

Das Krankenlager – die Mondfinsternis – die Pyramide

»Wenn du wieder mein Freund geworden bist: so gehe zu deinem, der bald sterben wird. Söhne dich aus mit mir, eh' ich in das ewig stille Land ziehe, wie wir das letztemal taten, eh' wir in das irdische stille Land hinausgingen. Ach unaussprechlich Geliebter! ich habe dich zwar oft beleidigt, aber allezeit geliebt! O komm, lasse nicht den kurzen Atem meiner brechenden

Brust, der auf dieser Erde aus lauter *unerfüllten* Seufzern bestand, mit dem letzten vergeblichen Seufzer nach dir versiegen. Du sahest mich das erste Mal, als meine Augen blind waren; sieh mich zum letzten Male, wenn sie es wieder werden!« –

Dieses Blatt riß ihn in dieser Stunde, wo ihm die Liebe eines Menschen so wohl tat, aus dem Schlosse fort, aber die Stellen des Herzens, an denen es ihn anfaßte, bluteten. Ein solcher Gang durch die Nacht beugt die Seele nieder, und seinen Freund sah er auf diesem kurzen Wege mehr als zehnmal sterben. Bei jedem Vogel, den sie aus dem Bette jagten, dacht' er: wie wirst du im Finstern dein Ästchen wiederfinden? – bei jedem zerfließenden Licht, das weit von ihm durch die Nacht wandelte, dacht' er: welchen Seufzern, welchen sauern Schritten wird es jetzt den langweiligen Steig beleuchten? und es war ihm, als säh' er das menschliche Leben gehen. Es machte ihn nicht fröhlicher, als er einige Sonnenwagen, von einem Sonnenhof aus Fackeln umlegt, die unnützen Gäste des Souper, das sie wie er verließen, so fliegend heimrollen sah, als führen sie einem sterbenden Freunde entgegen. Endlich wickelte sich die schlummernde Stadt aus den Schatten heraus; das Pharuslicht des Türmers und einige weit auseinander gesäete Lichter, die wahrscheinlich die lange Nacht eines Kranken trübe und ungeputzt abmaßen, fielen auf den Trauer-Grund seines Innern.

Leise pochte er am Krankenhause, leise wurde aufgemacht, leise stieg er hinauf; bloß die Uhr lärmte wie ein Trauergeläute ins stumme Trauerhaus, mit ihren zwölf Schlägen, die er da so oft gehört. – Ach im Bett litt eine Gestalt, der man alles verzeihen will und die man noch ein wenig zu lieben und zu erfreuen eilt, eh' sie sich nicht mehr regt. Nicht das schmutzige eingedorrte Krankengesicht, nicht die von Fiebern weggebeizte Lebensfarbe, nicht die Runzeln der Lippe waren es an Amandus (oder sind es an andern Kranken), was Gustavs Herz und Hoffnungen zerschnitt, sondern das schwer gedrehte, aufflackernde, wilde und doch ausgebrannte *verglasete* Krankenauge, in das alle Leiden der vorigen Nächte und die Nähe der letzten so leserlich geschrieben waren.

Amandus streckte ihm *seine* Totenhand weit heraus entgegen, als ob es möglich wäre, daß jemand anders als er sich noch an die *fremde* schwarze Färber- oder Totenhand erinnerte, die er ihm neulich gereicht. Für ihn war die Wiedervereinigung süßer als für Gustav, der hinter ihr die lange Trennung warten sah.

Der Morgen und die Freude hielten den Vorhang seines Lebens ein wenig im Niederfallen auf. Gustav trat als Krankenwärter an die Stelle der Krankenwärterin, erstlich weil diese alles so gut und mit so vielen Umständen und Randnoten zu machen wußte, daß sie noch in seine letzten Minuten Galle schüttete, zweitens weil es ja in der Stunde, wo die ganze Natur in Gesellschaft des Todes mit harten Griffen dem Menschen allen Putz und alle Kleidungstücke abzieht, die sie ihm geliehen, für die ohnmächtigen

Freunde, die diese unerbittliche Hand nicht halten können, noch der einzige Trost ist, unter dem Entkleiden, Erfrieren und Einschlafen des Bekannten durch Lächeln, durch unbedingte Gefälligkeit gegen alle seine Launen durch Erfüllung seines Eigensinns stille zu sein. – Auf solche Herz- und Liebedienste gegen arme Sterbende schauet man nach vielen Jahren mit mehr Zufriedenheit zurück als auf die gegen alle Gesunde auf einmal – und doch sind beide nur um ein paar Stunden verschieden; denn du steigest nicht oft in deinem Bette aus und ein, so bleibst du darin liegen....

Lieber Tod! ich denke jetzt an mich. Wenn du einmal in meine Stube trittst: so erweise mir den Gefallen und schieße mich an meinem Secrétaire oder Schreibtische Knall und Fall tot; wirf mich, lieber Tod, nicht hinter die Vorhänge aufs Krankenbette und suche mit deinem Trennmesser langsam jede Ader, um sie vom Leben loszutrennen, so daß ich dir ganze lange Nächte ins zergliedernde Gesicht sehen muß oder daß unter deinem langen Seidenzupfen meines Seelenkleides alles herläuft und gesund zuschaut, der Rittmeister, der Pestilenziarius und meine gute Schwester. – Reitet dich aber der Henker, daß du keine Vernunft annimmst: so, lieber Tod – da *keine* Hölle ewig dauert – scher' ich mich auch nichts darum, um die letzte Schererei nach tausend Scherereien.

Der Doktor Fenk hatt' in seinem Gesicht nicht die Ängstlichkeit vor einem kommenden Verlust, sondern das Trauern über einen dagewesenen; er hielt seinen Sohn für ein zerschlagenes Porzellan-Gefäß, dessen Scherben man noch in der alten Zusammensetzung auf den Putzschrank stellt und das von dessen kleinster Erschütterung auseinanderfällt. Er verbot ihm daher nichts mehr. Er nahm sogar einige männliche Patienten an, »weil er zu Hause einen hätte und sich den Gedanken an ihn wegkurieren wollte«. Der Kranke selber hörte schon den Abendwind seines Lebens wehen. Vor einigen Wochen glaubte er zwar noch, im Frühlinge könnt' er den Scheerauer Gesundbrunnen in Lilienbad trinken, und dann würd' es schon anders mit ihm werden. (Armer Kranker! es ist eher anders mit dir geworden.) Allein ein gewisses Fieberbild, das er nicht entdeckte, sprach ihm sein krankes Leben ab; und sein Aberglaube an diesen Traum war so fest, daß er seitdem seine Blumenstöcke nicht mehr begoß, seine Vögel weggab und alle Wünsche auslöschte, bloß den Wunsch nach Gustav nicht.

Es war am andern Tage gerade Markttag. Dieses Getöse hatte für seine der Todesstille geweihten Ohren zu viel Leben; und Gustav mußte sich an sein Bette setzen, damit er unter dem Sprechen und Hören nicht auf den Markt hinunterhorchte. Gustav erschrak, als er endlich lebhaft fragte: »ob er Beaten noch liebe.« Er wich dem Ja aus; aber Amandus raffte das wenige Leben, das noch in seinen Nerven wärmte, zusammen und sagte, wiewohl in langen Pausen zwischen jedem Satze: »Ach, nimm ihr dein Herz nicht – o! wenn du sie kenntest wie ich – ich war oft bei ihrem Vater – ich sah, wie sie mit stummer Geduld seine Hitze trug – wie sie die Fehler ihrer Mutter auf sich nahm – voll Güte, voll Sanftmut, voll Demut, voll Verstand – so ist sie – ach ohne ihr Bild wär' in meinem Leben wenig Freude gewesen – gib mir die Hand, daß du sie mehr liebest wie mich.« Er nahm sie selber; aber den Freund schmerzte das Nehmen.

Plötzlich drängte sich in seine eingesunkenen Wangen-Adern vielleicht die letzte Schamröte, die oft wie Morgenröte vor einer guten Tat voreilt: er verlangte seinen Vater her. An diesen tat er mit so viel Feuer, mit so viel Sehnsucht in Aug' und Lippe die Bitte, – – Beaten herzuholen, die ja einem Sterbenden nicht die letzte Bitte versagen könne, daß sein Vater es auch nicht konnte; sondern versprach (trotz dem Gefühle der Unschicklichkeit), zu ihrer Mutter zu fahren und durch diese jene herzubereden und beide zu bringen. – Fenk wußte, daß in seiner ganzen Krankheit kein Abschlagen etwas verfing – daß er, wenn er ihn am letzten vergeblichen Wunsche gestorben sähe, den Gedanken nicht tragen könne, dem Leichnam die Todesminuten, die er noch ausschlürfte, verbittert zu haben – und daß Mutter und Tochter zu gut wären, um nicht gegen seinen Sohn zu handeln wie er: kurz er fuhr.

Als der Vater hinaus war, sah der Kranke unsern und seinen Freund mit einem solchen Strom von lächelnd versprechender Liebe an, daß Gustav von der treuen müden Seele, deren Scheiden so nahe war, den längsten Abschied dieses Lebens nehmen wollte: »Meine Lippen«, dacht' er, »sollen nur noch einmal gedrückt auf seinen liegen und meine Brust auf seiner – nur noch einmal will ich den warmen Leichnam umschließen, da noch eine Seele darin mein Umfassen fühlt – nur noch einmal will ich seinem wegziehenden Geiste, da ich ihn noch erreiche, nachrufen, wie ich ihn geliebt habe und lieben werde.« Unter diesen Wünschen heiligte das schönste Weihwasser des Menschen sein Auge. Aber er unterließ dennoch alles, weil er besorgte, unter diesem Sturm des letzten Liebens ließen die gerissenen Bande des Körpers die bewegte Seele los und an seinem Munde stürbe der Schwache....

Diese Zärtlichkeit, die sich selbst aufopfert und nicht aus der Nonnenzelle des Herzens tritt, gefällt mir mehr als ein belletristischer und theatralischer Final-Orkan, wo man empfindet, um es zu weisen, um eine Tränen- und Dinten-Fistel zu haben wie andre, um von seinen Empfindungen, wie vom Schnupftuch, womit man sie trocknet, einen Zipfel aus der Tasche herauszuhenken.

Der Doktor, von dem man in Maußenbach noch kein betrübtes Gesicht gesehen, gewann schon durch seine überflorte Heiterkeit seine traurige Bitte. Mein Gerichtherr, der sein angebornes Mitleid allezeit gewaltsam dämmte, weil es gleich einem Papagei sein Geld wegtrug, überließ alles dem fremden wohltätigen Tränenstrom hier desto williger, weil er ihm nichts davonführte als – auf eine Stunde Frau und Tochter. Der schlimmere Mensch hat eine größere Freude über eine sich abgerungene gute Tat als der bessere. Röper schrieb selber an die Tochter seinen Befehl, mitzufahren, und brachte die besten Gründe dafür aus der natürlichen und der theologischen Moral kurz bei. Aber der beste Grund, welchen der Doktor Beaten ins neue Schloß mitbrachte, war ihre Mutter: ohne sie hätte sie ihre scheuen, politischen und weiblichen Besorgnisse schwerlich überwältigt.

Sie kamen unter Gebeten in dem Sterbezimmer an, dieser Sakristei eines unbekannten Tempels, der nicht auf dieser Erde steht. Ich fahre fort, obgleich hier so manches meinem Herzen und meiner Sprache zu groß wird.... Als der Kranke die Geliebte seines sterbenden Herzens sah: so schimmerten seine untergegangnen Jugendtage mit ihren goldnen Hoffnungen tief unter dem Horizont hinauf wie das Abendrot der Juniussonne gegen Mitternacht, er drückte dem schönen Leben noch einmal die Hand, vom Hauch der letzten Freude glimmten noch einmal seine blassen Wangen an, und der Engel der Freude ließ ihn am Seile der Liebe langsam ins Grab hinab. – Ein Sterbender sieht die Menschen und ihr Tun schon in einer tiefen Entfernung verkleinert; ihm sind unsre kleinen Höflichkeitregeln wenig mehr – alles ist ihm ja nichts mehr. Er bat, ihn mit Gustav und Beata allein zu lassen; seine Seele hielt noch den sich niederbeugenden Körper; mit einer abgebrochnen, aber genesenen Stimme redete er das bebende Mädchen an: »Beata, ich werde sterben, vielleicht heute Nacht – in meinen schönern Tagen hab' ich dich geliebt, du hast es nicht gewußt – ich gehe mit meiner Liebe in die Ewigkeit – O Gute! reiche mir deine Hand« (sie tats) »und weine nicht, sondern spreche, ich habe dich so lange nicht gesehen und nicht gehört – Aber weinet ihr beide nur; euere Tränen machen mich nicht mehr weich, in meine heißen Augen kamen, solang ich liege, keine – o weinet sehr bei mir: wenn man träumt, man wein' auf einen Toten, so bedeutet es Gewinn. – – Ja, ihr zwei schönen Seelen, ihr findet niemand, der euch gleichen, der euere Liebe verdienen kann, ihr seid allein – O Beata, auch Gustav liebet dich und sagt es nicht – Wenn du dein schönes Herz noch hast, so gib es ihm, auf der ganzen Erde verdient nur ers, gib es ihm – du machest ihn und mich glücklich, aber gib mir kein Zeichen, wenn du ihn nicht lieben kannst.«...... Jetzt ergriff er noch die Hand Gustavs, dessen Gefühle gegeneinander wehende Stürme waren, und sagte mit aufgerichteten Augen der beglückenden Tugend: »Du unendliches gütiges Wesen! das mich zu sich nimmt, schenke diesen zwei Herzen alle schöne Tage, die mir vielleicht hier beschieden waren – ja nimm sie aus meinem künftigen Leben, wenn ich etwa in diesem keine mehr zu erwarten hatte.«..... Hier zog der fallende Körper die fliegende Seele zurück; ein Tropfen in seinem Auge verkündigte die schwere Erinnerung an seine zertrümmerten Tage; drei Herzen bewegten sich heftig; drei Zungen erstarrten; diese Minute war zu erhaben für den Gedanken der *Liebe* – bloß die Gefühle der *Freundschaft* und der andern Welt waren groß genug für die große Minute....

Ich bin jetzt nicht imstande, von den Folgen der letzten und von jemand anders zu reden als vom Sterbenden. Seine zurückgespannten Nerven bebten in einem entkräftenden Schlummer fort. Die erschöpfte, betäubte Beata ging mit ihrer Mutter ab. Gustav sah nichts mehr, kaum jene. Der Vater hatte keinen Trost und keinen Tröster.

Der Fieberschlummer währte fort bis nach Mitternacht. Eine totale Mondfinsternis hob den Himmel und zog das erschrockne Auge des Menschen empor. Gustav sah, bewegt und gequält, naß zu dem weltenhohen Erdschatten hinauf, der am Monde wie an einem Silhouettenbrette lag. Er verließ die Erde, sie wurd' ihm selber ein Schatten: »Ach!« dacht' er, »in dieser hohen fliegenden Schatten-Pyramide werden jetzt tausend rote Augen, wunde Hände und trostlose Herzen stehen und werden eingegraben, damit der Tote noch finstrer liege als der Lebendige. – Aber rückt denn nicht dieser Schatten-Polyphem (mit *einem* Mondauge) täglich um diese Erde herum, und wir bemerken ihn nur dann, wenn er sich auf unserem Mond anlegt.... Und so denken wir, der Tod komme nicht eher auf die Erde, als bis er *unsern* Garten abmähet.... und doch ist nicht ein Jahrhundert, sondern jede Sekunde seine Sense.«.... Auf diese Art betrübte und tröstete er sich unter dem beflorten Mond – Amandus wachte ängstlich auf; beide waren allein; der Mond ruhte mit seinem Schimmer auf seinem kranken Auge; »Wer hat denn den Mond zerschnitten,« (sagt' er sterbheiß), »er ist tot bis auf ein Schnitzchen.« Auf einmal wurden die Stubendecke und die entgegengesetzten Häuser flammend rot, weil die Leichenfackeln mit einem Edelmann, der auf sein Erbbegräbnis gefahren wurde, durch die stumme Gasse zogen. »Es brennt, es brennt«, rief der Sterbende und suchte aus dem Bette zu eilen. Gustav wollt' ihm verbergen, wie ähnlich ihm der sei, der unten zum letzten Male über die Gasse ging; aber Amandus, ängstlich als wenn ihn der Tod erdrückte, wankte über das halbe Zimmer in Gustavs Arme..... eh' er die Leiche sah, legte ihn ein Nervenschlag tot in diese Arme....

Gustav trug, so kalt wie der Tote, den Eingeschlafnen aufs verlassene Lager – ohne Träne, ohne Laut, ohne Gedanken setzte er sich ins verhüllte Mondlicht und ins herflimmernde Leichenlicht – der starre Freund ohne Bewegung lag ihm gegenüber – Amandus war eher als die Mondkugel aus dem *Erdschatten* geflogen – Gustav sah nicht auf den Toten, sondern auf den Mond (in der dichtesten Trauerstunde sieht man vom Gegenstande weg auf den kleinsten hin): »Streife nur hin,« dacht' er, »Schatten der Kugel aus Staub, du liegst noch über mir.... aber *ihn* erreicht deine Spitze nicht.... alle Sonnen liegen nackt vor ihm.... o Eitelkeit, o Dunst, o Schatten, wo ich noch bin.«... Plötzlich schlug die Flötenuhr ein Uhr und spielte ein Morgenlied des ewigen Morgens, so aufrichtend, so herübertönend aus Auen über dem Mond, so schmerzenstillend, daß die Tränen, unter denen sein Herz ertrank, den Schmerzendamm umbrachen und sanftern, weniger tödlichen Empfindungen ein Bette ließen.... Es war ihm, als läge sein Körper auch ausgeleert neben dem kalten und seine Seele flöge auf der breiten, durch alle Sonnen gehenden Lichtstraße der vorausgeeilten nach.... er sah sie vorausziehen.... er sah durch den Dunst der paar Jahre, die zwischen ihr und ihm selber lagen, deutlich hindurch....

Und mit seiner Seele im Gesicht trat er aus dem Totenzimmer in das Zimmer des Vaters und sagte mit irdischer Wehmut im Auge und himmlischer Heiterkeit im Angesicht: »Unser Freund hat unter der Mondfinsternis ausgekämpft und ist dort.«

– Ach sein Leben in seinem wurmstichigen Körper war ja eine wahre totale Mondfinsternis; sein Austritt aus dem Leben war der Austritt aus dem Erdschatten und sein Verweilen im Schatten nur kurz.

Gustav war durch kein Zureden im Trauerhause zu erhalten. Wenn dem Herzen der Körper zu enge ist: so wird es ihm auch die Stube. Er ging nach Marienhof. Unter dem blauen Gewölbe, an dem kristallisierte Sonnentropfen hängen, und unter dem kämpfenden Monde, der wie er von seiner *Beschattung rot* glühte, begegneten ihm Gedanken, die über die menschlichen Farben erhaben sind so wie über die Erde. Wer in solchen Stunden nicht die Kahlheit dieses Lebens und das Bedürfnis eines zweiten so lebendig fühlt, daß das Bedürfnis feste Hoffnung wird: mit diesem streite keiner über das Höchste unsers tiefen Lebens.

Unter dem Getümmel des Sterbetages, der ihn sonst in eine ganz dunkle Einsamkeit fortgetrieben hätte, ging er doch nach Marienhof; der Verstorbene hatte ihn gebeten, es zu machen, daß er sein Winterlager für seine Gebeine auf dem Eremitenberg bekäme, den er so oft bestiegen hatte und dessen Erscheinungen uns bekannt sind. Gustav hofft' es leicht von der Residentin auszuwirken, da sie ohnehin selten und nur gewisse Partien des stillen Landes betrat. Oefel sagte aber – am Morgen, wo er ihn bei seiner Bitte zu Rat zog, – gerade umgekehrt, wenn ihr um den Park und dessen bauliche Würden zu tun wäre: so müßte sie da etwas recht gern begraben lassen, weil es den besten englischen Gärten an Toten und wahren Mausoleen so sehr fehlte, daß sie bloß nachgemachte Vexier-Mausoleen hätten. Oefel erbot sich, einige Verzierungen in einem Geschmacke, daß sie der Hof goutierte, für das Grabmal zu entwerfen. Gustav war bloß heute zu weich, ihn heute zum ersten Male zu verachten. Wie ganz anders hörte die Residentin seiner Bitte und gedrängten Stimme zu, ob er gleich kein Zeichen seines Schmerzes zu geben arbeitete! Wie teilnehmend – mit einer Miene, als legte sie leise eine Rose in des Toten Hand – schenkte sie dem letzten das Stückchen Erde zum Ankerplatz! Wie schön begleiteten ihre vollen Augen dieses Geschenk mit dem Geschenk aus ihrem weichen Herzen! Und als der fremde Kummer seinem eignen den Sieg wiedergab: mit welchem schönen Trost – nie ist die weibliche Stimme schöner als im Trösten – bestritt sie ihn! – Er fühlte hier den Unterschied zwischen Freundschaft und Liebe lebendig; und er gab ihr die *erste* ganz. Er war froh, den Gegenstand der *letzten* nicht da zu finden, weil er die Verlegenheit der ersten Blicke scheuete. Beata lag krank.

Er sperrte sich ein; er machte seine Brust jenem Schmerze auf, der nicht wohltätige blutende Wunden in sie schneidet, sondern ihr dumpfe Schläge gibt, jenem nämlich, der in dem Zwischenraum zwischen dem Todes- und dem Begräbnistage bei uns ist. Der letzte war am Sonntage, wo ich meinen Sektor betrübt bloß mit Ottomars Briefe ausfüllte und wo ich so traurig schloß. Ich tats gerade in der Stunde, wo der Entschlafne aus dem kleinen Sterbebette ins große Bette aller Menschen getragen wurde, wie die Mutter die auf Bänken entschlummerten Kinder in die größere Ruhestätte legt. Sonntags floh Gustav aus dem Schlosse, wo die lärmenden Staatswägen und Bedienten gleichsam über sein Herz gingen, mit eingehüllten Sinnen hinauf. Er fühlte zum ersten Male, daß er auf der Erde nicht heimisch sei, das Sonnenlicht schien ihm das in unsere Nacht gewebte Dämmerlicht eines größern Monds zu sein. Ob er gleich jetzo seinem weggerückten Freunde sich auf dieser Erde weder nähern noch entziehen konnte: so sagte sein Schmerz doch, es würde ihm, wenn er auch nicht den Leichnam, nicht den Sarg, sondern nur das Grabes-Beet umfaßte, das auf diesen Samen einer schönern Erde drückte, es würde ihm Tröstung werden; und er stellte sich daher auf einen entfernten Hügel, um zu sehen, ob noch Leute auf dem Eremitenberge wären.

Sein Auge begegnete gerade dem größten Jammer, den es an diesem Abend für ihn hienieden gab: der durch den Abend hindurch blinkende weiße Sarg wurde herausgehoben – eine entzweifallende Rose, eine durchlöcherte Puppe, ein sich ausspannender Schmetterling, der jene als Würmchen zernagt hatte, waren auf die Sargpuppe gemalet und kamen mit ihren beiden Urbildern unter die Erde – der kinderlose Vater stützte sich mit Hand und Kopf an die Pyramide und hörte hinter seinen verhüllten Augen jede Erdscholle wie den Flug eines niederbohrenden Pfeiles – der kalte Nachtwind kam vom Totenberg zu Gustav herüber – Zugvögel eilten wie schwarze Punkte über sein Haupt davon, und der Naturtrieb, nicht die Länderkunde führte sie durch *kalte Wolken* und *Nächte* zu einer wärmern Sonne – der Mond arbeitete sich aus einem Blutmeere von Dünsten ohne Strahlen herauf – endlich verließen die Lebendigen den Berg und den Toten – bloß Gustav blieb auf dem andern Hügel bei ihm, die Nacht ruhte schwer hingestreckt um beide.... Genug!

Schenkt mir diese Totengräberszene! Ihr wisset nicht, welche herbstliche Erinnerungen dabei mein Blut so leichen-langsam machen wie meine Feder: ach in diese Geschichte schreib' ich ohnehin ein Blatt, ein Trauerblatt, dessen breiter schwarzer Rand kaum den Zügen und Klagen mit Tränen eine weiße enge Stelle lässet – ich schenk' euch diese Szene auch; denn ich weiß auch nicht, Leser mit dem schönern Herzen, wen ihr schon verloren habt, ich weiß nicht, welche liebe dahingegangne Gestalt, deren Grab schon so eingesunken ist als sie selber, ich gleich einem Traume wieder auf ihrer Grabplatte in die Höhe richte und eueren tränenden Augen von neuem zeige, und an wie viel Tote ein einziges Grab erinnere!

Verschwundner Amandus! in dem großen breiten Heer, welches das Leben dem feindlichen Tod von Jahrhundert zu Jahrhundert entgegenschickt, gingest du wenige Schritte mit, er verwundete dich oft und bald; deine Kriegkameraden legten Erde auf deine großen Wunden und auf dein Angesicht – sie kämpfen fort, sie werden dich von Jahr zu Jahr unter ihrem Kriege mehr vergessen – in ihre Augen werden Tränen kommen, aber um dich keine mehr, sondern um Tote, die erst begraben werden – und wenn deine Lilien-Mumie sich auseinander gebröckelt hat, so denkt man nicht mehr an dich; bloß der Traum lieset noch deine in den Erdball gemengte Pastell-Gestalt zusammen und schmücket mit ihr im graugewordnen Kopfe deines Gustavs seine hinter dem Leben ruhenden Jugend-Auen, die wie der Venusstern am Himmel des Leben-Morgens der *Morgenstern* und am Himmel des Leben-Abends der *Abendstern* sind und flimmern und zittern und die Sonne ersetzen .... Ich mag nicht zu deiner Seelen-Scheide, zum Leichnam, sagen: Amandus! liege sanft. Du lagst in ihr nicht sanft; o noch jetzo dauert mich dein unsterbliches Ich, daß es mehr in seinem knappen Nervengebäude als im weiten Weltgebäude leben mußte, daß es den edeln Blick nicht zu Sonnenkugeln aufheben, sondern auf seine quälenden Blutkügelchen einkrümmen und für die große Harmonie des Makrokosmus seltner Wallungen fühlen als für die Mißlaute seines Mikrokosmus! – Die Kette der Notwendigkeit schnitt tief in dich ein, nicht bloß ihr *Zug*, auch ihr *Druck* führte dich Narben zu.... So jämmerlich ist der Lebendige! Wie können von ihm die Toten ein Andenken verlangen, da er schon, indem er darüber redet, ermattet....

Als nun Gustav zu Hause war, setzte er einen Brief an den Doktor auf; der ringende Kummer, worin dieser sich an die Pyramide gelehnt und gehalten hatte, bewegte ihn unaussprechlich; und er fiel im Briefe ihm an diese zersplitterte wunde Brust und mehrte ihre Schmerzen durch seinen Liebedruck, indem er ihn bat, ihn zum Sohne anzunehmen und sein väterlicher Freund zu werden.

Mit der hohen Flut der Traurigkeit entschuldige man es, daß Gustav, der bisher immer die Paroxysmen seiner Empfindungen zum Besten des andern versteckte, sie hier auf Kosten eines andern hervorbrechen ließ. Sein Schmerz ging so weit, daß er vom Vater den Alltagrock und Hut des Seligen statt seines Kniestückes begehrte; er fühlte wie ich, daß Alltagkleider die besten Schattenrisse, Gipsabgüsse und Pasten eines Menschen sind, den man lieb gehabt und der aus ihnen und dem Körper heraus ist. – Die Antwort des Doktors lautet so:

»Ich habe mich oft an die Polster meines medizinischen Wagens gelehnt und mir vorgestellt und vorgenommen, wenn ich einmal graue Augenbraunen und Kopfhaare oder gar keine mehr habe – wenn mir alle Jahrzeiten immer kürzer und alle Nächte darin immer länger vorkommen, welches vor der Annäherung der längsten vorausgeht – wenn ich dann in den ersten Frühlingtagen ins stille Land hinausgehe, um meinen kalten interpolierten Körper zu sonnen – wenn ich dann außen die klebenden treibenden Knospen sehe, unter denen ein ganzer Sommer steckt, und in mir innen das ewige Abblättern und Umbeugen, das kein Erdenfrühling heilt – wenn ich mich dann doch an meine eigne Jugend erinnere, an meine Spazier-Gallopaden um Scheerau, an die in Pavia und an die Leute, die mit mir gingen – wenn ich mich dann natürlicherweise nach denen umsehe, die mir vom gefallnen Tempel meiner Jugend noch als hohe Ruinen stehen geblieben – und wenn mich dann, weil ich mich umdrehe, um zu schauen, ob keiner aus Wäldern, über Wiesen, von Bergen an einem so schönen Tage zu mir gegangen kommt, der Gedanke wie Herzklopfen anfällt, daß nach allen vier Welt-Ecken, wohin ich mich gedrehet, Gottesäcker und Kirchen liegen, in denen die, die mich jetzo trösten und begleiten sollen, unter der undurchsichtigen Erdrinde und ihrem Blumenwerk mit geraden Armen versteckt und gefangen liegen, und daß bloß ich allein außen geblieben und den Herbst in meiner Brust hier im Frühling herumtrage: so werd' ich gar nicht ins stille Land gehen, sondern einsam nach Hause gehen und mich einschließen und meinen Kopf auf den Arm mit den Augen legen und wünschen, daß mir das Herz breche, so gut wie meinen Bekannten; ich werde sagen, ich wollt', es wäre vorbei. Dann, geliebter Sohn, geliebter Freund (der du als der jüngste meiner Freunde mich schon überleben wirst), wird deine Gestalt vor meine satten müden Augen treten, dann werde ich sie auswischen und mich an alles erinnern, und deine Hand wird mich doch ins stille Land hinausführen, ich werde den Frühling der Erde so lange genießen, als ich ihn besehen kann, und ich werde dir mit drückender Hand ins Gesicht sagen: es tut mir heute recht wohl, daß ich dich vor vielen Jahren zum Sohne angenommen....

Morgen will ich kommen, um meinen Freund zu einer Reise auf die nächsten Tage mitzunehmen, damit wir den vergangnen aus dem Wege gehen.« – Am andern Morgen geschahs.

Zweiunddreissigster oder 16. November-Sektor

Schwindsucht – Leichenrede in der Kirche des stillen Landes – Ottomar

Es wäre mir vielleicht auch besser, ich suchte beiden weniger mit der Feder nachzukommen als zu Fuß. Die Lesewelt kann jetzt an meinen Sachen kosten und naschen, indes ich der Ostermesse entgegenhuste, weil ich mir an jenen Sachen und am Schreibtisch, woran ich mich niederkrümme, eine hübsche vollständige Hektik in die zwei Lungenflügel geschrieben. Das sämtliche Publikum sagt nicht »hab Dank« zu mir, daß ich mich um meinen gesunden Atem und um meine sedes gedacht und empfunden: es ist fast alles an mir *zu*, und es kann wegen der doppelten *Sperrordnung* nach entgegengesetzten Richtungen wenig durch mich *passieren*. Ich wandele daher hinter den Pflugscharen aller Auenthaler, um den Broden der Furchen – wie die besten britischen Hektiker tun [1] – einzuziehen als Mittel gegen meine Luftsperre und andere *Sperre*. Gleichwohl würde mich das einfältige Publikum, in dessen Dienst ich mich so elend gemacht, auslachen, wenn es mich den Pflug-Ochsen wie eine Krähe nachschreiten sähe. Ist das Rechtschaffenheit? – Muß ich nicht ohnehin alle Nacht zwischen den Armen von zwei Pudeln schlafen, die ich mit meiner Lungensucht anstecken will, wie ein Ehemann von Stande? Bin ich aber dann, wenn ich die zwei Beischläfer durch Nacht- und Morgengabe mit meinem Übel dotiert habe, des Malums selber los, oder sagt nicht vielmehr Herr Nadan de la Richebaudière, neue Hunde müßt' ich kaufen und infizieren, weil eine halbe Hunde-Menagerie zum Auslader eines einzigen Menschen nötig ist? So kann ich mein Honorar bloß in Hunden vertun. Ich will den Schaden sogar verschmerzen, den meine Rechtschaffenheit dabei leidet, weil ich mich gegen die armen einsaugenden Hunde, deren Lungenflügel ich lähmen und beschneiden will, so freundlich wie Große gegen die Opfer ihrer Rettung stellen muß.

Inzwischen ist doch das noch das verdrüßlichste Skandal, daß ich gegenwärtig im – Viehstall schreibe; denn dieser soll auch (nach neuern schwedischen Büchern) eine Apotheke und einen Seehafen gegen kurzen Atem abgeben. Meiner wollte sich indes noch nicht verlängern, ob ich gleich schon drei Trinitatis hier sitze und drei lange Sektores (gleichsam Josephs-Kinder) am Geburtorte viel dümmerer Wesen in die Welt setze. Man muß selber an einem solchen Orte der Hektik wegen im juristischen oder ästhetischen Fache (weil ich beides Belletrist und Rechtskonsulent bin) gearbeitet haben, um aus Erfahrung zu wissen: daß da oft die erträglichsten Einfälle viel stärkere *Stimmen* als die der literarischen und juristischen Richter gegen sich haben und dadurch zum Henker gehen.

Während Fenk und Gustav mehr Traurigkeit als Geld verreiseten, ob sie gleich nicht so lange ausblieben wie alle meine inrotulierten Akten: so ging auch Oefel weiter, nämlich in seinem romantischen Großsultan, und tokkierte mit dem größten Vergnügen den Kummer seines Freundes hinein. Oefel dankte Gott für jedes Unglück, das in einen Vers ging, und er

[1] Die drei Kuren, die ich oben im Texte gegen meine Lungensucht gebrauche, hab' ich von drei Völkern: das Nachspazieren in frisch gepflügten Furchen raten die Engländer – das Stärken durch eine Hunde-Schlafgenossenschaft rät ein Franzos (de la Richebaudière) – das Atmen der Luft in Viehställen wird schwedischen Hektikern vorgeschrieben.

wünschte zum Flor der schönen Wissenschaften, Pest, Hungernot und andre Gräßlichkeiten wären öfter in der Natur, damit der Dichter nach diesen Modellen arbeiten und größere Illusion daraus erzielen könnte, wie schon den Malern, welche geköpfte Leute oder aufgesprengte Schiffe malen wollten, mit den Urbildern dazu beigesprungen wurde. So aber mußt' er oft aus Mangel an Akademien selber seine sein und war einmal einen ganzen Tag genötigt, tugendhafte Regungen zu haben, weil dergleichen in seinem Werk zu schildern waren – ja oft mußt' er eines einzigen Kapitels wegen mehre Male ins B– gehen, welches ihn verdroß.

Es geht andern Leuten auch so: der Gegenstand der Wissenschaft bleibt kein Gegenstand der Empfindung mehr. Die Injurien, bei denen der Mann von Ehre flutet und kocht, sind dem Juristen ein Beleg, eine Glosse, eine Illustration zu dem Pandekten-Titel von den Injurien. Der Hospital-Arzt repetiert am Bette des Kranken, über welchen die Fieberflammen zusammenschlagen, ruhig die wenigen Abschnitte aus seiner Klinik, die herpassen. Der Offizier, der auf dem Schlachtfeld – dem Fleischhacker-Stock der Menschheit – über die zerbrochnen Menschen wegschreitet, denkt bloß an die Evolutionen und Viertel-Schwenkungen seiner Kadettenschule, die nötig waren, ganze Generationen in physiognomische Fragmente auszuschneiden. Der Bataillenmaler, der hinter ihm geht, denkt und sieht zwar auf die zerlegten Menschen und auf jede daliegende Wunde; aber er will alles für die Düsseldorfer Galerie nachkopieren, und das reine Menschen-Gefühl dieses Jammers weckt er erst durch sein Schlachtstück bei andern und wohl auch bei – sich. – So zieht jede Erkenntnis eine Stein-Kruste über unser Herz, die philosophische nicht allein. –

Beata opferte fast ihre Augen dem Anteil auf, den sie an niemand anderem (wie sie dachte) nahm als an dem Hingeschiednen. Ihre schweren Blicke waren oft nach dem Eremitenberg gerichtet; abends besuchte sie ihn selbst und brachte dem Schlafenden das Letzte, was die Freundschaft dann noch zu geben hat, im Übermaß. So dringen also die Griffe des Unglücks in weiche Herzen am tiefsten; so sind die Tränen, die der Mensch vergießet, desto größer und schneller, je weniger ihm die Erde geben kann und je höher er von ihr steht, wie *die* Wolke, die *höher* als andre von der Erde sich entfernt, die *größten* Tropfen wirft. Nichts richtete Beaten auf als die Verdopplung des Almosens, das sie gewissen Armen wöchentlich oder nach jeder Freude gab; und der einsame Umgang mit der Residentin, mit ihrer Laura und den beiden Gärtners-Kindern.

Die zwei Reisenden waren besser daran. Da der Doktor Fenk die Ärzte des Landes ex officio visitierte, welche Arzneien machten, nebst den Apothekern, die Repressalien gebrauchten und *Rezepte* machten: so ärgerte er sich zum Glück so oft, daß er keine rechte Stunde hatte, sich zu betrüben; auf diese Weise brachten Landphysici, die immer auf dem Lande waren (es müßten denn gerade Seuchen grassieret haben), und Hebammen, die in der Nottaufe die Wiedergeburt junger Nichtchristen noch besser besorgen als deren Geburt, und welche Pharao hätte haben sollen, diese brachten den bekümmerten Pestilenziarius wieder etwas auf die Beine. Zorn ist ein so herrliches Abführmittel der Betrübnis, daß Gerichtpersonen, die bei Witwen und Waisen versiegeln und inventieren, diese nicht genug ärgern können; daher legier' ich künftig meinen Erben, die mein Tod zu sehr kränkt, nichts testamentarisch als das Mittel dagegen, Erbosung über den Seligen.

Beide kehrten endlich unter entgegengesetztem Herzklopfen wieder zurück, und ihr Weg führte sie vor Ruhestatt, dem Rittersitze Ottomars, und neben dem verwaiseten Tempel des Parks vorbei. Der Tempel war aber erleuchtet; es war weit in die Nacht; um den Tempel hing ein summender Bienenschwarm von Jagdkleidern, in denen der halbe Hof steckte. Fenk und Gustav drängten sich also durch immer größere Herren und Pferde hindurch, gingen wie Kometen vor einem Stern nach dem andern vorbei und in die Kirche hinein: darin waren ein oder zwei unerwartete Dinge – der Fürst und ein Toter; denn das hinten am Altar fechtende Ding war kein unerwartetes, sondern der Pastor. Gustav und Fenk hatten sich in den Beichtstuhl gestopft. Gustav konnte sein Auge kaum vom Fürsten reißen, der mit jenem edeln gleichgültigen Gesicht, das Leuten von Ton oder aus großen Städten und Leichenbittern selten mangelt, über den Toten wegstreifte – der Fürst hatte jenes Herz der Großen, das ein Petrefakt im guten Sinne und unter ihren *festen Teilen* der erste ist und das recht schön verrät, daß sie sich an die Unsterblichkeit der Seele halten und daß sie, wenn sie einen von den Ihrigen begraben lassen, nicht zu Hause sind.

Auf einmal legte sich der Doktor auf das Pult des Beichtstuhls nieder und bedeckte das Gesicht; er stand wieder auf und sah mit einem Auge, das er nicht abtrocknen konnte, nach dem aufgedeckten Leichnam hin und suchte vergeblich zu sehen. Gustav schauete auch hin, und die Gestalt war ihm bekannt, aber kein Name, um welchen er vergeblich den sprachlosen Doktor fragte – endlich nennte der Leichenredner den Namen. Ich brauch' es nicht erst in Doppelfraktur zu sagen, daß der Tote, auf dem jetzo so viele harte Augen und ein Paar trostlose ruhten, so aussah wie der Schauspieler *Reinecke*, dessen edle Bildung nun auch der schwere Grabstein auseinanderdrückt – ich hab' es nicht nötig, dem Pastor den Namen *Ottomar* nachzusprechen. Der arme Doktor schien seit einiger Zeit bestimmt zu sein, daß der Schmerz seine Nerven zu einem *Nerven-Präparat* herauslösete und sich daran übte. Sonderbar wars, daß Gustav nicht am gestorbenen, sondern bloß am traurenden Freunde Anteil nahm.

Der gute Medizinalrat knüllte das Gesangbuch, das unter seiner Hand lag, gewaltsam zusammen; er hörte nicht das Abreiten des Fürsten, der nur drei Minuten dagewesen, um sich den Totenschein zu holen, aber jedes Wort des Pastors vernahm er, um von der neuesten Krankheitgeschichte seines Freundes etwas zu erfahren; allein er erfuhr nichts als seine Todesart (hitziges Fieber). Endlich war alles vorbei, und er ging stumm und zwischen die Trauerkerzen hineinstarrend auf die Bahre zu, schob, ohne Blick und Laut, was ihn hindern konnte, weg mit der linken Hand und zuckte hin nach des Schläfers seiner mit der rechten. Als er endlich die Hand, welche Alpen und Jahre von seiner abgerissen hatten, wieder damit umschlossen hielt, ohne doch dem näher zu sein, nach dem er sich so lange gesehnet, und ohne die Freude des Wiederfindens: so war sein Schmerz noch dicht, dunkel und warf sich schwer über seine ganze Seele her, ohne eine Gestalt zu haben. – Aber als er in jener Hand zwei Warzen wiederfand, die er sonst bei ihrem Druck so oft gefühlet hatte: so nahm der Schmerz die Schleiergestalt der Vergangenheit an; Mailand ging mit den Blüten seiner Weinberge und mit den Gipfeln seiner Kastanien und mit den schönen Tagen unter beiden vorüber und sah traurig die zwei Menschen an, die nichts mehr hatten – Hier wär' er mit den zwei gießenden Augen auf die zwei ewig trocknen gefallen, wenn nicht der Leichenmarschall gesagt hätte: »Das tut man nicht gern, es ist nicht gut.« Bloß eine Locke gab ihm das Grab vom ganzen geraubten Freunde zurück, eine Locke, die für das Auge so wenig und für den fühlenden Finger so viel ist. Er schlichtete die Hand, die den letzten Brief so traurig geschlossen, sanft wieder über die unberührte und verließ seinen Ottomar auf lange.

Er hatte nicht bemerkt, daß des Verstorbnen Spitzhund und zwei *tonsurierte* fremde Menschen da waren, wovon der eine sechs Finger hatte. – Außer der Kirche auf dem Wege, dessen eine Richtung nach dem Ottomarschen Schloß und dessen andre um den Eremitenberg lief, sahen Gustav und Fenk einander mit einer stummen trostlosen Frage an – sie antworteten einander durch den Abschied. Der Doktor kehrte um und setzte seine Reise fort – Gustav ging in den Park und dachte unten am Fuße des Eremitenberges dem Schicksale – nicht seines Freundes noch seinem eignen, sondern dem – aller Menschen nach....

Und wann schreib' ich dies? Heute, am 16. November, wo der Namentag des eingesargten Ottomars ist. –

Dreiunddreissigster oder XXV. Trinitatis-Sektor

Große Aloe-Blüten der Liebe: oder das Grab – der Traum – die Orgel nebst meinem Schlagfluß, Pelzstiefel und Eis-Liripipium

In Gustav rückten die höchsten Lichter aus des Freundes Bild langsam in das der Geliebten über. Jetzt trat erst ihr Gesicht, das am Totenbette ewige Strahlen in ihn geworfen hatte, aus dem Zypressen-Schatten vor. Die einsame Pyramide stand erhaben als Wach-Engel neben dem Begrabnen. Er trug sich hinauf, mit Schmerzen, aber mit sanftern; er hatte nun doch den unbeschreiblich süßen Trost, den Menschen in der Erde nie gekränkt, und ihm oft verziehen zu haben; er wünschte, Amandus hätte seine Verzeihung noch öfter veranlasset; sogar dies deckte seinen wunden Busen mit warmem Troste zu, daß er jetzt ihn so liebe, so betrauere, ungesehen, unbelohnet.

Oben trat er noch in einige Leidens-Dornen, worüber man laut aufschreiet; aber bald flogen seine Augen sehend auf der Licht-Brücke, die von einer Lampe aus Beatens Zimmer über den Garten zum Berg hinüberlief, gleich andern Phalänen ihren hellen Fenstern nach. Er sah nichts als bald das Licht, bald einen Kopf, der es verbauete; aber diesen Kopf schmückte er im seinigen schöner aus als irgendeine Frau den ihrigen. Er legte und lehnte sich, halb kniend und halb stehend, mit dem Blick gegen den langen Lichtstrom zugewandt, an das Postement der Pyramide an. Müdigkeit und schlaflose Nächte hatten seine Tränen-Drüsen mit jenen drückenden und doch reizenden Tränen gefüllet, die oft ohne Anlaß und so bitter und so süß kurz vor Krankheiten oder nach Ermattungen ausströmen. – Dieselben Ursachen breiteten zwischen ihn und die äußere Welt gleichsam einen dunkeln Nebeltag oder Heerrauch; seine innere Welt hingegen wurde aus einer *Federzeichnung* ohne seine Anstrengung ein gleißendes *Ölgemälde*, dann ein *musivisches*, endlich eines in *erhobner Arbeit* – Welten und Szenen bewegten sich vor ihm auf und ab – endlich schloß der *Traum* die ganze nächtliche Außenwelt mit seinen Augenlidern zu und machte hinter ihnen eine neu geschaffne paradiesische auf; gleich einem Toten lag sein schlummernder Körper neben einem Grabmal und sein Geist in einer über den ganzen Abgrund hinüberreichenden Himmel-Au. Ich werde den Traum und sein Ende sogleich erzählen, wenn ich dem Leser die Person gezeigt habe, die den Traum zugleich verlängerte und endigte.

Nämlich Beata – kam. Sie konnte weder seine Wiederkunft noch seine letzte Station wissen. Die Nähe des Ottomarschen Leichenbegängnisses, die Entfernung Gustavs, dessen Bild seit dem letzten Auftritt tief *in* und gleichsam *durch* ihr Herz gepresset war, und die Entfernung des Sommers, der sein buntes blühendes Gemälde täglich um einige Zoll wieder zusammenrollte, alles das hatte sich in Beatens Brust zu einem drückenden Seufzer gesammelt, den das laute Jagdschloß mit seinen Dunstkreisen einklemmte und mit dem sie reinere Ätherkreise suchte, um ihn an einem Grabe auszuhauchen und aus ihm den Stoff zu neuen einzuatmen. – Schwärmerisches Herz! du treibest mit deinen fieberhaften Schlägen freilich dein Blut zu reißend um und spülest mit deinen Güssen Ufer, Blumen und Leben fort; aber dein Fehler ist doch schöner, als wenn du mit phlegmatischem Getriebe aus dem stehenden Wasser des Blutes bloßen Fett-Schlamm anlegtest!

Die Nachtwandlerin fuhr zusammen, da sie den schönen Schläfer sah; sie hatte im ganzen Garten, den sie in diesen stillen Minuten durchstrichen hatte, niemand vermutet und gefunden. Er lag auf einem Knie sanft zusammengesunken; sein blasses Gesicht wurde von einem schönen Traum, vom aufgehenden Monde und von Beatens Auge angestrahlt. Ihr fiel nicht ein, daß er sich vielleicht nur schlafend stelle; sie zitterte also um einen halben Schritt näher, um erstlich gewiß zu sein, wers wäre, und um zweitens mit vollem Auge auf der Gestalt zu ruhen, vor der sie bisher nur vorüberstreichen durfte. Unter dem Anschauen wußte sie nicht recht, wann sie es eigentlich endigen sollte. Endlich wandte sie ihrem Paradiese den Rücken, nachdem sie noch einmal ganz an ihn getreten war; aber unter dem trägen Rückwärtsgehen fiel ihr (*ohne* Schrecken) ein: »Er wird doch nicht gar tot sein?« Sie kehrte also wieder um und behorchte seine wachsenden Atemzüge. Neben ihm lagen zwei spitze Steinchen, so groß wie mein Dintenfaß; sie bückte sich *zweimal neben* ihm nieder (sie wollt' es nicht auf einmal oder auch mit dem Fuße tun), um sie wegzunehmen, damit er nicht in ihre Spitzen hineinfiele....

Wahrhaftig ein Alphabet oder 23 Bogen sollt' ich mit diesem Auftritt vollzumachen haben; zum Glück geht er erst recht an, wenn er erwacht, und der Leser ist heute der glücklichste Mann....

Sie war nun schon wie ein Veteran vertrauter mit der Gefahr und war so gewiß, er würde nicht erwachen, daß sie aufhörte, es zu befürchten, und beinahe anfing, es zu wünschen. Denn es fiel ihr ein: »die Nachtluft könnt' ihm schädlich sein.« – Es fiel ihr ferner ein, wie beide Freunde so erhaben nebeneinander ruhten; und ihr blaues Auge befreiete sich von einem Tautropfen, von welchem ich nicht weiß, ging er für das außer der Erde pochende oder für das in ihr stillstehende Herz herab. Endlich machte sie ernsthafte Anstalten abzugehen, um überhaupt in der Entfernung ihn durch ein Geräusch zu wecken und um ihren Rührungen ohne Furcht seines Erwachens nachzuhängen. Sie wollte bloß noch bei ihm vorbeigehen (denn $4^1/_2$ Schritte stand sie ab), weil sie auf der andern Seite des Berges hinunter *mußte* (sie hätte denn umkehren *wollen*). Sein Lächeln verkündigte immer größere Entzückungen, und sie war freilich begierig, wie es noch auf seinem Gesichte ablaufen würde, aber sie mußte den lächelnden Träumer verlassen. Da sie also zwei zögernde Schritte sich ihm genähert hatte, um sich mehre von ihm zu entfernen: so fing auf einmal die Orgel der einsamen Kirche von Ruhestatt, wo heute Ottomar begraben worden, mitten in der Nacht so ernst und klagend zu gehen an, als wenn der Tod sie spielte; und Gustavs Angesicht wurde plötzlich vom Widerschein eines innern Elysiums verklärt; und er richtete sich mit zugeschloßnen Augen auf, erhaschte schnell die Hand der erstarrenden Beata und sagte schlaftrunken zu ihr: »O nimm mich ganz, glückliche Seele, nun hab' ich dich, geliebte Beata, auch ich bin tot.«

Der Traum, der mit diesen Worten ausging, war der gewesen: Er sank in eine unabsehliche Aue nieder, die über schöne, aneinander gestellte Erden hinüberlief. Ein Regenbogen von Sonnen, die wie zu einer Perlenschnur aneinander gereihet waren, faßte die Erden ein und drehte sich um sie. Der

Sonnenkreis sank untergehend dem Horizonte zu und auf dem Rande der großen runden Flur stand ein Brillanten-Gürtel von tausend roten Sonnen und der liebende Himmel hatte tausend milde Augen aufgetan. – Haine und Alleen von Riesen-Blumen, die so hoch wie Bäume waren, durchzogen im durchsichtigen Zickzack die Aue; die hochstämmige Rose bewarf diese mit einem goldroten Schatten, die Hyazinthe mit einem blauen, und die zusammenrinnenden Schatten von allen bereiften sie mit Silberfarbe. Ein magischer Abendschimmer wallete wie ein freudiges Erröten zwischen den Schattenufern und durch die Blumenstämme über die Flur, und Gustav fühlte, das sei der Abend der Ewigkeit und die Wonne der Ewigkeit. – Beglückte Seelen tauchten sich, weit von ihm und näher den weggleitenden Sonnen, in die zusammengehenden Abendstrahlen und ein gedämpftes Jauchzen stand verhallend wie eine Abendglocke über dem himmlischen Arkadien; – nur Gustav lag verlassen im Silberschatten der Blumen und sehnte sich unendlich, aber keine jauchzende Seele kam herüber. Endlich dufteten in der Luft zwei Leiber in eine dünne Abendwolke auseinander und das fallende Gewölk entblößte zwei Geister, Beata und Amandus – dieser wollte jene in Gustavs Arme führen, aber er konnte nicht in den Silberschatten hinein – Gustav wollte ihr in die ihrigen entgegenfallen, aber er konnte nicht aus dem Silberschatten hinaus. – »Ach, du bist nur noch nicht gestorben,« rief Amandus' Seele, »aber wenn die letzte Sonne hinunter ist: so wird dein Silberschatten über alles fließen und deine Erde von dir flattern und du wirst an deine Freundin sinken« – eine Sonne um die andre zerging – Beata breitete ihre Arme hernieder – die letzte Sonne versank – ein Orgelton, der Welten und ihre Särge zerzittern konnte, klang wie ein fliegender Himmel herüber und lösete durch sein weites Beben die Faser-Hülle von ihm ab und über den ausgebreiteten Silberschatten wehte ein Entzücken und hob ihn empor und er nahm – – die wahre Hand von Beata und sagte, indem er wachte und träumte und nicht sah, die Worte zu ihr: »O nimm mich ganz, glückliche Seele, nun hab' ich dich, geliebte Beata, auch ich bin tot.« Ihre Hand hielt er so fest wie der Gute die Tugend. Ihr versuchtes Loswinden zog ihn endlich aus seinem Eden und Traum; seine glücklichen Augen gingen auf und vertauschten die Himmel; vor ihnen stand erhaben der weiße, vom Monde überschwemmte Grund und die Aue des Parks und die tausend zu Sternen verkleinerten Sonnen und die geliebte Seele, die er vor dem Untergange aller Sonnen nicht erreichen konnte. – Gustav mußte denken, der Traum sei aus seinem Schlafe ins Leben übergezogen und er habe nicht geschlafen; sein Geist konnte die großen steilen Ideen vor ihm nicht bewegen und nicht vereinigen. »In welcher Welt sind wir?« fragte er Beata, aber in einem erhabnen Tone, der beinahe die Frage beantwortete. Seine Hand war mit ihrer ziehenden fest verwachsen. »Sie sind noch im Traume«, sagte sie sanft und bebend. Dieses *Sie* und die Stimme stieß auf einmal seinen Traum in den Hintergrund aus der Gegenwart zurück; aber der Traum hatte ihm die Gestalt, die an seiner Hand kämpfte, lieber und vertrauter gemacht und die geträumte Unterredung wirkte in ihm wie eine wahre und sein Geist war noch eine erhaben-fortbebende Saite, in die ein Engel seine Entzückung gerissen – und da jetzt drüben im öden Tempel die Orgel durch neues Ertönen die Szene über den irdischen Boden erhob, wo beide Seelen noch waren; da Beatens Stellung schwankte, ihre Lippe zitterte, ihr Auge brach: – so war ihm wieder, als würde der Traum wahr, als zögen die großen Töne ihn und sie aus der Erde weg ins Land der Umarmung hinauf, sein Wesen kam an alle seine Grenzen – »Beata«, sagt' er zu der schönen, an bekämpfenden Empfindungen dahinsterbenden Gestalt, »Beata, wir sterben jetzt – und wenn wir tot sind, so sag' ich dir meine Liebe und umarme dich – der Tote neben uns ist mir im Traum erschienen und hat mir wieder deine Hand gegeben.« ... Sie suchte auf das Grab desselben aufzusinken – aber er hielt den fallenden Engel in seinen Armen auf – er ließ ihr entschlummertes Haupt unter seines fallen und unter ihrem stockenden Herzen glühten die Schläge des seinigen – es war eine erhabne Minute, als er, die Arme um eine schlummernde Seligkeit gelegt, einsam ansah die auf der Erde schlafende Nacht, einsam anhörte die allein redende Orgel, einsam wachte im Kreise des Schlafs....

Die erhabne Minute verging, die seligste fing an: Beata erhob ihr Haupt und zeigte Gustav und dem Himmel auf dem zurückgebognen Angesicht das irre überweinte Auge, die erschöpfte Seele, die verklärten Züge und alles, was die Liebe und die Tugend und die Schönheit in *einen* Himmel dieser Erde drängen können. – – Da kam der überirdische durch tausend Himmel auf die Erde fallende Augenblick hier unten an, der Augenblick, wo das menschliche Herz sich zur höchsten Liebe erhebt und für zwei Seelen und zwei Welten schlägt – der Augenblick vereinigte auf ewig die Lippen, auf denen alle Erdenworte erloschen, die Herzen, die mit der schweren Wonne kämpften, die verwandten Seelen, die wie zwei hohe Flammen ineinanderschlugen....

– Begehrt kein Landschaftstück der blühenden Welten von mir, über welche sie in jenem Augenblicke hinzogen, den kaum die Empfindung, geschweige die Sprache fasset. Ich könnte ebensogut einen Schattenriß von der Sonne geben. – Nach jenem Augenblicke suchte Beata, deren Körper schon unter einer großen Träne wie ein Blümchen unter einem Gewittertropfen umsank, sich aufs Grab zu setzen; sie bog ihn sanft mit der einen Hand von sich, indem sie ihm die andre ließ. Hier schloß er seine weite Seele auf und sagte ihr alles, seine Geschichte und seinen Traum und seine Kämpfe. Nie war ein Mensch aufrichtiger in der Stunde seines Glücks als er; nie war die Liebe blöder nach der Minute der Umarmung als hier. Bei Beaten schwamm, wie allemal, das Freudenöl dünn auf dem Tränenwasser; ein vor ihr stehendes Leiden sah sie mit trocknen festen Blicken an, aber kein erinnertes und keine vor ihr stehende Freude. Sie hatte jetzo kaum den

Mut zu reden, kaum den Mut, sich zu erinnern, kaum den Mut, entzückt zu sein. Zu ihm hob sie das scheue Auge nur hinauf, wenn der Mond, der über eine durchbrochne Treppe von Wolken stieg, hinter einem weißen Wölkchen verschattet stand. Aber als eine dickere Wolke den Mond-Torso begrub: so endigten beide den schönsten Tag ihres Lebens, und unter ihrer Trennung fühlten sie, daß es für sie keine andre gebe. –

Im einsamen Zimmer konnte Beata nicht denken, nicht empfinden, nicht sich erinnern; sie erfuhr, was Freudentränen sind; sie ließ sie strömen, und als sie sie endlich stillen wollte, konnte sie nicht, und als der Schlaf kam, ihre Augen zu verschließen, lagen sie schon unter himmlischen Tropfen bedeckt. – –

Ihr unschuldigen Seelen, zu euch kann ich besser wie zu Verstorbnen sagen: schlaft sanft! Gemeiniglich gefallen uns, nämlich mir und dem Leser, die Bravour- und Force-Rollen der Romanen-Liebhaber schlecht, weil entweder die eine Person nicht würdig ist, solche Lichtwolkenbrüche der Freude zu genießen, oder die andere, sie zu veranlassen; hier aber haben wir beide gegen nichts etwas.... Wollte nur der Himmel, ihr Liebenden, euer lahmer Lebensbeschreiber könnte seine Feder zu einem Blanchards-Flügel machen und euch damit aus den Grubenzimmerungen und Grubenwettern des Hofes in irgendeine freie Pappelinsel tragen, sie sei im Süd- oder im Mittelmeer! – Da ichs nicht kann, so denk' ich mirs doch; und sooft ich nach Auenthal oder Scheerau gehe, so zeichne ich mir es aus, wie viel ich euch schenkte, wenn ihr in jenem Pappel- und Rosental, das ich in Wasser gefasset hätte, ohne den deutschen Winter, unter ewigen Blüten, ohne die Schneide-Gesichter der moralischen Febrikanten, ohne ein gefährlicheres Murmeln als das der Bäche, ohne festere Verstrickungen als die in verwachsenen Blumen und ohne den Einfluß härterer Sterne als der friedlichen am Himmel, in schuldloser Wonne und Ruhe Atem holen dürftet – nicht zwar immerfort, aber doch die paar Blumenmonate eurer ersten Liebe hindurch.

Das ist aber unmenschlich schwer, und ich bin am wenigsten der Mann dazu. Ein solches Glück ist schwer zu steigern und eben darum schwer zu halten. Werde lieber hier ein Wort vom Glücke eines schreibseligen Kränklings vorzubringen erlaubt, der doch auch eines haben will und der eben der Beschreiber der vorigen Seligkeit selber ist, ich meine nämlich ein Wort von meiner kranken Persönlichkeit. Vom Kuhstall bin ich wieder herauf und von der Lungensucht glücklich genesen; nur der Schlagfluß setzet mir seitdem mit Symptomen zu und will mich erschlagen wie einen Maulwurf, gerade indem ich, wie letzter seinen Hügel, so den *babylonischen Turm* meines gelehrten Ruhms aufwerfe. Zum Glück geb' ich mich gerade mit Hallers großer und kleiner Physiologie ab und mit Nikolais *materia medica* und mit allem Medizinischen, was ich geborgt bekomme, und kann also mit meinen medizinischen Kenntnissen auf den Schlagfluß ein tüchtiges *Kartätschenfeuer* geben. Das Feuer mach' ich an meinen Füßen, indem ich das lange Bein in einen großen Pelzstiefel wie eine Vorhölle setze, und das zusammengegangne in ein Pelz-Schnürstiefelchen: ich habe die ältesten Mond-Doktores und Pestilenziarien auf meiner Seite, wenn ich mir einbilde, daß ich gleich einem Demokraten durch diese Stiefel – und ein breites Senfpflaster, womit ich wie mehre Gelehrte meine Füße besohle – die materia peccans aus den obern Teilen in die niedern heruntertreiben könne. Gleichwohl geh' ich weiter, wenns gefriert. Ich schabe und kerbe mir nämlich eine hohe Eismütze [1] aus und denke unter der gefrornen Schlafmütze: alsdann wirds kein Wunder sein, wenn die Apoplexie und ihre Halbschwester, die Hemiplexie – durch mich angefallen von oben und unten, am einen Pol durch den heißen Fuß-Sokkus, am andern durch den Eis-Knauf oder die gefrorne Marterer-Krone – hingeht, wo sie herkam, und mich der Erde schenkt, deren einer Pol gleichfalls unten Sommer hat, wenn der andre oben Winter .... Der Leser werfe aber einmal von guten Büchern ein philanthropinisches Auge auf uns, deren Verfasser: wir Verfasser strengen uns an und verfertigen Fibeln, Mordpredigten, periodische Blätter oder Reinigungen, Ausschnitte und andern aufklärenden Henker; aber unsern Madensack zerzausen und schaben wir ja darüber entsetzlich ab – und doch meints kein Teufel ehrlich mit uns. So steh' ich und die ganze schreibende Innung aufrecht da und verschießen gern lange Strahlen über die ganze Halbkugel (denn mehr ist auf einmal von Welt- und andern Kugeln nicht zu beleuchten, und dem ganzen Amerika fehlen unsre Kiele), indes wir doch den ersten Christen gleichen, die das *Licht*, womit sie, in Pech und Leinwand eingeklemmt, als lebendige Pechfackeln über Neros Gärten schienen, zugleich mit ihrem Fett und Leben von sich gaben....

»Und hier« – sagen Romanen-Manufakturisten – »erfolgte ein Auftritt, den der Leser sich denken, ich aber nicht beschreiben kann.« Das kommt mir viel zu dumm vor. Ich kann es auch nicht beschreiben, beschreib' es aber doch. Haben denn solche Autoren so wenig Rechtschaffenheit, daß sie bei einer Szene, nach der die Leser schon im voraus geblättert haben, z. B. bei einem Todesfall, auf den alle, Eltern und Kinder, lauern wie auf einen Lehnfall oder Hängtag, vom Sessel aufspringen und sagen: das macht selber? Es ist so, als wenn die Schikanedrische Truppe vor den verzerrendsten Auftritten des Lears an die Theater-Küste ginge und das Publikum ersuchte, es möchte sich Lears Gesicht nur denken, sie ihres Orts könnte es unmöglich nachmachen. – Wahrhaftig was der Leser denken kann, das kann ja der Autor – beim vollen Puls aller seiner Kräfte – sich noch leichter denken und es mithin schildern; auch wird des Lesers Phantasie, in deren Speichen einmal die vorhergehenden Auftritte eingegriffen und die sie in Bewegung gesetzt, leicht in die stärkste durch jede Beschreibung des letzten Auftritts

[1] Ausgehöhltes Eis wird bekanntlich auf den Kopf gelegt, wenn Kopfschmerzen, Schwindel, Tollheit darin sind.

hineinzureißen sein – außer durch die jämmerliche nicht, daß er nicht zu beschreiben sei.

Von mir hingegen sei man versichert, ich mache mich an alles. Ich redete es daher schon auf der Ostermesse mit meinem Verleger ab, er sollte sich um einige Pfund Gedankenstriche, um ein Pfund Frage- und Ausrufungszeichen mehr umtun, damit die heftigsten Szenen zu setzen wären, weil ich dabei um meinen apoplektischen Kopf mich so viel wie nichts bekümmern würde.

Vierunddreissigster oder 1. Advent-Sektor

Ottomar – Kirche – Orgel

Am andern Morgen war ein Lärm im Schlosse über eine Sache, die der Doktor Fenk um eine Woche später durch einen Brief von – Ottomar erfuhr.

– Nie hab' ich einen Sektor oder Sonntag so traurig angefangen als heute; mein vergehender Körper und der folgende Brief an Fenk hängen wie ein Hutflor an mir. Ich wollt', ich verstände den Brief nicht – ach es wäre dann eine unvergeßliche Novemberstunde nie in mein Leben getreten, die, nachdem so viele andre Stunden bei mir vorübergegangen, bei mir stehen bleibt und mich immerfort ansieht. – Dunkle Stunde! du streckest deinen Schatten über ganze Jahre aus, du stellest dich so vor mich, daß ich den phosphoreszierenden Nimbus der Erde hinter dir nicht flimmern und rauchen sehen kann, die 80 menschlichen Jahre sehen in deinem Schatten wie der Ruck des Sekundenweisers aus – ach nimm mir nicht so viel! ... Ottomar hatte dieselbe Stunde *nach* seinem Begräbnis und beschreibt sie dem Doktor so:

*

»Ich bin seitdem lebendig begraben worden. Ich habe mit dem Tode geredet, und er hat mich versichert, es gebe weiter nichts als ihn. – Als ich aus meinem Sarg heraus war, so hat er die ganze Erde dafür hineingelegt und mein bißchen Freude oben darauf.... Ach guter Fenk! wie bin ich verändert! Komm nur bald zurück! Seitdem stehen vor mir alle Stunden wie leere Gräber hin, die mich oder meine Freunde auffangen! Ich hab' es wohl gehört, wer meine Hand noch einmal am Sarge gedrückt.... komm recht bald, Teurer!

Weißt du nicht mehr, wie ich mich von jeher vor dem lebendigen Begräbnis gefürchtet? Mitten im Einschlafen fuhr ich oft auf, weil mir einfiel, ich könnte ohnmächtig und so beerdigt werden und meine aufwollenden Arme triebe dann der Sargdeckel nieder. Auf Reisen drohte ich überall, wo ich kränklich wurde, ich wollte ihnen, wenn sie mich innerhalb acht Tagen beisetzten, als Gespenst erscheinen und auflasten. Diese Furcht war mein Glück: sonst hätte mich mein Sarg getötet.

Vor Wochen kam meine alte Krankheit wieder zu mir, das hitzige Fieber. Ich eilte mit ihr nach meinem *Ruhestatt*, und mein erstes Wort zu meinem Hausverwalter – da ich dich nicht haben konnte – war, mich *sogleich*, als ich ohne Leben wäre, zu beerdigen, weil die Gewölbluft leichter erweckt, aber nichts zuzusperren, weder Sarg noch Erbgruft – die einsame Kirche am Park steht ohnehin offen. Auch sagt' ich ihm, meinen Spitzhund, der nicht von mir bleibt, überall mitzulassen. Noch in der Nacht nahm das Fieber zu; aber beim Blutlassen bricht meine Zurückerinnerung ab. Ich weiß bloß noch, daß ich das Blut mit einigem Schauder um meinen Arm sich krümmen sah; und daß ich dachte: ›Das ist das Menschenblut, das uns heilig ist, welches das Kartenhaus und das Sparrwerk unsers Ichs ausküttet und in welchem die unsichtbaren Räder unsers Lebens und unserer Triebe gehen.‹ Dieses Blut sprützte nachher an alle Phantasien meiner Fiebernächte; das eingetauchte All stieg blutrot daraus herauf, und alle Menschen schienen mir an einem langen Ufer einen Strom zusammenzubluten, der über die Erde hinaus in eine saufende Tiefe hinabsprang – Gedanken, häßliche Gedanken rückten vor mir grinsend vorüber, die kein Gesunder kennt, keiner nachschafft, keiner erträgt, und die bloß liegende Krankenseelen anbellen. Wäre kein Schöpfer: so müßt' ich vor den verborgnen Angst-Saiten erzittern, die im Menschen aufgezogen sind und an denen ein feindseliges Wesen reißen könnte. Aber nein! du allgütiges Wesen! du hältst deine Hand über unsre Anlage zur Qual und legest das Erden-Herz, worüber diese Saiten aufgewunden sind, auseinander, wenn sie zu heftig beben! ...

Der Kampf meiner Natur wurde endlich zu einem ohnmächtigen Schlummer, aus dem so viele bloß erwachen, um unter der Erde zu sterben. Darin trug man mich in die einsam stehende Kirche. Der Fürst und mein Spitz waren mit dabei; aber bloß der erste ging wieder fort. Ich lag vielleicht die halbe Nacht, bis das Leben durch mich zuckte. Mein erster Gedanke riß die Seele immer auseinander. Von ungefähr trat der Hund auf mein Gesicht; plötzlich senkte sich eine Beklemmung, wie wenn eine Riesenhand meine Brust böge, tief auf mich herein, und ein Sargdeckel schien mir wie ein aufgehobnes Rad über mir zu stehen.... Schon die Beschreibung schmerzt mich, weil die Möglichkeit der Wiederholung mich ängstigt.... Ich stieg aus der sechseckigen Brutzelle des zweiten Lebens; der Tod streckte sich vor mir weit hin mit seinen tausend Gliedern, den Köpfen und Knochen. Ich schien mir unten im chaotischen Abgrund zu stehen, und oben weit über mir zog die Erde mit ihren Lebendigen. Mich ekelte Leben und Tod. Auf das, was neben mir lag, sogar auf meine Mutter sah ich starr und kalt wie das Auge des Todes, wenn er ein Leben zerblickt. Ein rundes Eisengitter in der Kirchenmauer schnitt aus dem ganzen Himmel nichts heraus als die schimmernde zerbrochne Scheibe des Mondes, der als ein himmlisches Sarglicht auf den Sarg, der die Erde heißet, herunterhing. Die öde Kirche, dieser vorige Markt des redenden Gewimmels, stand ausgestorben und untergraben von Toten da – die langen Kirchenfenster legten sich, vom Mond abgeschattet, über die Gitterstühle hinüber – an der Sakristei richtete sich das schwarze Toten-Kreuz auf, das Ordenkreuz des Todes – die Degen und Sporen der Ritter erinnerten an die zerbröckelten Glieder, die sie und sich nicht mehr bewegten, und der Totenkranz des Säuglings mit falschen Blumen hatte den armen Säugling hieher begleitet, dem der Tod die Hand abgebrochen, eh' sie wahre pflücken konnte – steinerne Mönche und Ritter machten das längst verstummte Gebet an der Mauer mit verwitternden Händen nach – nichts Lebendiges sprach in der Kirche als der eiserne Gang des Perpendikels der Turmuhr, und mir war, als hört' ich, wie die Zeit mit schweren Füßen über die Welt schritt und Gräber austrat als Fußstapfen...

Ich setzte mich auf eine Altarstufe, um mich lag das Mondlicht mit trübenden eilenden Wolkenschatten; mein Geist stand hoch: ich redete das Ich an, das ich noch war: ›Was bist du? was sitzt hier und erinnert sich und hat Qual? – Du, ich, etwas – wo ist denn das hin, das gefärbte Gewölk, das seit dreißig Jahren an diesem Ich vorüberzog und das ich Kindheit, Jugend, Leben hieß? – Mein Ich zog durch diesen bemalten Nebel hindurch – ich konnt' ihn aber nicht erfassen – weit von mir schien er etwas Festes, an mir versickernde Dufttropfen oder sogenannte Augenblicke – Leben heißet also von einem Augenblick (diesem Dunstkügelchen der Zeit) in den andern tropfen.... Wenn ich nun wäre tot geblieben: so wär' also das, was ich jetzo bin, der Zweck gewesen, weswegen ich für diese lichtervolle Erde und sie für mich gebauet war? – Das wäre das Ende der Szenen? – und über dem Ende hinaus? – Freude ist vielleicht dort – hier ist keine, weil eine *vergangne keine ist*, und unsre *Augenblicke* verdünnen jede *gegenwärtige* in tausend *vergangne* – Tugend ist eher hier; sie ist *über die Zeit* – Unter mir schläft alles; aber ich werd' es auch tun, und wenn ich mir noch dreißig Jahre weismache, daß ich lebe, dann legen sie mich doch wieder hieher – die heutige Nacht kommt wieder – ich bleibe aber in meinem Sarg: und dann? ... Wenn ich nun drei Augenblicke hätte, einen zur Geburt, einen zum Leben, einen zum Sterben: zu was hätt' ich sie denn? würd' ich sagen – Alles aber, was zwischen der Zukunft und Vergangenheit steht, ist ein Augenblick – wir haben alle nur drei.‹ ... Großes Urwesen – fing ich an und wollte beten – – du hast die Ewigkeit, ... aber unter dem Gedanken an den, der nichts als Gegenwart ist, erhält sich kein menschlicher Geist aufrecht, sondern beugt sich an seine Erde wieder, – ›O ihr abgeschiedenen Lieben,‹ dacht' ich, ›ihr wäret mir nicht zu groß, erscheinet mir, hebt das Gefühl der Nichtigkeit von meinem Herzen ab und zeigt mir die ewige Brust, die ich lieben, die mich wärmen kann.‹ Von ungefähr sah ich meinen armen Hund, der mich anschauete; und dieser rührte mich mit seinem noch kürzern, noch dumpfern

Leben so, daß ich bis zu Tränen weich wurde und mich nach etwas sehnte, womit ich sie vermehrte und stillte.

Das war die Orgel über mir. Ich ging zu ihr wie zu einer löschenden Quelle hinauf. Und als ich mit ihren großen Tönen die nächtliche Kirche und die tauben Toten erschütterte und als der alte Staub um mich flog, der auf ihren stummen Lippen bisher gelegen war: so zogen alle vergängliche Menschen, die ich geliebt hatte, nebst ihren vergänglichen Szenen vorüber, du kamest und Mailand und das stille Land; ich erzählte ihnen mit Orgeltönen, was zu einer bloßen Erzählung geworden war, ich liebte sie alle im Fluge des Lebens noch einmal und wollte vor Liebe an ihnen sterben und in ihre Hand meine Seele drücken – aber nur Holztasten waren unter meiner drückenden Hand. – Ich schlug immer wenigere Töne an, die um mich wie ein ziehender Strudel gingen – endlich legt' ich das Choralbuch auf einen tiefen Ton und zog die Bälge in einem fort, um nicht den stummen Zwischenraum zwischen den Tönen auszustehen – ein summender Ton strömte fort, wie wenn er hinter den Flügeln der Zeit nachginge, er trug alle meine Erinnerungen und Hoffnungen und in seinen Wellen schwamm mein schlagendes Herz.... Von jeher machte ein fortbebender Ton mich traurig.

Ich verließ meine Auferstehungstätte und sah nach der weißen Pyramide des Eremitenberges, wo nichts auferstand und wo das Leben fester schlief; die Pyramide stand in Mondschimmer getaucht, und mit mir wandelte ein langer Wolkenschatten. Blätter und Bäume krümmte der Herbst; über die stachlichten Wiesenstoppeln wiegte sich die Blume nicht mehr, die im Maule des Viehs verging; die Schnecke sargte sich in ihr Haus und Bett mit Geifer ein; und als am Morgen sich die Erde mit vollgebluteten fleckigen Wolken gegen die matte Sonne drehte: so fühlt' ich, daß ich meine vorige frohe Erde nicht mehr hatte, sondern daß ich sie auf immer in der Gruft gelassen, und die Menschen, die ich wiederfand, schienen mir Leichname, die der Tod hergeliehen und die das Leben aufrichtet und schiebt, um mit diesen Figuren zu agieren in Europa, Asia, Afrika und Amerika....

So denk' ich noch. Ich werde auch zeitlebens den Trauer-Eindruck von dieser Gewißheit herumtragen, daß ich sterben muß. Denn das weiß ich erst seit acht Tagen; ob ich mir gleich vorher recht viel auf meine Empfindsamkeit an Sterbebetten, an Theatern und Leichenkanzeln einbildete. Das Kind begreift keinen Tod, jede Minute seines spielenden Daseins stellet sich mit ihrem Flimmern vor sein kleines Grab. Geschäft- und Freuden-Menschen begreifen ihn ebensowenig, und es ist unbegreiflich, mit welcher Kälte tausend Menschen sagen können: das Leben ist kurz. Es ist unbegreiflich, daß man dem betäubten Haufen, dessen Reden artikuliertes Schnarchen ist, das dicke Augenlid nicht aufziehen kann, wenn man von ihm verlangt: sieh doch durch deine paar Lebenjahre hindurch bis ans Bett, worin du erliegst – sieh dich mit der hängenden plumpen Toten-Hand, mit dem bergigen Kranken-Gesicht, mit dem weißen Marmor-Auge, höre in deine jetzige Stunde die zankenden Phantasien der letzten Nacht herüber – diese große Nacht, die immer auf dich zuschreitet und die in jeder Stunde eine Stunde zurücklegt und dich Ephemere, du magst dich nun im Strahl der Abendsonne oder in dem der Abend-Dämmerung herumschwingen, gewiß niederschlägt. Aber die beiden Ewigkeiten türmen sich auf beiden Seiten unsrer Erde in die Höhe, und wir kriechen und graben in unserem tiefen Hohlweg fort, dumm, blind, taub, käuend, zappelnd, ohne einen größern Gang zu sehen, als den wir mit Käferköpfen in unsern Kot ackern.

Aber seitdem ists auch mit meinen Planen ein Ende: man kann hienieden nichts vollenden. Das Leben ist mir so wenig, daß es fast das Kleinste ist, was ich für ein Vaterland hingeben kann; ich treffe und steige bloß mit einem größern oder kleinern Gefolge von Jahren in den Gottesacker ein. Mit der Freude ists aber auch vorbei; meine starre Hand, die einmal den Tod wie einen Zitteraal berührt hat, reibet den bunten Schmetterlingstaub zu leicht von ihren vier Flügeln, und ich lasse sie bloß um mich flattern, ohne sie zu greifen. Bloß *Unglück* und *Arbeit* sind *undurchsichtig* genug, daß sie die Zukunft verbauen; und ihr sollt mir willkommen in meinem Hause sein, zumal wenn ihr aus einem andern ausziehet, wo der Mietherr die Freude lieber hineinhat. – O euch, ihr armen bleichen, aus Erdfarben gemachten Bilder, ihr Menschen, lieb' und duld' ich nun doppelt; denn wer anders als die Liebe zieht uns durch das Gefühl der Unvergänglichkeit wieder aus der Todesasche heraus? Wer sollt' euch euere zwei Dezembertage, die ihr 80 Jahre nennt, noch kälter und kürzer machen? Ach wir sind nur zitternde Schatten! Und doch will ein Schatten den andern zerreißen? –

Jetzo begreif' ich, warum ein Mensch, ein König in seinen alten Tagen ins Kloster geht: was will er an einem Hofe oder auf einer Börse machen, wenn die Sinnenwelt vor ihm zurückweicht und alles aussieht wie ein ausgespannter großer Flor, indes bloß die höhere zweite Welt mit ihren Strahlen in dieses Schwarz hereinhängt? So leget der Himmel, wenn man ihn auf hohen Bergen besieht, sein Blau ab und wird schwarz, weil jenes nicht seine, sondern unsrer Atmosphäre Farbe ist; aber die Sonne ist dann wie ein brennendes Siegel des Lebens in diese Nacht gedrückt und flammt fort....

Ich schauete gerade zum Sternenhimmel auf; aber er erhellet meine Seele nicht mehr wie sonst: seine Sonnen und Erden verwittern ja ebenso wie die, worein ich zerfalle. Ob eine Minute den Maden-Zahn, oder ein Jahrtausend den Haifisch-Zahn an eine Welt setze: das ist einerlei, zermalmt wird sie doch. Nicht bloß diese Erde ist eitel, sondern alles, das neben ihr durch den Himmel flieht und das sich nur in der Größe von ihr trennt. Und du holde Sonne selber, die du wie eine Mutter, wenn das Kind gute Nacht nimmt, uns so zärtlich ansiehest, wenn uns die Erde wegträgt und den Vorhang der Nacht um unsre Betten zieht, auch du fällest einmal in deine Nacht und in dein Bette und brauchst eine Sonne, um Strahlen zu haben! –

Es ist also sonderbar, daß man höhere Sterne oder gar die Planeten und ihre Tochterländer zu Blumenkübeln macht, in die uns der Tod steckt, wie etwa der Amerikaner nach dem Tode nach Europa zu fahren hofft. Die Europäer würden seinen Wahn erwidern und Amerika für die Walhalla der Abgeschiednen halten, wenn nur unsre zweite Halbkugel statt 1000 Meilen etwa 60 000, wie die bekannte des Mondes, entfernt von uns hinge. O mein Geist begehrt etwas anders als eine aufgewärmte, neu aufgelegte Erde, eine andre Sättigung, als auf irgendeinem Kot- oder Feuer-Klumpen des Himmels wächset, ein längeres Leben, als ein zerbröckelnder Wandelstern trägt; aber ich begreife nichts davon....

Komm nur recht bald zu meinem Kopfe, dem du die eine Locke genommen: solange ich lebe, soll *die* Seite, an der du den Lockenraub begangen, zum Andenken, was ich war und werde, ohne Zierde bleiben. etc.

Ottomar.«

*

Dichtende Genies sind in der Jugend die Renegaten und Verfolger des Geschmacks, später aber Proselyten und Apostel desselben, und den verzerrenden, mikroskopischen und makroskopischen Hohlspiegel schleift das Alter zu einem ebnen ab, der die Natur bloß verdoppelt, indem er sie malt. So werden die *handelnden* und *empfindenden* Genies aus Feinden der Grundsätze und aus Stürmern der Tugend größere Freunde von beiden, als fehlerlosere Menschen niemals werden. Ottomar wird einmal die übertreffen, die ihn jetzo tadeln können. Übrigens werd' ich ihn im Verfolge dieser Viel-Lebensbeschreibung nicht schelmisch behandeln, sondern ehrlich, ob ers gleich nicht hofft; denn vor seiner Reise, wo ich einigemal in den heißen Brennpunkt seiner Fehler geriet, zerfielen wir ein wenig miteinander: – seitdem glaubt er, ich hass' ihn von Herzen; allein ich glaube, ich lieb' ihn von Herzen, hab' aber, wie hundert andre, eine besondre Freude an meiner verheimlichten leidenden Liebe.

Fünfunddreissigster oder Andreas-Sektor

Tage der Liebe – Oefels Liebe – Ottomars Schloß und die Wachsfiguren

Ich tunke heute schon wieder in mein biographisches Dintenfaß, weil ich nunmehr mit meinem Gebäude bald an die Gegenwart stoße – am heiligen Weihnachtfeste hoff' ich nach zu sein –; ferner weil heute Andreastag ist und weil mein Hausherr unter dem Geschrei seiner Kinder einen Birkenbaum in die Stube und in einen alten Topf eingestellt hat, damit er zu Weihnachten die silbernen Früchte trage, die man ihm anbindet. Über so etwas vergess' ich Gerichttage und Termine.

Gustav wachte am Morgen nach der Liebeerklärung, nicht aus seinem Schlafe – denn darein konnte nach diesem *Königschuß* im Menschenleben nur ein menschlicher Dachs oder eine Dächsin fallen –, sondern aus seinem brausenden Freuden-*Ohrenklingen* auf. Entzückungen zogen im Ringeltanz um sein inneres Auge, und sein Bewußtsein langte kaum zu seinem Genießen zu; welcher Morgen! In einem solchen Brautschmuck trat die Erde nie vor ihn. Es gefiel ihm alles, sogar Oefel, sogar das Oefelsche Prahlen mit Beatens Liebe. Das Schicksal hatte heute – den Verlust seiner Liebe ausgenommen – keine giftige Spitze, keinen eiternden Splitter, den er nicht gleichgültig in seine von der ganzen Seligkeit bewohnte und gespannte Brust eingelassen hätte. So ersetzt oft die höchste Wärme die höchste Kälte oder Apathie; und unter der Täucherglocke einer heftigen Idee – sei es eine fixe oder eine leidenschaftliche oder eine wissenschaftliche – stecken wir beschirmt vor dem ganzen äußern Ozean.

Beaten gings ebenso. Diese sanfte fortvibrierende Freude war ein zweites Herz, das ihre Adern füllte, ihre Nerven beseelte und ihre Wangen übermalte. Denn die Liebe steht – indes andre Leidenschaften nur wie Erdstöße, wie Blitze an uns fahren – wie ein stiller durchsichtiger Nachsommertag mit ihrem ganzen Himmel in der Seele unverrückt. Sie gibt uns einen Vorschmack von der Seligkeit des Dichters, dessen Brust ein fortblühendes, tönendes, schimmerndes Paradies umfängt und der hineinsteigen kann, indes sein äußerer Körper das Eden und sich über polnischen Kot, holländischen Sumpf und siberische Steppen trägt. –

O ihr Wollüstlinge in Residenzstädten! wo reicht euch die *Gegenwart* nur *eine* solche Minute, als hier die *Vergangenheit* meinem Paare ganze Tage vorsetzt; euch, deren harte Herzen vom höchsten Feuer der Liebe, wie der Demant vom Brennspiegel, nur *verflüchtigt*, aber nicht *geschmolzen* werden?

Aber wie Abendrot am Himmel so umherfließet, daß es die Wolken des Morgenrots besäumt: so war auf Beatens Wangen neben dem Rot der Freude auch das der Schamhaftigkeit – wiewohl nicht länger, als bis des Geliebten Gestalt, wie ein Engel, durch ihren Himmel flog. – Beide sehnten sich, einander zu sehen; beide fürchteten sich, von der Residentin gesehen zu werden; die Entdeckung und noch mehr die Beurteilung ihrer Empfindungen hätten sie gern gemieden. Es gibt einen gewissen stechenden Blick, der weiche Empfindungen (wie der Sonnenblick des Alpen-Tierchen Sure) zersetzt und umbringt; die schönste Liebe schlägt ihre Blumenblätter zusammen vor dem Gegenstande selber; wie sollte sie den sengenden Hofblick ausdauern?

Mit Einsicht ergreift hier der Lebensbeschreiber diese Gelegenheit, die Ehen der Großen mit zwei Worten zu loben; denn er kann sie mit den unschuldigen Blumen vergleichen. Wie Florens bunte Kinder bedecken Große ihre Liebe mit nichts – wie sie gatten sie sich, ohne sich zu kennen oder zu lieben – wie Blumen sorgen sie für ihre Kinder nicht – sondern brüten ihre Nachkommen mit der Teilnahme aus, womit es ein Brütofen in Ägypten tut. Ihre Liebe ist sogar eine dem Fenster angefrorne Blume, die in der Wärme zerrinnt. Unter allen chymischen und physiologischen Vereinigungen hat also bloß eine unter Großen das Gute, daß die Personen, die miteinander aufbrausen und Ringe wechseln, eine entsetzliche Kälte verbreiten: so findet man die nämliche Merkwürdigkeit und Kälte bloß bei der Vereinigung des mineralischen Laugensalzes und der Salpetersäure, und Herr de Morveau sagt aus Einfalt, es fall' auf. – –

Da Beata sich so sehr sehnte, ihren und meinen Helden zu sehen: so – ging sie, um ihren Wunsch zu verfehlen, einige Tage nach Maußenbach zu ihrer Mutter. Ich will ihr Schirmvogt sein und für sie reden. Sie tat es, weil sie ihm niemals anders aufstoßen wollte als von ungefähr; bei der Residentin aber wär's allemal mit Absicht gewesen. Sie tat es, weil sie sich gern selber kränkte und wie Sokrates den Becher der Freude erst weggoß, eh' sie ihn ansetzte. Sie tat es, weswegen es selten eine täte – um ihrer Mutter um den Hals zu fallen und ihr alles zu sagen. Endlich tat sie es auch, um zu Hause das Porträt Gustavs, das der Alte versteigert hatte, aufzusuchen.

Ich erfuhr alles schon am Tage ihrer Rückreise, da ich in Maußenbach als eine ganze adlige Rota anlangte, um eine arme Wirtin weniger zu bestrafen als zu befragen, weil sie – wie man in der Pariser Oper für wichtige Rollen die Spieler doppelt und dreifach in Bereitschaft hält – die erhebliche Rolle ihres Ehemannes anstatt mit einem Double sogar mit zwölf Leuten aus der Gegend vorsichtig besetzt hatte, damit fortgespielet würde, sooft er selbst nicht da wäre. Und hier war es, wo ich abnehmen konnte, wie wenig mein Herr Gerichtprinzipal zum Ehebruch geneigt sei, sondern vielmehr zur Tugend; er war ordentlich froh, daß das ganze Flöz von eingepfarrten Ehebrechern gerade vor *seinem* Ufer vorbeikam und daß er das Werkzeug wurde, womit die Gerechtigkeit diese *geheime Gesellschaft* heimsuchte und auswichste. Daher suchte er in der Wirtin wie in Jöchers Gelehrten-Lexikon mit Lust nach den Namen wichtiger *Autoren,* und sie war seinem tugendhaften Ohr ein Homer, der die verwundeten *Helden* sämtlich bei Namen absingt; daher schenkte er ihr aus Mitleiden, weil sie gar nichts hatte, seine Geldstrafe ganz; aber die ehebrechende Union und Truppe wurde unter die Stampfmühle und in die Kelter gebracht, oder ihr Saugwerke und Pumpenstiefel angelegt. –

Also in Maußenbach beim Auspressen des ehebrechenden Personale erzählte mir die Gerichtprinzipalin, was ihr die Tochter erzählet – um mich zu bitten, daß ich als voriger Mentor des Liebhabers das Paar auseinanderlenken sollte, weil ihr Mann die Liebe nicht litte. Ich konnte ihr nicht sagen, daß ich über der Biographie vom Paare und ihrer eignen wäre und daß die Liebe das Heftpflaster und der Tischlerleim sei, der die ganze Lebensbeschreibung und das Paar verkittete, und ohne welchen mein ganzes Buch in Stücken zerfiele, daß ich also die Jenaer Rezensenten beleidigen würde, wenn ich ihm seine Liebe nehmen wollte. – Aber so viel konnt' ich ihr wohl sagen, es sei unmöglich, denn die Liebe eines solchen Paars sei feuerfest und wasserdicht. Ich kam ihr mit meinem Gefühl ein wenig einfältig vor; denn sie dachte an ihre eigne Erfahrung. Ich fügte verschlagnerweise hinzu: »das Falkenbergische Haus hebe sich seit einigen Jahren und tue hübsche Kapitalien aus.« Sie antwortete mir bloß darauf: »zum Glück erfahr' es ihr Mann nie« (denn eine Menge Geheimnisse sagte sie allen Menschen, aber nicht ihrem Manne) – »denn der habe ihrer Beata schon eine ganz andre Partie zugedacht.« Mehr konnt' ich nicht erforschen.

– Aber eine hübsche Suppe wird da für den Helden nicht bloß, sondern auch für den Lebensbeschreiber eingebrockt; denn letzter hat am Ende doch das meiste wegen der Schilderung heftiger Auftritte auszubaden und muß oft an solchen Sturm-Sektoren ganze Wochen verhusten. Ich wills dem Leser nur aufrichtig vorausgestehen: ein solcher Schwaden und Sturmwind ist schon am vorigen Freitag über das neue Schloß gesauset und am Sonnabend durch Auenthal und meine Stube gefahren, wo Gustav zerstöret zu mir kam und bei mir Nachricht einzog, ob die Rittmeisterin von Falkenberg, die mit ihrer Mitteltinten-Katze meinen ersten Sektor einnimmt und die bekanntlich Gustavs Mutter ist, ob die – sie wirklich sei.... Inzwischen wird doch mutig fortgeschritten; denn ich weiß auch, daß, wenn ich mein biographisches Eskurial und Louvre ausgebauet und endlich auf dem Dache mit der Baurede sitze, ich etwas in die Bücherschränke geliefert habe, dergleichen die Welt nicht oft habhaft wird und was freilich vorübergehende Rezensenten reizen muß, zu sagen: »Tag und Nacht, Sommer und Winter, auch an Werkeltagen sollte ein solcher *Mann* schreiben; wer kann aber wissen, obs keine Dame ist?«

Nun fället also auf allen nächsten Blättern das Wetterglas von einem Grad zum andern, eh' der gedrohte Sturmwind emporfährt. Wie Gustav die abwesende Beata liebte, errät jeder, der empfunden hat, wie die Liebe nie zärtlicher, nie uneigennütziger ist, als während der Abwesenheit des Gegenstandes. Täglich ging er zum Grabe des Freundes wie zum heiligen Grabe, an den Geburtort seines Glücks, mit seinem seligen Beben aller Fibern; täglich tat ers um eine halbe Stunde später, weil der Mond, das einzige offne Auge bei seiner Seelen-Vermählung, täglich um eine halbe später kam. Der Mond war und wird ewig die Sonne der Liebenden sein, dieser sanfte Dekorationmaler ihrer Szenen: er schwellet ihre Empfindungen wie die Meere an und hebt auch in ihren Augen eine Flut. – Herr von Oefel warf den Blick des Beobachters auf Gustav und sagte: »Die Residentin hat aus Ihnen gemacht, was ich aus dem Fräulein von Röper.« Hier rechnete er meinem Helden die ganze Pathognomik der Liebe vor, das Trauern, Schweigen, Zerstreuetsein, das er an Beaten wahrgenommen und woraus er folgerte, ihr Herz sei nicht mehr leer – er sitze drin, merk' er. Mit Oefeln mochte eine umgehen, wie sie wollte, so schloß er doch, sie lieb' ihn sterblich. – Gab sie sich scherzend, erlaubend, zutraulich mit ihm ab, so sagte er ohnehin: »Es ist nichts gewisser, aber sie sollte mehr an sich halten«; – bediente sie sich des andern Extrems, würdigte sie ihn keines Blicks, keines Befehls, höchstens ihres Spottes und versagte sie ihm sogar Kleinigkeiten, so schwor er: »unter 100 Mann woll' er den herausziehen, den eine liebe: es sei der, den sie allein nicht ansehe.« – Schlug eine die Mittelstraße der Gleichgültigkeit ein, so bemerkt' er: »die Weiber wüßten sich so gut zu verstellen, daß sie nur der Satan oder die Liebe erraten könnte.« Es war ihm unmöglich, so viele Weiber, die in die *Rotunda* seines Herzens wollten, darin unterzubringen; daher steckt' er den Überschuß sozusagen in den *Herzbeutel,* worin das Herz auch hängt, wie in einen Verschlag hinein – mit andern Worten, er verlegte den Schauplatz der Liebe vom Herzen aufs Papier und erfand eine dem Brief- und Papier-Adel ähnliche *Brief-* und *Papier-Liebe.* Ich habe viele solche chiromantische Temperamentblätter von ihm in Händen gehabt, wo er wie Schmetterlinge bloß auf – poetischen Blumen Liebe treibt – ganze Rotuln von solchen Madrigalen und anakreontischen Gedichten an Damen, welche (die Madrigale, nicht die Damen) sowohl die *Süßigkeit* als die *Kälte* der Geleen haben. So ist der Herr von Oefel und fast die ganze belletristische Kompagnie.

Da man nur vor Leuten, vor denen man nicht rot wird, sich selber lobt, vor gemeinen, vor Bedienten, vor Weib und Kindern; und da ers gegen Gustav im Punkte der Liebe tat: so war seine Eitelkeit einer lauteren Rache wert, als Gustav an ihm nahm; dieser malte sich bloß im stillen vor, wie glücklich er sei, daß er, indes andre sich täuschten oder sich bestrebten, das Herz seiner Geliebten zu haben, zu sich zuversichtlich sagen könne: »Sie hat dirs geschenkt.« Aber diese außergerichtliche Schenkung dem Nebenbuhler und Botschafter zu notifizieren, oder überhaupt jemanden, das verbot ihm nicht bloß seine Lage, sondern auch sein Charakter; nicht einmal mir eröffnete er sie eher, als bis er mir ganz andre Dinge zu eröffnen und zu verbergen hatte. – Ich weiß recht gut, daß diese Diskretion ein Fehler ist, dem neuere Romane nicht ungeschickt entgegenarbeiten; hat darin ein Romanheld oder Romanschreiber ein Herz bei einer Romanheldin erstanden (und das gibt sie so leicht her, als säß' es vorn wie ein Kropf daran): so zwingt der Held oder Schreiber (die meistens einer sind) die Heldin, das Herz heraus- und hineinzutun wie der Stockfisch seinen Magen – ja der Held holet selber das Herz aus der verhüllenden Brust und weiset den eroberten Globus über zwanzig Personen, wie der Operateur ein geschnittenes Gewächs – handhabt den Ball wie eine Lorenzodose – führt ihn ab wie einen Stockknopf und versteckt das fremde Herz so wenig wie das eigne. Ich gesteh' es, daß die Züge solcher *Göttinnen* von den Schreibern aus keinen schlechtern Modellen zusammengetragen sein können, als die waren, wornach die griechischen Künstler ihre Göttinnen oder die römischen

Maler ihre Madonnen zusammenschufen, und man müßte wenig Weltkenntnis haben, wenn man nicht sähe, daß die Fürstinnen, Herzoginnen etc. in unsern Romanen sicher nicht so gut getroffen wären, wenn nicht dem Autor an ihrer Stelle Stuben- und noch andere Mädchen gesessen hätten; und so, indem sich der Verfasser zum Herzog und sein Mädchen zur Fürstin machte, war der Roman fertig und seine Liebe verewigt, wie die der Spinnen, die man gleichfalls in Bernstein gepaaret und verewigt antrifft. Ich sage dies alles, nicht um meinen Gustav zu rechtfertigen, sondern nur zu entschuldigen; denn diese Romanschreiber sollten doch auch bedenken, daß die angenehme Sittenroheit, deren Mangel ich an ihm vergeblich zu bedekken suche, auch bei ihnen fehlen würde, wenn sie so wie er mehr durch Erziehung, Umgang, zu feines Ehrgefühl und Lektüre (z. B. Richardsons) wären verdorben worden.

Ich schäme mich, daß Gustav eine solche Ignoranz in der Liebe hatte, daß er in einigen der besten Romanen nachsehen wollte, ob er jetzt einen Liebebrief an Beata zu schreiben habe – ja daß *ihre* Abwesenheit ihn in Sorgen wegen ihrer Gesinnung und in Verlegenheit über sein Betragen setzte. Aber die *Stärke* der Gefühle macht so gut die Zunge arm und schwer als der *Mangel* derselben. Zum Glück hüpfte ihm oft die kleine Laura – nicht im Park (denn nichts macht mehr Dinten- und Kaffeekleckse auf eine schöne Haut als die schöne Natur), sondern unter vier Mauern – entgegen, und die Schülerin ersetzte die Lehrerin.

Aber eine auferstandene höhere Gestalt betrat jetzo das Land seiner Liebe. Ottomar, von dessen beidlebigem Körper – als Amphibium zweier Welten – bisher so viel Redens in Vorzimmern gewesen, trat damit selber im Zimmer der Residentin auf. Sein erstes Wort zu dieser war: »sie mög' ihm verzeihen, daß er nicht eher in ihrem Vorzimmer erschienen – er wäre beerdigt worden und hätte nicht eher gekonnt. Aber er sei der erste, der nach dem Tode so bald ins Elysium« (hier sah er schmeichelhaft an den Landschaftstücken der Tapeten herum) »und zu den Göttern käme.« Das war bloß satirische Bosheit. Bekanntlich ists schon ein bewährter Paragraph in der Ästhetik aller Elegants, daß sie – und ist mein Bruder in Lyon anders? – den Schmeicheleien, die sie den Weibern sagen müssen, den Ton und die Miene der Aufrichtigkeit völlig zu benehmen haben, womit die antiken Stutzer sonst ihre Fleuretten versahen. In diese Spott-Schmeicheleien kleidete er seinen Unmut über Weiber und Höfe. Die Weiber brachten ihn auf, weil sie – wie er glaubte – in der Liebe nichts suchten als die Liebe[1], indes der Mann damit noch höhere, religiöse, ehrgeizige Empfin-

[1] Desto schöner, antwortet ihm die Note zur zweiten Auflage, daß sie sich die Empfindung der Liebe rein und dadurch allmächtig erhalten; andere Empfindungen schwimmen darin, aber aufgelöst und undurchsichtig; bei den Männern stehen jene bloß *neben* ihr und selbständig.

dungen zu verschmelzen wisse – weil ihre Regungen nur Eilboten und jede weibliche Hitze nur eine fliegende wäre und weil sie, wenn Christus selber vor ihnen dozierte, mitten aus den größten Rührungen auf seine Weste und seine Strümpfe gucken würden. Die Höfe erzürnten ihn durch ihre Gefühllosigkeit, durch seinen Bruder, durch den Volkdruck, dessen Anblick ihn mit unüberwindlichen Schmerzen erfüllte. Daher war seine Reisebeschreibung anderer Länder eine Satire seines eignen, und wie die französischen Schriftsteller unter den Sultanen und Bonzen des Orients einige Zeit die des Okzidents abmalten und abstraften: so war in seinen Erzählungen der Süden der Lehnträger und Pasquino des Nordens. Die sanfte Menschen-Duldung, die er sich in seinem letzten Briefe vorgesetzt, hielt er nicht länger, als bis er ihn gestippt und gesiegelt hatte – oder solang' er spazieren ging – oder während der sanften Nerven-Herabschraubung nach einem Weinrausch. Auch war ihm wenig daran gelegen, von denen geachtet zu werden, die er selber nicht achtete; mitten unter großen philosophischen, republikanischen Ideen oder Idealen wurden ihm die Kleinigkeiten der Gegenwart unsichtbar und verächtlich, jetzt zumal, wo die künftige Welt oder die künftigen Welten die dünne verfinsterte, auf der er nach jenen hinsah, wie man durch das geschwärzte Sehrohr keinen Gegenstand erblickt als die Sonne. So brachte er z. B. fünf groteske Minuten bei der Residentin damit zu, daß er – da den eigentlichen Körper der Seele nur Gehirn und Rückenmark und Nerven ausmachen – den vernünftigsten Hofdamen und den schönsten Hofherrn die Haut abschund in Gedanken, ihnen ferner die Knochen herauszog und das wenige Fleisch und Gedärm, was sie umlag, wegdachte, bis nichts mehr auf der Ottomane saß als ein Mark-Schwanz mit einem Gehirn-Knauf oben dran. Darauf ließ er diese umgekehrten Klöppel oder aufgerichteten Schwänze gegeneinander anlaufen und agieren und Fleuretten sagen und lachte innerlich über die gescheitesten Leute von Geburt, die er selber skalpiert und abgeschuppet hatte. Das nennen viele das philosophische Pasquill.

Aus dem neuen Schloß eilt' er ins alte zu Gustav, der ihn zu fliehen schien. Aber auf welche Art er mit Gustav schon längst bekannt geworden, wie er ihm den ersten Brief geben können, warum er wie Gustav (noch jetzt) sich an einen unbekannten Ort regelmäßig verfügte, warum er von ihm geflohen wurde, und was sie miteinander im alten Schlosse für ein dreistündiges Gespräch gehalten, das sich mit der wärmsten Liebe in beiden Herzen schloß – darüber deckt sich noch ein langer Schleier, den meine Mutmaßungen nicht aufheben können; denn ich habe allerdings verschiedene, aber sie klingen so außerordentlich, daß ichs nicht wage, sie dem Publikum eher vorzulegen, als bis ich sie besser rechtfertigen kann. Jede Ader, jeder Gedanke und Herz und Auge wurden in Gustav weiter und vergrößerten sich für eine neue Welt, da er mit dem genialen Menschen sprach. O was sind die Stunden der seelenverwandtesten Lektüre, selbst die Stunden der einsamen Emporhebung, gegen eine Stunde, wo eine große Seele lebendig auf dich wirkt und durch ihre Gegenwart deine Seele und deine Ideale verdoppelt und deine Gedanken verkörpert? –

Gustav nahm sich vor, sich aus dem Schlosse zu Ottomar zu begeben, um es zu vergessen, wer noch weiter darin fehle. Es war ein stummer ausgewölkter Abend, ein Schatte nicht des schon weit weggezognen Sommers, sondern des Nachsommers, als Gustav aufbrach, nachdem er vergeblich auf die Rückkehr und Gesellschaft des Doktors gewartet hatte. In der leeren Luft, durch die keine gefiederte Töne, keine klopfende Herzen mehr flogen, zeigte sich nichts Lebendiges als die ewige Sonne, die kein Erdenherbst bleicht und fället und die ewig offen unsern Erdball immerfort ansieht, indes unter ihr tausend Augen sich öffnen und tausend sich schließen. An einem solchen Abend springt der Verband von alten Wunden auf, die wir in uns tragen. Gustav kam still im Dorfe an; am Eingange des Gartens, der das Ottomarsche Schloß halb umlief, stand ein Knabe, der die erhabene Melodie eines erhabenen Lieds[1] auf einer Drehorgel dem Gehör eines Kanarienvogels vordrehte, der sie singen lernen sollte. »Ich krieg' schon viel, wenn ers pfeifen kann«, sagte der winzige Organist. An einen Baum gelehnt stand Ottomar der weiten Abendröte und diesen Abendtönen gegenüber; die Sonne außer ihm ging, hinter einer bleifarbenen großen Wolke in ihm, unter. Gustav mußte, eh' er ihn erreichte, vor einer dichten Nische und einem alten Gärtner darin vorbei, an welchem ihn zweierlei wunderte, daß er ihm erstlich mit keinem Worte für seinen Gutenabend dankte, und zweitens, daß so ein alter vernünftiger Mann ein Kindergärtchen auf dem Schoße hatte und besah. Durch die Laube nahm er an einer Sonnenuhr eine Erhöhung wie ein Kindergrab und einen Regenbogen von Blumen wahr, der es umblühte und überlaubte; auf der Erhöhung lagen die Kleider eines Kindes so geordnet, als wär' etwas darin und hätte sie an. Ottomar empfing ihn mit einer Sanftheit, die man nur in heftigen Charakteren in so unwiderstehlichem Grade findet, und sagte mit leiser Stimme: »er feiere den Todestag aller Jahrszeiten, und heute wäre des Nachsommers seiner.« Sie kamen, indem sie ins Schloß gingen, vor dem Gärtner vorbei, und er nahm den Hut nicht ab – ferner vor dem leeren Kleid auf dem Grab, und es lag noch unter den Blumen, und vor dem Klavieristen, der noch das Lied spielte: »Jüngling, den Bach der Zeit etc.« Da wir das Feierliche nur in Büchern, selten im Leben finden: so wirkt es im letzten nachher desto stärker.

Man muß noch merken, daß in Ottomar der Ausdruck der stärksten Gefühle durch eine gewisse Sanftheit, womit sein Weltumgang und sein

[1] »Jüngling, den Bach der Zeit hinab schau' ich, in das Wellengrab des Lebens, hier versank es etc.« Der Anfang heißet eigentlich: »Traurig ein Wandrer saß am Bach, sah den fliehenden Wellen nach.« Volkslieder.

Alter sie brach, unwiderstehlich in den stillen Strudel zog. Er öffnete – Kinder waren die Lakaien – ein Zimmer des dritten Stockwerks. Die Hauptsache waren nicht darin die Gemälde mit schwarzen Gründen und weißen Särgen, oder die Worte über den Särgen: »Darin ist mein Vater, darin meine Mutter, darin meine Frühlinge«, – auch der sehr große gemalte Sarg nicht, worüber stand: »Darin liegen sechs Jahrtausende mit allen ihren Menschen.« – Sondern das Wichtigste war das Ungemalte, wovor sich Gustav tief bückte: eine schöne Frau, die sich zu einem unserm Gustav fast ähnlichen Kinde herabneigte, weil es ihr etwas leise sagen wollte; ferner bückt' er sich vor einem alten Offizier in Uniform, der eine zerrissene Landkarte, und vor einem schönen jungen Italiener, der ein fliegendes Stammbuch hielt. Das Kind hatte einen Vergißmeinnicht-Strauß auf der Brust, die Frau und die zwei Männer hatten einen schwarzen Strauß. Aber was noch mehr ihn überraschte, war der Doktor Fenk am Fenster, mit einer Rose an der Brust. – –

Gustav eilte ihm zu; aber Ottomar hielt ihn. »Es ist alles von Wachs«, sagt' er, nicht mit einem kalten, gegen das Schicksal erbitterten Ton, sondern mit einem ergebenen. »Alles, was mir in meinem Leben Liebe und Freude gab, steht und bleibt in diesem Zimmer – wer gestorben ist, dem gab ich schwarze Blumen – bei meinem verlornen Kinde weiß ichs noch nicht, und seine Kleider liegen draußen im Garten.... O wem Gott Ruhe in den Busen schickt, daß sie das nackte Herz umwickele und seine Zuckungen besänftige, dem ist so wohl wie denen, die er betrauert – er tut sanft und fest sein Auge auf, wenn ihm das Schicksal holde Gestalten zuschickt, und wenn sie wieder gehen und gräßliche heranfahren, so schließt ers ruhig wieder zu.« – –

O Ottomar! das kannst du nicht, bevor deine wogenden Kräfte am Alter sich gebrochen haben! Mach immer dein Herz drei Tage lang für die Ruhe weit; am vierten zieht es der Krampf der Freude oder des Schmerzens zusammen und drückt sie tot!

Manche Menschen können ohne Schauder keine Wachsfiguren sehen: Gustav gehörte darunter; er nahm Ottomars Hand, um sich gleichsam ans Leben zu klammern gegen so viel Spiele und Nachäffungen des Todes.... Plötzlich lärmt etwas durch das stille Schloß.... die Treppen herauf, ins Zimmer hinein... an Ottomars Hals hinan.... Fenk wars, der ihn hier nach der Auferstehung von Toten zum ersten Male umfing und dem unter der engen Umarmung keine Entfernung von dem, zwischen welchem und ihm sich Länder und Jahre und Tod gelegt hatten, klein genug zu sein vermochte. Gustav, noch an der Hand Ottomars, wurde in den Bund der Liebe mit hineingeschlungen, und wäre der Tod selber vorbeigegangen, er hätte seine kalte Sichel nicht durch drei eng, sprachlos und warm verknüpfte Herzen gedrängt. – »Rede, Ottomar,« sagte der Doktor, »das letztemal warst du stumm.« – – Ottomars Ruhe war nun zergangen: »Auch *die* (die

Wachsfiguren) reden ewig nimmer« (sagt' er mit zerdrückter Stimme) – »sie sind nicht einmal bei uns – wir selber sind nicht beisammen – Fleisch- und Bein-Gitter stehen zwischen den Menschen-Seelen, und doch kann der Mensch wähnen, es gebe auf der Erde eine Umarmung, da nur Gitter zusammenstoßen und hinter ihnen die eine Seele die andre nur *denkt*?«

Alle wurden still – die Abendglocke sprach über das schweigende Dorf hinüber und tönte klagend auf und nieder – Ottomar hatte wieder seine erschreckliche Vernichtung-Minute, wie er sie nennt – er trat zur wächsernen Frau und nahm das schwarze Todes-Bouquet und steckt' es über sein Herz – er besah sich und seine zwei Freunde und sagte kalt und eintönig: »Sonach leben wir drei – das ist das sogenannte Existieren, was wir jetzt tun – wie still ists hier, überall, um die ganze Erde – eine recht stumme Nacht steht um die Erde herum, und oben bei den Fixsternen wills nicht einmal lichter werden.« – – Zum Glück trabte und waldhornierte der Fürst und seine Jagd-Genossenschaft durch das Dorf und verscheuchte die Nacht aus drei Menschen: so sehr hängen wir vom Gehör ab, so sehr gibt die äußere Welt unsrer innern Lichter und Farben. – –

Ich habe von allem, was sie nachher in andern Zimmern *taten*, keine Merkwürdigkeit, und von allem, was sie darin *sahen*, nur dreie einzurücken – die, daß Ottomar fast lauter Kinder zu Bedienten, lauter ganz junges Vieh und lauter Blumen um sich hatte: denn heftige Charaktere hängen sich gern ans Sanfte. –

Das Schulmeisterlein Wutz tritt eben in meine Stube herein und sagt, er für seine Person habe noch an keinem Andreastage so viel geschrieben. Nun, so soll denn aufgehört werden.

Sechsunddreissigster oder 11. Advent-Sektor

Kegelschnitte aus vornehmen Körpern – Geburttag-Drama – Rendezvous (oder, wie Campe sich ausdrückt, Stell dich ein) im Spiegel

Auf dem Steindamm nach dem neuen Schlosse fürchtete Beata sich, in diesem ihren Gustav zu finden; im Schlosse selber wünschte sie das Gegenteil, sobald sie hörte, er sei in Ruhestatt. Ihre Mutter hatte ihr, indem sie mit ihr die Regimenter der Roben, Mäntel etc. teils reduzierte, teils überkomplett machte, so viel bewiesen, Beata werde von ihrer *eignen* Empfindung getäuscht und das Paradies ihrer unschuldigsten Liebe sei nach ihrer *mütterlichen* Empfindung blutschlecht und wirklich ein pontinischer Sumpf – die Blütenbäume darin seien Giftbäume – der Blumenflor bestehe teils aus giftigen Kupfer-, teils aus falschen Porzellan-Blumen – auf den Grasbänken darin sitze man sich Schnupfen an und das sanfte Wiegen des magischen Bodens sei eine Erd-Erschütterung. Diese Eidesverwarnung *nach* dem Eide der Liebe ließ sich noch hören; aber daß sie noch Beatens Jugend einwandte – die gewöhnlichste, einfältigste, unwirksamste und am meisten aufbringende Einwendung gegen eine lebendige Empfindung –, das begann den kleinen Eindruck ihrer Wochenpredigt zu schwächen, den die Nutzanwendung gar weglöschte: daß ihr Vater ihr schon den Gegenstand ihrer Liebe halb und halb gewählt.... Meine Gerichtprinzipalin war recht gescheit; aber, meinem Gerichtprinzipal zuliebe, auch oft recht dumm.

Beata brachte also dem Gustav ein durch dieses Zersetzen äußerst weiches und zärtliches Herz über den Steindamm mit – und er kam auch mit einem solchen wunden an, um welches kein Blättchen eines Kallus mehr hing. Ottomars salomonische Predigten über und gegen das Leben hatten seine Puls- und Blutadern mit einer unendlichen Sehnsucht gefüllet, die armen zerfallenden Menschen zu lieben und mit seinen zwei Armen, eh' sie auf die Erde fielen, das schönste Herz an sich zu ziehen und zu pressen, eh' es unter die Erdschollen niedersänke. Die Liebe heftet ihre Schmarotzerpflanzen-Wurzeln an alle andre Empfindungen.

Es war Zeit, daß sie kamen, des Herrn von Oefels wegen. Denn am Hofe vermißte man sie, wie überhaupt *jeden*, gar wenig. Ein russischer Fürst von *** – ein Mulatte und Deponens von Hofmann und Vieh, dessen sichtbare Extremen sich in die unsichtbaren Extreme von Kultur und Wildheit endigten – war samt einem Rudel von Franzosen und Italienern dagewesen, die sämtlich wie ihr Altmeister die für die große Welt alltägliche Sonderbarkeit hatten, daß sie – nicht *ganz* waren; – für einen Weltmann ist heutzutage nichts schwerer, als aus seinem Körper nicht das zu machen, was ich mit Recht aus meiner Lebensbeschreibung mache – einen Sektor oder Ausschnitt. In der Tat sah diese fragmentarische Division wie ein Phalanx von Krüppeln aus, der zu einem Wundertäter reiset. Der meisten Glieder, die wir bei der Auferstehung nicht wiederkriegen, z. B. Haare, Magen, Fleisch, H– und andre [1] – daher freilich der große Connor leicht verfechten kann, ein auferstandner Christ falle nicht größer aus wie eine Stechfliege – solcher Glieder hatte sich die amputierte Junta schon vor der Auferstehung entladen oder doch viel davon weggetan.

Ich hab' oft darüber nachgedacht, warum tuns die Großen und machen sich zu Kleinen im physischen Sinn; aber ich war zu unwissend, andre Gründe zu erraten als folgende: der Sitz des Zorns (wofür nach Winckelmann die Griechen die menschliche Nase hielten) kann nicht bald genug ausgerottet werden, weil weder ein Hofmann noch ein Christ Zorn beweisen

[1] Nach den ältern Theologen (z. B. Gerhard loc. theol. T. VIII. p. 1161) stehen wir ohne Haare, Magen, Milchgefäße etc. auf. Nach Origenes stehen wir auch ohne Fingernägel und ohne das, was er selber schon in diesem Leben verloren, auf. Nach Connor. med. mystic. art. 13 kommen wir mit nicht mehr Materie aus dem Grabe, als wir bei der Geburt oder Zeugung umhatten.

soll. – Zweitens: verkleinerte Körper sind wenig von bucklichten, auch in der Größe, verschieden; diese aber, wie wir an Äsop, Pope, Scarron, Lichtenberg und Mendelssohn sehen, haben viel Witz. Nun zieht der Weltmann aus den starken Fässern unserer Vorfahren geschickt den *Spiritus* auf kleine Körper-Flaschen, und solche Einschnitte und optische Verkürzungen und *Kuren* des Leibes machen unfähig, etwas anders zu werden als witzig oder höchstens stupid: so kann eine Flöte, in die *Risse* kamen, keine andre Töne von sich geben als *feine* und *hohe.* Witz wird aber bekanntlich in der großen Welt, wenn nicht mehr, doch ebensoviel geschätzt wie Unmoralität. – Drittens: wie die alten Patriarchen darum ein *langes* Leben bekamen, um die Erde zu bevölkern, so haben sich viele Kosmopoliten in der nämlichen Absicht ein *kurzes* vorgenommen und gern das Leben von andern Menschen mit einem Curtius-Sturz in den tödlichen Schlund erkauft. Es ist aber noch die Frage, ob ich recht habe. – Die vierte Ursache kenn' ich aus geheimen mystischen Gesellschaften, wo eben jene Menschen-Segmente sie kennen lernten. Heutiges Tages muß jede Seele von – Stand *desorganisiert* und *entkörpert* werden. Hier hat man nun nicht mehr als zwei ganz verschiedne Operationen. Die kürzeste und schlechteste meines Erachtens ist die, daß sich der Mensch – aufhenkt und daß so die Seele den Körper von sich wie eine Warze *abbindet.* Ich würde keinen Großen deshalb tadeln, wenn ich nicht wüßte, daß er die weit bessere und sanftere Operation vor sich habe, wodurch er seinen Leib gleichsam als die *Form,* worein die geistige Statue gegossen ist, bloß gliedweise ablösen kann. Ich will hier nicht in den Fehler der Kürze, sondern lieber in den entgegengesetzten fallen. Also: der Körper ist nach Philosophen, die auch eine Seele haben, bloß ein Werkzeug, ihre und unsre auszubilden und sie an die Entbehrung dieses Werkzeugs zu gewöhnen. Die Seele muß alle Fäden, die sie an den Klumpen schnüren, nach und nach zerfressen und abbeißen. Er ist ihr das, was den Kindern, die schwimmen lernen, der korkene Küraß [1] ist: täglich muß sie diesen Küraß zu verkleinern suchen, um endlich ohne ihn zu schwimmen. Der philosophische Mann von Welt und das Mitglied geheimer *desorganisierender Unionen* schafft also von diesem Schwimm-Panzer anfangs nur das Fleisch an Beinen und Backenknochen beiseite. Das ist noch wenig. Darauf brennt er durch *Glühfeuer* Gehirn, Nerven und anders Zeug weg, weil sie das *Küchenfeuer* aushielten. Die Haare oder das menschliche Rauchwerk bringt jeder ohne Mühe weg. Der wichtigste Schritt bei dieser Küraß-Sektion ist der, daß man ohne das Barbiermesser des *Origenes* so viel bewerkstellige – nur sanfter – wie er. Ist das vorbei: so hat man zu jener völligen Ertötung nicht mehr weit, wo der ganze Küraß rein herunter

[1] *Zückert* in seiner Diätetik schlägt einen korknen Küraß vor, der über dem Wasser aufrecht erhält und den man, so wie die Fertigkeit, oben zu schweben, wachse, beschneiden könne.

ist und wo die Seele im Meere des Seins endlich schwimmen gelernt hat, ohne von ihrem Schwimmkleid nur so viel, als man zum Verkorken einer Flasche bedarf, noch um sich zu haben. Nachher wird man beerdigt. So wenigstens trägt man in geheimen Gesellschaften von Ton die menschliche Entkörperung vor.

Diese zerbrochne Gesellschaft deckte unsern und jeden Hof so schön wie zerbrochne Porzellan-Gefäße holländische Beete; zweitens hatte sie die höflichste Art von der Welt, grob zu sein. Wäre unter diesen Leuten ein gewisses je ne sais quoi nicht der Unterschied zwischen Laune und Grobheit, zwischen Feinheit und Beleidigung: so fehlte er.

Ich sagte oben, es war Zeit, daß unser Paar ankam, des Herrn von Oefels wegen. Denn das Geburtfest der Residentin rückte heran, gleichwohl hatte noch kein Mensch eine Seite von seiner Rolle memoriert. Die Leser haben noch ebensowenig vom Geburttag-Drama im Kopfe als die Spieler; daher soll ihnen hier ein dünner Absud dieser Oefelschen Pflanze vorgesetzt werden.

*

Dekokt aus dem Geburttag-Drama

In einem französischen Dorfe waren zwei Schwestern so gut, daß jede verdiente, das Rosenmädchen zu werden, und so uneigennützig, daß jede wollte, die andre würd' es. Marie hieß die eine und Jeanne die andre. Am Tage vor der Austeilung der Preismedaille von Rosen stritten sie sich darüber, wer sie – ausschlagen sollte: denn sie wußten von recht guter Hand, daß bloß auf eine von ihnen die Rosenkrone fallen würde. Jeanne – von der Ministerin gespielt – wischte durch den schönen Einfall unter der Laubkrone hinweg, daß sie ihren Liebhaber Perrin – Oefel stellte *den* vor – öfter und öffentlicher um sich hatte, als eine Rosen-Kompetentin soll. Marie (die Rolle von Beata) konnte also die Krönung nicht von sich, wie es schien, abwenden; indessen bat sie ihren Bruder Henri (Gustav wars), der sie besonders liebte und der seit seiner Kindheit aus ihrem Hause durch seine Reisen weggewesen, diesen bat sie um Sieg in diesem uneigennützigen Wettstreite. Er suchte sie zum entgegengesetzten Siege zu bereden; endlich aber, da er die Unerbittlichkeit ihrer schwesterlichen Liebe so entschieden sah, versprach er, für eine rechte Belohnung ihr die ihrige zu ersparen. »Aber du mußt noch größere Liebe für mich haben«, sagt' er; – »die schwesterliche«, sagt' sie; – »eine noch stärkere«, sagte er; – »die freundschaftlichste«, sagte sie; – »eine noch viel stärkere«, sagt' er; – »weiter gibts keine größere«, sagte sie; – »o doch! ich bin ja dein Bruder nicht«, sagt' er und fiel mit liebetrunknen Augen vor ihr nieder und gab ihr ein Papier, das sie aus ihrem bisherigen Irrtum zog und sie dafür in eine kleine Freuden-Ohnmacht stürzte. Sie erschienen alle vier vor dem Gutsherrn und Kranz-Kollator (der Fürst spielte diese Rolle sogar auf dem – Theater), und jede kam seiner Wahl durch eine Bitte und Lobrede für ihre Schwester und durch feine Invektiven auf sich selber zuvor. Der kokettierende Wicht Perrin quästionierte: sollte die Liebe andre Rosen brauchen als ihre eigne? – Marie gab eine fliegende Schilderung von den Vorzügen, denen eine solche Bekrönung gebühre und die zum Teil feine Züge aus Bousens Bilde waren. Der Gutsherr sagte: diese schwesterliche Unparteilichkeit, die so sehr zu bewundern sei wie die Verdienste, die sie zu belohnen suche, verdiene zwei Rosenkronen, eine, um belohnt zu werden, und eine, um selber zu belohnen; (niemand, fiel der scheinbar den Damen und wirklich dem Fürsten schmeichelnde Oefel ein, teilt Kronen schöner aus, als wer sie selber trägt;) und sie würden sich von ihm in nichts als in der *Unparteilichkeit* und Schönheit unterscheiden, wenn sie an seiner Statt vielleicht wie er wählten, wem der Rosenkranz, eh' der Schmetterling von ihm flöge – einer von Brillanten war mit einer Zitternadel in die größte Rose gesteckt –, aufzusetzen sei.... »Unserer Rosen-Königin!« riefen die Schwestern und brachten den Kranz der Residentin hin.

*

So weit das Drama. Oefel war nichts lieber und glücklicher als die schmeichelnde Folie des andern. Übrigens sah sein Stück wie eine Idylle von Fontenelle aus. *Die* Phantasie, die den von der Kultur dünn geschliffnen Leuten gefallen will, muß schimmern, aber nicht brennen, muß das Herz kitzeln, aber nicht bewegen; die Äste einer solchen Phantasie werden nicht von schweren gedrängten *Früchten*, sondern von *Schneelast* niedergebogen. An solchen Hof-Poeten und an *Ohrwürmern* sind die Flügel gleichsam unsichtbar und winzig, aber beide finden leichter die Wege zum *Ohr*. An deutschen Gedichten ist nichts; hingegen die meisten französischen riechen nicht nach der Studier- und Sparlampe, sondern eher nach parfümierten Strumpfbändern, Handschuhen u. s. w., und je weniger sie haben, was den Menschen interessiert, desto mehr haben sie, was den Weltmann reizt, weil sie nicht mehr die Natur und Himmel und Hölle, sondern ein paar Besuchzimmer abmalen und so nicht ungeschickt in immer engere Windungen des Schneckenhauses sich zurückdrängen.

Oefel war zugleich Theater-Dichter, Spieler und Rollen-Schreiber. Er zog aus dem Drama die Rolle Beatens heraus, die er mit den feinsten Anspielungen auf ihr gegenseitiges Liebeverständnis (dacht' er) oder auf ihr einseitiges (denk' ich) in die Welt gesetzet hatte. Die zärtlichsten Winke hatt' er in *den* Stellen, wo er mit Beata zusammen spielte, hinein versteckt. Er zog deswegen unter manche feine Liebeerklärung und Empfindung bei dem Abschreiben eine exegetische Linie und *bezifferte* verständig seinen *General-*

baß. »Über tausendmal wird die Schalkhafte das überlesen«, sagt' er zu sich.

Darauf überreichte er ihr bald nach ihrer Ankunft ihre Rolle mit weit mehr scheuer Ehrfurcht, als er selber wußte. Zum Unglück für unsern guten dramatisierenden Hasen fiel Beata in zwei Fehler auf einmal aus einer Ursache. Die Ursache war bloß, der Amor hatte in ihrem Herzen sein Laboratorium aufgerichtet und hatte seine chemischen Öfen und alles hineingesetzt: daraus mußte ihr erster Fehler entstehen, daß sie schöner aussah als sonst ohne diese Wärme; denn jede Empfindung und jede innere Streitigkeit nahm auf ihrem Gesicht die Gestalt eines Reizes an. Von der Liebe kam auch ihr zweiter Verstoß, daß sie sich gegen Oefel heute weit zutraulicher und freimütiger betrug als sonst; denn ein liebendes Mädchen hat von allen übrigen Gegenständen (d. h. von den eignen Empfindungen für sie) nichts mehr zu befahren. Herr von Oefel aber addierte auf seiner Rechenhaut ein ganz andres Fazit heraus; er nahm alles für Freude, daß er nun wieder – zu haben sei. Er ging folglich mit einem Herzen fort, das der Amor so mit lilliputischen Pfeilen vollgeschossen hatte wie ein Nähkissen mit Nadeln.

Er sagte noch an jenem Tage: »Ist das Herz einer Frau einmal so weit, so braucht man nichts zu tun, als daß man sie tun lässet.« Das war ihm herzlich lieb; denn es ersparte ihm die – Bedenklichkeit, sie zu verführen. Sooft er Lovelacens oder des Chevaliers[1] Briefe las: so wünschte er, sein einfältiges Gewissen ließ' ihm zu, ein ganz unschuldiges widerstrebendes Mädchen nach einem feinen Plane zu verführen. Aber sein Gewissen nahm keine Vernunft an, und er mußte sein ganzes Kaper-Vergnügen auf die Verführung solcher unschuldigen Personen, die er in seinem Kopfe oder in seinem Roman agieren ließ, einschränken: so sehr herrschet im schwachen Menschen die Empfindung über die Entschließungen der Vernunft, sogar in philosophischen Damen. Mithin blieben der Weiberkenntnis Oefels statt der Fangeisen für die Unschuld nur die für die Schuld zu legen übrig, und das einzige, wo er noch mit Ruhm arbeiten konnte, war das, der Verführer von Verführerinnen zu sein.

Man erlaube mir, eine scharfsinnige Bemerkung zu machen. Der Unterschied zwischen *Lovelace* und dem *Chevalier* ist der moralische Unterschied zwischen den Nationen und Jahrzehenden von beiden. Der Chevalier ist mit einer solchen philosophischen Kälte ein Teufel, daß er bloß unter *die* Klopstockschen Teufel gehört, die nie zu bekehren sind. Lovelace hingegen ist ein ganz anderer Mann, bloß ein eitler Alcibiades, der durch einen Staats- oder Ehe-Posten halb zu bessern wäre. Sogar dann, wo seine Unerbittlichkeit gegen die bittende, kämpfende, weinende, kniende Unschuld ihn mehr den Modellen aus der Hölle zu nähern scheint, mildert er seine gleißende

[1] In den Liaisons dangereuses.

Schwärze durch einen Kunstgriff, der seinem Gewissen einige und dem Genie des Dichters die größte Ehre macht und welcher der ist, – daß er, um seine Unerbittlichkeit zu beschönigen, den wirklichen Gegenstand des Mitleidens, die kniende etc. Klarisse, für ein theatralisches, malerisches Kunstwerk ansieht und, um nicht gerührt zu werden, nur die Schönheit, nicht die Bitterkeit ihrer Tränen, nur die malerische, nicht die jammernde Stellung bemerken will. Auf diesem Wege kann man sich gern gegen alles verhärten; daher schöne Geister, Maler und ihre Kenner bloß oft darum für das *wirkliche* Unglück keine oder zu viele Tränen haben, weil sie es für *artistisches* halten.

Ich muß aber schneller zum Festtage der Residentin eilen, dessen Gewebe unsern Gustav mit Fäden so vieler Art berührt und ankittet.

Er brachte mit dem größten Vergnügen seine Rolle im Drama, wovon noch viel wird gesprochen werden, seinem Gedächtnis bei und wünschte nichts, als er könnte sie noch nicht auswendig. Beata macht' es auch mit der ihrigen so: der Grund war, ihre Rollen waren auf dem Theater aneinander gerichtet, mithin waren es jetzt ihre Gedanken auch; und für die scheue Beata war es besonders süß, daß sie zarte Gedanken der Liebe für ihn, die sie kaum zu haben und nicht zu äußern wagte, mit gutem Gewissen memorieren konnte. Um nicht immer an ihn zu denken, zerstreuete sie sich oft durch das Geschäft des Auswendiglernens der besagten Rolle. Gute Seele! suche dich immer zu täuschen; es ist besser, es zu wollen, als gar nichts darnach zu fragen! – Ihr Adoptiv-Bruder konnte bisher durchaus kein Mittel finden, ihr zu begegnen; die Residentin hatte ihn und dadurch dieses Mittel über den russischen Sektor und Torso vergessen; er selber hatte nicht Zudringlichkeit genug, noch weniger den Anstand, der sie schön und pikant macht – bis ihm Herr von Oefel mit einer feinen Miene sagte, die Residentin woll' ihm einige Gemälde, die der Knäse dagelassen, zu sehen geben. »Ich wollt' ohnehin schon lange das Kopieren im Kabinett anfangen«, sagt' er und täuschte weniger jenen als sich. Über seine errötende Verwirrung sagte Oefel zu sich: »Ich weiß alles, mein lieber Mensch!«

Endlich führte ein schöner Vormittag die zwei Seelen, die sich leichter als ihre Körper fanden, bei der Residentin zusammen. Das Taglicht, die bisherige Trennung, die neue Lage und die Liebe machten an beiden alle Reize neu, alle Züge schöner und ihren Himmel größer als ihre Erwartungen – aber schauet euch weder zu viel noch zu wenig an, man blickt auf euer Anblicken! Oder tut es nur: einer Bouse verbirgst du es doch nicht, Gustav, daß dein Auge, das der Scharfsinn nicht zusammenzieht, sondern die Liebe aufschließet, immer nur bei benachbarten Gegenständen sich aufhält, um ein Streiflicht von ihr wegzufangen; – es hilft auch dir nichts, Beata, daß du es mehr wie sonst vermeidest, ihm nahe zu stehen und ihn zu veranlassen, daß seine Stimme und seine Wangen seine Verräter werden! Es half dir, wie du selber sahest, nichts, daß du der Wiederholung des »Idolo del mio cuore« bei seiner Ankunft auszuweichen suchtest; denn bat ihn nicht die Residentin, deiner Stimme auf dem Klaviere mit den Fingern nachzufließen und seinen innern Freuden-Sturm durch den Schimmer des Auges und durch den Druck der Tasten und durch die Sünden gegen den Takt zu offenbaren? – Diejenigen meiner Leser, die die Residentin frisiert oder bedient oder gesprochen oder gar geliebt haben, können mir es gegen andre Leser bezeugen, daß unter anderen Kaminverzierungen ihres Toilettenzimmers – weil die Großen nichts als Zieraten essen, bewohnen, anziehen, besitzen und beschlafen etc. mögen – auch Schweizerszenen waren und unter diesen eine tragantene Kopie des Eremitenberges: auf diesen Freuden-Olymp stiegen vor den Augen Gustavs Beatens ihre nicht mehr, sooft diese auch vorher den Berg beschienen hatten – endlich befeuchteten sich auch beider Augen, wenn Amandus' Name beide durchtönte, mit einer süßern lebhaftern Rührung, als die über einen Dahingegangnen ist. – – Kurz sie würden sich wie alle Liebende weniger verraten haben, wenn sie sich weniger verborgen hätten. Die Residentin schien heute, was sie allemal schien: sie hatte eine stille, *denkende,* nicht *leidenschaftliche* Verstellung in ihrer Gewalt, und auf ihrem Gesicht sah man nicht die falschen Mienen die aufrichtigen erst verjagen. – Das schönste Gemälde aus dem Nachlasse des Russen war nicht zu Hause, sondern unter dem Kopierpapiere des Fürsten. –

So stumm und doch so nahe muß Gustav der Geliebten gegenüber bleiben; nur mit drei Worten, nur mit einem Druck der ziehenden Hand wenn er seine von Empfindungen elektrisierte Seele zu entladen wüßte! – Warum wollen alle unsere Empfindungen aus unserem Herzen in ein fremdes hinüber? – Und warum hat das Wörterbuch des Schmerzens so viele Alphabete und das der Entzückung und der Liebe so wenige Blätter? – Bloß eine Träne, eine drückende Hand und eine Singstimme gab der Welt-Genius der Liebe und der Entzückung und sagte: »Sprecht damit!« – Aber hatte Gustavs Liebe eine Zunge, als er (bei einem Abwenden der Residentin auf 7 Sekunden) im Spiegel, dem er am Klavier gegenübersaß, mit seinen dürstenden Augen das darin flatternde Bild seiner teuren Sängerin küßte – und als das Bild ihn ansah – und als das blöde Bild vor dem Feuerstrom seines Auges das Augenlid niederschlug – und als er sich plötzlich nach dem nahen Urbild des wegblickenden Farben-Schattens umdrehte und sitzend in das gesenkte Auge der stehenden Freundin mit seiner Liebe eindrang und als er in einem Augenblicke, den Sprachen nicht malen, sich nicht einmal in *eine,* nicht einmal in *einen* Laut ergießen durfte? – Denn es gibt Augenblicke, wo der tief aus der fremden Seele emporgehobne Schatz wieder zurücksinkt und im Innersten verschwindet, wenn man redet – ja wo das zarte, bewegliche, schwimmende, brennende Gemälde der ganzen Seele sich kaum *in* oder *unter* dem durchsichtigen Auge wie das zerstiebende Pastellgebilde unter dem Glase beschützt....

Deswegen wars meiner Einsicht nach recht wohl getan, daß er zu Hause sofort einen Liebebrief verfaßte. Durch einen solchen Assekuranzbrief des Herzens verbriefte der Lebensbeschreiber von jeher seine Liebe im eigentlichen Sinn. Aber als ihn Gustav fertig hatte, wußt' er nicht, *wie* er zu insinuieren sei, auf welcher Penny-Post. Er trug ihn so lange herum, bis er ihm nicht mehr gefiel – dann schrieb er einen neuen bessern und trug ihn wieder so lange bei sich, bis er den besten schrieb, den ich im nächsten Sektor hereinschreiben will. Bei dieser Gelegenheit kündige ich dem Publikum auf Ostern meinen »expediten und allzeitfertigen Liebebrief-Steller« an, den alle Eltern ihren Kindern bescheren sollten.

Apropos! Der Pelz-Kurierstiefel und der Beschlag mit Senf und die Eis-Krone haben glücklich mein Blut in die Füße gefüllet und dem Kopfe nicht mehr davon gelassen, als er haben muß, um für ein deutsches Publikum anmutige Ab- oder Ausschnitte aufzusetzen.

Siebenunddreissigster oder heil. Weihnacht-Sektor

Liebebrief – Comédie – Souper – bal paré – zwei gefährliche Mitternachtszenen – Nutzanwendung

Ich habe in dieser fröhlichen Zeit keinen recht fröhlichen Sinn: vielleicht weil mein auseinander wollender Körper so wenig wie eine Längen- und Seeuhr richtig geht – vielleicht liegt mir auch der Inhalt dieses Sektors im Kopfe – vielleicht schleicht auch, beim Anblick der allgemeinen Kinderfreude, das Blut so traurig fort zwischen dem Wintergrün und Herbstflor jener Erinnerung, wie es sonst war, wie die Freuden des Menschen dahinrollen, wie sie ihre Entfernung von uns durch einen aus fernen Ufern herüberblinkenden Widerschein bezeichnen und wie unsre längsten Tage uns selten so viel geben, als dem Kind der kürzeste oder die Christnacht im Genießen oder Hoffen gibt. – –

Von Gustavs herzlichem Brief hätte ich vor vierzehn Tagen nicht so leichtsinnig reden sollen, als ich tat. Er heißt so:

*

»Eh' ich dieses schrieb, gingen Sie, unaussprechlich Teuere, mit Lauren den Park hinauf, um die ermattende Sonne, die zwischen zwei großen Wolken herabschien, noch ein wenig zu genießen; zu Ihren Seiten flogen Wolkenschatten dahin, aber mit Ihnen ging der Sonnenschein. Ich dankte dem Laube, daß es zu Ihren Füßen lag und mir Sir nicht verdecken konnte; aber ich hätte alle dornichte Blätter von der Stechpalme pflücken wollen, hinter denen Sie verschwanden und von mir gingen. ›O könnt' ich ihr‹ – dacht' ich – ›den herbstlichen Weg mit jungen Blumen und Schmetterlingen bestreuen, könnt' ich sie mit Blüten und Nachtigallen umzingeln und vor ihr die Berge und die Wälder mit dem Frühling überdecken: ach! wenn sie dann vor Freude bebte und mich ansehen und mir danken müßte...‹ Aber diese Blüten, diese Nachtigallen, diesen Frühling haben Sie mir gegeben; Sie haben über mein Leben einen ewigen Mai gesandt und aus einem Menschen-Auge Freudentränen gepresset – allein was vermag ich zu geben? – Ach, Beata, was hab' ich Ihnen zu geben für dieses ganze Elysium, womit Sie das schwarze Erdreich meines Lebens durchwinden und überblümen, und für Ihr ganzes, ganzes Herz? – – Meines – – das hatten Sie ja schon ohne das, und weiter hab' ich nichts; für alle schöne Stunden, für alle Ihre Reize, für alle Ihre Liebe, für alles, was Sie geben, hab' ich nichts als nur dieses treue, glückliche, warme Herz....

Ja, ich habe nur dieses; aber wenn der göttliche Funke der höchsten Liebe im Menschen-Herzen glühen kann, so ruht er in meinem und brennt für die, die ich nur lieben, aber nicht belohnen kann. – Du höherer Funke wirst in meinem Herzen für sie fortglimmen, wenn es Tränen überschwemmen, oder Unglück zusammendrückt, oder der Tod einäschert.... Beata! auf der Erde kann kein Mensch dem andern sagen, wie er ihn liebe. Die Freundschaft und die Liebe gehen mit verschlossenen Lippen über diese Kugel, und der innere Mensch hat keine Zunge. – Ach, wenn der Mensch draußen im ewigen Tempel, der sich bis an die Unendlichkeit hinaufwölbt, mitten im Kreise von singenden Chören, heiligen Stätten, opfernden Altären, vor einem Altare betäubt niederfallen und beten will: o so sinkt er ja so gut wie seine Träne zu Boden und redet nicht! – Aber die gute Seele weiß, wer sie liebt und schweigt, sie übersieht das stille Auge nicht, das sie begleitet, sie vergisset das Herz nicht, das stärker klopft und doch nicht reden kann, und den Seufzer nicht, der sich verbergen will. – Aber, Beata, doch! – wenn einmal dieses Auge und dieses Herz ihr Schweigen geendigt, wenn sie in der seligsten Stunde mit allen Kräften der liebenden Natur zur geliebten Seele haben sagen dürfen: ›Ich liebe dich‹: so ists hart und schwer, wieder stumm zu werden, es tut so wehe, das emporgehobne flammende drängende Herz wieder in eine enge kalte Brust zurückzudrücken – dann will im Innersten die stille Freude in stillen Kummer zerrinnen und schimmert traurig in diesen, wie der Mond in den Regenbogen, den die Nacht aufrichtet.... Beata! ich kann keine Bitten haben und keine wagen; ich kann mir das Eden malen, das mir Beatens Blicke und Worte geben können, aber ich darf es nicht begehren; ich muß ans Ufer des Silberschattens, der uns schon im Traum und jetzo wie ein breiter Strom im Leben scheidet, mich mit allen meinen Wünschen heften; aber, Teuere, wenn ichs nicht zuweilen höre, wem das kostbarste Herz sich geschenket hat, wie soll ich den Mut behalten, es zu glauben? – Wenn ich dieses holde Herz unter so viel guten und erhöhten Menschen erblicke und dann zu mir sagen muß: ach ihr alle verdient es gleichwohl nicht: so sinkt ein freudiges Staunen auf mich, daß es meiner Seele sich gegeben, und ich glaub' es kaum. Geliebte! tausend waren Deiner würdiger; aber keiner wäre durch Dich glücklicher geworden, als ich es bin!«

*

Das Schwerste war jetzt, den Brief auf andern Flügeln als unter denen einer Brieftaube – Venus hing wahrscheinlich einen Postzug Brieftauben ihrer Gondel vor – an Ort und Stelle zu schaffen. Zu so etwas sah er keine Möglichkeit, weil er unter allen Möglichkeiten solche am schwersten sieht. – Meine Schwester sieht solche am leichtesten.

– Es gab sich alles in der Komödienprobe.

Ordentliche Komödien werden nämlich nicht, wie ihre Schwestern, die politischen, aufgeführt, ohne probiert zu sein. Ich will gern zwischen der Komödienprobe und der Komödie einen so schmalen papiernen Zwischenraum als möglich lassen; aber der Leser muß seines Orts auch behend zublättern und nicht sowohl die Hände in den Schoß legen als das Buch. Die Probe war im alten Schlosse – Oefel machte seine Sache gut genug – Beata noch besser – und Gustav am aller – schlechtesten. Denn die Gesichter des Fürsten und der Ohnmächtigen setzten wie Salpetersäure und Salz sein Herz fast zu einem Eiskegel um; vor manchen Menschen ist man schlaff und unfähig, begeisterte Gefühle zu haben. – Sonderbar! nur die seinigen, aber nicht Beatens ihre wurden von dieser durchs Theater streichenden Nordluft erkältet. Es ist aber doch nicht sonderbar; denn die Liebe wirft den Jüngling aus seinem Ich hinaus unter andre Ich, das Mädchen aber aus fremden in das ihrige hinein. Kaum oder wenig nahm Beata die Approchen des regierenden Akteurs oder agierenden Regenten wahr – Oefel aber sah es und dachte seinem Siege über den hohen Nebenbuhler nach –, welcher sich ihr in einer nicht sehr großen Schneckenlinie näher drehte, was er an Hofdamen gewohnt war, die nur in der Jugend ihre Tugend à la minutta weggeben, im Alter hingegen einen größern Handel damit in grosso treiben. Ich sagte eben etwas von einer Schneckenlinie, weil ich einen Einfall im Kopfe hatte, der so heißet: daß Weiber von Welt und die Sonne die Planeten unter dem Schein, sie in einem *Kreise* um ihre Strahlen herumzulenken, in der Tat in einer feinen *Schneckenlinie* zu ihrer brennenden Oberfläche hinanreißen.

Mitten im Probe-Drama, gerade als Gustav oder Henri der Marie das leere Papier als ein Diplom hinreichte, das ihre Verwandtschaft für null erklärte, fiel ihm das als Henri ein, was einem andern längst als Gustav eingefallen wäre, daß auf dem leeren Papier etwas könnte geschrieben stehen, und zwar das beste Etwas, sein Liebebrief, den wir schon längst gelesen haben. Kurz er nahm sich vor, seinen Brief in der Gestalt jenes Diploms ihr im Drama zuzustecken, wenns nicht anders zu machen wäre. Sogar das Romantische des Entschlusses, seine theatralische Rolle in seine wirkliche hineinzuziehen und so vielen Zuschauern eine andre Täuschung zu machen als eine poetische, hielt ihn nicht ab, sondern trieb ihn an. Ich will es nur gestehen, lieber Gustav – und fiele mein Geständnis selber in deine Hände –, auf deine himmlische Bescheidenheit war der Honigtau des Beifalls, den du an einem solchen Orte nicht einmal für Schmeichelei, sondern bloß für eine Façon zu reden berechtigt warest anzusehen, zerstörend gefallen! Unter allen Dingen ist menschliche Bescheidenheit am leichtesten totgeräuchert oder totgeschwefelt, und manches Lob ist so schädlich wie eine Verleumdung. Im Narrenhause sehen wir, daß der Mensch andern aufs Wort glaubt, er sei närrisch [1], und in Palästen sehen wir, daß er ihnen aufs Wort glaubt, er sei weise. – Überhaupt war Gustav – denn ein Mann ist oft an einem Abend bestimmt, nicht nur lauter schlechte Spiele hintereinander zu machen, sondern auch oft lauter unbedachtsame Streiche – am Komödienabend fast zu letztem ausersehen.

.... Endlich ist Bousens Geburtfest da .... Mein Gustav! – Noch heute weinen deine Augen nach!

Das Fest zerspällt sich in drei Gänge – Comédie – Souper – und bal paré. Im Grunde ist noch ein vierter Gang: ein Fall.

Am Tage des Drama leerte sich das neue Schloß in das fürstliche zu Oberscheerau aus. Gustav dachte unterwegs (im Wagen Oefels) an seinen Brief, den er übergeben wollte, und an den guten Doktor Fenk ein wenig; aber die abgekürzten Tage gaben ihm zu Besuchen keine Muße. Sein Fehler war, daß die Gegenwart vor ihm allemal wie ein Wasserfall alle ferne Laute überrauschte – und er wäre vielleicht nicht einmal zu mir gekommen, wenn mich mein beschwerter juristischer Arbeittisch in die Stadt gelassen hätte.

Er sah seine Marie – zehnmal hunderttausend neue Reize.... ich will aber über mich herrschen: so viel ist psychologisch wahr, daß ein bekanntes Mädchen uns an einem fremden Orte auch fremd, aber nur desto schöner wird. Dieses hatte Beata mit der strahlenden Residentin gemein, aber ein gewisser Hauch von bescheidner Furchtsamkeit verschönerte sie mit seinem Schleier allein. Warum war Gustav diesesmal von ihr verschieden? Darum: die männliche Blödigkeit liegt bloß in der Erziehung und in Verhältnissen;

[1] Denn man könnte einen Menschen durch die Versicherung närrisch machen, er sei närrisch. Die Freunde vom jüngern Crebillon beredeten sich einmal, an einem geselligen frohen Abende über keinen Einfall von ihm zu lachen, sondern nur mitleidig zu schweigen, als hab' er nun allen Witz verloren. Und die Sache wurd' ihm auch glaublich gemacht. Wieder andere Schriftsteller werden durch ihre Freunde gerade mit dem umgekehrten Irrtum noch lebhafter getäuscht, daß sie glauben, Witz zu haben.

die weibliche tief in der Natur – der Mann hat innerlichen Mut und bloß oft äußerliche Unbehülflichkeit; die Frau hat diese nicht und ist dennoch scheu – jener drückt seine Ehrfurcht durch Hinzutreten, diese durch Zurückweichen aus.

Die Ohnmächtige, die sogenannte Défaillante, oder die Ministerin heute ausgenommen! Ihr Winken und Blinken, ihr Lispeln und Zappeln, ihr Witzeln und Kitzeln, ihr Fürchten und Wagen, ihr Kokettieren und Persiflieren – wie soll das der einbeinige Jean Paul biographisch kopieren in gemeiner schlechter Prose? – Gleichwohl ists gar nicht anders zu machen, und er muß. Wenn die bunten *Köpfe* der Weiber im großen Garten der Natur die blauen, roten *Glaskugeln* auf lackierten Stativen vorzustellen hätten (welches unter hundert Männern nicht einer glaubt): so würd' ich in meiner Schilderung so fortfahren: der Ministerin ihrer war nicht übel, sondern bunt; dieser Kopf war ein kurzer pragmatischer Auszug aus zehn andern Köpfen, die nämlich Haare, Zähne, Federn dazu zusammenschossen.

Sie war eine Antike von großer Schönheit, die aber nach den Verwüstungen der Jahre und Menschen nicht mehr unbeschädigt zu haben war; sie mußte also durch geschickte Bildhauer mit neuen Gliedern – z. B. Busen, Zähnen – ergänzet werden.

Auf den Wangen war die *Legierung* mit *Rot*, die tiefere Nachbarschaft wurde mit *Weiß* [1] legiert.

Diejenigen Zähne, die den Menschen in die Reihe der grasfressenden Tiere setzen, die Schneidezähne, waren um so mehr so weiß wie Elfenbein, weil sie selber eines waren, und waren aus dem Munde eines grasfressenden Tieres; – ich mag nun darunter einen Elefanten oder einen gemeinen Mann verstehen, der die Zähne, die er als Ableger einem edlern Stamm einimpfet, selten in etwas anders als Vegetabilien setzet: so ist doch so viel gewiß, daß kein andrer Nachsatz dieses Periodens herpasset als der: sie hatte noch einmal so viel Zähne als andre Christinnen, und zwei Goldfäden dazu, weil der Zahnarzt die einen allemal im Hause und unter der Bürste hatte, während die andern die Dental-Buchstaben aussprachen.

Da man nach den neuesten Lehrbüchern die Trigonometrie und die Busen bloß in *ebene* und *sphärische* einteilen kann, und da sie ganz die scheinbare Wahl vor sich hatte: so zog ihr meßkünstlicher Geist diejenigen Größen, die dem Meßkünstler die meiste Anstrengung und das meiste Vergnügen geben, vor – die sphärischen.

Der Anzug selber suchte, von den Schuhrosetten bis zu den Hutrosetten, seinen Wert in der Form weit weniger als in der Materie und konnte mithin weniger mit den Augen als auf Juwelier-Waagen geschätzet werden, weniger nach Schönheitlinien als nach Karats – es blieb also zwischen ihr

[1] Legierung des Goldes mit Kupfer heißet die mit *Rot*, die mit Silber heißt die mit *Weiß*.

und ihrer gesetzgebenden Puppe immer ein Unterschied; übrigens mußte sie sich nach dieser so gut wie jede andre tragen. Ich will nur ein Wort zu seiner Zeit über die Puppen sagen.

*

Das Wort über die Puppen

Diese Hölzer haben bekanntlich die gesetzgebende Macht über den schönern Teil der weiblichen Welt in Händen; denn sie sind die Legaten und Vizeköniginnen, welche aus Paris von der im Putz regierenden Linie abgeschickt werden, damit sie die weiblichen deutschen Kreise regieren – und diese hölzernen Plenipotentiare senden wieder ihre *Köpfe* (Haubenköpfe) als missi regii weiter herunter, damit diese die gemeinern Honoratiorinnen beherrschen. Können diese regierenden Häupter von Holz nicht selber kommen: so schicken sie – wie lebende Fürsten im geheimen Rate ihre Stelle durch ihr *Porträt* versehen lassen – ihre *Gesetze* und ihre *Bildnisse* in Schmaußens Corpus aller Reichsabschiede der Mode, welches Corpus wir alle unter dem Namen *Modejournal* in Händen haben. Bei solchen Umständen – da ein Holz dem andern in die Hände arbeitet, aber uneigennütziger als ganze Kollegien, da ferner jährlich neue wie die Prokonsule gewählet werden – wunder' ich mich nicht, daß es mit dem Regimentwesen an den Toiletten gut bestellet ist, und daß das ganze weibliche gemeine Wesen, das Männer nicht beherrschen können, von den in Baßgeigenfutteralen geschickten Wahlregentinnen, die in dieser Aristokratie von Petersburg bis nach Lissabon stehen und lenken, vortrefflich in Ordnung und unter Gesetzen erhalten wird. – –

Ich bin der Mann nicht, dem man es erst zu sagen braucht, daß die Puppen, auch die hölzernen, überkleidete Statuen sind, die man verdienten Frauen (in Rücksicht des Anzugs) setzet; – vielmehr bin ich überzeugt, daß diese öffentlichen Denkmäler, die man dem ankleidenden Verdienste errichtet, schon recht viele zur Nacheiferung angefrischet haben und hoffentlich noch mehre anfrischen werden, da ein großer Mann selten so viel Gutes wirkt als seine Statue, die man verehrt; aber ein Hauptpunkt, ohne den sonst alles hinkt, ist offenbar der, daß die Statuen zu – sehen sein müssen. Ohne *den* geb' ich keinen Deut für alles. Was Sokrates an der Philosophie tat, möcht' ich an den besten Puppen tun und sie vom Himmel der Großen auf die Erde des Pöbels ziehen. Ich meine, daß, wenn man die *Marienbilder* oder auch selber Apostel und Heilige, die man in katholischen Kirchen bisher ohne den geringsten Nutzen und Geschmack aus- und anzog, vernünftiger und zweckmäßiger ankleidete, nämlich so wie die französischen Puppen – wenn die Kirche sich allemal jedes Monat des Modejournals kommen ließe und nach dessen farbigen Vorbildern die Marien (als Damen) und die Apostel (als Herrn) umkleidete und um die Altäre stellte: so würden diese Leute mit mehr Lust *nachgeahmet* und verehret werden, und man wüßte doch, weswegen man in die Kirche ginge und was sie gerade in Paris oder Versailles anhaben; – man würde die Moden zu rechter Zeit erfahren, und selbst der Pöbel würde etwas Vernünftigeres umlegen, die Apostel würden die Flügelmänner des Anzugs und die Marie die wahre Himmel-Königin der Weiber werden. So müssen kirchliche Vorurteile zu Staats-Vorteilen genützet werden; ebenso wendete der Dominikaner-Mönch Rocco in Neapel (nach *Münter*) die Verschwendung, am Altar der Maria auf der Straße Lampen zu brennen, zur Vermehrung dieser Gassen-Altäre und zur – Straßen-Erleuchtung an.

Ende des Worts über die Puppen

Ich bin dem Leser noch die Ursache schuldig, aus der die Ministerin sich zur Jeannen-Rolle drängte – es war, weil ihre Rolle ihr einen kürzern Rock erlaubte, – oder mit andern Worten, weil sie alsdann ihre lilliputischen Grazien-Füße leichter spielen lassen konnte. An ihrer Schönheit waren sie das einzige Unsterbliche, wie am Achilles das einzige Sterbliche; in der Tat hätten sie, wie des Damhirschchen seine, zu Tabakstopfern getaugt.

Wie viel besser nahm sich Oefel aus! Der ist ein Narr geradezu, aber in gehörigem Maße. Die Residentin überholte jene in jeder Biegung des Arms, den ein Maler, und in jeder Hebung des Fußes, den eine Göttin zu bewegen schien; sogar im Auflegen des Rots, woran die Bouse ihre Wangen bei einer Fürstin angewöhnen mußte, welche von allen ihren Hofdamen diese flüchtige Fleischgebung zu fodern pflegte – ihr Rot bestreifte, wie der Widerschein eines roten Sonnenschirms, sie nur mit einer leisen Mitteltinte.... In Rücksicht der Schönheit unterschied sich die ihrige von der ministeriellen, wie die Tugend von der Heuchelei....

Das Drama wurde von den fünf Spielern nicht im Operhause, sondern in einem Saale des Schlosses, der die Krönung der Residentin begünstigte, in die Welt geboren. Ich war nicht dabei; aber man hinterbrachte mir alles. Die gute Marie, Beata, hatte zu viele Empfindung, um sie zu zeigen; sie fühlte, daß sie die Wiederholung ihres Schicksals dramatisiere, und sie besaß zu viele von den guten Grundzügen des weiblichen Charakters, um sie vor so vielen Augen zu entblößen. Ihre beste Rolle spielte sie also innerlich. Henri, Gustav, spielte außer der innerlichen auch die äußerliche gut, aus der nämlichen Ursache. Nebst der Musik isolierte und hob ihn gerade die Menge, die ihn umsaß, aus der Menge; und das Feierliche gab seinen innern Wellen die Stärke und Höhe, um die äußern zu überwältigen. Der Brief, den er überreichen wollte, verwirrte seine Rolle mit seiner Geschichte, die ich schreibe; und das falsche Lob, das die Ministerin seiner neulichen Proberolle aus eben der unüberzeugten Affektation gegeben hatte, woraus sie die ihrige überspannte, half ihm wahres ernten. – Der blödeste Mensch ist, wenn viel Phantasie unter seinen Taten glimmt, der herzhafteste, wenn sie emporlodert. –

Es wäre lächerlich, wenn mein Lob von der Wärme seines Spiels bis zur Feinheit desselben ginge; aber die Zuschauer vergaben ihm gern, weil die Armut an letzter[1] sich mit dem Reichtum an erster verband, um sie in die Täuschung zu ziehen, er sei von – Lande und bloß Henri. –

Dieses Feuer gehörte dazu, um seiner geliebten Marie Beata an der Stelle, wo er ihr die Brüderschaft aufkündigt, den wahren Liebebrief zu geben – sie faltete ihn zufolge ihrer Rolle auf – unendlich schön hatt' er die sein ganzes Leben umschlingende Worte gesagt: »O doch, ich bin ja dein Bruder nicht« – sie blickte auf seinen Namen darin – sie erriet es schon halb aus der Art der Übergabe (denn sicher mankierte noch kein Mädchen einer männlichen List, die es zu vollenden hatte) – aber es war ihr unmöglich, in eine verstellte Ohnmacht zu fallen – denn eine wahre befiel sie – die Ohnmacht überschritt die Rolle ein wenig – Gustav hielt alles für Spaß, die Ministerin auch und beneidete ihr die Gabe der Täuschung. – Henri weckte sie bloß mit Mitteln, die ihm sein Rollen-Papier vorschrieb, wieder auf, und sie spielte in einer Verwirrung, die der Kampf aller Empfindungen, der Liebe, der Bestürzung und der Anstrengung, gebar, und in einer andern als theatralischen Verschönerung bis zu Ende Henris Geliebte, um nicht Gustavs seine zu spielen. Nach dem Spiele mußte sie allen übrigen Lustigkeiten des heutigen Abends entsagen und in einem Zimmer, das ihr der Fürst so wie der Doktor mit vielem empressement aufdrang, Ruhe für ihre nachzitternden Nerven und im Briefe Unruhe für ihren schlagenden Busen suchen. Ich hebe, Teure, den Vorhang immer höher auf, der damals noch das verhüllte, was jetzt deinen Nerven und deiner Brust die Ruhe nimmt!

Gustav sah nichts; an der Tafel, woran er sie vermißte, hatt' er nicht den Mut, seine fremden Nachbarinnen um sie zu fragen. Andre Dinge fragt' er kühner heute; nicht bloß der heutige Beifall war eine Eisen- und Stahlkur für seinen Mut gewesen, sondern auch der Wein, den er nicht trank, sondern aß an den närrischen Olla Potridas der Großen. Dieses gegessene Getränk feuerte ihn an, die Bonmots wirklich zu offenbaren, die er sich sonst nur innerlich sagte. Und hier bezeug' ich öffentlich, daß es mich noch bis auf diese Minute kränkt, daß ich sonst bei meinem Eintritte in die große Welt ein ähnlicher Narr war und Dinge dachte, die ich hätte sagen sollen. – Besonders bereu' ich dies, daß ich zu einer Tranchee-Majorin, die ihr kleines Mädchen an der Hand und eine Rose, aus deren Mitte eine kleine gesprosset war, am Busen hatte, nicht gesagt habe: Vous voilà! und daß ich nicht auf die Rose gewiesen, ob ich gleich das ganze Bonmot schon

[1] Nämlich bloß an konventioneller; denn es gibt eine gewisse bessere, von der nicht allemal jene, aber wohl allemal gebildete Güte des Herzens und Kopfes begleitet wird.

fertig gegossen im Kopfe liegen hatte. Ich führte nachher die Saillie lange in den Gehirnkammern herum und paßte auf, brennte sie aber zuletzt doch auf eine recht dumme Weise los und darf die Person hier nicht einmal nennen.

Da eine Winterlandschaft mit einem künstlichen Reife, der in der Wärme des Zimmers zerfloß und einen belaubten Frühling aufdeckte, unter den Schau-Gerichten, den optischen Prunk-Gerichten der Großen, mit stand: so hatte Gustav einen hübschen Einfall darüber, den man mir nicht mehr sagen konnte. Gleichwohl ob er gleich unter dem schönsten Deckenstücke und auf dem niedlichsten Stuhle aß: so nahm er doch, als ein bloßer Hof-Anhänger, an allem Anteil, was er sagte, und an jedem, mit dem er sprach; dir war noch, du Seliger, keine Wahrheit und kein Mensch gleichgültig. Aber er steht dir noch bevor, jener herbe Übergang von Haß und Liebe zur Gleichgültigkeit, welchen alle auszustehen haben, die mit vielen Menschen oder mit vielen Sätzen, für die sie kalt bleiben müssen, sich abgeben!

Die Residentin zog seine scheuen Talente heute mehr als sonst ans Licht und beschönigte den Anteil, den sie an ihm nahm, leicht mit seinen Theater-Verdiensten um sie. – Endlich fing das dritte Schauspiel an, worin mehre als in den beiden andern glänzen konnten; denn es wurde nur mit den Füßen gespielt – der *Ball* kam. Tanzen ist der weiblichen Welt das, was das Spielen der großen ist – eine schöne Vakanzzeit der Zungen, die oft unbeholfen, oft gefährlich werden. Für einen Kopf wie der Gustavische, der so viele Bestürmungen seiner Sinne heute zum ersten Male erfahren, war ein Tanzsaal ein neues Jerusalem. – In der Tat ein Tanzsaal ist etwas; sehet in *den* hinein, wo Gustav springt! Jedes Saiten- und Blasinstrument wird zum Hebebaum, der die Herzen aus dem kargen mißtrauischen Alltagleben aufhebt: – die Tänze mengen die Menschen wie Karten in- und auseinander, und die tönende Atmosphäre um sie fasset die trunkne Masse in *eines* ein – so viele Menschen und zu einem so freudigen Zwecke verknüpft, durch umringende Helldämmerung geblendet, durch ihre klopfenden Herzen begeistert, müssen den Freudenbecher wenigstens kredenzen, welchen Gustav gar austrank; denn ihn, dem jede Dame eine Dogaressa[1] ist, begeisterte jede Hand-Berührung, und der Tumult von außen weckte seinen ganzen innern so auf, daß die Musik, wie zurückprallend, ihren äußern Geburtort verließ und nur in seinem Innern unter und neben seinen Gedanken zu entspringen und herauszutönen schien.... Wahrhaftig wenn man seine Ideen um einen lodernden Kronleuchter herumträgt, so werfen sie ein ganz anderes Licht zurück, als wenn man damit vor einer ökonomischen Lampe hockt! In phantasiereichen Menschen liegen, wie in heißen Ländern oder auf hohen Bergen, alle Extreme enger aneinander: bei Gustav wollte jeden Augenblick die Entzückung zur Wehmut werden und die Freude zur

[1] Frau des Doge.

Liebe, und alle die Empfindungen, die ihm die Tänzerinnen einflößten, wollt' er seiner Einzigen bringen, die einsam wegstand. Gleichwohl war ihm, als würde sie durch diese alle nicht sowohl als durch die Residentin ersetzt. Sogar durch das Drama, das mit dieser sich geschlossen und worin er für ihre Krönung gespielet, wurde sie ihm lieber; ja ihr heutiger Geburttag selber war einer ihrer Reize in seinen Augen. Anders oder vernünftiger *empfindet* der Mensch nie. Kurz die Residentin gewann bei allem, wessen ihn heute das Wegsein seiner Beata beraubte. Er hatte heute zum ersten Male von der Residentin, die er außerordentlich achtete, mehr angefasset als einen Handschuh – mehr, nämlich ihre Arm- und Rückenschienen, mit andern Worten ihr Kleid darüber: an Arm und Rücken, obwohl nicht an Händen, ist Bekleidung so viel wie keine. Gustav! philosophiere und schlafe lieber....

Aus ist der bal paré – aber der Teufel geht erst an. Oefels Wagen fuhr hinter dem Bousischen; am letzten entzündet sich eine versäumte Radachse unter der unnützen Eiligkeit. Freilich wars Zufall, aber gewisse Menschen kennen keinen schlimmen, und ihre Absichten legen sich um jeden an. Oefel mußt' ihr seinen anbieten. Die gute Beata war in ihrem Krankenzimmer mit einer kleinen weiblichen Dienerschaft gelassen. Er nahm ein Pferd von dem Wagen der Residentin; ihr ließ er (ich weiß nicht, ob aus Galanterie gegen ihr Geschlecht oder aus Scharfsinn und Freundschaft für seines und für seinen Roman) meinen und ihren Helden. Ich wollt' es vor einem akademischen Senat ausführen, daß es für einen, der erst ein Engel werden will, nichts Fataleres gibt als mit einer, die er schon für einen hält, nachts aus einem Tanzsaale nach Hause zu fahren – dennoch wurde meinem Helden kein Haar gekrümmt, und er krümmte auch keines.

Aber verliebter wurd' er, ohne zu wissen in wen.

Beata hatte keine ebenso gefährliche Mitternacht oder Nachmitternacht; aber ich will erst seine abfertigen. Er kam mit der Residentin in ihrem – Zimmer an. Er konnte und wollte von seinen heutigen Szenen gar nicht los. Dieses Zimmer stellte ihm alle die vergangnen dar, und in den Saiten des Klaviers verbarg sich eine ferne geliebte Stimme und hinter der Folie des Spiegels eine ferne geliebte Gestalt. Sehnsucht reihete sich wie eine dunkle Blume unter den bunten Freuden-Strauß; die Residentin gewann auch bei dieser dunkeln Blume. Sie war keine von den Koketten, welche die Sinne früher zu bewegen suchen als das Herz; sie fiel erst in dieses mit dem ganzen Heer ihrer Reize ein und führte nachher aus diesem, gleichsam in Feindes Land, den Krieg gegen *jene*. Sie selber war nicht anders zu erobern, als sie bekriegte. Wenn die Weiber der höhern Klasse, wie die Epigrammen, in solche, die *Witz*, und in andre, die *Empfindung* haben, einzuteilen sind: so glich sie mehr dem griechischen als dem gallischen Sinngedicht, wiewohl die griechische Ähnlichkeit täglich kleiner wurde. Die Maienluft ihres frühern Lebens hatte einmal eine weiße Blüte edler Liebe an ihr Herz geweht, wie oft ein Blütenblatt zwischen die gebeizten Federn oder Brillanten-Blumen des Damenhuts herunterzittert – aber ihr Stand formte bald ihren Busen zu einem Potpourri um, auf dem gemalte Blumen der Liebe und in welchem ein faulender Blüten-Schober ist. Alle ihre Verirrungen blieben jedoch in den engern und schönern Grenzen, an denen eine unsichtbare Hand eines *unauslöschlichen* Gefühles sie anhielt. Die Ministerin hatte dieses Gefühl nie gehabt, und ihre Herzens-Schreibtafel wurde immer schmutziger, je mehr sie hineinschrieb und herauswischte. Diese konnte durchaus keinen edlen Menschen blenden; jene konnt' es.

Jetzo nach dieser Abschweifung kann der Leser nicht mehr irre werden, wenn Bousens Betragen gegen Gustav weder aufrichtig noch verstellt, sondern beides ist. Sie zeigte ihm das Nachtstück, das der russische Fürst dagelassen und das sie der richtigen Beleuchtung wegen in ihrem *Kabinette* aufgehangen hatte. Es stellte bloß eine Nacht, einen aufgehenden Mond, eine Indianerin, die ihm auf einem Berge entgegenbetet, und einen Jüngling vor, der auch Gebet und Arme an den Mond, die Augen aber auf die geliebte Beterin an seiner Seite richtete; im Hintergrund beleuchtete noch ein Johanniswürmchen eine mondlose Stelle. Sie blieben im Kabinett, die Residentin verlor sich in die gemalte Nacht, Gustav sprach darüber; endlich erwachte sie schnell aus ihrem Schauen und Schweigen mit den schlaftrunknen Worten: »Meine Geburtfeste machen mich allemal betrübt.« Sie zeichnete ihm zum Beweise fast alle dunklern Partien ihrer Lebensgeschichte vor; das Trauer-Gemälde nahm seine Farben von ihrem Auge und ihrer Lippe, und seine Seele von ihrem Ton, und sie endigte damit: »*Hier* leidet jeder *allein.*« Er ergriff in mitfühlender Begeisterung ihre Hand und widerlegte sie vielleicht durch einen leisen Druck.

Sie ließ ihm die Hand mit der unachtsamsten Miene; schien aber bald eine Laute neben ihnen, die sie ergriff, zum Vorwand zu nehmen, um die schöne Hand zurückzuführen. »Ich war nie unglücklich,« fuhr sie bewegt fort, »solange mein Bruder noch lebte.« Sie nahm nun das Bild desselben, das sie auf ihrem schwesterlichen Busen trug, nach einer leichten, aber notwendigen Enthüllung hervor und teilte es karg seinen Augen mit, und freigebig den ihrigen. Ob Gustav bei der Enthüllung so verschiedner Geheimnisse bloß auf das *gemalte* Brustbild hingesehen – das beurteilt mein Konrektor und sein Fuchspelzrock am vernünftigsten, welcher glaubt, es gebe keine schönere *Ründe* als der Perioden ihre, und keine neuern *Evas-Äpfel* als die im Alten Bunde. Mein Pelz-Konrektor hat gut vordozieren; aber Gustav, der der trauernden Residentin gegenübersitzt, welche sonst bloß die *Form*, nie die *Farbe* jener unerlaubten verbotnen Frucht erraten ließ, hat schwer lernen.

Die wenigsten wären, wie ich und der Konrektor, imstande gewesen, ihr das Bild eigenhändig wieder einzuhändigen.

»Dieses Kabinett«, sagte sie, »lieb' ich, wenn ich traurig bin. Hier überraschte mich mein *Alban* (Name des Bruders), da er aus London kam – hier schrieb er seine Briefe – hier wollt' er sterben, aber der Arzt ließ ihn nicht aus seinem Zimmer.« Sie ließ unbewußt einen in die Luft versinkenden Akkord aus ihrer Laute schlüpfen. Sie blickte Gustav träumerisch an, ihr Auge umzog sich mit immer feuchterem Schimmer. »Ihre Schwester ist noch glücklich!« sagte sie mit einem Trauerton, der allmächtig ist, wenn man ihn das *erstemal* von schönen und sonst lachenden Lippen hört. »Ach ich wollte,« (sagte er mit sympathetischem Kummer) »ich hätte eine Schwester.« – Sie sah ihn mit einer kleinen forschenden Verwunderung an und sagte: »Auf dem Theater machten Sie heute gerade die umgekehrte Rolle gegen die nämliche Person.« Dort nämlich gäb' er sich fälschlich für einen Bruder der Beata, hier fälschlich für keinen aus, oder vielmehr, hier kündige er ihr seine Liebe auf. Sein fragendes Erstaunen hing an ihrem Munde und schwebte ängstlich zwischen seiner Zunge und seinem Ohre. Sie fuhr gleichgültig fort: »Freilich sagt man, daß leibliche Brüder und Schwestern sich selten lieben; aber ich bin die erste Ausnahme; Sie werden die zweite sein.« Sein Erstaunen wurde Erstarren....

Es würde dem Publikum auch so gehen, wenn ich nicht einen Absatz machte und es belehrte, daß die Residentin gar wohl die Lüge geglaubt haben kann (im Grunde muß), die sie ihm sagte. – Leute ihres Standes, denen das Furioso der Lustbarkeiten-Konzerts immer in die Ohren reißet, hören *unebenbürtige* Neuigkeiten nur mit tauben oder gar halben – sie kann mithin noch leichter als der Leser (und wer steht mir für *den*?) den verlornen Sohn der Röperin und des Falkenbergs mit dem gegenwärtigen der Rittmeisterin und des Falkenbergs vermenget haben. – Ihr bisheriges Betragen ist so wenig wider meine Vermutung, als das bisherige des angeblichen Geschwisterpaars gegen ihre war; gleichwohl kann ich mich verrechnen.

Dieses Verrechnen wird aber durch ihr weiteres Betragen ganz unwahrscheinlich. Seine Verlegenheit gebar ihre; sie bedauerte ihre Voreiligkeit, ein Geschwisterpaar für glücklich und liebend gepriesen zu haben, das sich meide und ungern von seinen Verhältnissen spreche. Sie *verbarg* mit ihren Mienen ihre Absicht nicht, das Gespräch abzulenken, sondern *zeigte* sie mit Fleiß; aber zu ihrem Kummer, keinen Bruder zu haben, gesellete sich der Kummer, daß Gustav zwar eine Schwester habe, aber nicht liebe, und sie drückte ihre Sympathie mit dem ähnlichen Unglück auf ihrer Laute immer schöner und leiser aus. Gustavs getäuschte Seele, auf der noch das heutige Fest mit seinem Glanze stand, überzogen die heftigsten und unähnlichsten Wogen – Mißtrauen kam nie in sein Herz, ob er gleich in seinem Kopfe genug davon zu haben meinte – jetzt hatt' er die Wahl zwischen dem Throne und dem Grabe seiner heutigen Freude.

Denn starke Seelen kennen zwischen *Himmel* und *Hölle* nichts – kein *Fegefeuer*, keinen limbus infantum.

Die Residentin entschied sein Schwanken. Sie nahm sein Mienen-Chaos (– oder schien es, weil ich nicht das Herz habe, der Schöppenstuhl und die letzte Instanz so vieler tausend Leser zu sein –) für die doppelte Verlegenheit und Betrübnis über die Kälte, womit seine (angebliche) Schwester ihn behandle, und über seine Familiengeschichte. Sie hatte bisher in seinen Augen ein Sehnen gefunden, das schönere Reize suchte als die übrigen Hof-Augen – sie hatte den Morgen, wo er Amandus' Grab erbat, und die Augen voll Liebe, die er vor ihr trocknete, in ihrem gefühlvollen Herzen aufbewahrt – folglich goß sie den zärtlichsten Blick auf seinen heißen – zog die zärtlichste Stimme ihrer sympathetischen Brust aus ihren Lauten-Saiten – wollte zuhüllen ihr pochendes Herz – und konnte nicht einmal sein Schlagen verstecken – und fiel, als er die Bewegung des heftigsten Affektes machte, verloren, hingerissen, mit zitterndem Auge, mit überwältigtem Herzen, mit irrender Seele und mit dem einzigen großen langsamen, tief heraufgeseufzeten Laute: »Bruder!!« an – ihn.

Er an sie!... Sie fühlte das erstemal in ihrem Hofleben eine *solche* Umarmung; er das erstemal eine *empfangne*; denn an Beatens reinem Herzen hatt' er ihre Arme nie gefühlt. O Bouse! hättest du ihr doch geglichen und wärest eine Schwester geblieben! Aber – – du *gabest* mehr, als du *bekamest*, und reizetest zum *Nehmen* – du rissest ihn und dich in einen verfinsternden Gefühl-Orkan – an deinem Busen verlor er dein Gesicht – dein Herz – sein eignes – und als alle Sinne mit ihren ersten Kräften stürmten, alles, alles.....

Schutzgeist meines Gustavs! Du kannst ihn nicht mehr retten; aber heil ihn, wenn er verloren ist, wenn er verloren hat, alles, seine Tugend und seine Beata! Ziehe, wie ich, den traurigen Vorhang um seinen Fall und sage sogar zur Seele, die so gut ist wie seine: »Sei besser!«

Ehe wir zur Seele gehen, der ers sagt, zu Beata, wollen wir wenigstens einen einzigen Verteidiger für den armen Gustav vernehmen, damit man ihn nicht zu tief verdamme. Der Verteidiger gibt bloß dieses zu bedenken: wenn die Weiber so leicht zu besiegen sind, so ist es, weil in allen Krieg-Verhältnissen der angreifende Teil die Vorteile vor dem angegriffenen voraushat; kehret sich aber einmal der Fall um, und tritt eine Versucherin statt eines Versuchers auf: so wird derselbe Versuchte, der nie eine Unschuld angefeindet hätte, die seinige verlieren in der ungewöhnlichen Umkehrung der Verhältnisse, und zwar um so leichter, je mehr die weibliche Versuchung zärter, feiner und durchdringender ist als die männliche. Daher verführen zwar Männer; aber Jünglinge werden gewöhnlich anfangs verführt – und eine Versucherin bildet zehn Versucher.

Verzeihe, reine Beata, uns allen den Übergang zu dir! – Du hütest in dieser Spätnacht ein Zimmer des fürstlichen Schlosses ganz einsam, aber mit Freuden an Freuden; denn du hattest Gustavs Brief an dich in der Hand und an der Brust; und im ganzen Palast war heute die kränklichste Seele die glücklichste; denn der Brief, den sie einsam lesen, küssen, ohne innere und äußere Stürme ausgenießen konnte, leuchtete ihrem zarten Auge milder als die Gegenwart des Gegenstandes, dessen Glühfeuer erst durch eine Entfernung zur wehenden Wärme fiel; seine Gegenwart überhäufte sie mit Genuß zu sehr, und sie umarmte da jeden Augenblick den Genius ihrer Tugend, wenn sie glaubte, bloß ihren Freund zu umfassen. – In dieser Lenz-Entzückung, als sie in der einen Hand den Brief und in der andern den Genius der Tugend hatte, störte sie der scheerauische – Fürst. So schiebt sich auf dem Bauch eine Kröte in ein Blumenbeet.

Einer Frau wird ihr Betragen in solchem Fall nur dann schwer, wenn sie noch unentschlossen zwischen Gleichgültigkeit und Liebe schwankt; oder auch wenn sie trotz aller Kälte aus Eitelkeit doch gerade so viel bewilligen möchte, daß die Tugend nichts verlöre und die Liebe nichts gewönne; – hingegen im Fall der vollendeten tugendhaften Entschlossenheit kann sie sich frei der innern Tugend überlassen, die für sie kämpfet, und sie braucht kaum über Zunge und Mienen zu wachen, weil diese schon verdächtig sind, wenn sie eine Wache begehren. – Die Art, wie Beata den Brief einsteckte, war der einzige kleine Halbton in dieser vollen Harmonie einer gerüsteten Tugend. Der scheerauische Thron-Insaß entschuldigte seine Erscheinung mit seiner Sorgfalt für ihre Gesundheit. Er setzte sein folgendes Gespräch aus der französischen Sprache – der besten, wenn man mit Weibern und mit Witzigen sprechen will – und aus jenen Wendungen zusammen, mit denen man alles sagen kann, was man will, ohne sich und den andern zu genieren, die alles nur halb und von dieser Hälfte wieder ein Viertel im Scherze und alles mehr verbindlich als schmeichelnd und mehr kühn als aufrichtig vortragen.

»So hab' ich Sie« – sagt' er mit einer verbindlichen Verwunderung – »heute den ganzen Abend in meinem Kopfe abgemalt gesehen; meine Phantasie hat Ihnen nichts genommen, außer die Gegenwart. – Wenn das Schicksal mit sich reden ließe: so hätt' ich auf dem ganzen Ball mit ihm gezankt, daß es gerade der Person, die uns heute so viel Vergnügen gab, das ihrige nahm.«

»O« – sagte sie – »das gute Schicksal gab mir heute mehr Vergnügen, als ich geben konnte.« Obgleich der Fürst unter *die* Personen gehört, mit denen man über nichts sprechen mag: so sagte sie dieses doch mit Empfindung, die aber nichts als ein Dank ans Schicksal für die vorherige frohe Lese-Stunde war.

»Sie sind« (sagt' er mit einer feinen Miene, die einen andern Sinn in Beatens Rede legen sollte) »ein wenig Egoistin. – Das ist Ihr Talent nicht – Ihres muß sein, nicht allein zu sein. Sie verbargen bisher Ihr Gesicht wie Ihr Herz; glauben Sie, daß an meinem Hofe niemand wert ist, beide zu bewundern und zu sehen?« – Für Beata, die glaubte, sie hätte nicht nötig bescheiden zu sein, sondern demütig, war ein solches Lob so groß, daß sie gar nicht daran dachte, es zu widerlegen. Sein Blick sah nach einer Antwort; aber sie gab ihm überhaupt so selten als möglich eine, weil jeder Schritt die alte Schlinge mit in die neue trägt. Er hatte ihre Hand anfangs mit der Miene gesucht, womit man sie einem Kranken nimmt: sie hatte sie ihm gleichgültig gelassen; aber wie einen toten Handschuh hatte sie ihre in seine gebettet – alle seine Gefühlspitzen konnten nicht das geringste Regsame an ihr aushorchen; sie zog sie weder langsam noch hurtig bei der nächsten Erweiterung aus der rostigen Scheide heraus.

Der Tanz, der Tag, die Nacht, die Stille gaben seinen Worten heute mehr Feuer, als sonst darin lag. »Die Lose« – sagt' er und spielte pikiert mit einer Münze der Westentasche, um die geflohene Hand zu ersetzen – »sind unglücklich gefallen. Die Personen, die das Talent haben, Empfindungen einzuflößen, haben zum Unglück oft das feindselige, selber keine zu erwidern.« Er heftete seinen Blick plötzlich auf ihre Hemdnadel, an der eine Perle und das Wort »l'amitié« glänzte; er sah wieder auf seine bolognesische Münze, auf der wie auf allen bolognesischen das Wort »libertas« (Freiheit) stand. »Sie gehen mit der Freundschaft wie Bologna mit der Freiheit um – beide tragen das als Legende, was sie nicht haben.« – Die edleren Menschen können die Worte »*Freundschaft, Empfindung, Tugend*« auch von den unedelsten nicht hören, ohne bei diesen Worten das Große zu denken, wozu ihr Herz fähig ist. Beata bedeckte einen Seufzer mit ihrer steigenden Brust, der es nur gar zu deutlich sagen wollte, was Empfindung und Freundschaft ihr für Freuden und für Schmerzen gäben; aber den Fürsten ging er nichts an.

Sein haschender Blick, den er nicht seinem *Geschlecht*, sondern seinem *Stande* verdankte, erwischte den Seufzer, den er nicht hörte. Er machte auf einmal wider die Natur der Appellation und der Natur einen dialogischen Sprung: »Verstehen Sie mich nicht?« sagt' er mit einem Tone voll hoffender Ehrerbietung. Sie sagte kälter, als der Seufzer versprach, sie könne heute mit ihrem kranken Kopfe nichts tun, als ihn auf den – Arm stützen, und bloß der mache ihr es schwer, die Ehrfurcht einer Untertanin und die Verschiedenheit ihrer Meinungen von den seinigen mit gleicher Stärke auszudrücken. – Gleich Raubtieren haschte er, wenn Schleichen zu nichts führte, durch Sprünge. »O doch!« (sagt' er und machte Henris Liebeerklärung zur seinigen) »Marie! ich bin ja Ihr Bruder nicht.« Eine Frau gewinnt, wenn sie zu lange gewisse Erklärungen nicht verstehen will, nichts als – die deutlichsten. Er lag noch dazu in Henris Attitüde vor ihr. »Erlassen Sie mir«, antwortete sie, »die Wahl, es für Scherz oder für Ernst zu halten – außer dem Theater bin ich unfähiger, den Rosen-Preis zu verdienen oder zu vernachlässigen; aber Sie sinds, die Sie ihn überall bloß geben müssen.« – »Wem aber?« (sagt' er, und man sieht daraus, daß gegen solche Leute keine Gründe helfen) – »ich vergesse über die Schönen alle Häßlichen und über die Schönste alle Schönen – ich gebe Ihnen den Preis der Tugend, geben Sie mir den der Empfindung – oder darf ich mir ihn geben?« und hastig zuckten seine Lippen nach ihren Wangen, auf denen bisher mehr Tränen als Küsse waren; allein sie wich ihm mit einem kalten Erstaunen, das er an allen Weibern wärmer gefunden hatte, weder um einen Zoll zu viel noch zu wenig aus und reichte bei ihm in einem Tone, in dem man zugleich die Ehrfurcht einer Untertanin, die Ruhe einer Tugendhaften und die Kälte einer Unerbittlichen fand, kurz in einem Tone, als hätte ihre Bitte mit dem Vorgegangnen gar keine Verbindung, auf diese Art reichte sie ihre untertänige Supplik ein, er möchte allergnädigst sich, da ihr der Doktor gesagt hätte, sie könne heute nichts Schlimmers tun als wachen, sich – wie ich mich ausgedrückt haben würde – zum Henker scheren. Eh' er so weit ging: badinierte er noch einige Minuten, kam darüber beinahe wieder in den alten Ton, legte seine Inhäsiv-Pro-Reprotestationen ein und zog ab.

Nichts als die Ruhe, die sie aus den Händen der Tugend und der – *Liebe* und des Gustavischen Briefes hatte, gab ihr das Glück, daß dieser Jakob oder Jack sich an diesem Engel eine Hüfte ausrenkte; – was freilich den matten Jaques um so mehr verdroß, je mehr der Engel sich unter dem Ringen verschönerte, da jede weibliche Unruhe bekanntlich ein augenblickliches Schmink- und Schönheitmittel wird.

In euerem ganzen Leben, Gustav und Beata, schluget ihr eure Augen nie mit so verschiednem Gefühl vor einem Morgen auf als an dem, wo sich Beata nichts und Gustav alles vorzuwerfen hatte. Über den ganzen versunkenen Frühling seines Lebens schlichtete sich ein langer Winter; er hatte außer sich keine Freude, in sich keinen Trost und vor sich statt der Hoffnung Reue.

Er riß sich mit so vieler Schonung, als seine Verzweiflung zuließ, von den Gegenständen seines Jammers los und jagte sein sprudelndes Blut nach Auenthal zu Wutz – in meine Stube. Ich sah an nichts mehr, daß er noch Gefühl und Leben hatte, als am Gewitterregen seiner Augen. – Er fing vergeblich an; unter Blut, Ideen und Tränen sanken seine Worte unter – endlich wandte er sich, hochaufglühend, von mir gegen das Fenster und erzählte mir, auf *einen* Ort blickend, seinen Fall, den er von sich selbst herunter getan. – Darauf, um sich an sich selber durch seine Beschämung zu rächen, ließ er sich ansehen, hielt es aber nicht länger aus, als bis er zum Namen Beata kam: hier, wo er mich zum ersten Male vor den gewichnen Blumengarten seiner ersten Liebe führte, mußt' er sich das Gesicht zuhüllen und sagte: »O ich war gar zu glücklich und bin gar zu unglücklich.«

Die Täuschung der Residentin, welche ihn für den Bruder Beatens gehalten, konnt' ich ihm leicht aus der Ähnlichkeit der Bildnisse von ihm und dem ersten Sohne ihrer Mutter erklären. – Zuerst sucht' ich ihm den wichtigsten Kredit wieder zu geben – den, den man bei sich selber finden muß: wer sich keine moralische Stärke zutrauet, büßet sie am Ende wirklich ein. Sein Fall kam bloß von seiner *neuen Lage;* an einer Versuchung ist nichts so gefährlich als ihre *Neuheit;* die Menschen und die Pendul-Uhren gehen bloß in einerlei *Temperatur* am richtigsten. – Übrigens bitt' ich die Romanenschreiber, die es noch leichter finden, als das Gefühl und die Erfahrung es bestätigen, daß *zwei* ganz reine seelenvolle Seelen ihre Liebe in einen Fall verwandeln, nicht meinen Helden zum Beweise zu nehmen; denn hier mangelte die *zweite* reine Seele; hingegen die Vereinigung aller Farben von *zwei* schönen Seelen (Gustavs und Beatens) wird immer nur die *weiße* der Unschuld geben.

Sein Entschluß war der, von Beaten sich auf immer in einem Briefe abzureißen – das Schloß mit allen Gegenständen, die ihn an seine schönen Tage oder an seinen unglücklichen erinnerten, zu verlassen – den Winter bei seinen Eltern, die ihn allemal in der Stadt zubrachten, zu verleben oder zu verseufzen und dann im Sommer mit Oefel die Karten zum Spiel des Lebens von neuem zu mischen, um zu sehen, was es noch, wenn die Seelenruhe verloren ist, zu gewinnen oder einzubüßen gäbe.... Schöner Unglücklicher! warum legt gerade jetzt deine gegenwärtige Geschichte, da ich mit ihr meine geschriebne zusammenführen könnte, Flöre um? Warum fallen gerade deine kurzen trüben Tage in die kurzen trüben des Kalenders hinein? O in diesem Trauer-Winter wird mich keine Himmelleiter des Enthusiasmus mehr in die Höhe richten, um die Blüten-Landschaft deines Lebens zu überschauen und abzuzeichnen, und ich werde wenig von dir schreiben, um dich öfter in meine Arme zu nehmen!

Und ihr entsetzlichen Seelen, die ihr einen Fehltritt, an dem Gustav sterben will, unter eure Vorzüge und eure Freuden rechnet, die ihr die Unschuld nicht, wie er, selber verliert, sondern fremde mordet, darf ich ihn durch eure Nachbarschaft auf dem Papier besudeln? – Was werdet ihr noch aus unserem Jahrhundert machen? – Ihr gekrönten, gestirnten, turnierfähigen, infulierten Hämlinge! Davon ist die Rede nicht und ich hab' es nie getadelt, daß ihr aus *euren* Ständen die sogenannte Tugend (d. h. den Schein davon), die ein so spröder Zusatz in euren weiblichen Metallen ist, mit so viel Glasfeuer, als ihr zusammenbringen könnt, herausbrennt und niederschlagt – denn in euren Ständen hat Verführung keinen Namen mehr, keine Bedeutung, keine schlimme Folgen, und ihr schadet da wenig oder nicht – aber in unsere *mittleren* Stände, auf unsere Lämmer schießet, ihr Greif- und Lämmergeier, nicht herab! Bei uns seid ihr noch eine Epidemie (ich falle, wie ihr, in eine Vermischung, aber nur der Metaphern), die mehr wegreißet, weil sie neuer ist. Raubet und tötet da lieber alles andre als eine weibliche Tugend! – Nur in einem Jahrhundert wie unsers, wo man alle schönen Gefühle stärkt, nur *das der Ehre nicht*, kann man die weibliche, die bloß in Keuschheit besteht, mit Füßen treten und wie der Wilde einen Baum auf immer umhauen, um ihm seine ersten und letzten Früchte zu nehmen. Der Raub einer weiblichen Ehre ist so viel als der Raub einer männlichen, d. h. du zerschlägst das Wappen eines höhern Adels, zerknickst den Degen, nimmst die Sporen ab, zerreißest den Adelbrief und Stammbaum; das, was der Scharfrichter am Manne tut, vollstreckest du an einem armen Geschöpfe, das diesen Henker liebt und bloß seine unverhältnismäßige Phantasie nicht bändigen kann. Abscheulich! – Und solcher Opfer, welche die männlichen Hände mit einem ewigen Halseisen an die Unehre befestigt haben, stehen in den Gassen Wiens zweitausend, in den Gassen von Paris dreißigtausend, in den Gassen von London funfzigtausend. – – Entsetzlich! Todes-Engel der Rache! zähle die Tränen nicht, die unser Geschlecht aus dem weiblichen Auge ausdrückt und brennend aufs schwache weibliche Herz rinnen läßt! Miß die Seufzer und die Qualen nicht, unter denen die *Freuden-Mädchen* verscheiden und an denen den eisernen Freuden-Mann nichts dauert, als daß er sich an ein andres Bett, das kein Sterbebette ist, begeben muß!

Sanftes, treues, aber schwaches Geschlecht! Warum sind alle Kräfte deiner Seele so glänzend und groß, daß deine Besonnenheit zu bleich und klein dagegen ist? Warum beweget sich in deinem Herzen eine angeborne Achtung für ein Geschlecht, das die deinige nicht schont? Je mehr ihr eure Seelen schmücket, je mehr Grazien ihr aus euren Gliedern machet, je mehr Liebe in eurem Herzen wallet und durch eure Augen bricht, je mehr ihr euch zu Engeln umzaubert: desto mehr suchen wir diese Engel aus ihrem Himmel zu werfen, und gerade im Jahrhundert eurer Verschönerung vereinigen sich alle, Schriftsteller, Künstler und Große, zu einem Wald von Giftbäumen, unter denen ihr sterben sollt, und wir schätzen einander nach den meisten Brunnen- und Kelchvergiftungen für eure Lippen!

Achtunddreissigster oder Neujahr-Sektor

Nachtmusik – Abschiedsbrief – mein Zanken und Kranken

Ich hatte auf heute vor, Spaß zu machen, meine Biographie einen gedruckten Neujahrwunsch an den Leser zu nennen und statt der Wünsche scherzhafte Neujahr-Flüche zu tun und dergleichen mehr. Aber ich kann nicht und werd' es überhaupt bald gar nicht mehr können. Welches plumpe ausgebrannte Herz müssen *die* Menschen haben, welche im Angesichte des ersten Tages, der sie unter 364 andre gebückte, ernste, klagende und zerrinnende hineinführet, die tobende schreiende Freude der Tiere dem weichen stillen und ans Weinen grenzenden Vergnügen des Menschen vorzuziehen imstande sind! Ihr müsset nicht wissen, was die Wörter »erster« und »letzter« sagen, wenn ihr nicht darüber, sie mögen einem Tage oder einem Buche oder einem Menschen gegeben werden, tiefern Atem zieht; ihr müsset noch weniger wissen, was der Mensch vor dem Tiere voraushat, wenn in euch der Zwischenraum zwischen Freude und Sehnsucht so groß ist und wenn nicht beide in euch *eine* Träne vereinigt! – Du Himmel und Erde, eure jetzige Gestalt ist ein Bild (wie eine Mutter) einer solchen Vereinigung: die in unser frierendes Auge tröstend hineinblickende Lichtwelt, die Sonne, verwandelt den blauen Äther um sich in eine blaue Nacht, die sich über den blitzenden Grund der beschneiten Erde noch tiefer schattiert, und der Mensch sieht sehnend an seinem Himmel eine herübergezogene Nacht und *eine* Licht-Ritze: die tiefe Öffnung und Straße gegen hellere Welten hin....

Die vergangne Nacht führt noch meine Feder. Es ist nämlich in Auenthal wie an vielen Orten Sitte, daß in der letzten feierlichen Nacht des Jahrs auf dem Turm aus Waldhörnern gleichsam ein Nachhall der verklungnen Tage oder eine Leichenmusik des umgesunknen Jahrs ertönt. Als ich meinen guten Wutz nebst einigen Gehülfen in der untern Stube einiges Geräusch und einige Probe-Töne machen hörte, stand ich auf und ging mit meiner längst wachen Schwester ans enge Fenster. In der stillen Nacht hörte man den Hinauftritt der Leute auf den Turm. Über unser Fenster lag jener Balken, unter dem man in prophetischen Nächten hinaushorchen muß, um die Wolkengestalten der Zukunft zu sehen und zu hören. Und wahrhaftig, ich sah im eigentlichen Sinn, was der Aberglaube sehen will – ich sah wie er Särge auf Dächern und Leichengefolge an der einen Türe und Hochzeitgäste und Brautkranz an der andern, und das Menschen-Jahr zog durch das Dorf und hielt an seiner rechten Mutterbrust die kleinen Freuden, die mit dem Menschen spielen, und an seiner linken die Schmerzen, die ihn anbellen; es wollte beide nähren, aber sie fielen sterbend ab, und sooft ein Schmerz oder eine Freude abwelkte, so oft schlug einer von den zwei Klöppeln zum Zeichen an die Turmglocken an.... Ich sah nach dem weißen Wald hinüber, hinter welchem die Wohnungen meiner Freunde liegen. O junges Jahr, sagt' ich, zieh zu meinen Freunden hin und leg ihnen in ihre Arme die Freuden aus deinen und nimm die zurückgebliebnen zähen Schmerzen des alten mit, die nicht sterben wollen! Geh in alle vier Weltstraßen und verteile die Säuglinge deiner rechten Brust und mir lasse nur einen – die Gesundheit! – –

Die Töne des Turms verströmten in die weite mondlose Nacht hin, die ein großer, mit Sternblüten übersäeter Wipfel war. Bist du glücklich oder unglücklich, kleiner Schulmeister Wutz, daß du auf deinem Turm der weißen Mauer und einem weißen Stein des Auenthaler Gottesackers entgegen stehest und doch nicht daran denkest, wen Mauer und Stein verschließen, denselben nämlich, der sonst an deinem Platze in dieser Stille auch wie du das neue Jahr begrüßte, deinen Vater, der wieder ebenso ruhig wie du über die verwesenden Ohren des seinigen hinüberblies? ... Ruhiger bist du freilich, der du am neuen Jahre an kein anderes Abnehmen als an das der Nächte denkst; aber lieber ist mir meine Philippine, die hier neben mir ihr Leben von neuem überlebt und gewiß ernsthafter als das erstemal, und in deren Brust das Herz nicht bloß Frauenzimmer-Arbeit tut, sondern auch zuweilen zum Gefühl anschwillt, wie *wenig* der Mensch ist, wie *viel* er wird und wie sehr die Erde eine Kirchhof-Mauer und der Mensch der verpuffende Salpeter ist, der an dieser Mauer anschießet! Gute weinende Schwester, in dieser Minute fragt dein Bruder nichts darnach, daß du morgen – nicht viel darnach fragest; in dieser Minute verzeihet er dirs und deinem ganzen Geschlechte, daß eure Herzen so oft Edelsteinen gleichen, in denen die schönsten Farben und eine – Mücke oder ein Moos nebeneinander wohnen; denn was kann der Mensch, der dieses verwitternde Leben und seine verwitternden Menschen besieht und beseufzet, mitten in diesem Gefühle Bessers tun, als sie recht herzlich lieben, recht dulden, recht... Laß dich umarmen, Philippine, und wenn ich einmal dir nicht verzeihen will, so erinnere mich an diese Umarmung!...

Meine Lebensbeschreibung sollte jetzo weiterrücken; aber ich kann meinen Kopf und meine Hand unmöglich dazu leihen, wenn ich nicht auf der Stelle mich aus der gelehrten Welt in die zweite schreiben will. Es ist besser, wenn ich bloß den Setzer dieser Geschichte mache und den schmerzhaften Brief abschreibe, den Gustav seiner verscherzten Freundin schickte.

»Treue tugendhafte Seele! Die jetzige dunkle Minute, die nur ich verdienet habe, aber nicht du, quäle dich nicht lange und verziehe sich bald! O! zum Glück kannst du doch nicht mein Auge, nicht meinen von Schmerzen zitternden Mund und mein zertrümmertes Herz erblicken, womit ich nun allen meinen schönen Tagen ein Ende mache. – Wenn du mich hier schreiben sähest: so würde die weichste Seele, die noch auf der Erde getröstet hat, sich zwischen mich und meinen schlagenden Kummer stellen und mich bedecken wollen; sie würde mich heilend anblicken und fragen, was mich quäle.... Ach, gutes treues Herz! frage mich es nicht; ich müßte antworten: meine Qual, meine unsterbliche Folter, meine Vipern-Wunde heißet verlorne Unschuld.... Dann würde sich deine ewige Unschuld erschrocken wegwenden und mich nicht trösten; ich würde einsam liegen bleiben, und der Schmerz stände aufrecht mit der Geißel bei mir; ach ich würde nicht einmal das Haupt aufheben, um allen guten Stunden, die sich in deiner Gestalt von mir wegbegeben, verlassen nachzusehen. – Ach es ist schon so, und du bist ja schon gegangen! – Amandus! trennt dich der Himmel ganz von mir, und kannst du, der du mir die Lilien-Hand Beatens gegeben, nicht meine befleckte sehen, die nicht mehr für die reinste gehört? – Ach, wenn du noch lebtest, so hätt' ich ja dich auch verloren.... O daß es doch Stunden hienieden geben kann, die den vollen Freudenbecher des ganzen Lebens tragen und ihn mit einem Fall zersplittern und die Labung aller, aller Jahre verschütten dürfen!

Beata! nun gehen wir auseinander; du verdienst ein treueres Herz, als meines war, ich verdiente deines nicht – ich habe nichts mehr, was du lieben könntest – mein Bild in deinem Herzen muß zerrissen werden – deines steht ewig in meinem fest, aber es sieht mich nicht mehr mit dem Auge der Liebe, sondern mit einem zugesunknen an, das über den Ort weint, wo es steht.... Ach, Beata, ich kann meinen Brief kaum endigen; sobald seine letzte Zeile steht, so sind wir auseinander gerissen und hören uns nie mehr und kennen uns nimmer. – – O Gott! wie wenig hilft die Reue und das Beweinen! Niemand stellet das heiße Herz des Menschen her, wenn nichts in ihm mehr ist als der harte große Kummer, den es, wie ein Vulkan ein Felsenstück, empor- und herauszuwerfen sucht und der immer wieder in den lodernden Kessel zurückstürzt; nichts heilt uns, nichts gibt dem entblätterten Menschen das gefallne Laub wieder; Ottomar behält recht, daß das Leben des Menschen, wie ein Vollmond, über lauter Nächte ziehe...

Ach es muß doch sein! Lebe nur wohl, Freundin! Gustav war der Stunde, die du haben wirst, nicht wert. Dein heiliges Herz, dem er Wunden gegeben, verbinde ein Engel, und im Bande der Freundschaft trage du es still! Meinen letzten freudigen Brief, wo ich mich nicht mit meinem überschwenglichen Glück begnügte, leg in diesen trostlosen, in dem ich nichts mehr habe, und verbrenne sie miteinander! Kein Voreiliger sage dir künftig nach vielen Jahren, daß ich noch lebe, daß ich den langen Schmerz, mit dem ich mein versunknes Glück abbüße, wie Dornen in meine verlassene Brust gedrückt und daß in meinem trüben Lebenstage die Nacht früher komme, die zwischen zwei Welten liegt! Wenn einmal dein Bruder mit einem schöneren Herzen an deines sinkt: so sag es ihm nicht, so sag es dir selber nicht, wer ihm ähnlich sah – und wenn einmal dein Tränen-Auge auf die weiße Pyramide fällt: so wend es ab und vergiß, daß ich dort so glücklich war. – Ach! aber ich vergess' es nicht, ich wende das Auge nicht ab, und könnte der Mensch sterben an der Erinnerung, ich ginge zu Amandus' Grabe und stürbe – Beata, Beata, an keiner Menschenbrust wirst du stärkere Liebe finden, als meine war, wiewohl stärkere Tugend leicht – aber wenn du einmal diese Tugend gefunden hast, so erinnere dich meiner nicht, meines Falles nicht, bereue unsre kurze Liebe nicht und tue dem, der einmal unter dem Sternen-Himmel an deiner edlen Seele lag, nicht unrecht.... O du meine, meine Beata! in der *jetzigen* Minute gehörest du ja noch mir zu, weil du mich noch nicht kennest; in der jetzigen Minute darf noch mein Geist, mit der Hand auf seinen Wunden und Flecken, vor deinen treten und um ihn fallen und mit erstickten Seufzern zu dir sagen: liebe mich!... Nach dieser Minute nicht mehr – – nach dieser Minute bin ich *allein* und ohne Liebe und ohne Trost – das lange Leben liegt weit und leer vor mir hin, und du bist nicht darin – – – aber dieses Menschen-Leben und seine Fehltritte werden vorübergehen, der Tod wird mir seine Hand geben und mich wegführen – die Tage jenseits der Erde werden mich heiligen für die Tugend und dich – – – dann komm, Beata, dann wird dir, wenn dich ein Engel durch ein irdisches Abendrot in die zweite Welt getragen, dann wird dir ein hienieden gebrochnes, dort geheiligtes Herz zuerst entgegengehen und an dich sinken und doch nicht an seiner Wonne sterben, und ich werde wieder sagen: ›Nimm mich wieder, geliebte Seele, auch ich bin selig‹ – alle irdischen Wunden werden verschwinden, der Zirkel der Ewigkeit wird uns umfassen und verbinden!... Ach, wir müssen uns ja erst trennen, und dieses Leben währet noch – – lebe länger als ich, weine weniger als ich und – vergiß mich doch nicht gänzlich. – Ach hast du mich denn sehr geliebt, du Teure, du Verscherzte? ...

Gustav F.«

*

Abends unter dem Zusiegeln des Briefs fuhr Beata zum Schloß-Tor hinein. Als er ihre Lichtgestalt, die bald mit so vielen Tränen sollte bedeckt werden, heraussteigen sah: prallte er zurück, schrieb die Aufschrift, ging zu Bette und zog die Vorhänge zu, um recht sanft – zu weinen. Dem Romanen-Steinmetz Oefel eilte er vorzüglich aus dem Wege, weil seine Mienen und Laute nichts als unedle Triumphe seines weissagenden Blickes waren; und sogar Gustavs Niedergeschlagenheit rechnete er noch unedler zu seinen Triumphen....

Im Grunde wollt' ich, der Henker holte alle Weltteile und sich dazu; denn mich hat er halb. Wenige wissen, daß er mich diese Biographie nicht zu Ende führen lässet. Ich bin nun überzeugt, daß ich nicht am Schlage (wie ich mir neulich unter meinem gefrornen Kopfzeug einbildete) noch an der Lungensucht (welches eine wahre Grille war) sterben kann; aber bürgt mir dieses dafür, daß ich nicht an einem *Herzpolypen* scheitern werde, wofür alle menschliche Wahrscheinlichkeit ist? – Zum Glück bin ich nicht so hartnäckig wie *Musäus* in Weimar, der das Dasein des seinigen, den er so gut wie ich den meinigen mit kaltem Kaffee groß geätzet, nicht eher glaubte, als bis der Polype sein schönes Herz verstopft und ihm alle Wiegenfeste und alle Wünsche für die seiner Gattin genommen hatte. Ich sage, ich merke besser auf Vorboten von Herzpolypen: ich verberge mir es nicht, was hinter dem aussetzenden Pulse steckt, nämlich eben ein wirklicher Herzpolype, der Zündpfropf des Todes. Die fatale literarische Feme, der Rezensenten-Bund, schleicht mit Stricken um uns gutwillige Narren herum, die wir schreiben und gleich Schmetterlingen an der Umarmung der Musen sterben – aber keine Kreuzer-Piece, nicht eine Zeile sollten wir edieren für solche gewissenlose Stoßvögel: wer dankt mirs, daß ich Szenen aufstelle, die den Prospektmaler beinahe umbringen, und biographische Seiten schreibe, die auf mich nicht viel besser wirken als vergiftete Briefe? Wer weiß es – nach Scheerau komm' ich jetzo selten – als meine Schwester, daß ich in diesem biographischen Lustschloß, das mein Mausoleum werden wird, oft Zimmer und Wände übermale, die mir Puls und Atem dergestalt benehmen, daß man mich einmal tot neben meiner Malerei liegen finden muß? Muß ich nicht, wenn ich so in die Schlagweite des Todes gerate, aufspringen, durch die Stube zirkulieren und mitten in den zärtlichsten oder erhabensten Stellen abschnappen und die Stiefel an meinen Beinen wichsen, oder Hut und Hosen auskehren, damit es mir nur den Atem nicht versetzt, und doch wieder mich daran machen und so auf eine verdammte Art zwischen Empfindsamkeit und Stiefelwichsen wechseln? – Ihr verdammten Kunstrichter allzumal!

Dazu gesellen sich noch tausend Plackereien, die mich seit einiger Zeit viel öfter zwicken, weil sie etwa merken, daß der Polype mir bald den Garaus versetzen und sie mich nicht lange mehr haben werden. Meinen Maußenbacher Hummer, der mich immer zwischen seine gerichtherrlichen Scheren nimmt und der glaubt, ein armer Gerichthalter müsse an nichts anderm sterben als an Arbeiten ex officio, diesen ägyptischen Fronvogt will ich überspringen; auch meine Schwester und Wutzen unter mir, die beide wider alles Maß lustig sind und mich fast tot singen. Aber was mich drückt, ist der Druck der Untertanen, das metallene Druckwerk, das man unsern Fürsten nennt.

Ich hätte mich beinahe neulich in einer Exzeptionschrift in einen ehrenvollen Festungarrest hineingeschrieben. Hier aber auf dem biographischen Papiere kann ich schon eher meine Orangen ohne Karzer-Gefahr an den gekrönten Kopf werfen. Pfui! bist du darum Fürst, um eine Wasserhose zu sein, die alles, worüber sie rückt, in ihren Krater hinaufschlingt? Und wenn du uns einmal bestehlen willst, tu es mit keinen andern Händen als mit deinen eignen, fahre terminierend vor allen Häusern durch das Land und erhebe selber die ordentlichen Steuern in deinen Wagen: aber so wie bisher, langen unsre Abgaben nach dem Transitozoll, den sie den Händen aller deiner Kassenbedienten geben müssen, so mager wie weitgereisete Heringe oben in deiner Schatulle an, daß du im Grunde von beschwerlichen Summen nicht mehr bekommst als bequeme *Logarithmen.* Die Fürsten haben, wie die ostindischen Krebse, eine Riesen-Schere zum Nehmen, und eine Zwerg-Schere, den Fang an den Mund zu bringen.

Und so ist die ganze Hauptstadt, wo jeder sich für regierendes Mitglied ansieht und doch jeder darüber schreiet, daß der andre sich ins Regieren mengt und daß die Kinder unter den Hermelin wie unter den väterlichen Schlafrock kriechen und vereinigt den Vater nachmachen – wo die Paläste der Großen aus Höllensteinen gemauert sind, die wie aussätzige Häuser kleinere zernagen – wo der Minister den Fürsten auf seiner unempfindlichen Hand, wie der Falkonier den Falken auf der beschuhten, trägt – wo man die Laster des Volks für die Renten ihrer Obern ansieht und alles moralische Aas, wie die Bienen ihr physisches, bloß mit Wachs umklebt, anstatt es aus dem Bienenkorb zu tragen, d. h. wo die Polizei die Moral ersetzen will – wo, wie an einem jeden Hofe, eine *moralische* Figur so unausstehlich und so steif gefunden wird als in der *Malerei* eine *geometrische* – wo der Teufel völlig los und der heilige Geist in der Wüste ist und wo man Leuten, die in Auenthal oder sonst krumme Sonden in den

Händen halten und damit die fremden Körper und Splitter aus den Wunden des Staates heben wollen, ins Gesicht sagt: sie wären nicht recht gescheit....

Ich wollt', es wär' wahr: so wär' ich wenigstens recht gesund. Nach einem solchen Klumpen von Ich, woraus ein Staatskörper wie aus Monaden besteht, ist das meinige zu winzig, um vorgenommen und besehen zu werden. Sonst könnt' ich jetzo nach den Besorgnissen um den Staat die um mich selber erzählen.

– Und doch will ich dem Leser meine Qualen oder Sieben Worte am Kreuze sagen, wiewohl er selber mich an das Kreuz, unter welchem er mich bedauern will, hat schlagen helfen. Im Grunde fragt kein Teufel viel nach meinem Siechtum. Ich sitze hier und stelle mir aus unvergoltener Liebe zum Leser den ganzen Tag vor, daß Feuer kann geschrien werden, das gleich einem Autodafé alle meine biographischen Papiere in Asche legt und vielleicht auch den Verfasser. – Ich stelle mir ferner vor und martere mich, daß dieses Buch auf dem Postwagen oder in der Druckerei so verdorben werden kann, daß das Publikum um das ganze Werk so gut wie gebracht ist, und daß es auch nach dem Druck in ein Hetzhaus und eine Marterkammer geraten kann, wo ein kritischer Brotherr und Kunstrichter-Ordengeneral seine Rezensenten mit ihren langen Zähnen sitzen hat, die meiner zarten Beata und ihrem Amanten Fleisch und Kleider abreißen und deren Stube jener Stube voll Spinnen gleicht, die ein gewisser Pariser hielt und die bei seinem Eintritt allemal auf seine ausgezognen blutigen *Taubenfedern* zum Saugen von der Decke niederfuhren und aus deren Fabrikaten er mit Mühe jährlich einen seidnen Strumpf erzielte ..... Alle diese Martern tu' ich mir selber an, bloß des Lesers wegen, der am meisten verlöre, wenn er mich nicht zu lesen bekäme; aber es ist diesem harten Menschen einerlei, was *die* ausstehen, die ihn ergötzen. – Hab' ich endlich meine Hand von diesen Nägeln des Kreuzes losgemacht: so ekelt mich das Leben selber an als ein so elendes langweiliges Ding von Monochord, daß jedem Angst werden muß, ders ausrechnet, wie oft er noch Atem holen und die Brust auf- und niederheben muß, bis sie erstarret, oder wie oft er sich bis zu seinem Tode noch auf den Stiefelknecht oder vor den Rasierspiegel werde heben müssen. –– Ich betrachte oft die größte Armseligkeit im ganzen Leben, welche die wäre, wenn einer alle in dasselbe zerstreuet umhergesäete Rasuren, Frisuren, Ankleidungen, Sedes hintereinander abtun müßte. – Der dunkelste Nachtgedanke, der sich über meine etwa noch grünenden Prospekte lagert, ist der, daß der Tod in diesem nächtlichen Leben, wo das Dasein und die Freunde wie weit abgeteilte Lichter im finstern Bergwerk gehen, mir meine teure Geliebten aus den ohnmächtigen Händen ziehe und auf immer in verschüttete Särge einsperre, zu denen kein Sterblicher, sondern bloß die größte und unsichtbarste Hand den Schlüssel hat.... Hast du mir denn nicht schon so viel weggerissen? Würd' ich von Kummer oder von Eitelkeit des Lebens reden, wenn der bunte Jugend-Kreis noch nicht zerstückt, wenn das

Farbenband der Freundschaft, das die Erde und ihren Schmelz noch an den Menschen heftet, noch nicht voneinander gesägt wäre bis auf ein oder zwei Fäden? – O du, den ich jetzo aus einer weiten Entfernung weinen höre, du bist nicht unglücklich, an dessen Brust ein geliebtes Herz erkaltet ist, sondern du bists, der ists, der an das verwesende denkt, wenn er sich über die Liebe des lebendigen Freundes freuen will, und der in der seligsten Umarmung sich fragt: »Wie lange werden wir einander noch fühlen?«...

Neununddreissigster oder 1ter Epiphaniä-Sektor

Erst jetzt ists toll: die Krankheit hat mir zugleich die juristische und die biographische Feder aus der Hand gezogen, und ich kann trotz allen Ostermessen und Fatalien in nichts eintunken.......

Vierzigster oder 2ter Epiphaniä-Sektor

Mich wird, wie es scheint, nebenbei auch der schwarze Star befallen; denn Funken und Flocken und Spinnweben tanzen stundenlang um meine Augen; und damit – sagen Plempius und Ritter Zimmermann – meldet sich stets besagter Star an. Schielen – sagt Richter, der Starstecher, nicht der Starinhaber, in seiner Wundarzeneikunst (B. III, S 426) – läuft untrüglich dem Stare voraus. Wie sehr ich schiele, sieht jeder, weil ich immer rechts und links zugleich nach allem blicke und ziele. – Werd' ich denn wirklich so stockblind wie ein Maulwurf: so ists ohnehin um mein bißchen Lebensbeschreiben getan....

Einundvierzigster oder 3ter Epiphaniä-Sektor

Ich besitze ein paar Fieber auf einmal, die bei andern glücklichern Menschen sonst einander nicht leiden können: das dreitägige Fieber – das Quartanfieber – und noch ein Herbst- oder Frühlingfieber im allgemeinen. – Indessen will ich, solang' ich noch nicht eingesargt bin, dem Publikum alle Sonntage *schreiben* und es etwa zu zwei oder drei Zeilen *treiben*. Auch der Stil sogar wird jämmerlich; hier wollen sich die zwei Verba reimen....

Zweiundvierzigster oder 4ter Epiphaniä-Sektor

O ihr schönen biographischen Sonntage! ich erlebe keinen wieder. Zu den Übeln, die ich schon bekannt gemacht habe, stößet noch eine lebendige Eidechse, die sich in meinem Magen aufhält und deren Laich ich im vorigen Sommer aus einem unglücklichen Durst muß eingeschluckt haben....

Dreiundvierzigster oder 5ter Epiphaniä-Sektor

Von Kirschkernen, die im Magen aufgekeimt, wie von Erbsen im Ohre hat man Beispiele. Noch aber hab' ich nicht gelesen, daß der Same von Stachelbeeren, den man gewöhnlich mit einschluckt, in den Gedärmen getrieben hätte, wenn diese durch Verstopfung etwa zu wahren Lohbeeten des gedachten Staudengewächses gediehen wären. – O guter Himmel, was wird endlich meine Krankheit sein, deren unsichtbare Tatze meine Nerven ergreift, erdrückt, ausdehnt, entzweischlitzt....

Vierundvierzigster oder Septuagesimä-Sektor

Wenns eine Krankheit gibt, die aus allen Krankheiten, aus allen Kapiteln der Pathologie auf einmal kompiliert ist: so hat sie niemand als ich. Apoplexie – Hektik – Magenkrampf oder eine Eidechse – dreierlei Fieber – Herzpolypus – aufgehende Stachelbeerstauden: – – das sind die wenigen *sichtbaren* Bestandteile und Ingredienzien, die ich bisher an meinem Übel auskundschaften können; eine vernünftige tiefere Sektion meines armen Leibes wird auch gar die *unsichtbaren*, wenn ihn beide Bestandteile erlegt haben, noch dazu gesellen....

Fünfundvierzigster oder Sexagesimä-Sektor

Eine bedenkliche Pleuresie – wenn man anders der ganzen Semiotik und den harten Pulsschlägen und Bruststichen glauben kann – umarmt und hält mich seit vorgestern und ist willens, mein gemißhandeltes Leben und diese Lebensbeschreibung zu schließen – es müßte denn durch eine glückliche Kur der Tod in ein Empyema gemildert werden – oder in eine Phthisis – oder Vomica – oder in einen Scirrhus oder auch in einen Ulkus. – – Nach dieser Heilung braucht man bloß meine Brust anzubohren, um aus ihr, aus der einmal ein Buch voll Menschenliebe kam, das Leben und die Krankheitmaterie miteinander herauszuziehen....

Sechsundvierzigster oder Esto Mihi-Sektor

Ihr guten Leser! die ihr mit eurem vergebenden Auge vom Schachbrett des ersten Sektors an bis zum Sterbelager des letzten mir nachgezogen seid, meine Bahn und unsre Bekanntschaft haben ein Ende – das Leben mög' euch niemals drücken – euer Geschäftblick möge nie über das kleine Feld das große vergessen, über das erste Leben das zweite, über die Menschen euch – euer Leben mögen Träume bekränzen, und euer Sterben mögen keine erschrecken.... Meine Schwester soll alles beschließen.... Lebt froh und entschlaft froh!....

Siebenundvierzigster oder Invokavit-Sektor

Mein guter und gemarterter Bruder will haben, daß ich dieses Buch ausmache. Ach, seine Schwester würd' es ja vor Schmerzen nicht vermögen, wenns so wäre. Ich hoff' aber zum Himmel, daß mein Bruder nicht so kränklich ist, als er meint. – Nach dem Essen denkt ers wohl. – Und ich muß ihn, wenn wir beide Friede haben sollen, darin bestärken und ihn für ebenso krank ausgeben, wie er sich selber. Gestern mußt' ihm der Schulmeister an die Brust klopfen, damit er hörte, ob sie hallete, weil ein gewisser *Avenbrügger* in Wien geschrieben hatte, dieses Hallen zeige eine gute Lunge an. Zum Unglück hallete sie wenig; und er gibt sich deshalb auf; ich will aber ohne sein Wissen an den Herrn Doktor Fenk schreiben, damit er seine Qualen stille. – – Ich soll noch berichten, daß der junge Herr von Falkenberg krank in Oberscheerau bei seinen Eltern ist und daß meine Freundin Beata auch kränklich bei den ihrigen ist.... Es ist für uns alle ein finstrer Winter. Der Frühling heile jedes Herz und gebe mir und den Lesern dieses Buchs meinen lieben Bruder wieder!

Achtundvierzigster oder Mai-Sektor

Der hämmernde Vetter – Kur – Bade-Karawane

– – Er ist wieder zu haben, der Bruder und Biograph! Frei und froh tret' ich wieder vor; der Winter und meine Narrheit sind vorüber, und lauter Freude wohnt in jeder Sekunde, auf jedem Oktavblatt, in jedem Dintentropfen.

Es ging so. Eine jede eingebildete Krankheit setzt eine wahre voraus; aber eingebildete Krankheitursachen gibts dennoch. Mein Wechsel zwischen Gesund- und Siechsein, zwischen Froh- und Traurig-, zwischen Weich- und Hartsein war mit seiner Schnelligkeit und seinen Abstichen aufs höchste gekommen: ich konnte vor Mangel an Atem kein Protokoll mehr diktieren, und die Szenen dieser Lebensbeschreibung durft' ich mir nicht einmal mehr denken: als ich an einem rotglühenden Winterabend durch den rotgeschminkten Schnee draußen herumschritt und in diesem Schnee das Wort »heureusement« antraf.

Ich werde an dieses Wort der Schnee-Wachstafel immer denken; es war mit einem Bambusrohr lapidarisch schön hineingezeichnet. »Fenk!« rief ich mechanisch. »Weit kannst du nicht weg sein«, dacht' ich; denn da jeder

Europäer (sogar auf seinen Plantagen) den Schnitt seiner Feder an einem eignen Worte prüfet und da der Doktor schon ganze Bogen mit dem Probierlaut »heureusement« als erstem Abdrucke seiner Feder vollgemacht: so wußt' ich sogleich, wie es war.

– Und bei mir saß er; und lachte (sicher mehr über die Krankheithistorie von meiner Schwester als über meine Invaliden-Gestalt) mich so lange aus, daß ich, da ich nicht wußte, sollt' ich lachen oder zürnen, am besten eines um das andre tat. – Aber bald kam er in meinen Fall und mußte auch eines um das andre tun – bei einer Historie, die uns, nämlich dem ganzen hypochondrischen Wohlfahrtausschusse, zur Schande gereicht und die ich doch erzähle.

Es befand nämlich ein naher Vetter von mir, Fedderlein genannt, sich auch in der Stube, der beides ein Scheerauer Schuster und Türmer ist; er sorgt für die Stiefel und für die Sicherheit der Stadt und hat mit Leder und Chronologie (wegen des Läutens) zu tun. Mein naher Vetter war kohlschwarz und betrübt, nicht über meine Krankheit, sondern über die seiner Frau, weil sie daran verstorben war. Diesen Krankheit- und Totenfall wollt' er mir und dem Doktor auch hinterbringen, um den letzten zu belehren und den ersten zu rühren. Es wäre auch gegangen, hätt' er nicht zum Unglück ein Trennmesser meiner Philippine erwischt und damit, während seiner eignen Aufmerksamkeit auf die Todespost, sehr auf den Tisch gehämmert. Ich setzte mirs sogleich vor, es nicht zu leiden. Meine Hand kroch daher – meine Augen hielten seine fest – dem gedachten Hammer näher, um ihn zu hindern.

Aber des Vetters Hand wich ihr höflich aus und klopfte fort. Ich hätte mich gern tief gerührt, denn er kam den letzten Stunden meiner seligen Base immer näher – aber ich konnte meine Ohren vom Messer-Hammerwerk nicht wegbringen. Zum Glück sah ich den kleinen Wutz dort stehen und lieh eiligst dem Klopfer das unglückliche Trennmesser ab und schnitt dem Kinde damit ein paar halbe – Fastnachtbrezeln vor in der Angst.

Nun stand ich gerettet da und hatte selber das Messer. Aber er begann jetzt auf der Klaviatur des Tisches mit den entwaffneten Fingern zu spielen und versah in seiner Novelle seine Frau mit dem heiligen Abendmahl. Ich wollte mich und meine Ohren überwinden; aber da mich teils der innere Krieg, teils meine horchende Aufmerksamkeit auf seine trommelnden Finger, die ich nur mit der größten Mühe vernehmen konnte, gänzlich von meiner guten Base wegzogen, die gewiß eine Frau und Türmerin war wie wenige, so hatt' ichs satt und fing nach seiner orgelnden Qual-Hand, legte sie in Arrest und brach aus: »O mein lieber Herr Vetter Fedderlein!« Er mutmaßte, ich sei gerührt; und wurd' es selber immer mehr, vergaß sich und schnipsete mit den linken, noch arrestfreien Fingern zu stark an den Tisch.

Ich wollte mir wie ein Stoiker auf dieser neuen Unglück-Station von innen heraus helfen und stellte mir während des äußern Schnipsens hinter mir meine gute Base und ihr Totenlager vor: »Und so« (sagt' ich beredt zu mir selber) »liegst du arme Abgeblühte denn drunten und bist steif und unbeweglich und sozusagen tot!« – Er schnipsete jetzo ganz toll. – Ich konnte mir nicht helfen, sondern ich zog auch die linke Hand des Historikers gefänglich ein und drückte sie halb aus Rührung. »Sie können beide denken,« (sagt' er) »wie mir erst war, als fiele der Turm auf mich, da sie einer wie einen Sack auf den Rücken fassen mußte und sie die sieben Treppen so heruntertrug.« – Ich war außer mir, erstlich darüber und zweitens weil ich in meiner Hand die Anstrengung der seinigen zu neuem Schnipsen verspürte; überwältigt sagt' ich: »Ums Himmels willen, mein teurer Herr Vetter, um der guten Seligen willen, wenn Er seinen eignen Vetter lieb hat...«

»Ich will schon aufhören,« sagt' er, »wenn Sie's so angreift.« –

»Nein,« sagt' ich, »schnips' Er mir nur nicht so! – Aber so eine *Base* bekommen *wir beide* schwerlich so bald wieder!« Denn ich besann mich nicht mehr.

Und doch besteht das Leben wie ein Miniaturgemälde aus solchen Punkten, aus solchen Augenblicken. Der Stoizismus hält auf die Keule der Stunde, aber nicht den Mückenstachel der Sekunde ab.

Mein Doktor nahm mich ernsthaft (unter dem unbefangnen Fragen meines Vetters: »Wie wollte mein Herr Vetter?«) aus der Stube hinaus und sagte: »Du bist, lieber Jean Paul, mein wahrer Freund, ein Regierungsadvokat, eine Maußenbacher Audienza, ein Schriftsteller im lebensbeschreibenden Fache – aber ein Narr bist du doch, ich meine ein *Hypochondrist.*«

Abends tat er mir beides dar. O an jenem Abend zogest du mich, guter Fenk, aus dem Rachen und aus den Giftzähnen der Hypochondrie heraus, die ihren beißenden Saft auf alle Minuten sprützen! Deine ganze Apotheke lag auf deiner Zunge! Deine Rezepte waren Satiren und deine Kur Belehrung!

»Setz in deine Biographie,« – fing er an und steckte seine Hände in seinen Muff – »daß es bei dir keine Nachahmung des Herrn Thümmels und seines Doktors und ihres medizinischen Kollegiums ist, das halb aus dem Patienten, halb aus dem Arzte bestand – daß ich dich auch ausfilze; denn ich will es in der Tat tun. – Sag mir, wo hast du bisher deine Vernunft, ja nur deine Einbildkraft gehabt, daß du des Henkers lebendig warest? Antworte mir nicht, daß die Gelehrten hier zu verschiedner Meinung wären – daß *Willis* die Einbildkraft in die Hirnschwiele verlegte – *Posidonius* hingegen in die Vorderkammer, wie auch *Aetius* – und *Glaser* ins eiförmige Zentrum. Die Sache ist nur eine lebhafte Redensart; weil du mich aber damit irre machst: so will ich dich anders angreifen. Sag mir – oder sagen Sie mir, liebe Philippine, wie konnten Sie zulassen, daß der Patient bisher so viel erhabne, rührende und poetische Empfindungen hatte und niederschrieb für andre Menschen? Hätten Sie ihm nicht das Dintenfaß oder den Kaffeetopf umwerfen können oder den ganzen Schreibtisch? Die Anstrengung der empfindenden Phantasie ist unter allen geistigen die entnervendste; ein Algebraist überlebt allemal einen Tragödiensteller.«

»Und auch«, sagt' ich, »einen Physiologen: Hallers verdammte und doch vortreffliche Physiologie hätte mich beinahe niedergearbeitet, die acht Bände hier.« – –

»Eben darum,« – fuhr er fort – »diese anatomische Oktapla spannt die Phantasie, die sonst nur über fließende poetische Auen zu schweben pflegte, auf scharf *abgeschnittene* und noch dazu *kleine* Gegenstände an; daher...«

»Zum Glück« – unterbrach ich ihn – »richtete ich mich und meine Phantasie ziemlich durch braunes Bier[1] wieder auf, das ich (wenn ich Atem holen wollte) so lange nehmen mußte, als ich über dem Herrn von Haller saß. In diesem Vehikel und in dieser Verdünnung bracht' ich diese Arznei des Geistes, die Physiologie, leichter hinein. Ich kann also, wenn ich nicht der größte Trinker werden will, unmöglich der größte Physiolog werden.«

»Es ist gut,« – sagt' er ungeduldig und zog aus seinem Muff den Schwanz heraus – »aber so wird nichts. Ich und du stehen hier in lauter Ausschweif-Reden, anstatt in vernünftigen Paragraphen; die Rezensenten deiner Biographie müssen glauben, ich wäre wenig systematisch.

Ich will jetzt reden wie ein Buch oder wie eine Doktordisputation; ich sollte ohnehin eine für einen Doktoranden mit der Doktorsucht schreiben und wollte darin entweder den nervus ischiaticus oder den nervus sympatheticus durchgehen; ich wills bleiben lassen und hier und in der Disputation von schwachen Nerven überhaupt reden.

Jeder Arzt muß eine Favorit-Krankheit haben, die er öfters sieht als eine andre – die meinige ist Nervenschwäche. Reizbare, schwache, überspannte Nerven, hysterische Umstände und deine Hypochondrie – sind viele Taufnamen meiner einzigen Lieblingkrankheit.

Man kann sie so zeitig wie den Erbadel bekommen – der Erbadel selber, fast die höhern Weiber und höchsten Kinder haben sie aus dieser ersten Hand – dann kann sie durch alle Doktor-Hüte gleich den ewigen Höllenstrafen nicht weggenommen, sondern nur gelindert werden.

Du aber hast sie dir wie den Kaufadel durch Verdienste erworben.« – –

»Sie ist vielmehr selber ein Verdienst,« – sagt' ich – »und ein Hypochondrist ist der Milchbruder eines Gelehrten, wenn er nicht gar selber

[1] Da keine Leser weniger Ernst verstehen als die, die keinen Spaß verstehen: so merk' ich für diese Klasse hier unten an, daß die Sache oben wirklich so ist und daß ich (als gleich unmäßiger Wasser- und Kaffeetrinker) kein andres nervenstärkendes Mittel gegen aussetzenden Puls und Atem und andre Schwächen, die mir alle innere Anstrengung verbitterten, von solcher Wirkung fand als – Hopfen-Bier.

dieser ist; so wie die Blattern, die den Affen so gut wie uns befallen, auf seine Verwandtschaft mit dem Menschen das Siegel drücken.« –

»Aber dein Verdienst« – fuhr er fort – »ist viel leichter zu kurieren. Wenn man dir dreierlei, nämlich deine pathologischen *Fieberbilder* – deine *Arzneigläser* – und deine *Bücher* nimmt: so wird die Krankheit mit dreingegeben. Ich vergesse immerfort, daß ich wie eine Disputation reden will. Also die Fieberbilder! – Die jämmerlichste Semiotik ist sicherlich nicht die sinesische, sondern die hypochondrische. Deine Krankheit und eine stoische Tugend gleichen sich darin, daß, wer eine hat, alle hat. Du standest als eine tragende *Pfänderstatue* da, der die Pathologie alle ihre Insignien und Schilde aufpackte und umsteckte – jämmerlich schrittest du herum unter deinem medizinischen Gewehrtragen und deiner semiotischen Landfracht von Herzpolypus, mazerierten Lungenflügel, Magen-Insassen u. s. w.«

»Ah!« versetzte ich, »alles ist abgeladen, und ich trage bloß noch auf der Gehirnkugel ein Kapillar- oder Haarnetz von geschwollnen Blutadern, oder so eine Art Täucherkappe des Todes, welche die Leute sehr gemein einen Schlagfluß benamsen.«

»Eine Narrenkappe hast du innen auf; denn die Sache ist nicht anders als so: im Hypochondristen sind zwar alle Nerven schwach, aber *die* am schwächsten, die er am meisten gemißbraucht. Da man sich diese Schwäche meistens ersitzt, erstudiert und erschreibt und mithin gerade dem Unterleib, der doch der Moloch dieser Geisteskinder sein soll, alle die Bewegung nimmt, die man den Fingern gibt: so vermengt man den siechen Unterleib mit siechen Nerven und hofft, Kämpfs Viszeral-Sprütze sei zugleich eine Doppelflinte gegen jenen und gegen diese. Glaub es aber nicht; es kann ein hypochondrisches Bruststück auf einem rüstigen Unterleib sitzen. Nicht deine Lungenflügel sind zerknickt, wenn sie zuweilen erschlaffen, sondern deine Lungennerven sind entseelt, von denen sie gehoben werden sollten, oder auch deine Zwerchfellnerven. Spannen sich deine Magennerven ab, so hast du so viel Schwindel und Ekel, als läge wirklich diätetischer Bodensatz im Magen oder irgendeine Aderflut im Kopfe. Sogar der schwache Magen ist nicht immer im Gefolge schwacher Nerven; sieh nur zu, wie ein matter Hektiker frißt und verdaut eine halbe Stunde vor seinem Sterben. – Daher hat deine gelbe Herbstfarbengebung, deine fleischlose Knochen-Versteinerung, dein aufhörender Puls, sogar deine Ohnmachten haben – nichts zu sagen, mein lieber Paul.«

»Ei! den Henker!« sagte der Patient.

»Denn«, sagte der Doktor, »da alles durch Nerven, wovon oft Gelehrte nicht einmal die Definition wissen, worunter ich gehöre, ausgeführt wird: so müssen die periodischen und wandernden, aber flüchtigen Krämpfe und Ermattungen der Nerven nach und nach die ganze Semiotik durchlaufen, aber nicht die ganze Pathologie. Jetzt tritt mein zweiter Paragraph in der umgoldeten Disputation hervor.« –

»Wo war denn der erste?« fragt' ich.

»Schon da gewesen! Daher wirft der zweite alle Arzneigläser auf die Gasse, bläset alle Pulver in die Luft, legt mit Bannstrahlen alle verdammte Magen-Arzneien in Asche, gießet sogar warme und oft kalte Badewannen aus und schiebt Kämpfs Klistier-Maschinen weit unter das Krankenbett und tobt sehr.... Denn die Nerven werden so wenig in einer Woche (es sei die beste Eisenkur da) gestärkt, als in einer Woche (es sei die größte Ausschweifung da) entmannt; ihre Stärke kehret mit so langsamen Schritten zurück, als sie sich entfernte. Die Arzneien müssen sich also in Speisen und – da dieses schadet – mithin die Speisen sich in Arzneien verwandeln.«

»Ich esse vom Wenigsten.«

»Das ist die unangenehmste Unmäßigkeit; und der Magen treibt alsdann nach seinen Kräften eine Art von Skeptizismus oder Fohismus oder doch Apathie. Kehre lieber die literarische Regel (multum, non multa) um und esse *vielerlei*, aber nicht *viel*. Die Diätetik hat in Essen, Trinken, Schlafen etc. nichts über die *Art*, aber alles über den *Grad* zu befehlen. Höchstens hat jeder seinen eignen Regenbogen, seinen eignen Glauben, seinen eignen Magen und seine eigne – Diätetik. Und doch ist das alles nicht mein dritter Doktoranden-Paragraph, sondern erst dieses: bloß *Bewegung* des Körpers ist erster Unterarzt gegen Hypochondrie; – und – da ich schon Hypochondrie und Bewegung vereinigt im beweglichen tiers état gesehen – bloß Mangel aller Bewegung der Seele ist der erste Leibarzt gegen den ganzen Teufel. Leidenschaften sind so ungesund wie ihr Feind, das Denken, oder ihr Freund, das Dichten; bloß ihre sämtliche Koalition ist noch giftiger.«

»Unter den Leidenschaften« – fuhr er fort – »löset Kummer wie Tauwetter alle Kräfte auf – so wie Vergnügen unter allen Nerven-Hebmitteln das stärkste ist. – Jetzo will ich alle deine medizinischen Schnitzer und Waldfrevel auf *einen* Haufen bringen, damit du nur hörest, was du bist.«...

»Ich höre nicht darauf«, sagt' ich.

»Du hast aber doch, wie alle Hypochondristen und alle lecke Weiber, fatal gehandelt und bald den Magen, bald die Lunge, d. h. bald das Kammrad, bald das Hebrad, bald das Zifferblattrad ölend eingeschmiert, indes der treibende Gewicht-Stein abgerissen oder abgelaufen auf der Erde lag. Du sogest dich, wie die einbeinige Muschel, an deinen Studierfelsen an; und – dies war im Grunde das einzige Schlimme – drücktest dich mit der brennenden und matten Brust einer Bruthenne auf deine biographischen Eier und Sektores und wolltest den Lebenden nachkommen. Wo blieb dein Gewissen, deine Schwester, dein gelehrter Ruhm, dein Magen?«...

»Wedele nicht so heftig, Fenk, mit dem Muff-Schwanz und wirf ihn lieber ins Bett!«

»Meine Doktor-Disputation und deine Krankheit sind auch aus, wenn deine Tätigkeit sich, wie in einem Staate, von oben herab vermindert; –

den Kopf untätig, das Herz in heiteren Schlägen, die Füße im Laufe, und dann komme der März nur heran.«...

Ich tats einige Monate *hintereinander*, um den armen Leib wieder in integrum zu restituieren – und als ich mich so des gelben Ratzenpulvers und Mehltaues für die Nerven, nämlich des Kaffees und des Witzes enthielt und statt zu beiden zu braunem Bier und zu meinem *Wutze* griff, so wurde einmal plötzlich die Stube hell, Auenthal und der Himmel flammend, die Menschen legten ihre Fehler ab, alle Flächen grünten, alle Kehlen schlugen, alle Herzen lächelten, ich niesete vor Licht und Wonne und dachte: entweder eine Göttin ist gekommen oder der Frühling – – es war gar beides, und die Göttin war die Gesundheit.

Und bloß auf deinem Altar will ich meine biographischen Blätter weiterschreiben! – der Pestilenziar leidet es nicht anders; seine Schlüsse und Rezepte sind die: »Ich würde« – sagt' er – »in meiner Biographie, gleich der heißen Zone, den ganzen Winter mit allen seinen Tatsachen überspringen, da er ohnehin nur, wie der in jener Zone, im Regnen (der Augen) besteht. Ich würde, wenn ich an deiner Stelle säße, sagen, der Doktor Fenk wills nicht haben, nicht leiden, nicht lesen, sondern ich soll, statt in einer Entfernung von 365 Stunden der vorausschreitenden säenden Geschichte keuchend mit der Feder nachzueggen, lieber hart hinter der Gegenwart halten und sie ans Silhouettenbrett andrücken und sogleich abreißen. Ich würde« (fuhr Fenk fort) »dem Leser raten, bloß den Doktor Fenk anzupacken, der allein schuld sei, daß ich vom ganzen Winter nur folgenden schlechten Extrakt gäbe: Der gute Gustav verschmerzte den Winter in des Professor Hoppedizels Hause bei seinen Eltern, welche da ihr gewöhnliches Winterquartier hatten – er mattete seinen Kopf ab, um sein Herz abzumatten und ein anderes zu vergessen; bereuete seinen Fehler, aber auch seinen voreiligen Abschiedbrief; setzte seine Wunden dem philosophischen Nordwind des Professors aus, der auf einem zarten Instrument, wie Gustav, wie auf einem Pedal mit den Füßen orgelt; und zehrte durch Einsperren, Denken und Sehnen seine Lebenblüten ab, die kaum der Frühling wieder nachtreiben oder übermalen kann.

Beata würde zu Hause – denn ihr weibliches Auge fand wahrscheinlich die Parze ihrer Freuden leicht heraus, von der sie sich unter dem ihr verdankten Vorwand der Kränklichkeit ohne Mühe geschieden hatte – noch mehr sich entblättert und umgebogen haben, wäre mein romantischer Kollege Oefel nicht gewesen: der ärgerte sie hinlänglich und mischte ihrem Kummer die Erfrischungen des Zornes bei, indem er immer kam und im schönsten gebrochnen eingeschleierten Auge der verlornen Liebe seine eigne aufsuchte und herausforderte. Jetzt trinkt sie, auf Fenks Treiben, den Brunnen in *Lilienbad* und lebt allein mit einem Kammermädchen – – der Mai hebe die gesenkte Blumen-Knospe deines Geistes empor, den dein Flockenleib, wie Blumen neu gefallner Schnee, umlegt und drückt und aus dessen aufgerissenen Blumen-Blättern die Schnee-Rinde erst unter der Frühlingsonne des entfernten zweiten Himmels rinnen wird! –

Ottomar hat den Winter verzankt und verstritten; hat viele Korrespondenz; advoziert wie ich, aber gegen jeden giftigen Stammbaum und *Hundstern* auf dem Rock, am meisten gegen den Fürstenhut seines Bruders, der damit Untertanen wie Schmetterlinge erwirft und fängt. Er glaubt, ein Advokat sei der einzige Volktribun gegen die Regierung; nur sei das bisherige *Lesen* der Advokaten schlimmer gewesen als selbst das *Buchstabieren*, das der selige Heinecke für schlimmer ausschrie als Erbsünde und Pest. Ich möchte ihn fast für den Verfasser einer Satire über den Fürsten halten, die im Winter vor den Thron kam und die der Patenbrief eines Räubers mit der Bitte war, der Fürst möchte dem kleinen Diebs-Dauphin seinen *Namen* geben, wie einem Minister, und sich seiner annehmen, wenn die Eltern gehenkt wären. Am meisten fielen mir einige pasquillantische Züge auf, die eine feinere Hand verraten; z. B. der Staat sei eine Menschenpyramide, wie sie oft die Seiltänzer formieren, und die Spitze derselben schließe sich mit einem Knaben – Das Volk sei zähe und biegsam wie das Gras, werde vom Fußtritt nicht zerknickt, wachse wieder nach, es möge abgebissen oder abgeschnitten werden, und die schönste Höhe desselben für ein monarchisches Auge sei die glattgeschorne des Park-Grases – Diebe und Räuber würden für Separatisten und Dissenters im Staate gehalten und lebten unter einem noch ärgern Druck als die Juden, ohne alle bürgerliche Ehre, von Ämtern ausgeschlossen, in Höhlen wie die ersten Christen und ebensolchen Verfolgungen ausgesetzt; gleichwohl fahre man solchen Staatsbürgern, die den Luxus und Geld-Umtrieb und Handel stärker beförderten als irgendein Gesandter, bloß darum so hart mit, weil diese Religionsekte besondere Meinungen über das siebente Gebot hegte, die im Grunde nur im Ausdruck sich von denen anderer Sekten unterschieden etc. –

Der Verfasser kann aber auch ein wirkliches Mitglied dieser geheimen Gesellschaft sein, die überhaupt weit humoristischer und unschädlicher stiehlt als jede andre. Neulich hielten sie den Postwagen an und nahmen ihm nichts als ein Grafen-Diplom, das jemand zugefahren wurde, der kaum die Emballage desselben verdiente – ferner sie forderten einmal, wie ein höherer Gerichtstand, dem Beiwagen gewisse wichtige Akten ab, über die ich hier nichts sagen darf – und vor vierzehn Tagen hielten ihre Kaper-Schiffe vor den Schränken der Theater- und der Redouten-Garderobe und warfen ihre Zuggarne über die darin hängenden Charaktere aus; es waren nachher keine Kleider zum Agieren und Maskieren da als bäuerische. – Ich halte sie für dieselben, die, wie der Leser weiß, vorlängst den leidtragenden Kanzeln und Altären die schwarzen Flügeldecken abgelöset haben.

So wäre also der biographische Winter abgetan und weggeschmolzen. – Hast du so viel geschrieben,« – sagte Fenk – »so reise nach *Lilienbad* und gebrauche den Brunnen und den Brunnen-Doktor, welches ich bin, und den

Brunnen-Gast, welches Gustav ist: denn dieser heilet ohne das Lilien-Wasser und ohne die Lilien-Gegend dort nicht aus; ich muß ihn hinbereden, es mag dort schon sein, wer will. Freue dich, wir gehen einem Paradies entgegen, und du bist der erste Autor im Paradiese, nicht Adam.«

»Das schönste Beet« – sagt' ich – »ist in diesem Eden das, daß mein Werk kein Roman ist: die Kunstrichter ließen sonst fünf solche Personen auf einmal wie uns nimmermehr ins Bad, sie würden vorschützen, es wäre nicht wahrscheinlich, daß wir kämen und uns in einem solchen Himmel zusammenfänden. Aber so hab' ich das wahre Glück, daß ich bloß eine Lebensbeschreibung setze und daß ich und die andern sämtlich existieren, auch außer meinem Kopfe.«...

–– Jetzt kann der Leser den Geburttag dieses Sektors erfahren: –– er ist gerade einen Tag jünger als unser Glück – kurz morgen reisen wir, ich und Philippine, und heute schreib' ich an ihm. Gustav wird bloß durch einen Strom von freundschaftlichen und medizinischen Vorstellungen mit fortgeführet und morgen von uns fortgezogen. – Die Fortuna hat diesesmal keine Vapeurs und keine einseitigen Kopfschmerzen; alles glückt uns; eingepackt ist alles – meine Fristgesuche sind geschrieben – aus Maußenbach darf mich niemand stören – der Himmel ist himmlisch blau, und ich brauche nicht meinen Augen, sondern dem *Cyanometer* [1] des Herrn von Saussure zu glauben – ich sehe wie der Frühling und seine gaukelnden Schmetterlinge aus und blühe – kurz: meinem Glück fehlte nichts, als daß gar der heutige Sektor glücklich geschrieben war, den ich bis heute hinausspielte, um die ganze Vergangenheit hinter mir zu haben und morgen nichts beschreiben zu müssen als morgen....

Und da der nun auch fertig ist: so – blauer Mai – breite deine Liebe-Arme aus, schlage deine himmelblauen Augen auf, decke dein Jungfrauen-Angesicht auf und betrete die Erde, damit alle Wesen wonnetrunken an deine Wangen, in deine Arme, zu deinen Füßen fallen und der Lebensbeschreiber auch wo liege!

Neunundvierzigster oder 1ter Freuden-Sektor

Der Nebel – Lilienbad

Nimm uns in dein Blumen-Eden auf, eingehülltes Lilienbad, mich, Gustav und meine Schwester, gib unsern Träumen einen irdischen Boden, damit sie vor uns spielen, und sei so dämmernd schön wie eine Vergangenheit!

Heute zogen wir ein, und unser Vorreiter war ein spielender Schmetterling, den wir vor uns von einer Blumen-Station auf die andre trieben. – Und der Weg meiner Feder soll auch über nichts anders gehen.

[1] Ein Blau-Messer, um die Grade des Himmelblaues abzumessen.

Der heutige Morgen hatte die ganze Auenthaler Gegend unter ein Nebel-Meer gesetzt. Der Wolkenhimmel ruhte auf unsern tiefen Blumen aus. Wir brachen auf und gingen in diesen fließenden Himmel hinein, in welchen uns sonst nur die Alpen heben. An dieser Dunst-Kugel oben zeichnete sich die Sonne wie eine erblassende Nebensonne hinein; endlich verlief sich der weiße Ozean in lange Ströme – auf den Wäldern lagen hangende Berge, jede Tiefe deckten glimmende Wolken zu, über uns lief der blaue Himmelzirkel immer weiter auseinander, bis endlich die Erde dem Himmel seinen zitternden Schleier abnahm und ihm froh ins große ewige Angesicht schauete – das zusammengelegte Weißzeug des Himmels (wie meine Schwester sagte) flatterte noch an den Bäumen, und die Nebelflocken verhingen noch Blüten und wogten als Blonden um Blumen – endlich wurde die Landschaft mit den glimmenden Goldkörnern des Taues besprengt, und die Fluren waren wie mit vergrößerten Schmetterlingflügeln überlegt. Eine gereinigte hebende Maienluft kühlte mit Eis den Trank der Lunge, die Sonne sah fröhlich auf unsern funkelnden Frühling nieder und schaute und glänzte in alle Tauküqelchen, wie Gott in alle Seelen.... O wenn ich heute an diesem Morgen, wo uns alles zu umfassen schien und wo wir alles zu umfassen suchten, mir nicht antworten konnte, da ich mich fragte: »War je deine Tugend so rein wie dein Vergnügen, und für welche Stunden will dich *diese* belohnen?« so kann ich jetzo noch weniger antworten, da ich sehe, daß der Mensch seine Freuden, aber nicht seine Verdienste durch die Erinnerung erneuern kann, und daß unsre Gehirn-Fibern die Saiten einer Äolsharfe sind, die unter dem Anwehen einer längst vergangnen Stunde zu spielen beginnen. Der große Weltgeist konnte nicht die ganze spröde Chaos-Masse zu Blumen für uns umgestalten; aber unserem Geist gab er die Macht, aus dem zweiten, aber biegsamern Chaos, aus der Gehirn-Kugel, nichts als Rosen-Gefilde und Sonnen-Gestalten zu machen. Glücklicherer Rousseau, als du selber wußtest! Dein jetziger erkämpfter Himmel wird sich von dem, den du hier in deiner Phantasie anlegtest, in nichts als darin unterscheiden, daß du ihn nicht allein bewohnest....

Aber das macht eben den unendlichen Unterschied; und wo hätt' ich ihn süßer fühlen können als an der Seite meiner Schwester, deren Mienen der Widerschein unsers Himmels, deren Seufzer das Echo unserer verschwisterten Harmonie gewesen. Sei nur immer so, teure Geliebte, die du vom Kranken so viel littest als ich von der Krankheit! Ich weiß ohnehin nicht, was ich öfter von dir zurücknehme, meinen Tadel oder mein Lob!

Wir langten unter sprachlosen Gedanken in Unterscheerau an und fanden unsern bleichen Reisegenossen schon bereit, meinen Gustav. Er schwieg viel, und seine Worte lagen unter dem Drucke seiner Gedanken; der äußere Sonnenschein erblich zu innerem Mondschein, denn kein Mensch ist fröhlich, wenn er das Beste sucht oder zu finden hofft, was hienieden zu verlieren ist – Gesundheit und Liebe. Da in solchen Fällen die Saiten der Seele sich nur unter den leichtesten Fingern nicht verstimmen, d.h. unter den weiblichen: so ließ ich meine ruhen und weibliche spielen, die meiner Schwester.

Als wir endlich manchen Strom von Wohlgeruch durchschnitten hatten – denn man geht oft draußen vor Blumen-Lüftchen vorbei, von denen man nicht weiß, woher sie wehen –; und als alle Freuden-Dünste des heutigen Tages im Auge zum Abendtau zusammenflossen und mit der Sonne sanken; als *der* Teil des Himmels, den die Sonne überflammte, weiß zu glühen anfing, eh' er rot zu glühen begann, indes der östliche Teil im dunkeln Blau nun der Nacht entgegenkam; als wir jedem Vogel und Schmetterling und Wanderer, der nach Lilienbad seine Richtung nahm, mit den Augen nachgezogen waren: – so schloß uns endlich das schöne Tal, in das wir so viele Hoffnungen als Samen künftiger Freuden mitbrachten, seinen Busen auf. – Unser Eingang war am östlichen Ende; am westlichen sah uns die zur Erde herabgegangene Sonne an und zerfloß gleichsam aus Entzücken über ihren angewandten Tag in eine Abendröte, die durch das ganze Tal schwamm und bis an die Laub-Gipfel stieg. Nie sah ich so eine; sie lag wie herabgetropfet in dem Gebüsch, auf dem Grase und Laube und malte Himmel und Erde zu *einem* Rosen-Kelch. Einzelne, zuweilen gepaarte Hütten hüllten sich mit Bäumen zu; lebendige Jalousie-Fenster aus Zweigen preßten sich an die Aussichten der Zimmer und bedeckten den Glücklichen, der heraus nach diesen Gemälden der Wonne sah, mit Schatten, Düften, Blüten und Früchten. Die Sonne war hinabgerückt, das Tal legte wie eine verwittibte Fürstin einen Schleier von weißen Düften an und schwieg mit tausend Kehlen. Alles war still – still kamen wir an – still war es um Beatens Hütte, an deren Fenster ein Blumentopf mit einem einzigen Vergißmeinnicht noch vom Begießen tröpfelte – still wählten wir unsere gepaarte Hütten, und unsre Herzen zergingen uns vor ruhiger Wonne über diesen heiligen Abend unsrer künftigen Festtage, über diese schöne Erde und ihren schönen Himmel, die beide zuweilen wie eine Mutter sich nicht regen, damit das an sie gesunkene Kind nicht aus seinem Schlummer wanke. –

O sollten einmal unsre Tage in Lilienbad auf Dornen sterben, sollt' ich statt der Freuden-Sektores einen Jammer-Sektor schreiben müssen – wenns einmal ist: so sieht es der Leser daran voraus, daß ich das Wort »Freude; vom Sektor weglasse und statt der Überschrift nur Kreuze mache. Es ist aber unmöglich; ich kann meinen Bogen ruhig beschließen. – Beata haucht noch ein leises Abendlied in ihr mit Saiten überzognes Echo; wenn beide ausgetönet, so wird der Schlaf das Sinnenlicht der Menschen in Lilienbad auslöschen und das *Nachtstück* des Traums in den dämmernden Seelen ausbreiten....

Funfzigster oder 2ter Freuden-Sektor

Der Brunnen – die Klagen der Liebe

Ich bin im ersten Himmel eingeschlafen und im dritten aufgewacht. Man sollte an keinen Orten aufwachen als an fremden – in keinen Zimmern als denen, in welche die Morgensonne ihre ersten Flammen wirft – vor keinen Fenstern als denen, wo das Schattengrün wie ein Namenzug im himmlischen Feuerwerk brennt und wo der Vogel zwischen den durchhüpften Blättern schreiet....

Ich wollte, mein künftiger Rezensent lebte mit mir auf der Stube zu Lilienbad; er würde nicht (wie er tut) über meine Freuden-Sektores den ästhetischen Stab brechen, sondern einen Eichenzweig, um den Vater derselben zu bekränzen....

Dieser Vater ist jetzt ein Damenschneider, aber bloß in folgendem Sinn: in der Mitte von Lilienbad steht der medizinische Springbrunnen, aus dem man die aus der Erde quellende Apotheke schöpft; von diesem Brunnen entfernen sich in regelloser Symmetrie die Kunst-Bauerhütten, die die Badgäste bewohnen; jede dieser kleinen Hütten putzt sich scherzhaft mit dem heraushängenden Malzeichen oder der Signatur irgendeines Handwerks. Mein Häuschen hält eine Schere als eine technische Insignie heraus, um kundzutun, wer darin wohne (welches ich tue), treibe das Damenschneider-Handwerk. Meine Schwester ist (nach dem Exponenten eines hölzernen Strumpfs zu urteilen) ein Strumpfwirker; neben ihr schwankt ein hölzerner Stiefel oder ein hölzernes Bein (wer kanns wissen?) und saget uns so gut wie ein Handwerkgruß den darin seßhaften Schuster an, welches niemand als mein Gustav ist.

Auf Beatens Hütte, die wie jetzige Damen einen Hut oder ein Dach von Stroh aufhat, liegt eine lange Leiter hinauf und kündigt die schöne Bäuerin darin an und ist die Himmelleiter, unter der man wenigstens *einen* Engel sieht.

Es ist auch auswärts bekannt, daß unser Fürstentum so gut seinen Gesundbrunnen hat und haben muß als irgendeines auf der Fürstenbank – (denn jedes muß eine solche pharmazeutische Quelle wie einen Flakon bei sich führen, um gegen kameralistische Ohnmacht daran zu riechen) – ferner kann es bekannt sein, daß sonst viele Gäste hierher kamen und jetzt keine Katze – und daß daran nicht der Brunnen, sondern die Kammer schuld ist, die zu viel hineinbauete und zu viel heraushaben will und die so teuer anfing, als der Seltersbrunnen endigte – daß mithin unser Brunnen so wohlfeil endigen will, als jener anfing – und daß unser Lilienbad bei allen medizinischen Kräften doch die wichtigere nicht hat, einen wenigstens nur so krank zu machen, als eine Kammerjungfer ist – – ich sagte, das wär' alles bekannt genug, und ich hätt' es also gar nicht zu sagen gebraucht.

Freilich ists nicht das Verdienst der andern Gesundbrunnen, wenn sie angenehme Krankheitbrunnen sind, um die sich die ganze große und reiche Welt als Priester stellet; – hätten wir nur hier in Lilienbad auch solche weibliche Engel wie in andern Bädern, die den Teich von Bethesda erschüttern und ihm eine medizinische Kraft mitteilen, die der des biblischen Teiches *entgegengesetzt* ist; hätten wir Spieler, die zum Sitzen, Brunnenärzte, die zum Brunnensaufen (nicht Brunnentrinken) zwingen: so würde unsere Quelle so gut wie jede andre deutsche fähig sein, die Zechgäste instand zu setzen, daß sie jedes Jahr – wiederkämen. Aber so wird unsere Brunneninspektion ewig sehen müssen, wie die kranke Phalanx der großen Welt vor uns vorbeirollt und um andre Brunnen sich drängt, wie die wilden Tiere um einen in Afrika; und wenn Plinius [1] aus diesen Tierkonventen das Sprichwort in der Note erklärt: so wollt' ich auch ähnliche Neuigkeiten aus den Brunnenkongressen erklären.

Die Kammer ist am Ende am meisten zu bedauern, daß in unserem Josaphats-Tale bloß Natur, Seligkeit, Mäßigkeit und Auferstehung wohnet.

Heute tranken wir alle am Wasser-Baquet das über Eisen abgezogne Wasser unter dem Lärm der Vögel und Blätter und schlangen das daraus schimmernde Sonnenbild und zugleich ihr Feuer mit hinein. Der Kummer-Winter hat um die Augenlider der Beata und um ihren Mund die unaussprechlich-holden Buchstaben ihres verblichnen Schmerzes gezogen; ihr großes Auge ist ein sonnenheller Himmel, dem glänzende Tropfen entfallen. Da ein Mädchen die Pfauenspiegel ihrer Reize leichter an einem andern Mädchen als an einer Mannsperson entfalten kann: so gewann sie sehr durch das Spiel mit meiner Schwester. – Gustav – war unsichtbar; er trank seinen Brunnen nach und verirrte sich in die Reize der Gegend, um eigentlich den größern Reizen ihrer Bewohnerin zu entkommen. Das Glück ausgenommen, sie zu sehen, kannt' er kein größeres als das, sie nicht zu sehen. Sie spricht nicht von ihm, er nicht von ihr; seine herauswollenden Gedanken an sie werden nicht zu Worten, sondern zu Errötungen. Wollte der Himmel, ich faßte statt einer Lebensbeschreibung einen Roman ab: so führt' ich euch, schöne Seelen, einander näher und konstruierte unsern freundschaftlichen Zirkel aus seinen Segmenten wieder; dann bekämen wir hier einen solchen Himmel, daß, wenn der Tod vorbeiginge und uns suchte, dieser ehrliche Mann nicht wüßte, ob wir schon darin säßen oder von ihm erst hineinzuschaffen wären....

Ich habe verständig und delikat zugleich gehandelt, daß ich einen gewissen Aufsatz, den Beata im Winter machte und zu dem ich auf eine ebenso ehrliche als feine Weise kam, vor Gustav so gut brachte wie vor meine

[1] Nach den Alten versammelten die seltnen Brunnen alle wilde Tiere um sich; und diese Zusammentreffungen gaben – wie die in Redouten – zu noch sonderbarern und zum Sprichwort »Afrika bringt immer etwas Neues« oder zu Mißgeburten Gelegenheit.

Leser hier. Er ist an das Bild ihres wahren Bruders gerichtet und besteht in Fragen. Der Schmerz liegt auf den weiblichen Herzen, die geduldig unter ihm sich drücken lassen, mit größerer Last als auf den männlichen auf, die sich durch Schlagen und Pochen unter ihm wegarbeiten; wie den *unbeweglichen* Tannengipfel aller Schnee belastet, indes auf den tiefern Zweigen, die sich immer regen, keiner bleibt.

An das Bild meines Bruders

»Warum blickst du mich so lächelnd an, du teures Bild? Warum bleibt dein Farbenauge ewig trocken, da meines so voll Tränen vor dir steht? O wie wollt' ich dich lieben, wärest du traurig gemalt!

Ach Bruder! sehnest du dich nach keiner Schwester, saget dirs dein Herz gar nicht, daß es in der öden Erde noch ein zweites gibt, das dich so unaussprechlich liebt? – Ach hätt' ich dich nur *einmal* in meine Augen, in meine Arme gefasset –– wir könnten uns nie vergessen! Aber so.... wenn du auch verlassen bist wie deine Schwester, wenn du auch, wie sie, unter einem Regen-Himmel und durch eine leere Erde gehest und keinen Freund in den Stunden des Kummers findest – ach, du hast alsdann nicht einmal ein verschwistertes Bild, vor dem dein Herz ausblutet! – O Bruder, wenn du gut und unglücklich bist: so komm zu deiner Schwester und nimm ihr ganzes Herz – es ist zerrissen, aber nicht zerteilt und blutet nur! O es würde dich so sehr lieben! Warum sehnest du dich nach keiner Schwester? O du Ungesehener, wenn dich die Fremden auch verlassen, auch täuschen, auch vergessen, warum sehnest du dich nach keiner treuen Schwester? – Wann kann ich dirs sagen, wie oft ich dein stummes Bild an mich gepresset, wie oft ich es stundenlang angeblicket und mir Tränen in seine gemalten Augen gedacht habe, bis ich selber darüber in strömende ausgebrochen bin? – Verweile nicht so lange, bis deine Schwester mit dem ermüdeten Herzen unter der Leichendecke ausruhet und mit allem ihren vergeblichen Sehnen, mit ihren vergeblichen Tränen, mit ihrer vergeblichen Liebe in kalte vergessene Erde zerfällt! Verweile auch nicht so lange, bis unsere Jugend-Auen abgemähet und eingeschneiet sind, bis das Herz steifer und der Jahre und Leiden zu viele geworden sind. – Es wird auf einmal meinem Innern so wehe, so bitter.... Bist du vielleicht schon gestorben, Teurer? – Ach, das betäubt mein Herz – wende dein Auge, wenn du selig bist, von der verwaiseten Schwester und erblick' ihre Schmerzen nicht – ach ich frage mich schwer im blutenden Innern: *was hab' ich noch, das mich liebt?* und ich antworte nicht....«

*

Die Leser haben den Mut, daraus mehr zu Gustavs Vorteil zu erraten als er selber. Ihm als Helden dieses Buchs muß dieses Blatt willkommen sein;

aber ich als sein bloßer Geschichtschreiber hab' nichts davon als ein paar schwere Szenen mehr, die ich jedoch aus wahrer Liebe gegen den Leser gern verfertige – Billionen wollt' ich deren ihm zu Gefallen ausarbeiten. Nur tut es meiner ganzen Biographie Schaden, daß die Personen, die ich hier in Handlung setze, zugleich mich in Handlung setzen und daß der Geschicht- oder Protokollschreiber selber unter die Helden und Parteien gehört. Ich wäre vielleicht auch unparteiischer, wenn ich diese Geschichte ein paar Jahrzehende oder Jahrhunderte nach ihrer Geburt aufsetzte, wie die, die künftig aus mir schöpfen werden, tun müssen. Die Maler befehlen dem Porträtmaler, dreimal so weit vom Urbilde abzusitzen, als es groß ist – und da Fürsten so groß sind und da sie folglich nur von Autoren gezeichnet werden können, die in einer dieser Größe gleichen Entfernung des Orts oder der Zeit von ihnen wegsitzen: so wäre zu wünschen, ich stände nicht neben unserem Fürsten, damit ich ihn nicht so vorteilhaft abmalte, als ich tue....

Einundfunfzigster oder 3ter Freuden-Sektor

Sonntagmorgen – offne Tafel – Gewitter – Liebe

Welch ein Sonntag! – Heut ist Montag. Ich weiß kein Mittel, mich, der ich (wie wir alle durch unser Isolieren) ein Freuden-Elektrophor geworden, auszuladen als durch Schreiben, ich müßte denn tanzen. Gustav hör' ich herüber: der hat zum Auslader einen Flügel und spielt ihn. Der Flügel wird mir diesen Sektor sehr erleichtern und mir manchen funkelnden Gedanken zuwerfen. Ich hab' mir oft gewünscht, nur so reich zu werden, daß ich mir (wie die Griechen taten) einen eignen Kerl halten könnte, der so lange musizierte, als ich schriebe. – Himmel! welche opera omnia sprössen heraus! Die Welt erlebte doch das Vergnügen, daß, da bisher so viele poetische Flickwerke (z. B. die Medea) der Anlaß zu musikalischen Meisterwerken waren, sich der Fall umkehrte und daß musikalische Nieten poetische Treffer gäben. –

Vor Tags machten wir uns gestern aus dem Bette, ich und mein musikalischer Souffleur. »Wir müssen«, sagt' ich zu ihm, »vier volle Stunden draußen herumjagen, eh' wir in die Kirche gehen« – nämlich nach *Ruhestatt*, wo der vortreffliche Herr *Bürger* aus Großenhayn[1] als Gastprediger auftreten sollte. Alles geschah. Bis diese Stunde weiß ich nicht, zieh' ich eine laue Sommernacht oder einen kalten Sommermorgen vor: in jener rinnt das zerschmolzene Herz in Sehnen auseinander; dieser härtet das

[1] Seine vor einem Jahre gedruckten Predigten werden nach dem Geschmack eines jeden sein, der meinen hat.

glühende zur Freude zusammen und stählet sein Schlagen. Unsere vier Stunden zu palingenesieren – müßte man aus hundert Lust- und Jagdschlössern die Minuten dazu zusammentragen, und es hinkte doch. Die Morgendämmerung ist für den Tag, was der Frühling für den Sommer ist, wie die Abenddämmerung für die Nacht, was der Herbst für den Winter. Wir sahen und hörten und rochen und fühlten, wie allmählich ein Stückchen vom Tag nach dem andern aufwachte – wie der Morgen über Fluren und Gärten zog und sie wie vornehme Morgenzimmer mit Blüten und Blumen räucherte – wie er sozusagen alle Fenster öffnete, damit ein kühlender Luftzug den ganzen Schauplatz durchstriche – wie jede Kehle die andre weckte und sie in die Lüfte und Höhen zog, um mit trunkner Brust der steigenden vertieften Sonne entgegenzufliegen und entgegenzusingen – wie der bewegliche Himmel tausend Farben rieb und verschmolz und den Faltenwurf seiner Wolken versuchte und färbte.... So weit war der Morgen, da wir noch im tauenden Tale gingen. Aber als wir aus seiner östlichen Pforte hinaustraten in eine unabsehliche, mit wachsenden Girlanden und regem Laubwerk musivisch ausgelegte Aue, deren sanfte Wellenlinie in Tiefen fiel und auf Höhen floß, um ihre Reize und Blumen auf und nieder zu bewegen; als wir davor standen: so erhob sich der Sturm der Wonne und des lebenden Tages und der Ostwind ging neben ihm und die große Sonne stand und schlug wie ein Herz am Himmel und trieb alle Ströme und Tropfen des Lebens um sich herum. – –

Gustav spielt eben sanfter, und seine Töne halten meinen noch immer leicht in hypochondrische Heftigkeit übergehenden Atem auf. –

Als jetzt die Mühle der Schöpfung mit allen Rädern und Strömen rauschte und stürmte: wollten wir in süßer Betäubung kaum gehen, es war uns überall wohl; wir waren Lichtstrahlen, die jedes Medium aus ihrem Wege brach; wir zogen mit der Biene und Ameise und verfolgten jeden Wohlgeruch bis zu seiner Quelle und gingen um jeden Baum; jedes Geschöpf war ein Pol, der unsere Nadel zu Abbeugungen und Einbeugungen lenkte. Wir standen in einem Kreis von Dörfern, deren Wege alle mit fröhlichen Kirchgängern zurückkamen und deren Glocken die geistige Messe einläuteten. Endlich zogen wir auch der wallfahrtenden Andacht nach und zur Kirchtür der kühlen Ruhestätter Kirche hinein.

Wenn ein Maitre de plaisirs einem Fürsten eine Operndekoration vorschlüge, die aus einer aufziehenden Sonne, tausend Leipziger Lerchen, zwanzig lautenden Glocken, ganzen Fluren und Floren von seidnen Blumen bestände: so würde der Fürst sagen, es kostete zu viel – aber der Freudenmeister sollte versetzen: einen Spaziergang kostets – oder eine Krone, sag' ich, weil zu einem solchen Genuß nicht der Fürst, sondern der Mensch zulangt.

In der Kirche ließ ich mich auf dem Orgelstuhl nieder, um die plumpe Orgel zu kartätschen zum Erstaunen der meisten Seelen. Als Gustav in eine adelige Loge trat, saß in der gegenüberstehenden – Beata; denn eine Predigt war ihr so lieb als einer andern ein Tanz. Gustav bückte sich mit niederfallenden Augen und aufströmender Röte vor ihr und war tief gerührt über die blasse gekränkte Gestalt, die sonst vor ihm geglühet hatte – sie wars gleichfalls von der seinigen, auf der sie alle traurige Erinnerungen las, die in ihre oder seine Seele geschrieben waren. Ihre vier Augen zogen sich vom Gegenstand der Liebe zu dem der Aufmerksamkeit zurück, auf Herrn Bürger aus Großenhayn. Er fing an; ich hatte als zeitiger Organist vor, gar nicht auf ihn acht zu geben – ein Kantor macht sich aus einer Predigt so wenig wie ein Mann von *Ton* –; allein Herr Bürger predigte mir mit den ersten Worten das Choralbuch aus der Hand, worin ich lesen wollte. Er trug die Vergebung der menschlichen Fehler vor – wie hart die Menschen auf der einen, und wie zerbrechlich sie auf der andern Seite wären; wie sehr jeder Fehler sich ohnehin am Menschen blutig räche und gleich einem Nervenwurme den durchfresse, den er bewohne, und wie wenig also ein anderer das Richteramt der Unversöhnlichkeit zu verwalten habe; wie wenig es Verdienst habe, Unvorsichtigkeiten, kleine oder zu entschuldigende Fehler zu vergeben, und wie sehr alles Verdienst auf Übersehung solcher Fehler, die uns mit Recht erbitterten, ankomme etc. Da er endlich auf das Glück der Menschenliebe zeigte: so ruhte das brennende und strömende Auge Gustavs unbewußt auf Beatens Antlitz aus; und als endlich ihre Augen sich, dem Pfarrer zugekehrt, mit der wahren Kummer- und Freuden-Auflösung anfüllten und als sie unter dem Abtrocknen sie auf Gustav wandte: so öffneten sie sich einander ihre Augen und ihr Innerstes; die zwei entkörperten Seelen schaueten groß ineinander hinein, und ein vorüberfliegender Augenblick des zärtlichsten Enthusiasmus zauberte sie an den Augen zusammen.... Aber plötzlich suchten sie wieder den alten Ort, und Beata blieb mit ihren an der Kanzel.

Ich kanns nicht behaupten, ob er, Herr Bürger, diese nützliche Predigt schon unter seine gedruckten getan oder nicht; gleichwohl soll mich dieses Lob nicht hindern zu gestehen, daß seinen an sich guten Predigten eigentliche Kraft einzuschläfern vielleicht fehle, ein Fehler, den man sowohl beim Lesen als beim Hören wahrnimmt. Hier will ich zum Besten andrer Geistlichen einige Extraseiten über die falsche Bauart der Kirchen einschichten.

Extraseiten über die falsche Bauart der Kirchen

Ich hab' es schon dem Konsistorium und der Bauinspektion vorgetragen; aber es verfängt nichts. Wir und sie wissen es alle, daß jede Kirche, eine Kathedral-Kirche so gut als ein Filial, für den Kopf oder das *Gehirn* der Diözes zu sorgen habe, d. h. für den *Schlaf* derselben, weil nach *Brinkmann* jenes nichts so stärkt als dieser. Es wäre lächerlich, wenn ich mich hersetzen und erst lange ausführen wollte, daß dieser desorganisierende Schlaf auf eine wohlfeilere Art und für weniger Pfennige und Opium als bei den Türken zu erregen steht; denn unser Opium wird wie Quecksilber äußerlich eingerieben und hauptsächlich an den *Ohren* angelegt. Nun ist niemand so gut wie mir bekannt, was man in der ganzen Sache schon getan. Wie man in Konstantinopel (nach *de Tott*) besondere Buden und Sitze für die Opiumesser, aber nur *neben* den *Moscheen* hat: so sind sie bei uns *darin* und heißen Kirchenstühle. – Ferner brennen ordentliche *Nachtlichter* auf dem Altar. Die Fensterscheiben haben in katholischen Tempeln Glasgemälde, die so gut wie Fenstervorhänge Schatten geben. Zuweilen sind die Pfeiler so geordnet oder vervielfältigt, daß sie zur kirchlichen Dunkelheit mithelfen, die der Zweck des Schlafens so sehr begehrt. Da die Schlafzimmer in Frankreich lauter matte glanzlose Farben haben: so ist in dem großen kanonischen Schlafzimmer wenigstens insofern für den Schlaf gesorgt worden, daß doch die Teile der Kirche, auf die das Auge sich am meisten richtet, Altar, Pfarrer, Kantor und Kanzel, schwarz angestrichen sind. Man sieht, ich unterdrücke keinen Vorzug, und es ist nicht Tadelsucht, wenn ich tadele. –

Aber es fehlet einem Tempel noch viel zu einem wahren Dormitorium. Ich stand (ich könnt' auch sagen: ich lag) in Italien und auch in Paris in mehren Theaterlogen, die vernünftig eingerichtet und möbliert waren: man konnte darin (weil alles dazu da war) *schlafen*, spielen, pissen, essen und mehr.... – Man hatte seine Freundinnen mit. Das haben nun die Großen gewohnt; wie will man ihnen ansinnen, sie sollen in die Kirche fahren und darin schlafen, da ihnen ihr Geld eher alle Freuden als den Schlaf verschafft? – Beim tiers état, beim Bauer und Bürger, selber beim Bürgermeister-Kollegium, das sich die ganze Woche matt votiert, ists kein Wunder, sondern freilich leicht dahin zu bringen, daß sie leicht auf jedem Stuhl, auf jeder Empor entschlafen; ich leugn' es nicht; aber der Libertin, der Schläfer auf Eiderdunen, wird euch (und predigte ein Konsistorialrat) auf keinem bloßen Sessel schlafen; er geht daher lieber in keine Kirche. Für solche Leute von Ton müssen daher ordentliche Kirchenbetten in den Logen aufgeschlagen werden, damit es geht; so wie auch Spieltische, Eßtische, Ottomanen, *Freundinnen* u. dergl. in einer Hofkirche so unentbehrliche Dinge sind, daß sie besser an jedem andern Orte mangeln könnten als da.

Man kann es also, ohne mich und die Wahrheit zu beleidigen, kein Schmeicheln nennen, wenn ich verfechte, daß bloß die dumme Kirchen-Architektur und der Mangel alles Haus- und Kirchengeräts, aller Betten etc. daran schuld sind, nicht aber die gut und philosophisch oder mystisch ausgearbeiteten Predigten geschickter Hof-, Universität-, Kasernen- und Vesper-Prediger, wenn die Leute von Stand weit weniger darin schlafen können, als man sich verspricht.

Ende der Extraseiten

Nach der Kirche trafen wir alle an der Sakristei zusammen. Ich gehe über Kleinigkeiten hinweg und komme sogleich dazu, daß wir sämtlich abzogen und daß Gustav unserer schönen Dauphine den Arm gab und nahm. Es war ein ruhiges Wandeln unter der festlichen Sonne und unter den Blüten der Gebüsche hinweg. Der Putz, die getäfelte Stirn, die wie Fiedelbogen-Haare hinübergespannten Stirn-Haare, die wie Zwiebelhäute übereinander liegenden Röcke des weiblichen Bauerstandes malten samt dessen anlachendem Angesicht uns den Sonntag heller vor, als alle halbe und ganze Parüren der Städterinnen können. Auch find' ich am Sonntage viel schönere Gesichter als an den sechs Werkeltagen, die alles im Schmutz vermummen.

Das Gespräch mußte gleichgültig bleiben – ich denke, selbst beim Vergißmeinnicht. Beata sah nämlich eines im Grase liegen und eilte hinzu und – da wars von Seide: »O ein falsches«, sagte sie. »Nur ein gestorbnes,« sagte Gustav, »aber ein dauerhaftes.« Unter Personen von einer gewissen Feinheit wird leicht alles zur Anspielung! Wohlwollen ist ihnen daher unentbehrlich, damit sie an keine andern Anspielungen als an gutmütige glauben. – Ich labte mich unter dem ganzen Wege am meisten daran, daß ich der Hintergrund und der Rückenwind war, der hintennach ging; denn wär' ich vorausgezogen, so hätt' ich den schönsten Gang nicht gesehen, in dem sich noch die schönste weibliche Seele durch ihren Körper zeichnete – Beatens ihren. Nichts ist charakteristischer als der weibliche Gang, zumal wenn er beschleunigt werden soll.

Im Tal fanden wir außer dem Schatten und Mittage noch etwas Schöneres, den Doktor Fenk. Er hatte ein kleines Speise-Concert spirituel unter den Bäumen angeordnet, wo wir alle wie Fürsten und Schauspieler offne Tafel, aber vor lauter satten musikalischen Zuschauern, vor den Vögeln, hielten. Wir hatten nichts darwider, daß zuweilen eine Blüte in den Tunknapf, oder in das Essiggestell ein Blättchen flatterte, oder daß ein Lüftchen das Zuckergestöber aus der Zuckerdose seitwärts wegblies; dafür lag der größte plat de ménage, die Natur, um unsern freudigen Tisch herum, und wir waren selber ein Teil des Schaugerichts. Fenk sagte und spielte mit einem herabgezognen Aste: »unser Tisch hätte wenigstens *den* Vorzug vor den Tischen in der großen Welt, daß die Gäste an unserem einander kennten; die Großen aber, z. B. in Scheerau oder Italien, speiseten mehr Menschen, als sie kennen lernten; wie im Fette des Tieres, das von den Juden so sehr verabscheuet und nachgeahmet würde, Mäuse lebten, ohne daß das Tier es merkte.«

Ein Arzt sei noch so delikat im Ausdruck: er ists doch nur für Ärzte.

Unter dem Kaffee behauptete mein lieber Pestilenziar, alle Kannen – Kaffee-, Schokolade-, Teekannen –, Krüge etc. hätten eine Physiognomie, die man viel zu wenig studiere; und wenn Melanchthon der Missionär und Kabinettprediger der Töpfe gewesen, so fehle noch ein Lavater derselben. Er habe einmal in Holland eine Kaffeekanne gekannt, deren Nase so matt, deren Profil so schal und holländisch gewesen wäre, daß er zum Schiffarzt, der mitgetrunken, gesagt, in dieser Kanne säße gewiß eine ebenso schlechte Seele, oder alle Physiognomik sei Wind: – da er eingeschenkt hatte, so war das Gesöff nicht zum Trinken. Er sagte, in seinem Hause werde kein Milchtopf gekauft, den er nicht vorher, wie Pythagoras seine Schüler, in physiognomischen Augenschein nehme.

»Wem haben wirs zuzuschreiben,« fuhr er in humoristischem Enthusiasmus fort, »daß um unsere Gesichter und Taillen nicht so viele Schönheitlinien als um die griechischen beschrieben sind, als bloß den verdammten Tee- und Kaffeetöpfen, die oft kaum menschliche Bildung haben und die doch unsere Weiber die ganze Woche ansehen und dadurch kopieren in ihren Kindern? – Die Griechinnen hingegen wurden von lauter schönen Statuen bewacht, ja die Sparterinnen hatten die *Bildnisse* schöner Jünglinge sogar in ihren Schlafzimmern aufgehangen.« – –

Ich muß aber zur Rechtfertigung von vielen hundert Damen sagen, daß sie dafür ja das nämliche mit den *Originalen* tun und daß damit auch schon etwas zu machen ist. –

Da ich in diesem Familien-Schauspiel für keine Göttin Achtung habe als für die der Wahrheit: so kann ich sie auch meiner Schwester nicht aufopfern, obgleich ihr Geschlecht und ihre Jugend sie noch unter die Göttinnen stellen. Es ärgert mich, daß sie zu wenig Stolz und zu viel Eitelkeit ernährt. Es ärgert mich, daß es sie nicht ärgern wird, sich hier *gedruckt* und *getadelt* zu lesen, weil ihr mehr am Gewinst der Eitelkeit durch den Druck als am Verlust des Stolzes durch den Tadel gelegen ist.

Stolz ist in unserem kriegslistigen Jahrhundert der treueste Schutzheilige und Lehns-Vormund der weiblichen Tugend. Niemand wird zwar von mir fodern, *die* Damen von meiner Bekanntschaft öffentlich zu nennen, die gewiß wie Mailand 40 mal (nach *Keißler*) wären belagert und 20 mal erobert worden, wären sie nicht brav stolz gewesen, ja wäre nicht eine davon an *einem* Abende voll Tanz zweiundeinhalbmal stolz gewesen; aber nennen könnt' ich sie, wollt' ich sonst.

Du lehrest mich, liebe Philippine, daß die edelsten Gefühle nicht immer die Gefallsucht ausschließen und daß ich außer dem Geschäfte, dich zu lieben, kein besseres haben kann als das, dich zu schelten – und deinen Medizinalrat Fenk auch, der gegen dich seiner sorgenlosen Laune zu weit nachhängt: zum Glück ist sie noch im Alter, wo Mädchen allemal den lieben, den sie am längsten gesprochen, und wo ihr Herz wie ein Magnet das alte Eisen fallen lässet, wenn man ein neues daran bringt.

Beata und Gustav berührten einander die wunden Stellen wie zwei Schneeflocken; sogar in der Stimme und der Bewegung schilderte sich zärtliches, schonendes, ehrliebendes, aufopferndes Ansichhalten. O wenn die Weigerungen der Koketterie schon so viel geben: wie viel müssen erst die gegenwärtigen der Tugend geben!

Der Nachmittag war auf den Flügeln der Schmetterlinge, die neben uns ihre *tiefern* Blumen suchten, davongeeilet; die Gespräche nahmen wie die Augen an Interesse zu, und wir schlenterten (oder schreibt mans mit einem weichen D?) auf der Allee-Terrasse hin, die den Berg wie ein Gürtel umwindet und auf der das Auge über die Einzäunungen des Tales in die Fluren hinübergehen kann. Gegen Westen rückte ein Gewitter mit seinem Donner-Tritt über den Himmel und hing sein Bahrtuch von schwarzem Gewölk über die Sonne. Die Gegend sah wie das Leben eines großen, aber nicht glücklichen Menschen aus; der eine Berg glühte vom Flammenblick der Sonne, der andre verdunkelte sich unter der niederfallenden Nacht einer Wolke – – drüben in der Abendgegend brauste im Himmel statt des *Vogelgesangs* das himmlische Pedal, der Donner, und in Reihen von weißen Wassersäulen riß sich der wärmende Regen vom Himmel los und füllte seine Blumenkelche und Gipfel wieder, aus denen er gestiegen war – es war der Seele so feierlich, als würde ein Thron für Gott errichtet, und alles wartete, daß er darauf niederstiege.

Gustav und Beata gingen, in den Himmel versunken, auf der Terrasse voraus; der Doktor, meine Schwester und ich in einer kleinen Ferne hinter ihnen. Endlich platzten auf dem Laube der Allee einzelne Regentropfen, die aus dem Saume der breiten Wetterwolke über uns flogen und fielen; – so bestreift ein donnerndes niederblitzendes Unglück der Nachbarschaft die entlegnen Länder nur mit einigen Tränen, die aus dem Auge des Mitleids entwischen. – Wir stellten uns alle unter die nächsten Bäume. Gustav und Beata standen seit vielen Monaten zum ersten Male wieder einsam nebeneinander, ohne Ohrenzeugen, obwohl neben Augenzeugen. Sie waren gegen Abend gekehrt und schwiegen. Es gibt Lagen, wo der Mensch sich zu groß fühlt, ein Gespräch heranzulenken, oder fein zu sein, oder Anspielungen zu machen. Beide verstummten fort, bis Gustav in der heißesten Sonnenwende seiner Empfindungen sich von der überschwemmten Abendgegend umkehrte zu Beatens Augen hin – ihre hoben sich langsam und unverhüllt zu seinen auf und der Mund unter ihnen blieb ruhig und ihre Seele war bei niemand als bei Gott und der Tugend.

Die Wolke war verronnen und verzogen. Der Doktor hatte heimzueilen. Niemand konnte aus seinem genießenden Schweigen heraus. So stumm waren wir alle die Terrasse hinunter gekommen – und jedes war auch schon von seinem belaubten Regenschirme hinweg –, als auf einmal die tiefe Sonne die schwarze Wolkendecke durchbrannte und entzweiriß und den Leichenschleier des Gewitters weit zurückschlug und uns überstrahlte und die glimmenden Gesträuche und jeden feurigen Busch .... Alle Vögel schrien, alle Menschen verstummten – die Erde wurde eine Sonne – der Himmel zitterte weinend über der Erde vor Freude und umarmte sie mit heißen unermeßlichen Lichtstrahlen. –

Die Gegend brannte im himmlischen Feuerregen um uns; aber unsere

Augen sahen sie nicht und hingen blind an der großen Sonne. Im Drang, das Herz von Blut und Freude loszumachen, versank Gustavs Hand in Beatens ihre – er wußte nicht, was er nahm – sie wußte nicht, was sie gab, und ihre gegenwärtigen Gefühle erhoben sich weit über geringfügige Versagungen. Endlich legte sich die umdonnerte Sonne wie ein Weiser ruhig unter die kühle Erde, ihr Abendrot ruhte glühend unter dem blitzenden Wetter, sie schien wie eine Seele zu Gott gegangen zu sein, und ein Donnerschlag fiel in den Himmel nach ihrem Tode....

Es dämmerte.... die Natur war ein stummes Gebet.... Der Mensch stand erhabener wie eine Sonne darin; denn sein Herz faßte die Sprache Gottes.... aber wenn in das Herz diese Sprache kommt und es zu groß wird für seine Brust und seine Welt: so hauchet der große Genius, den es denkt und liebt, die stillende Liebe zu den Menschen in den stürmenden Busen, und der Unendliche lässet sich von uns sanft an den Endlichen lieben....

Gustav empfand die Hand, die in seiner pulsierte und aus ihr herausstrebte – er hielt sie schwächer und sah in das schönste Auge zurück – seines bat Beaten unendlich rührend um Vergebung der vergangnen Tage und schien zu sagen: »O! nimm in dieser seligen Stunde auch meinen letzten Kummer weg!« – Als er nun leise mit einem Tone, der so viel war wie eine gute Tat, fragte: »Beata?« und als er nicht weitersprechen konnte und sie das errötende Angesicht zur Erde wandte und aufhörte, ihre Hand aus seiner zu ziehen, und tief gerührt wieder aufsah und ihm die Träne zeigte, die zu ihm sagte: »Ich will dir vergeben«: so wurden aus zwei Seelen, die noch größer waren als die Natur um sie, zwei Engel, und sie fühlten den Himmel der Engel – sie standen und schwiegen, in unendliche Dankbarkeit und Entzückung verloren – er nahm endlich, zitternd vor hochachtender Freude, ihren bebenden Arm und erreichte uns.

Den Sabbat schlossen stille Gedanken, stille Entzückungen, stille Erinnerungen und ein stiller Regen aus *allen* entladenen Gewittern.

Vierter Freuden-Sektor

Der Traum vom Himmel – Brief Fenks

Seitdem ich neben meinem lebenbeschreibenden Handwerk noch das eines Damenschneiders betreibe, wächst ein ganz neues Leben in mir auf. Gleichwohl muß man dem künftigen Schröckh, der in sein Bilderkabinett berühmter Männer mich auch als einen hineinhängen will, den Rat geben, daß er sich mäßige und aus meiner Schneiderei nicht alles ableite, sondern etwas aus meiner Phantasie. Die letzte hat sich im vorigen Winter und Herbst durch das Malen so vieler Naturszenen so gestärkt, daß der gegenwärtige Frühling an mir ganz andre Augen und Ohren findet als die vorigen alle. Das hätten wir alle, ich und Leser, eher bedenken sollen. Wenn der Reiz gewisser Laster durch die täglich wachsenden Anstrengungen der Phantasie unbezwinglich wird: warum geben wir ihrem hinreißenden Pinsel nicht würdige Gegenstände? Warum richten wir sie nicht im Winter ab, den Frühling aufzufassen oder vielmehr auszuschaffen? Denn man genießet an der Natur nicht, was man sieht (sonst genösse der Förster und der Dichter draußen einerlei), sondern was man ans Gesehene andichtet, und das Gefühl für die Natur ist im Grunde die Phantasie für dieselbe.

In keinem Kopfe aber kristallisierten sich holdere Traum- und Phantasiegestalten als im Gustavischen. Seine Gesundheit und sein Glück sind zurückgekommen: das zeigen seine Nächte an, worin die Träume wie Violen wieder ihre Lenzkelche auseinandertun. Ein solcher Edenduft wallet um folgenden Traum:

Er starb (kam ihm vor) und sollte den Zwischenraum bis zu seiner neuen Verkörperung in lauter Träumen verspielen. Er versank in ein schlagendes Blüten-Meer, das der zusammengeflossene Sternen-Himmel war; auf der Unendlichkeit blühten alle Sterne weiß und nachbarliche Blütenblätter schlugen aneinander. Warum berauschte aber dieses von der Erde bis an den Himmel wachsende Blumenfeld mit dem rauchenden Geiste von tausend Kelchen alle Seelen, die darüberflogen und in betäubender Wonne niederfielen, warum mischte ein gaukelnder Wind unter einem Schneegestöber von Funken und bunten Feuerflocken Seelen mit Seelen und Blumen zusammen, warum wölkte die verstorbnen Menschen ein so süßer und so spielender Totentraum ein? – O darum: die nagenden Wunden des Lebens sollte der Balsamhauch dieses unermeßlichen Frühlings verschließen und der von den Stößen der vorigen Erde noch blutende Mensch sollte unter den Blumen zuheilen für den künftigen Himmel, wo die größere Tugend und Kenntnis eine genesene Seele begehrt. – Denn ach! die Seele leidet ja hier gar zu viel! – Wenn auf jenem Schneegefilde eine Seele die andre umfaßte: so schmolzen sie aus Liebe in *einen* glühenden Tautropfen ein; er zitterte dann an einer Blume herab und sie hauchte ihn wieder entzweigeteilt als heiligen Weihrauch empor. – Hoch über dem Blütenfeld stand Gottes Paradies, aus dem das Echo seiner himmlischen Töne in Gestalt eines Bachs in die Ebene herniederwallete; sein Wohllaut durchkreuzte in allen Krümmungen das Unter-Paradies und die trunknen Seelen stürzten sich aus Wonne von den Ufer-Blumen in den Flötenstrom; im Nachhall des Paradieses erstarben ihnen alle Sinne und die zu endliche Seele ging, in eine helle Freuden-Träne aufgelöset, auf der laufenden Welle weiter. – Dieses Blumengefilde stieg unaufhaltsam empor, dem erhöheten Paradiese entgegen, und die durcheilte Himmelluft schwang sich von oben herab und ihr Niederwehen faltete alle Blumen auseinander und bog sie nicht. – Aber oft ging Gott in der dunkelsten Höhe weit über der wehenden Aue hinweg; wenn der Unendliche dann oben seine Unendlichkeit in zwei Wolken verhüllte, in eine blitzende, oder die ewige Wahrheit, und in eine warm auf alles niederträufelnde und weinende, oder die ewige Liebe: alsdann stand gehalten die steigende Au, der sinkende Äther, der nachhallende Bach, das rege Blumenblatt; alsdann gab Gott das Zeichen, daß er vorübergehe, und eine unermeßliche Liebe zwang alle Seelen, in dieser hohen Stille sich zu umarmen und keine sank an eine, sondern alle an alle – ein Wonne-Schlummer fiel wie ein Tau auf die Umarmung. Wenn sie dann wieder auseinander erwachten, so gingen aus dem ganzen Blumenfelde Blitze, so rauchten alle Blüten, so sanken alle Blätter unter den Tropfen der warmen Wolke, so klangen alle Krümmungen des tönenden Baches zusammen, es wetterleuchtete das ganze Paradies über ihnen und nichts verstummte als die liebenden Seelen, die zu selig waren....

*

Gustav erwachte in eine nähere Welt, die ein schönes Gegenspiel seiner geträumten war; die Sonne war in einen einzigen glühenden Strahl verwandelt, und dieser Strahl knickte auch an der Erde ab; die Wolke der Dämmerung zog herum, Blumen und Vögel hingen ihre schlafenden Häupter in den Tau hin und bloß der Abendwind kramte noch in den Blättern umher und blieb die ganze Nacht auf....

So schleichen unsere grünen Stunden durch unser unbesuchtes Tal, sie gleiten mit einem ungehörten Schmetterling-Fittich durch unsern Luftkreis, nicht mit der schnurrenden Käfer-Flügeldecke – die Freude legt sich leise wie ein Abendtau an und prasselt nicht wie ein Gewitterguß herab. Unsere glückliche Badzeit wird uns zum Mut, zu Geschäften, zum Erdulden auf lange, auf immer erfrischen; das grüne Lilienbad wird in unserer Phantasie eine grüne Rasenstelle bleiben, auf der, wenn einmal die Jahre alle elysische Felder, die ganze Gegend unserer Freude tief überschneiet haben, unter ihrem warmen Hauche aller Schnee zergeht und die uns immer angrünet, damit wir auf ihr, wie Maler auf grünem Tuche, unsere alten Augen erquicken.... Ich wünsch' euch, meine Leser, für euer Alter recht viele solche offen bleibende Stellen und jedem Kranken sein Lilienbad.

Tät' ichs nicht dem deutschen Publikum zu Gefallen: so würd' ich schwerlich vor Freude zur Beschreibung derselben gelangen. Und doch werd' ich keinen neuen Freuden-Sektor anfangen vor dem Geburttage Beatens. Dieser wird auf der kleinen Molukke *Teidor* begangen, dahin sind wir vom Doktor eingeladen; der hat sein Landhaus auf dieser Insel; das Wetter wird auch schön verbleiben. – – Ich kann so viel ohne großes prophetisches Talent leicht voraussehen, daß der Geburttags- oder Teidors-Sektor alles Schöne, was je in der Alexandrinischen Bibliothek verbrannt oder in Ratbibliotheken vermodert oder in andern erhalten worden, nicht sowohl vereinigen als völlig überbieten werde.

Im nämlichen Brief, der uns nach der molukkischen Insel lockt, schreibt mir der Doktor eine Neuigkeit, die insofern hier einen Platz verdient, weil einer da ist und ich den Sektor gern voll haben möchte, indem ich bloß abschreibe.

»Der Professor Hoppedizel, der außer dem Philosophieren und Prügeln nichts so liebt als Spaßmachen, will, sobald der Mond wieder später aufgeht, den machen, daß er ein Spitzbube ist. Ich traf ihn vor einigen Tagen an, daß er sich einen langen Bart zurechtsott, ferner Brecheisen versteckte und Masken wählte. Ich fragte ihn, auf welcher Redoute er stehlen wolle. Er sagte, in der Maußenbachschen – kurz er will deinen Gerichtprinzipal dadurch, daß er mit der kleinen Bande einbricht und statt Beute Spaß macht, in einen theatralischen Kunst-Schrecken jagen. Zu wünschen wäre, dieser artistische und satirische Räuberhauptmann würde für einen wahren genommen und mit seinem Brech-Apparat auf einen Arrestanten-Wagen gebracht und öffentlich hereingefahren – nicht etwa, damit der gute Hoppedizel dabei versehret würde – sondern nur damit dieser korsarische Stoiker auf die Folter käme und dadurch drei Menschen auf einmal ins Licht setzte: erstlich sich, indem er weniger das Verbrechen als seine stoischen Grundsätze bekennte – zweitens den Pestilenziar oder mich, indem ich bei der Tortur (wie wir bei allen Schmerzen tun) die Rücksichten auf seine Gesundheit vorschriebe – drittens den Justitiar oder dich, der du zeigen könntest, daß du deine akademischen Kriminalhefte schon noch im Koffer hättest.«

Ich glaube, es wird dem Leser auch so gehen wie mir, daß uns auf dem Blumengestade unter den Wohllauten der Natur dieses Seetreffen des großen Weltmeers und dieses Schießen desselben eine schreiende Dissonanz zu machen scheint.

Dreiundfunfzigster oder der grösste Freuden-Sektor oder der Geburttags- oder Teidors-Sektor

Der Morgen – der Abend – die Nacht

Heute ist Beatens Fest und wird immer schöner – mein Schreibepult ist neun Millionen Quadratmeilen breit, nämlich die Erde – die Sonne ist meine Epiktets-Lampe, und statt der Handbibliothek rauschen die Blätter des ganzen Naturbuchs vor mir.... Aber von vornen an! Übrigens lieg' ich jetzt auf der Insel *Teidor*.

Die Tage vor schlechtem Wetter sind auch meteorologisch die schönsten. Da wir heute als die friedlichste Quadrupel-Allianz, die es gibt, durch unser singendes Tal, eh' noch die Morgenstrahlen hereingestiegen waren, hinausgingen, um noch vor neun Uhr recht gemächlich auf der kleinen Molukke Teidor anzukommen: so streckte sich ein ganzer kristallener quellenheller Tag auf den weiten Fluren vor uns hin – wir waren bisher an schöne gewöhnt, aber an den schönsten nicht. – Die Erdkugel schien eine helle, aus Dünsten und Lüften herausgehobene Mondkugel zu sein – die Berg- und Waldspitzen standen nackt im tiefen Blau, sozusagen ungepudert von Nebeln – alle Aussichten waren uns näher gerückt und der Dunst war vom Glase, wodurch wir sahen, abgewischt – die Luft war nicht schwül, aber sie ruhte auf den Gewürz-Fluren unbeweglich aus und das Blatt nickte, aber nicht der Zweig, und die hängende Blume wankte ein wenig, aber bloß unter zwei kämpfenden Schmetterlingen.... Es war der Ruhetag der Elemente, die Sieste der Natur. Ein solcher Tag, wo schon der Morgen die Natur eines schwärmerischen Abends hat und wo schon er uns an unsere Hoffnungen, an unsre Vergangenheit und an unser Sehnen erinnert, kommt nicht oft, kommt für nicht viele, darf für die wenigen, in deren schwellendes Herz er leuchtet, nicht oft kommen, weil er die armen Menschen, die ihm ihre Herzen wie Blumenblätter auftun, zu sehr erfreuet, sie vom kameralistischen Feudalboden, wo man mehr Blumen mähen als beriechen muß, zu weit ins magische Arkadien verschlägt. – Aber ihr Finanziers und Ökonomen und Pächter, wenn fast alle Jahrzeiten der Haut und dem Magen dienen: warum soll nicht *ein* Tag – zumal für Brunnengäste – bloß dem zu weichen Herzen zugehören? Wenn man euch Härte vergibt: warum wollt ihr keine Weichheit vergeben? – O ihr beleidigt ohnehin genug, ihr gefühllosen Seelen; die schönere feinere ist euch bloß unbedeutend und lächerlich; aber ihr seid ihr quälend und verwundet sie. – Sonderbar ists, daß man andern zuweilen die Vorzüglichkeit der *Talente*, aber nie die Vorzüglichkeit der *Empfindungen* zugesteht und daß man seiner eignen Vernunft, aber nicht seinem eignen Geschmack Irrtümer zutraut.

Ein durchsichtiges Dockengeländer von Waldbäumen stand bloß noch zwischen uns und dem indischen Ozean, worin Teidor grünte, als uns der Steig durch das hohe Gras, das über ihn hereinschlug, an einer Einöde oder einem isolierten Hause vorübertrug, das zu entzückend in diesem Blumen-Ozean lag, als daß man hätte vorbeigehen oder -reiten können. Wir lagerten uns auf einer *abgemähten* Rasenstelle, zur rechten Seite des Hauses, zur linken eines runden Gärtchens, das sich mitten in die Wiese versteckte. Im armen Gärtchen waren und nährten sich (wie in einem toleranten Staate) auf dem nämlichen Beete Bohnen und Erbsen und Salat und Kohlrüben; und doch hatte im Zwerg-Garten ein Kind noch sein Infusions-Gärtchen. Im blendenden und roten Vogelhäuschen betrieb eine flinke Frau gerade ihre wohlriechende Feldbäckerei; und zwei Kinderhemdchen hingen am Gartenzaun, und zwei standen an der Haustür, in welchen letzten zwei braune Kinder spielten und uns beobachteten – ihnen tat am heutigen Morgen nichts wohl als ihren entblößten Füßen die Sonne. O Natur! o Seligkeit! du suchest wie die Wohltätigkeit gern die Armut und das Verborgne auf!

Das Klügste, was ich heute gesagt habe und vermutlich sagen werde, ist gewiß die Gras-Rede am Morgen neben dem Häuschen. Als ich so den stehenden Himmel, die Wind- und Blätterstille betrachtete, in der der steilrechte Flügel des Schmetterlings und das Härchen der Raupe unverbogen blieb: so sagt' ich: »Wir und dieses Räupchen stehen unter und in drei allmächtigen Meeren, unter dem Luftmeer, unter dem Wassermeer und unter dem elektrischen Meere; gleichwohl sind die brausenden Wogen dieser Ozeane, diese Meilen-Wellen, die ein Land zerreißen können, so geglättet, so bezähmet, daß der heutige Sabbat-Tag herauskommt, wo den breiten Flügel des Schmetterlings kein Lüftchen ergreift oder um ein gefiedertes Stäubchen berupft und wo das Kind so ruhig zwischen den Elementen-Leviathans tändelt und lächelt. – Wenn dies kein unendlicher Genius bezwungen hat, wenn wir diesem Genius keine Zusammenordnung unsers künftigen Schicksals und unserer künftigen Welt zutrauen –« ...

O unendlicher Genius der Erde! an deinen Busen wollen wir unsre kindlichen Augen schmiegen, wenn sich der Sturm von der Kette losreißet – – an dein allmächtiges heißes Herz wollen wir zurücksinken, wenn uns der eiserne Tod einschläfert, indem er vorbeigeht! –

So wandelten wir unschuldig-zufrieden, ohne Hastigkeit und Heftigkeit den Wellen zu, die an Fenks Landhaus spülten. Sonderbar ists, es gibt Tage, wo wir freiwillig unser stilles fort-vibrierendes Vergnügen von den *äußern* Gegenständen uns zureichen lassen (wodurch wir ungewöhnlich gegen echten Stoizismus verstoßen); – noch sonderbarer ists, daß manche Tage dieses wirklich tun. – – Ich meine das: ein gewisses leises wellen-glattes Zufriedensein – nicht verdient durch Tugend, nicht erkämpft durch Nachdenken – wird uns zuweilen von dem Tage, von der Stunde beschert, wo alle die jämmerlichen Kleinigkeiten und Fransen, woraus unser ebenso kleinliches als kleines Leben zusammengenäht ist, mit unsern Pulsen einstimmen und unserem Blute nicht entgegenfließen – z. B. wo (wie heute geschah) der Himmel unbewölkt, der Wind im Schlaf, der Fährmann, der nach Teidor bringt, bei der Hand, der Herr des Landhauses, Doktor Fenk, schon vor einer Stunde gegenwärtig, das Wasser eben, das Boot trocken, der Anlandung-Hafen tief und alles recht ist.... Wahrhaftig wir sind alle auf einen so närrischen Fuß gesetzt, daß es zu den *Menschenfreuden*, worüber der Zerbster Konsistorialrat *Sintenis* zwei Bändchen abgefasset, mit gerechnet werden kann – in Deutschland; aber in Italien und Polen weit weniger –, zuweilen einen oder den andern Floh zu greifen...... Will man also einen solchen paradiesischen Tag erleben: so muß nicht einmal eine Kleinigkeit, über die man in stoisch-energischen Stunden wegschreitet, im Wege liegen; so wie sich über die Sonne, wenn ein Brennspiegel sie herunterholen will, nicht das dünnste Wölkchen schieben darf.... Ich bin jetzt im Feuer und versichere, ich kann mir unmöglich etwas Närrischeres denken als unser Leben, unsere Erde, uns Menschen und unsre Bemerkung dieser Narrheit....

Der indische Ozean war ein lärmender Marktplatz wie ein sinesischer Strom, überall bewegte sich auf ihm Freude, Leben und Glanz, von seiner Oberfläche bis zu seinem Grunde, wo die zweite Halbkugel des Himmels mit ihrer Sonne zitterte. Im Landhause waren die Wände weiß, weil für einen Menschen (sagte Fenk), welcher aus der in lauter Feuer und Lichtern stehenden Natur in eine enge Klause tritt, kein Kolorit dieser Klause hell genug sein könne, um einen traurigen beschränkten Eindruck abzuwenden.

Alsdann ruhten wir aus, indem wir von einer beschatteten Grasbank der Insel zur andern gingen, von Birkenblättern und indischen Wellen angefächelt – dann musizierten – dann dinierten wir, erstlich am Tische eines Wirtes, der auf eine lustige Art fein und delikat zu sein weiß, zweitens vor den in alle Weltgegenden aufgeschlossenen Fenstern, die uns noch mehr in alle Strudel der freudigen Natur hineindrehten, als wären wir draußen gewesen, und drittens jeder von uns mit einer Hand, welche die weiche Beere des Vergnügens abzunehmen weiß, ohne sie entzweizudrücken. – Ottomar kommt abends – die zwei Mädchen haben unter Blumen und der glückliche Gustav unter Schatten sich verloren – der Lebensbeschreiber liegt hier wie der Jurist Bartolus auf dem hebenden Grase und schildert alles – Fenk ordnet auf Abend an. – Erst abends tritt das Vollicht unserer heutigen Freude ein; und ich danke dem Himmel, daß ich jetzt mit meiner biographischen Feder nachgekommen bin und niemals mehr weiß, als ich eben berichte: anstatt daß ich bisher immer mehr wußte und mir den biographischen Genuß der freudigsten Szenen durch die Kenntnis der traurigen Zukunft versalzte. So aber könnt' in der nächsten Viertelstunde uns alle das Weltmeer ersäufen: in der jetzigen lachelten wir in dasselbe hinein.

Da ich so ruhig bin und nicht spazieren gehen mag: so will ich über das Spazierengehen, das so oft in meinem Werke vorkommt, nicht ohne Scharfsinn reden. Ein Mann von Verstand und Logik würde meines Bedünkens alle Spazierer, wie die Ostindier, in *vier* Kasten zerwerfen.

In der I. Kaste laufen die jämmerlichsten, die es aus Eitelkeit und Mode tun und entweder ihr Gefühl oder ihre Kleidung oder ihren Gang zeigen wollen.

In der II. Kaste rennen die Gelehrten und Fetten, um sich eine Motion zu machen, und weniger, um zu genießen, als um zu verdauen, was sie schon genossen haben; in dieses passive unschuldige Fach sind auch die zu werfen, die es tun ohne Ursache und ohne Genuß, oder als Begleiter, oder aus einem tierischen Wohlbehagen am schönen Wetter.

Die III. Kaste nehmen diejenigen ein, in deren Kopfe die Augen des Landschaftmalers stehen, in deren Herz die großen Umrisse des Weltall dringen, und die der unermeßlichen Schönheitlinie nachblicken, welche mit Efeufasern um alle Wesen fließet und welche die Sonne und den Bluttropfen und die Erbse ründet und alle Blätter und Früchte zu Zirkeln ausschneidet. – O wie wenig solcher Augen ruhen auf den Gebirgen und auf der sinkenden Sonne und auf der sinkenden Blume!

Eine IV. bessere Kaste, dächte man, könnt' es nach der dritten gar nicht geben: aber es gibt Menschen, die nicht bloß ein artistisches, sondern ein heiliges Auge auf die Schöpfung fallen lassen – die in diese blühende Welt die zweite verpflanzen und unter die Geschöpfe den Schöpfer – die unter dem Rauschen und Brausen des tausendzweigigen, dicht eingelaubten Lebensbaums niederknien und mit dem darin wehenden Genius reden wollen, da sie selber nur geregte Blätter daran sind – die den tiefen Tempel der Natur nicht als eine Villa voll Gemälde und Statuen, sondern als eine heilige Stätte der Andacht brauchen – kurz, die nicht bloß mit dem Auge, sondern auch mit dem Herzen spazieren gehen....

Ich weiß kein größeres Lob, als daß ich von solchen Menschen leicht auf unser liebendes Paar hinübergleiten kann – die Liebe desselben ist ein solcher Spaziergang, das Leben der hohen Menschen ist auch ein solcher. – Ich will nur noch, eh' ich mich vom erdrückten Gras aufrichte, so viel bemerken, daß Gustavs Liebe ganz in die Realdefinition einpasset, die von ihr in einer schwärmerischen Sommer-Mitternacht zu machen ist – Die edelste Liebe (kann man definieren) ist bloß die zarteste, tiefste, festeste Achtung, die sich weniger durch Tun als durch Unterlassen offenbaret, die sich wechselseitig errät, die auf beide Seelen (bis zum Erstaunen) die nämlichen Saiten zieht, die die edelsten Empfindungen mit einem neuen Feuer höher trägt, die immer aufopfern, nie bekommen will, die der Liebe gegen das ganze Geschlecht nichts nimmt, sondern alles gibt durch das Einzelwesen; diese Liebe ist eine Achtung, in welcher der Druck der Hände und der Lippen sehr entbehrliche Bestandteile sind und gute Handlungen sehr wesentliche; kurz eine Achtung, die vom größern Teile der Menschen ausgehöhnet und vom kleinsten tief geehret werden muß. Eine solche herzerhöhende Achtung war Gustavs Liebe, welche edle Augenzeugen nicht nur vertrug, sondern auch erfreuete und wärmte, weil sie ohne jenes unschuldig-sinnliche Getändel mit Lippen und Händen war, woran der Zuschauer gerade so viel Anteil wie an rollenmäßigen theatralischen Viktualien der Schauspieler nehmen kann. – Ein Zeichen der tugendhaften Achtung oder Liebe ist dies, wenn der Zuschauer desto mehr Anteil daran nimmt, je größer sie ist. Gustavs Liebe hatte – seit seinem Petrus-Falle und noch mehr seit der Vergebung dieses Falls (denn viele Fehler fühlt man erst am tiefsten, wenn sie verziehen sind) – einen solchen Zusatz von Zartheit, von Zurückhaltung, von Bewußtsein des fremden Werts gewonnen, daß er sich mehre Herzen gewann als das weichste, und andre Augen beherrschte als die schönsten an Beaten, vor denen seine Blicke, wie Schneeflocken unter der nackten Sonne im Blauen, rein, schimmernd, zitternd und zerrinnend niederfielen. – –

– Eben langt alles an, Ottomar und die andern. – – – – – – – – – – –
– –

Meine Uhr schlägt zwei Uhr nach Mitternacht, und noch ist Beatens und des Paradieses Wiegenfest nicht beschlossen: denn ich setze mich jetzt her, es zu beschreiben; wenn ich anders auf dem Stuhl bleibe und nicht wieder in das blaue Gewölbe, das über so viele heutige Freuden seine Sternenstrahlen warf, hinausirre.

Gegen Abend flog Ottomar über das Wasser herüber. Er sieht immer aus wie ein Mann, der an etwas Weites denkt, der jetzt nur ausruhet, der die hereinhängende Blume der Freude abbricht, weil ihn seine fliehende Gondel vor ihr vorüberreißet, nicht weil er daran denkt. Er hat noch seine erhabenleise Sprache und sein Auge, das den Tod gesehen. Immer noch ist er ein Zahuri [1], der durch alles Blumengeniste und alle Graspartien der Erde durchschauet und zu den unbeweglichen Toten hinabsieht, die unter ihr liegen. So sanft und stürmisch, so humoristisch und melancholisch, so verbindlich und unbefangen und frei! Er behauptete, die meisten Laster kämen von der Flucht vor Lastern – aus Furcht, schlimm zu handeln, täten wir nichts und hätten zu nichts Großem mehr Mut – wir hätten alle so viel Menschenliebe, daß wir keine Ehre mehr hätten – aus Menschen-Schonung und Liebe hätten wir keine Aufrichtigkeit, keine Gerechtigkeit, wir stürzten keinen Betrüger, keinen Tyrannen etc.

Ihn wunderte Beata, die nicht den gewöhnlich erzwungenen, sondern steigenden Anteil an unsern Reden nahm; denn er glaubt, mit einer Frau könne man von Himmel und Hölle, von Gott und Vaterland sprechen, so denke sie doch unter dem ganzen Hören an nichts als an ihre Gestalt, ihr Stehen, ihren Anzug. »Ich nehme«, sagte Fenk, »erstlich alles aus, und zweitens auch die Physiognomik; auf diese horchen alle, weil sie alle sie sogleich gebrauchen können.«

Der magische Abend trieb immer mehr Schatten vor sich voraus; er nahm endlich alle Wesen auf seinen wiegenden Schoß und legte sie an sich, um sie ruhig, sanft und froh zu machen. Wir fünf Eiländer wurden es auch. Wir gingen sämtlich hinaus auf eine kleine künstliche Anhöhe, um die Sonne bis zur Treppe zu begleiten, eh' sie über Ozeane nach Amerika hinabschifft. Plötzlich ertönten drüben in einer andern Insel fünf Alphörner und gingen ihre einfachen Töne ziehend auf und ab. Die Lage wirkt mehr auf die Musik, als die Musik auf die Lage. In unserer Lage – wo man mit dem Ohr schon an der Alpenquelle, mit dem Auge auf der am Abend übergoldeten Gletscherspitze ist und um die Sennenhütte Arkadien und Tempe und Jugend-Auen lagert, und wo wir diese Phantasien vor der untergehenden Sonne und nach dem schönsten Tage fliegen ließen – da folgt das Herz

[1] Die Zahuri in Spanien sehen durch die verschlossene Erde hindurch bis zu ihren Schätzen hinab, zu ihren Toten, zu ihren Metallen etc.

einem Alphorn mit größern Schlägen als einem Konzertsaale voll geputzter Zuhörer. – O das Einlaßblatt zur Freude ist ein gutes, und dann ein ruhiges Herz! – Die *dunkeln* wolkigen durchschimmerten *Begriffe*, die der Weltweise von allen Empfindungen verlangt, müssen langsam über die Seele ziehen oder gänzlich stehen, wenn sie sich vergnügen soll; so wie Wolken, die langsam gehen, schönes Wetter, und fliegende schlimmes bedeuten. »Es gibt«, sagte Beata, »tugendhafte Tage, wo man alles verzeiht und alles über sich vermag, wo die Freude gleichsam im Herzen kniet und betet, daß sie länger dableibe, und wo alles in uns ausgeheitert und beleuchtet ist; – wenn man dann vor Vergnügen darüber weint: so wird dieses so groß, daß alles wieder vorbei ist.«

»Ich«, sagte Ottomar, »werfe mich lieber in die schaukelnden Arme des Sturms. Wir genießen nur blinkende, glühende Augenblicke; diese Kohle muß heftig herumgeschleudert werden, damit der brennende Kreis der Entzückung erscheine.«

»Und doch«, sagt' er, »bin ich heute so froh vor dir, untersinkende Sonne!... Je froher ich in einer Stunde, in einer Woche war, desto mehr stürmte dann die folgende – Wie Blumen ist der Mensch: je heftiger das Gewitter werden wird, desto mehr Wohlgerüche verhauchen sie vorher.«

»Sie müssen uns nicht mehr einladen, Herr Doktor«, sagte lächelnd Beata, aber ihr Auge schwamm doch in etwas mehr als in Freude.

Unter dem Rotauflegen des Himmels trat die Sonne auf ihre letzte Stufe, von farbigen Wolken umlagert. Die Alphörner und sie verschwanden im nämlichen Nu. Eine Wolke um die andere erblaßte, und die höchste hing noch durchglühet herab. Beata und meine Schwester scherzten weiblich darüber, was diese illuminierten Nebel wohl sein könnten – Die eine machte daraus Weihnachtschäfchen mit rosenroten Bändern, eine rote Himmelschärpe – die andre feurige Augen oder Wangen unter einem Schleier – rote und weiße Nebel-Rosen – einen roten Sonnenhut usw....

Punsch, denk' ich, wurde endlich für die Herren gebracht, von denen einer ihn in solcher Mäßigkeit zu sich nahm, daß er noch um $2^1/_2$ Uhr seinen Sektor setzen kann. Wir wandelten dann unter dem kühlenden rauschenden Baum des Himmels, dessen Blüten Sonnen und dessen Früchte Welten sind, hin und her. Das Vergnügen führte uns bald auseinander, bald zueinander, und jeder war gleich sehr fähig, ohne und durch Gesellschaft zu genießen. Beata und Gustav vergaßen aus Schonung über die fremde Liebe und Freude ihre besondere und waren unter lauter Freunden sich auch nur Freunde. O predigt doch bloß die Traurigkeit, die das Herz so dick wie das Blut macht, aber nicht die Freude aus der Welt, die in ihrem Taumeltanz die Arme nicht bloß nach einem *Mittänzer*, sondern auch nach einem wankenden Elenden ausstreckt und aus dem Jammer-Auge, das ihr zusieht, vorüberfliehend die Träne nimmt! – Heute wollten wir einander alles verzeihen, ob wir gleich nichts zu verzeihen fanden. Es war nichts zu vergeben da, sag' ich; denn als ein Stern um den andern aus der schattierten Tiefe herausquoll und als ich und Ottomar vor einer schlagenden Nachtigall umgekehret waren, um durch die Entfernung den gedämpften Lautenzug ihrer Klagen anzuhören, und als wir einsam, von lauter Tönen und Gestalten der Liebe umgeben, nebeneinander standen und als ich mich nicht mehr halten konnte, sondern unter dem großen jetzigen und künftigen Himmel mein Herz dem zeigte, dessen seines ich längst gesehen und geliebt: so war so etwas kein Verzeihen und Versöhnen, sondern... Davon übermorgen!

In veränderlichen Gruppen – bald die zwei Mädchen allein, bald mit einem dritten, bald wir alle – betraten wir die in Gras umgekleideten Blumen und gingen zwischen zwei nebenbuhlerischen Nachtigallen, wovon die eine unsre Insel, die andre die nächste Insel besang und begeisterte. In diesem musikalischen Potpourri hatten die Blumenblätter die wohlriechenden Potpourri zugedeckt, aber alle Birkenblätter hatten die ihrigen aufgetan, und wir teilten uns mit Absicht auseinander, um nicht eilig aus unserem zauberischen Otaheiti abschiffen zu können. –

Endlich gerieten wir zufällig unter einer Silberpappel zusammen, deren beschneiete Blätter durch den Glanz im Abend uns um sie versammelt hatten. »Wir haben hohe Zeit zum Fortgehen!« sagte Beata. Allein da wirs wollten oder wollen mußten: so ging der Mond auf; hinter einem gegitterten Fächer von Bäumen schlug er so bescheiden, als er still über die blinde Nacht wegfließet, seine Wolken-Augenlider auf, und sein Auge strömte, und er sah uns an wie die Aufrichtigkeit, und die Aufrichtigkeit sah auch ihn an. »Wollen wir nur« – sagte Ottomar, in dessen heißer Freundschaft-Hand man gern jede weibliche entriet – »bleiben, bis es auf dem Wasser lichter wird und der Mond in die Täler hereinleuchten kann – wer weiß, wann wirs wieder so haben?« Endlich fügt' er hinzu: »Ich und Gustav verreisen ohnehin morgen früh, und das Wetter hält nicht mehr lange.« Es ist das siebenwöchentliche unbekannte Verreisen, von dem ich alle Mutmaßungen, die es bisher so wichtig und rätselhaft vorstellten, gern hier zurücknehme.

Wir blieben wieder; das Gespräch wurde einsilbiger, der Gedanke vielsilbiger, und das Herz zu voll, so wie uns der abnehmende Mond an der Aufgangschwelle auch *voll* vorkam. Wenn einmal eine Gesellschaft die Hand vom Türdrücker, woran sie sie schon hatte, wieder wegtut: so erregt dieser Aufschub die Erwartung größerer Vergnügungen, und diese Erwartung erregt Verlegenheit; – wir aber wurden bloß um einander stiller, verbargen unsere Seufzer über die Falkenflügel fröhlicher Stunden, und vielleicht brachte manches weggewandte Auge dem Monde das Opfer, das ihm der traurigste und der freudigste Mensch so schwer versagen kann....

Gerade jetzt drängte ich mich wieder hinaus in seine Strahlen und komme wieder an meinen Schreibtisch und danke dem Schleier der Nacht, der um das Universum doppelt herumreicht, daß er auch über den größten Schmerzen und Freuden der Menschen sich faltet .... Wir waren also auf unserer Insel so schwermütig stumm, wie an einer Pforte der fröhlichen Ewigkeit; der länderbreite Frühling zog mit seiner Herrlichkeit – mit seinem gesunknen lauen Monde – mit seinem schillernden Venusstern – mit seiner erhabnen Mitternachtröte – mit seinen himmlischen Nachtigallen vor fünf Menschen vorüber; er warf und häufte in diese fünf Überglückliche seine Knospen und seine Blüten und seine dämmernden Aussichten und Hoffnungen und seine tausend Himmel und nahm ihnen nichts dafür weg als ihre *Sprache*. O Frühling! o du Erde Gottes! o du unumspannter Himmel! ach! regte sich heute doch in allen Menschen auf dir das Herz in freudigen Schlägen, damit wir alle nebeneinander unter den Sternen niederfielen und den heißen Atem in *eine* Jubel-Stimme ergössen und alle Freuden in Gebete, und das hohe Herz nach dem hohen Himmelblau richteten und in der Entzückung nicht Kummer-, sondern Wonne-Seufzer abschickten, deren Weg so lang zum Himmel wie unserer zum Sarge ist!... Du bitterer Gedanke, oft unter lauter Unglücklichen der Fröhliche zu sein! – du süßerer, unter lauter Glücklichen der Betrübte zu sein!

Endlich flossen vom Silberblick des steigenden Mondes die trübenden Schlacken hinweg; er stand wie eine unaussprechliche Entzückung höher in der Nacht des Himmels, aus dessen Hintergrund in den Vordergrund gemalt. Die Frösche durchschlugen wie eine Mühle die Nacht, und ihrforttönender vielstimmiger Lärm hatte die Wirkung eines Schweigens. – O welcher Mensch, den der Tod zu einem über die Erde fliegenden Engel gemacht hätte, wäre nicht auf sie niedergefallen und hätte unter irdischem Laub und auf der irdischen, vom Monde übersilberten Erde (wie von der Sonne übergoldeten) nicht an seinen verlassenen Himmel gedacht und an seine alten Menschen-Auen, seine alten Frühlinge hienieden und an seine vorigen Hoffnungen unter den Blüten? –

Ihr Rezensenten! vergebt mir nur heute und lasset mich fortfahren!

Endlich stiegen wir in die Gondel wie in einen Charons-Nachen ein, wir räumten entzückt und unwillig das buschige Ufer und den aus dem Wasser an seine Blätter aufgestrahlten Widerschein. Das größte Vergnügen, der größte Dank treiben nicht *waagrechte*, sondern *senkrechte*, ins Herz greifende versteckte Wurzeln; wir konnten also zu Fenk nicht viel sagen, der von der Freudenstätte heute nacht nicht weggeht. – Du Freund! der mir teurer als allen andern ist, vielleicht wenn alles stiller und der Mond höher und reiner und die Nacht *ewiger* ist, gegen Morgen hin, wirst du zu weinen anfangen über beides, was die Erde dir gegeben, was sie dir genommen. – Geliebter! wenn du es jetzt in dieser Minute tust: so tu' ich es ja auch! –...

Mit unserem ersten Tritt ins Boot durchdrangen (wahrscheinlich auf Fenks Anordnung) die Alphörner wieder die Nacht; jeder Ton klang in ihr wie eine Vergangenheit, jeder Akkord wie ein Seufzer nach einem Frühling der andern Welt; der Nacht-Nebel spielte und rauchte über Wäldern und Gebirgen und zog sich wie die Grenze des Menschen, wie Morgenwolken der künftigen Welt um unsere Frühlingerde. Die Alphörner verhallten wie die Stimme der ersten Liebe an unseren Ohren und wurden lauter in unsern Seelen; das Ruder und das Boot schnitt das Wasser in eine glimmende Milchstraße entzwei; jede Welle war ein zitternder Stern; das wankende Wasser spiegelte den Mond zitternd nach, den wir lieber vertausendfältigt als verdoppelt hätten und dessen sanftes Lilienantlitz unter der Welle noch blasser und holder blühte. – Umzingelt von vier Himmeln – dem oben im Blauen, auf der Erde, im Wasser und in uns – schifften wir durch schwimmende Blüten hin. Beata saß am einen Ende des Bootes entgegengerichtet dem andern, dem Monde und dem Freund ihrer zarten Seele – ihr Blick glitt leicht zwischen dem Monde und ihm hinab und hinauf – er dachte an seine morgendliche Reise und an seine längere Gesandtschaftreise und bat uns alle um schriftliche Denkmäler, damit er immer gut bleibe wie jetzt unter uns, und erinnerte Beata an ihr Versprechen, ihm auch eines zu geben. – Sie hatt' es schon geschrieben und gab es ihm heute beim Abschied. Der frohe Tag, der frohe Abend, die himmlische Nacht füllte ihre Augen mit tausend Seelen und mit zwei Tränen, die stehen blieben. Sie deckte und trocknete das eine Auge mit dem weißen Tuche und sah Gustav mit dem zweiten rein und strömend an wie ein Spiegelbild .... Du gute Seele dachtest, du verbärgest auch das zweite Auge! –

Endlich – o du ewiges unaufhörliches Endlich! – brach auch unsere silberne Wellen-Fahrt an ihrem Ufer. Das gegenüberliegende lag öde und überschattet dort. Ottomar riß sich in der wehmütigsten Begeisterung los, und unter dem Verklingen der Schweizer-Töne sagte mein erneuerter Freund: »Es ist wieder vorüber – alle Töne verhallen – alle Wellen versinken – die schönsten Stunden schlagen aus, und das Leben verrinnt – Es gibt doch gar nichts, du weiter Himmel über uns, was uns füllet oder beglückt! – Lebt wohl! ich werde von euch Abschied nehmen auf meinem ganzen Weg hindurch.«

Die Alpen-Echos klangen in die weite Nacht zurück und fielen zu einem tönenden Hauche, der nicht der Erinnerung aus der Jugend, sondern aus der tiefen Kindheit glich. Wir schwankten, ausgefüllt vom Genuß, durch tauende Gesträuche und umgebückte schlaf- und tautrunkne Fluren, aus denen wir entschlummerte Blumen rissen, um morgen ihre zugefaltete Schlafgestalt zu sehen. Wir dachten an die sonnenlosen Pfade des heutigen Morgens; wir gingen ohne Laut vor dem zwerghaften Gärtchen und Häuschen vorüber, und die Kinder und die brotbackende Frau wurden von den Todesarmen des Schlummers gedrückt und umflochten. Die Zeit hatte den Mond, wie einen Sisyphusstein, auf den Gipfel des Himmels gewälzet und ließ ihn wieder sinken. In Osten stiegen Sterne, in Westen sanken Sterne, mitten im Himmel zersprangen kleine von der Erde abgesandte Sternchen – aber die Ewigkeit stand stumm und groß neben Gott und alles verging vor ihr und alles entstand vor ihm. Das Feld des Lebens und der Unendlichkeit hing nahe und tief über uns, wie *ein* Blitz, herein, und alles Große, alles Überirdische, alle Verstorbne und alle Engel hoben unsern Geist in ihren blauen Kreis und sanken ihm entgegen ....

Wir traten endlich, ich an der Hand meiner Schwester, Gustav an Beatens Hand, stiller, voller, heiliger in unser kleines Lilienbad, als wir es am Morgen verlassen hatten. Gustav schied zuerst von mir und sagte: »In fünf Tagen sehen wir uns wieder.« Beaten führt' er ihrer Hütte zu, die in Lunens Silberflammen loderte. Die weiße Spitze der Pyramide auf dem Eremitenberge schimmerte tief entfernt über den langen grünenden Weg zum Tal und durch die Nacht herüber. – Neben dieser Pyramide hatten sich die zwei Glücklichen ihre Herzen zuerst gegeben, neben ihr ruhte ein Freund von seinem Leben aus, und ihre weiße Spitze zeigte den Ort, wo sein Frühling schöner ist. – Sie hörten die Blätter der Terrasse lispeln und den Lebensbaum, unter welchem sie nach dem Untergang der Sonne sich zum zweiten Mal ihre Seelen gegeben hatten.... O ihr zwei Überseligen und Guten! Jetzo schöpft ein guter Seraph für euch eine Silber-Minute aus dem Freuden-Meere, das in einer schönern Erde liegt – auf diesem eilenden Tropfen blinkt die ganze Perspektive des Edens, worin der Engel ist; die Minute wird zu euch herunterrinnen, aber ach, so schnell wird sie vorübergehen! –

Beata gab Gustav, als Wink zum Abschied, das begehrte Blatt – er drückte die Hand, aus der es kam, an seinen stillen Mund – er konnte weder Dank noch Lebewohl sagen – er nahm ihre zweite Hand, und alles rief und wiederholte in ihm: »Sie ist ja wieder dein und bleibt es ewig«, und er mußte weinen über seine Seligkeit. Beata sah ihm in sein überströmendes Herz und ihres floß in eine Träne über und sie wußt' es noch nicht; aber als die Träne des heiligsten Auges auf die Rosenwange glitt und an diesem Rosenblatte mit erzitterndem Schimmer hing – als seine fesselnde und ihre gefesselte Hände sie nicht trocknen konnten – als er mit seinem flammenden Angesicht, mit seiner überseligen zerspringenden Brust die Zähre nehmen wollte und sich nach dem Schönsten auf der Erde wie eine Entzückung nach der Tugend neigte und mit seinem Gesicht das ihrige berührte: dann führte der Engel, der die Erde liebt, die zwei frömmsten Lippen zu einem unauslöschlichen Kusse zusammen – dann versanken alle Bäume, vergingen alle Sonnen, verflogen alle Himmel, und Himmel und Erde hielt Gustav in einem einzigen Herz an seiner Brust; – dann gingest du, Seraph, in die schlagenden Herzen und gabest ihnen die Flammen der überirdischen Liebe – und du hörtest fliehen von Gustavs heißen Lippen die gehauchten Laute: »O du Teure! Unverdiente! und so Gute! so Gute!«

Es sei genug – die hohe Minute ist vorübergeflossen – der Erdentag schickt sein Morgenrot schon an den Himmel – mein Herz komme zur Ruhe, und jedes andre auch!

Vierundfünfzigster oder 6ter Freuden-Sektor

Tag nach dieser Nacht – Beatens Blatt – Merkwürdigkeit

Ich bitte die Kritik um Verzeihung, wenn ich diese Nacht zu viele Metaphern und zu viel Feuer und Lärm gemacht: ein Freuden-Sektor (so wie die Kritik darüber) muß sich dergleichen gefallen lassen, sobald einmal der Verfasser sich eine ähnliche Überfracht von Zitronensäure, Teeblüte, Zuckerrohr und Arrak gefallen lässet, wie ich tat.

Ich legte mich heute gar nicht nieder: die Vögel fingen schon wieder zu singen an, und als der Traum kaum das vergangne Schauspiel einige 40mal wieder vor den zugesunknen Augen aufgeführet hatte, macht' ich sie wieder auf, weil die Sonne mich umflammte.

Eine durchwachte und durchfreuete Nacht lässet einen Morgen zurück, wo man in einer süßen Abspannung weniger empfindet als phantasieret, wo die nächtlichen Töne und Tänze unsere innern Ohren immerfort anklingen, wo die Personen, mit denen wir sie verbrachten, in einem schönen Dämmerlichte, das unsre Herzen zieht, vor unsern innern Augen schweben. In der Tat, man liebt nie eine Frau mehr als nach einer solchen Nacht, morgens eh' man gefrühstückt.

Ich dachte heute tausendmal an meinen Gustav, der vor Tage seine fünftägige Reise angetreten, und an meinen festen Ottomar, der mit ihm geht. Möchtet ihr an keine Dornen kommen als solche, die unter die Rose gesteckt sind, unter keine Wolke treten als die, die euch den ganzen blauen Himmel lässet und bloß die Glut-Scheibe nimmt, und möchte euren Freuden keine fehlen als die, daß ihr sie uns noch nicht erzählen könnet!

Alles Sonnenlicht umzauberte und überwallte mir bloß wie erhöhtes Mondenlicht alle Schattengänge von Lilienbad; die vorige Nacht schien mir in den heutigen Tag herüberzulangen, und ich kann nicht sagen, wie mir der Mond, der noch mit seinem abgewischten Schimmer wie eine Schneeflocke tief gegen Abend herhing, so willkommen und lieb wurde. O blasser Freund der Not und der Nacht! ich denke schon noch an dein elysisches Schimmern, an deine abgekühlten Strahlen, womit du uns an Bächen und in Laubgängen begleitest und womit du die traurige Nacht in einen von weiten gesehenen Tag umkleidest! Magischer Prospektmaler der künftigen Welt, für die wir brennen und weinen; wie ein Gestorbner sich verschönert, so malest du jene auf unsre irdische, wenn sie mit allen ihren Blumen und Menschen schläft oder schweigend dir zusieht! –

Ich gäbe heute die vornehmste Visite darum, wenn ich eine bei den Glücklichen des gestrigen Tages machen könnte; es ist aber nicht zu tun. Sogar Beata hat heute eine von ihrer Mutter; und mein Auge konnte noch nichts von ihr habhaft werden als die fünf weißen Finger, womit sie einen Blumentopf an ihrem Fenster aus dem Schatten eines Zweiges wegdrehte.

O wenn unser altes Leben und unsre Wandelgänge wieder anheben und alles wieder beisammenlebt: was soll da die Gelehrten-Republik nicht zu lesen bekommen!

Heute reich' ich ihr nichts mehr als Beatens Geleitbrief an Gustav, weil ich ihn nur abzuschreiben brauche. Ich schlüpfe dann wieder ins Freie, beschiffe nach der Seekarte meines Kopfes den gestrigen Weg noch einmal, und indem ich die verzettelten Blumen, die gestern unsre vollen Hände fallen ließen, als Nachflor auflese, find' ich die höhern auch. – Man wird einige Stellen im folgenden Aufsatze Beaten verzeihen, wenn ich voraussage, daß sie – vielleicht durch ihr Herz so gut wie durch ihren Vater überlistet, der nur ein äußerlicher Renegat des Katholizismus war – von den Engeln und ihrer Anbetung mehr glaubte, als *Nicolai* und die *Schmalkaldischen* (Waren-) Artikel einer Lutheranerin verstatten können. Denn das schwache und so oft hülflose Weib, das nicht weit über diese Erde zu steigen wagt, legt in der Stunde der Not so gern ihre Bitten und ihre Seufzer vor einer Marie, vor einer Seligen, vor einem Engel nieder; aber der festere Mann wird nachsichtig einen Wahn nicht rügen, der so trösten kann. –

Wünsche für meinen Freund

»Es ist kein Wahn, daß Engel um den bedrohten Menschen mitten in ihren Freuden wachen, wie die Mutter unter ihren Freuden und Geschäften ihre Kinder hütet. O! ihr unbekannten Unsterblichen! schließet euch ein einziger Himmel ein? – Dauert euch nie der wehrlose Erdensohn? – Solltet ihr größere Tränen abzutrocknen haben als unsre? – Ach, wenn der Schöpfer seine Liebe so in euch wie in uns gelegt hat, so sinkt ihr gewiß auf diese Erde und tröstet das umstürmte Herz unter dem Monde, fliegt um die gedrückte Seele, deckt eure Hand auf die versiegende Wunde und denkt an die armen Menschen!

Und wenn hienieden ein Geist geht, der euch einmal gleichen wird, könnt ihr euren Bruder vergessen? – Engel der Freude! sei mit meinem und deinem *Freunde*, wenn die Sonne kommt, und laß Ihn schöne fromme Morgen angrünen! Sei mit Ihm, wenn sie höher geht und wenn Ihn die Arbeit drückt! – O nimm den entfernten Seufzer einer Freundin und kühle damit Seinen! Sei mit Ihm, wenn die Sonne weicht, und richte Sein Auge auf den im weißen Trauergewand aufsteigenden Mond und auf den weiten Himmel, worin der Mond und du gehen! –

Engel der Tränen und der Geduld! Du, der du öfter um den Menschen bist! Ach, vergesse mein Herz und mein Auge und laß sie bluten – sie tun es doch gern –; aber stille, wie der Tod, das Herz und das Auge meines Freundes und zeig ihnen auf der Erde nichts als den Himmel jenseits der Erde. – Ach, Engel der Tränen und der Geduld! Du kennst das Auge und das Herz, das sich für Ihn ergießet, du wirst Seine Seele vor sie bringen, wie man Blumen in den Sommerregen stellet! Aber tu es nicht, wenn es Ihn zu traurig macht! O Engel der Geduld! ich liebe dich, ich kenne dich! ich werde in deinen Armen sterben!

Engel der *Freundschaft*! – vielleicht bist du der vorige Engel?.... ach!.... Dein himmlischer Flügel hülle Sein Herz ein und wärm' es schöner, als die Menschen können – ach, du würdest auf einer andern Erde und ich auf dieser weinen, wenn an einem kalten Herzen Sein heißes, wie am gefrierenden Eisen die warme Hand, anklebte und blutig abrisse!.... O bedeck Ihn; aber wenn du es nicht kannst, so sag mir Seinen Jammer nicht!

O ihr immer Glücklichen in andern Welten! euch stirbt nichts, ihr verliert nichts und habt alles! – Was ihr liebt, drückt ihr an eine ewige Brust, was ihr habt, haltet ihr in ewigen Händen. – Könnt ihrs denn fühlen in euren glänzenden Höhen droben, in eurem ewigen Seelenbunde, daß die Menschen hienieden getrennt werden, daß wir einander nur aus Särgen, eh' sie untersinken, die Hände reichen, ach, daß der Tod nicht das einzige, nicht das Schmerzhafteste ist, was Menschen scheidet? – Eh' er uns auseinandernimmt, so drängt sich noch manche kältere Hand herein und spaltet Seele von Seele – – dann fließet ja auch das Auge, und das Herz fällt klagend zu, ebensogut als hätte der Tod zertrennt, wie in der völligen *Sonnenfinsternis* so gut wie in der längern *Nacht* der Tau sinkt, die Nachtigall klagt, die Blume zuquillt!

– Alles Gute, alles Schöne, alles, was den Menschen beglückt und erhebt, sei mit meinem Freunde; und alle meine Wünsche vereinigt mein stilles Gebet.

*

Ich tue sie alle mit, nicht bloß für Gustav, sondern für jeden Guten, den ich kenne, und für die andern auch.«

**

Ob es gleich schon eilf Uhr nachts ist: so muß ich dem Leser doch etwas Melancholisch-Schönes melden, das eben vorüberzog. Ein singendes Wesen schwebte durch unser Tal, aber von Blättern und Dämmerung verdeckt, weil der Mond noch nicht auf war. Es sang schöner, als ich noch hörte:

– – Niemand, nirgends, nie.
– – Die Träne, die fällt.
– – Der Engel, der leuchtet.
– – Es schweigt.
– – Es leidet.
– – Es hofft.
– – Ich und Du!

Offenbar fehlet jeder Zeile die Hälfte, und jeder Antwort die Frage. Es fiel mir schon einige Male ein, daß der Genius, der unsern Freund unter der Erde erzog, ihm beim Abschiede Fragen und Dissonanzen dagelassen, deren Antworten und Auflösungen er mitgenommen; ich denk', ich hab' es dem Leser auch gesagt. Ich wollte, Gustav wäre da. Aber ich habe nicht den Mut, mir die Freude auszudenken, daß auch der Genius sich in unsre Freuden-Girlande zu Lilienbad eindränge! – Ich höre noch immer die gezognen Flötentöne aus diesem unbekannten Busen hinter den Blüten klagen; aber sie machen mich traurig. Hier liegen die ewig schlafenden Blumen, die ich heute auf dem Steige unsrer letzten Nacht zusammentrug, neben aufgefalteten wachenden, die ich erst ausriß – sie machen mich auch traurig. – Es gibt für mich und meine Leser nichts Nötigeres, als jetzt einen neuen Freuden-Sektor anzuheben, damit wir unser altes Leben fortsetzen....

O Lilienbad! du bist nur einmal in der Welt; und wenn du noch einmal vorhanden bist, so heißest du V–zka.

Letzter Sektor

†††††††††

Wir unglücklichen Brunnengäste! Es ist vorbei mit den Freuden in Lilienbad. – Die obige Überschrift konnte noch mein Bruder machen, eh' er nach Maußenbach forteilte! Denn Gustav liegt da im *Gefängnis*. Es ist alles unbegreiflich. Meine Freundin Beata unterliegt den Nachrichten, die wir haben und die im folgenden Briefe vom Herrn Doktor Fenk an meinen Bruder heute ankamen. Es ist schmerzhaft für eine Schwester, daß sie allzeit bloß in Trauerfällen die Feder für den Bruder nehmen muß. Wahrscheinlich wird die folgende Hiobspost dieses ganze Buch so wie unsere bisherigen schönen Tage beschließen.

»Ich will dich, mein teuerer Freund, nicht wie ein Weib schonen, sondern dir auf einmal den ganzen außerordentlichen Schlag erzählen, der unsere glücklichen Stunden getroffen hat und am meisten die unserer beiden Freunde.

Drei Tage nach unserer schönen Nacht – erinnerst du dich noch an eine gewisse Bemerkung von Ottomar über die Gefährlichkeit der Entzückungen? – will der Professor Hoppedizel seinen unbesonnenen Spaß ausführen, im Maußenbachschen Schlosse einzubrechen. Der pfiffige Jäger Robisch war gerade nicht zu Hause, sondern mit deinem Vorfahrer, dem Regierungrat Kolb, auf einer Streiferei nach Diebgesindel, bei der sie aus Lust mitzogen. Bemerke, eine Menge Umstände und Personen verknüpfen sich hier, die schwerlich der Zufall zusammengeleitet hat.

Der Professor kommt mit sechs Kameraden und hat eine Leiter mit, um sie an dem seit Jahren zerbrochnen Fenster, das nach Auenthal hinübersieht, anzulegen. Aber als er unter das Fenster tritt: steht schon eine daran. Er nimmts für den besten Zufall, und sie steigen sämtlich, beinahe hintereinander, hinauf. Oben langt eine Hand eine silberne Degenkuppel heraus und will sie geben – der Professor ergreift beide und springt über das Fenster hinein. Darin war, was er schien, ein Dieb, welcher Handlanger auf der Leiter erwartete. Der diebische Realist fällt den Nominalisten mit wütender Verzweiflung an – die Galerie auf der Leiter stürzet gar nach und vermehrt das fechtende Gewimmel. Die Stöße auf dem Fußboden lärmen den horchenden Röper weniger aus seinem Schlafe als Bette auf – er sein ganzes Haus, und dieses seinen Gerichtdiener – es kurz zu sagen: in wenigen Minuten hatt' er mit der Wut, womit der Geizige seine Güter rettet und hält, die spaßhaften Diebe und den ernsthaften zu Gefangnen gemacht, der wahre Dieb mochte noch so sehr um sich schlagen und der Professor noch so sehr disputieren. Jetzo sitzt alles fest und wartet auf dich.

– Ach! hältst du es aus – wenn ich dir alles sage? Die Streifer Kolb und Robisch finden um Maußenbach die Bundgenossen des ertappten Diebs – dringen in den Wald – gehen einer Höhle zu, als wüßten sie, daß sie zu etwas führe – finden eine unterirdische Menschenwelt – O! daß gerade du zu deinem Unglück da getroffen werden mußtest, du Unschuldiger und Unglücklicher! nun schlägt dein sanftes Herz auch an der Kerkerwand! – soll ich dir deinen Freund Gustav nennen? – – Eile, eile, damit es sich anders wende!

Sieh! nicht bloß auf deine, auch auf meine Brust hat dieser Tag sich heftig geworfen. Hältst du es aus, wenn ich noch mehr sage? – daß es nur ein Zufall ist, daß Ottomar noch lebt. – – Ich brachte ihm die Nachricht unseres Unglücks. Mit einem schrecklichen Sträuben seiner Natur, in der jede Fiber mit einem andern Schauer kämpfte, hört' er mir zu und fragte mich, ob keiner mit *sechs* Fingern gefangen genommen worden. ›Ich habe in jener Waldhöhle‹ (sagt' er) ›einen schweren Eid getan, unsere unterirdische Verbindung niemand zu offenbaren, ausgenommen eine Stunde vor meinem Tode. Fenk, ich will dir jetzo die ganze Verbindung offenbaren.‹ – Mein Sträuben und Flehen half nichts: er offenbarte mir alles. ›Gustav muß gerechtfertiget werden‹, sagt' er. – Aber diese Geschichte ist nirgends sicher, kaum im getreuesten Busen, geschweige auf diesem Papier. Ottomar wurde von seiner sogenannten Vernicht-Minute angefallen. Ich ließ seine Hand nicht aus meiner, damit er über seine Stunde hinauslebte und seinen Eid bräche. – Es gibt nichts Höheres als einen Menschen, der das Leben verachtet; und in dieser Hoheit stand mein Freund vor mir, der in seiner Höhle mehr gewagt und besser gelebt hatte als alle Scheerauer. – Ich sah es ihm an, daß er sterben wollte. Es war Nacht. Wir waren in der Stube, wo die wächsernen Mumien mit schwarzen Sträußern stehen, die den Menschen erinnern, wie wenig er war, wie wenig er ist. ›Beuge‹, sagt' er (denn ich kettete mich an ihr), ›deinen Kopf weg, daß ich den Sirius sehe – daß ich in den unendlichen Himmel hinaussehe und einen Trost habe – daß ich mich hinwegsetze über eine Erde mehr oder weniger. – O mache mir, Freund, das Sterben nicht so sauer – und zürne und traure nicht. – O schau, wie der ganze Himmel von einer Unendlichkeit zur andern schimmert und lebt und nichts droben tot ist; – die Menschen aller dieser Wachs-Leichname wohnen darin in jenem Blau – O ihr Abgeschiednen, heute zieh' ich auch zu euch, in welche Sonne auch mein menschlicher Lichtfunke springen möge, wenn der Körper von ihm niederschmilzt: ich find' euch wieder.‹ –

Das Ausschlagen jeder Viertelstunde hatte bisher mein Herz durchstochen; aber die letzte Viertelstunde tönte mich wie eine Leichenglocke an; ich bewachte ängstlich seine Hände und Schritte; er fiel um mich. ›Nein! nein!‹ sagt' ich, ›hier ist kein Abschied – ich hasse dich bis ins Grab hinein, wenn du etwas im Sinne hast – umarme mich nicht.‹ – Er hatt' es schon getan; sein ganzes Wesen war ein schlagendes Herz; er wollte in der Empfindung der Freundschaft vergehen; er preßte seine Brust an meine, und seine Seele an meine: ›Ich umarme dich‹ (sagt' er) ›auf der Erde – in welche Welt auch der Tod mich werfe: ich vergesse deiner nicht; ich werde dort nach der Erde sehen und meine Arme ausbreiten nach dem irdischen Freunde, und nichts soll meine Arme füllen als die getreue, die belastete Brust derer, die mit mir hier gelitten, die mit mir hier die Erde getragen haben. ... Sieh! du weinst und wolltest mich doch nicht umarmen! o Geliebter! – an dir fühl' ich die Eitelkeit der Erde nicht – – du wirst ja auch sterben! ... Großes Wesen über der Erde. ...‹ – Hier riß er sich von mir und stürzte auf seine Knie und betete. ›Zerstör mich nicht, bestraf mich nicht! – ich gehe weg von dieser Erde; du weißt, wo der Mensch ankommt; du weißt, was das Erdenleben und das Erdentun ist – Aber, o Gott, der Mensch hat ein zweites Herz, eine zweite Seele, seinen Freund! Gib mir den Freund wieder mit meinem Leben – wenn einmal alle Menschenherzen stocken und alles Menschenblut in Gräbern verfault: o gütiges, liebendes Wesen! hauch dann über die Menschen und zeige der Ewigkeit ihre Liebe!‹ Ein Aufsprung – ein Flug an mich – eine umarmende Zerdrückung – ein Schlag an die Wand – ein Schuß aus ihr –

Er lebt aber noch.

Fenk.«

Leben des vergnügten Schulmeisterlein Maria Wutz in Auenthal

Eine Art Idylle

Wie war dein Leben und Sterben so sanft und meerstille, du vergnügtes Schulmeisterlein Wutz! Der stille laue Himmel eines Nachsommers ging nicht mit Gewölk, sondern mit Duft um dein Leben herum: deine Epochen waren die Schwankungen und dein Sterben war das Umlegen einer Lilie, deren Blätter auf stehende Blumen flattern – und schon außer dem Grabe schliefest du sanft!

Jetzt aber, meine Freunde, müssen vor allen Dingen die Stühle um den Ofen, der Schenktisch mit dem Trinkwasser an unsre Knie gerückt und die Vorhänge zugezogen und die Schlafmützen aufgesetzt werden, und an die grand monde über der Gasse drüben und ans Palais royal muß keiner von uns denken, bloß weil ich die ruhige Geschichte des vergnügten Schulmeisterlein erzähle – und du, mein lieber Christian, der du eine einatmende Brust für die einzigen feuerbeständigen Freuden des Lebens, für die häuslichen, hast, setze dich auf den Arm des Großvaterstuhls, aus dem ich herauserzähle, und lehne dich zuweilen ein wenig an mich! Du machst mich gar nicht irre.

Seit der Schwedenzeit waren die Wutze Schulmeister in Auenthal, und ich glaube nicht, daß einer vom Pfarrer oder von seiner Gemeinde verklagt wurde. Allemal acht oder neun Jahre nach der Hochzeit versahen Wutz und Sohn das Amt mit Verstand – unser Maria Wutz dozierte unter seinem Vater schon in der Woche das Abc, in der er das Buchstabieren erlernte, das nichts taugt. Der Charakter unsers Wutz hatte, wie der Unterricht anderer Schulleute, etwas Spielendes und Kindisches; aber nicht im Kummer, sondern in der Freude.

Schon in der Kindheit war er ein wenig kindisch. Denn es gibt zweierlei Kinderspiele, kindische und ernsthafte – die ernsthaften sind Nachahmungen der Erwachsenen, das Kaufmann-, Soldaten-, Handwerker-Spielen – die kindischen sind Nachäffungen der Tiere. Wutz war beim Spielen nie etwas anders als ein Hase, eine Turteltaube oder das Junge derselben, ein Bär, ein Pferd oder gar der Wagen daran. Glaubt mir! ein Seraph findet auch in unsern Kollegien und Hörsälen keine Geschäfte, sondern nur Spiele, und wenn ers hoch treibt, jene zweierlei Spiele.

Indes hatt' er auch, wie alle Philosophen, seine ernsthaftesten Geschäfte und Stunden. Setzte er nicht schon längst – ehe die brandenburgischen erwachsenen Geistlichen nur fünf Fäden von buntem Überzug umtaten – sich dadurch über große Vorurteile weg, daß er eine blaue Schürze, die seltner der geistliche Ornat als der in ein Amt tragende Dr. Fausts-Mantel guter Kandidaten ist, vormittags über sich warf und in diesem himmelfarbigen Meßgewand der Magd seines Vaters die vielen Sünden vorhielt, die sie um Himmel und Hölle bringen konnten? – Ja er griff seinen eignen Vater an, aber nachmittags; denn wenn er diesem *Cobers* Kabinettprediger vorlas, wars seine innige Freude, dann und wann zwei, drei Worte oder gar Zeilen aus eignen Ideen einzuschalten und diese Interpolation mit wegzulesen, als spräche Herr Cober selbst mit seinem Vater. Ich denke, ich werfe durch diese Personalie vieles Licht auf ihn und einen Spaß, den er später auf der Kanzel trieb, als er auch nachmittags den Kirchgängern die Postille an Pfarrers Statt vorlas, aber mit so viel hineingespielten eignen Verlagartikeln und Fabrikaten, daß er dem Teufel Schaden tat und dessen Diener rührte. »Justel,« sagt' er nachher um 4 Uhr zu seiner Frau, »was weißt du unten in deinem Stuhl, wie prächtig es einem oben ist, zumal unter dem Kanzelliede!«

Wir könnens leicht bei seinen ältern Jahren erfragen, wie er in seinen Flegeljahren war. Im Dezember von jenen ließ er allemal das Licht eine Stunde später bringen, weil er in dieser Stunde seine Kindheit – jeden Tag nahm er einen andern Tag vor – rekapitulierte. Indem der Wind seine Fenster mit Schnee-Vorhängen verfinsterte und indem ihn aus den Ofen-Fugen das Feuer anblinkte: drückte er die Augen zu und ließ auf die gefrornen Wiesen den längst vermoderten Frühling niedertauen; da bauete er sich mit der Schwester in den Heuschober ein und fuhr auf dem architektonisch gewölbten Heu-Gebirge des Wagens heim und riet droben mit geschlossenen Augen, wo sie wohl nun führen. In der Abendkühle, unter dem Schwalben-Scharmuzieren über sich, schoß er, froh über die untere Entkleidung und das Deshabillé der Beine, als schreiende Schwalbe herum und mauerte sich für sein Junges – ein hölzerner Weihnachthahn mit angepichten Federn wars – eine Kot-Rotunda mit einem Schnabel von Holz und trug hernach Bettstroh und Bettfedern zu Nest. Für eine andere palingenesierende Winter-Abendstunde wurde ein prächtiger Trinitatis (ich wollt', es gäbe 365 Trinitatis) aufgehoben, wo er am Morgen, im tönenden Lenz um ihn und in ihm, mit läutendem Schlüssel-Bund durch das Dorf in den Garten stolzierte, sich im Tau abkühlte und das glühende Gesicht durch die tropfende Johannisbeer-Staude drängte, sich mit dem hochstämmigen Grase maß und mit zwei schwachen Fingern die Rosen für den Herrn Senior und sein Kanzelpult abdrehte. An eben diesem Trinitatis – das war die zweite Schüssel an dem nämlichen Dezember-Abend – quetschete er, mit dem Sonnenschein auf dem Rücken, den Orgeltasten den Choral »Gott in der Höh' sei Ehr'« ein oder ab (mehr kann er noch nicht) und streckte die kurzen Beine mit vergeblichen Näherungen zur Parterre-Tastatur hinunter, und der Vater riß für ihn die richtigen Register heraus. – Er würde die ungleichartigsten Dinge zusammenschütten, wenn er sich in den gedachten beiden Abendstunden erinnerte, was er im Kindheit-Dezember vornahm; aber er war so klug, daß er sich erst in einer dritten darauf besann, wie er sonst abends sich aufs Zuketten der Fensterläden freuete, weil er nun ganz gesichert vor allem in der lichten Stube hockte, daher er nicht gern lange in die von abspiegelnden Fensterscheiben über die Läden hinausgelagerte Stube hineinsah; wie er und seine Geschwister die abendliche Kocherei der Mutter ausspionierten, unterstützten und unterbrachen, und wie er und sie mit zugedrückten Augen und zwischen den Brustwehr-Schenkeln des Vaters auf das Blenden des kommenden Talglichts sich spitzten, und wie sie in dem aus dem unabsehlichen Gewölbe des Universums herausgeschnittenen oder hineingebauten Closet ihrer Stube so beschirmet waren, so warm, so satt, so wohl.... Und alle Jahre, sooft er diese Retourfuhre seiner Kindheit und des Wolfmonats darin veranstaltete, vergaß und erstaunt' er – sobald das Licht angezündet wurde –, daß in der Stube, die er sich wie ein Loretto-Häuschen aus dem Kindheit-Kanaan herüberholte, er ja gerade jetzt säße. – So beschreibt er wenigstens selber diese Erinnerung-*hohen-Opern* in seinen *Rousseauischen Spaziergängen,* die ich da vor mich lege, um nicht zu lügen....

Allein ich schnüre mir den Fuß mit lauter Wurzelngeflecht und Dickicht ein, wenn ichs nicht dadurch wegreiße, daß ich einen gewissen äußerst wichtigen Umstand aus seinem männlichen Alter herausschneide und sogleich jetzo aufsetze? nachher aber soll ordentlich a priori angefangen und mit dem Schulmeisterlein langsam in den drei *aufsteigenden Zeichen* der Alterstufen hinauf und auf der andern Seite in den drei *niedersteigenden* wieder hinab gegangen werden – bis Wutz am Fuß der tiefsten Stufe vor uns ins Grab fällt.

Ich wollte, ich hätte dieses Gleichnis nicht genommen. Sooft ich in Lavaters Fragmenten oder in Comenii orbis pictus oder an einer Wand das Blut- und Trauergerüste der sieben Lebens-Stationen besah – sooft ich zuschauete, wie das gemalte Geschöpf, sich verlängernd und ausstreckend, die Ameisen-Pyramide aufklettert, drei Minuten droben sich umblickt und einkriechend auf der andern Seite niederfährt und abgekürzt umkugelt auf die um diese Schädelstätte liegende Vorwelt – und sooft ich vor das atmende Rosengesicht voll Frühlinge und voll Durst, einen Himmel auszutrinken, trete und bedenke, daß nicht Jahrtausende, sondern Jahrzehende dieses Gesicht in das zusammengeronnene zerknüllte Gesicht voll überlebter Hoffnungen ausgedorret haben.... Aber indem ich über andre mich betrübe, heben und senken mich die Stufen selber, und wir wollen einander nicht so ernsthaft machen!

Der wichtige Umstand, bei dem uns, wie man behauptet, so viel daran gelegen ist, ihn voraus zu hören, ist nämlich der, daß Wutz eine ganze Bibliothek – wie hätte der Mann sich eine kaufen können? – sich eigenhändig schrieb. Sein Schreibzeug war seine Taschendruckerei; jedes neue Meßprodukt, dessen Titel das Meisterlein ansichtig wurde, war nun so gut als geschrieben oder gekauft: denn es setzte sich sogleich hin und machte das

Produkt und schenkt' es seiner ansehnlichen Büchersammlung, die, wie die heidnischen, aus lauter Handschriften bestand. Z. B. kaum waren die physiognomischen Fragmente von Lavater da: so ließ Wutz diesem fruchtbaren Kopfe dadurch wenig voraus, daß er sein Konzeptpapier in Quarto brach und drei Wochen lang nicht vom Sessel wegging, sondern an seinem eignen Kopfe so lange zog, bis er den physiognomischen Fötus herausgebracht (– er bettete den Fötus aufs Bücherbrett hin –) und bis er sich dem Schweizer nachgeschrieben hatte. Diese Wutzische Fragmente übertitelte er die Lavaterschen und merkte an: »er hätte nichts gegen die gedruckten; aber seine Hand sei hoffentlich ebenso leserlich, wenn nicht besser als irgendein Mittel-Fraktur-Druck.« Er war kein verdammter Nachdrucker, der das Original hinlegt und oft das meiste daraus abdruckt: sondern er nahm gar keines zur Hand. Daraus sind zwei Tatsachen vortrefflich zu erklären: erstlich die, daß es manchmal mit ihm haperte und daß er z. B. im ganzen Federschen Traktat über Raum und Zeit von nichts handelte als vom Schiffs-*Raum* und der *Zeit*, die man bei Weibern Menses nennt. Die zweite Tatsache ist seine Glaubenssache: da er einige Jahre sein Bücherbrett auf diese Art voll geschrieben und durchstudieret hatte, so nahm er die Meinung an, seine Schreibbücher wären eigentlich die kanonischen Urkunden, und die gedruckten wären bloße Nachstiche seiner geschriebnen; nur das, klagt' er, könn' er – und böten die Leute ihm Balleien dafür an – nicht herauskriegen, wienach und warum der Buchführer das Gedruckte allzeit so sehr verfälsche und umsetze, daß man wahrhaftig schwören sollte, das Gedruckte und das Geschriebne hätten doppelte Verfasser, wüßte man es nicht sonst.

Es war einfältig, wenn etwa ihm zum Possen ein Autor sein Werk gründlich schrieb, nämlich in Querfolio – oder witzig, nämlich in Sedez: denn sein Mitmeister Wutz sprang den Augenblick herbei und legte seinen Bogen in die Quere hin, oder krempte ihn in Sedezimo ein.

Nur *ein* Buch ließ er in sein Haus, den Meßkatalog; denn die besten Inventarienstücke desselben mußte der Senior am Rande mit einer schwarzen Hand bestempeln, damit er sie hurtig genug schreiben konnte, um das Ostermeß-Heu in die Panse des Bücherschranks hineinzumähen, eh' das Michaelis-Grummet herausschoß. Ich möchte seine Meisterstücke nicht schreiben. Den größten Schaden hatte der Mann davon – Verstopfung zu halben Wochen und Schnupfen auf der andern Seite –, wenn der Senior (sein Friedrich Nicolai) zu viel Gutes, das er zu schreiben hatte, anstrich und seine Hand durch die gemalte anspornte; und sein Sohn klagte oft, daß in manchen Jahren sein Vater vor literarischer Geburtarbeit kaum niesen konnte, weil er auf einmal Sturms Betrachtungen, die verbesserte Auflage, Schillers Räuber und Kants Kritik der reinen Vernunft der Welt zu schenken hatte. Das geschah bei Tage; abends aber mußte der gute Mann nach dem Abendessen noch gar um den Südpol rudern und konnte auf seiner

Cookischen Reise kaum drei gescheite Worte zum Sohne nach Deutschland hinaufreden. Denn da unser Enzyklopädist nie das innere Afrika oder nur einen spanischen Maulesel-Stall betreten, oder die Einwohner von beiden gesprochen hatte: so hatt' er desto mehr Zeit und Fähigkeit, von beiden und allen Ländern reichhaltige Reisebeschreibungen zu liefern – ich meine solche, worauf der Statistiker, der Menschheit-Geschichtschreiber und ich selber fußen können – erstlich deswegen, weil auch andre Reisejournalisten häufig ihre Beschreibungen ohne die Reise machen – zweitens auch, weil Reisebeschreibungen überhaupt unmöglich auf eine andre Art zu machen sind, angesehen noch kein Reisebeschreiber wirklich vor oder in dem Lande stand, das er silhouettierte: denn so viel hat auch der Dümmste noch aus Leibnizens vorherbestimmten Harmonie im Kopfe, daß die Seele, z. B. die Seelen eines Forsters, Brydone, Björnstähls – insgesamt seßhaft auf dem Isolierschemel der versteinerten Zirbeldrüse – ja nichts anders von Südindien oder Europa beschreiben können, als was jede sich davon selber erdenkt und was sie, beim gänzlichen Mangel äußerer Eindrücke, aus ihren *fünf Kanker-Spinnwarzen* vorspinnt und abzwirnt. Wutz zerrete sein Reisejournal auch aus niemand anders als aus sich.

Er schreibt über alles, und wenn die gelehrte Welt sich darüber wundert, daß er fünf Wochen nach dem Abdruck der Wertherschen Leiden einen alten Flederwisch nahm und sich eine harte Spule auszog und damit stehenden Fußes sie schrieb, die Leiden – ganz Deutschland ahmte nachher seine Leiden nach –: so wundert sich niemand weniger über die gelehrte Welt als ich; denn wie kann sie Rousseaus Bekenntnisse gesehen und gelesen haben, die Wutz schrieb und die dato noch unter seinen Papieren liegen? In diesen spricht aber J. J. Rousseau oder Wutz (das ist einerlei) so von sich, allein mit andern Einkleid-Worten: »er würde wahrhaftig nicht so dumm sein, daß er Federn nähme und die besten Werke machte, wenn er nichts brauchte, als bloß den Beutel aufzubinden und sie zu erhandeln. Allein er habe nichts darin als zwei schwarze Hemdknöpfe und einen kotigen Kreuzer. Woll' er mithin etwas Gescheites lesen, z. B. aus der praktischen Arzneikunde und aus der Kranken-Universalhistorie: so müss' er sich an seinen triefenden Fensterstock setzen und den Bettel ersinnen. An wen woll' er sich wenden, um den Hintergrund des Freimäurer-Geheimnisses auszuhorchen, an welches Dionysius-Ohr, mein' er, als an seine zwei eignen? Auf diese an seinen eignen Kopf angeöhrten hör' er sehr, und indem er die Freimäurer-Reden, die er schreibe, genau durchlese und zu verstehen trachte: so merk' er zuletzt allerhand Wunderdinge und komme weit und rieche im ganzen genommen Lunten. Da er von Chemie und Alchemie so viel wisse wie Adam nach dem Fall, als er alles vergessen hatte: so sei ihm ein rechter Gefallen geschehen, daß er sich den Annulus Platonis geschmiedet, diesen silbernen Ring um den Blei-Saturn, diesen Gyges-Ring, der so vielerlei unsichtbar mache, Gehirne und Metalle; denn aus diesem Buche dürft' er, sollt' ers nur einmal ordentlich begreifen, frappant wissen, wo Bartel Most hole.« – Jetzt wollen wir wieder in seine Kindheit zurück.

Im zehnten Jahre verpuppte er sich in einen mulattenfarbigen Alumnus und obern Quintaner der Stadt Scheerau. Sein Examinator muß mein Zeuge sein, daß es keine weiße Schminke ist, die ich meinem Helden anstreiche, wenn ichs zu berichten wage, daß er nur noch ein Blatt bis zur vierten Deklination zurückzulegen hatte und daß er die ganze Geschlecht-Ausnahme thorax caudex pulexque vor der Quinta wie ein Wecker abrollte – bloß die Regel wußt' er nicht. Unter allen Nischen des Alumneums war nur eine so gescheuert und geordnet, gleich der Prunkküche einer Nürnbergerin: das war seine; denn zufriedene Menschen sind die ordentlichsten. Er kaufte sich aus seinem Beutel für zwei Kreuzer Nägel und beschlug seine Zelle damit, um für alle Effekten besondere Nägel zu haben – er schlichtete seine Schreibbücher so lange, bis ihre Rücken so bleirecht aufeinander lagen wie eine preußische Fronte, und er ging beim Mondschein aus dem Bette und visierte so lange um seine Schuhe herum, bis sie parallel nebeneinander standen. – War alles metrisch: so rieb er die Hände, riß die Achseln über die Ohren hinauf, sprang empor, schüttelte sich fast den Kopf herab und lachte ungemein.

Eh' ich von ihm weiter beweise, daß er im Alumneum glücklich war: will ich beweisen, daß dergleichen kein Spaß war, sondern eine herkulische Arbeit. Hundert ägyptische Plagen hält man für keine, bloß weil sie uns nur in der Jugend heimsuchen, wo moralische Wunden und komplizierte Frakturen so hurtig zuheilen wie physische – grünendes Holz bricht nicht so leicht wie dürres entzwei. Alle Einrichtungen legen es dar, daß ein Alumneum seiner ältesten Bestimmung nach ein protestantisches *Knaben-Kloster* sein soll; aber dabei sollte man es lassen, man sollte ein solches Präservations-Zuchthaus in kein Lustschloß, ein solches Misanthropin in kein Philanthropin verwandeln wollen. Müssen nicht die glücklichen Inhaftaten einer solchen Fürstenschule die drei Klostergelübde ablegen? Erstlich das des *Gehorsams,* da der Schüler-Guardian und Novizenmeister seinen schwarzen Novizen das Spornrad der häufigsten, widrigsten Befehle und Ertötungen in die Seite sticht. Zweitens das der *Armut,* da sie nicht Kruditäten und übrige Brocken, sondern Hunger von einem Tage zum andern aufheben und übertragen; und *Carminati* vermöchte ganze Invalidenhäuser mit dem Supernumerär-Magensaft der Konviktorien und Alumneen auszuheilen. Das Gelübde der *Keuschheit* tut sich nachher von selbst, sobald ein Mensch den ganzen Tag zu laufen und zu fasten hat und keine andern Bewegungen entbehrt als die peristaltischen. Zu wichtigen Ämtern muß der Staatsbürger erst gehänselt werden. Verdient denn aber bloß der katholische Novize zum Mönch geprügelt, oder ein elender Ladenjunge in Bremen zum Kaufmannsdiener geräuchert, oder ein sittenloser Südamerikaner zum Kaziken durch beides und durch mehre, in meinen Exzerpten stehende

Qualen appretiert und sublimiert zu werden? Ist ein lutherischer Pfarrer nicht ebenso wichtig, und sind seiner künftigen Bestimmung nicht ebensogut solche übende Martern nötig? Zum Glück hat er sie; vielleicht mauerte die Vorwelt die Schulpforten, deren Konklavisten insgesamt wahre Knechte der Knechte sind, bloß seinetwegen auf: denn andern Fakultäten ist mit dieser Kreuzigung und Radbrechung des Fleisches und Geistes zu wenig gedient. – Daher ist auch das so oft getadelte Chor-, Gassen- und Leichensingen der Alumnen ein recht gutes Mittel, protestantische Klosterleute aus ihnen zu ziehen – und selbst ihr schwarzer Überzug und die kanonische Mohren-Enveloppe des Mantels ist etwas Ähnliches von der Mönchkutte. Daher schießen in Leipzig um die Thomasschüler, da doch einmal die Geistlichen die Perücken-Wammen anhängen müssen, wenigstens die Herzblätter eines aufkapfenden Perückchens herum, das wie ein Pultdach oder wie halbe Flügeldecken sich auf dem Kopfe umsieht. In den alten Klöstern war die Gelehrsamkeit Strafe; nur Schuldige mußten da lateinische Psalmen auswendig lernen oder Autores abschreiben; – in guten armen Schulen wird dieses Strafen nicht vernachlässigt, und sparsamer Unterricht wird da stets als ein unschuldiges Mittel angeordnet, den armen Schüler damit zu züchtigen und zu mortifizieren....

Bloß dem Schulmeisterlein hatte diese Kreuzschule wenig an; den ganzen Tag freuete er sich auf oder über etwas. »Vor dem Aufstehen«, sagt' er, »freu' ich mich auf das Frühstück, den ganzen Vormittag aufs Mittagessen, zur Vesperzeit aufs Vesperbrot und abends aufs Nachtbrot – und so hat der Alumnus Wutz sich stets auf etwas zu spitzen.« Trank er tief, so sagt' er: »Das hat meinem Wutz geschmeckt« und strich sich den Magen. Niesete er, so sagte er: »Helf dir Gott, Wutz!« – Im fieberfrostigen Novemberwetter letzte er sich auf der Gasse mit der Vormalung des warmen Ofens und mit der närrischen Freude, daß er eine Hand um die andre unter seinem Mantel wie zu Hause stecken hatte. War der Tag gar zu toll und windig – es gibt für uns Wichte solche Hatztage, wo die ganze Erde ein Hatzhaus ist und wo die Plagen wie spaßhaft gehende Wasserkünste uns bei jedem Schritte ansprützen und einfeuchten –, so war das Meisterlein so pfiffig, daß es sich unter das Wetter hinsetzte und sich nichts darum schor; es war nicht Ergebung, die das *unvermeidliche* Übel aufnimmt, nicht Abhärtung, die das *ungefühlte* trägt, nicht Philosophie, die das *verdünnte* verdauet, oder Religion, die das *belohnte* verwindet: sondern der Gedanke ans warme Bett wars. »Abends«, dacht' er, »lieg' ich auf alle Fälle, sie mögen mich den ganzen Tag zwicken und hetzen, wie sie wollen, unter meiner warmen Zudeck und drücke die Nase ruhig ans Kopfkissen, acht Stunden lang.« – Und kroch er endlich in der letzten Stunde eines solchen Leidentages unter sein Oberbett: so schüttelte er sich darin, krempte sich mit den Knien bis an den Nabel zusammen und sagte zu sich: »Siehst du, Wutz, es ist doch vorbei.«

Ein andrer Paragraph aus der Wutzischen Kunst, stets fröhlich zu sein, war sein zweiter Pfiff, stets fröhlich aufzuwachen – und um dies zu können, bedient' er sich eines dritten und hob immer vom Tage vorher etwas Angenehmes für den Morgen auf, entweder gebackne Klöße oder ebensoviel äußerst gefährliche Blätter aus dem Robinson, der ihm lieber war als Homer – oder auch junge Vögel oder junge Pflanzen, an denen er am Morgen nachzusehen hatte, wie nachts Federn und Blätter gewachsen.

Den dritten und vielleicht durchdachtesten Paragraphen seiner Kunst, fröhlich zu sein, arbeitete er erst aus, da er Sekundaner ward:

er wurde verliebt. –

Eine solche Ausarbeitung wäre meine Sache.... Aber da ich hier zum ersten Male in meinem Leben mich mit meiner Reißkohle an das Blumenstück gemalter Liebe mache: so muß auf der Stelle abgebrochen werden, damit fortgerissen werde morgen um 6 Uhr mit weniger niedergebranntem Feuer. –

Wenn Venedig, Rom und Wien und die ganze Luststädte-Bank sich zusammentäten und mich mit einem solchen Karneval beschenken wollten, das dem beikäme, welches mitten in der schwarzen Kantors-Stube in Joditz war, wo wir Kinder von 8 Uhr bis 11 forttanzten (so lange währte unsre Faschingzeit, in der wir den Appetit zur Fastnacht-Hirse versprangen): so machten sich jene Residenzstädte zwar an etwas Unmögliches und Lächerliches – aber doch an nichts so Unmögliches, wie dies wäre, wenn sie dem Alumnus Wutz den Fastnachtmorgen mit seinen Karnevallustbarkeiten wiedergeben wollten, als er, als unterer Sekundaner auf Besuch, in der Tanz- und Schulstube seines Vaters am Morgen gegen 10 Uhr ordentlich verliebt wurde. Eine solche Faschinglustbarkeit – trautes Schulmeisterlein, wo denkst du hin? – Aber er dachte an nichts hin als zu Justina, die ich selten oder niemals wie die Auenthaler Justel nennen werde. Da der Alumnus unter dem Tanzen (wenige Gymnasiasten hätten mitgetanzt, aber Wutz war nie stolz und immer eitel) den Augenblick weghatte, was – ihn nicht einmal eingerechnet – an der Justel wäre, daß sie ein hübsches gelenkiges Ding und schon im Briefschreiben und in der Regeldetri in Brüchen und die Patin der Frau Seniorin und in einem Alter von 15 Jahren und nur als eine Gast-Tänzerin mit in der Stube sei: so tat der Gast-Tänzer seines Orts, was in solchen Fällen zu tun ist; er wurde, wie gesagt, verliebt – schon beim ersten Schleifer flogs wie Fieberhitze an ihn – unter dem Ordnen zum zweiten, wo er stillstehend die warme Inlage seiner rechten Hand bedachte und befühlte, stiegs unverhältnismäßig – er tanzte sich augenscheinlich in die Liebe und in ihre Garne hinein. – Als sie noch dazu die roten Haubenbänder auseinanderfallen und sie ungemein nachlässig um den nackten Hals zurückflattern ließ: so vernahm er die Baßgeige nicht mehr – und als sie endlich gar mit einem roten Schnupftuch sich Kühlung vorwedelte und es hinter und vor ihm fliegen ließ: so war ihm nicht mehr zu helfen, und hätten die vier großen und die zwölf kleinen Propheten zum Fenster hineingepredigt. Denn einem Schnupftuch in einer weiblichen Hand erlag er stets auf der Stelle ohne weitere Gegenwehr, wie der Löwe dem gedrehten Wagenrade und der Elefant der Maus. Dorfkoketten machen sich aus dem Schnupftuch die nämliche Feldschlange und Kriegmaschine, die sich die Stadtkoketten aus dem Fächer machen; aber die Wellen eines Tuchs sind gefälliger als das knackende Truthahns-Radschlagen der bunten Streitkolbe des Fächers.

Auf alle Fälle kann unser Wutz sich damit entschuldigen, daß seines Wissens die Örter öffentlicher Freude das Herz für alle Empfindungen, die viel Platz bedürfen, für Aufopferung, für Mut und auch für Liebe, weiter machen; – freilich in den engen Amt- und Arbeitstuben, auf Rathäusern, in geheimen Kabinetten liegen unsre Herzen wie auf ebenso vielen *Welkboden* und *Darrofen* und runzeln ein.

Wutz trug seinen mit dem Gas der Liebe aufgefüllten und emporgetriebnen Herzballon freudig ins Alumneum zurück, ohne jemand eine Silbe zu melden, am wenigsten der Schnupftuch-Fahnenjunkerin selber – nicht aus Scheu, sondern weil er nie mehr begehrte als die Gegenwart; er war nur froh, daß er selber verliebt war, und dachte an weiter nichts....

Warum ließ der Himmel gerade in die Jugend das Lustrum der Liebe fallen? Vielleicht weil man gerade da in Alumneen, Schreibstuben und andern Gifthütten keucht: da steigt die Liebe wie aufblühendes Gesträuch an den Fenstern jener Marterkammern empor und zeigt in schwankenden Schatten den großen Frühling von außen. Denn Er und ich, mein Herr Präfektus, und auch Sie, verdiente Schuldiener des Alumneums, wir wollen miteinander wetten, Sie sollen über den vergnügten Wutz ein Härenhemd ziehen (im Grund hat er eines an) – Sie sollen ihn Ixions Rad und Sisyphus' Stein der Weisen und den Laufwagen Ihres Kindes bewegen lassen – Sie sollen ihn halb tot hungern oder prügeln lassen – Sie sollen einer so elenden Wette wegen (welches ich Ihnen nicht zugetrauet hätte) gegen ihn ganz des Teufels sein: Wutz bleibt doch Wutz und praktiziert sich immer sein bißchen verliebter Freude ins Herz, vollends in den Hundtagen! –

Seine Kanikularferien sind aber vielleicht nirgends deutlicher beschrieben als in seinen »*Werthers Freuden*«, die seine Lebensbeschreiber fast nur abzuschreiben brauchen. – Er ging da sonntags nach der Abendkirche heim nach Auenthal und hatte mit den Leuten in allen Gassen Mitleiden, daß sie dableiben mußten. Draußen dehnte sich seine Brust mit dem aufgebaueten Himmel vor ihm aus, und halbtrunken im Konzertsaal aller Vögel horcht' er doppelselig bald auf die gefiederten Sopranisten, bald auf seine Phantasien. Um nur seine über die Ufer schlagende Lebenskräfte abzuleiten, galoppierte er oft eine halbe Viertelstunde lang. Da er immer kurz vor und nach Sonnen-Untergang ein gewisses wollüstiges trunknes Sehnen empfunden hatte – die Nacht aber macht wie ein längerer Tod den Menschen erhaben und nimmt ihm die Erde –: so zauderte er mit seiner Landung in Auenthal so lang', bis die zerfließende Sonne durch die letzten Kornfelder vor dem Dorfe mit Goldfäden, die sie gerade über die Ähren zog, sein blaues Röckchen stickte und bis sein Schatten an den Berg über den Fluß wie ein Riese wandelte. Dann schwankte er unter dem wie aus der Vergangenheit herüberklingenden Abendläuten ins Dorf hinein und war allen Menschen gut, selbst dem Präfektus. Ging er dann um seines Vaters Haus und·sah am obern Kappfenster den Widerschein des Monds und durch ein Parterre-Fenster seine Justina, die da alle Sonntage einen ordentlichen Brief setzen lernte .... o wenn er dann in dieser paradiesischen Viertelstunde seines Lebens auf funfzig Schritte die Stube und die Briefe und das Dorf von sich hätte wegsprengen und um sich und um die Briefstellerin bloß ein einsames dämmerndes Tempe-Tal hätte ziehen können – wenn er in diesem Tale mit seiner trunknen Seele, die unterweges um alle Wesen ihre Arme schlug, auch an sein schönstes Wesen hätte fallen dürfen und er und sie und Himmel und Erde zurückgesunken und zerflossen wären vor einem flammenden Augenblick und Brennpunkte menschlicher Entzückung....

Indessen tat ers wenigstens nachts um eilf Uhr; und vorher gings auch nicht schlecht. Er erzählte dem Vater, aber im Grunde Justinen seinen Studienplan und seinen politischen Einfluß; er setzte sich dem Tadel, womit sein Vater ihre Briefe korrigierte, mit demjenigen Gewicht entgegen, das ein solcher Kunstrichter hat, und er war, da er gerade warm aus der Stadt kam, mehr als einmal mit Witz bei der Hand – kurz, unter dem Einschlafen hörte er in seiner tanzenden taumelnden Phantasie nichts als Sphären-Musik.

– Freilich du, mein Wutz, kannst Werthers Freuden aufsetzen, da allemal deine äußere und deine innere Welt sich wie zwei Muschelschalen aneinander löten und dich als ihr Schaltier einfassen; aber bei uns armen Schelmen, die wir hier am Ofen sitzen, ist die Außenwelt selten der Ripienist und Chorist unsrer innern fröhlichen Stimmung; – höchstens dann, wenn an uns der ganze Stimmstock umgefallen und wir knarren und brummen; oder in einer andern Metapher: wenn wir eine verstopfte Nase haben, so setzt sich ein ganzes mit Blumen überwölbtes Eden vor uns hin, und wir mögen nicht hineinriechen.

Mit jedem Besuche machte das Schulmeisterlein seiner Johanna-Therese-Charlotte-Mariana-Klarissa-Heloise-Justel auch ein Geschenk mit einem Pfefferkuchen und einem Potentaten; ich will über beide ganz befriedigend sein.

Die Potentaten hatt' er in seinem eignen Verlage; aber wenn die Reichshofrats-Kanzlei ihre Fürsten und Grafen aus ein wenig Dinte, Pergament und Wachs macht: so verfertigte er seine Potentaten viel kostbarer, aus Ruß, Fett und zwanzig Farben. Im Alumneum wurde nämlich mit den Rahmen einer Menge Potentaten eingeheizet, die er sämtlich mit gedachten

Materialien so zu kopieren und zu repräsentieren wußte, als wär' er ihr Gesandter. Er überschmierte ein Quartblatt mit einem Endchen Licht und nachher mit Ofenruß – dieses legte er mit der schwarzen Seite auf ein andres mit weißen Seiten – oben auf beide Blätter tat er irgendein fürstliches Porträt – dann nahm er eine abgebrochne Gabel und fuhr mit ihrer drückenden Spitze auf dem Gesichte und Leibe des regierenden Herrn herum – – dieser Druck verdoppelte den Potentaten, der sich vom schwarzen Blatt aufs weiße überfärbte. So nahm er von allem, was unter einer europäischen Krone saß, recht kluge Kopien; allein ich habe niemals verhehlet, daß seine Okulier-Gabel die russische Kaiserin (die vorige) und eine Menge Kronprinzen dermaßen aufkratzte und durchschnitt, daß sie zu nichts mehr zu brauchen waren als dazu, den Weg ihrer Rahmen zu gehen. Gleichwohl war das rußige Quartblatt nur die Bruttafel und Ätz-Wiege glorwürdiger Regenten, oder auch der Streich- oder *Laichteich* derselben – ihr *Streckteich* aber oder die Appretur-Maschine der Potentaten war sein Farbkästchen; mit diesem illuminierte er ganze regierende Linien, und alle Muscheln kleideten einen einzigen Großfürsten an, und die Kronprinzessinnen zogen aus derselben Farbmuschel Wangenröte, Schamröte und Schminke. – – Mit diesen regierenden Schönen beschenkte er die, die ihn regierte und die nicht wußte, was sie mit dem historischen Bildersaale machen sollte.

Aber mit dem Pfefferkuchen wußte sie es in dem Grade, daß sie ihn aß. Ich halt' es für schwer, einer Geliebten einen Pfefferkuchen zu schenken, weil man ihn oft kurz vor der Schenkung selber verzehrt. Hatte nicht Wutz die drei Kreuzer für den ersten schon bezahlt? Hatt' er nicht das braune Rektangulum schon in der Tasche und war damit schon bis auf eine Stunde vor Auenthal und vor dem Adjudikationtermin gereiset? Ja wurde die süße *Votiv-Tafel* nicht alle Viertelstunde aus der Tasche gehoben, um zu sehen, ob sie noch viereckig sei? Dies war eben das Unglück; denn bei diesem Beweis durch Augenschein, den er führte, brach er immer wenige und unbedeutende Mandeln aus dem Kuchen; – dergleichen tat er öfters – darauf machte er sich (statt an die Quadratur des Zirkels) an das Problem, den gevierteten Zirkel wieder rein herzustellen, und biß sauber die vier rechten Winkel ab und machte ein Acht-Eck, ein Sechzehn-Eck – denn ein Zirkel ist ein unendliches Viel-Eck – darauf war nach diesen mathematischen Ausarbeitungen das Viel-Eck vor keinem Mädchen mehr zu produzieren – darauf tat Wutz einen Sprung und sagte: »Ach! ich fress' ihn selber«, und heraus war der Seufzer und hinein die geometrische Figur. – Es werden wenige schottische Meister, akademische Senate und Magistranden leben, denen nicht ein wahrer Gefallen geschähe, wenn man ihnen zu hören gäbe, durch welchen Maschinen-Gott sich Wutz aus der Sache zog – – durch einen zweiten Pfefferkuchen tat ers, den er allemal als einen Wand- und Taschen-Nachbar des ersten mit einsteckte. Indem er den einen aß, landete der andre ohne Läsionen an, weil er mit dem Zwilling wie mit Brandmauer und

Kronwache den andern beschützte. Das aber sah er in der Folge selber ein, daß er – um nicht einen bloßen Torso oder Atom nach Auenthal zu transportieren – die Krontruppen oder Pfefferkuchen von Woche zu Woche vermehren müsse.

Er wäre Primaner geworden, wäre nicht sein Vater aus unserem Planeten in einen andern oder in einen Trabanten gerückt. Daher dacht' er die Melioration seines Vaters nachzumachen und wollte von der Sekundanerbank auf den Lehrstuhl rutschen. Der Kirchenpatron, Herr von Ebern, drängte sich zwischen beide Gerüste und hielt seinen ausgedienten Koch an der Hand, um ihn in ein Amt einzusetzen, dem er gewachsen war, weil es in diesem ebensogut wie in seinem vorigen Spanferkel[1] tot zu peitschen und zu appretieren, obwohl nicht zu essen gab. Ich hab' es schon in der Revision des Schulwesens in einer Note erinnert und Herrn Gedikens Beifall davongetragen, daß in jedem Bauernjungen ein unausgewachsener Schulmeister stecke, der von ein paar Kirchenjahren groß zu paraphrasieren sei – daß nicht bloß das alte Rom Welt-Konsule, sondern auch heutige Dörfer Schul-Konsule vom Pfluge und aus der Furche ziehen könnten – daß man ebensogut von Leuten seines Standes hier *unterrichtet*, als in England *gerichtet* werden könne, und daß gerade der, dem jeder das meiste Scibile verdanke, ihm am ähnlichsten sei, nämlich jeder selber – daß, wenn eine ganze Stadt (Norcia an dem appenninischen Gebirg) nur von vier ungelehrten Magistratgliedern (li quatri illiterati) sich beherrschen lassen will, doch eine Dorfjugend von einem einzigen ungelehrten Mann werde zu regieren und zu prügeln sein – und daß man nur bedenken möchte, was ich oben im Texte sagte. Da hier die Note selber der Text ist, so will ich nur sagen, daß ich sagte: eine Dorfschule sei hinlänglich besetzt. Es ist da 1) der Gymnasiarch oder Pastor, der von Winter zu Winter den Priesterrock umhängt und das Schulhaus besucht und erschreckt – 2) steht in der Stube das Rektorat, Konrektorat und Subrektorat, das der Schulhalter allein ausmacht – 3) als Lehrer der untern Klassen sind darin angestellt die Schulmeisterin, der, wenn irgendeinem Menschen, die Kallipädie der Töchterschule anvertrauet werden kann, ihr Sohn als Tertius und Lümmel zugleich, dem seine Zöglinge allerhand legieren und spendieren müssen, damit er sie ihre Lektion nicht aufsagen lässet, und der, wenn der Regent nicht zu Hause ist, oft das Reichsvikariat des ganzen protestantischen Schulkreises auf den Achseln hat – 4) endlich ein ganzes Raupennest Kollaboratores, nämlich Schuljungen selber, weil daselbst, wie im Hallischen Waisenhause, die Schüler der obern Klasse schon zu Lehrern der untern groß gewachsen sind. – Da man bisher aus so vielen Studierstuben heraus nach Realschulen schrie: so hörten es *Gemeinden* und *Schulhalter* und taten das Ihrige gern. Die *Gemeinden* lasen für ihre Lehrstühle lauter solche pädagogische Steiße

[1] Die bekanntlich besser schmecken, wenn man sie mit Rutenstreichen tötet.

aus, die schon auf Weber-, Schneider-, Schuster-Schemeln seßhaft waren und von denen also etwas zu erwarten war – und allerdings setzen solche Männer, indem sie vor dem aufmerksamen Institute Röcke, Stiefel, Fischreusen und alles machen, die Nominalschule leicht in eine Realschule um, wo man Fabrikate kennen lernt. Der *Schulmeister* treibts noch weiter und sinnt Tag und Nacht auf Real-Schulhalten; es gibt wenige Arbeiten eines erwachsenen Hausvaters oder seines Gesindes, in denen er seine Dorf-Stoa nicht beschäftigt und übt, und den ganzen Morgen sieht man das expedierende Seminarium hinaus- und hineinjagen, Holz spalten und Wasser tragen u. s. w., so daß er außer der Realschule fast gar keine andre hält und sich sein bißchen Brot sauer im Schweiße seines – Schulhauses verdient.... Man braucht mir nicht zu sagen, daß es auch schlechte und versäumte Landschulen gebe; genug wenn nur die größere Zahl alle die Vorzüge wirklich aufweiset, die ich ihr jetzt zugeschrieben.

Ich mag meine Fixstern-Abirrung mit keinem Wort entschuldigen, das eine neue wäre. Herr von Ebern hätte seinen Koch zum Schulmeister investieret, wenn ein geschickter Nachfahrer des Kochs wäre zu haben gewesen; es war aber keiner aufzutreiben, und da der Gutsherr dachte, es sei vielleicht gar eine Neuerung, wenn er die Küche und die Schule durch *ein* Subjekt versehen ließe – wiewohl vielmehr die Trennung und Verdopplung der Schul- und der Herrendiener eine viel größere und ältere war; denn im neunten Säkulum mußte sogar der Pfarrer der Patronatkirche zugleich dem Kirchenschiff-Patron als Bedienter aufwarten und satteln etc. [1], und beide Ämter wurden erst nachher, wie mehre, voneinander abgerissen –, so behielt er den Koch und vozierte den Alumnus, der bisher so gescheit gewesen, daß er verliebt geblieben.

Ich steuere mich ganz auf die rühmlichen Zeugnisse, die ich in Händen habe und die Wutz vom Superintendenten auswirkte, weil sein Examen vielleicht eines der rigorösesten und glücklichsten war, wovon ich in neueren Zeiten noch gehöret. Mußte nicht Wutz das griechische Vaterunser vorbeten, indes das Examination-Kollegium seine samtnen Hosen mit einer Glasbürste auskämmte; – und hernach das lateinische Symbolum Athanasii? Konnte der Examinandus nicht die Bücher der Bibel richtig und Mann für Mann vorzählen, ohne über die gemalten Blumen und Tassen auf dem Kaffeebrette seines frühstückenden Examinators zu stolpern? Mußt' er nicht einen Betteljungen, der bloß auf einen Pfennig aufsah, herumkatechesieren, obgleich der Junge gar nicht wie sein Unter-Examinator bestand, sondern wie ein wahres Stückchen Vieh? Mußt' er nicht seine Fingerspitzen in fünf Töpfe warmes Wasser tunken und *den* Topf aussuchen, dessen Wasser warm und kalt genug für den Kopf eines Täuflings war? Und mußt' er nicht zuletzt drei Gulden und 36 Kreuzer erlegen?

[1] Langens geistliches Recht S. 534.

Am 13ten Mai ging er als Alumnus aus dem Alumneum heraus und als öffentlicher Lehrer in sein Haus hinein, und aus der zersprengten schwarzen Alumnus-Puppe brach ein bunter Schmetterling von Kantor ins Freie hinaus.

Am 9ten Julius stand er vor dem Auenthaler Altar und wurde kopuliert mit der Justel.

Aber der elysäische Zwischenraum zwischen dem 13ten Mai und dem 9ten Julius! – Für keinen Sterblichen fällt ein solches goldnes Alter von acht Wochen wieder vom Himmel, bloß für das Meisterlein funkelte der ganze niedergetauete Himmel auf *gestirnten* Auen der Erde. – Du wiegtest im Äther dich und sahest durch die durchsichtige Erde dich rund mit Himmel und Sonnen umzogen und hattest keine Schwere mehr; aber uns Alumnen der Natur fallen nie acht solche Wochen zu, nicht eine, kaum *ein* ganzer Tag, wo der Himmel *über* und *in* uns sein reines Blau mit nichts bemalt als mit Abend- und Morgenrot – wo wir über das Leben wegfliegen und alles uns hebt wie ein freudiger Traum – wo der unbändige stürzende Strom der Dinge uns nicht auf seinen Katarakten und Strudeln zerstößet und schüttelt und rädert, sondern auf blinkenden Wellen uns wiegt und unter hineingebognen Blumen vorüberträgt – ein Tag, zu dem wir den Bruder vergeblich unter den verlebten suchen und von dem wir am Ende jedes andern klagen: seit ihm war keiner wieder so.

Es wird uns allen sanft tun, wenn ich diese acht Wonne-Wochen oder zwei Wonne-Monate weitläuftig beschreibe. Sie bestanden aus lauter ähnlichen Tagen. Keine einzige Wolke zog hinter den Häusern herauf. Die ganze Nacht stand die rückende Abendröte unten am Himmel, an welchem die untergehende Sonne allemal wie eine Rose glühend abgeblühet hatte. Um 1 Uhr schlugen schon die Lerchen, und die Natur spielte und phantasierte die ganze Nacht auf der Nachtigallen-Harmonika. In seine Träume tönten die äußern Melodien hinein, und in ihnen flog er über Blüten-Bäume, denen die wahren vor seinem offnen Fenster ihren Blumen-Atem liehen. Der *tagende* Traum rückte ihn sanft, wie die lispelnde Mutter das Kind, aus dem Schlaf ins Erwachen über, und er trat mit trinkender Brust in den Lärm der Natur hinaus, wo die Sonne die Erde von neuem erschuf und wo beide sich zu einem brausenden Wollust-Weltmeer ineinander ergossen. Aus dieser Morgen-Flut des Lebens und Freuens kehrte er in sein schwarzes Stübchen zurück und suchte die Kräfte in kleinern Freuden wieder. Er war da über alles froh, über jedes beschienene und unbeschienene Fenster, über die ausgefegte Stube, über das Frühstück, das mit seinen Amt-Revenuen bestritten wurde, über 7 Uhr, weil er nicht in die Sekunda mußte, über seine Mutter, die alle Morgen froh war, daß er Schulmeister geworden und sie nicht aus dem vertrauten Hause fort gemußt.

Unter dem Kaffee schnitt er sich, außer den Semmeln, die Federn zur Messiade, die er damals, die drei letzten Gesänge ausgenommen, gar aussang. Seine größte Sorgfalt verwandte er darauf, daß er die epischen Federn falsch schnitt, entweder wie Pfähle oder ohne Spalt oder mit einem zweiten Extraspalt, der hinausniesete; denn da alles in Hexametern, und zwar in solchen, die nicht zu verstehen waren, verfasset sein sollte: so mußte der Dichter, da ers durch keine Bemühung zur geringsten Unverständlichkeit bringen konnte – er fassete allemal den Augenblick jede Zeile und jeden Fuß und pes –, aus Not zum Einfall greifen, daß er die Hexameter ganz *unleserlich* schrieb, was auch gut war. Durch diese poetische Freiheit bog er dem Verstehen ungezwungen vor.

Um eilf Uhr deckte er für seine Vögel, und dann für sich und seine Mutter den Tisch mit vier Schubladen, *in* welchem mehr war als *auf* ihm. Er schnitt das Brot, und seiner Mutter die weiße Rinde vor, ob er gleich die schwarze nicht gern aß. O meine Freunde, warum kann man denn im Hôtel de Bavière und auf dem Römer nicht so vergnügt speisen als am Wutzischen Ladentisch? – Sogleich nach dem Essen machte er nicht Hexameter, sondern Kochlöffel, und meine Schwester hat selber ein Dutzend von ihm. Während seine Mutter das wusch, was er schnitzte, ließen beide ihre Seelen nicht ohne Kost; sie erzählte ihm die Personalien von sich und seinem Vater vor, von deren Kenntnis ihn seine akademische Laufbahn zu entfernt gehalten – und er schlug den Operationplan und Bauriß seiner künftigen Haushaltung bescheiden vor ihr auf, weil er sich an dem Gedanken, ein Hausvater zu sein, gar nicht satt käuen konnte. »Ich richte mir« – sagte er – »mein Haushalten ganz vernünftig ein – ich stell' mir ein Saugschweinchen ein auf die heiligen Feiertage, es fallen so viel Kartoffeln- und Rüben-Schalen ab, daß mans mit fett macht, man weiß kaum wie – und auf den Winter muß mir der Schwiegervater ein Füderchen Büschel (Reisholz) einfahren, und die Stubentür muß total gefüttert und gepolstert werden – denn, Mutter! unsereins hat seine pädagogischen Arbeiten im Winter, und man hält da keine Kälte aus.« – Am 29ten Mai war noch dazu nach diesen Gesprächen eine Kindtaufe – es war seine erste – sie war seine erste Revenue, und ein großes Einnahmebuch hatte er sich schon auf dem Alumneum dazu geheftet – er besah und zählte die paar Groschen zwanzig Mal, als wären sie andere. – Am Taufstein stand er in ganzer Parüre, und die Zuschauer standen auf der Empor und in der herrschaftlichen Loge im Alltag-Schmutz. – »Es ist mein saurer Schweiß«, sagt' er eine halbe Stunde nach dem Aktus und trank vom Gelde zur ungewöhnlichen Stunde ein Nößel Bier. – Ich erwarte von seinem künftigen Lebensbeschreiber ein paar pragmatische Fingerzeige, warum Wutz bloß ein Einnahme- und kein Ausgabe-Buch sich nähte und warum er in jenem oben Louisd'or, Groschen, Pfennige setzte, ob er gleich nie die erste Münzsorte unter seinen Schul-Gefällen hatte.

Nach dem Aktus und nach der Verdauung ließ er sich den Tisch hinaus unter den Weichselbaum tragen und setzte sich nieder und bossierte noch einige unleserliche Hexameter in seiner Messiade. Sogar während er seinen

Schinkenknochen als sein Abendessen abnagte und abfeilte, befeilt' er noch einen und den andern epischen Fuß, und ich weiß recht gut, daß des Fettes wegen mancher Gesang ein wenig geölet aussiehet. Sobald er den Sonnenschein nicht mehr auf der Straße, sondern an den Häusern liegen sah: so gab er der Mutter die nötigen Gelder zum Haushalten und lief ins Freie, um sich es ruhig auszumalen, wie ers künftig haben werde im Herbst, im Winter, an den drei heiligen Festen, unter den Schulkindern und unter seinen eignen. –

Und doch sind das bloß Wochentage; der Sonntag aber brennt in einer Glorie, die kaum auf ein Altarblatt geht. – Überhaupt steht in keinen Seelen dieses Jahrhunderts ein so großer Begriff von einem Sonntage, als in denen, welche in Kantoren und Schulmeistern hausen; mich wundert es gar nicht, wenn sie an einem solchen Courtage nicht vermögen, bescheiden zu verbleiben. Selber unser Wutz konnte sichs nicht verstecken, was es sagen will, unter tausend Menschen allein zu orgeln – ein wahres Erb-Amt zu versehen und den geistlichen Krönung-Mantel dem Senior überzuhenken und sein Valet de fantaisie und Kammermohr zu sein – über ein ganzes von der Sonne beleuchtetes Chor Territorial-Herrschaft zu exerzieren, als amtierender Chor-Maire auf seinem Orgel-Fürstenstuhl die Poesie eines Kirchsprengels noch besser zu beherrschen, als der Pfarrer die Prose desselben kommandiert – und nach der Predigt über das Geländer hinab völlige fürstliche Befehle sans façon mit lauter Stimme weniger zu geben als abzulesen...... Wahrhaftig, man sollte denken, hier oder nirgends tät' es not, daß ich meinem Wutz zuriefe: »Bedenke, was du vor wenig Monaten warest! Überlege, daß nicht alle Menschen Kantores werden können, und mache dir die vorteilhafte Ungleichheit der Stände zunutze, ohne sie zu mißbrauchen und ohne darum mich und meine Zuhörer am Ofen zu verachten.« – – Aber nein! auf meine Ehre, das gutartige Meisterlein denkt ohnehin nicht daran; die Bauern hätten nur so gescheit sein sollen, daß sie dir schnakischem, lächelndem, trippelndem, händereibendem Dinge ins gallenlose überzuckerte Herz hineingesehen hätten: was hätten sie da ertappt? Freude in deinen zwei Herz-Kammern, Freude in deinen zwei Herz-Ohren. Du numeriertest bloß oben im Chore, gutes Ding! das ich je länger je lieber gewinne, deine künftigen Schulbuben und Schulmädchen in den Kirchstühlen zusammen und setztest sie sämtlich voraus in deine Schulstube und um seine winzige Nase herum und nahmest dir vor, mit der letzten täglich vormittags und nachmittags einmal zu niesen und vorher zu schnupfen, nur damit dein ganzes Institut wie besessen aufführe und zuriefe: Helf Gott, Herr Kantner! Die Bauern hätten ferner in deinem Herzen die Freude angetroffen, die du hattest, ein Setzer von Foliozifferen zu sein, so lang wie die am Zifferblatt der Turmuhr, indem du jeden Sonntag an der schwarzen Liedertafel in öffentlichen Druck gabst, auf welcher Pagina das nächste Lied zu suchen sei – wir Autores treten mit schlechterem Zeuge im Drucke auf –; ferner die Freude hätte man gefunden, deinem Schwiegervater und deiner Braut im Singen vorzureiten; und endlich deine Hoffnung, den Bodensatz des Kommunion-Weins einsam auszusaufen, der sauer schmeckte. Ein höheres Wesen muß dir so herzlich gut gewesen sein wie das referierende, da es gerade in deinem achtwöchentlichen Eden-Lustrum deinen gnädigen Kirchenpatron kommunizieren hieß: denn der hatte doch so viel Einsicht, daß er an die Stelle des Kommunion-Weins, der Christi *Trank* am Kreuz nicht unglücklich nachbildete, Christi *Tränen* aus seinem Keller setzte; aber welche Himmel dann nach dem Trank des Bodensatzes in alle deine Glieder zogen .... Wahrlich jedesmal will ich wieder in Ausrufungen verfallen; – aber warum macht doch mir und vielleicht euch dieses schulmeisterlich vergnügte Herz so viel Freude? – Ach, liegt es vielleicht daran, daß wir selber sie nie so voll bekommen, weil der Gedanke der Erden-Eitelkeit auf uns liegt und unsern Atem drückt und weil wir die schwarze Gottesacker-Erde unter den Rasen- und Blumenstücken schon gesehen haben, auf denen das Meisterlein sein Leben verhüpft? –

Der gedachte Kommunion-Wein moussierte noch abends in seinen Adern; und diese letzte Tagzeit seines Sabbats hab' ich noch abzuschildern. Nur am Sonntag durft' er mit seiner Justine spazieren gehen. Vorher nahm er das Abendessen beim Schwiegervater ein, aber mit schlechtem Nutzen; schon unter dem Tischgebet wurde sein Hundshunger matt und unter den Allotriis darauf gar unsichtbar. Wenn ich es lesen könnte: so könnt' ich das ganze Konterfei dieses Abends aus seiner Messiade haben, in die er ihn, ganz wie er war, im sechsten Gesang hineingeflochten, so wie alle große Skribenten ihren Lebenslauf, ihre Weiber, Kinder, Äcker, Vieh in ihre opera omnia stricken. Er dachte, in der gedruckten Messiade stehe der Abend auch. In seiner wird es episch ausgeführet sein, daß die Bauern auf den Rainen wateten und den Schuß der Halme maßen und ihn über das Wasser herüber als ihren neuen wohlverordneten Kantor grüßten – daß die Kinder auf Blättern schalmeiten und in Batzen-Flöten stießen und daß alle Büsche und Blumen- und Blütenkelche vollstimmig besetzte Orchester waren, aus denen allen etwas heraus sang oder sumsete oder schnurrte – und daß alles zuletzt so feierlich wurde, als hätte die Erde selber einen Sonntag, indem die Höhen und Wälder um diesen Zauberkreis rauchten und indem die Sonne gen Mitternacht durch einen illuminierten Triumphbogen hinunter-, und der Mond gen Mittag durch einen blassen Triumphbogen heraufzog. O du Vater des Lichts! mit wie viel Farben und Strahlen und Leuchtkugeln fassest du deine bleiche Erde ein! – Die Sonne kroch jetzt ein zu einem einzigen roten Strahle, der mit dem Widerscheine der Abendröte auf dem Gesichte der Braut zusammenkam; und diese, nur mit stummen Gefühlen bekannt, sagte zu Wutz, daß sie in ihrer Kindheit sich oft gesehnet hätte, auf den roten Bergen der Abendröte zu stehen und von ihnen mit der Sonne in die schönen rotgemalten Länder hinunterzusteigen, die hinter der

Abendröte lägen. Unter dem Gebetläuten seiner Mutter legt' er seinen Hut auf die Knie und sah, ohne die Hände zu falten, an die rote Stelle am Himmel, wo die Sonne zuletzt gestanden, und hinab in den ziehenden Strom, der tiefe Schatten trug; und es war ihm, als läutete die Abendglocke die Welt und noch einmal seinen Vater zur Ruhe – zum ersten und letzten Male in seinem Leben stieg sein Herz über die irdische Szene hinaus – und es rief, schien ihm, etwas aus den Abendtönen herunter, er werde jetzo vor Vergnügen sterben.... Heftig und verzückt umschlang er seine Braut und sagte: »Wie lieb hab' ich dich, wie ewig lieb!« Vom Flusse klang es herab wie Flötengetön und Menschengesang und zog näher; außer sich drückt' er sich an sie an und wollte vereinigt vergehen und glaubte, die Himmeltöne hauchten ihre beiden Seelen aus der Erde weg und dufteten sie wie Taufunken auf den Auen Edens nieder. Es sang:

O wie schön ist Gottes Erde
Und wert, darauf vergnügt zu sein!
Drum will ich, bis ich Asche werde,
Mich dieser schönen Erde freun.

Es war aus der Stadt eine Gondel mit einigen Flöten und singenden Jünglingen. Er und Justine wanderten am Ufer mit der ziehenden Gondel und hielten ihre Hände gefaßt und Justine suchte leise nachzusingen; mehre Himmel gingen neben ihnen. Als die Gondel um eine Erdzunge voll Bäume herumschiffte: hielt Justine ihn sanft an, damit sie nicht nachkämen, und da das Fahrzeug dahinter verschwunden war, fiel sie ihm mit dem ersten errötenden Kusse um den Hals.... O unvergeßlicher erster Junius! schreibt er. – Sie begleiteten und belauschten von weitem die schiffenden Töne; und Träume spielten um beide, bis sie sagte: »Es ist spät, und die Abendröte hat sich schon weit herumgezogen, und es ist alles im Dorfe still.« Sie gingen nach Hause; er öffnete die Fenster seiner mondhellen Stube und schlich mit einem leisen Gutenacht bei seiner Mutter vorüber, die schon schlief. –

Jeden Morgen schien ihn der Gedanke wie Tageslicht an, daß er dem Hochzeittage, dem 8ten Junius, sich um eine Nacht näher geschlafen; und am Tage lief die Freude mit ihm herum, daß er durch die paradiesischen Tage, die sich zwischen ihn und sein Hochzeitbett gestellet, noch nicht durchwäre. So hielt er, wie der metaphysische Esel, den Kopf zwischen beiden Heubündeln, zwischen der Gegenwart und Zukunft; aber er war kein Esel oder Scholastiker, sondern grasete und rupfte an beiden Bündeln auf einmal.... Wahrhaftig die Menschen sollten niemals Esel sein, weder indifferentistische, noch hölzerne, noch bileamische, und ich habe meine Gründe dazu.... Ich breche hier ab, weil ich noch überlegen will, ob ich seinen Hochzeittag abzeichne oder nicht. Musivstifte hab' ich übrigens dazu ganze Bündel. –

Aber wahrhaftig ich bin weder seinem Ehrentage beigewohnet, noch einem eignen; ich will ihn also bestens beschreiben und mir – ich hätte sonst gar nichts – eine Lustpartie zusammen machen.

Ich weiß überhaupt keinen schicklichern Ort oder Bogen als diesen dazu, daß die Leser bedenken, was ich ausstehe: die magischen Schweizergegenden, in denen ich mich lagere – die Apollos- und Venusgestalten, denen sich mein Auge ansaugt – das erhabne Vaterland, für das ich das Leben hingebe, das es vorher geadelt hat – das Brautbett, in das ich einsteige, alles das ist von fremden oder eignen Fingern bloß – gemalt mit Dinte oder Druckerschwärze; und wenn nur du, du Himmlische, der ich treu bleibe, die mir treu bleibt, mit der ich in arkadischen Julius-Nächten spazieren gehe, mit der ich vor der untergehenden Sonne und vor dem aufsteigenden Monde stehe und um derenwillen ich alle deine Schwestern liebe, wenn nur du – wärest; aber du bist ein *Altarblatt*, und ich finde dich nicht.

Dem Nil, dem Herkules und andern Göttern brachte man zwar auch, wie mir, nur nachbossierte Mädchen dar; aber vorher bekamen sie doch reelle.

Wir müssen schon am Sonnabend ins Schul- und Hochzeithaus gucken, um die Prämissen dieses Rüsttags zum Hochzeittag ein wenig vorher wegzuhaben: am Sonntag haben wir keine Zeit dazu; so ging auch die Schöpfung der Welt (nach den ältern Theologen) darum in sechs Tagwerken und nicht in *einer* Minute vor, damit die Engel das Naturbuch, wenn es allmählich aufgeblättert würde, leichter zu übersehen hätten. Am Sonnabend rennt der Bräutigam auffallend in zwei corporibus piis aus und ein, im Pfarr- und im Schulhaus, um vier Sessel aus jenem in dieses zu schaffen. Er borgte diese Gestelle dem Senior ab, um den Kommodator selbst darauf zu weisen als seinen Fürstbischof und die Seniorin als Frau Patin der Braut und den Subpräfektus aus dem Alumneum und die Braut selbst. Ich weiß so gut als andre, inwieweit dieser mietende Luxus des Bräutigams nicht in Schutz zu nehmen ist; allerdings papillotierten die gigantischen Mietstühle (Menschen und Sessel schrumpfen jetzt ein) ihre falschen Rindhaar-Touren an Lehne und Sitz mit blauem Tuche, Milchstraßen von gelben Nägeln sprangen auf gelben Schnüren als Blitze herum, und es bleibt gewiß, daß man so weich auf den *Rändern* dieser Stühle aufsaß, als trüge man einen Doppelsteiß – wie gesagt, diesen Steiß-Luxus des Gläubigers und Schuldners hab' ich niemals zum Muster angepriesen; aber auf der andern Seite muß doch jeder, der in den *»Schulz von Paris«* hineingesehen, bekennen, daß die Verschwendung im Palais royal und an allen Höfen offenbar größer ist. Wie werd' ich vollends solche Methodisten von der strengen Observanz auf die Seite des Großvater- und Sorgestuhls Wutzens bringen, der mit vier hölzernen Löwentatzen die Erde ergreift, welche mit vier Querhölzern – den Sitz-Konsolen munterer Finken und Gimpel – gesponselt sind, dessen Haar-Chignon sich mit einer geblümten ledernen Schwarte mehr als zu prächtig besohlet, und welcher zwei hölzerne behaarte Arme, die das Alter, wie menschliche, dürrer gemacht, nach einem Insaß ausstreckt?... Dieses Fragzeichen kann manchen, weil er den langen Perioden vergessen, frappieren.

Das zinnene Tafel-Service, das der Bräutigam noch von seinem Fürstbischof holte, kann das Publikum beim Auktionproklamator, wenn es anders versteigert wird, besser kennen lernen als bei mir: so viel wissen die Hochzeitgäste, die Salatiere, die Sauciere, die Assiette zu Käse und die Senfdose war ein einziger Teller, der aber vor jeder Rolle einmal abgescheuert wurde.

Ein ganzer Nil und Alpheus schoß über jedes Stubenbrett, wovon gute Gartenerde wegzuspülen war, an jede Bettpfoste und an den Fensterstock hinan und ließ den gewöhnlichen Bodensatz der Flut zurück – *Sand.* Die Gesetze des Romans würden verlangen, daß das Schulmeisterlein sich anzöge und sich auf eine Wiese unter ein wogendes Zudeck von Gras und Blumen streckte und da durch einen Traum der Liebe nach dem andern hindurch sänk' und bräche – allein er rupfte Hühner und Enten ab, spaltete Kaffee- und Bratenholz und die Braten selbst, kredenzte am Sonnabend den Sonntag und dekretierte und vollzog in der blauen Schürze seiner Schwiegermutter funfzig Küchen-Verordnungen und sprang, den Kopf mit Papilloten gehörnt und das Haar wie einen Eichhörnchenschwanz emporgebunden, hinten und vornen und überall herum: »denn ich mache nicht alle Sonntage Hochzeit«, sagt' er.

Nichts ist widriger, als hundert Vorläufer und Vorreiter zu einer winzigen Lust zu sehen und zu hören; nichts ist aber süßer, als selber mit vorzureiten und vorzulaufen; die Geschäftigkeit, die wir nicht bloß sehen, sondern teilen, macht nachher das Vergnügen zu einer von uns selbst gesäeten, besprengten und ausgezognen Frucht; und obendrein befällt uns das Herzgespann des Passens nicht.

Aber, lieber Himmel, ich brauchte einen ganzen Sonnabend, um diesen nur zu rapportieren: denn ich tat nur einen vorbeifliegenden Blick in die Wutzische Küche – was da zappelt! was da raucht! – Warum ist sich Mond und Hochzeit so nahe wie die zwei Gebote, die davon reden? Warum ist nicht bloß eine fürstliche Vermählung oft für Menschen, warum ist auch eine bürgerliche für Geflügel eine Parisische Bluthochzeit?

Niemand brachte aber im Hochzeithaus diese zwei Freudentage mißvergnügter und fataler zu als zwei Stechfinken und drei Gimpel: diese inhaftierte der reinliche und vogelfreundliche Bräutigam sämtlich – vermittelst eines Treibjagens mit Schürzen und geworfnen Nachtmützen – und nötigte sie, aus ihrem Tanz-Saale in ein paar Draht-Kartausen zu fahren und an der Wand, in Mansarden springend, herabzuhängen.

Wutz berichtet sowohl in seiner »Wutzischen Urgeschichte« als in seinem »Lesebuch für Kinder mittlern Alters«, daß abends um 7 Uhr, da der Schneider dem Hymen neue Hosen und Gilet und Rock anprobierte, schon alles blank und metrisch und neugeboren war, ihn selber ausgenommen. Eine unbeschreibliche Ruhe sitzt auf jedem Stuhl und Tisch eines neugestellten brillantierten Zimmers! In einem chaotischen denkt man, man müsse noch diesen Morgen ausziehen aus dem aufgekündigten Logement.

Über seine Nacht (so wie über die folgende) fliegen ich und die Sonne hinüber, und wir begegnen ihm, wenn er am Sonntage, gerötet und elektrisiert vom Gedanken des heutigen Himmels, die Treppe herabläuft in die anlachende Hochzeitstube hinein, die wir alle gestern mit so vieler Mühe und Dinte aufgeschmückt haben vermittelst Schönheitwasser – mouchoir de Venus und Schminklappen (Waschlappen) – Puderkasten (Topf mit Sand) und anderem Toiletten-Schiff und Geschirr. Er war in der Nacht siebenmal aufgewacht, um sich siebenmal auf den Tag zu freuen; und zwei Stunden früher aufgestanden, um beide Minute für Minute aufzuessen. Es ist mir, als ging' ich mit dem Schulmeister zur Tür hinein, vor dem die Minuten des Tages hinstehn wie Honigzellen – er schöpfet eine um die andre aus, und jede Minute trägt einen weitern Honigkelch. Für eine Pension auf Lebenlang ist dennoch der Kantor nicht vermögend, sich auf der ganzen Erde ein Haus zu denken, in dem jetzo nicht Sonntag, Sonnenschein und Freude wäre; nein! – Das zweite, was er unten nach der Türe auftat, war ein Oberfenster, um einen auf- und niederwallenden Schmetterling – einen schwimmenden Silberflitter, eine Blumen-Folie und *Amors* Ebenbild – aus *Hymens* Stube fortzulassen. Dann fütterte er seine Vogel-Kapelle in den Bauern zum voraus auf den lärmenden Tag und fiedelte auf der väterlichen Geige die Schleifer zum Fenster hinaus, an denen er sich aus der Fastnacht an die Hochzeitnacht herangetanzt. Es schlägt erst 5 Uhr, mein Trauter, wir haben uns nicht zu übereilen! Wir wollen die zwei Ellen lange Halsbinde (die du dir ebenfalls, wie früher die Braut, antanzest, indem die Mutter das andre Ende hält) und das Zopfband glatt umhaben, noch zwei völlige Stunden vor dem Läuten. Gern gäb' ich den Großvaterstuhl und den Ofen, dessen Assessor ich bin, dafür, wenn ich mich und meine Zuhörerschaft jetzt zu transparenten Sylphiden zu verdünnen wüßte; damit unsere ganze Brüderschaft dem zappelnden Bräutigam ohne Störung seiner stillen Freude in den Garten nachflöge, wo er für ein weibliches Herz, das weder ein diamantnes noch ein welsches ist, auch keine Blumen, die es sind, abschneidet, sondern lebende – wo er die blitzenden Käfer und Tautropfen aus den Blumenblättern schüttelt und gern auf den Bienenrüssel wartet, den zum letzten Male der mütterliche Blumenbusen säuget – wo er an seine Knaben-Sonntagmorgen denkt und an den zu engen Schritt über die Beete und an das kalte Kanzelpult, auf welches der Senior seinen Strauß auflegte. Gehe nach Haus, Sohn deines Vorfahrers, und schaue am achten Junius dich nicht gegen Abend um, wo der stumme, sechs Fuß dicke Gottesacker über manchen Freunden liegt, sondern gegen Morgen, wo du die Sonne, die Pfarrtüre und deine hineinschlüpfende Justine sehen kannst, welche die Frau

Patin nett ausfrisieren und einschnüren will. Ich merk' es leicht, daß meine Zuhörer wieder in Sylphiden verflüchtigt werden wollen, um die Braut zu umflattern; aber sie siehts nicht gern.

Endlich lag der himmelblaue Rock – die Livreefarbe der Müller und Schulmeister – mit geschwärzten Knopflöchern und die plättende Hand seiner Mutter, die alle Brüche hob, am Leibe des Schulmeisterleins, und es darf nur Hut und Gesangbuch nehmen. Und jetzt – ich weiß gewiß auch, was Pracht ist, fürstliche bei fürstlichen Vermählungen, das Kanonieren, Illuminieren, Exerzieren und Frisieren dabei; aber mit der Wutzischen Vermählung stell' ich doch dergleichen nie zusammen: sehet nur dem Mann hintennach, der den Sonnen- und Himmelweg zu seiner Braut geht und auf den andern Weg drüben nach dem Alumneum schauet und denkt: »wer hätt's vor vier Jahren gedacht«; ich sage, sehet ihm nach! Tut es nicht auch die Auenthaler Pfarrmagd, ob sie gleich Wasser trägt, und henkt einen solchen prächtigen vollen Anzug bis auf jede Franse in ihren Gehirn- und Kleiderkammern auf? Hat er nicht eine gepuderte Nasen- und Schuhspitze? Sind nicht die roten Torflügel seines Schwiegervaters aufgedreht, und schreitet er nicht durch diese ein, indes die von der Haarkräuslerin abgefertigte Verlobte durch das Hoftürchen schleicht? Und stoßen sie nicht so möbliert und überpudert aufeinander, daß sie das Herz nicht haben, sich Guten Morgen zu bieten? Denn haben beide in ihrem Leben etwas Prächtigers und Vornehmeres gesehen als sich einander heute? Ist in dieser verzeihlichen Verlegenheit nicht der lange Span ein Glück, den der kleine Bruder zugeschnitzt und den er der Schwester hinreckt, damit sie darum wie um einen Weinpfahl die Blumen-Staude und Geruch-Quaste für des Kantors Knopfloch winde und gürte? Werden neidsüchtige Damen meine Freunde bleiben, wenn ich meinen Pinsel eintunke und ihnen damit vorfärbe die Parüre der Braut, das zitternde Gold statt der Zitternadel im Haar, die drei goldnen Medaillons auf der Brust mit den Miniaturbildern der deutschen Kaiser [1] und tiefer die in Knöpfe zergossenen Silberbarren?.... Ich könnt' aber den Pinsel fast jemand an den Kopf werfen, wenn mir beifällt, mein Wutz und seine gute Braut werden mir, wenns abgedruckt ist, von den Koketten und anderem Teufelszeuge gar ausgelacht: glaubt ihr denn aber, ihr städtischen destillierten und tätowierten Seelenverkäuferinnen, die ihr alles an Mannspersonen messet und liebt, ihr Herz ausgenommen, daß ich oder meine meisten Herren Leser dabei gleichgültig bleiben könnten, oder daß wir nicht alle eure gespannten Wangen, eure zuckenden Lippen, eure mit Witz und Begierde sengenden Augen und eure jedem Zufall gefügigen Arme und selber euere empfindsamen Deklamatorien mit Spaß hingäben für einen einzigen Auftritt, wo die Liebe ihre Strahlen in dem Morgenrot des Schämens bricht, wo die unschuldige Seele sich vor

[1] In manchen deutschen Gegenden tragen die Mädchen drei Dukaten am Halse.

jedem Aug' entkleidet, ihr eignes ausgenommen, und wo hundert innere Kämpfe das durchsichtige Angesicht beseelen, und kurz worin mein Brautpaar selbst agierte, da der alte lustige Kauz von Schwiegervater beider gekräuselten und weißblühenden Köpfe habhaft wurde und sie gescheit zu einem Kuß zusammenlenkte? Dein freudiges Erröten, lieber Wutz! – und dein verschämtes, liebe Justine! –

Wer wird überhaupt diesen und dergleichen Sachen kurz vor seinen Sponsalien schärfer nachdenken und nachher delikater spielen als gegenwärtiger Lebensbeschreiber selber?

Der Lärm der Kinder und Büttner auf der Gasse und der Rezensenten in Leipzig hindern ihn hier, alles ausführlich herzusetzen, die prächtigen Eckenbeschläge und dreifachen Manschetten, womit der Bräutigam auf der Orgel jede Zeile des Chorals versah – den hölzernen Engelfittich, woran er seinen Kurhut zum Chor hinaushing – den Namen Justine an den Pedalpfeifen – seinen Spaß und seine Lust, da sie einander vor der Kirchenagende (der Goldnen Bulle und dem Reichsgrundgesetze des Eheregiments) die rechten Hände gaben und da er mit seinem Ringfinger ihre hohle Hand gleichsam hinter einem Bettschirm neckte – und den Eintritt in die Hochzeitstube, wo vielleicht die größten und vornehmsten Leute und Gerichte des Dorfs einander begegneten, ein Pfarrer, eine Pfarrerin, ein Subpräfektus und eine Braut. Es wird aber Beifall finden, daß ich meine Beine auseinander setze und damit über die ganze Hochzeittafel und Hochzeittrift und über den Nachmittag wegschreite, um zu hören, was sie abends angeben – einen und den andern Tanz gibt der Subpräfektus an. Es ist im Grunde schon alles außer sich – ein Tobak-Heerrauch und ein Suppen-Dampfbad woget um drei Lichter und scheidet einen vom andern durch Nebelbänke – Der Violoncellist und der Violinist streichen fremdes Gedärm weniger, als sie eignes füllen – Auf der Fensterbrüstung guckt das ganze Auenthal als Galerie zappelnd herein, und die Dorfjugend tanzt draußen, dreißig Schritte von dem Orchester entfernt, im ganzen recht hübsch – Die alte Dorf-La Bonne schreiet ihre wichtigsten Personalien der Seniorin vor, und diese nieset und hustet die ihrigen los, jede will ihre historische Notdurft früher verrichten und sieht ungern die andre auf dem Stuhle seßhaft – Der Senior sieht wie ein Schoßjünger des Schoßjüngers Johannes aus, welchen die Maler mit einem Becher in der Hand abmalen, und lacht lauter, als er predigt – Der Präfektus schießet als Elegant herum und ist von niemand zu erreichen – Mein Maria plätschert und fährt unter in allen vier Flüssen des Paradieses, und des Freuden-Meers Wogen heben und schaukeln ihn allmächtig. – Bloß die eine Brautführerin (mit einer zu zarten Haut und Seele für ihren schwielenvollen Stand) hört die Freuden-Trommel wie von einem Echo gedämpft und wie bei einer Königleiche mit Flor bezogen, und die stille Entzückung spannt in Gestalt eines Seufzers die einsame Brust. – Mein Schulmeister (er darf zweimal im Küchenstück herumstehen) tritt mit seiner Trauunghälfte unter die Haustür, deren dessus de porte ein Schwalben-Globus ist, und schauet auf zu dem schweigenden glimmenden Himmel über ihm und denkt, jede große Sonne gucke herunter wie ein Auenthaler und zu seinem Fenster hinein...... Schiffe fröhlich über deinen verdünstenden Tropfen Zeit, du kannst es; aber wir könnens nicht alle: die eine Brautführerin kanns auch nicht – Ach, wär' ich wie du an deinem Hochzeitmorgen dem ängstlichen, den Blumen abgefangnen Schmetterling begegnet, wie du der Biene im Blütenkelch, wie du der um 7 Uhr abgelaufnen Turmuhr, wie du dem stummen Himmel oben und dem lauten unten: so hätt' ich ja daran denken müssen, daß nicht auf dieser stürmenden Kugel, wo die Winde sich in unsre kleinen Blumen wühlen, die Ruhestätte zu suchen sei, auf der uns ihre Düfte ruhig umfließen, oder ein Auge ohne Staub zu finden, ein Auge ohne *Regentropfen,* die jene Stürme an uns werfen – und wäre die blitzende Göttin der Freude so nahe an meinem Busen gestanden: so hätt' ich doch auf jene Aschenhäufchen hinübergesehen, zu denen sie mit ihrer Umarmung, aus der Sonne gebürtig und nicht aus unsern Eiszonen, schon die armen Menschen verkalkte; – und o wenn mich schon die vorige Beschreibung eines großen Vergnügens so traurig zurückließ: so müßt' ich, wenn erst du, aus ungemessenen Höhen in die tiefe Erde hereinreichende Hand! mir eines, wie eine Blume auf einer Sonne gewachsen, herniederbrächtest, auf diese Vaterhand die Tropfen der Freude fallen lassen und mich mit dem zu schwachen Auge von den Menschen wegwenden ....

Jetzt, da ich dieses sage, ist Wutzens Hochzeit längst vorbei, seine Justine ist alt und er selber auf dem Gottesacker; der Strom der Zeit hat ihn und alle diese schimmernden Tage unter vier-, fünffache Schichten Bodensatz gedrückt und begraben; – auch an uns steigt dieser beerdigende Niederschlag immer höher auf; in drei Minuten erreicht er das Herz und überschlichtet mich und euch.

In dieser Stimmung sinne mir keiner an, die vielen Freuden des Schulmeisters aus seinem Freuden-Manuale mitzuteilen, besonders seine Weihnacht-, Kirchweih- und Schulfreuden – es kann vielleicht noch geschehen in einem Posthumus von Postskript, das ich nachliefere, aber heute nicht! Heute ists besser, wir sehen den vergnügten Wutz zum letzten Mal lebendig und tot und gehen dann weg.

Ich hätte überhaupt – ob ich gleich dreißigmal vor seiner Haustür vorübergegangen war – wenig vom ganzen Manne gewußt, wenn nicht am 12ten Mai vorigen Jahrs die alte Justine unter ihr gestanden wäre und mich, da sie mich im Gehen meine Schreibtafel vollarbeiten sah, angeschrien hätte: ob ich nicht auch ein Büchermacher wäre. – »Was sonst, Liebe?« – versetzt' ich – »jährlich mach' ich dergleichen und schenke alles nachher dem Publiko.« – So möcht' ich dann, fuhr sie fort, mich auf ein Stündchen zu ihrem Alten hineinbemühen, der auch ein Buchmacher sei, mit dem es aber elend aussehe.

Der Schlag hatte dem Alten, vielleicht weil er eine Flechte talersgroß am Nacken hineingeheilet, oder vor Alter, die linke Seite gelähmt. Er saß im Bette an einer Lehne von Kopfkissen und hatte ein ganzes Warenlager, das ich sogleich spezifizieren werde, auf dem Deckbette vor sich. Ein Kranker tut wie ein Reisender – und was ist er anders? – sogleich mit jedem bekannt; so nahe mit dem Fuße und Auge an erhabnern Welten, macht man in dieser räudigen keine Umstände mehr. Er klagte, es hätte sich seine Alte schon seit drei Tagen nach einem Bücherschreiber umschauen müssen, hätt' aber keinen ertappt, außer eben; »er müss' aber einen haben, der seine Bibliothek übernehme, ordne und inventiere und der an seine Lebensbeschreibung, die in der ganzen Bibliothek wäre, seine letzten Stunden, falls er sie jetzt hätte, zur Komplettierung gar hinanstieße; denn seine Alte wäre keine Gelehrtin und seinen Sohn hätt' er auf drei – Wochen auf die Universität Heidelberg gelassen.«

Seine Aussaat von Blattern und Runzeln gab seinem runden kleinen Gesichtchen äußerst fröhliche Lichter; jede schien ein lächelnder Mund: aber es gefiel mir und meiner Semiotik nicht, daß seine Augen so blitzten, seine Augenbraunen und Mund-Ecken so zuckten und seine Lippen so zitterten.

Ich will mein Versprechen der Spezifikation halten: Auf dem Deckbette lag eine grüntaftne Kinderhaube, wovon das eine Band abgerissen war, eine mit abgegriffnen Goldflitterchen überpichte Kinderpeitsche, ein Fingerring von Zinn, eine Schachtel mit Zwerg-Büchelchen in 128-Format, eine Wanduhr, ein beschmutztes Schreibbuch und ein Finkenkloben fingerlang. Es waren die Rudera und Spätlinge seiner verspielten Kindheit. Die Kunstkammer dieser seiner *griechischen Altertümer* war von jeher unter der Treppe gewesen – denn in einem Haus, das der Blumenkübel und Treibkasten eines einzigen Stammbaums ist, bleiben die Sachen jahrfunfziglang in ihrer Stelle ungerückt –; und da es von seiner Kindheit an ein Reichsgrundgesetz bei ihm war, alle seine Spielwaren in geschichtlicher Ordnung aufzuheben, und da kein Mensch das ganze Jahr unter die Treppe guckte als er: so konnt' er noch am Rüsttage vor seinem Todestage diese Urnenkrüge eines schon gestorbenen Lebens um sich stellen und sich zurückfreuen, da er sich nicht mehr vorauszufreuen vermochte. Du konntest freilich, kleiner Maria, in keinen *Antikentempel* zu Sanssouci oder zu Dresden eintreten und darin vor dem *Weltgeiste der schönen Natur der Kunst* niederfallen; aber du konntest doch in deine Kindheit-Antiken-*Stiftshütte* unter der finstern Treppe gucken, und die Strahlen der auferstehenden Kindheit spielten, wie des gemalten Jesuskindes seine im Stall, an den düstern Winkeln! O wenn größere Seelen als du aus der ganzen Orangerie der Natur so viel süße Säfte und Düfte sögen als du aus dem zackigen grünen Blatte, an das dich das Schicksal gehangen: so würden nicht Blätter, sondern Gärten genossen, und die bessern und doch glücklichern Seelen verwunderten sich nicht mehr, daß es *vergnügte* Meisterlein geben kann.

Wutz sagte und bog den Kopf gegen das Bücherbrett hin: »Wenn ich mich an meinen ernsthaften Werken matt gelesen und korrigiert: so schau' ich stundenlang diese Schnurrpfeifereien an, und das wird hoffentlich einem Bücherschreiber keine Schande sein.«

Ich wüßt' aber nicht, womit der Welt in dieser Minute mehr gedient ist, als wenn ich ihr den räsonierenden Katalog dieser Kunststücke und Schnurrpfeifereien zuwende, den mir der Patient zuwandte. Den zinnenen Ring hatt' ihm die vierjährige Mamsell des vorigen Pastors, da sie miteinander von einem Spielkameraden ehrlich und ordentlich kopuliert wurden, als Ehepfand angesteckt – das elende Zinn lötete ihn fester an sie als edlere Metalle edlere Leute, und ihre Ehe brachten sie auf vierundfunfzig Minuten. Oft wenn er nachher als geschwärzter Alumnus sie mit nickenden Federn-Standarten am dünnen Arme eines gesprenkelten Elegant spazieren gehen sah, dachte er an den Ring und an die alte Zeit. Überhaupt hab' ich bisher mir unnütze Mühe gegeben, es zu verstecken, daß er in alles sich verliebte, was wie eine Frau aussah; alle Fröhliche seiner Art tun dasselbe; und vielleicht können sie es, weil ihre Liebe sich zwischen den beiden Extremen von Liebe aufhält und beiden abborgt, so wie der Busen Band und Kreole der platonischen und der epikurischen Reize ist. – Da er seinem Vater die Turmuhr aufziehen half, wie vorzeiten die Kronprinzen mit den Vätern in die Sitzungen gingen: so konnte so eine kleine Sache ihm einen Wink geben, ein lackiertes Kästchen zu durchlöchern und eine Wanduhr daraus zu schnitzen, die niemals ging; inzwischen hatte sie doch, wie mehre Staatkörper, ihre langen Gewichte und ihre eingezackten Räder, die man dem Gestelle nürnbergischer Pferde abgehoben und so zu etwas Besserem verbraucht hatte. – Die grüne Kinderhaube, mit Spitzen gerändert, das einzige Überbleibsel seines vorigen vierjährigen Kopfes, war seine Büste und sein Gipsabdruck vom kleinen Wutz, der jetzt zu einem großen ausgefahren war. Alltags-Kleider stellen das Bild eines toten Menschen weit inniger dar als sein Porträt; – daher besah Wutz das Grün mit sehnsüchtiger Wollust, und es war ihm, als schimmere aus dem Eis des Alters eine grüne Rasenstelle der längst überschneieten Kindheit vor; »Nur meinen Unterrock von Flanell«, sagte er, »sollt' ich gar haben, der mir allemal unter den Achseln umgebunden wurde!« – Mir ist sowohl das erste Schreibbuch des Königs von Preußen als das des Schulmeisters Wutz bekannt, und da ich beide in Händen gehabt: so kann ich urteilen, daß der König als Mann und das Meisterlein als Kind schlechter geschrieben. »Mutter,« sagt' er zu seiner Frau, »betracht' doch, wie dein Mann hier (im Schreibbuch) und wie er dort (in seinem kalligraphischen Meisterstück von einem Lehnbrief, den er an die Wand genagelt) geschrieben: ich fress' mich aber noch vor Liebe, Mutter!« Er prahlte vor niemand als vor seiner Frau; und ich schätze den Vorteil so hoch, als er wert ist, den die Ehe hat, daß der Ehemann durch sie noch ein zweites Ich bekommt, vor welchem er sich ohne Bedenken recht herzlich loben kann. Wahrhaftig das deutsche Publikum sollte ein solches zweites Ich von uns Autoren abgeben! – Die Schachtel war ein Bücherschrank der lilliputischen Traktätchen in Fingerkalender-Format, die er in seiner Kindheit dadurch herausgab, daß er einen Vers aus der Bibel abschrieb, es heftete und bloß sagte: »Abermals einen recht hübschen *Cober*[1] gemacht!« Andre Autores vermögen dergleichen auch, aber erst wenn sie herangewachsen sind. Als er mir seine jugendliche Schriftstellerei referierte, bemerkte er: »Als ein Kind ist man ein wahrer Narr; es stach aber doch schon damals der Schriftstellertrieb hervor, nur freilich noch in einer unreifen und lächerlichen Gestalt« und belächelte zufrieden die jetzige. – Und so gings mit dem Finkenkloben ebenfalls: war nicht der fingerlange Finkenkloben, den er mit Bier bestrich und auf dem er die Fliegen an den Beinen fing, der Vorläufer des armlangen Finkenkloben, *hinter* dem er im Spätherbst seine schönsten Stunden zubrachte, wie *auf* ihm die Finken ihre häßlichsten? Das Vogelstellen will durchaus ein in sich selber vergnügtes stilles Ding von Seele haben.

Es ist leicht begreiflich, daß seine größte Krankenlabung ein alter Kalender war und die abscheulichen 12 Monatkupfer desselben. In jedem Monat des Jahrs machte er sich, ohne vor einem Galerieinspektor den Hut abzunehmen oder an ein Bilderkabinett zu klopfen, mehr malerische und artistische Lust als andre Deutsche, die abnehmen und anklopfen. Er durchwanderte nämlich die 11 Monat-Vignetten – die des Monats, worin er wanderte, ließ er weg – und phantasierte in die Holzschnitt-Auftritte alles hinein, was er und sie nötig hatten. Es mußte ihn freilich in gesunden und in kranken Tagen letzen, wenn er im Jenner-Winterstück auf dem abgerupften schwarzen Baum herumstieg und sich (mit der Phantasie) unter den an der Erde aufdrückenden Wolkenhimmel stellte, der über den Winterschlaf der Wiesen und Felder wie ein Betthimmel sich hinüberkrümmte. – Der ganze Junius zog sich mit seinen langen Tagen und langen Gräsern um ihn herum, wenn er seine Einbildung den Junius-Landschaft-Holzschnitt ausbrüten ließ, auf welchem kleine Kreuzchen, die nichts als Vögel sein sollten, durch das graue Druckpapier flogen und auf dem der Holzschneider das fette Laubwerk zu Blättergerippen mazerierte. Allein wer Phantasie hat, macht sich aus jedem Abschnitzel eine wundertätige Reliquie, aus jedem Eselkinnbacken eine Quelle; die fünf Sinne reichen ihr nur die Kartons, nur die Grundstriche des Vergnügens oder Mißvergnügens.

Den Mai überblätterte der Patient, weil der ohnehin um das Haus draußen stand. Die Kirschblüten, womit der Wonnemond sein grünes Haar besteckt, die Maiblümchen, die als Vorsteckrosen über seinem Busen duften, beroch er nicht – der Geruch war weg –, aber er besah sie und hatte einige in einer Schüssel neben seinem Krankenbette.

[1] Cobers Kabinettsprediger – in dem mehr Geist steckt (freilich oft ein närrischer) als in zwanzig jetzigen ausgelaugten Predigthaufen.

Ich habe meine Absicht klug erreicht, mich und meine Zuhörer fünf oder sechs Seiten von der traurigen Minute wegzuführen, in der vor unser aller Augen der Tod vor das Bett unsers kranken Freundes tritt und langsam mit eiskalten Händen in seine warme Brust hineindringt und das vergnügt schlagende Herz erschreckt, fängt und auf immer anhält. Freilich am Ende kommt die Minute und ihr Begleiter doch.

Ich blieb den ganzen Tag da und sagte abends, ich könnte in der Nacht wachen. Sein lebhaftes Gehirn und sein zuckendes Gesicht hatten mich fest überzeugt, in der Nacht würde der Schlag sich wiederholen; es geschah aber nicht, welches mir und dem Schulmeisterlein ein wesentlicher Gefallen war. Denn es hatte mir gesagt – auch in seinem letzten Traktätchen stehts –, nichts wäre schöner und leichter, als an einem heitern Tage zu sterben: die Seele sähe durch die geschlossenen Augen die hohe Sonne noch, und sie stiege aus dem vertrockneten Leib in das weite blaue Lichtmeer draußen; hingegen in einer finstern brüllenden Nacht aus dem warmen Leibe zu müssen, den langen Fall ins Grab so einsam zu tun, wenn die ganze Natur selber dasäße und die Augen sterbend zuhätte – das wäre ein zu harter Tod.

Um 11½ Uhr nachts kamen Wutzens zwei besten *Jugendfreunde* noch einmal vor sein Bette, der Schlaf und der Traum, um von ihm gleichsam Abschied zu nehmen. Oder bleibt ihr länger, und seid ihr zwei Menschenfreunde es vielleicht, die ihr den ermordeten Menschen aus den blutigen Händen des Todes holet und auf eueren wiegenden Armen durch die kalten unterirdischen Höhlungen mütterlich traget ins helle Land hin, wo ihn eine neue Morgensonne und neue Morgenblumen in waches Leben hauchen? –

Ich war allein in der Stube – Ich hörte nichts als den Atemzug des Kranken und den Schlag meiner Uhr, die sein kurzes Leben wegmaß – Der gelbe Vollmond hing tief und groß in Süden und bereifte mit seinem Totenlichte die Maiblümchen des Mannes und die stockende Wanduhr und die grüne Haube des Kindes – Der leise Kirschbaum vor dem Fenster malte auf dem Grund von Mondlicht aus Schatten einen bebenden Baumschlag in die Stube – Am stillen Himmel wurde zuweilen eine fackelnde Sternschnuppe niedergeworfen, und sie verging wie ein Mensch – Es fiel mir bei, die nämliche Stube, die jetzt der schwarz ausgeschlagene Vorsaal des Grabes war, wurde morgen vor 43 Jahren, am 13ten Mai, vom Kranken bezogen, an welchem Tage seine elysischen Achtwochen angegangen – Ich sah, daß der, dem damals dieser Kirschbaum Wohlgeruch und Träume gab, dort im drückenden Traume geruchlos liege und vielleicht noch heute aus dieser Stube ausziehe und daß alles, alles vorüber sei und niemals wiederkomme.... und in dieser Minute fing Wutz mit dem ungelähmten Arme nach etwas, als wollt' er einen entfallenden Himmel erfassen –– und in dieser zitternden Minute knisterte der Monatzeiger meiner Uhr und fuhr, weils 12 Uhr war, vom 12ten Mai zum 13ten über.... Der Tod schien mir meine Uhr zu stellen, ich hörte ihn den Menschen und seine Freuden käuen, und die Welt und die Zeit schien in einem Strom von Moder sich in den Abgrund hinabzubröckeln!...

Ich denke an diese Minute bei jedem mitternächtlichen Überspringen meines Monatzeigers; aber sie trete nie mehr unter die Reihe meiner übrigen Minuten!

Der Sterbende – er wird kaum diesen Namen lange mehr haben – schlug zwei lodernde Augen auf und sah mich lange an, um mich zu kennen. Ihm hatte geträumt, er schwankte als ein Kind sich auf einem Lilienbeete, das unter ihm aufgewallet – dieses wäre zu einer emporgehobnen Rosen-Wolke zusammengeflossen, die mit ihm durch goldne Morgenröten und über rauchende Blumenfelder weggezogen – die Sonne hätte mit einem weißen Mädchen-Angesicht ihn angelächelt und angeleuchtet und wäre endlich in Gestalt eines von Strahlen umflognen Mädchens seiner Wolke zugesunken und er hätte sich geängstigt, daß er den linken gelähmten Arm nicht um und an sie bringen können. – – Darüber wurd' er wach aus seinem letzten oder vielmehr vorletzten Traum; denn auf den langen Traum des Lebens sind die kleinen bunten Träume der Nacht wie Phantasieblumen gestickt und gezeichnet.

Der Lebensstrom nach seinem Kopfe wurde immer schneller und breiter: er glaubte immer wieder, verjüngt zu sein; den Mond hielt er für die bewölkte Sonne; es kam ihm vor, er sei ein fliegender Taufengel, unter einem Regenbogen an eine Dotterblumen-Kette aufgehangen, im unendlichen Bogen auf- und niederwogend, von der vierjährigen Ringgeberin über Abgründe zur Sonne aufgeschaukelt.... Gegen 4 Uhr morgens konnte er uns nicht mehr sehen, obgleich die Morgenröte schon in der Stube war – die Augen blickten versteinert vor sich hin – eine Gesichtzuckung kam auf die andre – den Mund zog eine Entzückung immer lächelnder auseinander – Frühling-Phantasien, die weder dieses Leben erfahren, noch jenes haben wird, spielten mit der sinkenden Seele – endlich stürzte der Todesengel den blassen Leichenschleier auf sein Angesicht und hob hinter ihm die blühende Seele mit ihren tiefsten Wurzeln aus dem körperlichen Treibkasten voll organisierter Erde..... Das Sterben ist erhaben; hinter schwarzen Vorhängen tut der einsame Tod das stille Wunder und arbeitet für die andre Welt, und die Sterblichen stehen da mit nassen, aber stumpfen Augen neben der überirdischen Szene....

»Du guter Vater,« sagte seine Witwe, »wenn dirs jemand vor 43 Jahren hätte sagen sollen, daß man dich am 13ten Mai, wo deine Achtwochen angingen, hinaustragen würde!« – »Seine Achtwochen«, sagt' ich, »gehen wieder an, dauern aber länger.«

Als ich um 11 Uhr fortging, war mir die Erde gleichsam heilig, und Tote schienen mir neben mir zu gehen; ich sah auf zum Himmel, als könnt' ich im endlosen Äther nur in *einer* Richtung den Gestorbnen suchen; und als ich oben auf dem Berge, wo man nach Auenthal hineinschauet, mich noch einmal nach dem Leidenstheater umsah und als ich unter den rauchenden Häusern bloß das Trauerhaus unbewölket dastehen und den Totengräber oben auf dem Gottesacker das Grab aushauen sah, und als ich das Leichenläuten seinetwegen hörte und daran dachte, wie die Witwe im stummen Kirchturm mit rinnenden Augen das Seil unten reiße: so fühlt' ich unser aller Nichts und schwur, ein so unbedeutendes Leben zu verachten, zu verdienen und zu genießen. –

Wohl dir, lieber Wutz, daß ich – wenn ich nach Auenthal gehe und dein verrasetes Grab aussuche und mich darüber kümmere, daß die in dein Grab beerdigte Puppe des Nachtschmetterlings mit Flügeln daraus kriecht, daß dein Grab ein Lustlager bohrender Regenwürmer, rückender Schnecken, wirbelnder Ameisen und nagender Räupchen ist, indes du tief unter allen diesen mit unverrücktem Haupte auf deinen Hobelspänen liegst und keine liebkosende Sonne durch deine Bretter und deine mit Leinwand zugeleimten Augen bricht – wohl dir, daß ich dann sagen kann: »Als er noch das Leben hatte, genoß ers fröhlicher wie wir alle.«

Es ist genug, meine Freunde – es ist 12 Uhr, der Monatzeiger sprang auf einen neuen Tag und erinnerte uns an den doppelten Schlaf, an den Schlaf der kurzen und an den Schlaf der langen Nacht....

Ausläuten oder Sieben Letzte Worte an die Leser der Lebensbeschreibung und der Idylle

Am 21ten Junius oder längsten Tage

Heute wird also meine kleine Rolle, wenigstens für den ersten Auftritt, aus; sobald ich die sieben Worte gar geschrieben habe: so gehen ich und die Leser auseinander. Aber ich trete trauriger weg als sie. Ein Mensch, der den Weg zu einem weiten Ziel vollendet hat, wendet sich an diesem um und sieht unbefriedigt und voll neuer Wünsche über die zurücklaufende Straße hin, die seine schmalen Stunden wegmaß und die er, wie eine Medea, mit Gliedern des Lebens überstreuete. Eh' es heute Nacht wurde, hab' ich alle die Papierspäne, die von diesem Buche fielen, eingesargt, aber nicht, wie andre Schreiber, eingeäschert – ich habe zugleich alle Briefe *der* Freunde, die mir keine neue mehr schreiben *können*, als Akten der in der Erden-Instanz geschlossenen Prozesse inrotuliert und hingelegt. – So etwas sollte der Mensch stets deponieren und alle Freudenblumen aufkleben, trotz ihrer Vertrocknung, in einem Kräuterbuche; nicht einmal seine alten Fracks, Pikeschen und Bratenröcke (die übrigen Kleiderstücke charakterisieren wenig) sollte er verschenken oder versteigern, sondern hinhenken sollt' er sie als Hülsen seiner ausgekernten Stunden, als Puppengehäuse der ausgeflognen Freuden, als Gewandfall oder tote Hand, die der Erinnerung heimfällt von den gestorbenen Jahren....

– – Sobald ich heute am Tage, der so lang war als dieses Buch, mit dieser Leichenbestattung fertig war: so ging ich in die Nacht heraus, die so kurz ist wie die des Lebens... und hier steh' ich unter dem Himmel und fühl' es wieder wie allemal, daß jede überstiegne Treppe hienieden sich zur Staffel einer höhern verkürzt und daß jeder erkletterte Thron zum Fußschemel eines neuen einschrumpft. – Die Menschen bewohnen und bewegen das große Tretrad des Schicksals und glauben darin, sie *steigen*, wenn sie *gehen*.... Warum will ich schon wieder ein neues Buch schreiben und in diesem die Ruhe erwarten, die ich im alten nicht fand? – – Ein buschichter Felsen, der sich über einen Steinbruch bückt, hält mich hier mit meiner Schreibtafel, in der ich dieses Buch zu Ende führen will, in der Nacht des Junius empor, den die Maler, wie den Tod, mit einer Sense malen. – – Es ist über 11 Uhr; auf dem erloschnen blauen Himmels-Ozean über mir glimmt nur hier und da ein zitterndes Pünktchen – der Arkturus wirft aus Westen seine kleinen Blitze auf seine Erden und auf meine – der große Bär blinkt aus Norden, und die Andromeda aus Osten – der breite Mond liegt unter der Erde neben dem Mittage der neuen Welt – aber die eingesunkne Abendröte (dieser bunte Sonnen-Schatte) beugt den Tagschimmer der neuen Welt gemildert in die alte herein und wirft ihn über zehn überlaubte Dörfer um mich und über den schwarzen, allein fortredenden Strom, diese lange Wasseruhr der Zeit, die damit ein Jahrtausend ums andre misset. – –

So jämmerlich ist der enge Mensch; wenn er ein Buch hinaus hat, so blickt er zu allen entlegnen Sonnen auf, ob sie ihm nicht zusehen; – bescheidner wäre es, er dächte, er werde bloß von Europa und dessen indischen Besitzungen bemerkt. – – Ich wünsche nicht, daß mich hier ein Cherub, ein Seraph oder nur ein Berggeist mit meiner Schreibtafel und meinen Narrheiten gewahr werde. Mich sehe lieber ein Mensch stehen und schreiben: der wird mild sein und von seinem eignen Herzen lernen, die Schwächen eines fremden tragen; der gebrechliche Mensch wird es fühlen und vergeben, daß jeder das Nest, worin er sitzt und quiekt und welches das einzige ist, worüber er mit Schnabel und H– hinaussticht, für den Fokus des Universums hält, für eine Frontloge und Rotunda, die sämtlichen Nester aber auf den andern Bäumen für die Wirtschaftgebäude seines Fokalnestes... O ihr guten Menschen! warum ist es möglich, daß wir uns untereinander auch nur eine halbe Stunde kränken? – Ach, in dieser gefährlichen Dezember-Nacht dieses Lebens, mitten in diesem Chaos unbekannter Wesen, welche die Höhe oder Tiefe von uns entfernt, in dieser verhülleten Welt, in diesen bebenden Abenden, die sich um unser zerstäubendes Erdchen legen, wie ist es da möglich, daß der verlassene Mensch nicht die einzige warme Brust umschlinge, in der ein Herz liegt wie seines und zu der er sagen kann: »Mein Bruder, du bist wie ich und leidest wie ich, und wir können uns lieben«? – Unbegreiflicher Mensch! du sammelst lieber Dolche auf und treibest sie, mitten in deiner Mitternacht, in die ähnliche Brust, womit der gute Himmel deine wärmen und beschirmen wollte!... Ach, ich schaue über die beschatteten Blumengründe hin und sage mir, daß hier sechstausend Jahre mit ihren schönen hohen Menschen vorübergezogen sind, die keiner von uns an seinen Busen drücken konnte – daß noch viele Jahrtausende über diese Stätte gehen und darüber himmlische, vielleicht betrübte Menschen führen werden, die uns nie begegnen, sondern höchstens unsern Urnen, und die wir so gern lieben würden – und daß bloß ein paar arme Jahrzehende uns einige fliehende Gestalten vorführen, die ihr Auge auf uns wenden und in denen das verschwisterte Herz für uns ist, nach dem wir uns sehnen. – Umfasset diese eilenden Gestalten; aber bloß aus euren Tränen werdet ihr wissen, daß ihr seid geliebet worden ....

– Und eben dieses, daß die Hand eines Menschen über so wenige Jahre hinausreicht und daß die so wenige gute Hände fassen kann, das muß ihn entschuldigen, wenn er ein Buch macht: seine Stimme reicht weiter als seine Hand, sein enger Kreis der Liebe zerfließet in weitere Zirkel, und wenn er selber nicht mehr ist, so wehen seine nachtönenden Gedanken in dem papiernen Laube noch fort und spielen, wie andre zerstiebende Träume, durch ihr Geflüster und ihren Schatten von manchem fernen Herzen eine schwere Stunde hinweg. – Dieses ist auch mein Wunsch, aber nicht meine Hoffnung.

Wenn es aber eine schöne weiche Seele gibt, die so voll ihres Innern, ihrer Erinnerung und ihrer Phantasien ist, daß sie sogar bei meinen schwachen überschwillt – wenn sie sich und ein volles Auge, das sie nicht bezwingen kann, mit dieser Geschichte verbirgt, weil sie darin ihre eigne, ihre verschwundnen Freunde, ihre vorübergezognen Tage und ihre versiegten Tränen wiederfindet: o dann, geliebte Seele, hab' ich an dich darin gedacht, ob ich dich gleich nicht kannte, und ich bin dein Freund, wiewohl nicht dein Bekannter gewesen. Noch bessere Menschen werden dir beides sein, wenn du den schlimmern verbirgst, was du jenen zeigst, wenn das Göttliche in dir, gleich Gott, in einer hohen Unsichtbarkeit bleibet, und wenn du sogar deine Tränen verschleierst – weil harte Hände sich ausstrecken, die gern sie mit dem Auge zerdrücken, wie man nach dem Regen alle grünen Spitzen des englischen Gartens niederschleift, damit sie nicht weiterkeimen....

– Der helle Stern oder Tautropfe in der Ähre der Jungfrau fällt jetzt unter den Horizont. – Ich stehe noch hier auf meiner blumichten Erde und denke: noch trägst du auf deinen Blumen, alte gute Erde, deine Menschenkinder an die Sonne, wie die Mutter den Säugling ans Licht – noch bist du ganz von deinen Kindern umschlungen, behangen, bedeckt, und indes Geflügel auf deinen Schultern flattert, Tiermassen um deine Füße schreiten, geflügelte Goldpunkte um deine Locken schweifen, führest du das aufgerichtete hohe Menschengeschlecht an deiner Hand durch den Himmel, zeigest uns allen deine Morgenröten, deine Blumen und das ganze lichtervolle Haus des unendlichen Vaters und erzählest deinen Kindern von ihm, die ihn noch nicht gesehen haben. – – Aber, gute Mutter Erde, es wird ein Jahrtausend aufgehen, wo alle deine Kinder dir werden gestorben sein, wo der feurige Sonnen-Strudel dich in zu nahe verzehrende Kreise an sich wird gewirbelt haben: dann wirst du, verwaiset, mit Stummen im Schoß, mit Todesasche bestreuet, öde und stumm um deine Sonne ziehen, es wird das Morgenrot kommen, es wird der Abendstern schimmern, aber die Menschen alle werden tief schlafen auf deinen vier Welt-Armen und nichts mehr sehen.... *Alle* werden es? – Ach, dann lege eine höhere tröstende Hand unserem Mitbruder, der *zuletzt* entschläft, den letzten Schleier ohne Zögern über das einsame Auge....

....Das Abendrot schimmert schon in Norden – auch in meiner Seele ist die Sonne hinunter und am Rande zucket rotes Licht und mein Ich wird finster – die Welt vor mir liegt in einem festen Schlafe und hört und redet nicht – es setzet sich in mir zusammen eine bleiche Welt aus Totengebeinen – die alten Stunden stäuben sich ab, es brauset, wie wenn an den Grenzen der Erde eine Vernichtung anfinge und ich herüberhörte das Zerbrechen einer Sonne – der Strom stockt und alles ist stille – ein schwarzer Regenbogen krümmt sich aus Gewittern zusammen über diese hülflose Erde.

– – Siehe! es tritt eine Gestalt unter den schwarzen Bogen, es schreitet über die Junius-Blumen ungehört ein unermeßliches Skelett und geht zu meinem Berge heran – es verschlingt Sonnen, erquetscht Erden, tritt einen Mond aus und ragt hoch hinein in das Nichts – das hohe weiße Gebein durchschneidet die Nacht, hält *zwei* Menschen an den Händen, blickt mich an und sagt: »Ich bin der Tod – ich habe an jeder Hand einen Freund von dir, aber sie sind unkenntlich.«

Mein Mund lag auf die Erde gestürzt, mein Herz schwamm im Gifte des Todes – aber ich hörte noch sterbend ihn reden.

»Ich töte dich jetzt auch, du hast meinen Namen oft genennt und ich habe dich gehört – ich habe schon eine Ewigkeit zerbröckelt und greife in alle Welten hinein und erdrücke; ich steige aus den Sonnen in euren dumpfen, finstern Winkel nieder, wo der Menschen-Salpeter anschießet, und streich' ihn ab.... Lebst du noch, Sterblicher?«....

Da zerging mein verblutetes Herz in eine Träne über die Qualen des Menschen – ich richtete mich gebrochen auf und schauete nicht auf dieses Skelett und auf das, was es führte – ich blickte auf zu dem Sirius und rief mit der letzten Angst: »Verhüllter Vater, lässest du mich vernichten? Sind *diese* auch vernichtet? Endigt das gequälte Leben in eine Zerschmetterung? Ach, konnten die Herzen, die zertrümmert werden, dich nur so kurz lieben?«

Siehe! da entfiel droben dem nachtblauen Himmel ein heller Tropfe, so groß wie eine Träne, und sank wachsend neben einer Welt nach der andern vorbei. – Als er groß und mit tausend Farbenblitzen durch den schwarzen Bogen drang: so grünte und blühte dieser wie ein Regenbogen und unter ihm waren keine Gestalten mehr – und als der Tropfen groß-glimmend wie eine Sonne auf fünf Blumen lag: so überfloß ein irrendes Feuer die grüne Fläche und erhellete einen schwarzen Flor, der ungesehen die Erde umfasset hatte. Der Flor zog sich schwellend auf zu einem unendlichen Zelte und riß von der Welt ab und fiel zu einem Leichenschleier zusammen und blieb in einem Grabe. – Da ward die Erde ein tagender Himmel, aus den Sternen stäubte ein warmer Regen von lichten Pünktchen nieder, am Horizont standen weiße Säulen *aufgepflanzt* – von Westen her walleten kleine Wolken herüber, perlen-hell, grünlich-spielend, rot-glühend, und auf jeder Wolke schlief ein Jüngling und sein Atem-Zephyr spielte mit dem rinnenden Dufte wie mit weichen Blüten und wiegte seine Wolke – die Wogen eines lauen Abendwindes spülten an die Wolken an und führten sie. – Und als eine Welle in meinen Atem floß, so wollt' in ihr meine Seele dahingegeben in ewige Ruhe auseinanderrinnen – weit gegen Westen erschütterte eine dunkle Kugel sich unter einem Gewitterguß und Sturm – von Osten her war auf meinen Boden ein Zodiakallicht wie ein Schatten hingeworfen....

Ich wandte mich nach Osten, und ein ruhig-großer, in Tugend seliger, wie ein Mond aufgehender Engel lächelte mich an und fragte: »Kennst du mich? – Ich bin der Engel des Friedens und der Ruhe, und in deinem Sterben wirst du mich wiedersehen. Ich liebe und tröste euch Menschen und bin bei eurem großen Kummer. – Wenn er zu groß wird, wenn ihr euch auf dem harten Leben wundgelegen: so nehm' ich die Seele mit ihren Wunden an mein Herz und trage sie aus eurer Kugel, die dort in Westen kämpft, und lege sie schlummernd auf die weiche Wolke des Todes nieder.«

Ach! ich kenne einige schlafende Gestalten auf diesen Wolken!...

»Alle diese Wolken ziehen mit ihren Schläfern nach Morgen – und sobald der große gute Gott aufgeht in der Gestalt der Sonne: so wachen sie alle auf und leben und jauchzen ewig.«

O siehe! die Wolken gen Osten glühen höher und drängen sich in *ein* Glut-Meer zusammen – die steigende Sonne nahet sich – alle Schlummernden lächeln lebendiger aus dem seligen Traum dem Wachen entgegen –

O ihr ewig geliebten kenntlichen Gestalten! wenn ich in eure großen himmeltrunknen Augen wieder werde schauen können....

Ein Sonnenblitz schlug empor – Gott ruhte flammend vor der zweiten Welt – alle geschlossene Augen fuhren auf. – –

Ach! auch meine; nur die Erdensonne ging auf – ich klebte noch auf der streitenden Abend-Kugel – die kürzeste Nacht war über meinen Schlummer vorübergeeilet, als wäre sie die letzte des Lebens gewesen.

Es sei! Aber heute richtet sich mein Geist auf mit seinen irdischen Kräften – ich erhebe meine Augen in die unendliche Welt über diesem Leben – mein an ein reineres Vaterland geknüpftes Erdenherz schlägt gegen deinen Sternenhimmel empor, Unendlicher, gegen das *Sternenbild* deiner grenzenlosen Gestalt, und ich werde groß und ewig durch deine Stimme in meinem edelsten Innern: du wirst nie vergehen. – –

Und so wer mit mir sich einer Stunde erinnert, wo ihm der Engel des Friedens erschien und ihm teuere Seelen aus der irdischen Umarmung zog; ach, wer sich einer erinnert, wo er zu viel verlor – der bezwinge das Sehnen und sehe mit mir fest zu den Wolken auf und sage: Ruhet immerhin auf eurem Gewölke aus, ihr entrückten Geliebten! Ihr zählt die Jahrhunderte nicht, die zwischen eurem Abend und eurem Morgen verfließen, kein Stein liegt mehr auf eurem bedeckten Herzen als der Leichenstein, und dieser drücket nicht, und euer Ruhen störet nicht einmal ein Gedanke an uns....

Tief im Menschen ruht etwas Unbezwingliches, das der Schmerz nur betäubt, nicht besiegt. – Darum dauert er ein Leben aus, wo der beste nur Laub statt Früchte trägt, darum wacht er fest die Nächte dieser westlichen Kugel hinaus, wo geliebte Menschen über die liebende Brust in ein weit entlegenes Leben wegziehen und dem jetzigen bloß das Nachtönen der Erinnerung hinterlassen, wie durch Islands schwarze Nächte Schwanen als Zugvögel mit den Tönen von Violinen fliegen – – Du aber, den die zwei schlafenden Gestalten geliebt und in dem sie mir ihren und meinen Freund zurückgelassen, du mein mit ewiger Hochachtung geliebter Christian Otto, bleibe hienieden bei mir!

DES QUINTUS FIXLEIN
LEBEN BIS AUF UNSERE ZEITEN

in funfzehn Zettelkästen

Erster Zettelkasten

Hundstagsferien – Visiten – eine Hausarme von Adel

Egidius Zebedäus *Fixlein* war gerade acht Tage wirklicher Quintus gewesen und hatte sich warm dozieret, als das Glück ihm vier erquickende, mit Blumen und Streuzucker überschüttete Kollationen und Gänge auf den Eßtisch setzte: es waren die vier Kanikularwochen. Ich möchte noch den Totenkopf des guten Mannes streicheln, der die Hundsferien erfand; ich kann nie in ihnen spazieren gehen, ohne zu denken: jetzt richten sich im Freien tausend gekrümmte Schulleute empor, und der harte Ranzen liegt abgeschnallet zu ihren Füßen, und sie können doch suchen, was ihre Seele lieb hat, Schmetterlinge – oder Wurzeln von Zahlen – oder die von Worten – oder Kräuter – oder ihre Geburtsdörfer.

Seines suchte unser Fixlein. Er rückte aber erst am Sonntage – denn man will auch wissen, wie Ferien in der Stadt schmecken – mit seinem Pudel und einem Quintaner, der seinen grünen Schlafrock trug, aus dem Stadttor aus: es tauete noch, und als er schon hinter den Gärten lief, stießen erst die Waisenhauskinder mit einem Morgenliede in die Kehlen aus Trompetentextur. Die Stadt hieß *Flachsenfingen*, das Dorf *Hukelum*, der Hund *Schill* und die Jahrszahl 1791.

»Männlein,« (sagt' er zum Quintaner; denn er redete gern wie die Liebe, die Kinder und die Wiener in Diminutiven) »Männlein, gib mir den Bündel her bis ans Dorf – lauf dich aus und suche dir einen kleinen Vogel, wie du bist, damit du was zu ätzen hast unter den Ferien.« – Denn das Männlein war zugleich sein Edelknabe – Zimmerfrotteur – Stubenkamerad – Gesellschaftkavalier und Laufmädchen; und der Pudel war zugleich sein Männlein.

Er schritt langsam fort durch die mit kouleurten Tau-Glaskügelchen vollgehangenen, gekräuselten Kohlbeete und sah den Gebüschen zu, aus denen, wenn sie der Morgenwind auseinanderzog, ein Flug Juwelenkolibri aufzusteigen schien, so funkelten sie. Er zog von Zeit zu Zeit die Klingschnur des – Pfeifens, damit sich der Kleine nicht verspränge, und kürzte sich seine anderthalbe Stunden dadurch ab, daß er den Weg nicht nach ihnen, sondern nach Dörfern ausmaß. Es ist angenehmer für den Fußgänger – für den Geographen gar nicht –, nach Wersten als nach Meilen zu rechnen. Unterweges lernte der Quintus die wenigen Felder auswendig, worauf schon geschnitten war. –

Aber jetzt streife noch langsamer, Fixlein, durch den Herrschaftsgarten von Hukelum, nicht etwa deswegen, damit du mit deinem Rocke keine Tulpenstaubfäden abbürstest, sondern damit deine gute Mutter nur so viel Zeit gewinne, um ihre Amorsbinde von schwarzem Taft um die glatte Stirn zu legen. Es ärgert mich, daß es der guten Frau die Leserinnen übelnehmen, daß sie die Binde erst plätten will: sie müssen nicht wissen, daß sie keine Magd hat und daß sie heute das ganze Meisteressen – die Geldprästationen dazu hatte der Gast drei Tage vorher übermacht – allein, ohne eine Erbküchenmeisterin beschicken mußte. Und überhaupt trägt der dritte Stand (sie war eine Kunstgärtnerin) allemal wie ein Rebhuhn die Schalen des Werkeltags-Eies, aus dem er sich hackt, noch unter der Vormittagskirche am Steiße herum.

Man kann sich denken, wie die herzensgute Mutter den ganzen Morgen auf ihren Schulherrn mag gelauert haben, den sie liebte wie ihren Augapfel, da sie auf der ganzen vollen Erde niemand weiter – Mann und erster Sohn waren gestorben – für ihre in Liebe überquellende Seele hatte, niemand weiter als ihren Zebedäus. Konnte sie jemals irgend etwas von ihm erzählen, ich meine nur etwas Freudiges, ohne zehnmal die Augen abzuwischen? Verschnitt sie nicht einmal ihren einzigen Kirmeskuchen an zwei Bettelstudenten, weil sie dachte, Gott strafe sie, daß sie so schmause, indes ihr Kind in Leipzig nichts zu beißen habe und an den Kuchengarten nur wie an andere Gärten rieche?

»Tausend! Du bists schon, Zebedäus!« – sagte die Mutter und lächelte verlegen, um nicht zu weinen, als der Sohn, der sich unter dem Fenster weggeduckt und an die mit Grummet gepolsterte Tür nicht angeklopft hatte, plötzlich eingetreten war. Sie konnte vor Vergnügen den Plättstein nicht in die Plätte schütteln, da der vornehme Schulmann sie unter dem lauten Sieden des Bratens zärtlich auf die nackte Stirn küßte und gar Mama sagte – welcher Name sich an sie so weich anlegte wie ein Herzkissen. Alle Fenster waren offen, und der Garten war mit seinem Blumenrauche und Vögelgeschrei und Schmetterlingssammlungen fast halb in der Stube: ich werde aber noch nicht berichtet haben, daß das kleine Gärtnerhäuschen, das mehr eine Stube als ein Haus war, in der westlichen Landspitze des Schloßgartens belegen war. Der Edelmann ließ die Witwe aus Gnaden diesen Witwensitz behalten, weil der Sitz ohnehin leer gestanden wäre, da er keinen Gärtner mehr hielt.

Fixlein konnt' aber trotz der Freude nicht lange bleiben, weil er in die Kirche mußte, die für seinen geistigen Magen eine Hofküche, eine mütterliche war. Ihm gefiel eine Predigt, bloß weil sie eine Predigt war und weil er schon eine gehalten hatte. Der Mutter wars recht: die guten Weiber glauben schon die Gäste zu genießen, wenn sie ihnen nur zu genießen geben.

Er lächelte im Chore, diesem Freihafen und Heidenvorhof ausländischer Kirchengänger, alle imparochierte an und schauete wie in seiner Kindheit unter dem Holzfittich eines Erzengels herab auf das gehaubte Parterre. Seine Kinderjahre schlossen ihn jetzt wie Kinder in ihren lächelnden Kreis, und eine lange Girlande durchflocht sie ringelnd, und sie rupften zuweilen Blumen daraus, um sie ihm ins Gesicht zu werfen: stand nicht auf dem

Kanzel-Parnaß der alte Senior *Astmann*, der ihn so oft geprügelt hatte, weil er bei ihm das Griechische aus einer lateinisch edierten Grammatik schöpfen mußte, die er nicht exponieren, obwohl merken konnte? Stand nicht hinter der Kanzeltreppe die Sakristei-Kajüte, worin eine Kirchenbibliothek von Bedeutung – ein Schulknabe hätte sie gar nicht in seinen Bücherriemen schnallen können – unter dem Grauwerk von Pastell-Staub eigentlich lag? und bestand sie nicht noch aus der Polyglotta in Folio, die er – angefrischt durch Pfeiffers critica sacra – in frühern Jahren Blatt für Blatt umgeschlagen hatte, um daraus die litteras inversas, majusculas, minusculas etc. mit der größten Mühe zu exzerpieren? Er hätt' aber heute lieber als morgen dieses Buchstaben-Rauchfutter in einen hebräischen Schriftkasten werfen sollen, an den die orientalischen Rhizophagen gehangen sind, da sie ohnehin fast ohne alles Vokalen-Hartfutter erhalten werden. – Stand nicht neben ihm der Orgelstuhl als der Thron, auf den ihn allemal an Aposteltagen der Schulmeister durch drei Winke gesetzt hatte, damit er durch ein plätscherndes Murki den Kirchensprengel tanzend die Treppen niederführte? – –

Die Leser werden selber immer lustiger werden, wenn sie jetzt hören, daß unser Quintus vom Senior, dem geistlichen Ortskurfürsten, unter dem Ausschütten des Klingelbeutels invitiert wird auf Nachmittag; und es wird ihnen so lieb sein, als invitierte der Senior sie selber. Was werden sie aber erst sagen, wenn sie mit dem Quintus zur Mutter und zum Eßtisch, die beide schon den weißen gewürfelten Sonntagsanzug umhaben, nach Hause kommen und den großen Kuchen erblicken, den Fräulein *Thiennette* (Stephanie) von der Backscheibe laufen lassen? Sie werden aber freilich zuallererst wissen wollen, wer *die* ist.

Sie ist – denn wenn man (nach Lessing) eben über die Vortrefflichkeit der Iliade die Personalien ihres Verfassers vernachlässigte: so mag das wohl auf das Schicksal mehrerer Verfasser, z. B. auf mein eignes passen; aber die Verfasserin des Kuchens soll über ihr Backwerk nicht vergessen werden – Thiennette ist ein hausarmes, insolventes Fräulein – hat nicht viel, ausgenommen Jahre, deren sie fünfundzwanzig hat – besitzt keine nahen Anverwandten mehr – hat keine Kenntnisse (da sie nicht einmal den Werther aus Büchern kennt) als ökonomische – lieset keine Bücher, meine gar nicht – bewohnt, d. h. bewacht als Schloßhauptmännin ganz allein die dreizehn öden erledigten Zimmer des Schlosses zu Hukelum, das dem im Filial *Schadeck* seßhaften Dragonerrittmeister *Aufhammer* zugehöret – kommandieret und beköstigt seine Fröner und Mägde und kann sich von Gottes Gnaden – welches im dreizehnten Jahrhunderte die landsässigen Edelleute so gut wie die Fürsten taten – schreiben, weil sie von menschlicher Gnade lebt, wenigstens von der adeligen der Rittmeisterin, die allemal die Untertanen segnet, denen ihr Mann flucht. – Aber in der Brust der verwaiseten Thiennette hing ein verzuckertes Marzipanherz, das man vor Liebe hätte fressen mögen – ihr Schicksal war hart, aber ihre Seele weich – sie war bescheiden, höflich und furchtsam, aber zu sehr – sie nahm schneidende Demütigungen gern und kalt in Schadeck auf und fühlte keinen Schmerz, aber einige Tage darauf sann sie sich erst alles aus, und die Einschnitte fingen heiß an zu bluten, wie Verwundungen in der Starrsucht erst nach dem Vorübergang der letztern schmerzen, und sie weinte dann ganz allein über ihr Los....

Es wird mir schwer, wieder einen hellen Klang zu geben nach diesem tiefen und hinzuzufügen, daß Fixlein fast mit ihr auferzogen wurde und daß sie, als seine Schul-Moitistin drüben beim Senior, da er ihn für die Städtebank der Tertianer stimmfähig machte, mit ihm die verba anomala erlernte.

Das Achilles-Schild des Kuchens, den ein erhobnes Bildwerk von braunen Schuppen auszackte, ging im Quintus als ein Schwungrad hungriger und dankbarer Ideen um: er hatte von jener Philosophie, die das Essen verachtet, und von jener großen Welt, die es verschleudert, nicht so viel bei sich, als zur Undankbarkeit der Weltweisen und Weltleute gehört, sondern er konnte sich für eine Schlachtschüssel, für ein Linsengericht gar nicht satt bedanken.

Unschuldig und zufrieden beging jetzt die viersitzige Tischgenossenschaft – denn der Hund kann mit seinem Couvert unter dem Ofen nicht ausgelassen werden – das Fest der süßen Brote, das Dankfest gegen Thiennette, das Laubhüttenfest im Garten. Man sollte sich freilich wundern, wie ein Mensch mit einigem Vergnügen essen könne, ohne wie der König in Frankreich 448 Menschen (161 garçons de la Maison-bouche zähl' ich gar nicht) in der Küche, ohne eine Fruiterie von 31 Kerls, oder eine Mundbäckerei von 23 Ditos und ohne den täglichen Aufwand von 387 Livres 21 Sous zu haben. Inzwischen ist mir eine kochende Mutter so lieb wie ein ganzer mich mehr fressender als fütternder Küchen-Hofstaat. Der köstliche Abhub, den der Biograph und die Welt von einer solchen Tafel nehmen dürfen, ist eine und die andere Tischrede von Erheblichkeit. Die Mutter erzählte vieles. Thiennette ziehet heute abends – hinterbringt sie – zum ersten Male einen Morgenpromenadehabit von weißer Mousseline an, desgleichen einen Atlasgürtel und Stahlschild; es wird ihr aber – sagt sie – nicht lassen, da die Rittmeisterin (denn diese hing an Thiennetten ihre abgeworfnen Kleider, wie Katholiken an Schutzheilige abgelegte Krücken und Schäden) dicker sei. Gute Weiber gönnen einander alles, ausgenommen Kleider, Männer und Flachs. In der Phantasie des Quintus wuchsen Thiennetten jetzt durch die Kleidung Engelsschwingen aus den Schulterblättern: ihm war ein Kleid ein halber ausgebälgter Mensch, dem bloß die edlern Teile und die ersten Wege fehlten; er verehrte diese Düten und Hülsen um unsern Kern, nicht als Elegant oder als Schönheits-Zensor, sondern weil er unmöglich etwas verachten konnte, was andere verehrten. – Ferner las sie ihm gleichsam aus dem Grabstein seines Vaters vor, der im zweiunddreißigsten Jahre seines Alters dem Tode aus einer Ursache in die Arme gesunken war, die ich erst in einem spätern Zettelkasten bringe, weil ichs zu gut mit dem Leser meine. Man konnte dem Quintus nicht genug von seinem Vater erzählen.

Die schönste Nachricht war, daß ihr Fräulein Thiennette heute sagen lassen: »morgen könn' er bei der gnädigen Frau vorkommen, denn sein gnädiger Herr Pat fahre in die Stadt.« Das muß ich freilich erst klarmachen. Der alte Aufhammer hieß Egidius und war Fixleins Pate; aber er hatte ihm – obwohl die Rittmeisterin die Wiege des Kindes mit nächtlichen Brotspenden, Fleisch- und Sackzehenden bedeckte – sparsam mit nichts anderem ein Patengeschenk gemacht als bloß mit seinem Namen, welches gerade das Fatalste war. Unser *Egidius* Fixlein war nämlich mit seinem Pudel, der wegen der französischen Unruhen mit andern Emigranten aus Nantes fortgelaufen war, nicht lange von Akademien zurück, als er und der Hund miteinander unglücklicherweise im Hukelumer Wäldchen spazieren gingen. Denn da der Quintus immer zu seinem Begleiter sagte: »Kusch, Schill (couche Gilles)«, so wirds wahrscheinlich der Teufel gewesen sein, der den von Aufhammer so wie Unkraut zwischen die Bäume eingesäet hatte, daß ihm die ganze Travestierung und Wipperei seines Namens – denn Gilles heißt Egidius – leichtlich in die Ohren fallen konnte. Fixlein konnte weder parlieren noch injuriieren, er wußte nicht ein Wort davon, was couche bedeute, das jetzt in Paris bürgerliche Hunde selber zu ihren Valets de chiens sagen; aber von Aufhammer nahm drei Dinge nie zurück, seinen Irrtum, seinen Groll und sein Wort. Der Provokat setzte sich jetzt vor, den bürgerlichen Provokanten und Ehrendieb nicht mehr zu sehen und zu – beschenken.

Ich komme zurück. Nach dem Diner guckte er zum Fensterchen hinaus in den Garten und sah seinen Lebensweg sich in vier Steige spalten zu ebenso vielen Himmelfahrten: zur Himmelfahrt in den Pfarrhof und in das Schloß zu Thiennetten – auf heute – und zur dritten nach Schadeck auf morgen und in alle hukelumische Häuser zur vierten. Als nun die Mutter lange genug fröhlich auf gespitzten Füßen herumgeschlichen war, um ihn nicht im Studieren seiner *lateinischen Bibel* (vulgata) zu stören, nämlich im Lesen der Literaturzeitung: so macht' er sich endlich auf seine eignen, und die demütige Freude der Mutter lief dem herzhaften Sohne lange hinterdrein, der sich getrauete, mit einem Senior ganz wohlgemutet zu sprechen. Gleichwohl trat er mit Ehrfurcht in das Haus seines alten, mehr grau- als kahlköpfigen Lehrers, der nicht nur die Tugend selber war, sondern auch der Hunger: denn er aß mehr als der höchstselige König. Ein Schulmann, der ein Professor werden will, sieht einen Pastor kaum an; einer aber, der selber ein Pfarrhaus zu seinem Werk- und Gebärhaus verlangt, weiß den Inwohner zu schätzen. Die neue Pfarrwohnung – gleichsam als wäre sie wie eine casa santa aus der Friederichsstraße oder aus Erlang aufgeflogen und in

Hukelum niedergefallen – war für den Quintus ein Sonnentempel und der Senior der Sonnenpriester. Pfarrer da zu werden, war ein mit Lindenhonig überstrichner Gedanke, der in der Geschichte nur noch einmal vorkommt, nämlich in Hannibals Kopf, als er den hatte, über die Alpen zu schreiten, d. h. über Roms Türschwelle.

Der Wirt und der Gast formierten ein vortreffliches bureau d'esprit: Leute in Ämtern, zumal in ähnlichen, haben einander mehr zu sagen – nämlich ihre *eigne* Geschichte – als die müßigen Wonnemonds-Käfer und Hof-Seligen, die nur eine *fremde* dozieren dürfen. – Der Senior kam dann von seinen eisernen Stücken (im Stalle) auf die Aktenstücke seines akademischen Lebens, dessen sich solche Leute so gern wie Dichter der Kindheit erinnern. So gut er war, so dacht' er doch halb freudig daran, daß ers einmal weniger gewesen; aber frohe Erinnerungen fehlerhafter Handlungen sind ihre halbe Wiederholung, so wie reuige Erinnerungen der guten ihre halbe Aufhebung.

Freundlich und höflich horchte Zebedäus, der nicht einmal in seine Schreibtafel den Namen eines vornehmen Herrns ohne ein H. eintrug, den akademischen Flegeljahren des alten Mannes zu, der in Wittenberg ebensooft eingeschenkt als eingetunkt und gleich sehr nach der Hippokrene und nach Guckguck [1] gedürstet hatte. –

Jerusalem bemerkt schön, daß die Barbarei, die oft hart hinter dem buntesten Flor der Wissenschaften aufsteigt, eine Art von stärkendem Schlammbad sei und die Überverfeinerung abwende, mit der jener Flor bedrohe. Ich glaube, daß einer, der erwägt, wie weit die Wissenschaften bei dem Primaner steigen – vollends bei einem Patriziers-Sohn aus Nürnberg, dem die Stadt 1000 fl. zum Studieren schenken muß –, ich glaube, daß ein solcher dem Musensohne ein gewisses barbarisches Mittelalter (das sogenannte Burschenleben) gönnen werde, das ihn wieder so stählet, daß seine Verfeinerung nicht über die Grenzen geht. Der Senior hatte in Wittenberg 180 akademische Freiheiten – so viel hat deren *Petrus Rebuffus* aufsummiert [2] – gegen Verjährung geschützt und keine verloren als seine moralische, aus der ein Mensch, sogar im Konvente, nicht viel macht. Dieses gab

[1] Ein Universitätsbier.

[2] Ich will nur einige diesem Peter nachschreiben, die sonst beim Aufkeimen der Universitäten alle galten: z. B. ein Student kann den Bürger zwingen, ihm Haus und Pferd zu vermieten; – ein sogar seinen Verwandten zugefügter Schade wird vierfach ersetzt; – er braucht keine schriftlichen Befehle des Papstes zu vollziehen; – die Nachbarschaft muß ihm für das haften, was ihm gestohlen worden; – wenn er und zugleich ein Nichtstudent anstößig lebten, so konnte nur der letztere aus dem Miethause gewiesen werden; – ein Doktor muß einen armen Studenten nähren; – wenn sein Mörder nicht entdeckt wird, so bleiben die nächsten zehn Häuser unter dem Interdikt; seine Legaten werden durch die falcidia nicht verkürzt etc.

dem Quintus Mut, seine lustigen Reisesprünge zu referieren, die er in Leipzig unter dem Alpdrücken der Dürftigkeit machte. Man höre: sein Hauswirt, der zugleich Professor und Geizhals war, beköstigte in dem ummauerten Hofe eine ganze Fasanerie von Hühnern. Fixlein samt einer Mitbelehnschaft von drei Stubengenossen bestritten den Mietzins einer Stube leicht; sie hatten überhaupt wichtige Dinge wie Phönixe nur *einmal: ein* Bette, worin allemal das eine Paar Vormitternacht, das andere Nachmitternacht gleich Nachtwächtern schlief – *einen* Rock, in dem einer um den andern ausging und der wie ein Wachtrock die Nationalkleidung der Kompagnie war – und mehrere Einheiten des Interesse und des Orts. Nirgends sammelt man die Not- und Belagerungsmünzen der Armut lustiger und philosophischer als auf der Universität: der akademische Bürger tut dar, wie viel Humoristen und Diogenesse Deutschland habe. Unsere Unitarier hatten nur *eine* Sache viermal, den Hunger. Der Quintus erzählte es vielleicht mit einem zu freudigen Genuß der Erinnerung, daß einer aus diesem darbenden coro ein Mittel ersann, die Hühner des ordentlichen Professors wie Abgaben oder Steuern zu erheben. Er sagte (er war ein Jurist), sie sollten einmal die juristische Fiktion aus dem Lehnrechte entlehnen, daß sie den Professor für den Erbzinsbauer, dem ganz die Nutznießung des Hühnerhofes und Hauses zustehe, sich aber für die Zinsherren ansähen, denen er seine Zinshühner ordentlich entrichten müßte. Damit nun die Fiktion der Natur folgte, fuhr er fort – fictio sequitur naturam –: so müßten sie solche Fasnachtshühner ihm wirklich abfangen. Aber in den Hof war nicht zu kommen. Der Feudalist machte sich daher eine Angel, klebte eine Brotpille an den Angelhaken und hielt fischend seine Angelrute in den Hof hinab. In wenig Terzien griff der Haken in einen Hühnerschlund, und die angeöhrte Henne, die nun mit dem zinsherrlichen Feudalisten kommunizierte, konnte still, wie vom Archimedes Schiffe, in die Höhe gezogen werden zur hungrigen Luftfischerei-Sozietät, wo ihrer nach Maßgabe der Umstände der rechte Feudal-Name und Besitz-Titel wartete: denn die resorbierten Hühner mußten bald Rauchhühner, bald Wald-, Forst-, Vogtei-, Pfingst-, Sommerhennen benannt werden. »Ich fange damit an,« sagte der angelnde Majoratsherr, »daß ich *Rutscherzinsen* erhebe; denn so nennt man das Tripel und Quintupel des Zinses, wenn ihn der Zinsbauer, wie hier der Fall ist, lange zu erlegen versäumet hat.« Der Professor bemerkte, wie ein Fürst, traurig die verminderte Volksmenge der Hühner, die wie Juden am Zählen starben. Endlich hatt' er das Glück, als er sein Kollegium las – er stand gerade beim *Forst-*, *Salz-* und *Münzregal* –, durch das Fenster des Auditoriums eine wie der betende Ignazius Loyola oder wie die gestrafte Juno mitten in die Luft fixierte Zinshenne wahrzunehmen; – er ging der unbegreiflichen geraden Aszension des äronautischen Tiers nach und sah endlich oben den Hebungsbedienten mit seinem tierischen Magnetismus stehen, der aus dem Hühnerhofe die Lose zum Essen zog.... Er machte aber der Hühnerbeize wider alles Erwarten noch früher ein Ende als dem Regal-Kollegio. –

Fixlein schritt nach Hause unter dem Abend-Trompeterstückchen der Turm-Schallöcher und nahm unterweges höflich vor den leeren Fenstern des Schlosses den Hut ab: vornehme Häuser waren ihm so viel wie vornehme Leute, wie in Indien die Pagode zugleich den Tempel und den Gott bedeutet. Der Mutter brachte er erlogene Grüße mit, die ihm authentische zurückgab, weil sie nachmittags mit ihrer historischen Zunge und mit ihren *naturforschenden* Augen bei der weißmousselinenen Thiennette gewesen war. Die Mutter wies ihr jeden Notpfennig, den der Sohn in ihre große leere Geldtasche fallen ließ, und setzte ihn in Gunst beim Fräulein: denn Weiber neigen einem Sohn, der seiner Mutter zärtlich einige ihrer Wohltaten zurückzahlt, mehr und wärmer ihre Seele zu als wie einer den Vater versorgenden Tochter, vielleicht aus hundert Gründen und auch aus dem, weil sie von Söhnen und Männern mehr gewohnt sind, daß diese bloß fünf Fuß lange – Donnerwetter, behoste Wasserhosen oder doch ausruhende Orkane sind.

Seliger Quintus! an dessen Leben noch der Vorzug wie ein Adlerorden schimmert, daß du es deiner Mutter erzählen kannst, wie z. B. den heutigen Nachmittag im Seniorat. Deine Freude fließet in ein fremdes Herz und strömet daraus verdoppelt in deines zurück. Es gibt eine größere Nähe der Herzen, so wie des Schalles, als die des *Echos*; die höchste Nähe schmilzt Ton und Echo in die *Resonanz* zusammen.

Es ist historisch-gewiß, daß beide abends aßen und statt des Abhubs vom Diner, der morgen selber eines vorstellen konnte, bloß den Opferkuchen oder Matzen auf den Brand-Opferaltar des Tisches legten. Die Mutter, die für ihr leibliches Kind nicht bloß sich, sondern auch die übrigen Menschen willig hingegeben hätte, tat ihm den Vorschlag, dem Quintaner, der draußen spielte und einen Vogel statt sich aufätzte, keine Krume vom kostbaren Backwerk zu geben, sondern nur Hausbrot ohne Rinde. Aber der Schulmann dachte christlich und sagte, es sei Sonntag und der junge Mensch esse so gern etwas Delikates wie er. Fixlein gastierte, dotierte und schonte – als Gegenfüßler der Großen und Genies – lieber den dienenden Hausgenossen als einen Menschen, der das erstemal durchs Tor passieret und auf der nächsten Station seinen Gastfreund und den letzten Postmeister vergisset. Überhaupt hatte der Quintus Ehre im Leibe, und ungeachtet seiner Schonung und Latrie des Geldes, gab ers doch gern hin in Fällen der Ehre, und ungern in Fällen eines siegenden Mitleidens, das zu schmerzlich seinen Herzbeutel auffüllte und seinen Geldbeutel ausleerte. – Als der Quintaner das jus compascui auf dem Matzen exerzierte und als sechs Arme auf Thiennettens Freitisch ruhig lagen: las Fixlein sich und der Gesellschaft den flachsenfingischen Adreßkalender vor; etwas Höheres konnt' er sich außer Meusels gelehrtes Deutschland nicht gedenken – die Kammerherrn und geheime Räte des Kalenders liefen ihm, wie die Rosinen des Kuchens, kitzelnd über die Zunge, und von den reichern Pastoraten erhob er gleichsam durch Vorlesen den Sackzehend.

Er blieb absichtlich seine eigne Ausgabe auf sonntägigem Velinpapier; ich meine, er zog den Sonntagsrock sogar unter dem Gebetläuten nicht aus: denn er hatte noch viel vor.

Nach dem Essen wollt' er zum Fräulein, als er sie wie eine Lilie in die rote Dämmerung getaucht zu sehen bekam, im Schloßgarten, dessen westliche Grenzen sein Haus formierte, wie dessen südliche die sinesische Mauer des Schlosses.... Beiläufig, wie ich zu allem diesen gekommen bin, was Zettelkästen sind, ob ich selber dort war etc. etc. – das soll, so wahr ich lebe, dem Leser bald und getreulich überliefert werden, und das noch in diesem Buche. –

Fixlein hüpfte wie ein Irrlicht in den Garten, dessen Blumendampf an seinen Suppendampf anstieß. Niemand bückte sich tiefer vor einem Edelmann als er, nicht aus pöbelhafter Demut, noch aus gewinnsüchtiger Selbsterniedrigung, sondern weil er dachte: »Ein Edelmann bleibt doch immer das, was er ist.« Aber sein Bückling fiel (anstatt vorwärts) in die Quere rechts hinaus, gleichsam dem Hute nach: denn er hatte nicht gewagt, einen Stock mitzunehmen; Hut und Stock aber waren das Druckwerk und die Balancierstange, kurz das Bücklingsgetriebe, ohne das er sich in keine höfliche Bewegung zu setzen vermochte, und hätte man ihn dafür in das Hamburger Hauptpastorat voziert. Thiennettens Lustigkeit spannte seine zusammengerollte Seele bald wieder gerade und in den rechten Ton. Er hielt an sie eine lange nette Dank- und Erntepredigt für den schuppigen Kuchen, die ihr gut und langweilig zugleich vorkam. Mädchen ohne große Welt rechnen langweilige Pedanterie bloß wie das Schnupfen zu den notwendigen Ingredienzien eines Mannes; sie verehren uns unendlich, und wie *Lambert* den König in Preußen wegen seiner Sonnenaugen nur im Finstern zu sprechen vermögend war, so ists ihnen oft, glaub' ich, lieber – eben wegen unsers erhabnen Airs –, wenn sie uns im Finstern erwischen können. – *Ihn* erbauete Thiennettens Reichsgeschichte und Kaiserhistorie vom Herrn von Aufhammer und der gnädigen Frau, die ihn ins Testament setzen will; *sie* erbauete seine Gelehrtenhistorie, die ihn und den Subrektor betraf, wie er selber z. B. in der Sekunda vikariere und über Schüler regiere, so lang gewachsen wie er. Und so gingen beide zufrieden zwischen roten Bohnenblüten, roten Maikäfern, vor der immer tiefer am Horizonte niederbrennenden Abendröte den Garten auf und ab und kehrten allemal lächelnd vor dem Kopfe der Gärtnerin um, der wie ein Scheibenbild in das kleine Schiebfenster eingesetzet stand, das wieder in ein größeres gefasset war.

Mir ists unbegreiflich, daß er sich nicht verliebte. Ich weiß zwar seine Gründe: erstlich hatte sie nichts; zweitens er nichts und Schuldenlast dazu; drittens war ihr Stammbaum ein Grenzbaum und Verwahrungsstock; viertens band ihm noch ein edlerer Gedanke die Hände, der aus guten Gründen dem Leser noch verhalten wird. Gleichwohl – Fixlein! hätt' ich nicht an deinem Platze sein dürfen! Ich hätte sie angesehen und mich an ihre Tugenden und an unsere Schuljahre erinnert und dann mein weichflüssiges Herz hervorgezogen und es ihr wie einen Wechselbrief präsentieret oder wie ein Ratsdekret insinuieret. Denn ich hätte erwogen, daß sie es einer Nonne in zweierlei nachtue, im guten Herz und im guten Backwerk – daß sie trotz ihres Umganges mit männlichen Frönern doch keine Karl Genofeva Louise Auguste Timothee Eon von Beaumont sei, sondern eine glatte, blonde, gehäubte Taube – daß sie mehr ihrem Geschlechte als unserem zu gefallen suche – daß sie ein zerfließendes Herz, das nicht erst vom Bücherverleiher abgeholet ist, in Tränen zeige, deren sie sich aus Unschuld mehr schämt als rühmt –– Schon vor der dritten Rabatte wär' ich bei solchen Gründen dagewesen mit der Spende meines Herzens. – Hätt' ich vollends bedacht, Quinte! daß ich sie kenne wie mich selber, daß ihr und mir (wär' ich nämlich du gewesen) von demselben Senior die lateinischen Hände zum Schreiben geführet worden sind – daß wir uns als unschuldige Kinder vor dem Spiegel geküsset, um zu sehen, ob es die beiden Vexierkinder im Spiegel nachmachen – daß wir oft die Hände beiderlei Geschlechts in *einen* Muff geschoben und sie darin Versteckens spielen lassen; –– hätt' ich endlich überdacht, daß wir ja gerade vor dem in der Schmelzmalerei des Abends glimmenden Glashause ständen, an dessen kalten Scheiben wir beide (sie innen, ich außen) die heißen Wangen, bloß durch den gläsernen Ofenschirm gespalten, einander entgegengepresset hatten: so hätt' ich die arme, vom Schicksal auseinandergedrückte Seele, die gegen ihr Wettergewölk keine größere Erhöhung zur Wetterscheide vor sich sieht als das Grab, an meine gezogen und sie an meinem Herzen erwärmt und mit meinen Augen umgürtet....

Wahrlich der Quintus hätt' es auch getan, hätt' es der oben gedachte edlere Gedanke, den ich verhalte, erlaubt! – Weich, ohne die Ursache zu wissen – daher er seine Mutter küßte –, und selig, ohne ein gelehrtes Gespräch geführet zu haben, und mit einer Fracht von untertänigen Empfehlungen entlassen, die er morgen vor der Dragonerrittmeisterin abzuladen hat, kam er im kleinen Häuschen an und sah noch so lange aus seinen dunkeln Fenstern an die leuchtenden des Schlosses. – Und noch als schon das erste Viertel des Mondes im Untergehen war, um 12 Uhr, schloß er vor dem kühlen Anwehen eines milden, duftenden, feuchten und das Herz beim Namen rufenden Nachtlüftchens noch einmal die Augenlider eines schon träumenden Blickes auf....

Schlafe, denn du hast heute noch nichts Böses getan! – Ich will, während die hängende geschlossene Blumenglocke deines Geistes sich auf das Kopfkissen senkt, hinausschauen in die wehende Nacht auf deinen morgendlichen Fußsteig, der dich durch transparente Wäldchen nach Schadeck zu deiner Gönnerin führt. Der Rittmeister bricht schon um ein Uhr auf. Du und deine Schutzpatronin sitzen also morgen allein beisammen. Es gelinge dir alles, närrischer Quintus! –

Zweiter Zettelkasten

Frau von Aufhammer – Kindheits-Resonanz – Schriftstellerei

Das frühe Gepiepe nach Atzung, das die gestern vom Quintaner aus dem Neste adoptierte Drossel schon um zwei Uhr anfing, trieb den Quintus bald in die Kleider, deren Glanzpresse und Parallellineal die Hände der besorgten Mutter waren, die ihn zur Rittmeisterin nicht wie einen »lüderlichen Hund« lassen wollte. Der Pudel wurde inkarzeriert, der Quintaner mitgenommen, desgleichen gute Reglements von der Fixleinin, wie er sich gegen die Rittmeisterin aufzuführen habe. Aber der Sohn versetzte: »Mama, wenn man mit der großen Welt umgeht wie ich, mit einer Fräulein von Thiennette: so muß man doch wissen, wen man vor sich hat und was feine Sitten und Sawer di Wiwer (savoir vivre) fodern.« – Er langte mit dem Quintaner und grünen Fingern (von den Saftfarben des zerdrückten Laubes am Steige) und mit einer abgefressenen Rose zwischen den Zähnen vor den dicken Lakaien in Schadeck an.... Wenn die Weiber Blumen sind – wiewohl ebensooft seidene und italienische und Kupferblumen als botanische –: so war die Frau von Aufhammer eine gefüllte, mit ihrem Fett-Bauchkissen und Speck-Kubus. Durch die Apoplexie schon mit dem halben Körper vom Leben abgeschnitten, lag sie auf ihrem Fettpolster nur wie in ihrem weicheren Grab; gleichwohl war das, was noch von ihr übrig war, zugleich lebhaft, fromm und stolz. Ihr Herz war ein gießendes Fruchthorn gegen alle Menschen, aber nicht aus Menschenliebe, sondern aus strenger Andacht; sie beglückte, beschenkte und verschmähte die Bürgerlichen und achtete an ihnen nichts als höchstens Frömmigkeit. Sie nahm den nickenden Quintus mit dem zurücknickenden Air einer Patronatsherrin auf und erheiterte sich menschenfreundlich bei der Ausschiffung der Grüße von Thiennetten.

Sie fing das Gespräch an und setzte es lange allein fort und sagte – ohne daß deswegen die Trommelsucht des Stolzes ihr Gesicht verließ –: »sie werde bald sterben, aber sie werde die Pate ihres Gemahls (den Endes-Untergestellten) schon in ihrem letzten Willen bedenken.« – Ferner sagte sie ihm gerade ins Gesicht, daß ganz mit der *vierten* Bitte vollgeschrieben vor ihr stand: »auf eine Versorgung in Hukelum soll' er nicht bauen; aber zum Flachsenfinger Konrektorat (das Bürgermeister und Rat besetzt) hoffe sie ihm zu verhelfen, da sie bei dem regierenden Bürgermeister ihren Kaffee und beim Stadtsyndikus die Lichter (er trieb einigen Grossohandel mit Hamburger Lichtern) kaufe.« –

Nun kam er zum untertänigen Wort, da sie von ihm Krankenberichte über ihren Senior Astmann abforderte, der sich mehr von Luthers Katechismus als vom Gesundheitskatechismus raten ließ. Sie war weniger Astmanns Patronatsherrin als Patronin und gestand sogar, sie würde einem so treuen Seelenhirten bald nachfolgen, wenn sie auf ihrem Gute hier sein Sterbegeläute vernähme. So sonderbare chymische Verwandtschaften sind zwischen unsern Schlacken und unsern Silberadern, z. B. hier zwischen Stolz und Liebe ; und ich wünschte, wir verziehen diese hypostatische Union allen so gern wie den Schönen, die von uns mit allen ihren Fehlern, wie nach Du Fay vom Magnet das mit andern Metallen vermengte Eisen, gleichwohl angezogen werden.

Gesetzt auch, der Teufel hätte in irgendeiner müßigen Minute eine oder zwei Hände voll Samenkörner des *Neides* in die Seele des Quintus gesäet: sie wären doch nicht aufgeschossen; und heute vollends nicht, da ihm ein Mann gepriesen wurde, der sein Lehrer und – was er für einen Titulado der Erde hielt, nicht aus Eitelkeit, sondern aus Frömmigkeit – ein Geistlicher war. So viel ist freilich nach der Geschichte auch nicht zu leugnen, daß er bei der Edelfrau geradezu mit der Supplik nachkam: »er wolle zwar gern noch einige Jahre sich in der Schule gedulden, aber dann sehn' er sich wohl in ein geruhiges Pfarr-Ämtchen.« Auf ihre Frage, ob er aber orthodox sei, versetzte er: »er hoff' es, er habe in Leipzig nicht nur alle publica des Doktor Burschers gehöret, sondern auch bei einigen rechtgläubigen Magistern hospitieret, weil er wohl gewußt, daß das Konsistorium jetzt strenger wie sonst auf reine Lehre examiniere.«

Die Kranke ersuchte ihn, einen Probeschuß zu tun, ihr nämlich eine Vermahnung am Krankenbette zu halten. – Beim Himmel! er hielt eine der besten. Ihr Adelsstolz kroch jetzt vor seinem Amts- und Priesterstolz zurück: denn ob er gleich nicht mit dem Dominikanermönch *Alanus de Rupe* glauben konnte, daß ein Priester größer sei als Gott, da dieser nur eine Welt, jener aber einen Gott (in der Messe) erschaffen könne: so mußte er doch einem *Hostiensis* beifallen, welcher gezeigt, daß die priesterliche Würde 7644mal größer sei als die königliche, weil die Sonne so vielmal größer sei als der Mond. – Vollends aber eine Edelfrau – diese verschrumpfet ganz vor einem Pfarrer.

In der Domestikenstube hielt er bei dem Lakaien um den vorigen Jahrgang des Hamburger politischen Journals an, weil er sah, daß man mit diesen historischen Belegen der Zeit sündlich die Knöpfe der Reisekleider papillotierte. In verdrüßlichen Herbstabenden konnt' er sich doch hinsetzen und nachlesen, was sich etwan gutes Neues in der politischen Welt zutrage – im vorigen Jahr.

Auf einem ganz mit Lorbeer vollgeladenen Triumphwagen, an den lauter

Hoffnungen gespannt waren, fuhr er abends nach Hause und riet unterwegs dem Quintaner, sich keiner Sache ruhmredig zu überheben, sondern still Gott zu danken, wie er da tue.

Die nebeneinander aufblühenden Lusthaine seiner vier Kanikularwochen und das fliegende Gewimmel von Blüten darin sind bald auf drei Seiten gemalt. Ich will blindlings in seine Tage greifen und einen herausfangen: einer lächelt und duftet wie der andere.

Man nehme z. B. den Namenstag seiner Mutter Clara, den 12. August. Am Morgen hatt' er perennierende, feuerbeständige Freuden, d. h. Geschäfte. Denn er schrieb, wie ich; wahrlich, wenn Xerxes einen Preis auf die Erfindung eines neuen Vergnügens aussetzte: so hatte der, der nur über die Preisfrage seine Gedanken niederschrieb, das neue Vergnügen schon wirklich auf der Zunge. Ich kenne nur *eine* Sache, die süßer ist, als ein Buch zu machen, nämlich eines zu entwerfen. Fixlein schrieb kleine Werklein von $^1/_{12}$ Alphabet, die er im Manuskript, vom Buchbinder in goldne Flügeldecken geschnürt und auf dem Rücken mit gedruckten Lettern betitelt, in die literarische Stufensammlung seines Bücherbrettes mit einstellte. Jedermann dachte, es wären Novitäten, mit Schreiblettern gedruckt. Er arbeitete – ich will die unerheblichen Werke auslassen – an einer Sammlung der *Druckfehler* in deutschen Schriften; er verglich die Errata untereinander, zeigte, welche am meisten vorkämen, bemerkte, daß daraus wichtige Resultate zu ziehen wären, und riet dem Leser, sie zu ziehen.

Ferner trat er unter den deutschen *Masorethen* auf. Er bemerkte ganz richtig in der Vorrede: »Die Juden hätten ihre *Masora* aufzuweisen, die ihnen sagte, wie oft jeder Buchstabe in ihrer Bibel vorkomme, z. B. das Aleph (das A) 43 277mal – wie viel Verse darin stehen, wo alle Konsonanten auftreten (26 Verse sinds) – oder nur achtzig (3 sinds) – wie viele Verse man habe, worin gar 42 Wörter und 160 Konsonanten erscheinen (nur einer ist da, Jerem. XXI. 7) – welches der mittelste Buchstabe in einzelnen Büchern sei (im Pentateuch 3. B. Mos. XI. 42 ists [1] das adelige V) oder gar in der ganzen Bibel. – Wo haben aber wir Christen einen ähnlichen Masorethen für Luthers Bibel aufzuzeigen? Ist es genau untersucht, welches in ihr das mittelste Wort oder der mittelste Buchstabe sei, welcher Vokal am wenigsten vorkomme, und wie oft jeder? – Tausend Bibelfreunde gehen aus der Welt, ohne zu erfahren, daß das deutsche A 323 015 mal (also über 7 mal öfter als das hebräische) in ihrer Bibel stehe.« –

Ich wünschte, daß Bibelforscher unter den Rezensenten es öffentlich anzeigten, wenn sie diese Zahl nach einer genauern Nachzählung unrichtig befänden.[2]

[1] wie im Staate.

[2] Dieser Bitte gab man in Erlang Gehör. Die dasige Bibelanstalt fand statt der 116 301 A, die der Quintus anfangs mit solcher Gewißheit im Bibelwerke gefunden haben wollte (daher auch diese falsche Angabe in die

Auch sammelte der Quintus vieles: er hatte eine schöne Kalender- und Katechismus- und Sedezbüchersammlung – auch eine Sammlung von Avertissements, die er angefangen, ist nicht so unvollständig, als man sie meistens antrifft. Er schätzet sehr sein alphabetisches Lexikon von deutschen Bücherpränumeranten, wo mein Name auch mit vorkommt unter dem J.

Am liebsten gebar er Entwürfe zu Büchern. Daher nähete er ein starkes Werk, worin er bloß den Gelehrten riet, was sie zu schreiben hätten in der Gelehrtengeschichte, die er einige Zolle höher setzte als die Welt- und Kaiserhistorie. Er hielt im Prodrom der gelehrten Republik flüchtig vor, daß *Hommel* ein Register von Juristen gegeben, die Hurenkinder gewesen, von andern, die Heilige geworden – *Bernhard* von Gelehrten, deren Fata und Lebenslauf im Mutterleibe erheblich waren – daß *Bailet* die Gelehrten zusammengezählt, die etwas hatten schreiben *wollen* – und *Ancillon* die, die gar nichts geschrieben – und der Lübecksche Superintend *Götze* die, die Schuster waren, die, die ersoffen usw. Das (konnt' er jetzt fortfahren) sollte, wie es scheint, uns zu ähnlichen Matrikeln und Musterrollen von andern Gelehrten ermuntert haben, deren er einige vorschlage – z. B. von Gelehrten, die ungelehrt waren – von ganz boshaften – von solchen, die ihr eignes Haar getragen – von Zopfpredigern, Zopf-Psalmisten, Zopfannalisten etc. – von Gelehrten, die schwarzlederne Hosen, von andern, die Stoßdegen getragen – von Gelehrten, die im eilften Jahre starben – im zwanzigsten – einundzwanzigsten etc. – im hundertundfunfzigsten, wovon er gar kein Beispiel kenne, wenn nicht der Bettler Thomas Parre hergezogen werden solle – von Gelehrten, die eine noch abscheulichere Hand als andere Gelehrte schrieben (wovon man nur Rolfinken und seine Lettern kenne, die so lang waren wie seine Hände[1]) – oder von Gelehrten, die einander in keine Haare gerieten als in die am Kinn (wovon keine als nur Philelphus und Timotheus bekannt sind).[2]

Solche Nebenstudien trieb er neben seinen Amtsarbeiten; aber ich glaube, ein Staat ist über so etwas toll: er vergleicht den, der in Philosophie und Belletrie groß ist auf Kosten des Amts-Schlendrians, mit den *Konzertuhren,* die ihre Stunden – ob sie sie gleich mit Flötenmelodien einfassen – schlechter schlagen als dumme plumpe *Turmuhren.*

Um auf den Namenstag zurückzukommen: so lief Fixlein nach solchen Anstrengungen hinaus unter die Sang-Stauden und Rausch-Bäume und kehrte nicht eher aus der warmen Natur zurück, als bis Schüssel und Stühle

erste Edition dieses Buchs p. 81 wirklich kam), die besagten 323 015, welches (ungemein sonderbar) gerade die Summe aller Buchstaben im Koran überhaupt ist. S. Lüdekes Beschr. des türk. Reichs. Neue Auflage 1780.

[1] Paravicini singularia de viris claris. Cent. I. 2.

[2] Ejusd. Cent. II. 18. Philelphus zerfiel mit dem Griechen über das Maß einer Silbe; der Preis oder die Wette war der Bart des Besiegten – Timotheus büßete seinen ein.

schon an den Tisch gestellet waren. – Unter dem Essen fiel etwas vor, das ein Biograph nicht entbehren kann: seine Mutter mußt' ihm nämlich die Landkarte seiner kindlichen Welt unter dem Käuen mappieren und ihm alle Züge erzählen, woraus von ihm auf seine jetzige Jahre etwas zu schließen war. Diesen perspektivischen Aufriß seiner kindlichen Vergangenheit trug er dann auf kleine Blätter auf, die alle unsere Aufmerksamkeit verdienen. Denn lauter solche Blätter, welche Szenen, Akte, Schauspiele seiner Kinderjahre enthielten, schlichtete er chronologisch in besondere Schubläden einer Kinder-Kommode und teilte seine Lebensbeschreibung, wie *Moser* seine publizistischen Materialien, in besondere *Zettelkästen* ein. Er hatte Kästen für Erinnerungszettel aus dem zwölften, dreizehnten, vierzehnten etc., aus dem einundzwanzigsten Jahre und so fort. Wollt' er sich nach einem pädagogischen Baufron-Tag einen Rastabend machen: so riß er bloß ein Zettelfach, einen Registerzug seiner Lebensorgel, heraus und besann sich auf alles.

Ich muß die rezensierenden Stummen, die mir den kurzen Prozeß des Strangulierens an den Hals werfen wollen, ganz besonders bitten, doch nur vorher, ehe sie es darum tun, weil ich meine Kapitel Zettelkästen nenne, nachzusehen, wer daran schuld ist, und nachzudenken, ob ich anders konnte, da der Quintus selber seine Biographie in solche Kästen abteilt: sie sind ja sonst billig.

Nur über seinen ältern Bruder tat er an seine Mutter keine kränkende Frage: denn diesen hatte das Schicksal auf eine eigne Art mit allen seinen genialischen Anlagen am Eisberg des Todes zertrümmert. Er sprang nämlich auf eine Eisscholle, die zwischen andern Schollen stockte – diese wichen aber zurück, und seine schoß mit ihm fort, schmolz schwimmend unter ihm ein und ließ also das Feuerherz zwischen Eis und Wogen untersinken. Es tat der Mutter wehe, daß er nicht gefunden, daß sie nicht erschüttert wurde mit dem Anstarren der geschwollenen Leiche – o gute Mutter, danke lieber Gott dafür! –

Nach dem Essen ging er, um sich mit neuen Kräften für den Schreibtisch zu rüsten, bloß müßig im Hause herum und durchzog wie eine Feuerschau der Polizei alle Ecken seiner Hütte, um aus ihnen irgendeine Kohle der ausgeglommenen Freudenfeuer seiner Kindheit aufzulesen. Er stieg unter das Dach zu den leeren Vogelhäusern seines Vaters, der im Winter ein Vogler war, und musterte flüchtig die Rumpelkammer seiner alten Spielwaren, die im großen Gebärhaus einer Kanarienhecke lag. In Kinderseelen drücken sich regelmäßig *kleine* Gestalten, besonders Kugel und Würfel, am tiefsten ein und ab. Daraus erkläre sich der Leser Fixleins Wohlgefallen am roten Eichhörnchen-Stockhaus, an dem aus Kartoffelnsamenkapseln und weißen Spänen zusammengesteckten Sparrwerk, an dem heitern Glashaus einer würfelförmigen Laterne. Aber ganz anders erklär' ich mir folgendes: er wagte sich ohne Baubegnadigung an die Baute eines Lehmhauses, nicht für Bauern, sondern für Fliegen; daher man es gut in die Tasche stecken konnte. Dieses Mückenhospital hatte seine Glasscheiben und einen roten Anstrich und besonders viele Alkoven und drei Erker: denn Erker liebte er als ein Haus am Hause von jeher so sehr, daß es ihm in Jerusalem schlecht gefallen hätte, wo (nach Lightfoot) keine gebaut werden durften. Aus den blitzenden Augen, womit der Baudirektor seine Mietsleute an den Fenstern herumkriechen oder aus dem Zuckertroge naschen sah – denn sie fraßen, wie der Graf St. Germain, nichts wie Zucker –, aus dieser Freude hätte ein Erziehungsrat leicht seinen Hang zur häuslichen Einengung prophezeien können: für seine Phantasie waren damals noch Gärtnerhütten zu wüste Archen und Hallen, und nur ein solches Mücken-Louvre war gerade ein nettes Bürgerhaus. – Er befühlte seinen alten hohen Kinderstuhl, der der sedes exploratoria des Papstes glich; er rückte seine Kinderkutsche, aber er begriff nicht, welche Salbung und Heiligkeit sie so sehr von andern Kinderkutschen unterscheide. Er wunderte sich, daß ihm Kinderspiele an Kindern nicht so gefielen als die Schilderungen derselben, wenn das Kind, das sie getrieben, schon aufgeschossen vor ihm stand.

Vor einer einzigen Sache im Hause stand er sehnsüchtig und wehmütig, vor einem winzigen Kleiderschrank, der nicht höher war als mein Tisch und der seinem armen ertrunkenen Bruder angehöret hatte. Da dieser mit dem Schlüssel dazu von den Fluten verschlungen worden: so tat die zerknirschte Mutter das Gelübde, seinen Spielschrank nie gewalttätig aufzubrechen. Wahrscheinlich sind nur die Spielwaren des Armen darin. Lasset uns wegsehen von dieser blutigen Urne! – –

Da Baco die Erinnerungen aus der Kindheit unter die gesunden, offizinellen Dinge rechnet: so waren sie ganz natürlich ein Digestivpulver für den Quintus. Nun konnt' er sich wieder an den Arbeitstisch begeben und etwas ganz Besonders machen – Suppliken um Pfarrdienste. Er nahm den Adreßkalender vor und machte für jedes Pfarrdorf, das er darin fand, eine Bittschrift vorrätig, die er so lange beiseite legte, bis sein Antezessor verstarb. Bloß um Hukelum hielt er nicht an. Es ist eine schöne Observanz in Flachsenfingen, daß man sich um alle Ämter melden muß, die offen stehen. So wie der höhere Nutzen des Gebets nicht in seiner Erfüllung besteht, sondern darin, daß man sich im Beten übt: so sollen Bittschreiben aufgesetzt werden, nicht damit man Ämter erhalte – das muß durch Geld geschehen –, sondern damit man eine Supplik schreiben lerne. Freilich wird, wenn schon bei den Kalmücken das Drehen einer Kapsel [1] die Stelle des Gebetes vertritt, eine geringe Bewegung des Beutels so viel sein, als suppliziere man wörtlich.

Gegen Abend – sonntags gar – schweifte er im Dorfe herum, wallfahrtete

[1] Ihr Gebeträdlein, Kürüdu, ist eine hohle Kapsel voll aufgerollter Betformeln, die geschwenkt wird und dann wirkt. Philosophischer genommen, ists, da beim Gebet nur die Gesinnung in Anschlag kommt, einerlei, ob sie sich durch Bewegung des Mundes oder der Kapsel äußert.

zu seinen Spielplätzen und auf den Gemeindeanger, auf den er sonst seine Schnecken zur Weide getrieben – suchte den Bauer auf, der ihn von der Schule her zum Erstaunen der andern duzen durfte – ging als akademischer Lehrer zum Schulmeister, dann zum Senior – dann in die Episkopalscheune oder Kirche. Das letztere versteht kein Mensch: es brannten nämlich vor dreiundvierzig Jahren die Kirche (der Turm nicht), das Pfarrhaus und – was nicht wieder herzustellen war – die Kirchenbücher ab. Daher wußten in Hukelum die wenigsten Leute, wie alt sie waren, und des Quintus *Gedächtnisfibern* selber schwankten zwischen dem zwei- und dreiunddreißigsten Jahre. Folglich mußte da geprediget werden, wo sonst gedroschen wird, und der Same des göttlichen Worts wurde mit dem physischen auf *einer* Tenne geworfelt: der Kantor und die Schuljugend besetzten die Tenne, die weiblichen Mutterkirchleute standen in der einen Panse, die Schadecker Filial-Weiber in der andern, und ihre Männer hockten pyramidenweise, wie Groschen- und Hellergalerien, an den Scheun-Leitern hinauf, und oben vom Strohboden horchten vermischte Seelen herunter. Eine kleine Flöte war das Orgelwerk und eine umgestürzte Bierkufe der Altar, um den man gehen mußte. Ich gestehe, ich selber würde da nicht ohne Laune gepredigt haben. Der Senior (damals war er noch Junior) wohnte und dozierte unter dem Pfarrbau im Schlosse; daher Fixlein daselbst mit dem Fräulein die Anomala trieb.

Waren diese Entdeckungsreisen zurückgelegt: so konnte unser Hukelumsfahrer noch nach dem Abendgebet mit Thiennetten Blattläuse von den Rosen, Regenwürmer von den Beeten nehmen und einen Freudenhimmel von jeder Minute – jeder Abendtautropfen war mit Freuden- und Nelkenöl gefärbt – jeder Stern war ein Sonnenblick der Glückssonne – und im zugeschnürten Herzen des Mädchens lag nahe an ihm hinter einer kleinen Scheidewand (wie nahe am Heiligen hinter dem dünnen Leben) ein ausgedehntes Blütenparadies.... Ich meine, sie liebte ihn ein wenig.

Er sollt' es wissen. Aber seine beklommene Wonne verdünnte er, wenn er zu Bette ging, durch kindische Erinnerungen auf der Treppe. Als Kind betete er nämlich wie einen Rosenkranz unter dem Bett-Zudeck als Abendgebet vierzehn biblische Sprüche, den ersten Vers »Nun danket alle Gott«, das Zehnte Gebot und noch einen langen Segen. Um nun eher fertig zu werden, fing er seine Gebete nicht bloß unten auf der Treppe, sondern schon an dem Orte an, wo Alexander den Menschen und Semler dumme Skribenten studierte. – Lief er am Hafen der Flaumwogen ein: so war er mit seiner Abendandacht fertig, und er konnte nun ohne eine weitere Anstrengung mit zugedrückten Augen gerade in die Federn und in den Schlummer plumpen. –– So steckt im kleinsten homunculus schon der Bauriß zur – katholischen Kirche.

So weit die Hundstage des Quintus Zebedäus Egidius Fixlein. – Ich schließe schon zum zweitenmal die Kapitel dieser Lebensbeschreibung, wie ein Leben, mit einem Schlaf.

Dritter Zettelkasten

Weihnachts-Chiliasmus – neuer Zufall

Uns alle zieht eine Garnitur von faden flachen Tagen wie von Glasperlen ins Grab, die nur zuweilen eine orientalische wie ein Knoten abteilt. Aber man stirbt murrend, wenn man nicht wie der Quintus sein Leben für eine Trommel ansieht: diese hat nur einen *einzigen* Ton, aber die Verschiedenheit des *Zeitmaßes* gibt diesem Tone Belustigung genug. Der Quintus dozierte in quarta, vikarierte in secunda, schrieb am Pulte in der gewöhnlichen Monotonie des Lebens fort – von den Ferien an – bis zu dem heiligen Weihnachtsabend 1791, und nichts war denkwürdig als bloß dieser Abend den ich nun malen will.

Aber ich werde diesen Abend allezeit noch malen können, wenn ich vorher mit wenigem berichtet habe, wie er sich gleich Zugvögeln über den düstern nebelnden Herbst wegschwang. Er machte sich nämlich über das Hamburger politische Journal, womit der Bediente Knöpfe kouvertieren wollen. Er konnte ruhig und mit dem Rücken am Ofen die Winterkampagnen des vorigen Jahrs mitmachen – und jeder Schlacht, wie die Aasgeier der pharsalischen, nachfliegen – er konnte auf dem Druckpapier froh und wundernd um die deutschen Triumphbögen und Gerüste zu Freudenfeuerwerken herumgehen, indes die Leute in der Stadt, die nur die neuesten Zeitungen hielten, kaum die Trümmer der von den Frankreichern boshaft niedergerissenen Trophäen behielten – ja er konnte schon mit alten Planen die Feinde zurücktreiben, indes neuere Leser sich vergeblich mit neuen wehrten. – –

Aber nicht bloß die Leichtigkeit, die Gallier zu übermeistern, bestach ihn für das Journal, sondern auch der Umstand, daß letzteres – gratis war. Er war auffallend auf frankierte Lektüre ersessen. Ist es nicht daraus zu erklären, daß er sich, wie Morhof rät, die einzelnen Hefte von Makulaturbögen, wie sie der Kramladen ausgab, fleißig sammelte und in solchen wie Virgil im Ennius scharrte? Ja für ihn war der Krämer ein Fortius (der Gelehrte) oder ein Friedrich (der König), weil beide letztere sich aus kompletten Büchern nur die Blätter schnitten, an denen etwas war. Eben diese Achtung für alle Makulatur nahm ihn für die Vorschürzen gallischer Köche ein, welche bekanntlich aus vollgedrucktem Papier bestehen; und er wünschte oft, ein Deutscher übersetzte die Schürzen: ich berede mich gern, daß eine gute Version von mehr als einem solchen papiernen Bürzel und Schurz unsere Literatur (diese Muse à belles fesses) emporbringen und ihr statt eines Geifertuches dienen könnte. – Der Mensch legt auf viele Sachen ein pretium affectionis, bloß weil er sie halb gestohlen zu haben hofft: aus diesem mit dem vorigen zusammenhängenden Grunde fing der Quintus alles gläubig auf, was er entweder in einem collegio publico oder als hospes wegschnappte; nur Meinungen, für die er den Professor bezahlen mußte, prüft' er streng. – Ich komme wieder auf den verschobenen Weihnachtsabend zurück.

Eben da war Egidius froh, daß draußen Müller und Bäcker einander schlugen – wie man das wehende Schneien in großen Flocken nennt – und daß die Eisblumen der Fenster aufblühten – denn er hatte äußern Frost bei Stubenhitze gern –: er konnte nun Pechholz in den Ofen und Möhrenkaffee in den Magen nachlegen und den rechten Fuß (statt in den Pantoffel) in die warme Hüfte des Pudels schieben und doch noch auf dem linken den Starmatz schaukeln, der die Nase des alten Schilles abraupte, indes er mit der rechten Hand – mit der linken hielt er die Pfeife – so ungestört, eingemummt, umnebelt und ohne ein frostiges Lüftchen das Wichtigste anfing, was ein Quintus machen kann – den Lektionskatalog des flachsenfingischen Gymnasiums, nämlich das Achtel davon. Ich halte den *ersten Druck* in der Geschichte eines Gelehrten für wichtiger als die *ersten Drucke* in der Geschichte der Buchdrucker: Fixlein konnt' es gar nicht satt kriegen, das zu spezifizieren, was er künftiges Jahr g. G. traktieren wollte, und reihete deshalb, mehr Drucks als Nutzens wegen, noch drei bis vier pädagogische Fingerzeige dem Operationsplane sämtlicher Schulherren an.

Er trug nur noch einige Gedankenstriche als Fäden der Rede nach und sah dann das Opus nicht mehr an, weil er es vergessen wollte, damit er nach dem Abdrucke über seine eignen Gedanken erstaunte. Nun konnt' er den Meßkatalog, den er jährlich statt der Bücher desselben kaufte, ohne Seufzer aufschlagen: er war auch gedruckt wie ich.

Der freudige Narr hatte unter dem Schreiben den Kopf geschaukelt, die Hände gerieben, mit dem Steiße gehüpfet, das Gesicht gebohnt und an dem Zopfe gesogen. –– Jetzt konnt' er abends um fünf Uhr aufspringen, um sich zu erholen, und durch den magischen Dampf der Pfeife in seinem Bauer wie ein frischgefangener Vogel auf- und niederfahren. In den warmen Rauch leuchtete die lange Milchstraße der Straßenlaternen, und an seinem Bettvorhang hinauf lag rötend der bewegliche Widerschein der brennenden Fenster und illuminierten Bäume in der Nachbarschaft. Nun nahm er den Schnee der Zeit von dem Wintergrün der Erinnerung hinweg und sah die schönen Jahre seiner Kindheit aufgedeckt, frisch, grün und duftend vor sich darunter stehen. O es ist schön, daß der Rauch, der über unserem verpuffenden Leben aufsteigt, sich wie bei dem vergehenden Spießglas in neuen, obwohl poetischen Freuden-Blumen anlegt! – Er schauete aus seiner Ferne von zwanzig Jahren in die stille Stube seiner Eltern hinein, wo sein Vater und sein Bruder noch nicht auf dem Welkboden und Darrofen des Todes einschwanden. Er sagte: »Ich will den heiligen Weihnachts-Abend gleich von früh an durchnehmen.« Schon beim Aufstehen traf er auf dem Tische heilige Flitter von der Gold- und Silberfolie an, mit der das Christuskind seine Äpfel und Nüsse des Nachts blasonieret und beschlagen hatte. – Auf der Münzprobationswaage der Freude ziehet dieser metallische Schaum mehr als die goldnen Kälber, die goldnen Pythagoras-Hüften und die güldnen Philister-Ärse der Kapitalisten. – Dann brachte ihm seine Mutter zugleich das Christentum und die Kleider bei: indem sie ihm die Hosen anzog, rekapitulierte sie leicht die Gebote, und unter dem Binden der Strümpfe die Hauptstücke. Wenn man kein Talglicht mehr brauchte: so maß er, auf dem Arm des Großvaterstuhles stehend, den nächtlichen Schuß des gelben klebrigen Laubes der Weihnachtsbirke ab und wandte viel weniger Aufmerksamkeit als sonst auf den kleinen weißen Winterflor, den die Hanfkörner, die die oben hängende Voliere verzettelte, aus den nassen Fensterfugen auftrieben. – Ich verdenke dem J. J. Rousseau seine flora petrinsularis[1] gar nicht; aber er nehme auch dem Quintus seine Fenster-Flora nicht übel. – Da den ganzen Tag keine Schule war: so war Zeit genug übrig, den Metzger (seinen Bruder) zu bestellen und das Hausschlachten (wenn war besseres Frostwetter dazu?) vorzunehmen. Der Bruder hatte einige Tage vorher mit Lebens- und Prügelgefahr das Maststück in dem Luftloch eines Schloßfensters gefangen, indem er, auf der Fensterbrüstung stehend, die hinausgebogene Hand auf das Nachtlager des darin hockenden Mastochsen – so nennten sie den Spatzen – deckte. Es fehlte der Schlachterei weder an einem hölzernen Beile, noch an Würsten, Pökelfleisch u. dgl. – Um drei Uhr setzte sich der alte Gärtner, den die Leute den Kunstgärtner nennen mußten, mit einer kölnischen Pfeife in seinen großen Stuhl, und dann durfte kein Mensch mehr arbeiten. Er erzählte bloß Lügen vom äronautischen Christuskind und vom rauschenden Ruprecht mit Schellen. In der Dämmerung nahm der kleine Quintus einen Apfel, zerfällte ihn in alle Figuren der Stereometrie und breitete sie in zwei Abteilungen auf dem Tische auf; wurde nachher das Licht eingetragen: so fing er an zu erstaunen über den Fund und sagte zum Bruder: »Sieh nur, wie das fromme Christkindlein mir und dir bescheret hat, und ich habe einen Flügel von ihm schimmern sehen.« Und auf dieses Schimmern lauerte er selber den ganzen Abend auf. –

Schon um acht Uhr – er steifet sich hier meistens auf die Chronik seiner Zettel-Kommode – wurden beide mit wundgeriebenem Halse und in frischer Wäsche und der allgemeinen Besorgnis, daß der heilige Christ sie noch außer den Betten erblicke, in diese geschafft. Welche lange Zaubernacht! – Welches Getümmel der träumenden Hoffnungen! – Die gestaltenvolle, schimmernde Baumannshöhle der Phantasie zieht sich in der Länge der Nacht und in der Ermattung des träumerischen Abarbeitens immer dunkler und voller und grotesker hin – aber das Erwachen gibt dem dürstenden Herzen seine Hoffnungen wieder. – Alle Töne des Zufalls, der Tiere, des Nachtwächters sind der furchtsam-andächtigen Phantasie Klänge aus dem Himmel, Singstimmen der Engel in den Lüften, Kirchenmusik des morgendlichen Gottesdienstes. –

[1] Die er von seiner Petersinsel im Bielersee liefern wollte.

Ach das bloße Schlaraffenland von Eß- und Spielwaren war es nicht, was damals mit seiner Perspektive wie ein Freudenstrom gegen die Kammern unsers Herzens stürmte und was ja noch jetzt im Mondlicht der Erinnerung mit seinen dämmernden Landschaften unsere Herzen süß auflöset. – Ach das war es, das ists, daß es damals für unsere grenzenlosen Wünsche noch grenzenlose Hoffnungen gab; aber jetzt hat uns die Wirklichkeit nichts gelassen als die Wünsche!

Endlich liefen schnelle Lichter der Nachbarschaft über die Wand, und das Weihnachts-Trommeten und Hahnengeschrei vom Turm riß beide Kinder aus den Betten. Mit den Kleidern in den Händen – ohne Bangigkeit vor dem Dunkel – ohne Gefühl des Morgenfrostes – rauschend – trunken – schreiend stürzen sie von der Treppe in die dunkle Stube. – Die Phantasie wühlet im Back- und Obstgeruche der verfinsterten Schätze und malet ihre Luftschlösser beim Glimmen der Hesperidenfrüchte am Baume. – Unter dem Feuerschlagen der Mutter decken die fallenden Funken das Lustlager auf dem Tisch und den bunten Lusthain an der Wand spielend auf und zu, und ein einziger Glut-Atom trägt den hängenden Garten von Eden. – – –

Plötzlich wurd' es licht, und der Quintus bekam das – Konrektorat und eine Stutzuhr....

Vierter Zettelkasten

Ämter-Verschleiß – Entdeckung des versprochenen Geheimnisses – Hans von Füchslein

Indem nämlich der gewesene Quintus in seiner dampfenden Stube, dem Resonanzboden seiner Kinderjahre, auf- und ablief: kam der Ratsdiener mit einer Laterne und mit der Vokation, hinter ihm der Jäger der Frau von Aufhammer mit einem Briefchen und mit einer Stutzuhr. Die Rittmeisterin hatte den Ehrensold für seine Kanikularvermahnung am Krankenbette in ein Weihnachtsgeschenk verwandelt, das bestand 1) aus einer Stutzuhr, an der ein hölzerner Affe mit dem Glockenschlage vortrat und es nachtrommelte, wie viel Uhr es sei – 2) aus dem Konrektorat, das sie ihm ausgewirkt.

Da man auswärts über diese Vokation des Flachsenfinger innern Rats gar nicht so geurteilt hat, wie man hätte sollen: so halt' ichs für meine Pflicht, für den gesamten Rat lieber hier eine Defension zu führen als im Reichsanzeiger. Ich habe schon oben im zweiten Zettelkasten erwähnt, daß der Stadtsyndikus mit Hamburger Lichtern und der regierende Bürgermeister mit Kaffeebohnen handelte, sowohl mit halben als mit gemahlnen. Der Kompagnie-Stichhandel aber, den sie gemeinschaftlich betrieben, war mit den acht Schulämtern; die andern Ratsglieder saßen nur als Ballenbinder, Ladendiener und Kontoristen in der Ratsschreibstube. Das ganze Rathaus ist überhaupt ein ostindisches Haus, wo nicht bloß Dekrete oder Vokationen, sondern auch Schuhe und Tücher feilgehalten werden. Eigentlich führet der Rat seine Ämterhandels-Freiheit aus dem Grundsatze des römischen Rechtes her: cui jus est donandi, eidem et vendendi jus est, d. h. wer das Recht hat, eine Sache zu verschenken, der darf sie auch käuflich erlassen, wenn er mag. Da nun den Ratsgliedern offenbar das Recht zusteht, Ämter gratis zu erteilen: so muß sich wohl das, sie zu verkaufen, von selber verstehen.

Nur ein Extrawort über die Vokationen-Agioteurs überhaupt

Ich sorge im ganzen, die Akademien-Produkten-Verschleiß-Kommission [1] des Staats betreibe den Ämterhandel schlaff. Wer aber anders als das gemeine Wesen muß am Ende leiden, wenn wichtige Posten nicht nach dem Kaufschilling, der für sie erleget wird, sondern nach Konnexionen, Verwandtschaften, parteiischen Empfehlungen und Bücklingen weggegeben werden? Ists nicht ein Widerspruch, Titularämter teuerer abzustehen als wirkliche? Sollte man nicht eher hoffen, daß der wirkliche Hofrat ums alterum tantum im Verhältnis des Titularhofrats versteigert werde? – Das Geld ist nun bei den europäischen Nationen das Äquivalent und der Repräsentant des Wertes aller Dinge und folglich des Verstandes, um so mehr, da ein *Kopf* darauf steht; die Kaufsumme des Amtes aufzählen, ist also nichts als ein examen rigorosum aushalten, das nach einem guten Schema examinandi gehalten wird. Es umkehren und seine Geschicklichkeit statt deren Surrogate und Assignate und Münzen de confiance zeigen wollen, heißet nichts als den närrischen Philosophen in Gullivers Reisen gleich werden, die statt der Namen der Dinge die Dinge selber in Säcken getragen brachten zum gesellschaftlichen Verkehr; und das heißet doch klar in die Zeiten des Tauschhandels zurückfallen wollen, wo die Römer, anstatt des abgebildeten Ochsen auf ihren Ledermünzen, das Rindvieh selber vorführten.

Ich bin von allen solchen unrichtigen Maßregeln so weit entfernt, daß ich oft, wenn ich las, daß der König in Frankreich neue Ämter ersinne, um mit ihnen unter der Bude seines Baldachins feilzustehen, auf etwas Ähnliches dachte. Ich will es ruhig wenigstens vorschlagen und mich nicht darüber abhärmen, ob es die Staaten annehmen oder nicht. Da der Landesherr uns nicht vergönnt, die Ämter bloß zum Verkaufe zu vervielfältigen, weil er vielmehr Tag und Nacht (wie Regisseurs der wandernden Truppen) *einem* Staats-Akteur mehrere Rollen zudenkt, um zu den drei theatralischen Einheiten die vierte der Spieler zu setzen; da also das obige nicht geht: könnten wir nicht wenigstens einige Tugenden, die mit den Ämtern har-

[1] Entlehnt von der k. k. Bergwerks-Produkten-Verschleiß-Kommission in Wien; sogar in Namen zeigt der Wiener Geschmack.

monieren, als Titel zugleich mit diesen verkaufen? – Könnte man nicht z. B. mit dem Amte eines Referendärs zugleich Titular-Unbestechlichkeit verkäuflich losschlagen, so aber, daß diese Tugend, als nicht zum Amte gehörig, besonders vom Kandidaten bezahlet würde? – Ein solcher Kauftitel und Briefadel könnte keinen Referendarius verunzieren. Man bedenkt nicht, daß ähnliche schöne Titel sonst alle Posten schmückten: der scholastische Professor schrieb sich damals (noch außer seinem Amtstitel) »der seraphische – der unwiderlegliche – der scharfsinnige« – der König schrieb sich »der große – der kahle – der kühne – der einfältige« – und so auch der Rabbiner. Würd' es den Männern in den höhern Justizstellen unangenehm sein, wenn ihnen die Titel der Unparteilichkeit, der Schnelligkeit etc. so gut käuflich erlassen würden als die Posten selber? So könnte mit einer Kammerratsstelle die Tugend der Untertanenliebe schön als Titel verknüpfet werden; und ich glaube, wenige Advokaten würden sich bedenken, sich den Titel der Rechtschaffenheit – so gut wie den gewöhnlichen der Regierungsadvokatie – anzuschaffen, wär' er anders zu haben. Wollt' indes ein Kandidat seinen Posten ohne die Tugenden haben: so ständ' es bei ihm, und der Staat dürft' ihn zu dieser Vexier-Moralität nicht zwingen.

Es kann sein, daß, wie nach Tristram Shandy Kleider, nach Walther Shandy und Lavater nomina propria auf den Menschen zurückwirken, appellativa es noch mehr tun, da ohnehin an uns, wie an den Schaltieren, *sich der Schaum so oft zur Schale versteinert;* aber diese Moralität ists nicht, worauf ein Staat sehen kann: wie bei den schönen Künsten ist nicht sie, sondern *Darstellung* sein wahrer Zweck.

Es wurde mir oben ordentlich sauer, für die verschiedenen Ämter mir verschiedene Verbaltugenden zu erdenken; aber ich sollte glauben, es wären noch viele dergleichen Abteilungen der Tugend (jetzt fällt mir selber noch der Freiheitsgeist, die Aufrichtigkeit und der gerade Sinn ein) auszukundschaften, wollte nur ein moralischer Staatsminister eine ordentliche Tugenddivisions-Kammer oder ein moralisches Adreß-Departement mit einigen Kanzelisten anstellen, die gegen geringen Gehalt die verschiedenen Tugenden für die verschiedenen Ämter ersännen. Ich würde an ihrem Platze ein gutes Prisma vor den weißen Strahl der Tugend halten, das ihn gehörig zersetzte. Zu wünschen wär' es, es beträfe Verbrechen – deren Subsubdivision nämlich –: so könnten Gerichtshalter dazu genommen werden. Denn in den Gerichtsstellen, wo nur niedere Gerichtsbarkeit und keine Strafe über 5 fl. fränkischer Währung stattfindet, haben sie ein tägliches Exerzitium, wie sie aus jedem Unfug mehrere kleinere machen wollen, wovon sie jeden niemals über 5 fl. bestrafen. Es ist dieses ein gutes moralisches *Rolfinken,* das die Juristen glücklich dem Sünden-Prosektor, dem heiligen Augustin, und seiner Sorbonne absahen, die beide in Adams Sündenapfel mehr Sünden einschnitten, als jener in einen Kirschkern Gesichter. Wie verschieden ist der Gerichtshalter vom päpstlichen Kasuisten, der die beste Todsünde durch Seitenschnitte in eine läßliche zu verdünnen weiß! –

Schulämter (um auf diese zu kommen) sind zwar ein kleiner Handelsartikel; sie sind aber doch allemal Monarchien – Schulmonarchien nämlich –, die der polnischen Krone gleichen, die nach Popes Verse zweimal in *einem* Jahrhundert feilsteht, welches arithmetisch falsch ist, weil Newton die Regiments-Jahre im Durchschnitt auf zweiundzwanzig Jahre ansetzt. Ob übrigens der innere Rat die Stadtjugend einem Hamelschen Ratten- und Kinderfänger oder einem Weißeschen Kinderfreunde zuführe – das kann für den Rat keinen Unterschied machen, da der Schulmann kein Gaul ist, für dessen unsichtbare Mängel der Roßtäuscher zu haften hat. Es ist genug, wenn Stadtsyndikus et Compagnie sich nicht vorwerfen können, daß sie ein Genie ausgeklaubet haben; denn ein Genie würde, da es nur zur Zierde und Belustigung des Staates zu verbrauchen ist, allerdings den schlechtern, kältern Kopf verdrängen, der eigentlich der wahre Nutzen und Kuxe des Staates ist, so wie gute Lot- und Zahlperlen bloß zum Putze, schlechte Samenperlen aber zum Medizinieren dienen. Wenn überhaupt ein Schullehrer vermögend ist, seinen Scholaren auszuwichsen: so kann er im ganzen genug; und ich tadle es, daß die Oberexaminationskommission keinen Schulmann vor ihren Augen einige oder mehrere junge Leute aus seiner Klasse zur Probe prügeln lässet, um zu sehen, was an ihm ist.

Ende des Extrawortes über Vokationen-Agioteurs überhaupt

Nun wieder zur Geschichte! Die Rats-Bewindheber erkannten meinem Helden das Konrektorat nicht bloß des größern Lichter- und Bohnen-Absatzes wegen zu, sondern wegen einer ganz tollen Vermutung: sie glaubten nämlich, der Quintus verfahre bald Todes.

– Und hier steh' ich vor einem wichtigen Platze dieser Geschichte, in den ich bis jetzt niemand sehen lassen; jetzt aber kömmts nicht mehr auf meinen Willen an, die bisherige spanische Wand wegzuschieben oder nicht, sondern ich muß sogar Reverberierlaternen darüber aufhängen. Es ist nämlich in der medizinischen Geschichte etwas ganz Bekanntes, daß man in gewissen Familien gerade in *einem* Alter stirbt, wie man darin auch in *einem* Alter (nämlich von neun Monaten) geboren wird; ja aus Voltaire entsinn' ich mich einer Familie, worin die Verwandten sich immer in demselben Alter entleibten. In der Fixleinischen Verwandtschaft war nun die Gewohnheit, daß die männlichen Aszendenten immer im zweiunddreißigsten Jahre am Kantatesonntag sich hinlegten und starben: es muß sichs jeder in sein Exemplar vom dreißigjährigen Kriege, weils *Schiller* gänzlich weggelassen, nachtragen, daß darin ein Fixlein an der Pest, einer am Hunger und einer an einer Flintenkugel starb, alle im zweiunddreißigsten Jahre. Wahre Philosophie erklärt sich das Faktum so: »Die ersten paar Male traf sichs nur zufälligerweise so; – und die übrigen Male verstarben die Leute an der bloßen Angst: widrigenfalls müßte man das ganze Faktum lieber in Zweifel ziehen.«

Was machte aber Fixlein aus der Sache? – Wenig oder nichts: das einzige, was er tat, war, daß er sich wenig oder nicht befliß, sich in Thiennette zu verlieben, damit kein anderer seinetwegen in Angst geriete. Er selber aber schor sich aus fünf Gründen so wenig darum, daß er älter als der Senior Astmann zu werden verhoffte: erstlich, weil drei Zigeunerinnen in verschiedenen Orts- und Zeiträumen, und ohne etwas voneinander zu wissen, darin zusammengetroffen hatten, daß sie ihn dieselbe Hauptallee langer Jahre in ihren Zauberspiegeln erblicken ließen – zweitens, weil er kerngesund war – drittens, weil sein eigner Bruder eine Ausnahme gemacht hatte und vor den Dreißigern ersoffen war – viertens darum: als kleiner Knabe wurd' er gerade an dem Kantatesonntage, wo man seinen Vater aufs Leichenbrett band, vor Kummer krank und nur durch sein Spielzeug geheilt; mit diesem Kantate-Siechtum aber glaubte er den mörderischen Genius seines Stamms recht gut abgefunden zu haben. Fünftens konnt' er, weil die Kirchenbücher und mithin die Gewißheit seines Alters zusammengebrennt waren, niemals in eine bestimmte tödliche Angst geraten: »Ich kann heimlich«, sagt' er, »schon über das Schelmjahr weggewischet sein, ohne daß es ein Henker gemerkt hat.« – Ich verhehl' es nicht, schon im vorigen Jahre dacht' er, er sei ein Zweiunddreißiger: »Sollt' ichs dennoch« (sagte er) »erst im künftigen (1792) g. G. werden: so kanns so gut ablaufen wie im vorigen, und der Herr kann mich ja überall finden. Und wär' es denn unrecht, wenn die hübschen Jahre, die dem Leben meines Bruders abgebrochen wurden, meinem zugeschlagen würden?« – – So sucht sich der Mensch unter dem kalten Schnee der Gegenwart zu erwärmen oder sich aus ihm einen schönen Schneemann zu kneten.

Hingegen die ratsherrliche Oligarchie fußete aufs Widerspiel und hob eben wie eine Gottheit den Quintus plötzlich aus der Quintei ins Konrektorat, weil sie darauf schwur, er erledig' es bald. Eigentlich hätte nach der Schul-Ancienneté dieser heilige Stuhl dem Subrektor *Hans von Füchslein* gebührt; aber er mocht' ihn nicht, weil er Hukelumer Pfarrer werden wollte, zumal da Astmanns Todesengel nach sichern Nachrichten die Türe zu diesem Schafstall immer weiter aufschloß. »Treibts der Kerl noch höchstens ein Jahr, so ists viel«, sagte Hans.

Dieser Hans war so grob, daß es schade ist, daß er nicht ein kurhannöverischer Postbediente war, weil er dann durch das Mandat der hannöverischen Regierung, das alle Postämter zu feinen Sitten verwies, sich mit hätte umbessern können. Er war unserem armen Quintus, den kein Mensch anfocht und der wieder keinen Menschen haßte, allein aufsätzig, bloß weil *Fixlein* sich nicht *Füchslein* schrieb und sich nicht mit ihm hatte adeln wollen lassen. Der Subrektor mußte auf seinem adeligen Triumphwagen, den die Vorspann von vier vorausgegebenen Ahnen zog, den Quintus, der mit ihm verwandt war, hinten in den Lakaienriemen des Wagens greifen sehen und ihn mit dem jämmerlichsten Aufzuge von der Welt zu dem Gefolge sagen hören: »Der da fährt, ist mein Vetter und ein Mensch, und ich erinnere ihn immer daran.« Der milde nachgiebige Quintus wurde die große Wespen-Giftblase im Subrektor gar nicht gewahr und nahm sie für den Honigmagen; ja durch seine brüderliche Wärme, die der Edelmann für Schein ansah, kochte er dessen giftigen Säfte nur noch dicker. Der Quintus sah aus Einfalt die Verachtung für Neid über seine pädagogischen Talente an.

Einen Katharinenhof – einen Annenhof – einen Elisabeth-, Strahlen- und Petershof, alle diese russische Lustschlösser kann einer entraten (wenn nicht verachten), der eine Stube hat, worin er am heiligen Weihnachtsabend mit einer Vokation herumstreift. Der neue Konrektor wünschte sich nun nichts als – hellen Tag: Freuden (Sorgen nie) fraßen ihm wie Spatzen die Schlummerkörner weg, und heute trommelte ihm noch dazu der Rechnungsführer seiner frohen Zeit, der Uhr-Affe, alle Stunden vor, die er freudig verträumte, anstatt verschnarchte.

Am Weihnachtsmorgen erblickt' er seinen Lektionskatalog und machte nicht viel daraus: er wußte kaum, was er von seinem gestrigen närrischen Aufblähen über seine Quintur nun denken sollte: »Die Quintus-Stelle«, sagt' er zu sich, »kommt gegen ein Konrektorat in gar keine Betrachtung – mich wunderts, wie ich gestern damit stolzieren konnte vor meiner Veränderung – heute hätte ich doch eher Fug dazu.« Heute speisete er, wie an allen Sonn- und Festtagen, beim Metzgermeister *Steinberger*, seinem vormaligen Vormund. Fixlein war gegen ihn das, was gemeine Leute *immer*, was aber vornehme und philosophische und gefühlvolle *selten* sind – *dankbar:* der Mensch dankt desto weniger für fremde Geschenke, je geneigter er ist, eigne zu machen, und der Freigebige ist selten ein Dankbarer. Meister Steinberger hatte als Proviantmeister an den Drahtkäfig der Dachstube, worin Fixlein als Student in Leipzig hing, vollgedrückte Freßnäpfchen mit Kanarienfutter von Geräuchertem, von Hausbrot und Sauerkraut angesteckt. Geld aber war ihm niemals abzubetteln: es ist bekannt, daß er oft die besten Kalbshäute zu Stiefelleder für den Quintus zum Gerber gratis schickte; aber die Gerb-Kosten mußte der Mündel tragen. Als Fixlein kam, wurd' ihm wie allemal ein kleineres gemödeltes Tischtuch aufs grobe gedeckt – der Großvaterstuhl, ein silbernes Besteck und eine Weinsuppe gereicht; lauter Aufwand, der sich, wie der Vormund sagte, nur für einen Gelehrten schickte, aber für keinen Fleischer. Fixlein aß erst, eh' er entdeckte, daß er Konrektor geworden. »Mündel, wenn Er« (sagte Steinberger) »das geworden ist: so ists recht gut. – Siehst du, Eva, jetzt kauf' ich keinen Schwanz von deinen Kühen – ich muß es gerochen haben.« Er sagte seiner Tochter damit, daß er den für die Schweizerei bestimmten Kaufschilling für das Konrektorat verwenden müsse: er streckte nämlich dem Mündel allezeit die Ämter-Spesen vor, zu $4^1/_2$ Prozent. Funfzig Gulden hatt' er dem Quintus schon zur Quintus-Werdung geliehen, die richtig verzinset werden mußten; an dem Zinstage aber bekam Fixlein allemal noch Geld heraus, weil er die Tochter des Vormundes alle Sonntage nach dem Essen im Rechnen, Schreiben und in der Länderkunde vornehmen mußte. Steinberger foderte mit Recht von seiner leiblichen achtzehnjährigen Tochter, daß sie alle Städte wissen sollte, worin er auf seiner Wanderschaft geschlachtet hatte; und wenn sie nicht aufpaßte, oder krumm schrieb, oder falsch subtrahierte: so stand er als akademischer Senat und Freischöppe hinter ihrem Stuhl und zackte sozusagen mit dem Zainhammer seiner Faust das im Rückgrat fortgesetzte Gehirn zur Kultur mit wenig Schlägen aus. Der sanfte Quintus hätte sie ohnehin nie geprügelt. Deswegen hatte sie ihm vielleicht mit einigen Blicken ihr Herz legiert und testiert. Der alte Fleischer hatte – eben weil seine Frau gestorben war – immer mit Grubenlichtern und Störstangen den Inhalt aller Winkel, die nur im Herzen einer Tochter liegen, ausgeforscht; und hatte daher längst das gemerkt – was der Quintus niemals merkte –, daß sie letztern haben wolle. Mädchen verstecken ihren Kummer leichter als ihre Freuden: heute war Eva über das Konrektorat ungewöhnlich *rot* geworden.

Als sie heute nach dem Essen den Kaffee holte, den der Mündel bis auf den Bodensatz austrinken mußte – »ich schlage meine Eva tot, wenn sie ihn nur anleckt«, sagte er –: so sagt' er zu Fixlein: »Hör' Er, Herr Mündel, hat Er niemals ein Auge auf meine Eva geworfen? – Sie kann Ihn leiden, und wenn Er sie will, kriegt Er sie, aber wir sind geschiedene Leute: denn ein gelehrter Herr braucht eine ganz andere.« –

»Herr Regimentsquartiermeister«, sagte Fixlein (denn diesen Posten bekleidete Steinberger bei der Landmiliz), »eine solche Partie wäre ohnehin viel zu reich für einen Schulmann.« Der Quartiermeister nickte mit dem Kopfe siebenzigmal und sagte zur wiederkehrenden Eva, indem er ein Krummholz, woran er Kälber aufspreizte und aufhing, vom Gesimse nahm: »Bleib stehen! – Höre, willst du gegenwärtigen Herrn Konrektor zu deinem Ehegemahl haben?« – »Ach du großer Gott!« sagte Eva. – »Du magst ihn nun wollen oder nicht,« fuhr der Metzger fort, »so schlägt dir dein Vater mit dem Krummholz das Gehirn ein, wenn du nur an einen gelehrten Herrn denkst – mach jetzt seinen Kaffee.« So war durch das Trennmesser des Krummholzes leicht eine Liebe zerschlagen, die in einem höhern Stande durch dieses Dazwischenschlagen mit dem Schwerte nur desto mehr geschäumet und gegischet hätte.

Fixlein konnte nun zu jeder Stunde 50 fl. fränkisch erheben und den pädagogischen Reichsapfel ergreifen und Koadjutor des Rektors, d. h. Konrektor werden. Man kann annehmen, daß es mit den Schulden wie mit den Verhältnissen in der Baukunst ist, von denen *Wolf* erwies, daß die die schönsten sind, die sich mit den kleinsten Zahlen ausdrücken lassen. Inzwischen griff der Quartiermeister Gelehrten willig unter die Arme: denn die Meinung, daß der Schuldner im zweiunddreißigsten Jahre sterben und daß so dem Tod als Gläubiger in der ersten Klasse die Schuld der Natur eher bezahlet werde als andern Kreditoren die ihrigen, diese Meinung nannt' er Viehdummheit und Narretei; er war weder aber- noch rechtgläubig und handelte nach festen Grundsätzen, die der gemeine Mann weit öfter hat als der prahlende Literatus und der öde weiche Große.

Da ich nur einzelne helle Marientage – warme Walpurgisnächte – höchstens bunte Rosenwochen aus dem in Alltagsschlacken vererzten Leben Fixleins wie Silberadern scheide und sie für den Leser poche, schmelze und glätte: so muß ich jetzt mit dem Bache seines Lebens gehen bis an den Kantatesonntag 1792, bevor ich einige Handvoll Goldkörner zur Wäsche in diese biographische Goldhütte tragen kann. Dieser Sonntag hingegen ist sehr goldhaltig: man denke nur daran, daß Fixlein doch nicht weiß (weil die Asche der Kirchenbücher unleserlich ist), ob er da nicht ins zweiunddreißigste Jahr einlaufe.

Von Weihnachten bis dahin tat er weiter nichts, als daß er Konrektor wurde. Der neue Katheder war ein Sonnenaltar, auf dem sich aus der Quintus-Asche ein junger Phönix zusammenzog. Große Veränderungen verjüngen – in Ämtern, Ehen, Reisen –, weil man das Leben allezeit von der letzten Revolution an datiert, wie die Franzosen von der ihrigen an. Ein Obrist, der in die Wesenleiter der Ancienneté den Fuß als Korporal eingesetzt hatte, ist fünfmal jünger als ein König, der in seinem Leben nichts weiter war als ein – Kronprinz.

Fünfter Zettelkasten

Der Kantatesonntag – zwei Testamente – Pontak – Blut – Liebe

Die Frühlingsmonate kleiden die Erde neu und bunt, aber den Menschen meistens schwarz. Gerade wenn unsere Eisregionen zu fruchtbaren werden und die Blumenwellen der Auen über unsern Weltteil zusammenschlagen: so stoßen uns überall Menschen in Flören auf, deren Frühlingsanfang voll Tränen ist. Aber auf der andern Seite ist ja das Aufblühen der verjüngten Erde die beste Kurzeit gegen den Schmerz über die, die in ihr liegen, und Blumen verhüllen uns Gräber besser als Schnee. –– Der alte Lehrer des Konrektors, Astmann, begegnete im April, der weniger veränderlich als tödlich ist, dem Tode, der ihm das am Magen siechende Gehirn eindrückte. Man wollte seinen Abschied der Rittmeisterin verdecken; aber das ungewöhnliche Leichengeläute trug ihr seinen Schwanengesang ans Herz und setzte die Abendglocke ihres Lebens allmählich in ähnlichen Schwung. Alter und Leiden hatten an ihr schon dem Tode die ersten Einschnitte vorgezeichnet, daß er wenig Mühe brauchte, sie ganz zu fällen; denn den Menschen geht es wie den Bäumen, die lange vor dem Umsägen eingekerbet werden, damit ihnen der Lebenssaft entfließe. Der zweite Schlagfluß traf sie in geringer Entfernung vom letzten: es ist sonderbar, daß der Tod, wie Gerichte, die Schlagflüssigen dreimal zitieret.

Die Menschen schieben ihren *letzten* Willen gern so lange hinaus wie ihren *bessern*: die Rittmeisterin hätte vielleicht alle ihre Stunden bis auf die sprachlose und taube ohne Testament verrollen lassen, hätte nicht Thiennette in der letzten Nacht, ehe sie aus der Krankenwärterin die Leichenfrau wurde, die Sieche auf den armen Konrektor gebracht und auf sein darbendes Leben und auf die schmalen Lebensdiäten und Alimentengelder, die ihm das Glück ausgeworfen, und auf seine leere Zukunft, wo er als gelbes mattes Gewächs in den trockenen Dielen-Fugen der Schulstube zwischen Schülern und Gläubigern welken werde. Ihre Dürftigkeit war ihr das Modell zur seinigen, und ihre innern Tränen waren die flüssigen Tuschen ihres Gemäldes. Da die Rittmeisterin nur für Domestiken testierte und bei den männlichen anfing: so stand Fixlein obenan – und der Tod, der ein besonderer Hausfreund des Konrektors sein muß, hob nicht eher seine Sense auf und tat den letzten Schnitt, als bis sein Muttersöhnchen mit vernehmlicher Stimme zum Testamentserben erkläret war: dann schnitt er alles ab, Leben, Testament und Hoffnungen. –

Als der Konrektor auf einem Wäschezettel seiner Mutter diese zwei Todes- und Hiobsposten in seiner Sekunda erfuhr: so war das erste, was er tat, daß er die Sekundaner entließ und in Tränen ausbrach, ehe er im Konrektorat angekommen war. Ob ihm gleich die Mutter mit geschrieben hatte, daß er im Testament bedacht geworden – ich wünschte aber, der Gerichtshalter hätte ausgeplaudert, wie viel es gewesen –: so fielen ihm fast mit jedem O, das er masorethisch in der deutschen Bibel assortierte und eintrug, große Tropfen in die Feder und machten die Dinte zu blaß. Ihn zerfraß nicht der poetische Schmerz des Dichters, der die klaffenden Wunden in Leichenschleier hüllet und den Schrei durch sanftes Trauergetöne bricht, noch der Schmerz des Philosophen, den *ein* offnes Grab in das ganze Katakomben-Geklüfte der Vergangenheit einschauen lässet und vor dem sich der Todesschatten eines Freundes zum Schattenkegel der ganzen Erde aufrichtet – sondern ihn preßte das Weh eines Kindes, einer Mutter, die schon der Gedanke – ohne Nebenbetrachtungen – bitter zerknirscht: »So soll ich dich nicht mehr sehen, so sollst du verwesen, und ich sehe dich, du gute Seele, niemals, niemals mehr.« – Eben weil er weder den poetischen noch philosophischen Kummer hatte, machte jede Kleinigkeit einen Absatz, eine Lücke in dem seinigen; und er war wie ein Weib noch denselben Abend fähig, sich einige künftige Gebrauchszettel seiner angekündigten Erbschaftsmasse zu entwerfen.

Vier Wochen darauf, d. h. den 5. Mai, wurden die Testamentssiegel aufgebrochen; aber er ging erst den 6. (am Kantatesonntag) nach Hukelum ab. Seine Mutter lief seinen Grüßen mit Tränen entgegen, die sie über die Leiche vergoß – vor Trauer – und über das Testament – vor Freude. – Dem zeitigen Konrektor Egidius Zebedäus war verehrt: erstlich ein adeliges großes Bette mit einer Spiegeldecke, in dem der Riese Goliath sich hätte umwenden können und an das nachher ich und die Leserin näher treten wollen, um es zu prüfen – zweitens wurde ihm als rückständiges Osterpatengeld für jedes Jahr, das er zurückgelegt, ein Zopfdukaten legiert – drittens sollen ihm alle Rezeptions- und Stationsgelder, die ihn die Kreuzeserhöhung in das Quintat und Konrektorat gekostet, bei Heller und Pfennig erstattet werden. – »Und weißt du denn,« fuhr die Mutter fort, »was die arme Fröhlen kriegt? – Ach Gott! nichts! nicht *den* roten Heller da!« – Denn der Tod hatte die Hand starr gemacht, die sich gerade ausstrecken und der armen Thiennette einen kleinen Regenschirm gegen die Strichgewitter und Blutregen ihres Lebens reichen wollte. Die Mutter berichtete diesen Fußstoß des Glücks mit wahrem Mitleid, das bei den Weibern den Neid ablöset und das ihnen leichter wird als die Mitfreude, die mehr männlich ist. In manchen weiblichen Herzenskammern sind Mitleiden und Neid so nahe Wandnachbarn, daß sie nirgends tugendhaft wären als in der Hölle, wo die Menschen so erschrecklich viel ausstehen, und nirgends fehlerhaft als im Himmel, wo die Leute des Guten zu viel haben.

Der Konrektor hatte nun auf Erden den Himmel, in den seine Wohltäterin aufgeflohen war. Zuallererst sprang er – ohne sein Schnupftuch einzustecken, in dem seine Rührung war – die Treppe hinauf, um das große testierte Bette aufgeschlagen zu sehen: denn er hatte eine *weibliche* Vorliebe für Möblen. Ich weiß nicht, ob der Leser schon in alte Ritterbetten geschauet hat oder gestiegen ist, in die man durch eine kleine Treppe ohne Geländer, die daran hängt, leichtlich kommen kann und in denen man im Grunde allemal eine Treppe hoch schläft. *Nazianzen* berichtet (Orat. XVI), daß schon die Juden hohe Betten mit solchen Hühnerleitern gehabt, aber bloß des Ungeziefers wegen. Die legierte Bette-Arche war gerade so groß – und ein Floh hätte sie nicht mit Erddiametern, sondern mit Siriusweiten gemessen. Als Fixlein von diesem kolossalischen Dormitorium die Vorhänge zurückgeschoben und den Bettehimmel in einem großen Spiegel offen gesehen hatte: wär' er gern darin gewesen; und wenn er aus dem Nachtkegel in Amerika einen Kegelschnitt hätte nehmen können, er hätte sich damit eingebauet, um nur eine halbe Stunde mit seiner dünnen Rutentaille im Flaum-Weiher herumzuschwimmen. Die Mutter hätte ihn durch längere Kettenschlüsse und Kettenrechnungen, als das Bette war, nicht dahin lenken können, den breiten Spiegel oben ausbrechen zu lassen, obgleich sein großer Spiegeltisch sich in nichts besehen konnte als in einem Rasierspiegel; – er ließ den Spiegel oben daran: »Sollt' ich einmal g. G. heuraten,« sagt' er,

»so kann ich doch gegen Morgen meine schlafende Frau ansehen, ohne daß ich mich im Bette aufsetze.«

Was den zweiten Artikel anlangt, nämlich die legierten Patenpfennige: so macht' es gestern seine Mutter recht gut. Der Gerichtshalter hörte sie über die Jahre des Erben ab, und sie legte diesem geradezu die Dental-Zahl zweiunddreißig bei. Sie hätte gern gelogen und den Sohn wie eine Inschrift für älter verkauft; aber gegen diese veniam aetatis würden, sah sie, die Rechte mit Rechten exzipieret haben: »es sei erlogen und erstunken; wäre der Sohn zweiunddreißig alt: so wär' er ja längst Todes verfahren, wie nun wohl nicht anders zu präsumieren.«

Und gerade unter der Erzählung sprach ein Aufhammerischer Bedienter ein und reichte gegen Revers und gegen Ratifikation des von der Mutter ausgestellten Geburtsscheines die Goldstange von zweiunddreißig Rechen-Pfennigen des Alters dem Konrektor wie eine Lebens-Ruderstange zu: Herr von Aufhammer war zu einem knauserischen Hader über einen bürgerlichen Geburtsschein zu stolz.

Und so ging durch eine stolze Freigebigkeit einer der besten Prozesse vor die Hunde, da man die Goldstange auf der Ziehbank der Richterbänke zu dem feinsten Golddraht hätte ausziehen können. Aus der Flocke, die nicht auszuwirren war – denn erstlich konnte Fixleins Alter mit nichts dokumentiert werden, zweitens mußte man, so lange als er lebte, präsumieren, daß er noch nicht zweiunddreißig Jahre alt geworden [1] –, aus dieser Flocke wären nicht bloß Seide und Strangulier-Schmachtriemen, sondern ganze Prellgarne zu spinnen und zu zwirnen gewesen. Die Klienten überhaupt hätten sich weniger über Prozesse zu beklagen, wenn diese länger dauerten: die Philosophen streiten jahrtausendelang über philosophische Fragen, und es fällt daher auf, daß Advokaten die juristischen in ihren Akten schon in sechzig, achtzig Jahren von der Hand schlagen wollen. Aber das ist nicht die Schuld der Rechtsfreunde: vielmehr wie Lessing von der Wahrheit behauptet, daß nicht das *Finden*, sondern das *Suchen* derselben den Menschen beglücke und daß er selber dem Geschenke aller Wahrheiten für die süße Mühe des Forschens entsagen würde, so wird der Rechtsfreund nicht glücklich durch das Finden und Entscheiden, sondern durch das Untersuchen einer juristischen Wahrheit – welches man eben prozessieren und praktizieren nennt –, und er würde sich gern ewig der Wahrheit, wie die Hyperbel der Asymptote, nähern wollen, ohne sie zu erreichen, da er mit Weib und Kind als ein ehrlicher Mann bei dieser ewigen Approximation bestehen könnte. –

[1] Da wir jetzt nach den vorliegenden Akten auf keine andere Präsumtion bauen können als auf die, daß er im zweiunddreißigsten Jahre abstirbt: so konnte ihm, im Falle er zweiunddreißig Jahre nach dem Tode der Erblasserin stürbe, gar kein Heller abgereicht werden, weil er nach unserer Fiktion bei Abfassung des Testamentes nicht einmal ein Jahr alt gewesen wäre.

Der abgeschickte Bediente hatte außer dem Gold-Legat noch ein Dekret vom Gerichtshalter, worin dem Testamentserben auferleget war, von den Prägekosten, die er zahlen müssen, da er als Quintus und Konrektor unter der Rändelmaschine seiner Vorgesetzten lag, Belege und Scheine beizubringen, worauf er sein Geld wiederbekommen sollte.

Der Konrektor, der sich gegenwärtig an die Reihe der Millionäre anschloß, hielt die kurze Geldrolle wie einen Zepter in der Hand, wie eine herausgezogene Teichdocke des Meeres der Zukunft, das nun ablaufen und ihm alle Besetzfische langgewachsen, trocken und festliegend anbieten muß.

Ich kann nicht alles auf einmal erzählen, sonst hätt' ichs dem Leser, der schon lange darauf passen wird, eher gesagt, daß dem bemittelten Konrektor die zweiunddreißig Patenpfennige mehr als zu sehr die zweiunddreißig Jahre vormalten, an die noch dazu heute der Kantatesonntag, diese Bartholomäusnacht und dieser zweite September seiner Familie, anstieß. Die Mutter, die das Alter ihres Kindes hätte wissen sollen, sagte, es wär' ihr entfallen, sie woll' aber wetten, schon vor einem Jahre wär' er zweiunddreißig gewesen, und der Gerichtshalter hätte nur nicht mit sich reden lassen. »Ich wollte selber schwören,« sagte der Kapitalist, »ich weiß, wie dumm mir vorm Jahre am Kantatesonntag war.« Er sah überhaupt den Tod nicht, wie der Dichter, im auftürmenden, auseinandertreibenden Hohlspiegel der Phantasie, sondern wie das Kind, wie der Wilde, wie der Landmann und wie das Weib sah er ihn im planen Oktav-Spiegel vorn an der Schale eines Gesangbuches, und er kam ihm wie der gesunkne, in einem Gitterstuhl der Kirche schlafende Greisen-Kopf vor. –

Und doch dacht' er heute öfter an ihn wie vorm Jahre: denn die Freude schmilzet gern zur Wehmut ein, und das lackierte Glücksrad ist das Schöpfrad, das sich in die Augen ergießet.... Aber der freundliche Genius dieser Erd- oder vielmehr Wasserkugel – denn in der physischen und in der moralischen Welt sind mehr Tränenseen als festes Land – hat den armen Wasserinsekten, die darauf herumschießen, uns nämlich, eine ganz besondere Schweersche Essenz für die Bleikoliken unserer Seele aufgehoben: ich behaupte, der Genius muß die ganze Pathologie der Menschheit mit Fleiß studieret haben; denn er hat für den armen Teufel, welcher keinen Stoiker und keinen Seelensorger bezahlen kann, der für die Fissuren seiner Hirnschale und seiner Brust kostbare Rezepte und Kräuter zusammensetzte, ein herrliches Wundwasser in alle Kellereien fässerweise eingeleget, das der Patient nur nehmen und auf die Knochensplitterung und Schmarren gießen darf –– Fusel nämlich, oder Bier, oder etwas Wein... Beim Himmel! es ist entweder dummer Undank gegen den medizinischen Genius auf der einen Seite oder theologische Verwechslung erlaubter Betrunkenheit mit verbotner Besoffenheit auf der andern, wenn die Menschen nicht Gott danken, daß sie in der Geschwindigkeit etwas haben, was in der Nervenschwindsucht des

Lebens Philosophie, Christentum, Judentum, Heidentum und *Zeit* ersetzt – Getränk, wie gesagt.

Der Konrektor hatte lange vor Sonnenuntergang dem Gemeinboten drei ggr. Botenlohn gegeben und ließ sich – denn er hatte ja ein ganzes Dukaten-Kabinett in der Tasche, das er den ganzen Tag im Finstern mit der Hand durchblätterte – für drei Taler Pontak aus der Stadt abholen. »Ich muß mir heute«, sagt' er, »eine Kantates-Lust machen; ists mein letzter Tag, wohl! nun so ists auch mein lustigster.« Ich wünscht', er hätte eine größere Bestellung gemacht; aber er hatte überall den Zaum der Mäßigkeit zwischen den Zähnen, sogar vor einer gedrohten Vexier-Todesnacht und mitten im Jubel. Es ist die Frage, ob er nicht auf *eine* Bouteille sich eingeschränket hätte, wenn er nicht mit den zwei andern die Mutter und das Fräulein hätte freihalten wollen. Hätt' er in dem zehnten Säkulum gelebt, wo man den Jüngsten Tag, oder in andern Säkuln, wo man Sündfluten erwartete und wo man deswegen, wie Matrosen im Schiffbruch, alles versoff: er hätte darum nicht *einen* Kreuzer mehr verzehrt. Seine Freude war, daß er mit dem Legat seinen Hauptkreditor Steinberger abfinden und als ein ehrlicher Mann aus der Welt gehen konnte: gerade Leute, die sich viel aus dem Gelde machen, zahlen ihre Schulden am ehrlichsten.

Der purpurne Pontak kam an zu einer Zeit, da Fixlein die Rötelzeichnungen und roten Titelbuchstaben der Freude, die jener auf die Wangen seines Trinkers und seiner Trinkerinnen ziehen wird, mit dem Abend-Inkarnat der letzten Wolken um die Sonne zusammenhalten konnte....

Wahrlich unter allen Zuschauern dieser Geschichte kann keiner mehr an die arme Thiennette denken als ich; aber ich kann sie doch wahrlich nicht vor der Zeit aus ihrer Anzugsstube auf meinen historischen Schauplatz jagen. Die Arme! der Konrektor kann nicht heißer wünschen als sein Biograph, daß am Tempel der Natur wie am jerusalemitischen eine besondere Pforte – außer der des Todes – offen sei, durch die bloße Bedrängte gehen, damit sie ein Priester aufrichte. Aber Thiennettens Brustschmerzen über alle ihre versunknen Aussichten, über die eingesargte Wohltäterin, über ein ganzes mit dem Leichenflor zugesponnenes Leben hatten ihr bisher in einem Jammer, den der steinichte Rittmeister mehr blutig als gelinder machte, alles verwehrt, Geschäfte ausgenommen, alle Schritte gelähmt, die nicht zu einer Arbeit geschahen, und ihren Augen nichts gegeben, was sie trocknen oder freuen konnte, als ein niederfallendes Augenlid voll Träume und Schlaf.

Aller Kummer erhebt über die bürgerlichen Zeremonialgesetze und macht den Prosaisten zum Psalmisten: bloß im Kummer wagen die Weiber. Thiennette ging nur abends und nur im Garten aus.

Der Konrektor konnt' es kaum abwarten, seiner Hausfreundin zu erscheinen, ihr seinen Dank – und heute seinen Pontak – zu bringen. Drei Pontakkelche und drei Kelchgläser waren außen auf die Fensterküste seiner

Hütte gestellet, und sooft er von dem dunkeln Hohlwege zwischen Blüten-Waldungen zurückkam, nippte er aus seinem Glase – und die Mutter trank in der Stube hinein durch das Schubfenster.

Ich habe schon gesagt, sein Lebens-Laboratorium lag im südwestlichen Winkel des Gartens, gegenüber dem ins Dorf hineinreichenden Schloß-Eskurial. Im nordwestlichen Winkel blühte eine Akazien-Laube, gleichsam die Blumenkrone des Gartens. Fixlein trat auch dahin seine Lustfahrt an, um etwan aus der weit gegitterten Laube einen glücklichen Blick in die langen Wiesen nach Thiennetten auszuwerfen. Er fuhr ein wenig zurück vor zwei steinernen Staffeln, die in den Weiher, der auf seinem Gang zur Laube lag, mit frischem Blute betropfet hinuntergingen. Auch an den nahen Binsen hing Blut. Den Menschen schauert vor diesem Öle unseres Lebens-Dochtes, wo er es vergossen findet: es ist ihm die rote Todesunterschrift des Würgengels. Fixlein eilte sorgend in die Laube – und fand hier seine bleichere Wohltäterin an Blütenbüschen angelehnt, ihre Hände waren mit dem Strickzeug in den Schoß gesunken, ihre Augen lagen in den Augenlidern gleichsam im Verbande des Schlummers, so wie ihr linker Arm im wirklichen Verbande der Aderlaß, und mit Wangen, denen die Abendröte so viel gab, als ihnen die bisherigen Verwundungen – die heutige dazugerechnet – genommen hatten. Fixlein fing nach dem ersten Schrecken – nicht über diesen Blumenschlaf, sondern über sein lautes Hereintraben – an, die Schmetterlingsspiralsauglinie seines Auges auseinanderzurollen und sie auf die stillstehenden Blätter dieser Blume hinzulegen. Im Grunde, darf ich behaupten, wars heute das erstemal, daß er sie ansah: er war in die Dreißig gekommen und glaubte noch fort, an einem Fräulein dürf' er nur die Kleider, nicht den Körper bemerken, und er habe ihr nur mit den Ohren, nicht mit den Augen aufzuwarten.

Ich mess' es dem hebenden Flaschenzuge der elektrischen Verstärkungsflasche des Pontaks bei, daß der Konrektor den Mut faßte, umzu- –kehren, um wiederzukommen und die erweckenden Mittel des Hustens, Niesens, Trabens und Rufens nach dem Pudel in stärkern Dosen an der Schläferin zu brauchen. – Sie etwan bei der Hand zu nehmen und unter einer medizinischen Entschuldigung aus dem Schlafe zu ziehen, das wäre ein Wagstück gewesen, dessen der Konrektor, solang' er noch vor Pontak stehen konnte und seinen Verstand hatte, niemals fähig war.

Kurz, er weckte sie anders auch auf.

Müde, Bedrängte! wie langsam geht dein Auge auf! Das wärmste Heilpflaster der Erde, der Schlaf, hat sich verschoben, und die Nachtluft der Erinnerung wehet wieder deine nackte Wunde an! – Und doch war dein lächelnder Jugendfreund noch das Schönste, was auf dein Auge fallen konnte, wenn es aus dem hängenden Garten des Traums in den niedrigen um dich sank. –

Sie wußte selber wenig davon – und der Konrektor gar nichts –, daß sie ihre Blumenblätter unvermerkt nach dem Stande dieses Weltkörpers beuge, nämlich nach Fixlein: sie glich einer italienischen Blume, die einen fein versteckten Neujahrwunsch aufbewahrt, den der Empfänger nicht sogleich herauszuziehen weiß. Jetzt schloß die goldne Pansterkette ihrer Wohltat sie ebensogut an ihn als ihn an sie. – Sie gab sogleich ihrem Auge und Tone eine freudige Maske: denn sie stellte ihre Tränen nicht, wie Katholiken Christus seine, in Reliquien-Phiolen auf Altären zur Anbetung aus. Er konnte die Einladung zu seiner Pontaks-Krankenkommunion recht schicklich mit einem langen Dank für die Vermittlung anfangen, die ihm die Hülfsquellen dazu geöffnet hatte. Sie stand langsam auf und ging mit zum Weinlager; aber er war nicht so gescheut, daß er sie anfangs geführet hätte, oder vielmehr so herzhaft; er hätte leichter einem Mädchen seine Hand (nämlich mit Eheringen) als seinen Arm angeboten. Ein einziges Mal in seinem Leben hatte er eine mailändische Gräfin aus dem Schauspielhause heimgeführet – welches freilich nicht zu glauben wäre, wenn es nicht die Bewandtnis hätte, daß er mußte, weil sie, als eine Fremde, nach der Verirrung von allen ihren Leuten, in einer kotigen Nacht ihn als einen schwarzen Abbate beim Arme ergriffen und sie in ihren Gasthof zu bringen befehligt hätte. Er aber wußte zu leben und geleitete sie bloß bis an das Portal seiner Quintei und wies ihr mit dem Finger den Gasthof, der aus einer andern Gasse mit dreißig lichten Fenstern vorschauete.

Dafür kann er nichts. Aber heute war er kaum mit der Müden bis ans Ufer des Teichs, worein die abergläubische Furcht vor dem hexenden Mißbrauch das reine Blut ihres linken Arms gegossen hatte, gekommen: als er in der Angst, sie falle mit ihrem übrigen Blute die Küste hinunter, sich des siechen Armes ganz kühn bemächtigte. So setzen viel Pontak und ein wenig Mut einen Konrektor allzeit instand, ein Fräulein zu fassen. Ich beteuere, noch vor dem Lagerbaum des Weins, vor dem Fenster, verharrte er in der führenden Stellung. Welche sanfte Gruppe im Halbschatten der Erde, da das dunkle Gewässer der Nacht immer tiefer fiel, weil das Silberlicht des Mondes schon am kupfernen Turmknopf widerprallte! Ich nenne die Gruppe sanft, weil sie aus einem doppelt verbluteten Mädchen, aus einer Mutter, die ihr den Dank für das Glück ihres Kindes noch einmal mit Tränen bringt, und aus einem frommen, bescheidnen Menschen besteht, der beiden einschenkt und zutrinkt, und der in seinem Geäder einen brennenden Lavastrom verspürt, der durch sein Herz kochend zieht und der es endlich Stück vor Stück zu zerschmelzen und mitzutreiben droht. – Ein Talglicht stand außen zwischen den drei Bouteillen und den drei Gläsern, wie die Vernunft zwischen den Leidenschaften – deswegen schauete der Konrektor in einem fort an die Fensterscheiben: denn auf ihnen färbte sich (die Finsternis der Stube diente zur Spiegelfolie) unter andern Gesichtern, die Fixlein gern hatte, auch das liebste ab, das er nur im Widerschein anzublicken wagte, das von Thiennette. –

Jede Minute wurde ein Föderationsfest, und jede Sekunde wurde der Vorsabbat dazu. Der Mond schimmerte schon aus dem Abendtau und der Pontak aus den Augen, und die Bohnenstangen warfen kürzeres Schattengegitter. – Die Quecksilberkügelchen der Sterne hingen, immer mehr zusammenfließend, im Flor der Nacht. – Der heiße Dunst des Weines setzte beide wieder wie Dampfmaschinen in Gang.

Nichts macht das Herz voller und kühner als Auf- und Abgehen in der Nacht. Fixlein führte jetzt das Fräulein ohne Bedenken. Des zerritzten Armes wegen konnte Thiennette nur die Hand umklammernd in seinen legen, und er, um ihr das Festhalten durch seines halb abzunehmen, drückte ihre Finger, so gut er konnte, mit seinem Arme an seine Brust. Man müßte keine Lebensart haben, um seine zu meistern. Inzwischen sind Geringfügigkeiten die Proviantbäckerei der Liebe; – die Finger sind die elektrischen Auslader eines an allen Fibern glimmenden Feuers; – Seufzer sind Leittöne konvergierender Herzen, und das Allerschlimmste und Stärkste dabei ist ein Unglück: denn die Flamme der Liebe schwimmt, wie die von Naphtha, gern auf Tränenwasser. – Zwei Tränentropfen, einer im fremden, einer im eignen Auge, setzten aus zwei konvexen Linsengläsern ein Mikroskop zusammen, das alles vergrößerte und alle Leiden zu Reizen machte. Gutes Geschlecht! Auch ich halte jede Unglückliche für schön, und vielleicht bist du schon darum den Namen des schönen wert, weil du das leidende bist!

Und wenn der Professor Hunczovsky in Wien die Wunden aller Glieder in Wachs nachbildete, um seinen Schülern ihre Heilung zu lehren: so stell' ich, du gutes Geschlecht, die Risse und Narben deiner Seele in kleinen Bildern dar, wiewohl nur um rohe Hände abzuwehren, damit sie dir keine neuen machen. – –

Thiennette empfand nicht den Verlust der Erbschaft, sondern der Erblasserin so tief; – und das eines Zuges wegen, den sie schon seiner Mutter so erzählet hatte wie jetzt ihm. Wenn sie nämlich in den zwei letzten Krankennächten der Rittmeisterin, in denen ihr das fieberhafte Wachen nichts zeigte als die Nachtleiche und die Trauerkutschen ihrer Gönnerin, am Fuße des Bettes den starren Augen gegenüber saß: so glitten ihr oft, aber ohne es zu merken, schnelle Tropfen über die Wangen, weil sie in Gedanken sich das schwere unbehülfliche Ankleiden der Wohltäterin für den Sarg vormalte. Einmal nach Mitternacht wies die Kranke mit dem Zeigefinger auf ihre eignen Lippen. – Thiennette verstand sie nicht – stand auf und bog sich über ihr Angesicht. – Die Schwache wollt' es entgegenheben und vermocht' es nicht – und ründete bloß die Lippen. – Endlich durchfuhr Thiennetten die Mutmaßung, daß sie die Gelähmte, deren erstorbene Arme kein geliebtes Herz mehr an ihres ziehen konnten, selber umarmen sollte. – O da drückte sie plötzlich heiß und tränend ihren heißen Mund an den kältern – und sie schwieg auch wie die Sprachlose – und umarmte allein, ohne umarmt zu werden. Gegen vier Uhr zuckte der Finger wieder; – sie sank wieder auf den starren Mund – aber es war kein Zeichen gewesen: denn der Mund ihrer Freundin war unter dem langen Kusse starr und kalt geworden....

Wie tief ging jetzt nicht vor dem unendlichen Ewigkeits-Antlitz der Nacht die Schneide des Gedankens in Fixleins warme Seele: »O du Arme neben mir! Keinen Glückszufall, kein Abendrot hast du, wie jetzt am Himmel nachglimmt, etwan zu einer Aussicht auf einen Sonnentag; – ohne Eltern bist du, ohne Brüder, ohne Freunde, nur so allein auf einem ausblühenden ausgeleerten Platze der Erde, und du zurückgelassene Herbstblume schwankest einsam und erfroren über den Grummetstoppeln der Vergangenheit.« – Das war der Sinn seiner Gedanken, deren innere Worte waren: »Das arme Fräulein! nicht einmal einen Lehnsvetter hat sie, es nimmt sie keiner von Adel, und sie altert so vergessen, und sie ist doch so herzensgut – mich hat sie glücklich gemacht – ach hätt' ich die Vokation zur hukelumischen Pfarrei in der Tasche, ich machte einen Versuch.«.... Ihr beiderseitiges Leben, das ein enges schneidendes Bindwerk des Schicksals so nahe ineinanderknüpfte, trat jetzt mit Flor behangen vor ihn, und er lenkte geradezu – denn ein blöder Mann ist in anderthalben Stunden in den kühnsten umgesetzt und verbleibt es nachher – seine Freundin zur letzten Flasche zurück, um damit alle aufschießende Disteln und Passionsblumen der Traurigkeit zu ersäufen. Ich merke im Vorbeigehen an, daß das dumm ist: die zerritzte Rebe ist voll Wasseradern wie voll Trauben, und ein sanft beklommenes Herz weichen die Getränke der Freude nur zu Tränen auf.

Wer mir nicht beipflichtet, den bitt' ich jetzt nur den Konrektor anzusehen, der meinen Erfahrungssatz wie ein Syllogismus beweiset. – Man könnte auf philosophische Aussichten kommen, wenn man den Ursachen nachginge, warum gerade Getränke – d. h. am Ende reichlichere Sekretion des Nervengeistes – den Menschen zugleich fromm, weich und dichterisch machen. Der Dichter ist, wie sein Musenvater, ein *ewiger Jüngling* und ist das, was andere Menschen nur *einmal* sind – nämlich *verliebt* – oder nur nach dem Pontak – nämlich *berauscht* –, den ganzen Tag, das ganze Leben hindurch. Fixlein, der kein Dichter am Morgen war, wurde jetzt in der Nacht einer: Wein machte ihn fromm und weich; – die Harmonikaglocken im Menschen, die der höhern Welt nachtönen, müssen, wie die gläsernen, um hier zu gehen, *naß* erhalten werden.

Jetzt stand er mit ihr wieder vor dem wogenden Teiche, in dem die zweite blaue Halbkugel des Himmels mit wankenden Sternen und flatternden Bäumen zitterte; – über die grünen Hügel liefen die weißen gekrümmten Straßen dunkel hinauf; – auf dem einen Berg sank die Abendröte zusammen, auf dem andern richtete sich der Nebel der Nacht auf – und über alle diese ringenden Dünste des Lebens hing unbeweglich und flammend der tausendarmige Kronleuchter des Sternenhimmels herab, und jeder Arm hielt eine brennende Milchstraße....

Jetzt schlug es 11 Uhr... Bei solchen Szenen streckt sich im Menschen eine unbekannte Hand aus und schreibet mit fremder Sprache an sein Herz jenes fürchterliche Mene, Tekel etc. – »Vielleicht bin ich gestorben um 12 Uhr«, dachte unser Freund, in dessen Seele jetzt der Kantatesonntag mit allen seinen schwarzgefärbten Blutgerüsten aufstieg.

Der ganze künftige Lebens-Kreuzgang seiner Freundin lag gestachelt und bedornet vor ihm, und er sah jede blutige Spur, aus der sie ihren Fuß gezogen – sie, die seinen eignen Weg mit Blumen und Blättern weich gemacht. Da konnt' er sich nicht mehr enthalten, zu zittern mit Körper und Stimme und zu ihr feierlich zu sagen: »Und sollte der Herr heute noch über mich gebieten, so sei Ihnen mein ganzes halbes Vermögen vermacht: denn Ihrer unbeschreiblichen Güte hab' ich es ja zu danken, daß ich schuldenfrei bin wie wenige Schulmänner.«

Thiennette, unbekannt mit unserem Geschlecht, mußte dieses irrig für einen Antrag der Ehe nehmen und drückte dem einzigen lebendigen Menschen, durch dessen Arm sich noch die Freude, die Liebe und die Erde mit ihrer Brust verband, heute zum erstenmal mit den Fingern des wunden Armes bebend seinen, worin sie lagen. Der Konrektor, freudig-erschrocken über den ersten Andruck einer weiblichen Hand, suchte mit seiner herübergebognen rechten ihre linke zu erfassen, und Thiennette hob, da sie seine vergebliche Krümmung merkte, die Finger auf vom Arm und legte den verbundnen in seinen und ihre ganze linke Hand in seine rechte. Zwei Liebende wohnen in der Flispergalerie[1], wo der dünneste Hauch sich zu einem Laute beseelet. Der gute Konrektor empfing und verdoppelte den seligen Druck der Liebe, womit die arme unmächtige Seele stammelnd, eingesperrt, lechzend und wahnsinnig eine heiße Sprache sucht, die es nicht gibt; – er wurde übermannt – er hatte nicht den Mut, sie anzublicken, sondern sah geradeaus in die Abendröte und sagte (und hier rannen vor unaussprechlicher Liebe die Tränen heiß über seine Wangen): »Ach ich will Ihnen alles geben, Gut und Blut und alles, was ich habe, mein Herz und meine Hand.«

Sie wollte antworten, aber sie tat nach einem Seitenblicke den Schrei des Schreckens: »Ach Gott!« – Er fuhr gegen sie und sah den weiß-mousselinenen Ärmel mit ihrem Blute vollgequollen, weil sie die Aderlaßbinde durch das Hineinrücken des Armes abgeschoben hatte. Blitzschnell riß er sie in die Akazienlaube, wo sie sich setzen konnte. Das nachdringende Blut tropfte schon vom Kleide, und er wurde bleicher als sie, denn jeder Tropfe wurde aus seinem Herzensblut geschöpft. Der blau-weiße postpapierne Arm wurde enthüllt – die Binde wurde aufgewunden – er riß aus der Tasche ein Goldstück heraus – deckte es, wie man bei offnen Arterien tut, auf die

[1] In der Paulskirche zu London, wo der kleinste Laut über einen Raum von 143 Fuß hinübertönt.

sprudelnde Quelle und verschloß mit diesem goldnen Gesperre und mit der Binde darüber die Pforte, aus der ihr gequältes Leben drang. –

Als es vorüber war, sah sie auf zu ihm, erblasset, aber ihre Augen waren zwei schimmernde Quellen einer unbeschreiblichen Liebe voll Schmerz und voll Dank. – Die ermattende Verblutung legte ihre Seele in Seufzer auseinander. Thiennette war unaussprechlich weich, und das von so vielen Jahren, von so vielen Pfeilen aufgerissene Herz tauchte sich mit allen seinen Wunden in warme Tränenströme unter, um zuzuheilen, wie sich zersprungene Flöten durch das Liegen im Wasser schließen und darin ihre Töne wiederfinden. – Vor einer solchen magischen Gestalt, vor einer solchen verklärten Liebe zerschmolz ihr mitleidender Freund zwischen den Flammen der Freuden und Schmerzen und versank, mit erstickten Lauten und von Liebe und Wonne niedergezogen, auf das gute blasse himmlische Angesicht, dessen Lippen er blöde drückte, um sie zu küssen, bis die allmächtige Liebe alle ihre Gürtel um sie wand und beide enger und enger zusammenzog, und bis die zwei Seelen, in vier Arme verstrickt, wie Tränen ineinanderrannen. – – O da es jetzt zwölf Uhr wie zum Sterben schlug, so mußte ja der Glückliche denken, ihre Lippen sögen seine Seele weg, und alle Fibern und alle Nerven seines Lebens krümmten sich zuckend und fest um das letzte Herz der Erde, um seine letzte Wonne.... Ja, Glücklicher, du drücktest deine Liebe aus, denn du dachtest, an deiner Liebe zu vergehen....

Er verging aber nicht. Nach zwölf Uhr schwamm ein lebendiger Morgenwind durch die erschütterten Blüten, und der ganze Frühling atmete voll. Der Selige, der sogar einem Freudenmeere Dämme setzte, erinnerte die Verblutete, die nun seine Braut war, an die Gefahr der Nachtkälte, und sich an die Gefahr der längern Nachtkälte des Todes, die nun auf lange Jahre überstanden war. – Unschuldig und selig traten sie aus der mit weißen Akazienblüten und Mondsflittern durchbrochnen Verlobungs-Dämmerung. – Und draußen war ihnen, als wäre eine ganze weite Vergangenheit wie durch einen Erdfall vor ihnen eingesunken: alles war neu, licht und jung. – Der Himmel stand voll blinkender Tautropfen des ewigen Morgens, und die Sterne zitterten freudig auseinander und sanken, in Strahlen aufgelöset, in das Herz der Menschen herunter. – Der Mond hatte mit seiner Lichtquelle den ganzen Garten überdeckt und angezündet und hing oben in einem ungestirnten Blau, als wenn er sich von den nächsten Sternen nährte, und schien ein entrückter kleinerer Frühling zu sein und ein aus Menschenliebe lächelnder Christuskopf. –

Unter diesem Lichte sahen sie sich an zum ersten Male nach dem ersten Worte der Liebe, und der Himmel schimmerte zauberisch in die mild zerflossenen Züge, mit denen die erste Entzückung der Liebe noch auf ihren Angesichtern stand...

Träumet, ihr Lieben, wie ihr wachtet, so glücklich wie im Paradies, so schuldlos wie im Paradies!

Sechster Zettelkasten

Ämter-Impost – eine der wichtigsten Suppliken

Das Herrlichste war sein Erwachen in seiner europäischen Niederlassung im Ritterbette! – Mit dem inflammatorischen kitzelnd-nagenden Fieber der Liebe in der Brust, mit dem Frohlocken, daß er nun das Antrittsprogramm der Liebeserklärung glücklich hinter sich hatte, und mit der süßen Auferstehung aus der lebendigen prophetischen Begrabung und mit der Freude, daß er nun in seinen Dreißigern zum ersten Male die Hoffnung zu einem längern Leben – und ist das nicht wenigstens zu einem siebzigjährigen? – hatte als vor zehn Jahren, mit allem diesen gärenden Lebensbalsam, in dem das lebendige Feuerrad seines Herzens sprühend umlief, lag er da und lachte zu seinem blitzenden Porträt im gespiegelten Betthimmel hinauf; aber er vermocht' es nicht lange, er mußte sich bewegen. Einem minder Glücklichen wär' es hinreichend gewesen, den Flächeninhalt des Bettes – wie es manche Pilger mit der Länge ihrer Wallfahrt taten – nicht sowohl durch Schritte als durch Körperlängen wie durch Erddiameter herauszumessen. Aber Fixlein mußte mir nichts, dir nichts aus dem Bette setzen gleichsam mitten ins warme flutende Leben hinein – er hatte nun seine liebe gute Erde wieder beim Flügel und das Konrektorat darauf und obendrein eine Braut. Noch dazu bekannte ihm unten die Mutter, daß er heute nacht wirklich dem Freund Hein unter der Sichel durchgeschlüpfet sei wie biegsames Gras, und daß sie es ihm nur gestern aus Furcht vor seiner Furcht nicht habe sagen wollen. Noch jetzt überliefs ihn kalt – zumal da er heute nüchtern war –, wenn er zu dem nun vier Stunden abgelegenen hohen tarpejischen Felsen hinaufsah, auf dessen Zinne er gestern mit dem Tode beisammen gestanden war.

Das einzige, was ihn ärgerte, war, daß es Montag war und er zurück ins Gymnasium mußte. Eine solche Überfracht von Freuden hatt' er nie auf seiner Straße zur Stadt. Jetzt nach vier Uhr tritt er aus dem Hause voll Kaffee (den er in Hukelum nur der Mutter wegen trank, die diesen weiblichen Wein noch zwei Tage darauf über die Hefen des Bodensatzes abzog) in den *kühlenden* dämmernden Maimorgen hinein (denn die Freude braucht Kühle, der Kummer Sonne) – seine Verlobte kömmt ihm (zwar nicht entgegen, aber doch) zu Ohren durch ihr fernes Morgenlied – er macht nur einen augenblicklichen Abstecher in den Glückshafen der blütetrunknen Akazienlaube, die noch wie der Bund, der darin geschlossen wurde, keine Stacheln hat – er taucht seine heiße Hand in das Kühlbad des betaueten Laubes – er watet mit Lust durch das über die Fluren gesprengte Schönheitswasser des Taues, das den Stiefeln die Farbe wegfrisset, die es den Gesichtern erteilt (»denn nun mit 30 Dukaten kann sich ein Konrektor schon zwei Paar Stiefel auf der Streu halten«) – Jetzt taucht sich der Mond (gleichsam das hängende Siegel an seiner gestrigen Wonne) in Abend ein als ein ausgeleerter Eimer des Lichts, und in Morgen ging der zweite übervollgeschöpfte Eimer, die Sonne, in die Höhe, und die Güsse des Lichtes flatterten immer breiter. –

Die Stadt stand in himmlischen Morgenflammen: hier fing seine Wünschelrute (die Goldstange, die er bis auf den abgebrochenen $^1/_{16}$ Zoll bei sich trug) über allen Stellen zu schlagen an, wo sich Ausbeuten und Silberadern der Lust versteckten, und unser Rutengänger entdeckte leicht, daß die Stadt und die Zukunft ein wahres ganzes Freuden-Potosi waren.

In seinem Konrektorats-Stübchen fiel er auf die Knie und dankte Gott – nicht sowohl für Erbschaft und Braut als – für sein Leben: denn er war mit Zweifeln Sonntags früh fortgegangen, ob er wiederkommen werde, und ich habe nur aus Liebe zum Leser, weil ich dachte, er ängstige sich, Fixleins Reise mehr seiner Begierde, das Testament zu wissen, als dem Wunsche, sein eignes bloß bei seiner Mutter zu machen, oben listig zugeschrieben. Jede Genesung ist eine Wiederbringung und Palingenesie unserer Jugend: man liebt die Erde und die, die darauf sind, mit einem neuen Herzen. – Der Konrektor hätte die ganze Sekunda beim Kopfe nehmen und abherzen mögen; aber er tats nur seinem Adjutanten, dem Quartaner, der im ersten Zettelkasten noch als Quintaner saß …

Sein erster Gang aus der Nachmittagsschule war ins Haus des Meister Steinbergers, worin er, ohne ein Wort zu sagen, 50 fl. in Dukaten bar auf den Tisch zählte: »Endlich stoß' ich«, sagte Fixlein, »doch die Halbscheid meiner Schuld ab mit vielem Danke.« – »Ei, Herr Konrektor,« (sagte der Regimentsquartiermeister und wurstete ungestört fort) »in meiner Obligation steht: ›heimzuzahlen nach vierteljähriger beiderseitiger Aufkündigung.‹ – Wie wollte unsereiner sonst bestehen? – Aber auswechseln will ich Ihm die Goldstücke.« – Darauf riet er ihm, es wäre gescheuter, wenn er ein paar Gulden davon nähme und sich einen bessern Hut und ganze Schuhe bestellte: »Wenn Er sich«, setzte er hinzu, »die Kalbshaut und sechs Hasenfelle zurichten lassen will: droben liegen sie.« – Ich sollte doch denken, meinen Lesern sei es ebensowenig gleichgültig als dem Metzger, ob der Held einer solchen Geschichte ihm mit einem abgegriffenen Pfanndeckel von Hut und mit einem Pumpenstiefel und Beinharnisch von Stiefel entgegenkomme oder nicht. – Kurz der Mann trug sich noch vor Johannistag mit Geschmack und Pracht.

Jetzt aber waren zwei äußerst wichtige Aufsätze – im Grunde nur einer, die Supplik um die Hukelumer Pfarrei – auszuarbeiten, wobei mir ist, als müßt' ich selber mithelfen.... Es wäre einfältig, wenn gerade jetzt das gesamte Publikum nicht achtgäbe.

Zuvörderst suchte und schlichtete der Konrektor alle Konsistorial- und Ratsquittungen oder vielmehr die Zollscheine des Weggeldes zusammen, das er geben müssen, eh' ihm die Schlagbäume am Quintat und Konrektorat aufgezogen wurden: denn der Exekutor des rittmeisterlichen Testamentes mußte ihm alles, wie Quittung besagen würde, bei Heller und Pfennig gut tun. Ein anderer hätte diese ganze Amts-Akzise leichter zusammensummiert, indem er bloß nachgesehen hätte, was er – schuldig wäre, weil diese Schuld- und jene Zollscheine wie Parallelstellen einander gegenseitig erklären und vidimieren. Aber bei Fixlein waltete ein Nebenumstand vor, den ich nicht eher referieren kann als nach dem folgenden.

Es verdroß ihn ein wenig, daß er für seine zwei Ämter nicht mehr als 135 fl. 41 kr. 1/2 Pf. hatte zahlen und borgen müssen. Die Erbschaft ging zwar sogleich aus des testamentlichen Vollstreckers Händen in des Regimentsquartiermeisters seine; er hätt' es aber doch gern gesehen, er hätte – denn ein Mensch ist ein Narr von Haus aus – mehr zu zahlen und also zu erben gehabt. Das ganze Konrektorat hatte er durch einen Einsatz von wenigen 90 fl. gleichsam aus dem Glücksrade gezogen; und eine so kleine Debetsumme wird den Leser wunder nehmen; was wird er aber erst denken, wenn ich ihm sage, daß es Länder gibt, wo die Entreegelder in Schulstuben noch mäßiger sind? Im Scheerauischen kostet ein Konrektor nur 88 fl., und er hat vielleicht noch das Triplum dieser Summe einzunehmen. Ohne an Sachsen zu denken – was freilich von der Wiege der Reformation in der Religion und in der schönen Literatur nicht anders zu erwarten ist –, wo ein Schul- und Pfarrherr nämlich gar *nichts* zahlt: so ist es schon im Baireuthischen, z. B. in *Hof*, mit der Aufklärung so weit, daß ein Quartus – was sag' ich ein Quartus – ein Tertius! – was sag' ich ein Tertius – ein Konrektor vor Antritt seines Postens nicht mehr zu erlegen braucht als:

fl. rhein.	kr. rhein.	
30	49	für Verpflichtung bei dem Konsistorio.
4		dem Stadtsyndikus für die Vokation.
2		dem regierenden Burgermeister.
45	7 1/2	für das Regierungsdekret.
Summa 81 fl.	56 1/2 kr.	

Laufen auch die Druckkosten eines Rektors in einigen Artikeln höher auf: so kommt hingegen ein Tertius, Quartus etc. noch wohlfeiler aus der Presse als selber ein Konrektor. Ich gesteh' es, dabei kann ein Schulmann auskommen, da er schon im ersten Jahr einen Überschuß über dieses *Schwanzgeld* seines Amtes einnimmt. Es muß ein Schullehrer schon wie seine Schüler von einer Klasse zur andern avancieret sein, ehe seine Staatsanleihen samt den Verzögerungszinsen so viel betragen, als er in der höchsten einnimmt. Noch dazu sind unsere Einrichtungen nicht dagegen – welches doch die athenischen taten –, daß man die Ämter verschuldet antritt, sondern jeder ersteigt mit dem Ranzen seiner Schuldenlast unangefochten eine Stufe nach der andern. Der Papst erhebt bei großen Pfründen die

Einkünfte des ersten Jahres unter dem Titel Annaten, und er schenkt daher eine große allzeit dem Inhaber einer kleinern, um fremde und eigne Intraden zugleich zu mehren; – es zeigt aber, dünkt mich, einen schönen Unterschied zwischen Papst- und Luthertum, daß die Konsistorien des letztern den Schul- und Kirchendienern vielleicht kaum zwei Drittel der ersten jährlichen Amtes-Einkünfte abnehmen, ob sie gleich sonst wie der Papst auf die Erledigungen der Stellen aus sind.

Es kann sein, daß ich hier mit Kur-Mainz zerfalle, wenn ich gestehe, daß ich in Schmaußens Corp. jur. pupl. germ. die Kur-Mainzische Reichs-Hof-Kanzlei-Taxordnung von 1659 den 6. Jan. nachgeschlagen und daraus ersehen habe, wie viel die Reichs-Hof-Kanzlei haben will, mit einem Konsistorium kollationieret. Z. B. wer zu einem gekrönten Poeten (poeta laureatus) ausgesotten oder ausgebrannt sein will, hat 50 fl. Tax und 20 fl. Kanzlei Jura zu erlegen, da er doch mit 20 fl. *mehr* ein Konrektor hätte werden können, der ein dergleichen Poet nebenbei und ex officio ist. – Die Errichtung eines Gymnasiums wird für 1000 fl. verstattet; eine ungemeine Summe, mit der sämtliche Lehrer des errichteten Gymnasiums die Einlaßgelder ihrer Schulstuben zu bestreiten vermögen. – Ein Freiherr, der ohnehin oft alt wird, ohne zu wissen wie, muß die venia aetatis mit 200 baren Gulden kaufen, indes er mit der Hälfte davon ein Schulmann hätte werden können, worauf ihm das *Alter* von selber zugefallen wäre. – Und tausend solche Dinge! – Sie beweisen aber, daß es nicht übel um Staaten und Reichskreise stehen müsse, wo der Torheit Standeserhöhungen teurer gegeben werden als dem Fleiße, und wo es mehr kostet, eine Schule zu errichten als zu bedienen.

Was ich hierüber zu einem Fürsten gesagt habe, ist, so wie das, was mir hierüber ein Stadtsyndikus gesagt, zu merkwürdig, um aus bloßer Furcht vor Ausschweifungen hier übergangen zu werden.

Der Stadtsyndikus – ein Mann von Einsichten und von feurigem Patriotismus, der desto wohltätiger wärmte, da er dessen Strahlen in *einem* Fokus sammelte und auf sich und seine Familie richtete – gab mir (ich mochte damals vielleicht jede Schulbank und jede Schultreppe für eine *Bank* und *Leiter* halten, auf die man Leute zum Torquieren legt) die beste Antwort auf vieles: »Wenn ein Schulmann nichts vertut als 30 rtl.[1]; wenn er nicht mehr Fabrikwaren jährlich kauft, als die Politiker für jedes Individuum berechnet haben, nämlich für 5 rtl., und nicht mehr Zentner Nahrung, als diese annehmen, nämlich 10; kurz, wenn er wie ein wohlhabender Holzhacker lebt: so müßte der Teufel sein Spiel haben, wenn er nicht jährlich soviel reinen Profit zurücklegen wollte, als die Zinsen seiner Amtsschulden am Ende betragen.« –

Der Syndikus muß mich doch damals nicht überredet haben, weil ich

[1] So viel braucht man nach den Politikern jährlich in Deutschland.

nachher zum flachsenfingischen Fürsten[1] sagte: »Gnädigster Herr, Sie wissen es nicht, aber ich – kein Akteur unter Ihrer Truppe würde den Schulmeister in Engels verlornen Sohn um das Geld drei Abende lang machen, um das ihn jeder wirkliche Schulmeister alle ganze Tage des Jahres hindurch machen muß. – Im Brandenburgischen werden die Invaliden Schullehrer; bei uns werden die Schullehrer Invaliden.«....

Aber zur Geschichte! Fixlein setzte das Register seiner Kronschulden auf, aber aus einer ganz andern Absicht, als der Leser denken wird, dem immer das Testament im Kopfe steckt. Kurz, er wollte Pfarrer in Hukelum werden. Ach an dem Orte es zu werden, wo seine Wiege stand und alle Gärtchen seiner Kindheit – ferner seine Mutter – und die Verlobungslaube: das war ein offnes Tor in ein neues Jerusalem, gesetzt auch die Stelle wäre eine hagere Pönitenzpfarre gewesen. Die Hauptsache war, er konnte heiraten, wenn er voziert wurde. Denn als dünner Konrektor im Schmachtriemen seiner Weste, mit Intraden, womit kaum der Kaufschilling des – Geldbeutels zu bestreiten ist, da konnt' er eher den Docht und Talg zur Leichen- als zur Brautfackel zusammenbringen.

Denn die Schuldienerschaft darf überhaupt in guten Staaten so wenig heiraten wie die Soldateska. Im Conringio de antiquitatibus academicis, wo auf allen Blättern bewiesen wird, daß die Klöster ursprünglich Schulen waren, kam ich darhinter, warum. Jetzt sind die Schulen Klöster, und folglich sucht man die Lehrer wenigstens zu einigen Nachahmungen der drei Klostergelübde anzuhalten. Das Gelübde des Gehorsams ist vielleicht am ersten durch Scholarchen zu erzwingen; aber das zweite Gelübde der Ehelosigkeit würde schwerer erfüllet werden, wenn nicht durch eine der besten Staats-Verfügungen für das dritte, ich meine für eine schöne Gleichheit der Armut, so gesorget wäre, daß kein Mann mehrere testimonia paupertatis braucht als einer, der sie macht – dann greife dieser Mann nur zu einer ehelichen Hälfte, wenn von den zwei Hälften jede einen ganzen Magen hat, und nichts dazu als Halbmetalle und Halbbier....

Ich weiß, Millionen meiner Leser setzten dem Konrektor selber das Bittschreiben auf und ritten damit nach Schadeck zum Herrn, damit nur der arme Schelm den Schafstall bekäme, samt dem angebaueten Hochzeithaus, weil ihnen wohl einleuchtet, daß nachher einer der besten Zettelkästen würde geschrieben werden, der je aus einem Letternkasten ausgehoben würde.

Fixleins Bittschrift war außerordentlich gut und auffallend: sie stellte

[1] Dieser sonderbare Ton, aus dem ich mit einem Fürsten spreche, wird nur durch ein ebenso sonderbares Verhältnis entschuldigt, in dem der Biograph mit dem Flachsenfinger Fürsten steht, und das er hier gern entdecken würde, wenn ich der Welt nicht alles schon in meinem Buche, das ich ihr unter dem Titel *Hundsposttage* 1795 zu Ostern schenken werde, deutlich genug zu enthüllen hoffte.

dem Rittmeister vier Gründe vor: 1) »Er wäre ein Dorfkind, seine Eltern und Voreltern hätten sich schon um Hukelum verdient gemacht, also bät' er etc.«

2) »Er könne leicht die hier dokumentierten Passivschulden von 135 fl. fr. 41 kr. und 1/2 Pf., deren Tilgungsfond ihm ein unvergeßliches Testament anbiete, selber abführen, falls er die Pfarrei bekäme, und entsage hiemit dem Legat etc.«

Freie Note von mir. Man sieht, er will seinen Herrn Paten bestechen, den das Testament der Frau in Harnisch gebracht. Aber halte, lieber Leser, einem armen, bedrängten, schwertragenden Schulmann und Schulpferd eine undelikate Wendung, die freilich niemals die unsere wäre, zugute. Bedenke: Fixlein wußte, daß der Rittmeister ein Filz war gegen Bürgerliche, so wie ein wegschenkender Rupfhase für Adelige. Auch kann der Konrektor ein- oder ein paarmal von Patronatsherren auf der Ritterbank gehöret haben, die wirklich nicht sowohl Kirchen und Gottesäcker – womit man doch in England Handel treibt – als deren treue Bestellung verkaufet oder vielmehr verpachtet haben an die Pacht-Kandidaten. Ich weiß aus Lange[1], daß die Kirche ihren Patron beköstigen muß, wenn er gar nichts mehr zu leben hat: könnte nun nicht ein Edelmann, noch eh' er bettelte, etwas auf Abschlag, eine Vorausbezahlung von seinen Alimentengeldern annehmen aus den Händen des Kanzel-Pachters? –

3) »Er habe sich seit kurzem mit dem gnädigen Fräulein von Thiennette verlobt und ihr ein Goldstück auf die Ehe gegeben und könnte also solche heiraten, wenn er versorgt würde etc.«

Freie Note von mir. Ich halte diesen Grund für den stärksten in der ganzen Supplik. In Herrn von Aufhammers Augen war Thiennettens Stammbaum längst gestutzt, entblättert, wurmstichig und voll Bohrkäfer; sie war ja seine Ökonoma, Schloß-Intendantin und a latere-Legatin für das Schloßgesinde, die ihm mit ihren Ansprüchen auf seine Almosenkasse in die Länge eine Bürde wurde. Sein erzürnter Wunsch, daß sie mit Fixleins Erbschaft hätte abgefunden werden mögen, wurde jetzt durch diesen erfüllt. Kurz, wenn Fixlein Pfarrer wird, so hat ers dem dritten Grunde zu danken, weit weniger dem tollen vierten....

4) »Er habe betrübt vernommen, daß der Name seines Pudels, den er in Leipzig einem Emigranten abgekauft, auf deutsch Egidius bedeute, und daß der Hund ihm die Ungnade seines gnädigen Herrn zugezogen. Es sei ferne von ihm, den Pudel künftighin also zu benamsen; er werd' es aber für eine große Gnade erkennen, wenn sein gnädiger Herr Pat' für den Hund, den er jetzt ohne Namen riefe, selber einen resolvierten.«

Meine freie Note. Der Hund, bei dem bisher der Edelmann zu Gevatter gestanden war, soll also seinen Namen zum *zweitenmal* von ihm emp-

[1] dessen geistliches Recht p. 551.

fangen.... Wie soll aber der darbende Gärtners-Sohn, dessen Laufbahn nie höher stieg als von der Schulbank zur Schulkanzel, und der mit den Frauenzimmern nie gesprochen hatte als singend, nämlich in der Kirche, wie soll der bei einem solchen Saitenbezuge einen feinern als den pedantischen Ton anschlagen? – Und doch liegt der Grund tiefer: nicht die eingeschränkte *Lage,* sondern der eingeschränkte *Blick,* nicht eine Lieblingswissenschaft, sondern eine enge bürgerliche Seele macht pedantisch, die die *konzentrischen* Zirkel des menschlichen Wissens und Tuns nicht *messen* und *trennen* kann, die den Fokus des ganzen Menschenlebens wegen des Fokalabstandes mit jedem Paar konvergierender Strahlen vermengt, und die nicht alles sieht und alles duldet.... Kurz, der wahre Pedant ist der Intolerante.

Der Konrektor schrieb die Supplik prächtig ab in fünf glücklichen Abenden – setzte eine besondere Dinte dazu an – arbeitete zwar nicht so lange an ihr wie der dumme *Manutius* an einem lateinischen Briefe, nämlich etliche Monate – wenn dem Scioppius zu glauben ist –, noch weniger so lange wie ein anderer Gelehrter an einer lateinischen Epistel, der – freilich müssen wirs bloß dem Morhof glauben – vier volle Monate daran heckte, Variationen, Adjektiven, Pedes samt den Autoritäten seiner Phrases genau zwischen den Zeilen anmerkte. Er hatte ein flinkeres Genie und war mit dem ganzen Gesuch in sechzehn Tagen ins reine. Als ers petschierte, dacht' er daran, gleich uns allen: wie dieses Couvert das Samengehäuse einer ganzen großen Zukunft, die Hülse vieler süßen oder herben Früchte, die Windel seines restierenden Lebens sei.

Der Himmel segne sein Couvert; aber ich lasse mich vom babylonischen Turm hinunterwerfen, wenn er die Pfarre kriegt: will denn niemand einsehen, daß Aufhammer nicht kann? – Trotz seiner andern Fehler oder eben darum hält er eisenfest sein Wort, das er so lange dem Subrektor gegeben. Ein anderes wär' es, wär' er am Hofe seßhaft: denn da, wo noch alte deutsche Sitten sind, wird kein Versprechen gehalten; denn weil nach Möser die alten Deutschen nur Versprechungen hielten, die sie *vormittags* gegeben – nachmittags waren sie schon besoffen –: so halten Hof-Deutsche auch keine nachmittägigen; – vormittägige würden sie halten, wenn sie sie gäben, welches aber der Fall nie sein kann, weil sie da noch – schlafen.

Siebenter Zettelkasten

Predigt – Schulaktus – prächtiger Irrtum

Der Konrektor bekam seine 135 fl. 41 kr. 1/2 Pf. fränkisch, aber keine Antwort: der Hund blieb ohne Namen, sein Herr ohne Pfarre. Inzwischen verlief der Sommer, und der Dragonerrittmeister hatte noch immer keinen geistlichen Hecht mit einem Kopf voll Passionsknochen aus dem Kandidaten-*Besetzteiche* ausgezogen und in den *Streckteich* der Hukelumer Pfarre geworfen: es tat ihm wohl, mit Suppliken behangen zu werden wie ein spanischer Schutzheiliger, und er zauderte (ob er gleich den Subrektor vozieren wollte) mit der Erhörung *einer* Supplik so lange, bis er siebenunddreißig Färbers-, Knopfmachers-, Zinngießers-Söhnen die ihrigen auf einmal abschlagen konnte. Denn die jetzigen Lehrer des Christentums werden gern den ersten oder diesem selber ähnlich gewählt, das wie Venedig und Petersburg sich anfangs an Fischerhütten anbauete. Gönnet dem von Aufhammer die Verlängerung seiner Stimmfähigkeit zur geistlichen Parlamentswahl! Er weiß, daß ein Edelmann dem Timoleon gleicht, der seine größten Siege an seinem Geburtstage gewann, daß nämlich das Wichtigste, was er zu tun hatte, war, eine Freiherrin, Semperfreiin usw. zur Mutter zu nehmen. Man kann einen, der schon als Fötus in den Adelstand erhoben wird, noch besser mit der *Spinnfliege* vergleichen, die wider die Weise aller Insekten sich schon im Mutterleibe entpuppt und verwandelt. –

Aber weiter! Fixlein war jetzt doch nicht ohne Geld. Es wird so viel sein, als wenn ichs dem Leser schenkte, wenn ich ihm hinterbringe, daß er vom Legate, das den Gemeinschuldner abspeisete, noch 35 fl. übrig behielt als Allodium und Schatull-Geld, womit er sich kaufen konnte, was er wollte. Und wie kam er zu einer so bedeutenden Summe, zu einem solchen Kompetenzstück? – Bloß dadurch, daß er, sooft er ein großes Stück Geld in kleinere zersetzte, und überhaupt bei jeder Einnahme, zwei, drei, vier Petermännchen unbesehen und blind unter die Papiere seines Koffers warf. Seine Absicht war, einmal zu erstaunen, wenn ers endlich aufsummierte und das Kapital erhöbe. Und beim Himmel! die erreichte er auch, als er bei der Thronbesteigung seiner Quintur diese Sparpfennige aus den Papieren zog und sie zu den Krönungskosten schlug. – Jetzt säete er sie wieder unter die Verbriefungen. Närrisch! Ich meine, hätt' er nicht glücklicherweise sein Legat bloßgestellt, da ers als positive Belohnung und Kuppelpelz für den Patronatsherrn ausbot: so hätt' ihn der Fehlgriff nach dem Klopfer der hukelumischen Kirchentüre verdrossen; so aber erwischt' er doch, da er den Klopfer verfehlte, den Pelz wieder und konnte froh sein.

Jetzt schreite ich in seiner Geschichte weiter und stoße im Gestein seines Lebens auf eine so schöne Silberader, ich meine auf einen so schönen Tag, daß ich (glaub' ich) sogar den dreiundzwanzigsten Posttrinitatis, wo er doch seinem geliebten Vaterdorfe eine Vakanzpredigt vorhielt, hier nur leicht bestreifen werde.

An sich war die Predigt gut und herrlich und der Tag ein rechter Wonnetag; aber ich müßte überhaupt mehr Stunden übrig haben, als ich dem Mai abstehle, worin ich jetzt lebe und schreibe, und mehr Kräfte, als mir die Lustfahrten durch schöne Tage zu den Landschaftsgemälden derselben frei lassen, wenn ich mit einiger Hoffnung es versuchen wollte, von der Länge und Dicke der Saiten und ihren Vibrationen und den konsonen Verhältnissen derselben untereinander, die insgesamt an jenem Posttrinitatis seinen Herzohren eine Sphärenmusik machten, einen mathematischen Bericht abzustatten, der mir so gefiele wie andern... Man verlang' es nicht! Ich denke, wenn ein Mann an einem Sonntage vor allen Frönern, die ihn sonst als den Kunstgärtners-Buben auf dem Arm hatten, ferner vor seiner Mutter, die ihre selige Zerfließung in die Gosse des Samt-Muffs ableitet, ferner vor seinem gnädigen Herrn, dem er geradezu befehlen kann, selig zu werden, und endlich vor seiner mousselinenen Braut, die schon selig ist, weil sie fast zu Stein darüber wird, daß dieselben Lippen küssen und predigen können, ich denke, sagt' ich, wenn ein Mann das leistet: so hat er wohl einiges Recht, vom Biographen, der seinen Zustand schildern will, zu begehren, daß er das – Maul halte, und vom Leser, der solchen nachempfinden will, daß er seines aufmache und selber predige. – –

Aber was ich ex officio malen muß, ist der Tag, wozu der Sonntag nur der Vorschabbes, die Vigilie und das Voressen war – nämlich der Vorschabbes, die Vigilie und das Voressen vor dem *Martini-Aktus*. Am Sonntag hielt er die Predigt, am Mittwoch den Aktus und am Dienstag die Probe. –

Der Dienstag soll jetzt der Welt beschrieben werden.

Ich zähle darauf, daß ich nicht bloß von lauter Weltleuten gelesen werde, denen freilich ein Schulaktus nicht viel anders und besser als eine bischöfliche Investitur oder eine Frankfurter Krönungs-opera seria vorkömmt, sondern daß ich auch Leute vor mir habe, die auf Schulen waren, und die wissen, was sie vom Schuldrama eines Aktus und vom Maschinenmeister und von dem Komödienzettel (dem Programm) zu denken haben, ohne darum dessen Vorzüge zu übertreiben.

Eh' ich die Probekomödie des Martini-Aktus gebe, leg' ich mir selber als Dramaturg des Schauspiels auf, die Einladungsschrift des Konrektors, wenn nicht zu exzerpieren, doch zu registrieren. Er sagte darin manches und machte (welches einem Verfasser so wohltut) Vorschläge statt Vorwürfe und erinnerte, ob nicht bei den bekannten Donatschnitzern der Magnaten in *Pest* und *Polen* die Schulgebäude am besten als Kontumazhäuser gegen infizierende *Barbarismen* schirmten. Auch verteidigte er an Schulen, was zu verteidigen war (und nichts in der Welt ist süßer oder leichter als eine Defension), und sagte, Schulleute, die nicht ohne Unrecht gleich gewissen Höfen nur lateinisch mit sich sprechen ließen und selber sprächen, könnten die Römer vorschützen, deren Untertanen und deren Könige samt den Briefen und Verhandlungen der letztern sich des Lateins befleißigen mußten. Er verwunderte sich, warum nur die griechischen und nicht auch die lateinischen Grammatiken lateinisch abgefasset wären, und tat die auffallende Frage: ob denn die Römer, wenn sie ihre kleinen Kinder die lateinische Sprache lehrten, es in einer andern taten als in eben dieser? – Darauf ging er auf den Aktus über und sagte folgendes mit seinen eignen Worten:

»Ich bin willens, es in einer andern Einladungsschrift zu beweisen, daß alles, was über den großen Stifter unserer Reformation, den Gegenstand unserer heutigen Martini-Redeübungen, zu wissen und zu sagen ist, schon längst erschöpft worden, sowohl durch *Seckendorf* als andere. In der Tat kann von Luthers Personalien, von seinen Tischreden, Einkünften, Reisen, Kleidern usw. nichts Neues mehr vorgebracht werden, zumal wenn es zugleich etwas Wahres sein soll. Indessen ist doch das Feld der Reformationsgeschichte, bildlich zu reden, bei weitem nicht ganz angebauet; und es will mir vorkommen, als müßte sich der Gelehrte noch heutiges Tages vergeblich nach echten, bis an unsere Zeiten reichenden Nachrichten von den Kindern, Enkeln, Kindskindern etc. dieses großen Reformators umsehen, die doch alle entfernter in die Reformationsgeschichte einschlagen, so wie er näher. Du drischest vielleicht nicht ganz, sagt' ich zu mir, leeres Stroh, wenn du nach deinen geringen Kräften diesen versäumten historischen Zweig hervorziehest und bearbeitest. Und so wagte ich es denn, mit dem letzten männlichen Nachkommen Luthers, nämlich mit dem Advokaten *Martin Gottlob Luther,* der in Dresden praktizierte und 1759 da verstarb, den Anfang einer speziellern Reformationshistorie zu machen. Mein schwacher Versuch über diesen zur Reformation gehörigen Advokaten wird belohnet genug sein, wenn er zu bessern Werken darüber ermuntert; das wenige aber, was ich von ihm aufgetrieben und gesammelt habe, ersuch' ich untertänig, gehorsamst und gehorsam alle Gönner und Freunde des flachsenfingischen Gymnasiums den vierzehnten November aus dem Munde sechs gutgearteter Peroranten anzuhören. Anfangs wird

Gottlieb *Spiesglas,* ein Flachsenfinger, in lateinischer Rede zu zeigen suchen, daß Martin Gottlob Luther überhaupt ein Schwertmagen des Doktor Luther gewesen. Nach ihm bemühet sich

Friedrich Christian *Krabler* aus Hukelum in deutscher Prosa den Einfluß zu bestimmen, den Martin Gottlob Luther noch auf die schon daseiende Reformation gehabt; worauf hinter ihm

Daniel Lorenz *Stenzinger* in lateinische Verse die Nachrichten von Martin Gottlob Luthers Prozessen und überhaupt die wahrscheinlichen der Advokaten um die Kirchenverbesserung zusammenfassen will; – welches sodann einem

Nikol Tobias *Pfizmann* Gelegenheit geben wird, französisch aufzutreten und das Wissenswürdigste aus Martin Gottlob Luthers Schuljahren, Universitätenleben und männlichen Jahren auszuheben. Und wenn nun

Andreas *Eintarm* in deutschen Versen die etwaigen Fehltritte dieses Stammhalters des großen Luthers wird zu entschuldigen gesucht haben: so wird

Justus *Strobel* in lateinischen seine Rechtschaffenheit und Ehrlichkeit im Advokatenstande nach seinen Kräften besingen; – worauf ich selber den Katheder besteigen und allen Patronen der Flachsenfinger Schule gehorsamst danken und diejenigen Stücke aus dem Leben dieses merkwürdigen Dresdners noch anführen werde, von denen wir noch gar nichts wissen, weil sie sich für die Redner des nächsten Martini-Aktus g. G. aufsparen.«

*

Der Tag vor dem Aktus lieferte gleichsam die Probeschüsse und Aushängebogen des Mittwochs. Leute, die des Anzugs wegen vom großen Schulfest wegbleiben mußten, besonders Damen, erschienen Dienstags in den sechs Probereden. Niemand ordnet zwar bereitwilliger als ich den Probeaktus dem Mittwochsaktus unter, und mich braucht man am wenigsten erst aufzufodern, das Trommetenfest einer Schule gehörig zu würdigen; aber auf der andern Seite bin ich ebenso gewiß überzeugt, daß einer, der Mittwochs nicht in den echten Aktus gegangen ist, sich etwas Glänzenderes als den Probetag vorher gar nicht gedenken könnte, weil er nichts hätte, womit er die Pracht vergleichen könnte, in der der Primas des Festes vor Damen und Ratsherren das an seinen Triumphwagen vorgelegte Gespann von Sechsen – um die sechs Gebrüder Redner Gäule zu nennen – *einfuhr* auf morgen. Lächle immer, Fixlein, über das Anstaunen deiner heutigen *Ovation*, die dem morgendlichen *Triumph* entgegenfährt: auf deinem auseinanderfließenden Gesichte zuckt das glückliche, sich und den Weihrauch wiederkäuende Ich – aber eine Eitelkeit wie deine, und nur diese, die genießet, ohne zu vergleichen oder zu verschmähen, kann man erdulden, will man ernähren. Was aber über sein ganzes wächsernes Herz wie ein schmelzender Sonnenschein fiel, war seine Mutter, die es auf vieles Zureden gewagt hatte, sich in Bußtagskleidern ganz unten an die Prima-Flügeltüre demütig anzulegen. Es wäre schwer zu sagen, wer beglückter ist, ob die Mutter, die zusieht, wie der, den sie unter ihrem Herzen getragen, die vornehmsten jungen Herren in halbseidenen Westen beordern und regieren kann, und die zuhöret, wie er samt ihnen lauter hohe Sachen sagt und auch versteht – oder ob der Sohn glücklicher ist, der, wie einige Helden des Altertums, das Glück hat, noch bei Lebzeiten seiner Mutter zu triumphieren. Ich habe niemals in meinen Schriften und Taten einen Stein aufgehoben gegen den sel. Burchardt *Großmann*, der in die Initialbuchstaben der Stanzen im Liede: »Brich an, du liebe Morgenröte« seine Namenslettern verteilte, und noch weniger bewarf ich arme Kräuterweiber, die schon bei Lebzeiten ihren Leichenkattun ausplätten und $^{1}/_{12}$ Dutzend Totenhemden für sich ausnähen. Ich halte auch den Mann nicht für weise – obwohl für recht klug und pedantisch –, der sich die Gallenblase voll ärgern kann, daß jeder von uns Blattminierern das Herzblatt, worauf er sich nagend herumschiebt, für einen Augarten, für einen fünften Weltteil ansieht wegen der Nähe und Weide, die Blattporen für Tempe-Täler, das Blätterskelett für einen Freiheits-, Brot- und Lebensbaum und den Tautropfen für die Flut. – Wir Tag-, Abend- und Nachtraupen fallen sämtlich in den nämlichen Irrtum, aber nur auf andern Blättern, und wer (welches ich tue) über die wichtige Miene lacht, mit der der Rektor Landesprogrammen, der Dramaturg Komödienzettel, ein Kennikottischer Varianten-Almosensammler Buchstaben aufkauft: der tut es, wenn er weise ist – wie hier der Fall ist –, mit dem Bewußtsein seiner *ähnlichen* Narrheit und lacht an seinem Nächsten nichts aus als die Menschheit und sich. – –

Die Mutter war nicht zu halten: sie mußte diesen Abend noch fort nach Hukelum und Thiennetten nur wenigstens etwas berichten von dieser Herrlichkeit. –

Jetzt wird die Welt hundert gegen eins wetten, daß ich nun biographisches Wachs nehmen und ein Wachsfigurenkabinett von dem Aktus selber bossieren werde, das einzig in seiner Art sei. – –

Aber Mittwoch morgens, als sich der hoffnungstrunkene Konrektor eben anzukleiden dachte: klopfte etwas an – –

Es war der bekannte Bediente des Rittmeisters, der die Vokation an den Subrektor *Füchslein* hatte. Zum letztern sollte der gute Mensch diesen Wildruf ins Pfarramt tragen; aber er distinguierte elend zwischen *Sub-* und *Kon*-Rektor und hatte überhaupt seine guten Gründe, warum er zu diesem kam: denn er dachte: »Wer wills weiter kriegen, als der den vorigen Sonntag predigte und aus dem Dorfe her ist, und der ja mit unserer Fräulein Thiennette im Gerede ist und dem ich ja schon eine Uhr und die Zopfdukaten habe bringen müssen.« – Er stellte sich gar nicht vor, daß sein gnädiger Herr den leiblichen Paten übergehen könnte.

Fixlein las die Adresse der Bestallung: »An des Pfarrer *Fixlein* zu Hukelum Wohl-Ehrwürden.« Er mußte notwendig den Fehlgriff des Lakaien tun und die fremde Bestallung erbrechen als eigene; und da er noch dazu in der Vokation nur von einem *Schul-Unterbefehlshaber* (statt Subrektor) etwas fand, so mußt' er in seinem Irrtum verharren. Eh' ichs gut erkläre, warum der Gerichtshalter, der Former der Vokation, diese so dumm aufsetzte: wollen wir zwei, ich und der Leser, d. h. mehr Menschen, als je in einen Kirchensprengel gehen, uns bei Fixleins freudigen Springfüßen aufhalten – bei seinen dankbar-nassen Augen – bei seiner hämmernden Brust – bei seinen bringenden Händen, diesen Handhaben eines verschenkten Mußteils – beim Gratial von zwei *Zopfdukaten*, die er an den Infulträger so gern fahren lässet als den pädagogischen *Zopf*, der ihm nächstens auf der Kanzel abfället. – – Wußt' er wohl, was er denken sollte (vom Rittmeister) oder schreiben (an eben diesen) oder auftischen (für den Lakai)? – Zog er nicht Erkundigungen von dem gnädigen Befinden seines Wohltäters zu wiederholten Malen ein, ob ihm gleich der Bediente schon recht gut auf die erste geantwortet hatte? – Und wurde nicht dieser Mensch, der zum spottsüchtigen, achselzuckenden und achselträgerischen Menschen-Sortiment gehörte, durch die Freude, die er mitgebracht, endlich so gerührt, daß er sich auf der Stelle vornahm, dem Aktus des neuen Herrn Pfarrers, obgleich kein einziger vom Adel darin war, seine Gegenwart zu schenken? – Fixlein siegelte vorher die Dankadresse ein und hielt höflich beim Adelsbrief-Träger an, ihn oft in der Pfarre zu besuchen und heute bei seiner Mutter vorbeizugehen und ihr den Text zu lesen, warum sie gestern nicht geblieben sei, da sie heute bei der Vokation durch seine gnädige Patronatsherrschaft hätte mit sein können.

Als der fort war, fing er vor Freude ordentlich an, skeptisch zu werden – und ängstlich, daher er das Vokations-Instrument, der Mauserei wegen, gut in den Koffer mit zwei Vorlegschlössern einsperrte (– und andächtig und weich, weil er Gott ohne Scheu für alles dankte, dessen ewigen Namen er sogar nie anders schrieb als mit Kanzleischrift und mit bunter Dinte, wie der jüdische Abschreiber diesen namenlosen Namen nur im Ornat und frischgewaschen schrieb[1] – und taub wurde der Pfarrer), daß er kaum die Aktus-Schäferstunde schlagen hörte – und zerstreuet, weil eine schönere bei Thiennetten mit ihren Rosenstauden und ihrem Rosenhonig nicht aus seiner Seele wollte. Er, der schon das Glück, wenn es ihm ein schiefes Maul schnitt, so lange, wie Kinder einander, anlachte, bis er wirklich selber anfangen mußte zu lächeln – er flog jetzt gleichsam immer höher geschnellet auf einem Schwungbrette empor...

Aber vor dem Aktus wollen wir den Gerichtshalter verhören. *Fixlein* statt *Füchslein* schrieb er aus einer Unwissenheit in der Namen-Orthographie, die durch die Rechtschreibung des Testaments noch größer und natürlicher geworden war. »*Von*«, diesen Ehrenbogen, durft' er nicht vor Füchsleins neuen Namen stellen, weils Aufhammer untersagte, der dessen ahnen-reine Abkunft anfiel und nicht bedachte, was überhaupt ein Edelmann sich zu getrösten habe, da schon Christus in seinem von Matthäus gefertigten Stammbaum vier bekannte – Huren zählt, die Thamar, Rahab, Bathseba und Ruth. Endlich hatte der Bestallungs-Macher die Unart Campens an sich, daß er alles verdeutschen wollte, was man erst nach der Verdeutschung nicht mehr verstand, als wenn ein Wort sich um eine bessere Naturalisationsakte zu bewerben hätte, als die ihm seine allgemeine Verständlichkeit erteilt. An und für sich ists doch einerlei – um so mehr, da alle Sprachen wie alle Menschen miteinander verschwistert und verschwägert sind –, ob ein Wilder oder ein Ausländer ein Wort erfand, ob es wie Moos unter den deutschen Wäldern aufwuchs oder wie Festungsgras in den Pflastersteinen des römischen Forums. Der Gerichtshalter hingegen verfocht, es ist zweierlei, und ließ es seinen Parteien unverhohlen, daß Tagefahrt Termin bedeute und Appellieren Berufen. Daher zog er dem Wort *Subrektor* die fremde Livree *Unterbefehlshaber* an. Und diese Version vertierte auch den Schulherrn in einen Pfarrherrn: so sehr wächset unser *bürgerliches* Glück – nicht

[1] Eichhorns Einleit. ins A. T. 2. T.

unser *menschliches*, sich auf unserem inneren *Grund* und *Boden* nährendes Wohlsein – bloß auf der *Flugerde* von Zufälligkeiten, Konnexionen, Bekanntschaften und der Henker oder der Himmel weiß von was. –

Bei Gelegenheit! Von einem Gerichtshalter würd' ich mehr Verstand erwarten, ich würde (ich kann mich irren) voraussetzen, er wisse, daß die Akten, die sonst (s. *Hofmanns* deutsche oder undeutsche Reichspraxis § 766) lateinisch ausgefertigt wurden, wie vor Joseph die ungarischen, heutzutage, wenn man es ohne Beleidigung sagen darf, vielleicht mehr deutsch als lateinisch geschrieben werden; und ich darf mich hierin auf ganze deutsche Zeilen steifen, die in den Reichs-Kammergerichts-Erkenntnissen stehen. Ich will aber nicht glauben, daß der Jurist darum, weil *Inchhofer* die römische Sprache für die Muttersprache des zweiten Lebens erklärt, sich von einem Dialekte loszumachen suche, durch den er so viel wie der römische *Adler* oder später der römische *Fischreiger* (der römische Stuhl) in seinen Adlers-Fängen entführte. – –

Man läute immerhin den Aktus ein, man ströme immer hinein: wer fragt darnach? Weder ich noch der Ex-Konrektor. Die sechs pygmäischen Ciceros wollen sich vergeblich vor uns in prächtiger Einkleidung ihrer Gedanken und Leiber vortun. Der Zugwind des Zufalls hat vom Aktus den Strahlen- und Pudernimbus weggeblasen, und der gewesene Konrektor hat eingesehen, wie wenig man sich mit einem Katheder brüsten könne (der nicht voll Schiffs-, sondern voll Gelbschnabel ist), und wie viel im Gegenteil mit einer Kanzel: »Ich hätte nicht gedacht,« (dachte er jetzt) »da ich Konrektor wurde, daß es noch etwas Größeres geben könne, ich meine einen Pfarrer.« Der Mensch hinter seiner ewigen Augen-Binde, die er nur anders färbt, und nicht dünner legt, trägt seinen Stolz von einer Stufe zur andern und tadelt auf jeder höhern nur den Stolz auf der tiefern.

Das Beste am Aktus war, daß ihm der Regimentsquartier- und Metzgermeister Steinberger beiwohnte, emballiert in einen langen Schafspelz. Unter der Feierlichkeit warf der Subrektor Hans von Füchslein mehrere vergnügte und fragende Blicke auf den Schadecker Bedienten, der ihn gar nicht ansah: Hans hätte sich darauf totschlagen lassen, nach dem Aktus beruf' ihn der Kerl. Als endlich die sechs-hälsige kleine Hahnen-Voliere auf ihrem Miste abgekrähet hatte, d. h. peroriert: bestieg der amtierende Schuldiener, über den nun eine höhere Dienstfahne flatterte, selber die Bühne und stattete dem Scholarchat, dem Subrektorat, der Vormundschaft und der Herrndienerschaft seinen gehorsamen Dank für ihre Gegenwart ab, meldete ihnen aber mit wenigem dabei: »Gott hab' ihn indes von seinem Posten zu einem andern abgerufen und ihm die Seelsorge über die Hukelumer Pfarrgemeinde so wie über das Schadecker imparochierte Filial unwürdigermaßen anvertrauet.«

– Diese kleine Anrede schoß dem Ansehen nach den zeitigen Subrektor Hans von Füchslein beinahe vom Sessel herab, und sein Gesicht sah vermengt aus wie roter Bolus, grüne Kreide, Rauschgelb und vomissement de la reine.

Der lange Quartiermeister richtete sich in seinem Pelze ziemlich auf und sumsete, in glücklichem Selbstvergessen, laut genug: »Der Daus! – Pfarrer??« –

Der Subrektor fuhr wie ein Schwanzstern vor dem Bedienten vorbei, befahl ihm, er sollte bei ihm ein Billett an seinen Herrn mitnehmen, sprang nach Haus und setzte da an den Patronatsherrn, der daheim auf einen langen Dankpsalm aufsah, so gut er in der Eile konnte, eine kurze satirische Epistel auf und untermengte sie mit einigen Verbalinjurien.

Der Staatsdiener überreichte seinem Herrn miteinander Fixleins Dankgesänge und Füchsleins Invektiven. Der Dragonerrittmeister, aufgebracht über den Grobian und gebunden an sein Wort, das der Konrektor öffentlich im Aktus abgelesen, schrieb dem neuen Pfarrer zugleich die Verwechslung und die Ratifikation derselben zurück – und Fixlein ist und bleibt nun zu unserer aller Freude ordentlicher wohlbestallter Pfarrer zu Hukelum.

Sein zurückgesetzter Nebenbuhler Füchslein hat noch den Trost, daß er im Wespenneste der Neuen allgemeinen deutschen Bibliothek mitsitzet. – Sollte einmal der Pfarrer sich in einen Autor verpuppen: so kann die Schlupfwespe herausfliegen und ihren Stachel in die Puppe drücken und ihre Brut an die Stelle des erstochenen Schmetterlings setzen. Da der Subrektor überall herumschlich und frei drohte, seinen Kollegen zu rezensieren: so wundere sich das Publikum nicht, daß es Fixlein errata und seine masorethischen exercitationes noch bis diese Stunde nicht in Händen hat.

Im Frühling macht das Gnadenjahr der Witwe seinen Sabbatsjahren Platz – und wie es da zugehen wird, wenn er unter einem Thronhimmel von Blütenbäumen die Braut Christi (die christliche Kirche) in die eine Hand nimmt, und seine eigne in die andere, das würde ohne einen achten Zettelkasten, der in diesem Falle ein wahres Schmuckkästchen und eine Regenbogenschüssel[1] werden kann, sich niemand denken können als der Sponsus allein.

Achter Zettelkasten

Einzug in die Pfarre

Den 15ten April 1793 kann der Leser tief im Hohlweg drei Bagagewägen waten sehen. – Die Güterwägen fahren den Hausrat des neuen Pfarrers nach Hukelum: der Eigentümer marschieret selber mit den Beichtkindern,

[1] Der Aberglaube nimmt an, auf der Stelle, wo der Regenbogen aufstehet, sei eine goldne Schüssel.

damit an seinem Ton-Service und Ameublement nichts im achtzehnten Säkulum zerstoßen werde, da es aus dem siebzehnten ganz herüberkam. Fixlein höret hinter sich die Schulglocke läuten; aber dieses Glockenspiel orgelt ihm wie eine Abendglocke die Lieder künftiger Ruhe vor: er ist nun aus dem Jammertal des Gymnasiums erlöset und in den Sitz der Seligen aufgenommen. – Hier wohnet kein Neid, kein Kollege, kein Subrektor – hier im Himmelreich arbeitet niemand an der Neuen allgemeinen deutschen Bibliothek mit – hier im himmlischen hukelumischen Jerusalem tut man nichts als Gott preisen in der Kirche, und hier hat der Vollendete keinen Zuwachs an Kenntnis mehr nötig... Auch hat man hier keinen Kummer mehr darüber, daß oft Sonntag und Aposteltag in *einen* Tag zusammenfallen.

Die Wahrheit zu sagen, geht der Pfarrer zu weit; es war aber von jeher seine Art, sich die ganzen und halben Schatten einer Lage erst auszumalen, wenn er schon in einer neuen war und also diese durch die Kontraste der alten heben konnte. Denn man braucht nicht viel Nachdenken, um einzusehen, daß die Höllenleiden eines Schulmanns nicht so außerordentlich, sondern vielmehr, da er am Gymnasium von einer Stufe zur andern steigt, den wahren Höllenstrafen ähnlich sind, die trotz ihrer Ewigkeit von Säkulum zu Säkulum schwächer werden. Da noch dazu nach dem Ausspruch eines Franzosen deux afflictions mises ensemble peuvent devenir une consolation: so hat man in einer Schule Leiden genug zum Troste, da aus acht zusammengegossenen Affliktionen – ich rechne nur auf jeden Lehrer eine – gewiß mehr Trost zu schöpfen ist als aus zweien. Nur schlimm ists, daß sich Schulleute nie so vertragen wollen wie Hofleute: nur polierte Menschen und polierte Gläser kohärieren leicht. Noch dazu wird man in Schulen – und überhaupt in Ämtern – allemal belohnt; denn wie im zweiten Leben eine größere Tugend der Lohn der hiesigen ist: so werden dem Schulmann seine Verdienste durch immer mehrere Gelegenheiten zu neuen bezahlt, und er wird oft gar nicht aus seinem Amte fortgelassen. –

Acht Gymnasiasten trabten im Pfarrhause herum, stellten auf, nagelten an, schleppten zu: ich denke, als ein Schüler Plutarchs durft' ich solche Kleinigkeiten einmischen. Wen Erwachsene lieben, den lieben Kinder noch stärker. Die ganze Schule hatte dem lächelnden Fixlein nachgelächelt und ihn gern gehabt, weil er nicht donnerte, sondern spielte mit ihnen – weil er *Sie* zu den Sekundanern sagte, und der Subrektor *Ihr* – weil sein sich aufbäumender Zeigefinger sein einziger Zepter und Bakel war – weil er in der Sekunda mit seinen Schülern lateinische Briefe wechselte und in der Quinta mit Zuckerstengeln statt mit Neperischen Stäben (oder statt mit noch längern) die vier Spezies eingeflößt hatte. – Sein Kirchdorf kam ihm heute so feierlich und festlich vor, daß er sich – ob es gleich Montag war – wunderte, warum die Pfarrkinder und die Eingepfarrten nicht in der Fest-tags-Draperie steckten, sondern im Alltags-Balg. Unter der Pfarrtüre stand eine weinende Frau: denn sie war zu glücklich, und er war ihr – Sohn. Die Mutter vermochte es in der größten Zerschmelzung ganz leicht, die Fuhrleute unter dem Abladen anzumahnen, nicht die vier Globen aus der altfränkischen Kommode auszudrehen. Ihr Sohn erschien ihr jetzt so ehrwürdig, als stellete er in ihrer Bilderbibel einen in Kupfer gestochnen Figuranten vor – und das darum, weil er den pädagogischen Zopf, wie der reifende Frosch den Schwanz, abgeworfen hatte und nun in einer kanonischen Perücke dastand: er war jetzt ein Komet, der sich von der profanen Erde entfernet, und der mithin wie jeder himmlische aus einem *Schwanzstern* zu einem *Haarstern* wird.

Auch seine Braut hatte tags vorher recht viel an einer verbesserten prächtigen Edition seines Hauses mitgearbeitet, unter andern Dekorateurs und Dekrotteurs desselben. Aber heute blieb sie weg; denn sie war zu gut, um über die Braut das Mädchen zu vergessen. Die Liebe stirbt wie die Menschen öfter am Übermaß als am Hunger; sie lebt von Liebe, aber sie gleicht den Alpenpflanzen, die sich vom *Einsaugen* der nassen Wolken ernähren, und die zugrunde gehen, wenn man sie *besprengt*. –

Jetzt ist der Pfarrer eingezogen, und er wird auf der Stelle – denn ich kenne die Leserinnen, die darauf erpicht sind, als wären sie Kränzeljungfern – heiraten sollen. Aber er mag nicht: vor Himmelfahrt wird nichts daraus, und dahin sind vierthalb Wochen gut. Die Sache ist die: er wollte nur erst den Brandsonntag, nämlich den Kantatesonntag, übersteigen; nicht etwan, weil er an seiner Erden-Fortdauer zweifelte, aber er wollte (schon der Braut wegen) auch nicht die kleinste Todesangst in seine Flitterwochen bringen.

Die Hauptsache war, er wollte sich nicht gern verheiraten vor der Verlobung, die samt der Anzugspredigt auf den nächsten Sonntag verlegt wird. Es ist der Kantate-Sonntag. Der Leser lasse sich nur keine Angst einjagen. Ich hätte überhaupt mit diesem phantastischen Sonntags-Wauwau eines der aufgeklärtesten Jahrhunderte nicht behelligt, zeichnete ich nicht so äußerst treu. Fixlein wurde – zumal da ihn der Quartiermeister fragte, ob er denn ein Kind wäre – endlich selber so gescheut, daß er die Narrheit einsah; ja er ging so weit, daß er eine größere beging: da nämlich ein Traum, daß man sterbe, nach der exegetischen regula falsi nichts bedeutet als langes Leben und Wohlergehen: so zog er sich leicht den Schluß ab, sein Todes-Wahn sei ein solcher guter Traum, um so mehr, da gerade an den Kantate-Sonntagen die Fortuna ihr Fruchthorn über ihn gehalten und umgestürzet hatte, um ihn mit einer Braut, einer Vokation und mit Zopfdukaten zu beschütten. So wachsen dem Aberglauben die Federn, der Zufall mag ihm dienen oder schaden.

Ein Staatssekretär, ein Friedens-Instrumentenmacher, ein Notarius, ein solcher Baugefangener am Pulte fühlt es recht gut, wie weit er unter einem Pfarrer sitze, der seine Anzugspredigt fertigt: dieser (man sehe nur meinen

Fixlein an) hockt dort – sprützet das Geäder seines Predigt-Präparats mit bunter Dinte aus – hat eine Spruchkonkordanz auf der rechten Seite, eine Liederkonkordanz auf der linken, kernet dort Kernsprüche aus, schneidet hier Lieder-Blumen ab, um mit beiden sein homiletisches Backwerk zu garnieren – zeichnet den feinsten Operationsplan hin, um nicht etwa, wie ein Weltmann, das Herz *einer* Frau, sondern die Herzen aller zuhörenden Weiber und der Männer ihre dazu zu gewinnen – ziehet jeden vor dem Fenster vorbeifahrenden Bauer mit in seinen Plan und sticht letzlich die Butter der weichen glatten Haupt- und Kanzellieder aus dem Gesangbuch aus und fettet damit bestens die schwarze Suppe der Predigt bei der Speisung der 5000 Mann. – –

Endlich kann er abends mit einem Herzen ohne Schuld aufstehen und abbrechen, weil die rote Sonne auf dem Schreibtisch blendet, und kann zwischen schreienden Spatzen und Finken so lange über die um die Pfarre gezogenen Kirschenbäume nach Abend schauen, bis nichts mehr am Himmel ist als ein mattes Nachglimmen des Gewölkes. – Und wenn dann Fixlein die Treppe unter dem Gebetläuten *langsam* hinuntergeht zur kochenden Mutter: so müßt' es nicht natürlich zugehen, wenn er nicht alles recht und gut finden wollte, was drunten getan oder gebacken oder aufgetragen wurde.

Ein Sprung nach dem Abendessen ins Schloß – ein Blick in ein gutes zärtliches Auge – ein Wort ohne Falsch gegen eine Braut ohne Falsch – und eine sanft atmende Brust unter dem Deckbette, in der nichts ist als das Paradies, eine Predigt und ein Abendgebet.... beim Himmel! damit will ich einen mythischen Gott zufriedenstellen, der seinen Himmel verlassen hat, um einen neuen hier unter uns zu finden.

Kann ein Sterblicher, kann ein Ich im feuchten Erdenkloße, den der Tod bald zu Staub austrocknet, mehr in einer Woche fodern, als Fixlein in sein Herz einschöpfte? Ich sehe nicht ein, wienach: ich sollte wenigstens glauben, wenn ein solches eingestäubtes Wesen nach einer solchen Quaterne aus dem Lotto des Zufalls noch etwas verlangen könnte, so wär's höchstens die Quinterne, nämlich die Ein- oder Anzugspredigt selber. –

Und diesen Gewinst zog unser Zebedäus denn wirklich am Sonntage: er predigte – er predigte einziehend – er tats vor drängenden knisternden Emporen, vor dem Vormund und vor dem Herrn von Aufhammer, dem Namensvetter vom Pfarrer und Hund – er weidete Beichtkinder, mit denen er sonst als Kind das Schloßvieh auf die Weide klatschte, jetzt selber als Seelen-Schmierschäfer – er stand mit seinen Füßen bis an die Knorren in Kandidaten und Schulleuten wie in Gras, weil er heute (was sie alle nicht dürfen) auf dem Altar mit der Ätznadel des Fingers ein großes Kreuz in die Luft einsägen durfte, Taufen und Kopulieren nicht einmal gerechnet.... Ich glaube, ich sollte mich weniger bedenken, als ich tue, über diese sonnenhelle Esplanade den schmalen Grabesschatten ziehen zu lassen, den der

Pfarrer darauf warf, da er in der Nutzanwendung mit schweren nassen Blicken in der stummen lauschenden Kirche umhersah, als wollt' er gleichsam in irgendeinem Kirchenstuhl oder in dem Beichtstuhl den verstäubenden Lehrer seiner Jugend und dieser Gemeinde suchen, der draußen unter dem weißen Grabesstein, der Kehrseite des Lebens, die Hülle seines frommen Herzens ablegte. – Und als er, selber fortgeschwemmt von innern Strömen, unaussprechlich erweicht durch die vierfache Erinnerung an seine Todesfurcht an eben diesem Tage, an sein mit Blumen und Wohltaten durchbrochenes Leben, an seine unter seiner Kanzel ruhende eingesargte Wohltäterin, als er da vor dem zerflossenen Angesicht ihrer Freundin, seiner Thiennette, hingerissen und starr und tränend von der Kanzel auf die Türe zur rittmeisterlichen Familiengruft hinuntersah und sagte: »Habe Dank, du fromme Seele, für alles, was du Gutes an dieser Gemeinde und an ihrem neuen Lehrer getan, und der Staub deiner gottesfürchtigen und menschenfreundlichen Brust lege sich einmal verkläret wie Goldstaub um dein auferwecktes himmlisches Herz!« war da wohl ein Auge in der Gemeinde noch trocken? Ihr Gatte schluchzete laut, und ihre Geliebte, Thiennette, bückte das von trostlosen Erinnerungen niederfallende Haupt auf das Pult des Kirchenstuhls wie Verwandte eines Trauergefolges. –

Kein schönerer Vormittag als dieser konnte einem Nachmittag vorarbeiten, wo man sich auf ewig verlobt, und wo man die gewechselten Ringe mit dem Ringe der Ewigkeit zusammenkettet. Außer dem Brautpaar war niemand dabei als ein altes Paar, die Mutter und der lange Vormund. Der Bräutigam setzte selber eigenhändig den Ehekontrakt oder Ehezärter auf, worin er ihr seine ganze fahrende Habe – nicht etwan seine Handbibliothek, sondern seine ganze Bibliothek, anstatt daß man im Mittelalter den Edeltöchtern nur einige Bücher zum Brautschatz gab – von heute an verhieß, – wogegen sie freilich genug zubrachte, nämlich einen ganzen Braut- oder Kammerwagen oder doch Kammer- oder Brautkarren. Auf diesen Eliaswagen, mit dem Mädchen in den Bette-Himmel hinauffahren, waren geschlichtet: neun Pfund Federn, nicht gelehrte, historische oder poetische Federn, noch solche, die man trägt, sondern die kleinern, die uns selber tragen – ein prächtiges Dutzend Patenteller und Patenlöffel samt einem Fischlöffel – von Seide nicht nur Strümpfe (wiewohl selber ein König Heinrich II. von Frankreich nichts in Seide kleiden konnte als sein Bein), sondern ganze Röcke – und Kleinodien und Möblen von kleinerem Wert. Gute Thiennette! auf dem Wagen deiner Psyche liegt der wahre Brautschatz, nämlich dein edles, sanftes, bescheidenes Herz, die Morgengabe der Natur! –

Der Pfarrer, der nicht aus Mißtrauen, sondern »Lebens und Sterbens wegen« auf alle Dinge gern ein Notariatssiegel gehabt hätte, dem keine Versicherung zuverlässig schien als eine hypothekarische und der über jedes Stäubchen Belege, Quittungen und Kontrakte abverlangte, hatte nun, als der Ehezärter zustande war, ein leichteres Herz; und für das Eingebrachte dankte der gute Mann den ganzen Abend der Braut. Aber für mich wäre ein Ehekontrakt etwas so Peinliches und Widersinniges – ich gesteh' es aufrichtig, und rückte man immerhin mir deswegen meine große Jugend vor –, als wenn ich meine Liebesbriefe erst von einem kaiserlichen Notarius müßte vidimieren und kontrasignieren lassen: beim Himmel! die leichte Blume der Liebe, deren Duft den Waagbalken nicht zieht, wie Tulpenzwiebeln, so auf der Heuwaage der Justiz zu sehen, zwei Herzen auf der kalten Rats- und Fleischwaage der Eltern und Advokaten, die in die Schalen bloß Häuser, Felder und Zinn auftürmen.... das mag den Interessenten so wohltun wie dem trunknen Säugling und Zögling einer Muse und der Philosophie, wenn er die Abend- und Morgenandachten vor seiner Göttin in den Buchladen tragen und nun die Andachten ins Geld setzen und an sie Kontrakte und Ellenmaß applizieren muß. – –

Vom Kantate-Sonntag bis zur Himmelfahrt, d. h. zur Heimfahrt oder Hochzeit, sind anderthalb Wochen – oder anderthalb selige Ewigkeiten. Wenn es schön ist, daß Nächte oder Winter die Tags- oder Jahreszeiten der Freude ziemlich weit auseinanderhalten, wenn es z. B. schön ist, daß man nicht den Geburts-, Namens-, Verlobungs-, Hochzeit- und Tauftag auf *einem* Tage erlebt – denn bei den wenigsten fällt z. B. *Hochzeit-* und *Tauftag* wie Fest- und Aposteltag zusammen –: so ists noch schöner, den Zwischenraum, die Blumenrabatte zwischen Verlobung und Hochzeit außerordentlich weit zu machen. Vor dem Hochzeittag sind die wahren Honigwochen – dann kommen die Wachswochen – dann die Honigessigwochen.

Im neunten Zettelkasten schlägt der Pfarrer schon sein Brautbette auf – und ich will hier im achten nur kurz darüber wegfahren, wie es ihm bis dahin erging: natürlicherweise himmlisch genug. Es glückt wenigen so wie ihm, schon vor der Hochzeit so große Flügel und so große Blumen (auf die er fliegen kann) zu haben, es glückt wenigen, denk' ich, Mehl und Geflügel selber einzukaufen auf den besagten Tag, wie Fixlein tat – den Vermählungs-Truthahn mit Henkersmahlzeiten zu stopfen – alle Abende in den Stall zu gehen, um nachzusehen, ob das hochzeitliche Schwein, womit der Vormund das Hochzeitgeschenk gemacht, noch steht und frisset – der künftigen Frau die Flachs-Kammern und Kleiderschrank-Nischen auszusuchen im Hause – neue Lagerbäume (nicht Lagerbier) im Pfarrkeller einzulegen Winters wegen – vom Konsistorium sogleich und für weniges Sündengeld die Dispensationsbulle, nämlich den Nachlaß der dreimaligen Proklamation, in die Tasche zu bekommen – in keiner Stadt zu wohnen, wo man zu jedem Narren (weil man selber einer ist) schicken muß, um ihm zu eröffnen, man lasse sich kopulieren, sondern in einem winzigen Dörfchen, wo man niemand etwas zu berichten hat als dem Schulmeister, damit er später läute und einen Kniepolster ans Altargeländer breite. – –

O wenn der Ritter Michaelis behauptet hat, das Paradies wäre klein gewesen, damit sich die Menschen nicht auseinander verliefen: so ist ja ein

Dorf und seine Freude klein und eng, damit doch ein etwaiger Nachriß von Eden noch auf unserer Kugel stehe. – –

Ich habe es nicht einmal angeführet, daß tags vor der Hochzeit der Regimentsquartiermeister ungerufen kam und das Schwein abstach und gratis Würste machte, wie man noch an keinem Hofe aß.

Und doch, lieber Fixlein, schwamm auf diesem lindernden fetten Freudenöl obenauf noch umsonst eine Frühlingssonne – und Abendröten – und Blumenketten – und eine halbe berstende Knospen-Welt!...

Wie benahmst du dich in diesen heißen Strudeln der Lust? – Du bewegtest deinen Fischschwanz (die Vernunft) und schriebest dir damit eine rechtläufige Bahn durch die Wogen vor. Denn schon halb so viel würde einen andern Pfarrer aus seiner Studierstube fortgerissen haben; aber eben was unsern so beglückte, war der Grenzhügel der Mäßigkeit, auf dem er wie eingewurzelt verblieb und von da herab erblickte, was tausend andere verscherzen. Er war, den Schloßfenstern gegenüber, doch imstande, es auszuzählen, daß Amen in der Bibel hundertunddreißigmal vorkomme. Ja er stieß an sein altes gelehrtes Laboratorium noch einen neuen chemischen Ofen an: er wollte nach Nürnberg und nach Baireuth an die Senftischen Gebrüder schreiben und ihnen seine Feder antragen, sowohl für die Kalender-Praktika hinten als für einzelne Aufsätze vornen unter jedes Monatskupfer, weil er in die Denkungsweise des gemeinen Mannes reformierend einzugreifen willens war.... Und da er jetzt als Pfarrer weniger zu tun hatte und an den heiligen Ruhetag der Gemeinde sechs literarische Schöpfungstage schließen konnte: so wollt' er (schon in diesen Faschingswochen) in die noch ganz brach liegende Landesgeschichte von Hukelum seinen Pflug einsetzen und mit der Säemaschine nachkommen....

So rollen seine Minuten auf lauter Glücksrädern über die zwölf Tage, die der blinkende, mit kleinen Glückssternen (statt Glückssonnen) musivisch ausgelegte Himmelsweg zum dritten Himmel des dreizehnten sind, d. h. zum

Neunten Zettelkasten

oder zur Hochzeit

Geh auf, schöner Himmelfahrts- und Hochzeittag, und erfreue auch Leser! Schmücke dich mit dem reinsten Juwel, mit der Braut, deren Seele so rein und glänzend ist wie ihre Hülle, so wie zugleich die Perle und die Perlenmuschel schimmern und putzen! – Und so dringt jeder Leser über das blühende Spalier, dessen Fruchthecke bisher unsern Liebling von seinem Eden trennte, hinter ihm nach! –

Den 9ten Mai 1793 morgens um drei Uhr fuhr wie ein Lichtstrahl ein helles Posthorn-Geschmetter durch die graue und dunkelrote Maien-Nacht:

zwei gewundene Hörner starreten zwischen *einer* steifen Trompete, wie Fragezeichen zwischen Ausrufungszeichen, aus einem Hause heraus, worin nur ein Beichtsohn (nicht der Beichtvater) wohnte und anblies: das Beichtkind hatte nämlich die Hochzeit, die der Seelenhirt heute vorhatte, gestern gehalten. Der freudige Wildruf trieb den Pfarrer aus dem breiten Bette – und den Pudel unten hervor, der schon seit einigen Wochen aus dem gleißend-gewaschenen Deckbette vertrieben war –, und zwar so frühe, daß er im abspiegelnden Betthimmel, in dem er bisher jeden Morgen sein rotes Gesichtchen und sein Bett-Weißzeug observierte, alles nur dunkel und getuscht sehen konnte.

Ich gesteh' es, die neu-getünchte Stube und ein Abfärben des Morgenrots an der Wand machten es hell genug, daß er seine Beinkleiderschnallen konnte schimmern sehen. Er weckte darauf seine Mutter leise – die Gäste sollten eben noch lange in ihren Federn bleiben –, und diese hatte die Stadtköchin zu wecken, die, wie mehrere Hochzeitmöblen, der Stadt auf wenige Tage abgeliehen war. Er pochte vergeblich an zwei Türen ohne Antwort: denn alles stand schon unten am Herde und kochte und schürte und ordnete.

O wie erquickend legt allmählich der Frühlingstag den Nonnenflor zurück, und die Erde hellet sich auf, als wär' es der Morgen einer Auferstehung. – Die Quecksilber-Säule des Barometers, die führende Feuer-Säule der Wetter-Propheten, ruhet fest über Fixleins Bundeslade. – Die Sonne hebt sich rein und kühl ins Morgenblau, statt ins Morgenrot. – Die Zugschwalben schießen kreuzend statt der Wolken durch die klingende Luft.... O der gute Genius des schönen Wetters, der mehrere Tempel und Festtage verdient (weil wir ohne ihn keine Feste haben), hob einen ätherreinen himmelblauen Tag gleichsam aus der quellenklaren Atmosphäre des Mondes aus und ließ ihn mit blauen Schmetterlingsschwingen – als wär's ein *blauer* Montag – unter der Sonne schillernd im Zickzack des wollüstigen Niederzitterns auf den engen Raum der Erde niedersinken, den jetzt unsere feurigen Phantasien beschauen.... Und auf dem frühlingshellen Raum stehen in Blumen, auf die die Bäume Blüten statt der Blätter niederschütteln, eine Braut und ein Bräutigam.... Glücklicher! wie will ich dich malen, ohne die Seufzer der Sehnsucht in den schönsten Seelen zu vermehren? – –

Aber gemach! wir wollen den Zauberkelch der Phantasie nicht schon um sechs Uhr austrinken, sondern nüchtern bleiben bis gegen Abend!

In der Frühe des Gebetläutens ging der Bräutigam, weil das Getöse der Zurüstungen sein stilles Beten aufhielt, in den Gottesacker hinaus, der (wie an mehrern Orten) samt der Kirche gleichsam als Pfarrhof um sein Pfarrhaus lag. Hier auf dem nassen Grün, über dessen geschlossene Blumen die Kirchhofsmauer noch breite Schatten deckte, kühlte sich seine Seele von den heißen Träumen der Erde ab: hier, wo ihm die weiße Leichenplatte seines Lehrers wie das zugefallene Tor am Janustempel des Lebens vorkam, oder wie die nach der stürmischen Erde gekehrte Wetterseite der letzten Behausung, hier, wo ihm das aufgesprungene metallene Türchen am gegitterten Kreuze seines Vaters die Inschriften des Todes und das Sterbejahr seines Vaters aufdeckte und alle darunter ins Blech geätzten Ermahnungen zu ernsthaften Gedanken – da, sag' ich, wurde er weicher und ernster, als andere an diesem Tage werden, und verrichtete seine Morgenandacht, die er sonst las, auswendig und bat Gott, ihn zu segnen in seinem Amte und seiner Mutter das Leben zu fristen und zu seinem heutigen Vorhaben sein Gedeihen zu geben. – Dann ging er über die Gräber hinauf in sein zaunloses Winkel-Blumengärtchen und drückte, beruhigt und auf die göttliche Obhut vertrauend, die Stäbe seiner Tulpen tiefer in die mürbe Erde ein.

Aber als er ins Haus kam: traf er alles im Schellengeläute und in der Janitscharenmusik der hochzeitlichen Freude an – alle Hochzeitgäste hatten die Nachtmützen heruntergetan und tranken sehr – es wurde geplappert, gekocht, frisiert – Tee-Servicen, Kaffee-Servicen und warme Bier-Servicen zogen hintereinander, und Suppenteller voll Brautkuchen gingen wie Töpfers-Scheiben und Schöpfräder um. – Der Schulmeister probierte aus seinem Hause mit drei Jungen ein Arioso herüber und wollte nach dem Ende der Singstunde seinen Vorgesetzten damit überraschen. – Aber dann fielen alle Arme der schäumenden Freudenströme ineinander, als die mit Herzen und Vexierblumen behangene Himmelskönigin, die Braut, auf die Erde niederkam voll zaghafter Freude, voll zitternder demütiger Liebe – als die Glocken anfingen – als die Marschsäule ausrückte – als sich das Dorf noch eher zusammenstellte – als die Orgel, die Gemeinde, der Konfrater und die Spatzen an den Bäumen der Kirchenfenster die Wirbel auf der Heerpauke des Jubelfestes immer länger schlugen.... Das Herz wollte dem singenden Bräutigam vor Freude aus der Weste hüpfen, »daß es bei seinem Brauttage so ordentlich und prächtig hergehe.« – Bloß unter dem Kopulieren konnt' er ein wenig beten.

Noch ärger und lauter wurde alles unter dem Essen, als Pasteten und Marzipandevisen aufgemacht wurden – als Gläser und krepierte Fische (unter der Serviette, um die Gäste zu erschrecken) herumgingen – und als die Gäste aufstanden und selber herumgingen und endlich herumtanzten: denn es war Instrumentalmusik aus der Stadt da.

Eine Minute übergab der andern die Zucker-Streubüchse und das Flaschenfutter der Lust – die Gäste hörten und sahen immer weniger, und die Beichtkinder fingen immer mehr an zu hören und zu sehen und trieben sich gegen Abend wie einen Keil in die offne Pfarrtüre – ja zwei Jungen wagten es sogar, mitten im Pfarrhofe auf einem Brette, das quer über einem Zimmerbalken lag, sich auf- und niederzuschaukeln. – Der glimmende Nebel der zergangnen Sonne umrang draußen die Erde, der Abendstern blinkte über dem Pfarr- und Kirchhofe, niemand bemerkte es.

Inzwischen gegen neun Uhr hin – als schon die Hochzeitleute die Brautleute vergaßen und allein forttranken oder forttanzten, als die armen Menschen in diesem Sonnenschein des Schicksals, wie die Fische im andern, aus ihrem naßkalten Elemente aufschnalzten, und als der Bräutigam unter dem Stern des Glücks und der Liebe, der wie ein Komet einen langen Schweif durch seinen Himmel warf, insgeheim seine mit ausgetrunknen Freudenbechern angefüllte Brust an seine Braut und an seine Mutter angedrücket hatte –– da riegelte er einen Schnitt Hochzeitbrot verstohlens in einen Wandschrank ein, in der alten abergläubigen Hoffnung, daß dieses Überbleibsel für die ganze Ehe Brot verbürge. Da er zurückkam mit größerer Liebe für die ewige Genossin seines Lebens: so begegnete ihm diese mit seiner Mutter, um ihm allein den Bräutigamsschlafrock und das Bräutigamshemde nach alter Sitte zu schenken. Manche Gesichter erblassen in heftigen Rührungen, selber in freudigen: Thiennettens Wachsgesicht lag auf dieser Wachsbleiche unter der Sonne des Glücks. O falle niemals ab, du Lilie des Himmels, und vier Frühlinge statt der vier Jahrszeiten schließen deine Blütenglocken der Sonne auf und zu! – Alle Polypenarme seiner Seele zuckten schwimmend auf dem Freudenmeer und wollten das zarte warme Herz der Geliebten umringen und es fest und weich umstrickt in seines ziehen....

Er führte sie aus dem schwülen Tanzsaal in den kühlenden Abend. Warum legt der Abend, warum die Nacht heißere Liebe in unser Herz? Ists der nächtliche Druck der Hülflosigkeit, oder ists die erhebende Absonderung aus dem Lebensgewühle, die Verhüllung der Welt, worin der Seele nichts mehr bleibt als Seelen, ists darum, weswegen die Buchstaben, womit der geliebte Name in unserem Innern steht, gleich als wären sie Phosphor-Schrift, zu nachts *brennend* erscheinen, indes sie am Tage nur im *bewölkten* Umriß rauchen? –

Er ging mit seiner Braut in den Schloßgarten: sie eilte schnell durch das Schloß und vor dessen Gesindstube vorüber, wo die schönen Blumen des Jugendlebens unter einem langen Druckwerk breit und trocken gepresset wurden, und ihre Seele tat sich groß und atmend im freien offnen Garten auf, in dessen Blumenerde das Schicksal den ersten Blumensamen ihres heutigen Lebensflores ausgeworfen hatte. Stilles Eden! Grünes, mit Blüten zitterndes Helldunkel! – Der Mond ruht unter der Erde wie ein Toter; aber jenseits des Gartens sind der Sonne helle rote Abendwolken wie Rosenblätter abgefallen, und der Abendstern, der Brautführer der Sonne, schwebt wie ein glänzender Schmetterling über dem Rosenrot und nimmt, bescheiden wie eine Braut, keinem einzigen Sternchen sein Licht.

Die zwei Menschen kamen an die alte Gärtners-Hütte, die zugeschlossen und stumm mit finstern Stuben im lichten Garten stand, wie eine Vergangenheit in der Gegenwart. Entblößtes Gezweig der Bäume verschränkte sich mit fetten halben Blättern über dem dichten, sich durchgreifenden Laubwerk der Stauden. – Der Frühling stand als Sieger neben dem zu Füßen liegenden Winter. – Im blauen Teiche ohne Blut war ein dunkler Abendhimmel ausgegraben, und sein Abfluß wässerte rauschend die Beete. – Die Silberfunken der Sternbilder sprangen auf dem Altare des Morgens auf und fielen erloschen in das rote Meer des Abends nieder. – –

Der Wind schwirrte wie ein Nachtvogel *lauter* durch die Bäume und gab der Akazienlaube Töne, und die Töne riefen den Menschen, die in ihr einstmals glücklich wurden, zu: »Trete herein, neues Menschenpaar, und denk an das, was vergangen ist, und an mein Verwelken und an deines, und sei heilig wie die Ewigkeit, und weine nicht bloß vor Freude, sondern auch vor Dankbarkeit!« – Und der Weinende zog die Weinende unter die Blüten und legte seine Seele wie eine Blume an ihr Herz und sagte: »Beste Thiennette, ich bin unaussprechlich glücklich und möchte viel reden und kann doch nicht – ach, du Teuere, wir wollen wie Engel, wie Kinder zusammenleben. – Wahrlich alles will ich tun, was dich freuet; vor zwei Jahren hatt' ich ja nichts, gar nichts, ach durch dich, du Liebe, bin ich so glücklich. – Ich sage nun du, du, du liebe Seele!« – Sie zog ihn enger an sich und sagte, wiewohl ohne ihn zu küssen: »Sagen Sie nur du, Teuerster!«

Und als sie wieder aus der heiligen Laube in den magisch-dunkeln Garten traten, nahm er den Hut ab, erstlich um innerlich Gott zu danken, und zweitens weil er in den unaussprechlich-schönen Himmel schauen wollte.

Sie kamen vor dem rauschenden leuchtenden Hochzeithause an; aber ihre erweichten Herzen suchten Stille auf, und fremdes Anstreifen störte, wie am blühenden Wein, die Blumen-Vermählung der Seelen: sie kehrten lieber wieder um und wandten sich in den Gottesacker hinauf, um ihre Rührungen zu bewahren. Groß stand auf Gräbern und Bergen die Nacht vor dem Herzen und machte es groß. Über dem *weißen* Turm-Obeliskus ruhte der Himmel *blauer* und *dunkler*, und hinter ihm flatterte der abgedorrte Gipfel des niedrigern Maienbaums mit entfärbter Fahne. Da erblickte der Sohn das Grab seines Vaters, auf dem der Wind die kleine Türe des metallenen Kreuzes knarrend auf- und zuschlug, um das auf Messing eingeätzte Jahr seines Todes lesen zu lassen. – – Eine heiße Wehmut ergriff mit heftigen Tränenströmen sein losgerissenes Herz und trieb ihn an den verfallenen Hügel, und er führte seine Braut an das Grab und sagte: »Hier schläft er, mein guter Vater – schon im zweiunddreißigsten Jahre ging er hier ein zur ewigen Ruhe. – O du guter, teuerer Vater, könntest du doch heute die Freude deines Sohnes sehen wie meine Mutter! – Ach du bester Vater, deine Augenhöhle ist leer und deine Brust voll Asche, und du siehst uns nicht.« – Er verstummte. – Die bedrängte Braut weinte laut, sie sah die morschen Särge ihrer Eltern aufgehen und die zwei Toten sich aufrichten und sich umschauen nach ihrer Tochter, die so lange von ihnen verlassen auf der Erde blieb. – Sie stürzte an sein Herz und stammelte: »O Teuerer, ich habe weder Vater noch Mutter, verlaß mich niemals.«

O du, der du noch einen Vater oder eine Mutter hast, danke Gott an dem

Tage dafür, wo deine Seele voll Freudentränen ist und eine Brust bedarf, an der sie sie vergießen kann....

Und mit dieser edeln Umarmung am Grabe eines Vaters schließe sich heilig dieser Freudentag! –

Zehnter Zettelkasten

Der Thomas- und Geburtstag

Der Autor ist eine Art Bienenwirt für den Leser-Schwarm, dem zu Gefallen er die Flora, die er für ihn hält, in verschiedene Zeiten verteilt und die Aufblüte mancher Blumen hier beschleunigt, dort verschiebt, damit es in allen Kapiteln blühe. –

Die Göttin der Liebe und der Engel des Friedens führten das Ehepaar auf Steigen, die über volle Auen liefen, durch den Frühling und auf Fußpfaden, die in hohen Kornfeldern verborgen waren, durch den Sommer – und der Herbst streuete ihnen, als sie auf den Winter losgingen, seine marmorierten Blätter unter. Und so kamen sie an vor der niedrigen dunkeln Pforte des Winters, voll Leben, voll Liebe, zuversichtlich, zufrieden, gesund und rot.

Am Thomastag hatte Thiennette wie der Winter ihren Geburtstag. Wir wollen gerade, wenn in der nahen Kirche das Singen aufhört, um $9^1/_4$ Uhr in das Pfarrhaus durch die Fenster gucken. – – Es ist nichts darin außer die alte Mutter, die den ganzen Tag, weil sie der Sohn außer Arbeit und zur Ruhe gesetzt, herumschleicht und bohnt und bügelt und scheuert und wischt; – jedes gelockte Stuhlbein und jeder Messingnagel des in Wachstuch gekleideten Tisches gleißet; – alles hängt, wie bei allen Eheleuten ohne Kinder, am rechten Platze, Bürste und Fliegenklatsche und Kalender; – die Sessel sind von der Stuben-Polizei in ihre verjährten Winkel verteilt; – ein mit dem Diadem oder der Schärpe eines himmelblauen Bandes umwickelter Flachsrocken steht am Ritterbette, weil heute am halben Feiertage gesponnen werden kann; – die bänderbreiten Papierabschnitzel, worauf Predigt-Dispositionen kommen, liegen weiß neben den zugeschnittenen Predigten selber, nämlich neben den Oktav-Heften dazu, denn der Pfarrer und sein Arbeitstisch sind der Kälte wegen aus der Studier- in die Wohnstube heruntergezogen; – seine große Muff-Wamme hängt neben dem reinen Bräutigamsschlafrock – was wir in der Stube vermissen, ist bloß *er* und *sie.* Denn er predigte sie heute in die bloße Aposteltagskirche hinein, damit ihre Mutter ohne Zeugen – außer die paar tausend Leser, die mit mir ins Fenster sehen – die Proviantbäckerei und den ganzen Küchenwagen des Geburtsfestes beschicken und das beste Tischzeug und Eingemachte ungesehen auftragen könnte.

Der Seelensorger hielt es für keine Sünde, die Kirchleute so lange zu ermahnen und aufzurichten und zu bedrohen, bis er dachte, die Suppe dampfe über die Teller. Dann führte er die Neugeborne nach Hause und stellte sie plötzlich vor den Altar mit Speisopfer, vor einen süßen Buchdruckerstock aus Brottorte, worauf ihr Name mit echter *Mönchsschrift* aus Gaumbuchstaben von Mandeln eingebacken war. Im Hintergrunde der Zeit und der Stube verberg' ich gleichwohl noch zwei – Flaschen Pontak. – Wie schnell werden am Strahle der Freuden deine Wangen reif, Thiennette, als dein Eheherr feierlich sagte: »Es ist heute dein Geburtstag, und der Herr segne dich und behüte dich und lasse sein Angesicht über dich leuchten und schenke dir zur Freude deiner Schwiegermutter und deines Mannes insbesondere ein glückliches fröhliches Kindbette, Amen!« – Und da Thiennette sah, daß die alte Frau alles dieses selber gekocht und aufgetragen hatte: so fiel sie ihr um den Hals, als wenn es ihre Mutter gewesen wäre.

Rührung besiegt den Appetit. Aber Fixleins Magen war so stark wie sein Herz, und keine Art Bewegung wurde über seine peristaltische Herr. Getränk ist der Gelenksaft der Zunge, wie Essen ihr Hemmschuh. Aber früher, als bis er manches gegessen und gesagt hatte, schenkt' er nicht ein. Dann hob er die Teich-Docke von Kork aus der Bouteille und ließ den geistreichen Weiher ab. Die sieche Mutter eines noch in ihr Leben gehüllten Menschen heftete in der verlegnen Rührung ihre dankbaren Augen bloß auf die alte Frau und konnte kaum zanken, daß er ihrentwegen in die Stadt zum Weinhändler geschickt hätte. Er nahm in jede Hand für jede, die er liebte, ein Glas und reichte es der Mutter und der Frau und sagte: »Auf ein langes, langes Leben, Thiennette! – Und auf Ihr Wohlergehen, Mama! – Und auf eine recht glückliche Geburt unsers Kleinen, wenn mir Gott einen schenkt!« – »Mein Sohn,« sagte die Kunst-Gärtnerin, »aber auf dein langes Leben müssen wir hauptsächlich trinken, weil wir von dir erhalten werden. – Gott mache dich ja alt!« – fügte sie beklommen hinzu, und ihre Augen verrieten ihr Herz.

Ich habe nie von dem schrankenlosen Flattersinne des weiblichen Geschlechtes eine lebhaftere Vorstellung als zur Zeit, wo eine Frau den Engel des Todes unter ihrem Herzen trägt, und doch in den neun Monaten voll Todesanzeigen keinen größern Gedanken hat als den an ihre Gevattern und an das, was bei der Taufe gekocht werden soll. Aber du, Thiennette, hattest edlere Gedanken, obwohl jene auch mit. – Der noch eingehüllte Liebling deines Herzens ruhte vor deinen Augen wie ein kleiner, auf einen Grabstein gebildeter Engel, der mit seiner kleinen Hand immer auf dein Sterbejahr hinzeigte, und jeden Morgen und jeden Abend dachtest du mit einer Gewißheit des Todes, von der ich die Gründe noch nicht weiß, daran, daß die Erde eine dunkle Baumannshöhle ist, wo das Menschenblut wie Tropfstein, indem es tropft, Gestalten aufrichtet, die so flüchtig blinken, und so früh zerfließen! – Und das wars eben, warum deine Tränen unaufhaltsam aus deinen sanften Augen quollen und alle deine ängstlichen Gedanken an dein Kind verrieten; aber du machtest den traurigen Erguß deines Herzens durch die Umarmung wieder gut, worin du mit neuer entzündeter Liebe an deinen Gatten fielest und sagtest: »Es gehe, wie es will, Gottes Wille geschehe, wenn nur du und mein Kind am Leben bleiben – aber ich weiß wohl, daß du mich, Bester, so sehr liebest wie ich dich.«... Lege deine Hand, Mutter, voll Segen auf sie; und du, gutes Schicksal, ziehe deine niemals ab von ihnen! –

Ich stehe zwar voll Rührung und voll Glückwünsche neben dem Kusse zweier Freundinnen und neben der Umarmung von zwei tugendhaften Liebenden, und aus dem Feuer ihrer Altäre fliegen Funken in mich; aber was ist diese Erwärmung gegen die sympathetische Erhebung, wenn ich zwei Menschen, gebückt unter einerlei Bürden, verknüpft zu einerlei Pflichten, angefeuert von derselben Sorge für einerlei kleine Lieblinge, einander in einer schönen Stunde an die überwallenden Herzen fallen sehe! Und wenn es vollends zwei Menschen tun, die schon die Trauerschleppe des Lebens, nämlich das Alter, tragen, deren Haare und Wangen schon ohne Farbe, deren Augen ohne Feuer sind und deren Angesicht tausend Dornen zu Bildern der Leiden ausgestochen haben, wenn diese sich umfangen mit so müden alten Armen und so nahe am Abhange ihrer Gräber, und wenn sie sagen oder denken: »Es ist an uns alles abgestorben, aber doch unsere Liebe nicht – o wir haben lange miteinander gelebt und gelitten, nun wollen wir auch zugleich dem Tode die Hände geben und uns miteinander wegführen lassen«: – – so rufet alles in uns aus: o Liebe, dein Funke ist über der Zeit, er glimmt weder an der Freude noch an der Rosenwange, er erlischt nicht, weder unter tausend Tränen noch unter dem Schnee des Alters noch unter der Asche deines – Geliebten. Er erlischt nie; und du Allgütiger, wenn es keine ewige Liebe gäbe, so gäb' es ja gar keine!...

Dem Pfarrer ward es leichter als mir, sich einen Übergang vom Herzen zum Magen zu bahnen. Er trug jetzt Thiennetten, deren Stimme sich sogleich erheiterte – indes ihr Auge einmal ums andere zu glänzen anfing –, sein Vorhaben vor, das Frostwetter zu benützen und so viel ins Haus einzuschlachten, als sie haben: »Das Schwein kann kaum mehr aufstehen«, sagt' er und bestimmte den Entschluß der Weiber, ferner den Metzger und den Tag und die Zahl der Schlachtschüsseln: er besprach alles mit einer Pünktlichkeit, mit der die Kriegsinnung (welche den *Trokar* der überfüllten Menschheit, nämlich das Marsschwert ansetzt) einen Tag vorher zu Werke geht, ehe sie eine Provinz ins Hatz- und Schlachthaus treibt.

Darauf fing er an, ganz froh über Winters-Anfang, der heute um acht Uhr zweiundzwanzig Minuten morgens eingetreten war, zu tun und zu reden, »weil es doch wieder«, sagt' er, »stark aufs Frühjahr losgehe, und man morgen nicht so viel Licht verbrennen dürfe als heute.« Die Mutter fiel ihn zwar mit dem Gewehr ihrer fünf Sinne an; aber er hielt ihr die astronomischen Tabellen entgegen und bewies, die Zunahme des Tages sei ebenso unleugbar als unmerkbar. Letztlich fragte er wie die meisten Amt- und Eheleute nichts darnach, ob ihn seine Weiber fasseten oder nicht, und benachrichtigte sie in juristisch-theologischer Einkleidung: »heute nachmittags schieb' ers nicht mehr auf, sondern halte beim hochpreislichen Konsistorium, welches jus circa sacra habe, um einen neuen Knopf für den Kirchturm an, um so mehr, da er bis auf das Frühjahr eine reichliche milde Beisteuer von der Parochie herausgebettelt zu haben verhoffe.« – »Wenn uns Gott den Frühling erleben lässet« (setzte er äußerst fröhlich hinzu) »und du glücklich niederkommst: so könnt' ich alles so disponieren, daß der Knopf gerade aufgesetzet würde, wenn du deinen Kirchgang hieltest, Alte!«

Darauf rückte er den Stuhl leicht vom Schenk- und Nachtisch an den Arbeitstisch und versaß den halben Nachmittag an der Supplik um den Turmknauf. Da er noch ein wenig Zeit bis zur Dämmerung hatte, so setzte er das Arbeitszeug an sein neues gelehrtes Opus an. Es stand nämlich bei Hukelum im Schnee draußen ein Zehntel von einem alten Raubschloß, das er im Herbste alle Tage wie ein revenant besucht hatte, um es auszuklaftern, ichnographisch zu silhouettieren, jeden Fensterstab und jeden restierenden Anwurf desselben genau zu Papier zu bringen. Er glaubte, er hoffe nicht zu viel, wenn er dadurch – und durch einige Zeichnungen der weniger steil- als waagrechten Mauern – seinem »Architektonischen Briefwechsel zweier Freunde über das Hukelumische Raubschloß« jene letzte Hand und Reife zu erteilen meine, die Rezensenten zufriedenstellet. Denn er hatte gegen die kritischen Reichsgerichte der Rezensenten nichts von derjenigen Verachtung, die einige Schriftsteller wirklich besitzen – oder nur affektieren wie z. B. ich. Aus dem umgefallenen Raub-Louvre wuchsen für ihn mehr Freudenblumen als sonst vielleicht aus dem aufrechtstehenden für den Eigner.

Es ist meines Wissens noch eine unbekannte Anekdote, daß alles dieses niemand zu verantworten hat als *Büsching*. Fixlein stöberte unlängst in dem Kirchenbriefgewölbe ein Handschreiben auf, worin der Geograph sich Spezialberichte vom Dorfe ausbat. Büsching erwischte freilich nichts – daher mangelt wirklich das ganze Hukelum noch seiner Erdbeschreibung –; aber dieser verpestete Brief steckte Fixleins Herz mit dem anhaltenden Frühlingsfieber der Ruhmsucht an, so daß sein pulsierendes Herz nur mit dem Lukaszettel einer Rezension zu stillen und zu halten war. Mit der Schriftstellerei ists wie mit der Liebe: man kann beide jahrzehentelang zugleich begehren und entraten; ist aber einmal der erste Funke von ihnen in dein Pulverlager gefallen: dann brennts fort bis ans Ende.

Bloß Winters-Anfang wegen mußte heute eine besonders warme Stube gemacht werden, die er wie große Müffe und Bärenmützen mehr liebte, als man dachte. Die Dämmerung, dieses schöne Chiaroscuro des Tages, diesen farbigen Vorgrund der Nacht, dehnte er so lang wie möglich aus, um darin auf Weihnachten zu – studieren; und doch konnt' es seine Frau ohne Bedenken wagen, ihm gerade, wenn er mit dem umgehangenen Säetuch voll göttlichen Worts-Samen die Stube auf- und abging, einen Löffel voll Bieressig vorzuhalten, damit er ihn dem Gaumen anprobierte, ob er abzugießen sei von der Essigmutter. Ließ er denn nicht sogar, ob er gleich Rögner lieber speiste, allemal einen Milchner aus der Heringstonne ziehen, nur der geliebten Frau wegen? –

Jetzt kam Licht; und da gerade der Winter seine Glasmalerei auf den Scheiben anfing, seine Eis-Blumenstücke und seinen Schnee-Baumschlag: so sah der Pfarrer, es sei Zeit, etwas Kaltes zu lesen, was er seine kalte Küche nennte, nämlich die Beschreibung eines entsetzlich-frostigen Landes. Dasmal wars die Wintergeschichte der vier russischen Matrosen auf Nova Zembla. Ich meines Orts hefte im Sommer, wenn der wühlende Zephyr Blütenglocken aufbläht, die Landkarten und Aufrisse von Welsch- und Morgenland noch als neue Landschaften an die, worin ich sitze. Und doch nahm er heute noch die Stadtchronik von Flachsenfingen zur Hand, um mitten unter den Schüssen, Pestilenzen, Hungersnöten, Kometen mit langen Schärpen und dem Rauschen aller Höllenflüsse des dreißigjährigen Kriegs mit *einem* Ohre nach der Gesindestube hinzuhören, wo man den Krautsalat für einen Entenbraten zerschneidet.

Gute Nacht, Alter! ich bin matt. Der gute Himmel schicke dir im Frühjahr 1794, wenn die Erde ihre Menschen wie kostbare Nachtraupen auf Blättern und Blumen herumträgt, den neuen Turmknopf und einen dicken wohlgestalteten – Buben dazu!

Eilfter Zettelkasten

Frühling – Investitur – und Niederkunft

Ich stehe von einem wunderbaren Traume auf; aber der vorige Kasten macht ihn natürlich. Mir träumte: alles grüne – alles dufte – ich schaue nach einem unter der Sonne blitzenden Turmknopf hinaus, ruhend im Fenster eines weißen Gartenhäuschens, die Augenlider voll Blumenstaub, die Achseln voll dünne Kirschenblüten, die Ohren voll Gesumse des benachbarten Bienenstandes. – Darauf trete langsam zwischen die Rabatten der hukelumische Pfarrer und steige ins Gartenhaus und sage feierlich zu mir: »Wohlgeborner Herr, eben ist meine Frau von einem Knäblein entbunden worden, und ich unterfange mich, Dieselben zu bitten, an solchem das heilige Werk zu verrichten, wenn es in den Schoß der Kirche aufgenommen wird.« –

Ich fuhr ganz natürlich auf, und der – Pfarrer Fixlein stand noch leibhaftig neben meinem Bette und bat mich zu Gevatter: denn Thiennette war heute nachts um 1 Uhr niedergekommen. Die Geburt war darum so glücklich als wie in einem Gebärhause vorübergegangen, weil der Vater schon etliche Monate darauf gedacht hatte, den sogenannten Klapperstein, der im Horste des Adlers gefunden wird, beizuschaffen und Geburtshülfe damit zu leisten: denn dieser Stein verrichtet in seiner Art alles, was die Mütze eines alten Minoriten in Neapel, von dem Gorani erzählt, an solchen Kreißenden erzwingt, die sie aufsetzen.....

– Ich könnte den Leser noch länger kränken; aber ich lasse willig nach und decke ihm die Sachen auf.

Einen solchen Mai wie den diesjährigen (von 1794) hat die Natur bei Menschengedenken nicht – angefangen: denn wir haben erst den funfzehnten. Leute von Einsichten mußten sich seit Jahrhunderten jedes Jahr einmal ärgern, daß die deutschen Sänger Mailieder machten, da andere Monate eine poetische Nachtmusik weit eher verdienen; und ich bin oft so weit gegangen, daß ich den Sprachgebrauch der Marktweiber angriff und statt Maibutter Juniusbutter sagte, desgleichen nur Junius-, März-, Aprillieder. – Aber du, diesjähriger Mai! verdienest alle Lieder auf deine rauhen Namensvettern auf einmal! – Beim Himmel! wenn ich jetzt aus der gaukelnden helldunkeln Akazienlaube des Schloßgartens, in der ich dieses Kapitel schreibe, heraustrete in den weiten lebendigen Tag und zum wärmenden Himmel aufsehe und über seine unter ihm aufquellende Erde: so tut sich vor mir der Frühling wie ein volles kräftiges Gewitter mit einem blauen und grünen Glanze auf. – Ich sehe die Sonne am Abendhimmel in Rosen stehen, in die sie ihren Strahlenpinsel, womit sie heute die Erde ausgemalet, hineinwirft – und wenn ich mich ein wenig umsehe in ihrer Gemäldeausstellung: so ist ihre Schmelzmalerei auf den Bergen noch heiß – auf dem nassen Kalk der nassen Erde trocknen die Blumen mit Saftfarben gefüllt, und an den Bächen die Vergißmeinnicht mit Miniaturfarben – unter die Glasur der Ströme hat die Malerin ihr eignes Auge gefasset, und die Wolken hat sie wie ein Dekorationsmaler nur mit wilden Umrissen und einfachen Farben gezeichnet; und so steht sie am Rande der Erde und blickt ihren großen, vor ihr stehenden Frühling an, dessen Faltenwurf Täler sind, dessen Brustbouquet Gärten und dessen Erröten ein Frühlingsabend ist und der, wenn er sich aufrichtet, der – Sommer wird.

Aber weiter! In jedem Frühling – und in einem solchen gar – geh' ich zu Fuße den Zugvögeln entgegen und verreise den hypochondrischen Bodensatz des Winters. Ich glaube aber nicht, daß ich nur den Turmknopf von Hukelum, der in einigen Tagen abgehoben wird, geschweige die Pfarrleute gesehen hätte, wär' ich nicht beim flachsenfingischen Superintendenten und Konsistorialrat gewesen. Bei diesem kundschaftete ich Fixleins Lebenslauf – jeder Kandidat muß seinen an das Konsistorium liefern – und sein noch tolleres Bittschreiben um den Turmgiebel aus. Ich ersah mit Vergnügen, wie lustig der Kauz in seinem Entenpfuhl und Milchbad von Leben schnalze und plätschere – und nahm mir die Reise zu seinem Ufer vor. Es ist sonderbar, d. h. menschlich, daß wir originelle Menschen und originelle Bücher das ganze Jahr lang wünschen und preisen: haben und sehen wir sie aber, so erzürnen sie uns – sie sollen uns ganz anstehen und schmecken, als ob das eine andere Originalität könnte als unsere eigene.

Es war Sonnabends, den dritten Mai, daß ich, der Superintendent, der Senior capituli und einige weltliche Räte aufbrachen und einstiegen und uns in zwei Wägen vor die Haustüre des Pfarrers bringen ließen. Die Sache war: er war noch nicht – *investieret*, und morgen sollt' ers werden. Ich dachte nicht, als wir am weißen Spalier des Schloßgartens vorbeifuhren, daß ich darin ein neues Werkchen schreiben würde.

Ich sehe den Pfarrer noch in seinem Perücken-Grauwerk und Kopfgehäuse an die Wagentüre anspringen und uns herausziehen – so lächelnd – so verbindlich – so eitel als aufmerksam auf die herausgezogne Fracht. – Es schien, als hätt' er den *Reiseflor* des Schmerzes auf der Lebensreise gar niemals umgenommen – und Thiennette schien ihren niemals zurückgeschlagen zu haben. Wie war alles im Hause so nett, aufgeschmückt und poliert! Und doch so still, ohne das verdammte Sturmläuten der Bedientenglocken und ohne die faulen Trommelbässe des Treppen-Pedalierens! – Indes die Herren im obern Zimmer anständig saßen, zog ich nach meiner Art wie ein Geruch im ganzen Hause herum, und mein Weg führte mich durch die Wohnstube, über die Küche und endlich in den Kirchhof am Hause. Guter Sonnabend, ich will deine Stunden, so gut ich kann, mit schwarzem Judenpech von Dinte in die Uhrblätter fremder Seelen zeichnen! – In der Wohnstube hob ich vom Schreibtisch einen an Rücken und Ecken vergoldeten Band mit dem Rückendekret: »Heilige Reden von Fixlein, erste Sammlung« auf – und da ich nach dem Druckort sehen wollte, war die heilige Sammlung geschrieben. Ich fühlte die Schreibspulen an und tunkte in die Negerschwärze der Dinte ein – und ich befand, daß alles ganz gut war: bei herumfliegenden Gelehrten, die nur ein Departement der auswärtigen Angelegenheiten haben und keines der innern, ist außer einigen andern Dingen nichts schlechter als Dinte und Federn. Auch fand ich eine Kupferplatte, auf die ich wieder zurückkommen werde. –

In der Küche, die man zum Schreiben eines englischen Romans nicht nötiger hat wie zum Spielen eines deutschen, konnt' ich mich neben Thiennetten stellen und mit schüren helfen und in ihr Gesicht und in ihr Kochfeuer zugleich sehen. Ob sie gleich in der Ehe war, wo weiße Rosen auf den Wangen zu roten werden – worin die Mädchen einem Gleichnis in der Note[1] gleichen –, und obgleich das Bratenholz eine erlogene Schminke auf sie warf: so erriet ich doch, wie blaß sie ungefähr sonst gewesen war, und meine Rührung über ihre Farbe stieg durch den Gedanken an ihre Bürde

[1] Dem Frühling nämlich, der mit weißen Schneeblumen anfängt, und mit Rosen und Nelken schließet.

noch höher, die ihr heute nachts das Schicksal nicht sowohl abgenommen als bloß in ihre Arme und näher an ihr Herz geleget hat. Wahrlich ein Mann muß nie über die mit einer Ewigkeit bedeckte Schöpfungsminute der Welt nachgesonnen haben, der nicht eine Frau, deren Lebensfaden eine verhüllte unendliche Hand zu einem zweiten spinnt, und die den Übergang vom Nichts zum Sein, von der Ewigkeit in die Zeit verhüllt, mit philosophischer Verehrung anblickt; – aber noch weniger muß ein Mann je empfunden haben, dessen Seele vor einer Frau in einem Zustande, wo sie einem unbekannten ungesehenen Wesen noch mehr aufopfert als wir den bekannten, nämlich Nächte, Freuden und oft das Leben, sich nicht tiefer und mit größerer Rührung bückt als vor einem ganzen singenden Nonnen-Orchester auf ihrer Sarawüste; und schlimmer als beide ist einer, dem nicht seine Mutter alle andere Mütter verehrungswürdig macht. –

»Es ist dir weiter nicht dienlich, arme Thiennette,« (dacht' ich) »daß sich jetzt unter dem Vollgießen deines bittern Krankenkelches die lärmenden Feste häufen.« Die Investitur und die Knopf-Erhöhung meint' ich. Mein Rang, dessen Diplom der Leser in den »*Hundsposttagen*« eingeheftet findet und der sonst der ihrige war, hetzte mir ein Heer zurückhaltender, verlegner und schwankender Äußerungen von ihr auf den Hals, die ich mit Mühe zerstreuete, und womit allemal die Leute vor Höhern oder Niedern aufziehen, zu denen sie sonst gehört hatten. Ich konnte weder mit ihr noch mit ihm den Sonnabend und Sonntag recht ins Geleise kommen, bis die andern Herren fort waren. Die alte Mutter wirkte, wie dunkle Ideen, stark und fortdauernd, aber ohne sich zu zeigen: das wird durch ihre abgöttische Scheu vor uns erklärt und zum Teil durch einen stillen Kummer, der sich wie eine Wolke in ihr (wahrscheinlich über die Niederkunft ihrer Schwiegertochter) aufzog.

Ich kreuzte, solange das Mond-Achtel noch flimmerte, auf dem Gottesacker herum und milderte meine Phantasien, die zu leicht mit dem Braun zerbröckelter Mumien malen, nicht nur durch das Abendrot, sondern auch durch die Erwägung, wie leicht unser Aug und Herz sich sogar mit den Trümmern des Todes versöhne, eine Erwägung, zu der mir der pfeifende Schulmeister, der das Gebeinhaus auf morgen ordnete, und die singende Pfarrmagd verhalf, die Gräber abgrasete. Warum wollen wir uns diese Angewöhnung an alle Gestalten des Schicksals nicht auch auf die andere Welt von unserer Natur und von unserem Erhalter versprechen? – Ich blätterte die Leichensteine durch und denke noch jetzt, der Abergläubige[1] hat recht, der dem Leser derselben Verlieren des *Gedächtnisses* beilegt: – allerdings *vergisset* man tausend Dinge dieser Erde.....

Die Investitur am Sonntage, dessen Evangelium vom guten Hirten auf

[1] Dieser christliche Aberglaube ist nicht bloß ein rabbinischer, sondern auch ein römischer. Cicero de Senectute.

den Aktus paßte, muß ich kurz abfertigen, weil alles Erhabene die Redseligkeit nicht leiden kann. Ich werde aber doch das Wichtigste mitgeteilet haben, wenn ich berichte, daß dabei getrunken wurde – im Pfarrhaus –, gepauket – im Chor –, vorgelesen – vom Senior die Vokation, vom weltlichen Rate das Ratifikationsreskript – und gepredigt – vom Konsistorialrate, der den Seelsorger nahm und ihn der Gemeinde und diese jenem präsentierte, gab und zusicherte. Fixlein fühlte, er gehe als ein Hoherpriester aus der Kirche, in die er als ein Landpfarrer gekommen war, und hatte den ganzen Tag nicht das Herz, einmal zu fluchen. Wenn der Mensch feierlich behandelt wird, so sieht er sich selber für ein höheres Wesen an und begeht sein Namensfest mit Andacht.

Dieses Aufdingen, diesen Klosterprofeß ordnen die geistlichen Oberrabbi und Logemeister – die Superintendenten – sonst gerne an, wenn der Pfarrer schon einige Jahre der Gemeinde vorgestanden ist, der sie ihn vorzustellen haben, wie die ersten Christen die Einweihung und Investitur zum Christentum, die Taufe, gern in den Tag ihres Todes verlegten; – ja ich glaube nicht einmal, daß die Investitur etwas von ihrem Nutzen verlöre, wenn sie und das Amtsjubiläum auf *einen* Tag aufgesparet würden, um so mehr, da dieser Nutzen ganz in dem besteht, was Superintendent und Räte teils schmausen, teils kriegen.

Erst gegen Abend lernten wir beide uns kennen. Die Investitur-Offizianten und Hebungsbedienten hatten nämlich den ganzen Abend sehr – geatmet. Ich meine so: da die Herren aus den ältesten Meinungen und neuesten Versuchen wissen mußten, Luft sei nichts als verdünntes, auseinandergeschlagenes Wasser: so konnten sie doch leicht erraten, daß umgekehrt Wasser nichts sei als eine dickere Luft. Und Weintrinken ist nichts als das Atmen einer zusammengekelterten, mit einigen Wohlgerüchen bestreueten Luft. Nun kann in unsern Tagen nicht genug (flüssiger) Atem von geistlichen Personen geholet werden durch den Mund, da ihre Verhältnisse ihnen das Atmen durch die *kleinern* Poren untersagen, das *Abernethy* unter dem Namen *Luftbad* so anempfiehlt: soll denn der Speiseschlund bei ihnen etwas anders sein als der Wand- und Türnachbar der Luftröhre, der *Mitlauter*, der Nebenschößling der letztern? – Ich verlaufe mich: ich wollte berichten, daß ich abends der nämlichen Meinung zugetan war, daß ich aber diese Luft oder diesen Äther nicht wie jene zum lauten Gelächter verbrauchte, sondern zum stillern Beschauen des Lebens. Ich ließ sogar gegen meinen Gevatter einige Reden schießen, die Gottesfurcht verrieten, welches er anfangs für Spaß nehmen wollte, weil er wußte, ich wäre von Hofe und Rang. Aber der Hohlspiegel des Weinnebels hing mir endlich die Bilder meiner Seele vergrößert und verkörpert als Geister-Gestalten mitten in die Luft hin. – Das Leben schattete sich mir zu einer eiligen Johannisnacht ein, die wir schießende Johanniswürmchen glimmend durchschneiden – ich sagte zu ihm, der Mensch müßte sich, wie die Blätter der großen Malve, in den verschiedenen Tagszeiten seines Lebens bald nach Morgen, bald nach Abend richten, bald in der Nacht gegen die Erde und gegen ihre Gräber zu – ich sagte, die Allmacht des Guten trieb' uns und die Jahrhunderte den Toren der Stadt Gottes zu, wie der Widerstand des *Äthers* nach *Euler* die umkreisende Erde der Sonne zuführt usw.

Er hielt mich dieses Einschiebessens wegen für den ersten Theologen seiner Zeit und hätte von mir, wenn er Kriege hätte anfangen müssen, vorher Gutachten eingeholt, wie sonst kriegführende Mächte von den Reformationstheologen. Ich verhalte mir aber doch nicht, das, was die Pfarrer Eitelkeit der Erde nennen, ist etwas ganz anders, als was die Philosophie so nennt. Als ich ihm vollends eröffnete, ich schämte mich nicht, ein Autor zu sein, sondern beschriebe dieses und jenes Leben, und ich hätte seine eigne Biographie beim Herrn Superintendenten zu Gesichte bekommen und wäre imstande, daraus eine gedruckte zu fertigen, falls er mir mit einer und der andern Fleischfarbe zu Hülfe kommen wollte: so war bloß meine Seide, die leider nicht bloß gegen das elektrische Feuer, sondern auch gegen ein besseres isoliert, das Gitter, das sich zwischen mich und seine Arme stellte: denn er war wie die meisten armen Landpastoren nicht imstande, irgendeinen Rang zu vergessen oder seinen mit dem höhern zu verquicken. Er sagte: »er würd' es venerierlich erkennen, wenn ich seiner im Drucke gedächte; aber er befahre zu sehr, sein Leben sei zu einer Beschreibung zu gemein und zu schlecht.« Gleichwohl machte er mir die Schublade seiner Zettelkästen auf und sagte, er glaube mir damit vorgearbeitet zu haben.

Die Hauptsache aber war, er hoffte, seine errata, seine exercitationes und seine Briefe über das Raubschloß würden, wenn ich vorher ihnen den Lebenslauf ihres Verfassers vorausschickte, besser aufgenommen, und es wäre so viel, als begleitete ich sie mit einer Vorrede.

Kurz ich blieb, als den Montag die andern Herren mit ihrem Nimbus wegdampften, allein bei ihm als Niederschlag sitzen – und sitze noch fest, d. h. vom fünften Mai an bis (das Publikum sollte den Kalender von 1794 neben sich aufgeschlagen hinlegen) zum funfzehnten – heute ist Donnerstag, morgen ist der sechzehnte und Freitag und die sogenannte Spinatkirmes und die Aufziehung des Turmknopfes, die ich nur abzuwarten vorhatte, eh' ich ginge. Jetzt geh' ich aber nicht, weil ich Sonntags den Taufbund als Tauf-Agent für mein Patchen schließen muß. Wer mir gehorcht und den Kalender aufgeschlagen hat, der kann sich leicht vorstellen, warum mans auf den Sonntag verschiebt: es fället da jener denkwürdige Kantatesonntag ein, der einmal in unserer Geschichte wegen seiner närrischen, narkotischen Schierlings-Kräfte – jetzt aber nur wegen der schönen Verlobung wichtig ist, die man nach zwei Jahren mit einer Taufe zelebrieren will.

Ich bin zwar nicht imstande – aus Armut an Farben und Pressen –, die weiche duftende Blumenkette von vierzehn Tagen, die sich hier um mein krankes Leben ringelt, aufs Papier abzufärben oder abzupressen; aber mit einem einzigen Tage kann ichs versuchen. Ich weiß wohl, der Mensch kann weder seine Freuden noch Leiden erraten, noch weniger kann er sie wiederholen, im Leben oder Schreiben.

Die schwarze Stunde des Koffees hat Gold im Munde für uns und Honig: hier in der Morgenkühle sind wir alle beisammen, wir halten populäre Gespräche, damit die Pfarrerin und die Kunstgärtnerin sich darein mischen können. Der Frühgottesdienst in der Kirche, worin oft das ganze Volk[1] sitzt und singt, wirft uns auseinander. Ich marschiere unter dem Glockengeläute mit meinem Stachel-Schreibzeug in den singenden Schloßgarten und setze mich in der frischen Akazienlaube an den betaueten zweibeinigen Tisch. Fixleins Zettelkästen hab' ich schon in der Tasche bei mir, und ich darf nur nachschauen und aus seinen nehmen, was in meine taugt. Sonderbar! so leicht vergisset der Mensch eine Sache über ihre Beschreibung: ich dachte jetzt wahrlich nicht ein wenig daran, daß ich ja eben auf dem zweibeinigen Laubentische, von dem ich rede, jetzt alles dieses schreibe.

Mein Gevatter arbeitet unterdessen auch für die Welt. Seine Studierstube ist die Sakristei, und der Preßbengel ist die Kanzel, die er braucht, um die ganze Welt anzupredigen: denn ein Autor ist der Stadtpfarrer des Universums. Ein Mensch, der ein Buch macht, hängt sich schwerlich; daher sollten alle reiche Lords-Söhne für die Presse arbeiten: denn man hat doch, wenn man zu früh im Bette erwacht, einen *Plan,* ein Ziel und also eine Ursache vor sich, warum man daraus steigen soll. Am besten fähret dabei ein Autor, der mehr sammelt als erfindet – weil das letztere mit einem ängstlichen Feuer das Herz kalzinieret –; ich lobe den Antiquar, Heraldiker, Notenmacher, Sammler, ich preise den *Titelbarsch* (ein Fisch, namens perca diagramma, wegen seiner Buchstaben auf den Schuppen) und den *Buchdrucker* (ein Speckkäfer, namens scarabaeus typographus, der in die Rinde der Kienbäume Lettern wühlt) – beide brauchen keinen größern oder schönern Schauplatz der Welt als den auf dem Lumpenpapier und keinen andern Legestachel als einen spitzigen Kiel, um damit ihre vierundzwanzig Lettern-Eier zu legen. – In Rücksicht des räsonierenden Katalogs, den der Gevatter von deutschen Druckfehlern machen will, sagt' ich ihm einige Male: »er wäre gut und gründe sich auf die Regel, nach der man ausgezählet hat, daß z. B. zu einem Zentner Cicero-Fraktur vierhundertundfunfzig Punkte, dreihundert Schließquadrätchen etc. nötig sind; aber er sollte doch in politischen Schriften und in Dedikationen nachrechnen, ob für einen Zentner Cicero-Fraktur nicht funfzig Ausrufungszeichen viel zu wenig wären, so wie sechstausend Spatia in philosophischen Werken und in Romanen.«

An manchen Tagen schrieb er nichts; sondern steckte sich in den Schlauch und Rauchfang seines Priesterrocks und ließ im Ornate drüben beim Schulmeister die wenigen *Abc*-Schützen, die nicht wie andere Schützen des Frühlings wegen auf Urlaub waren, in der Fibel exerzieren. Er tat nie mehr als

[1] Denn funfzehn Personen machen nach den Juristen schon eines.

seine Pflicht, aber auch nie weniger. Es überlief sein Herz mit einer gelinden Wärme, daß er, der sonst unter einem Scholarchat sich duckte, jetzt selber eines war.

Um zehn Uhr begegnen wir uns aus unsern verschiedenen Museen und besichtigen das Dorf und besonders die biographischen Möblen und heiligen Örter, die ich gerade diesen Morgen unter meiner Feder oder meinem Storchschnabel gehabt, weil ich sie mit mehr Interesse *nach* meiner Beschreibung betrachte als *vor* ihr –

Dann wird gespeiset.

Nach dem Tischgebet, das zu lang ist, tragen wir beide die Karitativsubsidien oder Kammerzieler und milden Spenden, womit die Eingepfarrten dem Religions- und Tilgungsfond des Gotteskastens beispringen wollen zum Kauf des neuen Turmglobus, in doppelte Handelsbücher ein: das eine davon wird mit dem Namen der Kollatoren oder – hat einer auch für seine Kinder dotiert – mit der letztern ihrem in eine bleierne Kapsel eingesargt und in den Turmknopf aufgebahrt; das andere bleibt unten, bei der Registratur. Es ist nicht zu beschreiben, welche Lieferungen die Ehrbegierde, in den Knopf hinaufzukommen, macht – ich beteure, Bauern, die schon gut gegeben hatten, steuerten noch einmal, wenn sie taufen ließen: der Junge sollte auch in den Knopf.

Nach dieser Buchhaltung stach der Gevatter in Kupfer. Er war so glücklich gewesen, herauszubringen, daß aus einem Zuge, der einem umgekehrten lateinischen S gleichsieht, alle Anfangsbuchstaben der Kanzleischrift so schön und so verschlungen, als sie in Lehr- und Adelsbriefen stehen, herauszuspinnen sind. »Bis Sie sechzig zählen,« sagt' er zu mir, »hab' ich aus meinem Stammzuge einen Buchstaben gemacht.« Ich kehrte es bloß um und zählte so lange sechzig, bis er ihn hin hatte. Diese Schönheitslinie, in alle Buchstaben verzogen, will er durch Kupferplatten, die er selber sticht, für die Kanzleien gemeiner machen, und ich darf dem russischen, dem preußischen Hofe und auch einigen kleinern in seinem Namen Hoffnung zu den ersten Abdrücken machen: für expedierende Sekretäre sind sie unentbehrlich.

Nun wird es Abend, und es ist Zeit, vom gelehrten Baum des Erkenntnisses, auf dem wir beide mit Obstbrechern halsbrechend herumgabeln, wieder hinabzurutschen in die Feld-Blumen und Gräsereien der ländlichen Freude. – Wir warteten aber doch, bis die emsige Thiennette, die wir nun als eine Mutter Gottes in unser Wesen zogen, keine andere Gänge mehr hatte als die zwischen uns. – Wir schritten dann langsam – die Kranke war matt – durch die Wirtschaftsgebäude, d. h. durch Ställe und deren Inventariums-mäßige Schweizerei und vor einer abscheulichen Lache voll Enten vorüber und vor einem Milchkeller voll Karpfen, denen beiden wir, ich und die andern, wie Fürsten Brot gaben, weil wir sie am Sonntage nach der Taufe – zum Brote selber verspeisen wollten.

Dann wurde der Himmel immer freundlicher und röter, die Schwalben und die Blütenbäume immer lauter, die Häuserschatten breiter – und der Mensch vergnügter. Die Blütentrauben der Akazienlaube hingen in unsere kalte Küche, und die Schinken waren nicht – welches mich allemal ärgert – mit Blumen besteckt, sondern damit von weitem beschattet.....

Dann macht mich der tiefere Abend und die Nachtigall weicher; und ich erweiche wieder die sanften Menschen um mich, besonders die blasse Thiennette, der oder deren Herzen die heftigen Freudenschläge nach den apoplektischen Lähmungen einer gedrückten Jugend schwerer werden als die Regungen der Wehmut. Und so rinnt unser transparentes reines Leben schön unter dem Blüten-Überhang des Maies hinweg, und wir schauen im bescheidenen Genusse scheu weder voraus noch zurück, wie Leute, die Schätze heben, sich auf dem Hin- und Herwege nicht umblicken.

So gehen unsere Tage vorüber. – Nur der heutige war anders: sonst sind wir um diese Zeit schon mit dem Nachtmahl fertig, und der Pudel hat schon die Knochen-Präparate unsers Soupers zwischen den Kinnbacken; aber heute sitz' ich noch allein im Garten hier und schreibe den eilften Kasten und gucke jeden Augenblick auf die Wiesen hinaus, ob mein Gevatter nicht kömmt.

Er ist nämlich in die Stadt gegangen, um ein ganzes Warenlager von Gewürzen zu holen: er hat weite Rocktaschen. Ja er macht kein Geheimnis daraus, daß er manchen Fleischzehenten bloß in der Rocktasche vom Vormund, bei dem sein Absteigquartier ist, heimtrage, wiewohl freilich Umgang mit der feinern Welt und Stadt und die daraus fließende Sittenbildung – denn er geht zum Buchhändler, zu Schulkollegen und zu geringern Stadtleuten – weit mehr als das Fleischholen die Absicht seiner Stadtreisen ist. Er machte mich heute am Morgen zum regierenden Haupt des Hauses und gab mir die Faszes und den Thronhimmel. Ich saß den ganzen Tag bei der Wöchnerin und hatte ordentlich, bloß weil mich der Mann als seinen Ehe-Figuranten dagelassen, die schöne Seele lieber. Sie mußte dunkle Farben nehmen und mir die Winterlandschaft und Eisregion ihrer verjammerten Jugend zeichnen; aber ich machte oft ihr stilles Auge durch ein leichtes elegisches Wort wider mein Vermuten naß, weil das noch von keiner empfindsamen Druckpresse ausgekelterte übervolle Herz beim geringsten Andruck überfloß. Hundertmal wollt' ich unter ihrem Berichte sagen: o ja eben deswegen fing Ihr Leben zugleich mit dem Winter an, weil es so viele Ähnlichkeiten mit ihm erhalten sollte. – Du windstiller, wolkenloser Tag! noch drei Worte über dich wird mir doch die Welt nicht übelnehmen?

Ich kam immer näher ans Herzens-Zentralfeuer der Weiber zu stehen; und sie zogen letztlich milde über den Pfarrer los: die besten Weiber verklagen oft gegen einen Fremden ihre Männer, ohne sie darum im geringsten minder zu lieben. Mutter und Frau meisterten es unter dem Essen, daß er aus jeder Bücherauktion Opera erstehe; und in der Tat haschte und rang er nicht sowohl nach guten oder schlechten Büchern – oder nach alten – oder neuen – oder solchen, die er las – oder nach Lieblingsbüchern – sondern bloß nach Büchern. Die Mutter schalt es hauptsächlich, daß er so viel in Kupferplatten verschleudere: einige Stunden darauf machte sie den für den Turmknopf Geldprästationen leistenden Schultheiß, der eine herrliche Hand schrieb, darauf aufmerksam, wie gut ihr Sohn steche, und es lohne der Mühe, bei solchen Anfangsbuchstaben einen Groschen nicht anzusehen.

Sie trugen mir darauf – denn wenn die Weiber einmal im offenherzigen Ergießen sind, so schütten sie (nur muß man nicht den Zapfhahn der Fragen umdrehen) gern alles aus – ein Ringkästchen hin, worin er einen gefundnen Kammerherrnschlüssel konservierte, und fragten mich, ob ich nicht wüßte, wer ihn verloren. Wer will das wissen, da es beinahe mehr Kammerherren als Dieteriche gibt? –

Endlich fassete ich Herz, auch nach dem Schränkchen des Ertrunknen zu fragen, das ich bisher im ganzen Hause vergeblich gesucht. Fixlein selber inquirierte fruchtlos darnach. Thiennette gab der Alten einen zuredenden Wink voll Liebe, und ich wurde von dieser zu einem ausgespreizten Reifrock hinaufgeführt, der das Schränkchen überbauete. Unterwegs sagte die Mutter, sie hielten es vor ihrem Sohne versteckt, weil ihn das Angedenken an seinen Bruder schmerzen würde. Als wir diese Depositenkasse der Zeit, woran das Schloß abgerissen war, geöffnet hatten, und als ich in dieses Gebeinhäuschen voll Trümmer einer kindlichen spielenden Vorzeit geschauet hatte: setzt' ich mir, ohn' ein Wort zu sagen, vor, diese Spielwaren der Gebrüder Fixlein noch vor meiner Abreise vor dem lebenden auszupacken: könnt' es denn etwas Schöners geben, als die überschütteten eingesunknen herkulaneischen Ruinen der Kindheit ausgegraben zu erblicken und frei an der Luft? –

Die Wöchnerin ließ schon zweimal bei mir fragen, ob er zurückgekommen. Er und sie haben gegeneinander, eben weil sie ihrer Liebe nicht den schwächenden Ausdruck durch Phrasen, sondern den stärkenden durch Taten geben, eine unaussprechliche. Andere Brautleute nagen einander die Lippen und das Herz und die Liebe durch Küssen ab, wie von Christi Statue in Rom (von Angelo) der Fuß durch Küssen abgegangen, den man deswegen mit Blech versehen; bei andern Brautleuten kann man die Zahl ihrer Entzündungen und Ausbrüche, wie beim Vesuv die der seinigen, deren noch dreiundvierzig sind, voraus ansagen: – aber in diesen Menschen stieg das griechische Feuer einer mäßigen und ewigen Liebe auf, wärmte, ohne Funken zu versprengen, und loderte aufrecht, ohne zu knistern. – Jetzt schläget magischer die Abendlohe aus den Fenstern der Gärtnershütte in meine Laube, und mir ist, als müßt' ich zum Schicksal sagen: »Hast du einen scharfen Schmerz, so wirf ihn nur lieber in meine Brust und verschone damit drei gute Menschen, die zu glücklich sind, um nicht daran zu verbluten, und zu eingeschränkt auf ihr kleines dunkles Dorf, um nicht zurückzufahren vor dem Wetterstrahl, der ein erschüttertes Ich aus der Erde über die Wolken reißet.« – –

Du guter Mann! jetzt kömmt er eilig über die Pfarrwiesen. Welche schmachtende Blicke voll Liebe ruhen schon im Auge deiner Thiennette! – Was wirst du uns heute Neues aus der Stadt mitbringen! – Wie wird dich morgen der aufsteigende Turmknopf laben! –

Zwölfter Zettelkasten

Turmknopfs-Aszension – das Schränkchen

Wie heute, den sechzehnten Mai, der alte Knopf vom Hukelumer Turm abgedrehet und ein neuer ihm aufgesetzet worden, das will ich jetzt bestens beschreiben, aber in jenem einfachen historischen Stile der Alten, der vielleicht großen Begebenheiten am besten zusagt.

Sehr früh kamen in einem Wagen der Herr Hofvergolder *Zeddel* und der Schlossermeister *Wächser* und die neue Peters-Kuppel des Turmes an. Gegen acht Uhr lief die Gemeinde zusehends zusammen, die aus Nutritoren des Knopfes bestand. Ein wenig später trafen Herr Dragonerrittmeister von Aufhammer als Patronatsherr der Kirche und des Turms und der Gotteshausvorsteher *Streichert* ein. Hierauf begaben ich und mein Herr Gevatter Fixlein uns samt den Personen, die ich schon genannt habe, in die Kirche und hielten da vor unzähligen Zuhörern eine Wochen-Betstunde. Sodann erschien mein Herr Gevatter oben auf der Kanzel und suchte eine Rede zu halten, die der feierlichen Handlung angemessen war; – er verlas nach ihr sofort die Namen der Gönner und guten Seelen, durch deren Gratiale der Knopf zusammengebracht worden, und zeigte der ganzen Gemeinde die bleierne Büchse vor, worin sie namentlich war, und bemerkte, das Buch, woraus er sie abgelesen, werde bloß in die Pfarregistratur beigelegt. Darauf hielt ers für nötig, ihr und Gott zu danken, daß er zum Entrepreneur eines solchen Werks wider sein Verdienst ausersehen worden. Das Ganze beschloß er mit einem kurzen Gebet für den Schieferdecker *Stechmann*, der schon außen am Turm hing und den alten Schaft ablösete, – und bat, daß er nicht den Hals oder sonst ein Gliedmaß brechen möge. Nun wurde ein geistliches Liedchen gesungen, das die meisten außen vor der Kirche mitsangen, weil sie schon zum Turm hinaufsahen.

Nun kamen wir auch alle heraus, und der abgedankte Knopf, gleichsam der abgeschnittene Hahnenkamm des Turmes, wurde niedergesenkt und abgebunden. Der Gotteshausvorsteher Streichert zog ein bleiernes Besteck aus dem mürben Knopf, das mein Herr Gevatter zu sich steckte, um es gelegentlich durchzulesen; ich aber sagte zu einigen Bauern: »Sehet, so werden sich euere Namen auch erhalten im neuen Knopfe, und wenn er nach späten

Jahren heruntergezogen wird: so ist die Büchse darin, und der damalige Pfarrer lernt euch alle kennen.« – Und nun wurde der neue Turmglobus mit dem Blei-Napf, worin sich die Namen der Umstehenden aufhielten, sozusagen voll geladen und saturieret und ans Zugseil geheftet – und jetzt machte sich der bisher der Pfarrgemeinde aufgesetzte Schröpfkopf in die Höhe....

Beim Himmel! jetzt ist der ungeschmückte Stil eine Sache außer meinem Vermögen – denn als der Knopf rückte, schwebte, stieg: trommelte es mitten im Turm, und der Schulmeister, der vorher aus dem gegen die Gemeinde gerichteten Schalloch herniedergesehen hatte, stieß jetzt mit einer Trompete zu einem einsamen Seiten-Schalloch heraus, vor dem der steigende Knopf nicht vorbeizog. – Aber als der ganze Kirchsprengel zappelte und jubelte, je höher das Kapitell seinem Halse kam – und als es der Schieferdecker empfing und herumdrehte und der Spitze glücklich inkorporierte – und als er eine Baurede, an den Knopf sich lehnend, zwischen Himmel und Erde, auf diese und auf uns alle herunterhielt – und als meinem Gevatter vor Wonne, der zeitige Pfarrer zu sein, die Tränen in den Priesterornat herabliefen: so war ich der einzige – wie seine Mutter die einzige –, in deren Seelen ein gemeinschaftlicher Kummer eingriff, um sie zu pressen bis aufs Bluten: denn ich und die Mutter hatten, was ich nachher weitläuftiger sagen werde, gestern im Kästchen des Ertrunknen von seines Vaters Hand gefunden, daß er übermorgen, am Kantate- und Taufsonntag, – zweiunddreißig Jahre alt werde. – O (dacht' ich, indem ich den blauen Himmel, die grünen Gräber, den glimmenden Knopf, den weinenden Pfarrer anschauete), so steht der arme Mensch allemal mit zugebundenen Augen vor deinem scharfen Schwerte, unbegreifliches Schicksal! Und wenn du es aufziehest und schwingest, ergötzet ihn das Pfeifen und Wehen desselben kurz vor dem Schlage! –

Schon gestern wußt' ichs; aber ich wollte dem Leser, den ich von weitem darauf bereitete, nichts von der traurigen Nachricht sagen, daß ich im Schränkchen des untergegangenen Bruders eine alte Hausbibel, worin die Jungen buchstabieren lernten, mit einem weißen Buchbinderblatte gefunden, auf das der Vater die Geburtsjahre seiner Kinder geschrieben hatte. Und eben dieses gab dir, du arme Mutter, zeither den Kummer, den wir kleinern Ursachen beimaßen, und dein Herz stand bisher mitten in dem Regen, der uns schon vorübergezogen und in einen Regenbogen verwandelt zu sein schien! – Nur aus Liebe zu ihm hatte sie jährlich einmal gelogen und sein Alter verdeckt. Recht glücklicherweise machten wir den Schrank ohne sein Beisein auf. Ich habe noch immer die Absicht, ihm nach dem fatalen Sonntage mit dem bunten Nachlasse seiner Kindheit und mit alten Christgeschenken neue zu machen. Indes wenn wir nur, ich und die Mutter, ihm morgen und übermorgen unablässig wie Angelschwimmfedern und Fußblöcke nachrücken, damit kein mörderischer Zufall den Vorhang vor seinem

Geburtsschein lüfte: so ist es schon zu machen. Denn jetzt würde freilich das Geburtsdatum seinen Augen im metamorphotischen Spiegel seiner abergläubigen Phantasie und hinter dem vergrößernden Zauberdunst seiner jetzigen Freuden wie eine rote Todes-Unterschrift entgegenbrennen.... Aber noch dazu sitzt das Blatt aus der Bibel schon höher als wir alle, nämlich im neuen Turmknopf, in den ichs heute vorsichtig eingeschoben habe. Eigentlich hats gar keine Not.

Dreizehnter Zettelkasten

Tauftag

Heute ist der einfältige Kantatesonntag: aber es ist nichts mehr von ihm noch da als eine Stunde. – Beim Himmel! vergnügt waren wir heute sehr. Ich glaube, ich habe so gut getrunken wie ein anderer. – Man sollte sich aber freilich in allem mäßigen, im Schreiben, Trinken und Freuen; und wie man den Bienen Strohhalme in den Honig legt, damit sie nicht in ihrem Zucker ertrinken, so sollte man allezeit einige feste Grundsätze und Zweige vom Baume des Erkenntnisses in seinen Lebenssirup statt jener Strohhalme werfen, damit man sich darauf erhielte und nicht darin wie eine Ratte ersöffe. Ich will aber jetzt im Ernste ordentlich – schreiben (und auch leben) und daher, um kälter den Taufaktus zu referieren, mein Feuer mit Nachttau ausgießen und noch eine Stunde hinauslaufen in die mit Blüten und Wellen gestickte Nacht, wo ein lauer Morgenwind sich düftetrunken aus Blütengipfeln auf gebogne Blumen herunterwirft und über Wiesen streicht und endlich auf eine Woge fliegt und auf ihr den schimmernden Bach herunterfährt. O draußen unter den Sternen, unter den Tönen der Nachtigall, die nicht am Echo, sondern an den fernen herabschimmernden Welten zurückzuschlagen scheinen, neben dem Monde, den der sprudelnde Bach am gestickten gewässerten Bande fortzieht und der unter die kleinen Schatten des Ufers wie unter Wolken einkriecht, o unter solchen Gestalten und Tönen wird der Mensch ernst, und wie das Abendläuten sonst erklang, um den Wanderer durch die großen Waldungen in die Nachtheimat zurückzuweisen, so sind in der Nacht solche Stimmen in uns und um uns, die uns aus unsern Irrgängen rufen und die uns stiller machen, damit wir unsere Freuden mäßigen und fremde malen können...

*

Ich komme ruhig und kühl genug zurück zur Erzählung. Gestern ließ ich meinen Gevatter, wie eine alte Nürnbergerin ihren Juden, keine Stunde aus den Augen, damit ich ihn vor der Brunnenvergiftung seines eignen Lebens beschützte. Er gab voll Vaterfreude und mit dem Skelett der Predigt in der Hand, die er auf heute memorierte, alles her, Fischhamen, Zinnschrankschüsseln und Gewürzbüchsen, und machte mich auf die Fruchtkörbchen voll Freuden aufmerksam, die der Kantatesonntag allemal für ihn pflückte und füllte. Er zählte mir, weil ich nicht wegging, seine Kindtaufgerichte vor, seine Amtsfälle, seine Verwandten und benahm mir meine Unwissenheit in den öffentlichen Einkünften – seiner Pfarre, in der Volksmenge der Beichtkinder und der künftigen Katechumenen. Hier aber bin ich in der Angst, daß mancher Leser sich vergeblich hinsetzen und es doch nicht herausbringen werde, warum ich zu Fixlein sagte: »Herr Gevatter, besser wird sichs wohl kein Mensch wünschen.« Ich log nicht; denn es ist so .... Man lese aber die Note. [1]

Endlich ging der Sonntag auf, der heutige, und es wurde an diesem heiligen Tage, bloß weil mein Patchen zum Christentum, obwohl ohne eine größere nürnbergische Konvertitenbibliothek als die Taufagende, übertreten wollte, ein großer Lärm gemacht: sooft sich jemand bekehrt, zumal Völker, so wird gelärmt und geschossen; ich berufe mich auf zwei dreißigjährige Kriege, auf den neuern und auf den, den Karl ebensolange mit den heidnischen Sachsen führte: so schießet die *Sonne* im Palais royal bei ihrem Durchgang durch den Mittagszirkel eine Kanone los. Aber gerade nach dem kleinen Unchristen, nach meinem Patchen, wurde am Morgen am wenigsten gefragt; weil man wegen der Taufe keine Zeit hatte, an den Täufling zu denken. Daher setzte ich allein mit ihm den halben Vormittag herum und erteilte ihm unterweges im Fluge die Nottaufe, indem ich ihn früher Jean Paul nannte als der Täufer. Mittags ließen wir das Rindfleisch wegtragen, wie es gekommen war: die Glückssonne hatte allen Magensaft aufgetrocknet. Nun sahen wir uns nach Pracht um, ich nach künstlichen Verkröpfungen an meiner Haar-Baute, das Patchen nach dem Taufhemde und die Kindbetterin nach einer Visitenhaube. Noch ehe man die Kinderklapper des Taufglöckchens schüttelte, stellten ich und die Hebamme neben dem Bette der Mutter auf dem Gesichte des kleinen Nichtchristen physiognomische Reisen an und brachten davon die Entdeckung mit, daß einige Züge der Mutter und viele feste Teile mir nachgebosselt waren, welche doppelte Ähnlichkeit den Leser nicht interessieren soll. Jean Paul sieht nach seinen Jahren schon außerordentlich gescheut aus, oder vielmehr nach seinen Minuten, denn ich rede vom kleinen. – –

Jetzt möcht' ich aber fragen: welcher deutsche Schriftsteller getrauete sich wohl, ein großes historisches Blatt aufzuspannen und vollzumalen, auf dem wir alle ständen, wie wir in die Kirche zögen? Müßt' er nicht den

[1] Hier ist eine lange philosophische Erläuterung unentbehrlich, die man unter dem Titel *Natürliche Magie der Einbildungskraft* in diesem Buche antrifft.

Kindesvater entwerfen, mit ausgebürstetem Priesterornate, langsam, andächtig und gerührt einhergehend? – Hätt' er nicht den Gevatter zu skizzieren, der heute seinen Namen ausleihen will, welchen er von zwei Aposteln her hat (von Johannes und Paulus), wie *Julius Cäsar* den seinigen zweien noch bis auf den heutigen Tag lebenden Dingen verlieh (einem Monat und einem Throne)? – Und müßt' er nicht das Patchen aufs Blatt setzen, mit dem sogar der Kaiser Joseph *Milchbrüderschaft* in seinen alten Tagen trinken würde, wenn er noch darin wäre? –

Ich habe mir hundertmal in der Stube über Feierlichkeiten zu lächeln vorgenommen, bei denen ich nachher, wenn ich ihnen beiwohnte, unwillkürlich ein petrifiziertes Gesicht hatte voll Anstand und Ernst. Denn als der Schulmeister vor dem Aktus zu orgeln anfing – welches wohl noch keinem Kinde in Hukelum widerfuhr – und als der hölzerne Taufengel, wie ein Genius niedergeflogen, seine angemalten Holz-Arme der Taufschüssel unterbreitete und als ich am nächsten an seinem übergoldeten Fittich stand: so zog mein Blut langsam-feierlich, warm und dicht durch meinen pulsierenden Kopf und durch meine Lunge voll Seufzer; und ich wünschte trauriger, als ich mir tue, dem stillen, in meine Arme gesenkten Liebling, dem die Natur noch die unreifen Augen vor der vollen Perspektive der Erde zuhielt, für die Zukunft einen so sanften Schlaf wie heute, einen so guten Engel wie heute, nur aber einen lebendigern, damit er ihn in eine lebendigere Religion geleite und ihn mit seiner unsichtbaren Hand durch die Waldung des Lebens und durch ihre fallenden Bäume und wilde Jäger und Stürme unverloren bringe.... Sollt' ich mich nicht vor der Welt darüber entschuldigen können, daß ich, als ich seitwärts auf dem väterlichen Gesichte Gebete für den Sohn und Freudentränen sah, die in die Gebete tropften, und als ich auf dem Gesichte der Großmutter weit dunklere, schnell verwischte Tropfen erblickte, die sie nicht bezwingen konnte, weil ich, nach der alten Frage, für das Kind bei Ableben der Eltern zu sorgen verhieß, bin ich nicht zu entschuldigen, daß ich dann die Augen tief auf das Patchen niederschlug, bloß um es zu verbergen, daß sie mir übergingen? – Denn ich dachte ja daran, daß sein Vater vielleicht heute vor einer vorspringenden Larve des Todes erstarren kann; ich dachte ja daran, daß der arme Kleine die zusammengebogene Lage im Mutterleib mit einer freiern nur vertauschet habe, um sich bald noch heftiger im engen Spielraum des Lebens einzukrümmen; ich dachte an seine notwendigen Narrheiten und Irrtümer und Sünden, an diese beschmutzten Stufen zum griechischen Tempel unserer Vervollkommnung; ich dachte daran, daß einmal sein eignes Feuer des Genies ihn einäschern könne, wie einer, der sich elektrisieren lässet, sich mit seinem eignen Blitze erschlagen kann.... Alle theologische Wünsche, die ich ihm auf dem damit bedruckten Patenzettel an seinen jungen Busen steckte, glühten in meinem noch einmal geschrieben.... Aber die weiße Federnelke meiner Freude hatte dann wieder wie allemal einen blutigen Punkt – ich trug gleich einem Spechte wieder wie allemal in einen Totenschädel zu Nest.... Und da ichs leider jetzt auch wieder tue: so soll die Schilderung des Tauftages heute aus sein und morgen fortschreiten....

Vierzehnter Zettelkasten

O so ists immer! So zündet das Schicksal das Theater unserer kleinen Lustspiele an und den schön gemalten Vorhang der Zukunft! So windet sich die Schlange der Ewigkeit um uns und unsere Freuden und zerdrückt wie die Königsschlange durch ihre Ringe, was sie nicht vergiftet! Du guter Fixlein! – Ach ich konnte gestern nachts mir nicht vorstellen, daß du Armer, indem ich neben dir schrieb, schon in den giftigen Erdschatten des Todes rücktest.

Er machte gestern noch so spät die im alten Turmknopf gefundne Bleibüchse auf – das Verzeichnis derer, die zum vorigen Turmbau gegeben hatten, war darin, und er las es erst jetzt, weil ihn bisher meine Gegenwart und seine Geschäfte darin gestöret hatten. – O wie soll ichs nennen, daß er gerade sein Geburtsjahr, das ich in den neuen Knopf verhehlet, in dem alten finden mußte, daß im Register der Leute, die den Bau unterstützet hatten, gerade der Name seines Vaters mit dem Zusatz eingeschrieben stand: »er schenk' es für seinen neugebornen Sohn Egidius etc.«? –

Dieser Schlag ging tief in seine Brust bis zum Spalten – in dieser warmen Stunde voll Vaterfreude, nach so schönen Tagen, nach so schönen Einrichtungen, nach so oft überlebter Todesangst steigt in das helle glatte Meer, das ihn wiegend führte, schnaubend das Seeungeheuer des Todes aus dem vermoderten Abgrund herauf – und des Untiers Rachen klafft, und das stille Meer zieht in Wirbeln in den Rachen und nimmt ihn mit.

Aber der Geduldige legte still und langsam und mit einem, obwohl tödlich-erkälteten, doch schweigenden Herzen die Blätter zusammen – blickte sanft und fest über den Gottesacker, auf dem er im Mondschein den Hügel seines Vaters unterscheiden konnte – schauete furchtsam auf zum Himmel voll Sterne, über den sich ein weißer Wetterbaum ausstreckte – und ob er sich gleich ins Bette sehnte, um sich einzubauen und alles zu verschlafen, so betete er doch vorher am Fenster für Weib und Kind, im Falle diese Nacht die letzte wäre.

Hier schlug es auf dem Turm zwölf Uhr; aber eine ausgebrochene Eisenzacke ließ die Gewichter in einem fort rollen und den Glockenhammer fortschlagen – und er hörte schauerlich die Drähte und die Räder rasseln, und ihm war, als ließe jetzt der Tod alle längere Stunden, die er noch zu leben gehabt, hintereinander ausschlagen – und nun wurd' ihm der Gottesacker beweglich und zitternd, das Mondslicht flackerte an den Kirchfenstern, und in der Kirche schossen Lichter herum, und im Gebeinhause fings an, sich zu regen.

Da schauerte ihn, und er legte sich ins Bette und schloß die Augen, um nichts zu sehen; – aber die Phantasie blies jetzt im Dunkel den Staub der Toten auf und trieb ihn zu aufgerichteten Riesen zusammen und jagte die hohlen aufgerissenen Larven wechselnd in Blitze und Schatten hinein. – Dann wurden endlich farbige Träume aus den durchsichtigen Gedanken, und es träumte ihn: er sehe aus seinem Fenster in den Gottesacker, und der Tod krieche klein wie ein Skorpion darauf herum und suche sich seine Glieder. Darauf fand der Tod Armröhren und Schienbeine auf den Gräbern und sagte: »Es sind meine Gebeine«, und er nahm ein Rückgrat und die Knochen und stand damit, und die zwei Armröhren und griff damit, und fand am Grabe des Vaters von Fixlein einen Totenschädel und setzte ihn auf. – Alsdann hob er eine Grassichel neben dem Blumengärtchen auf und rief: »Fixlein, wo bist du? Mein Finger ist ein Eiszapfen und kein Finger, und ich will damit an dein Herz tippen.« – Jetzt suchte das zusammengestoppelte Gerippe den, der am Fenster stand und nicht weg konnte, und trug statt der Sanduhr die ewig ausschlagende Turmuhr in der andern Hand und hielt den Finger aus Eis weit in die Luft wie einen Dolch....

Da sah er den Sohn oben am Fenster und richtete sich so hoch bis an den Wetterbaum auf, um ihm den Finger gerade in die Brust zu stoßen – und schritt wider ihn. Aber so wie er weiterschritt, wurden seine gebleichten Knochen röter, und Düfte flossen wollicht um seine stechende Gestalt. – Blumen schlugen schnellend auf, und er blieb, verklärt und ohne Knochenerde, über ihnen schweben, und der Balsamatem aus den Blumenkelchen hauchte ihn wiegend weiter – und als er näherkam, war Uhr und Sichel weggeflossen, und er hatte im Brust-Gerippe ein Herz und auf dem Knochenschädel einen roten Mund – und noch näher fing ein weichendes, durchsichtiges, in Rosenduft getauchtes Fleisch gleichsam den Widerschein eines hinter dem Sternenblau fliegenden Engels auf – und am nächsten wars ein Engel mit geschlossenen schneeweißen Augenlidern....

Das wie eine Harmonikaglocke zitternde Herz meines Freundes zerfloß selig in die weite Brust – und als der Engel die himmlischen Augen aufschlug: so wurden seine von der schweren Himmelswonne zugedrückt, und sein Traum zerrann. – –

Aber sein Leben nicht: er öffnete die heißen Augen, und – sein gutes Weib hatte seine fieberhafte Hand und stand am Platze des Engels.

Das Fieber setzte am Morgen ab; aber der Glaube ans Sterben pulsierte im ganzen Geäder des Armen. Er ließ sich sein schönes Kind in das Krankenbette reichen und drückte es schweigend, ob es gleich zu schreien anfing, zu hart an seine väterlich beklommene Brust. Dann gegen Mittag wurde seine Seele ganz kühl, und das schwüle Gewölk zog in ihr zurück. – Und hier erzählt' er uns eben die bisherigen (gleichsam arsenikalischen) Phantasien seines sonst beruhigten Kopfes. Aber eben die straffen Nerven, die sich nicht so wie die eines Dichters unter den Griffen und Rissen einer poetischen, den Schmerz abspielenden Hand gezogen haben, springen und reißen unter der gewaltsamen Faust des Schicksals leichter, die den Mißton heftig in die angespannten Saiten greift.

Aber gegen Abend rannten seine Ideen wieder in einem Fackeltanz wie Feuersäulen um seine Seele: jede Ader wurde eine Zündrute, und das Herz trieb brennende Naphthaquellen in das Gehirn. Jetzt wurde alles in seiner Seele blutig; das Blut seines ertrunknen Bruders floß mit dem Blute, das aus Thiennettens Aderlaßwunde längst gedrungen war, in *einen* Blutregen zusammen – ihm kam immer vor, er sei in der Verlobungsnacht in dem Garten, und er begehrte immer Schrauben zum Blutstillen und wollte sein Haupt in den Turmknopf verstecken. Nichts tut weher, als einen mäßigen vernünftigen Menschen, ders sogar in Leidenschaften blieb, im poetischen Unsinn des Fiebers toben zu sehen. Und doch, wenn nur die kühle Verwesung das heiße Gehirn besänftigt und wenn, während der Qualm und Schwaden eines aufbrausenden Nervengeistes und während die zischenden Wasserhosen der Adern die erstickte Seele umfassen und verfinstern, wenn ein höherer Finger in den Nebel dringt und den armen betäubten Geist plötzlich aus dem Brodem auf eine Sonne hebt: wollen wir denn lieber klagen als bedenken, daß das Schicksal dem Augen-Wundarzte gleicht, der gerade in der Minute, eh' er dem einen blinden Auge die Lichtwelt aufschließet, auch das andere sehende zubindet und verdunkelt?

Aber der Schmerz tut mir zu wehe, den ich von Thiennettens blassen Lippen lese, wiewohl nicht höre. Es ist nicht das Verziehen eines Marter-Krampfes, noch das Entzünden eines versiegten Auges, noch das laute Jammern oder das heftige Bewegen eines geängstigten Körpers, was ich an ihr sehe: sondern das, was ich an ihr sehen muß und was das mitleidende Herz zu heftig zerreißet, das ist ein bleiches, stilles, unbewegliches, nicht verzognes Angesicht, ein blasses blutloses Haupt, das der Schmerz nach dem Schlage gleichsam wie das Haupt einer Geköpften *leichenweiß* in die Luft hinhält; denn o! auf dieser Gestalt sind alle Wunden, aus denen sich der dreischneidige Dolch gezogen, fest wieder zugefallen, und das Blut quillet verdeckt unter der Wunde in das erstickende Herz. O Thiennette, gehe vom Kranken weg und verbirg das Angesicht, das uns sagt: »Nun weiß ich doch, daß ich niemals auf der Erde glücklich sein soll – nun hoff' ich nicht mehr – möcht' es nur bald vorüber sein mit diesem Leben!«

Man begreifet meine Betrübnis nicht, wenn man das nicht weiß, was mir vor einigen Stunden die zu laut klagende Mutter gestanden. Thiennette, die längst und immer vor seinem zweiunddreißigsten Jahre gezittert hatte, war diesem Aberglauben mit einem andern edlern entgegengegangen: sie war nämlich absichtlich am Traualtar weiter zurückgestanden und in der Brautnacht früher eingeschlafen als er, um dadurch – wie es der Volks-Wahn ist – zuwege zu bringen, daß sie auch früher sterbe. Ja, sie ist entschlossen, wenn er stirbt, seiner Leiche eines ihrer Kleidungsstücke mitzugeben, um früher in die Nachbarschaft seiner kalten Höhle hinabzukommen. Du gute, du treue Gattin, aber du unglückliche! –

Letztes Kapitel

Ich bin aus Hukelum und mein Gevatter aus dem Bette, und einer ist so gesund wie der andere. Die Kur war so närrisch wie die Krankheit.

Ich fiel zuerst darauf, ob nicht, wie Boerhaave Konvulsionen durch Konvulsionen heilte, bei ihm Einbildung durch Einbildung zu kurieren wäre, durch die nämlich, er sei noch kein Zweiunddreißiger, sondern etwan ein Sechser, ein Neuner. Phantasien sind Träume, die kein Schlaf umgibt, und alle Träume tragen uns in die Jugend zurück: warum nicht auch Phantasien? – Ich befahl also allen die Entfernung vom Patienten: bloß die Mutter sollte, während die feurigsten Meteoren vor seiner fieberhaften Seele flögen und zischten, allein bei ihm sitzen und ihn anreden, als wenn er ein Kind von acht Jahren wäre. Auch sollte sie den Bettspiegel verhängen. Sie tats – machte ihm weis, er habe das Ausbruchsfieber der Blattern – und als er sagte: »Der Tod steht mit zweiunddreißig spitzigen Zähnen vor mir und will damit mein Herz zerkäuen«, so sagte sie: »Kleiner, ich gebe dir deinen Fallhut und dein Schreibbuch und dein Besteck und deinen Husarenpelz wieder und noch mehr, wenn du fromm bist.« Etwas Vernünftiges hätt' er weniger aufgefasset und begriffen als dieses Närrische.

Endlich sagte sie – denn im größten Schmerze werden einer Frau Rollen der Verstellung leicht –: »Ich wills nur noch einmal probieren und dir deine Spielwaren geben; aber komme mir wieder, Schelm, und werfe dich so im Bette herum mit deinen Blattern!« – Und nun schüttete sie aus der gefüllten Schürze alle Spiel- und Kleidungswaren, die ich in dem Schränklein des ertrunknen Bruders gefunden, in das Bette hinein. Zuallererst sein Schreibbuch, worauf er selber damals seinen achtjährigen Namen geschrieben, den er für seine Hand rekognoszieren mußte – dann den schwarz-samtnen Fallhut – dann die rot-weißen Laufbänder – sein Kindermesser-Besteck mit einem Heft von Zinnblättchen – seinen grünen Husarenpelz, dessen Aufschläge sich härten – und einen ganzen orbis pictus oder fictus der Nürnberger figurierten Marionetten-Welt....

Der Kranke erkannte den Augenblick diese vorragenden Spitzen einer im Strome der Zeit untergegangnen Frühlingswelt – diesen Halbschatten, diese Dämmerung versunkner Tage – diese Brand- und Schädelstätte einer himmlischen Zeit, die wir nie vergessen, die wir ewig lieben und nach der wir noch auf dem Grabe zurücksehen.... Und als er das sah, drehte er langsam den Kopf umher, wie wenn ein langer trüber Traum aufgehöret hätte, und sein ganzes Herz floß in warmen Tränenregen herab, und er sagte, indem sich seine vollen Augen an die Augen der Mutter anschlossen:

»Lebet denn aber mein Vater und mein Bruder noch?« – »Sie sind nicht längst gestorben«, sagte die wunde Mutter; aber ihr Herz war überwältigt, und sie kehrte das Auge weg, und bittere Tränen fielen aus dem niedergebückten Haupte ungesehen. Und hier übergoß auf einmal jener Abend, wo er durch den Tod seines Vaters bettlägerig und durch seine Spielwaren genesen war, seine Seele mit Glanz und Lichtern und Vergangenheit.

Nun färbte sich der Wahnsinn Rosenflügel in der Aurora unsers Lebens und fächelte die schwüle Seele – er schüttelte Schmetterlings-Goldstaub von seinem Gefieder auf den Steig, auf das Blumenwerk des Leidenden – in der Ferne gingen schöne Töne, in der Ferne flogen schöne Wolken – o das Herz wollte sich zerlegen, aber bloß in flatternde Staubfäden, in weiche fassende Nerven; das Auge wollte zerfließen, aber bloß in Tautropfen für die Kelche der Freudenblumen, in Blutstropfen für fremde Herzen; die Seele wallete, zuckte, stöhnte, sog und schwamm im heißen, lösenden Rosenduft des schönsten Wahns....

Die Wonne zügelte sein fieberhaftes Herz, und seine tobenden Pulse stillten sich. Am Morgen darauf wollte die Mutter, als sie sah, es gelinge alles, gar zur Kirche läuten lassen, um ihm weiszumachen, er sei schon beim zweiten Sonntag. Aber die Frau verwarf (vielleicht aus Scham vor mir) das Belügen und sagte, man könne ja, es sei dasselbe, den Datumszeiger an seiner Stutzuhr (aber anders wie Hiskias Sonnenuhr) um acht Tage vorwärtsrücken, um so mehr, da er bisher lieber aufstand und nach der Uhr schauete, »den wievielten er habe«, als hinlangte und im Kalender nachsah. Ich meines Orts ging bloß hinauf zu ihm und befragte ihn: »ob er toll wäre – was er denn mit seiner närrischen Todesfurcht noch haben wolle, da er so lange liege und sehe, daß er den Kantatesonntag schon hinter sich habe, und doch an der bloßen Angst verdorre zu einer Dachschindel.«

Eine herrliche Verstärkung stieß zu mir, der Fleischer oder Quartiermeister. Er brach ängstlich, ohne die Weiber zu salutieren, herein, und ich nahm sofort das laute Wort: »Mein Gevatter geht mir nahe genug, Herr Regimentsquartiermeister; – gestern ließ er sich einreden, er sei wenig älter als sein leiblicher Sohn, und hier ist noch der Fallhut, den er aufsetzen wollte.« – Der Vormund sakramentierte und sagte: »Mündel! ist Er denn ein Pfarrer oder ein Narr? – Hab' Ihms doch so oft vorgehalten, daß es hierin mit Ihm hapert!« –

Endlich sah er selber, er sei nicht recht gescheut, und wurde gesund; außer den vormundschaftlichen Invektiven trugen viel meine Eide dazu bei, ich würd' ihn für keinen rechtschaffenen Gevatter erkennen und kein Wort von seiner Biographie edieren, wenn er nicht nächstens aufstände und genäse....

– Kurz, er hatte gegen mich so viel Lebensart und Welt, daß er sich aufsetzte und genas. – Er kränkelte wohl noch am Sonnabend und konnte am Sonntage noch keine Predigt halten (etwas Ähnliches las der Schulmeister ab), aber doch eine Beichte am Sonnabend, und auf dem Altar teilte der Rekonvaleszent das Nachtmahl aus. Nach Endigung des Gottesdienstes wurde das Dankfest seiner Genesung begangen, in das noch mein Valetschmaus fiel, weil ich nachmittags gehen wollte.

Ich will diesen letzten Nachmittag so weitläuftig als möglich entwerfen und nachher den Riß doch noch mit dem Storchschnabel angenehmer Hommelscher Plapperei ins Große auszeichnen.

Unter dem Gedächtnismahle kamen Personensteuern von den Katechumenen ein und Meßpräsente als Freudenfeuer bei seiner Genesung, welche bewiesen, wie sehr ihn die Gemeinde liebte und wie sehr ers verdiente: denn man wird von der Menge öfter ohne Grund gehasset als ohne Grund geliebt. Er war aber auch freundlich gegen jedes Kind, war keiner von den Geistlichen, die ihren Feinden nie anders vergeben als an – Gottes Statt, und lobte zugleich die ganze Welt, seine eigne Frau und sich.

Ich wohnte sodann seiner nachmittägigen Kinderlehre bei und sah – wie *er* im ersten Zettelkasten – im Chore hinter dem Flügel des hölzernen Cherubims hinunter. Hinter diesem Engel zog ich meine Schreibtafel heraus und stellete mich mehr hinter das schwarze Brett voll weißer Lieder-Ziffern und schrieb auf, was ich jetzt – dachte. Ich wußte, wenn ich heute, am fünfundzwanzigsten Mai, aus dieser *salernitanischen* Spinn-Schule, wo man den Lebensfaden auf eine schönere Weise ohne das Anfeuchten mit Mixturen länger ziehen lernt, ich wußte (sag' ich), wenn ich fortginge, ich würde mehrere Elementarkenntnisse der Glückseligkeitslehre hinwegbringen, als das ganze Kammerherrn-Piquet im Kopfe führet. Ich notierte den ersten Eindruck in folgende Lebensregeln für mich und die Presse auf:

Kleine Freuden laben wie Hausbrot immer ohne Ekel, große wie Zuckerbrot zeitig mit Ekel. – Wir sollten uns von den Kleinigkeiten nicht bloß plagen, sondern auch erfreuen lassen, nicht bloß ihre Gift-, sondern auch ihre Honigblase auffangen; und wenn uns oft die Mücke an der Wand irren kann, so sollten uns auch die Mücken wie den Domitian belustigen, oder wie einen noch lebenden Kurfürsten beköstigen. – Man muß dem *bürgerlichen* Leben und seinen Mikrologien, wofür der Pfarrer einen angebornen Geschmack hat, einen künstlichen abgewinnen, indem man es liebt, ohne es zu achten, indem man dasselbe, so tief es auch unter dem *menschlichen* stehe, doch als eine andere Verästung des menschlichen so poetisch genießet, als man bei dessen Darstellungen in Romanen tut. Der erhabenste Mensch liebt und sucht mit dem am tiefsten gestellten Menschen *einerlei* Dinge, nur aus höhern Gründen, nur auf höhern Wegen. – Jede Minute, Mensch, sei dir ein volles Leben! – Verachte die Angst und den Wunsch, die Zukunft und die Vergangenheit! – Wenn der *Sekundenweiser* dir kein Wegweiser in ein Eden deiner Seele wird, so wirds der *Monatsweiser* noch minder, denn du lebst nicht von Monat zu Monat, sondern von Sekunde zu

Sekunde! – Genieße dein Sein mehr als deine Art zu sein, und der liebste Gegenstand deines Bewußtseins sei dieses Bewußtsein selber! – Mache deine Gegenwart zu keinem Mittel der Zukunft, denn diese ist ja nichts als eine kommende Gegenwart, und jede verachtete Gegenwart war ja eine begehrte Zukunft! – Setze in keine Lotterien – bleibe zu Hause – gib und besuche keine großen Gastmahle – verreise nicht zu halben Jahren! – Verdecke dir nicht durch lange Plane dein Hauswesen, deine Stube, deine Bekannten! – Verachte das Leben, um es zu genießen! – Besichtige die Nachbarschaft deines Lebens, jedes Stubenbrett, jede Ecke, und quartiere dich, zusammenkriechend, in die letzte und häuslichste Windung deines Schneckenhauses ein! Halte eine Residenzstadt nur für eine Kollekte von Dörfern, und ein Dorf für die Sackgasse aus einer Stadt, den Ruhm für das nachbarliche Gespräch unter der Haustüre, eine Bibliothek für eine gelehrte Unterredung, die Freude für eine Sekunde, den Schmerz für eine Minute, das Leben für einen Tag und drei Dinge für alles: Gott, die Schöpfung, die Tugend! – –

Und wenn ich mir selber und diesen Regeln folgen will: so muß ich auch nicht so viel aus dieser Lebensbeschreibung machen, sondern sie einmal wie ein mäßiger Mensch ausklingen lassen.

Nach der Kinderlehre stieg ich herab zum weit- und schwarzröckigen Gevatter. Wir trabten nach Abfluß der Pfarrgemeinde alle Emporen hinauf – lasen die Bleche der Kirchenstühle – ich blätterte am Altare in der mit dem *Sediment* der *Zeit* inkrustierten Agende (ich rede nicht metaphorisch) – ich orgelte, der Gevatter trat den Balg – ich erstieg die Kanzel und war so glücklich, da einen Rosenstock zu treffen, den ich in der Valetminute noch in den Rosengarten meines Fixleins setzen konnte. Ich nahm nämlich droben an einem hölzernen Apostel den Namen Lavater wahr, den der *Zürcher* eigenhändig als eine Votivtafel am heiligen Torso hatte lassen wollen im Durchmarsch. Fixlein kannte die Hand nicht, aber ich: – denn ich hatte sie öfters in Flachsenfingen nicht nur auf der Wandtapete einer Hofdame, sondern auch auf seiner Handbibliothek[1] und in vielen Landeskirchen angetroffen, die gleichsam der Adreßkalender und Vokabelnsaal dieses wandernden Namens waren, weil Lavater in Kanzeln, wie eine Schäferin in Bäume, gern den Namen des Geliebten schreibt. Ich konnte also meinem Gevatter wohl raten, aus dem Apostel den Namen samt dem Hobelspan, worauf er sitzt, vorsichtig herauszuschneiden und die Handschrift gut zu verwahren.

Beim Eintritte ins Pfarrhaus wollt' ich Hut und Stock nehmen, aber das Dessein, gleichsam die Projektion und der Kontur eines Abendessens in der

[1] Ein kleines, mit Drucklettern gesetztes Manuskript, womit er wenig andere als Fürsten beschenkt. Diese Druckschrift flößet er vorsichtig als eine Handschrift den Großen ein, weil diese mehr und lieber Geschriebenes als Gedrucktes lesen.

Akazienlaube war schon von Thiennetten entworfen. Ich beteuerte, ich bliebe bis abends, falls nur die Wöchnerin auch mit zum dekretierten Souper hinaufginge ... und wahrhaftig der Biograph behielt endlich über das Kindbetterin-Marschreglement die Oberhand.

Ich nötigte darauf den Pfarrer, seine Kräutermütze, die er sich zur Roboration seiner Memorie ausfüttern lassen, aufzusetzen: »Wollte Gott,« sagt' ich, »die Fürsten täten statt der Fürstenhüte, die Doktores und Kardinäle statt der ihrigen, die Heiligen statt der Märtyrerkronen solche Gedächtnis-Mützen auf den Kopf!« – Alsdann marschierten wir allein, unter dem Braten und Kochen, auf die Pfarrfelder hinaus und sprachen gelehrt. Wir verfügten uns ins ruinierte Raubschloß hinein, von dem mein Gevatter das bekannte Werk unter der Feder hat. Ich billigte es sehr – zumal da das Kaper-Schloß einmal einem von Aufhammer eigentümlich zugehöret hatte – daß er die Beschreibung dem Dragonerrittmeister zueignen wollte: dieser lässet lieber, denk' ich, der Schrift als dem Pudel seinen Namen vorsetzen. Ich sprach auch meinem Handwerksgenossen überhaupt literarischen Trost ein und sagte: »Herr Gevatter, keck geschrieben! Sei auch der Subrektor Hans von Füchslein der apokalyptische Drache, der auf die Entbindung des flüchtigen Weibes auflauert, um die Geburt zu verschlucken: so bin ich auch da und habe meinen Freund, den Redakteur der Literaturzeitung, zur Seite, der mir gern verstattet, eine Antikritik gegen Inseratgebühren einzuschikken.« – Besonders munterte ich ihn zu neuen Inseraten und Retourladungen seiner Zettelkästen auf: ich habe es nicht verschworen, in diese biographische Kommode noch nach Jahren einen neuen Kasten einzuschieben. »Und meinem Patchen, Herr Gevatter, wird es eben auch nichts verschlagen, daß man das Kind der Lesewelt schon präsentieret, wenn das liebe nicht mehrere Monate hat, als Horaz Jahre zu einem literarischen fordert, nämlich *neun.*«

Unter dem Nachhausegehen pries ich seine Frau. »Wenn die Ehe«, sagt' ich zu ihm, »der Krapp ist, der an Mädchen wie an Kattunen die Farben sichtbar macht: so verfecht' ich, Thiennette war als Mädchen schwerlich so gut wie jetzt als Frau. Beim Himmel! in einer solchen Ehe sollt' ich Bücher schreiben – nämlich ganz andere, göttliche – in einer Ehe mein' ich, wo neben dem Schreibetisch (wie neben den großen Votiertafeln des Regensburger Reichstages kleine Konfekttischchen sind) – wenn auch dergleichen, sag' ich, auch eine Ingwermarmelade neben mir stände, nämlich ein abgesüßetes, herrliches, in den Zettelkästen-Skribenten vernarrtes Gesichtchen, Gevattersmann! Ihre Ehe wird gerade der Akazienlaube gleichen, auf die wir zugehen, an der sich das Laub eben in der Hitze und im Sommer verdichtet, wo andere Gewächse nur dürre poröse Schatten werfen.«

Da wir durch die obere Gartentüre in diese Laube traten, war wahrhaftig schon das Essen und das gute Weib darin. Nichts ist moralischer und zärter als die Achtung, womit eine gute Ehefrau den Wohltäter oder Spießgesellen ihres Mannes behandelt – und glücklicherweise war eben der Biograph dieser

Spießgesell und das Objekt dieser Achtung. Unsere Gespräche waren fröhlich, aber mein Inneres beklommen. Die Fesseln, die den bloßen Leser an meine Helden binden, werden dreifach bei mir, indem ich zugleich ihr Gast und ihr Porträtmaler bin. Ich sagte zum Pfarrer, er werde älter als ich, weil sein temperiertes Temperament gleichsam von einem Arzte gleich zwischen Nervenschwäche der Kultur und zwischen dem feurigen dichten Blute des Landmanns abgewogen sei. Fixlein sagte, wenn er nur noch einmal so lange lebe als bisher, nämlich zweiunddreißig Jahre: so betrage es ohne die Schalttage doch 280 320 Stunden, welches etwas Ansehnliches sei; und er überzählte oft mit Vergnügen die vielen Tausend Zweiunddreißiger, die mit ihm gehen müßten.

Endlich mußt' ich doch aufbrechen, da die roten Lichter der fallenden Sonne an der Laube aufstiegen und uns immer tiefer in den Nachtschatten eintauchten: der Abendtau hätte die Wöchnerin erkältet. Ich ersuchte verwirrt den Pfarrer, bald in die Stadt zu kommen, wo ich ihm nicht bloß alle Zimmer des Schlosses zeigen wollte, sondern auch den Fürsten. Frohers gab es heute auf der alten Welt nicht als das Gesicht, dem ichs sagte, und als das andere, das der milde Widerschein von jenem war. Der Biograph hätte zu viel eingebüßet, wenn ihm jetzt in *der* Minute, wo ihm seine Phantasie wie die Spiegelteleskopen alle Gegenstände nur *zitternd* vorstellt, hätte davonlaufen müssen, ich will sagen, wenn ihm nicht beigefallen wäre, daß es der Kindbetterin wenig schaden (aber viel nutzen) würde, wenn sie zu einer kleinen Motion käme und noch über den Garten hinaus den Verfasser und Bauherrn gegenwärtiger Zettelkästen begleiten hälfe.

Kurz ich nahm in jede Hand statt unter jedem Arm eine vom Ehepaar und zog mit ihnen zum Garten hinaus auf den Flachsenfinger Steig. Ich drehte oft gewaltsam zwischen ihnen meinen Kopf zurück, als ob ich jemand uns nachschreiten hörte; aber in der Tat wollt' ich nur noch einmal, obwohl wehmütig, ins glückliche Dörfchen zurückschauen, das aus lauter Wohnungen einer stillen sanften Sabbatsfreude bestand und das glücklich genug ist, obgleich über seine weit auseinandergelegten Pflastersteine nur alle Wochen ein Raseur, alle Festtage ein Friseur und alle Jahre ein Parasol-Ausrufer zieht. Dann mußt' ich freilich den Kopf wieder umwenden und die zwei Beglückten mit Augen anblicken, die bald übergingen. Mein sonst guter Gevatter konnte sich nicht recht in diese Trauerzeichen schicken; aber in deinem Herzen, du gutes, so oft gequältes Geschlecht, trifft jede Trauerglocke leicht ihren Einklang an, und die mit dem dünnen zitternden *Resonanz*boden einer nachtönenden Brust veredelte Thiennette gab mir alle Töne mit den Schönheiten eines Echo wieder. – – Endlich standen wir auf dem Grenzhügel, über den man Thiennetten nicht lassen durfte, und ich mußte nun von dem Gevatter, mit dem ich alle Morgen so lustig zusammen gesprochen – jeder aus seinem Bette heraus –, und aus dem stillen Kreise bescheidener Hoffnung weichen, um in den gärenden bellenden Hof-Cercle zurückzutreten, wo man dem Schicksal ein Lebens-Süßholz abtrotzt und abfordert, so armsdick wie das botanische an der Wolga, weniger um die süßen Balken selber auszukäuen als um andere damit totzuschlagen.

Als ich mir dachte, ich würde zu ihnen sagen: lebet wohl! so traten alle künftige Plagen, alle Leichen und alle Wünsche dieses geliebten Gespanns vor mein Herz, und ich dachte daran, daß nichts als einschlummernde Freudenblumen ihren (wie meinen und jeden) Lebenstag abmarken. – Und doch ists schöner, wenn sie ihre Jahre nicht nach der *Wasseruhr* fallender Tränen, sondern nach der *Blumenuhr* [1] einschlafender Blumen ausmessen, deren Kelche, ach! vor uns Armen von Stunde zu Stunde zufallen. –

Ich wollte eben jetzt – weil ich mich noch daran erinnere, wie ich mit einem strömenden Auge über den zwei Geliebten wie über Leichen hing – mich anreden und sagen: viel zu weicher Jean Paul, dessen Kreide immer auf dem Flor der Melancholie die Modelle der Natur nachzeichnet, härte dein Herz ab wie deinen Leib, um nicht dich und andere aufzureiben. Aber warum soll ichs tun, warum soll ichs nicht geradezu bekennen, was ich in der weichsten Rührung zu den zwei Menschen sagte? »Es gehe euch recht wohl, ihr sanften Menschen« – sagt' ich, denn ich dachte an keine Höflichkeit mehr – »die Vorsehung trage wiegend euere zerritzten Herzen – der gute Gott über allen den Sonnen, die zu uns jetzt herunterblicken, lasse euch immer verknüpft und heb' euch nur *verbunden* an sein Herz und an seinen Mund.« – »Sein Sie nur auch recht glücklich und froh«, sagte Thiennette. »Und Ihnen, Thiennette,« (fuhr ich fort) »ach Ihrer bleichen Wange, Ihrem gedrückten Herzen, o Ihrer langen kalten gemißhandelten Jugend kann ich niemals, niemals genug wünschen. Nein! Aber alles, was eine wunde Seele laben, was einer schönen wohlgefallen, was den verborgenen Seufzer stillen kann, ach alles, was Sie verdienen, das falle Ihnen zu, und wenn Sie mich wieder sehen, so sagen Sie: ich bin jetzt viel glücklicher!«

Wir wurden alle zu sehr bewegt. Wir rissen uns endlich aus wiederholten Umarmungen, und mein Freund entwich mit der Seele, die er liebt – ich blieb allein zurück bei der Nacht.

Und ich ging ohne Ziel durch Wälder, durch Täler und über Bäche und durch schlafende Dörfer, um die große Nacht zu genießen wie einen Tag. Ich ging und sah, gleich dem Magnet, immer auf die Mitternachtsgegend hin, um das Herz an der nachglimmenden Abendröte zu stärken, an dieser heraufreichenden Aurora eines Morgens unter unsern Füßen. Weiße Nachtschmetterlinge zogen, weiße Blüten flatterten, weiße Sterne fielen, und das lichte Schneegestöber stäubte silbern in dem hohen Schatten der Erde, der über den Mond steigt und der unsere Nacht ist. Da fing die Äols-Harfe der Schöpfung an zu zittern und zu klingen, von oben herunter angeweht, und

[1] *Linné* legte in Upsal eine Blumenuhr an, deren Blumen durch ihre verschiedenen Zeiten, einzuschlafen, die Stunden sagen.

meine unsterbliche Seele war eine Saite auf dieser Laute. – Das Herz des verwandten ewigen Menschen schwoll unter dem ewigen Himmel, wie die Meere schwellen unter der Sonne und unter dem Mond. – Die fernen Dorfglocken schlugen um Mitternacht gleichsam in das fortsummende Geläute der alten Ewigkeit. – Die Glieder meiner Toten berührten kalt meine Seele und vertrieben ihre Flecken, wie tote Hände Hautausschläge heilen. – Ich ging still durch kleine Dörfer hindurch und nahe an ihren äußern Kirchhöfen vorbei, auf denen morsche herausgeworfene Sargbretter glimmten, indes die funkelnden Augen, die in ihnen gewesen waren, als graue Asche stäubten. – Kalter Gedanke! greife nicht wie ein kaltes Gespenst an mein Herz: ich schaue auf zum Sternenhimmel, und eine ewige Reihe zieht sich hinauf und hinüber und hinunter, und alles ist Leben und Glut und Licht, und alles ist göttlich oder Gott...

Gegen Morgen sah' ich deine späten Lichter, kleine Wohnstadt, in die ich gehöre diesseits des Sarges; ich kam auf die Erde zurück, und in deinen Türmen schlug es, hinter der vorübergezogenen großen Mitternacht halb drei Uhr: da ging um diese Stunde 1794 der *Mars* in *Westen* unter und der *Mond* in Morgen auf; und meine Seele wünschte, beklommen vom Bedauern des edlen kriegerischen Bluts, das noch auf die Frühlingsblumen strömt: »Ach, blutiger Krieg, weiche wie der rötliche Mars, und, stiller Friede, komme wie der milde zerteilte Mond!« –

BLUMEN-, FRUCHT- UND DORNENSTÜCKE

ODER

EHESTAND, TOD UND HOCHZEIT DES ARMENADVOKATEN F. ST. SIEBENKÄS

ERSTES BÄNDCHEN

Vorrede zur zweiten Auflage

Was hilft es mir, daß ich diese neue Auflage des Siebenkäs mit den größten Vergrößerungen und Verbesserungen, die nur in meiner Gewalt standen, ausgestattet herausgebe? Man wird sie wohl kaufen und lesen, aber nicht lange studieren und ausführlich genug beurteilen. Die kritische Pythia gab mir, wie die griechische andern Fragen, nicht gern Orakel und zerkäuete höchstens die Lorbeern, ohne sie aufzusetzen, und weissagte wenig oder nichts. So erinnert sich der Verfasser dieses noch recht gut, daß er sich z. B. über die zweite Auflage seines Hesperus gemacht mit der Baumsäge in der linken Hand und mit dem Okuliermesser in der rechten und damit außerordentlich gearbeitet am Werke; aber vergeblich sah er auf weitläuftige Anzeigen davon in gelehrten und ungelehrten Blättern auf. Und so kann er in seinen neuen Auflagen (Fixlein, die Herbstbluminen, die Vorschule, die Levana sind die Bürgen und Zeugen) wirtschaften, wie er will, neue Bilder aufhängen und alte umwenden – Gedanken ausquartieren und Gedanken einquartieren – Charaktere dort zu bessern Auftritten und Gesinnungen anhalten und hier zu schlimmern – kurz, er kann in der Auflage tausendmal gewalttätiger haushalten als wie ein Rezensent oder ein Teufel: keiner von beiden merkt es und sagt der Welt ein Wort davon; aber auf diese Weise lern' ich wenig, erfahre nicht, wo ichs recht oder schlecht gemacht habe, und büße etwaniges Lob ein.

So stehen die Sachen; inzwischen ist manches natürlich: Der allerkälteste Leser hält den Verfasser keiner kritischen Besserung für fähig, der allerwärmste keiner für bedürftig; beide kommen nur im Satze zusammen, daß ihm alles bloß so natürlich entfahre und entschieße wie den Blattläusen hinten der von Bienen so gesuchte Honigtau, daß er aber nicht wie die gedachten Bienen den Honig mit dem dazu gehörigen Wachse künstlich zubereite.

Manche wollen ordentlich, daß jede Zeile ein erster Erguß und Ausbruch bleibe – als ob die Verbesserung derselben nicht auch wieder ein erster Ausbruch wäre. Andere Kunstleser nehmen keine Partei, und daher lieber eine zweifache. Wollt' ich die Sache kurz ausdrücken: so braucht' ich bloß zu bemerken: sie fragen erstlich: warum läßt der Mann nicht lieber sein Herz allein reden? und setzen zweitens, wenn es einer getan, dazu: wie anders und reicher würde sich ein solches Herz vollends durch die Sprachlehre der Kunst und Kritik aussprechen! – Aber ich kann denselben Gedanken auch viel weitläuftiger, wie folgt, vortragen. Bändigt sich ein Dichter zu scharf, beherzigt er weniger sein vollschlagendes Herz als das feine Adergeflechte der Kunst und zerteilt er den vollen Strom in den feinsten kritischen Schweiß: so merken sie an: wahrlich, je dicker und härter der Wasserstrahl, desto höher treibt er sich auf und überwältigt und durchdringt die Luft, indes ein feiner auf halbem Wege zerflattert. Tut der Verfasser aber das Gegenteil, drückt er mit einem Drucke nichts aus als sein übervolles Herz und läßt die Blutwellen laufen, wie sie wollen: so schärfen die gedachten Kunstrichter den Satz – aber in einer andern Metapher, als ich von ihnen erwartet hätte – ein: mit dem Kunstwerke sei es wie mit einem papiernen Drachen, welcher nur höher steige, wenn ihn der Knabe an der Schnur ziehe und zügle, aber sofort sich senke, wenn ihn der Kleine nicht anhalte, sondern gehn lasse.

Wir kommen endlich auf unser Werk zurück. Die größten Verbesserungen darin sind wohl die historischen. Denn seit der ersten Ausgabe hatt' ich das Glück, teils den Schauplatz Kuhschnappel selber (wie in Jean Pauls Briefen längst berichtet worden) zu besuchen und zu besehen, teils durch den Briefwechsel mit dem Helden selber ungedruckte Familienbegebenheiten zu gewinnen, zu welchen wohl auf keinem andern Wege zu gelangen war, wenn man sie nicht geradezu erdichten wollte. Sogar neue *Leibgeberiana* hab' ich erbeutet, die mich jetzo unsäglich erfreuen, da ich sie mitteilen kann.

Gewonnen ferner hat die neue Ausgabe durch die Landes-Verweisung aller der Ausländer von Wörtern, welche den geschicktesten Eingebornen den Platz weggenommen.

Bereichert hat sich weiter die neue Ausgabe durch die kritische Ausleerung von allen Genitiv-End-S in den Samm- oder Gesamtwörtern. Freilich ungemein beschwerliche Ausfegungen von Buchstaben und Wörtern durch vier lange Bände hindurch kann wohl niemand so hoch ansetzen, nicht einmal die Nachwelt, als der Ausfeger selber.

Verbessert wurde ferner die neue Auflage dadurch, daß ich die beiden *Blumenstücke* an das Ende des zweiten Bandes stelle (denn in der alten standen sie ganz im Anfange des ersten), und daß ich mit dem ersten *Fruchtstücke* nicht den ersten Band, sondern viel zweckmäßiger den dritten abschließe; lauter Unterschiede, die früher nicht da gewesen.

Endlich mag es vielleicht als eine der kleinern Verbesserungen gelten, daß ich in den beiden *Blumenstücken* – besonders in dem des toten Christus – gar keine gemacht, sondern alles gelassen, wie es war, und den bunten goldnen Streusand, womit ich die Schriftzüge etwas unleserlich und höckerig gemacht, abzuschaben unterlassen.

Dies sind nun die vornehmsten Verbesserungen, über welche ich so gern ein Urteil von guten Kunstrichtern, welche die Auflage vergleichen wollten, zum Wachstume meiner Kenntnisse, ja vielleicht meines Ruhms zu erleben wünschte. Da aber nichts verdrüßlicher ist als das Gegeneinanderhalten des alten Buchs gegen das verbesserte: so hab' ich in der Realschulbuchhandlung das gedruckte Exemplar der alten Auflage niedergelegt, in welchem die ganze mit Dintenschwärze verbesserte Druckerschwärze, nämlich alle durchstrichenen Stellen leicht auf einmal zu übersehen sind, oft halbe und ganze totgemachte Seiten, so daß man erstaunt. Der entferntere Kunstrichter freilich müßte, da er vielleicht ebenso ungern als der benachbarte Berlins mit Korrektors-Schiffziehen Blatt für Blatt beider Auflagen gegeneinander abwägt, sich damit begnügen, daß er die Bände von beiden in zwei Gewürzkrämerschalen legte und dann zusähe; er wird aber finden, wie sehr die neue Auflage die alte überwiegt. Aus der Strenge gegen zweite Auflagen nun dürften dann leicht beide Männer ihre Schlüsse auf die Strenge gegen erste, und aus dem Ausstreichen des Gedruckten auf das frühere des Geschriebenen ziehen; – und dies wäre allerdings ein Fest für mich.

Baireuth, im Sept. 1817.

Dr. Jean Paul Fr. Richter.

womit ich den Kaufherrn Jakob Oehrmann einschläfern mußte, weil ich seiner Tochter die Hundposttage und gegenwärtige Blumenstücke etc. etc. erzählen wollte.

Den heiligen Weihnachtabend 1794, als ich aus der Verlaghandlung beider Werke und aus Berlin in der Stadt Scheerau ankam, trat ich sogleich vom Postwagen in das Haus des Herrn Jakob Oehrmann, meines vorigen Gerichtherrn, weil ich Wiener Briefe hatte, die er recht gut gebrauchen konnte. Ein Kind kann sich vorstellen, daß ich damals keinen Gedanken an eine Vorrede hatte: es war sehr kalt – schon der 24te Dezember – die Laternen brannten schon – und ich war so steif ausgefroren wie das Rehkalb, das als blinder Passagier mit mir auf dem Postwagen gesessen. Im Laden selber, der voll Zug- und anderen Windes war, konnte kein vernünftiger Vorredner wie ich arbeiten, weil da schon eine Vorrednerin – Oehrmanns Tochter und Ladendienerin – mit mündlichen Vorreden die besten Weihnachtalmanache, die man hat, begleitete und verkaufte, Duodez-Werkchen auf Löschpapier, aber mit echtem Inhalt aus dem goldenen und silbernen Zeitalter, ich meine die Phrases-Bücher voll Gold- und Silberschaum, womit der heilige Christ wie der Herbst seine Geschenke vergoldet oder wie der Winter versilbert. Ich verdenk' es der armen Ladenzofe nicht, daß sie, von so vielen Einkäufern des heiligen Abends bestürmt, auf einen alten Verkäufer so vieler heiligen Abende, auf mich alten Kundmann, kaum hinnickte und mich, ob ich gleich erst aus Berlin anlangte, sogleich zum Vater hineinwies.

Drinnen war alles in Glut, Jakob Oehrmann sowohl wie sein Schreibkomtoir: er saß auch über einem Buche, aber nicht als Vorredner, sondern als Registrator und Epitomator, er zog die Generalbilanz des libro maestro. Er hatte sie schon zweimal aufsummiert, aber die Kredit-Summa war und blieb um *ein* Schweizer-Örtlein, d. i. $13^1/_2$ Xr. Zürcher Währung, zu seinem Schrecken größer als die Debet-Summa. Der Mann hatte mit sich und mit dem Triebel an der im Kopfe gehenden Rechnungmaschine zu tun: er sah mich kaum an, ob ich gleich sein Gerichthalter gewesen war und Wiener Briefe hatte. Für Kaufleute, die wie ihre Fuhrleute in der ganzen Welt zu Hause sind, und denen die entferntesten andern handelnden Mächte täglich Großbotschafter und Envoyés, nämlich Reisediener schicken, für diese ists nichts Großes, wenn man aus Berlin oder aus Boston oder Byzanz anlangt.

Ich stand, an diese kaufmännische Kälte gegen den Menschen gewöhnt, ruhig am Feuer und hatte meine Gedanken, die hier zu des Lesers seinen werden sollen.

Ich untersuchte nämlich am Ofen das Publikum und befand, daß ich solches wie den Menschen in drei Teile zerlegen konnte – ins *Kauf-*, ins *Lese-* und ins *Kunst-Publikum,* wie mehre Schwärmer den Menschen in Leib, Seele und Geist. Der *Leib* oder das Kaufpublikum, das aus Geschäftgelehrten und Geschäftmännern besteht, dieses wahre deutsche Reichscorpus callosum braucht und kauft die größten und korpulentesten (körperhaftesten) Werke und behandelt sie wie die Weiber die Kochbücher, es schlägt sie nach, um darnach zu arbeiten. Für diese gibt es in der Welt zweierlei ausgemachte Narren, die sich nur in der Richtung ihrer tollgewordnen Ideen unterscheiden, wovon die der einen zu sehr in die Tiefe, die der andern in die Höhe geht – kurz die Philosophen und die Dichter. Schon Naudäus macht in der Aufzählung der Gelehrten, die man ihrer Kenntnisse wegen in den mittlern Zeiten für *Zauberer* gehalten, die schöne Bemerkung, es sei dieses nur Philosophen, nie Juristen und Theologen widerfahren. Noch geht es den Weltweisen so, nur daß, da der edle Begriff von Zauberer und Hexenmeister, dessen spiritus rector und schottischer Meister der Teufel selber gewesen, herabgesunken ist zu dem Namen eines *starken* oder *weisen* Mannes und Taschenspielers, der Weltweise sich die letzte Bedeutung muß gefallen lassen. Mit dem Poeten steht es noch erbärmlicher; der Philosoph ist doch ein vierter Fakultist, ein Amtinhaber, und kann über seine Sachen lesen; aber der Poet ist gar nichts und wird nichts im Staate – er wäre denn nicht geboren, sondern gemacht von der Reichs-Hof-Kanzlei –, und Leute, die ihn beurteilen können, werfen ihm ohne Umstände vor, er bediene sich häufig solcher Ausdrücke, die weder im Handel und Wandel, noch in Synodalschreiben, noch in General-Reglements, noch in Reichshofratsconclusis, noch in medizinischen Bedenken und Krankheitgeschichten gäng und gäbe wären, und er gehe sichtbar auf Stelzen und sei schwülstig und nie *ausführlich* oder *kurz* genug. Gleichwohl bekenn' ich gern, daß man auf diese Weise den Dichter so richtig rangordnet, wie Linnäus die Nachtigallen, welcher diese mit Recht, weil er von ihrem Gesang absah, unter die närrischen eckigbeweglichen Bachstelzen einrechnete.

Der zweite Teil des Publikums, die *Seele,* das Lese-Publikum, besteht aus Mädchen, Jünglingen und Müßigen. Ich werd' es weiter unten loben; es lieset uns alle doch und überschlägt gern dunkle Blätter, worin bloß räsoniert und geschwatzt wird, und hält sich wie ein ehrlicher Richter und Geschichtforscher an Fakta.

Das Kunst-Publikum, den *Geist,* könnt' ich wohl weglassen; die wenigen, die nicht nur für alle Nationen und alle Arten des Geschmacks Geschmack haben, sondern auch für höhere, gleichsam kosmopolitische Schönheiten, solche wie Herder, Goethe, Lessing, Wieland und noch einige, kommen mit ihren Stimmen bei einem Autor auch außer der Minderzahl derselben schon darum, weil sie ihn nicht lesen, wenig in Betracht.

Wenigstens verdienen sie nicht die Zueignung, womit ich mir am Ofen vornahm, das große Kauf-Publikum zu bestechen, das eigentlich den Buchhandel erhält. Ich wollte nämlich den Hesperus oder den Kuhschnappler Siebenkäs dem Gericht- und Handelherrn Jakob Oehrmann ordentlich zueignen: das war die Maske. Nämlich so:

Jakob Oehrmann ist kein verächtlicher Mann: er hatte in Amsterdam vier Jahre als Börsenknecht gedient, d. h. er läutete als kaufmännischer Glöckner von 11¾ bis 12 Uhr die Börsenglocke. – Darauf wurd' er scharrend und schindend ein *gutes Haus*, indem er keines machte, und stieg zur Würde eines Siegelbewahrers von einem ganzen ritterschaftlichen Siegelkabinette, das auf den adligen Schuldscheinen zerstreuet aufgepappt saß. – Er nahm zwar wie berühmte Schriftsteller kein bürgerliches Amt an, sondern schrieb lieber, aber die gemeine Stadtmiliz von Scheerau, der das Herz am rechten Orte sitzt, nämlich am sichersten, und die sich kühn durchziehenden Truppen zeigt als ein aufmerksames Beobacht-corps, nötigte ihn, ihr Hauptmann zu werden, ob er gleich mit der Stelle ihres Tuch-Lieferers sich behelfen wollte. – Er ist ehrlich genug, besonders gegen Kaufleute, und weit entfernt, wie Luther das geistliche Recht zu *verbrennen*, äschert er im bürgerlichen kaum wenige Titel aus dem siebenten Gebote ein, ja er *brennt* sie nur *an* wie die Wiener Zensur halb verbotne Bücher; und das tut er nur gegen Fuhr-, Schuld- und Edelleute. Vor einem solchen Manne kann ich ohne Gewissensbisse einigen wohlriechenden Weihrauch machen und in dem aufziehenden Zauberdampf seine holländische Gestalt, wie die eines Schröpferischen Gespenstes, vergrößert erscheinen lassen.

Nun wollt' ich unter seinem Bilde einige Züge vom großen Kauf-Publikum einschwärzen; denn er ist ein tragbares im Kleinen – er achtet, wie das große, nur Brotstudien und Bierstudien, keine Reden als Tischreden, keine gelehrtern Zeitungen als politische – er weiß, der Magnet ist bloß erschaffen, um seine hinangeworfnen Ladenschlüssel zu tragen, der Aschenzieher, um seine Tabakasche zu sammeln, seine Tochter Pauline, um beide zu ersetzen, wiewohl sie stärkere Dinge und stärker zieht als beide – er kennt nichts Höheres in der Welt als Brot und verabscheuet den Stadt-Maler, der damit die Pastell-Kleckse wegscheuert – er und seine in drei Hansestädte eingemauerten Söhne lesen und schreiben kein anderes und kein geringeres Buch als das Haupt- und das Schmierbuch.....

»Ich will verloren sein«, dacht' ich in der Ofenhitze, »wenn ich das Kauf-Publikum feiner schildern kann als unter dem Namen Jakob Oehrmanns, der nur ein Ast oder eine Fiber von ihm ist; aber es könnte nicht wissen, was ich wollte«, fiel mir ein; und dieses Rechnungverstoßes wegen wurde auf heute ein ganz neuer Plan gemacht.

Die Tochter kam gerade, als ich den Verstoß heraus hatte, hinein und brachte den von Oehrmann heraus samt der Generalbilanz..... Jetzo sah der Vater mich an und machte etwas aus mir, und als ich die Wiener Briefe – er setzt sie paulinischen und poetischen gleich – als Kreditive vorzeigte, wurd' ich aus einer stummen Freskopartie an der Kontorwand etwas, das

Geist und Magen hat, und wurde mit letztem zum Abendessen behalten.

Ich wills nur – und hetzten auch die Kunstrichter alle deutsche Kreise gegen mich auf und gössen eine neue Türkenglocke – ganz herausfahren lassen, daß ich bloß der Tochter wegen kam und blieb. Ich weiß, die Gute hätte meine neuern Werke sämtlich gelesen, hätte ihr der Alte Zeit dazu gelassen; und eben daher konnt' ich mir nicht verbergen, es sei meine Schuldigkeit, den Vater in Schlaf zu reden, wenn nicht zu singen und nachher der wachen Tochter alles zu erzählen, was ich der Welt erzähle durch den Preßbengel. Dies war ja eben bekanntlich die Ursache, daß ich gewöhnlich immer kam und sprach, wenn er Posttag hatte und leicht einschlief.

Am heiligen Abend sollten gar die 45 Hundposttage fast in ebensoviel Minuten ausgezogen werden; ein langes *Werk*, das keinen kurzen Schlaf verlangte.

Ich wünschte, die Herren Redakteure der Rezensenten und Rezensionen, die mir hierin vieles verdenken, wären nur ein einzigesmal auf dem Kanapee neben meiner Namenbase Johanne Pauline gesessen: sie hätten ihr meine meisten Lebensbeschreibungen und die halbe blaue Bibliothek in solchen guten pragmatischen Auszügen erzählt, als sie in Rezensionen vor ganz andern Gesichtern tun; sie wären in Wonne geschwommen über die Wahrheit in Paulinens Worten, über die Naivetät ihrer Mienen und über die Einfachheit sowohl als Schalkhaftigkeit ihrer Handlungen und hätten sie bei der Hand erfaßt und gesagt: »Solche rührende Lustspiele, wie eines da neben uns sitzt, schaff' uns nur der Dichter, und dann ist er unser Mann.« – Ja wären die Redakteure vollends weiter gekommen im Bücherausziehen und hätten sich und Paulinen noch mehr gerührt, als ich von so strengen kritischen Gerichthaltern kaum erwartet hätte – und hätten sie dann die milde, in einen Tränennebel hintauende Gestalt gesehen oder eigentlich beinahe verloren (weil Mädchen und Gold desto *weicher* sind, je *reiner* sie sind), und hätten sie, wie natürlich, in einer himmlischen Wärme sich und den schnarchenden Vater fast völlig vergessen.... Beim Himmel! ich bin jetzo selber in der größten, und die Vorrede will so bis morgen währen. Es muß offenbar gelassener fortgefahren werden....

– Ich darf es, glaub' ich, annehmen, daß der Kauf- und Gerichtherr sich durch Briefschreiben am heiligen Abende so entkräftet hatte, daß ihm zum Einschlafen nichts fehlte als ein Mann, ders beschleunigte durch langstilisiertes Redenhalten. Der war ich wohl. Aber anfangs unter dem Abendessen bracht' ich freilich nur Sachen auf die Bahn, die der Prinzipal begriff. Mit dem Löffel und der Gabel in der Hand und vor dem Tischgebet war er noch zu dauerhaftem Schlaf untüchtig; ich ergötzte ihn also mit muntern Sachen von Belang, mit dem erschossnen unausgeweideten Passagier (dem obigen Rehkalb) – mit einigen kleinen Krämer-Falliments unterweges – mit meinen Gedanken über den Frankreichischen Krieg und mit der Beteuerung, die Friedrichstraße in Berlin sei eine halbe Meile lang und die dasige Preß-

und Handelsfreiheit groß – auch merkt' ich an, daß ich durch wenige deutsche Kreise gefahren sei, worin nicht die Betteljungen noch als die Revisionräte und Leuteranten der Zeitungschreiber dienten. Die Zeitungmacher nämlich flößen mit ihrer Dinte allen Toten auf dem Schlachtfelde Leben ein und können die Auferstandenen wieder in der nächsten Affäre gebrauchen; die Soldatenjungen hingegen machen gern ihre Eltern tot und betteln auf Sterbelisten; sie schießen für einen Pfennig ihren Vater nieder, den der Zeitevangelist für einen Groschen wieder aufstellt – und so sind beide Wesen durch gegenseitige Lügen auf eine schöne Art eines des andern Gegengift. Dies ist die Ursache, warum ein Zeitungschreiber so wenig als der Rechtschreiber sich an Klopstocks Rechtschreibregel binden kann, nichts zu *schreiben*, als was man *hört*.

Als das Tischtuch weggezogen wurde, sah ich, es sei Zeit, den Fuß auf die Wiege zu setzen, worin der Hauptmann Oehrmann lag. Der Hesperus ist zu dick. Zu andern Zeiten hatt' ich Zeit genug; sonst fing ich bloß, um diese große Tulpe zum Schlafe zuzuziehen, mit Krieg und Krieggeschrei an – trat dann mit dem Naturrecht ein, oder vielmehr mit den Naturrechten, deren jede Messe und jeder Krieg neue liefert – hatte darauf nur wenige Schritte zum höchsten Grundsatze der Moral und tauchte so den Handelmann unvermerkt mitten in den magnetischen Gesundbrunnen der Wahrheit ein – oder ich hielt ihm mehre von mir angezündete neue Systeme, die ich widerlegte, unter die Nase und betäubte ihn mit dem Rauche so lange, bis er kraftlos umfiel..... Dann kam Friede, dann machten ich und die Tochter den Sternen und Blumen draußen die Fenster auf, und der armen darbenden Seele wurde von mir die schönste poetische Bienenflora vorgesetzt....

Das war sonst mein Gang.

Heute nahm ich einen kürzern. Ich näherte mich sogleich nach dem Tischgebete, so weit es tunlich war, der Unverständlichkeit und legte dem Handelhause der Oehrmannischen Seele, ihrem Körper, die Frage vor, ob es nicht mehr Cartesianer als Newtonianer unter den Fürsten gebe. »Ich meine gar nicht in betreff der Tiere« – fuhr ich langsam und langweilig fort – »welche Cartesius für unempfindliche Maschinen hielt, worunter also das edelste Tier, der Mensch, auch mit käme unverschuldet – sondern meine Meinung und Frage soll die sein: setzen nicht mehre das Wesen eines Staats, wie der große Cartesius das der Materie, in *Ausdehnung* und wenigere dasselbe, wie der größere Newton das der Materie, in *Solidität*?«

Er erschreckte mich mit der lebhaften Antwort: »nur der flachsenfingische und der **er Fürst wären solide Männer, welche zahlen.«

Jetzo stellte die Tochter einen Wäschkorb neben den Tisch und ein Letternkästchen auf ihn, um in die Hemden ihrer brüderlichen Hanse die ganzen Namen abzudrucken. Da sie ihm eine hohe weiße Fest-Tiara aus jenem herauslangte und die niedrige Sonnabend-Kapuze zurückempfing: so wurd' ich aufgemuntert, so dunkel und langweilig zu werden, als die Schlafmütze und meine Absicht es begehrten.

Da er nun gegen nichts so herzlich kalt ist als gegen meine Bücher und gegen alle schön-wissenschaftlichen Fächer: so beschloß ich, ihn ganz mit diesem verhaßten Stoffe einzubauen und zu überschlichten. Es gelang mir, so auszuholen: »Ich sorge fast, Herr Hauptmann, Sie werden sich am Ende wundern, daß ich Sie noch auf keine Art, die man ausführlich nennen kann, mit meinen zwei neuesten opusculis oder Werken in Bekanntschaft gebracht, worunter das ältere seltsam genug Hundposttage heißt und das frischere Blumenstücke. Bring' ich aber heute nur das Wesentlichste aus den fünfundvierzig Posttagen bei und hole erst über acht Tage die Blumenstücke nach: so hab' ich vielleicht einiges wieder gut gemacht. Ich hab' es allein zu verantworten, wenn Sie gar nicht sagen können, was das erste Opus ist, wenn Sie es für ein Wappen- oder für ein Insektenwerk ansehen – oder für ein Idiotikon – für einen alten Codex – oder für ein Lexicon homericum – oder für einen Bündel Inaugural-Disputationen – oder für einen allezeit fertigen Kontoristen – oder für Heldengedichte und Epose – oder für Mordpredigten..... Es ist aber nichts als eine gute Geschichte, durchwürkt jedoch mit obigen Werken schichtweise. Ich wollte selber, es wäre etwas bessers, Herr Hauptmann – besonders wünscht' ich es so deutlich abgefaßt zu haben, daß man es halb im Schlafe lesen könnte und halb darin machen. Ich kenne hierin, Herr Hauptmann, Ihre kritischen Grundsätze noch wenig und kann also nicht sagen, ist Ihr Geschmack britisch oder griechisch; aber ich besorge, es tut dem Werke Abbruch, daß darin Stellen – ich hoffe, es sind deren nicht viele – nachzuweisen sind, worin mehr als ein Sinn steckt, oder allerlei Bildliches und Blumiges zugleich, oder ein anscheinender Ernst, hinter welchem gar keiner ist, sondern lauterer Spaß (der Deutsche aber fodert seinen Geschäftstil) – und daß auch, befürcht' ich am gewissesten, in dem sonst weiten Werke die jetzigen Ritterromane, welche so oft von den alten herrlichen kunstlosen, nicht der leichten Feder, sondern des schweren Eisens mächtigen Rittern selber geschrieben zu sein scheinen, kaum mit dem Erfolge von mir nachgeahmt und erreicht worden, nach welchem ich so oft gerungen. – Vielleicht hätt' ich im Buche auch die Sittsamkeit und die Ohren der Damen öfter beleidigen mögen, als mancher Weltmann gefunden; da Bücher, sobald sie keine hohen Ohren, sondern nur keusche, und nicht den Staat, sondern nur die Bibel verletzen, am wenigsten anstößig sind, ja vielmehr, wenn es recht zugeht, zum Nachttischgeräte und zur literarischen *Gerade* aus demselben Grunde geschlagen werden, warum der L. 25. §. 10. de aur. arg. die Gefäße der Unehren zum mundo muliebri und mithin der sel. *Hommel* sie zur weiblichen Gerade rechnet.«

Ich ersah hier zu spät, daß ich ihn dadurch auf einen munter machenden Gedanken geführt. Ich tat zwar einen Sprung in eine andere Materie und merkte an: »verbotne Bücher stelle man überhaupt am sichersten in öffentlichen Bibliotheken auf, die man mit den gewöhnlichen Bibliothekaren versehen, weil ihre verdrüßliche Miene besser als ein Zensuredikt das Lesen abwendet«; aber Jakobus sagte doch seinen Gedanken heraus: »Pauline, erinnere mich morgen daran, die Stenzin ist die Huren-Gebühren noch schuldig.« Es war mir ungemein verdrüßlich, daß, wenn ich den Schlaf bis auf wenige Schritte herangekörnet hatte, der Hauptmann wieder mit etwas abdrückte und losplatzte, was das beste Schlafpulver sogleich in alle Lüfte blies. Keinem Menschen ist überhaupt schwerer Langeweile zu geben als einem, der sie selber immer austeilt; leichter getrau' ich mir in fünf Minuten einer vornehmen geschäftfreien Frau Langeweile zu machen als in ebenso vielen Stunden einem Geschäftmanne.

Die gute Pauline, die heute so gern die Historie hören wollte, die ich in Handschrift nach Berlin begleitet hatte, legte mir langsam folgende Buchstaben aus dem Hemde-Schriftkasten einzeln in der Hand herum: *erzahlen,* d. h. ich sollte dieser guten Hemd-Setzerin die Hundposttage heute *erzählen.*

Ich griffs von neuem an und begann seufzend dergestalt: »Herr Gerichtprinzipal, berlinische Lettern dieser Art wird meine Wenigkeit nun auch durch ihr neuestes Werk in Bewegung setzen, und auf solche feine Hemden, wenn sie der Holländer als Posthadern unter sich gehabt, werden meine Posttage gesetzt wie jetzo die Namen von Ihren drei Herren Söhnen. In der Tat, muß ich bekennen, hatt' ich nichts, um mich zu trösten, als ich auf der Post hineinwärts saß und den rechten Fuß unter meine Handschrift und den linken unter einen Bittschriften-Ballen steckte, der dem Scheerauer Fürsten zur Armee nachreisete, ich hatte, sag' ich, weiter nichts, um mich zu trösten, als den natürlichen Gedanken: der Teufel mach' es anders. Nur tut dies niemand weniger als *der.* Denn, beim Himmel! in einem Zeitalter wie unserem, in einem, wo das Orchester die Instrumente der Weltgeschichte erst zu einem künftigen Konzerte stimmt, wo mithin noch alles unerhört ineinander schnarrt und pfeift (daher einmal das Stimmen einem marokkanischen Gesandten am Wiener Hofe noch besser als die Oper gefiel) – in einem solchen Zeitalter, wo es so schwer ist, den feigen Menschen vom mutigen, den lässigen vom tatendurstigen, den verdorrten vom grünenden zu unterscheiden, wie jetzo im Winter die fruchttragenden Bäume aussehen wie die verreckten – in einem solchen Zeitalter gibts für einen Autor keinen Trost als einen, dessen ich heute noch nicht gedacht habe, den nämlich: daß er doch ein Zeitalter, worin höhere Tugend, höhere Liebe und höhere Freiheit seltene Phönixe oder Sonnenvögel sind, recht gut mitnehmen und die sämtlichen Vögel so lange recht lebhaft malen kann, bis sie selber geflogen kommen; alsdann freilich, wenn sie in ihren Urbildern auf der Erde ansässig sind, ist wohl uns allen das Schildern und Preisen derselben größtenteils versalzen und zuwider gemacht und ein bloßes Dreschen leeren Strohs. – – Nur wer nicht *handeln* kann, arbeitet für Pressen.«

»– Die Arbeit ist nur darnach« (fiel der wache Handelmann ein) »der

Handel ernährt seinen Mann; aber Bücherschreiben ist nicht viel besser als Baumwolle spinnen, und Spinnen ist das nächste am Betteln... Ihnen nicht zu nahe geredet; aber alle verdorbene Buchhalter und fallite Kaufleute fallen zuletzt aufs Fabrizieren der Rechen- und andrer Bücher.«

Das Publikum sieht, wie wenig der Kauf- und Hauptmann auf mich hielt, weil ich statt der Geschäfte nur Werke machte, ob ich ihm gleich sonst als sächsischer Vikariat-Notarius bei Tag und Nacht beigesprungen war zum Wechsel-Protest. Ich weiß, wie außerordentliche Professoren der Sittenlehre denken; aber nach einer solchen Mißhandlung getrau' ich mirs bei ihnen zu verantworten, daß ich auf der Stelle wild wurde und die Unhöflichkeiten des Mannes ohne alle Schonung – ob er gleich seiner fünf Sinne nicht mehr mächtig blieb – mit nichts Gelinderm erwiderte als mit einem treuen Vorsagen der – Extrablätter im Hesperus.

Daran mußt' er versterben – ich meine entschlafen.....

Dann gingen tausend Glücksterne für Autor und Tochter auf – dann brach unser Fest der süßen Brote an – dann konnt' ich mich ans Vorfenster mit ihr stellen und ihr alles erzählen, was das Publikum nun längst in Händen hat. Ich ließ nichts weg als aus guten Gründen das letzte Kapitel des Hesperus, worin ich, wie bekannt, gefürstet werde. Wahrlich, Süßeres gibt es nichts, als einem eingekerkerten, von Predigten belagerten, weichen, frommen Herzen, das sich auf keinem Geburttags-Ball – und wär' es der des Superintendenten und seiner Frau – und an keinem Romane – hätt' ihn auch der eigne Gerichthalter verfaßt – erwärmen darf; so linde wie Honigseim ist es, dem belagerten ausgehungerten Herzen einen allmächtigen Entsatz zu schicken und der verhüllten Seele eine Masche in den dicken Nonnenschleier größer zu reißen und ihr dadurch ein blühendes glimmendes Morgenland zu zeigen – die Tränen ihrer Träume aus aufgeschlossnen Augen zu locken – sie über ihre Wünsche zu heben und das weiche, von einem langen Sehnen gepreßte und in harte Ketten gelegte Herz auf einmal losgebunden im Frühlingwehen der Dichtkunst auf und ab zu wiegen und in ihm sanft durch einen feucht-warmen Lenz einen bessern Blumensamen aufzuschwellen, als in dem nächsten Boden aufgeht.....

Um 1 Uhr war ich schon fertig und stand im 44ten Kapitel; denn ich hatte zu drei Teilen nur drei Stunden gebraucht, weil ich alle Extrablätter aus dem Buche als Sprecher der Weiber herausgerissen hatte. »Ist der Vater das Kauf-, so ist die Tochter das Lese-Publikum, und man muß sie mit nichts abmartern, was nicht rein historisch ist«, sagt' ich und opferte meine liebsten Ausschweifungen auf, für welche überhaupt eine so reizende Nachbarschaft die Wildbahn nicht ist.....

Dann hustete der Alte – fuhr aus dem Sessel – fragte nach der Uhr – wünschte zuerst gute Nacht – schickte mich, der eben dadurch eine einbüßte, fort und sah mich nicht wieder als acht Tage darnach am heiligen Abend vor dem Neujahr.

Es wird noch meinen Lesern beifallen, daß ich an diesem Abende wiederzukommen verheißen, weil ich dem Prinzipal einen kurzen Bericht über die *Blumenstücke* – es ist eben gegenwärtiges Buch – erstatten wollte und sollte.

Ich beteure dem geneigten Leser, daß ich ihm jetzo die Sache nicht anders berichte, als sie war.

Ich erschien denn am letzten Abend des Jahres 1794 wieder, auf dessen rotgefärbten Wellen so viele verblutete Leichname ins Meer der Ewigkeit hineingetrieben wurden. Der Prinzipal empfing mich mit einer Kälte, die ich halb der physischen draußen – denn die Menschen und die Wölfe erbosen sich im Frostwetter am stärksten – zuschrieb, halb auch den Wiener Briefen, d. h. dem Mangel derselben, und ich hatte überhaupt heute nichts beim Manne zu tun. Da ich aber ohnehin am Neujahrtage mit einer Donnerstag-Post aus Scheerau gehen und da ich der guten geliebten Pauline so gern noch einige Paulina, nämlich diese Aufsätze, erzählen wollte, weil ich wußte, sie bekomme eher alle andre Ware auf ihre Ladenbank als diese: so kann doch wahrhaftig kein Redakteur, der Grundsätze hat, darüber hitzig werden, daß ich wieder erschien. Ein solcher hitziger Kopf höre wenigstens den Plan, den ich hatte: ich wollte der stillen Seelenblume erstlich die *Blumenstücke* als zwei aus Blumen musivisch zusammengelegte Träume geben – dann das *Dornenstück*[1], von dem ich die Dornen, nämlich die Satiren, wegzubrechen hatte, damit für sie nichts übrig bliebe als eine sonderbare Geschichte – und endlich sollte das *Fruchtstück* zuletzt (wie im Buche selber) aufgetragen werden als ein süßer Frucht-Nachtisch; und in dieser reifen Frucht (vorher hätt' ich mündlich allen philosophischen kühlenden Eisapfelsaft ausgepreßt, den nachher die Presse darin gelassen) – wollt' ich am Ende selber sitzen als Apfelwurm. Dies wäre ein schöner Übergang gewesen zu meinem Abgang oder Abschied; denn ich wußte nicht, ob ich Paulinen, diesen Blumenpolypen mit seinen zuckenden markweichen Fühlfäden, die sich ohne Augen nur aus *Gefühl* nach dem *Lichte* wenden, je wieder sehen oder wieder hören würde, sobald mein neuer Fürstenstand auskäme. Mit dem alten faulen Holze, worauf der Polype blühte, hatt' ich ohnehin ohne Wiener Briefe wenig zu verkehren.

Aber das alte Jahr sollte sich, so nahe neben richtigen Wünschen des neuen, noch mit unerfüllten schließen.

Ich habe mir jedoch wenig vorzuwerfen; denn ich suchte dem lebendigen ostindischen Hause sogleich Langweile und Schlaf zu machen, als ich kam und dasselbe nur saß. Das einzige Angenehme, was ich ihm sagte, war, daß ich, da der Gerichtherr einige Injurien gegen meinen Nachfahrer, seinen

[1] So wurden wirklich alle Stücke im ersten Bande der ersten, unverbesserten Auflage geordnet; aber der guten Pauline verschlägt es gewiß nichts, daß ich in der zweiten, so sehr verbesserten mehr an ganz Deutschland denke und alles viel anders reihe.

jetzigen Gerichthalter, ausgestoßen, diese ausdehnte auf alle Juristen und dadurch das Pasquill zur edlern Satire erhob und versüßte: »Ich kann mir die Advokaten und die Klienten als zwei Reihen bei einer Löschanstalt des Gelddurstes vorstellen; die eine Reihe, die der Klienten, steht mit leeren Eimern oder Beuteln hinab, die andre, anwaltende Reihe reicht sich einander die vollen hinauf«, sagt' ich. Das wars.

Ich denke, es war nicht unüberlegt, daß ich ihm das große Kauf-Publikum, da er ein kleineres, nur etliche Fuß langes und dickes ist, mit Zügen vorschilderte, die auf ihn selber paßten; es wurde ja eigentlich an ihm damit bloß der Versuch gemacht, was das Kauf-Publikum selber sagen würde zu folgenden Gedanken: »Das jetzige Publikum, Herr Hauptmann, wird nach und nach eine solide nord-indische Kompagnie und macht jetzo, dünkt mich, einige Figur neben den Holländern, bei welchen Butter und Bücher bloß ein Artikel des aktiven Handels sind und die für das attische Salz Geschmack haben, womit Beukelszoon die Fische einpökelte, und die ich, ob sie gleich dem Erasmus, der keine aß, für ein besseres eine Statue schenkten, doch damit rechtfertige, daß sie dem obigen Einsalzer noch früher eine haben meißeln lassen. Selber Campe, welcher die Verfasser des Spinnrades und der braunschweigischen Mumme den Formern und Braumeistern der Heldengedichte keineswegs unterordnet, wird mir recht geben, wenn ich sage, daß jetzo aus dem Deutschen etwas werde – nämlich ein gesetzter gründlicher Mann – ein Handelmann – ein Geschäftmann – ein Mann von Jahren, der Eßbares von Denkbarem zu sichten und dieses wegzuschaffen weiß – der Nachdrucker von Verlegern, und die Manufakturisten von beiden unterscheidet und reinigt – ein Spekulant, der, so wie die Hühner vor den mit Fuchsdärmen bezognen Harfen davonfliegen, seinerseits gar keine poetische Harfe hören kann, und hätte sie der Harfener mit seinem eignen Gedärm besaitet – der nun bald keine zeichnende Künste mehr dulden wird als auf Waren-Ballen [1], keine Druckerei als auf Kattun.« – – –

– Hier sah ich zu meinem Erstaunen, der Handelmann sei schon eingeschlafen und habe seinen Sinnen-Kaufladen geschlossen. Es ärgerte mich, ihn so lange umsonst gefürchtet und angeredet zu haben; ich war nichts als der Teufel gewesen und er der König Salomo, welchen der Böse für lebendig gehalten. [2]

[1] Ich bitte inständig denjenigen Teil des Publikums, mit dessen Schilderung es auf den Haupt- und Kaufmann gemünzt ist, solche nicht auf sich zu beziehen; ich scherze oben offenbar, und meine Absicht ist ja klar.

[2] Die Teufel mußten, sagt der *Koran*, dem Salomo dienen. Nach seinem Tode wurd' er ausgestopft und durch einen Stab in der Hand und durch einen andern, ans Steißbein gestemmten auf einen so scheinbar-lebendigen Fuß gesetzt, daß es die Teufel selber nicht früher merkten, als bis die Hinterachse von Würmern zernagt wurde und der Souverän umkugelte. *S. Boysens* Koran in *Michaelis'* Orientalischer Bibliothek.

Inzwischen, um ihn nicht aufzuwecken durch einen schnellen Tonwechsel, setzt' ich ruhig das Gespräch mit ihm fort; redete ihn aber, immer weiter gegen das Fenster fortrückend und wegschleichend, mit folgendem leisen diminuendo der Stimme an: »und von einem solchen Publikum erwart' ich sehr, daß es einmal über Altarblätter Schuhblätter setzen lernt, und daß es bei dem moralischen und philosophischen Kredit eines Professors vor allen Dingen fragt: ›ist der Mann *gut*?‹ – Und ferner ist zu erwarten, daß ich jetzo, teuerste Zuhörerin,« (setzt' ich in unverändertem Tone dazu, um dem Schläfer dasselbe Geräusch vorzumachen), »Ihnen die Blumenstücke vorerzählen werde, die ich gar noch nicht einmal zu Papier gebracht und die ich leicht heute zu Ende führe, wenn Sie dort (der Vater Jakobus) so lange schlafen.«

Ich fing also folgendergestalt an:

N. S. Es wäre jedoch lächerlich, wenn ich die ganzen Blumen- und Dornenstücke, da sie schon sogleich im Buche selber auftreten, wieder in die Vorrede wollte hereindrucken lassen. Aber zu Ende dieses Buchs will ich das Ende der Vorrede und dieses heiligen Abends beifügen und mich dann an das zweite Bändchen machen, damit es zu Ostern zu haben ist.

Hof, den 7. Nov. 1795.

Jean Paul Friedr. Richter.

EHESTAND, TOD UND HOCHZEIT

DES

ARMENADVOKATEN F. ST. SIEBENKÄS

IM

REICHSMARKTFLECKEN KUHSCHNAPPEL

*

Ein treues Dornenstück

Erstes Kapitel

Hochzeittag nach dem Respittage – die beiden Ebenbilder – Schüsseln-Quintette in zwei Gängen – Tischreden – sechs Arme und Hände

Der Armenadvokat Siebenkäs im Reichsmarktflecken Kuhschnappel hatte den ganzen Montag im Dachfenster zugebracht und sich nach seiner Braut umgesehen; sie sollte aus Augsburg früh ein wenig vor der Wochenbetstunde ankommen, damit sie etwas Warmes trinken und einmal eintunken könnte, ehe die Betstunde und die Trauung angingen. Der Schulrat des Orts, der gerade von Augsburg zurückfuhr, hatte versprochen, die Verlobte als Rückfracht mitzunehmen und ihren Kammerwagen oder Mahlschatz hinten auf seinen Koffer zu binden. Sie war eine geborne Augsburgerin – des verstorbenen lutherischen Ratkopisten Egelkraut einzige Tochter –, wohnte in der Fuggerei in einem geräumigen Hause, das vielleicht größer war als mancher Salon, und war überhaupt nicht unbemittelt, da sie nicht wie pensionierte Hof-Soubretten von fremder Arbeit lebte, sondern von eigner; denn sie hatte die neuesten Kopf-Trachten früher als die reichsten Fräulein in den Händen (wiewohl in einem Formate, daß keine Ente den Putz aufsetzen konnte) und führte nach dem kleinen Baurisse die schönsten Hauben im großen aus, wenn sie einige Tage vorher bestellt waren.

Alles, was Siebenkäs unter dem Warten tat, waren einige Eidschwüre, daß der Teufel das Suchen und seine Großmutter das Warten ausgesonnen. Endlich erhielt er noch früh genug statt der Braut einen Nachtboten mit einem Schreiben des Schulrats: »er und die Verlobte könnten unmöglich vor Dienstags eintreffen, sie arbeite noch an ihrem Brautkleide, und er noch in den Bibliotheken der Exjesuiten und des Geheimen Rat Zapf und der Gebrüder Veith und an einigen Stadttoren.« Letzte bewahren bekanntlich uns noch römische Altertümer. Indes Siebenkäsens Schmetterlingrüssel fand in jeder blauen Distelblüte des Schicksals offne Honiggefäße genug; er konnte doch am leeren Montag die letzte Arm-Feile und den Glättzahn an seine Stube legen, mit Schreibfedern den Streusand und den Staubpuder vom Tische fegen, das papierne Geniste hinter dem Spiegel ausreuten, das Dintenfaß von Porzellan mit unsäglicher Mühe weißer wischen und die Butterbüchse und die Kaffeetäßchen auf dem Throngerüste eines Schrankes mehr weiter hervor in Reih und Glied stellen und die Messingnägel am ledernen Großvaterstuhl blitzgelb scheuern. Er unternahm die neue Tempelreinigung seiner Stube nur aus Langweile; denn ein Gelehrter hält bloß Ordnung der Bücher und Papiere für eine; zweitens behauptete der Armenadvokat: »Ordnungliebe ist, geschickt erklärt, nichts als die schöne Fertigkeit des Menschen, ein Ding noch zwanzig Jahre lang immer an den *alten* Ort zu setzen, der Ort selber kann sitzen, wo er will.« – Er hatte nicht nur eine schöne Stube, sondern auch einen langen roten Eßtisch zur Miete, den er an einen niedrigen gestoßen, desgleichen hohe Kröpel-Stühle; auch die Mietherren der Möbeln und der Stube, die sämtlich in diesem Hause wohnten, hatt' er sich auf seinen blauen Montag geborgt gehabt; es wäre sonach herrlich an diesem abgelaufen, weil die meisten Hausleute Handwerker waren und also ihrer in seinen fiel; denn bloß der Mietherr war etwas Bessers, nämlich ein Perückenmacher.

Ich müßte mich schämen, einen Armenadvokaten, der selber einen bedürfte, mit meinen kostbaren historischen Farbestoffen abzufärben, wenn hier der Fall wirklich so wäre; aber ich habe die Vormundschaft-Rechnungen meines Helden unter den Händen gehabt, aus denen ich stündlich vor Gericht erweisen kann, daß er ein Mann von wenigstens zwölfhundert Gulden rhnl. war, ohne die Interessen. Nur hatt' er leider aus den Alten und aus seinem Humor eine unleugbare Verachtung gegen das Geld, dieses metallne Räderwerk des menschlichen Getriebes, dieses Zifferblattrad an unserm Werte, geschöpft, indes doch vernünftige Menschen, z. B. die Kaufleute, einen Mann ebenso hoch schätzen, der es einnimmt, als den, der es wegschenkt, wie ein Elektrisierter den leuchtenden Heiligenschein um den Kopf bekömmt, der Äther mag in ihn ein- oder aus ihm ausströmen. Ja Siebenkäs sagte sogar – vorher tat ers –, man müsse den Bettelsack zuweilen aus Spaß überhängen, um den Rücken für ernsthafte Zeiten daran zu gewöhnen; und er glaubte sich zu retten und zu loben, wenn er fortfuhr: es sei leichter, die Armut zu tragen wie Epiktet, als sie zu wählen wie Antonin, so wie es leichter sei, als Sklave das eigne Bein zum Zerschlagen hinzuhalten, als andern Sklaven ihres ganz zu lassen, wenn man einen ellenlangen Zepter führt. Daher behalf er sich zehn Jahre außer Landes und ein halbes im Reichsmarktflecken, ohne nur einen Kreuzer Zinsen seiner Erbschaftmasse seinem Vormund abzufordern. Da er nun seine eltern- und geldlose Braut auf einmal als Steigerin in ein ausgezimmertes Silberbergwerk fahren lassen wollte – dafür hielt er seine zwölfhundert Gulden mit rückständigen Zinsen –: so flößte er ihr gern im Vorbeigehen in Augsburg den Glauben ein, er habe bloß das liebe Brot, und das wenige, was er erschwitze, gehe von der Hand in den Mund und Magen, nur arbeit' er wie einer und frage wenig nach einem großen und kleinen Rate. »Ich will verdammt sein«, hatt' er längst gesagt: »wenn ich eine heirate, die weiß, was ich rentiere; die Weiber halten ohnehin einen Ehemann für den lebendigen Teufel, dem sie ihre Seele – oft ihr Kind – verschreiben, damit der Böse ihnen Hecktaler und Eßwaren zutrage.« –

Auf den längsten Sommer- und Montag folgte eine längste Winternacht, was bloß astronomisch unmöglich ist. Am frischen Morgen fuhr der Schulrat Stiefel vor und hob aus der Kutschenarche (feine Lebensart ziert einen gelehrten Mann doppelt) einen Haubenkopf statt der Braut aus dem Wagen und befahl, das übrige Eingebrachte derselben, das in einem weißverblechten Reisekasten bestand, abzuladen, indes er mit dem Kopfe unter dem

Arme zum Advokaten hinauflief: »Ihre werte Verlobte«, sagt' er, »muß gleich nachkommen; sie putzt sich draußen im Vorwerk für das heilige Werk an und bat mich, vorauszufahren, damit Sie nicht ungeduldig würden. Eine wahre Frau nach Salomons Sinn, zu der ich höchlich gratuliere!«

– – »Der Herr Advokat Siebenkäs, meine Schönste? – zu dem kann ich Sie führen, er sitzt bei mir selber, meine Beste, und ich werde Sie den Augenblick bedienen«, sagte der Perückenmacher unten an der Türe und wollte sie an der Hand hinaufgeleiten; aber da sie ihren zweiten Haubenkopf noch in der Kutsche sitzen sah, nahm sie ihn wie ein Kind auf den linken Arm (der Haarkräusler wollte den Kopf vergeblich tragen) und stieg ihm wankend in das Männerzimmer nach. Sie reichte mit einem tiefen Kniebeugen und leisen Grüßen dem Bräutigam bloß die rechte Hand hin, und auf dem vollen runden Gesichtchen – alles ründete sich daran, Stirn, Auge, Mund und Kinn – blühten die Rosen weit über die Lilien hinüber, waren aber desto lieblicher zu schauen unter dem großen schwarzen Seidenhute, und das schneefarbige Mousselinkleid mit einem vielfarbigen Strauße welscher Blumen und mit den weißen Schuhspitzen gaben der schüchternen Gestalt Reize über Reize. Sie band sogleich – weil nicht mehr Zeit zum Kopulieren und Frisieren übrig war – ihren Hut los und legte das Myrtenkränzchen darunter, das sie im Vorwerke der Leute wegen versteckt, auf den Tisch, damit ihr Kopf gehörig wie der Kopf anderer Honoratioren für die Trauung zurechtgemacht und gepudert würde durch den schon passenden Mietherrn.

Du liebe Lenette! Eine Braut ist zwar viele Tage lang für jeden, den sie nicht heiratet, ein schlechtes, mageres heiliges Schaubrot, und für mich vollends; aber eine Stunde nehm' ich aus – nämlich die am Morgen des Hochzeittages –, worin die bisherige Freiin in ihrem dicken Putze zitternd, mit Blumen und Federn bewachsen, die ihr das Schicksal mit ähnlichen bald ausreißet, und mit ängstlichen andächtigen Augen, die sich am Herzen der Mutter zum letzten und schönsten Mal ergießen; mich bewegt diese Stunde, sag' ich, worin diese Geschmückte auf dem Gerüste der Freude so viele Trennungen und eine einzige Vereinigung feiert, und worin die Mutter vor ihr umkehrt und zu den andern Kindern geht und die Ängstliche einem Fremden überlässet. Du froh pochendes Herz, denk' ich dann, nicht immer so wirst du dich unter den schwülen Ehejahren heben, dein eignes Blut wirst du oft vergießen, um den Weg ins Alter fester herabzukommen, wie sich die Gemsenjäger ans Blut ihrer eignen Fersen halten. –– Dann möcht' ich zu den zuschauenden und neidischen Jungfrauen auf dem Wege zur Kirche hinaustreten und sagen: mißgönnt der Armen die Wonne einer vielleicht flüchtigen Täuschung nicht so sehr – ach ihr sehet wie sie heute den Zank- und Schönheitapfel der Ehe nur in der Sonnenseite der Liebe hangen, so rot und so weich; aber die grüne, saure, im Schatten versteckte Seite des Apfels sieht niemand. – Und wenn ihr jemals eine verunglückte Ehegattin herzlich bedauert habt, welche den veralteten Brautputz nach zehn Jahren von ungefähr aus dem Kleiderfache zog, und in deren Augen auf einmal alle Tränen über die süßen Irrtümer drangen, die sie in zehn Jahren verloren, wißt ihr denn das Gegenteil von der Beneideten so gewiß, die vor euch glänzend vorüberzieht? –

Ich wäre aber hier nicht unerwartet in diese fremde Tonart von Rührung ausgewichen, wenn ich mir nicht Lenettens Myrtenkränzchen unter dem Hute (ich wollte nur oben nichts von meiner Empfindung sagen) und ihr Alleinsein ohne eine Mutter und ihr angepudertes weißes Blumengesichtchen zu lebhaft vorgestellt hätte und vollends dazu die Bereitwilligkeit, womit sie ihre jungen weichen Arme (sie war schwerlich über neunzehn Jahre) in die polierten Handschellen und Kettenringe der Ehe steckte, ohne nur umzuschauen, an welche Plätze man sie daran führen würde.... Ich könnte hier die Finger aufheben und einen Schwur ableisten, daß der Bräutigam so gerührt war wie ich, wo nicht stärker; zumal wie er den Aurikeln-Puder aus dem Blüten-Gesichte gelind abstrich und die Blumen darin nackt aufblühen ließ. Aber er hatte sein mit Liebetränken und Freudentränen vollgegossenes Herz sehr behutsam herumzutragen, wenn es nicht überlaufen sollte zu seiner Schande vor dem lustigen Haarkräusler und dem ernsten Schulrate. Auch litt er das Überlaufen nicht an sich. Er versteckte, ja verhärtete gern die reinste Erweichung, weil er immer an die Poeten und Schauspieler dachte, welche die Wasserwerke ihrer Empfindung zur Schau springen lassen; und weil er überhaupt über niemand so oft lachte als über sich. Deshalb war heute sein Gesicht von einer sonderbaren lächelnden Verlegenheit, die nur von den naßschimmernden Augen die bessere Bedeutung erhielt, durchzogen und ausgezackt. Da er bald merkte, daß er sich noch nicht genug verberge, wenn er bloß den Handlanger des Perückenmachers und den Proviantkommissarius des Frühstücks vorstelle: so griff er zu einem stärkern Mittel und fing an, sich und seine bewegliche Habe vor Lenetten in ein schönes Licht zu setzen, und fragte: »Liegt meine Stube nicht artig genug, Mademoiselle? – Von hier aus kann ich grade in die Rathaus-Fenster auf den Sitztisch und die Dintenfässer gucken. – Viele von den Stühlen wurden im Frühjahr um vierthalbes Geld erstanden, und sind solche vielleicht niedlich. – Aber mein alter guter Großvaterstuhl« (er hatte sich hineingesetzt und auf dessen gepolsterten Arme seine magern hingestreckt) »geht den Stühlen vielleicht im Großvatertanz voran; wie sie so sanft ruhen, Arm auf Arm. – Mein Tischteppich hat gutgewirkte Blumen, aber das Kaffeebrett wird, hör' ich, wegen seiner lackierten Flora vorgezogen; in jedem Falle tragen beide das Ihrige in Blumen auf. – Mein Leyser ziert mit seinen schweinledernen Meditationen das Zimmer sehr – in der Küche sieht es noch schöner aus, ein Topf steht am andern und das übrige daneben, sogar der Hasenbrecher und die Hasengabel, zu denen sonst mein seliger Vater die Hasen geschossen.«

Die Braut lächelte so vergnügt ihn an, daß ich fast glauben soll, sie hat bis in ihre Fuggerei durch zwanzig aneinander gestellte Hör- und Sprachröhre fast alles von seinen 1 200 fl. rhnl. und den Interessen erhorcht; um so leichter begreif' ichs, wenn sich die Welt die Stunde zu erleben sehnt, wo er ihrs einhändigt.

Es wird meinen Leserinnen nicht unangenehm zu erfahren sein, daß der Bräutigam jetzo einen leberfarbenen Ehren-Frack antat, und daß er ohne Halsstrang oder Binde und ohne Haarstrang oder Zopf zum heiligen Werke in den Frühgottesdienst mit seiner Putzmacherin schritt, unterweges zu seinem eignen satirischen Vergnügen sich die verleumderischen Augen der Kuhschnapplerinnen vorstellend, womit sie der guten Fremden über den Markt bis zum Opferaltare ihres väterlichen Namens nachliefen. »Mäßiges Verleumden«, sagt' er von jeher, »sollte man einer Ehefrau, als einen geringen Ersatz ihrer verlornen Schmeicheleien, eher erleichtern als versalzen.« – Der Schulrat Stiefel hütete die Hochzeitstube und entwarf auf dem Schreibtische eine kurze Rezension von einem Programm. – Ich sehe zwar jetzo das geliebte Paar am Altargeländer knien und könnte dasselbe wieder mit meinen Wünschen, wie mit Blumen, bewerfen, besonders mit dem Wunsche, daß beide den Eheleuten im Himmel ähnlich werden, die allemal, nach Swedenborgs Vision, in *einen* Engel verschmelzen – wiewohl sie auf der Erde oft in der Hitze auch zu *einem* Engel, und zwar zu einem gefallnen einkochen, woran des Weibes Haupt, der Mann, den stößigen Kopf des Bösen vorstellt – noch einmal wünschen könnt' ich, sag' ich; aber meine Aufmerksamkeit wird, so wie die aller Trauzeugen, auf eine außerordentliche Begebenheit und Vexiergestalt hinter der Liedertafel des Chors gelenkt. – –

Droben guckt nämlich herunter – und wir sehen alle in der Kirche hinauf – Siebenkäsens Geist, wie der Pöbel sagt, d. h. sein Körper, wie er sagen sollte. Wenn der Bräutigam hinauf schauet: so kann er erblassen und denken, er sehe sich selber. – – Die Welt irrt; rot wurd' er bloß. Sein Freund Leibgeber stand droben, der schon seit vielen Jahren ihm geschworen hatte, auf seinen Hochzeittag zu reisen, bloß um ihn zwölf Stunden lang auszulachen. Einen solchen Fürstenbund zweier seltsamen Seelen gab es nicht oft. – Dieselbe Verschmähung der geadelten Kinderpossen des Lebens, dieselbe Anfeindung des Kleinlichen bei aller Schonung des Kleinen, derselbe Ingrimm gegen den ehrlosen Eigennutz, dieselbe Lachlust in der schönen Irrenanstalt der Erde, dieselbe Taubheit gegen die Stimme der Leute, aber nicht der Ehre, dies waren weiter nichts als die ersten Ähnlichkeiten, die sie zu *einer* in zwei Körper eingepfarrten Seele machten. Auch dieses, daß sie Milchbrüder im Studieren waren und einerlei Wissenschaften, bis auf die Rechtsgelehrsamkeit, zu Ammen hatten, rechn' ich, da oft gerade die Gleichheit der Studien ein auflösendes Zersetzmittel der Freundschaft wird, nicht am höchsten an. Ja nicht einmal die bloße Unähnlichkeit ihrer ungleichnamigen Pole (denn Siebenkäs verzieh, Leibgeber bestrafte lieber, jener war mehr eine horazische Satire, dieser mehr ein aristophanischer Gassenhauer mit unpoetischen und poetischen Härten) entschied ihr Anziehen. Aber wie Freundinnen gern einerlei Kleider, so trugen ihre Seelen ganz den polnischen Rock und Morgenanzug des Lebens, ich meine zwei Körper von einerlei Aufschlägen, Farben, Knopflöchern, Besatz und Zuschnitt: beide hatten denselben Blitz der Augen, dasselbe erdfarbige Gesicht, dieselbe Länge, Magerheit und alles; wie denn überhaupt das Naturspiel ähnlicher Gesichter häufiger ist, als man glaubt, weil man es nur bemerkt, wenn ein Fürst oder ein großer Mann einen körperlichen Widerschein wirft. Daher wollt' ich ordentlich, Leibgeber hätte nicht gehinkt, damit man ihn nicht daran von Siebenkäsen unterscheiden können, zumal da dieser auch sein Kennzeichen, das ihn von jenem absondern konnte, geschickt wegradiert und weggeätzt hatte durch eine lebendige Kröte, die er auf dem Kennzeichen krepieren lassen; es war nämlich ein pyramidalisches Muttermal neben dem linken Ohr gewesen, von der Gestalt eines Triangels oder des Zodiakalscheins oder eines aufgestülpten Kometenschwanzes, eigentlich eines Eselohrs. Halb aus Freundschaft, halb aus Neigung zu tollen Szenen, die ihre Verwechslung im gemeinen Leben gab, wollten sie ihre algebraische Gleichung noch weiter fortsetzen – sie wollten nämlich einerlei Vor- und Zunamen führen. Aber sie gerieten darüber in einen schmeichelnden Hader: jeder wollte der Namenvetter des andern werden, bis sie den Hader endlich dadurch schlichteten, daß beide die eingetauschten Namen behielten und also die Otaheiter nachahmten, bei denen Liebende auch die Namen mit den Herzen wechseln. Da es schon mehre Jahre her ist, daß mein Held durch den befreundeten Namendieb um seinen ehrlichen Namen gekommen und dafür den andern ehrlichen eingewechselt: so kann ichs nicht anders machen in meinen Kapiteln, ich muß ihn als Firmian Stanislaus Siebenkäs in der Liste fortführen, wie ich ihn bei der Schwelle vorstellte – und den andern als Leibgeber –, ob mir gleich kein Kunstrichter zu sagen braucht, daß der mehr komische Name Siebenkäs besser für den mehr humoristischen Ankömmling passe, den einmal die Welt noch genauer kennen lernen soll als mich selber. [1] – –

– Als beide Ebenbilder einander in der Kirche erblickten, lockerten und kräuselten sich ihre errötenden Gesichter sonderbar, über die der Zuschauer so lange lächelte, bis er sie mit den im flüssigen Feuer der gerührtesten

[1] »Und zwar in der längsten, aber besten Biographie, die ich je geschrieben und zu welcher mir täglich ganze Karren mit Aktenstücken, Urkunden, Attestaten u. s. w. vor die Tür geschoben werden, weil ich kein Wort schreiben will, das ich nicht verbriefen kann.« – Diese ganze Note stand in der frühern Auflage; ist aber wohl in der gegenwärtigen entbehrlich, da der Titan längst in aller Händen ist.

Liebe schwimmenden Augen zusammenhielt. Leibgeber zog im Chore unter dem Ringwechsel eine Schere und ein schwarzes Quartblatt aus der Tasche und schnitt von ferne das Gesicht der Braut in sein Schattenpapier hinein. Die Schattenreißerei gab er gewöhnlich für die Proviantbäckerei auf seinen ewigen Reisen aus, und ich führe – da der seltsame Mann, wie es scheint, nicht entdecken will, auf welchen Höhen sich die Quellen sammeln, die ihm unten in den Tälern springen – lieber gutmütig und gläubig an, daß er oft über seine Schattenreißerei zu sagen pflegte: »fallen doch schon vom Beschneiden für den Buchbinder, den Briefsteller, den Advokaten Brotschnitte mit den weißen Papierschnitzeln ab; mit schwarzen aber, es sei von Schattenrissen oder von weißen Trauerbriefen mit schwarzen Rändern, falle noch mehr ab, und verstehe man vollends die freie Kunst, seinen Nebenchristen vermittelst mehrer Glieder schwarz abzubilden, z. B. vermittelst der Zunge, was er ein wenig könne, so läute die Fortuna – diese wahre babylonische Hure – sich an der Eßglocke und dem Wandelglöckchen eines solchen Mannes halb lahm.« –

Noch unter dem Händeauflegen des Diakonus kam Leibgeber herunter und trat hart an den rotsamtnen Altarschemel und hielt, als es aus war, nach einer halbjährigen Trennung und bei einer solchen Verbindung folgende etwas lange Anrede: »Guten Morgen, Siebenkäs!« – Mehr sagten sie einander nach Jahren nie; und so wird ihm bei der Auferstehung der Toten Siebenkäs auch gerade so repartieren wie heute: »Guten Morgen, Leibgeber!« – Das zwölfstündige Auslachen aber, das oft Freunde einander leicht in der Ferne drohen, wurde dem mit allem Humor vereinbarlichen Zartgefühl durch die Rührung unmöglich, womit man seinen Freund in den Vorhof eines neuen labyrinthischen Gebäudes unseres unterirdischen Daseins treten sieht. –

Ich bekomme jetzo vor meinen Schreibtisch die lange Hochzeittafel gestellt, bei welcher zu bedauern ist, daß kein Gemälde davon an den mit Herkulaneum untergesunknen Vasen steht – man hätt' es mit herausgescharrt und in den herkulanischen Zeichnungen matt kopieret – – und diese Nachzeichnung könnt' ich dann statt alles hersetzen. Wenige haben eine bessere Meinung von dem Vermögen meiner Feder als ich selber; aber ich sehe völlig, daß es meines und ihres übersteigt, nur zur Hälfte und schlecht in schwarzer Manier darzustellen, wie es den Gästen schmeckte (es waren fast so viele da als Stühle) – wie noch dazu kein einziger Schelm unter den ehrlichen Leuten saß (denn der Vormund des Bräutigams, der Heimlicher von Blaise, hatte sich entschuldigen und sagen lassen, er vomiere) – wie der Haus- oder Mietherr, ein lustiger, schwindsüchtiger Sachse, durch sein Pudern und Trinken nicht in die Welt hinein lebte, sondern aus ihr hinaus – wie man an die Gläser mit der Gabel und auf die Teller mit den Markknochen schlug, um jene zu füllen, um diese zu leeren – wie im ganzen Hause niemand, weder der Schuster, noch der Buchbinder, arbeitete, außer unter dem Essen, und wie sogar die alte unter dem mausfarbnen Tore verhökende Sabel (Sabine) heute ihren Kramladen nicht erst mit dem Tore geschlossen, sondern vorher – wie nicht bloß *ein* Gang aufgetragen wurde, sondern ein zweiter, ein Doppelgänger. Wer freilich an großen Tafeln gegessen und da gesehen hat, wie fünf Schüsseln, wenn zwei Gänge sind, nach Ranggesetzen stellen müssen: dem ist es nichts Unerhörtes oder Überprächtiges, daß Siebenkäs – die Perückenmacherin hatte alles gemacht – beim ersten Gange stellen ließ

1. ins Zentrum den Suppen-Zuber oder Fleischbrüh-Weiher, worin man mit den Löffeln krebsen konnte, wiewohl die Krebse, wie die Biber, in diesem Wasser nicht mehr hatten als Robespierre damals im Konvent, nämlich nur den Schwanz –
2. in die erste Welt-Ecke einen schönen Rind-Torso oder Fleisch-Würfel als Postament des ganzen Eß-Kunstwerks –
3. in die zweite ein Eingeschneizel, eine vollständige Musterkarte der Fleischbank – süßlich traktiert –
4. in die dritte einen Behemoth von Teich-Karpfen, der den Propheten Jonas hätte verschlingen können, der aber das Schicksal des Mannes selber teilte –
5. in die vierte das gebackne Hühnerhaus einer Pastete, worein das Geflügel, wie das Volk in einen Landtagsaal, seine besten Glieder abgeschickt hatte. – –

Ich kann mir und den Leserinnen das Vergnügen nicht versagen, nur ein schwaches Küchenstück vom zweiten Gange zu entwerfen.

1. In der Mitte stand, wie ein Gartenblumenkorb, eine Panse von Kapuzinersalat – 2. dann stellten sich die vier syllogistischen Figuren oder vier Fakultäten in ihre vier Winkel. – Im ersten Tafelwinkel saß als erste Figur und Fakultät ein Hase, der als Gegenfüßler eines Barfüßers noch seinen natürlichen Pelzstiefel in der Pfanne anbehalten und der, wie Leibgeber richtig anmerkte, aus dem *Felde* als Widerspiel des Fußvolkes trotz den feindlichen Flinten mit gesunden Beinen in die Schüssel gekommen. – Die zweite syllogistische Figur wurde von einer Rindzunge gemacht, die schwarz war, nicht durch Disputieren, sondern durch Räuchern. – Die dritte, Krauskohl, aber ohne die Strünke, sonst die Speise der beiden vorigen Fakultäten, wurde jetzo als das Zugemüse derselben verspeist; so steigt in der Welt der eine und fällt der andere. – Die Schlußfigur bestand aus den drei Figuren des Brautpaars und eines etwanigen Täuflings, in Butter gebacken; diese drei verklärten Leiber, die wie die drei Männer unversehrt aus dem feurigen Ofen kamen und Rosinen statt der Seelen hatten, wurden von den Menschenfressern der Gesellschaft, wie Untertanen, mit Haut und Haar auf-

gefressen, einige Ärmchen des Infanten ausgenommen, der wie der Vogel Phönix noch früher personifiziert wurde, als er da war. – –

Das Gemälde greift mich an. Inzwischen mußt' es koloriert sein, und es war über den Schmaus-Luxus nicht etwan dadurch wegzuwischen, daß ich ihn leicht mit einem kurfürstlich-sächsischen verglichen und erläutert hätte. Es ist wahr, Kurfürsten dieses Kreises brauchen viel (daher man sie sonst alljährlich wog), und es ist mir recht gut bewußt, daß zu Anfang des 16ten Säkulums ein sächsischer Rendant folgenden Artikel in sein Rechnungbuch eingetragen: »Heute ist unser gnädiger Kurfürst mit seinem Hofstaat zum Weine gewesen, wofür ich *funfzehn* Gulden habe zahlen müssen. Das heiß' ich schlampampen.« Aber was würde der sächsische Rendant geschrieben, wie würde er die Hände vor Erstaunen in die Höhe gehoben haben, wenn er in meinem ersten Kapitel ersehen hätte, daß ein Armenadvokat noch drei Gulden sieben Groschen mehr vertan als sein Kurfürst! –

Die Quellen der Lust sprangen, wie manche physische, die am Tage stocken, abends immer höher in der Brust der Gäste auf. Die zwei Advokaten sagten zwar der Gesellschaft, es sei, wie sie sich von Universitäten her erinnerten, das Recht eines Deutschen, sich voll zu trinken, gar sehr beschnitten durch Kaiser und Reich, und die Reichsabschiede von 1512, 1531, 1548 und 1577 gestatteten keine Trunkenheit; aber sie verhielten auch nicht, daß Kuhschnappel wie jeder Reichsstand das Recht besitze, Reichsgesetze, insofern es Privatgesetze sind, auf seinem eignen Gebiete zu verwerfen. – Bloß der Schulrat wußte etwas (zwanzigmal schüttelte er darüber innerlich den Kopf) gar nicht, wie ers zu nehmen habe, daß nämlich zwei Gelehrte, wenigstens zwei Advokaten, mit so ungelehrten Plebejern und Ignoranten und leeren Köpfen, als hier sich auf die Ellenbogen stützten, ganz ernsthaft zu lachen vermochten, ja zu reden über ihre wahren Lappalien. Mehr als einmal knüpfte er Fäden gelehrterer Unterhaltung an über die neuesten gefeiltesten Schulreden und über so viele parteiische Rezensionen davon; aber die Advokaten machten sich aus den Fäden nichts, sondern ließen sich vom Buchbinder die Gesellenrede hersagen, die er vor dem Meisterwerden gehalten, an welche der Schuster von selber noch die Schuhknechtrede annähte und anschuhte.

Siebenkäs merkte überhaupt vor der ganzen Tafel an, die vornehmen Zirkel seien viel ernsthafter und langweiliger und leerer als die gemeinen; dort spreche man wochenlang davon, wenn einmal ein Fest ohne verdammte Langeweile zum Umkommen ausgefallen, hier aber trage jeder zum frohen Reden-Pickenick so viel zu, daß es selten an etwas anderem fehle als an Bier. »O!« fuhr er fort, »bedächte doch jeder aus unserem Stande, um den tiefern wahrhaft zu beneiden, wie so sehr im figürlichen Sinne das zutrifft, was im eigentlichen längst wahr ist, daß grobe Leinwand besser warm hält als feine oder gar Seidenzeug, so wie ein hölzernes Haus mehr heizt als ein steinernes – im Sommer kühlt es wieder weniger als dieses –, oder so wie das schwarze grobe Roggenmehl nach allen Ärzten ungleich nahrhafter ist als das weiße feine. – So will es mir nicht einleuchten, daß in Paris Damen, welche diamantne Haarnadeln tragen, nur halb so rein-heitere Jahre erleben als die Weiber, die sich dort davon erhalten, daß sie schlechte Haarnadeln aus dem Gassenkehricht auflesen; ferner mancher, der bloß mit *dürren* Tannenzapfen heizt, die er als Tannen-Surrogat vorher selber eingetragen,« (– hier dachte die holzsparende Tischgesellschaft sehr an sich –) »kann oft ebensogut fahren als mancher, der *grüne* in Zucker einmachen und verspeisen kann.«

»Freund *Armen*-Advokat«, versetzte Leibgeber, »wie trefft Ihrs! In Kneip' und Krug kriegt jeder seine noch so schwere Not zum Glück auf einmal, er bekommt seine Prügel, seine Fußtritte, seine Schimpfworte sofort plötzlich; die Lust aber steigt schön allmählich mit der Rechnung. Anders gehts in Palästen; in einem Palais für den palais bekommen die Lust alle auf einmal und zu gleicher Zeit ins Maul (so wie die Blattläuse alle zu gleicher Zeit die Steiße heben und den Honig ausspritzen [1]) – hier wird er nämlich ebenso gleichzeitig und gesellig aufgefaßt; – Langeweile hingegen, Überdruß und Ekel sind Sachen, welche erst allmählich, geschickt unter die mannigfachen Freuden verteilt, von einem ganzen langen Festin beigebracht und mitgeteilt werden, so wie man den Hund mit einem Brechmittel ganz überstreicht, damit ers langsam ablecke und so in sich bringe zum Vonsichgeben.«

Und mehr dergleichen Reden wurden vorgebracht. Ist einmal eine Lust groß: so wird sie natürlicherweise noch größer. Viele Gemeine aus der Sitzung machten vom Vorrechte des Trunks und der Spezialinquisition, nämlich Du zu sagen, untereinander Gebrauch. Ja der Herr im Rotplüschrock (der Rat trug ihn gerne in Hundstagferien) spitzte das Maul und lächelte schmelzend, wie betagte Jungfern vor betagten Junggesellen und gab Winke, er verwahre daheim zwei echte horazische Flaschen Champagner. – »Also gewiß Non-mousseux?« versetzte fragweise Leibgeber. – Der Schulrat, der grade den bessern Champagnerwein für den schlechtern ansah, antwortete mit einigem Selber-Bewußtsein: »Moussiert er nicht, nun gut, so schwör' ich, daß ich ihn allein austrinken will.« – Die Flaschen erschienen. Mit Vorsicht feilte Leibgeber an der ersten die Sperrkette der Fruchtsperre ab und zog ihr den Stechhelm aus und öffnete sie wie ein – Testament.... Ich bleibe dabei, wenn einmal die zwei Balsampappeln des Lebens, der Witz und die Menschenliebe, abgedorret sind bis an den Wipfel: so ist ihnen noch nachzuhelfen durch einen rechten Guß aus dem Sprengkrug besagter Flaschen – in drei Minuten werden die Storzeln treiben. – Als die Folie des Getränks, der silberne Schaum, in den Köpfen zu auflaufenden Luftschlössern geschlagen wurde: wie blinkte und gischte da

1 Wilhelmis Unterhaltungen aus der Naturgeschichte. Insekten. B. I.

jedes Gehirn! Welche bunte fliegende Blasen warfen nicht alle Ideen des Schulrats Stiefel, die einfachen sowohl als die zusammengesetzten, desgleichen die angebornen und die fixen! – Kann es denn je vergessen werden, daß er keine gelehrten Anzeigen mehr machte als die von Lenettens Reizen, und daß er Siebenkäsen anvertrauete, er wünsche sich zu beweiben, freilich nicht sowohl mit der zehnten Muse oder vierten Grazie oder zweiten Venus – denn er wisse wohl, wer diese schon habe –, aber so etwa mit einer Stiefgöttin und weitläuftigen Verwandten davon. Während der ganzen Fahrt, sagte er, sei er auf dem Kutschkasten ordentlich wie auf einem Predigtstuhle gesessen und habe der Braut das Glück des Ehestandes mit allen möglichen Farben vorgehalten und es ihr so lebhaft vorgeschildert, daß er sich ordentlich selber darnach gesehnt; und der Bräutigam würde ihm gedankt haben, daß sie ihn so dankbar dafür angesehen. – Und in der Tat stand der Braut alles, besonders der Abend, unbeschreiblich schön, am meisten dieses, daß sie an einem solchen Ehrentage mehr diente als bedient wurde – daß sie sich leicht gemacht und in die Hauskleidung geworfen hatte – daß sie so spät Privatstunden über die Küche bei ihren weiblichen Gästen nahm, die ihr nach eigenen Diktaten lasen – und daß sie schon auf morgen Vorsorge traf. – In der Begeisterung machte Stiefel sich an Dinge, die fast unmöglich waren – er stellte seinen linken Arm als Stäuber unter den rechten und erhielt diesen und die Fracht des plüschnen Ärmels waagrecht und schneuzte damit öffentlich das Licht, jedoch nicht ungelenk, sondern einem Gärtner ähnlich, der an einer Stange die Baumschere hinaufhält und unten durch leichtes Zuziehen oben alles beschneidet – er hielt geradezu bei Leibgebern um den Schattenschnitt Lenettens an – und nachher beim Abschied versuchte er sogar (das war das einzige Unternehmen über seine Kräfte) ihre Hand zu fangen und solche zu küssen. – –

Endlich waren alle Freudenfeuer des kleinen frohen Bundes niedergebrannt wie die Lichter, und die Nacht grub einen Edenfluß um den andern ab. Der Gäste und Lichter wurden weniger; jetzo war nur noch *ein* Gast da, der Rat Stiefel (denn Leibgeber ist keiner), und *ein* langes Licht. Es ist eine schöne erweichende Minute, nach dem Aussummen eines brausenden Gastmahl-Geläutes noch mit einigen dazusitzen und stiller, oft trüber, sich in den Nachklang der Freude zu verlieren. Endlich brach der Rat das vorletzte Zelt dieses Lustlagers ab und wich; aber er litt es nicht, daß Finger, an welche seine Lippen mit allem Schnappen nicht kommen konnten, sich um einen kalten Messingleuchter legen sollten, um ihn hinunterzuleuchten. Leibgeber mußte zum Leuchter dienen. Jetzo saß, Hand in Hand, das Brautpaar zum erstenmal allein im Finstern nebeneinander....

Schöne Stunde, worin in jeder Wolke ein lächelnder Engel stand und aus jeder statt der Regentropfen Blumen niederwarf, möge dein Widerschein bis auf mein Papier langen und da noch sichtbar sein! –

Der Neuvermählte hatte noch nie seine Braut geküßt. Er wußte oder glaubte, sein Gesicht sei mehr geistreich, angespannt, eckig und scharf als glatt-schön; und da er noch dazu seine Gestalt immer selber lächerlich machte: so meinte er, sie komme auch andern so vor. Daher bracht' er, der sich sonst über die Augen und Zungen einer ganzen Gasse wegsetzte, doch nicht so viel Mut zusammen, um, außer den Zeiten der freundschaftlichen Dithyramben, nur seinen – Leibgeber zu küssen, geschweige seine Lenette. Er drückte ihre Hand jetzo heftiger und wandte kühn sein Gesicht gegen ihres, zumal da er nichts sehen konnte, und wünschte, die Treppe habe so viel Staffeln wie der Münsterturm, damit Leibgeber später mit dem Lichte erschiene. Auf einmal hüpfte ein gleitender bebender Kuß über seinen Mund und – nun schlugen alle Flammen seiner Liebe aus der weggewehten Asche auf. Denn Lenette, so unschuldig wie ein Kind, glaubte, es sei die Pflicht der Braut, diesen Kuß zu geben. Er umfaßte die zagende Geberin mit aufmerksamer schüchterner Kühnheit und glühte mit allem Feuer, das ihm Liebe, Wein und Freude gaben, auf ihren Lippen mit seinen; aber sie wandte – so sonderbar ist dieses Geschlecht – den gefesselten Mund von dem brennenden ab und kehrte den beglückten Lippen wieder die Wangen zu. – – Und hier blieb der bescheidene Gatte mit einem langen Kusse ruhen und drückte seine Wonne bloß durch unaussprechlich-süße Tränen aus, die wie glimmende Naphthatropfen auf Lenettens Wangen fielen und darauf in ihr zitterndes Herz. Sie lehnte das Angesicht immer weiter zurück; aber im schönen Staunen über seine Liebe zog sie ihn doch enger an sich. – –

Er ließ sie, eh' sein Liebling kam. Der auf den Bräutigam gefallene verräterische Puderschnee – dieser Schmetterlingstaub, der vom kleinsten Anfassen dieser weißen Schmetterlinge an den Fingern bleibt, daher Pitt mit Bedacht 1795 eine Taxe auf den Puder legte – entdeckte ihm wenig; aber alles erzählten ihm die naßschimmernden Augen seines Freundes und der Braut. Beide Freunde sahen sich lange verlegen-lächelnd an, und Lenette blickte nieder. – Leibgeber sagte zweimal hm! hm! und bemerkte endlich aus Angst: »Unser Abend war ganz schön« – und stellte sich, um nicht angeschauet zu werden, hinter den Stuhl des Bräutigams und legte seine Hand auf dessen Achsel und drückte diese recht herzlich; aber jetzo konnte der Glückliche sich nicht mehr bezwingen, er stand auf, entbehrte die Hand der Braut freiwillig, und nun ruhten zwei Freunde, von Engeln verknüpft, von Himmeln umgeben, nach der langen Sehnsucht des ganzen Tages gleichsam den Augenblick des heutigen Wiedersehens nachfeiernd, in männlich-stiller Umarmung aneinander. Im steigenden Taumel wollte der Gatte, um das hohe Bündnis zu erweitern, seine Geliebte in das Umfassen seines Geliebten ziehen; aber Braut und Freund blieben geschieden auseinander und umfaßten nur ihn allein. Und drei reine Himmel waren in drei reinen Herzen glänzend aufgetan – und nichts war darin als Gott, Liebe und Freude und die kleine Erden-Träne, die an allen unsern Freudenblumen hängt. –

Die Seligen, von ungewohnten Rührungen überwunden und sich fast befremdet, hatten nicht den Mut, sich in die weinenden Augen zu sehen; und der Freund des Brautpaars verließ still das Zimmer und sagte weder Wunsch noch gute Nacht.

Zweites Kapitel

Hausscherze – Besuchfahren – der Zeitungartikel – verliebte Zänkerei samt einigen Injurien – antipathetische Dinte an der Wand – Freundschaft der Satiriker – Regierung der Reichsstadt Kuhschnappel

Manches Leben ist ebenso angenehm zu schreiben als zu führen; besonders verbreitet der Stoff des gegenwärtigen, gleich dem gedrechselten Rosenholz, den anmutigsten Geruch noch auf meiner Drechselbank. Siebenkäs stand zwar am Mittwoch auf, aber erst am Sonntag wollt' er seiner emsigen Huldin, die heute ihren Haubenstock noch früher als *sich* unter die Haube brachte, die Silberstangen der Vormundschaftkassa, in Löschpapier eingerollt, als Sturmpfähle des Lebens in die Hände geben; zumal da er nicht anders konnte, indem der Vormund bis Sonnabends außer Landes, d. h. aus der Stadt gefahren war. »Ich kann dir gar nicht sagen, alter Leibgeber« – sagte Siebenkäs – »wie ich den Jubel meiner Frau darüber schon voraus durchschmecke. Wahrlich ihr zu Gefallen möcht' ich ordentlich dreißigtausend Taler haben. Die Gute lebt bisher nur von Haube zu Haube; aber wie wird sie sich am Sonntage auf einmal als eine gemachte Frau begrüßen, wenn sie hundert Haushalt-Entwürfe ausführen kann, die sie (merk' ich recht gut) schon im Kopfe herumträgt. – Und dann mit dem Silber, Alter, soll gleich nach der Vesperpredigt meine Silber-Hochzeit angehen – für einen guten halben Gulden Bier soll in allen Stuben verteilet werden. – Höre! warum soll die Taube oder der Spatz meines Hymens nicht so viel Bier auf die Leute spritzen, als der zweiköpfige Adler in Frankfurt Wein bei der Krönung ausspeiet?« Leibgeber versetzte: »Darum nicht, weil seine Fänge eine ganz andere Kelter sind und der saure Wein, eigentlich die Beerhülsen, nur das *Gewölle*, das kein Adler behalten mag.«

Es würde mir nichts helfen – weil doch hundert Kuhnschnappler im Reichs-Anzeiger mich berichtigen würden –, wenn ich hier lügen (wie ichs wohl wünschte) und berichten wollte, die beiden Advokaten hätten die kurze Woche ihres Beisammenseins mit jenem Anstand und Ernste verbracht, welcher, so wie dem Menschen überhaupt so anständig, noch besonders ihm als Gelehrten die Achtung der gemeinsten Seelen zusichert, geschweige kuhschnappelischer.

Leider muß ich aus einem andern Tone singen. Leibgeber zeigte im Marktflecken Kuhschnappel so wie in allen Reichs- und Landstädten nichts weniger als wahren Ernst. Auch im Flecken war es sein erstes, sich in den

Klub einzuführen als fremder Künstler, um sich in einen Kanapee-Winkel zu legen und ohne geringsten Wort- und Silbenwechsel öffentlich vor der Erholung (so hieß der Klub) einzuschlafen. »So halt' ers«, sagt' er, »gern in allen Städten, die mit Klubs, Kasinen, Harmonien, Museen versehen wären; denn nachts ordentlich vernünftig zu schlafen in der menschenleeren Bettstelle sei wenigstens er selten imstande, bei den lauten Gedankenschlägereien in seinem Kopfe und bei den entzündeten Pulverschlangen von Bilderprozessionen, die mit einem Toben durcheinander schössen, daß man sein eigenes Ich kaum höre und sehe. Sitz' er hingegen in einem Klubkanapee zurückgelehnt: so falle alles weg und Waffenstillstand der Gedanken stelle sich ein; das herrliche Durcheinandersprechen der Gesellschaft, das politische und andere Sprech-Pickenick trefflicher, recht zu ihrer Zeit gesprochenen Wörter, von denen er bald nur eine ultima, bald nur eine antepenultima vernehme, dies läute schon einigen Schlummer ein. Geh' es aber noch gründlicher zu, werde mit wahrer Strenge ein Satz durchgefochten und von allen Seiten aufs schärfste untersucht durch einen Schrei-Kehraus: so entschlaf' er so fest wie eine Blume, die der Sturm bewegt und nicht erweckt; und sein Quecksilber sei völlig fixiert.«

Ein paar Städte, die ich kenne, müssen sich gewiß noch eines Mannes, der als Fremder immer in ihren Erholungen und Harmonien geschlafen, erinnern und noch an die heiter umblickenden Augen denken, womit er stets vom Kanapee aufstand und den Hut nahm, als wollt' er sagen: habt Dank für meine Auffrischung!

Indes Leibgebern seh' ich in Kuhschnappel jedes Schlafen und Wachen nach, da er bald wieder in alle Welt geht; aber es kann mir nie gleichgültig sein, daß mein eigner Held, der sich da mit der Frau grade ansetzt und dessen Streiche ich darauf samt den andern Streichen, die er dafür empfängt, zu malen bekomme, sich geradeso aufführt, als heiß' er Leibgeber, was doch der Fall längst nicht mehr ist, da er schon seinem Vormunde angezeigt, daß er seinen Namen gegen den Siebenkäs umgetauscht. War es z. B. – um nur eins zu rügen – nicht auf wahre Possenspiele angelegt, daß, als die Kurrende (die arme Schülerschaft der Alumnen) vor den besten geistlichen Häusern ihnen gegenüber den herkömmlichen Bettel- und Gassengesang anstimmen und durchfugieren wollte, erstlich Leibgeber seinen Saufinder (ohne einen großen Hund konnt' er nicht leben) in einer geschmackvollen Kindbetterin-Haube aus dem Fenster schauen ließ? Und war es zweitens etwas Gesetzteres, daß Siebenkäs im Angesichte der Singschule hastig in Zitronen einbiß und dadurch die Speicheldrüsen der ganzen Schule aufschloß? Der Erfolg lehrte es genug: die Sänger konnten die Lippen vor dem gehaubten Saufinder so wenig zu ordentlichem Singen zusammenziehen, als einer, der lachen will, zu pfeifen vermag. Und wurden nicht nur durch die aufgesperrten Drüsen alle Singwerkzeuge unter Wasser gesetzt, und jeder Ton mußte mühsam genug durch Speichel waten? – Ja war diese ganze, ordentlich lächerliche Störung sämtlicher Straßensänger nicht eben die Absicht beider Advokaten? –

Freilich kommt Siebenkäs fast noch halb voll akademischer Freiheiten zurück und nimmt sich daher etwa einige heraus. Auch seh' ich die kleine Überfülle der akademischen Jugend für den Fettkörper an, welchen nach Réaumur, Bonnet und Cuvier die Raupe während ihrer Verpuppung zur Nahrung des Schmetterlings verbraucht; von der Freiheit des Jünglings muß die des Mannes zehren; und ein gebogner Musensohn kann nichts anders werden als ein kriechender Beamter auf vieren.

Indes verbrachten die beiden Freunde die nächsten Tage nicht ganz außer der Ordnung bloß mit Schreiben von Besuchkarten. Mit diesen, worauf natürlich nichts stand als: »Es empfiehlt sich und seine Frau, eine geborne Egelkraut, der Armenadvokat Firmian Stanislaus Siebenkäs« – mit den Papieren und mit der Frau wollten beide am Sonnabend in der Reichsstadt herumfahren, und Leibgeber sollte vor jedem Gebäude von Stand herausspringen und den Denkzettel hinauftragen. Eine nicht unvernünftige Sitte solcher Städte, die zu leben wissen! – Aber die Gebrüder Siebenkäs und Leibgeber gingen doch nach allem Anschein in den reichsstädtischen und reichsdorfschaftlichen Fußstapfen der vernünftigsten Gebräuche mehr nur aus satirischer Bosheit einher und machten schöne bürgerliche Sitten zwar richtig nach, aber sehr zum Spaße; jeder war zugleich sein eigner spielender Kasperl und seine Frontloge. – Es wäre beleidigend, vom Marktflecken Kuhschnappel zu glauben, daß er in Siebenkäsens Diensteifrigkeit, in allen Prozessionen dieses kleinen Staats in Kirchen hinein und hinaus und auf den Römer und auf die Schützenwiese mitzuschreiten, das Vergnügen ganz übersehen hätte, womit er durch seinen unausgesuchten Anzug und narrenhaften Aufschritt eine denkende und ausstaffierte Wesenkette mehr zu entstellen und zu verhunzen als wirklich zu verzieren dachte, und selber den wahren Eifer, womit er zu einem Ehren- und Schießmitglied in die kuhschnappelsche Schützengesellschaft eingeschrieben zu werden gestrebt, wollte man weniger seiner Abkunft von einem Jäger als seiner Spaßsucht zuschreiben. – Was Leibgeber in solchen Sachen anlangt, so ist er ohnehin des Teufels lebendig, weil er reisefertig und jünger ist.

Am Sonnabend fuhren beide denn im Marktflecken vor – war irgendwo etwas vom Grandat des Fleckens wohnhaft, da hielt man still, gab den Passagierzettel ab, fuhr weiter und verstieß gegen nichts. Viele Herren und Damen schossen zwar Böcke und vermengten den Zettelträger mit dem unten sitzenden jungen Ehemann; – aber der Zettelträger verblieb ernsthaft und wußte, der Spaß habe seine Zeit. Die zuweilen radierten Blätter wurden nach dem Adreßkalender abgereicht, erst an die regierenden Geschlechter, sowohl im hohen als kleinen Rate – an die siebzig Herren des großen und an die dreizehn des kleinen Rats – folglich bekam (denn daraus besteht der kleine) der Schultheiß, der Seckelmeister (d. h. Finanzpräsident), die zwei Venner (d. h. Finanzräte), der Heimlicher (sozusagen der Volktribun) und die restierenden acht Ratherren jeder sein Blatt – bis der Wagen herabfuhr und die kleinern Staatbedienten in den verschiedenen Kammern und Kommissionen mit ihren Karten versorgte, als da sind die Holz-, die Jäger-, die Reformationkammer, welche letzte dem Luxus begegnet, und die Fleischtaxe-Kommission, die ein einziger Metzgermeister, aber ein guter alter Mann, verwaltet. – –

Ich muß besorgen, ich habe mir selber ein oder ein Paar Beine untergestellt, da ich der gelehrten und statistischen Welt von der reichsstädtischen Verfassung des Reichsmarktfleckens Kuhschnappel, der eigentlich eine kleine Reichsstadt ist und eine große war, nichts vormappieret habe, keinen Conspectus, keinen Grundriß, gar nichts. Gleichwohl kann ich hier mitten im Schusse des Kapitels unmöglich einhalten, sondern ich muß warten, bis wir alle unten am Ende stehen, wo ich die statistische Krambude bequemer aufschlage. –

– Das Rad der Fortuna fing bald an zu knarren und Kot auszuspritzen; denn als Leibgeber den Achtels-Aushängebogen von Siebenkäsens Ehestand ins Haus des Heimlichers von Blaise, des Vormunds, trug, empfing eine lange, hagere, in Kattun-Wimpeln eingewindelte Störstange von Frau, die Heimlicherin, ihn zwar mit Wärme, aber mit derjenigen, womit man gewöhnlich Menschen prügelt, und welche auch die bedenklichen Worte aussprach: »Mein Mann ist Heimlicher in der Stadt, und er ist auch ganz und gar nicht zu Hause. – Bei ihm ist nichts zu siebenkäsen, er ist der Tutor und dabei der Vormund von den allernobelsten Patriziern. – Man kann sich sogleich wieder fortscheren; denn bei ihm kommt man an den unrechten Mann.« – »Letztes sollt' ich selber glauben«, versetzte Leibgeber.

Der Mündel Siebenkäs suchte jetzo seinen Brief- oder Blattträger etwas mit der Frau durch die Bemerkung auszusöhnen, daß sie wie alle gute Hunde den Fremden erst anbelle, eh' sie ihm apportiere; und als der ängstlichere Freund ihn befragte: »er werde doch allen giftigen Exzeptionen, die der Vormund aus dem Umtausche des Namens gegen die Auszahlung seiner Gelder saugen könnte, juristisch vorgebogen haben«, so gab er ihm den Trost, er habe schon, eh' er sich als Siebenkäs niedergelassen, sich die Meinung und den Beifall seines Vormunds schriftlich geben lassen; und zu Hause soll' ers sehen.

– Aber zu Hause war der Brief von Blaise nirgends zu finden – in keinem Koffer – in keinen akademischen Heften – nicht einmal unter den leeren Papieren – er blieb weg. »Bin ich doch ein Narr!« sagte der Mündel, »brauch' ich ihn denn?« –

»Komm lieber« (sagte plötzlich in einem tiefern Tone sein Freund, der bisher die Sonnabendzeitungen überblättert hatte, und steckte sie ein) »und mach' einen Sprung ins Feld.« – Draußen gab er ihm verlegen das Intelligenzblatt von Schaffhausen – den schwäbischen Merkur – die Stuttgarter

Zeitung – und den Erlanger und sagte: »Da sieh deinen tutelarischen Halunken!« –

In allen diesen Blättern standen die Parallelstellen:

»Nachdem *Hoseas Heinrich Leibgeber*, jetzo in seinem 29. Jahre stehend, anno 1774 sich auf die Akademie Leipzig begeben, seit diesem Zeitraum aber nicht das geringste von sich hören lassen: also wird auf Ansuchen seines Vetters, des Herrn Heimlichers von Blaise, ihm das unter seiner vormundschaftlichen Verwaltung stehende Vermögen, bestehend in 1 200 fl. rhnl., da die Verschollzeit verloffen, auszuantworten und zu übergeben, besagter Hoseas Heinrich Leibgeber dergestalt edictaliter zitiert und vorgeladen, daß er oder seine rechtmäßigen Leibeserben von dato in 6 Monaten, wovon 2 Monat für den ersten, 2 Monat für den zweiten und 2 Monat für den letzten peremtorischen Termin anberaumet worden, sich bei hiesiger Erbschaftskammer zu melden, hinlänglich zu legitimieren und das Vermögen in Empfang zu nehmen oder widrigenfalls zu gewärtigen habe, daß solches in Gemäßheit des Ratsdekrets vom 24. Jul. de anno 1699, das jeden zehn Jahre Abwesenden pro mortuo erkläret, dessen erwähntem Vetter und Vormunde Hrn. von Blaise verabfolget und zugeteilet werde. Kuhschnappel in Schwaben, den 20. August 1785.

Erbschaftskammer der unmittelbaren
Reichsstadt Kuhschnappel.«

Ich brauche dem juristischen Leser nicht zu sagen, daß das Ratdekret nicht mit dem Gerichtgebrauch von Böhmen, allwo 31 Jahre zur Verschollzeit nötig sind, sondern mit dem vorigen in Frankreich harmoniere, wo zehn Jahre hinreichten. – Und als der Advokat die letzte Zeile hinaus hatte und sie unbeweglich anstarrte: so nahm sein Seelenbruder freundschaftlich-zitternd seine Hand und sagte: »Du Lieber, ach, daran bin ich schuld durchs Namentauschen.« – »Du? o du? – Bloß der Teufel. – Aber der Brief muß sich finden«, sagte er; und sie wiederholten beide die Haussuchung aller Brief-Behausungen. – Nach einer Stunde stöberte Leibgeber ein mit dem zerbröckelten Siegel des Vormunds überpichtes Schreiben aus, dessen grobes Papier und breiter bescheid-mäßiger Bruch ohne Umschlag verriet, daß es keine Frau, kein Hof- und kein Kaufmann, sondern ein Kiel von einem ganz andern Feder-Vieh überschrieben habe. Gleichwohl stand auf dem Briefe nichts als Siebenkäsens Name von Siebenkäsens Hand – weiter stand außen und innen kein Wort. Ganz natürlich; denn der Advokat hatte den Schreibfehler an sich, auf den Umschlägen der Briefe seine Feder und seine Hand zu prüfen und eine fremde und seinen Namen nachzuzirkeln.

Auch der innere Brief war sonst beschrieben gewesen; aber der Heimlicher Blasius hatte, um das unglaublich verschwendete Papier zu schonen, seine Anerkennung des eingetauschten Namens mit einer Dinte geschrieben, welche von selber wieder den Papierbogen verläßt und durch Verfliegen ihn gleichsam weiß wiederherstellt und rehabilitiert in integrum.

Ich tue vielleicht manchen Personen aus den höhern Ständen, welche jetzo mehr als je Wechselbriefe und andere Verbriefungen zu schreiben haben, einen zufälligen Dienst, wenn ich hier das Rezept zu dieser Dinte, die nach der Vertrocknung verfliegt, getreu aus einem bewährten Werke [1] mitteile: Der Mann von Rang schabe von einem schwarzen feinen Tuche, wie er es etwa am Hofe trägt, die Oberfläche ab – reibe das Abschabsel noch klarer auf Marmor zusammen – schlemme den zarten Tuchstaub mehrmals mit Wasser ab – dann mache er ihn mit diesem an und schreibe damit seinen Wechselbrief: so wird er finden, daß, sobald die Feuchtigkeit weggedunstet, auch jeder Buchstabe des Wechsels als Staub nachgeflogen ist; – der weiße Stern hält gleichsam seinen Austritt aus der Finsternis der Dinte.

Aber auch Inhabern und Präsentanten solcher Wechsel glaub' ich vielleicht ebensosehr als den Ausstellern gedient zu haben, indem sie künftig eine Verschreibung nicht eher sicher anzunehmen haben, als bis sie eine Zeitlang an der Sonne gelegen.

Früher hatt' ich in diesem Werke die tuchene Dinte ganz mit der sympathetischen verwechselt, welche auch nach kurzer Zeit verbleicht und verschwindet und gewöhnlich bei den Präliminar- sowohl als Hauptrezessen der Fürsten verschrieben wird, die aber *rot* aussieht. Einen Friedenschluß, der drei Jahr alt ist, kann ein Mann in seinen besten Jahren nicht mehr lesen, weil die *rote* Dinte – das encaustum, womit sonst nur die römischen Kaiser schreiben durften – zu leicht blaß wird, wenn nicht Menschen genug, woraus man jene wie die Koschenillefarbe aus den Schildläusen zubereitet, aus unnützem Geize mit solchen Farbenmaterialien dazu genommen worden; daher oft der Traktat wieder mit guten Instrumenten, den sogenannten Frieden-Instrumenten, vorn am Schießgewehr in die Länder eingegraben und ausgestochen werden muß. – –

Beide Freunde verschwiegen der freudigen jungen Frau den ersten Schlag des Gewitters, das über ihre Ehe aufzog. Am Sonntag vormittags unter der Kirche wollten beide den Heimlicher freundschaftlich besuchen – er war leider darin. Nachmittags dachten sie ihm die unterhaltende Visite zu – er machte selber eine in der Waisenhauskirche, nachdem vorher die ganze verwaisete Blütenlese von Knaben und Mädchen eine bei ihm abgelegt, um von ihm als Waisenhausaufseher zum Handkuß gelassen zu werden; denn das Waisenhausinspektorat war, wie er wahr, aber bescheiden sagte, seinen unwürdigen Händen anvertrauet worden. – Nach der Vesperpredigt hielt er seine eigene; kurz, dreifache geistliche Altargeländer schnitten die beiden Advokaten von ihm ab. Schön handelte er, daß er seine Hausgenossen an

[1] Spielerleben etc. etc. Gotha 1813.

demselben Tische mit sich zwar nicht essen, aber doch beten ließ. Er verbrachte lieber den Sonntag als einen Werkeltag singend mit ihnen, weil er sie von der Sabbatschänderei, die in Arbeiten für ihre *eigne* Rechnung, in Nähen, Flicken etc. bestand, am besten durch Andacht abzog; und überhaupt wurde so der Tag am besten in einem Rüst- und Exerziertag der ganzen Woche verlebt, wie auch auf die Sonntage die Komödianten an den Orten, wo sie nicht spielen dürfen, die *Komödienproben* verlegen.

Inzwischen rat' ich Kränklichen, nicht an solche schöne himmelblaue Gewächse nahe zu treten oder zu riechen, die der Weinberg der Kirche nur zur Zierde hat, wie ein englischer Garten sich mit dem schönen Napellus (aconitum Nap.) und mit seinem himmel- oder *Jesuiter-blauen*[1] mannshoch und pyramidalisch aufsteigenden *giftigen* Blumen putzt. Solche Leute wie Blaise besteigen nicht nur den Sinai und die Schädelstätte, um gleich den Ziegen unter dem Steigen zu weiden: sondern sie suchen die heiligen Höhen, um von da Angriffe herab zu tun, wie gute Generale die Höhen, besonders die *Galgenstätten* besetzen. Der Heimlicher erhebt sich öfter, obwohl aus gleichen Absichten, von der Erde in den Himmel als Blanchard, ja er ist imstande, halbe Tage lang seine Seele in jenem Fluge zu erhalten – worin ers doch dem fliegenden Drachen des Königs von Siam nicht nachtut, welchen Mandarinen zwei Monate lang oben in der Höhe abwechselnd zu erhalten wissen –; aber er steigt nicht wie die Lerche, um droben zu musizieren, sondern wie der edle Falke, um auf etwas zu stoßen. Seh' ich ihn auf einem *Ölberg* beten, so will er eine Ölmühle droben bauen; oder weinet er am Bache Kidron, so will er drinnen krebsen oder einen hineinwerfen. Er betet, um die Irrwische der Sünden an sich zu locken – er liegt auf dem Kniee, aber wie das erste Glied, um auf den, der gegenübersteht, Feuer zu geben – er streckt freundschaftlich und warm die Arme aus, um jemand, z. B. einen Mündel, in die heißesten zu nehmen, aber nur wie der geheizte Moloch, um die Inlage zu Pulver zu brennen – oder er faltet die betenden Arme andächtig übereinander, wie es auch die sogenannten eisernen Jungfern tun, zum Zerschneiden. – –

Endlich sahen die unruhigen Freunde, daß man, gleich Dieben, am ersten bei gewissen Leuten vorkomme, wenn man sich nicht melden lässet: noch Sonntags abends um 8 Uhr schritten sie sans façon in das Haus des Herrn von Blaise (oder deutsch: Blasius) hinein. Alles war still und öde: sie gingen über einen leeren Hausplatz in einen leeren Gesellschaftsaal, dessen

[1] Himmelblau ist die Ordenfarbe der Jesuiten, wie des indischen Krischna und des Zorns. Die Hypothese des Physikers Marat, daß Blau und Rot das *Schwarze* geben, sollte man untersuchen, indem man dem Jesuiterblau das Kardinalrot zusetzte. Er selber brachte später in der Revolution aus Blau und Rot und Weiß das schönste Elfenbeinschwarz heraus oder den chinesischen Tusch, womit später Napoleon zeichnete.

halboffne Flügeltüre in die Hauskapelle sehen ließ. Sie erblickten durch die Fuge bloß sechs Stühle, auf deren jedem ein aufgeschlagenes umgestürztes Gesangbuch lag, und einen wachstuchenen Tisch mit Müllers himmlischem Seelenkuß und Schlichthabers fünffachen Dispositionen auf alle Sonn- und Festtage. Sie drückten sich durch die lange Ritze, und siehe, oben an der Tafel saß einsam der Heimlicher und setzte schlafend seine Andacht fort, mit der Federmütze unter dem Arm. Seine Haus- und Kirchendiener hatten ihm nämlich (und das geschah sonntäglich) so lange vorgelesen, bis ihn der Schlaf zu einem Petrefakt oder einer Salzsäule gehärtet hatte, weil ihm sowohl die gegessene als die getrunkene und die geistige Nahrung die Augen so schwer machte als den Kopf – oder auch, weil er wie alle Zuhörer unter dem Anwurf des göttlichen Samens gern die Augen zumachte, wie Leute, die sich pudern lassen – oder weil Hauskapellen und Hauptkirchen noch den alten Tempeln gleichen, worin man die Orakel-Belehrungen schlafend empfing. Alsdann lasen die Bedienten immer leiser, um ihn allmählich an das Verstummen zu gewöhnen. Dann ließ ihn die andächtige Dienerschaft in seiner betenden Richtung bis um 10 Uhr auf dem Stuhlbette angelehnt, und alles wanderte leise davon; um 10 Uhr (wo ohnehin die Frau Heimlicherin von Visiten wiederkam) schrie ihn der Hausküster mit Beistand des Nachtwächters durch ein grelles Amen auf einmal aus dem Schlafe, und er setzte wieder etwas auf den kalten Kopf. – –

Heute fiels anders aus. Leibgeber klopfte mit dem Zwickel des Zeigefingers einige Male stark auf den Tisch, um den Vater des Marktfleckens aus dem ersten Schlafe zu bringen. Als der bei seinem Lever die beiden hagern Parodien und Kopeien voneinander erblickte: nahm er in der Bier- und Schlaftrunkenheit statt der entfallnen Mütze bloß eine gläserne Perücke herab vom Perücken-Kopf und setzte sie auf den seinigen. Sein Mündel redete ihn freundlich an und sagte, er woll' ihm hier seinen Freund vorstellen, mit dem er Namen troquiert und verstochen habe. Auch benennte er den Heimlicher gnädiger Herr Vetter und Pfleger. Leibgeber, wilder und erzürnter, weil er jünger war und weil die Ungerechtigkeit nicht *ihn* selber betraf, feuerte um drei unhöfliche Schritte näher vor den Ohren die Frage ab: »Wen von uns beiden haben Ew. Gnaden denn eigentlich pro mortuo erkläret, um ihn als einen Toten besser vorzuladen? – Hier erscheinen zwei Gespenster auf einmal.« – – Blaise wendete sich stolz von Leibgeber zu Siebenkäs und sagte: »Wenn Sie nicht, mein Herr, die Kleidung so umgetauscht haben wie Dero Namen: so sind Sie die werte Person, mit der ich bisher die Ehre hatte, öfters zu sprechen. – Oder sind *Sie* es vielleicht doch?« sagte er zu Leibgeber, der wie besessen schüttelte. »Nun« – fuhr er viel freundlicher fort – »muß ich Ihnen gestehen, Herr Siebenkäs, daß ich wirklich bisher der Meinung lebte, daß Sie dieselbe Person seien, die vor zehn Jahren von hier die Akademie bezogen und deren kleine Erbschaft ich in meine Tutel oder eigentlich Kuratel genommen. Zu meinem Irrtum, wenn es einer war, trug wohl die Ähnlichkeit das meiste bei, die Sie, mein Herr, mit meinem verschollenen Pupill praeter propter zu haben scheinen; denn manche tertia comparationis gehen Ihnen doch ab, z. B. ein Feuermal neben dem Ohr.«

»Das dumme Mal« – fuhr Leibgeber dazwischen – »hat er bloß meinetwegen mit einer Kröte ausgewischt, weils wie ein Eselohr aussah und weil er nicht dachte, daß er mit dem Ohre zugleich einen Verwandten verscherze.« – »Das kann sein« – sagte kalt der Vormund –, »Sie müssen mir bezeugen, Herr Advokat, daß ich schon gesonnen war, Ihnen heute die Erbschaft auszuzahlen; denn Ihre Versicherung, daß Sie Ihren väterlichen Namen mit einem wildfremden vertauschet, konnt' ich nach Ihrem jokosen Humor recht gut bloß für Scherz nehmen. Ich erfahr' aber in der vorigen Woche, daß Sie sich wirklich als Herr Siebenkäs proklamieren und kopulieren lassen und mehr dergleichen. Nun sprach ich mit dem Herrn Großweibel (Präsidenten) der Erbschaftkammer, meinem Schwiegersohn, Herrn von Knärnschilder, aus der Sache, der mir sagte, ich würde gegen meine Pflicht und meine eigne Sicherheit verstoßen, wenn ich die Erbschaftmasse wirklich aus den Händen gäbe. Was wollten Sie exzipieren – sagt' er ganz recht –, wenn einmal der wahre Inhaber des Namens erschiene und Ihnen die zweite Extradierung der Pupillengelder abfoderte? – Und in der Tat wäre es zu hart für einen Mann, der bei so vielen Geschäften sich der beschwerlichen Kuratel, die ihm die Gesetze erlassen, bloß aus Liebe zu seinem Verwandten und aus Bruderliebe[1] gegen alle seine Mitbrüder unterzogen, zu hart wär' es, sag' ich, wenn er dafür zum Lohne dieselbe Summe noch einmal aus seinem eignen Beutel zahlen müßte. – Inzwischen, Herr Advokat Siebenkäs, da ich für mich als Privatperson die Rechtmäßigkeit Ihrer Foderungen vielleicht mehr einräume, als Sie denken, da Sie aber als Rechtsgelehrter recht gut wissen, daß eine individuelle Überzeugung noch immer keinen legalen Rechtsgrund abgibt, und daß ich hier nicht als *Mensch*, sondern als Tutor handeln muß: so wär's wohl am besten, einer für meine Wünsche weniger parteiischen Mittelperson, nämlich der Erbschaftkammer, die Entscheidung zu überlassen. Machen Sie mir nur bald, Herr Advokat Siebenkäs« – endigte er lächelnd und die Hand auf dessen Schulter legend –, »das Vergnügen, das gerichtlich bewiesen zu sehen, was ich bloß wünsche, daß Sie mein so lange verschollener Vetter Leibgeber sind.«

– »Sollte denn« – sagte Leibgeber grimmig-gelassen und mit verschiedenen Läufern und Fugen auf dem Farbenklavier des Gesichts – »die kleine

[1] Er nennt die Menschen, wie viele Herrnhuter und Mönche und Fürsten einander, seine Brüder, aber vielleicht mit Recht, da er sie ebenso gut wie ein morgenländischer Fürst die seinigen behandelt, ja noch viel sanfter dazu, ohne körperliches Köpfen, Blenden und Verschneiden bei einigen geistigen.

Ähnlichkeit, die Herr Siebenkäs da mit – sich selber hat, nämlich mit Dero Herrn Pupill, sollte die nichts beweisend verfangen, wie eine ähnliche Ähnlichkeit bei der comparatio litterarum?« – »Allerdings«, sagte Blasius, »etwas, aber alles nicht: denn es gab viele Pseudo-Neros, und drei oder vier Pseudo-Sebastiane in Portugal – und wenn Sie nun selber mein Herr Vetter wären, Herr Leibgeber?«

Dieser sprang schnell mit verändertem freudigen Tone auf und sagte: »Das bin ich auch, mein teuerster Herr Vormund – es war nur alles Probe – und verzeihen Sie meinem Freunde da die kleine Verstellung.« – »Alles ganz wohl«, versetzte er aufgeblasener; »aber Ihre eigenen Winkelzüge, meine Herren, müssen Sie nun doch von der Notwendigkeit einer obrigkeitlichen Indagation überführen.«

Das überwältigte den Armenadvokaten; – er drückte die Hand seines Freundes, damit sich dieser bezähmte, und fragte mit einer vom Gefühle fremden Hasses ordentlich niedergedrückten Stimme: »Haben Sie nie nach Leipzig an mich geschrieben?« – »Wenn Sie mein Mündel sind«, versetzte Blasius, »jawohl mehrmal; sind Sie es nicht, so haben Sie meine Briefe bloß auf eine andere Weise.« Nun sagt' er noch weicher stammelnd: »Erinnern Sie sich keines Schreibens, worin Sie mir die Gefahrlosigkeit meines Namentausches versicherten, gar keines?« – »Wahrhaftig, das ist lächerlich«, versetzte Blaise, »dann wäre die streitige Sache ja eben entschieden.«

Hier legte Leibgeber an den Vater der Stadt die zehn Finger wie Nietnägel und erfaßte jede Achsel wie einen Sattelknopf und machte ihn durch die Händeklammern an den Sessel fest und rollte die Worte heraus: »Kein Schreiben? keines, keines, alter ehrlicher grauer Schelm? – Grunze nicht, ich erdrossele dich! Keines, o du treuer Gott! – Rühr dich nicht, Tutor, mein Hund reißt dir die Kehle heraus – antworte leise – kein Schreiben hast erhalten, sagst du?« –

»Gern sag' ich nichts«, lispelte Blasius, »da ja ohnehin im Zwange kein Zeugnis gelten kann.« Jetzo zog Siebenkäs seinen Freund von ihm weg, aber dieser sagte zum Saufinder: »Mordax, hui Sau!« hob vom Staatsdiener die gläserne Perücke ab und brach die wichtigsten Locken aus und sagte – der Saufinder lag sprungrecht – zu Siebenkäs: »Schraub ihn fest, weils der Hund nicht tun soll, damit er mir zuhört, ich will ihm Fleuretten vorsagen, und laß ihn nicht Pap sagen. – Herr Heimlicher, geborner von Blasius, meine Absicht ist hier gar nicht, Ihnen Injurien anzutun oder gar improvisierte Pasquille vorzusagen, sondern ich will Sie vielmehr einen alten Spitzbuben nennen – einen etwanigen Waisen-Räuber – einen befirnißten Schelm und was dergleichen mehr ist, als z. B. einen polnischen Bären, dessen Fährte wie eine Menschenspur [1] aussieht. Solche Titel, die ich hier

[1] Dieselbe raubende und würgende Tatze verbirgt sich bei beiden unter dem Schein eines Menschentritts.

brauche, als Schelm – Judas – Strick« (er schlug bei jedem Worte den gläsernen Turban als ein Becken bei der Janitscharenmusik gegen die andere Hand) »– Schuft – Blutigel, Tränenigel, solche Nominaldefinitionen sind keine Injurien und beleidigen nicht, erstlich weil man nach L. §. de injur.[1] die größten Injurien ganz gut im Scherze sagen kann, und ich scherze hier – und zur Verteidigung seines Rechts kann man stets injuriieren. Siehe Leyser[2] – Ja nach Quistorps peinlichem Rechte darf man die gröbste Missetat ohne injuriandi animus vorwerfen, falls sie noch nicht untersucht und gestraft ist. – Und ist denn deine Ehrlichkeit schon untersucht und gestraft, du althaariger unehrlicher Schlag? Und hast du nicht, gleich dem Heimlicher in Freiburg[3], der aber ein besserer Mann sein wird, eine ganze Menge Jahre, wo man dich nicht angreifen soll.... Mordelement, aber ich greif' dich heute an, Mucker! – Mordax!« – Der Hund schaute nach Befehlen auf.

»Jetzo lasse nach«, bat Siebenkäs, welchen der niedergedrückte Sünder beklemmte. –

»Den Augenblick; aber mach mich nur nicht wild« (sagte Leibgeber, ließ die entblätterte Perücke fallen und stellte sich auf sie und zog Schere und schwarzes Papier heraus) – »Sehr gelassen will ich das ausgepolsterte Gesicht dieser betenden Schlafmütze ausschneiden und als gage d'amour mitnehmen. Ich kann doch das Ecce homunculus durch die halbe Welt herumtragen und sie bitten: prügl' ihn ab, selig ist, wer den Heimlicher Blasius in Kuhschnappel abprügelt noch vor seiner Abfahrt; ich war nur damals viel zu stark dazu.«

»Den Bericht über den Erfolg« (fuhr er fort, gegen Siebenkäs gewandt und einen guten Schattenriß zu Ende schneidend) »kann ich unserem Duck- und Kahlmäuser da nicht eher mündlich abstatten als nach *einem* Jahr, weil alsdann die wenigen Injurien, womit ich den Schelm etwa könnte angetastet haben, nach den Gesetzen völlig verjährt sind und wir wieder die vorigen Freunde geworden.«

Unerwartet bat er darauf seinen Siebenkäs, bei dem Saufinder zu bleiben – er hatte ihn mit einem Fingerzeig als ein Beobachtcorps gegen den Heimlicher gestellt –, indem er auf einen Augenblick hinaus müsse. Da er nämlich in Blaisens Prunksaale für die kuhschnappelsche große und mittlere Welt die Papiertapeten und einen ungemein sinnreichen Ofen – er war zur Gestalt der Göttin Themis ausgearbeitet, welche allerdings ebensooft versengt als erwärmt – bei dem neulichen Besuche wahrgenommen: so hatt' er für den jetzigen einen Iltispinsel und ein Gläschen Dinte mitgebracht,

[1] L. 15. §. 38 de injur.

[2] Sp. 547. n. tr.

[3] Der Heimlicher in Freiburg ist drei Jahre lang unverletzbar in seinem Amte und drei Jahre *nach* dem Austritte daraus. Hanseatische Zeitung No. 415. 1816.

welche aus Kobold, in Scheidewasser aufgelöset, und einigem dazu getröpfelten Salzgeiste bestand. Ungleich der schwarztuchenen Dinte, welche schon anfangs sichtbar ist und erst später unsichtbar wird, erscheint diese sympathetische anfangs gar nicht und tritt auf dem Papier erst grün hervor, sobald dasselbe erwärmt worden. Leibgeber malte jetzo mit dem Iltispinsel auf die Papiertapete, welche dem Ofen oder der Themis zunächst stand, folgende unsichtbare Wandfibel hin:

»Die Göttin der Gerechtigkeit will sich hiermit bei allen Gästen dagegen verwahren, daß sie in effigie, in Bildnis, anstatt gehangen, sogar aufgestellt und nach Belieben erhitzt und erkältet wird durch den Injustiz-Minister und den längst dem innern heimlichen Gericht verfallenen Heimlicher Blasius. Von Rechts wegen, Themis.«

Leibgeber hinterließ die stille Aussaat dieser Priestleyschen grünen Materie auf der Wand mit dem frohen Bewußtsein, daß künftig im Winter, wenn der Saal von der Göttin recht warm geworden für eine Prunkversammlung, auf einmal der ganze grüne Markt vor ihr lustig aufschießen werde.

So kehrte er in das Betkabinett zurück und fand den Saufinder noch in der befohlenen offiziellen Anschauung und seinen Freund wieder in der Anschauung des Hunds. Er schied samt den andern äußerst höflich und bat den Heimlicher sogar, ihn nicht bis auf die Gasse zu begleiten, weil Mordaxen einiges Zerreißen dann schwer zu verwehren sein möchte.

Auf der Gasse sagte er zu seinem Freunde: »Mache ja kein dummes Gesicht dazu – ich flieg' ohnehin immer ab und zu bei dir – begleite mich über das Tor hinaus; ich muß heute noch über eure Grenze – wir wollen laufen, damit wir vor sechs – Minuten auf fürstlichen Grund und Boden kommen.«

Als sie über das Tor, d. h. über dessen unpalmyrische Ruinen hinaus waren: stand die kristallene widerscheinende Grotte der Augustnacht aufgeschlossen und erleuchtet auf der dunkelgrünen Erde, und die Meerstille der Natur widersprach dem Sturme der menschlichen Brust; die Nacht zog die Himmeldecke voll stiller Sonnen ohne ein Lüftchen über die Erde herauf und unter sie hinab; die gefällten Saaten lagen ohne Rauschen in Garben um, und die eintönige Grille und ein harmloser alter Mann, der Schnecken für die Schneckengrube zusammenlas, schienen allein im weiten Dunkel zu wohnen. Alles Zornfeuer war plötzlich in beiden niedergebrannt. Leibgeber sagte mit einem um zwei Oktaven herabspringenden Tone: »Gott sei Dank! das schreibt doch wieder einen friedlichen Vers um die innere Sturmglocke – mir ist, als wenn die Nacht mit ihrem schwarzen Bezug meine Lärmtrommel recht sanft zu einer Leichenmusik dämpfte; und mit Vergnügen spür' ich mich nach so langem Gekeife etwas betrübt.«

»Wär's nur nicht meinetwegen gewesen, alter Heinrich«, versetzte Siebenkäs, »dein lustiges Ergrimmen über den abgeschabten Sünder!« – »Du hättest«, sagte Leibgeber, »ob du gleich sonst eine Satire den Leuten nicht so leicht ins Gesicht wirfst wie ich, an meiner Stelle noch ärger getobt; man kann wohl an sich, besonders wenn man sanft ist wie ich, Mißhandlungen ausstehen, aber nicht am Freunde; und leider bist du ja der Märterer meines Namens, heutiger Augen- und Blutzeuge der Sache zugleich. Sonst darf ich dir überhaupt melden, wenn mich einmal der Teufel des Zorns reitet, oder eigentlich wenn ich ihn reite: so jag' ich gern die Mähre halbtot, bis sie umfällt, damit ich sie in einem Vierteljahre nicht wieder beschreiten kann. Aber dir hab' ich eine hübsche schwarze Suppe eingebrockt und lasse dich mit dem Löffel sitzen.« Siebenkäs stand schon lange in der Angst, er werde auf die 1200 Gulden Taufgelder seines Umtaufens, gleichsam auf das Abzuggeld seines Namens, kommen; er sagte daher so heiter und leicht, als es sein von der beschleunigten nächtlichen Trennung gepreßter Busen erlaubte: »Ich und meine Frau haben in unsrer königsteinischen Festung noch Proviant genug, und wir können darin säen und ernten. – Gott gebe nur, daß wir manchmal eine harte Nuß aufzubeißen haben; nach solchen Nüssen schmeckt der Tischwein des verrauchten Lebens wieder besonders. – Morgen setz' ich meine Klagschrift auf.« Die Erweichung vor der bald ausschlagenden Abschiedstunde versteckten beide in komische Wendungen. Da die Doppeltgänger[1] vor eine Säule kamen, womit die aus England kommende **sche Fürstin die Stätte ihres Zusammentreffens mit ihrer von den Alpen steigenden Schwester bezeichnen lassen; und da dieses frohe Denkmal des Wiederfindens heute zu einem ganz anderen werden sollte: so sagte Leibgeber: »Jetzo marsch, zurück! Deine Frau ängstigt sich ab, es ist über 11 Uhr. – Dort ist schon euer Weichbild, der Rabenstein, eure Grenzfestung. Ich geh' ins Baireuthische und Sächsische vorderhand und schneide meinen Roggen, nämlich fremde Gesichter und zuweilen meine eigenen närrischen dazu. – Aus Spaß seh' ich dich vielleicht nach *einem* Jahre und *einem* Tage wieder, wenn die Verbalinjurien ordentlich verjährt sind. – – Im Vorbeigehen!« (setzte er schnell hinzu) »gib mir dein Ehrenwort, mir nur einen schwachen Gefallen zu tun.« – Er gabs voreilig. »Schicke mir mein Depositum[2] nicht nach – ein Kläger braucht Verlagkosten. – So lebe wohl, Teuerster!« das polterte er eilig heraus und lief nach einem geschwinden Kusse mir nichts dir nichts den kleinen Hügel hinab. Der bestürzte Verlassene sah dem Läufer nach, ohne seinen Abschied mit *einem* Laute zu begleiten. Im Tale hielt der Läufer an und bückte sich *tief* und – band seine Strumpfbänder weiter. »Hättest du das nicht«, rief Siebenkäs, »da oben tun können?« und lief hinab und sagte: »Wir bleiben bis zum Rabensteine beieinander.« Das Sandbad und das Reverberierfeuer eines edlen Zorns machte heute alle ihre weichen Empfindungen heißer, wie ein hitziges Klima Gifte und Gewürze verstärkt. Da der erste Abschied schon die Augen übergossen

[1] So heißen Leute, die sich selber sehen.
[2] Es bestand meistens in Schatzgelde, in fünf Vikariatdukaten u. s. w.

hatte: so konnten sie nichts mehr beherrschen als die Stimme und den Ausdruck. »Du bist doch gesund nach *der* Ärgernis?« sagte Siebenkäs. »Wenn der Tod der Haustiere den Tod des Hausherrn bedeutet, wie die Leute glauben« – sagte Leibgeber – »so leb' ich ewig; denn meine Menagerie [1] von Tieren ist noch frisch und gesund.« – Endlich stockten sie vor dem Markthaufen des Marktfleckens, vor der Gerichtstätte: »Ei nur gar hinauf!« sagte Siebenkäs.

Als sie diesen Grenzhügel so manches verunglückten Daseins erstiegen hatten – und als er auf den mit Grün durchbrochnen steinernen Altar so manches schuldlosen Opfers niederblickte und sich es in der verfinsterten Minute vorstellte, welche schwere gequälte Bluttropfen, welche brennende Tränen oft von gepeinigten und vom Staat und vom Liebhaber gemordeten Kindermörderinnen [2] auf diese ihre *letzte* und kürzeste Folterbank, auf diesen Blutacker gefallen waren – und als er von dieser letzten Nebelbank des Lebens über die weite Erde blickte, um deren Grenzen und über deren Bächen die Dünste der Nacht aufdampften: so nahm er weinend seines Freundes Hand und blickte in den freien gestirnten Himmel und sagte: »Dort drüben müssen sich doch die Nebel unserer Tage einmal in Gestirne zerteilen, wie die Nebel in der Milchstraße in Sonnen zerfallen. Heinrich! glaubst du noch nicht an die Unsterblichkeit der Seele?« – »Freund!« antwortete Leibgeber, »noch will es nicht gehen. Verdient Blasius doch kaum, *einmal* zu leben, geschweige zwei- und mehrmal. – Freilich will mirs zuweilen bedünken, als müsse ein Stück von der andern Welt in diese mit hereingemalt werden, damit sie ganz und gerundet werde, wie ich oft an den Seiten der Gemälde fremde Dinge zur Hälfte angemalt gesehen, damit die Hauptvorstellung vom Rahmen abgelöset und ein Ganzes würde. – In dieser Minute aber kommen mir die Menschen wie die Krebse vor, die die Pfaffen sonst mit Windlichtern besetzet auf den Kirchhöfen kriechen ließen und sie für verstorbne Seelen ausgaben; so kriechen wir mit unsern Windlichtern von Seelen mit den Larven Unsterblicher über die Gräber hinüber. – Sie löschen vielleicht einmal aus.« – Sein Freund fiel an sein Herz und sagte heftig: »Wir verlöschen nicht – leb tausendmal wohl – wir sehen uns immerfort wieder – wir löschen bei meiner Seele nicht aus – leb wohl, leb wohl!«

Und sie schieden. Heinrich ging langsam und mit hängenden Armen durch die Fußpfade zwischen den Stoppeln und hob keine Hand ans überrinnende Auge, um kein Zeichen seiner Schmerzen zu geben. Den verwaiseten Geliebten aber überfiel ein großer Schmerz, weil Menschen, die selten in Tränen ausbrechen, sie desto unmäßiger vergießen; – und so kam er zu-

[1] Plato malt bekanntlich unsere niedrigern Leidenschaften als einen im Unterleibe zappelnden Viehstand ab.

[2] Er hatte gerade eine angebliche Kindermörderin zu verteidigen.

rück und legte das erschöpfte aufgelöste Herz an die sorglose Brust seiner Gattin zur Ruhe, welche nicht einmal ein Traum bewegte; aber noch lange bis in den Vorhof der Träume hinein begleiteten ihn die Bilder von Lenettens künftigen Tagen und von des Freundes Nachtgange unter den Sternen, zu welchen dieser draußen einsam aufblickte, ohne die Hoffnung, ihnen jemals näher zu kommen; und grade über den Freund weinte er unter nicht mehr als zwei Augen am längsten.... –

O ihr beiden Freunde, du, der draußen, und du, der zu Hause! – Aber warum soll ich denn immerfort das alte aufquellende Gefühl zurückdrücken, das ihr in mir so stark wieder aufgeweckt und mit welchem mich sonst in meinen Jugendjahren die Freundschaft zwischen einem Swift und einem Arbuthnot und einem Pope in ihren Briefen gleichsam verstohlen, aber so stark durchdrungen und erquickt? Und werden nicht auch viele andere sich gleich mir erwärmt und ermannt haben an dem rührenden ruhigen Lieben dieser Männerherzen unter einander, welche, obschon kalt und schneidend und scharf gegen die Außenwelt, in ihrer gemeinschaftlichen Innenwelt zärtlich und feurig für einander arbeiteten und schlugen, gleichsam hohe Palmenbäume, langgestachelt gegen das gemeine Unten, aber im Gipfel voll köstlichen Palmenwein der kräftigsten Freundschaft? –

Und wenn dies alles so ist: so darf ich wohl auf der tiefern Stufe unserer beiden Freunde etwas Ähnliches antreffen, das auch wir an ihnen nachlieben. Fragt nicht sehr, warum beide sich mit einander verbrüderten; die Liebe braucht gar keine Erklärung, nur der Haß. Aller Ursprung des Besten, vom All an bis zu Gott hinauf, bedeckt sich mit einer Nacht voll zu ferner Sterne. Beide sahen in der grünglänzenden Saftzeit der akademischen Jugend zuerst einander durch die Brust ins Herz, aber mit den ungleichnamigen Polen zogen sie sich an. Siebenkäs erfreuete sich vorzüglich an Leibgebers harter Kräftigkeit, ja sogar Zornfähigkeit, an dessen Flug und Lachen über jeden vornehmen, jeden empfindsamen, ja jeden gelehrten Schein; denn er legte ein Ei seiner Tat oder seines tiefen Worts, wie der Kuntur das seinige, ohne Nest auf den nackten Felsen und lebte am liebsten ungenannt, daher er immer einen andern Namen annahm. Der Armenadvokat pflegte ihm deshalb, um sein Ärgern darüber zu genießen, mehr als über zehnmal zwei Anekdoten zu erzählen. Die erste war, daß ein deutscher Professor in Dorpat in einer Lobrede auf den damaligen Großfürsten Alexander plötzlich sich selber eingehemmt und still geschwiegen und lange auf die Büste desselben hingeblickt und endlich gesprochen: »Das verstummende Herz hat gesprochen.« Die zweite war, daß Klopstock die Prachtausgabe seines Messias an die Schulpforte abgeschickt mit dem Wunsche, der würdigste Schulpförtner[1] möge auf das Grab seines Lehrers *Stübel* Lenzblumen streuen, dabei des Gebers Namen: Klopstock leise nennen; – worauf Siebenkäs,

[1] Deutscher Merkur von 1809.

wenn Leibgeber etwas auffuhr, noch damit fortfuhr, daß der Sänger vier neue Pförtner, jeden zu drei Vorlesungen aus seiner Messiade, aufgerufen und jedem dafür eine goldene Medaille zugesagt, die ein Freund hergebe; und jetzo endlich harrte er auf Leibgebers Sprudeln und Stampfen über einen, der (leibgeberisch zu sprechen) sich selber als sein eigenes Reliquiarium voll heiliger Knochen und Glieder anbetet.

Leibgeber hingegen – fast den Morlacken ähnlich, welche nach Towinson und Fortis auf der einen Seite für Rache und Heiligung *einen* Namen (osveta) haben und auf der andern sich am Altare zu Freunden trauen und einsegnen lassen – hatte seine vorzügliche Freude und Liebe an der Diamantnadel, welche in seinem satirischen Milchbruder Poesie und Milde zugleich mit einem welttrotzenden Stoizismus ineinandersteckte. Und endlich erlebten beide täglich aneinander die Freude, daß jeder den andern ungewöhnlich verstand, wenn er Scherz, ja sogar wenn er Ernst machte. Aber solche Freunde findet nicht jeder Freund.

Beilage zum zweiten Kapitel

Regierung des Heiligen Römischen Reichs freien Marktfleckens Kuhschnappel

Ich hab' es schon in zwei Kapiteln zu sagen vergessen, daß der freie Reichsmarktflecken Kuhschnappel, wovon ein Namenvetter im erzgebürgischen Kreise liegen soll [1], in Schwaben auf der Städtebank von 31 Städten als die 32ste angesessen ist. Schwaben kann sich überhaupt für eine Bruttafel oder ein Treibhaus der Reichsstädte halten, dieser deutschen Niederlassungen und Absteigequartiere der Göttin der Freiheit, welche Leute von Geburt als ihre Hausgöttin anbeten und die nach der Gnadenwahl Sünder selig macht. Ich muß hier endlich den allgemeinen Wunsch eines guten Abrisses von der kuhschnappelischen Regierungform erhören; aber wenige Leser werden wie Nicolai, Schlözer und ähnliche es mir glauben, mit welcher Not und mit welchem Aufwande von Briefporto ich hinter bessere Nachrichten von Kuhschnappel gelangte, als öffentlich herumlaufen, da Reichs- wie Schweizerstädte ihre Honig-Wachsgewirke ja verkleben und verbauen, als wären ihre Verfassungen gestohlne, noch mit den rechtmäßigen Namen gestempelte Silbergeschirre, oder als wären die Städtchen und Ländchen Festungen – (was sie doch nur mehr gegen die Bürger sind als gegen die Feinde) –, von welchen kein Abriß den Fremden zuzulassen.

Die Verfassung unseres merkwürdigen Reichsplatzes Kuhschnappel

[1] Nach neuen Berichten ists mehr ein Reim als ein Vetter, das Dorf Potschappel bei Dresden.

scheint ursprünglich der Vorriß gewesen zu sein, welchen Bern, das am Ende nahe genug liegt, in der seinigen kopierte, aber mit dem Storchschnabel ins Größere. Denn Bern hat seinen großen Rat wie Kuhschnappel, dort macht er so gut Krieg und Frieden und Todesurteile wie in Kuhschnappel und besteht aus Schultheißen, Seckelmeistern, Vennern, Heimlichern, Ratherren, nur aus mehren als in Kuhschnappel; ferner hat Bern seinen kleinen Rat gleichfalls, welcher Präsidenten, Gesandten und Gnadengelder hergibt und dem großen nachwächset – die zwei Appellationkammern, die Holz-, Jäger-, Reformationkammern, die Fleischtax- und andern Kommissionen sind offenbar (denn auf die Ähnlichkeit der Namen ist genug zu bauen) nur gröbere Fraktur-Auszeichnungen der kuhschnappelischen Grundstriche.

Die Wahrheit aber zu sagen, hab' ich diese Vergleichung zwischen beiden Freistaaten nur gemacht, um Schweizern, besonders Bernern, ohne viele Worte faßlich zu werden, vielleicht auch gefällig. Denn in der Tat erfreut sich Kuhschnappel einer viel vollkommnern und mehr aristokratischen Verfassung als Bern, die noch in Ulm und Nürnberg teilweise zu finden wäre, wenn beide nicht während der Revolution-Witterung mehr zurück als vorwärts gekommen wären. Vor kurzem waren Nürnberg und Ulm so glücklich, wie Kuhschnappel noch ist, daß sie nicht von gemeinen Handwerkern, sondern bloß von gutem Adel regieret wurden, ohne daß ein gemeiner Bürger sich in Person oder durch Stellvertreter [1] hätte im geringsten darein mischen können: jetzt leider scheint man in beiden Städten das Faß des Staats, weil der *obere* Bierhahn saures Gesöff herausließ, *unten* einen Zoll hoch über der *Hefe* des Pöbels angezapft zu haben. – Ich kann aber hier unmöglich weiter gehen, wenn ich nicht einen zu gewöhnlichen Irrtum über große Städte aus dem Wege räume.

Die Behemoths und Kunturs unter den Städten – Petersburg, London, Wien – sollten, wollte man, die Gleichheit der Freiheit und die Freiheit der Gleichheit allgemein einführen; diesen Endzweck erraten die wenigsten Statistiker, aber er ist so klar. Denn eine Hauptstadt von 2¹/₄ Stunde in Umfang ist gleichsam ein Ätnas-Kessel von gleichem Umkreise für ein ganzes Land und hilft der Nachbarschaft nicht bloß, wie der Vulkan, durch ihre *Auswürfe*, sondern durch ihre *Einfüllungen* (Repletionen) auf; sie säubert mit Erfolg das Land von Dörfern und später von Landstädten – diesen ursprünglichen *Wirtschaftgebäuden* der Residenzen –, indem sie von Jahr zu Jahr immer mehr auseinanderrückt und sich so mit den Dörfern

[1] Denn die wenigen sogenannten Ratfreunde (aus dem Bürgerstande), die in Nürnberg und Kuhschnappel unter den Patriziern sitzen, haben zwar ihren Sitz, aber keine andere Stimme als eine fremde; und der übrigen ruhigen Stellvertreter, wodurch der dritte Stand wirklich Sitz und Stimme in der Regierung hat, gleichsam durch vidimierte Kopien der Köpfe, nämlich durch Steuergelder, deren können sogar nie genug vorhanden sein.

vermauert und verwächst und umrankt. Man weiß, daß London schon die nächsten Dörfer in seine Gassen verwandelt hat; aber nach Jahrhunderten müssen die länger und auseinander wachsenden Arme jeder großen Stadt nicht bloß die Dorfschaften, sondern auch die Landstädte ergreifen und zu Vorstädten erheben. Dadurch werden nun die Steige und Felder und Wiesen, die zwischen der Riesenstadt und den Dörfern lagen, wie das Bette eines Flusses überdeckt mit einem Steinpflaster, und der Ackerbau kann folglich nur noch in – Blumenscherben am Fenster blühen. Ohne Ackerbau seh' ich nicht, was Ackerbauleute anders sein können als Tagediebe, die kein Staat duldet; da man aber einen Fehler besser verhütet als bestraft, so muß der gute Staat solches Landvolk, noch ehe dasselbe zu Tagedieben geworden, wegräumen, es sei durch wirksame Inhibitoriales der Bevölkerung oder durch dessen Abraupen oder durch Veredlung in Soldaten und Bedienten. In der Tat würden in einem Dorfe, das ein eingefügter Zwickstein einer Stadt, eine eingereifte Faß-Daube des Heidelberger Residenzfasses geworden wäre, noch übrig gebliebne Bauern ebenso lächerlich als müßig sein: die Korallengehäuse der Dörfer müssen gleichsam ausgeleert sein, ehe sie das zusammengetürmte Riff oder Eiland einer Stadt erbauen.

Dann ist wohl der schwerste Schritt zur Gleichheit getan; jetzo müssen die innern Feinde der Gleichheit, die Bürger, ebensogut wie die Bauern von der Hauptstadt bekämpft und womöglich ausgereutet werden, welches mehr ein Werk der Zeit als besonderer Verordnungen ist. Inzwischen ist das, was einzelne Residenzstädte hie und da geleistet haben, wenigstens ein Anfang. Dürfte man sich aber das Ideal ausmalen, daß einmal wirklich sich die zwei mächtigsten Oppositionparteien und Widerlagen der Gleichheit, Bürger und Bauern, aus den Riesenstädten durch eine lange Reihe von Glückzufällen verloren hätten; ja daß mit dem Ackerbau sogar der niedere Adel, der ihm obgelegen, zugleich gefallen wäre: so würde eine edlere Gleichheit, als in Gallien war, wo nur lauter *gleicher* Pöbel wohnte, auf die Erde kommen, es würde lauter *gleichen* Adel geben, und die gesamte Menschheit besäße dann *einen* Adelbrief und lauter echte Ahnen. In Paris schrieb die Revolution alles wie in den *ältesten* Zeiten mit lauter *kleinen* Buchstaben; nach meiner Voraussetzung würden dann wie in den *spätern* lauter *Anfang*- oder Kapitalbuchstaben gebraucht, die jetzo nur wie Türme aus vielen kleinern vorragen. Wenn aber auch ein solcher hoher Stil, eine solche Veredlung der Menschheit nur eine schöne Dichtung bliebe und man nur mit dem kleinern Glücke zufrieden sein müßte, daß in den Städten, wie jetzo *eine* Judengasse, so *eine* Bürgergasse übrig bliebe: so wäre genug für die geistige Menschheit in den Augen eines jeden erbeutet, der bedenkt, wie ausgebildet der hohe Adel ist, besonders der Teil desselben, der den größten ausbildet. –

Aber diese Nobilitierung der gesamten Menschheit gewähren *uns* die Reichsstädte viel sicherer als die größten Residenzstädte. Dieses führt mich auf Kuhschnappel zurück. Man scheint in der Tat zu vergessen, daß es zu viel gefodert ist, wenn die vier Quadrat-Wersten, die eine Residenz etwan groß ist, mehr als tausend Quadratmeilen des umliegenden Landes überwältigen, verdauen und in Bestandteile von sich verwandeln sollen, so wie die Riesenschlange größere Tiere verschlucket, als sie selber ist. London hat nicht viel über 600 000 Bewohner: welche ungleiche Macht gegen die 5½ Millionen des ganzen Englands, denen die Stadt allein entgegenarbeiten und Flügel und Zufuhr abschneiden soll, Schott- und Irland nicht einmal eingerechnet! – So steht es mit guten Reichsstädten nicht: hier ist die Zahl der Dörfer, Bauern und Bürger, die bezwungen, ausgehungert und weggetrieben werden sollen, in einem richtigen Verhältnisse gegen die Größe der Stadt, der Patrizier oder regierenden Geschlechter, die sich damit zu befassen haben und den ebnenden Schlichthobeln der Menschheit vorarbeiten. Hier ists nicht schwer, den Bürger als einen groben Bodensatz, der im Adel schwimmt, niederzuschlagen. Es ist, wenn es ihnen mit dieser Niederschlagung mißlingt, bloß die Schuld der Patrizier selber, weil sie oft am falschen Orte schonen und die Bürgerbank für eine *Grasbank* im Garten halten, deren Gras zwar für das Niedersitzen und Erdrücken wächset, die man aber doch immer begießet, damit sie unter so vielen Steißen nicht verdorre. Wenn es nichts als freie Menschen, und zwar von der edelsten Klasse, nämlich Reichsfreie und Semperfreie geben soll: so müssen durch Auflagen und Losungen die bürgerlichen Zimtbäume gänzlich abgerindet werden – welches nur pöbelhafte Autoren Schinden und die Haut über die Ohren ziehen nennen –, worauf die Bäume ohnehin verfalben und ausgehen. Freilich kostet diese Reichsfreiheit Menschen. Aber mich bedünkt, eine solche werde durch die wenigen Tausende von Leuten, die sie kostet, wohlfeil genug erkauft, da früher Amerikaner, Schweizer und Holländer für eine weit engere ganze Millionen Menschen bar auf den Tisch des Schlachtfeldes hingezahlt und hingeschossen. Auch fallen neuere Staaten selten in den Fehler der neuern Schlachtenmaler, an welchen man *Überladung* mit Personen aussetzt. Vielmehr sollte man es mehr bemerken, mit welchen klug gewählten und *treibenden* Mitteln mehre deutsche Länder die Bevölkerung als eine Krankheitmaterie und Menschen-Plethora – wie jeder gute Arzt tut – nach *unten* ableiten, nämlich nach dem gerade unter Deutschland liegenden Nordamerika.

Kuhschnappel hat, um zum Vorigen umzukehren, vor hundert Städten den Vorsprung. Ich gebe zu, daß Nicolai beteuert, die vorigen 60 000 Nürnberger wären gerade noch halbiert da, nämlich 30 000, und dies ist etwas; aber gleichwohl kommen noch immer funfzig Bürger (und mehr) gegen einen Patrizius zu stehen, welches stark ist. – Hingegen bin ich zu jeder Stunde durch Tauf- und Sterbelisten darzutun erbötig, daß im Reichsmarktflecken Kuhschnappel beinahe nicht mehr Bürger als Patrizier leben, welches um so wunderbarer ist, da die letzten – wegen ihres Hungers –

schwerer zu leben haben. Ich frage, welcher neuere Staat kann so viele Freie aufzeigen? Waren nicht sogar im freien Athen und Rom – in West-Indien ohnehin – mehr Knechte als Freie, daher man jene durch keinen besondern Anzug zu bezeichnen wagte? Und sind nicht noch in allen Staaten mehr Lehn- als Edelleute, obgleich diese längst in stärkerer Anzahl vorhanden sein könnten, da Bauern und Bürger nur von der Natur, die Patrizier hingegen sowohl von der *Natur* als von der *Kunst* aus Reichs- und Fürsten-Kanzeleien nachgesäet werden? –

Wäre die Beilage nicht eine Abschweifung, von welcher man gewöhnlich Kürze fodert: so wollt' ich weitläuftig genug dartun, daß Kuhschnappel noch in mehren Vorzügen manchen Schweizerstädten, wo nicht vor-, doch gleichstehe, z. B. in gutem Abschleifen und Verlängern des Richtschwertes und überhaupt im Handhaben eines rechten knotigen, gestachelten Stab-Wehes – in der geistigen Fruchtsperre, nicht gegen das Ausland, sondern gegen das Innere, um Gedanken und hundert anderes geistiges Zeug nicht einzulassen – und sogar selber im grünen Markt oder Handel mit jungen Leuten; denn was eben letzten anlangt, so ist bis heute der Absatz von jungen Kuhschnapplern nach Frankreich zu Türstehern und zu Kronvorfechtern nur darum so flau, weil die Schweizer den Markt greulich mit kräftigen Jünglingen überfahren, die sich vor jede Türe und (ists Krieg) vor jede Kanone stellen: wahrlich, sonst sollte vor mehr als einer Türe ein Kuhschnappler stehen und sagen: kein Mensch zu Hause. (Ja noch jetzo bei der zweiten Auflage darf ich behaupten, daß Kuhschnappel seinen Titel *Reichs*marktflecken wie eine zweite *Kur*würde noch fortbewahrt und seine alten Gedanken-Einfuhr- und Nachrichten-Ausfuhrverbote und seinen Blut- oder lebendigen Menschenzehent für Frankreich so gut fortsetzt wie die Schweiz, welche dem Kastellan auf der Wartburg gleicht, der den unauslöschlichen, von Luther gegen den Teufel geworfenen Dintenklecks stets auf der Wand von neuem auffärbt.)

Drittes Kapitel

Flitterwochen Lenettens – Bücherbräuerei – der Schulrat Stiefel – Mr. Everard – Vor-Kirmes – die rote Kuh – Michaelis-Messe – the Beggars' Opera – Versuchung des Teufels in der Wüste oder das Männchen von Ton – Herbstfreuden – neuer Irrgarten

Die Welt konnte sich nicht stärker verrechnen, als daß sie erwartete, am Montage unsern allgemeinen Helden im Trauerwagen und Leichenmantel und mit Trauermanschetten und angelaufenen Schuhschnallen als Leidtragenden über die Scheinleiche seines Glücks und Kapitals anzutreffen.

Himmel! Wie kann aber die Welt in solchem Grade fehlschießen? Der

Advokat war nicht einmal in Viertels-Trauer, geschweige in halber, sondern so aufgeräumt, als hab' er selber dieses dritte Kapitel vor sich und fang' es grade so an wie ich hier.

Der Grund war: er faßte eine gute Klage gegen seinen Vormund Blaise ab, stattete sie mit mehren satirischen Zügen aus, die bloß er selber verstand, und reichte sie bei der Erbschaftkammer ein. Nur etwas in der Not getan, so ists schon etwas. Das Glück schicke uns eine noch so unfreundliche frostige Herbstluft auf den Hals – zerbricht es uns nur nicht wie Schwänen das oberste Flügelgelenk: so wird uns allemal das Geflatter, das wir damit machen, wo nicht in ein wärmeres Klima tragen, doch ein wenig selber in Wärme bringen. – Der Frau verbarg Firmian Siebenkäs aus Gründen der Liebe den Aufschub der Erbschaft wie den verjährten Tausch-Handel mit seinem Namen: er vertrauete darauf, daß eine eingehegte Advokatenfrau niemals einem vornehmen Patrizier in die häusliche Karte werde schauen können.

Was konnte überhaupt einem Menschen viel fehlen, der aus seiner stillen Woche eines Einsiedlers auf einmal in die Flitterwochen eines Zweisiedlers gefahren war? Jetzo erst faßte er seine Lenette recht in zwei Arme – vorher hatt' er immer seinen im Leben ab- und zuflatternden Freund fest mit der Linken an sich gehalten –, und sie konnte sich nun in seinen Herzkammern viel bequemer ausbreiten. Und die scheue Frau tat es wohl, soweit sie wagte; sie bekannte ihm, obwohl furchtsam, es sei ihr fast lieb, daß der unbändige Saufinder nicht mehr unter dem Tische liege und greulich vorgucke; ob sie aber nicht über den wilden Herrn desselben das nämliche gedacht, wäre nie von der gehorsamen Gattin herauszubringen gewesen. Sie erschien dem Advokaten ordentlich als eine Tochter; und der kleinen Eigenheiten konnte sie dem hoch erwachsenen Vater gar nicht genug haben. – Daß sie ihm, wenn er ausging, so lange nachsah, als die Gasse lang war, dies war noch nicht das Halbe gegen das Nachlaufen mit der Bürste bis über die Haustüre hinaus, wenn sie oben von hinten an seinem Schanzlooper unten solche Straßenpflaster anklebend angetroffen, daß sie ihn durchaus wieder ins Haus zurück ziehen und darin den Rocksaum so sauber abbürsten mußte, als zolle man in Kuhschnappel das Pflastergeld wirklich für ein Pflaster. Er hielt der Bürste still und küßte sodann und sagte: »An der Innenseite sitzt wohl noch allerhand, aber keine Seele siehts, und komme ich wieder, so kratzen und schaben wirs droben miteinander heraus.«

Seiner Erwartung und Foderung wurde es ordentlich zu viel – aber seiner Wiederliebe nicht –, daß sie jeden Wunsch und Wink nicht bloß jungfräulich erhörte, sondern auch töchterlich befolgte und bediente. »Ratskopisten-Tochter«, sagte er, »sei mir nur nicht gar zu gehorsam; ich bin ja nicht dein Vater, ein Ratskopist, sondern nur ein Armenadvokat und habe dich geehlicht und schreibe mich Siebenkäs meines Dafürhaltens.« – »Auch mein sel. Vater«, versetzte sie, »hat wohl selber manche Sachen im stillen mit seiner eigenen Hand konzipiert und solche nachher ordentlich und sauber mundiert«; aber diese seltsame Kreuz- und Querantwort gefiel doch dem Advokaten sehr wohl; und wenn sie vor lauter Verehrung seiner nicht einen einzigen Spaß verstand, den er über sich selber machte – es sei nun, daß sie seinem ironischen Selbererniedrigen widersprach, oder dem ironischen Selbererhöhen ganz beifiel –: so schmeckten dem Advokaten diese geistigen Provinzialismen seiner Gattin nicht schlecht. Sie konnte ohne Bedenken sagen: fleuch, reuch, kreuch, anstatt fliehe, rieche, krieche; diese religiösen Altertümer aus Luthers Bibel waren recht brauchbare Beiträge zum Idiotikon ihrer Empfindungen und seiner Honigwochen. – Als er einmal eine sehr artige Haube, die sie voll Vergnügen den drei von ihr zuweilen leicht geküßten Haubenköpfen nacheinander aufprobiert hatte, auf ihr eigenes Köpfchen vor dem Spiegel mit den Worten stülpte und zog: »Setz auf und sieh hinein, dein Kopf ist vielleicht so gut als einer von Holz«, so lächelte sie ungemein vergnügt und sagte: »Du willst unsereine nur immerdar flattieren.« Man glaub' es mir, dieses naive Unverstehen rührte ihn so, daß er sich zuschwur, solche Scherze nirgends mehr vorzubringen als nur in sich und bei sich. Aber was ist dies gegen eine höhere Flitterwochenfreude? Diese war, daß seine Lenette ihm am nächsten Bußtage durchaus nicht erlaubte, sie zu küssen, als sie ihn mit ihrer Weiß- und Rot-Blüte der Jugend in den schwarzen Kopfmanschetten oder Spitzen und aus dem dunkeln Kleiderlaube dreifach verschönert anblickte: »Dergleichen weltliche Gedanken«, sagte sie, »schicken sich vor der Kirche gar nicht, wenn man schon seine Bußkleider anhat, sondern man wartet.« – »So will ich« – sagt' er zu sich – »doch wie eine Nordwest-Amerikanerin[1] einen Suppenlöffel fünf Zoll lang und drei Zoll breit durch meine Unterlippe stecken und ihn herumtragen, wenn ich je wieder bei der andächtigen Seele auf Löffeln und Küssen falle, wann sie schwarz angezogen ist und die Glocken lauten.« – Und er hielt, obgleich selber kein sonderlicher Kirchengänger, ihr und sich Wort. So sind wir Männer aber in der Ehe, ihr Bräute!

Daraus werdet ihr nun leicht erraten, wie selig vollends der Advokat in seinen Honigwochen wurde, als Lenette gar das, was er sonst selber, und zwar recht erbärmlich und verdrüßlich tat, für ihn auf das schönste besorgte und durch unverdroßne Feg- und Bürst-Arbeit seine dithyrambische Karthause so sauber, grade und glatt herstellte wie eine Billardtafel; ganze Honigbäume voll Fladen pflanzte sie in seine Honigwochen, wenn sie so am Morgen wie eine fleißige Biene um ihn herumsumsete und wenn sie im kleinen Bienenkörbchen – er selber prozessierte ruhig in seinen Akten wei-

[1] An der Küste des nordwestlichen Amerika vom 50. bis 60. Grad nördlicher Breite tragen die Weiber in der durchlöcherten Unterlippe hölzerne Suppenlöffel, und zwar desto größere, je vornehmer sie sind; bei einer Frau war der Löffel fünf Zoll lang und drei Zoll breit. Langsdorfs Bemerkungen auf einer Reise um die Welt, Bd. 2.

ter und bauete am juristischen Wespenneste – Wachs eintrug, Zellen bauete, Zellen säuberte, fremde Körper auswarf und Ritzen zuklebte, und wenn er dann auf einmal aus seinem Wespenneste einen zufälligen Blick auf die niedliche Gestalt im nettesten Hauskleidchen warf. Wie oft legte er nicht die Feder in den Mund und hielt ihr über das Dintenfaß die aufgemachte Hand hin und sagte hinter der Feder: »Gedulde dich doch ums Himmels willen nur bis nachmittags, wo du sitzest und nähst: so sollst du ja belohnt und geküßt werden hinlänglich, wenn ich auf- und abspaziere.«

Damit aber keine Leserin sich in Angst setze über Versäuerung solcher Honigwochen durch den enterbenden Spitzbuben Blaise: so frag' ich jede bloß dies: hatte der Advokat nicht eine Silberhütte und ein Pochwerk von sieben gangbaren Prozessen, die voll lauter Silberadern waren? – Hatt' ihm nicht sein guter Leibgeber auf vier Glückrädern einen Regiment-Geldwagen nachgefahren, auf welchem aufgeladen waren zwei Brillentaler von Julius Herzog zu Braunschweig, *ein* gräflich-reußischer Dreifaltigkeit-Taler von 1679, *ein* Schwanz- oder Zopfdukaten, *ein* Mücken- oder Wespentaler, fünf Vikariatdukaten und eine Menge Ephraimiten? Denn er durfte ohne Bedenken dieses Münzkabinett verkalken und verflüchtigen, da es sein Freund nur aus Spott gegen die, die mit hundert Talern *einen* kaufen, in seinen Taschen angelegt hatte. Beide lebten überhaupt in einer Gütergemeinschaft des Körpers und Geistes, die wenige fassen; sie waren so edel geworden, daß zwischen dem Nehmer und Geber einer Gefälligkeit kein Unterschied mehr blieb, und sie schritten über die Klüfte des Lebens aneinandergeknüpft, wie die Kristallsucher auf den Alpen sich gegen den Sturz in Eisspalten durch Aneinanderbinden decken.

Gleichwohl kam er an einem Marientage gegen Abend auf einen Gedanken, welcher alle geängstigten Leserinnen seiner Geschichte ganz aufrichten wird und der ihn selber seliger machte als der größte Brotkorb mit Fruchtkörbchen oder als ein Korb Wein. Er wußte aber schon voraus, daß er den Gedanken haben würde; im Elend sagt' er allemal: »Es soll mich wundern, was für ein Hülfmittel ich da wieder ausspinnen werde; denn verfallen werd' ich so gewiß auf eines, als ich vier Gehirnkammern beherberge.« – Der beglückende Gedanke, wovon ich rede, war, das zu machen, was ich hier mache – ein Buch, obwohl ein satirisches.[1] Hier fuhr aus den aufgezognen Schleusen des Herzens ein reißender Strom von Blut unter das Räder- und Mühlenwerk seiner Ideen hinein, und die ganze geistige Maschine klapperte, rauschte, stäubte und klingelte – es waren schon einige Metzen gemahlen fürs Werk. Ich kenne keinen größern geistigen Tumult – kaum einen süßern – in einem jungen Menschen, als wenn er in der Stube auf- und abgeht und den kühnen Entschluß fasset, ein Buch Konzeptpapier

1 Das Buch kam 1789 in der Beckmannschen Buchhandlung in Gera unter dem Titel: »*Auswahl aus den Papieren des Teufels*« heraus. Ich werde weiter hinten meine Meinung über jene Satiren zu äußern wagen.

zu nehmen und ein Manuskript daraus zu machen – ja man kann darüber disputieren, ob der Konrektor Winckelmann und der Feldherr Hannibal hurtiger die Stube auf- und abliefen, als beide des ebenso kühnen Sinnes wurden, nach Rom zu gehen. Siebenkäs mußte, da er eine Auswahl aus des Teufels Papieren zu schreiben beschlossen, zum Hause hinaus und dreimal um den Marktflecken laufen, um die rollenden beweglichen Ideen durch müde Beine wieder fester in die rechten Fugen einzuschütteln. Er kam, müde vom innern Verglühen, zurück – sah nach, ob genug weißes Papier zu Manuskripten da sei – und lief auf seine ruhige Haubensteckerin zu und küßte sie so schnell, daß sie kaum die Stecknadel aus den Lippen – den letzten Dorn an diesen Rosen – ziehen konnte. Unter dem Kusse befestigte sie, hinunterschielend, ganz ruhig mit der Nadel ein Band an einem Haubenflügel. »Freu dich doch« – sagt' er – »tanze mit mir herum – ich schreibe morgen ein Opus, ein Buch. – Brat nur heute abends den Kalbskopf, ob es gleich wider unsere zwölf Eß-Gesetztafeln läuft.« Er und sie hatten sich nämlich sogleich am Mittwoch als eine Speise-Gesetz-Kommission niedergesetzt; und es war unter den 39 Artikeln einer sparenden Tisch-Ordnung auch dieser durchgegangen und dekretiert, daß sie sich abends wie Brahminen ohne Fleisch behelfen wollten, ganz schlecht und nur mit Fleisches-Wertem. Er hatte aber die größte Mühe, bis er seiner Lenette beibrachte, daß er schon mit *einem* Bogen von der Auswahl aus des Teufels Papieren den Kalbskopf wieder zu erschreiben verhoffen dürfe und daß er nicht ohne Grund sich selber einen Fasten-Erlaß erteile; denn Lenette dachte wie der gemeine Mann oder wie der Nachdrucker, ein geschriebenes Buch werde wie ein gedrucktes bezahlt, und dem Setzer gehöre fast mehr als dem Schreiber. Sie hatte in ihrem Leben noch nichts von dem ungeheuren Ehrensold vernommen, welchen deutsche Autoren gegenwärtig ziehen; sie war wie Racinens Frau, die nicht wußte, was ein Vers oder ein Trauerspiel ist, und die gleichwohl damit die Haushaltung bestritt. Ich meines Orts würde aber keine an den Altar und in das Hochzeithaus führen, die nicht wenigstens einen Perioden in meinen Werken, über welchem mich der Tod mit seiner Sanduhr erworfen, unter meiner Firma recht gut hinauszuschreiben wüßte oder die es nicht unbeschreiblich freuen könnte, wenn ich ihr gelehrte göttingische Anzeigen oder allgemeine deutsche Bibliotheken vorläse, die mich, wenn auch übertrieben, loben.

In Siebenkäs hatte den ganzen Abend die Schreibefreude alle Blutkügelchen in ein solches Rennen und alle Ideen in einen solchen Wirbelwind gesetzt, daß er bei seiner Lebhaftigkeit, die oft den Schein der Herzen-Aufwallung annahm, ohne weitere Frage über alles Langsame, das ihm in den Weg sich stemmte, über den Zögerschritt des Laufmädchens oder über die Wort-Trommelsucht desselben aufgefahren und als Platzgold losgegangen wäre, hätt' er nicht auf der Stelle nach einem besondern Temperier- oder Kühl-Pulver gegen freudige Entrüstung gegriffen und solches eingenommen. Es ist leichter, dem schleichenden Gang eines schweren trüben Blutes einen Abfall und einen schnellern Zug zu geben, als die Brandungen eines fröhlichen stürmenden zu brechen; aber er wußte sich in der größten Freude stets durch den Gedanken an die unerschöpfliche Hand zu stillen, die sie gegeben hatte – und durch die sanfte Rührung, mit welcher das Auge sich vor dem verhüllten ewigen Wohltäter aller Herzen niederschlägt. Denn alsdann will das von der Dankbarkeit und der Freudenträne zugleich erweichte Herz wenigstens dadurch danken, daß es milder gegen andere ist. Jenen wilden Jubel, den die *Nemesis* züchtigt, kann dieses Dankgefühl am schönsten zähmen; und die, welche an der Freude starben, wären, wenn sie ein dankbares Hinaufsehen erweicht hätte, entweder nicht gestorben oder doch an einer *schönern* Freude.

Den ersten und den besten Dank für das neue gerade schöne Ufer, in das jetzo sein Leben abgeleitet war, bracht' er dadurch, daß er die Verteidigung mit dem größten Feuer vollführte, die er für eine angeklagte Kindmörderin zur Abwendung der Folter zu machen angefangen. Der Stadtphysikus des Marktfleckens hatte sie nach der Lungenprobe verdammt, die ebenso richtig als die Wasserprobe Weiber zur Richtstätte hingeleitet.

Stille einsame Tage aus dem Frühling der Ehe belegten den Steig der beiden Menschen mit einem Blumenteppich. Bloß unten am Fenster erschien einige Male ein Herr in fleischfarbener Seide, wenn Lenette am Morgen sich und den weißen Arm hinausstreckte und lange am Festriegeln der zurückgelehnten Fensterladen arbeitete. »Ich schäme mich ordentlich«, sagte sie, »mich hinauszulehnen; ein vornehmer Herr steht immer drunten und zieht den Hut ab und schreibt mich auf, wie der Fleischtaxator.«

In den Schulferien des Sonnabends erfüllte der Schulrat Stiefel das Versprechen, das er am Hochzeittage feierlich gegeben, recht häufig zu erscheinen und wenigstens in den Schulferien der Woche nicht auszubleiben. Ich will ihn, um das Ohr mehr durch Wechsel zu erquicken, den *Pelzstiefel* nennen, zumal da ihn ohnehin der ganze Reichsort wegen des Grauwerks und des Hasen-Umschlags so nennt, den er als einen tragbaren holzsparenden Ofen an seinen Beinen trug. Der Pelzstiefel band schon auf dem ersten Stubenbrett Freudenblumen zusammen und steckte dem Advokaten den Strauß ins Knopfloch; er vozierte ihn zur Stelle eines Mitarbeiters an dem »Kuhschnappelischen Anzeiger und Götterboten und Beurteiler aller deutschen Programmen« – ein Werk, das bekannter sein sollte, damit durch solches auch die empfohlnen Schulschriften es würden. Mir ist dieser Schreibvertrag von Herzen lieb, weil er doch meinem Helden einen Rezensier-Groschen wenigstens für die Abendsuppe auswirft. Der Schulrat, der Redakteur des Anzeigers, besetzte die kritischen Gerichtstellen sonst gar nicht leichtsinnig; aber Siebenkäs war in seinen Augen zum einzigen Wesen erhoben, das einen Rezensenten noch überragt – zu einem Schriftsteller, da er von Lenetten auf dem Kirchwege gehört, ihr Mann lasse ein dickes Buch in Druck ausgehen. Der Schulrat konnte nicht anders als die damalige Salzburgische Literaturzeitung für die heilige Schrift apokryphischen, und die Jenaische für die heilige Schrift kanonischen Inhalts ansehen; die einzige Stimme eines Rezensenten wurde ihm vom Echo im gelehrten Gerichthof allezeit zu tausend Stimmen vervielfältigt; und aus *einem* rezensierenden Kopfe wurden in seiner Täuschung mehre lernäische, wie man sonst glaubte, daß der Teufel den Kopf des armen Sünders mit Scheinköpfen einfasse, damit der Scharfrichter fehlerhaft köpfe. Die Namenlosigkeit verleihet dem Urteile eines Einzelwesens das Gewicht eines Kollegiums; man schreibe aber den Namen darunter und setze »der Kandidat XYZ« statt »Neue allgemeine deutsche Bibliothek« so hat man die gelehrte Anzeige des Kandidaten zu sehr geschwächt. Der Schulrat warb meinen Helden an, seiner Satire halber; denn er selber, ein Lamm im gemeinen Leben, setzte sich auf dem Rezensier-Papier zu einem Wehrwolf um; ein häufiger Fall bei milden Menschen, wenn sie schreiben, besonders über humaniora und dergleichen; wie etwa sanfte geßnerische Hirtenvölker (nach Gibbon) gern Krieg anfangen und gut führen; oder wie der Idyllenmaler Geßner selber ein schneidender Zerrbildzeichner war.

Unser Held und neugeworbener Rezensent bot von seiner Seite an diesem Abende wieder Stiefeln Freude und die Aussicht zu mehr als einer an, nämlich aus dem von Leibgeber hinterlassenen Münzkabinettchen einen Mücken- oder Wespentaler, nicht um für die Bestallung zum kritischen Wespennest ein douceur zu geben, sondern um den Mückentaler in kleineres Geld umzusetzen. Der Schulrat, der als der fleißige Silberdiener eines eigenen Talerkabinettes gern gesehen hätte, alles Geld wäre überhaupt nur für Kabinette da – er meinte aber numismatische, nicht politische –, funkelte und errötete entzückt über den Taler und beteuerte dem Advokaten, welcher dafür nur den Natur-, nicht den Kunstwert erstattet verlangte: »Aber ich erkenne hierin den wahren Freundschaftdienst.« – »Nein«, versetzte Siebenkäs, »aber den wahren tat mir Leibgeber, der mir den Taler gar geschenkt.« – »Aber ich gäbe gewiß dreimal mehr dafür, wenn Sie es nur fodern wollten«, sagte Stiefel. – »Aber« (fiel Lenette, über Stiefels Freundlichkeit und Entzückung entzückt, ihren Mann heimlich zum Festbleiben anstoßend, mit einer Dreistigkeit ein, die mich wundert) »mein Mann wills ja nicht anders; und ein Taler ist ein Taler.« – »Aber«, versetzte Siebenkäs, »dreimal weniger eher dürft' ich künftig fodern, wenn ich Ihnen mein Kabinettchen talerweise abstehe.« – – Ihr lieben Seelen! Wären doch die menschlichen *Ja* immer solche *Aber* wie eure!

Der hagestolze Stiefel ließ sich an einem so genußreichen Abende echte Höflichkeit gegen das weibliche Geschlecht am wenigsten nehmen, besonders gegen eine Frau, die er schon als Braut in seinem Brautwagen liebgewonnen und die ihm gar jetzo als Gattin eines solchen Freundes und als solche Freundin seiner selber doppelt lieb geworden. Er verwickelte sie daher fein genug in das bisher zu gelehrte Gespräch, indem er über die drei Haubenköpfe gleichsam wie über drei Pflastersteine den Übergang zum Modejournal machte; nur aber zu schnell auf ein älteres Modejournal zurückglitt, auf des Rubenius seines vom Putze der alten Griechen und Römer. Seine Predigten auf alle Sonntage streckte er ihr gern vor, da Advokaten als böse Christen nichts Theologisches haben. Ja als sie die entfallene Lichtschere zu seinen Füßen suchte, hielt er ihr den Leuchter tief hinunter dazu.

Wichtig für das ganze Siebenkäsische Haus oder vielmehr Zimmer wurde der Sonntag, welcher in dasselbe einen vornehmern Mann, als bisher aufgetreten, einführte – nämlich den Venner, Herrn Everard (Eberhard) Rosa von Meyern, einen jungen Patrizius, der in Herrn Heimlichers von Blaise Hause täglich aus- und einging, um sich in die »Routine der Amts-Praxis einzuschießen«. Auch war der Mann der Bräutigam einer armen Nichte des Heimlichers, die außer Landes für sein Herz erzogen und ausgebildet wurde.

Also war der Venner ein wichtiger Charakter des Marktfleckens sowohl als unsers Dornenstücks, und zwar in jeder politischen Hinsicht. Denn in körperlicher war ers wohl weniger; durch seinen blumigen Kleiderputz war sein Leib fast wie ein Span durch einen Dorf-Blumenstrauß gesteckt – unter den funkelnden Magenflügeldecken eines Westen-Tierstücks [1] pulsierte ein steilrechter, wenn nicht eingebogener Bauch, und seine Beine hatten im Ganzen den Wadengehalt der Holzstrümpfe, womit Strumpfwirker sich an ihren Fenstern anzukündigen und zu empfehlen suchen.

Der Venner trug dem Advokaten kalt und ziemlich grob-höflich vor, er sei bloß gekommen, ihm die Last der Verteidigung der Kindermörderin abzunehmen, da er ohnehin so viele andere Sachen auszuführen habe. Aber Siebenkäs durchsah sehr leicht den Zweck des Vorwands. Es ist nämlich bekannt, daß zwar die verteidigte Inquisitin zum Vater ihres über die Erde im Fluge gegangenen Kindes einen Musterkartenreiter adoptiert und angenommen, dessen Namen weder sie noch die Akten anzugeben wußten; daß aber der zweite Vater des Kindes, der als ein junger Schriftsteller aus Bescheidenheit nicht gern seinen Namen vor seine pièce fugitive und sein Antrittprogramm setzen wollte, niemand war als der hagere Venner Everard Rosa von Meyern selber. Gewisse Dinge will oft eine ganze Stadt zu verunkennen (zu ignorieren) scheinen; und darunter gehörte Rosas Autorschaft. Der Heimlicher von Blaise wußte also, daß sie der Defensor Firmian auch wisse, und besorgte mithin, daß sich dieser für den Raub der Erbschaft an seinem Verwandten Meyern durch eine absichtlich-schlechte Verteidigung der armen Inquisitin rächen werde, um diesem die Schande ihrer Hinrichtung zu machen. Welcher entsetzliche niedrige Argwohn! – Und doch ist oft die reinste Seele zum Argwohn eines solchen Argwohns genötigt! – Zum Glück hatte Siebenkäs den Blitzableiter der armen Mutter

[1] Auf den damaligen Gilets waren Tiere und Blumen abgebildet.

schon fertig geschmiedet und aufgerichtet. Als er ihn dem Kasual- oder Schein-Bräutigam der Scheinkindermörderin vorwies: gestand dieser sogleich, einen geschicktern Schutzheiligen hätte die schöne Magdalena unter allen Advokaten der Stadt nicht aufgetrieben; wenigstens keinen frömmern, setzen Schreiber und Leser hinzu, welche wissen, daß er durch die Verteidigung der Unschuld dem Himmel für den ersten Entwurf der Teufelspapiere dankbar sein wollte.

Jetzo kam plötzlich die Frau des Advokaten aus der Nachbarstube des Buchbinders von einem fliegenden Besuche zurück. Der Venner sprang ihr bis an ihre Türschwelle mit einer Höflichkeit entgegen, die nicht weiter zu treiben war, da sie doch erst vorher aufmachen mußte, eh' er entgegen konnte. Er nahm ihre Hand, die sie ihm im ehrerbietigen Schrecken halb zulangte, und küßte solche gebückt, aber die Augen emporblickend gedreht und sagte: »Mäddämm, ich habe diese schöne Hand schon seit einigen Tagen unter der meinigen gehabt.« Jetzo kam es durch ihn heraus, daß er derselbe fleischfarbige Herr sei, welcher ihre Hand, wenn sie solche zum Fenster hinausgelegt, mit der Reißfeder unten weggestohlen, weil er um eine schöne Dolces-Hand für ein Kniestück seiner abwesenden Braut verlegen gewesen, in das er aus dem Gedächtnisse einen bloßen *Kopf* von ihr zu zeichnen unternommen. Nun tat er seine Handschuhe, in welchen er sie nur, wie manche frühere Christen das Abendmahl, aus Ehrerbietung zu berühren gewagt, herunter von seinem Ringfeuer und Hautschnee; denn um diesen letzten in größtem Sonnenbrande zu bewahren, legte er selten die Handschuhe ab, es müßte denn im Winter gewesen sein, der wenig schwärzt. Kuhschnappler Patrizier, wenigstens junge, halten gern das Gebot, welches Christus den Jüngern gab, niemand auf der Straße zu grüßen; auch der Venner beobachtete gegen den Mann die nötige Unhöflichkeit, nur aber gar nicht gegen die Frau, sondern ließ sich unabsehlich herab. Schon von satirischer Natur hatte Siebenkäs den Fehler, gegen gemeine Leute zu höflich und vertraut zu sein, und gegen höhere zu vorlaut. Aus Mangel an Welt wußt' er die rechte krumme Linie gegen die bürgerlichen Klassiker nicht mit dem Rücken zu beschreiben; daher fuhr er lieber – gegen die Stimme seines freundlichen Herzens – stangengerade auf. Außer dem Mangel an Welt war sein Advokatenstand Ursache, dessen kriegerische Verfassung eine gewisse Kühnheit einflößt, zumal da ein Advokat stets den Vorteil hat, daß er keinen braucht, daher ers häufig, wenn es nicht Patrimonial-Gerichtherren oder auch Klienten sind, welchen beiden er mit seinen geringen Gaben zu dienen hat, keck mit den angesehensten Personen aufnimmt. Inzwischen rückte gewöhnlich in Siebenkäs Menschenliebe unvermerkt den beweglichen Steg so unter seinen hochgespannten Saiten herab, daß sie zuletzt bloß den sanften tiefern leisern Ton angaben. Nur jetzo wurd' ihm gegen den Venner, dessen Zielen auf Lenette er zu erraten genötigt war, Höflichkeit viel schwerer als Grobheit.

Er hatte ohnehin einen angebornen Widerwillen gegen geputzte Männer – obwohl gegen geputzte Weiber grade das Gegenteil –, so daß er oft die Flügelmännchen des Putzes in den Modejournalen lange ansah, bloß um sich recht über sie abzuärgern, und daß er den Kuhschnapplern beteuerte, wie er niemand lieber als einem solchen Männchen Schabernack antäte, einen Schimpf, einen Schaden bis zum Prügeln hinauf. Auch war es ihm von jeher lieb gewesen, daß Sokrates und Kato auf dem Markte barfuß gegangen, wogegen barhaupt gehen (chapeau-bas) ihm nicht halb so viel war.

Aber eh' er sich anders als mit Gesichtzügen äußern konnte, strich die Holzknospe von Venner sich den halbwüchsigen Bart und trug sich von weitem dem Armenadvokaten als Kardinalprotektor oder Vermittler in dem bewußten Blaisischen Erbschaft-Zwiste an, um den Advokaten teils einzunehmen, teils zu demütigen. Aber dieser – aus Ekel, einen solchen Gnomen zum Hausgeist und Paraklet (Tröster) zu bekommen – fuhr auf, jedoch lateinisch: »Zuerst soll meine Frau, ich fodere es, kein Wort von dem unbedeutenden Kartoffelkriege erfahren. Auch verschmäh' ich in gerechter Sache jeden andern Freund als einen Rechtsfreund, und den letzten stell' ich selber vor. Ich bekleide meinen Posten; der Posten *bekleidet* freilich nicht mich in Kuhschnappel.« Dieses letzte Wortspiel drückte er mit einer so wahrhaft-seltenen Sprachfertigkeit durch ein ähnliches lateinisches aus, daß ich es fast hersetzen sollte; der Venner aber, der sich weder das Wortspiel noch das übrige so deutlich übersetzen konnte, als wir es gelesen, gab sogleich, um sich nur loszumachen und nicht bloßzugeben, in derselben Sprache zur Antwort: imo, immo, womit er ja sagen wollte. Deutsch fuhr nun Firmian fort: »Es ist wahr, Vormund und Mündel, Vetter und Vetter waren *nahe* aneinander, in jedem Sinn: hat man sich aber nicht auf den besten Konzilien, z. B. auf dem zu Ephesus im fünften Säkul, ausgeprügelt? Ja der Abt Barsumas und der Bischof von Alexandrien, Dioskorus, Männer von Rang, schlugen den guten Flavian bekanntlich da maustot.[1] Und ein Sonntag war es ohnehin, wo die ganze Sache vorgefallen. An Sonn- und Festtagen aber ist der Gottesfrieden, durch welchen in den dummen Zeiten die Fehden innehalten mußten, gerade in den Schenken aufgehoben (die Glocken und die Krüge läuten ihn aus), und die Menschen prügeln sich, damit die Gerichte doch ein Einsehen haben und dareinschlagen. In der Tat, wenn man sonst die Feste zum Mindern der Fehden vermehrte, so sollten Justizpersonen, Herr von Meyern, die wie wir von etwas leben wollen, eher um die Einziehung einiger gefriedigten Werkeltage und dafür um neue Apostel- und Marientage anhalten, damit Schlägereien und mit den Schmerzen auch die Schmerzengelder anliefen samt den Sporteln. Aber, trefflichster Venner, wer denkt an so was?«

Er konnte ungefähr alles dies deutsch vor Lenetten sagen; sie war längst

[1] Mosheims Kirchengeschichte, 3. T. S. Anmerkung von Herrn Einem.

gewohnt, von ihm nur das Halbe, das Viertel, das Achtel zu verstehen und um den ganzen Venner sich gar nicht zu bekümmern. Als Meyern vornehm-kalt geschieden war: suchte Siebenkäs seine handgeküßte Frau noch mehr für den Venner zu bestechen, indem er dessen ungeteilte Liebe gegen das gesamte weibliche Geschlecht, ob er gleich ein Bräutigam sei, und besonders die frühere gegen seine in Verhaft und auf den Tod sitzende Vor-Braut nach Vermögen pries; aber er nahm sie eher wider den Venner ein. »So treu bleibe dir und mir immer, du gute Seele«, sagte er, sie ans Herz nehmend; aber sie wußte nicht, daß sie treu geblieben, und fragte: »Wem sollt' ich denn untreu sein?«

– Von diesem Tage bis zum Michaelistage, in welchen die Messe oder Kirmes der Reichsstadt fiel, scheint das Glück den Weg bis dahin ohne besondere Blumenbeete – nämlich für mich und Leser – bloß mit reinem platten englischen Rasengrün fast nur in der Absicht angelegt zu haben, damit der Michaelis- und Kirmestag vor uns auf einmal wie eine schillernde blendende Stadt aus dem Tal aufspränge. In der Tat fiel wenig vor; wenigstens nimmt meine Feder, die nur wichtigern Ereignissen dienstbar ist, das kleine nicht gern auf, daß der Venner Meyern oft beim Buchbinder, der mit Siebenkäsen unter demselben Dach-Himmelstriche wohnte, vorgesprochen; er sah bloß nach, ob die »gefährlichen Bekanntschaften« (liaisons) *gebunden* waren.

Aber der Michaelistag! – Wahrlich die Welt wird daran denken. Und ist denn nicht schon selber der Rüsttag vorher so auserlesen und ausgestattet, daß man ihn der Welt ohne Sorge schildern kann?

Wenigstens lese sie die Schilderung vom Rüsttage und gebe dann ihre Stimme! –

An diesem Tage oder dem Vorsabbate der Kirmes war wie überall das ganze Kuhschnappel ein Arbeit- und Raspelhaus für Weiber; eine sitzende oder friedliche oder reingekleidete war im ganzen Orte nicht zu haben – die belesensten Mädchen machten kein Buch auf als die Vexierbücher, um Seide daraus zu nehmen, und die einzigen Blätter, die sie durchgingen, waren die der Schuhe und des Blätterteigs – mittags aß fast keine – die Kirmes- oder Messe-Kuchen waren das eigentliche Räderwerk der weiblichen Maschinen und ihrer künftigen Lustbarkeit.

An einer Kirchweihe müssen die Weiber ihre Gemäldeausstellung haben, und die Kuchen sind die Altarblätter. – Jede benaget und beschauet diese gebacknen Silhouettenbretter und Gedächtniswappen des Adels der andern, der Kuchen hängt an jeder als Medaillon oder, wie Bleistücke am Tuche, als Siegel des Wertes herab. Sie essen und trinken wahrlich fast nichts; aber dicker Kaffee ist ihr gesegneter Abendmahl-Wein und durchsichtiges, dünnes Gebackenes ihr gesegnetes Oblaten-Brot; nur daß bei ihren Freundinnen und Wirtinnen das letzte ihnen dann am besten schmeckt und sie es fast vor Liebe fressen, wenn es versteinert sitzen geblieben und schuß- und stichfest oder zu Beinschwarz verkohlt oder sonst erbärmlich ist; sie erkennen willig alle Fehler, welche ihre innigsten Freundinnen begangen, und suchen die Scharten auszuwetzen, indem sie sie einladen und viel anders abspeisen. – Was unsere Lenette anlangt, so buk sie von jeher so, beste Leserin, daß Kenner ihre Kruste, und Kennerinnen ihre Krume vorzogen und beide beteuerten: »Nur Sie, Beste, könnten etwas Ähnliches backen.« Das Kochfeuer war das zweite Element dieser Salamanderin; denn das erste der guten Nixe war das Wasser. So in einer vollen Haushaltung – wie Siebenkäsens seine war, der alle Ephraimiten von Leibgeber der Kirchweihe geweihet hatte – sich wie in Sand zu baden, zu plätschern, zu scharren, zu schnattern, das war ihr Fach. Es war heute ihrem glühenden Gesichte kein Kuß zu applizieren, aber die Frau hatte auch zu tun; denn um 10 Uhr kam gar eine neue Arbeit hinter dem neuen Arbeiter, dem Fleischer.

Ich benies' es jetzo selber, daß die Welt für einen kurzen Bericht von der Sache mir – und wer kann ihn weiter geben – am Ende danken wird. Es wurde nämlich schon in Sommers Anfang eine schöne dürre Kuh, zu deren Kaufschilling die vier Haushaltungen zusammenschossen, auf die Mastung eingestellet. Der Buchbinder, der Schuhflicker, der Armenadvokat und der Haarkräusler – der sich von seinen Mietleuten nur darin unterschied, daß sie bei ihm, er aber bei seinen Gläubigern zur Miete wohnten – ließen von einer geschickten Hand – sie saß an Siebenkäsens Armröhre – ein authentisches Instrument – der sprachreinigende Kolbe schnauzet hier nach seiner Gewohnheit mich Unschuldigen über fremde Wörter in einem ja römisch-juristischen Aktus an – Lebens und Sterbens der Kuh halber verfertigen und aufsetzen, worin sämtliche Kontrahenten – sie standen alle aufmerksam um das leere Dokument, den ausgenommen, der saß und es fertigte – sich anheischig machten, daß

1. jeder der vier Interessenten am Rinde das besagte Rind alternierend melken sollte und dürfte –
2. daß das Küchen- oder Mast-Personale aus einer gemeinschaftlichen Kriegkasse das Kostgeld, den Küchenwagen und überhaupt den Unterhalt des besagten Rinds bestreiten sollte und dürfte – und
3. daß die Alliierten besagtes Maststück nicht nur den Tag vor Michaelis, den 28. Sept. 1785, totschlagen, sondern auch jedes Viertel desselben wieder in vier Viertel nach dem Ackergesetz (lex agraria) für die vier Teilhaber zerhacken sollten und dürften.

Siebenkäs fertigte vier vidimierte Kopeien vom Partagetraktat aus, für jeden eine; und nie schrieb er etwas mit ernsthafterer Lust. Heute war bloß noch der 3te Artikel von dem friedsamen Hausverein von vier Evangelisten zu erfüllen, welche sämtlich zum Wappentiere nur *ein* Kompagnie-Tier und noch dazu nur das weibliche des Lukas genommen.

Aber die Gelehrten lechzen nach meiner Kirmes – ich werfe also mein Tier- und Menschenstück nur flüchtig her. Kolbe fährt natürlich fort und fährt mich an. Der *Septembrisierer*, der Fleischer, tat noch am Ende des Fruktidors seine Pflicht gut – die Vierfürsten von Konviktoristen standen bei allem, und selber die alte Sabine tat viel und zog einiges. – Die Quadrupelalliance speisete sich wie den erschlagnen Viehstand mit einem zusammengeschossenen Pickenick, bloß um den Metzgermeister gratis hineinzuziehen; und allerdings erschien ein Liguist, den ich unten nennen werde, in einer Verfassung und Kleidung am Tische, die nicht ernsthaft genug für das Einschlachten vorkam – die Schlacht-Hansa machte sich dann ans Divisionexempel nach der Gesellschaftrechnung, und das goldene Kalb, um das sie tanzten, wurde mit verschiedenen heraldischen Schnitten, wovon ich keine namhaft machen will als den Wellenschnitt, den Klee-, den Haupt-, den Zahn-, den Stufen- und den Querschnitt, gerecht zerschnitzt – – und dann wars vorbei. Ich denke, ich kann keinem etwas Rühmlichers von der ganzen zootomischen Teilung sagen, als was der Teilhaber Siebenkäs selber sagte: »Zu wünschen wär' es, die zwölf Stämme und in den neuern Zeiten das römische Kaisertum wäre so redlich oder vielfach zerteilt worden als unsere Kuh und Polen.«

Dem Embonpoint der letzten wird man sein Recht gegeben haben, wenn man folgendes Lob des Schuhflickers Fecht anführt: »Daß dich alle Schock Kreuz-Mohren-Schwerenot! Du Schwerenöterin!« – (Nun auf einmal mit herabgesunkener frommer Stimme:) »Nun der liebe Gott hat dem lieben Vieh recht sein Gedeihen geschenkt und uns unwürdige arme Sünder über alle Maßen gesegnet.« Er hatte sich als ein lustiger Springinsfeld ins schwere pietistische Kutschenzeug eingeschirrt und mußte immer seine alten Flüche mit neuen Seufzern versüßen. Und eben auf dieses Fechtes nicht ganz würdige Verfassung und Kleidung zielt' ich oben, da er leider an dem ganzen Einschlacht-Tage keine Hosen anhatte, sondern bloß im weißen Fries-Rock seines Weibes das Zergliederhaus auf- und abrennte und so seine eigne eheliche Hälfte vorstellte; aber die Sozietät verdachte ihm nichts; er konnte nicht anders, denn seine schwarzledernen Bein-Düten wurden, solange als er sich im demi-negligé einer Amazone aufhielt und wie ein Hermaphrodit aussah, im Färbekessel neu aufgelegt oder gedruckt.

Aber endlich wird Kolbe mein Freund; denn ich fahre deutsch fort wie folgt.

Der Armenadvokat hatte Lenetten gebeten, abends $4^1/_2$ Uhr sich zu ihm zu setzen und sich nicht mehr abzuarbeiten, etwan mit dem Abendessen, er wolle sich heute eines abkargen und nichts genießen als für einen halben Taler Kuchen: die Flinke rannte und fegte; und wirklich schon um 6 Uhr lagen beide in den weiten ledernen Armen – *eines* breiten Großvaterstuhls (denn er hatte kein Fleisch, sie keine Knochen) und schaueten ruhig-beglückt wie Kinder, welche essen, die meßkünstlerisch-geordnete Stube an und das allgemeine Gleißen und die Kuchen-Mondsicheln in ihren Händen und das flüssige Glanz- oder vielmehr Zwischgold der tiefen Sonne, das sich an dem blinkenden Zinn-Gerät immer höher rückend anlegte – und ihr Ausruhen wurde wie der Schlaf eines Wiegenkindes von den schreienden klappernden zwölf herkulischen Abendarbeiten der andern Leute im Hause umgeben – und der hellere Himmel und die neugewaschenen Fenster setzten der Länge des Tages eine halbe Stunde zu – und der Glocken- oder Stimmhammer des Abendgeläutes stimmte die melodischen Wünsche sanft hinauf, bis sie – Träume wurden. – Um 10 Uhr wachten sie auf und gingen zu Bette.....

Ich habe selber eine Freude an diesem kleinen gestirnten Nachtstück, das mein Kopf so glimmend und verschoben gab, wie die vergoldete Halbkugel meiner Uhr tut, wenn ich sie gegen die Abendsonne halte. – Auf den Abend will der gejagte ermattete Mensch in Ruhe sein; für den Abend eines Tages, für den Abend eines Jahrs (für den Herbst) und für den Abend seines Lebens trägt er seine mühseligen Ernten ein, und da hofft er so viel! – Hast du aber nie dein Bild auf abgeernteten Auen gesehen, die Herbstblume oder Zeitlose, welche ihr Blühen auf den Nachsommer verschiebt und die ohne Frucht der Winter überschneiet und die keine erzeugt als im – *Frühling* darauf? –

Aber wie schlägt die brausende schwellende Flut des Kirchweih-Morgens an die Bettpfosten unsers Helden! Er tritt in die weiße leuchtende Stube, die seine diebisch aufstehende Lenette vor Mitternacht unter seinem ersten Schlafe gewaschen und zu einem Arabien versandet oder überpudert hatte; auf diese Weise hatte sie ihren und er seinen Willen gehabt. An einem Kirmesmorgen rat ich jedem, das Fenster aufzumachen und den Kopf hinauszulegen wie Siebenkäs, um den flüchtigen Bauten und Mieten der kleinen hölzernen Börsen auf dem Markte zuzusehen und dem Fallen der ersten Tropfen des ganzen Wolkenbruchs von Leuten. Nur bemerke der Leser, daß es nicht auf meinen Rat geschah, daß mein Held im Übermute des Reichtums – denn die Musterkarte aller Kuchen im Hause lag freilich hinter seinem Rücken – zu manchem grünen Patrizier-Räupchen, das noch übermütiger vorüberlief und dessen Naturgeschichte er gern aus dessen Gesichte selber lernen wollte, herunterrief: »Ich bitte Sie, betrachten Sie einmal *das* Haus da: finden Sie nichts?« Hob das Räupchen die Physiognomie empor und streckte sie abschüssig aus: so konnt' er – das wollt' er ja – letzte bequem studieren und durchlaufen. »Gar nichts finden Sie?« fragt' er. Wenn das Kerbtier den Kopf schüttelte: so fiel er oben bei und sagte: »Ganz natürlich! ich gucke seit Jahr und Tag heraus und finde auch nichts; aber ich wollte meinen Augen nicht trauen.«

Unbedachtsamer Firmian! dein gärender Schaum der Lust kann leicht – wie an jenem Sonnabend, wo du Visitenkarten abgabest – zerfallend niedersinken. – Aber vorher schäumte sein Tropfen Most, den er aus den Vormittagstunden auskelterte – alles war frisch und feurig. – Der galoppierende Hausherr warf mit der Puder-Säemaschine Samen auf gutes Land. – Der Buchbinder brachte seine Güter, die teils in leeren Schreibbüchern, teils in noch leerern Gesangbüchern, teils in Novitäten, in Kalendern, bestanden, auf der Achse zu Markt und mußte zweimal fahren mit dem Schiebkarren; aber abends nur einmal zurück, weil er die Kalender (die eigentlichen größten Novitäten oder Neuigkeiten, da im ganzen langen Laufe der Zeiten nichts so neu ist als ein neues Jahr) an Käufer und Verkäufer abgesetzt. – Die alte Ṣabel hatte ihr ostindisches Haus, ihre Obstkammer und ihr Ringkabinett aus Zinn unter dem Tore geöffnet; sie hätte ihr Warenlager ihrem eignen Bruder nicht für sechs Gulden abgelassen und war überhaupt eine Stadt-, aber keine Landkrämerin. – Der Altreis flickte heute am heiligen Michaelistag keinem Menschen einen Schuh als seiner Frau. –

Sauge dich immer voraus, Held, an diesen feinen Raffinad-Zucker des Lebens an und leere den vormittägigen Konfekt-Teller ab; frage nichts nach dem Teufel und dessen Großmutter, sollten beide auch ihrer Natur nach darauf sinnen, irgend einen Sauertopf und Brechbecher, ja Giftbecher auftreiben und dir ihn einzugeben.

Des Mannes größte Lust ist aber noch rückständig – nämlich das unzählige Bettelvolk. Ich will die Lust beschreiben und dadurch austeilen.

Eine Kirmes ist überhaupt die Messe, die Bettler jedes Standes jährlich beziehen; schon ein paar Tage vorher drehen sich alle Fußsohlen, die auf nichts zu fußen haben als auf milde Herzen, als Radien nach dem Orte, aber am Morgen der Kirchweih selber kommt erst der bettelnde Jahrgang und die Krüppelkolonne ordentlich in Gang. Ein Mann, der Fürth gesehen, oder der in Ellwangen unter Pater Gaßners Regierung gewesen, der kann diese Blätter aus seinem Exemplar herausschneiden; aber ein anderer hat nicht eher einen Begriff von allem, als bis ich weiter gehe und ihn zum kuhschnappelischen Tore hineinführe.

Der Straßen-Gottesdienst und die Sing-Ständchen heben nun an. – Blinde singen, wie geblendete Finken, besser, aber lauter – die Lahmen gehen – die Armen predigen das Evangelium selber – die Taubstummen lärmen sehr und läuten die Messe ein mit einem Glöckchen – einer fähret mitten in die Arie des andern mit seiner eignen hinein – vor jeder Haustüre klappert ein Vaterunser, und drinnen in der Stube kann niemand mehr sein eignes Fluchen hören – einerseits werden ganze Heller-Kabinetter verspendet, anderseits eingesteckt – die einbeinige Soldateska wirft in ihre Stoßgebete Flüche als Pfeffer und sakramentiert entsetzlich, weil man ihr so wenig verehrt – kurz, der Marktflecken, der sich heute letzen wollte, ist fast mit Sturm eingenommen vom Bettelpack.

Jetzo erscheinen erst die Krüppel und Preßhaften. Wer ein verholztes Ersatz- oder Vexierbein unter dem Leibe hält und wem eine katholische Wallfahrt-Kapelle zu weit abliegt, der setzt das Nachbein samt dem langen Drittbein und Mitarbeiter, der Krücke, in Gang nach Kuhschnappel und pfählt und pflanzt den spitzigen Fuß nahe am dortigen Tore in nasses Land und wartet, ob das Holz gedeiht und trägt. Wer keine Arme oder doch keine Hände mehr hat, der strecket beide dort aus nach einer geringen Gabe. Wen der Himmel mit dem Talente der Bettler, mit Krankheit, besonders mit den Bettler-Vapeurs, mit Gicht, mäßig ausgesteuert hat, der nimmt sein Pfund und seinen zur Krankheit gehörigen Körper und erhebt damit seine *Römermonate* von Gesunden. – Wer nur überhaupt als Kupferstich vorn vor Krankheitlehren ebensogut stehen könnte wie vor Toren: der tritt unter diese und berichtet, was ihm fehlet, und das ist vorderhand das fremde Geld. – Es sind viele Beine, Nasen, Arme in Kuhschnappel zu haben, aber doch noch viel mehr Menschen; jedoch angestaunet, obwohl nicht erreicht, sondern nur beneidet – wiewohl bloß von Makulaturseelen, die keinen Vorzug, ohne ihn zu fodern, sehen können – wird ein außerordentlicher Kerl, der nur halb noch da ist, weil seine andere Hälfte schon im Grabe liegt und ihm alles, was Schenkel heißt, weggeschossen ist; denn diese Schüsse setzen ihn in Stand, das Primat und Generalat der Krüppel an sich zu reißen und sich überhaupt als einen Halbgott, dessen Geist statt eines Körperkleides nur noch ein Kollet, ein kurzes Wams, umhat, auf einem Triumph-Karren vor allen herumschieben zu lassen. »Ein Soldat«, sagte Siebenkäs, »der noch mit *einem* Beine behaftet ist und der deshalb mit dem Schicksal rechten will und es wohl gar fragt: ›warum bin ich nicht zusammengeschossen wie dieser Krüppel und erfecht' ein so schmales Almosen?‹ der bedenkt nicht, daß auf der einen Seite noch tausend andere Krieger neben ihm sind, die nicht einmal *ein* hölzernes Bein besitzen (geschweige mehre) und die diesen Brand- und Bettelbrief gänzlich entbehren, und daß er auf der andern Seite, wenn ihm die Kugeln noch so viele Glieder abgenommen, immer noch fragen könnte: ›warum nicht mehr?‹« –

Siebenkäs machte sich lustig über das Elend, weil dieses selber sich lustig macht; aber er schlug auf der andern Seite keinen staatswissenschaftlichen Lärm darüber auf, wenn das Elend zuviel soff und fraß – wenn einmal vor einem Hirtenhause der ganze Lazarettwagen ausstieg, und wenn drinnen die Zugpflaster, die Märtererkronen, die Stachelgürtel und Härenhemden abfielen und nichts übrig blieb als ein frisches menschliches Wesen, das eine Minute aufhörte zu seufzen – und wenn, da alle Menschen nicht bloß um zu leben, sondern um zuweilen besser zu leben, arbeiten, auch der Bettler etwas Besseres haben will als sein tägliches Auskommen, und wenn der Krüppel die Göttin der Freude, die unsere Tanzsäle nur en masque besucht, in seine getäfelte Tanzscheune als Mittänzerin hineinzieht, und wenn ihr im Walzen mit dem Krüppel die schwüle Maske abfällt. – –

Um 11 Uhr warf der Teufel, wie ich halb vermutet, eine Hand voll Brummfliegen in Firmians Brautsuppe – nämlich einen Bräutigam selber, den Herrn Rosa von Meyern, der seinen Besuch auf nachmittags (statt einer Realterrition) anbot, weil er da den Marktplatz besser überschauen könne, hatt' er als Patrizier sagen lassen. Arme Honoratioren, die in keinem andern Hause etwas zu befehlen haben als in ihrem eigenen, machen in ihres leicht Schießscharten, um daraus zu feuern auf den Feind, der von – innen angreift. Der Advokat hatte in jede Schale seiner Themiswaage eine Unhöflichkeit gegen den Venner zu werfen und suchte bloß die kleinste herauszufinden – die eine war, ihm sagen zu lassen, er möge bleiben, wo er wäre, die andere war, ihn hereinzulassen und übrigens zu tun, als sitze der Kauz im Monde. – Siebenkäs wählte die letzte als die kleinste.

Die guten Weiber müssen immer die Himmelleiter tragen und halten, auf der die Männer ins Himmelblau und in die Abendröte steigen; diese Visite wurde als eine neue Landfracht auf die zwei Tragestangen der Arme Lenettens geworfen. Die Schwemme aller beweglichen Habe und der Weihwedel aller unbeweglichen kamen wieder in Gang. Lenette war Meyern, dem Bräutigam der Kindermörderin, von Herzen gram: gleichwohl wurden alle Glättmaschinen an die Stube angesetzt; ja ich glaube, Weiber putzen sich für Feindinnen noch besser an als für Freundinnen. – Der Advokat ging mit langen Schlußketten wie ein Gespenst behangen einher und wollt' ihr den Gedanken beibringen, sich um den Hasen nichts zu scheren – es half nichts, sie sagte: »Was würd' er von mir denken!« Bloß als sie seinen alten Dintenkopf, worin er erst Dintenpulver für die Auswahl aus des Teufels Papieren zergehen ließ, als eine Krudität der Stube vertrieben, und als sie an die heilige Arche seines Schreibtisches greifen wollte: dann richtete sich der Ehevogt auf und setzte sich auf die Hinterfüße und zeigte mit den vordern auf die Demarkationlinie.

Rosa erschien! – Verfluchen oder totprügeln konnte den Jüngling eigentlich keine nur ein wenig weiche Seele; man gewann ihn vielmehr allezeit in dem Zwischenraum seiner Streiche lieb. Er hatte weißes Haar an Kopf und Kinn und war überhaupt sanft und hatte wie die Insekten fast Milch statt des Blutes in den Adern, so wie die Pflanzen, die vergiften, meistens weiße Milchsäfte haben. Er vergab leicht, ausgenommen den Mädchen, und vergoß abends im Theater oft mehr Tränen, als er mancher Verführten abgedrücket hatte – sein Herz war überhaupt nicht von Stein oder Höllenstein, und wenn er lange betete, wurd' er andächtig und suchte die ältesten Glaubenlehren hervor, um ihnen beizufallen. – Der Donner war für ihn eine Nachtwächterschnarre, die ihn aufweckte aus dem leisen Schlafe der Sünde. – Dürftigen griff er gern unter die Arme, zumal unter schöne. – Im ganzen genommen kann er selig werden, zumal da er nicht, wie etwan die Schuldner der großen Welt, seine Spielschulden bezahlt, und da er in seinem Herzen ein angebornes Duellmandat gegen Schießen und Hauen besitzt. Sein Wort hält er freilich noch nicht; auch würd' er, wenn er ärmer wäre, ohne Bedenken stehlen. Gewichtigen Leuten legt' er sich wedelnd zu Füßen, aber die Weiber zerrt' er wie ein Schoßhund an der Schleppe oder setzte sich mit entblößtem Gebisse zur Wehre.

Solche biegsame Wasserschößlinge flattern vor jedem satirischen Schlage zurück, und es ist ihnen, so sehr sie ihn verdienen, keiner beizubringen, weil die Einwirkung sich nur wie der Widerstand verhält; und Siebenkäs wünschte, Meyern wäre roher und rauher; denn gerade diese nachgiebigen, bereuenden, kraft- und saftlosen weichen Geschöpfe stehlen Glück, Kassenbestand, weibliche Unschuld, Ämter und guten Namen und sind völlig dem Mäusegift oder Arsenik ähnlich, der, wenn er echt ist, ganz *weiß*, *glänzend* und *durchsichtig* scheinen muß.

Rosa erschien, sag' ich; aber unendlich schön: sein Schnupftuch war eine große, und seine beiden Locken zwei kleine Molukken voll Wohlgeruch – auf der Weste war (nach damaliger Sitte) ein ganzer gemalter Viehstand oder Zimmermanns zoologische Karte – seine Beinkleidchen und sein Röckchen und alles salzte die Weiber im Hause bloß durch den Vorübergang zu Lothischen Salzsäulen ein. Mich aber, gesteh' ich, blenden mehr seine bereiften sechs Ringfinger: – Schattenrisse, Gemälde, Steine, sogar Käferflügeldecken waren schön zum goldnen Beschlage seiner Finger verbraucht.

Von der Hand kann man recht gut den Ausdruck »sie wird mit Ringen wie ein Huf beschlagen« brauchen, da man ihn ja schon längst auf den Roßhuf selber anwandte, von welchen doch Daubenton durch Zergliederung erwiesen, daß er alle Teile unserer Hand befasse. Der Gebrauch dieser Hand- oder Fingerschellen ist unschuldig, ja Ringe sind Leuten, die in den Nasen welche brauchen, an den Fingern unentbehrlich. Denn nach der angenommenen Meinung sind diese metallne Überbeine der Finger zur Verunstaltung schöner Hände erfunden, gleichsam als Ketten und Nasenringe, um die Eitelkeit zu zähmen; daher Fäuste, die an sich häßlich sind, diese Entstellung leicht entraten. Ich möchte wissen, ob ein ähnlicher Gedanke von mir selber, warum eine schöne Hand eine höckerige Ringkugel (Sphära Armillaris) werden muß, auch wahr ist. Pascal trug nämlich einen großen eisernen Ring mit Stacheln um den bloßen Leib, um sich durch einen kleinen Druck darauf sogleich mit Schmerzen für jeden eiteln Gedanken abzustrafen: sollen nicht vielleicht die kleinern und schönern Ringe auf ähnliche Weise jeden eiteln Gedanken mit kleinen, aber vielen Schmerzen züchtigen? Wenigstens scheinen sie diese Bestimmung zu haben, da gerade Eitle die meisten tragen und die beringelte Hand am meisten bewegen.

Oft laufen unwillkommne Besuche froher ab als andere: man war heute lustig genug, Siebenkäs war in seinem Hause wie zu Hause – er guckte mit dem Venner auf den Markt. Die Frau hatte, nach ihrer Erziehung und nach der kleinstädtischen Sitte der mittlern Stände, nicht den Mut, im Konzert eines männlichen Gesprächs etwas anders zu sein als stumm, höchstens obligat, sie ging und trug ab und zu und versaß die beste Zeit unten bei andern Weibern. – Der höfliche galante Rosa Everard kehrte gegen sie seine Hexenkunst, eine Frau auf *einen* Platz festzubannen, fruchtlos vor. Er klagte vor dem Ehemann, in Kuhschnappel sei wenig echte Feinheit und noch kein einziges Liebhaber-Theater, worauf man spielen könne wie in Ulm – die besten Moden und Bücher verschreib' er vom Auslande.

Siebenkäs bezeugte ihm bloß seine Freude über das – Bettelvolk auf dem Markt. – Er machte ihn aufmerksam auf die kleinen Buben, die in die rotgemalten Holztrompeten stießen, um, wenn nicht Jericho, doch das Trommelfell zu zerblasen. Aber er fügte mit Wohlbedacht hinzu, er solle darum die andern armen Teufel nicht übersehen, die in ihren Kappen die versprungene Nachlese des zerspalteten Klafterholzes, wie Bauinspektoren die Zimmerspäne, erhöben. – Er fragte ihn, ob er mit andern Kameralisten auch Lotterien und Lottos verwerfe und ob er glaube, daß das gemeine Wesen von Kuhschnappel bei der alten umgestürzten Tonne unten leide, auf deren Boden oben ein Zeiger, der um ein Zifferblatt von Pfefferkuchen und von Pfeffernüssen fuhr, gegen geringen Einsatz von den Teilnehmern umgeschnellt wurde auf Gefahr des Lottodepartements, eines gierigen alten Weibstücks, da mancher Junge statt eines Nüßchens einen Kuchen erwischte. Siebenkäs hatte das Kleine lieb, weil es in seinen Augen ein satirischer zerrbildnerischer Verkleinerspiegel alles großen bürgerlichen Pompes war. Der Venner gewann solchen zweideutigen Darstellungen nicht den geringsten Geschmack ab; allein der Advokat hatte auch gar nicht daran gedacht, durch sie eine andere Langeweile zu zerstreuen als seine eigene. »Darf ich doch« – sagt' er einmal – »mit mir selber alles laut sprechen, was ich nur will; was gehts mich an, daß ein anderer hinter meinem Rücken zuhört oder vor meinem Bauche?«

Endlich warf er sich, nicht ohne Beifall des Venners, der nun mit der Frau ein vernünftiges Wort zu reden hoffte, ganz unter das Marktvolk hinab. Everard wurde durch Firmians Entfernung erst in sein Element, in sein rechtes Hechtwasser gesetzt. Er stellte einleitend vor Lenetten ein Modell von ihrer Geburtstadt auf; er kannte viele Gassen und Leute in Augsburg und war oft vor der Fuggerei vorbeigeritten, und ihm sei es noch wie heute, sagt' er, daß er sie einmal neben einer ungemein schätzbaren Matrone, was gewiß ihre Mutter gewesen, einen Damenhut nähen sehen. Er nahm ohne Bedenken in seine rechte Hand die ihrige, die sie ihm wie aus Dank für so teuere Erinnerung leicht ließ, und drückte diese; dann ließ er plötzlich nach, um zu sehen, ob sie nicht im Gedränge der Finger etwas erwidert habe oder dem Verlust des Drucks wieder beizukommen suche – aber er hätte ebenso gut Götzens eiserne Hand mit seinen Diebsdaumen pressen können als ihre heiße. Er kam jetzo auf ihre Putzarbeit, sprach über die Coiffüren-Muster als ein Mann, der die Sache verstand, und nicht wie Siebenkäs, der ohne die geringste Sachkenntnis sich in dergleichen mischte, – und bot ihr zwei Lieferungen sowohl von Ulmer Mustern als von kuhschnapplerischen Kundleuten an. »Ich kenne einige Damen« – sagt' er und zeigte ihr in einem Taschenkalender das Verzeichnis von seinen Engagements zu den künftigen Wintertänzen – »die ich schon zwingen kann; ich tanze mit keiner, die nicht etwas von Ihnen aufhat.« – »So schlimm wirds wohl nicht sein«, versetzte vieldeutig Lenette. Er mußte sie letztlich bitten, ein wenig vor ihm zu arbeiten, weil er den Kern ihrer kriegerischen Macht zu schwächen hatte durch Teilung, wenn sie die Augen auf die Nadeln und nur die Ohren gegen ihn postieren konnte. Sie errötete, als sie zwei Stecknadeln ergriff und eine in das rote kleine runde Nähkissen des – Mundes steckte; das litt er nun nicht, er kannte die Gefahren eines Besteckens ganz – eines *Bedornens* gegen Hasen wie er –, es sei nun, daß eine dieses Stilett selber oder daß sie nur den giftigen Grünspan davon hinunterschlucke. Er zog eigenhändig das Stichgewehr aus ihrer Lippenscheide, ritzte aber – wenigstens bejammerte er dieses – wenig oder nicht den Amarellen-Mund. Ein rechtschaffener Venner glaubt sich in solchem Fall zu den Heilkosten und Schmerzengelde verpflichtet; Everard zog freiwillig seine englische Patent-Pomade heraus und strich sie auf ihren linken Zeigefinger und trug mit diesem Pflaster-Spatel – er mußte aber dabei ihre ganze Hand als den Schaft des Fingers anfassen und oft ohne seinen Willen drücken – den Salben-Lack auf die unsichtbare Wunde auf. Das unglückliche Stilett selber steckte er in sein Hemde, indem er ihr seine eigne Jabot-Nadel daraus gab und dabei seine zarte weiße Brust gern – erkältete. Ich bitte Leute, die den Dienst verstehen, inständig, meinen Helden freimütig zu beurteilen und mir im gesessenen Krieggericht die Bewegungen und Plane anzuzeigen, die falsch gewesen wären.

Daher ließ er die Verwundete nicht mehr arbeiten, sondern sich bloß die ausgebaueten Aufsätze vorweisen; von einem bestellt' er ein Exemplar für die gnädige Frau von Blaise. Er bat sie, ihn aufzuprobieren, und rückte selber den Aufsatz so, wie ihn die Frau von Blaise trug. Beim Himmel! er stand noch besser, als er gedacht hatte; und er schwur, so müss' er der Heimlicherin auch lassen, da sie besonders einerlei Länge mit Madame habe. Das letzte war erlogen und diese um eine ganze halbe Nasenlänge kürzer – auch sagt' es Lenette, die jene in der Kirche gesehen. – Rosa blieb dabei und setzte Seele und Seligkeit (denn in solchen Zwisten sprach er ordentlich ruchlos) zum Pfande, die gnädige Frau sei nicht länger, er nehme das Abendmahl darauf, er habe sich hundertmal mit ihr gemessen und sie sei einen halben Zoll länger als er selber. »Beim Himmel!« (sagt' er plötzlich und sprang auf) »ich führe ja ihr Längenmaß wie ihr Tailleur bei mir, ich darf mich ja nur mit Ihnen messen.«

Ich will hier kleinen Mädchen eine goldne Kriegregel, die ich selber gemacht, nicht vorenthalten: »Streite nie lange mit einem Manne, worüber es sei – die Wärme im Wortwechsel ist auch eine – man vergisset sich und greift zuletzt zu Beweisen durch syllogistische Figuren, die der Feind begehrt und dann umsetzt in poetische, ja in plastische Figuren.«

Lenette stellte sich, im schnellen Wirbel der Begebenheiten schwindelnd, gutmütig an das Rekrutenmaß, an ihren Rekruten Rosa; er lehnte seinen

Rücken an ihren: »so ists nichts«, sagt' er »ich seh' es nicht« und schnallte seine rücklingsgebognen, gerade über ihrer Herzgrube eingeknöpften Finger wieder auf. Er sprang herum, stellte sich vor sie, umfing sie locker und wiegte sich gegen sie, um durch die Nivellierwaage des Auges zu erforschen, ob beider Stirnen in *einer* Ebene lägen. Seine klaffte um einen ganzen Zoll über ihre hinaus; er umschnürte sie fester und sagte errötend: »Sie hatten doch recht; aber ich hatte nur Ihre Schönheit zu Ihrer Länge addieret« und drückte in solcher Nähe seinen roten Mund gar wie Siegellack auf die Urkunde der Wahrheit, auf ihren.

Sie wurde beschämt, verlegen, weich und unwillig, hatt' aber nicht den Mut, gegen einen vornehmen Patrizium in ihre Entrüstung auszubrechen. Nun sprach sie kein Wort mehr. Er setzte sie und sich ans Fenster und sagt' ihr, er woll' ihr, hoff' er, andere Lieder vorlesen, als da unten verkäuflich herumgetragen würden. Er war nämlich einer der größten Dichter in Kuhschnappel, wiewohl er bisher mehr seine Verse bekannt gemacht, als daß diese ihn bekannt gemacht hätten. Seine Gedichte glichen wie die meisten jetzigen ganz den Musen selber, indem sie, wie die Musen, echte *Kinder des Gedächtnisses* waren. Jede altfränkische Stadt hat wenigstens ihren neumodischen Gecken, der die Honneurs macht; und jede kalte prosaische, reichsgerichtlich-stilisierte hat doch ihr Genie, ihren Dichter und Empfinder; oft werden beide Stellen von *einem* Subjekte verwaltet wie hier. Der große und der kleine Rat hießen ihren Rosa ein Kraftgenie, von der Genie-Seuche angesteckt. Diese Seuche gleicht der Elefantiasis, welche Troil in seiner Reise durch Island im 24. Briefe richtig beschreibt und die darin besteht, daß der Patient an Haaren, Ritzen, Farbe, Beulen der Haut und allem völlig einem *Elefanten* ähnlich sieht, nur daß er seine *Stärke* nicht hat und in einem *kalten* Klima lebt.

Everard zog eine rührende Elegie aus der einen oder linken Tasche, worin (ich meine in der Elegie) ein an der Liebe verfalbender Edler sich selber niedersang, und er merkte voraus an, er wolle gern solche ihr vorlesen, falls er sie anders vor Rührung durchbringe; – aber bald preßte dem Verfasser das Gedicht mehr als eine Träne und Rührung ab, und er mußte zu seiner Ehre ein neues Beispiel abgeben, daß, wie männlich und kalt auch er und Dichter seinesgleichen sich bei den größten Leiden der Menschheit zu fassen wissen, sie sich doch nicht ganz bei denen der Liebe bezwingen können, sondern weinen müssen. Sie bereuen freilich solche Tränen nicht. Rosa inzwischen, der sich wie diebische Spieler immer an einer widerspiegelnden Fläche aufhielt – und wär' es Wasser, Fensterscheibe oder polierter Stahl – um die weibliche Physiognomie im Fluge zu treffen, nahm in einem Spiegelchen des Rings der linken Hand, worin er die Elegie vorhielt, nur einige tragische Tau-Spuren in Lenettens Augen wahr, welche sein Dichten nachgelassen. Nun holte er aus der zweiten Tasche eine Ballade (sie muß längst gedruckt sein) hervor, worin eine unschuldige Kindmörderin mit einem weinenden Abschied vom Geliebten ihrem Schwert entgegengeht. Die Ballade hatte (sehr unähnlich seinen andern poetischen Kindern) wahres poetisches Verdienst, da er zum Glück – wenigstens für das Gedicht – selber einen solchen Geliebten vorstellte und mithin aus dem Herzen zu dem Herzen sprechen konnte. Schwer zu malen ist die Rührung und Zerfließung, welche in Lenettens Angesicht erschien; ihr ganzes Herz stand weinend in den blinden Augen; sie hatt' es gar nicht gewohnt, so erfaßt zu werden von Wirklichkeit und Dichtkunst zugleich. Da warf der Venner die Ballade im Feuer weg und sich an – Lenettens Hals und sagte: »Mitempfinderin, Edle, Hehre!«

Ich kann das Erstaunen nicht malen, womit sie, die einen Übergang vom Weinen zum Küssen gar nicht begriff, ihn wegdrückte. Jetzo half es nichts – er war in der Rührung – er foderte ein Andenken dieser »hehren *bezaubernden* Minute«, nur einen Flock Kopfhaare von ihr. – Ihr niedriger Stand und das großgedruckte Beiwort und überhaupt ihr Unvermögen, nur zu begreifen, was er mit ihrem schwarzen Pelzwerk, und wenn sie ihm ganze Troddeln und Bettzöpfe davon zuschnitte, machen wolle, alles das setzte ihr den dummen Gedanken in den Kopf, er wolle einen Büschel Haare, um damit – zu hexen, etwan um ihr die Liebe antun zu lassen. –

Er hätte sich jetzo auf der Stelle vor ihr erstechen, auseinandersäbeln, lebendig pfählen können –– sie hätte es kalt gesehen, sie hätt' ihn etwan mit ihrem Blute gerettet, aber mit keinem Härchen.

Er hatte noch ein Mittel in petto – überhaupt war ihm ein solcher Vorfall noch niemals vorgekommen – er hob die Hände zum Schwur in die Höhe und beteuerte, er wolle ihr von Herrn von Blaise die Erbschaft ihres Mannes und die Anerkennung desselben als Vetter – weil er jenem nur die Nichte sitzen zu lassen drohen dürfe – recht leicht verschaffen, wenn sie die Schere nähme und ihm nur ein härnes Andenken, nur so viel als ein viertels Schnurrbart betrage, abschneide.

Sie wußte vom Zwiste nichts, und er war also, zum Nachteil seines Enthusiasmus, zu einer umständlichen prosaischen Erzählung der species facti des ganzen Prozesses genötigt. Zu seinem wahren Glücke führte er das Zeitungblatt noch in der Tasche, in welchem die Erbschaftkammer sich im Drucke nach der Existenz des Advokaten erkundigt, und konnt' ihr solches hinhalten. Da fing die geplünderte Frau bitterlich an zu weinen, nicht über die Einbuße der Erbschaft, sondern über das lange Schweigen ihres Mannes und am meisten über die Zweifelhaftigkeit ihres jetzigen – *Namens*, da sie nicht wisse, sei sie an einen Siebenkäs oder an einen Leibgeber verheiratet; – ihre Tränen strömten stärker, und sie hätte in der Trunkenheit des Schmerzes dem Betrüger vor ihr alle ihre schönen Locken hingegeben, wenn nicht, indem er kniend nur um eine bat, ein Zufall die ganze Kette dieser Minute zerrissen hätte.

Wir wollen aber vorher nachschauen, wo ihr Ehemann herumläuft –

anfangs zwischen den Buden; denn das vielstimmige Getümmel und die Olla Potrida von wohlfeilen Genüssen und die aufgeschlagene Musterkarte der Lumpen, aus und auf denen wir Kleidermotten unsere Trachten und Gehäuse zusammenflicken, alles dieses senkte seine Seele in humorisch-melancholische Betrachtungen über unser aus farbigen Minuten, Stäubchen, Tropfen, Dünsten und Punkten zusammengestoppeltes *Musaik-Gemälde* des Lebens ein. Er lachte und hörte mit einer nur wenigen Lesern begreiflichen Rührung einen Bänkelsänger an, der gellend mit seinem Rhapsoden-Stabe in der einen Hand auf das ausgespannte illuminierte große Blatt eines greulichen Mordes hindeutete, und in der andern gedruckte kleinere Blätter mitteilte, worin das Unglück und der Mörder mit keinen hellern Farben als mit poetischen den Deutschen vorgemalt waren. Siebenkäs machte eine Bestellung von zwei Exemplaren, die er einsteckte, um sie abends zu lesen.

Das traurige Mordstück zeichnete im Hintergrunde seiner Seele die verteidigte Kindmörderin und den Rabenstein aus, auf den die warmen Tränen gefallen waren, womit sein losgespaltnes, nur einem einzigen Menschen verständliches Herz unter dem letzten Riß geblutet hatte. – Er verließ den tobenden Marktplatz und suchte die schweigende Natur und das für Freundschaft und Schuld zugleich bestimmte Isolatorium auf. Es ist ein sonderbares und liebkosendes Gefühl, auf einmal aus einem wühlenden Markte in den ruhigen Umkreis der einfarbigen Schöpfung zu treten, in ihren stummen dunkeln Dom.

Er bestieg mit schwerer Brust die bekannte Stätte, deren harten Namen ich weglassen will, und sah sich auf dieser Ruine in der Schöpfung wie ein letztes Wesen um: weder im Blau des Himmels noch auf dem Grün der Erde fand er eine zweite Stimme. Nur eine verlorne Grille schwatzte noch einsilbig in den aufgedeckten Furchen aus den Stoppeln der abgetriebnen Ährenwaldung. Die Vögel scharten sich unter bloßen Mißlauten zusammen und flogen in die häufigern grünen Garnwände, statt in den entlegnen grünen Frühling. Über die Auen ohne Blumen, über die Beete ohne Ähren schweiften blasse Gespenstergebilde der Vergänglichkeit, und über den großen ewigen Gegenständen, über Wäldern und Bergen, hing ein nagender Nebel, als wenn sich in seinen Rauch die erschütterte stäubende Natur auflösete. – – Aber ein lichter Gedanke zerteilte den dunkeln Staubregen der Natur und der Seele in einen weißen Nebel und den Nebel in bunten Tau und ließ den Tau auf Blumen fallen; er schauete nach Nord-Osten an die Berge, die sein zweites Herz verbargen und hinter denen sein Freund, wie ein im Herbste früher kommender Mond, in einem blassen Bilde aufstieg; und der Frühling, an dem er seinen Heinrich besuchen und wiedersehen wollte, fing jetzo schon an, für ihn eine breite Straße dahin mit Grün und Blumen auszuschlagen. Wie spielt der Mensch mit der Welt um sich und kleidet sie schnell in die Gespinste seines Innern um! Jetzo senkte sich der unbefleckte Himmel mit einem nähern Blau auf die falbe Erde hernieder. –

Tönte nicht der künftige Frühling schon von weitem über einen ganzen Winter herüber im Abendgeläute des Weide-Viehes, im Wildrufe der Waldvögel und in den ungehemmten Bächen, die in den künftigen Blumen-Überhang hinein flossen? – Und als eine zuckende Puppe neben ihm noch in der halben eingerunzelten Raupenhülse hing und ihren Blütenkelchen entgegenschlief – und als das Seelenauge der Phantasie von den Grummethaufen in die Abendpracht des Heumonats hinüberblickte – und als jeder vielfarbige Baum gleichsam zum zweiten Male blühte – und als die bunten Gipfel wie vergrößerte Tulpen einen Regenbogen auf den Duft des Herbstes zogen: – so jagten nun nur frühere Mailüfte dem flatternden Laube nach und wehten unsern Freund mit hebenden Wogen an und stiegen mit ihm auf und hielten ihn empor über den Herbst und über die Berge und er konnte über die Berge und Länder wegschauen und siehe, er sah alle Frühlinge seines Lebens, die für ihn noch in Knospen lagen, wie Gärten nebeneinander stehen und in jedem Frühlinge stand sein Freund! –

Er verließ den Ort; aber er streifte in den Wiesen, worin man jetzo nicht ängstlich den Fußsteig zu suchen brauchte, noch lange herum, hauptsächlich damit man es seinen Augen nicht ansähe – zumal da ihm heute so viele Marktleute begegneten –, an wen er unterweges gedacht habe. Aber es half ihm wenig; in gewissen Verfassungen quillet die geritzte Seele wie verwundete Bäume unaufhörlich und beim kleinsten Bestreifen.

Er mied Augenzeugen, besonders wie Rosa, darum, weil er, wie ich leider sagen muß, gerade in der Rührung, es sei aus Scham oder Lebhaftigkeit, am geneigtesten war, seinen Zustand durch Auffahren zu verbergen. Endlich fiel ihm eine Waffe zum Siege über sich in die Hand: der Gedanke, daß er seinem Gaste noch genug für das unhöfliche Wegbleiben abzubitten und zu vergüten habe.

Als er ankam – welcher sonderbarer Anblick! Der alte Gast war fort – ein neuer war da – und neben ihm sein Weib in Tränen. Bei seinem Eintritt trat Lenette an ein Fenster, und ein neuer Tränenguß fiel nieder. »Frau Armenadvokatin« (fuhr der Schulrat noch immer fort und hielt ihre Hand), »schicken Sie sich ums Himmels willen in den Willen Gottes – es ist ja leichtlich zu richten und zu schlichten. – Ich verstatte gern eine Traurigkeit des Herzens; aber eine gemäßigte sei es.« Lenette sah ihren Mann gar nicht an, sondern durchs Fenster. Der Schulrat erzählte jetzo erstlich alles das, was ich schon erzählt habe – indes Firmian, unter dem Horchen und Blicken auf ihn, die glühende Hand der abgekehrten Lenette faßte –; dann fuhr er fort: »Als ich hereintrat, du großer Gott, so lag Ihro Gnaden vor der Frau Advokatin auf den Knieen mit weltlichen Tränen und war gesonnen – ich muß es besorgen –, ihr ihre teure Ehre zu nehmen. Ich aber riß solchen auf, ganz freimütig, und fragte ihn mit Paulinischer Unerschrockenheit, die ich vor Gott und Menschen zu verantworten gedenke: ›Ew. Gnaden, sind das die Lehren, die ich Denenselben als Ihr Privatlehrer gegeben habe, soll ein

Christ solchergestalt auf die Kniee fallen? Pfui, Herr von Meyern, pfui, Herr von Meyern!‹« – Jetzo geriet der Schulrat wieder in einen entsetzlichen Eifer und fuhr in der Stube, die Hände tief in den plüschnen Rocktaschen, auf und ab. Firmian sagte: »Gegen einen solchen Hasen gibt es leicht einen Feldscheu und einen Gartenzaun; aber was gehet es dich an, Liebe«, sagt' er, »und über was weinest du so sehr?« – Sie fing stärker an; da stemmte der Rat die Hände in die Seite und sagte zornig zu ihr: »So? Frau Armenadvokatin, solche schlechte Wurzeln fassen meine heutigen Tröstungen bei Ihnen? – Ich hätte mich dessen ganz und gar nicht vermutet. So hab' ich denn ganz umsonst, muß ich merken, Ihnen in meiner Kutsche, da ich die Ehre hatte, Sie von Augsburg hieher zu fahren, die großen Glückseligkeiten der Ehe, noch dazu, eh' Sie nur solche schon genossen, gleichsam in den Wind mit allem möglichen Feuer vorgehalten; und es ist Ihnen ordentlich alles wie weggeblasen, was ich Ihnen im Wagen sagte, wie selig eine Gattin durch einen Gatten wird, wie sie über seinen Besitz oft beinahe vor Freude weinen muß, wie beide nur *ein* Herz sind und *ein* Leib, und beide alles miteinander teilen, Freud' und Leid, jeden Bissen, jeden Wunsch, ja das kleinste Geheimnis... Aber der Schulrat Stiefel ziehet, seh' ich, mit einer langen Nase ab, Frau Advokatin!« .... Da überfuhr und trocknete sie heftig zweimal hintereinander die Augen, blickte ihn gewaltsam heiter mit den freundlichsten Augen an und sagte tief heraufgezogen, aber linde und nicht schmerzlich, nichts als: Ach! – Der Schulrat senkte seine Hand mit den bloßen Fingern auf ihre niederhängende wie ein Priester und sagte: »Der Herr aber sei Ihr Arzt und Helfer in allen Ihren Nöten,« (er konnte nun selber vor kommenden Tränen wenig mehr sagen) »Amen, das heißet, ja, ja, es soll also geschehen.« Hier umarmte und küßte er den Mann, aber sehr warm und sagte: »Schicken Sie zu mir, wenn bei der Frau Liebsten kein Trost verfangen sollte – und Gott richte doch beide auf. – O.... weswegen ich eigentlich da bin... Die Rezension vom Oster-Programm muß am Mittwoch fertig sein – ich schulde Ihnen auch acht oder mehr Zeilen Honorar für den letzten Wisch, dem Sie ein paar gute Wischer gegeben.«

Aber als er geschieden war, blieb Lenette nicht so getröstet zurück, als man vermuten sollte; sie lehnte am Fenster, in ein tiefes, aber verzweifelndes Staunen und Sinnen verloren. Firmian stellte ihr vergeblich vor, daß er ja seinen oder ihren jetzigen Namen niemals mehr ändere und daß ihre Ehre und Ehe und Liebe ja nicht an elenden Namenzügen hängen, sondern an seiner Person und an seinem Herzen. Sie unterdrückte ihr Weinen, aber den ganzen Abend blieb sie bekümmert und schweigend.

Niemand nenne aber den guten Firmian zu argwöhnisch, wenn er, der erst einen verunglückten Kirchenräuber der Ehe, den Venner, losgeworden, jetzo an einen vulkanischen Ausbruch denkt, der leicht über eine weite Strecke seines Lebens Steine und Asche werfen kann, wenn sein Freund

Stiefel wirklich, wie es scheint, seine Lenette, obwohl schuldlos, liebgewonnen. Das ganze Verhalten desselben von den Höflichkeiten des Hochzeittages bis zu seinen häufigen Besuchen und bis auf seine heutige Erbosung über den Venner und auf seine Erweichung, alles das machte ein zusammengehörendes Gemälde einer innigen, wachsenden, obwohl rechtschaffenen und unbewußten Liebe aus. Ob ein versprungener Funke davon in Lenettens Herzen sich verhalte und nachglimme, das konnt' er noch nicht wissen; aber trotz der Rechtschaffenheit seines Freundes und seiner Frau mußte bei den jetzigen Verhältnissen sein Sorgen so stark als sein Hoffen sein.

– Lieber Held! – Bleib aber einer! – Das Schicksal will, wie ich immer deutlicher merke, allmählich die einzelnen Stücke zu einer guten Drill-Maschine, um den Diamanten deines Stoizismus zu durchbohren, ineinander fügen, oder auch aus Dürftigkeit, häuslichem Verdruß, Prozessen und Eifersucht nach und nach britische Scher- und Seng-Maschinen geschickt zusammenbauen, um wie am feinsten englischen Tuche jede kleine falsche Faser wegzuscheren und wegzusengen. Wenn dergleichen geschieht, so komme nur als ein so herrlicher englischer Zeug aus der Presse, als je einer auf die Leipziger Tuch- und Buchhändlermesse geliefert worden, und du wirst glänzen.

Viertes Kapitel

Eheliche partie à la guerre – Brief an den haar-lustigen Venner – Selbertäuschungen – Adams Hochzeitrede – das Abschatten und Verschatten

Ich beobachte nichts schärfer und protokolliere nichts weitläuftiger als zwei Tag- und Nachtgleichen, die eheliche, wenn nach den Flitterwochen die Sonne in die *Waage* tritt, und die meteorologische draußen, weil ich imstande bin, aus der Witterung in beiden das Wetter wunderbar auf lange Zeit vorauszusagen. Am wichtigsten ist mir das erste Gewitter im Frühjahr und im Ehestand; die andern alle ziehen aus seiner Gegend her. – Als der Schulrat zum Hause hinaus war: umfaßte der Armenadvokat seine zürnende Huldin und überschüttete sie mit allen Beweismitteln, mit Beweisen zum ewigen Gedächtnis, mit halben Beweisen, mit Beweisen durch Augenschein, mit Haupteiden und Schlußfiguren, womit nur eigne Zärtlichkeit zu erhärten oder fremde zu bekehren ist. —— Der Beweistermin strich ohne Nutzen vorbei: er hätte ebensogut den harten kalten Taufengel in der Hauptkirche umhalsen können, so kalt und stumm verblieb der seinige. Der Pelzstiefel war der blutstillende Tourniket um Lenettens offne strömende Pulsader gewesen: durch sein Fortgehen hatt' er den Lerchenschwamm seiner Zunge von ihren Augen gezogen – und nun gossen sie ohne Maß darnieder.

Siebenkäs ging oft ans Fenster und in die Kammer, um ihr zu verbergen, daß er sie nachahme und daß ihn ihr Schmerz, der so wenig vernünftig war, gleichwohl zu einem sympathetischen hinreiße. Man erträgt und verzeiht einen übertriebnen Kummer leichter, den man selber machte, als den andere verursachen. Den andern Tag drückte eine unausstehliche Stille das Zimmer. Da es bloß das erste Beet in der ehelichen Samenschule war, in das die Kerne zu Zankäpfeln gelegt wurden: so hörte man noch kein Rauschen der Saat dabei. Eine Frau vermags im ersten Zwiste noch nicht, sondern erst im 4ten, 10ten, 10 000ten ist sie imstande, zugleich mit der Zunge zu verstummen und mit dem Torso zu lärmen und jeden Sessel, den sie wegschiebt, jeden Querl, den sie hinstreckt, zu ihrer Sprachmaschine und Sprachwelle zu verbrauchen und desto mehr Instrumentalmusik zu machen, je länger ihre Vokalmusik pausiert. Lenette Wendeline verrichtete und fragte alles so leise, als hätte ihr Ehe-Lehnpropst das Podagra und krümmte seine wunden Füße am zitternden Bettbrette.

Den dritten Tag fiel es dem Propste verdrüßlich, und mit Recht. Ich bekenn' es, ich will mich gern und stark mit meiner Frau, wenn ich sie hätte, veruneinigen und ich bin bereit, mit ihr in einen Wortwechsel zu geraten statt in einen Briefwechsel; aber etwas würde mir ans Leben greifen, das lange trübe weinende Nachzürnen derselben, das wie der Sirockowind einem Manne zuletzt alle Lichter, Gedanken und Freuden ausbläst und am Ende das Lebenslicht selber. So ist uns allen ein heftiges *Gewitter* im Sommer nicht unangenehm, eher erfrischend; aber man muß es verwünschen, bloß des elenden trüben *nassen* Wetters wegen, das darauf einfällt und einige Tage Bestand hat. Siebenkäs war desto verdrüßlicher, da er nichts in der Welt seltener war als eben verdrüßlich. Wie andere Juristen sich selber unter die torturfreien Menschen zählen, so hatte er sich längst selber durch den Epiktet so gegen die Folter der Seele, den Kummer, verteidigen lassen, wie er die Kindmörderin gegen eine andere verteidigt hatte. Die Juden glauben: nach der Ankunft des Messias werde die Hölle ans Paradies gestoßen, damit man einen größern Tanzsaal habe, und Gott tanze vor. – Siebenkäs tat das ganze Jahr lang nichts als alle seine Marterkammern und Kreuzschulen an die Lustzimmer seiner Bagatelle anbauen und einfugen, um darin größere Ballette zu tanzen. Er sagte oft, man sollte eine kleine Medaille für den Staatsbürger aussetzen, der dreihundertundfünfundsechzig Tage, 5 Stunden, 48 Minuten und 45 Sekunden lang nicht knurrte und nicht brummte.

Anno 1785 hätt' er die Medaille nicht gewonnen; er war am dritten Tage, am Sonnabend, so toll über seine schweigende Frau, daß er noch toller wurde über den Störenfried Everard. Überhaupt konnte dieser Minnesinger und Minnesöldner nächstens wieder ins Haus kommen und die Göttin *Zwietracht,* die in Voltairens Henriade als Direktrice und Ambassadrice die besten poetischen Dienste verrichtet, in das häusliche Volklied eines Advokaten einführen als Maschinengöttin, um den Knoten des ehelichen

Bandes zu lösen und einen neuen zu knüpfen mit dem Venner. Siebenkäs schrieb ihm also folgende akademische Streitschrift:

»Ew. Hochwohlgeb. Gnaden erkühn' ich mich in diesem kleinen Memoriale die Bitte vorzutragen:

> Dieselben möchten zu Hause bleiben und mir Ihre Besuche entziehen.

Sollten Sie einiger Haartouren von meiner Frau benötigt sein: so erbietet sich Endesunterschriebener zu den Lieferungen und will sie abschneiden. Wollen Dieselben ein Jus compascui oder eine Koppeljagd bei mir exerzieren und selber kommen: so werd' ich diese Gelegenheit mit Vergnügen ergreifen, mir aus Ihnen eigenhändig so viel Haare, als zu einem Andenken nötig sind, mit den Wurzeln wie Monatrettige auszuziehen. Ich bin oft in Nürnberg (der hohe Rat wollt' es nicht haben) mit einem adligen betagten ›*Prügelknecht*[1]‹ auf die benachbarten Dörfer schmausen gegangen, d. h. mit einem Informator, der sich aus den Seitenhaaren drei kleiner Patrizier in den Lehrstunden eine schöne mausfarbne Beutelperücke zusammengezauset und exzerpiert hatte, die der Mann noch aufhaben wird. Er lag diesem Seidenbau ob, oder vielmehr er blattete die kleinen Köpfe darum außen ab, damit er besser mit seinen Strahlen die Früchte innen zeitigen konnte, wie man im August aus denselben Gründen die Weinstöcke entlaubt. Der ich ansonsten verharre etc.«

Es ärgert mich, wenn ichs dem Leser nicht beibringen kann, daß der Advokat diesen bittern Brief ohne die geringste Bitterkeit der Seele hinschrieb: dieses holzersparende Mitglied hatte sich so sehr in die fortglänzenden Satiren der drei lustigen Weisen aus London – Butler, Swift, Sterne –, dieser drei Leiber des satirischen Riesen Geryon oder dieser drei Parzen gegen den Toren, hineingelesen, daß das Mitglied nicht mehr wußte, ob es bitter sei oder nicht – über das satirische Kunstwerk vergaß er die Auslegung, ja er vergab sogar einer Stachelrede auf sich selber für ihren Wuchs und Bau gern die längsten Stacheln. Ich berufe mich auf seine Auswahl aus den Papieren des Teufels, deren satirische Giftblasen und Giftstacheln nur in seinem Dintenfasse und in seiner Schreibfeder, d. h. in seinem Kopfe, aber nicht in seinem Herzen waren.

Ich bitte die Leser hier, den Geist der Sanftmut jedem *Laute* – weil unsere

[1] So hieß man sonst (s. Klübers Anmerkungen zu de la Curne de Sainte-Palaye vom Ritterwesen) die Aufseher bei den Turnierübungen, deren schwache Nachbilder noch einige adlige Hauslehrer geben. Damals nannte man die ritterschaftlichen Hofmeister »*Bubenzuchtmeister*«, und man will wünschen, daß unsere in und außer Gymnasien diesen Namen in einer Zeit, die alle guten Reste des Ritterwesens wieder hervorsucht, wenn nicht führen, doch verdienen.

Worte mehr als unsere *Taten* die Menschen erzürnen –, aber noch mehr jedem *Blatte* einzublasen; denn wahrlich wenn Ihnen Ihre Korrespondenten ein schriftliches Pereat längst verziehen haben, so schwillet doch, wenn das Sauerampfer-Blättchen wieder in die Hände fällt, der alte Sauerteig des Hasses wieder auf. – Dafür können Sie im andern Falle auf eine gleiche Ewigkeit einer erschriebenen Wärme vertrauen; wahrhaftig, hätte ein langer schneidender Dezemberwind mein Herz zu allen Bewegungen für ein anderes, das sonst wahre Johannes-Briefe, weiche Hirten- und Hirtinnen-Briefe an mich erlassen, steif und unbiegsam gemacht: so verschlüge dies wenig, sobald ich nur diese Schäfer-Briefe aus meinem Briefgewölbe voll Brieftaschen oder Brief-Ranzen wieder heraus zöge. Der Anblick der geliebten Hand, des willkommnen Siegels und der lieblichen Worte und der papierne Spielraum so mancher Entzückung würfe auf das starre Herz wieder den Sonnenschein der veralteten Liebe; es würde sich wie ein beschienener Blumenkelch wieder der kleinen Vorzeit auftun, und alle Gedanken würden, und wäre ich erst vorgestern beleidigt, sagen: »ach, ich habe dem Verfasser (der Verfasserin) bisher wohl zu viel getan.« – So trieben viele Heilige des ersten Säkuls Teufel aus Besessenen aus, bloß durch – Briefe.

Eben diesen Sonnabend kam wie ein jüdischer Sabbat der Pelzstiefel gleichsam gerufen. Ich hab' es oft gesehen, daß ein Gast das Heftpulver und Bindewerk zwischen zwei keifenden Ehehälften geworden, weil sie aus Scham und Not gezwungen waren, wenigstens so lange miteinander freundlich zu tun und zu sprechen, als der Gast zuhorchte. Jeder Eheherr sollte einen oder ein paar Gäste in Vorrat haben, welche kämen, wenn er litte unter der Eheherrin, die den stummachenden Teufel zu lange im Leibe hätte; sie müßte doch wenigstens, solange die Herren blieben, reden und den eisernen Diebapfel des Schweigens – der mit dem Zankapfel auf *einem* Aste wächset – aus dem Munde nehmen. – Der Schulrat stellte sich ganz dicht vor Lenette Wendeline, wie vor seine Schülerin, und fragte sie, ob sie das erste Kreuz ihrer Ehe so geduldig getragen habe wie eine Kreuzschwester Hiobs. Sie schlug tief die großen Augen nieder und wickelte einen fingerlangen Faden an einen Zwirn-Schneeball und atmete voller. Ihr Mann vertrat sie und sagte: »Ich war ihr Kreuzbruder und trug das Querholz der Last – ich ohne Murren, sie ohne Murren. – Im zwölften Jahrhundert zeigte man noch den nachgelassenen Misthaufen, worauf Hiob geduldet hatte. Unsere zwei Sessel sind die Misthaufen und sind annoch zu sehen.« – »Gutes Weib!« sagte Stiefel mit dem sanftesten Pianissimo aus dem Grobgedackt und Schnarrwerk der männlichen Brust und legte seine große blütenweiße Hand auf ihr vorquillendes Stirn-Rabenhaar. Siebenkäs hörte ein vielfaches sympathetisches Echo dieser Worte in seiner Seele und legte seinen Arm um die Schultern Lenettens, die über die ehrende Freundlichkeit des andern Mannes im Amte selig errötete; er drückte sanft ihre linke Seite an seine rechte und sagte: »Wahrlich das ist sie – sie ist sanft und still und geduldig – und nur gar zu emsig – wäre nicht der ganze Heerbann der Hölle in der Gestalt des Venners gegen unser kleines Gartenhaus des Glücks angerückt, um es abzudecken: Herr Rat, wir hätten lange froh darin gehauset bis weit in den Winter unserer Jahre. Denn meine Lenette ist gut, und zu gut für mich und für viele andere.« – Hier umgürtete der gerührte Stiefel ihre mit dem Knaul gefüllte Hand am Sitz des Pulses mit seinen fünf Fingern – denn die leere hatte der Mann –; und das *Wundwasser* für unsere Schmerzen, dessen große Tropfen, durch die gebundnen Hände nicht verwischt, aus ihren gesenkten Augen zitternd auf die Wangen zogen, machte die männlichen Herzen unendlich weich; ohnehin konnte ihr Mann niemand lange loben, ohne daß ihm die Augen überflossen. Er fuhr schneller fort: »Sie sollt' es auch recht gut bei mir haben, aber mein Mütterliches wurde mir so grausam vorenthalten. Und auch da noch hätte ich sie ohne Erbschaft glücklich gemacht wie sie mich, wir hatten keinen Zwist, keinen einzigen trüben Augenblick – nicht wahr, Lenette, nichts als Ruh' und Liebe hatten wir – bis der Venner kam! – Der nahm uns viel.« – Der Schulrat hob erboset die geballte Faust in die Lüfte und sagte, mit ihr in diese hauend: »Du Höllenkind! Du Räuberhauptmann und Flibustier! Du seidner Katilina und Schadenfroh! – Gedenkst du das und deine andern Streiche einmal zu verantworten? – – Herr Armenadvokat, das erwart' ich wenigstens von Ihnen, daß Sie, wenn er wieder um Haare ansucht, ihn bei seinen Haaren hinausgeleiten oder dieser Pelz-Made, wie Sie selber sagen, mit einem Stiefelknecht auf die Achsel klopfen und mit einer Beißzange die Hand drücken – mit *einem* Worte, ich leid' ihn nicht mehr hier.«

Und hier schob Siebenkäs, um fremde und eigne Rührung auszukühlen, die Nachricht ein, er habe alles schon getan und dem Venner die nötigen Inhibitoriales übermacht. Der Pelzstiefel schnalzte freudig mit der Zunge und nickte billigend mit dem Kopfe; denn eine hohe Obrigkeit war ihm zwar Christi Unterkönig, und ein Graf ein Halbgott, und ein Kaiser ein ganzer; aber eine einzige Todsünde, die einer von ihnen beging, kostete diesem seine ganze gebückte Freundschaft, und gegen einen lateinischen Donatschnitzer, der sogar aus einem *kronengold-haltigen* Kopfe gekommen wäre, hätt' er sich ohne Bedenken in einem ganzen lateinischen Osterprogramma aufgemacht. Der Weltmann behauptet den aufrechten Anstand und die gekrümmte Seele; der Schulmann hat oft beide nicht. Lenettens letzte Wolken verzogen sich alle, da sie hörte, daß dem Venner ein papierner Verwahrstock und spanischer Reiter unter ihre Stubentüre gesetzt worden. »Nun fleucht er also von mir? Dem Erlöser sei Dank! Er leugt und treugt ja auch überall«, sagte Lenette. – »So spricht man eigentlich nicht, ausgenommen schnitzerhaft, Frau Armenadvokatin, denn die unregelmäßigen Zeitwörter kriechen, lügen, gießen, riechen, ziehen, die als verba anomala im Imperfecto *kroch, trog, log* und so weiter haben, werden von guten deutschen Grammatikern im Praesens durchaus regelmäßig *gebeugt*, nämlich flektieret – nur die Dichter machen ihre Ausnahmen wie leider überall –, und jeder sagt daher vernünftig: man lügt, kriecht, trügt, nämlich in der *gegenwärtigen* Zeit.«

– »Lassen Sie doch«, sagte Siebenkäs, »meiner guten Augsburgerin ihre lutherischen Beugungen; sie tut mir ordentlich damit sanft, mit solchen unregelmäßigen Zeitwörtern; sie sind ja schmalkaldische Artikel aus der augsburgischen Konfession.« – Hier zog sie das Ohr ihres Mannes freundlich an ihren Mund herab und sagte: »Was koch' ich abends? – Du könntest es aber dem Herrn wohl sagen, daß ichs mit meinen Reden ja gut gemeint. – Und frage doch, mein lieber Firmian, wenn ich draußen bin, den geistlichen Herrn, ob unsere Ehe in der heiligen Schrift recht erlaubt ist.« Er fragte sogleich jetzo; der Pelzstiefel antwortete langsam: »Wenn man auch nichts erwägt als das Beispiel der Lea, die anonym unter dem Pseudo-Namen Rahel noch in der Hochzeitnacht dem Jakob zugeschoben worden und deren Ehe die Bibel gutgeheißen: so wär' uns das schon genug; wechseln denn aber die Namen oder die Leiber Ringe? und kann denn der Zweck der Ehe von einem Namen erreicht werden?« – Ein gegen ihn aufgehobenes, in Milde zergangenes Angesicht und ein demütiges Auge voll Heiterkeit waren Lenettens Antwort auf seine Frage und ihr Dank für seinen Konsistorialbescheid.

Sie ging in die Küche, kam aber unaufhörlich wieder, um immer an den Tisch, woran beide Männer saßen, zu treten und das Licht zu schneuzen – was wohl niemand in der ganzen Stube ihr als eine besondere Sehnsucht und Dankbarkeit für Stiefel auslegen wird als höchstens ich und der Advokat –; der Schulrat inzwischen entriß ihr beständig die Lichtschere und beteuerte: »es sei seine Schuldigkeit.« Siebenkäs sah wohl, daß Stiefels beide Nebenplaneten von Augäpfeln sich immer um seinen Uranus (Lenetten) drehten; aber er vergönnte gern dem lateinischen Ritter dieses von einer Dulzinee versüßte Ritteralter und vergab, wie meistens die Männer, einem Nebenbuhler eher als einer Ungetreuen – wie die Weiber hingegen mehr die Nebenbuhlerin hassen als den Ungetreuen –; er wußte noch dazu, daß Stiefel selber nicht wisse, was oder wen er wolle und liebe, und daß er alle Schulleute und Autoren leichter rezensiere als sich; denn so hielt der Rat z. B. seinen Zorn für Amteifer, seinen Stolz für Amtwürde, sein Leben für ein tägliches Sterben, seine Leidenschaften für Schwachheitsünden und diesesmal seine Liebe für Menschenliebe. Lenettens Treue war vom Schlußstein der Religion fest gewölbt, und durch des Venners Erschütterung hatte sich das heilige Kirchengewölbe nicht im geringsten gesenkt.

Jetzo watete der Postbote herauf mit einem neuen Sternbilde, das er in den friedlichen Familien-Himmel setzte, mit diesem Briefe von Leibgeber:

Baireuth,
den 21. September 1785

Mein lieber Bruder und Vetter und Oheim
und Vater und Sohn!

Denn Deine zwei Herzohren und zwei Herzkammern sind mein ganzer Sippschaftbaum; wie Adam, wenn er spazieren ging, seine ganze künftige Blutverwandtschaft und seine lange niedersteigende Linie – noch ist sie nicht ausgezogen und zu Ende rastriert – bei sich führte, bis er Vater wurde und seine Frau zeugte. Wollte Gott, ich wäre der erste Adam gewesen!... Siebenkäs, ich beschwöre Dich, laß mich diesem Gedanken besessen nachsetzen und im ganzen Briefe kein Wort weiter vorbringen, als was das Kniestück von mir als erstem Menschenvater weiter malt! –

Gelehrte kennen mich wenig, welche vermuten, ich wünsche deshalb der Adam zu sein, weil Pufendorf und viele andere mir die ganze Erde als eine europäische Besitzung im Indien des Universums, als mein patrimonium Petri, Pauli, Judae und übriger Apostel rechtlich zuerkennen, indem ich als der einzige Adam und Mensch, folglich als der erste und letzte Universalmonarch, wenn auch noch ohne Untertanen, auf die ganze Erde Anspruch machen konnte und durfte. An solche Dinge mag wohl der Papst als heiliger, wenn auch nicht erster Vater denken, oder er hat schon vor Jahrhunderten daran gedacht, da er sich als den Majorat- und Erbherrn aller der Erde einverleibten Länder aufstellte, ja sich nicht einmal schämte, auf seine Erdenkrone noch ein Paar, eine Himmel- und eine Höllenkrone, zu türmen.

Wie wenig will ich haben! Bloß darum hätt' ich der alte und älteste Adam sein mögen, um an meinem Hochzeitabend mit der Eva außen am Spalier des Paradieses in unsern grünen Tändelschürzen und in unsern Pelzen auf und ab zu spazieren und eine hebräische Hochzeitrede an die Mutter aller Menschen zu halten.

Eh' ich die Rede anfange, merk' ich an, daß ich vor meinem Falle den überaus glücklichen Gedanken gehabt, das Vorzüglichste von meiner Allwissenheit aufzunotieren. – Denn ich hatte im Stande der Unschuld alle Wissenschaften innen, die Universal- wie die Gelehrtenhistorie, die verschiedenen peinlichen und andern Rechte und die alten toten Sprachen sowohl als die lebendigen und war gleichsam ein lebendiger Pindus und Pegasus, eine tragbare Loge zum hohen Licht und gelehrte Gesellschaft und ein Taschen-Musensitz und kurzes goldnes Siècle de Louis XIV – bei dem Verstande also, den ich hatte, wars damals weniger ein Wunder als ein Glück, daß ich das Beste von meiner Allwissenheit in müßigen Stunden zu Papier brachte: – als ich nachher fiel und einfältig wurde, hatt' ich die Exzerpten oder ein räsonierendes Verzeichnis meines vorigen Wissens in Händen und schöpfte daraus.

»Jungfer!« – so fing ich hinter dem Paradies den Sermon an – »wir sind zwar die ersten Eltern und gesonnen, die andern Eltern zu zeugen; aber du denkst an nichts, wenn du nur mit deinem Löffel in einen verbotenen Äpfel-Mus fahren kannst. Ich als Mann und Protoplast sinne nach und will heute im Auf- und Abgehen der Hochzeitprediger und Strohkranzredner – ich wollt', ich hätte mir einen fremden dazu gezeugt – bei unserer heiligen Handlung sein und mir und dir in einer kurzen Traurede vorstellen:

Die Zweifels- und die Entscheidgründe oder die rationes dubitandi und decidendi der Protoplasten – oder das erste Eltern- und Hochzeit-Paar (ich und du nämlich) begriffen im Reflektieren und Betrachten – und zwar wie es betrachtet

in der ersten Pars die Ursachen und Gründe, die Erde nicht zu besamen, sondern heute noch auszuwandern, das eine in die alte, das andere in die neue Welt – und in der

zweiten Pars die Gründe, es dennoch bleiben zu lassen und zu heiraten; – worauf dann ein kurzer Elenchus oder usus epanorthoticus erscheinen und die Nacht beschließen muß.

I. Pars

Andächtige Zuhörerin! so wie du mich da siehst im Schafpelze, ernsthaft, denkend und recht: so steck' ich doch voll Narrheiten nicht sowohl als voll – Narren, die mancher Weise als Einschiebsel durchschießt. Ich bin zwar kleiner Statur und das Weltmeer[1] lief mir ziemlich über die Knorren und besprützte mein neues Tierfell; aber beim Himmel! ich wandle hier mit einem Säetuch umhangen, worin die Sämerei aller Völker liegt, auf und ab und trage das Repertorium und die Verlagkasse des ganzen Menschengeschlechts, eine ganze kleine Welt und einen orbem pictum vor mir her, wie Hausierer ihr offnes Warenlager auf dem Magen. Denn Bonnet, der im Magen mit steckt, wird, wenn er herausgehoben wird, sich niedersetzen und es auf seinem Schreibpulte dartun, daß alles ineinanderstecke, eine Parenthese und Schachtel in der andern, daß im Vater der Sohn, im Großvater jene beiden, im Ur-Großvater folglich der Großvater mit seinem Inserat, im Urur-Großvater der Ur-Großvater mit dem Inserat des Inserats und mit allen seinen Episoden sitze und warte. Sind denn deinem Bräutigam allhier – denn dir, liebe Braut, kann man gar nicht faßlich genug sein – nicht einverleibt alle Religionparteien und, die Präadamiten ausgenommen,

[1] Der französische Akademist Nikolaus Henrion zerrete den Adam bis zu 123 Fuß 9 Zoll lang, Hevam 118 Fuß 9 3/4 Zoll. Die Rabbinen berichten das Obige, daß Adam nach dem Fall durch den Ozean gelaufen. S. den II. bibl. Discours von Saurin.

sogar die Adamiten[1] und alle Riesen, selber der große Christoffel – jedes Völkerpersonale – alle für Amerika bestimmte Schiffladungen von Negern und das rot gezeichnete Päckel, worin die von den Engländern verschriebene Ansbacher und Baireuther Soldateska ist? – Heva, steh' ich nicht vor dir und bin, wenn man mein Inneres ansieht, eine lebendige Judengasse – ein Louvre aller regierenden Häupter, die ich alle zeugen kann, wenn ich sonst will und mich nicht die erste Pars abbringt? Bewundern wirst du mich und doch auch auslachen, wenn du mich aufmerksam anschauest und die Hand auf meine Achsel legst und denkst: hier in diesem Manne und Protoplastiker sitzen nun alle Fakultäten und Männer – alle philosophischen Schulen und alle Näh- und Spinn-Schulen ohne Zank – die besten altfürstlichen Häuser, wiewohl noch nicht rein aus dem gemeinen Schiffvolk ausgeklaubt – die ganze freie Reichsritterschaft, aber freilich noch unter ihre Zinsbauern und Häusler und Kossäten verpackt – Nonnenklöster mit Mönchklöstern legiert – alle Kasernen und Landesdeputierte, der Domkapitel nicht zu gedenken, die aus ihren Dompröpsten, Dechanten, Senioren, Subsenioren und Domherren bestehen! Welch ein Mann und Enak! wirst du dazusetzen. Du hast recht, Gute! das bin ich, ordentlich der Hecktaler des Menschen-Münzkabinetts, der Gerichthof aller Gerichte, noch dazu ganz besetzt, ohne Abgang eines einzigen Beisitzers, das lebendige corpus juris aller Zivilisten, Kanonisten, Kriminalisten, Feudalisten und Publizisten: hab' ich nicht Meusels gelehrtes Deutschland und Jöchers Gelehrten-Lexikon vollständig in mir und Jöchern und Meuseln selber, der Supplementbände nicht zu erwähnen? – Ich wollte, ich könnte dir den Kain vorzeigen – dieses würde, wenn mich die zweite Pars überredete, unser erster Fechser und Ranke sein, unser Prinz von Wallis, Kalabrien, Asturien und Brasilien – du würdest sehen, wenn er durchsichtig wäre – welches ich glaube –, wie alles wie Biergläser in ihm ineinander steckte, alle ökumenische Konzilien und Inquisitionen und Propaganden und der Teufel und seine Großmutter. – Aber, Schönste, du hast vor deinem Falle nichts von deiner Scientia media niedergeschrieben wie ich und guckest also stockblind in die Zukunft hinaus. – Allein ich, der ich ganz hell durch sie blicke, ersehe aus meiner Chrestomathie, daß, soll' ich mich wirklich meines Blumenbachischen nisus formativus bedienen und in das jus luxandae coxae oder primae noctis[2] heute einige protoplastische Blicke werfen, daß ich nicht zehn Narren, wie etwan sonst *einer* tut, machen würde, sondern ganze Billionen Zehner und die Einer dazu, angesehen alle in mir seßhafte Stockböhmen – Pariser – Wiener – Leipziger – Baireuther – Höfer – Dubliner – Kuhschnappler (und ihre Weiber und Töchter dazu) durch mich zum Leben kommen würden, unter denen allemal gegen 1 000 000 über 500 sein werden, die keine Ver-

[1] Die bekannte Sekte, die unbekleidet in die Kirche ging.

[2] Im eigentlichen Sinn die erste Nacht, weil Eva nach vielen Gelehrten schon am Morgen ihrer Schöpfung die Obstdiebin wurde.

nunft annehmen und doch keine haben. Duenna, du kennst die Menschen noch wenig, bloß zwei, denn die Schlange ist keiner; aber ich weiß, was ich produziere, und daß ich mit meinem limbus infantum zugleich ein Bedlam aufmache. – Beim Himmel! ich zittre und klage, wenn ich in die Jahrgänge der Jahrhunderte nur zwischen die Blätter hineingucke und nichts darin sehe als Blut-Kleckse und bunte Narren-Quodlibets – wenn ich die Mühe überrechne, bis ein Jahrhundert nur eine leserliche Hand schreiben lernt, die so gut ist wie die eines Elefantenrüssels oder eines Ministers – bis die arme Menschheit durch die Trivial- und Winkelschulen und durch die Hausfranzösinnen hindurch ist, so daß sie mit Ehren in lateinische Lyzeen, in Fürsten- und Jesuiterschulen gesetzt werden kann, bis sie gar den Fecht- und Tanzboden, die Zeichenstunden und ein dogmaticum und clinicum besuchen kann. Beim Henker! mir wird schwül – dich nennt freilich niemand die Bruthenne des künftigen Starenflugs, den Kabliau-Rögner, in welchem Leuwenhoek 9½ Millionen Stockfisch-Eier zählt; dir legt mans nicht zur Last, Evchen, aber deinem Manne, der hätte gescheuter sein (wird man sagen) und lieber gar nichts zeugen sollen als solches Gesindel, wie die meisten Räuber sind – gekrönte Imperatoren auf dem römischen Thron und Statthalter auf dem römischen Stuhl, wovon jene sich nach Antonin und Cäsar und diese nach Christus und Petrus nennen werden und unter welchen Leute sind, deren Thronstuhl ein Lüneburgischer Torturstuhl der Menschheit und ein Steinischer Geburtstuhl des Gottseibeiuns ist, wenn er nicht gar ein umgekehrter Grêve-Platz wird, der zugleich zu Hinrichtungen des Ganzen und zu Freudenfesten der Einzelnen dient.[1] – Auch wird man mir den Borgia, den Pizarro, den heiligen Dominikus und den Potemkin vorwerfen. Gesetzt auch, ich wüßte den Vorwurf dieser schwarzen Ausnahmen abzulehnen: so werd' ich doch einräumen müssen (und Anti-Adams werdens utiliter akzeptieren), daß meine Abkömmlinge und Kolonisten keine halbe Stunde leben können, ohne eine Torheit zu denken oder zu begehen – daß der Riesenkrieg der Triebe in ihnen keinen Friedenschluß, selten einen Waffenstillstand erhält – daß der Hauptfehler des Menschen bleibt, daß er so viele kleine hat – daß ihm sein Gewissen beinahe zu nichts dient als zum *Hassen des Nächsten und zum kränklichen Gefühle fremder Übertretungen* – daß er seine Unarten nicht eher wegwerfen will als auf dem Totenbette, an das ihm ein Beichtstuhl geschoben wird, wie die Kinder vorher zu Stuhle

[1] Es scheint fast auf die Ineinanderverleibung des ernsten Tigers und des spielenden Affen hinzudeuten, daß der Grêve-Platz in Paris zugleich die Richtstätte der Missetäter und das Lustlager öffentlicher Volksfeste ist, daß auf demselben Raum Pferde einen Königsmörder zerreißen und Bürger einen König feiern und daß die Feuerräder der Geräderten und die Feuerräder der Feuerwerker benachbart nacheinander spielen – – schauerliche Gegensätze, die man nicht häufen darf, wenn man nicht selber in die Nachahmung derer, die zur Rüge den Anlaß gegeben, verfallen will.

gehen, ehe sie zu Bette gebracht werden – daß er die Sprache der Tugend lernt und liebt und den Tugendhaften anfeindet, wie die Londner sich französische Sprachmeister halten und den Franzosen selber gram sind. – – Eva, Eva, wir werden schlechte Ehre einlegen mit unserer Hochzeit; Adam heißet nach dem Grundtext *rote* Erde, und wahrlich es werden meine Bakken ganz daraus bestehen und erröten, wenn ich nur an die unaussprechliche und unausgesetzte *Eitelkeit* und Einbildung unserer Ur-Enkel denke, die gerade mit den Jahrhunderten schwillt. Keiner wird sich bei der Nase zupfen als etwan einer, der sich selber rasiert – der hohe Adel wird auf die Deckel der geheimen Gemächer sein Familien-Wappen brennen lassen und den Schwanzriemen seiner Gäule in seinen Namenzug verschlingen – die Rezensenten werden sich über die Skribenten, diese über jene stellen – der Heimlicher von Blaise wird sich von Waisen die Hand küssen lassen, die Damen von jedem, und Höhere den ausgenähten Rocksaum. Heva, ich hatte meine prophetischen Extrakte aus der Welthistorie bloß erst bis ins sechste Jahrtausend fortgeführt, als du gerade unter dem Baum anbissest und ich aus Einfalt dir nachaß und mir alles entfiel: – Gott weiß, wie erst die Narren und Närrinnen der übrigen Jahrtausende aussehen! Jungfer! wirst du jetzo den Sternocleidomastoideum, welchen Sömmering den Kopfnicker nennt, gebrauchen und damit dein Ja sagen, wenn ich dir die Frage vorlege: willst du gegenwärtigen Hochzeitprediger zu deinem ehelichen Gemahl haben? –

Du wirst freilich versetzen: wir wollen wenigstens die zweite Pars anhören, worin die Sache auch von der andern Seite betrachtet wird. – Und wahrlich, wir hätten allerdings beinahe vergessen, andächtigste Zuhörerin, zur

II. Pars

zu schreiten und miteinander die Gründe zu erwägen, welche Protoplasten oder erste Eltern bewegen, es zu werden und sich zu kopulieren und dem Schicksal zur Säe- und Spinnmaschine des Leins und Hanfes, des Flachses und Wergs zu dienen, dessen unübersehliches Netzwerk und Zuggarn es um die Erdkugel windet. – Mein Hauptbeweggrund – und deiner hoffentlich auch – ist nach meinem Gefühle der Jüngste Tag. Denn falls wir beide die Entrepreneurs des Menschengeschlechts werden: so werd' ich alle meine Enkel, die am Jüngsten Tage aus der verkalkten Erde aufdampfen, in den nächsten Nebenplaneten sich zusammenstellen sehen zur letzten Heerschau und unter diesem Kinder- und Enkelsegen Leute antreffen, die Verstand haben und mit denen sich ein Wort reden läßt. – Männer, deren Leben durch lauter Donnerwetter ging und die es in einem verloren, wie nach dem römischen Glauben die Günstlinge der Götter vom Donner erschlagen werden, und die gleichwohl in keinem Gewitter Augen oder Ohren zubanden. – Ferner stehen dort, seh' ich, die vier herrlichen heidnischen Evangelisten, Sokrates, Kato, Epiktet, Antonin, die mit ihren Kehlen wie mit angeschraubten zweihundert Fuß langen Feuerspritzen-Schläuchen in allen Häusern herumgingen und solche vor jeden verdammten Brand der Leidenschaften hielten und ihn gänzlich ausspritzten mit dem reinsten besten Alpen-Wasser. – Überhaupt von den vortrefflichsten Leuten werd' ich der Ur-Papa und du die Ur-Mama werden, ist es uns sonst beliebig. Ich sage dir, Eva, ich hab' es hier in meinen Exzerpten und Kollektaneen schwarz auf weiß, daß ich der Vorfahr, der Ahnherr, das Bethlehem und die plastische Natur eines Aristoteles, Platon, Shakespeare, Newton, Rousseau, Goethe, Kant, Leibniz sein werde, insgesamt Leute, die noch gescheuter denken als ihr Protoplast selber. Eva, wirkliches angesehenes Mitglied der gegenwärtigen fruchtbringenden Gesellschaft oder produzierenden Klasse im Staat, die aus dir und dem Trauredner besteht, ich schwöre dir, ich werde eine Stunde voll einiger seligen Ewigkeiten haben, wenn ich auf dem Nebenplaneten den Kreis von Klassikern und von Wiedergebornen flüchtig durchlaufen und endlich vor Wonne auf den Satelliten niederknien und sagen werde: Guten Morgen, meine Kinder! Ihr Juden tatet sonst geheime Stoß- und Schußgebete, wenn euch ein Weiser aufstieß; – aber was soll ich für eines tun, das lang genug ist, da ich alle Weise und Fakultisten auf einmal sehe und Blutverwandten vor mir, die sich mitten im Wolfhunger der Triebe gleichwohl der verbotenen Äpfel und Birnen und Ananas zu entäußern wußten und die mitten im Wahrheitdurste keinen Gartendiebstahl am Baum des Erkenntnisses begingen, indes ihre ersten Eltern das verbotne Obst angriffen, ob sie gleich nie Hunger fühlten, und den Baum des Erkenntnisses, ob sie gleich alle Erkenntnisse schon hatten, die der Schlangennatur ausgenommen. Dann werd' ich vom Boden aufstehen und unter den Enkel-Schwarm hineinlaufen und einem auserlesenen Nachfahrer von mir an das Herz fallen und meine Arme um ihn schlingen und sagen: ›Du treuer, guter, zufriedener, sanfter Sohn – und hätt' ich meiner Heva, der Bienenmutter der gegenwärtigen Immen-Schwärme um uns her, niemand als nur dich in einer Brut-Zelle sitzend zeigen können in der zweiten pars meines Trau-Sermons, die Frau hätt' es überlegt und mit sich reden lassen.‹« ..... Und der treue gute Sohn bist Du, Siebenkäs, und liegst und bleibst an der heißen rauhhaarigen Brust

Deines

Freundes.

Nachschrift
und Clausula Salutaris

Verdenke mir diesen meinen lustigen Hausball und Hexentanz auf dem Lumpenpapier nicht, ob du gleich leider ein Infinitesimal-Teil des deutschen Völkerstammes bist und als solcher einen solchen Ideentanz weder leiden noch begreifen solltest. Daher lass' ich für die deutsche Unbehülflichkeit auch nichts drucken, sondern werfe ganze Bogen, die ich mit dergleichen schäkernden Ideen-Fischchen vollgelaicht, anstatt in den Buchladen sogleich in den Ort, wohin solche Werke sonst, weil sie die Durchganggerechtigkeit durch den Buchladen ausüben, erst im Alter kommen. – Ich war acht Tage in Hof; und privatisiere jetzo in Baireuth; ich schnitt in beiden Städten Gesichter, nämlich fremde Silhouetten; die meisten Köpfe aber, die meiner Papierschere saßen oder standen, mutmaßten, es sei in meinem nicht richtig. Schreibe mir das Wahre von der Sache; denn es wäre mir nicht gleichgültig, weil ich sowohl in Vermächtnissen als in andern bürgerlichen Verrichtungen behindert würde, falls ich, wie gesagt, wirklich nicht recht gescheut wäre. – Schließe noch bei tausend Grüße und Küsse an deine fromme und schöne Lenette und ein Kompliment an den Herrn Schulrat Stiefel, nebst einer Frage, ob er mit dem Magister Stiefel, Predigern zu Holzdorf und Lochau (bei Wittenberg), von weitem verwandt ist, der das Ende der Welt (und irrig, glaub' ich) auf früh um 8 Uhr 1533 weissagte und am Ende nur sein eignes erlebte. – Auch leg' ich für euch beide und für den Programmen-Anzeiger zwei Programmen vom Professor Lang allhier, die baireuthischen Generalsuperintendenten betreffend, und eines vom Dr. Frank in Pavia bei. – Ein reiz-, kraft-, geist- und seelenvolles Mädchen wohnt hier im Gasthofe zur Sonne vornen heraus (ich hinten hinaus). Ich samt meinem Gesichte gefall' ihr unbeschreiblich, was ich sehr gern glaube, da ich dir so ähnlich sehe und uns beide nichts unterscheidet als bloß der Fuß, mit dem ich hinke. Ich rühme mich daher vor Schönheiten nur meiner Schwachheit und deiner Ähnlichkeit. Hab' ich recht gehört, so ist die Dame eine arme Nichte des alten Oheims mit der zerbrochnen Glasperücke, der sie auf seine Kosten studieren läßt für die Ehe irgendeines vornehmen Kuhschnapplers von Stand. Es kann sein, daß der Frachtzettel sie als Bräutigams-Gut bald zu euch schickt.... So weit meine ältesten Neuigkeiten! Die neueste kann erst kommen, nämlich du selber zu mir nach Baireuth, wenn ich und der Frühling miteinander (denn übermorgen reis' ich ihm nach Italien weit entgegen) wiederkehren und wir, ich und der Lenz, gemeinschaftlich die Welt auf eine Art ausschmücken, daß du gewiß in Baireuth selig sein wirst, so sehr sind dessen Häuser und Berge zu loben. Und so leb etwas wohl!

*

Alle schwören darauf, daß der Kuhschnappler von Stande, für welchen die Nichte des Heimlichers studiert, niemand ist als der Venner Rosa, welcher das noch übrige Stümpfchen von seinem herabgebrannten Herzen, das für das Anstecken der Herzen der ganzen weiblichen Welt, wie das Gemeinlicht eines Wirtes für das Anstecken der Köpfe einer tabakrauchenden, bisher gebrannt, zu einer Brautfackel verbrauchen und sie damit nach seinem Hause leuchten will.

Da im Briefe drei Himmel inliegend waren, für jeden Seligen einer – für die Frau das Kompliment – für den Pelzstiefel die Programmen – für den Advokaten der Brief selber: so würd' es mich nicht gewundert haben, wenn das beschenkte Kleeblatt und Terzett vor Freuden getanzt hätte. Der berauschte Rat – denn das fröhliche Blut stieg in seinen mäßigen Kopf – schlug die Werke, obgleich das gewürfelte Tischtuch schon aufgebreitet war, auf diesem auf und schnitt und griff hungrig die drei gedruckten Voressen und literarischen petits soupers auf dem zinnenen Teller schon vor dem Beten an, bis ihn die Bitte, zu bleiben, erinnerte, zu weichen. Aber unter dem Scheiden bat er sich als Sporteln für die Mühe, das Austrägalgericht und der Mittlermann zwischen beiden oder das bindende Laugensalz zwischen seinem Öl und ihrem Wasser gewesen zu sein, einen neuen Schattenriß Lenettens aus; denn den alten, von Leibgeber ausgeschnittenen, worauf ihn dessen Brief gebracht, und den er bekanntlich zum Geschenk bekommen, hatte er zufällig in sein Nachtkamisol gesteckt und mit diesem und dessen ähnlicher Farbengebung in die Waschwanne geschickt. »Der Riß soll noch heute vom Stapel laufen«, sagte Siebenkäs. Als der Schulrat die Eheleute verließ und ers Lenetten ansah, daß ihr Ringfinger jetzo einen weichern Ehering anhatte, welchen nur er weiter gefeilet und mit Seide ausgefüttert zu haben glaubte: so schüttelte er freudig ihre Hand und sagte: »Ich will ja willig so oft kommen, als nur das Kleinste vorfällt, ihr scharmanten Leute.« Lenette antwortete: »Ja, recht oft.« Aber Siebenkäs setzte hinzu: »Noch öfter!«

Indes schien hinterher der Ring fast wieder zu drücken, und Adjunkten der philosophischen Fakultät müssen, da sie Seelenlehre lesen, sich wundern, daß der Advokat unter dem Essen wenig mit der Frau, und sie mit jenem sprach; aber der Grund war: der Leibgeberische Brief lag statt des weißen Brotes neben dem Teller und Brote, und sein feuriger Liebling glänzte aus Baireuth über das weite dunstige Dunkel herüber an seine Seele – ihr erstes künftiges Aneinanderfallen schwebte zauberisch seinen Seufzern vor – die Hoffnung senkte ihr reinigendes Licht in den dumpfen mephitischen Schacht, worin er jetzo keuchte und grub – und der künftige Frühling stand wie ein mit Lichtern umhangner Münsterturm hell und hoch in der Ferne und trieb seine Strahlen durch die dicke Nacht herüber.....

Endlich kam er wieder zu sich, nämlich zur Frau – Leibgebers Kraftbild hatt' ihn ohnehin über die steinige spitzige Gegenwart der Zufälligkeiten weggehoben – der alte Freund, der oben im Chor das Gesicht der Braut ausgeschnitten und der nachher bei der ersten Flitterwoche mitgewesen, warf ihm die Blumenkettenschlinge über und zog ihn damit an die stille Gestalt neben sich heran: »Nu, liebste Lenette, wie ist denn dir?« sagt' er erwachend und nahm die Hand der Ausgesöhnten; aber sie hatte die weibliche Unart, nämlich Art, daß sie ihre Versöhnung noch länger verdeckte als ihre Entrüstung, wenigstens verschob, und daß sie gerade dann, wann die Ehrenerklärung und die Abbitte eines Fehlers schon vorüber war, auf eine neue Einsicht der Akten antrug. Die wenigsten Eheweiber – leichter die Mädchen – reichen einem Manne eilig die Hand und sagen: ich bin wieder gut. – Wendeline hielt zwar ihre hin, aber zu kalt; und zog sie hurtig zurück, um das Tischtuch zu nehmen, das er mit spannen und brechen zu helfen gebeten wurde zum Tuch-Würfel. Er tats und lächelte – sie sah genau auf die rechte Geviertung des weißen Langvierecks – endlich bei dem letzten und dicksten Viereck hielt es der Mann fest – sie zerrte und wollte ernsthaft aussehen – er schauete sie liebreich an – sie mußte doch lächeln – da entriß er ihr das Tuch und drückt' es schnell auf ihre Brust und sich dazu und sagte in ihren Armen: »Diebin, wie kannst du so sein gegen den alten Kauz Siebenkäs, oder wie er sonst noch heißt?« – Nun bog sich der Regenbogen eines hellern Lebens über die einsickernde Sündflut herüber, welche bisher dem Ehepaare schon bis an die Herzgrube gestiegen war.... Aber freilich, ihr Lieben, bedeuten jetzige Regenbogen oft das Gegenteil dessen, was der erste verhieß.

Der Preis, den er seiner Königin bei diesem Rosenfeste des Herzens zuerkannte, war eine verbindliche Bitte um den Schatten ihres holden Gesichts, um morgen damit dem Pelzstiefel ein Geschenk und eine Freude zu machen. Ich bin zwar jetzt gesonnen, für gebildete Menschen sein Abschatten hier abzuschatten; aber dies beding' ich mir, daß man nicht aufsehe, daß eine Feder ein Pinsel sei – oder ein Pinsel ein Poussiergriffel – oder ein Griffel ein Blumenstaubfaden, der eine Lilien- und Rosen-Generation nach der andern erschafft.

Der Advokat ließ sich vom Schuster Fecht ein Silhouetten-Brett vorstrekken; nämlich die Fassade einer neuen Taubenhöhle. In das eirunde Portal des Brettes griff die Schulter Lenettens wie ein Einlegemesser ein – ein weißer Bogen Papier war als Grundierung von *de Piles* darübergenagelt – der schöne warme Kopf wurde ans steife Papier angedrückt – er setzte den Bleistift oben an der Schattenstirn enthaltsam an, so schwer es auch war, in einer solchen Nachbarschaft der Wirklichkeit nach dem bloßen Schatten zu greifen – und fuhr die blumige schöne steile Anhöhe voll Rosen und Lilien herunter... Aber es kam nicht viel Sonderliches heraus: man dachte, er habe das Hinterhaupt leidlich abgeschattet. Er schielte immer auf die farbig beseelte Fläche neben seiner Hand zurück und riß daher so schlecht ab wie ein Schachtelmaler. »Wendeline, dein Kopf sitzt auch nicht eine Minute fest«, sagt' er. Allerdings schwankte ihr Gesicht wie ihre Gehirnfibern vom stärkern Gange des Herzens und Atems; auf der andern Seite aber stolperte seine Reißfeder über das sanft erhobne Bildwerk der kleinen Nase, fiel in die Spalte der Lippe und strandete auf der Untiefe des Kinns. Er küßte die

Lippen, die er nicht treffen konnte und die sich immer zu sehr öffneten oder verschlossen, und holte einen Rasierspiegel und sagte: »Da sieh, hast du nicht mehr Gesichter als Janus oder ein indischer Gott? – Der Rat muß denken, du hättest Gesichter geschnitten, und ich sie gezeichnet. – Schau, da hast du gewankt, und ich bin dir nachgesetzt mit einem Gemsensprung, jetzo greift der Vorsprung des obern Gesichts über das untere wie eine Halbmaske hinaus. Bedenke nur, wie der Rat morgen gucken wird.« – »Guter, nur noch einmal; ich will ja alles tun, damit es hübsch aussieht«, sagte errötend Lenette. Jetzo preßte ordentlich ein erstarrender Hals das weiche Gesicht an das Reiß-Brett, aber indem der Mann mit seinem Legestachel des Risses über die Stirn niederglitt, die ein Kugelausschnitt aus einer weißen Halbkugel zu sein schien – so vernahm er statt des Atems ein zitterndes Zurückstemmen desselben und sah ein anglühendes Angesicht vom schwellenden Atem... Hier schlug auf einmal der Argwohn, wie ein zerspringender Brander, harte Trümmer seiner Freude an sein Herz, der Argwohn: »Ach liebt sie ihn vielleicht doch gewiß?« – (nämlich den Rat) ..... Seine Feder blieb im stumpfen Winkel zwischen Stirn und Nase wie bezaubert eingestochen – er hörte nun das zitternde Ausatmen vernehmlich – seine Ätznadel zog schwarze Furchen am Rande des Schattens hinab, und als er auf dem zugedrückten Munde stockte, auf dem bisher nichts Warmes gewesen war als seiner und ihre Morgenandacht, und als er dachte: »Auch *das* soll mich treffen? auch *diese* Freude soll mir genommen werden? – und ich soll mir hier eigenhändig meinen Scheide- und Urias-Brief auszeichnen?« – so konnt' er nicht mehr – er schnellte das Reiß-Brett von ihrer Achsel – fiel an den verschlossenen Mund – küßte den gefangnen Seufzer auf – drückte seinen Argwohn zwischen seinem und ihrem Herzen tot und sagte immerfort: »Erst morgen, Lenette! – Zürne nur nicht! Bist du denn nicht mehr wie in Augsburg? – Verstehst du mich denn? – Weißt du etwan, was ich will?« – Sie antwortete unschuldig: »Ach, du wirst es übel nehmen, Firmian – nein, ich weiß es nicht.« – Und die Göttin des Friedens nahm dem Gotte des Schlafes den Mohnkranz ab und flocht ihn in den Ölkranz ein – und führte das Ehepaar bekränzt und ausgesöhnt und Hand in Hand in die blinkenden Eisfelder der Träume – in den magischen getuschten Hintergrund des grellen bunten Tages – in unsere dunkle Kammer voll beweglicher Bilder einer verkleinerten Welt, wo der Mensch wie der Schöpfer unter niemand wohnt als unter Geschöpfen.

Ende der Vorrede und des ersten Bändchens

Der Leser wird noch aus dem Anfange der Vorrede wissen, daß ich so glücklich war, den alten Kaufmann auf eine große Mohngarbe zu bringen und seiner Tochter ein frohes Laubhüttenfest aus den Herzblättern des gegenwärtigen Hausgärtchens zu geben... Aber der böse Feind weiß einen Platzregen auf unsre schönsten Feuerwerke zu wehen. Ich tat nichts als meine Pflicht, wenn ich eine kleine Taschen-Leihbibliothek für ein armes stilles Ding von Mädchen war, dem der Alte keinen Umgang zuließ, der vernünftig war, als den mit dem Papagei und mit dem vorigen Gerichthalter.

Der *erste* stand in seinem Bauer neben ihrem Dintenfaß und Schmierbuch und erlernte von ihr, was ein Buchhalter als Deutsch-Italiener zur Korrespondenz zu wissen braucht. Und da ein Papagei allemal durch einen Taschenspiegel am Käfig zu Sprachsachen ermuntert wird: so sahen beide, die Sprachmeisterin und der Zögling, miteinander hinein. – Das *andere*, der Gerichthalter, war ich. Aber der Hauptmann ließ sie – aus Furcht vor uns verführerischen Prinzessinnenräubern und Raubbienen und weil ihre Mutter tot war und weil sie in der Schreibstube zu brauchen war – mit keinem Herrn reden als unter sechs Augen und vor ebensoviel Ohren. Daher kam selten ein Herr, außer mir, anstatt daß sonst ein Vater sich durch eine blühende Tochter ganze männliche Insektensammlungen ins Haus lockt, wie ein Kirschbaum, der am Fenster in Blüte steht, Wespen und Bienen in die Stube zieht. Es war nicht eines jeden Sache, wenn er ein gescheutes Wort – d. h. eines, das der Vater nicht hörte – mit ihr reden wollte, erst vor diesem Argus das Flötenregister zu ziehen und eine Stunde zu orgeln und hundert grüne Augen zuzusperren, um in zwei blaue zu schauen; meine Sache war es zwar, aber die Welt höre, was mir für ein Dankpsalm und für eine Dankadresse dafür ward.

Der Alte hatte sich nämlich – mißtrauisch durch mein langes Dasitzen am vorigen Abend geworden – an diesem nur angestellet, als schlief' er, um zu sehen, auf was ich ausginge. Sein eiliges Entschlafen, wie sich der Leser aus dem Anfange dieser Vorrede besinnt, hätte mich überhaupt mehr frappieren sollen; ich hatte noch dazu selber schon aufs Gegenteil gerechnet und ihm deswegen Extrakte aus mehren Vorreden als *dieser* zu Niklasruhen oder Schlafpulvern zugedacht. Denn obgleich die Rabbinen lehren, daß zwölf Heukörbe mit leerem Gewäsche vom Himmel gefallen wären und daß neun davon bloß die Weiber aufgegriffen hätten [1]: so ists doch nur mit der Einschränkung wahr, daß sich die Vorredner – und die Rechtsfreunde – besagte neun Körbe zu ihrer Nutznießung erheiratet haben, von ihren Weibern als Eingebrachtes.

[1] Buxt. lex. p. 221.

Der diebische Horcher wartete liegend meinen Rapport von den zwei Blumenstücken und von den vier Kapiteln dieses Werkleins ab: am Ende des vierten prallte er in die Höhe wie eine aufschnellende Maulwurffalle, worauf man getreten hat, und fiel mich von hinten mit folgender Huldigungpredigt an: »Hat Sie denn der lebendige Teufel beim Schopf? – Sie kommen aus Berlin und wollen meiner leiblichen Tochter da atheistisches windiges *Romanenzeug* in den Kopf setzen, daß sie in kein Komtoir mehr taugt, wie? Machen Sie mir meinen nicht warm, Herrrrr!« –

»Nur auf ein Wort!« (sagt' ich gelassen und zog ihn in die finstre ungeheizte Nebenstube hinaus) »Herr Zopfhaupt, nur auf ein halbes Wort!«

In der dunkeln Sakristeistube legte ich die zwei Hände auf seine Achseln und sagte: »Herr Zopfhaupt – denn so hieß unter Karl dem Großen ein jeder Hauptmann, weil damals die Soldaten – wie jetzo die Weiber – einen Zopf statt einer Fahne vor sich hatten.[1] –– Ich beiße mich heute, wo das alte Jahr untergeht und ein neues auf, mit Ihnen nicht herum; ich beteur' Ihnen, daß ich der Sohn[2] des ****en bin und daß ich Sie nicht wieder sehe und daß Sie gleichwohl alle Wiener Briefe haben sollen. Aber ich bitte Sie um Gottes willen, lassen Sie Ihre Demoiselle Tochter lesen. Jetzo lieset jeder Kaufherr, der sie heiraten kann, und jede Kauffrau, die schon einen hat: und gesponnen und gekocht wird in unsern Tagen – das sehen Sie aus den Hemden und Wänsten – bei aller Lektüre noch immer genug. Und verführen – kann ein Leser gerade eine Leserin am schwersten und eine ABC-Schützin am besten. –– Das sehen Sie an der Stenzin. Herr Hauptmann, ich bitte Sie!«

»Ei, daß dich – über den lebendigen Windfächel! was kümmert Sie mein Ding drinnen (seine Tochter)?« war seine Replik. – Ein wahrer Glückhafen wars für mich, daß ich in den zwei heiligen Abenden nichts, unter dem größten relatorischen Feuer, nichts von der Tochter in die Hände genommen hatte als – statt der ihrigen – etwan für einen Groschen Kopfhaar, das mir noch dazu in die Finger ordentlich wuchs. Es wäre wenig gewesen, im biographischen Relatorium ihre Hände zu ergreifen, es wäre gar nichts gewesen; aber wie gesagt, ich hatt' es bleiben lassen: du, hatt' ich zu mir gesagt, genieße ein schönes Gesicht wie ein Gemälde und eine weibliche Stimme wie einen Nachtigallenton und zerknülle das Gemälde nicht und erdrücke die Philomele nicht! Wie, muß denn jede artistische Tulpe zu einem Salat, jedes Altartuch zu einem Kamisol[3] verschnitten werden? –

[1] Mösers Osnabrückische Geschichte etc. 1. T.

[2] Wer den Hesperus später lieset als diese Vorrede, dem muß die unschuldige Neubegierde gelassen werden. Der andere hat sie schon gestillt.

[3] Prokulus, Landpfleger des Genserichs, stahl alle orthodoxe Kirchen in der zeugitianischen Provinz in Afrika aus und ließ die Altartücher zu Kamisölern und Hosen verarbeiten. Simonis Christl. Altertum. p. 286.

Bei solchen Grundsätzen ist jedem leicht die Angst begreiflich, in der ich sonst fast alle Abende über den Eindruck war, den etwan meine Gestalt in Paulinens Herz nachlassen könnte, bis ich mich damit beruhigte, daß ich ein Advokat und Gerichthalter wäre und daß ich mich also über zweierlei Schönheiten Miltons erhöbe, über seine poetischen und über seine physiognomischen, die dem Poeten den Ekelnamen *Miß Milton* zugezogen.

– Unter allen Wahrheiten glaubt man die am letzten, daß gewisse Menschen mit keiner zu bekehren sind: – daß der Zopfhaupt unter diese gewissen gehöre, fiel mir spät endlich bei, und ich nahm mir vor, ihm keine andre Predigt zu halten als meine spaßhafte Straf- und Osterpredigt[1]: »Herr Zopfhaupt, leiser, Mademoiselle hört sonst jeden Ton. Sie haben den guten Sommervogel ins Brief-Kopiebuch festgespießt; aber am Jüngsten Gerichte verklag' ich Sie, daß Sie ihr meine Werke nicht zu lesen geben. Ich wollte, Sie hätten sich nur wenigstens so lange schlafend gestellt, bis ich ihr die übrigen Teile von der kuhschnappelischen Historie hätte auserzählt gehabt, weil gerade in ihnen die wichtigsten Dinge, Siebenkäsens Zank, Tod und Heirat, vorkommen. – Mademoiselle! ich werde aber meinen Herrn Verleger in Berlin ersuchen, Ihnen die folgenden Teile, sobald sie aus der Presse gehoben sind, noch feucht wie eine Zeitung zu übermachen. – Und damit Gott befohlen, Herr Zopfhaupt, er schenke Ihnen statt des neuen Jahrs ein neues Herz und der guten Tochter ein zweites in ihres hinein.«

Der Elementenstreit unsrer ungleichartigen Bestandteile wurde immer lauter; – mehr sag' ich nicht, weil jeder Beisatz Rachsucht schiene. Glücklich preise – das darf ich zu allen Zeiten sagen – glücklich preise sich jede Tochter (aber die wenigsten erkennen es), die meine Werke lesen darf, wenn der Vater wacht. – Unglücklich ist jeder Oehrmannische Bediente, weil das Zopfhaupt ihn wie einen Windhund ausgehungert zu schnellern Läufern, aber nicht auf dem Klavier, so wie die Kinder der Tänzer nichts zu essen kriegen, um besser zu springen! Und glücklich ist jeder Dürftige, der nichts mit ihm zu tun hat, weil Jakob Oehrmann allen Menschen gerade so viel moralischen Kredit gibt, als sie kaufmännischen haben, an welches Rekrutenmaß des Wertes ihn die Kaufleute gewöhnt haben, die einander mit metallnen Ellen messen! Bloß ganz Arme hat er als Fußgestelle seiner Milde lieb, weil er Almosen, die er im Namen und aus dem Kammerbeutel der Stadt verteilt, für seine hält... Friede sei mit ihm! Ich hatte nur damals das Friedensfest der Seele, das ich im Fruchtstücke dieses Buchs beschrieben[2], noch nicht mitfeiern helfen und hatte über das Erlaßjahr, das in unserm

[1] In dem Mittelalter wurde am ersten Ostertage auf der Kanzel Spaß gemacht, den man ein christliches Ostergelächter hieß.

[2] »Das Fest der Sanftmut am 20ten März.« Es beschließt das dritte Bändchen.

Herzen so lange gegen alle moralische Schuldner dauern soll wie der lange Reichstag, noch wenig von dem gelesen, was ich darüber geschrieben; ich hätte sonst dem Zopfhaupte nicht einmal widersprochen.

Durch meine Abschiedrede an die Tochter ärgert' ich ihn leider noch einmal, weil ich ihr und ihm einerlei wünschte, um zu verbergen, wem ich wünschte: »Ich sage Ihnen, Herr Zopfhaupt und Mademoiselle, ein langes Lebewohl – ich werde Ihnen beiden keine meiner Lebensbeschreibungen in elysischen Abenden ohne Abschweifungen mehr erzählen können, und die heiligen Abende und die heiligen Tage werden vorübergehen, ohne daß ein Mann ins Haus tritt, der Sie beide sehr rührt. Das Schicksal erstatte beiden die Büchermacher durch Bücher – es gebe dem trägen Herzen zuweilen einen poetischen Schlag, der stillen Brust einen süßen Seufzer, der sie mit Ahndungen schwellt, Ihren beiden Augen einige Tropfen, wie sie ein Andante auspreßt, und führe Sie aus dem heißen Sommer voll Mühe statt in einen Nachsommer in einen blühenden singenden Lenz.... Und gute Nacht!« –

– Und wär's mein Erbfeind: er würde mir nahe gehen, wenn ich beim Abschiede dächte: du siehst ihn nicht mehr. Pauline war eigentlich keine Erbfeindin. – Draußen auf den Gassen liefen noch mehre Neujahr-Gratulanten, die Nachtwächter, herum, die ihre Wünsche in Blas-Musik setzten und in schlechte Verse. Mich bewegt allezeit ein steifer altväterischer roher Vers, zumal aus einem ihm angemeßnen Munde, inniger als ein saftloser neuer mit elenden Eis- und Federblumen, und eine ganz elende Poesie ist besser als jede mittelmäßige. Ich beschloß, zum Tore hinauszugehen und die Brust voll sehr unähnlicher Bewegungen – eben weil es erst 11 Uhr und die kalte Nacht voll Sterne war – und weil es die letzte des Jahrs war und ich in das neue nicht wie in das zweite Leben schlafend übergehen wollte, sondern wachend – ich beschloß, die schlagende erhitzte Brust ins Freie in einen stillern Zirkel zu tragen....

Wenn man einen Menschen in eine unabsehliche leere Sarawüste laufen ließe – und ihn nachher wieder in die engste Ecke drückte: so würde ihn dasselbe sonderbare Gefühl seines Ich anfallen – der *größte* und der *kleinste* Raum beleben gleich sehr das Bewußtsein unsers Ich und seiner Verhältnisse. Nichts wird überhaupt öfter vergessen als das, was vergisset, das Ich. Nicht bloß die mechanischen Arbeiten der Handwerker ziehen den Menschen ewig aus sich heraus: sondern auch die Anstrengungen des Forschens machen den Gelehrten und den Philosophen ebenso taub und blind gegen sein Er und dessen Stand unter den Wesen; ja noch tauber und blinder. Nichts ist schwerer, als einen Gegenstand der Betrachtung, den wir allzeit *außer uns* rücken und vom innern Auge weit entfernen, um es darauf zu richten, zu einem Gegenstande der Empfindung zu machen und zu fühlen, daß das Objekt das Auge selber sei. Ich habe oft ganze Bücher über das Ich und ganze Bücher über die Buchdruckerkunst durchgelesen, eh' ich zuletzt mit Erstaunen ersah, daß das Ich und die Buchstaben ja eben vor mir sitzen.

– Der Leser sei aufrichtig: hat er nicht sogar jetzo, da ich darüber zanke, vergessen, daß er hier Buchstaben vor sich hat und sein Ich dazu? –

Aber draußen unter dem schimmernden Himmel und auf einem Schneeberge, um den eine gestirnte weite starre Fläche glimmte, riß sich das Ich von seinen Gegenständen ab, an denen es nur eine Eigenschaft war, und wurde eine Person, und ich sah mich selber. Alle Zeit-Absätze, alle Neujahr- und Geburttage heben den Menschen hoch über die Wogen um ihn heraus, er wischt die Augen ab und blicket im Freien herum und denkt: »Wie trieb mich dieser Strom und übertäubte mein Gehör und überflutete mein Gesicht! – Jene Fluten drunten haben mich gezogen! Und diese oben, wenn ich wieder untertauche, wirbeln mich dahin!«

Ohne dieses helle Bewußtsein des Ich gibt es keine Freiheit und keine Gleichmütigkeit gegen den Andrang der Welt.

Ich will in meiner Erzählung fortfahren. Ich stand auf einem Eisberge, obwohl mit einer glühenden Seele – der zerspaltne Mond schien hell hernieder, und die Schattenstücke der Tannenbäume um mich lagen wie zerstückte Glieder der Nacht schwarz auf dem Liliengrund aus Schnee. – Drüben, weit von mir, knieete, wie es schien, ein Mensch unbeweglich auf der Straße.

Jetzt schlug es 12 Uhr und das schlachtenvolle Jahr 1794 fiel mit seinen Strömen von Blut in das Meer der Ewigkeit; das nachsummende Wogen des Glockentons sagte mir gleichsam: jetzo hat das Schicksal euch Hinfälligen das alte Jahr mit dem zwölften Schlage bei der Versteigerung von Minuten zugeschlagen.

Der kniende Mensch auf der Straße stand nun auf und ging eilig davon. Ich konnte im hellen Mondlicht ihm und seinem Schatten lange nachsehen.

Ich verließ meinen Berg, den Grenzhügel zwischen zwei Jahren, und ging hinunter auf die Straße, wo der Mann geknieet hatte. Ich fand einen Kreuzweg und ein verlornes handdickes schwarzledernes Gebetbuch in Duodez, dessen Blätter gelb gelesen waren. Auf dem einzigen weißen vornen stand der Name des Besitzers, dessen Kniee hier tiefe Spuren in das harte Glatteis gehöhlt hatten. Ich kannt' ihn wohl, es war ein sogenannter Häusler, der zwei Söhne in den jetzigen Krieg stellen müssen. – Als ich weiter nachsah: fand ich im Schnee einen Kreis, den der Furchtsam-kecke als einen Ring gegen böse Geister gezogen hatte.

Ich erriet alles: der Blödsinnige, dessen Seele in einer *ringförmigen* Sonnenfinsternis lebte, wollte in der feierlichen Nacht das ferne dumpfe Donnern der Gewitter in der Zukunft behorchen und hatte sich nicht mit dem Körper, sondern mit der erniedrigten Seele auf die Erde gelegt, um den Vorschritt der fernen Feinde zu hören. »Eingeschränkte bange Seele«, dacht' ich, »warum sollen über die heitre stille Nacht die künftigen Toten mit ihren Wunden ziehen und deine schlafenden Söhne ohne Glieder? Warum willst du schon die fliegenden Flammen der Feuerbrünste sehen und alles düstre Getümmel des ungebornen Jammers, der noch keine Zunge hat, vernehmen? Warum sollen auf die Särge, die im künftigen Jahre noch, wie in Pestzeiten, ohne Aufschrift stehen, die Namen kommen? – O, dein Salomons-Ring hat dich nicht beschirmt gegen den würgenden Geist in unsrer Brust. – Und die ungestalte Riesen-Wolke, hinter der der Tod und die Zukunft steht, wird, wenn wir nahe an sie treten, der Tod und die Zukunft selber.«.....

In solchen Stunden legen wir alle gern unsern Hut und unsern Degen auf die Bahre und uns dazu – die veralteten Narben brennen noch einmal, und unser falsch geheiltes Herz wird wie ein übel eingerichteter Arm wieder gebrochen. – Aber der grausame schneidende Blitz einer großen Minute, dessen Widerschein über den ganzen Strom unsers Lebens leuchtet und reicht, ist uns nötig, um uns gegen die Irrlichter und Johanniswürmchen, die uns in jeder Stunde antreffen und führen, blind zu machen, und der leichtsinnige Mensch hat eine heftige Erschütterung gegen seine kleinen immerfort nagenden Bewegungen nötig. Daher ist eine Neujahrnacht für uns kleine Schaltiere, die am Schiffe der Erde saugend kleben, wie die mythologische Nacht eine Mutter vieler Götter in uns – und in einer solchen Nacht geht für uns ein höheres *Normaljahr* an als das, darin 1624 anfing. Und mir war, als müßt' ich, es sei aus Demut oder Reue, in die Spuren des armen kinderlosen Vaters niederknieen.....

Jetzo trieb ein lebendiges Wehen auf einmal von der Stadt helle erheiternde Töne wie Blumenduft und Blütenstaub über die verhärteten Ebenen daher: Waldhörner und Trompeten warfen vom Turme der Stadt ihre lebendigen Töne über die schlafende Welt und führten froh und kräftig die erste Stunde des neuen Jahrs unter die ängstlichen Menschen ein. Und ich wurde auch froh und kräftig: Ich hob das Auge vom weißen Schleier des künftigen Frühlings auf und sah nach dem Monde; und auf seinen häufigern Flecken, welche in der Nähe grünen[1], sah ich unsern Erden-Frühling in Blumen ruhen und darin mit ausgebreiteten Flügeln zucken, um bald mit andern Zugvögeln zu uns, mit Lerchentönen und Pfauenspiegeln geschmückt, herabzufallen. –

Die entfernten Neujahrtöne flatterten noch immer um mich; ich wurde viel glücklicher und weicher und sah die *künftigen* Schmerzen des neugebornen Jahrs, und sie glichen – so schön verkleideten sie sich – einigen *vergangnen* oder den Tönen um mich. So nimmt der Regen, der durch die

[1] Nach Schröters Beobachtungen stellen sich uns die grünenden Strecken des Mondes als Flecken dar, weil sie weniger Licht zurückwerfen als kahle weiße.

große Höhle im Gebirge von Derbyshire fällt, in der *Ferne* den Klang von melodischem *Getöne* an. [1]

– Aber als ich umhersah und mir die weiße Erde wie eine weiße Sonne vorkam und der stille, vom tiefen Blau berührte Kreis um mich wie ein Familien-Zirkel verschwisterter Wesen – als die Töne, wie schönere Seufzer, meinen Gedanken nachfolgten – als ich am Sternenhimmel so viele tausend unverrückte Zeugen der schönen abgeblühten Minuten, deren Samen die höhere Güte weiter streuet, dankbar anschauete – als ich an die schlafenden Menschen um mich dachte und ihnen wünschte: »schließet froher morgen eure Augen auf« – und als ich an die wachenden *unter* mir dachte, deren eingeschlafne Seele denselben Wunsch bedarf: da wurde die Brust, die so schöne Töne und die heutige Nacht längst beklemmten, nun zu voll und zu schwer, und der blaue Himmel und der blitzende Mond und die flimmernden Berge aus Schnee flossen und sanken zusammen zu einem großen schwimmenden Schimmer. –– Und im Schimmer und unter dem Getöne hört' ich die Stimmen meiner Freunde und guter Menschen, wie sie einander bang' und weich die Wünsche eines frohen neuen Jahrs brachten; aber ihre rührten mich zu sehr, und ich konnte meinen kaum denken: »O, es geh' euch allen wohl in jedem Jahre!«

[1] S. Moritz Reise durch England.

ZWEITES BÄNDCHEN

Es hat mich oft verdrüßlich gemacht, daß ich jeder Vorrede, die ich schreibe, ein Buch anhängen muß als Allonge eines Wechselbriefes, als Beilage sub litt. A–Z. Andern privatisierenden Gelehrten werden schon ganze Bücher fertig und lebendig aus der Wiege zugeschickt, und sie brauchen nichts daran zu hängen als das goldene Stirnblatt der Vorrede und nichts mehr an der Sonne zu machen als die Aurora. Aber mich hat noch kein einziger Autor um eine Vorerinnerung ersucht, ob ich gleich schon seit einigen Jahren mehre Vorreden im voraus verfasse und auf den Kauf ausarbeite, worin ich künftige Werke nach Vermögen erhebe. Ja, ein ganzes Münzkabinett von solchen Preismedaillen und Huldigungmünzen, die ich für fremde Verdienste mit den besten Rändelmaschinen ausprägte, steht mir immer vor Augen und läuft täglich höher an; daher schlag' ich das Kabinett am Ende – es ist kaum anders zu machen – im ganzen los und gebe ein Buch voll bloßer präexistierender Vorreden – zu gedenklichen Werken – heraus.

Gleichwohl will man noch bis zur Ostermesse die Vorberichte einzeln abstehen; und Schriftsteller, die sich am ersten melden, können sich, da man ihnen den ganzen präludierenden Faszikel zuschickt, die Vorerinnerung ausklauben, in der ich, wie sie glauben, ein Buch am meisten lobe. Nachher aber, bei der Herausgabe der Vor- oder Lobreden im ganzen, die ich mit dem Meßkatalog durchschießen lasse, werden bloß die Gelehrten auf einmal in corpore, in coro verherrlicht, und ich biete sozusagen – wie 1775 die Königin Kaiserin der ganzen Wiener Kaufmannschaft – der ganzen Gelehrtenrepublik in Pausch und Bogen den Adel an; wiewohl ich an den armen Rezensenten, die sich das ganze Jahr an Tempeln des Ruhms und an Ehrenbogen krumm und arm mauern und leimen, die betrübten Belege vor mir habe, daß weniger dabei herauskommt, wenn man die gelehrte Republik in sechs Folianten erhebt, als wenn man mit Sannazaro die venezianische in ebenso vielen Zeilen rühmt, deren jede ein Schenkbrief von hundert Fünftalerstücken für den Dichter ward.

Zur Probe will ich eine von jenen Vorreden in diese einschichten und mich stellen, als hätte mit ihr der berühmte Verfasser mein Buch auf Ersuchen versehen, welches noch dazu auch wirklich so ist. Ich lasse leicht mein Wesen oder Substratum in zwei Personen zerfallen, in den Blumenmaler und in den Vorberichtmacher. Ich les' aber mit Fleiß – denn ganz ohne Bescheidenheit kann keiner leben – für mich die allerelendeste Vorerinnerung aus, in der wahrhaftig mäßig genug gepriesen wird, und die den Autor des nachstehenden Werks mehr auf einen Leichen- als Triumphwagen hinaufhebt, den noch dazu nichts zieht; die andern Vorreden hingegen schirren die Nachwelt an, diese und die Lesewelt werden darin vor den Himmel- und Eliaswagen der Unsterblichkeit eingespannt und fahren die Verfasser....

Schlüßlich habe ich noch anzumerken, daß der treffliche Herr Verfasser des *Hesperus* die Nachsicht für mich gehabt, meine *Blumenstücke* durchzusehen und solche mit folgender sehr leswerten Vorrede zu begleiten.

Vorrede vom Verfasser des Hesperus

Ich kann folgendes schlußkettenweise heischen (postulieren), und zwar in Gleichnissen.

Manche Schriftsteller, z. B. Young, zünden ihren Nervengeist an, der wie anderer Geist (eau de vie) alle Personen, die um das flimmernde Dintenfaß herumstehen, mit einer täuschenden *Totenfarbe* anwirft und bestreicht; – nur leider schaut beim Kunststück jeder nur den andern an, und keiner in den Spiegel; in den Menschen und in den Schriftstellern wird durch die Nachbarschaft der allgemeinen Sterblichkeit um sie her nichts als ihre Empfindung der eignen exzeptivischen (ausnehmlichen) Unsterblichkeit erhöht; aber dies labt uns alle ungemein.

Daraus ergibt sich nun, dünkt mich, die Folge leicht [1], daß ein Dichter im fünften und funfzigsten Stockwerk zwar Gesänge, aber keine Hochzeit und Haushaltung machen kann, geschweige ein gutes Haus: gleicht er nicht den Kanarienvögeln, die zum Hecken einen größern Bauer brauchen als zum Singen? –

Und was tut denn, wenn dieses richtig ist, die Feder des Schriftstellers? Sie zieht wie eine Knabenfeder die Schrift, die die Natur schon mit bleicher Bleifeder in den Leser geschrieben, mit ihrer Dinte gar aus. Der Saite des Autors tönen nur die Oktaven, Quinten, Quarten, Terzen der Leser nach, keine Sekunden und Septimen; unähnliche Leser werden ihm nicht ähnlich, sondern nur ähnliche werden ihm gleich oder ähnlicher.

Und damit steht und fällt mein vierter Heischesatz: das *Hufeisen* des Pegasus ist die Bewaffnung am Wahrheit-*Magnete*, er zieht uns dann stärker; wiewohl wir hungrige Vögel sind, welche auf die Trauben des Poeten fliegen, als wären sie wahre, und die bloß den Jungen für gemalt ansehen, der schrecken sollte.

Jetzo macht sich der Übergang zum fünften Heischesatze von selber: daß der Mensch eine solche Achtung für jedes Altertum hegt, daß er sie sogar fortsetzt, wenn dasselbe bloß noch der Deckel und die Larve des Giftes ist, der es aufgelöset. Ich mache hier absichtlich zwei Belege dieses Satzes gar nicht namhaft – nämlich die in Wurmmehl zerfressene Religion und die ebenso zerkrümelte Freiheit –, sondern halte mich als Lutheraner nur an den dritten, die Reliquien, an denen man, wenn sie von den Würmern aufgefressen worden, (nach dem Jesuiten Vasquez [2]) noch das anzubeten

[1] Da der obige Kettenschluß als solcher seinen Zusammenhang haben muß: so hab' ich ihm einigen durch bloße Worte und Übergänge zu erteilen

hat, was übrig ist, die Würmer eben. Taste daher nie den Wurmstock deiner Zeiten an, du wirst sonst sein Fraß; eine Million Würmer gelten schon einem guten Lindwurme gleich.

Dieses muß angenommen werden, wenn anders der sechste Heischesatz einen Sinn haben soll: daß kein Mensch völlig gleichgültig gegen *alle* Wahrheiten sein kann. Ja sogar, wenn er auch nur noch poetischen Spieglungen (Illusionen) huldigt und offen steht, sò ehret er eben dadurch die Wahrheit, da in jeder Dichtung gerade das Wahre der berauschende Bestandteil ist, wie in unsern Leidenschaften bloß das Moralische berauscht. Eine Spieglung, die durchaus nichts wäre als eine, würde eben deshalb keine mehr sein. Jeder *Schein* setzet irgendwo *Licht* voraus und ist selber Licht, nur entkräftetes oder vielfach zurückgeworfenes. Nur gleichen die meisten Menschen unserer nicht sowohl *aufgeklärten* als *aufklärenden* Zeiten den Nachtinsekten, die das *Taglicht* fliehen oder mit Schmerzen empfinden, die aber in der Nacht jedem *Nachtlicht,* jeder phosphoreszierenden Fläche zuflattern.

Die Gräber der besten Menschen, der edelsten Blutzeugen sind gleich herrnhutischen eben und *platt,* und unsere ganze Kugel ist ein auf diese Art plattiertes Westminster – ach wie viel Tränentropfen, wie viel Bluttropfen, welche die drei Eck- und Standbäume der Erde, den Leben-, den Erkenntnis- und den Freiheitbaum, befeuchteten und trieben, wurden vergossen, aber nie gezählt! Die Weltgeschichte malet an dem Menschengeschlecht nicht, wie der Maler an jenem einäugigen König, bloß das sehende Profil, sondern bloß das blinde; und nur ein großes Unglück deckt uns die großen Menschen auf, wie totale Sonnenfinsternisse die Kometen. Nicht bloß auf dem Schlachtfeld, auch auf der geweihten Erde der Tugend, auf dem klassischen Boden der Wahrheit türmet sich erst aus tausend fallenden und kämpfenden *unbenannten* Helden das Fußgestell, auf dem die Geschichte *einen benannten* bluten, siegen und glänzen sieht. Die größten Heldentaten werden zwischen vier Pfählen getan; und da die Geschichte nur die Aufopferungen des *männlichen* Geschlechtes zählet und überhaupt nur mit vergossenem Blute schreibt: so sind in den Augen des Weltgeistes unsere Annalen gewiß größer und schöner als in den Augen des Welthistorikers; die großen Aufzüge der Weltgeschichte werden nur nach den Engeln oder Teufeln geschätzt, welche darin spielen, und die Menschen zwischen beiden werden ausgelassen.

Das sind die Gründe, worauf ich mich steife, wenn ich keck genug behaupte, daß wir aus den gefüllten *Freudenblumen,* sobald wir zu heftig an

gesucht und die Glieder der Schlußkette in etwas durch den Faden der Rede verbunden; und man mag sie etwan für einen Bandwurm halten, in dem jedes Glied wieder ein eigner, privatisierender, idiopathischer Wurm ist.

[2] Dictionnaire philosophique. Art. Reliques.

sie riechen, ohne sie ausgeschüttelt zu haben, unvermutet ein Marterinsekt hinaufschnaufen können durchs Siebbein ins Gehirn;[1] und wer, man sage mir, holt das Kerbtier dann wieder heraus? – Hingegen aus Blumenstücken und deren gemalten Blumenkelchen ist wenig Bedenkliches zu schnupfen, weil ein gemaltes Gewürm, ein Wurmstück, immer bleibt, wo es sitzt. – –

Das ists, was ich in Gleichnissen zu heischen habe. Was das Publikum heischet, ist meine Meinung über gegenwärtige Blumenstücke. Der Verfasser ist ein hoffnungsvoller junger Mann von fünf Jahren[2]; ich und er waren von Kindesbeinen an Freunde und können uns vielleicht rühmen, daß wir, wie Aristoteles von den Freunden fodert, nur *eine* Seele haben. Er teilt mir alles zum Lesen und Prüfen mit, was er herausgeben will. Da ich ihm nun diese Blumenstücke mit den lebhaftesten, aber aufrichtigsten Äußerungen meines Beifalls wieder zustellte: so ging er mich darum an, mein Urteil darüber bekannter zu machen, das (wie er viel zu schmeichelhaft glaubt) vielleicht einiges Gewicht habe; um so mehr, da es unparteiischer sei, und welches er deshalb den Kunstrichtern als das Lineal und Linienblatt des ihrigen in die Hände geben wolle.

Im letzten treibt ers zu weit; ich kann nichts als bloß erklären, daß das Werkchen mir ordentlich aus der Seele geschrieben ist. Der Stoff selber nahm keinen größern dynamischen Aufwand an, als man im Buche macht, und so gern der Verfasser darin gedonnert, gestürmt, geströmet hätte, so war doch in der Stube und Stubenkammer eines Armenadvokaten für Rheinfälle – spanische Donnerwetter – tropische Orkane voll Tropen – und für Wasserhosen kein Platz, und er spart die besten Ungewitter auf für ein künftiges Werk. Ich habe seine Erlaubnis, den Titel dieses künftigen Werkes vorauszusagen: *»Der Titan«*.[3] In diesem Werke will er der Hekla sein und das Eis seines Klimas und sich dazu entzweisprengen und (wie der islän-

[1] Im dritten Stück des Lichtenbergischen Magazins für die Physik etc. wird das Beispiel einer Frau erzählt, die aus einer Blume einen Wurm ins Gehirn hinaufzog, der sie mit Wahnsinn, Kopfschmerzen usw. marterte, bis er lebendig wieder aus der Nase zurückging.

[2] Voltaire bringt heraus, daß einer, der 23 Jahre alt wird, eigentlich nur 3 1/2 Jahr im eigentlichen Sinn gelebt habe. Bei mir nehmen oft Leute das gouter ein, die keine Fünftels-Sekunde alt sind, ja einer davon starb ohne alles Alter ab. Unser guter alter Kant hingegen mag schon seine vollen 25 Jahre auf dem Nacken haben, wenn nicht mehr.

[3] Das Werk, das der Herr Vorredner als Vorläufer ankündigt, wie ich selber schon tat im ersten Bändchen, wird wirklich diesen Namen führen und soll mir (insofern ich kann) statt einer Dispensationbulle, statt einer Absolution in articulo mortis, statt einer poenitentiaria gegen so viele ästhetische Sünden dienen, die ich schon begangen habe. (Jetzt, nach der Herausgabe des Titans, hab' ich bloß nachzutragen, daß an die Stelle meiner Schoßsünden die meisten Kritiker ihre eignen im Beurteilen desselben gesetzt.)

dische Vulkan) eine kochende Wassersäule von 4 Schuh im Durchmesser in eine Höhe von 90 oder 89 Schuh auftreiben, und zwar mit einer solchen Hitze, daß, wenn die nasse Feuersäule wieder heruntergefallen ist und in den Buchläden schwimmt, sie immer heiß genug sein soll, um Eier hart zu kochen oder deren Mütter weich. »Dann« (sagt er allemal, aber sehr traurig, weil er merkt, die Hälfte unserer hiesigen Kämpfe und Ausbeuten sei von einer Schnurrpfeiferei nicht sonderlich verschieden, und die *Wiege* dieses Lebens *schaukle* und *stille* uns zwar, aber sie *bringe* uns nicht drei Schritte *weiter*; dann, sagt er) »mag der arbor toxicaria macasseriensis [1] des Ideals, unter dem mir schon einige Haare ausgegangen sind, dann mag er mich immer vergiften und ins Land der Ideale schicken, ich habe doch unter seinem erhebenden tödlichen Brausen gekniet und gebetet. Und warum stände denn an dem von der Ewigkeit gewässerten Brunnen der Wahrheit das kleine Haus für den Wanderer fertig, das man *Ruhe* [2] nennt, ginge keiner jemals hinein?« – Er wünscht sich zu seinem breiten Deckenstücke nichts als einige (nur zwei) rechte Regenjahre, weil ein großer, heller, offner Himmel den Menschen überwältigt und entrückt und die *Feder*-Kraft der Hand durch die Fülle des Auges lähmt; ein Punkt, worin der Büchermacher außerordentlich von dem Papiermacher (seinem Munitionlieferanten) abgeht, der seine Mühle gerade in nassem Wetter sperrt. – Noch wünsch' ich, daß man die wenigen Kapitel, die im ersten Bändchen stehen, rekapituliere und wiederlese, damit man besser wisse, was er eigentlich haben will; und in der Tat ist ein Buch, das nicht wert ist, zweimal gelesen zu werden, auch nicht würdig, daß mans einmal lieset.

Schlüßlich munter' ich, obwohl als der unansehnlichste Klubist und Stimmgeber des Publikums, den Herrn Verfasser zu mehren Setzlingen und Infanten dieses Gelichters auf, mit dem Wunsche, daß die Lesewelt mit derselben Nachsicht, wie ich, über das Werkchen richte. Hof im Voigtlande, den 5. Jun. 1796.

Jean Paul Fr. Richter

*

So weit geht die Vorrede meines Freundes. Im Grunde ists freilich lächerlich; aber auch meine Vorrede muß ordentlich beschlossen werden, und dann kann ich mich leider wieder nicht anders unterschreiben, als mein obiger Robinsonscher Freitag und Namenvetter tat, nämlich: Hof im Voigtlande, den 5. Jun. 1796.

Jean Paul Fr. Richter

[1] Der giftige Boa Upas, unter dem man schon in wenigen Minuten das Haar verliert.

[2] Die mittlern Deutschen baueten an die Brunnen ihrer Burgen ein kleines Haus – Ruhe genannt – für müde Pilger auf.

Fünftes Kapitel

Besen und Borstwisch als Passionwerkzeuge – Wichtigkeit eines Bücherschreibers – Nuntiaturstreitigkeiten über Lichtschneuzen – der Zinnschrank – die Hausnot und Hauslust

Die Katholiken zählen im Leben Christi funfzehn Geheimnisse auf, fünf freudenreiche, fünf schmerzenreiche und fünf glorreiche. Ich bin unserem Helden durch die fünf freudenreichen, die etwan der Lindenhonigmonat der Ehe zu zählen hat, bedächtig nachgegangen; ich komme nun mit ihm an die fünf schmerzhaften, mit denen die meisten Ehen das Gefolge ihrer Geheimnisse – beschließen. Seine hat noch, hoff' ich, fünf glorreiche......

Mit dem vorstehenden Absatze fing ich dieses Bändchen in der ersten Auflage unbefangen an, als wär' er völlig wahr; aber zweite stark umgearbeitete Auflagen fodern von selber mich auf, verbessernd beizufügen, daß die erwähnten funfzehn Geheimnisse sich nicht *hinter* einander, wie Stufen und Ahnen, gestellt, sondern, wie gute und schlechte Karten, sich einander durchschossen haben. Aber auch bei diesen Mischungen des Lebens überwiegt wenigstens durch Dauer die Lust den Schmerz, wie es ja dem Erdkörper selber ergangen, der zwar einige jüngste Tage, aber nach ihnen desto mehre Frühlinge, mithin kleinere Schöpfungtage erlebte.

– Ich stelle dies alles absichtlich her, damit ich so manchen armen Schelm von Leser aus der Angst erlöse, er bekomme jetzt einen ganzen Band voll Tränen zu durchwaten, die er teils liest, teils mit vergießt; ein anderes ist ein Schriftsteller, der eine wahre Klapperschlange ist und so viele tausend Bezauberte vor sich kann so lange unruhig und angstvoll springen sehen, bis er solche hat.

Siebenkäs schickte sogleich den Eifersucht- und Ehe-Teufel zu allen andern Teufeln, als er am Morgen erwachte – denn der stillende Schlaf hält den Fieber-Puls der Seele an, und seine Körner sind die Fieberrinde gegen das kalte Fieber des Hasses wie gegen das hitzige Fieber der Liebe –; ja er legte das Schatten-Reißbrett hin und nahm von der gestrigen freien Übersetzung und Abschrift des Egelkrautschen Gesichts mit dem Storchschnabel eine verjüngte und treue und schwärzte solche gehörig. Als er fertig war, sagte er zur Frau aus Liebe: »wir wollen ihm den Riß gleich heute zuschikken. Bis er selber kommt und ihn holt, da dauerts lange.« – »Jawohl«, versetzte sie, »bis zum Mittwochen dauerts, aber da hat ers längst vergessen.« – »Und doch« – entgegnete Siebenkäs – »wär' er früher herzubringen; ich brauchte ihm nur den gräflich-reußischen Dreifaltigkeit-Taler von 1679 zum Abkaufen zu schicken: so schickte er mir keinen Heller dafür, sondern brächte selber das Geld für den Taler, wie ers bisher immer mit dem Leibgeberschen Münzkabinett gehalten.« – »Oder« – sagte Lenette – »schick ihm lieber den Taler und das Gesicht zusammen: so hat er eine größere

Freude.« – »Über was eine größere?« fragt' er. Sie wußte der närrischen Einspring-Frage, ob sie von einer größern über das abgeschattete oder über das gemünzte Gesicht gesprochen, gar nicht recht zu begegnen und sagte in der Not: »Nun über die Sachen natürlich.« Er fragte aus Schonung nicht noch einmal.

Aber der Schulrat schickte nichts als die Antwort, er sei außer sich vor Freuden über die herrlichen Geschenke und werde daher spätestens Ende künftiger Woche selber kommen und sich bedanken und sich berechnen bei dem Herrn Armenadvokaten. Das wenige Säuerliche, was in der unberechneten Antwort des sorgenlosen und zu freudenvollen Schulrates vorschmeckte, konnte der gerichtliche Pedell der Erbschaftkammer auf keine Weise dadurch versüßen, daß er eben eintrat und dem Advokaten die Antwort oder den ersten Satz oder die Exzeptionen des beklagten Heimlichers von Blaise überreichte, die in nichts als in einem Fristgesuche von drei Wochen bestanden, das ihm die Kammer gern bewilligt hatte. Siebenkäs lebte als sein eigner Armenadvokat freilich der gewissen Hoffnung, daß das gelobte Land der Erbschaft, worin Milch und Honig über seinen Goldsand fließen, von seinen Kindern werde erobert werden, wenn er in der juristischen Wüste auf dem Wege dahin längst verstorben sei; denn die Justiz belohnt gern die Tugend und das Recht der Väter an Kindern und Kindes-Kindern; inzwischen aber bliebs immer unbequem, daß er nichts zu leben hatte bei seinen Lebzeiten. Denn von dem gräflich-reußischen Dreifaltigkeit-Taler – für welchen Stiefel noch nicht einmal bezahlet hat – war ohnehin nicht länger zu leben, so wie von dem einzigen noch rückständigen Zopfdukaten aus Leibgebers nachgelassener »Reichskriegsoperationskasse« gegen den Heimlicher. Denn dieses Gold- und jenes Silberstück waren (ob ich es gleich bisher verschwiegen) der einzige Kassenbestand der Leibgeberischen Heilandkasse, mit welchem freilich niemand als ein Nachfolger des Heilands selber auszureichen vermochte. Es ist aber vielleicht mein Verschweigen der bisherigen Münzkabinett-Ausleerungen wieder ein Beweis, wie sehr ich den Leser, wo ich nur kann, mit sauern Sachen verschone.

»O ich will schon Rat schaffen«, sagte Siebenkäs ganz fröhlich und setzte sich heute emsiger an sein Schreibepult, um sich durch seine Auswahl aus den Papieren des Teufels je eher je besser einen beträchtlichen Ehrensold ins Haus zu leiten. Aber nun wird ein ganz anderes Fegfeuer immer höher um ihn angeschürt und aufgeblasen, von welchem ich bisher gar noch nichts sagen wollen und worin er schon seit vorgestern sitzt und brät. Lenette ist der Bratenkoch, und sein Schreibtisch ist der Lerchenrost. Er hatte sich nämlich unter dem stummen Keifen der vorigen Tage an ein besonderes Aufhorchen auf Lenetten gewöhnt, wenn er dort saß und an der Auswahl aus des Teufels Papieren schrieb: dies machte ihn völlig irre im Denken. Der kleinste Tritt, jede leise Erschütterung griff ihn wie einen Wasserscheuen oder Chiragristen an und brachte immer ein oder zwei gute junge Gedanken, wie ein größeres Geräusche Kanarienbrut und Seidenraupen, um das Leben.

Anfangs bezwang er sich recht gut; er gab sich zu bedenken, die Frau müsse sich doch wenigstens regen und könne, solange sie keinen verklärten Leib und keine verklärten Möbeln handhabe, unmöglich so leise in der Stube auftreten wie ein Sonnenstrahl oder wie ihre unsichtbaren guten und bösen Engel hinter ihr. Aber indem er bei sich diesen guten cours de morale, dieses collegium pietatis hörte, kam er aus dem satirischen Kontexte und Konzepte und schrieb bloß matter weiter.

Am Morgen nach jenem Silhouettier-Abende, wo ihre Seelen sich die Hände gegeben und den Fürstenbund der Liebe wieder erneuert hatten, konnt' er viel offener zu Werke gehen, und er sagte, sobald er statt des Schattenrisses nichts schwarz malte als die Urbilder, d. h. sobald er in der satirischen Rußhütte arbeitete, er sagte schon voraus zur Frau: »Wenns dir tulich ist, Lenette, so mache heute kein sonderliches Getöse – es ist mir beinah hinderlich, wenn ich dasitze und für den Druck arbeite.« Sie sagte: »Ich dächte, du hörtest mich kaum, so schleich' ich.«

Wenn der Mensch über die Tölpeljahre hinüber ist: so hat er noch jährlich einige Tölpelwochen und Flegeltage zurückzulegen: Siebenkäs tat die obige Bitte wahrlich in einer Tölpelminute. Denn nun hatte er sich selber genötigt, unter dem Denken aufzulauern, was Lenette nach dem Empfange des Bittschreibens vornehme. Sie lief jetzo über die Stubendiele und über die Fäden ihres häuslichen Gewerkes mit leisen Spinnenfüßen. Denn sie hatte wie andere Weiber nicht widersprochen, um zu widerstreben, sondern um nur zu widersprechen. Siebenkäs mußte fleißig aufpassen, um ihre Hände oder Füße zu hören; aber es glückte ihm doch, und er vernahm das meiste. Wenn man nicht schläft, so gibt man auf ein leises Geräusch mehr als auf ein großes acht: jetzt horchte ihr der Schriftsteller überall nach, und sein Ohr und seine Seele liefen, als Schrittzähler an sie angemacht, überall mit ihr herum – kurz, er mußte mitten in der Satire »der Edelmann mit seinem kalten Fieber [1]« abschnappen, aufspringen und zur Schleicherin sagen: »Ich horche schon seit einer Stunde auf das peinigende Trippeln hin; ich wollte lieber, du trabtest in zwei lauten *Krupezien* herum, die mit Eisen besohlet sind zum Takt-Stampfen [2], als so – geh lieber wie gewöhnlich, Beste!« –

Sie tats und ging *fast* wie gewöhnlich. Er hätte gern, da er schon den lauten und den leisen Gang abgeschafft, auch gar den mittlern abgeordnet; aber ein Mann widerspricht sich nicht gern an *einem* Morgen zweimal, sondern nur einmal. Abends ersuchte er sie bloß, sie möchte, solang' er seine Satiren entwerfe, in Socken gehen, besonders weil der Fußboden kühle: »Überhaupt«, setzt' er hinzu, »da ich jetzt vormittags nach Brot

[1] Auswahl aus den Papieren etc. S. 41.

[2] Die Musici der Alten hatten sie an. Bartholin. de Tib. Vet. III. 4.

arbeite, so wird es gut sein, wenn du unter meinen literarischen Geschäften selber weiter keine tust als gerade die allernötigsten.«

Am Morgen saß er innerlich über jede Arbeit hinter ihm zu Gericht und hörte – er schrieb dabei immer fort, aber schlechter – eine nach der andern ab, ob sie den Freipaß der Notwendigkeit bei sich habe. Der schreibende Dulder nahm manches auf die leichte Achsel; aber als Wendeline in der Schlafkammer mit einem langen Besen das Bettstroh unter den grüngefärbten Ehe-Torus trieb: so wurde dieses Kreuz seinen Schultern zu schwer. Dazu kam, daß er vorgestern in den alten Ephemeriden der Naturforscher gelesen, daß der Theolog Joh. Pechmann keinen Besen hören können – daß ihm das Rauschen desselben halb die Luft versetzet und daß er vor einem Gassenkehrer, der ihm bloß aufstieß, davongelaufen; eine solche Lektüre ließ ihn wider seinen Willen für einen ähnlichen Fall aufmerksamer und intoleranter zurück. Er rief, ohne aufzustehen, der Haus-Kehrerin in die Kammer hinaus: »Lenette, strähle und striegele jetzo nicht mit deinem Besen – er lässet mich nicht denken – Es war einmal ein alter Pfarrer Pechmann, der lieber zum Wiener Gassenkehren sich hätte verdammen lassen, als daß er es angehöret hätte, ja dem der Staupenschlag damit wäre erwünschter gewesen als der verdammte Ton, wie ein Besen wetzt und schleift. Und ich soll noch dazu neben dem Hausbesen einen vernünftigen Gedanken haben, der vor Buchdrucker und Buchsetzer kommen soll: das beherzige nur!«

Lenette tat jetzo, was jede gute Frau und ihr Schoßhund getan hätte: sie wurde *stufenweise* still. Ja sie dankte endlich gar den Besen ab und schob, als der Gatte so laut schrieb, als sie kehrte, bloß mit dem Borstwisch leise drei Strohähren und einige Flaum-Federspulen unter die Bettlade. Der Redakteur der Auswahl aus des Teufels Papieren vernahm drinnen zum Glücke wider Verhoffen das Schieben: er stand auf und begab sich unter die Kammerpforte und sprach hinein: »Teuerste, die Höllenpein ist wohl dieselbe, sobald ichs vernehme – Ja wedel das unglückliche Kehricht mit Pfauenschwänzen und Weihwedeln unters Bettbrett, schnaub es mit einem Blasbalg hinter den Topf hinunter: ich und mein Buch drinnen baden es aus und verkrüppeln notwendig.« – Sie versetzte: »Ich bin ohnehin fertig.«

Er machte sich wieder an die Arbeit und fassete den Faden in der dritten Satire »Von den fünf Ungeheuern und ihren Behältnissen, wovon ich mich anfangs nähren wollen« (in der gedruckten Ausgabe S. 46) wieder ganz munter auf.

Lenette drückte indes langsam die Kammertüre zu; er mußte also von neuem schließen, daß draußen in seiner Gehenna und Pönitenzpfarre wieder etwas gegen ihn im Werke sei. Er legte die Feder nieder und rief über den Schreibtisch hinweg: »Lenette, ich kanns nicht genau hören; bist du aber draußen wieder über etwas her, das ich nicht ausstehen kann: so bitt' ich dich um Gottes willen, stell es ein, mach einmal meine heutige Kreuzschule und meine Werthers Leiden darin aus – lasse dich sehen!« – Sie versetzte aber mit einem vom heftigen Bewegen schwankenden Atem: »Nichts, ich mache nichts.« Er stand wieder auf und öffnete die Türe seiner Marterkammer. Die Frau bügelte darin mit einem grauen Flanell-Lappen und scheuerte das grüne Ehe-Gitterbette ab. Der Verfasser dieser Historie lag einmal als Pockenkranker in einem und kennt also die Art; aber der Leser wird vielleicht nicht wissen, daß ein solcher grüner Schlummerkäfig wie ein vergrößerter Kanarien-Heckbauer aussieht mit seinen zwei gegitterten Flügeltüren oder Fallgattern, und daß dieses Traum-Geländer und Treibhaus zwar plumper, aber auch gesunder ist als unsere tief behangenen Schlafbastillentürme, die uns mit nahen Vorhängen gegen jeden frischen Windstoß einwindeln. –– Der Armenadvokat nahm nichts zu sich als gähling einen halben Schoppen Stubenluft und hob langsam so an: »Du fegst und bürstest also, wie ich sehe, von neuem – und weißt, daß ich drinnen im Schweiße sitze und für uns beide arbeiten will und daß ich seit einer Stunde fast ohne Verstand fortschreibe – himmlische eheliche Hälfte, um Gottes willen kartätsch einmal aus und richte mich nicht gänzlich mit dem Lappen zugrunde.« – Lenette sagte voll Verwunderung: »Unmöglich, Alter, hast du es hineingehöret« und bohnte eiliger fort. Er fing ein wenig schnell, aber sanft ihre Hände und sagte lauter: »Auf hörst du! – Das ist aber eben mein Unglück, daß ichs drinnen nicht hören kann, sondern alles nur denken muß – und der verdammte lange Wichs- und Besengedanke setzet sich an die Stelle der besten andern Gedanken, die ich hätte zu Papier bringen können! – Trauter Engel, niemand würde seliger und gelassener fortarbeiten und hier sitzen als ich, wenn du bloß mit Traubenschüssen und Haubitzen und Hundertpfündern hinter mir feuertest und knalltest aus den hiesigen Schießscharten; aber einem leisen Lärm bin ich nicht gewachsen.«

Jetzo ärgerte ihn die lange Rede, und er führte sie mit dem Lappen aus der Kammer und sagte: »Es fället mir überhaupt hart, daß, wenn ich drinnen mich außerordentlich überspanne, um der Lesewelt eine Freude zu machen, daß in meiner Kammer zu gleicher Zeit für mich ein Hatzhaus aufgeschlagen wird, und daß sich das Bette eines Schriftstellers in einen Laufgraben umsetzt, aus dem ihn Bogenschüsse und Dampfkugeln verfolgen. – Mittags unter dem Essen hab' ich nichts zu schreiben, und da will ich vernünftig und breit mit dir aus der Sache reden.«

Zu Mittag, da er die Gründe seines Morgenturniers aufstellen wollte, hatt' er vorher ein Gebetturnier zu halten: das Gebet bedeutet in Nürnberg und Kuhschnappel nicht wie bei Großen ein besonderes Erbamt und Meßgeschäft in der Hofkapelle, sondern das – Läuten um 12 Uhr. Der Eßtisch des Paars stand nämlich dicht an der Wand und wurde nicht eher mitten in die Stube gezogen, als wenn man daran aß. Nun konnt' es Siebenkäs nicht über zweimal in seiner Ehe – denn was Weiber[1] *einmal* vergessen,

[1] Männer ebenfalls, nur in kleinerem Grade. Ein Mann, welcher täglich

das vergessen sie hernach tausendmal – dahin bringen – er mochte seine Lunge so trocken predigen wie eine Fuchslunge, womit man jene kuriert –, dahin bracht' ers nie, sag' ich, daß die Tafel vorgeschoben wurde, eh' die Suppen-Mulde darauf dampfte: sondern erst *nachher* zog man beide ordentlich miteinander in die Stube, ohne jedoch unter dem Zuge mehr von der Suppenflut aufs Tischtuch zu verschütten, als man auf eine Laxier-Pille nachtrinkt.

Heute gings nicht anders: der Gatte zerkäuete langsam die Pille, auf die er Suppe nachaß – er sah dem spätern Vorrücken (wie dem der Äquinoktien) mit Angst und mit verlängertem Gesicht und Atem entgegen und zu und zündete bei der wiedergekehrten Suppen-Libation gelassen los, aber so: »Im Grunde, Lenette, leben wir auf einem guten Schiff; denn Seefahrer verschütten ihren Suppenteller, weil das Fahrzeug immer wanket, und ich und du auch. Sieh her! – Im ganzen hängt der Mittagtisch mit dem Morgen-Besen zusammen und sekundiert ihn; diese zwei Verschwornen blasen deinem Manne noch das Lebenlicht aus, um mich stark auszudrücken.«

Nach diesem Predigt-Eingange kam statt eines Kanzelliedes der Pritschenmeister von Kuhschnappel, welcher mit einem großen Bogen Papier eintrat und den Advokaten als einen Honoratior zum Andreasschießen auf den 30. Nov. invitierte. Jeder von uns hat gewiß aus dem vorigen so viel bei sich behalten, daß von Gold nichts mehr im Hause war als der Zopfdukaten. Gleichwohl konnte Siebenkäs nicht gut aus der Schützengesellschaft austreten, ohne sich selber vor der ganzen Stadt ein testimonium paupertatis (Zeugnis der Armut) zu schreiben. Am Ende war auch für einen so guten Schützen und Jägersohn wie er ein Schützenlos ja nichts Geringers als eine Bergwerk-Kuxe, eine Aktie in der ostindischen Kompagnie. Dabei konnt' er wenn er mitschoß, seiner Frau zum ersten Male öffentliche Ehre machen, welche sie als eines Ratkopisten Tochter aus Augsburg wohl erwarten durfte. Nur war dem ernsten Schützenhanswurst der ungewöhnliche Zopfdukaten gar nicht zum Auswechseln beizubringen, zumal da ihn der Advokat eigentlich erst verdächtig machte durch die Wiederholung: es ist in der Tat ein guter echter Schwanz- und Zopfdukaten. »Ich selber«, setzte er hinzu, »trage zwar keinen Zopf, aber ein Goldstück kann dergleichen sehr gut, des preußischen Königs wegen, der den seinigen auf ihm ausmünzen und verewigen wollen. Frau, es kann ja mein Hausherr, der Friseur, herauf, der muß am besten wissen, ob es ein Zopfdukaten ist, da er Zöpfe schon ohne Dukaten täglich unter den Händen hat.« Der kuhschnappelsche Pickelhering lachte

90 Sachen mit regelmäßigster Erinnerung abtut, soll eine 91ste ein- oder zweimal vergessen haben: so vergißt er sie fort bei allem anderweitigen Gedächtnis. Es gibt hier keinen andern Arzt als einen Menschen oder einen Umstand, der gerade in dem Augenblicke des Vergessens erinnernd eintritt. Hat er nun einmal *einmal* zu vergessen aufgehört, so vergißt er nicht mehr weiter.

darüber nicht im geringsten. Der Friseur erschien und bestätigte ganz, es sei ein Zopf, und trug sich höflich selber zum Verwechseln an. Haarkräusler können laufen; in fünf Minuten brachte er das Silber für den Zopf. Nachdem der gesetzte Lustigmacher das Seinige vom Schwanzdukaten eingesteckt: so standen in Lenettens Angesicht allerlei doppelte Frag- und Ausrufzeichen umher, und Siebenkäs fuhr in seiner Mittagpredigt fort: »Die Hauptgewinste, Lenette, bestehen beim Vogel in Zinngeschirr und in Geld, bei den andern Tieren, wornach wir schießen, meist in Viktualien. Ich glaube, ich und du werden am Andreastage nicht nur aus einer neuen Bratenschüssel speisen, sondern auch einen frischen Braten darin, den ich dir samt der Schüssel in die Küche schießen kann, wenn ich mich sonst anstrenge. –– Überhaupt ängstige dich nicht, Schöne, weil unser Geld ausgeht; stelle dich nur hinter mich, ich bin dein Erdsack und Schanzkorb oder gar deine Tranchée-Katze, und mit meiner Kugelbüchse, besonders aber mit meinem Dintenfasse gedenk' ich den Teufel der Armut in einiger Entfernung von uns zu halten, bis mir mein ehrlicher Vormund das Mütterliche aushändigt. Nur stören mußt du um Gottes willen nicht meinen Fleiß durch den deinigen; – dein Besen und dein Lappen haben mich heute um bare sechzehn Ortstaler [1] gebracht. Denn sobald ich einen Druckbogen meiner teuflischen Papiere nur zu acht Reichstlr. (den Rtlr. à 90 Kr.) rechne – er kann freilich noch mehr betragen –, so hätt' ich heute 48 Ortstaler erschreiben können, wenn ich außer dem Druckbogen noch einen halben gemacht hätte. – Ich mußte aber mitten im Feuer in die Kammer zu dir viele Worte sagen, für die ich keinen Kreuzer Ehrensold beziehe: du solltest mich doch endlich für einen alten dicken Spinnen- oder Kankerkörper ansehen, den man in eine Schachtel sperrt (mein Stubennest ist gar nichts Besseres) und welcher darin mit der Zeit zu einem köstlichen Goldkorn oder Juwel eindorrt. So oft ich eintunke, zieh' ich – hab' ich dir öfter gesagt – ordentlich einen Goldfaden aus dem Dintenfaß, denn ich habe Gold im Munde eben in der Morgenstunde. –

Iß hinunter und horche aber zu: ich bringe dir jetzo das Vorzüglichste vom Werte eines Autors bei Gelegenheit bei und gebe dir den Schlüssel über vieles.... Im Schwabenland, im Sachsen- und im Pommerland sind Städte, in denen Autorenfleischtaxatores sitzen, wie hier unser alter Metzgermeister; man nennt sie aber gemeiniglich die Schmeckherren [2] oder Geschmackherrn, weil sie vorher jedes Buch kosten und nachher den Leuten sagen, ob es ihnen schmecken werde. In der Erbosung nennen wir Autores sie freilich oft Rezensenten; aber sie können uns gerichtlich darüber belangen. Da die Schmeckherren selten Bücher schreiben, so haben sie besser Zeit, die der fremden Leute durchzusehen und zu taxieren. Ja oft haben sie selber

[1] Ein Ortstaler gilt 6 gr.

[2] Schmeckherren nennt man in verschiedenen Städten die Bier-Polizeileutenants, welche umhergehen und den Wert der Biere kosten.

schlechte gemacht und wissen also sogleich, wie ein schlechtes sein muß, wenn sie eines vorbekommen. Manche sind aus demselben Grunde Schutzpatrone der Autoren und ihrer Bücher, weswegen der heilige Nepomuk den Schutzpatron der Brücken und der Leute, die darüber gehen, macht – weil er nämlich selber einmal von einer ins Wasser geworfen worden. Unter diesen Herren wird nun meine Schreiberei dort herumgeschickt, sobald sie in Druck gebracht worden ist, wie dein Gesangbuch. Jetzt gucken sie meine Sachen durch, ob ich recht deutlich und leserlich (weder zu grob noch zu klar) geschrieben – ob ich keine falschen Buchstaben, kein kleines e statt eines großen E oder ein F statt eines Ph gesetzt – ob die Gedankenstriche nicht zu lang und nicht zu kurz sind, und was sonst dergleichen ist – ja oft urteilen sie sogar (welches ihnen aber nicht gebührt) über die Gedanken selber, die ich hingeschrieben. Hobelst und wetzest du nun mit dem Besen hinter mir herum: so mach' ich vieles falsch und erzdumm, und es wird nachher so hingedruckt. Das tut aber einem Menschen wahren Schaden. Denn die Schmeckherren reißen mit ihren fingerlangen Nägeln – der Knopfmacher ihre sind kürzer, aber nicht die der Beschneider bei den Juden –, bevor sie dem Buche, wie die Beschneider dem Judenbuben, einen *Namen* geben, überall da, wo es verdruckt ist, abscheuliche Schnittwunden und Löcher ins schönste Papier – Dann lassen sie einen fliespapiernen Zettel draußen im Reiche, im Sachsen- und im Pommerlande umlaufen, auf welchem sie mich ausfilzen und mir einen bösen Leumund machen und es vor allen Schwaben geradezu sagen, ich sei ein Esel.... Gott bewahre! Und einen solchen Staupbesen hätt' ich bloß deinem Besen zu danken – Schreib' ich freilich vortrefflich und leserlich und recht mit wahrem Verstand – wie denn dort kein Bogen von meinen teuflischen Papieren ohne Vernunft ausgefertigt ist –, überleg' ich jedes Wort und jedes Blatt, eh' ichs schreibe; scherz' ich auf diesem Bogen, lehr' ich auf jenem, gefall' ich auf allen: so muß ich dir auch sagen, Lenette, daß die Schmeckherren Leute sind, die so etwas zu schmecken wissen und die sich nichts daraus machen, sich hinzusetzen und Laufzettel zirkulieren zu lassen, auf denen das Geringste, was sie von mir sagen, das ist, daß ich von Universitäten etwas mit hinweggebracht habe und für solche also wieder etwas liefern könne. Kurz, sie sagen, sie hättens nicht in mir gesucht und ich hätte Gaben. Ein dergleichen Lobpreisen aber, das dem Manne widerfährt, Lenette, das kommt nachher auch seiner Frau zustatten; und wenn sie in Augsburg herumfragen: wo hält sich denn dieser berühmte Siebenkäs eigentlich auf? so wirds in der Fuggerei allemal Leute geben, die sagen: ›in Kuhschnappel; er hat eine Ratkopisten-Tochter Egelkraut von hier geheiratet und lebt sehr vergnügt mit der Person.‹«

»Wie oft« – versetzte sie – »hast du mir das nicht vorerzählt von der Buchmacherei! Der Buchbinder sagt mir auch das nämliche, weil er täglich die besten Bücher in Händen hat und bindet.« – Dieses gar nicht tadelnd gemeinte Vorrücken seiner eignen Wiederholungen schmeckte ihm nicht recht; denn der Fehler hatte sich ihm bisher, wie ein Fieber, verlarvt. Ehemänner, sogar geistreiche und wortarme, sprechen in der ehelichen Behaglichkeit so uferlos überfließend außen mit der Frau als jedermann innen mit sich selber; vor niemand aber in der Welt wiederholt man sich öfter als vor dem eignen Ich, ohne sich das Wiederholen nur abzumerken, geschweige nachzuzählen. Letztes beides hingegen tut die Ehefrau, welche, gewohnt, täglich von ihrem Ehemann die scharfsinnigsten und unverständlichsten Aussprüche zu vernehmen, solche ja nicht vergessen kann, sondern behalten muß, wenn sie sich wiederholen!

Unerwartet erschien wieder der Haarkräusler und brachte einen kurzen Nebel mit. Er sagte, er sei bei allen armen Sündern seines Hauses herumgegangen, habe aber vergeblich bei den Kahlmäusern um so viel Vorschuß vom nahen Martini-Hauszins angehalten, als er heute bedürfe, um sein Schützenlos einzukaufen. Die ganze Besatzung war freilich einer solchen Geldleistung schon darum sechs volle Wochen vor dem Zahltermin nicht gewachsen, weil die meisten es auch am Termine selber nicht in der Gewalt hatten. Der Sachse kam also mit seinem Gesuche zum Grandat seines Hauses, zum Dukatenherrn, wie er den Advokaten nannte. Dieser konnte die geduldige Haut, die sich über alle vorige Nein nicht erzürnte, mit keinem neuen erschrecken – er und die Frau trugen, was sie an kleiner Münze vom Dukaten übrig hatten, zusammen und entließen den frohen Mietherrn mit der wirklichen Hälfte des Zinses, mit drei Gulden. Sie selber behielten nichts als die – Angst, was sie abends – anzünden wollten: nicht zwei Groschen zu einem halben Pfunde Lichter waren mehr da, nicht einmal die Lichter in natura.

Ich kann nicht sagen, daß er totenblaß oder ohnmächtig oder wahnsinnig darüber wurde. Gepriesen sei jede Männerseele, die die stoischen Eisenmolken nur einen halben Frühling lang getrunken und die nicht, wie eine Frau, vor dem kalten Gespenste der Armut gelähmt und erfroren zusammenstürzt. Die übertriebenste Scheltrede gegen den Reichtum ist in einem Jahrhundert, dem alle bessere Sehnen entzweigeschnitten worden, nur die allgemeine des Geldes nicht, ersprießlicher und edler als die richtigste Herabwürdigung der Dürftigkeit: denn Pasquille auf den Goldkot assekurieren dem Reichen das *Glück*, falls auch die *Glückgüter* scheiterten, und dem Armen schieben sie statt herber Gefühle den süßen Sieg darüber unter. Alles Unedle in uns, alle Sinnen, die Phantasie und alle Beispiele sind ohnedas vereinigte Lobredner des Goldes: warum will man noch der Armut ihren rechtlichen Beistand und einen chevalier d'honneur abspenstig machen, die Philosophie und den Bettelstolz? –

Das erste, was Siebenkäs statt des Maules aufmachte, war die Türe und in der Küche der Zinnschrank: aus diesem hob er leis und ernsthaft eine Glockenschüssel und einen Drilling von zinnernen Tellern auf einen Stuhl.

Lenette konnte nicht länger schweigend zuschauen; sie schlug die Hände zusammen und sagte schamhaft leise: »Ach du barmherziger Gott! wir werden doch nicht unser Zinn verkaufen?« – »Versilbern will ichs nur« – sagt' er – »Wie die Fürsten aus Turmglocken, so können wir aus der Glockenschüssel Glockentaler gewinnen. Du wirst dich doch nicht schämen, elendes Eßgeschirr, solche tierische Särge, fein auszumünzen, da der Herzog Christian zu Braunschweig 1662 einen silbernen Fürsten-Sarg in eigentlichem Sinne zu Geld machte, nämlich zu Talern. Ist denn ein Teller ein Apostel? – Und doch haben große Fürsten viele Apostel, sobald sie von Silber waren, ein Hugo von St. Caro und andere die Werke derselben, gleichsam in Kapitel und Verse und Legenden zerfället und sie analysiert ausgesandt aus der Münze in alle Welt!«

»Torheiten!« versetzte sie. –

Wenige Leser werden hinzufügen: was sonst? – Daher hätt' ich bei diesen wenigen längst den Advokaten über den für Lenetten unfaßbaren mündlichen Stil entschuldigen sollen.

Er selber rechtfertigte sich nämlich hinreichend damit, daß die Frau ihn stets *von weitem* verstanden, auch wenn er die gelehrtesten Kunstwörter und ausgesuchtesten Anspielungen gewählt, um sich recht zu üben und zu hören; »die Weiber«, wiederholte er, »verstehen alles von weiten und fernen und verschleifen daher eine Zeit, die besser anzuwenden ist, mit keinen langen Einholungen von Urteln über die ihnen unverständlichen Wörter.« Indes ist dieser Umstand doch etwas verdrießlicher für das »Wörterbuch zu Jean Pauls Levana von Reinhold« und halb für mich.

»Torheiten!« hatte Lenette versetzt. Firmian bat sie bloß, das Zinn in die Stube mitzubringen, er wolle drinnen vernünftig aus der Sache sprechen. Er hätte ebensogut vor einer mit Heu ausgepolsterten Menschenhaut seine Gründe ausgeführt. Vorzüglich rückte sie ihm vor, er habe durch den Einsatz in die Schützenkasse seine ausgeleeret. Dadurch brachte sie ihn selber auf die beste Replik: »Ein Engel!«, sagt' er, »hat mir das Einsetzen geraten; am Andreastage kann ich alles wieder verdienen und verzinnen, was ich heute versilbere. – Dir zu Gefallen will ich nicht bloß die Schüssel und die Teller, sondern auch das übrige Zinngerät, das ich als Schützenglied herunterschieße, behalten und zum Zinnschrank schlagen. Ich gestehe dir, anfangs wollt' ich die Gewinste verhandeln.« –

Was war zu machen? – In der Dämmerung wurden die verwiesenen Eßgeschirre in den Korb der alten Sabel (Sabine) gesenkt, die im ganzen Reichsmarktflecken sich in den Ruf gesetzt, daß sie außer ihrer Propre-Handlung (Eigenhandel) diese Kommissionhandlung (Auftraghandel) mit einer schonenden Verschwiegenheit, als handle sie mit gestohlnem Gut, betreibe; »niemand«, sagte sie, »konnt' es aus mir herauswinden, wem die Sachen allemal gehören; und der selige Seckelmeister, dem ich ja all sein Hab und Gut hausieren trug, sagte oft, ich suchte meinesgleichen.«

Aber ihr armen Eheleute! was hilft euch aber dieser Sabbat[1] oder diese Christus-Höllenfahrt in euerer Vorhölle? Heute legen sich die Flammen um, und ein kühler Seewind labet euch; aber morgen, übermorgen steiget wieder der alte Rauch und das alte Feuer vor euern Herzen auf! – Und doch will ich euern Zinnmarkt mit keiner Handelsperre belegen; denn ob man gleich entschieden weiß, daß morgen derselbe Hunger wiederkehrt, so tut man doch nicht übel, wenn man den heutigen vertreibt.

Am andern Tage drang Siebenkäs bloß darum auf eine größere Stille um sich, *weil* er eine so lange Rede dafür gehalten hatte. Die gute Lenette, die eine lebendige Waschmaschine und Fegemühle war und für welche der Wasch- und der Küchenzettel die Natur eines Beicht- und Einleitscheines[2] anzog, gab alles eher aus den Händen – fast seine – als den Bohn-Lappen und Kehrbesen. Sie dachte, es sei nur sein Eigensinn, indes es ihrer war, gerade in der Morgenstunde, die für ihn ein doppeltes Gold im Munde hatte, das aus dem goldnen Zeitalter und das metallische, den Blasbalg des Pedalschnarrwerks zu treten und hinter dem Autor zu orgeln und zu brausen. Nachmittags konnte sie ein 32füßiges Register ziehen, wenn sie wollte; aber sie war nicht aus ihrem alten Gange zu bringen. Eine Frau ist der widersinnigste Guß aus Eigensinn und Aufopferung, der mir noch vorkam; sie lässet sich für ihren Mann wohl den Kopf abschneiden vom parisischen Kopfabschneider, aber nicht die Haare daran. Ferner kann sie sich viel für fremden Nutzen, für eignen nichts versagen; sie kann für einen Kranken drei Nächte Schlaf, aber für sich, um selber besser zu schlafen, sich nicht eine Minute Vor-Schlummer außer dem Bette abbrechen. Selige und Schmetterlinge können, obgleich beide ohne Magen sind, nicht weniger essen als eine Frau, die auf den Ball oder an den Traualtar gehen will, oder die für Gäste kocht; verbeut ihr aber weiter niemand ein Esaus-Gericht als der Doktor und ihr Körper, so isset sie es den Augenblick. Der Mann kehret es mit seinen Opfern gerade um. –

Lenette suchte, von entgegengesetzten Kräften getrieben, von seinen Ermahnungen und ihren Neigungen, die weibliche Diagonallinie zu gehen und erdachte sich das Religioninterim, daß sie ihr Fegen und Scheuern so lange abbrach, als er saß und schrieb. Sobald er aber nur zwei Minuten ans Klavier, vors Fenster oder über die Schwelle trat, so handhabte sie die Waschböcke und Poliermaschinen der Stube wieder. Siebenkäs wurde bald diesen jämmerlichen Wechsel und dieses Posten-Ablösen seines und ihres *Besens* gewahr; und ihr wartendes Auflauern auf sein Herumgehen mattete ihn und seine Ideen entsetzlich ab. Anfangs bewies er recht große Geduld, so viel als ein Ehemann nur hat, nämlich eine kurze; aber da ers lange im

[1] Nach den Rabbinen setzet am Sabbate die Qual der Verdammten aus; nach den Christen am Höllenfahrttage Christi.

[2] Testimonium integritatis, das priesterliche Zeugnis, daß eine Verlobte nie etwas mehr gewesen.

stillen übersonnen hatte, daß er und das Publikum unter dem Stuben-Wichsen miteinander leiden und daß eine ganze Nachwelt von einem Besen abhange, der so bequem nachmittags arbeiten konnte, wenn er bloß die Akten vornehme: so platzte die zornige Geschwulst plötzlich entzwei, er wurde toll, d. h. toller, sprang vor sie hin und sagte: »Den Henker noch einmal! ich merk' dich schon: du passest auf mein Laufen. Erschlage mich lieber in der Güte und zeitig – Hunger und Ärgernis reiben mich ohnedies vor Ostern auf. Bei Gott! ich fasse nichts; sie sieht es so klar, daß mein Buch unser Speiseschrank wird, woraus ganze Brotspenden herausfallen – und doch hält sie mir den ganzen Morgen die Hand, daß nichts fertig wird. Ich sitze schon so lange auf dem Nest und habe noch nichts heraus als den Bogen E, wo ich die Himmelfahrt der Gerechtigkeit beschreibe (p. 69) – Lenette! ach Lenette!« – »Wie ichs aber auch mache«, sagte sie, »ists nicht recht. So lasse mich ordentlich kehren wie andere Weiber.« Sie fragte ihn noch unschuldig, warum ihn denn der Buchbinderjunge – das sind meine Worte, nicht ihre –, der den ganzen Tag auf einer Kindergeige phantasierte und Alexanders-Feste auf ihr setzte und hatte, nicht störe mit seinen gellenden unharmonischen Fortschreitungen, und warum er das neuliche Essen-Kehren besser als das Stuben-Kehren habe leiden können. Da ers nun in solcher Eile nicht in seinen Kräften hatte, den großen Unterschied mit wenigen Worten auseinanderzusetzen: so fuhr er lieber wieder auf und sagte: »Ich soll dir hier lange Reden gratis halten, und dort entgeht mir ein Ortstaler nach dem andern – Himmel! Kreuz! Wetter! Das bürgerliche Recht, die römischen Pandekten lassen nicht einmal einen Kupferschmied in eine Gasse ziehen, worin ein Professor arbeitet – und meine Frau will härter sein als ein alter Jurist? ja will der Kupferschmied selber sein? – – Lenette, schau, ich frage wahrlich den Schulrat darüber!« – Das half viel.

Jetzo langte gar der Betrag für den Dreifaltigkeit-Taler noch vor dem Schulrat an; eine höfliche Aufmerksamkeit, welche niemand bei einem so kenntnisvollen Manne gesucht hätte. Es wird gewiß alle Leser so sehr erfreuen, als wären sie selber Gatten Lenettens, daß diese den ganzen Nachmittag ein Engel war; – ihre Handarbeit hörte man so wenig als ihre Finger- oder Näharbeit – manche unnötige schob sie sogar auf – eine Schwester Rednerin, die einen göttlichen Kopfputz trug, aber in den Händen zum Ausbessern, begleitete sie die ganze Treppe hinunter, nicht sowohl aus Höflichkeit als in der zarten Absicht, die wichtigsten Nähpunkte, welche sie mit ihr abgesprochen, noch einigemale unten durchzusprechen, ohne daß der Advokat oben es hörte.

Dies rührte den alten Lärm-Abpasser und faßte ihn bei seiner schwachen und weichen Seite, beim Herzen. Er suchte lange in sich nach einem rechten Danke dafür herum, bis er endlich einen ganz neuen fand. »Höre, Kind« – sagt' er und nahm sie bei der Hand unbeschreiblich freundlich – »würd' ich mich nicht als einen vernünftigen Menschen zeigen, wenn ich abends scherzte und schriebe, ich meine, wenn der Mann schüfe, wo die Frau nicht wüsche? Besieh dir vorher ein solches Nektar- und Ambrosialeben: wir säßen einander gegenüber bei einem Lichte – du tätest deine Stiche – ich täte meine satirischen – sämtliche Handwerker des Hauses klopften nicht mehr, sondern wären beim Bier – Haubenzubringerinnen ließen sich ohnehin so spät nicht mehr sehen und hören. – Davon will ich gar nicht reden, daß natürlich die Abende immer länger werden und folglich auch mein Schreiben und Scherzen darin ebenfalls. – Was denkst, oder wenn du lieber willst, was sagst du dazu, zu einem solchen neuen Leben und Weben? Denn nimm nur noch vorzüglich dazu, daß wir eben bei Geld sind und der gräflich-reußische Dreifaltigkeit-Taler ordentlich wie gefunden uns alle sämtlich umprägt, Stiefel und mich zum Vater und Sohn, und dich zum Heiligen Geist, der von uns beiden ausgeht!«

»O sehr scharmant«, versetzte sie; »so dürft' ich doch am Morgen alle meine Sachen ordentlich machen, wie einer vernünftigen Hausfrau gebührt.« – »Jawohl«, fügt' er bei, »den Morgen schrieb' ich ruhig an meinen Stachelschriften weiter und paßte auf den Abend, an welchem ich da fortführe, wo ichs am Morgen gelassen.«

Der Nektar- und Ambrosia-Abend brach wirklich an und suchte seinesgleichen unter den bisherigen Abenden. Ein Paar junge Eheleute bei *einem* Lichte einander an *einem* Tische gegenüber in harmlosen und stillen Arbeiten wissen freilich von Glück zu sagen: er war voll Einfälle und Küsse; sie war voll Lächeln, und ihr Schieben der Bratpfanne fiel ihm nicht stärker ins Gehör als ihr Ziehen der Nähnadel. »Wenn Menschen« – sagte er, höchst vergnügt über die häusliche Kirchenverbesserung – »bei *einem* Lichte doppelten Arbeitlohn verdienen, so brauchen sie sich, soviel ich einsehe, nicht auf ein elendes wurmdünnes gezogenes Licht einzuziehen, wobei man nichts sieht als das einfältige Licht selber. Morgen wenden wir ohne weiteres ein gegossenes auf.«

Da ich einiges Verdienst dieser Geschichte darein setze, daß ich aus ihr nur Ereignisse von allgemeiner Wichtigkeit aushebe und mitteile: so halte ich mich nicht lange dabei auf, daß abends das gegoßne Licht erschien und einen matten Zwist entzündete, weil der Advokat bei dieser Lichtkerze seine neue Lehre von der Lichteranzündung wieder zum Vorschein brachte. Er hegte nämlich den ziemlich schismatischen Glauben, daß jedes Licht vernünftigerweise bloß am dicken Ende – vollends ein dickes – anzuzünden wäre, und nicht oben am magern, und daß deswegen auch an allen Lichtern zwei Dochte vorstächen; »ein Brenn-Gesetz« – fügt' er hinzu – »wofür ich wenigstens bei Weibern von Vernunft nichts weiter anzuführen brauche als den Augenschein, daß ein herabbrennendes Licht – wie herabbrennende Schwelger durch Fett- und durch Wassersucht – sich gegen unten immer mehr verdickt; hat man es nun oben in Brand gesteckt, so erleben wir unten einen überfließenden unbrauchbaren Talgblock, Pflock und Strunk im Leuchter; hingegen aber, wie schön und symmetrisch legt sich das Flußfett der dickern Hälfte allmählich um die magere, gleichsam sie mästend, und gibt ihr Gleichmaß, wenn wir die dicke zuerst anbrennen!«

Lenette setzte seinen Gründen etwas Starkes entgegen, Shaftesburys Probierstein der Wahrheit, das Lächerliche. »Wahrhaftig«, sagte sie, »jeder würde lachen, der nur abends hereinträte und es sähe, daß ich mein Licht verkehrt in den Leuchter gesteckt, und alle Schuld gäbe man der Frau.« Somit mußte in diesem Kerzenstreit eine Konkordienformel die Parität festsetzen, daß er seine Lichter unten, sie ihre oben ansteckte. Jetzo aber bei der Simultankerze, die schon oben dick war, ließ er sich das Interim des falschen Leuchtens gefallen.

Allein der Teufel, der sich vor dergleichen segnete und kreuzigte, wußte es so zu karten, daß dem Advokaten noch an diesem Tage die rührende Anekdote zum Lesen in die Hände fiel, wie dem jüngern Plinius die Gattin die Lampe fort gehalten, damit er bei dem Schreiben sähe. Jetzt unter dem freudigen Verfassen der Auswahl aus des gedachten Teufels Papieren verfiel nun der Advokat darauf, daß es herrlich wäre und ihm die Unterbrechungen ersparte, wenn Lenette statt seiner jedesmal das Licht schneuzte. »Ei sehr gern«, antwortete sie. Die ersten funfzehn bis zwanzig Minuten ging und schien alles recht gut.

Darnach hob er einmal das Kinn seitwärts gegen das Licht wie einen Zeigfinger empor, um an das Putzen zu erinnern. – Wieder einmal berührte er zu gleichem Zwecke bloß still die Lichtputze mit der Federspitze; später rückte er ein bißchen den Leuchter und sagte sanft: »Das Licht!« Nun nahm die Sache mehr eine Wendung ins Ernste, indem er auf dem Papiere dem Eindunkeln schärfer aufzupassen anfing, so aber sich durch dieselbe Lichtschere, von welcher er in Lenettens Hand sich so viel Licht für seine Arbeit versprochen, grade in seinem Gange aufgehalten fand, wie ein Herkules durch Krebsscheren im Kampfe mit der Hydra. Das elende dünne Gedankenpaar, die Lichtputze mit der Lichtschnuppe, tanzte keck Hand in Hand auf allen Buchstaben seiner schärfsten Satiren auf und ab und ließ sich sehen vor ihm. – »Lenette«, sagt' er bald wieder, »amputiere doch zu unserer beiden Besten den dummen Schwarz-Stummel!« – »Hab' ichs vergessen?« sagte sie und putzte geschwind.

Leser von historischem Geist, wie ich sie mir wünsche, sehen nun schon leicht voraus, daß die Umstände sich immer mehr verschlimmern und verrenken müssen. In der Tat hielt er jetzo häufig an sich, harrte, ellenlange Buchstaben hinreißend, auf eine wohltätige Hand, die ihn vom schwarzen Dorne der Lichtrose befreiete, bis er endlich in die Worte ausbrach: »schneuz!« – Er griff zur Mannigfaltigkeit in Zeitwörtern und sagte bald: »lichte!« – bald: »köpfe!« – bald: »kneip ab!« – Oder er versuchte anmutigen Abwechsel in andern Redeteilen und sagte: »die Lichtputze, Putzmacherin! – es ist wieder ein langer Sonnenflecken in der Sonne« – oder:

»ein artiges Nachtlicht zu Nachtgedanken in einer artigen Correggios-Nacht, inzwischen schneuz!« –

Endlich kurz vor dem Essen, als der Kohlenmeiler in der Flamme wirklich hoch gestiegen, schlang er einen halben Strom Luft in die Brust und sagte, ihn langsam herauströpfelnd, in grimmiger Milde: »Du schneuzest und stutzest sonach, wie ich sehe, nichts, der schwarze Brandpfahl mag wachsen bis an die Decke. Nun gut! Ich will lieber selber der Komödienlichtputzer und Essenkehrer sein bis zum Tischdecken; aber unter dem Essen will ich als ein vernünftiger Mann dir sagen, was zu sagen ist.« – »Das tu nur!« sagte sie sehr froh.

»Ich hatte mir allerdings« – fing er an, als sie ihm und sich vorgelegt hatte, jeder Person zwei Eier – »vieles Gute von meinen Nachtarbeiten versprochen, weil ich angenommen, du würdest das leichte Schneuzen immer in den richtigen Zeiten besorgen, da ja eine vornehme Römerin für ihren vornehmen Mann, Plinius junior, mit den Kaufleuten zu reden, sogar ein Leuchter ward und den Lampendocht gehalten. So aber ist die Sache nichts, weil ich nicht wie ein glücklicher Armkrüppel mit dem Fuße unter dem Tische schreiben kann, oder wie ein Hellseher ganz im Finstern. Was ich jetzo vom ganzen Leuchter habe, ist, daß er eine alte Epiktetslampe ist, bei der ich den Stoiker mache. Wie eine Sonne hatte das Licht oft zwölf Zoll Verfinsterung, und ich wünschte vergeblich, Herzchen, eine unsichtbare Finsternis, wie man sie oft am Himmel hat. Die verfluchten Licht-Schlacken hecken eben jene dunkeln Begriffe und Nachtgedanken aus, die ein Autor bringt. O Gott, hättest du hingegen gehörig geschneuzt!« –

»Du spaßest gewiß«, versetzte sie; »meine Stiche sind viel feiner als deine Striche, und ich sah doch recht hübsch.«

»So will ich dir denn psychologisch und seelenlehrerisch beibringen«, fuhr er fort, »daß es bei einem Schriftsteller und Denker gar nicht darauf ankommt, ob er mehr oder weniger sehen kann, aber die Lichtschere und Lichtschnuppe, die ihm immer im Kopfe steckt, stülpt sich gleichsam zwischen seine geistigen Beine wie einem Pferde der Klöppel und hindert den Gang – Schon nachdem du kaum ordentlich geputzt hast, und ich im Lichte lebe, lauer' ich auf die Minute des neuen Scherens. Dieses Lauern nun kann in nichts bestehen, da es unsichtbar und unhörbar ist, als in einem Gedanken, jeder Gedanke aber macht, daß man statt seiner keinen andern hat – – und so gehen denn die sämtlichen bessern Gedanken eines Schreibers vor die Hunde. – Und doch sprech' ich noch immer nur vom leichtesten Übel – denn ich brauchte ja nur an ein Licht-Schneuzen so wenig zu denken als an das meiner Nase; – aber wenn vollends das sehnlich erwartete Schneuzen sich nicht einstellen will – das schwarze Mutterkorn der reifen Lichtähre immer länger wächst – die Finsternis sichtbar zunimmt – eine wahre Leichenfackel einen schreibenden Halbtoten beleuchtet – dieser sich die eheliche Hand gar nicht aus dem Kopfe schlagen kann, die mit *einem* einzigen

Schnitte ihn von allen diesen Hemmketten loszumachen vermöchte: dann, meine liebe Lenette, gehört wahrlich viel dazu, wenn ein Schriftsteller nicht schreiben will wie ein Esel oder stampfen wie ein Trampeltier, wenigstens ich weiß ein Liedchen davon zu singen.«

Sie versicherte darauf, wenn es sein wirklicher Ernst sei, so wolle sie es morgen schon machen.

In der Tat muß ihr die Geschichte das Lob geben, daß sie tags darauf ihr Wort hielt und nicht nur viel öfter putzte als gestern, sondern ordentlich ohne Aufhören, zumal als er ihr einige Male mit Kopfnicken gedankt hatte. »Zu oft indes« – sagt' er endlich, aber ungemein freundlich – »schere denn doch nicht. Studierest du auf gar zu feine Subsubsubdivisionen (Unterunterunterabteilungen) des Dochtes, so gerät man fast in die alte Not zurück, da ein abgekneiptes Licht so dunkel brennt als eines mit ganz freiwüchsigem Dochte – was du figürlich auf Welt- und Kirchenlichter anwenden könntest, wenn du sonst könntest –; sondern nur einige Zeit *nach* und einige *vor* dem Schneuzen fällt gleichsam entre chien und loup jene schöne mittlere Zeit der Seele, wo sie herrlich sieht; freilich dann ein wahres Götterleben, ein recht abgemessenes doppeltes Schwarz auf Weiß im Licht und im Buch!«

Ich und andere freuen uns eben nicht besonders über diese neue Wendung der Sache; der Armenadvokat legt sich dadurch offenbar die frische Last auf den Hals, die mittlere Entfernung oder den Mittelstand zwischen dem kurzen und dem langen Dochte immer unter dem Schreiben, wenn auch oberflächlich, zu berechnen und zu beobachten; welche Zeit bleibt ihm dann zur Arbeit?

Nach einigen Minuten tat er, als sie vielleicht noch zu früh schneuzte, die Frage, obwohl mehr zweifelnd: »Ist wieder schwarze Wäsche da?« Darauf, als sie wohl etwa fast zu spät schneuzte, blickte er sie fragend an: »Nu, nu!« – »Gleich, gleich!« sagte sie. – Endlich, als er bald darauf sich zu sehr ins schreibende Stechen vertieft hatte und die Frau sich ins nähende, traf er, erwacht auf einmal umblickend, einen der längsten Lichtschnuppen-Spieße am ganzen bisherigen Lichte an, noch dazu umrungen von mehr als einem Räuber – – »Ach Gott, das ist ja ein Jammerleben!« rief er und packte grimmig die Lichtschere und putzte das Licht – aus.

Jetzo in den finstern Ferien hatt' er die schönste Muße, an- und aufzufahren und Lenetten mehr ausführlich vorzuhalten, wie sie ihn bei seinen besten Einrichtungen abmartere und, gleich allen Weibern, kein Maß halte und bald zu viel, bald zu wenig schere. Da sie aber schweigend Licht machte, setzte er sich in noch stärkeres Feuer und warf die Frage auf, ob er bisher wohl etwas anderes von ihr begehrt als die allergrößten Kleinigkeiten und ob denn jemand anders sie ihm bisher sämtlich abgeschlagen als sie, seine liebliche Ehefrau. »Antworte!« sagt' er.

Sie antwortete nicht, sondern setzte das angezündete Licht auf den Tisch und hatte Tränen im Auge. Es war zum ersten Male in der Ehe. Da durchschauete er, wie ein Magnetisierter, den ganzen Krankheitbau seines Innern und beschrieb ihn, zog auf der Stelle den alten Adam aus und warf ihn verächtlich in den fernsten Winkel. Dies vermochte er leicht, sein Herz stand der Liebe und der Gerechtigkeit so offen, daß, sobald sich diese Göttinnen zeigten, seine zornige Stimme aus dem Vordersatze ankam als die mildeste im Nachsatze, ja er konnte die Streitaxt einhalten mitten im Niederhieb.

Nun wurde der Hausfriede [1] geschlossen, ein Paar nasse und ein Paar helle Augen waren die Friedeninstrumente, und ein *Westfälischer* Vertrag gab jeder Partei *ein Licht* und volle *Scherfreiheit.*

Aber diesen Frieden verbitterte bald die Empfindung, daß die Hausgöttin der Armut, Penia, die eine unsichtbare Kirche und tausend Stille im Lande und die meisten Häuser zu Stifthütten und Lararien hat, wieder ihre körperliche Gegenwart und Allmacht äußerte. Es war kein Geld mehr da. Er hätte eher alles verkauft, sogar seinen Körper, wie der alte Deutsche, eh' er bei seinem wachsenden Unvermögen, heimzuzahlen, seine Ehre und seine Freiheit zu heimfallenden Pfändern verschrieben, ich meine, eh' er geborgt hätte. Man sagt, die englische Nationalschuld könne, wenn man sie in Talern auszahle, einen ordentlichen Ring um die Erde wie ein zweiter Gleicher geben; ich habe diesen Nasenring am englischen Löwen, oder diese ringförmige Finsternis, oder diesen Hof um die britische Sonne noch nicht gemessen. Siebenkäs, das weiß ich, hätte eine solche negative Geldkatze um den Leib für einen Stachelgürtel, für einen Eisenring der Schiffzieher und für einen Herz-zusammenschnürenden Schmachtriemen gehalten. Gesetzt auch, er hätte borgen und nachher, wie Staaten und Banken, aufhören wollen zu zahlen – welches kluge Schuld- und Edelleute leicht vermeiden, indem sie gar nicht anfangen zu zahlen –: so hätt' er doch, da nur *ein* Freund (der Rat Stiefel) und niemand weiter sein Gläubiger geworden wäre, unmöglich diesen Geliebten, der ohnehin in der ersten Klasse der geistigen Gläubiger stand, in die fünfte oder durchfallende setzen lassen können; eine solche Doppel-Sünde gegen Freundschaft und Ehre zugleich erspart' er sich, wenn er nur geringere Dinge als beide verpfändete, nämlich Möbeln.

Er bestieg wieder, aber ganz allein, den Zinnschrank in der Küche und untersuchte und besichtigte durch das Gitter, was darhinter zwei oder drei Mann hoch stehe. Ach ein einziger Teller stand wie ein doppeltes Ausrufzeichen hinter dem Vormann. Diesen Hintermann zog er heraus und gab ihm zu Reisegefährten und Refugiés noch eine Heringschüssel, eine Sauciere

[1] Ich wünschte, schon damals hätte Market in Köthen seine treffliche Lampe (viel wohlfeiler und augendienlicher als eine von Argand) erfunden gehabt, welche man in einem Thomasabend nur einmal zu schneuzen braucht und die, mit Rüböl genährt, mir seit Jahren ein stilles reines helles Licht gewährt, wie andern sogar über Billardtafeln.

und Salatiere mit; nach dieser Reduktion des Heeres ließ er die restierende Mannschaft sich in eine längere Linie ausdehnen und lösete die drei großen Lücken in zwanzig kleine Zwischenräume auf. Dann trug er die Geächteten in die Stube und kam wieder und rief seine Lenette aus des Buchbinders seiner heraus in die Küche: »Ich betrachte schon« – fing er an – »seit einer Achtelstunde unsern Schrank: ich kann nichts merken, daß ich neulich die Glockenschüssel und die Teller herausgehoben – merkst du was?« – »Ach, alle Tage merk' ichs«, beteuerte sie.

Nun geleitete er sie, bange vor einer längern Aufmerksamkeit, eilig in die Stube vor die neuen tätigen und leidenden *Absonderunggefäße* und deckte ihr sein Vorhaben auf, dieses vierstimmige Quadro aus dem Zinn-Tone in den Silberton zu übersetzen als ein guter Musikus. Er schlug ihr darum das Verkaufen vor, damit sie leichter ins Verpfänden willigte. Aber sie riß alle Register der weiblichen Orgel, das Schnarrwerk, das Flötengedackt, die Vogelstimme, die Menschenstimme und zuletzt den Tremulanten heraus. Er mochte sagen, was er wollte: Sie sagte, was sie wollte. Ein Mann sucht den eisernen Arm der Notwendigkeit nicht zu halten oder zu beugen, er steht kalt dem Schlage desselben; eine Frau zieht wenigstens einige Stunden auf den tauben metallenen Ellenbogen, eh' er sie fässet, los. Siebenkäs legte ihr vergeblich das gelassene Fragstück vor, ob sie ein anderes Mittel wisse. Auf solche Frage schwimmen im weiblichen Gehirn statt einer ganzen Antwort tausend halbe Antworten herum, die eine ganze machen sollen, wie in der Differentialrechnung unendlich viele gerade eine krumme Linie bilden – solche unreife, halbgedachte, flüchtige, sich nur wechselseitig schirmende Gedanken waren: »er hätte nur seinen Namen nicht ändern sollen, so hätt' er die Erbschaft – er könnte ja borgen – draußen sitzen seine Klienten warm, und er fodert sein Geld nicht von ihnen – überhaupt sollte er nur weniger verschenken – um die Defensiongebühren von der Kindermörderin sucht er nicht einmal nach – er hätte nur den halben Hauszins nicht voraus geben sollen.« Denn vom letzten konnt' er wenigstens einige Tage leben. – Man setze immer der Mehrzahl solcher weiblicher *Halbbeweise* die Minderzahl eines *ganzen* entgegen: es verfängt nichts; die Weiber wissen wenigstens so viel aus der schweizerischen Jurisprudenz, daß vier halbe oder ungültige Zeugen einen ganzen oder gültigen überwiegen.[1] – Am gescheutesten verfährt einer, der sie widerlegen will, wenn er sie – *ausreden* lässet und seines Ortes gar nichts sagt; sie werden ohnehin bald auf Nebendinge verschlagen, worin er ihnen Recht gibt, indes er ihnen sogar in der Hauptsache mit nichts widerspricht als mit der *Tat.* Sie verzeihen keinen andern Widerspruch als den – tätigen. – Siebenkäs wollte

[1] In Bern und im Pays de Vaud sind zu einem vollen Beweise entweder zwei männliche oder *vier* weibliche Zeugen nötig. Röslins Weibl. Rechte, 1775.

leider mit der chirurgischen Winde der Philosophie die zwei wichtigsten Glieder Lenettens einrichten, den Kopf und das Herz, und hob derowegen an: »Liebe Frau, in der Hauptkirche singst du mit jedermann gegen die zeitlichen Güter, und doch sind sie an deinem Herzen angemacht wie Brust- und Herzgehenke. – Sieh, ich geh' in keine Kirche, aber ich hab' eine Kanzel in meiner eignen Brust und setze eine einzige helle Minute über diesen ganzen zinnernen Quark. – Sei redlich, hat denn dein unsterbliches Herz bisher den traurigen Verlust der Glockenschüssel verspürt, und war diese dein Herzbeutel? Kann dieses miserable Zinn, von uns in Stücken eingenommen und verschluckt, wie die Ärzte es gepulvert gegen Würmer eingeben, nicht auch fatale Herzwürmer abtreiben? – Nimm dich zusammen und betrachte unsern Schuhflicker: tunkt er nicht ebenso freudig in seine blecherne Sauciere ein, in der sich zugleich der Braten ausstreckt? – Du sitzest hinter deinem Nähkissen und kannst nicht sehen, daß die Menschen toll sind und schon Kaffee, Tee und Schokolade aus besondern Tassen, Früchte, Salate und Heringe aus eignen Tellern, und Hasen, Fische und Vögel aus eignen Schüsseln verspeisen – Sie werden aber künftig, sag' ich dir, noch toller werden und in den Fabriken so viele Fruchtschalen bestellen, als in den Gärten Obstarten abfallen – ich tät' es wenigstens, und wär' ich nur ein Kronprinz oder ein Hochmeister, ich müßte Lerchenschüsseln und Lerchenmesser, Schnepfenschüsseln und Schnepfenmesser haben, ja eine Hirschkeule von einem Sechzehn-Ender würd' ich auf keinem Teller anschneiden, auf dem ich einmal einen Acht-Ender gehabt hätte –– Da doch die beste Welt hienieden die beste Kammer [1] und die Erde eine gute Irrenanstalt ist, worin wie in einer Quäkerkapelle einer um den andern als Irrenprediger vikariert: so sehen die Bedlamiten nur zweierlei Narrheiten für Narrheiten an, die vergangnen und die künftigen, die ältesten und die neuesten – ich würde ihnen zeigen, daß ihre von beiden annehmen.« –

Lenettens ganze Antwort war eine unbeschreiblich *sanfte* Bitte: »Tu es nicht, Firmian, verkaufe nur das Zinn nicht!« –

»Meinetwegen also!« (erwiderte er mit bittersüßer satirischer Freude über den Fang des schillernden Taubenhalses in der Schnait, die er so lange vorgebeeret hatte). »Der Kaiser Antonin schickte zwar sein echtes Silbergeschirr in die Münze, und mir wär's noch weniger zu verargen; aber meinetwegen! Es soll kein Lot verkauft werden, sondern alles nur – versetzt. Du bringst mich zum Glück darauf; denn am Andreastage kann ich, ich mag nun den Schwanz oder den Reichsapfel herunterschießen oder gar König werden, alles mit Spaß auslösen, ich meine mit dem baren Gewinste, besonders die Salatiere und Sauciere. Ich lasse dir Recht: haben wir denn nicht die alte Sabel im Haus, die alles hin und wider trägt, das Geld und die Ware?«

[1] In Holland bedeutet die beste Kammer das geheime Gemach.

Nun ließ sie es geschehen. Das Andreasschießen war ihr Notschuß und Fortunatuswünschhütlein, die hölzernen Flügel des Vogels waren an ihre Hoffnung als ein wächsernes Flugwerk geschnallet, und das Pulver und Blei war wie bei Fürsten ihre Blumen-Sämerei künftiger Freudenblumen. Du Arme in manchem Sinne! Aber eben Arme hoffen unglaublich mehr als Reiche! Daher greifen auch die Lottos wie andere Epidemien und die Pest mehr arme Teufel an als reiche. Siebenkäs, der nicht nur auf den Verlust der Möbeln, sondern auch des Geldes verschmähend heruntersah, war im stillen des geheimen Vorsatzes, den Bettel beim Zinngießer wie eine *Reichspfandschaft* ewig sitzen zu lassen, gesetzt auch, er würde *König*, und bei demselben bloß, wenn er einmal unter dessen Werkstatt vorbeiginge, die Verpfändung in einen Verkauf zu verwandeln. –

Nach einigen hellen, stillen Tagen legte der Pelzstiefel wieder eine Abendvisite ab. Unter den Drangsalen ihrer Fruchtsperre, bei den Gefahren des Einschwärzens und da beinahe eine Träne oder ein Seufzer als Aufschlag, der entrichtet werden mußte, auf jeden Laib Brot geleget war, da hatte Firmian kaum Muße, geschweige Lust gehabt, an seine Eifersucht zu denken. – Bei Lenetten muß es sich gerade umkehren, und falls sie Liebe gegen Stiefel hegt und trägt, so muß diese freilich auf seinem Gelddünger mehr wachsen als auf des Advokaten Acker voll Hungerquellen. Der Schulrat hatte kein Auge, das den versteckten Jammer eines Haushaltens unwillkürlich hinter dem Lächeln antrifft; er merkte gar nichts. Aber eben dadurch hatte dieses freundschaftliche Drei eine heitere Stunde ohne Nebel, worin, wenn nicht die Glücksonne, doch der Glückmond (die Hoffnung und die Erinnerung) schimmernd aufstieg. Siebenkäs hatte doch wieder ein gebildetes Ohr vor sich, das sich in das närrische Schellengeläute und in die Trompeterstückchen seiner leibgeberischen Laune fand. Lenette fand sich nicht darein, und auch der Pelzstiefel verstand ihn nur, wenn er sprach, nicht wenn er schrieb. Beide Männer sprachen, wie die Weiber, anfangs bloß von Personen, nicht von Sachen; nur daß sie ihre skandalöse Chronik die Gelehrten- und Literargeschichte hießen. Der Gelehrte will alle kleine Züge, sogar die Montierstücke und Leibgerichte eines großen Autors kennen; aus demselben Grunde hat die Frau auf die kleinsten Züge einer durchreisenden Großfürstin, bis auf jede Schleife und Franse, ein ungemeines Augenmerk. Dann kamen sie von den Gelehrten auf die Gelehrsamkeit –– und dann flohen alle Wolken des Lebens, und im Reiche der Wissenschaften wurde das trauernde, mit dem Hungertuche verhüllte Haupt wieder aufgedeckt und aufgerichtet. – Der Geist ziehet die Bergluft seiner Heimat ein und blickt von der hohen Alpe des Pindus hinab, und drunten liegt sein schwerer, verwundeter Leichnam, den er wie einen Alp seufzend tragen mußte. Wenn ein dürftiger, verfolgter Schulmann, ein dürrer fliegender Magister legens, wenn ein Pönitenzpfarrer mit fünf Kindern oder ein gehetzter Hauslehrer jämmerlich dort liegt, mit jeder Nerve unter einem

Marterinstrument: so kommt sein Amtbruder, um welchen ebensoviel Instrumente sitzen, und disputiert und philosophiert mit ihm einen ganzen Abend lang und erzählt ihm die neuesten Meinungen der Literaturzeitungen. – Wahrlich dann wird die Sanduhr der Folterstunde [1] umgelegt – dann tritt glänzend Orpheus mit der Leier der Wissenschaften in die physische Hölle der zwei Amtbrüder, und alle Qualen brechen ab, die trüben Zähren fallen vom glänzenden Auge, die Furienschlangen ringeln sich zu Locken auf, das Ixionsrad rollet nur musikalisch in der Leier um, und die armen Sisyphi sitzen ruhig auf ihren zwei Steinen fest und hören zu.... Aber die gute Frau des Pönitenzpfarrers, des fliegenden Lesemagisters, des Schulmanns, was hat diese in der nämlichen Not für einen Trost? – außer ihrem Manne, der ihr eben deswegen manches nachsehen sollte, hat sie keinen.

Der Leser weiß noch aus dem ersten Teile, daß Leibgeber drei Programme aus Baireuth geschickt; das vom Doktor Frank brachte Stiefel mit und trug ihm die Rezension desselben für den kuhschnappelschen Götterboten deutscher Programmen an. Dabei zog er noch ein anderes Werklein aus der Tasche, das öffentlich zu beurteilen war. Der Leser wird beide Werke mit Freuden empfangen, da mein und sein Held kein Geld im Hause hat und also von der Beurteilung derselben doch einige Tage leben kann. Die zweite Schrift, die aufgerollet wurde, betitelte sich: Lessingii Emilia Galotti. Progymnasmatis loco latine reddita et publice acta, moderante J. H. Steffens. Cellis 1778. – Es sollen sich viele Mithalter des Götterbotens deutscher Programme über die späte Anzeige dieser Übersetzung aufgehalten und den Boten gegen die Allg. deutsche Bibliothek gehalten haben, die, ihres geräumigen allgemeinen deutschen Bezirkes ungeachtet, doch gute Werke schon die ersten Jahre nach ihrer Geburt anzeigt, zuweilen schon im dritten, so daß oft wirklich noch das Lob des Werkes in letztes eingebunden werden kann, weil sich die Makulatur davon noch nicht vergriffen. Aber der Götterbote hat mehre Werke von 1778 nicht angezeigt und überhaupt damals gar nicht anzeigen können, weil er erst fünf Jahre darauf – selber ans Licht trat.

Siebenkäs sagte freundlich zum Pelzstiefel: »Nicht wahr, wenn ich die Herren Frank und Steffens geschickt rezensieren soll, so muß meine gute Lenette nicht hinter mir hobeln und brausen mit dem Borstwisch?« – »Das hätte wahrlich viel auf sich«, sagte ernsthaft der Rat. Nun wurde bei ihm eine scherzhafte und gemilderte Berichterstattung aus den Akten des häuslichen Inhibitiv-(Verbiet-)Prozesses eingereicht. Wendelinens freundliche gespannte Augen suchten das rubrum (den roten Titel) und das nigrum (das Schwarze oder den Inhalt) des Stieflischen Urtels aus seinem Gesichte, das beide Farben trug, abzustehlen und wegzulesen. Aber Stiefel begann trotz seiner mit lauter Seufzern der sehnsüchtigen Liebe für sie ausgedehnten Brust sie anzureden, wie folgt: »Frau Armenadvokatin, das geht

[1] So lange die Tortur fortwährt, steht die messende Sanduhr aufrecht.

durchaus nicht – Denn etwas Edlers hat Gott nicht erschaffen als einen Gelehrten, der schreibt und denkt. Zehnmal hunderttausend Menschen sitzen in allen Weltteilen gleichsam auf Schulbänken um ihn, und vor diesen soll er reden – Irrtümer, von den klügsten Völkern angenommen, soll er ausreuten, Altertümer, längst verschwunden wie ihre Inhaber, soll er deutlich beschreiben, die schwersten Systeme soll er widerlegen oder gar erst machen – sein Licht soll durch massive Kronen, durch die dreifache Filzmütze des Papstes, durch Kapuzen und Lorbeerkränze dringen und die gesamten Gehirne darunter erhellen – das soll er, das kann er; aber, Frau Advokatin, mit welcher Anstrengung! – Es ist schwer, ein Buch zu setzen, noch schwerer, zu schreiben. Mit welcher Spannung schrieb Pindar und vor ihm schon Homer, ich meine in der Ilias! – Und so einer nach dem andern bis auf unsere Zeiten. – Ists dann ein Wunder, wenn große Skribenten in der entsetzlichsten Anstrengung aller ihrer Ideen oft kaum wußten, wo sie waren, was sie taten und wollten, wenn sie blind und taub und gefühllos gegen alles wurden, was nicht in die *fünf innern* geistigen Sinnen fiel, wie Blindgewordene im Traume herrlich sehen, im Wachen aber wie gesagt blind sind? – Aus einer solchen Anstrengung kann ich mirs erklären, warum Sokrates und Archimedes dort standen und gar nicht wußten, was um sie tobe und stürme – warum im tiefen Denken Cardanus sein Zipperlein vergaß – andere die Gicht – ein Franzos die Feuerbrunst – und ein zweiter Franzose das Sterben seiner Frau.«

»Siehst du«, sagte Lenette leis und froh zu ihrem Manne, »wie will ein gelehrter Herr es hören, wenn seine Frau wäscht und fegt?« – Stiefel ging unerschüttert weiter im Kettenschluß: »Zu einem solchen Feuer, besonders ehe man noch hineinkommt, ist Windstille zuvörderst erforderlich. Daher wohnen in Paris die großen Gelehrten und Künstler bloß in der St. Viktorstraße, weil die andern Straßen zu laut sind. So dürfen eigentlich neben Professoren keine Schmiede, Klempner, *Folienschläger* in *einer* Gasse arbeiten.« –

Siebenkäs setzte ernsthaft dazu: »Besonders *Folienschläger*. – Man sollte nur bedenken, daß die Seele mehr Ideen als ein halbes Dutzend[1] nicht beherbergen kann: tritt nun die des Getöses als eine böse Sieben ein, so macht sich eine oder die andere, die man durchdenken oder niederschreiben könnte, natürlicherweise aus dem Kopfe fort.«

Stiefel foderte freilich der Frau den Handschlag als ein Pfandstück ab, daß sie wie eine Josuas-Sonne jedesmal stillstehen wollte, wenn Firmian die Feinde schlug mit seiner Feder und Geißel. »Hab' ich nicht selber«, entgegnete sie, »schon einigemal den Buchbinder gebeten, nicht so arg auf seine Bücher zu schlagen, weil mein Mann es höre, wenn er seine Bücher

[1] Wirklich behauptete Bonnet, daß sie nicht mehr als sechs Ideen auf einmal haben könne. S. Hallers große Physiologie.

macht?« Sie gab indes dem Rate die Hand; und er schied zufrieden von Zufriednen und hinterließ ihnen die Hoffnung *gefriedigter* Stunden.

Aber ihr Guten, wozu dienet euch der Friedensetat bei euerem halben Solde, in dem kühlen, leeren Waisenhaus der Erde, in dem ihr darbet, bei den dunkeln labyrinthischen Irr-Klüften eueres Schicksals, worin der Ariadnens-Faden selber zur Schlinge und zum Garne wird? – Wie lange wird sich der Armenadvokat mit dem Pfand-Schilling des Zinns und mit dem Ertrage der zwei Rezensionen, die er nächstens machen wird, hinfristen können? – Allein wir sind alle wie der Adam in den Epopöen und halten unsere erste Nacht für den jüngsten Tag und den Untergang der Sonne für den der Welt. Wir betrauern alle unsere Freunde so, als gäb' es keine bessere Zukunft *dort*, und betrauern uns so, als gäb' es keine bessere *hier*. – Denn alle unsere Leidenschaften sind geborne Gottesleugner und Ungläubige.

Sechstes Kapitel

Ehe-Keifen – Extrablättchen über das Reden der Weiber – Pfandstücke – der Mörser und die Rappeemühle – der gelehrte Kuß – über den Trost der Menschen – Fortsetzung des sechsten Kapitels

Dieses Kapitel fängt sich gleich mit Geldnot an; der jämmerliche, zerlechzte Danaiden-Eimer, womit das gute Ehepaar seine wenigen Groschen oder Goldkörner aus dem Paktolus aufzog, war immer in zwei Tagen wieder ausgetropft, wenigstens in dreien. Dasmal indessen konnten die Leute doch auf etwas Gewisses fußen, das nicht unbeträchtlich war, auf die zwei Rezensionen der zwei dagelassenen Rezensierstücke – auf 4 fl. konnten sie gewiß rechnen, wenn nicht auf fünf.

Am Morgen nach dem Kusse setzte Firmian sich wieder auf seinen kritischen Schöppenstuhl und beurteilte. Er hätte ein Heldengedicht machen können, so wenig sausten die bisherigen Passatwinde der Morgenstunden. Er zeigte der Welt von früh 8 Uhr bis mittags um 11 Uhr das Programm des Doktor Franks in Pavia günstig an, das betitelt war: Sermo Academicus de civis medici in republica conditione atque officiis ex lege praecipue erutis auct. Frank 1785. Er beurteilte, lobte, tadelte und exzerpierte das Werkchen so lange, bis er glaubte, er habe damit so viel Papier vollgemacht, daß der Ehrensold für das Papier dem Pfandschilling für die Heringschüssel, für die Salatiere und Sauciere und den Teller beikomme – nämlich einen Bogen lang war seine Meinung über die Rede, und 4 Seiten und 15 Zeilen.

Der Morgen war unter seinem Femgericht so schön abgelaufen, daß der Feimer nachmittags ein zweites halten wollte, über das rückständige zweite Werkchen. Bisher hatt' ers nicht gewagt; er hatte nachmittags nur advoziert, nicht rezensiert, und nur als Defensor (Verteidiger), nicht als Fiskal

(Ankläger) gearbeitet. Er konnte sich recht gut damit rechtfertigen, daß immer nachmittags die Mädchen und Mägde mit Hauben kämen und – Mäuler voll Sprachschätze mitbrächten und auftäten, daß sie, reicher als die Araber, die nur tausend Wörter für einen Gedanken haben, ebenso viele Redarten für *einen* verwahrten und daß sie überhaupt, wie verdorbne Orgeln, sogleich, ohne gegriffen zu sein, mit zwanzig Pfeifen flöteten, sobald nur die (Lungen-)Bälge gingen –– das war ihm gelegen; denn in den Stunden, worauf diese weiblichen Wecker gestellet waren, ließ er seine juristischen losschnarren und trieb unter den Prozessen seiner Lenette seine eignen weiter. Es störte ihn gar nicht; er versicherte: »Ein Advokat ist gar nicht irre zu machen, er mag seinen Perioden eröffnen und fortstoßen wie er will – sein Periode ist ein langer Bandwurm, den ich ohne Schaden prolongiere, abbreviere (verlängere, abkürze) – denn jedes Glied ist selber ein Wurm, jedes Komma ein Periode.« –

Aber mit dem Rezensieren wollt' es nicht gehen. Ich will indes so viel für die Ungelehrten (denn die Gelehrten haben die Rezension längst gelesen) treulich niederschreiben, als er nach dem Essen wirklich fertig brachte. Er schrieb den Titel von Steffens' lateinischer Übersetzung der Emilia Galotti hin und fuhr so fort:

»Gegenwärtige Übersetzung erfüllet endlich einen Wunsch, den wir so lange bei uns herumgetragen haben. Es ist in der Tat eine auffallende Erscheinung, daß bisher noch so wenige deutsche Klassiker ins Lateinische für Schulmänner übersetzet worden sind, die für uns doch fast alle römische und griechische Klassiker verdeutschet haben. Der Deutsche hat Werke aufzuzeigen, welche verdienen, daß sie ein Schulmann und Sprachgelehrter lieset; aber er kann sie nicht verstehen (obwohl übertragen), weil sie nicht lateinisch geschrieben sind. Lichtenbergs Taschenkalender tritt zugleich in einer deutschen Ausgabe – für Engländer, welche Deutsch lernen – und in einer französischen für den deutschen hohen Adel ans Licht; warum werden aber deutsche Originalwerke und dieser Kalender selber nicht auch Sprachgelehrten und Schulmännern in die Hände gegeben in einer guten lateinischen, aber treuen Übersetzung? Sie sind gewiß die ersten, welche die Ähnlichkeit (in der Ode) zwischen Ramler und Horaz bemerken würden, wäre jener verdolmetscht. Rezensent gesteht gern, daß er immer große Bedenklichkeiten darüber gehabt, daß man Klopstocks Messiade nur in zwei Rechtschreibungen geliefert, in der alten und in seiner – daß aber weder an eine lateinische Ausgabe für Schulleute – denn Lessing hat in seinen vermischten Schriften kaum die Anrufung übersetzt – noch an eine im Kurialstil für die Juristen, noch an eine im planen prosaischen für Meßkünstler oder an eine im Judendeutsch für das Judentum gedacht worden.« ....

So weit hatt' ers; aber dann mußt' er aufhören, weil eine Hausjungfer nicht aufhörte, sondern immer wiederholte, was ihre Frau – die Seckelmeisterin – wiederholet hatte, wie nämlich die Nachthaube gesteckt werden sollte: zwanzig Male entwarf sie den Karton und Vorriß der Haube und drang auf Eiligkeit. Lenette beantwortete und vergalt alle ihre Tautologien mit ähnlichen. Kaum hatte die Hausjungfer die Türe zugemacht, so sagte der Rezensent: »Ich habe nicht ein Wort geschrieben, solang die Windmühle da klapperte. Lenette, ists denn eine gänzliche Unmöglichkeit, daß ein Weib sagt, es ist vier Uhr, anstatt zu sagen, es hat vier Viertel auf vier Uhr geschlagen? – Kann keine sagen, morgen ist der Kopf-Lumpen fertig und damit gut? Kann keine sagen, einen Ortstaler verlang' ich dafür und damit gut? Keine, lauf' Sie morgen wieder herauf und damit holla? Kannst denn dus nicht?« – Lenette versetzte kalt: »Du denkst freilich, alle Leute denken wie du!« –

Lenette hatte überhaupt zwei weibliche Unarten, über die schon Millionen männliche Speiteufel oder Raketen, nämlich Flüche, in den Himmel aufgefahren sind – die eine, daß sie dem Laufmädchen in der Stube jeden Auftrag wie ein Memoriale in zwei Exemplaren überreichte und nachher mit ihr hinausging und ihr dieselbe Sache noch drei- oder viermal anbefahl –– die andere, daß sie, Siebenkäs mochte schreien wie er wollte, allezeit das erstemal fragte: »wie?« oder »was sagst du?« Ich rate und preise selber den Weibern, sobald sie über die Antwort verlegen sind, diese Foderung eines – Sekundawechsels an; aber in andern Fällen, wo man von ihnen statt der Wahrheit nur Aufmerksamkeit verlangt, ist dieses ancora und bis, das sie dem eilfertigen Sprecher zurufen, ebenso beschwerlich als entbehrlich. – Solche Dinge sind in der Ehe so lange Kleinigkeiten, als ihr Märterer sie nicht rügte; nach dem Rügegerichte aber sind sie noch schlimmer – denn sie kommen öfter vor – als Todsünden und Felonien und Brüche.

Würde der Verfasser dieses durch dergleichen Pleonasmen in seinen Arbeiten gehemmt: so würd' er weiter nichts machen – am wenigsten eine Strafpredigt – als – weil man ihn gerade aufmunterte – folgendes

Extrablättchen über das Reden der Weiber.

Der Verfasser des Buchs über die Ehe sagt: eine Frau, die nicht spricht, sei dumm. Aber es ist leichter, sein Lobredner als sein Jünger zu sein. Die klügsten Weiber sind oft stumm unter Weibern, und die dümmsten und stummsten sind oft beides unter Männern. Im ganzen gilt vom weiblichen Geschlecht die Bemerkung über das männliche, daß *die* Menschen am meisten denken, die am wenigsten sprechen, so wie die Frösche aufhören zu *quaken*, wenn man ein *Licht* ans Weiher-Ufer stellt. – Übrigens kommt das viele weibliche Sprechen von ihren sitzenden Arbeiten; die sitzenden Handwerker, Schneider, Schuster, Weber, haben mit ihnen nicht nur die hypochondrischen Phantasien, sondern auch das viele Sprechen gemein.

Die Arbeittischlein der weiblichen Finger sind grade die Spieltafeln weiblicher Phantasien, und die Stricknadeln werden innerlich Zauberstäbchen, womit sie die ganze Stube in eine Geisterinsel voll Träume verwandeln; daher zerstreuet ein Brief oder ein Buch eine Verliebte mehr als vier Paar Strümpfe, die sie strickt. Die Affen reden nicht – wie die Wilden sagen –, um nicht zu arbeiten; aber viele Weiber reden eben doppelt, weil sie arbeiten.

Ich habe nachgedacht, zu welchem Zweck. Anfangs scheint es, die Natur ordne jenes Wiederholen des Gesagten zur Ausbreitung metaphysischer Wahrheiten an; denn da nach Jacobi und Kant Demonstration nichts ist als Fortschritt in *identischen Sätzen*, so demonstrieren die Weiber, da sie immer vom nämlichen zum nämlichen fortschreiten, unaufhörlich. Gleichwohl ist gewiß der Natur an folgendem Nutzen mehr gelegen. Die Baumblätter verharren, wie scharfe Naturforscher behaupten, in einer flatternden Bewegung, um die Luft durch dieses stete Geißeln zu reinigen: diese Schwingung tut beinahe die Dienste eines schwachen kleinen Windes.[1] Es wäre aber ein Wunder, wenn die sparsame Natur das viel längere, das siebzigjährige Schwingen der weiblichen Zungen ohne Absicht veranstaltet hätte. Die Absicht mangelt aber nicht; es ist dieselbe, warum die Blätter wackeln; der ewige Pulsschlag der weiblichen Zunge soll der Erschütterung und Umrüttelung der Atmosphäre forthelfen, die sonst anfaulte. Der Mond hat sein Wassermeer und der weibliche Kopf sein Luftmeer, das er gesund zu schütteln hat. Daher würde ein allgemeines pythagoreisches Noviziat in die Länge Epidemien nach sich ziehen – und Nonnen-Kartausen Pesthäuser. Daher nehmen unter kultivierten Völkern, die mehr sprechen, die grassierenden Krankheiten ab. Daher ist die Einrichtung der Natur wohltätig, daß die Weiber gerade in *großen* Städten – ferner im *Winter* – ferner in *Zimmern* – und in großen *Gesellschaften* am meisten sprechen; denn eben in diesen Orten und Zeiten ist die Luft am meisten verdorben, voll abgesetzten Phlogiston, und der Windfächel bedürftig. Ja die Natur tritt hierin über alle Dämme der Kunst; denn wiewohl viele europäische Weiber den amerikanischen, die, um zu schweigen, den Mund voll Wasser nehmen, es nachzutun versuchten und daher bei Besuchen ihn mit Tee oder Kaffee vollmachten: so tat doch gerade diese Flüssigkeit dem wahren weiblichen Sprechen mehr Vorschub als Abbruch.

Ich bin hierin, hoff' ich, weit entfernt von jenen engbrüstigen Teleologen, die jedem großen Sonnengange der Natur noch kleine Holzwege und Endabsichten unterschieben und vorstecken; solchen mag es geziemen – ich aber schäme mich – zu vermuten, daß das Oszillieren der weiblichen Zungen,

[1] Nur kann man nicht sagen, daß der Wind durch Verjagen böser Dünste nütze, weil er ja für alle schlimme, die er meinem Hintermann von mir zubrächte, mir wieder alle schlimme meines Vormanns zugeführet hätte, und weil das stehende Wasser nicht darum modert, weil kein fließendes den Moder wegschwemmt.

deren Nutzen sich genugsam durch die Bewegung der Luft erweiset, vielleicht dazu diene, irgendeinen Sinn oder Gedanken geistiger Wesen – z. B. der weiblichen Seele selber – auszudrücken als Typus. Das gehöret unter die Dinge, von denen Kant sagt, daß man sie weder behaupten noch widerlegen kann. Ja ich wollte eher glauben, daß das Reden ein Zeichen sei, daß das Denken und innere Tätigsein aufhöret, wie in einer guten Mühle die Warnglocke nicht eher klingeln darf, als bis jene kein Getreide mehr zu mahlen hat. – Jeder Ehemann weiß auch, daß die Zunge noch darum in den weiblichen Kopf eingeheftet worden, damit sie durch ihren Klang richtig ansage, wenn darin ein Widerspruch, etwas Unregelmäßiges oder etwas Unmögliches herrschet.[1] So hat auch Herr Müller in seiner Rechenmaschine ein Glöckchen angebracht, dessen Klingeln bloß erinnern soll, daß in der Maschine ein falsches Rechenexempel oder irgendein Rechenverstoß vorkomme. – Jetzo ists die Pflicht des Physikers, hierin weiter zu forschen und abzuurteln, wieweit ich etwan fehlgehe.

*

Ich wills nur offenbaren: der Advokat hat dieses Blättchen gemacht.[2]

Er vollendete seine Rezension erst den Morgen darauf. Er wollte freilich seine wenigen Gedanken über die Übersetzung der »Emilia« so lange öffentlich sagen, bis mit dem Gelde für die Gedanken seine Stiefeln konnten vorgeschuhet werden – anderthalb Druckbogen verlangte Fecht für das Paar –, aber er hatte nicht die Zeit dazu; noch heute mußt' er mit dem Setzer-Augenmaß die Handschrift ausrechnen und in den Lohn erheben.

Die Rezensionen gingen ab an den Redakteur: der kritische Kostenzettel lief – da für den Bogen 2 fl., die Seite zu dreißig Zeilen, kamen – auf bis zu 3 fl. 4 Gr. und 5 Pf. – Sonderbar! der Mensch lacht, wenn er Geistiges und Körperliches, Verstand und Ehrensold, Schmerzen und Schmerzengeld in Verhältnis gestellet findet; ist denn aber nicht unser ganzes Leben eine Äquation (oder Gesellschaftrechnung) zwischen Seel' und Leib, und ist nicht alle Einwirkung auf uns körperlich, und alle Rückwirkung aus uns geistig?

Das Laufmädchen brachte nichts zurück als einen Gruß statt der Silberblätter, wozu seine Dinte sich hatte kristallisieren sollen. Der Pelzstiefel hatte gar nicht daran gedacht. Die Zerstreuung des Studierens machte den Schulrat kalt gegen eignen Reichtum und blind für fremde Armut: er bemerkte wohl einen Hiatus, aber der mußte in keinem eignen oder fremden Strumpfe, Schuhe usw. sein, sondern in einem Manuskripte. Ein inneres

[1] Denn es wird besonders der Frau viel leichter nachzugeben und stillzuschweigen, wenn sie recht, als wenn sie unrecht hat.

[2] Und die ganze »Auswahl aus des Teufels Papieren« ist in jenem Tone geschrieben; aber die Schein-Härte desselben, die sich gegen ganze Stände und Geschlechter richtet, war bloß die ästhetische Bedingung einer rein durchgeführten Satire.

Feuer verblendete diesen Glücklichen gegen das faule phosphoreszierende Holz um ihn; und glücklich ist jeder Schauspieler im Schuldrama der Erde, dem die höhere innere Täuschung die äußere ersetzt oder verdeckt, und vor welchem im Taumel seiner geistigen Rolle die stümperhaften Landschaften an den Theaterwänden blühen und rauschen unter der Regenmaschine aus Erbsen, und den das Auseinanderschieben der Wände nicht weckt.

Aber unsere zwei Geliebte beunruhigte die schöne Blindheit des Rates sehr; ihr kleines Sternbild, das ihnen heut leuchten sollte, sank, in Sternschnuppen aufgelöset, auf die Erde. – Stiefeln tadl' ich nicht, er hatte, wenn kein Auge, doch ein Ohr für das Elend; hingegen vor euch, ihr Großen und Reichen, die ihr, unbehülflich im Honigfladen eures Genusses und mit klebrigen Flügeln in euerem flüssigen Rosenzucker schwimmend, es nicht leicht findet, die Hand zu regen und damit aus der Geldrolle den Lohn für die zu ziehen, welche eueren Honigbehälter füllen halfen, vor euch wird einmal eine richtende Stunde treten und euch fragen, ob ihr wert waret zu leben, geschweige zu genießen, wenn ihr sogar die kleine Mühe des Bezahlens flohet, indes der Niedere sich der großen des Verdienens unterzog. Aber ihr würdet besser sein, wenn ihr bedächtet, wieviel Jammer euere gemächliche Trägheit, eine Geldrolle zu öffnen oder eine kurze Rechnung zu lesen, oft unter Arme verbreite; wenn ihr euch das trostlose Zurückprallen einer Gattin vorstelltet, deren Mann ohne Lohn umkehrt, und ihr Darben und das Durchstreichen so vieler Hoffnungen und die kummerhaften Tage einer ganzen Familie....

Der Armenadvokat nahm also wieder sein närrisches Versilbergesicht vor und ging in allen Winkeln herum und trat den Preßgang nach Möbeln, die er pressen wollte, mit dem Augenglase an. Wie ein guter Fürst oder auch ein guter englischer Minister sich zu Nachts im Bette aufsetzt und den Kopf auf den Ellenbogen stützt und darin nachdenkt, an welche Artikel oder Stämme voll Birkensaft er den Weinbohrer einer neuen Abgabe ansetzen, oder wie er, in einer andern Metapher, den Torf der Taxen so stechen soll, daß neuer nachwächst: also Siebenkäs. Er untersuchte, den Kaperbrief in den Händen, jede Flagge, die ihm vorkam – er hob sein Scherbecken in die Höhe und setzte es wieder hin – er rüttelte die paralytische Lehne eines alten Sessels und knackte damit, er probierte ihn noch mehr, indem er sich hineinsetzte, und stand wieder auf. – – Ich unterbreche mich in meinem Perioden, wenn ich es flüchtig herwerfe, daß Lenette dieses gefährliche Konskribieren und Messen der Landeskinder recht wohl verstand und daß sie in einem fort gegen dieses Pfänderspiel mit Hiobsklagen protestierte. – Er hob ferner einen alten gelben Spiegel mit vergoldetem Laubwerk, der in der Kammer dem grünen Bette-Sparrwerk gegenüber hing, vom Haken herab, besah ihn an dem hölzernen Unterfutter und der Aasseite, schob ein wenig die Spiegeltafel auf und ab und hing ihn wieder hin – einen alten Feuerbock, desgleichen einen Kammertopf, die dreispännig da waren, nämlich als Drillinge, diese berührte er gar nicht, sondern schob solche bloß mit dem Fuß weiter unter ihre Bedachung – von einer porzellanen Butterbüchse in Gestalt einer Kuh (nach damaligem plastischen Witze) hob er flüchtig den Rücken ab und sah bloß hinein, stellte sie aber leer und voll Staub auf das Gesimse als Zier – länger wog er mit beiden Händen einen Gewürzmörser und stellte ihn wieder in den Wandschrank zurück – er sah immer gefährlicher und munterer aus – er zerrete mit den zwei Armen ein Gefach aus der Kleiderkommode hervor, schob Tellertücher und einen italienischen Blumenstrauß zurück und wollte ein Trauerkleid von grilliertem Kattun ein wenig überblättern..... Aber hier flog Lenette auf, fiel ihm in den blätternden Arm und sagte: »Warum nicht gar! So weit solls, wills Gott, nicht mit mir kommen!«

Er drückte kalt das Gefach hinein, sperrte den Wandschrank wieder auf und hob den Gewürzmörser bedachtsam auf den Tisch heraus und sagte: »Meinetwegen! es kann also der Mörser forttanzen!« – Dadurch, daß er diese Schand- und Türkenglocke mit der ganzen Hand wie mit einem Dämpfer umgriff, konnte er den Stößel oder Klöppel recht gut ohne Sang und Klang aus der Höhlung ziehen. Er wußte längst, daß sie eher das Kleid ihrer Seele als das grillierte Überkleid jenes Kleides verpfände; aber er wollte absichtlich, wie der römische Hof, um die ganze Hand anhalten, um leichter den Finger zu bekommen, nämlich den Mörser – auch hofft' er durch bloßes Repetieren seiner Behauptung die Gründe derselben zu ersetzen und Lenetten durch häufiges Vorführen des Popanzes und Wauwaus allmählich mit dem letzteren zu befreunden, ich meine mit dem Versatze des grillierten Kattuns. Er hob deshalb so an: »Wir haben freilich jahraus jahrein wenig zu stampfen – außer wenn wir ein Viertel Mastvieh schlagen lassen – aber zu was das grillierte Kleid aufbehalten wird, das sage mir – du kannst den Kattun nicht öfter antun als ein einziges Mal, wenn ich für meine Person mit Tod abgehe. – Lenette, das frisset mir das Innere an – münze den Rock aus – merz ihn aus – ich schließe aus meinem Kleiderschrank zwei Paar Trauerschnallen bei, mit denen ich nichts mehr einzuschnallen verhoffe!« –

Sie lärmte unbändig und kanzelte mit Verstand alle »leichtsinnige, lüderliche Haushälter« ab, eben weil sie zu befahren hatte, er werde nunmehr alle die Möbeln, die er heute wie ein Fleischbeschauer geschätzet und befühlet hatte, eines nach dem andern in das Schlachthaus unter das Schlächter-Messer führen und wohl gar – du treuer Jesus! – den grillierten Rock auch. »Lieber leid' ich Hunger« – sagte sie – »als daß ich den Mörser um ein Spottgeld verschleudere. Morgen abend kömmt ja der Herr Rat und überbringt dir das Schreibgeld« (für die zwei Rezensionen).

»Das lässet sich hören«, sagt' er und trug den ausgerissenen Stößel waagrecht mit zwei Händen in die Kammer auf Lenettens Kopfkissen; dann trug er den Mörser, als den Spielraum der Spielwelle, abgesondert nach und stellte ihn auf seines: »Wenn ihn die Leute«, sagt' er, »schellen hörten, so dächten sie (denn wir stoßen nichts darin), ich wollt' ihn versilbern; und das möcht' ich nicht gern.«

Ihre beiderseitige Zentralkasse, die sich in seiner baumwollenen grüngelben Börse und in ihrer angehangenen breiten Geldtasche aufhielt, mochte sich auf drei – Groschen gut Geld belaufen. Abends sollte ein Groschenbrot für die Barschaft geholt werden, und der Rest des metallischen Samens mußte morgen als Saat des Früh- und Mittagstückes ausgeworfen werden. – Das Laufmädchen lief nach Brot aus; kam aber wieder mit dem Groschen und mit der Hiobspost: »es liege so spät nichts mehr auf allen Bäckerläden als Zweigroschenbrote – der Vater (der Altreis Fecht) habe auch nichts bekommen.« Das war eben erwünscht: der Advokat konnte mit dem Schuster in Kompagnie treten und so, indem beide Associés ihre zwei Groschen in *eine* Kasse legten, leicht den Zweigroschenlaib erstehen. Die Fechtischen wurden befragt; der Schuster, der gar kein Geheimnis aus seinen täglichen Falliments machte, repartierte: »von Herzen gern! es soll' ihn Gott strafen, verzeih' es ihm Gott, wenn er und sein Lumpenpack heute etwas gefressen oder etwas ins Maul genommen hätten als Schuhdraht.« – Kurz, die Vereinigung des gelehrten Standes mit dem dritten hob den Brotmangel, und die zwei Bündner wogen den zersägten Laib auf einer billigen Waage gleich, auf der die Ware zugleich der Gewicht- und Passierstein war. –– Ach! ihr Reichen! ihr wisset auf eueren Himmelbrot-Wägen nicht, wie unentbehrlich der Armut kleine Gewichte, Apothekerwaagen, Hellerbrote, eine Mahlzeit für acht Kreuzer, wofür noch das Hemde unter dem Essen gewaschen wird[1], und ein Brotschnitthandel ist, wo bloße Brot-Scherben und schwarzer Brotpuder[2] für Geld zu haben ist – und wie ein ganzer froher Abend einer Familie daran hängt, daß euere Zentner in Loten feilstehen! –

Man aß sich froh und satt; Lenette war gefällig, weil sie ihren Willen durchgesetzt. Der Advokat stellte nachts leise das wartende Pfandstück auf einen weichen Sessel. Am Morgen machte sie ihm durch Stille das Schreiben leichter. Es war aber ein gutes Zeichen, daß sie den Mörser nicht aus der Kammer in den Wandschrank zurücksetzte. Siebenkäs schoß übrigens aus diesem Bombenmörser allerlei Fragen in Bogen ab; er wußte gewiß, daß heute oder morgen diese Loretto- und Harmonikaglocke gegen geringes Abzuggeld noch über die Grenzen marschiere. Eine Frau wartet nur gern das Äußerste ab.

Abends klopfte der Pelzstiefel an. – Es war lächerlich und menschlich zugleich, zu erwarten, das erste, was der Redakteur des Götterbotens bringe,

[1] Solche Restaurateurs für Bettler gibts in London.

[2] In Paris wird mit den von den reichen Tafeln fallenden Brotkrumen und Brot-Pulvern ein ansehnlicher Handel-Verkehr getrieben.

sei das kritische Macherlohn, damit man dem Redakteur wenigstens einen geheizten Leuchter und ein volles Bierglas vorzusetzen vermöge. Über eine solche Bangigkeit geht nichts, weil die Beschämung auf einmal alle Springfedern im Menschen zerbricht. Siebenkäs fragte nichts darnach, weil er wußte, Stiefel frage auch nichts darnach. – Aber die arme Lenette, deren Schamröte besonders durch die Liebe gegen Stiefeln höher wurde! – Endlich zog der Rat aus der Tasche – man erwartete allgemein die Erscheinung der Rezensier-Sporteln – bloß seine Rappeemühle oder sein Schnupftabakreibeisen und griff in die Rocktasche, um eine halbe Stange Rappee auf die kleine Häckselbank zu stellen. Er hatt' aber die Stange schon aufgerieben. Er griff in die Hosentasche, um Geld zu einer neuen zu holen. Wahrhaftig er hatte – hier stieß er einen Fluch aus, für den er in England Fluchgebühren hätte geben müssen – die ganze Börse samt den Beinkleidern nicht nur (es waren seine plüschene), sondern auch samt dem richtig abgezählten Päckel eingewickelter Rezensier-Gebühren aus Dummheit zum Schneider geschickt. Er sagte, es wäre nicht das erste Mal und der Meister sei recht ehrlich zum Glück; die Sache war aber, er hatte nie den Inhalt seiner Börse auswendig gewußt. – Unbefangen bat er Lenetten: »ihm eine Stange Rappee zu verschaffen, morgen übersend' er das Darlehn zugleich mit dem gelehrten Arbeitlohn.« Siebenkäs fügte schelmisch bei: »Laß auch Bier mit holen, Beste.« – Er stellte sich mit dem Pelzstiefel ans Fenster, aber er konnte wohl vernehmen, daß die arme Frau – deren Herz gedrückt unter Seufzern lag und das die peine forte et dure ausstand – in die Kammer schleiche und ungehört den Gewürz-Holländer (Lumpenhacker) vom Sessel in die Schürze lege.

Nach einer guten halben Stunde kam endlich Rappee – Bier – Geld – und Freude in die Stube; die Glockenspeise des Mörsers war in eine bessere für den Magen umgesetzt, und diese Glocke war gleichsam das *Wandel*glöckchen gewesen, das hier nicht bloß wie bei den Papisten eine Transsubstantation oder *Brotverwandlung* anzeigte, sondern sogar eine selber erfuhr. Diese Gewürz-Lohmühle war schnell in Sägeblätter für die Rappee-Sägemühle des Rates auseinander gelegt. – Das Blut lief jetzo nicht mehr zwischen Klippen und Steinen, sondern ohne Wellen neben Wiesen über kleine *Silberkörner* des Lebens hinweg. So ist der Mensch: im großen Elend richtet ihn die nächste frohe Minute auf, im großen Glück schlägt ihn die entfernteste, noch unter dem Horizonte stehende trübe nieder. – Kein Großer, der Küchenmeister, Kellerschreiber, Kapaunenstopfer und Mundbäcker hat, wird von dem Vergnügen, zu bewirten oder bewirtet zu werden, gelabt; er bekommt und erstattet keinen Dank; aber der arme Wirt steht mit dem armen Gast, mit dem er den Laib und die Kanne halbiert, im Wechselbunde des Dankes.

Der Abend unterband mit einer weichen Binde den Schmerz des Morgens – der Mohnsaft von sechzig Tropfen Freude wurde jede Stunde eingenommen, und die Arzenei betäubte und berauschte sanft. Siebenkäs gab beim Abschiede dem alten guten Hausfreund einen herzlichen dankbaren Kuß für seinen aufheiternden Besuch, Lenette stand mit dem Leuchter in der Hand darneben. Der Mann, um sie zu entschädigen, daß er heute ihren kleinen Eigensinn im Mörser zu Grütze zerstoßen, sagte schnell und freundlich zu ihr: »Gib ihm noch einen dazu.« Die Röte schlug wie eine Flamme an ihren Wangen hinauf, und sie bog sich zurück, als hätte sie schon einem Munde auszuweichen. Es lag am Tage, sie wäre, hätte sie nicht das Amt einer Fackelträgerin versehen, davongelaufen in die Kammer. Der Rat stand in einer leuchtenden Freundlichkeit – wie etwan eine weiße Wintergegend im Sonnenschein – vor ihr und paßte darauf, daß – sie ihn küsse. Das fruchtlose Lauern verdroß ihn zuletzt und noch mehr das voreilige Zurückkrümmen; beleidigt, aber im alten freundlichen Glanze warf er die Frage auf: »Bin ich keines Kusses wert, Frau Advokatin?« Der Mann sagte: »Sie werden doch nicht erwarten, daß die Frau ihn gibt – sie steckte ja mit dem Leuchter Ihr Haar und alles in Brand.« Jetzo neigte sich der Pelzstiefel langsam und bedächtig und gebietend auf den umflammten Mund herab und setzte seinen heißen auf ihren, wie eine halbe Stange tropfendes Siegellack auf die andere halbe. Lenette gab ihm durch das Zurückbiegen des Hauptes mehr Fläche; jedoch muß man sagen, daß sie, indem sie den linken Arm mit dem Leuchter, der Feuergefahr wegen, weit in die Luft hinaushielt, den Rat mit dem rechten, einer andern, nähern Feuergefahr wegen, höflich wegzustemmen vieles tat. Noch nach seinem Abgange schien sie ein wenig verlegen – ihr Gang hatte etwas Schwebendes, als wenn eine große Entzückung sie mit ihren Flügeln aufwehete – die *Abendröte* hielt auf ihren Wangen immerfort an, als der Mond schon hoch stand – und ihre Augen glänzten, ohne Aufmerksamkeit, ihr Lächeln kam eher als ihre Worte, und sie sagte wenige – an den Gewürzmörser wurde gar nicht gedacht – sie faßte alles leiser und sanfter an und sah einigemal vom Fenster in den Himmel – sie hatte gar keine Eßlust mehr zum halben Zweigroschenlaibe und trank kein Bier, sondern einige Gläser Wasser mehr –– Ein anderer, z. B. ich, hätte die Finger aufgehoben und geschworen, er seh' ein Mädchen schweben, das heute vom Geliebten den ersten Kuß erlitten.

Ich würde meinen Schwur nicht bereuet haben, wenn ich am Tage darauf in das schnelle Morgenrot gesehen hätte, das an Lenetten bei der Ankunft der Gelder für die Rezensionen und für den Rappee auffloh. Es war ein Wunder und eine Höflichkeit, daß der Pelzstiefel das Anleihen zur Tabak-Pechscharre nicht zurückzuzahlen vergessen hatte – kleine Schulden von 2, 3 gr. kamen ihm immer aus dem zerstreueten Kopf. Aber Reiche, die immer weniger Geld mit sich schleppen als Arme und die es von diesen daher entlehnen, sollten solche Klitterschulden an eine Gedächtnissäule im Kopfe schreiben, weil es ungerecht ist, in den Beutel eines armen Teufels einzubrechen, der noch dazu keinen Habedank für seinen in den Lethefluß fallenden Groschen bekommt...

– Ich gäbe zwei Bogen von diesem Manuskript darum, wenn das Schwenkschießen einmal käme, bloß weil das gute Ehepaar so sehr darauf und auf die Vogelstange bauet. Denn die Lage dieser Leute wird immer härter, die Tage ihres Schicksals gehen mit denen des Kalenders vom Oktober in den November, d. h. vom Nachsommer in den Vorwinter über, und moralische Fröste und Nächte nehmen mit den physischen zu. Ich will aber ordentlich fortfahren. –

Überhaupt ist schon der November, der die Briten *novem*brisieret, an sich der schlimmste Monat im ganzen Jahrgang, für mich ein wahrer *Septem*briseur; ich wollt', ich hätte den Winterschlaf bis zu Anfange des Christmonats. Der fünfundachtziger November hatte beim Antritte seiner Regierung einen fatalen pfeifenden Atem, eine kalte Hand wie der Tod und eine unangenehme Wolken-Tränenfistel; er war nicht auszustehen. Der Nordostwind, den man im Sommer so gern als einen Vorboten des beständigen Wetters hinter seinen Ohren herlaufen hört, bringt im Herbste bloß eine beständige Kälte mit. Unsern Eheleuten war die Wetterfahne eine Trauerfahne; sie zogen zwar nicht wie arme Tagelöhner mit Körben und Karren aus in den Wald nach abgefallenem Ast- und Leseholz, aber sie handelten doch den Wald-Fahrern dieses Brennholz, das erst durch ein zweites abgedampfet werden mußte, nach dem Gewichte wie indische Hölzer ab. Das naßkalte Wetter tat aber dem Beutel des Advokaten nicht halb so viel Eintrag als seinem – Stoizismus: er konnte nicht hinauslaufen und auf einen Berg steigen und sich umschauen und sich rund im Himmel das suchen, was den beklommenen Menschen tröstet, was die Nebel des Lebens niederschlägt, was uns hinter einer anglimmenden Nebelbank wenigstens führende Nebelsterne zeigt. Wenn er sonst auf den Rabenstein oder auf eine Höhe stieg: so hob sich die Aurora der Glücksonne unter dem Horizont glimmend herauf – die Qualen des Erdenlebens lagen und schossen wie andere Vipern nur in den Klüften und Tiefen, und keine Klapperschlange konnte sich mit ihren Zähnen aufbäumen bis an seinen Berg – ach da im Freien, da in der Nachbarschaft vor dem Meere des unübersehlichen Lebens und des hohen Himmels, da zieht der blaue Kohlendampf unserer erstickenden Lage tief unter uns, da fallen die Sorgen wie Blutigel vom blutenden Busen, da breitet der Erhobene die wundgedrückten losgeketteten Arme wie fliegend in reinen Äther aus und will mit ihnen alles umfassen, was über ihm ruht, und strecket sie, gleichsam wiederkommend, nach dem unendlichen unsichtbaren Vater hin und nach der sichtbaren Mutter, nach der Natur, und sagt: »Nimm nur diese Linderung nicht zurück, wenn ich drunten wieder in den Schmerzen und im Nebel bin.« – Und darum sind Gefangne und Kranke so unglücklich in ihren festen Ketten; sie bleiben in ihrer Tiefe angeschlossen, worüber sinkende Wolken gehen, und sehen nur von weitem auf die Berge hinauf, wo man, wie in *Sommermitter*nächten auf denen der Polarländer, die unter den Horizont gefallene Sonne mit einem milden, gleichsam schlummernden Angesicht in der Tiefe glimmen sieht. – Aber in solchem schlechten einsperrenden Wetter war ihm statt des Trostes der *Empfindung*, der sich unter dem freien Himmel entwickelt, der Trost der *Vernunft* beschieden, der im Treibscherben der Stube fortkommt. Sein größter, den ich jedem anlobe, war dieser: die Menschen stehen unter einer doppelten Notwendigkeit, unter der täglichen, die sie ohne Murren dulden, und unter der jährlichen und seltenen, die sie nur zankend tragen. Die tägliche und ewig wiederkommende ist die, daß im Winter bei uns kein Getreide blühet – daß wir nicht einmal, wie so manches Vieh, Flügel tragen – oder daß wir vollends nicht uns auf die Ringgebirge des Mondes stellen können, um von da herab an den meilentiefen Abgründen die hinabsteigende köstliche Sonnenbeglänzung zu verfolgen. Die jährliche oder seltene Notwendigkeit ist, daß es in die Kornblüte regnet, daß wir in manchen Erden-Sumpfwiesen nicht gut und daß wir zuweilen, weil wir Hühneraugen oder keine Schuhe haben, gar nicht gehen können. Allein die jährliche Notwendigkeit ist ja so groß als die tägliche, und es ist gleich unsinnig, sich gegen Schlag-Lähmung als gegen Flügellosigkeit zu sperren; alles *Vergangne* – und dieses allein ist der Gegenstand der Qual – ist so notwendig und eisern, daß es in den Augen eines höhern Wesens derselbe Unsinn ist, ob ein Apotheker über seine abgebrannte Apotheke murrt oder ob er darüber stöhnt, daß er nicht im Mond botanisieren kann, wiewohl er in den dasigen Phiolen manches fände, was er in den seinigen vermisset.

– Ich will hier ein Extrablättchen über den Trost in unserem windigen naßkalten Leben aufsetzen. – Wer wieder über eine kurze Abschweifung äußerst verdrüßlich ist und kaum bei Trost, der suche eben seinen Trost im

Extrablättchen über den Trost.

Es kann, d. h. es muß noch eine Zeit kommen, wo es die Moral befiehlt, nicht bloß andere ungequält zu lassen, sondern auch sich; es muß eine Zeit kommen, wo der Mensch schon auf der Erde die meisten Tränen abwischt, und wär' es nur aus Stolz! –

Die Natur reißet zwar mit solcher Eile Tränen aus den Augen und Seufzer aus der Brust, daß der Weise nie den Trauerflor vom Körper ganz abheben kann; aber seine Seele trage keinen! Denn ist es einmal Pflicht oder Verdienst, das kleinste Leiden heiter zu übernehmen: so muß auch das Verschmerzen des größten noch Verdienst sein, nur ein größeres, so wie derselbe Grund, der die Vergebung kleiner Beleidigungen gebietet, auch für das Verzeihen der größten gilt.

Das erste, was wir am Schmerze – wie am Zorn – zu bekämpfen oder zu verschmähen haben, ist seine giftige lähmende *Süßigkeit*, die wir so ungern mit der Arbeit des Tröstens und der Vernunft vertauschen und vertreiben.

Wir müssen nicht begehren, daß die Philosophie mit *einem* Federzuge die umgekehrte Verwandlung von Rubens nachtue, der mit *einem* Striche ein lachendes Kind in ein weinendes umzeichnete. Es ist genug, wenn sie die ganze Trauer der Seele in Halbtrauer verwandelt; es ist genug, wenn ich zu mir sagen kann: »Ich will gern den Schmerz tragen, den mir die Philosophie noch übriggelassen; ohne sie wär' er größer und der Mückenstich ein Wespenstich.«

Sogar der körperliche Schmerz schlägt seine Funken bloß aus dem elektrischen *Kondensator* der *Phantasie* auf uns. Die heftigsten Stiche erlitten wir ruhig, wenn sie eine Tertie lang währten; aber wir stehen ja eben nie eine Schmerzenstunde aus, sondern nur zusammengereihete Schmerzen-Tertien, deren sechzig Strahlen bloß die Phantasie in den heißen Stich- und Brennpunkt einer Sekunde fasset und auf unsere Nerven richtet. Das Peinlichste am körperlichen Schmerze ist das – Unkörperliche, nämlich unsere *Ungeduld* und unsere *Täuschung*, daß er immer währe.

Wir wissen alle gewiß, daß wir uns über manchen Verlust in zwanzig, zehn, zwei Jahren nicht mehr betrüben; warum sagen wir nicht zu uns: »So will ich denn lieber eine Meinung, die ich in zwanzig Jahren verlasse, lieber gleich heute wegwerfen; warum will ich erst zwanzigjährige Irrtümer abdanken, und nicht zwanzigstündige?«

Wenn ich aus einem Traum, der mir ein Otaheite auf den schwarzen Grund der Nacht hinmalte, wieder erwache und das blumige Land zerflossen erblicke: so seufz' ich kaum und denke, es war nur geträumt. Wie, und wenn ich diese blühende Insel wirklich im Wachen besessen hätte und wenn sie durch ein Erdbeben eingesunken wäre: warum sag' ich nicht da: die Insel war nur ein Traum? Warum bin ich untröstlicher bei dem Verlust eines *längern* Traums als bei dem Verlust eines *kürzern* (denn das ist der Unterschied), und warum findet der Mensch eine große Einbuße weniger notwendig und wahrscheinlich als eine kleine? –

Die Ursache ist: jede Empfindung und jeder Affekt ist wahnsinnig und fodert oder bauet seine eigne Welt; der Mensch kann sich ärgern: daß es schon oder erst 12 Uhr schlägt. – Welcher Unsinn! Der Affekt will nicht nur seine eigne Welt, sein eigenes Ich, auch seine eigne Zeit. – Ich bitte jeden, einmal innerlich seine Affekten ganz ausreden zu lassen und sie abzuhören und auszufragen, was sie denn eigentlich wollen: er wird über das Ungeheuere ihrer bisher nur halb gestammelten Wünsche erschrecken. Der Zorn wünschet dem Menschengeschlecht einen einzigen Hals, die Liebe ein einziges Herz, die Trauer zwei Tränendrüsen und der Stolz zwei gebogne Knie! –

Wenn ich in Widmanns Höfer Chronik die ängstlichen blutigen Zeiten des Dreißigjährigen Krieges durchlas, gleichsam durchlebte; wenn ich das Hülferufen der Geängstigten wieder hörte, die in den Donaustrudeln ihrer Zeit arbeiteten, und das Zusammenschlagen der Hände und das wahnsinnige Herumirren auf den zerstreueten mürben Brücken-Pfeilern wieder sah, gegen welche schäumende Wogen und reißende Eisfelder anschlugen – und wenn ich dann dachte: alle Wogen sind zerflossen, das Eis zerschmolzen, das Getümmel ist verstummt und die Menschen auch mit ihren Seufzern: so erfüllte mich ein eigner wehmütiger Trost für alle Zeiten, und ich fragte: »War und ist denn dieser flüchtige Jammer unter dem *Gottesackertore* des Lebens, den drei Schritte in der nächsten Höhle beschließen, der feigen Trauer wert?« – Wahrlich wenn es erst, wie ich glaube, unter einem *ewigen* Schmerze wahre Standhaftigkeit gibt, so ist ja die im *fliehenden* kaum eine.

Eine große, aber unverschuldete Landplage sollte uns nicht, wie die Theologen wollen, demütig machen, sondern stolz. Wenn das lange schwere Schwert des Kriegs auf die Menschheit niedersinkt und wenn tausend bleiche Herzen zerspalten bluten – oder wenn im blauen reinen Abend am Himmel die rauchende heiße Wolke einer auf den Scheiterhaufen geworfnen Stadt finster hängt, gleichsam die Aschenwolke von tausend eingeäscherten Herzen und Freuden: so erhebe sich stolz dein Geist und ihn ekle die Träne und das, wofür sie fällt, und er sage: »Du bist viel zu klein, *gemeines Leben,* für die Trostlosigkeit eines Unsterblichen, zerrissenes unförmliches Pausch- und Bogen-Leben – auf dieser aus tausendjähriger Asche geründeten Kugel, unter diesen Erdengewittern aus Nebel, in dieser Wehklage eines Traums ist es eine Schande, daß der Seufzer nur mit seiner Brust zerstiebt, und nicht eher, und die Zähre nur mit ihrem Auge.« –

Aber dann mildere sich dein erhabner Unmut und lege dir die Frage vor: wenn nun der verhüllte Unendliche, den glänzende Abgründe und keine Schranken umgeben und der erst die Schranken erschafft, die Unermeßlichkeit vor deinen Augen öffnete und dir sich zeigte, wie er austeilt die Sonnen – die hohen Geister – die kleinen Menschenherzen – und unsere Tage und einige Tränen darin: würdest du dich aufrichten aus deinem Staube gegen ihn und sagen: »Allmächtiger, ändere dich!«?

Aber *ein* Schmerz wird dir verziehen oder vergolten: es ist der um deine Gestorbnen. Denn dieser süße Schmerz um die Verlornen ist doch nur ein anderer Trost; – wenn wir uns nach ihnen sehnen, ist es nur eine wehmütigere Weise, sie fortzulieben – und wenn wir an ihr Scheiden denken, so vergießen wir ja so gut Tränen, als wenn wir uns ihr frohes Wiedersehen malen, und die Tränen sind wohl nicht verschieden....

Fortsetzung und Beendigung des sechsten Kapitels

Der grillierte Kattun – neue Pfandstücke – christliche Vernachlässigung des Judenstudiums – der aus den Wolken gereichte Helfarm aus Leder – die Versteigerung

Im siebenten Kapitel wird das Schwenk- und Andreasschießen gehalten: das jetzige füllet der winterliche dornige Zwischenraum bis dahin oder das Wolfmonat mit seinem Wolfhunger. Siebenkäs würde sich damals geärgert haben, wenn ihm jemand vorausgesaget hätte, mit welchem Mitleiden sein Aktivhandelflor von mir werde beschrieben und mithin von Millionen Menschen aller Zeiten werde gelesen werden; er verlangte kein Mitleiden und sagte: »Wenn ich lustig bleibe: warum seid ihr denn mitleidig?« Die Möbeln, die er neulich gleichsam wie der Tod berühret oder mit dem Waldhammer seiner Hand angeplätzet hatte, wurden nach und nach ausgeholzet und abgetrieben. Der geblümte Spiegel in der Kammer, der sich zum Glück selber in keinem sah, wurde zuerst von der Toten- oder Abendglocke im Bahrtuch einer Schürze aus dem Hause geläutet. Eh' er ihn in die Reihe dieses Totentanzes zog, schlug er Lenetten einen Stellvertreter vor, das Trauerkleid von grilliertem Kattun, um sie daran zu gewöhnen. Es war das censeo Carthaginem delendam (ich stimme für die Zerstörung Karthagos), das der alte Kato alle Tage auf dem Rathaus nach jeder Rede sagte.

Darauf wurde der alte Sessel – anstatt daß der Armstuhl Shakespeares lotweise wie Safran abgesetzt wird oder nach Karats – im ganzen losgeschlagen, und der Feuerbock (ein Dachstuhl fürs Brennholz) zog als Begleiter mit. Siebenkäs war so vernünftig, daß er vorher sagte: censeo Carthaginem delendam d. h. täten wir nicht gescheuter, wenn wir den grillierten Kattun versetzten?

Sie konnten kaum zwei Tage vom Bock und vom Sessel leben.

Jetzt wurde die alchemische Verwandlung der Metalle an dem Scherbecken und dem Kammertopfe versucht, und Tafelgüter und Tafelgelder daraus gemacht. Freilich sagte er vorher: censeo. – Es ist der Mühe kaum wert, daß ich bemerke, wie wenig ein Handelzweig Früchte abwarf, der mehr ein Holz- als ein Fruchtast war.

Die magere Porzellankuh oder Butterbüchse wäre nach dem Verkaufe kaum über *einen* Tag lang ihre nährende Milchkuh geworden, wenn sie nicht sieben Potentaten (nämlich deren elendeste Kupferstiche) begleitet hätten als Dareingabe, wofür die Hökerin einige Schmelzbutter beischoß. Censeo, sagte er daher. Viele müssen sich noch erinnern aus meiner Erzählung, daß er neulich, da er die Todesanzeigen unter die Möbeln austeilte, die Tellertücher, welche so nahe am grillierten Rocke lagen, nicht auffallend berücksichtigte; jetzt aber wurd' er auch diesen ein Leichhuhn und Galgenpater und reutete sie bis auf wenige aus. Als sie fort waren, merkt' er kurz vor Martins-Tag beiläufig an, daß die Tellertücherpresse noch vorhanden, es aber nicht abzusehen sei, was sie anfangen und pressen wolle. »Wenn es sich gerade so träfe«, fuhr er heiter fort, »so könnte die Presse allerdings so lange Urlaub erhalten, bis wir uns selber aus der Glanz-, Öl- und Tellertücherpresse des Schicksals glatt herausgehoben hätten und die umkehrenden Tellertücher einknüpfen könnten ins Knopfloch.« – Anfangs war er sogar willens gewesen, die Leichenprozession umzuwenden und die Presse als Vortänzerin und Vorlauf den Tellertüchern vorauszuschicken; er hätte dann mit der Prozession zugleich den Syllogismus bloß so umgekehrt: »Ich sehe nicht ab, was wir mit den Tüchern anstellen und wie wir sie glatt erhalten, bevor die Presse wieder im Hause ist.«

Ich bin es fest und steif überzeugt, daß hier die meisten, wie Lenette, über meinen Handelkonsul Siebenkäs und über seinen hanseatischen Bund mit allen Leuten, die etwas an sich handelten, die Hände über dem Kopf zusammenschlagen und mit ihr sagen werden: »Der leichtsinnige Mensch! So muß er zum Bettler werden: die herrlichen Möbeln!!« – Firmian antwortete ihr allemal: »Ich soll demnach herknien und heulen und vor Trauer wie ein Jude den Rock zerreißen, der schon zerrissen ist, und die Haar ausraufen, da sie der Gram oft in einer Nacht ausrupft? – Ists denn nicht an deinem Heulen genug, bist du nicht meine verordnete praefica und Klagefrau? – Weib, ich schwöre aber dir und so teuer als wenn ich auf Schweinborsten [1] stände: will es Gott haben, der mich so lustig geschaffen, will ers haben, daß ich mit achttausend Löchern im Rocke und ohne Sohlen an Strümpfen und Stiefeln in der Stadt herumziehe, soll ich immer mehr verarmen,« (hier wurden seine Augen wider Willen feucht und seine Stimme ungewiß) »so soll mich der Teufel holen und mit der Quaste seines Schwanzes totpeitschen, wenn ich nicht dazu lache und singe – und wer mich bejammern will, dem sag' ich ins Gesicht, er ist ein Narr. Beim Himmel! Die Apostel und Diogenes und Epiktet und Sokrates hatten selten einen ganzen Rock am Leibe, ein Hemd gar nicht – und unsereiner soll sich in diesem *kleinstädtischen* Jahrhundert nur ein graues Haar darüber wachsen lassen?« –

Recht, mein Firmian! – Verachte das enge Schlauch-Herz der großen Kleidermotten um dich und der menschlichen Bohrkäfer in den Möbeln. – Und ihr, armen Teufel, die ihr mich eben leset – ihr möget nun auf Akademien oder auf Schreibstuben oder gar in Pfarrwohnungen sitzen –, die ihr vielleicht keinen ganzen, wenigstens keinen schwarzen Hut aufzusetzen habt, richtet euch an der großen griechischen und römischen Zeit, worin ein edler Mensch, wie das Bildnis des Herkules, unbeschämt ohne Tempel und ohne Kleider war, über die weibische Nachbarschaft euerer Tage auf und verhütet es nur, daß euer Geist nicht mit euerer Lage verarme, und dann

[1] Auf einer Schweinehaut mußte sonst der Jude mit nackten Füßen stehen und schwören.

hebet stolz euer Haupt in den Himmel, den ein ängstlicher Nordschein überzieht, dessen ewige Sterne aber durch das nahe blutige dünne Gewitter brechen!

– Es waren nur noch einige Wochen auf das Andreasschießen hin, auf das Lenette alle ihre Wünsche vertröstete und anwies, gleichwohl kam ein Tag, woran sie etwas Schlimmers wurde als traurig – trostlos.

Der Martinitag wars; an diesem sollte den aus Lenettens Salzburg Ausgewanderten, den Tellertüchern, auch die Presse als ihre Oberin nachgehen; aber niemand im ganzen Reichsflecken wollte die Presse annehmen. Nur *ein* Jude blieb der einzige Anker der Hoffnung, weil in dessen Noahkasten von Kaufladen sich alle Tiere und Waren hineinretteten. Zum Unglück aber suchte ihn die Tellertücherpresse grade an einem jüdischen Feiertage auf, den er strenger hielt als jedes Wort. Morgen wollt' er sehen.

– Ist es aber nicht – man erlaube mir ein wichtiges Wort zu seiner Zeit – eine äußerst gefährliche Nachlässigkeit der Regierungen, daß die jüdischen Fest- und Fasttage und ihre andern gottesdienstlichen Zeiten jetzo, wo die Juden in deutschen Staaten gleichsam die Generalpächter und Metallkönige der Christen sind, nicht öffentlich und allgemein zum Vorteile so vieler bekannt und verkündigt werden, welche bei ihnen borgen oder sonst handeln wollen? Wer anders leidet dabei als gerade die angesehensten Klassen, Personen von Geburt, von Range, vom Stabe, welche an Festen von Haman, von Ostern, von Tempeleroberung, von Gesetzes-Freude ihre Papiere bringen und Gelder suchen, aber keine dafür haben können? Sollten nicht in allen Kalendern – wie glücklicherweise längst in den berlinischen und baierischen – die jüdischen Feste bezeichnet werden, sogar bis auf Stunde ihrer Dauer, oder in Zeitungen oder durch Ausrufer verkündigt und in Schulen eingeprägt? Unsere Festkalender braucht freilich der Jude nicht, da wir ihm zu Gefallen gern jeden Sonntag verschieben und aussetzen, und wär' es der erste im Jahr, das Fest der jüdischen Beschneidung, und er wird deshalb auch künftig, wenn die jüdische Universalmonarchie wirklich eintritt, seinem Judenkalender keinen Christenkalender anhängen, wie wir jetzo dem christlichen den jüdischen; aber die Notwendigkeit, den Christen schon in Schulen die jüdischen Festzeiten und ihre religiösen Gebräuche mehr einzuschärfen, wird erst künftig recht einleuchten, wenn die Juden endlich Deutschland zu ihrem gelobten Lande erhoben und uns den Kreuz- und Rückzug in das asiatische zu einem heiligen Grabe und einem heiligen Schädelberge übrig gelassen haben.

Gleichwohl sollten wir nicht (wünsch' ich, um diese Abschweifung mit einer zu schließen) künftig, wenn wir die christlichen Zähler jüdischer Nenner werden, als neue Kreuzzügler das Palästina wieder suchen, nach welchem die Juden selber wenig fragen und jagen. Gewiß werden sie künftig gegen uns weit mehr Geist der Duldung beweisen, als wir sonst leider gegen sie gezeigt; eben ihr Handelgeist, den man ihnen bisher so sehr verdacht und aufgerückt, wird sich zu einem Schutzgeiste für uns arme Christen aufstellen und sich unserer annehmen, da wir ihnen zum Abkaufen und Verspeisen der weggeworfenen unpräparierten Hinterviertel des Viehs (sie dürfen ohne Ausäderung ja bloß die Vorderteile genießen) so unentbehrlich sind. Wer anders als Christen kann ihnen das Vieh, das sie am Schabbes[1] nicht zur Arbeit erniedrigen dürfen, vertreten und die nötigen Spann- und Hand-Dienste leisten, und wem wollen sie, gleich den alten Republikanern, Arbeit und Handwerke übertragen als uns, gleichsam ihren edlern Heloten und Sklaven, für welche sie daher gewiß mehr Schonung haben werden als für ihre bisherigen untreuen Wechselschuldner? – –

Ich kehre zu unserm Armenadvokaten zurück und berichte weiter, daß er morgens am Martinitage kein Kauf-Geld erhalten konnte und folglich auch keine *Martinsgans* dafür. Lenettens Jammer über die entflogene Gans ihrer Konfession muß man selber fühlen. Die Weiber – welche weniger nach Essen und Trinken fragen als die besten aszetischen Philosophen[2], ja mehr nach *diesen* selber als nach *jenen* – sind gleichwohl nicht zu bändigen, wenn ihnen gerade gewisse *chronologische* Lebensmittel entgehen; ihr Hang zu bürgerlichen Festlichkeiten macht, daß sie lieber Festlieder und Evangelien entraten als zu Weihnachten die Stollen – zu Ostern die Käsekuchen – am Martinitag die Gans; ihr Magen fodert, wie ein katholischer Altar, an jedem heiligen Fest einen andern Fest-Überzug. Daher ist dieses kanonische Gebäck ihr zweites Abendmahl, das sie, wie das erste, nicht des Gaumens halber nehmen, sondern »der Ordnung wegen«. – Siebenkäs fand im Antonin und Epiktet kein Mittel und keine Ersatzmänner der Gans, womit er die wimmernde Lenette hätte stillen können, die immer sagte: »Wir sind doch auch Christen und gehören zur lutherischen Gemeinde: und heute haben alle Lutheraner Gänse auf dem Tisch; so wars bei meinen seligen Eltern. – Aber du glaubst an nichts.« – Aber der Unglaubige schlich noch am späten Judenfeiertage zum Juden, welcher einen artigen Gänsestall mit dünnen und mit fetten Lebern als einen Poststall für auswärtige Glaubensgenossen hielt. Er zog bei ihm eine hebräische Duodezbibel aus der Tasche und legte sie auf den Tisch mit den Worten: er find' an ihm mit Freuden einen wackern Gesetzstudierenden; einem solchen aber geb' er am

[1] Das Vieh darf am Schabbes gar nichts tragen; sogar die Läppchen der Unterscheidung werden den Hühnern abgenommen; so muß der Jude nur Unjuden melken lassen; nicht einmal Tau oder Staub darf er von sich abkehren. Der Jude, oder altes und neues Judentum. B. 2. S. 481 etc.

[2] Es ist Pflicht zweiter, verbesserter Auflagen, hier die Eßlust der Damen an Hoftafeln auszunehmen. Lange Sitzung, lange Weile, lange Gewohnheit und Tischgefälligkeit legen ihnen so viel in den Mund, als etwa der kantische Magen eines magern Philosophen vertrüge, aber kein Kurialmagen. Indes gehören eben Unverdaulichkeiten unter die Honneurs, welche Hofdamen zu machen haben.

liebsten seine Bibel ganz, ohne einen Heller zu verlangen; er selber könne sie als eine unpunktierte (ohne Selbstlauter) ohnehin nicht gut lesen, zumal da es ihm auch mit einer punktierten nicht gelinge. »Aber meine Serviettenpresse« – setzte er hinzu und brachte sie unter dem Schanzlooper hervor – »möcht' ich gern hier ablegen, da sie mich beschweren würde. Ich wünschte nämlich gern aus Ursachen einen Ganser aus Ihrem Stalle mitzunehmen – er kann immer zaundürr sein –; Sie mögen ihn meinetwegen an einem so heiligen Tage für ein Almosen nehmen, das Sie mir geben. Hol' ich die Presse wieder ab: so können wir ja immer noch weiter aus der Sache sprechen.«

So bracht' er denn wirklich, um die freien Religionübungen seiner Frau nicht zu hindern, den Kontrovers-Ganser ein, der zur Polemik und zu den Unterscheidlehren zu gehören schien; und den Tag darauf aßen die zwei Doktoranden Martinisten Lutheristen den schmalkaldischen Artikel – wie denn oft durch die schmalkaldischen Warenartikel von Eisen die theologischen verfochten wurden – gar nach; und das Kapitolium des lutherischen Lehrbekenntnisses war, wie mich dünkt, leicht durch dieses Tier (das man über einem Autodafee gebraten) errettet worden.

Aber an eben diesem Morgen kam der Perückenmacher herauf, den er allemal mit dem größten Vergnügen sah – heute aber nicht, denn gestern, am Martinitag, war der Quatemberschoß der Hausmiete bekanntlich fällig gewesen. Der Friseur präsentierte sich gleichsam als einen stummen Wechsel auf Sicht; aber er foderte höflich nichts, sondern meldete bloß: »den Montag vor Andreas sei öffentliche Versteigerung von vielen Sachen, und wenn er etwan etwas dazu zusammensuchen wolle: so woll' er als beständiger vom Großen- und Kleinen-Rat bestallter Verauktionierung-Proklamator es ihm hiermit gemeldet haben.«

Er war kaum die Treppe wieder hinab, so gab Lenette die größten, aber leisesten Zeichen des Kummers von sich, »daß er sie gemahnt habe, und daß nun alle Leute im Hause ihr unordentliches Haushalten wüßten, weil er von Möbeln geredet«. Es war unbegreiflich, wie nur die Frau hoffen konnte, daß bisher niemand es gemerkt habe, da Arme die Armut am ersten erraten. Indes hatte sich doch auch Firmian geschämt, zum Friseur zu sagen, er habe sich bisher das Bestallungschreiben eines Auktionators seiner eignen Möbeln zugefertigt. Hier fühlte er, daß er vor *einer* Person und vor Armen mehr über seine Dürftigkeit erröte als vor einer ganzen Stadt und vor Reichen – und er fuhr zornig auf über die verdammten *Wind-Versetzungen* der menschlichen Eitelkeit in die edelsten Teile. –

Sogar dem Leser kann der mit lauter Distelköpfen eingefaßte Weg zum Andreastage nicht länger vorkommen als meinem Helden, der noch dazu die Distelköpfe insgesamt anfassen und ausreißen mußte; sein Garten des Lebens glich immer mehr einem guten englischen, worin nur stachlichte und leere, aber keine Obstbäume gelitten werden.

Jeden Abend, wenn er das Schloß am Gitterbette aufdrückte, sagt' er äußerst vergnügt zu seiner Lenette: »Jetzt sind nur noch zwanzig (oder neunzehn, oder achtzehn, oder siebzehn) Tage hin auf das Schwenkschießen.« Aber nun hatte der Haarkräusler und Versteigerungausrufer Lenetten – obgleich die Abende lang und dunkel und vortrefflich für arme Pfandherren waren und den verschämten nackten Jammer der armen Leute zudeckten – gänzlich verderbt; sie schämte sich vor den Leuten im Hause. Firmian, der sich über die Unerschöpflichkeit seines Kopfes und seines Hauses zugleich verwunderte und der immer zu sich sagte: »Ich bin doch neugierig darauf, was mir heute wieder beifallen wird, und wie ich mich aus *dieser* Affäre ziehe« – Firmian hatte einige Tage nach dem Martini-Essen wieder zwei gute Möbeln im Vorschlag, einen langen Stechheber und ein breites großes Schaukelpferd (von seiner Kindheit). »Wir haben weder ein Faß noch ein Kind«, sagte er dazu; aber die Frau bat ihn um Gottes willen: »Das Schaukelpferd« (sagte sie, als es in den *Pfandstall* gezogen werden sollte) »und der Stechheber stechen zu weit aus der Schürze und aus dem Korbe heraus, und im Mondschein kanns jeder sehen – tu mir um Gottes willen die Schande nicht an!«

Und doch mußte etwas fort; Firmian sagte in einer sonderbaren, schneidenden und gerührten Laune: »Sein muß es – das Schicksal trommelt wie Prizel [1] unten auf der Trommel, und der Hafer springt in die Höhe – wir müssen aber einmal vom Trommelfelle fressen.«

»Alles«, sagte sie erschöpft, »nur nichts Bauschendes – laß mich selber suchen.« Sie suchte, zog die oberste Schublade der Kommode und hob einen Strauß von italienischen Blumen empor und sagte: »lieber das da!« und weinte nicht und lächelte nicht. Er hatt' es oft gesehen, aber da er ihrs selber am vorigen Neujahr- und Verlobungtage als einer Verlobten geschenkt hatte, und da es so romantisch schön war – eine weiße Rose, zwei rote Rosenknospen und ein Einfaßgewächse von Vergißmeinnicht setzten den bunten Nachschatten einer abgewelkten Flora zusammen –, so hatten sich alle Fibern seines empfindlichen Herzens vor der Entäußerung dieses bunten Schaugerichts aus einer reichern frohern Zeit gesträubt. Dieses verzichtende, duldsame Hingeben des *Nachflors* an ihrer Brust erschütterte die seinige, als wenn tausend große Seufzer sich darin drängten. – »Lenette!« (sagt' er, unendlich erweicht) »es sind ja die Blumen bei unserer Verlobung.« – »Aber wer wird sie viel kennen?« (sagte sie froh und kalt). »Und sie sind doch nicht so groß wie andere Sachen.«

»Hast du es denn vergessen«, stammelte er, »wie ich dir damals die Bedeutung des Straußes erklärte?« –

[1] Man muß gelesen haben, daß Prizelius Bataillenpferde an die trommelnde Schlacht so gewöhnt, daß er ihren Hafer auf die Trommel schüttet und auf deren zweitem Felle unten trommelt, während sie vom ersten das hüpfende Futter fressen.

»Ei, die Vergißmeinnicht« (sagte sie noch kälter und über ihr Gedächtnis erfreuet) »wollen sagen, daß ich dein nicht vergesse und du mein nicht – die Knospen bedeuten Freude – nein, die Knospen bedeuten die Freude, die noch nicht ganz da ist – und die weiße Rose – das weiß ich wahrhaftig selber nicht mehr.« ....

»Schmerz bedeutet sie«, (sagte er hingerissen) »Unschuld und Gram und ein bleiches weißes Angesicht bedeutet sie.« Er fiel ihr weinend um den Hals und rief es beinahe: »Du Gute! du Gute! ich kann ja nichts dafür – ich wollte dir gerne alles geben, aber ich habe nichts.« ....

Er hörte plötzlich auf, denn sie hatte unter der Umarmung das Schubfach in die Kommode zurückgedrückt und sah ihn mit hellen sanften Augen an, in denen keine einzige Träne war. Sie fuhr im Tone der vorigen Bitte und mit einer größern Hoffnung fort: »Nicht wahr, ich behalte den Heber und das Pferd? – Und für den Strauß bekommen wir auch mehr.« – Er sagte in einem fort und in immer weichern Tönen: »Lenette! – beste Lenette!« –

»Warum denn nicht?« fragte sie immer sanfter; denn sie verstand ihn nicht. »Lieber den Rock vom Leibe versetzt!« antwortet' er. Aber da sie jetzo besorgte, er ziel' auf ihr grilliertes Trauerkleid, und da sie eben darum in Rührung kam – und da sie auf einmal die wärmsten Predigten gegen alles Verpfänden großer Möbeln hielt – und da er so klar ersah, ihre vorige Kälte sei keine künstliche: so wußt' er leider alles, so wußt' er das Herbste, was kein Philosoph mit seinen süßen Tropfen mildern und versetzen kann –– nämlich:

entweder sie lieb' ihn nicht mehr, oder sie hab' ihn nie geliebt.

Nun waren die Flechsen seinen Armen entzweigeschnitten, die sonst das Unglück wegstemmten; er konnte in der Entkräftung des (geistigen) Faulfiebers nichts sagen als das: »Mache, was du willst; mir gilts nun gleich.« – Darüber ging sie *froh* und eilig hinaus zur alten Sabel, kam aber sogleich wieder zurück. Dies war ihm lieb, er konnte, seit drei Augenblicken viel tiefer vom Schmerze angefressen, noch das Bittere mit den ruhigen Worten nachholen: »Lege doch dein Myrtenkränzchen mit zum Blumenstrauß: so fällt er etwas mehr ins Geld und Gewicht, da das Kränzchen wirklich so schön gearbeitet ist als meine welschen Blumen nimmermehr.«

»Mein Brautkränzchen?« – rief Lenette, zornig errötend, und zwei harte Tränen entschossen ihr – »nein, das geb ich absolut nicht her, ich nehm' es in den Sarg mit, wie meine selige Mutter. – Hast du es nicht selber an meinem Ehrentage in die Hand genommen, da ichs unter dem Frisieren heruntergetan und auf den Tisch gelegt, und hast selber gesagt, es sei dir so wichtig (ich habe die Worte genau gemerkt), ja lieber als die Trauung? Nein, ich bin und bleibe deine Frau und halte das Kränzchen wie mein Leben fest.«

Jetzt bewegte sich sein Herz ganz anders und sehr nach dem ihrigen zu;

er versteckte es aber hinter die Frage, warum sie so bald wiedergekommen. Die alte Sabel – hörte er nun – war nämlich bei dem Buchbinder gesessen; bei diesem wieder der Venner von Meyern, der gewohnt war, vom Pferde abzusteigen und teils beim Buchbinder nachzusehen, welche Neuigkeiten die Damen da binden ließen und wie bunt broschieren, teils beim Schuhflicker das Bein mit dem Reitstiefel auf die Werkstatt zu stellen und eine Stulpe fester nähen zu lassen und nach allerlei zu fragen. Die Welt – was doch nichts anders heißen kann als so viele fleißige Zungendrescherinnen, als Kuhschnappel für seine tauben Ähren aufzuweisen hat – kann allerdings aus allem mutmaßen wollen, der Venner sei ein wirklicher Heinrich der Vogelsteller für mehr als eine Frau im Hause, welches letzte wieder für ihn eine weibliche Volière sei; aber ich verlange Beweise. Lenette ließ sich hingegen auf keine ein, sondern ergriff ohne weiteres eine fromme Flucht vor dem Vogelsteller Rosa.

Mit keiner sonderlichen Schamröte über die Wandelbarkeit des Menschenherzens erzähl' ich weiter, daß jetzo Firmians zusammengedrückte Brusthöhle um viele Zolle weiter wurde und geräumig für ein bedeutendes Vergnügen, bloß weil Lenette ihr Hochzeitkränzchen so fest gehalten und bei dem Venner so kurz ausgehalten; – »sie ist doch treu, wenn nicht warm, oder am Ende wohl gar warm«, sagte er sich. Er ließ ihr daher mit Freude ihren Willen und seinen dazu, das Kränzchen in Haus und Herz zu behalten. Darauf ließ er ihr, wenn auch weniger freudig, ohne weitern Strauß über den Strauß, den andern Willen, der nicht ihr Gefühl versehrte, sondern nur seines; die kleine Gedächtnis-Staude wurde bei einer höflichen Frau, die den Titel Taxatrizin führte, unter dem Schwure verpfändet, sie mit dem ersten Taler, der am Andreastage von der Vogelstange falle, einzulösen. – –

Das Blutgeld des seidenen Gebüsches wurde so zerstückt, daß man es in den kotigen Weg bis zum Sonntage vor dem Schwenkschießen gleichsam als Steinchen zum Auftreten werfen konnte. Dieser Sonntag (27. Nov. 1785) war vor dem Montag, auf welchen die Versteigerung anberaumet war – den Mittwoch steht er (hofft' er) und wir alle (hoff' ich) an der Vogelstange gewiß.

Freilich am Sonntage mußt' er durch einen von mehren Gewittern angelaufnen Strom hindurch; wir wollen alle nach; aber ich sage voraus, in der Mitte ists tief.

Der Magen seines innern Menschen zeigte einen unglaublichen Ekel und eine umgekehrte peristaltische Bewegung gegen alles Verpfänden seit der Blumenaffäre. Die Sache war: er konnte die Frau auf nichts mehr verweisen – anfangs verwies er sie auf die Vogelstange – dann, als Mörser und Sessel die Festung ohne Sang und Klang geräumet hatten, Dinge, die nicht als Schützen-Preise um den Vogel hingen, da verwies er sie auf öffentliche Versteigerungen, worin er alles um halbes Geld zu erstehen sich getraue – zuletzt verwies er zwar immer auf jene, aber nicht um Passiv-, sondern um Aktivhandel darin zu treiben und ihnen Fabrikate nicht sowohl abzunehmen als zuzuführen, worin Spanien hinter ihm bleibt.

Oft wird der Sieger über große Beleidigungen von der kleinsten übermannt; ebenso ists mit unsern Schmerzen: die harte feste Brust, auf welche eine qualenvolle Vergangenheit vergeblich drückte, bricht oft, wie ein lang überspültes Eis, unter dem leichtesten Fußtritt des Schicksals ein. Er hatte bisher sich ganz gut aufrecht gehalten und seine Landfracht ungebückt getragen und froher als viele. Er hatte bisher den Henker nach allem gefragt. Hatt' er sich nicht (um nur einiges anzuführen) im Anzuge über den deutschen Kaiser gesetzt, der (sagt' er) an seinem Ehrentage in Frankfurt nichts anzuziehen habe als einen entsetzlich-alten, von Karl abgelegten Kaiserrock, nicht viel besser als Rabelais' alter, indes seiner um viele Jahrhunderte jünger sei als der kaiserliche? Hatt' er nicht seiner Frau, da sie trübe seinen perennierenden überständigen Kleiderflor überschauete, zugemutet, sich vorzustellen, er diene mit tausend andern Ansbachern in der neuen Welt und das Schiff, das ihnen neue Monturen zuzufahren habe, werde gekapert, so daß die ganze Mannschaft nichts anzuziehen behielte, als was sie hatte ablegen wollen? – Und er fußte seit langem auf etwas Besseres – offenbar auf echte Apathie – als auf sein einziges Stiefelpaar, das sich durch zweimaliges Vorschuhen wie ein Taschenperspektiv oder eine Posaune zusammengeschoben hatte zu guten Halbstiefeln, so wie die lange Kultur auch die deutschen Körper um vieles abkürzte und aus diesem Langgewehr Kurzgewehr machte.

Aber am Sonntag, wovon ich sprechen will, machte ihn ein einziger kleiner Raub- und Unglückvogel, der über die öde Sarawüste seiner Lage flog, viel zu scheu. Er selber hätte eher das Gegenteil erwartet: denn da er bisher die Sitte hatte, sich gegen alle dunkle Trauerszenen voraus zu rüsten durch Probekomödien, ich meine, da er alle künftige Aktenstücke, die der Heimlicher von Blaise gegen ihn liefern konnte, im voraus durchlas und so die *künftige* Last als eine *gegenwärtige* spielend auflud, um nachher das Spiel umzukehren: so nahm es ihn sehr wunder, daß das gewisseste vorausgesehene Übel, sobald es aus der Zukunft nahe an uns herantritt, in der Nähe längere Dornen habe als in der Ferne. Als nämlich am Sonntage in den luftleeren Raum seiner Brust noch der Amtbote der Erbschaftkammer mit dem lang erwarteten *dritten* Fristgesuche des Heimlichers kam und mit dem dritten Ja-Dekret darauf: so wurde es seiner Seele bei diesem neuen Zug des Stiefels aus der öden Luftglocke übel und engbrüstig. – –

– Ich habe im Schwalle meiner offiziellen Berichte das *zweite* Fristgesuch absichtlich unerwähnt gelassen, weil ich wohl hoffen durfte, daß jeder Leser, der nur ein halbes Schiffpfund Akten oder nur eine einzige Liquidation (Rechnung) von Rechtsfreunden in Händen gehabt, es ohnehin voraussetzen werde, daß nach dem ersten Fristgesuche notwendig das zweite erscheine. Eine Schande ist es für unsere Justiz, daß ein redlicher, rechtlicher Beistand so viele Gründe, ich möchte sagen Lügen, aufsetzen muß, eh' er die kleinste Notfrist erficht; er muß sagen, seine Kinder und seine Frau seien todkrank, er habe Fatalien und tausend Arbeiten und Reisen und Krankheiten; indes es hinreichen sollte, wenn er beibrächte, daß die Verfertigung der unzähligen Fristgesuche, mit denen er überhäuft sei, ihm wenig Zeit zu andern Schriften belasse. Man sollte einsehen, daß die Fristgesuche offenbar wie andere Gesuche auf die Verlängerung des Prozesses hinarbeiten, wie alle Räder der Uhr bloß zur Hemmung des Hauptrades ineinandergreifen. Ein langsamer Pulsschlag verkündigt nicht nur in Menschen, sondern auch in Rechtshändeln ein langes Leben. Ich denke, ein Advokat, der Gewissen hat, nötigt gern, solang er kann, nicht sowohl dem Prozesse seines Klienten – diesen schlöss' er sogleich, könnt' er sonst – als dem seines Gegners ein ausgedehntes Leben auf, um den Gegner teils heimzusuchen, teils abzuschrecken, oder um ihm ein günstiges Urtel, wofür niemand stehen kann, von Jahr zu Jahr zu entrücken, so wie in Gullivers Reisen Leute mit einem schwarzen Stirn-Klecks zur Qual ein unaufhörliches Leben erhalten. Der gegenseitige Sachwalter denkt nun wieder der gegnerischen Seite dieselbe Kriegs-Verlängerung zu – und so wickeln beide Patronen beide Klienten in ein langes Akten-Zuggarn ein, und jeder meint es gut. Überhaupt sind Rechtsfreunde die Leute nicht, denen die *Rechte* so gleichgültig sind wie das *Recht*, und sie wollen dagegen lieber handeln als schreiben; wie Simonides auf die königliche Frage, was Gott sei, sich einen Tag Bedenkzeit ausbat – dann wieder einen – und wieder einen – und immer einen, weil kein Leben diese große Frage erschöpft: so hält der Jurist nach jeder Frage, was ist Rechtens, von Zeit zu Zeit um Fristen an – er kann die Frage nie auflösen – ja er würde, wenns die Richter und die Klienten wollten, seine ganze Lebenzeit mit der schriftlichen Beantwortung einer solchen Rechtsfrage zusetzen. Advokaten machen aus einer solchen Denkart, so gemein ist ihnen solche, nicht viel. –

– Ich komme zurück. Siebenkäs sank beinahe unter dem weltlichen eisernen Arm und dessen sechs langen Dieb- und Schreibfingern darnieder. Die Dünste auf seiner Lebenbahn zogen sich in Morgennebel zusammen – diese in Abendwolken – diese in Regenschauer. »Es geht manchem armen Teufel zu hart«, sagt' er. Hätt' er eine lustige Frau gehabt, er hätt' es nicht gesagt; aber eine Kreuzschlepperin voll Jeremiaden, eine elegische Dichterin voll Hiobiaden war selber ein zweites Kreuz.

Er durchsann nun alles: er hatte kaum so viel, um den künftigen Kalender zu kaufen – oder einen Bund Hamburger Federn (denn seine Satiren erschöpften weniger seine Kräfte als die Flederwische Lenettens, so daß er manchmal den geröteten Pfeifenansatz des Pelzstiefels zu einem Schreibkiel verschneiden wollte) – er wollte gern Teller in Nährmittel (es waren aber keine da) verwandeln und den Galliern nachschlagen, die ein rundes Stück Brot anfangs zum Teller, dann zum Nachessen verbrauchten, oder gar den

Hunnen, die ihren Sattel von Fleisch, den sie gar ritten, nachher verspeiseten – seine Halbstiefeln mußten für das bevorstehende Schwenkschießen zum drittenmal vorgeschuhet und abbrevieret werden, und es war nichts dazu da als der Artist Fecht – er hatte an jenem großen Tage überhaupt nichts anzuziehen, nichts einzustecken und weder im Beutel etwas, noch im Kugelsack, noch im Pulverhorn...

Ein Mensch treibe nur absichtlich seine Angst aufs höchste: so fället der Trost plötzlich, wie ein warmer Regentropfen, vom Himmel in sein Herz. – Siebenkäs katechisierte sich jetzt schärfer, was ihn denn eigentlich peinige: nichts als die Furcht, auf dem Schießgraben ohne Geld, ohne Pulver und Blei und ohne die dritte Abbreviatur der Stiefeln zu erscheinen. »Weiter nichts?« antwortet' er. »Was will mich denn zwingen, überhaupt zu erscheinen? – Ich bin ja der Affe«, setzt' er hinzu, »der jammert, daß er die mit Reis gefüllte Pfote nicht aus der enghalsigen Flasche ohne Korkzieher bringen kann – ich darf ja nur mein Schützenlos und meine Büchse verkaufen, ich darf ja nur die Pfote aufmachen und *leer* herausziehen.«

Er beschloß, am Auktiontage die Büchse zu holen und sie dem Proklamator und Friseur in die Versteigerung mitzugeben.

Er stieg, wundgedrückt vom Tage, ins Bette, auf dessen unbestürmten Ankerplatz er sich den ganzen Tag vertröstete: »Das Gute hat doch die Nacht an sich« – sagt' er, indem er darin sitzend die Federn gleich verbreitete – »daß sie den Menschen lichtfrei, holzfrei, kostfrei, zechfrei, kleiderfrei hält, nur ein Bette muß einer haben – ein Armer ist doch so lange glücklich, als er *liegt*, und zum Glücke *steht* er nur die Hälfte seines Lebens.« Die Ohnmachten der Seele oder des Frohsinns gleichen denen des Körpers, die nach Zimmermann [1] aufhören, wenn der Kranke eine *waagrechte* Lage annimmt. –

Wär' am Bett ein Bettzopf gewesen: so hätt' ich diesen die Ankerwinde genannt, womit er sich am Montag langsam vom Ruheplatz in die Höhe drehte. Er stieg darauf zum Dachstuhl hinauf, wo in einer alten vernagelten langen Feldkiste seine Büchse gegen Mißbrauch verschlossen lag. Sie war ein kostbares Erbstück von seinem Vater, der Pikeur und Büchsenspanner bei einem großen Reichsfürsten gewesen. Er hob mit dem Baumheber, d. i. mit einem Eisenkloben, das Brett samt den Wurzeln d. h. Nägeln auf; – und das erste, was voran lag, war ein lederner Arm, der ihm ordentlich durch die Seele fuhr. Denn der Arm hatt' ihn sonst häufig ausgeprügelt.

Es wird mich nicht zu weit verschlagen, wenn ich nur ein einziges Wort darüber verliere. Diesen Parade-Arm hatte nämlich am Leibe, wie im Felde eines Wappens, Siebenkäsens Vater seit der Zeit geführet, daß er seinen wahren angebornen Arm in Kriegdiensten des gedachten großen Reichsfürsten zugesetzt hatte, der ihn sogleich zu einiger Belohnung als Büchsen-

[1] Von der Erfahrung B. I. p. 444.

spanner bei der Obrist-Jägermeisterei anstellte. Den adjungierten Arm trug der Büchsenspanner an einem Haken der linken Achsel, mehr wie einen Rockelor-Ärmel oder verlängerten Hand- und Armschuh zur Zierde, als etwan wie einen Maulchristen von Parade-Arm. Bei der Erziehung aber tat ihm der lederne Arm die Dienste einer Schulbuchhandlung und Bibelanstalt und war der Kollaborator des fleischernen. Gemeine Fehler, z. B. wenn unser Firmian falsch multiplizierte – oder auf dem Hühnerhunde ritt – oder Schießpulver aus Näscherei leckte – oder eine Tabakpfeife zerbrach, solche strafte der Büchsenspanner gelinde, nämlich bloß mit dem Stock, der überhaupt in guten Schulen an den Kinderrücken als Saftröhre und Stechheber aufläuft und solche mit wissenschaftlichem Nährsafte tränkt, oder der die Deichsel bleibt, woran ganze vorgespannte Winterschulen lustig ziehen. Aber zwei andere Fehler sucht' er ernsthafter heim. Wenn nämlich ein Kind unter dem Essen lachte, oder wenn es in den langen Tisch- und Abendgebeten stockte oder irrte: so amputierte er schnell mit dem angebornen Arm den erworbnen und schlug mit dieser Krieggurgel – sein eigner Ausdruck – seine lieben Kleinen entsetzlich. Firmian erinnerte sich noch recht gut, als wär' es ihm gestern begegnet, daß einmal er und seine Schwestern eine ganze halbe Stunde unter dem Essen von diesem Streitflegel alternierend gedroschen wurden, weil das eine zu lachen anfing, indem um das andere ernste dieser lange Muskel flatterte. Noch heute erbitterte das Leder sein Herz. Ich sehe recht gut den Nutzen ein, wenn Eltern und Lehrer es versuchen, mit dem organisierten Arm den leeren auszuhenken und vermittelst dieser Vereinigung und diesem Konkordat zwischen weltlichem und geistlichem Arm einen Zögling zu schlagen; aber nur muß es *allezeit* geschehen; über nichts ergrimmen Kinder mehr als über *neue* Marterinstrumente oder über einen neuen Spielraum der alten. Ein an Rückenstrafen und Lineale gewöhntes Kind darf nicht mit Ohrfeigen und nackten bloßen Händen angegriffen werden; ein an diese verwöhntes leidet wieder Lineale nicht. Der Verfasser dieser Blumenstücke wurde einmal in seinen frühern Jahren mit einem Pantoffel geworfen. – Die Narbe von diesem Wurfe bricht noch jetzt in seiner Seele auf, indes er ordentlicher Prügel sich nur schwach erinnert. –

Siebenkäs zog den Zucht-Arm heraus und die Büchse dazu; aber welch ein Fund lag darunter! – Jetzo war ihm geholfen. – Wenigstens konnt' er doch zu Andreas mitschießen in kürzern Stiefeln – und überhaupt konnte er doch einige Tage essen, was er wollte. – Was freilich ihn und mich bei der ganzen Sache am meisten erstaunen läßt (erklären lässet sichs aber immer), war bloß, daß er nicht eher daran gedacht hatte, da doch sein Vater ein Jäger war; wiewohl ich auf der andern Seite gern gestehe, daß dieser Tag nicht besser auserlesen sein konnte, weil in ihn gerade die Versteigerung fiel.

Der Knebelspieß – der Pferdeschwanz – der Vorlaß – das Fuchseisen –

der Stoßdegen – die Hausapotheke und die Maske mit einem Halse, lauter Dinge, die er bisher in der Feldkiste nicht gesucht hatte, konnten ja den Augenblick hinabgetragen und aufs Rathaus geschoben werden, damit der frisierende Sachse sie losschlüge. –

Und das geschah auch. Er war nach langen Unglückfällen warm-durchfreuet über einen Zufall. Er zog der ganzen zur Versteigerung abgegangenen Kiste – bloß die lederne Schlag-Ader und die Büchse blieb zurück – selber nach, um zu hören, was man droben biete.

Er stellte sich zunächst an den hektischen Hausherrn hinter die Versteigertafel mit seinen zu langen Halbstiefeln. Das ganze gleichsam in einer Feuergefahr oder Plünderung zusammengeworfne Möbeln-Heergeräte, meistens verkauft von Verarmenden, meistens gekauft von Armen, machte seine Begriffe von Minute zu Minute immer kleiner von diesem zusammengesetzten Schöpf- und Pumpenwerk und überhaupt von der Maschinerie, welche den Springbrunnen einiger kleiner Lebenstrahlen im Springen und Glänzen erhält, und er selber, der Maschinenmeister, wurde immer männlicher. Es ärgerte ihn, daß sein Geist gestern ein unechter Edelstein gewesen, den ein Tropfen Scheidewasser verdunkelt und der Farbe beraubt; denn ein echter glänzet fort. – Nichts macht humoristischer und gegen die Ehre der Stände kälter, als wenn man die des seinigen vertauschen muß mit der Ehre der Person oder des Werts, und wenn man überhaupt sein Inneres immer mit Philosophie gleichsam wie ein Diogenesfaß gegen äußere Verletzungen überziehen, oder wenn man, in einer schönern Metapher, wie die Perlenmuschel, die Löcher, welche Würmer in unsere Perlenmutter bohren, mit Perlen der Maximen vollschwitzen muß. – Inzwischen sind Perlen besser als eine unversehrte Perlenmutter; ein Gedanke, den ich mit Golddinte schreiben sollte.

Ich stelle so viele Philosophie mit gutem Grund voraus, weil ich den Leser dahin bringen will, daß er nicht zu viel Lärm über das erhebt, was der Armenadvokat jetzo – machen will, genau betrachtet einen unschuldigen Spaß, nämlich den, daß er – da ohnehin die gepuderte Lunge des Proklamators lieber keucht als schreiet – diesem Hammerherrn den Glokkenhammer der Versteigerung abnimmt und alles selber versteigert. Er tats in der Tat nur eine halbe Stunde lang und noch dazu bei seiner eignen Ware; ja er hätte sich hier bedacht, das Hammerwerk zu pachten, hätt' es nicht seiner Seele so unbeschreiblich wohlgetan, den Pferdeschwanz, den Knebelspieß, den Vorlaß etc. in die Höhe zu heben und hämmernd auszurufen: »Vier Groschen auf den Pferdeschwanz zum erstenmal – fünf Kreuzer auf den Vorlaß zum zweitenmal – einen halben Ortstaler auf das Fuchseisen zum erstenmal – zwei Gulden auf den Stoßdegen zum dritten- und letztenmal.« Er tat, was ein Auktionator soll, er lobte die Ware; er blätterte vor den anwesenden Jägern (der Adler auf der Vogelstange hatte, wie Aas, entfernte hergelocket) den Pferdeschwanz auf, strich ihn nach dem Haar und wider das Haar und versicherte, er getrauete sich, mit den Schlingen davon die Dohnenschnait durch den Schwarzwald durchzuführen. Den Vorlaß setzt' er in sein Licht, er zeigte der Gesellschaft den hölzernen Schnabel, die Schwingen, die Fänge und den Überzug mit dem Federspiel und wünschte, es wär' ein Falke da, um das Luder auf den Vorlaß zu legen und ihn zu locken.

Die Rechnungen in seinem Haushaltkalender, die ich darüber wegen meines elenden Gedächtnisses zweimal nachgesehen, setzen die Summe, die er von den vielen gegenwärtigen Jägern erhob, auf 7 fl. frk. ohne die Groschen. Und dabei ist die Hausapotheke und die langhälsige Maske nicht einmal gerechnet; denn diese mochte kein Mensch. – Zu Hause ließ er den ganzen Kronschatz und Tilgungfonds in den breiten Gold-Tornister Lenettens laufen, wobei er sie und sich vor den Gefahren eines großen Reichtums warnte und beiden die Exempel von übermütigen Begüterten vorhielt, so am Ende fallieren mußten.

– Im siebenten Kapitel, das ich sogleich anfangen werde, kann ich nach so viel tausend Hausplagen das gelehrte Deutschland endlich in den Schießgraben versetzen und ihm meinen Helden vorführen als ein löbliches Schützenmitglied, das Kugeln und Büchsen hat und das anständig – gekleidet weniger als – gestiefelt ist: denn jetzt werden Kugeln gegossen, Büchsen gescheuert, und Stiefeln ziehen Schuhe an. Fecht näht die dreiviertels Stiefeln auf seinem Knie zu halben um und besohlet sie mit dem – ledernen Arm, über den bisher Redens genug war. In meinen Tagen, wo man sogar Badinen (Stöckchen) von Leder trägt, als wären die welken Arme daraus, hätt' aus dem Jägerarm ein Stock in einem bessern Sinne gemacht werden können, wie man noch die Nashornfelle in Spazierstöcke zerschneidet.

Siebentes Kapitel

Das Vogelschießen – das Schwenkschießen – Rosas Herbst-Feldzug – Betrachtungen über Flüche, Küsse und Landmilizen

Nichts tut mir bei dieser an sich schönen Historie mehr Schaden, als daß ich mir vorgenommen, sie in vier Alphabete zusammenzudrängen; ich habe mir dadurch selber allen Platz geraubt, auszuschweifen. Ich gerate hier metaphorisch in den Fall, worin ich einmal ohne Metapher war, als ich den Durchmesser und den Umkreis der Stadt Hof ausmessen wollte. Ich hatte nämlich den Catelschen Schrittzähler mit einem Haken rechts an den Hosenbund und die am Schenkel niederlaufende Seiden-Schnur unten am Knie an eine krumme Stahlspitze angemacht, und die drei Weiser auf *einer Scheibe* – denn der erste Weiser zeigt 100, der zweite 1000 Schritte, der dritte bis 20 000 – liefen ordentlich wie ich selber, als ein Frauenzimmer kam, das ich nach Hause führen sollte. Ich bat sie, mich zu entschuldigen, da ich den Catelschen Schrittzähler angetan und nun in der Längenmessung von Hof schon so viele Schritte gemacht: »Sie sehen offenbar«, setzt' ich dazu, »daß der Schrittzähler, wie ein Gewissen, jeden Schritt aufschreibt – und mit einem Frauenzimmer muß ich noch dazu kleinere Schritte machen und tausend in die Quere und rückwärts; das rechnen die drei Weiser aber alles zum Durchmesser – es geht gar nicht, Vortreffliche!« Jetzo sollt' es eben deswegen gehen, und man lachte mich aus. Ich schraubte mich aber fest ein und schritt nicht vor. Zuletzt versprach ich doch, daß ich sie mit meinem Schrittzähler heimführen wollte, wenn sie – denn ich konnte mich nicht niederkrempen bis auf die Hüfte – zweimal nach meinen Weisern sehen und mir sie ablesen würde, das erstemal jetzo, das zweitemal in ihrem Hause, damit ich die Schritte, die ich mit besagtem Frauenzimmer täte, von der *Größe* Hofs subtrahieren könnte. – – Der Vertrag wurde redlich genug gehalten. Dieser kleine Bericht soll mir einmal Nutzen schaffen, falls mein perspektivischer Abriß von der Stadt Hof – die Hoffnung dazu will ich nicht genommen haben – wirklich ans Licht träte, und falls Höfer, die mich mit dem Frauenzimmer und mit dem nachschleifenden Zähler am Knie gesehen, mir vorwürfen, es hinke alles und neben einem Frauenzimmer könne man kaum seine Schritte abmessen, geschweige die einer Stadt. – –

Der Andreastag war schön und hell und nicht sehr windig; es war ordentlich warm und nicht so viel Schnee in den Furchen, daß man damit eine Nußschale voll Wein abkühlen oder einen Kolibri hätt' erwerfen können. Dienstags vorher hatte Siebenkäs mit hinaufgeschauet, als die Vogelstange ihren majestätischen Bogen beschrieb und niederging, um den schwarzen Gold-Adler mit seinem offnen Flugwerk aufzuspießen und mit ihm in die Höhe zurückzusteigen. Er wurde bewegt, da er dachte: der Raubvogel droben hält und verteilt in seinen Fängen die ängstlichen oder die heitern Wochen deiner Lenette, und unsere Fortuna hat sich in diese schwarze Gestalt zusammengezogen und verwandelt und nur die *Flügel* und die *Kugel* behalten. –

Als er am Andreasmorgen in seinen abgekürzten, mit Galoschen besetzten Stiefeln von Lenetten mit Küssen schied, sagte sie: »Unser Herrgott gebe dir Glück und Stern – und bewahre dich, daß du mit dem Gewehre kein Unglück anrichtest.« – Sie fragte noch etliche Male, ob er nichts vergessen habe – das Augenglas – oder das Schnupftuch – oder den Beutel. »Überwirf dich ja nicht« (bat sie noch zuletzt) »draußen mit dem Herrn von Meyern!« – Und noch zuletzt, als vor dem Rathause schon einige Probedonnerschläge der Trommel fielen, setzte sie ängstlich hinzu: »Erschieße dich um Gottes willen nicht selber – es wird mir den ganzen Vormittag eiskalt über den Leib laufen, sooft ein Schuß geschieht.« –

Endlich wickelte der zusammengeringelte Schützenknäul sich in langen

Fäden ab, und der wallende Zug schlug, wie eine lange Riesenschlange, unter Trommetenschall und Trommelknall laufende Wellen, und jeder Schütze war ein Schlangenbuckel. – Eine Fahne, gleichsam der Kamm der Schlange, war auch dabei, und unter ihr war ein Fahnenträger angebracht, der seinen Rock als die tiefere Fahne trug. – Die Stadt-Soldateska, die mehr durch Gehalt als Anzahl glänzte, durchschoß mit weißen Rockblättern den gefleckten Kalender der Schützengesellschaft. – Der versteigernde Haarkräusler tanzte als der einzige gepuderte gemeine Mann mit der bleichen Hutgriffspitze daher, in der gehörigen Entfernung von den vornehmen ledernen Zöpfen, die er heute angebunden und gepudert hatte. – Die Menge fühlte, was wahre Hoheit sei, als sie gebückt hinaufsah zum Schützendirektor, zum Herrn Heimlicher von Blaise, der mitzog als die Aorte des ganzen Schlagadersystems, als das Elementarfeuer aller dieser Irrlichter und Zündpulver und, kurz zu reden, als schottischer Meister der Schützenloge. – Glücklich war die Frau, die herausguckte und vor welcher der Mann vorbeizog als Schützenglied – glücklich war Lenette, denn ihr Mann war mit dabei und sah höflich hinauf, und die kurzen Stiefeln standen ihm recht gut, die im alten und neuen Stil zugleich gearbeitet waren und wie Menschen an den alten Adam den kurzen neuen angezogen hatten.

Ich wünschte, der Schulrat Stiefel hätte etwas nach dem Andreasschießen gefragt und herausgesehen nach seinem Orest; aber er rezensierte fort. –

Als nun diese Prozessionraupen auf der Vogelwiese des Schießgrabens wie auf einem Blatte wieder aneinanderkrochen – als der Adler im Horste des Himmels wie das Wappentier der Zukunft hing – als die Blasinstrumente, die bisher die wandelnde musikalische Truppe nicht fest genug am Mund ansetzen konnte, jetzt geradeaus schrien an den Lippen der stehenden – und als der Zug, laut trabend und die Gewehre auf den Boden stauchend, ins leere hallende Schießhaus rauschte: so war, genau genommen, kein Mensch mehr recht bei Sinnen, sondern jeder seelenbetrunken; und doch war noch nicht einmal geloset, geschweige geschossen. Siebenkäs sagte sich selber: »Es ist nur eine Lumperei, aber seht, wie wir alle taumeln, wie bloß eine welke *ununterbrochne*, zehnmal ums Herz herumgeführte Blumenkette von süßen *Kleinigkeiten* es halb erstickt und halb verfinstert.« Unser saugendes Herz ist aus durstiger Brauseerde gemacht, die ein warmer Regen aufbläht und die dann im Schwellen und Steigen allen Pflanzen in ihr die Wurzeln entzweireißet.

Nun ließ Herr von Blaise, der in einem fort meinen Helden anlächelte und die andern anfuhr mit der Grobheit der Herrschsucht, die Lose ziehen, welche die Ahnenfolge der Schützen ordneten und entschieden. Die Leser können dem Zufalle nicht ansinnen, daß er das Glückrad halte und hineingreife und hinter seiner Binde unter siebzig Nummern gerade die erste für den Advokaten herausfühle und fange; indessen zog er doch die zwölfte für ihn. – Endlich gaben die tapfern Deutschen und Reichsstädter auf den römischen Adler Büchsenfeuer. Zuerst trachtete man ihm nach der Krone. Der Eifer und das Zielen der Kronwerber war der Wichtigkeit der Sache angemessen: waren nicht mit diesem goldnen Wetterdache, wenn die Kugel es herabstieß, die Kroneinkünfte von 6 fl. frk. verbunden, wobei ich beträchtliche Kronengüter nicht einmal anschlage, die in drei Pfund Werg und in einem zinnernen Barbierbecken bestehen? – Die Menschen taten was sie konnten; aber das Schießgewehr setzte die Krone des Adlers leider nicht unserem Helden, sondern Nro. 11, seinem Vormann, dem hektischen Sachsen, auf. Der Mann braucht' es, da er wie der Prinz von Wallis die Kronschulden noch eher hatte als die Krone selber.

Nichts wendet bei einem solchen Vogelschießen alle Langweile mehr ab als die gute Einrichtung, daß dazwischen ein Schwenkschießen eingeschoben wird; ein Mann, der auf das langsame Viertelausschlagen von 69 Schüssen mit seinen eignen warten muß, hat Kurzweile genug, wenn er unterdessen seine Büchse für niedrigere Dinge laden kann, z. B. für einen Kapuzinergeneral. Das Schwenkschießen in Kuhschnappel ist nämlich von dem an andern Orten eingeführten nicht verschieden, sondern eine Leinwand rutschet hin und her, auf der die gemalten Eßwaren wie auf einem Tischtuch stehen, die man durchlöchern muß, um die Originale davon einzuernten, wie die Kronprinzen die Konterfeien ihrer Bräute und dadurch diese selber erheben, oder wie Hexen bloß das Abbild zerstechen, um das Urbild zu treffen. Die Kuhschnappler schossen diesesmal nach einem auf die Geh-Leinwand gefärbten Kniestück, von dem recht viele behaupteten, es repräsentiere einen Kapuzinergeneral. Es ist mir bekannt, daß einige sich mehr an den roten Hut, den das Stück aufhatte, hielten und es darum gar für einen Kardinal ausgaben oder für einen Kardinalprotektor; aber diese habens offenbar erst mit denen auszufechten, die beiden Sekten widersprechen und sagen, es stelle nur die babylonische Hure vor, nämlich eine europäische. Aus diesem mag man ungefähr schließen, was an einem andern Gerüchte sein mag, dem ich in der ersten Stunde widersprach, daß nämlich die Augsburger sich an dieses effigie-Arkebusieren gestoßen und daher wirklich dem Reichsfiskal schriftlich vorgestellet hätten, sie fänden sich beschwert und die eine Konfession litte darunter, sobald im heiligen römischen Reich nur ein Ordengeneral und nicht zugleich ein lutherischer Generalsuperintendent abgeschossen würde. Ich hätte gewiß mehr davon vernommen, wär's nicht bloßer Wind. Ja ich mutmaße sogar, daß dieses Märchen weiter nichts sei als eine falsche Tradition von einem andern Märchen, das mir neulich ein Wiener von Geburt über dem Essen vorlog: es hätten sich nämlich in den ansehnlichen Reichsstädten, worin die Nivellierwaage des Religionfriedens ein schönes Gleichgewicht der Papisten und Lutheristen festgestellt, viele lutherischerseits geregt und beschwert, daß, ob darin gleich Nachtwächter und Zensores, d. i. transzendente Nachtwächter, Wirte und Bücherverleiher in gleicher Zahl vorhanden wären, doch stets ein zahlreicheres papistisches Personale gehangen würde, so daß recht klar, es sei nun mit oder ohne Jesuiten, ein so wichtiger und hoher Posten im Staate, als der Galgen sei, gar nicht nach jener reichsgesetzlichen Parität wie das Reichs-Kammergericht, sondern mit einiger Parteilichkeit für Katholiken besetzet worden. – Ich wollte neulich im Dezember der Literaturzeitung öffentlich gegen die Sage aufstehen; aber das Reich wollte die Einrückgebühren nicht auf sich nehmen.

Ob man gleich aus dem Schießstand nur auf einen Kapuziner hielt: so war doch das Schwenkschießen in seiner Art so wichtig als das stehende. Ich muß sagen, es waren Eß-Prämien auf die verschiedenen Gliedmaßen des Ordengenerals gesetzt, die anlockend waren für Schützen, die dachten. Ein ganzes böheimisches Schwein wurde als Pürschgeld für das Herz des gedachten Kapuziner-Peischwas gegeben, welches man aber nur durch einen einzigen Ruß-Klecks, nicht größer als eine Schmink-Musche, angedeutet hatte, um den Schützen den Treffdank mit Fleiß recht sauer zu machen. Der Kardinalhut war leichter zu bekommen, daher war er nur mit zwei Flußhechten besetzt. Der Zierdank eines Okulisten, der den zwei Augäpfeln des Protektors neue aus Kugeln einsetzte, bestand in ebensoviel Gänsen. Da er mitten im Gebet gemalet war: so verlohnt' es wohl der Mühe, durch seine gefalteten zweischürigen zweimähtigen Hände eine Kugel zu treiben, weils nicht weniger war, als schoß man einem rennenden geräucherten Schweine die zwei Vorderschinken unter dem Leibe hinweg. Jeder Fuß aber war gar auf einen Hinterschinken fundiert. Ich mache mir nichts daraus, es auf Kosten des Reichsflecken öffentlich zu erklären, daß nichts am ganzen Protektor schlechter – mit einem schmälern Mahlschatz und Treffer – salariert war als der Nabel; denn es war nichts aus ihm mit der besten Kugel zu holen als eine Bologneser Wurst.

Der Advokat war um die Krone gekommen; aber das Glück warf ihm nachher dafür den Kardinalhut zu, worin zwei Flußhechte lagen. – Hingegen den Kopf des Adlers und den Kopf des Generals deckte eine echte passauische Kunst vor seinen Kugeln zu. Er hätte der babylonischen Hure wenigstens gern ein Auge ausgeschossen, um eine Gans zu fällen – es ging auch nicht.

Die Pürschregister, die echt sind, weil sie unter den Augen des Turniervogts von Blaise vom Schützensekretär geschrieben wurden, melden, daß der Kopf, der Ring im Schnabel und das Fähnlein wirklich den Nummern 16, 2, 63 in die Hände fielen.

Siebenkäs hätte seiner lieben Frau wegen, die mit der Mittagsuppe auf ihn wartete, sehr gewünscht, wenigstens den Zepter, worauf man jetzo hielt, den Adlerfängen auszubrechen und an seine Büchse anzuschienen als Bajonett.

Alle Nummern, die diesen goldnen Eichenzweig zu brechen suchten, waren vorüber, nur die schlimmste nicht, sein Vordermann und Hausherr –

dieser feuerte, und der vergoldete Harpune zitterte – Siebenkäs feuerte, und der Aalstachel schoß hernieder. –

Die Herren Meyern und Blaise lächelten und gratulierten – die Quer- und Gerade-Pfeifer stießen bei der Ankunft eines neuen Vogelgliedmaßes in ihre Hifthörner (wie Karlsbader bei der Ankunft eines frischen Badgasts tun) und sahen dabei strenge und aufmerksam in ihre Partitur, ob sie gleich ihre Trompeterstückchen schon öfter geblasen hatten wie Nachtwächter – alle Infanten, ich meine alle Jungen, stellten ein Wettrennen nach dem Zepter an – aber der Pritschenmeister trat zerstäubend unter sie und las den Zepter auf und händigte mit der einen Hand die Regierunginsignie dem Advokaten ein, mit der andern seine haltend, die Pritsche.

Siebenkäs besah lächelnd den kleinen Holzast, an dem oft die summenden Schwärme ganzer anfliegender Staaten fortgetragen werden, und verbarg seine Freude unter diese Satire, die der regierende Heimlicher vernahm und auf sich bezog: »Ein schöner Froschschnepper! – Es sollte eigentlich ein Honigvisierer sein, es werden aber die Bienen selber damit zerknickt, um ihre Honigblase auszuleeren – wie Kinder bringen die Woiwoden und Dynasten die Landes-Bienen um und zeideln statt der Waben die Mägen. – Ein recht närrisches Gewehr! – Es ist von Holz und etwan ein abgebrochenes, vergoldetes, zugespitztes, ausgezacktes Stück von einem Schäferstabe, womit die Schäfer oft auf der Weide das Fett aus den Schafen winden [1] – insofern ja!« – Er fühlt' es selber nicht mehr, wenn er die größte satirische Bitterkeit ausgoß, von der in seinem Herzen ein Tropfen war: er verkehrte oft mit einem Scherze, den er nur aus Scherz sagte, Bekannte in Feinde und begriff nicht, was die Leute böse machte und warum er nicht mit ihnen so gut wie ein anderer spaßen dürfe.

Er steckte den Zepter unter den Überrock und trug ihn, weil vor dem Essen nicht bis zu seiner Nummer herum geschossen werden konnte, in seine Behausung. Er hielt ihn straff und steif voraus wie der Schellenkönig seinen und sagte zu Lenetten: »Da hast du einen *Vorlegelöffel* und eine *Zuckerzange* in *einem* Stück!« Er meinte nämlich die zwei zinnernen Schieß-Prämien, den Vorlegelöffel und die Zuckerzange, die beide in Gesellschaft einer Ambe von 9 fl. frk. dieses Zepterlehn begleiteten. Es war genug für einen einzigen Schuß. Darauf stattete er den Bericht vom Hecht-Fang ab. Lenette, von der er wenigstens erwartet hätte, sie würde in den ersten fünf Sekunden die fünf Tanzpositionen in einem Hausballe durchmachen und Eulers Rösselsprung dazu auf dem Schachbrett der Stube, Lenette tat, was sie konnte – nämlich gar nichts, und sagte, was sie wußte – nämlich die Nachricht, daß die Hausherrin sich bei der Buchbinderin über das Außenbleiben des Mietzinses greulich aufgehalten und über ihren eignen Mann

[1] Der Stoff der Allegorie ist leider wahr: die Schäfer wissen lebendigen Schafen mit Stäben das Fett aus dem Unterleibe zu drehen.

dazu, der ein Fuchsschwänzer und Komplimentarius sei und die Leute nicht grob genug mahne. »Ich erzähle« – wiederholte der Zepter-Inhaber – »ich habe heute die Flußhechte und *einen* Zepter glücklich geschossen, Wendeline Egelkraut!« und klopfte vor Ingrimm mit der Zepter-Zornrute auf den Tisch, auf welchen die zwei Gedecke und Bestecke getragen wurden. Sie antwortete endlich: »Lukas ist schon gelaufen gekommen und hat mir alles hinterbracht; ich habe eine rechte Freude darüber, aber ich glaube, du wirst noch viel mehr schießen. Das sagt' ich auch zur Buchbinderin.« Sie lenkte wieder ins Fahrgleis; aber Firmian dachte: »Jammern kann sie laut genug, aber jubilieren nicht, wenn unsereiner mit Hechten und Zeptern unter den Armen heimkehrt!« – Geradeso war die Ehefrau des zärtlichen Racine, als dieser einen geschenkten langen Beutel mit Louis XIV d'or in die Stube warf.

– Woher habt ihr, liebe Weiber, die Unart her, daß ihr gerade, wenn der Eheherr gute Nachrichten oder Geschenke bringt, einen unausstehlichen Kaltsinn gegen seine Fracht auskramt, und daß in euch gerade, wenn das Schicksal den Wein euerer Freude blühen lässet, die Fässer mit dem alten trübe werden? Kommts von euerer Sitte, an euch, wie euer Ebenbild, der Mond, nur die eine Seite zu zeigen, oder von einer mürrischen Laune gegen das Schicksal, oder von einem süßen überströmenden Freudengefühl, welches das Herz zu voll macht und die Zunge zu schwer? – Ich glaube, es kommt oft von allem auf einmal her. – Bei Männern – und auch bei Weibern, immer bei einem unter Tausenden – kanns noch von der melancholischen Betrachtung über die Haifische kommen, die uns den Arm abreißen, mit dem wir unten im finstern Meer vier Perlen der Freude beklommen und atemlos sammeln; oder von einer noch tiefern Frage: ist nicht die innigere Wonne nur ein Ölblatt, das uns eine Taube über unsere um uns brausende ausgedehnte Sündflut hereinträgt [1] und das sie aus dem fernen hoch über die Fluten steigenden sonnenhellen Paradiese abgenommen? Und wenn wir von dem ganzen Olivengarten statt aller Früchte und Blüten nichts erhalten als nur ein Blatt, soll uns dieses Friedenblatt und diese Friedentaube mehr geben als Frieden, nämlich Hoffnung? –

Firmian ging mit einer Brust voll wachsender Hoffnungen auf den Schießgraben zurück. Das Menschenherz, das in Sachen des *Zufalls* gerade gegen die Wahrscheinlichkeitrechnungen kalkuliert, und das darum auf eine Terne hofft, weil es eine gewonnen – denn daraus sollt' es eben das Widerspiel schließen –, oder das darauf zählt, die Adlerklaue zu holen, weil es den Zepter dazu aufgelesen, dieses im Fürchten und Hoffen unbändige Menschenherz brachte auch der Advokat auf den Graben mit.

[1] Bellarmin und die Rabbinen sagen, daß die Taube das Blatt, das sie dem Noah zutrug, aus dem Paradies abgeblattet, das zu hoch für die Sündflut lag.

Er erwischte aber die Klaue nicht. Nach den ineinandergefalteten betenden Fängen oder Händen des Kapuzinergenerals, diesen Exponenten und Devisen zweier Vorderschinken, feuerte Siebenkäs gleichfalls – umsonst.

Es tat nichts; es war noch immer mehr am Adler, als jetzo an Polen wäre, wenn man dieses oder sein Wappen – es ist ein silberner im roten Blutfelde – auf einem Throne oder einer Vogelstange in die Höhe richtete und von einer Schützengesellschaft verschiedener Armeen abschießen ließe.

Noch nicht einmal der Reichsapfel war herunter. Nro. 69, ein schlimmer Vorfahr, Herr Everard Rosa von Meyern, hatte zum Schusse angelegt – er wollte diesen verbotenen Apfel brechen – ein solcher Stettiner und Fangball für Fürsten selber war ihm zu wichtig, als daß er des Gewinstes wegen nach ihm hätte fangen wollen, ihn flammte bloß die Ehre an – er schoß .... und er hätte ebensogut rückwärts zielen können. Rosa, dem diese Obstart zu hoch hing, mengte sich errötend unter die Zuschauerinnen und teilte selber Äpfel, nämlich Parisäpfel aus und sagte jeder, wie schön sie sei, um sie zu überreden, er sei es selber. In den Augen einer Frau ist ihr Lobredner anfangs ein recht *gescheuter* Mensch, endlich ein ganz *hübscher* Mensch; Rosa wußte, daß die Weihrauchkörner der *Anis* sind, dem diese Tauben wie toll nachfliegen.

Unser Freund brauchte sich vor keinem Obstbrecher zu ängstigen – vor dem zweiten, achten, neunten gar nicht – als vor dem elften, vor der Büchse des Sachsen, der wie ein Teufel schoß. Es gab wenige unter den Siebzigern, die nicht diese verdammte Galgennummer zum Henker, wenigstens ins – Pflanzenreich verwünschten, wo sie gerade mangelt.[1] Der Friseur drückte ab – schoß dem Adler ins Bein – und das Bein blieb samt der Reichskugel droben hangen.

Der Mietmann und Advokat trat ein, aber der Hausherr blieb im Schießstand, um sich über seinen Unstern satt zu fluchen. Jener setzte sich unter dem Anlegen seines Kugelziehers auf die erhöhte Kugel vor, gar nicht auf diese zu halten, sondern auf den Schwanz des Adlers, um dieses Obst bloß herab zu – schütteln.

In einer Sekunde fiel der wurmstichige Weltapfel ab. – Der Sachse fluchte über alle Beschreibung.

Siebenkäs betete beinahe innerlich, nicht weil eine zinnerne Senfdose, eine Zuckerdose und 5 fl. frk. mit dem Apfel in seinen Schoß niederregneten, sondern über das gute Schicksal, über die warme, wie ein Glanz heraustretende Sonne im Ringe eines fernen Gewölkes. »Du willst«, dacht' er, »meine Seele prüfen, gutes Geschick, und bringest sie daher, wie die Menschen Uhren, in alle Lagen, in steilrechte und waagrechte, in ruhige und unruhige, um zu sehen, ob sie recht gehe und recht zeige. –– Wahrlich, sie soll es!« –

[1] Denn bekanntlich gibt es keine Gewächse mit *eilf* Staubfäden.

Er ließ diese kleine bunte Vexier-Erdkugel von einer Hand in die andere laufen und spann und weifte folgenden Kettenschluß: »Welche Kopien-Ahnenfolge! Lauter Gemälde in Gemälden, Komödien in Komödien! – Der Reichsapfel des Kaisers ist ein Bild der Erdkugel und hat eine Handvoll Erde als Kern [1] – mein Reichsapfel da ist wieder ein verkleinertes Bild des kaiserlichen und hat noch weniger Erde, gar keine – die *Senf*- und *Zucker*dosen sind wieder Bilder dieses Bildes. – Welche Reihe von Verkleinerungen, ehe der Mensch genießet!« – Die meisten Freuden des Menschen sind bloße Zurüstungen zur Freude, und seine erreichten Mittel hält er für erreichte Zwecke; die brennende Sonne des Entzückens wird unserem schwachen Auge nur in den siebzig Spiegeln unserer siebzig Jahre gezeigt – jeder Spiegel wirft ihr Bild dem andern milder und bleicher zu – und aus dem siebzigsten Spiegel schimmert sie uns erfroren an und ist ein Mond geworden. [2]

Er lief nach Haus, aber ohne den Apfel, dessen Ernte er seiner Frau erst abends notifizieren wollte. Es letzte ihn sehr, wenn er während seiner Schieß-Vakanzen aus dem öffentlichen Getümmel in seine enge stille Stube schleichen, das Wichtigste hurtig erzählen und sich dann wieder ins Getöse werfen konnte. Da seine Nummer eine Nachbarin von Rosas Nummer war und da also beide dieselben Schießferien hatten: so wunderts mich, daß er auf den Venner von Meyern nicht auf demselben Steige unter seinem Fenster traf; denn dieser wandelte seines Orts mit aufgehobenem Kopfe da wie eine Ameise auf und nieder. Wer einen jungen Herrn dieser Art erschlagen will, such' ihn *unter* (wenn nicht *in*) dem Fenster eines Mädchens auf; so hebt ein vorsichtiger Gärtner, der Maueresel oder Kellerasseln töten will, nur die Blumentöpfe in die Höhe und merzet sie darunter in Partien aus.

Siebenkäs traf den ganzen Nachmittag keinen Span mehr; den Schwanz selber, an den er sich vorher so glücklich gewandt hatte, um den heiligen römischen Reichsapfel zu kriegen, bracht' er nicht herunter. Er ließ sich spät mit der Miliz des Reichsfleckens nach Haus pfeifen und trommeln. Er machte vor der Tür seiner Frau den Rupprecht, der den Kindern am Andreastage zum ersten Male Schrecken und Obst zubringt, brummend nach und warf ihr statt aller Äpfel den – geschossenen ein. Man halt' ihm den Spaß zu gut; ich sollte aber solche Winzigkeiten gar nicht berichten.

Als sich Firmian aufs Kopfkissen legte, sagt' er zu seiner Frau: »Morgen

[1] Wenigstens schreibts ein wittenbergischer Chroniker, es sei Erde im Apfel, den freilich sonst kein Nürnberger aufschneiden durfte. Wagenseil de civ. Norimb. p. 239.

[2] Doktor Hooke rät den Sternsehern, sich das Sonnenbild so lange von Planspiegeln zurückwerfen zu lassen, bis es erloschen scheint. Priestleys Geschichte der Optik.

um diese Zeit wissen wirs, Frau, ob wir ein Paar gekrönte Häupter auf diese Kopfkissen bringen oder nicht – morgen unter dem Niederlegen will ich dich wieder an diese Minute erinnern.« – Als er aus dem Bette sprang, sagt' er: »Heute spring' ich wohl zum letztenmal als gemeiner Mann ohne Krone heraus.«

Er konnt' es nicht erwarten, bis er den betaueten defekten Vogel voll Schußwunden und Knochensplitterungen wieder sah; aber seine Hoffnung, sich an ihm zum König zu schießen, hielt nur so lange an, als er den Adler *nicht* sah. Er ging daher gern einen Vorschlag des listigen Sachsen ein, der immer den Kugeln seines Nummernnachbars mit seinen vorgearbeitet hatte; der Vorschlag war: »Halb-Part im Gewinst und Verlust beim Vogel und Kardinal.« Diese Maskopei verdoppelte die Hoffnungen des Advokaten, in dem sie solche halbierte.

Aber die zwei Waffenbrüder brachten den ganzen Vormittag nicht einen bunten Splitter herunter; denn nur gefärbte Späne können Vogelschützen, und nur ungefärbte können Wespen brauchen. Jeder hielt innerlich den andern für seinen Unglückvogel; denn in Sachen des Zufalls will lieber der Mensch nach abergläubigen Gründen erklären als gar nicht erklären. Die flatterhafte babylonische Hure wich so spröde aus, daß der Haarkräusler einmal nahe am Kerle, der sie hin und her zog, vorbeiknallte.

Aber nachmittags traf er endlich mit seinem Kupidos-Pfeil ihr schwarzes Herz und also das Schwein dazu. Firmian erschrak fast: er sagte, er nehme von diesem Schwein, diesem Herzpolypen am Herzen des babylonischen Lustmädchen, nichts an als den Kopf, er müßte denn selber etwas treffen. Jetzo stand nur noch der Vogel-Torso, gleichsam das Rumpfparlament, an die Stange gepfählt, das die Kron-Lustigen zu dissolvieren suchten. Das Lauffeuer der Begeisterung ging jetzo von Brust zu Brust, von jedem Zündpulver aufgeschürt, das von einer Büchsenpfanne aufflog; und mit dem arkebusierten Vogel zitterten allemal die übrigen Schützen zugleich. –

Ausgenommen den Herrn von Meyern, der fortgegangen und – da er alle Menschen, besonders unsern Helden in solchen Erwartungen sah – zur Frau Siebenkäs marschieret war, bei der er der König einer Königin und mit mehr Gewißheit als ein Schützenkönig zu werden hoffte. Das Augenglas, hinter dem er nach jenem Adler und nach dieser Taube zielte – denn er hielts wie ein Pariser mitten in der Stube vor –, sollt' ihm, dacht' er, wenigstens die Taube erlegen helfen. Aber ich und die Leser schleichen ihm nachher alle in die Siebenkäsische Stube nach.

Die siebzig Nummern hatten schon zweimal vergeblich zum Königschusse geladen: der zähe Stummel auf der Stange regte sich kaum. Die armen zappelnden Menschenherzen wurden beinahe von jeder Kugel durchbohrt und erschüttert. Die Besorgnisse wuchsen, die Hoffnungen wuchsen; aber die Flüche am meisten, diese Stoßgebete an den Teufel. Die Theologen hatten im siebten Jahrzehent dieses Jahrhunderts den Teufel oft in der

Feder, als sie ihn entweder leugneten oder behaupteten; aber die Kuhschnappler Schützen weit mehr, besonders die Patrizier. –

– Seneca hat unter den Mitteln gegen den Zorn das einfachste ausgelassen: den Teufel. Die Kabbalisten rühmen zwar die Heilkraft des Schemhamphorasch, eines entgegengesetzten Namens, sehr; aber ich sehe, daß das Fleck- und *Scharlach*fieber des Zorns, das man leicht aus dem *Phantasieren* des Patienten vermerkt, vielleicht ebensogut, als ob man Amulette umhinge, nachlässet und weicht, wenn man den Teufel anruft; in dessen Ermanglung die Alten, denen der Satan ganz fehlte, bloßes Hersagen des Abc's anrieten, worin freilich der Name des Teufels mit schwimmt, aber in zu viele Buchstaben verdünnet. So erlösete auch das Wort *Abrakadabra,* diminuendo ausgesprochen, vom körperlichen Fieber. Wider das Entzündungfieber des Zorns müssen nun desto mehre Teufel genommen werden, je mehr materia peccans (Krankheitmaterie) durch die Absonderung des Mundes abzuführen ist. Gegen den kleinen Unwillen ist »der Teufel!« oder »alle Teufel!« hinlänglich. Aber gegen das seitenstechende Fieber des Zorns würd' ich schon »den Satan und seine höllische Großmutter« verschreiben und das Mittel doch noch mit einem Adjuvans (Verstärkung) von einigen *Donnerwettern* und Sakramenten versetzen, da die Heilkräfte der elektrischen Materie so bekannt sind. Man braucht mir nicht zu sagen, daß gegen völlige Hund- oder Zornwut solche Gaben dieses spezifischen Mittels wenig verfangen; ich würde allerdings einen Preßhaften dieser Art »von allen Schock Teufeln fortführen und zerreißen« lassen. Immer bleibt der Teufel *offizinell*: denn da sein Stich uns in Zorn versetzt, so muß er selber dagegen genommen werden, wie man den Skorpionenstich durch zerquetschte Skorpionen heilt. – –

Der Tumult der Erwartung rüttelte die Edelleute mit der Groschengalerie des Staats in *eins* zusammen; die Edelleute oder Patrizier vergessen bei solchen Gelegenheiten – so auch auf der Jagd, in ökonomischen Geschäften –, wer sie sind, nämlich etwas Besseres als Bürgerliche. Einem Edelmann sollt' es meines Erachtens nie aus dem Kopfe kommen, daß er sich zum *Volke* verhalte, wie die *Schauspieler* jetzo zum *Chorus.* Zu Thespis' Zeiten sang der *Chorus* die ganze Tragödie handelnd ab, und ein einziger Schauspieler, der Protagonist hieß, fügte einige Reden ohne Gesang über die Tragödie hinzu – Äschylus führte einen zweiten ein, genannt Deuteragonist – Sophokles gar einen dritten, den Tritagonisten – Neuerer Zeiten blieben die Spieler stehen, und der Chorus wurde gar weggelassen, man müßt' ihn denn als beklatschend in Rechnung bringen. So ist nach und nach auf der Erde, dem Nationaltheater der Menschheit, der Chorus oder das Volk weggeschoben worden – nur mit mehr Vorteil als auf dem engen Theater – und aus Spielern, wozu man besser die Protagonisten (Fürsten), die Deuteragonisten (Minister) und die Tritagonisten (Große) angestellt, zu richtenden und klatschenden Zuschauern erhoben worden, und der *athenische* Chorus sitzt bequem auf dem Parterre neben dem Orchester und Theater unserer guten Haupt- und Staataktionen. –

Es war schon 2½ Uhr und der Nachmittag kurz; der lecke Vogel wankte nicht. Alle Welt schwur, der Schreiner, der ihn ausgebrütet aus dem Bloch, sei eine Kanaille und hab' ihn aus zähem Astholz gebauet. – Endlich schien er sich entfärbt und geschunden zu senken. Der Friseur, der wie alle gemeine Leute nur gegen einzelne Personen, nicht gegen eine Gesellschaft gewissenhaft war, nahm jetzo ohne Bedenken statt der Doppelflinte heimlich doppelte Kugeln, eine für sich, eine für seinen Mitschützen, um durch dieses Zersatzmittel den Adler niederzuschlagen. –– »Der Satan und seine höllische Großmutter!« sagt' er nach dem Schusse und brauchte gehörig die obengedachte kühlende Methode. –

Er fußte nun auf seinen Mietmann und gab seine Büchse dazu her. Siebenkäs platzte hinauf –– »alle Schock Teufel«, sagte der Sachse, »sollen mich zerreißen!« wobei er die Dosis der Teufel wie der Kugeln ohne Not gegen sein Fieber verdoppelte.

Beide ließen nun mutlos ihre Hoffnungen wie ihre Büchsen sinken; denn es waren mehre Prätendenten an diesen Thron vorhanden, als man deren einmal unter dem Galienus zählte, die auf den römischen wollten und deren nur dreißig waren. Die feuernde Septuaginta hielt abwechselnd entweder Schießröhre oder Sehröhre in Händen, um zu sehen, daß dieses im Himmel hängende Sternbild mehr *Kugeln* einschließe als das astronomische des Adlers. Alle Gesichter der Zuschauer waren gegen diese Keblah des Vogels gebreitet, wie die jüdischen nach dem ruinierten Jerusalem. – Die alte Sabel saß ohne Kunden hinter ihrem Ladentisch voll Freßmittel und guckte selber hinauf. –– Die ersten Nummern gaben sich gar nicht die Mühe, ein *Sukzessionpulver* wieder auf die Pfanne zu schütten – Firmian bejammerte die dumpfen, im dicken Erdenblute schwimmenden Menschenherzen, für die jetzo die untergehende Sonne und der gefärbte Himmel und die weite Erde unsichtbar waren oder vielmehr eingekrochen zu einem zerhackten Holzstrunk; das gewisseste Zeichen, daß ihre Herzen im ewigen Gefängnis des Bedürfnisses lagen, war, daß niemand eine witzige Anspielung auf den Vogel oder auf das Königwerden machen konnte. Der Mensch kann nur an Dingen, die seine Seele ohne Ketten lassen, Ähnlichkeiten und Beziehungen wahrnehmen. Firmian dachte: dieser Vogel ist für dieses Volk der wahre Vorlaß mit dem Federspiel, den ich versteigert habe, und das Geld liegt als das Luder darauf. Er hatte aber doch drei Gründe, weswegen er gern König geworden wäre – erstlich um sich tot zu lachen über seine Krönung – zweitens seiner Lenette – und drittens des Sachsen wegen.

Allmählich feuerte die zweite Hälfte der siebzig Ältesten ab, und die ersten Nummern luden wieder zum Spaße wenigstens. Kein Mensch schoß mehr ohne eine zwiespännige Ladung. Unsere zwei hanseatischen Bündner näherten sich wieder dem Schusse, und Siebenkäs borgte sich, da der Abend immer dunkler wurde, ein schärferes Augenglas, das er, wie einen Finder am Teleskop, auf die Büchse schraubte.

Nro. 10 hob das Vogelpräparat aus der Angel, der Schießklotz klebte nur noch durch seine Schwere daran, weil sie das Holz fast mit Blei gesättigt und inkrustieret hatten, so wie gewisse Quellen Holz in Eisen umsetzen. –

Der Sachse durfte den Adler-Rumpf nur bestreifen, so fuhr der Stößer nieder, ja nur die Stange – ach, der Abendwind durfte nur einmal stark ausschnauben. Er legte an – zielte ewig (denn 50 fl. hingen jetzt in der Luft), drückte los – das Zündkraut verloderte allein – die Musikanten hielten schon die Trompeten waagrecht und die Notenblätter steilrecht – die Jungen standen schon um die Stange und wollten das fallende Gerippe auffangen – der Pritschenmeister konnte vor Erwartung keinen Spaß mehr machen, und seine staunende Seele saß mit oben neben dem Federvieh – – der gepreßte Haarkräusler drückte wieder ab – das Zündkraut brannte wieder allein – er schwitzte, glühte, bebte, lud, zielte, drückte und schoß – – entweder zwei oder drei haßfurtische Ellen hoch über den Vogel hinaus.

Er trat still und bleich und mit kalten Schweißen zurück und tat keinen einzigen Fluch, ja ich vermute, er schickte einige heimliche Gebete ab, damit sein Bundgenoß das Federwildpret durch Gottesgnade erangelte. –

Firmian trat hin, – dachte mit Fleiß an etwas anderes, um seine pochende Erwartung anzuhalten – zielte nach diesem im Abenddunkel schwebenden Anker seiner kleinen Stürme nicht lange – feuerte – sah den Block wie Fortunens Rad sich oben dreimal umkreisen und endlich – losspringen und herunterfliegen...

– Wie bei der Krönung der alten französischen Könige allzeit ein lebendiger Vogel in den Himmel flatterte; – wie bei der Apotheose der römischen Kaiser ein Adler aus dem Scheiterhaufen gen Himmel stieg: so flog bei der Krönung meines Helden einer herunter. – –

Die Jungen und die Trompeten schrien – der eine Teil des Volkes wollte den neuen König wissen und sehen, der andere strömte dem Hanswurste entgegen, der das zersplitterte Kugeln-Gehäuse und Besteck, den Adlerbauch, emporgehalten durch die Mitläufer trug – der Kräusler lief schreiend entgegen: »Vivat der König!« und sagte, er selber sei einer mit – und Firmian trat still unter die Türe und war froh, aber gerührt....

Jetzo ist es einmal Zeit, daß wir alle in die Stadt laufen und nachschauen, was Rosa, während der Ehemann den Thron bestieg, bei der Frau desselben gewann, ob einen schönern oder einen Pranger, und wie viele Stufen er zu einem von beiden hinaufkam. –

Rosa klopfte vor Lenettens Tür an und schritt sogleich hinein, damit sie nicht erst herauskäme und sähe, wer da sei. »Er habe sich von der Schützengesellschaft losgerissen – ihr Mann komme bald nach, und er erwarte ihn hier. – Die Büchse desselben sei wieder recht glücklich«: mit diesen Wahrheiten ging er der Erschrocknen entgegen, aber mit einem angenommenen vornehmen kalten Erdgürtel auf dem Gesicht. Er schritt gleichgültig in der Stube auf und ab. Er fragte, ob das Aprilwetter sie gesund lasse; ihn matt' es mit einem schleichenden Fieber ab. Lenette stand furchtsam am Fenster, mit den Augen halb auf der Straße, halb auf der Stube. Er blickte im Vorbeigehen nach ihrem Nähtisch und nahm ein rundes papiernes Haubenmesser und eine Schere und legte alles wieder hin, weil ihn einige Nadelbriefe anzogen. »Das ist gar Numero 8«, sagte er, »diese Nadeln sind viel zu groß – Madam. [1] – Man könnte die Köpfe zu Schrot Nro. 1 gebrauchen. – Hier haben Sie Schrot Nro. 8, nämlich einen Brief Nro. 1. – Die Dame muß mir danken, an der Sie ihn verstecken.«

Dann trat er schnell an sie und zog ein wenig unter ihrem Herzen, wo sie einen ganzen Köcher oder eine Dornhecke von Nadeln zum Verlage stecken hatte, eine kühn und gleichgültig heraus, hielt sie ihr unter die Augen und sagte: »Sehen Sie die schlechte Verzinnung; jeder Stich damit schwärt.« Er warf die Nadel zum Fenster hinaus und machte Miene, die übrigen Nadeln aus der Gegend des Herzens, worein das Schicksal ohnehin lauter übel verzinnte drückte, herauszuziehen und wohl gar seinen Nadelbrief in dieses schöne Nähkissen zu schieben. Aber sie sagte mit einer eiskalten Gegenwehr der Hand: »Geben Sie sich keine Mühe.« – »Ich wünschte«, sagt' er und sah nach der Uhr, »Ihr Herr Gemahl käme; der Königschuß muß längst getan sein.«

Er nahm wieder den papiernen Hauben-Karton und die Schere zur Hand, aber als sie ihm mit einem Blicke voll Sorge, er verderbe ihr Muster, nachsah, holt' er lieber ein in Hippokrene getauchtes poetisches Blatt heraus und schnitt es zum Zeitvertreib wie einen flachen Diamanten zu konzentrischen Herzen in einer Schneckenlinie. Er, der das Herz immer wie Auguren dem *Opfervieh* zu stehlen suchte, dem wie einer Koketten Herzen, wie Eidechsen die Schwänze, nachwuchsen, sooft er seines verloren, er hatte das Wort Herz, das die Deutschen und die Männer fast zu erwähnen scheuen, immer auf der Zunge oder Gemmenabdrücke davon in der Hand.

Ich glaube, er ließ die Nadeln und die vollgereimten Herzen darum da, weil die Weiber immer mit Liebe an einen Abwesenden denken, dessen Nachlaß ihnen vor Augen steht. Rosa gehörte unter die Menschen beiderlei Geschlechts, die überall keinen Scharfsinn, keine Feinheit und keine Menschenkenntnis zeigen, außer in der Liebe gegen ein fremdes Geschlecht.

Er katechisierte aus ihr jetzt allerhand Koch- und Waschrezepte heraus, die sie trotz ihrer frommen Einsilbigkeit mit aller Fülle von Wörtern und Zutaten verschrieb. Zuletzt macht' er Anstalt zum Abzug und sagte: »die Zurückkunft ihres Gemahls wär' ihm erwünscht, da er mit ihm über eine gewisse Sache nicht gut draußen auf dem Schießgraben unter so viel Leuten

[1] Den Lesern sag' ichs, daß eine große Nummer große Nadeln, und den Leserinnen sag' ichs, daß eine große kleinen Schrot anzeigt.

und im Beisein des Herrn von Blaise sprechen könne.« – »Ich komme wieder«, setzt' er dazu, »aber die Hauptsache will ich Ihnen selber sagen«, und setzte sich mit Stock und Hut vor sie hin. Er wollte eben anfangen, als er merkte, sie stehe: er legte alles weg, um ihr einen Stuhl gegenüberzustellen. Seine Nachbarschaft schmeichelte wenigstens ihrer Schneiderischen Haut; er roch paradiesisch, sein Schnupftuch war ein Bisambeutel und sein Kopf ein Rauchaltar oder eine vergrößerte Zibetkugel. So bemerket auch Shaw, daß das ganze Viperngeschlecht einen eignen Wohlgeruch ausdampfe.

Er hob an: »Sie errate leicht, daß es den fatalen Prozeß mit dem Herrn Heimlicher betreffe. – Der Herr Armenadvokat verdiene zwar in der Tat nicht, daß man sich für ihn verwende, aber er habe eine treffliche Frau, die es verdiene.« (Er druckte »treffliche« durch einen flüchtigen Handdruck mit Schwabacher.) – »Er habe das Verdienst, daß er den Herrn von Blaise zu einem dreimaligen Aufschub seines Neins gebracht, weil er selber bisher nicht mit dem Herrn Advokaten sprechen können. – Aber jetzo nach dem neuern Vorfalle, wo ein Pasquill des Herrn Leibgebers, dessen Hand man gut kenne, an einer Ofenstatue des Herrn Heimlichers zum Vorschein gekommen[1], sei von der letzten Seite an ein Nachgeben oder gar an ein Herausgeben der Erbschaft nicht zu denken. – Darüber aber blut' ihm nun das Herz, zumal da er seit seiner Kränklichkeit zu vielen Anteil an allem nehme; er wisse recht gut, in welche mißliche Lage ihre (Lenettens) häusliche Verfassung durch diesen Prozeß geraten, und er habe oft über manches vergeblich geseufzet. – Mit Freuden woll' er ihr daher, was sie zum Kostenverlage brauche, vorschießen – sie kenne ihn nur noch nicht und stelle sich das, was er allein für sechs kuhschnappelsche Armenanstalten aus reiner Menschenliebe monatlich tue, vielleicht kaum vor, er habe aber seine Belege.«

– – In der Tat zog er sechs Quittungen der Armenkommissionen heraus und hielt sie ihr hin. – Ich würde mich nicht als den unparteilichen Mann beweisen, für welchen ich gelte, wenn ich nicht frei eingestände, daß der Venner einen gewissen Trieb wohlzutun und aufzuhelfen gegen Dürftige jedes Alters und Geschlechtes von Jugend auf in Taten gezeigt, und daß eben das Bewußtsein einer solchen weitherzigen Handelweise gegenüber der engherzigen kargen in Kuhschnappel ihm einen gewissen besondern

[1] Es erinnert nämlich jeder sich noch aus dem zweiten Kapitel, welche ehrenrührige Anrede an Blaise Leibgeber auf den die Gerechtigkeit vorstellenden Ofen mit sympathetischer Dinte geschrieben. Als daher einmal an einem kalten Herbsttage die Themis für eine große Gesellschaft geheizet werden mußte: so war das kurze Pasquill, das ihn einen Injustizminister und dergleichen nennt, schon dem größern Teil der Gäste durch die Hitze lesbar geworden, eh' man nur daran gedacht, es abzukratzen. Von Blaise machte aber kein Hehl daraus, daß es entweder Leibgeber oder Siebenkäs gemacht.

Stolz gegen die filzigen Richter seiner freigebigen Verführungen zu eigen gemacht. Denn sein Gewissen gab ihm das Zeugnis, daß er diese Sünden erst beging, wenn er, seine Verwandlung aus einer Spinne in einen wohltätigen Edelstein rückwärts umkehrend, wieder schillernde Gewebe spann und mit ihnen voll glänzender geweinter Tautropfen einiges fing. – –

Für eine solche Frau vollends wie Lenette – fuhr er fort – tät' er wohl andere Dinge; und ein Beweis sei schon, daß er den Gesinnungen des Heimlichers gegen ihr Haus Trotz biete und daß er selber von ihrem Mann Reden verschluckt, die er wahrlich als Patrizius noch von niemand einzustecken gewohnt gewesen. – »Fodern Sie doch Geld, beim Himmel, soviel Sie brauchen«, beschloß er.

Die zitternde Lenette glühte vor Scham über die Enthüllung ihrer Armut und ihres Verpfändens. Er suchte die Wogen in ihr durch einige Tropfen glattes Öl zu stillen und tadelte daher seine Braut in Baireuth vorläufig: »Ich wünsche«, sagt' er, »daß sie, die zu viel lieset und zu wenig arbeitet, in Ihre Schule der Haushaltung gehe. Wahrlich, eine Frau von solchen Reizen wie Sie, die sie selber nicht kennt, von solcher Geduld, von solchem häuslichen Fleiße sollte ein ganz anderes Haushalten zum Spielraum haben.« Ihre Hand lag jetzo im Fußblock und Personalarrest der seinigen still; die Demut der Dürftigkeit band ihr die Flügel, die Zunge und die Hände. Seine Freundschaft und seine Habsucht achteten bei Weibern keine Grenzsteine, die er alle diebisch auszuheben suchte; die meisten Männer gleichen in ihrem zerstörenden Hunger dem Häher, der die Nelke zerrupft, um den Nelkensamen aufzuhacken. Er drückte jetzt an ihr niedergesenktes Auge einen langen feuchten Blick der Liebe an, ließ ihn da noch fest, wenn sie es aufhob, und brachte so absichtlich – indem er die Augenlider gewaltsam offen hielt und noch dazu an rührende Sachen dachte – mehr Tropfen aus der Augenhöhle herauf als nötig sind, *kleinere* Kolibris zu erlegen. Jede erlogene Rührung wurde in ihm, wie in guten Schauspielern, eine wahre und jede Schmeichelei ein Gefühl der Achtung. Er fragte, als er Tropfen genug im Auge und genug Seufzer in der Brust verspürte: »wissen Sie, warum ich weine?« Sie sah unschuldig- und gutmütig-erschreckend auf in seine Augen, und ihre tropften. »Darüber«, (fuhr er aufgemuntert fort) »daß Sie kein so gutes Los haben, als Sie verdienen.« – Selbstischer Zwerg! jetzt hättest du die bange, in allen Tränen einer langen Vergangenheit ertrinkende Seele schonen sollen!

Aber er, der nur künstlerische, flüchtige, winzige Vexierschmerzen und nie erwürgende Qualen kannte, schonte die Gequälte nicht. Was er indes zur *Brücke* von seinem Herzen in ihres machen wollte, den Kummer, das wurde gerade der *Schlagbaum*; ein Tanz oder irgendein fröhlicher Taumel der Sinne hätte ihn bei dieser *gemeinen* rechtschaffnen Frau weiter gebracht als drei Kannen selbstischer Tränen. Er lud hoffend seinen blühenden, mit Kummer befrachteten Kopf auf die Hände in ihren Schoß ab ....

Aber Lenette schoß in die Höhe, so daß er kaum sich nachbringen konnte. Sie schauete ihm fragend in die Augen ..... rechtschaffene Frauen müssen, glaub' ich, eine eigne Theorie über die Blitze der Augen haben, um die gelben der Hölle von den reinen des Himmels abzusondern – der Wüstling wußte von seinem Auge so wenig, wie Moses von seinem ganzen Antlitz daß es blitze. Ihr Auge fuhr gleichsam vor dem versengenden fremden zurück; es ist aber auch meine historische Pflicht – da so viele tausend Leser und ich selber auf den wehrlosen Everard eindringen –, es nicht zu verbergen, daß Lenette den ganzen Abend die etwas rohen und freien Zeichnungen, die ihr der Schulrat Stiefel von den Kriegschauplätzen aller Wüstlinge und besonders des gegenwärtigen mit einer sehr breiten Reißkohle vorgezogen hatte, im Kopfe aufbreitete und über jeden Rück- und Vorschritt Rosas argwöhnisch stutzte.

Und doch werd' ich jetzo dem armen Schelm mit jedem Worte schaden, das ich weiter schreibe; ja viele Damen, die aus den salischen Gesetzen oder aus Meiners wußten, daß man sonst geradeso viele Strafgelder geben mußte, wenn man die weiblichen Finger berührte, als wenn man den männlichen mittlern weghieb – nämlich fünfzehn Schillinge, diese Damen, die schon über Rosas Finger-Drücken sich so sehr ereifert haben und es strafen wollen, diese werden vollends nicht zu versöhnen sein, wenn ich fortfahre, weil sie aus Mallet[1] wissen, daß sonst Leute, die wider fremden Willen küßten, durch Urtel und Recht Landes verwiesen wurden. – Ja viele jetzige Weiber beharren noch auf der Strenge der altdeutschen Pandekten und verweisen den Lippendieb – da in den Rechten[2] *Landes*verweisung und *Verstrickung* an *einen* Ort einander ablösen und ersetzen – zwar nicht aus dem Zimmer, aber sie zwingen ihn doch, darin zu bleiben; auf ähnliche Art verurteilen sie einen Schuldner, dem sie ihr Herz gegeben, und ders gar behalten will, zum *Einlager* im Torus. –

Der aufspringende Rosa hatte nach seinem Fehlsprunge nichts zur Entschuldigung seines Fehlers mehr übrig als die Vergrößerung desselben – er umhalste demnach die marmorne Göttin.... Aber es steht mir eine Bemerkung im Weg, die ich vorher machen muß. Viele gute Schönen beschirmen nämlich ihr Versagen durch Gewähren; sie leisten, um sich für ihren tugendhaften Feldzug selber zu besolden, in kleinern Dingen keinen Widerstand, sie geben mehre Besitztümer und Verschanzungen von Kleidern und Worten preis, um geschickt dem Feinde – zuvorzukommen und zu *begegnen*, so wie kluge Kommandanten die Vorstädte abbrennen, um oben in ihrer Festung besser zu fechten. –

Ich machte diese Reflexion bloß, um zu bemerken, daß sie auf Lenetten gar nicht passe. Sie hätte mit ihrem engelreinen Geiste und Körper geradezu

[1] Dessen introduction dans l'histoire de Dannemarc.

[2] Art. 159. P. G. O.

in den Himmel eintreten können, ohne sich erst umzukleiden; sie konnte ihr Auge, ihr Herz, ihren Anzug, alles mit hinauf nehmen, nur ihre *Zunge* nicht, die ungebildet und unbedachtsam war. Sie sträubte sich also gegen die Hausdieberei, die Everard an ihren Lippen verüben wollte, auf eine Art, die für einen so kleinen Obstdiebstahl zu ernsthaft und zu unhöflich war, und die es nicht so sehr gewesen wäre, wenn Lenette sich des Schulrates grelle Weissagungen von Rosa hätte aus dem Kopfe schlagen können.

Rosa hatte auf einen angenehmern Grad der Weigerung gerechnet. Seine Hartnäckigkeit half ihm nichts – gegen die größere. Ein Mückenschwarm von leidenschaftlichen Entschlüssen sauste betäubend um ihn. Aber da sie endlich sagte – sie wirds vom Schulrat haben –: »gnädiger Herr, es steht ja in den heiligen zehn Geboten, du sollst dich nicht lassen gelüsten nach deines Nächsten Weib«: so tat er aus dem Kreuzwege zwischen Liebe und Groll einen langen Sprung in seine – Tasche und holte einen welschen Strauß heraus. »So nehmen Sie nur, Sie Häßliche, Unerbittliche, nur diese Vergißmeinnicht zum Angedenken – mehr begehr' ich beim Henker ja nicht!« Er hätte den Augenblick mehr begehrt, wenn sie ihn nahm; aber sie drückte wegsehend den seidnen Strauß mit zwei Händen zurück. Jetzt wurde die Honigwabe der Liebe in seiner Seele zu echtem Honigessig gesäuert; er wurde verflucht toll und warf die Blumen weit auf die Tafel hinüber und sagte: »Es sind Ihre versetzten Blumen selber – ich hatte sie ausgelöset bei der Taxatrizin – Sie müssen sie wohl behalten.« – Nun wich er von dannen, verbeugte sich aber, und die wunde Lenette tats auch.

Sie nahm den giftigen Strauß und besichtigte ihn am helleren Fenster – ach ja wohl waren es die Rosen und die Rosenknospen, an deren Eisendornen gleichsam das Blut von zwei zerstochnen Herzen hing. Indes sie so weinend und erliegend und mehr betäubt als aufmerksam durchs Fenster sah, nahm sie wunder, daß ihr Seelenpeiniger, der laut die Treppe hinabgeflogen war, doch nicht herauskam aus der Haustüre. Nach langem aufmerksamen Lauern, worin die Angst wie ein Trost den Kummer überschrie und die Zukunft die Vergangenheit, galoppierte pfeifend und mit der Hutspitze gen Himmel zielend der gekrönte Haarkräusler daher und schrie einlaufend nur vorläufig hinauf: »Frau Königin!« Denn er mußte vor allen Dingen in seine eigne Stube einbrechen und vier Leute auf einmal zu Königen ausrufen und zu Königinnen. – –

Es ist nun Pflicht, den Leser in den Winkel mitzunehmen, wo der Venner hockt. Er war von Lenetten geradesweges zur Perückenmacherin *hinabgestiegen* im doppelten Sinn, eine jener gemeinen Frauen, die das ganze Jahr gar nicht daran denken – denn kein Pferd muß so viel wegarbeiten wie sie –, etwan untreu zu werden, und die es nur dann werden, sobald ein Versucher kommt, den sie weder locken noch fliehen, und die vielleicht beim nächsten Brotbacken den Vorgang wieder vergessen haben. Überhaupt ist der Vorzug, den die meisten weiblichen Honoratiores ihrer Treue vor der Treue der höhern Damen geben, ebenso groß als zweifelhaft, da es in den mittlern Ständen nur wenige Versucher gibt – und nur rohe dazu. Rosa war – so wie der Erdwurm zehn Herzen [1] führt, die von einem Ende des Wurms bis zum andern langen – innen mit ebensoviel Herzen besetzt und gefüttert, als es Arten von Weibern gibt; für feine, plumpe, fromme, sittenlose, für alle hatt' er sein besonderes Herz zur Hand. Denn wie Lessing und andere so oft den einseitigen Geschmack mißbilligen und den Kunstrichtern einen allgemeinen predigen, der die Schönheiten aller Zeiten und Völker empfindet, ebenso dringen Weltleute auf einen allgemeinen Geschmack für lebendige zweifüßige Schönheiten, der keine Manier ausschließet, und welchen alle letzen. Den hatte der Venner. In seiner Seele war ein solcher Unterschied zwischen seinen Empfindungen für die Perückenmacherin und zwischen denen für Lenetten, daß er aus Rache gegen diese sich auf der Treppe vorsetzte, den Unterschied zu überspringen und zur Hausherrin zu schleichen, deren engbrüstiger Mann sich draußen für eine *andere* Krönung konföderierte und abarbeitete. Sophia (so hieß sie) hatte immer beim Buchbinder Perücken ausgekämmt, wenn der Venner dort saß und Romane seines Lebens heften ließ: da hatten beide einander durch Blicke alles gesagt, was keine fremden verträgt. Meyern trat mit der kühnen Miene in die kinderlose Stube, die einen Epopöen-Dichter verriet, der sich über den Anfang wegsetzt. In der Stube war ein Verschlag von Brettern, worin wenig oder nichts war – kein Fenster, kein Stuhl, einige Wärme aus der Stube, ein Wandschrank und das Bette des Paars. –

Rosa hatte sich sogleich nach den ersten Komplimenten unter die Türe des Verschlags gestellet, weil er so spät nicht gern jedem vorbeilaufenden Auge – denn die Straße ging dem Fenster vorbei – eine anstößige Vermutung mitgeben wollte. Auf einmal sah Sophie ihren Gatten um das Fenster rennen. Der Vorsatz einer Sünde verrät sich durch überflüssige Behutsamkeit: Rosa und Sophia fuhren so sehr über den Renner zusammen, daß diese dem Edelmann riet, in den Verschlag zurückzutreten, bis ihr Mann wieder auf den Schießgraben zurück sei. Der Venner stolperte ins Allerheiligste zurück, und Sophie stellte sich unter die Pforte des Verschlags und tat – da ihr Mann die Tür aufmachte und hereintrat –, als wenn sie aus ihr herauskäme, und zog sie hinter sich nach. Er hatte kaum die Standerhöhung ausgesprudelt, als er mit der Klage entfloh: »*die* droben weiß es gar nicht.« Die Freude und ein schneller Trunk hatten seine lichtesten Gedanken mit einem Heerrauch entkräftet; er lief an die Treppe hinaus, schrie unten hinauf – denn er wollte wieder zurück zur Schützen-Prozession –: »Madam Siebenkäsin!« – Sie eilte die Hälfte herab und hörte zitternd den frohen Bericht – und warf ihm entweder als Maske der Freude

[1] Der Bruder des Doktor Hunters fand sie. S. van Dalems Reise durch England.

oder als eine Frucht der größern Liebe gegen den glücklichern Gatten – oder als eine andere, der Freude gewöhnliche Frucht der Angst die Frage hinab: ob Herr von Meyern noch drunten sei. – »War er denn bei mir da?« sagt' er – und seine Frau versetzte ungebeten unter der Stubentüre: »War er denn im Hause?« – Lenette antwortete argwöhnisch: »Hier oben – aber er ist noch nicht hinaus.«

Der Haarkräusler wurde mißtrauisch – denn Lungensüchtige trauen keiner Frau und halten, wie Kinder, jeden Schornsteinfeger für den Teufel mit Hörnern – und sagte: »Es ist nicht richtig, Sophel!« Die kurze Hirnwassersucht vom heutigen Trinken und der halbe Anteil am Throne und an den 50 fl. verstärkten seinen Mut so sehr, daß er sich innerlich vorsetzte, den Venner auszuprügeln, wenn er ihn in einem gesetzwidrigen Winkel ertappte. Er machte demnach Entdeckreisen – erstlich im Hausplatz, und seine Fährte und Witterung war Rosas wohlduftender Kopf – er folgte der Weihrauchwolkensäule in die Stube nach und merkte zuletzt, der Ariadnensfaden, der Wohlgeruch, werde immer dicker und hier unter diesen Blumen liege die Schlange, wie überhaupt nach Plinius[1] wohlriechende Wälder Nattern beherbergen. Sophia wünschte sich in die unterste von Dantes Höllen hinab, aber im Grunde saß sie ja schon drunten. Dem Friseur leuchtete ein, daß ihm, halte sich der Venner einmal im zugeklappten Meisenkasten des Verschlages auf, daß ihm dann der Petz gewiß bleibe im Bärenfang; und er sparte sich also bis zuletzt das Gucken in diesen auf. Es ist historisch gewiß, daß er ein Frisiereisen ergriff, um mit diesem Visitiereisen den Kubikinhalt des finstern Verschlags zu messen. Drinnen schwenkt' er im Dunkeln die Zange waagrecht, stieß aber an nichts. Darauf schob er die Sonde oder den Sucher in mehr als einen Ort hinein, zuerst ins Bette, dann unter das Bette, brauchte aber jedesmal die Vorsicht, daß er die Beißzange, die nicht glühend war, auf und zudrückte, falls etwan eine Locke im Finstern zwischen die beiden Tellereisen fiele. Der Kloben fing nur Luft. Jetzt kam er an einen Wand- und Kleiderschrank, deren Türe seit sechs Jahren aufklaffte; denn da in diesem lüderlichen Haushalten der Schlüssel vor ebenso vielen Jahren verloren war, so mußte das Einschnappen des Schlosses verhütet werden; aber heute war die Tür eng angezogen – der schwitzende Venner tats und stand darin. – Der Kräusler drückte sie gar ins Schloß hinein, und jetzo war das Zuggarn über die Wachtel gezogen.

Er konnte nun ruhig machen, was er wollte, und allen Geschäften gelassen vorstehen; denn der Venner konnte nicht 'raus.

Er sandte die blutrote widerbellende Sophia an den Schlosser und dessen Mauerbrecher ab; sie war aber des festen Vorsatzes, bloß eine Lüge statt des Schlossers mitzubringen. Nach ihrem Abmarsch holt' er den Altreis Fecht herab, damit dieser zugleich der Zeuge und der Meßhelfer dessen wäre,

[1] Pl. H. N. XII. 17.

was er im Schilde führte. Der Schuhflicker schlich in die Stube nach. Der Hektiker ging in den Kanarienbauer hinaus und redete den im Bauer selber inhaftierten Vogel an, indem er mit der Zange an die Pforte der Engelsburg klopfte: »Gnädiger Herr, ich weiß, Sie sitzen darin – regen Sie sich – jetzo bin ich noch mutterseelenallein – ich breche still mit der Zange den Schrank auf und lasse Sie fort.« – Er legte das Ohr an die Türe dieses Spandaus und sagte, als er den Arrestanten seufzen hörte: »Sie schnaufen jetzo, gnädiger Herr – denn ich lieg' an der Tür – wenn der Schlosser kommt und aufbricht, so sehen wir Sie alle, und ich rufe das ganze Haus her. – Ich verlange aber nur ein Geringes – und lasse Sie im stillen herausspringen, bloß Ihren Hut will ich und einige Groschen Geld und Ihre Kundschaft.«

– Endlich klopfte der Baugefangne innen an seine Klosettüre und sagte: »ja, ich stecke hier innen. Lass' Er mich nur heraus, Er soll alles haben. – Ich will von innen mit aufsprengen.« Der Perückenmacher und der Altreis setzten das Brechzeug am Sprachgitter des Burgverließes an, und der Gefangne stieß von innen heraus; während dem Erbrechen der Jubelpforte unterhandelte der Friseur weiter und verfällete den Klausner in die Kosten des Schlosserlohns – und endlich setzte Rosa wie eine bewaffnete Pallas aus der geöffneten Stirnhöhle ans Licht. »Ohne mich«, sagte Fecht, »hätt's der Hausherr gar nicht aufgebracht.«

Rosa machte große Augen über diesen Neben-Erlöser aus dem Personalarrest – nahm den wohlriechenden Hut ab (den der berauschte Kräusler auf seinen Kopf und also in den Realarrest setzte) – warf beiden aus der Westentasche einige Tropfen vom goldnen Regen zu – und eilte aus Furcht vor ihnen und dem Schlosser barköpfig im Finstern nach Hause. – Der Friseur aber, dessen Scheitel nahe an der dreifachen Krone der vorigen Kaiser[1] und der jetzigen Päpste war – denn der Vogel warf ihm die Krone zu, der Venner den Hut, und die Frau wollt' ihm auch etwas aufsetzen – der Friseur ging wohlgemutet mit der neuen Märtererkrone aus Filz, die er schon unter dem ganzen Schwenkschießen dem Venner beneidet hatte, in den Schießgraben hinaus, um wieder hereinzuziehen mit seinem Nebenkaiser unter seinen Reichskindern und Hintersassen.

Der Perückenmacher nahm seinen, einem Mitkönige anständigen Hut vor dem königlichen Bruder, Siebenkäs, ab und erzählt' ihm einiges. Der Heimlicher von Blaise lächelte wie Domitian heute freundlicher als jemals, wobei dem Vogelkaiser nicht wohl ward; denn Freundlichkeit und Lächeln macht das Herz, wie spiritus nitri das Wasser, kälter, wenn es kalt, und wärmer, wenn es warm war – von einer solchen Freundlichkeit war nichts

[1] Bekanntlich wurde dem römischen Kaiser eine goldne Krone in Rom aufgesetzt, eine silberne in Aachen, eine eiserne in Pavia. Ein König hat einen Kopf, der alle Kronen zu tragen vermag, Kronen von allen Ländern, von allen Metallen, sogar von Quecksilber.

zu erwarten als ihr Widerspiel, wie in der alten Jurisprudenz [1] die größere Frömmigkeit einer Frau bloß bedeutete, daß sie mit dem Teufel einen Bund gemacht. Aus den Marterwerkzeugen Christi wurden heilige Reliquien – oft werden aus solchen Reliquien der Heiligen erst die Folterinstrumente. – Der herrliche Zug ging unter dem nickenden Blitzen des ganzen wankenden Sternenhimmels, in den neue Sternbilder zerplatzender Raketen aufzogen. Die Nummern, die nach dem Könige den Schuß gehabt, feuerten in die Luft und salutierten mit dieser Kanonade gleichsam das königliche Paar. Die zwei Könige gingen nebeneinander, und der zur Perückenmacher-Innung zünftige konnte vor Freude und Bier nicht recht stehen, sondern hätte sich gern auf einen Thron gesetzt. – – Aber darüber, über diese siebzig Jünger des Adlers und über die zwei Reichsvikarien, versäumen wir ganz andere Dinge. –

Nämlich die Stadtsoldaten, die mit dabei sind – eigentlich die Marktfleckensoldaten. [2] – Ich will viel über sie denken und nur halb so viel sagen. Eine Stadtmiliz, eine Landmiliz, besonders die kuhschnappelische, ist ein ernsthafter Heerbann, der bloß zum Verachten der Feinde gehalten wird, indem er ihnen unhöflich stets den Rücken, und was darunter ist, zukehrt, so wie auch eine gut geordnete Bibliothek nur Rücken zeiget. Hat der Feind Herz: so verehret der Heerbann wie der tapfere Sparter die Furcht; und wie Dichter und Schauspieler den Affekt selber heftig empfinden und vormachen müssen, den sie mitzuteilen wünschen, so sucht der besagte Bann das panische Schrecken erst selber zu zeigen, in das er Feinde versetzen will. Um nun einen solchen Kriegknecht oder Friedenknecht in der Mimik des Erschreckens zu üben, wird er täglich am Tore erschreckt; man nennt es ablösen. Ein Friedenkamerad schreitet gegen das Schilderhaus und fängt Feld- und Friedengeschrei an und macht nahe vor seiner Nase feindliche Bewegungen; der wachhabende schreiet auch, macht noch einige Lebensbewegungen mit dem Gewehr und streckt es sodann und läuft davon; der Sieger aber behauptet in dem kurzen Winterfeldzuge das Schlachtfeld und nimmt den Wachtrock um, den er jenem als Beute ausgezogen. Allein damit nicht einer allein auf Kosten der andern erschrocken werde: so wechseln sie mit dem Siegen ab. Ein solcher Krieger voll Gottesfrieden kann oft im Kriege sehr gefährlich werden, wenn er gerade im Laufen ist und sein Gewehr mit dem Bajonett zu weit wegwirft und so den zu kühnen Nachsetzer har-

[1] Zanger und Heil vermuten aus dem häufigern Seufzen beim Namen Jesu, aus dem frühen Kommen in die Kirche, aus dem späten Gehen nichts Gutes; etwas ist an der Sache und ein solches Wesen nicht ganz vom Teufel rein.

[2] Wenig oder nichts gebührt der jetzigen Landwehr von dem Lobe, das ich der vorigen in der ersten Auflage gegeben; viel gerechter dürften dasselbe sich die regelmäßigen Soldatenheere der kleinen Souveräne jetzo zueignen.

puniert. Kostbare Milizen dieser Art werden zu ihrer größten Sicherheit an öffentliche Plätze, wo sie unverletzlich sind, z. B. unter die Tore gestellt, und so werden solche Harpunierer recht gut von der Stadt und ihrem Tor bewacht; wiewohl ich doch oft, wenn ich vorbeiging, gewünschet habe, man sollte einem solchen Ritterakademisten einen starken Knüttel in die Hände geben, damit er etwas hätte, womit er sich widersetzen könnte, falls ihm ein Durchreisender sein Gewehr nehmen wollte.

Manchem wird es vorkommen, als ob ich auf diese Art die Mängel der Landmilizen nur künstlich verdeckte, und ich mache mich darauf gefasset; aber es ist nicht schwer einzusehen, daß dieses Lob auch auf alle kleine, auf der Fürstenbank stehende Heere reiche, die angeworben werden, damit sie anwerben. Ich will mich darüber jetzt auslassen. Villaume gibt Erziehern den Rat, die Kinder »Soldaten« spielen zu lehren, sie exerzieren und Wache stehen zu lassen, um sie durch dieses Spiel an gelenke und feste Stellungen des Körpers und Geistes zu gewöhnen, d. h. um sie gerade zu richten und abzuhärten. In Campens Institut ist dieses Soldatenspiel schon lange für Eleven im Schwung. War es denn aber Herrn Villaume so wenig bekannt, daß diese Schulexerzitien, die er uns vorschlägt, schon längst von jedem guten kleinen Reichsfürsten eingeführet waren? Glaubt er denn, es ist etwas Neues, wenn ich ihn versichere, daß die Fürsten junge starke Kerle, sobald sie die *heilige Länge* haben, abholen und exerzieren lassen, um ihre Landeskinder mores, Stellung und alles zu lehren, was in der Kreuz- und Fürstenschule des Staats erlernet werden muß? In der Tat verstehen oft in den winzigsten Fürstentümern und Reichsgauen die Soldaten alles, was zu wirklichen gehört: sie präsentieren ihr Gewehr, stehen aufrecht an Portalen und können *rauchen*, wenn nicht *feuern*, lauter Dinge, die ein Pudel leicht erlernt, aber ein Bauerntölpel schwer. Ich leit' es aus diesen Kriegübungen her, daß sich viele sonst gescheute Männer bereden ließen, die Vexier-Soldateska kleiner Reichsstände für eine wirkliche ernsthafte zu halten, da sie doch sonst hätten sehen müssen, daß mit so kleinen Heeren weder ein kleines Land zu verteidigen noch ein großes anzufallen sei und daß es auch dieses gar nicht brauche, weil in Deutschland die Parität der Religionen schon die Parität der Mächte vertritt. – Hunger, Frost, Blöße, Strapazen sind die Vorteile, welche Villaume durch das Soldatenspiel seinen Zöglingen als ebenso viele Schulen der Geduld zu schaffen meint; das sind aber eben gerade die Vorteile, die die Staats-Realschule für die obengedachten jungen Kerle und noch besser als Villaume gewinnt, und darauf zweckt ja alles ab. Es ist mir recht gut bekannt, daß häufig ein Drittel des Landes gar nicht zum Soldaten gemacht und mithin in nichts geübt wird; es ist aber auch das wahr, daß, wenn es nur einmal so weit gebracht ist, daß zwei Drittel des Landes die Flinte statt der Sense auf der Achsel haben, daß alsdann dem letzten Drittel, weil es beträchtlich weniger zu mähen, zu dreschen und zu leben hat, die gedachten Vorteile (des Hungers etc.) fast gratis zuwachsen, ohne daß das Drittel einen einzigen Schuß tut. Man vervielfältige nur in einem Lande – in einem Ländchen – in einer Land- – in einer Mark- – in einer Grafschaft die Kasernen in hinreichender Anzahl: so werden sich von selber die restierenden Häuser als Fuggereien und Wirtschaftgebäude um die Kasernen anlegen, ja als echte Klöster, worin die drei Kloster-Gelübde – es ist niemand Pater Provinzial als der Fürst – nicht sowohl abgelegt als gut gehalten werden.

Wir hören jetzt die zwei Reichsvikarien in ihre Behausung treten. Der Friseur züchtigt seine Frau mit nichts als mit dem Rapport der Sache und zeigt ihr den Hut. Der Advokat belohnte die seinige mit dem Kusse, den sie andern Lippen abgeschlagen. Sie machte ihm, wenn nicht mit der Erzählung, doch mit der Erzählerin eine Freude und versteckte überhaupt nichts als den italienischen Strauß und dessen Erwähnung – sie wollte seinen frohen Abend nicht trüben und ihn nicht auf die Schmerzen und Vorwürfe jenes andern bringen, wo sie es verpfändete. – Ich hatte mit vielen Lesern erwartet, Lenette werde die Botschaft der Thronbesteigung viel zu kaltsinnig aufnehmen – sie betrog uns alle: viel zu freudig tat sie's; aber aus zwei guten Gründen: sie hatte die Nachricht schon vor einer Stunde erhalten, und also hatte das erste weibliche Trauern über eine Freude der Freude darüber schon Platz gemacht; denn Weiber gleichen dem Wärmmesser, der in einer schnellen Wärme einige Grade sinket, eh' er um viele ordentlich steigt. Der zweite Grund, der sie so nachgiebig und teilnehmend machte, war ihr beschämendes Bewußtsein des vorigen Besuchs und des verhehlten Straußes; denn man ist oft hart, weil man stark war, und übt Duldung – weil man sie braucht. – Nun wünsch' ich der ganzen königlichen Familie wohl zu schlafen und gesund im achten Kapitel zu erwachen.

Achtes Kapitel

Bedenklichkeiten gegen das Schuldenbezahlen – die reiche Armut am Sonntag – Thronfeierlichkeiten – welsche Blumen auf dem Grabe – neue Distel-Setzlinge des Zanks

Siebenkäs, ein König und doch ein Armenadvokat und holzersparendes Mitglied, stand den Morgen als ein Mann auf, der, die Spesen etc. abgerechnet, bare 40 fl. frk. jede Stunde auf den Tisch legen konnte. Er genoß den ganzen Vormittag das für Tugendhafte mit einem besondern Reize versetzte Vergnügen, Schulden abzutragen – erstlich beim Sachsen die Hausmiete – bei den Fleischern, Bäckern und andern Krankenwärtern unserer dürftigen Maschine die kleinen Duodezrechnungen. Denn er glich den vornehmsten Personen, die von den geringsten nur Lebenmittel borgen und kein Geld, wie manche Richter nur mit jenen, nicht mit diesem zu bestechen sind.

Daß er übrigens seine Schulden abführt, kann ihm keiner verdenken, der weiß, daß er von geringem oder gar keinem Herkommen ist. Von einem Manne von Stande erwartet man als seiner anständiger, daß er seine Zinsen nicht bezahle – wozu ihn schon die Kreuzzüge verbinden, in welchen seine ältern Ahnen mit dienten und folglich, bloß unter den römischen Stuhl eingepfarret, nichts zu verzinsen brauchten –, am wenigsten seine Schuldposten. Denn einem Mann von feinem Ehrgefühle, z. B. einem Hofmann, etwas borgen, heißet dasselbe mehr oder weniger versehren. Diese Beleidigung seines Gefühls sucht der feine Mann zu verzeihen und will sich also die ganze Beleidigung samt ihren Umständen ganz aus dem Sinne schlagen; erinnert ihn der Beleidiger seines Ehrgefühls daran, so stellet er sich mit wahrer Feinheit, als wiss' er kaum, daß er beleidigt worden. Hingegen rohe Landjunker und Offiziere auf dem Marsch zahlen wirklich aus und schlagen sich – wie in Algier, wo jeder Münzgerechtigkeit hat – die Münzsorten dazu selber. Auf Malta ist eine *lederne* Münze, von sechzehn Sous im Wert, gäng und gäbe, deren Randschrift heißet: non *aes* sed *fides* [1]; diese juchtene Münze, wiewohl nicht rund, sondern *lang* ausgeprägt wie spartisches Geld – daher sie noch häufiger unter dem Namen der Hund- und Reitpeitschen vorkömmt –, zählen Landsassen und Personen vom Dorfadel ihren Kutschern, Juden, Schreinern und andern Leuten, denen sie schulden, so lange auf, bis Gläubigere befriedigt sind. – Ja ich stand schon am Tische und sah, daß Offiziere, die auf Ehre hielten, den Degen von der Wand oder Hüfte nahmen und damit dem Stiefelwichser, der sein Geld wollte, es in gedachter antiquarischer Rechenmünze – und schon bei den tapfern Spartern waren Waffen zugleich Münzen – wirklich hinzahlten, wobei noch dazu der Mann viel besser gewichset wurde als die meisten Stulpenstiefel, wofür er einfoderte. Und sollt' es, im ganzen und moralisch gesprochen, ein Fehler sein, wenn auch Militärpersonen vom höchsten Range ihre kleinern Schulden abführen und oft dem winzigsten Schneidermeister, der Metall begehrt, die eiserne Elle aus den Händen nehmen und ihm – indem sie ihn noch dazu gerade mit dem Maße messen, womit er sie und ihre Pelze maß – nicht bloße Rechenmünzen oder auch Assignaten, sondern ein Metall, welches das reiche Peru nicht hatte, nämlich besagtes Eisen, als gutes Geld, wenn nicht in die Hand drücken, doch an einen Ort, der Konkursmassen tragen kann? Wenigstens hatten die Briten keine andere Münze als lange Eisenstäbe; kürzer ist die arabische Münze von Draht, Larin genannt, einen Zoll lang, 16 kr. im Wert (s. Eulers Wechselenzyklopädie). – Auf Sumatra sind die *Schädel* der Feinde unsere Louisdor und die *Kopf*-Stücke; sogar dieses

[1] Etudes de la nature, T. III. p. 220. Der Verfasser, ein Schüler Rousseaus, ist für Freunde Rousseaus.

Schatzgeld, den feindlichen Schädel des Professionisten, der etwas geliefert hat, greift oft der edlere Schuldner an, nur um diesem genugzutun. In der Kautelarjurisprudenz und im allerneuesten preuß. Gesetzbuch fehlet gleichwohl die Kautel: daß ein Gläubiger sich im Schuldschein sogleich ausbedingen solle, in welcher von den zwei gangbaren und alternierenden Geldsorten er von seinem hohen Gemeinschuldner wolle befriedigt werden, ob in Metall oder in Prügeln......

Siebenkäs hatte diesen Donnerstags-Morgen eine kitzelnde Disputierübung über das halbe Herz oder halbe Schwein des Kardinalprotektors, das ihm der Unterkönig, der Friseur, aufdringen wollte, um gewisser den halben Königschuß zu bekommen. Als der Sachse den Schuß hatte, die 25 fl., stritt er kälter und ließ sich endlich gefallen, daß künftigen Sonntag das gehälftete Tier oben in Firmians Stube von ihm, von den übrigen Hausleuten und von den zwei Schützen-Landesvätern und -müttern in Gesellschaft des Schulrates rein wie ein jüdisches Osterlamm sollte – aufgezehret werden. –

Die Blumengöttin unserer Tage nahm jetzo einige Fingerspitzen voll Gesäme jener Blumen, die schnell aufgehen und die, wie die Christwurzel oder Nießwurz, im jetzigen Dezember blühen, und säete sie neben den Steig, den Firmian am häufigsten ging. —— Aber wie lange, Freudiger! wird die erzwungne Blüte an deinen Tagen hängen bleiben? Und wird es deinem philosophischern Dianens- und Brotbaum, der an der Stelle der Klageiche gesetzet ist, nicht wie anderen abgehauenen Bäumen ergehen, die man auch am Andreastage in die Stube und in Kalkwasser pflanzt und die nach einem flüchtigen Ertrag von gelbem Laub und dumpfer Blüte auf immer verschmachten? –

Den Schlaf, den Reichtum und die Gesundheit genießet man nur, wenn sie unterbrochen worden; bloß in den ersten Tagen, nachdem die Bürde der Armut oder Krankheit abgeladen ist, tut dem Menschen das Aufrechtstehen und das freie Atmen am sanftesten. Diese Tage währten bei unserem Firmian bis zum Sonntag. Er mauerte einen ganzen Kubikfuß von der Teufelsmauer in seiner Auswahl aus des Teufels Papieren auf – er rezensierte – er prozessierte – er wachte listig über den Hausfrieden, den die Einlösung der Pfänder hätte stören können. Das will ich zuerst erzählen, und dann erst das Platos-Gastmahl am Sonntag. Er handelte nämlich schon am Königtage eine Dutzenduhr für 21 fl. an sich, um sein Geld nicht – nach und nach auszugeben; er wollte überhaupt einen Hoffnunganker in die Uhrtasche auswerfen. Als nun die Frau darauf antrug, die Salatiere, die Heringschüssel und andere Pfänder auszulösen, und da das nicht mit Küssen, sondern mit seinem halben Kapitale geschehen mußte, so sagt' er: »Ich bin zwar nicht dafür – in kurzem trägt sie die alte Sabel wieder fort – aber wenn du willst, so tu es immer, ich stelle dirs frei.« Hätt' er sie bekriegt, er hätte gemußt; so aber, da er ihr das meiste Geld in ihren Beutelhulfter goß – und da sie die wachsende Ebbe täglich anzeichnete – und da sie sich alle Tage an die Auslösung machen konnte: so machte sie sich eben nicht daran. Die Weiber schieben gern auf, und die Männer fahren gern zu; bei jenen gewinnt man durch Geduld, bei diesen, z. B. bei Ministern, durch Ungeduld. Ich erinnere hier alle deutsche Ehemänner, die etwas nicht auslösen wollen, noch einmal daran, daß ichs ihnen klar gesagt habe, wie sie mit ihren schönen Widerbellerinnen umzuspringen haben.

Jeden Morgen sagte sie: »Ei wahrlich, wir sollten doch einmal nach unsern Tellern schicken.« Und er antiphonierte: »Meinetwegen nicht, ich lobe dich eher deswegen.« So gestaltete er seinen Wunsch in ein fremdes Verdienst um. Firmian hatte Kenntnis des Menschen, nicht der Menschen – er war bei jedem neuen Weibe verlegen, aber nicht bei einem alten – wußte genau, wie man unter gebildeten Leuten sprechen, gehen, stehen müsse, bracht' es aber nicht nach – nahm jede fremde äußere und innere Unbehülflichkeit wahr und behielt seine – wurde, wenn er seine Bekannten Jahre lang mit Welt und Überlegenheit behandelt hatte, erst auf Reisen innen, daß er, unähnlich dem Weltmann, über Unbekannte nichts vermöge. – – Was soll ich viel Worte machen? Er war ein Gelehrter. –

Inzwischen wär' er doch vor dem Sonntage, mit allen seinen Friedenpredigten und Friedenverträgen in der Brust, wieder in einen häuslichen Frosch- und Mäusekrieg unversehens hineingetappt. Es ist nämlich Tatsache, aus seinem eignen Munde entnommen, daß er, als Lenette unaufhörlich ihre Hände und Arme und damit zugleich hundert andere Sachen wusch, obgleich mehr mit kaltem Wasser, weil unmöglich in einem fort warmes dazu dastehen konnte, daß er, sag' ich, weiter nichts mit der allersanftesten Stimme in der Welt tat als die wahrhaft freudige Frage: »Das kalte Wasser erkältet dich also gar nicht?« – »Nein«, sagte sie in einem *gedehnten* Tone. »Warm macht dichs vielmehr?« fuhr er fort. »Ja«, sagte sie in einem *abgeschnappten*. Sitten- und Seelenlehrer sind wider mein Erwarten sehr zurück, sowohl in der allgemeinen Seelengeschichte als in der besondern dieses Buchs, welche sich über die halbgrollende Antwort auf eine so milde Frage besonders verwundern. Lenette wußte nämlich längst recht gut, daß der Advokat, gleich Sokrates, gewöhnlich mit den sanftesten Lauten, wie Sparter mit Flöten, seinen Krieg anfing, ja sogar fortführte, um gleich jenem, bei sich zu bleiben; sie besorgte daher auch diesesmal, daß der Flötentext eine Kriegerklärung gegen die weibliche Regierform enthalte, die ihre Arbeitbezirke nach Waschwassern, wie das jetzige Bayern seine Landkreise nach Flüssen, einteilt. »Aus welcher Tonart«, fluchte daher der Advokat öfters, »soll nun ein Ehemann sein Stück spielen, wenn zuletzt die weiche wie die harte klingt, frag' ich jeden?«

Aber diesesmal war er gerade mit der größten Milde auf nichts Hartes ausgewesen, sondern auf eine Vorrede zu einem richtigen Erziehsystem kindlicher Leiber. Denn er fuhr nach ihrer Antwort fort: »Damit erfreuest du mich wahrhaft. Hätten wir Kinder, so seh' ich, du würdest sie nach deiner Methode immer waschen, und zwar kalt und über den ganzen Leib; das aber stärkte, da es so wärmte.« Sie hielt ohne alle Antwort bloß die Hände zum Siegen gefaltet in die Höhe, wie jener biblische Prophet; denn ein kaltes Baden der Kinder war ihr nichts als ein Blutbad durch einen Herodes. Viel heller setzte jetzt Firmian seine Abhärt- und Abgleichmethode der Erziehung ins Licht; – viel heißer sträubte sich die Frau mit allem ihrem Gefieder dagegen auf, bis beide endlich durch gegenseitige, geschickte Entwicklung des männlichen und des weiblichen Erziehwesens weit genug gekommen wären, um als ein Paar Zephyrstürme gegeneinander aufzustehen, hätte nicht der Ehemann die Frage wie einen herrlichen Freischuß getan: »Wetter! haben wir denn Kinder? Warum machen wir uns denn voreinander selber lächerlich?« – Lenette versetzte: »Ich sprach nur von fremden Kindern.«

Also, wie gesagt, brach kein Krieg aus, sondern vielmehr der friedliche Sonntag herein samt den Gästen, die das halbierte warme Herz oder Schwein der babylonischen Hure oder des Kardinalprotektors gewinnen und verspeisen wollen. Es war überhaupt, als wenn jetzo ein günstiger Stern der drei Weisen auf diesem Haus voll Hausarme stehen wollte; denn schon Freitags zuvor hatte ein Sturmwind den halben Rats-Forst glücklicherweise eingerissen und für alle Arme den Advent-Weg so glänzend mit Zweigen und den daran hangenden Bäumen überstreuet, daß die ganze Forstdienerschaft der Ährenlese einer solchen Weinernte nicht zu wehren vermochte; seit Jahren lag im Merbitzerschen Hause nicht so viel Holz als am Sonntage, teils gekauftes, teils kühn geholtes.

Ist nun schon an sich ein Sonntag der Sonnen-, Mond- und Sternentag in einer Armenkaserne, wo der Mensch seine paar Bissen, seine paar Glanzkleider, seine zwölf Sitz- und zwölf Liegstunden hat und die nötigen Nachbarn zum Gespräch: so läßt sich wohl denken, wie vollends in Merbitzers Hause der Sonntag aufgetreten, wo jedermann ein halbes Schwein schon so ausgemacht und umsonst im Maule hatte als vorher die Predigt im Ohr, weil der vornehmste Mietmann im Hause die Kronfeierlichkeiten als Schützen-Souverän nirgends begehen wollte als am Tische unter lauter Handwerkern.

Schon vor dem ersten Kirchengeläute war die alte Sabel da. Der Kronschatz des Schießkönigs vertrug es ganz wohl, sie als Erbküchenmeisterin neben der Königin Lenette für einige Kreuzer und einige Nebenteller anzustellen. Der Königin selber kam jene überflüssig und wie eine Neben- oder zweite Königin vor – und im Schachbrett bekommt wirklich *ein* König zwei Königinnen, wenn man eine Bauerfigur in die Dame bringt und er die erste Königin noch hat, was dasselbe ist, wenn es unter einem wahren Thronhimmel geschieht –; denn Lenette hätte als wahre homerische und großkarolinische Fürstin am liebsten ganz allein gewaschen, gekocht und aufgesetzt. Der Schützen-Souverän selber verließ das laute staubende Thron- und Baugerüste des Tags und durchstrich in einem Schanzlooper selig und frei die weite grüne Ebene des stillen blauen Spätherbstes, aufgehalten von keinen dürren Verbietreisern und Wache stehenden Strohwischen und keine dickern Sperrstricke durchreißend als die Fäden der Spinne. Nie spazieren Gatten gemütlicher und gemächlicher im Freien, ja sogar in fremden Stuben auf und ab, als wenn in ihren die Stampf- und Zuckermühlen und die Fegemühlen arbeiten und toben und sie sich für ihre Heimkunft den reinsten Mahlschatz aller Mühlgänge versprechen. Mit einem dichterischen Idyllenauge schauete der Advokat aus seinen stillen Wiesen in die ferne Lärmstube voll Pfannen und Hackmesser und Besen hinein und ergötzte sich wahrhaft an dem ruhigen Anschauen der fernen umherfahrenden Betriebsamkeit und an dem Hineinträumen in die freudigen Zungenträume der heißhungerigen Tischgesellschaft -- bis er auf einmal rot und heiß wurde: »Da tust du was Rechtes«, redete er sich selber an; »das kann ich auch; aber die arme Frau fegt und kocht sich zu Hause ab, und niemand erkennt ihr Verdienst.« Nun konnt' er wohl nicht weniger leisten als einen recht starken Eid, daß er, was er auch daheim gerückt und gebügelt finde, alles im höchsten Grade genehmigen und erheben wolle ohne weiteres.

Die Geschichte bestätigte es auch zu seinem Ruhme, daß, als er bei seiner Heimkunft sein Büchergestelle abgebürstet und sein Dintenfaß außen weiß gewaschen und alle seine Sachen in Ordnung, jedoch in einer neuen gefunden, er ohne das geringste Auffahren Lenetten freundlich lobte und sagte: »sie habe wie aus seiner Seele gewirtschaftet und gefegt; denn gerade vor gemeinen Frauen, von denen heute ein Dreizack von Höllenrichterinnen [1] erscheine, könne man nicht gebürstet und gleißend genug auftreten – daher er ihr absichtlich heute die General-Intendantur des Theaters überlassen –, indes sie bei gelehrten Männern, wie Stiefel oder er selber, sich vergeblich in die beste englische Kratz- und Krempel- und Streichmaschine der Stube umsetze, weil solche Männer bei ihren hohen Gedanken auf dergleichen nötige Kleinigkeiten gar nicht herunter sähen.«

Aber wie leitete durch diese schöne Stimmung der Präsident des Eßkongresses alles lieblich und lustig ein, noch ehe der Kongreß nur ankam. Nun vollends noch nachher! – Wenn die dreizehn vereinigten Staaten, nämlich ihre dreizehn Deputierten miteinander an einem runden Tisch auf etwas, das sie ausgemacht, noch ein Abendmahl nehmen – und durch diese Deputierte wird wenigstens so viel ausgemacht, daß, wenn dreizehn Leute an einem Tische speisen, der dreizehnte darum nicht sterbe –: so halten es die vereinigten Freistaaten, weil sie aus dreizehn Kassen spielen, leicht aus,

[1] Die Haarkräuslerin, die Schusterin, die Buchbinderin: denn die alte Sabel selber, das Erbamt bei der königlichen Tafel verwaltend, bring' ich nicht in Anschlag.

daß ihre Abgeordnete so traktieret werden wie – Firmians Leute in seiner Stube. Es ist angenehm, das Weidvieh grasen zu sehen, aber nicht den Nebukadnezar, sobald er als eines herumgeht; und so ist es nur wichtig, den feinern Mann, nicht aber das arme Volk mit zu vieler Lust auf der Wiese des Magens, am Eßtisch, weiden zu sehen. Sie waren alle einig, sogar alle Eheleute; denn es ist der Hauptzug des gemeinen Volks, einander in 24 Stunden 12 Friedeninstrumente und ebenso viele Kriegerklärungen zu schicken und besonders jedes Essen zu einem Liebe- und Versöhnmahle zu veredeln. Firmian sah in gemeinen Leuten gleichsam eine stehende Truppe, die Shakespeares Lustspiele gab, und er glaubte hundertmal, dieser Theaterdichter sei der unsichtbare Souffleur derselben. Firmian hatte schon lange nach dem Vergnügen geschmachtet, eine Freude zu haben, von der er an arme Personen etwas weggeben konnte; er beneidete den reichen Briten, der für eine Schenke voll Taglöhner die Zeche bezahlt oder der wie Cäsar eine Hauptstadt freihält. Der Hausarme gibt dem Straßenarmen, der eine Lazzarone dem andern, wie Schaltiere der Wohnplatz anderer Schaltiere und Regenwürmer die Wohnerde kleinerer Würmer sind.

Abends kam der Pelzstiefel, der zu gelehrt war, um zwischen ungelehrten Plebejern Schweinfleisch oder einen Scheffel Salz zu essen. Nun konnte doch Siebenkäs wieder einen Einfall haben, den niemand verstand als Stiefel. Er konnte doch den Staaten-Perpendikel, den Zepter, und die bunte Glaskugel des Reichsapfels auf den Tisch legen und als Eß- und Vogelkönig [1] sagen, sein langes Flughaar diene ihm, wie den fränkischen Königen, statt der Krone, die sein Hausherr geschossen – er konnte behaupten, die Einrichtung, daß bloß der, unter dessen Händen der Adler stirbt, König werde, das sei offenbar eine Nachahmung des Ordens der fratricellorum Beghardorum, die nur den, in dessen Händen ein Kind umkam, zum Papst ernannten [2] – er könne zwar über den Reichsmarktflecken Kuhschnappel nicht so lange, sondern vierzehn Tage kürzer regieren, wie der König in Preußen über das Reichsstift Elten, der darüber jährlich fünfzehn Tage herrsche – er habe zwar eine Krone mit Einkünften, die sehr herabgesetzt und in Wahrheit um die Hälfte beschnitten wären, und gleiche zu sehr dem großen Mogul, der sonst jährlich 226 Millionen einnahm und jetzo nur das Einhundertunddreizehntel davon – aber bei seiner Krönung sei doch statt aller schlimmen Gefangnen ein einziger guter losgelassen worden, er selber – und er sei wie Peter II. von Aragonien mit nichts Schlechterem gekrönt

[1] Griechen und Römer hatten bekanntlich bei Gastmahlen einen Zeremonienmeister oder Speise-Gonfaloniere, dessen Regierung so lange dauerte als das Essen.

[2] Wolf. Memorab. Cent. XIII. p. 540. Es ist freilich nur Verleumdung; aber in den finstern Zeiten griff man mehr die Handlungen und jetzo mehr die Lehrsätze der Ketzer an, weil jetzo Rechtglaubige und Andersglaubige doch wenigstens – im Handeln übereinkommen.

worden als mit Brot[1] – unter seiner ephemerischen Regierung sei niemand geköpft, bestohlen oder totgeschlagen worden, und was ihn am meisten freue, er stelle einen Fürsten der alten Deutschen vor, der freie Leute beherrschte, verteidigte und vermehrte und selber darunter gehörte etc.

Die Kehlen in diesem königlichen Appartement wurden gegen Abend hin immer lauter und trockner – die Rauchfänge am Munde, die Pfeifen, machten die Stube zu einem Wolkenhimmel und die Köpfe zu Freudenhimmeln – draußen lag die Herbstsonne mit geflammten warmen Flügeln auf der nackten kalten Erde, um den Frühling eher auszubrüten – die Gäste hatten die Quinterne, nämlich die fünf Treffer der fünf Sinne, aus den neunzig Nummern oder neunzig Jahren des Lebenslotto gezogen – jedes darbende Auge funkelte, und in Firmians Seele trieben die Knospen der Freude alle ihre Häute auseinander und schwollen blühend heraus –– Die tiefe Freude führt allezeit die Liebe an ihrer Hand, und Firmian sehnte sich heute unaussprechlich mit seinem freudetrunkenen schweren Herzen an Lenetten ihres, um an ihrer Brust alles zu vergessen, was ihm mangelte, oder auch ihr.

Alle diese Umstände wehten ihm einen sonderbaren Einfall in den Kopf. Er wollte nämlich das verpfändete seidene Blumenwerk heute auslösen und es draußen in irgendeine schwarze Stätte pflanzen, an die er Lenetten noch abends – und wär' es in der Nacht – scherzend führen wollte, um sie in ein schönes frohes Erstaunen über solche Blüten zu setzen. Er schlich sich auf den Weg zum Leihhaus; aber – da jeder Entschluß anfangs mit einem winzigen Funken in uns anfängt und mit breiten Blitzen beschließet – so besserte er unterwegs den Vorsatz der Auslösung in den ganz andern um, sich wahre natürliche Blumen zu erhandeln und diese als ein Ziel in den nächtlichen Spazierweg einzustecken. Weiße und rote Rosen konnt' er aus dem Treibhause eines Hofgärtners des Fürsten von Öttingen-Spielberg, der erst in den Ort gezogen war, leicht bekommen. Er ging um die mit Blüten verhangnen steilrechten Glasdächer herum und zum Gärtner und – erhielt, was er wollte, bloß keine Vergißmeinnicht, die der Mann natürlich den Wiesen überlassen hatte. Und Vergißmeinnicht waren zur Ründe der liebevollen Illusion unentbehrlich. Er ging daher mit dem authentischen Herbstflor zur Taxatrizin, in deren Händen seine Seidenpflanzen waren, um die toten tauben Kokons-Vergißmeinnicht in lebende Rosen einzubinden. Als er hinkam und die Frau darum anging: vernahm er staunend, in seinem Namen habe das Pfand schon der Herr von Meyern eingelöset und mitgenommen und ein so großes Pfandgeld dagelassen, daß sie sich bei dem Advokaten noch heute bedankte. Es gehörte der ganze Widerstand eines mit

[1] Diese Krönung des Peters mit ungesäuertem Brot (s. Jägers historische Tabell.) ist wie die jetzigen mit den Kaufmitteln des Brots nichts als eine rhetorische Figur, die pars pro toto heißet.

Liebe gestärkten Herzens dazu, daß er dem Venner nicht noch heute mit einem Sturm über den krieglistigen Pfandraub ins Haus lief, weil er kaum den – freilich irrigen und nur durch Lenettens Verschweigen der Übergabe erzeugten – Gedanken aushalten konnte, daß zwischen Rosas diebischen Ringfingern das schöne Pfand seiner reinen Liebe blühte. Auch die schuldlose Betrogne, die Taxatrizin, wäre anzufahren gewesen an einem andern, nicht so lieb- und freudevollen Tage; aber Firmian fluchte bloß im allgemeinen, um so mehr, da die höfliche Frau ihm auf sein Bitten fremde Seidenvergißmeinnicht zuzuführen hatte. – Auf der Gasse war er mit sich über die Pflanzstatt der Blumen streitig; er wünschte, er hätte in der Nähe ein frisch aufgeackertes Beet mit Modererde vor sich, deren dunkler Grund das Blumenrot und Blumenblau erhöhe. Endlich sah er ein Feld, das im Winter und Sommer und in der größten Kälte zu Beeten aufgerissen wird – den Gottesacker, der nebst seiner Kirche außerhalb des Orts von einem Hügel wie ein Weinberg herabhing. Er schlich oben durch ein Hintertor hinein und sah einen frisch aufgeworfnen Grenzhügel des beschlossenen Lebens; er war gleichsam vor die Triumphpforte gewälzt, durch die eine Mutter mit ihrem neugebornen Kinde auf dem Arm in die hellere Welt gegangen war. Auf diese Bahre aus Erde steckt' er die Blumen wie einen Totenkranz und ging nach Haus.

Man hatt' ihn kaum in der glücklichen Gesellschaft vermisset, die in ihrem mit fremden Bestandteilen gefüllten Elemente wie betäubte Fische schwamm, gleichsam gelähmt vom Gifte der Lust; Stiefel blieb vernünftig und sprach mit der Frau. Es ist der Welt schon aus dem ersten Teile bekannt – und den Leuten im Hause sonst –, daß Firmian gern aus seiner Gesellschaft weglief, um sich mit größerer Lust wieder in sie zu werfen, und daß er sein Vergnügen unterbrach, um es zu schmecken, wie Montaigne sich aus dem Schlafe wecken ließ, um ihn zu empfinden; er sagte also bloß, er sei nur draußen gewesen.

Endlich verliefen die lautesten Wellen, und es blieb nichts in der Ebbe zurück als drei Perlenmuscheln, unsere drei Freunde. Firmian blickte die glänzenden Augen Lenettens mit zärtlichen an, denn er liebte sie darum mehr, weil er ihr – eine Freude aufhob. Stiefel wurde von einer so reinen und tugendhaften Liebe ausgewärmt, daß er sie ohne groben logischen Verstoß für wahre Mitfreude erklären konnte, besonders da seine Liebe für die Frau der Liebe für den Mann nicht Fesseln, sondern Flügel anlegte. Der Schulrat war bloß auf der umgekehrten Seite in Angst, ob er seine Freude und Liebe auch feurig genug ausbrechen lasse; er drückte daher die Hände der Eheleute mehrmal und zwischen seine beiden gelegt – er sagte, er merke sonst wenig auf Schönheit, aber heute hab' ers mit Absicht getan, weil der Armenadvokatin die ihrige so gut gestanden unter den Arbeiten und besonders unter so vielen gemeinen Weibern, die er deshalb auch gar nicht einmal angeblickt – er versicherte dem Advokaten, er seh' es ordentlich für eine vermehrte Freundschaft gegen ihn selber an, was er Liebes für die brave Frau tue, und dieser versprach er, seine Zuneigung, die er ihr schon in der Kutsche auf dem Wege von Augsburg durch seine Reden bewiesen, desto mehr zu verstärken, je mehr sie seinen Freund und dadurch ihn selber liebhabe.

In diesen Freudenbecher Lenettens warf Firmian natürlicherweise keine Kelchvergiftung durch die in seinen Augen neue Nachricht, daß der Venner die seidnen Blumen erobert habe: er war heute so froh, die kleine Spielkrone hatte alle blutige Öffnungen seines Kopfes, von dem er die Dornenkrone ein wenig abgehoben, so weich zugedeckt und gestillt, wie Alexanders Diadem den blutenden Kopf des Lysimachus, daß er nichts wünschte, als die Nacht wäre so lange wie eine Polarnacht, weil sie ebenso heiter war. In solchen Augenblicken sind allen unsern Schmerzen die Giftzähne ausgebrochen, und allen Schlangen der Seele hat ein Paulus, wie denen auf Malta, die Zungen versteinert.

Als Stiefel fortwollte, hielt er ihn nicht, drang aber darauf, daß er sich von beiden begleiten ließe, nicht bis an ihre Türe, sondern an seine. Sie gingen. Der aufgedeckte Himmel mit der Gassenbeleuchtung der Stadt Gottes durch Lampen aus Sonnen zog sie aus den engen Kreuzgängen des Marktfleckens in den ausgedehnten Schauplatz der Nacht hinaus, wo man gleichsam das Himmelblau atmet und die Ostwinde trinkt. Jedes Stubenfest sollte man schließen und heiligen mit dem Kirchgang in den kühlen weiten Tempel, auf dessen Kirchengewölbe die Sternen-Musaik das ausgebreitete Heiligenbild des Allerheiligsten zusammensetzt. Sie schweiften umher, von vorauseilenden Frühlingwinden, die den Schnee von den Bergen spülen, erfrischet und gehoben; die ganze Natur gab das Versprechen eines milden Winters, der die Hausarmen ohne Holz sanft über das finsterste Viertel des Jahrs hinüberführt und den nur der Begüterte verwünscht, weil er bloß den Schlitten und keinen Schnee bestellen kann.

Die zwei Männer führten Gespräche, die der erhabnen Gestalt der Nacht gehörten; Lenette sagte nichts. Firmian bemerkte: »Wie nahe und wie klein liegen jetzt die jämmerlichen Austerbänke, die Dörfer, nebeneinander; wenn wir von einem Dorf zum andern reisen, so kommt uns der Steig so lang wie einer Milbe der ihrige vor, wenn sie sich auf der Landkarte vom Namen des einen Dorfs zu dem des andern wälzt. Und höhern Geistern mag wohl unsere Erdkugel ein Erdball für ihre Kinder sein, den der Hofmeister dreht und erklärt.« – »Aber es kann«, sagte Stiefel, »ja noch kleinere Erden als unsere geben, und überhaupt muß etwas an unserer sein, da der Herr Christus für sie gestorben ist.« – Das drang wie warmes Blut in Lenettens Herz. Firmian sagte bloß: »Für die Erde und die Menschen sind schon mehre Erlöser als einer gestorben – und ich bin überzeugt, Christus nimmt einmal mehre fromme Menschen bei der Hand und sagt: ›ihr habt auch unter Pilatussen gelitten.‹ Ja mancher Schein-Pilatus ist wohl gar ein Messias.« Lenette besorgte heimlich, ihr Mann sei ein Atheist, wenigstens ein Philosoph. Er führte beide in Schlangen- und Schraubengängen dem Kirchhof zu. Aber auf einmal wurden seine Augen feucht, als wenn er durch einen tiefen Nebel ginge, da er an das überblümte Grab der Mutter und mithin an seine Lenette dachte, die keine Hoffnung gab, eine zu werden. Er suchte die Wehmut sich mit philosophischen Bemerkungen aus der Brust zu schaffen; daher sagt' er: »Die Menschen und die Uhren stocken, solange sie aufgezogen werden für einen neuen langen Tag, und er glaube, der dunkle Zwischenraum, womit der Schlaf und der Tod unsere Zustände abteile und absondere, wende das zu große wachsende Leuchten *einer* Idee, das Brennen nie gekühlter Wünsche und sogar das Zusammenfließen von Ideen ab, so wie die Planetensysteme durch düstere Wüsten, und die Sonnensysteme durch noch größere auseinander gehalten werden. Der menschliche Geist könne den unendlichen Strom von Kenntnissen, der durch die ewige Dauer rinnt, nicht fassen, wenn er ihn nicht in Absätzen und Zwischenräumen trinke – den ewigen Tag, der unsern Geist blenden würde, zerlegen Johannisnächte, die wir bald Schlaf, bald Tod nennen, in Tagzeiten und fassen seinen Mittag in Morgen und Abend ein.«

Lenette wäre aus Furchtsamkeit lieber hinter der Gottesackermauer weggelaufen; sie wurd' aber hineingeführt. Firmian nahm mit der in sich geschmiegten Frau einen Umweg zum Strauß. Er warf die schmalen klaffenden knarrenden Messing-Türchen zu, die den frommen Vers und den kurzen Lebenslauf bedeckten. Sie kamen zu den der Kirche nähern vornehmen Gräbern, die wie ein Wassergraben um diese Festung liefen. Hier traten lauter steilrechte Grabmäler auf die stillen Mumien, und weiter hinauf oben ruhten nur liegende Falltüren auf liegenden Menschen. Er brachte einen knöchernen, im Freien schlafenden Kopf ins Rollen und hob mit beiden Händen – Lenette mocht' ihn immerhin bitten, sich nicht zu verunreinigen – diese letzte Kapsel eines vielgehäusigen Geistes auf und sah in die leeren Fensteröffnungen des zerstörten Lustschlosses und sagte: »Um Mitternacht sollte man sich auf die Kanzel drinnen stellen und diese skalpierte Maske des Ich auf das Kanzelpult statt der Sanduhr und Bibel legen und darüber predigen vor den andern noch in ihre Häute eingepackten Köpfen. Wenns die Leute nur tun wollten, so sollten sie meinen Kopf nach meinem Ableben schinden und in die Kirche, wie einen Heringkopf, an einem Seil, wie den Taufengel, aufhenken, damit die törichten Seelen *einmal hinauf-* und *einmal hinab*sähen, weil wir hängen und schweben zwischen dem Himmel und dem Grabe. In unsern Köpfen, Herr Rat, sitzt noch der Haselnußwurm; aber aus diesem Kopfe ist er schon verwandelt ausgeflogen, denn er hat Löcher und einen gepulverten Kern.« [1]

[1] Zwei Löcher an einer Haselnuß deuten an, daß der Käfer, der darin als Würmchen den Kern zernagte, verpuppet ausgekrochen ist.

Lenette erschrak über diese gottlose Lustigkeit so nahe neben Gespenstern: aber sie war nur eine verkleidete Erhebung. Auf einmal lispelte sie: »Dort schauet etwas über das Dach des Beinhauses herunter und richtet sich auf.« Der Abendwind trug bloß eine Wolke höher, und sie ruhte in Gestalt einer Bahre auf dem Dach, und eine Hand streckte sich aus ihr heraus, und ein zunächst an der Wolke blinkender Stern schien gleichsam auf die in die Nebelbahre gelegte Gestalt über der Stelle des Herzens als eine schmückende weiße Blüte gesteckt.

»Es ist nichts«, sagte Firmian, »wie eine Wolke. Wir wollen aufs Haus losgehen: so wird sie sich verstecken.« So hatt' er den schönsten Vorwand, ihr das blühende Miniatur-Eden auf dem Grabe einzuhändigen. Sie war kaum zwanzig Schritte hinaufwärts geschleppet, so wurde die Bahre vom Hause verbauet. »Was blüht denn da?« sagte der Rat. »Ei!« – rief Firmian – »wahrhaftig, weiß- und rote Rosen und Vergißmeinnicht, Frau!« Sie blickte zitternd, zweifelnd, forschend auf diese mit einem Strauße bestreuete Ruhebank des Herzens, auf den Altar, *unter* dem das Opfer liegt. »Es ist schon gut, Firmian,« sagte sie, »ich kann nichts dafür, aber du hättest es nicht tun sollen – willst du mich denn immerfort quälen?« Sie fing an zu weinen und drückte die strömenden Augen auf Stiefels Arm. –

Denn sie, die in nichts so fein war als im Argwohn, hatte geglaubt, es sei der seidne Strauß aus ihrer Kommode, und der Mann wisse um die Schenkung von Rosa und habe mit der Pflanzung der Blumen auf das Grab einer Kindbetterin entweder ihre Kinderlosigkeit oder sonst sie selber zum Gespött. Er mußte ebenso verwirrt als verwirrend werden bei den gegenseitigen Irrtümern; er mußte fremde bestreiten und eigne ablegen; denn nun vernahm er erst von Lenetten, daß Rosa ihr die ausgelösten Seidenblumen längst eingehändigt. An der grünen Distel des Mißtrauens in ihre Liebe schlugen jetzt einige Blüten aus; denn nichts tut weher, als wenn eine geliebte Person uns zum ersten Male etwas verbirgt, und wär' es eine Kleinigkeit. Der Advokat war sehr mißmutig über das Verbittern der Rührung, worein er sich und andere zu bringen gedacht. Seine an sich schon zu künstliche welsche Blumensaat hatte der böse Feind des Zufalls durch Einstreuen welschen Unkrauts aus Bosheit und zur Strafe noch krauser verkünstelt und verkröpft; und man hüte sich daher, den Zufall zum Dienste des Herzens zu mieten.

Der verlegne Rat tat die Verlegenheit seines Urteils durch einige warme Flüche über den Venner kund; er wollte letzlich einen Friedenkongreß zwischen den sinnenden Eheleuten eröffnen und riet Lenetten an, dem Mann die Hand zu geben und sich auszusöhnen. – Aber dazu brachte sie nichts; nach langem Zaudern bekannte sie: »sie wolle schon; aber nur, wenn er die Hände gewaschen hätte.« Die ihrigen fuhren aus Ekel krampfhaft zurück vor zweien Handhaben eines Totenkopfs. –

Der Schulrat nahm beiden Menschen die Sturmfahne ab und hielt eine

Friedenpredigt, die warm aus dem Herzen kam – er stellt' ihnen den Ort vor, wo sie wären, unter lauter Menschen, die schon gerichtet wären, und neben den Engeln, die an den Gräbern der Frommen Wache ständen – er führte an, die zu ihren Füßen verwesende Mutter mit dem Säugling im Arm, deren ältestem Sohn er nach Schellers Prinzipien das Lateinische beibringe, mahne sie gleichsam an, bei ihrem friedlichen Hügel nicht über Blumen zu hadern, sondern sie davon als Ölzweige des Friedens zu nehmen.... Sein theologisches Weihwasser sog Lenettes Herz durstiger ein als das reine philosophische Alpenwasser Firmians, und des letzten erhebende Gedanken über den Tod schossen über ihre Seele ohne Eingang hinweg. – Die Versöhnopfer wurden gebracht und die gegenseitigen Ablaßbriefe ausgewechselt; indessen nimmt ein solcher Friede, den ein Dritter zwischen zweien schließet, immer ein wenig die Natur eines Waffenstillstandes an. – Seltsam genug erwachten beide am Morgen mit Tränen in den Augen, konnten aber durchaus nicht angeben, von welchen Träumen die Tropfen zurückgeblieben, ob von freudigen oder von trüben.

ERSTES BLUMENSTÜCK

Rede des toten Christus vom Weltgebäude herab, dass kein Gott sei [1]

Vorbericht

Das Ziel dieser Dichtung ist die Entschuldigung ihrer Kühnheit. Die Menschen leugnen mit ebensowenig Gefühl das göttliche Dasein, als die meisten es annehmen. Sogar in unsere wahren Systeme sammeln wir immer nur Wörter, Spielmarken und Medaillen ein, wie Geizige Münzkabinetter; – und erst spät setzen wir die Worte in Gefühle um, die Münzen in Genüsse. Man kann zwanzig Jahre lang die Unsterblichkeit der Seele glauben – – erst im einundzwanzigsten, in einer großen Minute, erstaunt man über den reichen Inhalt dieses Glaubens, über die Wärme dieser Naphthaquelle.

Ebenso erschrak ich über den giftigen Dampf, der dem Herzen dessen, der zum erstenmal in das atheistische Lehrgebäude tritt, erstickend entgegenzieht. Ich will mit geringern Schmerzen die Unsterblichkeit als die Gottheit leugnen: dort verlier' ich nichts als eine mit Nebeln bedeckte Welt, hier verlier' ich die gegenwärtige, nämlich die Sonne derselben; das ganze geistige Universum wird durch die Hand des Atheismus zersprengt und zerschlagen in zahlenlose quecksilberne Punkte von Ichs, welche blinken, rinnen, irren, zusammen- und auseinanderfliehen, ohne Einheit und Bestand. Niemand ist im All so sehr allein als ein Gottesleugner – er trauert mit einem verwaiseten Herzen, das den größten Vater verloren, neben dem unermeßlichen Leichnam der Natur, den kein Weltgeist regt und zusammenhält, und der im Grabe wächset; und er trauert so lange, bis er sich selber abbröckelt von der Leiche. Die ganze Welt ruht vor ihm wie die große, halb im Sande liegende ägyptische Sphinx aus Stein; und das All ist die kalte eiserne Maske der gestaltlosen Ewigkeit.

Auch hab' ich die Absicht, mit meiner Dichtung einige lesende oder gelesene Magister in Furcht zu setzen, da wahrlich diese Leute jetzo, seitdem sie als Baugefangene beim Wasserbau und der Grubenzimmerung der kritischen Philosophie in Tagelohn genommen worden, das Dasein Gottes so kaltblütig und kaltherzig erwägen, als ob vom Dasein des Kraken und Einhorns die Rede wäre.

[1] Wenn einmal mein Herz so unglücklich und ausgestorben wäre, daß in ihm alle Gefühle, die das Dasein Gottes bejahen, zerstöret wären: so würd' ich mich mit diesem meinem Aufsatz erschüttern und – er würde mich heilen und mir meine Gefühle wiedergeben.

Für andere, die nicht so weit sind wie ein lesender Magistrand, merk' ich noch an, daß mit dem Glauben an den Atheismus sich ohne Widerspruch der Glaube an Unsterblichkeit verknüpfen lasse; denn dieselbe Notwendigkeit, die in diesem Leben meinen lichten Tautropfen von Ich in einen Blumenkelch und unter eine Sonne warf, kann es ja im zweiten wiederholen; – ja noch leichter kann sie mich zum zweiten Male verkörpern als zum ersten Male.

*

Wenn man in der Kindheit erzählen hört, daß die Toten um Mitternacht, wo unser Schlaf nahe bis an die Seele reicht und selber die Träume verfinstert, sich aus ihrem aufrichten, und daß sie in den Kirchen den Gottesdienst der Lebendigen nachäffen: so schaudert man der Toten wegen vor dem Tode; und wendet in der nächtlichen Einsamkeit den Blick von den langen Fenstern der stillen Kirche weg und fürchtet sich, ihrem Schillern nachzuforschen, ob es wohl vom Monde niederfalle.

Die Kindheit, und noch mehr ihre Schrecken als ihre Entzückungen, nehmen im Traume wieder Flügel und Schimmer an und spielen wie Johanniswürmchen in der kleinen Nacht der Seele. Zerdrückt uns diese flatternden Funken nicht! – Lasset uns sogar die dunkeln peinlichen Träume als hebende Halbschatten der Wirklichkeit! – Und womit will man uns *die* Träume ersetzen, die uns aus dem untern Getöse des Wasserfalls wegtragen in die stille Höhe der Kindheit, wo der Strom des Lebens noch in seiner kleinen Ebene schweigend und als ein Spiegel des Himmels seinen Abgründen entgegenzog? –

Ich lag einmal an einem Sommerabende vor der Sonne auf einem Berge und entschlief. Da träumte mir, ich erwachte auf dem Gottesacker. Die abrollenden Räder der Turmuhr, die eilf Uhr schlug, hatten mich erweckt. Ich suchte im ausgeleerten Nachthimmel die Sonne, weil ich glaubte, eine Sonnenfinsternis verhülle sie mit dem Mond. Alle Gräber waren aufgetan, und die eisernen Türen des Gebeinhauses gingen unter unsichtbaren Händen auf und zu. An den Mauern flogen Schatten, die niemand warf, und andere Schatten gingen aufrecht in der bloßen Luft. In den offenen Särgen schlief nichts mehr als die Kinder. Am Himmel hing in großen Falten bloß ein grauer schwüler Nebel, den ein Riesenschatte wie ein Netz immer näher, enger und heißer herein zog. Über mir hört' ich den fernen Fall der Lauwinen, unter mir den ersten Tritt eines unermeßlichen Erdbebens. Die Kirche schwankte auf und nieder von zwei unaufhörlichen Mißtönen, die in ihr miteinander kämpften und vergeblich zu einem Wohllaut zusammenfließen wollten. Zuweilen hüpfte an ihren Fenstern ein grauer Schimmer hinan, und unter dem Schimmer lief das Blei und Eisen zerschmolzen nieder. Das Netz des Nebels und die schwankende Erde rückten mich in den Tempel, vor dessen Tore in zwei Gift-Hecken zwei Basilisken funkelnd brüteten. Ich ging durch unbekannte Schatten, denen alte Jahrhunderte aufgedrückt waren. – Alle Schatten standen um den Altar, und allen zitterte und schlug statt des Herzens die Brust. Nur ein Toter, der erst in die Kirche begraben worden, lag noch auf seinen Kissen ohne eine zitternde Brust, und auf seinem lächelnden Angesicht stand ein glücklicher Traum. Aber da ein Lebendiger hineintrat, erwachte er und lächelte nicht mehr, er schlug mühsam ziehend das schwere Augenlid auf, aber innen lag kein Auge, und in der schlagenden Brust war statt des Herzens eine Wunde. Er hob die Hände empor und faltete sie zu einem Gebete; aber die Arme verlängerten sich und löseten sich ab, und die Hände fielen gefaltet hinweg. Oben am Kirchengewölbe stand das Zifferblatt der *Ewigkeit,* auf dem keine Zahl erschien und das sein eigner Zeiger war; nur ein schwarzer Finger zeigte darauf, und die Toten wollten die *Zeit* darauf sehen.

Jetzo sank eine hohe edle Gestalt mit einem unvergänglichen Schmerz aus der Höhe auf den Altar hernieder, und alle Toten riefen: »Christus! ist kein Gott?«

Er antwortete: »Es ist keiner.«

Der ganze Schatten jedes Toten erbebte, nicht bloß die Brust allein, und einer um den andern wurde durch das Zittern zertrennt.

Christus fuhr fort: »Ich ging durch die Welten, ich stieg in die Sonnen und flog mit den Milchstraßen durch die Wüsten des Himmels; aber es ist kein Gott. Ich stieg herab, soweit das Sein seine Schatten wirft, und schauete in den Abgrund und rief: ›Vater, wo bist du?‹ aber ich hörte nur den ewigen Sturm, den niemand regiert, und der schimmernde Regenbogen aus Wesen stand ohne eine Sonne, die ihn schuf, über dem Abgrunde und tropfte hinunter. Und als ich aufblickte zur unermeßlichen Welt nach dem göttlichen *Auge,* starrte sie mich mit einer leeren bodenlosen *Augenhöhle* an; und die Ewigkeit lag auf dem Chaos und zernagte es und wiederkäuete sich. – Schreiet fort, Mißtöne, zerschreiet die Schatten; denn Er ist nicht!«

Die entfärbten Schatten zerflatterten, wie weißer Dunst, den der Frost gestaltet, im warmen Hauche zerrinnt; und alles wurde leer. Da kamen, schrecklich für das Herz, die gestorbenen Kinder, die im Gottesacker erwacht waren, in den Tempel und warfen sich vor die hohe Gestalt am Altare und sagten: »Jesus! haben wir keinen Vater?« – Und er antwortete mit strömenden Tränen: »Wir sind alle Waisen, ich und ihr, wir sind ohne Vater.«

Da kreischten die Mißtöne heftiger – die zitternden Tempelmauern rückten auseinander – und der Tempel und die Kinder sanken unter – und die ganze Erde und die Sonne sanken nach – und das ganze Weltgebäude sank mit seiner Unermeßlichkeit vor uns vorbei – und oben am Gipfel der unermeßlichen Natur stand Christus und schauete in das mit tausend Sonnen durchbrochne Weltgebäude herab, gleichsam in das in die ewige Nacht gewühlte Bergwerk, in dem die Sonnen wie Grubenlichter und die Milchstraßen wie Silberadern gehen.

Und als Christus das reibende Gedränge der Welten, den Fackeltanz der himmlischen Irrlichter und die Korallenbänke schlagender Herzen sah, und als er sah, wie eine Weltkugel um die andere ihre glimmenden Seelen auf das Totenmeer ausschüttete, wie eine Wasserkugel schwimmende Lichter auf die Wellen streuet: so hob er groß wie der höchste Endliche die Augen empor gegen das Nichts und gegen die leere Unermeßlichkeit und sagte: »Starres, stummes Nichts! Kalte, ewige Notwendigkeit! Wahnsinniger Zufall! Kennt ihr das unter euch? Wann zerschlagt ihr das Gebäude und mich? – Zufall, weißt du selber, wenn du mit Orkanen durch das Sternen-Schneegestöber schreitest und eine Sonne um die andere auswehest, und wenn der funkelnde Tau der Gestirne ausblinkt, indem du vorübergehest? – Wie ist jeder so allein in der weiten Leichengruft des All! Ich bin nur neben mir – O Vater! o Vater! wo ist deine unendliche Brust, daß ich an ihr ruhe? – Ach wenn jedes Ich sein eigner Vater und Schöpfer ist, warum kann es nicht auch sein eigner Würgengel sein? ....

Ist das neben mir noch ein Mensch? Du Armer! Euer kleines Leben ist der Seufzer der Natur oder nur sein Echo – ein Hohlspiegel wirft seine Strahlen in die Staubwolken aus Totenasche auf euere Erde hinab, und dann entsteht ihr bewölkten, wankenden Bilder. – Schaue hinunter in den Abgrund, über welchen Aschenwolken ziehen – Nebel voll Welten steigen aus dem Totenmeer, die Zukunft ist ein steigender Nebel, und die Gegenwart ist der fallende. – Erkennst du deine Erde?«

Hier schauete Christus hinab, und sein Auge wurde voll Tränen, und er sagte: »Ach, ich war sonst auf ihr: da war ich noch glücklich, da hatt' ich noch meinen unendlichen Vater und blickte noch froh von den Bergen in den unermeßlichen Himmel und drückte die durchstochne Brust an sein linderndes Bild und sagte noch im herben Tode: ›Vater, ziehe deinen Sohn aus der blutenden Hülle und heb ihn an dein Herz!‹ ... Ach ihr überglücklichen Erdenbewohner, ihr glaubt *Ihn* noch. Vielleicht gehet jetzt euere Sonne unter, und ihr fallet unter Blüten, Glanz und Tränen auf die Knie und hebet die seligen Hände empor und rufet unter tausend Freudentränen zum aufgeschlossenen Himmel hinauf: ›auch mich kennst du, Unendlicher, und alle meine Wunden, und nach dem Tode empfängst du mich und schließest sie alle.‹ ... Ihr Unglücklichen, nach dem Tode werden sie nicht geschlossen. Wenn der Jammervolle sich mit wundem Rücken in die Erde legt, um einem schönern Morgen voll Wahrheit, voll Tugend und Freude entgegenzuschlummern: so erwacht er im stürmischen Chaos, in der ewigen Mitternacht – und es kommt kein Morgen und keine heilende Hand und kein unendlicher Vater! – Sterblicher neben mir, wenn du noch lebest, so bete Ihn an: sonst hast du Ihn auf ewig verloren.«

Und als ich niederfiel und ins leuchtende Weltgebäude blickte: sah ich die emporgehobenen Ringe der Riesenschlange der Ewigkeit, die sich um das Welten-All gelagert hatte – und die Ringe fielen nieder, und sie umfaßte das All doppelt – dann wand sie sich tausendfach um die Natur – und quetschte die Welten aneinander – und drückte zermalmend den unendlichen Tempel zu einer Gottesacker-Kirche zusammen – und alles wurde eng, düster, bang – und ein unermeßlich ausgedehnter Glockenhammer sollte die letzte Stunde der Zeit schlagen und das Weltgebäude zersplittern .... als ich erwachte.

Meine Seele weinte vor Freude, daß sie wieder Gott anbeten konnte – und die Freude und das Weinen und der Glaube an ihn waren das Gebet. Und als ich aufstand, glimmte die Sonne tief hinter den vollen purpurnen Kornähren und warf friedlich den Widerschein ihres Abendrotes dem kleinen Monde zu, der ohne eine Aurora im Morgen aufstieg; und zwischen dem Himmel und der Erde streckte eine frohe vergängliche Welt ihre kurzen Flügel aus und lebte, wie ich, vor dem unendlichen Vater; und von der ganzen Natur um mich flossen friedliche Töne aus, wie von fernen Abendglocken.

ZWEITES BLUMENSTÜCK

Der Traum im Traum [1]

Erhaben stand der Himmel über der Erde; ein Regenbogen hob sich, wie der Ring der Ewigkeit, über den Morgen – ein gebrochenes Gewitter zog über Wetterstangen mit einem müden Donnern unter die farbige Edenpforte in Osten – und die Abendsonne schauete, wie hinter Tränen, mit einem milden Lichte dem Gewitter nach, und ihre Blicke ruhten am Triumphbogen der Natur.... Ich spielte mit meinem Entzücken und schloß überfüllt die Augen zu und sah nichts mehr als die Sonne, die warm und lodernd durch die Augenlider drang, und hörte nichts mehr als das weichende Donnern. –– Da fiel endlich der Nebel des Schlafs auf meine Seele und überdeckte mit seinem grauen Gewölke den Frühling; aber bald zogen sich Lichtstreife durch den Nebel, dann bunte Schönheitlinien, und zuletzt war der ganze Schlaf um mich mit den hellen Bildern des Traums übermalt.

Mir träumte, ich stehe in der zweiten Welt: um mich war eine dunkelgrüne Aue, die in der Ferne in hellere Blumen überging und in hochrote Wälder und in durchsichtige Berge voll Goldadern – hinter den kristallenen Gebirgen loderte Morgenrot, von perlenden Regenbogen umhangen – auf den glimmenden Waldungen lagen statt der Tautropfen niedergefallene Sonnen, und um die Blumen hingen, wie fliegender Sommer, Nebelsterne.... Zuweilen schwankten die Auen, aber nicht von Zephyrn, sondern von Seelen, die sie mit unsichtbaren Flügeln bestreiften. –– Ich war der zweiten Welt unsichtbar; unsere Hülle ist dort nur ein kleiner Leichenschleier, nur eine nicht ganz gefallene Nebelflocke.

Am Ufer der zweiten Welt ruhte die Heilige Jungfrau neben ihrem Sohne und schauete auf unsere Erde herab, die unten auf dem Totenmeere schwamm mit ihrem engen Frühling, klein und hinabgesenkt und nur vom Widerschein eines Widerscheins düster beschienen und jeder Welle nachirrend. Da machte die Sehnsucht nach der alten geliebten Erde Mariens zarte Seele weicher, und sie sagte mit schimmernden Augen: »O Sohn, mein Herz schmachtet weinend nach meinen teuern Menschen – ziehe die Erde herauf, damit ich den geliebten Geschwistern wieder nah' in das Auge blicken kann; ach, ich werde weinen, wenn ich lebendige sehe.«

Christus sagte: »Die Erde ist ein Traum voll Träume; du mußt entschlafen, damit dir die Träume erscheinen können.«

[1] Wie die Griechen und Römer der Sonne ihre Träume erzählten, so sagt' ich den obigen einer katholischen Fürstin (Lignowsky), die ihn veranlaßt hatte, da sie die Reise von Wien nach Baireuth machte, um ihren Sohn – der aus dem Boden seines Standes in die Gartenerde eines weisen und edlen Erziehers (Hofrat Schäfer) versetzt war – zu umarmen.

Maria antwortete: »Ich will gern entschlafen, damit ich die Menschen träume.« – Christus sagte: »Was soll dir der Traum zeigen?«

»O, die Liebe der Menschen zeig' er mir, Geliebter, wenn sie sich wieder finden nach einer schmerzlichen Trennung« – – und indem sie es sagte, stand der Todesengel hinter ihr, und sie sank mit zufallenden Augen an seine kalte Brust zurück – und die kleine Erde stieg erschüttert herauf, aber sie wurde kleiner und bleicher, je näher sie kam.

Der Wolkenhimmel der Erde spaltete sich, und der zerrissene Nebel entblößte die kleine Nacht auf ihr; denn aus einem stummen Bache schimmerten einige Sterne der zweiten Welt zurück; die Kinder schliefen sanft auf der zitternden Erde und lächelten alle, weil ihnen im Schlummer Maria in mütterlicher Gestalt erschien. – – Aber in dieser Nacht stand eine Unglückliche – in ihrer Brust waren keine Klagen mehr, nur noch Seufzer – und ihr Auge hatte alles verloren, sogar die Tränen. Du Arme! blicke nicht nach Abend an das überflorte Trauerhaus – blicke nie mehr nach Morgen auf den Gottesacker, an das Totenhaus! Wende nur heute dein geschwollenes Auge ab vom Totenhause, wo dich eine schöne Leiche zerrüttet, die unverschlossen im Nachtwind steht, damit sie früher erwache als im Grabe! – Aber nein, Beraubte, blicke nur hin auf deinen Geliebten, eh' er zerfällt, und fülle dich mit dem ewigen Schmerz.... Da jetzt ein Echo im Gottesacker zu reden anfing, das die sanften Klaggesänge des Trauerhauses nachstammelte: o, da riß dieses gedämpfte Nachsingen, wie von Toten, das ganze Herz der Gebeugten auseinander, und alle unzähligen Tränen flossen wieder durch das wunde Auge, und sie rief außer sich: »Rufst du mich, du Stummer, mit deinem kalten Munde? O Geliebter, redest du noch einmal deine Verlassene an? – Ach sprich, nur zum letzten Male, nur heute! ... Nein, drüben ists ganz stumm – nur die Gräber tönen nach – aber die armen Überdeckten liegen taub darunter, und die zerbrochne Brust gibt keinen Ton.«

Aber wie schauderte sie, als das Trauerlied aufhörte und der Nachhall der Gräber allein fortsprach! – Und ihr Leben wankte, als das Echo näher ging, als ein Toter aus der Nacht trat und die bleiche Hand ausstreckte und die ihre nahm und sagte: »Warum weinest du, Geliebte! wo waren wir so lange? – Mir träumte, ich hätte dich verloren.« – Und sie hatten sich nicht verloren. – Aus Mariens geschlossenem Auge drang eine Freudenträne, und eh' ihr Sohn den Tropfen weggenommen, war die Erde wieder zurückgesunken mit den beiden neuen Beglückten.

Auf einmal stieg ein Funke aus der Erde herauf, und eine fliegende Seele zitterte vor der zweiten Welt, als ob sie zögere hinaufzugehen. Christus hob die entfallene Erdkugel wieder auf, und das Körpergewebe, aus dem die Seele geflogen war, lag noch mit allen Wundenmalen eines zu langen Lebens auf der Erde. Neben dem gefallnen Laube des Geistes stand ein Greis, der die Leiche anredete: »Ich bin so alt wie du; warum soll ich denn erst nach dir sterben, du treues, gutes Weib? Jeden Morgen, jeden Abend werd' ich nachrechnen, wie tief dein Grab, wie tief deine Gestalt eingefallen ist, ehe meine neben dich sinkt... Oh! wie bin ich allein! Jetzo hört mich nichts mehr; und sie nicht; – aber morgen will ich ihr und ihren treuen Händen und ihren grauen Haaren mit einem solchen Schmerz nachsehen, daß er mein schwaches Leben schließt. –– O du Allgütiger, schließ es lieber heute, ohne den großen Schmerz!« –– Warum legt sich noch im Alter, wo der Mensch schon so gebückt und müde ist, noch auf den untersten Stufen der Gruft das Gespenst des Kummers so schwer auf ihn und drückt das Haupt, in welchem schon alle Jahre ihre Dornen gelassen haben, mit einem neuen Schauder hinunter?

Aber Christus schickte den Todesengel mit der kalten Hand nicht: sondern blickte selber dem verlassenen Greis, der so nahe an ihm war, mit einer solchen lächelnden Sonnenwärme in das Herz, daß sich die reife Frucht ablösete – und wie eine Flamme brach sein Geist aus dem geöffneten Herzen – und begegnete über der zweiten Welt seiner geliebten Seele – und in stillen, alten Umfassungen zitterten beide verknüpft ins Elysium nieder, wo sich keine endigt. –– Maria reichte ihnen liebend die beiden Hände und sagte traum- und freudetrunken: »Selige! nun bleibt ihr beisammen.«

Über die arme Erde bäumte sich jetzt eine rote Dampfsäule und umklammerte sie und verhüllte ein lautes Schlachtfeld. Endlich quoll der Rauch auseinander über zwei blutigen Menschen, die einander in den verwundeten Armen lagen. Es waren zwei erhabne Freunde, die einander alles aufgeopfert hatten und sich zuerst, aber ihr Vaterland nicht. »Lege deine Wunde an meine, Geliebter! – Nun können wir uns wieder versöhnen; du hast ja mich dem Vaterlande geopfert und ich dich. – Gib mir dein Herz wieder, eh' es sich verblutet. – Ach, wir können nur miteinander sterben!« – Und jeder gab sein wundes Herz dem andern hin – aber der Tod wich vor ihrem Glanze zurück, und der Eisberg, womit er den Menschen erdrückt, zerfloß auf ihren warmen Herzen; die Erde behielt zwei Menschen, die über sie als Berge aufsteigen und ihr Ströme und Arzneien und hohe Aussichten geben, und denen die niedrige Erde nichts zuschickt als – Wolken.

Maria winkte träumend ihrem Sohne, weil nur er solche Herzen fassen, tragen und beschirmen könne.

– Aber warum lächelst du auf einmal so selig, wie eine freudige Mutter, Maria? – Etwan, weil deine liebe Erde, immer höher aufgezogen, mit ihren Frühlingblumen über das Ufer der zweiten Welt hereinwanket? – weil liegende Nachtigallen sich mit heißbrütenden Herzen auf kühle Auen drükken? – weil die Sturmwolken zu Regenbogen aufblühen? – weil deine unvergeßliche Erde so glücklich ist im Putze des Frühlings, im Glanze seiner Blumen, im Freudengeschrei seiner Sänger? – Nein, darum allein nicht; du lächelst so selig, weil du eine Mutter siehst und ihr Kind. Ist es nicht eine Mutter, die jetzo sich bückt und die Arme weit aufschließet und mit entzückter Stimme ruft: »Mein Kind, komm wieder an mein Herz!« – Ist es nicht ihr Kind, das unschuldig im brausenden Tempel des Frühlings neben seinem lehrenden Genius steht, und das der lächelnden Gestalt zuläuft, und das, so früh beglückt und an das warme Herz voll Mutterliebe gezogen, ihre Laute nicht versteht: »Du gutes Kind, wie freust du mich! Bist du denn glücklich? liebst du mich denn? O sieh mich an, du Teurer, und lächle immerfort!«...

Maria wurde von der schönen Entzückung aufgeweckt, und sie fiel sanft erbebend um ihren eignen Sohn und sagte weinend: »Ach, nur eine Mutter kann lieben, nur eine Mutter« – und die Erde sank mit der Mutter, die am Herzen des Kindes blieb, wieder in den irdischen Äther hinab...

Und auch mich erweckte die Entzückung; aber nichts war verschwunden als das Gewitter: denn die Mutter, die im Traum das kindliche Herz an ihres gedrückt, lag noch auf der Erde in der schönen Umarmung – und sie lieset diesen Traum und verzeiht vielleicht dem Träumer – die Wahrheit.

DRITTES BÄNDCHEN

Neuntes Kapitel

Kartoffelkriege mit Weibern – und mit Männern – der Dezemberspaziergang – Zunder der Eifersucht – Erbfolgekrieg um den grillierten Kattun – Zerfallen mit Stiefel – die schmerzhafte Abendmusik

Ich wünschte, ich schweifte gelegentlich ein wenig aus; aber es fehlt mir an Mut.

Denn es gibt heutzutage wenige Leser, die nicht alles verstehen – wenigstens unter den jungen und geadelten –, und diese fodern (ich verarg' es ihnen nicht) von ihren Schoßautoren, sie sollen noch mehr wissen, was eine Unmöglichkeit ist. Durch das englische Maschinenwesen der Enzyklopädien – der enzyklopädischen Wörterbücher – der Konversationslexika – der Auszüge aus dem größten Konversationslexikon – der allgemeinen Wörterbücher aller Wissenschaften von Ersch und Gruber setzt sich ein junger Mann in wenigen Monaten bloß am Tage – die Nächte braucht er nicht einmal – in einen ganzen akademischen Senat voll Fakultäten um, den er allein vorstellt und unter welchem er als die akademische Jugend gewissermaßen selber steht.

Ein ähnliches Wunder als ein solcher junger Mann und Hauptstädter ist mir nie vorgekommen, es müßte denn der Mann sein, den ich in der Baireuther Harmonie gehört, welcher seinerseits wieder eine ganze Académie royale de musique, ein ganzes Orchester darstellte, indem er mit seinem einzigen Körper alle Instrumente trug und spielte. Es blies dieser Panharmonist vor uns Teilharmonisten ein Waldhorn, das er unter dem rechten Arme fest hielt, dieser strich wieder eine Geige, die er unter dem linken hielt, und dieser klopfte wieder zur schicklichsten Zeit eine Trommel, die er auf dem Rücken trug – und oben hatt' er eine Mütze mit Schellen aufgesetzt, die er leicht mit dem Kopfe janitscharenmäßig schüttelte – und an die beiden Fußknorren hatt' er Janitscharen-Bleche angeschnallt, die er damit kräftig widereinander schlug; – und so war der ganze Mann ein langer Klang, vom Wirbel bis zur Sohle, so daß man diesen Gleichnis-Mann gern wieder mit etwas verglichen hätte, mit einem Fürsten, der alle Staats-Instrumente, Staats-Glieder und Repräsentanten selber repräsentiert. – – – Wo soll nun aber vor Hauptstädtern und Lesern, welche einem solchen Allspieler als Allwisser gleichen, ein Mann wie ich, der, wenn es hoch kommt, nur von sieben Künsten Heidelberger Magister und einiger Philosophie Doktor ist, rechten Mut hernehmen, in ihrer Gegenwart künstlich und glücklich auszuschweifen? – Fortgang in meiner Erzählung ist hier weit sicherer.

Den Advokat Siebenkäs treffen wir denn unter lauter Hoffnungen, aber mit tauben Blüten wieder an. Er hatte gehofft, er werde nach dem Königsschusse wenigstens so lang gute Tage erleben, bis das Schußgeld aufgezehret sei, wenigstens vierzehn; aber das Trauerschwarz, das jetzo die Reiseuniform ist, sollte auch die seinige auf seiner irdischen Nachtreise bleiben, auf dieser voyage pittoresque für Poeten. Die Menschen nicht, aber die Hamster und Eichhörnchen wissen gerade *das* Loch ihrer Wohnung zu füllen, das gegen die künftige Wetterseite aufsteht; Firmian dachte, sei das Loch in seinem Beutel geflickt, so fehl' ihm weiter nichts – ach es ging ihm jetzt etwas Bessers ab als Geld, – Liebe. Seine gute Lenette trat immer weiter von seinem Herzen weg – und er von ihrem.

Ihr Verhehlen des von Rosa zurückgelieferten Straußes setzte in seiner Brust, wie jeder fremde Körper in jedem Gefäße des Leibes, Stein um sich an. Das war aber noch wenig.

Sondern sie ſegte und wischte am Morgen, er mochte pfeifen, wie er wollte –

Sie fertigte alle Landtagabschiede und andere Dekrete ans Laufmädchen noch immer in einigen Duplikaten und »vidimierten Kopien« aus, er mochte protestieren, wie er wollte –

Sie befragte ihn um jede Sache noch einigemal, er mochte immerhin vorher schreien wie ein Marktschreier oder hinterher fluchen wie ein Kundmann des letzten –

Sie sagte noch immerfort: es hat vier Viertel auf 4 Uhr geschlagen – Sie gab ihm noch immer, wenn er den mühsamsten Beweis geführt, daß Augsburg nicht in Zypern liege, die gründliche Antwort: es liegt aber doch auch nicht in Romanien, nicht in der Bulgarei, nicht im Fürstentum Jauer, noch bei Vaduz, noch bei Husten, zwei sehr unbedeutenden Flecken – Er konnte sie nie dahinbringen, ihm offen beizufallen, wenn er ganz unbedingt verfocht und aufschrie: es liegt beim Teufel in Schwaben. Sie räumte bloß ein, es liege gewissermaßen zwischen Franken, Baiern, Schweiz etc.; und nur bei der Buchbinderin gestand sie die schwäbische Lage.

Solche Lasten und Überfrachten indessen konnten noch ziemlich von einer Seele getragen werden, die sich mit den Mustern großer Dulder stärkte, mit dem Muster eines Lykurgs, der sich geduldig von Alkander das Auge, oder eines Epiktets, der sich von seinem Herrn das Bein verhunzen ließ – und ich habe auch aller dieser Rostflecken Lenettens schon in vorigen Kapiteln gedacht. Aber ich habe ganz neue Fehler zu berichten und stell' es parteilosen Ehemännern zum Spruche anheim, ob solche auch unter die Mängel gehören, die ein Ehegenoß ertragen kann und soll.

Zuallererst: Lenette wusch sich die Hände des Tags wohl vierzigmal – sie mochte anfassen, was sie wollte, so mußte sie sich mit dieser heiligen Wiedertaufe versehen; wie ein Jude wurde sie durch jede Nachbarschaft verunreinigt, und den eingekerkerten Rabbi Akiba, der einmal im größten Wassermangel und Durst das Wasser lieber verwusch als vertrank, hätte sie mehr nachgeahmt als bewundert.

»Sie soll reinlich sein« (sagte Siebenkäs) »und reinlicher als ich selber –

aber Maße muß gehalten werden. – Warum trocknet sie sich denn nicht mit dem Handtuch ab, wenn ein fremder Atem darüber geflogen? Warum säubert sie ihre Lippen mit keiner Seifenkugel, wenn eine Mücke sich – und mehr dazu – auf solche gesetzt? – Hat sie nicht unsere Stube zu einem englischen Kriegschiffe gemacht, das täglich innen und außen überwaschen wird, und hab' ich nicht dem Fegen so friedlich zugesehen als irgendeiner auf dem Verdeck?«

Zog eine breite irländische Wolke oder eine donnernde Wasserhose über ihre und seine Tage: so wußte sie den Mann und seinen Mut wie eine holländische Festung ganz unter Wasser zu setzen und gab allen Tränen ein weites Bett. Warf hingegen einmal die Glücksonne einen Dezembersonnenschein, nicht breiter als ein Fenster, in ihre Stube: so wußte Lenette hundert Dinge zu tun und zu sehen, um nur schönere nicht zu bemerken. Firmian hatte sich besonders vorgenommen, vorzüglich diese paar Tage, wo er einen Gulden hatte, recht auszuspelzen oder abzurahmen und das zweite Janusgesicht, das über Vergangenheit und Zukunft blicken oder weinen wollte, dicht zu verhängen; – aber Lenette zerschlitzte den Schleier und wies auf alles. Ihr Mann versicherte mehr als einmal: »Traute, passe nur, bis wir wieder blutarm und hundsübel dran sind: mit Freuden will ich dann mit dir ächzen und lechzen!« Wenig verfing. – Nur einmal gab sie ihm anständig zur Antwort: »Wie lange währts, so ist doch wieder kein Pfennig im Haus.« Aber darauf wußt' er noch verständiger zu versetzen: »Sonach nicht eher willst du einen heitern stillen Tag recht genießen, als bis man dir Stein und Bein schwören kann, daß kein elender, düsterer, wolkiger nachkommt? Dann koste ja keinen! Welcher Kaiser und König, und hätt' er Thronen auf dem Kopf und Kronen unter dem Steiß, kann nur auf einen Post- oder Landtag lang versichert sein, daß beide nichts Nebliges bringen? Und doch genießt er rein seinen hellen Tag in Sanssouci oder Bellevue oder sonst, ohne weiter zu fragen, und freuet sich des Lebens.« (Sie schüttelte den Kopf.) – »Ich kann dir das nämliche auch gedruckt und griechisch beweisen«, sagt' er und trug in das aufgeschlagne Neue Testament auf Geratewohl vorlesend die Stelle ein: »Verschiebst du die innige Feier einer glücklichen Zeit so lange, bis eine andere kommt, wo lauter Hoffnungen in ungetrübter Reihe durch Jahre vor dir hinliegen: so ist auf unserer ewig wankenden glatten Kugel keine einzige innige Freude gedenkbar; denn nach zehn Tagen oder Jahren erscheint gewiß ein Schmerz; und so kannst du dich an keinem Maientage erlaben, und flatterten alle Blüten und Nachtigallen auf dich nieder, weil ganz gewiß der Winter dich mit seinen Flocken und Nächten bedeckt. Genießest du aber doch deine warme Jugend ungescheuet vor der im Hintergrund wartenden Eisgrube des Alters, in welcher du durch immer wachsende Kälte noch einige Zeit aufbewahret wirst: so halte das frohe Heute für eine lange Jugend und das trübe Übermorgen für ein kurzes Alter.« – »Das Griechische oder Lateinische«, versetzte sie,

»nimmt sich schon geistlicher aus, und auf der Kanzel wird die Sache oft gepredigt, ich geh' auch jedesmal recht getröstet nach Haus, bis das Geld uns wieder ausgeht.«

Noch schwerer hatt' ers, sie auf die rechten Freudensprünge zu bringen, mittags am Eßtische. Rauchte nämlich statt ihres täglichen Häcksels ein besonderer ägyptischer Fleischtopf, ein seltner Braten, den die Grafen von Wratislaw ohne Schande hätten liefern und die von Waldstein [1] mit Ehren hätten vorschneiden können, rauchte ein solcher Schmaus über das Tischtuch: so konnte Siebenkäs gewiß hoffen, daß seine Frau einige hundert Dinge mehr vor dem Essen wegzuarbeiten habe als sonst. – Der Mann sitzt dort und ist willens anzuspießen – blickt umher, gedämpft anfangs, dann grimmig – wird doch seiner Meister auf einige Minuten lang – denket inzwischen neben dem Braten bei so guter Muße seinem Elende nach – tut endlich den ersten Donnerschlag aus seinem Gewitter und schreiet: »Das Donner und Wetter! ich sitze schon ein Säkulum da, und es friert alles ein – Frau, Frau!« –

Es war bei Lenetten (und so bei andern Weibern) nicht Bosheit – noch Unverstand – noch störrische Gleichgültigkeit gegen die Sache oder gegen den Mann – sondern das Gegenteil stand durchaus nicht in ihrer Gewalt; und dies erklärt es sattsam.

Inzwischen wird mein Freund Siebenkäs, der diese Darstellung noch früher in die Hand bekommt als selber der Setzer, mirs nicht verargen, daß ich auch seinen Frühstückfehler – hab' ich ihn ja doch aus seinem eignen Munde – der Welt entdecke. Lag er nämlich am Morgen im Gitterbette mit zugeschloßnen Augen ausgestreckt, so fiel er darin auf Einfälle und Einkleidungen für sein Buch, auf die er stehend und sitzend den ganzen Tag nie gekommen wäre; und in der Tat sind mir mehr Gelehrte aus der Geschichte bekannt – z. B. Cartesius – Abt Galiani – Basedow – sogar ich, den ich nicht rechne –, welche, zu der Wanzenart der Rückenschwimmer (Notonectae) gehörig, nur liegend am weitesten kamen, und für welche die Bettlade die beste Braupfanne der geistreichsten unerhörtesten Gedanken war. Ich selber könnte mich desfalls auf manches berufen, was ich geschrieben, wenn ich aufgestanden war. Wer die Sache gut erklären will, der führe hauptsächlich die Morgenkraft des Gehirns an, das nach den äußern und innern Ferien um so leichter und stärker dem Lenken des Geistes sich bequemt, und füge noch die Freiheit sowohl der Gedanken als der Gehirnbewegungen hinzu, welchen der Tag noch nicht seine vielerlei Richtungen aufgedrungen, und endlich noch die Macht der Erstgeburt, welche der erste Gedanke am Morgen, ähnlich den ersten Jugendeindrücken, ausübt. – Solchen Erklärungen zufolge konnte nun dem Advokaten, wenn er so im war-

[1] Jene versehen bei der Krone Böheim das Erzküchenmeister-, diese das Erbvorschneideramt.

men Treibbeete der Kissen wuchs und die besten Blüten und Früchte trug, nichts Verdrüßlicheres zu Ohren kommen als Lenettens Ruf in der Stube: »Komm herein, der Kaffee ist fertig«; gewöhnlich gebar er in der Eile, obgleich in steter Horchangst vor einem zweiten Marschbefehl, noch einen oder ein paar glückliche lebhafte Gedanken in seinem Kindbette nach. Da Lenette aber seine Respekt- oder Respitminuten, die er sich zum Aufstehen nahm, voraus wußte, so rief sie schon, wenn der Kaffee erst kochte, in die Kammer hinein: »Steh auf, er wird kalt.« Der satirische Rückenschwimmer wurde wieder seines Orts dieses Vorrücken der Tag- und Nachtgleichen gewahr und blieb ganz ruhig und vergnügt voll Anstrengung zwischen den Federn und brütete fort, wenn sie erst das erstemal gerufen hatte, und antwortete bloß: »Den Augenblick!« sich seines gesetzmäßigen Doppel-Usos von Frist bedienend.

Dies nötigte wieder die Frau von ihrer Seite noch weiter zurückzugehen und schon, wenn der Kaffee kalt am Feuer stand, zu rufen: »Komm, er wird kalt.« Auf diese Weise aber war bei einem solchen wechselseitigen Verfrühen und Verspäten, das täglich bedenklicher wuchs, nirgends Einhalt und Rettung abzusehen, sondern vielmehr eine solche Steigerung zu befahren, daß Lenette ihn um einen ganzen Tag voraus zu früh zum Kaffee rief, wiewohl beide am Ende wieder auf die rechten Sprünge zurückgekommen wären; so wie die jetzigen Abendessen versprechen, sich allmählich in zu frühe Frühstücke zu verkehren, und die Frühstücke in zu bürgerliche und zu frühe Mittagessen. – Leider konnte Siebenkäs sich nicht an den Notanker anhalten, daß er etwa den Kaffee hätte mahlen hören und dann nach einer leichten Berechnung zum Siedepunkte aufgestanden wäre; denn aus Mangel an Kaffeetrommel und -mühle wurde – so wie vom ganzen Hause – nur gemahlner gekauft. Freilich Trommel und Mühle hätten sich durch Lenette ersetzen lassen, wäre sie zu bewegen gewesen, keine Minute früher zum Kaffee zu rufen, als bis er auf dem Tische kochte und dampfte; aber sie war nicht zu bewegen. –

Kleine Zänkereien vor der Ehe sind große in ihr, so wie die Nordwinde, die im Sommer warm sind, im Winter kalt wehen; – der Zephyrwind aus ehelichen Lungen gleicht dem Zephyr im Homer, von dessen schneidender Kälte der Dichter so viel singt. Von nun an legte sich Firmian darauf, neue Risse, Federn, Asche, Wolken im hellen Diamant ihres Herzens wahrzunehmen – – Du Armer, auf diese Weise muß bald ein Stein vom brüchigen Altar deiner Liebe nach dem andern abfallen, und deine Opferflamme muß wanken und schwinden.

Er entdeckte jetzo, daß seine Lenette bei weitem nicht so – gelehrt sei wie die Demoiselles Burmann und Reiske – kein Buch machte ihr Langweile, aber auch keines Freude, und sie konnte das Predigtbuch so oft lesen als Gelehrte den Homer und Kant – alle ihre Profanskribenten zogen sich auf ein Ehepaar ein, auf die unsterbliche Verfasserin ihres Kochbuchs und auf ihren Mann, den sie aber nie las. Sie zollete seinen Aufsätzen die größte Bewunderung, tat aber keinen Blick hinein. Drei vernünftige Worte mit der Buchbinderin waren ihr köstlicher als alle gedruckte des Buchbinders und des Buchmachers. Ein Gelehrter, der das ganze Jahr neue Schlüsse und neue Dinte macht, begreift es nicht, wie ein Mensch leben könne, der kein Buch oder keine Feder im Hause hat und keine Dinte, sondern bloß die gelbe geborgte des Dorfschulmeisters. – Er nahm oft eine außerordentliche Professur an und bestieg den Lehrstuhl und wollte sie in einige astronomische Vorkenntnisse einweihen; aber entweder hatte sie keine Zirbeldrüse als Rittersitz für die Seele und deren Gedanken, oder ihre Gehirnkammern waren schon bis an die Häute mit Spitzen, Hauben, Hemden und Kochtöpfen und Bratpfannen vollgestellet, vollgekeilet und gesättigt – kurz, er war nicht imstande, ihr einen Stern in den Kopf zu bringen, der größer war als ein Zwirn-Stern. Bei der Pneumatologie (Geisterlehre) hingegen hatt' er gerade die entgegengesetzte Not; in dieser Wissenschaft, wo ihm die Rechnung des unendlich Kleinen so gut zupasse gekommen wäre als in der Sternkunde die des unendlich Großen, dehnte und renkte Lenette Engel und Seelen und alles aus und warf die feinsten Geister in den Streckteich ihrer Phantasie – Engel, von denen die Scholastiker ganze Gesellschaften zu einem Hausball auf eine neue Nadelspitze invitieren, ja die sie paarweise gerade in *einen* Ort[1] einfädeln können, diese wuchsen ihr unter den Händen so, daß sie jeden in eine besondere Wiege legen mußte, und der Teufel schwoll und lief ihr auf, bis er so groß war wie ihr Mann.

Er kundschaftete auch in ihrem Herzen einen fatalen Eisenflecken oder eine Pockenschramme und Warze aus: er konnte sie nie in einen lyrischen Enthusiasmus der Liebe versetzen, worin sie Himmel und Erde und alles vergessen hätte – sie konnte die Stadtuhr zählen unter seinen Küssen und nach dem überkochenden Fleischtopf hinhorchen und hinlaufen mit allen großen Tränen in den Augen, die er durch eine schöne Geschichte oder Predigt aus dem zerfließenden Herzen gedrückt – sie sang betend die in den andern Stuben schmetternden Sonntaglieder nach, und mitten in die Verse flocht sie die prosaische Frage ein: »Was wärm' ich abends auf?« – und er konnte es nicht aus dem Kopfe bringen, daß sie einmal, im gerührtesten Zuhören auf seine Kabinettpredigt über Tod und Ewigkeit, ihn denkend, aber unten anblickte und endlich sagte: »Zieh morgen den linken Strumpf nicht an, ich muß ihn erst stopfen.«

Der Verfasser dieser Historie beteuert, daß er oft halb von Sinnen kam über solche weibliche Zwischenakte, vor denen keiner Brief und Siegel hat, der mit diesen geschmückten Paradiesvögeln in den Äther steigt und sich neben ihnen auf und nieder wiegt, und der droben in der Luft die Eier

[1] Die Scholastiker glauben, zwei Engel haben Platz an *einer* und derselben Stelle. Occam. 1. qu. quaest. 4 u. a.

seiner Phantasien auf dem Rücken dieser Vögel[1] auszusitzen gedenkt. – Wie durch Zauberei grünet oft plötzlich das geflügelte Weibchen tief unten in einer Erdscholle. – Ich gebe zu, daß dies nichts weiter ist als ein Vorzug mehr, weil sie dadurch den Hühnern gleichen, deren Augen so gut vom Universitätoptikus geschliffen sind, daß sie den fernsten Hühnergeier im Himmel und das nächste Malzkorn auf dem Miste bemerken. Es ist zwar zu wünschen, daß der Verfasser dieser Geschichte, falls er sich in die Ehe begibt, eine Frau bekomme, vor der er über die nötigsten Grundsätze und dictata der Geisterlehre und Sternkunde lesen kann, und die ihm in seinem höchsten Feuer nicht seine Strümpfe vorwirft; er wird aber auch zufrieden sein, wenn ihm nur eine zufället, die kleinere Vorzüge hat, sonst aber doch imstande ist, mitzufliegen, so weit es geht – in deren aufgeschlossenes Auge und Herz die blühende Erde und der glänzende Himmel nicht infinitesimalteilchenweise, sondern in erhabnen Massen dringen – für die das All etwas Höheres ist als eine Kinderstube und ein Tanzsaal – und die mit einem Gefühle, das weich und fein zugleich, und mit einem Herzen, das fromm und groß auf einmal ist, sogar den immer mehr bessert und heiligt, der sie geheiratet. –– Das ists und nicht mehr, worauf der Verfasser dieser Geschichte seine Wünsche beschränkt. –

So wie der Liebe Firmians die Blüte, wenn auch nicht das Laub, abfiel: so stand Lenettens ihre als eine ausgebreitete überständige Rose da, deren Schmuck ein Stoß auseinanderstreuet. Die ewigen Disputiersätze des Mannes ermüdeten endlich ihr Herz. Sie gehörte ferner unter die Weiber, deren schönste Blüten taub und unfruchtbar bleiben, wenn keine Kinder genießend um sie schwärmen, wie die Blüte des Weins keine Trauben ansetzt, wenn nicht Bienen sie durchstreifen. Sie glich diesen Weibern auch darin, daß sie zur Spiralfeder einer Wirtschaft-Maschine, zur Schauspiel-Directrice eines großen Haushaltdrama geboren war. Wie aber die Haupt- und Staatsaktionen und die Theaterkasse seiner Wirtschaft aussahen, das wissen wir leider alle von Hamburg bis Ofen. Kinder hatten beide, gleich Phönixen und Riesen, auch nicht, und beide Säulen standen abgesondert da, durch keine Fruchtschnüre aneinander gewunden. Firmian hatte schon in seiner Phantasie die scherzhaften Proberollen eines ernsthaften Kindvaters und Gevatterbitters durchgemacht – aber er kam nicht zum Auftreten.

Den meisten Abbruch tat ihm in Lenettens Herzen jede Unähnlichkeit mit dem Pelzstiefel. Der Rat hatte etwas so Langweiliges, so Bedächtiges, Ernsthaftes, Zurückhaltendes, Aufgesteiftes, so Bauschendes, so Schwerfälliges wie diese – drei Zeilen; das gefiel unserer geborenen Haushälterin. Siebenkäs hingegen war den ganzen Tag ein Springhase – sie sagte ihm oft: »Die Leute müssen denken, du bist nicht recht gescheut«, und er versetzte:

[1] Man fabelte, das Männchen des Paradiesvogels brüte, bloß im Äther hangend, die Eier auf dem Rücken des Weibchens aus.

»Bin ichs denn?« – Er verhing sein schönes Herz mit der grotesken komischen Larve und verbarg seine Höhe auf dem niedergetretenen Sokkus – und machte das kurze Spiel seines Lebens zu einem Mokierspiel und komischen Heldengedicht. Grotesken Handlungen lief er aus höhern Gründen als aus eiteln nach. Es kitzelte ihn erstlich das Gefühl einer von allen Verhältnissen entfesselten freien Seele – und zweitens das satirische, daß er die menschliche Torheit mehr travestiere als nachahme; er hatte unter dem Handeln das doppelte Bewußtsein des komischen Schauspielers und des Zuschauers. Ein handelnder Humorist ist bloß ein satirischer Improvisatore. Dies begreift jeder Leser – und keine Leserin. Ich wollte oft einer Frau, die den weißen Sonnenstrahl der Weisheit hinter dem Prisma des Humors zersplittert, gefleckt und gefärbt erblickte, ein bunt geschliffenes Glas in die Hände geben, das diese scheckige bunte Reihe wieder *weiß brennt* – es war aber nichts. Das feine weibliche Gefühl des Schicklichen ritzet und schindet sich gleichsam an allem Eckigen und Ungeglätteten; diese an bürgerliche Verhältnisse angestängelte Seelen fassen keine, die sich den Verhältnissen entgegenstellen. Daher gibts in den Erblanden der Weiber – an den Höfen – und in ihrem Reiche der Schatten, in Frankreich, selten Humoristen, weder von Leder, noch von der Feder.

Lenette mußte sich über ihren pfeifenden, singenden, tanzenden Gemahl ereifern, der nicht einmal vor Klienten eine Amtmiene zog, der leider – man erzählt' es ihr für gewiß – oft auf dem Rabenstein im Kreise herumging, von dessen Verstand recht gescheute Leute bedenklich sprachen, dem man, klagte sie, nichts anmerkte, daß er in einer Reichsstadt sei, und der sich nur vor einer einzigen Person in der Welt schämte und scheuete – vor sich. Kamen nicht oft Kammerjungfern mit Hemden, die zu nähen waren, aus den vornehmsten Häusern in seines und sahen ihn mir nichts dir nichts an seinem ein- und ausgespielten Klaviere stehen, das noch alle Tasten und fast ebenso viele Saiten als Tasten hatte? Und hatt' er nicht eine Elle im Maule, auf deren herabgelassener Fallbrücke die Töne vom Sangboden zu ihm hinauf, zwischen das Fallgatter der Zähne hindurch und endlich durch die Eustachische Röhre über das Trommelfell hinweg bis zur Seele einstiegen? Die Elle zwischen seinen Zähnen hatt' er darum als einen Storchschnabel an seinem, um mit dem Schnabel das unaufhörliche Pianissimo seines Klaviers oben in einem Fortissimo hinaufzubringen. – Indes ist wahr, daß der Humor im Widerschein der Erzählung weichere Farben annimmt als in der grellen Wirklichkeit.

Der Boden, worauf die zwei guten Menschen standen, ging unter so vielen Erschütterungen in zwei immer entferntere Inseln auseinander; die Zeit führte wieder einen Erdstoß herbei.

Der Heimlicher erschien nämlich mit seiner Exzeptionhandlung, worin er weiter nichts verlangte als Recht und Billigkeit, nämlich die Erbschaft; es müßte und könnte denn Siebenkäs erweisen, daß er – *er* sei, nämlich der

Mündel, dessen Väterliches der Heimlicher bisher in seinen väterlichen Händen und Beuteln gehalten. Dieser juristische Höllenfluß versetzte unserem Firmian – der über die vorigen drei Fristgesuche so leicht weggesprungen war wie der gekrönte Löwe im gotischen Wappen über drei Flüsse – den Atem und trat ihm eiskalt bis ans Herz. Die Wunden, die die Maschinen des Schicksals in uns schneiden, fallen bald zu; aber eine, die uns das rostige stumpfe Marterinstrument eines ungerechten Menschen reißet, fängt zu eitern an und schließet sich spät. Dieser Schnitt in entblößte, von so vielen rauhen Griffen und scharfen Zungen abgeschälte Nerven brannte unsern Liebling sehr; und doch hatt' er den Schnitt gewiß vorher gesehen und seiner Seele »gare – Kopf weg!« zugerufen. Aber ach! in jedem *Schmerz ist etwas Neues*. Er hatte sogar schon juristische Vorkehrungen voraus getroffen. Er hatte sich nämlich schon vor einigen Wochen aus Leipzig, wo er studiert hatte, den Beweis kommen lassen, daß er sonst Leibgeber geheißen und mithin Blaisens Mündel sei. Ein dasiger, noch nicht immatrikulierter Notarius, Namens Giegold, sein alter Stubenbursch und literarischer Waffenbruder, hatte ihm den Gefallen erwiesen, alle die Personen, die um seine Leibgeberschaft wußten – besonders einen rostigen, madigen Magister legens, der oft bei der Einfahrt der vormundschaftlichen Registerschiffe war, ferner den Briefträger oder Lotsen, der sie in den Hafen wies, und den Hauswirt und einige andere recht gut unterrichtete Leute, die alle das Juramentum credulitatis (den Eid der Selberüberzeugung) schwören wollten – diese hatte der junge Giegold sämtlich verhört und dann dem Armenadvokat das Ganggebirge ihres Zeugenrotuls zugefertigt. Das Postporto dafür zu entrichten, war Siebenkäsen leicht, als er König wurde in der Vogelbeize.

Mit dem dicken Zeugenstock beantwortete und bestritt er seinen Vormund und Dieb.

Als die Blaisische Weigerung ankam: glaubte die furchtsame Lenette sich und den Prozeß verloren; die dürre Dürftigkeit umfaßte nun, in ihren Augen, sie beide mit einem Gestrick von Schmarotzerefeu, und sie hatte keine Aussicht, als zu verdorren und umzufallen. Ihr erstes war, über Meyern zu zanken; denn da er ihr selber neulich berichtet hatte, er habe seinem künftigen Schwiegervater die drei Fristgesuche abgenötigt, um sie zu schonen: so konnte sie die Blaisische Exzeptionhandlung für den ersten Dornenableger von Rosas rachsüchtiger Seele halten, weil er in Siebenkäsens Wohnung erstlich Festungstrafe und Säcken, welches er alles halb Lenetten beimaß, erduldet, und zweitens so viel verloren hatte. Er hatte bisher nur den Unwillen des Mannes, nicht der Frau vorausgesetzt; aber das Vogelschießen hatte seine süße Eitelkeit widerlegt und erbittert. Da indessen der Venner ihrem Zorne nicht zuhören konnte: so mußte sie ihn gegen ihren Gatten kehren, dem sie alles schuldgab, weil er seinen Namen Leibgeber so sündlich verschenkt hatte. Wer geheiratet hat, der wird mir gern den Beweis – denn er schläft bei ihm – erlassen, daß es gar nichts half, womit sich der Gatte verantwortete und was er vorbrachte von Blaisens Bosheit, der als der größte Ischariot und Kornjude im irdischen Jerusalem der Erde ihn gleichwohl, auch wenn er noch Leibgeber hieße, ausgeraubt und tausend Holzwege des Rechtens zur Plünderung des Mündels würde ausgefunden haben. Es griff nicht ein. Endlich entfuhr es ihm: »Du bist so ungerecht, als ich sein würde, wenn ich deinem Betragen gegen den Venner im geringsten die Folge daraus, die Blaisische Schrift, aufbürden wollte.« Nichts erbittert Weiber mehr als eine heruntersetzende Vergleichung: *denn sie nehmen keine Unterscheidung an.* Lenettens Ohren verlängerten sich, wie bei der Fama, zu lauter Zungen; der Mann wurde zugleich *überschrieen* und *überhört.*

Er mußte heimlich zum Pelzstiefel abschicken und ihn befragen lassen, wo er so lange sitze, und warum er ihr Haus so vergesse. Aber Stiefel war nicht einmal in seinem eignen, sondern auf Spaziergängen an einem so prächtigen Tage.

»Lenette« – sagte Siebenkäs plötzlich, der häufig lieber mit dem Springstabe eines Einfalls über ein Sumpfmeer setzte, als aus ihm mühsam watende lange Stelzen von Schlüssen zog, und der wohl auch die über Rosa herausgefahrene unschuldige, aber von Lenetten mißverstandene Äußerung ganz aufheben wollte – »Lenette, höre du aber, was wir diesen Nachmittag machen! – Einen starken Kaffee und Spaziergang; heute ist zwar kein Sonntag in der Stadt, aber doch in jedem Falle Mariä Empfängnis, die jeder Katholik in Kuhschnappel feiert; und das Wetter ist doch beim Himmel gar zu hold. Wir sitzen dann oben in der ungeheizten Honoratiorenstube im Schießhaus, weils draußen zu warm ist, und schauen hinunter und sehen die sämtlichen Irrgläubigen der Stadt im größten Putze auf- und abspazieren, und vielleicht unsern Lutheraner Stiefel auch dazu.«

Besonders müßt' ich mich täuschen, oder Lenette war sehr selig überrascht; denn Kaffee – das Taufwasser und der Altarwein der Weiber schon am Morgen – wird vollends nachmittags Liebetrank und Haderwasser zugleich, obwohl letztes nur gegen Abwesende; aber welches schöne treibende Wasser auf alle Mühlräder der Ideen mußte ein wirklicher Nachmittagkaffee an einem bloßen Werkeltage für eine Frau wie die arme Lenette sein, welche ihn selten anders getrunken als nach einer Nachmittagpredigt, weil er schon vor der Kontinentalsperre zu teuer war.

Weiber in wahrhafter Freude brauchen wenig Zeit, ihren schwarzen Seidenhut aufzusetzen und ihren breiten Kirchenfächer zu nehmen und gegen alle ihre Gewohnheit sogleich reisefertig für den Schießhausgang angezogen dazustehen, indes sie sogar unter dem Ankleiden noch den Kaffee gekocht, um ihn fertig samt der Milch in die Honoratiorenstube mitzunehmen.

Beide Eheleute rückten um zwei Uhr ausgeheitert aus und hatten alles Warme in der Tasche, was später aufzuwärmen war.

Wie mit einem Abendglanze waren schon so früh am Tage alle westlichen und südlichen Berge von der gesenkten Dezembersonne übergossen und die im Himmel umhergelagerten Wolkengletscher warfen auf die ganze Gegend freudige Lichter – und überall war ein schönes Glänzen der Welt, und manches dunkle enge Leben wurde gelichtet.

Schon von weitem zeigte Siebenkäs Lenetten die Vogelstange als den Alpenstock oder die Ruderstange, womit er neulich über die nächste Not hinweggekommen. Im Schützengebäude führte er sie in den Schießstand – sein Konklave oder Frankfurter Römer der Krönung –, wo er sich zu einem Vogelkaiser hinauf geschossen und aus der Frankfurter Judengasse der Gläubiger heraus, indem er bei seiner Thronbesteigung wenigstens einen Schuldner losgelassen, sich selber. Oben in der weiten Honoratiorenstube konnten beide sich recht ausbreiten, er sich an einen Tisch zum Schreiben vor das rechte Fenster setzen, und sie sich an ein anderes zum Nähen ans linke.

Wie der Kaffee das Dezemberfest in beiden erwärmte, läßt sich nicht beschreiben, aber nachfühlen.

Lenette zog einen Strumpf des Advokaten nach dem andern an, nämlich an den linken Arm, weil der rechte die Stopfnadel führte, und saß mit dem unten oft offnen Strumpfe wenigstens einarmig einer jetzigen Dame ähnlich da, welche der lange dänische Handschuh mit Fingerklappen aufschmückt. Doch zog sie den Armstrumpf nicht so hoch empor, daß ihn Spaziergängerinnen auf der höher liegenden Kunststraße sehn konnten. Aber unaufhörlich nickte sie ihre »untertänigsten Mägde und gehorsamsten Dienerinnen« zum offnen Fenster hinaus. Mehre der vornehmsten Ketzerinnen sah sie unten ihre eignen künstlichen Haubenbauten durch die Spaziergänge tragen, um Mariä Empfängnis feierlich zu begehen; und mehr als eine grüßte selber zuerst verbindlich zu ihrer Dachdeckerin herauf.

Nach der reichsmäßigen Parität des Reichsmarktfleckens gingen an dem katholischen Feste auch Protestanten von Stand spazieren, und ich steige hier von dem Landschreiber Börstel über den Frühprediger Reuel bis zum Obersanitätrat Oelhafen hinauf.

Und doch war der Armenadvokat vielleicht so selig als selber seine Frau. Zugleich beschrieb er seine Teufels Papiere und besah nicht die Hohen, sondern die Höhen des Orts.

Schon bei dem Eintritte in das Honoratiorenzimmer empfing ihn eine dagebliebene vergeßne lakierte, noch nicht abgeleckte Kindertrompete, erfreuend nicht so sehr durch ihren Quäk-Klang als durch ihren Farbengeruch, der ihn in diesem Christmonattage ordentlich in die dunklen Entzückungen des Christfestes zurückhauchte. Und so kam denn eine Freude zur andern. Er konnte von seinen Satiren aufstehen und Lenetten mit dem Schreibfinger die großen Krähennester in den nackten Bäumen und die unbelaubten Bänkchen und Tischchen in den Gartenlauben und die unsichtbaren Gäste zeigen, die allda an Sommerabenden ihre Sitze der Seligen gehabt, und die sich der Sache noch heute erinnern und schon dem Wiederhinsetzen entgegensehen. Auch war es ihm ein Leichtes, Lenetten auf die Felder hinzuweisen, wo überall heute in so später Jahrzeit Salat von freiwilligen Gärtnerinnen für ihn geholt werde, nämlich Ackersalat oder Rapunzeln, die er abends essen konnte.

Nun saß er vollends an seinem Fenster noch den rötlichen Abendbergen gegenüber, auf welche die Sonne immer größer zusank und hinter denen die Länder lagen, wo sein Leibgeber wandelte und das Leben abspielte. »Wie schön ist es, Frau«, sagte er, »daß mich von Leibgeber keine breite platte Ebene mit bloßen Hügel-Verkröpfungen scheidet, sondern eine tüchtige hohe Bergmauer, hinter der er mir wie hinter einem Sprachgitter steht.« Ihr kam es freilich halb so vor, als freue ihr Mann sich der Scheidewand, da sie selber an Leibgeber wenig Behagen und an ihm nur den Kipper und Wipper ihres Mannes gefunden, der diesen noch eckiger zuschnitt, als er schon war; indes in solchen Dunkelfällen schwieg sie gern, um nicht zu fragen. Aber er hatte freilich umgekehrt gemeint, von geliebten Herzen sehe man sich am liebsten durch die heiligen Berge geschieden, weil wir nur hinter ihnen wie hinter höhern Gartenmauern das Blütendickicht unseres Edens suchen und schauen, hingegen am Rande der längsten Tenne von Plattland nichts Höheres erwarten als eine umgekrümmte längere. Dies gilt sogar für Völker; die Lüneburger Heide oder die preußischen Marken werden sogar dem Italiener nicht den Blick nach Welschland richten; aber der Märker wird in Italien die Apenninen anschauen und sich nach den deutschen Geliebten hinter ihnen sehnen.

Von der sonnigen Gebirgscheide zweier getrennten Geister floß freilich mitten unter dem satirischen Arbeiten dem Armenadvokaten manches in die Augen, was aussah wie eine Träne; aber er rückte bloß ein wenig seitwärts, damit ihn Lenette nicht darüber befragte; denn er wußte und mied sein altes Auffahren über eine Frage, was ihm fehle, daß er weine. War er heute denn nicht die leibhafte Zärte lebendig und drückte vor der Frau das Komische nur durch die ernsthaftesten Mitteltinten aus, weil er sich selber über den frischen Wachstum ihrer von ihm gesäeten Freude ergötzte? – Sie erriet zwar dieses weiche Schonen nicht; aber so wie er zufrieden war, wenn niemand als er wußte – sie aber nicht –, daß er die feinsten Ausfälle auf sie gemacht, so war ers auch bei den feinsten Verbindlichkeiten.

Endlich verließen sie warm ausgefüllt die weite Stube, als die Sonne sie ganz mit Purpurfarben überkleidet hatte; im Heraustreten aus dem Schießhause zeigte er Lenetten noch den flüssigen Goldblick auf den langen Glasdächern zweier Gewächshäuser, und der schon vom Gebirge entzweigeteilten Sonne hing er sich selber an, um mit ihr zu dem Freunde in der Ferne niederzugehen. Ach wie liebt sichs in die Ferne, sei es die des Raums oder der Zukunft oder Vergangenheit, und sei es vollends in die Doppel-Ferne über der Erde! – Und so hätte an sich der Abend sehr trefflich schließen können; aber etwas kam dazwischen.

Es hatte nämlich ein oder der andere böse Geist von Verstand den Heimlicher Blaise genommen und ihn so unter den freien Himmel als Spaziergänger hinausgestellt, daß ihm der Advokat in der Schuß- und Grußweite gerade an einem Feste der Empfängnis nur schöner Seelen aufstoßen mußte. Als der Vormund ihn vollständig gegrüßt – obwohl mit einem Lächeln, das zum Glück nie auf einem Kinderangesichte erscheinen kann –, so antwortete Siebenkäs höflich, obwohl mit bloßem Zerren und Rücken des Hutes, ohne ihn jedoch abzuheben. Lenette suchte sogleich das Erniedrigen des Hutes einzubringen durch ihr eigenes verdoppeltes, hielt aber, sobald als sie sich umgesehen, dem Gatten eine kleine Gardinen- d. h. Gartenbretterwandpredigt, daß er den Vormund vorsätzlich immer heimtückischer mache. »Wahrlich, ich konnte nicht anders, Liebe«, sagte er, »ich meint' es nicht böse, am wenigsten heute.«

Der Umstand ist freilich der, daß Siebenkäs schon vor einiger Zeit seiner Frau geklagt, sein Hut leide als ein feiner Filz schon lange durch das unablässige Abziehen in dem kleinstädtischen Marktfleckchen, und daß er keinen anderen Hut-Schirm und Panzer sehe als einen grünen steifen wachstaftnen Hutüberzug, in welchen er ihn zu stecken denke, um ihn, in diesem Stechhelm und Fallhut eingepackt, ohne das geringste Abgreifen täglich zu derjenigen Höflichkeit zu verwenden, welche die Menschen einander im Freien schuldig sind. Der erste Gang darnach, den er mit seinem aufgesetzten Doppelhute oder Huthut tat, war zu einem Gewürzkrämer, bei welchem er den feinen Unterziehhut herausweidete und für sechs Pfund Kaffee versetzte, welcher seine vier Gehirnkammern besser durchheizte als der Hasenfilz. Mit dem Koadjutorhute auf dem Kopfe allein kehrte er ruhig und unentziffert nach Hause; – und trug nun das leere Futteral durch die krümmsten Gassen, mit heimlicher Freude, gewissermaßen vor niemand den wahren Hut abzuziehen – oder chapeau bas zu gehen – oder sich künftig noch mehre Einfälle über den Genuß seines Hutzuckers auszusinnen.

Freilich wann er grade vergessen hatte – wie es wohl heute am meisten zu entschuldigen war –, das Hutfutter mit dem nötigen künstlichen Sparrwerke auszusteifen: dann brachte er das Futter zum Grüßen zu schwer und quer herunter und konnt' es bloß äußerst höflich berühren, wie einer der vornehmsten Offiziere, mußte aber so wider Willen den Charakter eines Grobians behaupten.

– Und grade heute mußt' er denselben behaupten und konnte auf keine Weise sein Couvert des Kopfes abnehmen, dieses Liebebriefes an alles, was spazieren ging.

Aber dabei sollte der Spaziergang nicht verbleiben, sondern einer der obgedachten bösen Geister von Verstand verschob die Bühnenwände so hastig von neuem, daß wir wirklich etwas Geändertes erblicken müssen.

Vor beiden Gatten spazierte nämlich ein Schneidermeister katholischer Konfession voraus, nett angezogen, um wie jeder seiner Kon- und Profession die Empfängnis zu feiern. Zum Unglück hatte der Schneider im engen Steige die Rockschöße – es sei aus Scheu des Kotes oder aus Lust der Feier – dermaßen in die Höhe gehoben, daß das Anfang- oder Steißbein oder eingeflickte Rückenmark seiner Weste von unten auf deutlich zu sehen war, nämlich der Hintergrund der Weste, den man bekanntlich, wie den der Gemälde, mit weniger Leinwandfarben ausführt als den nähern glanzvollen Vordergrund des Vorderleibs. »Ei Meister«, rief heftig Lenette, »wie kommt Er denn hinten zu meinem Zitz?«

In der Tat hatte der Schneider von einem augsburgischen grünen Zitze, aus welchem sie sich bei ihm sogleich nach ihrem Königinwerden ein artiges Leibchen oder Mieder machen lassen, so viel als Probe für sich beiseite gelegt und behalten, als er nach Maßgabe unentgeltlicher Weinproben als nötig und christlich erachten konnte. Dieses wenige von Probe hatte notdürftig zu einem sehr matten Hintergrunde seiner glanzgrünen Weste zugelangt, für welche er eine so dunkle Kehrseite nur in der Hoffnung gewählt und genommen, daß sie als das Untere der Karte nicht gesehen werde. – Da aber jetzt der Meister ruhig, als ging' es ihn gar nicht an, mit Lenettens nachgerufenem Rückendekret weiter spazierte: wurde in ihr das Flämmchen zur Flamme, und sie schrie nach – Siebenkäs mochte winken und lispeln, wie er wollte –: »Es ist mein eigner Zitz aus Augsburg, hört Er, Meister Mauser? und Er hat mir ihn gestohlen, Er!« – Hier erst wandte der zünftige Zitzräuber sich kaltblütig um und sagte: »Das beweisen Sie mir doch – aber bei der Lade will ich Sie schon zitzen, wenn noch hohe Obrigkeit in Kuhschnappel regiert.«

Da entbrannte sie zur Lohe – Bitten und Befehle des Advokaten waren ihr nur Luft. « »Er Rips Raps, meine Sache will ich haben, du Spitzbube!« rief sie. Auf diese Nachrede hob der Meister bloß die Rockschöße mit beiden Händen ungemein hoch über die indossierte Weste empor und versetzte, ein wenig sich bückend: »*da!*« und schritt langsam, aber in der nämlichen Brennweite, vor ihr her, um ihre Wärme länger zu genießen.

Am meisten war nur der arme Siebenkäs an einem so reichen Feste, wo er mit allen juristischen und theologischen Exorzismen den Zankteufel nicht ausjagen konnte, zu bejammern, als zum Glücke sein Schutzengel plötzlich aus einem Seitenhohlwege aufstieg, der Pelzstiefel auf seinem Spaziergange. Weg war für Lenette der Schneider – der Zitz von einer Viertelelle lang – der Zankapfel und der Zankteufel – und wie das Abendblau und Abendrot stand ihr Augenblau und Wangenrot ruhig und kühl vor ihm. Zehn Ellen Zitz und halb so viel Schneider dazu, die sie behalten und eingeflickt, waren ihr in dieser Minute leichte Federn und keines Wortes und Kreuzers wert. So daß Siebenkäs auf der Stelle sah, daß Stiefel sich als der wahre tragbare Ölberg zu ihr bewegte, besteckt mit lauter Ölzweigen des Friedens – wiewohl für Zankteufel von anderer Seite her aus deren Oliven leicht ein Öl zu keltern war, das in kein eheliches Kriegfeuer, zu welchem eben Stiefel mit dem Löscheimer bestellt worden, gegossen werden durfte. War nun Lenette schon im Freien ein weicher weißer Schmetterling und Buttervogel, der still über den blühenden Steigen des Pelzstiefels schwebte und flatterte: so wurde sie gar in der eignen Stube, in welche der Rat sie begleitete, eine griechische Psyche, und ich muß es, so parteiisch ich auch für Lenette bin, allerdings in dieses Protokoll aufnehmen – sonst wird mir alles andere nicht geglaubt –, daß sie leider an jenem Abende nichts zu sein schien als eine geflügelte, mit den durchsichtigen Schwingen vom klebrigen Körper losgemachte Seele, die mit dem Schulrate – als sie den Körper noch umhatte – vorher in Liebebriefwechsel gestanden, die aber jetzo mit waagrechten Flügeln um ihn schwebe, die ihn mit dem flatternden Gefieder anwehe, die endlich, des Schwebens müde, einer beleibten Sitzstange von Körper zusinke, und die – es ist weiter kein anderer weiblicher bei der Hand – in Lenettens ihren mit angeschmiegten Schwingen niederfalle. So schien Lenette zu sein. Warum war sie aber heute so? – Groß war hierüber Stiefels Unwissenheit und Freude, klein beides in Firmian. Eh' ichs sage, will ich dich bedauern, armer Mann, und dich, arme Frau! Denn warum sollen denn immer den glatten Strom eueres (und unsers) Lebens entweder Schmerzen oder Sünden brechen, und warum soll er erst wie der Dnjepr-Strom nach dreizehn *Wasserfällen* im *schwarzen* Meer der Gruft einsinken? – Weswegen aber gerade heute Lenette ihr volles Herz für den Rat beinahe ohne das Klostergitter der Brust vorzeigte, das war, weil sie heute ihr – Elend fühlte, ihre Armut: Stiefel war voll *gediegner* Schätze, Firmian nur voll *vererzter* (d. h. Talente). Ich weiß es gewiß, sie hätte ihren Siebenkäs, den sie vor der Ehe so kalt liebte wie eine Gattin, in ihr so lieb gewonnen wie eine Braut, hätt' er etwas – zu brocken und zu beißen gehabt. Hundertmal bildet eine Braut sich ein, sie habe ihren Verlobten lieb, da doch erst in der Ehe aus diesem Scherze – aus guten *metallischen* und *physiologischen* Gründen – Ernst wird. Lenette wäre dem Advokaten in einer vollen Stube und Küche – voll Einkünfte und zwölf Herkulischer Hausarbeiten – treu genug geblieben, und hätte sich ein ganzes gelehrtes Kränzchen von Pelzstiefeln – denn sie hätte stündlich kalt gedacht und gesagt: »ich habe schon« – um sie herumgesetzt; aber so, in einer solchen *leeren* Stube und Küche, wurden die Herzkammern einer Frau *voll,* mit *einem* Worte, es kommt nichts Gutes dabei heraus. Denn eine weibliche Seele ist natürlicherweise ein schönes, auf Zimmer, Tischplatten, Kleider, Präsentierteller und auf die ganze Wirtschaft aufgetragnes Freskogemälde, und mithin werden alle Risse und Sprünge der Wirtschaft zu ihren. Eine Frau hat viel *Tugend,* aber nicht viele *Tugenden,* sie bedarf einen engen Umkreis und eine bürgerliche Form, ohne deren Blumenstab diese reinen weißen Blumen in den Schmutz des Beetes kriechen. Ein Mann kann ein Weltbürger sein und, wenn er nichts mehr in seine Arme zu nehmen hat, seine Brust an den ganzen Erdball drücken, ob er gleich nicht viel mehr davon umarmen kann, als ein Grabhügel beträgt; aber eine Weltbürgerin ist eine Riesin, die durch die Erde zieht, ohne etwas zu haben als Zuschauer, und ohne etwas zu sein als eine Rolle.

Ich hätte den ganzen Abend viel weitläuftiger vormalen sollen, als ich tat; denn an diesem fingen die Räder des vis-à-vis-Wagen der Ehe nach so vielen Reibungen an zu rauchen, und das Feuer der Eifersucht drohte sie zu ergreifen. Mit der Eifersucht ists wie mit den Kinderpocken der Maria Theresia, welche die Fürstin unversehrt durch zwanzig Siechkobel voll Blatternpatienten durchließen, bis sie ihr unter der ungarischen und deutschen Krone anflogen. Siebenkäs hatte die kuhschnappelische (vom Vogel) schon einige Wochen auf dem Kopf.

Seit diesem Abend kam Stiefel, der sich immer lieber in die immer höher steigende Sonne Lenettens setzte, immer öfter und sah sich für den Friedenrichter an, nicht für den Friedenstörer.

Es liegt mir nun ob, den letzten und wichtigsten Tag dieses Jahrs, den 31. Dezember, mit seinem ganzen Hinter- und Vorgrund und allem Beiwerk den Deutschen auf mein Papier recht ausführlich hinzumalen.

Schon vor dem 31. Dezember waren die heiligen Weihnachttage da, die vergoldet werden mußten und die sein silbernes Zeitalter nach dem Königschusse vererzten und verholzten. Das Geld ging auf. Aber noch mehr: der arme Firmian hatte sich sowohl krank gekümmert als krank gelacht. Ein Mensch, der immer mit den Oberflügeln der Phantasie und mit den Unterflügeln der Laune über alle Prellgarne und Fanggruben des Lebens weggezogen ist, dieser schlägt, wenn er einmal an die reifen Spitzen der abgeblühten Disteln angespießet wird, über deren Himmelblau und Honiggefäße er sonst geschwebet, blutig und hungrig und epileptisch um sich; ein Froher verfalbet unter dem ersten Sonnenstiche des Grams. Zum wachsenden Herzpolypen der Angst setze man noch seinen schriftstellerischen Taumel, weil er die Auswahl aus den Papieren des Teufels recht bald zu Ende haben wollte, um sein Leben und seinen Prozeß vom Honorar zu führen. Er saß fast ganze Nächte und Sessel durch und ritt auf seiner satirischen Schnitzbank. Dadurch schrieb er sich ein Übel an den Hals, das der gegenwärtige Verfasser wahrscheinlich auf keine andre Art geholt als eben durch unmäßige Freigebigkeit gegen die gelehrte Welt. Es befiel nämlich ihn, wie mich noch, eine schnelle Pause des Atemzugs und Herzschlags, darauf ein ödes Entfliegen alles Lebengeistes und dann ein stoßender Aufschuß des Blutes in das Gehirn; und zwar am meisten vor seinem literarischen Spinn- und Spulrad. [1]

[1] Besonders an kalten hellen Winter-Morgen und -Abenden. Seit mehr als zwanzig Jahren heg' ich – Siebenkäs desfalls – diese Krankheit, die eben jetzo am 24ten kalten Dezember bei ihrem Malen mir wieder sitzt, in mir.

– Gleichwohl bietet uns beiden Autoren dafür kein Mensch einen Heller Schmerzengeld an. Es scheint, daß Schriftsteller nicht lebendig, sondern abgeformt zu ihrer Nachwelt kommen sollen, wie man die zarten Forellen nur gesotten verschickt; man steckt uns nicht eher den Lorbeerreis, wie den wilden Sauen die Zitrone, in den Mund, als bis man uns gepürscht aufträgt. – Es würde mir und jedem Kollegen wohltun, wenn ein Leser, wenn wir dessen Herz und Herzohren bewegen, nur so viel sagte: »Diese süße Bewegung des meinigen ging nicht ohne hypochondrisches Herzklopfen der ihrigen ab.« Mancher Kopf wird von uns ausgelichtet und erleuchtet, der niemals bedenkt: »Das leisten beide wohl, aber Schmerzen der ihrigen, Cephalalgie, Cephaläa, halbseitige und der Nagel sind der Lohn dafür.« Ja er sollte mich in solchen Satiren wie dieser unterbrechen und rühmen: »So viele Schmerzen mir seine Satire jetzo macht, so gibt sie ihm doch noch größere; denn meine sind glücklicherweise nur geistig.« – Gesundheit des Körpers läuft nur gleichgerichtet mit Gesundheit der Seele; aber sie beugt ab von Gelehrsamkeit, von großer Phantasie, großem Tiefsinn, welches alles so wenig zur geistigen Gesundheit gehöret als Beleibtheit, Läuferfüße, Fechterarme zur leiblichen. Ich wünschte oft, alle Seelen würden so auf ihre Leiber oder Flaschen verfüllet wie der Pyrmonter auf seine. Man lässet erst seinen besten Geist verrauchen, weil er sonst die Flaschen zertreibt; aber es scheint, daß nur bei den Seelen des Kardinalkollegiums (wenn dem Gorani zu glauben), vieler Domkapitularen u. a. diese Vorsicht gebraucht worden, daß man den außerordentlichen Geist derselben, der ihre Leiber zersprengt hätte, vorher verdampfen lassen, eh' man sie, auf Körper gezogen, nach der Erde verschickte: jetzo halten sich die Flaschen siebzig, achtzig Jahre ganz gut. – –

Mit kranker Seele also, mit siechem Herzen, ohne Geld trat Siebenkäs den letzten Tag des Jahres an. Der Tag selber hatte sein schönstes Sommerkleid, nämlich ein berlinerblaues, angezogen und sah so himmelblau wie der Krischna oder wie Grahams neue Sekte oder wie die Juden in Persien aus – er hatte den Ballonofen der Sonne heizen lassen, und auf der feinkandierten Erde war der Schnee, wie auf gewissen künstlich bereiften Schaugerichten, sogleich ins Wintergrün verlaufen, sobald die Kugel nur vor den Ofen getragen wurde. Das Jahr schien gleichsam mit Wärme und mit einer Heiterkeit voll freudiger Tropfen sich von der Zeit zu trennen. Firmian wäre gern hinausgelaufen und hätte sich auf dem feuchten Grün gesonnet; aber er mußte erst den Professor Lang in Baireuth beurteilen.

Sie ist nichts als eine Lähmung der Lungen-Nerven – besonders des umherschweifenden Nerven (nerv. vag.) – und kann mit der Zeit (denn man sieht, daß ihr zwanzig Jahre noch nicht hinreichen) jenen Lungenschlagfluß erwirken, den Leveillé in Paris und neulich Hohnbaum als eine neue Gattung aufstellen, und welchen man wohl, nach Ähnlichkeit des Millars-Husten, den Siebenkäsischen oder J. Pauls-Schlagfluß nennen könnte.

Er machte Rezensionen, wie andre Gebete, nur in der Not; es war das Wassertragen jenes Atheners, um nachher der Lieblingwissenschaft ohne Hunger obzuliegen. Aber seinen satirischen Bienenstachel steckt' er bei Rezensionen in die Scheide; bloß aus seinem weichen Wachs- und aus dem Honigmagen nahm er die milden Überzüge seiner Urteile. »Kleine Schriftsteller«, sagt' er, »sind immer besser, und große schlechter als ihre Werke. Warum soll ich moralische Fehler, z. B. Eitelkeit, dem Genie vergeben und dem Dunse nicht? Höchstens jenem nicht. – Unverschuldete Armut und Häßlichkeit verdienen keinen Spott; aber *verschuldete ebensowenig*, obgleich Cicero wider mich ist. Denn ein moralischer Fehler (und also seine Strafe) kann doch nicht durch dieselbe zufällige physische Folge, die bald kommt, bald außen bleibt, größer werden! Ist ein Verschwender, der zufällig arm wird, einer größern Strafe wert als der, ders nicht wird? Höchstens umgekehrt.« Wendet man dieses auf die schlechten Schriftsteller an, denen eine undurchdringliche Eigenliebe ihren Unwert verdeckt und an deren unschuldigen Herzen der Kritiker den Zorn über den schuldigen Kopf auslässet: so darf man zwar noch bitter über die – Gattung spotten, aber das Einzelwesen werde nur sanft belehrt. Ich glaube, es wäre die Gold- und Tiegelprobe eines moralisch in sich abgerundeten Gelehrten, wenn man ihm ein schlechtes, berühmtes Buch zu rezensieren auftrüge.

– Ich will mich vom Doktor Merkel ewig rezensieren lassen, wenn ich in diesem Kapitel noch *einmal* ausschweife. Firmian arbeitete ein wenig eilig an der Rezension des Langischen Programms: Praemissa historiae Superintendentium generalium Baruthi non specialium, continuatione XX: er mußte heute noch einige Ortstaler haben, und er wollte auch ein wenig an dem brütenden, mütterlichen Tage spazieren gehen. Lenette hatte schon gestern am Donnerstage – das neue Jahr fiel auf den Sonnabend – vorläufige Feste der Reinigung gefeiert (denn sie wusch jetzt täglich weiter voraus); heute aber hielt sie vollends die Ährenlese der Möbeln – sie gab der Stube Abführmittel gegen alle Unreinigkeiten ein – sie sah den index expurgandorum nach – sie trieb, was nur hölzerne Beine hatte, in die Schwemme und kam mit Fleckkugeln nach – kurz sie paddelte und brudelte bei dieser levitischen Reinigung der Stube so recht einmal in ihrem naßwarmen Element, und Siebenkäs saß aufrecht im Feg-Feuer und gab schon seinen Brandgeruch von sich.

Er war heute schon an sich toller als sonst: erstlich weil er sich vorgesetzt hatte, nachmittags den grillierten Kattunrock durchaus – und schrien ganze Nonnenklöster darwider – in Versatz zu schaffen, und weil er mithin voraussah, daß er sich noch außerordentlich würde ereifern müssen; und diesen Vorsatz des Versatzes fassete er heute gerade, weil er – und dies ist zugleich die zweite Ursache, warum er toller war – sich ärgerte, daß die guten Tage wieder verlebt und daß ihre Sphärenmusik durch Lenettens Trauer-Miserere verdorben worden. »Frau«, sagt' er, »ich rezensiere eben fürs Geld.« – Sie schabte fort. »Den Professor Lang hab' ich vor mir, und zwar das siebte Kapitel, worin er vom sechsten Baireuther Generalsuperintendent Stockfleth handelt.« – Sie wollte in einigen Minuten nachlassen, aber nur in dieser nicht; Weiber tun alles gern später, daher kommen sie sogar später auf die Welt als Knaben.[1] »Das Programm« – fuhr er noch einmal mit künstlicher Kälte fort – »hätte der Götterbote schon vor einem halben Jahre beurteilen sollen: der Bote muß nicht wie die Allgemeine deutsche Bibliothek und der Papst erst nach hundert Jahren heilig sprechen.« – Wär' er nur imstande gewesen, sich noch eine Minute in der künstlichen Kälte zu erhalten: so hätte er Lenettens Aussummen erlebt. Aber er konnte nicht. »So soll doch« – fuhr er auf und sprang mit Hinwerfen der Feder in die Höhe – »lieber der Teufel dich und mich holen und den Götterboten! – Ich weiß nicht« (fuhr er gefasset und gelähmt fort und setzte sich entnervt, als wäre er mit lauter Schröpfköpfen umsetzt, nieder), »was ich übersetze, und schreib' ich hin Stockfleth oder Lang. Es ist dumm, daß ein Advokat nicht so taub[2] sein soll wie ein Richter; als *Tauber* wär' ich *torturfrei* – weißt du, wie viel nach den Rechten zu einem Tumulte Leute gehören? – Entweder zehn oder du allein in deiner musikalischen Wasch-Akademie.« Ihm war weniger darum zu tun, billig zu sein, als den spanischen Gastwirten zu gleichen, die den Gästen allezeit das Geschrei, das sie gemacht, mit in Rechnung setzen. Sie hatte ihren Willen gehabt, also war sie still in Worten und Werken.

Er vollendete vormittags das kritische Urteil und schickte es dem Vorsteher Stiefel; dieser schrieb zurück, abends händige er ihm selber die Sportuln dafür ein; denn er haschte jetzt jeden Anlaß zu einem Besuche auf. Unter dem Essen sagte Firmian, in dessen Kopf der schwüle stinkende Nebel einer übeln Laune nicht fallen wollte: »Ich fass' es nicht, wie du so wenig Reinigkeit und Ordnung liebst. Es wäre doch besser, du übertriebest es in der Reinlichkeit als im Gegenteil. Die Leute sagen: es ist nur schade, daß ein so ordentlicher Mann, wie der Armenadvokat ist, eine so unordentliche Frau hat.« Dieser Ironie setzte sie allemal, ob sie gleich wußte, sie sei eine, gute förmliche Widerlegungen entgegen. Er brachte sie nie dahin, seinen Spaß, anstatt zu widerlegen, ordentlich zu schmecken oder gar die menschliche Gesellschaft an seiner Seite auszulachen. So lässet eine Frau ihre Meinung, sobald sie auch der Mann annimmt, fahren; sogar in der Kirche singen die Weiber, um mit den Männern in nichts eintönig zu sein, das Lied um eine Oktave höher als diese.

Nachmittags rückte die große Stunde heran, worin der Ostrazismus oder die Land- und Hausverweisung des grillierten Kattuns endlich vorfallen sollte als die letzte, aber größte Tat des Jahres 1785. Er hatte dieser Losung zum Zank, dieser feindlichen roten Timurs- und Muhammeds-Fahne, dieser

[1] Buffon über die Erzeugung.

[2] L. 1. §. 3. D. de postulando.

Ziskas-Haut, die sie immer zusammenhetzte, jetzo recht von Herzen satt; er wollte lieber, der Kattun wär' ihm gestohlen, um nur von dem langweiligen, abgeschabten Gedanken an den Lumpen loszukommen. Er übereilte sich nicht, sondern unterstützte seine Petition mit aller Beredsamkeit, die ein Parlamentredner zu Hause hat; er ließ raten, welches der größte Gefallen gegen ihn sei, womit sie das alte Jahr beschließen könne – er sagte, es wohne neben ihm unter *einem* Dache ein Erbfeind und Widerchrist, ein Lindwurm, ein vom bösen Feind in seinen Weizen geworfnes Unkraut, das sie ausreuten könne, wenn sie wolle. Er zog endlich mit helldunklem Jammer den grillierten Kattun aus der Schublade: »Das ist«, sagt' er, »der Stoßvogel, der mir nachsetzt, das Steckgarn, das mir der Teufel aufstellt, sein Schafkleid, mein Marterkittel, mein Casems-Pantoffel – Teuerste, tue mir nur *das* zu Gefallen und verpfänd' es! – Antworte mir noch nicht«, sagt' er, sanft die Hand auf ihre Lippen deckend, »überlege vorher, was doch eine dumme Gemeinde tat, deren einziger Hufschmied im Dorfe gehangen werden sollte. Sie schlug lieber einige unschuldige Schneidermeister für den Galgen vor, die eher zu entraten waren. Und du, als eine klügere Person, solltest ja die bloße Näharbeit der Meister, da wir den Trauerkattun bei unsern Lebzeiten nicht brauchen, lieber hergeben als metallene Möbeln, aus denen wir täglich speisen! – Jetzt sage aber, was du denkst, Gute?« –

»Ich habe es schon lange gemerkt« (versetzte sie) »daß du mich um meinen Trauerrock zu bringen suchst. Ich geb' ihn aber nicht her. Wenn ich nun zu dir sagte: versetz deine Uhr, Firmian! Es wär' ebenso.« – Vielleicht gewöhnen sich die Männer darum an, gebieterisch ohne Gründe zu befehlen, weil diese wenig verfangen und sie gerade die Widerspenstigkeit, statt zu brechen, nur waffnen. »Beim Henker!« (sagt' er) »nun hab' ich's genug. Ich bin kein Truthahn und Auerochs, der sich ewig über den farbigen Lappen erbosen will. Es wird heute versetzt, so wahr ich Siebenkäs heiße.« –

»Du heißest ja auch Leibgeber«, sagte sie. »Es soll mich der Teufel holen, wenn der Kattun dableibt«, sagt' er. Jetzo fing sie an zu weinen und über das bittere Geschick zu wimmern, das ihr nichts mehr lasse, auch ihren Anzug nicht einmal. Gedankenlose Tränen fallen oft so ins siedende männliche Herz wie andere Wassertropfen in geschmolzenes wallendes Kupfer: die flüssige Masse springt krachend auseinander. »Himmlischer, guter, sanfter Teufel« (sagt' er) »fahr' herein und brich mir den Hals! Gott erbarme sich über eine solche Frau! – Nun so behalt' deinen Kattun und dein Hungertuch. Aber des Henkers bin ich – ich gebe mein Ehrenwort –, wenn ich nicht das alte Hirschgeweih aus meines Vaters Nachlaß noch heute wie ein gestrafter Wilddieb auf den Kopf stülpe und zum Verkauf am lichten hellen Tag durch den ganzen Flecken trage, so lächerlich es allen Kuhschnapplern erscheinen mag, und ich will bloß sagen, du hast mirs aufgesetzt. Das tu' ich, zum Teufel!«

Knirschend ging er ans Fenster und sah ohne Augen auf die Gasse. Ein

Dorfleichenbegängnis marschierte mit Stöcken unten vorbei. Die Leichenbahre war *eine* Achsel, und auf ihr wankte ein schiefer Kindersarg.

Dieser Anblick ist überhaupt schon rührend, wenn man über einen kleinen verborgnen Menschen nachsinnt, der aus dem Fötusschlummer in den Todesschlaf, aus dem Amnioshäutchen dieser Welt in das Bahrtuch, das Amnioshäutchen der andern, übergeht – dessen Augen vor der glänzenden Erde zufallen, ohne die Eltern gesehen zu haben, die ihm mit feuchten nachblicken – der geliebt wurde, ohne zu lieben – dessen kleine Zunge verweset, ohne gesprochen, wie sein Angesicht, ohne je gelächelt zu haben auf unserem widersinnigen Rund. Diese abgeschnittnen Laubknospen der Erde werden schon irgendeinen Stamm finden, auf welchen sie das große Schicksal impft; diese Blumen, die wie einige sich schon in den Morgenstunden zum Schlafe zuschließen, werden schon eine Morgensonne antreffen, die sie wieder öffnet. –– Als Firmian dies kalte überhüllte Kind vorübergehen sah – in dieser Stunde, wo er über das Trauerkleid, das ihn betrauern sollte, stritt – jetzo neben dem letzten Tropfen des abrinnenden Jahrs, wo ihm sein mit flüchtigen Ohnmachten vertrautes Herz die Vollendung eines neuen absprach – jetzo unter so vielen Schmerzen: so hörte er gleichsam den Todesfluß überdeckt unter seinen Füßen murmeln, wie die Sineser den Boden ihrer Gärten mit brausenden Strömen unterhöhlen, und die dünne Eisrinde, die ihn hielt, schien bald mit ihm in die winterlichen Wellen hinabzubrechen. Er sagte unaussprechlich gerührt zu Lenetten: »Vielleicht hast du am Ende recht, daß du den Trauerrock behältst, und es ahnet dich mein Untergehen. Tu, was du magst – ich will mir den letzten Dezember nicht weiter verbittern, da ich nicht weiß, ob er nicht in einem andern Sinne für mich der letzte ist, und ob ich in einem Jahre dem armen Säugling nicht näher bin als dir. Ich geh' jetzo spazieren.« –

Sie schwieg betroffen. Er entzog sich eilig einer endlichen Antwort. Seine Abwesenheit mußte seine beste Oratorie sein. Alle Menschen sind besser als ihre Aufwallungen – als ihre schlimmen nämlich, denn alle sind auch schlechter als ihre edeln –, und räumt man jenen eine Stunde zum Auseinanderfallen ein: so hat man etwas Bessers als seine Sache gewonnen, seinen Gegner. Übrigens hinterließ er Lenetten noch ein starkes Nachdenken über sein Ehrenwort und über das Hirschgeweih.

Ich hab' es schon einmal geschrieben: daß der Winter nackt ohne den Lailach und das Westerhemd von Schnee auf der Erde lag, neben der trocknen dürren Mumie des vorigen Sommers. Firmian sah mit einem unbefriedigten Gefühl über die ausgekleideten Gefilde hinweg, über welche noch die Wiegendecke des Schnees und der Milchflor des Reifs geworfen werden mußte, und an die Bäche hinunter, die noch gelähmt und sprachlos werden sollten. Helle, warme letzte Dezembertage weichen uns zu einer Schwermut auf, in der vier oder fünf bittere Tropfen mehr sind als in der Schwermut des Nachsommers; bis um 12 Uhr in der Nacht und bis zum 31ten des zwölften Monats macht uns das winterliche und nächtliche Bild des Vergehens enge, aber schon um 1 Uhr nach Mitternacht und am 1. Januar wehen lebendige Morgenwinde das Gewölke über die Seele hinüber, und wir schauen nach dem dunkeln, reinen Morgenblau, dem Aufsteigen des Morgen- und Frühlingsternes entgegen. An einem solchen Dezembertage beklemmt uns die falbe stockende Welt von starren blutlosen Gewächsen um uns und die unter sie niedergefallnen, mit Erde bedeckten Insektenkabinette und das Sparrwerk bloßer, runzliger, verdorrter Bäume – die Dezembersonne, die am Mittag so tief hereinhängt als die Juniussonne abends, breitet, wie angezündeter Spiritus, einen gelben Totenschein über die welken, bleichen Auen aus, und überall schlafen und ziehen, wie an einem Abende der Natur und des Jahrs, lange riesenhafte Schatten, gleichsam als nachgebliebene Trümmer und Aschenhaufen der ebenso langen Nächte. Hingegen der leuchtende Schnee überzieht nur, wie ein um einige Schuh hoher weißer Nebel, den blühenden Boden unter uns, der blaue Vorgrund des Frühlings, der reine dunkle Himmel, liegt über uns weit hinein, und die weiße Erde scheint uns ein weißer Mond zu sein, dessen blanke Eisfelder, sobald wir näher antreten, in dunkle wallende Blumenfelder zerfließen.

Weh wurde dem traurigen Firmian auf der gelben Brandstätte der Natur ums Herz. Die täglich wiederkommende Stockung seines Herz- und Pulsschlages schien ihm jenes Stillestehen und Verstummen des Gewitterstürmers in der Brust zu sein, das ein nahes Ausdonnern und Zerrinnen der Gewitterwolke des Lebens ansagt. Er schrieb das Stottern seines Uhrwerks einem zwischen die Räder gefallenen Pflock, einem Herzpolypen zu; und seinen Schwindel dem Anzuge des Schlagflusses. Heute war der 365te Akt des Jahrs, und sein Vorhang war im Niederfallen; was konnt' ihm dies anders zuführen als düstere Vergleichungen mit seinem eignen Epiloge, mit dem Wintersolstitium seines abgekürzten verschatteten Lebens? – Das weinende Bild seiner Lenette stellte sich jetzo vor seine vergebende, wegziehende Seele; und er dachte: »Sie hat wohl nicht recht; ich will ihr aber nachgeben, weil wir doch nicht lange mehr beisammenwohnen. Ich gönn' ihrs gern, daß meine Arme vermodernd von ihr fallen, und daß ihr Freund sie in seine nimmt.«

Er stieg auf das Blut- und Trauergerüste, auf dem sein Freund Heinrich seine Umarmungen geendigt hatte. Von dieser Höhe eilten seine Blicke, sooft sein Herz zu schwer wurde, dem Wege Leibgebers bis an die Berge nach; aber heute wurden sie feuchter als sonst, weil er nicht den Frühling wiederzusehen hoffte. Diese Höhe war der Hügel, auf den der Kaiser Hadrian den Juden jährlich zweimal zu steigen erlaubte, damit sie hinüber nach den Trümmern der heiligen Stadt blicken und das beweinen könnten, was sie nicht betreten durften.[1] Die Sonne schloß das alte Jahr mit Schatten ab,

[1] Nach Justin; s. Bastholms jüdische Geschichte, aus dem Dänischen. 1785.

und als nun abends *die* Sterne auftraten, die im Frühling sonst den Morgen schmücken: so brach das Schicksal die schönsten Lianen-Zweige voll Blüte von seinem Geiste weg, und helles Wasser quoll aus ihnen: »Ich erlebe und sehe nichts mehr vom künftigen Frühling«, dacht' er, »als sein Blau, das an ihm, wie in der Schmelzmalerei, unter allen Farben zuerst fertig wird.« Sein zur Liebe erzognes Herz ruhte ohnehin immer von Satiren, von trocknen Geschäften und zuweilen von der Kälte Lenettens an der ewigen, warmen und umfangenden Göttin aus, an der Natur. Hier in das freie, enthüllte, blühende All, unter den großen Himmel, trug er gern seine Seufzer und seinen Kummer, und er machte in diesen Garten, wie sonst die Juden in kleine, alle seine Gräber. – Und wenn uns die Menschen verlassen und verwunden: so breitet ja auch immer der Himmel, die Erde und der kleine blühende Baum seine Arme aus und nimmt den Verletzten darein auf, und die Blumen drücken sich an unsern wunden Busen an, und die Quellen mischen sich in unsere Tränen, und die Lüfte fließen kühlend in unsere Seufzer – das Weltmeer von Bethesda erschüttert und beseelet ein hoher Engel, und wir tauchen uns mit allen tausend Stichen in seine heißen Quellen ein und steigen zugeheilet und mit abgespannten Krämpfen aus dem Lebenwasser wieder heraus.

Firmian ging mit einem Herzen voll Versöhnung und mit Augen, die er im Dunkeln nicht mehr trocknete, langsam nach Hause; er sagte sich jetzt alles, womit er seine Lenette entschuldigen konnte – er suchte sich auf ihre Seite zu ziehen durch den Gedanken, daß sie nicht, wie er, den Minervens-Helm, den Fallschirm und Fallhut des Denkens, Philosophierens und der Autorschaft gegen die Stöße und Steine des Lebens nehmen könne – er setzte sich noch einmal vor (er hatt' es sich schon dreißig Male vorgesetzt), so verbindlich gegen sie zu sein, wie man es gegen eine Fremde ist [1] – ja er legte über sein Ich schon das Fliegennetz oder das Panzerhemd der Geduld, im Falle der grillierte Kattun wirklich unversetzt zu Hause läge. – So machts der Mensch, so drücket er, um nur in den *Mittagschlaf* der Seelenruhe zu kommen, mit zwei Händen die Ohren zu – so wirft unsere Seele in der Leidenschaft allezeit, wie Spiegel- oder Wasserflächen, den Sonnenschein

[1] Der Ehemann sollte mehr den Liebhaber, und dieser mehr jenen spielen. Es ist nicht zu beschreiben, welchen mildernden Einfluß kleine Höflichkeiten und unschuldige Schmeicheleien gerade auf die Personen haben, die sonst keine erwarten und erlangen, auf Gattinnen, Schwestern, Verwandte; sogar wenn sie Höflichkeit für das halten, was sie ist. Diese erweichende Pomade für unsere rauhen zersprungenen Lippen sollten wir den ganzen Tag auflegen, wenn wir nur drei Worte reden; und eine ähnliche Handpomade sollten wir im Handeln haben. Ich halte, hoff' ich, meinen Vorsatz, keiner Frau zu schmeicheln, und sogar meiner eignen nicht; aber 4 1/2 Monate nach der Trauung fang' ich an, ihr zu schmeicheln, und fahre fort mein lebelang.

der Wahrheit nur mit *einem* blitzenden Punkte zurück, indes die Fläche um die widerscheinenden Stellen sich nur desto tiefer einschattet.

Wie ging alles anders! Gravitätisch und mit einem Kirchenvisitation-Gesicht voll Inspektionpredigten trat ihm der Pelzstiefel entgegen; Lenette richtete ihre geschwollnen Augäpfel kaum gegen die Windseite seines Eintritts. Stiefel hielt das Mienen-Gestrick seines Gesichtes fest, damit es nicht vor Firmians freundlich aufgelöstem zerführe, und hob an: »Herr Armenadvokat, ich wollt' eigentlich das Geld für die Langische Rezension abtragen. Aber die Freundschaft heischet von mir etwas Wichtigeres, Sie zu ermahnen, daß Sie sich gegen Ihre arme Frau hier betragen wie ein wahrer Christ gegen eine Christin.« – »Oder noch besser« (sagt' er) »aber wovon ist denn die Rede, Frau?« Sie schwieg verlegen. Sie hatte von dem Rat in dem Kattun-Prozeß Rat und Hülfe begehrt, weniger, um beides zu bekommen, als um den Prozeß zu erzählen. Sie hatte nämlich, als sie der Rat im bittersten Gusse ihrer Augen überfallen, eben vorher den grillierten stachlichten Raupenbalg wirklich in Versatz gesandt, weil sie nach dem Ehrenschwure ihres Mannes vorauswußte – da sie sein Worthalten so wie seine Kälte gegen das Scheinen kannte, die gerade in der Not am grimmigsten wurde –, daß er ohne Bedenken das lächerliche Gehörn auf seinem Kopfe feiltragen werde durch den ganzen Ort. Sie hätte vielleicht vor dem Seelsorger geweint und geschwiegen, hätte sie ihren Willen und ihren Rock gehabt; da sie aber beides aufgeopfert hatte, so begehrte sie einen Ersatz, eine Rache. Sie hatt' ihm anfangs nur Beschwerden in unbenannten Zahlen vorgerechnet; als er aber weiter andrang, sprang ihr überfülltes Herz auf, und alle Leiden strömten heraus. Stiefel gab, zuwider den Rechtsregeln und manchen Universitäten, immer dem Kläger Recht, weil dieser eher – sprach: die meisten Menschen halten die Unparteilichkeit ihres Herzens für die Unparteilichkeit ihres Kopfes. Stiefel schwur, er wolle ihrem Manne sagen, was zu sagen wäre, und der Kattun kehre noch heute zurück.

Dieser Beichtiger klingelte vor dem Armenadvokaten mit seinem Bind- und Löseschlüsselbund und erzählte dem Gatten die allgemeine Beichte der Frau und dann den Versatz des Rocks. Wenn man von einer Person zwei verschiedene Handlungen zu berichten hat, eine ärgerliche und eine willkommene: so kommt die Hauptwirkung darauf an, welche man zuerst stellt; die zuerst erzählte grundiert das Gemüt, und die zuletzt nachgemalte wird nur Nebenfigur und zum Schattenwurf. Firmian hätte schon auf der Gasse hinter Lenettens Versatz gelangen sollen, und erst oben hinter die Plauderei. So aber saß der Henker darin. »Wie« – (das waren, wenn nicht seine Gedanken, doch seine Gefühle) – »wie, meinen Nebenbuhler macht sie zu ihrem Vertrauten und zu meinem Richter – ich bring' ihr eine versöhnte Seele wieder, und in diese macht sie einen neuen Riß – und so ärgert sie mich noch den letzten Tag mit dem verhenkerten Geplauder?« Mit letztem meinten nämlich seine Gefühle etwas, was der Leser nicht versteht;

denn ich hab' ihm noch nicht erzählt, daß Lenette die Unart hatte, übel erzogen zu sein, und daß sie *daher* gemeine Leute *ihres* Geschlechtes, z. B. die Buchbinderin, zu Einnehmern ihrer geheimen Gedanken und zu elektrischen Ausladern ihrer kleinen Gewitter machte; indes sie zugleich ihrem Mann verdachte, daß er Bediente, Mägde, Plebejer, zwar nicht in seine Mysterien einließ, aber doch in ihre eignen begleitete.

Stiefel las jetzo – nach der Sitte aller Leute ohne Welt, die alles lehren und nichts voraussetzen – von seinem Kanzelpult eine lange theologische Traurede über die Liebe christlicher Ehegatten ab und bestand zuletzt auf der Zurückberufung des Kattuns, gleichsam seines Neckers. Firmian wurde durch die Rede erbittert; und das bloß, weil seine Frau ohnehin dachte, er habe keine Religion oder nicht so viel davon wie Stiefel. »Es ist mir« (sagt' er) »aus der französischen Geschichte erinnerlich, daß der erste Prinz vom Geblüt, Gaston, seinem Bruder einige unbedeutende Kriegunruhen gemacht, und daß er im Friedeninstrumente darauf in einem besondern Artikel sich erboten, den Kardinal Richelieu zu lieben. Allerdings sollte dieser Artikel, daß Eheleute einander lieben wollen, einen ganzen geheimen *Separatartikel* in den Ehepakten ausmachen, da die Liebe zwar, wie Adam, anfangs ewig und unsterblich ist, aber nachher doch sterblich wird nach dem Schlangenbetrug. Was aber den Kattun anlangt, so wollen wir alle Gott danken, daß der Zankapfel aus dem Hause geworfen ist.« Stiefel, um der geliebten Lenette zu opfern und zu räuchern, drang auf den Rückmarsch des Rocks um so leichter, weil ihm Firmians bisherige sanfte Willfährigkeit zu kleinen Opfern und Diensten den Wahn seiner übermannenden Oberherrschaft in den Kopf gesetzet hatte. Der bewegte Ehemann sagte: »Wir wollen abbrechen.« – »Nein«, sagte Stiefel, »nachher! Jetzo vor allen Dingen foder' ich, daß die Frau wieder zu ihrem Kleide komme.« – »Herr Rat, daraus wird nichts.« – »Ich schieße Ihnen« (sagte Stiefel in heißester Erbosung über einen solchen frappierenden Ungehorsam) »so viel Geld vor, als Sie brauchen.« Nun war es dem Advokaten noch weniger möglich, zurückzutreten: er schüttelte achtzigmal. »Sie oder ich sind ganz bestürzt,« (sagte Stiefel) »ich will Ihnen die Gründe noch einmal vorhalten.« – »Sonst waren«, versetzte Firmian, »die Advokaten so glücklich, Hauskapläne [1] zu haben; es war aber keiner zu bekehren – und darum werden sie nicht mehr angepredigt.«

Lenette weinte stärker – Stiefel schrie deshalb stärker – er mußte, in der ersten Verlegenheit über eine mißlungene Erwartung, seine Foderung schroffer aufstellen, und der andre gegen sie stärker andringen. – Stiefel war ein Pedant, und niemand als so einer hat eine offene, blindere Eitelkeit, gleichsam einen unaufhörlichen Wind, der aus allen 32 Ecken fortweht (denn ein

[1] S. Klübers Anmerkung zu de la Curne de Sainte-Palaye über das Ritterwesen.

Pedant kramt sogar den Körper aus). Stiefel mußte, wie ein guter Schauspieldichter, seinen Charakter durchführen und sagen: »Entweder, Oder, Herr Armenadvokat! Entweder das Trauerkleid kommt zurück – oder ich bleibe weg – aut, aut. Meine Besuche können zwar von keinem Belange sein; aber ich setz' auch einen geringen Preis darauf, bloß Ihrer Frau Gemahlin wegen.« Firmian, doppelt erzürnt – erstlich über die herrschsüchtige Unhöflichkeit eines solchen eiteln Wechselfalles, und zweitens über den kleinen Marktpreis, wofür der Rat ihre Zusammenkünfte losschlug – mußte sagen: »Nunmehr kann niemand mehr Ihren Entschluß bestimmen als Sie, aber nicht ich – Es wird Ihnen sehr leicht, Herr Rat, sich von uns zu trennen, und Sie könnten anders – aber mir wird es schwer, und ich kann nicht anders.« – Stiefel, dem so unvermutet und so nahe vor seiner Geliebten der wächserne Lorbeerkranz vom Kopf herabgeschmolzen wurde, konnte weiter nichts tun als scheiden; aber mit drei fressenden, scharfen Gefühlen – daß sein Ehrgeiz litt – seine Freundin weinte – sein Freund rebellierte und trotzte....

Und als der Schulrat seinen ewigen Abschied nahm: stand in seiner Freundin Augen ein entsetzlicher Schmerz, den ich, ob ihn gleich die Hand der Vergangenheit bedeckt hat, noch starren sehe; und sie konnte den fliehenden Freund nicht die Treppe mit hinabbegleiten wie sonst, sondern ging mit dem überfüllten, brechenden Herzen allein in die unerleuchtete Stube zurück.

Firmians Herz legte die Härte, obwohl nicht die Kälte ab, da er seine verfolgte Frau in starrem, trocknem Gram über den Einsturz aller ihrer kleinen Plane und Freuden erblickte, und er tat ihr mit keinem einzigen Vorwurfe mehr weh: »Du siehst«, sagt' er bloß, »ich bin nicht schuld, daß der Rat nicht mehr wiederkommt – er hätte freilich nichts erfahren sollen – nun ists vorbei.« Sie antwortete nicht. Der Hornissenstachel, der eine *dreifache* Wunde sticht, oder der wie von einem rachsüchtigen Italiener in sie geworfne Dolch steckte noch in der Wunde fest, die daher nicht bluten konnte. Du Arme! du hast dich um recht viel gebracht! – Aber Firmian bereute doch nichts; er, der mildeste, nachgiebigste Mann unter der Sonne, spreizte gegen jeden Zwang, zumal gegen einen auf Kosten seiner Ehre, das ganze weiche Gefieder brausend auf. Geschenke nahm er an, aber nur von seinem Leibgeber oder von andern in der wärmsten Stunde des Seelenvereins, und er und sein Freund waren darüber einstimmig, in der Freundschaft gelte nicht nur ein roter Heller einem Goldstücke gleich, sondern auch ein Goldstück einem Heller, und das größte Geschenk müßte man so willig empfangen, als sei es das kleinste; daher rechnete ers unter die unerkannten Seligkeiten der Kinder, daß sie unbeschämt sich können beschenken lassen.

In geistiger Erstarrung setzte er sich in den Großvaterstuhl und deckte die Hand auf die Augen und – von der Zukunft flog jetzo der Nebel auf und entblößte darin ein langes dürres Land voll Brandstätten, voll verdorrter

Gebüsche und voll Tiergerippe im Sand. Er sah, die Kluft oder der Erdfall, der sein Herz von ihrem abreiße, werde immer weiter klaffen; er sah es so deutlich und so trostlos, seine alte schöne Liebe komme nie wieder, Lenette lege ihren Eigensinn, ihre Launen, ihre Gewohnheiten nie ab – die engen Schranken ihres Herzens und Kopfes blieben immer fest – sie lern' ihn so wenig verstehen als liebgewinnen – auf der andern Seite nehme nun ihre Abneigung gegen ihn mit dem Außenbleiben seines Freundes zu – und mit beiden die Liebe gegen diesen, dessen Reichtum, dessen Ernst und Religiosität und Zuneigung das schneidende Band der Ehe mit einem vielfachern und weichern Bindwerk entzweirissen – er sah trübe in lange schweigende Tage voll versteckter Seufzer, voll stummer feindlicher Anklagen hinaus.

Lenette arbeitete still in der Kammer, denn das wundgerissene Herz floh Worte und Blicke als kalte grimmige Winde. Es war schon sehr finster – sie brachte kein Licht. Auf einmal fing unten im Hause eine wandernde Sängerin mit einer Harfe und ihr kleines Kind mit einer Flöte an zu spielen. Da war unserem Freunde, als wenn das von Blut geschwollene, gespannte Herz tausend Schnitte bekäme, um sanft zusammenzufallen. Wie Nachtigallen am liebsten vor einem Echo schlagen, so spricht unser Herz am lautesten vor Tönen. O als der gleichsam dreifach besaitete Ton ihm seine alten, fast *unkenntlichen* Hoffnungen vorüberführte – als er tief zu dem schon hoch vom Strom der Jahre überdeckten Arkadien hinuntersah und sich drunten mit seinen jungen frischen Wünschen erblickte, unter seinen lang verlornen Freunden, mit seinen freudigen Augen, die sich voll Zuversicht im Kreise umschaueten, und mit seinem wachsenden Herzen, das gleichsam seine Liebe und seine Treue für ein künftiges warmes sparte und nährte – und als er jetzo in einen Mißton hineinrief: »und ein solches hab' ich nicht gefunden, und alles ist hin« – und als die grausamen Töne wie eine dunkle Kammer die *regen* beweglichen Bilder blühender Lenze, blumiger Länder und liebender Zirkel vorüberführten vor diesem Einsamen, der nichts hatte, heute nicht *eine* Seele in diesem Lande, die ihn liebte: so fiel sein fest stehender Geist darnieder und legte sich auf die Erde, wie zergangen, zur Ruhe, und jetzt tat ihm nichts mehr wohl, als was ihn schmerzte. Plötzlich verschwand die Nachtwandlung des Getöns, und die Pause griff, wie eine stille Nachtleiche, härter ins Herz. In dieser melodischen Stille ging er in die Kammer und sagte zu Lenetten: »Trag ihnen das wenige hinunter!« Aber die zwei letzten Worte konnt' er nur stotternd sagen, weil er im Widerschein, den das *Zunderbrennen* aus einem Hause gegenüber gab, ihr ganzes glühendes Angesicht voll laufender, ungetrockneter Tränen sah; denn bei seinem Eintritte hatte sie sich im Abwischen der Fensterscheiben, die von ihrem warmen Atem angelaufen waren, begriffen gestellt. Sie ließ das Geld auf dem Fenster. Er sagte noch sanfter: »Lenette, du mußt es wohl gleich bringen; eh' sie gehen.« Sie nahm es –– ihre verweinten Augen glitten im Umwenden vor seinen verweinten vorüber – sie ging, aber beide wurden darüber fast *trocken*, so geschieden waren ihre Seelen schon. Sie litten in jener schrecklichen Lage, wo nicht einmal die Stunde einer gegenseitigen Rührung mehr versöhnt und wärmt. Seine ganze Brust schwoll von quellender Liebe, aber ihrer gehörte seine nicht mehr an – ihn drückte in derselben Minute der Wunsch und das Unvermögen, sie zu lieben, die Einsicht ihrer Mängel und die Gewißheit ihrer Kälte. – Er setzte sich in den eingemauerten Fenstersitz und lehnte den Kopf auf und rührte zufällig ihr nachgebliebenes Schnupftuch an, das feucht und kalt von Tränen war. Die Gekränkte hatte sich nach dem langen Drucke eines ganzen Tages recht mit dieser milden Ergießung erquickt, wie man nach starken Quetschwunden die Ader öffnen lässet. Bei dem Antasten des Tuchs lief es eiskalt über seinen Rücken, wie ein Gewissenbiß; aber sogleich darauf brühendheiß, da er dachte, sie habe nur über den Verlust einer ganz andern Person geweint als der seinen. Nun fing, aber ohne die Harfe, der Gesang und die Flöte wieder an, und beide walleten in einem langsamen Liede ineinander, dessen Strophen immer schlossen: »Hin ist hin, tot ist tot.« Ihn umfaßte der Schmerz, wie der Mantelfisch, mit seiner dunkeln erstickenden Hülle. Er drückte Lenettens nasses Schnupftuch hart an seine Augäpfel und vernahm nur dunkel: »Hin ist hin, tot ist tot.« Da floß plötzlich sein ganzes Innere aufgelöset bei dem Gedanken auseinander, daß sein stockendes Herz ihm vielleicht kein neues Jahr mehr außer dem morgendlichen zu erleben gönne – und er dachte sich scheidend, und das kalte Tuch lag mit doppelten Tränen kühlend am heißen Angesicht – und die Töne zählten wie Glocken alle Punkte der Zeit, und man vernahm das Vergehen der Zeit – und er sah sich in der stillen Höhle schlafend, wie in der Schlangengrotte, und statt der Schlangen leckten nur die Würmer die heißen, scharfen Gifte des Lebens ab.[1]

Die Musik war vorüber. Er hörte Lenetten in der Stube gehen und Licht anzünden. Er ging hinaus und reichte ihr das Schnupftuch hin. Aber sein innerer Mensch war so verblutet und zerdrückt, daß er irgendeinen äußern, wer es nur sei, umarmen wollte; er mußte, wenn auch nicht seine jetzige, doch seine vorige, wenn auch nicht seine liebende, doch seine leidende Lenette an diese darbende Brust andrücken. Gleichwohl vermochte und verlangte er nicht ein Wort der Liebe zu sagen. Er legte langsam und *ungebückt* die Arme um sie und schloß sie an sein Herz; aber sie warf den Kopf kalt und voreilig vor einem unangebotenen Kusse zurück. – Das schmerzte ihn sehr, und er sagte: »Bin ich denn glücklicher wie du?« – und legte sein

[1] In die Schlangengrotte bei Civita Vecchia brachte man sonst halb vermoderte Kranken, denen, während sie in einem aus *Opium* gemachten Schlafe da ruhten, Schlangen die Wundenmaterie ableckten. Labats Reis. VI. p. 81.

gebücktes Angesicht auf ihr weggebogenes Haupt und preßte sie wieder an sich und entließ sie dann –– Und als die vergebliche Umarmung vorüber war, rief sein ganzes Herz: »hin ist hin, tot ist tot.«

Die stumme Stube, in der die Musik und die Worte aufgehöret hatten, glich einem unglücklichen Dorfe, aus dem der harte Feind alle Glocken mitgenommen, und worin es still ist den ganzen Tag und die ganze Nacht und stumm im Turm, als wäre die Zeit vorbei.

Als sich Firmian niederlegte, dacht' er: ein Schlaf beschließet das alte Jahr wie ein letztes, und beginnt das neue wie ein Leben, und ich schlummere einer bangen, ungestalten, tiefbehangnen Zukunft entgegen. So schläft der Mensch an der Pforte der versperrten Träume ein, aber er weiß nicht voraus, obgleich seine Träume nur einige Minuten und Schritte von der Pforte abliegen, welche, wenn sie aufgeht, hinter ihr warten, ob ihn auflauernde, funkelnde Raubtiere oder sitzende, lächelnde, spielende Kinder in der kleinen sinnlosen Nacht umringen, und ob ihn der festgeformte Dunst erwürge oder umarme.

Zehntes Kapitel

Der einsame Neujahrtag – der gelehrte Schalaster – hölzernes Bein der Appellation – Briefpost in der Stube – der elfte Februar und Geburttag 1786

Ich kann wahrhaftig meinem Helden zu keinem neuen Jahres-Morgen Glück wünschen, worin er die verquollenen Augen in den heißen Augenhöhlen schwer nach der Morgenröte dreht und sich mit dem ausgepreßten, betäubten Gehirne wieder an das Kissen schmiegt. Einen Menschen, der selten weinet, fallen neben den moralischen Schmerzen allezeit solche körperliche an. Er blieb über die alte Stunde im Bette, um nachzudenken, was er getan habe, und was er tun müsse. Er erwachte viel kälter gegen Lenetten, als er eingeschlafen war. Wenn die gegenseitige Rührung zwei Menschen nicht verknüpft, wenn die Glut des Enthusiasmus kein Bindmittel zwischen zwei Herzen wird: so mischen sie sich erkaltet und spröder noch minder zusammen. Es gibt einen mißlichen Zustand der unvollendeten, halben Versöhnung, worin die steilrechte Zunge der Juwelierwaage im Glaskästchen vor dem leichtesten Lüftchen einer andern Zunge überschlägt: ach heute senkte sich schon bei Firmian die Waage ein wenig, und bei Lenetten ganz. Er bereitete sich aber doch und fürchtete sich zugleich, einen Neujahrwunsch zu geben und zu beantworten. Er ermannte sich und trat mit dem alten herzhaften Schritt, als wäre gar nichts geschehen, ins Zimmer. Sie hatte, um ihn nicht zu rufen, lieber die Kaffeekanne zu einem Kühlfaß werden lassen und stand, mit dem Rücken gegen ihn, an der herausgezognen Kommodeschublade und zerrete – Herzen auseinander, um zu sehen, was hinter ihnen sei. Es waren nämlich gedruckte, in Verse gebrachte Neujahrwünsche, die sie aus der schönen Zeit in Augsburg von Freunden und Freundinnen herübergebracht hatte; der freundliche Wunsch wurde von einer Gruppe ausgeschnittener, in einer Spirallinie ineinander zurücklaufender Herzen bedeckt. Wie die heilige Jungfrau mit wächsernen, so werden die andern Jungfrauen mit papiernen Assignatenherzen umhangen; denn bei diesen holden führt alle Glut und Freundschaft den Namen Herz, wie die Landkartenmacher den Umriß des *heißen* Afrika auch einem Herzen ähnlich finden. –

Firmian erriet leicht alle sehnsüchtige Seufzer, die in der Verarmten über so viele zertrümmerte Wünsche aufstiegen, und alle trübe Vergleichungen der jetzigen Zeit mit der lachenden, und was der Schmerz und die Vergangenheit einem weichen Herzen miteinander sagen: ach, wenn am Neujahrtag schon der Glückliche seufzet, so muß ja wohl der Unglückliche weinen dürfen? – Er sagte seinen guten Morgen sanft und wollte nach einer sanften Antwort seine Wünsche an die gedruckten schließen. Aber Lenette, viel tiefer und öfter gestern verwundet als er, murrete ihm eine kalte, schnelle zurück. –– Nun konnt' er nichts wünschen; sie tat es auch nicht; und so unglücklich und so hart drängten sie sich miteinander durch die Pforte eines neuen Jahrs.

Ich muß sagen, er hatte sich schon vor acht Wochen auf diesen Morgen gefreuet, auf die süße Zerfließung ihrer zwei Herzen, auf tausend heiße Wünsche, die er ihr vorstammeln wollte, auf ihr Aneinanderschließen und auf das trunkne Verstummen der Lippen an Lippen..... O wie war alles so anders, so kalt, so tödlich kalt! – Ich muß es irgendwo anders – wo ich mehr Papier dazu vor mir habe – ausführen, warum und wienach – denn dem Anschein nach ist gerade das Widerspiel zu vermuten – seine satirische Ader ein Gärmittel oder eine Wässerung für sein empfindsames Herz abgab, dessen er sich zugleich freuete und schämte. Am meisten half dazu der – Reichsflecken Kuhschnappel, auf den, wie auf noch einige deutsche Ortschaften, der empfindsame Tau, wie auf Metalle, nicht gefallen war, und worin die Leute sich mit verknöcherten Herzen versehen hatten, denen, wie erfrornen Gliedmaßen, oder wie Hexen voll Stigmen des Teufels, keine Wunde von Belang zu machen war. Unter solchen Kalten nun vergibt und sucht man übertriebene Wärme am ersten. Einer hingegen, der 1785 in Leipzig etc. wohnhaft war, wo die meisten Herzen und Schlagadern mit dem Tränen-Spiritus ausgesprützet waren, trieb leichter den witzigen Unwillen darüber zu weit; so wie die Köche in den *nassen* Jahrgängen mehr scharfe *Gewürze* an die wässerigen Gemüse reiben als in trocknen. ––

Lenette ging heute dreimal in die Kirche; es war aber ganz natürlich.... Beim Worte »dreimal« erschreck' ich nicht über die Kirchengänger, die dabei selig werden können, sondern über die armen Geistlichen, die an einem Tage so oft predigen müssen, daß es noch ein Glück ist, wenn sie dabei nichts werden als, statt heiser, verdammt. Ein Mensch, der das erstemal predigt, rührt gewiß niemand so sehr als sich selber und wird sein eigner Proselyt; aber wenn er die Moral zum millionenstenmal vorpredigt, so muß es ihm ergehen wie den egerischen Bauern, die den egerischen Brunnen alle Tage trinken, und die er daher nicht mehr purgiert, so viele sedes er auch Kurgästen macht.

Über dem Essen schwieg das traurige Ehepaar. Der Mann tat, da er ihre Vorkehrungen zu einem Besuche in der Nachmittagkirche gesehen, in welcher sie seit einiger Zeit nicht gewesen, bloß die Frage, wer predige. »Wohl der Herr Schulrat Stiefel«, sagte sie, »ob er gleich sonst nur vormittags die Kanzel besteigt, aber der Vesperprediger Schalaster kann nicht, Gott hat ihn gestraft, er hat sich das Schlüsselbein ausgerenkt.« Zu einer andern Zeit hätte Siebenkäs manches über das letzte gesprochen; aber hier schlug er bloß mit dem einen Zacken der Gabel an den Teller und fuhr mit dieser Spielwelle schnell an das eine Ohr, indes er das andere verschloß: der Trommelbaß des summenden Euphons zog seine gequälte Seele in die Wogen des Tons, und dieses brausende Schallbrett, dieser zitternde Klöppel tönte ihm am neuen Jahre gleichsam zu: »Vernimmst du nicht von weitem das Ausläuten der Messe deines kalten Lebens? Es ist die Frage, ob du am zweiten Neujahr noch hörest, ob du nicht schon liegest und auseinandergehst.« –

Er sah nach dem Essen zum Fenster hinaus, weniger nach der Gasse als nach dem Himmel. Da fand er eben zwei Nebensonnen und fast im Zenith einen halben Regenbogen, den wieder ein entfärbter durchschnitt. [1] Wunderlich fingen die Farbengestirne über sein Herz zu regieren an und machten es so wehmütig, als säh' er droben sein halbfarbiges, bleiches, zerstücktes Leben nachgespielt oder nachgespiegelt. Denn dem bewegten Menschen ist die Natur stets ein großer Spiegel voll Bewegungen; nur dem satten und ausruhenden ist sie bloß ein kaltes totes Fenster für das Äußere.

Als er nachmittags einsam in der Stube war, als der frohe Kirchengesang und der benachbarte frohe Kanarienvogelschlag gleichsam wie das Getöse und Poltern lebendig begrabener Jahre der Freude seine matte Seele überfiel – und als ein heller magischer Sonnenschein seine Stube durchschnitt, und als dünne Wolkenschatten über den lichten Ausschnitt der Diele wegglitten und das kranke, stöhnende Herz mit tausend traurigen Ähnlichkeiten fragten: ist nicht alles so? entfliehen nicht deine Tage, wie Dünste durch einen kalten Himmel, über eine tote Erde und schwimmen hin in die Nacht? – – so mußt' er sein schwellendes Herz mit der sanften Schneide der Tonkunst öffnen, damit die nächsten und größten Tropfen des Schmerzes daraus flössen – er griff einen einzigen *Dreiklang* auf dem Klavier und griff ihn wieder und ließ ihn verwogen – wie die Wölkchen flogen, star-

[1] Ganz dieselbe Erscheinung bemerkte wieder der Verfasser dieses in Baireuth den 19ten Jänner 1817.

ben die Töne aus, der Wohllaut schwang sich träger, zitterte nach und wurde starr, und die Stille stand da wie ein Grab – Im Horchen stockte sein Atmen und sein Herz, eine Ohnmacht griff nach seiner Seele – – und nun, und nun warf in dieser schwärmerischen kranken Stunde der Strom des Herzens – so wie Überschwemmungen Begrabne aus Kirchen und Gräbern spülen – einen jungen Toten aus der Zukunft, aus der irdenen Decke unverschleiert heraus: sein Leib war es; er war gestorben. Er schauete zum Fenster hinaus ins tröstende Licht und Getümmel des Lebens; aber es rief doch in ihm fort: »täusche dich nicht, ehe die Neujahrwünsche wiederkommen, bist du schon von dannen gezogen.«

Wenn das schauernde Herz so entblättert ist und nackt da steht: so ist jedes Lüftchen ein kaltes. Wie warm und milde hätte Lenette seines berühren müssen, um es nicht zu erschrecken, wie Hellseherinnen Todesfrost in jeder Hand empfinden, die sie außerhalb des magnetischen Kreises anrührt! –

Er setzte sich heute vor, in der sogenannten Leichenlotterie einzutreten, damit er bei seinem Zug in die andere Welt doch das Abzuggeld entrichten könnte. Er sagte es ihr; aber sie nahm den Vorsatz für eine Anspielung auf das Trauerkleid. So neblig ging der erste Tag vorüber, und noch regnerischer die erste Woche. Es war das Einfaßgewächs und der Zaun um Lenettens Liebe gegen Stiefel ausgerissen, und diese Liebe stand frei da. An jedem Abend, wo sonst der Rat gekommen war, grub sich der Ärger und Kummer tiefer in ihr junges Angesicht, das allmählich zur durchbrochnen Arbeit des Schmerzes einfiel. Sie fragte nach den Tagen, wo er zu predigen hatte, um ihn zu hören, und trat bei jedem Leichenzuge ans Fenster, um ihn zu sehen. Die Buchbinderin war ihr korrespondierendes Mitglied, und aus ihr holte sie neue Entdeckungen über den Schulrat heraus und repetierte mit ihr die ältesten. Wie viel Wärme mußte nicht der Rat durch seinen Fokalabstand gewinnen, und der Mann durch seine Erdnähe verlieren; so wie die Erde gerade die kleinste Wärme von der Sonne bekommt, wenn sie ihr am nächsten ist, im Winter! – – Zu diesem allen kam noch ein ganz neuer Grund zu Lenettens Abneigung. Es hatte nämlich der Heimlicher von Blaise unter der Hand von ihrem Manne bekannt gemacht, er sei ein Atheist, und kein Christ. Redliche alte Jungfern und Geistliche sind auf eine schöne Weise von rachsüchtigen Römern unter den Kaisern verschieden, die oft den unschuldigsten Menschen für einen Christen ausgaben, um ihm eine Märtererkrone zu flechten; besagte Jungfern und Geistliche nehmen vielmehr die Partei eines Menschen, der in solchem Verdachte ist, und leugnen es, daß er ein Christ ist. So unterscheiden sie sich sogar von den neuen Römern und Italienern, welche stets sagen: es sind vier Christen da, statt vier Menschen. Das tugendhafteste Mädchen bekam in St. Ferieux bei Besançon zum Preis einen *Schleier* zu 5 Livr.; und diesen schönen Preis der Tugend, nämlich einen moralischen Schleier von 6 Livr., werfen Menschen wie Blaise gern über gute Leute. Sie nennen daher gern Denker Ungläubige, und Heterodoxe *Wölfe*, deren Zähne *glätten* und *zahnen* helfen; so wird auch auf die besten Klingen ein Wolf eingezeichnet.

Als Siebenkäs seiner Frau zuerst die Blaisische Nachricht hinterbrachte, daß er kein Christ, wo nicht gar ein Unchrist sei: machte sie noch nichts Besonderes daraus, da sie sich dergleichen von einem Manne, mit welchem sie ehelich kopuliert worden, gar nicht denken konnte. Nur später fiel ihr wieder ein, daß er in dem Monate, als das Wetter zu lange trocken war, nicht bloß die katholischen Umgänge, auf welche sie selber nichts hielt, sondern auch die protestantischen Wettergebete dagegen ohne Hehl verworfen habe, indem er gefragt: »ob die meilenlangen Prozessionen, sogenannte Karawanen, in der arabischen Wüste mit allen ihren Wettergebeten je eine einzige Wolke zustande gebracht; oder warum die Geistlichen nur gegen Nässe und Trockenheit und nicht auch gegen einen grimmigen Winter Umgänge, die wenigstens für die Umgänger ihn mildern würden, veranstalteten, oder in Holland gegen Nebel, in Grönland gegen Nordscheine; auch wundere er sich am meisten, warum die Heidenbekehrer, die sich so oft mit solchem Erfolg die Sonne erbitten, wenn bloß die Wolken sie verdecken, nicht auch um den Sonnenkörper (was viel wichtiger wäre) anhalten, wenn er in Polarländern gar ganze Monate nicht einmal zum Vorschein komme bei hellem Himmel; oder warum wir«, fragt' er endlich, »gegen große für uns selten erfreuliche Sonnenfinsternisse nicht vorkehren, sondern hierin uns eigentlich von den Wilden übertreffen lassen, welche sie am Ende wegheulen und wegflehen«. – Wie nehmen manche Worte, an sich anfangs unschuldig, ja süß, erst auf dem Lager der Zeit giftige Kräfte an, wie Zucker, der dreißig Jahre in Magazinen gelegen![1] Jene freien Worte griffen jetzo stark in Lenetten ein, wenn sie unter der aus lauter Aposteln gezimmerten Kanzel Stiefels saß und ihn ein Gebet nach dem andern verrichten hörte, bald für, bald wider Krankheit, Obrigkeit, Niederkunft, Saat usw. Wie süß wurd' ihr nun auf der andern Seite der Pelzstiefel, und wie schön wurden dessen Predigten wahre Liebebriefe für ihr Herz! Und ohnehin steht ja Geistlichkeit in einem nahen Verhältnis mit dem weiblichen Herzen; daher bedeutet ursprünglich auf der deutschen Spielkarte das Herz die Geistlichkeit. –

Was tat und dachte nun Stanislaus Siebenkäs bei allem? – Zweierlei, was sich widersprach. Hatt' er gerade ein hartes Wort gesagt: so bejammerte er die verlassene, ohnmächtige Seele, deren ganzes Rosenparterre der Freuden ausgehauen war, deren erste Liebe gegen den Schulrat im Jammer und Darben verschmachtete, und die tausend schöne Reize ihres verschlossenen Innern würde vor einem geliebten Herzen – denn seines war es nicht – entfaltet haben; »und seh' ich denn nicht« – sagte er sich weiter – »wie ihr die

[1] Sander über das Große und Schöne der Natur. T. 1.

Nadel oder der Nadelkopf auf keine Weise ein solcher spitzer Wetterableiter ihrer schwülen Blitzwolken sein kann als mir die spitze Feder? Wegschreiben kann man sich viel, aber nicht wegnähen. Und wenn ich vollends bedenke, was ich – die Sternkunde und die Seelenkunde nicht einmal zu rechnen – noch besonders an Kaiser Antonius' Selbstbetrachtungen und an Arrianus' Epiktet, die beide sie nicht einmal dem Namen und Einbande nach kennt, für Schwimmkleider und Korkwesten in den höchsten Fluten habe, und was für Spritzenleute an ihnen, wenn ich in Zornfeuer gerate, wie vorhin, sie aber ihren Zorn allein abbrennt: wahrlich ich sollte noch zehnmal milder als wilder sein.« – Traf es sich freilich aber zweitens, daß er gerade harte Worte nicht ausgestoßen hatte, sondern erduldet: so malte er sich auf der einen Seite das starke Sehnen nach dem Schulrat vor, das sie leicht unter der kopflosen Näharbeit heimlich so sehr vergrößern konnte als sie nur wollte, und auf der andern die unablässige Nachgiebigkeit seines zu weichen Herzens, für welche sein Kraftfreund Leibgeber ohne weiteres ihn schelten würde, aber noch mehr die Frau wegen des Gegenteils, und welche sie schwerlich bei ihrem starren Stiefel anträfe, wenn aus dessen neulicher greller Aufkündigung des Kapitals der Liebe etwas zu schließen sei.

In dieser Laune tat er an einem Sonntage, wo sie wieder in die Vesperpredigt des Schulrats ging, mit zornschwerem Gemüt die leichte Frage, warum sie sonst so selten in die Abendpredigt gegangen, und nun so häufig. Sie versetzte: »sie hab' es getan, weil der Vesperprediger Schalaster sonst gepredigt, für welchen seit der Ausrenkung des Schlüsselbeins der Schulrat die Kanzel besteige; werde aber das Bein wiederhergestellt, so solle sie Gott bewahren, in seine Andacht zu gehen.« Nach und nach bracht' er heraus, »daß sie den jungen Schalaster für einen falschen gefährlichen Irrlehrer halte, der von der heiligen Schrift Lutheri abweiche, weil er an Mascheh, an Jäsos Christos, Petros, Paulos glaube und alle Apostel bei ihm sich ›ossen‹, so daß sich alle christlichen Seelen ärgern, und das himmlische Jerusalem hab' er gar auf eine Art genannt, die sie nicht einmal nachsprechen könne; er habe nun seitdem sich am Schlüsselbeine einen Schaden getan, aber sie wolle nicht richten.« – »Dies tu auch nicht, liebe Lenette«, sagte Siebenkäs; »der junge Mann hat eben entweder ein schwaches Gesicht, oder ist im griechischen Testament schlecht bewandert, denn da sieht das u wie ein o aus. O, wie manche Schalaster sagen nicht in so verschiedenen Wissenschaften und Glaubenlehren Petros statt Petrus und bringen ohne Not und ohne Eckstein durch blutverwandte Selblauter die Menschen auseinander.«

Nur aber diesesmal brachte Schalaster sie ein wenig zusammen. Dem Armenadvokaten tat es wohl, daß er sich bisher geirrt, und daß Lenetten nicht bloß Liebe zu Stiefel, sondern auch Liebe für reine Religion in die Abendkirche hineingesetzt. Schwach war freilich der Unterschied; aber in der Not nimmt man jeden Trost mit; Siebenkäs freute sich demnach heimlich, daß seine Frau den Schulrat nicht in dem hohen Grade liebe, als er gemeint. Sprecht hier nichts gegen das dünne Spinnengewebe, das uns und unser Glück trägt; haben wir es aus unserem Innern gesponnen und herausgezogen wie die Spinne ihres, so hält es uns auch ziemlich, und gleich dieser hangen wir sicher mitten darin, und der Sturmwind weht uns und das Gewebe unbeschädigt hin und her.

Von diesem Tage an ging Siebenkäs geradezu wieder zum einzigen Freund im Orte, zum Schulrat, dem er den kleinen Fehltritt schon längst – ich glaube eine halbe Stunde darnach – von Herzen vergeben hatte. Er wußte, seine Erscheinung war ein Trost für den verwiesenen Evangelisten im Stuben-Patmos; und für die Frau war es auch einer. Ja er trug Grüße, die nie anbefohlen waren, zwischen beiden hin und her.

Abends waren bei Lenetten kleine hingeworfne Berichte vom Rat die grüne Saat, die das scharrende Rebhuhn unter dem tiefen Schnee aufkratzt. Ich versteck' es inzwischen nicht, mich dauert er und sie; und ich kann kein elender Parteigänger sein, der nicht zwei Personen, die einander mißverstehen und befehden, zugleich Anteil und Liebe geben kann. – –

Aus diesem grauen schwülen Himmel, dessen Elektrisiermaschinen alle Stunden luden und häuften, fiel endlich der erste grelle Donnerschlag herab: Firmian verlor seinen Prozeß. Der Heimlicher war das reibende Katzenfell und der stäupende Fuchsschwanz gewesen, der die Erbschaftkammer oder den Pechkuchen der Justiz mit kleinen Taschenblitzen gefüllet hatte. Es wurde dem Advokaten aber von Rechts wegen der Verlust des Prozesses zuerkannt, weil der junge Notarius Giegold, mit dessen Notariatinstrumenten er sich bewaffnen wollen, noch *nicht immatrikulieret* war. Es kann wenig Menschen geben, die nicht wissen, daß in Sachsen nur ein Instrument gilt, das ein immatrikulierter Notar gemacht, und daß mithin die Beweiskraft eines Dokumentes in einem fremden Lande nicht stärker sein kann, als sie in dem war, worin man es fertigte. Firmian verlor zwar den Prozeß und für jetzt die Erbschaft; aber sie blieb ihm doch unter jedem Rechtstreite unversehrt dastehen. Nichts sichert wohl ein Vermögen besser vor Dieben und Klienten und Advokaten, als wenn es ein Depositum oder ein Streitgegenstand (objectum litis) geworden; niemand darf es mehr angreifen, weil die Summe in den Akten deutlich spezifizieret ist (es müßten denn die Akten selber noch eher als ihr Gegenstand abhanden kommen); so freuet sich der Hausvater, wenn der Kornwurm den Kornschober gänzlich übersponnen und *weiß papillotieret* hat, weil dann die übrigen Körner, die der Spinner nicht ausgekernet hat, vor allen andern Kornwürmern ganz gedecket sind. –

Niemals ist ein Prozeß leichter zu gewinnen, als wenn man ihn verloren hat; denn man appellieret. – Nach der Abtragung der in- und außergerichtlichen Kosten und nach der Ablösung der Akten bieten die Gesetze das beneficium appellationis (Wohltat der Berufung an einen höhern Richter) jedem an, wie wohl bei dieser Benefizkomödie und Rechtswohltat noch andere, außergerichtliche Wohltaten nötig sind, um von der gerichtlichen Gebrauch zu machen.

Siebenkäs durfte berufen – er konnte den Beweis seines Namens und seiner Mündelschaft recht gut mit einem andern, aber immatrikulierten Leipziger Notarius führen – es fehlte ihm nichts als das Werkzeug oder die Waffe des Streites, die zugleich der Gegenstand desselben war, kurz das Geld. – In den zehn Tagen, innerhalb welcher die Appellation wie ein Fötus reifen muß, ging er kränklich und sinnend umher: jeder dieser Dezimaltage übte an ihm eine von den zehn Verfolgungen der ersten Christen aus und dezimierte seine frohen Stunden. Von seinem Leibgeber in Baireuth Geld zu begehren, war die Zeit zu kurz, und der Weg zu lang, da Leibgeber, nach seinem Schweigen zu schließen, vielleicht mit dem Springstab und Stegeisen seiner Silhouettenschere über mehrere Berge weggesprungen war. – Firmian tat auf alles Verzicht und ging zum alten Freund Stiefel, um sich zu trösten und alles zu erzählen: dieser ergrimmte über den sumpfigen, bodenlosen Weg Rechtens und drang dem Advokaten eine Stelze darin auf, nämlich die Gelder zum Appellieren. Ach, es war dem unbefriedigten, schmachtenden Rate so viel, als fassete er Lenettens geliebte, ziehende Hand, und sein redliches, an lauter eiskalten Tagen angerinnendes Blut fing wieder aufgetauet zu laufen an. Es war keine Täuschung des Ehrgefühls, daß Firmian, der lieber hungerte als borgte, gleichwohl von ihm jeden Taler als ein Steinchen annahm, um es in den morastigen Weg Rechtens zu pflastern und so unbesudelt darüber zu kommen. Aber die Hauptsache war sein Gedanke, er sterbe bald, und dann bleibe doch seiner hülflosen Witwe der Genuß der kleinen Erbschaft nach.

Er appellierte an die erste Appellationkammer und bestellte sich in Leipzig bei einer andern Notariats-Schmiedeesse ein neues Instrument, beim Zeugen-Beichtiger Lobstein.

Diese neuen, vom Glück erhaltenen Realterritionen und Nägelmale auf der einen, und diese Güte und diese Renten des Rates auf der andern Seite häuften neuen Sauerstoff in Lenetten an; aber der Essig ihres Unwillens wurde, wie anderer, durch ein Frostwetter verdichtet, davon ich sogleich mitteilen kann.

Lenette war nämlich seit dem Zanke mit Stiefeln den ganzen Tag stumm; bloß bei Fremden genas sie von ihrer Zungenlähmung. Es muß geschickt physisch erkläret werden, warum eine Frau oft nicht sprechen kann, außer mit Fremden; und man muß die entgegengesetzte Ursache von der entgegengesetzten Erscheinung aufspüren, daß eine Somnambüle nur mit dem Magnetiseur und seinen Bundgenossen redet. Auf St. Hilda husten alle Menschen, wenn ein fremder aussteigt; Husten ist aber, wenn nicht Sprechen selber, doch das vorhergehende Schnarren des Räderwerks in der

Sprachmaschine. Diese periodische Stummheit, die vielleicht, wie oft die immerwährende, von der Zurücktreibung der *Hautausschläge* herkommt, ist den Ärzten etwas Altes: Wepfer[1] erzählt von einer schlagflüssigen Frau, daß sie nichts mehr sagen konnte als das Vaterunser und den Glauben; und in den Ehen sind Stummheiten häufig, worin die Frau nichts zum Manne sagen kann als das Allernötigste. Ein Wittenberger Fieberkranker[2] konnte den ganzen Tag nicht sprechen, außer von 12 bis 1 Uhr; und so findet man genug arme weibliche Stumme, die des Tags nur eine Viertelstunde oder nur abends ein Wort hervorzubringen imstande sind und sich übrigens mit dem *Stummenglöckchen* behelfen, wozu sie Schlüssel, Teller und Türen nehmen. –

Diese Stummheit verhärtete endlich den armen Advokaten so sehr, daß er sie auch bekam. Er ahmte die Frau, wie ein Vater die Kinder, nach, um sie zu bessern. Sein satirischer Humor sah oft der satirischen Bosheit ähnlich; aber er hatte ihn nur, um sich gelassen und kalt zu erhalten. Wenn Kammerzofen ihn unter seiner schriftstellerischen Siederei und Brauerei gänzlich dadurch störten, daß sie mit Beihülfe Lenettens seine Stube zu einer Heroldkanzlei und Rednerbühne erhoben: so zog er wenigstens seine Frau vom Rednerstuhl herab, indem er – das hatt' er vorher mit ihr ausgemacht – dreimal mit dem vergoldeten Vogelzepter auf sein Schreibpult schlug – so nimmt ein Zepter leicht der Schwester Rednerin die Preßfreiheit. – Ja er war imstande, wenn er oft vor diesen aufgezognen redenden Cicerosköpfen saß, ohne einen Gedanken oder eine Zeile herauszubringen, und wenn er weniger seinen eignen Schaden als den andern so unzählig vieler Menschen vom höchsten Verstand und Stand beherzigte, die durch diese Sprechkundigen um tausend Ideen kamen, er war dann imstande, sag' ich, einen entsetzlichen Schlag mit dem Zepter, mit dem Lineal auf den Tisch zu tun, wie man auf einen Teich appliziert, um das Quaken der Frösche zu stillen. Besonders kränkte ihn der Raub am meisten, der an der Nachwelt begangen wurde, wenn durch solches verfliegendes Geschwätz sein Buch geringhaltiger auf sie gelangte. Es ist schön, daß alle Schriftsteller, sogar die, welche die Unsterblichkeit ihrer Seele leugnen, doch die ihres Namens selten anzufechten wagen; und wie Cicero versicherte, er würde ein zweites Leben glauben, sogar wenn es keines gäbe: so wollen sie im Glauben an das zweite ewige Leben ihres Namens bleiben, täten auch die Rezensenten das Gegenteil entschieden dar.

Siebenkäs macht' es jetzo seiner Frau bekannt, daß er nichts mehr sprechen werde, nicht einmal vom Notwendigsten: und das bloß deshalb, um nicht durch lange zornige Reden über Reden, Waschen etc. sich im Schreiben zu stören und zu erkalten oder gegen sie sich zu erhitzen. Dieselbe

[1] Wepf. hist. apoplect. p. 468.

[2] Repub. des lettres, Octobr. 1685. V. 1091.

gleichgültige Sache kann in zehn verschiedenen Tönen und Mißtönen gesagt werden; um also der Frau die Unwissenheit und Neugierde des Tons, womit etwas gesagt werden konnte, zu lassen, sagt' er ihr, er werde nun nicht anders mit ihr sprechen als schriftlich.

Ich bin schon hier mit der besten Erörterung bei der Hand.

Der ernstschwere, bedachtsame Buchbinder ärgerte sich nämlich das ganze Kirchenjahr über niemand so sehr als über seinen Schliffel, wie er sich ausdrückte, über seinen luftigen Sohn, der die besten Bücher besser las als band, der sie schief und schmal beschnitt, und der dadurch, daß er die Buchbinderpresse zu einer Buchdruckerpresse einschraubte, das nasse Werk zugleich verdoppelte und verdünnte. Dies konnte nun der Vater nicht ansehen: er erboste sich so, daß er zu dem Teufels-Reichs-Kinde kein Wort mehr sagen wollte. Seine Prachtgesetze und güldnen Regeln, die er dem Sohne über Einbände zuzufertigen hatte, diese gab er seiner Frau als Reichspostreiterin mit, die (mit der Nadel als Botenspieß) aus der fernsten Ecke aufstand und die Befehle dem Sohne, der nicht weit vom Vater planierte, überbrachte. Dem Sohn, der seine Antworten und Fragen wieder der Eilbotenfrau miteinhändigte, war ganz wohl bei der Sache zu Mute: der Vater konnte weniger keifen. Dieser bekam es weg und wollte nichts mehr mündlich verhandeln. Er suchte zwar seine Empfindung gegen den Sohn durch Mienenspiele auszudrücken und beschoß, wie ein Verliebter, diesen, der ihm gegenüber saß, mit warmen Blicken; aber ein Auge voll Blicke ist, ob wir gleich nicht bloß Gaumen-, Zahn- und Zungen-, sondern auch Augenbuchstaben haben, immer ein verwirrter Schriftkasten voll Perlschrift. Allein da zum Glücke die Schrift- und Posterfindung einem Menschen, der auf einer nördlichen Eisscholle den Nordpol umfährt, Mittel an die Hand gibt, mit einem, der auf einem Palmbaum unter Papageien in der heißen Zone sitzt, zu kommunizieren: so fanden hier Vater und Sohn, wenn sie, voneinander getrennt, sich am Arbeittisch gegenüber saßen, in der Erfindung des Schreib- und Postwesens Mittel, sich ihre Entfernung durch einen Briefwechsel, worein sie sich miteinander über den Tisch weg einließen, zu versüßen und zu erleichtern; die wichtigsten Geschäftbriefe wurden unversiegelt, aber sicher – da zwei Finger bei dieser Pennypost das Felleisen und Postschiff waren – hin- und hergeschoben: der Brief- und Kurierwechsel ging auf so glatten Wegen und bei so guter poste aux ânes zwischen beiden stummen Mächten häufig und ungehindert, und der Vater konnte bei so freier Mitteilung leicht in einer Minute auf die wichtigsten Berichte schon Antwort haben von seinem Korrespondenten; ja sie waren so wenig getrennt, als wohnten sie Haus bei Haus aneinander. Sollte ein Reisender etwan noch vor mir nach Kuhschnappel kommen: so bitt' ich ihn, die zwei Tisch-Ecken, wovon das eine das Intelligenzkontor des andern war, sich abzusägen und die beiden Büros einzustecken und in irgendeiner großen Stadt und Gesellschaft den Neugierigen vorzuzeigen, oder mir in Hof. – –

Siebenkäs tats halb nach. Er schnitt kleine Dekretalbriefe zurecht und voraus für die nötigsten Fälle. Tat Lenette eine unvorhergesehene Frage an ihn, worauf seine Brieftasche noch keine Antwort enthielt, so schrieb er drei Zeilen und langte das Reskript über den Tisch hin. Allerhöchste Handbillets oder Ratsverordnungen, die täglich wiederholt werden mußten, ließ er sich abends durch ein stehendes Requisitorialschreiben zur Ersparung des Briefpapiers wiedergeben, um den andern Tag den schriftlichen Bescheid nicht von neuem zu schreiben: er langte das Abschnitzel bloß hin. Was sagte aber Lenette dazu? –

Ich werde besser antworten, wenn ich vorher nachfolgendes erzähle: ein einziges Mal sprach er in dieser Stummenanstalt, als er aus einer irdenen Schüssel, in der außer eingebranntem Blumenwerk auch poetisches war, Krautsalat speisete. Er hob mit der Gabel den Salat weg, der das kleine Rand-Karmen überdeckte, das hieß: Fried' ernährt, Unfried' verzehrt. Sooft er eine Gabel voll weghob, so konnt' er einen oder etliche Füße dieses didaktischen Gedichtes weiter lesen, und er tats laut. – »Was sagte nun Lenette dazu?« – fragten wir oben; kein Wort, sag' ich, sie ließ durch sein Schweigen und Zürnen sich ihres nicht nehmen, denn er schien ihr zuletzt zur Bosheit sich zu verstocken, und da wollte sie auch nicht weit zurückbleiben. – In der Tat ging er täglich weiter und schob ganz neue zerbrochne Gesetztäfelchen über seinen Tisch bis zur Ecke oder trug sie auf ihren. Ich nenne nicht alle, sondern nur einige, z. B. das Kartaunenpapierchen des Inhalts (denn er erfand sich zu Liebe immer neue Überschriften): »Stopfe der langen Näh-Bestie den überlaufenden Mund, die da sieht, daß ich schreibe, oder ich fasse sie bei der Kehle, womit sie mir so zusetzt« – das Amtblättchen: »Wasche mir ein wenig unreines Wasser ab, ich will meine Waschbärpfoten von Dinte rein machen« – das Hirtenbriefchen: »Ich wünsche jetzo wohl in einer oder der andern Ruhe den Epiktet über das Ertragen aller Menschen flüchtig durchzugehen; stör mich folglich nicht« – der Nadelbrief: »Ich sitze eben über einer der schwersten und bittersten Satiren gegen die Weiber;[1] führe die schreiende Buchbinderin hinunter zur Friseurin und sprecht da zusammen aufgeweckt« – Marter-Bank-Zettel, auch Marter-Bank-Folium: »Ich habe heute vormittags vieles mögliche ausgehalten und habe mich durchgerungen durch Besen und Flederwische und durch Haubenköpfe und durch Zungenköpfe: könnt' ich nicht so etwa gegen Abend die hier vorliegenden peinlichen Akten ein Stündchen lang ungepeinigt und friedlich zur Einsicht durchlaufen?« – – Es wird mich niemand bereden, daß er diesen Besuchkarten, die er bei ihr abgab, ihr Stechendes und Nadelbriefliches sehr dadurch benahm, daß er

[1] Teufels-Papiere S. 427. Unter der Einkleidung: »gutgemeinte Biographie einer neuen, angenehmen Frau von bloßem Holz, die ich erfunden und geheiratet.« Auf die starke Säure dieser Satire mag wohl Lenette mit ihren Sonnenstichen zeitigend eingewirkt haben.

zuweilen Schrift in Sprache umsetzte, und wenn andere da waren, mit diesen über Ähnliches mündlich scherzte. So sagte er einmal zum Haarkräusler Merbitzer in Lenettens Gegenwart: »Monsieur Merbitzer, es ist unglaublich, was mein Haushalten jährlich frißt; meine Frau, wie sie da steht, allein verzehrt jedes Jahr zehn Zentner Nahrung und – (als sie und der Friseur die Hände über dem Kopfe zusammenschlugen) ich desfalls.« Freilich wies er Merbitzern in Schlözern gedruckt auf, daß *jeder* Mensch jährlich so viel Nahrung verbrauche; aber wer hielt es in der Stube für möglich?

Grollen oder Schmollen ist eine geistige Starrsucht, worin, wie in der körperlichen, jedes Glied in der steifen Haltung verharrt, wo es der Anfall ergriff, und die geistige hat auch dies mit der leiblichen gemein, daß sie öfter Weiber als Männer befällt.[1] Nach allem diesem konnte Siebenkäs gerade durch den scheinbar-boshaften Scherz, womit er sich selber bloß gelaßner erhalten wollte, nur das Erstarren der Gattin verdoppeln; und doch wäre manches hingegangen, hätte sie nur in jeder Woche einmal den Pelzstiefel gesehen, und hätten nicht die Nahrungsorgen, die alles Zinngeschirr der Vogelstange aufzehrten und einschmelzten, in ihrem unglücklichen Herzen gleichsam den letzten frohen warmen Bluttropfen zersetzt und aufgetrocknet! – Die Leidtragende! Aber so gabs keine Hülfe für sie – und für den, den sie verkannte! –

Armut ist die einzige Last, die schwerer wird, je mehre Geliebte daran tragen. Firmian, wenn er allein gewesen wäre, hätte auf diese Lücken und Löcher unserer Lebenstraße kaum hingesehen, da das Schicksal schon alle dreißig Schritte ein Häufchen Steine zum Ausfüllen der Löcher hingestellt. Und in dem größten Sturm stand ihm immer außer der herrlichen Philosophie noch ein Seehafen oder eine Täucherglocke offen, seine – Dutzenduhr, nämlich deren Kaufschilling. Aber die Frau – und ihre Trauermusiken und Kyrie Eleison – und tausend andere Dinge – und Leibgebers unbegreifliches Verstummen – und sein wachsendes Erkranken, alles das machte aus seiner Lebenluft durch so viele Verunreinigungen einen schwülen entnervenden Schirokkowind, der im Menschen einen trocknen, heißen, kranken Durst entzündet, gegen den er oft das, was der Soldat gegen den physischen zum Löschen und Kühlen in den Mund legt, in die Brust nimmt, kaltes Blei und Schießpulver. – –

Am 11ten Februar suchte sich Firmian zu helfen.

Am 11ten Februar, am Euphrosynenstag, 1767 war Lenette geboren.

Sie hatt' es ihm oft, und ihren Nähkunden noch öfter gesagt; aber es wär' ihm doch entfallen ohne den Generalsuperintendenten Ziehen, der ein Buch drucken ließ und ihn darin an den eilften erinnerte. Der Superintendent hatte nämlich vorausgesagt, daß an diesem 11ten Hornung 1786 ein Stück vom südlichen Deutschland sich durch das Erdbeben wie Lagerkorn in die Unterwelt senken werde. Mithin würden am herabgelassenen Sarg-

[1] Tissot von den Nervenkrankheiten.

seil oder an der herabgelassenen Fallbrücke des sinkenden Bodens die Kuhschnappler in ganzen Körperschaften in die Hölle gefahren sein, in der sie vorher als einzelne Abgesandte ankamen; es wurde aber aus allem nichts.

Am Tage vor dem Erdbeben und vor Lenettens Geburt ging Firmian nachmittags auf die Hebemaschine und das Schwungbrett seiner Seele, auf die alte Anhöhe, wo sein Heinrich ihn verlassen hatte. Sein Freund und seine Frau standen in bewölkten Bildern um seine Seele, er dachte daran, daß von Heinrichs Abschied bis jetzt ebenso viele Hauptspaltungen in seiner Ehe vorgefallen waren, als deren Moreri in der Kirche von den Aposteln bis zu Luthern aufzählt, nämlich 124. Harmlose, stille, frohe Arbeiter bahnten dem Frühling den Weg. Er war vor Gärten vorbeigegangen, deren Bäume man vom Moos und Herbstlaube entledigte, vor Bienen- und Weinstöcken, die man versetzte und ausreinigte, und vor den Abschnitzeln der Weiden. Die Sonne glänzte warm über die knospenvolle Gegend. Plötzlich war ihm – und Menschen von Phantasie begegnet es oft, und sie werden daher leichter schwärmerisch –, als wohne sein Leben, statt in einem festen Herzen, in einer warmen, weichen Zähre, und sein beschwerter Geist dränge sich schwellend durch eine Kerker-Fuge hinaus und zerlaufe zu einem Tone, zu einer blauen Ätherwelle: »Ich will ihr an ihrem Geburttage vergeben (rief sein ganzes zergangenes Ich) – ich habe ihr wohl bisher zuviel getan.« Er beschloß, den Schulrat wieder ins Haus zu führen und den grillierten Kattun vorher und ihr mit beiden und mit einem neuen Nähkissen ein Geburttagangebinde zu machen. Er fassete seine Uhrkette an, und an ihr zog er das Mittel, den Elias- und Fausts-Mantel heraus, der ihn über alle Übel tragen konnte, nämlich wenn er den Mantel verkaufte. Er ging voll lauter Sonnenlicht in allen Ecken des Herzens nach Hause und gab der Uhr einen künstlichen Stillestand und sagte zu Lenetten, sie müsse zum Uhrmacher zur Reparatur. Sie war in der Tat bisher wie die obern Planeten am Anfange ihres Uhr-Tages rechtläufig, dann stehend, dann rückläufig gewesen. Er verdeckte ihr damit seine Projekte. Er trug sie selber auf einen Handelplatz, schlug sie los – so gewiß er wußte, er könne ohne ihr Pickern auf seinem Schreibtische nicht recht schreiben; wie nach Locke ein Edelmann nur in einem Zimmer tanzen konnte, worin ein alter Kasten stand –; und abends wurde das ausgelösete grillierte Bluthemd und Säetuch des Unkrauts ungesehen ins Haus geschafft. Firmian ging noch abends zum Schulrat und verkündigte ihm mit der neuen Wärme seines beredten Herzens alles, seinen Entschluß – den Geburttag – die Wiederkehr des Kattuns – die Bitte um einen Besuch – ein nahes Sterben und seine Ergebung in alles. Dem kranken Rat, den Abwesenheit oder Liebe, wie der Kalk die Schattenpartien der Freskobilder, bleicher genaget hatte, diesem wurde warmer Lebens-Odem eingehaucht, daß morgen wieder die lang entbehrte Stimme (Lenette hörte doch seine in der Kirche) den ganzen Saitenbezug seines Ich bewegen sollte.

Ich muß hier eine Verteidigung und eine Anklage einschichten. Jene geht meinen Helden an, der seinen Adelbrief der Ehre fast durch die Bitte an Stiefeln zu zerknüllen scheint; aber er will damit seiner gekränkten Gattin einen großen Gefallen tun, und sich einen kleinen. Es hälts nämlich der stärkste, wildeste Mann gegen das ewige weibliche Zürnen und Untergraben in die Länge nicht aus; um nur Ruhe und Frieden zu haben, lässet ein solcher, der vor der Ehe tausend Schwüre tat, er wollte darin seinen Willen durchsetzen, am Ende gern der Herrin ihren. Das übrige in Firmians Betragen brauch' ich nicht zu verteidigen, weils nicht möglich ist, sondern nur nötig. – Die Anklage, die ich verhieß, betrifft meine Mitarbeiter: darum nämlich, daß sie in ihren Romanen so weit von dieser Lebensbeschreibung oder von der Natur abweichen und die Trennungen und Vereinigungen der Menschen in so kurzen Zeiten möglich und wirklich machen, daß man mit einer Tertienuhr dabeistehen und es nachzählen kann. Aber ein Mensch reißet nicht auf einmal von einem teuern Menschen ab, sondern die Risse wechseln mit kleinen Bast- und Blumenankettungen, bis sich der lange Tausch zwischen Suchen und Fliehen mit gänzlicher Entfernung schließet, und erst so werden wir arme Menschen – am ärmsten. Mit dem Vereinen der Seelen ists im ganzen ebenso. Wo auch zuweilen gleichsam ein unsichtbarer, unendlicher Arm uns plötzlich einem neuen Herzen entgegendrückt: da hatten wir doch dieses Herz schon lange unter den *Heiligenbildern* unserer Sehnsucht vertraulich gekannt und das Bild oft verhangen, und oft aufgedeckt und angebetet. –

Unserem Firmian wurd' es später abends wieder im einsamen Sorgestuhl unmöglich, mit aller seiner Liebe bis auf morgen zu warten: die Einsperrung selber machte sie immer wärmer, und als ihn seine alte Besorgnis, er sterbe noch vor der Tag- und Nachtgleiche am Schlage, befiel, erschrak er ungewöhnlich – nicht über den Tod, sondern über Lenettens Verlegenheit, wie sie für diese letzte Probe des Menschen, für die Ankerprobe[1], die Stolgebühren erschwinge. Er hatte gerade Geld im Überfluß unter den Fingern; er sprang auf und lief noch nachts zum Vorsteher der Leichenlotterie, damit doch seine Frau bei seinem Tod 50 fl. erbte als Eingebrachtes, um damit seinen körperlichen Senkreiser hübsch mit Erde zu überlegen. Es ist mir nicht bewußt, wieviel er zahlte; ich bin aber dieser Verlegenheit schon gewohnt, die ein Romanschreiber, der jede beliebige Summe erdichten kann, gar nicht kennt, die aber einen wahrhaften Lebenbeschreiber ungemein belastet und aufhält, weil ein solcher Mann nichts hinschreiben darf, als was er mit Instrumenten und Briefgewölben befestigen kann.

Morgens am 11. Febr. oder am Sonnabend trat Firmian weich in die Stube, weil uns jede Erkrankung und Entkräftung, z. B. durch Blutverlust

[1] Diese besteht darin, daß man den Anker auf ein *tiefes*, hartes Lager niederwirft.

und Schmerzen, erweicht, und noch weicher, weil er einem sanften Tag' entgegenging. Man liebt viel stärker, wenn man eine Freude zu machen vorhat, als eine Stunde darauf, wenn man sie gemacht hat. Es war an diesem Morgen so windig, als hielten die Stürme ein Ringrennen und Ritterturnier, oder als verschickte der Äolus seine Winde aus Windbüchsen: viele dachten daher, entweder das Erdbeben hebe schon an, oder einer und der andere habe sich aus Furcht davor erhenkt. – Firmian traf in Lenettens Angesicht zwei Augen an, aus denen schon in dieser Frühe der warme Blutregen der Tränen auf den ersten Tag gefallen war. Sie hatte seine Liebe und seine Entschlüsse nicht im geringsten erraten, sie hatte gar nicht daran gedacht, sondern nur an folgendes: »Ach! seit meine Eltern verwesen, fraget niemand mehr nach dem Tage meiner Geburt.« Ihm schien es, als habe sie etwas im Sinne. Sie blickte ihm einigemal ausforschend ins Auge und schien etwas vorzuhaben; er verschob also die Ergießung seiner vollen Brust und die Entschleierung der kleinen Doppelgabe. Endlich trat sie langsam und errötend zu ihm und suchte verwirrt seine Hand in ihre zu bringen und sagte mit niedergeschlagnen Augen, in denen noch keine ganze Träne war: »Wir wollen uns heute versöhnen. Wenn du mir etwas zu Leide getan hast, so will ich dir von Herzen vergeben, und tu mir auch dergleichen.« Diese Anrede zerriß sein warmes Herz, und er konnte anfangs nur stocken und sie an den beklommenen Busen reißen und spät endlich sagen: »Vergib *du* nur – ach ich liebe dich doch mehr als du mich!« Und hier quollen, von tausend Erinnerungen der vorigen Tage gepresset, schwere heiße Tropfen aus dem vollen tiefen Herzen, wie tiefe Ströme träger ziehen. *Verwundert* blickte sie ihn an und sagte: »Wir söhnen uns also heute aus – und mein Geburttag ist heute auch, aber ich habe einen sehr betrübten Geburttag.« Jetzo erst hörte seine Vergessenheit des Angebindes auf, das er bringen wollte – er lief weg und brachte es, nämlich das Nähkissen, den Kattun und die Nachricht, daß Stiefel *abends* komme. Nun erst fing sie an zu weinen und fragte: »Ach, das hast du schon gestern getan? und meinen Geburttag gewußt? – Recht von ganzem Herzen dank' ich dir, besonders für das schöne – Nähkissen. Ich dachte nicht, daß du an meinen schlechten Geburttag denken würdest.« – Seine *männlich-schöne* Seele, die nicht, wie eine *weibliche*, ihren Enthusiasmus bewacht, sagt' ihr alles heraus und seinen Eintritt in die Leichenlotterie, den er gestern getan, damit sie ihn wohlfeiler unter die Erde brächte. Ihre Rührung wurde so groß und sichtbar wie seine. »Nein, nein,« (sagte sie endlich) »Gott wird dich behüten – aber den heutigen Tag, wenn wir den nur überleben. Was sagt denn der Herr Rat zum Erdbeben?« – »Das lasse gut sein – daß keines kommt, sagt' er«, sagte Firmian.

Er ließ sie ungern los vom erwärmten Herzen. Solang er nicht im Freien ging – denn Schreiben war ihm unmöglich –, schauete er ihr unaufhörlich ins helle Angesicht, aus dem sich alle Wolken verzogen. Er brauchte einen alten Kunstgriff gegen sich – den ich ihm abgelernt –, daß er, um einem guten Menschen recht sehr gut zu sein und alles zu vergeben, ihm lange ins Angesicht schauete. Denn auf einem Menschenangesicht finden wir, ich und er, wenn es alt ist, das Griff- und Zählbrett harter Schmerzen, die so rauh darüber gingen; und wenn es jung ist, so kommt es uns als ein blühendes Beet am Abhange eines Vulkanes vor, dessen nächste Erschütterungen das Beet zerreißen. – Ach, entweder die Zukunft oder die Vergangenheit stehen in jedem Gesicht und machen uns, wenn nicht wehmütig, doch sanftmütig.

Firmian hätte gern den ganzen Tag – zumal eh' der *Abend* kam – seine wiedergefundne Lenette am Herzen, und seine frohen Tränen im Auge behalten; aber bei ihr waren Geschäfte Pausen, und die Tränendrüsen samt dem Herzen *Hungerquellen.* Übrigens hatte sie nicht einmal den Mut, ihn über die metallische Quelle dieses goldführenden Baches zu fragen, auf dessen sanfter Wiege sie heute schwankte. Aber der Mann entdeckte ihr gern das Geheimnis der verkauften Uhr. –– Heute war die Ehe, was die Vor-Ehe ist, ein Cembal d'Amour, das *zwei* Sangböden umgeben, die statt der Saiten deren Wohllaut verdoppeln. Der ganze Tag war als ein Ausschnitt aus dem klaren Mond gehoben, den kein Dunstkreis überschleiert; oder aus der zweiten Welt, worein sogar aus jenem die Mondeinwohner ziehen. Lenette wurde durch ihre Morgenwärme einem sogenannten bemoosten Veilchensteinchen gleich, das die Düfte eines verkleinerten Blumenbeets austeilt, wenn man es nur wärmer reibt.

Abends erschien endlich der Rat, verlegen-zitternd, ein wenig stolz-aussehend, aber unvermögend, als er Lenetten gratulieren wollte, es zu tun vor Tränen, die ebensosehr in seiner Kehle als in seinen Augen standen. Seine Verwirrung verbarg die fremde. Endlich verging der undurchsichtige Nebel zwischen ihnen, und sie konnten sich sehen. Dann wurde man recht froh: Firmian nötigte sich die Zufriedenheit ab, und den beiden andern flog sie frei in die Brust.

Über drei besänftigte, getröstete Herzen zogen die gefüllten Gewitterwolken nicht mehr so tief wie sonst – der weichende drohende Komet der Zukunft hatte sein Schwert verloren und floh schon heller und weißer ins Blaue hinaus, vor lichtern Sternbildern vorbei. – Abends schickte noch Leibgeber einen kurzen Brief, dessen beglückende Zeilen den Abend unsers Lieblings und das nächste Kapitel schmücken. –

Und so wurden an den Gehirnkammern des dreifachen Bundes – wie noch eben jetzt an des Lesern seinen – die eiligen, laufenden, zitternden *Blumenstücke* der Phantasie zu wachsenden, regen *Freudenblumen,* wie der Fieberkranke die wankenden Bett-Blumen seines Vorhangs für beseelte Gestalten nimmt. Wahrlich, die Winternacht wollte, gleich einer Sommernacht, kaum erlöschen und erkalten an ihrem Horizont, und als sie um 12 Uhr voneinander schieden, sagten sie: »Wir waren doch alle recht herzlich vergnügt.«

Elftes Kapitel

Leibgebers Schreiben über den Ruhm – Firmians Abendblatt

Ich habe den Leser im vorigen Kapitel aus wahrer Liebe betrogen: gleichwohl muß man ihn noch so lange im Betruge sitzen lassen, bis er folgendes Briefchen von Leibgeber durchgelesen:

Vaduz, d. 2. Febr. 1786

Mein Firmian Stanislaus!

Im Mai bin ich in Baireuth; und du mußt auch dahin. Weiter hab' ich dir jetzo nichts Wichtiges zu schreiben; aber das ist ja wichtig genug, daß ich dir am 1ten Tag des Wonnemonats in Baireuth anzulangen anbefehle, weil ich etwas ungemein Tolles und Erhebliches und Unerhörtes mit dir vorhabe, so wahr Gott lebt. Meine Freude und dein Glück hängt an deiner Reise; ich würde dir das Geheimnis schon in diesem Briefe offenbaren, wenn er aus meiner Hand in keine ginge als sogleich in deine. – Komm! – Du könntest ja mit einem gewissen Kuhschnappler Rosa reisen, der aus Baireuth seine Braut holen will. Sollte aber der Kuhschnappler, was Gott verhüte, jener Meyern sein, wovon du mir geschrieben, und käme dieser Goldfisch angeschwommen, um seiner schönen Braut mit seinen dürren, dünnen Armen mehr Kälte zu geben als Wärme, wie man in Spanien ähnliche ordentliche Schlangen um die Bouteillen zum Kühlen legt, so will ich ihr, wenn ich nach Baireuth komme, die besten Begriffe von ihm beibringen und darauf beharren, daß er zehntausendmal besser sei als der Häresiarch Bellarmin, der in seinem Leben viel öfter, nämlich 2236mal die Ehe gebrochen. Du weißt, daß dieser Vorfechter der Katholiken mit 1624 Weibern einen verbotnen Umgang gepflogen; er wollte als Kardinal zugleich die Möglichkeit des katholischen Zölibats und die Möglichkeit der päpstlichen Beschreibung einer Hure zeigen, welche die Glossa zu einer Regimentinhaberin von 23 000 Mann erhebt. – Ich wünsche herzlich, den Heimlicher von Blaise zu sehen; ich würde ihm, wenn er mir näher stände, von Zeit zu Zeit, weil ihm immer etwas im Schlunde steckt, das er schwer hinunterbringen kann – und wär's eine Erbschaft oder fremdes Haus und Hof –, ich würd' ihm, wie man zur Heilung pflegt, starke Schläge in den hohlen Rücken geben und den Ausgang erwarten, den des Bissens nämlich. – Ich bin seither überall herumgehinkt mit meiner Silhouettenschere und ruhe nun in Vaduz bei einem studierenden bibliothekarischen Grafen aus, der wirklich verdiente, daß ich ihn zehnmal mehr lieb hätte; ich habe aber an dir schon mehr als zuviel fürs Herz, und ich finde überhaupt die Menschen und den Kräuterkäs der Erde, in den sie sich einbeißen, täglich mürber und fauler. Ich muß dir sagen: hole der Teufel den Ruhm; ich werde nächstens verschwinden und unter die Menge rennen und jede Woche mit einem neuen Namen aufsteigen, damit mich nur die Narren nicht kennen. -- O! Es waren einmal einige Jahre, wo ich wünschte etwas zu werden, wenn nicht ein großer Autor, doch wenigstens ein neunter Kurfürst, und wenn nicht belorbeert, doch infuliert, wenn nicht zuweilen Prorektor, doch häufig Dekan. Damals würd' es mich geletzet haben, wenn ich die größten Steinschmerzen und also verhältnismäßige Blasensteine hätte überkommen können, damit ich aus der Blase Steine zu einem Altar oder Tempel meines Ruhms hätte edieren mögen, der noch höher als die Pyramide gewesen wäre, die Ruysch in den Naturalienkabinettern aus den 42 Blasensteinen einer ehrlichen Frau zusammenbrachte.[1] Siebenkäs, ich hätte mir aus Wespen, wie Wildau aus Bienen, einen stachlichten Philosophenbart geknüpft, um nur dadurch bekannt zu werden. »Ich lasse zu (sagt' ich damals), es ist nicht jedem Erdensohn beschert, und er soll es nicht fodern, daß ihn eine Stadt tot schlagen will, wie den heiligen Romuald (wie Bembo in dessen Leben berichtet), um nur seinen heiligen Leib als Reliquie wegzuschnappen; aber er kann doch, dünkt mich, ohne Unbescheidenheit sich wünschen, daß, wenn nicht seinem Pelzrocke, wie Voltairens seinem in Paris geschah, doch seinem Scheitel einige Haare zum Andenken von Leuten ausgezogen werden, die ihn zu schätzen wissen, ich meine vorzüglich die Rezensenten.«

Anders dacht' ich damals nicht; aber jetzo denk' ich gescheuter. Der Ruhm verdient keinen Ruhm. Ich saß einmal in einem naßkalten Abend draußen auf einem Grenzstein und sah mich an und sagte: was kann denn im Grunde aus dir werden? – Stehen dir Wege offen, gleich dem seligen Cornelius Agrippa[2], Kriegsekretär des Kaisers Maximilian und Historiograph des Kaiser Karls V. zu werden? Kannst du dich zu einem Syndikus und Advokaten der Stadt Metz, zu einem Leibmedikus der Herzogin von Anjou und zu einem theologischen Professor zu Pavia aufschwingen? – Bemerkst du, daß der Kardinal von Lothringen so gern bei deinem Sohne Gevatter stehen will, als ers beim Sohne des Agrippa wollte? – Und wär' es nicht lächerlich, wenn du aussprengtest und prahltest, daß ein Markgraf in Italien, der König von England, der Kanzler Merkurius Gatinaria und Margarita (eine Prinzessin aus Österreich) dich sämtlich in dem nämlichen Jahre haben in ihre Dienste ziehen wollen? wär's nicht lächerlich und erlogen, nicht einmal der Schwierigkeit der ganzen Sache zu gedenken, da

[1] Dictionnaire des Merveilles de la nature par *Sigaud* de la Fond. T. II. – Die Art, wie eine ägyptische Königin eine Pyramide aus losen Steinen aufschichtete, und zwar *höher*, aber mit *geringern* Schmerzen als die obige Frau, ist bekannt und gehört nicht unter Sigauds *Merveilles* de lat nature.

[2] Dieses und alles folgende, was Agrippa ward und hatte, steht in Naudé (Naudäi) Abhandlung von den Gelehrten, die man für Zauberer gehalten, unter dem Namen Agrippa.

diese Leute alle schon viele Jahre vorher zu Niklasruh und Schlafpulver des Todes zersprangen, ehe du als Zünd- und Knallpulver des Lebens auffuhrst? – In welchem bekannten Werke, ich bitte dich, nennt Paul Jovius dich ein portentosum ingenium, oder welcher andere Autor zählt dich unter clarissima sui seculi lumina? – Würden es nicht Schröckh und Schmidt in ihren Reformationgeschichten im Vorbeigehen angezeigt haben, wenns wahr wäre, daß du bei vier Kardinälen und fünf Bischöfen und beim Erasmus, Melanchthon und Capellanus in außerordentlichem Kredit ständest? – – Gesetzt aber auch, ich läge wirklich mit dem Cornelius Agrippa unter derselben großen Laube und Staude von Lorbeerkränzen: so ging' es bloß einem wie dem andern, wir faulten dunkel unter dem Buschwerke fort, ohne daß in Jahrhunderten einer käme und das Gestrippe aufzöge und nach uns beiden sähe.

Es hülfe mir noch weniger, wenn ichs gescheuter machen und mich in einem Anhang der Allgemeinen deutschen Bibliothek wollte preisen lassen; denn ich stände jahrelang mit meinem Lorbeerreis auf dem Hut drinnen, in diesem kühlen Taschen-Pantheon, in meiner Nische, mitten unter den größten Gelehrten, die um mich auf ihren Paradebetten herumlägen oder -säßen, jahrelang, sag' ich, ständen wir Bekränzte allein in unserem Tempel des Ruhms beisammen, eh' ein Mensch die Kirchtüre aufmachte und nach uns sähe oder hineinginge und vor mir kniete – und unser Triumphwagen wäre bloß von Zeit zu Zeit ein Karren, worauf der besetzte Tempel mit seiner Fülle in eine Versteigerung geschoben wird.

Dennoch würd' ich mich vielleicht darüber wegsetzen und mich unsterblich machen, könnt' ich nur halb und halb hoffen, daß meine Unsterblichkeit andern Leuten zu Ohren käme als solchen, die noch in der Sterblichkeit halten. Aber kann das aufmuntern, wenn ich sehen muß, daß ich gerade den berühmtesten Leuten, denen jährlich der Lorbeerkranz, wie andern Toten der Rosmarin, im Sarge weiter über das Gesicht hereinwächst, ein inneres unbekanntes Afrika bleibe; vorzüglich einem Ham, Sem, Japhet – dem Absalon und seinem Vater – den beiden Katonen – den beiden Antoninen – dem Nebukadnezar – den siebzig Dolmetschern und ihren Weibern – den sieben griechischen Weisen – sogar bloßen Narren wie Taubmann und Eulenspiegel? – Wenn ein Heinrich IV. und die vier Evangelisten und Bayle, der doch sonst alle Gelehrte kennt, und die hübsche Ninon, die sie noch näher kennt, und der Lastträger Hiob oder doch der Verfasser des Hiobs nicht wissen, daß nur ein Leibgeber je auf der Welt gewesen; wenn ich einer ganzen Vorwelt, d. h. sechs Jahrtausenden voll großer Völker, ein mathematischer Punkt, eine unsichtbare Finsternis, ein miserables Je ne sais quoi bin und bleibe: so seh' ich nicht, wie mir dies die Nachwelt, an der vielleicht nicht viel ist, oder die nächsten sechs Jahrtausende erstatten wollen und können.

Noch dazu kann ich nicht wissen, was es für herrliche himmlische Heerscharen und Erzengel auf andern Weltkugeln und Kügelchen der Milchstraße, dieser Paternosterschnur voll Weltkugeln gibt; Seraphe, gegen die ich in keine Betrachtung komme, ausgenommen als ein Schaf. Wir Seelen schreiten freilich ansehnlich auf der Erde fort und empor – die Austerseele erhebt sich schon zu einer Froschseele – diese steigt in einen Stockfisch – der Stockfischgeist schwingt sich in eine Gans – dann in ein Schaf – dann in einen Esel – ja in einen Affen – endlich (etwas Höhers lässet sich nicht mehr gedenken) in einen Buschhottentotten. Aber ein solcher langer peripatetischer Klimax blähet den Menschen nur so lange auf, als er nicht die folgende Betrachtung macht: wir kundschaften unter den Tieren einer Klasse, worunter es so gut als unter uns Genies, gute offne Köpfe und wahre Einfaltpinsel geben muß, nichts aus als letzte, höchstens Extreme. Keine Tierklasse liegt nahe genug an unserer Sehhaut, daß nicht die feinen Mitteltinten und Abstufungen ihres Werts zusammenfließen müßten. – Und so wird es uns ergehen, wenn ein Geist im Himmel sitzt und uns alle ansieht: wegen seines Abstandes wird er Mühe haben (vergebliche), einen wahren Unterschied zwischen Kant und seinen Rasierspiegeln der Kantianer, zwischen Goethe und seinen Nachahmern zu erkennen, und besagter Geist wird Fakultisten von Dunsen, Profeßhäuser von Irrenhäusern wenig oder gar nicht zu unterscheiden wissen. – Denn kleine Stufen laufen vor einem, der auf den höhern steht, völlig ein.

Das benimmt aber einem Denker Lust und Mut; und ich will verdammt sein, Siebenkäs, wenn ich bei solcher Lage der Sachen mich jemals hinsetze und außerordentlich berühmt werde, oder mir die Mühe gebe und das scharfsinnigste Lehrgebäude aufmauere oder einreiße, oder etwas Längers schreibe als einen Brief.

Dein, nicht mein
Ich L.

N. S. Ich wollte, Gott fristete mir nach diesem Leben das zweite, und ich könnte in der andern Welt mich an Realien machen; denn diese ist wahrlich zu hohl und zu matt, ein miserabler Nürnberger Tand – nur der fallende Schaum eines Lebens – ein Sprung durch den Reif der Ewigkeit – ein mürber stäubender Sodomsapfel, den ich gar nicht aus dem Maule bringen kann, ich mag sprudeln, wie ich will. O! –

*

Solchen Lesern, denen dieser Scherz nicht ernsthaft genug ist, will ich irgendwo dartun, daß er es zu sehr ist, und daß nur eine beklommene Brust so lachen, daß nur ein zu fieberhaftes Auge, um welches die *Feuerwerke* des Lebens wie fliegende *Spiel-Funken* schweifen, die dem schwarzen Star vorflattern, solche Fieberbilder sehen und zeichnen könne. –

Firmian verstand alles, zumal jetzt ... Ich muß aber zum elften Hornung zurück, um dem Leser die sympathetische Freude, die er über des vereinten Kleeblatts seine verspürte, halb zu – nehmen. Lenettens erschütternde Bitte, daß der Gatte ihr vergeben möge, war die Lohbeet-Frucht der Ziehenschen erderschütternden Weissagung; sie glaubte, der Boden und sie gingen unter, und vor dem nahen Tode, der schon mit dem Tigerschweife wedelte, bot sie ihrem Mann die Friedenhand einer Christin. Vor seiner entkörperten schönen Seele vergoß freilich die ihrige Tränen der Liebe und des – Entzückens. Aber sie vermengte vielleicht selber ihre *frohen* Bewegungen mit ihren *liebenden*, die Lust mit der Treue, und die Hoffnung, den Schulrat abends wieder in die warmen – Augen zu fassen, drückte sich ohne ihr Wissen durch eine wärmere Liebe zum Manne aus. Es ist sehr notwendig, daß ich hier einen meiner besten Ratschläge keinem Menschen vorenthalte: nämlich den, bei der besten Frau in der Welt immer wohl zu unterscheiden, *was* sie in der jetzigen Minute haben wolle oder gar *wen*, worunter nicht immer der gehört, der wohl unterscheidet. Es ist im weiblichen Herzen eine solche Flucht aller Gefühle, ein solches Werfen von farbigen Blasen, die alles, zumal das Nächste, abmalen, daß eine gerührte Frau, indes sie für dich eine Träne aus dem linken Auge vergießet, weiter nachdenken und mit dem rechten eine über deinen Vor- oder Nachfahrer verspritzen kann – oder daß eine Zärtlichkeit, die ein Nebenbuhler erregt, über die Hälfte dem Ehevogt zustirbt, und daß eine Frau überhaupt bei der aufrichtigsten Treue mehr über das weinet, was sie überdenket, als was sie vernimmt. –

Nur dumm ists, daß so viele Mannspersonen unter uns es gerade darin sind; denn eine Frau ist, da sie mehr fremde Gefühle beobachtet als eigne, dabei weder die Betrügerin noch die Betrogene, sondern nur der Betrug, der optische und akustische.

Solche durchdachte Betrachtungen machen Firmiane über den elften Hornung – welcher tolle Name nach einigen von den Trink-*Hörnern* der Alten abstammt, aber nach mehren von Hor oder Kot – nicht eher als am zwölften. Wendeline liebte den Rat: das wars. Sie hatte mit allen verständigen Kuhschnapplerinnen an den Generalsuperintendenten und seinen Erd-Fußstoß geglaubt, bis abends der Pelzstiefel sich frei erklärte, die Meinung sei *gottlos*; dann fiel sie vom prophetischen Superintendenten ab und dem ungläubigen Weltkind Firmian bei. Wir wissen alle, er hatte so gut männliche Launen, die immer die *Konsequenz* übertreiben, wie sie weibliche, die in der Inkonsequenz zuviel tun. Es war also töricht, daß er eine durch so viele kleine Gall-Ergießungen erbitterte Freundin durch eine große Herz-Ergießung wiederzugewinnen hoffte. Die größte Wohltat, die höchste männliche Begeisterung reißen keinen mit tausend kleinen Wurzelfasern im Herzen herumkriechenden Groll auf einmal heraus. Die Liebe, um die wir uns durch ein anhaltendes Erkälten brachten, können wir nur durch ein so anhaltendes Erwärmen wieder sammeln.

Kurz nach einigen Tagen zeigt' es sich, daß alles blieb, wie es vor drei Wochen war. Die Liebe Lenettens hatte durch Stiefels Entfernung so zugenommen, daß sie nicht mehr mit ihren Blättern unter der Glasglocke Platz hatte, sondern schon ins Freie wuchs. Die Aqua toffana der Eifersucht lief endlich in alle Adern Firmians herum und quoll ins Herz und fraß es langsam auseinander. Er war nur der Baum, in den Lenette ihren Namen und ihre Liebe gegen einen andern eingezeichnet hatte, und der an den Schnitten verwelkt. Er hatte an Lenettens Wiegenfeste so schön gehofft, der zurückgerufene Schulrat werde die größte Wunde schließen oder bedecken: und gerade er zog sie wider Wissen immer weiter auseinander; aber wie wehe tat dies dem armen Gatten! So wurd' er nun innen und außen ärmer und kränker zugleich und gab die Hoffnung verloren, den 1ten Mai und Baireuth zu sehen. Der Februar, der März und der April zogen mit einem großen tropfenden Gewölke, an dem keine lichte oder blaue Fuge und kein Abendrot war, über sein Haupt.

Am 12ten April verlor er seinen Prozeß zum zweitenmal; und am 13ten, am grünen Donnerstag, schloß er auf immer sein *Abendblatt* (wie er sein Tagebuch nannte, weil er abends daran schrieb), um dasselbe und seine Teufels-Papiere – soweit sie fertig waren – statt seines bald verfliegenden Körpers nach Baireuth in Leibgebers treueste Hände zu bringen, welche ja doch lieber, dacht' er, nach seiner Seele – die eben in den Papieren wohnte – greifen würden als nach seinem dürren Leibe, den ja Leibgeber selber in zweiter unabänderlicher Auflage, gleichsam Männchen auf Männchen, an sich trug und mithin jede Minute haben könnte. Die ganze Stelle des Abendblattes, diesen nachher auf die Post geschickten Schwanengesang, nehm' ich ohne Bedenken unverändert hier herein.

»Gestern scheiterte mein Prozeß an der zweiten Instanz oder Untiefe. Der gegnerische Sachwalter und die erste Appellationkammer haben gegen mich ein altes Gesetz, das nicht nur im Baireuthischen, sondern auch in Kuhschnappel gültig ist, vorgekehrt: daß mit einem Notariatzeugenrotul nicht das geringste zu erhärten ist; es muß ein Rotul von Gerichten sein. Die zwei Instanzen machen mir den bergaufgehenden Weg zur dritten leichter: meiner armen Lenette wegen appellier' ich an den kleinen Rat, und mein guter Stiefel tut die Vorschüsse. Freilich muß man bei den Fragen, die man an die juristischen Orakel tut, die Zeremonie beobachten, womit man sonst andere den heidnischen vorlegte: man muß *fasten* und sich kasteien. Ich hoffe den Staat-Schalken[1] oder vielmehr den Pürschmeistern mit dem Weidmesser oder Knebelspieß des Themisschwertes schon durch das Jagdzeug der Prozeßordnung und durch die Jagdtücher und Prell- und Spiegelgarne der Akten durchzuwischen, nicht sowohl durch meinen wie

[1] Schalk hieß sonst Diener, jetzo nicht selten umgekehrt.

ein Fühlfaden dünngezogenen Geldbeutel, den ich etwan wie einen ledernen Zopf durch alle enge Maschen der Justiz-Garnwand zöge; nicht damit sowohl, hoff' ich, als mit meinem Leibe, der sich nahe an den hohen Netzen in Totenstaub verwandeln und dann frei durch und über alle Maschen fliegen wird.

Ich will heute die letzte Hand von diesem Abendblatte, eh' es ein vollständiges Martyrologium wird, abziehen. Ich würde, wenn man das Leben wegschenken könnte, meines jedem Sterbenden geben, der es wollte. Indessen denke man nicht, daß ich darum, weil über mir eine totale Sonnenfinsternis ist, etwan sage, in Amerika ist auch eine – oder daß ich, weil gerade neben meiner Nase Schneeflocken fallen, schon glaube, auf der Goldküste hab' es zugewintert. – Das Leben ist schön und warm; sogar meines wars einmal. Sollt' ich noch eher als die Schneeflocken eintrocknen: so ersuch' ich meine Erbnehmer und jeden Christen, von meiner Auswahl aus des Teufels Papieren nichts drucken zu lassen, als was ich ins reine geschrieben, welches (inclus.) bis zur Satire über die Weiber geht. Auch darf er aus diesem Tagebuche, in dem zuweilen ein satirischer Einfall auffliegen mag, keinen einzigen zum Druck befördern; das verbiet' ich ernstlich.

Will ein Geschichtforscher dieses Tag- oder Nachtbuchs gern wissen, was für schwere Lasten und Nester und Wäsche denn an meine Äste und an meinen Gipfel gehangen worden, daß sie ihn so niederziehen konnten – und ist er noch darum desto neugieriger, weil ich lustige Satiren schrieb – wiewohl ich mit den satirischen Stacheln, wie die Fackeldistel mit ihren, mich nur wie mit einsaugenden Gefäßen nähren wollte –: so sag' ich diesem Geschichtforscher, daß seine Neugierde mehr sucht, als ich weiß, und mehr, als ich sage. Denn der Mensch und der Meerrettig sind *zerrieben* am beißendsten, und der Satiriker ist aus demselben Grunde trauriger als der Spaßmacher, weswegen der Urangutang schwermütiger ist als der Affe, weil er nämlich edler ist. – Gelangt freilich dieses Blatt in deine Hand, mein Heinrich, mein Geliebter, und du willst vom Hagel, der immer höher und größer auf meine Aussaat fiel, etwas hören: so zähle nicht die zerflossenen Hagelkörner, sondern die zerschlagnen Halmen. Ich habe nichts mehr, was mich freuet – als deine Liebe, – und nichts mehr, was aufrecht steht, als eben diese. Da ich dich aus mehr als einer Ursache [1] schwerlich in Baireuth besuchen werde: so wollen wir auf diesem Blatte scheiden wie Geister und uns die Hände aus Luft geben. Ich hasse die Empfindelei, aber das Schicksal hat sie mir fast endlich eingepfropft, und das satirische Glaubersalz, das man sonst mit Nutzen dagegen nimmt – wie Schafe, die von *nassen* Wiesen *Lungenfäule* haben, durch Salzlecken aufleben –, nehm' ich aus Vorleglöffeln, so groß wie meiner aus dem Vogelschießen, aber ohne merklichen Vorteil ein. Im ganzen tuts auch wenig; das Schicksal wartet

[1] Aus Mangel an Geld, an Gesundheit.

nicht, wie die peinlichen Schöppenstühle, mit der Hinrichtung von uns Inkulpaten auf unsere Genesung. Mein Schwindel und andere Schlagfluß-Vorboten sagen mir zu, daß man mir gegen das Nasenbluten dieses Lebens bald die gute *galenische* Aderlaß[1] verordnen werde. Ich will es deswegen nicht gerade haben; mich kann im Gegenteil einer ärgern, der verlangt, das Schicksal soll ihn, wie eine Mutter das Kind, – da wir in Leiber eingewindelt und die Nerven und Adern die Wickelbänder sind – sofort *aufbinden*, weil es *schreiet* und einiges Leibreißen hat. Ich würde noch gern einige Zeit ein Wickelkind unter Strickkindern[2] bleiben, zumal da ich besorgen muß, daß ich in der zweiten Welt von meinem satirischen Humor geringen oder keinen Gebrauch werde machen können; aber ich werde fort müssen. Wenn aber dies geschehen ist: so möcht' ich dich wohl bitten, Heinrich, daß du einmal hieher in den Reichsflecken reisetest und dir das stille Gesicht deines Freundes, der kaum das hippokratische[3] mehr wird machen können, aufdecken ließest. Dann, mein Heinrich, wenn du das fleckige *graue Neumondgesicht* lange ansiehst und dabei erwägst, daß nicht viel Sonnenschein darauf fiel, nicht der Sonnenschein der Liebe, nicht des Glücks, nicht des Ruhms: so wirst du nicht gen Himmel blicken und zu Gott sagen können: ›Und ganz zuletzt, nach allen seinen Bekümmernissen hast du ihn, lieber Gott, gar vernichtet – und hast ihn, als er im Tode die Arme nach dir und deiner Welt ausstreckte, so breit entzwei gedrückt, als er noch hier liegt; der Arme.‹ Nein, Heinrich, wenn ich sterbe, so mußt du eine Unsterblichkeit glauben.

Ich will jetzo, wenn ich dieses Abendblatt ausgeschrieben, das Licht auslöschen, weil der Vollmond breite, weiße Imperialbogen voll Licht in der Stube aufbreitet. Ich will alsdann – weil kein Mensch mehr im Hause auf ist – mich in der dämmernden Stille hersetzen, und indes ich die *weiße* Magie des Mondes in der *schwarzen* der Nacht anschaue, und während ich draußen ganze Flüge von Zugvögeln in der hellen blauen Mondnacht aus wärmern Ländern kommen höre, in deren verwandtes Land ich abreise, da will ich ungestört gleichsam meine Fühlhörner aus dem Schneckengehäuse, eh' es der letzte Frost zuspündet, noch einmal hervorstrecken – Heinrich, ich will mir heute alles deutlich malen, was vergangen ist – den Mai unserer Freundschaft – jeden Abend, wo wir zu sehr gerührt wurden und uns umarmen mußten – meine grauen alten Hoffnungen, die ich kaum mehr weiß – fünf alte, aber helle, warme Frühlinge, die mir noch im Kopfe sind – meine verstorbene Mutter, die mir eine Zitrone, von der sie im Sterben dachte, sie werde sie in den Sarg bekommen, in die Hände legte und sagte: ich sollte die Zitrone lieber in meinen Blumenstrauß stecken – und jene

[1] So heißet eine bis zur Ohnmacht getriebene.
[2] So heißen die vom *heimlichen Gericht* Verurteilten.
[3] Das hippokratische nennt man das verzogene in der Sterbstunde.

künftige Minute meines Sterbens will ich mir denken, in welcher mir dein Bild zum letztenmal auf der Erde vor die gebrochnen Seelen-Augen tritt, und worin ich von dir scheide und mit einem dunkeln innern Schmerz, der keine Tränen mehr in die erkalteten, zerstörten Augen treiben kann, vor deiner beschatteten Gestalt schwindend und verfinstert niederfalle und aus dem dicken Nebel des Todes nur noch dumpf zu dir aufrufe: ›Heinrich, gute Nacht! gute Nacht.‹ –

Ach, lebe wohl. Ich kann nichts mehr sagen.«

Ende des Abendblattes

Zwölftes Kapitel

Auszug aus Ägypten – der Glanz des Reisens – die Unbekannte – Baireuth – Taufhandlung im Sturm – Natalie und Eremitage – das wichtigste Gespräch in diesem Werk – der Abend der Freundschaft

Als Firmian in der Osterwoche einmal von einer halbstündigen Lustreise voll Gewaltmärsche heimkam, fragte Lenette: warum er nicht eher gekommen – der Briefträger wäre mit einem breiten Buche dagewesen; aber er hätte gesagt, der Mann müsse selber den Empfang des Päckels einschreiben. – In einem kleinen Haushalten gehöret so etwas unter die großen Weltbegebenheiten und Hauptrevolutionen in der Geschichte. Die Minuten des Wartens lagen nun als Ziehgläser und Zugpflaster auf der Seele. Endlich machte der gelbe Post-Bote dem bittersüßen Hanfklopfen aller Schlagadern ein Ende. Firmian bescheinigte den Empfang von 50 Tlr., während Lenette die Frage an den Boten tat: wer es schicke, und aus welcher Stadt. Der Brief fing so an:

»Mein Siebenkäs! Deine Abendblätter und Teufels-Papier habe richtig erhalten. Das übrige mündlich!

Nachschrift:

Höre indes! Wenn du dir aus dem Walzer meines Lebens und aus meiner Lust und aus meinen Sorgen und Absichten nur das geringste machst – wenn es dir nicht im höchsten Grade gleichgültig ist, daß ich dich mit Stations- und Diätengeldern bis nach Baireuth frankiere, eines Planes wegen, dessen Spinnrocken die Spinnmaschinen der Zukunft entweder zu *Fall*- und *Galgen*stricken meines Lebens oder zu *Treppen*stricken und *Anker*seilen desselben verspinnen müssen – wenn für dich solche und noch wichtigere Dinge noch einen Reiz besitzen, Firmian: so zieh um des Himmels willen Stiefel an und komm!« –

*

»Bei deiner heiligen Freundschaft!« sagte Siebenkäs, »ich ziehe ein Paar an, und sollte schon in Schwaben der Blitz des Schlagflusses aus dem blauen Himmel herabschlagen und mich unter einem Amarellenbaum voll Blüten treffen. Mich hält nichts mehr.« –

Er hielt Wort: denn in sechs Tagen darauf sehen wir ihn nachts um 11 Uhr reisefertig – mit frischer Wäsche am Leibe und in den Taschen – mit einem Hutüberzug auf dem Kopfe, der sich heimlich wieder mit einem alten feinen Hute geladen und gesättigt – in neuesten Stiefeln (das vorsündflutige Paar lag, von seinem Posten unterdessen abgelöset, in Garnison) – mit einer vom Pelzstiefel entlehnten Turmuhr in der Tasche – frischgewaschen, rasiert und aufgekämmt – neben seiner Frau und seinem Freunde stehen, die beide heute mit *froher*, höflicher Aufmerksamkeit niemand anschauen als den Reisefertigen; aber sich nicht. Er nimmt noch in der Nacht von beiden Wachenden Abschied, weil er nur im großen Sorgenstuhl übernachten und, wenn Lenette schnarcht, um 3 Uhr sich hinausmachen will. Dem Schulrat übertrug er das Witwenkassenamt bei der hinterlassenen Strohwitwe und das Theaterdirektorat oder doch die Gastrollen in seinem kleinen Coventgarden voll Gays Bettleropern, wovon ich das Theaterjournal hier für die halbe Erde schreibe. »Lenette«, sagt' er, »wenn du einen *Rat* brauchst, so wende dich an den Herrn *Rat*; er tut mir die Gefälligkeit und kommt öfters.« Der Pelzstiefel gab die heiligsten Versicherungen, er komme täglich. Lenette half nicht, *wie sonst*, den Pelzstiefel die Treppe hinab begleiten: sondern blieb oben; zog die Hand aus der genährten Geldtasche, deren ausgehungerte Magenwände sich bisher gerieben hatten, und schnappte sie ab. Es ist nicht wichtig genug, wenn ichs anführe, daß Siebenkäs sie bat, das Licht ihn ausschneuzen zu lassen und sich nur niederzulegen, und daß er der reizenden Gestalt mit jener verdoppelten Liebe, womit die Menschen verreisen und ankommen, den langen Abschiedkuß und das gerührte Lebewohl und die gute Nacht beinahe unter der Erdentüre der Träume gab.

Die Abdankung des Nachtwächters trieb ihn endlich aus dem Schlafsessel in den gestirnten, wehenden Morgen hinaus. Er schlich aber vorher noch einmal in die Kammer an das heißträumende Rosenmädchen, drückte ein Fenster zu, dessen kalte Zugluft heimlich ihr wehrloses Herz anfiel, und hielt seine nahen Lippen vom weckenden Kusse ab und sah sie bloß so gut an, als es das Sternenlicht und das blasse Morgenrot erlaubten, bis er das zu dunkel werdende Auge beim Gedanken wegwandte: ich sehe sie vielleicht zum letztenmal.

Bei dem Durchgange durch die Stube sah ihn ordentlich ihr Flachsrocken mit seinen breiten farbigen Papierbändern, womit sie ihn aus Mangel an Seidenband zierlich umwickelt hatte, und ihr stilles Spinnrad an, das sie gewöhnlich in dunkler Morgen- und Abendzeit, wo nicht gut zu nähen war, zu treten gepflegt; und als er sich vorstellte, wie sie während seiner

Abwesenheit ganz einsam das Rädchen und die Flöckchen so eifrig handhaben werde: so riefen alle Wünsche in ihm: es gehe der Armen doch gut, und immer, wenn ich sie auch wieder sehe.

Dieser Gedanke des letzten Mals wurde draußen noch lebhafter durch den kleinen Schwindel, den die Wallungen und der Abbruch des Schlummers ihm in den physischen Kopf setzten, und durch das wehmütige Zurückblicken auf sein weichendes Haus, auf die verdunkelte Stadt und auf die Verwandlung des Vorgrunds in einen Hintergrund und auf das Entfliehen der Spaziergänge und aller Höhen, auf denen er oft sein erstarrtes, in den vorigen Winter eingefrornes Herz warm getragen hatte. Hinter ihm fiel das Blatt, worauf er sich als Blattwickler und Minierraupe herumgekäuet hatte, als *Blätterskelett* ab.

Aber die erste *fremde* Erde, die er noch mit keinen Stationen seines Leidens bezeichnet hatte, sog schon, wie Schlangenstein, aus seinem Herzen einige scharfe Gifttropfen des Grams.

Nun schoß die Sonnenflamme immer näher herauf an die entzündeten Morgenwolken – endlich gingen am Himmel und in den Bächen und in den Teichen und in den blühenden Taukelchen hundert Sonnen miteinander auf, und über die Erde schwammen tausend Farben, und aus dem Himmel brach ein einziges lichtes Weiß.

Das Schicksal pflückte aus Firmians Seele, wie Gärtner im Frühling aus Blumen, die meisten alten, gelben, welken Blättchen aus. – Durch das Gehen nahm das Schwindeln mehr ab als zu. In der Seele stieg eine überirdische Sonne mit der zweiten am Himmel. In jedem Tal, in jedem Wäldchen, auf jeder Höhe warf er einige pressende Ringe von der engen Puppe des winterlichen Lebens und Kummers ab und faltete die nassen Ober- und Unterflügel auf und ließ sich von den Mailüften mit vier ausgedehnten Schwingen in den Himmel unter tiefere Tagschmetterlinge und über höhere Blumen wehen.

Aber wie kräftig fing das bewegte Leben an, in ihm zu gären und zu brausen, da er aus der Diamantgrube eines Tales voll Schatten und Tropfen herausstieg, einige Stufen unter dem Himmeltore des Frühlings. – Wie aus dem Meere, und noch naß, hatte ein allmächtiges Erdbeben eine unübersehliche, neugeschaffne, in Blüte stehende Ebene mit jungen Trieben und Kräften heraufgedrängt – das Feuer der Erde loderte unter den Wurzeln des weiten hangenden Gartens, und das Feuer des Himmels flammte herab und brannte den Gipfeln und Blumen die Farben ein – zwischen den Porzellantürmen weißer Berge standen die gefärbten blühenden Höhen als Throngerüste der Fruchtgöttinnen – über das weite Lustlager zogen sich Blütenkelche und schwüle Tropfen als bevölkerte Zelte hinauf und hinab, der Boden war mit wimmelnden Bruttafeln von Gräsern und kleinen Herzen belegt, und ein Herz ums andere riß sich geflügelt oder mit Floßfedern oder mit Fühlfäden aus den heißen Brutzellen der Natur empor und sumste und sog und schnalzte und sang, und für jeden Honigrüssel war schon lange der Freudenkelch aufgetan. – Nur das Schoßkind der unendlichen Mutter, der Mensch, stand allein mit hellen frohen Augen auf dem Marktplatz der lebendigen Sonnenstadt voll Glanz und Lärm und schauete trunken rund herum in alle unzählige Gassen. – Aber seine ewige Mutter ruhte verhüllt in der Unermeßlichkeit, und nur an der Wärme, die an sein Herz ging, fühlte er, daß er an ihrem liege....

Firmian ruhte in einer Bauerhütte von diesem zweistündigen Rausch des Herzens aus. Der brausende Geist dieses Freudenkelchs stieg einem Kranken wie ihm leichter in das Herz, wie andern Kranken in den Kopf.

Als er wieder ins Freie trat, lösete sich der Glanz in Helle auf, die Begeisterung in Heiterkeit. Jeder rote hängende Maikäfer und jedes rote Kirchendach und jeder schillernde Strom, der Funken und Sterne sprühte, warf fröhliche Lichter und hohe Farben in seine Seele. Wenn er in den laut atmenden und schnaubenden Waldungen das Schreien der Köhler und das Widerhallen der Peitschen und das Krachen fallender Bäume vernahm – wenn er dann hinaustrat und die weißen Schlösser anschauete und die weißen Straßen, die wie Sternbilder und Milchstraßen den tiefen Grund aus Grün durchschnitten, und die glänzenden Wolkenflocken im tiefen Blau – und wenn die Funkenblitze bald von Bäumen tropften, bald aus Bächen stäubten, bald über ferne Sägen glitten: – so konnte ja wohl kein dunstiger Winkel seiner Seele, keine umstellte Ecke mehr ohne Sonnenschein und Frühling bleiben; das nur im feuchten Schatten wachsende Moos der nagenden zehrenden Sorge fiel im Freien von seinen Brot- und Freiheitbäumen ab, und seine Seele mußte ja in die tausend um ihn fliegenden und sumsenden Singstimmen einfallen und mitsingen: das Leben ist schön, und die Jugend ist noch schöner, und der Frühling ist am allerschönsten.

Der vorige Winter lag hinter ihm wie der düstere zugefrorne Südpol, und der Reichsmarktflecken lag unter ihm wie ein dumpfiges tiefes Schulkarzer mit triefendem Gemäuer. Bloß über seine Stube kreuzten heitere breite Sonnenstreife; und noch dazu dachte er sich seine Lenette darin als Alleinherrscherin, die heute kochen, waschen und reden durfte, was sie wollte, und die überdies den ganzen Tag den Hals (und die Hände) davon voll hatte, was abends Liebes komme. Er gönnt' ihr heute in ihrer engen Eierschale, Schwefelhütte und Kartause recht von Herzen den herumfließenden Glanz, den in ihr Petrus-Gefängnis der eintretende Engel mitbrachte, der Pelzstiefel. »Ach, in Gottes Namen«, dacht' er, »soll sie so freudig sein wie ich, und noch mehr, wenns möglich ist.«

Je mehre Dörfer vor ihm mit ihren wandernden Theatertruppen vorüberliefen: desto theatralischer kam ihm das Leben vor [1] – seine Bürden wurden

[1] Jede Reise verwandelt das Spießbürgerliche und Kleinstädtische in unserer Brust in etwas Weltbürgerliches und Göttlichstädtisches (Stadt Gottes).

Gastrollen und aristotelische Knoten – seine Kleider Opernkleider – seine neuen Stiefeln Kothurne – sein Geldbeutel eine Theaterkasse – und eine der schönsten Erkennungen auf dem Theater bereitete sich ihm an dem Busen seines Lieblinges zu ...

Nachmittags um 3½ Uhr wurde auf einmal in einem noch schwäbischen Dorfe, nach dessen Namen er nicht gefragt, in seiner Seele alles zu Wasser, zu Tränen, so daß er sich selber über die Erweichung verwunderte. Die Nachbarschaft um ihn ließ eher das Widerspiel vermuten: er stand an einem alten, ein wenig gesenkten Maienbaum mit dürrem Gipfel – die Bauerweiber begossen die im Sonnenlicht glänzende Leinwand auf dem Gemeindeanger – und warfen den gelbwollichten Gänsen die zerhackten *Eier* und Nesseln als Futter vor – Hecken wurden von einem adeligen Gärtner beschoren, und die Schafe, die es schon waren, wurden vom Schweizerhorn des Hirten um den Maienbaum versammelt. – Alles war so jugendlich, so hold, so italienisch – der schöne Mai hatte alles halb oder ganz entkleidet, die Schafe, die Gänse, die Weiber, den Hornisten, den Heckenscherer und seine Hecken...

Warum wurd' er in einer so lachenden Umgebung zu weich? – Im Grunde weniger darum, weil er heute den ganzen Tag zu froh gewesen war, als hauptsächlich, weil der Schaf-Fagottist durch seine Komödienpfeife seine Truppe unter den Maienbaum rief. Firmian hatte in seiner Kindheit hundertmal den Schafstall seines Vaters dem blasenden Prager und Schäfer unter den Hirtenstab getrieben – und dieser Alpen-Kuhreigen weckte auf einmal seine rosenrote Kindheit, und sie richtete sich aus ihrem Morgentau und aus ihrer Laube von Blütenknospen und eingeschlafnen Blumen auf und trat himmlisch vor ihn und lächelte ihn unschuldig und mit ihren tausend Hoffnungen an und sagte: »Schau mich an, wie schön ich bin – wir haben zusammen gespielt – ich habe dir sonst viel geschenkt, große Reiche und Wiesen und Gold und ein schönes, langes Paradies hinter dem Berg – aber du hast ja gar nichts mehr! Und bist noch dazu so bleich! Spiele wieder mit mir!« – O wem unter uns wird nicht die Kindheit tausendmal durch Musik geweckt, und sie redet ihn an und fragt ihn: »Sind die Rosenknospen, die ich dir gab, denn noch nicht aufgebrochen?« O wohl sind sie's, aber weiße Rosen waren's.

Seine Freudenblumen schloß der Abend mit ihren Blättern über ihren Honiggefäßen zu, und auf sein Herz fiel der Abendtau der Wehmut kälter und größer, je länger er ging. Gerade vor Sonnenuntergang kam er vor ein Dorf – leider ists mir aus dem Gedächtnis wie ausgestrichen, obs Honhart oder Honstein oder Jaxheim war: so viel darf ich für gewiß ausgeben, daß es eines von dreien war, weil es neben dem Fluß Jaxt und an der Ellwangschen Grenze im Ansbachschen lag. Sein Nachtquartier rauchte vor ihm im Tal. Er legte sich, eh' ers bezog, auf einem Hügel unter einen Baum, dessen Blätter und Zweige ein Chorpult singender Wesen waren. Nicht weit von ihm glänzte in der Abendsonne das Rauschgold eines zitternden Wassers, und über ihm flatterte das vergoldete Laubwerk um die weißen Blüten, wie Gräser um Blumen. Der Kuckuck, der sein eigner Resonanzboden und sein eignes vielfaches Echo ist, redete ihn aus finstern Gipfeln mit einer trüben Klagstimme an – die Sonne floß dahin – über den Glanz des Tages warfen die Schatten dichtere Trauerflöre – unser Freund war ganz allein – und er fragte sich: »Was wird jetzt meine Lenette tun, und an wen wird sie denken, und wer wird bei ihr sein?« – Und hier durchstieß der Gedanke: »Aber ich habe keine Geliebte an meiner Hand!« mit einer Eishand sein Herz. Udn als er sich die schöne, zarte weibliche Seele recht klar gemalet hatte, die er oft gerufen, aber nie gesehen, der er gern so viel, nicht bloß sein Herz, nicht bloß sein Leben, sondern alle seine Wünsche, alle seine Launen hingeopfert hätte: so ging er freilich den Hügel mit schwimmenden Augen, die er vergeblich trocknete, hinunter; aber wenigstens jede gute weibliche Seele, die mich liest und die vergeblich oder verarmend geliebt, wird ihm seine heißen Tropfen vergeben, weil sie selber erfahren, wie der innre Mensch gleichsam durch eine vom giftigen Samielwinde durchzogne Wüste reiset, in welcher entseelte, vom Winde getroffne Gestalten liegen, deren Arme sich abreißen von der eingeäscherten Brust, wenn der Lebendige sie ergreift und anziehen will an seine warme. Aber ihr, in deren Händen so manche erkalteten durch Wankelmut oder durch Todesfrost, ihr dürft doch nicht so klagen wie der Einsame, der nie etwas verloren, weil er nie etwas gewonnen, und der nach einer ewigen Liebe schmachtet, von der ihm nicht einmal eine zeitliche ein Trugbild jemals zum Troste zugesandt.

Firmian brachte eine stille, weiche, sich träumend-heilende Seele in sein Nachtlager und auf sein Bette mit. Wenn er darin den Blick aufschlug aus dem Schlummer, schimmerten die Sternbilder, die sein Fenster ausschnitt, freundlich in seine frohen hellen Augen und warfen ihm die astrologische Weissagung eines heitern Tages herab.

Er flatterte mit der ersten Lerche und mit ebensoviel Trillern und Kräften aus der Furche seines Bettes auf. Er konnte diesen Tag, wo die Ermüdung seinen Phantasien die Paradiesvogel-Schwingen berupfte, nicht ganz aus dem Ansbachischen gelangen.

Den Tag darauf erreichte er das Bambergische (denn Nürnberg und dessen pays coutumiers und pays du droit écrit ließ er rechts liegen). Sein Weg lief von einem Paradies durch das andere – Die Ebene schien aus musivisch aneinander gerückten Gärten zu bestehen – Die Berge schienen sich gleichsam tiefer auf die Erde niederzulegen, damit der Mensch leichter ihre Rücken und Höcker besteige – Die Laubholz-Waldungen waren wie Kränze bei einem Jubelfest der Natur umhergeworfen, und die einsinkende Sonne glimmte oft hinter der durchbrochnen Arbeit eines Laubgeländers auf einem verlängerten Hügel wie ein Purpurapfel in einer durchbrochnen

Fruchtschale – In der einen Vertiefung wünschte man den Mittagschlaf zu genießen, in einer andern das Frühstück, an jenem Bache den Mond, wenn er im Zenith stand, hinter diesen Bäumen ihn, wenn er erst aufging, unten an jener Anhöhe vor Streitberg die Sonne, wenn sie in ein grünes Gitterbette von Bäumen steigt.

Da er den Tag darauf schon mittags nach Streitberg kam, wo man alle jene genannte Dinge auf einmal erleben wollte: so hätt' er recht gut – er mußte denn kein so flinker Fußgänger sein als sein Lebensbeschreiber – noch gegen Abend die Baireuther Turmknöpfe das Rot der Abend-Aurora auflegen sehn können; aber er wollte nicht, er sagte zu sich: »Ich wäre dumm, wenn ich so hundmüde und ausgetrocknet die erste Stunde der schönsten Wiedererkennung anfinge und so mich und ihn (Leibgebern) um allen Schlaf und am Ende um das halbe Vergnügen (denn wie viel könnten wir heute noch reden?) brächte. Nein, lieber morgen früh um 6 Uhr, damit wir doch einen ganzen langen Tag zu unserem tausendjährigen Reiche vor uns haben.«

Er übernachtete daher in Fantaisie, einem artistischen Lust- und Rosen- und Blütental, eine halbe Meile von Baireuth. Es wird mir schwer, das papierne Modell, das ich von diesem Seifersdorfer Miniatur-Tal hier aufzustellen vermöchte, so lange zurückzutun, bis ich einen geräumigern Platz vorfinde; aber es muß sein, und bekomm' ich keinen, so steht mir allemal noch hinten vor dem Buchbinderblatte dazu ein breiter offen.

Firmian ging neben Fledermäusen und Maikäfern – dem Vortrab und den Vorposten eines blauen Tages – und hinter den Baireuthern, die ihren Sonntag und ihre Himmelfahrt beschlossen – es war der 7te Mai – und zwar so spät, daß das erste Mondviertel recht deutlich alle Blüten und Zweige auf der grünen Grundierung silhouettieren konnte – – also so spät ging er noch auf eine Anhöhe, von der er auf das von der Brautnacht des Frühlings sanft überdeckte und mit Lunens Funken gestickte Baireuth, in welchem der geliebte Bruder seines Ichs verweilte und an ihn dachte, tränen- und freudentrunkne Blicke werfen konnte..... Ich kann in seinem Namen es mit »Wahrlich« beteuern, daß er beinahe mir nachgeschlagen wäre: ich hätte nämlich mit einem solchen warmquellenden Herzen, in einer solchen von Gold und Silber und Azur zugleich geschmückten Nacht vor allen Dingen einen Sprung getan in den Gasthof zur Sonne, an meines unvergeßlichen Freundes Leibgebers Herz.... Aber er kehrte wieder in das duftende Kapua zurück und begegnete noch dazu – so kurz vor dem Abendessen und Abendgebet und ganz nahe an einem gut ausgetrockneten, von einer versteinerten Götterwelt bewohnten Wasserbecken oder Streckteich – nichts Geringerem als einem hübschen Abenteuer. Ich bericht' es.

An der ausgemauerten Bucht stand nämlich eine ganz schwarz gekleidete, mit einem weißen Flore bezogne weibliche Gestalt, mit einem am Tage verwelkten Blumenstrauß in der Hand, worin ihre Finger blätterten

Sie war von ihm abgekehrt gegen Abend und schien halb die steinerne, ineinander gewickelte Schweizerei und Korallenbank von Wasserpferden, Tritonen u. s. w., halb einen zunächst stehenden, in einem Vexier-Einsturz begriffenen Tempel anzuschauen. Indes er langsam vor ihr vorüberging, sah er von der Seite, daß sie eine Blume nicht sowohl nach als über ihn warf, gleichsam als sollte dieses Ausrufzeichen einen Zerstreuten aufwecken. Er sah sich leicht um, bloß um zu zeigen, daß er schon wach sei, und ging an die Glaspforte des künstlich-baufälligen Tempels hinan, um sich neben dem Rätsel zu verweilen. Drinnen stand ihm gegenüber ein Pfeilerspiegel, der den ganzen Mittel- und Vorgrund hinter ihm samt der weißen Unbekannten in die grüne Perspektive eines langen Hintergrundes herumdrehte. Firmian ersah im Spiegel, daß sie den ganzen Strauß gegen ihn werfe, und daß sie endlich – als dieser nicht so weit fliegen konnte – die aufgesparte Pomeranze bis beinahe unter seine Füße kegelte. Er wandte sich lächelnd um. Eine sanfte, aber hastige Stimme sagte: »Kennen Sie mich nicht?« Er sagte: »Nein!« und eh' er noch langsam dazu gesetzt hatte: »Ich bin ein Fremder«, war ihm die unbekannte Oberin näher getreten und hatte ihre Mosis-Flor-Decke schnell vom Gesicht gerückt und in einem höhern Tone gesagt: »Und *noch* nicht?« – Und ein weiblicher Kopf, der vom Halse des vatikanischen Apollo abgesägt und nur mit acht oder zehn weiblichen Zügen und mit einer schmalern Stirn gemildert war, glänzte vor ihm, wie ein Marmorkopf vor der Lohe einer Fackel. Aber indem er dazu setzte, er sei ein Fremder – und indem die Gestalt ihn näher und unvergittert anblickte – und indem sie das Flor-Fallgatter wieder niederließ (welche Bewegungen insgesamt nicht so viel Zeit wegnahmen als eine einzige des Pendels einer astronomischen Uhr): so kehrte sie sich weg und sagte weniger verlegen als weiblich-entrüstet: »Vergeben Sie!« –

Es hätte wenig gefehlet, so wär' er ihr beinahe mechanisch hinterdrein gezogen; er verzierte jetzt die ganze Fantaisie statt der steinernen Göttinnen mit lauter Gipsabgüssen des entflohenen Kopfes, der bloß drei Pleonasmen im Gesichte hatte: zuviel Wangenrot, zuviel Biegung der Nase und zuviel Augen-Lauffeuer oder Feuerung. Er dachte, ein solcher Kopf könnte sich, wenn er geschmückt wäre, ohne Nachteil neben dem funkelnden einer Fürstenbraut aus einer Hauptloge herauslegen, und er könnte ebensoviel Philosophisches fassen als – rauben.

Ein solches Zauber-Abenteuer nimmt man gern in den Traum hinüber, zumal da es einem gleicht. An Firmians gebogne, zitternde Blumen steckte jetzo der Mai, wie an die andern um ihn, Stäbe und band sie lose an. O wie hell schimmern sogar kleine Freuden auf eine Seele, die auf einem vom Gewölke des Grams verfinsterten Boden steht, wie aus dem leeren Himmel Gestirne vordringen, wenn wir in tiefen Brunnen oder Kellern zu ihnen aufsehen!

Am prächtigen Morgen darauf ging mit der Sonne zugleich die Erde auf.

Er hatte mehr seinen ewigen Freund als die gestrige Unbekannte im Kopfe und Herzen – wiewohl er doch vor dem Meere und der Muschel, woraus die gestrige Venus gestiegen war, Wunders halber den Weg vorbei nahm, obgleich ohne Nutzen – und watete durch den nassen Glanz und Nebelduft der schimmernden Silbergrube und zerriß die um Blütenzweige gehangenen Perlenschnuren aus Spinnweben, worauf Tau-Samenperlen gezogen waren – und im durchflatterten Gezweige, das die *Tastatur* einer mit blühendem Bildwerk eingefasseten Harmonika war, streifte er eilig erkaltete Schmetterlinge und Blüten und Tropfen hinweg, um auf den gestrigen Olymp zu kommen. Er bestieg das Freudengerüste – und über Baireuth hing der brennende Theatervorhang aus Nebel – Die Sonne stand als Königin der Bühne auf dem Gebürge und schauete dem Herunterbrennen des bunten Schleiers zu, dessen flatternde, glimmende Zunderflocken die Morgenlüfte über die Blumen und Gärten verwehten und streueten. Endlich glänzte nichts mehr als die Sonne, von nichts als dem Himmel umgeben. Unter diesem Glanze betrat er das Lustlager und die Residenzstadt seines Geliebten, und alle Gebäude kamen ihm wie schimmernde, aus dem Äther gesunkne, festere Luft- und Zauberschlösser vor. Es war sonderbar; aber er konnte sich nicht enthalten, von einigen heraushängenden Fenstervorhängen, mit denen die Straßen-Zugluft tändelte, sich einzubilden, als man sie hineinzog, die Unbekannte tu' es, da doch um diese Zeit – weils erst 8 Uhr war – eine Baireutherin so wenig ihren Blumenschlaf beschlossen haben konnte als der rote Hühnerdarm oder der Alpen-Pippau. [1]

Jede neue Straße erhitzte sein klopfendes Herz; ein kleiner Irrweg gefiel ihm als Aufschub oder als Zuwachs seiner Wonne. Endlich kam er vor den Gasthof zur Sonne, in seine Sonnennähe, an die metallene Sonne, die diesen Irrstern, wie die astronomische, in sich riß. Er fragte unten nach der Zimmer-Nummer des Herrn Leibgebers, »er logierte hinten hinaus Nr. 8« (sagte man) »aber er ist heute ins Schwäbische verreiset, er müßte denn noch droben sein.« Glücklicherweise kehrte jemand von der Gasse in den Gasthof zurück, der die Sache bejahte und vor dem Advokaten wedelte; Leibgebers Saufinder tats.

Ein Treppensturmlaufen – ein Einbrechen der Jubelpforte – ein Fall ans geliebte Herz ... alles war eins. – Und nun zogen die öden Minuten des Lebens ungehört und ungesehen vor dem stummen, engen Bunde der zwei Sterblichen vorbei – sie lagen ineinander geklammert auf den Fluten des Lebens, wie zwei gescheiterte Brüder, die in den kalten Wellen umschlingend und umschlungen schwimmen, und die nun nichts mehr halten als das Herz, an dem sie sterben...

Sie hatten sich noch kein Wort gesagt – Firmian, den eine lange trübere

[1] Das erste Gewächs öffnet sich morgens nach 8 Uhr, der Pippau um 11.

Zeit weicher gemacht, weinte unverhohlen auf das wiedergefundne Angesicht – Heinrich verzog seines, wie ein Schmerz – beide hatten reisefertig noch Hüte auf – Leibgeber wußte sich verlegen an nichts zu halten als an die Klingelschnur. Der Kellner lief herzu. »Es ist nichts«, sagt' er, »als daß ich nicht fortgehe.« – »Gott gebe,« (setzt' er nachher hinzu) »Siebenkäs, daß wir uns in ein Gespräch verwickeln! zieh mich in eines, Bruder!«

Er konnt' es recht schicklich bei der pragmatischen Geschichte, Nouvelle du jour – besser de la nuit – kurz bei der Stadt- oder vielmehr Land-Neuigkeit anfangen, die er gestern neben dem Flore der schönen Je ne sais quoi erlebet hatte.

»Ich kenne sie« (versetzte Leibgeber) »wie meinen Puls; erzähl aber lieber jetzo nichts – ich muß sonst so lange stille sitzen und aufpassen. Heb alles auf, bis wir im warmen Schoß Abrahams sitzen, in der Eremitage«; welches nach Fantaisie der zweite Himmel um Baireuth ist, denn Fantaisie ist der erste, und die ganze Gegend der dritte. – Sie hielten nun eine Himmelfahrt durch alle Materien und Gassen, worein sie kamen. »Du sollst mir« – (sagte Leibgeber, da Siebenkäs leider eine ebenso unregelmäßige Lüsternheit nach dessen Geheimis verriet, als ich am Leser bemerken muß) – »eher den Kopf wegschlagen, wie von einem Mohnstengel, als daß ich dir schon heute oder morgen oder übermorgen meine Mysterien aus meinem in deinen setzte; nur so viel darf ich dir entdecken, daß deine Auswahl aus des Teufels Papieren (dein Abendblatt enthält schon mehr von Krankheitmaterie) ganz göttlich ist und sehr himmlisch und recht gut und nicht ohne Schönheiten, sondern vielleicht passabel.« – Leibgeber deckte ihm nun seine ganze freudige Überraschung auf, daß er, der Advokat, in einem Kleinstädtchen, das nur Krämer- und Juristenseelen samt einiger darangehängter hoher Obrigkeit beleben, sich in seiner Satire zu solcher Kunstfreiheit und Reinheit habe erhöhen können; und in der Tat hab' ich wohl selber, wenn ich die Auswahl aus des Teufels Papieren las, zuweilen gesagt: ich hätte nicht einmal in Hof im Voigtland, wo ich sonst manches scherzend geschrieben, dergleichen machen können.

Leibgeber setzte dem Lorbeerkranze die Krone auf durch die Versicherung, er könne leichter laut und mit beiden Lippen lachen über sämtliche Welt als leise und mit der Feder und nach erprobten Kunstregeln. – Siebenkäs war über das Lob außer sich vor Lust; aber es verdenke die Freude doch niemand dem Advokaten oder irgendeinem andern Schreiber – welcher einsam ohne Lobredner die redlich gewählte Kunstbahn ohne die Stütze der kleinsten Aufmunterung standhaft durchgeschritten –, wenn ihn nun am Ende des Ziels der Geruch einiger Lorbeerblätter aus Freundes Hand gewürzhaft durchdringt und kräftigt und lohnt. Bedarf ja der Berühmte, sogar der Anmaßende der Nachwärmung durch fremde Meinung, wie viel mehr der Bescheidne und der Ungekannte! – Aber glücklicher Firmian! In welcher Ferne, tief in Süd-Süd-West, zogen jetzt die Strichgewitter deiner Tage!

Und man konnte, da die Sonne darauf fiel, nichts als einen sanft niedersteigenden Regen daran sehen. –

Er nahm über der Wirtstafel an seinem Leibgeber mit Vergnügen wahr, wie sehr der ewige Tausch mit Menschen und Städten die Zunge löse und den Kopf öffne – wiewohl dann oft statt der Mundsperre die Herzsperre eintritt –: Leibgeber machte sich nichts daraus (welches der eingesperrte Armenadvokat kaum nach einer großen Flasche hätte wagen wollen), vor den größten Regierräten und Kanzleiverwandten, die in der Sonne mit aßen, von seinem Ich zu reden, und zwar ganz spaßhaft. Ich will die Rede, weil sie dem Armenadvokaten auffiel, hereinmauern und auf sie die Überschrift setzen: Tischrede Leibgebers.

Tischrede Leibgebers

»Unter allen Herren Christen und Namen, die hier sitzen und anspießen, wurde wohl keiner mit solcher Mühe dazu gemacht als ich selber. Meine Mutter, aus Gascogne gebürtig, ging nämlich ohne meinen Vater, der in London blieb als Diözesan der deutschen Gemeinde in London, von da aus zu Schiff nach Holland. Inzwischen tobte und insurgierte das deutsche Meer nie so entsetzlich – solang es einen Reichshofrat gibt – als damals, wo es meine Mutter traf, darüber zu fahren. Schütten Sie die Hölle mit ihrem zischenden Schwefelpfuhl, geschmolzenen Kupfer und ihren plätschernden Teufeln in die kalte See und bemerken das Knastern – das Brausen – das Aufschlagen der Höllenflammen und der Meeres-Wellen, bis eines von den zwei feindlichen Elementen das andere verschluckt oder niederschlägt: so haben Sie einen schwachen, aber doch unter dem Essen hinreichenden Begriff von dem verdammten Sturm, in dem ich auf die See und zur – Welt kam. Sie können sich vorstellen, wenn der Bauchgürtel – der Dempgürtel – der Nordgürtel des großen Bramsegels (wiewohl es mit den Schoten des Schönfahrsegels noch schlechter stand) – wenn ferner die große Stengestag, der große Laufer, Takel und Mantel – gar nicht zu gedenken der Brassen der Bovenblindenree – wenn solche des Seewesens gewohnte Dinge, sag' ich, halb ums Leben kamen: so wars ein ordentliches Meer-Wunder, wenn ein so zartes Wesen, wie ich damals war, seines darin anzufangen vermochte. Ich hatte damals nicht so viel Fleisch auf dem Leibe als gegenwärtig Fett und mochte in allem vier Nürnberger Pfund mit Ausschlag wiegen, welches jetzo, wenn wir den besten anatomischen Theatern glauben dürfen, das Gewicht meines bloßen Gehirns allein ist. Ich war noch dazu ein blutjunger Anfänger, der noch nichts von der Welt gesehen als diesen teuflischen Sturm – ein Mensch von wenig Jahren nicht sowohl als von gar keinen, wiewohl alle Leute ihr Leben um neun Monate höher bringen, als das Kirchenbuch besagt – weichlich und gegen alle medizinische Regeln gerade in den ersten neun Monaten meines Lebens zu warm und eingewindelt gehalten, anstatt daß man mich auf die kalte Luft in der Welt hätte vorbereiten sollen – so viertelwüchsig, als ein solcher zarter Blütenknopf, und weichflüssig wie die erste Liebe, erregte ich in einem solchen Wetter keine größeren Erwartungen (ich quäkte mit Mühe ein- oder zweimal in den Sturm), als daß ich auslöschen und ausleben würde, noch eh' es sich aushellete. Man wollte mich nicht gern ohne ehrlichen Namen und ohne alles Christentum aus der Welt lassen, aus der man ohnehin noch weniger mitnimmt, als man mitbringt. Nun war nichts schwerer, als zu Gevatter zu – *stehen* auf einem schwankenden Schiff, das alles umwarf, was nicht angebunden war. Der Schiffprediger lag zum Glück in einer Hangematte und taufte herab. Mein Dot oder Taufpate war der Hochbootsmann, der mich fünf Minuten lang hielt – ihn hielt, weil er nicht allein so fest stehen konnte, daß der Täufer den Kopf des Täuflings mit dem Wasser treffen konnte, wieder der Unterbarbier – der war an einen Büchsenschisser befestigt – dieser an den Schiemann – der an den Profos – und dieser saß auf einem alten Matrosen, der ihn grimmig umschlang.

Inzwischen ging, wie ich nachher vernahm, weder das Schiff noch das Kind unter. Sie sehen aber sämtlich, daß, so sauer es auch irgendeinem Menschen in den Stürmen des Lebens werden mag, ein *Christ* zu werden und zu bleiben oder sich einen *Namen* zu erwerben, es sei nun in einem Adreßkalender oder in einer Literaturzeitung oder in einer Heroldkanzlei oder auf einer Schaumünze – es doch keinem (als eben mir) so hart ging, bis er nur die Anfanggründe eines Namens, die Grundierung und binomische Wurzel eines Taufnamens, worauf nachher der andere *große* Name aufgetragen wurde, und einiges Christentum überkam, soviel ein Konfirmand und Katechumen, der noch saugt und dumm ist, fassen kann. – Es gibt nur eine Sache, die noch schwerer zu machen ist, die der größte Held und Fürst nur einmal in seinem Leben, die aber alle Genies – und selber die drei geistlichen Kurfürsten, der deutsche Kaiser – mit vereinigten Kräften nicht zuwege bringen, und wenn sie jahrelang in der Münzstätte säßen und prägten mit den neuesten Rändel- oder Kräuselwerken.«

Die Wirts-Tafel drang in ihn, das zu nennen, was so schwer zu modellieren wäre. »Ein *Kronprinz* ists« (versetzte er kalt) – »schon apanagierte Prinzen werden einem Regenten nicht leicht zu geben – von einem Kronprinzen aber kann er (er mag es anstellen, wie er will) in seinen besten Jahren nicht mehr liefern (weil ein solcher Seminarist kein Spielwerk, sondern vielmehr das Hauptwerk, die Mühl-, Sprach- und Spielwalze eines ganzen Volkes ist), nicht mehr, sag' ich, als ein einziges Exemplar. Grafen hingegen, meine Herren, Barone, Kammerherren, Regimentstäbe und besonders ganz gemeine Leute und Untertanen, kurz Schorfmoose dieser Art werden von einem Fürsten als eine generatio aequivoca so außerordentlich leicht gezeugt, daß er dergleichen lusus naturae und Vor-Schwärme oder Protoplasmata spielend zu beträchtlichen Quantitäten schon in seiner frühesten Jugend von dem Poussierstuhle springen lässet, indes ers doch in reifern Jahren nicht so weit bringt, daß er einen Thronfolger erbauet. Man hätte nach so vielen Probeschüssen und Waffenübungen aufs Gegenteil geschworen.«

Ende der Tischrede Leibgebers

Nachmittags bezogen beide das grünende Lustlager der Eremitage; und die Allee dahin schien ihren frohen Herzen ein durch einen Lustwald gehauener Gang zu sein; auf die Ebene um sie hatte sich der junge Zugvogel, der Frühling, gelagert, und seine abgeladnen Schätze von Blumen lagen über die Wiesen hingeschüttet und schwammen die Bäche hinab, und die Vögel wurden an langen Sonnenstrahlen aufgezogen, und die geflügelte Welt hing taumelnd im ausgegoßnen Wohlgeruch.

Leibgeber nahm sich vor, sein Geheimnis und Herz heute in der Eremitage aufzuschließen – vorher aber einige Flaschen Wein.

Er bat und zwang den Advokaten, vor allen Dingen ihm ein kurzes Zeitungkollegium über seine bisherigen Begebenheiten zu Wasser und zu Lande zu lesen. Firmian tats, aber mit Einsicht: über das Mißjahr seines Magens, über seine teuern Zeiten, über den bildlichen Winter seines Lebens, auf dessen Schnee er wie ein Eisvogel nisten mußte, und über alle die kalte Nordluft, die einen Menschen, wie die Wintersoldaten, zum *Eingraben* in die Erde treibt, darüber lief er eilends weg. Ich muß es billigen; erstlich weil ein Mann keiner wäre, der über die Wunden der Dürftigkeit einen größern Lärm aufschlüge als ein Mädchen über die des Ohrläppchens, zumal da in beiden Fällen in die Wunden Gehenke für Juwelen kommen; zweitens weil er seinem Freunde keine sympathetische Reue über den Namentausch, diese Quelle aller seiner Hungerquellen, geben wollte. Aber für seinen innigen Freund war schon das entfärbte, welke Angesicht und das zurückgesunkne Auge ein Monatkupfer seines Eismonats und eine Winterlandschaft von der beschneiten Strecke aus seinem Lebenwege.

Aber als er auf die tiefsten verhüllten Seelenwunden kam: konnt' er kaum das in die Augen steigende Blutwasser aufhalten – ich meine, als er auf Lenettens Haß und Liebe geriet. Indem er aber von ihrer kleinen gegen ihn, von ihrer großen gegen Stiefeln eine nachsichtige Zeichnung gab: nahm er zum historischen Stücke, das er von ihrer Rechtschaffenheit gegen den Venner und von Rosas Schlechtigkeit überhaupt ausmalte, viel höhere Farben.

»Wenn du fertig bist« (sagte Leibgeber:) »so lasse dir sagen, daß die Weiber keine gefallnen Engel sind, sondern fallende. Beim Henker! sie setzen uns bei unserer leidenden Schaf- und Schöpsenschur die Schere mehr in die Haut als in die Wolle. Wenn ich über die Brücke zur Engelsburg in Rom ginge: so würd' ich an die Weiber denken, weil auf ihr zehn Engel, jeder mit einem andern Marter-Werkzeug, der eine mit den Nägeln, der andere mit dem Rohr, der dritte mit dem Würfel, ausgehauen stehn. So hat jede ein anderes Marterinstrument für uns arme Gottes-Lämmer in der Hand. –– Wen glaubst du z. B. wohl, daß das gestrige Palladium, deine Unbekannte, mit dem Ehering wie mit einem Nasenring an den Ehebett-Fuß anschließet? – Ich muß sie dir aber erst schildern: sie ist herrlich – dichterisch – schwärmerisch in Briten und Gelehrte verliebt, folglich auch in mich – lebt daher auch mit einer vornehmen Engländerin, die halb eine Gesellschaftdame der Lady Craven und des Markgrafen ist, draußen in Fantaisie – hat nichts und akzeptiert nichts, ist arm und stolz, leichtsinnig-kühn und tugendhaft – und schreibt sich *Natalie Aquiliana*.... Weißt du, wen sie ehelicht? Einen so mürben, verloderten Lumpen, einen so matten Geist, dessen Eierschale einige Wochen zu bald zerknickt wurde, und der jetzo mit gelbem Haargefieder auf unsern Fußzehen piepet – ders dem Heliogabal, der täglich einen neuen Ring ansteckte, mit den Eheringen nachtut – den ich mit der Nase über den Nordpol hinausniesen will, und über den Südpol auf eine andere Art, ohne mich umzukehren – und den ich dir am wenigsten zu schildern brauche, da du mir ihn eben selber geschildert hast – und den du auch kennst, wenn ich ihn nenne.... Den Venner Rosa von Meyern heiratet die Holde.«

Firmian fiel nicht aus den Wolken, sondern recht hinein in sie. Kurz die unbekannte Natalie ist die Nichte des Heimlichers, von der Leibgeber schon in seinem Briefe des ersten Bändchens einiges geschrieben! »Höre!« (fuhr Leibgeber fort) »aber ich will mich zerstücken und zerhacken lassen in kleinere Krumen als Großpolen [1], in Abschnitzel, die keinen hebräischen Selblauter bedecken sollen, wenn nun etwas aus der Sache wird; denn ich hintertreibe sie.« –

Da er, wie bekannt, mit dem Mädchen, das an seiner unbefleckten Seele und an seinem kühnen Geisterstand unauflöslich hing, alle Tage sprach: so hatt' er bei ihr nichts nötig als eine Wiederholung und Beteuerung dessen, was Siebenkäs von ihrem Bräutigam erzählet hatte – um die nahe Ehe zu scheiden. Die Bekanntschaft, die er mit ihr, und die Ähnlichkeit, die er mit Siebenkäs hatte, waren gestern schuld gewesen, daß sie unsern Firmian mit dem verwechselte, dem er entgegenzog.

Die meisten Leser werfen mit dem Advokaten mir und Leibgebern ein, daß Nataliens Liebe sich nicht mit ihrem Charakter, und die Heirat nach Geld sich nicht mit ihrer Kälte gegen Geld vereine. Aber mit *einem* Wort: sie hatte von dem bunten Fliegenschnapper Rosa noch nichts gesehen als seine Esaus-Hand – nämlich seine Handschrift, d. h. seine Jakobs-Stimme: er hatte ihr bloß untadelige sentimentalische Assekuranz-Briefe (Nadelbriefe

[1] Er meint nicht die spätere genauere Analyse von Polen, sondern die erste.

voll Amors-Pfeile und Heftnadeln) geschrieben und so den *papiernen* Adel seines Herzens gut *verbrieft.* —— Der Heimlicher hatte seiner Nichte noch dazu geschrieben: »den Pankratiustag (den 12. Mai, also in vier Tagen) komme der Herr Venner und stelle sich ihr vor, und wenn sie ihm den Korb gebe: so solle sie nie sagen, daß sie Blaisens Nichte gewesen, sondern in ihrem *Schraplau* [1] in Gottesnamen verhungern.«

Aber als ehrlicher Mann zu sprechen, ich habe nicht mehr als drei kaum der besten Briefe Rosas eine Minute in Händen gehabt, und eine Stunde in der Tasche; aber sie waren in der Tat nicht schlecht, sondern viel moralischer als ihr Verfasser. –

Gerade als Leibgeber gesagt hatte, er wolle das Vor-Konsistorium bei Natalien machen und sie von Rosa noch vor der Trauung scheiden: kam sie mit einigen Freundinnen gefahren und stieg aus, aber ohne sie zu dem Sammelorte der Gesellschaft zu begleiten, und begab sich allein in einen einsamen Seitenlaubgang hinauf, in den sogenannten Tempel. Sie hatte in ihrer Hastigkeit ihren Freund Leibgeber nicht sitzen sehen den Pferdeställen gegenüber. Die Baireuther Gäste der Eremitage sitzen nämlich in einem kleinen, durch Schatten und Zugluft stets abgekühlten Wäldchen seit langen und markgräflichen Zeiten bloß dem langgestreckten Wirtschaftgebäude gegenüber und dessen Stallungen, haben aber nahe die schönsten Aussichten hinter ihrem Rücken, welche sie leicht gegen die kahle Futtermauer des Auges eintauschen, wenn sie aufstehen und über das Wäldchen auf beiden Seiten hinaus spazieren.

Leibgeber sagte zum Advokaten, er könne ihn sogleich zu ihr bringen, da sie, wie gewöhnlich, oben im Tempel sitzen werde, wo sie die Zauberaussichten über die Kunstwäldchen hinüber nach den Stadttürmen und Abendbergen unter der scheidenden Abendsonne genieße. Er setzte hinzu, sie kümmere sich leider – daher sie allein ins Häuschen hinaufgelaufen – wenig um den schönsten spröden Anschein und ärgere dadurch ihre Engländerin stark, die wie ihre Landsmänninnen, ungern allein gehe und ohne eine Versicherung-Anstalt oder Bibelgesellschaft von Weibern sich nicht einmal einem männlichen Kleiderschranke zu nahen getraue. Er hab' es von guter Hand, sagte er, daß eine Britin sich nie einen Mann in ihrem Kopf vorstelle, ohne ihn zugleich mit den nötigen Vorstellungen von Frauen zu umringen, die ihn zügeln und festhalten, wenn er in ihren vier Gehirnkammern sich so frei benehmen will, als sei er da zu Hause.

Beide fanden Natalie oben im offenen Tempelchen mit einigen Papieren in der Hand. »Hier bring' ich«, sagte Leibgeber, »unsern Verfasser der Auswahl aus des Teufels Papieren – die Sie ja gerade, wie ich sehe, lesen – und stell' ihn hier vor.« – Nach einem flüchtigen Erröten über ihre Ver-

[1] Ein Städtchen in der Grafschaft Mansfeld, gehörig dem Kurfürsten von Brandenburg.

wechslung Firmians mit Leibgeber in Fantaisie sagte sie recht freundlich zu Siebenkäs: »Es fehlt nicht viel, Herr Advokat, so verwechsle ich Sie wieder, und zwar geistlicherweise mit Ihrem Freunde; Ihre Satiren klingen oft ganz wie seine; nur die ernsthaften Anhänge [1], die ich eben lese und die mir recht gefallen, schien er mir nicht gemacht zu haben.«

Ich habe jetzt nicht Zeit, Leibgebers eigenmächtige Mitteilung fremder Papiere an eine Freundin mit langen Druck-Seiten gegen Leser zu verteidigen, welche in dergleichen außerordentliche Delikatesse begehren und beobachten; es sei genug, wenn ich sage, daß Leibgeber jedem, der ihn lieben wollte, zumutete, er müßte ihm auch seine andern Freunde mit lieben helfen, und daß Siebenkäs, ja sogar Natalie in seinem kühnen Mitteilen nichts fanden als ein freundschaftliches Rundschreiben und seine Voraussetzung dreiseitiger Wahlverwandtschaft.

Natalie sah beide, besonders Leibgebern – dessen großen Hund sie streichelte – freundlich-aufmerksam und vergleichend an, als ob sie Ungleichheiten suche; denn in der Tat stand Siebenkäs nicht ganz ähnlich genug vor ihr, der länger und schlanker und gesichtjünger erschien; was aber davon kam, daß Leibgeber, mit seiner etwas stärkeren Schulter und Brust, das seltsame ernstere Gesicht mehr vorbückte, wenn er sprach, gleichsam als rede er in die Erde hinein. Jung (sagt' er selber) habe er nie recht ausgesehen, sogar als Täufling – seine Taufzeugen seien die Zeugen –, und er werde sich auch schwerlich früher wieder verjüngen als im Spätalter bei dem zweiten Kindischwerden. Richtete sich aber Leibgeber auf und neigte sich Siebenkäs ein wenig: so sahen beide einander ähnlich genug; doch sind dies mehr Winke für ihre Paßschreiber.

Man wünsche dem Kuhschnappler Advokaten Glück zu Sprechminuten mit einem weiblichen Wesen von Stande und von so vielseitiger Ausbildung, sogar für Satiren; und er selber wünschte für sich nur, daß ein solcher Phönix, von welchem er nur einige Asche im Leben oder ein paar Phönixfedern in Büchern fliegen sehen, nicht sogleich davonflattern, sondern daß er ein recht langes Gespräch mit Leibgeber vernehmen und eigenhändig mit fortspinnen könnte: als ihre Baireuther Freundinnen gelaufen kamen und ankündigten, den Augenblick sprängen die Wasser, und sie hätten alle nichts zu versäumen. Sämtliche Gesellschaft machte sich auf den Weg zu den Wasserkünsten hinab, und Siebenkäs suchte nichts als der edelsten Zuschauerin so nahe als möglich zu bleiben.

Unten stellten sie sich auf den Steinrand des Wasserbeckens und sahen den schönen Wasserkünsten zu, welche längst vor dem Leser werden gesprungen haben an Ort und Stelle oder auf dem Papiere der verschiedenen Reisebeschreiber, welche darüber sich hinlänglich ausgedrückt und verwun-

[1] Poetisch-philosophische Kapitel in der nun seit vielen Jahren in Gera gedruckten und als Makulatur reißend abgegangenen *Auswahl.*

dert haben. Alles mythologische halbgöttliche Halbvieh spie, und aus der bevölkerten Wassergötterwelt wuchs eine kristallene Waldung empor, die mit ihren niedersteigenden Strahlen wieder wie Lianenzweige in die Tiefe einwurzelte. Man erfrischte sich lange an der geschwätzigen, durcheinander fliegenden Wasserwelt. Endlich ließ das Umflattern und Wachsen nach, und die durchsichtigen Lilienstengel kürzten sich zusehends vor dem Blicke ab. »Woher kommt es aber?« sagte Natalie zu Siebenkäs, »– ein Wasserfall erhebt jedem das Herz, aber dieses sichtliche Einsinken des Steigens, dieses Sterben der Wasserstrahlen von oben herab beklemmt mich, sooft ich es sehe. – Im Leben kommt uns nie dieses anschauliche, furchtbare Einschwinden von Höhen vor.«

Während der Armenadvokat noch auf eine sehr richtige Erwiderung dieses so wahren Gefühlwortes sann: war Natalie ins Wasser gesprungen, um ein Kind, das, von ihr wenige Schritte fern, vom Beckenrand hineingefallen, eiligst zu retten, da das Wasser über halbe Mannhöhe gestiegen. Ehe die danebenstehenden Männer, die noch leichter retten konnten, daran dachten, hatte sie es schon getan, aber mit Recht; und nur Eile ohne Rechnen war hier das Gute und Schöne. Sie hob das Kind empor und reichte es den Frauen hinauf; Siebenkäs und Leibgeber aber ergriffen ihre Hände und hoben die Feurige und Seelenrotwangige leicht auf die Beckenküste. »Was ists denn? Es schadet ja nichts«, sagte sie lachend zum erschrocknen Siebenkäs und enteilte mit den verblüfften Freundinnen davon, nachdem sie Leibgebern gebeten, morgen abends gewiß mit seinem Freunde in die Fantaisie zu kommen. »Dies versteht sich, aber ich allein komme schon frühmorgens«, hatt' er versetzt.

Beide Freunde hatten jetzt sich und Einsamkeit sehr vonnöten; Leibgeber konnte, von neuem aufgeregt, die Birkenwaldung kaum erwarten, wo er das vorige Gespräch über Firmians Haus- und Ehelage gar hinauszuspinnen vorhatte. Über Natalie bemerkte er gegen den verwunderten Freund nur flüchtig, eben dies sei, was er an ihr so liebe, ihre entschiedene Aufrichtigkeit im Handel und Wandel und ihre männliche Heiterkeit, in welcher Menschen und Armut und Zufälle nur als leichte lichte Sommerwölkchen schwämmen und verflögen, ohne ihr den Tag zu trüben.

»Was nun dich und deine Lenette anbelangt« – fuhr er in der waldigen Einsamkeit so ruhig fort, als hätte er bis hieher gesprochen – »so nähm' ich, wenn ich an deiner Stelle wäre, ein zerteilendes Mittel und schaffte mir den schweren Gallen-Stein der Ehe heraus. Wenn ihr noch Jahre lang mit eueren Haar- und Beinsägen auf dem ehelichen Bande hin und her kratzet und streicht: so könnt ihrs vor Schmerzen nicht mehr aushalten. Das Ehegericht tut einen derben Schnitt und Riß – entzwei seid ihr.«

Siebenkäs erschrak über die Ehescheidung, nicht als ob er sie nicht wünschte, als die einzige Wetterscheide; nicht als ob er sie und die daraus sich anspinnende Verbindung mit dem Schulrate Lenetten nicht gönnte:

sondern weil er bedachte, daß Lenette, ihrer ähnlichen Wünsche ungeachtet, aus Hermes'schen Gründen und bürgerlicher Scham sich nie ins gewaltsame Trennen fügen würde; daß ferner er und sie auf dem Weg zur Trennung noch grausame, schneidende Stunden voll Herzgespann und Nervenfieber durchgehen müßten, und daß sie beide kaum eine Trauung, geschweige eine Scheidung bezahlen könnten. Und ein Nebenumstand war noch: es tat ihm wehe, daß er das arme unschuldige Geschöpf, das in so manchen kalten Stürmen des Lebens neben ihm gezittert hatte, auf immer aus seinen Armen und aus seiner Stube, und noch dazu mit dem Schnupftuch in der Hand, sollte gehen sehn.

Alle diese Bedenklichkeiten, manche schwächer, manche stärker, trug er seinem Liebling vor und schloß mit der letzten: »Ich bekenne dir auch, wenn sie mit allem ihren Geräte von mir fortzieht und mich allein, wie in einem Erbbegräbnis, in der weiten Stube lässet und an allen den ausgelichteten, geschleiften Plätzen, wo wir sonst doch in mancher freundlichen Stunde beisammensaßen und Blumen um uns grünen sahen: so darf sie nachher nicht mehr, zumal mit meinem Namen, ohne doch die Meine zu sein, vor meinem Fenster vorbeigehen; oder es schreiet etwas in mir: stürz dich hinunter und falle zerbrochen vor ihre Füße.... Wär's nicht zehnmal gescheuter,« (fuhr er in einem andern Tone fort und wollte in einen aufgeweckteren kommen) »man wartete es ab, bis ich oben in der Stube selber (was nützt mir sonst mein Schwindel) auf eine ähnliche Art hinfiele und auf eine schönere zum Fenster hinauskäme und zur Welt auch... Der Freund Hein nimmt sein langes Radiermesser und schabet meinen Namen außer andern Klecksen aus ihrem Trauschein und Ehering heraus.« – –

Das schien wider alle Erwartung seinen Leibgeber immer munterer und belebter zu machen. »Das tu«, sagt' er, »und stirb! Die Leichenkosten können sich unmöglich so hoch wie andere Scheidekosten belaufen, und du stehst noch dazu in der Leichenkasse.« Siebenkäs sah ihn verwundert an.

Er fuhr im gleichgültigsten Tone fort: »Nur, muß ich dir sagen, wird für uns beide wenig herauskommen, wenn du lange satteln und hocken und erst in einem oder zwei Jahren mit Tod abgehen willst. Für sachdienlicher hielt' ichs für meine Person, wenn du von Baireuth nach Kuhschnappel gingest und dich gleich nach deiner Ankunft aufs Kranken- und Totenbette legtest und da Todes verblichest. Ich will dir aber auch meine Gründe angeben. Einesteils würde dann gerade vor der Adventzeit das Trauerhalbjahr deiner Lenette aus, und sie brauchte dann nicht erst eine Dispensation von der Adventzeit, sondern nur eine von der Trauerzeit einzuholen, wenn sie noch vor Weihnachten sich mit dem Pelzstiefel trauen lässet. Auch meinerseits wär's gut; ich verschwände dann unter die Volkmenge der Welt und sähe dich nicht eher wieder als spät. Und dir selber kann es nicht gleichgültig sein, bald zu verscheiden, weil es dein Nutzen ist, wenn du früher – Inspektor wirst.« – –

»Das ist das erstemal, lieber Heinrich«, versetzte er, »daß ich kein Wort von deinem Scherze verstehe.«

Leibgeber zog mit einem unruhigen Gesicht, auf dem eine ganze künftige Welthistorie war, und das die größte Erwartung sowohl verriet als verursachte, ein Schreiben aus der Tasche und gab es schweigend hin. Es war ein Bestallungschreiben vom Grafen von Vaduz, das Leibgebern zum Inspektor des Vaduzer Ober-Amts erhob. Er reichte ihm dann ein durchsichtiges Handbriefchen vom Grafen. Während es Firmian las, brachte er seinen Taschenkalender heraus und murmelte kalt vor sich: »Vom Quatember –« (lauter) »nicht wahr, am Quatember nach Pfingsten soll ich einziehen? – Das ist von heute, als am Stanislaustag – höre, ach Stanislaustag! – eins – zwei – drei – vier – vier fünfthalbe Woche.« –

Als ihm es Firmian freudig wieder zulangte: schob ers zurück und sagte: »Ich hab' es eher gelesen als du – steck es wieder ein. Schreib aber dem Grafen heute lieber als morgen!«

Aber darauf kniete Heinrich in einer feierlichen, leidenschaftlichen und humoristischen Begeisterung, die der Wein höher trieb und weiter gab, mitten auf einen langen schmalen Gang, der zwischen den hohen Bäumen des dicksten Lusthains ein unterirdischer schien, und dessen weite Perspektive sich in Osten mit der vertieften Kirchturm-Fahne wie mit einem Drehkreuz schloß; er kniete nieder gegen Westen und sah durch den langen grünen Hohlweg starr bloß nach der auf die Erde wie eine glänzende Sternschnuppe fallenden Abendsonne, deren breites Licht wie vergoldetes Frühling-Waldwasser oben den langen grünen Gang vom Himmel hereinschoß – er sah starr in sie und fing geblendet und umleuchtet an: »Ist jetzo ein guter Geist um mich – oder ein Genius von mir oder von *diesem* da – oder lebt deine Seele über deiner Asche noch, du alter, tief eingeschlossener, guter Vater – so komme näher, alter, dunkler Geist, und tue deinem närrischen Sohne, der noch im Körper-Flatterhemd herumhinkt, heute einen, den ersten und letzten, Gefallen, und zieh in Firmians Herz und halte darin, indem du es recht auf und nieder bewegst, diese Rede: ›Stirb, Firmian, für meinen Sohn, obwohl zum Schein und zum Spaße – lege deinen Namen ab und komm unter seinem, der ja sonst deiner war, nach Vaduz als Inspektor und gib dich für ihn aus. Mein armer Sohn will gern, wie das runde Joujou de Normandie, worauf er sitzt, das an Strahlenfäden um die Sonne fliegt, seines Orts auch noch ein wenig auf dem Joujou herumflattern. Vor euch andern Papageien hangt doch der Ring der Ewigkeit, und ihr springt darauf und könnt euch darin wiegen. Er aber sieht keinen Ring – laß dem armen Sittich die Freude, auf der Käficht-Stange der Erde herumzuhüpfen, bis die Weife, wenn sie seinen Lebenfaden sechzigmal herumgewunden hat zu einem Gebinde, klingelt und schnappt und der Faden abgerissen wird und sein Spaß aus ist.‹ – O guter Geist meines Vaters, hebe heute das Herz meines Freundes und lenke seine Zunge, damit sie nicht nein sagt, wenn ich ihn frage: willst du?« Er griff im Abend-Glanze blind nach Firmians Hand herum und sagte: »Wo ist deine Hand, Lieber? Und sage nicht nein.« Aber Firmian kniete hingerissen – denn in der Begeisterung des langverhaltenen Ernstes erfaßte Leibgeber das Herz unwiderstehlich –, und ohne Sprache und voll Tränen wie ein Abendschatten kniete er vor das Herz seines Freundes hin und fiel an seine Brust und drückte sie eng und hart an sich und sagt' es ihm, aus Unvermögen, nur leise: »Ich will für dich ja auf tausend Arten sterben, wie du willst, nenn' sie nur – aber nenn' es recht, was du wünschest – ich schwöre dir alles im voraus zu, bei der Seele deines toten Vaters, ich gebe dir gern mein Leben – und mehr hab' ich ohnehin nicht.« –

Heinrich sagte mit einer ungewöhnlich-gedämpften Stimme: »Wir wollen nur erst hinauf unter den Lärm und unter die Baireuther – Ich muß heute eine Brustwassersucht haben oder einen ganzen heißen Gesundbrunnen, und meine Weste ist die Fassung um den Brunnen – in einem solchen Dampfbad sollte ein Herz einen ordentlichen Schwimmgürtel oder Skaphander umhaben.«

Oben unter den gedeckten Tischen, unter den Bäumen, neben den Kirmesgästen der Frühling-Kirchweihe, unter Frohen war der Sieg über die Rührung nicht so schwer. Heinrich rollete oben den langen Bauriß seiner Luftschlösser und die Baubegnadigungen seines babylonischen Turmes eilig auf. Er hatte dem Grafen von Vaduz, dessen Ohren und dessen Herz sich nach ihm auftaten und hungernd öffneten, sein heiliges Ehrenwort zurückgelassen, wiederzukommen als sein Inspektor. Aber seine Absicht war, sich durch seinen teuern Koadjutor und Substituten cum spe succedendi, Firmian, repräsentieren zu lassen, der in Laune und Körper eine solche Tautologie von ihm war, daß der Graf und der Grundsatz des Nichtzuunterscheidenden beide vergeblich untersucht und gemessen hätten, um einen davon auszuklauben. 1200 Tlr. warf die Inspektion jährlich in schlechten Jahren Einkünfte ab, also gerade so viel, als Siebenkäsens ganze mit dem Prozesse plombierte Erbschaftmasse betrug: Siebenkäs sollte, wenn er seinen abgelegten Namen »Leibgeber« wieder ergriff, eben das gewinnen, was er verlor, da er ihn veräußerte. – »Denn ertragen« – fuhr Heinrich fort – »verwinden, verbeißen kann ichs nun, seitdem ich deine teuflische Auswahl gesehen, auf keine erdenkliche Weise mehr, daß du im vermaledeiten abgegriffnen Kuhschnappel noch länger brach fortsäßest als Einhorn und Eintier und Einsiedler und Ungekannter! Aber könntest du dir wohl so lange Bedenkzeit dazu nehmen, als der Regierungkanzelist dorten braucht, seine Pfeife auszuschütteln, sobald ich dir sage, daß ich in der Welt kein Amt versehen kann (du aber herrlich jedes) als das eines Graciosos, und kein Rat in einem Kollegium werden als bloß ein kurzweiliger, weil ich mehr Kenntnisse besitze als einer, die ich aber nicht zum Praktizieren, sondern nur zum Satirisieren brauchen kann, weil meine Sprache eine farbige lingua franca, mein Kopf ein Proteus und ich eine schöne Kompilation vom Teufel und seiner Großmutter bin? – Und könnt' ich, so möcht' ich nicht. – Wie? in meiner blühenden Jugend soll ich als ein Amtierer, als ein Staats-Gefangner im Burgverlies und Notstall der Amtstube wiehern und stampfen, ohne eine schönere Aussicht als die auf den in meinem Stand und Pferde-*Stand* hängenden Sattel und Zeug, indes draußen die herrlichsten Parnasse und Tempetäler vergeblich für das Musenpferd offen ständen? Jetzt in den Jahren, wo meine Lebens-Milch einige Sahne aufwerfen will, soll ich, da ohnehin die Jahre bald kommen, wo man sauer wird und in Molkenwasser und Quark zerfährt, da soll ich mir das Kälber-Lab einer Bestallung in meine Morgenmilch werfen lassen? – Du aber mußt anders pfeifen: denn du bist schon ein halber Amtmann und ein ganzer Ehe-Mann dazu. – Ach, es wird alle Bremische Beiträge zum Vergnügen des Verstandes und Witzes, alle komische Romane und komische Opern übertreffen, wenn ich mit dir nach Kuhschnappel fahre und du da auslöschest und vorher testierest und nachher, wenn wir dir die letzte Ehre erwiesen haben, dich ein wenig hurtig aufmachst und der noch größern entgegenläufst, nicht sowohl um selig zu werden, als ein Inspektor; damit du nach deinem Tode nicht sowohl vor einem strengen Richterstuhl erscheinst, als dich selber auf einen setzest! – Spaß über Spaß! Ich übersehe die Folgen gar noch nicht oder schlecht – die Leichenkasse muß deiner betrübten Witwe zahlen (du kannsts der Kasse wieder gut tun, wenn du zu Gelde kommst) – deine Ringfinger mit dem verschwollenen Trauring und voll Fingerwürmer schneidet der Tod ab – deine Witwe kann heiraten, wen sie will, sogar dich, du auch –«

Auf einmal schlug Leibgeber vierzigmal auf seine Schenkel und rief: »Ei, ei, ei, ei etc.! – Ich kanns kaum abwarten, daß du erblassest... Höre, dein Tod kann zwei Witwen geben... Ich berede Natalien, daß sie sich bei der königl. preußischen allgemeinen Witwenverpfleganstalt auf deinen Tod eine Pension von 200 Tlr. jährlich versichern lässet[1]. Du kannst es der königlich preußischen allgemeinen Witwenverpfleganstalt wieder heimzahlen, sobald du das Nötige erringst. Du mußt deiner künftigen Witwe, wenn sie dem Venner einen Korb gibt, heimlich ein Brot- und Fruchtkörbchen aufhängen. Könntest du nicht zahlen und stürbest wirklich dir selber nach: so wär' ich da, und keine Kasse verlöre, wenn ich wieder bei meiner wäre.« Leibgeber lebte nämlich in einem geheimnisvollen, von ihm selber nicht er-

[1] »Der Vater darf für seine ledige Tochter, der Bruder für die Schwester etc., jede ledige oder verheiratete Mannsperson für die ledige Weibsperson eine Pension versichern lassen, ja sie kann sich selber eine Mannsperson wählen, auf deren Tod die Versicherung gestellet wird. – Beide werden als Eheleute angesehen, und sie behält wie eine wahre Witwe bei der Heirat die Hälfte.« Reglement für die königlich preuß. allgemeine Witwenverpflegungsanstalt vom 28. Dez. 1775. § 29.

klärten Wechselfieber von Arm- und Reichwerden, oder wie ers nannte, von Aus- und Einatmen der Lebenluft (aura vitalis) des Geldes. Jeder andere – als dieser spiel-keck mit dem Leben umspringende Mensch, dessen Flammenfeuer für Recht und Wahrhaftigkeit und Uneigennützigkeit dem Advokaten schon seit Jahren wie von Pharus-Höhen herab geleuchtet – hätte unsern Siebenkäs besonders als Juristen stutzig machen, ja erzürnen, anstatt überwältigen müssen; – aber Leibgeber durchtränkte, ja durchbrannte ihn mit seinem ätherischen Spielgeiste und riß ihn unaufhaltsam hin zu einem mimischen Täuschen ohne eigennützige Lug- und Trug-Zwecke.

Doch so viel Gewalt behielt Firmian über sich in seinem Geisterrausche, daß er, wenigstens auf die Gefahr, seinen Freund selber bloßzustellen, Rücksicht nahm. »Wenn man aber« – sagte er – »meinen wahren Heinrich Leibgeber, dessen Namen ich mir anraube, irgend einmal antrifft neben mir Falschnamenmünzer: was wird?«

»Man trifft mich eben nicht an« (sagte Heinrich); »denn sieh, sobald du deinen alten kanonischen, echten Namen Leibgeber wieder nimmst und meinen über einem bestürmten Taufbecken geschaffnen, Firmian Stanislaus, wieder fahren lässest, welches Gott gebe: so schnell' ich mich mit ganz unerhörten Namen (es kann sein, daß ich, um 365 Namentage zu begehen, von jedem Tage die Kalendernamen borge), schnelle mich, sag' ich, ins Welt-Meer aus dem festen Lande, treibe mich mit meinen Rücken-, Bauch- und andern Floßfedern durch die Fluten und Sümpfe des Lebens und bis ans dicke Toten-Meer – und dann seh' ich dich wohl spät wieder«... Er schauete starr in die hinter Baireuth herrlich sinkende Sonne – seine festgehefteten Augen glänzten feuchter, und er fuhr langsamer fort: »Firmian, heute steht Stanislaus im Kalender – es ist dein, es ist mein Namentag und zugleich der Sterbetag dieses wandernden Namens, weil du ihn nach deinem Scheintode ablassen mußt – Ich armer Teufel will doch einmal nach langen Jahren ernsthaft sein heute. Gehe du allein durch das Dorf Johannis nach Hause; ich will auf der Allee heimgehen; im Gasthofe treffen wir uns wieder – Beim Himmel! hier ist alles so schön und so rot, als wenn die Eremitage ein Stück von der Sonne wäre. – Bleibe freilich nicht lange!« – Aber ein scharfer Schmerz ging über Heinrichs Angesicht mit schwellenden Falten, und er kehrte das erhobne Bildwerk des Grams und die blinden Augen voll Glanz und Wasser ab und eilte schief mit einem wegschauenden Gesichte, das den Schein einer andern Aufmerksamkeit annahm, vor den Zuschauern vorbei und verschwand in den Laubengängen.

Firmian stand allein mit nassen Augen vor der sanften Sonne, die sich über der grünen Welt in Farben auflöste. Die tiefe Goldgrube einer Abendwolke tropfte unter dem nahen Sonnenfeuer aus dem Äther auf die nächsten Hügel, und das umherrinnende Abendgold hing durchsichtig an den gelbgrünen Knospen und an den weißroten Gipfeln, und ein unermeßlicher Rauch wie von einem Altare trug spielend einen unbekannten Zauber-

Widerschein und flüssige, durchsichtige, entfernte Farben um die Berge, und die Berge und die glückliche Erde schien die herunterfallende Sonne widerscheinend aufzufassen .... Aber als die Sonne hinter die Erde sank –– so flog in die leuchtende Welt, die hinter den zwei wasservollen Augen Firmians wie eine ausgedehnte, flackernde, feurige Lufterscheinung zitterte, plötzlich der Engel eines höhern Lichts, und er trat blitzend wie ein Tag mitten in den nächtlichen Fackeltanz der hüpfenden Lebendigen, und sie erblichen und standen alle. –– Als er seine Augen abtrocknete, war die Sonne hinunter und die Erde stiller und bleicher, und die Nacht zog tauend und winterlich aus den Wäldern.

Aber das zerflossene Menschenherz schmachtete nun nach seinen Verwandten und nach allen Menschen, die es liebte und kannte, und es schlug unersättlich in diesem einsamen Kerker des Lebens und wollte alle Menschen lieben. O an einem solchen Abend ist die Seele zu unglücklich, die viel entbehret oder viel verloren hat! –

Firmian ging mit süßer Betäubung durch die hängenden Gärten des Blütengeruchs, durch die amerikanischen Blumen, die sich vor unserem Nachthimmel auftun, durch den Schlafsaal zugeschlossener Fluren und unter tropfenden Blüten, und der halbe Mond stand auf der Zinne des himmlischen Tempels im Mittagglanz, den die Sonne aus der Tiefe zu ihm hinaufwarf über die Erde und ihre Abendröte hinüber. – Als Firmian durch das überlaubte Dorf Johannis kam, dessen Häuser in einen Baumgarten verstreuet waren: so wiegten die Abendglocken aus den fernen Dörfern mit Wiegenliedern den schlummernden Frühling ein, und angewehte Äolsharfen schienen aus dem Abendrot zu spielen, und ihre Melodien flossen leise in den weiten Schlaf und wurden darin Träume. Sein überschüttetes Herz drängte sich nach Liebe, und er mußte vor Sehnsucht einem schönen Kinde in Johannis, das mit einem Wasserreiser tändelte, seine Blumen eilend in die zwei weißen Hände drücken, um nur Menschenhände zu berühren.

Guter Firmian! geh zu deinem gerührten Freunde mit deiner gerührten Seele, sein innerer Mensch streckt auch die Arme nach einem Ebenbilde aus, und ihr seid heute nirgends glücklich als aneinander! – Und als Firmian ins gemeinschaftliche, nur von der roten Dämmerung helle Zimmer trat: so wandte sich sein Heinrich um, und sie fielen einander stumm in die Arme und vergossen mit gebückten Häuptern alle Tränen, die in ihnen brannten; aber die der Freude auch, und sie endigten die Umarmung, aber das Verstummen nicht. Heinrich warf sich in Kleidern in sein Bette und hüllte sich ein. Firmian sank in das zweite daneben und weinte beglückt aus verschlossenen Augen. Nach einigen trunknen, von Phantasien, Träumen und Schmerzen erhitzten Stunden fuhr ein leichter Schein über seine heißen Augenlider – er schlug sie auf – der Mond hing weißglühend neben dem Fenster – und er richtete sich auf .... Aber da er seinen Freund still und blaß, wie einen Schatten des Monds an der Wand, am Fenster lehnen sah, und da jetzo aus einem nahen Garten Rusts Melodie des Liedes: »Nicht für diese Unterwelt schlingt sich der Freundschaft Band etc.« wie eine schlagende Nachtigall aufflog: so sank er unter dem Drucke einer schweren Erinnerung und einer zu großen Rührung zurück, und die trüben Augen verschloß ein Krampf, und er sagte nur dumpf: »Heinrich, glaub an die Unsterblichkeit! Wie wollen wir uns denn lieben, wenn wir verwesen?« –

»Still, still!« sagte Heinrich; »heute feier' ich meinen Namentag, und der ist genug; einen Geburttag hat ja der Mensch nicht und mithin einen Sterbetag desfalls nicht.«

Dreizehntes Kapitel

Die Uhr aus Menschen – Korbflechterin – der Venner

Als ich im vorigen Kapitel von Kurzschläferinnen sprach, die um sechs Stunden früher erwachen als ihre Gegenfüßlerinnen: so tat ich, glaub' ich, wohl, daß ich das Modell einer von mir längst erfundenen *Uhr aus Menschen,* das ich im zwölften Kapitel nicht unter die eng aneinander stehenden Begebenheiten schieben wollte, auf das dreizehnte aufsparte; in *das* trag' ichs herein und stell' es auf. Ich glaube, Linnés *Blumenuhr* in Upsal (horologium florae), deren Räder die Sonne und Erde, und deren Zeiger Blumen sind, wovon immer eine später erwacht und aufbricht als die andere, gab die geheime Veranlassung, daß ich auf meine Menschen-Uhr verfiel. Ich wohnte sonst in Scheerau, mitten auf dem Markt, in zwei Zimmern; in mein vorderes schauete der ganze Marktplatz und die fürstlichen Gebäude hinein, in mein hinteres der botanische Garten. Wer jetzo in beiden wohnt, hat eine herrliche vorherbestimmte Harmonie zwischen der Blumenuhr im Garten und der Menschenuhr auf dem Markt.

Es ist 3 Uhr, wenn sich der gelbe Wiesenbocksbart aufschließet, ferner die Bräute, und wenn der Stallknecht unter dem Zimmer-Mietmann zu rasseln und zu füttern anfängt. – Um 4 Uhr erwachen (wenns Sonntag ist) das kleine Habichtkraut und die heiligen Kommunikantinnen, welche Sing-Uhren sind, und die Bäcker. – Um 5 Uhr erwachen die Küchen- und Viehmägde und Butterblumen – um 6 Uhr die Gansdisteln und Köchinnen – Um 7 Uhr sind schon viele Garderobejungfern im Schlosse und der zahme Salat in meinem botanischen Garten wach, auch viele Kauffrauen – Um 8 Uhr machen alle ihre Töchter, das gelbe Mausöhrlein, die sämtlichen Kollegien die Blumen-, Kuchen- und Aktenblätter auf – Um 9 Uhr regt sich schon der weibliche Adel und die Ringelblume; ja viele Landfräulein, die zum Besuche kamen, sehen schon *halb* zum Fenster heraus – Um 10, 11 Uhr reißen sich Hofdamen und der ganze Kammerherrenstab und der Rainkohl und der Alpenpippau und der Vorleser der Fürstin aus dem Morgenschlafe, und das ganze Schloß bricht sich, weil die Morgensonne so schön vom hohen Himmel durch die bunte Seide glimmt, heute etwas Schlummer ab – Um 12 Uhr hat der Fürst, um 1 Uhr seine Frau und die Nelke in ihrer Blumen-Urne die Augen offen. – Was noch spät abends um 4 Uhr sich *aufmacht,* ist bloß das rote Habichtkraut und der Nachtwächter als Kuckuckuhr, die beide nur als Abenduhren und Monduhren zeigen. Von den heißen Augen des armen Teufels, der sie erst um 5 Uhr aufschließet, wie die Jalape, wollen wir unsere Augen traurig wegwenden; es ist ein Kranker, der solche eingenommen, und der die mit glühenden Zangen zwikkenden Fieberbilder bloß mit wachen Stichen vertauscht. –

Wenns 2 Uhr war, konnt' ich nie wissen, weil da ich (samt tausend dicken Männern) und das gelbe Mausöhrlein miteinander einschliefen; aber um 3 nachmittags und um 3 am Morgen erwacht' ich als eine richtige *Repetieruhr.*

So können wir Menschen für höhere Wesen Blumen-Uhren abgeben, wenn auf unserem letzten Bette unsere Blumenblätter zufallen – oder Sand-Uhren, wenn die unsers Lebens so rein ausgelaufen ist, daß sie in der andern Welt umgekehrt wird – oder Bilder-Uhren, weil in jene zweite, wenn hier unten unsere Totenglocke läutet und schlägt, unser Bild aus dem Gehäuse tritt – – sie können in allen solchen Fällen, wo siebzig Menschenjahre vorüber sind, sagen: »Schon wieder eine Stunde vorbei! Lieber Gott, wie doch die Zeit verläuft!« –

Das seh' ich an dieser Abschweifung. – Firmian und Heinrich traten heiter in den benachbarten lauten Morgen, aber jener konnte den ganzen Vormittag auf keinem Sessel und Stubenbrette einwurzeln; die opera buffa e seria seines Lug-Todes zog immer vor seiner Seele ihren Vorhang auf und zeigte ihre burlesken Auftritte. Er war nun, wie allemal, humoristischer durch Leibgebers Gegenwart und Vorbild geworden, der über ihn durch seine innere Ähnlichkeit regierte. Leibgeber, der schon vor vielen Wochen alle Kulissen und Bühnenverschiebungen des Vexier-Sterbens mit der Phantasie erschöpfend ausgewandert hatte, dachte jetzo wenig daran; sein Neues war der Vorsatz, aus Rosas Brautfackel, die schon gegossen und angestrichen war, den Dacht herauszuziehen, die Braut. Heinrich war überall ungestüm, frei, kühn, ergrimmend und unversöhnlich gegen Ungerechtigkeiten; und dieser moralische Ingrimm nahm, wie hier in Rosas und Blaisens Sache, zuweilen zu viel vom Schein der Rachsucht an. Firmian war milder und schonte und vergab, oft sogar auf scheinbare Kosten seiner Ehre; er wäre nicht imstande gewesen, der schönen Natalie den brieflichen Geliebten mit Heinrichs *englischem* Schlüssel oder Pelikan aus der blutenden Seele zu ziehen. Sein Freund mußte, als er heute in Fantaisie zu ihr ging, das Versprechen der weichsten Behandlung und des vorläufigen Schweigens über die königlich preußische Witwenverpfleganstalt zurücklassen. Allerdings hätt' es Nataliens Ehrgefühl blutig versehret, wenn man ihre moralische

Trennung vom unmoralischen Venner auch nur von weitem in irgendeine Zusammenstellung mit einem metallischen Ersatz einer geistigen Einbuße hätte bringen wollen; sie verdiente und vermochte zu siegen, bei der Aussicht, zu verarmen.

Spät kam Heinrich wieder, ein wenig mit verworrenem Gesicht, aber doch mit einem erfreueten. Rosa war verworfen – und Natalie verwundet. Die Engländerin war in Ansbach bei der Lady Craven und aß die Butter mit, die die letztere noch außer den Büchern machte. Als er dieser Römerin – so hieß die Britin Natalien gewöhnlich – das ganze schwarze Brett und Sündenregister des Venners vorgelesen hatte, zwar ernsthaft, aber ein wenig laut und treu: so stand sie in dem großen Anstand, den die aufopfernde Begeisterung annimmt, auf und sagte: »Wenn Sie hierin so wenig getäuscht wurden, als Sie täuschen können; und wenn ich Ihrem Freunde so viel glauben darf als Ihnen: so geb' ich Ihnen mein heiliges Wort, daß ich mich zu nichts zwingen oder bereden lasse. Aber in einigen Tagen kommt der Gegenstand ja selber, dem ich so gut wie meiner Ehre schuldig bin, ihn zu hören, da ich meine Briefe in seine Hände gegeben. Aber wie hart ists, daß ich so kalt sprechen muß!« Von Minute zu Minute erlosch auf ihrem glühenden Gesicht das Rosenrot immer mehr in *Rosenweiß*; sie stützte es auf ihre Hand, und als die Augen voller wurden und endlich tropften, sagte sie fest und stark: »Kehren Sie sich daran nicht; ich halte Wort. Dann reiße ich mich, was es mir auch koste, von meiner Freundin ab und kehre nach Schraplau in meine arme Verwandtenwelt zurück. Ich habe ohnehin in der vornehmen Welt lange genug gelebt, doch nicht zu lange.«

Heinrichs seltner Ernst hatte sie überwältigt. Sie setzte in seine Rechtschaffenheit ein unerschütterliches Vertrauen, bloß weil er – ein sonderbarer Grund! – bisher sich nicht in sie verliebet, sondern nur mit ihr befreundet hatte, ohne mithin ihre Foderungen ans Herz durch seine – einzuschränken. Sie würde vielleicht auf den verheirateten Fiskal ihres Bräutigams, auf Firmian, gezürnet haben, wären ihm drei oder vier der besten Entschuldigungen abgegangen – nämlich seine geistige Ähnlichkeit mit Leibgeber überhaupt, dann seine physiognomische, welche sich vollends durch die Blässe so sehr verklärte, ferner sein rührendes Abendblatt und endlich sein ganzes mildes liebevolles Wesen. Die gestrige Bitte, ihn abends mitzubringen, tat sie nun zu Leibgebers größter Freude zum zweiten Male, so weh es ihr auch um das ganze Herz herum war. – Niemand nehme ihr aber die Halbtrauer über den untersinkenden Venner übel oder ihren Irrtum über ihn, da wir alle wissen, daß die lieben Mädchen so oft Empfindsamkeit mit Rechtschaffenheit, Briefe mit Taten und Dinten-Tränen mit einem ehrlichen warmen Blute verwechseln.

Nachmittags brachte Leibgeber den Advokaten zu ihr, gleichsam als seinen Beweis zum ewigen Gedächtnis, als seine syllogistische Figur, als seine rationes decidendi, da der Venner aus rationibus dubitandi bestand. Aquiliana empfing den Advokaten mit einem fliehenden Erröten und dann mit einem kleinen Stolze aus Scham, aber doch mit der Zuneigung, die sie seiner Teilnahme an ihrer Zukunft schuldig war. Sie wohnte in den Zimmern der Engländerin; das blühende Lusttal lag draußen davor, wie eine Welt vor einer Sonne. Ein solcher voller Lustgarten hat den Nutzen, daß ein fremder Advokat den Spinnen-Faden der Rede an seine Äste leichter anzuknüpfen weiß, bis der Faden, zu einem schimmernden Kunstgewebe herumgesponnen, im Freien hangt. Firmian konnte nie jene Weltleute erreichen, die nichts brauchen, um ein Gespräch anzuspinnen, als einen Zuhörer; die wie Laubfrösche an den glättesten Dingen festzukleben wissen, worauf sie hüpfen; ja die sogar, was die Laubfrösche nicht einmal können, im luft- und sachleeren Raume sich anhalten. Aber eine freie Seele wie Siebenkäs könnte sogar an einem Hofe nicht lange von der Unbekanntschaft mit den Verhältnissen verworren bleiben, sondern sie müßte bald ihre Freiheit in ihrer angebornen Erhebung über alle Zufälligkeiten wiederfinden und durch anspruchlose Einfachheit die kunst- und anspruchvolle der Welt leicht ersetzen.

Gestern hatt' er diese Natalie im heitersten Genusse ihrer Kräfte und der Natur und der Freundschaft lächeln und zaubern und sie den schönen Abend noch mit einer Opferkühnheit krönen sehen; doch heute war so wenig von den zarten hellen Freuden übrig! In keiner Stunde ist ein schönes Gesicht schöner als in der, welche auf die bittere folgt, worin die Tränen über den Verlust eines Herzens auf ihm vorübergezogen; denn in der bittern selber würde uns die jammernde Schönheit vielleicht zu sehr betrüben und schmerzen. Firmian wäre mit Freuden für diese holde Gestalt, die das in ihr Herz getriebene Opfermesser bedeckte und gern es darin glühen ließ, um nur das Bluten zu verzögern, er wäre mit Freuden für sie auf eine ernstere Art als er vorhatte, gestorben, wenn er ihr mehr damit hätte helfen können. Kann man es denn da so außerordentlich finden, daß das Bindwerk zwischen beiden zugleich mit dem fallenden Sand im Stundenglas immer höher und dichter wuchs, sobald man nur erwägen will, daß bei einem ungewöhnlichen dreifachen Ernste – denn sogar Leibgeber geriet darein – sich jede Brust vor der Gala-Natur des Frühlings mit sanften Wünschen füllte – daß Firmian heute, mit seiner bleichen, kränklichen, von alten Kümmernissen bezeichneten Gestalt, gefällig und wie Abendsonnenschein in ein halbverweintes wundes Auge fiel – daß ihr das (sonderbare) Verdienst ihn anempfohl, ihrem Treulosen wenigstens einige Untreuen vergället und verbauet zu haben – daß er alle seine Töne aus der Molltonleiter eines sanften Herzens aussuchte, weil er es vergüten und verdecken wollte, daß er dieser Unschuldigen und Unbekannten so viele Hoffnungen und Freuden auf einmal hatte verheeren müssen – und daß sogar der größere Grad von ehrender, scheuer Zurückhaltung ihn durch den Kontrast, den er mit seinem Ebenbilde, dem vertraulichen Heinrich, machte, verschönerte? – Diese Reize des Verhältnisses, die der weiblichen Welt mehr abgewinnen und abnötigen als die verkörperten beleibten, hatte der Advokat sämtlich in Nataliens Augen. Sie hatte in den seinigen noch größere und lauter neue: ihre Kenntnisse – ihre männliche Begeisterung – ihren feinern Ton – und ihre schmeichelhafte Behandlung, mit der ihn vorher noch keine Schöne verherrlicht hatte, ein Reiz, der viele eines weiblichen Umgangs ungewohnte Mannspersonen nicht bloß bis zum Entzücken, sondern bis zur Ehe hinreißet – und noch die zwei letzten und größten Schönheiten, daß die ganze Sache zufällig und ungewöhnlich war, und daß Lenette überall davon die Gegenfüßlerin war. –

Darbender Firmian! An deinem Lebenflüßchen steht, wenn es auch zu einem *Perlenbach* wird, immer eine Galgen- und eine Warntafel! – In einer solchen warmen Temperatur, wie deine jetzo war, mußte dir der Ehering zu eng anliegen und dich kneipen, wie überhaupt alle Ringe in *warmen* Bädern *pressen*, und in *kalten* schlottern.

Aber irgendeine teuflische Najade oder ein ränksüchtiger Meergott hatte die größte Freude, Firmians Lebens-Meer, wenn es gerade von einigen phosphoreszierenden Seetieren oder von einer unschädlichen elektrischen Materie reizend leuchtete, und wenn sein Schiff darin eine schimmernde Straße hinzog, umzurühren und zu trüben und zu verfinstern; denn eben als das Vergnügen und die äußere Gartenpracht immer höher wurde – und die Verlegenheit kleiner – die schmerzlichen Erinnerungen an den neuen Verlust versteckter – als schon das Fortepiano oder das Fortissimopianissimo und die Singstücke aufgemacht waren – kurz, als die Honiggefäße ihrer Freuden-Orangerie insgesamt und erlaubte ägyptische Fleischtöpfe und ein weiter Abend- und Liebesmahls-Becher offen war: so sprang mit zwei Füßen nichts Geringers hinein als eine große Schmeißfliege, die schon öfters in Firmians Freudenbecher geflogen war.

Der Venner Everard Rosa von Meyern trat ein, anständig in Safran gekleidet, um seiner Braut das Gesandten-Recht des ersten Besuchs zu geben....

Er war in seinem Leben nie anders gekommen als zu spät oder zu bald; so wie er nie ernsthaft, sondern entweder weinerlich oder schäkerhaft war. Das Format von drei Gesichtern war jetzo das Langduodez – bloß Leibgeber machte seines nicht auf der Ziehbank lang, sondern im Färbekessel und Brütofen rot, weil er einen eignen Ingrimm gegen alle Stutzer und Mädchen-Sperber hatte. Everard hatte aus dem Stolbergischen Homer einen Antritt-Einfall mitgebracht: er wollte die homerischen Helden nachahmen und Aquilianen beim Eintritt fragen, ob sie eine Göttin oder ein Mensch sei, weil er sich nur mit letztem kämpfend messen könne; aber beim Anblicke des männlichen Paars, das der Teufel wie eine Doppelflinte gegen sein Gehirn hinhielt, wurd' in letztem alles käsig und klößig und fest; er konnte den Einfall um zwanzig Küsse nicht in Fluß bringen. Erst fünf Tage darauf hatt' er den geringen Inhalt seiner Kopfknochen wieder so ausgebessert, daß er den Einfall einer weitläuftigen Verwandten von mir – denn wie wüßt' ichs sonst? – noch gut erhalten überreichen konnte. Überhaupt lähmte ihn in weiblicher Gesellschaft nichts ärger als eine männliche, und er stürmte leichter ein ganzes weibliches Stift als – sobald ein einziger elender Mann dabei stand – nur zwei Stiftfräulein, geschweige eine Stiftdame.

Eine solche stehende Theatertruppe spielte noch nicht im Schlosse von Fantaisie, als ich hier vor meinem Pinsel sehe. Natalie war in eine unhöfliche Verwunderung und in ein kaltes Vergleichen dieser Originalausgabe mit ihrem brieflichen Ideal verloren. Der Venner, der ein anderes Fazit der Vergleichung voraussetzte, wäre gern ein offenbarer Widerspruch und sein eigner Gegenfüßler gewesen, hätt' ers machen können; ich meine, hätt' er sich auf einmal empfindlich-kalt gegen Natalien über den verhaßten Fund eines solchen Paars, und doch zugleich vertraulich und zärtlich zeigen können, um das dürftige Paar mit seiner Ernte und Weinlese herzlich zu ärgern. Er wählte – zumal da er über ihre Gestalt ebenso, nur angenehmer, betroffen war als sie über seine, und da ihm noch immer Zeit genug zum Rächen und Strafen blieb – lieber das Prahlen, um den zwei Reichsgerichten neben ihm den Besuch durch Neid zu versalzen und zu gesegnen. Auch hatt' er vor beiden den Vorzug eines feuerflüchtigen Körpers, und er machte seine Landmacht von leiblichen Reizen geschwinder als beide die ihrige *mobil.* Siebenkäs sann nichts Näherem nach als seiner – Frau; vor Rosas Ankunft hatt' er den Gedanken daran wie eine sauere Wiese abgeweidet, weil seine Eigenliebe von der zersprungnen Borke der ehelichen Hand nicht so weich überfahren wurde als von den mit Eider-Dunen gefüllten Schneckenfühlfäden oder Fingern einer jungfräulichen; aber jetzo wurde aus dem Gedanken an Lenette eine süße Wiese, weil seine in zwei Orten eingepfarrte Eifersucht über Rosan sich an Lenettens Betragen weniger stieß als an Nataliens Verhältnissen. Heinrich nahm an Augen-Grimm zu und fuhr an Rosas Sommer-Hasenbalg von gehler Seide mit gehlsüchtigen Blicken auf und ab. Er krabbelte aus zorniger Selbtätigkeit in der Westentasche und erpackte den Schattenriß des Heimlichers von Blaise, den er, wie bekannt, als er die gläserne Perücke zertrat, ihm wie aus den Augen geschnitten hatte, und an dem ihn seit einem Jahr nichts verdroß, als daß er in seiner Tasche anstatt am Galgen war, woran er ihn an jenem Abschied-Abend mit einer Haarnadel hätte schlagen können. Er zog die Silhouette heraus und glitt, unter ihrem Zerzausen, leicht zwischen ihr und Rosa hin und her und murmelte, indem er den Blick an den Venner befestigte, Siebenkäsen zu: »à la Silhouette!« [1]

Everards Eigenliebe erriet diese schmeichelnden, aber unwillkürlichen Opfer der fremden beleidigten und legte, immer übermütiger gegen den

[1] Vom Generalkontrolleur Silhouette hat der Schattenriß seinen zweiten Namen. Ein leeres ödes Gesicht heißt in Paris eines à la Silhouette.

Armenadvokaten, Fragmente aus seiner Reisebeschreibung, Empfehlungen seiner Bekannten und Fragen über die Ankunft seiner Briefe dem verlegnen Mädchen zudringlich ans Herz. Die Gebrüder Siebenkäs und Leibgeber bliesen einander zum Abzug, aber als echte – Mannspersonen; denn sie zürnten ein wenig über die schuldlose Natalie, gerade als wenn diese dem eintretenden Sponsus und Briefgatten mit dem Handwerk-Gruße hätte entgegenschreiten können: »Mein Herr! Sie können mein Herr gar nicht werden, gesetzt auch, Sie wären nichts Schlimmers als ein Halunke – Tropf – Fratz – Geck – etc.« Aber müssen wir nicht alle (denn ich glaube nicht, daß ich selber auszunehmen bin) an unsere beinerne, mit Sünden gefüllte Brust schlagen und bekennen, daß wir Feuer speien, sobald scheue Mädchen nicht sogleich eines auf die Leute geben, auf die wir vor ihnen Schatten und Bannstrahle geworfen haben – daß wir sie ferner im Fortjagen schlimmer Schildknappen *rasch* erfinden wollen, da sie es doch im Annehmen derselben nicht sind – daß sie sich aus den Not- und Ehrenzügen ihrer Kossäten und andern Lehnleute so wenig machen sollen als wir andern Mitbelehnten – und daß wir ihnen schon gram werden, nicht über ihre Untreue, sondern über eine unverschuldete Gelegenheit dazu? – Der Himmel bessere das Volk, wovon ich eben gesprochen habe.

Firmian und Heinrich schweiften einige Stunden in dem Zaubertale voll Zauberflöten, Zauberzithern und Zauberspiegel umher, aber ohne Ohren und Augen; das Reden über den Vorfall schürte ihre Köpfe wie Ballonöfen voll, und Leibgeber blies aus Famas-Trompete a posteriori mit lauter satirischen Injurien jede Baireutherin an, die er in den Lustgängen spazieren gehen sah. Er tat dar: Weiber wären die schlimmsten Fahrzeuge, in die ein Mann sich in die offne See des Lebens wagen könnte, und zwar Sklavenschiffe und Bucentauros (wenn nicht Weberschiffe, mit denen der Teufel seine Jagdtücher und Prellgarne abwebt), und das um so mehr, da sie eben wie andere Kriegschiffe häufig gewaschen, überall mit einem giftigen Kupfer-Anstrich gegen außen versehen würden und eben solches überfirnißtes Tauwerk (Bänder) führten. Heinrich war mit der (höchst unwahrscheinlichen) Erwartung gekommen, daß Natalie seinen Freund als Augen- und Ohrenzeugen über Rosas kanonische Impedimente (kirchliche Ehehindernisse) protokollarisch vernehmen werde; – und dieses Mißlingen nagte ihn so sehr.

Aber eben, als sich Firmian über des Venners lispelnde, ineinanderrieselnde, um die Zungenspitze kräuselnde Aussprache ohne Ausdruck aufhielt, so rief Heinrich: »Dort läuft ja die Drecklilie!« [1] Es war der Venner, gleichsam ein in seinem Verkaufnetz schnalzender Markthecht. Als der Specht – denn der Naturforscher nennt alles Geflügel mit buntem Gefieder Spechte – näher vor ihnen vorüberflog, sahen sie sein Gesicht von Erbosung

[1] Die gelbe Gold- oder Asphodillwurzel.

glimmen. Wahrscheinlich war der Leim zwischen ihm und Natalien aufgegangen und abgelaufen. –

Die zwei Freunde verweilten noch ein wenig in den Schattengängen, um ihr zu begegnen. Endlich aber nahmen sie ihren Rückweg zur Stadt, auf dem sie einer Dienerin Nataliens nachkamen, die Leibgebern folgendes Schreiben nach Baireuth zu überbringen hatte:

»Sie und Ihr Freund hatten leider recht – und nun ist alles vorbei. – Lassen Sie mich einige Zeit *einsam* auf den Ruinen meiner kleinen Zukunft ruhen und denken. Leute mit verwundeter zugenähter Lippe dürfen nicht reden; und mir blutet nicht der Mund, sondern das Herz, und dies über Ihr Geschlecht. Ach ich erröte über alle die Briefe, die ich bisher leider mit Vergnügen und Irren geschrieben; und fast sollt' ich es kaum. Haben Sie doch selber gesagt, man müsse sich schuldloser Freuden so wenig schämen als schwarzer Beeren, wenn sie auch nach dem Genusse einen dunkeln Anstrich auf dem Munde nachließen. Aber ich dank' Ihnen in jedem Falle von Herzen. Da ich einmal entzaubert werden mußte, so war es unendlich sanft, daß es nicht durch den bösen Zauberer selber geschehen, sondern durch Sie und durch Ihren so redlichen Freund, den Sie mir recht grüßen sollen von mir.

Ihre
A. Natalie«

Heinrich hatte gar auf eine Einladkarte aufgesehen, »da« (sagt' er) »ihr ausgeleertes Herz eine kalte Lücke fühlen müsse, wie ein Finger, dem der Nagel zu scharf beschnitten worden.« Aber Firmian, den die Ehe geschulet, und dem sie über die Weiber Barometerskalen und Zifferblätter gegeben hatte, war der klugen Meinung: »eine Frau müsse in der Stunde, worin sie aus bloßen moralischen Gründen einen Liebhaber verabschiedet habe, gegen den, der sie mit jenen dazu überredet hätte, und wär' es ihr zweiter, ein wenig zu kalt sein.« Und aus demselben Grunde (das muß noch von mir dazu) wird sie gegen den zweiten sogleich nach der Kälte die Wärme übertreiben.

»Arme Natalie! Mögen die Blüten und die Blumen der englische Taft-Verband für die Schnitte in deinem Herzen werden und der milde Äther des Frühlings die Milchkur für deine engatmende Brust!« wünschte Firmian unaufhörlich in seiner Seele und fühlte es so schmerzlich, daß eine Unschuldige so geprüft und gestraft werde wie eine Schuldige und daß sie die reinigende Luft ihres Lebens anstatt von gesunden Blumen sich von giftigen holen mußte.[1]

Den Tag darauf machte Siebenkäs weiter nichts als einen Brief, worunter er sich Leibgeber unterzeichnete, und worin er dem Grafen von Vaduz

[1] Bekanntlich hauchen auch Giftpflanzen Lebenluft aus.

berichtete, daß er krank sei und so graugelb aussehe wie ein Schweizerkäse. Heinrich hatt' ihm keine Ruhe gelassen: »Der Graf«, sagt' er, »hat an mir einen blühenden und *weißglühenden* Inspektor gewohnt. So aber, wenn ers schriftlich hat, findet er sich ins Wirkliche und glaubt, du bist Ich. – Zum Glück sind wir beide sonst Männer, die sich in keinem Mautamt aufzuknöpfen brauchen [1], und die nichts unter der Weste führen als ihre Näbel.«

Am Donnerstag stand Siebenkäs unter dem Tore des Gasthofes und sah den Venner in einem Kurhabit mit einem belorbeerten Parade-Kopf und mit einem ganzen Bahrdtischen Weinberg auf dem Gesicht zwischen zwei Frauenzimmern nach der Eremitage fahren. Als ers hinauftrug ins Zimmer, fluchte und schwur Leibgeber: »Der Spitzbube ist keine wert, als die statt des Kopfes eine *Schädelstätte* und statt des Herzens eine gorge de Paris hat oder (die Richtung ist nur anders) einen cul de Paris.« – Er wollte durchaus heute Natalien besuchen und benachrichtigen; aber Firmian zog ihn gewaltsam zurück.

Freitags schrieb sie selber so an Heinrich:

»Ich widerrufe kühn meinen Widerruf und bitte Sie und Ihren Freund, morgen, wo der Sonnabend die schöne Fantaisie entvölkert, diese eben deswegen lieber zu besuchen als den Sonntag darauf. Ich halte die Natur und die Freundschaft in meinen Armen; und mehr fassen sie nicht. – Mir träumte die vorige Nacht, Sie sähen beide aus *einem* Sarge heraus, und ein weißer, über Sie flatternder Schmetterling würde immer breiter, bis seine Flügel so groß würden wie weiße Leichenschleier, und dann deckt' er Sie beide dicht zu, und unter der Hülle war alles ohne Regung. – Übermorgen kommt meine geliebte Freundin. – Und morgen meine Freunde: ich hoffe. Und dann scheid' ich von euch allen.

N. A.«

Dieser Sonnabend nimmt das ganze künftige Kapitel ein, und ich kann mir einen kleinen Begriff von des Lesers Begierde darnach machen aus meiner eignen; um so mehr, da ich das künftige Kapitel (wenn nicht geschrieben, doch) schon gelesen habe; er aber nicht.

[1] Z. B. in Engelhardszell knöpfet die österreichische Maut jeden Schmerbauch auf, um zu sehen, ob der Speck kein – Tuch sei.

Vierzehntes Kapitel

Verabschiedung eines Liebhabers – Fantaisie – das Kind mit dem Strauße – das Eden der Nacht und der Engel am Tor des Paradieses

Weder das tiefere Himmelblau, das am Sonnabend so dunkel und einfärbig war als sonst im Winter oder in der Nacht – noch die Vorstellung, heute der trauernden Seele unter die Augen zu kommen, die er aus ihrem Paradiese von dem Sodoms-Apfel der Schlange (Rosa) weggetrieben hatte – noch Kränklichkeit – noch Bilder seines häuslichen Lebens allein: sondern diese Halbtöne und Molltöne insgesamt setzten in unserem Firmian ein schmelzendes Maestoso zusammen, das zu seinem nachmittägigen Besuch seinen Blicken und Phantasien ebensoviel Weichheit mitgab, als er draußen in den weiblichen anzutreffen erwartete.

Er traf das Gegenteil an: in und um Natalien war jene höhere, *kalte*, stille Heiterkeit, deren Gleichnis auf den höchsten Bergen ist, unter denen das Gewölke und der Sturm liegt, und um welche eine dünnere, kühlere Luft, aber auch ein dunkleres Blau und eine bleichere Sonne ruhen.

Ich tadl' es nicht, wenn ihr jetzo der Leser aufmerksam unter dem Bericht zuhören will, den sie von ihrem Bruch mit Everard erstatten muß; aber der Bericht könnte um einen preußischen Taler – so klein ist erster – herumgeschrieben werden, wenn ich ihn nicht mit meinem vermehrte und ergänzte, den ich aus Rosas eigner Feder abziehe in meine. Der Venner hat nämlich fünf Jahre darauf einen sehr guten Roman – wenn dem Lobe der Allgemeinen deutschen Bibliothek zu glauben ist – geschrieben, worein er das ganze Schisma zwischen ihm und ihr, die Trennung von Leib und Seele, künstlich einmauerte: wenigstens will man es aus mehren Winken Nataliens schließen. Das ist also meine Vauclusens Quelle. Ein geistiger Hämling wie Rosa kann nichts erzeugen, als was er erlebt, und seine poetischen Fötus sind nur seine Adoptiv-Kinder der Wirklichkeit.

Es ging kürzlich so: kaum waren Firmian und Heinrich das vorigemal unter die Bäume hinaus: so holte der Venner seine Rache nach und fragte Natalien empfindlich, wie sie solche bürgerliche oder verarmte Besuche erdulden könne. Natalie, schon durch die Eiligkeit und Kälte des entflohenen Paars ins Feuer gesetzt, ließ dieses gegen den gelbseidenen Katecheten in Flammen schlagen. Sie versetzte: »eine solche Frage beleidigt fast« – und tat noch ihre hinzu (denn zum Verstellen oder Auskundschaften war sie zu warm und zu stolz): »Sie haben ja selber oft Herrn Siebenkäs besucht.« – »Eigentlich« (sagte der Eitle) »nur seine Frau; er war bloß Vorwand.« – »So?« sagte sie, und dehnte die Silbe so lang aus wie ihren zornigen Blick. Meyern, erstaunt über diese allem vorigen Briefwechsel widersprechende Behandlung, die er den Zwillingduzbrüdern aufrechnete, und dem jetzo seine körperliche Schönheit, sein Reichtum und ihre Dürftigkeit und Abhängigkeit von Blaise und sein Ehemanns-Näherrecht den größten Mut einflößte, dieser kühne Leue machte sich aus dem nichts, was sich kein anderer erdreistet hätte, aus der erzürnten Aphrodite nämlich, um sie mit seinen Ernennungen zu Cicisbeaten und überhaupt mit seiner Perspektive in hundert für ihn offne Gynäzeen und Witwensitze zu demütigen – er sagte ihr, sag' ich, geradezu: »Es ist so leicht, falsche Göttinnen anzubeten und ihre Kirchentüren zu öffnen, daß ich froh bin, durch Ihre babylonische Gefangenschaft zur wahren weiblichen Gottheit auf immer zurückgeführt worden zu sein.«

Ihr ganzes zerquetschtes Herz stöhnte: »Alles, ach alles ist wahr – er ist nicht rechtschaffen – und ich bin nun so unglücklich!« Aber sie schwieg äußerlich und ging erzürnt an den Fenstern herum. Ihr Geist, der auf der weiblichen Ritterbank saß, den es immer nach ungemeinen, heroischen, opfernden Taten gelüstete, und an dem eine Vorliebe zum gesuchten Großen das einzige Kleinliche war, schlug jetzo, da der Venner auf einmal seine Prahlerei durch einen plötzlichen Übersprung in einen leichten scherzenden Ton vergüten wollte und ihr einen Spaziergang in den schönen Park als einen bessern Ort zum Versöhnen vorschlug[1] – ein Ton, der auch bei dem kleinen Kriege mit Mädchen mehr richtet und schlichtet als ein feierlicher – ihr edler Geist schlug nun seine reinen weißen Flügel auf und entfloh auf immer aus dem schmutzigen Herzen dieses gebognen, silberschuppigen Hechtes, und sie trat nahe an ihn und sagte ihm glühend, aber ohne einen nassen Blick: »Herr von Meyern! nun ists entschieden. Wir sind auf ewig getrennt. Wir haben uns nie gekannt, und ich kenne Sie nicht mehr. Morgen wechseln wir unsere Briefe aus.« – Er hätte sich im Besitze dieser starken Seele durch einen feierlichern Ton um mehre Tage, vielleicht Wochen behauptet.

Sie sperrte, ohne ihn weiter anzusehen, ein Kästchen auf und schlichtete Briefe zusammen. Er sagte hundert Dinge, um ihr zu schmeicheln und zu gefallen: sie antwortete nicht einmal. Sein Inneres geiferte, weil er alles den beiden Advokaten schuld gab. Endlich wollt' er die Taubstumme in seiner zornigsten Ungeduld zugleich demütigen und bekehren, indem er sagte: »Ich weiß nur nicht recht, was Ihr Herr Onkel in Kuhschnappel dazu sagen wird; er scheint mir auf meine Gesinnungen gegen Sie einen viel größern Wert zu legen als Sie hier; ja er hält unser Verhältnis für Ihr Glück so notwendig als ich für meines.«

Diese Bürde fiel zu hart auf einen vom Schicksal ohnehin tief zerritzten Rücken. Natalie schloß eilig das Kästchen zu und setzte sich und stützte ihr taumelndes Haupt auf den bebenden Arm und vergoß glühende Tränen,

[1] Da Mädchen den Eiteln am ersten durchschauen: so erriet sie, daß er sie an einem solchen Tage nur als seine Paradewache, als seine Ehrenpforte zum Prahlen gebrauchen und in der besuchten Fantaisie vorführen wollte.

die die Hand umsonst bedeckte. Denn der Vorwurf der Armut fähret aus einem sonst geliebten Munde wie glühendes Eisen ins Herz und trocknet es mit Flammen aus. Rosa, dessen gelöschte Rachsucht der durstigen Liebe wich, und der in selbstsüchtiger Rührung hoffte, sie sei auch in einer über ein zertrenntes Band, dieser warf sich vor sie auf die Knie und sagte: »Es sei alles vergessen! Worüber entzweien wir uns denn? Ihre köstlichen Tränen löschen alles aus, und ich mische die meinigen reichlich darein.«

»Oh!« (sagte sie sehr stolz und stand auf und ließ ihn knien) »ich weine über gar nichts, was Sie angeht. Ich bin arm, aber ich bleibe arm. Mein Herr, nach dem niedrigen Vorwurfe, den Sie mir gemacht haben, können Sie unmöglich dableiben und mich weinen sehen, sondern Sie müssen fortgehen.« –

Er zog demnach ab, und zwar – wenn man als billiger Mann seine Rückfracht von Körben aller Art und von Maulkörben dazu nachwiegt – wirklich aufgerichtet und aufgeweckt genug. Besonders sticht seine Heiterkeit (wenn ich ihn loben soll) dadurch hervor, daß er sie an einem Nachmittage behalten und mit heimgenommen, wo er mit zwei seiner feinsten und längsten Hebel nicht das Kleinste in Nataliens Herz und Herzohren zu bewegen vermocht. Der eine Hebel war der alte, bei Lenetten angesetzte, in den Spiral- und Schneckenlinien kleiner Annäherungen und Gefälligkeiten und Anspielungen sich wie ein Korkzieher einzuschrauben; aber Natalie war nicht weich und locker genug für ein solches Eindringen. Von dem andern Hebel hätte man etwas erwarten sollen – der aber noch weniger angegriffen –, und hatte solcher darin bestanden, daß er wie ein alter Krieger seine Narben aufdeckte, um sie zu Wunden zu verjüngen; er entblößte nämlich sein leidendes, von so mancher Fehlliebe verwundetes und durchbohrtes Herz, das wie ein durchlöcherter Taler als Votivgeld an mancher Heiligen gehangen; seine Seele warf sich in allerlei Hoftrauer der Schmerzen, in ganze und halbe, hoffend, im Trauerschwarz wie eine Witib zauberischer zu glänzen. Aber die Freundin eines Leibgebers konnten nur männliche Schmerzen erweichen, weibische hingegen nur verhärten.

Indes ließ er, wie schon angedeutet, die Braut Natalie zwar ohne alle Rührung über ihr Selberopfern, doch auch ohne sonderlichen Ingrimm über ihr Weigern sitzen – zum Henker fahre sie, dacht' er bloß, und er könne sich kaum selig genug preisen, daß er so leicht der unabsehlich-langen Verdrüßlichkeit entgangen, ein dergleichen Wesen jahraus jahrein ausstehen und verehren zu müssen in einer verdammt langen Ehe; – hingegen über alle Maßen entzündete sich seine Leber gegen Leibgeber und vollends gegen Siebenkäs – den er für den eigentlichen Ehescheider hielt –, und er setzte in der Gallenblase einige Steine an und in den Augen einiges Gallen-Gelb, alles in bezug auf den Advokaten, der ihm nicht genug zu hassen war.

Wir kehren zum Samstag zurück. Natalie verdankte ihre Heiterkeit und Kälte zwar ihrer Herzens-Stärke, doch auch etwas den beiden Pferden und beiden Kränzeljungfern oder Rosen-Mädchen, womit Rosa auf die Eremitage gefahren war. Die weibliche Eifersucht wird immer einige Tage älter als die weibliche Liebe; auch weiß ich keinen Vorzug, keine Schwäche, keine Sünde, keine Tugend, keine Weiblichkeit, keine *Männlichkeit* in einem Mädchen, die nicht dessen Eifersucht mehr entflammen als entkräften hälfe.

Nicht nur Siebenkäs, sogar Leibgeber war diesen Nachmittag, um gleichsam ihre nackte, von ihrem warmen Gefieder entblößte, frierende Seele mit seinem Atem zu erwärmen, ernsthaft und warm, anstatt daß er sonst seine Prämien und Rügen in Ironien umkleidete. Vielleicht macht' ihn auch ihr schmeichelhafter Gehorsam zahmer. Firmian hatte außer diesen Gründen noch die wärmern, daß morgen die Britin kam und diese Gartenlust verdarb oder verbot – daß er, mit den Stichwunden einer verlornen Liebe vertrauter, ein unendliches Mitleiden mit ihren hatte und gern den Verlust ihres Herzblutes mit dem seinigen erleichtert oder ersetzet hätte – und daß er, in nackten, unscheinbaren Zimmern aufgewachsen, für die glänzenden, vollen um ihn eine Empfindung hatte, die er natürlicherweise auf die Mietbewohnerin und Klausnerin derselben übertrug.

Gerade die Dienerin, die uns in dieser Woche schon einmal in die Hände gelaufen ist, kam herein mit Augen voll Tränen und stammelte: »sie gehe zum heiligen Beichtstuhle, und wenn sie ihr etwas zuleide getan hätte etc.« – »Mir?« sagte Natalie mit liebenden Augen. »Aber im Namen Ihrer Herrschaft (der Britin) kann ich Ihr vergeben«, und ging mit ihr hinaus und küßte sie, wie ein Genius, ungesehen. – Wie schön steht einer Seele, die sich vorher kraftvoll gegen den Unterdrücker aufrichtete, das Vergeben an und das Herabneigen und Niederbücken zu einem Bedrängten! –

Leibgeber nahm einen Band von Tristram aus der Bibliothek der Engländerin und legte sich damit hinaus unter den nächsten Baum; er wollte seinem Freunde das Anismarzipan und Honiggewirke eines solchen verplauderten Nachmittags, das für ihn schon Hausmannkost war, ungeteilt zuwenden. Auch hatt' ihn, wenn er heute eine Miene zum Scherzen machte, Nataliens Auge bittend angeblickt: »Tu es nur heute nicht – zähl' ihm die Blatternarben meines innern Menschen nicht vor – schone mich dasmal!« – Und endlich – und darauf wars hauptsächlich abgesehen – sollte es sein Firmian leichter haben, der empfindlichen, nunmehr auf Achtel-Sold gesetzten Natalie den Vorschlag, seine lachende Erbin, seine apanagierte Witwe zu werden, hinter dreifachen Leichenschleiern mit verzognen Buchstaben zu zeigen.

Das war für Siebenkäs eine Schanzarbeit – eine Reise über die Alpen – eine um die Welt – eine in die Höhle zu Antiparos – und eine Erfindung der Meerlänge – – er dachte gar nicht daran, nur Anstalten dazu zu machen; ja er hatte auch schon früher Leibgebern gesagt: wäre sein Sterben bloß ein wahres, so spräche niemand lieber als er mit ihr davon; nur mit dem Aussprechen eines scheinbaren könn' er sie unmöglich betrüben, sie müsse sich auf Geratewohl und unbedingt zur Witwenschaft verstehen; »und ist denn mein Sterben so etwas ganz und gar Unmögliches?« fragte er. »Ja!« hatte Leibgeber gesagt, »wo bliebe unser spaßhaftes? und die Donna muß alles aushalten.« Er sprang, wie es scheint, etwas härter und kälter mit Weiberherzen um als Siebenkäs, für welchen, als einsiedlerischen Kenner seltener weiblicher Kraftseelen, freilich eine solche wunde und warme kaum genug zu schonen war; indes will ich zwischen beiden Freunden nicht richten.

Er stellte sich, als Heinrich mit Yorick hinaus war, vor ein Freskobild, das diesen Yorick neben der armen flötenden Maria und ihrer Ziege malte – denn die Gemächer der Großen sind Bilderbibeln und ein Orbis pictus, sie sitzen, speisen und gehen auf Gemälde-Ausstellungen, und es ist ihnen desto unangenehmer, daß sie zwei der größten schon grundierten Räume nicht können ausmalen lassen, den Himmel und das Meer. – Natalie war kaum neben ihn nachgetreten, so rief sie: »Was ist heute daran zu sehen? Weg davon!« Sie war ebenso freimütig und unbefangen gegen ihn, als er es nicht zu sein vermochte. Sie zeigte ihre schöne,warme Seele bloß in etwas, worin sich die Menschen unwissend am meisten entweder *entschleiern* oder *entlarven* – in ihrer Art zu loben: der erleuchtete Triumphbogen, den sie über den Kopf der wiederkehrenden Britin führte, hob ihre Seele selber empor, und sie stand als Siegerin im Lorbeerkranz und in der schimmernden Orden-Kette der Tugend auf der Ehrenpforte. Ihr Lob war das Echo und Doppelchor des fremden Werts; sie war so ernst und so warm! – O es steht tausendmal schöner, Mädchen, wenn ihr für euere Gespielinnen Braut- und Lorbeerkränze schlingt und legt, als wenn ihr ihnen Strohkränze und Halseisen dreht und krümmt! –

Sie machte ihm ihre Vorliebe für gedruckte und ungedruckte Britinnen und Briten bekannt, ob sie gleich erst vorigen Winter den ersten Engländer in ihrem Leben gesehen, »wenn nicht«, sagte sie lächelnd, »unser Freund draußen der erste war«. Leibgeber schaute sich draußen auf seiner grünen Gras-Matratze um und sah durch geöffnete Fenster beide freundlich zu ihm herunterblicken; und in sechs Augen floß der Schimmer der Liebe. Wie sanft drückte eine einzige Sekunde drei verschwisterte Seelen aneinander! –

Da die Kammerjungfer aus der Beichte in ihren weißglänzenden Kleidern wiederkam, welche statt leichter Schmetterlingflügel dicke Flügeldecken waren und woran noch einiges mattbunte Bändergeflügel flatterte: sah Firmian diese geputzte Bußfertige ein wenig an und nahm das schwarzgoldene Gesangbuch, das sie in der Eile hingelegt: er schnallte es auf und fand eine ganze seidene Musterkarte darin – ferner Pfauengefieder. Natalie, die ihm eine satirische Reflexion über ihr Geschlecht ansah, trieb sie sogleich ab: »Ihr Geschlecht hält so viel auf Ornate als unseres; das beweisen die Kurhabite, die Krönungkleider in Frankfurt und alle Amtkleidungen und Monturen. – Und der Pfau ist ja der Vogel der alten Ritter und Dichter; und wenn sie auf seine Federn schwören oder sich damit bekränzen durften: so können wir doch einige aufstecken, oder Lieder damit bezeichnen, wenn auch nicht belohnen.« – Dem Armenadvokaten entwischte zuweilen eine unhöfliche Verwunderung über ihr Wissen. Er blätterte unter den Festliedern und stieß auf umgoldete Marienbilder und auf ein ausgestochnes Bild, das zwei bunte Kleckse, die zwei Verliebte vorstellen sollten, samt einem dritten phosphoreszierenden Herzen vorzeigte, das der männliche Klecks dem weiblichen mit den Worten anbot: »Hast du meine Liebe noch nicht 'kennt? Schau nur, wie hier mein Herze brennt.« Firmian liebte Familien- und Gesellschafts-Miniaturstücke, wenn sie elend waren wie hier. Natalie sah und las es und nahm eilig das Buch und schnappte das Gesperre zu und fragte ihn erst dann: »Sie haben doch nichts darwider?«

Der Mut gegen Weiber wird nicht angeboren, sondern erworben: Firmian war mit wenigen in Verkehr gestanden, daher hielt seine Furcht einen weiblichen, besonders einen vornehmen Körper – denn bei Herren, nicht bei Damen, ist es leicht und recht, sich über den Stand hinweg zu setzen – für eine heilige Bundeslade, an die kein Finger stoßen darf, und jeden Weiberfuß für einen, auf welchem eine spanische Königin steht, und jeden Weiber-Finger für eine franklinische Spitze, aus der elektrisches Feuer spritzt. Wäre sie in ihn verliebt gewesen, so könnt' ich sie mit einer elektrisierten Person vergleichen, die alle Vexier-Schmerzen und Funken, die sie gibt, selber verspürt. Indessen war nichts natürlicher, als daß seine Scheu mit der Zeit abnahm, und daß er sich zuletzt, wenn sie gerade sich nicht umsah, kein Bedenken machte, die Bandschleife ihres Kopfes dreist zwischen die Finger zu nehmen, ohne daß sie es merkte. Kleine Vorschulen zu diesem Wagstück mochten es sein, daß er vorher die besten Dinge, die oft durch ihre Hände gegangen waren, in seine zu fassen versuchte; sogar die englische Schere, ein abgeschraubtes Nähkissen und einen Bleistift-Halter.

Auf dasselbe wollt' er sich auch bei einer wächsernen Weintraube einlassen, von der er glaubte, sie bestehe, wie eine auf Butterbüchsen, aus Stein. Er faßte sie daher in seine Faust wie in eine Kelter auf und pletschte zwei oder drei Beeren entzwei. Er reichte Bittschriften und Gnadenmittel und Indulgenzen ein, als ob er den Porzellan-Turm in Nanking hätte fallen und zerspringen lassen. Sie sagte lächelnd: »Es ist nichts verloren. Unter den Freuden gibts solcher Beeren noch genug, die eine schöne reife Hülle haben und ohne allen berauschenden Most sind und ebenso leicht entzwei gehen.«

Er fürchtete sich, daß dieser erhabne vielfarbige Regenbogen seiner Freude zusammenbreche in einen Abendtau und heruntersinke mit der Sonne draußen; und er erschrak, da er Leibgebern auf dem blühenden Rasen nicht mehr lesen sah. Die Erde draußen verklärte sich zu einem Sonnenlande – jeder Baum war eine festere, reichere Freudenblume – das Tal schien wie ein zusammengerücktes Weltgebäude zu klingen von der tiefen brausenden Sphärenmusik. Gleichwohl hatt' er nicht den Mut, dieser

Venus zu einem Durchgang durch die Sonne, d. h. durch die übersonnte Fantaisie den Arm zu reichen; das Schicksal des Venners und die Nachlese umherirrender Garten-Gäste machte ihn blöde und stumm.

Plötzlich klopfte Heinrich mit seinem achatenen Stockknopf ans Fenster und schrie: »'nüber zum Essen! Der Stockknopf ist die Wiener Laterne.[1] Wir kommen doch heute vor Mitternacht nicht heim.« (Er hatte nämlich in dem Gasthöfchen daneben für sich und ihn ein Abendessen sieden lassen.) – Auf einmal rief er nach: »Da fragt eben ein schönes Kind nach dir!« – Siebenkäs eilte heraus, und dasselbe liebliche kleine Mädchen, dem er nach dem großen Festabende in der Eremitage auf dem begeisterten Flügellaufe durch das Dorf Johannis seine Blumen in die Hände gedrückt, stand mit einem Kränzchen da und fragte: »Wo ist denn Seine Frau, die mich vorgestern aus dem Wasser herausgezogen? ich soll ihr ein paar schöne Blumen verehren von meinem Herrn Paten; und nächstens kommt meine Mutter bald und bedankt sich recht schön; sie liegt aber noch im Bette, denn sie ist gar zu krank.« –

Natalie, die es oben gehört, kam herunter und sagte errötend: »Liebe Kleine, war ichs denn nicht? – Gib mir nur dein Sträußchen her.« – Die Kleine küßte, sie erkennend, ihr die Hand, dann ihren Rocksaum und endlich den Mund; und wollte die Kußrunde wieder anfangen, als Natalie den Strauß aufblätterte und unter seinen *lebendigen* Vergißmeinnicht und weißen und roten Rosen auch drei *seidne* Nachbilder derselben antraf. Auf Nataliens Frage der Befremdung, woher sie die teueren Blumen habe, antwortete die Kleine: »Wenn Sie mir aber vorher ein paar Kreuzer schenkt«; und setzte, da sie solche bekommen, hinzu: »Von meinem Herrn Paten, der ist gar sehr vornehm«, und lief die Gesträuche hinunter.

Allen war der Strauß ein wahres türkisches Selam- oder Blumenrätsel. Des Kindes schnelle Trauung Nataliens mit Siebenkäs erklärte Leibgeber an sich leicht aus dem Umstande, daß der Advokat auf dem Wasserbecken-Ufer neben ihr gestanden und ihr die helfende Hand gereicht, und daß die Leute aus Irrtum über die körperliche Ähnlichkeit dafür gehalten, anstatt Leibgeber sei niemand mit ihr so oft bisher spazieren gegangen als der Advokat.

Allein Siebenkäs dachte mehr an den Maschinenmeister Rosa, der die Flickszene seines Lebens gern in jedes weibliche Spiel einflickte, und die Ähnlichkeit der welschen Blumen mit denen, die der Venner einmal in Kuhschnappel für Lenetten ausgelöset, war ihm auffallend; aber wie hätt' er die frohe Zeit und selber die Freude über die Votiv-Blumen des geretteten Kindes mit seinem Erraten trüben können? – Natalie bestand freundlich auf Teilung der Blumen-Erbschaft, da jedes etwas getan und sie beide

[1] Uns ist allen schon aus den Zeitungen bekannt, daß durch die Wiener »Gala-Redouten« eine Papier-Laterne mit der Aufschrift wandert: »es ist aufgetragen«, welches man das Wiener Laternisieren nennen kann.

wenigstens die Retterin gerettet. Sich behielt sie die weiße Seiden-Rose vor; Leibgebern trug sie die rote an – der sie aber ausschlug und dafür eine vernünftige natürliche verlangte und solche sofort in den Mund steckte – und dem Advokaten reichte sie das seidne Vergißmeinnicht und noch ein paar lebendige duftende dazu, gleichsam als Seelen der Kunstblumen. Er empfing sie mit Seligkeit und sagte, die weichen lebendigen würden nie für ihn verwelken. Darauf nahm Natalie nur einen kurzen Zwischen-Abschied von beiden; aber Firmian konnte seinem Freunde nicht genug danken für alle seine Anstalten zum Verlängern einer Gnadenzeit, die mit einem neuen Himmel und einer neuen Erde sein altes abgelebtes Leben einfaßte.

Kein König in Spanien kann, obgleich die Reichsgesetze für ihn hundert Schüsseln füllen und auftragen, so wenig aus nicht mehr als sechsen nehmen, als Firmian aus *einer* genoß. Trinken aber mocht' er – wie uns glaubwürdige Geschichtschreiber melden – etwas, und Wein ohnehin, und in der Eile dazu; denn für Leibgeber konnt' er überhaupt heute nicht selig genug sein, weil eben letzter, an und für sich sonst nicht leicht von Herzen und Gefühlen ergriffen, eine desto unaussprechlichere Freude darüber empfand, daß sein lieber Firmian endlich einmal einen höchsten Glück- und Pol- und Ruhstern am Himmel über sich bekommen, welcher ihm nun die Blütezeit seiner so dünngesäeten Blumen lind erwärme und bestrahle.

Durch seinen eiligen Doppel-Genuß gewann er der Sonne den Vorsprung ab und kam wieder vor das sonnenrote Schloß, dessen Fenster der prächtige Abend in Feuer vergoldete. Natalie stand außen auf dem Balkon wie eine überglänzte Seele, die der Sonne nachfliegen will, und hing mit ihren großen Augen an der leuchtenden, erschütterten Welt-Rotunda voll Kirchengesang und an der Sonne, die wie ein Engel aus diesem Tempel niederflog, und am erleuchteten heiligen Grabe der Nacht, in das die Erde sinken wollte. –

Noch unter dem Gitter des Balkons, auf den ihn Natalie winkte, gab ihm Heinrich seinen Stock: »Heb ihn auf – ich habe andere Sachen zu tragen – willst du mich haben, so pfeif'!« – Der gute Heinrich trug physisch und moralisch hinter einer zottigen Bären-Brust das schönste Menschen-Herz.

Glücklicher Firmian, ungeachtet deiner Bedrängnisse! Wenn du jetzo durch die Glastüre auf den eisernen Fußboden hinaustrittst: so sieht dich die Sonne an und sinkt noch einmal, und die Erde deckt ihr großes Auge, wie das einer sterbenden Göttin, zu! – Dann rauchen die Berge um dich wie Altäre – aus den Wäldern rufen die Chöre – die Schleier des Tages, die Schatten, flattern um die entzündeten, durchsichtigen Gipfel auf und liegen über den bunten Schmucknadeln aus Blumen, und das Glanzgold der Abendröte wirft ein Mattgold nach Osten und fället mit Rosenfarben an die schwebende Brust der erschütterten Lerche, der erhöhten Abendglocke der

Natur! – Glücklicher Mensch! wenn ein herrlicher Geist von weitem über die Erde und ihren Frühling fliegt, und wenn unter ihm sich tausend schöne Abende in *einen* brennenden zusammenziehen: so ist er nur elysisch wie der, der um dich verglimmt.

Als die Flammen der Fenster verfalbten, und der Mond noch schwer hinter der Erde emporstieg: gingen beide stumm und voll ins helldunkle Zimmer hinab. Firmian öffnete das Fortepiano und wiederholte auf den Tönen seinen Abend, die zitternden Saiten wurden die feurigen Zungen seiner gedrängten Brust; die Blumenasche seiner Jugend wurde aufgeweht, und unter ihr grünten wieder einige junge Minuten nach. Aber da die Töne Nataliens gehaltenes geschwollenes Herz, dessen Stiche nur verquollen, nicht genesen waren, mit warmem Lebenbalsam überflossen: so ging es sanft und wie zerteilet auseinander, und alle seine schweren Tränen, die darin geglühet hatten, flossen daraus ohne Maß, und es wurde schwach, aber leicht. Firmian, der es sah, daß sie noch einmal durch das Opfertor ins Opfermesser gehe, endigte die Opfermusik und suchte sie von diesem Altar wegzuführen. – Da lag der Mond plötzlich mit seinem ersten Streif, wie mit einem Schwanenflügel, auf der wächsernen Traube. Er bat sie, in den stillen, nebligen Nachsommer des Tages, in den Mondabend, hinauszugehen: sie gab ihm den Arm, ohne Ja zu sagen.

Welche flimmernde Welt! Durch Zweige und durch Quellen und über Berge und über Wälder flossen blitzend die zerschmolzenen Silberadern, die der Mond aus den Nachtschlacken ausgeschieden hatte, sein Silberblick flog über die zersprungene Woge und über das rege, glatte Apfelblatt und legte sich fest um weiße Marmorsäulen an und um gleißende Birkenstämme! Sie standen still, eh' sie in das magische Tal wie in eine mit Nacht und Licht spielende Zauberhöhle stiegen, worin alle Lebenquellen, die am Tage Düfte und Stimmen und Lieder und durchsichtige Flügel und gefiederte emporgeworfen hatten, zusammengefallen einen tiefen, stillen Golf anfüllten; sie schaueten nach dem Sophienberg, dessen Gipfel die Last der Zeit breit drückte, und auf dem, statt der Alpenspitze, der Koloß eines Nebels aufstand; sie blickten über die blaßgrüne, unter den fernern, stillern Sonnen schlummernde Welt und an den Silberstaub der Sterne, der vor dem heraufrollenden Mond weit weg in ferne Tiefen versprang – und dann sahen sie sich voll frommer Freundschaft an, wie nur zwei unschuldige, frohe, erstgeschaffene Engel es vor Freude können, und Firmian sagte: »Sind Sie so glücklich wie ich?« – Sie antwortete, indem sie unwillkürlich nicht seine Hand, sondern seinen Arm drückte: »Nein, das bin ich nicht – denn auf eine solche Nacht müßte kein Tag kommen, sondern etwas viel Schöneres, etwas viel Reicheres, was das durstige Herz befriedigt und das blutende verschließt.« – »Und was ist das?« fragt' er. – »Der Tod!« sagte sie leise. Sie hob ihre strömenden Augen auf zu ihm und wiederholte: »Edler Freund, nicht wahr, für mich der Tod?« – »Nein«, sagte Firmian,

»höchstens für mich.« Sie setzte schnell dazu, um den zerstörenden Augenblick zu unterbrechen: »Wollen wir hinunter an die Stelle, wo wir uns zum ersten Male sahen, und wo ich zwei Tage zu früh schon Ihre Freundin war – und es war doch nicht zu früh – wollen wir?«

Er gehorchte ihr; aber seine Seele schwamm noch im vorigen Gedanken, und indem sie einem langen, gesenkten Kiesweg nachsanken, den die Schatten des Laubenganges betropften, und über dessen weißes, nur von Schatten wie Steinen geflecktes Bette das Licht des Mondes hinüberrieselte, so sagt' er: »Ja, in dieser Stunde, wo der Tod und der Himmel ihre Brüder schikken [1], da darf schon eine Seele wie Ihre an das Sterben denken. Ich aber noch mehr; denn ich bin noch froher. O! die Freude sieht am liebsten bei ihrem Gastmahl den Tod; denn er selber ist eine und das letzte Entzücken der Erde. Nur das Volk kann den himmelhohen Zug der Menschen in das ferne Land der Frühlinge mit den Larven- und Leichenerscheinungen unten auf der Erde verwechseln, ganz so wie es das Rufen der Eulen, wenn sie in wärmere Länder ziehen, für Gespenster-Toben hält. – Und doch, gute, gute Natalie! kann ich bei Ihnen nicht denken und ertragen, was Sie genannt. – Nein, eine so reiche Seele muß schon in einem frühern Frühling ganz aufblühen als in dem hinter dem Leben; o Gott, sie muß!« – Beide kamen eben an einer vom breiten Wasserfalle des Mondlichts überkleideten Felsenwand herunter, an die sich ein Rosen-Gegitter andrückte. – Natalie brach einen grün- und weichdornigen Zweig mit zwei anfangenden Rosenknöspchen und sagte: »ihr brecht niemals auf«, steckte sie an ihr Herz, sah ihn sonderbar an und sagte: »Ganz jung stechen sie noch wenig.«

Unten an der heiligen Stätte ihrer ersten Erscheinung, am steinernen Wasserbecken, suchten beide noch Worte für ihr Herz: da stieg jemand aus dem trocknen Becken heraus. Niemand konnte anders lächeln als gerührt, da es ihr Leibgeber war, der hier versteckt mit einer Weinflasche neben abgebildeten Wassergöttern gelauert hatte, bis sie kamen. Es war in seinem verstörten Auge etwas gewesen, das für diese Frühlingnacht aus solchem, wie eine *Libation* unseres Freudenkelches, gefallen war. »Dieser Platz und Hafen euerer ersten Landung hier« (sagt' er) »muß sehr verständig eingeweihet werden. Auch Sie müssen anstoßen. – Beim Himmel! von seinem *blauen* Gewölbe hanget heute mehr Kostbares herunter, daß mans ergreifen kann, als von irgendeinem *grünen.*« Sie nahmen drei Gläser und stießen an und sagten (mehre unter ihnen, glaub' ich, mit erstickter Stimme): »Es lebe die Freundschaft! – – es grüne der Ort, wo sie anfing! es blühe jede Stelle, wo sie wuchs – und wenn alles abblüht und alles abfällt, so dauere sie doch noch fort!« Natalie mußte die Augen abwenden. Heinrich legte die Hand auf seinen achatenen Stockknopf; aber bloß (weil die seines Freundes, der ihn noch hatte, schon vorher darauf lag), bloß um

[1] Der Tod den Schlaf, der Himmel den Traum.

diese recht herzlich und ungestüm zu drücken, und sagte: »Gib her; du sollst heute gar keine *Wolken* in der Hand haben.« Auf dem Achat hatte nämlich die unterirdische Natur Wolkenstreifen eingeätzt. Diese verschämte Hülle über den heißen Zeichen der Freundschaft würde jedes Herz, nicht bloß Nataliens weiches, mit gerührter Wonne umgekehret haben. »Sie bleiben nicht bei uns?« sagte sie schwach, als er fort wollte. »Ich gehe hinauf zum Wirte«, sagt' er, »und wenn ich droben eine Querpfeife oder ein Waldhorn ausfinde: so stell' ich mich heraus und musiziere über das Tal herein und blase den Frühling an.« –

Als er verschwand, war seinem Freund, als verschwände seine Jugendzeit. Auf einmal sah er hoch über den taumelnden Maikäfern und verwehten Nachtschmetterlingen und ihren pfeilschnellen Jägern, den Fledermäusen, im Himmel ein breites, einem zerstückten Wölkchen ähnliches Gefolge von Zugvögeln durch das Blaue schweben, die zu unserem Frühling wiederkamen. Hier stürzten sich alle Erinnerungen an seine Stube im Marktflecken, an sein Abendblatt und an die Stunde, wo ers unter einer ähnlichen Wiederkunft früherer Zugvögel mit dem Glauben geschlossen hatte, sein Leben bald zu schließen, diese Erinnerungen stürzten mit allen ihren Tränen an sein geöffnetes Herz – und brachten ihm den Glauben seines Todes wieder – und diesen wollt' er seiner Freundin geben. Die breite Nacht lag vor ihm, wie eine große Leiche auf der Welt; aber vor dem Wehen aus Morgen zuckten ihre Schattenglieder unter den beschienenen Zweigen – und vor der Sonne richtet sie sich auf als ein verschlingender Nebel, als ein umgreifendes Gewölke, und die Menschen sagen: es ist der Tag. In Firmians Seele standen zwei überflorte Gedanken, wie Schreck-Larven, und stritten miteinander; der eine sagte: er stirbt am Schlage, und er sieht sie ohnehin nicht mehr – und der andere sagte: er stellet sich gestorben, und dann darf er sie nicht mehr sehen. – Er ergriff, von Vergangenheit und Gegenwart erdrückt, Nataliens Hand und sagte: »Sie dürfen mir heute die höchste Rührung vergeben – ich sehe Sie nie mehr wieder, Sie waren die edelste Ihres Geschlechts, die ich gefunden, aber wir begegnen uns nie mehr – Bald müssen Sie hören, daß ich gestorben bin oder mein Name verschwunden ist, auf welche Art es auch sei; aber mein Herz bleibt noch für Sie, für dich.... O daß ich doch die Gegenwart mit ihrer Gebirgkette von Totenhügeln hinter mir hätte und – die Zukunft jetzo vor mir mit allen ihren offnen Grabhöhlen, und daß ich heute so an der letzten Höhle stände und dich noch ansähe und dann selig hinunterstürzte.«

Natalie antwortete nichts. Auf einmal stockte ihr Gang, ihr Arm zuckte, ihr Atem quälte sich, sie hielt an und sagte mit zitternder Stimme und mit einem ganz bleichen Angesicht: »Bleiben Sie auf dieser Stelle – lassen Sie mich nur eine Minute lang auf die Rasenbank dort allein sitzen – ach! ich bin so hastig!« – Er sah sie wegzittern. Sie sank, wie unter Lasten, auf eine lichte Rasenbank, sie heftete ihre Augen geblendet an den Mond, um welchen der blaue Himmel eine Nacht wurde, und die Erde ein Rauch; ihre Arme lagen erstarrt in ihrem Schoß, bloß ein Schmerz, einem Lächeln ähnlich, zuckte um den Mund, und in dem Auge war keine Träne. Aber vor ihrem Freund lag jetzo das Leben wie ein aus- und ineinanderrinnendes Schattenreich, voll dumpfer, hereingesenkter Bergwerkgänge, voll Nebel wie Berggeister, und mit einer einzigen, aber so engen, so fernen, oben hereinleuchtenden Öffnung hinaus in den Himmel, in die freie Luft, in den Frühling, in den hellen Tag. Seine Freundin ruhte dort in dem weißen kristallenen Schimmer, wie ein Engel auf dem Grabe eines Säuglings..... Plötzlich ergriffen die hereinfallenden Töne Heinrichs, gleichsam das Glokkenspiel eines Gewitterstürmers, die zwei betäubten Seelen wie vor einem Gewitter, und in den heißen Quellen der Melodie ging das hingerissene Herz auseinander .... Nun nickte Natalie mit dem Haupte, als wenn sie eine Entschließung bejahte; sie stand auf und trat wie eine Verklärte aus der grünen überblühten Gruft – und öffnete die Arme und ging ihm entgegen. Eine Träne nach der andern floß über ihr errötendes Angesicht; aber ihr Herz war noch sprachlos – sie konnte, erliegend unter der großen Welt in ihrer Seele, nicht weiter wanken, und er flog ihr entgegen – sie hielt, heißer weinend, ihn von sich, um erst zu sprechen – aber nach den Worten: »erster und letzter Freund, zum ersten und letzten Male« mußte sie atemlos verstummen, und sie sank, von Schmerzen schwer, in seine Arme, an seinen Mund, an seine Brust. »Nein, nein« (stammelte sie) »o Gott, gib mir nur die Sprache – Firmian, mein Firmian, nimm hin, nimm hin meine Freude, alle meine Erdenfreuden, was ich nur habe. Aber niemals, bei Gott, nie sieh mich mehr wieder auf der Erde; aber« (sagte sie leise) »das beschwöre mir jetzt!« – Sie riß ihr Haupt zurück, und die Töne gingen wie redende Schmerzen zwischen ihnen hin und her, und sie starrete ihn an, und das bleiche, zerknirschte Angesicht ihres Freundes zerrüttete ihr wundes Herz, und sie wiederholte die Bitte mit brechendem Auge: »Schwöre nur!« – Er stammelte: »Du edle herrliche Seele, ja ich schwöre dirs, ich will dich nicht mehr sehen.« – Sie sank stumm und starr, wie vom Tode berührt, auf sein Herz mit gebücktem Haupte nieder, und er sagte noch einmal wie sterbend: »Ich will dich nicht mehr sehen.« Dann hob sie leuchtend wie ein Engel das erschöpfte Angesicht auf zu ihm und sagte: »Nun ists vorbei! – nimm dir noch den Todes-Kuß und sage nichts mehr zu mir.« Er nahm ihn, und sie entwand sich sanft; aber im Umwenden reichte sie ihm rückwärts noch die grüne Rosenknospe mit weichen Dornen und sagte: »Denk' an heute.« – Sie ging entschlossen, obwohl zitternd, fort und verlor sich bald in den dunkelgrünen, von wenigen Strahlen durchschnittenen Gängen, ohne sich mehr umzuwenden.

– Und das Ende dieser Nacht wird sich jede Seele, die geliebt, ohne meine Worte malen.

ERSTES FRUCHTSTÜCK

Brief des Doktor Viktor an Kato den Ältern über die Verwandlung des Ich ins Du, Er, Ihr und Sie – oder das Fest der Sanftmut am 20ten März

Flachsenfingen, den 1ten April 1795

Mein lieber Kato der Ältere!

Einen Wortbrüchigen wie Sie, der so heilig zu meinem Feste zu reisen versprach und doch nicht kam, muß man nicht wie die Wilden andere Fälscher ihres eignen Wortes damit strafen, daß man ihm die Lippen vernäht – dabei verlöre nur der Zuhörer –, sondern daß man sie ihm wässerig macht. Wenn ich Ihnen unser Friedenfest der Seele recht treu und reich werde geschildert haben: so will ich mir vor dem Fluche die Ohren zuhalten, den Sie über Ihren schlimmen Genius ausstoßen. Wir philosophierten alle am Feste, und alle bekehrten sich, mich ausgenommen, der ich zu keinem Neubekehrten tauge, weil ich der Heidenbekehrer selber war.

Unsere Flottille von drei Kähnen – der Furchtsamkeit der Damen wegen mußten wir den dritten nehmen – lief den 20ten März nachmittags um 1 Uhr aus, stach in den Fluß, gewann die hohe See, und nach 1 Uhr konnten wir schon die – Staubfäden und Spinnengewebe der Insel deutlich erkennen. Um 1/4 auf 2 Uhr stiegen wirklich ans Land der Professor – dessen Eheliebste nebst einer Kleinen und einem Kleinen – Melchior – Jean Paul – der Regierungrat Flamin – die schöne Luna (hier tun Sie Ihren ersten Fluch) – der Endes-Unterschriebene und die Frau desselben.

Es wurde einiger Burgunder ausgeschifft; in den Frühlinganfang, der heute um 3 Uhr 38 Minuten bevorstand, wollten wir auf einem Strome der Zeit hineinfahren, den wir ansehnlich gefärbt und versüßet hatten. Über die Insel, Kato, waren viele außer sich und wünschten meistens, sie hätten dieses holde bowlinggreen des Rheins, dieses Lustlager in den Wogen nur eher betreten. Luna, älterer Kato (irr' ich nicht, so haben Sie diese weiche Seele, die statt eines Körpers eine weiße Rose bewohnen und röten sollte, schon einmal gesehen), Luna weinte halb vor Entzücken (denn halb wirds Trauer über *jeden* Abwesenden gewesen sein), halb vor Entzücken nicht sowohl über die Erlen-Familien am runden Ufer oder über die italienischen Pappeln, die trunken und zitternd in den umfangenden wiegenden Lüften lagen, noch über die grün-sonnigen Gänge, sondern zwar erstlich über alles dieses und über den Frühling-Himmel und über den Rhein, der ihm seinen zweiten Himmel über Amerika vormalte, und über die Ruhe und Wonne ihrer Seele, aber doch hauptsächlich über die Alpe mitten im Eilande.

Die Alpe wird bei Gelegenheit in diesem Schreiben abgeschattet. Ich fragte Lunen sogleich, wo Sie wären; »auf der Frankfurter Messe«, repartierte sie. Wars denn wahr?

Eine ankommende Gesellschaft wird nicht wie die Bruchschlange von jeder Berührung des Zufalls in zehn zappelnde Stücke zerlegt; sogar die Weiber blieben bei uns, denen ich durch mein Anordnen des Abendessens alle Gelegenheit zu häuslichen Verdiensten abschnitt. Die Barataria-Insel sollte heute zu einem gelehrten Waffenplatz und Kriegtheater werden. Ich liebe das Disputieren; gelehrte Zänkereien sind einer Gesellschaft so ersprießlich als verliebte der Liebe oder als Schlägereien der Marionetten-Oper. – Gewisse Menschen sind gleich den Herrnhutern, die sonst den Beichtstuhl und das Beichtkind wechselnd machten und sich einander ihre Seelen malten, ihre eigne Steckbriefe und heften Anschlagzettel von ihrem Innern in dreier Herren Landen an –– und so bin ich: einen Fehler, den ich an mir finde oder ändere, nämlich einen deutschen Anzeiger davon, trag' ich sogleich durch die halbe Stadt, wie Damen den Zeugenrotul von einem fremden. Seit drei Wochen, mein lieber Kato, ist nun meine ganze Seele mit einem unverrückten Sonnenschein von Ruhe und Liebe überdeckt, den mir der sel. Oberpikeur, der ihn selber nicht hatte, ohne sein Wissen vermachte; und jetzo rast' ich nicht, bis ich diesen köstlichen Nachlaß auf euch alle weiter vererbe.

Als Polizeilieutenant der Insel konnt' ich also auch Polizeianstalten über die Gespräche auf ihr treffen; und ich lenkte unsers auf den Pikeur. Die Wespen sumsten nun aus ihrem Neste; die erste Wespe war Ihr Herr Bruder Melchior selber, der in den Geiz des Pikeurs seinen Stachel schoß und sagte: diese Leute, die ihre Beute im Sarge erst der Armut vererbten, glichen den Hechten, die im Fischkasten den verschluckten Raub sogleich von sich geben; sie sollten es aber lieber wie Judas Ischariot machen und noch vor ihrem Hängetag ihre Silberlinge in die Kirchen werfen. Der zweite Bruder war die zweite Wespe, Herr Jean Paul, der sagte: »Bloß Geizhälse sterben nie lebensatt, noch unter den Händen des Todes suchen sie mit ihren etwas zu verdienen und kütten sich, wie die zerschnittene Napfmuschel, noch fürchterlich mit der blutigen Hälfte an die Erdscholle fest.« – »Ach«, sagt' ich, »jeder Mensch ist in irgend etwas ein ausgemachter Filz. Ich kann einen Menschen, der sich nur auf eigne Kasteiungen und Mortifikationen einschränkt, nicht mehr so bitter verfolgen, als ich sonst tat: was für ein außerordentlicher Unterschied ist denn zwischen einem gelehrten antiken Wardein, der alle Freuden seines Lebens destilliert, abdampfet und anschießen läßt in den Rost eines Münzkabinetts, und was für einer zwischen dem Filze, der die Exemplare seines Münzkabinetts wie Stimmen zugleich wiegt und zählt? Wahrlich ein geringerer als der unserer Urtel über beide.« Nun wollt' ich geschickt auf den Pikeur überlenken; aber man bat mich allgemein, nach der Uhr zu sehen. Den Insulanern hatt' ich als Vice-Re beim Hafen alle Uhren wie Degen abgenommen, damit sie heute ohne Zeit, bloß in einer seligen Ewigkeit lebten; nur Paul behielt seine, weil es eine von den neuen Genfern war, deren Zeiger, immer auf 12 Uhr hinweisend, erst nach dem Druck einer Springfeder die rechte Stunde angibt. –

Es war schon 3 Uhr vorbei: in 38 Minuten hielt der Frühling, dieser Vor-Himmel der Erde, dieses zweite Paradies, seinen großen Einzug über die mürben Ruinen des ersten; aus dem Himmel waren schon alle Wolken geräumt, Frühlinglüfte hingen kühlend um die im Blauen brennende Sonne; und drüben auf einem Weinhügel des Rheins schlug schon in einem zusammengeschlichteten Gebüsche von abgeschnittenen Kirschenzweigen ein vom Frühling vorausgeschickter Vorsänger, eine Nachtigall, und wir konnten in ihrem durchsichtigen Gitterwerk die Töne in ihrem Kehlengefieder zittern sehen.

Wir stiegen auf den künstlichen Gotthardsberg, der sich mit Rasenbänken und ausgelaubten Nischen umgürtet und auf dessen Gipfel eine Eiche statt einer Krone steht. Oben sind statt eines zwingenden Rundes aus Rasen, das jedem seine Richtung vorschreibt, bloß einzelne Rasensitze. – Der Mensch, die Eintagfliege über *einer* Welle Zeit, braucht überall Uhren und Datumzeiger zu Abmarkungen am Ufer des Zeitenstroms; er muß, obgleich jeder Tag ein Geburt- und Neujahrtag ist, doch einen eignen dazu münzen: es schlug in uns 38 Minuten – aus dem wellenschlagenden Blau herab schwamm ein weites Wehen nieder und wiegte im Auseinanderwallen die quellenden Reben und die matten Pfropfreiser und die weichen Holunderfühlfäden und die kräftige spitzige Wintersaat und warf die ziehenden Tauben höher. – Die Sonne beschauete sich trunken über der Schweiz im glänzenden erhabnen Eisspiegel des Montblanc, indes sie unbewußt wie mit zwei Armen des Schicksals Tag und Nacht in Hälften zerstückte und jedem Lande und Auge so viel herunterwarf wie dem andern. – Wir sangen Goethes Lied auf den Frühling. – Die Sonne zog uns von dem Berge in die Höhe wie Tau, und die losfallende Erde rührte taumelnd an unsere Füße, und die Lethe des Lebens, der Wein, hüllte das dunkle Ufer zu, worin er zog, und spiegelte bloß Himmel und Blüten ab. – Klotilde sagte jetzo, als ich weghörte, nicht zu uns, sondern zu *Ihrer* Luna – ich bin jetzt, lieber Kato, erinnerungtrunken, und ich lade Sie hiemit sogleich ein auf den 10ten April –: »Ach wie schön ist die Erde zuweilen, Teuerste – ich glaube, wir sollten sie weniger herabsetzen – sind wir nicht wie Orest in der Iphigenie und glauben in der Verbannung zu sein, indes wir schon im *Vaterlande* sind?«

Jeder Tritt vom Berge herab senkte uns wieder in die gewöhnliche Sumpfwiese des Lebens ein. »Was hilft uns« – sagte Melchior ordentlich unmutig – »alle diese Pracht *in* und *außer* uns, wenn morgen eine einzige leidenschaftliche Erschütterung eine Lauwine von Schneeklumpen auf alles Warme und Blühende in uns wirft. – Der April im Universum verdrießt mich nicht, aber der in der Menschen Brust – man ist am härtsten nach der Erweichung und bis zum Weinen zerschmolzen nach einer mörderischen Erschütterung, wie das Erdbeben warme Quellen gibt. – Morgen, das weiß ich, feind' ich und fahr' ich in der Sitzung wieder alles an. –. Jämmerlich, jämmerlich! Und du, Flamin, bist gar nicht besser!« Dieser sagte rührend-aufrichtig: »jawohl!« – Luna und meine Frau nahmen die Professorin zwischen sich und jede eines ihrer Kinder auf den Schoß und setzten sich auf den untersten grünenden Wall des Berges, auf die Sonnenseite der Nachtigall: wir waren zu lebhaft zum Sitzen.

»Ach,« (sagte Jean Paul und lief mit hinabhängenden gefalteten Händen auf und ab und schüttelte den Kopf und warf den Hut weg, um wenigstens die *Augen höher* und *freier* zu haben) »ach, wer ist denn anders? Den Schwur einer ewigen Menschenliebe tun wir in allen Stunden, wo wir weich sind oder jemand begraben haben oder recht glücklich waren oder einen großen Fehler begangen oder die Natur lange betrachtet haben oder im Rausche der Liebe oder in einem irdischern sind; aber anstatt menschenfreundlich werden wir bloß meineidig. Wir schmachten und dürsten nach fremder Liebe, aber sie gleicht dem Quecksilber, das sich zwar so anfühlt wie Quellwasser und so fließt und so schimmert und das doch nichts ist als kalt, trocken und schwer. Gerade die Menschen, denen die Natur die meisten Geschenke gemacht hat und die also andern keine abzufodern, sondern bloß zu erteilen hätten, begehren, gleich Fürsten, desto mehr vom Nebenmenschen, je mehr sie ihm zu geben haben und je weniger sie es tun. Gerade zwischen den ähnlichsten Seelen sind die Mißhelligkeiten am peinlichsten, wie Mißtöne desto härter kreischen, je näher sie dem Einklange sind. – Man vergibt ohne Ursache, weil man ohne Ursache zürnte; denn ein gerechter Zorn müßte ein ewiger sein. Nichts beweiset die elende Unterordnung unserer Vernunft unter unsere herrischen Triebe so auffallend, als daß wir unter den Heilmitteln gegen Haß, Kummer, Liebe u. s. w. die bloße platte Zeit aufstellen – die Triebe sollen *vergessen* oder *ermüden,* zu siegen – die Wunden sollen unter dem Markgrafen- oder sympathetischen Pulver des Flugsandes in der Sanduhr der Zeit versanden. –– Gar zu jämmerlich! – Was hilft aber alles und am Ende mein Klagen?«

»Die Sache ist« – antwortete der helle sanfte Professor, in dessen Kolorite nur einige pedantische Tuschen gebraucht sind –: »die Gefühle der Menschenliebe [1] helfen nichts ohne Grundsätze.« – »Und Grundsätze« – sagte Paul – »nichts ohne Gefühle.«

»Folglich« – fuhr der Professor fort; denn ich konnte mit meinem Pikeur

[1] Im ganzen Aufsatze ist nicht von der praktischen Menschen- und Feindes-Liebe, die sich durch Taten und durch Enthalten von Rache äußert und die keinem Rechtschaffenen schwer sein kann, sondern von den misanthropischen und philanthropischen Gefühlen die Rede, worüber die bloße Moral wenig vermag, von der innern Liebe ohne Taten, von der peinlichen geheimen Entrüstung über Sünder und Toren. Es ist leichter, sich für die

nicht zum Schlagen kommen und hielt müßig mit ihm im Hintertreffen – »müssen beide so verbunden sein wie *Genie* und *Kritik*, wovon jenes allein nur Meister- und Schülerwerke, und diese allein nur Alltagwerke liefern kann. Mich dünkt, der Mangel an Liebe kommt nicht von unserer Kälte, sondern von der Überzeugung her, daß der andere keine verdiene; die kältesten Menschen würden die bessere Meinung von ihren Mitbrüdern und die größere Wärme gegen sie zugleich bekommen.«

»Muß man denn aber nicht, Herr Professor«, – sagte Klotilde – »eben das Unrecht dem Feind vergeben? Das Recht soll man ja nicht vergeben?«

»Natürlich nicht« – atwortete er, aber weiter wollt' er sich nicht stören lassen – »Eigentlich kann keine andere Häßlichkeit und Schädlichkeit ein Gegenstand unsers Hasses sein als die moralische.«

»Ich könnte Sie hier sogleich«, sagte Jean Paul, »mit grimmigen Tiergefechten und kriegenden Kinderstuben aufhalten; denn beide fühlen keine Immoralität des Feindes und hassen ihn doch; aber ich kann mich selber beantworten, wenigstens so so. Hasseten wir nicht bloße Immoralität: so müßte der hereinhangende Zweig, der uns entgegenschlüge, und der Mensch, der ihn abgeschnitten, um dasselbe damit gegen uns zu tun, uns auf gleiche Art erbittern. Die Entrüstung eines geschlagenen Kindes ist vom Abscheu des Selbsterhaltungtriebes, z. B. von dem Abscheu vor Scheidewasser oder vor Wunden, verschieden; es ist in ihm ein doppeltes, wesentlich verschiedenes Unbehagen vorhanden, das über die Wirkung und das über die Ursache. – Wesen, die der Moralität fähig sind, unterscheiden sich von denen, die es nicht sind, nicht im *Grade*, sondern in der *Art*; folglich kann kein nichtmoralisches mit der Zeit oder stufenweise in ein moralisches übergehen. Wenn nun Kinder in irgendeinem Alter völlige nichtmoralische Wesen wären: so könnten sie in keinem Jahre auf einmal anfangen, andere zu werden. Kurz ihr Zorn ist nur ein dunkleres Gefühl der fremden Ungerechtigkeit. Bei den Tieren weiß ich weiter nichts zu sagen, als daß in ihnen Verwandtschaften unserer moralischen Gefühle sein müssen – wer ihnen Seelen-Unsterblichkeit verleiht wie wir, der muß ihnen ohnehin einige Anfanggründe und präexistierende Keime der Moralität einräumen, wären auch diese von ihrem tierischen Wulste noch stärker als das Gewissen bei Schlafenden, Wahnsinnigen und Trunknen überschwollen..... Ach, hier ist Nacht an Nacht! – Und diese Dunkelheit, Herr Professor, sei meine Strafe für mein Unterbrechen und Verbauen Ihres Lichts.« –

»Wenn also« – fuhr er fort – »der Haß sich bloß gegen moralische Fehler richtet: so ists sonderbar, daß wir niemals, auch sogar für die größten, uns selber hassen.«

»Mich dünkt«, sagte Flamin, »man sei sich aber zuweilen wegen seiner

Menschen aufzuopfern als sie zu lieben; es ist leichter, dem Feinde Gutes zu tun als ihm zu vergeben. – Die Sehnsucht und die Seltenheit der Liebe hat erst *einen* Maler gehabt – *F. Jacobi*; wir brauchen keinen zweiten.

Übereilungen spinnefeind.« – »Auch würden Ihre Gründe«, setzte Jean Paul hinzu, »ebensogut gegen die Liebe gelten, halb wenigstens; aber antworten Sie nur *dem* da!«

»Uns selber«, sagt' er, »*hassen* wir nie, sondern wir *verachten* oder *bedauern* uns nur, wenn wir gesündigt haben; gleichwohl – das wollt' ich noch dazufügen – feinden wir alle Menschen, unser *Ich* ausgenommen, der Laster wegen an. Kann das recht sein? – Selberhaß, Herr Regierungrat,« (fuhr er mit höherer Stimme fort) »ist nicht möglich; denn Haß ist nichts als ein Wunsch des fremden Unglücks, d. h. ein Wunsch der Strafe, nicht einer *bessernden,* sondern einer *rächenden.* Eine solche Züchtigung kann sich aber der bußfertigste Sünder selber nicht wünschen; und sogar dieser Wunsch wäre nichts als ein versteckter der Besserung, d. h. der Beglükkung. Einem fremden Sünder aber gönnen wir kaum schnelle Bekehrung, wenigstens keine ohne den Durchgang durch vergeltende Büßungen. Was also in unserer Empfindung gegen fremde Fehler mehr ist als in der gegen eigne, das ist eine Verfälschung von unserer Eigensucht. – Der kleinste Haß begehrt das Unglück des Feindes: das hab' ich noch zu erweisen.«

Seine eigne Frau wandte ein: »Mein eignes Herz sagt mir ja deutlich, daß ich meine ärgste *Feindin* weder um Haus und Hof noch um ihre Kinder noch ins Elend bringen möchte – ich hielt' es nicht einmal aus, wenn eine meinetwegen ein Auge naß machen müßte.«

»Recht gut!« – verfolgt' er kalt – »die bessere Seele wird nie ihrem Gegenfüßler einen Beinbruch vergönnen, noch ihn hülflos ohne einen Flokken von Wundfäden oder einen Wunsch der Heilung verlassen im Knochenbruch; aber ich weiß, daß dieselbe bessere Seele sich an seinen kleinern Schnittwunden des Lebens belustigt – an seinen Beschämungen – an seinem Spielverlust – am Rückgange seiner Schlitten-Lustfahrt – an seinem komischen Gebärdenspiel und Anzuge – am Ausfallen seines Haars –« (Hier kam er unschuldigerweise unserm Jean Paul in seines, dessen Scheitel das Schicksal der neunten Kurwürde hat.) »Die mildeste Seele verbirgt nur hinter ihre weiche Teilnahme an großen Schmerzen das harte Wohlgefallen an kleinen, die doch das kleinere Beileid fodern. Die zartesten Menschen, die ihrem Feinde nicht die kleinste Hautwunde ritzen können, schlagen seinem Herzen doch mit Vergnügen tausend tiefere.« – »Ach, wie ist das möglich?« sagte Luna. – »Es wäre auch wohl nicht möglich«, antwortete ihr Klotilde, »wenn der Seelenschmerz eine so bestimmte Physiognomie und so sichtbare Tränen hätte wie der körperliche.«

»Ja«, sagte der Professor, »– das ists... Um sich gegen Lasterhafte sanfter zu machen, denke man sie sich nur ganz in seine Hände geliefert: was würde man ihnen denn antun wollen? Die peinliche Frage oder Folter würden wir nach dem ersten *Bekenntnisse* ihrer Mängel einstellen. Aber eben durch die Unmöglichkeit, die Strafe auszuteilen, wird unsere Entrüstung sowohl *verewigt* als *verdoppelt.*«

»Ja, wahrlich!« sagte Melchior. »Je öfter ich von den zwei lebendigen Guillotinen des Jahrhunderts, deren Lippen Parzenscheren waren, von Alba und Philipp, lese oder meinetwegen von den zwei andern Völker-Schnittern, Marat und Robespierre: desto schärfer frißt mir, da ihnen der Tod die Amnestie-Akte geschrieben, das Ätzwasser des Grimms ihr Strafurtel in mein eignes Herz.«

»Und doch« – fiel ich einmal ein und ließ den Pikeur bei dem Nachtrab – »soll mir und Ihnen heute jemand den Herzog und den König lebendig einhändigen und zwei Kessel warmes Öl dazu ... nein, ich könnte keinen hineinwerfen, es müßte denn das Öl recht lange in der Kälte gestanden sein; ich würde sie mit einer Realterrition und mit einigen hundert Infamienstrafen begnadigen. Ach, welcher eiserne Mensch wäre doch das, der ein von Qualen berstendes Herz und ein Angesicht, auf das der Wurm der Pein seine Windungen zöge, nicht wenn er könnte mit einer kühlenden heilenden Hand besänftigte und labte. – Aber« – fuhr ich hurtig fort, um einmal von meinem Pikeur Gebrauch zu machen – »im Affekte stellet uns die Erinnerung an alle vorige Irrtümer desselben nicht im geringsten gegen jetzige sicher.«

»Sie lassen mich« – fiel der Professor ein – »nur nicht zum Worte. Denn ich bin noch manche Erweise schuldig, die ich so gern abtrage. Unser Haß verkehrt als Affekt allemal jede *Tat* in ein ganzes *Leben* – jede *Eigenschaft* in eine *Person,* oder richtiger, da wir die Person doch nur im Spiegel ihrer Eigenschaften erblicken, *eine* Eigenschaft in *alle*; nur in der Freundschaft, nicht im Hasse wissen wir recht leicht den verdorbenen Bestandteil von der Person zu trennen, ja bei ihr verstatten wir uns die umgekehrte Verwandlung der Attribute (Eigenschaften) ins Ich. – Wir hassen, insofern wir hassen, immer so, als hätte der Gegenstand weder verhangne Tugenden, noch Anlagen dazu, kein Mitleiden, keine Wahrheit, keine Kinderliebe, keine einzige gute Stunde, gar nichts. Kurz wir machen, da wir nur auf das Ich, nicht auf die augenblickliche Erscheinung desselben zürnen, das Wesen, dessen Strafe wir aussprechen, zu einem *rein-bösen* Wesen. Und doch ist nicht einmal eines *denkbar*; die Stimme des Gewissens, die in ihm tönte, obwohl umsonst, würde das erste Gute sein, der Schmerz, den es fühlte, das zweite, und jede Freude und jeder Trieb des Lebens wieder eines.«

»Ach, wie schön«, sagte Luna, »daß es kein so böses Wesen gibt und daß wir keines ganz zu hassen brauchen.«

»Das Ich kann schon darum«, schloß er weiter, »nicht angefeindet werden, weil es noch dasselbe ist, wenn es sich bessert und unsre Zuneigung erringt.«

In der Eiligkeit des Kampfes wurde von den zwei Hohlspiegeln, die uns die fremde moralische Verzerrung noch wilder verzerren, einer vergessen, es war unsere Ichsucht. Wenn ich oft Frauen von gleichem Wert und Selbstgefühle auf dem Markte keifen hörte und sah, und wenn die erste mit Lust das Schimpfwort wie einen glühenden Stein in die Brust der zweiten schleuderte, die mit Unlust in Wellen um den Stein aufsod und brauste, indes die dritte sich auf dem Mittelwege kühl dabei verhielt: so schämt' ich mich der Menschheit, daß dieselbe Injurie oder Immoralität, die auf alle *dieselbe* Wirkung machen sollte, in dem einen Menschen eine zu starke, im zweiten eine zu schwache, im dritten eine gleichgültige nachließ.

Auf den zweiten Verzerr-Spiegel zeigte Paul: auf die *Sinne*. Denn diese machen den Essig des Hasses um die Hälfte schärfer, indem sie das Sinnliche des Feindes, seine Kleider, Mienen, Bewegungen, Töne etc. gar in den Sauertopf als Essigmutter werfen.

Hier erschien der gordische Knoten, den ich nur mit dem Pikeur zerhauen konnte: »Wer rettet uns denn von den Sinnen?« fragt' ich mit einiger Hoffnung. »Ich lasse«, fuhr Melchior auf, »wenigstens meiner Menschenliebe die Sinne nicht abrechnen: sie sind das Stroh, womit das Feuer unter dem steigenden Luftball des Herzens unterhalten wird.« Aber Jean Paul drängte mich von dem Knoten zurück: »Ich bewahre«, sagt' er, »ein gutes versüßendes Mittel, wenn ein Sünder meine Sinne erbittert. Ich nehm' ihn und zieh' ihm wie ein siegender Feind alle Kleider aus und lass' ihm nicht einmal Hut und Zopf – wenn er nun so jämmerlich und kahl wie ein Toter vor mir steht (in der Phantasie nämlich): so fängt der Schelm schon an, mich zu dauern. Das langt aber nicht zu: ich muß mich noch mehr versüßen und gehe weiter und schlitze ihn durch einen langen Schnitt in die drei Kavitäten (Höhlungen) von oben bis unten entzwei wie einen Karpfen, so daß ich leicht das Gehirn und Herz pulsieren sehen kann. Der bloße Anblick eines roten Menschenherzens – dieses *Danaidengefäßes* der Freude, dieses Behältnisses von so manchem Jammer – macht als eine lebendige Lorenzodose mein eignes weich und schwer; und ich habe oft auf dem anatomischen Theater einem Straßenräuber nicht eher vergeben, als bis uns der Prosektor das Herz und das Gehirn des Inquisiten vorwies. Du unglückliches, du jammervolles Herz, wie manche glühende und wieder gefrierende Blutwellen mögen sich durch dich gewälzet haben! mußt' ich allzeit mit innerster Rührung denken. – Verfing aber alles nichts an mir: so tat ich das Äußerste und schlug den Feind tot und zog das nackte flatternde Seelchen, den Abendschmetterling, aus der Gehirnkammer-Verpuppung und hielt mir so den zappelnden Abendvogel zwischen den Fingern vors Gesicht und sah den Vogel an – ohne allen, allen Groll.«

»Sich den Feind«, sagt' ich, »entkleidet oder entkörpert zu denken, um ihn so zu ertragen wie Tote, die man vielleicht eben deswegen so liebt, das ist ja ganz meine Operation, wenn ich oft den gehässigen Eindruck einer abscheulichen Physiognomie mir dadurch zu mildern trachte, daß ich solche schinde und dann die skalpierte Haut zurückschlage.«

Nunmehr nahm ich mir ernstlich vor, die Throninsignien und den Zepter der Unterredung nicht mehr aus meinen Händen zu geben. Ich hob also an:

»Wer schenkt uns aber Kraft oder Zeit, mitten im Waffentanze der Welt, in den schnellen Evolutionen unserer Affekten uns diese wahren Grundsätze nicht bloß erinnerlich, sondern *sinnlich* und *lebhaft* zu machen? Wer kann der Äther-Flamme der Menschenliebe unter so vielen Menschen, die sie ausgießen, ersticken und überbauen, genug Brennstoff nachschüren? Wer hält uns für den Mangel eines heitern milden Temperaments schadlos? wer oder was?« – Als ich diesem Waffengriffe oder Schafte den Pikeur als Spitze anmachen wollte: wurde das kalte Abendessen hergetragen, und die Professorin lief weg, ihre Kinder zu holen. Denn das Essen mußte vor Sonnenuntergang abgetan sein, weil es als eine neue Lage grünes Brennholz die Flamme des Enthusiasmus auf einige Zeit verschlichtet und die gerade purpurne Feuer-Pyramide zersplittert. – Man wartete vergeblich auf mein Fortfahren; ich schüttelte und nickte: wenn wir wieder beisammen sind und alle sitzen.

Unter dem Essen konnte ich gemächlich meine Sprachmaschine aufstellen und drehen: »Ich fragte vor dem Essen einige Male« – fing ich an –: »wer kann uns alle Grundsätze der Menschenliebe beleben, auffrischen, tätig machen? Der Oberpikeur, versetz' ich; aber ich befahre, ich habe durch öfteres Anlaufen und Ansetzen zu meinem Fechtsprunge eine größere Erwartung davon erregt, als mir und dem Sprunge frommen mag. Der Pikeur ließ mich einen Tag vorher, ehe das Stümpchen von seinem Lebenlichte gar in den Leuchter versank und zerfloß, vor sein hartgedrücktes Krankenlager kommen und verlangte von mir – kein Rezept – eine Haussuchung. Er zog meinen Kopf zu seinem magern Kopfkissen nieder und sprach so: ›Sie sehen, Herr Doktor, der Tod setzt mir sein Weidmesser schon an die Kehle. Ich fahre aber wohlgemutet dahin, und was ich Zeitliches hinter mir lasse, wend' ich der Armut zu. Ich habe mir – dessen darf ich mich rühmen – in meinem ganzen Leben wenig zugute getan und bloß für Arme gedarbt, gekargt und geschwitzt – und ein solcher Christ macht sein Testament mit Freuden: er weiß, er wird dort belohnt. Aber ein harter Stein liegt mir auf dem Herzen: ich habe weder Kind noch Kegel, weder Hund noch Katz', und pfeif' ich auf dem letzten Loche, so ist die alte Frau, die mir die Stube auskehrt, ganz allein im Hause. Nun kann sie mich – sie ist ein grundehrliches Ding, aber blutarm – ausstehlen, eh' gerichtlich versiegelt ist. Herr Doktor, Sie fleh' ich an, Sie sind ein Freund der Armen wie ich und rezeptieren oft gratis, Sie sollen mit dem Notarius, dem ich nicht mehr traue als meiner Vettel, zum Besten einer armen Jägerschaft und hiesigen Hausarmut, die ich gestern mit meinem sauern Schweiß testamentlich bedacht, in alle Stuben gehen und alles ehrlich inventieren und über alles, was im Hause ist, ein Notariatinstrument ausfertigen lassen. Hier beim ersten Artikel fängt der Notarius an, bei den Hosen unter dem Kopfkissen, weil mein Geldbeutel drinnen steckt.‹

– Ein Mensch, dessen Stoppeln der Tod vollends umstürzt und einackert, hat bei mir ein größeres Recht als das der *ersten* Bitte, er hat das der *letzten*. Ich erschien den andern Tag und brachte den Notarius und meinen Haß gegen den argwöhnischen Sterbenden mit. Ich half mit lustiger Kälte die Effekten der Krankenstube protokollieren: seinen von der abgescheuerten Jagdtasche gebohnten Jagdrock, seine abgegriffne Gewehrkammer, die er oft in Stürmen vor dem Fuchsbau als Wild-Schildwache präsentiert hatte, und sogar den ledernen Unterzieh-Schuh des Daums und die lange Mumien-Bandage der Nase, die er über den Wunden beider getragen, als er sich solche mit seiner eignen Vogelflinte geschossen hatte.

Da wir die übrigen stummen Zimmer, die leeren Schalengehäuse seiner vertrockneten Tage, durchgingen: fing schon das gefrorne Blut in mir aufzutauen an und rollte in wärmere leichte Quecksilberkügelchen auseinander. Als ich aber gar mit dem Notarius in die Rumpelkammer stieg und da die Trödelbude seiner alten Schlafröcke durchblätterte, dieser Raupenbälge und Bluthemden seiner Fiebernächte, in denen ich ihn noch einmal dürsten und stöhnen sah – ferner seinen Patenbrief und seinen daraus in Silber nachgestickten Namenzug auf den Halskrägen der Hühnerhunde – und das Kniestück seiner schönen Mutter, der er als ein lächelndes Kind im Schoße saß, und das drahtene, mit grüner Seide übersponnene Brautkränzchen seiner Frau.... (Um Gottes willen, stört mich nur jetzt nicht mit Zureden, wahrlich ich habe schon davon gegessen) – – als ich diese Opernkleider, diese Opernkasse und diese Theatermaschinen in die Hände nahm, womit der kranke Schauspieler unten die Proberolle eines Harpaxes zum Besten der Armen hienieden gespielt: so tat mir nicht nur der moralische Kassedefekt und der magere Freuden-Monatsold des siechen Mannes im Erdgeschosse weh, sondern ich wünschte ihm auch nicht mehr Strafe und *Elend, als er sich selber wünschen würde, wenn er sich vor dem Sturze ins tiefste Erdgeschoß aufrichtig bekehrte;* nein, eher weniger Elend. Ich hatte also keinen Haß mehr; *denn* ich setzte mich nicht bloß in seine *äußere* Stelle – wie andere tun, die sich bloß mit *ihrer* eignen ganzen Seele, *ihren* Wünschen und Gewohnheiten etc. in des andern *physische* Stelle denken –, sondern in seine *innere*, in seine Seele, in seine Jugend, seine Wünsche, seine Leiden, in seine Gedanken. Ich sagte, indem ich die Treppe herunterging: ›Armer Pikeur, ich habe keine satirische Freude mehr an deinem nagenden Argwohn, an deinen Irrtümern und Selbgeschossen des Geizes, an deinem knickernden Hunger – du mußt eine ganze lange Ewigkeit mit deinem Ich auskommen und leben wie ich mit meinem. – Du mußt mit ihm aufstehen und umherziehen und allein für dasselbe sorgen – und du mußt dich ja lieben wie ich mich; ja wider Willen auch die Not und die Sünde an diesem Ich aushalten. – Ziehe damit in Frieden hin in die andere Welt, wo statt der zerbrochnen Gläser schon neue gestimmte für die verstimmte Harmonika deines Lebens werden zu finden sein im großen Geister-Hause.‹

Auf der Treppe schrie mir die alte Frau das Verscheiden des Mannes entgegen. Ich traf im Bette den gelben naßkalten Körper ohne Sinne an und sah, daß er bald das letzte Bühnenkleid abwerfe, den Leib. Den andern Tag verkündigte mir das Geläute seine Zurückkehr in die Erde, in diese theatralische Anzieh-Stube der Seelen und Blumen – wie auf andern Bühnen werden wir *herein-* und *hinausgeklingelt.*

Noch unterweges probiert' ich mein gemäßigteres System auch dem armen Notariat-Teufel an, und am Tage darauf wurde es den Juristen anversucht, die aus den Kollegien kamen – (Jean Paul! wahrlich ich bin jetzt mild, kommuniziere uns deinen Einfall nachher, fahr mir nur jetzt nicht dazwischen) – Ich tats, sag' ich, und sogar mit den Plebejern unter ihnen, die diesen Stand, den einzigen freimütigen im Staate, verunehren, konnt' ich einen Frieden meines Herzens schließen. Denn ich durfte ja nur denen Advokaten und denen von meinen medizinischen Kollegen, denen ich oft so hitzig die von ihnen selber gemünzten Preismedaillen abschnitt und einschmolz, das Dach über dem Kopfe abdecken, das Mauerwerk aus dem Sparrwerk brechen und ihre Stuben allen vier Winden aufmachen: dann konnt' ich hinein gucken und darin alles sehen, was mich versöhnte, ihre Haushaltung, ihre schuldlosen Weiber, ihren Schlaf, d. h. ihren Schein-Tod, ihre Krankheiten, ihre Tränen, ihre Geburt- und Trauertage. Wahrlich um einen Mann zu lieben, brauch' ich mir nur seine Kinder oder Eltern zu denken und die Liebe von und zu ihm. – Diese menschenliebende Seelenwanderung legt man in jeder Minute leicht zurück, ohne den *Luftball* der Phantasie und ohne die *Täucherglocke* des Tiefsinns. Beim Himmel! es ist eine Sünde, daß ich erst dreißig Jahre alt werden mußte, eh' ich darhinter kam, was die Eigenliebe eigentlich will, meine und jede – nichts als Wiederholungen des Ich sucht sie um sich zu haben, sie dringt darauf, daß jeder Infant der Erde ein Pfarrsohn sei wie ich – daß jeder edle Menschen verloren und gewonnen – daß jeder ein Leibarzt sei und vorher in Göttingen den Wissenschaften obgelegen – daß er Sebastian heiße und daß gegenwärtiger Berghauptmann sein Leben in 45 Hundposttagen geschrieben – kurz daß es auf der Erde 1000 Millionen Viktors gebe statt eines einzigen. Ich bitte jeden, in seiner eignen Seele Auskundschafter herumzuschicken und nachsehen zu lassen, ob sie nicht tausendmal hasse [1], weil der andere eine Speckkammer auf dem Magen trägt, oder weil er so dünn ist wie eine Fadennudel, oder weil er Kreissekretär ist, oder weil er sein Kalbfleisch mit Butter begießet [2], oder weil er katholischer Nachtwächter in Augsburg ist und einen Rock, links weiß, rechts rot und grün, trägt. Die Menschen sind so sehr in ihre Ich eingesunken, daß jeder den Küchenzettel *fremder* Leib-

[1] Wenigstens stärker, da, wenn man einmal kalt gegen jemand ist, alles Äußerliche, das Schöne wie das Häßliche, die Kälte nur mehret.

[2] Ein Franzos beschwor es, er könne die Engländer nicht ausstehen, parcequ'ils versent du beurre fondu sur leur veau roti.

gerichte gähnend anhört und doch mit dem Intelligenzblatte der *seinigen* andere zu erfreuen meint.«

Die befiederte Echo, die Nachtigall, schlug den Tönen der ungehörten Sphären-Musik nach und brachte sie uns hernieder; aber ich mußte meinen Herabschuß vom Berge Senis gar hinaustun und gab, da ich schon das Lob des Vogels besorgte, es ihm nickend hurtig voraus. »Göttlich! Himmlisch! – Ich horche immer gelegenheitlich mit hin! – Aber nur noch eines: in den Tanzsälen, in den Vorzimmern, in großen Gesellschaften, deren heißer Lerchenrost einem Swift alles Fett ausbrät, werd' ich seit meinen empfindsamen Reisen in fremde Seelen froher und fetter. Diese Duldung des Sünders schließt eine noch größere des Narren und die größte des Dunsen ein, obgleich die große Welt diese drei geduldeten Sekten gerade im umgekehrten Verhältnis ihres Unwerts bekriegt. Diese Amnestie der Menschheit macht die Pflichten der Liebe leichter und die hohen Entzückungen der Freundschaft und Liebe *gerechter*, weil die Glut der letztern das Herz oft für die übrigen Menschen verglaset und verkalkt. Daher ist die letzte und beste Frucht ...«

Klotilde sah mich fragend und bittend um die Erlaubnis *eines* Wortes und fast zurechtweisend an, da ich mich in die Stelle derer zu setzen vergaß, denen ich diese Versetzung anlobte. Ich hielt errötend inne. Jean Paul bemerkte: »Daher fahren die Zuhörer im Konzertsaale gerade bei den schönsten Adagios, die sie am meisten erweichen, am meisten über Getöse auf und fluchen und weinen in *einer* Minute.« – »Mich beschämt«, sagte Klotilde, »eine eigne Erfahrung. Ich legte neulich Sillys Brief in Allwills Papieren vor Tränen weg und ging voll vom Buche ins Casino: aber ich darf die harten Urteile nicht bekennen, die ich jenen Abend einige Male innerlich über meine Bekannte fällete. Ich mutete ihnen zu, sie sollten alle in meiner Stimmung sein, da sie doch nicht gerade von Sillys Briefe herkamen.«

»Das wollt' ich eben« (beschloß ich) »noch beifügen: die letzte und beste Frucht, die spät in einer immer warmen Seele zeitigt, ist eben Weichheit gegen den Harten – Duldung gegen den Unduldsamen – Wärme gegen Ichsuchtler – und Menschenfreundschaft gegen den Menschenfeind.« ....

– – Es ist sehr sonderbar, geliebter Kato. Gerade eben kommt Jean Paul und erzählt mir eine Mordgeschichte von menschlicher Ungerechtigkeit, die mir wie ein Glüheisen zischend durchs volle Herz fährt. Alle meine Grundsätze stehen licht und klar wie Gestirne um meine Seele, aber ich muß untätig den Wellen, mit denen mein Blut auf dem unterirdischen Erdbrand kochend aufspringt, von oben herab zusehen und ihr Fallen und Auskühlen abwarten. Ach, wir arme, arme Sterbliche! – Jean Paul, der die Geschichte schon vorgestern wußte und also die kühlende Methode ebensolange vor mir gebraucht hatte, will an meiner Stelle die Gemäldeausstellung unserer insularischen Blumenstücke besorgen und ein Nachschreiben anschließen. Recht! Denn ich könnt' es heute wahrlich nicht. – Am 10ten April hat sich die Luft gekühlt: da kommen Sie gewiß schon der Franzosen wegen, die den 10ten ihre Wahlversammlungen anfangen: wir müssen hier von ihren großen Festen und Messen wenigstens die *Zahlwochen* und Nach-Kirchweihen feiern. – Ach, wie beklommen hör' ich auf. – Jetzo lesen Sie weiter, aber nicht

Ihren
Viktor

Nachschreiben von Jean Paul

Guter Bruder!

Das tugendhafte Zürnen unsers Viktors wird sich bald stillen. Die Ursache, warum er (und jetzt ich) dir die große Bekehrung unsrer unfriedlichen Triebe schriftlich berichten, ist, damit wir uns recht schämen müssen, wenn wir einmal länger poltern als eine Minute oder länger hassen als einen Augenblick. Diese umfangende Liebe begehrt ein Opfer, das zögernder hingegeben wird, als man denkt, das Opfer des selbstgefälligen Vergnügens, das der Zorn in den Anblick fremder Sünden, und die Satire in den der fremden Torheiten als einen versüßenden Zusatz[1] mengt und an deren Stelle nur das reine Mitleiden über die ewigen Krankheitversetzungen und chronisch-blutenden Wunden und Narben der hülflosen Menschheit tritt.

Aber nun will ich mit unserer schwimmenden Insel und mit ihrem seligen Helldunkel ganz nahe vor dein Auge rudern!

Die Sonne hatte sich über die Nebel-Alpen herumgezogen und stand weißglühend über Frankreich in Westen, gleichsam um bald als ein funkelndes Schild der Freiheit in seine Ebene, als ein Vermählung-Ring des Himmels und der Erde in sein flutendes Meer hineinzufallen. Die Abendschatten überschwemmten schon die zwei ersten Stufen des Berges, und der verfinsterte Rhein ergriff mit einem Arm der Nacht die Erde. Wir stiegen unsere kleinen Stufen hinauf, so wie die Sonne ihre großen hinabging, und sie richtete sich immerfort gegen uns aus ihrem brennenden Grabe auf mit ihrem auferstehenden Heiligenangesicht. Der Berg erhob unsere Augen und unsere Seelen. Ich nahm, an meine Fehler erinnert, Viktors Hand und sagte: »Ach, Lieber! wenn es einmal wäre, daß ein Mensch mit allen Menschen Frieden schlösse und mit sich, wenn einmal sein zerrüttetes Herz mitten im Sauerteige der hassenden und gehaßten Welt nur den milden süßen Lebensaft der Liebe auffaßte und bewahrte, wie die Auster mitten im Schlamm nur helles reines Wasser in ihr Gehäuse nimmt; ach, wenn er

[1] Die wachsende Menschenliebe bricht dem satirischen Vergnügen an fremder Torheit immer mehr ab; die Torheit eines Busenfreundes macht uns nichts als bittern Schmerz: warum wollen wir nicht alle Menschen als Busenfreunde behandeln?

das voraus wüßte: dann könnte wohl ein froher Abend wie dieser seine dürstende zerlechzte Brust erquicken und füllen und den ewigen Seufzer befriedigen.« – Viktor antwortete (aber er schauete sich nicht um, sondern hielt sein glänzendes und beglänztes Angesicht, das sein menschenliebendes Herz mit dem Rote eines wärmern Blutes übergoß, bloß gegen die halb aus der Erde brennende Sonne gekehrt): »Vielleicht werden wir es können – wir werden überall glücklich sein, wo ein Mensch lächelt, sollt' ers auch nicht verdienen – wir werden nicht mehr aus Pflicht der höflichen Verleugnung, sondern aus Liebe freundlich mit jedem Bruder sprechen, und für Herzen, die keine innre Entrüstung mehr zu decken haben, wird es keine verwickelte Lagen mehr geben. –– Ruhet die Frühlingsonne heute nicht wie ein gebrochnes Mutterauge über ihrer Welt und blicket warm an alle Herzen, an böse und gute? – Ja, du Ewiger, wir alle hier geben jetzt allen deinen Wesen unsre Hand und unser Herz, und wir hassen nichts mehr, was du geschaffen hast.«

Wir waren fortgerissen und umfaßten uns mit Tränen ohne Worte im ersten Dunkel der Nacht. Auf der Begräbnisstelle der Sonne stand der Zodiakalschein als eine rote Grabes-Pyramide und loderte unbeweglich in die stumme blaue Tiefe hinauf.

Die Stadt Gottes, die hoch über der Erde schwebt, erschien aus der ewigen Ferne, auf den Bogen der Milchstraße gebauet, mit allen ihren angezündeten Sonnen-Lichtern.

Wir stiegen den Berg herab – jede Stelle der Erde war jetzo ein Berg – eine unsichtbare Hand trug die Seele über den dunkeln Dunstkreis, und sie schauete wie von *Alpen* herab, und sie sah nichts als die glänzenden Spitzen andrer Gebürge, und alles Niedrige, alles Tiefe, alle Gräber und alle kleine Ziele und Laufbahnen der Menschen waren mit einem großen Dufte zugehüllt.

Wir verloren uns voneinander in die Gänge, aber in unsern Herzen waren wir alle beisammen – wir kamen wieder zueinander, aber in unsrer Seele blieb die Stille ungestört; denn jedes Herz schlug wie das andere, und ein Gebet war von einer Umarmung in nichts verschieden als in der Einsamkeit. –

Die zerstreueten Flammen unserer Gefühle hatten sich allmählich in unserm Geiste zusammengezogen zu einer heißen Sonnenkugel und kleine Minuten zu einer Ewigkeit, wie die Alten glaubten, daß die herumflatternden Flammen der Nachmitternacht sich am Morgen in eine Sonne verdichten [1].

Ach! ich schwacher Unbekannter mit solchen Paradiesen stand unter blätterlosen Zweigen traurig vor dem gestirnten dunkelblauen Rhein, der wie ein himmlisches, zwischen zwei Republiken geknüpftes Band [2] wallend auf

[1] Pomp. Mel. de S. O. 1. 18.

[2] Schweiz und Holland.

der deutschen Erde aufliegt, und mir war, als könnte der *Durst* und das *Feuer* einer so kleinen Brust nur mit seinen großen Wellen gelöscht werden. Ach, wir sind alle so: im flüchtigen Gefühle unsrer kleinen Größe und Wonne wollen wir alle an großen Gegenständen ruhen und sterben, wir wollen alle uns in den tiefen Himmel stürzen, wenn er über uns zitternd funkelt, und an die bunte Erde, wenn sie neben uns wallend blüht, und in den unendlichen Strom, wenn er gleichsam aus der Vergangenheit in die Zukunft zieht.

Unsre Freundinnen und die Kinder hatten still den Ankerplatz so schöner Stunden verlassen – ich sah sie singend wie Schwanen über die Wellen ziehen und in diese ihre Lenzblumen werfen, damit sie als Erinnerungen an unser Insel-Ufer zurückschwämmen; und die zwei Kinder schliefen sanft in stillen Armen zwischen der Pracht des Himmels und der Erde, und die Arme und die Lieder und die Fluten wiegten sie.

Als es 12 Uhr wurde und der Frühling seinen ersten Morgen hatte: suchte und rief uns alle Viktor auf den Berg zusammen, wir wußten noch nicht weswegen. Der Rhein klang hinauf und hinab – die hellen Frühlingtöne der Nachtigall glitten zerschneidend durch sein Brausen – die Sterne der zwölften Stunde fielen tropfend in das verfinsterte Grab der Sonne und loschen aus in der grauen Asche des westlichen Gewölks – als plötzlich eine gerade schöne Flamme in Abend aufstieg und ein harmonisches Schmettern sich durch die Finsternis riß.

»Denkt ihr denn nicht«, sagte Viktor, »an euer *Frankreich,* für das heute am 21ten März die erste Stunde des Tages anbricht, an dem die sechstausend Ur-Versammlungen sich wie Gestirne vereinigen, damit aus Millionen Herzen ein einziges Gesetz entstehe?« –

Und als ich gen Himmel sah, kam mir die gebogne Milchstraße wie der eiserne Waagbalken des bedeckten Schicksals vor, in dessen Schalen, aus Welten ausgewölbt, die zertrümmerten blutigen Völker liegen und der Ewigkeit vorgewogen werden. Aber die Waage des Schicksals schwankt bloß darum auf und nieder, weil die Gewichte erst seit einigen Jahrtausenden in sie geworfen worden. Wir traten zusammen und sagten, in der Begeisterung der Nacht und der Töne, unter den steigenden und fallenden Sternen, vereinigt: »Du armes Land, deine Sonne und dein Tag steige einmal höher und werfe das Bluthemde deiner blutigen Morgenröte zurück – möge der höhere Genius dein Blut von deinen Händen und deine Tränen von deinen Augen abwischen – o, dieser Genius baue und trage und schirme den großen freien Tempel, der sich über dich als zweiter Himmel wölbt, aber er tröste auch jede Mutter und jeden Vater und jedes Kind und jede Gattin und alle Augen, die den geliebten zerdrückten Herzen nachweinen, die geblutet haben und zerfallen sind und die nun als Grundsteine unter dem Tempel liegen.« –

Was ich jetzt sage, kann ich nur meinem Bruder erzählen, denn nur er wird es vergeben. Ich und Viktor stiegen in einen Kahn, den ein langes Seil ans Ufer kettete und mit welchem der Zug des Stroms spielte; wir arbeiteten uns gegen das Ufer zurück, und dann ließen wir den Kahn wieder mit den Wellen der Mitternacht entgegen fließen. In unsrer Seele war wie außer uns Wehmut und Erhebung sonderbar gemischt: die Musik des Ufers wich und kam – Töne und Sterne stiegen auf und sanken ein – die Wölbung des Himmels stand im zitternden Rhein wie eine geborstene Glocke, und oben über uns ruhte das von der alten Ewigkeit bewohnte Tempel-Gewölbe mit seinen festen Sonnen unerschüttert – der Frühling wehte vom Morgen her, und die Baumgerippe auf dem Totenacker des Winters wurden zum Auferstehen angeregt. Auf einmal sagte Viktor: »Mir ist, als wäre der Rhein der Strom der Zeit; denn unser schwankendes Leben wird ja von beiden Strömen nach *Mitternacht* gerissen.« Auf einmal rief mir mein Bruder auf der Insel zu: »Bruder, kehre in den Hafen zurück und schlafe, es ist zwischen 1 und 2 Uhr.«

Diese brüderliche, sich durch die Töne und die Wellen drängende Stimme warf plötzlich eine neue Welt, vielleicht die Unterwelt, in meine offne Seele: denn es leuchtete auf einmal der Blitz der Erinnerung über mein ganzes dunkles Wesen, daß ich gerade in dieser Nacht vor 32 Jahren in diese überwölkte, mit täglichen Nächten bedeckte Erde getreten und daß die Stunde zwischen 1 und 2 Uhr, worin mich mein Bruder in den *Hafen* und zum *Schlafe* gerufen, meine Geburtstunde gewesen sei, die so oft dem Menschen beide nimmt.

Es gibt schauerliche Dämmeraugenblicke in uns, wo uns ist, als schieden sich Tag und Nacht – als würden wir gerade geschaffen oder gerade vernichtet – das Theater des Lebens und die Zuschauer fliehen zurück, unsre Rolle ist vorbei, wir stehen weit im Finstern allein, aber wir tragen noch die Theaterkleidung, und wir sehen uns darin an und fragen uns: »Was bist du jetzo, Ich?« – Wenn wir so fragen: so gibt es außer uns nichts Großes oder Festes für uns mehr – alles wird eine unendliche nächtliche Wolke, in der es zuweilen schimmert, die sich aber immer tiefer und tropfenschwerer senkt – und nur hoch über der Wolke gibt es einen Glanz, und der ist Gott, und tief unter ihr ist ein lichter Punkt, und der ist ein Menschen-Ich. –

Für diese Augenblicke ist das aus schwerer Erde gebildete Herz nicht lange gemacht. – Ich ging in die süßern über, wo das volle tränentrunkne Herz nichts kann und nichts will als bloß weinen. Ich hatte nicht den Mut, meinen teuern Viktor von der erhabnen Nachbarschaft um ihn herabzuziehen auf meine Geringfügigkeiten; aber ich bat ihn, nur noch ein wenig mit mir in dieser Sitlle, über diesem düstern, in die Mitternacht rinnenden Strome zu verharren. Und dann lehnt' und drückt' ich mich warm an meinen sanften Liebling, und die kleinen Tropfen der gesenkten Augen fielen ungesehen in den großen Strom, gleich als wär' er der weite Strom der Zeit, in den jedes Auge seine Zähren und so viele tausend Herzen ihre Bluttropfen fallen lassen und der darum weder schwillt noch eilt.

Ich dachte nach und sah in den Rhein: »so rinnt es und rinnt es, das gaukelnde wallende Leben, aus seiner verhüllten Quelle wie der Nil. Wie wenig hab' ich bisher getan und genossen! Unsre Verdienste und unsre Freuden sind nicht groß! – Unsre Verwandlungen sind größer, unser Herz und unser Kopf kommen tausendfach verändert und unkenntlich unter die Erde, wie der Kopf der eisernen Maske[1] oder wie Ermordete so lange verwundet und zerschnitten werden, bis sie nicht mehr kenntlich sind. – – Ach und doch werden wir nur verändert, aber wir selber verändern so wenig in der Erde, nicht einmal in uns. – – Jede Minute kommt uns als das Ziel aller vorigen vor. – Die Saat des Lebens halten wir für die Ernte, den Honigtau an den Ähren für die süße Frucht, und wie Tiere käuen wir die *Blüten*. – – Du großer Gott! welche Nacht liegt um unsern Schlaf! wir *fallen* und wir *steigen* mit geschlossenen Augen und fliegen blind und in einem festen Schlafe umher[2].« ...... Meine Hand hing in den Strom hinaus und seine kalten Wogen hoben sie. Ich dachte: »Wie brennt doch das kleine Licht in uns mitten im wehenden Sturme der Natur so gerade und unbeweglich auf! Alles um mich stößet mit Riesenkräften zusammen und ringet! Der Strom ergreift die Inseln und die Klippen, der Nachtwind tritt in den Strom und watet herauf und drängt seine Wellen zurück und ringet mit den Wäldern – selber droben im friedlichen Blau arbeiten Welten gegen Welten. – Die unendlichen Kräfte ziehen wie Ströme gegeneinander und begegnen sich wirbelnd und brausend, und auf den ewigen Wirbeln laufen die kleinen Erden um den Sonnenstrudel. – Und die sanft heraufsteigenden schimmernden Reihen der Sternbilder sind bloß unabsehliche Kettengebürge von tobenden Sonnenvulkanen.... Und doch ruhet in diesem Sturme der Menschengeist so still und friedlich wie ein stiller Mond über windigen Nächten – in mir ist jetzt alles ruhig und sanft, ich seh' den kleinen Bach meines Lebens vor mir rinnen und in den Zeitenstrom mit andern tropfen – der helle Geist schauet durch die brausenden Blutströme, die ihn umziehen, und durch die Stürme, die ihn überhüllen und verfinstern, hell hindurch und sieht drüben stille Auen, leise lichte Quellen, Mondschimmer und einen ruhigen schönen Engel, der langsam darin wandelt.« – In meiner Seele stand ein stiller Karfreitag, windstill und regenfrei und lau, wiewohl mit einem sanften Gewölke bezogen.

Aber das klare Bewußtsein der Ruhe wird bald ihr Untergang. Ich sah hin auf drei um die Insel schwimmende Hyazinthen, die Klotilde im Schei-

[1] Bekanntlich wurde das Gesicht des sogenannten Mannes mit der eisernen Larve nach seinem Tode mit so vielen Wunden verstümmelt, bis diese die eiserne durch eine andere ersetzten.

[2] Eine Art Seevögel schläft fliegend und woget sich auf und nieder, und die Berührung des Meers weckt sie oft. Marollas Reise nach Afrika.

den den Wellen zugeworfen: »Jetzt in deiner Geburtstunde« – sagt' ich zu mir – »spült das Meer der Ewigkeit tausend kleine Herzen ans steinige Ufer der Erde: ach, wie wird es ihnen einmal an der Feier ihrer Geburttage sein? – Und was mögen die unzähligen Brüder denken, die mit dir vor 32 Jahren in diese Dunstkugel mit verbundnen Augen stiegen? Vielleicht erdrückt ein großer Schmerz den Gedanken an ihren Anfang – vielleicht schlafen sie tief jetzo, wie ich sonst – oder nicht *tiefer*, tiefer.«... Und nun sanken alle meine jüngern und ältern Freunde, die schon tiefer schlafen, recht schwer auf die gebrochne Brust...

»Ich weiß wohl, was du jetzt so still übersinnst und so stumm betrauerst«, sagte mein Viktor. Ich antwortete: »nein« – und nun sagt' ich ihm alles... Du gute beste Seele! –

Als ich ihn lange genug umarmt hatte: kehrten wir eilig zurück – und ich umfaßte meine andern Brüder – und ich sehnte mich nach dir, mein Teurer. –– Wir zogen endlich aus der Baustelle eines friedlichern Lehrgebäudes für unser Herz, aus der stummen Insel fort, und der hohe Berg, das erhabne Gerüst für die Vasen unsrer Freudenblumen, die Empor im großen Tempel, unser Leuchtturm im Hafen der Ruhe, schauete uns lange nach, und der hangende Garten unsrer Seele lag auf ihm im Sternenlicht. –

Und als wir ans Ufer traten: stieg der Hesperus als Morgenstern, dieser nah' aufspringende Funke der Sonne, über den Morgennebel auf und kündigte früher als das Morgenrot seine blühende Mutter an. – Und als wir bedachten, daß er als der Abendstern um unsre Nacht unten herumziehe, um als Morgenstern die Nachmitternacht und den Osten mit der ersten glänzenden Tauperle zu schmücken: so sagte jedem sein froheres Herz: »und so werden alle *Abendsterne* dieses Lebens einmal als *Morgensterne* wieder vor uns treten.«

Denke auch an Morgen, mein Bruder, wenn du nach Abend siehest, und wenn vor dir eine Sonne untergeht, so wende dich um und siehe wieder in Morgen einen Mond aufsteigen: der Mond ist der Bürge der Sonne, wie die Hoffnung die Bürgin der Seligkeit. – Aber komm nun bald zu deinem Viktor und zu deinem Bruder

J. P.

VIERTES BÄNDCHEN

Intelligenzblatt der Blumenstücke

»Ich bitte meine Leser um Erlaubnis oder um Verzeihung, daß ich hier etwas drucken lasse, das sie alle nichts angeht – ausgenommen den einzigen Leser, der unter dem Namen *Septimus Fixlein* den 23ten Mai 1796 aus Scheerau an mich geschrieben hat. – –

Zu guter Septimus! Ich bitte dich sehr, schreibe mir deinen wahren Namen; denn hier auf dem offenen Meere der Welt, mitten unter hundert Schiffen, kann ich dir nicht durch das Sprachrohr der Presse das zuschreien, was ich dir viel lieber nahe an deinem Angesicht und an deiner Brust zuflüstern möchte. Ahme dem größten Genius immer nach, aber nur nicht in der Unsichtbarkeit. Dein *wahrer* Name stört ja unser Verhältnis nicht. – Der Mantel der Liebe bedecket alle Fehler; aber soll denn er selber bedecket bleiben wie ein Fehler? – Schreibe mir wenigstens mit deiner Handschrift irgendeine Adresse, unter der ich sicher einige Worte meiner Seele vor dich bringen kann. – Fragst du aber nichts nach meinem Intelligenzblatt und bleibst du immer eingehüllet: so nimm hier meinen Dank für alle Zeichen deiner schönen Seele an – dein Leben kehre sich wie eine Welt in sanftem Wechsel bald dem Sonnenlicht der Wirklichkeit, bald dem Mondschein der Dichtkunst zu – und in allen deinen Wolken sei nur Abendrot oder ein Regenbogen und kein Gewitter – und wenn du fröhlich bist, so erinnere dich dein Genius an den 23ten Mai – und wenn du traurig bist, so sende dir ein guter Mensch einen Brief voll Liebe zu, wie du mir geschrieben, ja er schreibe sogar seinen wahren Namen darunter.

Hof im Voigtland, den 5. Jul. 1796.

Jean Paul Fr. Richter.«

So viel stand vor zwanzig Jahren auf dem letzten Blatte der ersten Ausgabe dieser Geschichte. Diese Zeilen könnten so gut wie mehre andere aus der zweiten wegbleiben und untersinken; aber es ist ein so triftiger Grund zum Obenbleiben vorhanden, daß sie vielmehr in allen den unzähligen künftigen Auflagen vornen im vierten Bändchen voranschwimmen sollen; und dieser Grund ist bloß, weil der *Septimus Fixlein* niemand anders gewesen als der alte – *Gleim*, dem ich als einem Unbekannten mit jenen Zeilen für ein meiner damaligen Dürftigkeit angemessenes Geldgeschenk habe danken wollen. Später lernte ich diesen echten Ur- und Groß-Deutschen näher kennen, von Angesicht zu Angesicht, wie von Tat zu Tat; – und ich sehne mich herzlich nach den Stellen in meiner Lebensbeschreibung, wo ich seiner länger gedenken kann.

Baireuth, den 7ten März 1818.

Fünfzehntes Kapitel

Rosa von Meyern – Nachklänge und Nachwehen der schönsten Nacht – Briefe Nataliens und Firmians – Tischreden Leibgebers

Wenn man in einer feuchtwarmen, gestirnten Lenznacht den Arbeitern in einem Steinsalzbergwerk ihr breites Wetterdach von Erde über den Kopf abhöbe und sie so plötzlich aus ihrem lichtervollen engen Keller in den dunkeln, weiten Schlafsaal der Natur und aus der unterirdischen Stille in das Wehen und Düften und Rauschen des Frühlings herausstellte: so wären sie gerade in – Firmians Fall, dessen bisher verschlossenen, stillen, hellen Geist die vorige Nacht auf einmal mit neuen Schmerzen und Freuden und mit einer neuen Welt gewaltsam auseinandergetrieben und verdunkelt hatte. Heinrich beobachtete über diese Nacht ein sehr redendes Stillschweigen, und Firmian verriet sich umgekehrt durch ein stummes Jagen nach Reden. Er mochte die Flügel, die sich gestern zum erstenmal feucht außer der Puppe ausgedehnet hatten, zusammenlegen wie er wollte, sie blieben immer länger als die Flügeldecken. Es wurd' am Ende Leibgebern lästig und schwül; sie waren schon gestern schweigend nach Baireuth und ins Bette gegangen, und er wurde müde, wenn er die vielen Halbschatten und Halbfarben überzählte, die erst alle aufzutragen waren, bevor man vier tapfere, breite Striche am Gemälde der Nacht tun konnte.

Nichts ist wohl mehr zu beklagen, als daß wir nicht alle zu einerlei Zeit den Keichhusten haben – oder Werthers Leiden oder 21 Jahre oder 61 – oder hypochondrische Anfälle – oder Honigmonate – oder Mokierspiele: – wie würden wir, als Choristen desselben Freuden- oder Trauer- oder Husten-Tutti, unsern Zustand in dem fremden finden und ertragen und dem andern alles vergeben, worin er uns gleicht. Jetzt hingegen, wo der eine zwar heute hustet, aber der andere erst morgen – das Simultan- und Kompagniehusten nach dem Kanzelliede in den Schweizerkirchen ausgenommen – da der eine die Tanzstunden besucht, wenn der andere den Kniestunden in Konventikeln obliegt – da das Mädchen des einen Vaters über dem Taufbecken hangt, und in derselben Minute der Junge des andern auf Seilen über dem kurzen Grabe; jetzt, da das Schicksal zum Grundton unsers Herzens in den Herzen um uns fremde Tonarten oder doch übermäßige Sexten, große Septimen, kleine Sekunden greift: jetzt, bei diesem allgemeinen Mangel des Unisono und der *Harmonie,* ist nichts zu erwarten als kreischendes Katzen-Charivari, und nichts zu wünschen als doch einiges Harpeggieren, wenn nicht *Melodie.*

Leibgeber ergriff als einen Henkel der Rede oder als einen Pumpenschwengel, um drei Tropfen aus dem Herzen zu drücken, Firmians Hand und umarmte sie mit allen Fingern sanft und warm. Er tat gleichgültige Fragen nach den heutigen Lustgängen und Lustreisen; aber er hatte nicht vorausgesehen, daß ihn der Druck der Hand tiefer in die Verlegenheit senken werde; denn er mußte nun (das konnte man fodern) ebensowohl über die Hand als über die Zunge regieren, und er konnte die fremde Hand nicht Knall und Fall fortschicken, sondern mußte sie in einem allmähligen diminuendo des Drucks entlassen. Eine solche Aufmerksamkeit auf Gefühle macht' ihn schamrot und toll; ja er hätte meine Beschreibung davon ins Feuer geworfen; – ich habe Nachrichten, daß er nicht einmal bei Weibern, die doch das *Herz* (das Wort nämlich) immer auf der Zunge haben, wie einen heraufsteigenden globulus hystericus, dieses Wort auszusprechen vermochte: »es ist«, sagt' er, »der Gießhals und der Kugelzieher ihres Herzens selber; es ist der Ball an ihrem Fächer-Rapier und für mich eine Giftkugel, eine Pechkugel für den Bel zu Babel.«

Auf einmal entsprang seine Hand aus dem süßen Personalarrest; er nahm Hut und Stock und plauderte heraus: »Ich sehe, du bist so einfältig wie ich: instanter, instantius, instantissime, mit drei Worten: hast du es *ihr* gesagt wegen der Witwenkasse? Nur Ja und Nein! Ich fahre sogleich zur Tür hinaus.« Siebenkäs warf noch schneller alle Nachrichten auf einmal hervor, um auf immer von jeder frei zu sein: »*Sie* tritt gewiß hinein. Ich hab' ihr nichts gesagt und kann nicht. Du kannst ihrs leichtlich sagen. Du mußt auch. Ich komme nicht mehr in Fantaisie. Und nachmittags, Heinrich, wollen wir uns recht erlustigen, unser Lebenspiel soll ein klingendes sein – an unsern Pedalharfen stehen ja die Erhöhtritte für Freudentöne noch alle, und wir können darauf treten.« Heinrich kam wieder zu sich und sagte fortgehend: »Am menschlichen Instrument sind die Cremoneser Saiten aus lebendigem Gedärm gedreht, und die Brust ist nur der Resonanzboden und der Kopf vollends der Dämpfer.« –

Die Einsamkeit lag wie eine schöne Gegend um unsern Freund, alle verirrte, verjagte Echos konnten zu ihm herübergelangen, und er konnte sich auf dem aus zwölf Stunden gewebten Flor, der sich vor dem schönsten historischen Gemälde seines Lebens aufspannte, das Gemälde zitternd nachzeichnen mit Kreide und tausendmal nachzeichnen. – Aber den Besuch der schönen, immer weiter aufblühenden Fantaisie mußte er sich verwehren, um nicht mit einem *lebendigen* Zaun Natalien dieses Blumental zu verriegeln. Er mußte für seine Genüsse Entbehrungen nachzahlen. Die Reize der Stadt und ihrer Nachbarschaft behielten ihre bunte Hülse und verloren ihren süßen Kern; alles glich für ihn einem Dessertaufsatz, über dessen gläsernen Boden man in den vorigen Zeiten buntes Zucker-Pulver streuete, und den in den jetzigen nur farbiger Sand grundiert, mehr zum Stippen als zum Käuen tauglich. Alle seine Hoffnungen, alle Blüten und Früchte seines Lebens wuchsen und reiften nun, gleich unsern höhern, wie die der unterirdischen Platterbse [1], – unter der Erde, ich meine in dem Schein-Grabe, in

[1] Die Platterbse hat zwar über der Erde einige Blumen und Früchte, aber unter ihr die meisten, obwohl weiße. Linné, Abhandlung von der bewohnten Erde.

das er gehen wollte. Wie wenig hatt' er: und wie viel! Sein Fuß stand auf verdorrten, stechenden Rosenstöcken, sein Auge sah rund um die elysischen Felder seiner Zukunft bedorntes Strauchwerk, borstiges Gestrippe und einen aus seinem Grab gemachten Wall gezogen; sein ganzes Leipziger Rosental schränkte sich auf das grüne Rosenstöckchen ein, das unaufgeblüht von Nataliens Herzen an seines verpflanzt worden. – Und wie viel hatt' er doch! Von Natalie ein Vergißmeinnicht seines ganzen Lebens – das geschenkte seidne war nur die Rinde des immer blühenden –; einen Seelenfrühling, den er endlich nach so vielen Frühlingen erlebt, den, zum ersten Male von einem weiblichen Wesen so geliebt zu werden, wie ihm hundert Träume und Dichter an andern vorgemalt. – Aus der alten papiernen Rumpelkammer der Akten und Bücher auf einmal den Schritt in die frischgrüne blumenvolle Schäferwelt der Liebe zu tun, zum ersten Male eine solche Liebe nicht nur zu erhalten, sondern auch einen solchen Scheide-Kuß wie eine Sonne in ein ganzes Leben mitzunehmen und mit ihm es durchzuwärmen – dies war Seligkeit für einen Kreuzträger der Vergangenheit! Noch dazu konnt' er ganz hingegeben sich von den schönen Wellen dieses Paradiesesflusses ziehen und treiben lassen, da er Natalien nicht zu besitzen, nicht einmal zu sehen vermochte. In Lenetten hatt' er keine Natalie geliebt, wie in dieser keine Lenette; seine eheliche Liebe war ein prosaischer Sommertag der Ernte und Schwüle, und die jetzige eine poetische Lenznacht mit Blüten und Sternen, und seine neue Welt war dem Namen ihrer Schöpfung-Stätte, der Fantaisie, ähnlich. Er verbarg sich nicht, daß er – da er Natalien vorzusterben sich entschieden – in ihr ja nur eine Abgeschiedene liebe als ein Abgeschiedener; ja als ein noch Lebender eigentlich nur eine für ihn schon verklärte Vergangene – und er tat frei die Frage an sich, ob er nicht diese in die Vergangenheit gerückte Natalie so gut und so feurig lieben dürfe als irgendeine längst in eine noch fernere Vergangenheit geflogene, die Héloise eines Abälards oder eines St. Preux oder eine Dichters-Laura oder Werthers-Lotte, für welche er nicht einmal so im Ernste starb wie Werther.

Seinem Freunde Leibgeber war er mit aller Anstrengung nicht mehr zu sagen imstande als: »Du mußt recht von ihr geliebt worden sein, von dieser seltenen Seele, denn bloß der Ähnlichkeit mit dir darf ich ihre himmlische Güte für mich zuschreiben, ich, der ich sonst so wenig gleich sehe und nirgends Glück bei Weibern gemacht.« Leibgeber und sogleich er selber hinterdrein lächelte über seine fast einfältige Wendung; aber welcher Liebhaber ist nicht während seines Maies ein wahres gutes lebendiges Schaf?

Leibgeber kam bald wieder in den Gasthof mit der Nachricht zurück, daß er die Engländerin auf Fantaisie habe fahren sehen. Firmian war recht – froh darüber: sie machte ihm seinen Vorsatz noch leichter, sich aus dem ganzen Freudenbezirke auszuschließen. Denn sie war die Tochter des Vaduzer Grafen und durfte also den Armenadvokaten, den sie einmal für Leibgebern halten sollte, jetzt nicht erblicken. Heinrich aber botanisierte jede Stunde des

Tages draußen im Blüten-Abhang von Fantaisie, um mit seinen botanischen Suchgläsern (mit seinen Augen) weniger Blumen als die Blumengöttin auszuspüren und auszufragen. Aber es war an keine Göttererscheinung zu denken. Ach! die verwundete Natalie hatte so viele Ursachen, sich von den Ruinen ihrer schönsten Stunden entfernt zu halten und die überblühte Brandstätte zu fliehen, wo ihr der begegnen konnte, den sie nie mehr sehen wollte! –

Einige Tage darauf beehrte der Venner Rosa von Meyern die Tischgesellschaft in der Sonne mit der seinigen... Wenn die Zeitrechnungen des Verfassers nicht ganz trügen: so speisete er damals selber mit am Tische; ich erinnere mich aber der zwei Advokaten nur dunkel, und des Venners gar nicht, weil Festhasen seiner Art ein eisernes Vieh und weil ganze Wildbahnen und Tierspitäler davon zu bekommen sind. Ich bin mehr als einmal auf Personen lebendig gestoßen, die ich nachher von der Glatze bis auf die Sohle abgebosselt und in meinem biographischen Wachsfigurenkabinett herumgeführt habe; ich wünschte aber, ich wüßte – es hälfe dem Flor meines biographischen Fabrikwesens in etwas auf – es allezeit voraus, welchen ich gerade unter den anwesenden Leuten, womit ich esse oder reite, abkonterfeien werde. Ich würde tausend winzige Personalien einsammeln und in mein Briefgewölbe niederlegen können; so aber bin ich zuweilen genötigt (ich leugn' es nicht), kleinere Bestimmungen – z. B. ob etwas um 6 oder 7 Uhr vorging – geradezu herzulügen, wenn mich alle Dokumente und Zeugen verlassen. Es ist daher moralisch gewiß, daß, hätten an demselben Morgen noch drei andere Autoren sich mit mir niedergesetzt, um Siebenkäsens Ehestand aus denselben geschichtlichen Hülfquellen der Welt zu geben, daß wir vier, bei aller Wahrheitliebe, ebenso verschiedene Familiengeschichten geliefert hätten, als wir von den vier Evangelisten schon wirklich in Händen haben; so daß unserem Tetrachord nur mit einer Harmonie der Evangelisten wäre nachzuhelfen gewesen, wie mit einer Stimmpfeife.

Meyern aß, wie gesagt, in der Sonne. Er sagte dem Armenadvokaten mit einem Triumph, der etwas von einer Drohung annahm, daß er morgen zurückreise in die Reichsstadt. Er tat eitler als je; wahrscheinlich hatt' er funfzig Baireutherinnen seine eheliche Hand verheißen, als wär' er der Riese Briareus mit funfzig Ringfingern an hundert Händen. Er war auf Mädchen wie Katzen auf Marum verum erpicht, daher jene Blumen und dieses Kraut von den Besitzern mit Drahtgittern überbauet werden. Wenn solche Wildschützen, die überall Jagdfolge und Koppeljagd ausüben, von Geistlichen mit dicken Eheringen lebendig auf ein Wild geschmiedet werden, das mit ihnen durch jedes Dickicht rennt, bis sie verbluten: so schreiben uns menschenfreundliche Wochenblätter, die Strafe sei zu hart; – allerdings ist sie es für das unschuldige – Wild.

Den andern Tag ließ Rosa wirklich beim Advokaten fragen: ob er nichts an seine Frau bestellen solle; er reise zu ihr.

Natalie blieb unsichtbar. – Alles, was Firmian von ihr zu sehen bekam, war ein Brief an sie, den er aus dem Postbeutel schütten sah, als er täglich nach einem von seiner Frau nachfragte. Zu einem Billet brauchte Lenette vielleicht nicht mehr Stunden, als Isokrates Jahre zu seiner Lobrede auf die Athener bedurfte; nicht mehr, sondern gerade zehn. Der Brief an Natalien kam, der Hand und dem Siegel zufolge, vom Landes-(Stief-)Vater von Blaise. Du gutes Mädchen! (dacht' er) wie wird er nun mit dem aus dem Eis seines Herzens gegossenen Brennspiegel den stechenden Brennpunkt langsam um alle Wunden deiner Seele führen! Wie viele verdeckte Tränen wirst du vergießen, die niemand zählt; und du hast keine Hand mehr, die sie trocknet und bedeckt, außer deiner!

An einem blauen Nachmittage ging er allein in den einzigen für ihn nicht zugesperrten Lustgarten, in die Eremitage. Überall begegneten ihm Erinnerungen, aber nur schmerzlich-süße, überall hatte er da verloren oder hingegeben, Leben und Herz, und hatte von der Einsiedelei sich ihrem Namen gemäß zum Einsiedler machen lassen. Konnt' er die große dunkle Stelle vergessen, wo er neben dem knieenden Freunde und vor der untergehenden Sonne zu sterben geschworen und sich von seiner Gattin und seiner Bekannten-Welt zu scheiden versprochen?

Er hatte den Lustort verlassen, das Angesicht nach der sinkenden Sonne gerichtet, die mit ihren fast waagrechten Flammen die Aussicht verbauete, und zog nun die Stadt im Bogen weit vorüber, immer mehr nach Abend bis in die Straße nach Fantaisie dahin. Er sah mit einem bewegten Herzen dem sanft auflodernden Gestirne nach, das, gleichsam in die glühenden Kohlen von Wolken zerbröckelnd, in jene Fernen hinabzufallen schien, wo seine verwaisete Lenette mit dem Angesicht voll Abendrot in dem verstummten Zimmer stand. »Ach, gute, gute Lenette«, rief es in ihm, »warum kann ich dich nicht jetzt, in diesem Eden, an diesem vollen weichen Herzen selig zerdrücken – ach, hier würd' ich dir lieber vergeben und dich schöner lieben!« – Du gute Natur voll unendlicher Liebe bist es ja, die in uns die Entfernung der Körper in Annäherung der Seelen verwandelt; du bist es, die vor uns, wenn wir uns an fernen Orten recht innig freuen, die freundlichen Bilder aller derer, die wir verlassen mußten, wie holde Töne und Jahre vorüberführt, und du breitest unsere Arme nach den Wolken aus, welche über die Berge herfliegen, hinter denen unsere Teuersten leben! So öffnet sich das abgetrennte Herz dem fernen, wie sich die Blumen, die sich vor der Sonne auftun, auch an den Tagen, wo das Gewölk zwischen beide tritt, auseinander falten. – Der Glanz losch aus, nur die blutige Spur der gefallnen Sonne stand im Blau, die Erde trat höher mit den Gärten hervor – und Firmian sah auf einmal nahe an sich das grünende Tempetal der Fantaisie, übergossen von roter Wolken- und von weißer Blüten-Schminke, vor sich schwanken und rauschen; aber ein Engel stand aus dem Himmel mit dem Schwerte eines funkelnden Wolkenstreifs davor und sagte: geh hier nicht ein; kennst du das Paradies, aus dem du gegangen bist?

Firmian kehrte um, lehnte sich im Helldunkel des Frühlings an die Kalkwand des ersten baireuthischen Hauses, um die Wundenmale seiner Augen auszuheilen und vor seinem Freunde mit keinen Zeichen zu erscheinen, die vielleicht erst zu erklären waren. Aber Leibgeber war nicht da; jedoch etwas Unerwartetes, ein Blättchen an diesen von Natalie. Ihr, die ihrs empfindet oder betrauert, daß immer und ewig eine Mosisdecke, ein Altargeländer, ein Gefängnisgitter, aus Körper und Erde gemacht, zwischen Seel' und Seele gezogen ist, ihr könnt es nicht verdammen, daß der arme, gerührte, einsame Freund ungesehen das kalte Blatt an den heißen Mund, an das zitternde Herz anpreßte. Wahrlich für die Seele ist jeder Körper, sogar der menschliche, nur die Reliquie eines unsichtbaren Geistes, und nicht etwa der Brief, den du küssest, auch die Hand, die ihn schrieb, ist wie der Mund, dessen Kuß dich mit der Nähe einer Vereinigung täuschet, nur das sichtbare, von einem hohen oder teuern Wesen geheiligte Zeichen, und die Täuschungen unterscheiden sich nur in ihrer Süßigkeit.

Leibgeber kam an, riß es auf, las es vor:

»Morgen um 5 Uhr liegt Ihre schöne Stadt hinter meinem Rücken. Ich gehe nach Schraplau. Ich hätte nicht, o teurer Freund, aus diesem holden Tale weichen können, ohne noch einmal vor Sie mit der Versicherung meiner längsten Freundschaft und mit dem Danke und Wunsche der Ihrigen zu kommen. Ich würde gern von Ihnen auf eine lebendigere Art als auf diese Abschied genommen haben; aber das lange Trennen von meiner britischen Freundin ist noch nicht vorüber, und ich habe jetzt ihre Wünsche, wie vorher meine, zu bekämpfen, um mich in meine bürgerliche Einsamkeit zu begraben oder vielmehr zu flüchten. Mit Freuden und Schmerzen hat mich der schöne Frühling verwundet; doch bleibt mein Herz wie Cranmers seines – wenn ich so fremd vergleichen darf – in der Asche des Restes auf dem Scheiterhaufen einsam-unversehrt für meine Geliebten. – Aber Ihnen geh' es wohl, wohl! Und besser, als es mir, einem Weibe, je gehen kann. Ihnen kann das Geschick nicht viel nehmen, ja nicht einmal geben; auf allen Wasserfällen liegen Ihnen lachende ewige Regenbogen; aber die Regenwolken des weiblichen Herzens färben sich spät und erst, wenn sie lange getropft, mit dem wehmütigen heitern Bogen, den die Erinnerung an ihnen erleuchtet. – Ihr Freund ist gewiß noch bei Ihnen? – Drücken Sie ihn feurig an Ihr Herz und sagen ihm, alles, was ihm Ihres wünscht und gibt, wünscht meines ihm; und nie wird er und sein Geliebter von mir vergessen.

Ewig

Ihre Natalie«

Firmian hatte sich unter der Vorlesung mit dem gegen den Abendhimmel gekehrten Gesicht voll Tränen auf das Fenster gestützt. Heinrich griff mit freundschaftlicher Feinheit seiner Antwort vor und sagte, ihn ansehend:

»Ja, diese Natalie ist wirklich gut und tausendmal besser als tausend andere, aber ich lasse mich rädern von ihrem eignen Wagen, pass' ich ihr nicht morgen um 4 Uhr auf und setze mich dicht neben sie: wahrlich! Ich muß ihre Ohren fassen und füllen, oder meine sind länger als die an einem Elefanten, der seine zu Fliegenwedeln gebraucht.« – »Tu es, lieber Heinrich« (sagte Firmian mit der heitersten Stimme, die aus der zugepreßten Kehle zu ziehen war) – »ich will dir drei Zeilen mitgeben, um nur etwas einzubringen, da ich sie nie mehr sehen darf.« – Es gibt eine lyrische Trunkenheit des Herzens, worin man keine Briefe schreiben sollte, weil nach fünfzig Jahren Leute darüber geraten können, denen das Herz und die Trunkenheit zugleich abgeht. Firmian schrieb denn doch; und siegelte nichts; und Leibgeber las nichts.

»Ich sage zu Ihnen: lebe auch wohl! Aber ich kann nicht sagen: vergiß mich nicht! O vergiß mein! Nur mir laß das Vergißmeinnicht, das ich bekommen. – Der Himmel ist vorüber, aber das Sterben nicht. Meines kommt bald; und für dieses nur tu' ich und noch stärker mein Leibgeber eine Bitte an Sie, aber eine so seltsame – Natalie, schlage sie ihm – nicht ab. Deine Seele hat ihren Stand hoch über weiblichen Seelen, welche jede Sonderbarkeit erschreckt und verwirrt; du darfst wagen; du wagst nie dein großes Herz und Glück. – So hab' ich denn an jenem Abende zum letzten Male gesprochen und am heutigen zum letzten Male geschrieben. Aber die Ewigkeit bleibt mir und dir!

F. S.«

Er schlief die ganze Nacht nur träumend, um Leibgebers Wecker zu sein. Aber um 3 Uhr morgens stand dieser schon als Briefträger und Requetenmeister unter einer Riesenlinde, deren Hängebette mit einer schlafenden Welt über die Allee hineinsank, wodurch Natalie kommen mußte. Firmian spielte in seinem Bette Heinrichs Rolle des Wartens nach und sagte immer zu sich: jetzt wird sie von der Britin Abschied nehmen – jetzt einsitzen – jetzt vor dem Baum vorbeifahren, und er wird ihr in die Zügel fallen. Er phantasierte sich in Träume hinein, die ihn mit einem peinlichen Wirrwarr und mit wiederholten Versagungen seiner Bitte wund stießen. Wie viele trübe Tage werden oft, im physischen und im moralischen Wetter, von einer einzigen sternhellen Nacht geboren! – Endlich träumte ihn, sie reich' ihm aus ihrem herrollenden Wagen die Hand, mit weinenden Augen und mit dem grünen Rosenzweige vor der Brust, und sage leise: »Ich sage doch Nein! Würd' ich denn lange leben, wenn du gestorben wärest?« – Sie drückte seine Hand so stark, daß er erwachte; aber der Druck währte fort, und vor ihm stand der helle Tag und sein heller Freund und sagte: »Sie hat Ja gesagt; aber du hast fest geschlafen.«

Bei einem Haare, erzählte er, hätt' er sie verpasset. Sie war mit ihrem

Ankleiden und Abreisen schneller fertig geworden als andere mit ihrem Auskleiden und Ankommen. Ein betaueter Rosenast, dessen Blätter mehr stachen als seine Dornen, lag an ihrem Herzen, und ihre Augen hatte der lange Abschied rot gefärbt. Sie empfing ihn liebreich und freudig, obwohl erschrocken und horchend. Er gab ihr zuerst, als Vollmacht, Firmians offnen Brief. Ihr brennendes Auge glühte noch einmal unter zwei großen Tropfen, und sie fragte: »Und was soll ich denn tun?« – »Nichts«, sagte Leibgeber, künstlich zwischen Scherz und Ernst, »Sie sollen bloß leiden, daß Sie von der preußischen Kasse, sobald er gestorben ist, jedes Jahr an seinen Tod erinnert werden, als wären Sie seine Witwe.« – »Nein«, sagte sie gedehnt mit einem Tone, hinter dem aber nur ein *Komma* auftritt, und kein *Punktum.* Er wiederholte Bitten und Gründe und setzte dazu: »Nur wenigstens meinetwegen tun Sie es, ich kann es nicht sehen, wenn er eine Hoffnung oder einen Wunsch verliert; er ist ohnehin ein Tanzbär, den der Bärenführer, der Staat, im Winter fortzutanzen zwingt, ohne Winterschlaf; – ich hingegen bringe die Tatzen selten aus dem Maul und sauge beständig. Er hat die ganze Nacht gewacht, um mich aufzuwecken, und zählt nun zu Hause jede Minute.« – Sie überlas den Brief noch einmal von einem Buchstaben zum andern. Er bestand auf keinem Entscheidespruch, sondern zwirnte ein anderes Gespräch aus dem Morgen, aus der Reise und aus Schraplau zusammen. Der Morgen hatte schon hinter Baireuth seine Feuersäulen aufgerichtet, die Stadt trat mit immer mehren Rauchsäulen heran; er mußte in wenigen Minuten vom Wagen herab. »Leben Sie wohl« (sagte er im sanftesten Tone, mit *einem* Fuß im Wagenfußtritte hängend), »Ihre Zukunft ahme den Tag um uns nach und werde immer heller. – Und nun, welches letzte Wort geben Sie mir an meinen *guten, teuern, geliebten* Firmian mit?« – (Ich will nachher eine Bemerkung machen.) Sie zog den Reiseflor wie einen Vorhang des ausgespielten Bühnenlebens nieder und sagte eingehüllt und erstickt: »Muß ich, so muß ich. Auch dies sei! Aber Sie geben mir noch einen großen Schmerz mit auf den Weg.« Allein hier sprang er herab, und der Wagen rollte mit der vielfach Verarmten über die Trümmer ihrer Tage dahin.

Hätt' er statt des abgequälten Ja ein Nein erhalten: er wäre ihr hinter der Stadt wieder nachgekommen und wieder als blinder Passagier aufgesessen.

Ich versprach oben, etwas zu bemerken: es ist dieses, daß die Freundschaft oder Liebe, die ein Mädchen für einen Jüngling hat, durch die Freundschaft, die sie zwischen ihm und seinen Freunden wahrnimmt, unter unsern Augen wächst und solche polypenartig in ihre Substanz verwendet. Daher hatte Leibgeber aus Instinkt die seinige wärmer offenbart. Uns Liebhabern hingegen wird dergleichen elektrische Belegung oder magnetische Bewaffnung unserer Liebe durch die Freundschaft, die wir zwischen unserer Geliebten und ihrer Freundin bemerken, nur selten beschert, so sehr auch durch die Bemerkung unsere Flamme wüchse; alles, was uns zufället, ist der Anblick, daß unsere Geliebte unsertwegen gegen alle andere Menschen erstarret und ihnen nur Eistassen und kalte Küche präsentiert, um uns einen desto feurigern Liebetrank zu kochen. Aber die Methode, das Herz, wie den Wein, dadurch geistiger, stärker und feuriger zu machen, daß man es um den Siedpunkt herum eingefrieren lässet, kann wohl einer blinden, eigensüchtigen, aber nie einer hellen, menschenfreundlichen Seele gefallen. Wenigstens bekennt der Verfasser dieses, daß er, wenn er im Spiegel oder im Wasser ersah, daß der Januskopf, der vor ihm auf dem einen Gesicht liebend zerfloß, sich auf dem abgekehrten hassend gegen die ganze Erde verzog – er bekennt, daß er auf der Stelle ein oder ein paar solcher feindseliger Gesichter selber nachgeschnitten habe gegen den Januskopf. – Verleumden, schelten, hassen sollte ein Mädchen, des Abstichs halber, wenigstens so lange nicht, als es liebt; ist es Hausmutter, hat es Kinder und Rinder und Mägde, so wird ohnehin kein billiger Mann gegen mäßiges Ergrimmen und gegen ein bescheidenes Schmähen etwas haben. – –

Natalie hatte aus vielen Gründen in den sonderbaren Antrag gewilligt; weil er eben sonderbar war – weil ferner der Name »Witwe« für ihr schwärmendes Herz noch immer ein Trauerband zwischen ihr und Firmian zusammenwebte, das sich reizend und phantastisch um den Auftritt und den Eid jener nächtlichen Trennung schlang – weil sie heute von einer Empfindung zur andern gestiegen war und nun in der Höhe schwindelte – weil sie uneigennützig ohne Grenzen war und mithin nach dem möglichen Schein des Eigennutzes wenig fragte – und weil sie endlich überhaupt nach dem Scheinen und dem Urteilen darüber weniger fragte, als wohl ein Mädchen darf.

Leibgeber streckte nach dem Erreichen aller seiner Ziele nur einen freudigen langen Zodiakalschein aus; Siebenkäs warf seinen Trauer-Nachtschatten nicht hinein, sondern einen Halbschatten. Nur jetzt aber war er unvermögend, die beiden Lustgegenden Baireuths, Eremitage und Fantaisie, zu besuchen, welche für ihn Herkulaneum und Portici waren. Und über letztes mußt' er ja ohnehin bei seiner Abreise ziehen und da manches Versunkne wieder ausgraben. Dieses wollte er nicht lange hinaussetzen, da nicht nur die Luna untergegangen war, welche von ihrem Himmel auf alle weißen Blumen und Blüten des Frühlings einen neuen Silberschein geworfen, sondern weil auch Leibgeber sein Memento mori-Totenkopf war, der ohne Zunge und Lippe immer deutlich sagte: man erinnere sich, daß man sterben muß – in Kuhschnappel – zum Spaß. Leibgebers Herz brannte nach außen in die Weite, und die Flammen seines Waldbrandes wollten auf Alpen, auf Inseln, in Residenzstädten ungebunden umherschießen und spielen; der Aktenwasserschatz in Vaduz, dieses papierne Parade- und Wochenbette der Justiz – lit de justice – wäre für ihn ein schweres, dumpfes Siechbette gewesen, mit welchem die Leute sonst auf ihm erliegenden

Wasserscheuen zuletzt selber erstickten aus Mitleid. Freilich konnte eine kleine Stadt ihn so wenig ausstehen als er sie; denn verstehen konnte sie ihn noch weniger. Saßen ja sogar im größern Baireuth an der Wirts-Tafel in der Sonne mehre Justizkommissarien (ich habe die Sache aus ihrem Munde selber), welche seine Tafelrede (im zwölften Kapitel) über die den Fürsten so schweren Palingenesien von Kronprinzen für eine förmliche Satire auf einen lebenden Markgrafen angesehen, indes er bei allen Satiren auf niemand anders zielte als auf sämtliche Menschen zugleich. Freilich, wie unbesonnen führte er sich nicht in den elenden acht Tagen, die er in unserem Hof im Voigtlande verbrachte, auf öffentlichem Markte auf? Wollen mirs nicht glaubhafte Varisker – wie die alten Voigtländer zu Cäsars Zeiten nach einigen hießen, nach andern aber Narisker – bezeugen, daß er in den besten Kleidern neben dem Rathause Bergamottebirnen und in der Brotbank Gebacknes dazu öffentlich eingekauft? Und haben ihm nicht Nariskerinnen nachgesehen, die beschwören wollen, daß er besagtes Speisopfer – da doch Stallfütterung allgemein empfohlen wird – im Freien verzehrt habe, als wär' er ein Fürst, und im Gehen, als wär' er eine römische Armee? – Man hat Zeugen, die mit ihm gewalzt, daß er Maskenbällen in Schlafrock und Federmütze beigewohnt, und daß er beide schon den ganzen Tag im Ernst getragen, eh' er sie zum Spaße abends anbehalten. Ein nicht unverständiger Narisker voll Memorie, der nicht wußte, daß ich den Mann unter meinen historischen Händen hatte, ging mit folgenden frechen Reden Leibgebers heraus: »jeder Mensch sei ein geborner Pedant. – Wenige hängen *nach*, fast alle *vor* dem Tode in verdammten Ketten, ein Freimann bezeichne daher in den meisten Ländern nur einen Profos oder auch einen Scharfrichter. – *Torheit als Torheit sei ernsthaft*, man verübe daher so lange die kleinste, als man scherze. – Er halte den Geist, der schaffend auf der Dinte der Kollegien schwebe, wie bei Moses auf den Wassern, mit vielen Kirchenvätern für *Wind*. – In seinen Augen seien die ehrwürdigen Konzilien, Konferenzen, Deputationen, Sessionen, Prozessionen im Grunde nicht ohne alles komische Salz, als ernsthafte Parodien eines steifen leeren Ernstes betrachtet, um so mehr, da nur meistens einer unter der Kompagnie (oder gar seine Frau) eigentlich referiere, votiere, dezidiere, regiere, indes das mystische corpus selber mehr nur zum Scherze an dem grünen Sessiontische vexierend angebracht sei; so hänge zwar an Flötenuhren außen ein Flötenspieler angeschraubt, dessen Finger auf der kurzen, aus dem Mund wachsenden Flöte auf- und niedertreten, so daß Kinder über die Talente des hölzernen Quantzes außer sich geraten; inzwischen wissen alle Uhrmacher, daß *innen* eine eingebauete Walze gehe und mit ihren Stiften versteckte Flöten anspiele.« – Ich antwortete: »Solche Reden verraten sehr einen frechen und vielleicht spöttischen Menschen.« Es wäre wohl zu wünschen, jeder könnt' es dem Verfasser dieses nachtun, der hier die Narisker aufzufodern imstande ist, ihn, wenn sie können, eines Schrittes oder Wortes zu zeihen, das satirisch oder nicht genau nach dem Hut- und Haubenstock eines pays coutumier geformet gewesen; er verlangt freien Widerspruch, wenn er lügt. – –

Ein Briefchen war die Wurfschaufel, die den Armenadvokaten am andern Tage aus Baireuth fortwarf, nämlich eines vom Grafen zu Vaduz, der Leibgebers kaltes Fieber und Talg-Aussehen freundschaftlich bedauerte und zugleich den schnellern Regierantritt des Inspektorats bestellete. Dieses Blättchen legte sich an Siebenkäs als Flughaut an, womit er seinem scheinbaren Kokons-Grabe zueilte, um daraus als frischer Inspektor aufzufliegen. Im nächsten Kapitel kehrt er um und räumt die schöne Stadt. In diesem nimmt er noch bei Leibgebern, dessen Rolle ihm zustirbt, im Silhouetten-Schneiden Privatstunden. Der Schneider-Meister und Mentor in der Schere tat hiebei nichts, was durch mich auf die Nachwelt zu kommen verdiente, als das, wovon ich in meinen Belegen kein Wort antreffe, was ich aber aus dem Munde des Herrn Feldmanns, Gasthof-Inhabers, selber habe, der gerade an der Tafel vorschnitt, als es vorfiel. Es war nichts, als daß ein Fremder vor der Wirtstafel stand und unter mehren Tischgenossen auch den Silhouetten-Improvisatore Leibgeber ausschnitt in Schattenpapier. Dieser ersah es und schnitt unter der Hand und unter dem Tellertuche seinerseits den Supernumerarkopisten des Gesichtes nach – und als dieser den einen Nachschnitt hinreichte, langte jener den andern hin, sagend: »Al pari, mit gleicher Münze bezahlend!« Der Passagier machte übrigens außer den Schatten-Holzschnitten noch Luftarten; worunter ihm keine gelang als die phlogistische, die er leicht mit seiner Lunge verfertigte, und in der er, gleich den Pflanzen, gedieh und sich färbte: sie ist einatembar und bekannter unter dem Namen »Wind«, um sie von den andern, untrinkbaren phlogistischen zu unterscheiden. – Als der phlogistische Windmacher, der von Stadt zu Stadt aus dem tragbaren Katheder seines Leibes gute Vorlesungen über die andern Luftarten hielt, das Macher- und Schneiderlohn und sich fortgetragen hatte, so bemerkte Heinrich nur folgendes:

»Reisen und dozieren zugleich sollten Tausende; wer sich auf drei Tage einschränkt, kann sicher darin über alle Materien als außerordentlicher Lehrer lesen, von denen er wenig versteht. So viel seh' ich schon, daß sich jetzt überall leuchtende Wandelsterne um mich und andere drehen, die uns über Elektrizität, über Luftarten, über Magnetismus, kurz, über die Naturlehre ein fliegendes Licht zuwerfen; aber das ist nur etwas: ich will an diesem Entenflügel ersticken, wenn solche Kathederfahrer und Kurrendlehrer (nicht Kurrendschüler) nicht überhaupt über alles Wissenschaftliche lesen können, und mit Nutzen, über die kleinsten Zweige besonders. Könnte nicht der eine auf das erste Jahrhundert nach Christi Geburt – oder aufs erste Jahrtausend vor derselben, weil es nicht länger ist – vorlesend reisen, ich meine nämlich, solches den Damen und Herren in wenigen Vorlesungen beibringen, der zweite aufs zweite, der dritte aufs dritte, der achtzehnte auf unseres? Solche transzendente Reiseapotheken für die Seele kann ich mir gedenken. Ich freilich für meine Person bliebe dabei nicht einmal, ich kündigte mich als peripatetischer Privatdozent in den allerkleinsten Kapiteln an – z. B. ich würde an kurfürstlichen Höfen Unterricht über die Wahlkapitulation erteilen, an altfürstlichen bloß über die Fürstenerianer – exegetisch an allen Orten über den ersten Vers im ersten Buch Mosis – über den Seekraken – über den Satan, der halb dieser sein mag – über Hogarths Schwanzstück, mit Beiziehung einiger van Dyckischen Köpfe auf Gold- und Kopfstücken – über den wahren Unterschied zwischen Hippozentauren und Onozentauren, den der zwischen Genies und deutschen Kritikern [1] am meisten aufhellet – über den ersten Paragraph von Wolf oder auch von Pütter – über Ludwigs (XIV.) des Vergrößerten Leichenbier und Volkfeste unter seiner Bahre – über die akademischen Freiheiten, die ein akademischer kursorischer Lehrer sich außer dem Ehrensold nehmen kann, und deren größte oft der Torschluß des Hörsaals ist – überhaupt über alles. So und auf diesem Wege (will es mir vorkommen), wenn hohe circulating schools [2] so gemein würden wie Dorfschulen, wenn die Gelehrten (wie man doch wenigstens angefangen) als lebendige Weberschiffe zwischen den Städten auf- und niederfahren und den Faden der Ariadne, wenigstens der Rede, überall anhängen und zu etwas verweben wollten; auf einem solchen Wege, wenn jede Sonne von einer Professur nach dem *ptolomäischen* System ihr Licht selber um die finstern, auf Hälse befestigten Weltkugeln herumtrüge – welches wohl offnbar nichts vom *kopernikanischen* hätte, nach welchem die Sonne auf dem Katheder stille steht, mitten unter den herreisenden und umlaufenden Wandelsternen oder Studenten – auf diesem Wege könnte man sich endlich einige Rechnung machen, daß aus der Welt etwas würde, wenigstens eine gelehrte. – Weisen würde der bloße Stein der Weisen, das Geld, den Toren aber würden die Weisen selber zuteil, und Wissenschaften aller Art und noch mehr die Wiederhersteller der Wissenschaften kämen auf die Beine – es gäbe keinen Boden mehr als klassischen, worauf man mithin ackern und fechten müßte – jeder Rabenstein wäre ein Pindus, jeder Nacht- und jeder Fürstenstuhl eine delphische Höhle – und man sollte mir dann in allen deutschen Kreisen einen Esel zeigen. – – Das folgte, wenn alle Welt auf gelehrte und lehrende Reisen ginge, *der* Teil der Welt freilich ausgenommen, der durchaus zu Hause sitzen muß, wenn jemand da sein soll, der hört und zahlt – gleich dem point de vue, wozu man bei Heerschauen oft den Adjutanten erlieset.« – –

Auf einmal sprang er auf und sagte: »Wollte Gott, ich ginge einmal

[1] Die Ähnlichkeit, die sie mit den Onozentauren haben sollen, bezieht sich wahrscheinlich auf den Reiter Bileam, der ungünstig rezensieren sollte und es doch nicht vermochte.

[2] Sind von Dorf zu Dorf reisende und lehrende Schulhalter in England.

nach Brückenau.[1] Dort auf Badezubern wäre mein Lehrstuhl und Musensitz. Die Kauffrau, die Rätin, die Landedelfrau oder deren Tochter läge als Schaltier im zugemachten Bassin und Reliquienkasten und steckte, wie aus ihrer andern Kleidung, nichts heraus als den Kopf, den ich zu bilden hätte – welche Predigten wollt' ich als Antonius von Padua erobernd der weichen Schleie oder Sirene halten, wiewohl sie mehr eine Festung mit einem Wassergraben ist! Ich säße auf der hölzernen Hulfter ihrer feurigen, wie Phosphor unter Wasser gehaltenen Reize und dozierte! – Was wär' aber das gegen den Nutzen, den ich stiften könnte, wenn ich mich selber in ein solches Besteck und Futteral einschöbe und drinnen im Wasser wie eine Wasserorgel ginge und als Flußgott meine wenigen Amtgaben an der Schulbank auf meiner Wanne versuchte; wenn ich zwar die Lehr-Gestus unter dem warmen Wasser machte, weil nur der Kopf mit dem Magisterhut aus der Scheide, wie ein Degenknopf, herauslangte, indessen aber doch schöne Lehren, üppige unter Wasser stehende Reis-Ähren und Wasserpflanzen, einen philosophischen Wasserbau und dergleichen aus dem Zuber heraustriebe und alle Damen, die ich jetzt ordentlich mein Quäker- und Diogenes-Faß umringen sehe, mit dem herrlichsten Unterricht besprenget entließe? – Beim Himmel! ich sollte nach Brückenau eilen, als Badgast weniger denn als Privatdozent.« –

Sechzehntes Kapitel

Abreise – Reisefreuden – Ankunft

Firmian schied. Er reisete aus dem Gasthofe, der für ihn ein rheinisches Mon-repos oder mittelmärkisches Sans-Souci gewesen war, nicht gern dem Vertausche schöner Zimmer gegen kahle entgegen. Ihm, der keine Bequemlichkeiten, gleichsam die weichen Ausfütterungen dieses harten Lebens, noch gekannt und noch keinen andern Knecht als den Stiefelknecht, hatt' es ungewöhnlich wohl getan, daß er auf sein Zimmertheater so leicht mit der

[1] Seite 163 des Taschenbuchs für Brunnen- und Badegäste 1794 steht die Nachricht: daß vor Damen, während sie in den Badewannen eingeriegelt liegen, auf den Deckeln der letzten junge Herren sitzen, um sie unter dem Wasser zu unterhalten. Dagegen kann freilich die Vernunft nichts haben – da das Wannenholz so dicht ist wie Seide, und da in jedem Falle jede allemal in einer Hülle stecken muß, in der sie ohne Hülle ist – aber wohl das Gefühl oder die Phantasie, und zwar aus demselben Grunde, warum ein Deckbette, 1/4 Elle dick, keine so anständige und dichte Kleidung ist als ein Florhabit für einen Ball. Sobald nicht die Unschuld der Phantasie geschonet wird: so ist keine andere weiter zu schonen; die Sinnen können weder unschuldig noch schuldig sein.

Klingel den ersten Schauspieler, den Kellner Johann, aus dem Kulissen-Stockwerke herauf läuten konnte, noch dazu mit Teller und Flasche in der Hand begabt, wovon der Schauspieler nicht einmal etwas bekam und genoß, sondern nur er und das Publikum. Noch unter dem Tore des Gasthofs zur Sonne warf er Herrn Feldmann, dem Besitzer, das mündliche Lob – das dieser sogleich als ein zweites Glanzschild von mir gedruckt erhalten soll, sobald es aus der Presse ist – mit den Worten zu: »Bei Ihnen fehlt einem Gaste nichts als der wichtigste Artikel, die Zeit. Ihre *Sonne* erreiche und behalte das Zeichen des *Krebses.*« Mehre Baireuther, die dabei standen und das Lob hörten, nahmen es für eine elende Satire.

Heinrich begleitete ihn etwan dreißig Schritte über die reformierte Kirche bis zum Gottesacker hinaus und riß sich dann leichter als sonst – weil er ihn in wenig Wochen auf dem Sterbebette wiederzusehen hoffte – von seinem Herzen los. Er begleitete ihn darum nicht nach Fantaisie, damit sich sein Freund stiller in das Zauber-Echo verlieren könnte, das ihm heute der ganze Garten von den Geisterharmonien jenes seligen Abends zurückgeben würde.

Firmian trat allein in das Tal, wie in einen heiligen, schauerlichen Tempel. Jedes Gesträuch schien ihm von Licht verklärt, der Bach aus Arkadien hergeflossen und das ganze Tal ein versetztes, aufgedecktes Tempe-Tal zu sein. Und als er an die heilige Stätte kam, wo Natalie ihn gebeten hatte: »denk an heute«: so war ihm, als würfe die Sonne einen himmlischen Glanz, als käme das Bienengetöne von verwehten Geister-Stimmen, als müßt' er auf die Stelle niederfallen und sein Herz an das betauete Grün andrücken. Er ging auf diesem zitternden Resonanzboden den alten Weg zurück, den er mit Natalien gemacht, und eine Saite um die andere gab bald in einem Rosenspalier, bald aus einer Quelle, bald auf dem Balkon, bald in der Laube wieder den verklungnen Ton. Seine Brust schwoll trunken an bis zum Schmerz; seine Augen deckte ein feuchter, durchsichtiger, bleibender Schimmer, der zu einem großen Tropfen einlief; nur der Morgenglanz und das Blütenweiß drangen noch von der Erde durch das tränentrunkne Auge und durch den Blumenflor aus Träumen, in deren Lilienduft die Seele betäubt und schlummernd niedersank. – Es war, als ob er im Genusse seines Leibgebers bisher nur in halber Kraft die Liebe für Natalien empfunden hätte; so neumächtig und himmelluftig wehte ihn in dieser Einsamkeit die Liebe wie mit ätherischen Flammen an. Eine jugendliche Welt blühte in seinem Herzen.

Plötzlich rief in sie das Geläute von Baireuth hinein, das ihm seine Abschiedstunde schlug; und ihn überfiel jene Bangigkeit, mit welcher man nach dem Scheiden noch zu lange in der Nähe der geräumten Freudenstadt verweilt. Er ging.

Welcher Duftglanz fiel auf alle Augen und Berge, seitdem er an Natalie dachte und an den unvergänglichen Kuß! Die grüne Welt hatte jetzo Sprache für ihn, die auf der Herreise ihm nur als Gemälde erschienen. Den ganzen Tag trug er in seinem dunkelsten Innern einen Lichtmagneten der Freude, und mitten unter Zerstreuungen und Gesprächen fand er, wenn er auf einmal in sich hineinblickte, daß er immer selig geblieben.

Wie oft kehrt' er sich nach den Baireuther Bergen um, hinter welchen er zum ersten Male Tage der Jugend gelebt! Natalie zog hinter ihm nach Morgen weiter, und Morgenlüfte, die um die ferne Einsame geflattert, wehten herüber, und er trank Ätherflut wie einen geliebten Atem.

Die Berge sanken ein – in das Himmelblau war sein Paradies untergetaucht – sein Westen und Nataliens Osten flohen mit doppelten Flügeln weiter auseinander. –

Eine geschmückte Ebene nach der andern trat fliehend hinter ihn zurück.

Wie vor Jugendjahren eilte er, wechselnd zwischen Sehen und Genießen, vor den mit Blumen überdeckten Gliedern des ausgedehnten Frühlings vorbei.

So kam er abends im Taldorfe an der Jaxt, wo er auf der Herreise über seine liebeleeren Tage weinend hingeblickt hatte, mit einem andern Herzen an, das voll war von Liebe und Glück; und das wieder weinte. Hier – wo er damals unter den auflösenden Zauberlichtern des Abends sich gefragt: welche weibliche Seele hat dich je geliebt, wie dein alter Traum der Brust so oft vorgespiegelt? und wo er sich eine traurige Antwort gegeben – hier konnt' er an den Baireuther Abend denken und zu sich sagen: ja, Natalie hätte mich geliebt. Nun stand wieder der alte Schmerz aber verklärt vom Tode auf. Er hatte ihr den Schwur der Unsichtbarkeit auf Erden getan – er zog jetzt seinem Sterben entgegen, um sie nie mehr zu sehen – sie war vorausgezogen und ihm gleichsam vorgestorben, und sie hatte bloß die Schmerzen, zweimal geliebt und verloren zu haben, in die langen dunkeln Jahrgänge ihres Lebens mitgenommen. »Und hier wein' ich und schaue in mein Leben!« sagt' er müde und schloß die Augen zu, ohne sie zu trocknen. –

Am Morgen ging in ihm eine andere Welt auf, nicht die bessere, sondern die ganz alte. Ordentlich als hätten die konzentrischen Zauberkreise von Natalie und Leibgeber nicht weiter gereicht und nicht mehr umschließen können als bloß noch das kleine Sehnsucht-Tal an der Jaxt: so trug jeder Schritt nach der Heimat die Dichtkunst seines bisherigen Lebens in poetische Prose über. Die kalte Zone seiner Tage, der Reichs-Marktflecken, lag ihm schon näher; die warme, auf der noch die abgeblühten Blätter der ephemerischen Freudenblumen nachflatterten, war weit hinter ihm.

Aber auf der andern Seite rückten die Bilder seines häuslichen Lebens immer lichter heran und wurden zu einer Bilderbibel, indes die Gemälde seines Wonnemonats in ein dunkles Bilderkabinett zurückwichen.

Ich mess' es in etwas dem Regenwetter bei.

Gegen das Ende der Woche ändert sich außer dem Beichtkinde und dem

Kirchengänger auch das Wetter, und der Himmel und die Menschen wechseln da Hemden und Kleider. Es war sonnabends und wolkig. Im feuchten Wetter geht es an unsern Gehirnwänden zu wie an Zimmerwänden, deren Papiertapeten es einsaugen und sich zu *Wolken* aufrollen, bis das trockne Wetter beide Tapezierungen wieder glättet. Unter einem blauen Himmel wünsch' ich mir Adlerschwingen, unter einem bewölkten bloß einen Flederwisch zum Schreiben; dort will man in die ganze Welt hinaus, hier in den Großvaterstuhl hinein; kurz acht Wolken, zumal wenn sie tropfen, machen häuslich und bürgerlich und hungrig, das Himmelblau aber durstig und weltbürgerlich.

Diese Wolken vergitterten ordentlich das Baireuther Eden; er sehnte sich bei jedem schnellern großen Tropfen, der in die Blätter schlug, an das eheliche Herz, das ihm gehörte und das er bald verlieren sollte, und in seine enge Stube. Endlich, als die Eisschollen von schroffen Wolken in einen grauen Schaum sich aufgelöset hatten, und als die untergehende Sonne wie eine Teichdocke aus diesem hangenden Weiher gezogen war und es mithin – tröpfelte, da erschien – Kuhschnappel. Mißlaute, uneinige Gefühle erzitterten in ihm. Der spießbürgerliche Marktflecken erschien ihm, im Abstich mit freiern Menschen, so zusammengeknüllet, so kanzleistilig mit Leber- und Magenreimen, so voll Troglodyten – daß er sein grünes Gitterbette am lichten, hellen Tage auf den Markt hätte wälzen und darin unter lauter vornehmen Fenstern schlafen können, ohne etwas nach dem Groß- und Kleinen-Rat darhinter zu fragen. Je näher er dem Theater seines Sterbens kam, desto schwerer kam ihm diese erste und vorletzte Rolle vor; an fremden Orten wagt, zu Hause zagt man. Auch fraß ihn der Hüttenrauch und Schwaden an, der allein uns alle so sehr drückt, daß selten einer den Kopf ganz emporhebt, über den Schwaden heraus. Im Menschen nistet nämlich ein verdammter Hang zu stillesitzender Gemächlichkeit, er lässet sich wie ein großer Hund lieber tausendmal stechen und necken, eh' er sich die Mühe nimmt, aufzuspringen, anstatt zu knurren. Ist er freilich nur einmal auf den Beinen, so legt er sich schwer – die erste heroische Tat kostet, wie (nach Rousseau) der erste gewonnene Taler, mehr als tausend neue hinterdrein. Unsern Siebenkäs stach auf dem Polster der Häuslichkeit, zumal unter dem tropfenden Gewölke, die Aussicht auf die lange, beschwerliche, gefährliche Finanz- und chirurgische Operation eines theatralischen Sterbens.

Aber je näher er dem Rabenstein, diesem Mäuseturm seines vorigen engen Lebens, trat, desto schneller und greller löseten in seiner bangen Brust die Gefühle seiner vorigen herzzerdrückenden Stampfmühlen und die Gefühle seiner künftigen Erlösung einander ab. Er dachte immer, er müsse sich wieder sorgen und grämen wie sonst – weil er den offnen Himmel seiner Zukunft vergaß; so wie man sich nach einem schweren Traume noch immer ängstigt, ob er gleich vorüber ist.

Als er aber die Wohnung seiner so lange verstummten Lenette erblickte:

verschwand alles aus seinem Auge und Herzen, und nichts blieb darin als die Liebe und ihre wärmste Träne. Seiner Brust, die bisher jeder Gedanke mit Funken der Liebe voll geladen hatte, war das Band der Ehe zu einer Ausladekette vonnöten!

»O, reiß' ich mich nicht ohnehin so bald von ihr auf immer ab und presse ihr irrige Tränen aus und geb' ihr die schwere Wunde der Trauer und eines Leichenbegängnisses! – Wir sehen uns dann nie mehr, nie mehr, du Arme!« dacht' er.

Er lief eiliger. Er drängte sich mit zurückgekrümmtem, nach den obern Fenstern blickendem Kopfe dicht an den Fensterladen seines Neben-Kommandeur Merbitzer vorbei. Dieser spaltete im Hause Sabbatholz, und Firmian winkte, ihn durch kein Schildwachengeschrei zu verraten; der alte Neben-Zar winkte sogleich mit ausgestreckten Fingern zurück, Lenette sei nämlich oben allein in der Stube. Die alten gewohnten Ripienstimmen des Hauses, das zankende Gellen der Buchbinderin, der Sing-Dämpfer des eifrigen Beters und Fluchers Fecht, fiel ihm unter dem Hinaufschleichen der Treppe wie süßes Futter entgegen. Der abnehmende Mond seiner fahrenden Zinn-Habe glänzte aus der Küche ihm herrlich und silbern entgegen, alles war gescheuert aus dem Bade der Wiedergeburt gestiegen, eine kupferne Fischpfanne – die so lange keinen Essig vergiftete, als man sie nicht flicken ließ – glühte ihn aus dem Küchenrauch des Einheizens, wie die Sonne aus dem Heerrauch, an. Er zog leise die Stubentüre auf: er sah niemand darin und hörte Lenetten in der Kammer betten. Er tat, mit einem Hammerwerk in der Brust, einen weiten leisen Schritt in die geputzte Stube, die schon ein Sonntaghemde aus weißem Sand angelegt, und woran die bettende Flußgöttin und Wassernymphe alle Wasserkünste versucht hatte zu einem ausgefeilten Kunstwerk. Ach, alles ruhte so friedlich, so einträchtig nebeneinander vom Gewühle der Woche aus. Über alles war das Regengestirn aufgegangen, nur sein Dintenfaß war eingetrocknet.

Seinen Schreibtisch behaupteten ein paar große Köpfe, welche als Haubenköpfe schon das sonntägliche Kopfzeug trugen, damit von ihnen als den Geschlecht-Vormündern (Curatores sexus) das Zeug morgen auf die verschiedenen Köpfe der Frauen vom Rate überwanderte.

Er trieb die offne Kammertüre weiter auf und sah nach so langer Entfernung seine geliebte Gattin, die mit dem Rücken gegen ihn stand. Jetzo war ihm, als vernehm' er auf der Treppe den Walkmühlen-Gang des Pelzstiefels, und um die erste Minute ohne ein fremdes Auge an ihrem Herzen zuzubringen, sagte er sanft zweimal: »Lenette!« Sie prallete herum, rief: »Ach Herr Gott, du?« – Er war schon auf ihr Herz gestürzt und ruhte an ihrem Kuß und sagte: »Guten Abend, guten Abend, was machst du denn? wie ging es dir?« Seine Lippen erdrückten die Worte, die er begehrte – plötzlich stemmte sie sich sträubend aus seinen Armen – und ihn ergriffen zwei andere hastig, und eine Baßstimme sagte: »Wir sind auch da – willkommen, Herr Armenadvokat, Gott sei Lob und Dank.« – Es war der Schulrat.

Wir fieberhaften, von eignen und von fremden Mängeln abgetriebnen und von ewigem Sehnen wieder zusammengeführten Menschen, in welchen eine Hoffnung von fremder Liebe nach der andern verdürstet, und in denen die *Wünsche* nur zu *Erinnerungen* werden! Unser mattes Herz ist doch wenigstens glänzend und recht und voll Liebe in der einen Stunde, wo wir wiederkommen und wiederfinden, und in der zweiten Stunde, wo wir trostlos scheiden, wie alle Gestirne milder, größer und schöner erscheinen, wenn sie aufsteigen und wenn sie untersinken, als wenn sie über uns ziehen. Wer aber immer liebt, und niemals zürnt, dem fallen diese zwei Dämmerungen, worin der Morgenstern der Ankunft und der Abendstern des Abschieds geht, zu trübe auf die Seele, er hält sie für zwei Nächte und erträgt sie schwer.

Siebenzehntes Kapitel

Der Schmetterling Rosa als Minierraupe – Dornenkronen und Distelköpfe der Eifersucht

Das vorige Kapitel war kurz wie unsere Täuschungen. Ach es war auch eine, armer Firmian! – Nach der ersten stürmischen gegenseitigen Katechetik, ferner nach den erhaltenen und erteilten Berichten wurde er immer mehr gewahr, daß aus Lenettens unsichtbarer Kirche, worin der Pelzstiefel als Seelenbräutigam stand, recht klar eine sichtbare werden sollte. Es war, als wenn das Erdbeben der vorigen Freude den Vorhang des Allerheiligsten, worin Stiefels Kopf als Cherubim flatterte, ganz entzweigerissen hätte. Aber ich sage hier, die Wahrheit zu sagen, eine Lüge; denn Lenette *suchte* absichtlich eine besondere Vorliebe für den Rat an den Tag zu legen, der vor Freude darüber sich von Arkadien nach Otaheite, von da nach Eldorado, von diesem nach Walhalla verflatterte; ein gewisses Anzeigen, daß sein bisheriges Glück in Firmians Abwesenheit *kleiner* gewesen war. Der Rat erzählte, »daß Rosa mit dem Heimlicher gebrochen, und daß der Venner, den dieser zu einer Spinnmaschine brauchen wollte, sich zu einer Kriegmaschine gegen ihn umgekehrt habe: der Anlaß sei die Nichte in Baireuth, die vom Venner den Korb erhalten, weil er sie im Kusse eines Baireuther Herren angetroffen.« – Firmian wurde brennend rot und sagte: »Du elender Kakerlak! Der jämmerliche Schwindelhaber hat einen Korb bekommen, aber nicht gegeben. Herr Rat, werden Sie der Ritter des armen Frauenzimmers und durchbohren Sie diese Mißgeburt von einer Lüge, wo Sie sie finden – von wem haben Sie dieses Unkraut?« – Der Stiefel wies gelassen auf Lenetten: »Von Ihnen da!« – Firmian fuhr zusammen: »Von wem hast denn du es?« – Sie sagte mit einer über das ganze Gesicht ausgelaufnen Wangenglut: »Herr von Meyern waren hier bei mir und erzählten es selber.« Der Rat fuhr dazwischen: »Ich wurd' aber sogleich hergeholet und schaffte ihn geschickt beiseite.« – Stiefel hielt um die verbesserte Geschichte der Sache an. Firmian stattete furchtsam und mit wechselnder Stimme einen günstigen Bericht von dem Rosenmädchen ab – im dreifachen Sinne eines, wegen der Rosen auf den Wangen, wegen ihrer siegenden Tugend, wegen der Gabe der grünen Rosenknospen –; er bewilligte ihr aber Lenettens wegen nur das Akzessit, nicht die goldene Medaille. Er mußte den verräterischen Venner, als den Widder, an der Stelle Nataliens auf den Opferaltar binden oder ihn wenigstens vor ihren Triumphwagen anschirren als Sattelgaul und es frei erzählen, daß Leibgeber die Verlobung verhütet und sie durch die satirischen Skizzen, die er von Meyern entworfen, gleichsam beim Ärmel zurückgezogen habe vom ersten Tritte in die Höhle des Minotaurus. »Aber von dir« (sagte Lenette, aber ohne den Frageton) »hatte doch Herr Leibgeber alles erst?« – »Ja!« sagt' er. – Die Menschen legen in einsilbige Wörter, zumal in Ja und Nein, mehr Akzente, als die Sineser haben; das gegenwärtige Ja war ein herausgeschnelltes, tonloses, kaltes Ja, denn es sollte bloß einem »*Und*« gleichgelten. Sie unterbrach eine abirrende Frage des Rats mit einer Kernschuß-Frage: *wann* Firmian bei ihr mit gewesen? Dieser merkte endlich mit seinem Kriegperspektiv in ihrem Herzen allerlei feindliche Bewegungen: er machte eine lustige Schwenkung und sagte: »Herr Rat, wann besuchten Sie Lenetten?« – »Dreimal wenigstens in jeder Woche, oft öfter, immer um gegenwärtige Zeit«, sagt' er. »Ich will weiter nicht eifersüchtig werden« – sagte Firmian mit freundlichem Scherz – »aber geben Sie acht, meine Lenette wird es, daß ich *mit* Leibgebern zweimal, einmal nachmittags, einmal abends, bei Natalien gewesen und in Fantaisie spazieren gegangen: nun, Lenette?« – Sie warf die Kirschen-Lippe auf, und ihr Auge schien Voltas elektrischer Verdichter zu sein.

Stiefel ging, und Lenette warf ihm aus einem Angesicht, auf dem zwei Feuer, das Zornfeuer und ein schöneres, zu brennen schienen, einen Funken voll Augenliebe über die Treppe nach, der die ganze Pulvermühle eines Eifersüchtigen in Brand hätte stecken können. Das Ehepaar war kaum droben, so fragte er sie, um ihr zu schmeicheln: »Hat dich der verwetterte Venner wieder gequält?« – Jetzo knatterte ihr Feuerwerk, dessen Gerüst schon lange im Gesichte gestanden, zischend los: »Ei, du kannst ihn freilich nicht leiden, deiner schönen *gelehrten* Natalie wegen bist du auf ihn eifersüchtig. Denkst denn du, ich weiß es nicht, daß *ihr* miteinander die ganze Nacht im Walde herumgegangen, und daß ihr euch geherzet und geküsset habt! Schön! – Pfui! Das hätt' ich aber nicht gedacht – Da mußte freilich der gute Herr von Meyern die reizende Natalie mit aller ihrer Gelehrsamkeit sitzen lassen. Defendier' dich doch!« –

Firmian antwortete sanft: »Ich hätte den unschuldigen Punkt, der mich betrifft, vor dem Schulrat mit erzählt, hätt' ich dirs nicht schon angesehen –

nehm' ichs denn übel, daß er dich unter meiner Reise geküsset hat?« Das entflammte sie noch mehr, erstlich, weil es ja Firmian nicht gewiß wußte – denn richtig wars –, zweitens, weil sie dachte: »Jetzo kannst du leicht vergeben, da du eine Fremde lieber hast als mich«; aber aus demselben Grunde, da *sie* ja auch einen Fremden lieber hatte als den Mann, hätte sie ja auch verzeihen müssen. Anstatt seine vorige Frage zu beantworten, tat sie, wie gewöhnlich, selber eine: »hab' ich noch jemandem seidne Vergißmeinnicht gegeben, wie eine Gewisse einem Gewissen getan? Gottlob, ich habe meine ausgelöset noch in der Kommode.« Jetzo stritt Herz mit Herz in ihm; sein weiches wurde innig von dem absichtlosen Zusammenbinden so unähnlicher Vergißmeinnicht durchdrungen; aber sein mänliches wurde heftig aufgereizt durch ihr verhaßtes Schutz- und Trutzbündnis mit dem, der das von Natalie gerettete einfältige Mädchen, wie es jetzt am Tage lag, in die Fantaisie als ein Schießpferd hingeschickt, um darhinter sich und sein Rachgewebe zu verstecken. Da nun Siebenkäs mit zorniger Stimme seinen Richterstuhl zu einem Armensünderstuhl des Venners machte, diesen einen weiblichen Knospenkäfer schalt und einen Taubenhabicht und Hausdieb der Eheschätze und einen Seelenverkäufer gepaarter Seelen – und da er mit dem höchsten Feuer beschwur, daß nicht Rosa eine Natalie, sondern sie einen Rosa ausgeschlagen – und da er natürlich seiner Frau jede Verbreitung des Vennerischen lügenden Halbromans gebieterisch untersagte: so verwandelte er die arme Frau vom Fuß bis auf den Kopf in einen harten, beißenden – Rettich aus Erfurt.... Lasset unsere Augen nicht zu lange und nicht zu richterlich auf dieser Hitzblatter oder auf diesem Eiterungfieber der armen Lenette bleiben! – Ich meines Orts lasse sie stehen und falle lieber hier das ganze Geschlecht auf einmal an. Ich werde das tun, hoff' ich, wenn ich behaupte, daß die Weiber nie mit fressendern Farben malen – so daß Swifts schwarze Kunst dagegen nur eine Wasserkunst ist –, als wenn sie körperliche Häßlichkeiten fremder Weiber abzufärben haben; ferner, daß das schönste Gesicht zu einem häßlichen aufbirst, aufquillt und sich auszackt, wenn es, statt der Trauer über den Überläufer, Entrüstung über die Werboffizierin verrät. Genau genommen, ist jede auf ihr ganzes Geschlecht eifersüchtig, weil demselben zwar nicht ihr Mann, aber doch die übrigen Männer nachlaufen und so ihr untreu werden. Daher tut jede gegen diese Vice-Königinnen der Erde den Schwur, den Hannibal gegen die Römer, die Könige der Erde, ableistete und ebensogut hielt. Jede hat daher die Kraft, die Fordyce allen tierischen Körpern beilegt, die andern kalt zu machen; und in der Tat muß jede ein Geschlecht verfolgen, das aus lauter Nebenbuhlerinnen besteht. Daher nennen sich viele, z. B. ganze Nonnen-Klöster, die Herrnhuterinnen, Schwestern oder auch verschwisterte Seelen, um etwan, weil gerade Geschwister sich am meisten veruneinigen, durch diesen Ausdruck das Verhältnis ihrer Gesinnung zum Teil zu bezeichnen. Daher bestehen die parties carrées de Madame Bouillon aus drei Männern, und nur aus einer Frau. Das hat vielleicht den heiligen Athanasius, Basilius, Scotus[1] und andere Kirchenlehrer gezwungen, anzunehmen, daß die Weiber – bloß die Maria ausgenommen – am Jüngsten Tage als Männer auferstehen, damit im Himmel kein Zank und Neid entstehe. Nur eine einzige Königin wird von vielen tausend ihres Geschlechts geliebt, genährt, gesucht – die Bienenkönigin von den Arbeitbienen, die nach allen neuern Augen Weibchen sind. –

Ich will dieses Kapitel mit einem Vorwort für Lenetten ausmachen. Der böse Feind Rosa hatte, um Gleiches mit Gleichem oder mit noch etwas Schlimmerem zu vergelten, ganze Säetücher voll Unkraut ins offne Herz Lenettens ausgeleert und vor ihr anfangs Komplimente und Nachrichten von ihrem Manne, und zuletzt Verkleinerungen ausgepackt. Sie hatte ihm schon darum sehr geglaubt, weil er ein – gelehrtes Mädchen anschwärzte, verließ und aufopferte. Ihr Groll aber gegen den Schuldigen, Siebenkäs, mußte unendlich wachsen, bloß weil sie den Ausbruch desselben – verschieben mußte. Zweitens hassete sie an Natalien die – Gelehrsamkeit, durch deren Mangel sie selber so zu Schaden gekommen; sie hielt mit mehren Weibern an einer Venus, wie viele Kenner an der mediceischen, den *Kopf* nicht für echt. Es brachte sie am meisten auf, daß Firmian einer Fremden mehr beistand als seiner Frau, ja auf Kosten derselben – und daß Natalie *aus Hochmut* für einen solchen reichen Herren, wie Meyern war, einen *Korb* statt eines *Netzes* geflochten – und daß ihr Mann alles eingestanden, weil sie seine Offenheit bloß für herrschsüchtige Gleichgültigkeit gegen ihren Widerwillen nehmen mußte.

Was tat Firmian? – Er vergab. Seine zwei Gründe dazu werden von mir gutgeheißen: Baireuth und das Grab – jenes hatte ihn so lange von ihr getrennt, und dieses wollte ihn auf immer von ihr scheiden. Ein dritter Grund könnt' auch dieser sein: Lenette hatte im Punkte seiner Liebe gegen Natalien so ganz und gar unrecht – nicht.

Achtzehntes Kapitel

Nachsommer der Ehe – Vorbereitungen zum Sterben

Ob es gleich Sonntag war und der Spezial (der Superintendent) so wenig als seine Zuhörer ein Auge aufmachte, weil er, wie viele Geistliche, mit zugedrückten – physischen – Augen predigte: so holte doch mein Held beim Spezial seinen Geburtschein ab, weil dieser bei der brandenburgischen Witwenkasse unentbehrlich war.

Leibgeber hatte das übrige zu besorgen unternommen. Genug davon!

[1] Locor. Theol. a Gerhard. Tom. VIII. p. 1170.

denn ich spreche nicht gern viel von der Sache, seitdem mir vor mehren Jahren der Reichs-Anzeiger – als schon längst die Siebenkäsische Kassenschuld bei Heller und Pfennig berichtigt gewesen – öffentlich vorgehalten, ich brächte durch den letzten Band des Siebenkäs Sitten und Witwenkassen in Gefahr, und er, der Anzeiger, habe mich deshalb nach seiner Art derb vorzunehmen. Aber bin ich und der Advokat denn *eine* Person? Ist es nicht jedem bekannt, daß ich – wie mit meiner Ehe überhaupt, so noch besonders – mit der preußischen Zivilwitwenkasse ganz anders umgehe als der Advokat – und daß ich dato weder zum Schein noch im Ernste mit Tod abgegangen, so viele Jahre hindurch ich auch schon in gedachte preußische Kasse ein Bedeutendes eingezahlt? Ja will ich nicht sogar – ich darf es wohl versichern – der Kasse noch recht lange Zeiten fort, wenn auch zu meinem Schaden, jährlich das Gesetzte entrichten, so daß sie bei meinem Tode von mir mehr soll gezogen haben als von irgendeinem Einsetzer? Dies sind meine Grundsätze; aber dem Armenadvokaten darf ich nachrühmen, daß die seinigen wenig von meinen abweichen. Er war bloß in Baireuth dem freundschaftlichen Sturm und Drang seines Leibgebers mit seinem sonst wahren Herzen gegen einen Freund erlegen, welchem er jeden Wunsch, am meisten sein eignes Versprechen erfüllte. Leibgeber hatte ihn in jenem begeisterten Augenblicke mit seiner wilden weltbürgerlichen Seele berauscht, welche auf ihrer bandlosen Seelenwanderung des ewigen Reisens zu sehr das Leben für ein Karten- und Bühnenspiel, für ein Glück- und Kommerz-Spiel, für eine Opera buffa und seria zugleich ansah. Und da er noch dazu Leibgebers Geldverachtung und Geldmittel kannte und seine eignen dazu: so ging er eine an sich unrechtliche Rolle ein, deren strafende Peinlichkeit unter dem Durchführen er so wenig voraussah als die Bußpredigt aus Gotha.

– Und doch hatt' er von Glück zu sagen, daß nur der Beckersche Anzeiger hinter den Strohwitwenstuhl Nataliens gekommen war, und nicht Lenette. Himmel! hätte vollends diese mit ihrem seidnen Vergißmein in der Hand (das *Nicht* war fort) Firmians Adoptiv-Ehe erfahren! – Ich mag die Frau nicht richten lassen und nicht richten. Aber hier will ich allen meinen Leserinnen – besonders einer darunter – zwei auffallende Fragen herschreiben: »Würden Sie nicht meinem Helden für sein frommes und warmes Betragen gegen dieses weibliche Paar, wenn nicht einen Eichen-, doch Blumenkranz oder wenigstens (weil er auf seinem Herzen eine *Doppelsonate* durch vier weibliche Hände spielen lässet) nur ein Brustbouquet von Ihrem Richterstuhle herunterreichen? – Teuerste Leserinnen, Sie können unmöglich schöner richten, als Sie eben gerichtet haben, wiewohl meine Überraschung nicht so groß ist als mein Vergnügen. Meine zweite Frage soll niemand an Sie tun als Sie selber; jede frage sich: ›Gesetzt, du hättest diesen vierten Teil in die Hände bekommen, wärest aber jene Lenette selber und wüßtest nun alles haarklein: wie würde dir das von deinem Eheherrn Siebenkäs gefallen was würdest du tun?‹«

Ich wills sagen: weinen – stürmen[1] – keifen – grollen – schweigen – brechen etc. So fürchterlich verfälschet die Selbsucht das feinste moralische Gefühl und bestichet es zu doppelten Richtersprüchen über einerlei Rechtssache. Ich helfe mir, wenn ich über den Wert eines Charakters oder eines Entschlusses schwankte, sogleich dadurch, daß ich mir ihn naß aus der Presse kommend und in einem Roman oder einer Lebensbeschreibung vorgemalet denke – heiß' ich ihn dann noch gut, so ist er sicher gut. –

Es ist schöner, wenn in den alten *Satyrs* und im Sokrates *Grazien* steckten, als wenn in den *Grazien Satyrs* wohnen; der in Lenetten ansässige stieß mit sehr spitzen Hörnern um sich. Ihr unerwiderter Zorn wurde spöttisch, denn seine Sanftmut machte mit seinen vorigen Hiobs-Disputationen einen verdächtigen Abstich, woraus sie die vollständige Erstarrung seines Herzens abzog. Sonst wollt' er, wie ein Sultan, von Stummen bedienet sein, bis sein satirischer Fötus, sein Buch, mit dem Roonhuysischen Hebel und dem Kaiserschnitt des Federmessers in die Welt gehoben war; wie Zacharius so lange stumm verblieb, bis das Kindlein aufhörte es zu sein, und geboren wurde und zugleich mit dem Alten schrie. Sonst war ihre Ehe oft den meisten Ehen ähnlich, deren Paare jenen Zwillingstöchtern[2] gleichen, die, mit den zwei Rücken ineinandergewachsen, sich immer zankten, aber niemals erblickten und immer nach entgegengesetzten Weltgegenden zogen, bis die eine mit der andern auf und davon lief. Jetzt hingegen ließ Firmian alle Mißtöne Lenettens ohne Zorn ausschnarren. Auf ihre Ecken, auf ihre opera supererogationis im Waschen, auf die Wasserschößlinge ihrer Zunge fiel nun ein mildes Licht, und die Farbe des Schattens, den ihr aus dunkler Erde geschaffnes Herz wie jedes warf, verlor sich sehr ins Himmelblaue, wie (nach Mariotte) sich die Schatten unter dem Sternenlicht so bläuen wie der Himmel darüber. Und stand nicht der große blaue Sternenhimmel in der Gestalt des Todes über seiner Seele? – Jeden Morgen, jeden Abend sagt' er sich: »Wie sollt' ich nicht vergeben; wir bleiben ja noch so kurz beisammen.« Jeder Anlaß, zu vergeben, war eine Versüßung seines freiwilligen Abschieds; und wie die, welche verreisen oder sterben, gern verzeihen, und noch mehr die, so beides sehen: so wurde in seiner Brust den ganzen Tag die hohe wärmende Quelle der Liebe nicht kalt. Er wollte die kurze, dunkle Allee aus Hängeweiden, die aus seinem Hause bis zu seinem leeren Grabe – ach ein volles für seine Liebe – lief, nur an werten Armen zurücklegen und auf jeder Moosbank darin zwischen seinem Freund und seinem Weibe, in jeder Hand eine geliebte, ausruhen. So verschönert der Tod nicht nur, wie Lavater

[1] Die weißblühende wird weinen, die rotblühende wird stürmen, wie der bleiche Mond Regenwetter, und der rötliche Sturmwind ansagt (pallida luna pluit, rubicunda flat).

[2] In der Komorner Gespannschaft. Windisch, Geograph. von Ungarn. – Buchan erzählt von einer ähnlichen Doppelgeburt in Schottland.

bemerkt, unsere entseelte Gestalt, sondern der Gedanke desselben gibt dem Angesicht auch schon im Leben schönere Züge und dem Herzen neue Kraft, wie Rosmarin zugleich sich als Kranz um Tote windet und mit seinem Lebenwasser Ohnmächtige belebt.

»Mich wundert« – sagt hier der Leser – »dabei nichts; in Firmians Fall dächte wohl jeder so, wenigstens ich.« – Aber, du Lieber, sind wir denn nicht schon darin? Macht die Ferne oder die Nähe unserer ewigen Abreise denn einen Unterschied? O, da wir hienieden nur als trügerisch-feste und rot gefärbte Gebilde neben unsern Höhlen stehen und gleich alten Fürsten in Grüften stäubend einfallen, wenn die unbekannte Hand das mürbe Gebilde erschüttert: warum sagen wir denn nicht wie Firmian: »Wie sollt' ich nicht vergeben; wir bleiben ja noch so kurz beisammen.« – Es wären daher für uns vier bessere Buß-, Bet- und Fasttage als die gewöhnlichen, wenn wir jährlich nur vier harte, hoffnungslose Krankentage hintereinander auszuhalten hätten; weil wir auf dem Krankenlager, dieser Eisregion des Lebens neben dem Krater, mit erhöhten Augen auf die einschrumpfenden Lustgärten und Lustwälder des Lebens niedersehen würden – weil da unsere elenden Rennbahnen kürzer, und nur die Menschen größer erscheinen – und wir da nichts mehr lieben würden als Herzen, keine andern Fehler vergrößern und hassen als unsere, und weil wir mit schönern Entschlüssen das Siechbette verlassen, als wir es bestiegen. Denn der erste Genesungtag des überwinterten Körpers ist die Blütezeit einer schönen Seele, sie tritt gleichsam verklärt aus der kalten Erdenrinde in ein laues Eden, sie will alles an den schwachen, schwer atmenden Busen ziehen, Menschen und Blumen und Frühlinglüfte und jede fremde Brust, die am Krankenbette für sie geseufzet hatte, sie will alles, wie andere Auferstandene, eine Ewigkeit hindurch lieben, und das ganze Herz ist ein feucht-warmer, quellender Frühling voll Knospen unter einer jungen Sonne. – –

Wie würde Firmian seine Lenette geliebet haben, wenn sie ihn nicht gezwungen hätte, ihr zu verzeihen, statt ihr liebzukosen! – Ach, sie hätte ihm sein künstliches Sterben unendlich erschweret, wäre sie so wie in den Flittertagen gewesen! –

Aber das vorige Paradies trug jetzt eine Ernte reifer Paradieskörner – so nannte man sonst die gesunden Pfefferkörner. Lenette heizte die Vorhölle der Eifersucht und briet ihn darin für den künftigen Vaduzer Himmel gar. Eine Eifersüchtige ist durch kein Handeln und kein Sprechen zu heilen; sie gleicht der Pauke, die unter allen Instrumenten am schwersten zu stimmen ist und die sich am kürzesten in der Stimmung erhält. Ein liebevoller warmer Blick war für Lenette ein Zugpflaster – denn mit jenem hatt' er Natalien angesehen –; sah er fröhlich aus: so dachte er offenbar an die Vergangenheit; machte er eine trübe Miene: so wars schon wieder derselbe Gedanke, aber voll Sehnen. Sein Gesicht mußt' er als einen offnen Steckbrief oder Anschlagzettel seiner Gedanken darhinter herumtragen. Kurz der ganze Ehe-

Mann diente ihr bloß als gutes Geigenharz, womit sie die Pferdhaare rauh machte, um die viole d'amour den ganzen Tag zu streichen. Von Baireuth durft' er sich wenig Worte entfallen lassen, kaum den Namen; denn sie wußte schon, woran er dachte. Ja er konnte nicht einmal Kuhschnappel stark heruntersetzen, ohne den Argwohn zu erregen, er vergleich' es mit Baireuth und finde dieses (aus ihr wohlbekannten Gründen) viel besser; daher schränkte er – ob im Ernste oder aus Nachgiebigkeit, weiß ich nicht – den Vorzug meines jetzigen Wohnortes vor dem Reichsmarktflecken bloß auf die Gebäude ein und wollte das Lob nicht bis auf die Einwohner ausdehnen.

Nur über *einen* Gegenstand kannte er im Nennen und Preisen gar keine Rücksicht auf mißdeutende Ärgernis, nämlich über seinen Freund Leibgeber; aber gerade dieser war Lenetten durch Rosas Anschwärzungen und durch Helfershelferei in Fantaisie jetzt noch unleidlicher geworden, als er ihrs schon früher in ihrer Stube mit seinem Wildtun und seinem großen Hunde gewesen. Auch Stiefel, wußte sie, hatte bei ihr mehrmals manche Verstöße gegen gesetztes Wesen an ihm aussetzen müssen.

»Mein guter Heinrich kommt nun bald, Lenette«, sagte er. »Und sein garstiges Vieh auch mit?« fragte sie.

– »Du könntest wohl« – versetzte er – »meinen Freund ein bißchen mehr liebhaben, gar nicht wegen seiner Ähnlichkeit mit mir, sondern wegen seiner freundschaftlichen Treue; dann würdest du auch gegen seinen Hund weniger haben, wie du ja wohl bei mir tätest, wenn ich einen hielte. Er braucht nun einmal auf seinen ewigen Reisen ein treues Wesen, das durch Glück und Unglück, durch dick und dünn mit ihm geht, wie der Saufinder tut; und mich hält er für ein ähnliches treues Tier und liebt mich mit Recht so sehr. Es bleibt ohnehin die ganze treue Gespannschaft nicht lange in Kuhschnappel«, setzte er hinzu, an manches denkend. Indes gewann er mit keiner Liebe seinen Prozeß um Liebe. Ich falle hier auf die Vermutung, daß dies ganz natürlich war und daß Lenette durch die bisherige warme Nähe des Schulrats sich in einer Temperatur der Liebe verwöhnt und verzärtelt hatte, wogegen ihr freilich die des Gatten wie kühlende Zugluft vorkam. Die hassende Eifersucht handelt wie die liebende; die Nulle des Nichts und der Kreis der Vollendung haben beide *ein* Zeichen.

Der Advokat mußte endlich durch sein scheinbares Erkranken sein scheinbares Erliegen vorbereiten und grundieren; aber dieses willkürliche Überbrücken und Aufsinken aufs Grab gab ein Trug bei seinem Gewissen noch für bloße Versuche aus, Lenettens erbitterte Seele zu gewinnen. So erhebt der betörende und betörte Mensch immer sein Blendwerk entweder zu einem kleinern oder zu einem wohlwollenden!

Die griechischen und römischen Gesetzgeber erdichteten Träume und Prophezeiungen, worin die Baurisse und zugleich die Baubegnadigungen und Baumaterialien ihrer Plane enthalten waren, wie z. B. Alcibiades eine

Weissagung von Siziliens Eroberung vorlog. Firmian tats in seiner Haushaltung passend-abgeändert nach. Er sprach oft in Stiefels Gegenwart davon – denn dieser nahm an allem zärtlichern Anteil – und folglich wurde seiner ihrer –, daß er bald auf immer von dannen gehen werde – daß er bald Versteckens spielen werde, ohne je von einem alten freundschaftlichen Auge mehr gefunden zu werden – daß er hinter den Bettschirm und Bettvorhang des Bahrtuchs treten und entschlüpfen werde. Er erzählte einen Traum, den er vielleicht nicht einmal erdichtete: »Der Schulrat und Lenette sahen in seiner Stube eine Sense [1], die sich von selber bewegte. Endlich ging das leere Kleid Firmians aufrecht in der Stube herum. ›Er muß ein anderes anhaben‹, sagten beide. Plötzlich ging unten auf der Straße der Gottesacker mit einem unbegrünten Hügel vorbei. Aber eine Stimme rief: ›Suchet ihn nicht darunter, es ist doch vorbei.‹ Eine zweite sanftere rief: ›Ruh aus, du Müder!‹ – Eine dritte rief: ›Weine nicht, wenn du ihn liebst.‹ Eine vierte rief fürchterlich: ›Spaß, Spaß mit aller Menschen Leben und Tod!‹« – Firmian weinte zuerst und dann sein Freund und endlich mit letztem seine zürnende Freundin.

Aber nun wartete er sehnlichst auf Leibgebers Hand, die ihn schöner und schneller durch den düstern Vorgrund und die schwüle Vorhölle des künstlichen Todes führte: er wurde jetzo zu weich dazu.

Einst an einem schönen Augustabend war ers mehr als sonst; auf seinem Angesicht schwebte jene verklärende Heiterkeit der Ergebung, der tränenlosen Rührung und der lächelnden Milde, wenn der Kummer mehr erschöpft als gehoben ist; wie etwan zuweilen über den blauen Himmel der bunte Schlagschatten des Regenbogens fället. Er beschloß, heute bei der geliebten Gegend den einsamen Abschiedbesuch zu machen.

Draußen hing (für seine Seele, nicht für sein Auge) über die lichte Landschaft ein dünner, wehender Nebel herein, wie Berghems und Wouvermans' Pinsel über alle Landschaften einen weichenden Duft statt eines Schleiers werfen. Er besuchte, er berührte, er beschauete, gleichsam um Lebewohl zu sagen, jede volle Staude, an deren Rückenlehne er sonst gelesen hatte, jeden dunklern kleinen Wellenstrudel unter einem abgespülten Wurzeldickicht, jeden duftenden, grünenden Felsenbloch, jede Treppe aus steigenden Hügeln, auf denen er sich künstlich den Auf- oder Untergang der Sonne vervielfacht hatte, und jede Stelle, wo ihm die große Schöpfung Tränen der Begeisterung aus der überseligen Brust getrieben hatte. Aber mitten unter den hochstämmigen Ernten, unter der wiederholten Schöpfunggeschichte, im lebenwimmelnden Brütofen der Natur, in der Samenschule des reifen, unabsehlichen Gartens dehnte sich eine dumpfe, zerborstene Stimme durch den hellen Trommetenklang des Alexanders-Festes der

[1] Nach dem Aberglauben, daß sich das Scharfrichter-Schwert von selber bewege, wenn es jemand zu töten bekomme.

Natur und fragte: »Welches Totengebein wandelt durch mein Leben und verunreinigt meine Blüten?« Es kam ihm vor, als sing' es aus der tiefen Abendröte ihn an: »Wandelndes Skelett mit dem Saitenbezug von Nerven in der Knochenhand – du spielest dich nicht; der Atem des weiten Lebens wehet tönend die Äolharfe an, und du wirst gespielet.« – Aber der trübe Irrtum sank bald unter – und er dachte: »Ich töne und spiele zugleich – ich werde gedacht und denke – die grüne Hülse hält nicht meine Dryade, meinen spiritus rector (den Geist) zusammen, sondern er sie – das Leben des Körpers hangt ebensosehr vom Geiste als er von jenem ab. – Überall drängt sich Leben und Kraft; der Grabhügel, der modernde Leib ist eine Welt voll arbeitender Kräfte – wir vertauschen die Bühnen, aber wir verlassen sie nicht.«

Als er nach Haus kam, lag folgendes Blättchen von Leibgeber an ihn da: »Ich bin auf dem Wege; mache dich auf deinen! L.«

Neunzehntes Kapitel

Das Gespenst – Heimziehen der Gewitter im August oder letzter Zank – Kleider der Kinder Israel

Einmal abends gegen 11 Uhr geschah unter dem Dachstuhl ein Schlag, als wenn einige Zentner Alpen hineinfielen. Lenette ging mit Sophien hinauf, um zu sehen, ob es der Teufel oder nur eine Katze sei. Mit mehlichten und ausgedehnten, winterlichen Gesichtern kamen die Frauen wieder – »ach daß sich Gott erbarme«, sagte die fremde, »der Herr Armenadvokat liegt droben, wie eine Leiche, auf dem Gurtbette.« Der lebendige, dem mans erzählte, saß in seiner Stube; er sagte, es sei nicht wahr, er würde doch auch vom Knalle gehöret haben. Aus dieser Taubheit errieten nun alle Weiber, was es bedeute, nämlich seinen Tod. Der Schuster Fecht, der heute durch die Thronfolge regierender Nachtwächter war, wollte zeigen, wo ihm das Herz säße, und versah sich bloß mit dem Wächterspieß – das war sein ganzer Artilleriepark –, steckte aber ungesehen noch ein Gesangbuch, schwarzgebunden, als eine heilige Schar zu sich, falls etwan doch der – Teufel droben läge. Er betete unterwegs viel vom Abendsegen, der eigentlich heute von ihm als Wächter-Archont, da ohnehin sein Stundengesang ein ausgedehnter, in Gassen abgeteilter Abendsegen ist, nicht gefodert werden konnte. Er wollte mutig gegen das Gurtbette vorschreiten, als er leider auch das weißgepülverte Gesicht vor sich sah und hinter dem Bette einen Höllenhund mit Feueraugen, der die Leiche grimmig zu bewachen schien. Er stand sogleich verglaset, wie zu einer Leichenwache aus Alabaster gehauen, in Angstschweiß hartgesotten, da und hielt seinen Raufer hin, das Stoßgewehr. Er sah voraus, wenn er sich umwendete, um über die Treppe hinabzuspringen, so werde ihn das Ding von hinten umklaftern und ihn satteln und hinabreiten. Glücklicherweise tropfte eine Stimme unten wie ein Kordial- und Couragewasser ins Herz, und er legte seinen Sauspieß an, willens, das Ding tot zu stechen oder doch den Kubikinhalt zu visieren mit dem Visierstab. Aber als jetzt das eingeschneiete Ding langsam in die Höhe wuchs: – so wurd' es ihm auf seinem Kopfe, als hab' er eine feste Pechmütze auf und jemand schraub' ihm die Kappe samt den inliegenden Haaren je länger, je mehr ab – und den Aalstachel konnt' er mit zwei Händen nicht mehr halten (unten am Schaft hielt er ihn), weil der Speer so schwer wurde, als hinge sich der älteste Schuhknecht daran. Er streckte das Stichgewehr und flog kühn von der obersten, dreimal gestrichnen Oktave der Treppe wehend herunter zur Kontrabaßtaste oder -stufe. Er schwur drunten vor dem Hausherren und vor allen Mietleuten, er wolle sein Nachtwächteramt ohne Spieß versehen, der Geist halte solchen in der Haft; ja es schüttelte ihn Frost, wenn er nur mit den Augen dem Armenadvokaten lange in den Zügen des Gesichts herumging. Firmian war der einzige, der sich erbot, das Rapier zu holen. Als er hinaufkam, traf er an, was er vermutet hatte – seinen Freund Leibgeber, der sich mit einer alten erschütterten Perücke eingepudert hatte, um bei den Leuten allmählich Siebenkäsens Kunst-Tod einzuleiten. Sie umarmten einander leise, und Heinrich sagte, morgen komm' er die Treppe herauf und ordentlich an.

Drunten bemerkte Firmian bloß, es sei oben nichts zu sehen als eine alte Perücke – da sei der Spieß des schnellfüßigen Spießers, und er zähle hier zwei furchtsame Häsinnen und einen Hasen. Aber der ganze Konventikel wußte nun wohl, was er zu denken habe – man müßte keinen Verstand im Kopfe haben, wenn man noch einen Kreuzer für Siebenkäsens Leben geben wollte, und die Geisterseher und -seherinnen dankten Gott herzlich für den Todesschrecken als Pfandstück des eignen weiteren Lebens. Lenette hatte die ganze Nacht nicht das Herz, sich aufzusetzen im Gitterbette, aus Angst, sie sehe – ihren Mann, wie er leibt und lebt.

Am Morgen stieg Heinrich mit seinem Hunde die Treppe herauf, in bestäubten Stiefeln. Dem Armenadvokaten war, als müsse dessen Hut und Achsel voll Blüten aus dem Baireuther Eden liegen – er war ihm eine Gartenstatue aus dem verlornen Garten. Für Lenetten war eben darum diese Palme aus Firmians ostindischen Besitzungen in Baireuth – vom Saufinder wollen wir nicht einmal sprechen – nichts als eine Stechpalme; und nie konnte sie weniger als jetzo Geschmack einem solchen Stachelbeerstrauche, einem solchen *Distelkopf* – der so schön war, als käm' er eben aus Hamiltons Pinsel[1] – abgewinnen. Allerdings – ich will es geradezu sagen – begegnete er aus inniger Liebe gegen seinen Firmian Lenetten, die ebensoviel *Schuld* als *Recht* hatte, ein wenig zu kahl und zu kalt. Wir hassen nie

[1] Der sich durch gemalte Disteln, wie Swift durch andere, auszeichnete.

eine Frau herzlicher, als wenn sie unsern Liebling quält, so wie umgekehrt eine Frau dem Plagegeist ihrer Schoßjüngerin am meisten gram wird.

Der Auftritt, den ich sogleich zu geben habe, läßt mich am stärksten fühlen, welche Kluft zwischen dem Romanschreiber, der über das Verdrüßliche wegsetzen und alles sich und dem Helden und den Lesern verzuckern kann, und zwischen dem bloßen Geschichtschreiber wie ich, der alles durchaus rein historisch, unbekümmert um Verzuckern und Versalzen, auftragen muß, immer bleiben wird. Wenn ich daher früher den folgenden Auftritt ganz unterschlagen habe: so ist dies wohl ein Fehler, aber kein Wunder in den Jahren, wo ich lieber bezauberte als belehrte und mehr schön malen wollte als treu zeichnen.

Lenetten war nämlich schon vor geraumer Zeit der ganze Leibgeber nicht recht zum Ausstehen, weil er, der weder Titel noch Ansehen hatte, mit ihrem Manne, einem längst eingebürgerten Kuhschnappler Armenadvokaten und Gelehrten, öffentlich so gemein und bekannt tat und ebensogut als ihr von ihm verführter Mann ohne Zopf ging, so daß viele mit den Fingern auf beide wiesen und sagten: »Ei, seht das Paar oder par nobile fratrum!« Diese Reden und noch schlimmere konnte Lenette aus den echtesten historischen Quellen schöpfen. Freilich heutigen Tages gehört fast so viel Mut dazu, sich einen Zopf anzuhängen, als damals, sich seinen abzuschneiden. Ein Domherr hat in unsern Zeiten nicht nötig, wie in den vorigen, sich einen Zopf und dadurch den angenehmen Gesellschafter zu machen, und er braucht ihn also nicht erst zweimal jährlich, wie einen Pfauenschweif, abzuwerfen, um seine tausend Gulden Einkünfte gesetzmäßig zu verdienen, indem er im Chore zur Vesper erscheint mit rundem Haar; er trägts schon am Spieltische wie am Chorpulte. In den wenigen Ländern, wo etwa der Zopf noch herrscht, ist er mehr Dienst-Pendel und Staats-Perpendikel, und langes Haar, das schon die fränkischen Könige als Kron-Abzeichen (Kron-Insignie) haben mußten, ist bei Soldaten, sobald es nicht wie bei jenen *fliegend* und *ungebunden* getragen wird, sondern fest *geschnürt* und gefangen vom Zopfband, ein ebenso schönes Zeichen des *Dienens*. Die Friesen taten längst ihren Schwur mit Anfassen des Zopfes, und hieß solcher der Bödel-Eid [1] – so setzt denn in manchen Ländern der Soldaten- oder Fahneneid einen Zopf voraus; und wenn bei den alten Deutschen schon *ein* auf der Stange getragener Zopf eine Gemeinde vorstellte [2], wie natürlich muß eine Kompagnie, ein Regiment, wovon jeder einzelne Soldat den seinigen hinten trägt, nicht gleichsam einen Kompagniezopf der vaterländischen Vereinigung bilden und deutsches Wesen zeigen!

Lenette machte nun vor ihrem Manne kein Geheimnis daraus – denn ihr stand Stiefel von weitem bei –, daß sie sich im Grund wenig über Leibgeber

[1] Dreyers Miszellen. S. 105.

[2] Westenrieders Kalender von 1791.

und sein Betragen und sein Tragen erfreue. »Mein Vater Seliger war doch lange Rats-Kopist«, sagte sie in Leibgebers Gegenwart, »aber er betrug sich immer wie andere Leute in Kleidung und sonst.«

»Als Kopist«, versetzte Siebenkäs, »mußte er freilich immer kopieren, so oder so, mit Federn oder Röcken; mein Vater hingegen spannte Fürsten die Büchsen und schor sich um nichts, und was fiel, das fiel. Es ist ein gewaltiger Unterschied zwischen beiden Vätern, Frau!« Sie hatte schon früher bei Gelegenheit den Kopisten gegen den Büchsenspanner gehalten und gemessen und von weitem angedeutet, daß Siebenkäs keinen so vornehmen Vater wie sie und folglich auch nicht die vornehme éducation gehabt, wodurch man Manieren bekommt und überhaupt lernt, wie man sich trägt. Dieser lächerliche Herabblick auf seinen Stammbaum verdroß ihn immer so, daß er oft über sich selber lachte. Indes fiel ihm der kleine Seitenschlag auf Leibgeber weniger auf als ihre ungewöhnliche körperliche Zurückziehung von ihm; sie war nicht zu bewegen, seine Hände anzufassen, »und gar ein Kuß von ihm«, sagte sie, »wäre ihr Tod.« Mit allem peinlichen Eindringen und Fragen über den Grund holte er keine andere Antwort aus ihr heraus als die: »sie woll' es sagen, wenn er fort sei.« Aber dann war er selber leider auch fort und im Sarge, d. h. auf dem Wege nach Vaduz.

Auch diese ungewöhnliche Hartnäckigkeit eines starren Haubenkopfes wurde von ihm noch leidlich ertragen in einer Zeit, wo sich das eine Auge am Freunde wärmte, und das andere am Grabe kühlte.

Endlich kam noch etwas dazu, und niemand erzählt es gewiß treuer als ich; daher man mir glauben sollte. Es war abends, ehe Leibgeber in seinen Gasthof (ich glaube zur Eidechse) zurückging, als die tiefschwarze Halbscheibe eines Gewitters sich stumm über den ganzen Westen der Sonne wölbte und immer weiter herüberbog auf die bange Welt, da war es, daß beide Freunde über die Herrlichkeit eines Gewitters, über das Beilager des Himmels mit der Erde, des Höchsten mit dem Tiefsten, über die Himmelfahrt des Himmels nach der Erde, wie Leibgeber sagte, sprachen, und daß Siebenkäs bemerkte, wie eigentlich nur die Phantasie hier das Gewitter vorstelle oder ausbilde, und wie nur sie allein das Höchste mit dem Niedrigsten verknüpfe. Ich wollte, er hätte dem Rate von Campe und Kolbe gefolgt und statt des fremden Wortes Phantasie das einheimische Einbildungkraft gebraucht; denn die Puristin und Sprachfegerin Lenette fing an zuzuhören, sobald er nur das Wort ausgesprochen. Sie, die in der Brust nichts hatte als Eifersucht und im Kopfe nichts als die Fantaisie, hatte alles auf die Baireuther Fantaisie bezogen, was nur der menschlichen Phantasie von beiden Männern nachgerühmt wurde, z. B. wie sie (die markgräfliche Fantaisie nämlich, dachte Lenette) selig mache durch die Schönheit ihrer hohen Geschöpfe – wie nur im Genusse ihrer Schönheiten ein Kuhschnappel zu ertragen sei – (freilich, weil man an seine Natalie denkt, dachte sie) – wie sie das kahle Leben mit ihren Blumen überkleide – (mit ein paar seidnen

Vergißmeinnicht, sagte Lenette zu sich) – und wie sie (die markgräfliche Fantaisie) nicht nur die Pillen des Lebens, auch die Nüsse, ja den Paris-Apfel der Schönheit selber versilbere.

Himmel, welche Doppelsinnigkeiten von allen Ecken! Denn wie trefflich hätte Siebenkäs den Irrtum der Verwechslung der Phantasie mit Fantaisie widerlegen können, wenn er bloß gezeigt hätte, daß von der dichterischen wenig in der markgräflichen zu finden sei und daß die Natur schöne romantische Täler und Berge gedichtet, welche der französische Geschmack mit seinen rhetorischen Blumen- und Periodenbauten und Antithesen behangen und ausstaffiert, und daß Leibgebers Wort von der Phantasie, die den Paris-Apfel versilbere, in einem andern Sinne auf Fantaisie passe, von deren Äpfeln der Natur man erst das gallische Weihnachtsilber abzuschaben habe, eh' man sie anbeißt.

Kaum war Leibgeber zum Hause hinaus und nach seiner Gewohnheit unter das Gewitter hinein, das er gern im Freien genoß: so brach Lenettens Gewitter noch vor dem himmlischen aus. »So hab ichs doch mit meinen eignen Ohren vernommen«, fing sie an, »wie dieser Atheist und Störenfried dich in Baireuth in der Phantasie verkuppelt; und dem soll eine Frau eine Hand geben oder mit einem Finger berühren?« – Sie ließ noch einige Donner nachrollen; aber es ist meine Pflicht gegen die arme, durch vielerlei Gemisch zu einem Gärbottich umgesetzte Frau, ihr nicht alle Aufbrausungen nachzuzählen. Inzwischen brauseten nun auch die Säuern des Mannes auf; denn seinen Freund vor ihm zu schelten – gleich viel, aus welchem Mißverständnis, und er fragte gar nicht über dasselbe, da keines sie entschuldigen konnte –, blieb ihm eine Sünde gegen den heiligen Geist seiner Freundschaft; – und er donnerte demnach tüchtig zurück. Es kommt als Entschuldigung dem Manne zustatten – freilich der Frau auch –, daß die Gewitterluft die feurigen Kohlen auf seinem Haupte noch mehr in Flammen blies und daß er demnach wie toll in der Stube auf- und abfuhr und geradezu den Vorsatz, Lenetten vor seinem Sterben alles nachzusehen, in die Luft sprengte; denn er wollte und durfte nicht leiden, daß dem letzten Freunde seines Lebens und Sterbens von der Erbin seines Namens unrecht begegnet wurde in Worten oder Werken. Von den vulkanischen Ausbrüchen des Advokaten, die ich ihm zuliebe gleichfalls alle verschweige, geb' ich einen Begriff, wenn ich berichte, daß er, mit dem Gewitter jetzt um die Wette donnernd, ausrief: »Einem solchen Manne!« – und eine Ohrfeige mit den Worten: »Du bist auch ein Weiberkopf!« einem Haubenkopf erteilte, der schon einen kühnen Hut mit Federn aufhatte. – Da der Kopf Lenettens Favoritsultanin unter den andern Köpfen war und oft von ihr gestreichelt wurde: so war nach einem solchen Schlage billig nichts weiter zu erwarten als ein so heftiges Auftoben, als wär' er ihr selber widerfahren (wie Siebenkäs gleicherweise für seinen Freund aufgebrauset); aber es kam nichts als ein mildes volles Weinen. »O Gott, hörst du das schreckliche Gewitter nicht?« sagte sie bloß. »Donner hin, Donner her!« (versetzte Siebenkäs, welcher – einmal über seinen bisherigen philosophischen Ruhegipfel hinausgerollt – nun nach geistigen und physischen Fallgesetzen die Gewalt des Sturzes wachsen ließ bis zum Versinken) – »das Wetter sollte nur allem kuhschnappelschen Gesindel heute auf den Kopf fahren, das meinen Heinrich anschwärzt.« – Da das Gewitter noch heftiger wurde, sprach sie noch sanfter und sagte: »Jesus, welcher Schlag! – Sei doch bußfertig! Wenn er dich nun in deinen Sünden träfe!« – »Mein Heinrich geht draußen«, sagt' er; »o wenn ihn der Blitz nur jetzt erschlüge und mich gleich mit durch *einen* Strahl: so wär' ich alles elenden Sterbens entübrigt; und wir blieben beieinander!« –

So trotzig und Leben und Religion verachtend hatte die Frau ihn noch nie gesehen, und sie mußte daher jede Minute gewärtig sein, daß der Blitz in das Merbitzersche Haus herabschieße und ihn und sie erlege, um ein Exempel zu geben.

Jetzo deckte ein so heller Blitz den ganzen Himmel auf, und ein so brechender Donner fuhr ihm nach, daß sie ihm die Hand hinreichte und sagte: »Ich will gern alles tun, was du begehrst – sei nur um Gottes willen wieder gottesfürchtig – ich will ja Herrn Leibgeber auch die Hand geben und den Kuß, er mag sie abgewaschen haben oder nicht, wenn ihn der Hund abgeleckt – und ich will nicht hinhören, wenn ihr auch noch so stark die versilbernde und blühende Phantasie der Baireuther herausstreicht.« –

Himmel! wie tief ihm der Blitz jetzt in zwei Irrgänge Lenettens hineinleuchtete und ihm ihre unschuldige Verwechslung der Phantasie mit Fantaisie, wovon ich schon gesprochen, sehen ließ und dann seine eigne Verwechslung ihres Ekels mit ihrem Hasse. Letztes war nämlich so: Da ihr weibliches Reinlichhalten und ihr Putzen sich leichter den Katzen anschloß als den Hunden, welche beides und die Katzen selber nicht achten: so war ihr Leibgebers Hand, wenn gerade des Saufinders Zunge darauf gewesen, eine Esaus-Hand voll Chiragra und ein Daumenschrauben für die ihrige – der Ekel litt kein Berühren –, und Heinrichs Mund vollends war, und wäre der Hund vor zehn Tagen daran mit seinem gesprungen, das größte Schreckbild, welches nur der Abscheu für ihre Lippen hinstellen konnte; – sogar die Zeit galt ihr für keine Lippenpomade. [1]

Aber diesesmal brachten die entdeckten Irrtümer nicht Frieden wie sonst,

[1] Nichts ist unvernünftiger, unbezwinglicher und unerklärlicher als der Ekel, dieser widersinnige Bund des Willens mit der Magenhaut. Cicero sagt: der Schamhafte bringt nicht gern den Namen der Schamhaftigkeit – dieses transzendenten Ekels – auf die Zunge, und so geht der Ekle mit dem Ekel um, besonders da körperliche und moralische Reinheit Nachbarinnen sind, wie der reinliche und keusche Swift an sich zeigt. Sogar der körperliche Ekel, dessen Stoff mehr ein phantastischer als physischer ist, nimmt mehr das sittliche Gefühl in Anspruch, als man denkt. Gehe mit einem Magen,

sondern das erneuerte Gebot der Trennung. Zwar traten ihm Tränen in die Augen, und er reichte ihr die Hand und sagte: »vergib zum letztenmal! Im *August ziehen* ohnehin die *Gewitter heim*«; aber er konnte keinen Kuß der Versöhnung anbieten oder annehmen. Unwiderruflich sprach sein neuester Abfall von den wärmsten Entschlüssen der Duldung die Weite ihrer innern Trennung aus. Was hilft Einsehen der Irrungen bei dem Bestehen ihrer Quellen? Was hälf' es, dem Meere ein paar Flüsse abschneiden, wenn ihm die Wolken und die Wogen bleiben? Die Realinjurie gegen den Haubenkopf schmerzte in seiner Brust am meisten nach; er wurde für ihn ein Gorgonenkopf, der immer drohte und rächte.

Er suchte nun seinen Freund, wie mit neuer Liebe – weil er für ihn geduldet –, so mit neuem Eifer auf, um den Sterbeplan mit ihm abzureden. »An welcher gefährlichen Krankheit« – fing Heinrich die medizinische Beratschlagung an – »gedenkst du am liebsten deinen Geist aufzugeben? Wir haben die besten, tödlichsten Zufälle vor uns. Verlangst du eine Luftröhrenentzündung – oder eine Darmentzündung – oder ein entzündetes Zäpfchen – oder ist dir mehr mit Hirnwut gedient oder mit Steckkatarrh – oder ist dir Bräune, Kolik und der Teufel und seine Großmutter lieber? Auch haben wir die nötigsten Miasmen und ansteckenden Materien bei der Hand, die wir brauchen – und wenn wir den August, den Erntemonat der Schnitter und Ärzte, als Giftpulver dazu mischen: so überstehest du es nicht.« – Er versetzte: »Du hast wie der Meister-Bettler [1] alle Schäden feil, Blindheit und Lähmung und alles. Ich für meine Person bin ein Freund von dem Schlagfluß, diesem volti subito, dieser Extrapost und Jagdtaufe des Todes – ich habe *aller* prozessualischen Weitläuftigkeiten satt.« – Leibgeber merkte an: »Der ist wohl das Summarissimum des Todes – inzwischen müssen wir, nach den besten Pathologien, die ich kenne, uns zu einem dreifachen Schlagfluß entschließen. Wir können uns hier nicht nach der Natur, sondern nach dem medizinischen Grundgesetz richten, daß der Tod allezeit einen Tertiawechsel vorausschicke, ehe sie einen *dort* akzeptieren und honorieren, oder einen dreimaligen Hammer-Schlag des Versteigerns. Ich weiß, die Ärzte lassen nicht mit sich reden: nimm den dreifachen Schlag!« – Aber Siebenkäs sagte komisch-heftig: »Beim Henker! wenn mich der Schlagfluß zweimal recht trifft: was kann ein Arzt mehr fodern? – Nur kann ich vor drei oder vier Tagen nicht erkranken, ich muß auf einen wohlfeilern Sarg-Baumeister warten.« Die Sarg-Baute hausieret bekanntlich unter den Tisch-

der Unverdautes oder Brechwein bei sich hat, über die Gasse: so wirst du an zwanzig Herzen und Gesichtern und, wenn du nach Hause kommst, an noch mehren Büchern ein innigeres sittliches und ästhetisches Mißfallen empfinden als sonst.

[1] Ein Bettler in England, der eine Bude voll Krücken, Augenpflaster, falscher Beine etc. besitzt, die jeder haben muß, der lahm, blind, hinkend sein will. Brit. Annal., I. B.

lern herum, wie ein Reiheschank. Man muß nun einem solchen Schiffzimmermann der letzten Arche zahlen, was er fodert, weil der Nachlaß eines Verstorbnen der Leichen-Regie, den Akzisoffizianten des Todes, wie der Palast eines verstorbnen Doge und Papstes, zum Plündern stets muß preisgegeben werden.

»Diese Galgenfrist« – versetzte Leibgeber – »kann noch einen andern Nutzen haben. Sieh, hier habe ich mir eine alte Haus-Postille um halbes Sündengeld erhandelt, weil nirgends so eindringliche Leichenpredigten gehalten werden als in diesem Werke, und zwar in dessen hölzernem Deckel, worin ein lebendiger Prediger wie in einer Kanzel eingepfarrt sitzt.« – Es saß nämlich im Deckel der Käfer, den man die Totenuhr, auch den Holzbohrer, Trotzkopf nennt, weil er angerührt den Schein eines Scheintoten unter allen Martern fortsetzt, und weil seine Schläge, die nur ein Türklopfen für das geliebte Weibchen sind, für Anklopfen des wahren Todes genommen werden; daher sonst ein Hausgerät, worin er schlug, als bedeutendes Kauf- und Erbstück gegolten. – Leibgeber erzählte ihm weiter: da ihm nichts in der Welt so verhaßt sei als ein Mensch, der aus Todes-Furcht Gott und den Teufel durch schnelle Bekehrung zu überlisten suche: so stecke er gern bei solchen höllenscheuen Sündern die Postille auf einige Tage unvermerkt unter die Möbeln, um sie durch die Leichenpredigten recht zu quälen, die der Käfer vorausshalte, ob er gleich dabei seinerseits, so gut wie mancher Pfarrer, gerade nur an Weltliches denkt. »Könnt' ich aber nicht füglich die Postille mit dem Leichenprediger so unter deine Bücher schieben, daß deine Frau ihn hörte und dann an das Sterben dächte, nämlich an deines, und sich immer mehr daran gewöhnte?«

»Nein, nein«, rief Firmian, »sie soll mir nicht so viel voraus leiden, sie hat genug voraus gelitten.« – »Meinetwegen«, versetzte Heinrich, »denn sonst reimte sich mein Käfer wohl mit dir, da der Trotzkopf oder ptinus pertinax sich ebensogut tot zu stellen weiß als du wirst.«

Übrigens freuete er sich, daß alles so schön ineinander häkle, und daß er gerade vor einem Jahre auf die Glasperücke Blaisens gestiegen und oben injuriert oder geschimpft, ohne sich selber den geringsten Schaden zu tun. Injurien nämlich verjähren in einem Jahre, es müßten denn kritische sein, deren Regiment nicht länger dauert als das des Rektors in Ragusa, einen Monat, d. h. solange das Zeitungblatt im Lesezirkel umläuft. Ein Buch selber hingegen, das die Diktatorwürde in der gelehrten Republik bekleidet, darf eben seines großen Einflusses wegen nicht länger regieren als ein römischer Diktator, sechs Monate, d. h. von der Geburtmesse bis zur Seelen- oder Totenmesse, und ist, gleich Büchermachern, entweder im Frühling tot oder im Herbst.

Sie kamen zurück in eine neugekleidete und neugestellte Stube. Lenette tat, was sie konnte, um die Risse ihrer Haushaltung wie Risse des Porzellans mit Blumen zu übermalen, und sie legte immer Partituren auf, worin gerade die abgesprungne Saite eines Möbels nicht anzuschlagen war. Firmian opferte diesesmal ihrer Bemühung, überall spanische Wände um die Steppen und Brachäcker ihrer Armut herumzuführen, gern mehr lustige Einfälle auf, als er sonst, oder als Heinrich jetzo tat. Alle Weiber, sogar die ohne Geist, sind über Dinge, die sie näher angehen, die feinsten Zeichendeuterinnen und prophetischen Hellseherinnen. Lenette beweiset es. Abends war Stiefel da, man disputierte, und dieser ließ es frei merken, daß er mit Salvian und mit mehren guten Theologen [1] glaube, daß die Kinder Israel, deren Kleider vierzig Jahre in der Wüste kein Loch bekamen, des Anzugs wegen immer in einem Wuchse blieben, ausgenommen Kinder, an denen der Rock, den man ihnen aus dem abgelegten Kleidernachlaß der Verstorbenen zugeschnitten, zugleich mit dem Körper in die Höhe und Breite wuchs; »auf diese Weise«, setzte er hinzu, »werden alle Schwierigkeiten des großen Wunders leicht durch kleine Nebenwunder aufgelöset.« – Leibgeber sagte mit einem funkelnden Auge: »Das glaubt' ich schon im Mutterleibe. Im ganzen israelitischen Heerzug konnt' es kein Loch geben, außer was man von Ägypten mitgebracht, und das wurde nicht größer. Ja gesetzt, einer riß sich in der Trauerzeit ein Loch in die Backe und in den Rock: so nähten sich beide Löcher selber miteinander wieder zu. Jammer und schade ists, daß diese Armee die erste und die letzte blieb, bei der die Montur eine hübsche Art von Über-Körper war, der mit der Seele wuchs, um die er lief – und wo allmählich der *polnische* Rock zu einem *Kur-Habit* erstarkte, aus einem microvestis zu einem macrovestis heranwuchs. Ich seh' es, in der Wüste war Essen eine Tuchfabrik, Manna die englische Wolle und der Magen der Webstuhl. Ein Israelit, der sich gehörig mästete, lieferte damals das nötigste Landes- und Wüstenprodukt. Ich würde, wär' ich damals auf einem Werbplatz gestanden, nur den Rock des Rekruten unten an das Rekrutenmaß gehangen haben. Wie ists aber in unsrer Wüste, die nicht ins gelobte Land, sondern nach Ägypten führt? – Bei den Regimentern wachsen das ganze Jahr die Gemeinen, aber kein Rock; ja die Monturen sind nur für dürre Jahre und dürre Leute gefertigt, in nassen ringeln sie sich zusammen als gute Feuchtigkeitmesser, und der Schweiß stiehlt mehr Tuch als der Kompagnieschneider und selbst der Lieferant. Der Chef, der etwan auf eine Periphrase und einen Streckteich der Montierstücke gerechnet hätte, weil er außer den Israeliten auch an den Kleidermotten und Schnecken ein Beispiel sähe, die sich nicht nach der Decke, sondern nach denen sich die Decke strecket, ein solcher Chef würde, weil die Regimenter dann fast in einem Zustand wie die alten Athleten föchten, des Henkers darüber werden, und die Regimenter des Teufels.«

[1] Bibliothèque ancienne et mod. T. IV. p. 59. 60. Solche Rezensionen, wie Le Clerc in dieser und in der bibliothèque choisie verfertigte, sind zum Glück abgekommen, da sie sich von Büchern in nichts unterscheiden als in der Kürze und Fülle.

Diesen unschuldigen Sermon, der nur Stiefels exegetischen Wahnsinn beschießen sollte, glaubte Lenette auf ihren Kleiderschrank gerichtet. Diese Deutsche war wie der Deutsche, der hinter jeder Rakete und Pulverschlange der Laune einen besondern satirischen Kernschuß sucht. Siebenkäs bat ihn daher, seiner armen Frau, auf deren Herz jetzt ohnehin so viele scharfgezähnte Schmerzen abgeschleudert würden, die unvermeidliche, unüberwindliche Unwissenheit ihrer Exegese nachzusehen oder lieber gar zu ersparen. –

Es ging endlich ein Kuhschnappler Bader mit Tod ab, der dem teuern Tischler unter den Hobel fiel. »Nun hab' ich« (sagte Firmian lateinisch) »mit dem Schlagfluß keine Minute zu passen; wer steht mir dafür, daß mir kein Mensch vorstirbt und den wohlfeilen Tischler wegfängt?« – Daher wurde auf den nächsten Abend das Erkranken anberaumt.

Zwanzigstes Kapitel

Der Schlagfluß – der Obersanitätrat – der Landschreiber – das Testament – der Rittersprung – der Frühprediger Reuel – der zweite Schlagfluß

Abends riß Heinrich den Vorhang des Trauerspiels voll lustiger Totengräberszenen auf, und Firmian lag mit dem schlagflüssigen Kopfe auf dem Bette, stumm und an der ganzen rechten Seite gelähmt. Der Patient konnte sich über seine Verstellung und über die Qualen, womit sie Lenetten durchschnitt, nicht anders beruhigen als durch den innern Schwur, ihr als Vaduzer Inspektor die jährliche Hälfte seiner Einnahmen namenlos zu senden, und durch die Vorstellung, daß sie durch seinen Tod zugleich Freude und Freiheit und ihren Liebhaber gewinne. Das Mietpersonale schloß einen Kreis um den Schlagflüssigen; aber Leibgeber trieb alles aus der Kammer und sagte: »Der Leidende braucht Ruhe.« Es tat ihm ordentlich wohl, daß er in einem fort scherzhaft lügen konnte. Er versah das Reichserbtürhüteramt und schlug vor dem Doktor, den man verordnen wollte, die Tür ins Schloß: »Ich will dem Kranken« (sagt' er) »wenig verschreiben, aber das wenige gibt ihm doch einstweilen die Sprache. Die verdammten Todesflüsse von Mixturen, Herr Schulrat,« (denn dieser wurde sogleich hergeholt) »sind wie die Flüsse, die jedes Jahr einen Toten haben wollen.« Er rezeptierte ein bloßes Temperierpulver: »Recipe«, schrieb er laut:

»R. Conch, citratae Sirup I.
Nitri crystallisati gr. X.
D. S. Temperierpulver.

Vor allen Dingen«, setzt' er gebietend hinzu, »muß man die Füße des Patienten in laues Wasser stellen.«

Das ganze Haus wußte, es helfe alles nichts, da sein Tod durch das Mehl-Gesicht nur gar zu gewiß verkündigt worden, und Fecht hatte eine mitleidige Freude, daß er nicht fehlgeschossen.

Der schwache Mann brachte das Temperierpulver kaum hinunter, so war er schon imstande, zum Erstaunen der ganzen Todes-Assekuranzkammer in der Stube wieder vernehmlich (aber nicht stark) zu sprechen. Der Haus-Feme wars fast nicht recht. Der gute Heinrich hatte aber wieder einen Vorwand, seine frohe Miene zu erneuern. Er tröstete die Advokatin mit den Sprüchen: der Schmerz sei hienieden nichts mehr als ein höheres Hänseln oder die Ohrfeige oder der Schwertschlag, womit man zu einem Ritter befördere.

Der Kranke hatte aufs Pulver eine recht leidliche Nacht; und er selber schöpfte wieder Hoffnung. Heinrich gab es nicht zu, daß die gute Lenette mit den Augen voll Tränen und voll Schlafs die Nachtwächterin seines Bettes wurde; er wolle nachts dem Patienten beispringen, sollt' es gefährlich werden, sagt' er. Das letzte war aber nicht möglich, da beide erst eben in dieser Nacht den Vertrag miteinander machten – und zwar lateinisch, wie einen fürstlichen –, daß morgen abends der Tod oder der fünfte Akt dieser Einschiebtragödie, die in der Tragödie des Lebens selber nur ein Auftritt ist, sich ereignen sollte. »Es ist morgen« (sagte Firmian) »schon zu lange – meine Lenette kümmert mich unaussprechlich. Ach, ich habe, wie David, das elende Auslesen unter Teuerung, Krieg und Pest, und keine Wahl als seine. – Du, lieber Bruder, du bist mein Kain und richtest mich hin und glaubst auch so wenig wie er von der Welt, in die du mich schickst. [1] Wahrlich, eh' du mir das Temperierpulver vorgeschrieben, das mich zu reden nötigte, wünscht' ich in meiner stummen Düsterheit, aus Spaß würde Ernst. Einmal muß ich hindurch, durchs Tor unter der Erde, das in die umbauete Festung der Zukunft führt, wo man sicher ist. O, guter Heinrich, das *Sterben* schmerzet nicht, aber das *Scheiden*, das von werten Seelen mein' ich.« – Heinrich versetzte: »Gegen diesen letzten Bajonettstich des Lebens hält uns die Natur ein breites Achilles-Schild vor: man wird auf dem Totenbette früher moralisch- als physisch-kalt, eine sonderbare hofmännische Gleichgültigkeit gegen alle, von denen wir zu scheiden haben, kriecht frostig durch die sterbenden Nerven. Vernünftige Zuschauer sagen nachher: seht, so verzichtend und vertrauend stirbt nur ein Christ! – – Laß es, guter Firmian; die paar schlimmen, heißen Minuten, die du bis morgen auszuhalten hast, sind ein hübsches warmes Aachner Bad für den kranken Geist, das freilich verdammt nach faulen Eiern riecht; nach einiger Zeit aber, wenn das Bad erkaltet ist, riecht es wie das Aachner nach nichts.«

[1] Die Rabbinen behaupten nämlich, Kain habe seinen Bruder erschlagen, weil dieser ihn widerlegen wollte, da er (Kain) die Unsterblichkeit der Seele etc. bestritt. Also der erste Mord war ein Autodafé und der erste Krieg ein Religionkrieg.

Am Morgen pries ihn Heinrich so: »Wie der jüngere Kato in der Nacht vor seinem Tode ruhig schlief – die Geschichte konnte ihn schnarchen hören –, so scheinest du heute nacht ein erneuertes Beispiel dieser Seelengröße in so entkräfteten Zeiten gegeben zu haben: wär' ich dein Plutarch, ich gedächte des Umstandes.« – »Aber ernstlich« – versetzt' er – »ich wünschte wohl, daß ein gescheuter Mann, ein literarischer Historienmaler West, meinen sonderbaren Primatod nach vielen Jahren, wenn der Tod schon den Sekundawechsel geschickt, einer guten Beschreibung würdigte für die Presse.« ... Derselben hat ihn nun, wie es scheint, ein biographischer West gewürdigt; aber man lasse mich es frei heraussagen, daß ich mit unglaublicher Freude diese Bett-Rede und diesen Wunsch, den ich so gänzlich erfülle, unter den Dokumenten angetroffen habe. – Leibgeber sagte darauf: »Die Jesuiten in Löwen edierten einmal ein schmales Buch, worin das schreckliche Ende Luthers gut, aber lateinisch beschrieben war. Der alte Luther erwischte das Werk und vertierte es wie die Bibel und fügte bloß hinten bei: ›Ich D. M. Luther habe diese Nachricht selbst gelesen und verdolmetscht.‹ – Das würd' ich an deiner Stelle, wenn ich meinen Tod ins Englische übersetzte, auch darunter schreiben.« – Schreib es immer darunter, lieber Siebenkäs, da du noch lebst; aber vertiere mich nur!

Der Morgen gibt sonst seine Erfrischungen unter dem menschlichen Lagerkorn herum, es sei, daß einer auf dem harten Krankenbette oder auf der weichern Matratze liege – und richtet mit dem Morgenwind gebückte Blumen- und Menschenhäupter auf; aber unser Kranker blieb liegen. Es setzte ihm bedenklich zu, und er konnte nicht verhehlen, daß es mit ihm zurückgehe – wenigstens wollt' er auf allen Fall sein Haus bestellen. Dieses erste Viertel, da die Totenglocke zur Sterbestunde schlug, drückte einen schweren scharfen Glockenhammer in Lenettens Herz hinein, aus dem der warme Strom der alten Liebe in bittern Zähren brach. Firmian konnte dieses trostlose Weinen nicht ansehen; er streckte verlangend die Arme aus, und die Gepeinigte legte sich sanft und gehorsam zwischen sie an seine Brust, und nun vereinigte die heißeste Liebe ihre doppelten Tränen, ihre Seufzer und ihre Herzen, und sie ruhten, obwohl an lauter Wunden, glücklich aneinander in so geringer Entfernung vom Grenzhügel der Trennung.

Er tat es daher der Armen zuliebe und besserte sich zusehends; auch war diese Herstellung vonnöten, um die gute Laune zu erklären, womit er seinen letzten Willen besorgte. Leibgeber gab seine Freude zu erkennen, daß der Patient wieder imstande war, auf der Serviette des Deckbettes zu speisen und eine tiefe Krankensuppen-Schüssel wie einen Weiher völlig abzuziehen. »Die lustige Laune« – sagte Leibgeber zum Pelzstiefel –, »die sich beim Kranken wieder einstellet, gibt mir große Hoffnungen; die Suppe aber frisset er offenbar nur der Frau zuliebe hinein.« – Niemand log so gern und so oft aus Satire und Humor als Leibgeber; und niemand feindete ernste Unredlichkeit und Verschlagenheit unduldsamer an als er; er konnte tausend

Scherzlügen, und keine zwei Notlügen vorbringen; bei jenen standen ihm alle täuschende Mienen und Wendungen zu Gebote, bei diesen keine.

Vormittags wurden der Schulrat und der Hausherr Merbitzer ans Bette vorgefodert: »Meine Herren«, fing der Kranke an, »ich gedenke nachmittags meinen letzten Willen zu haben und auf dem Richtplatz der Natur drei Dinge zu sagen, welche ich will, wie mans in Athen durfte;[1] aber ich will jetzo schon ein Testament eröffnen, eh' ich das zweite mache oder vielmehr das Kodizill des ersten. Meine sämtlichen Schreibereien soll mein Freund Leibgeber einpacken und behalten, sobald ich selber eingepacket bin ins letzte Couvert mit Adresse. – Ferner will und verordne ich, daß man sich nicht weigere – da ich die dänischen Könige, die alten österreichischen Herzoge und die vornehmen Spanier vor mir habe, wovon sich die ersten in ihrer Rüstung, die zweiten in Löwenfellen, die dritten in elenden Kapuzinerbälgen beisetzen lassen – man soll sich nicht weigern, sag' ich, mich ins Beet der andern Welt mit *der* alten Hülse und Schote zu stecken, worin ich in der ersten grünte; kurz, so wie ich hier bin und testiere. – Diese Verordnung nötigt mich, die dritte zu machen, daß man die Totenfrau bezahle, aber sogleich fortweise, weil ich in meinem ganzen Leben zwei Weibern auffallend gram geblieben, der einen, die uns herein-, und der andern, die uns hinausspület, obwohl in einem größern Badezuber abscheuert als jene: der Hebamme und der Totenfrau; sie soll mit keinem Finger an mich tippen, und überhaupt gar niemand als mein Heinrich da.« – Sein Groll gegen diese Dienerschaft des Lebens und des Todes kann, wie ich vermute, aus demselben Anlaß fließen wie der meinige: nämlich aus dem herrischen und sportelsüchtigen Regiment, womit uns diese beiden Pflanzerinnen und Konviktoristinnen der Wiege und der Bahre gerade in den zwei entwaffneten Stunden der höchsten Freude und der höchsten Trauer keltern und pressen.

»Weiter will ich, daß Heinrich mir mein Gesicht, sobald es die Zeichen meines Abschiedes gegeben, mit unserer langhälsigen Maske, die ich oben aus dem alten Kasten heruntergetragen, auf immer bedachen und bewaffnen soll. Auch will ich, wenn ich aus allen Fluren meiner Vergangenheit gehe und nichts hinter mir höre als rauschende Grummethügel, wenigstens an meine Brust noch den seidnen Strauß meiner Frau, als Spielmarke der verlornen Freuden, haben. Mit einer solchen Schein-Insignie geht man am schicklichsten aus dem Leben, das uns so viele Pappendeckelpasteten voll Windfülle vorsetzt. – Endlich soll man nicht, wenn ich fortgehe, hinter mir, wie hinter einem, der aus Karlsbad abreiset, vom Turm nachklingen, wie man uns sieche, flüchtige Brunnengäste des Lebens ebenso wie Karlsbader mit Musizieren auf den Türmen empfängt, zumal da die Kirchendiener-

[1] Drei solche Dinge durfte in Athen jeder Verurteilte öffentlich sagen, nach Casaubon in seiner XVI. Exerc. gegen Baron. Annal., ders wieder aus dem Suidas haben will.

schaft nicht so billig ist wie der Karlsbader Türmer, der für An- und Nachblasen nur auf drei Kopfstücke aufsieht.« –– Er ließ sich nun Lenettens Schattenriß ins Bette reichen und sagte stammelnd: »Meinen guten Heinrich und den Herrn Hausherrn ersuch' ich, nur auf eine Minute abzutreten und mich mit dem Herrn Schulrate und meiner Frau allein zu lassen.«

Da es geschehen war: so blickte er lange stumm und warm den kleinen, teuern Schatten an; sein Auge trat, von Schmerzen durchbrochen, über wie ein zerrissenes Ufer; er reichte den Schattenriß dem Rate zu, stockte überwältigt und sagte endlich: »Ihnen, getreuer Freund, Ihnen allein kann ich dieses geliebte Bildnis geben. Sie sind ihr Freund und mein Freund – O Gott, kein Mensch auf der ganzen weiten Erde nimmt sich meiner guten Lenette an, wenn sie von Ihnen verlassen wird – Weine nur nicht so bitterlich, Gute, er sorgt für dich – O mein teuerster Freund, dieses hülflose, schuldlose Herz wird brechen in der einsamen Trauer, wenn Sie es nicht beschirmen und beruhigen: o verlassen Sie es nicht wie ich!« Der Rat schwur bei dem Allmächtigen, er verlasse sie nie, und nahm Lenettens Hand und drückte sie, ohne die Weinende anzusehen, und hing mit tropfenden Augen gebückt auf das Angesicht seines verstummenden Freundes herein – aber Lenette drängte ihn weg von der Brust ihres Gatten und machte ihre Hand frei und sank auf die Lippen nieder, die ihr Herz so sehr erschüttert hatten – und Firmian schloß sie mit dem linken Arm ans erquickte Herz und streckte überdeckt den rechten nach seinem Freunde aus – und nun hielt er an die gedrückte Brust die zwei nächsten Himmel der Erde geknüpft, die Freundschaft und die Liebe...

– Und das ists eben, was mich an euch betörten und uneinigen Sterblichen ewig tröstet und freuet, daß ihr euch alle herzlich liebet, wenn ihr euch nur in reiner menschlicher Gestalt erblickt, ohne Binden und Nebel – daß wir alle nur *erblinden*, wenn wir fürchten, daß wir *erkalten*, und daß unser Herz, sobald der Tod unsere Geschwister über das Gewölke unserer Irrtümer hinausgehoben, selig und liebend zerfließet, wenn es sie im durchsichtigen Äther, ohne die Entstellung der hiesigen Hohlspiegel und Nebel, als schöne Menschen schweben sieht und seufzen muß: ach in dieser Gestalt hätt' ich euch nie verkannt! – Daher strecket jede gute Seele ihre Arme nach den Menschen aus, die der Dichter in seinem Wolkenhimmel wie Genien unsern tiefen Augen zeigt, und die doch, wenn er sie auf unsere Brust heruntersinken lassen könnte, in wenig Tagen auf dem schmutzigen Boden unserer Bedürfnisse und Irrtümer ihre schöne Verklärung verlören; wie man das kristallene Gletscherwasser, das, ohne zu erkälten, erfrischet, schwebend, wenn es vom Eis-Demante tropft, auffangen muß, weil es sich mit Luft verunreinigt, sobald es die Erde berührt. [1] –

Der Schulrat ging fort – aber bloß zum Doktor. Dieser vornehme Gene-

[1] Nach De Lüc, s. den 3. Bd. der Kleinen Reisen für Reise-Dilettanten.

ralissimus des Freund Heins – der den Titel Obersanitätrat nicht umsonst führte, sondern für Geld – war ganz geneigt, den Kranken zu besuchen, erstlich, weil der Schulrat ein Mann von Ansehen und Vermögen war, und zweitens, weil Siebenkäs als ein Konviktorist der Leichenlotterie, deren korrespondierendes Mitglied und frère servant auch der Doktor war, nicht sterben durfte; denn diese Leichenkasse war nur eine Reichsoperationskasse voll Notpfennige für Honoratiores. Leibgeber erschrak tödlich vor dem in Schlachtordnung anrückenden Obergesundheitrate; er mußte besorgen, durch den Doktor könnt' es wirklich schlimmer werden, so daß Siebenkäs den Ruhm Molièrens nachließe, der auf dem Theater am Spiele des eingebildeten Kranken verstarb. Er fand zwischen Ärzten und Patienten das Verhältnis so unbestimmt, als es noch das zwischen Spechten oder Borkenkäfern und Bäumen ist, indem noch darüber gestritten wird, ob die Bäume vom Bohren und Eierlegen dieser Tiere verfalben, oder ob umgekehrt diese Tiere geflogen kommen, weil die Borke schon wurmstichig und der Stamm schon abgestorben ist. Ich glaube, in Hinsicht der Käfer und Spechte – auch der Ärzte –, sie sind beides abwechselnd, Ursache und Wirkung, und das Dasein keines Tieres kann eine Zerstörung voraussetzen, weil sonst bei der Bildung der Erde auch ein krepierter Gaul für die Schmeißfliege und ein großer Ziegenkäse für die Käsemilben hätte geschaffen werden müssen.

Der Obersanitätrat Oelhafen ging, mit zorniger Unhöflichkeit gegen die Gesunden, gerade auf den Kranken los und machte sich sogleich über den Sekundenzeiger des Lebens, über die medizinische Wünschelrute her, über den Puls: Leibgeber setzte den Pflug des satirischen Grimms in sein Gesicht und zog krumme Furchen und wählte Tiefackern. »Ich finde«, sagte der Heilkünstler, »eine wahre Nerven-Apoplexie von Überladung – man hätte den Arzt eher rufen sollen – der volle harte Pulsschlag verkündigt Wiederholung des Schlages – Ein Brechpulver, das ich hiegegen verordne, wird vom besten Erfolge sein.« Und hier zog er kleine Brech-billet-doux, wie Bonbons eingewickelt, heraus. Er hatte die Vomitive im Selbverlage und trieb diesen unschuldigen Land-Handel hausierend als Schnurrjude. Es gab wenige Krankheiten, wobei er nicht sein Brechmittel als Gnadenmittel, Wagenwinde, Pumpenstiefel und Fegefeuer ansetzen konnte; besonders arbeitete er fleißig mit diesem Brech- und Arbeitzeug bei Schlagflüssen, Brustentzündungen, Migränen und Gallenfiebern – er räume, sagt' er, zuvörderst in den ersten Wegen auf, und darüber räumte er den Inhaber der ersten Wege selber mit auf, der nachher leicht den letzten Weg alles Fleisches einschlug. Leibgeber knetete sein tolles Gesicht um und sagte: »Herr Kollege und Protomedikus Oelhafen, wir können ganz gut ein concilium oder consilium oder collegium medicum hier halten. Es will mir vorkommen, als sei mein Temperierpulver ratsam gewesen, da es apoplectico gestern wieder zur Sprache verholfen.« – Der Protomedikus hielt ihn für einen Heilpfuscher und sagte zum Pelzstiefel, ohne seinen Kollegen nur anzusehen: »Lassen

Sie laues Wasser bringen, ich will ihm es eingeben.« – Leibgeber fuhr zornig auf: »Wollen wirs miteinander einnehmen, da unsere zwei Gallenblasen sich ergießen – der Patient darf nicht, soll nicht, kann nicht.« – »Sind Sie ausübender Arzt, mein Herr?« sagte der Obersanitätrat verachtend-stolz.

»Jubeldoktor«, sagt' er, »bin ich, und zwar seitdem ich kein Narr mehr bin. Es muß Ihnen aus Haller erinnerlich sein, daß einmal ein Narr behauptete, er sei geköpft, bis man ihn durch einen Hut aus Blei herstellte; ein Kopf, mit Blei überdachet und infuliert, fühlet sich so deutlich als einer, der damit ausgegossen ist. – Herr Kollege, ich war fast derselbe Tor; ich hatte eine Gehirnentzündung und erfuhr zu spät, daß man sie schon geheilet und gelöschet habe. Kurz, ich bildete mir ein, mein Haupt habe sich abgeblättert, wie die mürben Füße gleich Krebsscheren abspringen, wenn man zu viel Mutterkorn genossen. Kam der Balbier und warf seinen purpurnen Arbeitbeutel und Köcher ab: so sagte ich: ›Mein lieber Herr Obermeister Spörl, Fliegen, Schildkröten, Nattern lebten zwar, wie ich, noch fort, wenn der Kopf herunter war; aber zu rasieren war an ihnen wenig – Er ist ein vernünftiger Mann und sieht, daß ich so wenig geschoren werden kann als der Torso in Rom – wo gedächt' Er mich einzuseifen, Herr Spörl?‹ – Kaum war er hinaus, so kam der Perückenmacher herein: ›Ein andermal, Herr Peißer‹, sagt' ich – ›wenn Sie nicht die Luft um mich oder die Brusthaare in Locken schlagen wollen: so stecken Sie nur Ihre Kämme wieder in die Westentasche. Ich lebe seit Nachmitternacht ohne Fries und Karnies und stehe wie der babylonische Turm ohne Kuppel da – Wollen Sie aber draußen in der Nebenstube meinen Kopf suchen und dem caput mortuum einen Zopf und ein Toupet machen: so nehm' ichs an und will den Kopf als eine Zopfperücke aufsetzen.‹ – Zum Glück kam der Rektor magnificus, ein Arzt, und sah meinen Gram, wie ich die Hände zusammenschlug und ausrief: ›Wo sind meine vier Gehirnkammern und mein corpus callosum und mein anus cerebri und mein eiförmiges Zentrum, wo nach Glaser die *Einbildungkraft* sitzt? Wie applizieret ein *Rumpfparliament* sich Brillen und Hörrohre? Die Ursachen sind ganz bekannt. Ist es so weit mit dem besten eingehäusigen Kopf in der Welt gekommen, daß er keinen hat, der sein Samengehäuse wäre?‹ – Der Rektor magnificus ließ aber einen alten, engen Doktorhut aus den Universitätschränken herholen und passete mir solchen mit einem leichten Schlage auf und sagte: ›Die Fakultät setzet ihren Doktorhut nirgends hin als auf Kopf – auf einem Nichts könnt' er gar nicht haften.‹ – Und durch den Hut wuchs meiner Phantasie, wie geköpften Schnekken, ein neuer Kopf nach. Seit ich nun kuriert bin, kurier' ich andere.«

Der Obersanitätrat drehte einen Basiliskenaugapfel von ihm weg und ließ sich aufgebracht an seinem Stockband wie einen Warenballen die Treppe hinab, ohne das aufgebrochne Vomitiv (ein Komitiv für die andere Welt) zu sich zu stecken, das nun dem Patienten aus seinem eignen Beutel zu bezahlen bleibt.

Der gute Heinrich hatte aber in einen neuen Krieg gegen Stiefeln und Lenetten zu ziehen; bis sich Firmian mit der Versicherung als Vermittler darein schlug, er hätte ohnehin das Brechpulver weggewiesen, da sich damit – ach, er meint' es bildlich – eine alte Brustkrankheit und einige gordische Lungenknoten, die Knoten seines Erdenschauspiels, schlecht vertrügen.

Inzwischen war doch nicht zu verhehlen – er mochte sich verstellen, wie er wollte –, daß es mit ihm schlechter und schlechter werde; jeden Augenblick stand der Rikoschetschuß des Schlages bevor. »Es ist Zeit«, sagte Firmian, »daß ich testiere: – ich sehne mich nach dem Landschreiber.« Dieser Schreiber setzt bekanntlich, nach dem kuhschnappelischen Dorf- und Stadtrechte, alle letzte Willenverfügungen auf. – Endlich trat er herein, der Landschreiber Börstel, eine welke, eingedorrte Schnecke, mit einem runden, scheuen, horchenden Knopfplatten-Angesicht voll Hunger, Angst und Aufmerksamkeit. Das Fleisch, dachten viele, sei nur, wie die neue schwedische Steinpappe, über die Knochen aufgeschmiert. »Was solle« (begann Börstel) »*Denenselben* heute niederschreiben?« – »Mein zierliches Kodizill« – sagte Siebenkäs – »lassen Sie aber vorher eine und die andere verfängliche Frage, wie man vor Testatoren pfleget, an mich ergehen, um unter der Hand auszuholen, ob ich meinen Verstand noch habe.« – Dieser fragte: »Für wen nehmen Selbige mich?« – »Für den Herrn Landschreiber Börstel«, antwortete Patient. – »Das ist« (versetzte Börstel) »nicht nur recht richtig, sondern es legt auch an den Tag, daß Sie wenig oder nicht phantasieren – und es mag denn ohne weiteres zum letzten kodizillarischen Willen geschritten werden.«

Letzter Wille des Armenadvokaten Siebenkäs

»Endesunterschriebener, der mit andern Augustäpfeln jetzo gelbt und abfället, will, so nahe am Tode, der die körperliche *Leib*eigenschaft des Geistes aufhebt, noch einige frohe Rück- und Seitenpas und Großvatertänze machen, drei Minuten vor dem Basler Totentanz.«

Der Landschreiber hielt innen und fragte staunend: »Mehr und dergleichen bring' ich zu Papier?«

»Zuerst will und verordn' ich Firmian Siebenkäs, alias Heinrich Leibgeber, daß Herr Heimlicher von Blaise, mein Tutor, die 1200 fl. rhnl. Vormundschaftgelder, die er mir, seinem Pupillen, gottlos abgeleugnet, binnen Jahr und Tag an meinen Freund, Herrn Leibgeber, Inspektor in Vaduz [1], einhändigen solle und wolle, der sie nachher meiner lieben Frau wieder

[1] Das ist er selber. Er will darum seine Verlassenschaft an sich, und nicht an seine Frau ausgehändigt haben, um es genauer zu wissen, da sie vielleicht während dieses Termins könnte reich geheiratet haben; auch erfährt er so den Fall des Unterlassens leichter und kann also die Drohung erfüllen, die er sogleich ausstoßen wird.

treulich übermachen wird. Weigert Herr von Blaise sich dessen, so heb' ich hier die Schwurfinger auf und leiste auf dem Totenbette den Eid ab: daß ich ihn nach meinem Ableben überall, nicht gerichtlich, sondern geistig, verfolgen und erschrecken werde, es sei nun, daß ich ihm als der Teufel erscheine oder als ein langer weißer Mann oder bloß mit meiner Stimme, wie es mir etwa meine Umstände nach dem Tode verstatten.«

Der Landschreiber schwebte mit dem befederten Arme in der Luft und brachte seine Zeit mit bloßem schreckhaften Zusammenfahren hin: »Ich sorge nur, mich nehmen« (sagt' er) »der Herr Heimlicher, schreib' ich solche Sachen nieder, am Ende beim Flügel.« – Aber Leibgeber schnitt ihm mit seinem Körper und Gesicht die Flucht über das Höllentor der Kammer ab.

»Ferner will und verordne ich, als regierender Schützenkönig, daß kein Sukzessionkrieg mein Testament zu einem Sukzessionpulver für unschuldige Leute mache – daß ferner die Republik Kuhschnappel, zu deren Gonfaloniere und Doge ich durch die Schützen-Kugeln ballotiert worden, keine Defensivkriege führen soll, weil sie sich nicht damit defendieren kann, sondern bloß Offensivkriege, um die Grenzen ihres Reichs, da sie schlecht zu decken sind, wenigstens zu mehren – und daß sie solche holzersparende Mitglieder sein sollen, wie ihr tödlich kranker Landes- und Reichsmarktflecken-Vater war. Jetzo, da mehr Wälder verkohlen als nachwachsen, ist das einzige Mittel dagegen, daß man das Klima selber einheize und in einen großen Brut-, Darr- und Feldofen umsetze, um die Stubenöfen zu ersparen; und dieses Mittel haben längst alle gute forstgerechte Kammern ergriffen, die vor allen Dingen die Forstmaterie, die Wälder, ausreuten, die voll Nachwinter stecken. Wenn man bedenkt, wie sehr schon das jetzige Deutschland gegen das von Tacitus mappierte absticht, bloß durch das Lichten der Wälder ausgewärmt: so kann man leicht schließen, daß wir doch endlich einmal zu einer Wärme, wo die Luft unsere Wildschur ist, gelangen werden, sobald es ganz und gar kein Holz mehr gibt. Daher wird der jetzige Überfluß daran, um die Flöße zu steigern – wie man 1760 in Amsterdam öffentlich für 8 Millionen Livres Muskatennüsse verbrannte, um ihren alten Preis zu erhalten –, gleichfalls eingeäschert.

Ich als König vom kuhschnappelischen Jerusalem will ferner, daß der Senat und das Volk, Senatus populusque Kuhschnappeliensis [1], nicht verdammt werden, sondern selig, besonders auf dieser Welt – daß ferner die Stadt-Magnaten nicht die kuhschnappelischen Nester (Häuser) zugleich mit den indischen verschlucken – und daß die Abgaben, die durch die vier Mägen der Hebbedienten durch müssen, durch die Panse, durch die Mütze,

[1] So steht auf den öffentlichen Gebäuden des Marktfleckens; wiewohl es durch den Abstich lächerlich wird, daß ein solcher Reichs-Bologneser dänische Reichs-Doggen nachahmt, wie z. B. Nördlingen, Bopfingen, die freilich mit ein wenig größerem Rechte auf ihre öffentlichen Gebäude und Ukasen setzen: Senatus populusque Bopfingensis, Nördlingensis.

den Psalter und den Fettmagen, am Ende doch aus Milchsaft zu rotem Blute (aus Silber zu Gold) verarbeitet, und wenn sie durch die Milchgefäße, den Milchsack und Milchgang geflossen, ordentlich ins Geäder des Staats-Körpers getrieben werden. – Ich will ferner und verordne ferner, daß der große und der kleine Rat...«

Der Landschreiber wollte aufhören und schüttelte auffallend den Kopf; aber Leibgeber spielte scherzend mit der ausgehenkten Büchse, womit der Testator sich auf den Schützenthron geschwungen – anstatt daß andere sich an fremden Springstäben von Ladstöcken darauf heben –, und Börstel schrieb in seinen Morgenschweißen weiter nieder:

»Daß also der Schultheiß, der Seckelmeister, der Heimlicher und die acht Ratherrn und der Großweibel mit sich reden lassen und keine andern Verdienste belohnen als die Verdienste fremder Leute, und daß der Schuft von Blaise und der Schuft von Meyern aneinander täglich prügelnde Hände als Verwandte legen sollen, damit doch einer da ist, der den andern bestraft....«

Da sprang der Landschreiber in die Höhe, berichtete, es versetz' ihm die Luft, und trat ans Fenster, um frischere zu schöpfen, und als er ersah, daß drunten in geringer Schußweite vom Fensterstock ein Gerberloh-Hügel emporstehe, hob und setzte ihn der nachschiebende Schrecken von hinten auf die Brüstung hinaus; nach einem solchen ersten Schritte tat er, eh' ihn ein Testamentzeuge hinten fangen konnte, einen zweiten, langen in die nackte Luft hinein und schlug als die eigne Zunge seiner Schnellwaage über den Fensterstock hinaus, so daß er dem niedrigen Poussierstuhl – ich meine der Gerber-Loh – leicht begegnen konnte. Als fallender Künstler konnt' er nach seiner Ankunft nichts Besseres vornehmen, als daß er sich seines Gesichtes als eines Grabstichels und einer plastischen Form und Kopiermaschine bediente und damit sein Bild in vertiefter Arbeit matt in den Hügel formte; auf letztem lagen seine Finger als arbeitsame Poussiergriffel und kopierten sich selber, und mit dem Notariatpetschaft, das er neben das Dintenfaß gestellt und mitgenommen hatte, kontrasignierte er aus Zufall den Vorfall. So leicht kreiert ein Notarius – einem Pfalzgrafen gleich – einen zweiten; Börstel aber ließ den Konotarius und das ganze Naturspiel liegen und dachte im Heimgehen an andere Sachen. Die Herren Stiefel und Leibgeber hingegen sahen zum Fenster heraus und hielten sich, als er unter Dach und Fach verschwunden war, an seinen zweiten äußerlichen Menschen, der ausgestreckt unten auf dem anatomischen Theater lag und nach Juchten roch – worüber der Verfasser dieses nicht ein Wort mehr sagen will als das von Heinrich: »Der Landschreiber hat unter das Testament ein größeres Pitschaft drücken wollen, das keiner nachsticht, und solches mit seinem Leibe untersiegelt und drunten sehen wir ja den ganzen sphragistischen Abdruck.«

Der letzte Wille wurde von den Testamentzeugen und dem Testator unterzeichnet, so weit der Wille ging – und mehr als ein solches halb militärisches Testament war unter solchen Umständen kaum zu fodern.

Jetzo neigte sich der Abend herein, wo sich der kranke Mensch, wie seine Erde, von der Sonne abwendet und sich bloß dem dämmernden Abendstern der zweiten Welt zukehrt, wo die Kranken in diese ziehen, und wo die Gesunden nach dieser schauen – und wo Firmian ungestört dem teuern Weibe den Abschiedkuß zu geben und langsam zu ermatten hoffte, als leider der gewitterhafte Helfer (Diakonus) und Frühprediger *Reuel*[1] in die Stube rauschte. Er stellte sich in der kirchlichen Rüstung, in Ringkragen und Schärpe, ein, um den Kranken, dem er das Band der Ehe in doppelte Schleifen unter dem Halse gebunden hatte, hinlänglich auszuhunzen, daß er als Beichtpfennig-Defraudant den Zoll der Kranken- und der Gesunden-Kommunion auf dem Himmel- und Höllenwege umfahren wolle. Wie (nach Linné) die ältern Botaniker, ein Croll, Porta, Helvetius, Fabrizius, aus der Ähnlichkeit, die ein Gewächs mit einer Krankheit hatte, den Schluß machten, daß es solche hebe – daher sie gelbe Pflanzen, Safran, Kurkumei, gegen Gelbsucht verschrieben – Drachenblut, japanische Erde gegen Dysenterie – Kopfkohl gegen Kopfweh – spitze Dinge, Fischgräten gegen Seitenstich – wie also die offizinelle Pflanze sich wenigstens von weitem dem Gebrechen nähert, wogegen sie wirkt: so nehmen auch in den Händen guter Frühprediger die geistigen Heilmittel, Predigten, Ermahnungen, die Gestalt der Krankheiten, des Zorns, des Stolzes, des Geizes, an, wider welche sie arbeiten, so daß oft zwischen dem Bettlägerigen und dem Arzte kein Unterschied ist als der der Stellung. Reuel war so. Vorzüglich dacht' er darauf, in einer Zeit, wo der lutherische Geistliche so leicht für einen heimlichen Jesuiten und Mönch verschrieen wird, sich von letztem, der nichts sein nennt und der kein Eigentum haben darf, nicht durch Worte, sondern durch Handlung zu unterscheiden und daher recht augenscheinlich nach Eigentum zu jagen und zu schnappen. Hoseas Leibgeber suchte ein Sperrstrick und Drehkreuz für den Prediger zu werden und hielt ihn mit der Anrede auf der Schwelle auf: »Es wird schwerlich viel verfangen, Ew. Hoch-Ehrwürden – ich wollt' ihn gestern ebenso im Flug, volti subito, citissime bekehren und ummünzen; aber am Ende warf er mir vor, ich wäre selber nicht bekehrt, und das ist auch wahr: denn im Sommer-Raps meiner Meinungen sitzen ketzerische Pfeifer an Pfeifer und nagen.« Reuel versetzte, zwischen Moll- und Durton schwankend: »Ein Diener Gottes wartet und pflegt seines heiligen Amts und sucht Seelen zu retten, es sei nun vom Atheismus oder von andern Sünden; aber der Erfolg bleibt ganz den Sündern heimgestellt.«

Das schwarze Gewitter zog also voll Sinai-Blitze in die dunkle Kammer hinaus – der Helfer schwenkte den wehenden Schlauch-Ärmel, wie eine

[1] Reuel, und nicht Reul, wie ich sonst geschrieben, heißt er; und es ist mir um so lieber, da ein solcher theologischer Helfer nicht den Klangnamen eines medizinischen Helfers, wie der edelherzige freigeistige *Reil* gewesen, unnütz führen soll.

ehrlich machende Fahne, über den aufs Bettuch hingestreckten Atheisten, wofür er ihn hielt – er säete den guten Samen so auf den Patienten, wie die Bauern in Swedieland den Rübensamen, den sie nämlich auf die Beete bloß speien – und sagte ihm in einer Krankenvermahnung (dem gewöhnlichen Gegenstück der Leichenpredigt), die mich und den Leser vielleicht auch einmal unter dem letzten Deckbette einholet, die ich also nicht von Baireuth nach Heidelberg zum Druck abschicke, da sie unterwegs in jeder Krankenstube zu hören ist, darin sagt' ers ihm, als ein gerader Mann, ins Gesicht, er sei ein Teufelsbraten und eben gar. Der gare Braten machte die Augen zu und hielt aus. Aber sein Heinrich, den es schmerzte, daß der Frühprediger die geliebten Ohren und das geliebte Herz mit glühenden Zangen zwickte, und den es ärgerte, daß ers nur tat, um den Kranken an den Beichtstuhl zu scheuchen, Heinrich fing den fliegenden Ärmel und erinnerte leise: »Ich hielt es für unhöflich, Herr Frühprediger, es vorauszuschicken, daß der Kranke harthörig ist, und Sie zum Schreien anzufeuern – er hat bisher kein Wort vernommen – Herr Siebenkäs, wer steht da? – Sehen Sie, so wenig hört er – Arbeiten Sie einmal mich bei einem Glas Bier um, das gefället mir eher, und ich hör' auch besser. Ich sorge, er hat jetzt Phantasien und hält Sie, wenn er Ihrer ansichtig wird, für den Teufel, weil Sterbende mit solchem den letzten Fechtergang zu machen haben. – Schade ists, daß er die Rede nicht vernommen; sie würde ihn, denn beichten will er nicht, recht herzlich geärgert haben, und hinlängliche Ärgernis fristete nach dem achten Band von Hallers Physiologie Sterbenden oft das Leben auf Wochen. Eine Art wahrer Christ ist er aber doch, ob er gleich so wenig beichtete wie ein Apostel oder Kirchenvater; Sie sollen nach seinem seligen Hintritte von mir selber es hören, wie ruhig der rechte Christ verscheidet, ohne alle Verzuckungen und Verzerrungen und Todes-Ängsten; er ist ans Geistliche so gewöhnt wie die Schleiereule an die Kirchtürme; und so wie diese auf dem Glockenstuhl mitten unter dem Geläute sitzen bleibt: so bin ich Mann dafür, daß auch unser Advokat unter dem Anschlagen der Totenglocke gelassen verharren wird, weil er aus Ihren Frühpredigten die Überzeugung gewonnen, daß er nach dem Tode noch fortlebt.« – Es war freilich einiger harter Scherz über Firmians Schein-Sterben und Unsterblichkeit-Glauben in der Rede; ein Scherz, den nur ein Firmian zugleich verstehen und verzeihen konnte; aber Leibgeber wollte auch ernsthaft die Leute anfallen, welche zufällige Körperstille des Sterbenden für geistige nehmen und Körpersturm für Gewissensturm.

Reuel versetzte nichts als: »Sie sitzen, wo die Spötter sitzen, der Herr wird sie finden – meine Hände hab' ich gewaschen.« Da er sie aber noch lieber gefüllet hätte, und da er doch das Teufelskind in kein Beichtkind umsetzen konnte: so ging er rot und stumm davon, demütig von Lenette und Stiefel unter fortdauernden Verbeugungen hinabgeführt.

Man mache die Gallenblase des guten Heinrichs, die seine Schwimmblase und leider oft seine aufsteigende hysterische Kugel ist, nicht größer als sie ist; sondern man richte über diesen Naturfehler darum gelinder, weil Heinrich schon an so vielen Sterbebetten solche geistliche frères terribles, solche Galgenpatres stehen sehen, die auf das sieche, welke Herz noch Salz ausstreueten, und weil er mit mir glaubte, daß der Religion unter allen Stunden des Menschen seine letzte die gleichgültigste sein müßte, da sie die unfruchtbarste ist und kein Same in ihr aufgeht, welcher Taten treibt. – –

Während der kleinen Entfernung des höflichen Paars sagte Firmian: »Ich bins satt, satt, satt – ich mache nun keinen Spaß mehr – in zehn Minuten sag' ich meine letzte Lüge und sterbe, und wollte Gott, es wäre keine. Lasse kein Licht hereinsetzen und hülle mich sogleich unter die Maske, denn ich seh' es schon voraus, ich werde meine Augen nicht beherrschen können, und unter der Larve kann ich sie doch weinen lassen, wie sie wollen – o du mein Heinrich, mein Guter!« Das infusorische Chaos in Reuels Ermahnung hatte doch den müden Figuranten und Mimiker des Todes ernst und weich gemacht. Heinrich nahm – aus feiner, liebender Sorge – ihm alle Lügenrollen willig ab und machte sie selber; und rief daher ängstlich und laut, als das Paar in die Stube trat: »Firmian, wie ist dir?« – »Besser« (sagte dieser, aber mit einer gerührten Stimme) – »in der Erdennacht glimmen Sterne an, ach ich bin an den Schmutz geknüpft, und ich kann nicht hinauf zu ihnen – o das Ufer des schönen Frühlings ist steil, und wir schwimmen auf dem toten Meer des Lebens so nahe am Ufer, aber die Eintagfliege hat noch keine Flügel.« – Der Tod, diese erhabene Abendröte unseres Thomastages, dieses herübergesprochene große Amen unserer Hoffnung, würde sich wie ein schöner, bekränzter Riese vor unser tiefes Lager stellen und uns allmächtig in den Äther heben und darin wiegen, würden nicht in seine gigantischen Arme nur zerbrochene, betäubte Menschen geworfen; nur die Krankheit nimmt dem Sterben seinen Glanz, und die mit Blut und Tränen und Schollen beschwerten und befleckten Schwingen des aufsteigenden Geistes hangen zerbrochen auf den Boden nieder; aber dann ist der Tod ein Flug und kein Sturz, wenn der Held sich nur in eine einzige tödliche Wunde zu stürzen braucht; wenn der Mensch wie eine Frühlingwelt voll neuer Blüten und alter Früchte dasteht, und die zweite Welt plötzlich wie ein Komet nahe vor ihm vorübergeht und die kleine Welt unverwelkt mitnimmt und mit ihr über die Sonne fliegt. – –

Aber gerade jenes Erheben Firmians würde in schärfern Augen, als Stiefel hatte, ein Zeichen des Erstarkens und Genesens gewesen sein: nur vor dem Zuschauer, nicht vor dem Niedergebrochnen wirft die Streitaxt des Todes einen Glanz; es ist mit der Totenglocke wie mit andern Glocken, deren erhebendes Brausen und Tönen nur der Entfernte, und nicht der vernimmt, der selber in der summenden Halbkugel steht.

Da in der Sterbenstunde jede Brust aufrichtiger und durchsichtiger wird, wie der siberische Glasapfel in der Zeit der Reife nur eine gläserne Hülse, ein durchsichtiges süßes Fleisch über seine Kerne deckt: so wäre Firmian in jener dithyrambischen Stunde, so nahe an der blanken Schneide der Todessichel, imstande gewesen, alle Mysterien und Blüten seiner Zukunft aufzuopfern, d. h. aufzudecken, hätt' es nicht sein Wort und seinen Freund zugleich verletzt; – aber jetzo blieb ihm nichts gelassen als ein duldendes Herz, eine stumme Lippe und weinende Augen.

Ach, war denn nicht jeder scheinbare Abschied ein wahrer; und als er seinen Heinrich und den Schulrat mit zitternden Händen auf sein Herz herunterzog, wurde denn nicht das letzte von der traurigen Gewißheit gedrückt, daß er den Rat morgen und Heinrich in einer Woche auf ewig einbüße? Daher war folgende Anrede bloße Wahrheit, aber eine trübe: »Ach, wir werden auseinandergetrieben in kurzer Zeit – o, die menschlichen Arme sind morsche Bande und reißen so bald! – Nur geh' es euch recht wohl und besser, als ich es je verdiente: der chaotische Steinhaufe euerer Lebenstage rolle euch nie unter die Füße und nie auf den Kopf, und die Felsen und Klippen um euch überziehe ein Frühling mit Grün und Beeren! – Gute Nacht auf ewig, geliebter Rat! – und du, mein Heinrich« ... Diesen riß er an seinen Mund und schwieg im Kuß und dachte an die Nähe der wahren Scheidung.

Aber er hätte durch diese Stacheln des Abschieds seinem Herzen keinen solchen fieberhaften Reiz erteilen sollen – er hörte seine verdeckte Lenette hinter seinem Bette weinen und sagte mit einem weiten Todesriß im gefüllten Herzen: »Komm, meine teure Lenette, komm zum Abschied!« und breitete wild die Arme nach der unsichtbaren Geliebten aus – sie wankte hervor und sank hinein bis an sein Herz – und er blieb stumm unter zermalmenden Gefühlen – und endlich sagte er leise zur Bebenden: »Du Geduldige, du Getreue, du Geplagte! wie oft hab' ich dir wehgetan! O Gott, wie oft! Wirst du mir vergeben? Willst du mich vergessen?« (Ein Krampf des Schmerzens drängte die Erschütterte fester an ihn.) »Ja, ja, vergiß mich nur ganz; denn du warst ja nicht glücklich bei mir« .... Die schluchzenden Herzen erstickten die Stimme, und nur die Tränen konnten strömen – ein durstiger, saugender Schmerz schwoll auf dem ermattenden, ausgeleerten Herzen, und er wiederholte: »Nein, nein, bei mir hattest du wahrlich nichts, nichts, nur Tränen – aber das Schicksal wird dich beglücken, wenn ich dich verlassen habe.« Er gab ihr den letzten Kuß und sagte: »Lebe nun froh und lasse mich ziehen!« – Sie wiederholte unter tausend Tränen: »Du wirst ja gewiß nicht sterben.« Aber er drängte und hob die Zusammenfallende von seinem Herzen weg und rief feierlich: »Es ist vorüber – das Schicksal hat uns geschieden – es ist vorüber.« – Heinrich zog die Weinende sanft hinweg und weinte selber und verwünschte seinen Plan und winkte den Schulrat nach und sagte: »Firmian will jetzt ruhen!« Dieser kehrte sein schwellendes, von Qualen zerstochenes Angesicht ab gegen die Wand. Lenette und der Rat trauerten zusammen in der Stube – Heinrich wartete das Zusammensinken der hohen

Wogen ab – dann fragt' er ihn leise: »Jetzt?« Firmian gab das Zeichen, und sein Heinrich schrie sinnlos: »o, er ist gestorben!« und warf sich mit wahren heißen Tränen, die wie Blut aus dem nahen, blutigen Risse stürzten, über den Unbeweglichen, um ihn gegen jede Untersuchung zu bedecken. Ein trostloses Paar stürzte aus der Stube ans zweite – Lenette wollte über den abgekehrten Gatten fallen und rief schmerzlich: »Ich muß ihn sehen, ich muß noch einmal Abschied nehmen von meinem Mann.« Aber Heinrich befahl, vertrauend, dem Rate, die Trostlose zu halten und hinauszubringen. Das erste war er imstande – wiewohl seine eigne Fassung nur eine erkünstelte war, die den Sieg der Religion über die Philosophie erweisen sollte –, aber er vermochte sie nicht hinauszuziehen, da sie sah, daß Heinrich die Todesmaske ergriff: »Nein«, rief sie zornig, »ich werde doch meinen Mann noch einmal sehen dürfen.« Heinrich hielt die Larve empor, drehte sanft Firmians Gesicht herum, auf dem noch die halb verwischten Tränen des Abschieds standen, und deckt' es mit ihr zu und trennte es durch sie auf ewig von dem weinenden Auge der Gattin. Der große Auftritt hob sein Herz, und er starrete die Maske an und sagte: »Eine solche Maske legt der Tod über alle unsere Gesichter – So strecke ich mich auch einmal im Mitternachtschlaf des Todes aus und werde verlängert und falle mehr ins Gewicht. – Du armer Firmian, war denn deine Lebens-Partie à la guerre der Lichter und der Mühe wert? Zwar wir sind nicht die *Spieler*, sondern die *Spielsachen*, und unsern Kopf und unser Herz stößet der alte Tod als einen Ball über die grünende Billardtafel in den Leichensack hinunter, und es klingelt mit der Totenglocke, wenn einer von uns gemacht wird. Du lebst zwar in einem gewissen Sinne noch fort [1] – wenn anders das Freskogemälde aus Ideen ohne Schaden von dem zerfallenden Körper-Gemäuer [2] abzunehmen ist – o es möge dir da in deinem Postskript-Leben besser ergehen – Was ists aber? Es wird auch aus – jedes Leben, auf jeder Weltkugel, brennet einmal aus – die Planeten alle haben nur Kruggerechtigkeit und können niemand *beherbergen*, sondern schenken uns einmal ein, Quittenwein – Johannisbeersaft – gebrannte Wasser – meistens aber Gurgelwasser von Labewein, das man nicht hinunterbringt, oder gar sympathetische Dinte (d. i. liquor probatorius), Schlaftränke und Beizen – dann ziehet man weiter, von einer Planeten-Schenke in die andere, und reiset so aus einem Jahrtausend ins andere – o du guter Gott, wohin denn, wohin, wohin? – Inzwischen war doch die Erde der elendeste Krug, wo meistens Bettelgesindel, Spitzbuben und Deserteure einkehren, und wo man die besten Freuden nur fünf Schritte davon, entweder im *Gedächtnis* oder in der *Phantasie* genießen

[1] Leibgeber meinet zugleich das zweite Leben, das er nicht glaubt, und Firmians Fortsetzung des ersten in Vaduz.

[2] In Italien nimmt man große Freskogemälde unbeschädigt von der Mauer ab.

kann, und wo man, wenn man diese Rosen wie andere anbeißet, statt anzuriechen und statt des Dufts das Blättermus verschluckt, wo man nichts davon hat als sedes [1].... O es gehe dir, du Ruhiger, in andern Tavernen besser, als es dir gegangen ist, und irgendein Restaurateur des Lebens mache dir ein Weinhaus auf statt des vorigen Weinessighauses!« –

Einundzwanzigstes Kapitel

Dr. Oelhafen und das medizinische Chaussieren – Trauer-Administration – der rettende Totenkopf – Friedrich II. und Standrede

Leibgeber quartierte vor allen Dingen die Leidtragende unten beim Haarkräusler ein, um dem Toten den mittlern Zustand nach dem Tode bequemer zu machen: »Sie sollen«, sagt' er zu ihr, »vor den traurigen Denkmälern um uns her so lange auswandern, bis der Selige weggebracht ist.« Sie gehorchte aus Gespensterfurcht; er konnte also dem Erblaßten leicht zu essen geben: er verglich ihn mit einer eingemauerten Vestalin, die in ihrem Erbbegräbnis ein Lampe, Brot, Wasser, Milch und Öl vorfand, nach dem Plutarch im Numa: »wenn du nicht« (setzt' er hinzu) »dem Ohrwurm gleichst, der sich, wenn er entzweigeschnitten ist, umkehrt, um seinen eignen Wrack zu verzehren.« – Er heiterte – wenigstens wollt' ers – durch solche Scherze die wolkige und herbstliche Seele seines Lieblings auf, um dessen Auge lauter Trümmern des vorigen Lebens lagen, von den Kleidern der verwitibten Lenette an bis zu ihrem Arbeitzeug. Den Haubenkopf, den er unter dem Gewitter geschlagen, mußte man in einen unsichtbaren Winkel stellen, weil er ihm, wie er sagte, gorgonische Gesichter schnitte.

Am Morgen hatte der gute Leibgeber, der Leichenbesorger, die Arbeiten eines Herkules, Ixions und Sisyphus miteinander. Es kam ein Kongreß und Pikett nach dem andern, um den Erblasser zu sehen und zu loben – denn man beklatschet die Menschen und die Schauspieler bloß im *Weggehen* und findet den Toten moralisch-, wie *Lavater* ihn physiognomisch-verschönert; aber er trieb das Volk von der Leichenkammer ab: »mein seliger Freund«, sagt' er, »hat sichs in seinem Letzten ausgebeten.«

Dann trat die Zofe des Todes auf, die Leichenfrau, und wollte ihn abscheuern und anputzen; Heinrich biß sich mit ihr herum und bezahlte und exilierte sie. – Dann mußt' er sich vor der Witwe und dem Pelzstiefel anstellen, als stell' er sich an, als woll' er sein blutendes Herz mit einem äußern Entsagen bedecken; »ich sehe aber« (sagte der Rat) »leichtlich hindurch, und er affektiert den Philosophen und Stoiker nur, da er kein Christ ist.« – Stiefel meinte jene eitle Härte der Hof- und Welt-Zenos, die jenen

[1] Rosenblätter wirken im Magen wie Sennesblätter.

hölzernen Figuren gleichen, denen eine angeschmierte Rinde von Steinstaub die Gestalt von steinernen Statuen und Säulen verleiht. – Ferner wurde die Leichenkuxe und Ausbeute oder Dividende aus der Leichenkasse erhoben, die vorher einen Pfennigmeister mit dem sammelnden Teller unter den Interessenten und Teilhabern der Körperschaft herumgejagt hatte. – Dadurch erfuhrs auch der Obersanitätrat Oelhafen, als zahlendes Mitglied. Dieser benützte seinen zur Kranken-Runde bestimmten Vormittag und verfügte sich ins Trauerhaus, um seinen Kunstbruder, Leibgeber, ungewöhnlich zu erbosen. Er stellte sich daher, als sei ihm von der Todes-Post nichts zu Ohren gekommen, und erkundigte sich zuerst nach des Kranken Befinden. – »Es hat sich nach dem neuesten Befundzettel« (sagte Heinrich) »ausbefunden: er ist selig eingeschlafen, Herr Protomedikus Oelhafen – im August, März, September hat der Tod seinen Preßgang, seine Weinlese.« – »Das Temperierpulver«, versetzte der rachsüchtige Arzt, »hat, wie es scheint, die Hitze hinlänglich temperiert, da er *kalt* ist.« – Es tat Leibgebern weh, und er sagte: »Leider, leider! Inzwischen taten wir, was wir konnten, und brachten ihm Ihr Brechpulver hinunter – er gab aber nichts von sich als die schlimmste Krankheitmaterie des Menschen, die Seele. Sie sind, Herr Protomedice, Zent- oder Fraisherr, mit dem Gericht über Blutrunst oder mit der hohen Frais beliehen; da ich aber als Advokat nur die niedere Gerichtbarkeit ausübe: so durft' ich auf keine Weise etwas wagen, am wenigsten das Leben des Mannes, oder was würde er sonst nicht für ein Gesicht dazu gemacht haben.«

»Nu, er hat auch eins dazu gemacht, und ein langes, das hippokratische«, versetzte nicht ohne Witz der Arzt; – freundlich erwiderte jener: »Ich muß es Ihnen glauben, da ich als Laie dergleichen Gesichter selten zu sehen kriege, Ärzte aber die hippokratische Physiognomik täglich bei ihren Kranken treiben können; wie denn der Arzt von Praxis sich durch einen gewissen Scharfblick auszeichnet, womit er den Tod seiner Patienten voraussagt; eine Unmöglichkeit für jeden andern, der kein Heilkünstler ist und nicht viele hat abfahren sehen.«

»Sie als ein so exzellenter Kunstverständiger« – fragte Oelhafen – »haben natürlicherweise Senfpflaster dem Kranken auf die Füße appliziert; nur daß sie freilich nicht mehr zogen?«

»Auf die Gedanken und Sprünge« – versetzte Leibgeber – »kam ich wohl, dem Seligen kunstgemäß die Füße mit Senf und Sauerteig zu besohlen und die Waden mit Zugpflastern zu tapezieren; aber der Patient, von jeher, wie Sie wissen, ein spöttischer Patron, nannte dergleichen das medizinische Chaussieren und dabei uns Ärzte die Schuster des Todes, die dem armen Kranken, wenn die Natur schon ihm zugerufen: ›gare, Kopf weg!‹ noch spanische Fliegen als spanische Stiefel anlegten, Senfpflaster als Kothurne, Schröpfköpfe als Beinschellen, als wenn ein Mann nicht ohne diese medizinische Toilette und ohne rote Absätze von Senf-Fersen und ohne rote Kardinalstrümpfe von Zugpflastern in die zweite Welt einschreiten könnte. Dabei stieß der Selige mit den Füßen künstlich nach meinem Gesichte und dem Pflaster; und verglich uns Kunstverständige mit Stechfliegen, die sich immer an die Beine setzen.«

»Er mag wohl bei Ihnen mit der Stechfliege recht gehabt haben; auch Ihrem Kopfe – caput tribus insanabile – könnte ein Schuster des Todes unten etwas anmessen«, versetzte der Doktor und verfügte sich schleunigst davon.

Ich habe oben etwas von dessen Brechmitteln fallen lassen; diesem füg' ich nun bei: richtet er wirklich mit ihnen hin, so bleibt immer der Unterschied zwischen ihm und einem Fuchs [1], daß dieser von weitem, nach den alten Naturforschern, sich – um Hunde zu locken und anzufallen – anstellt, als vomiere ein Mensch. Gleichwohl muß der größte Freund der Ärzte gewisse Einschränkungen ihres peinlichen Gerichts oder Königsbannes anerkennen. Wie nach dem europäischen Völkerrecht kein Heer das andere mit gläsernen oder giftigen Kugeln niederschießen darf, sondern bloß mit bleiernen; wie ferner keines in feindliche Lebenmittel und Brunnen Gift einwerfen darf, sondern nur Dreck: so verstattet die medizinische Polizei einem (die obere Gerichtbarkeit) ausübenden Arzte zwar narcotica, drastica, emetica, diuretica und die ganze Heilmittellehre zu seinem freien Gebrauch, und es wäre sogar polizeiwidrig, wenn man ihn nicht machen ließe; – hingegen wollt' es der größte Stadt- und Landphysikus wagen, seinem Gerichtbezirke statt der Pillen ordentliche Giftkugeln, statt heftiger Brechpulver Rattenpulver einzugeben: so würde es von den obersten Justizkollegien ernsthaft angesehen werden – er müßte denn den Mausgift bloß gegen das kalte Fieber verschreiben –; ja ich glaube, ein ganzes medizinisches Kollegium würde nicht von aller Untersuchung frei bleiben, sucht' es einem Menschen, dem es mit Lanzetten jede Stunde die Adern öffnen darf, solche mit dem Seitengewehr zu durchstechen und ihn mit einem Instrument, das ein kriegerisches, aber kein chirurgisches ist, über den Haufen zu stoßen: so findet man auch in den Kriminalakten, daß Ärzte nicht durchkamen, die einen Menschen von einer Brücke ins Wasser stürzten – anstatt in ein kleineres, entweder mineralisches oder anderes Bad.

Sobald der Friseur von dem Einlaufen der Leichenlotterie-Gelder in den Nothafen vernommen hatte: so kam er herauf und erbot sich, seinem entschlafnen Hausmann einige Locken und einen Zopf zu machen und ihm den Kamm und die Pomade mit unter die Erde verabfolgen zu lassen. Leibgeber mußte für die arme Witwe sparen, die ohnehin unter so vielen Freßzangen und Geierfängen und Fangzähnen der Leichendienerschaft schon halb entfiedert dastand, – und er sagte, er könne nichts, als ihm den Kamm abkaufen und in die Westentasche des Erblaßten stecken, dieser

[1] Plin. H. N. VIII. 30.

könne sich damit die Frisur nach seinem Gefallen machen. Dasselbe sagte er auch dem Bader und fügte noch bei, im Grabe, worin bekanntlich die Haare fortwachsen, trüge ohnehin die ganze geheime und fruchtbringende Gesellschaft, gleich sechzigjährigen Schweizern, schöne Bärte. Diese beiden Haar-Mitarbeiter, die sich als zwei Uranus-Trabanten um die nämliche Kugel bewegen, zogen mit verkürzten Hoffnungen und verlängerten Gesichtern und Beuteln ab, und der eine wünschte, er hätte jetzt im Gefühle der Dankbarkeit den Leichenbesorger Heinrich zu balbieren, und der andere, ihn zu frisieren. Sie murmelten auf der Treppe: so wär' es nachher kein Wunder, daß der Tote im Grabe nicht ruhte, sondern herumginge und schreckte.

Leibgeber dachte an die Gefahr, den Lohn der langen Täuschung einzubüßen, wenn jemand, während er nur etwan in der nächsten Stube sei – denn bei jedem längern Ausgang schloß er die Tür ab –, nach dem seligen Herrn sehen wolle. Er ging daher auf den Gottesacker und steckte aus dem Beinhause einen Totenkopf unter den Überrock. Er händigte ihn dem Advokaten ein und sagte ihm: wenn man den Kopf unter das grüne Gitterbette – worin defunctus lag – schöbe und mit einem grünen Seidenfaden in Verbindung mit seiner Hand erhielte, so könnte der Kopf doch wenigstens im Finstern als eine Bélidorsche Druckkugel, als ein Eselkinnbacke gegen Philister hervorgezogen werden, die man zurückzuschrecken hätte, wenn sie warme Tote in ihrer Ruhe stören wollten. Freilich im höchsten Notfall wäre Siebenkäs aus seiner langen Ohnmacht wieder zu sich gekommen und hätte – wobei noch dazu den medizinischen Systemen ein Gefallen geschehen wäre – den Schlagfluß zum dritten Male repetiert; – indessen war doch der Totenkopf besser als der Schlag. Firmian hatte eine wehmütige Empfindung beim Anblick dieser Seelen-Mansarde, dieses geistigen, kalten Brütofens, und sagte: »Der Mauerspecht[1] hat sicher darin ein weicheres, ruhigeres Nest als der ausgeflogene Paradiesvogel.«

Leibgeber hausierte nun bei der Kirchen- und Schul-Dienerschaft und trug die Stolgebühren, den Brückenzoll, unter leisen Flüchen ab und sagte: übermorgen in aller Stille bringe man ohne Sang und Klang den Seligen zur Ruhe; es hatte niemand etwas dabei zu tun als das, was sie willig taten das Postporto, womit man die Leichen in die andere Welt frankieret, einzustecken, einen alten armen Schuldiener ausgenommen, der sagte, er hielt' es für Sünde, einen Kreuzer von der dürftigen Witwe zu nehmen, denn er wisse, wie Armut tue. Das konnten aber die Reichen eben nicht wissen.

Abends ging Heinrich zum Friseur und zu Lenetten hinab und ließ den Schlüssel an der Türe, weil die oben herum wohnenden Mietleute seit dem neulichen Geistergerüchte viel zu furchtsam waren, um nur aus der ihrigen den Kopf zu stecken. Der Haarkräusler, der noch zornig war, daß er das

[1] Dieser macht bekanntlich als eine größere Psyche in Schädel sein Nest.

Haarwerk des Verstorbenen nicht kräuseln dürfen, verfiel auf den Gedanken, es wäre doch etwas, wenn er hinaufschliche und den Haar-Forst gar abtriebe. Der Vertrieb von Haaren und von Brennholz – zumal da man jene zu Ringen und Lettern schlingt – ist stärker als ihr Nachwuchs, und man sollte keinem Verstorbenen einen Sarg oder ein eignes Haar lassen, das schon die Alten für den Altar der unterirdischen Götter wegschoren. – Merbitzer wiegte sich daher auf den Zehen in die Stube und hielt schon die Freßzangen der Schere aufgezogen. Siebenkäs schielte in der Kammer leicht aus den Augenhöhlen der Maske und erriet aus der Schere und aus der Gewerkschaft des Hausherrn das nahende Unglück und Popens Lockenraub. Er sah, in dieser Not konnt' er weniger auf seinen Kopf als auf den kahlen unter dem Bette zählen. Der Hausherr, der furchtsam hinter sich die Türe zum Rückzug aufgesperret gelassen, rückte endlich an die Pflanzung menschlicher Scherbengewächse und hatte vor, in diesem Erntemonat als Schnitter zu verfahren und den Bartscherer mit dem Haarkräusler zu vereinigen und zu rächen. Siebenkäs spulte mit den bedeckten Fingern, so gut er konnte, um den Totenkopf herauszuhaspeln; da das aber viel zu langsam ging – Merbitzer hingegen zu hurtig –, so mußt' er sich dadurch einstweilen helfen, daß er unter der Zwischenzeit – besonders da böse Geister den Menschen so häufig anhauchen – dem Hausherren einen langen Nachtwind aus der Mundspalte der Larve entgegenblies. Merbitzer war nicht imstand, sich das bedenkliche Gebläse zu erklären, das ihm wahre Stickluft und einen tödlichen Samiel-Wind entgegentrieb, und seine warmen Bestandteile fingen an, zu einem Eiskegel anzuschießen. Aber leider hatte der Selige den Atem bald verschossen, und er mußte die Windbüchse langsam von frischem laden. Dieser Stillestand brachte den Lockenräuber wieder zu sich und auf die Beine, so daß er neue Anstalten traf, den Troddelwipfel der Nachtmütze anzufassen und diesen dünnen, fliegenden Sommer, die Mütze, der Haar-Flur abzuziehen. Aber mitten im Greifen vernahm er, daß unter dem Bette sich etwas in Gang setze – er hielt still und wartete es gelassen ab – da es eine Ratte sein konnte –, in was sich etwan das weitere Getöse auflöse. Aber unter der Erwartung verspürt' er plötzlich, daß sich etwas Rundes an seinen Schenkeln heraufdrehe und daran aufwärts dringe. Er griff sogleich mit der leeren Hand – denn die andere hielt die Schere offen – hinab, und diese legte sich ohnmächtig wie ein Tasterzirkel um die steigende schlüpferige Kugel an, die an ihr immer heben wollte. Merbitzer wurde zusehends beinhart und klößig – aber ein neues Aufheben der liegenden Hand und ein Blick auf den kommenden Knauf teilten ihm, bevor er sich käsig und geronnen zu Boden setzte, einen solchen Fußstoß des Schrekkens mit, daß er leicht über die Stube flog, wie ein Kernschuß dahingetrieben vom Kartaunenpulver der Angst. – Er setzte unten mitten in die Stube hinein mit aufgesperrter Schere in der Hand, mit aufgesperrtem Maul und Auge und mit einem Bleichplatz auf dem Gesichte, wogegen seine Wäsche und sein Puder Hoftrauer waren; gleichwohl hatt' er in dieser neuen Stellung so viel Besonnenheit – welche ich ihm gern zur Ehre berichte –, daß er kein Wort vom ganzen Vorgang entdeckte; teils weil man Geistergeschichten ohne den größten Schaden nicht vor dem neunten Tage erzählen darf; teils weil er die Haarschur und Kaperei an keinem Tage überhaupt erzählen konnte. –

Firmian machte seinem Freund nachts um 1 Uhr die ganze Sache mit der Treue bekannt, die ich jetzt selber gegen den Leser zu beobachten gesucht. – Dies gab Leibgebern den guten Fingerzeig, vor die hohe Leiche eine tüchtige Leichenwache zu stellen, zu welcher er in Ermanglung von Kammerherrn und andern Hofbedienten niemand anstellen konnte als den Saufinder.

Am letzten Morgen, der unserem Siebenkäs die Hausmiete aufkündigen sollte, kam die casa santa des Menschen, unsere chambre garnie, unsere letzte *Samenkapsel*, der Sarg, für den man zahlen mußte, was begehret wurde. »Es ist die letzte Baubegnadigung dieses Lebens, der letzte Betrug der Zimmerleute«, sagte Heinrich.

In der Nachmitternacht, um 12$^{1}/_{2}$ Uhr, als keine Fledermaus, kein Nachtwächter, kein Biergast, kein Nachtlicht mehr zu sehen war – und bloß noch einige Feldgrillen in Garben und einige Mäuse in Häusern zu hören –, sagte Leibgeber zum bangen Geliebten: »Jetzt marschier' ab! Du warst ohnehin, seitdem du das Sterbliche ausgezogen und in die Ewigkeit gegangen bist, nicht *eine* Minute selig und fröhlich. Ich sorge für das übrige. Warte auf mich in Hof an der Saale; wir müssen uns nach dem Tode noch einmal wiedersehen.« Firmian legte sich schweigend und weinend an sein warmes Angesicht. Er durchlief in der dämmernden Stunde noch einmal alle blühende Stätten der Vergangenheit, hinter denen er wie in eine Gruft versank, sein erweichtes Herz legte gern auf jedes Kleid seiner trüben, geraubten Lenette, auf jede Arbeit und Spur ihrer häuslichen Hand die letzten Tränen nieder – er steckte ihren Verlobungsstrauß aus Rosen und Vergißmeinnicht hart an die heiße Brust und drückte die Rosenknospen Nataliens in die Tasche – und so schlich er stumm, zerdrückt, mit überwältigtem Schluchzen und gleichsam durch ein Erdbeben aus der Erde hinausgeworfen an die Eisküste einer fremden, die Treppe hinter seinem besten Freunde hinab, drückte ihm unter der Haustür die helfende Hand, und die Nacht bauete ihn bald mit dem Grabhügel ihres großen Schatten zu. – Leibgeber weinte herzlich, sobald er verschwunden war; Tropfen fielen auf jeden Stein, den er einsteckte, und auf den alten Block, den er in die Arme auffassete, um in die Sarg-Muschel das Gewicht eines Leichnams einzubetten. Er füllete den Hafen unsers Körpers und sperrte die Bundeslade zu und hing sich den Sargschlüssel wie ein schwarzes Kreuzchen auf die Brust. – Jetzo schlief er das erste Mal im Trauerhause ruhig: alles war getan.

Am Morgen macht' er kein Geheimnis vor den Trägern und vor Lenetten daraus, daß er den Leichnam mit großer Mühe mit seinen zwei Armen eingesargt. Sie wollte ihren seligen Herrn noch einmal sehen; aber Heinrich hatte den Hausschlüssel zum bunten Gehäuse in der Finsternis verworfen. Er half, indem er den Schlüssel herumtrug, darnach eifrig suchen – aber es war ganz vergeblich, und viele Umherstehende mutmaßten bald, Heinrich betrüge bloß und wolle nur den verweinten Augen der Witwe nicht gern noch einmal den zusammengehäuften Stoff des Schmerzes zeigen. Man zog mit dem blinden Passagier im Quasi-Sarg hinaus auf den Kirchhof, der im Tau unter dem frischen blauen Himmel glimmte. In Heinrichs Herz kroch eine eiskalte Empfindung herum, als er den Leichenstein durchlas. Er war vom herrnhutischen plattierten Grabe des Großvaters Siebenkäsens abgehoben und umgestürzt, und auf der glatten Seite glänzte die eingehauene Grabschrift: »Stan. Firmian Siebenkäs ging 1786 den 24. August ...« Dieser Name war sonst Heinrichs seiner gewesen, und sein jetziger »Leibgeber« stand unten auf der Kehrseite des Monuments. Heinrich dachte daran, daß er in einigen Tagen mit weggeworfnem Namen als ein kleiner Bach in das Weltmeer falle und darin ohne Ufer fließe und in fremde Wellen zergehe – es kam ihm vor, daß er selber mit seinem alten und neuen Namen herunterkomme in die Grube: – da wurde ihm so gemischt zu Mute, als sei er auf dem eingefrorenen Strom des Lebens angewachsen, und droben steche eine heiße Sonne auf das Eisfeld herab, und er liege so zwischen Glut und Eis. – Noch dazu kam jetzt der Schulrat gelaufen, mit dem Schnupftuch an der Nase und an den Augen, und teilte im stotternden Schmerze die eben im Marktflecken eingelaufene Neuigkeit mit, daß der alte König in Preußen den 17ten dieses verstorben sei. – Die erste Bewegung, die Leibgeber machte, war, daß er auf zur Morgensonne sah, als werfe aus ihr Friedrichs Auge Morgenfeuer über die Erde. –– Es ist leichter, ein großer als ein rechtschaffener König zu sein; es ist leichter, bewundert als gerechtfertigt zu werden; ein König legt den *Ohrfinger* an den längsten Arm des ungeheuern Hebels und hebt, wie Archimedes, mit Fingermuskeln Schiffe und Länder in die Höhe, aber nur die Maschine ist groß – und der Maschinist, das Schicksal – aber nicht der, der sie gebraucht. Der Laut eines Königs hallet in den unzähligen Tälern um ihn als ein Donner nach, und ein lauer Strahl, den er wirft, springt auf dem mit unzähligen Planspiegeln überdeckten Gerüste als glühender dichter Brennpunkt zurück. Aber Friedrich konnte durch einen Thron höchstens – *erniedrigt* werden, weil er darauf *sitzen* mußte, und ohne die so eng umschließende Krone, den Stachelgürtel und Zauberkreis des Kopfes, wäre dieser höchstens – *größer* geworden; und glücklich, du großer Geist, konntest du noch weniger werden; denn ob du gleich in deinem Innern die Bastille und die Zwinger der niedrigern Leidenschaften abgebrochen; ob du gleich deinem Geiste das gegeben, was Franklin der Erde, nämlich Gewitterableiter, Harmonika und Freiheit; ob du gleich kein Reich schöner fandest und lieber ausdehntest als das der Wahrheit; ob du dir gleich von der Hämlings-Philosophie der gallischen Enzyklopädisten nur die Ewigkeit, nicht die Gottheit verhängen ließest, nur den Glauben an Tugend, nicht deine eigene: so empfing doch deine liebende Brust von der Freundschaft und von der Menschheit nichts als den Widerhall ihrer Seufzer – die Flöte –, und dein Geist, der mit seinen großen Wurzeln, wie der Mahagonibaum, oft den Felsen zertrieb, worauf er wuchs, dein Geist litt am grellen Kampfe deiner Wünsche mit deinen Zweifeln, am Kampfe deiner idealen Welt mit der wirklichen und deiner geglaubten, ein Mißlaut, den kein milder Glaube an eine zweite sanft verschmelzte, und darum gab es auf und an deinem Thron keinen Ort zur Ruhe als den, den du nun hast. – –

Gewisse Menschen bringen auf einmal die ganze Menschheit vor unser Auge, wie gewisse Begebenheiten das ganze Leben. Auf Heinrichs aufgedeckte Brust sprangen scharfe Splitter des niedergesunkenen Gebirges, dessen Erdfall er vernahm.

Er stellte sich an das offne Grab und hielt diese Rede, mehr an unsichtbare Zuhörer als an sichtbare: »Also die Grabschrift ist die versio interlinearis des so kleingedruckten Lebens? – Das Herz [1] ruhet nicht eher, als bis es so wie sein Kopf in Gold gefasset ist? – Du verborgner Unendlicher, mache das Grab zum Souffleurloch und sage mir, was ich denken soll vom ganzen Theater! Zwar was ist im Grabe? Einige Asche, einige Würmer, Kälte und Nacht – – beim Himmel, oben darüber ist auch nichts Bessers, ausgenommen daß mans noch dazu fühlet. – Herr Rat, die Zeit sitzt hinter unser einem und lieset den Lebens-Kalender so kursorisch und schlägt einen Monat nach dem andern um, daß ich mir vorstellen kann, dieses Grab, dieser Schloßgraben hier um unsere Lustschlösser, dieser Festunggraben stehe verlängert neben meinem Bette, und man schüttele mich aus dem Bettuche, wie herabgeschüttelte aufgefaßte spanische Fliegen, in dieses Kochloch – – nur zu, würd' ich sagen – nur zu, ich komme entweder zum alten Fritz oder zu seinen Würmern – und damit basta! Beim Himmel! man schämt sich des Lebens, wenn es die größten Männer nicht mehr haben – Und so holla!« –

Zweiundzwanzigstes Kapitel

Durchreise durch Fantaisie – Wiederfund auf dem Bindlocher Berg – Berneck, Menschen-Verdoppeln – Gefrees, Kleiderwechsel – Münchberg, Pfeifstück – Hof, der fröhliche Stein und Doppel-Abschied samt Töpen

Heinrich bewegte jetzo mehre Flügel als ein Seraphim, um seinem Freunde früher nachzufliegen. Eilig packt' er die Schreibereien desselben ein und überschrieb sie nach Vaduz – das zugesiegelte Testament des Landschrei-

[1] Bekanntlich kommt ein Königherz in ein goldenes Sarg-Besteck.

bers wurde der Orts-Obrigkeit übergeben – von dieser wurden die Totenscheine ausgestellt, damit die preußische Witwenkasse sähe, daß man sie nicht betröge – und dann stieß er ab und stellete noch einige wichtige Trostgründe und einige wichtige Dukaten der gebeugten Strohwitwe zu, die in ihrem grillierten Kattun so trauerte, wie sichs gehört.

Lasset uns jetzt früher als er seinen Verstorbenen einholen und begleiten. In der ersten Stunde des Nachtganges kämpften in Firmians Herzen noch verworrene Bilder der Vergangenheit und der Zukunft durcheinander, und ihm war, als gäb' es für ihn gar keine Gegenwart, sondern zwischen Vergangen und Zukünftig sei Öde. Aber bald gab der frische reiche Erntemonat August ihm das weggespielte Leben zurück, und als der glänzende Morgen kam: so lag die Erde vor ihm sanft erhellet mit einem niedergefallenen Donnerwetter, das nur noch schönere Blitze aus Tropfen der Ähren warf, wie von einem Monde überschienen – es war eine neue Erde, er ein neuer Mensch, der durch die Eierschale des Sarges mit reifen Flügeln durchgebrochen war – o eine breite, sumpfige, überschattete Wüste, in der ihn ein langer, schwerer Traum herum getrieben, war mit dem Traum zersprungen, und er blickte weit und wach ins Eden – lang, lang hatte besonders die letzte Woche die Krümmungen des Leidens ausgedehnet, die unserem kleinen Leben eine Überlänge anlügen, wie man den kurzen Gängen eines Gartens durch Krümmungen derselben eine täuschende Ausdehnung zuteilt. Auf der andern Seite wurde seine leichtere, von alten Lasten entladene Brust durch einen großen Seufzer halb bang, halb froh geschwellet – er war nämlich zu weit in die Trophonius-Höhle des Grabes gegangen und hatte den Tod zu nahe gesehen – daher kam es ihm vor, als lägen um den Vulkan des Grabhügels mit seinem Krater die Landhäuser und unsere Lustschlösser und Weingärten angebauet, und die nächste Nacht verschütte sie. Er schien sich allein, ausgehoben und ein verstorbner Wiederkömmling zu sein, und daher glänzte ihn jedes Menschengesicht an wie das eines wiedergefundenen Bruders: »Es sind meine auf der Erde zurückgelassenen Geschwister«, sagte sein Herz, und eine frühlingwarme, fruchtbare Liebe dehnte darin alle Fibern und Adern aus, und es wuchs um jedes fremde mit weichen festen Efeutrieben verstrickend herum, aber das teuerste fehlte ihm noch zu lange; er zog daher recht langsam weiter, damit ihn Leibgeber, vor welchen er Weg und Zeit voraushatte, früher einholen könnte als in der Stadt Hof. Hundertmal wandt' und sah er sich unterwegs fast unwillkürlich nach dessen Nachschreiten und Einholen um, als wäre dieses schon jetzo zu sehen.

Endlich langte er in der Baireuther Fantaisie an einem Morgen an, wo die Welt glänzte von den Tautröpfchen an bis zu den Silberwölkchen hinauf; aber still war es überall; alle Lüftchen schwiegen, und der August hatte in seinen Büschen und in seinen Lüften keine Sänger mehr. Ihm war, als durchwandle er als Abgeschiedner von den Sterblichen eine zweite verklärte Welt, wo die Gestalt seiner Natalie mit Augen der Liebe, mit Worten des

Herzens frei ohne Erdenfesseln neben ihm gehen und ihm sagen durfte: »Hier hast du dankbar zur Sternennacht aufgeblickt – hier hab' ich dir mein wundes Herz gegeben – hier sprachen wir die irdische Trennung aus – und hier war ich oft allein und dachte mir das kurze Erscheinen.« – Aber hier, sagte er zu sich, als er vor dem schönen Schlosse stand, hat sie zuletzt geweint im schönen Tale, weil sie von ihrer Freundin schied.

Jetzo war allein sie die Verklärte; er war sich bloß der Zurückgebliebene, der zu ihr hinübersah. Er fühlt' es, daß er sie nicht mehr sehe auf der Welt; aber die Menschen, sagt' er sich, müssen sich lieben können, ohne sich zu sehen. Seine ganze karge Zukunft wird bloß von verklärten Traumbildern erleuchtet. Aber wie der Baum (nach Bonnet) so gut in die Luft oder den Himmel gepflanzt ist als in die Erde und sich aus beiden nährt: so der rechte Mensch überhaupt; und so lebte Firmian noch mehr künftig als bisher nur mit wenigen Wurzelästen seines Selbst in der sichtbaren Erde; der ganze Baum mit Zweigen und Gipfel stand im Freien und sog mit seinen Blüten an der Himmelluft, wo ihn eine bloß unsichtbare Freundin und ein unsichtbarer Freund erquicken sollten.

Endlich verdickte sich der schöne Duft des Träumens zu einem Nebel. Nataliens Trauer über sein Sterben schwebte ihm vor, und sein Einsamsein drückte auf das Herz, und die von Liebe wundgepreßte Brust schmachtete unsäglich nach einem lebendigen Wesen, das da stände und ihn herzlich liebte; aber dieses Wesen lief erst hinter seinem Rücken und suchte ihn zu erreichen, sein Heinrich.

– »Herr Leibgeber,« – rief plötzlich eine nachlaufende Stimme – »so stehen Sie doch! Ich bring' Ihnen Ihr Schnupftüchlein wieder, ich hab' es drunten gefunden.«

Er blickte sich um, und dasselbe Mädchen, das Natalie aus dem Wasser gezogen, lief ihm mit einem weißen Schnupftuch entgegen. Da er nun seines noch hatte und die Kleine ihn verwundert überschauete und sagte, es sei ihm vor einer Stunde unten am Bassin herausgefallen, aber er habe keinen so langen Rock angehabt: so stürzte ein Freudenguß in sein Herz – Leibgeber war nachgekommen und unten gewesen.

Im Sturme und mit dem Schnupftuche lief er nach Baireuth. Das Tuch war feucht, als wären die weinenden Augen seines Freundes darin gewesen; er drückte es auf seine eignen heißen, aber er konnte sie nicht mehr damit trocknen; denn er malte sich aus, wie Heinrich in der Einsamkeit lebe und seinen eignen Ausspruch bewähre: wer das Gefühl schont und verpanzert, der erhält es am empfindlichsten, wie unter dem Fingernagel die wundeste Gefühlhaut liegt. – Im Gasthofe zur Sonne vernahm er vom Kellner Johann, Leibgeber sei wirklich angekommen und vor einer halben Stunde abgegangen. Rechts und links blind und taub rannte Firmian ihm nach auf der Höfer Straße und mit einem solchen stürmischen Verfolgen des Freundes, daß ihn nicht einmal das feuchte Tuch mehr beschäftigte.

Spät erblickte er ihn auf der hinter dem Dorfe Bindloch aufsteigenden langen Anhöhe, einer Bergstraße im eigentlichen Sinne, auf der weder ab- noch aufwärts zu eilen war. Nach Vermögen schnell watete Leibgeber hinauf, um den Advokaten unerwartet einzuholen schon vor Hof, etwan in Münchberg oder in Gefrees, wenn nicht gar in Berneck, das wenige Post-Stunden von Baireuth abliegt.

Aber sollte alles nicht noch zehnmal besser gehen? Erblickte nicht Siebenkäs am Fuße des Berges ihn endlich oben unweit der Gipfelebene und rief seinen Namen, und er hörte es nicht? Lief er nicht außerordentlich mit dem Schnupftuch in der Hand dem langsamen bergmüden Freunde nach, und kehrte dieser sich oben nicht zufällig und zum Überschauen der sonnigen Landschaft um und sah ganz Baireuth, ja zuletzt gar den – laufenden Freund? – Und stießen endlich nicht beide, der eine bergab, der andere bergauf eilend, aneinander, aber nicht wie zwei feindliche Heere, sondern wie zwei bekränzte schäumende Becher der Freude und der Freundschaft? –

Heinrich nahm bald wahr, daß in der Brust seines Freundes viel Gewaltsames und Auflösendes, vergangene und künftige Zeit, durcheinander arbeite; er suchte daher alle »Najaden der Tränenwellen« zu versöhnen und zu besänftigen. »Alles ging göttlich, und jedermann war gesund« – sagte er – »jetzo bist du frei wie ich – die Ketten sind abgetan – die Welt ist aufgemacht – da fahre nur recht frisch hinein wie ich und hebe dein Leben ordentlich erst an.« – »Du hast recht«, sagte Firmian, »ich habe ein Wiedersehen wie nach dem Tode, heiter und still und warm steht der Himmel über uns.« Er hatte deshalb auch nicht den Mut, nach seinen Hinterbliebenen, besonders nach der Witwe zu fragen. Leibgeber äußerte viele Freude, daß er ihn schon vier Poststationen vor Hof eingeholt und jagdbar gemacht; und es sei ihm dies um so lieber, da er sich auf diese Weise noch recht lange von ihm könne begleiten lassen, bevor sie in Hof auseinander müßten; welches letzte eigentlich das war, was er sagen und einschärfen wollte.

Jetzo fingen nun – um jeder wechselseitigen Rührung vorzubauen – seine Scherze über das Sterben an, die ordentlich wie Meilenzeiger oder Steinbänke auf der Kunststraße bis Hof fortgingen und die wir alle auf dieser Reise mitnehmen müssen, wenn wir nicht umkehren wollen. Er fragte ihn, ob die Diäten zugelangt, die er ihm, wie die alten Deutschen und Römer und Ägypter ihren andern Toten, mitgegeben – er gestand, Firmian müsse sehr fromm sein, da er, als er kaum das Sterbliche ausgezogen, schon wieder von Toten auferstanden sei; und er bestätigte Lavaters Lehre, daß es zwei Auferstehungen gebe, die frühere für die Frommen, die spätere für die Gottlosen. Er brachte ferner bei: »Du hättest nach deinem tödlichen Hintritt keinen besseren Archimimus [1] haben können als mich; und jede Fliege, die

[1] Es war bei den Römern der Schauspieler, der bei dem Leichenbegängnis den Toten mit seinem ganzen Mienenspiel nachmachte. Pers. Sat. 3.

ich auf deiner Hand weglaufen sah, war in meinen Augen ein Schirmvogt der Römer, die es wohl einsahen, daß der Vogt nichts auf der Hand zu machen habe, und daher einen Knaben mit einem Fliegenwedel vor jeden Toten postierten, was ich sündlich unterlassen habe.« – Leibgebers Geist und Körper sprangen mehr als sie gingen: »Ich bin fröhlich und frei,« sagt' er, »solang' ich im Freien bin – unter den Wolken hab' ich keine Wolken. – In der Jugend pfeifet einem der rauhe Nordwind des Lebens nur auf den Rücken; und beim Himmel, ich bin jünger als ein Rezensent.«

In *Berneck* übernachteten sie zwischen den hohen Brückenpfeilern von Bergen, zwischen welchen sonst die Meere schossen, die unsere Kugel mit Gefilden überzogen haben. Die Zeit und die Natur ruhten groß und allmächtig nebeneinander auf den Grenzen ihrer zwei Reiche – zwischen steilen, hohen Gedächtnissäulen der Schöpfung, zwischen festen Bergen zerbröckelten die leeren Bergschlösser, und um runde grünende Hügel lagen Felsen-Barren und Stein-Schollen, gleichsam die zerschlagenen Gesetztafeln der ersten Erdenbildung.

Beim Eintritt sagte Heinrich: »Die Pfarrer von hier bis Vaduz müssen nicht wissen, daß du das Zeitliche mit dem Ewigen verwechselt hast: sonst würden sie dir die Stolgebühren abfodern, die jede Leiche in jedem Pfarrort entrichten muß, wodurch sie geht.« – »Wären wir im alten Rom und nicht in Berneck,« – sagte er vor dem Wirtshaus –: »so ließe dich der Wirt nirgends ins Haus als durch den Rauchfang; – und wärs in Athen: so brauchtest du, gerade als wenn du in ein geistliches Amt wolltest, bloß durch einen Reifrock zu kriechen.« [1] – Er konnte in einem solchen Fall voll Witz nie aufhören – welches ihn zu seinem Nachteil von mir unterscheidet – und sagte, es sei mit Gleichnissen und Ähnlichkeiten wie mit Goldstücken, von denen Rousseau sagt, das erste sei schwerer zu erhalten als das nächste Tausend.

Daher stand es nicht in seinem Vermögen, abends keinen Einfall zu haben, als er den Advokaten die Nägel beschneiden sah: »Ich begreife nicht, da ichs an dir sehe, warum sich Katharina Vicri, der man 250 Jahre nach ihrem Tode die Nägel sauber abkneipen müssen, nicht so gut selber getan hat wie du jetzt nach deinem Geistaufgeben.« Und als er ihn im Bette sich auf die linke Seite kehren sah: bemerkte er bloß, der Armenadvokat lasse gerade sein Oberbette so auf- und niedersteigen wie der Evangelist Johannes seines [2] aus Erde, das Grab, noch bis auf diese Stunde.

Am Morgen regnete es ein wenig in diese Blumen des Scherzes. Der Advokat hatte, als Leibgeber seine löwenhaarige Brust kalt wusch, einen kleinen Schlüssel zurückschieben sehen und gefragt, was er sperre. – »*Auf* –

[1] Beides mußten sich die gefallen lassen, die man für tot gehalten und als solche eines Leichenbegängnisses gewürdigt hatte. Potters Archäol. von Rambach übersetzt. S. 530 f.

[2] Augustin. commentar. ad Johan. XXI. 23.

nichts«, sagte er, »aber *zu* – hat er das plombierte Cenotaphium [1] gesperrt.« Firmian mußte sich mit den Augen über das Fenster herauslehnen und sie ungesehen trocknen; dann sagte er, mit dem Kopfe draußen: »Gib mir den Schlüssel – es ist der in Wachs gedrückte eines künftigen – ich will ihn zum Musikschlüssel meiner innern Töne machen und will ihn hinhängen und täglich ansehen, und wenn mein Vorsatz, besser zu werden, etwan abgelaufen ist, will ich ihn mit diesem Uhrschlüssel wieder aufziehen.« Er bekam ihn. Da sah Leibgeber zufällig in den Spiegel: »Fast sollt' ich mich doppelt sehen, wenn nicht dreifach« – sagt' er – »einer von mir muß gestorben sein, der drinnen oder der draußen. Wer ist hier in der Stube denn eigentlich gestorben und erscheint nachher dem andern? Oder erscheinen wir bloß uns selber? –– He, ihr meine drei Ich, was sagt ihr zum vierten?« fragte er und wandte sich an ihre beiden Spiegelbilder und dann an Firmian und sagte: »Hier bin ich auch!« – Es lag etwas Schauerliches für seine Zukunft in diesen Reden, und Firmian, welchen mitten in seinem bewegten Herzen der kühlere Verstand den gefährlichen Wachstum dieser metamorphotischen Selberspiegelung durch die Einsamkeit des Reisens befürchten ließ, äußerte zärtlich besorgt: »Lieber Heinrich, wenn du auf deinen ewigen Reisen künftig immer so einsam bliebest: ich fürchte, es schadet dir. Ist doch Gott selber nicht einsam, sondern sieht sein All.«

»Ich kann in der größten Einsamkeit immer zu dritt sein, das All nicht einmal gerechnet« – antwortete Leibgeber, durch den Sargschlüssel seltsam aufgerührt, und trat vor den Spiegel und drückte mit dem Zeigfinger den Augapfel seitwärts, so daß er in jenem sein Bild zweimal sehen mußte – »aber du kannst freilich die dritte Person darin nicht sehen.« – Doch fuhr er etwas aufgeweckter fort, um den damit wenig erheiterten Freund zu entwölken, und sagte, ihn ans Fenster führend: »Drunten auf der Gasse hab' ichs freilich besser und viel größere Gesellschaft; ich setze meinen Zeigfinger am Augapfel an: sofort liefer' ich von jedem, wer er auch sei, den Zwilling und habe jeden Wirt so gut doppelt wie seine Kreide. Da geht kein Präsident in die Sitzung, der seinesgleichen sucht, dem ich nicht seinen Urangutang gäbe, und beide gehen vor mir tête à tête. – Will ein Genie einen Nachahmer, ich nehme meinen Schreib- und Zeigfinger, und ein lebendiges Fac-simile ist auf der Stelle gezeugt. – Neben jedem gelehrten Mitarbeiter arbeitet ein Mitarbeiter mit, Adjunkten werden Adjunkte adjungiert, einzige Söhne in Duplikaten ausgefertigt; denn, wie du siehst, ich trage meine plastische Natur, meinen Staubfaden, meinen Bossiergriffel bei mir, den Finger. – Und selten lass' ich einen Solotänzer anders als mit vier Beinen springen, und er muß als ein Paar in der Luft hangen; was ich aber durch solches Gruppieren eines einzigen Kerls und seiner Gliedmaßen ge-

[1] So oder auch tumulus honorarius hieß das *leere* Grabmal, das Freunde einem Toten baueten, dessen Körper nicht zu finden war.

winne, solltest du schätzen. – Schlage endlich die gewonnene Volkmenge an, wenn ich gar ganze Leichen- und andere Prozessionen zu Doppelgängern verdopple, jedes Regiment um ein ganzes Regiment Flügelmänner verstärke, die alles vor- und nachmachen; denn, wie gesagt, ich habe wie eine Heuschrecke den Legestachel bei mir, den Finger. – Aus allem schöpfest du, Firmian, wenigstens die Beruhigung, daß ich mehr Menschen genieße als ihr alle, nämlich gerade noch einmal so viel, und noch dazu lauter Personen, die als ihre Selberaffen in jeder Bewegung durch etwas wahrhaft Lächerliches so leicht ergötzen!«

Darauf sahen beide einander ins Gesicht, aber voll freudiger Zuneigung und ohne ein böses Nachgefühl des vorigen wilden Scherzes. Ein Dritter hätte in dieser Stunde sich vor ihrer Ähnlichkeit gefürchtet, da jeder der Gipsabguß des andern war, aber die Liebe machte beiden ihre Gesichter unähnlich; jeder sah im andern nur das, was er außer sich liebte; und es war mit ihren Zügen wie mit schönen Handlungen, die uns wohl an andern, aber nicht an uns selber in Rührung oder gar in Bewunderung versetzen.

Als sie wieder im Freien und auf der Straße nach Gefrees zogen, und der Sargdieterich samt den vorigen Gesprächen ihnen immer den Abschied vor die Seele brachte, dessen Todes-Sense mit jedem Meilenzeiger sich näher auf sie hereinbog: so suchte Heinrich einige rosenfarbene Strahlen in Firmians Nebel dadurch einzubeugen, daß er ihm ein genaues Protokoll alles dessen, was er an jedem Tage mit dem Grafen von Vaduz abgetan und abgeredet hatte, in die Hände gab: »Der Graf« (sagt' er) »dächte zwar, du hättest die Diskurse nur vergessen – aber so ists doch besser – du hast dich wie ein Negersklave umgebracht, um in die Freiheit und auf die *Goldküste* deiner Silberküste zu kommen – und da wär's verdammt, wenn du noch verdammt würdest nach deinem Verscheiden.« – »Ich kann dir nie genug danken, du Bester« – sagte Firmian – »aber du solltest mirs nicht noch mehr erschweren und wie eine Hand aus den Wolken zurückfahren, wenn du deine ausgeleeret hast. Warum soll ich dich nach unserem Abschied nicht mehr sehen, sage?« – »Erstlich« – antwortete er gelassen – »könnten die Leute, der Graf, die Witwenkasse, deine Witwe darhinter kommen, daß ich in zwei Ausgaben da wäre, welches in einer Welt ein verdammtes Unglück wäre, wo man kaum in der ersten, im Originalexemplar, einsitzig, einschläferig gelitten wird. Zweitens hab' ich vor, mir auf dem Narrenschiff der Erde eine und die andere Rüpels-Rolle auszulesen, deren ich mich so lange nicht schäme, als kein Teufel mich kennt. – Ach ich wüßte mehr Gründe von Belang! – Auch tuts mir wohl, mich so unbekannt, abgerissen, ungefesselt, als ein Naturspiel, als ein diabolus ex machina, als ein blutfremdes Mond-Lithopädium unter die Menschen und auf die Erde zu stürzen vom Mond herunter. Firmian, es bleibt dabei. Ich schicke dir vielleicht nach Jahren einen und den andern Brief, um so mehr da die Galater[1] an die

[1] Alexand. ab Alex. III. 7.

Verstorbnen Briefe auf den Scheiterhaufen wie auf eine Post aufgaben. – Aber anjetzo bleibts dabei, wahrlich.« – »Ich würde mich nicht so leicht in alles fügen«, sagte Siebenkäs, »wenn mir nicht doch ahnete, daß ich dir bald einmal wieder begegnen werde; ich bin nicht wie du; ich hoffe zwei Wiedersehen, eines unten, eines oben. Wollte Gott, ich brächte dich auch zu einem Sterben wie du mich, und wir hätten dann unser Wiedersehen auf einem Bindlocher Berge, blieben aber länger beisammen!«

Wenn die Leser sich bei diesen Wünschen an den Schoppe im Titan erinnert finden: so werden sie betrachten, in welchem Sinne das Schicksal oft unsere Wünsche auslegt und erfüllt. – Leibgeber antwortete bloß: »Man muß sich auch lieben, ohne sich zu sehen, und am Ende kann man ja bloß die Liebe lieben; und die können wir beide täglich in uns selber schauen.«

In *Gefrees* tat Leibgeber ihm den Vorschlag, im Gasthofe bei so schöner Muße, da in und außer der eingassigen Stadt nichts zu sehen sei, die Kleider gegeneinander auszuwechseln, besonders deswegen – führte er als triftigen Grund an –, damit der Graf von Vaduz, der ihn seit Jahren nicht anders als in gegenwärtigem Anzuge gesehen, sich bei dem Advokaten an nichts zu stoßen brauche, sondern alles genau so wie sonst antreffe, sogar bis auf den Schuhabsatz mit Nägeln herab. Das fiel ordentlich wie ein breiter Streif warmer Februarsonne auf des Advokaten Brust, der Gedanke, künftig von Heinrichs Ärmeln gleichsam umarmt und von allen seinen äußern Reliquien umfaßt und erwärmt zu werden. – Leibgeber ging ins Nebenzimmer und warf zuerst seine kurze grüne Jacke durch die halboffne Tür hindurch und rief: »Schanzlooper herein!« – dann nach der Halsbinde und Weste lange Beinkleider mit Lederstreifen, sagend: »Kurze herein!« – und endlich gar sein Hemde mit den Worten: »Das Totenhemd her!«

Das hereingeworfne Hemd wurde dem Advokaten auf einmal der Zeichendeuter Leibgebers, er erriet, daß dieser mit der Körperwanderung in Kleider auf etwas Höheres ausgelaufen als auf einen Rollenanzug für Vaduz; nämlich auf das Bewohnen des Gehäuses oder der Hülle, die seinen Freund umschlossen hatte. In einem ganzen Band von Gellertischen oder Klopstockischen Briefen voll Freundschaft, in einer ganzen Woche voll Leibgeberscher Opfertage lag für den Advokaten nicht so viel Liebes und Süßes als in diesem Kleider-Beerben. Er wollte seine beglückende Ahnung nicht durch Aussprechen entheiligen; aber bestärkt wurd' er darin, als nun Leibgeber, zu einem Siebenkäs umgekleidet, heraustrat und sich mit sanften Blicken im Spiegel ansah und darauf seine drei Finger stumm auf Firmians Stirn auflegte, was das größte Zeichen seiner Liebe war; daher ich zu meiner und Firmians Freude berichte, daß er das Zeichen unter dem Mittagessen (das Gespräch drehte sich um die gleichgültigsten Sachen) über dreimal wiederholte. Welche andere und lange Scherze würde über das Mausern Leibgeber zu anderer Zeit, bei andern Gefühlen getrieben haben! Wie würde er, um nur einiges zu mutmaßen, das wechselseitige Umbinden ihrer zwei

Foliobände nicht benützt haben, um den Herrn Lochmüller (den Gastwirt in Gefrees) in die größten und lustigsten Verlegenheiten zu verstricken, aus denen der höfliche Mann sich keine Minute früher gewickelt hätte, als bis ihm dieser vierte Band zu Hülfe gekommen wäre, der erst gegenwärtig in Baireuth und nicht einmal unter der Presse ist! – Doch Leibgeber tat von allem nichts; und auch von Einfällen bracht' er nur die wenigen schwachen vor über beide als Wechselkinder und deren Wechselkinderei – über schnellen französischen Übergang der Leute en longue robe in die en robe courte; – und auch sagte er etwa noch, er nenne nun Siebenkäs nicht mehr einen seligen Verklärten in Stiefeln, sondern einen in Schuhen, was sich eher schicke und etwas erhabener klinge.

Mit besonderem Erfreuen sah er zu, wie sein Hund, der Saufinder, zwischen den alten Körpern und den neuen Kleidern, gleichsam zwischen zwei Feuern der Liebe, sich in nichts recht finden konnte und mehrmals mit langer Nase abzog von dem einen zum andern; das Konkordat zwischen beiden, die Verkürzungen der einen Partei, die Vergrößerungen der andern machten das Vieh stutzig, aber nicht klug. »Ich schätze ihn wegen seines Betragens gegen dich noch einmal so hoch«, sagte Leibgeber; »glaube mir, er wird mir gar nicht untreu, wenn er dir treu ist.« Etwas Verbindlicheres konnt' er dem Advokaten schwerlich sagen.

Auf dem ganzen kahlen Wege von Gefrees nach *Münchberg* gab sich der Advokat aus Dankbarkeit die größte Mühe, das Sonnenlicht der Heiterkeit, in das ihn Heinrich immer zu führen suchte, auf ihn zurückzuwerfen. Es wurd' ihm nicht leicht, besonders wenn er seinem Schreiten im langen Rock nachsah. Am meisten strengt' er sich in Münchberg an, der letzten Poststation vor Hof, wo ihnen die körperlichen Arme, womit sie sich aneinander schlossen, gleichsam abgenommen werden sollten durch ein langes Entfernen.

Indem sie mehr schweigend als bisher auf der Höfer Landstraße und Leibgeber vorausging: so hob dieser, den das Fichtelgebirge zur Rechten wieder erquickte, sein gewöhnliches Reisepfeifen an, frohe und trübe Melodien des Volkes, die meisten in Molltönen. Er sagte selber, er halte sich nicht für den schlechtesten Stadt- und Straßenpfeifer und er führe, glaub' er, das angeborne Fußbotenposthorn mit Ehren. Aber für Firmian waren, so kurz vor dem Abschiede, diese Klänge, die gleichsam aus Heinrichs langen vorigen Reisen wiederzukommen und aus seinen künftigen einsamen entgegenzutönen schienen, eine Art von Schweizer Kuhreigen, die ihm ins Herz rissen; und er konnte, zum Glücke hinter ihm gehend, sich mit aller Gewalt nicht des Weinens enthalten. – O bringt die Töne weg, wenn das Herz voll ist und doch nicht überfließen soll!

Endlich brachte er so viel Ruhe in der Stimme zusammen, daß er ganz unbefangen fragen konnte: »Pfeifst du gern und oft unterwegs?« Im Fragtone lag aber so etwas, als mach' ihm das Flöten nicht so viele Freude als dem Musiker selber. »Stets«, versetzte Leibgeber, – »ich pfeife das Leben aus, das Welttheater und was so darauf ist und dergleichen – vielerlei aus dem Vergangenen – auch pfeif' ich wie ein Karlsbader Türmer die Zukunft an. – Mißfällts dir etwa? – Fugier' ich falsch, oder pfeif' ich gegen den reinen Satz?« – »O nur zu schön«, sagte Siebenkäs.

Darauf fing Leibgeber von neuem an, aber zehnmal kräftiger und trug ein so schönes schmelzendes Mundorgelstück vor, daß Siebenkäs ihm vier weite Schritte nachtat und – indem er zu gleicher Zeit mit der Linken das Tuch über seine nassen Augen deckte und die Rechte sanft auf Heinrichs Lippen legte – zu ihm fast stotternd sagte: »Heinrich, schone mich! Ich weiß nicht wie; aber heute ergreift mich jeder Ton gar zu stark.« Der Musiker sah ihn an – Leibgebers ganze innere Welt war im Augapfel – dann nickte er stark und schritt schweigend heftig voraus, ohne sich umzuschauen oder angeschauet zu werden. Doch setzten die Hände, vielleicht unwillkürlich, in kleinen Taktregungen einiges von den Melodien fort.

Endlich erreichten sie beklommen das Grubstreet oder die Münz-Stadt, wo ich gegenwärtige Assignate für halbe Welten kütte und färbe[1] – *Hof* nämlich. Es ist freilich mein Vorteil nicht, daß ich damals von allem nichts erfuhr, was nun halb Europa erfährt durch mich – ich war damals noch jünger und saß einsam zu Hause als Kopfsalat, willens, mich zu einem *Kopf* zu schließen, welches Schließen, sowohl beim Menschen als beim Salat, durch nichts mehr gehindert wird als durch nachbarliches Berühren des Nebensalats. Es ist für einen Jüngling leichter, süßer und vorteilhafter, aus der Einsamkeit in die Gesellschaft überzutreten (aus dem Gewächshause in den Garten), als umgekehrt aus dem Markte in den Winkel. Ausschließende Einsamkeit und ausschließende Geselligkeit sind schädlich, und, ihre *Rangordnung* ausgenommen, ist nichts so wichtig als ihr *Tausch*.

In Hof bestellte Siebenkäs zwei Zimmer bei dem Gastwirte, weil er glaubte, erst am Morgen trenne sich Leibgeber von ihm. Aber dieser – welchen sein eignes Vorausbestimmen des Scheidens und das Fürchten vor demselben längst geärgert – hatte sich innerlich geschworen, noch heute den Riß zu tun zwischen zwei Geistern und nachher davon zu laufen ins Sächsische, wär's auch in der Nacht um 11¾ Uhr, aber in jedem Falle doch heute. Gefällig bezog er sein Zimmer, riegelte die Scheidetüre am Siebenkäsischen auf und dachte an die Pfeifmelodien, die ihm wie dem Advokaten noch im Kopfe steckten, wenn nicht im Herzen; aber bald lockte er ihn aus dem ausgeleerten taubstummen Zimmer in den zerstreuenden Wirrwarr der Wirtstube; verharrte auch da nicht lange, sondern bat ihn, als das erste Viertel des Monds gerade als brennende Lampe über einem Laternenpfahl auf dem Markt stand, die Stadt mit ihm zu umschiffen. Beide gingen und kletterten die Allee hinauf und sahen in die Höfer Gärten im Stadtgraben

[1] Es ist von 1796 die Rede.

hinab, die vielleicht verdienen, die künstlichen Wiesen zu verdrängen, da sie mehr als andere Wiesen für das Vieh besäet sind. Daraus leit' ichs ab, daß Leibgeber, der in der Schweiz gewesen, nachts so spät die Bemerkung machte – denn die von der Natur geschmückte und adoptierte und von der Kunst enterbte Gegend dehnte sich vor ihm hin –, daß die Höfer den Schweizern glichen, deren ganzes Land ein englischer Garten wäre, ausgenommen die wenigen Gärten darin.

Beide zogen immer weitere Parallelen um die Stadt. Sie kamen über eine Brücke, von der sie einen bloß mit Gras besetzten Rabenstein erblickten, der sie an jene andere Eisregion mit ihrem Krater erinnerte, wo sie gerade vor einem Jahre in der Nacht voneinander geschieden waren; aber mit der schönern Hoffnung eines frühern Wiedersehens. Zwei solche Freunde wie diese haben in ähnlichen Lagen immer gleiche Gedanken; jeder ist, wenn nicht das Unisono, doch die Oktave, die Quinte, die Quarte des andern. Heinrich suchte im dunkeln Klag- und Trauerhaus seines Freundes wieder einiges Licht durch die Vogelstange anzustecken, die, wie ein Kommandostab und Brandpfahl, nicht weit von der Stelle des Königsbannes stand, und merkte an: »Ein Schützenkönig hat hier neben dem Springstab und Hebebaum, woran du dich zum großen Negus und großen Mogul von Kuhschnappel aufschwangest, auf eine schöne Art seinen Rabenstein, seinen malefizischen Sinai an der Hand, auf dem er seine Gesetze sowohl geben als rächen kann... Buffons Naturgesetz, daß jedem Hügel allemal ein zweiter von gleicher Höhe und Materie gegenüberstehe, fasset viele korrespondierende Höhen unter sich, z. B. hier Rabenstein und Thron – in großen Städten große Häuser und petites maisons – die beiden Chöre in den Kirchen – das fünfte Stockwerk und den Pindus – Schaubühnen und außerordentliche Lehrstühle.«

Als Firmian, in trübere Ähnlichkeiten eingesunken, schwieg: so schwieg er auch. Er führte ihn nun – denn er war in der ganzen Gegend bewandert – einem andern Stein mit einem schönern Namen entgegen, auf den »fröhlichen Stein«. Firmian tat endlich, indem sie sich dazu den Berg hinaufarbeiteten, an ihn die mutige Frage: »Sage mirs, ich bin gefasset, geradezu und auf deine Ehre: wann gehest du auf immer von mir?« – »Jetzt«, antwortete Heinrich. Unter dem Vorwand, den blühenden, in duftende Bergkräuter gekleideten Bergrücken leichter zu ersteigen, hielt sich jeder an die Hand des andern an, und unter dem Hinaufarbeiten wurde jede aus scheinbar-mechanischem Zufall gedrückt. Aber der Schmerz durchzog Firmians Herz mit wachsenden größern Wurzeln und spaltete es weiter, wie Wurzeln Felsen. Firmian legte sich auf dem grauen Felsen-Vorsprung nieder, der abgetrennt in die grünende Anhöhe, wie ein Grenzstein, eingeschlagen war; aber er zog auch seinen scheidenden Liebling an seine Brust herab: »Setze dich noch einmal recht nahe an mich«, sagt' er. Sie zeigten, wie Freunde tun, alles einander, was jeder sah. Heinrich zeigte ihm das um den Fuß des

Berges aufgeschlagene Lager der Stadt, die wie eingeschlummert zusammengesunken schien und in der nichts rege war als die flimmenden Lichter. Der Strom ringelte sich unter dem Monde mit einem schillernden Rücken wie eine Riesenschlange um die Stadt und streckte sich durch zwei Brücken aus. Der halbe Schimmer des Mondes und die weißen durchsichtigen Nebel der Stadt hoben die Berge und die Wälder und die Erde in den Himmel, und die Wasser auf der Erde waren gestirnt, wie die blaue Nacht darüber, und die Erde führte, wie der Uranus, einen doppelten Mond, gleichsam an jeder Hand ein Kind.

»Im Grunde« – fing Leibgeber an – »können wir uns alle beide immer sehen, wir dürfen nur in einen gemeinen Spiegel schauen, das ist unser Mondspiegel.« [1] – »Nein«, sagte Firmian, »wir wollen eine Zeit ausmachen, wo wir zugleich aneinander denken – an unsern Geburttagen und an meinem pantomimischen Sterbetag – und am jetzigen.« – »Gut, das sollen unsere vier Quatember sein«, sagte Leibgeber.

Auf einmal drückte des letzten Hand auf eine wahrscheinlich von Schloßen erlegte Lerche. Er fassete plötzlich Firmians Achsel und sagte, ihn aufziehend: »Steh auf, wir sind Männer – was soll das alles? – Lebe wohl! – Gott soll mich mit tausend Donnerkeilen zerknirschen, wenn du mir je aus dem Kopfe und aus dem Herzen kommst. Du sitzest mir ewig so warm in der Brust wie ein lebendiges Herz. Und so gehab dich denn wohl, und auf dem Berghemschen Seestück deines Lebens sei keine Welle so groß wie deine Träne. Fahre wohl!« – Sie wuchsen ineinander und weinten herzlich, und Firmian antwortete noch nicht: seine Finger streichelten und drückten das Haar seines Heinrichs. Endlich lehnt' er bloß sein Halbgesicht an die geliebten Augen; vor seinen schimmerte das weite Geklüft der Nacht, und seine vom Kusse abgewandten Lippen sagten, aber ohne allen Tonfall: »Lebe wohl, sagst du zu mir? Ach, das kann ich ja nicht, wenn ich meinen treuesten, meinen ältesten Freund verloren habe. Die Erde bleibt mir nun so verschattet, wie sie jetzt um uns steht. Es wird mir einmal hart fallen im Tode, wenn ich in meiner Finsternis mit der Hand herumgreife nach dir und im Fieber denke, das Sterben sei wieder verstellet wie dasmal, und wenn ich sage: ›Heinrich, drücke mir wieder die Augen zu, ich kann ohne dich nicht sterben.‹« – Sie schwiegen in einem krampfhaften Umschlingen. Heinrich lispelte in seine Brust herab: »Frage mich, was ich dir noch sagen soll, dann soll mich Gott strafen, wenn ich nicht verstumme.« Firmian stotterte: »Wirst du mich fortlieben, und seh' ich dich bald wieder?« –

[1] Pythagoras machte, daß alles, was er mit Bohnensaft auf einen Spiegel schrieb, im Mond zu lesen war. Cael. Rhodogin. IX. 13. – Als Karl V. und Franz I. sich über Mailand bekriegten, konnte man durch einen solchen Spiegel alles, was in Mailand am Tage vorging, ohne Mühe zu Paris zu nachts am Monde lesen. Agrippa de occ. philos. c. 6.

»Spät« (antwortete er) »– und ohne Aufhören lieb' ich dich.« Unter dem Abreißen hielt und bat ihn Firmian: »Wir wollen uns nur noch einmal ansehen.« Und sie bogen sich mit den von den Strömen der Rührung zerrissenen Angesichtern auseinander und blickten sich zum letztenmal an, als der Nachtwind, wie der Arm eines Stroms, sich mit dem tiefen Flusse vereinigte und beide in größern Wellen fortbrausten, und als das weite Gebirge der Schöpfung sich unter dem trüben Schimmer gebrochner Augen erschütterte. Aber Heinrich entriß sich, machte eine Bewegung mit der Hand, gleichsam als »alles sei aus«, und nahm seine Flucht an der Anhöhe hinunter.

Firmian wurd' ihm nach einiger Zeit, ohne es zu wissen, vom Stachelrad des Schmerzes nachgestoßen, und der von Blutschrauben taub gequetschte innere Mensch fühlte jetzo die Abnahme seines Gliedes nicht. Beide eilten, obwohl von Tälern und Bergen auseinandergeworfen, denselben Weg. Sooft Heinrich einmal stand und zurücksah, so tat Firmian beides auch. Ach nach einem solchen schwülen Sturm erstarren alle Wogen zu Eisspitzen, und das Herz liegt durchstochen auf ihnen. Klang es nicht unserem Firmian, da er mit diesem zerbrochenen Herzen über unkenntliche, dämmernde Pfade lief, klang es ihm nicht, als läuteten hinter ihm alle Totenglocken – als flöge vor ihm das entrinnende Leben dahin – und da er den blauen Himmel durchschnitten sah von einem schwarzen Wetterbaum [1], der auf den Sternen wie eine Bahre für die Zukunft stand, mußt' es da nicht um ihn rufen: mit diesem Maßstab aus Dunst nimmt das Schicksal von euch und euerer Erde und euerer Liebe das Maß zum letzten Sarge? –

Heinrich wurd' endlich aus der Fortdauer desselben Zwischenraums zwischen ihm und der abgekehrten Gestalt gewahr, daß sie ihm folge, und daß sie nur stocke, wenn er halte. Er nahm sich daher vor, im nächsten Dorfe, das seinen Stillestand verdeckte, der nachschleichenden Gestalt zu stehen. Im nächsten, in ein Tal versenkten Dorfe – *Töpen* – wartete er die Ankunft des nachfolgenden unkenntlichen Wesens im breiten Schatten einer blinkenden Kirche ab. Firmian eilte über die weiße, breite Straße, trunken vom Schmerz, blinder im Mond, und erstarrete nahe vor dem Abgetrennten. Sie waren einander gegenüber, wie zwei Geister über ihren Leichen, und hielten sich, wie der Aberglaube das Getöse der lebendig Begrabnen, für Erscheinungen. Firmian zitterte, aus Furcht, daß sein Liebling zürne, und machte von ferne die bebenden Arme auf und stotterte: »Ich bins, Heinrich« und ging ihm entgegen. Heinrich tat einen Schrei des Schmerzens und warf sich an die treue Brust, aber der Schwur hielt seine Zunge – und so drückten die zwei Elenden oder Seligen, stumm und blind und weinend, ihre zwei schlagenden Herzen noch einmal recht nahe aneinander. – Und als die sprachlose, qualenvolle, wonnevolle Minute vorüber war: so riß sie eine

[1] Eine lange Wolke mit Streifen wie Äste, die Sturmwetter verkündigt.

eiserne, kalte auseinander, und das Schicksal ergriff sie mit zwei allmächtigen Armen und schleuderte das eine blutige Herz nach Süden, und das andere nach Norden – und die gebückten, stillen Leichname gingen langsam und allein den wachsenden Scheideweg weiter in der Nacht.... Und warum bricht denn mir mein Herz so gewaltsam entzwei, warum konnt' ich schon lange, eh' ich an diese Trennung kam, meine Augen nicht mehr stillen? O es ist nicht, mein guter Christian, darum, weil in dieser Kirche die ruhen und zerfallen, die an deinem und meinem Herzen gewesen waren. – – Nein, nein, ich hab' es schon gewohnt, daß in der schwarzen Magie unsers Lebens an der Stelle der Freunde plötzlich Gerippe aufspringen – daß einer davon sterben muß, wenn sich zwei umarmen[1] – daß ein unbekannter Hauch das dünne Glas, das wir eine Menschenbrust nennen, bläset, und daß ein unbekannter *Schrei* das Glas wieder zertreibt. – Es tut mir jetzo nicht mehr so weh wie sonst, ihr zwei schlafenden Brüder in der Kirche, daß die harte, kalte Todeshand euch so früh vom Honigtau des Lebens wegschlug, und daß euere Flügel aufgingen, und daß ihr verschwunden seid – o ihr habt entweder einen festern Schlaf als unsern oder freundlichere Träume als unsere oder ein helleres Wachen als unseres. Aber was uns an jedem Hügel quält, das ist der Gedanke: »Ach wie wollt' ich dich gutes Herz geliebet haben, hätt' ich dein Versinken vorausgewußt.« Aber da keiner von uns die Hand eines Leichnams fassen und sagen kann: »du Blasser, ich habe dir doch dein fliegendes Leben versüßet, ich habe doch deinem zusammengefallenen Herzen nichts gegeben als lauter Liebe, lauter Freude« – da wir alle, wenn endlich die Zeit, die Trauer, der Lebens-Winter ohne Liebe unser Herz verschönert haben, mit unnützen Seufzern desselben an die umgeworfenen Gestalten, die unter dem Erdfall des Grabes liegen, treten und sagen müssen: »O daß ich nun, da ich besser bin und sanfter, euch nicht mehr habe und nicht mehr lieben kann – o daß schon die gute Brust durchsichtig und eingebrochen ist und kein Herz mehr hat, die ich jetzt schöner lieben und mehr erfreuen würde als sonst« – was bleibt uns noch übrig als ein vergeblicher Schmerz, als eine stumme Reue und unaufhörliche bittere Tränen? – Nein, mein Christian, etwas Bessers bleibt uns übrig, eine wärmere, treuere, schönere Liebe gegen jede Seele, die wir noch nicht verloren haben.

[1] Der Aberglaube wähnt, daß von zwei Kindern, die sich küssen, ohne reden zu können, eines sterben muß.

Dreiundzwanzigstes Kapitel

Tage in Vaduz – Nataliens Brief – ein Neujahrwunsch – Wildnis des Schicksals und des Herzens

Wir finden unsern Firmian, der nach seinem Abschiede aus der Welt, wie Offiziere nach dem ihrigen, höher gestiegen war – nämlich zum Inspektor –, in der Inspektorwohnung zu Vaduz wieder. Er hatte sich jetzo durch so viele verwachsene Stechpalmen und Dornenhecken durchzuwinden, daß er darüber vergaß, er sei allein, so ganz allein in der Welt. Kein Mensch würde die Einsamkeit verwinden und dulden, wenn er sich nicht die Hoffnung einer künftigen Gesellschaft oder einer jetzigen unsichtbaren machte.

Bei dem Grafen hatte er nichts zu scheinen als das, was er war; dann blieb er dem freien Leibgeber am ähnlichsten. Er fand in ihm einen alten Weltmann, der einsam, ohne Frau, Söhne, ohne weibliche Dienerschaft, seine grauen Jahre mit den Wissenschaften und Künsten – die längsten und letzten Freuden eines ausgenossenen Lebens – nachfüllte und schmückte und der auf der Erde – den Spaß darüber ausgenommen – nichts mehr recht lieb hatte als seine Tochter, mit welcher eben Natalie unter den Sternen und Blüten der Jugendtage geschwärmt.

Da er in früherer Zeit alle Kräfte des Geistes und Leibes daran gesetzt, um die schlüpfrigsten und höchsten Cocagnebäume der Freude zu erklettern und abzuleeren: so kam er mit beiden Teilen seines Wesens etwas matt von ihnen herunter; sein geistiges Leben war jetzt eine Art von Pflegen und Liegen in einer lauen Badwanne, aus welcher er nicht ohne Regenschauer sich aufrichten konnte und in welcher immer Warmes nachgegossen werden mußte. Der Ehren-Punkt des Worthaltens und das höchste Glück seiner Tochter waren die einzigen unzerrissenen Zügel, womit ihn das moralische Gesetz von jeher festgehalten; indes er andere Bande desselben mehr für Blumenketten und Perlenschnüre nahm, die ein Weltmensch so oft in seinem Leben wieder zusammenknüpft.

Da man sich leichter hinkend als gerade gehend stellen kann, so hatt' es Siebenkäs hierin leichter, den lieben hinkenden Teufel, seinen Leibgeber, zu spielen. Der Graf stutzte bloß über seine natürliche weiße Schminke auf dem Gesicht und über seine Trauermiene und über eine Menge unnennbarer Abweichungen (Varianten und Aberrationen) von Leibgeber; aber der Inspektor half dem Lehnherren durch die Bemerkung aus dem Traum, daß er sich selber kaum mehr kenne und sein eigner Wechselbalg oder Kielkropf geworden sei, seit daß er krank gewesen und daß er seinen Universitätfreund Siebenkäs in Kuhschnappel habe einschlafen und aus der Zeitlichkeit gehen sehen. Kurz, der Graf mußte glauben, was er hörte – wer denkt an eine so närrische Historie, als ich hier auftrage? – und wäre damals mein Leser im Zimmer mit dabei gestanden, so hätte er dem Inspektor mehr als mir selber beigepflichtet, bloß weil sich Firmian noch mehr von seinen vorigen Unterredungen mit dem Grafen – freilich aus Leibgebers Tagebuch – entsann als der Graf selber.

Indes, da er als der Geschäftträger und Lehnträger seines geliebten Heinrichs zu sprechen und zu handeln hatte: so war er wenigstens zweierlei in einem hohen Grade zu sein gezwungen: lustig und gut. Leibgebers Laune hatte eine stärkere Farbengebung und freiere Zeichnung und einen poetischern, weltbürgerlichern und idealern Umfang [1] als Firmians seine; daher mußte dieser seinen Kammerton zu jenes Chorton hinaufstimmen, um ihn, wenn nicht zu erreichen, doch nachzuahmen. Und dieser Schein einer heitern Laune setzte sich am Ende in eine wahre um. Auch trug sein feines Gefühl und seine Freundschaft immer Heinrichs vergrößertes, glänzendes Bild, auf dessen Haupt sich der Strahlenreif und Lorbeerkranz durchflochten, vor ihm, wie an einer Mosis-Wolkensäule, auf seinem Lebenswege her, und alle Gedanke in ihm sagten: »Sei herrlich, sei göttlich, sei ein Sokrates, bloß um dem Geiste, dessen Abgesandter du bist, Ehre zu machen.« Und welchem von uns wär' es möglich, den Namen einer geliebten Person zu nehmen und unter diesem zu sündigen? –

Niemand wird in der Welt so oft betrogen – nicht einmal die Weiber und die Fürsten – als das Gewissen; der Inspektor machte dem seinigen weis: »er habe ja ohnehin in frühern Jahren, wie bekannt, Leibgeber geheißen, gerade so, wie er sich jetzo schreibe – auch tu' er dem Grafen Vorschub genug – und wer sei mehr entschlossen als er, einmal wenn sichs schickt, diesem alles haarklein zu beichten, den, wie leicht vorauszusehen, eine solche humoristische, juristische Falschmünzerei und malerische Täuschung schöner überraschen müsse als alle notwendige Vernunftwahrheiten und responsa prudentum, nicht zu erwähnen der gräflichen Freude, daß hier derselbe Freund und Humorist und Jurist zweiköpfig, zweiherzig, vierbeinig und vierarmig, kurz in duplo zu haben sei. Aber erwähnen müss' er doch dieses, daß er mehr Not- als Scherzlügen vorbringe, indem er an die vergangenen Unterredungen und Verhältnisse Leibgebers so ungern als selten

[1] »Daher ich voraussehe, daß die Leibgeberischen Hirtenbriefe in diesen *Blumenstücken* für die meisten Leser unausstehliche Absage- oder Ausfoderbriefe sind. Die meisten Deutschen verstehen – dies soll man ihnen nicht nehmen – Spaß, nicht alle Scherz, wenige Humor, besonders Leibgeberschen. Deshalb wollte ich anfangs – weil doch ein Buch leichter zu ändern ist als ein Publikum – alle seine Briefe verfälschen und faßlichere unterschieben; aber man kanns noch immer in der zweiten Auflage so anordnen, daß man die verfälschten ins Werk einmacht und seine wahren hinten anhangweise nachbringt.« – Dies wurde gar nicht nötig gemacht. – Aber Himmel! wie können erste Auflagen so fehlschießen und so viele Leser falsch nehmen, für welche nachher zweite sich mit aufrichtiger Wärme erklären!

anstreife und sich öfter über seine eignen nächsten, die keine Wahrheit ausschließen, verbreite.«

So ist nicht der Inspektor, sondern der Mensch; dieser hat einen unbeschreiblichen Hang zur Hälfte – vielleicht weil er ein auf zwei Welten mit ausgespreizten Beinen stehender Kolossus und Halbgott ist –, namentlich zu Halbromanen – zum Halbfranko des Eigennutzes – zu halben Beweisen – zu Halbgelehrten – zu halben Feiertagen – zu Halbkugeln und folglich zu ehelichen Hälften. –

Die neuen Anstrengungen aller Art verbargen ihm in den ersten Wochen (wenigstens solange die Sonne schien) seine Schmerzen und seine Sehnsucht. Den größten Freudenzuschuß lieferte ihm aber des Grafen Zufriedenheit mit seinen juristischen Kenntnissen und pünktlichen Arbeiten. Als ihm dieser gar einmal sagte: »Freund Leibgeber, Ihr haltet brav, was Ihr mir früher versprochen; Euere Einsicht und Pünktlichkeit in Geschäften macht Euch neue Ehre; denn ich gestehe gern, daß ich einige Zweifel darüber bei aller meiner Achtung für Euere andern Talente nicht gern gehegt; denn Geschäfte trenn' ich wie Euer Friedrich II. durchaus von Gesprächen, und für jene foder' ich jeden nur möglichen schulgerechten und pünktlichen Gang« – da dachte und frohlockte er heimlich in sich: »So hab' ich doch meinem Lieben einen Tadel ab- und ein Lob zugewandt, das er am Ende, sobald ers nur gewollt, auch selber sich hätte erringen können.«

Nach einer solchen Opferfreude will der Mensch – wie Kinder tun, die immer, wenn sie etwas gegeben, nicht nachlassen wollen zu geben – immer stärkere Opferfreuden haben und Opfer bringen. Er packte seine Auswahl aus des Teufels Papieren aus und gab sie dem Grafen und sagte ihm ganz unverhohlen: er habe sie gemacht. »Ich täusch' ihn damit nicht im geringsten«, dacht' er, »ob er sie gleich Leibgebern zuschreibt; denn ich heiße jetzo eben nicht anders.« Der Graf konnte die Papiere gar nicht genug lesen und loben, und besonders erfreuete er sich an dem treuen Eifer, womit der Verfasser von seinen beiden Landsleuten, dem britischen Zwillinggestirn des Humors, Swift und Sterne, sich die rechten Wege des Scherzes zeigen lassen. Siebenkäs hörte sein Buch mit solchen Genusse und mit einem so seligen Lächeln loben, daß er ordentlich wie ein eitler Autor aussah, indes er nichts als ein Verliebter in seinen Heinrich war, auf dessen Namen und Gestalt in des Grafen Seele er einige Lorbeerkränze mehr hatte spielen können.

Aber dieses einzige Erfreuliche war ihm auch als Trost und Labsal für ein Leben vonnöten, das beschattet und kalt zwischen zwei steilen Ufern von Aktenstößen fortschoß, von Woche zu Woche, von Monat zu Monat; ach, er hörte nichts Bessers – bloß den guten Grafen ausgenommen, dessen ungewöhnliche Güte noch wärmer seinen Busen umflossen hätte, wenn er ihm dafür unter fremdem und eignem Namen zugleich hätte danken dürfen – ich sage, er hörte nichts Bessers als die Wellen seines Lebens, die zuweilen murmelten. Er kam täglich in die wiederholte harte Lage eines Kunstrichters – der er auch gewesen –, nämlich das lesen zu müssen, was er richten mußte, sonst Autoren, jetzt Advokaten – er sah in so viel leere Köpfe, in so viel leere Herzen; in jenen so viel Dunkelheit, in diesen so viel Schwärze – er sah, wie sehr das gemeine Volk, wenn es zur Egerien-Quelle der juristischen Dintenfässer reiset, um sich Blasensteine weg zu bringen, den Karlsbader Gästen gleiche, denen die heiße Quelle alle verheimlichten Krankheitmaterien auf die äußere Haut herausjagt – er sah, daß die meisten alten und schlimmsten Advokaten bloß darin eine schöne Ähnlichkeit mit den Giftpflanzen behaupten, daß sie, wie diese, in ihrer Jugend und Blütenzeit nicht halb so giftig sind, sondern mehr unschädlich; er sah, daß ein gerechtes Urteil oft so viel schade als ein ungerechtes, und daß man gegen beide appelliere – er sah, daß es leichter und ekelhafter zugleich sei, ein Richter als ein Advokat zu sein, nur daß beide durch ein Unrecht nichts verlieren, sondern daß der Richter für ein kassiertes Urteil so gut bezahlt wird als der Advokat für einen verlornen Prozeß und sie also vom Rechtsfalle wie Schaffhäuser vom Rheinfalle gemächlich leben – daß man bei den Untertanen den Grundsatz der Stallbedienten handhabe, welche die Striegel für die halbe Fütterung des Pferdes halten – er sah endlich, daß niemand schlimmer daran fährt als eben der, ders sieht, und daß der Teufel nichts seltener hole als Teufel....

Unter solchen Arbeiten und Ansichten ziehen sich die weichen Herzadern gerinnend zusammen, und die offnen Arme des innern Menschen werden gelähmt – der beladene Mensch behält kaum den Wunsch zu lieben, geschweige die Zeit. Stets lieben und suchen wir *Sachen* auf Kosten der *Personen,* und der Mensch, der zu viel *arbeitet,* muß zu wenig *lieben.* Der arme Firmian hörte jeden Tag nur an einer einzigen Stätte die Bitten und Wünsche seiner weichen Seele an, nämlich auf dem Kopfkissen, dessen Überzug sein weißes, auf seine nassen Augen wartendes Schnupftuch war. Über seiner ganzen alten Welt stand eine Sündflut aus Tränen, und nichts schwamm darin empor als die beiden schlaffen Totenkränze der gestorbnen Tage, Nataliens und Lenettens Vorsteck-Blumen, gleichsam die versteinerten Arzneiblumen seiner erkrankten Seele, die Einfaßgewächse verheerter Beete.

Vom Reichsmarktflecken konnt' er, da er so abgerissen und in keinem Winkel des elliptischen Gewölbes stand, so wenig zu Ohren bekommen als von Schraplau; von Lenetten und Natalien nichts. Bloß aus dem Anzeiger und Götterboten deutscher Programmen ersah er, daß er Todes verfahren sei, und daß das kritische Institut sich um einen seiner besten und emsigsten Mitarbeiter verlustigt sehe – welcher Nekrolog den Inspektor früher belohnte als irgendeinen deutschen Gelehrten, und nicht später als den olympischen Sieger Euthymus[1], dem ein Ausspruch des delphischen Orakels

[1] Plin. H. N. VII. 47.

Opfer und Vergötterung noch bei seinen Lebzeiten zuerkannte. Ich weiß nicht, welche Ohren die deutsche Famas-Trompete lieber anbläset, ob *taube* oder *lange*. –

Und doch bewahrte Siebenkäs mitten im Eismonate seines Liebe flehenden Herzens und in der Wüste seiner Einsamkeit noch eine lebendige prangende Blume – und dies war Natalins Abschiedkuß. – O, wüßtet ihr, die ihr an unsrer Unersättlichkeit verhungert, wie ein Kuß, der ein erster und ein letzter ist, durch ein Leben hindurch blüht als die unvergängliche Doppelrose der verstummten Lippen und glühenden Seelen, ihr würdet längere Freuden suchen und finden. Jener Kuß befestigte in Firmian den Geisterbund und verewigte die Liebe auf ihrem Blütengipfel; die stillen Lippen sprachen fort vor ihm – das Geistes-Wehen von Hauch zu Hauch webte fort – und so oftmals er auch in seinen Nächten hinter den geschlossenen nassen Augen Natalien mit ihren erhabnen Schmerzen von sich scheiden ließ und verschwinden in die dunkeln Laubengänge: so wurd' er doch des Abschieds und der Schmerzen und der Liebe nicht satt.

Endlich nach sechs Monaten – an einem schönen Wintermorgen, als die weißen Berge mit ihren schneekristallenen Wäldern sich gleichsam im Rosenblute der Sonne badeten, und als die Flügel der Morgenröte länger aufgeschlagen sich auf die blinkende Erde legten – da flog ein Brief, wie von Morgenwinden eines künftigen Lenzes früher hergetrieben, in Firmians leere Hand – er war von Natalien, die ihn, wie jeder, für den vorigen Heinrich ansah.

Teurer Leibgeber!

Länger kann ich nicht über mein Herz gebieten, das jeden Tag vor dem Ihrigen auseinandergehen oder zerspringen wollte, bloß um Ihnen alles zu zeigen, was darin verwundet ist. Sie waren ja doch einmal mein Freund: bin ich ganz vergessen? Hab' ich Sie auch verloren? – Ach, gewiß nicht, Sie können nur vor Schmerz nicht mit mir reden, weil Ihr Firmian an Ihrem Herzen starb und nun totenkalt auf der schmerzenden Stelle ruht und zerfällt. O warum haben Sie mich beredet, Früchte, die auf seinem Grabe wachsen, anzunehmen und mir jedes Jahr gleichsam seinen Sarg öffnen zu lassen? [1] Der erste Tag, wo ichs bekam, war bitter; bitterer als je einer. Wie mir zuweilen ist, das sehen Sie aus einem kleinen Neujahrwunsch, den ich an mich selber gerichtet, und den ich beilege. Eine Stelle darin geht einen weißen Rosenstock an, dem ich im Zimmer einige blasse Rosen mitten im Dezember abgewann. – Mein Freund, nun geben Sie einer Bitte Gehör, die der Anlaß dieses Schreibens ist, meiner heißesten Bitte um Schmerzen, um größere: dann hab' ich Trost; zeigen Sie mir nur an, weil es niemand weiter vermag und ich niemand kenne, wie die letzten Stunden und Minuten

[1] Sie meint das Witwengehalt.

unsers Teueren waren, was er sagte und was er litt, und wie sein Auge brach, und wie sein Leben aufhörte; alles, alles, was mich durchschneiden wird, das muß ich wissen – was kann es mich und Sie kosten als Tränen? Und diese laben ja ein krankes Auge. Ich bleibe

Ihre

Freundin
Natalie A.

N. S. Wenn mich nicht so viele Verhältnisse zurückzögen, so würde ich selber nach seinem Wohnort reisen und mir Reliquien für meine Seele sammeln; wiewohl ich für nichts stehe, wenn Sie schweigen. Ich wünsche Ihnen Glück zu Ihrer neuen Stelle; und ich hoffe, es einmal mündlich tun zu können, mein Inneres heilet doch so einmal zusammen, daß ich meine geliebte Freundin bei ihrem Vater aufsuchen und Sie erblicken kann, ohne zu sterben vor Schmerz über die Ähnlichkeiten, die Sie mit Ihrem nun unähnlichen, versenkten Geliebten haben.

*

Das schöne Gedicht, das in englischen Versen war, wag' ich so zu übersetzen:

Mein Neujahrwunsch an mich selber

Das neue Jahr öffnet seine Pforte: das Schicksal steht zwischen brennenden Morgenwolken und der Sonne auf dem Aschenhügel des zusammengesunknen Jahrs und teilt die Tage aus: um was bittest du, Natalie?

Um keine Freuden – ach alle, die in meinem Herzen waren, haben nichts darin zurückgelassen als schwarze Dornen, und ihr Rosenduft war bald zerlaufen – neben dem Sonnenblick wächst die schwere Gewitterwolke, und wenn es um uns glänzt, so bewegt sich nur das wiederscheinende Schwert, das der künftige Tag gegen den freudigen Busen zieht. –– Nein, ich bitt' um keine Freuden, sie machen das durstige Herz so leer, nur der Kummer macht es voll.

Das Schicksal teilet die Zukunft aus: was wünschest du, Natalie?

Keine Liebe – O wer die stechende weiße Rose der Liebe an das Herz drücket, dem blutet es, und die warme Freudenzähre, die in ihren Rosenkelch tropfet, wird früh kalt und dann trocken – am Morgen des Lebens hängt die Liebe blühend und glänzend als eine große rosenrote Aurora im Himmel – o, tritt nicht in die glimmende Wolke, sie besteht aus Nebel und Tränen – Nein, nein, wünsche keine Liebe: stirb an schönern Schmerzen, erstarre unter einem erhabenern Giftbaum, als die kleine Myrte ist.

Du knieest vor dem Schicksal, Natalie: sag' ihm, was du wünschest!

Auch keine Freunde mehr – nein – wir stehen alle auf ausgehöhlten Gräbern nebeneinander – und wenn wir nun einander so herzlich an den Händen gehalten und so lange miteinander gelitten haben: so bricht der leere Hügel des Freundes ein, und der Erbleichende rollt hinab, und ich stehe mit dem kalten Leben einsam neben der gefüllten Höhle – – Nein, nein; aber dann, wenn das Herz unsterblich ist, wenn einst die Freunde auf der ewigen Welt beisammen stehen, dann schlage wärmer die festere Brust, dann weine froher das unvergängliche Auge, und der Mund, der nicht mehr erblassen kann, stammele: nun komm' zu mir, geliebte Seele, heute wollen wir uns lieben, denn nun werden wir nicht mehr getrennt.

O du verlassene Natalie, um was bittest du denn auf der Erde?

Um Geduld und um das Grab, um mehr nicht. Aber das versage nicht, du schweigendes Geschick! Trockne das Auge, dann schließ es! Stille das Herz, und dann brich es! – Ja, einstmals, wann der Geist in einem schönern Himmel seine Flügel hebt, wann das neue Jahr in einer reinern Welt anbricht, und wann alles sich wiedersieht und wiederliebt: dann bring' ich meine Wünsche.... Und für mich keine – denn ich würde schon zu glücklich sein...

*

Mit welcher Sprache könnt' ich die *innere* Sprachlosigkeit und die Erstarrung ihres Freundes zeichnen, da er das Blatt gelesen hatte und immer noch behielt und anblickte, ob er gleich nichts mehr sehen und denken konnte. – O die Eisschollen des Gletschers des Todes wuchsen immer weiter und füllten ein warmes Tempe nach dem andern – der einsame Firmian hing durch kein anderes Band mehr mit den Menschen zusammen als durch das Seil, das die Totenglocke und den Sarg bewegt – und sein Bette war ihm nur eine breitere Bahre – und jede Freude schien ihm ein Diebstahl an einem fremden entblätterten Herzen. – Und so wurde der Stamm seines Lebens, wie mancher Blumen ihrer[1], immer tiefer hinabgezogen, und der Gipfel wurde zur verborgnen Wurzel. – –

Überall war der Abgrund einer Schwierigkeit offen und jedes Tun so mißlich wie jedes Unterlassen. Ich will die Schwierigkeiten oder Entschlüsse in der Reihe, wie sie durch seine Seele zogen, vor die Leser bringen. Im Menschen fliegt der Teufel allemal früher auf als der Engel, der schlimme Vorsatz eher als der gute[2]: sein erster war nicht moralisch, der nämlich, Natalien zu antworten und zu erzählen, d. h. vorzulügen. Der Mensch fin-

[1] Bei den Ranunkeln und bei der Braunwurz senket sich jedes Jahr das Unterste des Stengels tiefer in die Erde ein und wird der Ersatz der wegfaulenden Wurzel.

[2] Im Enthusiasmus ist die umgekehrte Rangordnung. Um deine fest liegenden Gründe von moralischem Werte viel gewisser zu kennen als aus Entschlüssen und Handlungen, so merke nur auf die Freude oder Betrübnis,

det den Trauerrock sowohl schön, wenn man ihn für ihn anlegt, als warm, wenn er ihn für andere umtut. »Aber ich löse ihr schönes Herz« (sagt seines) »mit einer fortgesetzten Wunde und Lüge in einen neuen Kummer auf: ach, nicht einmal mein wahrer Tod wäre einer solchen Trauer wert. – Ich schweige also gar.« – Aber dann mußte sie denken, Heinrich zürne, auch dieser Freund sei eingebüßet; ja sie konnte dann nach dem Reichsmarktflecken reisen und vor seinen Grabstein treten und diesen als eine neue Bürde auf die gebückte, zitternde Seele laden. Beide Fälle teilten noch die dritte Gefahr, daß sie nach Vaduz hinkomme, und daß er dann die schriftlichen Lügen, die er sich ersparet, in mündliche verwandeln müsse. Noch ein Ausweg lief vor ihm hinauf, der tugendhafteste, aber der steilste – er konnte ihr die Wahrheit sagen. Aber mit welcher Gefahr aller seiner Verhältnisse war dieses Bekenntnis verknüpft, wenn auch Natalie schwieg – und auf seinen guten Heinrich fiel in Nataliens Augen ein schräges, gelbes Licht, zumal da sie über die Großmut seiner Zwecke und Lügen keinen Aufschluß hatte. Gleichwohl litt sein Herz auf dem unsichern Wege der Wahrheit am wenigsten; und er beharrte endlich auf diesem Entschluß.

Vierundzwanzigstes Kapitel

Nachrichten aus Kuhschnappel – Antiklimax der Mädchen – Eröffnung der sieben Siegel

Das setzet mich eben oft außer mir, daß wir, wenn wir immerhin einen von der Tugend auf uns ausgestellten Wechsel annehmen und honorieren, ihn doch erst nach so vielen Doppel-Usos und so vielen Respekttagen auszahlen, indes der Teufel wie Konstantinopel von keinen wissen will. Firmian machte keine andern Einreden mehr als verzögerliche: er schob bloß seine Beichte auf und dachte, da Apollo der schönste Tröster (Paraklet) der Menschen ist, und da Natalie dem Basilisk des Grams sein eignes Bild im Spiegel der Dichtkunst gewiesen, so werde er an seinem Bildnis umkommen. So werden alle tugendhafte Bewegungen in uns durch die Reibungen der Triebe und der Zeit entkräftet. – –

Ein einziger neuer Brief schob alle Wände seines Theaters wieder durcheinander. Er kam vom Schulrat Stiefel.

welche zuerst in dir bei einer moralischen Anfoderung, Nachricht, Abweisung blitzschnell aufsteigt, aber sogleich wieder verschwindet durch das spätere Besinnen und Besiegen. Welche große faulende Stücke vom alten Adam findet man da oft!

Hoch-Edelgeborner,
Insonders hochzuehrender Herr Inspektor!

Ew. Hoch-Edelgeboren erinnern sich noch mehr als zu gut der testamentarischen Verfügung, die unser beiderseitiger Freund, der selige Herr Armenadvokat Siebenkäs, getroffen, daß nämlich Herr Heimlicher von Blaise seine Pupillengelder auszahlen solle – und zwar, wie bekannt, an Dero werte Person, die solche wieder an die Witib zu extradieren habe –, widrigenfalls wolle Testator als Gespenst auftreten. Letztem sei, wie ihm wolle: so viel ist stadtkundig, daß allerdings seit einigen Wochen ein Gespenst in Gestalt unsers seligen Freundes dem Herrn Heimlicher überall nachgesetzt hat, der darüber so bettlägerig geworden, daß er das heilige Abendmahl genommen und den Entschluß gefaßt, besagte Gelder wirklich herauszugeben. Nun frag' ich hier an, ob Sie solche vorher haben wollen, oder ob solche, wie fast natürlicher, sofort der hinterlassenen Witwe einzuhändigen sind. Noch hab' ich anzumerken, daß ich letztere, nämlich die gewesene Frau Siebenkäs, wirklich – nach dem Willen des Erblassers – seit geraumer Zeit geheiratet habe, wie sie denn jetzt gesegneten Leibes ist. Sie ist eine treffliche Haus- und Ehefrau; wir leben in Ruhe und Einigkeit; sie ist gar keine Thaläa [1] und sie ließe ihr Leben so freudig für ihren Mann, wie er für sie – und ich wünsche oft nichts, als daß mein Vormann, ihr guter, unvergeßlicher erster Eheherr, Siebenkäs, der zuweilen seine kleinen Launen hatte, ein Zuschauer des Wohlbefindens sein könnte, worin gegenwärtig seine teuere Lenette schwimmt. Sie beweint ihn jeden Sonntag, wo sie vor dem Gottesacker vorübergeht; doch bekennt sie auch, daß sie es jetzo besser habe. Leider muß ich erst so spät von meiner Frau vernehmen, in welchen erbärmlichen Umständen sich der Selige mit seinem Beutel befunden; wie würde ich sonst ihm und seiner Gattin unter die Arme gegriffen haben, wie es einem Christen gebührt! – Wenn der Selige, der jetzo mehr hat als wir alle, in seinem Glanze herabsehen kann auf uns: so wird er mir gewiß verzeihen. – Ich halte ergebenst um eine baldige Antwort an. Ein Grund der Herausgabe der vormundschaftlichen Gelder möchte dies mit sein, daß Herr Heimlicher, der im ganzen ein rechtschaffener Mann ist, nun nicht mehr vom Herrn von Meyern verhetzet wird; beide haben sich nun stadtkundig ganz miteinander überworfen, und letzter hat sich in Baireuth von fünf Verlobten losgemacht und tritt gegenwärtig mit einer Kuhschnapplerin in den Stand der heiligen Ehe.

Meine Frau ist ihm so gram, als es die christliche Liebe nur erlaubt, und

[1] Die Ehefrau des Pinarius, Thaläa, unter der Regierung des Tarquinius superbus war die erste, die mit ihrer Schwiegermutter Gegania gezanket hat. Plut. im Numa. Vielleicht stellet einmal die deutsche Geschichte noch ehrenhafter die erste Gattin auf, die *nicht* mit ihrer Schwiegermutter gekeifet; wenigstens sollte ein deutscher Plutarch auf eine solche Jagd machen.

sie sagt, wenn er ihr begegne, sei ihr wie einem Jäger, dem am Morgen eine alte Frau in den Weg tritt. Denn er habe zu manchem unnützen Verdrusse mit ihrem Manne geholfen; und sie erzählt mir oft mit Vergnügen davon, wie hübsch Sie, hochgeehrtester Herr Inspektor, manchmal diesen gefährlichen Menschen abgekappt. In mein Haus wagt er jedoch keinen Tritt. – Für heute verspare ich noch eine ausführlichere Bitte, ob Sie nicht die noch erledigte Stelle des Verstorbnen in dem Götterboten deutscher Programme – welcher, darf ich sagen, in den Gymnasien und Lyzeen von Schwaben bis Nürnberg, Baireuth und Hof mit Beifall gehalten wird – als Mitarbeiter besetzen wollten. An elenden Programmensudlern ist eher Überfluß als Mangel – und Sie sind daher (lassen Sie sich dies ohne Schmeichelei sagen) ganz der Mann dazu, der die satirische Geißel über dergleichen Froschlaich in den kastalischen Quellen zu schwingen wissen würde, wie wahrlich nur wenige. Jedoch künftig mehr! – Auch meine gute Frau schließet hier die herzlichsten Grüße an den hochgeehrten Freund ihres sel. Mannes bei; und ich selber verharre unter der Hoffnung baldiger Bittegewähr

Ew. *Hochwohlgeboren*

ergebenster
S. R. Stiefel,
Schulrat.

Das Menschenherz wird durch große Schmerzen gegen das Gefühl der kleinen gedeckt, durch den Wasserfall gegen den Regen[1]. Firmian vergaß alles, um sich zu erinnern, um zu leiden, um sich zuzurufen: »So hab' ich dich ganz verloren, auf ewig – O du warest allemal gut, nur ich nicht – Sei glücklicher als dein einsamer Freund, den du mit Recht jeden Sonntag beweinest.« – Er warf auf seine satirischen Launen jetzt alle Schuld seiner vorigen Eheprozesse und schrieb seiner eignen unfreundlichen Witterung den Mißwachs an Freuden zu.

Aber er tat sich jetzt mehr Unrecht als sonst Lenetten. Ich will auf der Stelle die Welt mit meinen Gedanken darüber beschenken. Die Liebe ist die Sonnennähe der Mädchen, ja es ist der Durchgang einer solchen Venus durch die Sonne der idealen Welt. In dieser Zeit ihres hohen Stils der Seele lieben sie alles, was wir lieben, sogar Wissenschaften und die ganze beste Welt innerhalb der Brust; und sie verschmähen, was wir verschmähen, sogar Kleider und Neuigkeiten. In diesem Frühlinge schlagen diese Nachtigallen bis an die Sommersonnenwende: der Trautag ist ihr längster Tag. Dann holet der Teufel zwar nicht alles, aber doch jeden Tag ein Stück. Das Bastband der Ehe bindet die poetischen Flügel, und das Ehebette ist für die

[1] Der bekannte Wasserfall – pisse vache – stürzt sich in einem solchen Bogen vom Felsen, daß man unter ihm weggehen kann und also gegen Regen zugedecket ist. Malerische Reise in die Alpen.

Phantasie eine Engelsburg und ein Karzer bei Wasser und Brot. Ich bin oft in den Flitterwochen dem armen Paradiesvogel oder Pfau von Psyche nachgegangen und habe in der Mause des Vogels die herrlichen Schwung- und Schwanzfedern aufgelesen, die er verzettelte: und wenn dann der Mann dachte, er habe eine kahle Krähe geehlicht, setzt' ich ihm den Federbusch entgegen. Woher kommt dies? Daher: Die Ehe überbauet die poetische Welt mit der Rinde der wirklichen, wie nach Descartes unsere Erdkugel eine mit einer schmutzigen Borke überzogene Sonne ist. Die Hände der Arbeit sind unbehülflich, hart und voll Schwielen und können den feinen Faden des Idealgewebes schwer mehr halten oder ziehen. Daher ist in den höhern Ständen, wo man statt der Arbeitstuben nur Arbeitkörbchen hat, und wo man auf dem Schoß die Spinnrädchen mit dem Finger tritt, und wo in der Ehe die Liebe noch fortdauert – oft sogar gegen den Mann –, der Ehering nicht so oft wie in den niedern Ständen ein Gygesring, welcher Bücher, Ton-, Dicht-, Zeichen- und Tanz-Künste – unsichtbar macht; auf den Höhen bekommen Gewächse und Blumen aller Art, besonders die weiblichen, gewürzhaftere Kräfte. Eine Frau hat nicht wie der Mann das Vermögen, die innern Luft- und Zauberschlösser gegen die äußere Wetterseite zu verwahren. An was soll sich die Frau nun halten? An ihren Ehevogt. Der Mann muß immer neben dem flüssigen Silber des weiblichen Geistes mit einem Löffel stehen und die Haut, womit es sich überzieht, beständig abschäumen, damit der Silberblick des Ideals fortblinke. Es gibt aber zweierlei Männer: Arkadier oder Lyriker des Lebens, die ewig lieben wie Rousseau in grauen Haaren – solche sind nicht zu bändigen und zu trösten, wenn sie an der mit goldnem Schnitt gebundenen weiblichen Blumenlese nichts mehr vom Golde wahrnehmen, sobald sie das Werklein Blatt für Blatt durchschlagen, wie es bei allen umgoldeten Büchern geht – zweitens gibt es Schafknechte und Schmierschäfer, ich meine Meistersänger oder Geschäftleute, die Gott danken, wenn die *Zauberin* sich, wie andere Zauberinnen, endlich in eine knurrende *Hauskatze* umsetzt, die das Ungeziefer wegfängt.

Niemand hat mehr Langeweile und Angst – daher ich einmal in einer komischen Lebensbeschreibung das Mitleiden darauf hinlenken will – als ein feister, schiebender, gewichtvoller Bassist von Geschäftmann, der, wie sonst römische Elefanten, auf dem schlaffen Seile der Liebe tanzen muß, und dessen liebendes Mienenspiel ich am vollständigsten bei Murmeltieren antreffe, die ins Bewegen nicht recht kommen können, wenn die Stubenwärme sie aus dem Winterschlaf aufreißet. Bloß bei Witwen, die weniger geliebt als geheiratet sein wollen, kann ein schwerer Geschäftmann seinen Roman auf der Stufe anfangen, wo alle Romanschreiber die ihrigen ausmachen, nämlich auf der Trau-Altarstufe. Ein solcher im einfachsten Stil gebaueter Mann würde eine Last vom Herzen haben, wenn jemand seine Schäferin so lange in seinem Namen lieben wollte, bis er nichts mehr dabei zu machen hätte als die Hochzeit; – und zu so etwas, nämlich zu diesem Last- oder

Kreuzabnehmen, bezeigt niemand mehr Lust als ich selber; ich wollt' es oft in öffentliche Blätter setzen lassen (ich sorgte aber, man nähm' es für Spaß), daß ich erbötig wäre, erträglichen Mädchen, zu deren Liebe ein Mann von Geschäften nicht einmal die Zeit hat, so lange platonische, ewige Liebe zu schwören, ihnen die nötigen Liebeerklärungen als Plenipotentiar des Bräutigams zu übermachen und kurz, solche als substitutus sine spe succedendi oder als Gesellschaftkavalier am Arme durch das ganze unebene Breitkopfische Land der Liebe zu führen, bis ich an der Grenze die Fracht dem Sponsus (Bräutigam) selber völlig fertig übergeben könnte, welches dann mehr eine Liebe als eine Vermählung durch Gesandte wäre. Wollte einer (nach einem solchen systema assistentiae) den Schreiber dies, da doch auch in den Flitterwochen noch einige Liebe vorkommt, auch in diesen zum Lehnsvormund und Prinzipalkommissarius anstellen, so müßte er so viel Verstand haben und es sich vorher ausbedingen...

In Siebenkäsens Lenette war, ohne seine Schuld, sogleich vor dem Traualtar die ideale, selige Insel meilentief hinabgesunken; der Mann konnte nichts dafür; aber er konnte auch nichts dagegen. Überhaupt, lieber Erziehrat Campe, solltest du nicht so laut mit dem Schulbakel auf dein Schreibpult schlagen, wenn eine einzige Fröschin im nächsten Teich etwas quäket, was in einem Almanach eingesandt werden kann – ach reiße den guten Geschöpfen, die die schönsten Träume voll Phantasieblumen ins leere Leben sticken, doch den kurzen einer empfindsamen Liebe nicht weg: sie werden ohnehin zu bald, zu bald geweckt, und ich und du schläfern sie mit allen unsern Schriften nicht wieder ein!

Siebenkäs schrieb an demselben Tage dem Schulrat kurz und eilig zurück: es sei ihm recht lieb, daß er sich an das Testament und an die Gesetze gehalten, und er schicke ihm hier die ganze Vollmacht zur Gelder-Erhebung; nur bitte er ihn als einen großen Gelehrten, der oft dergleichen weniger verstehe als zu verstehen hoffe, alles bloß durch einen Advokaten abzumachen, da ohne Juristen kein Jus helfe, ja oft mit ihnen kaum. – Programme zu rezensieren hab' er keine Zeit, geschweige zu lesen, und er grüße herzlich die Gattin.

Es ist mir nicht unangenehm, daß alle meine Leser es, wie ich sehe, von selber herausgebracht, daß das Gespenst oder der überirdische Wauwau oder Mumbo Jumbo [1], der dem Heimlicher von Blaise besser als Reichs-Kammergerichtsexekutions-Truppen den Erbschaftraub aus den Klauen gezogen, niemand weiter gewesen als Heinrich Leibgeber, der sich seiner Ähnlichkeit mit dem seligen Siebenkäs bediente, um den revenant (Wiederkömmling) zu spielen; ich brauche also dem Leser das nicht erst zu sagen, was er schon weiß.

[1] Ist ein Popanz, neun Fuß hoch, aus Baumrinde und Stroh, womit die Mandingoer ihre Weiber schrecken und bessern.

Wenn der Mensch endlich eine jähe Alpe mit Laubfroschhänden aufgekrochen ist: so ist oft die erste Aussicht droben die in eine neue klaffende Schlucht: Firmian sah eine neue Tiefe unter sich – er mußte seinen neulichen Vorsatz fortweisen – ich meine, er durfte Natalien nicht ein Wort von seiner Auferstehung aus dem Bein Lüz, nicht eine Silbe von seiner Fortdauer nach dem Tode sagen. Ach das Glück seiner Lenette, die, obwohl unverschuldet, zwei Männer hatte, war dann auf eine Zungenspitze gestellt – er hätte die Schuld, Lenette den Jammer gehabt. »Nein, nein,« (sagt' er) »die Zeit wird schon nach und nach in Nataliens gutem Herzen auf meinem blassen Bild Staub ansetzen und ihm die Farben ausziehen.«

Kurz er schwieg. Die stolze Natalie schwieg ebenfalls. In diesem abscheulichen Stande neben dem harten, ewigen Knoten des Schauspiels bracht' er seine Stunden auf dem Theater ängstlich zu – über jeden Reiz des Frühlings warf der Rabenzug der Sorgen den gaukelnden Schatten, und in seinen Schlummer fielen die giftigen Träume wie Mehltau. Jede Traumnacht zerschnitt den fallenden, niedersteigenden Planetenknoten und sein Herz dazu. Wie rettete ihn das Schicksal aus diesem Qualm, aus dieser Stickluft der Angst? Wie heilte es seinen Fingerwurm im Ehering-Finger? – Dadurch daß es den Arm abnahm. – Nämlich an einem langen Abende war der Graf kurz vor dem Bettegehen so vertraulich gegen ihn geworden, als – Weltleute können. Er sagte, er habe ihm etwas sehr Angenehmes zu berichten; nur möge er ihm eine Vorerinnerung vergönnen. Er komme ihm – fuhr er fort – während seines Amtes nicht mehr so aufgeweckt und humoristisch vor, als er ihn vor demselben gefunden; ja vielmehr, wenn ers sagen sollte, zuweilen niedergeschlagen und zu sentimental; und doch habe er früher selber gesagt (dies war aber der andere Leibgeber), er höre lieber jemand über ein Übel fluchen als jammern, und man könne ja die Füße in dem Winter und doch die Nase in dem Frühling stecken haben und im Schnee an eine Blume riechen. – »Ich verzeih' es gern, denn ich errate vielleicht die Ursache«, setzte er hinzu; aber sein Verzeihen war eigentlich nicht ganz wahr. Denn wie alle Große war ihm alles Starke der Gefühle, sogar liebender, am meisten aber trauernder, ein Verdruß, und ein starker Handdruck der Freundschaft ein halber Fußtritt; und vor ihm sollte der Schmerz nur lächelnd, das Böse nur lachend, höchstens ausgelacht vorüberziehen, wie denn die kältesten Weltleute dem physischen Menschen gleichen, dessen größter Wärmegrad sich in der Gegend des Zwerchfells aufhält.[1] Folglich mußte dem Grafen der vorige Leibgeber – dieser sturmwindige und dabei heitere tiefblaue Himmel – mehr zusagen als der angebliche. – Aber wie anders als wir, die wir den Tadel ruhig lesen, hörte Siebenkäs ihn an! Diese *Sonnenfinsternisse* seines Leibgebers, welche keine eignen *Sonnenflecken* waren, sondern die er selber durch seine Stellung scheinbar hervorbrachte,

[1] Walthers Physiologie. B. 2.

warf er sich als so schwere Sünden gegen seinen Lieben vor, daß er für sie durchaus Beichte und Buße haben mußte.

Als nun gar der Graf fortfuhr: »Euere Empfindsamkeit kann sich wohl nicht bloß auf den Verlust Eueres Freundes Siebenkäs beziehen, von dem Ihr mir überhaupt nach seinem Tode nicht mit so viel Wärme mehr gesprochen als bei seinem Leben; verzeiht mir diese Offenheit« –: da durchschnitt ein neuer Schmerz über Leibgebers Verschattung seine Stirn, und mit Not ließ er seinen Gerichtherrn sich zu Ende erklären. »Aber bei mir, bester Leibgeber, ist dies kein Vorwurf, sondern ein Vorzug – um Tote soll man nicht ewig trauern, höchstens um Lebendige. – Und eben das letzte kann bei Euch in künftiger Woche aufhören, denn da kommt meine Tochter und –« (dies sprach er langgezogen) »ihre Freundin Natalie mit; sie sind sich unterwegs begegnet.« Hastig sprang Siebenkäs auf, stand fest und stumm da, hielt sich die Hand vor die Augen, nicht als einen Fächer, sondern als einen Lichtschirm, um die übereinander stehenden und widereinander laufenden Wolkenreihen von Gedanken recht durchzuschauen und zu verfolgen, eh' er seine Antwort gab.

Aber der Graf, ihn als Leibgeber in allen Punkten schief sehend und seine empfindsame Umwandlung auf Nataliens Rechnung und Entbehrung schreibend, ersuchte ihn, bevor er spreche, ihn nur gar anzuhören und seine Versicherung anzunehmen, mit welcher Freude er alles tun würde, um die schöne Freundin seiner Tochter auf immer in seiner Nachbarschaft zu behalten. Himmel! wie verwickelte der Graf alles Einfache so tausendfältig!

Jetzt mußte der von neuen Windecken gestürmte Siebenkäs um einen Bedenkaugenblick ersuchen – denn hier standen ihm drei Seelen auf dem Spiel –; aber er hatte kaum einige heftige Gänge durch das Zimmer gemacht, als er wieder fest stand und zum Grafen und zu sich sagte: »Ja, ich handle recht!« Darauf tat er die fragende Bitte an ihn um sein Ehrenwort, daß er ein Geheimnis, das er ihm vertrauen wolle, und das weder ihn selber noch seine Tochter im geringsten betreffe oder beschädige, bei sich verwahren wolle. – »In diesem Falle, warum nicht?« versetzte der Graf, dem ein aufgedecktes Geheimnis das Lichten einer Sperrwaldung vor einer weiten Aussicht war.

Da schloß Firmian sein Herz und sein Leben und alles auf; es war ein losgelaßner Strom, der in einem neuen Kanale sich überstürzt und mit Blikken noch nicht zu übermessen ist. Mehrmals hielt ihn der Graf durch neues Mißverstehen auf, weil er eine Liebe Nataliens gegen den eigentlichen Leibgeber bloß voraussetzend sich erdichtet und die wahre gegen Siebenkäs von niemand erfahren hatte.

Jetzt überraschte wieder der überraschte Gerichtherr von seiner Seite und zeigte dem Inspektor unter so vielen Gesichtern, die in solchen Fällen zu machen waren – beleidigte, zornige, bestürzte, verlegne, entzückte, kalte –, bloß eines der zufriedensten. Vorzüglich erfreu' ihn nur, sagte er, daß er doch an so manchem sich gestoßen und Licht sich angezündet – und daß er in einigen Punkten von Leibgeber nicht zu gut und in andern nicht zu blind gedacht; – am meisten aber sei er über das Glück entzückt, auf diese Weise einen Leibgeber doppelt zu haben und den abgereisten in keiner Trauer um einen verstorbenen Freund zu wissen. –

Über des Grafen Heiterbleiben wundere sich doch niemand, der nur irgendeinen hellen Ordenstern auf einer bejahrten erloschenen Brust funkeln sehen. Wenn unser alter Weltmann so den auf- und abfliegenden Weberschiffchen dieser freundschaftlichen Kette nachsah, dem Lieben und Opfern auf jeder Seite – und die dadurch zusammengewirkte glänzende Raffaels-Tapete der Freundschaft in der Hand hielt und besah, so überkam er nach so langer Zeit den Genuß von etwas Neuem; so daß er bisher in seiner ersten Loge vor einem lebendigen komisch-historischen Schauspiel gestanden, das er sich selber schön entwickelte und das sich jede Minute in seinem Kopfe wiedergeben ließ. Auch sein Inspektor wurde für ihn zu einem neuen Wesen voll frischer Unterhaltung dadurch eben, daß er von der Bühne wegging, sich umkleidete und als der Pseudo-Selige, Siebenkäs, in seine Stube eintrat und ihm in der Zukunft von nichts als dem Erzähler selber recht viel erzählen konnte. Und so wurden ihm beide Freunde gleich schmeichelhaft-lieb durch eine sich andrängende Teilnahme an ihm, mit welcher sie gegenseitig ihren Seelenbund durchflochten hatten.

Wer die Seligkeit, wahr zu bleiben, genossen, der begreift die neue, mit welcher Siebenkäs sich jetzt über alles, über sich und über Heinrich und Natalie, ungehemmt ergießen konnte, – indem er die weggeworfne Last erst nachfühlte, die leichte Scherzlüge des Augenblicks zu einem jährlichen Lustspiel von 365 Aufzügen zu verarbeiten. Wie leicht eröffnete ers dem Grafen, daß er vor der Ankunft Nataliens, die er weder forttäuschen noch enttäuschen könne, fliehen wollte, und zwar geradezu nach dem Reichsmarktflecken Kuhschnappel. Da der Graf aufhorchte: so sagte er ihm alles, was ihn trieb und reizte: Sehnsucht nach seinem Grabstein und unheiligen Grabe, ordentlich um zu büßen – Sehnsucht, Lenetten von fernen ungesehen zu sehen, ja vielleicht in der Nähe ihr Kind – Sehnsucht, über ihren Glück- und Ehestand mit Stiefeln das Rechte von Augenzeugen zu erfahren; denn Stiefels Brief hatte ihm die Blumenasche der vergangnen Tage in die Augen geweht und die eingeschlafne Blume der ehelichen Liebe aufgeblättert – Sehnsucht, den Schauplatz seiner niederbeugenden Lage dort mit abgelegter Bürde aufrecht und romantisch zu durchwandern – Sehnsucht, im Marktflecken etwas Neues von seinem Leibgeber zu vernehmen, der ja erst vor kurzem da gewesen – Sehnsucht, seinen Totenmonat, den August, einsam zu feiern, wo es ihm wie dem Weinstock ergangen, dem man im August die Blätter abbricht, damit die Sonne stärker auf die Beeren steche. –

Mit drei Worten – denn weshalb viele Gründe, da man nur einmal wollen darf, so kanns nachher an Gründen dazu nicht fehlen – er reiste ab.

Fünfundzwanzigstes und letztes Kapitel

Die Reise – der Gottesacker – das Gespenst – das Ende des Elendes und des Buchs

Ich sehe jeden Tag mehr, daß ich und die übrigen 1 000 000 099 Menschen [1] nichts sind als Gefüllsel von Widersprüchen, von unheilbaren Nullitäten und von Vorsätzen, deren jeder seinen Gegenmuskel (musc. antagonista) hat – andern Leuten widersprechen wir nicht halb so oft als uns selber –; dieses letzte Kapitel ist ein neuer Beweis: ich und der Leser haben bisher auf nichts hingearbeitet als auf das Beschließen des Buchs – und jetzo, da wir daran sind, ist es uns beiden äußerst zuwider. Ich tue doch etwas, wenn ich – soviel ich kann – das Ende desselben, wie das Ende eines Gartens, der auch voll Blumenstücke ist, etwa bestens verberge und manches sage, was das Werklein allenfalls verlängert.

Der Inspektor sprang mit der Burg einer muskulösen, vollen Brust ins Freie unter die Kornähren, der Alp des Schweigens und Täuschens drückte nicht mehr so schwer auf ihn. Die Schlaglauwine seines Lebens war überhaupt unter seiner jetzigen Glücksonne um ein Drittel zerlaufen; die elektrische Belegung mit reichern Einkünften und selber die häufigern Geschäfte hatten ihn mit Feuer und Mut geladen. Sein Amt war ein mit einem solchen silbernen und goldnen Geäder durchschossener Berg, daß er schon in diesem Jahre namenlose Beisteuern zur preußischen Witwenkasse ablaufen lassen konnte, um seinen Betrug anfangs zu halbieren, und zuletzt gar aufzuheben und gutzumachen. Ich würde diese Pflichthandlung gar nicht vor die Augen des Publikums befördern, wenn ich nicht zu besorgen hätte, daß Kritter in Göttingen, der den Torschluß dieser Kasse aufs Jahr 1804 verlegt, oder auch noch glimpflichere Rechner, die ihre letzte Ölung auf 1825 herausrechnen, daß diese etwan von meinen Blumenstücken Gelegenheit nehmen möchten, gar dem Inspektor den Totentanz der Witwenkasse aufzubürden. Es würde mich ungemein reuen, der ganzen Sache nur in den Blumenstücken erwähnt zu haben.

Er nahm seinen Weg nicht über Hof oder Baireuth und über die alten romantischen Reisewege; er fürchtete, Natalien mit seinem Scheinkörper von der hinter den Wolken säenden Hand des Schicksals entgegen gebracht zu werden. Und doch hoffte er von derselben Hand ein wenig, daß sie ihn zufällig auf seinen Leibgeber stoßen lasse, da dieser erst neulich in den kuhschnappelschen Wassern gekreuzet. Ohnehin hatte er sich unterwegs wieder in dessen Hemd und Jacke und ganzes Außen verkörpert, das er von ihm im Gefreeser Wirthaus eingewechselt; und der Anzug war ihm ein Spiegel, der ihm in einem fort den Entfernten zeigte. Ein Saufinder – wie

[1] 1000 Millionen bekriechen diese Kugel.

der Leibgebersche –, der in einem Forsthause den Kopf nach ihm aufhob, gab ihm einen Stich der Freude ins Herz; aber die Nase des Hundes kannte ihn so wenig wie dessen Herr.

Indes, je näher er gegen die Berge und Wälder vorschritt, hinter deren sinesischer Gottesackermauer seine zwei leeren Häuser, sein Grab und seine Stube, standen: desto enger zog die Beklommenheit ihr Zugnetz um sein Herz zusammen. Es war nicht die Furcht, erkannt zu werden; dies war (wegen seiner jetzigen Ähnlichkeit mit Leibgebern) unmöglich; ja man hätt' ihn eher für seinen eignen Poltergeist und Propheten Samuel genommen als für den noch lebenden Siebenkäs; sondern außer der Liebe und der Erwartung macht' ihn noch etwas anders ängstlich, was mich einmal einklemmte, da ich unter den herkulanischen Altertümern meiner Kindheit herumreisete. Es warfen sich wieder um meine Brust die eisernen Banden und Ringe, die sie in der Kindheit zusammengezogen, worin der kleine Mensch noch vor den Leiden des Lebens und dem Tode hülf- und trostlos zittert; man steht mitten innen zwischen dem abgerissenen Fußblock, den aufgesperrten Hand- und Beinschellen und zwischen dem hohen brausenden Freiheitbaume der Philosophie, die uns in den freien offnen Waffenplatz und in die Krönungstadt der Erde führte. – Firmian sah in jedem Gebüsche, um das er sonst in seinem armen, leeren Winzer-Herbst spazieren gegangen, den abgestreiften Balg der Schlangen hangend, die sich sonst um seine Füße gewunden hatten – die Erinnerung, dieser Nachwinter der harten, rauhen Tage, fiel in die schönere Jahreszeit seines Lebens ein, und aus der Nähe solcher unähnlicher Gefühle, des vorigen Kettendrucks und der jetzigen Freiheitluft, floß ein drittes, bittersüßes, banges zusammen.

In der Dämmerung ging er langsam und aufmerksam durch die mit verzettelten Ähren bezeichneten Gassen der Stadt; jedes Kind, das mit dem Nachtbier vor ihm vorüberlief, jeder bekannte Hund und jeder alte Glockenschlag waren voll Schieferabdrücke von Freudenrosen und Passionblumen, deren Exemplare längst auseinandergefallen waren. Als er vor seinem vorigen Hause wegging, hört' er oben in seiner Stube zwei Strumpfwirkerstühle schnarren und klappern mit ihrem gezognen Schnarrkorpus-Register.

Er quartierte sich im Gasthofe zur Eidechse ein, der nicht das glänzendeste Hotel im Marktflecken gewesen sein kann – da der Advokat darin Rindfleisch auf einem Zinnteller bekam, der nach den Schnitten und Stigmen durch ein Fac-simile seines eignen Messers sich unter seinen verpfändeten Teller-Ausschuß eingeschrieben –; indes aber hatte der Gasthof das Gute, daß Firmian das drei Treppen hohe Stübchen Nro. 7 nehmen und darin eine Sternwarte oder einen Mastkorb der Beobachtung anlegen konnte, gerade der tiefern Studierstube Stiefels gegenüber. Aber seine Lenette kam nicht ans Fenster. Ach, er wäre, hätte er sie erblickt, in die Stube vor Wehmut hingekniet. Bloß als es sehr dunkel wurde, sah er seinen alten Freund

Pelzstiefel ein gedrucktes Blatt – höchst wahrscheinlich einen Korrekturbogen des Anzeigers deutscher Programme –, weil es zu finster war, gegen die Abendröte zum Fenster heraushalten. Es wunderte ihn, daß der Rat sehr eingefallen aussah und eine Florschärpe oder Binde um den Ärmel hatte: »Sollte denn«, dacht' er, »das arme Kind meiner Lenette schon verstorben sein?«

Spät schlich er sich zitternd nach dem Garten, aus dem nicht jeder wiederkommt, und an welchen der hangende Eden-Garten des zweiten Lebens stößet. Im Kirchhof war er vor nahen Zuschauern durch die Gespenstergeschichten gedeckt, womit Leibgeber dem Vormunde die Mündelgelder aus den Händen gerungen. Da er an sein leerstehendes unterirdisches Bette nicht sogleich gelangen konnte: so kam er vorher vor der Kindbetterin vorbei, auf deren damals schwarzen, jetzo grasigen Hügel er den Blumenstrauß gepflanzet hatte, der dem Herzen seiner Lenette eine unerwartete Freude machen sollte, und nur einen unerwarteten Kummer machte. Endlich kam er vor den Bettschirm der Grab-Sieste, vor seinen Leichenstein, dessen Inschrift er mit einem kalten Schauer herunterlas. »Wenn nun diese steinerne Falltüre auf deinem Angesichte läge und den ganzen Himmel verbauete?« sagt' er zu sich – und dachte daran, welches Gewölke und welche Kälte und Nacht um die beiden Pole des Lebens, so wie um die beiden Pole der Erde, herrsche, um den Anfang und um das Ende des Menschen – er hielt jetzt seine Nachäffung der letzten Stunde für sündlich – der Trauerfächer einer langen, finstern Wolke war vor dem Monde ausgebreitet – sein Herz war bang und weich, als plötzlich etwas Buntes, was nahe an seinem Grabe stand, ihn ergriff und seine ganze Seele umkehrte.

Es stand nämlich darneben ein neues, lockeres Grab in einer hölzernen, übermalten Einfassung, ähnlich einer Bettlade; auf diesen bunten Brettern las Firmian, solang' es sein überströmendes Auge lesen konnte: »Hier ruht in Gott Wendeline Lenette Stiefel, geborne Egelkraut aus Augsburg. Ihr erster Mann war der wohlsel. Armenadvokat St. F. Siebenkäs. Sie trat zum zweitenmal 1786 den 20. Okt. in die Ehe mit dem Schulrate Stiefel allhier und entschlief, nachdem sie 3/4 Jahre mit ihm in einer ruhigen Ehe gelebet, den 22. Jul. 1787 im Kindbette und liegt hier mit ihrem totgebornen Töchterlein und wartet auf eine fröhliche Auferstehung.« .....

»O du Arme, du Arme!« mehr konnt' er nicht denken. Jetzo, da ihr Lebenstag heller und wärmer wurde, schlingt die Erde sie ein; und sie bringt nichts hinunter als eine Haut voll Schwülen der Arbeit, ein Angesicht voll Runzeln des Krankenbettes und ein zufriedenes, aber leeres Herz, das, in die Hohlwege und Schachten der Erde hinabgedrückt, so wenig Gefilde und wenig Gestirne gesehen hatte. Ihre Leiden hatten sich allemal so eng und schwarz und groß über sie herüber gezogen, daß keine malende Phantasie sie durch das Farbenspiel der Dichtung mildern und verschönern konnte, so wie kein Regenbogen möglich ist, wenn es über den ganzen

Himmel regnet. »Warum hab' ich dich so oft gekränkt, sogar durch meinen Tod, und deinen unschuldigen Launen so wenig vergeben?« sagt' er bitter weinend. Er warf einen Regenwurm, der sich aus dem Grabe drängte und ringelte, weit hinweg, als wenn er eben aus dem geliebten, kalten Herzen satt gefüllet käme, da ihn doch das sättigt, was uns am Ende auch satt macht, *Erde.* Er dachte an das zerstäubende Kind, das wie ein eignes die welken, dünnen Arme um seine Seele legte, und dem der Tod so viel, wie ein Gott dem Endymion, gegeben: Schlaf – ewige Jugend – und Unsterblichkeit. Er wankte endlich langsam von der Trauerstätte hinweg, als die Tränen sein Herz nicht erleichtert, nur ermüdet hatten.

Als er im Gasthof eintrat: sang eine Harfenistin in Begleitung eines kleinen Flötenspielers der Wirtstube ein Lied vor, dessen Wiederkehr war: »Tot ist tot, hin ist hin.« Es war dieselbe, die am heiligen Abend vor dem neuen Jahre, als seine nun zerstörte und gestillte Lenette mit der brechenden Brust voll Qualen, weinend und verlassen, ihr verzognes Angesicht ins Schnupftuch drückte, gespielet und gesungen hatte. O die heißen Pfeile der Töne zischten durch sein zerstochnes Herz – der Arme hatte keinen Schild – »Ich habe sie damals sehr gemartert,« (sagt' er unaufhörlich) »wie sie seufzete, wie sie schwieg! – O wenn du doch mich jetzt sähst aus deinen Höhen, da du gewiß glücklicher bist; wenn du meine vollgeblutete Seele erblicktest, nicht damit du mir vergäbest – nein, damit ich nur den Trost hätte, deinetwegen etwas zu leiden – o wie wollt' ich jetzt anders gegen dich sein!«

So sagen wir alle, wenn wir die begraben, die wir gequälet haben; aber an demselben Trauerabende werfen wir den Wurfspieß tief in eine andere, noch warme Brust. O wir Schwächlinge mit starken Vorsätzen! Wenn heute die zerlegte Gestalt, deren verwesende, von uns selber geschlagene Wunden wir mit reuigen Tränen und bessern Entschlüssen abbüßen, wieder neu geschaffen und jugendlich überblüht in unsere Mitte träte und bei uns bliebe: so würden wir bloß in den ersten Wochen die wiedergefundne, liebere Seele vergebend an unsern Busen, aber dann später sie doch wie sonst in die alten, scharfen Marterinstrumente drücken. Daß wir dieses sogar gegen unsere lieben Verstorbenen täten, seh' ich daraus – die Härte gegen die Lebenden noch ungerechnet –, weil wir in den Träumen, wo uns die versunknen Gestalten wieder besuchen, gegen sie alles wiederholen, was wir bereuen. – Ich sage das nicht, um einem Wehklagenden den Trost der Reue oder des Gefühles zu nehmen, daß er das verlorne Wesen schöner liebe; sondern nur um den Stolz auf diese Reue und auf dieses Gefühl zu schwächen. –

Als Firmian noch spät das von der Trauerzeit ausgesogne, zernagte Angesicht seines alten Freundes, dessen Herz so wenig mehr besaß, gen Himmel blicken sah, als wenn er da zwischen den Sternen die geraubte Freundin suchte: so drückte der Schmerz die letzte Träne aus dem ausgepreßten Herzen, und im Wahnsinn der Qual gab er sich sogar die Leiden seines

Freundes schuld, als hätte dieser sie ihm nicht früher zu verdanken als zu vergeben gehabt.

Er erwachte mit der Müdigkeit des Schmerzes, d. h. mit der Verblutung aller Gefühle, die sich endlich in ein süßes Zerfließen und ein tödliches Sehnen auflöset. Er hatte ja alles verloren, sogar das, was nicht begraben war. Zum Schulrate durft' er aus Besorgnis nicht gehen, daß er sich verrate; daß er wenigstens die Ruhe des unschuldigen Mannes, der mit der Heirat einer noch verheirateten Frau weder sein orthodoxes Gewissen noch seinen Ehrgeiz hätte versöhnen können, auf ein zweideutiges Spiel zu setzen wage.

Aber den Friseur Merbitzer konnt' er mit einer verminderten Gefahr, sich zu verraten, besuchen und von ihm eine größere Aussteuer von Nachrichten mitnehmen. – Übrigens hatte jetzt die Sense des Todes mit den Banden der Liebe zugleich alle seine Ketten und Knoten zerhauen; er schadete nun niemand als sich, wenn er vor andern, ja vor der trauernden Natalie seine Totenlarve abzog und sich unvermodert darstellte – umso mehr, da ihm sein Gewissen an jedem schönen Abend und bei jeder guten Tat die Verzögerzinsen der rückständigen Wahrheit-Schuldenmasse abfoderte und alle Moratorien verweigerte. – Auch schwur sein Ich wie ein Gott seinem Ich, daß er nur diesen Tag noch bleibe und dann niemals wiederkehre.

Der Friseur ersah am Hinken sogleich, daß es niemand anders sei als der Vaduzer Inspektor – Leibgeber. Er setzte, gleich der Nachwelt, dem vorigen Mietmann Siebenkäs die dicksten Rosmarinkränze auf und beteuerte: »sein jetziges Spitzbubenzeug von Strumpfwirkern oben sei gegen den seligen Herrn gar kein Vergleich, und das ganze Haus krache, wenn sie oben träten und schnarrten.« Er brachte dann bei, daß der Selige die Frau in Jahrfrist nachgeholt habe – daß diese nie Merbitzers Haus vergessen können, daß sie oft bei Nacht in ihrer Trauerkleidung, worin man sie auch beerdigen müssen, eingesprochen und Red' und Antwort von ihrer Veränderung gegeben: »sie lebten«, sagte der Haarkräusler, »wie zwei Kinder miteinander – nämlich Stiefel und sie.« – Dieses Gespräch, dieses Haus und endlich sein eignes, jetzt so lärmendes Zimmer zeigten nichts als leere Stätten des zerstörten Jerusalems – wo sein Schreibtisch war, stand ein Strumpfwirkerstuhl etc. – und alle seine Fragen nach der Vergangenheit waren die *Brandkollekte,* welche die niedergebrannten Lustschlösser wieder aus der Phönixasche heben sollte. Die Hoffnung ist das Morgenrot der Freude, und die Erinnerung ihr Abendrot; aber dieses tropfet so gern in entfärbtem grauen Tau oder Regen nieder, und der blaue Tag, den das Rot verspricht, bricht freilich an; aber in einer andern Erde, mit einer andern Sonne. – Merbitzer schnitt, unwissend, den Spalt tief und weit, in den er die abgeschnittenen Blütenzweige der alten Tage dem Herzen Firmians einimpfte – und als seine Frau zuletzt erzählte, daß Lenette nach dem Krankenabendmahl bei dem Vesperprediger angefragt: »Ich komme doch nach meinem

Tod zu meinem Firmian?« so kehrte Firmian von diesen blinden Dolchstichen seine Brust weg und eilte fort, aber ins Freie hinaus, um keinem Menschen zu begegnen, den er belügen hätte müssen.

Und doch mußt' er sich nach einem Menschen sehnen, und wäre einer nicht anders zu finden als unter seinem niedrigsten Dache im – Gottesacker. Der gewitterhafte Dampf- und Dunstkreis des Abends brütete alle Wünsche der Wehmut an; der Himmel war mit unreifen zerstückten Gewitterflocken durchzogen, und am östlichen Horizont warf schon ein brausendes Gewitter seine entzündeten Pechkränze und seine vollen Wolken auf unbekannte Gegenden nieder. Er ging nach Hause; aber indem er vor den hohen Staketen des Blaisischen Garten vorbeilief, glaubt' er eine Gestalt wie Natalie, schwarz gekleidet, in die Laube schlüpfen zu sehen. Erst jetzo fiel ihm die vorige Nachricht Merbitzers mehr auf, daß eine vornehme Trauerdame sich vor einigen Tagen alle Stuben seines Hauses zeigen lassen und sich besonders in den Siebenkäsischen aufgehalten und nach vielerlei erkundigt habe. Nataliens Umweg auf der Reise nach Vaduz war immer nach ihrer kühnen und romantischen Denkweise nicht unwahrscheinlich, da sie ohnehin Firmians Wohnort nie gesehen und der Inspektor ihr auf nichts geantwortet – da Rosa verheiratet war – und Blaise sich seit der Gespenstererscheinung ausgesöhnt hatte – und da Firmians Sterbmonat sie am natürlichsten zu einer Wallfahrt nach seinem letzten Orte einladen können.

Ihr Freund mußte nun wohl den ganzen Abend mit schmerzlicher Wärme an die letzte denken, die noch als der einzige unbedeckte Stern aus dem überzognen Sternenhimmel seiner vorigen Tage schimmerte. – Es wurde nun dämmernd; es wehte kühl; die Gewitter hatten sich schon an andern Ländern erschöpft; bloß schwarzrotes, zertrümmertes Gewölke, gleichsam glimmende, halbverkohlte Brände, waren im Himmel übereinander gehäuft. Er ging zum letzten Mal nun an den Ort, wo der Tod die rote, zugleich mit der Knospe abgeschnittene Nelke eingelegt hatte; aber in seiner Seele wehete es, wie außer ihm, nicht mehr so schwül, sondern frischer – die Bitterkeit des ersten Schmerzes hatten Tränen verdünnt – er fühlte sanfter, daß die Erde nur der *Zimmerplatz*, nicht die *Baustelle* der Menschen sei – im Morgen glänzte mit aufsteigenden Sternen ein blauer, langer Streif über den versunknen Gewittern – der Lichtmagnet des Himmels, der Mond, lag wie eine Strahlenquelle auf der Folie einer gespaltenen Wolke, und das weite Gewölke schmolz ein und rückte nicht.

Als Firmian näher am geliebten Grabe das gesunkne Haupt aufhob, ruhte eine schwarze Gestalt darauf. Er stockte, er blickte schärfer hin: es war eine weibliche, deren Angesicht, ins Eis des Todes eingefroren und eingeschmiedet, gegen ihn hinstarrete. Als er näher trat, war seine teuerste Natalie am bunten Grabgerüste niedergebrochen angelehnt, vor dem Herbstatem des Todes waren die Lippen und Wangen mit weißer Schminke angelaufen und die offenen Augen erblindet, und nur die Tränentropfen, die noch um sie hingen, zeigten an, daß sie erst gelebt, und daß sie ihn für die Geistererscheinung gehalten, wovon sie so viel gehört hatte. Da sie in der schwärmerischen Trauer über seinem Grabe ihrem starken und öden Herzen die Geistererscheinung gewünschet hatte, und da sie ihn nun kommen sah: so dachte sie, das Geschick erhöre sie; und dann zerdrückte die metallene Hand des kalten Entsetzens die rote Rose zur weißen. O! ihr Freund war unglücklicher; sein weiches, nacktes Herz lag zwischen zwei aneinanderstürzenden Welten zermalmt. Mit jammernder Stimme schrie er: »Natalie, Natalie!« Die Lippe zuckte auf, und das Auge wärmte ein Hauch von Leben an; aber als der Tote noch vor ihr stand, schloß sie das Auge und sagte schaudernd: »Ach Gott!« Vergeblich warf seine Stimme sie ins stechende Leben zurück; sobald sie aufblickte, gerann ihr Herz vor der nahen Schrecklarve, und sie konnte nur seufzen: »Ach Gott!« – Firmian riß an ihrer Hand und rief: »Du himmlischer Engel, ich bin nicht gestorben – blicke mich nur an – Natalie, kennst du denn mich nicht mehr? – O guter Gott! strafe mich nicht so gräßlich und nimm ihr das Leben nicht durch mich!« Endlich hob sie langsam die schweren Augenlider auf und sah den alten Freund neben sich zittern, mit den Tränen der Angst und mit dem wechselnden Angesicht, das unter den Giftstacheln der Qualen aufschwoll – er weinte froher und stärker und lächelte sie schmerzlich an, als sie die Augen offen ließ: »Natalie, ich bin ja noch auf der Erde und leide wie du – Siehst du nicht, wie ich zittere deinetwegen? – Nimm meine warme Menschenhand! – Bist du noch in Furcht?« – »Nein«, sagte sie erschöpft, aber sie blickte ihn scheu, wie einen überirdischen Menschen, an und hatte keinen Mut zur Frage über das Rätsel. Er half ihr unter sanften Tränen auf und sagte: »Aber verlassen Sie, Unschuldige, diese Trauerstätte, auf die schon so viel Tränen gefallen sind – für Ihr Herz hat das meinige kein Geheimnis mehr – ach ich kann Ihnen alles sagen, und ich sag' Ihnen auch alles.« Er führte sie über die stillen Toten hinauf durch die Hinterpforte des Gottesackers hinaus; aber sie hing, unter dem Ersteigen der nächsten Anhöhe, schwer, matt und immer zusammenschaudernd an seinem Arm, und bloß die Tränen, welche die Freude, die aufgelösete Angst, der Kummer und die Ermattung miteinander aus ihren Augen trieben, fielen wie erwärmter Balsam auf das kalte, zerspaltene Herz.

Auf der schwer erklommenen Höhe setzte sich die müde Kranke nieder – und die schwarzen Wälder der Nacht lagen, von weißen Ernten gegittert und von dem stillen Lichtmeer des Mondes durchschnitten, vor ihnen, die Natur hatte den gedämpften Lautenzug der Mitternacht gezogen, und neben Natalien stand ein teuerer Auferstandner. Er erzählte nun Leibgebers Bitten – seine kurze Sterbens-Geschichte – seinen Aufenthalt beim Grafen – alle Wünsche und Tränen seiner langen Einsamkeit – seinen festen Entschluß, sie lieber zu fliehen, als ihr schönes Herz mündlich oder schriftlich zu belügen und zu verwunden – und die Entdeckungen, die er dem Vater ihrer Freundin schon gemacht. Sie hatte bei dem Berichte seiner letzten Minute und seines ewigen Abschiedes von Lenetten geschluchzet, als wäre alles wahr gewesen. Sie dachte an vieles, als sie bloß sagte: »Ach Sie haben sich bloß für fremdes Glück geopfert, nicht für eignes. Doch werden Sie jetzt alle Täuschungen aufheben oder gutmachen.« – »Alle, so weit ich kann,« (sagt' er) »meine Brust und mein Gewissen kommen endlich wieder in Freiheit: hab' ich nicht sogar Ihnen den Schwur gehalten, Sie nicht eher zu sehen als nach meinem Tode?« Sie lächelte sanft.

Beide sanken in ein trunknes Schweigen. Plötzlich fiel ihm, als sie einen vom kalten Tau gelähmten Trauermantel [1] auf den Schoß legte, ihre Trauer auf, und er fragte voreilig: »*Sie* betrauern doch nichts?« Ach sie hatte sie ja seinetwegen angelegt. Natalie antwortete: »Nicht mehr!« – und setzte, den Schmetterling ansehend, mitleidig dazu: »Ein paar *Tropfen* und ein wenig *Kälte* machten den Armen starr.« – Ihr Freund dachte daran, wie leicht ihn das Schicksal für seine Kühnheit mit dem Erstarren des schöner geschmückten, obwohl ebenso schwarz bekleideten Wesens neben ihm hätte strafen können, das ohnehin schon in den Nachtfrösten des Lebens und im Nachttau kalter Tränen gezittert hatte; aber er konnte ihr nicht antworten vor Liebe und vor Schmerz.

Sie schwiegen nun, im gegenseitigen Erraten, halb in ihre Herzen, halb in die große Nacht verloren. Alles Gewölke – ach nur das am Himmel – hatte der weite Äther aufgesogen – Luna bog sich mit ihrem Heiligenschein wie eine umstrahlete Maria näher aus dem reinen Blau zu ihrer bleichen Schwester auf der Erde herein – der Strom schlug sich ungesehen unter niedrigen Nebeln fort, wie der Strom der Zeit unter den Nebeln aus Ländern und Völkern – hinter ihrem Rücken hatte sich der Nachtwind auf ein gebogenes, rauschendes Ährenstroh gebettet, das blaue Kornblumen bestreueten – und vor ihnen hinab lag die umgelegte Ernte der zweiten Welt, gleichsam die in der Fassung von Särgen liegenden Edelsteine, die durch den Tod *kalt* und *schwer* [2] geworden – und der fromme, demütige Mensch sank, als Gegenbild der Sonnenblume und des Sonnenstäubchens, als Mondblume gegen den Mond und spielte als Mondstäubchen in seinem kühlen Strahl und fühlte, nichts bleibe unter dem Sternenhimmel groß als die Hoffnungen.

Natalie stützte sich nun auf Firmians Hand, um sich daran aufzurichten, und sagte: »Jetzt bin ich schon imstande, nach Hause zu kommen.« – Er hielt ihre Hand fest, aber ohne aufzustehen und ohne anzureden. Er blickte das erhärtete Stachelrad des alten, von ihr gereichten Rosenzweiges an und drückte sich unwissend und unempfindlich die Stacheln in die Finger –

[1] Ein Tagschmetterling mit schwarzen, weiß geränderten Flügeln.

[2] Kälte und Schwere hat der echte Edelstein in größerem Maße als der unechte.

längere und heißere Atemzüge hoben die beladene Brust empor – glühende Tränen hingen sich vor sein Auge, und das Mondlicht zitterte vor ihnen nur in einem Leuchtregen hernieder – und eine ganze Welt lag auf seiner Seele und auf seiner Zunge und erdrückte beide. – – »Guter Firmian,« (sagte Natalie) »was fehlet Ihnen?« – Er kehrte sich mit weiten, starren Augen gegen die sanfte Gestalt und zeigte mit der Hand auf sein Grab hinunter: »Mein Haus drunten, das schon so lange leer steht. Denn der Traum des Lebens wird ja auf einem zu harten Bette geträumt.« Er wurde irre, da sie zu sehr weinte, und da ihm das in himmlische Milde zerschmolzene Gesicht zu nahe war. Er fuhr mit der bittersten, innersten Rührung fort: »Sind denn nicht alle meine Teuern dahin, und gehst du nicht auch? Ach warum hat uns allen das folternde Geschick das wächserne Bild eines Engels auf die Brust gelegt[1] und uns damit ins kalte Leben gesenkt? O das weiche Bild zerbricht, und kein Engel erscheint – Ja, du bist mir wohl erschienen, aber du verschwindest, und die Zeit zerdrückt dein Bild auf meinem Herzen – und das Herz auch: denn wenn ich dich verloren habe, bin ich ganz allein. Lebe aber wohl! Bei Gott, ich werde doch einmal im Ernste sterben – und dann erschein' ich dir wieder; aber nicht wie heute, und nirgends als in der Ewigkeit. Dann will ich zu dir sagen: ›O Natalie, ich habe dich drunten mit unendlichen Schmerzen geliebt: vergilt mirs hier!‹« – – Sie wollte antworten; aber die Stimme brach ihr. Sie schlug ihr großes Auge zum Sternenhimmel auf; aber es war voll Tränen. Sie wollte aufstehen; aber ihr Freund hielt sie mit der Hand voll Dornen und Blut und sagte: »Kannst du mich denn verlassen, Natalie?« – Hier stand sie erhaben auf, bog das Haupt gegen den Himmel zurück, riß schnell die Tränen weg, die sie überströmten, und die fliegende Seele fand die Zunge, und sie sagte mit betenden Händen: »Du Alliebender – ich hab' ihn verloren – ich hab' ihn wiedergefunden – die Ewigkeit ist auf der Erde – mach ihn glücklich bei mir!« Und ihr Haupt sank zärtlich und müde auf seines, und sie sagte: »Wir bleiben beisammen!« Firmian stammelte: »O Gott! o du Engel – im Leben und Tode bleibst du bei mir.« –

»Ewig, Firmian!« sagte leiser Natalie; und die Leiden unsers Freundes waren vorüber.

[1] Man gab sonst den Toten wächserne Engelbilder mit ins Grab.

KONJEKTURAL-BIOGRAPHIE

Erste poetische Epistel

Mein Gütlein Mittelspitz

Leipzig in der Böttcherwoche der
Michaelismesse, 1798.

Lieber Otto! Jetzt treibt mich eine Idee durch die Alleen und Gärten, die schon alle Wände meines Kopfes mit Grün und Hesperiden-Fruchtschnüren überzogen hat; – sie soll aber vollends herauswachsen ins Freie mit ihren vollen Zweigen dem Publikum in die Hand. Sieh! ich will meine Lebensgeschichte, die mir noch bevorsteht, treu in poetischen Episteln aufsetzen. Sollt' ich sie wider Verhoffen nicht erleben: so hab' ich doch die Komödienprobe, die gestikulierende Lufterscheinung, das Panorama davon gehabt und halb Europa die Beschreibung. – Damit ich aber nichts fingiere – und aus noch zehnmal sanftern Gründen – richt' ich alles an dich in gedruckten Briefen, wie Kaufleute senden, von denen überhaupt jedes Wort gedruckt zu werden verdient, weil jedes eine lettre toute prête für mehr als einen ist.

Für mein jetziges Leben wüßt' ich nichts Bessers als die Schilderei des nächsten; jetzt im Oktober – gerade wo ich vor einem Jahre nach Leipzig zog – mach' ich mit andern Leipziger Lerchen aus einerlei Instinkt wieder die Flügel auf und flattere nach Weimar; und wahrlich unter dem ewig wiederkommenden Einpacken des wächsernen Flugwerks für das Leben, des Federntopfes, des Papageienringes, der Flügeldecken und der Freß- und Saufnäpfchen, kann sich kein Strichvogel der Frage erwehren; wie oft pack' ich noch ein, eh' ich eingepackt werde? Dann hält man die Ohren zu nahe an das rauschende Fliegen des Lebens und an die langen Schwungfedern der Zeit. – Überhaupt sollte ein vernünftiger Mann im Herbste gar nicht fortziehen, wie ich doch wieder tue; im Frühling will das von der Natur erfrischte Herz mit so viel hundert Wünschen jedem Posthorn nach wenigstens bis nach Rom; aber im Herbste, dem Rüsttage des Winters –, wenn alle Welt ihren Dachsbau gräbt und das Winterlager weich ausfüttert, ist es für eine häusliche Seele hart, zu wissen: Du sitzest nicht mit um den warmen Ofen, für welchen sie jetzt das Winterholz abladen. – –

Lieber Otto, ich wollte etwas sagen und kam ab; denn ich meines Orts fahre – wenn andere im Herbste der Jahre wie des Lebens gleich den Schmetterlingen mit abgestoßenen Flügeln umherschwanken – wieder wie die überwinterten Papillons gerade im Lenze mit struppigen kurzen ans Licht, weil ich weiß, was mir so viele Frühlingsanfänge versprachen und schwuren und was sie hinterher hielten, und wie die Wünsche des Jugend- und Kalender-Frühlings gleich den Rauchsäulen anfangs steilrecht in die Höhe gehen, dann aber in der matten Luft waagrecht und parallel mit dem

Boden streichen! – Der Herbst hingegen macht sich zu nichts als einem Frühling anheischig, und *den* liefert er gewissenhaft.

Ich will also die Herbst-Zeit der Träume mitnehmen und mich auf Jakobs Stein niederlegen. Wahrlich da mein künftiger Lebenslauf ja aus nichts bestehen kann als aus meinem wirtschaftlichen Feld- und Hausetat, den ich sehr klar beschreiben will, und aus der Frau, zu der ich vorher die Braut suche, und aus mir als Hausvater und aus meiner letzten Ölung und Totengräberszene: so wüßt' ich nicht, was – die letztere ausgenommen – dazwischenkommen könnte, daß nichts aus der ganzen antichambrierenden Zukunft würde; aber was mich am meisten beruhigt, ist der neckende Hang, den ich öfters am Schicksale bemerkt, immer nach dem Szenenplan meiner fremden Geschichten meine eigne auszuschneiden und so, wenn andre mit der Wirklichkeit ihre Dichtkunst wässern, schöner jene mit dieser bei mir abzusüßen. Wie bei einem Schwenkschießen erzielt' ich häufig mit den optischen Küchenstücken zugleich reelle Suppentäfelchen und kalte Küche. –

Ich kann noch nicht anfangen, bevor ich das elende Geschrei gestillet, das enge Vigesimo-Herzen in Taschenausgabe über das Zurückschlagen meiner häuslichen Fenster-Vorhänge, über mein Einsetzen des von Momus angepriesenen Brustfensters, das bei andern sonst ein *blindes* ist, und über die Zudringlichkeit erheben werden, womit ich von meinen Lebens-Gastrollen, vom Zuge nach Weimar, von der Heirat und vom Tode ein paar Tage vorher Komödienzettel an die Gassenecken klebe und in die Häuser trage. – – O ihr Furchtsamen, ist es nicht ohnehin die Pflicht der Literatoren, mich nach meinem Ableben – der vielen Reiseschreiber nicht zu gedenken, die mich schon bei meinem Leben abdrücken müssen in Wachspasten – mit ihren Poussiergriffeln aufzugreifen und in nekrologische Wachsfigurenkabinette zu schaffen, indes mehrere Kritiker beschäftigt sind, einzelne Glieder, die Gehirnhäute, den Herzbeutel, die Gallenblase, mit ihrem Wachs und Quecksilber künstlich auszuspritzen? – Warum wollt ihr mehr von den Personalien des elendesten Landstürzerromanen-Helden erfahren als vom Geschichtsschreiber und Schöpfer des Helden selber? – Und steckt nicht in der Geschichte eines jeden Narren eine kompendiöse Weltgeschichte, aber nicht umgekehrt? –

Meine zukünftige wird eigentlich welthistorisch, nicht in Weimar, sondern später, wo ich mein Landgütlein kaufe; und da muß sie jetzt angefangen werden. Die Chronologie wird schon Gott in die Historie hineinmachen.

In der nächsten poetischen Epistel wirst du Auskunft erhalten, warum ich über das Landgütlein – es heißet *Mittelspitz* [1] – gerade im Jenner und noch dazu mit der größten Heimlichkeit und unter dem Scheine eines Mietkontrakts den völligen Kaufkontrakt abschließe. Antonin Pikatel handelte sich 1455 für seinen subhastierten Meierhof einen Livius an; ich muß um-

[1] Nämlich mit seinem fingierten Namen.

gekehrt doch leichter mit so vielen livianischen Annalen voll Patavinität den Kaufschilling eines Gütleins bestreiten können; aber komme nur zu mir oder zum Herrn Verkäufer, so sollen dir Kauf- und Schuldbriefe zum Beweise aufgeschlagen werden, daß man die teuersten Sachen kaufen kann, wenn man sie borgt, entweder zum Teil oder ganz.

Wahrscheinlich an *Pauli* Bekehrungs-Tage (d. 25. Jenner) werden meine Transitogüter, meine fahrende Habe, zum letzten Male gefahren und verzollt und in *Spitz* immobiliar gemacht; und dann setz' ich mich in den Großvaterstuhl und sage erheitert: »Endlich bist du festgeschraubt und dein Merkur fixiert, daß er wenigstens nicht stärker auf- und absteigt als in einem Wetterglas am Gleicher.« Das Schicksal rupfet uns, wie die Falkenierer andern Adlern, mehrere Federn am Gesäße und Bauche aus, damit der Frost, den wir daran leiden, wenn wir zu hoch steigen wollen, uns wieder auf den warmen Boden zurücktreibe.

Ich bitte dich aber, schau aus meinem langen Arbeitsstübchen in Spitz – denn Autoren, Seiler und Emmerlinge müssen zu ihrem Spinnen und Singen *lange* Bauer haben, Gäste aber wie Kanarienvögel nur *hohe* – in die Gegend hinaus, die freilich ihre Tafelaufsätze noch unter der Serviette des Schnees aufträgt. Sie hat die eigentlichen drei Dimensionen der schönen Natur, Tal, Ebene und Gebürge. Ein Tal hat seine herrnhutischen Seitenhöhlchen, seine aus Blätternacht und Wellenschein gemachte Dämmerung und seine von Vögeln und Bächen gesetzten Wiegenlieder nur für das Entzücken mit dem Dämpfer (con sordino), für die selige Stunde, wo der Friede, unser innerer Guido, oder auch wo der Amor in uns malt und schafft. Ich werde von meinem Tale, Christian, gehörigen Gebrauch zu machen wissen. Durch die Ebene – den besten Reitboden des Auges, wenn die Seele im mittlern Zustande zwischen Himmel und Hölle lebt – bin ich eben mit meinem Bagagewagen gegangen; aber das Beste ist, daß sie alle ihre Dörfer am Ende verlässet und am Morgen-Horizont auf lange Berge aufsteigt und da gen Himmel fährt. O niemand schleife die Berge, diese Festungswerke des Herzens, wenn der Schmerz es feindlich stürmen will! Und dabei sind sie noch die Kanzeltreppe der Seele, die sich erheben will, und der hängende Garten für die umherblickende Sehnsucht an himmelblauen Tagen.

Ich gestehe dirs, wenn mich nicht die Berge behäufeln, so fällt mein Stengel um und treibt wenig heraus. Aber nur *gegenüber*, nicht *auf* den Bergen muß man wohnen, weil man droben nichts hat als das – *Untere der Karte.*

Es ist eine schöne Einrichtung, daß der Mensch an jedem Ort, wohin und wenn er auch ziehe, immer drei neue Jahrszeiten noch vor sich zu erleben hat; also dieser bin ich auch meines Orts in Spitz gewärtig, besonders da ich mich gerade in dem Januar, dem magersten Voressen des Jahrs, an die Tafel setze. »Wie?« – werd' ich auf dem beschneieten Berge fragen, auf dieser Silberküste der Talbucht unter mir – »jetzt siehst du schon so viele

Pracht: was wird erst werden, wenn Blumenmonde, Erntemonde, Weinmonde wie drei Horen dich umtanzen? An ganz andere, noch schönere Neuerungen erinnere ich dich aus Absichten gar nicht.« – Ja wohl schönere; aber diese gehören der zweiten Epistel, die es ohnehin motivieren muß (denn sie kanns), warum ich aus Spitz unaufhörlich in die Stadt gelaufen komme, woraus ich kaum gezogen bin. – Und Addio bis dahin! –

Fr. Richter

N. S. Sehr halten mich in der gegenwärtigen die Meßfremden und Meßlustbarkeiten auf; und doch muß dieses Leben a parte post hier beschlossen werden, und sollt' ich erst tief im Oktober einsitzen. Die jetzigen ungedruckten Briefe über das a parte ante laufen ungestört, wie du siehst, wöchentlich an dich ab; indes man dir diese gedruckt auf einmal zu Ostern in die Hände legt.

Zweite poetische Epistel

Zank mit den Hagestolzen – elektrische Liebeserklärung – die Urne – Einschluß an Rosinetten

L. in der Böttcherwoche, 1798.

Mittelspitz ist gar kein Landgütlein ohne Bedeutung; denn es muß – sonst nehm' ich nicht Besitz – wenigstens seinen Postzug Untertanen haben, die ich durch die niedere Gerichtsbarkeit regieren kann. Du brauchst mir nicht zu sagen, Otto, daß meine nur auf den Federkiel eingeschossenen Schreibfinger vielleicht zu schwer den Schaft des Zepters handhaben. Allerdings hab' ich mehr zu einem Großherrn Ansatz als zu einem Gerichtsherrn, weil jedes Land desto leichter zu regieren ist, je breiter und länger es ist. Ein Gymnasiarch hat mehr zu besorgen als ein Prorektor – der Dorfschultheiß mehr als der Reichsschultheiß – ein Hammerherr mehr als ein Lehnsherr – ein einziger Affe würde dem Gefünfter-Direktorat mehr Lenkzügel kosten als die große Nation – und ich kann jede Stunde Zar werden, aber kein Sklavenaufseher – und ein regierender Planet, der gar die ganze Erde unter sich hat, verrichtet gar nichts. Eben daher sucht jeder Landesherr sein Reich immer größer abzustecken, um sich die Ephorie desselben leichter und süßer zu machen; so lässet ein sogenannter starker Mann desto leichter die Schmiedsgesellen auf seinem Busen hämmern, je schwerer und größer der Amboß ist, den man auf das Brustbein hob.

Aber ich habe nur den Thronhimmel, und der Gerichtshalter das Thronfegfeuer, weil er der tragende Atlas des Baldachins sein muß. Wozu aber das alles? Soll ich denn nie die Freude erleben, einen Gerichtstag und Gerichtshalter zu halten, ein gütiger Gerichtsherr zu sein, angebetet zu werden von meinen Lehnmännern und Lehnfrauen und unter meinen und des Gerichtshalters (Dunst-)Kreis-Direktorialkonklusa die Unterschrift zu erblicken: *wohllöbliche Richtersche Gerichte allda?* –

Als bloßer elender privatisierender Gelehrter in Spitz zu sitzen, wäre mein Tod; man muß nicht bloß *an* einem Orte sehr viel sein, sondern auch *für* einen Ort, und wie oft haben wir nicht darüber gesprochen, daß ein *gehörtes* Lob hundertmal besser sei als ein *gelesenes* oder *gedachtes* und daß ein Mr. *Couplet*[1], der die Stadt Coulanges wässerte und nun durch die getränkten Gassen unter lauter nachgeworfnen Lorbeerkränzen wandelte, einen viel tiefern und süßern Biß in den Paris-Apfel des Vorrangs tue als ein Homer, an dessen Grabe sich sieben Städte um seinen Geburtsschein raufen, oder ein anderer, der lebendig und frostig zu Hause hockt und Briefe aller Reußen und Preußen erbricht, worin trockne Risse zu weiten Ehrenpforten für ihn liegen! Nein, Europa und Nachwelt reiche dem Rittergütleins-Besitzer von Mittelspitz die drei Roßschweife des literarischen Drei-Weisen-Ruhms: mit Dank wird er die Schweife nehmen und tragen –; aber ebenso gewiß wird er das Parade- und Ritterpferd mit *einem* Schweif beschreiten, das ihm sein Spitzer-Postzug vorführt, die Steigbügel haltend, und wird auf besagtem Pferde täglich einen oder ein paar Ritte machen. – –

In Frankreich mietet man Landgüter; für ein Mietgütlein geb' ich meines – die gegenwärtige Publikation soll mir nichts schaden – bei einer gewissen himmlischen weiblichen Seele so lange aus, bis sie die Lehnsherrin des Lehnsherrn und Lehngütleins zugleich wird. Nur um sie an ihrem hochzeitlichen Namenstage, der sie zu meinem Namensvetter macht, mit einer konstantinischen Schenkung erfreuend zu überfallen, spiel' ich den Betrug, aber nicht aus dem Mißtrauen, sie werde etwan am Spitzer Gemeinschuldner und Ehe- und Gerichtsherrn mehr sein Gut erwählen und lieben als sein Gutes. O wie hass' ich die Leute, die immer wie Zimmermeister und Müller mit Beilen und Äxten bewaffnet herumgehen! – Schenke ohne Bedenken einem guten Jüngling mehrere Goldküsten und Perlenbänke und dazu eine hausarme Waise von Braut, die nicht so viel Gold rentiert, daß sie seinen Hutknopf oder ihren Ehering damit überspinnenn könnte: wird die Waise darum für die ungemeine Liebe ihres Krösus weniger Liebe haben, weil diese noch an der Dankbarkeit sich wärmt? Wird denn nicht jede Liebe, die gegen den Schöpfer, für die Tugend, für die Wissenschaften ins Lohbeet des Bedürfnisses gesäet und an den Stäben der Vorteile gestengelt und gestiefelt, treibt aber eben wie das Wintergrün über die Stützen hinaus und schlägt dann erst, wie dieses, ihre schönen Blüten auf?

Ich brauche den ganzen, an mir lächerlichen Beweis gar nicht, da ich der

[1] Als er dieser Stadt, die aus Wassermangel die Feuersbrünste mit Wein ablöschte, endlich neue Quellen anwies: so wurden die Glocken geläutet, Kinder badeten, Blinde tauchten in das neue Wasser. Eloge de M. Couplet par Fontenelle.

meinigen im Ehezärter nichts anbiete als den Ehezärter selber, einige zweite und dritte Auflagen und die Gelder, die auf Spitz landesherrlich versichert sind und womit man den Kaufschilling abstieß. –

Eigentlich ist, wie ich jetzt merke, mein lyrisches Drama gar noch nicht angegangen; nur das Theater oder der Ort, die Anschauung a priori ist erst fertig für eine noch schönere. – Und doch werd' ich wieder aufgehalten von der kahlköpfigen, wenig fruchtbringenden Gesellschaft der Hagestolzen, die mich gern zu ihrem Ordensbruder anwerben möchten und die es verdrießet, daß ein junger Mann in einem Alter, wo er im alten Rom kaum ein Ädil, geschweige im neuen ein heiliger Vater werden könnte, schon ein seliger werden will. Im ganzen besteht sie, diese ehelose Propaganda, aus Leuten, die, wie die Ägypter, den Wein verabscheuen, aber die Trauben verzehren, oder die es wie die Fledermäuse machen, welche kein angezündetes Licht vertragen, aber doch in die Speckkammer schlüpfen und ihm das Fett abnagen.

Dieses Jahrhundert hat viel auf seinem Gewissen und auch dieses soldatische Aufschneiden der Ehebetten voll guter Flaumfedern. Das Jahrhundert ist gleichsam das Scheidewasser und der Alkahest der Vorzeit, und wir werden am Ende nichts übrig behalten als das fressende Menstruum und ein darin schwimmendes infusorisches Chaos. Die Aufhebung aller Orden der Menschheit, des elterlichen Ordens, des ehelichen, des bürgerlichen, ist das Dichten und Trachten dieses septembrisierenden Säkuls, es wirft alles aus dem Schiff, weswegen man eines braucht, und rettet es leicht. Wie das philosophische seinen *Lichtstoff* begehrt, ohne einen Gegenstand, den er zeigt und worauf er festsitzt, einen Strahl, der zugleich Farbe, Fläche und Sehnerve ist: so dringt das praktische auf einen *Wärmstoff*, der im Freien herumfliegt und an nichts hängt, auf ein moralisches philanthropisches Betragen des Ichs gegen sich. Gott sei Dank, daß der Teufel das Säkul in einigen Jahren holt! – Aber schwer wird es noch gefühlt werden, daß man der menschlichsten Liebe, die sich aus dem Zusammenleben und aus dem Zusammenhandeln bildet, das Herz ausreißen will. Nicht bloß in der Physik fangen nahe und lang zusammengelegte Dinge Feuer; Menschen in demselben Werkhause, Schachte, Gewerbe greifen einander wärmer unter die Arme als ein paar bandfreie idiopathische Narren, die, nur an der Landtrauer des Universums und an den säkularischen Spielen der Geisterwelt teilnehmend, das Weltmeer breit befahren und kalt und scharf, wie zwei Eisfelder, vor ihren gegenseitigen durchsichtigen abstrakten Herzen vorübergleiten. –

Doch wirft sich mancher ehelose Strohwitwer von Stand im Alter anders und lässet sich seine Strohkranzrede halten, und zwar – da ohnehin nach der politischen Rechnung allemal der Funfzigste im Lande heiratet – als Funfziger. Wenn er so im Zustande einer geköpften Weide, die noch auf der ausgehöhlten Borke sprießet, ins Winterhaus des Ehebettes eingestellt wird: so muß dem invaliden Schelm daran gelegen sein, daß er für alle Vorzüge, die er unterwegs verloren, den Ersatz und die Doublette an den weiblichen finde, und er kann daher nicht gut weniger Ansprüche machen als das Haus Österreich, nämlich 44 [1], indes andere sich auf 33 einziehen; er kann wie der Basilisk nichts weniger suchen als sein Ebenbild, sondern gleich der negativen Elektrizität gerade die positive; so bemerkt Meiners, daß die Schwarzen nichts lieber heiraten als die Weißen. – –

Aber ich bitte dich, wie gerat ich unter Basilisken und Schwarze, in einem friedfertigen harmlosen Briefe, der bloß angenehm auseinandersetzen soll, warum ichs hundertmal besser mache als sie und heirate? Ich will dir in der Auseinandersetzung nicht viel vorsingen weder von den Frachten, die man trägt, noch von den Opfern, die man bringt, wenn man wie die Römer eine fremde Gottheit nach der andern annimmt und endlich den ganzen Tempel voll bekommt – noch von den Gefahren, die man läuft, sich jahrelang vor das Gewehrfeuer der weiblichen Scheren-Flotte und vor ihre Pechkränze aus Blumen, unter die Streitaxt ihres Fächers und vor die geworfnen Leuchtkugeln ihrer Augen hinzustellen. Ich will hier kein Bataillenmaler Rugendas sein; aber wahrlich bedenket und betrachtet man ein wenig diesen Sukzessionskrieg des weiblichen Wehrstandes gegen den männlichen Nährstand – von der Kriegsankündigung an, die sie wie die Athener durch ein Lamm [2] tun, bis zum wirklichen Ergreifen aller Waffen- und Regimentsstücke und des Artillerietrains der Toilette – erwägt das Labarum des Shawls, die Taktik des Tanzes, das Reffelkrautpulver des Puders, den Marseiller Marsch der ersten besten Arie – und die echten Kriegslisten, weswegen sie bald wie die Arier nur in der Nacht Treffen liefern, bald wie die Äthiopier sich weiß, bald wie die Cimmerier schwarz, bald wie die Sparter rot anziehen und gleich den Nordamerikanern schminken, um nicht vor dem Feinde zu erblassen – und bringt man die Erbitterung in Anschlag, womit sie lieber auf dem Bette der Ehren sterben wollen als die Flucht ergreifen: beim Himmel, man erschrickt, wenn man dann bedenkt, daß man sich jahrzehendelang so hielt und (über der Brustwehr fechtend) bloß mit den Wunden des Aderlaßmännchens im Kalender davonkam. Man begreift nicht, daß man noch lebt. –

Aber bessere und ernstere Gründe für den Ehestand kommen im Gemälde vor, das ich dir von meinem entwerfe; jetzt ists hohe Zeit zur Geschichte!

Rosinette soll noch meine Hermine heißen, der ich mit dem Brautgeschenk des Geschlechtsnamens noch das Patengeschenk eines Zunamens

[1] Gruber zählt in seinem Lehrsystem der Diplomatik, Wien 1783, vierundvierzig Ansprüche auf, die Österreich an verschiedene Mächte hat. S. Müllers Fürstenbund. – 33 Schönheiten fodert man bekanntlich von einem Weibe.

[2] Potters griech. Archäolog. von Rambach I. p. 369.

mache. Romantische Namen gehören nur für romantische Stunden; in der stündlichen rauhen Wirklichkeit führet sich ihr Gepräge jämmerlich ab. Rosinette harmonieret überhaupt sehr mit der muntern Laune, die das liebe Kind haben wird und soll. Ein Mädchen ist überhaupt ein Wesen, das leichter lacht und weint als das, worüber es beides tut (welches wir sind), und ich kenne in der Geschichte Heiden und Türken, aber keine Heidinnen und Türkinnen, die in ihrem ganzen Leben nicht öfter gelacht als ein paarmal; nur in den Wintertagen der verlornen und verletzten Liebe kann in den guten Wesen die frohe Beweglichkeit erstarren, wodurch man am schönsten über das sumpfige Leben hüpft. Wenn das Schicksal zuweilen das hohe Korn wegmäht, worin ich und Rosinette in unserem Neste sitzen, und wir nun kalt und angewehet im Freien halten: so wollen wir lachend wie Rebhühner aufflattern; und so ists vorbei. Ein einziger Scherz zerstreuet unsere innern Feinde oft schneller als ein schwerbewaffneter syllogistischer Figurenzug. Wenn dünnes Spinnengewebe uns fangen und ängstigen kann: warum wollen wir nicht, wie die Chirurgen, auch mit Spinnengewebe die Wunden verstopfen und dem Weinen ohne Ursache das Lachen ohne Ursache entgegenstellen? – Die Philosophie aber verdeckt uns oft die Leiden nicht besser wie der Nachrichter in Sina, der dem armen Sünder die skalpierte Haut über die Augen zieht, damit er seine Plagen nicht sehe. [1]

Hingegen vor der Ehe kann mir Rosinette schwerlich zu ernsthaft sein. Eine lustige Liebe ist für mein Gefühl ein lustiger Gottesdienst, ein miltonsches Paradies voll sternischer Laune. Du weißt, ich hatt' einmal eine Zeit, wo ich, um ein schönes Wesen auf ein Isolatorium zu bringen und es mit Himmels-Äther vollzuladen, vielleicht einen und den andern elektrischen Scherz getrieben hätte, z. B. etwan folgenden elektrischen im eigentlichen Sinn. Ich hätte mich stark gegen die Gewitterfurcht erklärt, und natürlich aus elektrischen Gründen, und endlich mich erboten, mich auf der Stelle selber in ein freilich kompendiöses Gewitter in Stubenformat umzusetzen, besonders da jetzt das Wetter so kalt und trocken sei. Man hätte die große Elektrisiermaschine gebracht und den Pechkuchen zu meinem Gestell. Ich hätte den Kuchen bestiegen mit der Ladekette in der Hand, und ich hoffe, du hättest mich mit laden helfen. Ich hätte jetzt die Gesellschaft gebeten, alle Lichter wegzutragen, damit sie mich wie einen heiligen Johannes oder heiligen Paulus mit dem Kopfe in einer Heiligenglorie brennen sähe, welches die Bosische Beatifikation heißet. Es kann hier nicht berechnet werden, wie weit diese Heiligsprechung der Seligsprechung vorgearbeitet hätte; aber wär' ich nun weitergegangen in meinem Zwerg-Donnerwetter und hätte die ungemein aufmerksame, aber sehr zaghafte Rosinette vorläufig ersucht, von weitem, aber doch in einiger Nähe auf meiner goldgestickten Weste – denn diese gehört zum elektrischen Apparat – umherzufahren, z. B. etwan

[1] Des Essarts histor.-jurist. Wörterbuch.

in einem quadrierten Zirkel um mein Herz; und wenn natürlich der ausstrahlende seinsollende Kreis mehr ein hinter der Weste abbrenndes Herz vorgebildet hätte: so wäre das doch schon etwas gewesen. Aber weiter! Wenn ich nun bei so wichtigen Zeichen ihres gestärkten Mutes, womit sie sich näher unter den Schimmer meines Heiligenscheins herangemacht, jetzt des Kühnsten kapabel gewesen und auf einem Funkenziehen aus meiner Oberlippe bestanden wäre, welches sie am Ende (oder es wäre verdächtig) hätte tun müssen, obwohl (säh' ich anders im Widerschein des Heiligenscheines richtig) ein wenig errötend und nur mit einem eiligen Atalantas-Bestreifen; und wenn dann meine Lippe mit einem langen Blitze, versetzt mit einem der flüchtigsten Küsse, in ihren kleinen Finger eingeschlagen hätte und ich mit der doppelsinnigen Anmerkung gekommen wäre, wie in diesem Feuer Nehmer und Geber kaum zu unterscheiden wären, nicht einmal in ihren Schmerzen dabei – –: was glaubst du wohl, wenn wieder Licht gekommen und die Wangen der herrlichen Seele mit dem Mattgold der überraschenden Nachempfindung und meine eignen mit dem Glanzgold der doppelten Feuerladung, sowohl von Rosinetten als von dir, erschienen wären, was glaubst du wohl, daß ich an jenem Abende in der Bekehrung und Missionsanstalt, die schon durch das Teilen desselben Märtyrtums begonnen war, mit meiner feurigen Pfingstapostelzunge und Lippe noch hätte nachzuarbeiten gehabt? – –

Aber warum sollst du darauf antworten, da ich jetzt eher alles machen würde als ein solches elektrisches Kunststück? Nein, edle Rosinette Hermine, befahre keines – denn die Epistel kommt doch einmal vor dich –, ein höherer Blitz und Heiligenschein, als der Dunstkreis gebiert, muß die Flamme schlagen, die zwei Menschen verschmilzt und magnetisch macht. Vertrauen auf gegenseitiges Vertrauen – Milde gegen alle Wesen – unvergängliche Wärme für die nächsten – ein offnes Auge für den Zauberpalast des Lebens und der Natur und ein erhobenes zu dem gestirnten Himmel, der über den Gräbern steht – *ein* Zweck, *ein* Glück, *ein* Herz, *ein* Gott, das allein hat unsere wärmeren Voreltern verknüpft und soll ihre ähnlichern Kinder binden. – Nein, ich kann mir schönere Altäre eines ewigen Bündnisses denken. Eine Urne in einem englischen Garten – von einem liebenden Herzen einem geliebten untergesunknen errichtet – neben einem stillen, rein nachmalenden Wasser – weich-errötend in dem Rosenschein der tiefen Abendsonne, der gleichsam auf den Blumen unter den Trauerbirken hinzukriecht – – eine solche Stelle und Stunde wäre schöner gewählt, wenn zwei gleichgesinnte Wesen sich den Bruderkuß der Verwandtschaft geben sollen – sie lesen nebeneinander die Klagen der Liebe, die Wünsche des Herzens, die Seufzer über das Leben, womit die Urne von unbekannten Händen umschrieben ist – in der sanften Stimmung vergeben sie die Irrtümer des Geschmacks und verbergen unter die fremde Rührung die eigne und lesen das, was sie sich sagen möchten – und hier vor der Sonne, vor dem Tode und der Liebe enthüllet vielleicht die Bewegung und Begeisterung an der weiblichen Seele die Gefühle, welche die Ruhe verbirgt, wie Abendschmetterlinge nur im Fluge die Fühlhörner ausdehnen, die sie in der Ruhe auf die Brust zurücklegen. Dann schweigt der selige Mensch, und über die ganze Seele breitet sich die Stille aus, welche die Säestunde der unaufhörlichen Liebe ist, wie man Anemonensamen nur an stillen Abenden streuet.

Da aber noch nichts davon geschehen ist: so fühl' ich eine unbeschreibliche Begierde, hier – nach Art des Klopstockschen Gedichts an eine künftige Geliebte – einen Brief an sie in deinen einzuschlagen. – – Wahrhaftig ich tu' es. Aber in der künftigen dritten Epistel gelob' ich dir ernstlich chronologische Reiseroute und Taktik an, die beiden vorigen ganz fehlt. Ich muß das Schreiben der Ordnung wegen unter der Fiktion eines Postskripts einführen.

R.

N. S. Du liebe, liebe Rosinette! So red' ich dich aus Liebe gegen dich und meine teuere Mutter an, die Rosina hieß. Auch in der Ehe, besonders in Briefen, wirst du häufig Rosinette und Hermine benannt, du magst mich immerhin fragen, ob ichs denn vergessen hätte, daß du dich Luise nach Voß oder Charlotte nach Werther oder Dorothea nach Hermann oder Idoine schriebest, welches letztere ein schöner Name aus dem *Titan* wäre. – Künftig wirst du dich darauf besinnen müssen, was du gerade heute am Michaelistage jetzt unter der Nachmittagskirche vorgenommen, wo mich das nachbarliche Singen und Orgeln der Nikolaikirche sekundiert und wo ich in mir nur Friedenslieder und das Angelika-Register des Herzens höre und so sanft bewegt dir schreibe. Ein nur wenig wahrscheinlicher, aber herrlicher Zufall wär' es, wenn du jetzt am Fenster säßest und läsest, und zwar gerade in den *Palingenesien* die Briefe an Hermina. Das bist du ja selbst, Gute, jede Zeile, jede Szene darin ist dir geheiligt; nur wirds dein stilles Herz nicht innen, sondern lächelt, wie ein Kind, seine freundliche Spiegelgestalt als eine Gespielin an. O wie wohnen wir alle hinter hohen Felsen und liegen, durch dicke Erde geschieden, arbeitend nahe und unbekannt nebeneinander in unsern Schachten! Welche kleine Zufälle müssen ihre Leuchten vorübertragen, damit wir Nachtboten und Nachtpilger einander ins Gesicht sehen und uns grüßen können, wenn nicht gar ein noch kälteres Schicksal eine weiche holde Gestalt auf immer in eine ewige eiserne Maske einschmiedet! –

Ach vielleicht hab' ich dich schon gesehen, und ich weiß es nur nicht gewiß. Mich kennst du freilich in jedem Fall als Kupferstich; man muß dir aber sagen, daß die drei Gesichter, die von mir an Nägeln oder an Titelblättern hängen, den Stoff noch nicht so erschöpfet haben, daß nicht ein neues viertes zu geben wäre, falls man das fünfte, das ich selber aufhabe und behalte, bloß abkopieren wollte. –

Der Michaelistag ist himmlischblau, und ich glaube leichter, daß du draußen bist und zuschauest, wie die müde Natur, einem guten Kinde gleich, so willig zu Bette geht. Wie still bricht sie die Blätterzelte ihrer Sänger ab! Wie leise legt sie ihren Blumenschmuck und ihren Prunkanzug auf die Erde nieder! Und wie fern vom ungehorsamen Murren der Menschen zieht sich das Pygmäenreich der Insekten in die Winterkerker und unter die Erde, und die fliegende Völkerwanderung über uns eilt in Frieden und zu keinem Blutvergießen durch den Himmel in ein warmes Land! –

O sei nur du auch so still! Das Wehen und Glänzen des dahinfliegenden Sommers bringe dir keine trüben Vergleichungen! Wirst du den Seufzer bezwingen, wenn das kranke Laub jugendlich glüht wie junge Blumenbeete? Wirst du nicht beklommen gleichsam den fernen Frühling nachklingen hören, wenn seine Wecker, die Frösche, wieder wie aus den herrlichen Mainächten herüberlärmen? – Ach wenn es wäre und du weinen müßtest, du liebes Wesen, über irgendeine verlorne Hoffnung, über abgeschlagene Wünsche – wie gern nähm' ich deinen Schleier weg und trocknete dein liebes Auge, und wie wehe tut es mir, daß ichs nicht kann!

Ich würde dir, wenn ich bei dir wäre, es klar auseinandersetzen – fast schon dadurch, daß ich ein Buch mit goldnem Schnitt aufblätterte –, warum im Buche unsers Lebens nur an den *durchgegangnen* Blättern und an den *restierenden* etwas Gold zu kleben scheint, nie aber am Blatte, das man gerade in den Fingern hat... Ich werde überhaupt vor deinen Augen das Beet – wie man bei Hyazinthen tut – etwas fest zusammentreten, woraus die Blumenzwiebeln der Freude aufgehen sollen.

Aber habe du nur deine Träume! An den Festtagen der Seele – denn von deinen Geburtstagen will ich gar nicht reden, ob ich wohl wünschte, heute fiele einer davon – oder wenn wir miteinander den Nacht-Himmel oder die Abendsonne oder den Frühling ansehen, da will ich dich über deine dichterische Vergangenheit ausfragen und über deine vorigen Hoffnungen; – ach warum kann ich dich mit keiner lauen Sommernacht des Lebens voll Mondlicht und Violenduft umziehen, worin man ebenso bezaubert ist, wenn man wacht, als wenn man träumt? – Ich will dann auch sagen, wie sonst meine Seele war und wie lange du schon bei ihr bist; – wenn die Tonkunst mit der Engelszunge sprach, so redete sie leise von dir – wenn der Frühling seinen weiten Blüten-Garten wiederbrachte, so sucht' ich dich darin – und hinter dem blaßroten Gebirge aus Dunst, das in der Frühlingsmitternacht am Himmel zwischen dem weißen Abend und Morgen blüht, standest du neben der Sonne wie eine Luna, und ihr milder Schein verklärte dich – und wenn mich das Leben wie eine hohle Leiche aus Wachs mit hölzernen Augen ansah und nicht atmete, so kam mir deine Gestalt entgegen in Frühlings-Wärme, und sie hob den Schleier zurück, und ich sah die Hoffnung – und o kam nicht in der Begeisterung, wo ich höhere Frühlingsmonate der Liebe malte, als ich hatte, und wo das Herz neben offnen glückseligen Inseln der Dichtkunst sein sehnsüchtiges Darben zu sehr empfand, deine Stimme lieblich aus der Ferne her und tröstete mich und sagte: sei still und vertraue, wir werden uns finden! – Kalt schneidet jetzt ein Gedanke durch mich – ich schwebe ja hier neben den Inseln der Dichtkunst, und die ferne Stimme, die mich trösten will, kommt nur aus meiner Brust –– Nein, wer sie hineingeschaffen, der kann sie nicht lügen lassen. ––

Bis dahin, Unsichtbare, fliege dir leicht das geteilte Leben dahin, und das Geschick spiele deine Stunden weder auf Sturm- noch auf *Stummen-*, sondern auf *Harmonika-*Glocken ab! – Und wenn ich dir einmal die in den folgenden Briefen kommende Schöpfungsgeschichte vorlese, möge deine Seele zu mir sagen müssen: du hast dich nicht geirrt!

Fr. R.

Dritte poetische Epistel

Mein Bräutigamsstand – heiliger Abend vor dem Hochzeitsfest

Leipz. Meßwoche 98.

Wie alles unter meinem Fenster auf- und niedertobt, und ich beschreibe dir die Ruhe und das Land! Ich bin überzeugt, dauerte eine Messe 53 Wochen: alle Leute würden so kalt und korsarisch, wie das 19. Säkulum ist, das (bei diesem ungeheuern Wachstum des Handels) nichts werden kann als eine Meßwoche und die Menschen Meßfremde und die Erde eine Judengasse voll Meßlogis. Bengel setzt das tausendjährige Reich ins neunzehnte Jahrhundert: wenigstens lässet die moralische Verschlimmerung, die darin wachsen muß, etwas dergleichen hoffen; denn den moralischen Sanitätsanstalten für Völker geht es wie den Gesundbrunnen, wovon die Ärzte bemerkten, daß sie anfangs, besonders wenn sie ungemeine Heilkräfte hatten, mehr Kranke als Gesunde lieferten. –

Das fahre hin! Eine Leipziger Messe wird doch immer das Gute behalten, daß nachts in ihr Savoyarden-Orgeln herumgehen, worauf ich mich heute den ganzen Tag schon freue.

In dieser Epistel hast du mich als wirklichen Gutsbesitzer von Spitz und als erklärten Liebhaber von Rosinetten anzusehen; meß aber nun die unsägliche Lust, den langen, mit springenden Quellen und Randblumen vergoldeten Fußsteig, den ich zwischen der Verlobten und dem Gütlein fast täglich hin und her zu machen habe! Denn die Stadt glaube nur nicht, daß ich sofort aus dem leichten Tanzschuh des Bräutigams in den Fußsack oder Steifstiefel des Ehemanns fahre. Ich will vom daphnischen Hain vorher die Blüten und Gänge genießen, eh' er angeplätzt, getrocknet und zum Ehebette zusammengeschnitten wird... Den Schwiegereltern muß es einleuchten, wenn ich ihnen vorhalte, daß es auf der Erde von Büchern zweite Auflagen gebe, aber von nichts weiter, besonders von keiner Lust- und Lebenszeit – daß jede Freundschaft, jede Freudenblume nur mit andern Nektarien, Farben, Düften wiederkomme, daß aber die Menschen leider nur das Gemeinschaftliche, nie das Eigentümliche an Freunden und Zeiten auszukosten suchen, daß der eine aus allen Blumen Rosensirup sieden wolle, indes der andere nur auf kochenden Veilchensirup in seinem Kessel aufsehe – und daß der Schwiegersohn meiner Schwiegereltern bessere Prinzipien habe. Ich meine das: wer gibt mir, wenns vorbei ist, auf der Erde das Repetitorium und ancora wieder, daß ich im Februar dort sitze im feurigen und fliegenden Schreiben neben der über den ganzen Himmel rot hinaufblühenden Dämmerung – und daß ich dann aufspringe bei der besten Stelle und nach der Stadt fortwill, wo ich in einem andern Sinn eine beste Stelle finde – und daß ich dann hinaustrete in lichte weiße Schneebeete, welche die rote Sonne, wie ein verwundeter Adonis, zu betropften Adonisblumen färbt – und daß die längere Hornungs-Dämmerung das Winterherz erleuchtet – und daß die innere Brauseerde sich gleichzeitig mit der äußern bläht – und daß die ersten Lerchen, deren melodischer Name schon im lateinischen Vokabelbuch (alauda) für mein Knabenohr ein Lerchengesang war, als die schnellsten Vorsänger dem mit tausend Blumen und Vögeln vollgepackten nachwatenden Frühling vorflattern? Ich sagte: welche Ewigkeit hat denn diese Zeit zweimal?

Gleichwohl ist das nur ein Anfang; denn nachher lang' ich an bei der Lieben, und o wie? An jedem Tag bei lichterer Zeit und mit dem Lerchen-Nachschlag und Frühlings-Vorschlag in der nachklingenden Brust – die Unendlichkeit des Wunsches, wornach jede Seele, wie nach der Sonne jede Erde, angezogen und stürzend dringt, wird nun weder verboten noch bewölkt – ich bring' ihr meine ganze Seele mit und verschweige keinen Traum – wir blättern miteinander die Monatskupfer unsers nahen Eden-Jahres auf, und tausend Anspielungen unterstützen uns in der Sache, sowohl die strohgelben Rosenblätter, die ich mit dem Schnupftuch aus der Tasche reiße, als ihre gestrickten Blumen, wovon ich jedesmal eine neue fertig finde als ein Zeichen und Epitaphium der Abwesenheit, und auch die Eisblumen des Fensters, in deren durchsichtigen Röhren der glühende Ichor der Abendsonne rinnt – diese schmelzenden Schnee-Blumen bezeichnen und betauen unsere nahe Rosenzeit – ich finde jeden Tag neue Reize, entweder neue Geheimnisse (z. B. was denn eigentlich die Gute für den mütterlichen Geburtstag nächtlich nähe), oder neue Bücher oder neue Arbeiten und sogar neue Stellungen, und wär's nur die niedliche, worin sie vor den kleinen Geschwistern putzend kniet – und wir (vom Reden war noch kaum die Rede) sprechen sogar; nur wird leider den begeisterten Kanarienvögeln durch Verhängen das Schmettern verboten, das um meines eine Decke gezogen hätte – und ich, ich weiß und brauche von den fünf Weltteilen und vom gelehrten Deutschland nichts weiter als *ein* Herz – – – o ich bitte jeden, soll ich eine solche Hesperidenzeit verkürzen lassen, die niemals umkehret? – Ich meines Orts wills der Zeit schon hoch anrechnen, ist sie nur *einmal* dagewesen.

Freilich, endlich geht sie auch fort; aber ich kann es so machen, daß es zu Pfingsten geschieht. Wahrhaftig wenn ich meinen Schwiegereltern zeige, daß ich Gründe habe und gleich der Natur in meinen Biographien die Rosenszenen immer in die Pfingsttage verlege – und daß wir ja alle daran das erste Abendmahl, diese Ambrosia der kindlichen Unsterblichkeit, empfangen – und daß dann die Birken von Spitz in der Kirche stehen und dämmern und duften: so sind meine Schwiegereltern gewiß die Leute nicht, die mich hindern, am dritten Pfingsttage mit Ring und Kranz an den Altar zu dringen.

Dieser Definitiv-Tag des Lebens soll gut gemalt aufgehangen werden in einer nächsten Epistel; in dieser setz' ich den Vigilientag vorher auf die Staffelei.

Die Welt wird stutzen und ihre Gedanken darüber haben, daß ich am zweiten Pfingsttage zu Hause bleibe. Ich tu' es aber nicht bloß, um auf morgen vorzukehren; sondern um aus dem Hause hinauszulaufen und auf den freien Bergen zu bleiben, bis die Sonne untergeht. Ein Tal wäre da für meine innern aufgemachten Seelenflügel ein knapper Sarg und Erdfall. Ach, Lieber, ich weiß wohl, wie mir dann sein wird. In jedem Frühling trägt unser Geist, wie der Winzer, frische Erde auf den ausgewaschenen Weinberg der künftigen Lese, und die ganze Unendlichkeit unserer Brust wird von dieser warmen brütenden Aprilsonne mit tausend Knospen von Planen, Reisen und Hoffnungen herausgelockt. Auf den Spitzer Höhen wird dieser aus unserem Busen wachsende Dornstrauch, der mit unserem innersten Blute seine Blüten tränkt und färbt [1], die Äste ausdehnen, aber ich werde sie kurz scheren. Wenn der reiche Frühling sich vor mir die Ebenen hinablagert und Wälder und Schmetterlinge und Blumen auf dem Schoße hält – und wenn es überall rauschet wie von einem herabkommenden unendlichen Leben – und wenn die Wasserwerke und Getriebe der Schöpfung wie in einem Bergwerk donnernd auf- und niedersteigen – und wenn das weite wogende Leben sich nach Jugend und Ferne und nach Süden drängt, wie die Polarmeere nach dem heißen Erdgürtel: so führen die Wogen wieder das Menschenherz mit sich fort, und es will in die *Ferne* und in die *Zukunft*, und ich blicke schmachtend nach den fernen dunkeln Bergen gleichsam wie nach den Jahren, die in der Zukunft ruhen – – – – aber dann ruft plötzlich etwas mir zu: erwache, nimm Abschied von der Zukunft und liebe die Gegenwart!

Ich werde erwachen und mutig scheiden – weil ich weiß, daß wir alle die

[1] Der Spanier Roccus Martinus aus Orca fiel sich einen Schlehenstrauch in die Brust; dieser wuchs darin und mußte jeden Frühling beschnitten werden. Papst Urban VIII. hatt' einen Zweig davon. Relationes curiosae p. 186.

Zukunft *in* dem Leben betöret für die Zukunft *nach* dem Leben halten –: aber dann wird ihre ältere blasse Milchschwester, die Vergangenheit, näher an mich treten und fast mehr lächeln und weinen als sonst und sagen: ich bleibe bei dir. –– Ich werde auf meine Brust niedersehen, und jene bleiche Paulina[1] wird langsam alles darin vorüberführen, was im Leben unvergänglich ist, jede große Stunde, die ewig nachglüht, und jede schöne Seele, die nie vergessen wird, und vielleicht einige Schmerzen, und ich werde ihnen nachsehen und nachrufen: ich bin noch wie sonst. – Nein, ihr Freundinnen, nicht als wenn wir uns verlieren und verlassen, sondern weil auf der Äolsharfe der Erinnerung vor dem wehenden Abend alle Saiten reden und zittern, werd' ich wie scheidend und geschieden in die Ferne sehen, und die Berge werden vor dem Nebel der feuchten Augen träumerisch wanken: »O nur recht wohl geh' es euch allen,« werd' ich sagen müssen, »nur recht selig mög' ich euch jedesmal wiederfinden – und so ziehet dahin wie ich, und keine gute Stunde werde je von uns vergessen!«

An dich denk' ich auch, Otto, aber es ist, als bekäm' ich dich dann mehr, als hielt' ich mit dir meine Vergangenheit und Jugend näher und fester..... Wie jetzt das Tönen der Gassenorgel mein Herz ergreift, gleichsam mit einer lauten Vergangenheit und Zukunft! – Aber ich fahre fort unter den weichen Nachklängen. –

Dann geht die Sonne wie ein Frühling blühend unter, und die Lerchen schweben rot über ihr und singen herab – der Abendwind stürmt in ihre weiche Glut aus Duft und kann den Rosenhauch nicht verrücken und verwehen – der ruhige Himmel tritt mit seinen stillen Gestalten über die bewegte Erde – die Nachtschmetterlinge saugen, wie die Menschen aus eingeschlafnen Freudenblumen der Vergangenheit, aus den geschlossenen Blumen den Honig herauf – mir ist, als flatterte weiches Getöne um mich oder Echos umzögen den Horizont – und mit einer höhern Liebe gegen alle Herzen des Allgütigen beschließe ich den unschuldigen Tag, und ich sehe nach der Stadt mit der Brust voll süßer Tränen, sehnsüchtig nach meiner Hermina, um sie an der ihrigen zu vergießen. Gute Nacht! –

Vierte poetische Epistel

Der italienische Tag

Leipz. In der Meßwoche 98.

Hier findest du mich mit *ihr* in der kalten Stadtkirche. Der gestrige Abend glänzte noch in meiner Seele nach, als ich heute in die Stadt über den tauenden Morgenknospen fester Blumen und durch das träumerische Däm-

[1] Der Gemahlin des Seneka blieb vom Verluste des Blutes, das sie mit ihrem sterbenden Mann vergoß, eine blasse Gestalt.

mern ging, das uns zweimal des Tages an Liebe und Jugend erinnert, wie ja am Himmel der Stern der Liebe nur in den beiden Dämmerungen kommt und glänzt. – Fürsten werden die Ringe auf goldnen Tellern präsentiert; aber ich nehme sie lieber aus der geliebten Hand. Ich strecke die meinige für einen wundertätigern Ring, als der salomonische und päpstliche Siegelring zusammen sind, gegen meine Rosinette aus – er ist die Fassung meines Lebens, wie meiner des ihrigen; den trüben Saturn der hiesigen kleinen Zeit machen, wie den astronomischen, zwei Ringe licht.

Andere Leser als du machen sich jetzt auf einen langen Rapport- und Komödienzettel von Hochzeitgästen gefaßt, die mit dem jungen Paar in einer ausgestreckten Wagenburg nach dem Gütlein fahren; – was auch, wie natürlich, geschieht bei der Silberhochzeit, wozu man die Jungfrau Europa hier voraus invitiert als Kränzeljungfer; aber wahrlich nie bei der Gold- und Juwelenhochzeit. Wo müßte der Bräutigam seine fünf Sinne haben, wenn er einen zarten Tag, den er wie einen säkularischen Jubeltag nie in duplo bekommt, und der als ein Vergißmeinnicht der Liebe ein stilles Tal zum Wachsen fodert, vor Brennspiegel setzen oder solchen mit Saus und Braus, mit Trommetenschall und Paukenknall erschrecken und betäuben wollte? – Schon gleichgültige oder gar liebe Gäste werden störende Drehkreuze der weichern Liebe; aber vollends alte, seit Jahrzehenden gekannte Menschen, mein Otto, diese würden wenigstens deinen so sehr bewegten Freund dann zu tief bewegen. Gibt es denn einen Tag auf der Erde, wo alle Jahrszeiten in der Brust und die schönsten Tränen im Auge sind? – Wend' ich nicht schon so gewaltsam meines von den kindlichen weinenden Umarmungen ab, unter denen Rosinette ihre Eltern wie zum erstenmal verliert und sich von ihnen abreißet wie von der leichtern Zeit der Jugend und Liebe? Weine nur nicht zu lange, Hermine, erinnere mich in einer solchen Stunde nur nicht zu lange durch deinen Abschied, daß ich keinen mehr zu nehmen habe – daß die guten Augen, die sich über das Glück eines Sohnes erfreuen und benetzen könnten, o schon so fest zugefallen sind! Rühre die Wunden nicht an, die nie auf der Erde verschwinden und für welche die Zeit nicht die Wundärztin, sondern die tiefer schneidende Eisen-Jungfrau ist.

Werd' ich nicht ohnehin noch im Freien auf dem Wege die liebe Seele zu sehr mit dem Gedanken anschauen: sie ist nun eine Waise, und nur durch *einen* Fremdling wird sie elend oder froh? – Eine Braut hat ein höheres und kühneres Vertrauen als ihr Verlobter, der gleichsam auf dem Marktplatz des Glücks noch in alle Gassen des Lebens sieht. – Sogar Rosinettens Putz macht sie rührender und kleidet sie heiligend für das Kloster der Zukunft ein; und dem Geiste, der sie ehrt, kommt die Pflicht ehrwürdiger und schwerer vor, der edeln Waise voll Vertrauen die Eltern zu vergüten und dem von den elterlichen Wurzeln losgeschnittenen Zweige seine Blumenerde und Pflege zu geben.

Als ich in diesem Frühjahr in der Dresdner Rüstkammer, dieses *bessere* grüne Gewölbe für das Herz, herumging und die von den fürstlichen Brautfesten übriggebliebnen Paradepferde mit ihren Schellendecken ansah und einigemal die fest hängende schweigende Hochzeitglocke des klingenden Schellenspiels anzog: so bedacht' ichs gerührt, daß ich dieselben Töne auferwecke, die einmal in freudigwallende Herzen sanken, und daß der leichte Klang fortlebe, indes die Ohren und die Freude und die Zeiten so tief eingeschlafen sind. – Nein, Hermine, mit diesen Phantasien will ich nicht in deine blühende Gestalt voll lächelnder Hoffnung blicken.

Aber in dieser Stimmung würd' es uns beide wie mit frischem Wasser ansprengen, wollten meine vier Spitzer Untertanen einige Lot Pirschpulver und Geigenharz aufwenden – wiewohl ich ja das Geld dazu geben kann – und mich als ihren Vierfürsten samt ihrer Vierfürstin mit Schüssen und Klängen einholen und salutieren; Rosinette fände sich dadurch nicht nur wie unter Einheimischen wieder, sondern ich bekäme auch da die Gelegenheit, den schon seit so vielen Monaten und Briefen vorbereiteten Zauberschlag zu tun, womit ich das gemietete Gütlein in ein gekauftes verwandle; ich könnte den Kaufbrief hervorziehen und ihr ihn geben mit dem Scherze, der ihre zu gerührte Überraschung milderte: »Es sind deine vier Lehnmänner und Vasallen, und nimmst du mich zum fünften an, so hast du alle fünf Treffer.« – Ich glaube, ich kann es so machen. –

Endlich treten wir mit dem uns nachgrüßenden und nachschießenden Quartett in den Schloßhof des Lustschlosses, das darin in der Gestalt eines niedlichen Gartenhäuschens steht. Lasse mich stillsein über den ersten betenden Augenblick, den wir im Wohnzimmer haben, wenn wir denken: »Hier sagen wir das schöne Wort *unser* zum erstenmal; hier bleiben wir beisammen, und hier findet uns beide das Schicksal, das uns frohe Tage bringen oder wieder nehmen will.«

Ich führe dann die Herzliche überall herum von meiner Arbeitsstube an bis zur Küche hinab – ich zeig' ihr, wie ich ihr Eingebrachtes pêle mêle aufgestellt und aufgehangen: »Jetzt setze du alles zurecht nach deinem Gefallen«, sag' ich – sie soll sich heute mit nichts bemengen – es ist ein lyrischer Tag, der durchaus italienisch zu verleben ist – das Hochzeitmahl wird aufgesetzt, allein ich sage: »Essen ist an solchen Tagen meine Sache nicht, leichter tränk' ich; ich weiß aber, künftig mach' ich mehr daraus.« –

Nach dem Essen kommt die Hauptsache, der *italienische Tag*.

Ich weiß nicht, was andere von ihm halten; ich und du und die Unsrigen kennen ihn ganz gut von unsern Sonntagen in »Neuhaus« und »Hofeck« her. Inzwischen wird er hier gemalt. Ich könnte auch eine *geographische* Definition von ihm vorausschicken und sagen, ein italienischer Tag sei ein Tag in Italien, an welchem man genug hat *ohne* die Perspektive eines *zweiten;* aber eine *dramatische* Definition scheint ebensogut.

»Rosinette,« – sag' ich nach dem Kaffee – »es ist unmöglich, daß man heute Platz hat in der Stube an einem solchen Tag, o sieh nur den himmlischen Himmel draußen! – Und ich muß dir unser Tal zeigen.« Wir gehen (ich glaube um 2½ Uhr) durch das ganze Dorf. Ich nenn' ihr die meisten Häuser und zeige ihr besonders die vier in meinem Reich von Aachen liegenden. Und mit jedem Schritte, den ich durchs Dorf mache, fühl' ich, sinken und wurzeln hinter mir die Säulen unsers Glücks-Tempels tiefer ein. Was von meinen Untertanen zu Hause ist – nämlich der weibliche Teil –, sieht dem Führen seiner Dogaressa und Dauphine nach. Der männliche jauchzet schon den dritten Festtag an in der Karawanserei; und es ist ein schöner Zufall, daß die nah' an ihr liegende Mühle das Klappern der Räder sonderbar-wehmütig mit dem Klappern der Tänzer verdoppelt und verwirrt. Wir gehen etwas absichtlich nur von ferne vor dem neuen Pfarrhaus voll Pfingstgäste der Nachbarschaft vorbei; es ist mir ohnehin schon unter der wachen Menge, als hätt' ich meine Rosinette nicht so nahe an mir wie in meinem Schloß, und ich sehe mich unaufhörlich um nach der Gegenwart der Lieben. Höre, ist sie nicht redlich und deutsch und nichts als ein Herz? – Ich verberg' es nicht, es ist mir lieb, daß wir nichts vom Pfarrer sehen als im Garten seinen kleinen Fritz mit einem Stabnetz zum Fange der Schmetterlinge. Beim Himmel! ich brauche mit keinem Netz zu laufen – ja ich bin selber einer und neben einer unverwelklichen Blume.

Außen am Dorfe an einer kleinen Sennen-Hütte, auf deren Strohdach nicht unmalerisch eine hinausragende Leiter liegt, rufet uns aus der Mitte des Dorfs das eintönige Schweizerhorn des Hirten arkadisch nach; und wir sehen die Kinder, die ihm das beschorne Schaf mit dem Lamme freudig zutreiben. Vielleicht ist der schöne, aber mitleidige Anblick des entkleideten stillen Tieres an dem Bedauern schuld, das wir mit der Feldeinsamkeit des Hirten haben, während der tanzenden schwatzenden Geselligkeit des Orts; aber abends hat der Mann noch zu allem Zeit.

Nun wirst du glauben, daß wir nach *Hofeck* ziehen (denn so will ich dem Höfer Hofeck [1] zu Ehren das Spitzer nennen, das an der Hintertüre des Tales liegt); es sollte mich aber wundernehmen. Das Örtchen an sich ist zu schätzen und recht für seinen Zweck gemacht. Jeder will zu seiner Lustbarkeit ein nahes Dörfchen, ein Brandenbourg-house, ein Luisium, einen Prater haben, von welchem er zweierlei verlangt, erstlich daß er da seinen Kaffee – oder was er mitbringt – so gut zu sich nehmen könne als zwischen seinen vier Pfählen, und zweitens daß er dahin zu marschieren habe, wenigstens eine Viertelstunde lang. Paaret nun eine solche königliche Bagatelle, ein solcher Sommersitz beide Vorzüge: so geht man wieder nach Hause, ganz neu aufgefärbt und umgegossen, und findet daheim – so wie wenn man nachmittags einige Stunden geschlafen hat – nach so langer Abwesenheit alles neu und sieht jeden an.

Ich sagte aber, es sollte mich wundernehmen, wenn ich mit ihr nach

[1] Ein anmutiges Lustörtlein bei *Hof* mit lieblicher Aussicht und Nachbarschaft.

Hofeck ginge – und zwar darum, weil wir uns dann einen Zweck vorsetzen müßten, welches den besten italienischen Tag zugrunde richten müßte. Man genießet die Natur nie ganz, wenn man irgendwo – und wär's zum nächsten Pfahl – hinwill, oder auf irgendeine Sache – und wär's eine Geliebte – ausläuft: sondern man lasse sich wie ein schlafender Schwan dahingegeben von ihren Wogen drehen und führen. O warum fängt der Mensch im Leben das Leben von neuem an und glaubt nur die Zukunft begütert und das Jetzt verarmt? Warum schiebt er den Zeitpunkt, wo er von der Zukunft nichts begehrt als dessen Fortsetzung, ins Alter hinaus, wo er nur aus Mangel an Zukunft sich mit dem Jetzt abspeiset? –

Aber schaue lieber in unser volles helldunkles Tal, gleichsam in eine verlängerte Laube, in ein blühendes Souterrain des Frühlings. Wir gehen an einem durchs ganze Tal hinaufredenden Bach und treten bald in den Schatten, bald in den Glanz und gehen durch vergoldete, in den Lüften streitende Heere, durch fliegende Lieder und durch schweifende Freudenrufe und Lockungen. An der schönsten Stelle, wo etwan der Bach sich selber einen runden stillen glatten Hafen bauet, muß sie ausruhen; wir können auch sitzend leichter ein Wort reden und uns ansehen. Wie uns die Welt so freundlich und friedlich mit einem Ringeltanz freudiger Kinder umgibt.

Wir sind so beruhigt, daß ich das Buch, das ich zum reizenden Wechsel zwischen Lesen und Reden eingesteckt, herausziehe; es betitelt sich »*Jean Pauls Briefe*«. Aus Abneigung gegen eignes und fremdes Vorlesen bitt' ich Rosinette, das Buch so auseinandergebrochen zu halten, daß beide Schalendeckel sich berühren, weil ich, da ich schneller bin, die untere zweite Seite lesen will, indes sie noch an der ersten studiert. Ich bin den Augenblick fertig und schaue dann müßig, unter das Buch gebückt, hinauf in ihr halbgeschlossenes gesenktes Auge, das sie, weil sie mich schon ein wenig kennt, ungemein liebreich zuweilen wie einen Himmel gegen mich aufschlägt, damit ich etwas habe. Auch ergreift die reizende Dichtung darin »*Luna am Tage*« sie in der Tat. Dann les' ich wieder mit ihr, geschmiegt an ihren linken Arm, die obere Seite und bin wieder gleich herunter – verzeih' mir der treffliche Autor der Briefe dieses leichte Wesen! – und schaue sie in den Ferien durch die Locken und dann von der Seite an und hänge an der nahen jung- und zart-gemalten Wange und an den fein zusammenlaufenden Schönheitslinien des halben Knospen-Mundes – sie lieset ernst fort, als seh' sie nicht alles – ich lehne mich ein wenig vor und erprobe und sichte durch Lächeln den verstellten Ernst – die Purpur-Lippen stemmen sich gegen das innere Lächeln, aber endlich zerfließen sie eilig ins äußere – und sie legt das Buch nieder (ich bedauere nur den armen Verfasser) und sieht mich mit ergebener Freundlichkeit an, gleichsam als sagte sie: nun, so spiele denn, Schäker! – Aber ich falle, gerührt von der leuchtenden Liebe, ernst an das fromme Herz.

Allein dann sind wir zu bewegt, zu scherzen oder zu lesen. O wie glänzet die Welt vor dem feuchten Auge! Der Wind spielet mit dem Grase, und es schimmert unter dem Aufrichten – der Schatte einer hellen Wolke ruht neben einer Blume fest und rücket nicht – und der Käfer voll Blumenstaub trägt wie in einer Entzückung die Flügel wie aufgebundnes Haar weit außer den Flügeldecken, und das durchsichtige hellgrüne Räupchen hängt wiegend in der Schaukel seines Fadens nieder – und auf dem belaubten Fußsteig am Bergrücken wandeln geschmückte Menschen zu den Freunden und Freuden des Festes – und oben auf dem waldigen Gipfel des langen Berges ruhet lächelnd die Sonne und schauet in ihren Frühling herein. – Wir verlassen die selige Stelle und schwanken dann still und voll durch den langen, von Blüten verfinsterten Irrgarten des Tals. Das Saitenspiel der Wonne erklinget jetzt von selber ohne eine spielende Hand, es tönet schon, wenn die Mücke oder der Zephyr darauf fliegt. Nicht mehr einzelne Schönheiten, sondern das dunkle und zusammenlaufende Gemisch von hohen Liedern über uns und von geätzten Vögeln und vom Wehen und Sumsen und von fernen Menschenstimmen und die ganze vielgestaltige tausendstimmige Natur dringt in einem großen Traum füllend in die Brust. –

Jetzt ist es gut, daß wir zufällig uns verirret haben nach – Hofeck. Es mildert die hohen Farben des Traums. Hier stell' ich ihr das Haus und die Leute vor, die wir so oft besuchen werden. Wir sehen auf einmal tausend schöne Nachmittage in ihren Knospen vor uns. Der Zuhörer wegen breit' ich vor Rosinetten eines und das andere Model- und Mustertuch aus, wornach etwan das künftige Haushalten zu zeichnen und zu sticken wäre.

Endlich setzen wir uns in den duftenden Garten heraus. Es wird dir gefallen, daß ich noch etwas in der Tasche habe, was recht ins kleine runde Eden passet, nämlich Rosinettens Stammbuch. Weibliche Stammbücher waren für mich von jeher ein Album im moralischen Sinn, ein Blumenblätterkatalog, eine Blumenlese zarter Wünsche und Träume, ein Ernteregister der Stundenzettel der jungfräulichen Jugend. Dieses Manuskript les' ich ernsthaft mit ihr und innig bewegt von den liebenden Wünschen und oft fast verzagend an dem, der sie erfüllen hilft. Unter den wenigen männlichen darin will mir keiner gefallen, den ausgenommen, den ich selber hineingeschrieben. Hier ist er; er wurde damals noch ohne Rücksichten und Hoffnungen gemacht, inzwischen dacht' ich doch (wie wir alle) dabei an Möglichkeiten:

»Die Fehler der weiblichen Seele kommen aus zu weicher Liebe, und ihre Flecken sind, gleich den *Mondsflecken*, Blumenauen; unsere Fehler kommen aus Egoismus und Härte und sind, gleich den *Sonnenflecken*, ausgebrannte oder entblößte Teile des Sonnenkörpers.

Eine Jungfrau wohnt in einem heiligen dunklen Hain, von welchem niemand einen Zweig abhaue und den nur die Jahrszeit lichtet; und im Haine hängt sogar über ihre Göttin wie über die Isis der Schleier nieder.

Unvergeßliche! So glücklich es Ihnen auch auf der beweglichen Erde gehe, so zufrieden Ihre stille Seele werde: so werd' ich doch immer sagen: sie hat mehr verdient!

– i –, d. 29. Mai 179–

Jean Paul Fr. Richter.«

Wenn ich diese unter so unsichtbaren Hoffnungen geborne Anrede im Garten wieder lese: so seh' ich bescheiden meine Hermine an und wiederhole die letzte Zeile, und so schonend und liebend sie auch aussehe, so sag' ich doch mit der letzten Zeile: »Du hast mehr verdient!«

Dann brechen wir auf. Das selige Herz ists zu sehr – Jedes Gefühl trägt eine Krone – Die kleinsten Sternschnuppen des vergänglichen Lebens werden Sternbilder und rücken als ein Sonnen-Kreis dem Herzen näher – Der Mai geht vor uns her, nicht (wie nach dem Abbilde der Alten) als ein reitender Jüngling, der einen raubenden Falken trägt, sondern als einer voll zahmer Grasmücken und Nachtigallen. – Innig-selig wandern wir die alten betaueten Steige des heitern Nachmittags zurück, und uns ist, als sei es schon lange, daß er dagewesen. – Die Schatten häufen sich wie ausgebrannte Schlacken am langen Bergabhang unter dem grünenden Golde des Abends an. Wir kommen wieder an die kleine Quellen-Bucht, unsern heutigen Spiel- und Ruheplatz, er ist schon kühl beschattet, und nur rege Goldfalter glimmen noch auf den kurzen Uferblumen. Die wankende Welt von Gipfeln ruht aus und zeigt fest gen Himmel; und die niederhängende Sonne reift als eine goldne Frucht zwischen ihrem Laub; und wir drehen uns unaufhörlich um nach dem milden fallenden Glanz. »Ach Hermine,« sag' ich, »wie lieb und nahe wird einem Menschen die Erde und das Leben wieder, der lieben darf und der geliebt wird! – Wie befestigt der Gedanke das Herz, daß, wenn immer einst die kalte Zeit anrückt, die alle unsere Blüten abstreift und den langen Frühling in einen dünnen Traum verkehrt, daß wir durch sie nichts zu verlieren und zu fürchten haben, weil das Tempelfeuer im Herzen durch alle nasse windige Jahre fortbrennt, weil ja unsere Herzen einander nie verlassen, weil ja deine Hand in meiner bleibt!« – Und sie antwortet: »Ach die Liebe leidet bei jeder Hoffnung, sie will keine, sondern nur Gegenwart.« – –

Du gute Sonne gießest auf einmal wieder deinen Glanz daher, weil du zwischen den weiten Stämmen zerronnen auf den Bergblumen als ein großer goldner Tautropfe liegst – und nun werfen aus dem bestrahlten Bach die springenden Fische goldne Wellen empor – und an den Fenstern unserer Heimat leuchtet der verglimmende Abend – und über unserem Hause ruht bescheiden die bleiche Wolkenflocke, der Mond, und verschiebt den Glanz – – Meine arme, nur an einsame Wonne und an unerfüllte Träume gewöhnte Seele wird freudig über die nahe zweite Seele und über die Erfüllung erschrecken: »Ach Hermine,« werd' ich sagen, »wie selig bin ich! – Und bist du es nicht? – In diesem Himmel können wir immer besser und heiliger werden; und ich werde dich jeden Tag mehr lieben, je besser ich werde.« – Aber ihr nasses Auge wird mich ansehen, und ich errat' es wohl, daß sie meint: »Ja wir werden immer besser werden, aber können wir uns mehr lieben?« –

R.

Fünfte poetische Epistel

Meine Hausvaterschaft – das Kinderkonzert

Leipzig. Zahlwoche, 98.

Aber die Zahlwoche geht mich nichts an, kaum als Buchhändlerwoche. – Gott erhalte diesen Frühlingshimmel über uns so lange blau, bis ich unter ihm weg nach Weimar abfliege! – Ich kann nicht recht in die Epistel hinein, lieber Otto – eine blaue Mundtasse neben meinem Ellenbogen, woraus ich trinke, perturbiert mich in meinem planetarischen Lauf. Augusta, die mit Mann und Schwester dagewesen (ich habe dirs aber geschrieben), schenkte mir das perturbierende Weltkörperchen. Reise unter einer milden wolkenlosen Sonne, liebe Seele, sowohl nach Haus als durchs Leben! –

Im letztern Fall bin ich in der jetzigen Epistel. Du solltest uns beide, die Neuvermählten, sehen im ersten Jahre unserer Freiheit von der Welt – nämlich jetzt, denn wenns da ist, kommst du ohnehin –, wie wir dasselbe mit italienischen Tagen, Nachmittagen und Stunden durchwinden! –

Ich distinguiere nach der Zahl meiner Landessassen vier Jahrszeiten der Liebe gegen eine Frau: die erste ist die Liebe gegen sie *vor* der Verlobung oder der Frühling – die zweite, heißere, nämlich der Sommer, fällt *nach* derselben und dauert bis an den Altar – die dritte, der magische träumerische sanfte Nachsommer, den andere das Honig- oder Flitterjahr nennen (ein Flitterjahrhundert wär' etwas), werd' ich sogleich an mir selber malen, wenn ich die vierte genannt, den hellen reinen häuslichen Winter der Freundschaft, die durch einerlei Zwecke, durch gegenseitige Unentbehrlichkeit, durch eine lange Gemeinschaft des Lebens und Duldens und Freuens so sehr zwei Herzen mit allen ihren Wurzeln ineinander verwickelt, daß es mir oft wehe tut, daß die Hand der Zeit dem armen, so oft beraubten Menschen gerade im kalten schwerheilenden Alter die weiteste Wunde macht und ihm das Beste aus der Brust schmerzlich zieht, das eingewurzelte zweite Herz.

Wo bin ich? Aber der Komödienzettel, der mir mit seinem angekündigten Trauerspiel hergelegt wurde, führte mich so tief in jenes.

Ach das Hyblahonig-Jahr! – Ich weiß nicht, ob ichs nicht das tausendjährige Reich der Liebe heiße. Urteile selber! – Man sitzt droben in seiner Studierstube in neuer Wäsche wie Buffon[1] und schreibt an den besten

Schriften weiter, und die emsige Seele im weißen Hausgewand will nur durchlaufen, um den Mann nicht zu stören; aber er legt die Feder über das Dintenfaß und gibt ihr die Hand und zieht sie an sich, und sie bückt sich lesend gegen das, was er hingesetzt – Mit größerem Feuer, weil ihr ja alles zugute kommt, sowohl die Schöpfung als die Ehre und der Ehrensold, tunkt er wieder ein und denkt unter den schönsten Szenen ans Essen! – Denn das Essen Neuvermählter ist das einzige echte oder das mit seinen Kindern; bei jedem andern als Einsiedler oder als Gast möcht' ich ebensogern Zähne und Schlund in die Tasche stecken. Er aus seiner, sie aus ihrer Küche kommend – beide füreinander arbeitend – streitend nicht um, sondern gegen die köstlichsten Bissen – und so recht lange beisammensitzend ohne Mittagsschlaf, leicht, zufrieden, offen, warm, zart und lustig – welche Hochzeitgäste! – Kann der junge Mann nicht sogar scherzen über seine Schreibereien wie Siebenkäs? Er kann, sollt' ich denken, leicht sagen, das Fixum für seine satirischen Digressionen und Extrablätter setz' er ihr zum Nadelgelde aus – die Sporteln für das Tragische könne man für die Kinder aufheben – von der bloßen Geschichte werde gelebt und gewirtschaftet – mit trocknen Abhandlungen gegen Philosophen und Kritiker könne man Gäste traktieren.

Ich halte diese Zeit für die neueste, die man im Leben hat, denn alles ist neu darin, jeder Gast, jede Woche, jede Hoffnung. Aber doch wird der Honig derselben aus hoch hinauf bedornten Blumen genommen; diese Zeit nährt einen Seufzer, der die Liebe darin so unendlich zart und heilig, aber auch so bange macht. Schon seit zehn Jahren – denn ich kann nichts erleben als vidimierte Kopien dessen, was ich schon zehnmal gedacht und geschrieben habe – trag' ich mich mit der Angst vor einem Tage herum, der zwar meist in jedem Jahre wiederkommt, der aber im ersten einem liebenden Manne immer so erweichend vorschweben muß, daß ich nicht begreife, wie er das teuere leidende Wesen ohne innigste Rührung und Liebe ansehen kann, das so allein ohne ihn über einen schmalen scharfen Steig zwischen Alpengrüften gehen muß, indes er drüben fest auf seinem breiten Boden sitzt.

Aber ich will nicht in die heilige Wolke treten, womit der Allgütige eine fremde Zukunft bedeckt; ja sie bleibe mit ihren Farben auch auf einer darauf folgenden Wonne verhüllend, welche der Dichter schwer ahnen und nur der Vater fühlen und nur, wer beides ist, beschreiben kann.

Ich sollte statt eines Absatzes eine Epistel anfangen, weil ich uns beide auf einmal in die späte vierte Jahrszeit der Liebe führe über manche Berge und Jahre hinweg. Du sollst sie nach dem Andreastage beurteilen, den ich aus der Jahrszeit aushebe. Die Häuslichkeit und Ehe gleicht dem Magnet auch darin, daß sie im physischen Winter in Norden, bei Nordwinden und nassem Wetter größere Kräfte zeigt.

Du kannst dir denken, daß ich am Andreastage so aufstehen werde, daß

[1] Er zog sich weiß und reinlich zu seinem Schreiben an.

ich keine meiner jetzigen Westen um mich zuknöpfen könnte. Stelle dir einen stattlichen proportionierten Funfziger vor, so schwer wie seine vielen Werke, der ein ernsthafter Mensch sein könnte, wenn er sonst wollte! Aber diesen wird nie dieses Hokuspokus-Leben an mir erleben, das uns auf der gestirnten Bühne des Universums zu bloßen Statisten macht, wenige Genies ausgenommen, die es zu Bedientenrollen treiben oder gar zu solchen, wo sie geprügelt werden. Es ist mir überhaupt trotz meines lieb- und geistlichen Wohlbefindens immer so, als wär' ich noch gar nicht recht ins Leben hinein, als schwebt' ich außen darum, als müss' es etwas Festers und Dichteres sein; oder hat mich vielleicht der Komet der zweiten Welt – welches wohl sein kann, da er vor vielen Jahren im November mit seinen Anziehungskräften zu nahe vor mir vorüberging – mit den Wurzeln herausgezogen und hat mich so wie eine Hyazinthe in der Luft hängen lassen, wiewohl blühend? Indes schnellet dieses Tremplin oder Schwungbrett einen Mann über manchen zwickenden Krebs und giftigen Dunst empor – und die Freuden, die aus Erdarten präparierten ausgenommen, behält man alle. Vielmehr setzet man dadurch vor alle blendende Freuden italienische Transparents, mit Mondschein bemalet, ja alle reichen Auen liegen in einem verklärenden Mondlicht um uns – und endlich steigt doch am Horizont der Kopf des Freund Heins als Sonne auf. –

Ich nehme einen solchen Andreastag, wo es schon zugewintert hat und man im Kampanertal, wo der italienische Tag geblüht, sehr waten muß. Die Kinder freuen sich über den tiefen Schnee und stampfen darin versuchsweise herum und erkälten sich, um sich nachher zu erwärmen. Sie erwarten auf nachmittags ihren Herrn Paten; das bist – du. Was du nämlich von Tauf- und Geschlechtsnamen an dir hast, hab' ich zweimal zu Gevatter gebeten, einmal männlich, einmal weiblich flektiert, so daß die Namen eben zu 7 Köpfen zulangten. Es wird früher abgegessen – vieles gebohnt – seltene Tassen werden vorgehoben, nämlich ein Paar mehr für dich; denn ich kenne nichts Häßlicheres, als gerade das Schönste ungebraucht zu sparen wieder für einen Sparer; und wär' ich ein Erzengel, für welchen, wie ich mir oft gedacht, ein ganzes Weltensystem nur eine mit Brillanten besetzte Achttageuhr mit Terzienzeigern von Monden ist, und hätt' ich diese Uhr, ich trüge sie auf Reisen und überall.

Du bist kaum herein und hast noch den Schnee an: so sprech' ich schon vom Fortgehen, woraus heute in jedem Betrachte nichts wird; jeder Festtag will eine unbestimmte Länge, und diese hat nur ein Abend. Jetzt erst lass' ich dich ein Wort mit deiner lärmenden Namensvetterschaft sprechen. Christian und Otto werden dich freuen, auch Hans, der Philosoph, an den ich den Brief adressiert, weiß für sein Alter Bescheid. O sieh auch die blasse stille Christine an, die sich an die Hand ihres Vaters schmiegt und so verschämt und freundlich die blauen Äugelein zu dir aufrichtet, die leibhafte Mutter! –

Abends sind sie gesonnen, dem Paten ein Konzert zu geben, und der Vater ist als Musikdirektor dabei angestellt.

Vorher fahren wir beide, nach dem Verbrauch der seltensten Tassen, in Diskursen in der warmen Stube auf und ab. Die Frau steht noch auf dem ökonomischen Horeb und Sinai und fertigt 10 Gebote aus, und nur in der Dämmerung und abends hat sie eine ruhige Stunde für uns. Die gute Seele will lieber den Freund entbehren, den sie mit mir liebt, um mehr für ihn zu sorgen; so sind die guten Weiber; die weiblichen Kraftgenies hingegen sind wie wir. Ich und du werden nicht fertig miteinander und sind doch nicht uneinig – hab' ich nicht von Welthändeln mit dir zu reden, und von gelehrten Sachen, von der Auswechslung unserer Manuskripte, von der Stadt und von meinem Pfarrer in Spitz? – Ich werde dich dann (ich sag' es hier voraus, und du kannst mich beim Wort halten) daran erinnern, daß die Weissagung, die ich in der Vorrede dieses Buchs aussprach, nur zu wohl eingetroffen. Wir werden unsere Gedanken darüber haben, daß der egoistische Handel, eine höhere Art von Kommerzspiel, immer weiter greift und daß die Liebe jetzt nur als *Hermerotes* [1] darzustellen ist, die Weisheit als *Hermathena*, die Kraft als *Hermeraklae*. – Wie wärs in dieser Wärme möglich, auf den Polterabend der lauten Kinder hinzuhören, denen auf dem Lande stets ein Gast das lustige Feuerwerk loszündet und denen er einen hübschen Ast vom Freiheitsbaume abhauet und zulangt? –

Auf einmal lispelt die blaßwangige blauäugige Christine den Brüdern etwas ins Ohr – wer errät es nicht? –, und die Brüderschaft stürzt hinaus, Hans, den großen Philosophen, ausgenommen, der an den philosophischen Schreibfingern des Vaters mit auf- und abtrabt und schon etwas Rechtes sein will. Ich sage dirs auf griechisch, was sie vorhaben. Endlich machen die Wildfänge die Türe weit auf (ganz wie es bei meinen guten Eltern war; daher ich auch glaube, der Geschmack an dem häuslichen Leben nehme einen Teil seiner Süßigkeit aus der damit verbundnen stillen Wiederholung des kindlichen her), und nun zieht unser alter Holzhacker eine sperrige weitästige Birke mit dem Stamm voran rauschend herein, und Christian trägt noch einen dünnen Holunderbaum nach. Die Mädchen schleppen Wasser zu, das heißeste, was die Küche liefert, und Lauge als Düngesalz, und Hans der Philosoph den größten Topf im Hause. Und so wird der Spalierbaum in seinen Treibwinkel mit Schnüren eingespannt, und kein *Stamm-* und *Freiheitsbaum* verschließet schönere Blüten und Früchte, als er liefern wird. O ihr seligen Kinder, noch indische Götterchen auf Blumen, oder Genien, die halb darin eingescheidet wachsen! Jedes grüne Blatt ist euch ein Blütenblatt, indes unsere Blüten, gleich denen eines Baums in Portugal, oft Fliegen

[1] Diese Statue stellte den Gott der Kaufleute mit dem Amor verschmolzen vor; die zweite ihn mit der Minerva; die dritte seinen Rumpf unter Herkules' Kopf. Pitiscus und Schöttgen.

gleich sehen! – Ihr braucht keine künftige, noch weniger vergangene Freude zu einer gegenwärtigen, indes wir tief in euere Zeit hinabgraben müssen, um Abdrücke von Blumen uns zu holen, wie auch in der physischen Erde die Blumenabdrücke unter allen am tiefsten liegen.

Dann kommt das Hesperien der Dämmerung, und wir sitzen nieder, und die Kleinen setzen sich um und auf uns. Ich hoffe, du lügst dann so gut wie ich über das in der Höhe ziehende Christkindlein und über viele ihm entfallne Goldflitter, die du auf dem Schnee angetroffen und von welchen du einige wirklich vorzeigen kannst. Ich will bloß auf etwas Rotes am Himmel aufmerksamer machen, aber nicht darüber disputieren, kommts vom Abendrot oder vom Widerschein der goldnen Flügel des heiligen Christs oder seiner roten Stettiner her. Während du deine Flitter vorweisest, behäng' ich ungesehen den Baum; und wenn Hermine hereinkommt – der sie mehr glauben als mir, weil der Vater oft nur spaßet –, soll sie gegen den Baum hin sagen: »Was ist denn da?« In der Tat wissen wir beide nicht, was wir dazu sagen sollen, daß ein Marzipanherz, ein Goldapfel, eine Silbernuß und ein Marienbild aus Kandis nebst Wachslichtchen daran hängen, und ich frage die Kinder, ob es, welches ich nicht vermuten sollte, nicht schon vorher unsichtbar daran war, als der Holzhacker die Bäume brachte. Der Geruch der Sachen macht jeden attent; man möcht' ihn ätherisch oder aus fernen Frühlingen herkommend nennen. –

Am Ende dieser Kinder-Mythen muß Rosinette ein wenig bei uns verharren; die in den fernen Zweigen angezündeten Fixsterne aus Wachs und vielleicht der breite, über die halbe Stube hingelegte Mondschein schmücken die vertrauliche Dämmerung aus. Es wird vernünftig von Haushalten gesprochen, das ich zwar nicht verstehe, aber aus guten Gründen mit führen helfe, weil ein Poet, um nicht ohne Haltung zu zerrinnen, immer das idealische oder poetische Leben mit etwas vom bürgerlichen (es sei ein Amt oder eine Handarbeit oder Ökonomie) versetzen muß, wie man goldne Gefäße mit Kupfer legiert, damit sie weniger abgeführet und verbogen werden. Wir sehen dann ins Abendrot der vergangnen Zeit und reden von vielem, von Hof – und den umliegenden Ortschaften – und von den alten Sonntagen – und von den alten Dämmerungen, worin um uns, wenn wir in Diskursen auf- und abliefen, alle Sterne am Himmel der Wahrheit blitzten – und von Frühlingen, die schon unter zwanzig Frühlingen verschüttet liegen – – Wie schön ist es, wenn zwei Menschen miteinander veralten, und keine Jugend ist verloren, wenn der Jugendgenoß noch nicht verloren ist! – Wir sprechen ferner von den ersten Jahren meines Ehestandes, wo ich noch das Glück hatte, am *Titan* fortzuschreiben, und wo ich oft mitten aus der Bildergalerie der heißesten Liebe weglaufen konnte und am Munde der guten Gattin (du mußt ihre rechte Hand halten und ich die andere) mir selber zum Modell der Schildereien leicht saß. Es wird davon gesprochen, wie ich sogleich in den ersten Jahren meinen eleganten Kleiderschrank, der mich rot im Modekalender unterstreichen sollte, abgedankt und nichts mehr angezogen habe als einen platten Überrock und unter ihm wenig von Betracht. Ich beschwöre dann wieder, daß sich auf der Erde in jedem Beisammenleben der Kopf erschöpft, Witz und Phantasie und Verstand; nur aber nie ein gutes Herz, das eine ewige Quelle ist, und ich tadle es, daß wir für die Ehe nicht dem letztern zuerst nachjagen. Ich erzähle dirs im Feuer, daß diese gute Hermine das einzige Wesen ist (außer noch einem), dem ich von meinen heimgegangnen Eltern so viel und lange erzählen darf, als ich nur will, dem ich aber auch teilnehmend zuhöre, wenn es sich über die Verwandten seines Herzens liebend ergießet.

Fehler freilich hat jeder Verfasser; und die Gute wird es dir zwar nicht sagen, aber ich, daß ihr Ehekonsort sonst (jetzt fast gar nicht) mitten im dichterischen Feuer leicht anderes fing und daß er da (wiewohl übrigens ein Lamm) beträchtlich aufprasselte; inzwischen hat er sich sehr geändert und gibt bei seinen schöpferischen Sturmwinden, wie Hausväter bei andern, mehr auf Feuer und Laternen acht. Die Scholastiker sagen, dem Himmel sei das Sitzen und Stehen und jede Kleinigkeit einer Person im Zölibat gefälliger als die größten Tugenden einer verehelichten – wahrhaftig ein Ehemann ist der leibhafte Himmel: aus fünf Haaren, die ihm die Verliebte zu einem Ringe steuert, macht er mehr als aus einem Kopfe voll grauen, den eine Frau durch Sorgen für ihn aufsetzt. –

Endlich kommt Licht, und ein Kind ums andere bringt sein Tafelzeug, und zuletzt setzen wir uns mit dem hungrigen geschwätzigen Siebengestirn zu Tisch. Nur Kinder und Geliebte sind die senk- und waagrecht tiefen und auslaufenden Wurzeln, womit man sich fest und nährend an die Erde klammert. Ich hoffe, du sollst bei diesem Triklinium oder petit souper auf mehr als eine Probe der warmen zarten Aufmerksamkeit geraten, womit dir das schöne Herz meiner Hermine stille Achtung und Liebe ausdrückt. Ists aufzutreiben am Andreastag, so schaff' ich Ackersalat oder Rapünzchen (valeriana locusta) herbei, weil mir (aber besonders im Februar) bei diesem Kraut immer ist, als hab' ich den Frühling an der Gabel. Vorschneiden mußt du.

Und nun laß uns, wenn du satt und froh bist, aufstehen und das Konzert nicht versäumen, das die sieben kleinen Weisen geben wollen. Der Kapellmeister setzt sich als Klavierist an ein altes Cembalon und hämmert ein Arioso – einer von den Jungen ist der erste und letzte Violinist – Hans der Philosoph streicht, weil er wie seine ganze Gewerkschaft etwas unbeholfen ist, bloß den Baß mit seinem Orpheus-Arm – und der Rest singt, von der schönen Vorsängerin, der Mutter, angeführt. Ach wenn du so den alten guten Hausvater im Zirkel seiner unschuldigen Ripienisten siehst, die noch nicht fühlen, was sie singen und geigen – und wenn du die sanfte blauäugige Sopranistin Christine an der Hand hast und meine Rosinette ein paar kleinere Diskantistinnen – und wenn so viele teuere kleine Stimmen immer mehr mein Herz umstricken und fortziehen, sogar das vor mir auf dem Basse ernst arbeitende Spielmännchen – und wenn ich immer die sehnsüchtigen Augen gegen die runden Rosengesichterchen und gegen dich und die Mutter aufschlagen muß – und ich merke, daß uns bald die Rührung überwältigen wird – und wenn die feuchten Augen die Noten schwer sehen und ich lieber aufhöre und die Mutter die nächsten Kinder küsset und du deine holde Kleine – und wir nasse Augen haben, ohne daß die guten Kinder begreifen, was uns fehlt: –– welche Stunde, lieber Otto, für drei Menschen, die verbunden sind! Und du, Allgütiger, der du sie in deiner Ewigkeit hast, solltest du sie versagen? –

Sechste poetische Epistel

Ich als literarischer Jubilar – und als Greis

Leipz. im Nachsommer, 98.

Ich schreibe mich, Lieber, der doppelten Abreise sowohl aus Leipzig als aus der Kugel, worauf es liegt, immer näher. Ich stehe in dieser Epistel nun schon im Oktober des Lebens vor dir, mein Laub färbet sich, hängt aber noch, und der stumme Nachsommer zeigt Gespinste und Nebel auf der Erde und blauen Äther oben. Mach aber mit mir die Obstkammer dieses Herbstes auf und betrachte die kleine allgemeine deutsche Bibliothek samt den Supplementen, die ich in diesem kurzen Leben zusammengeschrieben habe.

Ich leugne nicht, ich hätte tausendmal lieber statt der mäßigen Regimentsbibliothek, die ich drucken lassen, eine alexandrinische gemacht. Aber die Sündflut macht das jedem Autor unmöglich. Sie kürzte das Leben der Menschen ab bis auf einen Stummel, den sie ihnen ließ, und mithin auch das Schreiben derselben; und wenn ein solcher Lebens-Fragmentist wie Voltaire im 80ten Jahre und Bande steht und angefangen hat: so wird er aus der Erde weggejagt und springt, noch beide Hände voll Samenkörner, ins Schattenreich hinein.

Zum Unglück erhält sich kein Autor auf der deutschen Lethe flott, der sie nicht befährt auf einigen von ihm gefüllten Bücherbrettern sitzend; mit *einem* Bändchen (wie etwa Persius oder Virgil) schöss' er den Augenblick auf den Grund hinab; wie Holz zu Boden sinkt als Sägespan. Gleichwohl werden die europäischen Publikume verdrüßlich, wenn ein Autor in jeder Messe aussteht mit der Ladenschürze und ein neues Kauffahrteischiff auslädt und feil hat. Hingegen wenn er begraben ist, so nehmen sie Besen und überfahren sein Museum wie eine Goldarbeiters-Stube und kehren die zerstreueten Papierschnitzel zusammen, damits ein mäßiges Bändchen wird, ein posthumum. Du kannst dirs erklären. Denn der Mensch ehret (nach

Jakobi) nur das, was nicht nachzumachen ist; bei dem ersten Teile eines jeden originellen Buches begreift niemand, wie ein folgender nur möglich sei; je öfter nun aber ein folgender kommt, desto mehr leuchtet uns die Möglichkeit des Machens und also des Nachmachens ein. Das Grab hingegen ist der Isolierschemel der Werke; es wird ein absondernder heiliger Zauberkreis auf ewig um sie gezogen. –

Aber zur Sache! Ich finde, daß unter den Denkwürdigkeiten meines Alters vielleicht das Autorjubiläum, das ich da beginge, die größte sein würde. Ich bin ganz entschlossen dazu. Magister, Päpste, Universitäten, Schulen, Eheleute jubilieren häufig; warum sollen Autoren nichts machen? – Und da ich zum Glück schon Anno 1782 in meinem zweiten akademischen Jahre die *grönländischen Prozesse* schrieb und Anno 83 die Akten inrotulierte: so qualifizieret mich ja schon mein 69tes Jahr – welches meines Erachtens nicht schwer zu erleben sein kann – zum Jubel-Autor.

Anno 1832 werd' ich demnach in den literarischen und in den Literatur-Anzeiger eine kurze Beschreibung des Jubels unter dem Titel »Jubelseniorat des Verfassers des Jubelseniors« in jedem Fall einschicken – es müßte denn sein, daß ich schon etwas Besseres wäre als ein Mensch und ein alter Mann. In der Anzeige entschuldige ich mich mit nichts vor dem Lesepublikum, daß ich dasselbe nicht zur Jubelfeier eingeladen, als mit der Unmöglichkeit. Ich bitte, wo könnt' ich nur solche Leute und ihre Bedienten und Pferde, wenn ich auch Noahs Kasten hätte, unterbringen und stallen, die mich ganz gelesen – oder gar die, die es nur halb und flüchtig getan? Und gesetzt, ich hätte einen freien Platz, so groß wie Deutschland, für diese zuströmende Welt: so müßt' ich doch einen viel größern geräumigern für die ankommende Nachwelt mieten, in deren Lesebibliotheken ich zirkuliere, so daß ich die ganze Primarversammlung auf einen auswärtigen Planeten bestellen müßte, wie der Saturn ist – und wahrhaftig nach dem Tode, wo man die Nachwelt so gut als die Vorwelt kennen lernt, kann hierin viel geschehen.

Aber eingeladen werden außer den Verlegern noch meine Rezensenten und – was auch Rezensenten sind – die Redakteurs schweigender Zeitungen und jeder Redakteur, der das Journal allein schreibt gleich der Bibel, die Spinoza *einem* Verfasser beimisset. Die Jubelschrift gibt die Namen an. Die Nachdrucker hab' ich nur invitiert, damit sie aus eignen Beuteln Jubelmünzen unter das Volk auswerfen – welches die Schelme gern tun werden, sobald ich ihnen dafür ein scharfes Pasquill auf sie selber assekuriere und verspreche, wofür ich nichts verlange, so daß es so viel ist, als druckten sie es nach, und noch dazu mit Recht. – In der Jubelschrift liefer' ich eine *Jubelrede* in extenso, die auch hier geliefert wird. In dieser Jubelrede beruf' ich mich auf die sonderbar erfüllten Weissagungen, die ich in der »*sechsten poetischen Epistel*« soll von mir gestellet haben. Ich muß sie aber hier erst stellen; ich wahrsage hier nämlich, daß ich wie Alkuin 40 Jahre lang mit derselben *Feder* schreiben werde, nämlich in demselben Stil. Es ist unsäglich, was ich in 34 Jahren von heute an bis zum Jubiläum wieder werde gelesen haben; leider ungleich genug den jetzigen Autoren, wie an Talent, so auch darin, daß sie sich der frugalsten Geistesdiät unterwerfen wie Schwangere der leiblichen, beide damit sie das Kind leichter zu gebären haben, wenn es mager geblieben. Mit den Jahren und Ideen werden nun freilich – da ich den ganzen Tag mit Hochzeittexten und Brautfackeln am Traualtare stehe und nichts tue als Ideen kopulieren – die Soldaten- und Priesterehen und die Ehen im verbotenen Grade zwischen besagten Gedanken so anwachsen und sie alle so untereinander verschwistern und verschwägern, gleich europäischen Höfen, daß im ganzen Kopf für Geld kein geschiedenes Ideen-Paar zu erfragen ist und daß ich in lauter Gleichnissen rede, fluche, bete und zanke. – Allein da ein Autor leicht wissen kann, was er sagt, aber nicht, was er gesagt hat in frühern Werken: so werd' ich oft manche Gleichnisse, wie Erisichthon seine verwandelte Tochter, mehr als einmal auf den Markt treiben, weil ich mich unmöglich den ganzen Tag lesen und so viele Trillionen Gleichnisse memorieren kann. Jeder Leser, der mir solche Duplikate oder partiale zweite Auflagen berichtet, wird mich bei totalen zweiten Auflagen ungemein verbinden und verbessern.

Im Lebens-Vendemiaire muß ferner mit der Herrschaft über sich auch der Scherz, die Ironie und die Laune höher wachsen, waren sie anders in den frühern Monaten gesäet. Auch der Wohlklang des Stils gewinnt viel. Die Gedankenstriche fahren von selber aus der Feder, ohne langes Denken. – Aber manches andere blühet ab oder stirbt aus. Der Handschrift sieht man es an, daß man schon vieles und flüchtig geschrieben, die wankende Hand nicht einmal gerechnet. In den – – – gehet man so sichtbar zurück; das – verbuttet und verschimmelt auch; und wie ists mit – bestellt? [1] –

Ich bin wieder bei der in den literarischen Anzeiger kommenden Jubelschrift. Mit Vorbedacht zieh' ich dir aus ihr weder die verschiedene Ehre aus, die man am Jubiläum teils mir antat, teils ich den Gästen – noch das ländliche Mahl, ganz wie es in einer geßnerischen Idylle gemolken und gesäuert wird – noch das Fußgestell aus Werken, die mir teils abgestohlen, teils geschenkt, teils zugeschrieben [2] worden ohne Schenken – noch kleinere

[1] Ich halt' es für weltklug, diese Retrogradationen meines kleinen Erdkörpers nicht anzuzeigen, weil ich sonst irgendeinen groben Gesellen stutzig mache, daß er ein künftiges Werk von mir lieset und nachher in der Rezension bemerkt: »Das Alter guckt schon aus dem sonst trefflichen Werke heraus, und den Verf. scheinen jene herrlichen Gaben allgemach zu verlassen, die er hatte, zu etc.«

[1] Nicht den Lesern, sondern den Käufern hab' ich es zu sagen, daß seit den *Mumien* kein Buch von mir ist oder sein wird, dem nicht mein Name vorsteht. Zarte buchhändlerische Seelen hoffen die Hanswürste, die im Mittelalter der Kaufmann als Aushängeschild und Zeitungsaviso seiner Ware mitbrachte, durch Ankündigungen zu ersetzen, die außer den gewöhnlichen

Jubelfeierlichkeiten, weil ich dabei die seit Jahren an mich eingegangnen Briefe anführen müßte, die ich zusammengeschnürt vorzeigte und auf denen, wenn Sulzer das Schlagen gelehrter Bildnisse auf Münzen wünscht, die aufgepreßten Siegel gleichsam Medaillen für den Autor sind – noch tausend andere Dinge. Wichtiger scheint mir die Jubelrede, die der Jubilar an die Rezensenten hält und die ich aus der Jubelschrift in extenso nehmen kann. Der graue Jubelredner tritt nach einigen guten Diskursen über Druckfehler und über die Ausgabe seiner opera omnia und nach dem Kontrakte über die letztere zufällig oder absichtlich unter die wie ein Krater oder eine Kanzel aufgeschlichteten Werke – in der Tat sind sie sein Mezzovo [1] –, und er hält aus dem Stegreif folgende kurze Abschieds- und Erntepredigt an diejenigen Gäste, die ihn rezensiert:

»Statuere, meine Herren, quis sit sapiens, vel maxime videtur esse sapientis, sagt unser Cicero, oder verdeutscht: ein Rezensent, der einen Verfasser lobt und malt, meint sich auch mit.

Gehörten freilich einige von Ihnen zu den damaligen [2] kantischen oder fichtischen Idealisten: so hätten diese Grund, sich, die Wahrheit zu sagen, für die einzigen Menschen von Kopf anzusehen und den Rest für gar nichts. Ein guter Idealist senket, er mag uns so viele unbekannte X für U machen, als er will, stets den Pumpenstiefel in sich hinab und schöpft alles aus sich herauf, die physische Welt und mithin auch die nur in sie eingefleischte fremde geistige. Der Idealist entwickelt das Auge und mithin alles, was er damit sieht, aus sich und folglich jedes Buch, das er bloß wie ein Träumer zu lesen glaubt, indes ers wirklich selber macht. Den Stolz, den daher ein Idealist damals [3] haben konnte, goutiert' ich so sehr, daß ich meines alten *Leibgebers* Ausspruch hierüber noch jetzt unterschreibe und hersage: ›Wie? da der echte Idealist alles selber macht, alle Sterne am Himmel und die physische und die gelehrte Welt; da er die Werke der besten Autoren geschrieben, von Homer bis Goethe; und da er keine herrliche Zeile loben, exedieren und übersetzen kann, die er nicht eben darum selber gemacht: so wär' er ja ein Narr, wenn er, ein mit tragbaren gelehrten Welten und Meuselschen Deutschlanden ausgepolstertes Ich, er, der Musensitz der Musensitze, er, der den Magisterhut nicht auf, sondern in dem Kopfe hat und den Kopf nirgends als wie die inkorporierten Weisheitszähne und den philosophischen Bart und Mantel nur in sich – ein Narr, sag' ich, wär' der

Lügen noch die enthalten, daß ich die Ware geschrieben. Freilich wollen sie mir durch das Fremde, was sie mir zuschreiben und schenken, das Eigne erstatten, was mir andere stehlen, es seien ganze Personen oder einzelne Reden. Aber letztere sind besser: hier trägt man meine Sünden, dort trag' ich fremde.

[1] So heißet der Parnaß jetzt.

[2] Jetzigen.

[3] Jetzt.

ganze Gott, wenn er eine demütige Haut wäre und nicht geradezu sagte: alles, was ich lobe und lerne, schaff' ich und lehr' ich eben dadurch, und ich möchte den sehen, der neben mir existierte, geschweige brillierte.‹

Freilich wirft ein solcher Universalmann (aus ontologischen Gründen) keine Fehler vor als solche, die er eben selber macht.

›*Alle höflich!*‹ antworten närrisch die Bergleute, wenn man fragt, wie es mit ihnen steht. Diese Antwort kann kein Redakteur über seine 70 Jünger geben. Schon Jugend an und für sich ist grob; aber noch mehr eine humanistische, sogar im Alter; und zwar darum 1) weil der *Geist* der Alten auf jeden kräftigen Menschen, er sei ein Weltmann oder ein Künstler, tiefer wirkt als auf die Linguisten, die nur den *Körper* suchen, 2) weil ihr linguistisches Studium ihr kleines Auge noch mehr eingrenzt, 3) weil Leute, die etwas treiben, was wenige können, desto mehr entscheiden und stolzieren, so klein ihr Treiben sei, 4) weil der Mensch sich mehr eines Sprach- als Denkfehlers, mehr eines grammatikalischen als moralischen oder logischen Fehlers, so wie mehr eines körperlichen als geistigen annimmt und schämt, und zwar darum, weil die Fehler der erstern Art unwillkürlich, die der letztern aber willkürlich und also leicht abzulegen scheinen, 5) weil von jeher keine Hähne so erbittert kämpften als die humanistischen, mit Federmessern [1] bewaffneten, wenige Neuere wie Scioppius, Burmann, Klotz und die beiden – Skaliger ausgenommen. –

Ich bin schon ein alter Mann; von Ihnen hingegen können die meisten die Unsterblichkeit erleben, die Sie mir, sei es auch nur durch Schweigen [2], zugewandt; – denn wie der dreitägige Tod Christi einem ewigen gleich galt, so steckt in einer dreitägigen Unsterblichkeit jetziger Autoren die längste. Ich spreche freilich nur von der Unsterblichkeit unter Sterblichen; die längere unter Unsterblichen fängt erst an, wenn die Augen brechen.

Noch ein Wort! Nach diesem Jubeljahr hoff' ich, nicht ohne allen Geschmack zu schreiben. Ich hätt' es früher gekonnt, wenn ich zur Apoplexie

[1] Die englischen Streithähne werden so bewaffnet.

[2] In Deutschland gibt es drei Publikume oder Publika: 1) das breite, fast ungebildete und ungelehrte der Lesebibliotheken – 2) das gelehrte, aus Professoren, Kandidaten, Studenten, Rezensenten bestehend – 3) das gebildete, das sich aus Weltleuten und Weibern von Erziehung, Künstlern und aus den höhern Klassen formt, bei denen wenigstens Umgang und Reisen bilden. (Freilich kommunizieren oft die drei Kollegien.) Der Verf. dieses ist dem dritten Publikum den einzigen Dank schuldig. Inzwischen behandelte ihn doch das zweite immer so wie das erste. Daher er dem zweiten einen Dank abzutragen glaubt, wenn er einmal alle öffentliche laute Urteile über sich samt den Namen der guten *stillen* Zeitungen sammelt, sie vergleicht und sie der Nachwelt mit Reflexionen überliefert, worin er zu erweisen meint, daß das gelehrte Deutschland noch nicht arm an echten Gelehrten sei.

mich entschlossen oder wenn ich, wie Ludwig XIII. von Frankreich auf Befehl seines Arztes Bouvard, in einem Jahr zu 215 Purganzen, 212 Lavements und 47 Aderöffnungen gegriffen hätte; ich wäre dann kapabel geworden, so ordentlich und nüchtern zu schreiben wie ein vernünftiger Mann im Reichs-Anzeiger. Inzwischen da das Alter selber eine Krankheit ist, und eine asthenische dazu: so ist noch schöne Hoffnung da und wenig verloren. Und warum soll ich nicht mich mit der Hoffnung trösten, daß ich einmal ebenso glücklich sein kann wie mehrere Köpfe, die, wie andere Vulkane, nach den Flammen und der Lava doch zuletzt *Bimssteine* auswarfen, welche *leicht* waren und womit man *polieren* konnte? –

Was scherz' ich? Nah' am Meer der Ewigkeit will in dasselbe der Mensch, wie andere Flüsse in ihres, mit *schiffbaren* Armen voll Gaben fallen. Ich habe vor Jahren, da ich diese Jubelrede in ›J. P. Briefen etc.‹ schreiben wollte und vorher die Abhandlung über das Träumen, den heutigen Tag geträumet; – ich sah mich anfangs in einem Glaskasten aus Wien als einen heiligen Leib gebracht, den man bald für den heiligen *Paul*, bald für die heilige Laurenzia, die Schirmvögtin der Bücher und Kenntnisse, ausgab – dann sah ich (es ist ganz so wild, als ein Traum sein kann) mich in meinen Kupferstich verwandelt, vor dem die Zeit stand und hinter ihrem Rücken ins Dintenfaß tunkte und waagrechte Linien durch die Stirn, d. h. Runzeln zog – Auf einmal stand ein Skelett an einem verhangnen Pfeilerspiegel, dem ein unverhüllter gegenüber hing – Plötzlich fuhr die seidene Hülle auf – und beide Spiegel gaben einander ihre unermeßliche zurückkriechende Gestalten-Kette, und jede Unendlichkeit wiederholte sich und die fremde – und die zwei dunkeln einschwindenden Reihen schienen die Nachwelt und die Vorwelt nachzubilden –– was war es? – Ein Traum! Aber in der kältesten Stunde des Daseins, in der letzten, ihr Menschen, die ihr mich so oft mißverstandet, kann ich meine Hand aufheben und schwören, daß ich vor meinem Schreibtisch nie etwas anderes suchte als das Gute und Schöne, so weit als meine Lagen und Kräfte mir etwas davon erreichen ließen, und daß ich vielleicht oft geirret, aber selten gesündigt habe. Habt ihr wie ich dem zehnjährigen Schmerz eines verarmten, verhüllten Daseins, eines ganz versagten Beifalls widerstanden, und seid ihr, bekriegt von der Vergessenheit und Hülflosigkeit, so wie ich der Schönheit, die ihr dafür erkanntet, treu geblieben?«

Was geht mich die Jubelrede mehr an? Ich sage das: nur einmal wandert der Mensch über diese fliehende Kugel, und eilig wird er zugehüllt und sieht sie nie wieder; wie, und er sollte der armen, so oft verheerten und vollgebluteten Erde nichts zurücklassen als seinen Staub oder gar versäetes Giftpulver und Verwundete? – O wenn einer von uns eine Tagreise durch irgendeine stille Welt am Himmel, durch den milden Abendstern oder den blassen Mond tun dürfte: würd' er da, noch dazu wenn er ferne Seufzer hörte oder vergoßne Tränen fände, sein eiliges Durchfliehen mit herumgelegten Selbstgeschossen und ausgestreueten Dornen bezeichnen und nicht vielmehr, falls er könnte, mit irgendeiner geöffneten Quelle, mit einer zurückgelassenen Blume, oder mit was er zu erfreuen wüßte? – O es sei immer vergessen von der ganzen Zukunft, was ein sanftes Herz wollte und tat; wenn es nur unter dem Handeln sagen kann: nach langen, langen Jahren, wenn alles verändert ist und ich auf immer verflogen oder versenkt, da wirft vielleicht die Hand der Zeit den Samen des kleinen Opfers, das ich jetzt bringe, weit von mir und meinem Hügel zu irgendeiner Frucht oder Blume aus, und ein mattes Herz wird daran erquickt und schlägt voll Dank und kennt mich nicht. –

Mein Jubiläum ist aus; – aber jene Hoffnung ist eigentlich das rechte. –

*

Ich brach diese Epistel, die mit der Schilderung des Alters schon die Geschwätzigkeit desselben zu verbinden scheint, heute früh ab, um zum letztenmal (weil ich morgen reise) die englischen Anlagen um Leipzig unter der freundlichsten Herbst- und Morgensonne beklommen-selig zu durchgehen. Ich habe dir diese Sommer- und Sonnenseite der Leipziger Landschaft, diese Winter-Villeggiatura der Einwohner und Einwohnerinnen, die in kalten Tagen da stets zum Luftbad als Badgäste zusammentreffen, oft genug gezeichnet; und Leser, die da waren, kennen sie ohnehin. So viel ist gewiß, ich kann nie in diesem so rein-entworfenen Naturgarten voll Gärten, Rasenplätzen, Wäldchen, lichter und dunkler Stellen herumirren, ohne auf den Schöpfer desselben[1] Jubelmünzen zu schlagen, d. h. ohne immer zu sagen: habe recht Dank!

– Aber die Malerei des *Stillebens* des Alters, wovon ich eben aufgestanden war, setzt' ich im Marschieren sonderbar wieder fort. Ach ich wurde ja von jedem Baume darauf gebracht! Die Sonne ging herbstlich tief – ich stand auf einem künstlichen Berge des Gartens – er war eine Sternwarte für mich, und der ruhige Himmel breitete sich unten auf dem Boden aus – das Getöse und Geläute der Stadt schlug in die Stille herein – ich sah hinunter über die langen Kreuzgänge aus Gipfeln und die glänzende beseelte Ebene und über das holde Wasserstück mit seinen Schwanen und mit den Spiegelbildern der vorbeigehenden Strandbewohner und mit dem nachgemalten tiefern Himmelsblau und über die bunte Brücke (das Zeichen der irdischen Flucht) und über die Trauerweiden mit hängenden Armen – und ich dachte an den Frühling dieses Jahrs, wo ich alles zum erstenmal genoß, und an die Nachtigallen, welche damals auf den Bäumen an der Brücke schlugen; und die Frühlingsmorgen feierten wieder die Maienfeste in meiner Brust: da dacht' ich zwar bewegt: es ist wieder vorbei, und es kommt mir lange vor;

[1] Bürgermeister Müller.

aber ich sagte mir auch: »Dein Erinnern nimmt ja jährlich zu; sonst mußte ein Tag ein paar Jahre weit zurückgewichen sein, um sich zu verklären, jetzt gehest du kaum einige Schritte vor einem kalten hellen Tautropfen vorbei, so kannst du dich umsehen, und er glänzet herrlich bunt in seiner Blume nach.« Wie muß erst ein sechzigjähriger Kopf mit Erinnerungen, den Votivgemälden unsers Herzens, vollgehangen sein! – Wenn also die Jahre kommen, wo der graue Mensch an einem schönen Frühlingstag ins Freie geht, bloß um den alten Körper zu wärmen und zu regen, ohne alle vorige Absichten und Aussichten auf eine ins Unabsehliche hinausblühende Zukunft voll Avantüren und Länder; wenn diese kalte, aber ruhige Zeit kommt: so wend' ich meinen Kopf nur rückwärts in dieselbe magische Perspektive, aus der ich noch dazu herkomme, und das alte Herz sonnet sich an der tiefen Wintersonne. Wie an Menschen, die einem frostigen Wind entgegengehen, so sieht an Alten das Gesicht bleich und eingewurzelt aus; kehren aber beide es um, so wird es warm und blühet wieder rot.

Platner sagt: wir haben nur ein Gedächtnis für die Freude, nicht für den Schmerz; ich sage: wir haben für beide dasselbe Gedächtnis – ja wir haben ein stärkeres für das Fehlschlagen der Hoffnungen als der Besorgnisse –, aber nicht dieselbe Phantasie; diese mildert und verklärt, also zieht sie auch um den Schmerz den Regenbogen.

Alle Glieder veralten am Menschen, aber doch nicht das Herz. Mit jedem Jahr werd' ich meines jünger und weicher schreiben. Wenn ich Jünglinge sehe, werden sie mich so gut wie jetzt die Kinder mit ihren Rosenfesten laben, und ich werde ihnen zurufen: »O feiert sie nur recht hinaus, bis der Morgenstern am Himmel steht, aber erhitzt und erkältet euch nicht!« – Und meine guten Jugendfreunde, die mit mir denselben Blumengarten des Lebens gemeinschaftlich bewohnet haben, ach wie können sie mir in der kalten Jahrszeit im Garten, wo schon mancher unter seinem Beete liegt, begegnen, ebenso gebückt von der Zeit wie ich, ohne daß mich diese zurückgebliebnen Frühlinge meines Daseins bis tief ins Herz erleuchten und erwärmen? – Und an Frühlingstagen und an Geburtstagen will ich den Mumienkasten öffnen und die alten Briefe und meine Antworten lesen, und mein ganzes Herz wird sich jugendlich erfüllen, und ich werde mit nassen Augen sagen: hab' ich nicht eine ganze Ewigkeit vor mir zur Liebe?

Und wenn, wie im Haydnschen Konzert[1], ein Konzertist um den andern sein Licht auslöscht und mit dem Instrumente hinausgeht und ich etwan der Kontrabassist sein soll, der zuletzt spielt – ach nein, ich werde schon

[1] Als Esterhazy seine Kapelle entlassen wollte: machte der genialische Haydn eine Symphonie, worin ein Spieler nach dem andern am Notenpult das Licht auslöschte und fortging, bis zuletzt nur der Kotrabassist übrig blieb; ders auch so machte. Dieses rührte den Fürsten so, daß er die Kapelle restituierte. Dazu machte Haydn wieder eine Symphonie, worin in umgekehrter Ordnung einer um den andern ebenso kam.

eher mein Licht ausblasen und die Noten einstecken; aber wärs auch: wir kommen doch alle wie im Haydnschen Stücke mit unsern Lichtern wieder. – –

Lebe wohl! Ich danke dir, daß ich dich bis hieher habe zum sanften Begleiter wählen dürfen. Ich packe jetzt auf morgen ein und nehme Abschied von so mancher Seele, die ich liebe. Sonderbar wirret sich jetzt Gegenwart und Zukunft, Reise und Alter durcheinander. – Und doch liegt der Abend draußen so hell-rot um die Welt! – Und nie lieg' er anders um deine, du Geliebter! –

Siebente poetische Epistel

Das Ende

Unterwegs 1798.

Ihr guten Leser, die ihr vom unbekannten einschlafenden Menschen doch den fortsprechenden Autor erbet, schauet leicht meinem kleinen Schachspiele mit mir selber zu bis zum Umlegen der letzten Figur. – Ich kann und will in dieser Epistel nicht an die Menschen denken, die ich in den vorigen aufgeführt. – –

Ich fuhr heute am Morgen einsam aus Leipzig über den entvölkerten Markt, wovon die hölzerne Budenstadt in der Stadt nach der Messe schon abgetragen war. Ein Mensch, der sich aus dem lebendigen Kreise eines Ortes ablöset, verlässet nicht den letztern (denn dieser merket keinen Abgang), sondern einen alten Lebens-Zyklus, den er nun gegen einen neuen umtauscht; unterwegs ist er ledig-einsam und nichts. – Meinen Wagen begleitete in der Stadt – ob wir gleich schon Abschied genommen – von weitem ein guter Jüngling, den ich herzlich liebte: bleibe so schuldlos, wie du bist, reiner heller Mensch, und lese immer diese Zeile so wie jetzt! – Draußen lief die ebene lange Straße durch eine Baumschule auf beiden Seiten gleichsam in den blauen kalten stillen Himmel des Herbstes hinein – ich stieg aus und irrte dem schleichenden Wagen nach – o war ich nicht so oft auf diesem Weg an schönen glänzenden Morgen und Abenden sanften Freuden entgegengegangen und der Hoffnung, ihn zu wiederholen? – Der Herbst dampfte glänzend am Umkreise der Erde – ich schauete mich um, und zwischen den Türmen standen die Rauchsäulenfarben trunken vor der malenden Sonne wie aufrechte Morgenröten über der Stadt – – Es gehe dir wohl, menschenfreundliche Stadt! Und dir, geliebter *Weiße*[1], bleibe die Jahrszeit deines Lebens so warm und hell wie die jetzige und wie dein Herz!

[1] Ich meine den liebenswürdigen Verfasser der vortrefflichen Amazonenlieder, des Kinderfreundes etc.

Später in der einsamern Ferne und in der leeren Ebene ohne Berge dacht' ich an den Inhalt dieser siebenten poetischen Epistel, aber recht froh. O warum darf man nicht unter dem blauen Himmel, auf der grünenden Erde, die ja, wie ein Krankenstuhl, zugleich unser Tisch, unser Sitz und unser Bette sein kann, vor der großen Natur die sinkenden Augenlider schließen? Schlafen nicht Kinder am liebsten neben der schirmenden Mutter ein? –

Unter allen Episteln ist keine ihrer beschriebenen Stunden so gewiß als diese meiner letzten. Ja die andern können lügen, nur diese nicht. Wenns inzwischen jenes ist, ich meine, wenn das Schicksal meinen Milchtopf wie in der Fabel umstößet: so hab' ich wenigstens, eh' es geschah, den Topf und den Traum gehabt; und nachdem es geschehen, hab' ich noch mehr als die Erfüllung. Ich kenne dich, Leben, und nehme dich überall ganz; du bist ein Sousball in Paris, worin man nicht den ganzen Ball zu bezahlen braucht, sondern einen und den andern Tanz, wofür man wenige Sous gibt – Du bist eine Kreuzerkomödie in Bayern, die man nicht ganz auszuhören braucht, sondern aus welcher man sich, da sie immer währt, für seinen Kreuzer seine Szene wählt und dann fortgeht, indes andere bleiben und kommen. –

Ich könnte eigentlich an der Unsterblichkeit versterben, wenn ich wollte oder dürfte; – ich hätte unter dem Schreiben weiter nichts nötig als (da mein Gehirn wie ein Glas, worein man schreiet, mit jeder Seite der redenden Seele stärker nachzittert und ich immer bei einem Feuer aufhöre, womit ich wünschte anzufangen) – ich brauchte nur, sag' ich, fortzufahren, mich aus einem Zeitalter ins andere zu schreiben, aus dem eisernen ins erzene, daraus ins silberne, dann ins goldne und endlich in die Ewigkeit. Denn ich kenne den Tod, er würde sogleich – er passet darauf –, so wie der Jäger aus der Schwinge eines Raubvogels eine Feder reißet und ihn damit am Genick ersticht, aus meinen Fittichen eine nehmen und mich erspießen; aber darauf kann er warten. –

Inzwischen tritt er am Ende doch herein, ohne zu fragen; treib' er nur nicht, wie die Sternkundigen, sein Werk in langen, langen Nächten. Und gleichwohl – dauert denn die längste Nacht bei uns länger als sechzehn Stunden und zwei Minuten? Gesetzt, sie kehre ein paarmal um: so bricht doch nachher ein Morgen an, dessen Aurora von einer Milchstraße zur andern brennt. Der Sterbliche, der über die Länge irgendeines Drangsals wimmert, hat ja diese eben schon verwunden und zurückgelegt, und er zagt nur vor einer Zukunft, die eben darum leichter kurz ist als lang.

Das Alter, besonders das eines gesunden Autors, beschließet sich gewöhnlich mit dem Nervenschlage, der dem schnellen Zerspringen gleicht, womit eine Sonnenblume alle ihre Blüten erweitert. Diesen Zauberschlag, der diese Welt in die andere verwandelt, setzt der vortreffliche *Darwin*[1] in die zwei Äquinoktien, worein auch beide Bücher-Messen fallen. Ich fand

[1] In seiner Zoonomie 2. B.

aber an mir und andern das Herbstäquinoktium noch gesünder als selber den kürzesten Tag; hingegen die Frühlings-Nachtgleiche ist, wie die Ostermesse, ergiebiger für ihn und ist zumal nach harten hellen Wintern der eigentliche Ziehungstag des Freund Heins. Und da wird er mich wahrscheinlich ziehen; zumal wenn der Winter- oder Nachwintertag (etwan in der Frühlingsnachtgleiche) sonderlich heiter und kalt sein sollte und gleichwohl das Wetterglas fiele. Die mit der Muskularkraft verträgliche Nerven-Asphyxie, die gegenwärtigen Verfasser oft an Wintertagen verödet, befestigt schön Weikards[1] und Browns System. – –

– Wie himmlisch und italienisch-dunkelblau bist du, heutiger Tag! Ich ruhe jetzt, in schöner dankbarer Erinnerung an eine Familie voll elterlicher und kindlicher Liebe, am romantisch-bewachsenen Ufer der *Saale*[2] und blicke in den vertrauten Strom, an welchem ich aufwuchs und worin das träumende Kind oft seinem schwimmenden Lächeln lange nachgesehen und den ich nach so langer Zeit hier in der Ferne wiederfinde. O wie linde und weich laufen deine lieben Wellen vorüber, die ja alle vor meinen Geliebten in *Hof* und vor ihren Spaziergängen vorbeigezogen sind! Sehnsüchtig und bekannt schau' ich jeder daherflatternden Woge entgegen und folge dann lange dem fliehenden Wasserringe nach und möchte die liebe Flut trinken und sie auf meine Brust kühlend sprengen. – Möget ihr nur, ihr Wellen, lächelnde Gestalten und rote Abende nachgespiegelt haben und den breiten Glanz der Mondesnacht, und keine Träne soll mit euch geflossen kommen! –

Wir würden alle den Tod schöner finden, wenn er unsere Hülle nur entseelte, nicht zerlegte – ferner wenn wir die Trauer, die uns geliebte fremde Gräber geben, nicht verwirrend in das Bild des unsrigen übertrügen – ferner wenn wir uns nicht im Leben so recht wie in einem warmen häuslichen eingewohnten Neste[3] festgesessen hätten, aus dem wir nicht gern aufwollen in den hohen kalten Himmel – und endlich würden wir den Tod verschönern, wär' er uns versagt. Ich träumte einmal, durch Swift entzündet, von einem großen Geiste, der ewig auf die Erde geschmiedet wäre.

Der unsterbliche Alte hatte fünf tiefe Wundenmale seines Unglücks: er war unglücklich im Frühling, weil uns dieser ewig durch eine höhere Hoff-

[1] Seine »Toiletten-Lektüre für Damen und Herrn« kann, einen mit dem Titelblatt abstechenden Zynismus abgerechnet, diätetisch nicht genug empfohlen werden.

[2] Bei Weißenfels; bekanntlich fließet sie auch vor Hof vorbei.

[3] Die Menschen fürchten weniger die Vernichtung als eine hohe Art des Seins. Wenn z. B. der Tod darin bestände, daß jedes Jahr ein Komet an der Erde tief vorüberflöge und die Alten und Kranken lebendig zu sich aufrisse, unter eine Gesellschaft hoher Geister: so würden die meisten Kanzlei-, Forst- und andere Bedienten nicht wissen, was sie davon haben, daß sie droben in einem fort seraphisch verfahren sollen, indes sie unten die besten Sonntagsbraten und Kränzchen und Tabaksrollen wissen.

nung erfreuet und tröstet, als der runde Kirchhof der Erde erfüllen kann – er wars vor der Musik, durch welche die ganze Unendlichkeit seines Herzens wach wurde und der er zurief: »Sirene, im langen, langen Leben fand ich nichts von dem, was du versprichst« – er wars vor der Erinnerung der hohen Liebe, die in der hiesigen Welt nur keimen und erst in der andern blühen kann – er wars vor der Sternen-Nacht, zu deren weit schimmernden Unermeßlichkeit er weinend hinaufklagte: »So leb' ich denn ewig geschieden von dir; und das große Sonnen- und Erden-Universum steht über und unter mir, und der Kot einer kleinen Kugel hält mich fest« – er war unglücklich vor der Tugend, vor der Wahrheit und vor Gott, weil er wußte, in welcher Ferne sich der Erdensohn ihnen nähern kann.

Aber es gibt keinen solchen ewig von der wachsenden Nachwelt abgestoßenen Menschen, vor welchem sich immer nur die dürre Körperwelt ohne die Geisterwelt, wie vor uns die verglasete Halbkugel des Mondes ohne die zweite voll Blumen [1], vordrehte, es gibt keine fragende Brust in dieser runden Wüste, zu welcher nicht irgend einmal der Tod träte und ihr antwortete. – –

Du mußt mir auch einmal antworten! Jetzt ist die Welt so stumm! – Wie in der wühlenden Stunde des Erdbebens, wenn Berge und Städte schwanken und das aufgeworfne Meer in hohen Wellen emporfährt, wie da fürchterlich das Luftmeer und der Himmel stille stehen und kein Lüftchen über das Getümmel weht: so liegt über diesem lauten Leben und über unsern Seufzern und über dem Toben der Völker das Geisterreich stumm und fest und eingehüllt, und nichts spricht mit dem einsamen Geist als er selber – – Aber der Tod wirft den tauben Körper und die dicke Erde weit von uns, und wir stehen frei und hell in der lichten Welt unsers Herzens und unsers Glaubens und unserer Liebe. –

Wenn du nun kommst zu mir, letzter Genius des Lebens: so werd' ich dich, dessen schönes Angesicht und dessen glänzende Flügel so oft an meinem Schreibetisch offen standen, hoff' ich, noch kennen – und wenn ichs nicht mehr könnte, so wäre der Irrtum nur kurz –, und ich werde sagen: nimm nur hin den leichten durchsichtigen Sommernachtstraum des Lebens, weiter ist nichts da! Und wenn du dann, wie wir schon bei *kleinern* Mysterien tun, das scheidende Auge verschleierst und wenn nur noch ein paar Träume in der leeren Seele wohnen: o so werd' ich, wenn ich kann, segnend an euch Menschen denken – denn ich hab' euch gewiß geliebt –, und es wird mich da noch schmerzen, daß du arme, so oft verwundete Menschheit noch so blutige Entwicklungen zu überstehen hast. Wenn die letzte Wolke dann dichter um das Auge zieht: dann kommt, ihr Jugendmorgen und Juniusnächte, ich werde die jungen Rosen in eueren Händen

[1] Einige Astronomen nehmen an, daß die von uns abgedrehte Hälfte des Mondes Auen und alles habe.

schon kennen – und ihr gestorbenen Freunde, tretet nahe herbei, denn nur noch das schlagende Herz steht zwischen mir und euch – und wenn dann, was das Geschick doch so vielen Scheidenden bescherte, ein inneres Tönen und Klingen den entrinnenden Geist begleitete, so würd' er noch über diesem holden Frühling der Ewigkeit, über dieser ersten Erde weinend schweben und wünschen: lebt wohl, ihr Morgen und ihr Abende, ihr reichen Täler und Berge, ihr Sternennächte, ihr Frühlinge und du ganze liebe Erde! – Und dann hab' ich sie verloren. – O noch ruht sie so glänzend vor mir und trägt die untergehende Sonne an ihrem Herzen – der Abend brennt hinter seinen Wolken auf den Bergen – die entfliehenden Lerchen singen dem künftigen Frühling entgegen – aus den vertrockneten Auen grünen die hohen Wintersaaten mit Frühlingssprossen auf – und ich gehöre noch der erfreuenden Erde an –– o ich will in diesem Vorhof des Seins noch tun, was der Schwache vermag.

Die Sonne geht hinab – meine Reise endigt – und in wenig Minuten bin ich an einem geliebten teuern Herzen –– es ist deines, unsterblicher Wieland!

ANHANG

ANMERKUNGEN

»Der Theolog hasset juristische Anspielungen – der Jurist theologische – der Arzt beide – der Mathematiker alle vorigen – ich liebe sie alle; was soll man da lassen oder nehmen?« schreibt Jean Paul mit scherzhafter Ratlosigkeit in der Vorrede zur zweiten Auflage des »Hesperus«. Diese Haltung des Dichters und die aus ihr entspringende, eigenwillige Neigung seines Erzählstils zu verklausulierenden Anspielungen und »Ausschweifen«, zu abliegenden Assoziationen und Metaphern bringen es mit sich, daß man zum vollen Verständnis der Werke auf Erklärungen nicht ganz verzichten kann.

Die Anmerkungen unserer Ausgabe versuchen nicht, das dichterische Wort Jean Pauls, seine Gedankengänge oder die Bewegung seiner Sprache zu deuten und zu interpretieren. Sie versuchen auch nicht umgekehrt, in kleinlicher Weise das oft spielerisch zusammengetragene Wissen des Dichters, zumal wo er es als »eigentlich überflüssige Gelehrsamkeit« ausdrücklich zum »Vexieren« des Lesers bestimmt hat, wieder in seine Elemente und Bausteinchen zu zerlegen, sondern die Anmerkungen sollen dem unmittelbaren Verständnis des Textes dienen und nach Möglichkeit dem Leser alle dazu erforderlichen Hilfen an die Hand geben.

In knapper Form enthalten sie zunächst die nötigen Erklärungen ungebräuchlicher Wörter und Begriffe, vor allem der vielen Fachausdrücke aus oft recht abseitigen und versteckten Wissensgebieten, und der zahlreichen, uns heute fremd gewordenen Namen. Manche von diesen waren schon dem Zeitgenossen unbekannt: er sollte sie nach dem Wunsch des Autors gar nicht kennen, und jede Erklärung würde hier den Reiz des Spieles, das der Dichter mit seinem Publikum treibt, zerstören. Mit den meisten Namen aber verband der zeitgenössische Leser eine zugleich feste und lebendige Vorstellung, auch wenn eine Anspielung oder ein Zitat ihm im einzelnen dunkel blieb. Daher schien dem Herausgeber in solchem Punkt häufig eine Erklärung am Platze, selbst wo sie das Textverständnis nicht direkt erleichtert. Auf Namen, die heute noch als bekannt und geläufig vorausgesetzt werden dürfen, wird jedoch nur kurz und stets nur im Zusammenhang einer bestimmten Textstelle oder Anspielung eingegangen.

Soweit es möglich oder von Nutzen war, wurden auch Nachweise der bei Jean Paul sehr häufigen Zitate aus anderen Werken und fremden Schriftstellern gegeben, bei zum Verständnis wesentlichen und nicht zu umfänglichen Stellen wird bisweilen auch der Wortlaut angeführt. Lateinische und französische Zitate im Text werden übersetzt. Im Gegensatz zur sechsbändigen Ausgabe wird in den Anmerkungen jedoch auf textgeschichtliche und textkritische Angaben, auf den Nachweis von Motivparallelen und Handlungszitaten generell verzichtet.

Jedem Werk ist ein kurzer Abriß über die Entstehungsgeschichte vorangestellt, der einmal das Nachwort entlasten, zum andern auf besondere Schwierigkeiten und Probleme der Textgestaltung und der Kommentierung hinweisen soll. Die Anmerkungen selbst folgen dem Text fortlaufend und sind mit Seitenzahlen gekennzeichnet. Da alle Erklärungen mehrfach, bisweilen sehr häufig notwendig sind, werden sie stets nur an der ersten oder aber an der wichtigsten Stelle gegeben: einfache Worterklärungen einmal innerhalb jeder Schrift, ohne daß später nochmals auf diese Note verwiesen wird, längere Sacherklärungen nur einmal innerhalb eines Bandes. Doch erfolgt dann in jedem einzelnen Werk ein Verweis auf diese erste Anmerkung.

Für die Wort- und Namenerklärungen war der Herausgeber, auch wenn er von Fall zu Fall die Anmerkungen älterer Ausgaben dankend zu Rate ziehen konnte, weitgehend auf eigene Einzelnachforschungen angewiesen. Als Quellen wurden nach Möglichkeit Nachschlagewerke und Wörterbücher der Zeit benutzt; die Zuverlässigkeit der Angaben richtet sich daher in vielen Fällen nach der nicht immer zweifelsfreien Zuverlässigkeit dieser Quellen. In Fragen der Zitate, der Anspielungen, der Vorlagen und literarischen Parallelen konnte man sich hingegen auf die Anmerkungen der von Eduard Berend edierten Kritischen Ausgabe stützen, deren Ergebnisse weitgehend in die Anmerkungen mit einbezogen sind.

Norbert Miller

Plan und Vorarbeiten zur »Unsichtbaren Loge« reichen bis in die Mitte des Jahres 1790 zurück. Niedergeschrieben wurde der Roman dann nach dem Ausweis des Tagebuchs zwischen dem 15. März 1791 und dem Schalttag des folgenden Jahres. Das korrigierte und ergänzte Manuskript (aber noch ohne den »Wutz« und mutmaßlich ohne Titel) ging am 7. Juni 1792 an den Schriftsteller und Kunstgelehrten Karl Philipp Moritz (1757–93). Dieser reagierte begeistert und vermittelte Jean Pauls Erstling an seinen Schwager Carl Matzdorff in Berlin, in dessen Buchhandlung der Roman 1793 in zwei Bänden erschien. – Eine zweite, inhaltlich kaum veränderte Auflage erlebte »Die Unsichtbare Loge« erst 1822 im Verlag von Georg Reimer, Berlin. Jean Paul begnügte sich im wesentlichen mit sprachlichen Änderungen: Tilgung des Fugen-S, Eindeutschung der Fremdwörter und mit gelegentlichen Glättungen im Wortgefüge. Für die Gesamtausgabe diktierte der Dichter in seinen letzten Tagen noch eine »Entschuldigung«, ohne den Text jedoch neu durchsehen zu können.

Titel: Eine konkrete Erklärung des Titels aus der Handlung heraus versucht der Dichter in seiner »Vorrede zur zweiten Auflage« (vgl. S. 18) zu geben. Der ganze Ausdruck: »die unsichtbare Loge« scheint jedoch aus der Freimaurersprache übernommen zu sein und dort etwa dem Begriff der »unsichtbaren Kirche« in der theologischen Terminologie zu entsprechen, der die Zusammengehörigkeit aller Rechtgläubigen meint.

S. 15 *neun Jahre lang:* Nach einem frühen Romanversuch: »Abelard und Heloise« schrieb J. P. fast zehn Jahre lang nur Aufsätze und Satiren, von denen 1783 in zwei Bändchen die »Grönländischen Prozesse« und 1789 die »Auswahl aus des Teufels Papieren« im Druck erschienen. – *horazisches Jahrneun:* Horaz fordert in seiner Epistel: »de arte poetica« (v. 388/89): »nonumque prematur in annum / membranis intus positis« (Neun Jahre halte es unsichtbar und laß die Handschrift eingeschlossen ruhen). – *im 30ten Jahre:* Goethe war beim Erscheinen der »Lehrjahre« 37 Jahre alt; Henry Fielding (1707–54) war 35 Jahre, J. J. Rousseau (1712–78) fast 50 und Samuel Richardson (1689–1761) 51 Jahre, als ihre ersten Romane erschienen.

S. 16 *romantisch:* hier im älteren Sinne von »romanhaft«. – Georg Chr. *Lichtenberg* (1742–99): In seinem »Vorschlag zu einem orbis pictus usw.« (1780). Auch der erste Teil des Absatzes ist dieser Schrift verpflichtet.

S. 17 Zacharias *Werner* (1768–1823): romantischer Dramatiker, Freund E. T. A. Hoffmanns, gefördert von Iffland und Goethe, war 1810 nach einem unsteten Wanderleben zum Katholizismus übergetreten. Die beiden Dramen: »*Luther* oder die Weihe der Kraft« und »*Attila*, König der Hunnen« erschienen noch vor seinem Glaubensübertritt 1807 und 1808. – Adolf *Müllner* (1774–1829): Jurist und Stückeschreiber, Hauptvertreter der sog. Schicksalsdramatik. »*König Yngurd*« erschien 1817, »*Die Albaneserin*« 1820. – Friedrich *Hoffmann:* Gemeint ist E. T. A. Hoffmann, zu dessen erstem Buch: »*Fantasiestücke in Callots Manier*« (1814) J. P. die Vorrede geschrieben hatte. Mehr aus persönlichen Gründen entfremdeten sich beide Dichter in der Folge. – *Tieck:* J. P. zielt auf die oft form- und zügellosen Märchenspiele und Erzählungen, wie sie Ludwig Tieck um die Jahrhundertwende liebte (»Der gestiefelte Kater«, »Prinz Zerbino« usw.).

S. 20 *Vorredner:* Die Einkleidung ist von Laurence Sternes (1713–68) »Empfindsamer Reise« (1768) beeinflußt. Dort schreibt Yorick ebenso die Vorrede in einer geschlossenen Desobligeante (einem einsitzigen Reisewagen). – *offizinell:* arzneilich, heilsam. – Albrecht von *Haller* (1708–77): »das Wunder seiner Zeit«, Arzt, Naturforscher, Politiker und Dichter. Sein med. Hauptwerk: »*Elementa physiologiae corporis humani*« (1759–66, dt. 8 Bände 1762–76), übte auf den jungen J. P. ungemeinen Einfluß aus. – *phlogistisch:* eigtl. brennbar, hier: stickig, erstickend. – *antimephitischer Respirator:* ein Gerät, um das Atmen in Stickluft zu ermöglichen, das 1783 von dem franz. Physiker und Aëronauten *Pilatre de Rozier* (1756–85) erfunden wurde.

S. 21 *Phthisiker:* Schwindsüchtiger. – *Miasma:* Anfluggift. – Joachim Heinrich *Campe* (1746–1818): Pädagoge, Sprachforscher, in seinen »Proben einiger Versuche dt. Sprachbereinigung« von 1791, Fußnote zu S. 9. – *Lagado:* vgl. Swift, Gullivers Reisen, 3. Teil, 5. Kap. – *Montgolfiere:* von den Brüdern Montgolfier 1783 konstruierter Luftballon.

S. 22 *Haberrohr:* seit dem 17. Jahrh. üblicher Name für Schalmei. – *homerischer Schlaf:* Nach dem bekannten Wort des Horaz in »de arte poetica« (v. 357 f.): »et idem / indignor, quandoque bonus dormitat Homerus.« (Und ebenso verdrießt es mich, wenn einmal der treffliche Homer schläft.)

S. 23 *chaussure:* Fußbekleidung.

S. 24 Claude Prosper Jolyot *Crébillon* d. J. (1707–77): franz. Schriftsteller, oft vorzüglicher Autor erotischer Romane (»Le sopha« 1740). – *Candide:* Voltaires Erzählung (1759) als Beispiel des kurzen, unepischen Episoden-Romans. – Joh. Heinr. *Voß* (1751–1826): schrieb seine Idyllen in betont schlichter, schrittweise vorgehender Erzählweise. Vgl. auch S. 98. – *magister sententiarum:* Lehrmeister der Entscheidungen, ein Beiname des Scholastikers Petrus Lombardus († 1160), der eine Sammlung: »Libri IV sententiarum« (Aussprüche der Heiligen) verfaßt hat. – *39 Artikel:* die Glaubensartikel der anglikanischen Kirche von 1563. – *50 Dezisionen:* Entscheidungen Kaiser Justinians über ältere Rechtskontroversen aus den Jahren 529–32 n. Chr. – *Tom Jones* (1749) und *Clarissa* (1747–48): die Hauptwerke Fieldings und Richardsons.

S. 25 Friedr. Max *Klinger* (1752–1831): fruchtbarster Dramatiker des Sturm und Drang. Seine Dramen: »*Medea in Korinth*« und »*Medea auf dem Kaukasus*« entstanden 1787 und 1791.

S. 28 *darin:* auf »Jahr«, nicht auf »Schach« zu beziehen! – *Santa Hermandad* (heilige Bruderschaft): scherzhafte Bezeichnung der Polizei in Spanien. – *Strehpenik:* Im heutigen Ströbeck bei Halberstadt waren die Einwohner wegen ihres leidenschaftlichen und guten Schachspielens ehemals von allen Abgaben befreit. – *Kempelsche Schachmaschine:* Wolfgang von Kempelen (1734–1804) gelangte durch die Erfindung eines Schachautomaten, der als Türke gekleidet war, zu europäischem Ruhm. – *Konviktorist:* Freitischgänger, Tischgenosse. – *Palais royal:* s. u. zu S. 186. – *deployieren:* entfalten, ausschwärmen lassen.

S. 29 *Quaterne:* Viertreffer im Lotto, vier Gewinne von fünf möglichen in einer Reihe.

S. 30 Joh. Christian *Adelung* (1732–1806): aufklärerischer Sprachforscher, hatte im »Magazin für die dt. Sprache«, 2. Bd. 1. Stück, gegen diesen Mißbrauch geschrieben. – *philidorisch:* wie François André Damian, gen. Philidor (1726–95), der anerkannt erste Schachspieler seiner Zeit.

S. 31 *Anschrot:* eigtl. Anschnitt, dann Rand und Besatz.

S. 33 *Prinzipalkommissarius:* seit 1663 Titel des kaiserlichen Vertreters auf dem Reichstag. – *Narrheit-Journal:* das von Bertuch und Kraus edierte »Journal des Luxus und der Moden«, 1786 ff.

S. 34 *Epitomator:* Verfasser eines Werkauszugs.

S. 36 *Kleisterälchen:* Infusionstierchen, das in Kleister und Essig auftritt. – *terminus medius:* verbindendes Mittelglied eines logischen Schlusses.

S. 38 *Preiskurant:* Preismünze, scherzhafte Koppelung, da Kurant zunächst »gängiges« Geld, schlechteres Silbergeld bezeichnet. – *Knäs* (Knjas): russ. Fürstentitel. – *anastomosieren:* zusammenmünden (der Adern), berühren. – *hogarthisches Schwanzstück:* »Tail-Piece, Finis or the end of the world« nannte der engl. Maler und Kupferstecher William Hogarth (1697 bis 1764) seinen letzten Kupferstich.

S. 39 *Meibomium de cerevisiis:* Von Joh. Heinr. Meibom (1590–1655) ist ein posthumes »librum de vino et cerevisiis« (Über Wein und Biere) erschienen. – *Luperkalien:* im Altertum ein ausgelassenes röm. Fest zu Ehren des Pan.

S. 40 *Monturen in Kassel:* Anspielung auf den Soldatenhandel Friedrichs II. von Hessen-Kassel, der 1776–77 für den amerikanischen Krieg 12 000 Soldaten nach England verkauft hatte. (Er war freilich nicht das einzige Beispiel, auch der Hof von Ansbach-Bayreuth und eine Reihe kleinerer Fürstentümer verschacherten damals ihre Landeskinder nach Amerika.) – *Mußteil:* die Hälfte der bei Erbteilung vorgefundenen Speisevorräte, welche der Witwe des Erblassers zufallen.

S. 41 *Hephata* (hebr.): »Tu dich auf!«, vgl. Markus 7,34 f.

S. 44 *Schwabacher:* alter Fraktursatz. – Daniel Nic. *Chodowiecki* (1726 bis 1801): der bedeutendste deutsche Illustrator der Zeit. Er hatte auch zum erwähnten »Versuch eines orbis pictus usw.« von Lichtenberg Tafeln beigesteuert. – *orbis pictus:* So nannte Joh. Amos Comenius (1592–1670) sein großes Lehrbuch in Bildern, das 1658 erschien und bis weit ins 18. Jahrh. verwendet wurde.

S. 45 *Hofmeister:* s. o. S. 82 ff. – *Adjunktus:* Gehilfe.

S. 46 *Chodowiecki:* Wirklich hat Chodowiecki diese Szene auf dem Frontispiz der ersten Ausgabe dargestellt, bei welcher Gelegenheit wohl erst diese Apostrophierung nachgetragen wurde. – *Platos-Höhle:* Im 7. Buch von Platos »Staat« wird die menschliche Verhaftung in der Sinnenwelt unter dem Bild eines Höhlenaufenthaltes beschrieben: Die Menschen sehen nur gelegentlich einen Widerschein der wirklichen, der Welt der Ideen, und aus diesem Widerschein allein können sie auf die Existenz einer zweiten Wirklichkeit schließen.

S. 47 *Robinets-Vexierbild:* Jean Baptiste Robinet (1735–68), franz. Aufklärer, nahm in seinem Hauptwerk: »De la nature« (5 Bde. 1761–68) wohl eine göttliche Ursache der Natur an, verwahrte sich jedoch gegen eine Beschreibung des göttlichen Wesens mit endlichen und menschlichen Prädikaten. So wird – nach J. P. – Robinets Gottesbild zu einem Suchbild Gottes.

S. 48 *Stephanus:* vgl. Ap. Gesch. 7, 55/56.

S. 52 *Schulpforte:* gemeint ist die 1553 gegründete Fürstenschule Schulpforta in Sachsen.

S. 54 *Waldhammer:* ein mit dem Signum des Besitzers versehener Hammer, mit dem die zum Fällen bestimmten Bäume vorher gezeichnet werden.

S. 55 *Winckelmann (von Bause):* verbreiteter Kupferstich nach dem Gemälde von Anton Maron. – *es geschieht aber weiter hinten:* Die Aufklärung wird dem Leser nicht mehr gegeben. – *Strohkranzrede:* Den Strohkranz mußten ehemals in manchen Gegenden gestrauchelte Mädchen als Schandzeichen am Hochzeitstag tragen. Später änderte sich der Brauch, und der Strohkranz wurde nun der Braut am Tag nach der Hochzeit mit einer scherzhaften Rede überreicht. – *zehn deutsche Kreise:* 1521 wurde das Reichsgebiet, ohne die böhmischen Lande, in zehn Kreise geteilt. Diese Kreisverfassung blieb bis 1803 in Kraft.

S. 56 *Provinzial:* Landesvorsteher eines Ordens. – *Statua curulis* oder triumphalis: eigtl. eine Darstellung des siegreichen Herrschers auf dem Viergespann.

S. 57 *Lutherum de causis matrimonii:* Luthers Schrift erschien deutsch unter dem Titel: »Über den Ehestand« zuerst 1522. – *Nov. 22 c. 25:* Diese Novelle im vierten Teil des Corpus juris gibt im 15. (nicht 25.) Kapitel dem

Ehemann das Recht zur Scheidung, wenn seine Frau die Nacht außer Haus verbringt. – *Langens geistliches Recht:* Heinr. Arnold Langes »Geistliches Recht der ev.-luth. Landesherren und ihrer Untertanen«, 1786 aus dem Nachlaß des Kirchenrechtlers herausgegeben, war das angesehenste Handbuch seiner Art. – *Origenes* (185–254): der größte Theologe der Ostkirche, hatte sich als Jüngling in asketischem Wahn entmannt.

S. 58 David *Hume* (1711–76): engl. Philosoph, in seinem berühmten »Treatise of Human Nature« (1739/40). – *Keil:* Gemeint ist das Buch: »Anatomy of Human Body, abridged usw.« (1698) von James Keill (1673–1719), das auch in Deutschland lange als Lehrbuch an Universitäten eingeführt war.

S. 59 *Silberschlag-Noachitische Arche:* Joh. Esaias Silberschlag (1716 bis 1791), Oberkonsistorialrat in Berlin, versuchte in seiner »Geogonie« von 1780 eine Rekonstruktion der biblischen Arche.

S. 60 *Moses' Wunder:* vgl. 2. Mose 8, 17 f. – *nomen proprium:* Eigenname.

S. 61 Christian Felix *Weiße* (1726–1801): Jugendfreund Lessings, gefälliger dramatischer Vielschreiber, machte sich durch seine Zeitschrift: »Der Kinderfreund« (1775–82) auch als Jugendschriftsteller einen Namen. – Joh. Chr. Edler v. *Quistorp* (1737–95): Strafrechtsgelehrter, ließ in den Jahren 1777–80 seine »*Beiträge* zur Erläuterung verschiedener .... Rechtsmaterien aus der bürgerlichen und *peinlichen Rechtsgelahrtheit*« erscheinen.

S. 62 *Akzessist:* Anwärter, Beisitzer. – *insinuieren:* einhändigen.

S. 64 *Poussierer:* Forthelfer. – *Sophi:* Titel des persischen Königs.

S. 66 *Affirmant* usw.: »Sie behaupten fest, der gleiche Körper könne, wenn er sich an zwei Orten befinde, an beiden getrennte, nicht abhängige Gestalten haben, so daß er hier sich bewege, dort nicht, hier warm sei, dort kalt, usw. hier sterbe, dort lebe, hier bald körperliche, dann gefühlsmäßige, dann geistige Beschäftigung ausübe, dort nicht.« Frei nach den »*disputationes selectae theologicae*« (1648–55) des Gisbert *Voetius.* (*Arriaga* und *Becanus* waren führende Theologen der Gegenreformation am kaiserlichen Hof in Wien.) – *Wolfii lect. memorab.:* Nach Johann Wolffs »lectiones memorabiles et reconditae«, 1600.

S. 67 *Nuntius a und de latere:* päpstl. Gesandter erster Klasse. – *Amerika:* Angespielt ist im ersten Falle wohl auf die Teilung Amerikas 1493 zwischen Spanien und Portugal durch den Schiedsspruch Alexanders VI., im andern sicher auf die Lustseuche, die angeblich von dort eingeschleppt wurde. – Pietro *Moskati* (1739–1824): Professor der Medizin in Padua, in seinem Buch »Von dem körperlichen wesentlichen Unterschiede zwischen der Struktur der Tiere und der Menschen«, dt. Göttingen 1771. – *Päpstin Johanna:* Nach einer verbreiteten Sage des 13. Jahrh. regierte nach 855 eine Frau zweieinhalb Jahre die Kirche, bis die Geburt eines Kindes sie verriet. Arnim hat den Stoff in einem Drama behandelt.

S. 70 *Pertinenz-Mensch:* (dazugehöriger) Rest-Mensch. – *Gravamina:* Beschwerden (urspr. der Reichsstände gegen die röm. Kurie). – *papinianische Magenmaschine:* ein von Dionys Papin 1680 konstruiertes Gerät, um Knochen zu erweichen und wieder in Gallert zu verwandeln.

S. 71 *insolvent:* zahlungsunfähig.

S. 72 Anton Friedr. *Büsching* (1724–93): Begründer der neueren Geographie. Seine »Neue Erdbeschreibung«, 1754 begonnen, war 1793 noch unvollendet. – *Reichsmatrikularanschlag:* Steuer für das von den Ständen aufzubringende Truppenkontingent. – *Kammerzieler:* seit 1548 Steuer zur Erhaltung des Kammergerichts. – *Sachsenhausen:* von Frankfurt durch den Main getrennter, damals noch selbständiger Ort. Die halb scherzhafte Animosität blieb bis heute sorgsam gewahrt. – *Monomotapa:* einst selbständiges afrikanisches Kaiserreich im heutigen Süd-Rhodesien, seit 1630 verfallen. Allerdings pflegte – nach Zedler – das Land nicht dem Kaiser nachzuniesen, sondern ihm dabei jedesmal herzlich Gesundheit zu wünschen. – *laxieren:* abführen.

S. 73 *Ausbruch:* edler Wein, zu dem die reifsten Beeren an den Stöcken ausgebrochen werden. Damals noch auf den Ungarwein beschränkt.

S. 74 *Sclerotica:* Augenhornhaut.

S. 75 *Pistillen, Stigmen, Antheren:* Stempel, Stempelspitzen und Staubgefäße. – *Pentandria* und *Dodecandria:* die fünfte und elfte Klasse in dem neuen System Linnés.

S. 76 *Theresianischer Kodex:* Die »Constitutio criminalis Theresiana«, die österr. Halsgerichtsordnung von 1768, war mit Darstellungen von Folter- und Hinrichtungsszenen erläutert. – *Physiognomische Fragmente zur Beförderung der Menschenkenntnis und Menschenliebe:* So lautet der vollständige Titel dieses berühmten Werks über die Physiognomik von Joh. Kasp. Lavater (1741–1801). – *Bräune:* Halsentzündung. – *St. Kilda:* die nördlichste Insel der Äußeren Hebriden.

S. 77 *Isolatorium:* Gerät zu elektrischen Versuchen, um die Berührung (Rapport) mit dem Boden zu verhindern. – *Clairvoyante:* Hellseherin.

S. 78 *Dispensatorium:* Arzneibuch für Apotheker.

S. 79 *Michel-Angelos Petschaft:* Das Pariser Kunstkabinett bewahrte einen solchen Stein, der als Michelangelos Werk in hohem Ansehen stand. – *Poussiergriffel:* richtig Bossiergriffel, Bildhauerwerkzeug zur Arbeit in weichem Material. – *Legestachel:* Legeröhre bei Insekten, durch die sie ihre Eier legen. – *Ries:* Papiermaß, das je 20 Buch oder 480 Bogen umfaßt.

S. 80 *ablaktieren:* aufpfropfen, hier verbinden. – *Anfurt:* Schiffslände, Anlegeplatz.

S. 82 *badinieren:* schäkern, tändeln.

S. 83 *kantschuen:* prügeln. – *Bachs Regel:* Carl Philipp Em. Bach (1714 bis 1788), der »Berliner Bach«, schreibt im ersten Teil seines »Versuchs über die wahre Art das Klavier zu spielen« (3. Hauptstück, § 29): »Indessen kann man merken, daß die Dissonanzen insgemein stärker und die Consonanzen schwächer gespielt werden, weil jene die Leidenschaften mit Nachdruck erheben und diese solche beruhigen.« – *Bologna:* Die älteste Universität Italiens hatte in ihrer Blütezeit als Rechtsschule höchsten Ruf (Bononia docet). Zur Zeit J. P.s florierte dort besonders der Handel mit den kleinen, nach dieser Stadt benannten Hündchen.

S. 84 *Recht der toten Hand* (droit de main mort): verhaßtes Feudalrecht, das in Frankreich dem Lehensherrn das ganze Erbe eines kinderlos verstorbenen Untertanen anheimgab. In Deutschland schon im 14. Jahrh. dahin gemildert, daß ihm das beste Stück des Erbes zufiel, das er sich auswählen konnte. – *Prinz von Artois:* Charles-Philippe (1757–1836), der Bruder Ludwigs XVI., wurde von seinem Großvater 1759 zum Grafen von Artois erhoben. Der gewandte, glänzende Hofmann überlebte die Revolution und wurde 1824 als Karl X. König von Frankreich.

S. 88 *Envoyé:* Gesandter, dem Range nach Stellvertreter des Ambassadeurs. – *Sobouroff:* Gemeint ist Alexander Suwurow, Fürst Italijski (1730 bis 1800), der russ. Oberbefehlshaber in den Kriegen mit Polen und dem revolutionären Frankreich. – *Moratorien:* Aufschubsfristen. – *Quinquennell:* Stundungsbrief auf fünf Jahre. – *Moloch:* semitische Gottheit, der Menschenopfer, insbesondere Kinderopfer, dargebracht wurden.

S. 90 *Kalenderpraktika:* Wettervorhersage.

S. 91 *Wilsonscher Knopfableiter:* Benjamin Wilson (1721–88), schottischer Maler und Physiker, konstruierte einen runden Blitzableiter und geriet darüber 1757 mit Benjamin Franklin (1706–90) in eine heftige Kontroverse, als dieser für die zweckmäßigere spitze Form eintrat.

S. 92 *a parte ante:* Mit »a parte ante« und »a parte post« bezeichnet man die Teile der Ewigkeit, die vor oder hinter einem liegen.

S. 93 *Vierherren:* Luthers Verdeutschung des griechischen Fürstentitels: »Tetrarch« für die Könige von Israel, von denen jeweils jeder über ein Viertel von Palästina zu regieren hatte. – *Konfortativ:* Stärkmittel. – *Plethora:* Überfüllung. – *Schnurren, Schnacken und Charakterzüge:* Titel einer Schrift von J. J. v. Hagen, die dieser in 3 Teilen zu Berlin 1783–86 erscheinen ließ. – *Behemoth:* Großtier, der biblische Name des Nilpferdes.

S. 96 Joh. Matth. *Schröckh* (1733–1808): ev. Kirchenhistoriker (»Christl. Kirchengeschichte«, 45 Bde. 1768–1812), schrieb, durch Chr. F. Weiße veranlaßt, eine »Allgemeine Weltgeschichte für Kinder«, 1779–84, der 1774 bereits ein »Lehrbuch der allg. Weltgeschichte zum Gebrauch beim ersten Unterricht der Jugend« vorausgegangen war.

S. 97 Jak. Friedr. *Feddersen* (1736–88): Erbauungsschriftsteller, gab eine Fülle moralischer Kinderschriften heraus: »Beispiele der Weisheit und Tugend aus der Geschichte«, »Lehrreiche Erzählungen aus der bibl. Geschichte« usw.

S. 98 *Schwabenspiegel:* das im 13. Jahrh. kodifizierte schwäb. Landrecht.

S. 99 *Wildau:* Aus Sigauds »Dictionnaire des merveilles de la nature«

hatte sich J. P. in seinen Exzerpten notiert: »Wildau ließ Bienen an seinem Arm einen Muff bilden, am Gesicht eine Larve – mußten auf seinen Befehl auf dem Tisch hin- und hergehn – machte es mit jeder Biene, Wespe, Fliege so und in fünf Minuten zahm.« – *Anmerkung:* zielt auf die Erneuerung der klassischen Philologie vor allem durch die Arbeiten von Wolf und Friedrich Schlegel.

S. 100 Joachim *Camerarius* (1500–74): Philologe und Historiker, als Humanist der geistige Nachfolger des Erasmus, schrieb eine griechisch abgefaßte »Geschichte des Schmalkaldischen Krieges«, die er selbst auch lateinisch herausgab. – *infulieren:* (mit dem Bischofshut) bekrönen. – *Hermes' Töchter:* Jak. Tim. Hermes (1738–1821), bekannt durch seine Romane: »Miss Fanny Wilkes« und »Sophiens Reise von Memel nach Sachsen« (6 Bde. 1769–73) trat häufig und entschieden für eine höhere Bildung der Frau ein (»Für Töchter edler Herkunft« 1787). – *S. Marino-Felsen:* kleiner, auf einem steilen Felshang gelegener italienischer Freistaat bei Rimini. – *Vossius, Lipsius, Casaubonus:* Vom älteren Vossius weiß J. P. an anderer Stelle zu berichten, er habe stets die Werke des Lukan bei sich getragen; Just Lipsius verfaßte eine Reihe von Untersuchungen zu Seneka, Isaak Casaubonus veranstaltete 1600 eine Ausgabe der Gedichte des Persius. – *Damokles:* 1790 zuerst erschienenes Drama Fr. Maximilian Klingers. – James Burnett, Lord *Monboddo* (1714–99): schottischer Rechtsgelehrter und Sprachphilosoph. Sein Hauptwerk: »Of the Origin and Progress of Language« wurde 1785 ins Deutsche übersetzt, wozu Herder eine Vorrede schrieb.

S. 101 *Balzac:* Gemeint ist der franz. Lyriker Jean L. G. de Balzac (1597 bis 1654), dessen großartig gebaute, rhetorische Briefe vielbewundert waren. Der Sinn der Stelle ist wohl: Ein einfacher, »klassischer« Geschmack kann bei Völkern in einen überladenen und schwülstigen, »barbarischen« Geschmack entarten. – Joh. Georg *Hamann* (1730–88): philos. Schriftsteller, der »Magus des Nordens«, wie ihn Fr. K. v. Moser wegen seines dunklen, orakelhaften Stils nannte. Seine kleinen, oft nur aphoristischen Schriften (»Sokratische Denkwürdigkeiten« 1759, »Kreuzzüge des Philologen« 1762 usw.) hatten die wichtigste Anregung sowohl für Herder als auch für den Sturm und Drang gegeben. Hamann gestand selbst in einem Brief an Franz Buchholtz aus dem Jahre 1786: »Mein Gedrucktes besteht aus bloßem Text, zu dessen Verstande die Noten fehlen, die aus zufälligen auditis, visis, lectis et oblitis bestehen.« – *Neuner-Probe:* math. Rechenprobe, ob eine Zahl durch 9 teilbar ist (wenn es die Quersumme ist).

S. 102 Henry *Home* (1696–1763): engl. Moralist und Ästhetiker. Seine »Elements of criticism« (3 Bde. 1762–65, dt. zuerst 1765) übten großen Einfluß auf die europäische und vor allem die eben neu sich konstituierende deutsche Literatur aus. – *Devalvation:* Abwertung. – *Anthologen:* die griechischen Lyriker, deren Lieder und Gedichte in der spätantiken »Anthologia Graeca« gesammelt sind. J. P. hatte sie durch Herder kennengelernt. –

Copiam vocabulorum: »Eine Menge (leerer) Worte«. Die Floskel ist als Antwort auf die letzte Frage des vorhergehenden Absatzes zu verstehen. – *gradus ad Parnassum* (Stufen zum Parnaß): So wurden lat. oder griech. Wörterbücher genannt, die den Worten Synonyma, passende Beiwörter und metrische Bezeichnungen beigaben, zum Gebrauch bei prosodischen und poetischen Übungen. Der erste »Gradus ad P.« wurde 1702 von Paul Aler in Köln ediert. – *Omarsche Verbrennung aller Alten:* Der Kalif Omar I. soll bei der Einnahme von Alexandria im Jahre 642 die berühmte Bibliothek der Stadt ein zweites Mal zerstört und mit ihren Büchern sechs Monate lang die öffentlichen Bäder geheizt haben. – Christian Gottl. *Heyne* (1729 bis 1812): vor allem als Lehrer vorzüglicher klass. Philologe. Er trat in zahlreichen seiner Reden und Schriften für den Gedanken einer formalen Bildung des Geistes durch den Umgang mit den alten Sprachen ein. – *Ausgabe des Shakespeares:* Die erste Gesamtübertragung der Shakespeareschen Stücke von J. J. Eschenburg (1775–83) fügte einen Anhang mit den Novellen bei, die den Stücken zugrunde liegen.

S. 103 *»Über die Ehe«* (1774): eine halb scherzhafte, umfangreiche Abhandlung des bedeutenden Romanautors Th. G. v. Hippel (1741–96).

S. 104 Aug. Ludw. v. *Schlözer* (1735–1809): Historiker und Publizist. Er versuchte, vor allem in seinem Buch: »Vorstellung der Universalhistorie« (1772–73), an die Stelle der üblichen, pragmatischen Geschichtsschreibung eine synthetische zu setzen, die sich nicht um eine lineare Nachzeichnung des historischen Ablaufs bemüht, sondern die Vergangenheit in einer Zusammenschau der äußeren geschichtlichen Fakten und Vorgänge mit den wirtschaftlichen und geistigen Bewegungen begreifen will. – *dessauisches Philanthropinwäldchen:* ein Wald bei Dessau, der zu J. J. Basedows Erziehungsinstitut gehörte, s. u. S. 179.

S. 105 *Karolina:* die »Constitutio criminalis Carolina«, das erste deutsche Strafgesetzbuch. Es wurde 1532 durch Karl V. zum Reichsgesetz erhoben und blieb bis in die Mitte des 18. Jahrh., in Preußen bis 1806 in Geltung. – *Theresiana:* s. o. zu S. 76. – *kakochymisch* (schlechtsaftig): übellaunig, verstimmt. – *Poenitentiaria:* Gerichtshof der röm. Kurie, der über Ablaß und kirchliche Bußen zu befinden hatte. – *Parlaments-Wollensack:* Im englischen Oberhaus bestanden die Bänke aus roten Wollsäcken.

S. 106 Christian Wilh. *Oemler* (1728–1802): Konsistorialrat in Jena, gab 1786–89 ein vierbändiges, übergründliches »Repertorium über Pastoraltheologie und Casuistik« heraus, das dem Pfarrer Rat und Hilfe in allen erdenklichen und unerdenklichen Situationen seines Berufes geben sollte. – *aquae supra coelestes:* überhimmlische Wasser (vielleicht analog zu dem Begriff: »überirdische Wasser« als Steigerung gedacht). – *humores peccantes:* sündige, schädliche Flüssigkeiten (nach Galens Terminologie etwa »Krankheitssäfte«). Die Herkunft der beiden Ausdrücke – vielleicht entstammen sie der zeitgenössischen theologischen und medizinischen Literatur – ist unklar, den Sinn kann man jedenfalls so umschreiben: »die überhimmlischen Tränen seiner Augen begleiteten stets die zwei Schuh tiefere Bewegung der ›sündigen Flüßigkeit‹ des Bieres.« – *Frais- und Zentherr:* ein Gutsherr mit dem Privileg, die peinliche Gerichtsbarkeit auszuüben. – *Feimer:* Femerichter.

S. 108 Marie Catherine d'*Au(l)noy* (um 1650–1705): franz. Dichterin, schrieb neben heroischen Romanen die Märchensammlung: »Les illustres fées« (1698), die im 18. Jahrh. unzählige Nachahmungen gefunden hat.

S. 109 *bureau d'esprit:* Versammlung von Schöngeistern. So nannte man im 18. Jahrh. erst spöttisch, später lobend die Salons, wie sie vor allem durch Madame de Tencin in Paris Mode geworden waren.

S. 110 *Dephlegmation:* Wasserentziehung. – *Veit Weber:* Pseudonym für Leonhard Wächter (1762–1837), der durch seine mehrbändigen »Sagen der Vorzeit« (1787–98) mit ihrer biedermännisch getarnten Schlüpfrigkeit einen recht zweifelhaften Ruf besaß. – August von *Kotzebue* (1761–1819): seichter, aber virtuos die Gefühlseffekte berechnender Dramatiker (»Die Kleinstädter«, »Die beiden Klingsberg«, »Menschenhaß und Reue« usw.) und Romanschreiber. – *Versikel:* Bibelvers. – *Contes moraux:* u. a. der Titel von Marmontels Erzählungen (1761), die 1791 neu ins Deutsche übersetzt worden waren.

S. 111 *Nouvelles à la main:* Handgeschriebene Zeitungen waren schon früh üblich und besonders im 18. Jahrh. weit verbreitet, zum Teil bedingt durch die strenge Zensur. Am berühmtesten ist Melchior Grimms »Correspondance litteraire, philosophique et critique« (1753–73), an der Denis Diderot (1713–84) hervorragenden Anteil hatte. – *Marforio und Pasquino:* volkstümliche Namen für zwei antike Brunnenfiguren in Rom, an denen die Spottvögel ihre satirischen Verse und Pamphlete anzuheften pflegten. – *Journal für Deutschland:* Diese von Leop. Th. v. Goeckingk in den Jahren 1784–92 edierte aufklärerische Zeitschrift trug den genauen Titel: »Journal von und für Deutschland«.

S. 112 *Molukken:* Inselgruppe vor der Küste Hinterindiens, die sich zwischen Celebes und Neuguinea hinzieht; auf ihr herrschten seit 1605 die Holländer, die sich von dort aus ein Gewürzmonopol sicherten. – George Louis Leclerc, Graf von *Buffon* (1707–88): franz. Naturforscher, verfaßte mit Daubenton eine umfängliche »Naturgeschichte der Tiere« (1749–83, 24 Bde.). Seine berühmte »Histoire naturelle, générale et particulière« erschien fast gleichzeitig mit 38 Bänden in Paris 1750–89.

S. 113 *Rappémühle:* Handmühle zum Tabakmahlen. – *Regale:* landesherrliches Recht. – *Strazza:* Grundbuch für die ersten Eintragungen in der Buchhaltung.

S. 114 *Fratschlerweiber:* Trödlerinnen.

S. 115 *Ophir:* sagenhaftes, goldreiches Land im A. T. – *Idiotikon:* Wörterbuch von den Spracheigentümlichkeiten einer Mundart.

S. 116 *Ensoph:* mystischer Name für das höchste, göttliche Wesen in der Kabbala. – *Friedrich Heinrich Jacobi* (1743–1819): Dichter und Philosoph, von J. P., der mit ihm später befreundet war, zeit seines Lebens sehr hoch geachtet. Die beiden Briefromane: »*Woldemar*« und »*Eduard Allwills Briefsammlung*« erschienen 1779 und 1781, die Abhandlung: »*Über die Lehre des Spinoza,* in Briefen an Moses Mendelssohn« 1785 und »*David Home über den Glauben*« 1787.

S. 117 *Hamann,* s. o. zu S. 101, stand sein ganzes Leben gegen die Allgemeine Deutsche Bibliothek und ihren Herausgeber Friedrich Nicolai (s. u. zu S. 313) in einem heftigen Kampf, der von der gegnerischen Seite nicht immer mit lauteren Mitteln geführt wurde und der erst durch Hamanns Tod ein Ende fand. – *Mardochai:* der Pflegevater der Esther im gleichnamigen Buch des A. T., durch den *Haman,* der Günstling des Königs Ahasver, an den Galgen kommt.

S. 118 *Ignatius-Blech:* schutzbringendes Amulett gegen Krankheit und Bezauberung. – *Lukas- und Agathazettel:* Sie helfen nach altem Volksglauben, wenn sie mit lateinischen Segensformeln beschrieben sind, gegen Brand und Krankheiten. – Michel Eyquem de *Montaigne* (1533–92): franz. Philosoph und Moralist. Vgl. dessen Essays I, 27. – *Ciceros Ideal:* vgl. Ciceros Dialog: Laelius de amicitia XVI. – *der alte Shandy:* vgl. in Laurence Sternes Roman »Tristram Shandy« (1759 ff.) II, 19. – *Si ad illam usw.:* »Wenn zu jenem tugendhaften Leben (die Bequemlichkeit) von einem Salbfläschchen und einem Schabeisen hinzutritt, wird ein kluger Mann das Leben mit diesen Dingen lieber führen, auch wenn er aus diesem Grunde doch nicht glücklicher wird.« Der Hauptsatz, von dem die Konstruktion abhängig ist und in dem sich Cicero gegen diese stoische Meinung verwahrt, ist in der Anmerkung weggelassen. Die Stelle entstammt Ciceros Schrift: »*Über die Grenzen von Gut und Böse*« IV, 12.

S. 120 *Abt Galiani:* Gemeint ist der it. Nationalökonom, Philosoph und Schöngeist Fernando Galiani (1728–87), »ein Plato mit den Mienen und Gesten des Harlekin« (Diderot). Als Diplomat in Paris schrieb er seine boshaften »Dialogues des femmes«. J. P. verwechselt übrigens stets den Titel Abbé vor seinem Namen, der einen Weltgeistlichen ohne Amt bezeichnet, mit dem deutschen, nur urspr. synonymen »Abt«. – *Hällische Hausapotheke:* Die Arzneien, die in den Franckeschen Stiftungen zu Halle hergestellt wurden, standen bis in den Anfang des 19. Jahrh. in hohem Ansehen. Doch ist hier wohl an eine Sammlung von Rezepten und Hausmitteln der dortigen Anstalt in Buchform zu denken. – *presshaft:* oberdt. für bresthaft.

S. 121 *materia medica:* s. u. zu S. 227. – *roter Faden:* diente in der Volksmedizin zur Heilung der Schwindsucht. – *peruvanische Rinde* (oder Chinarinde): Mittel gegen das kalte Fieber. – *Rock à la peruvienne:* ein modisches Kleidungsstück aus geblümtem Seidenstoff. – *Trepan:* Schädelbohrer, »Hirnbohrer« (J. P.). – *Tempe-Tal:* das idyllische Tal des Penaios zwischen Ossa und Olymp in Thessalien.

S. 124 *Bach:* s. o. zu S. 83. – Georg *Benda* (1722–95): Hofkapellmeister in Gotha und gefeierter Klavierist, erregte als Opernkomponist durch die Neuheit seiner Melodramen (»Ariadne auf Naxos« 1775, »Julie und Romeo« 1776, »Medea« 1778) selbst in Italien Aufsehen. – *Mordanten,* eigtl. Mordenten: Pralltriller. – *falsche Quinten:* Im strengen mehrstimmigen Satz galten Quintenparallelen als fehlerhaft.

S. 125 *spondäisch:* Verwechslung Jean Pauls. Nach dem Versmaß (lang-kurz) muß hier notwendig trochäisch stehen. – *Epiktet:* Der griechische Philosoph war der Sage nach durch die Grausamkeit seines Herrn an einem Bein verkrüppelt. – *Lympha:* Gewebesaft.

S. 126 *Infarktus:* Verstopfung. – *Preßknechte:* s. u. zu S. 144.

S. 127 *Jesuiten, Aristokraten, Voltaire:* Der Jesuitenorden wurde 1773, nachdem schon vorher einzelne Länder Verbote gegen ihn erlassen hatten, durch Papst Clemens XIV. aufgehoben. Die Aristokraten gerieten durch die französische Revolution und die Wirkung dieser revolutionären Ideen in eine bedrohliche Situation. Bei Voltaire ist wohl auf dessen mehrfache Verbannung aus Paris angespielt.

S. 128 *leuterieren:* svw. läutern.

S. 129 *Terzie:* der sechzigste Teil einer Sekunde. – *Haselant:* Hasenfuß, auch Possenreißer, hier wohl synonym mit dem vorausgehenden »Faselhans«.

S. 130 François de Salignac de la Motte *Fénelon* (1641–1715): Prinzenerzieher und Prediger am Hofe Ludwigs XIV., dann Erzbischof von Cambray. Sein Reise- und Liebesroman: »*Les aventures de Télémaque*«, der ihn bei Hof in Ungnade fallen ließ, erschien ohne sein Wissen 1695 in Paris und wurde schnell in alle Sprachen übersetzt. Er diente allen Erziehungsromanen des Jahrhunderts zum Vorbild. – *Alexander dem Aristoteles:* »Aristoteles bekam von Alexander 3 000 Menschen, die in 3 Weltteilen Tiere für ihn zusammentrieben«, notierte sich J. P. in seinen Exzerpten.

S. 131 *Bittsteller:* In dem o. zu S. 21 genannten Werk S. 40.

S. 132 *vertieren:* übersetzen. – Louis Dominique *Cartouche* (1693–1721): Haupt einer Diebesbande, die einige Jahre durch ihre fast sprichwörtlichen Streiche Paris in Bann hielt. – Carlo *Goldoni* (1707–93): Der italienische Dramatiker lebte seit 1762 in Paris, wo er nach der Französischen Revolution trotz allem Ruhm und aller Verbreitung seiner Komödien in Armut starb.

S. 135 *Brokardika:* kurze, gedrängte Rechtsregeln, wahrscheinlich nach einer von Burkard von Mainz († 1025) hinterlassenen Sammlung von Kirchengesetzen, den sog. »regulae Brocardicae« benannt.

S. 136 Claude Adrien *Helvetius* (1715–71): franz. Philosoph, erklärte sich in seinem Hauptwerk: »De l'Ésprit« (1758) entschieden und radikal für einen hedonistisch gefärbten Sensualismus und gründete darauf wesentlich sein philosophisches System.

S. 137 *Wetzlaer Tor:* Das Reichskammergericht hatte seit 1689 in Wetzlar seinen Sitz. – *Styliten:* Die Säulenheiligen in Ägypten, die dort bis ins späte Mittelalter nachweisbar sind, waren keine eigentliche Sekte. Als Einsiedler verbrachten sie ihr Leben büßend auf Säulen, die bis zu 15 Meter hoch waren.

S. 138 *Stab Wehe:* vgl. Zach. 11, 7. – *Morhof:* Daniel Georg Morhofs (1639–91) Sammelwerk: »Polyhistor« (zuerst 1668) hat J. P. häufig zum Exzerpieren benutzt. In den Werken des Dichters wird der erwähnte Gelehrte Fortius stets in »Fortins« verschrieben.

S. 139 *Ephorus:* Aufseher, in Sparta ein Amt, das dem des röm. Zensors verwandt war.

S. 142 *Trancheekatzen:* erhöhte Angriffswerke, um in die gedeckten Gänge des Feindes Einsicht zu gewinnen.

S. 143 *peristaltische Bewegungen:* Darmbewegungen.

S. 144 *Malefizrat:* Richter beim Blutgericht. – *Fakultist:* Mitglied einer Gelehrten-Innung an den älteren Universitäten. – *Preßgänge:* nächtliche Streifzüge, auf denen man in England versuchte, junge Leute oder Matrosen von Handelsschiffen, die in der Hafengegend sich herumtrieben, zum Seedienst bei der Flotte zu zwingen. – *Patrimonialgericht:* grundherrliches oder Erbgericht.

S. 145 *Steingut in ihren Köpfen:* Die sog. Krebsaugen wurden als Arznei verwendet. – *Daktyliothek:* Gemmensammlung.

S. 146 *mephitisch:* stickig.

S. 147 *Bendas Romeo:* s. o. zu S. 124.

S. 151 *Baireuther Eremitage:* Dort hatte Markgraf Georg Wilhelm nach 1715 im Wald vereinzelte Hütten aus Tuffstein und Holz errichten lassen, in denen ein recht fröhliches Eremitentreiben sich abspielte.

S. 152 *Curatores absentis:* Sachwalter in Abwesenheit, rechtliche Stellvertreter. – *papillotieren:* einkräuseln.

S. 154 *Horeb:* Name des Sinai.

S. 156 *Greveplatz:* Auf ihm fanden früher in Paris die öffentlichen Hinrichtungen statt. – *Abrégés:* Auszüge.

S. 157 *Patois:* (eigtl. ein bestimmter Dialekt), volkstümliche oder »gewöhnliche« Sprache. – Wenzel Anton *Fürst v. Kaunitz*-Rietberg (1711–94): Österreichs Außenminister in der Theresianischen Ära. Er war bei Erscheinen des Buchs noch im Amt. – *Doktor-Grahams-Bette:* James Graham (1745 bis 1794), Quacksalber mit dubiosem Doktorgrad und Gründer einer halbreligiösen Sekte, hatte in seinem mondänen Haus in dem engl. Kurort Bath ein »celestial bed« aufgebaut, das gegen Unfruchtbarkeit helfen sollte.

S. 159 *Bileam und die Eselin:* vgl. 4. Mose 22, 22–34. – *kartesianischer Wirbel:* Nach der Lehre des Descartes (Principia philosophica III, 19) bewegt sich die flüssige Himmelsmaterie nach Art eines Wirbels um die Sonne.

S. 161 *Ambe:* Doppeltreffer im Lottospiel.

S. 166 *Kirche von S. Adriano:* am Forum. Die heute aufgehobene Kirche war in frühchristlicher Zeit in der Kurie des alten römischen Senates errichtet worden. Sie bestand bis 1937.

S. 167 *Scibile:* (»das Wißbare«), der Wissensstoff.

S. 170 *XX. Trinitatis:* Es müßte der XXIII. Trinitatis-Sektor folgen. – *Empor-Stube:* Dachstube.

S. 171 *mährische Brüder:* So nannte man die Anhänger einer bis ins 17. Jahrh. in Böhmen verbreiteten religiösen Sekte, aus der mittelbar die Herrnhuter-Bewegung hervorgegangen ist.

S. 172 *Hiskias Sonnenuhr:* Um diesem König ein Zeichen zu geben, ließ Jesaias die Sonnenuhr im Palast zehn Stufen zurücklaufen. Vgl. 2. Kön. 20, 9–11. – *Mosis-Angesicht:* Als Moses vom Sinai wiederkehrte, war sein Gesicht so voll Glanz, daß niemand ihn anzublicken vermochte und er sein Haupt beim Sprechen verhüllen mußte (daher bei J. P. auch häufig die Bezeichnung »Mosis-Decke«). Vgl. 2. Mose 34, 29–35. – *Homannische Karten:* Die Landkarten des Kupferstechers und Geographen Joh. Bapt. Homann (1663–1724) wurden bis in J. P.s Zeit häufig nachgestochen. – *Pallium:* Bischofsmantel. – *wie Mitglieder der Berliner Akademie:* Die Berliner Akademie der Wissenschaften hatte in Preußen ein Kalendermonopol.

S. 173 *Vergleich von 1705:* Die Anspielung geht vermutlich auf den »Rezeß wegen der reformierten Religions- und Gewissensfreiheit in der Pfalz«, der 1705 zwischen Kurpfalz und Preußen geschlossen wurde.

S. 175 *das nächste:* der Mund.

S. 179 *Philanthropin:* Name für Erziehungsanstalten nach dem Vorbild der Dessauer Philanthropin, die 1774 der Pädagoge Joh. Bernh. Basedow (1723–90) eingerichtet hatte.

S. 184 *Kanikularferien:* Hundstagsferien.

S. 185 *der pfiffige Phidias:* Phidias soll bei der Arbeit an seiner Statue der Athena Lemnica in deren Schild sein Bildnis eingemeißelt haben, um es für die Ewigkeit zu bewahren. – *preteuse de tête:* wörtl. Kopfverleiherin.

S. 186 *dappieren* (richtig tapieren oder toupieren): das Haar hochkämmen und in Locken drehen. – *Palais royal:* als Stadtschloß Richelieus in Paris errichtet, dann im Besitz der franz. Könige; seit den Tagen der Regentschaft durch den Herzog von Orléans in üblem Ruf, besonders seit Beginn der Revolution trieben die Dirnen in seiner Umgebung ihr Unwesen.

S. 188 *Plümage:* Gefieder. – *bekielen:* befiedern, bei Klavieren durch das Futter auf dem Saitenbelag. – *Silbermannisches Klavier:* Gottfried Silbermann (1683–1753), der bedeutendste Klavierbauer des 18. Jahrh., erbaute das erste Pianoforte in unserem Sinn, das bis zur Erfindung des Hammerklaviers in Deutschland führend blieb.

S. 189 *palingenesiert:* wiedergeboren. – *Galerie zu Florenz:* die heute fast 600 Selbstbildnisse umfassende Sammlung der Uffizien, die von Kardinal Leopoldo de Medici (1616–79) gegründet wurde. – Philips *Wouvermans* (1619–68): in der Zeit häufig kopierter, holl. Landschafts- und Genremaler. – *Salvatore Rosa* (1615–73): Maler, Stecher, Dichter und Musiker aus Neapel. Seine drohenden Bildszenarien aus schroffen Felsabstürzen und Meeresbuchten waren für die Bilderfindung und Komposition von Landschaften lange von entscheidendem Einfluß. – Allart van *Everdingen* (1621 bis 1675): holl. Landschaftsmaler, Lehrer Ruysdaels.

S. 190 *Dissemination:* Samenverstreuung. – *epikurische Abblätterungen:* Epikur lehrte, daß sich alle Dinge wieder in kleinste Bestandteile auflösen, die so lange in der Luft fliegen, bis sie sich wieder zusammenballen und ein neues Ding oder Lebewesen erschaffen. – *veloutieren:* mit Samt bespannen. – *Idolo del mio cuore:* Das Lied findet sich als »Canzonetta Veneziana« in den »Oden und Liedern aus den besten dt. Dichtern« von Friedr. Wilh. Rust (1739–96), 1. Sammlung 1784, S. 35.

S. 191 *Aderlaßmännchen:* nackte Figuren, bei denen an allen Gliedern durch Zeichen die Stellen angegeben wurden, an denen man sich am günstigsten zur Ader lassen konnte. Sie waren bis in neueste Zeit in allen Volkskalendern üblich. – *Wer nicht hat usw.:* vgl. Luk. 9,58.

S. 192 *in jenem grünen Gewölbe:* Das Grüne Gewölbe im Westflügel des Dresdner Schlosses (1721–24 ausgestattet) barg in seinen acht Räumen die vollkommenste Preziosensammlung eines deutschen Fürsten des 18. Jahrh.

S. 194 *Hornschröter:* Hirschkäfer. – Felice *Fontana* (1730–1805): it. Naturforscher, machte damals durch seine zoologischen Experimente viel von sich reden.

S. 195 *qui (quae) scit usw.:* »Wer zu sterben weiß, läßt sich nicht zwingen.« – *majori animo usw.:* »Mit höherem Mute wird der Tod wiederholt, als begonnen.« Frei nach Seneca, Gespräche II, 2, 12. Der Satz wird dort auf das Ende des jüngeren Cato in Utica bezogen. Dieser durchbohrte sich beim Nahen Caesars mit dem Schwert, wurde durch seine Freunde gerettet und vollendete seine Tat, indem er die Verbände aufriß und sich die Eingeweide zerfleischte. – *défaillir:* »ohnmächtig werden« und »dem Gericht fernbleiben«.

S. 196 *boue de Paris:* »Schmutz von Paris«. Man könnte an eine der damals gebräuchlichen, scherzhaften Farbbezeichnungen denken (z. B. »caca du Dauphin« usw.), vielleicht hat auch J. P. das Wort selbst in Analogie zu »cul« und »gorge de Paris« gebildet. In jedem Fall muß man den Ausdruck mit »künstlichem, d. i. geistigem Schmutz« übersetzen. – *Schriftsteller:* Nach dem 6. Kap. in J. P.s »Erklärung der Holzschnitte« (1797), wo dieser Gedanke wiederholt wird, ist Aug. Wilh. v. *Thümmel* (1738–1817) gemeint, der liebenswürdige Verfasser der »Wilhelmine« (1764), dessen »Reise in die mittäglichen Provinzen von Frankreich« damals (1791) eben zu erscheinen begann.

S. 198 *Parloir:* Sprechzimmer in Klöstern. – Ernst *Platner* (1744–1818): Mediziner, Anthropologe und philosophischer Schriftsteller an der Leipziger Universität. Er zog durch die Vielfalt seiner philosophischen Studien und Gedanken den jungen J. P. an und war in den Leipziger Universitätsjahren 1781–84 der stärkste Anreger des Dichters. Vermutlich denkt J. P. dabei an Platners »Neue Anthropologie«, 2. Buch, 2. Hauptstück, die Abschnitte 2 und 3. – *Dohnenschneit* oder Dohnenstrich: eine Bahn von verbundenen Schlingen zum Vogelfang.

S. 199 Georg Ernst *Stahl* (1660–1734), der als Chemiker die lange gültige Phlogistonlehre begründete, vertrat als Arzt einen Animismus, wonach die Seele alle Teile des Körpers einzeln durchfühle und zusammenhalte. Er vertrat diese Lehre vor allem in seiner »Theoria medica vera etc.« (1707–37). – *Tonus:* Spannkraft der Nerven.

S. 200 *musivisch:* mosaikartig.

S. 201 *taillieren* und *coupieren:* mischen und abheben.

S. 202 *Straßburger Uhrwerk:* In den Jahren 1547–91 entstand nach den Plänen Christian Herlins im Straßburger Münster eine gewaltige astronomische Uhr. Das alte Uhrwerk, worauf sich J. P.s Bemerkung bezieht, stockte 1793 und wurde im 19. Jahrh. neu gestaltet. – *National-Versammlung:* Anspielung auf die »Assemblée Nationale«, das französische Revolutions-Parlament, das damals in Paris tagte (seit 1789).

S. 203 *Ochs Apis:* Ehe der Apis-Stier, die Verkörperung des Osiris, nach seiner Auffindung in den Tempel nach Memphis gebracht wurde, hatten die ägyptischen Weiber 40 Tage lang Zutritt zu ihm. – *Michaelisritter aus Spaa:* Der Orden des hl. Michael wurde 1469 von Ludwig XI. von Frankreich gestiftet, stand bis zum Ende des »ancien régime« in höchstem Ansehen und wurde während der Revolution aufgehoben. In dem belgischen Badeort Spaa gaben sich auch Gauner und Beutelschneider als Mitglieder des Ordens aus, wie J. P. aus Weckherlins »Grauem Ungeheuer« (1785, Bd. 4, S. 179 ff.) wußte. – Leonhard *Euler* (1707–83): Schweizer Mathematiker, legte seine Gedanken zur Astronomie in seiner »Theoria motuum planetarum et cometarum« von 1744 nieder.

S. 204 Alexander Graf *Cagliostro*, eigtl. Giuseppe Balsamo (1743–95): Abenteurer, Alchimist und Geisterbeschwörer. Er war allerdings seit 1789 bereits in päpstlicher Haft. – *Pandekten:* der Hauptbestandteil und zugleich die zweite Abteilung des römischen Rechts in der Kodifizierung durch Justinian. – *das eherne Meer:* Dieses gewaltige Becken im Tempel von Jerusalem wurde von 12 Rindern getragen. Vgl. 1. Kön. 7, 24–25. – *Mithridates* der Große (132–63): König von Pontus, soll 22 Sprachen, die Sprachen aller Völker seines Riesenreiches, beherrscht haben.

S. 206 *tournure:* kunstvolle Einkleidung. – *Er erinnerte sich usw.:* Diesen

Scherz verdankt J. P. der dritten Satire von Edward Young (s. u. zu S. 552), wo von einem Zerstreuten gesagt wird: »Er macht sich einen Denkzettel, um etwas zu vergessen.« Das Wortspiel, das bei J. P. öfters wiederkehrt, wird in § 47 der »Vorschule der Ästhetik« als beispielhaft angeführt.

S. 207 *Rosenmädchen in Salency:* Der hl. Medardus soll zuerst in seiner Heimatstadt Salency bei Noyon das Rosenfest eingeführt haben, bei dem das schönste und klügste Mädchen mit einem Kranz aus Rosen gekrönt wurde. Schon 1774 hatte Adrien Ernest Modeste Grétry eine Oper: »La rozière de Salenci« komponiert. Durch einen Prozeß im Jahre 1776 wurde das Fest dann allgemein bekannt und fand in der Schäferwelt des späten Rokoko viel Nachfolge. – *Die Julie des Jean Jacques:* Gemeint ist die Hauptheldin aus Jean Jacques Rousseaus berühmtem Briefroman: »Julie, ou La Nouvelle Héloise« (1761).

S. 208 *präzipitieren:* niederschlagen. – *Latitudinarier:* Freidenker.

S. 216 *Erinnerungen:* J. P. denkt hier an seinen Jugendfreund Adam Lorenz von Oerthel, der 1786 und wie Amandus im Oktober gestorben war.

S. 217 *aufheben, einkrümmen, fühlen:* Es fehlen die zugehörigen Hilfsverben, die man wohl mit »konnte« und »mußte« zu ergänzen hat.

S. 219 *inrotulieren:* (in einen Rotul, ein Aktenbündel) zusammenlegen und einrollen, d. i. die Akten für die höhere Instanz fertig machen. – *tockieren:* mit dickem Pinselauftrag skizzieren.

S. 220 *Maler und Urbilder:* Dazu merkt eine Note zur zweiten Reimerschen Gesamtausgabe von 1840 an: »Vor den Augen des Gentile Bellini ließ der türkische Sultan, um ihm einen Fehler in der von ihm gemalten Enthauptung Johannis zu beweisen, einem Christensklaven den Kopf abschlagen. Philipp Hackert hatte von der Kaiserin Katharina u. a. den Auftrag erhalten, die Verbrennung der türkischen Flotte durch die russische im Hafen von Tschesme zu malen; Graf Orlow ließ für diesen Zweck den Künstler eine russische Fregatte bei Livorno in die Luft sprengen.« – *ex officio:* von Amts wegen.

S. 221 *Pharao:* vgl. 2. Mose 1,15 ff. – *Reinecke:* Joh. Friedr. Reinecke (1745–87) ist gemeint. Vermutlich kannte J. P. den bedeutenden Darsteller nur aus Bildern und Schilderungen.

S. 222 *Liripipium:* weite, kapuzenartige Kopfbedeckung, die im Mittelalter an Universitäten üblich war.

S. 223 *Phalänen:* Nachtfalter.

S. 227 *Blanchards-Flügel:* Nik. François Blanchard (1738–1809), franz. Aëronaut und Konstrukteur, erfand schon mit 16 Jahren ein Fluggerät und arbeitete bis zu seinem Tod an der Entwicklung des Luftballons. – *Pappelinsel:* die kleine Insel im Bühler See, die als Refugium des alternden Rousseau berühmt geworden ist. Seinen Aufenthalt dort schildert er in den »Rêveries du promeneur solitaire« (1782 veröffentlicht). – *Nikolais materia medica:* Anton Nikolais »Systema materiae medicae ad praxin explicatae« (1750–52).

S. 228 *materia peccans:* Krankheitsstoff. – *Fuß-Sokkus:* Der »Sokkus« war in der alten griechischen Komödie ein niedriger Schuh, den die Schauspieler statt des hohen »Kothurn« der Tragöden trugen. – *Schikanedrische Truppe:* Emanuel Schikaneder (1751–1812) zog seit 1766 als Prinzipal einer angesehenen Schauspieltruppe durch Deutschland, hatte sich jedoch seit 1786 fest als Schauspieldirektor, Dichter und Schauspieler in Regensburg, später in Wien etabliert.

S. 229 *unvergeßliche Novemberstunde:* Gemeint ist die Todesvision am Abend des 15. Nov. 1790, die J. P. als entscheidend für sein ganzes Leben betrachtete.

S. 233 *ein König:* Ottomar denkt vermutlich an die Abdankung Kaiser Karls V.

S. 236 *Rota* (Romana): »römisches Rad«, der oberste Gerichtshof der päpstlichen Kurie. – *Jöcher:* Christian Gottlieb Jöcher gab 1750 ff. ein »Allgemeines Gelehrtenlexikon« in vier Bänden heraus, das später oft ergänzt wurde und noch heute ein unentbehrliches Nachschlagewerk darstellt.

S. 237 *Jenaer Rezensenten:* Rezensenten von der »Jenaischen Allgemeinen Literaturzeitung«. – *Pathognomik:* Lehre von den Krankheitszeichen.

S. 238 *Lorenzodose:* In Sternes »Empfindsamer Reise« bietet der Mönch Lorenzo, den Yorick, der Held des Buchs, sehr gekränkt hat, diesem gutmütig Tabak an, ohne der Beleidigung zu achten. Yorick tauscht daraufhin seine Tabaksdose gegen die des Mönches, um sich seiner heilsam zu erinnern, und wird Lorenzos Freund.

S. 240 *Sultane und Bonzen:* In Frankreich geißelte als erster Montesquieu in seinen berühmten »Lettres persanes« (1721) die einheimischen Laster in orientalischem Gewand, ihm folgten Crébillon, Diderot (»Les bijoux indiscrets« 1748) und Voltaire (»Zadig« 1749, »La princesse de Babylon« 1768 usw.). In Deutschland schrieb Chr. Martin Wieland mit dem »Goldenen Spiegel« 1772 und der »Geschichte des weisen Danischmend« vorbildliche Erzählungen dieses Genres. – *Pasquino:* s. o. zu S. 111.

S. 241 *erhabenes Lied:* aus der erwähnten Sammlung von Rust (S. 30); s. o. zu S. 190. Der Text ist Herders »Volksliedern« entnommen (Nr. 29: »Das Lied vom Bache«).

S. 243 *Stell dich ein:* vgl. in der zu S. 21 angeführten Schrift S. 38.

S. 244 Bernard *Connor* (1660–98): engl. Arzt von Weltruf, erregte durch sein großes Werk: »Evangelium medici seu *medicina mystica* usw.«, 1697, in welchem er die Wunder der Bibel, auch die Auferstehung von den Toten, medizinisch zu erklären versuchte, großes Aufsehen und noch größeren Anstoß. – *Gerhard:* Johannes Gerhardus (1582–1637), Professor der Theologie in Jena, schrieb 9 Bände »Loci communes theologici«, Jena 1610 ff.

S. 245 Paul *Scarron* (1610–60): franz. Dichter, schrieb Lieder, Stücke und Burlesken. Scarron ist bedeutend durch seinen »Roman comique«, berühmter als erster Gatte der Maintenon. – *Curtius-Sturz:* Auf dem röm. Forum klaffte in sehr früher Zeit ein Schlund, dem verderbliche Dämpfe entstiegen. Um ein Orakel zu lösen, das Rom erst dann Befreiung versprochen hatte, wenn es seinen besten Besitz geopfert habe, stürzte sich der junge Krieger M. Curtius mit Roß und Waffen in den Abgrund, der sich über ihm schloß.

S. 246 *Dekokt:* Absud. – *Rosenmädchen:* s. o. zu S. 207.

S. 247 *Idylle von Fontenelle:* Bernard Le Bovier Fontenelle (1657–1757), dessen »Dialogues des morts« (1683), dessen geistvolle Abhandlungen und Elogen zu den großen Zeugnissen der franz. Sprache gehören, schrieb 1688 ein schmales Bändchen »Poesies pastorales«.

S. 248 *Lovelace:* der Verführer in Richardsons »Clarissa«. – *Chevalier:* Gemeint ist der Vicomte de Valmont, der Held in den »Gefährlichen Liebschaften« (*Les Liaisons dangereuses*), dem damals berüchtigten Sittenroman des Choderlos de Laclos (1741–1803) von 1782. – *Lovelace hingegen usw.:* Zum folgenden vgl. Clarissa, Bd. V, besonders die Briefe 7 und 35–37.

S. 250 *traganten:* Tragant ist eine Art Gummilösung, die auf Malpapier aufgetragen wird.

S. 251 *Assekuranzbrief:* Versicherungsbrief. – *Penny-Post:* die Stadtpost in London.

S. 253 *Brieftauben:* Nach der antiken Mythologie wird der Wagen der Venus von Tauben gezogen.

S. 256 *Plenipotentiar:* bevollmächtigter Gesandter. – *missi regii:* königliche Boten. – *Schmaußens Corpus:* Joh. Jak. Schmauß (1690–1757), Rechtsgelehrter und Publizist, gab in zwei großen Sammlungen das »Corpus juris civilis« 1722 und das »Corpus juris gentium« 1730 heraus. – *Modejournal:* s. o. zu S. 33.

S. 258 *Olla Potrida:* »fauliger Topf«, ein spanisches Nationalgericht aus Gemüse und Fleisch, hier svw. Potpourri oder Allerlei. – *Saillie:* witziger Einfall.

S. 262 *limbus infantum:* Aufenthalt der ungetauft gestorbenen Kinder, ein Ort ohne Freude und ohne Leid, der wie das Fegefeuer zwischen Himmel und Hölle gedacht ist.

S. 265 *Bologna mit der Freiheit:* Bologna war seit dem späten 15. Jahrh. vom Kirchenstaat abhängig. – *Legende:* Umschrift auf Münzen.

S. 266 *Inhäsivprotestation:* Beharrungserklärung. – *Jakob:* vgl. 1. Mose 32, 25 ff. – *in meine Stube:* vgl. o. S. 237.

S. 267 *wie der Wilde usw.:* Das Gleichnis ist Montesquieus »Esprit des lois«, V. 13 entnommen.

S. 272 *Herzpolype:* Fleischgewächs am Herz. – *Musäus:* Joh. Karl Aug. Musäus (1735–87), Romancier und Satiriker, schrieb mehrere Romane in der Nachfolge Fieldings und Sternes, darunter die vier Hefte »Physiognomische Reisen« (1778–79) gegen Lavater, die J. P. sehr häufig zitiert und benutzt. Die folgende Geschichte ist den »Nachgelassenen Schriften des verstorbenen Professor Musäus« entnommen, die Kotzebue 1791 herausgab.

Vgl. dort S. 21 und 95 ff. Dort auch mehrere der erwähnten Gedichte zum Geburtstag seiner Frau.

S. 273 *Exzeptionsschrift:* Verantwortungsschrift.

S. 275 Joh. Georg *Ritter von Zimmermann* (1728–95): medizinische Zelebrität. Seine Abhandlung: »Über die Einsamkeit« (1784 in endgültiger Form) hatte ihm früh literarischen Ruhm eingebracht. Er lebte als Leibarzt des engl. Königs in Hannover. – *Richter:* Anspielung auf Aug. Gottl. Richters (1742–1812) »Anfangsgründe der Wundarzneikunst« (7 Bde. 1782 bis 1804).

S. 276 *Lohbeet:* mit geriebener Baumrinde gefüllter Treibkasten. – *Semiotik:* Lehre von dem Anzeichen der Krankheit, ein Teil der Diagnose.

S. 277 Joh. Leop. *Avenbrügger* (1722–1809): Wiener Arzt, wurde schon 1754 auf die Schallunterschiede beim Klopfen an die Brustwand aufmerksam und veröffentlichte 1761 seine Abhandlung: »Inventum novum ex percussione thoracis humani, ut signo, abstrusos interni pectoris morbos detegendi«, in der er zeigte, daß ein schwacher oder dumpfer Ton auf Krankheiten der Lunge hindeute. Erst nach 1808 hat sich diese Erkenntnis weiter durchgesetzt.

S. 279 *Audienza* (span. audiencia): Name für Gerichtshöfe in Spanien, die den alten franz. Parlamenten vergleichbar waren, dann auch für den Richter an einem solchen Amt. – *Thümmel* (s. o. zu S. 196): Er schildert in seiner »Reise in die mittägl. Provinzen von Frankreich« einen Hypochonder, der durch eine Fahrt sich von seinen Einbildungen kuriert.

S. 280 *Oktapla:* Achtsprachenbibel, hier etwas gezwungen auf die acht Bände von Hallers »Physiologie« umgedeutet.

S. 281 Johann *Kaempf* (1726–87): praktizierte mit einer *Klistiermaschine* und von ihm erdachten Pflanzenklistieren gegen Krankheiten des Unterleibes, vor allem gegen die Hypochondrie und gab eine Anzahl beschreibender Schriften darüber heraus.

S. 282 *Fohismus:* die frühe buddhistische Lehre des Fohi. Sie erkennt fünf Umwandlungen in den Vorgängen des Lebens, bei denen alle Elemente ineinander übergehen und sich wieder aufheben. Aus dieser Kreisbewegung erwächst die ethische Forderung nach einer gelassenen, verachtenden Gleichgültigkeit gegen das Leben. – *multum, non multa:* »Viel, nicht vielerlei.« Schon bei Plinius, Briefe V, 6, als Sprichwort zitiert.

S. 283 *in integrum restituieren:* unversehrt wiederherstellen.

S. 284 Samuel *Heinecke* (1727–90): Begründer des Taubstummenwesens, trat gegen das herkömmliche Buchstabieren im Grundunterricht und für eine Lautmethode ein. – *Dissenters* (»Andersdenkende«): Personen und Gruppen in England, die außerhalb der anglikanischen Kirche stehen.

S. 286 *Blonden:* Spitzen aus heller Seide.

S. 289 *Bethesda:* Das Wasser dieses Teiches machte nach Joh. 5, 4, wenn es von einem Engel bewegt wurde, »jeden gesund, gleichviel an welcher

Krankheit er litt«. – *Plinius:* vgl. Plinius' d. Ä. »Naturgeschichte«, VIII, 16, 14. – *Josaphats-Tal:* Tal des Kidron, östl. von Jerusalem. In ihm versammeln sich am Jüngsten Tag die Menschen zum Gericht. – *Baquet:* Zuber.

S. 291 *Medea:* Zu dem gefeierten Melodram Georg Bendas (s. o. zu S. 124) hatte Fr. W. Gotter, der zu Goethes erstem Weimarer Kreis gehörte, einen dürren und unergiebigen Text verfertigt. – Gotth. Friedr. *Bürger* (1753–1816): Prediger in Großenhayn, gab 1789–94 vier Bände mit Predigten heraus.

S. 294 François *de Tott* (1730–93): franz. Reisender, schrieb »Mémoires sur les Turcs et les Tartares« (1784).

S. 295 *Concert spirituel:* urspr. ein geistliches Konzert, das in der Karwoche an die Stelle der üblichen Theateraufführungen trat, dann ein Konzert in kleinem Rahmen. – *Kabinettprediger der Töpfe:* Melanchthon soll sich in seiner Jugend an Töpfen im Predigen geübt haben. – *Lavater:* s. o. zu S. 76.

S. 296 *nach Keißler:* Joh. Georg Keyßler (1693–1743), Reiseschriftsteller, aus dessen »Neuesten Reisen durch Teutschland ... die Schweiz, Italien usw.« (1740) sich J. P. viele Notizen gemacht hatte.

S. 298 *Schröckh:* s. o. zu S. 96. Er gab 1767–91 in acht Bänden eine umfängliche »Allgemeine Biographie« heraus.

S. 301 *Epiktets Lampe:* Lukian erzählt von einem reichen Mann, der aus dem Nachlaß des Philosophen dessen tönerne Lampe für teures Geld erworben habe, in der Meinung, damit auch seine Gelehrsamkeit zu erwerben. – *Quadrupel-Allianz:* Viererbündnis. Im 18. Jahrh. verstand man darunter vorwiegend jenen Vertrag zwischen Frankreich, England, Österreich und Holland von 1718, der dem Regenten im Falle eines Ablebens des jungen Königs die franz. Krone sichern sollte.

S. 303 *Menschenfreuden:* Chr. Friedr. *Sintenis* (1750–1826), Verfasser von religiösen Romanen und Traktaten, schrieb 1778 »Menschenfreuden aus meinem Garten in Zerbst«.

S. 304 *Bartolus:* Die Anspielung ist unklar. Gemeint ist jedenfalls Bartolo v. Sassoferrato (1314–57), Professor der Rechte in Padua, der bedeutendste Jurist des Mittelalters in Italien.

S. 307 *der Weltweise:* Dafür steht in der Erstausgabe noch der Name des Aufklärungs-Philosophen Joh. Christian Wolff (1679–1754), auf dessen Ideenlehre sich die Stelle bezieht.

S. 308 *Lautenzug:* ein Dämpfregister an der Orgel und am Cembalo. – *Otaheiti* (oder Tahiti): eine der Gesellschaftsinseln. Die Kenntnis dieser Insel und der Bräuche ihrer Einwohner verdankt J. P. im wesentlichen J. Georg Forsters (s. u. zu S. 322) »Reise um die Welt« (1777). Otaheiti wird häufig erwähnt und bezeichnet bei J. P. ein Eldorado oder Paradies nach Rousseauschem Geschmack.

S. 313 Christoph Friedr. *Nicolai* (1733–1811): Publizist, Popularphilosoph und Romancier, ein Freund Lessings und Mendelssohns, war als Herausgeber der »Allgemeinen Deutschen Bibliothek« durch Jahrzehnte der Gesetzgeber der Berliner Aufklärung. – *Schmalkaldische Artikel:* die von Luther 1534 abgefaßten Glaubensartikel, die der Schmalkaldische Bund auf dem Konzil von Mantua vertreten sollte; sie wurden aber erst sehr viel später und in abgeschwächter Form wirksam.

S. 315 *ich hab' es dem Leser auch gesagt:* vgl. o. S. 51. – *V–zka:* Gemeint ist »Venzka«, das Gut der Familie v. Spangenberg, auf dem J. P. als Lehrer in Töpen öfters geweilt hatte.

Schulmeisterlein Wutz

Jean Paul nennt als Entstehungszeit der Idylle den Dezember 1790. Dagegen lassen die Untersuchungen der hist.-krit. Jean Paul-Ausgabe es auf Grund der Briefe als sicher erscheinen, daß die Erzählung erst nach den Skizzen zu den satirischen Frühwerken, dem »Fälbel« und dem »Freudel«, geschrieben wurde, in der ersten Hälfte Februar 1791. Nachdem die Arbeit vom Dichter im März des Jahres vorläufig abgeschlossen worden war, überarbeitete er die Idylle noch einmal im Oktober des Jahres, wobei die erste Fassung wesentlich erweitert wurde, und entschloß sich damals offenbar auch, die Erzählung mit der »Unsichtbaren Loge« locker zu verknüpfen. Doch stellte er noch in seinem Begleitbrief an Karl Philipp Moritz (vom 6. Juli 1792) diesem anheim, ob die Idylle dem Roman »beigeleimt« werden solle oder nicht. – Für die Neuauflage 1822 ist auch das »Schulmeisterlein Wutz« nur stilistisch überarbeitet worden. Selbst die alte Schreibweise des Namens »Wuz«, die J. P.s Gepflogenheiten in dieser Zeit ganz fremd war – er schreibt in den Briefen stets »Wutz« –, ist dabei versehentlich unverbessert geblieben. Dem Beispiel der Kritischen Ausgabe folgend, haben wir diese Änderung überall durchgeführt.

S. 318 *Christian:* Georg Christian Otto (1763–1828) ist gemeint, mit dem den Dichter seit seiner Schulzeit eine lebenslange, innige Freundschaft verband. Otto stand auch durch Jahrzehnte dem Dichter beratend und anregend in seiner Arbeit zur Seite. – *Dr. Fausts-Mantel:* Nach der Sage konnte der Doktor Faust, als er mit dem Teufel sein Bündnis einging, auf seinem Mantel in Gedankenschnelle überall hingelangen, wohin er nur wollte.

S. 319 Gottlieb *Cober* (1682–1717): Prediger und Erbauungsschriftsteller, gab 1711 einen »Aufrichtigen *Cabinettprediger* usw.« heraus, von dessen Beliebtheit mehrere Neuauflagen zeugen. – *Déshabillé:* svw. Negligé. – *palingenesieren:* wiedererzeugen.

S. 320 *Loretto-Häuschen:* Das Geburtshaus der Maria in Nazareth wurde der Sage nach 1295 von Engeln nach Loreto in Italien gebracht. Dort wird die »casa santa«, eingebaut in einen gewaltigen Dom, noch heute verehrt. – *Rousseauische Spaziergänge:* Rousseaus Spätwerk: »Rêveries du promeneur solitaire« wurde 1782 aus seinem Nachlaß veröffentlicht. – *Lavaters Fragmente:* In den »Physiognomischen Fragmenten« (s. o. zu S. 76) waren in 21 Kupferstichen die Lebensabschnitte von Mann und Frau jeweils von 10 zu 10 Jahren dargestellt. – *Comenii orbis pictus:* Auf Tafel 36 dieses Buches (s. o. zu S. 44) waren die sieben Alter des Menschen als Stufen einer Pyramide dargestellt.

S. 321 *physiognomische Fragmente von Lavater:* Ihr erster Band erschien 1778. – *Federscher Traktat:* Joh. Georg Heinr. Feder: »Über Raum und Causalität. Zur Prüfung der Kantischen Philosophie«, eine Streitschrift gegen Kant (1782). – *Ballei:* Teilgebiet einer Ritterordensprovinz. – *Friedr. Nicolai:* s. o. zu S. 313. – *auf einmal:* Das stimmt nicht ganz, denn *Sturms »Betrachtungen* über die Werke Gottes im Reiche der Natur und der Vorsehung« erschienen in neuer, *verbesserter Auflage* bereits 1775–76, *Schillers »Räuber«* und *Kants »Kritik der reinen Vernunft«* erst 1781.

S. 322 *Cookische Reise:* Gedacht ist wohl auch hier an Forsters »Reise um die Welt« (siehe die Anmerkung zu Joh. Georg Forster weiter unten), nicht an den von Hawksworth verfaßten Reisebericht der Expedition Cooks. – *vorherbestimmte Harmonie:* Die erste Auflage setzt noch den geläufigeren Terminus: »prästabilierte Harmonie«. Gemeint ist die Vorstellung der Leibnizischen Philosophie, daß alle Monaden (die einfachen Substanzen der Schöpfung) untereinander nach göttlichem Plan in gewollter und ausgeglichener Beziehung stehen. – Joh. Georg *Forster* (1754–94): Naturforscher und Schriftsteller, begleitete seinen Vater J. R. Forster auf Cooks zweiter Weltumseglung und gab mit ihm zusammen einen umfangreichen Bericht darüber heraus (»Observations from a voyage round the World.« 1777 dt.: »J. R. Forsters Reise um die Welt in den Jahren 1772–75«, ersch. 1778–80). Die Unruhen der Revolution trieben ihn als Mainzer Abgeordneten nach Paris, wo er elend zugrunde ging. – Patrick *Brydone* (1741 bis 1818): engl. Reisender, schrieb »A tour through Sicily and Malta« (1773). – Jakob-Jonas *Björnstahl* (1730–79): schwedischer Orientalist, dessen »Reise nach Frankreich, Italien ... der Türkei und Griechenland« 1780 bis 1783 ins Deutsche übersetzt wurde. – *Rousseaus »Bekenntnisse«:* Sie erschienen in den Jahren 1781–88. – *Dionysius-Ohr:* Ein von dem Tyrannen Dionysius von Sizilien errichtetes Gefängnis, das, wie ein Trichter zugespitzt, ihn die Klagen seiner Gefangenen hören ließ. – *Annulus platonis:* »Annulus platonis oder physikalisch chymische Erklärung der Natur usw.« Unter diesem Titel wurde 1781 eine Neuauflage der »Aurea catena Homeri« veranstaltet, einer alchimistischen Schrift des Herward v. Forchenhamm, die 1723 zuerst gedruckt worden war. – *Gyges-Ring:* unsichtbar machender Ring, mit dessen Hilfe sich nach Herodot der Hirte Gyges zum Herrscher Lydiens aufschwang.

S. 323 *thorax, caudex, pulexque:* die unregelmäßigen Substantive der dritten lat. Deklinationsklasse auf x, die männlichen Geschlechtes sind. – *Philanthropin:* s. o. zu S. 179. – *Guardian:* Vorsteher eines Franziskanerklosters. – *Kruditäten:* unverdauliche Speisen. – Bassiano *Carminati* (1750 bis 1830): Prof. der Therapeutik in Pavia, untersuchte die ärztlichen Verwendungsmöglichkeiten des Magensaftes in seinen »Ricerche sulla natura e sugli usi del succo gastrico in medicina ed in chirurgia« (1785). – *supernumerär:* überzählig, überschüssig. – *peristaltische Bewegungen:* Darmbewegungen. – *Kazik:* Stammeshäuptling bei den südamerik. Indianern.

S. 324 *Wutzische Kunst, stets fröhlich zu sein:* »Ars semper gaudendi« heißt ein gelehrsames theologisches Werk von Alfonso de Sarasa (1664 bis 1667), und im Anschluß daran nannte Joh. Peter Uz einen Traktat von 1760 »Versuch über die Kunst, stets fröhlich zu sein«. Beide Werke zitiert J. P. ihres Titels wegen zu Anfang seines unvollendet gebliebenen »Freudenbüchleins«.

S. 325 *Joditz:* In dem kleinen Dorf bei Hof im Voigtland verbrachte J. P. einen Teil seiner eigenen Kinderzeit. – *Regeldetri:* Dreisatz in der Mathematik.

S. 326 *Lustrum:* Zeitspanne von fünf Jahren. – *Werthers Freuden:* »Freuden des jungen Werthers. Leiden und Freuden Werthers, des Mannes« nannte Friedr. Nicolai 1775 seine ebenso schwache, wie bissige Parodie auf Goethes Roman.

S. 327 *Kappfenster:* kleines vorspringendes Dachfenster. – *Tempe-Tal:* s. o. zu S. 121. – *Ripienist:* Musiker oder Sänger, der nur die Füllstimme auszufüllen hat. – *Johanna-Therese-Charlotte usw.:* Charlotte und Mariane heißen die Geliebten Werthers und Siegwarts, Clarissa und Heloise die Heldinnen in den gleichnamigen Romanen von Richardson und Rousseau. Über die Herkunft der ersten beiden Namen ist mir nichts bekannt.

S. 328 *vorige Kaiserin:* Kaiserin Elisabeth (1709–62). – *Streich- und Streckteich:* Teiche zur Erzeugung und ungefährdeten Aufzucht der Fischbrut. – *schottischer Meister:* maitre écossais, der höchste Grad in der Freimaurerei.

S. 329 *Revision des Schulwesens:* J. H. Campe (s. o. zu S. 21) gab 1785 bis 1791 in 16 Bdn. eine »Revision des gesamten Schul- und Erziehungswesens« heraus, ein Werk, an dem J. P. selbstverständlich keinen Anteil hatte. – Friedr. *Gedike* (1754–1803): Pädagoge aus der Schule Basedows. Er stammte selbst aus sehr ärmlichen Verhältnissen und wuchs fast ohne Erziehung und Bildung auf. – *Scibile:* Wissensstoff. – *Kallipädie:* die Kunst, Kinder schön zu erziehen.

S. 330 *Symbolum Athanasii:* ein angeblich von dem Kirchenlehrer Athanasius verfaßtes Glaubensbekenntnis, das die Lehre von der Dreieinigkeit und der Menschwerdung Christi formuliert. – *Langens geistliches Recht:* s. o. zu S. 57.

S. 331 *Messiade:* Von Klopstocks »Messias« erschienen nach einer langen Pause die letzten fünf Gesänge (nicht drei) im Jahre 1773.

S. 332 *Hôtel de Bavière:* berühmter Leipziger Gasthof. – *Römer:* Auf dem Frankfurter Römer, dem Rathausplatz der Stadt, stand eine Reihe bekannter Gasthöfe. – *Nößel:* Maßeinheit, etwa 1/8 Liter.

S. 333 *Valet de fantaisie:* Man wird diesen Ausdruck am treffendsten mit »kurzweiliger Rat« wiedergeben, obwohl ein genauer Quellennachweis nicht möglich war. Es ließe sich zunächst wohl auch an eine Analogiebildung zu der in der barocken Gesellschaft und Literatur üblichen Bezeichnung: »berger de fantaisie« denken. Wenn ein »berger de fantaisie« ein vornehmer Mann ist, der sich in die Rolle des Schäfers verkleidet, dann wäre entsprechend ein »valet de fantaisie« jemand, der sich als Diener verkleidet. Wahrscheinlicher ist es, daß J. P. den Ausdruck wie andere, ähnlich gebaute Titel (grand escuyer tranchant) einem älteren franz. Werk über die Hofordnung entnahm. Dann wäre mit dem Ausdruck entweder der Mann gemeint, der für bestimmte Lustbarkeiten verantwortlich war, oder aber eine Art Hofnarr. Beides schließt der deutsche Ausdruck »kurzweiliger Rat« in sich ein.

S. 335 *O wie schön ist Gottes Erde:* die letzte Strophe von L. G. Höltys »Aufmunterung zur Freude« von 1777. Eigentlich lautet die erste, von J. P. ganz gegen den Rhythmus wiedergegebene Zeile: »Wie wunderschön ist Gottes Erde.« – *metaphysischer Esel:* der sog. Esel des Buridan. Nach diesem spätmittelalterlichen Gleichnis verhungert ein Esel, der zwischen zwei gleich große Heubündel gestellt wird, weil er sich für keines von beiden entscheiden kann. Die Geschichte findet sich nicht in den Schriften des franz. Scholastikers Buridan, dem sie zugeschrieben wird. Sie wurde vielmehr wohl von seinen Gegnern erfunden, um seine Willenslehre zu verspotten.

S. 336 *papillotieren:* einkräuseln. – *Schulz von Paris:* Friedr. Schulz »Über Paris und die Pariser«, 2 Bde. 1791. Die Stelle findet sich in Bd. 1, S. 397 ff. – *sponseln* oder spannseln: (ein Weidetier an den Vorderfüßen) fesseln. – *Chignon:* Haarzopf.

S. 337 *Alpheus* (Alphios): der größte Fluß in der Peloponnes.

S. 338 *Schiff und Geschirr:* ein tautologischer Ausdruck für Geschirr, hier svw. die Gesamtheit der Toilettengegenstände.

S. 340 *Sponsalien:* Ehevertrag. – *Kirchenagende:* Kirchenhandbuch.

S. 342 *Semiotik:* s. o. zu S. 276. – *Rudera:* Überbleibsel. – *Antikentempel:* In Sanssouci hatte Friedrich der Große 1765 durch Karl v. Gontard für seine kleine Sammlung den sog. »Antikentempel« errichten lassen; in Dresden waren die Antiken und die große Sammlung von Abgüssen seit 1786 neu im Zwinger untergebracht. – *gemaltes Jesuskind:* Auf Corregios berühmtem Bilde der »Heiligen Nacht«, das sich seit 1746 in der Dresdener Galerie befindet, geht alle Helligkeit in Strahlen von der Krippe aus.

S. 343 *Band und Kreole:* Die erste Ausgabe setzt deutlicher: »der Übergang, das Band und der Kreole.« – *König von Preußen:* Friedrich II.

Ausläuten oder Sieben letzte Worte

Der Schlußabschnitt wurde zugleich mit der Idylle am 6. Juli an Moritz geschickt. Jean Paul schrieb dazu in seinem Begleitbrief: »Ich werde selten eine Stunde haben, wo mein Herz so hoch schlug, wo mir fast alle Sinnen so vergingen, wie in der Geburtsstunde jener Sieben Worte.« Der Titel ist deutlich in Analogie zu den Sieben letzten Worten Christi am Kreuz gesetzt.

S. 348 *Medea:* Als Medea mit Jason und dem goldenen Vlies aus Kolchis floh, schlachtete sie, um den verfolgenden Schiffen ihres Vaters Aietes zu entkommen, ihren Bruder und streute seine Glieder auf der Bahn ihres Schiffes ins Meer. – *Pikesche* oder Pekesche: nach Husarenart geschnittener, studentischer Rock. – *Junius mit der Sense:* Schon seit dem Mittelalter werden Juni und Juli in der Ikonographie mit der Sense dargestellt als dem Zeichen der Monatstätigkeit.

S. 351 *zwei Menschen:* J. P. denkt an seine beiden früh verstorbenen Jugendfreunde Adam Lorenz v. Oerthel und Johann Bernhard Hermann.

Der Plan zu einer kleinen, idyllischen Erzählung, die ganz »in der Groschengalerie und auf dem Parterre« spielen sollte, taucht schon während der Arbeit am »Hesperus« auf (vgl. den Brief an Christian Otto vom 24. Juli 1793). Er wird dann, kaum daß der umfangreiche Roman abgeschlossen ist, sogleich energisch in Angriff genommen. Nach den Angaben im sogenannten »Vaterblatt«, in dem Jean Paul über seine Werke Buch zu führen pflegte, zog sich die Niederschrift mit den vorbereitenden Arbeiten vom Juli 1794 bis zum Mai des darauffolgenden Jahres hin. Nur das »Billett an meine Freunde«, das vom 29. Juni 1795 datiert ist, und das am 2. Juli geschriebene »Postskript« sind später noch angefügt worden. Da Jean Pauls alter Verleger Carl Matzdorff in Berlin nicht gleich auf des Dichters Verlagsangebot einging, wandte sich dieser an den Bayreuther Buchhändler Lübeck, der das Werkchen zu Ende des Jahres 1795, jedoch mit der Jahreszahl 1796 herausbrachte. Das Büchlein trug den langen Titel: »Leben des Quintus Fixlein, aus funfzehn Zettelkästen gezogen; nebst einem Mußteil und einigen Jus de tablette« und umgab die Idylle mit mehreren Erzählungen und Abhandlungen, die zum Teil wesentlich früher geschrieben waren und hier nur lose unter einem Titel zusammengefaßt wurden. Eingeleitet wurde der Band durch das erwähnte »Billett an meine Freunde« mit der berühmten Charakterisierung der drei Wege, glücklicher zu werden, die gleichzeitig J. P.s früheste poetologische Selbstdarstellung implizieren:

Billett an meine Freunde
anstatt der Vorrede

Kaufleute, Autoren, Mädchen und Quäker nennen alle Leute, mit denen sie verkehren, Freunde; und meine Leser sind also meine Gast- und Universitätsfreunde. Nun beschenk' ich zwar so viele hundert Freunde mit ebenso vielen hundert Freiexemplaren – und die Buchhandlung hat den Auftrag, jedem nach der Messe seines auf Verlangen auszuliefern gegen ein elendes Gratial und don gratuit für Setzer, Drucker und andere Leute –; aber da ich die ganze Auflage nicht wie die französischen Autoren zum Buchbinder schicken konnte: so fehlt natürlich vornen das leere Buchbinderblatt, und ich konnte also dem Empfänger des Geschenks nichts Schmeichelhaftes daraufschreiben. Ich ließ deswegen nach dem Titel einige leere Blätter einziehen; auf diese wird hier gedruckt.

Mein Buch zerfällt, wie die Buße, in drei Teile.

Den ersten oder sogenannten Mußteil, der aus zwei Erzählungen besteht und den die Reichserbküchenmeisterin der Phantasie mit Blumenwerk und Blumenmehl (wenigstens bestellt' ichs so) garnieren sollte, bescher' ich, lieben Freunde, bloß lieben Freundinnen: wahrhaftig mit beiden Erzählungen werd' ich ihnen eine ebenso große Freude machen, als brächt' ich ihnen von Leipzig anstatt dieses Meßpräsentes ein ganzes Ohrrosen-Bouquet oder Visitenbilletts auf holländischem Papier silbern gerändelt mit – oder ein Trauerneglige oder doch einen Fächer von Sandelholz mit einem Medaillon. Sie sind geborne Blumistinnen und selber gut gezeichnete Blumenstücke und lieben mithin auch in Büchern, was sie oft begießen, sticken und brechen, – Blümchen. Das Schicksal, als Weginspektor, bestecke damit auch euere staubige Lebens-Kunststraße, und Freudenrosen sollen euere Wegmesser und Werstenzeiger sein: ich wüßte keinen bessern Einhaucher oder inhalery gegen *tiefere* Brustschmerzen, als der Wundarzt Mudge mit der Maschine jenes Namens lindert, keinen bessern Einhaucher, sag' ich, als eueren tröstenden Mund; und eben darum schenke euch der Himmel, indes unsere Fußsohlen im heißen Sand an dem Krater des bürgerlichen Lebens waten, tiefer unten die stille fruchtbare blumige Region an diesem Vesuv und setze besonders euern Männern oder Vätern, wie die Kalendermacher der Sonne, ein menschliches Antlitz an, das auf eine schöne Weise das männliche wie das solarische Blenden mildert.

Der zweite und größte Teil des Buches enthält das Leben eines Schulmanns, das – neun oder zehn Kapitel ausgenommen – schon weniger für Mädchen passet: desto besser für sie und für mich, wenn ich mich über die sechs oder fünf andern Kapitel betrüge. Mit dieser Biographie will nun der Verfasser euch, lieben Freunde, nicht sowohl ein Vergnügen machen als euch lehren, eines zu genießen. Wahrlich Xerxes hätte nicht auf die Erfindung neuer Freuden, sondern auf eine gute Methodologie und Haustafel, die alten zu genießen, Preismedaillen bieten sollen.

Ich konnte nie mehr als drei Wege, glücklicher (nicht glücklich) zu werden, auskundschaften. Der erste, der in die Höhe geht, ist: so weit über das Gewölke des Lebens hinauszudringen, daß man die ganze äußere Welt mit ihren Wolfsgruben, Beinhäusern und Gewitterableitern von weitem unter seinen Füßen nur wie ein eingeschrumpftes Kindergärtchen liegen sieht. – Der zweite ist: – gerade herabzufallen ins Gärtchen und da sich so einheimisch in eine Furche einzunisten, daß, wenn man aus seinem warmen Lerchennest heraussieht, man ebenfalls keine Wolfsgruben, Beinhäuser und Stangen, sondern nur Ähren erblickt, deren jede für den Nestvogel ein Baum und ein Sonnen- und Regenschirm ist. – Der dritte endlich – den ich für den schwersten und klügsten halte – ist der, mit den beiden andern zu wechseln. –

Das will ich jetzt den Menschen recht gut erklären.

Der Held – der Reformator – Brutus – Howard – der Republikaner, den bürgerliche Stürme, das Genie, das artistische bewegen – kurz jeder Mensch mit einem großen Entschluß oder auch nur mit einer perennierenden Leidenschaft (und wär' es die, den größten Folianten zu schreiben), alle diese bauen sich mit ihrer innern Welt gegen die Kälte und Glut der äußern ein, wie der Wahnsinnige im schlimmern Sinn: jede *fixe* Idee, die jedes Genie und jeden Enthusiasten wenigstens periodisch regiert, scheidet den Menschen erhaben von Tisch und Bett der Erde, von ihren Hundsgrotten und Stechdornen und Teufelsmauern –– gleich dem Paradiesvogel schläft er fliegend, und auf den ausgebreiteten Flügeln verschlummert er blind in seiner Höhe die untern Erdstöße und Brandungen des Lebens im langen schönen Traume von seinem idealischen Mutterland. :... Ach! wenigen ist dieser Traum beschert, und diese wenigen werden so oft von fliegenden Hunden[1] geweckt! –

Diese Himmelfahrt ist aber nur für den geflügelten Teil des Menschengeschlechts, für den kleinsten. Was kann sie die armen Kanzleiverwandten angehen, deren Seele oft nicht einmal Flügeldecken hat, geschweige etwas darunter – oder die gebundnen Menschen mit den besten Bauch-, Rücken- und Ohrenfloßfedern, die im Fischkasten des Staates stille stehen und nicht schwimmen sollen, weil schon der ans Ufer lang gekettete Kasten oder Staat im Namen der Fische schwimmt? Was soll ich dem stehenden und schreibenden Heere beladener Staats-Hausknechte, Kornschreiber, Kanzelisten aller Departements und allen im Krebskober der Staats-Schreibstube aufeinandergesetzten Krebsen, die zur Labung mit einigen Brennesseln überlegt sind, was soll ich solchen für einen Weg, *hier* selig zu werden, zeigen? –

Bloß meinen zweiten; und das ist der: ein zusammengesetztes Mikroskop zu nehmen und damit zu ersehen, daß ihr Tropfe Burgunder eigentlich ein rotes Meer, der Schmetterlingsstaub Pfauengefieder, der Schimmel ein blühendes Feld und der Sand ein Juwelenhaufe ist. Diese mikroskopischen Belustigungen sind dauerhafter als alle teuern Brunnenbelustigungen .... Ich muß aber diese Metaphern erklären durch neue. Die Absicht, warum ich *Fixleins* Leben in die Lübecksche Buchhandlung geschickt, ist eben, in diesem Leben – daher ichs in diesem Billett wenig brauche – der ganzen Welt zu entdecken, daß man kleine sinnliche Freuden höher achten müsse als große, den Schlafrock höher als den Bratenrock, daß man Plutos *Quinterne* seinen *Auszügen* nachstehen lassen müsse, einen NNd'or dem Notpfennig, und daß uns nicht große, sondern nur kleine Glückszufälle beglücken. –– Gelingt mir das: so erzieh' ich durch mein Buch der Nachwelt Männer, die sich an allem erquicken, an der Wärme ihrer Stuben und ihrer Schlafmützen – an ihrem Kopfkissen – an den heiligen drei Festen – an bloßen Aposteltagen – an den abendlichen moralischen Erzählungen ihrer Weiber, wenn sie nachmittags als Ambassadricen einen Besuch auf irgendeinem Witwensitz, wohin der Mann nicht zu bringen war, gemacht hatten – am Aderlaßtage dieser ihrer Novellistinnen – an dem Tage, wo eingeschlachtet, eingemacht, ein-

[1] So heißen die Vampyren.

gepökelt wird gegen den grimmigen Winter und so fort. Man sieht, ich dringe darauf, daß der Mensch ein Schneidervogel werde, der nicht zwischen den schlagenden Ästen des brausenden, von Stürmen hin- und hergebognen unermeßlichen Lebensbaumes, sondern auf eines seiner Blätter sich ein Nest aufnähet und sich darin warm macht. – Die nötigste Predigt, die man unserm Jahrhundert halten kann, ist die, zu Hause zu bleiben.

Der dritte Himmelsweg ist der Wechsel mit dem ersten und zweiten. Der vorige *zweite* ist nicht gut genug für den Menschen, der hier auf der Erde nicht bloß den Obstbrecher, sondern auch die Pflugschar in die Hände nehmen soll. Der *erste* ist zu gut für ihn. Er hat nicht immer die Kraft, wie *Rugendas* mitten in einer Schlacht nichts zu machen als Schlachtstücke und wie *Bakhuisen* im Schiffbruche kein Brett zu ergreifen als ein Zeichenbrett, um ihn zu malen. Und dann halten seine *Schmerzen* so lange an als seine *Ermattungen.* Noch öfter fehlet der Spielraum der Kraft: nur der kleinste Teil des Lebens gibt einer arbeitenden Seele Alpen – Revolutionen – Rheinfälle – Wormser Reichstage – und Kriege mit Xerxes, und es ist so fürs Ganze auch besser; der längere Teil des Lebens ist ein wie eine Tenne platt geschlagener Anger ohne erhabene Gotthardsberge, oft ein langweiliges Eisfeld ohne einen einzigen Gletscher voll Morgenrot.

Eben aber durch Gehen ruhet und holet der Mensch zum Steigen aus, durch kleine Freuden und Pflichten zu großen. Der siegende Diktator muß das Schlacht-Märzfeld zu einem Flachs- und Rübenfeld umzuackern, das Kriegstheater zu einem Haustheater umzustellen wissen, worauf seine Kinder einige gute Stücke aus dem Kinderfreund aufführen. Kann er das, kann er so schön aus dem Weg des genialischen Glücks in den des häuslichen einbeugen: so ist er wenig verschieden von mir selber, der ich jetzt – wiewohl mir die Bescheidenheit verbieten sollte, es merken zu lassen – der ich jetzt, sag' ich, mitten unter der Schöpfung dieses Billetts doch imstande war, daran zu denken, daß, wenn es fertig ist, die gebacknen Rosen und Holundertrauben auch fertig werden, die man für den Verfasser dieses in Butter siedet.

Da ich zu diesem Billett noch ein Postskript (am Ende des Buchs) anstoßen will: so spar' ich einiges, was ich noch über den dritten, halb satirischen, halb philosophischen Teil des Werks zu sagen hätte, absichtlich für die Nachschrift auf.

Hier lässet der Verfasser, aus Achtung für die Rechte eines Billetts, seine halbe Anonymität fahren und unterschreibt sich zum ersten Male mit seinem *ganzen* wahren Namen. Hof im Voigtland, den 29. Jun. 1795.

Jean Paul Friedrich Richter

Für die zweite Auflage, die schnell näherzurücken schien, schrieb Jean Paul im Herbst 1796 eine längere »Geschichte meiner Vorrede zur zweiten Auflage des Quintus Fixlein«, die noch im gleichen Jahr, da sich der Termin für den Neudruck verzögerte, gesondert erschien. Die lange vorbereitete Neuauflage des »Quintus Fixlein« kam schließlich erst 1800, mit dem Titelvermerk 1801, heraus. Von den zahlreichen geplanten Veränderungen und Erweiterungen hat Jean Paul darin fast nichts ausgeführt: neben geringfügigen stilistischen Korrekturen machte er nur ein paar kleine Einschübe im Text der Idylle, vorwiegend in den ersten Zettelkästen. Wir bringen im Rahmen unserer Ausgabe nur die in sich ungekürzte Idylle vom Quintus Fixlein ohne die weitgehend selbständigen und unabhängigen Beigaben, zu denen auch die umfangreiche »Geschichte meiner Vorrede zur zweiten Auflage des Quintus Fixlein« gehört.

S. 355 *Zettelkasten:* vgl. im Text S. 369 und die zugehörige Anmerkung.

S. 357 *Pfeiffers critica sacra:* August Pfeiffer (1640–98) war ein bedeutender Orientalist und Bibelexeget, dessen Abhandlung »Critica sacra« noch 1773 in neuer Ausgabe erschien und auf Hochschulen gern benutzt wurde. – *Rhizophagen:* Wurzelnfresser. – *Murki* (Murmelstück): kleines Tonstück für Klavier oder Orgel mit einer gleichförmigen, aber lebhaften Bewegung der Bässe. – *nach Lessing:* vgl. Hamburgische Dramaturgie, 36. St.

S. 358 *Achilles-Schild:* Auf ihm stellte Hephaisth nach Homers Bericht (Ilias XVIII, 478 ff.) Menschen, Tiere, Städte, die Erde und das Meer, die Sonne und alle Gestirne dar.

S. 359 *der höchstselige König:* Friedrich der Große. – *casa santa:* s. o. zu S. 320.

S. 360 *bureau d'esprit:* s. o. zu S. 109. – *Hippokrene:* die Musenquelle auf dem Helikon, dem Berg Apolls in Arkadien, die jeden, der aus ihr trank, dazu zwang, in Versen zu sprechen. – *Petrus Rebuffus:* Der Titel des seltenen Buches lautet vollständig: »De scholasticorum, bibliopolarum atque caeterorum universitatum omnium ministrorum juratorumque privilegiis«, Paris 1540. Die Kenntnis dieses Buches verdankte J. P. dem »Akademischen Roman« (1690) von Eberhard Werner Happel (1647–90), den der Dichter Ende 1794 gelesen hatte.

S. 361 *Archimedes:* Der berühmte griechische Naturwissenschaftler (287 bis 212 v. Chr.) soll während der Belagerung von Syrakus unter anderem auch eine Maschine errichtet haben, mit deren Hilfe man ohne Kraftanstrengung ganze Schiffe zu heben vermochte. – *wie Juden am Zählen sterben:* vgl. 2. Sam. 24. – *wie der betende Ignatius Loyola:* Von ihm berichtet die Legende, daß er während des Gebetes mehrfach über den Boden schwebend erhoben wurde. – *wie die gestrafte Juno:* vgl. Ilias XV, 18 ff.

S. 362 *Adlerorden:* 1701 von König Friedrich I. von Preußen gestifteter Orden. – *Latrie:* Verehrung, eigtl. Heiligenverehrung. – *jus compascui:* Triftgerechtigkeit, eine freiwillige Erlaubnis, den Weidegrund mitzubenutzen. – *Meusels gelehrtes Deutschland:* Der Publizist Joh. Georg Meusel

(1743–1820) setzte Hambergers vielbändiges Sammelwerk: »Gelehrtes Deutschland oder Lexikon der jetzt lebenden deutschen Schriftsteller« in dritter Auflage fort und ergänzte es später durch ein umfangreiches »Verzeichnis der 1750–1800 verstorbenen deutschen Schriftsteller«.

S. 363 Joh. Heinr. *Lambert* (1728–77): Mathematiker und Astronom, der die letzten zwölf Jahre seines Lebens am Berliner Hof zubrachte.

S. 364 *keine Karl Genofeva Louise Auguste Timothee Eon von Beaumont:* Der als Chevalier d'Eon bekannte franz. Diplomat Charles de Beaumont (1728–1810) galt zu Lebzeiten, aber auch noch nach seinem Tod, für ein Zwitterwesen.

S. 367 *Werklein von 1/12 Alphabet:* Früher war es beim Buchdruck üblich, die Druckbogen mit den Buchstaben des Alphabets zu numerieren. Ein Werklein von 1/12 Alphabet ist also zwei Bogen oder 32 Seiten lang. – *Masorethen:* altjüdische Gesetzeslehrer, die eine Sammlung von kritischen und erklärenden Anmerkungen zur Bibel verfaßten, die sog. »Masorah«, um die Heilige Schrift vor Verfälschungen zu bewahren.

S. 368 Karl Ferd. *Hommel* (1722–81): verdienstlicher Rechtsgelehrter, dessen »Rhapsodia quaestionum in foro quotidie obvenientium usw.« (1765) ihren Verfasser lange in Ansehen erhielt. Gedacht ist vermutlich an seine beiden »Continuationes« (1761 und 1769) zu Beyers »Notitia auctorum juridicorum«. Die nachfolgende Liste, die bekannte und unbekannte Namen bunt durcheinanderwürfelt, ist zum großen Teil aus Flögels »Geschichte der komischen Literatur« (4 Bde. 1784; vgl. dort Bd. 1, S. 247 bis 259) gezogen und erinnert stark an die ähnlichen Digressionen bei Sterne. Vgl. etwa Tristram Shandy II,20.

S. 369 Joh. Jakob v. *Moser* (1701–85): bedeutender Staatsrechtsgelehrter und Patriot. J. P. bezieht sich hier auf Mosers »Lebensgeschichte von ihm selbst erzählt« (3 Bde. 1777), § 68.

S. 370 *wie der Graf St. Germain:* Unter diesem Namen verbarg sich ein berühmter, vermutlich span. Abenteurer des 18. Jahrh. Er besaß angeblich die Kunst, Diamanten zu machen, wußte die Zukunft und gebrauchte ein Lebenselixier, dem er seine ewige Jugend verdanken wollte. Er starb gegen 1790 in Eckernförde. Über seine Gepflogenheiten und seine Lebensweise kursierten die seltsamsten Gerüchte, die mit einiger Systematik in den anonymen »Nachrichten vom Grafen von St. Germain« 1780 gesammelt wurden. – *Baco:* Gemeint ist der engl. Staatsmann und Philosoph Francis Bacon (Baco von Verulam, 1521–1626). – *offizinell:* arzneilich, heilsam.

S. 371 *Alexander:* Ihm wird schon in der antiken Überlieferung der Ausspruch zugeschrieben, auch er sei nur ein Mensch, wie man an seinem Schlaf, seiner Wollust und seinem Stuhlgang bemerken könne. – Joh. Salomon *Semler* (1725–91): evangelischer Theologe und Professor in Halle. In seinen Exzerpten hatte sich J. P. aus K. Ph. Moritz' »Magazin der Erfahrungsseelenkunde« (11 Tle. 1783–93; vgl. dort Bd. 2, 1. St., S. 111 ff.) die

Notiz vermerkt: »Semler stellt 10 bis 17 schlechte Bücher auf den Abtritt, die er darauf (des Tags 3mal) lieset.«

S. 372 *Morhof:* s. o. zu S. 138. – *Muse à belles fesses:* analog zu »Venus à belles fesses« gebildet. »Venus mit den schönen Hinterbacken« lautete die franz. Übersetzung des griechischen Beinamens »kallipygos«. So hieß auch eine berühmte Plastik des Praxiteles, die in mehreren Repliken erhalten ist. – *collegium publicum:* öffentliche Vorlesung. – *hospes:* Gasthörer (an der Universität).

S. 373 *g. G.:* geliebts Gott! – *Spießglas* (oder Spießglanz): das Antimon-Metall, das sich in Antimon-Blüten auflöst. – *blasonieren:* (in der Heraldik) die Wappen künstlich mit Gold ausmalen. – *Münzprobation:* Münzprüfung.

S. 374 *J. J. Rousseau:* vgl. das 5. Kap. in Rousseaus Spätwerk »Rêveries du promeneur solitaire« von 1782. – *Baumannshöhle:* berühmte Tropfsteinhöhle im Harz, die 1670 von einem Bergarbeiter namens Baumann entdeckt wurde.

S. 375 *Hesperidenfrüchte:* Nach der griechischen Sage bewachen die Hesperiden in einem Garten jenseits des Weltmeeres die goldenen Äpfel des Lebens.

S. 376 *Agioteur:* Börsenspekulant. – *närrische Philosophen:* vgl. Gullivers Reisen, 3. Tl., 5. Kap.

S. 377 *der seraphische – der unwiderlegliche – der scharfsinnige:* Bonaventura trug den Beinamen eines »Doctor seraphicus«, Alexander von Hales den eines »Doctor irrefregabilis« und Duns Scotus den eines »Doctor subtilis«. – *nach Tristram und Walther Shandy:* Vgl. Tristram Shandy IX,13 und I,19. – *Lavater:* s. o. zu S. 76. – *Rolfinken:* Vgl. dazu folgende Stelle aus Jöchers »Allgemeinem Gelehrtenlexikon«, die sich auf den Jenaer Medizinprofessor Werner Rolfinck (1599–1673) bezieht: »Weil er fleißig aufstellte, um Cadavera zur Anatomie zu bekommen, so baten sich die Malefikanten insgemein aus, daß sie nicht möchten gerolfinckt werden.« – *Prosektor:* Gehilfe des Anatomen, der die Leichen zur Sektion vorbereitet. – *Augustin:* Er führte in seinem »Enchiridion« alle Sünden auf das Essen der verbotenen Frucht im Paradies zurück. – *jener in einen Kirschkern Gesichter:* In der Preziosensammlung, die im grünen Gewölbe des Dresdener Zwingers aufbewahrt wurde, befand sich ein Kirschkern, in den ein Unbekannter 85 Gesichter eingeschnitten hatte.

S. 378 *nach Popes Verse:* Alexander Pope (1668–1744), Dichter und Ästhetiker, das Haupt der klassizistischen Aufklärungspoesie in England. Vgl. in dessen Lehrgedicht: »Moral Essays«, III, 127: »The crown of Poland, venal twice an age.« (Zweimal steht in jedem Menschenalter die Krone Polens feil zum Verkauf.) – *Weißescher Kinderfreund:* s. o. zu S. 61. – *Bewindheber* (holl. bewindhebber): Vorsteher der holl. Handelskompagnie. – *Reverberierlaternen:* große Straßenlaternen, bei denen das Licht von einem glänzenden Metall reflektiert und verstärkt wird.

S. 379 *adeliger Triumphwagen:* Bei den Triumphzügen der römischen Imperatoren stand auf dem Rücksitz des Triumphwagens ein Sklave, der dem siegreichen Feldherrn ständig zurufen mußte: »Bedenke, daß du ein Mensch bist!«

S. 381 *Zainhammer* (auch Zahnhammer): Werkzeug der Steinhauer.

S. 382 *ein junger Phönix:* Der Vogel Phönix in der Sage verbrennt sich alle hundert Jahre selbst und ersteht aus der Asche zu neuem Leben. – *wie die Franzosen:* Nach der Revolution wurde in Frankreich ein neuer Kalender eingeführt, der vom Ausbruch der Revolution datierte. – *Pontak:* herber, franz. Rotwein aus der Gegend von Medoc.

S. 385 *wie Lessing behauptet:* im 1. Stück seiner theologischen Streitschrift: »Eine Duplik« von 1778.

S. 386 *Rändelmaschine:* Mit ihr wird an den Münzen der gezackte Rand ausgeprägt. – *Teichdocke:* der Deichzapfen, um das Wasser aus einem Deich abzulassen. – *dieser zweite September:* Am 2. September 1792 fanden in Frankreich die berüchtigten Septembermorde statt.

S. 387 *Inkarnat:* die rötliche Fleischfarbe in der Malerei.

S. 389 *Pansterkette:* die Kette an den Wasserrädern einer Mühle.

S. 390 Joh. Nepomuk *Hunczovsky* (1752–98): Anatom und Professor an der Wiener Militärakademie, für die er durch seine enorme pädagogische Begabung zahlreiche Schüler heranbildete.

S. 395 *Potosi:* eine durch unermeßliche Silbervorkommen ausgezeichnete Provinz in dem span. Vizekönigtum Rio de la Plata. – *Palingenesie:* Wiedergeburt. – *Halbscheid:* svw. Hälfte.

S. 396 *vidimieren:* amtlich beglaubigen.

S. 397 *Schmauß:* s. o. zu S. 256. – *torquieren:* erpressen, auf die Streckfolter legen.

S. 398 *Engels verlorner Sohn:* J. P. hat hier J. J. Engels (1741–1802) seichtes Lustspiel: »Der dankbare Sohn« von 1770 im Auge. – *Conringius de antiquitatibus academicis:* Das angeführte Werk des Polyhistors Hermann Conring (1606–81) erschien zuerst 1651 und wurde noch 1739 neu aufgelegt. J. P. verdankte das Zitat vermutlich gleichfalls Happels »Akademischem Roman«. – *testimonium paupertatis:* Armutszeugnis. – *Flachsenfinger Fürst:* vgl. das »Letzte Kapitel« im »Hesperus«, in dem sich Jean Paul als fehlender Sohn des Fürsten von Flachsenfingen entdecken läßt. Die Anordnung bezieht sich auf die Zeit der Niederschrift des »Quintus Fixlein«, denn der Roman, den J. P. fast stets wie hier mit seinem Untertitel zitiert, war inzwischen natürlich vor der Idylle erschienen.

S. 399 *aus Lange:* s. o. zu S. 57. – *ihr ein Goldstück auf die Ehe gegeben:* vgl. o. S. 392 f. – *a latere-Legatin:* s. o. zu S. 67.

S. 400 *wie der dumme Manutius:* Gemeint ist Paulus Manutius (1512 bis 1573), der Sohn des venezianischen Verlegers Aldus Manutius. Seine in vielen Jahren entstandene Sammlung: »Epistolae et praefationes« (1564)

gewann europäische Berühmtheit. Die Notiz aus Pietro Scioppio (1547 bis 1600) zog J. P. seinesteils vermutlich wieder aus Pierre Bayles (1647–1706) berühmtem »Dictionnaire historique et critique« (zuerst 1695–97). – S. 401 *Passionsknochen:* Die Knorpel am Kopf des Hechtes sollen nach dem Volksglauben den Marterwerkzeugen Christi gleichen.

S. 401 *Besetz- und Streckteich:* Teiche zum Aussetzen und zur Aufzucht der Fischbrut. – *Timoleon* († 337 v. Chr. in Syrakus): griech. Feldherr aus Korinth. Sein Geburtstag wurde nach Plutarch (Tim. 47) von ganz Sizilien feierlich begangen, weil er die meisten Siege an diesem Tage erfochten hatte. – *semperfrei* (urspr.: sendbar frei): des höchsten Grades von Freiheit teilhaftig. – *Allodium:* das Privatvermögen fürstlicher Familien, auch der lehensfreie Besitz eines Gutsherrn. – *Schatull-Geld:* die Erträge eines Gutes, welche der königlichen Schatulle zufließen. – *Petermännchen:* eine dem Weißpfennig ähnliche Art von Scheidemünze mit sehr geringem Wert.

S. 402 *Donatschnitzer:* grober Sprachverstoß gegen die Elementarregeln der Grammatik, genannt nach Aelius Donatus, einem bekannten röm. Sprachlehrer des 4. Jahrh. – *Kontumazhäuser:* Quarantänehäuser für Pestkranke.

S. 403 Veit Ludwig v. *Seckendorff* (1626–92): Historiker und Theologe. Aus seinem Nachlaß erschien 1692 ein »Commentarius historicus et apologeticus de Lutheranismo« (3 Bde.).

S. 404 *Burchardt Großmann:* Das vielgesungene Lied aus Großmanns Sammlung: »Angst der Hellen und Friede der Seelen« von 1623 beginnt richtig: »Brich an, du lieber Morgen!« – *Augarten:* ein unter Ferdinand III. errichteter und unter Joseph II. im englischen Stil umgestalteter und dem öffentlichen Besuch zugänglich gemachter Lustgarten in Wien.

S. 405 *Kennikottischer Varianten-Almosensammler:* Der engl. Theologe Benjamin Kennicott (1718–83) veranstaltete mit einer großen Schar von Mitarbeitern in den Jahren 1776–80 eine Ausgabe des A. T. mit den Varianten. Doch gelang es ihm nicht, die gesuchte Urgestalt des Textes überzeugend herzustellen, so daß er viel Tadel, Ablehnung und Spott erfahren mußte.

S. 406 *Campe:* s. o. zu S. 21.

S. 408 *vomissement de la reine:* wohl ähnlich wie »caca du Dauphin« gebildet, eine Farbbezeichnung für ein dunkles Braun. – *Neue allgemeine* deutsche Bibliothek: s. o. zu S. 313.

S. 409 *Bakel:* Schulstock. – *Neperische Stäbe:* Rechenstäbe. – *vier Spezies:* die vier Grundrechnungsarten in der Arithmetik.

S. 410 *regula falsi:* »Regel des Falschen« (erg. Ansatzpunktes). Rechnungsverfahren zum Lösen von Gleichungen. Man setzt eine ungenaue (»falsche«) Lösung und kommt durch schrittweises Verbessern des Fehlers zum richtigen Ergebnis.

S. 411 *homiletisch:* kanzelrednerisch. – *Quaterne* und *Quinterne:* vier, bzw. fünf richtig geratene Zahlen im Lotto, Haupttreffer.

S. 412 *vierfache Erinnerung:* Die erste gilt dem verstorbenen Senior Astmann. – *Ring der Ewigkeit:* s. u. zu S. 438. – *Kammer- oder Brautwagen:* Wagen, auf dem das Hochzeitsgut dem Bräutigam ins Haus gebracht wird. – *Elias-Wagen:* Der alttestamentarische Prophet Elias wurde an seinem Lebensende in einem Feuerwagen in den Himmel aufgeführt. – *Wagen deiner Psyche:* Dem Bild liegt die bekannte Darstellung der Psyche aus Platos »Phaidros« zugrunde, die J. P. hier wie an andern Stellen abgewandelt nachbildet.

S. 413 *Lagerbäume:* Gestelle zum Aufbewahren von Bier oder Wein. – *der Ritter Michaelis:* Darunter ist der als Orientalist damals weltberühmte ev. Theologe Joh. David Michaelis (1717–91) zu verstehn.

S. 414 *Senftische Gebrüder:* eine kleine Verlagsbuchhandlung, die einen alljährlich erscheinenden Kalender mit schlechten Kupfern und Kalendervorhersagen (*Kalender-Praktika*) herausbrachte.

S. 415 *die führende Feuer-Säule:* vgl. 2. Mose 13,20 ff.

S. 421 *Trokar:* anatomisches Instrument, um durch den Einstich Flüssigkeiten aus dem Körper zu ziehen.

S. 422 *revenant:* eigtl. Wiedergänger, wiederkehrender Geist, Gespenst. – *ichnographisch:* durch den Scherenschnitt. – *Louvre:* hier allgemein: »Schloß«. – *Büsching:* s. o. zu S. 72. – *Lukaszettel:* s. o. zu S. 118.

S. 423 *Wintergeschichte der vier russischen Matrosen auf Nova Zembla:* Anspielung auf die in der ›Histoire des Naufrages‹ von I. L. H. S. Deperthes (Paris 1790) erwähnte Geschichte des russischen Matrosen Alexis Himkof und seiner drei Kameraden, die 1743 an der Ostküste von Spitzbergen ausgesetzt wurden und sechs Jahre dort ausharren mußten. – *Stadtchronik von Flachsenfingen:* Vermutlich ist die Hofer Stadtchronik des Enoch Widmann gemeint.

S. 424 *Klapperstein:* dient in der Volksmedizin als Amulett für eine glückliche Geburt. – Giuseppe *Gorani* (1744–1819): it. Diplomat und Schriftsteller. Die Anekdote entnahm J. P. vermutlich seinem Werk: »Mémoirs secrets et critiques des Cours, des Gouvernements et des Moeurs des principaux états d'Italie« (3 Bde. 1793), das 1794 in zwei deutschen Übertragungen erschienen war.

S. 426 *Evangelium vom guten Hirten:* Das Gleichnis bei Joh. 10,12–16 dient als Evangelientext für den Sonntag »Misericordias Domini«, der 1794 auf den 4. Mai fiel.

S. 427 *Klosterprozeß:* Das Ordensgelübde.

S. 429 *Legestachel:* s. o. zu S. 79. – *Schließquadrätchen:* bei den Buchdruckern der vierte Teil eines Quadrates, mit dem man die Zeilen ausschließt. (*Cicero-Fraktur:* Schriftart des Buchdrucks.)

S. 430 *Kammerzieler:* seit 1548 Steuer für das Reichskammergericht in Wetzlar.

S. 432 *Kammerherrnschlüssel:* Zu den Abzeichen der Würde eines Kammerherrn gehörten neben den drei sog. Kammerherrnknöpfen auch der Schlüssel und der Stab. – *Christi Statue in Rom:* Gemeint ist Michelangelos Statue des auferstandenen Christus in S. Maria sopra Minerva. – *das griechische Feuer:* bereits im Altertum bekanntes Kriegsmittel, das im Seekampf gern verwendet wurde, da dieses Feuer auch durch die Berührung mit dem Wasser nicht gelöscht wird.

S. 433 *Nutritor:* wie Kurator Bezeichnung für ein hohes akademisches Ehrenamt.

S. 436 *Fischhamen:* Fischreuse. – *nürnbergische Konvertitenbibliothek:* sicher Anspielung auf eine Erbauungsschrift der Zeit. Doch war es nicht möglich, ein Buch dieses Titels ausfindig zu machen. – *Palais Royal:* s. o. zu S. 186. Das Original der erwähnten Uhr, von dem sich auch im Ludwigsburger Schloß eine Nachbildung erhalten hat, befand sich in Versailles. – *physiognomische Reisen:* Anspielung auf den Roman von J. K. A. Musäus (1778–79). – *Anmerkung:* Der hier erwähnte Aufsatz über »Die natürliche Magie der Einbildungskraft« ist ebenso wie der ganze übrige Anhang in unsere Ausgabe nicht mitaufgenommen worden.

S. 437 *als der hölzerne Taufengel niedergeflogen:* altertümlicher, heute fast nur noch in Italien üblicher Kirchenbrauch.

S. 438 *Schlange der Ewigkeit:* Als Quelle für dieses bei J. P. häufig wiederkehrende Bild diente vermutlich die Stelle aus Herders Aufsatz: »Persepolis. Eine Mutmaßung«, der 1787 in der 3. Sammlung der »Zerstreuten Blätter« erschienen war: »Er [der Ring] ist bei allen morgenländischen Nationen das Bild der Zeit oder Ewigkeit, zu deren Symbol man nichts als den Zirkel, Ring, Reif oder eine in sich zurückkehrende Schlange oder endlich die Kugel wußte.«

S. 439 *es träumte ihn:* mundartlich bedingte Verwendung des Akkusativs für den zu erwartenden Dativ.

S. 441 Herman *Boerhaave* (1668–1738): bedeutender Arzt und Anatom, der Lehrer August v. Hallers in Leyden. Er gilt als Begründer der modernen Physiologie. – *Fallhut:* Ihn setzte man kleinen Kindern auf, damit sie sich beim Hinfallen nicht verletzten. – *sich härten:* Imperfekt von »sich hären«, die Haare verlieren!

S. 442 *wie Hiskias Sonnenuhr:* Um dem König Hiskia ein Zeichen zu geben, ließ Jesaias die Sonnenuhr im Palast zehn Stufen zurücklaufen, vgl. 2. Kön. 20.

S. 443 *Hommelsche Plapperei:* s. o. zu S. 368. – *Meßpräsente:* Sie wurden bei einem erfolgreichen Abschluß der Messe verteilt. – *Domitian* (reg. 81–96 n. Chr.): autokratischer, später blutrünstiger Kaiser Roms. Die Anekdote entnahm J. P. der Vita dieses Kaisers in den »Biographien« des röm. Historikers Sueton. Vgl. dort das dritte Kapitel.

S. 444 *Lavater:* s. o. zu S. 76. Der ev. Theologe, Erbauungsschriftsteller und Begründer der Physiognomie veröffentlichte 1774 ein kleines Bändchen: »Vermischte Gedanken; Manuskript für Freunde; herausgegeben von einem unbekannten Freund des Verfassers.«

S. 445 *apokalyptischer Drachen*: vgl. Apokal. 12,4 ff. – *Horaz:* s. o. zu S. 15.

SIEBENKÄS

Am 1. August 1795 fragte der Berliner Verleger Carl Matzdorff, der Jean Pauls erste Romane herausgegeben hatte, bei dem Dichter an, ob dieser ihn nicht für den Verlust des »Quintus Fixlein« – er war bei dem Bayreuther Buchhändler Lübeck erschienen – durch ein anderes Werk schadlos halten wolle. Unter den Titeln, die Jean Paul zur Auswahl vorschlug, suchte Matzdorff einen aus, der, »wenn ich nicht sehr irre, Ihnen unter allen der liebste sein wird. Ich wähle also [Blumen-,] Frucht- und Dornenstücke«, wie der Verleger am 22. August dem Dichter mitteilt. Gedacht war von beiden zunächst an eine Sammlung kleinerer Satiren, Geschichten und Aufsätze, die sich um eine »kleine Wutzische Idylle« ranken sollten, an ein Gegenstück zum »Quintus Fixlein« also, wobei die in Aussicht genommene Idylle diesmal, einem alten Plan Jean Pauls folgend, in burlesker Manier die Geschichte eines fingierten oder eines Scheintodes behandeln sollte. Sehr rasch wuchs dem Autor jedoch die Erzählung über den sogleich begonnenen Vorarbeiten zu einem umfangreichen Roman, gegen den die vorgesehenen Beigaben so gut wie gänzlich zurückstehen mußten. – Kein größeres Werk Jean Pauls ist in so kurzer Zeit niedergeschrieben worden wie der »Siebenkäs«: am 16. September 1795 spricht der Dichter zuerst von der Arbeit an seinem entstehenden Roman, am 5. Oktober sind bereits drei Kapitel vollendet, am 9. November ist der erste Band samt allen Beigaben abgeschlossen. Den Winter über entsteht der zweite Teil (Kap. 5–12), wobei die Arbeit nur im Februar 1796 kurz unterbrochen wird, um den »Satirischen Appendix« des Fragment gebliebenen Romans: »Biographische Belustigungen« zu schreiben. Am 5. April geht dann die Reinschrift des zweiten Bandes an den Verleger, vom 5. Juni stammt schließlich die Vorrede zum zweiten und auch zum dritten, inzwischen fertiggestellten Band (Kap. 13–25). Das erste Bändchen erschien zur Ostermesse 1796, die beiden restlichen zu Ende des Jahres. (Die Mehrzahl der Exemplare trägt die Jahreszahl 1797.) – Obgleich das kritische Echo auf Jean Pauls Roman – zu einem guten Teil bedingt durch moralische Einwände gegen das Scheinsterben des Helden und seine betrügerischen Machenschaften mit der preußischen Witwenkasse – nicht einhellig gut war, hatte das Buch beim Publikum einen bedeutenden Erfolg. Daß es dennoch nicht alsbald zu einer Neuauflage kam, für die Jean Paul emsig Material zusammentrug, lag an den unsauberen Geschäftspraktiken des Verlegers, der den Roman unter der Hand wenigstens zweimal, wahrscheinlich öfter nachdrucken ließ. Erst als Georg Reimer den Verlag übernahm und Jean Paul am 6. Januar 1816 um sein Einverständnis zu einer Neuauflage bat, konnte der erst zaudernde Autor an eine Neubearbeitung gehen, die freilich weit mehr war als eine behutsam retuschierende Durchsicht des Jugendromans: nicht nur stilistisch wurde das Buch gründlich überarbeitet, auch inhaltlich wurde es so weitgehend verändert und ergänzt, daß Jean Paul zu Recht über die Rezensenten schelten konnte, die den neuen »Siebenkäs« nicht als das anzeigten, was er wirklich war, ein neuer Roman. So verändert und erweitert, erschien der Roman in vier Bänden (statt ursprünglich drei) 1818 in Berlin. Die erhoffte Wirkung blieb zunächst aus, und erst allmählich, im beginnenden poetischen Realismus des 19. Jahrhunderts, breitete sich der Ruhm des »Siebenkäs« – von Friedrich Schlegel schon 1798 vorhergesagt – weiter aus.

S. 453 *Pythia:* Wahrsagerin, ursprünglich Beiname der Priesterin des Apollo Pythios (Schlangentöter) an dessen Orakel in Delphi. – *über die zweite Auflage seines Hesperus:* Sie war mit sehr einschneidenden Veränderungen 1798 erschienen.

S. 454 *wie in Jean Pauls Briefen längst berichtet worden:* In seinem 1799 erschienenen Büchlein »Jean Pauls Briefe und bevorstehender Lebenslauf« erzählt der Dichter ausführlich von einem Besuch in Kuhschnappel, wo er mit dem Hospitalprediger Stiefel an einem *dejeuner dansant,* einer morgendlichen Tanzbelustigung der Ortshonoratioren, im Freien teilnimmt. – *Leibgeberiana:* Leibgebersche Handschriften oder Schriften über ihn (nach dem Beispiel von *Leibniziana, Wolffiana etc.* gebildet). – *Genitiv-End-S:* Seit 1812 schloß sich J. P. den krausen Sprachlehren des Bayreuther Sprachapostels Christian Heinrich Wolke (1741–1825) an, dessen »Anleit zur deutschen Gesamtsprache« (1812) J. P. in einer eigenen Abhandlung: »Über die deutschen Doppelwörter« (1819) ergänzte und verteidigte. Unter dem Eindruck von Wolkes Vorstellungen tilgte J. P. nunmehr rigoros das übliche Fugen-S bei zusammengesetzten Wörtern (»Sammwörtern« in Wolkes skurriler Terminologie).

S. 455 *Dr. Jean Paul Fr. Richter:* J. P. war am 18. Juli 1817 bei seiner Rheinreise der Ehrendoktor der Universität Heidelberg verliehen worden.

S. 456 *Duodez-Werkchen:* Bücher in einem besonders kleinen Format (halbe Größe des heute allgemein noch üblichen »Oktav«-Bandes). – *Phrases-Bücher:* Zusammenstellungen schicklicher Redewendungen. – *Epitomator:* Verfasser eines Werkauszugs aus einer gelehrten Abhandlung. – *libro maestro:* hier svw. Hauptbuch. – *Debet-Summa:* Schuldsumme. – *Envoyé:* bevollmächtigter Gesandter. – *Reisediener:* Vertreter, kaufmännischer Reisender.

S. 457 *Reichs-corpus callosum:* Unter einem *corpus callosum,* einem »schwieligen Körper«, versteht man in der Medizin die markähnliche Verbindung der beiden Teile des Großhirns. J. P. nimmt den Ausdruck wörtlich, um damit die verhärtete Beschaffenheit des deutschen Reichs zu charakterisieren. – *Naudäus:* Der franz. Gelehrte und Bibliothekar Gabriel Naudé (1600–53) schrieb 1625 eine »Apologie pour les grands hommes ...«, in der er Sokrates, Plotin, Agrippa von Nettesheim u. a. gegen den Vorwurf der Zauberei verteidigte. – *spiritus rector:* lenkender, leitender Geist (eigtl. alchemistischer Terminus für eine Substanz, die Metalle zu verwandeln vermag). – *schottischer Meister:* s. o. zu S. 328. – *Fakultist:* s. o. zu S. 144. – *Reichs-Hof-Kanzlei:* die Wiener Verwaltungszentrale für alle kaiserlichen Privilegien (Adelsverleihung etc.) im deutschen Reich. – *Linnaeus:* Der schwedische Naturforscher Karl v. Linné (1707–78) führte das bis heute übliche Klassifizierungssystem der Tier- und Pflanzenwelt ein, wobei die Pflanzen nach Staubfäden, Griffeln und Blüten geschieden werden.

S. 458 *Wiener Zensur:* Sie ließ halb oder mit Einschränkungen verbotene Bücher symbolisch ansengen. – *Schröpferisches Gespenst:* Der Leipziger Magier und Taschenspieler Johann Georg Schrepfer (1730–74) erregte durch seine Geisterbeschwörungen eine Zeitlang beträchtliches Aufsehen. – *Aschenzieher:* Turmalin. – *Kreditiv:* Beglaubigungsschreiben.

S. 459 *alle deutschen Kreise:* s. o. zu S. 55. – *Preßbengel:* Dreharm, um an der Buchbinderpresse die Schrauben fest anzuziehen. – *die 45 Hundposttage:* J. P. zitiert seinen zweiten Roman: »Hesperus« fast stets mit dem Untertitel, da er den schließlichen Haupttitel erst in letzter Minute gefunden hatte und seiner Gewohnheit nach an dem früheren Titel festhielt. – *die halbe blaue Bibliothek:* Die »*Blaue Bibliothek aller Nationen*«, eine dem franz. »Cabinet des fées« nachempfundene Sammlung von Feenmärchen und Zaubergeschichten, erschien in 12 Bdn. 1790–1800 in Gotha und Weimar. – *rührende Lustspiele:* Verdeutschung des franz. »comédie larmoyante«, wie eine durch den Dramatiker Pierre Claude Nivelle de la Chaussée (1692 bis 1754) eingeführte Gattung des bürgerlichen Problemstücks mit gutem Ausgang genannt wurde. – *Falliment:* Bankrott. – *Frankreichischer Krieg:* Gemeint ist (1796) der seit 1792 dauernde Krieg gegen die franz. Revolutionsheere.

S. 460 *Leuterant:* Prozeßpartei, die vor Gericht um Milderung des Urteils oder um Rechtsbelehrung nachsucht. – *Zeitevangelist:* Freudenbote der Zeit, vielleicht auch Druckfehler für »Zeitungevangelist«, Zeitungsschreiber, da es in der ersten Auflage des Romans noch »Nouvellist« heißt. – *Klopstocks Rechtschreibregel:* Der alternde Dichter Friedrich Gottlieb Klopstock (1724 bis 1803) verfocht in seinen sprachwissenschaftlichen Schriften: »Fragmente über Sprache und Dichtkunst« (1779 f.) und »Grammatische Gespräche« (1793) eine streng an den gesprochenen Laut gebundene Orthographie. – *Cartesianer:* Anhänger des franz. Philosophen René Descartes (Renatus Cartesius, 1596–1650), der Tiere, da er ihnen die denkende Seele absprach und annahm, daß in ihnen alles nach mechanischen Gesetzen geschieht, als belebte Maschinen ohne jedes Gefühl, also auch ohne jeden Schmerz ansah. – *flachsenfingisch:* Flachsenfingen ist die Residenzstadt und das Land, in denen der »Hesperus« spielt. – *Tiara:* die päpstliche Krone aus drei übereinander gestaffelten Kronreifen.

S. 461 *Idiotikon:* Mundartwörterbuch. – *Lexicon homericum:* Lexikon über die bei Homer vorkommenden Vokabeln. – *Inaugural-Disputationen:* Um zum Doktor ernannt (inauguriert) zu werden, mußte man vor der Fakultät eine Reihe von gedruckten Thesen in einer Disputation verteidigen. – *Gerade:* alles Hausgerät, das beim Tode des Mannes seiner Frau oder deren Verwandten zusteht. – *der L. 25. § 10. de aur. arg.:* Gemeint ist mit dem unrichtigen Zitat (es muß heißen: L. 34, cap. 2, § 10) das Kapitel: »Über das Vermächtnis an Gold, Silber und weiblichem Gerät« aus den »Pandekten«, dem ersten Teil des röm. Rechts; vgl. dazu auch o. zu S. 204. – *mundo muliebri:* den weiblichen Gerätschaften. – *Hommel:* s. o. zu S. 368.

S. 462 *Scheerau:* der Schauplatz der »Unsichtbaren Loge«.

S. 463 *Vikariat-Notarius:* Stellvertreter eines Notars. – *Fest der süßen Brote:* Gemeint ist das jüdische Passah-Fest (Fest der ungesäuerten Brote), das Frühjahrsfest, an dem des Auszugs aus Ägypten gedacht wird. – *das letzte Kapitel des Hesperus:* In ihm wird der Erzähler Jean Paul als der letzte der verschollenen Söhne des flachsenfingischen Fürsten Januarius erkannt und zum Prinzen erhoben.

S. 464 *musivisch:* mosaikartig.

S. 465 *nord-indische Kompagnie:* Anspielung auf die 1595 von den Holländern gegründete Ostindische Handelskompagnie, die zuerst den Handel mit Indien systematisch organisierte und die, bedrängt von ähnlichen Organisationen in England und Frankreich, bis gegen Ende des 18. Jahrh. erfolgreich bestand. Die Leser werden von J. P. wohl als *nord*-indische Kompagnie bezeichnet, um ihre Kälte gegen die Literatur zu verspotten. – *attisches Salz:* Die Sprache der athenischen (attischen) Prosaisten war für ihre glänzende, oft ironische Durchbildung berühmt, weshalb oft sprichwörtlich vom »attischen Salz« dieser Sprache die Rede ist. – *Beukelzoon:* Der 1397 verstorbene Fischer Willem Beukelz aus Biervliet in Flandern verbesserte das Einsalzen der Heringe. Von seinem Namen leitet man herkömmlich das Wort »bökeln, pökeln« ab. – *Campe:* s. o. zu S. 21. – *braunschweigische Mumme:* dunkles Starkbier. – *Anmerkung* 2: Das Zitat bezieht sich auf die frühe (Halle 1773) Übersetzung des »Koran« von Friedrich Eberhard *Boysen* (1720–1800), über die eine Rezension in der »Orientalischen und exegetischen Bibliothek« (24 Bde., 1771–89; neue Folge 9 Bde., 1786–93) des Orientalisten Joh. David Michaelis (1717–91) erschienen war. Vgl. dort Bd. 8 (Frankfurt/M. 1775), S. 90. Die angeführte Stelle findet sich im Koran Sure 34,13.

S. 466 *diminuendo* (Musik-Bezeichnung): schwächer werdend, abschwächend. – *Schuhblatt:* Oberleder des Schuhs.

S. 469 *Respittag:* Fristtag nach dem Verfall eines Wechsels, gegen den spätestens am zweiten Werktag nach dem Zahlungstag protestiert werden mußte. – *Kammerwagen:* Brautwagen, auf dem die Aussteuer lag. – *Mahlschatz:* eigtl. die Geschenke, die der Bräutigam der Braut gebracht hatte, hier svw. Mitgift, Hochzeitsgut. – *Fuggerei:* 1519 von Ulrich, Georg und Jakob Fugger gestiftete Siedlung für die Augsburger Armen. – *Exjesuiten:* Die Bibliothek des in Süddeutschland sehr einflußreichen Augsburger Jesuitenkollegs ging nach der Auflösung des Ordens (1773) durch Papst Clemens XIV. großenteils in Besitz der Stadt über. – Georg Wilhelm *Zapf* (1747–1810): Augsburger Historiker, trug eine umfangreiche kostbare Bibliothek zusammen, schrieb mit Franz Anton *Veith* (1731–96) 1778: »Beiträge zu einer Geschichte der Buchdruckerkunst in Augsburg«. Veiths eigenes Hauptwerk sind die 1785–96 erschienenen 12 Bände der »Bibliotheca Augustana, complectens notitias varias de vita et scriptis eruditorum, quos Augusta Vindelica orbi litterato vel dedit vel aluit«. – *Gebrüder Veith:* Gemeint ist außer dem eben genannten Franz Anton dessen Bruder, der Theologieprofessor an den Jesuitenkollegien in Augsburg und Ingolstadt, Lorenz Franz Xaver *Veith* (1725–96).

S. 470 *Kröpel-Stühle:* Armstühle mit oft sehr hohen Lehnen. – *Epiktet und Antonin:* Der griech. Philosoph Epiktet (um 50–138) wurde als Sklave geboren und später freigelassen. Als Sklave wurde er von seinem Herrn einmal so mißhandelt, daß er ein verkrüppeltes Bein zurückbehielt. Seine Philosophie lehrt die Überwindung von Schmerzen und Bedürfnissen, indem man beides als Übungen der Selbstbeherrschung auffaßt. – Mit *Antonin* ist der röm. Kaiser Marc Aurel (121–180) gemeint, einer der »Friedenskaiser«, der sich bemühte, die Grundsätze der stoischen Philosophie, wie er sie in seinen »Selbstbetrachtungen« formulierte, auf die Staatsführung zu übertragen.

S. 471 *eine wahre Frau nach Salomons Sinn:* Vgl. den Lobpreis des tugendsamen Weibs in den »Sprüchen Salomonis«, Spr. 31,10–31. – *heiliges Schaubrot:* Jeden Sabbat wurden im Tempel zu Jerusalem zwölf ungesäuerte Brotkuchen (nach der Zahl der zwölf Stämme Israels) aus Weizenmehl bereitet und auf einem mit Gold überzogenen Tisch zur Schau gestellt.

S. 472 *wie sie sanft ruhen:* versteckte Anspielung auf die Anfangsworte des 1780 zuerst gedruckten und fälschlich Klopstock zugeschriebenen Begräbnisliedes von August Cornelius Stockmann (1751–1821), das in der Vertonung von Fr. Burchardt Beneken (1787) noch heute gesungen wird. – Augustin v. *Leyser* (1683–1752): Jurist, schrieb ein vielbenutztes Handbuch, die »Meditationes ad Pandectas« (zuerst 1717).

S. 473 *nach Swedenborgs Vision:* Der schwedische Naturforscher und Mystiker Emanuel Swedenborg (1688–1772), dessen Visionen weltweites Aufsehen erregten, legte seine Anschauungen von der Fortdauer glücklicher Ehen im Himmel, wobei allerdings Mann und Frau, sosehr sie dann sich wechselseitig ineinander erkennen, doch deutlich geschiedene Wesen bleiben, in seiner 1768 erschienenen Abhandlung: »Über die eheliche Liebe« dar.

S. 474 *horazische Satire – aristophanischer Gassenhauer:* J. P. stellt hier wie viele Ästhetiker des 18. Jahrh. die formvollendeten, verfeinerten »Satiren« des Horaz auf eine höhere Stufe als die Komödien des Aristophanes, dessen Derbheiten und dessen aggressiver Witz als »poetische Härten« gerügt wurden. – *polnischer Rock:* aus dem Kaftan entwickelter, offener Rock ohne Kragen, wie er nach der Heirat Ludwigs XV. mit der Tochter des vertriebenen polnischen Königs Stanislaus Leszcynski (1725) Mode geworden war. Späterhin nannte man so das erste Laufkleid von Kindern. – *Zodiakalschein:* Das sog. »Tierkreislicht« ist ein in den Tropen sehr heller Lichtkegel (durch Spiegelung oft als Triangel erscheinend), der nach Sonnenuntergang am westlichen Horizont sichtbar wird und von der Reflexion des Sonnenlichts an der Atmosphäre hervorgerufen wird. – *Otaheiter:* s. o. zu S. 308.

S. 475 *Wandelglöcklein:* Meßglocke, deren Läuten die »Wandlung«, die Verwandlung von Brot und Wein, in der katholischen Kirche anzeigt. – *Herkulaneum:* Von den seit 1737 unregelmäßig durchgeführten Ausgrabungen der antiken, beim Vesuvausbruch 79 n. Chr. verschütteten Stadt wurde in Neapel 1757–92 ein umfangreiches Stichwerk: »Le antichità di Ercolano« (8 Bde.) herausgegeben, nach dem zahlreiche Nachstiche erschienen. – *Heimlicher:* svw. Geheimer Rat. Der Titel bezeichnet in Bern und in manchen anderen Kantonen der Schweiz das Mitglied eines Ausschusses, das die Behörden oder die Ausführung von Gesetzen zu überwachen hat.

S. 476 *Robespierre:* »queue de Robespierre« (Robespierres Schwanz) nannte man die wenigen Anhänger, die dem franz. Revolutionsführer (1758–94) nach seinem Sturz am 2. Juli 1794 treu blieben und mit ihm am 28. Juli guillotiniert wurden. – *Panse:* viereckiger Korb. – *vier syllogistische Figuren:* die vier regelgerechten Schlußmöglichkeiten in der Logik. – *wie die drei Männer unversehrt aus dem feurigen Ofen:* Unter der Regierung König Nebukadnezars wurden drei Juden, die sich weigerten, ein goldenes Bildnis als Gottheit anzubeten, in einen glühenden Ofen geworfen, gingen aber unversehrt und Gott lobpreisend aus ihm wieder hervor. Vgl. Dan. 3,13 ff.

S. 477 *wie der Vogel Phönix:* wohl weil der Vogel, der sich selbst verbrennt, um aus seiner Asche verjüngt aufzufliegen, immer die gleiche Gestalt behält. – *Rendant:* Kassenverwalter, Zahlmeister.

S. 478 *in einem Palais für den palais:* Palast für den Gaumen. – *Festin:* Festmahl. – *Stechhelm:* dicht geschlossener, nur mit Seh- und Atemschlitzen versehener Helm. – *Storzeln:* junge Triebe. – *Anmerkung:* Gemeint sind die von J. P. ausgiebig exzerpierten »Unterhaltungen aus der Naturgeschichte« (1792 ff.) von Gottfried Wilhelm (nicht Wilhelmi).

S. 480 William *Pitt* der Jüngere (1759–1806): engl. Politiker, der seit 1783 Premierminister war und durch seine Bündnispolitik entscheidend zur Auseinandersetzung mit der Franz. Revolution beitrug.

S. 481 *antipathetische Dinte:* Tinte, die nach einiger Zeit sich zersetzt und unsichtbar wird. – *Hymen:* Gott der Hochzeit, Sohn des Dionysos und der Aphrodite. – *zweiköpfiger Adler in Frankfurt:* Der Bronzeadler über dem Justitia-Brunnen auf dem Frankfurter Römerberg spie während der Krönungsfeierlichkeiten der Kaiserkrönung Wein in die Brunnenfassung.

S. 482 *ultima und antepenultima:* letzte und vorvorletzte Silbe (in der klassischen Metrik gewöhnlich unbetonte Silben).

S. 483 François de *Réaumur* (1668–1757): franz. Physiker und Zoologe. – Charles *Bonnet* (1720–93): Naturforscher und Philosoph in Genf. Von seinen Schriften waren J. P. vor allem die »Considerations sur les corps organisés« (1762), die 1762, und die berühmten »Contemplations de la nature« (1764), die 1766 erschienen waren, bekannt. – George de *Cuvier* (1769 bis 1832): Zoologe und Anatom, Begründer der Paläontologie (Versteinerungskunde). – *die siebzig Herren des großen und die dreizehn des kleinen Rats:* Die Verfassung des Ortes Kuhschnappel ist, wie schon der Titel des »Heimlichers« zeigte, an ähnlichen Verfassungen Schweizer Städte und Kantone orientiert, besonders an der der Stadt Bern.

S. 484 *Conspectus:* Übersicht, Gesamtvorstellung. – *Exzeptionen:* gerichtliche Einwendungen, Ausflüchte.

S. 485 *tutelarischer Halunke:* Halunke von Vormund. – *edictaliter zitieren:* gerichtlich vorladen. – *peremtorisch:* das Einspruchsrecht aufhebend, unwiderruflich. – *pro mortuo:* für Tod.

S. 486 *in integrum rehabilitieren:* in den unversehrten Stand wiedereinsetzen. – *Rezesse:* schriftlicher Bericht von Verhandlungsergebnissen. – *encaustum:* Purpurtinte. – *Koschenillefarbe:* Scharlachfarbe, die aus getrockneten Schildläusen (einer südamerikanischen Art) gewonnen wurde, die in einer Mühle zu Pulver zerrieben wurden.

S. 487 *Blanchard:* s. o. zu S. 227. – *Moloch:* phönizische Gottheit, der Menschenopfer dargebracht wurden, indem man sie in glühend erhitzten Götterstandbildern verbrannte. – *eiserne Jungfrau:* Foltergerät in Gestalt einer hohen Frauenstatue aus Eisen, die über dem Opfer geschlossen wurde und dieses durch Eisendornen an den Innenwänden zerfleischte.

S. 488 *Müllers himmlischem Seelenkuß und Schlichthabers fünffachen Dispositionen:* Der lutherische Prediger Heinrich Müller (1631–75) aus Lübeck schrieb unter zahlreichen Erbauungsbüchern: »Der himmlische Liebeskuß oder Übung des wahren Christentums fließend aus der Erfahrung der göttlichen Liebe« (1659); Anton Gottfried Schlichthabers: »Fünffache harmonische Dispositionen über die Episteln und Evangelien der Sonn- und Festtage« erschienen 1748. – *gläserne Perücke:* Es war eben damals Mode, Perücken aus gesponnenem Glas zu tragen. – *troquiert und verstochen:* gegeneinander gewechselt und getauscht.

S. 489 *Pupill:* Mündel. – *praeter propter:* mehr oder minder. – *tertia comparationis:* Vergleichsglieder. – *exzipieren:* einwenden. – *Extradierung:* Aushändigung.

S. 490 *comparatio litterarum:* Schriftenvergleich. – *Pseudo-Neros:* Nach dem Freitod des röm. Kaisers Nero (gest. 69 n. Chr.) tauchten mehrfach Betrüger auf, die sich für ihn ausgaben; ebenso fanden sich nach dem Tod des portugiesischen Königs Sebastian (1554–78), der bei einem Kreuzzugsversuch mit seinem ganzen Heer zugrunde gegangen war, vier *Pseudo-Sebastiane,* die aber keine politische Rolle spielen konnten. – *Indagation:* Untersuchung. – *Fleuretten:* Schmeicheleien.

S. 491 *Nominaldefinition:* Worterklärung. – *L. § de injur:* Abkürzung für die Stelle in den Pandekten (s. o. zu S. 204), die von den »Beleidigungen und Verunglimpfungen« handelt. – *Quistorps peinliches Recht:* s. o. zu S. 61. – *injuriandi animus:* Vorsatz der Beleidigung. – *Ecce homunculus:* »Seht das Männlein!« Parodie des biblischen »Ecce homo«, »Sehet, welch ein Mensch«, mit welchem Ausspruch Pilatus den gegeißelten und mit Dornen gekrönten Christus den Juden zeigt. Vgl. Joh. 19,5.

S. 492 *Kobold:* Kobalt. – *Scheidewasser:* Salpetersäure, die von den Alchemisten als Mittel zur Lösung von Metallegierungen benutzt wurde. – *in effigie hängen:* bildlich hängen (durch Anschlag einer Zeichnung oder Beschreibung des flüchtigen Missetäters am Galgen). – *Themis:* die griech. Göttin des Rechts. – Joseph *Priestley* (1733–1804): engl. Philosoph und Naturforscher. Er nannte die auf dem Wasser stehende Algenschicht »grüne Materie«. – *unpalmyrische Ruinen:* Die Ruinen von Palmyra, der unter der Herrschaft der Kaiserin Zenobia blühenden und unter Kaiser Aurelian 271 n. Chr. verödeten Handelsstadt in Syrien, waren schon im 18. Jahrh. durch das von Wood und Dawson veröffentlichte Stichwerk: »The ruins of Palmyra« (London 1753) sehr berühmt.

S. 493 *Rabenstein:* Galgenstätte. – *Reverberierfeuer:* s. o. zu S. 378.

S. 495 *Swift, Arbuthnot, Pope:* Der Briefwechsel zwischen dem Leibarzt der Königin Anna, John Arbuthnot (1667–1735), dem Gesetzgeber der engl. Aufklärungsliteratur Alexander Pope (1688–1744) und Jonathan Swift – die drei Freunde gaben zusammen die satirischen »Memoirs of Marin Scriblerus« (1714) und die Zeitschrift »Miscellanies« (1727 ff.) heraus – erschien zuerst 1737 und wurde im 18. Jahrh. allenthalben als beispielhaftes Zeugnis einer bedeutenden Freundschaft gefeiert. – *Kuntur:* Kondor, in den Anden heimische Geierart. – *Schulpforte:* s. o. zu S. 52. Klopstock war 1739 bis 1745 Schüler des Internats gewesen. 1773 hatte der Dichter seinen »Messias« vollendet und in einer Prachtausgabe, die auf Subskription ausgeschrieben wurde, erscheinen lassen.

S. 496 *Morlacken*: die kroatischen Bewohner Dalmatiens. – *nach Towinson und Fortis:* Gemeint ist im einen Fall vielleicht Robert *Townson,* dessen: »Travels in Hungary« 1797 erschienen, im anderen jedenfalls der italienische Schriftsteller Giovanni Battista *Fortis* (1741–1803), der 1774 seinen Reisebericht: »Viaggio in Dalmazia« erscheinen ließ. – *Städtebank:* Auf dem Reichstag in Regensburg war den Vertretern der reichsunmittelbaren Städte ebenso wie den Vertretern der Ritterschaft eine eigene Sitzreihe zugewiesen. – *Nicolai:* s. o. zu S. 313. – *Schlözer:* s. o. zu S. 104.

S. 497 *Storchenschnabel:* Zeichengerät, um Zeichnungen auf einen anderen Maßstab zu übertragen. – *Venner:* in der Schweiz üblicher Titel. Die Venner stellten als Repräsentanten ihrer Stadtteile in Bern Mitglieder eines Kriegs-, später auch Finanzausschusses vor. – *vidimierte Kopie:* beglaubigte Kopie.

S. 498 *Inhibitoriales:* Verbotsschreiben. – *Zwickstein:* keilförmig geschnittener Stein eines Gewölbes, besonders der Schlußstein.

S. 499 *Semperfrei* (urspr. sendbar Freie): »der höchsten Art von Freiheit teilhaftig«. – *Plethora:* Wassersucht.

S. 500 *Stab Wehe:* s. o. zu S. 138. – *the Beggar's Opera:* Die 1728 in London uraufgeführte »Bettleroper« des engl. Dichters John Gay (1685 bis 1732), die Vorlage zu Brechts »Dreigroschenoper«, gehört – als Parodie der Händelschen Opern konzipiert – zu den größten Theatererfolgen des 18. Jahrh.

S. 501 *Schanzlooper:* weiter Herrenmantel mit Stehkragen und weiter Kapuze.

S. 502 *konzipiert und mundiert:* aufgesetzt und ins reine geschrieben. – *Langsdorfs Bemerkungen auf einer Reise um die Welt:* Dieses Hauptwerk des Diplomaten und Weltreisenden Georg Heinrich v. Langsdorff (1773 bis 1852) erschien in 2 Bdn. 1812. (Die Stelle ist ebenso wie die Anmerkung ein Zusatz J. P.s zur zweiten Auflage des »Siebenkäs«.)

S. 503 *Ephraimiten:* Spottname für die während des Siebenjährigen Krieges von den preußischen Münzpächtern Ephraim und Itzig in preußische Münzen, aber mit sächsischen Prägungen geschlagenen Guldenstücke. Die Ephraimiten sanken sehr rasch im Kurswert und wurden nach dem Hubertusburger Frieden aus dem Verkehr gezogen.

S. 504 *unter den 39 Artikeln:* s. o. zu S. 24. – *gelehrte göttingische Anzeigen:* 1739 gegründet, die älteste literarisch-kritische Zeitschrift Deutschlands, zu deren Herausgebern berühmte Gelehrte wie Albrecht von Haller, der Orientalist Michaelis und der Archäologe Chr. G. Heyne (1770–1812) gehörten. – *allgemeine deutsche Bibliotheken:* s. o. zu S. 313 – *Platzgold:* ein Präparat aus Goldlack, das beim Erwärmen mit Knallen auffliegt.

S. 505 *Lungenprobe:* Um festzustellen, ob ein neugeborenes Kind lebend oder tot zur Welt gekommen sei, wurde bei Kindsmordprozessen die Lunge des Kindes ins Wasser geworfen. Sank sie unter, so galt für erwiesen, daß es lebend geboren worden war. – *Wasserprobe:* bei den Hexenprozessen. Die Angeklagte wurde gefesselt ins Wasser geworfen. Sank sie unter, galt sie als der Hexerei überführt. – *vozieren:* berufen.

S. 506 *lernäischer Kopf:* Anspielung auf den neunköpfigen Drachen, der im Sumpf von Lerna bei Argos hauste und von Herakles erschlagen wurde. – *humaniora:* das Studium des klassischen Altertums, dem eine fördernde Wirkung auf die Bildung des Menschen zugeschrieben wurde. – *geßnerische Hirtenvölker:* Der Schweizer Dichter und Kupferstecher Salomon Geßner (1730–88) war im 18. Jahrh. durch seine Prosa-Idyllen (»Idylle« 1758, »Daphnis« 1759, »Abels Tod« 1762 etc.) in Deutschland und Frankreich gleich berühmt. – Edward *Gibbon* (1737–94): der bedeutendste engl. Geschichtsschreiber des 18. Jahrh. Sein gewaltiges Werk: »The Decline and Fall of the Roman Empire«, das den Niedergang Roms von den Friedenskaisern bis zum Fall von Konstantinopel 1485 behandelt, wurde 1787 abgeschlossen und galt zu seinen Lebzeiten bereits als der Gipfelpunkt der neueren Geschichtsschreibung. – *douceur:* Gratifikation, Trinkgeld.

S. 507 *Modejournal:* s. o. zu S. 33. – Albertus *Rubenius* (1614–57): Der Sohn des Malers Rubens, Antiquar und Altertumsforscher, schrieb 1665 ein Werk: »De re vestiaria veterum« (Über die Kleidung der Alten). – *Musterkartenreiter:* Handelsvertreter, der seine Warenproben, auf Kartons festgemacht, bei sich auf dem Pferd führte. – *pièce fugitive:* eigtl. Flugschrift, hier ist wohl ein Gelegenheitsgedicht (poésie fugitive) gemeint.

S. 508 Carlo *Dolce* (1626–86): florentinischer Barockmaler, dessen empfindsame Heiligenbilder im 18. und 19. Jahrh. sehr geschätzt wurden. – *Kniestück:* Porträt, Bild einer stehenden Person. – *Gebot, welches Christus den Jüngern gab:* vgl. Luk. 10,4: »Traget keinen Beutel noch Tasche noch Schuhe und grüßet niemand auf der Straße.«

S. 509 *Kardinalprotektor:* ranghöchster Kardinal eines Landes, der dessen Belange vor der römischen Kurie vertritt. – *Sporteln:* Gebühren. – *Mosheims Kirchengeschichte:* Gemeint ist die von J. v. *Einem* übersetzte Kirchengeschichte (9 Bde. 1769–78) des großen Theologen Johann Lorenz v. Mosheim (1694–1759): »Institutiones historiae ecclesiasticae« (1755).

S. 510 *»gefährliche Bekanntschaften« (liaisons):* Anspielung auf den damals mehr berüchtigten als berühmten Roman »Les Liaisons dangereuses« (1782) des franz. Schriftstellers Choderlos de Laclos (1741–1803), dessen Hauptgestalten ein skrupelloses Verführerpaar sind, deren Praktiken die Adelsgesellschaft am Vorabend der Revolution decouvrieren.

S. 511 *authentisches Instrument:* beglaubigte und damit rechtskräftig gewordene Urkunde. – Karl Wilh. *Kolbe* (1766–1835): Radierer, Schriftsteller und Sprachforscher. Seine Schrift: »Über den Wortreichtum der deutschen und französischen Sprache« (2 Bde. 1804–06) wurde von J. P. sehr geschätzt. – *Partagetraktat:* Teilungsvertrag; im besonderen die Verträge zwischen Österreich, Rußland und Preußen über die Teilung Polens von 1772 und 1793. – *das weibliche des Lukas:* Dessen Evangelisten-Symbol ist der Stier. Gemeint ist also die Kuh.

S. 512 *Septembrisierer:* Teilnehmer an den blutigen Gemetzeln unter den Gefangenen der Revolution, die unter dem Eindruck der drohenden Niederlage im Kampf mit den Alliierten am 2. und 3. September stattfanden. – *Fructidor:* der Fruchtmonat des franz. Revolutionskalenders, der vom 18. 8.

bis zum 16. 9. dauerte. – *Vierfürst:* Luthers Eindeutschung des griech. Tetrarchos, wie die vier Herrscher über das geteilte Israel in röm. Zeit genannt wurden. – *Konviktorist:* Freitischgänger. – *Quadrupelalliance:* s. o. zu S. 301. – *Liguist:* Mitglied einer Liga, eines politischen Bündnisses. – *zootomisch:* tierzergliedernd. – *die zwölf Stämme:* erg. Israels. – *Zergliederhaus:* Verdeutschung von »Anatomie«.

S. 514 *Altreis:* Schuhmacher. – *in Ellwangen unter Pater Gaßners Regierung:* Der Pater Johann Joseph Gassner (1727–79) erregte durch seine Krankenheilungen und Teufelsaustreibungen mittels magnetischer Kräfte zeitweise großes Aufsehen, so daß sich manchmal viele tausend Patienten um sein Kloster in Ellwangen sammelten. – *preßhaft:* verstümmelt, krank.

S. 515 *Vapeurs:* eigtl. Blähungen, dann Mißbehagen, eingebildete Schmerzen. – *Römermonate:* Steuer für das Truppenkontingent, das Reichsfürsten für die kaiserliche Armee zu stellen verpflichtet waren, in Höhe eines Monatssoldes. (So genannt seit dem ersten Romfeldzug Kaiser Karls V. 1521.) – *Realterrition:* tätliche Androhung der Folter.

S. 516 *Themiswaage:* Die Göttin der Gerechtigkeit wird mit der Waage dargestellt, mit der sie Recht und Unrecht abwägt.

S. 517 *Molukken:* s. o. zu S. 112. – *Zimmermanns zoologische Karte:* in Eberhard August von Zimmermanns »Geographischer Geschichte der Menschen und der allgemein verbreiteten vierfüßigen Tiere« (1778). – Louis Jean Marie *Daubenton* (1716–99): franz. Anatom und Naturforscher, Freund Buffons (s. auch o. zu S. 112). – *Ringkugel (Sphära Armillaris):* Sie dient der Darstellung von Erd- und Himmelskreisen. – *Pascal:* Der große franz. Philosoph Blaise Pascal (1623–62) brach 1654 mit allen Zerstreuungen des Pariser Gesellschaftslebens und zog sich zu strenger Askese zurück, die er bis zu seinem Tod beibehielt. Sein späteres Leben wurde in der Biographie seiner Schwester, Gilberte Périer, beschrieben.

S. 518 *Jericho:* Die Krieger der Israeliten umschritten sieben Tage die Mauern der feindlichen Stadt Jericho, und sieben Priester bliesen die heiligen Posaunen. Am siebten Tag brachen die Mauern der Stadt von selbst zusammen. Vgl. Jos. 6,2 ff. – *Diebsdaumen:* Daumen, die man von Leichen am Galgen abschnitt, sollten zauberische Kräfte besitzen.

S. 520 Uno de *Troilius* (1746–1803): schwedischer Theologe und Historiker, seit 1786 Erzbischof von Upsala. Seine »Briefe über eine Reise in Island« (1773) erschienen in dt. Übersetzung noch im gleichen Jahr.

S. 521 *species facti:* Tatbestand.

S. 522 *Olla Potrida:* spanisches Eintopfgericht aus Fleisch und Gemüse.

S. 525 *partie à la guerre:* Billardspiel mit kleinen Kugeln. – *Tourniket:* Aderpresse aus einem Gurt und einer Klammer, um das Bluten einer Schlagader abzufangen. – *Lerchenschwamm:* Abführmittel.

S. 526 *Lehnprobst:* Richter, der in Stellvertretung des Lehensherrn Gericht hält. – *Bagatelle:* üblicher Schloßname im 18. Jahrh. Bei J. P. ist damit das 1775 errichtete Schlößchen des Grafen von Artois (s. o. zu S. 84) im Bois de Boulogne vor Paris gemeint. – *die Göttin Zwietracht in Voltairens Henriade:* In Voltaires Epos über die Religionskriege in Frankreich und über den Sieg Heinrichs IV. von 1723 spielt die Allegorie der Zwietracht eine hervorragende Rolle: sie feuert die Parteien immer neu zum Streit an und wird erst zu Ende des Werks vertrieben.

S. 527 *Memoriale:* Denkschrift. – *jus compascui:* Recht auf gemeinsame Weidenbenutzung. – Samuel *Butler* (1612–80): Satiriker, verspottete in seinem, bis gegen Ende des 18. Jahrh. auch in Deutschland sehr gefeierten, burlesken Heldengedichte: »Hudibras« (1663 f.) die eben vertriebenen Puritaner. – *Riese Geryon:* Riese mit drei Leibern, der auf der Insel Erytheia große Herden von roten Rindern weiden ließ. Diese mußte ihm Herakles als eine seiner zwölf Arbeiten rauben.

S. 528 *Grobgedackt und Schnarrwerk:* Register bei der Orgel.

S. 529 *Katilina:* Aufrührer. L. Sergius Catilina (um 108–62 v. Chr.) war das Haupt einer nach ihm benannten Verschwörung gegen den röm. Senat. – *Donatschnitzer:* grober Verstoß gegen die Elementarregeln der Sprachlehre, genannt nach Aelius Donatus, einem bekannten röm. Grammatiker des 4. Jahrh. – *spanischer Reiter:* starke Balken, durch die kreuzweise spitze Latten so gesteckt sind, daß niemand dazwischen hindurchkriechen kann; früher als Sperre im Feldkrieg, aber auch als Hilfsmittel zur Pferdedressur beliebt.

S. 530 *schmalkaldische Artikel aus der augsburgischen Konfession:* Die »Confessio Augustana«, eine von Melanchthon für den Augsburger Reichstag 1530 ausgearbeitete Darstellung der reformatorischen Glaubenssätze, wurde das wichtigste Glaubensbekenntnis der Lutheraner, seit nach 1535 (nach dem Bündnis von neun protestantischen Fürsten in Schmalkalden) alle neu aufzunehmenden Verbündeten auf ihre Artikel verpflichtet wurden. – *Lea:* Sie wurde in der Hochzeitsnacht von ihrem Vater Laban dem Jakob an Stelle ihrer Schwester Rahel unterschoben, um die Jakob sieben Jahre gedient hatte. Vgl. 1. Mos. 29,14 ff. – *Konsistorialbescheid:* Verordnung der Kirchenbehörde.

S. 531 Samuel v. *Pufendorf* (1632–94): Staatsphilosoph, Professor des Natur- und Völkerrechts in Heidelberg und in Lund. Sein Hauptwerk: »De jure naturae et gentium« (1672) hatte J. P. 1785 exzerpiert. – *patrimonium Petri, Pauli, Judae:* Kirchengut der Katholiken, Protestanten und Juden. Unter dem »patrimonium Petri« ist gewöhnlich der Kirchenstaat zu verstehen. – *Pindus:* dem Apoll und den Musen geheiligtes Gebirge nördlich von Delphi. – *Loge zum hohen Lichte:* eine der Großlogen der Freimaurer (hier nur ihres Beinamens wegen angeführt). – *Siècle de Louis XIV:* Titel von Voltaires berühmter historischer Schrift von 1751.

S. 532 *Protoplast:* der erstgeschaffene Mensch. – *Strohkranzredner:* s. o. zu S. 55. – *Elenchus:* Gegendarstellung. – *usus epanorthoticus:* Nutzanwendung, Moral, Schlußbetrachtung. – *Knorren:* Fußknöchel. – *orbis pictus:* s. o. zu S. 44. – *Bonnet:* s. o. zu S. 483.

S. 533 *die von den Engländern verschriebene Ansbacher und Baireuther Soldateska:* s. o. zu S. 40. – *Kossäten:* Katenbauern, Kleinbauern. – *Enak:* Die Enakiter, Enaksöhne, waren zu Moses Zeiten ein Riesenvolk im südlichen Kanaan. Vgl. 5. Mos. 9,2. – *Hecktaler:* Geldstück, das, ausgegeben, zu seinem Besitzer zurückkehrt oder neue Talerstücke anzieht. – *Kanonisten, Zivilisten, Kriminalisten, Feudalisten und Publizisten:* Vertreter des geistlichen, bürgerlichen Rechts, des Strafrechts, des Lehensrechts und des öffentlichen oder Staatsrechts. – *Meusels gelehrtes Deutschland:* s. o. zu S. 362. – *Jöcher:* s. o. zu S. 236. – *Fechser:* Zweig, der zum Wurzelschlagen eingepflanzt wird, Ableger. – *Prinz von Wallis, Kalabrien, Asturien und Brasilien:* die Titel der Thronfolger in England, Neapel, Spanien und Portugal. – *Propaganda:* Gemeint ist die 1622 von Gregor XV. gegründete »Congregatio de propaganda fide«, eine Gesellschaft zur Ausbreitung des katholischen Glaubens. – *Scientia media:* Dieser theologische Begriff bezeichnet das ruhende, inaktive Vorherwissen Gottes. Durch diesen Begriff versuchten die Jesuiten Molina und Fonseca den Gegensatz zwischen menschlicher Willensfreiheit und göttlicher Vorentscheidung aufzuheben. – *Chrestomathie:* Sammlung von Lehrstücken als vorbildlich geltender Dichter, hier svw. Exzerpte. – Joh. Friedr. *Blumenbach* (1752–1840): Anatom und Naturwissenschaftler, unterschied in seiner Abhandlung: »Über den Bildungstrieb und das Zeugungsgeschäft« den *nisus formativus«* oder Bildungstrieb, der in allen Fragen der Erzeugung und Ernährung mitspielt, von den älteren Vorstellungen einer »vis plastica« und einer »vis essentialis« (der Zeugungs- und der passiven Lebenssubstanz). – *jus luxandae coxae oder primae noctis:* das bekannte »Recht der ersten Nacht«.

S. 534 *limbus infantum:* s. o. zu S. 262. – *Bedlam:* Irrenanstalt in London. – *dogmaticum und clinicum:* Vorlesung über kirchliche Dogmatik oder klinische Medizin. (Sie konnten erst am Ende des Studiums besucht werden.) – Anton *Leuwenhoek* (1632–1723): holländischer Naturforscher. – *Steinischer Geburtsstuhl:* Der Arzt Georg Wilh. Stein d. Ä. (1731–1803) schrieb eine Abhandlung: »Kurze Beschreibung eines neuen Geburtsstuhles und -bettes« (1772). – Francisco *Pizarro* (1475–1541): Entdecker und Eroberer von Peru, führte dort bis zu seinem Sturz und seiner Hinrichtung ein blutiges Regiment. – *der heilige Dominikus:* Der Stifter des Dominikaner-Ordens (1170–1220) wirkte durch Predigten und Streitschriften gegen die Sekte der Albigenser, die dann in den Jahren 1209–29 blutig ausgerottet wurden, wobei sein Orden gewichtigen Anteil hatte. – Gregor-Alexandrowitsch, Fürst *Potemkin* (1739–91): Der berühmte russ. Staatsmann und langjährige Favorit der Kaiserin Katharina war für seine strenge und oft grausame Regierungsführung berüchtigt. – *utiliter akzeptieren:* gern annehmen. – *einen Königsmörder:* Anspielung auf die öffentliche Hinrichtung des Robert François Damiens (geb. 1715), der einen Mordanschlag auf Ludwig XV. unternommen hatte und 1757 auf dem Grève-Platz in Paris öffentlich von Pferden zerrissen wurde.

S. 535 *Sternocleidomastoideum:* Halsmuskel. – Sam. Thomas v. *Sömmering* (1755–1830): berühmter Anatom und Anthropologe. – *Entrepreneurs:* Unternehmer, Veranstalter.

S. 536 *fruchtbringende Gesellschaft:* 1617 von den Fürsten Ludwig von Anhalt, Joh. Ernst, Wilhelm und Friedrich von Weimar gegründete Gesellschaft, die sich – nach italienischem Vorbild – die Reinigung und Pflege der deutschen Sprache und Literatur zur Aufgabe machte. – *clausula salutaris:* Vorbehaltsklausel, durch die man sich vor Gericht gegen fehlende oder schädliche Aussagen zu schützen sucht.

S. 537 *Durchganggerechtigkeit:* das Recht auf Warenabgaben von durchpassierenden Wagen. – *Magister Stiefel:* Dieser hatte das Ende der Welt für den 3. Oktober 1533 vorausgesagt, wie J. P. aus J. C. W. Moehsens »Beschreibung einer Berlinischen Medaillensammlung«, 2. Tl., 1781, S. 426 ff., wußte. – *Professor Lang:* Gemeint ist wohl der Bayreuther Konsistorialrat Lorenz Joh. Jakob Lang (1731–1801). – *vom Dr. Frank in Pavia:* Der Arzt Joh. Peter Frank (1745–1821) wirkte 1785–1804 als Professor an der Universität in Pavia. J. P. hatte seine Kenntnis vermutlich aus Fr. Leop., Graf zu Stolbergs »Reise in Deutschland, der Schweiz, Italien und Sizilien in den Jahren 1791 und 1792« (4 Bde. 1794).

S. 538 *Austrägalgericht:* Schiedsgerichte der deutschen Reichsstände. – *mephitisch:* stickig, von Stickluft erfüllt.

S. 539 *Rosenfest:* s. o. zu S. 207. – *Poussiergriffel:* s. o. zu S. 79. – Roger *de Piles* (1635–1709): einflußreicher franz. Kunsttheoretiker und Maler, verfaßte u. a. auch einen »Cours de peinture par principes« (1708, dt. 1760).

S. 540 *Janus:* Der röm. Gott hatte *zwei* Gesichter. – *Legestachel:* s. o. zu S. 79. – *Scheide- und Urias-Brief:* Urias, dem Gemahl der Bathseba, wurde auf Befehl König Davids, der sich in Bathseba verliebt hatte, ein Brief mitgegeben, der die Weisung enthielt, den Überbringer im Kampf an die gefährlichste Stelle zu stellen. Dort wurde er dann auch erschlagen. Vgl. 2. Sam. 11.

S. 542 *relatorisch:* berichterstattend. – *Philomele:* Nachtigall. – *Kamisol:* Unterkleid. – Justus *Möser* (1720–94): bedeutender Historiker und Publizist, schrieb eine umfangreiche: »Osnabrückesche Geschichte« (2 Bde., 1768, umgearbeitet 1780). – *Anmerkung 3:* Gemeint sind Joh. Simons (1698 bis 1768) »Vorlesungen über die christlichen Altertümer ... mit Anmerkungen von S. Mursinna« (Halle 1769).

S. 546 *Salomons-Ring:* Nach arabischer Überlieferung gilt Salomon als ein Magier, der mit seinem Ring über die Geister herrscht.

S. 547 *Moritz Reise durch England:* Gemeint ist Karl Philipp Moritz'

(1756–93) »Reise eines Deutschen in England« (1803). Vgl. dort S. 218 ff.

S. 551 *Königin Kaiserin:* Maria Theresia als deutsche Kaiserin und Königin von Ungarn. – *Gelehrtenrepublik:* Anspielung auf Klopstocks 1774 erschienene Prosaschrift: »Die deutsche Gelehrtenrepublik«. – Jacopo *Sannazaro* (1458–1530): it. Dichter, berühmt durch seinen Schäferroman: »Arcadia« (1504) und seine italienische und lateinische Lyrik. – *Eliaswagen:* Der Prophet Elias wurde bei seinem Lebensende von einem Feuerwagen in den Himmel entrückt. Vgl. 2. Kön., 2,11 ff.

S. 552 Edward *Young* (1683–1765): engl. Dichter. Sein lyrisches Hauptwerk: »The Complaint, or *Night-Thoughts* on Life, Death und Immortality« (1742–45) formulierte am schärfsten den Gedanken der Weltflucht im 18. Jahrh. und wirkte damit weit über das Jahrhundertende hinaus. – Gabriel *Vasquez* (1551–1604): spanischer Theologe, der den angeführten Gedanken in seinen »Disquisitionum metaphysicorum de culta adorationis libri tres« (Metaphysische Abhandlungen über den Heiligenkult, 3 Bde. 1600), lib. 2, disq. 3, cap. 7 verfocht. J. P.s Kenntnis entstammt Voltaires berühmtem »Dictionnaire philosophique« (1764).

S. 553 *einem guten Lindwurm gleich:* den die Aufklärer als Zusammenballung Tausender von Raupen zu erklären versuchten. – *Westminster:* In der Londoner Kathedrale sind die Gräber der großen englischen Dichter, Künstler und Staatsmänner versammelt.

S. 554 *Hekla:* feuerspeiender Berg auf Island. – *Voltaire:* In seinem kleinen Roman: »L'homme aux quarante écus« (Der Mann mit den vierzig Talern, 1768) heißt es, der Pariser lebe nur 23 Jahre im Durchschnitt. »Von diesen aber müssen Sie mindestens zehn für Ihre Kindheit abziehen, denn die Kindheit ist kein vollwertiges Leben, sondern nur eine Vorstufe dazu«, sagt im Roman ein Mathematiker zum Helden. »Ziehen Sie von den dreizehn Jahren, die Ihnen bleiben, die Zeit des Schlafens und der Langeweile ab, also mindestens die Hälfte, so bleiben sechseinhalb Jahre, die Sie in Kummer, Schmerzen, ein wenig Freude und Hoffnung verbringen.« Darauf erwidert der Mann mit den vierzig Talern: »Daß Gott erbarm! Nach Ihrer Rechnung bleiben ja kaum drei Jahre für ein erträgliches Dasein.«

S. 555 *Robinsonscher Freitag:* Freitag ist bekanntlich in Daniel Defoes Roman »Robinson Crusoe« (1719–20) der treue Begleiter des ausgesetzten Seemanns.

S. 556 *cours de morale:* Vorlesungen oder Übungen in der Sittenlehre. – *collegium pietatis:* So nannte der Begründer des evangelischen Pietismus, Philipp Jakob Spener (1635–1705), seine Andachtsstunden, die er erst in seinem Haus in Frankfurt, dann auch in der Kirche abhielt und die bald allenthalben Nachfolge fanden.

S. 559 *Torus:* Bett, Ehebett. – *die alten Ephemeriden der Naturforscher:* Gemeint ist die von 1712–22 erschienene Zeitschrift: »Ephemerides Academiae Caesareae Leopoldinae natura curiosorum« und deren Fortsetzung:

»Acta physico-medica Caesareae Leopoldinae natura curiosorum exhibentia Ephemerides« (1727–54). Eigtl. nennt man »Ephemeriden« (Tagebücher) vor allem die astronomischen Jahrbücher, worin die Stellung der Sonne, Planeten etc. tageweise und im voraus verzeichnet sind. – *Wiener Gassenkehren:* In Wien wurden zur Straßenreinigung vor allem Zuchthäusler eingesetzt. Vgl. Nicolais »Reisebeschreibung« Bd. 3 (1784), S. 205 f. – *Gehenna* (hebr.): Hölle. – *Pönitenzpfarre:* Strafpfarre.

S. 561 *Laxier-Pille:* Abführmittel. – *Libation:* Trankopfer für die römischen Götter. – *Pritschenmeister:* die lustige Person, der Spaßmacher, der bei einem Preisschießen die getroffene Stelle auf der Scheibe anzeigt und dazu seine Scherze mit den Schützen treibt. – *ostindische Kompanie:* s. o. zu S. 465.

S. 562 *Tranchée-Katze:* s. o. zu S. 142.

S. 563 Johannes von *Nepomuk* (um 1330–83): böhmischer Heiliger, der nach der Legende von einer Prager Brücke in die Moldau geworfen wurde, weil er das Beichtgeheimnis nicht verletzen wollte. Er ist der Schutzpatron Böhmens und gilt als Helfer in Wassernot, weswegen er oft auf Brücken dargestellt wurde.

S. 564 *Grandat:* hier svw. Grande, hoher Herr. – *assekurieren:* versichern.

S. 565 *Hugo von St. Caro* (um 1190–1262/63): Theologe, der 1230 die erste Wortkonkordanz zur Bibel aufstellte und zu diesem Zweck die noch heute übliche Kapiteleinteilung einführte. – *Legende:* Umschrift. – *»Wörterbuch zu Jean Pauls Levana von Reinhold«:* Dieser Kommentar des Schauspielers Karl Wilhelm Reinhold (1777–1841), den J. P. zu Beginn sehr unterstützt hatte, verbitterte ihn schließlich durch seine Ungenauigkeit und Pedanterie mehr und mehr.

S. 566 *Esaus-Gericht:* für das Esau das Recht der Erstgeburt an seinen jüngeren Bruder Jakob abtrat, vgl. 1. Mos. 25,29 ff. – *Religion-Interim:* Durch die beiden »Glaubensausgleiche« von Regensburg (1541) und Augsburg (1548) versuchte Kaiser Karl V. die Wiedereingliederung der Protestanten in die katholische Kirche zu bewirken.

S. 567 *Alexanders-Fest:* 1736 uraufgeführtes Oratorium Händels auf einen Text des großen engl. Dichters John Dryden (1631–1700), der die Macht der Musik verherrlicht. – *Schwester Rednerin:* Der »Bruder Redner« hat in den Freimaurer-Logen das Amt eines offiziellen Sprechers.

S. 569 *Shaftesburys Probierstein der Wahrheit, das Lächerliche:* Der engl. Philosoph und Ästhetiker Anthony Cooper, Earl of Shaftesbury (1671 bis 1713) erörterte als erster in seinem berühmten »Essay on the Freedom of Wit and Humour« (im 1. Bd. seiner »Characteristics of Men, Manners, Opinions, Times«, 1711) die Rolle des Komischen in der Literatur und in der Ästhetik allgemein. – *Konkordienformel* (oder das »Bergische Buch«): eine der symbolischen Schriften der lutherischen Kirche, 1577 abgeschlossen, dient der Abgrenzung gegenüber der reformierten Kirche. – *Hydra:* s. o.

zu S. 506 (*lernäische Schlange*). Nach spätantiker Überlieferung war im Kampf mit Herakles ein riesiger Krebs der lernäischen Hydra zu Hilfe geeilt, den der Heros zuerst erschlagen mußte.

S. 570 *Nachtgedanken:* Anspielung auf die »Night-Thoughts« von Edward Young (s. o. zu S. 552). – *Corregios-Nacht:* s. o. zu S. 342. – *Epiktetslampe:* s. o. zu S. 301.

S. 571 *entre chien et loup:* eigtl. »in die Dämmerung«, hier svw. »in die Übergangszeit«.

S. 572 *Stifthütte:* das zeltartige, tragbare Heiligtum, das Moses auf dem Zug der Israeliten durch die Wüste als Mittelpunkt für den Gottesdienst anfertigen ließ. – *Lararium:* Altarnische für die Laren, die Hausgötter im alten Rom. – *die englische Nationalschuld:* Sie betrug 1783 238 Millionen und 1801 490 Millionen Pfund Sterling. – *Gleicher:* dichterischer Ausdruck für »Äquator«.

S. 573 *Quadro:* svw. Quartett. – *Schnarrwerk, Flötengedackt etc.:* Orgelregister.

S. 574 *Bedlamiten:* Tollhäusler, vgl. o. zu S. 534. – *Schnait:* Vogelschlinge.

S. 575 *Fortunatus-Wünschhütlein:* In dem alten Volksbuch: »Fortunatus und seine Söhne« (aus dem Anfang des 16. Jahrh.) gelangt der Titelheld in den Besitz eines »Wünschhütleins«, mit dessen Hilfe er sich in jedem Augenblick an jeden beliebigen Ort versetzen kann. – *skandalöse Chronik:* Geschichte von den verborgenen Torheiten und Lastern einer Person oder einer Zeit. Als Urbild gilt die sog. »Chronique scandaleuse de Louis onziesme« von Jean de Roge, die 1488 zuerst gedruckt wurde. – *Magister legens:* Magister (niedriger Universitätsgrad), der das Recht erworben hat, Vorlesungen und Übungen zu halten.

S. 576 *Ixionsrad:* Ixion, der Sohn eines Königs der Lepithen, verliebte sich in Hera, die Gemahlin des Götterkönigs Zeus, und wurde von diesem zur Strafe auf ein feuriges, nie stillstehendes Rad geflochten. – *Sisyphus:* Der Sohn des Beherrschers der Winde, Äiolus, wurde von Zeus, den er einmal zu überlisten versucht hatte, dazu gezwungen, in der Unterwelt einen Felsbrocken wieder und wieder einen Abhang hinaufzuwälzen, von dem er stets wieder zurückrollte. – *Lessings Emilia Galotti etc.:* »Lessings Emilia Galotti zur Vorübung ins Lateinische übersetzt und öffentlich aufgeführt unter der Leitung von J. H. Steffens.«

S. 577 *Sokrates und Archimedes:* Anspielung auf die beiden bekannten Anekdoten, wonach einmal Sokrates in der Schlacht so sehr in seine Gedanken vertieft gewesen sein soll, daß er seiner eigenen Gefahr nicht inne wurde, und wonach zum anderen der Mathematiker und Philosoph Archimedes bei der Eroberung von Syrakus zu dem Soldaten, der ihn erschlagen wollte, geistesabwesend bemerkte, er möge seine Kreise nicht stören. – Geronimo *Cardano* (1501–76): it. Arzt, Mathematiker und Philosoph, der eine bedeutende Selbstbiographie: »De vita propria« (1542, verändert 1575) hinterlassen hat. – *Folienschläger:* Handwerker, die dünne Metallunterlagen für Spiegel, Möbelbeschläge etc. herstellen. – *Josuas-Sonne:* In einer Schlacht mit den fünf Königen der Amoniter betete Josua: »Sonne, stehe still zu Gibeon, und Mond, im Tal Ajalon!«, und die Sonne blieb den ganzen Tag auf der Stelle, bis die Israeliten sich an ihren Feinden gerächt hatten. Vgl. Jos. 10,12 ff. – *Bonnet:* s. o. zu S. 483. – *Hallers große Physiologie:* s. o. zu S. 20.

S. 578 *Adam in den Epopöen:* Gemeint sind die Idylle: »Adams erstes Erwachen und erste selige Nächte« (1778) vom Maler Müller (1749–1825) und Salomon Geßners (s. o. zu S. 506) »Tod Abels«, vgl. dort den 2. Gesang. – *Danaiden-Eimer:* Die Danaiden, die fünfzig Töchter des Danaos, mußten in der Unterwelt Wasser in ein durchlöchertes Faß schütten. – *Paktolus:* Fluß in Lybien, durch dessen Goldstaub der König Krösus seinen sprichwörtlichen Reichtum erlangt haben soll. – *Programm des Dr. Frank:* s. o. zu S. 537. – *Feimer:* Femerichter.

S. 579 *Lichtenberg:* s. o. zu S. 16. Er gab von 1778 bis 1799 den »Göttingischen Taschenkalender« heraus, in dem die meisten seiner Aufsätze erschienen sind. – *Ramler und Horaz:* Der Lyriker Karl Wilhelm Ramler (1725–98) war lange Zeit der *arbiter elegantiarum* der deutschen Literatur und wurde, seiner Oden-Dichtung wegen, häufig sogar mit Horaz verglichen. Später sank er rasch in der Gunst des Publikums und in der Achtung der Kritiker. – *in der alten und in seiner* (Rechtschreibung): s. o. zu S. 460. – *Lessing in seinen vermischten Schriften:* vgl. dort Bd. 4 (1785), S. 68 ff. – *Kurialstil:* Amts- oder Kanzleistil.

S. 580 *Sekundawechsel:* zweite Ausfertigung eines Wechsels. – *Felonie:* Treubruch eines Untertans, Hochverrat. – *der Verfasser des Buchs über die Ehe:* Der anonym gebliebene Autor dieser im 18. Jahrh. berühmten Schrift (1774), die Goethe und Herder zugeschrieben worden war, war der Königsberger Jurist und Romancier Th. G. v. Hippel (1741–1806); vgl. auch o. zu S. 103. Die Anspielung bezieht sich auf S. 141 des Berliner Erstdrucks von Hippels Buch.

S. 581 *Jacobi:* s. o. zu S. 116. – *pythagoreisches Noviziat:* Wer in den Kreis der Pythagoreer, einer naturmystischen Sekte des Altertums, aufgenommen werden wollte, mußte Übungen im Schweigen auf sich nehmen. – *Phlogiston:* Wärmestoff, ein in jeder brennbaren Substanz enthaltener Bestandteil, der bei der Verbrennung frei wird. Die von Stahl (s. o. zu S. 199) vertretene Lehre wurde durch Antoine Laurent Lavoisier (1743 bis 1794) widerlegt. – *Teleologen:* Verfechter der Annahme, daß auch die von Menschen unabhängigen Vorgänge der Natur und Geschichte durch einen auf den Menschen bezogenen Endzweck bestimmt werden. – *oszillieren:* hin und her schwanken.

S. 582 *Johann Heinrich Müllers Rechenmaschine* (1782), die eine der ersten brauchbaren Maschinen war, klingelte, sooft man eine Zahl von einer kleineren abzog oder wenn ein Produkt mehr als 14 Stellen ausmachte. – *Hiatus:* Mißlaut durch das Zusammenstoßen zweier Vokale.

S. 583 *Preßgang:* s. o. zu S. 144. – *Kaperbrief:* Regierungsfreibrief zur Jagd auf Handelsschiffe feindlicher Nationalität. – *Konskribieren:* Einziehen von Soldaten. – *Aasseite:* die dem Fleisch zugekehrte Seite des Leders. – *Kammertopf:* svw. Nachttopf.

S. 584 *grillierter Kattun:* Stoff, bei dem in der Appretur die Stoffhärchen abgesengt werden. – *Popanz und Wauwau:* Schreckbild, um Kinder einzuschüchtern.

S. 586 *Rappeemühle:* s. o. zu S. 113. – *peine forte et dure:* die harte und schwere Pein (der höchste Grad der Folter). – *Glockenspeise:* Bronzelegierung, aus der Glocken gegossen werden.

S. 587 *Pechscharre:* krummes, hohlgeschmiedetes Messer, um ausgelaufenes Harz aus den Harzlacken zu schaben. – *Klitterschulden:* kleine Schulden.

S. 588 *Septembriseur:* s. o. z. S. 512.

S. 590 *Otaheite:* s. o. zu S. 308.

S. 591 Enoch *Widmann* (1551–1615): Chronist, Verfasser einer 1730 gedruckten »Höfer Chronik«, die J. P. früh exzerpiert hat.

S. 592 *Wolfmonat:* eigtl. Dezember; bei J. P. ist damit stets der November gemeint. – *Leichhuhn:* das Käuzchen, dessen Schrei nach dem Volksglauben den nahen Tod anzeigt. – *Galgenpater:* der Geistliche, der die Verbrecher auf ihrem letzten Gang begleitet.

S. 594 *den aus Salzburg Ausgewanderten:* Ende 1731 wurden fast zwanzigtausend in Salzburg ansässige Protestanten ausgewiesen.

S. 595 *Heloten:* die alten Bewohner des Peloponnes, die von den Spartanern zu einer sklavereiähnlichen Abhängigkeit gezwungen wurden. – *Antonin und Epiktet:* s. o. zu S. 470.

S. 596 *Kontrovers-Ganser:* Kontroverse nannte man in der Theologie konfessionelle Streitfragen, die von der *Polemik,* der Lehre der kritischen Auseinandersetzung mit anderen Religionen beherrscht wurden. *Die Unterscheidlehren* hießen dabei die Punkte, an denen die Lutheraner von den Reformierten oder von der katholischen Kirche prinzipiell abweichen. – *schmalkaldische Artikel:* Sie wurden 1537 von Luther für die evangelischen Führer ausgearbeitet als Verhandlungsgrundlage beim Konzil von Mantua. In Schmalkalden wurde statt dessen ein militärisches Schutzbündnis geschlossen. – *Quatemberschloß:* die am Vierteljahresersten fällige Mietabgabe.

S. 597 *Stechheber:* Metallröhre, deren obere Öffnung durch Aufdrücken eines Fingers geschlossen werden kann. Sie dient zum Herausheben von Flüssigkeiten aus geschlossenen Gefäßen.

S. 599 *peristaltische Bewegungen:* Darmbewegungen.

S. 600 *Sara:* d. i. Sahara.

S. 601 *Fatalien:* Meldungen von Todesfälen. – *in Gullivers Reisen:* Auf seiner dritten Reise begegnet Gulliver in Swifts Roman (1721) den zum ewigen Leben verurteilten Struldbrugs im Königreich Luggnagg, vgl. dort III, 10. – *Simonides* von Keos (557–467 v. Chr.): griech. Dichter. Er wurde von dem Tyrannen Hieron von Syrakus befragt. Die Anekdote wird u. a. von Cicero in seiner Schrift: »De natura rerum« I, 60 erzählt.

S. 602 *Zimmermann:* s. o. zu S. 275. – *Bettzopf:* Lederriemen über dem Bett, um das Aufstehen zu erleichtern. – *Pikeur:* Jäger, der auf die Meute zu achten hat.

S. 603 *Rockelor* (Roquelaure): svw. Schanzlooper (s. o. zu S. 501). – *organisiert:* svw. organisch, natürlich.

S. 605 *Dohnenschnait:* s. o. zu S. 198. – *Catelscher Schrittzähler:* Ihn beschreibt Nicolai in seiner »Reisebeschreibung«, 1. Bd., Beilagen, S. 3 ff. (1783).

S. 607 *schottischer Meister:* s. o. zu S. 328.

S. 608 *Prinz von Wallis:* s. o. zu S. 533. – *Kardinalprotektor:* s. o. zu S. 509. – *effigie-Arkebusieren:* s. o. zu S. 492 (arkebusieren = standrechtlich erschießen). – *Reichsfiskal:* der Vertreter der Kaiserlichen Interessen beim Reichshofrat in Wien und – wie hier gemeint – als Ankläger beim Reichskammergericht in Wetzlar.

S. 609 *Peischwa:* Titel des Ministers des südindischen Mahrathen-Stammes, dessen Macht im Bürgerkrieg von 1761 zusammenbrach. – *Okulist:* Augenarzt. – *passauische Kunst:* So heißt seit dem 30jährigen Krieg das »Festmachen« des Kriegers gegen Verwundung durch Blei und Eisen, weil diese Kunst ein Passauer Scharfrichter zuerst gefunden haben soll.

S. 610 *Froschschnepper:* kleine Armbrust. – *zeideln:* Bienenhonig sammeln. – *Ambe:* Doppelzahl, zweifacher Treffer in der Lotterie (von fünf möglichen). – *Eulers Rösselsprung:* Der große Mathematiker und Astronom Leonhard Euler (1707–83) schrieb 1759 eine Abhandlung über den Rösselsprung, die in den »Memoirs« der Berliner Akademie erschien.

S. 611 *Terne:* Dreigewinn in der Lotterie. – Robert *Bellarmin* (1542 bis 1621): jesuitischer Theologe, seit 1599 Kardinal, entschiedener Vorkämpfer der Gegenreformation, von seinen Gegnern auf das heftigste bekämpft.

S. 612 *Polen:* Das polnische Reich war eben damals durch die dritte Teilung zwischen Rußland, Österreich und Preußen endgültig zugrunde gegangen.

S. 613 *weifen:* Garn haspeln und aufwickeln. – *ein wittenbergischer Chroniker:* Gemeint ist »Gothofredus Viterbiensis«, d. h. Gofredo da Viterbo (in Oberitalien). Der Quellenvermerk bezieht sich auf das Buch: »De civitate Norimbergense« (1697) des Nürnberger Polyhistors Joh. Christoph Wagenseil (1633–1705), dem später noch Richard Wagner die historischen Nachrichten über das Nürnberg der Meistersinger entnahm. – *Priestleys Geschichte der Optik:* »The History and present state of discoveries relating to vision, light and colours« (2 Bde. 1772) des Theologen und Physikers Joseph Priestley (1733–1804) erschien 1775 in dt. Übersetzung.

S. 614 *Maskopei:* Handelsgesellschaft. – *Rumpfparlament:* Das engl. Parlament schloß unter Cromwell 1648 alle presbyterianischen Mitglieder aus und regierte so bis zum Jahr 1653. Es klagte 1649 König Karl I. wegen Hochverrats an und verurteilte ihn zum Tod. – *dissolvieren:* auflösen.

S. 615 *Seneca:* Von dem röm. Philosophen Lucius Annaeus Seneca (4 v. Chr. bis 65 n. Chr.) ist eine umfangreiche Schrift: »De ira« (Über den Zorn) in 3 Büchern erhalten. – *Schemhamphorasch:* der Name Gottes in der Kabbala. – *offizinell:* arzneilich, heilsam. – *Thespis:* der sagenhafte Begründer der griech. Tragödie.

S. 616 Publius L. *Galienus* (geb. 218): seit 260 röm. Kaiser, wurde 268 nach langen Wirren ermordet. – *Septuaginta:* eigtl. die siebzig Übersetzer, die 200 v. Chr. den aramäischen Text des Alten Testaments ins Griechische übertrugen, dann auch die griech. Fassung der Bibel selbst. – *Kablah:* die Kaba (der heilige Stein in Mekka, das Hauptheiligtum der Mohammedaner). – *Sukzessionpulver:* das »die Nachfolge regelnde« Pulver, d. i. Arsenik.

S. 618 *Hippokrene:* die dem Apoll und den Musen heilige Quelle auf dem Helikon.

S. 619 *Schneiderische Haut:* eigtl. Nasenschleimhaut, nach Konrad Viktor Schneider (1640–80), der sie 1660 in seinem Werk: »de catarrhis« zuerst beschrieben hat. – George *Shaw* (1751–1813): engl. Naturforscher und Zoologe. – *Schwabacher:* alte barocke Frakturschrift.

S. 621 *wie Moses:* s. o. zu S. 172. – *salische Gesetze:* Das um 800 zuerst kodifizierte, in späteren Handschriften überlieferte Gesetz der Franken. Das Zitat findet sich – ebenso wie das folgende aus *Mallet* – in Christoph *Meiners:* »Geschichte des weiblichen Geschlechts«. Vgl. dort Tl. 1 (1788), S. 240. – Paul Henri *Mallet* (1730–1807): Historiker, veröffentlichte 1755 f. seine »Introduction dans l'histoire de Danmark«. – *Verstrickung an einen Ort:* Verhaftung und Festsetzung im Gefängnis. – *Einlager:* Arrest.

S. 623 *Romane seines Lebens:* Anspielung auf den 1781–83 erschienenen »Roman meines Lebens« von Adolf Franz Friedrich v. Knigge (1752–96). – *Anmerkung:* Vgl. in Johann Meersmann, Freiherr van Dalems – beide Drucke des »Siebenkäs« haben: »von Halem« – »Reisen durch Großbritannien und Irland, aus dem Holländischen« (Leipzig 1789), S. 47.

S. 624 *Anmerkung*: Das Zitat bezieht sich auf die »Historia naturalis« des älteren Gajus *Plinius* Secundus (23–79), Buch XII, Cap. 17.

S. 625 *Spandau:* Die Spandauer Zitadelle war das preußische Staatsgefängnis. – *Closet:* Geheimzimmer. – *Jubelpforte:* die sog. »porta Santa«, ein vermauerter Seiteneingang zur Peterskirche, der nur alle 25 Jahre vom Papst eigenhändig geöffnet wird. – *wie eine bewaffnete Pallas:* Die Göttin entsprang der Sage nach dem Haupt ihres Vaters Zeus in voller Rüstung und die Lanze schwingend (Pallas = Lanzenschwingerin). – *spiritus nitri:* Salpetersäure.

S. 627 *Ritterakademist:* Die Adligen schickten bis weit ins 18. Jahrh. ihre Söhne oft lieber auf sog. Ritterakademien statt auf die Universität, weil sie dort standesgemäß auch im Reiten, Fechten und Tanzen unterrichtet wurden. – Peter *Villaume* (1746–1806): Berliner Pädagoge, setzte sich früh für eine Leibeserziehung der Jugend ein. In seinen »Vermischten Abhandlungen« (1793), S. 194 ff. steht ein Aufsatz über die Frage: »Worin bestand bei den Atheniensern, den Lacedämoniern und den Römern die öffentliche Erziehung?« – *Campe:* s. o. zu S. 21.

S. 628 *drei Kloster-Gelübde:* des Gehorsams, der Armut und der Keuschheit. – *Pater Provinzial:* s. o. zu S. 56.

S. 629 *Münzgerechtigkeit:* das Recht, Münzen zu schlagen. – *non aes sed fides:* Nicht Erz, sondern Vertrauen. – *Etudes de la nature:* Gemeint ist das gleichnamige Hauptwerk des franz. Schriftstellers Bernardin de Saint-Pierre (1737–1814), das zuerst in 3 Bdn. 1784, um einen vierten erweitert 1787 erschien. Der vierte Band der »Etudes« enthielt den Roman: »Paul et Virginie«, der, unter dem Einfluß von Saint-Pierres Freund Rousseau geschrieben, eine idyllische und sentimentale Liebesgeschichte erzählt und in alle Sprachen übersetzt wurde.

S. 630 *Professionist:* Handwerker. – *Kautel:* Sichersheitsklausel in einem Vertrag. – *Dianensbaum:* Wenn man Silber (Diana in der Sprache der Alchemisten) in Salpeter auflöst, setzen sich die Silberteile in Gestalt eines Baumes oder Strauches wieder zusammen. – *Andreastag:* der 30. November. An diesem Tag stellte man eine Birke in das Zimmer, die zu Weihnachten mit Früchten behängt wurde. Vgl. o. S. 234 f.

S. 631 *antiphonieren:* entgegnen, eigtl. im Kirchengesang dem Vorsänger antworten.

S. 632 *wie jener biblische Prophet:* Moses. Er betete mit zu Gott erhobenen Händen, während die Israeliten gegen die Amalkiter kämpften. Sie blieben siegreich, solange ihm die Hände nicht heruntersanken, weshalb ihm Aaron und Hur die Arme stützten. Vgl. 2. Mos. 17,8 ff. – *homerische Fürstin:* In der Odyssee (VI, 127 ff.) wurde der schiffbrüchige Odysseus von der Tochter des Phäakenkönigs, Nausikaa, am Strand gefunden, während sie mit ihren Mägden Wäsche an einer Flußmündung wusch. – *großkarolinische Fürstin:* Gemeint ist wohl Emma, die sagenhafte Tochter Karls des Großen.

S. 633 *Mahlschatz:* s. o. zu S. 469. – *Kratz- und Krempel- und Streichmaschine:* Maschine zur Wollverarbeitung. – *die dreizehn vereinigten Staaten:* die dreizehn neuenglischen Provinzen Nordamerikas, die sich 1789 zu den Vereinigten Staaten zusammenschlossen.

S. 634 *Nebukadnezar:* Der babylonische König Nebukadnezar wurde von Gott mit Wahnsinn geschlagen, »und er ward verstoßen von den Leuten hinweg, und er aß Gras wie Ochsen, und sein Leib lag unter dem Tau des Himmels, und er ward naß, bis sein Haar wuchs so groß wie Adlersfedern und seine Nägel wie Vogelsklauen wurden«. Vgl. Dan. 4,26 ff. – *Lazzarone* (it.): Bettler. – *Peter II. von Aragonien* (1196–1213): ließ sich 1204 in Rom von Papst Innozenz III. krönen. – *Gonfaloniere:* Bannerherr, Oberhaupt in den italienischen Stadtrepubliken des Mittelalters.

S. 636 wie *Montaigne:* vgl. dessen »Essays« III, 13.

S. 637 *Kelchvergiftung:* Vergiftung des Abendmahlweins, wurde früher oft den Juden vorgeworfen und zum Anlaß von Pogromen gemacht. – *wie Alexander:* Alexander der Große verletzte mit seinem Speer aus Versehen seinen Feldherrn Lysimachus an der Stirne. Um die Blutung zu stillen, legte er ihm seine Königsbinde um den blutenden Kopf. – *Paulus:* vgl. Ap. Gesch. 28,3 ff.

S. 640 Immanuel Joh. Gerh. *Scheller* (1735–1803): Schulpädagoge, verfaßte eine Anzahl lateinischer Sprachlehren und Grammatiken, die bis ins 19. Jahrh. hinein mehrfach neu aufgelegt wurden.

S. 642 *in der Kindheit:* In Enoch Widmanns »Höfer Chronik« (s. o. zu S. 591) wird die Sage von einer Messe der Toten erzählt, die in der Hofer Lorenzkirche 1516 sich begeben haben soll.

S. 653 *Ersch und Gruber:* Die »Allgemeine Enzyklopädie der Wissenschaften und Künste« von Joh. Samuel Ersch (1766–1826) und Joh. Gottfried Gruber (1774–1851) begann 1818 zu erscheinen und brachte es bis 1889, als die Arbeit unvollendet abgebrochen wurde, auf 181 Bände.

S. 654 *voyage pittoresque:* Reise in Bildern, damals häufiger Titel für illustrierte Reisebeschreibungen und Stichwerke. – *Lykurg:* Der Gesetzgeber Spartas ließ sich, um seine Standhaftigkeit zu bezeugen, die er von allen Spartanern verlangte, von Alkander das Auge ausstechen, vgl. in Plutarchs »Lebensbeschreibungen«, Lykurg, 11. – *Epiktet:* s. o. zu S. 470. – *Rabbi Akiba:* Ben Joseph Akiba, der im 2. Jahrh. n. Chr. lebte, war der einflußreichste jüdische Gelehrte seiner Zeit, dessen Werk zu den Grundlagen des Talmud gehört. Über sein Leben und seine Aussprüche sind viele Anekdoten im Umlauf.

S. 656 *Cartesius:* s. o. zu S. 460. – *Abt Galiani:* s. o. zu S. 120. – *Basedow:* s. o. zu S. 179.

S. 657 *Respekt- oder Respitminuten:* s. o. zu S. 469 – *Doppel-Uso:* doppelte Wechselfrist. – *Zephyr im Homer:* Der Südsturm, in den homerischen Epen als »Schnee führend« bezeichnet (vgl. etwa »Odyssee« XIX, 205: »Wie der Schnee, den der West auf hohen Bergen gehäuft hat, / Vor dem schmelzenden Hauche des Morgenwindes herabfließt«), wurde erst in der späteren Schäferdichtung zum sprichwörtlich milde säuselnden Lufthauch bukolischer Landschaften. – *die Demoiselles Burmann und Reiske:* Von Eudoxe Burmann war 1790 ein Reimgedicht: »Philosophisches Gemälde des 18. Jahrh.« erschienen; Ernestine Christine Reiske (1735–98), verheiratet mit einem damals bekannten Orientalisten, schrieb eine Reihe von Beiträgen für Karl Philipp Moritz' (s. die Vorbemerkung zur »Unsichtbaren Loge«) Zeitschrift: »Magazin der Erfahrungsseelenkunde« (10 Bde. 1783–93).

S. 659 *Haupt- und Staatsaktionen:* So nannte man noch in der Aufklärung, aber polemisch gemeint, die heroisch-abenteuerlichen Schauspiele der Wanderbühnen des 17. Jahrh.

S. 660 *Sokkus:* der niedrige Schuh als Zeichen der Komödie auf dem griechischen Theater. – *Eustachische Röhre:* die von dem italienischen Arzt Bartolommeo Eustachio (gest. 1574) zuerst beschriebene sog. Ohrtrompete zwischen Mund und Trommelhöhle.

S. 661 *Ganggebirge:* Gebirge, das in seinem Innern Gesteinsgänge enthält (z. B. die Alpen). – *Zeugenrotul:* Zeugenakte. – *Säcken:* Dabei wurde der Missetäter in einen Sack gesteckt und ertränkt.

S. 662 *wie bei der Fama:* Vergil schildert in seiner »Aeneis« (IV, 181 f.) das Gerücht (Fama) als über und über mit Augen bedeckt.

S. 665 *Koadjutor:* Mithelfer, Amtsnachfolger eines geistlichen Fürsten.

S. 666 *Zitz:* der heute als »Chinz« (vom engl. »Chits«) bekannte Stoff. – *bei der Lade:* svw. vor der Innung, weil bei Zusammentreffen der Zunftvorstände die Lade mit den Urkunden und Freibriefen feierlich geöffnet wurde.

S. 668 *Siechkobel:* Quarantänehäuser für Aussätzige außerhalb der Stadt. – *Herzpolyp:* s. o. zu S. 272.

S. 669 *Cephalalgie, Cephaläa:* Kopfweh, heftiges Kopfweh. – *Nagel:* halbseitige Kopfschmerzen. – Giuseppe *Gorani* (1744–1819): it. Diplomat und Schriftsteller, Verfechter der Ideen der Französischen Revolution, schrieb: »Mémoirs secrets et critiques des Cours, des Gouvernements et des Moeurs des principaux états d'Italie« (1793 dt. 1794). – *berlinerblau:* eigtl. Name einer Porzellanfarbe, die in der Berliner Manufaktur hergestellt wurde. – *Grahams neue Sekte:* s. o. zu S. 157.

S. 670 *Duns:* Dummkopf. – *Doktor Merkel:* Gemeint ist der Journalist Garlieb Merkel (1769–1850), der durch seine böswilligen Angriffe auf Goethe, Wieland und auch auf Jean Paul in der von ihm herausgegebenen Zeitschrift: »Der Freimütige« (1803) und in den »Briefen an ein Frauenzimmer über die neuesten Produkte der schönen Literatur in Deutschland« (1800 ff.) allgemein bekannt war. – *Praemissa historiae etc.:* »Grundzüge der Geschichte der Bayreuther Generalsuperintendenten unter Ausschluß der Superintendenten, 20. Fortsetzung«. – *index expurgandorum:* Verzeichnis von Schriften, deren Lektüre von der kath. Kirche nur nach einer gründlichen Bereinigung falscher oder anstößiger Stellen gestattet wird.

S. 671 *Ostrazismus:* Scherbengericht, das in Athen über politische Verbrechen zu urteilen hatte. – *Buffon:* s. o. zu S. 112.

S. 672 *Ziskas-Haut:* Der Hussitenführer Ziska von Troknow (um 1370 bis 1424) verfügte in seinem Letzten Willen, daß seine Haut über eine

Trommel gespannt werde, damit er so seine Soldaten weiter zum Kampf anfeuern könne.

S. 673 *Amnioshäutchen:* Häutchen über der Fruchtwasserblase. – *Westerhemd:* Taufkleidchen.

S. 674 *Wintersolstitium:* Wintersonnenwende.

S. 675 *das Weltmeer von Bethesda:* s. o. zu S. 289. – *Fallschirm und Fallhut:* Gürtel und Mütze, die Kindern angezogen wurden, damit sie nicht stürzten oder damit sie sich beim Sturz nicht am Kopf verletzten.

S. 676 *Bind- und Löseschlüsselbund:* Anspielung auf das »Schlüsselamt Petri«, das nach der Auffassung der katholischen Kirche ihm und seinen Nachfolgern die Stellvertreterschaft Christi zusichert. Nach dem Satz: »Und ich will dir des Himmelreichs Schlüssel geben: alles, was du auf Erden binden wirst, soll auch im Himmel gebunden sein, und alles, was du auf Erden lösen wirst, soll auch im Himmel los sein«, wird Petrus stets mit zwei Schlüsseln als Symbol seiner Macht dargestellt.

S. 677 *Zurückberufung seines Neckers:* Der Schweizer Finanzmann Jacques Necker (1732–1804) war dreimal Finanzminister Ludwigs XVI. von Frankreich: 1777–81, 1788–89 und noch einmal 1789, da der König von den Generalständen gezwungen wurde, den eben Entlassenen zurückzuberufen. – *Gaston:* Herzog von Orléans (1608–60), der dritte Bruder Ludwigs XIII. von Frankreich, war einer der Führer der franz. Hocharistokratie gegen Richelieus absolutistische Bestrebungen. Mehrfach in Aufstände und Verschwörungen gegen das Königshaus verwickelt, wurde Gaston 1651 für immer vom Hof verbannt und mußte sich nach Blois zurückziehen.

S. 678 *aut, aut:* entweder, oder.

S. 680 *Labats Reis. VI. p. 81:* Der Quellenbeleg bezieht sich auf die 1758 bis 1762 erschienene dt. Übersetzung der »Voyages en Espagne et Italie« (8 Bde. 1730) des franz. Missionars und Weltreisenden Jean Baptiste Labat (1663–1738).

S. 683 *Euphon:* 1789 von Ernst Florens Fr. Chladni (1756–1827) erfundene Glasharmonika.

S. 685 *Heterodoxe:* Andersgläubige. – *Sander über das Große und Schöne der Natur:* Diese Schrift von Heinrich Sander war 1790 in zwei Bänden in Leipzig erschienen.

S. 686 *Arrianus' Epiktet:* Dem griechischen Schriftsteller Flavius Arrianus (um 95–180), einem Schüler und Freund des stoischen Philosophen Epiktet, verdanken wir im wesentlichen die Kenntnis von dessen philosophischen Gedanken. – *ohne Eckstein:* d. h. ohne Christus, vgl. etwa Matth. 21,42 oder Röm. 9,33.

S. 687 *Patmos:* griechische Insel, auf der der Apostel und Evangelist Johannes in der Verbannung lebte und auf der er die Visionen seiner »Apokalypse« empfing. – *Pechkuchen:* Im Alten Testament gibt der Prophet Daniel dem babylonischen Drachen »Pechküchlein« zu fressen, an denen das Ungeheuer zugrunde geht. Vgl. die apokryphen Zusätze zum Buch Daniel (Dan. 14,23 ff.). – *Depositum:* behördlich hinterlegtes Geld. – *papillotieren:* einkräuseln.

S. 688 *Benefizkomödie:* Theatervorstellung zugunsten des Autors oder eines der Schauspieler. – *Realterrition:* s. o. zu S. 515. – *St. Hilda:* s. o. zu S. 76 *(St. Kilda).*

S. 689 Joh. Jakob *Wepfer* (1620–95): Schweizer Arzt, schrieb eine »Geschichte der Forschungen über den Schlagfluß« (Historia apoplectorum observationibus etc., 1710). – *redende Ciceroköpfe:* vermutlich Anspielung auf Ciceros Tod, da dem Philosophen auf Befehl der Kaiserin Octavia der Kopf abgeschlagen und mit durchbohrter Zunge auf der röm. Rednertribüne am Forum ausgestellt wurde, denn nun erst könne man vor seiner Beredsamkeit sicher sein.

S. 690 *Pennypost:* s. o. zu S. 251. – *poste aux ânes:* Eselspost.

S. 691 *Requisitorialschreiben:* Anfrage einer Behörde bei einer anderen.

S. 692 *Schlözer:* s. o. zu S. 104. – *ohne den Generalsuperintendenten Ziehen:* Der Zellerfelder Superintendent Conrad Siegismund Ziehen (1727 bis 1780) hatte für 1786 ein Deutschland bedrohendes Erdbeben vorhergesagt in seiner: »Anzeige eines bevorstehenden außerordentlichen Erdfalls« (1786 veröffentlicht).

S. 693 Louis *Moreri* (1643–80): franz. Historiker, veröffentlichte von 1673 an erste Teile eines umfangreichen »Dictionnaire historique«. – *Elias und Fausts-Mantel:* Bei seiner Entrückung in den Himmel ließ Elias (s. o. zu S. 412) seinen Mantel zurück, über Fausts Mantel vgl. o. zu S. 318.

S. 694 *Stolgebühren:* Pfarramtsgebühren. – *Senkreiser:* s. o. zu S. 533.

S. 695 *habe sich aus Furcht davor erhenkt:* Nach dem Volksglauben erhebt sich davor ein Sturm.

S. 697 *der Häresiarch Bellarmin:* s. o. zu S. 611. (Ein Häresiarch ist ein »Erzketzer«.) – *von 32 000 Mann:* vgl. 1. Kor. 10,8.

S. 698 *ein neunter Kurfürst:* Neun Kurfürsten gab es nur von 1692 an (endgültig erst seit 1708), als Hannover mit der Kurwürde bekleidet wurde, bis zum Aussterben der bayr. Linie der Wittelsbacher 1777. Dann fielen die getrennten Kurfürstentümer von Bayern (seit dem Beschluß von 1623) und der Pfalz durch die Erbfolge der Heidelberg-Pfälzer Wittelsbacher wieder in eins zusammen, und Hannover rückte an die achte Stelle. – Friedrich *Ruysch* (1638–1731): holländischer Anatom und Präparator. – *wie Wildau aus Bienen:* s. o. zu S. 99. – *der heilige Romuald* (um 950–1027): Einsiedlermönch, Stifter des Camaldolenserordens. Seine Biographie wurde von Petrus Damiani (1006–72) verfaßt; eine Vita des Heiligen aus der Hand des großen italienischen Humanisten Pietro *Bembo* (1470–1547) ist mir nicht bekannt. – *wie Voltairens seinem in Paris geschah:* bei seinem letzten Aufenthalt in Paris, als der Dichter zur Uraufführung seines Schauspiels »Irène« gekommen war, das zu einem großen Triumph für den greisen Autor wurde. –

eine ägyptische Königin: Die Thracierin Rhodope, die später die Gemahlin des ägyptischen Königs Psammetichos geworden sein soll, lebte lange Zeit in Naucratis als Dirne, wie der griechische Historiker Herodot (in seinen »Historien« II, 134 f.) berichtet. Aus ihren Ersparnissen ließ sie eine Pyramide errichten. – Heinrich *Cornelius Agrippa* von Nettesheim (1486–1535): Arzt, Naturforscher und Philosoph, einer der bedeutendsten Männer seiner Zeit. Als Quelle gibt J. P. selbst in der Anmerkung 2 Naudé's »Apologie« an (vgl. o. zu S. 457).

S. 699 *Paul Jovius* (Paolo Giovio, 1483–1552): Theologe und Historiker, schrieb sieben Bände mit Lobreden auf die großen Kriegsmänner und Philosophen seiner Zeit. – *portentosum ingenium:* gewaltiger (Erfindungs-) Geist. – *clarissima sui seculi lumina:* hellsten Lichter seiner Zeit. – *Schröckh:* s. o. zu S. 96. – Michael Ignaz *Schmidt* (1736–94): Direktor des kaiserlichen Archivs in Wien, schrieb eine umfangreiche »Neuere Geschichte der Teutschen« (1785 ff.). – *allgemeine deutsche Bibliothek:* s. o. zu S. 313. – *Ham, Sem, Japhet:* die drei Söhne Noahs, vgl. 1. Mos. 9,18 ff. – *Absalom und sein Vater* (David): vgl. 2. Sam. 13 ff. – *den beiden Antoninen:* Gemeint sind die beiden röm. Friedenskaiser Antoninus Pius (reg. 138–161) und Marc Aurel (reg. 161–180). – Friedrich *Taubmann* (1565–95): für seine witzigen und sonderbaren Aussprüche bekannter Pädagoge und Professor der Dichtkunst. Die Anekdoten um ihn (1618 zuerst veröffentlicht) wurden noch bis ins 19. Jahrh. hinein wieder aufgelegt und nacherzählt. – Pierre *Bayle* (1647 bis 1706): franz. Aufklärungsphilosoph, der in seinem berühmten »Dictionnaire historique et critique« (1695 und 1697) erstmals entschlossen historische, vor allem theologische Legenden kritisch zerstörte. Das Buch war auf die Entwicklung J. P.s von besonderem Einfluß. – *die hübsche Ninon:* Die franz. Kurtisane Ninon de Lendos (1616–1706) hatte in Paris einen Salon, in dem die glänzendsten Dichter und Philosophen des 17. Jahrh. verkehrten.

S. 700 *Fakultist:* s. o. zu S. 144. – *Profeßhaus:* Die Jesuitenpriester leben nach Abschluß ihrer Studien als »Professen« in sog. Profeßhäusern, einer Art von Klöstern.

S. 701 *Lohbeet:* s. o. zu S. 276. – *Ziehensche erderschütternde Weissagung:* s. o. zu S. 692. – *Hornung:* April. Die falsche Ableitung des Ausdrucks von einem verschollenen ahd. *horo* (Schmutz) stammt von Adelung (s. o. zu S. 30).

S. 702 *aqua toffana:* schleichendes Gift, dessen Wirkung nicht rechtzeitig feststellbar ist. (Im 18. Jahrh. ist damit meist »Arsen« gemeint.) – *Männchen auf Männchen:* Fachausdruck in Druckereien für eine Neuauflage eines Buchs, die genau mit der älteren übereinstimmt. – *Prell- und Spiegelgarne:* Mit ihnen wird bei der Jagd das Wild aufgestört und in die eigentlichen Netze getrieben.

S. 704 *Inkulpat:* schuldig gesprochener Verbrecher, Sünder.

S. 705 *Hanfklopfen:* mußten die Verbrecher (vor allem die Dirnen) in den Gefängnissen des 18. Jahrh.

S. 706 *Coventgarden:* 1733 eröffnetes Londoner Operntheater. – *Gays Bettleroper:* s. o. zu S. 500. – *Rosenmädchen:* s. o. zu S. 207.

S. 708 *in ihr Petrus-Gefängnis:* Der Apostel Petrus wurde durch einen Engel aus dem Gefängnis befreit. Vgl. Ap. Gesch. 12,7.

S. 710 *Samielwinde:* Gemeint ist der Samum, der heiße trockene Sturmwind im südlichen Asien und in Afrika. – *pays coutumiers:* Länder, in denen das Gewohnheitsrecht gilt, im Gegensatz zu den *pays du droit écrit,* den Ländern, in denen das geschriebene, d. i. das römische Recht gilt. – *musivisch:* mosaikartig.

S. 711 *Fantaisie:* 1754–65 errichtetes Lustschloß vor Bayreuth mit einem großen Naturpark im englischen Geschmack. – *Seifersdorfer Tal:* beliebter Ausflugsort. – *in das duftende Kapua:* Die süditalienische Stadt Capua ist sprichwörtlich geworden, seit die Truppen des Karthager Feldherrn Hannibal dort im Winterquartier durch das milde Klima und die Fruchtbarkeit der Umgebung völlig verweichlichten. – *Streckteich:* s. o. zu S. 328. Das Wasserbecken ist heute noch erhalten.

S. 712 *ein in einem Vexier-Einsturz begriffener Tempel:* Die heute nicht mehr bestehende Tempelruine beschreibt Joh. Gottfried Köppel in seiner »Malerischen Reise durch die beiden fränkischen Fürstentümer Bayreuth und Anspach« (2. Aufl. 1816), Bd. 2, S. 29 f. wie folgt: »Rechts erblickt man die künstliche Ruine eines Sallets. Die Säulen sind zerschmettert, das Gebälk hin und wieder gebrochen und so zerfallen, daß man sich kaum getrauet demselben näher zu kommen. Aber desto überraschender ist es, wenn man in dasselbe tritt und auf einmal einen niedlichen Saal erblickt. Dem Eingange gegenüber, im Hintergrunde, ist eine Spiegelblende angebracht, wodurch alle Gegenstände unzähligemal vervielfältigt werden.« –*Mosis-Flor-Decke:* s. o. zu S. 172.

S. 713 *Jubelpforte:* s. o. zu S. 625.

S. 714 *Eremitage:* 1715–53 in seiner heutigen Gestalt errichtetes Lustschloß außerhalb von Bayreuth.

S. 715 *insurgieren:* sich erheben, auflehnen.

S. 716 *Büchsenschisser – Schiemann – Profos etc.:* Die Segelbezeichnungen scheint J. P. dem »Neu Eröffneten Ritterplatz« (1705) entnommen zu haben; vgl. dort Tl. 1; 1. Abtlg., Nr. 3: »Der Neueröffnete Seehafen«. – *generatio aequivoca* (od. originaria): Urzeugung, Zeugung durch sich selbst. – *lusus naturae:* Naturspiele. – *Protoplasma:* »das zuerst Gebildete«, die Substanz, die den Zellkörper bildet und an die das Leben gebunden ist.

S. 717 *Brücke zur Engelsburg:* aus der Antike stammende Ponte S. Angelo. Auf ihr wurden in den Jahren 1688 durch Gian Lorenzo Bernini (1598 bis 1680) und seine Schüler ein Zyklus von zwölf überlebensgroßen Engelsfiguren errichtet, die Christi Marterwerkzeuge in Händen halten.

S. 718 *Palladium:* Kultbild der Athene, an dessen Besitz die Eroberung von Troja geknüpft war, dann überhaupt svw. Heiligtum. – *Lady Craven* (1750–1828): Tochter des Earl of Berkeley, lebte nach der Scheidung von ihrem ersten Mann, William Earl of Craven, erst auf Reisen, seit 1787 als Geliebte des Markgrafen Karl Alexander von Ansbach-Bayreuth (1736 bis 1806) am Hof in Bayreuth. Nach dem Tod ihres Ehemanns (1791) heirateten sie einander und lebten von da an im Ausland. – *Heliogabal:* Unter diesem angenommenen Namen des syrischen Sonnengotts regierte von 218 bis 222 der für seine Weichlichkeit und Wollüstigkeit sprichwörtliche römische Kaiser Varius Avitus Bassianus (geb. 204). – *Großpolen:* s. o. zu S. 612. – *hebräischer Selbstlauter:* Das hebräische Alphabet kennt nur Konsonantenzeichen, die Vokale werden im älteren Hebräisch ganz ausgelassen, seit dem 7. Jahrh. im wesentlichen durch akzentähnliche Zeichen ausgedrückt. – *Esaus-Hemd:* Vgl. 1. Mos. 27,11 ff. – *Assekuranz-Brief:* Versicherungsbrief.

S. 719 *papierner Adel:* d. h. nicht ritterlicher, überkommener Adel, sondern durch kaiserliches Diplom verliehener, auch käuflicher Adel.

S. 722 *aus Hermes'schen Gründen:* s. o. zu S. 100. Hermes trat in seinem Roman »Sophiens Reise von Memel nach Sachsen« (vgl. 3. Aufl. 1778, Bd. 3, S. 519 ff.) aus formal-theologischen Gründen für die Unauflöslichkeit der Ehe ein. – *Herzgespann:* Schmerzen des Unterleibs, die bis in die Herzgegend spürbar sind.

S. 723 *am Quatember nach Pfingsten:* Er fiel 1786 auf den 7. Juni, so daß es vom Stanislaustag (8. Mai) genau dreißig Tage waren. – *Joujou* de Normandie: um 1790 in Mode gekommenes Spiel, »Rollrädchen« in Deutschland genannt, bei dem ein nach der Mitte zu eingekerbtes Rädchen auf einer Schnur balanciert werden muß. – *Weife:* Haspel.

S. 724 *Skaphander:* mit Luft angefüllter Tauchapparat. – *Koadjutor:* Stellvertreter eines Bischofs. – *Substitut cum spe succedendi:* Stellvertreter mit der (verbürgten) Aussicht, Amtsnachfolger zu werden. – *Gracioso:* die lustige Figur in der spanischen Komödie.

S. 725 *lingua franca:* auf der Levante übliche Mischsprache, die sich aus einem korrumpierten Italienisch entwickelt hat. – *Proteus:* griech. Gottheit, die sich in alle Gestalten verwandeln konnte. – *Bremische Beiträge zum Vergnügen des Verstandes und Witzes:* zwischen 1745 und 1748 erschienene Zeitschrift der sächsischen Dichterschule (Ad. Schlegel, Rubener, Zachariae), in der die ersten drei Gesänge von Klopstocks »Messias« erschienen waren.

S. 726 *Pharus-Höhen:* Leuchtturm-Höhen. Der Leuchtturm auf der Insel Pharos bei Alexandria galt im Altertum als ein Weltwunder.

S. 727 *Wasserreiser:* tauber, unfruchtbarer Zweig.

S. 728 *Rusts Melodie des Liedes:* s. o. zu S. 190. Das Lied findet sich unter dem Titel: »Die Ewigkeit der Freundschaft« im 1. Bd. von Fr. W.

Rusts »Oden und Liedern« (1784). Der Anfang lautet richtig: »Nicht *bloß* für diese Unterwelt«. – *Linné:* s. o. zu S. 457.

S. 729 *mit Heinrichs englischem Schlüssel oder Pelikan:* Gerät zum Zahnziehen. Gemeint ist, daß die englische Satire des 18. Jahrh. als das Urbild der deutschen, hier J. P.s eigener, anzusehen sei.

S. 730 *rationes decidendi:* Entscheidungsgründe (*rationes dubitandi* sind entsprechend »Zweifelsgründe«).

S. 732 *aus dem Stolbergischen Homer:* Friedrich Leopold, Graf zu Stolberg (1750–1819) übersetzte 1778 als erster die »Ilias« in Hexametern.

S. 734 *Sponsus:* Verlobter. – *Famas-Trompete:* Die Personifikation des Gerüchts wird oft in Literatur und bildender Kunst mit einer Trompete dargestellt. – *a posteriori:* von hinten. – *Bucentauro:* das Staatsschiff des venezianischen Dogen, von dem aus er sich jährlich mit dem Meer vermählte, indem er einen Ring in die Fluten warf.

S. 736 *mit einem ganzen Bahrdtischen Weinberg im Gesicht:* Der aufklärerische Theologe Karl Friedrich Bahrdt (1741–92), ein Jugendfreund Goethes und Lavaters, zog sich nach vielen Querelen und erbitterten Auseinandersetzungen auf ein kleines Gut in der Nähe von Halle zurück und starb dort als Schankwirt.

S. 737 *Maestoso:* wie stets verwechselt J. P. auch hier die musikalische Bezeichnung »maestoso« (feierlich, erhaben) mit »mesto« (traurig, wehmütig). – *Vauclusens Quelle:* die Quelle der Sorgue in der Vaucluse bei Avignon. Die Quelle wurde unsterblich durch Francesco *Petrarca,* der dort nach 1337 mehrere Jahre in einem Landhäuschen wohnte und die wesentlichsten Teile seines »Canzoniere«, seines Liederbuchs über das Leben und den Tod seiner Geliebten Laura, schrieb. – *Hämling:* Kastrat.

S. 738 *Cicisbeat:* Stellung eines geduldeten Hausfreundes der Ehefrau. – *Gynäzeen:* Frauengemächer. – *Ritterbank:* s. o. zu S. 496.

S. 740 *einen Band von Tristram:* d. h. von Sternes Roman: »The Life and opinions of Tristram Shandy« (s. o. zu S. 118). – *Höhle zu Antiparos:* Insel vor der Südspitze der Peloponnes in Griechenland, ausgezeichnet durch eine schon im Altertum berühmte Höhle.

S. 741 *Yorick:* Laurence Sterne wurde oft im 18. Jahrh. mit der Figur des Geistlichen Yorick aus seinem Roman »Tristram Shandy« und »A sentimental Yourney« identifiziert. Bei Sterne erlebt nicht Yorick, sondern Tristram selbst die Begegnung mit dem armen blinden Mädchen Maria, das über eine unglückliche Liebe den Verstand verlor und sein Leid nur in den Tönen der Flöte ausdrücken kann. Vgl. Tristram Shandy IX, 24. J. P. hat später dieser von ihm bewunderten Szene in der »Nachschule« (1824) zur »Vorschule der Ästhetik« eine eigene Interpretation gewidmet. Vgl. »Kleine Nachschule zur ästhetischen Vorschule«, § 16. – *orbis pictus:* s. o. zu S. 44.

S. 742 *franklinische Spitze:* s. o. zu S. 91. – *Indulgenzen:* Straferlässe,

Ablässe. – *Porzellan-Turm in Nanking:* Die erste Beschreibung des Porzellanturms findet sich in den »Erinnerungen und Beobachtungen anläßlich einer kürzlich unternommenen Reise durch das Kaiserreich China« (1696) des franz. Jesuitenpaters Louis Le Comte (vgl. dort S. 80), die auch ins Deutsche übersetzt wurde und aus der sich die Bemerkung in der Reiseliteratur weiter verbreitet hat.

S. 743 *Selam:* Blumensprache. – *Laternisieren:* An die Laterne gehängt wurden viele Adlige während der Französischen Revolution.

S. 746 *Libation:* Trankopfer. – *Grünes Gewölbe:* s. o. zu S. 192.

S. 749 *Doktor Viktor:* die Hauptfigur in J. P.s »Hesperus«, in dem »*Kato der Ältere*« der Scherzname für einen der Söhne des flachsenfingischen Fürsten Januarius ist. Er wird als junger, revolutionär gesinnter Engländer eingeführt. – *bowlinggreen:* Rasenplatz in englischen Gartenanlagen.

S. 750 *Barataria-Insel:* märchenhafte Insel, bekannt vor allem aus dem »Don Quijote« des Cervantes, wo Sancho Pansa im Scherz zum Statthalter der Insel Barataria gemacht wird. Vgl. Don Quijote II, 45 ff. – *Rotul:* Aktenbündel. – *wie Judas Ischariot:* Er warf die zwanzig Silberlinge, für die er Christus verraten hatte, in den Tempel und erhängte sich. – *Wardein:* Münzprüfer. – *Vice-Re:* Vizekönig.

S. 751 *Goethes Lied auf den Frühling:* das von Joh. Friedrich Reichardt (1752–1814) vertonte »Mailied«: »Wie herrlich leuchtet mir die Natur«. – *Klotilde:* die weibliche Hauptgestalt des »Hesperus«, hier mit Viktor verheiratet. – *wie Orest in der Iphigenie:* In Goethes »Iphigenie« findet sich keine entsprechende Stelle. Der Herausgeber der Historisch-kritischen Jean Paul-Ausgabe vermutet wohl zu Recht eine Verwechslung mit Odysseus, der schlafend nach Ithaka gebracht wird und wieder in die Fremde verschlagen zu sein glaubt. Vgl. Odyssee XIII, 197 ff.

S. 752 *Markgrafen- oder sympathetische Pulver:* Das »Pulvis Marchionis« wurde früher gegen die Epilepsie angewandt, sympathetische Mittel sollen durch Ähnlichkeit mit der Krankheit helfen.

S. 753 *F. Jacobi:* s. o. zu S. 116.

S. 754 *neunte Kurwürde:* s. o. zu S. 698.

S. 755 *Realterrition*: s. o. zu S. 515 –. *Infamienstrafe:* Ehrverlust als Strafe.

S. 756 *Danaidengefäße:* s. o. zu S. 578. – *Lorenzodose:* s. o. zu S. 238. – *anatomisches Theater:* Hörsaal der Anatomie mit ringförmig ansteigenden Sitzbankreihen. – *Prosektor:* Gehilfe des Anatomen, der die Leiche für die Sektion vorbereitet.

S. 758 *Harpax:* eigtl. »Räuber« (griech.). Gemeint ist jedoch, in Erinnerung an den »Harpagon« aus Molières »L'Avare«, ein »Geizkragen«.

S. 759 *parce-qu'ils ..... veau roti:* »weil sie zerlassene Butter über ihr gebratenes Fleisch gießen«.

S. 760 *Sillys Brief in Allwills Papieren:* Gemeint ist der Brief an Clerdon über die Toleranz (vom 8. März) in Fr. H. Jacobis Briefroman: »Aus Eduard Allwills Papieren« (1775).

S. 761 *die den 10ten ihre Wahlversammlungen anfangen:* Die Sitzungen der Wahlmänner begannen erst am 2. Oktober 1795. – *Vermählung-Ring:* vgl. o. zu S. 734.

S. 762 *Anmerkung 1:* Die Abkürzung steht für das Werk des römischen Geographen Pomponius Mela (1. Jahrh. n. Chr.), das um 43 n. Chr. abgefaßt wurde.

S. 763 *heute am 21. März:* ebenso willkürlich dem Erzählbedürfnis angepaßtes Datum wie das zu S. 761 angeführte. In Wirklichkeit traten die Urwählerversammlungen in Frankreich am 6. September zusammen, um über die neue, vom Konvent vorgeschlagene Verfassung abzustimmen.

S. 765 *verhüllte Quelle wie der Nil:* Die Nilquellen waren bis weit ins 19. Jahrh. hinein unentdeckt, weshalb Darstellungen des Flußgottes Nil ihn immer mit verhülltem Haupt zeigen. – *eiserne Maske:* s. u. zu S. 876.

S. 769 *Intelligenzblatt:* Anzeigenseite. – Joh. Wilh. Ludwig *Gleim* (1719 bis 1803): Dichter, liebenswürdiger Vertreter der anakreontischen Poesie, tätiger Förderer zahlreicher junger Autoren. Er hatte J. P. finanziell unterstützt und war später mit ihm sehr befreundet.

S. 771 *globulus hystericus:* »Kloß im Hals«, das vor allem bei Hysterikern häufige Empfinden der Schluckbehinderung, ohne daß eine körperliche Ursache vorliegt. – *eine Pechkugel für den Bel zu Babel:* s. o. zu S. 687. – *instanter, instantius, instantissime:* sogleich, schneller als sogleich, am aller augenblicklichsten. – *Linné:* s. o. zu S. 457.

S. 772 *Leipziger Rosental:* berühmter Ausflugsort. – *die Héloise eines Abälards oder eines St. Preux:* Der scholastische Philosoph Peter Abälard (1079–1142) verliebte sich in seine Nichte Heloisa (1101–63), entführte und heiratete sie. Ihr Vater ließ Abälard überfallen und entmannen, der sich daraufhin ins Kloster zurückzog. Sein Briefwechsel mit Heloisa und der Bericht seiner Leidensgeschichte machten das Paar im 17. Jahrhundert zum Vorbild aller sentimentalen Liebespaare und Liebesromane, seitdem der französische Roman des 17. Jahrh. Heloise und Abaelard wiederentdeckt hatte. Rousseaus weltberühmter Roman über die unglückliche Liebe der Tochter einer vornehmen Familie zu ihrem Hauslehrer, der Roman von Julie und Saint Preux, die schließlich aufeinander verzichten, trägt nicht von ungefähr den Hinweis auf das klassische Liebespaar in seinem Untertitel: »Julie, ou La Nouvelle Héloïse«.

S. 773 *Tetrachord:* Vierklang aus vier einander folgenden Tönen in der altgriechischen Musik. – *Briareus:* hundertarmiger Riese in der griech. Mythologie. – *Marum verum:* Katzen- oder Mastixkraut, das stark nach Kampfer riecht.

S. 774 *Isokrates* (436–338 v. Chr.): Rhetoriker in Athen, verwandte zehn

Jahre Arbeit für seine Lobrede auf Athen, um den Zusammenschluß aller Griechen unter Athens Führung gegen Persien zu fordern.

S. 775 *Mosisdecke:* s. o. zu S. 172. – Thomas *Cranmer* (1489–1556): unter Heinrich VIII. Erzbischof von Canterbury, einer der Begründer der Anglikanischen Kirche, wurde unter Maria der Katholischen verbrannt.

S. 776 *Requetenmeister:* Bote, der Bittschriften besorgt.

S. 778 *Portici:* am Fuße des Vesuv gelegene Ortschaft, über dem antiken Pompeji errichtet. – *lit de justice:* in Frankreich feierliche Sitzung der Rechtsparlamente (urspr. der Thron des Königs, wenn dieser an den Parlamentsitzungen teilnahm).

S. 779 *Satire auf einen lebenden Markgrafen:* Karl Alexander v. Ansbach-Bayreuth (s. o. zu S. 718) hatte keine Kinder aus seiner Ehe und verkaufte 1791 nach dem Tod seiner Gemahlin deshalb sein Land an Preußen gegen eine Jahresrente. – *wie bei Moses auf den Wassern:* vgl. 1. Mos. 1,2: »und der Geist Gottes schwebte auf den Wassern«. – *Flötenspieler:* Der berühmte franz. Mechaniker Jacques Vaucanson (1709–82) zeigte 1738 erstmals in Paris seine lebensgroße sitzende Figur eines Flötenspielers und erregte damit Aufsehen. Den Mechanismus der Figur beschrieb er selbst in einer kleinen Schrift: »Le mécanisme du flûteur automate«. – Johann Joachim *Quantz* (1697–1773): gefeierter Flötenvirtuose und Komponist, der Flötenlehrer Friedrichs des Großen.

S. 780 *pays coutumier:* s. o. zu S. 710. – *Mentor:* Lehrer. (In der Gestalt des klugen Mentor begleitet in der »Odyssee« Athene den jungen Telemach auf der Suche nach seinem Vater.) – *supernumerar:* überzählig, ohne feste Anstellung. – *phlogistisch:* s. o. zu S. 199.

S. 781 *peripatetisch:* hier svw. wandernd, vagabundierend. Die philosophische Schule der Peripatetiker (Aristoteles) hat ihren Namen davon, daß in ihr die Philosophie während der »Spaziergänge« in athenischen Lykeions gesprächsweise gelehrt und erörtert wurde. – *Hogarths Schwanzstück:* s. o. zu S. 38. – *Hippozentauren und Onozentauren:* Pferde- und Eselsmenschen. – *Wolf:* Gemeint ist dem Zusammenhang nach Christian Wolff (1679–1754), der bedeutende Aufklärungsphilosoph, der Leibniz' Gedanken zu einem geschlossenen System ausgebaut hat, nicht der Altphilologe Friedrich August Wolf (1759–1824). – Johann Stephan *Pütter* (1725–1807): bedeutender Staatsrechtslehrer, dessen Schriften bis ans Ende des 19. Jahrh. an den Universitäten viel benutzt wurden. Vielleicht geht hier J. P.s Anspielung auf den Titel einer frühen Schrift des Juristen: »Primae Lineae juris privati principum« (1768). – *Pindus:* s. o. zu S. 531. – *delphische Höhle:* Die Orakelstätte des Apoll in Delphi befand sich in einer Höhle unter dem Haupttempel.

S. 782 *Antonius von Padua* (1195–1231): Franziskanermönch und Prediger, soll der Legende nach den herbeischwimmenden Fischen eine Predigt gehalten haben, als die Menschen ihn nicht hören wollten. – *rheinisches*

Mon-repos oder mittelmärkisches Sans-Souci: Das erste ist ein kleines, nach 1730 vom Fürsten zu Wied errichtetes Lustschloß bei Neuwied, das andere die bekannte Sommerresidenz, die 1745–47 von Georg Wenzeslaus v. Knobelsdorff für Friedrich den Großen bei Potsdam errichtet wurde.

S. 783 *das Zeichen des Krebses:* beginnt am längsten Tag des Jahres.

S. 785 *Teichdocke:* Zapfen zum Ablassen eines Fischteichs. – *Leberreime:* schlechte Scherzreime, wie man sie ehedem über dem Essen einer Hechtleber zu machen pflegte. – *Troglodyt:* Höhlenbewohner.

S. 786 *Ripienstimmen:* ausfüllende Nebenstimmen in der Musik.

S. 788 *Akzessit:* Nebenpreis. – *Voltas elektrischer Verdichter:* 1782 erfand der italienische Physiker Alessandro Graf Volta (1745–1827) einen ersten Kondensator, um den von ihm entdeckten elektrischen Strom nutzbar zu machen.

S. 789 *Schießpferd:* zur Jagd abgerichtetes Pferd, hinter dem man das Wild anpirscht. – *Seelenverkäufer:* So nannte man in Holland die Händler, die für die Schiffahrt gepreßte Matrosen beschafften und verkauften. – *partie carrée:* beim L'hombre-Spiel eine Partie aus drei Königen und einer Dame in der Hand. – *Madame Bouillon:* Vielleicht ist damit die Marie Anne, Herzogin von Bouillon (1646–1714) gemeint, die Nichte des Kardinals Mazarin, deren zahlreiche Liebesaffären die franz. Gesellschaft des 17. Jahrh. sehr bewegt hatten.

S. 790 *Anmerkung:* Vgl. o. zu S. 244.

S. 791 *der Reichs-Anzeiger:* In Beckers »Reichsanzeiger« war im August 1797 unter der Rubrik: »Moralische Gegenstände« und unter dem Titel: »Rüge eines Schriftsteller-Frevels« ein wütender Leserbrief abgedruckt worden, in dem sich der Einsender scharf gegen Siebenkäs' Freitod verwahrte, nicht weil er das Scheinsterben an sich für unmoralisch hielt, sondern weil er das Nichtbezahlen der Scheidungsgebühren und den Betrug an der preußischen Witwenkasse als einen Skandal empfand.

S. 792 *im Sokrates:* In Platons Dialog: »Das Gastmahl« vergleicht Alkibiades seinen Lehrer Sokrates mit den Silenstatuen, die außen häßlich und grotesk anzusehen sind, während doch in ihnen Götterbilder verborgen sind. Das häufig zitierte Gleichnis bezog J. P. in der »Vorschule der Ästhetik« (§ 14) auf Joh. Georg Hamanns (s. o. zu S. 101) Schrift: »Sokratische Denkwürdigkeiten« (1773). – *Roonhuysen:* holländischer Arzt aus der zweiten Hälfte des 17. Jahrh. – *Zacharias:* vgl. Luk. 1,22 f. und 64 f. – *opera supererogationis:* überpflichtige gute Werke. So bezeichnet die Scholastik die Verdienste der Heiligen, die den Sündern zugute kommen. – Edme *Mariotte* (1610–84): franz. Physiker, schrieb: »De la nature de l'air« (1679) und »Traité de la nature des couleurs« (1686). – *wie Lavater:* Vgl. in Lavaters (s. o. zu S. 76) Hauptwerk, den »Physiognomischen Fragmenten«, Bd. 2 (1776), Fragm. 2, Zugabe: »Einige Beobachtungen über Neugeborne, Sterbende und Tote«.

S. 794 *Alcibiades:* Der griechische Feldherr rüstete 421 v. Chr. auf Grund einer glücklichen Weissagung eine Kriegsexpedition gegen die sizilischen Städte. Das sog. »Griechische Abenteuer« endete mit einer vernichtenden Niederlage der Athener Flotte gegen spartanische und sizilische Truppen, da Alkibiades in der Zwischenzeit verbannt worden und zu den Spartanern übergelaufen war.

S. 795 Nicolaes *Berghem* (1620–83): berühmter holländischer Landschaftsmaler, noch für die Malerei des 18. Jahrh. ein Hauptvorbild. – *Wouverman:* s. o. zu S. 189. – *Alexanders-Feste:* s. o. zu S. 567.

S. 796 *Dryade:* Baumnymphe. – *Archont:* eigtl. einer der sieben Herrscher Athens, die jährlich neu bestimmt wurden. – *Raufer:* Stoßdegen.

S. 797 *Kordial:* Herzmittel. – Karl Wilh. de *Hamilton* (1668–1754): für seine Natur-Stilleben mit Disteln und Pilzen bekannter belgischer Maler.

S. 798 *par nobile fratrum:* ein sauberes Paar Brüder. – *Zopf:* 1816 versuchte Kurfürst Wilhelm v. Hessen-Kassel für seine Soldaten das Zopftragen wieder obligatorisch zu machen.

S. 799 *Campe:* s. o. zu S. 21. – *Kolbe:* s. o. zu S. 511.

S. 801 *Esaus-Hand:* s. o. zu S. 566. – *Chiragra:* Handgicht.

S. 802 *Gorgonenkopf:* Wer den Kopf der Gorgo auf dem Schild der Athene ansieht, wird versteinert. – *Miasmen:* s. o. zu S. 21. – *volti subito:* »schnell umgewendet«, musik. Fachausdruck zum Rückblättern in den Noten. – *Jagdtaufe:* eigtl. Jach-Taufe, d. h. eine Taufe sogleich nach der Geburt bei Kindern, die nicht lebensfähig schienen. Sie wurde von den Lutheranern bejaht, von den Reformierten schroff abgelehnt. – *Summarissimum:* abgekürzter Prozeß oder Bericht.

S. 803 *Akzisoffiziant:* Steuerbeamter. – *Rektor in Ragusa:* In der damals venezianischen Stadt Ragusa (heute Dubrovnik) wurde der oberste Regent alle Monate neu bestimmt.

S. 804 *Salvianus* (400–480): Theologe, schrieb ein bedeutendes Werk über das Wirken der göttlichen Vorsehung: »de praesenti judicio«. – *der polnische Rock:* s. o. zu S. 474. – *microvestis und macrovestis:* Anspielung auf eine Bemerkung in Jonathan Swifts »Tale of a Tub« (dt. Übersetzung 1758, S. 92), wo es heißt: »Und da die Welt so ein Macrovestis oder das große Kleid ist, was ist noch der Mensch anders als ein Microvestis.« – *Streckteich:* s. o. zu S. 328.

S. 806 *wie David:* vgl. 2. Sam. 24,13 f. und 1. Chron. 21,11 ff. – *Achilles-Schild:* Die Rüstung Achills war undurchdringbar, da sie der Gott Hephaistos selbst geschmiedet hatte.

S. 807 *wie der jüngere Kato:* Marius Porcius Cato (95–46 v. Chr.) stand im römischen Bürgerkrieg gegen Cäsar und tötete sich beim Nahen des siegreichen Gegners in der Stadt Utica. Die Stelle aus den »Lebensbeschreibungen« (Cato minor, Kap. 70) des griechischen Historikers und Philosophen Plutarch (um 50–120) zitiert auch Montaigne, vgl. dessen »Essays« I,49. –

Benjamin *West* (1738–1820): aus Pennsylvanien stammender Historienmaler, von 1769–1801 Hofmaler Georgs III. Berühmt waren seine Darstellungen vom Tode großer Männer der Weltgeschichte, vor allem sein Gemälde von Nelsons Tod. – *vertieren:* übersetzen.

S. 808 Isaak *Casaubonus* (1559–1614): ev. Theologe, verfaßte 1614 im Auftrag Heinrichs IV. seine umfangreiche Schrift: »Exercitationes de rebus sacris et ecclesiasticis contra Baronium«, in denen er den Geschichtsirrtümern des gelehrten Kardinals Cesare *Baronio* (1538–1607) in seinen »Annales ecclesiastici« (12 Bde. 1588–1607) nachging.

S. 810 *Konviktorist:* Freitischgänger. – *frère servant:* Der dienende Bruder wurde in den Freimaurerlogen zu den niederen Dienstleistungen herangezogen. – *Vomitiv:* Brechmittel. – *Protomedikus:* Oberarzt.

S. 811 *Haller:* s. o. zu S. 20. – *infulieren:* (mit dem Bischofshut) krönen. – *Karnies:* Gesimsleisten. – *caput mortuum*: tauber Rückstand beim Ausglühen von Eisensulphaten. – *corpus callosum:* s. o. zu S. 457. – *anus cerebri:* Ausgang der vierten Gehirnkammer. – Joh. Heinrich *Glaser* (1629–1775): Professor der Anatomie in Basel, schrieb einen »Tractatus de cerebro« (1680). – *Rumpfparlament:* s. o. zu S. 614. – *Komitiv:* Freibrief, Vollmacht.

S. 812 *Rikoschetschuß:* Prallschuß, bei dem die Kugeln, wie ein flacher Kiesel auf der Wasseroberfläche, mehrfach aufschlagen, um feindliche Geschütze auf der Bastion außer Gefecht zu setzen.

S. 813 *Sukzessionpulver:* s. o. zu S. 616. – *ballotieren:* durch die Wahl zwischen weißen und schwarzen Kugeln bestimmen. – *Senatus populusque Kuhschnappeliensis:* »Senat und Volk von Kuhschnappel«, analog dem römischen Staatsemblem: »SPQR« (Senatus populusque Romanus). – *indische Nester:* Die Nester der Salanganen-Vögel (Indonesien), die aus dem getrockneten Speichel der Vögel bestehen, werden in Indien wegen ihrer Reizstoffe viel gegessen. – *Hebbediente:* Steuereinzieher. – *Panse, Mütze, Psalter und Fettmagen:* die Namen der Magenteile bei Wiederkäuern.

S. 814 *Pfalzgraf:* Seit Karl IV. wurde der Titel eines Hofpfalzgrafen (Comes Palatinus) vom Kaiser in zweifacher Bedeutung verliehen. Während das »große Komitiv« das Recht auf Adelsverleihung einschloß und nur an Reichsstände vergeben wurde, erhielt man durch das »kleine Komitiv« das Recht, Notare zu ernennen, Zahlungsaufschübe zu gewähren etc. – *sphragistisch:* die Siegelkunde betreffend.

S. 815 *volti subito:* s. o. zu S. 802. – *citissime:* schnellstens. – *Pfeifer:* Larve des Rapskäfers.

S. 816 *nach Heidelberg:* Dort wurde die 2. Auflage des »Siebenkäs« gedruckt.

S. 817 *hysterische Kugel:* s. o. zu S. 771. – *frères terribles:* Der sog. »schreckliche Bruder« hat in den Freimaurerlogen die Aufgabe, die neuaufzunehmenden Mitglieder durch Schrecknisse zu prüfen. – *infusorisch:* durch

Aufguß entstanden. »Infusorien« oder »Aufgußtierchen« nennt man, seit ihrer Entdeckung durch Leuwenhoek (s. o. zu S. 534) die kleinsten damals bekannten Lebewesen, deren man gewahr wurde, wenn man Gras oder Schilf mit Wasser übergoß. – *Figurant:* eigtl. Nebentänzer, hier svw. Darsteller. – *Thomastag:* 21. Dezember.

S. 819 *Partie à la guerre:* s. o. zu S. 525. – *liquor probatorius* (richtig vini probatorius): Hahnemannsche Weinprobe. Durch das einfache Auflösen von Weinsäure in Schwefelwasserstoff kann man so die Verfälschung des Weins durch Bleisalz feststellen.

S. 820 *die Arbeiten Ixions und Sisyphus:* s. o. zu S. 576. – *Pikett:* Feldwache. – *Lavater:* s. o. zu S. 76. – *Zenon* (336–264 v. Chr.): griechischer Philosoph, Begründer der stoischen Philosophie, lehrte die Identität von natürlichem, vernünftigem und leidenschaftslosem Leben.

S. 821 *Preßgang:* s. o. zu S. 144. – *Zent- oder Fraisherr:* Gutsherr mit der richterlichen Gewalt über Tod und Leben. – *die hohe Frais* (oder Zent): hatte über alle Kapital-Verbrechen: Mord, Diebstahl, Brandstiftung und Vergewaltigung zu richten. – *chaussieren:* schuhflicken, schuhsohlen. – *spanische Fliegen als spanische Stiefel:* Die spanischen Fliegen oder Kanthariden wurden in Zugpflastern und Salben als blasenziehendes Mittel angewandt, dienten auch als Aphrodisiakum, wobei größere Mengen den Tod herbeiführen konnten; die »spanischen Stiefel« waren ein Werkzeug, um den Gefangenen in der Folter die Beine zu zerquetschen. – *Kothurne:* s. o. zu S. 228.

S. 822 *caput tribus insanabile:* von drei Ärzten nicht kurierbarer Kopf. – *narcotica, drastica emetica, diuretica:* Man teilte die Arzneien ein in: Schlafmittel, Abführmittel, Brechmittel und harntreibende Mittel. – *Anmerkung:* Der Quellenvermerk bezieht sich wieder auf Plinius' d. Ä. »Historia Naturalis«, Buch VIII, Kap. 30.

S. 823 *fruchtbringende Gesellschaft:* s. o. zu S. 536. – *defunctus:* der Verstorbene. – *eine Bélidorsche Druckkugel:* Der franz. General und Ingenieur Bernard Torêt de Bélidor (1693–1761) erfand 1756 die sog. »globes de compression«, Druckminen von einer damals ungeahnten und verheerenden Wirkung. – *Eselkinnbacke gegen Philister:* Der gefangene Simson erschlug mit einem Eselskinnbacken, den er am Wege liegen fand, tausend Mann von den ihn bewachenden Philistern. Vgl. Richt. 15,14 ff. – *Stolgebühren:* s. o. zu S. 694.

S. 824 *Popens Lockenraub:* »The rape of the lock« heißt ein 1712 veröffentlichtes burleskes Heldengedicht des großen englischen Dichters Pope (s. o. zu S. 378). – *Samiel-Wind:* s. o. zu S. 710.

S. 825 *casa santa:* s. o. zu S. 320.

S. 826 *Ohrfinger:* der kleine Finger. – *wie Archimedes:* Der sizilianische Physiker (s. o. zu S. 361), der Entdecker des Hebelgesetzes, soll mit dessen Hilfe Maschinen konstruiert haben, durch die er allein ganze Schiffe aus dem Wasser ziehen konnte. – *Franklin:* s. o. zu S. 91. 1763 konstruierte er eine Glockenwalze, die durch einen Treibriemen angetrieben wurde.

S. 827 *gallische Enzyklopädisten:* Die von Denis Diderot und Eugene d'Alembert in Verbindung mit den bedeutendsten Zeitgenossen herausgegebene »Encyclopédie ou Dictionnaire raisonné des sciences, des arts et des métiers« (28 Bde., 1751–72, 7 Suppl.-Bde. 1780) war das Hauptwerk der europäischen Aufklärung im 18. Jahrh., von J. P. wegen ihres ihm offenkundigen Atheismus und Materialismus scharf abgelehnt. – *versio interlinearis:* wörtliche, zwischen die Zeilen des Originals eingeschobene Übersetzung.

S. 828 *Trophonius-Höhle:* antike Orakelstätte bei Lebadeia in Böotien, an der Stelle, wo der sagenhafte erste Erbauer des Apollo-Tempels in Delphi von der Erde verschlungen wurde. Dort wurden er und Zeus chthonios (der Erdverhaftete) in einer unterirdischen Höhle verehrt.

S. 829 *Bonnet:* s. o. zu S. 483.

S. 830 *Lavaters Lehre:* Vgl. in Lavaters (s. o. zu S. 76) Werk: »Aussichten in die Ewigkeit« (4 Bde., 1768 ff.) den 7. und 8. Brief des Ates und die Vorrede zum 2. Brief. – *Pers. Sat. 3:* Der Quellenverweis bezieht sich auf die dritte der »Satiren« des röm. Dichters Aules Persius Flaccus (34–62). Der Verweis ist allerdings ebenso unzutreffend wie J. P.s Erklärung des Archimimus.

S. 832 *Adjunkte adjungieren:* Beihelfer (im Amt) beiordnen. – *Bossiergriffel:* s. o. zu S. 79.

S. 833 *Legestachel:* s. o. zu S. 79. – *Narrenschiff:* Titel einer berühmten Satire des Straßburger Arztes Sebastian Brant (1458–1521) von 1494, in der unter dem Bild einer Schiffsgesellschaft die Narrheiten der Zeit verspottet werden. – *Lithopädium:* Steinkind, totes Embryo, das in der Bauchhöhle liegenbleibt. – *Anmerkung:* Der Beleg geht auf das gelehrsame Sammelwerk: »Genialium dierum libri VI« (1523) des neapolitanischen Juriskonsulten und Polyhistors Alessandro Alessandri (um 1461–1523), der als Humanist den latinisierten Namen *Alexander ab Alexandro* führte.

S. 835 *Leute en longue robe in die en robe courte:* In Frankreich unterschied man Geistlichkeit und Adel durch die Länge ihrer Standestracht vom Militär.

S. 836 *Grubstreet:* Straße in London, in der vor allem Schriftsteller wohnten. – *Assignate:* Anweisungsscheine (statt Hartgeld). Das 1790 in Frankreich eingeführte Papiergeld bestand in Geldanweisungen auf Anleihe der Staatsbanken.

S. 837 *petites maisons:* (die Zellen in) Irrenhäuser(n). – *fröhlicher Stein:* der älteste Teil des heutigen Theresiensteins bei Hof.

S. 840 *mein guter Christian:* s. o. zu S. 318. – *zwei schlafende Brüder:* J. P.s früh verstorbene Freunde Joh. Adam Lorenz (gest. 13. Okt. 1786) und Christian Adam v. Oerthel (gest. 3. Sept. 1792).

S. 841 *Cocagnebaum:* schlüpfrig gemachter Kletterbaum bei ländlichen Lustbarkeiten. – *Aberrationen:* Bahnabweichungen eines Planeten. – *Kielkropf:* Wechselbalg, Teufelskind.

S. 842 *Chorton:* Er war um einen Ton höher gestimmt als der Kammerton, der in Orchestern üblich war. – *wie an einer Mosis-Wolkensäule:* die den aus Ägypten ausziehenden Israeliten leuchtete, während sie den nachsetzenden Ägyptern den Weg verdunkelte. Vgl. 2. Mos. 13,21 f. – *responsa prudentum:* »Antworten der Kundigen«, Rechtsgutachten der Universitäten. – *in duplo:* doppelt.

S. 843 *Halbromanen:* Anspielung auf »Albrecht der Friedländer, halb Geschichte ....., halb Roman« (1794) von Georg Fr. Rebmann. Über die damals herrschende Unsitte, Romane als »Mehr als Roman – kein Roman – leider doch nur Roman« etc. auszugeben, spottete J. P. wenig später in »Mein Protokoll und Nachblatt der Schläfer« seiner »Palingenesien« (1. Reiseanzeiger) ausführlicher.

S. 844 *Egerien-Quelle:* Die Quelle der röm. Quellnymphe Egeria, der Ratgeberin des zweiten Königs von Rom, Numa Pompilius, auf dem Forum in Rom, stand bis zum Ende der Kaiserzeit in höchstem kultischen Ansehen. – *Anmerkung:* s. o. z. S. 624.

S. 847 *Tempe:* s. o. zu S. 121.

S. 848: *Antiklimax:* Herabziehung, Minderung. – *Doppel-Usos und Respekttage:* s. o. zu S. 657 und zu S. 469.

S. 849 *extradieren:* aushändigen. – *Plut. im Numa:* vgl. in Plutarchs (s. o. zu S. 807) »Vergleichung der Lebensbeschreibung des Numa Pompilius mit der des Lykörg« das Kap. 3.

S. 850 *Rastalische Quelle:* dem Apoll heilige Quelle in Delphi. – *Firmian vergaß alles, um sich zu erinnern:* Zu diesem Lieblingsscherz J. P.s vgl. o. zu S. 206.

S. 851 *Gygesring:* s. o. zu S. 322.

S. 852 *Plenipotentiar:* bevollmächtigter Gesandter. – *substitutus sine spe succedendi:* s. o. zu S. 724 (sine: ohne). – *das Breitkopfische Land der Liebe:* Der Leipziger Verlag Breitkopf hatte 1777 als Probe für ein neues Landkarten-Druckverfahren eine allegorische Karte des »Landes der Liebe« herausgegeben. – *systema assistentiae:* Beistandverpflichtung. – *Campe:* Er schrieb 1789 seinen »Väterlichen Rat für meine Tochter«, in dem er vor dem weiblichen Umgang mit der Gelehrsamkeit warnte. – *Schulbakel:* Schulstock.

S. 853 *Auferstehung aus dem Bein Lüz:* In dem o. S. 838 zitierten Werk des Agrippa von Nettesheim (s. o. zu S. 698) heißt es: »Est in humano corpore os quoddam, quod Hebraei *Luz* appellant, magnitudine ciceris mundati, quod nulli corruptione obnoxium, nec igne quidem vincitur, sed semper conservatur illaesum; ex quo (ut dicunt) velut planta ex semine in resurrectione mortuorum corpus nostrum animale repullulascet.« (Es ist im menschlichen Körper ein von den Hebräern »Luz« genannter Knochen von der Größe einer ausgelösten Erbse, der von keiner Verwesung bedroht, von keinem Feuer zerstört wird, sondern immer unversehrt bleibt. Aus diesem Knochen, sagen sie, wird wie eine Pflanze aus dem Samen bei der Auferstehung der Toten unser tierischer [irdischer] Leib wieder erwachsen.)

S. 856 *1 000 000 099 Menschen:* Es müßte natürlich »999 999 999« heißen! – *Kritter in Göttingen:* Der Senator und Kämmerer Kritter prophezeite der Preußischen Witwenkasse in einem 1793 erschienenen Aufsatz in Schlözers »Staatsanzeiger«, sie würde spätestens 1803 aufhören zu bestehen.

S. 857 *Prophet Samuel:* Er erscheint dem König Saul bei der Hexe von Endor, vgl. 1. Sam. 28,14 ff.

Im Herbst 1798 ließ sich Jean Paul aus Gefälligkeit gegen den mit ihm bekannten Buchhändler Joh. Gottlob Feind in Leipzig bewegen, nach der Vollendung des ersten Bandes des »Titan« die Arbeit an seinem Hauptwerk ein letztes Mal zu unterbrechen und die Wintermonate einem kleineren Werk zu widmen, das kleine Aufsätze an einem dünnen Handlungsfaden aufhängen und mit einer Darstellung seines »bevorstehenden Lebenslaufs« verbinden sollte. Er begann dem »Vaterblatt« zufolge am 27. Sept. 1798 mit der Niederschrift und konnte bereits am 2. Oktober seinem Freunde Christian Otto schreiben, er sei mit höchstem Eifer über seinem neuen Buch: »Jean Pauls Briefe und bevorstehender Lebenslauf«. Als Jean Paul dann Ende Oktober nach Weimar übersiedelte, brach er wegen ärgerlicher finanzieller Reibereien die Beziehungen zu seinem Verleger ab und bot das Büchlein dem Geraer Buchhändler Heinsius zum Verlag an, der schon 1797 die »Palingenesien« herausgegeben hatte. Am 28. Januar 1799 konnte der Dichter den größeren Teil seines Manuskriptes in Druck geben, das letzte Drittel mit der »Konjektural-Biographie« folgte einen Monat später, am 27. Februar, nach. Das Bändchen wurde diesmal nicht bei Breitkopf und Härtel, sondern bei Burmester in Leipzig gedruckt. Obgleich sich aber Jean Paul mit der Ausstattung sehr zufrieden erklärte, fiel der Druck, als die »Briefe« schließlich im Mai erschienen, doch ziemlich liederlich und unschön aus. – Das Werk wurde vom Publikum und der Kritik mit Beifall aufgenommen, doch ist es wie bei den meisten anderen Büchern dieser Zeit zu keiner zweiten Auflage bei Lebzeiten des Dichters gekommen. – Die »Konjektural-Biographie«, die mit der Geschichte von Jean Pauls Besuch in Kuhschnappel, der alten Heimat Siebenkäsens, und beim Hospitalprediger, wie er in den »Briefen« beschrieben wird, nichts zu tun hat, macht in Jean Pauls Bändchen das letzte Drittel aus. Aus der »Vorrede« seien hier die auf die »Konjektural-Biographie« bezüglichen Stellen herausgehoben:

Das letzte Drittel des Buchs vertrauet dem Leser eine *Konjektural-Biographie* meines zukünftigen Lebens in sogenannten poetischen Episteln an. Wahrhaftig es ist schön, daß sich der Mensch um jeden andern mehr zu scheren braucht als um sich; – von sich kann er sagen und verraten und vermuten, was er will; über seine Geheimnisse müssen alle Leute das Maul halten, nur er nicht. Daher hab' ich – kalt gegen die Engherzigkeit eines erbärmlichen Sprödetuns mit den Mysterien eigner Personalien – es geradezu (*ohne* meine gewöhnlichen biographischen Fiktionen) in die Welt hinausgemalt, wie mein Leben aussehen werde von diesem Jahre an bis zu meinem letzten.

Die Dichtkunst wie die Tugend verachtet auf dem Wege zu ihrem Sieg den Untergang persönlicher Verhältnisse und flüchtiger Freuden. Dieses Spiel schadet nicht; indes in den andern Spielen der Erwachsenen, wie in den Spielen der Kinder, die hölzernen Trompeten und die Bleisoldaten vergiften und die Wiegenpferde und Blasröhre gefährlich erschüttern.

Als ein *Doppelgänger* hab' ich in der Konjektural-Biographie mich selber gesehen und gemalt und, wie Moses im Pentateuch, sogar meinen Tod: letzterer bleibt mir in jedem Fall gewiß; und sollte dieser historische Roman meines Ichs mit einem frühern Bande beschließen, als ich vermutet hätte: so würde mein Kopf das, was er an eignen Konjekturen einbüßte, wieder an fremden gewinnen, die Doktor Gall in Wien (dem ich das Kranium hiemit legiere) daraus schöpfen müßte.

Heute ist Fastnacht – und Redoute – und die Larve und das Hungertuch [1] werden zusammen ausgehangen, und ich könnte mit Recht aufhören; inzwischen ist morgen Aschermittwoch, und ich habe an einen berühmten Gelehrten dieser Zeit etwas recht auf dieses Werklein Passendes geschrieben, was ich hier (besonders da dieses Buch mein *letztes* im Jahrhundert ist) einrücken kann, wovon ich aber wenig mehr weiß, weil ichs nicht kopieret habe. Es wird hier der berühmte Mann aufgefordert, in den florierenden Anzeigern zu sagen, ob ich wirklich folgendes an ihn erlassen habe:

»Der Teufel« (glaub' ich geschrieben zu haben) »ist los in diesem Jahrhundert und der Heilige Geist ebenfalls, mein Herr! Ach eine harte Zeit steht an der Türe, *Erdfälle* und *Lauwinen* zugleich! Es werden einige Jahrzehende kommen – denn mehrere verträgt das unsterbliche Herz des Menschen nicht –, worin Chemie und Physik und Geogonie und Philosophie und Politik verschworen den Isis-Schleier der stillen hohen Gottheit für eine Gestalt selber und die Isis hinter ihm für nichts ausgeben werden. – Das der Nemesis gehorsame Herz, das bescheidnere frömmere Zeiten erzogen haben, wird zagen vor einer frechen ruchlosen Titanenzeit, worin nur Handel und Scharfsinn gebieten und worin ein geistiges Faustrecht zu Gerichte sitzt. Die jetzige Zeit wird von revolutionären *Schatten* bewohnt, die, wie die homerischen, nicht eher Kraft und Rede haben, als bis sie *Blut* getrunken. Wohl ist die Menschheit erwacht – ich weiß nicht, ob im Bette oder Grabe –; aber sie liegt noch, wie eine erweckte Leiche, umgekehrt *auf dem Angesicht* und blickt in die Erde.

Diese moralische Revolution (eine politische ist mehr die Tochter als Mutter einer moralischen), dieser Übermut des Geistes der Zeit geht bis zu den Kritikern herab, die den Dichter vor der Moral warnen und die es lieber haben, daß er, wenn er doch einmal sich mit Stoff befängt, das kleinere Übel wähle und eher zu tief in den unsittlichen greife als in den sittlichen. Ihr zerstörten Zerstörer, ihr werdet die Sünder, aber nicht die Dichter ver-

[1] Ein mit biblischen Historien bemaltes Tuch, das die Papisten von der Fastnacht bis zum Karfreitag aushingen.

mehren; leiden denn diese bei uns so sehr an der moralischen Teleologie? Und wer durch diese ein Prosaiker wird, der würde es auch durch die unsittlichste von der Welt verbleiben, wie die Franzosen beweisen. Ist nicht bei den zwei großen griechischen Dichtern, bei Homer und Sophokles, die Hippokrene ein heiliges Weihwasser und ihr Parnaß ein Altar der Nemesis und ganz gebauet auf einen moralischen Sinai? –

Inzwischen wird auch diese Zeit ihre Sonnenwende finden. Das Menschenherz verstäubt, aber nie sein Ziel. Wie nach den Naturkundigern ein ganzes Pflanzen- und Tierreich sich niederschlagen mußte als Blumenerde und Unterlage für das Menschenreich: so ist die Asche der schlimmern Zeiten das Düngesalz der bessern. – Jeder verbessere und revolutioniere nur vor allen Dingen statt der Zeit sein Ich; dann gibt sich alles, weil die Zeit aus Ichs besteht. Er arbeite und grabe still mit seiner Lampe an der Stirn in seinem dunkeln Bezirke und Schachte fort, unbekümmert um das Auf- und Abrauschen der Wasserwerke; und falls die Flammen, worein die *Grubenlichter* die *Bergschwaden* setzen, ihn ergriffen: so wäre doch für die künftigen Knappen die Luft gesäubert. – – Aber wir sind alle so: die Unermeßlichkeit des *Raums* bewilligen wir den Entwickelungen des Universums gern; hingegen die Unermeßlichkeit der *Zeit* schlagen wir ihnen ab, als gehörten nicht beide zusammen. Das tausendjährige Reich des Alls soll (verlangen wir) morgen an unserem Geburtstage draußen eben ausgeschifft vor der Türe stehen und uns gratulieren, damit wir auch davon profitieren.« – –

Aber wie gesagt, es ist noch ungewiß, ob ich mich gerade so an den berühmten Gelehrten ausgedrückt; denn ich schreib' es hier nur aus dem Kopf.

Weimar, am Fastnachtstage 1799.

Jean Paul Fr. Richter

S. 867 *Böttcherwoche:* 23.–29. September 1798. – *lettre toute prête:* Leihschein.

S. 868 *Jakobs Stein:* vgl. 1. Mos. 28,11. – *Vigesimo-Herzen:* svw. verkümmerte oder Schrumpfherzen (Vigesimo ist ein besonders kleines Buchformat). – *Momus:* der griech. Gott des Spottes. Die im Text angedeutete Geschichte wird verschiedentlich aus dem Altertum erzählt.

S. 869 *Patavinität:* bäuerische, altertümliche Redeweise. Im alten Rom nannte man so die mundartlich gefärbte Sprache des aus Padua (Patavium) stammenden Historikers Titus Livius (59 v. Chr.–17 n. Chr.). – *Merkur:* Quecksilber. – *Guido:* Gemeint ist der berühmte italienische Maler Guido Reni (1575–1642), den das 18. Jahrh. neben Raffael fast am höchsten schätzte.

S. 870 *a parte ante:* s. o. zu S. 92. – *Hammerherr* (auch Hammermeister):

Besitzer eines Eisenhammers oder Eisenwerks, der das Recht besaß, seiner Ware das eigene Zeichen einzuprägen. – *Ephorie:* Aufsichtsbehörde. Die Ephoren bekleideten in Sparta eine Stellung, die der des römischen Zensors vergleichbar und der Stellung der Könige übergeordnet war.

S. 871 *konstantinische Schenkung:* Der Kirchenstaat wurde von den Päpsten auf eine angebliche Schenkung Kaiser Konstantins (274–337) zurückgeführt. – *Lohbeet:* s. o. zu S. 276.

S. 872 *Ehezärter:* Ehevertrag. – *fruchtbringende Gesellschaft:* s. o. zu S. 823. – *Alkahest:* von den Alchemisten so benanntes Wunderlösemittel, das angeblich alle Stoffe miteinander verbinden und voneinander lösen konnte. – *septembrisieren:* s. o. zu S. 512. – *idiopathisch:* gleichfühlend. – *säkularische Spiele:* Sie fanden in Rom statt, um jeweils die hundertste Wiederkehr des Stadtgründungstages (756 v. Chr.) zu feiern. – *Strohkranzrede:* s. o. zu S. 55.

S. 873 Georg Philipp *Rugendas* (1666–1742): gefeierter, aus Augsburg gebürtiger Schlachtenmaler des Barock. Er benutzte das Bombardement von Augsburg (1703) und die Schlacht bei Blenheim (1704), die er als Augenzeuge aufsuchte, um für seine Bilder Studien nach der Natur zu machen. – *Labarum:* die röm. Kriegsfahne mit dem Kreuzzeichen, die seit Konstantin in der Kaiserzeit eingeführt wurde. – *Cimmerier:* bei Homer ein Volk, das am nördlichen Ende der Welt in ewiger Nacht lebt.

S. 876 *Klopstocks Gedicht an eine künftige Geliebte:* Diese häufig nachgeahmte Ode erschien zuerst 1748. – *Luise:* Hauptfigur aus Vossens gleichnamiger Idylle von 1780. – *eiserne Maske:* Unter ihr verbarg sich ein sagenumwobener Gefangener Ludwigs XIV. in der Bastille. Nach Voltaires Bericht sollte es sich dabei um den Zwillingsbruder des frz. Königs gehandelt haben. – *drei Gesichter:* Im Herbst 1797 hatte der Maler Pfenninger von J. P. ein Gemälde angefertigt, das er nachher zweimal in Kupfer stach, und das den Dichter, wie er selbst bemerkte, nur wenig glücklich getroffen hatte.

S. 878 *Messwoche:* 30. September bis 6. Oktober 1798. – Joh. Albrecht *Bengel* (1687–1752): ev. Theologe, der zwei biblisch-prophetische Werke über das Ende der Welt schrieb. »Erklärte Offenbarung Johannis« (1740) und »Sechzig erbauliche Reden über die Offenbarung Johannis« (1747). Darin stellt er die Behauptung auf, das Tausendjährige Reich nehme im Jahre 1836 seinen Anfang.

S. 879 *wie ein verwundeter Adonis:* vgl. Ovids »Metamorphosen« X, 345 ff. – *Ichor:* das Blut der Götter. – *Hesperiden:* Sie bewachen nach der antiken Mythologie in einem Garten am Ende der Welt die goldenen Äpfel ewiger Jugend.

S. 880 *Pfingsttage:* So nennt J. P. in seinem »Hesperus« den 32.–36. Hundposttag, in welche Zeit die Begegnung der Hauptfiguren fällt, »Pfingsttage«.

S. 882 *salomonischer Ring:* s. o. zu S. 546. – *Eisen-Jungfrau:* s. o. zu S. 487.

S. 883 *pêle mêle:* Allerlei, Mischmasch. – *»Neuhaus« und »Hofeck«:* Ausflugsziele in der engsten Umgebung von Hof.

S. 884 *Brandenbourg-house:* berühmtes Hotel in London, doch gab es auch in Hof einen »Brandenburgischen Hof«. – *Louisium:* 1785–1790 klassizistisch umgebautes Schloß im Park von Dessau. – *eine solche königliche Bagatelle:* s. o. zu S. 526.

S. 888 *Zahlwoche:* 8.–14. Oktober 1798. – *Augusta:* Nach einer Anmerkung der hist.-krit. Ausgabe von Jean Pauls Werken hatte im Herbst 1798 Graf Adam von Moltke mit seiner Gattin Auguste den Dichter in Leipzig besucht. – *Hyblahonig:* Honig aus der im Altertum berühmten sizilischen Stadt Hybla, die am Südabhang des Ätna gelegen war.

S. 889 *Buffon:* s. o. zu S. 112. – *vidimierte Kopie:* beglaubigte Abschrift.

S. 890 *im November:* Erinnerung an Jean Pauls Todesvision vom 15. Nov. 1790.

S. 893 *außer noch einem:* wohl dem angeredeten Christian Otto selbst. – *Ripienist:* s. o. zu S. 786.

S. 894 *alexandrinische Bibliothek:* Sie barg bis zu ihrer Zerstörung durch Cäsar die größten Bücherschätze des Hellenismus. – *Lethe:* Quelle des Vergessens in der antiken Mythologie.

S. 896 *Erysichthon:* Er verging sich an einem Heiligtum der Demeter und wurde dafür mit ewigem Hunger bestraft. Seine Tochter Mnestra, die sich in alle Gestalten verwandeln konnte, verkaufte sich jeden Tag als Sklavin, um ihrem Vater den Unterhalt zu beschaffen, und kehrte nachts in ihre eigene Gestalt zurück. – *Vendemiaire:* Weinmonat im frz. Revolutionskalender (vom 22. Sept. bis 22. Okt.). – ——— : Nach den Vorarbeiten fürchtete J. P., in der Erfindung der Charaktere nachzulassen. – *geßnerische Idyllen:* s. o. zu S. 506.

S. 897 *Statuere, quis sit sapiens usw.:* »Einen anderen für weise zu erklären, scheint wohl am meisten weise zu sein.« Der Satz stammt aus Ciceros »Academiae« II, 9.

S. 898 *die beiden – Skaliger:* Gemeint sind die beiden streitbaren humanistischen Philologen Julius Cäsar (1484–1558) und Joseph Justus Scaliger (1540–1609). Eigentlich zielt J. P. jedoch auf die Brüder Schlegel ab, deren boshaft-kritische »Athenäums«-Fragmente eben (1798) erschienen waren und viel böses Blut gemacht hatten.

S. 901 *Platner:* s. o. zu S. 198. Vgl. dessen »Philosophische Aphorismen«, § 1075.

S. 902 *ein guter Jüngling:* Gedacht ist an J. P.s Leipziger Freund Paul Ämil Thieriot (1780–1831). – *Weiße:* s. o. zu S. 61.

S. 904 John *Brown* (1735–1788): engl. Arzt. Er hatte die vielbeachtete These entwickelt, die menschliche Gesundheit und das Leben hänge von der

Reizbarkeit des Menschen durch die Luft, Schlaf usw. ab. Er versuchte daher alle Krankheiten auf Überreizung (sthenische Krankheiten) und fehlende Reizbarkeit (asthenische Krankheiten) zurückzuführen und durch entsprechende Stimulantien zu bekämpfen. – *eine Familie von elterlicher und kindlicher Liebe:* Damit ist die Familie des Freiherrn v. Hardenberg in Weißenfels gemeint, bei der J. P. auf seiner Reise von Leipzig nach Weimar die Nacht vom 24. auf 25. Okt. verbrachte. – *Swift:* Gemeint sind die schon erwähnten Struldbrugs, s. o. zu S. 601.

S. 906 *Wieland:* Die letzte Nacht auf der Fahrt nach Weimar hatte J. P. den greisen Wieland auf seinem Gut in Oßmannstädt besucht.

INHALT

DIE UNSICHTBARE LOGE (MUMIEN)

Erster Teil

Erster Sektor

Zweiter Sektor oder Ausschnitt

Dritter Sektor oder Ausschnitt

Vierter Sektor oder Ausschnitt

Fünfter Sektor oder Ausschnitt

Sechster Sektor oder Ausschnitt

Siebenter Sektor oder Ausschnitt

Achter Sektor

Neunter Sektor

Zehnter Sektor

Eilfter Sektor

Zwölfter Sektor

Dreizehnter Sektor

Vierzehnter Sektor

Funfzehnter Sektor oder Ausschnitt

Sechzehnter Sektor

Siebzehnter Sektor

Achtzehnter Sektor

Neunzehnter Sektor

Zwanzigster Sektor

Einundzwanzigster oder Michaelis-Sektor

Zweiundzwanzigster oder XVIIII. Trinitatis-Sektor

Dreiundzwanzigster oder XX. Trinitatis-Sektor

Vierundzwanzigster oder XXI. Trinitatis-Sektor

Fünfundzwanzigster oder XXII. Trinitatis-Sektor

Sechsundzwanzigster oder XX. Trinitatis-Sektor

ZWEITER TEIL

Siebenundzwanzigster oder XXI. Trinitatis-Sektor

Achtundzwanzigster oder Simon Judä-Sektor

Neunundzwanzigster oder XXII. Trinitatis-Sektor

Dreißigster oder XXIII. Trinitatis-Sektor

QUINTUS FIXLEIN

Drittes Bändchen

Viertes Bändchen

KONJEKTURAL-BIOGRAPHIE

ANHANG

Jean Paul
Werke in drei Bänden

Herausgegeben
von Norbert Miller

Nachwort
von Walter Höllerer

Band II

Carl Hanser Verlag
München

ISBN 3 446 10890 4

Hanserbibliothek
4. Auflage 1986

Gesetzt aus der Aldus-Antiqua
Umschlagentwurf: Christian Diener
Gesamtherstellung: Mohndruck Graphische Betriebe GmbH, Gütersloh
Library of Congress Catalog Card Number: 70-91340
Printed in Germany

INHALTSÜBERSICHT

DAS KAMPANER TAL

oder über die

Unsterblichkeit der Seele

Ich schlug häufig in der Destillation über den Helm das Phlegma der Erdkugel nieder, die Polarwüsten, die Eismeere, die russischen Wälder, die Eisberge und Hundsgrotten, und extrahierte mir dann eine schöne Nebenerde, ein Nebenplanetchen, aus dem Überrest: man kann eine sehr hübsche, aber kleine zusammengeschmolzene Erde zusammenbringen, wenn man die Reize der alten exzerpiert und ordnet. Man nehme zu den Höhlen seiner Miniatur- und Dito-Erde die von Antiparos und von Baumann – zu den Ebenen die Rheingegenden – zu den Bergen den Hybla und Tabor und Montblanc – zu den Inseln die Freundschaftsinseln, die seligen und die Pappelinsel – zu den Forsten Wentworths Park, Daphnens Hain und einige Eckstämme aus dem paphischen – zu einem guten Tal das Seifersdorfer und das *Kampaner*: so besitzt man neben dieser wüsten schmutzigen Welt die schönste Bei- und Nachwelt, ein Dessertservice von Belang, einen Vorhimmel zwischen Vorhöllen. – –

Ich habe absichtlich das Kampaner Tal mit in meinen Extrakt und Absud geworfen, weil ich keines weiß, worin ich lieber aufwachen oder sterben oder lieben möchte als eben darin: ich ließe das Tal, wenn ich zu sprechen hätte, nicht einmal mit den Tempe- und Rosentälern und Olympen verschütten, höchstens mit Utopien. Den Lesern ist das Tal schon hinlänglich aus ihren geographischen Schulstunden und aus den Reisen Arthur Youngs bekannt, ders fast noch stärker lobt als ich.[1]

Daher stieg – das muß ich annehmen – im Juli 1796 die Glücksgöttin von ihrer Kugel auf unsere und füllte meine Hand – statt mit ihren Kunkellehnen und Mußteilen und Goldnen Kälbern und Vliesen – mit weiter nichts als mit ihrer eignen und führte mich daran – daraus erkannt' ich die Göttin – ins Kampaner Tal.... Wahrlich ein Mensch braucht nur hineinzusehen, so hat er (wie ich) mehr, als der Teufel Christo und Ludwig XIV. *bot* und den Päpsten *gab*.

Die Probe eines Genusses ist seine Erinnerung – nur die Paradiese der Phantasie werden willig Phantasie und werden nie *verloren*, sondern stets *erobert* – nur die Dichtkunst söhnet die Vergangenheit mit der Zukunft aus und ist die Leier Orpheus', die diesen zwei zermalmenden Felsen zu stocken befiehlt.[2]

Wie bekannt, macht' ich mit Herrn Karlson – denn dem ästhetischen

[1] B. 1 S. 76 in der deutschen Übersetzung. Übrigens brauch' ichs niemand zu sagen, daß das Tal selber im Departement der obern Pyrenäen liegt.

[2] Bekanntlich stießen die zwei symplegadischen Felsen immer gegeneinander und zertrümmerten jedes durchfliehende Schiff, bis Orpheus' Töne sie zu ruhen zwangen.

Publikum ist wahrlich an wirklichen Geschlechtsnamen wenig gelegen, da es als literarisches Zent- und Fraisgericht wahre Namen stets auf den Fuß erdichteter behandelt, aber den existierenden Charakteren selber, wenigstens denen von Gewicht, kann daran liegen, nicht durch Lesezimmer und kritische Gerichtsstuben wund geschleift zu werden – bekanntlich, sag' ich, macht' ich anno 96 mit meinem Freund Karlson (er ist Titular-Rittmeister in *** Diensten) eine Flugreise durch Frankreich. Fast von Meilenstein zu Meilenstein fertigte ich an meinen Freund Viktor die besten epistolarischen Stundenzettel ab. Als ich ihm das nachfolgende Tal-Stück zugesendet hatte, setzte er mir so lange zu, bis ich ihm versprach, diesen illuminierten Nachstich der Natur auch der Drucker- und Buchbinderpresse zu gönnen, nicht bloß der Briefpresse allein. Das tu' ich denn. Ich weiß schon, mein lieber Viktor sieht, daß in unsern Tagen den armen Menschen-Raupen kein grüner Zweig zur Spinnhütte mehr gelassen wird, und daß uns feindliche Täucher das in das Totenmeer fallende Ankertau zerschneiden wollen: daher macht er aus dem Gespräche über die Unsterblichkeit mehr als aus dem gezeichneten Tale, in dem mans hielt; das seh' ich daraus, weil er mich das Widerspiel des Claude Lorraine nennt, der nur die Landschaften selber machte, die Menschen dazu aber von andern malen ließ. Wahrlich ein solches Tal ist es wert, daß man da in die Stickluft des Grabes das Gruben- und Sabbatslicht der Wahrheit statt seines Ichs hinunterlässet, um zu sehen, ob das Ich in einer solchen Tiefe noch atme.

Ich bitte aber die gelehrte Welt, das Geschenk dieses Briefs für kein Pfand zu halten, daß ich ihr auch meine andern Briefe über Frankreich überlassen werde: was ich darin etwa von echtem statistischen, geographischen Bauholz verwahre, hat schon Herr *Fabri* in Händen, den ich ausdrücklich gebeten, die Materialien zu verbauen, ohne den Lieferanten zu nennen.

Ich habe scherzhaft meine Briefe an Viktor in Stationen zerfället: fünfhundert Stationen unterschlag' ich, wie natürlich, und fange mit der 501ten an, worin ich im Tale erscheine:

501. Station

Das Allerlei des Lebens – das Trauergedicht als billet doux – die Höhle – die Überraschung

Kampan d. 23. Jul.

– Da leb' ich seit vorgestern: nach Höllenfahrt und Fegfeuerprobe und Durchgang durch limbos infantum et patrum tritt doch endlich der Mensch ins Himmelreich. – Aber ich bin dir noch den Ausgang aus unserer vorvorgestrigen Herberge schuldig. Niemals hat wohl ein Kopf ein härteres Lager, als wenn man ihn auf den Händen trägt – d. h. darauf stützt: bei mir und Karlson war vor-vorgestern nichts daran schuld, als daß im Saale neben unsern Zimmern ein Hochzeittanz gehalten und daß parterre die jüngste Tochter des maitre d'hotel, die nicht nur den Namen, sondern auch die Reize der Corday hatte, mit zwei weißen Rosen auf den Wangen und zwei roten in den Locken – eingesargt wurde und daß Menschen mit bleichem Gesicht und schwerem Herzen blühende und beglückte bedienten. Wenn das Schicksal zugleich das Freudenpferd und das Trauerroß an die Deichsel der Psyche anschirret: so ziehet immer das Trauerroß vor, d. h. wenn eine lachende und eine weinende Muse in *einer* Stunde auf *einer* Bühne nebeneinander spielen: so schlägt sich der Mensch nicht wie Garrick[1] auf die Seite der lachenden, er bleibt nicht einmal mitten inne, sondern er nimmt die weinende; so malen wir überall wie Milton das verlorne Paradies feuriger als das wiedergewonnene, die Hölle wie Dante besser als den Himmel. – Kurz die stille Leiche machte uns beide gegen den frohen warmen Eindruck der Tänzer kalt. Aber ists nicht recht toll, mein Viktor, daß ein Mann wie ich nichts so gut weiß, als daß jede Stunde der Erde zugleich Morgenrot und Abendwolken austeilt, hier einen blauen Montag, dort einen Aschermittwoch anfängt, daß ein solcher Mann, der mithin so wenig darüber trauert, daß dieselbe Minute Tanz- und Nachtmusik und zugleich Totenmärsche vor dem breiten Nationaltheater der Menschheit aufspielt, gleichwohl den Kopf hängt, wenn er diese Doppel-Musik auf einmal bei einer Winkelbühne zu Ohren bekömmt? Ist das nicht so toll wie sein übriges Tun?

Auch in Karlsons Augen flog etwas von dieser Staub-Wolke; bei ihm bestand sie aber aus aufgewehter Asche einer Urne. Er kann alle Schmerzen verschmerzen – ihre Erinnerungen ausgenommen –; seine Jahre hat er durch Länder ersetzt, und der durchlaufne Raum wird ihm für durchlaufne Zeit angerechnet: aber hier wurde der tiefe feste Jüngling blaß, als er heraufkam und mir erzählte, daß der Liebhaber der bleichen Corday ihre langen gefalteten Hände auseinandergeworfen und auf seinen Knien an seinen wilden Mund angerissen habe.

Er nahm sein Entfärben im Spiegel wahr, und um es mir zu erklären, so teilt er mir gleichsam das letzte und geheimste Blatt aus seiner Lebens-Robinsonade mit. Du siehest, was für ein undurchsichtiger Edelstein dieser Jüngling ist, der seinen Freunden durch ganz Frankreich nachreisen kann, ohne seinem offenherzigen Reisegefährten nur eine Fuge oder ein Astloch in das Verhältnis mit ihnen aufzumachen. Jetzt erst, zumal aus Rührung über das nahe Kampaner-Tal, zieht er den Schlüssel aus dem Schlüsselloch, das für dich ein Souffleurloch wird.

Daß er mit dem Baron Wilhelmi und der Braut desselben, *Gione,* und

[1] Auf einem Gemälde von Reynolds, wo Garrick, von beiden Musen gezogen, Thalien folgt.

ihrer Schwester, *Nadine*, bis nach Lausanne gereiset war, um mit ihnen bis ins Kampaner-Tal zu ihrer arkadischen Hochzeitsfeier mitzugehen – das weißt du schon. Daß er sich in Lausanne von ihnen plötzlich wegriß und sich zurück an den Rheinfall zu Schaffhausen stellte – das weißt du auch; aber die Ursache nicht. Diese wird dir nun von ihm und mir erzählt.

Karlson sah in der täglichen Nähe endlich durch den enggegitterten Schleier Gionens durch, der über einen verwandten, groß und fest gezeichneten Charakter, den noch dazu die bräutliche Liebe magisch kolorierte, geworfen war. Karlson wurde von sich vermutlich viel später als von andern erraten: sein Herz wurde, wie im Wasser das sogenannte Weltauge, anfangs glänzend, dann wechselt' es die Farben, dann wurd' es ein Nebel und endlich transparent. Um das schöne Verhältnis nicht zu trüben, wandte er den verdächtigen Teil seiner Aufmerksamkeit auf ihre Schwester Nadine; er sagte mir nicht klar, ob er nicht diese in einen schönen Irrtum führte, ohne Gionen eine schöne Wahrheit zu nehmen.

Alle diese Schauspiels-Knoten schien die Sense des Todes zerschneiden zu wollen: Gionen, diese Gesunde und Ruhige, befiel ein plötzliches Nervenübel. An einem Abend trat Wilhelmi mit seiner dichterischen Heftigkeit weinend in Karlsons Zimmer und konnte nur unter der Umarmung stottern: »Sie ist nicht mehr.«

Karlson sagte kein Wort, aber er reisete noch zu nachts im Tumulte fremder und eigner Trauer nach Schaffhausen fort und nahm vielleicht ebensosehr vor einer Liebenden als vor einer Geliebten die Flucht, ich meine vor Nadine und Gione zugleich. Vor der ewigen Wasserhose des Rheins, dieser fortstürzenden geschmolznen Schlaglauwine, dieser schimmernden steilrechten Milchstraße, heilte sich seine Seele langsam aus: Aber er war vorher lange in die düstere kalte Schlangengrube stechender Schmerzen eingeschlossen, sie bekrochen und umwickelten ihn bis ans Herz: denn er glaubte wie die meisten Weltleute, unter denen er erwachsen war – und vielleicht auch durch sein Schoßstudium, die Chemie, zu sehr an *physische* An- und Aussichten verwöhnt –, daß unser letztes Entschlafen Vergehen sei, wie in der Epopöe der erste Mensch den ersten Schlummer für den ersten Tod ansah.

Er schickte an Wilhelmi bloß die Nachricht seines Aufenthalts und ein Gedicht: *»Die Klage ohne Trost«*, das sein Unglaube betitelte, da er das Ambrosiabrot nie gebrochen hatte, dessen Genuß Unsterblichkeit verleiht. Aber eben das stärkte sein entkräftetes Herz, daß ihn die Musen zu dem Gesundbrunnen der Hippokrene führten.

Der Baron schrieb ihm zurück: er habe sein schönes Trauergedicht der Verstorbenen oder Unsterblichen – vorgelesen: bloß eine lange Ohnmacht hatte den schmerzlichen Irrtum erzeugt. Er und Gione baten ihn herzlich, ungesäumt nachzukommen; aber Karlson antwortete: »das Schicksal hab' ihn nun durch die Alpenmauer von ihrem schönen Fest geschieden; da es aber wie das Braut-Tal Kampan seine Frühlinge immer erneuern werde, so hoff' er durch sein Zögern nichts zu verlieren als Zeit.«

Kurz nun hatte noch dazu die andere Welt ihr überirdisches Licht auf Gionens Angesicht geworfen, und er liebte sie jetzt zu sehr, um das Fest ihres Verlustes begehen zu helfen. Auch über sie will ich dir eine unter dem Zuhören geborne Vermutung zuwenden.

Schon von einem Lobe und einer Liebe hinter dem Rücken werden wir gewonnen: wie viel mehr aber, wenn man uns beide als Abschiedsküsse nach dem Auffluge aus der Erde nachwirft! – Daher ist für mich der Gedanke an die künftige Leichenprozession hinter meinem bunten reichbeschlagenen Loh-, Zwiebel- und Reliquien-Kasten nicht nur ein Sporn zum Medizinieren (denn älter ist man leichter einzubüßen), sondern auch zum Absolvieren. Und du selber, so selten du uns sämtlich spießen oder zum Teufel jagen willst, ich meine so außerordentlich selten auch das Gewitter des Zorns das Faß deiner Brust versäuert: du selber hast kein besseres Säckchen mit weißer Kreide, kein besseres oleum tartari per deliquium,[1] womit du deine innern Flüssigkeiten wieder versüßen kannst, als den Gedanken, wie wir alle um dein Sterbekissen erbleichen würden und um deinen Hügel verstummen und wie dich niemand vergäße! – Ich kann unmöglich glauben, daß es einen einzigen Menschen gebe, dem nicht, wenn ihn der Tod in der Täucherglocke des Sargs hinunterzieht, ein gebücktes Haupt und ein rotes Auge nachsähe; und darum kann doch jeder wenigstens die Seele lieben, die ihn einst beweinen wird. –

Denke ich nun die genesende Gione mit einem abgeschälten wunden Herzen, das eben in der schwülen elektrischen Atmosphäre der gesenkten Wetterwolke des Todes eine neue Empfindlichkeit erhalten hat: so brauch' ich dir ihre Erweichung über Karlsons Trauerkarmen nicht nach Tropfen mit dem Tau- und Feuchtigkeitsmesser vorzurechnen, noch mit dem Magnetmesser ihre Liebe. Aber – nicht Wilhelmis glänzender Reichtum und sein ebenso glänzendes Betragen, sondern – die frühere Wahl und das frühere Wort verboten ihr, die Diamantenwaage nur – in die Hand zu nehmen.

Als Karlson mir das alles auserzählet hatte: so drehte er Gionens Ringbild – niedlich wie von Blaramberg gemalt – am Finger aufwärts und legte sich auf die harte Klippe des Ringfingers mit den feuchten Augen auf, bis er die geschmückte Hand unbemerkt unter den Kuß der Lippen rückte. Die Schamhaftigkeit seines Schmerzes rührte mich so sehr, daß ich ihm eine andere Marschroute als ins Tal unter dem Vorwand anbot, »weil mir die Träume darüber die Lust an der Wirklichkeit verdorben hätten und weil wir vermutlich die Neuvermählten noch in den ersten acht Rosensirup-Tagen störten, da sie wahrscheinlich auf den lauern, dort spätern Frühling gewartet«. Er erriet mein Erraten; aber sein Wort, morgen zu kommen, zog

[1] 10 Tropfen davon machen 1/2 Pf. saures Bier auf der Stelle süß.

ihn an Ketten hinein. – Herzlich gern hätt' ich das neue, vom Frühling gefüllte Eden entbehrt und meinem Freund die Jakobsleiter, auf der er aus seinem Traum in seinen vorigen Freudenhimmel sehen, aber nicht steigen durfte, unter den Füßen weggezogen. Aber auf der andern Seite freute mich sein fester worthaltender Charakter, der sich mit der Kraft seines Lichts dem Eindringen der Stacheln und Bohrwürmer des Leidens widersetzt; so wie mit der Zunahme des Mondlichts die Abnahme der Gewitter wächst. Ungesehen schrieb ich jetzt Gionen (nicht bloß ihn) in die Matrikel der seltenen Menschen ein, die sich wie Raffaels und Platons Werke erst unter dem Beschauen entwölken und die wie beide dem Siebengestirn gleichen, das dem kurzen Auge anfangs nur sieben Sonnen, dann aber dem langen Sehrohr über vierzig zeigt. – –

Vor-vorgestern reiseten wir demnach ab. Unterwegs sah ich ihm, glaub' ich, zu oft in sein schönes treues, gleich dem himmlischen Äther zugleich tiefes und offnes und blaues Auge hinein: ich stieg in seine Brust hinab und suchte mir darin die Szene des Tages aus, woran das kirchliche Band ihm die edle Gione auf ewig aus den Fibern seines reinen, mehr von Musen als Göttinnen erwärmten Herzens zog. Ich will dirs bekennen: ich weiß mir keinen Tag zu denken, an dem ich meinen Freund mit größerer Liebe und Rührung sehe, als an dem unvergeßlichen, wo ihm das Geschick den Bruderkuß, die Kußhand und Breitkopfs Land der Liebe und Philadelphia und Vauklusens Quelle auf einmal in einem einzigen weiblichen Herzen schenkt. –

Vorgestern nachts um 10 Uhr kamen wir vor Wilhelmis arkadischer Kartause an, die ihr Strohdach an eine grüne Marmorwand andrückte. Karlson fand sie leicht durch die Nachbarschaft der berühmten Kampaner Höhle aus, aus der er sich schon einmal Stalagmiten gebrochen hatte. Der Himmel lag voll Gewölke und voll gefärbter Schatten, und über die lange grüne Wiege voll schlummernder Kinder hing die Wiegendecke der Nacht an den Pyrenäen befestigt und mit einigen silbernen Sternchen besetzt. Aus Wilhelmis Einsiedelei kamen sogleich einige *schwarz* gekleidete Menschen mit Pechfackeln, die auf uns gelauert zu haben schienen, und sagten: der Herr Baron sei in der Höhle. Beim Himmel, unter solchen Umständen ists leichter, die *engste* zu vermuten als die *schönste* und *größte*.

Die Schwarzen trugen ihre Flammen voraus und zogen die fliehende Vergoldung von einem Eichengipfel zum andern und führten uns gebückt durch eine Katakomben-Pforte. Aber wie herrlich wölbte sich die hohe und weite Grotte[1] mit ihrer kristallenen Stukkatur empor, gleichsam ein illuminiertes Eis-Louvre, ein glimmendes unterirdisches Himmelsgewölbe! Wilhelmi warf eine Handvoll abgebrochner Stufen weg und flog entzückt an seinen Freund. Gione trat mit ihrer Schwester hinter einer ineinander gepelzten Stalaktite und Stalagmite hervor, das Lodern der Fackeln gab ihr

[1] Zwanzig Fuß ist sie hoch, und der Eingang fünf Fuß.

nur ungewisse Gestalten – aber endlich führte Wilhelmi ihr ihn entgegen und sagte: »Hier ist unser Freund.« Er küßte tief-gebückt die lebendige warme Hand und verstummte vor Rührung; aber Gionens feste Züge zergingen auf dem ernsten Angesicht, dem bloß der jugendliche Schmelz Nadinens abging, in eine lächelnde *größere* Freude, als er zu erwidern und zu vergelten wagte: »Wir haben Sie lange in diesem Paradiese erwartet und vermisset«, sagte sie mit fester Stimme, und ihr klares ruhiges Auge tat die weite Perspektive in eine reich geschaffne tiefe Seele auf. »Willkommen«, sagte Nadine, »hier in der Unterwelt! Jetzt glauben Sie doch an Wiedersehen und Elysium?« Ob sie ihn gleich mit einer Gesandtschaft und Flora von Scherzen – oder warens Grazien? denn sie waren schwer zu unterscheiden – empfing: so schien doch diese Heiterkeit des Temperaments und der Angewöhnung nicht die Heiterkeit eines befriedigten ausruhenden Herzens zu sein.

Mein Freund präsentierte mich gehörig, damit ich in dieser Korporation der Freundschaft kein Überbein und hors d'oeuvre bliebe.

Uns war allen – mir gar, da vor mir lauter nie gesehene Wesen in silbernen Reflexen schwebten –, als sei die Erde aus und das Elysium aufgetan und die abgetrennte bedeckte Unterwelt bewege wiegend zwischen Widerschein und Halbschatten gestillte, aber beglückte Seelen.

In dem freudigen Anteil, den diese liebende Dreieinigkeit an Karlsons Erscheinung nahm, war eine gewisse Lebhaftigkeit, die sonst den zurückgelegten vorletzten Schritt zu einem Ziel begleitet; aber das Ziel war bedeckt. Nadine, um doch mir auch etwas zu sagen, entdeckte mir: es sei ein kritischer Philosoph und Kämpfer mit da, den es freuen werde, jemand *für* oder *wider* seine Sätze zu hören, der Hauskaplan nämlich.

Als wir uns aus der wetterleuchtenden Demant- und Zaubergrube in die verdickte Nacht begaben: so sahen wir den Mantel des Erebus in schweren nassen Falten niederhängen, und dünne Blitze quollen aus dem nächtlichen Dunst, die Blumen rauchten aus zugedeckten Kelchen, und unter dem tiefer einsinkenden Gewitter schlugen die Nachtigallen lauter, gleichsam als lebendige Gewitterstürmer, hinter blühenden Sprachgittern. – Gione ging auf einmal langsamer an Karlsons Arm und sagte mit Wärme, ohne zu stottern: »Ich liebe überall die Wahrheit herzlich, auch auf Kosten theatralischer Überraschungen: ich muß Ihnen es im Namen des Herrn Baron entdecken, daß ich und er morgen auf immer verbunden werden. Sie müssen es Ihrem Freund vergeben, daß er dieses Fest nicht ohne den seinigen feiern wollte.«

Ich denke mir, daß jetzt in Karlsons Seele die erkaltete Lava wieder flüssig und glänzend wurde. Aus einer Wolke um den steigenden Mond strahlte plötzlich, als wär' es aus diesem, ein Blitz, der in Gionens und Karlsons Augen einige Regentropfen erleuchtete, die für die Nacht gehörten. Wilhelmi fragte herzlich: »Kannst du mir nicht vergeben?« Aber Karlson drückte ihn mit ungestümer Wärme ans dankende Herz: ein so erhabenes Vertrauen der Freundschaft und ein so zarter Beweis desselben hob seine gestärkte Seele über alle Wünsche empor, und die fremde Tugend breitete in ihm die hohe Ruhe der eignen aus.

Wir zerteilten uns in unsere drei Tabors-Hütten, die Damen in die erste, Wilhelmi in die zweite, worin der kritische Philosoph mit war, ich und Karlson in die dritte, die der Baron schon voraus dazu gemietet hatte. Die Ermüdung der Reise und selber der Gefühle schob unsere Bündnisse und Freuden eine Nacht hinaus. Ich kann dir aber nicht sagen, wie schön der Schmerz auf meines Freundes Angesicht der Erhebung zurückte, wie die Trauer wie ein Wolkenbruch aus seinem Himmel entfiel und das weite Blau aufdeckte: die Opfer und Tugenden unserer Geliebten gehören unter die unaussprechlichen Freuden, die wenigstens die Seele zählen und wägen sollte, die sie nachahmen kann.

Mir und ihm traten, in einer eignen elysischen Stimmung oder Harmonie für den kommenden Tag voll heiliger Wonne, die Augen über. Ach mein Viktor, die Völker und die einzelnen Menschen sind nur am besten, wenn sie am frohesten sind, und verdienen den Himmel, wenn sie ihn genießen. Die Träne des Grams ist nur eine Perle vom zweiten Wasser, aber die Freudenträne ist eine vom ersten. Und darum breitest du eben, väterliches Geschick, die Blumen der Freuden wie Ammen die Lilien in der Kinderstube des Lebens auf, damit die auffahrenden Kleinen in einem festern Schlafe bleiben!

Ach die Philosophie, die uns die *Freuden* verdenkt und sie im Bauriß der Vorsicht durchstreicht, sage uns doch, mit welchem Rechte denn die glühenden *Schmerzen* in unser zerbrechliches Leben traten. Haben wir nicht schon darum ein ewiges Recht auf ein warmes weiches Dunenbette – ich denke jetzt nicht bloß an das tiefste *Unterbette* in der Erde –, weil wir so voll Stigmen der Vergangenheit, so voll Wunden sind?

Du sagtest einmal zu mir: »in deinen frühern Jahren wärest du aus der stoischen Philosophie durch den Sorites gezogen und getrieben worden, daß erstlich, wenn die Empfindung der Freude so wenig wäre, als die Stoiker daraus machen, es gescheuter wäre, seinen Nächsten zu bekehren als zu beglücken, gescheuter, auf Kanzel und Katheder als Lehrer der Moral zu treten wie in Arbeitsstuben als Praktikanten der Moral, gescheuter, statt der aufgeblähten marmorierten *Seifenblasen* der Freude dem Nächsten die *Seifenpillen* und Fleckkugeln der moralischen Klinik zuzuwenden – ferner daß es zweitens irrig wäre, zu behaupten, die Tugend mache der Glückseligkeit *würdiger*, wenn nicht die Glückseligkeit einen eignen ewigen Gehalt besäße, weil man sonst behaupten würde, die Tugend mache den Inhaber eines *Strohhalms* etc. würdiger.«

Das hast du einmal gesagt: glaubst du es noch? Ich glaub' es noch.

502. STATION

Der donnernde Morgen – die kleine Tour nach der großen – die Kanapeepolster

Durch die ganze Nacht ging ein halb verlorner Donner, gleichsam als zürnt' er im Schlafe. Am Morgen vor Sonnenaufgang trat ich und Karlson hinaus in die mit dem nahen Gewölke verhangne Brautkammer der Natur. Der Mond sank dem doppelten Augenblicke des Untergangs und Vollwerdens zu. Die tief unten auf Amerika wie auf einem Altar brennende Sonne trieb den Wolkenrauch ihres Freudenfeuers rot empor; aber ein Morgengewitter kochte brausend über ihr und schlug ihr seine Blitze entgegen. Das schwüle Brüten der Natur sog heißere und längere Klagen aus den Nachtigallen und fliegende Gewürze aus der langen Blumen-Aue. Dicke warme Tropfen wurden aus dem Gewölke gepresset und zerschlugen laut das Laub und den Strom. Bloß das Mittagshorn – die Zinne der Pyrenäen – stand licht und rein im Morgenblau. Endlich warf der untergegangene Vollmond einen Sturmwind herüber ins glühende Gewitter, und die Sonne stand auf einmal siegend unter dem mit Blitzen behangnen Triumphtor. Der Sturm wehte den Himmel blau und stürzte den Regen hinter die Erde, und um den glänzenden Sonnendiamant lag nur noch das flatternde Foliensilber des zerstäubten Gewölks.

Ach mein Viktor! welcher neugeborne Tag war nun auf der Erde und lagerte sich in das herrliche Tal! Und die Nachtigallen und die Lerchen zogen singend um ihn und die Rosenkäfer umrauschten seine Lilien-Girlanden und der Adler hing sich an die höchste Wolke und beschauete ihn von Gebürg zu Gebürg! – O wie alles so arkadisch den gebognen, jede Flur umarmenden Adour hinauf und hinab lag! Die marmornen Wände – aber nicht von Menschen zusammengelegt – fassen wie größere Blumen-Vasen die Blüten-Beete ein, und die Pyrenäen wachen mit ihren Gipfeln um die zerstreueten und tiefen Sennenhütten. Nie ergreife, ruhiges Tempe, ein Sturm deinen Adour und deine Gärten! Nie wehe ein stärkerer durch dich, als der die Natur sanft wiegt, der den Gipfel voll heißer Eier und Kinder, als eine belaubte Wiege, schaukelt und der keine Biene vom Honigtau der Ähre wirft und der nur die breitesten Flocken der Wasserfälle auf die Uferblumen drängt. – –

Denke nicht, daß ich jetzt alle meine Tuschschalen um mich stellen und dir das kunstlose geründete Tal durch das Quadrat der Kunst abzeichnen werde: ich will dich in diese *Bilderbibel* der Natur stückweise schauen lassen, so wie der Zufall ein Blatt nach dem andern umschlägt. Meine Stationen werden dich durch die verschiedenen Zimmer führen, worin die reiche Ausstattung dieser Blütenzeit, wie die einer Königstochter, zur Schau aushängt; aber etwas anders ists freilich, an der königlichen Braut selber den vereinten angelegten Schmuck zu sehen.

Uns beide rief ein Bedienter aus dem Phantasieren, der nach dem Hauskaplan herumsuchte: wir sahen ihn endlich auf einen Herrn zulaufen, der am Adour die zurückgeschlagnen Hemde-Ärmel wieder herunterstreifte. Es war der Hauskaplan, der unter dem Gewitter gekrebset und später geangelt hatte. Da ich wußte, daß er in seiner etwas behaarten Hand auch Kelle und Mörtel, Feder und Dinte, zu einer Futtermauer der kritischen Philosophie (und zu seiner eigenen) verarbeitet hatte: so ging ich ihm freundlich entgegen und sagte ihm, was ich schriebe. Aber der rohe trotzige und doch scheue Mäuerer hieß mich in einer Sprache, die so breit war wie sein Gesicht, frostig willkommen: er scheint Biographen zu verachten, weil die Fenster in philosophischen Auditorien so *hoch* sind – oder gar wie an alten Tempeln oben an der Decke –, daß sie daraus nicht auf die Gasse des wirklichen Lebens sehen können, so wie nach Winckelmann die römischen Fenster im architektonischen Sinne ebenso hoch waren. Lord Rochester war einmal ein ganzes Quinquennium unausgesetzt *trunken;* ein solcher Kaplan aber ist vermögend, ein ganzes Dezennium lang *nüchtern* zu verharren. Ein solcher Mensch beißet allen kräftigen Wahrheiten, Erfahrungen und Erdichtungen, wie die Ameisen den eingetragnen Samenkörnern, die Keime aus, damit sie nicht in seinem Ameisenhaufen aufgehen, sondern nur zum Bauholz austrocknen.

Als der Kaplan mich verließ, um als Konsekrator des Ehe-Sakraments zum Baron zu gehen: so fand ich den Rittmeister wieder, der in dem von einem marmornen Fall-Becken zurückgespritzten Staubregen einer nahen Kaskade stand. Um ihn wateten bis an die Fenster die Eremitagen des Landmanns in grünenden Halmen, mit dem Erntekranz von welken bedachet, und innen blühten Familien und außen Ulmen. Er hielt mir eine Visitenkarte entgegen, die ihm jetzt, sagt' er, Gione vor der Vermählung gegeben. Es war aber Scherz, er hatte die umgeschlagne Karte bloß auf dem Moose neben der Kaskade gefunden. Sie stellte wie gewöhnlich eine römische Ansicht vor, diesesmal neben dem rauschenden Wasserfall den gezeichneten von Tivoli, und auf einem Stein im Vordergrund stand Gionens Name geschrieben. Eine solche verzettelte Kleinigkeit, der Fund eines abgegebnen geliebten Namens kurz vor der Minute seiner irdischen Einbuße, setzet mit einem Spiel- und Triebwerk lieblicher Beziehungen das ganze Herz in volle Bewegung.

Er ging zur Feierlichkeit. Ich blieb unter dem herrlichen blauen Himmel und freuete mich, daß alle Kampaner sich in seine Farbe kleideten, in die *blaue,* die ich gestern an den Bedienten für eine schwarze genommen hatte.

Ich mache dir kein Geheimnis daraus, daß ich unter der Kopulation neben so vielen Schönheiten des Frühlings mich in die ebenso holden Nadinens verlor, die für mich ein unbekanntes inneres Afrika war, wobei ich wünschte, sie wäre ebenso heiß.

Nach acht oder zehen Träumen sah ich endlich die schönen Paare meine

Lustbahn durchschneiden. Ich ging entgegen. O wie seelenfroh und still standen wir nun alle nebeneinander unter dem Frühlings-Getümmel der lebendigen Harfenettchen und Zithern und Lockpfeifen und Flötenuhren, die sich um uns mit und ohne Flügeldecken drehten! Karlson und Gione verschwiegen eine gleiche Rührung fast wie über ein gleiches Geschick. Wilhelmi, der wie ein Komet bald im Brennpunkt, bald im Gefrierpunkt einer Sonne ist, brauchte keine Freude weiter als die Mitfreude des andern. Aber in Nadinens hellem Auge hing eine Träne fest, die nicht wegzulächeln und wegzublicken war: es schien mir, daß ihr Herz gleich der Erdkugel mit einer bis auf eine ziemliche Tiefe kalten Oberfläche anfange, in seinem Innersten aber eine verhüllte Wärme vermehre. Und gestern schien doch ihr ganzes Wesen eine lachende Gegend zu sein! –

Über nichts machen wir wohl größere Fehlschlüsse und Fehltritte als über die weibliche Heiterkeit. Ach wie viele dieser holden Gestalten gibt es nicht, die ungekannt verarmen, scherzend verzagen und schäkernd verbluten, die mit dem frohen hellen Auge in einen Winkel wie hinter einen Fächer eilen, um in die Tränen, die es pressen, recht freudig auszubrechen, und die den verlachten Tag mit einer verweinten Nacht bezahlen, wie gerade eine ungewöhnlich-durchsichtige helle nebellose Luft Regenwetter ansagt. – Erinnere dich nur an die schöne N. N. und auch an ihre jüngere Schwester.

Indes hielt das Tageslicht dem reizenden Tropfen unter Nadinens Auge, diesem Solitäre unter ihren glänzendsten Reizen, durch eine halb so große Warze fast das Gleichgewicht.

Wilhelmi hatte den lyrischen oder dithyrambischen Kopf voll lauter Freuden-Plane und forderte mit der Hastigkeit der Entzückung einen hurtigen Synodalschluß über die Nutznießung des Tages. »Ach Gott, jawohl« – sagt' ich noch eiliger und voreilig dazu – »das Leben fliegt heute auf einem Sekundenzeiger herum: wie ein Wecker rollet es ab; aber wo ist in der Eile ein Plan, ein guter Plan?« – Nadine, mit der der Bräutigam schon vorher alles gehörig abgekartet hatte, versetzte: »Ich denke, wir brauchen gar keinen für einen so holden Tag und für ein so liebes Tal: wir pilgern und irren heute bloß nachlässig am Adour das ganze Tal in die Länge durch und setzen uns bei jeder Hütte und bei jeder neuen Blume nieder – und abends fahren wir im Mondschein zurück. – Das wäre in einem solchen Arkadien recht arkadisch und schäfermäßig. Wollen Sie alle? – Du willst gewiß.« – »O wohl«, (sagte Gione) »und ich denke überhaupt, die meisten von uns sind noch in den Reizen dieses Paradieses fremd.« Der Baron überdachte scheinbar sein Votum ein wenig und sagte: »Es kömmt nur darauf an, daß die Damen $2^1/_4$ Meilen [1] zurücklegen können in einem Tage.« – Ich rief vor Freuden toll: »Ach prächtig!« Denn eine solche langsame horizontale Himmelfahrt, ein solches melodisches Arpeggio durch die Dreiklänge der Wonne

[1] Nämlich französische: das ganze Tal ist etwan 2 deutsche Meilen lang.

war schon ein alter, fest gewachsener Wunsch meiner ersten Jugend. Ich ließ meine Entzückung am Hauskaplan aus, dem innerlich die ganze voyage pittoresque wie eine Karfreitagsprozession widerstand und dem statt dieses Himmelsweges der von Höfer[1] lieber gewesen wäre, weil er sich lieber zu Hause hingesetzt und fortgelesen hätte und weil er überhaupt die Epopöe der Natur nicht wie ein Naturmensch genoß, noch wie ein Naturforscher skandierte, sondern wie ein Konrektor zerwarf und versetzte zur Übung im Zusammenbauen; ich sagte unbedachtsam: »Wenn wir beide aber Schäfer machen und Sie den alten Myrtill vorstellen und ich den Phylax: so ists schon viel.« – Du weißt am besten, daß die Laune sich vor weiblichen und vor gebildeten Ohren zehnmal weniger erdreisten darf als auf dem Druckpapier und daß man sie für solche Leute durch so viel Löschpapier und filzene Filtrierhüte seihen muß, daß ich keinen Korrekturbogen nachher darum gebe.

Ein gemietetes Landgut am Ende des Tals war das architektonische Himmelreich, womit Wilhelmi seine Braut in diesem botanischen überraschen und bezaubern wollte. Aber Nadine wußt' es allein.

In ebenso vielen Minuten, als ein Schwan bedarf, die Flügel auszudehnen und sich aufzuhelfen, waren wir reisefertig. Ich tadl' es nicht, wenn ein Mensch sich vorbereitet, z. B. auf das Examinieren, aufs Sterben: nur auf keine (nähere) Reise; die lange Vorjagd verstöbert alles Grenzwildpret der Lust. Ich meines Orts denke nie daran abzureisen als – unterwegs.

Wilhelmi belud sich mit der Laute seiner Braut – Karlson mit einem Portativ-Eiskeller (aus dem Hofmannischen Magazin, glaub' ich) – die Damen mit ihren Sonnenschirmen, und ich und der Hauskaplan hatten nichts zu tragen. Ich sagte dem leeren Phylax ins Ohr – denn so kann ich diesen disputierlustigen kritischen Bombardierkäfer schon nennen und mich den alten Myrtill –: »Herr Hauskaplan, wir verstoßen gegen das feinste savoir vivre, wenn wir mit leeren leichten Händen nachgehen und nichts auflasten.« – Er erbot sich sogleich höflich bei Gionen zum Packpferd und Lastwagen und Lastträger ihres – Parasols. Mir befahl aber ein aufgeräumter Genius, in Karlsons Zimmer zurückzulaufen und vom Kanapee zwei Polster oder Seiden-Walzen wegzuholen und mit ihnen wie mit Zwillingen auf den Armen wiederzukommen: nichts war zweckmäßiger, da sich die Damen unterwegs tausendmal niedersetzen wollten und den seidenen Ellenbogen nicht in die Saftfarben der Blumen unter ihnen tunken konnten. Phylax mußte zu seinem Verdruß die eine Walze oder den weichen Bloch in die Arme nehmen; und ich hing wie an einem Stockband den andern Bloch an den Daumen.

Nun wurde aufgebrochen und aufgeschritten....

[1] Der Hofersche Himmelsweg oder die Anleitung, in 24 Stunden den Weg zur Seligkeit zu erlernen.

Wir gingen den Pyrenäen entgegen – Kornfluren – Wasserfälle – Sennenhütten – Marmorbrüche – Haine – Grotten zogen sich, vom schlagenden Adersystem des vielästigen Adours beseelt, vor uns glänzend und offen dahin, und wir hatten sie wie herrliche, in Träume verwandelte Jugendjahre zurückzulegen....

Ach Viktor, nur Reisen ist Leben, wie umgekehrt das Leben Reisen ist. Und schöb' ich mich wie gewisse Seemuscheln nur mit *einem* Fuße hin – oder käm' ich wie die Meernessel und die Weiber nur 6 Linien in 1/4 Stunde weiter – oder müßt' ich wie die Spitzmuschel durch Verkürzung des voraus-eingehakten Rüssels den Torso nachschleifen – oder ständ' ich unter Fritz II. oder unter Fritz I. (dem Lykurg), die beide die große Tour verboten: ich machte mich wenigstens auf eine kleinere, um nicht zu verschmachten, wie die Schmerle, die in jedem Gefäße absteht, das man nicht rüttelt. – Wie glänzet man, wie dichtet, wie erfindet und philosophiert man, wenn man dahinläuft, so wie Montaigne, Rousseau und die Meernessel nur *leuchten*, wenn sie sich *bewegen!* Beim Himmel, wenn die Sonne oben dem Fußgänger von einem Laubgipfel zum andern nachfolgt, wenn die erblichne im Wasser unter den Wellen nachschwimmt – wenn Szenen, Berge, Hügel, Menschen im Wechsel kommen und fliehen und Freiheitslüfte über das ganze veränderliche Eden wehen – wenn wir mit zersprengten Hals- und Brusteisen und zerschlagenen Sperrketten der engen Verhältnisse leicht und ungebunden wie in Träumen über neue Bühnen fliegen – – dann ists kein Wunder, daß ein Mensch sich auf die Füße macht, und daß er immer weiter will.

Denn leider muß die Glasglocke über Menschen und Melonen, die beide anfangs eine zerbrochene Bouteille überbauet, immer höher aufgehangen und zuletzt gar weggehoben werden. Anfangs will der Mensch in die nächste Stadt – dann auf die Universität – dann in eine Residenzstadt von Belang – dann (falls er nur 24 Zeilen geschrieben) nach Weimar – und endlich nach Italien oder in den Himmel; denn wären vollends die Planeten an eine Perlenschnur gefädelt und einander genähert, oder wären die Lichtstrahlen Fähren und Treibeis und die Lichtkügelchen Pontons: so wären Extraposten im Uranus angelegt, und der unersättliche innere Mensch würde sich, eben weil der äußere so sehr ersättlich ist, von einer Kugel zur andern sehnen und begeben...

Dafür aber, mein Viktor, ist auch kein Ich von einem so vielgehäusigen Karzer ummauert als das menschliche: denn unsere Spandaus stecken ja ordentlich immer enger ineinander. Denn mein und dein Ich sitzt nicht sowohl in der Welt gefangen als auf der Erde – in dieser Kings-Bench hocken wieder die Stadtmauern – in diesen umfangen uns die vier Pfähle – in den Pfählen der Armsessel oder das Bette – in diesen das Hemde oder der Rock oder beides – endlich gar der Leib – und am allergenauesten (und noch dazu nach Sömmering) in den Gehirnhöhlen der Entenpfuhl.... Erschrick über die fatale vielschalige Suite von Korrektionsstuben, die ein Ich umstellen! – –

Das *militärische Halt*[1] haben die Franzosen von den Deutschen gelernt; aber wahrlich, wirst du zu mir sagen, das *ästhetische und philosophische* sollten wir ihnen ablernen. Ich beschwöre deinen Schwur, denn es ist so.

503. Station

Pasquill auf den Kaplan – Lobrede auf ihn – der Diamant – Einwürfe gegen die Unsterblichkeit – Eden-Scherze

Wir beide Walzenträger formierten den Nachtrab; ich wollte einen Diskurs anknüpfen, aber Phylax machte wenig aus mir. Höchstens sah er mich für einen windigen Schöngeist an, der sich bloß an Gefühle hält – obgleich Gefühle der Schwamm voll atmosphärischer Luft ist, den sowohl der Dichter auf seinem hohen Parnaß als der philosophische Täucher in seiner Tiefe am Munde haben muß, und obgleich die Dichtkunst über manche dunkle Stellen der Natur ein früheres Licht warf als die Philosophie, wie der düstre *Neumond* von der *Venus* Licht bekömmt.

Der Philosoph versündigt sich aber am Dichter noch mehr wie du an den Kantianern, von denen du zu verlangen scheinst, daß sie erträglich schreiben sollen: es sind Einfälle, mein Viktor, aber keine Gründe, wenn du sagst, die Philosophie werde wie eine türkische Dame von Stummen, Schwarzen und Häßlichen bedient; der philosophische Marktplatz sei ein forum morionum[2], Schönheit sei den Philosophen wie den Heloten untersagt, die man deswegen tötete. Denn es ist wohl klar, daß eine gewisse barbarische, undeutsche, weitschweifige Sprache die Philosophie mehr schmückt als entstellt: Orakel verachten Anmut, Vox dei soloecismus, d. h. ein Kantianer ist nicht zu lesen, sondern nur zu studieren. Es ist ferner eines Philosophen nicht unwürdig, die Sprache statt der Wissenschaft zu bereichern, weil zum neuen Term irgendein anderer die Begriffe wie zu den Ammons-Hörnern die Tiere sucht und findet. Daher bezeichnen die Griechen *Wort* und *Vernunft* mit dem nämlichen Ausdruck, der am Ende gar ein *Gott* wurde. Daher schreibt der Philosoph stets über seine Haustüre: pour l'ondalgie[3] statt: »Hier wohnt ein Zahnarzt«. Das ist der erste Grund außer einem zweiten, warum der Philosoph, besonders der Kantianer – wie ich an Phylaxen sah – weder Bücher noch Menschen noch Erfahrungen noch Physik, Botanik, Künste, Naturgeschichte zu kennen braucht: er kann und muß das Positive, das Reale, das

[1] »Halt« und »Achtung« sind die einzigen zwei Kommandowörter, die bekanntlich ohne Version von dem deutschen Heere zu dem andern übergingen, das sie – nötiger hatte als unseres.

[2] War der Markt in Rom, wo Mißgebildete feilstanden und desto höher weggingen, je ungestalter sie waren.

[3] So schrieb ein Pariser Dentist über seine Haustüre.

Gegebene, das unbekannte X entraten, er schafft seinen Term und saugt, wie zuweilen Kinder – sie können darüber ersticken –, an seiner eignen überstülpten *Zunge*, oder wie neugeborne Fohlen, an seinem *Nabel*...

Ich muß zur Gesellschaft zurück, Lieber! Da der Hauskaplan mit der größten Gleichgültigkeit gegen mich seinen Spazierstock oder vielmehr Spazierbaum von Polster trug: so wollt' ich ihn einnehmen durch ein Lob auf Kosten – Kants. Ich sagte zu ihm: »Es hat mich frappiert, daß die Philosophen es gelitten haben, daß Kant zwischen ihnen und Künstlern einen solchen Unterschied macht und nur den letztern Genie einräumt. Er sagt im 47. § seiner *Kritik der Urteilskraft*: ›Im Wissenschaftlichen ist der größte Erfinder vom mühseligsten Nachahmer und Lehrling nur dem Grade nach, dagegen von dem, den die Natur für die schöne Kunst begabt hat, spezifisch unterschieden.‹ Das derogiert, Herr Kaplan, und wahr ists ohnehin nicht. Warum kann denn Kant nur Kantianer, kein Kante machen? [1] Werden denn neue Systeme durch Syllogismen erfunden, ob man sie gleich dadurch beweiset und erprobt? Kann denn der Zusammenhang einer neuen philosophischen Idee mit den alten ihre Empfängnis besser erklären oder erleichtern als derselbe Zusammenhang, den jede neue dichterische mit alten haben muß, deren Schöpfung *vermittelt*? – Herr Hauskaplan, ich weiß nicht, an wem hier Kant sich mehr vergriffen, ob an der Wahrheit – oder an sich – oder an seiner hohen Schule. Leibnizens Monadologie, harmonia praestabilita etc. sind eine so reine strahlende Emanation des Genius als irgendeine leuchtende Gestalt in Shakespeare oder Homer. – Überhaupt, Herr Kaplan, ist Leibniz ein genialischer, allmächtiger Demiurg in der philosophischen

[1] In demselben § sagt Kant vorher: »Man kann alles, was Newton in seinem unsterblichen Werke der ›Prinzipien der Naturphilosophie‹ sagt, so ein großer Kopf auch erforderlich war, dergleichen zu erfinden, gar wohl lernen, aber man kann nicht geistreich dichten lernen, so ausführlich auch alle Vorschriften für die Dichtkunst und so vortrefflich auch die Muster derselben sein mögen. Die Ursache ist, daß Newton alle seine Schritte, die er von den ersten Elementen der Geometrie an bis zu seinen großen und tiefen Erfindungen zu tun hatte, nicht allein sich selbst, sondern jedem andern ganz anschaulich und zur Nachfolge bestimmt vormachen könnte, kein Homer aber oder Wieland anzeigen kann, wie sich seine phantasiereiche und doch zugleich gedankenvolle Ideen in seinem Kopfe hervor- und zusammenfinden, darum weil er es selbst nicht weiß und es also auch keinen andern lehren kann.« – Ich hatte anfangs Hoffnung, ich würde mich auf Kant – da er trillionenmal mehr Scharfsinn hat als ich – geradezu wie auf meinen geistigen chargé d'affaires verlassen können; aber bei dieser Stelle (und bei seinen Erklärungen über die Reue, über die Musik, über den Ursprung des moral. Bösen etc.) sah ich, ich mußte selber nachschauen und ihm nicht nach-beten, wie ich anfangs wollte, sondern nach-denken. Doch zurück! Allerdings kann man Newtons Prinzipien »lernen«, d.h. die erfundnen wiederholen, aber die erfundenen Gedichte ja auch; diese kann

Welt, ihr größter und erster *Weltumsegler,* und der dann, glücklicher als Archimedes, in seinem Genius den Standpunkt fand, die philosophischen Universa um sich zu bewegen und mit Welten zu spielen – er war ein einziger Geist, er warf neue Fesseln auf die Erde herab, aber er selber trug keine: ich denke, Sie denken das auch, Herr Hauskaplan!« – Er versetzte, er dächte das nicht; die kritische Philosophie wisse, was sie aus Leibnizens Versuchen die übersinnliche Welt, die Dinge an sich, die zurückgelegte Approximation der bedingten Reihe bis zum Unbedingten darzustellen, zu machen habe, so wie sie Genies würdige – – Kurz ich hatt' ihn eher erbittert als erbeutet.

Karlson, den nicht einmal Amors Fackel oder Binde gegen die philosophische Fackel verblendet, nahm an Gionens Arme soviel Anteil am Kriege, als mit den Ohren zu nehmen ist. – Glücklicherweise hielten wir alle still. Nadinen war ein linsengroßer Diamant aus der Brillantierung ihres Halsgehenkes ausgefallen, und sie suchte im Grase nach dem silbernen versteinerten Funken: ich wundere mich, daß der Mensch allezeit gerade eine Sache an dem Orte, wo er ihren Verlust bemerkt, zu finden hofft. Die Kirwane guckte auf der betropften glänzenden Aue nach dem verlornen verhärteten Tautropfen: als ein lichter Demant vom ersten Wasser war er so leicht mit einem Taukügelchen zu verwechseln, daß ich, als ich eines in einer angesteckten Busenrose Nadinens glimmen sah, anmerkte: »Alles liegt voll weicher Demanten, und wer will den harten ausfinden? Der Tau in Ihrer Vorsteckrose glänzet so schön wie der ausgebrochene Stein.« Sie blickte darnach – und im Rosenkelche lag die gesuchte Perle. Man dachte, ich hätt' es gut gemacht; und ich ärgerte mich, daß ichs dumm gemeint – inzwischen

man freilich nicht *erfinden* lernen, so wenig als Newtons – Prinzipien. Eine neue philosophische Idee scheint nach ihrer Geburt klärer in den vorigen Keimen und molecules organiques zu liegen als eine dichterische: warum sah sie indessen denn erst Newton? – Auch er und Kant können so wenig wie Shakespeare oder Leibniz entdecken, wie auf einmal aus einer Wolke alter Ideen der Blitz einer neuen springt; sie können ihren *Nexus* mit alten zeigen (sonst wär's keine menschliche), aber nicht ihre *Erzeugung* daraus: beides gilt von dichterischen. Kant lehre uns *Systeme* oder Wahrheiten *erfinden* (nicht *prüfen,* wiewohl im strengsten Sinn dieses sich von jenem nur im Grade trennt), dann soll ihm gelehret werden, Epopöen zu erfinden, und ich mache mich dazu verbindlich. Mich dünkt, er vermenge die Schwierigkeit, Ideen zu bilden, mit der untergeordneten, neue zu bilden, die Schwierigkeit des Übergangs mit der Unerklärlichkeit des Stoffs. Ich erschrecke und erstaune über die verhüllte Allmacht, womit der Mensch seine Ideenreihe ordnet, d. h. schafft. Mir ist kein besseres Symbol der *Schöpfung* bekannt als die Regelmäßigkeit und Kausalität der Ideenschöpfung in uns, die kein Wille und kein Verstand ordnen und erzielen kann, weil eine solche Ordnung und Absicht die unerschaffene Idee ja – voraussetzte. Und in diese Schöpfung hüllt sich das erhabene Rätsel unserer moralischen Freiheit ein.

wurde mir darüber doch Nadine nicht feinder, und das war Finderlohn genug.

Da um dieses bunte Rasenstück und Bienen-Zuckerfeld der Adour weniger einen Arm als einen Finger krümmte: so setzte sich die Sozietät unter die Bienen und Blumen hinein, und die Walzenträger legten vorher die Walzen hin. Nadine sagte spielend: »Wenn die Blumen Seelen haben, so müssen ihnen die Bienen, deren Ammen sie sind, wie liebe trinkende Kinder vorkommen.« – »Sie haben«, sagte Karlson, »solche Seelen wie die gefrornen Fensterblumen, oder der Baum von Petit[1], den ich Ihnen einmal gezeigt, oder wie die Rauten des Vitriols oder die Pyramiden des Alauns.« – »Ach Sie zerstören immer, Herr Rittmeister,« (sagte Gione) – »ich und Nadine haben uns wirklich einmal ein Elysium für verstorbene Blumenseelen ausgemalt.« – »Ich«, sagte Wilhelmi ernsthaft, »nehme einen mittlern Zustand der Blumenseelen nach dem Tode an: die Lilienseelen fahren wahrscheinlich in weibliche Stirnen, Hyazinthen- und Vergißmeinnichtseelen in weibliche Augen und Rosenseelen in Lippen.« – Ich fügte bei: »Es kömmt der Hypothese sehr zustatten, daß ein Mädchen in der Minute, da es sich bückt und eine Rose bricht oder umbringt, von der übertretenden Seele merklich röter wird.«

Dann setzten wir froh und liebend unsere schöne Reise wieder fort. Nur in meinen Trage-Kollegen schienen Disteln- und Schlehenseelen gefahren zu sein. Ihn verdroß das Ideenspiel und die Höflichkeit im Gefecht; Karlson gefiel ihm allein.

Der Kaplan sagte endlich zu mir: »Es ist überhaupt keine Unsterblichkeit darzutun als die der moralischen Wesen, bei denen sie ein Postulat der praktischen Vernunft ist. Denn da die völlige Angemessenheit des Willens zum moralischen Gesetz, die der gerechte Schöpfer nie erlassen kann, nie von einem endlichen Wesen zu erreichen ist: so muß ein ins Unendliche gehender Progressus, d. h. eine ewige Dauer diese Angemessenheit in Gottes Augen, der die unendliche Reihe überschauet, enthalten und zeigen. Daher ist unsere Unsterblichkeit nötig.«

Karlson stand bei Gionen still, um uns heranzulassen, und sagte: »Lieber kritischer Philosoph, benehmen Sie doch, ich bitte Sie, diesem Beweise die Kühnheit oder die Dunkelheit, die er für Laien hat. Wie, ist denn die Übersicht, d. h. die Endigung einer unendlichen, d. h. einer nicht endenden Reihe denklich? – Oder wie wollen Sie denn die Unendlichkeit der Zeit mit der Unendlichkeit der moralischen Foderung in Gleichung bringen und wie kann eine in eine unendliche Zeitreihe zerteilte Heiligkeit die göttliche Gerechtigkeit befriedigen, die in jedem Teil dieser Reihe diese Heiligkeit verlangen muß? Und ist denn die wachsende Approximation des Menschen zu dieser

[1] Ein in Königswasser aufgelöstes Gold, mit einigen Loten Quecksilber vermengt, entsprießet in der Phiole zu einem Baum mit Laub.

Reinheit erwiesen? Werden denn nicht in der endlosen Reihe mit den Tugenden die Fehler zwar nicht größer, aber doch vielzähliger? Und wie verhält sich in der göttlichen Übersicht die unendliche Reihe der Fehler zu der der Tugenden? Lassen wir auch das! Ist denn vor dem göttlichen Auge die moralische Reinheit zwei verschiedener Wesen, z. B. eines Seraphs und eines Menschen, oder zwei verschiedener Menschen, eines Sokrates und eines Robespierre, in zwei gleich langen, d. h. unendlichen Zeitreihen *gleich* vollendet? Wenn nun in der Übersicht zwischen beiden ein Unterschied nachbleibt, so ist die sogenannte Angemessenheit bei einem nicht erreicht – und es sollte also einer sterblich sein.«

Der Hauskaplan replizierte: »Überhaupt will Kant damit die Unsterblichkeit nicht demonstrieren: er sagt selber, sie sei uns darum so ungewiß gelassen, damit der reine Wille nur durch sich und durch keine eigennützigen Aussichten in die Ewigkeit bestimmet werde.« –

»Sonderbar!« sagte Karlson. »Da wir nun aber diese Endabsicht heraushaben, so wäre sie ja eben dadurch verfehlt. Die Philosophen müßten es also wie ich machen und die Unsterblichkeit anfechten zum Vorteil der Tugend. – Es ist ein eigener Zirkel, aus der Unbeweislichkeit eines Satzes seine Wahrheit zu vermuten. Entweder die Unsterblichkeit ist darzutun – und dann ist die eine Hälfte Ihres Satzes nicht richtig – oder sie ist es nicht; dann ist der ganze falsch. Noch dazu: wenn der Glaube an sie die Tugend eigennützig macht: so tuts ja das Erleben derselben in der zweiten Welt noch mehr. – Schreckt denn überdies der Glaube an sie den gemeinen Mann von dem ab, was ihm der Beichtvater verbeut und vergibt? So wenig als der erste Schlagfluß den Trinker von dem Wege zum zweiten.«

504. Station

Blumen-Tändeleien

Karlson ließ sich in fremde Gespräche ein, und Phylax war voll Ingrimm, daß er nicht siegen, oder doch streiten konnte: er wollte an mir die sokratische Hebammenkunst versuchen, aber er suchte nicht wie andere Accoucheurs vorher die Entbindungswerkzeuge warm zu machen: er hatte eine so harte ungefällige Manier. Ich sagte zu ihm, ich hätte dieselbe Meinung wie er, wiewohl nicht aus denselben Gründen, und wir wollten nachher vereinigt und einträchtig miteinander gegen den Rittmeister ausrücken und ausfallen.

Ich ging jetzt mit meinem seidenen Klöppel zu Nadinen, um ihr an einem Rosenbusche die fliegenden Lichtmagnete, die glänzenden Irrlichtchen der Nacht, die braunen Johanniswürmchen, zu zeigen, die sie nie am Tage gesehen: ich bevölkerte eine Schachtel damit zu einem lebendigen Feuerwerk auf abends. Der Zufall hatte einen glühenden Rosenzweig romantisch niedergebogen zwischen blaue Glockenblumen auf einen grün marmornen Grenzstein – sein Laub war gleichsam mit verkohlten Johanniswürmchen [1] schwarz ausgenäht – der Lilienkäfer hing wie eine goldne Stickerei an den bleichen reifen Rosen – langbeinige schillernde Mücken liefen über die Dornen – die Blumen-Täucher und Nektarien-Schatzgräber, die Bienen, bedornten die Rosenkelche mit neuen Stacheln – und die Schmetterlinge wiegten sich wie fliegende Farben, wie epikuräische Abblätterungen um die bunte Welt des Zweigs. – – Ich kann dir nicht sagen, wie der vom wilden Ganzen auf einen niedlichen Teil gesenkte Blick unsern Herzen und der weiten Natur ein wärmeres Leben gab. Wir fasseten von der großen Mutter des Lebens, wie Kinder vermögen, nichts an als die Finger statt der Hand und küßten sie. Gott war durch die Schöpfung Mensch geworden – wie eben dadurch für Engel ein Engel –, gleich der Sonne, deren glänzende Unermeßlichkeit die Maler sanft in die Schönheiten eines Menschenangesichts zerteilen.

Wilhelmi sagte, er nehme, um in ein Arkadien, in ein Eden abzufliegen, keine größern Schwingen dazu als die vier eines Schmetterlings – welches poetische paradiesische Sein, wie der Papillon ohne Magen und Hunger zwischen Blüten und Blumen zu gaukeln, keinen Winter, keine lange Nacht und keinen Orkan zu erleben, das Leben in der weichen Jagd nach einem zweiten Papillon zu verspielen, oder wie Kolibri mit Blumenfarben zwischen Zitronenblüten zu nisten, um blühenden Honig zu schweben und in einem seidenen Hängbette zu schwanken!

Wir gingen selig weiter, und jeder neue Schritt trieb ein berauschendes Blut hinauf zum erwärmten Ich. Ich machte mir nichts daraus, zum Kaplan zu sagen: »der Tempel der Natur habe sich für mich in einen Konzertsaal verwandelt – jede Vokalmusik in Instrumentalmusik – der wallende Adour in eine Wasserorgel – jeder Frosch in den Frosch am Geigenbogen – jede Zikade in eine Maultrommel – jede Flügeldecke in einen breiten besaiteten Flügel und die rufenden Raben in bekielende Rabenfedern« – – Phylax versetzte, er wisse ein wenig, was er von dithyrambischen Wellen zu denken habe, die der Körper wirft.

– Viktor! sollte nicht der Philosoph und die Philosophie den elektrischen Körpern nachahmen, die nicht nur *leuchten*, sondern auch *anziehen*? Freilich schmeckt immer der geistige Wein nach den Faßdauben des Körpers; aber Phylax' Seele scheint kaum geistig genug zu sein, um nur einer andern Seele zum – Körper zu dienen.

[1] Die Männchen sind schwarz.

505. Station

Die Ephemere – über die relativen Schlüsse – Zweifel gegen die Länge der Wesenleiter – der Warzenfresser – die Kur

Die Sonne und das Tal fasseten uns mit lauter Brennspiegeln ein – und es war überhaupt gut, sich ein wenig satt zu sitzen und satt zu essen – und da gerade uns gegenüber ein Marmorbruch und dicht an der eisernen Felsenwand eine saftgrüne Trift und neben uns eine Ulmen-Gruppe um ein gleißendes vereinzeltes Häuschen war, so hielten wir darin um so viel Konsumptibilien an, als ein flatterhaftes sattes Quintett bedarf. – Die Frau vom Häuschen war allein (der Mann arbeitete wie die meisten Kampaner in Spanien) – vier Kinder trugen zu – es ging – unser Taschen-Eiskeller wurde aufgetan und damit die Seele erhitzt und der Magen gekühlt – der weißglühende Schlußstein des himmlischen Gewölbes weckte mit seinen Flammen den Mittagswind, der auf den kalten Gipfeln der Pyrenäen schlief. –

Dem armen Phylax schmeckte wenig oder nichts, ihm war daran gelegen, zu beweisen, daß er fortdauere. Glücklicherweise waffnete ihn der französische Wein immer besser gegen das französische System, und er fragte bei dem Baron höflich an: »Ich glaube dem Herrn Rittmeister noch manche Beweise der Unsterblichkeit schuldig zu sein: ich wünschte sie abtragen zu dürfen.« – Wilhelmi wies ihn an Gionen: »Hier fragen Sie!« Gione bewilligte die Bitte gern: »Warum sollen nicht Erinnerungen der Unsterblichkeit unsere Freuden ebenso verzieren als Sarkophage englische Gärten?« – Nadine warf die Frage dazu: »Wenn aber die Männer über die Hoffnungen der Menschen hadern: was bleibt den Weibern übrig?« – »Ihr Herz und die Hoffnungen, Nadine«, sagte Gione. »Die Eule der Minerva«, sagte lächelnd Wilhelmi, »soll wie andere Eulen Untergehen ansagen, wenn sie auf eine Dachung fliegt; ich hoffe aber, es ist nichts daran.« Ich setzte dazu: »An den Obeliskus der Unsterblichkeit ist ja das Leben aller unserer Geliebten, wie an Ramesses seinen [1], gebunden, damit die Gefahr die Kraft verdoppelt, und sie werden zerschmettert, wenn er zurückstürzt.«

Karlson hatte unterdessen von der nächsten Ulme eine feste Eintagsfliege gezogen, die sich daran eingeklammert, um die letzte Haut, den letzten Über-Körper vor dem Tode abzuwerfen. Die Ephemere sollte nicht ein Sinnbild unserer *Vergänglichkeit* [2], sondern unserer *Entfaltung* sein, da sie, wider

[1] Ramesses ließ seinen Sohn an die Spitze des Obeliskus hängen, damit die, welche ihn aufrichteten, ein größeres Leben als ihr eignes zu wagen hätten.

[2] Denn sie lebt über zwei Jahre, ob sie gleich ihre Entpuppung wie alle Insekten nicht lange überlebt, denen die Natur überhaupt die Rosenzeit der Jugend erst *nach* dem Dornenalter des nährenden Wühlens beschieden.

die Art aller Insekten, sich noch einmal nach allen Verwandlungen, und schon mit Flügeln geschmückt, noch vor dem Sterben umkleidet. Er hielt sie uns vor und sagte: »Eine philosophische Eintagsfliege muß meines Erachtens so philosophieren: wie? ich sollte alle meine Entwicklungen vergeblich auf der Erde durchgelaufen sein, der Schöpfer hätte keine Absicht dabei gehabt, mich aus dem Ei zur Larve zu rufen, dann aus dieser zur Nymphe zu erheben und endlich zu einem fliegenden Wesen, dessen Flügel noch vor dem Tode einen vorletzten Überzug und ein Gehäuse sprengen, bei dieser langen Reihe von geistigen und körperlichen Entwicklungen hätte der Schöpfer nichts zur Absicht gehabt als ein sechsstündiges Sein, und die Gruft wäre das abhängige Ziel einer so langen Bahn?«

»Ihr Beispiel« – versetzte glücklich der Kaplan – »beweiset nur gegen – Sie: es ist ja eben petitio principii, bei der Ephemere die Sterblichkeit vorauszusetzen.«

Ich gestehe dirs, ich bin überhaupt relativen Schlüssen wie dem vorigen feind, weil sie der Wahrheit gerade so viel Abbruch tun als der Beredsamkeit Vorschub. Denn man kann damit gerade entgegengesetzte Sätze beweisen. Einen, den ein Sandkorn im Auge drückt, überführ' ich, daß er sowohl glücklich sei, da es auf der Erde Leute gebe, die an Blasen-Sandkörnern und Gries und an Höllensteinen leiden, als auch unglücklich, da sultanische Augen nichts Härteres drücke als etwan zirkassische Augenwimpern oder zwei rosenrote Lippen. So mach' ich die Erdkugel nicht nur groß – in Vergleichung mit Schnellkügelchen, Zibeth- und Giftkugeln und Bouillonkugeln –, sondern auch klein, wenn ich den Jupiter, die Sonne und die Milchstraße darnebenstelle. Wenn die Ephemere auf der Wesenleiter den glänzenden Entfaltungen der Wesen *über* ihr den Rücken kehrt und den unscheinbaren auf der restierenden Leiter *unter* ihr nachzählt: so schwillt sie wieder auf. Kurz unsere oratorische Phantasie hält überall den Unterschied von Mehr und Weniger für einen des Etwas und Nichts. Aber jedem relativen Unterschied muß etwas Positives zum Grunde liegen, das aber nur unendliche Augen rein abwiegen, die die ganze Reihe der unübersehlichen Stufen messen. Sogar etwas körperliches Großes muß es geben, und wär' es am Ende die Welt: denn jede Vergleichung, jede Messung setzt ein unwandelbares Maß voraus. – Also ist die ephemerische Entwicklung eine wahre, und die Schlüsse aus jener sind völlig dieselben aus einer seraphischen: der Unterschied des Grades kann nicht *entgegengesetzte,* sondern nur *relative* Schlußfolgen gebären.

– Und hier will ich nur brieflich – denn gedruckt unterständ' ichs mich nie – einen Zweifel bekennen. Die Sprossen der Wesenleiter über unserm Kopfe hat noch niemand *gesehen,* die zu unsern Füßen keiner *gezählt*: wie, wenn jene kleiner, diese größer wären, als man bisher dachte? Die unendliche Standeserhöhung der Geister von Engel zu Erzengel, kurz die neun philosophischen Hierarchien sind noch nichts weiter geworden als – behauptet, aber bewiesen nicht. Der gewöhnliche Beweis, daß eine Gebirgskette geistiger Giganten den Abstand vom Menschen zum Unendlichen füllen müsse, ist falsch, da ihn keine Kette *verkürzt*, geschweige füllt; die Kluft behält immer dieselbe Weite – und der Seraph – d. h. das höchste endliche Wesen nach menschlichem Sprachgebrauch – muß sich ebenso viele, wenn nicht mehrere Wesen über sich denken als ich mir unter mir. Die Astronomie – diese Säemaschine der Sonnen, dieses Schiffswerft und Laboratorium der Erden – schiebt uns die *Verdoppelung* der Welten und Wesen als eine *Veredelung* derselben unter. Aber am ganzen Himmel hängen nur Erdschollen und Feuerklumpen, und alles ist darin von Milchstraße zu Milchstraße kleiner als der Wunsch und Wuchs in unserer Brust. Warum soll denn unsere Kugel allein, warum nicht jede andere im Steigen sich befinden, warum soll der Vorlauf einer Inaugural-Ewigkeit (a parte ante) ihnen mehr als uns zustehen und zufallen? Kurz, es lässet sich disputieren, Viktor, ob es im vollen All andere Cherubim und Thronen gibt als Viktor und Jean Paul. – Es ist mir selber kaum glaublich; aber die *melodische* Fortschreitung zu sublimierten Wesen hinauf wurde bisher doch wahrlich nur – *angenommen*; ich glaube an eine *harmonische*, an ein ewiges Steigen, aber an keine erschaffne Kulmination....

Ich vermute, Karlson wollte mir antworten – nicht über die Seraphe, sondern – über die Eintagsfliegen, als Nadine, die von ihm sich die Ephemere hatte leihen lassen, diese zu nahe vor das Auge hielt und dadurch unser mendelssohn-platonisches Kolloquium dämmte und störte. Denn Madame Berlier – so vornehm schrieb sich unsere flüchtige Haus- und Gastwirtin – trat vor Nadine und sagte: »Es ist schade für den Schmerz; Sie müssen die Warzenheuschrecke nehmen: ich habe Proben.« Verstehest du's? – Es ist so: der sogenannte Warzenfresser – eine Heuschrecke mit brünetten Flecken – nimmt die Warzen durch einen einzigen Biß darein in kurzem weg; Frau Berlier, über die, wie über alle südliche Insassen, die Schönheit eine größere Gewalt als Geschlecht und Eigenliebe hatte, war im Irrtum gewesen, Nadine wolle ihrer reizenden Gestalt mit der Fliege den letzten Flecken nehmen. – Kaum hatte der Hauskaplan etwas vom Warzentöter vernommen, als er sich ins Grün verschoß und eine Vorjagd nach Warzenheuschrecken antrat. Ich ärgerte mich, daß ich das Heilmittel so gut gewußt wie die Frau und daß mirs nicht eingefallen war; aber zu einem lumpigen Gleichnis hätt' ich mich recht gut auf das Mittel besonnen, nur zu keiner nützlichen Kur. Sein Glück erlaubte, daß er in kurzem mit einem geflügelten Warzen-Operateur wiederkam: er erregte meinen Neid. Als er ihn hingab in Nadinens Hand: hatte der eilfertige Phylax mit dem Brief- und Papierschwerer seiner Faust gleichsam in einer guten Glanzpresse den braungefleckten Gewächsschneider aus Versehen – totgeplätscht: das Kerbtier konnte in nichts mehr beißen. Ich lief sogleich nach einem zweiten Warzenfresser herum und sprang einem solchen Springer nach. Endlich bracht' ich einen an den Flügelspitzen gefasseten und zappelnden getragen und sagte, ich wollte den kleinen Dentisten so lange über der Warze halten, als er operierte und bisse. Unter dem Aktus pries ich meine Tat. »Jede große Handlung«, sagt' ich, »wird nur in der Seele in der Minute des Entschlusses getan – tritt sie heraus und wird vom Körper nachgespielt, der die Heuschrecke hält, so zerspringt sie in unbedeutende kleine Bewegungen und Terzien – aber wenn sie getan ist, wie hier der Biß, so wird sie wieder groß und strömt wachsend durch die Zeiten. So wirft sich der Rhein wie ein Riese von seinem Gipfel, zerreißet in Nebel, kömmt als Regen auf die Ebene, dann wächset er aus Wolken zusammen und zieht durch die Länder und trägt Sonnen statt der Regenbogen.«

Es braucht vor dir nicht verhehlt zu werden, daß michs angriff, da ich in zwei so lichte warme, gegen mich aufgetane Augen bis auf die Retina hineinschauen mußte, wobei ich des ganzen andern Kriegsschauplatzes von Locken und Lippen und Stirnen und der Waterloos-Landschaften der Wangen nicht einmal gedenke. Nadinens Ängstlichkeit vor den Zähnen des braunen Medikasters machte sich noch reizender und die Gefahr meiner Lage noch größer. Nach langem Halten, als ich dachte, die Operation sei schon vollendet, vernahm ich von ihr, die Heuschrecke habe gar noch nicht angebissen, weil ich sie drei oder vier Pariser Fuß zu weit von der Warze weghielt. Es ist wahr, ich hatte mich in ihre Netzhäute vertieft; aber es war noch wenig bemerkt worden, daß die Kur nicht zu vollenden sei, wenn ich nicht den Ballen der rechten Hand ein wenig auf ihre Wange aufsetzte und aufstemmte, um mit dem Warzenfresser fester über der Warze zu halten. Jetzt biß er die erfoderliche Wunde und ließ soviel von seinem korrosivischen Ätzmittel hineinlaufen, als er bei sich hatte. Ich lenkte Nadinens Schmerzen, die dem von einem Nadelstich beikamen, künstlich ab durch Philosophieren: »Der Mensch«, sagt' ich, »findet die stoischen Trostgründe gegen alle Schmerzen wahr und stark; nur gerade gegen den jetzigen nicht; und wenn er aus Stichwunden blutet, denkt er, Quetschwunden schließen sich leichter. Daher verschiebt er den Besuch der stoischen Schulstunden, bis seine Kreuzschule zugemacht sein wird. Ach aber dann steht man und wartet am Strome und will nicht eher hinübergehen, als bis er vorbeigelaufen ist. Wahre Standhaftigkeit hingegen steht gern den Biß der Heuschrecke aus und freuet sich über ihre Erprobung.« –

Dann war die Kur glücklich überwunden, die aber in mir leicht zu einer Krankheit umschlagen konnte. Gewiß ist, daß ihr nahes Gesicht mir eine größere Wunde machte als ich ihm durch den Warzenfresser. Ich würde besorgen und untersuchen, ob ihr nicht das meinige, das ebenso nahe war, ebensoviel Schaden getan habe, wäre nicht Nadine – auf das lass' ichs ankommen – außerordentlich jung: das Herz junger Mädchen lässet wie neue Wannen und Butten anfangs alles durchtropfen, bis es die Gefäße durch Schwellen behalten. ––

506. Station

Einwürfe gegen die Unsterblichkeit – die Einkindschaft des äußern und innern Menschen

Wir brachen auf. Durch den Himmel weheten nur hohe dünne Flocken, gleichsam das aufgelöset um die Sonne fliegende Haar, das sie nicht verhüllte. Der Tag wurde schwüler und stummer. Aber unser Steig lief unter eine grünende Bedachung hinein, und ein Zweig um den andern spannte einen Sonnenschirm aus breiten Blättern aus.

Gione bat: »Wollen wir auch im Gehen unser voriges Gespräch behalten.« Ach deine Klotilde sollte sie kennen! Gione hat, die Reize ausgenommen, die halbe Seele von ihr – aus ihrer äußern, und innern Harmonie schreiet kein Ton vor, ihre ernste warme Seele gleicht der Palme, die weder Rinde noch Zweige, aber auf dem Gipfel breites Laub und lange Blüten trägt. »Gione,« sagte Nadine, »sie machen uns mehr irre als fest.« – »Es hat«, versetzte sie, »noch niemand seine Meinung ausgesagt; man habe immerhin die festeste Überzeugung: durch die schöne Übereinstimmung mit einer fremden wird sie doch noch fester.« – »So wie«, fügte Myrtill bei (das bin ich), »die Wasserpflanzen mitten in ihrem Wasser doch vom Regen ebensowohl erquicket werden als die Landpflanzen.«

»Unser Gespräch«, sagte Wilhelmi, als wir gerade in die Sommernacht einer von Eichenschatten und Kaskaden gekühlten Grotte kamen, »passete besser unter eine totale Sonnenfinsternis – ich wollte, ich erlebte eine, wo sich der Mond prächtig vor die Mittagssonne hängt, wo der lärmende Tag auf einmal verstummt, wo die Nachtigallen schlagen, die Blumen zufallen, und wo es schauerlich tauet und nebelt und kühlt.«

Phylax hatte jetzt seinen Kanapeestrunk oder Polster in eine rieselnde Quelle springen lassen; Nadine hatt' es gesehen; aber um ihn nicht unter dem Herausziehen der Teichdocke zu verwirren, trieb sie mit einer reizenden Wärme uns auf das vorige Gespräch zurück. Nur der Weltton hat ihr eine spielende leichte, immer heitere Oberfläche gegeben – Gionens Stil hingegen ist wie der höchste griechische, nach dem Maler-Ausdruck, etwas mager und karg –, und die Visitenzimmer hatten sie, wie Mahagony-Schränke die Kleider, desto angenehmer gemacht; aber ihre äußern Reize widersprachen oder schadeten ihren innern nicht.

Ich sagte also zu Karlson: »Ich bitte Sie, erweisen Sie uns einmal die geistige Sterblichkeit, diese eigentliche Seelen-Mitraillade.« – »Das braucht« (sagte der fatale arkadische Phylax, den die feuchte Walze ärgerte) »der Herr Rittmeister gar nicht: nur der Bejahende muß beweisen.«

»Gut, Gut«! sagt' ich, »ich nenne die Beweise Einwürfe, aber deren bring' ich wahrlich nicht mehr als zwei heraus – erstlich der Beweis oder Einwurf aus der gleichzeitigen Abblüte und Hinfälligkeit des Körpers und Ichs, zweitens der aus der absoluten Unmöglichkeit, die Lebensweise eines künftigen Lebens zu erforschen oder, wie der Herr Hauskaplan sagen mußte, in die übersinnliche Welt hinüberzusehen aus einer sinnlichen. Richten Sie jetzt selber, Herr Rittmeister, Ihre zwei einwerfenden Bomben in den Winkel der größten Wurfweite, der nach Hennert der von 40 Graden ist, nach Bezout aber erst der von 43°.«

Er stellte seine Bomben gut. Er zeigte, wie die geistige Dryade mit der körperlichen Baumrinde grüne, zerberste und verfliege – wie die edelsten Bewegungen sich an das mit Erdenblei oder Bleierde ausgegossene Schwungrad des Körpers schließen – wie Gedächtnis, Phantasie und Wahnsinn bloß vom Eidotter des Gehirns zehren, wie *Heldenmut* und *Sanftmut* sich in einem so entgegengesetzten Verhältnis gegen das Blut[1] befinden wie *Blutigel* und *Juden* – wie im Alter der innere und der äußere Mensch sich miteinander gegen die Grube krümmen, miteinander versanden und versteinern und gemeinschaftlich gleich Metallgüssen *langsam* erkalten und zuletzt gemeinschaftlich erstarren. Dann fragte Karlson, warum man denn, bei dieser immerwährenden Erfahrung, daß jede körperliche Einbiegung eine geistige Narbe grabe, und bei diesem unaufhörlichen Parallelismus des Körpers und der Seele, bloß nach dem letzten Riß und Bruch dieser alles wiedergeben wolle, was man mit jenem scheitern sah. Er sagte dann, was ich auch glaube, daß weder das Bonnetsche Unterziehkörperchen, noch das inkorporierte Platnerische Seelen-Schnür-*Leibchen* (das »zweite Seelen-Organ«) die Schwierigkeit der Frage mildere: denn da beide Seelen-Unterziehkleider oder Nachthosen und Kollets immer im Leben das gute und schlimme Schicksal des groben Körperüberrocks und Marterkittels teilten, und da an uns zweigehäusigen englischen Uhren das Gehwerk und das erste und zweite (Bonnetsche oder Platnersche) Gehäuse immer miteinander gelitten und gewonnen hätten: so sei es lächerlich, die Iliade der künftigen Welt in der engen Haselnuß des Reassekuranz-Körperchens aufzusuchen, das man vorher mit dem äußern groben Körper stehen und fallen sehen.

Ich bat ihn dann, die zweite einwerfende Bombe auch in den Winkel von 40° zu stellen. »Aber dann«, setzt' ich dazu, »wollt' ich mir wohl die Konzession einer langen Parlaments-Rede ausgebeten haben: nur lange Reden haben *Lebens-* und Reproduktionskraft, wie nach Reaumur nur lange Tiere sich am leichtesten nach Schnitten ergänzen.« Lange Menschen freilich, das fällt mir jetzt aus Unzer erst bei, leben kürzer als kurze.

Aber dazu, nämlich zum Beweise der Umhüllung der zweiten Welt, bedurfte Karlson wenig Zeit und Kraft: das Sonnenland hinter den Hügeln der Gottesäcker, hinter den Pestwolken des Todes liegt unter einer Totalfinsternis von zwölf Zollen oder von ebenso vielen heiligen Nächten bedeckt.

[1] Mit dem Blute verloren Helden den Mut, wie bekannt. Juden essen keines, wie ebenfalls bekannt.

Er tat nicht übel dar, welcher unendliche Sprung aus allen irdischen Analogien und Erfahrungen es sei, eine Welt zu hoffen – d. h. zu schaffen –, eine transzendente Schäferwelt, von der wir weder ein *Ab-* noch *Urbild* kennen, eine Welt, der nichts Geringers als Gestalt und Name und Atlas und Planiglob und ein Weltumsegler Vespucius Americus abgehe, für die uns weder Chemie noch Astronomie die Bestand- und Weltteile liefern wollen, ein Dunst-Universum, auf dem aus der entlaubten verdorrten Seele ein neuer Leib ausschlage, d. h. ein Nichts, auf dem sich ein Nichts beleibe...

O mein guter Karlson! wie konnte deine schöne Seele eine zweite Welt, die schon hienieden in die physische vererzet ist, wie lichte Kristalle in Gletscher, auslassen, nämlich die in unserem Geiste glühende Sonnenwelt der *Tugend, Wahrheit* und *Schönheit* [1], deren Goldader auf eine unbegreifliche Art den dunkeln schmutzigen Klumpen der Sinnenwelt glänzend durchwächset! –

Ich gab nun meine Antwort: »Ich will Ihre zwei Schwierigkeiten mildern, und dann will ich meine unzähligen gegen Sie vorführen. Sie sind kein Materialist [2]; Sie nehmen also an, daß die geistigen und die körperlichen Tätigkeiten nur einander begleiten und gegenseitig erwecken. Ja der Körper ist die Tastatur der innern Harmonika durch alle Glocken hindurch. Man hat bisher nur die körperlichen Ripienstimmen zu den *Empfindungen* aufgezeichnet, z. B. das schwellende Herz und das trägere Blut bei der Sehnsucht – die Gall-Ergießung bei dem Zorn und so fort. Aber das Flechtwerk, die Anastomosierung zwischen dem innern und äußern Menschen ist so lebendig und innig, daß zu jedem *Bilde,* zu jeder *Idee* eine Nerve, eine Fiber zucken muß: man sollte die körperlichen Nachklänge auch bei dichterischen, algebraischen, artistischen, numismatischen, anatomischen Ideen beobachten und auf die Noten der Sprache setzen. Aber der Resonanzboden des Körpers ist weder die geistige Tonleiter noch ihre Harmonie; die Betrübnis hat keine Ähnlichkeit mit der Träne, die Beschämung hat keine mit dem in die Wangen gesperrten Blute, der Witz keine mit dem Champagner, die Vorstellung von diesem Tal hat nicht die geringste mit dem Dosenstück davon auf der Retina. Der innere Mensch, dieser verhüllte Gott in der Statue, ist nicht selber von Stein wie diese, in den steinernen Gliedern wachsen und reifen seine lebendigen nach einer unbekannten Lebensweise. Wir geben zu wenig darauf acht, wie der innere Mensch sogar den äußern bändigt und formt, wie z. B. Grundsätze den zornfähigen Körper, der nach der Physiologie von Woche zu Woche heftiger brennen müßte, allmählich

[1] *Schönheit* in jener Zusammensetzung nehm' ich allzeit in dem Sinn, den *Schiller* in seiner ästhetischen Kritik damit verknüpft, eine Preisschrift seines Genius über die Schönheit, der hier, wie Longin über das Erhabene, der Maler und der Gegenstand zugleich ist.

[2] Wär' ers aber gewesen: so würd' ich ihm den 9ten Schalttag pag. 224 im 3. T. des *Hesperus* vorgelesen haben.

kühlen und löschen, wie schon der Schrecken, der Zorn die zerreißende, auseinandergeschobene Textur des Körpers mit geistigen Klammern hielt. Wenn das ganze Gehirn gleichsam paralytisch und jede Fiber eingerostet und verquollen ist und der Geist Fußblöcke schleppt: so braucht er nur zu wollen (welches er jede Minute kann), es braucht nur einen Brief, eine frappante Idee: so ist ohne körperliche Hülfe das Fibern-Gehwerk und das geistige Repetierwerk wieder im Gang.«

Wilhelmi sagte: »Der Geist ist also eine Uhr, die sich selber aufzieht.« – »Irgendein Perpetuum-Mobile muß es ohnehin geben, weil sich alles schon seit einer Ewigkeit bewegt« (sagt' ich) – »die Sache ist aber, der Geist läuft entweder nie ab, oder er ist der Uhrmacher. Ich kehre wieder zur Sache.

Wenn eine zertriebene Pulsader in der vierten Gehirnkammer des Sokrates das ganze Land seiner Ideen unter ein Blutbad setzt: so werden zwar alle seine Ideen und seine moralischen Neigungen vom Blutwasser überdeckt, aber nicht zerstört, weil nicht die ertränkten Gehirnkügelchen tugendhaft und weise waren, sondern sein Ich, und weil die Abhängigkeit des Uhrwerkes vom Gehäuse in Rücksicht des Bestäubens usw. ja nicht die Identität von beiden oder gar den Satz beweiset, die Uhr bestehe aus lauter Gehäusen. Da die geistigen Tätigkeiten keine körperlichen sind, sondern ihnen bloß entweder *nach-* oder *vorgehen*; und da jede geistige so gut im Geiste als im Körper Spuren lassen muß: sind denn, wenn der Schlagfluß oder Alter die körperlichen weglöscht, darum auch die geistigen verloren? Unterscheidet denn der Geist eines *kindischen* Greises sich in nichts von dem Geiste eines *Kindes*? Büßet Sokrates' Seele, in Borgias Körper wie in ein Schlammbad eingescheidet, ihre moralischen Kräfte ein, und tauschet sie auf einmal ihre tugendhaften Fertigkeiten gegen lasterhafte aus? – Oder soll in der Ehe zur linken Hand, die, wiewohl ohne *Gütergemeinschaft*, zwischen Leib und Geiste ist, die eine eheliche Hälfte mit der andern nur gewinnen, nicht auch verlieren? Soll der ablaktierte Geist nur den blühenden, nicht auch den welkenden Körper verspüren? Und sollt' ers, so mußte die um ihn geschlagene Erde ihm, wie der Lauf unserer Erde den obern Planeten, den Schein des Stockens und Zurückgangs erteilen. Sollten wir einmal enthülset werden, so mußte es die langsame Hand der Zeit, d. h. das raubende Alter tun; sollt' einmal unsere Rennbahn nicht auf *einer* Welt auslaufen, so mußte die Kluft vor der zweiten allemal wie ein Grab aussehen. Die *kurze* Unterbrechung unsers Ganges durch das Alter und die *längere* durch das Sterben heben diesen Gang so wenig auf wie die *kürzere* durch den Schlaf. Wir halten beklommen wie der erste Mensch die *totale* Sonnenfinsternis des Schlummers für die *Nacht* des Todes, und diese für den *Jüngsten Tag* einer Welt.«

»Welches eben noch zu erweisen ist, ob ichs gleich selber glaube«, versetzte Phylax.

Aber nun schlossen neue Schönheiten meine Antwort und die 506te Station.

N. S. Heute hat man mir gesagt, der Kaplan habe erklärt, er habe absichtlich auf eines und das andere nichts erwidert, er wünsche aber, ich erschiene einmal damit in Druck, dann hoff' er seine Meinung zu äußern. Das möchte aber wohl der gute Mann nicht erleben, daß dieser Brief gedruckt wird, und er wird passen müssen.

507. Station

Der Diebstahl des Souvenirs – Antworten auf vorige Stationen – über die Auswanderung der Toten in fremde Planeten – die dreifache Welt im Menschen – die Klage ohne Trost – Siegel der Unsterblichkeit – das Lustschloß – die Montgolfieren – Entzückungen

Wenn es drei Uhr und einem wandernden ökumenischen Konzilium außerordentlich wohl und ein wenig warm ist und wenn gerade der schmalere Adour, der am Tal-Ende entquillt, sich um ein Erdzüngelchen ringelt und über den auf seinem Bette schlafenden Mond [1] seinen Silberflor zieht – wenn um die Erdzunge, diesen blumigen Ankerplatz, halb Wasserstück, halb bowlinggreen, eine breitlaubige Ahorn-Arkade wacht, unter der ein aus den Zweigen auf Rasen herausgeschlüpftes, mit Sonnenlicht vergoldetes Nachtstück zittert, das der rauschende bunte Streusand auf dem Buch der Natur, die Insekten, sticken – wenn das Hämmern in den glänzenden Marmorbrüchen und die lebendigen Alphörner, das blökende Weidevieh, und das Rauschen von den Wellen bis zu den Ähren und Gipfeln hinauf das Herz voll Lebensbalsam, den Kopf voll Lebensgeister gießet – und wenn so viel Schönheiten zu sehen und zu hören sind: so ist Schönheiten, welche gehen, damit gedient, daß sie sich auf die Erdzunge niedersetzen und daß die Polsterträger, die sie bedienen, vorher etwas zum Untersatz für die Arme unterbreiten.

Mein lieber Viktor, das wurde alles ins Werk gerichtet.

Im Sitzen schienen lange Reden nicht so tulich wie im Lauf; auch hatten sie schon vorher, als man mit den Augen sich diese Erdenge zum Lustlager abstach, etwas gelitten. Ich hielt mich auf dem Ufer – die Stiefel hingen über dem Adour – unweit Nadinen auf, die jetzt in dem vom Schatten getuschten Widerschein der Wellen ein herrliches bleiches Rot (als hätte sich eine Purpurschnecke auf der Wange verblutet) zeigen konnte. Der Gang und der rote Sonnenschirm waren zu grelle Koloristen gewesen.

Guter Bruder, ich schickte mich an, mich zu verlieben. Die operierte Warze wollte als Eckstein des Ärgernisses, als negative Elektrizität nicht viel sagen: Warzen haben ihr Gutes.

Nadine brach Flatterrosen und andere Blumen. Ich zog ein leeres Schmuck-

[1] Die unter dem Wasser gemilderte nachgespielte Sonne.

kästchen – es wurde wie der 9te Kurstuhl oder der Elias-Stuhl[1] oder der limbus patrum nicht besetzt – aus der Tasche und hielt es offen unter, mit der Bitte, die Blumen darein auszuschütteln und auszustoßen, damit ich die wenigen Skolopender[2] bekäme, die ohnehin wie die Talglichter mehr für das Auge als die Nase wären. Wir zogen ein ganzes Wormser Dreizehner-Kollegium von Feuerasseln aus den Blumenkelchen gefänglich ins Kästchen ein.

Unter dem Blumenspiel, das uns einander näherte, fiel mir ein ganzer verkleinerter Mai auf die Schneiderische Haut: ich sah mich nach den Blumen-Poren um. Es war nichts auszufinden, bis ich aus der linken Tasche Nadinens ein in Montpellier mit wohlriechenden Kräutern gefüttertes Souvenir vorgaffen sah. Eine Schöne bestehlen ist oft nichts Geringers als sie beschenken: ich hielt es für sachdienlich, Nadinen die riechende Schreibtafel heimlich zu entwenden, um nachher einen Flakon und einen Spaß daraus zu machen. Ich kartete das Spolium so, daß gerade der Baron meine kriechende Hand sah, als sie das Werkchen aus der Tasche holte.

»Aus dem Souvenir«, dacht' ich, »kann sich eine und die andere Szene entspinnen. Riechen kann man ohnehin daran.« Für den Diebstahl des Riechsäckchens hielt ich sie durch die Skolopender schadlos, deren Gefängnis ich auf der Stelle in ihre Tasche spielte. Der Baron war Zeuge.

Wilhelmi sagte, als wir aufstanden: »Abends sind wir durch die Wagen getrennt und betäubt; falls noch etwas auszumachen ist....«

»Etwas?« (versetzte Phylax) »Alles ist noch auszumachen. Sie haben jetzt, Herr J. P., zuvörderst die zweite Schwierigkeit zu heben.«

»Heben?« (fragt' ich) »die Decke einer ganzen künftigen Welt soll ich heben wollen? Ich komme ja erst hinein, und nicht daraus her. Aber eben diese Unähnlichkeit der zweiten Welt, diese inkommensurable Größe hat ihr die meisten Apostaten gemacht: nicht das Zerspringen unserer körperlichen Puppenhaut im Tode, sondern der Abstand unsers künftigen Lenzes vom jetzigen Herbst wirft so viele Zweifel in die arme Brust. Das sieht man an den Wilden, die das zweite Leben nur für den zweiten Band, für das Neue Testament des ersten halten und zwischen beiden keinen Unterschied annehmen als den zwischen Alter und Jugend; diese glauben ihren Hoffnungen leicht. Ihre *erste* Schwierigkeit, das Abspringen und Zerbröckeln der Körper-Glasur, entzieht gleichwohl den Wilden die Hoffnung nicht, in einer neuen Blumenvase wieder aufzukeimen. Aber Ihre *zweite* Schwierigkeit vermehret sich und die Zweifler täglich; denn durch die Menstrua und Apparate der wachsenden Chemie und Physik wird die zweite Welt täglich besser niedergeschlagen oder verflüchtigt, weil diese weder in einen chemischen Ofen

[1] Bei der Beschneidung setzen die Juden einen Stuhl für den Beschneider und einen für den Propheten Elias hin, der sich unsichtbar daraufsetzt.

[2] Skolopender oder Feuerasseln leuchten nachts; man muß sich hüten, sie nicht aus den Blumenkelchen mit den Düften ins Gehirn zu ziehen.

noch unter ein Sonnenmikroskop zu bringen ist. Überhaupt muß nicht bloß die Praxis des Körpers, sondern auch die Theorie desselben, nicht bloß die *angewandte* Erdmeßkunst seiner Lüste, sondern auch die *reine* Größenlehre der sinnlichen Welt den heiligen, in sich zurückgesenkten Blick auf die innere Welt diesseits der äußern verfinstern und erschweren. Nur der Moralist, der Psycholog, der Dichter, sogar der Artist fasset leichter unsere innere Welt; aber dem Chemiker, dem Arzte, dem Meßkünstler fehlen dazu die Seh- und Hörröhre, und mit der Zeit auch die Augen und Ohren.

Im ganzen find' ich viel weniger Menschen, als man denkt, welche das zweite Leben entschieden entweder glauben oder leugnen: die wenigsten wagen es zu leugnen – da das jetzige dadurch um alle Einheit, Haltung und Ründung und Hoffnung käme –, die wenigsten wagen es anzunehmen – da sie über ihre eigne Verherrlichung erschrecken und über das Erbleichen der verkleinerten Erde –, sondern die meisten schwanken dichterisch nach dem Stoße alternierender Gefühle im Zwischenraum beider Meinungen auf und ab.

Wie wir Teufel leichter als Götter malen, Furien leichter als die Venus Urania, die Hölle leichter als den Himmel, so glauben wir auch leichter jene als diese, leichter das größte Unglück als das größte Glück: wie sollte nicht unser an Fehlschlagungen und Erdenketten gewöhnter Geist über ein Utopien stutzen, an dem die Erde scheitert, damit die Lilien derselben wie die Guernsey-Lilien das Ufer zum Blühen finden [1], und das die gequälten Menschen errettet und befriedigt und erhebt und beglückt?

Ich komme zu Ihrer Schwierigkeit. Mich dünkt, sogar wenn einer das Grab für den Kommunikationsgraben bloßer verwandter Globen nähme, so sollte ihn seine Unwissenheit über die zweite Weltkugel nicht erschrekken, und wir dürfen darum, weil wir durch das tiefe Gewässer des toten Meers nicht durchblicken können, nicht schließen, daß sich die Gebirge der Menschheit nicht im toten Meere fortziehen, so wie alle Bergrücken unten auf dem Meeresboden weiterlaufen. Wie? der Mensch will *Welten* erraten, der keine *Weltteile* errät? Würde der Grönländer den Neger, den Wiener, den Dänen, den Griechen ohne Urbilder in seiner Gehirnkammer abschatten? Weissagt ohne Erfahrung das politische Genie sich die innere Versifikation des poetischen, der Abderit die Bauart des Weisen? – Würden wir nur *eine* von den Tiergestalten des hinabwärtssteigenden Anthropomorphismus erraten haben, der die Menschengestalt in allen Tieren nachdruckt und doch in allen verändert? Oder hätte ein unbeleibtes Ich, mit allen hiesigen Logiken und Metaphysiken in das vacuum postiert, je durch Denken *eine* Ader seiner *jetzigen* Verkörperung und Menschwerdung erdacht?« –

[1] Die Guernsey-Lilie aus Japan hat ihren Namen von der Insel Guernsey, auf welche ein scheiterndes Schiff, das damit beladen war, sie ausschüttete und aussäete.

»Was verneinen oder bejahen Sie denn eigentlich?« sagte Wilhelmi.

»Ich bejahe nur, daß deswegen noch nicht ein zweites Leben auf einem Planeten zu verneinen wäre, weil wir den Planeten nicht mappieren und die Einwohner nicht porträtieren können. Wir brauchen aber keinen Planeten.«

Der Baron sagte: »Ach, ich dachte mir oft die große Tour durch die Sterne so reizend! Es war die Lokation eines Schülers von einer Klasse zur andern – die Klassen sind hier Welten.«

»Auf allen diesen Erden«, sagte der Rittmeister, »wirst du abgewiesen, wie auf unserer, wenn du ohne Körper hineinwillst. Durch welches Wunderwerk bekömmst du einen?«

»*Durch ein wiederholtes,*« (sagte ich) »denn den gegenwärtigen haben wir ja schon durch eines. Zum Vorteil der Planetenwanderung kann man noch sagen: unser Auge trennt die Welten zu sehr, deren jede nur *ein Element* des unendlichen zusammenwirkenden *Integrales* ist. Die verschiedenen Erden und Nebenerden über und um uns sind nur entferntere Weltteile; der Mond ist nur ein kleineres entlegneres Amerika, und der *Äther* ist das Weltmeer.«

»Das ist so,« sagte Nadine, »wie ich mir vor einigen Tagen die Einwohner eines Zitronenbaums dachte. Das Würmchen auf dem Blatt denkt etwan, es sei auf der grünen Erde, das zweite Würmchen auf der weißen Blüte glaubt sich auf dem Vollmond, und das auf der Zitrone denkt sich auf die Sonne.«

»Doch ist nur«, sagt' ich, »*ein* Baum des unermeßlichen Lebens. Wie um den Erdkern weitere und feinere Umfassungen gehen, die Erde, die Meere, der Luftkreis, der Äther, so umschlingt den Riesen einer Welt ein immer größerer mit längern Armen. Das längere Band ist das feinere, wie die Lichtmaterie und Anziehungskraft, die schöne Umschlingung dehnet sich weicher von Eisenringen zu Perlenschnüren aus bis zu Blumenketten und Regenbogen und Milchstraßen.«

»Wollen wir wieder von der Milchstraße herab,« (sagte Karlson:) »denn wir können eben nicht hinauf. Eben diese allgemeine Einheit des Universums schließet das Durchschwärmen der Emigranten aus der Erde aus: jeder Planet ist mit seiner Schiffsmannschaft schon bevölkert; dichtere Planeten, z. B. der Merkur, mit wahren Matrosen.«

»Ganz wie es Kant vermutet!« sagte Phylax.

»Feinere lockere, wie z. B. der Uranus, mit den zärtesten Wesen, vielleicht bloß mit Schönen und Charitinnen, die ohnehin die Sonne nicht lieben. Wer den sogenannten Geist oder Spiritus rektifizieren will, indem er ihn aus dem Brennkolben eines Planeten in den andern überzieht, der kann ebensogut versichern, daß die Geister aus dem verschlackten Merkur in einer Destillation durch Niedersteigen in unsere Erde ihre Dephlegmation erhalten, kurz daß die Erde die zweite Welt für Merkur und Venus ist – ja die Verstorbenen aus den Polarzonen könnten (es wäre destillatio per latus) in die gemäßigten fahren. Denn auf allen Planeten können am Ende doch nichts sein als gröbere oder feinere *Menschen* [1] wie wir.«

Karlson wartete auf Widerlegung und Kontraapprochen. Ich sagte aber, seine Meinung sei völlig die meinige.

»Ich habe noch einen stärkern Grund« (fuhr ich fort) »gegen die Auswanderung und voyage pittoresque durch Planeten: weil wir in unserer Brust einen Himmel voll Sternbilder tragen und verschließen, für den keine beschmutzte Weltkugel weit und rein genug ist. Aber darüber muß ich wenigstens so lange reden dürfen, bis wir alle Weizenfelder hindurch sind.«

Viktor, unser Luststeig war jetzt eine Allee durch Zaubergärten: unser Durchgang durch ein grünes Meer von Ähren wurde auf beiden Seiten von einem gelobten Lande umgeben und begleitet, auf dem vereinzelte Häuser unter gruppierten Laubhainen ausruhten, wie in Italien nachmittags die Sieste-Schläfer zerstreuet auf beschatteten Auen. Es wurde mir Ausführlichkeit verstattet.

»Es gibt eine innere, in unserem Herzen hängende Geisterwelt, die mitten aus dem Gewölke der Körperwelt wie eine warme Sonne bricht. Ich meine das innere Universum der *Tugend,* der *Schönheit* und der *Wahrheit,* drei innere Himmel und Welten, die weder Teile, noch Ausflüsse und Absenker, noch Kopien der äußern sind. Wir erstaunen darum weniger über das unbegreifliche Dasein dieser drei transzendenten *Himmelsgloben,* weil sie immer vor uns schweben, und weil wir töricht wähnen, wir *erschaffen* sie, da wir sie doch bloß *erkennen.*[2] Nach welchem *Vorbild,* mit welcher *plastischen Natur* und *woraus* könnten wir alle dieselbe Geisterwelt in uns hineinschaffen? Der Atheist z. B. frage sich doch, wie er zu dem Riesen-Ideal einer Gottheit gekommen ist, das er entweder bestreitet oder verkörpert. Ein Begriff, der nicht aus verglichenen Größen und Graden aufgetürmt ist, weil er das Gegenteil jedes Maßes und jeder gegebenen Größe ist: – kurz der Atheist spricht dem *Abbild* das *Urbild* [3] ab. – Wie es Idealisten der äußern Welt gibt, die glauben, die Wahrnehmungen machen die Gegenstände – anstatt daß die Gegenstände die Wahrnehmungen machen –, so gibt es Idealisten für die innere Welt, die das *Sein* aus dem *Scheinen,* den Schall aus dem Echo, das Bestehen aus dem Bemerken deduzieren, anstatt umgekehrt das Scheinen aus dem Sein, unser Bewußtsein aus Gegenständen

[1] Denn die klimatischen Unterschiede der Planeten müssen zwar wie die klimatischen Verschiedenheiten unserer Zonen Neger, Pescherähs, Griechen, aber doch immer Menschen geben.

[2] Man sollte daher nicht sagen mundus intelligibilis, sondern mundus intellectus.

[3] Man sage immerhin, mit dieser Wendung werde jedes Utopien, das auch ein Abbild sei, realisiert: denn das Urbild aller Träume, Severambenländer, Utopien etc. existiert auch wirklich – wiewohl *stückweise;* hingegen das Urbild des Unendlichen kann nicht stückweise existieren.

desselben zu erklären. Wir halten irrig unsere *Scheidekunst* unserer innern Welt für die *Präformation* derselben, d. h. der Genealogist verwechselt sich mit dem Stammvater und Stammhalter.

Dieses innere Universum, das noch herrlicher und bewunderungswerter ist als das äußere, braucht einen andern Himmel als den über uns und eine höhere Welt, als sich an einer Sonne wärmt. Daher sagt man mit Recht nicht die zweite Erde oder Weltkugel, sondern die zweite *Welt*, d. h. eine andere jenseits des Universums.«

Gione unterbrach mich jetzt schon: »Und jeder Tugendhafte und jeder Weise ist zugleich auch ein Beweis, daß er ewig lebe.« – »Und jeder,« fügte Nadine schnell hinzu, »der unverschuldet leidet.«

»Ja, das ists,« sagt' ich gerührt, »was unsere Lebenslinie durch die lange Zeit hindurchzieht. Der Dreiklang der Tugend, der Wahrheit und der Schönheit, der aus einer Sphärenmusik genommen ist, rufet uns aus dieser dumpfen Erde heraus und rufet uns die Nähe einer melodischen zu. *Wozu* und *woher* wurden diese *außerweltlichen* Anlagen und Wünsche in uns gelegt, die bloß wie verschluckte Diamanten unsere erdige Hülle langsam zerschneiden? Warum wurde auf den schmutzigen Erdenkloß ein Geschöpf mit unnützen Lichtflügeln geklebt, wenn es in die Geburtsscholle zurückfaulen sollte, ohne sich je mit den ätherischen Flügeln loszuwinden?« –

Wilhelmi sagte bewegt: »Ich träume selber gern im Schlafe dieses Lebens den Traum von einem zweiten. Aber könnten unsere schönen geistigen Kräfte nicht uns zur *Erhaltung* und zum *Genusse* des jetzigen Lebens verliehen sein?«

»Zur *Erhaltung*?« (sagt' ich) »Also wurde ein Engel in den Körper gesperrt, um der stumme Knecht und Einheizer und Frater Kellner und Frater Küchenmeister und Türwärter des – Magens zu sein? Waren nicht Tierseelen imstande, die Menschenleiber auf den Obstbaum und auf den Tränkherd auszutreiben? Soll die ätherische Flamme den körperlichen Kanonen- oder Zirkulierofen mit Lebenswärme bloß gehörig ausbrennen und backen, den sie ja verkalkt und auflöset? Denn jeder Erkenntnisbaum ist der Giftbaum des Körpers und jede Verfeinerung eine langsame *Kelchvergiftung;* aber umgekehrt ist das Bedürfnis der eiserne Schlüssel zur Freiheit – der Magen ist der mit Düngersalz gefüllte Treibscherben der Blüte der Völker – und die verschiedenen tierischen Triebe sind nur die erdigen beschmutzten Stufen zum griechischen Tempel unserer Veredelung.

Zum *Genusse*, sagten Sie noch – d. h. wir bekamen zum Futter des Tiers den Gaumen und Hunger des Gottes. Der Teil, der an uns von Erde ist und der auf Wurmringen kriecht, ja dieser lässet sich allerdings wie der Erdwurm mit Erde füllen und mästen. Die Arbeit, der körperliche Schmerz, der Heißhunger der Bedürfnisse und der Tumult der Sinne verdrängen und ersticken bei Völkern und Ständen den geistigen Herbstflor der Menschheit: alle jene Bedingungen der irdischen Existenz müssen erst abgetan sein, ehe der innere

Mensch die Forderungen für die seinige machen kann. Daher kömmt den Unglücklichen, die noch die Geschäftsträger des Körpers sein müssen, die ganze innere Welt nur wie ein Luft- und Spinnengewebe vor, wie einer, der nur in die elektrische *Atmosphäre* anstatt an den *Funken* selber gerät, durch ein unsichtbares Gespinst zu greifen meint. Ist aber einmal unser notwendiger *Tierdienst* vorbei, der bellende innere Tierkreis abgefüttert und das Tiergefecht ausgemacht: dann fodert der innere Mensch seinen Nektar und sein Himmelsbrot, der sich, wenn er nur mit Erde abgespeiset wird, alsdann in einen Würgengel und Höllengott verwandelt, der zum Selbstmord treibt, oder in einen Giftmischer, der alle Freuden verdirbt.[1] Denn der ewige Hunger im Menschen, die Unersättlichkeit seines Herzens, will ja nicht *reichlichere*, sondern *andere* Kost, nur Speise statt Weide: bezöge sich unser Darben nur auf den Grad, nicht auf die Art, so müßte uns wenigstens die Phantasie einen *Sättigungsgrad* vormalen können; aber sie kann uns mit der gemalten Auftürmung aller Güter nicht beglücken, wenn es andere als Wahrheit, Tugend und Schönheit sind.«

»Aber die schönere Seele?« sagte Nadine. Ich antwortete: »Diese Unförmlichkeit zwischen unserem Wunsche und unserem Verhältnis, zwischen dem Herzen und der Erde bleibt ein *Rätsel,* wenn wir dauern, und wäre eine *Blasphemie,* wenn wir schwinden. Ach wie könnte die schöne Seele glücklich sein? Fremdlinge, die auf *Bergen* geboren sind, zehret in *niedrigen* Gegenden ein unheilbares Heimweh aus – wir gehören für einen höhern Ort, und darum zernaget uns ein ewiges Sehnen, und jede Musik ist unser Schweizer-Kuhreigen. Am Morgen des Lebens sehen wir die Freuden, die den bangen Wunsch der Brust erhören, von uns entfernt aus späten Jahren herüberschimmern; haben wir diese erreicht, so wenden wir uns auf der täuschenden Stätte um und sehen hinter uns das Glück in der hoffenden kräftigen Jugend blühen und genießen nun statt der *Hoffnungen* die *Erinnerungen der Hoffnungen.* So gleicht die Freude auch darin dem Regenbogen, der am *Morgen* vor uns über den *Abend* schimmert und der *abends* sich über den *Osten* wölbt. – Unser *Auge* reicht so weit als das *Licht,* aber unser Arm ist kurz und erreicht nur die Frucht unsers Bodens.«

– »Und daraus ist zu folgern?« fragte der Kaplan.

[1] Dieses gilt am meisten von den höhern und reichen Ständen, worin bei so vielen die Saturation der fünf Kamelmägen der fünf Sinne und die Verhungerung der Psyche sich mit einem ekelhaften Ekel am Leben und mit einer widrigen fleischlichen *Vermischung höherer Wünsche und niederer Lüste* beschließet. Der Wilde, der Bettler, der Kleinstädter übertreffen sie weit am Sinnengenuß, da an diesem wie an den Häusern der Juden (zum Andenken des ruinierten Jerusalems) immer etwas *unvollendet* gelassen werden muß und da eben Arme noch zu wenige Foderungen des erdigen Menschen befriedigt haben, um von den Foderungen des ätherischen überlaufen und gepeinigt zu werden.

»Nicht daß wir unglücklich, sondern daß wir unsterblich sind und daß die zweite Welt in uns eine zweite außer uns fodert und zeigt. Ach was könnte man über dieses zweite Leben, dessen Anfang schon so klar im jetzigen ist und das uns so sonderbar verdoppelt, nicht sagen! Warum ist die Tugend zu erhaben, um uns selber und – was noch mehr ist – *andere* (sinnlich-) glücklich zu machen? Warum nimmt mit einer gewissen höhern Reinheit des Charakters das Unvermögen zu, der Erde, wie man sich ausdrückt, Nutzen zu schaffen, wie es nach Herschel Sonnen gibt, denen Erden fehlen? – Warum wird unsere Brust von dem langsamen Fieberfeuer einer unendlichen Liebe für einen unendlichen Gegenstand ausgetrocknet und ausgehöhlt und endlich gebrochen und nur von der Hoffnung gelindert, daß diese *Brustkrankheit* wie eine physische einmal die *Eisstücke* des Todes überdecken und heben?« –

»Nein,« sagte Gione mit einem bewegtern Auge als Tone, »es ist kein Eis, sondern ein Blitz – wenn das Herz als Opfer auf dem Altare liegt, so fällt das Feuer vom Himmel und zerlegt es, zum Beweis, daß ihm das Opfer wohlgefallen.«

Ich weiß nicht, warum sie gerade mit dieser beruhigten Stimme meine ganze Seele – nicht bloß meine Schlußkette – so schmerzlich zerriß. Sogar Nadinens Augen, die über die eignen Erinnerungen siegten, wurden durch die schwesterlichen naß, und sie hob – ob sie gleich sonst ekler und furchtsamer als Gione ist – vorübergehend von einem Kartoffelstock, der aus einem Garten herausstand, einen großen, unter dem haarigen Laube hängenden Nachtschmetterling ab und zeigte ihn uns mit einem festen Munde, den ein Lächeln erweichen sollte. Die Phaläne war der sogenannte Totenkopf; ich strich die wie an einem Geier gesenkten Flügel und sagte: »Sie ist aus Ägypten gebürtig, dem Lande der Mumien und Gräber, und trägt selber ein memento mori auf dem Rücken und ein Maestoso und Miserere im Klage-Rüssel.«

»Inzwischen ist sie ein Schmetterling und befliegt ihre Nektarien, und das wollen wir Tagvögel auch tun«, sagte gut Wilhelmi; aber gerade dieses Wort nahm er mir ordentlich aus dem Mund.

Auf Gionens Angesicht stand wieder sinnende Ruhe, und sie wurde mir durch die Stille ihres Grams unendlich schön und groß. Du sagtest einmal: die weibliche Psyche muß nie, obwohl glühend-zerstochen, krampfhaft mit den Flügeln um sich schlagen, weil sie sonst, wie andere Schmetterlinge, den Schmuck derselben zerschlägt; ach wie wahr ist das! – –

Nadinens Augen glänzten selten, ohne endlich zu tropfen, und jede wehmütige Regung hielt lang' in ihrem Herzen an, eben weil sie sich vorher lange vor ihr hütete. Sie glich überhaupt den Quellen, die die entgegengesetzte Temperatur der Tagszeit annehmen und die gerade der kühlende Abend erwärmt. Sie sagte gerührt zu mir (und suchte mit ihrer Hand in ihrer linken Tasche): »Ich kann Ihnen Verse zeigen, die Ihre Prosa beweisen.« Unter dem Suchen und Stehen blieb sie und ihr Führer, Wilhelmi, zurück. Er erriet eher als ich, daß sie mir aus ihrem Souvenir etwas geben wolle. Er nahm sogleich, als sie statt desselben mein Skolopender-Gefängnis herausbrachte, verbindlich das Wort: »er habe zwar nicht mit den Händen, aber doch mit den Blicken zum Diebstahl mit geholfen und bitte als Hehler um Gnade.« Die ernste Stimmung vertrug kaum die ernste Entschuldigung dieser Unbedachtsamkeit; ich sagte: »Ich wollte einen mehr vergeblichen als verzeihlichen Scherz einleiten; aber ich....« Sie schlug mir, ohne mich ausreden zu lassen, weich und unverändert – ich rechne ein strafendes und ein vergebendes Lächeln ab – das Blatt im aromatischen Buche auf, das des edeln Karlsons Trauergedicht auf den Untergang der hohen Gione enthielt, dessen prosaischen Nachhall ich dir aus meinem prosaischen Gedächtnis hier willig gebe:

Die Klage ohne Trost.

»Was ist das für ein Gewölke, das wie die Wolken der Wendekreise nur von *Morgen* gegen *Abend* fliegt und dann untergeht? Es ist die Menschheit. – Ist das der Magnetberg, mit den Nägeln angerissener zerbrochener Schiffe überdeckt? Nein, es ist die große Erde, von den Knochen zertrümmerter zerfallner Menschen bestreuet.

Ach warum hab' ich denn geliebt? Ich hätte nicht so viel verloren.

Nadine, gib mir deinen Schmerz: denn die milde Hoffnung ist darin. Du stehest neben deiner zermalmten Schwester, die unter dem Leichenschleier zerrinnt, und blickest auf zu den zitternden Sternen und denkst: droben da wohnst du, Gute, und auf den Sonnen finden wir die Herzen wieder, und die kleinen Tränen des Lebens sind vergangen.

Aber meine stehen fest und brennen im wunden Auge fort. Meine Zypressen-Allee ist nicht *offen* und zeigt keinen Himmel. Das Menschenblut malet auf den Leichenmarmor die flüssige Gestalt, die ein Mensch genannt wird, wie Öl auf Marmortafeln zu Wäldern gerinnt: der Tod wischt den weichen Menschen weg und lässet den Grabstein zurück. Ach Gione, ich hätte einen Trost, wärest du nur weit von uns allen in eine bewölkte Wüste geworfen, oder in die Schachte der Erde, oder hinauf in die entfernteste Welt des Äthers – aber du bist vergangen, du bist vernichtet. Deine Seele ist gestorben, nicht nur deine Hülle und dein Leben.

O sieh her, Nadine, hier auf dem Richtplatz der Zeit liegt mit der Totenfarbe der Geisterwelt der zerknirschte Engel. Unsere Gione hat alle ihre Tugenden verloren, ihre Liebe und Geduld und ihre Stärke und ihr ganzes großes Herz und den weiten reichen Geist: der Wetterstrahl des Todes hat den Diamant zerschmolzen, und die wächserne Statue des Körpers zerfließet nun langsam unter der Erde.

Nimm die schöne Hülle eilig weg, Schlange der Ewigkeit, die, wie die große Schlange, den kleinen Menschen anfangs vergiftet und endlich verschlingt.

Aber ich, Gione, stehe noch stark mit dem unvernichteten Schmerz, mit der unvernichteten Seele an deinen Ruinen und denke dich weinend, bis ich verschwinde. Und meine Trauer ist edel und tief, denn sie hat keine Hoffnung.

Mit der Sonne steige gleich dem Neumond [1] deine unsichtbare Schatten-Gestalt am Himmel herauf in meinem Geist!

Und das Schöpfrad der Zeit, das mit unzähligen Herzen aufsteigt und sie voll Blut schöpft und das sie ins Grab ausleeret und sterben lässet, gieße meines nur zögernd aus: denn ich will lange um dich Schmerzen haben, du Vergangene!«

*

Ich kann dir nicht sagen, geliebter Viktor, wie abscheulich und gräßlich mir der ewige Schnee eines vernichtenden Todes jetzt neben der edeln Gestalt vorkam, die er überdecken sollte; wie abscheulich der Gedanke: diese nie beglückte unschuldige Seele hätte der letzte Tag, wenn Karlson recht hatte, aus den Gefängnissen über der Erde in das dumpfe unter ihr geführt. Der Mensch trägt seine Irrtümer wie seine Wahrheiten zu oft nur in Wortbegriffen und nicht in Gefühlen bei sich; aber der Bekenner der Vernichtung stelle sich einmal statt eines sechzigjährigen Lebens eines von 60 Minuten vor und sehe dann zu, ob er den Anblick geliebter edler oder weiser Menschen als zweckloser stundenlanger Lufterscheinungen, als hohler dünner Schatten, die dem Lichte nachflattern und im Lichte sogleich zerfließen und die ohne Spur und ohne Weg und Ziel nach einem kurzen Schwanken hinaus in die alte Nacht verrinnen, ob er diesen Anblick ertragen könnte: nein, auch ihn überschleicht immer die Voraussetzung der Unvergänglichkeit, sonst hinge immer über seine Seele, wie an dem heitersten Himmel über Muhammed, eine schwarze Wolke, und unter der Erde liefe überall mit ihm wie mit dem Kain [2] ein ewiges Beben.

Ich fuhr fort, aber alle Schlüsse waren jetzt zu Gefühlen verdichtet: »Ja dann, wenn alle Wälder dieser Erde Lusthaine wären, alle Täler Kampaner, alle Inseln selige, alle Felder elysische und alle Augen heiter, ja dann -- nein, und auch dann hätte der Unendliche unserm Geist durch diese Seligkeit den Eid ihrer Dauer getan – aber jetzt, o Gott, da so viele Häuser Trauerhäuser, so viele Felder Schlachtfelder, so viele Wangen bleich sind, da wir vor so vielen welken – roten – zerrissenen – und geschlossenen Augen

[1] Der Neumond geht allezeit mit der Sonne, obwohl ungesehen und verfinstert auf.

[2] Das erste ist eine christliche Sage, das andere eine rabbinische.

vorübergehen: o! könnte jetzt die Gruft, dieser rettende Hafen, bloß der letzte einschlingende Strudel sein? Und wenn endlich nach tausend tausend Jahren unsere Erde an der nähern Sonnenglut ausgestorben und jeder lebendige Laut auf ihr begraben wäre, könnte da ein unsterblicher Geist auf die stille Kugel niederschauen und den leeren Zeremonien- und Leichenwagen ziehen sehen und sagen: ›Drunten flieht der Kirchhof des armen Menschengeschlechts in die Krater der Sonne – auf dieser Brandstätte haben einmal viele Schatten und Träume und Wachsgestalten geweint und geblutet, aber nun sind sie alle längst zerschmolzen und verraucht – fliehe hin in die Sonne, die auch dich auflöset, stumme Wüste mit deinen eingesognen Tränen und mit dem vertrockneten Blute!‹ – Nein, der zerstochene Wurm darf sich emporkrümmen gegen den Schöpfer und sagen: ›Du hast mich nicht zum Leiden schaffen dürfen.‹«

»Und wer gibt dem Wurm das Recht zu dieser Forderung?« fragte Karlson.

Gione sagte sanft: »Der Allgütige selber, der uns das Mitleiden gibt und der in uns allen spricht, um uns zu beruhigen, und der ja allein in uns die Ansprüche an ihn und die Hoffnungen auf ihn erschaffen hat.«

Dieses schöne sanfte Wort, mein Viktor, konnte gleichwohl nicht alle Wellen meiner erschütterten Seele legen. Aus einem Hause in der Ferne hauchten uns Turteltauben zitternde, aus der Seele gezogne Klagestimmen nach. Um meine innern Augen voll Tränen versammelten sich alle die Gestalten, deren Herzen ohne Schuld und ohne Freuden [1] waren, die hienieden keinen einzigen Wunsch erreichten und die, unter dem Frost und Schnee-

[1] Es gibt dreierlei Menschen: einigen wurde in diesem Leben ein Himmel beschert, andern ein limbus patrum, worin ungefähr Freude und Trauer einander gleich wiegen, und endlich einigen eine Hölle, worin der Gram vorwiegt. Menschen, die zwanzig Jahre auf dem Krankenbette voll körperlicher Schmerzen lagen, die die Zeit nicht abstumpft wie geistige, diese waren doch gewiß mehr unglücklich als glücklich und würden, ohne Unsterblichkeit, ein ewiger Vorwurf für das höchste moralische Wesen bleiben. Und gibt es keinen solchen Unglücklichen, so steht es doch in der Gewalt eines Tyrannen, auf einer klinischen Marterbank unter der Assistenz eines Arztes und eines Philosophen einen solchen zu machen. Wenigstens dieser hätte dann auf eine außerweltliche Vergütung seiner Leiden Anspruch, weil der Ewige kein Wesen, das sich mehr betrübt als freuet, entstehen lassen darf.

Dazu kömmt, daß vor dem unendlichen Auge zwar der Gegenstand unsers Schmerzes, aber nie dieser selber als Täuschung erscheinen kann. Auch ist die menschliche Qual wesentlich von der tierischen verschieden: das Tier *fühlt* die Wunden, etwa wie wir im Schlafe, *sieht* sie aber nicht, sein Schmerz wird nicht durch das *Erwarten*, das *Erinnern* und das *Bewußtsein* desselben dreifach verlängert und verschärft, er ist ein flüchtiger Stich und mehr nicht. Und daher bekam nur unser Auge Tränen.

gestöber des Verhängnisses erliegend, sich, wie Menschen im Erfrieren, nur *einzuschlafen* sehnten – und alle die Gestalten, die zu sehr geliebt und zu viel verloren haben und deren Wunde nicht eher geneset, als bis sie der Tod erweitert, wie eine zerborstene Glocke so lange den dumpfen Ton behält, bis man den Riß vergrößert – und die nächsten Gestalten neben mir und so viele andere weibliche, deren zärtere Seele das Schicksal gerade der Marter am meisten, wie die Narzissen dem Gott der Hölle, widmet. Auch deine wahre Bemerkung kam dazu, daß du nie das Wort *Schmerz* und *Vergangenheit* vor einem weiblichen Wesen ausgesprochen, ohne ein leises Seufzen über das Bündnis dieser zwei Worte aus der leidenden Brust zu hören, weil die Weiber in dem engern Spielraum ihrer Plane und mit ihren idealischern, mehr auf fremden als eignen Wert gebauten Wünschen tausendmal mehr Fehlschlagungen zu zählen haben als wir.

Die Sonne sank immer tiefer auf die Gebirge nieder, und Riesenschatten stiegen, wie Nachtraubvögel, aus ihrem ewigen Schnee kalt zu uns herein. Ich nahm mit heißer Hand Karlsons seine und sah ihm mit nassen Augen in sein männlich-schönes Angesicht und sagte: »O Karlson, auf welche blühende große Welt werfen Sie einen unermeßlichen Leichenstein, den keine Zeit abwälzt! Sind zwei Schwierigkeiten [1], die sich noch dazu nur auf eine *notwendige Unwissenheit* des Menschen gründen, hinreichend, einen Glauben zu überwältigen, der tausend größere Schwierigkeiten allein auflöset, ohne den unsere Existenz ohne Ziel, unsere Schmerzen ohne Erklärung und die göttliche Dreieinigkeit in unserer Brust drei Plagegöttinnen und drei fürchterliche Widersprüche bleiben? – Vom gestaltlosen Erdwurm bis zum strahlenden Menschenangesicht, vom chaotischen Volke des ersten Tages bis zum jetzigen Weltalter, von der ersten Krümmung des unsichtbaren Herzens bis zu seinem vollen kühnen Schlag im Jüngling geht eine pflegende Gotteshand, die den innern Menschen (den Säugling des äußern) führt und nährt, ihn gehen und sprechen lehrt und ihn erzieht und verschönert – und warum? damit, wenn er als ein schöner Halbgott sogar mitten in den Ruinen seines veralteten Körper-Tempels aufrecht und erhaben steht, die Keule des Todes den Halbgott auf ewig zerschlage? Und auf dem unendlichen Meere, worin der kleinste Tropfenfall unermeßliche Kreise wirft, auf diesem hat ein lebenslanges Steigen des Geistes und ein lebenslanges Fallen desselben einerlei Folge, nämlich das Ende der Folgen, die Vernichtung.[2] Und da mit

[1] Nämlich die Unwissenheit über unsere Verbindung mit dem Körper und die über die Verbindung mit der zweiten Welt.

[2] Man wende nicht den jährlichen Untergang der lang entwickelten schönen Blumenwelt des Frühlings ein; denn für die körperliche Welt ist ein jedes Verhältnis ihrer Teile so gleichgültig und vollkommen als das andere, und Rosenasche ist so gut als (ohne Rücksicht auf eine organische Seele) Rosenblüte: Nichts ist schön als unsere Empfindung des Schönen, nicht der

unserm Geiste nach demselben Grunde auch die Geister aller andern Welten fallen und sterben müssen und nichts auf der von dem *Leichenschleier* und der *Trauerschleppe* überhüllten Unermeßlichkeit übrig bleibt als der ewig säende und niemals erntende einsame Weltgeist, der eine Ewigkeit die andere betrauern sieht: so ist im ganzen geistigen All kein Ziel und Zweck, weil der in ein Universum aus sukzedierenden oder sukzessiven Ephemeren, in eine unsterbliche Legion aus Sterbenden zerteilte und zertragene Zweck der Entwicklung ja keiner für die verschwundnen Ephemeren, höchstens für die letzte wäre, die nie kommen kann.[1] – Und alle, alle diese Widersprüche und Rätsel, wodurch nicht bloß alle Wohllaute, sondern alle Saiten der Schöpfung zerrissen werden, müssen Sie annehmen, bloß weil sich zwei Schwierigkeiten, die unsere Vergänglichkeit *ebensowenig* auflöset, vor Sie stellen.... Geliebter Karlson, in diese Harmonie der Sphären nicht über, sondern neben uns wollen Sie Ihren ewig schreienden Mißton bringen! Sehen Sie, wie sanft und gerührt der Tag geht, wie erhaben die Nacht kömmt – o dachten Sie nicht daran, daß unser Geist glänzend einmal ebenso aus der Grube voll Asche steigen werde, da Sie einmal den milden und lichten Mond groß aus dem *Krater* des Vesuvs aufgehen sahen?...«

– Die Sonne stand schon rot auf den Gebürgen, um sich ins Meer zu stürzen und in die neue Welt zu schwimmen. Nadine umfing unendlich gerührt die Schwester und sagte: »O wir lieben uns ewig und unsterblich,

körperliche Gegenstand. – Wollte man noch einwerfen: »Wie viele Entwicklungen unterdrückt überhaupt die Natur, zu denen sie schon alle Anstalten vorgeschaffen, wie viele tausend Eier knickt sie entzwei, wie viele Knospen zerreißet sie, wie viele Menschen auf allen Stufen des Lebens erquetscht ihr blinder Tritt!« so sag ich: die abgebrochenen Entwicklungen werden doch zu Bedingungen der vollführten veredelt; ferner für körperliche Gegenstände ist jede Stellung ihrer Teile gleichgültig, und als Hüllen geistiger Wesen zeugen sie eben für eine – kompensierende Unsterblichkeit der letztern.

[1] Mich dünkt, von dieser Seite ist der Wahn der geistigen Mortalität noch nicht genug beschauet worden. Das lebendige oder geistige Weltganze kann als solches – denn das leblose hat keinen andern Zweck, als ein Mittel für das lebendige zu sein – keinen Zweck erreichen, als den jeder Teil davon erreicht, weil jeder *ein* Ganzes ist und weil jedes Ganze nur in der zusammenfassenden Idee und nicht wirklich existiert. Um die Unstatthaftigkeit einer durch verschwindende Geisterreihen laufenden Vervollkommung lebhafter anzuschauen, kürze man nur die Lebenszeit eines Geistes so weit ab, daß er z. B. nur *eine* Seite in Kants Kritik durchbringt und dann vergeht. Für die zweite Seite entsteht ein zweiter Geist und so überhaupt 884 Geister für die neue Auflage. Jener Irrtum wurde vielleicht den meisten durch das zunehmende Monden-Licht der Aufklärung geläufig, das allmählich über die nacheinander entschlafenden Jahrhunderte aufsteigt; aber eben die Notwendigkeit des Ersatzes fordert die Unsterblichkeit.

gute Schwester.« Karlson rührte zufällig die Saiten der Laute an, die er trug; Gione nahm sie mit der einen Hand und gab ihm die andere und sagte: »Unter uns allen werden Sie allein von diesem tristen Glauben gequält – und Sie verdienen einen so schönen!«

Dieses Wort der verhüllten Liebe stürzte sein lang gefülltes Herz um, und zwei heiße Tropfen wanden sich aus den geblendeten Augen, und die Sonne vergoldete die reinen Tränen, und er sagte, indem er nach dem Gebürge hinüberschauete: »Ich kann keine Vernichtung ertragen als nur meine – mein ganzes Herz ist Ihrer Meinung, und mein Kopf wird ihm langsam folgen.«

Lasse mich nun nicht mehr eines andern Mannes erwähnen, den ich so oft getadelt habe.

Wir standen gerade vor einem Schlosse, worin, des Abendscheins ungeachtet, alle Fenster sich von Girandolen versilbern und (wenn es dunkler geworden) vergolden ließen. Oben über der italienischen Platteforme desselben hingen *zwei* Montgolfieren, die eine am westlichen, die andere am östlichen Ende, gefesselt im Äther. Ohne diese schönen Globen, in denen sich gleichsam die zwei herrlichen im Himmel, der Mond und die Sonne, wiederholten, hätt' ich im Glanz höherer Szenen diese nähern kaum bemerkt.

O Teuerster, wie schön war die Stelle und die Zeit! Die Pyrenäen ruhten groß, halb in Nächte, halb in Tage gekleidet, um uns und bückten sich nicht, wie der veraltende Mensch, vor der Zeit, sondern erhoben sich ewig; und ich fühlte, warum die großen Alten die Gebirge für Giganten hielten. Die Häupter der Berge trugen Kränze und Ketten von Rosen aus Wolken gemacht; aber sooft sich Sterne aus dem leeren tiefen Äthermeer herausdrängten und aus den blauen Wellen glänzten, so erblichen Rosen an den Bergen und fielen ab. Nur das Mittagshorn schauete wie ein höherer Geist lange der tiefen einsamen Sonne nach und glühte entzückt. Ein tieferes Amphitheater aus blühenden Zitronenbäumen zog uns mit Wohlgerüchen auf die eingehüllte Erde zurück und machte aus ihr ein dunkles Paradies. Und Gione drang voll stillem Entzücken in ihre Lautensaiten, und Nadine sang den gleitenden Tönen leise nach. Und die Nachtigallen wachten in den Rosenhecken am Wasser auf und zogen mit den Tönen ihres kleinen Herzens tief in das große menschliche, und glimmende Johanniswürmchen schweiften um sie von Rose zu Rose, und im spiegelnden Wasser schwebten nur fliegende Goldkörner über gelbe Blumen. – Aber da wir gen Himmel sahen, schimmerten schon alle seine Sterne, und die Gebirge trugen statt der Rosenketten ausgelöschte Regenbogen, und der Riese unter den Pyrenäen war statt der Rosen mit Sternen gekrönt. –– O mein Geliebter, mußte dann nicht jeder entzückten Seele sein, als falle von der gedrückten Brust die irdische Last, als gebe uns die Erde aus ihrem Mutterarm reif in die Vaterarme des unendlichen Genius – als sei das leichte Leben verweht? – Wir kamen uns wie Unsterbliche und erhabener vor, wir wähnten, das Sprechen über die Unsterblichkeit habe bei uns, wie bei jenen zwei edeln Menschen [1], den Anfang der unsrigen bedeutet.

Plötzlich wurden wir von den vielfachen Armen eines harmonischen Stroms, der mit Lebenstönen durch das Lustschloß rauschte, gefasset und ins Leben zurückgeführt. Durch eine Musik in allen Zimmern wurde Gionen angesagt, wem dieses Schloß gehöre: sie drückte sanft und dankbar die Hand ihres Wilhelmi, und wir wurden alle erweicht, aber alle beglückt.

Allein der Sturm der neuen Freuden konnte, da wir in die glänzenden Zimmer traten, nicht die alten verwehen: wir konnten die große Nacht um uns noch nicht entbehren, wir stiegen auf die Platteforme heraus, um auf diesem kleinen Thron zu den höhern Thronen der Schöpfung unter dem unendlichen Thronhimmel näher aufzuschauen, wiewohl für die gerührte Seele Knien ein höheres Steigen gewesen wäre.

Droben standen Nachtviolen in einem Treibkasten, die Gionens Namen durch blühende Farben schrieben: ich dachte an die gefangnen Johanniswürmchen und Skolopender. Jene ließ ich als verworrene goldne Sternbilder auf die Rosenhecken hinunterfliegen, und mit den ausgegossenen Feuerwürmern setzte sich Gionens Namensblumen in schöne kalte Flammen.

Gione schauete sehnsüchtig zur östlichen Montgolfiere hinauf. Wilhelmi verstand sie. Ihr Geist war ebenso kühn als still, sie hatte schon viele Zauberhöhlen der Erde und die Zinnen der Alpen besucht: sie wollte mit der Kugel aufsteigen und in dieser herrlichen Nacht über diese herrliche Gegend mitten im Himmel schweben; aber der Genuß der nächtlichen Aussicht war doch ihr Endzweck nicht allein. Wilhelmi fragte sie, wer sie begleiten sollte; sie bat nur um Einsamkeit. Die Breite und Tiefe der Barke unter dem Globen und ein Stuhl darin und die Seile, die ihn steigen und wiederkehren ließen, nahmen alle Gefahr hinweg.

Sie ging einsam wie eine Himmlische empor unter die Sterne – die Nacht und die Höhe warfen ein Gewölke über die aufziehende Gestalt – ein oberes Wehen wiegte diese blühende Aurora und deckte mit der schwankenden Göttin ein Sternbild ums andere zu – Plötzlich trat ihr fernes erhöhtes Angesicht in einen hellen überirdischen Glanz hinein; es stand leuchtend, wie das eines Engels, im Nachtblau gegen die Sterne erhoben! Wilhelmi und Karlson ergriff ein ungewöhnlicher Schauder, ihnen war, als sähen sie die Geliebte wieder von sich ziehen, vom Flügel des Todesengels getragen. Der Mond hinter der Erde, der seine Strahlen früher hinauf an die Sterne als herunter auf die Erdenblumen warf, hatte sie so himmlisch verklärt.

Als sie wieder zu uns kam, waren ihre Augen von gestillten Tränen rot –

[1] Raffael starb, da er die Verklärung vollendet hatte; und der genialische Hamann starb mitten unter dem Drucke einer Abhandlung »über Verklärung und Entkörperung«.

und sie war eben aufgestiegen, um in einer verhüllten Minute näher an den Sternen alte schwere Tränen einsam zu vergießen. O die Himmlische! sie lächelte sonderbar im Schlummer dieses Lebens über höhere Freuden, als die hiesigen sind, wie etwan schlafende Kinder lächeln, weil sie Engel sehen.

Jetzt wurd' es mir unmöglich, meine Sehnsucht nach den Sternen und meine Bitte um das Einschiffen dahin zurückzuhalten. Ich erhielt von einer willigen Güte die westliche Kugel. Nadine, durch die Wiederkehr der unversehrten Schwester und durch den Teilnehmer der Gefahr verwegner, betrat mit ihrer gewöhnlichen auflodernden Wärme das Schiff, um das dürstende Herz an der majestätischen Unermeßlichkeit der Nacht zu laben. – –

– Und nun zogen uns die Sonnen empor. Die schwere Erde sank wie eine Vergangenheit zurück – Flügel, wie der Mensch in glücklichen Träumen bewegt, wiegten uns aufwärts – die erhabene Leere und Stille der Meere ruhte vor uns bis an die Sterne hin – wie wir stiegen, verlängerten sich die schwarzen Waldungen zu Gewitterwolken und die beschneieten beglänzten Gebirge zu lichten Schneewolken – die auftreibende Kugel flog mit uns vor die stummen Blitze des Mondes, der wie ein Elysium unten im Himmel stand, und in der blauen Einöde wurden wir von einem gaukelnden Sturm gleichsam in die nähere schimmernde Welt des Mondes geblendet gewiegt.... und dann wurd' es dem leichtern Herz, das hoch über dem schweren Dunstkreis schlug, als flatter' es im Äther und sei aus der Erde gezogen, ohne die Hülle zurückzuwerfen. –

Plötzlich stockte unser Flug – wir blickten hinunter in das von der Tiefe und der Nacht verschlungene Tal, und nur die Lichter des Schlosses schimmerten zusammenfließend hinauf – eine westliche Wolke hing vor uns in Gestalt einer weißen Nebelbank, und ein schwarzer Adler glitt wie ein Todesengel von Morgen vorüber und durchschnitt die lichte Wolkensäule und suchte seinen Gipfel – und ein kaltes Wehen zog uns spielend gegen die Insel aus Dunst – das *Abendrot* war schon gegen Mitternacht unter der Erde fortgezogen und wandelte über das geliebte Frankreich als künftige *Aurora*... O wie richtete sich der innere Mensch unter den Sternen auf und wie leicht wurde über der Erde das Herz...

Auf einmal stiegen unten aus dem schimmernden Schlosse leise Harmonien herauf, und unsere Geliebten riefen uns mit gedämpften Echos zurück.... Und da Nadine hinuntersah, brach ihr das einsame Herz vor Sehnen nach den teuern Menschen – und da sie in das lange versilberte Tal hinüberblickte, worüber der Mond hereingewälzet war, und da unter seinen flatternden Folien die zitternden Wasserfälle glommen und die rinnenden Bögen des Stroms und die grünenden Marmor-Torsos und die weißen Steige zwischen Ulmen und Ähren und die ganze zauberische Bahn unsers heutigen Tages: so strömten helle und glänzende Tränen unverhüllt aus ihren sanften Augen, und sie blickte mich gleichsam mit der Bitte um Nachsicht und

Verschweigen an und sagte erschütternd: »Wir sind ja doch so weit von der harten Erde!«

Und als unsere kleine Kugel zu den schillernden Auen und hellern Tönen zurückgezogen wurde: sah sie mich fragend an, ob ihre Augen noch Spuren der Tränen zeigten. Sie trocknete sie schneller, aber vergeblich. Wir sanken schweigend hinunter. Ich nahm ihre brennende Hand und sah ihre fortweinenden Augen. Aber ich konnte nichts sagen...

– Und wie könnt' ich denn jetzt noch etwas sagen, du Geliebter! –

TITAN

ERSTER BAND

Den

vier schönen und edeln

SCHWESTERN

auf dem Thron

Der Traum der Wahrheit

»Aphrodite, Aglaja, Euphrosyne und Thalia sahen einst in das irdische Helldunkel hernieder und, müde des ewig heitern, aber kalten Olympos, sehnten sie sich herein unter die Wolken unserer Erde, wo die Seele mehr liebt, weil sie mehr leidet, und wo sie trüber, aber wärmer ist. Sie hörten die heiligen Töne heraufsteigen, mit welchen Polyhymnia unsichtbar die tiefe bange Erde durchwandelt, um uns zu erquicken und zu erheben; und sie trauerten, daß ihr Thron so weit abstehe von den Seufzern der Hülflosen.

Da beschlossen sie, den Erdenschleier zu nehmen und sich einzukleiden in unsere Gestalt. Sie gingen von dem Olympos herab; Amor und Amorinen und kleine Genien flogen ihnen spielend nach, und unsere Nachtigallen flatterten ihnen aus dem Mai entgegen.

– Aber als sie die ersten Blumen der Erde berührten und nur Strahlen und keine Schatten warfen: so hob die ernste Königin der Götter und Menschen, das Schicksal, den ewigen Zepter auf und sagte: der Unsterbliche wird sterblich auf der Erde, und jeder Geist wird ein Mensch! –

Da wurden sie Menschen und Schwestern und nannten sich *Luise, Charlotte, Therese, Friederike*; die Genien und Amorinen verwandelten sich in ihre Kinder und flogen ihnen in die Mutterarme, und die mütterlichen und schwesterlichen Herzen schlugen voll neuer Liebe in einer großen Umarmung. Und als die weiße Fahne des blühenden Frühlings flatterte – und menschlichere Thronen vor ihnen standen – und als sie, von der Liebe, der Harmonika des Lebens, selig-erweicht, sich und die glücklichen Kinder anblickten und verstummten vor Lieb' und Seligkeit: so schwebte unsichtbar Polyhymnia vorüber und erkannte sie und gab ihnen Töne, womit das Herz Lieb' und Freude sagt und gibt ....«

– Und der Traum war geendigt und erfüllt; er hatte, wie immer, nach der Wirklichkeit und dem Wachen sich gebildet. Darum sei er den vier schönen und edlen Schwestern geweiht, und alles, was ihm im *Titan* ähnlich ist, sei es auch!

Jean Paul Fr. Richter.

Fahrt nach Isola bella – der erste Freudentag im *Titan* – der Pasquinos-Götzendiener – Lob der Reichsintegrität – das Moussieren der Jugend – süßes Blutvergießen – die Erkennung eines Vaters – groteskes Testament – deutsche Vorliebe für Gedichte und Künste – der Vater des Todes – Geister-Akt – der blutige Traum – die Schaukel der Phantasie

1. Zykel

An einem schönen Frühlingsabend kam der junge spanische Graf von *Cesara* mit seinen Begleitern *Schoppe* und *Dian* nach Sesto, um den andern Morgen nach der borromäischen Insel Isola bella im Lago maggiore überzufahren. Der stolz-aufblühende Jüngling glühte von der Reise und von dem Gedanken an den künftigen Morgen, wo er die Insel, diesen geschmückten Thron des Frühlings, und auf ihr einen Menschen sehen sollte, der ihm zwanzig Jahre lang versprochen worden. Diese zweifache Glut hob den malerischen Heros zur Gestalt eines zürnenden Musengottes empor. In die welschen Augen zog seine Schönheit mit einem größern Triumphe ein als in die engen nördlichen, wovon er herkam; in Mailand hatten viele gewünscht, er wäre von Marmor und stände mit ältern versteinerten Göttern entweder im farnesischen Palast oder im klementinischen Museum oder in der Villa Albani; ja hatte nicht der Bischof von Novara mit seinem Degen an der Seite vor wenigen Stunden bei Schoppen, der zuletzt ritt, nachgefragt, wer es sei? Und hatte nicht dieser mit einer närrischen Quadratur seines Runzeln-Zirkels um die Lippen weitläuftig versetzt (um dem geistlichen Herrn Licht zu geben): »Mein Telemach ists, und ich mache den Mentor dabei – ich bin die Rändelmaschine und der Prägstock, der ihn münzt – der Glättzahn und die Plattmühle, die ihn bohnt – der Mann, der ihn regelt«? –

Die jugendlich warme Gestalt Cesaras wurde durch den Ernst eines nur in die Zukunft vertieften Auges und eines männlich-festgeschlossenen Mundes und durch die trotzige Entschlossenheit junger frischer Kräfte noch mehr veredelt; er schien noch ein Brennspiegel im Mondlicht, oder ein dunkler Edelstein von zu vieler Farbe zu sein, den die Welt, wie andere Juwelen, erst durch *Hohlschleifen* lichtet und bessert. –

In dieser Nähe zog ihn die Insel, wie eine Welt die andere, immer heftiger an. Seine innere Unruhe stieg durch die äußere Ruhe. Noch dazu stellte Dian, ein Grieche von Geburt und ein Künstler, welcher Isola bella und Isola madre öfters umschifft und nachgezeichnet hatte, ihm diese Prachtkegel der Natur in feurigen Gemälden näher vor die Seele; und Schoppe gedachte des wichtigen Menschen öfters, den der Jüngling morgen zum ersten Male sehen sollte. Als man unten auf der Gasse einen festschlafenden Greis vorübertrug, dem die untergehende Sonne Feuer und Leben in das markige starkgliederte Angesicht warf und der eine nach italienischer Sitte aufgedeckt getragne – Leiche war: so fragt' er erschrocken und schnell die Freunde: »Sieht mein Vater so aus?«

Was ihn nämlich mit so heftigen Bewegungen der Insel zutreibt, ist folgendes: Auf Isola bella hatt' er die drei ersten irdischen Jahre mit seiner Schwester, die nach Spanien, und neben seiner Mutter, die unter die Erde ging, mitten in den hohen Blumen der Natur liegend süß vertändelt und verträumt – die Insel war für den Morgenschlummer des Lebens, für seine Kindheit, Raffaels übermaltes Schlafgemach gewesen. Aber er hatte nichts davon im Kopfe und Herzen behalten als in *diesem* ein schmerzlich süßes tiefes Aufwallen bei dem Namen, und in *jenem* das – Einhorn, das als Familienwappen der Borromäer auf der obersten Terrasse der Insel steht.

Nach dem Tode der Mutter versetzte ihn sein Vater aus der welschen Blumenerde – einige blieb an den Pfahlwurzeln hängen – in den deutschen Reichsforst, nämlich nach *Blumenbühl* – im Fürstentum *Hohenfließ*, das den Deutschen so gut wie unbekannt ist –; hier ließ er ihn im Hause eines biedern Edelmannes so lange erziehen, oder deutlicher und allegorischer, er ließ hier die pädagogischen Kunstgärtner so lange mit Gießkannen, Inokuliermessern und Gartenscheren um ihn laufen, bis sie an den hohen schlanken Palmbaum voll Sagomark und Schirmstacheln mit ihren Kannen und Scheren nicht mehr langen konnten.

Jetzt soll er nach der Rückreise von der Insel aus dem Feldbeete des Landes in den Loh- und Treibkübel der Stadt und auf das Gestelle des Hofgartens kommen, mit einem Worte nach *Pestitz*, der Universität und Residenzstadt von Hohenfließ, deren Anblick sogar bisher sein Vater ihm hart verboten hatte.

Und morgen sieht er diesen Vater zum – erstenmal! – Er mußte brennen vor Verlangen, da sein ganzes Leben eine Anstalt zu dieser gemeinschaftlichen Landung war, und seine Pflegeeltern und Lehrer eine chalkographische Gesellschaft waren, die den Autor seines Lebensbuches so herrlich vor das Titelblatt in Kupfer stach. Sein Vater, *Gaspard* de Cesara, Ritter des goldnen Vlieses (ob spanischer oder österreichischer, wünscht' ich selber genauer zu wissen), ein vom Schicksal dreischneidig und glänzend geschliffner Geist, hatte in der Jugend wilde Kräfte, zu deren Spiel nur ein Schlachtfeld oder Königreich geräumig gewesen wäre und die sich im vornehmen Leben so wenig bewegen konnten als ein Seekraken im Hafen – er stillte sie durch Gastrollen in allen Ständen und Lust- und Trauerspielen, durch das Treiben aller Wissenschaften und durch eine ewige Reise – er wurde mit großen und kleinen Menschen und Höfen vertraut und oft verflochten, zog aber immer als ein Strom mit eignen Wellen durchs Weltmeer. – Und jetzt, nachdem er die Land- und Seereise um das Leben, um dessen Freuden und Kräfte und Systeme gemacht, fährt er (besonders da ihm der Affe der Vergangenheit, die Gegenwart, immer nachläuft) in seinem Studieren und im geographischen

Reisen fort, aber stets für wissenschaftliche Zwecke, wie er denn eben die europäischen Schlachtfelder bereiset. Übrigens ist er gar nicht betrübt, noch weniger froh, sondern gesetzt; auch hasset und liebt, oder tadelt und lobt er die Menschen so wenig wie sich, sondern schätzet jeden in seiner Art, die Taube in ihrer und den Tiger in seiner. Was oft Rache scheint, ist bloß das harte kriegerische Durchschreiten, womit ein Mann Lercheneier und Ähren ertritt, der nie fliehen und fürchten kann, sondern nur anrücken und stehen. – – –

Ich denke, die Ecke ist breit genug, die ich hier aus der Whistonschen Kometenkarte von diesem Schwanzsterne für die Menschen abgeschnitten. Ausbedingen will ich, eh' ich weiterrede, mir dieses, daß ich Don Gaspard auch zuweilen den Ritter heißen dürfe, ohne das goldne Vlies anzuhängen; – und daß ich, zweitens, nicht von meiner Höflichkeit gegen die kurze Leser-Memorie genötigt werde, seinem Sohne Cesara (unter diesem Namen soll der Alte nie auftreten) den Taufnamen abzuzwicken, der doch *Albano* heißet. –

Da jetzt Don Gaspard aus Italien nach Spanien ging: so hatt' er durch Schoppe unsern Albano oder Cesara aus Blumenbühl hierher führen lassen; ohne daß man weiß, warum so spät. Wollt' er in den vollen Frühling der jungen Zweige schauen? – Wollt' er dem Jüngling einige Bauernregeln im hundertjährigen Kalender des Hoflebens aufschlagen? – Wollt' ers den alten Galliern oder den jetzigen Kapbewohnern nachmachen, die ihre Söhne nur waffenfähig und erwachsen vor sich ließen? – Wollt' er nichts weniger als das? – Nur so viel begreif' ich, daß ich ein gutwilliger Narr wäre, wenn ich mir im Vorhofe des Werks die Last aufbürden ließe, von einem so sonderbaren Manne mit einer um so viele Grade deklinierenden Magnetnadel schon aus so wenigen Datis eine Wilkesche magnetische Neigungskarte zu zeichnen und zu stechen; – er, aber nicht ich bin ja der Vater seines Sohns, und er soll wissen, warum er ihn erst bärtig vorbeschieden.

Als es 23 Uhr (die Stunde vor Sonnenuntergang) schlug und Albano die langweiligen Schläge addieren wollte: war er so aufgeregt, daß er nicht imstande war, die lange Tonleiter zu ersteigen; er mußte hinaus ans Ufer des Lago, in welchem die aufgetürmten Inseln wie Meergötter aufstehen und herrschen. Hier stand der edle Jüngling, das beseelte Angesicht voll Abendrot, mit edeln Bewegungen des Herzens und seufzte nach dem verhüllten Vater, der ihm bisher mit Sonnenkraft, wie hinter einer Nebelbank, den Tag des Lebens warm und licht gemacht. Dieses Sehnen war nicht kindliche Liebe – diese gehörte seinen Pflegeeltern an, weil kindliche nur gegen ein Herz entsteht, woran wir lange lagen, und das uns gleichsam mit den ersten Herzblättern gegen kalte Nächte und heiße Tage beschirmte –; seine Liebe war höher oder seltener. Über seine Seele war der Riesenschatten des väterlichen Bildes geworfen, der durch Gaspards Kälte nichts verlor; Dian verglich sie mit der Ruhe auf dem erhabenen Angesichte der Juno Ludovici;

und der warme Sohn verglich sie mit einer andern schnellen Kälte, die im Herzen oft neben zu großer fremder Wärme einfällt, wie Brennspiegel gerade in den heißern Tagen matter brennen. Ja er hoffte sogar, er vermöge vielleicht dieses so quälend ans Eisfeld des Lebens angefrorne Vaterherz durch seine Liebe abzulösen; der Jüngling begriff nicht, wie einem treuen warmen Herzen zu widerstehen sei, wenigstens seinem.

Dieser Heros, in der ländlichen Kartause und mehr unter der Vorwelt als Mitwelt aufgewachsen, legte an alles antediluvianische Riesenellen; die Unsichtbarkeit des Ritters machte einen Teil von dessen Größe aus, und die Mosisdecke verdoppelte den Glanz, indem sie ihn verhing. – Überhaupt zog unsern Jüngling ein sonderbarer Hang zu übermäßigen Menschen hin, wovor sich andere entsetzen. Er las die Lobreden auf jeden großen Menschen mit Wollust, als wären sie auf ihn; und wenn das Volk ungewöhnliche Geister eben darum für schlimme hält – wie es alle seltene Petrefakta für Teufelsglieder nimmt –, so wohnte umgekehrt in ihm immer neben der *Bewunderung* die *Liebe* an, und seine Brust wurde immer zugleich *weit* und *warm*. Freilich hält jeder Jüngling und jeder große Mensch, der einen andern für groß ansieht, ihn eben darum für zu groß. – Aber in jedem edeln Herzen brennt ein ewiger Durst nach einem edlern, im schönen nach einem schönern; es will sein Ideal außer sich in körperlicher Gegenwart, mit verklärtem oder angenommenem Leibe erblicken, um es leichter zu erstreben, weil der hohe Mensch nur an einem hohen reift, wie man Diamanten nur an Diamanten glänzend macht. – Will hingegen ein Literator, ein Kleinstädter, ein Zeitungsträger oder Zeitungsschreiber einen großen Kopf zu Gesicht bekommen und ist er auf einen großen Kopf ebenso ersessen wie auf eine Mißgeburt mit drei Köpfen – oder auf einen Papst mit ebensoviel Mützen – oder auf einen ausgestopften Haifisch – oder auf eine Sprach- und Buttermaschine: so tut ers nicht, weil ein warmes, seinen *innern Menschen beseelendes* Ideal von einem großen Manne, Papste, Haifische, Dreikopfe und Buttermodelle ihn drängt und treibt, sondern weil er frühmorgens denkt: »Es soll mich doch wundern, wie der Kauz aussieht«, und weil ers abends bei einem Glase Bier berichten will. –

Albano blickte am Ufer mit steigender Unruhe über das glänzende Wasser nach dem heiligen Wohnplatze der vergangnen Kindheit, der vergangnen Mutter, der weggezognen Schwester hin – die Freudenlieder schwammen auf den fernen Barken her und berauschten ihn – jede laufende Welle, die schäumende Brandung trieb eine höhere in seinem Busen auf – die Riesenstatue des heiligen Borromäus[1], die über die Städte wegsah, verkörperte den Erhabnen (seinen Vater), der sich in seinem Herzen aufrichtete, und die

[1] Diese 35 Ellen hohe Statue auf einem Gestelle von 25 Ellen, in deren Kopfe 12 Menschen Raum antreffen, steht bei Arona und hält gerade mit der gegenüberstehenden Isola bella, die mit 10 aufeinander gebaueten Gärten oder Terrassen aufsteigt, einerlei Höhe. Keyßlers Reisen etc. B.I.

blühende Pyramide, die Insel, wurde der väterliche Thron – die funkelnde Berg- und Gletscherkette wand sich fest um seinen Geist und zog ihn empor zu hohen Wesen und hohen Gedanken. – –

Die erste Reise, zumal wenn die Natur nichts als weißen Glanz und Orangeblüten und Kastanienschatten auf die lange Straße wirft, beschert dem Jüngling das, was oft die letzte dem Mann entführt – ein träumendes Herz, Flügel über die Eisspalten des Lebens und weit offne Arme für jede Menschenbrust.

Er ging zurück und bat seine Freunde mit seinem siegenden Auge, noch diesen Abend abzuschiffen, wiewohl Don Gaspard erst morgen auf die Insel kam. Was er oft nach einer Woche tun wollte, nahm er sich auf den nächsten Tag vor, und endlich tat ers – sogleich. Dian klopfte dem eiligen Boreas voll Liebe auf den Kopf und sagte: »Ungeduldiges Wesen! Du hast *hier* die Flügel vom Götterboten, und da unten auch!« (auf die Füße zeigend) »Aber glühe dich nur ab! In der schönen Nachmitternacht steigen wir ein, und wenn die Morgenröte am Himmel leuchtet, landen wir an.« – Dian hatte nicht bloß eine *artistische* Aufmerksamkeit für den wohlgestalteten Liebling, sondern auch eine *zärtliche*, weil er in Blumenbühl, wo er als *Landbaumeister* zu tun hatte, oft sein bildender Kinder- und Jugendfreund gewesen war, und weil er jetzt auf der Insel für einige Zeit aus seinen Armen nach Rom entwich. Da der Landbaumeister dasselbe Überströmen im Jüngling für keines hielt, das er im Greise schalt, eine Überschwemmung für keine in Ägypten, obwohl für eine in Holland; und da er für jedes Individuum, Alter und Volk eine andere gleichschwebende Temperatur annahm und in der heiligen Menschennatur keine Saite zu *zerschneiden*, sondern nur zu *stimmen* fand: so mußte wohl Cesara am heitern duldenden Lehrer, auf dessen beiden Gesetztafeln nur stand: Freude und Maß!, recht innig hängen, noch inniger als an den – Tafeln selber.

Die Bilder der Gegenwart und der nahen Zukunft und des Vaters hatten die Brust des Grafen so sehr mit Größe und Unsterblichkeit gefüllt, daß er gar nicht begriff, wie jemand sich könne begraben lassen, ohne beide errungen zu haben, und daß er den Wirt, sooft er etwas brachte, – zumal da er immer sang und wie Neapolitaner und Russen in Molltönen – bedauerte, weil der Mann nie etwas wurde, geschweige unsterblich. Das letztere ist Irrtum; denn hier bekommt er seine Fortdauer, und ich nenne und belebe gern seinen Namen Pippo (der abbrevierte Filippo). Als sie endlich gingen und bezahlten, und Pippo einen Kremnitzer Dukaten küßte mit den Worten: »Gelobt sei die heilige Jungfrau mit dem Kinde auf dem *rechten* Arm«: so erfreuete sich Albano, daß der Vater dem frommen Töchterlein nachschlage, das den ganzen Abend ein Jesuskind wiegte und fütterte. Freilich merkte Schoppe an: auf dem *linken* Arme trage sie das Kindlein *leichter*[1];

[1] Die alten Kremnitzer haben das Christuskind auf dem rechten Arm; die neuen und *leichtern* auf dem linken.

aber der Irrtum des guten Jünglings ist ein Verdienst wie die Wahrheit.

Unter dem Glanze des Vollmondes bestiegen sie die Barke und glitten über die leuchtenden Wellen dahin. Schoppe schiffte einige Weine mit ein, »weniger«, sagt' er, »weil auf der Insel nichts zu haben sei, als weil er, wenn das Fahrzeug leck würde, dann nichts auszupumpen brauchte als die Flaschen [1]; dann höb' es sich wieder«.

Cesara sank schweigend immer tiefer in die dämmernden Schönheiten des Ufers und der Nacht. Die Nachtigallen schlugen begeistert auf dem Triumphtore des Frühlings. Sein Herz wuchs in der Brust wie eine Melone unter der Glocke, und er hob sie immer höher über der schwellenden Frucht. Auf einmal bedacht' er, daß er so den Tulpenbaum des prangenden Morgens und die Kränze der Insel nur wie eine italienische, Seidenblume Staubfaden für Staubfaden, Blatt für Blatt zusammenlegen sehe: – da befiel ihn sein alter Durst nach einem einzigen erschütternden Guß aus dem Füllhorn der Natur; er verschloß die Augen, um sie nicht eher zu öffnen als oben auf der höchsten Terrasse der Insel vor der Morgensonne. Schoppe dachte, er schlafe; aber der Grieche erriet lächelnd die Schwelgerei dieser künstlichen Blindheit und band selber vor die großen unersättlichen Augen das breite schwarze Taftband, das als eine weibliche Binde und Spitzenmaske sonderbar und lieblich gegen das blühende, aber männliche Gesicht abstach.

Nun neckten ihn beide freundlich mit mündlichen Nachtstücken von den herrlichen Ufer-Ornamenten, zwischen denen sie zogen. »Wie stolz« (sagte Dian zu Schoppen) »richtet sich dort das Schloß Lizanza und sein Berg, gleich einem Herkules, mit zwölffachen Gürteln aus Weinlaub in die Höhe!« – »Den Grafen« (sagte Schoppe leiser zu Dian) »bringt der Augen-Schmachtriemen um viel. Seht Ihr nicht, Baumeister, poetisch zu reden, den Glimmer von Aronens Stadt? Wie schön legt sie Lunens blanc d'Espagne auf und scheint sich im umgeworfnen Pudermantel des Mondscheins für morgen aufzusetzen und zu putzen! – Doch ist das wenig, sieht man dort den heiligen Borromäus, der den Mond als eine frischgewaschene Nachtmütze aufhat, besser an: steht der Gigant nicht wie der Mikromegas des deutschen Staatskörpers dort, ebenso hoch, ebenso starr und so steif?« –

Der Glückliche schwieg und gab statt der Antwort einen Handdruck der Liebe – er träumte nur die Gegenwart und zeigte, er könne warten und entbehren. Wie ein Kinderherz, dem die Vorhänge und die Nachmitternacht das nahe Weihnachtsgeschenk verdecken, zog er auf dem Lustschiffe mit fester Binde dem nahen Himmelreiche entgegen. Dian trug, soweit es das Doppellicht des Mondscheins und der nachhelfenden Aurora zuließ, eine Zeichnung von dem verhüllten Träumer in sein Studienbuch. – – Ich wollt', ich hätte sie da und säh' es, wie mein Liebling mit dem unterbundenen Seh-

[1] Franklin riet das Aufbewahren und Bouchieren ausgetrunkener Gefäße an, um das Schiff dadurch oben zu erhalten.

nerven auf ihr zugleich das gegen die innere Welt gerichtete Auge des Traumes und das gegen die äußere Welt gespitzte Ohr der Aufmerksamkeit anstrengt. Wie schön ist so etwas, gemalt – wieviel schöner, erlebt! –

Der Mantel der Nacht wurde dünner und kühler – die Morgenluft wehte lebendig an die Brust – die Lerchen mengten sich unter die Nachtigallen und unter die singenden Ruderleute – und er hörte hinter seiner lichtern Binde die frühen Entdeckungen der Freunde, die in den offnen Städten der Ufer das Menschengewühl aufleben und an den Wasserfällen der Berge bald Himmelsrot, bald Nebel wechseln sahen. – Endlich hing die zerlegte Morgenröte als eine Fruchtschnur von Hesperidenäpfeln um die fernen Kastaniengipfel; und jetzt stiegen sie auf Isola bella aus.

Der verhangne Träumer hörte, als sie mit ihm die zehen Terrassen des Gartens hinaufgingen, neben sich den einatmenden Seufzer des Freudenschauders und alle schnelle Gebete des Staunens; aber er behielt standhaft die Binde und stieg blind von Terrasse zu Terrasse, von Orangendüften durchzogen, von höhern freiern Winden erfrischt, von Lorbeerzweigen umflattert – und als sie endlich die höchste Terrasse erstiegen hatten, unter der der See 60 Ellen tief seine grünen Wellen schlägt, so sagte Schoppe: »Jetzt! jetzt!« – Aber Cesara sagte: »Nein! Erst die Sonne!« Und der Morgenwind warf die Sonne leuchtend durchs dunkle Gezweig empor, und sie flammte frei auf den Gipfeln – und Dian zerriß kräftig die Binde und sagte: »Schau umher!« – »O Gott!« rief er selig erschrocken, als alle Türen des neuen Himmels aufsprangen und der Olymp der Natur mit seinen tausend ruhenden Göttern um ihn stand. Welch eine Welt! Die Alpen standen wie verbrüderte Riesen der Vorwelt fern in der Vergangenheit verbunden beisammen und hielten hoch der Sonne die glänzenden Schilde der Eisberge entgegen – die Riesen trugen blaue Gürtel aus Wäldern – und zu ihren Füßen lagen Hügel und Weinberge – und zwischen den Gewölben aus Reben spielten die Morgenwinde mit Kaskaden wie mit wassertaftnen Bändern – und an den Bändern hing der überfüllte Wasserspiegel des Sees von den Bergen nieder, und sie flatterten in den Spiegel, und ein Laubwerk aus Kastanienwäldern faßte ihn ein ..... Albano drehte sich langsam im Kreise um und blickte in die Höhe, in die Tiefe, in die Sonne, in die Blüten; und auf allen Höhen brannten Lärmfeuer der gewaltigen Natur und in allen Tiefen ihr Widerschein – ein schöpferisches Erdbeben schlug wie ein Herz unter der Erde und trieb Gebirge und Meere hervor. – – O als er dann neben der unendlichen Mutter die kleinen wimmelnden Kinder sah, die unter der Welle und unter der Wolke flogen – und als der Morgenwind ferne Schiffe zwischen die Alpen hineinjagte – und als Isola madre gegenüber sieben Gärten auftürmte und ihn von seinem Gipfel zu ihrem im waagrechten wiegenden Fluge hinüberlockte – und als sich Fasanen von der Madre-Insel in die Wellen warfen: so stand er wie ein Sturmvogel mit aufgeblättertem Gefieder auf dem blühenden Horst, seine Arme hob der Morgenwind wie

Flügel auf, und er sehnte sich, über die Terrasse sich den Fasanen nachzustürzen und im Strome der Natur das Herz zu kühlen.

Er nahm, ohne sich umzusehen, verschämt die Hände der Freunde und drückte sie ihnen, damit er nicht sprechen müsse. Das stolze Weltall hatte seine große Brust *schmerzlich ausgedehnt* und dann *selig überfüllt;* und da er jetzt die Augen wie ein Adler weit und fest in die Sonne öffnete; und da die Erblindung und der Glanz die Erde verdeckte und er einsam wurde; und die Erde zum Rauch und die Sonne zu einer weißen sanften Welt, die nur am Rande blitzte: so tat sich sein ganzer voller Geist wie eine Gewitterwolke auseinander und brannte und weinte, und aus der reinen blassen Sonne sah ihn seine Mutter an, und im Feuer und Rauch der Erde stand sein Vater und sein Leben eingehüllt. –

Still ging er die Terrassen herunter und fuhr oft über die nassen Augen, um den feurigen Schatten wegzuwischen, der auf alle Gipfel und alle Stufen hüpfte. –

Hohe Natur! wenn wir dich sehen und lieben, so lieben wir unsere Menschen wärmer, und wenn wir sie betrauern oder vergessen müssen, so bleibst du bei uns und ruhest vor dem nassen Auge wie ein grünendes abendrotes Gebirge. Ach vor der Seele, vor welcher der Morgentau der Ideale sich zum grauen kalten Landregen entfärbet hat – und vor dem Herzen, dem auf den unterirdischen Gängen dieses Lebens die Menschen nur noch wie dürre gekrümmte Mumien auf Stäben in Katakomben begegnen – und vor dem Auge, das verarmt und verlassen ist und das kein Mensch mehr erfreuen will – und vor dem stolzen Göttersohne, den sein Unglaube und seine einsame, menschenleere Brust an einen ewigen unverrückten Schmerz anschmieden – – vor allen diesen bleibst du, erquickende Natur, mit deinen Blumen und Gebirgen und Katarakten treu und tröstend stehen, und der blutende Göttersohn wirft stumm und kalt den Tropfen der Pein aus den Augen, damit sie hell und weit auf deinen Vulkanen und auf deinen Frühlingen und auf deinen Sonnen liegen! – –

2. Zykel

Ich wüßte einem Menschen, den ich lieb habe, nichts Schöneres zu wünschen als eine Mutter – eine Schwester – drei Jahre Beisammenleben auf Isola bella – und dann im zwanzigsten eine Morgenstunde, wo er auf dem Eden-Eiland aussteigt und alles dieses mit dem Auge und der Erinnerung auf einmal genießend umfängt und in die offne Seele drückt – – O du allzuglücklicher Albano auf dem Rosenparterre der Kindheit – unter Italiens tiefblauem Himmel – in den schwelgerischen Zitronenlauben voll Blüten – auf dem Schoße der *schönen* Natur, die dich wie eine Mutter liebkoset und hält, und vor dem Angesichte der *erhabnen,* die wie ein Vater in der Ferne steht – und mit einem Herzen, das heute den seinigen erwartet! – –

Die drei Menschen durchirrten jetzt langsam und wankend das schwimmende Paradies. Obgleich die beiden andern es öfters betreten hatten: so wurde doch aus ihrem silbernen Zeitalter durch die Sympathie mit Albanos Taumel wieder ein goldenes; der Anblick einer fremden Entzückung weckt den alten Eindruck der unsrigen auf. Wie Leute, die an Brandungen und Wasserfällen wohnen, lauter sprechen: so gab das herrliche Brausen des aufgeregten Lebens-Meeres ihnen allen, sogar Schoppen, eine stärkere Sprache; nur konnte dieser nie so feierliche Worte, wenigstens Gebärden treffen wie ein anderer Mensch.

Schoppe, der dem guten Italien den Abschiedskuß zuwerfen mußte, wollte gern noch die letzten nur zerstreuet um den Freudenbecher hängenden Tropfen konservieren, die so süß wie italienische Weine waren, voll deutschem Feuerstoff ohne deutschen Sauerstoff. Unter Sauerstoff meint' er Abschiednehmen und Rührung: »Tut das Schicksal«, sagt' er, »irgendeinen Retraiteschuß, beim Himmel! so wend' ich gelassen den Gaul um und reite pfeifend zurück. Der Henker müßte darin (oder darauf) sitzen, wenn ein geschickter Bereiter nicht sein *Trauerroß* so zureiten wollte, daß es sich recht gut zu einem Handgaul des *Freudenpferdes* anstellte; ich schule sowohl mein Sonnenroß als mein Bagageroß viel anders.«

Vor allen Dingen nahmen sie jetzt die Otaheiti-Insel durch Märsche ein, und jede Provinz derselben mußte ihnen, wie eine persische dem Kaiser, ein anderes Vergnügen entrichten. – »Die untern Terrassen« (sagte Schoppe) »müssen uns Majoratsherren den Obst- und Sackzehent in Zitronen- und Orangendüften abliefern – die oberste trägt die Reichssteuer in *Aussichten* ab – die Grotte drunten zahlet, hoff' ich, Judenschutz in Wellen-*Gemurmel* und der Zypressenwald drüben seine Prinzessinsteuer in *Kühle* – die Schiffe werden ihren Rhein- und Neckarzoll nicht defraudieren, sondern ihn dadurch erlegen, daß sie sich von weitem zeigen.« – –

Es wird mir nicht schwer, zu merken, daß Schoppe durch diese scherzhaften Vexierzüge die heftigen Bewegungen in Cesarens Kopf und Herzen brechen wollte; denn noch immer ging der Glanz der Morgenentzückung, wiewohl der Jüngling über kleinere Dinge unbefangen sprach, nicht von dessen Gesicht. In ihm zitterte jede Erschütterung lange – und eine am Morgen den ganzen Tag – und zwar darum nach, weswegen eine Sturmglocke länger nachsummt als eine Schafglocke; gleichwohl konnte ein solcher Nachklang weder seine Aufmerksamkeit noch seine Werke und Gespräche stören.

Mittags wollte der Ritter kommen. Bis dahin schwärmten und sumseten sie stiller-genießend mit Bienenflügeln und Bienenrüsseln durch die honigreiche Flora der Insel; und sie hatten jene heitere Unbefangenheit der Kinder, der Künstler und der südlichen Völker, die nur den Honigbehälter der Minute ausnascht; und daher fanden sie an jeder anfallenden Welle, an jedem Zitronenspalier, an jeder Statue unter Blüten, an jedem rückenden

Widerschein, an jedem fliehenden Schiffe mehr als eine Blume, die den gefüllten Kelch weiter unter dem warmen Himmel aufmachte, anstatt daß es uns unter unserm kalten wie den Bienen geht, vor denen Maifröste die Blumen verschließen. – O die Insulaner tun recht. Unser größter und längster Irrtum ist, daß wir das Leben, d. h. seinen Genuß, wie die Materialisten das Ich, in seiner *Zusammensetzung* suchen, als könnte das Ganze oder das Verhältnis der Bestandteile uns etwas geben, das nicht jeder einzelne Teil schon hätte. Besteht denn der *Himmel* unsers Daseins, wie der blaue über uns, aus öder matter *Luft*, die in der Nähe und im Kleinen nur ein durchsichtiges *Nichts* ist und die erst in der Ferne und im Großen *blauer* Äther wird? Das Jahrhundert wirft den Blumensamen deiner Freude nur aus der porösen Säemaschine von Minuten; oder vielmehr an der seligen Ewigkeit selber ist keine andere Handhabe als der Augenblick. Das Leben besteht nicht aus 70 Jahren, sondern die 70 Jahre bestehen aus einem fortwehenden Leben, und man hat allemal gelebt und genug gelebt, man sterbe, wenn man will.

3. Zykel

Endlich als die drei Frohen sich in die Tafelstube eines Lorbeerwaldes vor ihre Speis- und Trankopfer, die Schoppe zu Sesto ins Proviantschiff eingepackt hatte, niedersetzen wollten: ging durch die Zweige ein feiner, elegant und einfärbig gekleideter Fremder mit langsamen festen Schritten auf die liegende Tischgesellschaft zu und wandte sich, ohne zu fragen, sofort an Cesara mit der deutschen, langsam, leise und bestimmt prononcierten Anrede: »Ich habe dem Herrn Grafen Cesara eine Entschuldigung zu bringen.« – »Von meinem Vater?« fragt' er schnell. – »Um Verzeihung, von meinem Prinzen;« (versetzte der Fremde) »er verhinderte Ihren Herrn Vater, der kränklich aufstand, in der Morgenkühle zu reisen, aber gegen Abend wird er eintreffen. – Indes bring' ich« (setzte er mit einem wohlwollenden Lächeln und mit einer leichten Verbeugung hinzu) »dem Herrn Ritter ein Opfer, daß ich den Anfang des Glücks, künftig länger bei Ihnen zu sein, Herr Graf, mit einer Nachricht Ihres Verlustes mache.« – – Schoppe, der fein erriet, ohne fein zu sprechen, fuhr sofort heraus – weil er sich von keinem Menschen imponieren ließ –: »Sonach sind wir pädagogische Maskopisten und Unioten. Willkommen, lieber *Grau*-Bündner!« – »Es freuet mich«, sagte kalt der Fremde, der grau angezogen war.

Aber erraten hatt' es Schoppe; der Fremde sollte künftig das Oberhofmeistertum bei Cesara bekleiden, und Schoppe war Kollaborator. Mir kommt es vernünftig vor; der elektrische funkelnde Schoppe konnte das Katzenfell, der Fuchsschwanz, die Glasscheibe sein, die unsern aus Leiter und Nichtleiter gebaueten Jüngling vollud, der Oberhofmeister konnte als Leiter der Funkenzieher sein, der ihn mit feinen Franklinschen *Spitzen* auslud.

Der Mann hieß *von Augusti,* war Lektor bei dem Prinzen und hatte viel in der großen Welt gelebt; er schien, wie dieser ganze Hof-Schlag, zehen Jahre älter zu sein, denn er war wirklich erst 37 Jahre.

Man hätt' es auszubaden unter dem umgekehrten Dintentopf rezensierender Xanthippen, wenn man die Rezensenten oder Xanthippen in der Unwissenheit ließe, wer der Prinz eigentlich war, dessen wir alle oben erwähnten. Es war der Erbprinz von *Hohenfließ,* in dessen Dorfe Blumenbühl der Graf erzogen war und in dessen Hauptstadt er nun ziehen sollte. Der hohenfließische Infant jagte aus Italien, worin er viele *Notmünzen* und Territorialmandate nachgelassen hatte, stäubend und keuchend nach Deutschland zurück, um da auf sich *Huldigungsmünzen* auszuprägen, weil sein regierender Vater die Treppe in das Erbbegräbnis hinabging und nur noch einige Stufen zum Sarge hatte.

Unter dem Essen sprach der Lektor Augusti mit wahrem Geschmack über die liebliche Gegend, aber mit wenig Sturm und Drang, und zog sie einigen Tempestas [1] im borromäischen Palaste bei weitem vor. Dann ging er – um des Ritters öfter zu gedenken – zu den Personalien des Hofes über und gestand, daß der deutsche Herr, Mr. de Bouverot, in besonderer Gnade stehe – denn bei Hofleuten und Heiligen tut die Gnade alles – und daß der Prinz ungemein an Nerven leide u. s. w. Die Hofleute, die sonst ihr Ich nach dem fremden zuschneiden, fassen doch für einen, der nicht am Hofe lebt, ihre ministeriellen Blätter darüber so ausführlich und ernsthaft ab, daß ihr Zeitungsleser dabei entweder lacht oder einschläft; ein Hofmann und das Buch »des erreurs et de la verité« nennen den Jesuitergeneral Gott – die Jesuiten Menschen – und die Nichtjesuiten Tiere. – Schoppe horchte mit einem fatalen Kräusel- und Schnörkelwerke auf dem Gesichte zu; er hassete Höfe bitter. Der Jüngling Albano dachte nicht viel besser; ja da er gern wagte, lieber mit dem Arm des innern Menschen als mit den Fingern desselben arbeitete und anpackte und vor den Schneepflug und die Egge- und Säemaschine des Lebens gern Streit- und Donnerrosse vorspannte, anstatt eines Zugs tüchtiger Filial- und Ackerpferde: so konnt' er Leute, die vorsichtig und bedächtig zu Werke gingen und die lieber lackierte Arbeit und leichte Frauenzimmerarbeit machten als Herkulesarbeiten, nicht sonderlich leiden. Gleichwohl mußt' er für die auf einer schönen Selbstständigkeit ruhende Bescheidenheit Augustis, der kein Wort von sich selber sprach, so wie für seine Reisekenntnisse, Achtung tragen. –

Cesara – beiläufig, in diesem Zykel will ich ihn noch mit C, der spanischen Orthographie zu Gefallen, schreiben; aber vom vierten an wird er, weil ich in meiner keines gewohnt bin und mich im langen Buche nicht ewig verschreiben kann, mit einem Z geschrieben – Cesara konnte den Lektor nicht

[1] Gemälde von Peter Molyn, den man wegen seiner guten Gewitter nur Tempesta nannte.

genug über seinen Vater abhören. Er erzählte ihm die letzte Handlung des Ritters in Rom, aber mit einer irreligiösen Kälte, die im Jüngling eine andere wurde. Don Gaspard wettete nämlich mit einem deutschen Nuntius Gemälde gegen Gemälde, daß er einen gewissen Deutschen (Augusti wollt' ihn nicht nennen), dessen Leben nur ein längerer moralischer Kotmonat in Epikurs Marstalle war, in zwei Tagen, ohne ihn zu sehen, auf so lange bekehren wollte, als der Nuntius verlangen würde. Dieser wettete, ließ aber den Deutschen heimlich umstellen. Nach zwei Tagen sperrte sich der Deutsche ein, wurde andächtig, bleich, still, bettlägerig und kam im Handeln einem wahren Christen nahe. Der Nuntius sah dem Übel eine Woche lang zu, dann verlangt' er schleunige Verwandlung oder den Circes-Stab, der die tierische Gestalt wieder herstellte. Der Ritter berührte den Deutschen mit dem Stabe, und das epikureische Schwein stand genesen da. Ich weiß nicht, was unerklärlicher ist, das Wunderwerk oder die Härte. Aber der Lektor konnte nicht sagen, mit welchen Menstruis Gaspard diese schnellen Auflösungen und Wolken und Präzipitationen erzwang. – –

Nun kam der Lektor, den schon lange die Vokation und das Kollaborat des sonderbaren Schoppe frappiert hatte, auf verbindlichen Umwegen endlich auf die Frage, wie ihn der Ritter kennen lernen. »Durch den Pasquino!« (versetzt' er) »Er trat eben um die Ecke des Palazzo degli Ursini, als er einige Römer und unsern Erbprinzen um einen Menschen stehen sah, der zu den Statuen des Pasquino und Marforio folgendes Gebet auf den Knien – es waren meine – tat: ›Lieber Kastor und Pollux, warum säkularisieret ihr euch nicht aus dem Kirchenstaat und bereiset mein Deutschland als Bischöfe in partibus infidelium, oder als zwei arbeitsame Vikarien? – Könntet ihr denn nicht als Gesandtschaftsprediger und Referendarien in den Reichsstädten herumgehen, oder euch als Chevaliers d'honneur und Wappenhalter auf beide Seiten eines Throns postieren? – Wollte Gott, man könnte wenigstens dich, Pasquino, als Oberhofprediger und Konduitenmeister in Hofkapellen vozieren oder doch darein als Taufengel zum Namengeben an einem Strick herunterlassen! – Sprecht, könnt ihr Zwillinge denn nicht einmal als Landrequetenmeister in Landtagssälen auftreten und sprechen, oder als magistri sententiarum in Universitätsgebäuden einander unter dem Promovieren opponieren? – Pasquino, bist du durch keinen Della Porta [1] nur so weit herzustellen, daß du bei Kongressen und Verträgen des diplomatischen corps wenigstens als Ofenaufsatz den Silhouetteur machen könntest, sondern taugt ihr höchstens nur in Universitätsbibliotheken zu Brustbildern kritischer Redakteurs? – – Ach, munteres Paar, möchte nur Chigi, der da neben mir steht, dich modellieren zu einer tragbaren Taschenausgabe für Damen: ich steckte dich bei und zöge dich erst in Deutschland aus der

[1] Der Pasquino ist bekanntlich verstümmelt. – Della Porta war ein großer Ergänzer alter Statuen.

Tasche.‹ – – Ich kanns aber auch hier auf der Insel tun!« – Und hier bracht' er das spöttische Kunstwerk heraus; denn der berühmte Architekt und Modellierer Chigi, der ihm zuhörte, hatt' es wirklich nachgebacken. – Schoppe erzählte weiter, daß Don Gaspard alsdann ernsthaft an ihn trat und ihn spanisch fragte, wer er sei. »Ich bin«, versetzt' er, auch spanisch, »wirklicher *Titularbibliothekar* des Großmeisters zu Malta – und ein Abkömmling des sogenannten grammatikalischen Hundes, des gezähnten Humanisten Scioppius (deutsch Schoppe) – mein Taufname ist Pero, Piero, Piètro (Peter). Aber hier nennen mich viele aus Versehen Sciupio oder Sciopio (Vergeudung).«

Gaspard hatte ein parteiloses tiefreichendes Auge für jede, sogar die fremdeste Brust und suchte am wenigsten sein Ebenbild. Er zog daher den Bibliothekar in sein Haus. Da nun dieser nur vom Porträtmalen zu leben schien und jetzt ohnehin nach Deutschland zurückwollte: so trug er, hoffend, diesem reichen, vieläugigen, strengen Geiste Albanos Gesellschaft an, die bloß der gegenwärtige Mitarbeiter Augusti mit ihm teilen sollte. – Aber der Bibliothekar verlangte vorher vier Dinge voraus, die Schilderung des Grafen, die Silhouette desselben und – als beides gegeben war – noch das dritte und vierte so: »Soll ich von den drei Ständen *kalandert*[1] werden und mich glatt und poliert *drücken* lassen von Glanzpressen? – Ich will nicht; überallhin, in den Himmel und in die Hölle will ich Ihren Sohn begleiten, aber nicht in die Poch-, Wasch-, Röst-, Schmelz- und Treibwerke vornehmer Häuser.« Das wurd' am leichtesten zugestanden; dazu war ohnehin der zweite Reichsvikarius des väterlichen Oberhaupts, Augusti, bestimmt. Aber über den vierten Punkt zerfielen sie fast. Schoppe, der lieber vogelfrei als nicht-frei oder freigelassen sein wollte, und dessen ebenso reichsunmittelbarer als fruchtbarer Boden keine Zäune litt, konnte sich nur zu zufälligen unbestimmten Diensten bequemen und mußte das Fixum eines Lohns ablehnen: »Ich will ihm«, sagt' er, »Kasualpredigten halten, aber keine Wochenpredigten; ja es kann sein, daß ich oft ein halbes Jahr gar nicht auf die Kanzel steige.« Der Ritter fand es unter sich, Verbindlichkeiten schuldig zu sein, und zog zurück; bis Schoppe den Diagonalweg ausmittelte, er gebe seine Gesellschaft als don gratuit und erwarte daher auch vom Ritter von Zeit zu Zeit ein don gratuit von Belang. Übrigens war dem Ritter jetzt Schoppe gerade so lieb wie der erste beste Hoftürke, der ihm auf den Wagenfußtritt geholfen; seine Prüfung eines Menschen war eine kalte *Totenbeschau,* und nach dem Prüfen liebt' er nicht stärker und haßt' er nicht stärker; für ihn waren im Spektakelstück des polternden Lebens der Regisseur und die ersten und zweiten Liebhaberinnen und die Lears und Iphigenien und Helden weder Freunde, noch die Kasperls und die Tyrannen

[1] D. h. zwischen zwei hölzernen Walzen und einer metallenen gepresset werden.

und Figuranten Feinde, sondern es waren verschiedene Akteurs in verschiedenen Rollen. -- O Gaspard, stehest denn du in der Frontloge und nicht auch auf dem Theater? Und siehest du nicht, wie Hamlet, im großen Schauspiele einem kleinern zu? Ja setzet nicht jede Bühne am Ende ein doppeltes Leben voraus, ein *kopierendes* und ein *kopiertes*? --

Entweder die wenigen paar Gläser Wein oder auch sein verdrüßlicher Abstand vom zierlichen gehaltenen Lektor setzten Schoppes Fegemühle mit allen Rädern in Gang – so wenig dieser Humor auf der glänzenden Insel eine vorteilhafte Stelle fand –; und als Augusti wünschte, Schoppe möchte froher als andere Maler nach Deutschland gehen: so zog dieser ein Päckchen vergoldeter Heiligenbilder deutscher Schutzpatrone heraus und sagte Kartenmischend: »Mancher würde hier ein päpstliches Miserere aufs Pult legen und absingen, zumal wenn er mitten im Frühling das Winterquartier, die deutsche Eis- und Nebelbank, beziehen muß wie ich; – und ungern, das sag' ich frei, lass' ich den Arlechino und den Pulcinella und den Scapin und die ganze Comedia dell' Arte dahinten. – Aber die heiligen Herren, die ich hier tailliere, haben ihre Patronatsländer aufs Trockne gebracht; und man passiert sie gern. Baumeister, Ihr lacht, aber Ihr wisset im ganzen zu wenig von dem, was diese gemalten himmlischen Schirmvögte für deutsche Kreise stündlich unternehmen. Baumeister, sucht mir überhaupt ein Land, worin so viele Prügel, Programmen, Professoren, Allongeperücken, gelehrte Anzeigen, Reichsanzeigen, Klein- und Vorstädter, Zeremonien, Krönungen und Heidelberger Fässer, aber ohne innewohnende Diogenesse, aufzutreiben sind als im gedachten! Oder suchen Sie es, mein Herr v. Augusti! – Weiset mir doch nur überhaupt ein Territorium auf, dem ein ebenso *langes Parlament*, nämlich ein *längster Reichstag* bescheret ist, gleichsam eine außerordentlich heilsame pillula *perpetua*[1], die der Patient unaufhörlich einnimmt und die ihn unaufhörlich ausreinigt; und wem fällt dabei nicht ebensogut wie mir die capitulatio perpetua und überhaupt das Reichs-corpus als *perpetuum* immobile aus Gründen ein?« – (Hier trank Schoppe.) »Dabei ist der Reichskörper wie das erste Prinzip der Moral oder wie Jungfernerde sehr unauflöslich; ja gesetzt, einer von uns nähme ein Kurschwert und schnitte ihn damit wie einen Ohrwurm entzwei, so würde sich die gezähnte Hälfte eben wie der gespaltene Ohrwurm umkehren und den Hinterrest rein aufspeisen – und dann wäre ja der gesamte verknüpfte Ohrwurm wieder da und satt dazu. Es ist keine schädliche Folge dieses festen Reichsnexus, daß das corpus seine eignen Glieder wie der Bachkrebs seinen Magen verzehren und verdauen ohne wahren Schaden, so daß einer das corpus wie einen homerischen Gott nur verwunden, aber nicht ertöten kann: reibe, sag' ich oft, diesen

[1] Diese Pille besteht aus Spießglaskönig und wird ihrer Festigkeit wegen stets von neuem mit altem Erfolge gebraucht: man schüttet bloß vorher einen Aufguß von Wein darüber.

Federbuschpolypenstamm mit Rösel zu Brei – stülp ihn um wie einen Handschuh – schneide den Polypen wie Lichtenberg geschickt mit einem Haare entzwei – stecke wie Trembley mehrere abgeschnittene Glieder ineinander und verleibe, wie andere Naturforscher, Reichsstädte, Abteien, kleine Länder größern ein oder umgekehrt – – und schaue nach einigen Tagen darnach: wahrhaftig herrlich und ganz und genesen sitzt dein Polype wieder dort, oder ich will nicht Schoppe heißen.« –

Der Graf hörte ihn schon länger und konnte also leichter und besser lächeln; der Lektor mußt' es erst lernen, da sogar der komische Akteur für seinen neuen Zuhörer noch keiner ist. Aber unter allen diesen Zerstreuungen dauerte in Albanos Seele ein verwirrter Tumult, gleichsam das Rauschen vom Wasserfalle der kommenden Zeiten fort. Er blickte sehnend durch die wankenden Fugen der Lorbeerzweige nach den glänzenden Hügeln draußen, da Dian in seiner Malersprache sagte: »Ist es nicht, als wenn alle Götter mit tausend Fruchthörnern auf den Bergen um den Lago maggiore ständen und Wein und Kaskaden niedergössen, damit nur der See wie ein Freudenpokal üppig überlaufe und herunterschäume?« – Schoppe versetzte: »Freuden von ausnehmendem Geschmack wie Ananas haben das Schlimme, daß sie wie Ananas das Zahnfleisch bluten machen.« – »Ich glaube,« sagte Augusti, »man muß über die Freuden des Lebens nicht viel reflektieren, so wie über die Schönheiten eines guten Gedichts, man genießet beide besser, ohne sie zu zählen oder zu zergliedern.« – »Und ich«, sagte Cesara, »würde zählen und zergliedern schon aus Stolz; was herauskäme, ertrüg' ich, und ich würde mich schämen, unglücklich zu sein. Ist das Leben wie eine Olive eine bittere Frucht, so greife nur beide scharf mit der Presse an, sie liefern das süßeste Öl.« – Hier stand er auf, um bis abends in der Insel allein zu bleiben; er bat um Nachsicht, machte aber keinen Vorwand. Seine hohe ehrgeizige Seele war unfähig, sich zur kleinsten Lüge niederzubücken; nicht einmal gegen – Vieh. Er lockte in Blumenbühl Flugtauben täglich durch Futter näher, und seine Pflegeschwester bat ihn oft, eine zu ergreifen; aber er sagte immer Nein, weil er sogar ein tierisches Vertrauen nicht belügen wollte. –

Als sie ihm nachsahen, da er langsam mit nachspringenden Schatten und mit den an ihm herabschlüpfenden Sonnenblitzen durch die Lorbeerbäume ging und wie in einem Traume die Zweige mit vorausgehaltenen Händen sanft auseinanderbog: so brach Dian aus: »Welche Jupiters-Statue!« – »Und die Alten«, fiel Schoppe ein, »glaubten noch dazu, daß jeder Gott in seiner Statue hause.« – »Eine herrliche dreifache Breite der Stirn, der Nasenwurzel und der Brust!« (fuhr Dian fort) »Ein *Herkules*, der auf dem Olympus *Ölbäume* pflanzt!« – »Es frappierte mich sehr,« (sagte der Lektor) »daß ich durch langes Anschauen auf seinem Gesichte lesen konnte, was ich wollte und was sich widersprach, Kälte – Wärme – Unschuld und Sanftmut – am leichtesten Trotz und Kraft.« – Schoppe setzte dazu: »Ihm selber mag es noch schwerer werden, einen solchen Kongreß kriegführender Mächte in sich zu einem Friedenskongreß zusammenzuzwingen.« – »Wie schön« (sagte der menschlich-fühlende Dian) »muß einer so kräftigen Gestalt die Liebe anstehen und wie erhaben der Zorn!« – »Das sind zwei malerische Schönheiten,« (versetzte Schoppe) »woraus sich zwei Pädagogiarchen und Xenophone wie wir wenig bei ihrem Cyrus machen in ihrer Cyropädie.«

4. Zykel

Zesara hatte bloß drei Gläser Wein gekostet; aber der Most seines heißen dichten Blutes gor davon stärker. Der Tag erwuchs immer mehr zu einem daphnischen und delphischen Hain, in dessen flüsterndes und dampfendes Dickicht er sich tiefer verlor – die Sonne hing wie eine weiße blitzende Schneekugel im Blau – die Eisberge warfen ihren Silberblick in das Grün herein – aus fernen Wolken donnerte es zuweilen [1], als rolle der Frühling in seinem Triumphwagen daher und weiter zu uns – die Lebenswärme des Klimas und der Tagszeit, das heilige Feuer zweier Entzückungen (der erinnerten und der gehofften) brüteten alle seine Kräfte an. Jetzt ergriff ihn jenes Fieber der jungen Gesundheit, worin ihm allemal war, als schlage in jedem Gliede ein besonderes Herz – die Lunge und das Herz von Blute schwer und voll – der Atem ist heiß wie ein Harmattanwind – und das Auge trübe in seiner eignen Lohe – und die Glieder sind müde vor Kraft. In dieser Überfüllung der elektrischen Wolke hatt' er einen besonderen Trieb nach Zertrümmern. Er half sich jünger oft, daß er Felsenstücke an den Gipfel wälzte und niederrollen ließ; oder daß er im Galopp so lange lief, bis der Atem – länger wurde, oder am gewissesten dadurch, daß er sich (wie er von Kardan gehört hatte) mit einem Federmesser Schmerzen und sogar kleine Verblutungen erregte. – Selten gewinnen gewöhnliche, und noch seltener ungewöhnliche Menschen die volle, mit allen Zweigen blühende Jugend des Leibes und Geistes; aber desto prangender trägt dann *eine* Wurzel einen ganzen Blumengarten. –

Mit diesen Wallungen stand Albano jetzt hinter dem Palast einsam gegen Süden, als ihm ein Spiel seiner Knabenjahre einfiel.

Er war nämlich oft im Mai auf einen säulendicken Apfelbaum, der ein ganzes hängendes grünes Kabinett erhob, bei heftigem Wind gestiegen und hatte sich in die Arme seines Gezweigs gelegt. Wenn ihn nun so die schwankende Lusthecke zwischen dem Gaukeln der Lilienschmetterlinge und dem Summen der Bienen und Mücken und dem Nebeln der Blüten schaukelte und wenn ihn der aufgeblähte Wipfel bald unter fettes Grün versenkte, bald vor tiefes Blau und bald vor Sonnenblitze drehte: dann zog seine Phantasie den

[1] Tirare di prima vera nennts das Volk, und Peter Schoppe übersetzt es erhaben genug: elektrisches Pistolenzeug des Lenzes.

Baum riesenhaft empor, er wuchs allein im Universum, gleichsam als sei er der Baum des unendlichen Lebens, seine Wurzeln stiegen in den Abgrund, die weißen und roten Wolken hingen als Blüten in ihm, der Mond als eine Frucht, die kleinen Sterne blitzten wie Tau, und Albano ruhte in seinem unendlichen Gipfel, und ein Sturm bog den Gipfel aus dem Tag in die Nacht, und aus der Nacht in den Tag. – –

Er sah jetzt zu einer hohen Zypresse empor. In Rom war aus dem Mittags-Schlaf ein Südostwehen aufgestanden und hatte sich unterwegs fliegend in Limoniengipfeln und in tausend Bächen und Schatten gekühlt und lag nun gewiegt auf Zypressenarmen. Da erkletterte er den Baum, um sich wenigstens zu ermüden. Aber wie dehnte sich die Welt vor ihm aus mit Bergen, mit Inseln und Wäldern, da er das donnernde Gewölke über Roms sieben Hügeln liegen sah, gleichsam als rede aus dem Dunkel noch der alte Geist, der in den Hügeln wie in sieben Vesuven gearbeitet hatte, welche vor der Erde so viele Jahrhunderte lang mit feurigen Säulen, mit aufgerichteten Gewittern standen und sie mit glühenden Strömen, mit Aschenwolken und mit Fruchtbarkeit übergossen, bis sie sich selber zersprengten! Die Spiegelwand der Gletscher stand wie sein Vater unzerrüttet vor der Wärme des Himmels und wurde nur glänzend und nicht warm und nicht weich – aus dem weiten See schienen überall die warmen Hügel wie aus ihrem Bade auszusteigen, und die kleinen Schiffe der Menschen schienen in der Ferne strandend zu stocken – und im weiten Wehen um ihn gingen die großen Geister der Vergangenheit vorüber, und unter ihren unsichtbaren Tritten bogen sich nur die Wälder nieder, aber die Blumenbeete wenig. – Da wurde in Albano die fremde Vergangenheit zur eignen Zukunft – keine Wehmut, sondern ein Durst nach allem Großen, was den Geist bewohnt und hebt, und ein Schauder vor den schmutzigen Ködern der Zukunft zogen sein Auge recht schmerzlich zusammen, und schwere Tropfen fielen daraus. – Er stieg herab, weil das innere Schwindeln zuletzt äußeres wurde. Die ländliche Erziehung und Dian, welcher den gehaltenen Gang der Natur verehrte, hatte den Knospengarten seiner Kräfte vor frühzeitiger Morgensonne und schnellem Aufspringen bewahret; aber durch die Erwartung des Abends und durch die Reise wurde der Tag seines Lebens jetzt zu warm und zu treibend.

Zufällig und träumend verlor er sich unter Orangeblüten; plötzlich war ihm, als mache ein süßes Wühlen im innersten Herzen dieses beklemmend weit und leer und wieder voll. Ach er wußte nicht, daß es die Düfte waren, die er hier in seiner Kindheit so oft in die Brust gesogen, und welche nun jede Phantasie und Erinnerung der Vergangenheit dunkel, aber gewaltsam zurückriefen, eben weil Düfte, ungleich den abgenützten Merkmalen des Auges und des Ohres, seltener kommen und also leichter und heftiger die verblichene Empfindung erneuern. Aber als er in eine Arkade des Palastes, welche bunte Steine und Muscheln stickend färbten, geriet, und als er die

Wogen spielend auf die Schwelle der Grotte hüpfen sah: so deckte sich ihm auf einmal eine bemoosete Vergangenheit auf – er durchsuchte seine Erinnerungen – die Farbensteine der Grotte lagen gleichsam voll Inschriften der vorigen Zeit vor seinem Gedächtnis. – – Ach hier war er ja tausendmal mit seiner Mutter gewesen, sie hatte ihm die Muscheln gezeigt und die Nähe der Wellen verboten, und einmal, da die Sonne aufging und da der durchwehte See und alle Steinchen glänzten, war er auf ihrem Schoße mitten unter den Lichtern aufgewacht. –

O war denn nun die Stelle nicht geheiligt und auf ihr seine überwältigende Sehnsucht nicht entschuldigt, die er heute so lange gehabt, die schöne Armwunde dem tobenden und quälenden Blute aufzumachen?

Er ritzte sich, aber zufällig zu tief; und mit einem schönen kühlen Heben seines leichter atmenden Wesens sah er der roten Quelle seines Armes in der Abendsonne zu und wurde wie nach abgefallnen Bürden leichter – nüchtern – still – und weich. Er dachte an die verschwundne Mutter, deren Liebe nun ewig unvergolten blieb – ach er hätte dieses Blut gern für sie vergossen –; und nun quoll heißer als je in seiner Brust die Liebe für den kränklichen Vater auf: o komme bald, sagte sein Herz, ich will dich so unaussprechlich lieben, du lieber Vater!

Die Sonne erkaltete an der feuchten Erde – nur noch die zackige Mauerkrone aus den Goldstufen der Gletscherspitzen glühte über ausgelöschten Wolken – und die Zauberlaterne der Natur warf ihre Bilder nur noch gezogner und matter: da ging eine lange Gestalt in einem offnen roten Mantel langsam um die Zedratobäume auf ihn zu, rieb mit der Rechten an der Stelle des Herzens, woran kleine Funken verglommen, und zerdrückte mit der halb erhobnen Linken eine Wachslarve zum Klumpen und blickte in die eigne Brust. Plötzlich erstarrete sie an der Wand des Palastes in versteinerter Stellung. Albano drückte die Hand auf die kleine Wunde und ging nahe zu dem Versteinerten – Welche Gestalt! – Aus einem vertrockneten hagern Angesicht erhob sich zwischen Augen, die halb unter den Augenknochen fortbrannten, eine verachtende Nase mit stolzem Wurf – ein Cherub mit dem Keime des Abfalls, ein verschmähender gebietender Geist stand da, der nichts lieben konnte, nicht sein eignes Herz, kaum ein höheres, einer von jenen Fürchterlichen, die sich über die Menschen, über das Unglück, über die Erde und über das – Gewissen erheben, und denen es gleich gilt, welches Menschenblut sie hingießen, ob fremdes oder ihres. –

Es war Don Gaspard.

Die Funken-werfende Ordenskette aus Stahl und Edelsteinen verriet ihn. Die Starrsucht, seine alte Krankheit, hatt' ihn ergriffen. »O Vater!« sagte Albano erschrocken und umfaßte die unbewegliche Gestalt, aber er drückte gleichsam den kalten Tod ans Herz. Er schmeckte die Bitterkeit einer Hölle –

er küßte die starre Lippe und rief lauter – endlich trat er vor ihm mit fallenden Armen zurück, und die aufgedeckte Wunde blutete ungefühlt nieder – und er blickte, zähneknirschend vor wilder junger Liebe und vor Schmerz, und mit großen Eistropfen in den Augen, den Stummen an und riß ihm die Hand vom Herzen. – – Hier schlug erwachend Gaspard die Augen auf und sagte: »Willkommen, mein lieber Sohn!« – Da sank ihm mit unüberschwenglicher Seligkeit und Liebe das Kind ans Vaterherz und weinte und schwieg. »Du blutest, Albano,« sagte Gaspard, ihn sanft zurückstemmend, »verbinde dich!« – »Laß mich bluten, ich will mit dir sterben, wenn du stirbst – o wie hab' ich so lange nach dir geschmachtet, mein guter Vater!« sagte Albano, noch tiefer erschüttert von dem kranken väterlichen Herzen, das er jetzt an seinem heftiger schlagen fühlte.

»Recht gut, verbinde dich aber!« sagt' er; und als der Sohn es tat und während des schnellsten Umwickelns mit unersättlicher Liebe in das väterliche Auge schauete, und als das Auge nur kalte Blitze warf wie sein Ring-Juwel – so schlug auf den Kastaniengipfeln, dem heutigen Throne der Morgensonne, der leise Mond sein frommes Auge stillend auf, und dem entflammten Albano war es an diesem kindlichen und mütterlichen Wohnplatze, als schaue der Geist seiner Mutter vom Himmel und rufe: »Ich werde weinen, wenn ihr euch nicht liebt.« Sein wallendes Herz zerfloß, und er sagte sanft zu dem im Mondlicht bleichern Vater: »Liebst du mich denn nicht?« – »Lieber Alban,« versetzte der Vater, »man kann dir nicht genug antworten – du bist recht gut – es ist recht gut.« Aber mit dem Stolze der Liebe, die sich kühn mit der väterlichen maß, ergriff er fest die Hand mit der Larve und sah den Ritter mit feurigen Tränen an. »Mein Sohn,« versetzte der Müde, »ich habe dir heute noch viel zu sagen und wenig Zeit, weil ich morgen reise – und ich weiß nicht, wie lange mein Herzklopfen mich sprechen lässet.« – Ach also war das vorige Zeichen einer gerührten Seele nur ein Zeichen eines nervenkranken Pulses gewesen.... Du armer Sohn, wie mußte vor dieser scharfen Luft dein bewegtes Meer erstarren – ach wie an einem eiskalten Metall mußte deine warme Hand ankleben und davon sich wundgeschält abziehen! –

Aber guter Jüngling! Wer von uns könnte dich tadeln, daß Wunden dich gleichsam mit Blut an deinen wahren oder falschen Halbgott binden – wiewohl ein *Halbgott* sich öfter mit einem *Halbtier* als mit einem *Halbmenschen* schließet – und daß du so schmerzlich liebst? Ach welche warme Seele sprach nicht einmal die Bitte der Liebe vergeblich aus und konnte dann, gelähmt vom erkaltenden Gifte, gleich andern Vergifteten, die schwere Zunge und das schwere Herz nicht mehr bewegen? – Aber liebe fort, du warme Seele; gleich Frühlingsblumen, gleich Nachtschmetterlingen durchbricht die zarte Liebe zuletzt doch den hartgefrornen Boden, und jedes Herz, das nichts *anderes* verlangt als ein Herz, findet endlich seine Brust! – –

5. Zykel

Der Ritter nahm ihn auf eine über steinerne Säulen geführte Galerie hinauf, die überall Limonienbäume mit Düften und kleinen, regen, vom Monde silbern geränderten Schatten vollstreueten. Er zog zwei Medaillons aus seiner Brieftasche; das eine bildete ein sonderbar-jugendlich aussehendes weibliches Gesichtchen vor, mit der Umschrift: »Nous ne nous verrons jamais, mon fils.« [1] – »Hier ist deine Mutter« (sagte Gaspard und gab es ihm) – »und hier deine Schwester«, und reichte ihm das zweite, dessen Züge zu einer unkenntlichen veralteten Gestalt einliefen, mit der Umschrift: »Nous nous verrons un jour, mon frère.« [2] Er fing nun seine Rede an, die er in so vielen zwanglosen Heften (das eine Komma oft am einen Ende der Galerie, das andere am andern) und so leise und in einem solchen Wechsel von schnellem und trägem Gehen lieferte, daß in das Ohr eines unter der Galerie mitlaufenden Visitators fremder Gespräche, wenn einer drunten stand, nicht drei zusammengehörende Laute tropfen konnten. »Deine Aufmerksamkeit, lieber Alban,« fuhr er fort, »nicht deine Phantasie sollte jetzt gespannt sein; du bist leider heute zu romantisch bei dem Romantischen, was du hören sollst. Die Gräfin von Zesara liebte das Feierliche von jeher; du wirst es aus dem Auftrage sehen, den sie mir wenige Tage vor ihrem Tode gab, und den ich gerade an diesem Karfreitage auszurichten versprechen mußte.« –

Er sagte noch, bevor er anfing, daß er, da seine Katalepsie und sein Herzklopfen bedenklich stiegen, nach Spanien eilen müsse, seine Sachen und noch mehr die seiner Mündel – der Gräfin von Romeiro – zu ordnen. Alban tat noch eine Bruderfrage über seine liebe, so lang' entrückte Schwester; der Vater ließ ihn hoffen, daß er sie bald sehen werde, da sie mit der Gräfin die Schweiz besuchen wolle. –

Da ich nicht absehe, was die Menschen davon haben, wenn ich die mir beschwerlichen Gänsefüße samt dem ewigen »er sagte« hersetze: so will ich den Auftrag in Person erzählen. Es werden einmal – (sagte der Ritter) – drei Unbekannte, einer am Morgen, einer mittags und einer abends, zu ihm kommen, und jeder wird ihm ein eingesiegeltes Kartenblatt zustellen, worauf bloß der Name der Stadt und des Hauses steht, worin das Bildorkabinett, das Albano noch dieselbe Nacht besuchen muß, zu finden ist. Im Kabinett soll er alle Nägel der Bilder durchtasten und drücken, bis er auf einen kommt, hinter welchem der Druck eine in die Wand eingebaute Repetieruhr zwölf zu schlagen nötigt. Hier findet er unter dem Bilde eine geheime Tapetentür, hinter welcher eine weibliche Gestalt mit einem offnen Souvenir und mit drei Ringen an der Linken und mit einem Crayon in der Rechten sitzt. Drückt er den Ring des Mittelfingers, so richtet sich die Gestalt unter dem Rollen

[1] Wir sehen uns nie, mein Sohn.
[2] Wir sehen uns einst, mein Bruder.

des innern Getriebes auf, tritt in das Zimmer, und das auslaufende Gehwerk stockt mit ihr an einer Wand, woran sie mit dem Crayon ein verstecktes Fach bezeichnet, in welchem ein Taschenperspektiv und der wächserne Abdruck eines Sargschlüssels liegen. Das Okularglas des Perspektivs ordnet durch einoptische Anamorphose den Wirrwarr alternder Linien auf dem heute empfangenen Medaillon der Schwester zu einer holden jungen Gestalt, und das Objektivglas gibt dem unreifen Bilde der Mutter die Merkmale des längern reifern Lebens zurück. – Dann drücket er den Ringfinger, und sogleich fängt die stumme kalte Figur mit dem Crayon in das Souvenir zu schreiben an und bezeichnet ihm mit einigen Worten den Ort des Sarges, von dessen Schlüssel er den wächsernen Abdruck hat. Im Sarge liegt eine schwarze Marmorstufe, in Gestalt einer schwarzen Bibel; und wenn er sie zerschlagen hat, trifft er einen Kern darin, aus dem der Christbaum seines ganzen Lebens wachsen soll. – Ist die Stufe nicht im Sarge, so gibt er dem letzten Ringe des Ohrfingers einen Druck – was aber dann dieses hölzerne Guerikes-Wettermännchen seines Schicksals beginne, wußte der Ritter selber nicht vorauszusagen. –

Ich bin völlig der Meinung, daß man dem bizarren Testamente leicht das Repetier- und das halbe Räderwerk – so wie man jetzt in London Uhren bloß aus zwei Rädern bauet – ausbrechen könnte, ohne das Vorlege- oder Zeigerwerk zu beschädigen.

Auf Alban wirkte das testamentarische Getriebe und Gebläse wider meine Erwartung – fast nichts; ausgenommen eine weichere Liebe gegen die gute Mutter, welche so sorgend, da sie unten im Strome des Lebens das fliegende Bild vom niederfallenden Habicht des Todes erblickte, nur den Sohn bedachte. Seinem Vater schauete er unter dem Berichte, mit zärtlichem Danke für diese Mühe des Gedächtnisses und der Erzählung, fast auf Kosten seiner Aufmerksamkeit, in das befestigte eiserne Angesicht; und im Mondschein und vor seiner Phantasie wuchs der Ritter zu einem rhodischen, die halbe Gegenwart verdeckenden Kolossus auf, für welchen ihm dieses testamentarische Memorienwerk fast zu kleinlich schien. –

Bisher hatte Don Gaspard bloß als echter Weltmann gesprochen, der von seinem Gespräche (ohne besondere nähere Verhältnisse) stets jede Erwähnung oder Schmeichelei eines Ichs, des fremden so gut wie des eignen, ausschließet und sogar historischer *Personen* nur als Bedingungen von *Sachen* gedenkt – so daß zwei solche Nicht-Ichs mit ihrer grimmigen Kälte nur zwei sprechende Logiken oder Wissenschaften zu sein scheinen, aber keine Wesen mit schlagenden Herzen: o! wie sanft floß es, wie eine weiche Tonart, in Albanos liebewundes Herz – das der hellere und lauere Mond und der insularische dämmernde Kindergarten seiner ersten Vorzeit und die in seiner Seele laut fort- und nachklingende Stimme seiner Mutter gewaltsam auflöseten –, als nun der *Vater* sagte: »Das hab' ich von der Gräfin zu sagen. Von mir hab' ich dir nichts zu sagen als meine bisherige Zufriedenheit mit deinem bisherigen Leben.« – »O geben Sie, teuerster Vater, meinem künftigen Gebote, Lehre und Rat«, sagte der begeisterte Mensch, und Gaspards rechter Hand, die nach dem schnellern Herzen zuckte, folgt' er mit seiner Linken an die sieche Stelle und drückte heftig das hysterische Herz, als könn' er diesem bergab umkreisenden Lebensrade in die Speiche greifen. – Der Ritter versetzte: »Ich habe dir weiter nichts zu sagen. Die *Lindenstadt* (Pestitz) ist dir nun geöffnet; deine Mutter hatte sie dir verschlossen. Der Erbprinz, der bald Fürst sein wird, und der Minister von *Froulay*, der mein Freund ist, werden die deinigen sein; ich glaub' es wird dir nützen, ihre Bekanntschaft zu kultivieren.« –

Der scharfblickende Gaspard sah hier plötzlich über des Jünglings reine offne Gestalt wunderbare Bewegungen und heiße Rosen fliegen, die aus der Gegenwart mit nichts zu erklären waren und die sogleich wie getötet vergingen, als er so fortfuhr: »Für einen Mann von Stande sind gelehrte und schöne Wissenschaften, die für andre Endzweck sind, nur Mittel und Erholung; und so groß deine Neigung dafür sein mag: so wirst du doch am Ende Handlungen den Vorzug vor Genüssen geben; du wirst dich nicht geboren fühlen, die Menschen bloß zu belehren oder zu belustigen, sondern zu behandeln und zu beherrschen.

Es wäre gut, wenn du den Minister gewännest und dadurch die Kenntnisse des Regierungs- und Kammerwesens, die er dir geben kann; denn in dem Abrisse *eines* Landes, so wie *eines* Hofes, besitzest du die Grundzüge eines jeden größern, wozu du auch gelangen und dich bilden sollst. Es ist mein Wunsch, daß du sogar den Fürsten und dem Hofe lieb wirst, weniger weil du Konnexionen als weil du Erfahrungen brauchst. Nur durch Menschen besiegt und übersteigt man Menschen, nicht durch Bücher und Vorzüge. Man muß nicht seinen Wert auslegen, um die Menschen zu gewinnen, sondern man muß sie gewinnen, und dann erst jenen zeigen. Unglück ist nichts wie Unverstand, und nicht sowohl durch Tugend als durch Verstand wird man furchtbar und glücklich. – Du hast höchstens die Menschen zu fliehen, die dir zu ähnlich sind, besonders die *ädeln*.« – Das ätzende Sublimat seines Spottes bestand hier nicht darin, daß er »ädel« mit einem akzentuierten ironischen Tone sagte, sondern daß ers wider Erwarten kalt ohne einen sagte. Albanos Hand war in seiner schon längst vom Herzen an der stählernen eckigen Ordenskette herabgeglitten auf das goldene metallisch-kalte Lamm daran. Der Jüngling hatte, wie alle Jünglinge und Einsiedler, zu harte Begriffe von Hof- und Weltleuten, er hielt sie für ausgemachte Basilisken und Drachen – wiewohl ich das noch entschuldigen will, wenn er nur mit den Naturforschern unter den Basilisken nichts versteht als ungeflügelte Eidechsen, und unter den Drachen nichts als geflügelte, so daß er sie für nichts als für kalte, fast so fatale Amphibien, wie Linné solche definiert, ansieht –; ferner hegt' er (so leicht wird Plutarch der Verführer von Jünglingen, deren Biograph er hätte sein können wie ich) mehr Grimm als Achtung gegen die

Artolatrie (den Brotdienst) unsers Zeitalters, das aber umgekehrt immer den *Gott* ins *Brot* verwandeln will, gegen die besten Brotstudien oder Brotwagen, gegen das Machen einer Carrière, gegen jeden, der kein Waghals war und der statt der Sturmbalken und Kriegsmaschinen etwa unsichtbare Magnetstäbe, Saugwerke und Schröpfköpfe ansetzte und damit etwas zog. Jeder Jüngling hat ein schönes Zeitalter, wo er kein Amt, und jede Jungfrau eines, wo sie keinen Mann annehmen will; dann ändern sich beide und nehmen oft sich einander noch dazu.

Als der Ritter die obigen, gewiß keinem Weltmanne anstößigen Sätze vorbrachte: so stieg in seinem Sohne ein heiliger menschenfreundlicher Stolz empor – es war diesem, als werde von einem steigenden Genius sein Herz und sogar sein Körper, wie der eines betenden Heiligen, gehoben über die Laufbahnen einer gierigen kriechenden Zeit – die großen Menschen einer größern traten unter ihre Triumphbogen und winkten ihm, näher zu ihnen zu kommen – in Osten lag Rom und der Mond und vor ihm der Alpen-Zirkus, eine große Vergangenheit neben einer großen Gegenwart – er ergriff mit dem *liebend-stolzen* Gefühl, daß es noch etwas Göttlicheres in uns gebe als Klugheit und Verstand, den Vater und sagte: »Der ganze heutige Tag, lieber Vater, war eine zunehmende Erschütterung meines Herzens – kann vor Bewegung nicht sprechen und nichts recht bedenken – Vater, ich besuche alle – ich werde mich über die Menschen hinausreißen – aber ich verschmähe den schmutzigen Weg des Ziels – ich will im Weltmeer wie ein Lebendiger durch *Schwimmen* aufsteigen, aber nicht wie ein Etrunkner durch *Verwesen* – Ja, Vater, das Schicksal werfe einen Grabstein auf diese Brust und zermalme sie, wenn sie die Tugend und die Gottheit und ihr Herz verloren hat.«

Albano sprach darum so warm, weil er einer unaussprechlichen Verehrung für die kraftvolle Seele des Ritters nicht entsagen konnte; er stellte sich immer die Qualen und das lange Sterben eines so starken Lebens, den scharfen Rauch eines so großen, kalt ausgegossenen Feuers vor und schloß aus den Regungen seiner eignen lebendigen Seele auf die der väterlichen, die nach seiner Meinung nur langsam auf einer breiten Unterlage schwarzer kalter Menschen so zerfallen war, wie man Diamanten nicht anders verflüchtigt als auf einer Unterlage von ausgebrannten toten Schmiedekohlen. – –

Don Gaspard, der die Menschen selten und nur gelinde tadelte – nicht aus Liebe, sondern aus Gleichgültigkeit –, antwortete dem Jüngling geduldig: »Deine Wärme ist zu loben. Mit der Zeit wird sich alles geben. – Jetzt laß uns essen.« –

6. Zykel

Der Speisesaal unserer Eiländer war im reichen Palaste der abwesenden borromäischen Familie. Man gab der schönen Insel den Parisapfel und Lorbeerkranz. Augusti und Gaspard schrieben ihr das Belobungsschreiben in einem leichten klaren Stil, nur Gaspard mit mehr Antithesen. Albanos Brust war mit einer neuen Welt gefüllt, sein Auge mit einem Schimmer, seine Wangen mit freudigem Blut. Der Baumeister erhob sowohl den Geschmack als den Kammerbeutel des Erbprinzen, der durch beide zwar nicht artistische Meister, aber doch Meisterstücke in sein Land mitbrachte und auf dessen Veranlassung eben dieser Dian nach Italien ging, um für ihn Abgüsse von den Antiken da zu nehmen. Schoppe versetzte: »Ich hoffe, der Deutsche ist so gut mit Malerakademien und mit Malerkoliken versehen als irgendein Volk; unsere Ballenbilder – unsere Thesesbilder in Augsburg – unsere Leisten über Zeitungsblättern und unsere Buchdruckerstöcke in jedem dramatischen Werke, durch die wir eine frühere Shakespeare-Gallery besaßen als London – unsere Effigie-Gehangnen am Galgen sind jedem bekannt und zeigen am ersten, wie weit wirs treiben. – Aber ich will auch zulassen, daß Griechen und Welsche so malen wie wir: so ragen wir doch dadurch über sie hinweg, daß wir, gleich der Natur und den adeligen Sponsierern, nie die Schönheit isoliert ohne angebognen Vorteil suchen. Eine Schönheit, die wir nicht nebenher braten, verauktionieren, anziehen oder heiraten können, gilt bei uns nur das, was sie wert ist; Schönheit ist bei uns (hoff' ich) nie etwas anders als Anschrot und Beiwerk des Vorteils, so wie auch auf dem Reichstage nicht die angestoßenen Konfekttischchen, sondern die Sessionstafeln die eigentlichen Arbeitstische des Reichs-corpus sind. Echte Schönheit und Kunst wird daher bei uns nur auf Sachen gesetzt, gemalt, geprägt, welche dabei nützen und abwerfen: z. B. gute Madonnen nur ins Modejournal – radierte Blätter nur auf Briefe voll Tabaksblätter – Kameen auf Tabaksköpfe – Gemmen auf Petschafte und Holzschnitte auf Kerbhölzer – Blumenstücke werden gesucht, aber auf Schachteln – treue Wouwermanne, aber zwischen Pferdeständen neben Beschälern [1] – erhobenes Bildwerk von Prinzenköpfen, entweder auf Talern oder auf baierschen Bierkrug-Deckeln, beide nicht ohne reines Zinn – Rosen- und Lilienstücke, aber an tätowierten Weibern. – Auf ähnliche Weise war in Basedows Erziehungsanstalt stets das schöne Gemälde und das lateinische Vokabulum verknüpft, weil das Philanthropin dieses leichter unter jenem behielt. – So malte Van der Kabel nie einen Hasen auf Bestellung, ohne ein frisch geschossenes Modell nach dem andern sich zum Essen und Kopieren auszubitten. – So malte der Maler Calkar schöne Strümpfe, aber unmittelbar an seine eignen Beine.« – –

Der Ritter hörte so etwas mit Vergnügen an, ob ers gleich weder belächelte noch nachahmte; ihm waren alle Farben im genialischen Prisma erfreulich. Nur für den Baumeister wars nicht genug im griechischen Geschmack, und für den Lektor nicht genug im höflichen. Letzterer kehrte sich, während Schoppe neuen Atem zu unserer Verkleinerung holte, wie schmeichelnd zum abreisenden Dian und sagte: »Früher nahm Rom

[1] Ein guter Wouwermann heißet in der Malersprache ein gut gemaltes Pferd, dessen Beschauen auf die Schönheit des künftigen Füllen einfließet.

andern Ländern nur die *Kunstwerke* hinweg, aber jetzt die – *Künstler.*«

Schoppe verfolgte: »Ebenso sind unsere Statuen keine müßigen Staatsbürger auf der Bärenhaut, sondern sie treiben alle ein Handwerk; was Karyatiden sind, tragen Häuser, was Engel sind, halten Taufschüsseln, und heidnische Wassergötter arbeiten in Springbrunnen und gießen den Mägden das Wasser in die Scheffel zu.« – –

Der Graf sprach warm für uns, der Lektor hell; der Ritter bemerkte, daß der deutsche Geschmack und das deutsche Talent für dichterische Schönheiten den Mangel an beiden für andere Schönheiten vergüte und erkläre (aus Klima, Regierungsform, Armut etc.). Der Ritter glich den Himmelssehröhren, hinter denen die *Erden* größer erscheinen und die *Sonnen* kleiner, er nahm wie jene den Sonnen den geborgten Schimmer ab, ohne ihnen den wahren größern zurückzugeben; er schnitt zwar einem Judas den Strick entzwei, aber einem Christuskopfe goß er den Heiligenschein aus und suchte überhaupt eine Parität und Gleichheit der Schwärze und des Lichts zu erkünsteln.

Schoppe verstummte nie; ich sorge, in seinem Toleranzmandat für Europa waren die deutschen Kreise ausgelassen; er hob wieder an: »Das wenige, was ich eben zum Lobe der nützenden Deutschen vorbrachte, hat mir, wie es scheint, Widerspruch zugezogen. Aber die kleine Lorbeerkrone, die ich dem heiligen Reichskörper aufsetze, soll mich nie abhalten, die Stellen gewahr zu werden, wo er kahl ist. Ich lobt' es oft an Sokrates und Christus, daß sie nicht in Hamburg, in Wien, oder gar in einer brandenburgischen Stadt dozierten und mit ihren Philanthropisten gassatim gingen; von Magistrats wegen würde man sie haben befragen lassen, ob sie nicht arbeiten könnten; und wären beide mit Familie in Wetzlar gewesen, so hätte man dieser die *Neglektengelder* [1] abgezogen. – Anlangend die Dichtkunst, Herr Ritter, so kannt' ich manchen Reichsbürger, der aus einem Karmen – wenn es nicht auf ihn selber war – wenig machte; er glaubte die Eingriffe der poetischen Freiheit in die Reichsfreiheit zu kennen; ihn, der gewiß überall ordentlich, gesetzt, bedächtig, in sächsischen Fristen zu Werke schritt, quälten und störten poetische Schwingen sehr. – Und ists denn so unerklärlich und so schlimm? – der gute Reichsstädter bindet eine Serviette vor, wenn er weinen will, damit er die Atlasweste nicht betropft, und die Tränen, die ihm aufs Kondolenzschreiben entfallen, stippte er wie jede dunklere Interpunktion: was Wunder, wenn er gleich dem Wildmeister keine schönere Blume kennt als die hinten am Hirsche, und wenn ihn die poetischen Veilchen gleich den botanischen [2] mit gelinden Brechkräften angreifen.... Das wäre meines Bedünkens wenigstens *eine* Art, den Tadel abzulehnen, womit man uns Deutsche anschmitzt.«

[1] So heißet das Quantum, das man den Beisitzern des Kammergerichts, wenn sie nicht genug gearbeitet haben, vorenthält.

[2] Die Ipecacuanha gehört zum Veilchengeschlechte.

7. Zykel

Welche sonderbare Nacht folgte auf diesen sonderbaren Tag! – Alle gingen, vom Reisen schläfrig, der Ruhe zu; bloß Albano, in welchem der heiße volle Tag nachbrannte, sagte dem Ritter, daß er heute mit seiner Brust voll Feuer nirgends Kühlung und Ruhe finde als unter den kalten Sternen und unter den Blüten des welschen Frühlings. Er lehnte sich auf der obersten Terrasse an eine Statue neben einem blühenden Dockengeländer aus Zitronen an, um die Augen unter dem Sternenhimmel schön zu schließen, und noch schöner zu öffnen. Schon in seiner frühern Jugend hatt' er sich, so gut wie ich, auf die welschen Dächer warmer Länder gewünscht, nicht um als Nachtwandler, sondern um als ein Schläfer darauf zu erwachen.

Wie herrlich fällt das aufgehende Auge in den erleuchteten hängenden Garten voll ewiger Blüten über dir, anstatt daß du in deinem deutschen schwülen Federpfuhl nichts vor dir hast, wenn du aufblickst, als den Bettzopf!

Als Zesara so Wellen und Berge und Sterne mit stillerer Seele durchkreuzte und als Garten und Himmel und See endlich zu *einem* dunkeln Kolosse zusammenschwammen, und er wehmütig an seine bleiche Mutter und an seine Schwester und an die verkündigten Wunder seiner Zukunft dachte: so stieg hinter ihm eine ganz schwarz gekleidete Gestalt mit abgebildetem Totenkopfe auf der Brust mühsam und mit zitterndem Atem die Terrassen hinauf. »Gedenke des Todes!« (sagte sie) »Du bist Albano de Zesara?« – »Ja!« (sagte Zesara) »wer bist du?« – »Ich bin« (sagte sie) »ein Vater des Todes[1]. Ich zittere nicht aus Furcht, sondern aus Gewohnheit so.«

Die Glieder des Mannes blieben auf eine grausende Art in einem allgemeinen Erbeben, das man zu hören glaubte. Zesara hatte oft seiner müßigen Kühnheit ein Abenteuer gewünscht; jetzt hatt' ers vor sich; indes wachte er doch behutsam mit dem Auge, und da der Mönch sagte: »Schaue zum Abendstern hinauf und sage mir, wenn er untergeht, denn mein Gesicht ist schwach«, so warf er nur einen eilenden Blick dahin: »Noch drei Sterne« (sagt' er) »sind zwischen ihm und der Alpe.« – »Wenn er untergeht,« (fuhr der Vater fort) »so gibt deine Schwester in Spanien den Geist auf, und darauf redet sie dich hier aus dem Himmel an.« – Zesara wurde kaum von einem Finger der kalten Hand des Schauders berührt, bloß weil er in keinem Zimmer war, sondern in der jungen Natur, die um den zagenden Geist ihre Berge und Sterne als Hüter stellt, oder auch, weil die weite dichte Körperwelt so nahe vor uns die Geisterwelt verdrängt und verbauet; er fragte mit

[1] Aus dem Orden des heiligen Pauls oder memento mori, der in Frankreich im 17ten Jahrhundert erlosch. Die obige Anrede ist ihr gewöhnlicher Gruß.

Entrüstung: »Wer bist du? was weißt du? was willst du?« und griff nach den zusammengefalteten Händen des Mönchs und hielt beide mit *einer* gefangen. »Du kennst mich nicht, mein Sohn!« (sagte ruhig der Vater des Todes) »Ich bin ein Zahuri [1] und komme aus Spanien von deiner Schwester; ich sehe die Toten unten in der Erde und weiß es voraus, wenn sie erscheinen und reden. Ich aber sehe ihr Erscheinen über der Erde nicht und hör' ihr Reden nicht.«

Hier blickte er den Jüngling scharf an, dessen Züge plötzlich starrer und länger wurden; denn eine Stimme, wie eine weibliche bekannte, fing über seinem Haupte langsam an: »Nimm die Krone, nimm die Krone – ich helfe dir.« Der Mönch fragte: »Ist der Abendstern schon hinunter? Spricht es mit dir?« – Zesara blickte in die Höhe und konnte nicht antworten; die Stimme aus dem Himmel sprach wieder und dasselbe. Der Mönch erriet es und sagte: »So hat dein Vater deine Mutter aus der Höhe gehöret, als er in Deutschland war; aber er ließ mich lange in Fesseln legen, weil er dachte, ich täusche ihn.« – Beim Worte »Vater«, dessen Geisterunglauben Zesara kannte, riß er den Mönch an den beiden Händen mit der festhaltenden starken die Terrassen hinunter, um zu hören, wo jetzt die Stimme stehe. Der Alte lächelte sanft, die Stimme sprach wieder über ihm, aber so: »Liebe die Schöne, liebe die Schöne – ich helfe dir.« – Am Ufer hing ein Fahrzeug, das er am Tage schon gesehen. Der Mönch, der ihm vermutlich den Argwohn einer irgendwo verborgenen Stimme nehmen wollte, stieg in die Gondel und winkte ihm nachzufolgen. Der Jüngling, im Vertrauen auf seine körperliche und geistige Macht und auf seine Schwimmkunst, entfernte sich mit dem Mönche kühn von der Insel; aber wie griff der Schauder in seine innersten Fibern, da nicht nur die Stimme über ihm wieder rief: »Liebe die Schöne, die ich dir zeige, ich helfe dir«, sondern da er auch gegen die Terrasse hin eine weibliche Gestalt sich bis an das Herz aus den tiefsten Wellen mit langen kastanienbraunen Haaren und schwarzen Augen und mit einem glänzenden Schwanenhals und mit der Farbe und Kraft des reichsten Klimas, wie eine höhere Aphrodite, heben sah. Aber in wenig Sekunden sank die Göttin wieder in die Wogen zurück, und die Geisterstimme lispelte oben fort: »Liebe die Schöne, die ich dir zeigte.« – – Der Mönch betete kalt und schweigend unter der Szene und sah und hörte nichts; endlich sagte er: »Am künftigen Himmelfahrtstage in deiner Geburtsstunde wirst du neben einem Herzen stehen, das in keiner Brust ist, und deine Schwester wird dir vom Himmel den Namen deiner Braut verkündigen.« –

Wenn vor uns flüssigen schwachen Gestalten, die gleich Polypen und Blumen das Licht eines höhern Elementes nur *fühlen* und *suchen,* aber nicht *sehen,* in der Totalfinsternis unsers Lebens ein Blitz durch den erdichten

[1] Den Zahuris in Spanien wird bekanntlich die Kraft zugetrauet, Leichname, Metalladern etc. in der tiefen Erde zu erblicken.

Klumpen schlägt, der vor unsere höhere Sonne gehangen ist[1]: so zerschneidet der Strahl den Sehnerven, der nur *Gestalten*, nicht *Licht* verträgt; – kein *heißes* Erschrecken beflügelt das Herz und das Blut, sondern ein *kaltes* Erstarren vor unsern Gedanken und vor einer neuen unfaßlichen Welt sperrt den warmen Strom, und das Leben wird Eis. – –

Albano, aus dessen voller Phantasie ebenso leicht ein Chaos als ein Universum sprang, wurde bleich, aber ihm war, als verlier' er nicht sowohl den Mut als den Verstand; er ruderte ungestüm, beinahe bewußtlos ans Ufer – er konnte dem Vater des Todes nicht ins Gesicht schauen, weil seine unbändige, alles auseinanderreißende Phantasie alle Gestalten gleich Wolken zu gräßlichen umwälzte und ausdehnte – er hört' es kaum, als der Mönch zum Abschiede sagte: »Vielleicht komm' ich am nächsten Karfreitage wieder.« – Der Mönch bestieg einen Kahn, der von selber dahinfuhr (wahrscheinlich durch ein unter dem Wasser umtreibendes Rad), und verschwand bald hinter oder in der kleinen Fischerinsel (Isola peschiere).

Eine Minute lang taumelte Alban, und ihm kam es vor, als sei der Garten und der Himmel und alles eine weichende aufgelösete Nebelbank, als geb' es nichts, als hab' er nicht gelebt. Diesen arsenikalischen Qualm blies auf einmal von der erstickenden Brust der Atem des Bibliothekar Schoppe, der lustig zum Schlaffenster herauspfiff; jetzt wurde sein Leben wieder warm, die Erde kam zurück, und das Dasein *war*. Schoppe, der vor Wärme nicht schlafen konnte, stieg herunter, um sich auch auf die zehnte Terrasse zu betten. Er sah an Zesara ein heftiges inneres Wogen, aber er war schon daran gewöhnt und forschte nicht.

8. Zykel

Nicht von Vernünfteleien, sondern von Scherzen schmilzt leicht das Eis in unserem stockenden Räderwerke. Nach einer gesprächigen Stunde war dem Jünglinge nicht viel mehr davon übrig als eine ärgerliche Empfindung und eine frohe; jene darüber, daß er den Mönch nicht bei der Kutte genommen und dem Ritter vorgeführt; und die frohe über die hohe weibliche Gestalt und selber über die Aussicht in ein Leben voll Abenteuer. Gleichwohl fuhren, wenn er die Augen schloß, Ungeheuer voll Flügel, Welten voll Flammen und ein tiefes wogendes Chaos um seine Seele.

Endlich gingen in der Kühle der Nachmitternacht seine müden Sinnen näher fortgezogen und auseinanderfallend dem *Magnetberg* des Schlummers zu; – aber welcher Traum kam ihm auf diesem stillen Berge nach! »Er lag« (so träumte ihm) »auf dem Krater des Hekla. Eine aufdringende Wassersäule

[1] Anspielung auf die Erzählung einiger Astronomen, daß die verfinsterte Sonne zuweilen durch eine Öffnung des Mondes geblitzet habe, wie es z. B. Ulloa einmal gesehen zu haben versichert.

hob ihn mit sich empor und hielt ihn auf heißen Wellen mitten im Himmel fest. Hoch in der Äthernacht über ihm streckte sich ein finsteres Gewitter, wie ein langer Drache, von verschlungnen Sternbildern aufgeschwollen, aus; nahe darunter hing ein helles Wölkchen, vom Gewitter gezogen – durch den lichten Nebel des Wölkchens quoll ein dunkles Rot entweder von zwei Rosenknospen oder von zwei Lippen und ein grüner Streif von einem Schleier oder von einem Ölzweige und ein Ring von milchblauen Perlen oder von Vergißmeinnicht – endlich zerfloß ein wenig Duft über dem Rot, und bloß ein offnes blaues Auge blickte unendlich mild und flehend auf Albano nieder; und er streckte die Hände aus nach der umwölkten Gestalt, aber die Wassersäule war zu niedrig. Da warf das schwarze Gewitter Hagelkörner, aber sie wurden im Fallen Schnee und dann Tautropfen und endlich im Wölkchen silbernes Licht, und der grüne Schleier wallte erleuchtet im Dunst. Da rief Albano: Ich will alle meine Tränen vergießen und die Säule aufschwellen, damit ich dich erreiche, schönes Auge! – Und das blaue Auge wurde feucht von Sehnen und sank vor Liebe zu. Die Säule wuchs brausend, das Gewitter senkte sich und drückte das Wölkchen voraus, aber er konnt' es nicht berühren. Da riß er seine Adern auf und rief: Ich habe keine Tränen mehr, Geliebte, aber all' mein Blut will ich für dich vergießen, damit ich dein Herz erreiche. Unter dem Bluten drang die Säule höher und schneller auf – der weite blaue Äther wehte und das Gewitter verstäubte und alle verschlungnen Sterne traten mit lebendigen Blicken heraus – das flatternde freie Wölkchen schwebte blitzend zur Säule nieder – das blaue Auge tat sich in der Nähe langsam auf und schneller zu und hüllte sich tiefer in sein Licht; aber ein leiser Seufzer sagte in der Wolke: Zieh mich in dein Herz! – O da schlang er die Arme durch die Blitze und schlug den Nebel weg und riß eine weiße Gestalt, wie aus Mondlicht gebildet, an die Brust voll Glut – Aber ach der zerrinnende Lichtschnee entwich den heißen Armen – die Geliebte verging und wurde eine Träne und die warme Träne drang durch seine Brust und sank in sein Herz und brannte darin und es rann auseinander und wollte vergehen«.... Da schlug er die Augen auf.

Aber – welches überirdische Erwachen! – Das weiße ausgeleerte Wölkchen, mit Gewittertropfen befleckt, hing, auf ihn hereingebückt, noch am Himmel – – – es war der helle, liebend-nahe über ihn hereingesunkne Mond. Er hatte sich im Schlafe verblutet, weil sich darin die Binde von der Wunde des Armes durch das heftige Bewegen desselben verschoben hatte. Die Entzückungen hatten den Nachtfrost des Geisterschreckens zerschmolzen. In einem verklärenden Ersterben flatterte aufgebunden sein so festes Dasein umher wie ein beweglicher Traum – in den gestirnten Himmel war er wiegend aufgeschwebt wie an eine Mutterbrust, und alle Sterne waren in den Mond geflossen und dehnten seinen Schimmer aus – sein Herz, in eine warme Träne geworfen, ging sanft darin auseinander – außer ihm schattete es nur, in ihm strahlte es blendend – der Flug der Erde wehte vor der aufgerichteten Flamme seines Ichs vorbei und bog sie nicht um. Ach seine Psyche glitt mit scharfen ungeregten ungehörten Falkenschwingen entzückt und still durch das dünne Leben....

Ihm kam es vor, als sterbe er, denn spät war er die steigende Erwärmung des linken verblutenden Armes innen geworden, der ihn ins lange Elysium, das aus dem Traume ins Wachen reichte, gehoben hatte. Er legte ihm die Binde fester um. –

Auf einmal hört' er unter dem Verbinden ein lauteres Plätschern unter sich, als bloße Wellen machen konnten. Er schauete über das Geländer – und sah seinen Vater mit Dian ohne Abschied – der für Gaspard nur die giftige Herbstblume in der Herbstminute einer Abreise war – wie ausgefallne Blütenblätter aus der Blumenkrone seines Lebens über die Wellen fliehen unter dem Schwanenliede der Nachtigallen!... Guter Mensch, wie oft hat dich diese Nacht betöret und beraubt! – Er breitete die Arme ihnen nach – der Schmerz des Traums fuhr fort und begeisterte ihn – der fliehende Vater schien ihm wieder liebender – schmerzlich rief er hinab: »Vater, sieh dich um nach mir! – Ach wie kannst du mich so stumm verlassen? – Und du auch, Dian! – O tröstet mich, wenn ihr mich hört!« – Dian warf ihm Küsse zu, und Gaspard legte die Hand auf das sieche Herz. Albano dachte an die Kopistin des Todes, an die Starrsucht, und hätte gern den verletzten Arm über die Wellen gehalten und das warme Leben als eine *Libation* für den Vater vergossen; und rief nach: »Lebt wohl, lebt wohl!« – Schmachtend drückt' er die kalten steinernen Glieder einer kolossalischen Statue an seine brennenden Adern an, und Tränen der vergeblichen Sehnsucht überquollen sein schönes Angesicht, während die warmen Töne der welschen Nachtigallen, die von dem Ufer und der Insel gegeneinanderschlugen, mit linden Vampyrenzungen das Herz wundsogen. –– Ach wenn du einmal geliebt wirst, glühender Jüngling, wie wirst du lieben! – Er weckte, im Durste nach einer warmen sprechenden Seele, seinen Schoppe auf und zeigte ihm die Flucht. Aber indem dieser irgend etwas Tröstendes sagte, schauete Albano unverwandt dem grauen Punkte des Fahrzeugs nach und hörte nichts. –

9. Zykel

Beide blieben auf und erfrischten sich durch die Streiferei in der betaueten Insel; und sie wurden durch den Anblick, wie das erhobene Bildwerk des Tages farbig-gleißend aus den erlöschenden Kreidenzeichnungen des Mondlichts heraustrat, lebendig und wach. Augusti kam auch und schlug ihnen die halbstündige Fahrt nach Isola madre vor. Albano flehte beide herzlich an, allein hinzufahren, ihn aber hier in seinen einsamen Spaziergängen zu lassen. Der Lektor faßte jetzt die Spuren der nächtlichen Angriffe schärfer ins Auge – wie schön hatte der Traum, der Mönch, die Schlaflosigkeit, die Verblutung die tapfere kecke Gestalt gemildert und jeden Laut erweicht, und die

Kraft war jetzt nur ein zauberischer Wasserfall im Mondenlicht. Augusti nahm es für Eigensinn und fuhr allein mit Schoppe; aber die wenigsten Menschen begreifen, daß man nur mit den wenigsten Menschen (mit keiner Visiten-Armee), eigentlich nur mit zweien, mit dem innigsten und ähnlichsten Freunde und mit der Geliebten, spazieren gehen könne. Wahrlich ich will ebenso gern im Angesichte des Hofes am Geburtstage der Fürstin zu einer Liebeserklärung öffentlich niederknien als – denn man zeige mir doch den Unterschied – zwischen einem langen Vor- und Nachtrabe das trunkne Auge auf dich, Natur, meine Geliebte, heften. –

Wie glücklich wurde durch die Einsamkeit Albano, dessen Herz und Augen voll Tränen standen, die er schamhaft verbarg und die ihn doch vor seinem eignen Urteile so rechtfertigten und erhoben! – Er trug sich nämlich mit dem sonderbaren Irrtume feuriger und starker Jünglinge, er habe kein weiches Herz, zu wenig Gefühl und sei schwer zu rühren. Aber jetzt gab ihm die Entkräftung einen dichterischen weichen Vormittag, wie er noch keinen gehabt, wo er alles weinend umarmen wollte, was er je geliebt – seine guten fernen Pflegeeltern in Blumenbühl – seinen kranken Vater, ders gerade im Frühling war, wo immer der Tod sein blumiggeschmücktes Opfertor aufbauet – und seine in die Vergangenheit gehüllte Schwester, deren Bild er bekommen, deren After-Stimme er diese Nacht gehört und deren letzte Stunde ihm der nächtliche Lügner näher gemalt. – Sogar das nächtliche, noch in seinem Herzen verschlossene Schattenspiel machte ihn durch die Unerklärlichkeit – da ers keinem bekannten Menschen zuzuschreiben wußte – und durch die Weissagung beklommen, daß er an seiner Geburtsstunde – und diese stand so nahe, am Himmelfahrtstage – den Namen seiner Braut vernehmen würde. Der lachende Tag nahm zwar den Geisterszenen die Totenfarbe, gab aber der Krone und der Wassergöttin frischen Glanz.

Er durchschwankte alle heilige Stätten in diesem gelobten Lande – Er ging in die dunkle Arkade, wo er die Reliquien seiner Kindheit und seinen Vater gefunden hatte, und nahm mit einem bangen Gefühle die auf den Boden entfallne zerquetschte Larve zu sich. Er bestieg die von Limonien mit Sonnenschein besprengte Galerie und sah nach den hohen Zypressen und den Kastaniengipfeln im weiten Blau, wo ihm der Mond wie das aufgegangne Mutter-Auge erschienen war. – Er trat nahe vor eine Kaskade hinter dem Lorbeerwalde, die sich in 20 Absätze wie er in 20 Jahre zerteilte, und er fühlte auf den heißen Wangen ihren dünnen Regen nicht.

Er stieg nun auf die hohe Terrasse zurück, um seinen Freunden entgegenzusehen. Wie gebrochen und magisch stahl sich der Sonnenschein der äußern Welt in den heiligen dunkeln Irrhain der innern! – Die Natur, die gestern ein flammender Sonnenball gewesen, war heute ein Abendstern voll Dämmerlicht – die Welt und die Zukunft lagen so groß um ihn und doch so nahe und berührend, wie vor dem Regen Eisberge näher scheinen im tiefern Blau – er stellte sich auf das Geländer und hielt sich an die kolossalische Statue, und sein Auge schweifte hinab zu dem See und hinauf zu den Alpen und zu dem Himmel und wieder herab, und unter der freundlichen Luft Hesperiens flatterten leicht bedeckt alle Wellen und alle Blätter auf – weiße Türme blinkten aus dem Ufer-Grün, und Glocken und Vögel klangen im Winde durcheinander. – Ein schmerzliches Sehnen faßte ihn, da er nach der Bahn seines Vaters sah; ach nach dem *wärmern* Spanien voll schwelgerischer Frühlinge, voll lauer Orange-Nächte, voll umhergeworfener Glieder zerstückter Riesengebürge, da wäre er gern durch den schönen Himmel hingeflogen! – Endlich löste sich das Freuen und das Träumen und das Scheiden in jene unnennbare Wehmut auf, worein das Übermaß der Wonne den Schmerz der Grenzen kleidet, weil ja unsere Brust leichter zu *überfüllen* als zu *füllen* ist. – –

Auf einmal wurde Albano gerührt und ergriffen, als wenn die Gottheit der Liebe ein Erdbeben in seinen innern Tempel schickte, um ihn für ihre künftige Erscheinung einzuweihen, da er an einem indischen Bäumchen neben sich den Zettel mit dessen Namen *Liane* las. Er sah es zärtlich an und sagte immer: »Liebe Liane!« Er wollte sich einen Zweig abbrechen; da er aber daran dachte, daß dann Wasser aus ihm rinne, so sagte er: »Nein, Liane, durch mich sollst du nicht weinen« und unterließ es, weil in seiner Erinnerung das Gewächs auf irgendeine Art mit einem unbekannten teuern Wesen in Verwandtschaft stand. Sich unaussprechlich-hinübersehnend blickte er jetzt nach den Tempeltoren Deutschlands, nach den Alpen – in einem Frühlingswölkchen schien sich der schneeweiße Engel seines Traums tief einzuhüllen und nur stumm darin dahinzuschweben – und es war ihm, als hör' er von fernen Harmonikatöne. – Er zog, um nur etwas Deutsches zu haben, eine Brieftasche heraus, worauf seine Pflegeschwester Rabette die Worte gestickt: Gedenke unserer; – er fühlte sich allein und war nun erfreuet über die Freunde, welche heiter von Isola madre zurückruderten.

Ach Albano, welch ein Morgen wäre dieser für einen Geist wie deinen zehn Jahre später gewesen, wo sich die feste Knospe der jungen Pracht schon weiter und weicher und loser auseinander geblättert hätte! Vor einer Seele wie deiner wären dann, da die Gegenwart in ihr blaß wurde, zwei Welten zugleich – die zwei Ringe um den Saturn der Zeit – die der Vergangenheit und die der Zukunft miteinander aufgegangen; du hättest nicht bloß über die kurze rückständige Laufbahn an das helle weiße Ziel geblickt, sondern dich umgewandt und die krumme lange durchlaufene überschauet. Du hättest die tausend Fehlgriffe des Willens, die Fehltritte des Geistes zusammengerechnet und die unersetzliche Verschwendung des Herzens und des Gehirns. Würdest du auf den Boden haben sehen können, ohne dich zu fragen: Ach haben die 1004 Erschütterungen [1], die durch mich wie durch das

[1] In Kalabrien waren im Zeitraume von 3/4 Jahren (1785) tausendundvier Erschütterungen. Münters Reise etc.

Land hinter mir gegangen sind, mich ebenso befruchtet wie dieses? – O da alle Erfahrungen so teuer sind, da sie uns entweder unsere Tage kosten oder unsere Kräfte oder unsere – Irrtümer: o warum muß der Mensch an jedem Morgen vor der Natur, die mit jedem Tautropfen in der Blume wuchert, so verarmet über die tausend vergeblich vertrockneten Tränen erröten, die er schon vergossen und gekostet hat? – Aus Frühlingen zieht diese Allmächtige Sommer auf, aus Wintern Frühlinge, aus Vulkanen Wälder und Berge, aus der Hölle einen Himmel, aus diesem einen größern – – und wir törichte Kinder wissen uns aus keiner Vergangenheit eine Zukunft zu bereiten, die uns stillt – wir hacken wie die Steindohle nach jedem Glanze und tragen die Glutkohle als Goldstück beiseite und zünden damit Häuser an – ach mehr als eine große schöne Welt geht unter in der Brust und läßt nichts zurück, und gerade der Strom der höhern Menschen verspringt, und befruchtet nichts, wie sich hohe Wasserfälle zersplittern und schon weit über der Erde verflattern. – –

Albano empfing die Freunde mit vergütender Zärtlichkeit; aber dem Jünglinge wurde mit der Zunahme des Tages so öde und bange wie einem, der seine Stube im Gasthofe ausgeleeret, der die Rechnung entrichtet und der nur noch einige Minuten in dem rauhen leeren Stoppelfelde auf- und abzugehen hat, bis die Pferde kommen. Wie fallende Körper bewegten sich in seiner heftigen Seele Entschlüsse in jeder neuen Sekunde schneller und stärker; er bat mit äußerer Milde, aber innerer Heftigkeit seine Freunde, noch heute mit ihm abzureisen. – Und so ging er nachmittags mit ihnen von der stillen Kindheits-Insel ab, um durch die Kastanienalleen Mailands eilig auf die neue Bühne seines Lebens und an die Falltüre zu kommen, die sich in den unterirdischen Gang so vieler Rätsel öffnet. –

Antrittsprogramm des Titans

Eh' ich den *Titan* dem flachsenfingischen geheimen Legationsrat und Lehnpropst, Herrn von *Hafenreffer*, dedizierte: so fragt' ich bei ihm erst so um die Erlaubnis an:

»Da Sie weit mehr an dieser Geschichte mitarbeiteten als der russische Hof an Voltairens Schöpfungsgeschichte des großen Peters: so können Sie meinem dankbegierigen Herzen nichts Schöneres geben als die Erlaubnis, Ihnen wie einem Judengotte das zu opfern und zu dedizieren, was Sie geschaffen haben.«

Aber er schrieb mir auf der Stelle zurück:

»Aus derselben Raison könnten Sie, wie es Sonnenfels getan, das Werk noch besser sich selber dedizieren und, in einem richtigern Sinne als andere, den Verfasser und Gönner desselben zugleich vereinen. – Lassen Sie mich (auch schon des Herrn von ** und der Frau von ** wegen) aus dem Spiele; und schränken Sie sich bloß auf die notwendigsten Notizen ein, die Sie dem Publikum von dem sehr maschinenmäßigen Anteil, den ich an Ihrem schönen Werke habe, etwa gönnen wollen, aber um der Götter willen hic haec hoc hujus huic hunc hanc hoc hoc hac hoc.«

v. Hafenreffer.

Die römische Zeile ist eine Chiffre und soll dem Publikum dunkel bleiben. –

Was dasselbe vom Antrittsprogramme zu fordern hat, sind vier Namenerklärungen und eine Sacherklärung.

Die erste Namenerklärung, welche die *Jobelperiode* angeht, treff' ich schon bei dem Stifter der Periode, dem Superintendent *Franke*, an, der sie für eine von ihm erfundne Ära oder Zeitsumme von 152 *Zykeln* erklärt, deren jeder seine guten 49 tropischen Mondsonnenjahre in sich hält. Das Wort Jobel setzt der Superintendent voran, weil in jedem siebenten Jahre ein kleines, und in jedem siebenmal 7ten oder 49sten ein großes Jobel-, Schalt-, Erlaß-, Sabbats- oder Hall-Jahr anbrach, wo man ohne Schulden, ohne Säen und Arbeiten und ohne Knechtschaft lebte. Glücklich genug wend' ich, wie es scheint, diesen Jobelnamen auf meine historischen Kapitel an, welche den Geschäftsmann und die Geschäftsfrau in einem sanften Zykel voll Frei-, Sabbats-, Erlaß-, Hall- und Jobelstunden herumführen, worin beide nicht zu säen und zu bezahlen, sondern nur zu ernten und zu ruhen brauchen; denn ich bin der einzige, der als krummgeschlossener pflügender Fröner an dem Schreibtische steht und welcher Säemaschinen und Ehrenschulden und Handschellen vor und an sich sieht. – Die siebentausendvierhundertundachtundvierzig tropischen Mondsonnenjahre, die eine Frankesche Jobelperiode enthält, sind auch in meiner vorhanden, aber nur dramatisch, weil ich dem Leser in jedem Kapitel immer so viel Ideen – und diese sind ja das Längen- und Kubikmaß der Zeit – vortreiben werde, bis ihm die kurze Zeit so lang geworden, als das Kapitel verlangte.

Ein *Zykel* – welches der Gegenstand meiner zweiten Namenerklärung ist – braucht nun gar keine.

Die dritte Nominaldefinition hat die *obligaten Blätter* zu beschreiben, die ich in zwanglosen Heften in jeder Jobelperiode herausgebe. Die obligaten Blätter nehmen durchaus nur reine gleichzeitige, mit meinem Helden weniger zusammenhängende Fakta von solchen Leuten auf, die mit ihm desto mehr zusammenhängen; auch in den obligaten Blättern ist nicht das kleinste, nur einer Brandblase große satirische Extravasat von Ausschweifung ersichtlich, sondern der selige Leser und Lektor wandelt mit den Seinigen frei und aufgeweckt und gerade durch das weite Hoflager und die Reitbahn und Landschaft eines ganzen langen Bandes zwischen lauter historischen Figuren – auf allen Seiten von fliegenden Corps, von tätigen Knapp- und Judenschaften, anrückenden Marschsäulen, reitenden Horden und spielenden Theatertruppen umzingelt – und er kann sich gar nicht satt sehen.

Ist aber der Tomus aus: so fängt – das ist die letzte Nominaldefinition – sich ein kleiner an, worin ich mache, was ich will (nur keine Erzählung), und worin ich mit solcher Seligkeit mit meinem langen Bienenstachel auf- und abfliege von einer Blüten-Nektarie und Honigzelle zur andern, daß ich das bloß zum Privatvorteile meines Ausschweifens gebauete Filialbändchen recht schicklich meine *Honigmonate* benenne, weil ich darin Honig weniger mache als esse, geschäftig nicht als eintragende Arbeitsbiene, sondern als zeidelnder Bienenvater. – Bisher hatt' ich freilich geglaubt, das Durchfahren meiner satirischen Schwanzkometen würde jeder Leser von dem ungestörten Gange meines historischen Planetensystems auf der Stelle absondern, und ich hatte mich gefragt: »Wird denn in einer Monatsschrift die Einheit einer Geschichte durch das Abbrechen der letztern und durch die Erbfolge eines andern Aufsatzes beschädigt; und haben sich denn die Leser darüber beschweret, wenn z. B. in den Horen-Jahrgängen zuweilen Cellinis Geschichte abgebrochen und ein ganz anderer Aufsatz eingehoben wurde?« – Aber was geschah?

Wie im Jahre 1795 eine medizinische Gesellschaft in Brüssel den contract social unter sich machte, daß jeder eine Krone Strafgeld erlegen sollte, der in der Session einen andern Laut von sich gäbe als einen medizinischen: so ist bekanntlich ein ähnliches Edikt vom 9ten Juli an alle Biographen erlassen, daß wir stets bei der Sache – welches die Historie ist – bleiben sollten, weil man sonst mit uns reden würde. Der Sinn des Mandats ist der, daß, wenn ein Biograph in allgemeinen Welthistorien von 20 Bänden, ja in noch längern – wie z. B. in dieser – ein- oder zweimal denkt oder lacht, d. h. abschweift, Inkulpat auf der kritischen Pillory als sein eigner Pasquino und Marforio ausstehen soll – welches man an mir schon mehr als einmal vollstreckte.

Jetzt aber geb' ich den Sachen eine andere Gestalt, indem ich erstlich Geschichte und Digression in diesem Werke strenge auseinanderhalte – wenig Dispensationsfälle ausgenommen –, zweitens indem ich die Freiheiten, die ich mir in meinen vorigen Werken nahm, im jetzigen zu einem Rechte, zu einer Servitut verjähre und verstärke; der Leser ergibt sich, wenn er weiß, nach einem Bande voll Jobelperioden erscheinet durchaus nie etwas anders als einer voll Honigmonate. Ich schäme mich, wenn ich mich erinnere, wie ich sonst in frühern Werken mit dem Bettelstabe vor dem Leser stand und um Ausschweifungen bat, indes ich doch – wie ich hier tue – mir das Anleihen hätte erzwingen können, wie man von Weibern mit Erfolg nicht nur *Tribut* als *Almosen*, sondern auch das don gratuit als *Quatembersteuer* zu begehren hat. So macht es nicht bloß der kultivierte Regent auf dem Landtage, sondern schon der rohe Araber, der dem Passagier außer der Barschaft noch einen Schenkungsbrief derselben abnötigt.

Ich komme nun auf den geheimen Legationsrat von Hafenreffer, welcher der Gegenstand meiner versprochnen *Sacherklärung* ist.

Aus dem 45sten Hundsposttage sollt' es einmal bekannt sein, wer Flachsenfingen beherrscht – nämlich mein Herr Vater. Im Grunde war meine so frappante Standeserhöhung mehr ein Schritt als ein Sprung; denn ich war vorher schon Jurist, mithin schon die Knospe oder das Blütenkätzchen eines noch eingewickelten Doktors utriusque, und folglich ein Edelmann, da im Doktor der ganze Rogen und Dotter zum Ritter steckt; daher er auch so gut wie dieser, wenn gerade etwas vorbeigeht, vom Sattel oder Stegreif lebt, wiewohl weniger in einem Raubschlosse als Raubzimmer. Ich habe also seit dem Avancement weniger mich geändert als mein Residenzschloß – das väterliche in Flachsenfingen ist gegenwärtig mein eignes.

Ich mag nun nicht gern am Hofe mein Zuckerbrot mit Sünden essen – wiewohl man gemächlicher Zucker- und Himmelsbrot erwirbt als Schiffsbrot –, sondern ich stelle, um zu wuchern mit meinem Schiffspfunde, das ganze flachsenfingische Departement der auswärtigen Angelegenheiten zu Hause im Schlosse vor samt der erforderlichen Entzifferungskanzlei. Das will aber getan sein: wir haben einen Prokurator in Wien – zwei Residenten in fünf Reichsstädten – einen Komitialsekretarius in Regensburg unter der Querbank – drei Kreis-Kanzlisten und einen bevollmächtigten Envoyé an einem bekannten ansehnlichen Hofe unweit Hohenfließ, welches eben der obgedachte Herr Lehnpropst von Hafenreffer ist. Letzterem hat sogar mein Herr Vater ein vollständiges Silberservice vorgestreckt, das wir ihm lassen, bis er den Rappell erhält, weil es unser eigner Vorteil ist, wenn ein flachsenfingischer Botschafter dem flachsenfingischen Fürstenhute oder Krönlein auswärts durch Aufwand mehr Ehre macht als gewöhnliche.

Auf einem solchen Posten wie meinem steht man nun nicht zum Spaße da; die ganze Legations-Schreibe- und Lesegesellschaft kouvertiert und schreibt an mich, die chiffre banal und die chiffre déchiffrant ist in meinen Händen, und wie es scheint, versteh' ich den Rummel. Unsäglich ists, was ich erfahre – es wäre nicht zu lesen von Menschen, noch zu ziehen von Pferden, wollt' ich allen den Seidenwurmsamen von Nouvellen biographisch ausbrüten, großfüttern und abhaspeln, den mir das Gesandten-Corpo posttäglich in festen Düten schickt. Ja (in einer andern Metapher) das biographische Bauholz, das meine Flößinspektion für mich bald in die Elbe, bald in die Saale, bald in die Donau oben herabwirft, steht schon so hoch vor mir auf dem Zimmerplatze, daß ichs nicht verbauen könnte, gesetzt daß ich die ästhetischen Bauten meiner biographischen Narrenschiffe, Redoutensäle und Zauberschlösser forttriebe Tag und Nacht, jahraus, jahrein und weder mehr tanzte noch ritte noch spräche noch niesete....

Wahrlich wenn ich oft so meinen schriftstellerischen Eierstock gegen manchen fremden Rogen abwäge: so frag' ich ordentlich mit einem gewissen Unmut, warum ein Mann einen so großen zu tragen bekommen, der ihn aus

Mangel an Zeit und Platz nicht von sich geben kann, indes ein andrer kaum ein Windei legt und herausbringt. – Wenn ich ein Pikett aus meiner Legations-Division den Ritterbüchermachern mit dessen offiziellen Berichten zuschicken könnte: würden sie nicht gern Ruinen gegen Schlösser und unterirdische Klostergänge gegen Korridore und Geister gegen Körper vertauschen, anstatt daß ihnen jetzt aus Mangel an offiziellen Berichten des Piketts die Dirnen die Weltdamen, die Feimer die Justizminister vertreten müssen, so wie die Schalken die Pagen, die Burgpfaffen die Hofprediger und der Raubadel die Pointeurs? –

Ich kehre zu meinem Gesandten von Hafenreffer zurück. Am obgedachten ansehnlichen Hofe sitzt dieser treffliche Herr und fertigt mir – seiner Nebenarbeiten unbeschadet – von Monat zu Monat so viele Personalien von meinem hohenfließischen Helden zu, als er durch sieben Legations-Zeichendeuter oder Clairvoyants erwischen kann – die kleinsten Lappalien sind ihm erheblich genug für eine Depesche. Wahrhaftig eine ganz andre Denkweise als die andrer Gesandten, die nur für Ereignisse, die nachher in die Universalhistorie einrücken, Platz in ihren Berichten machen! – Hafenreffer hat in jeder Sackgasse, Bedientenstube und Mansarde, in jedem Schornstein und Wirtschaftsgebäude seinen Operngucker von Spion, der oft, um *eine* Tugend meines Helden auszumitteln, sich zehn Sünden unterziehet. Freilich bei solchen Hand- und Spanndiensten des Glücks muß es keinen von uns wundernehmen, ich meine nämlich bei einem solchen Schöpfrade, das mir Fortuna selber umdreht – bei solchen Diebsdaumen, die man meinem eignen Schreibdaumen anschienet – bei solchen Silhouetteurs eines Helden, die alles machen außer der Farbe – kurz bei einer so außerordentlichen Vereinigung von Umständen oder Montgolfieren kann es freilich nichts, als was man erwartet, sein, wenn der Mann, den sie heben, droben auf seiner Berghöhe ein Werk zusammenbringt und nachher herunterschickt, das man (denn es verdients) nach dem Jüngsten Tage auf der Sonne, auf dem Uranus und Sirius frei übersetzt, und auf welches sogar der glückliche Posenschraper, der die Kiele dazu abzog, und der Setzer, der die Errata druckt, sich mehr einbilden wollen als der Autor selber, und in welches weder die schnelle *Sense* noch der träge *Zahn* der Zeit – besonders da man dieses Gebiß nach Erfordern mit der Zahnsäge der kritischen Feile entzweibringen kann – einzuschneiden vermögend sind. – Fügt der Verfasser solchen Vorzügen noch gar den der Demut bei: so ist ihm niemand weiter zu vergleichen; aber leider hält jede Natur sich, wie Doktor Crusius die Welt, zwar nicht für die beste, aber doch für sehr gut.

Der gegenwärtige *Titan* benutzt noch den andern Vorteil, daß ich gerade den väterlichen Hof bewohne und schmücke und mithin als Zeichner gewisse Sünden recht glücklicherweise näher und heller vor dem Auge zum Beschauen habe, wovon mir wenigstens der Egoismus, die Libertinage und das Müßiggehen gewiß bleiben und sitzen; denn diese Schwämme und

Moose säete das Schicksal so weit, als es konnte, in die höhern Stände hinauf, weil sie in den niedern und breitern zu sehr ausgegriffen und sie ausgesogen hätten – welches das Muster derselben Vorsicht gewesen zu sein scheint, aus der die Schiffe den Teufelsdreck, den sie aus Persien holen, stets oben an den Mastbaum hängen, damit sein Gestank nicht die Fracht des Schiffraums besudle. –– Ferner hab' ich hier oben am Hofe jede neue Mode zur Beobachtung und Verachtung schon um mich, eh' sie drunten nur gelästert, geschweige gepriesen worden. Z. B. die schöne Pariser Mode, daß die Weiber durch einen kleinen Faltenwurf ihre Waden vorzeigen – welches sie in Paris tun, um sehen zu lassen, daß sie nicht unter die Herren gehören, die bekanntlich auf Steckenbeinen gehen –, diese wird (denn auf eine einzige Dame kommt es an) morgen oder übermorgen gewißlich eingeführt. Doch ahmen die Flachsenfingerinnen diese Mode aus dem ganz andern Grunde nach – denn uns Herren fehlet nichts –, weil sie zu beweisen wünschen, daß sie Menschen und keine Affen (geschweige weniger) sind, da nach *Camper* und andern nur der Mensch allein Waden anhat. – Derselbe Beweis wurde vor einem Jahrzehend, nur mit höhern Gründen geführt. Denn da nach *Haller* sich der Mensch in nichts von einem Affen trennt als durch den Besitz eines Steißes: so suchten damals die weiblichen Kronbeamten, die Putzjungfern, an ihren Gebieterinnen diesen Geschlechtscharakter, der sie unterscheidet, durch Kunst – durch den sogenannten cul de Paris – so sehr als möglich zu vergrößern, und bei einer solchen Penultima der Ultima war es damals schon auf 200 Schritte weit ein Spaß und ein Spiel, eine Weltdame von ihrer Äffin abzutrennen, welches jetzt viele, die ihren Buffon auswendig können, in keiner größern Nähe sich getrauen wollen als in einer zu großen. –

Ähnliche biographische Denunzianten und Familiaren unterhalt' ich in mehrern deutschen Städten – mein Herr Vater bezahlts –, in den meisten einen, aber in Leipzig zwei, in Dresden drei, in Berlin sechse, in Wien ebensoviel in jedem Stadtviertel. Maschinen solcher Art, die den Perspektiven so sehr gleichen, womit man aus seinem Bette alles beschauen kann, was unten auf der Gasse vorfällt, machen es freilich einem Autor leicht, hinter seinem Dintenfasse in dunkle verbauete Haushaltungen – in einer 20 Meilen entfernten Winkelgasse geführt – hell hinunterzusehen. Daher kann mir jede Woche der närrische Fall begegnen, daß ein gesetzter stiller Mann, den niemand kennt als sein Barbier und dessen Lebensweg eine dunkle Sackgasse ist – dem aber heimlich einer meiner Gesandten und Spione mit einem biographischen Hohlspiegel nachgeht, welcher des Mannes Unterkleider und Schritte in meine an dreißig Meilen abliegende Studierstube hineinspiegelt –, es kann mir der Fall aufstoßen, sag' ich, daß ein solcher entlegner Mann zufällig vor den Ladentisch des Buchhändlers tritt und in meinem Werke, das rauchend aus dem Backofen dort liegt, sich mit seinen Haaren, Knöpfen, Schnallen und Warzen so deutlich auf der 371. Seite abgebildet findet, als man auf den Steinen in Frankreich die Abdrücke *indischer* Pflanzen antrifft. Es tut aber nichts.

Leute hingegen, die mit mir an *einem* Orte wohnen, welches sonst die *Höfer* taten, kommen gut davon; denn neben mir halt' ich keine Gesandten.

Aber eben dieser Vorzug, daß ich meine Geschichten nicht aus der Luft greife, sondern aus Depeschen, nötigt mich, mehr Mühe anzuwenden, sie zu verziffern, als andere hätten, sie aufzuschmücken oder auszusinnen. Kein kleineres Wunder als das, welches das Mauersche Geheimnis und die unsichtbare Kirche und die unsichtbare Loge vergittert und verdeckt, schien bisher die Entdeckung der *wahren* Namen meiner Historien abzuwenden, und zwar mit einem solchen Glücke, daß von allen bisher an die Verlagshandlungen eingeschickten, mit Mutmaßungen gefüllten Brieffelleisen keines Mäuse merkte. (Und recht zum Vorteil der Welt; denn sobald z. B. einer die in der besten Verzifferungskanzlei verzognen Namen der ersten Bände des Titans auseinanderringelt, so stoß' ich das Dintenfaß um und gebe nichts mehr heraus.) –

Aus den Namen ist bei mir nichts zu schließen, weil ich die Paten zu meinen Helden auf den sonderbarsten Wegen presse. Bin ich z. B. nicht oft abends, während dem *Rochieren* und *Brikolieren* der deutschen Heere, die ihre Kreuzzüge nach dem heiligen Grabe der Freiheit taten, in den Zeltgassen mit der Schreibtafel in der Hand auf- und abgegangen und habe die Namen der Gemeinen, die vor dem Bettegehen wie Heiligennamen laut angerufen wurden, so wie sie fielen, aufgefangen und eingetragen, um sie wieder unter meine biographischen Leute auszuteilen? Und avancierte dabei nicht das Verdienst, und mancher Gemeine stieg zum tafel- und turnierfähigen Edelmann auf, Profosse zu Justizministern, und Rotmäntel zu patribus purpuratis? – Und krähte je ein Hahn im ganzen Heere nach diesem herumschleichenden, auf zwei Füßen mobil gemachten Observationskorps? –

Für Autoren, die wahre Geschichten zugleich erzählen und vermummen wollen, bin ich vielleicht im ganzen ein Modell und Flügelmann. Ich habe länger als andre Geschichtsforscher jene kleinen unschuldigen Verrenkungen, die eine Geschichte dem Helden derselben selber unkenntlich machen können, studiert und imitiert und glaube zu wissen, wie man gute Regentengeschichten, Protokolle von Majestätsverbrechern, Heiligenlegenden und Selbstbiographien machen müsse; keine stärkere Züge entscheiden als die kleinen, womit Peter von Cortona (oder Beretino) vor dem Herzoge Ferdinand von Toskana ein weinendes Kind in ein lachendes umzeichnete, und dieses in jenes zurück. –

Voltaire verlangte mehr als einmal – wie bei allen Sachen; denn er gab der Menschheit wie einer Armee jeden Befehl des Marsches dreimal und wiederholte sich und alles unverdrossen –, daß der Historiker seine *Geschichte* nach den Gesetztafeln des *Schauspiels* stellen solle, nach einem dramatischen Fokalpunkt. Es ist aber eine der ersten dramatischen Regeln, die uns Lessing, Aristoteles und griechische Muster geben, daß der Schauspieldichter jeder historischen Begebenheit, die er behandelt, alles leihen müsse, was der poetischen Täuschung zuschlägt, so wie das Entgegengesetzte entziehen, und daß er Schönheit nie der Wahrheit opfere, sondern umgekehrt. Voltaire gab, wie bekannt, nicht nur die leichte Regel, sondern auch das schwere Muster, und dieser große Theaterdichter des Welttheaters blieb in seinen historischen *Benefiz*-Schauspielen von Peter und Karl nirgends bei der Wahrheit stehen, wo er gewiß sein konnte, er gelange eher zur Täuschung. Und das ist eigentlich die echte, dem historischen Romane entsprechende romantische Historie. Nicht ich, sondern andere – nämlich der Lehnpropst und die Legationssekretäre – können entscheiden, inwiefern ich eine wahre Geschichte illusorisch behandelt habe. Ein Unglück ists, daß schwerlich je die echte Geschichte meines Helden zum Vorscheine kommt; sonst dürfte mir vielleicht die Gerechtigkeit widerfahren, daß Kenner meine dichterischen Abweichungen von der Wahrheit mit der Wahrheit konfrontierten und darnach leichter jedem von uns das Seinige geben, sowohl der Wahrheit als mir. Allein auf diesen Lohn tun alle königliche Historiographen, skandalöse Chroniker nolens volens Verzicht, weil nie die wahre Historie zugleich mit ihrer erscheint. –

Aber unter dem Komponieren der Geschichte muß ein Autor auch darauf auslaufen, daß sie nicht nur keine wahre Personen treffe und verrate, sondern auch keine falsche und gar niemand. Eh' ich z. B. für einen schlimmen Fürsten einen Namen wähle, seh' ich das genealogische Verzeichnis aller regierenden und regierten Häupter durch, um keinen Namen zu brauchen, den schon einer führt; so werden in Otaheiti sogar die Wörter, die dem Namen des Königs ähnlich klingen, nach seiner Krönung ausgerottet und durch andere vergütet. Da ich sonst gar keine jetzt lebende Höfe kannte: so war ich nicht imstande, in den Schlacht- und Nachtstücken, die ich von den Kabalen, dem Egoismus und der Libertinage biographischer Höfe malte, es so zu treffen, daß Ähnlichkeiten mit wirklichen geschickt vermieden wurden; ja für einen solchen Idioten wie mich war es sogar ein schlechter Behelf, oft den Machiavell vor sich hinzulegen, um mit Zuziehung der französischen Geschichte durch das Malen nach beiden den Anwendungen wenigstens auf Länder zu wehren, in denen nie ein Franzos oder ein Welscher den Einfluß gehabt, den man sonst beiden auf andere deutsche beimisset; so wie Herder gegen die Naturforscher, welche gewisse mißgestaltete Völker aus Paarungen mit Affen ableiten, die sehr gute Bemerkung macht, daß die meisten Ähnlichkeiten mit Affen, der zurückgehende Schädel der Kalmucken, die abstehenden Ohren der Pevas, die schmalen Hände in Karolina, gerade in Ländern erscheinen, wo es gar keine Affen gibt. Wie gesagt, auffallende Unähnlichkeiten wollten mir nicht gelingen; jetzt hingegen ist jeder Hof, um welchen meine Legations-Flottille schifft, mir bekannt und also vor Ähnlichkeiten gedeckt, besonders jeder, den ich schildere, der flachsenfingische, der hohenfließische etc. Die Theatermaske, die ich in meinen Werken vorhabe, ist nicht die Maske des griechischen Komödianten, die nach dem Gesichte des verspotteten Individuums gebosselt war [1], sondern die Maske des Nero, die, wenn er eine Göttin auf dem Theater machte, seiner Geliebten ähnlich sah [2], oder wenn er einen Gott spielte, ihm selber.

Genug! Dieses abschweifende Antrittsprogramm war etwas lang, aber die Jobelperiode wars auch; je länger der Johannistag eines Landes, desto länger seine Thomasnacht. -- Und nun lasset uns sämtlich ins Buch hineintanzen, in diesen Freiball der Welt – ich als Vortänzer voraus und dann die Leser als Nachhopstänzer –, so daß wir unter den läutenden Tauf- und Totenglöckchen am sinesischen Hause des Weltgebäudes – angesungen von der Singschule der Musen – angespielt von der Gitarre des Phöbus oben – munter tanzen von Tomus zu Tomus – von Zykel zu Zykel – von einer Digression zur andern – von einem Gedankenstrich zum andern – bis entweder das Werk ein Ende hat oder der Werkmeister oder jeder! –

Zweite Jobelperiode

Die beiden biographischen Höfe – die Sennenhütte – das Fliegen – der Haar-Verschleiß – die gefährliche Vogelstange – das in eine Kutsche gesperrte Gewitter – leise Bergmusik – das Kind voll Liebe – Herr von Falterle aus Wien – Tortursouper – das zersplitterte Herz – Werther ohne Bart – mit einem Schusse – die Versöhnung

10. Zykel

Mit jugendlichen Kräften und Aussichten flog der Graf zwischen seinen Begleitern durch das helle volle Mailand zurück, wo die Ähre und die Traube und die Olive oft auf *einer* Erdscholle zusammen grünen. Schon der Name Mailand schloß ihm einen Frühling auf, weil er, wie ich, an allen Mai-Wesen, an Maiblumen, Maikäfern, sogar an der Maibutter in der Kindheit so vielen Zauber fand wie an der Kindheit selber. Dazu kam, daß er ritt; der Sattel war für ihn ein Rittersitz der Seligen, wie eine Sattelkammer eine Regensburger Grafenbank, und jeder Gaul sein Pegasus. Auf der Insel war ihm in jener geistigen und körperlichen Ermattung, worin die Seele sich lieber in helldunkle Schäferwelten als in heiße staubige Kriegs- und Fechtschulen begeben will, die Aussicht in die nahen Rätsel und Kämpfe seines Lebens zuwider gewesen; aber jetzt mit dem Herzen voll Reise- und Früh-

[1] Reflexions critiques sur la Poesie etc. de Dubos. T. I. Sect. 42.
[2] Sueton. Nero.

lingsblut streckte er die jungen Arme ebensosehr nach einem Gegner als nach einer Freundin aus, gleichsam nach einem Doppelsiege.

Je weiter die Insel zurücktrat, desto mehr fiel der Zauberrauch um die nächtliche Erscheinung zu Boden und hinterließ ihm bloß einen unerklärlichen Gaukler aufgedeckt. Jetzt erst vertrauete er die Spukgeschichte seinen Gefährten. Schoppe und Augusti schüttelten Köpfe voll Gedanken, aber jeder über etwas anders; der Bibliothekar suchte eine *physikalische* Auflösung des akustischen und optischen Betrugs; der Lektor suchte eine *politische*, er konnte gar nicht fassen, was der Schauspieldirektor dieser Totengräberszene eigentlich mit allem haben wollen.

Den einzigen Trost behielt der Bibliothekar, daß Alban an seinem Geburtstage dem Herzen ohne Brust eine Visite abzustatten habe, die er nur – bleiben lassen dürfe, um aus dem Seher einen Myopen und Lügner zu fertigen: »Wollte Gott,« (sagt' er) »mir verkündigte einmal ein Ezechiel, daß ich ihn an den Galgen bringen würde – ich tät' es um keinen Preis, sondern brächte ihn ohne Gnade statt um den Hals um Kredit und Kopf.« – Auch seinem ungläubigen Vater schrieb Albano noch unterwegs mit einigem Erröten die unglaubliche Historie; denn er hatte zu wenig Jahre und zu viel Kraft und Trotz, um Zurückhaltung an sich oder andern zu lieben. Nur weiche Blattwickler- und Igel-Seelen ringeln und krempen sich vor jedem Finger in sich zusammen; unter dem offnen Kopf hängt gern ein offnes Herz.

Endlich kamen sie, da helle Berge und schattige Wälder genug, wie durchlebte Tage und Nächte, hinter sie zurückgegangen waren, nahe vor das Ziel ihrer mit Ländern gefüllten Reitbahn, und das Fürstentum *Hohenfließ* lag nur noch ein Fürstentum weit von ihnen. Dieses zweite, das ein Tür- und Wandnachbar des erstern war und mit diesem leicht zu *einem* Staatsgebäude ausgebrochen werden konnte, hieß, wie geographische Leser wissen, *Haarhaar*. Der Lektor erzählte dem Bibliothekar neben den Grenzwappen und Grenzsteinen, daß beide Höfe sich fast als Blutfeinde ansähen, nicht sowohl weil sie *diplomatische* Verwandte wären – da unter Fürsten Vetter, Oheim, Bruder nicht mehr bedeuten wie bei Postillonen Schwager und bei alten Brandenburgern Vater oder Mutter – als weil sie *wirkliche* wären und einander beerbten. Es würde mir zu viel Platz wegnehmen, wenn ich die Sippschaftsbäume beider Höfe – die ihre Gift- und Drachenbäume wurden – mit allen ihren heraldischen Blättern, Wasserschößlingen und Flechtmoosen für den Leser hereinsetzen wollte; das Resultat kann ihn beruhigen, daß dem haarhaarschen Fürstentume hohenfließische Land und Leute zustürben, falls der Erbprinz Luigi, der letzte hohlröhrige Schuß und Fechser des Hohenfließer Mannsstammes, verdorrte. Welche Herden von venezianischen Löwenköpfen Haarhaar ins künftige Erbland treibt, die da nichts verschlingen sollen als gelehrte Anzeigen und Wundzettel – und welche Spitzbubenbande von politischen Mechanikern es da wie in eine Botany-Bay aussetzt, ist gar nicht zu sagen aus Mangel an Zeit. Doch ist Haarhaar auf der andern Seite wieder so brav, daß es nichts so herzlich wünscht als den höchsten Flor des Hohenfließer Finanz-Etats, Handels, Acker- und Seidenbaues und Gestütes und daß es im höchsten Grade jede öffentliche Verschwendung – diese Entnervung des großen Interkostal-Nervens (des Geldes) – als das stärkste kanonische Impediment aller Bevölkerung hasset und verflucht: »Der Regent« (sagt der echt menschenfreundliche Fürst von Haarhaar) »ist der Ober-Hirt, nicht der Schächter des Staats, sogar die Wollenschere nehm' er nicht so oft als die Hirtenflöte in die Hand; nicht über fremde *Kräfte* und *Ehen* ist unser Vetter (Luigi) Herr, sondern über seine, diese soll er ruinieren!« – –

Als sie ins Hohenfließische einritten, hätten sie einen Abstecher nach *Blumenbühl*[1], das seitwärts von Pestitz liegt, gleichsam in die Kinderstube Albanos (Isola bella ist die Wiege) machen können, wenn dieser nicht fortgeritten wäre aus Heißhunger nach der Stadt und aus Wasserscheu vor einem zweiten Abschiede, der ohnehin nur den reinen Nachklang des ersten verwirrt. Die Reise, die Reden des Vaters, die Bilder des Gauklers, die Nähe der Akademie hatten an unserm Vogel Rok die Flügelfedern – die in seinem Alter zu lang sind, wie die steuernden Schwanzfedern zu kurz – so aufgespreizet, daß sie im engGehäusigen Blumenbühl sich nur verstauchen konnten; beim Himmel, er wollte ja etwas werden im Staate oder auf der Erde, weil ihn so tödlich jene narkotische Wüste des vornehmen Lebens anekelte, durch dessen Lilienopium der Lust man schläfrig und betrunken wankt, bis man an doppelseitigen Lähmungen umfällt.

Man wird es aus der ersten Jobelperiode nicht behalten haben – weils in einer Note stand –, daß Alban niemals nach Pestitz durfte, und zwar aus sehr guten Gründen, die dem Ritter allein bekannt sind, aber nicht mir. Dieser lange Torschluß der Stadt schärfte nur seine Sehnsucht darnach noch mehr. – Sie standen jetzt mit ihren Pferden auf einer weiten Anhöhe, wo sie die Pestitzer Kirchtürme in Westen vor sich sahen und – wenn sie sich umkehrten – unten den Blumenbühler Turm in Morgen; aus jenen und aus diesem kam zu ihnen ein verwehtes Mittagsgeläute her; Albano hörte seine Zukunft und seine Vergangenheit zusammentönen. Er sah nieder ins Dorf und hinauf an ein nettes rotes Häuschen auf einem nahen Berge, das ihm wie eine hell bemalte Urne längst ausgewischter Tage nachglänzte; er seufzete; er blickte über die weite Baustelle seines künftigen Lebens und sprengte nun mit verhängtem Zügel nach den Lindenstädter Türmen wie den Palmen seiner Laufbahn zu. – –

Aber das nette Häuschen gaukelte ihm wie ein roter Schatten voraus. Ach hatt' er denn nicht in dieser Sennenhütte einmal einen träumenden Tag voll

[1] Ich habe schon gesagt, daß er da erzogen wurde bei dem Landschaftsdirektor von *Wehrfritz*.

Zufälle verlebt, und noch dazu in jener kindlichen Zeit, wo die Seele auf der Regenbogenbrücke der Phantasie trocknes Fußes über die Lachen und Mauern der untern Erde wegschreitet? – Wir wollen in diesen lieben Tag, in dieses kindliche Vorfest des Lebens, jetzt mit ihm zurückgehen und die frühern Stunden kennen lernen, die ihm so schön mit diesem Kuhreigen der Jugend aus der Sennenhütte nachklingen. –

11. Zykel

Es war nämlich an einem herrlichen Jakobustage – und zugleich am Geburtstage des Landschaftsdirektors Wehrfritz, der aber damals noch keiner war –, als dieser am Morgen den Wagen herausschieben ließ, um darin nach Pestitz zum Minister zu fahren und die *Dreschmaschine* des Staates als Unterhändler der Landschaft versuchsweise in eine *Säemaschine* umzustellen. Er war ein rüstiger Mann, dem ein Ferientag länger wurde als andern ein Exerzitientag und dem nichts Langweile machte als Kurzweile: »Aber abends« (dacht' er) »mach' ich mir einen guten Tag, denn es ist einmal mein Geburtstag.« – Sein Angebinde sollte darin bestehen, daß er eines – machte; er wollte nämlich aus Pestitz dem kleinen Albano einen Österleinschen Flügel aus seinem eignen Beutel – so wenig darin war – und obendrein einen Musikmeister auf Don Gaspards Verlangen mitbringen. –

Aber warum will man das dem Leser nicht vorher auf das deutlichste auseinandersetzen? –

Don Gaspard hatte nämlich in der Revision des Erziehungswesens für Albano gewollt, daß auf dessen körperliche Gesundheit mehr als auf die geistige Superfötation gesehen würde; der Erkenntnisbaum sollte mit dem Lebensbaume ablaktieret werden. Ach wer der Weisheit die Gesundheit opfert, hat meistens die Weisheit auch mitgeopfert; und nur *angeborne*, nicht *erworbne* Kränklichkeit ist Kopf und Herzen dienlich. Daher hatte Albano in seinem Bücherriemen nicht die vielbändige Enzyklopädie aller Wissenschaften gebückt zu schleppen, sondern bloß Sprachlehren. Nach den Schulstunden der Dorfjugend suchte nämlich der Rektor des Orts – namens *Wehmeier*, bekannter unter dem Titel: Schachtelmagister – seine schönsten Struveschen Nebenstunden, seine Otia und Noctes hagianae darin, daß er ihn unterwies und in die von innern Strömen angefaßte Mühlwelle des ewig regen Knaben alphabetische Stifte zu einer Sprachwalze einschlug. Freilich aber wollte Zesara bald etwas Schwerers bewegen als die Sprach-Tastatur; so wurde z. B. die Sprachwalze im eigentlichen Sinne zur Spielwalze; denn stundenlang versucht' er auf der Orgel des Orts ohne sonderliche Kenntnis des Kontrapunkts (er kannte keine Note und Taste und stand unter dem Orgelstücke auf dem fortbrausenden Pedale fest) sich in den entsetzlichsten Mißtönen, wogegen die Enharmonika aller Piccinisten verstummen muß, senkte sich aber desto länger und tiefer in den zufälligen Treffer eines

Wohllauts ein. – Ebenso arbeitete sich die saftvolle Seele gleichsam in Laubknöpfen, Holztrieben und Ranken aus und machte Gemälde, Tongebilde, Sonnenuhren und Plane aller Art, und sogar in den juristischen Felsen des Pflegevaters, z. B. in Fabris Staatskanzlei, trieb sie, wie oft Kräuter in Herbarien, ihre durstigen Wurzeln herum und über die dürren Blätter hinaus. O wie schmachtete er (so wie in der Kindheit von Oktav- zu Quart-Büchern, von Quart zu Folio, von Folio bis zu einem Buche so groß wie die Welt – welches eben die Welt ist) jetzt nach geahneten Lehren und Lehrern! – Aber desto besser! Nur der Hunger verdauet, nur die Liebe befruchtet, nur der Seufzer der Sehnsucht ist die belebende aura seminalis für das Orpheus-Ei der Wissenschaften. Das bedenket ihr nicht, ihr Fluglehrer, die ihr Kindern den Trank früher gebt als den Durst, die ihr wie einige Blumisten in den gespaltenen Stengel der Blumen fertige Lackfarben, und in ihren Kelch fremden Bisám legt, anstatt ihnen bloß Morgensonne und Blumenerde zu geben – und die ihr jungen Seelen keine stille Stunden gönnt, sondern um sie unter dem Stäuben ihres blühenden Weins gegen alle Winzer-Regeln mit Behacken, Bedüngen, Beschneiden hantiert. – O könnt ihr ihnen jemals, wenn ihr sie vorzeitig und mit unreifen Orangen in das große Reich der Wahrheiten und Schönheiten hineintreibt, gerade so wie wir alle leider mit dunkeln Sinnen in die schöne Natur einkriechen und uns gegen sie abstumpfen, könnt ihr ihnen mit irgend etwas das große Jahr vergüten, das sie erlebet hätten, wenn sie ausgewachsen, wie der erschaffne Adam, mit durstigen offnen Sinnen in dem herrlichen geistigen Universum sich hätten umherdrehen können? – Daher gleichen auch euere Eleven den Fußpfaden so sehr, die im Frühling vor allem grünen, später aber sich gelb und eingetreten durch die blühenden Wiesen ziehen. –

Wehrfritz erneuerte, da er schon auf der Wagentreppe das Gesicht in diesen kehrte, wieder den Befehl der Aufsicht über den jungen Grafen und machte die Signatur, womit Kaufleute kostbare Warenkisten der Post empfehlen, recht dick auf diesem: er liebte das feurige Kind wie seines (er hatte nur eins, aber keinen Sohn); – der Ritter hatte Vertrauen auf ihn, und um dieses zu rechtfertigen, würd' er, da der Ehrenpunkt der Schwerpunkt und die Himmelsachse aller seiner Bewegungen war, sich ohne Bedenken, wenn der Knabe z. B. den Hals gebrochen hätte, seinen abgeschnitten haben; – auch sollte Albano abends vor dem neuen Lehrer aus der Stadt auffallend gut bestehen.

Albine von Wehrfritz, die Gemahlin, versprach alles hoch und teuer; sie konnte sich den Evangelisten Markus und Johannes gleichsetzen, weil ihr heftiger Mann die Gesellschafts-Tiere beider, die Tierkönige Löwe und Adler, öfters repräsentierte, so wie sich manche andere Gattin in Hinsicht ihrer Begleitung mit dem Lukas vergleichen mag und meine mit dem Matthäus [1]

[1] Bekanntlich wird diesem Evangelisten ein Engel beigesellet.

Sie hatte ohnehin auf abends ein kleines Familienfest voll spielender buntgefärbter Ephemeren der Freude ausgeschrieben; und zum größten Glück war schon vor einigen Tagen das Diplom eingelaufen, das unsern Wehrfritz zum Landschaftsdirektor installierte, und das man als ein Patengeschenk des Geburtstages auf heute aufhob.

Aber kaum fuhr Wehrfritz hinter dem Schloßgarten, so trat Alban mit seinem Projekte hervor und berichtete, er wolle den ganzen Feiertag droben im einsamen Schießhäuslein versitzen; denn er spielte gern allein, und ein elterlicher Gast war ihm lieber als ein Spielknabe. Die Weiber gleichen dem Pater Lodoli, der (nach Lambergs Tagebuche) nichts so mied als das Wörtchen Ja; wenigstens sagen sie es erst nach dem Nein. Die Pflegemutter (ich will aber künftig bei ihr und der Pflegeschwester Rabette das verdrießliche *Pflege* wegstreichen) sagte ohne Bedenken Nein, ob sie gleich wußte, daß sie noch keines gegen den Trotzkopf durchgesetzt. – Dann entlehnte sie sehr gute Dehortatorien vom Willen des Landschaftsdirektors und hieß ihn bedenken – dann schlug sich die rotbackige gutmeinende Rabette zum Bruder und bat mit, ohne zu wissen warum – dann beteuerte Albine, wenigstens das Essen soll' er nur nicht auf den Berg nachgeliefert erwarten – dann marschierte er zum Hofe hinaus..... So stand ich schon öfters dabei und sah zu, wie die weiblichen Ellenbogen und Knochen unter dem Wegstemmen allmählich vor meinen Augen Knorpel wurden und sich umbogen. Nur in Wehrfritzens Beisein hatte Albine Kraft zum langen Nein.

12. Zykel

Unser Held war aus den kindischen Jahren, wo Herkules die Schlangen erdrückte, in die *gottestischfähigen* getreten, wo er sie erwärmte unter der Weste, um sie in spätern wieder zu köpfen. Jubelnd schlugen draußen – sie flogen nebeneinander – sein neuer und sein alter Adam die Flügel auf unter einem blauen Himmel, der gar keinen Ankergrund hatte. Was kümmerte ihn die Mahlzeit? Alle Kinder tragen vor und unter einer Abreise keinen Magen unter ihren Flügeln, wie auch den Schmetterlingen jener einschrumpft, wenn ihnen diese aufgehen. Die oftgedachte Sennenhütte oder das Schießhäuslein war nichts Geringers als ein Schießhaus mit einer Wachtstube für eine abgedankte Soldatenfrau, mit einem Schießstand im untern Stock und mit einem Sommerstübchen im obern, worin der alte Wehrfritz in jedem Sommer eine Landpartie und ein Vogelschießen haben wollte, es aber nie hatte, weil der arme Mann sich in der Arbeitsstube, wie andere im Tafelzimmer, entmastete und abtakelte. Denn obgleich der Staat seine Diener wie Hunde zum zehntenmal wieder herlockt, um sie bloß zum eilften wieder abzuprügeln; und ob Wehrfritz gleich an jedem Landtage alle Staatsgeschäfte und Verdienste verschwur – weil ein redlicher Mann wie er am Staatskörper überall so viel wie an denen antiken Statuen zu ergänzen findet, wovon nur noch die steinerne *Draperie* geblieben –: so kannt' er doch kein weicheres Faul- und Lotterbette zum Ausruhen als eine noch höhere Ruderbank, und er strebte jetzt vor allen Dingen, Landschaftsdirektor zu werden.

Die deutschen Höfe werden das Ihrige dabei denken, daß ich ihnen die folgende Knaben-Idylle anbiete. Mein schwarzäugiger Schäfer lief gegen die Bergfestung der Senne Sturm und erhielt von der Soldatenfrau die Torschlüssel zum weißgrünen Sommerkabinett. Beim Himmel! als alle östliche und westliche Fensterladen und Fenster aufgestoßen waren und der Wind von Osten blätternd durch die Akten und kühlend durch den Stuben-Schwaden strich – und als außen Himmel und Erde um die Fenster herumstanden und nickend hereinsahen – als Albano unter dem Fenster nach Osten das tiefe breite Tal mit dem steinigen springenden Bache beschauete, auf welchem alle Glimmerscheiben, die die Sonne wie Steinchen schief anwarf, auf der Bergseite hinausfuhren – als er vor dem westlichen Fenster hinter Hügeln und Wäldchen den Schwibbogen des Himmels, den Berg vor der Lindenstadt sah, der wie ein krummgeworfner Riese auf der Erde schlief – als er sich von einem Fenster zum andern setzte und sagte: »Das ist sehr prächtig!«: so wurden seine Lustbarkeiten im Stübchen am Ende so glänzend, daß er hinausging, um sie draußen noch höher zu treiben.

Die Göttin des Friedens schien hier ihre Kirche und ihre Kirchstühle zu haben. – Die rüstige Soldatenfrau legte in einem hochstaudigen Gärtlein Früherbsen und warf zuweilen einen Erdenkloß in den Kirschbaum unter die geflügelten Obstdiebe, und begoß wieder unverdrossen die neue Leinwand und den verpflanzten Salat, und lief doch willig zum kleinen zehnjährigen Mädchen, das, von Blattern erblindet, auf der Türschwelle strickte und nur bei gefallnen Maschen sie als Maschinengöttin berief. Albano stellte sich an den äußersten Balkon des sich lieblich-aufschließenden Tals, und jeder Windstoß blies in seinem Herzen die alte kindische Sehnsucht an, daß er möchte fliegen können. Ach, welche Wonne, so sich aufzureißen von dem zurückziehenden Erdenfußblock und sich frei und getragen in den weiten Äther zu werfen – und so im kühlen durchwehenden Luftbade auf- und niederplätschernd, mitten am Tage in die dämmernde Wolke zu fliegen und ungesehen neben der Lerche, die unter ihr schmettert, zu schweben – oder dem Adler nachzurauschen und im Fliegen Städte nur wie figurierte Stufensammlungen, und lange Ströme nur wie graue, zwischen ein Paar Länder gezogne schlaffe Seile, und Wiesen und Hügel nur in kleine Farbenkörner und gefärbte Schatten eingekrochen zu sehen – und endlich auf eine Turmspitze herabzufallen und sich der brennenden Abendsonne gegenüberzustellen und dann aufzufliegen, wenn sie versunken ist, und noch einmal zu ihrem in der Gruft der Nacht hell und offen fortblickenden Auge niederzuschauen und endlich, wenn sich der Erdball darüberwirft, trunken in den Waldbrand aller roten Wolken hineinzuflattern!...

Woher kommt es, daß diese körperlichen Flügel uns wie geistige heben? Woher hatte unser Albano diese unbezwingliche Sehnsucht nach Höhen, nach dem Weberschiffe des Schieferdeckers, nach Bergspitzen, nach dem Luftschiffe, gleichsam als wären diese die Bettaufhelfer vom tiefen Erdenlager? Ach du lieber Betrogener! Deine noch von der Puppenhaut bedeckte Seele vermengt noch den Umkreis des Auges mit dem Umkreise des Herzens und die äußere Erhebung mit der innern und steigt im physischen Himmel dem idealistischen nach! – Denn dieselbe Kraft, die vor großen Gedanken unser Haupt und unsern Körper erhebt und die Brusthöhle erweitert, richtet auch schon mit der dunkeln Sehnsucht nach Größe den Körper auf, und die Puppe schwillt von den Schwingen der Psyche, ja an demselben Bande, woran die Seele den Leib aufzieht, muß ja auch dieser jene heben können. –

Wenigstens flog Albano zu Fuß den Berg hinab, um mit dem Bache fortzuwaten, der in die weißgrüne Birken-Holzung, sich abzukühlen, floß. Schon öfters hatt' ihn seine Robinsonaden-Sucht nach allen Strichen und Blättern der Windrose fortgeweht; und er ging gern mit einer unbekannten Straße ein hübsches Stück Weg, um zu sehen, welchen sie selber einschlage. Er lief am silbernen Ariadnens-Faden des Baches tief ins grüne Labyrinth und wollte durchaus unter die Hintertüre des langen Dickichts vor eine weite Perspektive gelangen – er gelangte nicht darunter – die Birken wurden bald lichter, bald düsterer, der Bach breiter – die Lerchen schienen draußen in hoher Ferne über ihm zu singen – aber er bestand auf seinem Kopf. Die Extreme hatten für ihn von jeher magnetische Polarität – wie die Mitte nur Indifferenzpunkte –; so war ihm z. B. außer dem höchsten Stande des Barometers keiner so lieb als der tiefste, und der kürzeste Tag so willkommen als der längste, aber die Tage nach beiden fatal.

Endlich nach dem Fortschritte einiger Stunden in Zeit und Raum hört' er hinter den lichten Birken und hinter einem stärkern Rauschen als des Baches seinen Namen von zwei weiblichen Stimmen öfters leise und lobend nennen. Jetzt galoppierte er, gleichgültig gegen das Wagen der Lunge und des Lebens, keuchend wieder zurück – sein Name wurde lange darnach wieder um ihn genannt, aber schreiend – seine heimliche Schutzheilige, die Kastellanin der Senne, tat seinetwegen diese Notschüsse unten am Berge.

Er kam hinauf, und die runde Tafel der Erde lag hell und sonderbarerweichend um sein durstiges Auge. Wahrhaftig die weite Ferne samt der Müdigkeit mußte den Zugvogel hinter dem Sanggitter der Brust an seine fernen Länder und Zeiten erinnern und ihn damit wehmütig machen, als so die mit roten Dächern buntgefleckte Landschaft vor ihm ihre weißen leuchtenden Steine und Teiche wie Licht-Magnete und Sonnensplitter auslegte – als der lange graue Straßendamm nach Lindenstadt, deren Prospekte im

Sommerstübchen hingen und wovon zwei Turmspitzen oben aus dem Gebirge keimten, vor ihm die fernen Wanderer hinauftrug in die für ihn geschlossene Stadt – und als ja alles nach Westen flog, die vorbeizischenden Tauben, die über die Saaten wogten, und die Wolkenschatten, die leicht über hohe Gärten wegliefen ..... Ach das jüngste Herz hat die Wogen des ältesten, nur ohne das Senkblei, das ihre Tiefe misset! – – Das gelehrte Deutschland macht sich, merk' ich, seit mehrern Zykeln auf große Fata und Fatalitäten gefaßt, die diesem Sennentage meines Helden die nötige Würde geben; ich, der sie am ersten wissen müßte, weiß gegenwärtig noch von keinen. Aus der Kindheit – ach aus jedem Alter – bleiben unserm Herzen oft Tage unvergänglich, die jedes andere vergessen hätte; so ging dieser nie aus Albanos seinem. Zuweilen wird ein kindlicher Tag auf einmal durch ein helleres Aufblicken des Bewußtseins verewigt; in Kindern, zumal solchen, wie Zesara ist, dreht sich das geistige Auge weit früher und schärfer nach der Welt innerhalb der Brust, als sie zeigen und wir denken.

Jetzt schlugs ein Uhr im Schloßturme. Der geliebte nahe Ton, der ihn an seine nahe Pflegemutter – und an das versagte Essen erinnerte – und der Anblick der kleinen Blinden, die schon ihren Holzzweig vom Brotbaum oder ihr dürres Renntiermoos in Händen hatte – und der Gedanke, daß doch heute der Geburtstag des Pflegevaters sei – und die unsägliche Liebe für seine gekränkte Mutter, der er oft plötzlich einsam an den Hals fiel – und sein von der Natur betauetes Herz machten, daß er zu weinen anfing. Aber der Trotzkopf ging darum nicht nach Hause; nur die Älplerin war ungeheißen fortgelaufen, um der suchenden Mutter den Flüchtling zu verraten.

Er wollte in dieser Mittagsstille der kleinen blinden Lea, auf deren Gesicht ein sanftes weiches Zugwerk durch die Punktation der Blattern leserlich durchlief, einige Worte oder doch den langen Stecken, womit sie die Tauben von den Erbsen und die Spatzen von den Kirschen treiben mußte, mitarbeitend abgewinnen; aber sie drückte schweigend den Arm fest auf die Augen, blöde vor dem vornehmen jungen Herrn. Endlich brachte die Frau das Gericht für den verlornen Sohn und von Rabetten noch dazu ein Riechfläschchen voll Dessert-Wein.

Albine von Wehrfritz gehörte unter die Weiber, die, ungleich den Staaten, nur ihr Versprechen halten, aber keine Drohung – die den nürnbergischen Forstämtern gleichen, welche auf den kleinsten Waldfrevel eine Strafe von 100 Fl. setzen und in derselben Stunde sie auf 100 Kreuzer moderieren [1] – die aber ihre Gesetze, wie Solon seine auf 100 Jahre, nach Verhältnis ihres kleinern Staats doch auf 100 Sekunden hinaus geben.

[1] An einen deutsch. Kammerpräsident. 1. B. Seite 296.

13. Zykel

Ich würde mehr aus Albanos Gedächtnismahl machen, das er wie ein Erwachsener im Stübchen tranchieren und mit seiner Hausgenossenschaft teilen und wozu er sich selber einschenken konnte, ging' ich nicht wichtigern Begebnissen entgegen, die während dem Zurücktragen des Tafelgeschirres vorfielen. Albano ging hinaus, indem das ganze Meer seines Innern vom Wein und vom Vormittage phosphoreszierend leuchtete, und der blaue Himmel flatterte heftiger wehend um ihn – er hatte das Gefühl, als sei der Morgen schon seit langem vorüber, und er erinnerte sich desselben mit weicher Regung, wie wir uns alle in der Jugend der Kindheit, im Alter der Jugend, sogar abends des Morgens –, und die Bilder der Natur rückten näher heran und bewegten ihre Augen wie katholische. So bringt uns die Gegenwart nur Bilder zu optischen Anamorphosen, und erst unser Geist ist der erhabne Spiegel, der sie in schöne Menschen-Formen umstellet. Mit welchem süßen Untertauchen in Träume tat er, wenn er dem östlichen Wehen entgegenging, die Augen zu und zog das Getöse der Landschaft, das Schreien der Hähne und Vögel und eine Hirtenflöte gleichsam tiefer in die verschattete Seele hinein! Und wenn er dann am Gestade des Berges die Augen wieder öffnete, so lagen friedlich drunten im Tale die geweideten weißen Lämmer neben dem Flötenisten, und oben am Himmel lagerten sich die glänzenden Lämmerwolken über sie hin! –

Inzwischen mocht' ers einmal versehen und blind zu weit in das Gärtchen – die Blinde sah ohnehin nicht – tappen, die Arme offen voraushaltend, um sich nichts auszustoßen: – als an seiner Brust eine zweite anlag, und er aufsehend das bebende Mädchen so nahe an sich fand, das seitwärts abgebogen stammelte: »Ach nein, ach nein!« – »Ich bins nur,« (sagte der Unschuldige, sie fassend) »ich tue dir ja nichts« – Und er hielt sie, als sie demütig-furchtsam vertrauete, noch ein wenig fest und schauete auf den gebückten Kopf mit süßer Regung nieder.

Herzlich gern hätt' er der Erschreckten Schmerzengelder und Benefiziate in dieser Komödie für die Armen gegeben; er hatt' aber nichts bei sich, bis ihm zum Glück seine Schwester Rabette – von welcher Bandagistin er irrig schloß, daß mehrere Mädchen des Teufels auf Bänder sind und sie wie Taschenspieler verschlingen, aber nicht wiedergeben – und sein neues Zopfband einfiel. Er spulte freudig das lange seidne Wickelband von seinem Kopf an ihren. Aber die liebliche Nachbarschaft, das Flechtwerk eines feinern innern Bandes, und die Süßigkeit zu geben und das Vivace seines angebornen Übermaßes machten, daß er ihr gern das Dresdner grüne Gewölbe in die Schürze gegossen hätte; als ein Schnurrjude mit seinem kleinern seidnen auf dem Magen und mit einem Sack voll eingekaufter Haare auf dem Rücken die Pestitzer Straße hinzog. Der Jude ließ sich wohl herrufen, aber nichts ableihen, trotz allen ausgestellten Wechseln auf Eltern und Taschengelder.

Ach ein herrliches rotes Haubenband hätte Leas blinden Augen so gut wie eine rote Aderlaßbinde der Wunde getan! Denn eine blinde Frau putzet sich so gern als eine sehende, sie müßte denn eitel sein und mehr sich im Spiegel gefallen wollen als andern außer demselben. Der Handelsmann ließ gern das Band von ihr befühlen und sagte, er handle auf den Dörfern Haare ein, und gestern hätten ihm die Wirtskinder durch einen brennenden Schwamm seinen ganzen Sack voll Chignons in kurze Wolle verkrümelt, und wenn ihm die junge Herrschaft ihr braunes Haar bis an das Genicke ablassen wolle, so solle sie das Band und einen noch sehr brauchbaren ledernen Zopf aus der würzburgischen Fabrik auf der Stelle dazu haben. – Was war zu tun? Das Band war sehr rot – Lea wars vor Hoffnungen – der Jude sagte, er packe ein – der Haarzopf lief ohnehin bisher wie ein zweites Rückgrat über das ganze erste hinab und wurde für Alban durch das langweilige Einwindeln an jedem Morgen ein Sperrstrick und eine Trense seines Feuers – – Kurz der arme Rupfhase trat dem Juden die königlich-fränkische Insignie ab und schnallte die würzburgische Scheide an. –

Und nun schüttelte er ihre Hand recht derb auf und ab und sagte mit einem ganzen Paradies voll liebender Freudigkeit auf dem Gesicht: »Das Band ist dir wohl recht lieb, du armes blindes Ding!« Jetzt bestieg der unaufhörliche Mäzen gar den Kirschbaum, um droben für Lea als ein lebendiger Popanz den Spatzen die Kirschen zu verleiden und ihr als ein Fruchtgott mehrere Paternoster- und Fruchtschnüre von letztern herunterzuwerfen.

Beim Himmel! droben unter den Herzkirschen schienen ordentliche Wolfskirschen auf den Kopf des Knaben zu wirken; wie die Erde ihre finstern Mittelalter hatte, so haben oft Kinder finstere Mitteltage voll lauter Kapuzinaden und Gickse. Auf den hohen Ästen schimmerten ihn die wachsende Landschaft und die auf die Berge niederfallende Sonne und besonders die Pestitzer Turmspitzen so himmlisch an, daß er sich jetzt nichts Höheres denken konnte als die – Vogelstange neben ihm und keinen glücklicherthronenden Kron-Adler als einen auf der Stange....

Aber nun bitt' ich sämtliche Leserinnen, entweder in das Schießhaus einzutreten oder sich mit der Soldatenfrau daraus – die fortläuft und den Frevel der gnädigen Frau anzeigt – mit wegzumachen, weil wenige von ihnen es neben mir aushalten, daß unser Held, der Stammhalter des *Titans*, von einigen Pachters-Knechten – denen noch dazu Albine das Remarsch-Reglement seines eiligern Kommens mitgegeben – auf ein Querholz, das unterhalb des Hakens der Vogelstange eingefuget ist, festgesetzet und, mit dem Unterleibe an diese angebunden und so in der Luft waagrecht liegend, allmählich durch den weiten Bogen aufgehoben und mitten im luftigen Himmel aufgestellet wird. – Es ist arg; aber die Knechte konnten den Bitten seiner mächtigen Augen, seinem malerischen Willen und Mute und den angebotnen Rekompensen und Krönungsmünzen unmöglich widerstehen, und dabei wog er ja nur halb so viel wie der letzte Vogel.

Ich bin dir doch gut, Kleiner, trotz deinem starren, zwischen Kopf und Herz gebauten Wagehals! Deine monströsen Barock-Perlen von Kräften wird die Zeit, wie im grünen Gewölbe Künstler physische Perlen, schon noch zum Bau einer schönen Figur verbrauchen! –

Die Reichsgeschichte unsers Reichsadlers auf seinem Stativ, die sich zugleich über die Ereignisse ausbreitet, welche auf dem Berge vorfielen, als der Schachtelmagister und der Landschaftsdirektor zufällig zur besetzten Vogelstange kamen, soll ungesäumt gegeben werden, wenn wir den 14ten Zykel haben. –

14. Zykel

Der Magister Wehmeier, der sich von weitem die Gestalt und das Bewegen des Vogels nicht erklären konnte, hatte sich heraufgemacht und sah nun zur Kreuzeserhöhung des Zöglings hinauf. Er stürzte anfangs ins Plongierbad des Eis-Schauders über die Kühnheit, aber er stieg bald aus ihm heraus unter das Tropfbad des Angstschweißes, den an ihm der Gedanke ansetzte, in jeder Minute falle der Eleve herab und zerschelle in 26 Trümmer, wie Osiris, oder in 30, wie die mediceische Venus: »Und das jetzt,« (dacht' er hinzu) »da ich den jungen Satan in Sprachen soweit gebracht und einige Ehre an ihm erlebte.« Daher filzte er nur die Hebemaschinisten, aber nicht den Hochwächter aus, weil zu besorgen war, unter dem Verantworten rutsch' er droben aus. Den optischen Wagen, mit welchen der Teufel den im Angstkreise befestigten Magister zu überrennen drohte, kam endlich ein wahrer nachgefahren, worin der künftige – Landschaftsdirektor saß. Ach lieber Gott! – Der Direktor schöpfte ohnehin allezeit beim Minister die ganze Gallenblase voll bitterer Extrakte ein, bloß weil er dort artigere und stillere Kinder vorfand, ohne doch zu bedenken – wie hundert Väter, die hier mit angefahren werden müssen –, daß Kinder wie ihre Eltern sich Fremden besser präsentieren, als sie sind, und daß ihnen überhaupt das Stadtleben statt der höckerigen dicken Borke des Dorflebens die glatte weiße Birken-Folie überlege, indes sie am Ende, wie ihre Eltern und Hofleute, nur gleich Kastanien an der Außenschale abgeschliffen, innen aber verdammt borstig anzufühlen sind. So gewiß werden den feinsten Mann vom Lande immer wenigstens Prinzen und Minister überlisten, die zehn Jahr alt sind, – gesetzt auch, er nehm' es leichter mit ihren Vätern auf.

Als Wehrfritz seinen Pflegesohn auf dem Schreckhorne horsten sah und den Schachtelmagister unten, der hinaufschauete: so bildete er sich ein, der Instruktor hab' es veranstaltet, und fing laut an, ihm aus dem zugesperrten Wagen einen kleinen Himmel voll Donnerwetter und Donnerschläge auf den Hals zu fluchen. Der verfolgte Wehmeier fing auf dem Berge auch an, laut zum Schreckhorne hinaufzuzanken, um dem Direktor darzutun, daß er seines Amtes warte und mit dem Hammer des Gesetzes als mit einem bildenden Tiefhammer so gut wie einer am Zögling schmiede. Die Soldatenfrau rang die Hände – die Knechte stellten sich zur Kreuzesabnehmung an – der arme glühende Kleine zog sein Messer und rief herab: »er schneide sich gleich los und werfe sich hinab, sobald einer jetzt die Stange niederlasse.« Er hätt' es auch getan – und sein Leben und meinen Titan frühzeitig ausgemacht –, bloß weil er die Schande der väterlichen Real- und Verbal-Injurien vor so vielen Leuten – ja im Wagen saß gar ein fremder Herr – ärger noch als Selbstmord und Hölle floh. Allein der Direktor, selber voll Tollkühnheit und doch voll Haß derselben am Kinde, ließ es darauf ankommen und rief entsetzlich nach dem Bedienten, der den Schlüssel zur Wagentüre hatte; er wollte heraus und hinauf. Er war unbeschreiblich erboset, erstlich, weil er hinten dem Wagen einen Österleinschen Flügel als Angebinde des heutigen Freudentages aufgebunden – ach Albano, warum hören deine Freuden wie die Schleifer eines Bierfiedlers mit einem Mißtone auf? –, und zweitens, weil er drinnen einen Sing-, Tanz-, Musik- und Fecht-Meister aus dem polierten glänzenden Ministers-Hause für Albano neben sich auf dem Polster als Zuschauer der Debutrolle sitzen hatte. Gottlieb sprang vom Bocke vor die Wagentüre, fuhr fluchend durch alle Taschen, der Wagenschlüssel war in keiner. Der inkarzerierte Direktor arbeitete im Tierkasten wie ein wedelnder Leopard, und sein Grimm sprang, wie ein Löwe, den ein Jäger nach dem andern anschießet, gegen den dritten an. Alban sägte auf allen Fall im Stricke hin und her. Der Schachtelmagister war am besten dran; denn er war halbtot und vernahm hinter seinem in saurem Angstschweiße geronnenen kalten Körper wenig mehr von der Außenwelt, sein Ich war fest und gut wie Schnupftabak in kühles Blei verpackt. –

Ach mit dem geängstigten Knaben leid' ich stärker, als säß' ich mit auf der Stange; seinem rührend-edlen Angesichte mit der feingebogenen Nase wirft die westliche Aurora und die Scham den Purpur über, und die tiefe Sonne hängt sich küssend an seine Wangen, gleichsam an die letzten und höchsten Rosen der dunkeln Erde; und er muß die trotzig-blickenden Augen von der geliebten Sonne und von dem Tage, der noch auf ihr wohnt, und von den beiden Lindenstädter Turmknöpfen, die zu ihren Seiten glimmen, wegziehen und die kräftig-gezeichneten und scharfwinklichten Augenlider, welche Dian mit den zu heroischen und durchgreifenden am Christus-Kinde der aufsteigenden Madonna von Raffael verglich, bange auf den schwülen Zank des tiefen Bodens niederschlagen.

Gottlieb trieb mit aller Mühe den Wagenschlüssel nicht auf, denn er hatt' ihn in der Tasche und in der Hand und wollt' ihn aus Schonung für den jungen Herrn, den die ganze Dienerschaft so »freßlieb« hatte wie den Kegelplatz, nicht gern herausgeben. Er votierte auf das Herholen des Schlossers, aber der Kutscher überstimmte ihn mit dem Rate, lieber gleich vor die Werkstatt hinzufahren – und schnauzte die Pferde an – und fuhr den inhaftierten Kontroversprediger in seiner Kanzel mit dem aufgepackten

Österleinschen Flügel im Trabe davon. Das wenige, was der Bombardeur unter Gottliebs Aufsitzen noch aus dem Wagen werfen konnte, bestand darin, daß er ein Fenster einstieß und aus der Schieß-Scharte noch einige der nötigsten nachbrennenden Schüsse zum Unglücks-Vogel auf der Stange hinauftat.

Jetzt bekam der Magister seinen Mut und Ärger wieder, und er gebot kühn das Herunternehmen des Absaloms. Indem das Kind mit der Sitzstange vor ihm vorübersank, legte er die fünf Schneidezähne der Finger wie ein Rostral in die Kopfhaut und rastrierte damit am Hinterkopfe herab, in der Absicht, die krumme Linie des Haars spielend dadurch zu rektifizieren, daß ers mit seiner Hand wie mit dem Frosch eines Fiedelbogens mäßig anzog, – als er zu seinem Erstarren meinem Helden den würzburgischen Zopf wie eine Schwanzfeder ausriß.

Wehmeier besah staunend die cauda prendensilis (den Wickelschwanz), und durch seine auf den kleinern Fehler gelenkte Aufmerksamkeit gewann Albano dabei soviel wie Alcibiades bei dem abgehackten Schweife seines – Robespierre. Der Magister dankte Gott, daß er heute nicht mit dem alten Wehrfritz soupieren durfte, und schickte verblüfft ihn mit dem Vexierzopfe nach Haus.

15. Zykel

Die gutherzige Albine hatte den ganzen Tag vor dem Ehegemahl allen brennenden Stoff (da die Vitriolnaphtha seines Nervengeistes schon von weitem Zornfeuer fing) weggeräumt, damit nichts ihre Lustschlösser in Brandstätten der Freude umkehrte – ja als Vorstadt des abendlichen himmlischen Jerusalems hatte Rabette ein vorbeiziehendes Orchester aus Bergknappen ins Kabinett der Tafelstube versteckt – und für Albano hatte Albine schon eine heraldische Tracht ausgesonnen, worin er ihm die Vokation der Landschaft überreichen sollte – ach was hatte aber die Frau davon als Flammen, die der eintretende Wehrfritz auswarf, indes er wie ein Kamel in seinem Magen noch einen kalten langen Wasserstrahl für das Anspritzen des Magisters aufhob! –

Albine, die, wie die meisten Weiber, das männliche Steinigen mit Gallensteinen für die 50 Pfd. Passiersteine nahm, die einem Passagier auf der Ehepost frei passieren, gab ihm anfangs, wie immer, heiter recht und verbarg jede Zähre des Unmuts, weil kaltes Besprengen Männer und Salat verhärtet – dann nahm sie das Recht stufenweise zurück – macht' aber den Tadel erst auf ihrer Zunge mild, wie die Wärterinnen das Waschwasser der Kinder im Munde lau machen – und sagte zuletzt, er solle das Kind nur ihr überlassen.

Aber so schwillet uns unter der Hand der alte Wehrfritz zu einem apokalyptischen Drachen, zu einem Tiere von Gevaudan und Wütriche auf; –

und er ist doch nur ein Lamm mit zwei Hörnchen. – Hatt' er nicht in seinem Geburtsfeste im Karrenjahre seines frönenden Lebens einen Anspruch auf einen erleichterten Abend, wenigstens bei einem Kinde, das er stärker liebt als seines und für das er einen Flügel und Lehrer aufgeladen? Und hatt' er ihm – ob er gleich selber zuviel wagte und ausdauerte – es nicht hundertmal verboten, ihm nachzuahmen und sich auf Pferde oder in Sturmwinde, in Platzregen und Schneegestöber zu setzen? – Und kam er nicht vom pädagogischen Knutenmeister, dem Minister, her, dessen Erziehungsanstalt nur eine längere Realterrition und kürzere Verdammnis war? Und macht nicht der Anblick strenger Eltern strenger, der Anblick milder hingegen nicht milder? –

Albano begegnete zuerst Rabetten, mit seiner ledernen Hinterachse in der Hand, auf seinem trotzigen Wege zum Studierzimmer des Vaters und also zur Regimentsstrafe vom rechten Revolutionstribunale. Aber sie fing ihn von hinten mit dem englischen Gruße: »Bist du da, Absalom?« und setzte ihn gewaltsam nieder – und band ihm, nach dem nötigen Erstaunen und Erfragen, die Hohl-Ader der Haare knapp und unsanft an – und zeigte ihm den Stoßwind des väterlichen Zorns im furchtbaren Lichte – und die Windstille des musikalischen Bergdepartements wieder im lächerlichen, das neben der Tafelstube, dieser Renn- und Wildbahn des hin- und herlaufenden Direktors, pausierend Friedenszeiten abwarte – und entließ ihn mit einem Kusse, sagend: »Du dauerst mich, Schelm!« –

Er marschierte mit einem Trotze, den das spannende Haar verstärkte, ins Tafelzimmer. »Aus den Augen!« sagte der funkelnde Sturmläufer. Alban trat sofort aus der Türe zurück, zornig über den ungerechten Zorn und eben darum weniger betrübt über den ungesunden, da sein Wohltäter heftig an dem für den Geburtstag gedeckten Tische auf- und ablief und nach der alten Unart die fertig gebrannte Kalkgrube seines Zorns mit Wein ablöschte.

Wenige Minuten nach ihm kam auch die musikalische Akademie und Knappschaft mißmutig und in brummende Kontrabassisten verwandelt, gegangen. Es war ihnen im trocknen Kabinett die Zeit lang geworden, daher hatten der Bassonist und der Violinist sich durch ein leises Stimmen unterhalten wollen. Der Direktor, der nicht begreifen konnte, was ihn immer für ein verlornes Getöne umfliege, nahms lange für melodisches Ohrenbrausen, als plötzlich der Hammermeister des Hackbretts seinen musikalischen Fäustel auf die besaitete Tenne fallen ließ. Wehrfritz riß den Augenblick die Türe auf und sah das ganze musikalische Nest und Komplott bewaffnet vor sich im Zirkel sitzen und aufpassen; – er fragte sie hastig: »was sie im Kabinett zu suchen hätten« und befahl sogleich nach einer flüchtigen Gabe der ganzen Besatzung, ohne klingendes Spiel mit ihren ledernen Tändelschürzen und culs de Paris abzuziehen.

Albine winkte mit einem sanften Gesicht den geächteten Liebling ins

Nähzimmer, wo sie ihn recht gelassen um die Wahrheit befragte, weil sie wußte, er lüge nie. Nach der Berichterstattung stellte sie ihm wenig seinen Fehler (wiewohl sie dem gegenwärtigen Kinde ebenso gegen den abwesenden Mann unrecht gab, wie vorhin dem gegenwärtigen Manne gegen das abwesende Kind) und mehr die Folgen vor – sie zeigte (dabei machte sie ihm das Halstuch auf und um und einige Westenknöpfe zu), wie sich ihr Mann vor dem mitgebrachten zweiten Schulkonsul mit 24 Faszibus, dem Musik- und Tanz-Meister Herrn v. *Falterle*, der sich droben umkleide, in Albanos Seele schäme – wie der Tanzmeister es wohl gar an Don Gaspard schreiben werde – und wie ihrem guten Manne der ganze süße bemalte Gelee-Apfel der heutigen Freude zu Wasser gemacht worden, und er sich gerade an einem solchen feierlichen Tage einsam härme und vielleicht den Tod hole vom Trunke auf den Zorn. Die Weiber stimmen gewöhnlich, wie Harfenisten, mit geringen Fußtritten die ganzen Töne der Wahrheit unter dem Spielen zu halben um. – Nachdem sie ihm noch die väterlichen Abendgewitter vorgerechnet, die er immer durch sein Reiten und durch seine Robinsonschen Entdeckungsreisen über sich hergezogen und deren Schläge nur immer den Wetterableiter (sie selber). zerschmolzen hätten: so setzte sie mit jener rührenden, nicht aus der knöchernen Kehle, sondern aus dem wallenden Herzen fließenden Stimme dazu: »Ach Alban, du wirst einst an deine Pflegemutter denken, aber zu spät« und weinte recht sanft.

Bisher waren in ihm die strengflüssigen Schlacken und der geschmolzene Teil seines Herzens nebeneinander aufgewallet, und der warme Guß war höher und heißer im Busen emporgedrungen, nur das Gesicht war kalt und hart geblieben – denn gewisse Menschen haben gerade im Punkte der Zerfließung den *Anschein* und die *Anlage* der Verhärtung am meisten, wie der Schnee kurz vor dem Zerschmelzen gefriert –; aber jetzt riß er sich durch das Ziehen am zu dicht angegürteten Zopfe, welches das verlegne Zeichen des nahen Durchbruchs war, das würzburgische Anhängsel im Krampfe der Ergrimmung über sich heraus. Eh' Albine es sah, hatte sie ihm die Direktorats-Bestallung mit den Worten gereicht: »Kaum sollt' ich; aber brings ihm nur und sage, es wäre mein Angebinde, und du wolltest künftig ganz anders sein.« – Allein da sie seine Hand bewaffnet sah, fragte sie erschrocken mit dem tiefen Nachklange einer verschmerzten Vergangenheit: »Alban?« und kehrte sich sofort vom armen Kinde, dessen Schmerz sie mißverstand, mit zu bittern Tränen weg und sagte: »Was ist denn das wieder? – O wie quält ihr heute alle mein Herz! – Geh fort!« – »O komm her« (rief sie ihm nach) »und erzähl die Umstände!« Und als ers unschuldig und wahr getan hatte, so konnte ihre von Tränen überwältigte Stimme nicht mehr tadeln, sondern nur milde sagen: »Trage denn das Angebinde hin!« Dennoch hatte sie vor, beim Manne die Abbreviatur des Haars für einen Gehorsam gegen ihren Willen und gegen die Mode der vornehmen Stadtkinder auszugeben. –

Alban ging, aber auf dem harten Wege zersprangen die gefüllten Tränendrüsen und das angehaltene Herz, und er trat mit fortweinenden Augen vor den einsamen Pflegevater, der den müden und sinnenden Kopf aufstützte, und reichte ihm weit voraus das großgesiegelte Schreiben hin und konnte nur sagen: »Das Angebinde« und weiter nichts und Funken sprangen mit den Gewittertropfen aus den heißen Augen. Lege dich, Unschuldiger, leise an des Vaters aufgeknöpfte Brust und lasse dich von seiner Linken, indem er den Zauberkelch der Ehre mit der Rechten hält und sich aus ihm betrinkt, durchaus nicht wegstemmen! Die abtreibende Hand wird endlich nur schlaff und ohne Schwere auf deinen nassen Feuerwangen und warmen Augen voll Buße zu pulsieren kommen – dann wird der Alte das Dekret noch langsamer wieder überlesen, fast um den ersten Laut zu verschieben – dann wird er, wenn du unbeschreiblich-ungestüm seine Hand in dein küssendes Angesicht eindrückest, sich stellen, als wach' er eben auf, und wird salpeter-kalt sagen mit Schimmern der Augen: »Rufe die Mutter!« – und dann wird er, wenn du dein glühendes, von Liebe zuckendes Gesicht unter den herübergefallnen Haaren gegen ihn aufhebst und wenn diese sanft von deinen Kirschenwangen zurückschlagen, seinem weglaufenden Lieblinge ziemlich lange nachschauen und aus seinen Augen etwas wegstreifen, damit er die Adresse des Diploms so überlaufen könne, wie er will.....

Sag, Albano, hab' ich recht geraten? –

16. Zykel

Jede Ehrensäule erhebt das Herz eines Mannes, den man daraufstellt, über den Brodem des Lebens, über die Hagelwolken der Drangsale, über den Frostnebel der Verdrießlichkeit und über die brennbare Luft des – Zorns. Ich will das Zauberblatt einer günstigen Rezension einem knirschenden Werwolfe vorhalten: – sofort steht er als ein leckendes Lamm mit quirlendem Schwänzchen vor mir; und könnte eine Frau ihrem hitzigen Schriftsteller jedesmal ein kritisches Trompeterstückchen auf Famas Trompete vorblasen, er würde einem Engel und sie jenem Bierfiedler gleich, der im Bärenfange den Saul von Petz durch Tanzstücke besänftigte.

Wehrfritz kam als ein neugeborner Seraph Albinen entgegen und erzählte die Ehre. Ja um die Explosionen seines Ätna ihr abzubitten, sagte er nicht, wie sonst: nolo episcopari, er sagte nicht, eine unersteigliche Bergkette von Arbeiten setze sich jetzt um ihn fest – sondern statt dieses verlegnen Zurückziehens der Hand vor dem ausschüttenden Fruchthorne des Glücks, statt dieser jungfräulichen Blödigkeit des Entzückens, die Gattinnen gemeiner ist, legt' er die Herzhaftigkeit einer Witwe an den Tag und sagte Albinen, ihre Wünsche des heutigen Morgens wären schon zu Gaben geworden – und fragte, wo denn der versprochene Abendschmaus und die

Leute und der Magister und der Tanzmeister, den jener gar noch nicht gesehen hätte, und Rabette und alles steckte. –

Aber Albine hatte dem Magister schon längst durch Albano die Einladung und das Verziehen aller Gewitter und des neuen Kommis Ankunft sagen lassen. Wehmeier aß eigentlich mit dem größten Widerwillen bei einem Edelmanne, bloß weil er wie ein speisender Akteur des Tisches mit Reden, savoir vivre, Aufpassen, Halten aller Gliedmaßen und Spedieren aller Eßwaren so viel zu tun hatte, daß er aus Mangel an Muße kleine Dinge – z. B. Essiggurken, Kastanien, Krebsschwänze – bloß im ganzen und ohne Geschmack verschluckte, so daß er nachher das Hartfutter wie einen verschlungnen Jonas oft drei Tage in der Weidtasche seines Magens herumtragen mußte. Allein diesesmal zog er sich gern zum Essen an, weil er auf seinen pädagogischen Nebenmann neugierig und ungehalten war, und das aus Angst, der neue Mitpächter gebe vielleicht die herrliche *Wintersaat* in Albans besäetem Lande für seine eigne *Sommersaat* aus. Er schrieb seiner abbreviierten Lehrmethode alle Wunderkräfte seines Lehrlings, d. h. dem Boden aus Wasser den aromatischen Geist der Pflanze zu, die darin wuchs.[1]

Mit größerer nachsichtiger Liebe kam er, den halbierten Liebling eigenhändig führend, vor Rabettens Kabinett in einem saftgrünen Flaus mit dreiblättrigem Kragen an. – – »Herr von Falterle hier« (sagte bei seinem Eintritt Rabette, nicht aus Neckerei, sondern aus Unbesonnenheit) »meinten vorhin, Sie wärens, als der Hund hereinwollte.« – »Mein Herr,« (versetzte kalt und ernst der Paradeur von Falterle neben unserm Ackergaule) »der Hund kratzte an der Türe – aber sowohl bei dem Minister als in allen großen Häusern in Paris kratzet jedermann mit dem Fingernagel, wenn er bloß in ein Kabinett und in kein großes Zimmer will.« – –

Welcher herrliche malerische Abstand beider Amtsbrüder! Der Exerzitienmeister mit der bunten Flughaut oder Rückenschürze eines gelben Sommerkleidchens, gleichsam mit den gelben Oberflügeln eines Buttervogels, dessen dunkle Unterflügel das Gilet (wenn ers aufknöpft) vorstellen; – Wehmeier aber im geräumigen saftgrünen Flause hängend, den ein Zeltschneider um ihn gespannt zu haben scheint, und mit Unterleib und Schenkeln in der schwarz-samtnen Halbtrauer der Kandidaten pulsierend, die sie anlegen, ehe sie sich zur ganzen verkohlen – Falterle hat sein Glatteis von Beinkleidern plattiert um die Beine gegossen, und jede Falte in diesen bricht sich in seinem Gesichte zu einer, als wäre dieses das Unterfutter von jenen; indes an den Schenkeln des Schachtelmagisters die Wendeltreppe seiner Wickel-Modesten[2] aufläuft – jener in Brautschuhen, dieser in Pumpenstiefeln –

[1] Denn Boyle fand in seinen Versuchen, daß Ranunkeln, Münze etc., die er im Wasser großwachsen lassen, die gewöhnlichen aromatischen Kräfte entwickelten.

[2] Modesten wollen einige statt der Beinkleider hören.

jener schnalzt als eine weiche schleimige Goldschleie empor mit den Bauchfloßfedern des Jabots, mit den Seitenfloßfedern der Manschetten und mit den Schwanzfloßfedern des an drei Hermelin-Schwänzchen hängenden trinomischen Würzelchens oder Zöpfleins; der Magister sieht in seinem grünen Flause bloß wie der grüne Schnäpel (Weißfisch) oder die Kaulquappe aus – herrlicher Abstich, wiederhol' ich! –

Der Schnäpel hätte die Schleie gern gefressen, als der Goldfisch mit dem rechten Arme Rabetten und mit dem linken Albano zum Essen vorausführte. Aber jetzt wurd' es viel ärger. Alban hatte mit seiner gewöhnlichen Heftigkeit die Serviette zuerst offen, die nun gleichsam das Antrittsprogramm und Dokimastikum von Falterles Lehrart wurde; »posément, Monsieur,« (sagt' er zum Novizen) »il est messéant de déplier la serviette avant que les autres ayent déplié les leurs.« [1] Nach einigen Minuten gedachte Alban seine Suppe – es war eine à la Britannière mit Locken – kalt zu blasen: »Il est messéant, Monsieur,« (sagte der Exerzitienmeister) »de souffler sa soupe.« [2] Der Schachtelmagister, der schon mit dem Gebläse seiner Brust zu einem Zugwinde für einen Löffel voll Locken angesetzt hatte, schnappte erschrokken mit einer Windstille ab.

Als nachher eine farschierte Weißkohlbombe wie eine Zentralsonne auf das Tischtuch niederfiel: schlang der Magister den brennenden Kalbfleisch-Farsch kühn hinein, wie ein Taschenspieler oder Vogel Strauß glimmende Kohlen, und atmete mehr ein- als auswärts.

Nach der Bombe kam ein Hecht au four herein, dem bekanntlich der Wegschnitt des Kopfes und Schwanzes und die Verschlossenheit des Bauchs die Gestalt eines Rehziemers schenken. Als Alban seinen alten Lehrer fragte, was es wäre, versetzte solcher: »Ein delikater Rehziemer.« – »Pardonnez, Monsieur« (sagte der Gegenzüngler) – »c'est du brochet au four, mon cher comte – mais il est messéant de demander le nom de quelque mets qu'il soit – on feint de le savoir.« [3]

Es ist leicht zu zeigen, daß dieser Kernschuß aus einer Doppelbüchse dem Magister durch Mark und Bein durchfuhr; die Passions-Instrumente, die im weggeschnittenen Kopfe des Hechts au four wie in einer Gewehrkammer lagen, arbeiteten in seinem weiter. Wie die meisten Schullehrer glaubt' er so lange die feinste Lebensart zu haben, als er sie dozierte und die gröbste bekriegte – ebensolange schätzt' er sie ungemein, so wie den Putz –; wurd' er aber in beiden besiegt, so mußt' er sie von Herzen verachten. Es bracht' ihn wieder auf die Beine, daß er den Exerzitienmeister im stillen bei sich

[1] Gemach, es ist unschicklich, wenn man seine Serviette früher aufmacht als andere Leute.

[2] Es ist unschicklich, wenn man auf seine Suppe bläset.

[3] Um Verzeihung, es ist Hecht au four; aber es ist unschicklich, nach dem Namen einer Schüssel zu fragen – man tut, als wisse man ihn schon.

gegen beide Katos und die homerischen Heroen hielt, die nicht viel besser aßen wie Schweine, und daß er so den Wiener an einen Schandpfahl anband und ihn daran mit der einen Hand wacker drasch, indes er mit der andern über ihm die Schandglocke läutete. Ja er stellte sich, um den Amtsbruder klein zu machen, auf einen fernen Irrstern und sah herunter auf die Bombe und auf den Hecht au four und mußte droben auf seinem Planeten sehr herablachen, als er den gelbseidnen Ladenhüter der Natur mit dem Wrack von Gehirn nicht größer befand als einen Kleisteraal. Dann dauerte ihn der verlaßne Zögling, und er fiel wieder herunter und schwur unterweges, aus ihm jeden Tag so viel auszujäten, als jener einharke.

Wir werden es noch bald genug erfahren, wie Albans Nerven auf dieser Drechselbank unter den Schlichthobeln zuckten. Den Direktor labte dieses pädagogische Schneiden und Brillantieren eines so großen Demants unbeschreiblich, wiewohl der Schnitt (nach Jefferies) allen Demanten die halbe Schwere nimmt, und wiewohl er selber noch die ganze hatte und mehrere Karats als Facetten. Wehrfritz konnte nie eher rein vergeben – worauf er jetzt hinarbeitete, weil er dem Kleinen den Österleinschen Flügel mitgebracht –, als bis er wenigstens mit *einem* Worte eine kurze Marter angetan; er teilte also – blind gegen Albanos verhülltes blutiges Büßen – den Gästen mit, wie strenge der Minister seine Kinder erziehe, wie sie z. B. für unwillkürliches Husten und Lachen an der Tafel, gleich preußischen Kavalleristen, welche stürzen oder im Winde den Hut verlieren, Strafen bekommen und wie sie freilich so alt wären wie Albano, aber völlig so gesittet wie Erwachsene. Beim Minister hatt' er heute umgekehrt mit den Kenntnissen des Pflegesohns geprunkt; aber manche Eltern erbauen in jedem fremden Zimmer Rauchopferaltäre für dasselbe Kind, das sie im eignen wie Wein und Bienen schwefeln.

Der Henker hol' es überhaupt, daß sie, wie Landesväter, gerade dann verdoppelte Forderungen machen, wenn die Kinder unmäßige befriedigt haben, so daß diese durch opera supererogationis von majorennen Lernstunden die Spielstunden mehr verwirken als erringen. Hält man es nicht großen Philosophen, z. B. Malebranche, und großen Feldherren, z. B. Scipio, zugute, daß sie nach den größten Eroberungen, die sie im Reiche der Wahrheiten oder in einem geographischen gemacht, sich in die Kinderstube setzten und da wahre Kindereien trieben, um den Bogen, womit sie so viele Lügen und Menschen zu Boden gelegt, sanft zurückzuspannen? Und warum soll dieses Gleichnis, womit der heilige Johannes sich verteidigte, wenn er sich eine Spielstunde mit seinem zahmen Rebhuhne erlaubte, nicht Kinder entschuldigen, daß sie auch Kinder werden, wenn sie vorher den noch dünnen Bogen zu krumm angezogen haben? –

Aber nun weiter! Der alte Wehrfritz referierte Rabetten ganz freundlich, »wie er heute die Pupille des Don Zesara, die herrliche Gräfin de Romeiro, gesehen, wahrhaftig 12 Jahre alt, aber von einer Conduite, wie nur eine

Hofdame habe; und der Herr Ritter erlebe an seiner Mündel mehr Freude als sonst.« Diese harten klirrenden Worte ritzten, wie an einem Wasserscheuen, die offnen Nerven des ehrgeizigen Knaben, da für ihn der Ritter bisher das Lebensziel, der ewige Wunsch und der frère terrible war, womit man ihn bezwang; – aber er saß still ohne Zeichen da und erstickte das schreiende Herz. Wehrfritz kannte dieses stumme Verbeißen; gleichwohl handelte er so, als hab' ihn Albano nicht verstanden.

Nun fing auch der Wiener an, in alle Ecken und Nischen des ministerialischen Vatikans Leuchtkugeln zu werfen, bloß um seine Tanz- und Musikschüler darin und sich selber günstig zu beleuchten. Kann nicht die Tochter des Ministers, kaum zehn Jahre alt, alle neue Sprachen und die Harmonika, die Albano noch nicht einmal gehöret, und schon vierhändige Sonaten von Kotzeluch und singt wie die Nachtigall schon in unbelaubten Ästen, und zwar Opernauszüge, die ihre zarte Nachtigallenbrust aushöhlen, daher er fortgemußt? – Ja kann der Bruder nicht noch weit mehr und hat alle Lesebibliotheken ausgelesen, besonders die Theaterstücke, die er noch dazu auf Liebhaberbühnen auch spielt? Und wird er nicht gerade in dieser Stunde im heutigen bal masqué seine Sache recht gut machen, wenn er anders da den Gegenstand antrifft, der ihn begeistert? – Wehmeier tat unrecht, daß er unserm Juwelenkolibri Falterle gegenübersaß als eine Ohreule oder Vogelspinne, die bereit ist, den Kolibri jede Minute zu rupfen und zu fressen. Wahrlich Falterle sagte nichts aus Bosheit, er konnte niemand verachten und hassen, weil seine geistigen Augen in seinem aufgeschwollenen Ich so tief saßen, daß er damit gar nicht über das geschwollene Ich herausschauen konnte; er verletzte keine Seele und umflog die Leute nur wie ein stiller Schmetterling, nicht wie eine stechende sumsende Bremse, und sog kein Blut, sondern Honig (d. h. ein kleines Lob). –

»Sollte sich wohl, Herr v. Falterle,« (sagte Wehrfritz, der alsdann, sobald er nur diesen kalten Wetterstrahl auf Albano heruntergetan hatte, diesen nicht mehr fliehend und kalt anschielen wollte) »der junge Minister zuweilen auf eine Vogelstange setzen wie unser Albano da?« – Das war zu viel für dich gequältes Kind! »Nein!« sagte Albano ehern und mit der Freundlichkeit eines Leichnams, welche Nachsterben bedeutet, und verließ mit einer optischen Wolke schweifender Farben den unter seinen stummen Zuckungen knackenden Sessel und ging langsam mit eingeklemmten Fingern hinaus.

Der arme junge Mensch hatte heute nach der anscheinenden Vergebung seines adamitischen Falles und nach dem Anblicke des geschmückten neuen Lehrers, auf den er sich schon so lange gefreuet und dessen graviertes glänzendes Gehäuse gerade auf ein Kind imponierend wirkte, die letzte Puppenhaut seines Innern abgeworfen und sich viel vorgesetzt. Irgendeine Hand riß vor einer Stunde seinen innern Menschen aus der engen schläfrigen Wiege der Kindheit auf – er sprang auf einmal aus dem Wärmkorbe – er warf Fallhut und Flügelkleid weit weg – er sah die weite toga virilis dort hängen und fuhr in sie hinein und sagte: kann ich denn nicht auch ein Jüngling sein? –

Ach du Lieber, der Mensch, besonders der rosenwangige, hält betrogen so leicht Bereuen für Bessern, Entschlüsse für Taten, Blüten für Früchte, wie am nackten Zweige des Feigenbaums scheinbare *Früchte* sprießen, die nur die fleischigen Hüllen der *Blüten* sind! –

Und nun, indes alle Nerven und Wurzeln seiner Seele nackt an der harten Luft bloßlagen und bei so schönen frischen Trieben, wurd' er jetzt so oft beschämend zertreten. In seiner Seele glühte die Ehre – durch die künftigen Jahre wollte sie wie durch eine weiße Kolonnade von Ehrensäulen gehen – schon ein bloßer Alumnus aus der Stadt war seiner ruhm- und wissensdurstigen Seele ein klassischer Autor – und sollt' ers erdulden, daß ihn bei dem Ritter der Direktor verklagte und der Wiener verzeichnete? – Harte Tränen wurden wie Funken aus der stolzen verletzten Seele geschlagen, und den Kometenkern seiner innern Welt zertrieb die Glut in einen schwülen Nebel. Kurz er beschloß, in der Nacht nach Pestitz zu rennen – vor seinen Vater zu stürzen, ihm alles zu melden – und dann wieder nach Hause zu gehen, ohne ein Wort davon zu sagen. Am Ende des Dorfs fand er einen eiligen Nachtboten, den er nach dem Pestitzer Wege befragte und der sich wunderte über den kleinen Pilger ohne Hut. – –

Man sehe mit mir vorher nach dem Reste der Tischgenossenschaft. Eben dieser Bote überbrachte dem Wiener eine böse Neuigkeit, die den so lange gelobten Minister-Sohn betraf, der *Roquairol* hieß.

Die obengedachte Pupille des Ritters, die kleine Gräfin von Romeiro, war sehr schön; Kalte hießen sie einen Engel und Warme eine Göttin. Roquairol hatte keine belgische Venen, worin wie im Saturn alle Feuchtigkeiten als feste gefrorne Körper liegen, sondern afrikanische Arterien, worin wie im Merkur geschmolzene Metalle umlaufen. Als die Gräfin bei seiner Schwester war, versucht' er, mit der Keckheit vornehmer Knaben, sein mit einem Geäder von Zündstricken gefülltes Herz als einen guten Brander auf ihres zuzutreiben; aber sie stellte die Schwester als Feuermauer vor sich. Zum Unglück ging sie zufällig als Werthers Lotte gekleidet in die heutige Redoute, und die Pracht ihrer despotischen Reize wurde von lauter dunkel-glühenden Augen hinter Larven verschlungen und umblitzt; er nahm seine innere und äußere ab, drang an sie und forderte mit einiger Eile – weil sie abzureisen drohte – und mit einiger Zuversicht – auf dem Liebhabertheater errungen – und mit pantomimischer Heftigkeit – womit er auf diesem immer die schönsten Nachtmusiken der klatschenden Hände gewonnen – nichts vor der Hand als Gegenliebe. Werthers Lotte kehrte ihm stolz den prangenden Rücken voll Locken, er lief außer sich nach Hause, nahm Werthers Anzug und Pistole und kam wieder. Dann trat er mit einem physiognomischen Orkan des Gesichts vor sie hin und sagte – das Gewehr vorzeigend –, er mache sich hier auf dem Saale tot, falls sie ihn verstoße. Sie sah ihn ein wenig zu vornehm an und fragte, was er wolle. Aber Werther – halb trunken von Lottens Reizen, von Werthers Leiden und von Punsch – drückte nach dem fünften oder sechsten Nein (an öffentliches Agieren schon gewöhnt) vor der ganzen Maskerade das Schießgewehr auf sich ab, lädierte aber glücklicherweise nur das linke Ohrläppchen – so daß nichts mehr hineinzuhängen ist – und streifte den Seitenkopf. Sie entfloh plötzlich und reisete sogleich ab, und er fiel blutend darnieder und wurde heimgetragen. – –

Diese Geschichte blies viele Lampen an Falterles Ehrenpforte aus – und an Wehmeiers seiner an –; aber sie setzte auf einmal Albinen in Angst über den ebenso wilden Tollkopf Albano. Sie fragte nach ihm in der Domestikenstube; und der Bote half ihr auf die Spur durch den Knaben ohne Hut. Sie eilte selber in ihrem gewöhnlichen Übermaße der Angst durch das Dorf hinaus. Ein guter Genius – der Hofhund Melak – war da der Musculus Antagonista und Schlagbaum des Flüchtlings geworden. Melak wollte nämlich mit; und Alban wollte einen dem Schloßhofe so bedienten und öfter als der Nachtwächter darin abrufenden Schirmvogt und Küstenbewahrer wieder heim haben. Melak war in seinen Sachen fest; er verlangte Gründe, nämlich nachgeworfene Prügel und Steine – allein der weinende Knabe, dessen glühende Hände die kalte Schnauze des gutwilligen Viehes erfrischte, konnte ihm kein böses Wort geben, sondern er drehte bloß den wedelnden Hund um und sagte leise: »Fort!« – Aber Melaken waren bloß laute Dekrete etwas; er kehrte immer wieder um; und in diesen Inversionen – während welchen in Albanos ohnehin immer auf dem Brockengebirge stehenden Geist, der im Nebel Riesenformen ziehend wachsen sah, seine Tränen und jedes unverdiente Wort tiefer einbrannten – fand ihn die unschuldige Mutter.

»Albano,« sagte sie freundlich-verstellt, »in *der* kalten Nachtluft bist du?« – Von diesem Nachgehen und Anreden der allein beleidigten Seele wurde seine volle, der eine Ergießung, es sei durch Tränen oder Galle, nötig war, so sehr ergriffen, daß er mit einem gichterischen Reißen des überspannten Herzens an ihren Hals aufsprang und sich daran aufgelöst und weinend hing. Er konnte ihren Fragen seinen harten Entschluß nicht gestehen, sondern drückte sich bloß stärker an ihr Herz. – Jetzt kam besorgt auch der bereuende Direktor nach, den die kindliche Stellung umschmolz, und sagte: »Närrischer Teufel, hab' ich es denn so böse gemeint?« und nahm zurückführend die kleine Hand. Wahrscheinlich war Albanos Zürnen durch die ergoßne Liebe erschöpft und durch den versöhnten Ehrgeiz befriedigt; folgsam und sogar – was sonderbar scheint – mit größerer Liebe gegen Wehrfritz als gegen Albine ging er mit ihnen zurück und weinte unterwegs bloß aus zarter Bewegung.

Als er ins Zimmer trat, war sein Angesicht wie verklärt, obwohl ein wenig geschwollen, die Tränen hatten den Trotz verschwemmt und alle sanfte Schönheitslinien seines Herzens auf sein Gesicht gezogen, wie etwa der Regen die Himmelsblume, die in der Sonne nicht erscheint, in durchsichtigen zitternden Fäden zeigt. Er stellte sich aufmerkend an den Vater und behielt den ganzen Abend dessen Hand; und Albine genoß in der doppelten Liebe ein doppeltes Glück; und sogar auf den Gesichtern der Bedienten lagen zerstreute Stücke von dem dritten Nebenregenbogen des häuslichen Friedens, dem Bundeszeichen der verlaufenen Wassersnot.

– Wahrlich, ich hab' oft den Wunsch getan – und nachher ein Gemälde daraus gemacht –, ich möchte dabeistehen können bei allen Aussöhnungen in der Welt, weil uns keine Liebe so tief bewegt als die *wiederkehrende.* Es müßte Unsterbliche rühren, wenn sie die beladnen, vom Schicksal und von der Schuld oft so weit auseinandergehaltnen Menschen sähen, wie sie, gleich der Valisnerie [1], sich vom sumpfigen Boden abreißen und aufsteigen in ein schöneres Element und wie sie nun in der freiern Höhe den Zwischenraum ihrer Herzen überwinden und zusammenkommen. – Aber es muß auch Unsterbliche schmerzen, wenn sie uns unter dem schweren *Gewitter* des Lebens gegeneinander auf dem *Schlachtfelde* der Feindschaft ausgerückt erblicken, unter doppelten Schlägen und so tödlich getroffen vom fernen Schicksal und von der nahen Hand, die uns verbinden sollte! –

Dritte Jobelperiode

Methoden der beiden Kunstgärtner in ihrer pädagogischen Pelzschule – Schutzschrift für die Eitelkeit – Morgenrot der Freundschaft – Morgenstern der Liebe

17. Zykel

Wenn wir beide Schulstuben aufmachen, so sehen wir den Schachtelmagister vormittags über den zweidottrigen Eiern des Eleven sitzen und brüten, und den Exerzitienmeister nachmittags, so wie der Tauber das Nest in jener Tagszeit, die Taube in dieser hütet. –

Wehmeier wollte nun so gut wie sein Nebenrenner sich mit ganz neuen Lehren des Zöglings bemeistern; aber neue für diesen waren neue für ihn selber. Wie die meisten ältern Schullehrer wußt' er von der Sternkunde außer dem wenigen, was im Buch Josua stand, und von der Naturkunde außer den wenigen Irrtümern, die in seinen eher vergessenen als zerris-

[1] Die weibliche Valisnerie liegt zusammengerollt unten im Wasser, aus welchem sie mit der Blumenknospe aufsteht, um im Freien zu blühen; die männliche macht sich dann vom zu kurzen Stengel los und schwimmt mit ihrem trocknen Blütenstaube der erstern zu. –

senen Heften standen, und von der Weltweisheit außer der Gottschedianischen, für die aber ein reiferer Eleve gehörte, und von andern Realien genau gesprochen – nichts, ausgenommen etwas Historie. Kamen ihm zuweilen in seiner literarischen Sarawüste, in welche ihn die quälende Schulstunden-Schraube ohne Ende und die Bettel- oder Kröpelfuhre eines mehr verschlackten als vererzten Lebens ohne Geld verwiesen hatten, neue Lehrmethoden oder neue Entdeckungen zu Ohren (zu Augen nie): so merkt' er den Augenblick, daß es seine eignen wären, nur schwach abgeändert; und er verhielt niemand das Plagium. Ich bitte aber alle seidene und gepuderte und lockige Prinzen-Instruktoren von Herzen: verdenket meinem armen, von den schweren dicken Erdlagen des Schicksals tief überbaueten Wehmeier seine unterirdische Optik und sein Krummstehen nicht zu sehr, sondern zählt seine acht Kinder und seine acht Schulstunden und seine nahen Funfziger in seiner Lebens-Höhle von Antiparos und entscheidet dann, ob der Mann damit wieder herauskann ans Licht! –

Aber von der Historie wußt' er, wie gesagt, doch etwas; und diese ergriff er als pädagogischen Diebsdaumen und Fortunatus-Wünschhut. Hatt' er nicht schon mit jener epischen ausmalenden Paraphrase, womit er die kleinste Marktflecken-Historie so interessant und lügenhaft erzählte (denn woher will ein guter Erzähler die 1000 kleinern, aber nötigen Züge nehmen als aus der Luft?), seinem Albano Hübners biblische äußerst rührend vorgetragen? Und wer weinte dabei mehr, der Lehrer oder der Schüler? –

Nun hatt' er drei historische Wege vor sich offen. Er konnte den geographischen einschlagen, der mit der elendesten Geschichte von der Welt anfängt, mit der Landesgeschichte. Aber bloß höchstens Briten und Gallier können die Geschichte wie eine epische und eine Erdbeschreibung von hinten anfangen; hingegen eine haarhaarsche, eine baireuthische, eine Mecklenburger Landesväter-Patristik gibt hohlen Zähnen hohle Nüsse aufzubeißen, ohne Kern für Kopf und Herz. Und schwellet man nicht dadurch einen Holzzweig der Historie, auf welchen der Zufall der Geburt den jungen Borkenkäfer abgesetzt, unverhältnismäßig zu einem Stammbaume derselben an? Und was fragt man z. B. in Berlin nach einer Markgrafen-, oder in Hof nach der hohenzollerischen Regentenlinie?

Die zweite Methode ist die chronologische oder die vornen anspannende; diese hebt vom Geburtstage der Welt an, die nach Petav und den Rabbinen den 22sten Oktober[1] vormittags auf die Welt kam, schreitet am 28sten

[1] Die vorhergehenden schönen Oktobertage so wie die Kanikularferien und der April und kurz der Vorrest des Jahres wurden am gedachten 22sten Oktober und dieser selber *nach*geschaffen. So lehn' ich leicht die Frage nach der Vorzeit ab. Denn datiert einer die Welt anders, z. B. vom 20sten März, wie Lipsius und die Patres taten: so muß er immer zu meinem Nachschaffen des Vorjahrs greifen, wenn ich ihm mit seiner eignen obigen Frage zu Leibe gehe.

Oktober, dem ersten Flegel- und Tölpeltage des jungen Adams, dann über den 29sten, den ersten Sonn-, Buß- und Karenztag, hinweg und so fort bis zum Karenz- und Bußtage des neuesten Adamssöhnchens, das eben der Sache zuhorchen muß.

Diese Milchstraße war unserm Magister zu lang, zu öde, zu fremd. Er schiffte die mittlere Straße zwischen den vorigen, die nach den reichen beiden Indien der Geschichte führt, nach Griechenland und Rom. Die Alten wirken mehr durch ihre Taten als durch ihre Schriften auf uns, mehr auf das Herz wie auf den Geschmack; ein gefallenes Jahrhundert um das andere empfängt von ihnen die doppelte Geschichte als die zwei Sakramente und Gnadenmittel der moralischen Stärkung; und ihre Schriften, an welche ihre steinernen Kunstwerke jede Nachwelt heften, sind die ewige Bibelanstalt gegen jeden Verfall der Cansteinischen. Aber nun lasset uns an einem schönen Sommermorgen etliche Male vor der Rektoratswohnung vorbeigehen und es außen mit anhören, mit welcher Stimme der Magister drinnen, obwohl in altväterischen Wendungen aus dem Plutarch – dem biographischen Shakespeare der Weltgeschichte –, nicht die Schattenwelt von Staaten, sondern die darin glänzenden Engel der Gemeine zitiert, die heilige Familie großer Menschen, und werfet im Vorbeigehen einen Blick auf das funkelnde Auge, womit der begeisterte Knabe an den moralischen Antiken hängt, die der Lehrer wie in einem Abgußsaale um ihn versammlet. O wenn so die großen Wetterwolken der heroischen Vergangenheit sich an Zesarens Seele wie an ein Gebirge hingen und daran mit stillem Blitzen und Tropfen niedergingen: wurde da nicht das ganze Gebirge mit himmlischem Feuer geladen und alles, was darauf grünte und keimte, befruchtet, erquickt und herausgetrieben? – Und konnt' er dann, so schön bewölkt, wohl in die tiefe Wirklichkeit schauen? Ja blieb es nicht dem Lehrer wie dem Schüler unter dem Marktgetöse des römischen und des athenischen Forums, wo sie im Gefolge Katos und Sokrates' mit herumgingen, völlig unbekannt, daß die rüstige Magisterin neben ihnen koche, bette, keife und scheuere? Von den acht lärmenden Kindern vernahmen sie schon der Menge wegen nichts; denn nur *eine* sausende Mücke hält man nicht ohne entsetzliche Anstrengung im Zimmer aus, leicht aber einen ganzen Schwarm. Ebenso wurde die Schulstube, auf deren Boden nichts fehlte, was man in Kanarien-Heckkasten zum Nestmachen wirft, Heu, Moos, Rehhaar, ausgezauseter Flanell und fingerlanges Garn, beiden durch den Fußboden der alten (geographischen und historischen) Welt zugedeckt, welcher, der römischen Paulskirche ihrem gleich, aus Marmortrümmern voll abgebrochener Inschriften besteht.

18. Zykel

Der Leser ist nun auf den Nachmittag, wo man den Eleven in die Poliermühle des Wieners schickt, begierig, wie er sich da schleifen lasse. Es muß ihn noch begieriger machen, wenn ich nachhole, daß Wehmeier, der wie andere Gelehrte dem Elefanten an Verstand und Plumpheit glich, nichts in der alten Geschichte lieber fand – und also abmalte – als einen großen Mann, der wenig anhatte, wie z. B. Diogenes, oder der barfuß ging, wie Kato, oder unbalbiert, wie die Philosophen; ja er fiel in die Mittelmark ein und holte sich Friedrichs II. Kleider heraus, womit er soviel gewann als Mr. Pages in Paris, und trug dessen Hemden wie des edlen Saladins seines und unter einerlei Ausrufungen auf Stangen zur Schau und entwarf als ein zweiter *Scheiner* die beste Karte, die wir von den Sonnenflecken des Tabaks auf Friedrich haben. Dann nahm er diese nackten rauhen Kolossen und schlichtete sie sämtlich in die eine Waagschale auf, und in die andere warf er getäfelte leichte Figuren wie Falterle und die Nürnberger geleckten Kindergärtchen von neuern Höfen und ersuchte den Scholaren, achtzugeben, wohin das wägende Zünglein schlage. – –

Ich bin hier nicht ganz auf deiner Seite, Magister, da kraftvolle Jünglinge ohnehin die Folie des Zeremonialgesetzes zu leicht zerreißen und oft die Folienschläger, die Oberzeremonienmeister, dazu; für Schwache ist die Methode gut.

Kam nun Albano zum Exerzitienmeister: so konnt' er vor dem lauten Nachklange der vorigen Stunde – weil Kinder von einer gewissen Tiefe, wie Gebäude von einiger Größe, ein *Echo* geben – das nur schwach vernehmen, was Falterle befahl; und nur wenn er einige Tage ohne die historische Rührung blieb, wurd' er für die kleinern Lehrstunden weiter offen, wie vergoldete Sachen erst, wenn das Gold herunter ist, sich versilbern lassen. Das Unglück war noch, daß er seine Frontänze gerade neben der Schreibstube des Direktors, der da in eignen begriffen war, zu machen hatte. Es traf sich oft, daß Wehrfritz, wenn Alban so zerstreuet wie eine verliebte Moitistin in der Anglaise aufmerkte, drinnen unter dem Diktieren schrie: »Ins drei Teufels Namen, chassier!« – Ebenso viele Fälle würde man aufzählen können, wo der Mann, wenn der Musikmeister wie ein Trommelbaß mit ewigem Ermahnen zum Piano unter dem Adagio weglief, drinnen mit dem erdenklichsten Fortissimo rufen mußte: »Pianissimo, Satan, Pianissimo!« – Einige Male mußt' er von seinen Arbeiten aufstehen, wenn in der Fechtstunde alles Zureden zur Quarte nichts half, und die Tür aufmachen und ergrimmt zum Wiener sagen: »Um Gottes Willen, Herr, seien Sie doch kein Hase und stoßen Sie ihm derb aufs Leder, wenn er nicht aufpaßt!« – worauf der höfliche Fechtmeister nur leise zu Quartstößen anfrischte. –

Gleichwohl lernt' er viel; in so frühen Jahren setzet man sich weder über den Putz noch über die schönen Künste eines Falterle hinweg, der noch dazu mit dem zauberischen Vorzuge mächtig war, in der verbotnen Hauptstadt geglänzt und gelehrt zu haben. Bloß der laute Aufschritt und die Stiefel waren dem Zöglinge nicht zu nehmen; aber die Achseln waren in kurzem waagrecht und der Kopf steilrecht gedrückt und die oszillierenden Finger samt dem regen Körper mit einem Stahlschen Augenhalter festgemacht. Überhaupt haben Menschen mit einer *liberalen* Seele in einem schöngebauten Körper schon ohne Falterles Spalierwand und Schere einen gefälligen Stand und Wuchs. Dabei hatte er den niedlichen freundlichen Falterle mit jener heiligen *ersten Menschenliebe,* womit ein Kinderherz sich an alle Leute des Hauses und des Dorfes anklammert, schon darum lieb, weil den Wiener eine Dame um den Goldfinger, ja innen um den Goldring selber aufwickeln konnte, und weil er vom Ritter des goldnen Vlieses wie von einem Könige sprach und log, und weil er die gefälligste Haut war, die je über die Erde lief.

Da ich in meinen Biographien Duldung und eine vielseitige Gerechtigkeit gegen alle Charaktere lehren will: so muß ich hier mit meinem Muster der Toleranz vorangehen, indem ich von Falterle bemerke, daß seine arme dünne Seele sich selber nicht unter den steinernen Gesetztafeln der Etikette und unter dem hölzernen Joche eines imponierenden Standes aufzubringen vermochte. Wem tat der arme Teufel etwas an? Nicht einmal Damen, für welche er zwar, gleich einem Kupferstecher, immer vor dem Spiegel arbeitete an seinem Ich, allein nur um mit diesem Kunstwerke, gleich andern Figuristen, reine Schönheiten *darzustellen,* nicht aber solche zu *verführen.* Das Seewasser seines Lebens – denn er ist weder ein Millionär noch eben der größte Gelehrte des Säkuls, ob er wohl bei vielen Bücherverleihern herumgelesen – süßet er sich durch das Schönheitswasser ab, worin er sich stündlich badet. Er säuft und frisset fast nichts; flucht und schwört er, so tut ers in fremden Sprachen, wie der Päpstler darin betet, und schmeichelt wenigen außer sich.

Der Eitle und noch mehr die Eitle hassen Eitle viel zu stark, die doch mehr am Kopfe als am Willen siechen. Ich kann mich hier freudig auf jeden denkenden Leser berufen, ob er sich je, wenn er eben ungewöhnlich eitel einhertrat, tiefe Gewissensbisse oder Mißtöne im Ich verspürt zu haben entsinnt, welche doch niemals fehlten, wenn er sehr log oder zu hart war; er nahm vielmehr ein ungemein liebliches Schaukeln seines innern Menschen in der Paradewiege wahr. Daher wird ein Eitler so schwer wie ein Spieler kuriert. Aber auch noch darum: die meisten Sünden sind Kasualpredigten und Gelegenheitsgedichte und müssen häufig ausgesetzet werden, vom 3ten bis 10ten Gebot inclus. – Die Ehe, den Sabbat, das Wort kann man nicht zu jeder gegebenen Stunde brechen – Verleumden kann einer so wenig als kegeln oder duellieren mit sich selber – viele beträchtliche Laster sind nur an der Ostermesse oder am Neujahrstage – oder im Palais royal oder im Vatikan zu verüben – manche königliche, markgräfliche, fürstliche im ganzen Leben nur einmal – manche gar nicht, z. B. die Sünde gegen den heiligen

Geist. -- Hingegen sich innerlich preisen und bekränzen kann einer Tag und Nacht, Sommer und Winter, an jedem Orte, auf dem Katheder, im Prater, im Generalszelte, hinten auf der Schlittenpritsche, auf dem Fürstenstuhle, in ganz Deutschland, z. B. in Weimar. Wie? und diese perennierende Balsamstaude, die den innern Menschen immerwährend anräuchert, sollte man sich ausziehen oder beschneiden lassen? --

19. Zykel

Alle diese Geschäfte und Dornen waren für Albano recht gute spitze Erdbeben-Ableiter, da in seiner Brust schon mehr unterirdische Gewittermaterie umherzog, als zum Zersprengen der dünnen Brusthöhle eines Menschen nötig ist. Nun kam er immer tiefer in die wilden Donnermonate des Lebens. Die Sehnsucht, Don Zesara zu sehen, entflammte sich an der römischen Geschichte mehr, welche Cäsars kolossalisches Bild vor ihm in die Höhe stellte und darunterschrieb: Zesara. Die verhüllte Lindenstadt wurde von seiner Phantasie auf sieben Hügeln getragen und zum Rom erhoben. Ein Posthorn schallte in sein Innerstes wie ein Schweizer Kuhreigen, der alle Höhen unserer Wünsche in langen Bergketten glänzend in den Äther hinausbauet; und es blies ihm das Zeichen zum Aufbruch, und alle Städte der Erde lagen mit offnen Toren und mit breiten Fuhrstraßen um ihn herum. Und wenn er in jener Zeit an einem kalten hellen Sommermorgen neben einem nach Pestitz gehenden Regimente so lange metrisch mitzog, als die Trommeln und die Pfeifen lärmten: so feierte seine Seele ein Händelsches Alexanderfest – sie hörte die Vergangenheit – das Fahren der Triumphwagen – das Gehen der spartischen Heere und ihre Flöten – und die helle Trompete der Fama – und wie unter den letzten Posaunen erstand seine Seele unter lauter glänzenden Toten aus der aufgeriegelten Erde und zog mit ihnen weiter. --

Wenn die Geschichte einen edlen Jüngling in die Ebene von Marathon und auf das Kapitolium führt: so will er an seiner Seite einen Freund, einen Waffenbruder haben – aber auch weiter nichts, keine Waffenschwester; denn einem Heros schadet eine Heroine sehr. In den starken Jüngling zieht die Freundschaft eher als die Liebe ein; jene erscheint wie die Lerche im Vorfrühlinge des Lebens und geht erst im späten Herbste fort; diese kommt und fliehet wie die Wachtel mit der warmen Zeit. Albano hörte schon diese Lerche unsichtbar in den Lüften über ihm schmettern; er fand einen Freund, nicht in Blumenbühl, nicht in der Lindenstadt, an keinem Orte, sondern in seiner – Brust; aber diesen hieß er – Roquairol.

Die Sache war diese: für Leute wie ich ist das Landleben der Honig, worin sie die Pille des Stadtlebens einnehmen; Falterle hingegen brachte das bittre Landleben nicht ohne die Versilberung des Stadtlebens hinunter; wöchentlich lief er dreimal nach Pestitz, entweder in die Logen der Liebhabertheater als Dramaturg oder auf diese selber als Akteur. Nun nahm er jedesmal sein Rollenbüchlein aufs Dorf hinaus und studierte da – im Vertrauen auf die Komödienprobe – seine Rolle insularisch ohne die kollegialischen ein; so wie noch jeder Staatsdiener seine ohne einen Blick in die mitspielenden memoriert; daher jeder von uns nur aus *einer* Seelenkraft besteht und, wie in der russischen Jagdmusik, nur *einen* Ton zu pfeifen weiß und seine Stärke ins Pausieren setzen muß. – In diesen von Falterle geliehenen Bruchstücken der Bühne ging nun Albano mit einem Entzücken herum, das jener bald höher zu treiben suchte durch den Tausch der ganzen dramatischen Weltgloben gegen diese Kugelsektoren.

Der Wiener hatt' ihm längst den selbstmörderischen Wildfang Roquairol als ein Genie im Lernen – besonders sich als eines im Lehren – vorgelobt; jetzt führt' er den Beweis aus den großen Rollen, die der Wildfang immer gut spiele. Übrigens war es nicht seine Schuld, daß er den Ministers-Sohn nicht ungemein heruntersetzte, dem er nicht nur die theatralischen Siege beneidete, sondern auch die erotischen. Denn der phantasiereiche Roquairol hatte mit dem Selbstschusse des 13ten Jahres das ganze weibliche Geschlecht salutiert und gewonnen und sich zum Opferpriester aus einem Opfertiere gemacht und zum Regisseur des ans Liebhabertheater gestoßenen Liebhaberinnentheater, indes der scheue blöde Falterle mit seiner totgebornen Phantasie keine Schöne zu einem andern Schritte brachte als zum Rückpas im Menuett und statt der Setzung seines Ichs zu nichts als zur Fingersetzung. Aber der Eitle kann andern kein Lob versagen, das sein eignes wird.

Wie mußte das alles unsern Freund für einen Jüngling gewinnen, den er bald als Karl Moor – bald als Hamlet – als Clavigo – als Egmont durch seine Seele gehen sah! – Was den bekannten Redoutenschuß in frühern Jobelperioden anlangt, so mußte unser so unerfahrner Herkules, den der blanke Dolch des Kato blendete, einem so verwandten Herakliden den Schuß als eine seiner tragischen 12 Arbeiten anrechnen. – Der Lehnpropst Hafenreffer erzählt sogar, Albano habe einmal mit dem Wiener, der längst aus einem Schullehrer zu einem Schulkameraden herunter war, über die schönsten Todesarten gestritten und sei gegen den sanften Falterle, der sich für den Schlaftrunk erklärte, auf Roquairols Seite getreten, sogar mit dem stärkern Zusatze: »am liebsten stieg' er auf einen Turm und zöge den Wetterstrahl auf seinen Kopf!« – Im letztern zeigt er das hohe Gefühl der Alten, die den Donnertod für keine Verdammnis, sondern für eine Vergötterung hielten; sollt' aber nicht der Körper etwas dabei tun, da seine Ellenbogen und seine Haare oft im Finstern elektrisches Feuer aussprühen und sein Kopf in der Wiege mehrmals einen heiligen Zirkel ausstrahlt? Der Lehnpropst ist sehr dafür. – –

Albano konnte sein feuriges Herz am Ende nicht anders kühlen, als daß er Papier nahm und an den Unsichtbaren schrieb und es dem Wiener zu bestellen gab. Falterle, der die Gefälligkeit selber war – und dabei auch die Unwahrheit selber –, nahm trotz seiner Abneigung gegen Roquairol die Briefe herzlich gern mit – »ich bin beim Minister ja wie zu Hause«, sagt' er –, bestellte aber, da er sowohl im stolzen Froulayschen Palaste als bei dem Sohne wenig galt, keinen einzigen und brachte bloß jedesmal eine neue gültige Ursache mit, warum Roquairol nicht darauf antworten können; er war entweder zu sehr in der Arbeit – oder auf dem Krankenstuhle – oder in Gesellschaft – jedesmal aber entzückt darüber gewesen; – und unser argloser Jüngling glaubte alles fest und schrieb und hoffte fort. Vom Legationsrate wär' es brav gewesen, wenn er mich, falls er anders konnte, sich verbindlich gemacht und mir Albanos Palm-Blätter eines liebenden Herzens eingeliefert hätte; nicht für das Archiv dieses Buchs, sondern bloß für meine Manualakten, für den Blumenblätterkatalog, den ich mir zu eignem Gebrauche von Albanos Nelkenflor hefte und leime. –

20. Zykel

Plötzlich wurde unser Zesara, der in die Jahre trat, wo der Gesang der Dichter und der Nachtigallen tiefer in die aufgeweichte Seele quillt, ein anderer Mensch. Er wurde stiller und wilder zugleich, sanfter und aufbrausender, wie er denn einmal einem unter Prügeln schreienden Hunde im wildesten Harnische zu Hülfe lief – Himmel und Erde, die bisher in ihm, wie nach dem ägyptischen Systeme, ineinander gelegen, nämlich das Ideal und die Wirklichkeit, arbeiteten sich voneinander los, und der Himmel stieg rein und hoch und glänzend zurück – über die innere Welt ging eine Sonne auf und über die äußere ein Mond, aber beide Welten und Halbkugeln zogen sich zu einer ganzen an – sein Aufschritt wurde langsamer, sein helles Auge träumerisch, seine Athleten-Gymnastik seltener – er mußte jetzt alle Menschen wärmer lieben und sie näher fühlen, und er fiel oft seiner Pflegemutter mit geschlossenen Augen zitternd um den Hals oder nahm draußen im Freien von dem verreisenden Pflegevater einen einsamern und heißern Abschied.

Und nun wurde vor solchen reinen und scharfen Augen der Isis-Schleier der Natur durchsichtig, und eine lebendige Göttin blickte mit seelenvollen Zügen darunter in sein Herz. Ach als wenn er seine Mutter fände, so fand er jetzt die Natur – jetzt erst wußt' er, was der Frühling sei und der Mond und das Morgenrot und die Sternennacht..... Ach wir haben es alle einmal gewußt, wir wurden alle einmal von der Morgenröte des Lebens gefärbt!.... O warum achten wir nicht alle *ersten* Regungen der menschlichen Natur für heilig, als Erstlinge für den göttlichen Altar? Es gibt ja nichts Reineres und Wärmeres als unsere erste Freundschaft, unsere erste Liebe, unser erstes

Streben nach Wahrheiten, unser erstes Gefühl für die Natur; wie Adam werden wir erst aus Unsterblichen Sterbliche; wie Ägypter werden wir früher von Göttern als Menschen regiert; – und das Ideal eilet der Wirklichkeit, wie bei einigen Bäumen die weichen *Blüten* den breiten rohen *Blättern*, vor, damit nicht *diese* sich vor das Stäuben und Befruchten *jener* stellen. –

Wenn oft Albano von seinen innern und äußern Irrgängen nach Hause kam, zugleich trunken und durstig – zugleich mit *geschlossenen* Sinnen und mit *geschärften*, träumend, aber wie Schläfer, die das Auslöschen des Lichts herber empfinden –: so braucht' es freilich wenige kalte Tropfen von kalten Worten, damit die heiße, in Fluß gebrachte Seele von den fremden kalten Körpern in Zickzack und Klumpen zerschoß, indes eine warme Form den Guß zur lieblichsten Gestalt geründet hätte. –

Bei so bewandten Umständen wird sich freilich keiner wundern über das, was ich bald berichten werde. Der Tanz-, Musik- und Fecht-Meister, der wenig auf seine Pas, Griffe und Stöße großtat, aber desto mehr auf seine (Reichstags-)Literatur – denn die neuen Monatsnamen, die Klopstocksche Rechtschreibung und die lateinischen Lettern in deutschen Briefen hatt' er früher in seinen als einer von uns –, wollte dem Wehrfritzischen Hause gern zeigen, daß er ein wenig mehr von Literatur verstehe und da wisse, wo der Hase liegt, als andere Wiener (um so mehr, da er gar nichts las, nicht einmal politische Zeitungen und Romane, weil ihm lebendige wahre Menschen lieber waren); – er trat daher nie ins Haus, ohne zwei Taschen voll Romane und Verse für Rabette und Albano. Dazu half seine unendliche Dienstbeflissenheit – und sein kollegialisches Wettrennen mit Wehmeier im Bilden – und sein Anteilnehmen am verstummenden Jünglinge, dem er aus den süßen *Träumen*, die der *Rubin*[1] des glänzenden jugendlichen Lebens schenkt, mit den exegetischen *Traumbüchern*, den Dichterwerken, helfen wollte. Die Umwälzung des Jünglings, der nun ganze romantische Everdingens-Wiesen abmähete und ganze poetische Huysums-Blumenrabatten abpflückte, auch nur leidlich zu schildern, hab' ich jetzt wegen der oben versprochnen Wundersache weder Zeit noch Lust; genug, daß Albano, so dasitzend – der Himmel der Dichtkunst vor ihm aufgetan, das gelobte Land des Romans vor ihm ausgebreitet –, einem Erdballe glich, an welchen mehrere Schwanzsterne sich brausend anwerfen und der mit ihnen gemeinschaftlich aufbrennt.

Allein wie weiter? Der Wiener, das muß ich noch vorher sagen, war ein eitler Narr (wenigstens in Punkten der Demut, z. B. seiner Zwergfüße, seiner Literatur, seines Glücks bei Weibern) und ließ besonders durch vertraute Gemälde von Großen und Damen gern auf sein Föderativsystem mit den Originalen schließen. Der arme Teufel war freilich arm und glaubte mit mehrern Autoren, er und diese hätten – ungleich dem Salomo, der Weis-

[1] Man glaubte sonst, daß ein Rubin angenehme Träume gebe.

heit erbat und Gold erhielt – umgekehrt das Unglück gehabt, nur erstere zu empfangen, indes sie um letzteres geworben. Kurz aus solchen Gründen wollt' er – im Vorbeigehen gesagt – gern den Glauben im Wehrfritzischen Hause ausgebreitet wissen, daß er sehr gut stehe bei seiner vorigen Schülerin, der Ministers-Tochter – *Liane*, glaub' ich, wenn ich anders Hafenreffers Hand richtig lese –, und daß er sie oft genug sehe und spreche bei ihrer Mutter. Dazu kam noch, daß kein wahres Wort daran war; durch den Tempel, worin Liane war, ging kein Durchgang für ihn. Allein um so weniger konnt' er den Direktor vorauslassen, der sie öfters sah und zu Hause immer eifriger lobte, bloß um die rohunschuldige, von niemand je erzogene Rabette auszuschelten. Der Wiener wollte freilich auch noch den Grafen – dem er nur die Küste der Freundschaftsinsel Roquairols von weitem zeigte, aber keine Anfurt zur Landung – durch die Schwester listig von dem Bruder ablenken (er war unvermögend, ihn länger zu belügen und hinzuhalten): denn warum malt' ers ihm so lange aus, wie giftig vor einigen Jahren der Nacht- und Todesfrost über den Retraiteschuß des Bruders, den sie zu innig liebe, auf diese so zarten weißen Herzblätter gefallen sei?

Öfters hing er unter dem Essen breite, von Wehrfritz kontrasignierte Meritentafeln von Lianens musikalischen und malerischen Fortschritten auf, um *scheinbar* seinen Klavier- und Zeichenschüler zu größern anzutreiben. Denn wär' es nicht scheinbar: warum klebt' er ebenso lange Altarsblätter von Lianens Reizen bei Rabetten auf, bei dieser Unparteiischen, die, nur mit Pfarrers-, nicht mit Ministers-Töchtern wettrennend, fast so freudig *städtische* Schönheiten wie wir *Homerische* preisen hörte und vor der nur ein windiger Tropf, der sich vor Weibern aufrecht und im Sattel durch Lobgesänge auf fremde erhalten will, seine auf Lianen anstimmen konnte? Wahrlich, vor einer so resignierten und neidlosen Seele, als Rabette war – zumal da ihre Gesichtshaut und Hände und Haare nicht am weichsten waren, wenigstens härter als die Falterleschen –, wär' ich um keine Medaille in der Welt imstande gewesen – wie ers doch war –, den glücklichen Erfolg näher zu kolorieren, womit der Minister, um Lianens ungewöhnliche Schönheit der jüngern Jahre durch Erziehung in die jetzigen herüberzubringen, das Seinige getan durch zarte und fast magere Kost – durch Einschnüren – durch Zusperren seines Orangeriehauses, dessen Fenster er selten von dieser Blume eines mildern Klimas abhob – noch weniger hätt' ich wie er malen können, daß sie dadurch ein zartes, nur aus Pastellstaub zusammengelegtes Gebilde geworden, das die Windstöße des Schicksals und die Passatwinde des Klimas fast zerblasen können – und daß sie sich wirklich nur mit Seifenspiritus waschen könne und nur mit den weichsten Linnen ohne Schmerzen trocknen und nicht drei Stachelbeeren ohne blutende Finger abnehmen.

– Der flache Wiener, der vor keinem auf einer Bergkuppe stehenden Manne von Stande unten im Sumpfe den Hut abziehen konnte, ohne leise dabei zu sagen: »Ihr ganz Untertänigster!« und der von vornehmen Leuten höchstens nur im vertrauten oder satirischen Tone (seine Konnexion zu zeigen), aber nie im ernsthaft-kritischen sprach, war freilich – was doch seine Pflicht war – nicht imstande, den alten Froulay einen festen scharfen Leichenstein zu heißen, unter welchem zwei so weiche Blumen wie seine Frau mit dem ihr angeschlungenen Efeu, mit Lianen, sich gebogen und gedrückt ans Licht aufwinden. Herr v. Hafenreffer macht hier zu seiner Ehre – in Betracht, daß er ein Legationsrat und Lehnpropst ist – die ganz andere, gefühlvollere Bemerkung, daß die harten Erdschichten solcher Verhältnisse, wodurch Lianens Lebensquelle dringen und sickern müsse, diese reiner und heller machen, so wie alle harte Schichten Filtriersteine des Wassers sind – und alle ihre Reize werden zwar durch ihren Vater Qualen, aber auch alle ihre Qualen durch ihr Dulden Reize. – –

Aber, guter Zesara! wenn du nun das alles täglich hören mußt – und wenn der Exerzitienmeister ohnehin nicht zu schildern vergisset, wie sie ihn nie mit einer ungehorsamen Miene oder einer Zögerung gekränkt, wie froh sie ihm die papiernen Stundenmarken und am Ende das Schulgeld oder eine Einladung gebracht – und wie besorgt und mild und höflich sie gegen ihre Dienerschaft gewesen und wie man hätte denken sollen, ihr Herz könne nicht wärmer werden, als schon die Menschenliebe es mache, hätte man nicht ihre noch heißere Tochterliebe gegen die Mutter gesehn – – guter Zesara, sag' ich, wenn du das alles neben deinen Romanen vernimmst und noch dazu von der Schwester deines Roquairols – weil jeder, wenn es nur halb praktikabel ist, sich gern mit der Schwester seines Freundes einspinnt in *eine* Chrysalide – und noch überdies von einem Mädchen in der geheiligten Lindenstadt, um welche Don Gaspard, wie die alten Preußen [1] um ihre Götter-Haine, noch mystische Vorhänge herumzieht – und was ärger als alles ist, gerade nach deinem 16½ Jahre, Zesara, wo schon die Moussons und Frühlingswinde der Leidenschaften über die Blutwellen fahren! Denn früher freilich wars allerdings von dir mitten im gelehrten Kränzchen von so vielen Linguisten – d. h. von Büchern der Linguisten – von Eklektikern – Ober-Rabbinern – von 10 Weisen aus Morgen- und aus Griechenland – und wegen der ungemein blendenden *Epiktetslampen*, die das gedachte Weisen-Dezemvirat am Tags-*Sterne* der Weisen angezündet hatte, da wars wenig zu vermuten, daß dir Amors Turiner *Lichtchen*, das er noch unaufgebrochen in der Tasche hatte, sehr ins Auge fallen möchte! – Aber jetzt, mein Lieber, jetzt, sag' ich! – Wahrlich nirgends war es uns allen weniger übelzunehmen, wenn wir ungemein attent darauf sind, was er im 21sten Zykel macht, als im zwanzigsten.

[1] Arnolds Kirchengeschichte von Preußen. 1. B.

Vierte Jobelperiode

Hoher Stil der Liebe – der gothaische Taschenkalender – Träume auf dem Turme – das Abendmahl und das Donnerwetter – die Nachtreise ins Elysium – neue Akteurs und Bühnen und das Ultimatum der Schuljahre

21. Zykel

Wie viele selige Adams von 16½ Jahren werden gerade jetzt in ihrer Sieste im Grase des Paradieses liegen und aus Teilen ihres eignen Herzens dessen künftige Schoßjüngerin erschaffen sehen! – Aber sie suchen sie nicht, wie der erste Adam, neben sich auf der Baustelle, sondern recht weit vom eignen Lager, weil die Ferne des Raums so glänzend verherrlicht wie die Ferne der Zeit. Daher setzet sich jeder Jüngling mit dem Glauben auf die Post, daß in den Städten, wohin er eingeschrieben ist, ganz andere und göttlichere Madonnen unter der Haustüre stehen als in seiner verdammten; – und die Jünglinge jener Städte sitzen wieder ihrerseits auf dem ankommenden Postwagen und fahren hoffend in seine hinein. –

Ach das klingt für alles, was ich vorhabe, viel zu rauh und roh, und mir ist, als bring' ich dem Leser statt des lebendigen fliegenden Rosendufts nur die starre schwere dicke Porzellanrose! – Albano, ich will dein stilles, dicht verhangenes Herz aufdecken und aufschließen, damit wir alle darin Lianens Heiligenbild, die aufschwebende Raffaels-Marie, aber, wie Heiligengestalten in der Leidenswoche, hinter dem Schleier hängen sehen, den du bebend wegziehest, um es anzubeten, wenn du die Andachtsbücher – die Romane – aufschlägst und wenn du darin die Gebete antriffst, die deiner Heiligen gehören. Sogar mir wird es schwer, nicht, wie du und die Alten, den Namen deiner Schutzgöttin zu verheimlichen – über innere Geistererscheinungen (denn äußere sind Körpererscheinungen) schweiget der Seher gern neun Tage lang – und bei deinem blöden Glauben an einen tausendmal höhern Tugendgehalt Lianens, als deiner ist, und bei deiner heiligen Ehrliebe, die über die fremde wacht, ist dirs freilich ein Rätsel, wie andere, z. B. der Wiener oder Wehrfritz, ohne das geringste Erröten so laut und lieb von ihr sprechen konnten, da du selber kaum wagst, vor andern viel von ihr zu – träumen. Wahrlich, Albano ist ein guter Mensch! – Ferner, wie vollends eine solche in gediegnen Äther vererzte lichte Psyche wie Liane, etwa gleich dem auferstandnen Christus, Karpfen essen und ausgräten könne – oder mit den langen hölzernen Heugabeln im kleinen den Salatschober im blauen Napfe umstechen – oder in der Sänfte ein halb Pfund mehr wiegen als ein blauer Schmetterling – oder wie sie laut lachen könne (das tat sie aber auch nie, mein Freund!): alles das und überhaupt der ganze kleine Dienst des beleibten Erdenlebens war dem geflügelten Jünglinge ein Rätsel und eine wahre Unmöglichkeit oder die Wirklichkeit davon eine *Fixsternbedeckung*; was soll ichs verhalten, daß er über ein Paar in welsche Felsen eingestampfte Fußtritte von Engeln schwächer erstaunet wäre als über ein Paar von Lianen in der Erde, und daß er für irgendeine irdische Spur und Reliquie von ihr – ich nenne nur einen Zwirnwickler oder eine Tambourblume – nichts Geringeres hingegeben hätte als ganze Klaftern vom heiligen Kreuze samt den Fässern der heiligen Nägel und mehrere apostolische Kleiderschränke samt den heiligen Doubletten-Leibern dazu.

– So hab' ich oft sehnlich gewünscht, nur ein Pfund Erde vom Monde oder nur eine Düte voll Sonnenstäubchen aus der Sonne vor mir auf dem Tische zu haben und anzugreifen. – So schweben wir meisten Autoren von Gewicht einem Leser außer Landes als ähnliche feine ätherische Gebilde vor, von denen schwer zu fassen ist, wie sie nur einen Schnitt Schinken oder ein Glas Märzbier oder ein Paar Stiefel gebrauchen können; es ist, als wenn die Leute zusammenführen, wenn sie etwas lesen oder sehen müssen von Lessings Rasiermesser – Shakespeares englischem Sattel – Rousseaus Bärenmütze – des Psalmodisten Davids Nabel – Homers Ärmel – Gellerts Zopfband – Ramlers Schlafmütze – und der Glatze unter der meinigen, wiewohl sie wenig mehr bedeutet. –

Der alte Landesdirektor tat zur Heiligsprechung Lianens – da eine Jungfrau durch nichts so viel bei einem Jünglinge gewinnt als durch Lobreden, die ihr seine Eltern geben – dadurch ansehnliche Zuschüsse, daß er die länd lich- und wie er selber lachende Rabette häufig mit jener wog, und seine nachgiebige Frau heimlich mit der strengen Ministerin; er nahm dann Gelegenheit, auseinanderzusetzen, nach welchen strengen Regeln des reinen Satzes diese Kontrapunktistin die melodischen Töne Lianens harmonisch ordne und wie sie besonders Roheit und Gelächter ausmerze. Die weiblichen Seelen sind Pfauen, deren Juwelen-Gefieder man in reinen und geweißten Wohnungen unterbringen muß, indes unsere in Entenställen sauber bleiben. – Albano zeichnete sich Mutter und Tochter bloß in den doppelten Gestalten vor, worin uns Maler die Engel geben, nämlich die verständige strenge Mutter als einen, der in einer langen Wolke steckt, nur mit dem *Kopfe* sichtbar, und Liane als ein verklärtes Kind, das mit den zarten Flügeln eine weiße Wolke umflattert. –

Nur etwas, und wär's eine verblichene zerfallne Rose aus – Seide, wünscht' er sich herzlich aus Pestitz – und konnte doch verschämt den Wiener um nichts ersuchen als ganz zuletzt nach langem Sinnen, obwohl verräterischerglühend, um eine Stunden-Marke; »denn er habe noch keine gesehen«, sagt' er. – Falterle hatte noch eine in der Tasche – die Zahl 15, Lianens voriges Alter, stand darauf – sie *konnte* die Zahl recht gut geschrieben haben – etwas wars immer. Ach konnt' er denn den Direktor nicht lieber um Romane aus der Handbibliothek der Ministerin angehen, in welchen die Tochter gewiß gelesen, ja sogar einige Lesezeichen vergessen haben wird? –

Er tats auch; aber Wehrfritz verwünschte und verurteilte zuerst alle Romane als vergiftete Briefe; auch vergaß ers über fünfmal, einige zu fordern; – und endlich bracht' er ihm einen von Madame Genlis mit, samt einem gothaischen Taschenkalender. Diese Bücher der Seligen – wogegen meine eignen Werke und die Alexandriner Bibliothek und die blaue nur elende remittenda sind – hatten alle Stempel weiblicher Bücher; denn sie trugen alle Zieraten weiblicher Köpfe, nämlich einen Fingerhut voll Puder wie diese – seidne Band-Endchen wie diese, als Demarkationslinien und Gedenkzettel der Lektüre – und einen Wohlgeruch wie diese (den Semler auch an alchymischen rühmt), welchen sie aus den Blüten des Paradieses angezogen zu haben schienen. Ach seliger Leser des schönsten Buchs (ich meine den Grafen), willst du mehr? –

Allerdings; und er fand auch mehr, nämlich hinten im gothaischen Taschenkalender auf den beiden Final-Pergamentblättern die Worte: »Armenkonzert d. 21. Februar« und »Schauspiel für die Armen d. 1. Nov.« – Ich habe auf meiner Jagd nach Mysterien oft auf diesen Blättern die wichtigsten aus dem Busche geklopft. – »Das ist ja meiner Schülerin Hand« (sagte Falterle) – »sie versäumt mit ihrer Mutter so was selten, weils der Minister nicht leidet, daß sie sonst den Armen viel geben.« – – Haltet mich hier nicht mit der Schönheit ihrer Handschrift auf – da man ohnehin auf Pergament und Schiefer schöner schreibt als auf Papier und da gerade eine Gelehrte, ungleich den Gelehrten, mehr Kalligraphie hat als Ungelehrte –, sondern lasset mich zur Wirkung dieser Inkunabeln Lianens eilen, deren Sonntags-Buchstaben einen liebenden Menschen mit lauter innern hellen Sonntagen bedecken und deren Blätter an Heiligkeit den Briefen gleichen, die im Mittelalter vom Himmel auf die Erde fielen. Erst jetzt war ihm, als wenn der fliegende Engel, dessen Schatten nur vorher über die Erde weglief, die Schwingen falte und auf der Laufbahn des Schattens nicht weit vom Stande Albanos die Niederfahrt halte. Er lernte den gothaischen Taschenkalender auswendig.

Da er glaubte, Liane sei viel sanfter und besser als er, und da sie ihm wie der Hesperus vorkam, der unter allen Planeten mit der kleinsten Exzentrizität um die Sonne geht, und er sich als der ferne Uranus, ders mit der größten tut; – und da er nicht ohne schamhafte Wangen-Lohe daran denken konnte, einmal vor der moralischen Politur der Tochter und Mutter mit einer kleinern zurückzustehen: so wurd' er auf einmal (kein Mensch wußte warum) leiser, milder, williger, über seine Außenseite wachsamer, dem Wiener folgsamer – denn Liane wars ja auch gewesen –, und sein ganzer Vesuv [1] wurde vom Schleier einer Heiligen gebändigt. Der Nordamerikaner betet die Gestalt, die ihm in dem Traume erscheint, als seinen Schutzgeist

[1] In Catana ist der Schleier der heiligen Agatha das einzige Gegengift des Ätna.

an: o wird nicht oft ebenso für den Jüngling ein schöner Traum sein Genius? –

22. *Zykel*

Ein Pfingsten, wie ichs jetzt beschreiben will, Albano, trifft man außer in der Apostelgeschichte wohl in keiner an als in deiner! –

Er hatte bisher oft Lianens Krankengeschichte mit der Taubheit eines markigen feuerfesten Jünglings angehört, als einmal der Direktor es nach Hause brachte, daß die fromme Ministerin die Tochter am ersten Pfingsttage das Abendmahl empfangen lasse, weil sie besorge, der Tod halte solche für eine Erdbeere, die man pflücken müsse, ehe sie die Sonne beschienen. – Ach Albano sah nun schon den Tod unter dem Suchen mit der steinernen Ferse auf die bleichrote Beere tappen und sie ertreten. Und dann hatte diese Philomele ohne Zunge, weil sie bisher verstummen mußte, ihm wie einer Progne nur die gemalte Geschichte ihres schweren Daseins gesandt und nur die Pergamentblätter! – Alle liebenden Empfindungen gehen, wie Gewächse, bei gewitterhafter Luft des Lebens schneller in die Höhe; Albano fühlte zugleich ein weites tiefes Weh und eine quälende Fieber-Wärme in seinem vom Tode ausgehöhlten Herzen. – Auf eine sonderbare Art mengten sich bei seinem musikalischen und poetischen Phantasieren auf dem Österleinschen Flügel die geträumten Töne von Lianens Stimme und das tönende Weinen, die Harmonika, die sie spielen konnte und die er nie gehört, gleichsam als ihr Schwanengesang mit seinen Harmonien zusammen. Aber nicht genug: er schrieb sogar heimlich ein – Trauerspiel (du gute Seele!), worin er alle seine zartesten und bittersten Gefühle mit nassen Augen auf *fremde* Lippen legte – aber sie fürchterlich anfachte, indem er sie ausdrückte. – Jeder kann merken, daß er damit dem Schwätzer und Spione, dem Zufalle, entgehen wollte; aber nicht jeder merkt – etwas ganz Eigenes: in *fremdem* Namen dürf' er, glaubt' er, dem tiefen Schmerze eine heftigere Sprache geben, zu welcher er in *seinem* vor so vielen stoischen klassischen Helden verschämt den Mut nicht hatte. So aber konnten die Klassiker nichts anfangen.

Das stille warme Schwärmen wuchs unter dieser bedeckenden heißen Glasglocke noch viel größer; nämlich dergestalt, daß er die Pflegeeltern rührend bat, ihn am ersten Pfingsttage zum – heiligen Abendmahle zu lassen. Die Baufälligkeit der Dorfkirche, worin man es schwerlich ein Jahr später nehmen konnte, mußte für ihn so gut wie die körperliche für Liane sprechen. – Ewig wird den armen, durch Leiber und Wüsten zerteilten Menschenseelen die Sehnsucht bleiben, miteinander wenigstens zu gleicher Zeit dasselbe zu tun, zu *einer* Stunde Blicke an den Mond, oder Gebete über ihn hinauf (wie Addison erzählt); und so ist dein Wunsch, Albano, ein menschlicher, zarter, mit deiner unsichtbaren Liane zu *einer* Stunde an der

Altarstufe zu knien und dann feurig und regierend aufzustehen nach der Krönung des innern Menschen! – Er hatte auf dem stillen Lande den Altar der Religion in seiner Seele hoch und fest gebauet, wie alle Menschen von hoher Phantasie; auf Bergen stehen immer Tempel und Kapellen.

Aber ich werde ihn nie früher in die Pfingstkirche begleiten als auf den Kirchturm. Gibt es etwas Trunkneres, als wenn er damals an schönen Sonntagen, sobald durch den weiten Himmel nichts als die schwere Sonne schwamm, zum Glockenstuhle des Turms aufstieg und, überdeckt von den brausenden Wellen des Geläutes, einsam über die tiefe Erde blickte und an die westlichen Grenzhügel der geliebten Stadt? – Wenn alsdann der Sturm des Klanges alles ineinander- und zusammenwehte; und wenn die Juwelenblitze der Teiche und das blumige Lustlager des hüpfenden Frühlings und die roten Schlösser an den weißen Straßen und die langsamen verstreueten Kirchleute zwischen dunkelgrünen Saaten und der um reiche Auen gegürtete Strom und die blauen Berge, diese rauchenden Altäre der Morgenopfer, und der ganze ausgedehnte Glanz der Sichtbarkeit ihn dämmernd überfüllte und ihm alles wie eine dunkle Traum-Landschaft erschien: o dann ging sein inneres *Kolosseum* voll stiller Götterformen der geistigen *Antike* auf, und der Fackelschein der Phantasie [1] glitt auf ihnen als ein spielendes wandelndes magisches Leben umher – – und da sah' er unter den Göttern einen *Freund* und eine *Geliebte* ruhen, und er glühte und zitterte.... Dann schwankten die Glocken bang-verstummend aus – er trat vom hellen Frühlinge in den dunkeln Turm zurück – er heftete das Auge nur an die leere blaue Nacht vor ihm, in welche die ferne Erde nichts heraufwarf als zuweilen einen verwehten Schmetterling, eine vorbeikreuzende Schwalbe und eine vorüberwogende Taube – der blaue Schleier des Äthers [2] flatterte tausendmal gefaltet über verhüllten Göttern in der Weite – o dann, dann mußte das berückte Herz verlassen ausrufen: ach wo find' ich in den weiten Räumen, in dem kurzen Leben die Seelen, die ich ewig liebe und so innig? – Ach du Lieber, was wird denn schmerzlicher und länger gesucht als ein Herz? Wenn der Mensch vor dem Meere und auf Gebirgen und vor Pyramiden und Ruinen und vor dem Unglücke steht und sich erhebt, so strecket er die Arme nach der großen *Freundschaft* aus. – Und wenn ihn die Tonkunst und der Mond und der Frühling und die Freudentränen sanft bewegen, so zergeht sein Herz, und er will die *Liebe.* – Und wer beide nie suchte, ist tausendmal ärmer, als wer beide verlor. – –

Lasset uns jetzt in die Pfingstkirche treten, wo der tiefe Strom seiner Phantasie zum ersten Male in seinem Leben übertrat und sein Herz weit

[1] Anspielung auf die Fackeln, vor denen man das Kolosseum und die Antiken – und die Gletscher, die beides sind – magischer glänzen sieht.

[2] Wie die Himmelskönigin, Juno, von den Alten immer blau verschleiert wird. Hagedorn über die Malerei.

fortriß und damit in einem neuen Bette brausete; ein physisches Gewitter hatte sich in diesen Strom ergossen. Schon am Morgen stand der schwarze Pulverturm einer Gewitterwolke stumm neben der heißen Sonne und wurde an ihr glühend, und nur zuweilen entfiel einer fernen fremden Wolke unter dem Gottesdienste ein Schlag auf die Feuertrommel; aber als Albano vor den Altar mit erhobnen verklärten Gefühlen trat und als er seine Liebe für Liane nur in ein inniges Beten für sie verkleidete und in ein Gemälde ihrer heutigen Andacht und ihrer blassen Gestalt im frommen dunkeln Braut-Putze und als er sanft fühlte, jetzt sei seine gereinigte geheiligte Seele dieser schönen werter: so rückte das Gewitter mit allen seinen spielenden Kriegsmaschinen und Totenorgeln[1] von der Lindenstadt herüber und trat bewaffnet und heiß über die Kirche. – Aber Albano, im Bewußtsein einer heiligen Begeisterung, erschrak nicht, sondern er dachte, schon als er das ferne Rollen der fallenden Lauwine hörte, bloß an Lianen und an das Einschlagen in die Kirche zu Lindenstadt – und nun als die Sonne den Pulverturm der Wetterwolke über ihm mit ihren heißen Blicken entzündete und in tausend Blitze und Schläge zersprengte: dann jagte ihm seine von den Alten genährte Achtung für den Donnertod die schreckliche Vermutung ins Herz, Liane sei ihm nun gestorben in der Glorie der verklärten Frömmigkeit. – O dann mußt' er ja auch glauben, daß ihn jetzt die Schwinge des Blitzes über die Wolken schlage. – Und als lange Blitze um die Heiligen und die Engel des Altars loderten und als das zitternde stärkere Singen und das Wetterläuten der vertrauten Glocken und die vollströmende Orgel sich mit dem zusammenbrechenden Donner vermischte und er im betäubenden Getöse einen hohen feinen Orgelton vernahm, den er für den ungehörten der Harmonika hielt: da stieg er vergöttert auf dem Triumph- und Donnerwagen neben seiner Liane ein – der Theatervorhang des Lebens und die Bühne brannten unter ihnen ab – und sie flogen verbunden und leuchtend in den kühlen reinen Äther weiter hinauf....

Aber die zwölfte Stunde vertrieb diese Geistererscheinungen und das Gewitter – Albano trat heraus in einen blauern kühlern luftigen Himmel – und die glänzende Sonne lachte freundlich die erschrockene Erde an, der noch die hellen Tränen in allen ihren Blumenaugen zitterten. – Da nun Albano nachmittags noch den friedlichen Durchzug des Donners durch Lianens Stadt vernahm: so wurde durch den Glauben an ihr neuversichertes Leben – und durch das sanfte Mattgold der ausruhenden Phantasie – und durch die heilige Stille der bekehrten Brust – und durch die innigere Liebe aus allen Gegenden seiner Seele ein abendrotes magisches Arkadien – – und nie betrat ein Mensch ein holderes. – –

[1] Eine alte Maschine, die viele Schüsse auf einmal tut.

23. Zykel

Es kommt nicht bloß aus meiner Gefälligkeit gegen die Lese-Nachwelt her, mein lieber Zesara, sondern auch aus einer wirklichen gegen dich, daß ich alle Akte in diesem Schäferspiele deines Lebens so treu nachschreibe – in deinen alten Tagen sollen dir diese melodischen labend aus meinem Buche nachklingen, und du sollst abends nach deinen Arbeiten nichts lieber lesen als meine hier.

Die folgende Nacht verdient ihren Zykel. Bald nach Pfingsten wurd' er mit wöchentlichen medizinischen Bedenken über ein neues Kranksein der armen Liane gequält, das am Abendmahlstage, gleich als hätt' er recht geahnet, begonnen hatte. Er hörte, daß sie in *Lilar*, dem Lust- und Wohngarten des alten Fürsten, nebst ihrem Bruder lebe oder leide, von dessen Schweigen jetzt der Wiener an 1001 Ursachen aufgebracht hatte. Um Lilar, obwohl nahe an Pestitz, hatte sein Vater keine Sperrketten gezogen – Lianens Nachtlicht konnt' ihm vielleicht entgegenschimmern, oder gar ihre Harmonika entgegentönen – ja ihr Bruder konnte wohl noch im Garten herumgehen – die Junius-Nacht war ohnehin hell und herrlich – – ach kurz er ging.

Es war spät und still, weit außer dem schlafenden Dorfe ohne Lichter konnt' er die Flötenstücke der Stubenuhr im Schlosse noch auf dem Pestitzer Berge vernehmen. Es erquickte ihn, daß sein Weg eine Strecke lang auf der Lindenstädter Chaussee fortlief. Er drückte das Auge an die westlichen Berge fest, wo die Sterne *Ihr* wie weiße Blüten zuzufallen schienen. Oben auf der weiten Höhe, dem Herkules-Scheidewege, lief der rechte Arm hinunter und wand sich dem blühenden Lilar durch Haine und Auen zu.

Schreite nur freudentrunken voll junger lichter Bilder durch die italienische Nacht, die um dich schimmert und duftet und die wie über Hesperien nicht weit vom warmen Monde einen vergoldeten Abendstern [1] im blauen Westen aufhängt, gleichsam über der Wohnung der geliebten Seele. Dir und deinen jungen Augen werfen die Sterne nur Hoffnungen, noch keine Erinnerungen herunter, du hast einen abgebrochenen starren Apfelzweig voll *roter* Blütenknospen in der Hand, die wie Unglückliche zu *blassen* werden, wenn sie aufblühen, aber du machst noch nicht solche Anwendungen davon wie wir.

Jetzt stand er in einer Talrinne vor Lilar glühend und bange, das aber ein sonderbarer runder Wald aus Laubengängen noch versteckte. Der Wald wuchs in der Mitte zu einem blühenden Berge auf, den breite Sonnenblumen, Fruchtschnüre von Kirschen und blinkende Silberpappeln und Rosenbäume in so künstlicher Verschränkung einhüllten und umliefen, daß er vor den malerischen Irrlichtern des Mondes ein einziger ungeheurer Kesselbaum voll

[1] In Italien sehen die Sterne nicht silbern, sondern golden aus.

Früchte und Blüten zu sein schien. Albano wollte seinen Wipfel besteigen, gleichsam die Sternwarte des unten ausgebreiteten Himmels oder Lilars; er fand endlich am Walde einen offnen Laubengang.

Die Lauben drehten ihn in Schraubengängen in eine immer tiefere Nacht hinein, durch welche nicht der Mond, sondern nur die stummen Blitze brechen konnten, von denen der warme Himmel ohne Wolken überschwoll. Der Berg hob die Zauberkreise immer kleiner aus den Blättern in die Blüten hinauf – zwei nackte Kinder hatten unter Myrten die Arme liebkosend einander um die zugeneigten Köpfe gelegt, es waren die Statuen von Amor und Psyche – Rosennachtfalter leckten mit kurzen Zungen den Honigtau von den Blättern ab, und die Johanniswürmchen, gleichsam abgesprungene Funken der Abendglut, wehten wie Goldfaden um die Rosenbüsche – er stieg zwischen Gipfeln und Wurzeln hinter dem aromatischen Treppengeländer gen Himmel, aber die kleine, mit ihm herumlaufende Spiralallee verhing die Sterne mit purpurnen Nachtviolen und die tiefen Gärten mit Orangegipfeln – endlich sprang er von der obersten Sprosse seiner Jakobsleiter mit allen Sinnen in einen unbedeckten lebendigen Himmel hinaus; ein lichter Berggipfel, nur von Blumenkelchen bunt-gesäumt, empfing ihn und wiegte ihn unter den Sternen, und ein weißer Altar leuchtete hell neben ihm im Mondenlichte. – –

Aber schaue hinunter, feuriger Mensch mit deinem frischen Herzen voll Jugend, auf das herrliche unermeßliche Zauber-Lilar! Eine dämmernde zweite Welt, wie leise Töne sie uns malen, ein offner Morgentraum dehnt sich vor dir mit hohen Triumphtoren, mit lispelnden Irrgängen, mit glückseligen Inseln aus – der helle Schnee des gesunknen Mondes liegt nur noch auf den Hainen und Triumphbogen und auf dem Silberstaube der Springwasser, und die aus allen Wassern und Tälern quellende Nacht schwimmt über die elysischen Felder des himmlischen Schattenreichs, in welchem dem irdischen Gedächtnisse die unbekannten Gestalten wie hiesige Otaheiti-Ufer, Hirtenländer, daphnische Haine und Pappelinseln erscheinen – seltsame Lichter schweifen durch das dunkle Laub, und alles ist zauberisch-verworren – was bedeuten jene hohen offnen Tore oder Bogen und die durchbrochnen Haine und der rötliche Glanz hinter ihnen und ein weißes Kind, unter Orangelilien und Goldblumen schlafend, aus deren Kelchen weiche Flammen perlen [1], gleichsam als wären Engel zu nahe über sie hingeflogen – die Blitze erleuchten Schwanen, die unter lichttrunkenen Nebeln auf den Wellen schlafen, und ihre Flammen lodern golden nach in den tiefen Bäumen [2], wie Goldfische den brennenden Rücken aus dem Wasser drehen – und selber um deine Bergspitze, Albano, schauen dich die großen Augen der Sonnen-

[1] Bei gewitterhafter Luft steigen aus Orangelilien, Goldblumen, Sonnenblumen, indischen Nelken etc. kleine Flammen.

[2] Wahrscheinlich auf flatternden Goldblechen gegen die Vögel.

blumen feurig an, gleichsam von den Funken der Johanniswürmchen entzündet. – –

»Und in diesem Reiche des Lichts« (dachte zitternd Albano) »verbirgt sich der stille Engel meiner Zukunft und verklärt es, wenn er erscheint. – O wo wohnest du, gute Liane? In jenem weißen Tempel? – Oder in der Laube zwischen den Rosenfeldern? – Oder drüben im grünen arkadischen Häuschen?« – Wenn die Liebe schon Schmerzen zu Freuden macht und den Schattenkegel der Erde zum Sternenkegel aufrichtet, o wie wird sie erst die Entzückung bezaubern! – Albano war in diesem äußern und innern Glanze unvermögend, sich Lianen krank zu denken; er dachte sich jetzt bloß die selige Zukunft und kniete sehnsüchtig und umfassend an dem Altare nieder – er blickte nach dem glänzenden Garten und malte es sich, wie es wäre, wenn er einmal mit Ihr jede Insel dieses Edens beträte – wenn die heilige Natur seine und Ihre Hände auf diesen Altarstufen ineinanderlegte – wenn er Ihr unterwegs das Hesperien des Lebens, das Hirtenland der ersten Liebe zeichnete und ihr frommes Jauchzen und ihr süßes Weinen und wenn er sich dann nicht umsehen könnte nach den Augen des weichsten Herzens, weil er schon wüßte, daß sie überfließen vor Seligkeit. – Jetzt sah er im Mondscheine über die Triumphbogen zwei beleuchtete Gestalten wie Geister gehen; aber seine brennende Seele fuhr im Malen fort, und er dachte es sich, wie er vor ihr, wenn die Nachtigallen in diesem Eden schlagen, wahnsinnigliebend sagen würde: »O Liane, ich trug dich früh in meinem Herzen – einstmals droben auf jenem Berge, als du krank warst.« – – –

Hier kam er erschrocken zu sich – er war ja auf dem Berge – aber er hatte die Krankheit vergessen. – Nun legt' er kniend die Arme um den kalten Stein und betete für sie, die er so liebte, und die gewiß auch hier gebetet; und ihm sank weinend und verdunkelt das Haupt auf den Altar. Er hörte nähere Menschenschritte unten am Schneckenberge, und furchtsam-freudig dachte er daran, es könne sein Vater sein; aber er blieb kühn auf den Knien. – Endlich trat über den Blumenrand ein großer gebückter Greis herein, ähnlich dem edlen Bischofe von Spangenberg, das ruhige Angesicht lächelte voll ewiger Liebe, und keine Schmerzen standen darauf, und keine schien es zu fürchten. Der Alte drückte dem Jünglinge stumm und erfreut die Hände zum Fortbeten zusammen, kniete neben ihn hin, und jene Entzückung, zu welcher öfteres Beten verklärt, breitete den Heiligenschein über die Gestalt voll Jahre. – Sonderbar war diese Vereinigung und dieses Schweigen. Die nur noch aus der Erde ragende Trümmer des Mondes brannte düsterer; endlich sank sie ein; da stand der Alte auf und tat mit der aus Gewohnheit der Andacht kommenden Leichtigkeit des Übergangs Fragen über Albanos Namen und Ort; – nach der Antwort sagt' er bloß: »Bete unterwegs zu Gott dem Allgütigen, lieber Sohn, – und gehe schlafen, eh' das Gewitter kommt.« –

Nie kann diese Stimme und Gestalt aus Albanos Herzen weggehen; die

Seele des alten Mannes ragte, wie die Sonne bei der ringförmigen Finsternis, über den dunkeln Körper, der sie mit seiner Moder-Erde überdecken wollte, mit dem ganzen Rande leuchtend hinaus. – Tief bis an die Nervenanfänge getroffen, stand Albano auf, und die breitern Blitze zeigten ihm jetzt drunten neben dem Zaubergarten einen zweiten, düstern, verwickelten, schrecklichen, gleichsam den Tartarus des Elysiums. – Er schied mit seltsamen gegeneinandergehenden Gefühlen – die Zukunft und die Menschen darin schienen ihm unterwegs ganz nahe zu stehen und hinter dem durchsichtigen Vorhange schon als Theaterlichter hin- und herzulaufen – und er sehnte sich nach einer schwerern Tat, als nach der Erquickung dieses entzündeten Herzens; aber er mußte das innere Steppenfeuer auf das Kopfküssen betten; und in sein Einträumen mischte sich der hohe Donner wie ein Gott der Nacht mit den ersten Schlägen.

24. Zykel

Der alte unbekannte Mann blieb viele Tage lang in Albanos Seele stehen und wollte nicht weichen. Überhaupt war jetzt dem Bette seines Lebens eine Krümmung nötig, die den Zug des Stromes brach. Menschen wie ihn kann das Schicksal nur durch den Wechsel der Lagen bilden, so wie Schwache nur durch den Bestand derselben. Denn ging es länger so fort und kam der Kronleuchter in seinem Tempel durch innere Erdstöße in immer größere Schwankungen: so konnt' am Ende keine Kerze mehr darauf fortbrennen. Welche Reichstags-Beschwerden führen nicht schon Wehrfritz und Hafenreffer verbunden darüber, daß der Schiffspatron Blanchard in Blumenbühl mit seinen ärostatischen Seifenblasen aufstieg und daß Zesara beinahe durch den ganzen Despotismus des Direktors kaum von dem Einschiffen abzuhalten war! Und wie göttlich stellt' er sich es nicht vor, nicht nur der Erde ihre Eisenringe und Haftbefehle herunterzuwerfen und über alle ihre Markthaufen und Grenzbäume und Herkulessäulen steilrecht wegzufliegen und als ein Sternbild um sie zu ziehen, sondern auch über dem magischen Lilar und der plombierten Lindenstadt mit verschlingenden Augen zu schweben und eine ganze schwere volle Welt an der Handhabe *eines* Blicks zum durstigen Herzen zu heben! –

Aber das Schicksal brach den Fall dieses schnellen Stroms. Es wollte nämlich zum Glück schon lange die Blumenbühler Kirche täglich einfallen – und ich wollte, der Pfingstdonner wäre dareingefahren und hätte der Baudirektion Ohren und Beine gemacht –, als zu noch größerem Glück der alte Fürst unpaß wurde. In der Kirche war nun das Erbbegräbnis des Fürsten, das nicht schicklich wieder das Erbbegräbnis der Kirche werden konnte.

Es mußte sich treffen, daß die alte Fürstin mit dem Minister Froulay durch das Dorf passierte. Beide hatten sich längst zu Reichsvikarien und Geschäfts-

und Zepterträgern des Staates bevogtet, weil der alte matte Herr gern die Spiele und die Bürden, den Glimmer und das Gewicht der Krone weggegeben und jene beiden Lehnsvormünder ins Erbamt des Zepters eingelassen hatte. – Kurz das Alter der Kirche entschied neben dem Alter des Fürstenpaars die Baute einer neuen Dachung und Kapsel für die Gruft.

Der Landschaftsdirektor besichtigte mit; und invitierte die vornehme Gesellschaft in sein Haus, in welcher aus dem Gefolge besonders der Landbaumeister Dian und der Kunstrat Fraischdörfer als Kunstverständige, und die kleine Prinzessin als Naturverständige auszuheben sind.

Der arme Tanzmeister bekam durch ein Sehrohr Wind von dem Zuge, als er die Füße voll Pas eben in ein warmes Fußbad streckte. Es wird niemand vergnügen, daß der Wiener das einzige mit dem Magister gemein hatte, was der Teufel mit dem Pferde, nämlich den Fuß, der seine guten anderthalb Pariser Fuß maß; und daß daher sein doppelter Wurzelast in den engen Treibscherben von Schuhen zu einem fruchttragenden Knotenstock voll Okulier-, d. h. Hühneraugen ausschlug. Heute hätt' er diese gordischen Knoten im Fußbade zerschnitten; aber so mußt' er bei einer solchen Visite – wiewohl er sie nie ausgezogen – seine engsten Kinderschuhe anlegen, um Effekt zu tun. So fangen sich die Menschen oft mit zu leichten, wie die Affen mit zu schweren Schuhen.

Albano hingegen stand auf Kothurnen. Jeder überhaupt, der nur aus Pestitz kam, hatte für ihn geweihte heilige Erde an den Sohlen; und hier sah' er mit der liebenden Achtung eines Dorfjünglings der bejahrten, aber rotwangigen und hochstämmigen Fürstin auf das von der Zeit aufgebogene Kinn und ins freundliche Gesicht, das sich in ein ganzes tiefes Haubengebüsch – vielleicht zur Decke der vielen Lebenslinien – vergrub. Sie wiegte diesen Kopf lächelnd-vergleichend, im Wahne der Verschwisterung, zwischen ihm und Rabetten hin und her, weil Mütter immer an Müttern zuerst nach den Kindern sehen. Er hätt' es noch wissen sollen, daß er eine Freundin Lianens an der kleinen krausköpfigen Prinzessin vor sich hatte, die, wiewohl schon in seinem Alter, noch mit einer freundlichen Lebhaftigkeit, die nie vom Hofmarschallamte unterschrieben werden kann, an alle hinansah und sogar Rabetten bei der Hand nahm und ihr ein unbeschreiblich-gutmütiges und steifes Anlachen abzwang. Furchtbar kam ihm der Minister vor, ein Mann voll starker Partien an Leib und Seele, voll reißender, würgender, nur an Blumenketten liegender Leidenschaften, und von welchem, obwohl sein hartes Gesicht erst höflich mit freundlichen 12 himmlischen Zeichen von Liebe überschrieben war, doch nicht sonderlich einleuchten wollte, wie von der nerven-weichen Liane ein Mann der Vater und Führer sein könne, bei welchem die Eisenteile, deren der Mensch mehrere im Blute trägt als irgendein Tier, sich nicht, wie bei Götze, auf die Hand geworfen hatten, sondern auf die Stirn und das Herz.

Ich gehe über das einzige Glied in der Gesellschaft, das Albanen unausstehlich war, nur flüchtig weg, über den Kunstrat Fraischdörfer, der sein Gesicht, wie die Draperie der Alten, in einfache edle große Falten geworfen hatte. Vor sieben Jahren wollt' er nämlich unsern verschämten kleinen Helden bis auf die Herzgrube zum Sitzen haben, um dessen Gesicht und breite, hohe, aus der Hemdkrause glänzende Platosbrust, ich weiß nicht, ob nachzupinseln oder nachzubossieren. Allein das verschämte Kind schlug mit Händen und Füßen um sich, und es war ihm nichts nachzumünzen als das nackte Gesicht ohne das Postement, den Thorax. – Hingegen vor mir, liebe Akademie, mußt du nun jahrelang wie ein Stylit auf dem Modell-Stative aushalten und meiner Reißfeder deinen Kopf und deine Brust samt ihrem Kubikinhalt bloßstellen, der Gruppierungen gar nicht zu gedenken! –

Seiner edlen Gestalt hatt' er es vielleicht zu danken, daß der schöngebildete geradnasige und herrlich-schlanke Grieche Dian mit seinem Rabenhaare und schwarzen Adlerauge, der in jeder gelenken Bewegung eine höhere Freiheit des Anstandes zeigte, als in Tanz- und Cour-Zimmern gewonnen wird, feurig zu ihm trat und mit wenigen Blicken dem tiefen, aber reinen Meere des Jünglings auf den grünenden Boden und auf die Perlenbänke sah. Albano stellte mit seiner zu lauten heftigen Stimme, mit seinen ehrerbietigen, aber scharf aufschlagenden Blicken, mit seiner eingewurzelten Stellung eine holde Mischung von innerer Kultur und Übermacht mit äußerst ländlicher Errötung und Milde dar, gleichsam einen noch zu keinem Tulpenbeete verschnittenen Tulpenbaum, eine ländliche Eremitage und Waldklafter mit goldner Ausmöblierung. – Er hatte die Fehler der einsiedlerischen Jugend; aber Menschen und Winterrettiche muß man *weit* säen, damit sie *groß* werden; engstehende Menschen und Bäume haben zwar einen schlankern Stangenschuß, aber keine Wetterfestigkeit, keine so reiche Krone und Ästung wie freistehende. – Mit der unbefangensten Herzlichkeit entdeckte der Baumeister dem glühenden Jünglinge: »sie würden sich von nun an jede Woche sehen, da er täglich, um den Bau der Kirche zu besorgen, komme.« – –

– Das ganze Wehrfritzische Haus guckt jetzt dem hohen Zuge, bis auf das letzte verschwindende Wagenrad hinterdrein und ist doch begierig, über das nachduftende Lavendelwasser der Freude drei Worte zu sagen, das der Zug in alle Winkel und auf alle Möbeln verspritzet hatte. Vom Exerzitienmeister an, der mit den Kompressionsmaschinen an den Füßen bloß bis an die Knorren im Fegefeuer stand und dann bis an den Wirbel im Himmel, weil die gesprächige Prinzessin sich seiner fünf Positionen sehr gut entsonnen hatte – bis zur bescheidnen Rabette, der Lobrednerin ihrer Siegerin – und bis zu Albinen, der an einer Fürstin die warme Mutterliebe gegen die Prinzessin wohltat – und bis zum Direktor, den die schönbestandne Klingen- und Ankerprobe des Pflegesohns und die allgemeine Redlichkeit dieses bekehrten Weltteils der großen Welt nachfreuete, weil der Mann es nie behielt, daß Fürsten und Minister, so wie sie in ihrer Garderobe Berghabite zum

Einfahren haben, auch Direktoratsanzüge, Justiz-Wildschure, Konsistorial-Schafspelze und Weiber-Opern-Kleider in der Anziehstube führen – von allen diesen Menschen bis zum Direktor wuchs der frohe Nachklang, um in Zesara mit einer – Lärmkanone aufzuhören: sein Ehrgeiz trat unter Waffen – sein Freiheitsbaum fuhr in Blüten aus – die Standarten seiner Jugend-Wünsche wurden eingeweihet und flatterten aufgewickelt im Himmel – und auf den Myrtenkranz deckt' er einen schweren Helm mit einem glänzenden hochaufwallenden Federbusche.....

Der folgende Zykel ist bloß dazu gemacht, um anzugeben, wie man das zu nehmen habe.

25. *Zykel*

Auch meine Meinung ists, daß das antiphonierende Doppelchor der beiden Erziehungs-Kollegien, Wehmeier und Falterle, unsern Normann bisher so gut erzog, als zwei ähnliche Gymnasiarchen, die Gouvernante England und die Hausfranzösin Frankreich, die Kurrentschülerin Deutschland nach den besten Schulbüchern wirklich erzogen haben, so daß wir nun wieder unsers Orts imstande sind, Polacken zu schulen und solche mit dem Schulbakel aus dem Katheder unserer Fürstenschule herab so viel als nötig zu kantschuen. –

Aber jetzt war zu viel in Albano aufgewacht. Er fühlte überschwellende Kräfte, die keinen Lehrer fanden – sein in Italien herumstreifender Vater schien ihn zu versäumen – den Musensitz Pestitz (der noch dazu *eine* Muse mehr hatte) schien er ihm ungerecht zu versperren – er wußte oft nicht zu bleiben – Phantasie, Herz, Blut und Ehrliebe goren. In solchem Falle ist wie in jedem gärenden Fasse nichts gefährlicher als ein leerer Raum (es sei an Kenntnis oder Arbeit).

Dian füllte das Faß auf

Er kam in jeder Woche aus der Stadt, als hätt' er das Einhämmern der Kirche so gut nach Rissen zu ordnen als ihr Aufmauern. Ein Jüngling, der den ersten Griechen sieht, kanns anfangs gar nicht recht glauben, er hält ihn für klassisch-verklärt und für einen gedruckten Bogen aus dem Plutarch. Wenn ihm nun gar das Herz so brennt wie meinem, und wenn sein Grieche noch dazu ein spartischer Nachkömmling ist wie Dian, nämlich ein unbesiegter *Mainotte*, der im klassischen Doppelchore der ästhetischen Singschule, in *Atiniah* (Athen) und *Roma* erzogen worden: so ist es natürlich, daß der begeisterte Jüngling jeden Tag in den Staub- und Moder-Wolken des fallenden Kirchengemäuers steht und darauf wartet, ob sein Heerführer hinter der Wolkensäule vortrete.

Dian begleitete den Geliebten auf seine Spaziergänge – las oft halbe

Nächte mit ihm – und nahm ihn auf die architektonischen Landreisen mit, die er immer zu machen hatte. Er führte ihn mit begeisterter Ehrfurcht in die heilige Welt des Homers und des Sophokles ein; und ging mit ihm unter die höhern, ganz entwickelten, von einseitiger ständischer Kultur noch unverrenkten, schöngegliederten Menschen dieses Zwillings-Prometheus, die wie Salomo für alles Menschliche, für Lachen, Weinen, Essen, Fürchten und Hoffen eine Zeit hatten und die bloß die rohe Grenzenlosigkeit flohen; die auf den Altären aller Götter opferten, aber auf dem der Nemesis zuerst. Und Dian – dessen innerer Mensch ein ganzer war, dem kein Glied ausgerissen ist, keines aufgeblasen und alle großgewachsen – ging selber als ein solcher Sophokles-Homerischer Grieche mit dem Lieblinge um. Er machte ihm – indes Wehmeier und die Pflegeeltern ihm überall mit einer Kanzel und einem Kirchenstuhle nachliefen, bei jedem heftigen Unwillen oder Wunsche oder Jubel, den er zeigte – mit schöner liberaler Freiheit Raum, sich breit und hoch zu entwickeln. Er ehrte am Jünglinge das St. Elms- oder Helenen-Feuer, wie am Greise das Eis; das Herz kräftiger Menschen, glaubt' er, müsse wie ein Porzellangefäß anfangs zu groß und zu weit gedrehet sein, im Brennofen der Welt laufen beide schon gehörig ein. Ebenso fordr' ich von einem Jünglinge erst Intoleranz, dann nach einigen Jahren Toleranz, jene als die steinige saure harte Frucht eines kräftigen jungen Herzens, diese als das weiche Lager-Obst eines ältern Kopfes.

Aber indem der Baumeister mit ihm zeichnete, mit ihm Abgüsse der Antiken und Kunstwerke anschauete: so machte er am schönsten vor diesen seine Liebe für das artistische *Zeichen der Waage* am Menschen, der sein eignes Kunstwerk sein soll, und seine Abneigung vor jedem Paroxysmus offenbar, der die äußere Schönheit in Falten bricht wie die innere, und seinen Wunsch, seine Gestalt und sein Herz nach der hohen Stille auf den Antiken zu ordnen.

Der Baumeister bewahrte, wie oft der Künstler und öfter der Schweizer, europäische Kultur und ländliche Naivetät und Einfachheit nebeneinander, seiner geliebten Baukunst gleich, worin mehr als in den andern Künsten Schönheit und messende Vernunft zusammengrenzen; er ließ daher zuerst Albano in den Hörsaal der Philosophie, aber im Freien außen am Fenster stehend, hineinsehen und hineinhören. Er führte ihn nicht in den Steinbruch, vor die Kalkgrube und auf den Zimmerplatz der Metaphysik, sondern sogleich in das damit fertig gemachte schöne Bethaus, sonst die natürliche Theologie genannt. Er ließ ihn keine eiserne Schlußkette Ring nach Ring schmieden und löten, sondern er zeigte sie ihm als hinunterreichende Brunnenkette, woran die auf dem Boden sitzende Wahrheit herauf, oder als eine vom Himmel hängende Kette, woran von den Untergöttern (den Philosophen) Jupiter heruntergezogen werden soll. Kurz das *Skelett* und *Muskeln-Präparat* der Metaphysik versteckt' er in den *Gottmensch* der Religion. – – Und so soll es (anfangs) sein; aus der Sprache lernt man die Grammatik leichter als jene aus dieser, aus den Kunstwerken leichter die Kritik, aus dem Leibe das Gerippe, als umgekehrt, wiewohl man es immer umkehrt. – Unglücklich sind unsere jetzigen Jünglinge, die vom Baume des Erkenntnisses früher die Tropfen und die Käfer schütteln müssen als die Früchte.

Und nun macht' er ihm kühn alle Stubentüren der philosophischen Schulen auf, d. h. alle drei Himmel; denn in dieser Jugendzeit hält man noch den Docht jedes gelehrten Lichtes der Welt für Asbest, wie Brahminen sich in Asbest kleiden – und die Eisstücke an den Polen unserer geistigen Welt stellen noch, wie die der hiesigen, Städte und Tempel auf himmelblauen Säulen vor.

Wenn nun Albano über irgendeine große Idee, über die Unsterblichkeit, über die Gottheit, sich in Flammen gelesen: so mußt' er darüber schreiben, weil der Baumeister glaubte – und ich auch –, daß in der erziehenden Welt nichts über das Schreiben gehe, nicht einmal Lesen und Sprechen, und daß ein Mensch 30 Jahre mit weniger Ertrag seiner Bildung lese, als ein halbes schreibe. Dadurch schwingen eben wir Autoren uns zu solchen Höhen; – daher werden sogar schlechte, wenn sie aushalten, am Ende etwas und schreiben sich von Schilda nach Abdera und von da nach Grubstreet hinauf. –

Allein welche glühende Stunde ging dann für unsern Liebling an! Was sind alle sinesische Laternenfeste gegen das hohe Fest, wo ein entflammter Jüngling alle Gehirnkammern erleuchtet und in diesem Glanze seine ersten Aufsätze hinwirft!

Vorn auf der Schwelle des Aufsatzes ging Albano vielleicht noch Schritt für Schritt und bediente sich bloß des Kopfes; – aber wenn es weiterkam und das Herz mit den Flügeln zuckte und er wie ein Komet vor lauter schimmernden Sternbildern großer Wahrheiten vorüberfahren mußte – konnt' er sich da enthalten, dem rosenroten Flammantvogel nachzuahmen, der im Zuge gegen die Sonne sich zu einem fliegenden Brande anzufärben und sich mit Doppelflammen zu beschwingen scheint? Kam er vollends auf die Nutzanwendung: wahrhaftig! so war jede wie die andere – in jeder formte und besäete er ein Arkadien voll menschlicher Engel, die in drei Minuten in das so nahe schwimmende Elysium aussteigen konnten auf einem dazu hineingeworfenen Charons-Ponton – in jeder Nutzanwendung waren alle Menschen Heilige, alle Heilige Selige, alle Morgen Blüten und alle Abende Früchte, Liane gesund und er nicht weit davon ihr Liebhaber – alle Völker stiegen die Mittagshöhe lichter hinan, und er auf seiner eignen erblickte, wie Menschen auf Bergen, alles Gute näher – ach die ganze sumpfige Gegenwart voll Sturzeln und Egeln hatt' er mit einem Fuße seitwärts weggestoßen und war nur von den grünenden Welten voll Auen umflogen, die die Sonnenkugel seines Kopfes in den Äther geworfen hatte. – –

Selige, selige Zeit! du bist schon lange vorbei! O die Jahre, worin der Mensch seine ersten Gedichte und Systeme lieset und macht, wo der Geist seine ersten Welten schafft und segnet, und wo er voll frischer Morgengedanken die ersten Gestirne der Wahrheit kommen sieht, tragen einen ewigen Glanz und stehen ewig vor dem sehnenden Herzen, das sie genossen hat und dem die Zeit nachher nur astronomische Ephemeriden und Refraktionstabellen über die Morgengestirne reicht, nur veraltete Wahrheiten und verjüngte Lügen! – O damals wurd' er von der Milch der Wahrheit wie ein frisches durstiges Kind getränkt und großgezogen, später wird er von ihr nur als ein welker skeptischer Hektikus kuriert! – Aber du kannst freilich nicht wiederkommen, herrliche Zeit der *ersten Liebe* gegen die Wahrheit, und diese Seufzer sollen mir eben nur deine Erinnerung wärmer geben; – und kehrst du wieder, so geschieht es gewiß nicht hier im tiefen niedrigen Grubenbaue des Lebens, wo unsere Morgenröte in den Goldflämmlein auf dem Goldkiese besteht und unsere Sonne im Grubenlicht – nein, sondern dann kann es geschehen, wenn der Tod uns aufdeckt und den Sargdeckel des Schachtes von den tiefen blaßgelben Arbeitern wegreißet, und wir nun wieder, wie erste Menschen, in einer neuen vollen Erde stehen und unter einem frischen unermeßlichen Himmel! –

In dieses goldne Zeitalter seines Herzens fiel auch seine Bekanntschaft mit Rousseau und Shakespeare; wovon ihn jener über das Jahrhundert erhob und dieser über das Leben. Ich will es hier nicht sagen, wie Shakespeare in seinem Herzen gebietend regierte – nicht durch das Atmen der lebendigen Charaktere, sondern – durch die Erhebung aus dem irdischen lauten Reiche ins stumme unendliche. Wenn man nachts den Kopf unter das Wasser taucht: so ist eine fürchterliche Stille um uns her; in eine ähnliche überirdische der Unterwelt bringt uns Shakespeare. –

Was viele Schullehrer an Dian tadeln können, ist, daß er dem Jünglinge alle Bücher untereinander gab, ohne genaue Ordnung der Lektüre. Aber Alban fragte in spätern Jahren: »Ist eine solche Ordnung etwas anders als Narrheit? – Ist sie möglich? Ordnet denn das Schicksal die Erscheinung der neuen Bücher oder Systeme oder Lehrer oder die äußern Begebenheiten oder die Gespräche je so paragraphenmäßig, daß man weiter nichts brauchte, als die Gegenwart abzuschreiben ins Gedächtnis, um die Ordnung obendrein zu haben? – Braucht und macht nicht jeder Kopf seine eigne? – Und kommt es mehr auf die Rangfolge der Speisen oder auf ihre Verdauung an?« –

26. Zykel

Während Dian einen schönern Tempel in die Höhe steigen ließ als den steinichten im Dorfe: verstarb die Fürstin, deren castrum doloris dieser werden sollte; sie mußte man also vor der Hand in das Absteigequartier einer Pestitzer Kirche beisetzen. Das änderte ein paar tausend Sachen. Der Hohenfließer Kronprinz Luigi sollte und mußte nun aus Welschland zum Fürstenstuhle zurück, worauf der alte, von den Jahren zusammengewickelte

Fürst winzig und sprachlos mehr lag als saß – wiewohl der hinter der Fürstenstuhl-Lehne stehende Minister dessen Figur und Stimme munter genug nachspielte –; Don Gaspard, der alle bisherige Briefe Albanos nicht erhöret hatte, fertigte nun diesem die gleich feurigem Weine die Adern durchbrausende Ordre zu: »Auf meinem Rückwege aus Italien sehen wir uns in deinem Geburtsorte Isola bella. Man wird dich abholen.« – Auch Leser, die noch keine Woche lang Briefe eines Gesandten-Personale zugeschnitten und zugesiegelt haben, merken leicht, daß der Vlies-Ritter gedenkt, seinen Sohn mit dem jungen Fürsten und ihre ersten Pestitzer Verhältnisse zu verknüpfen und zu mischen. –

Ich bitte aber die Welt, nun das Paradies eines Menschen auszumessen, der nach so langer Seefahrt endlich die langen Ufer der neuen Welt im Meere hinliegen sieht. War ihm jetzt nicht das Leben an hundert Ecken aufgetan? – Lorbeerkränze – Efeukränze – Blumenkränze – Myrtenkränze – Ährenkränze – – alle diese Girlanden überhingen das Pestitzer Haupttor und seine Haustüre. Du Bruder, du Schwester (ich meine Roquairol und Liane), welcher volle schmachtende Mensch zog euch entgegen! – Und welcher träumende und unschuldige! Homer und Sophokles und die alte Geschichte und Dian und Rousseau – dieser Magus der Jünglinge – und Shakespeare und die britischen Wochenschriften (worin eine höhere humanere Poesie spricht als in ihren abstrakten Gedichten), alle diese hatten im glücklichen Jünglinge ein ewiges Licht, eine Reinheit ohnegleichen, Flügel für jeden Tabors-Berg und die schönsten, aber schwierigsten Wünsche zurückgelassen. Er glich nicht den bürgerlichen Franzosen, die wie Teiche die Farbe des nächsten Ufers, sondern den höhern Menschen, die wie Meere die Farbe des unendlichen Himmels tragen. –

Überhaupt war jetzt der reifste beste Zeitpunkt für seine Veränderung. Durch Dian und durch dessen Reisen war sogar sein *äußerer* Mensch schöner entwickelt in Gastzimmern. Die Menschen gehen wie Schießkugeln weiter, wenn sie abgeglättet sind; bei Zesara blieben ohnehin genug Demant-Spitzen stehen, woran sich das Mittelgut stößet und sticht; und selber ungewöhnlicher Wert ist ungewöhnlicher Fehler – wie *hohe* Türme eben darum *übergebogen* scheinen. Zesara lernte eben außerhalb des ländlichen Junkerzirkels eine Behendigkeit der Ideen und Worte ein, die ihm sonst nur im Enthusiasmus zu Gebote stand; denn der Witz, sonst ein Feind des letztern, war bei ihm bloß ein Diener und Kind davon. Er kokettierte nicht, wie witzige Säuglinge, mit allen Ideen, sondern er wurde von ihnen entweder angepackt oder gar nicht angestreift; daher kam jenes stumme, langsame, unscheinbare Reifen seiner Kraft, er glich langsam-aufsteigenden Gebirgen, die stets mehr Ausbeute abwerfen als schnell-aufstehende. Bei großen Bäumen ist der Same kleiner und im Frühlinge die Blüte später als bei dem kleinen Gesträuche. –

Die Zeit, eh' Gaspards abholender Bote kam, wurde dem aufgehaltenen

Jünglinge eine Ewigkeit und das Dorf ein Kerker, es schrumpfte zu den Wirtschaftsgebäuden eines Klosters ein. Der bedeckte, aber mit Enkaustik in sein Gehirn geschriebene Plan des Lebens war (wie bei allen solchen Jünglingen) der, nichts Größeres zu werden und zu tun als – alles, nämlich zugleich sich und ein Land zu beglücken, zu verherrlichen, zu erleuchten – ein Friedrich II. auf dem Throne, nämlich eine Gewitterwolke zu sein, welche Bannstrahlen für den Sünder, elektrisches Licht für Taube und Blinde und Lahme, Güsse für die Insekten und warme Tropfen für durstige Blumen, Hagel für Feinde, eine Anziehung für alles, für Blätter und Staub, und einen Regenbogen für das Ende hat. – – Da er nun Friedrich II. nicht sukzedieren durfte, so wollt' er künftig wenigstens Minister werden – zumal da Wehrfritz soviel aus der Länge dieses Nebenzepters, des Ablegers und Schnittlings vom Mutterzepter, machte –; und in den Freistunden nebenbei ein großer Dichter und Weltweiser.

Es soll mir lieb sein, Graf, wenn du der zweite Friedrich der zweite und einzige wirst; – mein Buch hier wird davon profitieren, und ich selber poussiere dadurch mein Glück als ein seltener, aus Xenophon, Curtius und Voltaire zusammengewachsener Historiograph! –

27. Zykel

Zesara wird nie den Frühlingsabend vergessen, woran er einen Passagier im Überrocke – ein wenig hinkend und mit brauner Reise-Schminke, wogegen die weißen Augäpfel glänzend abstachen – den seichten Bach neben dem hohen Stege durchwaten sah, und wie ferner der Passagier einen Wächterspieß, den der zeitige Bettler-Polizei-Leutnant als seinen vikarierenden Mitarbeiter an seine Haustüre angelehnt, mitnahm und solchen unterwegs einen Krüppel mit den Worten reichte: »Alter, ich habe nichts Kleineres bei mir als den Spieß. Wenn Ihn jemand fragt, so sag' Er nur, Er wach' im Dorfe gegen das verhenkerte Bettelvolk, aber Er habe nicht Augen genug.« – Dabei streckte der Pilger noch sein Schnupftuch einem Rektors-Söhnchen, dems nötig war, auf drei Minuten vor. –

Natürlich war es unser alter Titularbibliothekar Schoppe, den Don Gaspard mit der Einladungskarte für Isola bella abgesandt. Albanos Entzückung war so groß, daß er erst einige Tage später sich im humoristischen Sonderlinge jugendlich irrte, indes dieser sehr bald den leichten, heißen, stillen Wildling richtig auswog. – Ging es nicht dem alten Landschaftsdirektor noch schlimmer, welcher, bloß weil er den deutschen *Reichskörper* so hoch anschlug, als wär' er die darin eingepfarrte *Reichsseele*, über Schoppes Ausfälle gegen die Konstitution in einen patriotischen Harnisch kam? »Herr,« (sagt' er aufgebracht) »wenns auch wo haperte: so muß ein redlicher Deutscher still dazu schweigen, wenn er nicht helfen kann, zumal in so verfluchten Zeiten.«

Das Schönste war, daß auf Luigis Begehr zugleich der Baumeister abzureisen hatte, um aus Rom Abgüsse der Antiken zu holen. –

– Und nun zieht fort, damit ihr wiederkommt und wir endlich einmal einlaufen in Pestitz! – Freilich wirst du, gutes Kind (Waldbiene sollt' ich sagen), deinen Abflug aus dem ländlichen Honigbaume in den städtischen gläsernen Bienenstand mit tiefern Schmerzen halten, als du vorausgesetzt – reiset nicht sogar der alte Pflegevater ohne Abschied fort, um nur dem deinigen zu entfliehen – und deiner guten Mutter ist, als reiße eine zornige Parze ihr einen Sohn von der Brust, als lange sein zartes, nur aus der kindlichen Gewohnheit gesponnenes Liebes-Band nicht hinein in die weite Zukunft – und deine Schwester sperret sich in die Mansardenstube ein mit ihrem ländlichen, von Feuerfoltern tobenden Herzen und kann dir nichts sagen und nichts geben als eine von ihr bisher heimlich gestickte Brieftasche mit der seidnen Umschrift: Gedenke unserer! – und selber auf deinen lorbeer-süchtigen Kopf wird der Triumph- oder Regenbogen des Abschiedes, wenn du unter ihm durchschreitest, schwere, schwere Tropfen werfen (ach an den nachblickenden Augen werden sie länger hängen bleiben) – dein alter redlicher Lehrer Wehmeier wird an dir den letzten Strom seiner Worte und Tränen vergießen und sagen (und dein weiches Herz wird nicht lächeln): »er sei ein alter abgeschabter Kerl und habe nun nichts vor sich als das Loch (das Grab) – du hingegen seiest ein frischer blutjunger Mann, voll Sprachen und Altertümer und herrlicher Talente von Gott – freilich werd' ers nicht erleben, daß aus dir ein berühmter Mann werde, aber seine Kinder wohl; und dieser Würmer sollest du dich einmal annehmen, junger Herr!« –

– Du reine Seele, an jedem bekannten Hause, an jedem teuren Garten und Tale wird ja der Schmerz sein Einlegemesser schleifen und damit in dein glühendes zartes Herz leise-quellende Wunden ritzen – wie? sogar von deinen befreundeten Abend- und Morgen-Höhen (den Sprachgittern deiner heiligsten Hoffnungen) und von Lianen selber wirst du zu entweichen glauben. – – –

Aber wirf deine weinenden Augen in das offne blaue Italien und trockne sie an Frühlingsdüften – das Leben hebt an – die Signale zu den Waffenübungen und Lusttreffen der rüstigen Jugend werden gegeben – und mitten in den olympischen Kampfspielen wirst du herrlich von nahen Konzert- und Tanzsälen umschmettert.

Was phantasier' ich da her ? – Wie, ists nicht uns allen mehr als zu wohl bekannt, daß er längst fort ist schon seit der ersten Jobelperiode, ja sogar wieder retour, und er hält schon seit der zweiten – jetzt zählen wir die vierte – mit dem Bibliothekar und dem Lektor zu Pferde vor Pestitz und kann nicht hinein wegen der Torsperre der –

Fünften Jobelperiode?

Prunkeinzug – Doktor Sphex – der trommelnde Kadaver – Retrogradation des Sterbetags – der Brief des Ritters – Julienne – der stille Karfreitag des Alters – der gesunde und verschämte Erbprinz – Roquairol – das Erblinden – Sphexens Liebhaberei für Tränen – das fatale Gastgebot – das doloroso der Liebe

28. Zykel

Über den Gabelweg, dessen rechte Zinke nach Lilar geht, spornte Albano sein Pferd bange hinüber und flog den Berg hinauf, bis die helle Stadt wie eine erleuchtete Peterskuppel lang und breit in der Frühlingsnacht seiner Phantasien brannte. Sie legte wie ein Riese den Oberleib (die Bergstadt genannt) auf die Anhöhe und streckte die andre Hälfte (die Talstadt) in das Tal. Es war Mittag und keine Wolke am Himmel; in der Mittagszeit steht eine Stadt mit voller blanker Scheibe da, indes ein Dörfchen erst abends aus dem ersten Viertel ins Vollicht tritt. Sie war gut fortifiziert, nicht von Rimpler oder Vauban, sondern von einem wachsenden Pfahlwerke aus Linden. Oben leuchtete unserm Alban die lange Wand der Paläste der Bergstadt entgegen, und die Statuen auf ihren welschen Dächern richteten sich wie Wegweiser und Ausrufer der Freude gegen ihn – über alle Paläste zog sich das eiserne Gebälke der Ableiter als ein Throngerüst des Donners mit goldenen Zepterspitzen – seitwärts hinab lagerte sich die Talstadt neben den Fluß zwischen Alleenschatten, mit den bunten Fassaden gegen die Gassen und mit dem weißen Rücken gegen die Natur gewandt – die Zimmerleute klopften wie Hammerwerke auf dem Anger unter abgeschälten Stämmen, und die Kinder klatschten mit den Rinden – die Tuchmacher spannten grüne Tücher wie Vogelwände gegen die Sonne aus – aus der Ferne zogen weißbedeckte Fuhrmannswagen die Landstraße daher, und an den Seiten des Weges graseten geschorne Schafe unter dem warmen Schatten der fetten hellen Lindenknospen – und über alle diese Massen schwebte das Mittagsgeläute aus den lieben vertrauten Türmen (diesen Resten und Leuchttürmen aus seiner dunklern Zeit) gleichsam verknüpfend und beseelend und rief die Menschen freundlich zusammen. – –

Betrachtet das erhitzte Gesicht meines Helden, der endlich in die offnen, aus Sonnentempeln gebaueten Gassen einreitet, wo ja vor jedem langen Fenster, auf jedem Balkon Liane stehen kann – wo sich die lügnerischen oder prophetischen Rätsel von Isola bella entwickeln müssen – wo sich alle Hausgötter und Hausparzen seiner nächsten Zukunft verstecken – wo nun der Montblanc des Hofes und die Alpen des Parnasses, die er beide zu besteigen hat, dicht mit ihrem Fuße an ihm liegen. – – Mich hätt' es in etwas beklommen; aber im Jünglinge, zumal vor dem Kronleuchter der Sonne, loderte ein Leuchtregen nieder. O wenn der Morgenwind der Jugend weht: so steht die innere Merkuriussäule hoch, gesetzt auch, das äußere Wetter wäre nicht das beste.

Wenige von uns werden, da sie die Akademie bezogen, mit ihren Pferden in ein so labendes Getümmel geraten sein wie mein Held; Schlotfeger sangen oben aus ihren Kanzeln und schwarzen Höhlen herunter, und ein Bauchredner auf dem Satteldache eines neuen Hauses besprach droben sehr die künftige Feuersbrunst und dämpfte eine eigne und schleuderte den gläsernen Feuereimer weit über das Gerüste; ja sind wir mit ihm auch durch die lachende Kirchengemeinde des Dach-Sprechers geritten und durch die Armreihen blühender Musensöhne, worunter Alban das feurige Auge nach seinem Roquairol herumdreht: so stoßen wir doch vor seiner künftigen Wohnung auf ein neues Geschrei.

Es machts der Landphysikus *Sphex*, ein Mietsherr, der ihm den halben Palast (denn der Doktor ist begütert durch Kuren) absteht, weil das Haus gerade auf der Bergstadt oder dem Westmünster des Hofes liegt; denn in der Talstadt hausen die Studenten und die City. Der kurze untersetzte Doktor Sphex stand, als das Kleeblatt anritt, neben einem langen Menschen, der auf einer Steinbank saß und zwei Klöppel über eine Kindertrommel in Bereitschaft hielt. Auf ein Zeichen von Sphex schlug der Lange auf seiner Trommel einen schwachen Wirbel, und der Doktor sagte gelassen zu ihm: »Strauchdieb!« Ob sich gleich Sphex ein wenig gegen die lauten Reiter umdrehte, so ließ er doch bald im Wirbeln fortfahren und sagte: »Range!« – mußt' aber unter dem letzten Schlage nur eilig einschalten: »Racker!«

Die Reiter saßen ab, der Doktor führte sie ohne Zeremonie ins Haus, nachdem er dem Trommler einen Wink mit der Hand gegeben, sich nicht zu regen. Er machte ihnen ihre vier oder zwölf Pfähle auf und sagte kalt: »Treten Sie in Ihre drei Kavitäten.« Albano zog aus dem warmen Glanze des Tages in den kühlen purpurnen Erebus seines rotverhangnen Zimmers wie in einen Bildersaal malender Träume ein, gleichsam in die Silberhütte für das dunkle Bergwerk des Lebens. Er fand darin die geöffnete Hand seines reichen Vaters von den Bildern des Fußteppichs an bis zu den Alabasterstatuen der Wand; und im Kabinett traf er unter den Gaben seiner Pflegeeltern alle seine nachgeschickten dichterischen und philosophischen Studienbücher, holde Reflexe aus der stillen, ihm durch die Reise weit entrückten Jugend an, in deren Nelkenscherben nur Konkordien floriert hatten, indes jetzt Feuerfaxe gesäet werden. Da warf, nicht die Göttin der Nacht den Mantel, sondern die Göttin der Dämmerung den Schleier über sein Auge und ließ im Helldunkel die Gestalten der Zukunft, manche bewaffnet, manche bekränzt, einen Trupp aus Parzen und Grazien, an seinem Herzen, das bisher so ruhig war, Hände und Hebel ansetzen, und sein Herz wurde weich und locker –– auf drei Minuten: wahrhaftig ein Jüngling, zumal dieser, hat die Seestürme, die den Maler, die arbeitenden Vulkane, die den Physiker, die Kometen, die den Astronomen erfreuen in der physischen Welt, ebenso lieb in der moralischen.

Albano, jetzt von Lianen nur durch Gassen und Tage getrennt, fürchtete sich fast, daß seine träumerischen Entzückungen ihr Ziel verrieten. »Sind Briefe da?« fragte der Lektor nach seiner für Bürgerliche abbrevierten kecken Manier. »Hol ihn herauf, van Swieten!« sagte Sphex zu einem Söhnchen, das mit zwei andern, Boerhaave und Galenus genannt, bisher eine korrespondierende Entzifferungskanzlei der neuen Mietsleute hinter einem Vorhange gemacht hatte. »Unser alter Herr« (setzte Sphex auf einmal dazu, als häng' es mit dem Briefe zusammen) »hat auch ausgeherret; seit fünf Tagen ist er maustot, wie ich längst vorausgesagt.« – »Der alte Fürst?« fragte erstaunt Augusti. »Aber warum werd' ich noch nichts von Trauergeläute, schwarz-angelaufnen Schnallen, Tränentöpfen und Jammer in der Stadt gewahr?« fragte Schoppe.

Das erklärte der Physikus. Er hatte nämlich als Leibarzt die Sterbensterzie des alten Fürsten kühn genug geweissagt und glücklich getroffen. Allein da gerade einen Tag nach dem Trauerfalle der Erbfolger Luigi in Pestitz einziehen wollte und da die Publikation des hohen Todes die ganze für den Sohn eingeölte Illumination ausgegossen hätte mit Tränentöpfen und die geblümten Ehrenpforten verhangen mit Trauerflor: so hatte man, bevor der Nachfahrer empfangen war, obwohl zum größten Schaden des prophetischen Sphex, die Sache nicht wollen laut werden lassen, so wie jener Grieche bei der Todespost seines Sohnes die Trauer erst auf die Vollendung seines frohen Opferns verschob. Sphex beteuerte, schon vor vielen Jahren hab' er dem Höchstseligen aus den weißen Zähnen[1] die Nativität der Schwindsucht gestellt und nie die Todesstunde besser getroffen als dasmal; er lasse aber jeden selber beurteilen, ob ein Arzt, der seine Prophezeiung überall kundgegeben, viel Seide spinne bei einer solchen politischen Unterschlagung. – »Aber« (versetzte Schoppe) »wenn man verstorbene Herren, gleich ihren toten Soldaten, noch als lebendige in der Liste fortführt: so kann man fast nicht anders; denn da es bei Großen überhaupt so verdammt schwer zu erweisen ist, daß sie leben, so ists auch nicht leicht auszumitteln, wenn sie tot sind; Kälte und Unbeweglichkeit und Fäulnis beweisen zu wenig. Doch mag man vielleicht königliche Sterbebetten, wie die Perser königliche Gräber, auch darum verstecken, um den armen Landeskindern den herben Zwischenraum zwischen dem Tode und der neuen Huldigung möglichst abzukürzen. Ja da nach der Fiktion ein König gar nicht stirbt, so haben wir Gott zu danken, daß wirs überhaupt erfahren und daß es nicht mit dem Tode desselben wie mit dem Tode des ebenso unsterblichen Voltaire geht, den die Pariser Journalisten gar nicht melden durften.«

[1] Nach Camper haben Hektiker sehr weiße und schöne Zähne.

Van Swieten und Boerhaave und Galenus brachten nach langem Ausbleiben einen Brief an – Albano mit Gaspards Siegel; er riß ihn jugendlich-arglos auf ohne einen Blick auf den Umschlag; aber der Lektor nahm diesen in die Hand und drehte ihn wie ein Postsekretär, Heraldiker und Siegelbewahrer nach seiner Gewohnheit zur Visitation sphragistischer Wunden herum und schüttelte über die schlechte Erneuerung des Briefadels, d. h. des Wappens, leise den Kopf. »Haben die Jungen etwas am Siegel verletzt?« sagte Sphex. »Mein Vater« (sagte lesend Albano, um eine bis nach außen reichende Erschütterung zu überdecken, worein ein Flug schwerer Gedanken plötzlich alle seine innern Zweige setzte) »weiß den Tod des Fürsten auch schon.« Da schüttelte Augusti noch mehr den Kopf; denn da sich vorhin Sphex vom Briefe auf einmal auf das fürstliche Sterben versprang, so setzte dieser Sprung fast die Lesung des erstern voraus. Der Leser ziehe sich hiervon die Regel ab, daß er über die Entfernung zweier Töne, zwischen welchen die Leute vor ihm hüpfen, stutzen und daraus auf den Leitton zwischen beiden raten müsse, den sie verstecken wollen.

Für den Grafen war es jetzt recht gut, daß der Doktor den Hofmeistern ihre Zimmer anwies; ach seine vom heutigen Tage schon schwankende Seele wurde jetzt so heftig vom Inhalte des Briefes erschüttert! –

29. Zykel

Als Sphex dem Bibliothekar die Stube auftat, war solche schon besetzt von einer Kiste (auch aus Italien angelangter) Vipern, von 3/4 Zentner Flachs, einem bleichen Reifrocke und von drei durchbohrten Seidenschuhen der Doktorin samt einer Weife und einem Vorrate von Kamillenkraut; das medizinische eheliche Paar hatte gedacht, das pädagogische niste beisammen. Aber Schoppe versetzte recht gut und fast mit einiger Ironie gegen den vornehmer traktierten Augusti: »Je kräftiger und geistreicher und größer zwei Menschen sind, desto weniger vertragen sie sich unter *einem* Deckenstück, wie große Insekten, die von *Früchten* leben, ungesellig sind (z. B. in jeder Haselnuß sitzt nur *ein* Käfer), indes die kleinen, die nur von *Blättern* zehren, z. B. die Blattläuse, nesterweise beisammenkleben.« – Zesara hätte allerdings an seinem unersättlichen Herzen den Geliebten, den ihm das Geschick darangelegt hätte, unaufhörlich in jeder Lage und Stunde wie einen Waffenbruder behalten wollen; aber Schoppe hat recht. Freunde, Liebende und Eheleute sollen alles gemein haben, nur nicht die – Stube; die groben Forderungen und die kleinlichen Zufälle der körperlichen Gegenwart sammlen sich als Lampenrauch um die reine weiße Flamme der Liebe. Wie das Echo immer vielsilbiger wird, je weiter unser Ruf absteht, so muß die Seele, aus der wir ein schöneres begehren, nicht zu nahe an unsrer sein; und daher nimmt mit der Ferne der Leiber die Nähe der Seelen zu.

Der Doktor ließ seine lauten Kinder als einen ausräumenden Strom in die Augiasstube laufen; er aber ging wieder zum Trommler hinunter, mit dem es nach seiner Erzählung diese Bewandtnis hatte: Sphex hatte schon vor mehrern Jahren besondere Vermutungen über die Fett-Absonderung und den Durchmesser der Fett-Zellen in einem Traktate gewagt, den er nicht eher herausgeben wollte, bis er die anatomischen Zeichnungen dazu konnte stechen lassen, mit denen er auf die Sektion und Ausspritzung des dasitzenden Trommlers wartete. Diesen kranken, einfältigen, schlaffen Menschen, *Malz* mit Namen, hatt' er vor einem Jahre, als sich einige Fett-Augen auf ihm ansetzten, unter der Bedingung in die Kost genommen, daß er sich zerlegen ließe, wenn er verstorben wäre. Zum Unglück findet Sphex seit geraumer Zeit, daß der Kadaver täglich abfället und eindorret aus einem Aale zu einer Hornschlange; und es ist ihm unmöglich, herauszubringen, was es macht, da er ihm nichts Aussaugendes zulässet, weder Denken noch Motion noch Passionen, Empfindsamkeit, Essig noch sonst etwas.

Die Trommel muß der Kadaver – da er ebenso harthörig als hartsinnig ist und schon darum keine Vernunft annimmt, weil er keine hört – immer umgehangen tragen, weil er unter ihrem Rühren besser vernimmt, was sein Brotherr und Prosektor an ihm aussetzt [1]. – Der Doktor filzte ihn nun drunten – Schoppe hörte zum Fenster hinab – so aus: »Ich wollte, der Teufel hätte lieber Seinen verdammten seligen Vater geholet, als daß er gestorben wäre. Er schießet ja über Sein Lamentieren ein wie Soldatentuch und weckt ihn doch nicht auf, und wenn Er sich die Nase wegweinte. Besser getrommelt, Kahlmäuser! – Weiß Er denn nicht, Schuft, daß Er mit einem andern einen Kontrakt gemacht, ins Fett zu wachsen, so gut Er kann, und daß man den Brotdieb kostbar ernährt, bis er brauchbar wird? – Andere würden gern fett, wenn sie's hätten. – Und Ihr! – Redet, Strick!« – Malz ließ die Trommelstöcke unter die Schenkel niederklappen und sagte: »*Sie* haben recht *Seine* Not mit mir – es ist kein rechter Segen bei unserm Schmalz – und darüber mergelt sich unsereiner im stillen ab. – Meinen Vater sel. schlag' ich mir wahrhaftig aus dem Kopfe, er mag mir einfallen, wenn er will.« –

[1] Derham (in seiner Physiko-Theologie 1750) bemerkt, daß Taube unter dem Getöse am besten hören, z. B. ein Harthöriger unter dem Glockengeläute; eine taube Wirtin unter dem Trommeln des Hausknechts. Daher wird vor Fürsten und Ministern, die meistens schlecht hören, Musik-, Pauken- und Kanonen-Lärm, wenn sie durchpassieren, geschlagen, damit sie das Volk leichter hören.

30. Zykel

Der väterliche Brief, der Albanos Seele in allen ihren Fugen erschütterte, lautet übersetzt so:

»Lieber Albano, im Kampanertal erhielt ich leider einen Brief über die immer heftiger wiederkommenden Asphyxien deiner Schwester, er war am Karfreitage geschrieben und setzte ihren Tod schon als ausgemacht voraus. Auch bin ich darauf gefasset. Desto mehr frappierte mich deine Nachricht vom Gaukler der Insel, der den Propheten spielen wollen. Eine solche Weissagung setzt irgendeinen Anteil voraus, dem ich in Spanien näher nachspüren muß. Ich glaube den Betrüger schon zu kennen. – Sei an deinem Geburtstage vorsichtig, bewaffnet, kalt und kühn und halte womöglich den Jongleur fest; gib dir aber kein ridicule durch Sprechen darüber. – Dian ist in Rom und arbeitet recht brav. – Lege Hoftrauer für den lieben alten Fürsten an aus Gefälligkeit. Addio! – G. de. C.«

»Ach teuere Schwester!« seufzte er innig und zog ihr Medaillon heraus und sah weinend die Züge eines ihr versagten Alters an und las weinend die widerlegte Unterschrift: Wir sehen uns wieder. Jetzt da sich ihm das Leben lachend und weit aufschließet, ging es ihm viel näher, daß das Schicksal die Schwester so eng bedeckt; ja der harte Gedanke kam dazu, ob er nicht Schuld an ihrem Verschwinden habe, da seinetwegen der fürchterliche Zahuri der Insel vielleicht eine opfernde Gaukelei getrieben; sogar der Umstand, daß sie seine schwächliche Zwillingsschwester war, wurde ein Schmerz. – Allein kämpfend standen jetzt die Gefühle in seinem Geiste wie auf einem Schlachtfelde gegeneinander. Welches Schicksal zieht mir entgegen! dacht' er. »Nimm die Krone!« hatte jene Stimme gesagt; – »welche?« fragte aufstehend sein ruhmdurstiger Geist und untersuchte kühn, ob sie aus Lorbeeren oder Dornen oder Metallen bestehe. – »Liebe die Schöne!« hatte sie gesagt; aber er fragte nicht: »welche?« – nur hatt' er, seitdem der Vater des Todes seinen Namen und seine Glaubwürdigkeit fürchterlich zu bewähren schien, die Furcht, daß die angekündigte Stimme in der Himmelfahrts- und Geburtsnacht einen andern Namen nenne als den geliebtesten. –

Abends, nachdem die drei Ankömmlinge ihre häuslichen Einrichtungen, die aus dem wellenschlagenden Albano noch immer nicht den vervielfältigten Zauberglanz der Lindenstadt wegbrachten, hinter sich hatten, führte der Lektor den Grafen zum Erbprinzen Luigi. Dieser kopierte täglich eine halbe Stunde lang im Bilderkabinett; und beschied beide dahin zum Warten auf ihn. Sie gingen hinein. Ein andrer als ich würde hier der Welt einen räsonnierenden Küchenzettel aller Schaugerichte des Kabinetts zustellen, aber ich mag sie nicht einmal mit den 17 Gemälden beschenken, über deren Reizen jene seidnen Tändelschürzen oder Schleier hingen, die in Paris eine

Dame gern von ihren eignen abheben würde, um nur damit verschämt das Kunstwerk zu bedecken. Man kann leicht denken, daß unserm Alban im Bilderkabinett das mütterliche[1] einfiel und daß er gern an jedem Nagel gerücket hätte, wäre niemand dagewesen.

Aber die Prinzessin *Julienne* war da, die er (und wir alle) noch recht gut von Blumenbühl her kannte, wie sie ihn. Sie war zwar voll junger Reize, aber man fand diese doch nicht eher, als bis man ein paar Tage vorher sehr in sie verliebt gewesen war – das machte sie darauf jede Minute hübscher, wie denn überhaupt Amor mehr der Vater als der Sohn der Huldgöttin ist, und sein Köcher das beste Schmuckkästchen und die reichste Toilettenschachtel, und seine Binde das beste mouchoir de Venus und Schminkläppchen, das ich kenne.

Sie zeichnete gerade den Gipsabguß eines schönen alten Kopfs, der dem Grafen gleichsam aus dem Antikenkabinett seiner Erinnerung geholt zu sein schien und dem sein wallendes Herz recht liebend entgegenfloß; aber er entsann sich des Urbilds nicht. – Endlich sagte Julienne, die Etikette verschmähend, recht gutmütig und aufblickend: »Ach lieber Augusti, mein Vater ist verschieden in *Lilar.*« Das Wort Lilar kolorierte plötzlich in Albano das bleiche Gedächtnisbild – völlig wie diese blasse Büste sah im Mondscheine der alte Mann aus, der in jener dichterischen Sommernacht Zesarens Hände auf dem Berge zum Gebet zusammenlegte und sagte: »Gehe schlafen, lieber Sohn, eh' das Gewitter kommt.« Ein andrer hätte sich nun nach dem Namen der Büste erkundigt und erst dann die nächtliche Historie entdeckt; aber der Graf tat im Feuer bloß das letztere, nach einem kurzen Warten auf das Auslaufen des Gesprächs. Augusti wollte ihn, als er die ihm fremde Geschichte der Bekanntschaft mit dem Urbilde anhob, sorgend unterbrechen; aber Julienne gab ihm einen Wink, ihn zu lassen; und der Jüngling teilte treuherzig der teilnehmenden Seele das schöne Zusammenkommen gerührt und brennend mit und wurde beides noch mehr, als ihre Augen überflossen in ihr Lächeln. – »Es war mein Vater, das ist sein Abguß!« sagte Julienne weinend und freudig; Albano schlug nach seiner Art mit seufzender Brust die Hände vor der Büste zusammen und sagte: »Du edle, herzlich geliebte Gestalt!« und sein großes Auge schimmerte von Liebe und Trauer.

Die gute weibliche Seele wurde von einer so unhöfischen Teilnahme fortgerissen, und sie überließ sich ganz ihrem angebornen Feuer. Das weibliche und das höfische Leben ist zwar nur die längere Strafe des *Gewehrtragens* – Oberhofmeisterinnen sind, wie es nach dem Modelle der Jaherren Neinherren gibt, wahre Neinfrauen – die siebenfarbige Kokarde der heitern tanzenden Freiheit wird da abgerissen oder läuft schwarz an von der Hoftrauer – jeder weibliche Lusthain ist ein unheiliger – Fataleres kenn' ich nichts – – – aber die kraushaarige Julienne brach, mir nichts dir nichts, durch

[1] In dessen Wand die Frau mit dem Souvenir ist.

das ewige Gefängnis bei süßem Brote und gebranntem Wasser des Tages wohl zwölfmal hinaus und lachte den freien Himmel an und beleidigte (– sich und andre nie –) die Oberhofmeisterin stets. Sie erzählte nun dem Grafen (indem sie aus Nervenschwäche und Lebhaftigkeit immer stärker lächelte und schneller sprach), wie ihr lieber schwacher, mehr kindlicher als kindischer Vater, dessen alten Lippen und entkräfteten Gedanken nur noch nachgelallte Gebete möglich waren, sich mit einem eisgrauen mystischen Hofprediger in Lilar ins Betzimmer eingeschlossen (ein graues Haupt verbirgt sich gern, eh' es verschwindet, und sucht wie Vögel einen dunkeln Ort zum Entschlafen) – und wie sie und das Fräulein von Froulay (Liane) dem halbblinden Manne abwechselnd Gebete vorgelesen und gleichsam die Abendglocke der Andacht vor dem müden *schlaftrunknen* Leben angezogen. Sie malte, wie er in diesem Vorhofe der Gruft alles Geliebte überlebt oder vergessen habe, wie er immer nach ihrer Mutter gefragt, deren Sterben ihm stets von neuem entfallen, und wie das verdunkelte Auge jede Tageszeit für einen Abend und daher jeden Fortgehenden für einen, der schlafen gehen wolle, genommen habe.

Wir wollen nicht zu lange auf diese späte Zeit des Lebens blicken, wo sich die Menschen wieder als Kinder für die längere Wiege des Grabes verkürzen; und wo sie gleich den abends schlafenden Blumen *unkenntlich* sind und einander früher als im Tode gleich werden.

Besonders dem Lektor war wie allen Hofleuten schlecht mit diesen Funeralien gedient; auch wollt' er gern die Hiobskrankheit ihres Klagens durch Versetzung heilen und führte sie näher zu Lianen. Aber eben, indem sie den Anteil und die Opfer dieser Freundin beschrieb und indem ihr wieder die lange weinende Umarmung erschien, worin Liane sie und den Schmerz gleichsam fest an sich geschlossen hatte, so kehrte jeder dunkle schwere Blutstropfe, den die kräftigen Pulsadern fortgetrieben hatten, wieder in das Herz zurück, und sie hörte auf, zu malen, sowohl diese Geschichte als den Kopf.

Die beiden Freundinnen waren keine solche, die sich den Kuß durch zwei Flöre hinauslangen, oder die einander abzuherzen wissen ohne die kleinste Quetschwunde der Frisur, oder deren Liebesmahl sich jedes Jahr, wie das Abendmahlbrot jedes Jahrhundert, leichter und dünner bricht: sondern sie liebten sich innig mit den Augen, mit den Lippen, mit dem Herzen, wie zwei gute Engel. Und wenn vorher die Freude ihren Erntekranz nahm und ihn für sie zum Trauring der Freundschaft machte: so versuchte jetzt der Gram mit seinem Stachelgürtel dasselbe. – Ihr guten Seelen! mir ist es ganz leicht denklich, wie ein so reiner glänzender Seelenbund das Herz eures Freundes Albano zugleich peinlich ausdehnt und selig erhebt, wie die ärostatische Kugel zugleich zerstörend schwillt und steigt. Für Lianens Einzug standen ohnehin schon geschmückte Ehrenpforten in seinem Innern in die Höhe!

Inzwischen hätte ein Fremder ohne diese meine Feder, oder auch ich ohne den Lehnpropst Hafenreffer, nichts am sprechenden Grafen merken können als ein irres Glühen im Gesicht und schnelle Worte.

31. Zykel

Auf einmal tritt in diese Schilderungen und Genüsse der Thronfolger, oder vielmehr der *Nachwinter* des kalten Greises ein, *Luigi.* Mit einem flachen Schnitzwerke des schwammigen Gesichts, auf dem sich nichts ausdrückte als der ewige Mißmut der Lebens-Verschwender, und mit einigem reifen Grauwerke auf dem Kopfe (als Vorläufer der Weisheitszähne) und mit der unfruchtbaren Superfötation eines voluminösen Unterleibes ging er mit der größten Höflichkeit auf Albano zu, in der ein flacher Frost gegen alle Menschen vorstand. Er stäubte sogleich mit der Kleie von leeren schnellen unähnlichen Fragen um sich und eilte stets; denn er hatte fast noch mehrere Langweile, als er machte, wie sich überhaupt für keinen das Leben so widrig verlängert als für den, der es verkürzet. Luigi war durch die Erde so schnell wie durch ein Puderstübchen gelaufen und war wie in diesem gehörig *grau* geworden; die Milchgefäße seines äußern und innern Menschen hatten sich, weil sie Sahne- oder Rahmgefäße sein sollten, eben deswegen in Giftgefäße und Leidensbecher verkehrt. Sooft ich vor einer gemalten Fürsten-Suite in einem Korridor vorbeigehe, so verfall' ich stets auf mein altes Projekt und sage ganz überzeugt: »Vermöchten wir nur wie die Sparter und alle ältere Völker es durchzusetzen, daß wir einmal einen Regenten *gesund* auf den Thron hinaufbrächten: so hätten wir einen *guten* obendrein, und alles ginge. Aber ich weiß, es sind die Zeiten nicht dazu. Sündlicherweise assistieren nur bei der *Tortur*, nicht bei der *Freude* Chirurgen und Ärzte, die auf den Grad der Freude wie der Folter und auf die unschädlichen Stellen genau hinweisen.« –

Albano, fremd vor und in dieser Menschenklasse, sah anfänglich die Kluft zwischen sich und Luigi flacher gegraben, als sie war; bloß unbehaglich und drückend wurd' es ihm, wie gewissen Leuten, wenn ohne ihr Wissen eine Katze im Zimmer ist. Die fortgehende moralische *Entkräftung* und Verfeinerung wird alle unsere Außenseiten noch so absäubern und ausgleichen – und zwar nach demselben Gesetze, wornach *physische Schwächung* die *Hautausschläge* zurückjagt und in die *edlern* Teile verweiset –, daß wahrhaftig ein Engel und ein Satan zuletzt in nichts zu unterscheiden sind als im Herzen. – Alban brachte schon von Wehrfritz, den er immer die Rechte der Landschaft gegen den Fürsten verfechten hörte, Abneigung gegen den Nachfolger mit; desto leichter entbrannte in ihm ein moralischer Grimm, da Luigi sich gegen die Bilder kehrte und die Vorhänge oder Bergleder von einigen der indezentesten wegzog, um ihren artistischen Gehalt nicht ohne

Geschmack und Kenntnis auszuwägen. Eine kopierte Venus von Tizian, auf einem weißen Tuche liegend, war nur die Vorläuferin. Obgleich der unschuldige Erbprinz die voyage pittoresque durch diese Galerie mit der artistischen Kälte des Galerieinspektors und Anatomikers machte und mehr seine Kenntnisse zu zeigen als zu bereichern suchte: so nahm doch der unerfahrene Jüngling alles mit einer tauben und blinden Entrüstung auf, die ich mit nichts, nicht einmal mit der Gegenwart der Prinzessin zu verteidigen weiß, um so mehr, da erstlich diese ihre Seele nur zwischen der Gipsbüste und deren Kopie arbeitend teilte und da zweitens in unsern Tagen Damenuhren und Fächer (wenn sie geschmackvoll sind) Gemälde tragen, gegen die Albano wieder Fächer nehmen würde. Die zwei Flammen des Zorns und der Scham überdeckten sein Angesicht mit einem glühenden Widerscheine; aber sein unbehülflicher Trotz kontrastierte gegen die Gewandtheit des Lektors, der mit seinem kalten, ebenso bestimmten als leichten Tone Selbständigkeit bewahrte und Reinheit schützte. »Sie gefallen mir alle nicht,« (sagt' er barsch) »ich gäbe sie für ein einziges Gewitter von Tempesta weg.« Luigi lächelte über sein schülerhaftes Auge und Gefühl. Als sie in das zweite Bilder-Zimmer traten, hörte Albano die Prinzessin fortgehen. Da ihm dieses Gemach mit noch mehrern zerrissenen Vorhängen des *Allerunheiligsten* drohte: so nahm er seinen Abschied ohne sonderliche Zeremonie und ging ohne den Lektor zurück, der heute vorzulesen hatte.

Nie faßte Schoppe seine pulsierende Hand herzlicher an als diesesmal; der Anblick eines verschämten Jünglings ist fast holder (seltener zumal) als der einer verschämten Jungfrau: jener erscheint weiblich-sanfter, wie diese männlich-stärker durch das zugemischte Zürnen der Tugend. Schoppe, der wie Pope, Swift, Boileau Heiligkeit des Geschlechts mit Zynismus der Kleidung und Sprache zusammenzwang, leerte die größten Zornschalen über jede Libertinage aus und fiel als eine satirische Bellona die besten freien Leute an; dasmal aber nahm er sie mehr in Schutz und sagte: »Die ganze Gattung liebt fremde Schamröte entschieden und bekämpfet sie lieber als Schamlosigkeit, so wie (und aus einerlei Gründen) *Blinde* die *Scharlachfarbe* vorziehen. Man kann sie den Kröten vergleichen, die den kostbaren Krötenstein (ihr Herz) auf kein anderes Tuch wie auf ein *rotes* setzen.« –

Der Lektor, der bei aller Reinheit und Zucht doch dem Scarron ohne Bedenken an der Ode auf das Gesäß einer Herzogin hätte schreiben helfen, wußte – als er die Flucht des Grafen behandeln wollte – gar nicht, wie ihm geschah, als ihn dieser mit einigem Rosenessig ansprengte und sagte: »Der Vater liegt dem schlechten Menschen auf dem Brette, und ihm liegt eines vor der eisernen Stirn: o der Schlechte!« – Allerdings hatte die physische und moralische Nähe der zwei schönen weiblichen Herzen und die Liebe dafür den Grafen am meisten gegen Luigis artistischen Zynismus empört. Der Lektor versetzte bloß: »er werde bei dem Minister und überall dasselbe hören; und seine falsche Delikatesse werde sich schon noch geben.« – »Die

Heiligen« (fragte Schoppe) »wohnen nur auf, nicht in den Palästen?« Froulays seiner trug nämlich auf seiner Platteforme einen ganzen Kordon von steinernen Aposteln; und auf einer Ecke stand eine Marienstatue, die zwischen lauter Dächern aus Sphexens Hause zu sehen war.

Junger Zesara! wie jagt dir diese marmorne Madonna Blutwellen durchs Gesicht, gleichsam die Schwester deiner schönern, oder die Schutz- und Hausgöttin derselben! – Aber er beschleunigte den Eintritt in dieses Lararium seiner Seele, die Abgabe des väterlichen Empfehlungsschreibens, mit keinem Laute aus Scheu des Argwohns: so viele Fehltritte tut der Gute schon im Heidenvorhofe der Liebe; wie soll er im Weibervorhofe bestehen, oder im finstern Allerheiligsten fußen?

32. Zykel

Der Hof ließ jetzt (er konnte vor Schmerz nicht sprechen) ausschreiben, daß der tote Nestor mit Tode abgegangen. Ich setze hier den Jammer der Stadt samt der Freude derselben über die neue Perspektive beiseite. Der Landphysikus Sphex mußte den Regenten – anstatt daß man uns Untertanen gleich Schnepfen und Grundeln mit dem ganzen Eingeweide und Gescheide auf die Tafel des Gewürms serviert – wie ein großes Tier ausweiden. Abends ruhte der Erblaßte auf seinem Paradebette aus – der Fürstenhut und der ganze elektrische Apparat des Throndonners lag ebenso ruhig und kalt neben ihm auf einem Taburett –; er hatte die gehörigen Kerzen und Leichenwächter um sich. Diese Toten-Schweizer – der Klang frappiert mich, und ich sehe jetzt die Freiheit auf dem Paradebette der Alpen liegen und die Schweizer wachen – bestehen bekanntlich aus zwei Regierungsräten, zwei Kammerräten und so fort. Der eine Kammerrat war der Hauptmann Roquairol. Es kann hier nur einschaltungsweise berührt werden, wie dieser Jüngling, der vom Kamerale fast nicht mehr verstand als ein Kammerrat im ** hischen, doch zu einem Rate in Kriegssachen darin aufstieg – nämlich wider seinen Willen durch den alten Froulay, der (an sich eben kein sentimentalischer Herr) dem alten Fürsten immer die Jugenderinnerungen auffrischte und auffärbte, weil man in dieser weichen Laune von ihm erbetteln konnte, was man wollte. Wie häßlich und niedrig! So kann ein armer Fürst kein Lächeln, keine Träne, kein freudiges Bild haben, woraus nicht irgendein Hofprezist, ders sieht, einen Türgriff arbeitet, sich etwas zu öffnen, oder einen Degengriff zum Verwunden; keinen Laut kann er von sich geben, den nicht ein Weidmann und Wildrufdreher zum Mundstück und Wildruf verbrauche. –

Julienne besuchte abends um 9 Uhr das einzige Herz, das am Hofe wie ihres und für ihres schlug, ihre gute Liane. Diese bot gern ihrer anfangenden Migräne die Stirn und suchte nur fremde Schmerzen zu fühlen und zu stillen. Die Freundinnen, die vor fremden Augen nur Scherze und voreinander nur einen weichen schwärmerischen Ernst entfalteten, versanken immer tiefer in diesen vor der religiösen strengen Ministerin, die nie an Juliennen so viel Seele fand als in dieser sanft nachweinenden Stunde, wie Levkojen zu duften anfangen, wenn sie begossen werden. Nicht der kämpfende Schmerz, sondern der fliehende verschönert die Gestalt; daher verklärt der Tote seine, weil die Qualen erkaltet sind. Die Mädchen standen schwärmerisch miteinander am Fenster, das zunehmende Mondenlicht ihrer Phantasie wurde durch das äußere voll; sie machten den Nonnen-Plan, auf lebenslang beisammen zu leben und zusammenzuziehen. Es kam ihnen in dieser stillen Rührung oft mit Erschrecken vor, als wehe der klingende Flug abgeschiedener Seelen vorüber – (bloß ein paar Fliegen hatten auf der Harfe der Ministerin mit Füßen und Flügeln die Töne gegriffen) –; und Julienne dachte recht schmerzlich an ihren toten Vater in Lilar.

Endlich bat sie die Seelenschwester, mit ihr heute nach Lilar zu fahren und das letzte und tiefste Weh einer Waise zu teilen und zu mildern. Sie tat es willig; aber der Ministerin war das Ja mühsam abzuringen. Ich sehe die sanften Gestalten aus der langen Umarmung im Wagen in das Trauerzimmer in Lilar treten, die kleinere Julienne mit zuckenden Augen und wechselnder Farbe, Liane von Migräne und Trauer blässer und milder und über jene durch ihre schon vom zwölften Jahre geschenkte Länge [1] erhoben.

Wie überirdische Wesen strahlten beide die an allen Ecken brennende Seele Roquairols an. Ein einziger Tränentropfe konnte in diesen Kalzinierofen Sieden und Verwüstung bringen. Schon diesen ganzen Abend blickte er den Greis mit furchtsamen Schaudern über das kindische Ende dieses gewichnen Geistes an, der sonst so feurig gewesen als seiner jetzt; und je länger er hinsah, desto dickere Rauchwolken schwammen vom offnen Krater des Grabens in das grünende Leben herein, und er hörte darin donnern, und er sah darin eine Eisenfaust dunkel glühen, die nach unserm Herzen greift.

Unter diesen grimmigen Träumen, die jeden innern Schmutzflecken beleuchteten und die hart ihm droheten, auch an seinem Vulkane werde nichts fruchtbar sein als einst die – *Asche*, traten die traurigen Mädchen herein, die unterwegs nur über die *erkaltete* Gestalt, und jetzt noch heftiger über die *verschönerte* weinten; denn die Hand des Todes hatt' aus ihr das Linienblatt der letzten Jahre, das vortretende Kinn, die Feuermäler der Leidenschaften und so viele mit Runzeln unterstrichene Qualen weggelöscht und gleichsam auf die Hülle den Widerschein des frischen stillen Morgenlichts gemalt, das jetzt den entkleideten Geist umgab. Aber auf Julienne machte ein schwarzes Taftpflaster auf dem Augenknochen, das noch von einem Stoße daraufgeblieben war, dieses Zeichen der Wunden, einen heftigern

[1] Diese frühzeitige Vollendung des Wuchses hab' ich an mehreren ausgezeichneten Weibern bemerkt, gleich als sollten diese Psychen Schmetterlingen gleichen, die nicht wachsen nach der Entpuppung.

Eindruck als alle Zeichen der Heilung; sie bemerkte nur die Tränen, aber nicht die Worte Lianens: »O wie ruht er so schön!« – »Aber warum ruht er?« (sagte ihr Bruder mit jener aus dem Innersten murmelnden Stimme, die sie von seiner Liebhaber-Bühne her kannte; und faßte ihre Hand erschüttert, weil er und sie einander innig liebten, und seine Lava brach nun durch die dünne Rinde) – »darum, – weil das Herz aus seiner Brust geschnitten ist, weil darin das Feuerrad der Entzückung, das Schöpfrad der Tränen nicht mehr geht.« –

Diese tyrannische Erinnerung an die Leichenöffnung wirkte fürchterlich auf die kranke Liane, und sie mußte die Augen von der zugedeckten Brust abwenden, weil der Schmerz mit einem Lungenkrampfe den Atem sperrte; und doch fuhr der wilde, andere wie sich verheerende Mensch, der vorher neben der steifen Leichengarde geschwiegen hatte, im doppelten Zertrümmern fort: »Fühlst du, wie sich dieser Fangeball des Schicksals, dieses Ixionsrad der Wünsche so schmerzlich in uns bewegt? – nur die *Brust ohne Herz* wird ruhig.« –

Auf einmal schauete Liane länger und starrer auf die Leiche – eine eiskalte Schneide, wie von der Todessichel, drückte sich durch das warme Gehirn – die Trauerkerzen brannten (schien es ihr) trüber und trüber – dann sah sie im Winkel des Zimmers eine schwarze Wolke spielen und aufwachsen – dann fing die Wolke zu fliegen an und stürzte voll herausquellender Nacht über ihre Augen – dann schlug die dicke Nacht tiefe Wurzeln in den wunden Augen, und die erschrockne Seele konnte nur sagen: »Ach Bruder, ich bin blind.«

Nur der harte Mann, aber kein Weib wird es fassen, daß in Roquairols entsetzlichen Schmerz einige ästhetische Freude über das mörderische Trauerspiel eindrang. Julienne schied vom Toten und von dem alten Schmerze und warf sich mit dem neuen an ihren Hals und klagte: »O meine Liane, meine Liane! siehst du noch nicht? – Sieh mich doch an!« – Der zerrissene und zerreißende Bruder führte die Schwester, der nur einzelne Tropfen als kaltes hartes Wasser auf die blassen Wangen schlugen, mit der scharfen Frage fort: »Schwirret kein Würgengel mit roten Fittichen durch deine Nacht, wirft er keine gelbe Nattern auf dein Herz und keine Schwertfische in deine Nervengewebe, damit sie sich darin verstricken und an den Wunden die Sägezähne wetzen? – Mir ist wohl in meiner Pein, solche Disteln kratzen uns, nach guten Moralisten, auf[1] und bereiten uns zu. –– Du jammervolle Blinde, was sagst du, hab' ich dich wieder recht elend gemacht?« – »Wahnsinniger,« sagte Julienne, »lassen Sie nach, Sie bringen sie um.« – »O was kann *er* dafür;« (sagte Liane) »die Migräne machte mir es schon vorhin neblicht.« –

[1] Mit Disteln wird das Tuch gerauhet, d. h. aufgekratzt, um es besser zu scheren.

Der Abschied der Freundinnen wurde in mehr als einer Finsternis genommen, und darin will ich ihn mit allen seinen Qualen lassen. – Dann bat Liane ihr Mädchen, es der Mutter so kurz vor dem Schlafe zu verschweigen, da es sich vielleicht in der Nacht noch gebe. Aber umsonst; die Ministerin war es gewohnt, ihren Tag an der Brust und der Lippe ihrer Tochter zu schließen. Nun trat diese geleitet herein und suchte das Mutterherz irrig seitwärts, und dem sanftern Weinen konnte sie in dieser geliebten Nähe nicht mehr wehren: da wurde ja alles verraten und alles gestanden. – Die Mutter ließ erst den Doktor rufen, eh' sie mit feuchten Augen und mit leisen Armen an der angedrückten Tochter den Bericht anhörte. Sphex kam, prüfte die Augen und den Puls und machte nichts daraus als ein Nerven-Falliment.

Der Minister, der überall im Hause Leithunde mit feinen – Ohren hatte, kam, unterrichtet, herein und machte in Sphexens Beisein außer weiten Schritten nichts als die kleine Note: »Voyez Madame, comme votre *le Cain* joue son rôle à merveille [1].« –

Sobald Sphex hinaus war, ließ Froulay einige Billionenpfünder und Wachteln (dreipfündige Handgranaten) auf die Gattin los. »Das sind«, notierte er, »die Folgen Ihrer visionären Erziehung« (freilich schlug seine eigne am Sohne auch nicht sonderlich an) – »Warum ließen Sie die kranke Närrin gehen?« (Er hätt' es selber aus höfischen Rücksichten noch lieber erlaubt; aber Männer tadeln gern die Fehltritte, die man ihnen – ersparte; überhaupt setzen sie wie Köchinnen das Messer lieber an Hühner mit *weißem* Gefieder als an die mit *dunkelm*.) – »Vous aimez, ce me semble, à anticiper le sort de cette Rêveuse un peu avant qu'il soit decidé du nôtre« [2] (Ihr Schweigen machte ihn immer bitterer) – »Oh! ce sied si bien à votre art cosmétique que de rendre aveugle et de l'être, le dieu de l'amour s'y prête de modèle [3].« Von dieser schreienden Härte ergriffen – besonders da bloß der Minister wider die mütterlichen Wünsche eben diese *kosmetische* Erziehung Lianens für seine politischen gewählt und befohlen hatte – mußte die Mutter das nasse Auge an der Tochter verbergen und trocknen. Die Ehemänner – und die neuesten Literatoren – halten sich für Feuersteine, deren *Lichtgeben* man nach ihren scharfen *Ecken* berechnet. Unsere Voreltern schrieben einem Diamant-Gehenke das Vermögen, Liebe unter Ehe-

[1] »Sehen Sie, wie vortrefflich Ihr *Le Cain* (ein berühmter Schauspieler) seine (Mord-)Rolle spielt.«

[2] »Sie wollen, wie es scheint, das Schicksal dieser Seherin noch eher entscheiden, als das unsrige entschieden ist.« Er meint hier die Ehescheidung, die zwischen beiden nur durch den wechselseitigen Wunsch, Lianen zu behalten, verschoben wurde.

[3] »So gehört sichs für Ihre Verschönerungskunst, sowohl blind zu machen als zu sein; der Liebesgott ist das Modell dazu.«

gatten anzufachen, zu – auch find' ich in der Tat noch an Juwelen diese Kraft –; nur lässet dieser zum Kiesel gehörige Stein nach den Ehepakten so kalt und hart, als er selber ist. Wahrscheinlich war Froulays Eheband ein solches edelsteinernes.

Allein die Frau sagte nur: »Lieber Minister, lassen wir das; aber schonen Sie die Kranke!« – »Voilà précisement ce qui fût votre affaire [1]«, sagt' er hohnlachend. Vergeblich redete Liane ihn rührend-irrig von der falschen Weltgegend an und sprach für ihren Bruder – welches ewige, zu viel beweisende Defensorat aller Leute ihr einziger Fehler war –; vergeblich, denn sein Mitleiden mit einer Gepeinigten bestand in nichts als im Grimme gegen die Peiniger, und seine Liebe gegen Liane zeigte sich nur im Hassen derselben: »Schweig, Närrin! Aber Monsieur le Cain soll mir nicht ins Haus, Madame, bis auf weitre Ordre!« – Ich sage zum alten Ehe-Bramarbas aus Schonung weiter nichts als: Geh zum Teufel, wenigstens zu Bett! –

33. Zykel

Das deutsche Publikum wird sich noch der vom Antrittsprogramm versprochenen *obligaten Blätter* erinnern und mich fragen, wo sie bleiben. Der vorige Zykel war das erste, bestes Publikum; aber sieh daraus, wie obligate Blätter sind und daß vielleicht so viel Geschichte darin stecke als in irgendeinem Zykel, wie er auch heiße.

Der Graf hatte noch nichts von Lianens Unglück erfahren, als er mit den andern hinunter zum Diner des Doktors ging, der heute sehr gastfrei war. Sie fanden ihn im heftigsten Lachen begriffen, die Hände in die Seiten gestützt und die Augen über zwei Salbennäpfchen auf dem Tische gebückt. Er stand auf und war ganz ernsthaft. In Reils Archiv für die Physiologie hatt' er nämlich gefunden, daß nach Fourcroy und Vauquelin die Tränen den Veilsaft grün färben und also Laugensalz enthalten. Um nun den Satz und die Tränen zu prüfen, hatt' er sich hingesetzt und ernsthaft stark gelacht, um zu weinen und einige Tropfen für die Solwaage des Satzes zu gewinnen; er hätte sich gern anders erschüttert, durch Rührung, aber er kannte seine Natur und wußte, daß nichts dabei herauskäme, nicht ein Tropfe.

Er ließ die Gäste ein wenig allein – die Frau war auch noch nicht zu sehen – Malz saß in einer Ottomane – die Kinder hatten satirische Mienen – kurz die Unverschämtheit wohnte in diesem Hause wie in ihrem Tempel. – Auf den Alten wirkte kein Spott, und er ordnete nur ab, was ihm, nicht was andern mißfiel.

[1] »Das wäre eben vorher Ihre Sache gewesen.«

Endlich schwenkte sich als Voressen oder Vorbericht der Suppe die rosabackige Physikussin in die Stube herein mit 3 oder 4 Esprits oder Federstutzen – mit einer scheckigen Hals-Schürze – in einem roten Ballkleide, dem die Walzer die Farbe ausgezogen, die sie ihr aufgelegt – und mit einem durchbrochnen Putzfächer. Wenn ich wollte, könnt' ich mich ihrer annehmen; denn anlangend die Esprits (da oft der Esprit, wie bei den Embryonen das Gehirn, sich auf die Gehirnschale heraussetzt und da sonnet), so dachte sie, Weiber und Rebhühner würden am besten mit Federn auf dem Kopfe an der Tafel serviert – anlangend den Fächer, so gab sie vor, sie komme von einem Morgenbesuche (wobei sie recht deutlich voraussetzte, daß Damen so wenig ohne Fächerstäbe als Tischler ohne Maßstab durch die Gasse dürfen) – anlangend den Rest, so wußte sie, der Gast sei ein Graf. Sonach scheint es, daß sie unter die Honoratiorinnen gehöre, die (der größern Anzahl nach) gleich den Klapperschlangen nie besser zu genießen sind, als wenn man vorher ihren *Kopf* beseitigt; aber das haben wir noch immer Zeit zu glauben, wenn wir besser hinter sie kommen.

Der schöne Zesara war für sie blind, taub, stumm, geruch-, geschmack-, gefühllos; aber manchen Weibern kann man mit der größten Mühe und Langweile kaum – mißfallen; Schoppe vermocht' es leichter. Sphex machte sich für seine Person aus einer Fett-Zelle Malzens mehr als aus dem ganzen Zell- und Florgewebe einer oder seiner Frau; gleich allen Geschäftsleuten hielt er die Weiber für wahre *Engel*, die Gott zum *Dienste* der Frommen (der Geschäftsmänner) ausgesandt. –

Der Zug des Essens hob an – Augusti, ein feiner Esser, freuete sich auf viel und hielt sich nicht nur ans feine Service, sondern auch an die zerrissenen Servietten, dergleichen er oft an Höfen auf dem Magen gehabt, weil man da in der Moral und im Weißzeuge Wunden lieber hat als Pflaster. – Es traten sogar schon wie gewöhnlich Vorposten und erste Treffen von elenden Speisen auf, die gewöhnlichen Propheten und Vorläufer des besten Kerns, wiewohl ich an hundert Tafeln es verwünschte, daß sie nicht wie gute Monatsschriften die besten Stücke zuerst und die magersten zuletzt geben. – Der Physikus hatte schon zu den drei Knaben gesagt: »Galenus! Boerhaave! Van Swieten! wie sitzet man artig?« – und die drei Ärzte hatten schon drei rechte Hände zwischen die Westenknöpfe und drei linke in die Westentaschen geschoben und passeten steilrecht – als guter Schabzieger anlangte zum Nachtisch. Sphex gab teils Lust zum Käse, teils Abscheu davor, wie ers gerade offizinell fand. Er merkte auf der einen Seite an, wie die Tischler in ihrem Leimtopfe keinen bessern Leim hätten, als was da vor ihnen stehe – er binde ebenso im Menschen – doch würd' er für seine Person ihn lieber mit Doktor Junker wie Arsenik äußerlich überschlagen; – aber er gestand auch auf der andern Seite, daß der Schabzieger für den Lektor Gift sei. »Ich wollte mich dafür verpfänden,« (sagt' er) »daß Sie, wenn man Sie untersuchen könnte, hektisch wären; die langen Finger und der lange

Hals sprechen für mich, und besonders sind die weißen schönen Zähne nach Camper ein böses Zeichen. Personen hingegen, die ein Gebiß haben wie meine Frau da, dürfen sicher sein.«

Augusti lächelte und fragte bloß die Doktorin, zu welcher Zeit man am besten zum Minister komme.

Solche vergiftende Reflexionen so wie den Mittags-Katzentisch gab er nicht aus satirischer Bosheit, sondern aus bloßer Gleichgültigkeit gegen andre, auf die er, gleich einem Rechtschaffnen, nie unter seinem Handeln Rücksicht nahm. Mit der Freiheitsmütze des Doktorhuts auf dem Kopfe erhielt er von seiner medizinischen Unentbehrlichkeit so viele akademische Freiheiten, daß er zwischen seinen vier Pfählen nicht freier aß und agierte als zwischen dem bunten spitzen Pfahlwerke des Hofes. Bracht' er da jemals – das frag' ich – einen Tropfen süßen Wein über die Lippen, ohne vorher einen *Ephraimiten,* der selber die Probationstage nicht überlebte, herauszuziehen und ins Glas zu hängen, bloß um vor dem Hofe zu untersuchen, ob der Ephraimit darin nicht schwarz werde? Und wenns das Silber tat, war da nicht das Überschwefeln des Weins so gut als demonstriert, und hätte der Physikus nicht den Hof, die Süßigkeit, das Schwärzen, Vergiften und Überschwefeln recht artig applizieren können, wenn er der Mann dazu gewesen wäre? –

Dem Zufalle, daß der Lektor über die Einlaßzeit bei dem Minister für heute nachforschte, hatt' es Albano zu danken, daß er den schmerzlichen Unfall nicht im Hause des Ministers oder neben der Blinden selber erfuhr. »Sie können« (antwortete Sara, die Doktorin) »auch den Bedienten hinschicken; der unterschreibt sich für Sie alle; mich aber dauert niemand wie die Tochter.« – Nun brach ein Sturm von Fragen nach dem unbekannten Vorfalle los. »Es ist so«, fing der Physikus mürrisch an, legte sich aber bald, weil er in einigen Augen Wasser für seine Mühle sah – und weil er alle medizinische Schuld von sich auf den Hauptmann Roquairol zu wälzen suchte –, so gut er konnte, auf pathetisches Detail und log fast sentimental. Er schob mit einem unbemerkten Winke der gerührten Frau einen leeren Teller zu als Lakrymatorium, damit nichts umkäme. Aus den verfinsterten Augen des vergeblich-kämpfenden Jünglings riß der erste Lebensschmerz einige große Tropfen. »Ist wohl eine Herstellung möglich?« fragte Augusti sehr bekümmert, wegen seiner Verbindungen mit der Familie.

»Wahrlich ein bloßer Nervenzufall ists« (versetzte Schoppe keck) »und weiter nichts; Whytt erzählt, daß eine Frau, die zu viel Säuere im Magen hatte (im *Herzen* wär's noch ärger), alles *umnebelt* erblickte, wie Mädchen vor naher Migräne.« – Sphex, der nur des Pathos und Laugensalzes wegen gelogen hatte und den es ärgerte, daß der Bibliothekar seiner heimlichen Meinung gewesen, antwortete so, als hätte dieser gar nicht geredet: »Der höchste Grad der Schwindsucht, Herr Lektor, schließet sich oft mit Erblinden; und zu beiden wäre hier wohl Rat. Inzwischen kenn' ich eine gewisse nervöse periodische Blindheit – ich hatte den Fall an einer Frau [1], die ich bloß durch Aderlassen, Dampf von gebrannten Kaffeebohnen und die Abenddünste des Wassers aufbrachte – das wird nun an der Nervenpatientin wieder versucht. Ein pflichtmäßiger Arzt wird aber immer wünschen, daß der Teufel Mutter und Bruder hole.«

Nämlich der Wiederstrich von Lianens Zugkrankheit setzte ihn außer sich. Beleidigungen der Ehre, der Liebe, des Mitleidens machten den Physikus nie warm, und er behielt seinen Überzug aus Glatteis an; aber Störungen seiner Kuren erhitzten ihn bis zum Zerspringen; und so sind wir alle Springgläser, die den Hammer vertragen und nicht eher in tausend Splitter zerfahren, als bis man die kleine Spitze abbricht; bei Achilles wars die Ferse, bei Sphexen der Arznei-Doktor-Ringfinger, bei mir der Schreibfinger. Der Doktor schüttete nun sein Herz aus, wie einige ihre Gallenblase nennen; er schwur bei allen Teufeln, er habe mehr für sie getan als jeder Arzt – er hab' es aber schon vorausgewußt, daß eine so dumme Erziehung bloß für das Schönaussehen und Beten und Lesen und Singen eine verdammte Wirtschaft wäre – er hätte gern oft die Harmoninkaglocken und Tambournadeln [2] zerbrochen – er habe oft die Mutter ohne Schonen auf Lianens sogenannte Reize und auf die Empfindsamkeit, helle Wangenröte und sammet-weiche Haut aufmerksam genug gemacht, hab' aber damit fast mehr zu erfreuen als zu betrüben geschienen – was ihn allein belustige, sei, daß das Mädchen vor einigen Jahren todkrank geworden vom ersten heiligen Abendmahle, wovon er sie abzuhalten versucht, weil er schon an der vierten Patientin die betrübtesten Folgen dieses heiligen Aktus kennen lernen. – –

Zum allgemeinen Erstaunen schlug sich mein Graf gegen alle auf Roquairols Partei. Ach deine ersten Frühlingsstürme zogen jetzt gefangen in deiner Brust umher ohne eine freundschaftliche Hand, die ihnen einen Ausweg gab, und du wolltest deinen blutigen Gram bedecken! – Und suchtest du nicht einen Geist voll Flammen, ein Auge voll Flammen für deine, und hättest du dich nicht lieber mit einem donnernden Höllengotte verbrüdert als mit einem pietistischen matten, gleich einer Schabe unterhöhlenden Himmelsbürger? – Barsch fragt' er den Doktor: »Wo haben Sie das Herz des Fürsten?« – »Ich hab' es nicht,« sagt Sphex betroffen, »im *Tartarus* [3] liegts – wiewohls der Wissenschaft profitabler gewesen wäre, hätte man es unter seine Präparate stellen dürfen; groß wars und sehr singulär.« Er dachte daran, daß er oft – wo er konnte – wie ein Augur unter dem Sezieren ein

[1] Eine nervenschwache (ich weiß nicht, obs die nämliche ist), welche viel Religion, Phantasie und Leiden hatte, wurde, wie sie mir erzählt, auf dieselbe Weise blind und auf dieselbe geheilt.

[2] Das ewige Prickeln der empfindlichen Finger-Nerven durch Strick-, Tambour- u. a. Nadeln macht vielleicht so gut wie das Berühren der Harmonikaglocken durch Reizen nervenschwach.

[3] Der Tartarus ist die melancholische Partie in Lilar.

oder das andre bedeutende Glied als ein Prinzen- und Junkern-Räuber à la minuta heimlich beiseite geschafft – für sein Studium, ein Honig, den er sich gern mit seinem Anatomier- und Zeidelmesser ausschnitt.

»Hat sonach das Fräulein eine unglückliche Liebschaft oder dergleichen?« fragte Schoppe. »Mehr als eine!« (sagte Sphex) »Krüppel – Preßhafte – Waisenjungen – blinde Methusalems; alle diese Liebschaften hat sie. Späße und junge Herren, sag' ich oft zur Alten, bekämen ihr gesünder.«

Aber darin, in der Forderung der Heiterkeit, geb' ich ihm nach – Freude ist die einzige Universaltinktur, die ich präparieren würde – sie wirkt (und stets) als antispasmoticum, als glutinans und adstringens – das Freudenöl dient zur *Brand-* und *Frost-*Salbe zugleich. – Der Frühling z. B. ist eine Frühlingskur, eine Landpartie eine *Austernkur,* eine Brunnenbelustigung eine Maß *Bitter*wasser, ein Ball eine Motion, ein Fasching ein medizinischer Kursus – und daher ist der Sitz der *Seligen* zugleich der Sitz der *Unsterblichen.* – –

»Ja er habe,« beschloß der Doktor, »weils Leute von Stande wären, zuletzt zum *Hochmut* geraten, der alle offizinellen Heilkräfte der Freude zeige; sehr starker wirke völlig wie diese, belebe den Puls, stähle die Fibern, sperre die Poren auf und jage das Blut durchs lange Aderngewinde [1]. – Seiner schwächlichen Frau, wie man sie da sehe, hab' er früher durch Kleider und Doktors-Rang dieses Medikament beigebracht und ihr damit auf die Beine geholfen. – Aber er wolle lieber 60 gemeine Weiber als *eine* vornehme kurieren – und er bedauere als Hausarzt bloß seine Rezepte und medizinischen Bedenken, falls einmal, wie er gewiß glaube, die schöne Liane von hinnen fahre.« –

Die erste Frage, die der nie etwas überhörende Albano auf dem Rückwege vom Doktor an Augusti tat, war, was die Doktorin mit dem unterschreibenden Bedienten haben wollen. Er erklärte es. Es ist nämlich in Pestitz wie in Leipzig die Observanz, daß, wenn ein Mensch verstirbt oder sonst verunglückt, dessen Familie einen leeren Bogen Papier samt Dinte und Feder in den Vorsaal legt, damit Personen, die nähern Anteil nehmen und zeigen, einen Lakaien dahin schicken können, der ihren Namen auf den Bogen setzt, so gut er weiß; – dieses kaufmännische Indossement des näheren Anteils, dieses niedersteigende repräsentative System durch Bediente, die überhaupt jetzt die Telegraphen unsers Herzens sind, macht beiden Städten großen Schmerz und Anteil süß und leicht durch Dinte und Feder.

»Ach das, Gott?« – (sagte Alban und erzürnte sich *ungewöhnlich,* als dringe man ihm Bedienten zu Chrysographen und Geschäftsträgern seiner Gefühle auf) – »o ihr egoistischen Gaukler! durch die Feder schreibender

[1] Den Blutumlauf beschleunigt Hochmut bis zum Wahnsinn. Übrigens ist die ganze Bemerkung von dem pharmazeutischen Werte des Hochmuts aus Tissots »traité sur les Nerfs« geholt.

Lakaien gießet ihr euch aus? – Lektor, dem Satan selber würd' ich wärmer kondolieren als so!« –

Warum ist dieser verhüllte Geist so rege und laut? – Ach alles hat ihn bewegt. Nicht bloß der Jammer über die von allen nächtlichen Pfeilen des Verhängnisses verfolgte Liane trat eisern in sein offnes Herz, sondern auch das Erstaunen über das dunkle Einmischen des Schicksals in sein junges Leben; – Roquairols wiederkommender Ausdruck *»Brust ohne Herz«* klang ihm, als wenn er ihm bekannt sein sollte; endlich fiel ihm die Umkehrung ein, das Wort der insularischen Sphinx: *Herz ohne Brust* –– Also sogar dieses Rätsel war gelöset und der Ort bestimmt, wo er wider jede Erwartung die Weissagung der Geliebten hören sollte – aber wie unbegreiflich, unbegreiflich! –

»O Liane heißet sie, und kein Gott soll den Namen ändern«, sagte seine innerste Seele. – Denn in frühern Jahren hat eben der kräftigste Jüngling an Mädchen reizende Kränklichkeit und weiche Vollgefühle und nasse Augen lieber – so wie man überhaupt in Albanos Jahren die Flut (später die Ebbe) der Augen zu hoch anschlägt, ob sie gleich oft wie zu reiches Begießen die Samenkörner der besten Entschlüsse wegschwemmen –; indes er später (weil er den Ehestand und die Wirtschaft antreten will) sich mehr nach hellen und scharfen Augen als nach feuchten, und mehr nach kaltem und gesundem Blute erkundigt. –

Da Alban das Feuer seiner innern Wolken meistens an den Ausladeketten der Klaviersaiten niedergehen ließ – seltener in die Hippokrene der Poesie –: so macht' er aus seinem innern Charivari unbewußt einen Klavierauszug. Ich transponiere seine Fantaisie folgendermaßen in meine Phantasie. Auf den weichsten Molltönen ging die Erblindung mit ihren langen Schmerzen vorüber, und im *Sprachgewölbe* der Tonkunst hört' er alle leisen Seufzer Lianens laut. – Dann führten ihn härtere Molltöne in den Tartarus an das Grab und Herz des alten freundlichen Mannes, der mit ihm einmal gebetet hatte, und da sank in der Geisterstunde leise wie ein Tau der Laut vom Himmel: Liane! – Mit einem Donnerschlage des Entzückens fiel er in den Majore-Ton, und er fragte sich: »Diese fromme lichte Seele konnte das Schicksal deinem unvollkommnen Herzen versprechen?« Und da er sich antwortete, daß sie ihn vielleicht lieben werde, weil sie ihn nicht sehen könne – denn die erste Liebe ist nicht eitel –, und da er sie von ihrem gigantischen Bruder führen sah und da er an die hohe Freundschaft dachte, die er ihm geben und abverlangen wollte: so gingen seine Finger in einer erhebenden Kriegsmusik über die Tasten, und es klangen die himmlischen Stunden vor ihm, die er genießen werde, wenn seine zwei ewigen Träume lebendig aus der Nacht in den Tag herübergingen und wenn *ein* verschwistertes Paar seinem so jungen Herzen zugleich den Freund und die Freundin gäbe. – Hier verklang leise sein inneres und sein äußeres Stürmen – und die *gleichschwebende Temperatur* des Instruments wurde die des Spielers....

Aber eine Seele wie seine wird leichter vom Schmerze befriedigt als vom Glücke. Als wäre die Wirklichkeit da, so drang er weiter: unbeschreiblichhold und überirdisch sah er Lianens Bild in ihrem Leidenskelche zittern; denn die Dornenkrone veredelt leicht zum Christuskopfe, und das Blut der unverdienten Wunde ist Wangenrot am innern Menschen, und die Seele, die zu viel gelitten, wird leicht zu viel geliebt. – Die zarte Liane schien ihm schon für die *Flora* der zweiten Welt in den Leichenschleier eingesponnen, wie die weichen Glieder der Bienennymphe durchsichtig über der kleinen Brust gefaltet liegen – die weiße Gestalt aus Schnee, die einmal in seinem Traume auf seinem Herzen zerronnen war, öffnete das helle Wölkchen wieder und sah blind und weinend auf die Erde und sagte: »Albano, ich werde sterben, eh' ich dich gesehen habe.« – »Und wenn du mich auch«, sagte das sterbende Herz in seiner Brust, »niemals siehst: so will ich dich doch lieben. – Und wenn du auch bald vergehst, Liane, so erwähl' ich gern den Schmerz und gehe treu mit dir, bis du im Himmel bist.« .... Der Himmel und die Hölle hatten vor ihm zugleich ihre Vorhänge aufgezogen – nur wenige und dieselben Töne und höchste und unterbrochene konnt' er noch leise bestreifen – und endlich sanken die Hände unter – und er fing zu weinen an, aber ohne zu harte Schmerzen, wie das Gewitter, das seine Blitze und Donner aufgelöset hat, nur noch mit einem leisen weiten Regen über der Erde steht. – –

Sechste Jobelperiode

Die zehn Verfolgungen des Lesers – Lianens Morgenzimmer – Disputation über die Geduld – die malerische Kur

34. Zykel

Heischesätze – Apophthegmen – Philosopheme – Erasmische Adagia – Bemerkungen von Rochefoucauld, von La Bruyere, von Lavater ersinn' ich in *einer* Woche unzählige und mehrere, als ich in sechs Monaten loszuwerden und als Einschiebeessen in meinen biographischen petits soupers wegzubringen imstande bin. So läuft der Lotto-Schlagschatz meiner *ungedruckten* Manuskripte täglich höher auf, je mehr ich dem Leser Auszüge und Gewinste *gedruckter* daraus gönne. Auf diese Weise schleich' ich aus der Welt und habe nichts darin gesagt. Lavater nimmt sich hierin vernünftiger, er lässet das ganze mit Schätzen gefüllte Lottorad unter dem Titel: Manuskripte (so wie wir umgekehrt Manuskripte den Verlegern auf der Post unter dem Titel gedruckter Sachen zufertigen) selber unter die Gelehrten laufen.

Aber warum tu' ichs nicht und lasse wenigstens eine oder ein paar Wasseradern meines Wasserschatzes springen und auslaufen? – Auf zehn Verfolgungen des Lesers – bloß so nenn' ich meine zehn Aphorismen, weil ich mir die Leser als Märtyrer ihrer Meinungen und mich als den Regenten denke, der sie mit Gewalt bekehrt – schränk' ich mich ein. Der folgende Aphorismus ist – wenn man den vorhergehenden als die erste Verfolgung anschlägt –, hoff' ich,

die zweite.

Nichts fegt und siebt unsere Vorzüge und Liebhabereien besser durch als eine fremde Nachahmung derselben. Für ein Genie sind keine schärfere Poliermaschinen und Schleifscheiben vorhanden als seine Affen. – Wenn ferner jeder von uns neben sich noch ein Doppel-Ich, einen vollständigen *Archimimus*[1] und Repetenten im Komplimentieren, Hutabnehmen, Tanzen, Sprechen, Zanken, Prahlen etc. herlaufen sähe: beim Himmel! ein solches genaues Repetierwerk unsrer Mißtöne würde ganz andre Leute aus mir und andern Leuten machen, als wir gegenwärtig sind. Der erste und kleinste Schritt, den wir zur Besonnenheit und Tugend täten, wäre schon der, daß wir unsre körperliche Methodologie, z. B. unsern Gang, Anzug, Dialekt, unsre Schwüre, Mienen, Leibgerichte etc., nicht besser, sondern gerade so befänden als alle fremde. Fürsten haben das Glück, daß sich alle Hofleute um sie zu treuen Supranumerarkopisten und Pfeilerspiegeln ihres Ichs zusammenstellen und sie durch diese *Heloten-Mimik* bessern wollen. Aber sie erreichen selten die gute Absicht, weil der Fürst – und das wäre von mir und dem Leser auch zu befürchten – wie der Grundsatz des Nichtzuunterscheidenden an keine wahre *Menächmen* glaubt, sondern sich einbildet, in der Moral wie in der Katoptrik zeige jeder Spiegel und Nebenregenbogen alles *verkehrt*.

Dritte

Es ist dem Menschen leichter und geläufiger, zu schmeicheln als zu loben.

Vierte

In den Jahrhunderten vor uns scheint uns die Menschheit heranzuwachsen, in denen nach uns abzuwelken, in unserm herrlich-blühend aufzuplatzen: so scheinen uns nur die Wolken unsers Scheitelpunktes gerade zu gehen, die einen vor uns steigen vom Horizonte herauf, die andern hinter uns ziehen gekrümmt hinab.

Fünfte

Das Alter ist nicht trübe, weil darin unsre Freuden, sondern weil unsre Hoffnungen aufhören.

[1] So hieß bei den Römern ein Mann, der hinter der Leiche ging und die Gebärden und das Wesen derselben im Leben nachäffte. Pers. Sat. 3.

Sechste

Das Alter der Weiber ist trüber und einsamer als das der Männer: darum schont in jenen die Jahre, die Schmerzen und das Geschlecht! – Überhaupt gleicht das Leben oft dem Fang-Baume mit aufwärtsgerichteten Stacheln, an welchem der Bär leicht hinauf zum Honig-Köder klettert, wovon er aber unter lauter Stichen wieder zurückrutschet.

Siebente

Habt Mitleiden mit der Armut, aber noch hundertmal mehr mit der Verarmung! Nur jene, nicht diese macht Völker und Individuen besser.

Achte

Die Liebe vermindert die weibliche Feinheit und verstärkt die männliche.

Neunte

Wenn zwei Menschen im schnellen Umwenden mit den Köpfen zusammenstoßen: so entschuldigt sich jeder voll Angst und denkt, nur der andre habe den Schmerz und nur er selber die Schuld. (Nur ich exkusiere mich ganz unbefangen, eben weil ich aus meinen *Verfolgungen* weiß, wie der andre denkt.) Wollte Gott, wir kehrtens bei moralischen Stößen nicht um!

Letzte Verfolgung des Lesers

Der hintergangene bedeckte und vom *Trauerschleier* zum *Leichenschleier* lebende Mensch glaubt, es gebe kein Übel weiter als das, was er zu besiegen hat; und vergisset, daß nach dem Siege die neue Lage das neue mitbringe. Daher geht – wie vor schnellen Schiffen ein Hügel aus Wasser vorschwimmt und eine nachgleitende Wellengrube hinter ihm zuschlägt – immer vor uns her ein Berg, den wir zu übersteigen hoffen, und hinter uns nach eine Tiefe, aus der wir zu kommen glauben.

So verhofft der Leser jetzt nach überstandnen zehn Verfolgungen in den historischen Hafen einzufahren und da ein ruhiges Leben zu führen vom unruhigen meines Personale; aber kann ihn der geist- und weltliche Arm denn decken gegen einzelne Gleichnisse – gegen halbseitige Kopfschmerzen – Waldraupen – Rezensionen – Gardinenpredigten – Regenmonate – oder gar Honigmonate, die nach dem Ende jedes Bandes einfallen? – –

Nun zur Historie! Abends fuhren Albano und Augusti mit dem väterlichen Kreditbriefe zum Minister. Den Frost und Stolz desselben suchte der Lektor unterwegs durch das Lob seiner Arbeitsamkeit und Einsicht zu überfirnissen. Mit Herzklopfen faßte der Graf den Türklopfer am Himmels- oder Höllentore seiner Zukunft an. In der Antichambre – diesem höhern Bedientenzimmer und Limbus infantum et patrum – standen noch Leute genug, weil Froulay ein Vorzimmer für eine Bühne hielt, die nie leer sein darf und auf der es, wie im jüdischen Tempel nach den Rabbinen, denen, die knien und beten, nie zu enge wird. Die Ministerin war als eine Patientin abwesend, bloß weil sie eine hüten wollte. Der Minister war auch nicht da – weil er wenig Zeremonien machte und nur ungemein viel forderte –, sondern in seinem Arbeitskabinett; er hatte bisher den Kopf unter dem warmen Thronhimmel gehabt und tief in den verbotnen Reichsapfel gebissen, daher opferte er willig auf (nicht andern, sondern andre) und ließ sich als eine Heiligenstatue mit Votivgliedern behängen, ohne seine zu regen, und wie der heilige Franziskus zu Oporto mit Dank- und Bittschriften, die er niemals erbricht.

Froulay kam und war – wie immer *außer* den Geschäften – so höflich wie ein Perser. Denn Augusti war sein Hausfreund – d. h. die Ministerin war dessen Hausfreundin –, und Albano war nicht gut vor den Kopf zu stoßen, weil man dessen Pflegevater in Landschafts-Votis brauchte und weil Don Gaspard viel bei dem Fürsten galt und weil der Jüngling durch einen ihm eignen anständigen Stolz gebot. – Es gibt einen gewissen edlen, durch welchen mehr als durch Bescheidenheit Verdienste heller glänzen. – Froulay hatte für die Zukunft nicht die bequemste Rolle; denn der haarhaarsche Hof war dem Vlies-Ritter so ungewogen wie dieser jenem [1]; Haarhaar wurd' aber ohne Zweifel (allen welschen *chirurgischen* Berichten zufolge) und in wenig Jahren (allen *nosologischen* gemäß) der Erbe von dessen Erbschaft oder Throne. – Nun war das Schlimme dabei, daß der Minister, der wie ein Christ mehr auf die Zukunft sah, sich zwischen dem deutschen Herrn von Bouverot, der eine haarhaarsche Kreatur heimlich war, und zwischen der kurzen Gegenwart zugleich durchzuschleichen hatte.

Er nahm, sagt' ich, den Grafen ungemein verbindlich auf, so wie den Lektor; und entdeckte beiden, er müsse ihnen seine Frau vorstellen, die ihre Bekanntschaft wünsche. Er ließ es ihr sagen; führte beide aber, ohne Erwarten der Antwort, in ihr Zimmer. Dem Jünglinge war nun, als drehe sich die schwere Tür eines heiligen stillen Tempels auf. – Sogar ich bin jetzt, während ihres Ziehens durch die Zimmer, mit so närrisch, daß ich in eine ebenso große Angst gerate, als ging' ich mit hintennach. Als wir ins Morgenzimmer, welches Papiertapeten zu einer gegitterten Jelängerjelieber-Laube ausfärbten, eintraten: saß bloß die Ministerin da, die uns gefällig aufnahm, mit fester und kalter Haltung in Miene und Ton. Ihre streng-geschlossenen

[1] Dieser hatte früher dem spanischen Ritter die Prinzessin abgeschlagen; es sind mir aber über diesen wichtigen Artikel hinlängliche Dokumente versprochen.

und wenig bezeichneten Lippen taten stumm einen Ernst, der die Gabe des frommen Herzens, und eine Stille kund, die der Schmuck der Schönheit ist – wie manche Flügel nur, wenn sie zugefaltet sind, Pfauenspiegel gießen –, und das Auge glänzte im Wohlwollen der Vernunft; aber die Augenlider waren von harten Jahren tief und kränklich über die milden Blicke hereingezogen. Ach wie zwischen Neuvermählten oft ein Schwert trennend lag, so schliff Froulay täglich am dreischneidigen, das ihn und sie absonderte. Sonderbar stach mit dem hellen Nachsommertage auf ihrem Angesichte das unreine Gewühl auf seinem ab, wiewohl er vor Zeugen, wie es schien, seiner Höflichkeit gegen sie die Ironie benahm und den Haß, wie andre die Liebe, nur für die Einsamkeit aufhob.

Zum Glück verpflanzte sich dieser Nußbaum, der einen ungesunden frostigen Nußbaumschatten auf den ganzen Nelkenflor der Liebe und der Dichtkunst warf, bald unter ähnlichere Gäste zurück. Die Ministerin richtete sich nach den ersten Gaben der Gefälligkeit mehr an den Lektor, dessen korrekte bürgerliche Mensur zu ihrer religiösen ganz stimmte; besonders da nur er über Liane fragen und kondolieren konnte. Sie versetzte, dieses Zimmer Lianens sei gerade so gelassen, wie es am Abend der Erblindung gewesen, damit es, wenn sie heile, eine schöne Erinnerung für sie bleibe, oder eine traurige für andre, wenn sie nicht genese. – O bewegter Albano, wenn jede Abwesenheit verklärt, wie muß es erst eine mit so vielen Spuren der Gegenwart tun! Ich bekenne, außer einer Geliebten kenn' ich nichts Schöneres als ihr Wohnzimmer in ihrer Abwesenheit.

Auf Lianens Arbeitstische lag ein umrissener Christuskopf neben der aufgeschlagenen Messiade – ein zusammengelegter Spazierflor nebst dem grünen Spazierfächer mit eingeschriebenen Wünschen von Freundinnen – einige aufgeschnittene Couverts – der Gevatterbrief eines Froulayschen Pachters – eine ganze lackierte Schäferei mit Wagen, Stallung und Haus, mit deren lilliputischen Arkadien sie Dians Kinder [1] erfreuen wollen – ein aus dem verfliegenden Stammbüchlein einer Freundin ausgerupftes Blatt, das sie mit einer getuschten Blumenrabatte gerändert und dann mit holden Wünschen vollgepflanzet hatte, die das Schicksal aus ihrem eignen Leben weggenommen. – – Ach schönes Herz, wie gern wollt' ich über alle kleine Rudera deiner lichten Vorzeit etwas Tabellarisches entwerfen und verteilen, hätte sich der Lehnpropst näher darauf eingelassen! – Was aber mich und den Grafen am tiefsten bewegt, ist eine aufgespannte Stickerei, auf welche ihre Nadel wie ein Inokuliermesser an jenem düstern Tage eine Rose mit zwei Knospen geimpfet hatte und woran nichts mehr fehlte als die Dornen – – o diese zog an deinen Freudenrosen das Verhängnis nur zu weit hervor und preßte sie dann so tief durch deine Brust bis ans Herz! –

In keiner Stunde seines Lebens war Albanos Liebe so heilig-zart als in

[1] Dians Familie wohnt in Lilar.

dieser, oder sein Mitleiden so innig. Zum Glück blickte die Ministerin immer durch das Fenster in den Garten und nahm seine Rührung nicht wahr. Zuletzt zeigte sie noch auf Lianens dastehende Harmonika; nun ward ihm das Herz zu voll und zu sichtbar, er sprang auf mit den hastigen Worten, er habe noch keine gehört, und trat davor. Ach er wollte etwas berühren, worauf so oft ihre Finger gewesen. Er legte die Hand wie an ein Heiligtum an diese Betglocken, die so oft unter der ihrigen für fromme Gedanken gezittert hatten; aber sie gaben ihm keine Antwort, bis ihm der Lektor, ein Kenner des Abcs wie der Technologie aller Künste, das Nötigste in drei Worten gewiesen. Jetzt sog er in die Seele voll Seufzer und Kriege den ersten Dreiklang ein, die ersten Klagesilben dieser Muttersprache der lechzenden Brust – ach dieser *Stummenglocken,* die der innere Mensch in der Hand schüttelt, weil er keine Zunge hat –; und seine Adern schlugen wild als Flügel, die ihn vom Boden aufwehten und ihn vor eine höhere Aussicht trugen, als die in die letzte Freude oder Marter ist. Denn in starken Menschen werden große Schmerzen und Freuden zu überschauenden Anhöhen des ganzen Lebensweges. – –

Ich weiß nicht, ob viele Leser den Fehler *möglich* finden werden, den er jetzt *wirklich* beging. Die Ministerin war im Gespräche sehr natürlich – durch Liane und Roquairol – auf den Satz geraten, daß Kindern keine Schule nötiger sei als die der Geduld, weil entweder der Wille in der Kindheit gebrochen werde oder im Alter das Herz. Ach sie und ihre Tochter knieten ja selber voll Geduld vor dem beladenden Schicksale oder auch vor dem bewaffneten; wiewohl die Mutter mit einer frommen, die mehr an den Himmel als auf die Wunde sah, Liane mit einer liebenden, die sich in neue Leiden wie in alte Krankheiten ergibt, wie eine Königin am Krönungstage in die Schmerzen und Friktionen des schweren Juwelenputzes und wie ein Kind, das die Wundenmale süß verschläft und süßer verträumt. – Aber Zesara, der gleich dem Wolfe schon den Klang einer Kette floh und gegen jede, von den leichten Panster- und Ritterketten an bis zu den schweren Hafenketten, die den Jünglingen die Fahrt ins arbeitende Meer verhängen, erbittert ansprengte, konnte sich nicht halten, zumal mit diesem Herzen voll Bewegungen, in zu großer zu sagen: »Der Mensch soll sich wehren – lieber will ich auf dem regen Schlachtfelde freiarbeitend alle Adern ausgießen als einen Tropfen daraus über die Folterleiter angebunden.« – »Die Geduld« (sagte die Ministerin voll davon) »streitet und siegt auch, aber im Herzen.« – »Lieber Graf,« (sagte Augusti, nicht bloß auf die Arria anspielend) »die Weiber müssen noch immer zu den Männern sagen: es schmerzet nicht!«

Ich hatte nicht eher als jetzt Gelegenheit, den Fehler Albans bekannt zu machen, daß er seine Meinung niemals freier und stärker sagte als da, wo er mit ihr gerade einen oder ein paar Himmel seines Lebens zu verspielen fürchten konnte: bei geringerer Gefahr konnt' er nachgiebiger sein. Ob er also gleich merkte, daß die Ministerin dabei an die muskulöse, aber auch hartgreifende Hand ihres wilden Sohnes mit schmerzlichen Erfahrungen denke – oder vielmehr, eben weil ers merkte und weil er für diesen künftigen Freund gern der Waffenschmied und Waffenträger werden wollte –: so blieb er dabei, warf alles Brechzeug des jungen männlichen Willens aus den Schulstuben auf die Gasse und sagte in seiner abstechenden Sprache: »Die Goten schickten ihre Knaben lieber in keine Schule, damit sie Löwen blieben. Wenn man auch Mädchen einen Tag vor dem Pflanzen in die bürgerliche Welt in Milch einweichen muß: so soll man doch Knaben wie Aprikosen mit der steinernen Schale in die Erde stecken, weil sie den Stein durch ihr Wurzeln und Wachsen schon abwerfen und verlassen.« – Der Lektor mit seiner feinen Offenheit – ein kristallenes Gefäß mit goldnem Schnitt – bemerkte mit leiser Rüge von Albans Heftigkeit: wenigstens habe selber die Art, womit beide ihre Beweise geführt, zu den Beweisen gehört; und die Weiber bedürften und bewiesen mehr Geduld bei Personen, und wir mehr bei Sachen.

Die Ministerin, die mehr ihren Sohn als seinen Freund zu hören glaubte, schwieg und trat näher ans Fenster. Unter den Kriegstroublen hatte der Abend seinen licht-vollen Mond auf die Morgenberge gewälzt, und die Güsse seines Lichts flossen jetzt von allen Seiten herein durch den ganzen vor dem Morgenzimmer ausgespannten Garten und blieben in seinen breiten Alleen und in seinen Blumenzirkeln stehen: als auf einmal ein rundes Häuschen durch aufschießende, vom Mondlicht zu Ehrenbogen entzündete Wasserstrahlen bis an sein welsches umgittertes Dach umlodert wurde. Stillgerührt sagte die Ministerin: »Auf jenem Wasserhäuschen steht meine Liane; sie gebraucht die Ausdünstung der Fontänen; der Arzt verspricht sich viel davon. Und die Vorsicht geb' es!« –

Allein der erschütterte Zesara konnte mit seinen so scharfen Augen doch mitten im Blendwerke des waagrechten Mondenscheins und hinter dem zitternden Nonnengitter aus verschränkten Silber- oder Wasseradern jetzt nichts aus dem dämmernden Eden absondern als eine unkenntliche stille weiße Gestalt. Aber es war genug für ein Herz, das weint und glüht. »Du Engel meiner Jugendträume,« dacht' er, »wirst du es sein? Sei du mir gegrüßet mit tausend Schmerzen und Freuden. – Ach können denn Leiden in dir sein, du Himmelsseele?« – Und es ergriff ihn, daß sie mit ihrer gequälten und entzückenden Gestalt, wenn sie hier im Zimmer wäre, sein ganzes Wesen zerknirschen würde durch Mitleid, und er hätte jetzt die Umarmung des Bruders verworfen, mit dessen Hand das Verhängnis die sanften Augen zum langen Traume zugedrückt.

Die Stickluft des bangsten Mitleids zwang ihn, wegzusehen und sich umzuwenden und in den aufgeschlagenen Messias die Augen zu heften, deren Tropfen er nicht zeigen wollte; aber sie wurden durch die Erinnerung, daß er ihre letzte Lese-Freude wiederhole, nur heißer und dichter. Plötzlich richtete etwas Verfinsterndes, das vor dem Fenster wie ein fallender Rabe niederflatterte, seinen Blick wieder auf Lianen, über welcher ein vollgestrahltes Wölkchen stand, gleichsam ein aufgezogener oder niederkommender Heiligenschein – Unsterbliche schienen darauf wie auf Ossians Wolken zu wohnen und die Schwester zu erwarten – und da sie endlich sich bewegte und langsam in das Wasserhäuschen untersank, schien es da nicht, als gehe ihre Hülle in die Erde und ihr stiller Geist in die Wolke? –

Hier gab ihm Augusti, da die Mutter der zurückkommenden Kranken ins Krankenzimmer folgen mußte, den Wink zum Abschiede, den er willig nahm; seine Liebe befriedigte sich jetzt mit Einsamkeit und mit der Hoffnung des Wiedersehens: Junge Liebe und junge Vögel haben anfangs nur *Wärme* durch *Bedecken* nötig, erst später *Nahrung*. –

Aber ein Paraklet oder Tröster sagte unter dem Weggehen dem Jünglinge leis' ins Herzohr: morgen siehst du sie wenige Schritte von dir im Garten! – Und das ist recht leicht zu machen; er darf nur morgen in der Abenddämmerung, wenn die Abendwandlerin die Augenkur gebraucht, sich in die Allee begeben und aus den Blättern frei hinauf in das zauberische Antlitz schauen und dann die ganze Glückseligkeitslehre in *einem* Paragraphen, in *einem* Zuge, Atem, Momente verschlingen – – aber welche Aussicht!

Der Graf bat den Lektor, nicht lange bei dem beschäftigten Minister zu sitzen. Als sie ihn wiederfanden, wußt' er hinter einem Aktenstocke kaum nach einigem (vielleicht maskierten) Besinnen, daß sie dagewesen, und bedauert' es innig, daß sie fortgingen. – Ach der Tröster lispelt den ganzen Abend und die ganze Nacht: Morgen, Albano! –

35. *Zykel*

Da unsern Albano die gaukelnde Nacht von einer Seite und Träumerei auf die andre warf – denn nicht die nahe Vergangenheit, sondern die nahe Zukunft mattet uns mit *Probekomödien* unsrer wachen Akte, mit Träumen, ab –, wie war er am Morgen so froh, daß die schönste Zukunft noch nicht vorüber war. Im Menschen hausen oft zwei sehr eulenspiegelsche Wünsche: ich tue oft den von ganzem Herzen, daß eine wahre Freude für mich, z. B. ein Meisterwerk, eine Lustfahrt etc., doch mög' endlich ein Ende nehmen, und zweitens den obigen, daß eine und die andre Lust noch ein wenig außenbleibe.

Der Abend kam mit der größten, wo Zesara – wie Le Gentil nach Ostindien – nach dem östlichen Park des Ministers abreisete, um den Durchgang des Hesperus und Venussternes, aber nur durch den Mond, zu observieren. Vor den erleuchteten Palastfenstern hielt er mitten unter den Leuten und sann nach, ob es sehr lasse, so in den Garten zu laufen; aber wahrhaftig, wär' er umgekehrt, das dürstende Herz hätte ihn zurück durch einen ganzen davor postierten Klerus und diplomatischen Kongreß hindurch getrieben. Kühn schritt er durch den lauten Palast vor einer angespannten Wagenburg vorbei, drehte das eiserne Gattertor auf und trat hastig in den nächsten Laubengang. Hier ging er, von einem Fackeltanze leuchtender Hoffnungen begleitet, hin und her, aber sein Auge war ein Seh- und sein Ohr ein Hör-Rohr. Die Lauben-Allee wuchs oben quer über den Garten in eine andre, dem Wasserhäuschen nahe hinein; in diese trat er, um der Blinden oder vielmehr ihrer Leiterin nicht zu begegnen.

Es kam aber nichts. Freilich war er nicht wie der Mond – wie doch zu fordern war – um eine halbe Stunde später gekommen, sondern gar um eine früher. Der Mond, dieser Stern, welcher Weise voll Weihrauch zum Anbeten leitet, ließ endlich breite lange Silberblätter als Festtapeten an Lianens Morgenzimmer niederfallen – die Madonna auf dem Palaste war in den Heiligenschein und Nonnenschleier seiner Strahlen eingekleidet – die Ministerin stand schon am Fenster – die Natur spielte das Larghetto eines magischen Abends in immer tiefern Tönen – als Albano weiter nichts vernahm als ein kleineres, bloß aus Klängen gemachtes, das aus dem Wasserhäuschen, dem Lustsitze aller seiner Wünsche, kam, und das sterbend mit dem Frühlingstage vertönen wollte. Aber er konnte nicht erraten, wer es spiele; man hätt' es herausbringen können, daß es Roquairol war, bloß weil er nachher, wie ich erzählen werde, nach der April-Sitte seines musikalischen Gelichters, aus dem Pianissimo in ein zu wildes Fortissimo hinaufsprang. Der vom Vater relegierte Bruder konnte wenigstens im Wasserhäuschen die teuere Schwester sehen und trösten und ihr seine Liebe und seine Reue zeigen; wiewohl seine stürmische Reue eine zweite nötig macht und am Ende nur eine frömmere Wiederholung seines Fehlers war.

Obgleich die Phantasie Albanos eine Retina des Universums war, worauf jede Welt sich scharf abmalte, und sein Herz der Sangboden jeder Sphärenmusik, worin eine umlief: so konnten doch weder der Abend noch das Larghetto mit ihren Strahlen und Klängen durch die hohen Wellen hindurch, die in ihm sowohl die Erwartung als die *Sorge* (beide verdunkeln die Natur und die Kunst) aufwarf. Das Ufer der Fontänen umflocht ein grüner Ring von Orangen, deren Blüte im Morgenlande nach der Selam-Chiffre *Hoffnungen* ansagt; aber wahrhaftig eine nach der andern wurde flüchtig, wenn er an die kalte helle Mutter dachte oder an sein vielleicht leeres Warten. Die Fontänen sprangen noch nicht – er rupfte wie ein Vorherbst immer mehr breite Fächerblätter aus seiner grünenden spanischen Wand und sah doch durch alle weitere Fenster Lianen nicht über den Kiesweg herkommen (welches schon darum unmöglich war, weil sie längst im Wasserhäuschen bei ihrem Bruder stand) – und er verzagte an ihrer Erscheinung: als dieser plötzlich ins gedachte Fortissimo stürmte und als alle Fontänen vor dem Monde rauschende Kränze aus Flittersilber aufwarfen. Albano blickte hinaus....

Liane stand droben im Mondenschimmer hinter dem flatternden Wasser. Welche Erscheinung! – Er riß die Laubenzweige an seinem Angesichte auseinander und schauete unbedeckt und atemlos an die heilig-schöne Gestalt! Wie griechische Götter überirdisch vor der Fackel stehen und blicken, so glänzte Liane vor dem Monde, von dem umherrinnenden Widerscheine der silbernen Regenbogen beschattet, und der selige Jüngling sah die junge offne stille Marienstirn bestrahlt, auf der noch kein Unmut und keine Spannung eine Welle geworfen – und die dünne, zarte, kaum gebogene Augenbraunen-Linie – und das Angesicht, gleich einer vollendeten Perle oval und weiß – und die losgeringelte Locke, auf den Maienblümchen an ihrem Herzen liegend – und den feinen Grazienwuchs, der wie die weiße Bekleidung die Gestalt zu erhöhen schien – und die idealische Stille ihres Wesens, mit der sie statt des Arms nur die Finger auf das Geländer legte, gleichsam als schwebe die Psyche nur über der Lilienglocke des Körpers und erschüttere und beuge sie nie – und die großen blauen Augen, die sich, indes das Haupt ein wenig sank, unaussprechlich-schön aufschlugen und sich in Träume und in ferne, unter Abendröten widerglänzende Ebenen zu verlieren schienen. –

– Du überglücklicher Mensch! – Dir erscheint die einzige sichtbare Göttin, die Schönheit, so plötzlich mit ihrer Allmacht und von allen ihren Himmeln begleitet, und die Göttin gibt dir den Wahnsinn – die Gegenwart mit ihren Gestalten wird dir unbekannt – die Vergangenheit vergeht – die nahen Töne ziehen aus tiefer Ferne her – die überirdische Erscheinung überfüllt und überwältigt mit Glanz die sterbliche Brust! –

Ach warum durfte durch diesen hohen reinen Himmel eine tiefe kalte Wolke ziehen? – Ach warum fandest du die Himmlische nicht früher oder später? – Und warum mußte sie selber dich an ihren Schmerz erinnern? –

Denn Liane – in deren überflortes Auge nur ein starkes Licht durchsickern konnte – suchte den Mond, den seine eigne Aurora ein wenig verhing, mit dem wiegenden Kopfe irrend auf, weil sie dachte, ein Lindengipfel verdecke ihn; – und dieses Wanken malte ihm ihr Unglück so plötzlich mit tausend Farben! Ein schneller Schmerz zertrat seine Augen, daß Tränen daraus sprützten und Funken, und das Mitleiden schrie in ihm: »O du unschuldiges Auge, warum wirst du verhüllt? Warum wird dieser dankbaren frommen Seele der Mai genommen und die ganze Schöpfung? – Und sie wirft vergeblich den Blick der Liebe auf die Mutter und auf die Freundin und – o Gott! – sie weiß nicht, wo sie stehen.« –

Aber der Vorhang des Mondes flatterte bald seitwärts, und sie lächelte den Schimmer heiter an, wie der blinde Milton in seinem ewigen Gesange die Sonne oder wie ein Irdischer den ersten Glanz nach dem Leben. –

Eine Nachtigall, die bisher, zwischen weiten Blumen einem leuchtenden Würmchen nachhüpfend, den Tönen im Zimmer nur mit einzelnen Wildrufen und Nachschlägen der Freude geantwortet hatte, flog Lianen näher, und die geflügelte Zwergorgel riß auf einmal alle Flötenregister heraus, daß

Liane im Vergessen ihrer Blindheit niederblickte und Albano erschrocken zurücktrat, als sehe sie auf ihn. Da wurde unter den Tönen des Bruders und der Nachtigall ihr blasses, gleich der weißen Federnelke auf den Wangen leicht gerötetes Angesicht zart vom matten Blütenrot der Rührung überdeckt – die Augenlider zuckten öfter über die glänzenden Augen hin – und endlich wurde der Glanz eine ruhige Träne – es war keine des Schmerzes noch der Freude, sondern jene sanfte, worein die Sehnsucht des Herzens überquillt, wie im Frühling überfüllte Zweige unverwundet weinen. – –

– Im Menschen wohnt ein rauher blinder Zyklope, der allemal in unsern Stürmen zu reden anfängt und uns Zertrümmerung anrät; furchtbar regte sich jetzt in Zesara die ganze aufgewachte Kraft der Brust, der wilde Geist, der uns auf Kuntursfittichen vor Abgründe schleppt, und der Zyklope rief laut in ihm: »Stürze hinaus – knie vor sie – sag ihr dein ganzes Herz – was ists, wenn du dann auf ewig verloren bist, hast du nur einen Laut dieser Seele vernommen – und dann kühle und opfere dich in den kalten Quellen zu ihren Füßen.« – Wahrlich er dürstete nach dem frischen Bassin, worein die Fontänen zurücksprangen – – Aber ach vor dieser Sanften, vor dieser Gequälten und Frommen! – »Nein,« sagte der gute Geist in ihm, »verwunde sie nicht wieder wie ihr Bruder – o schone, schweige, ehre; dann liebst du sie.«

Hier trat er heraus in die erleuchtete Erde wie in einen Himmelssaal und nahm den offnen Sonnenweg, aber leise, vor den Fontänen vorüber. Als er vor ihr vorbeiging, brach auf einmal die Arkade aus Tropfen, die sie halb vergittert hatte, zusammen, und Liane stand wolkenlos wie eine reine Luna ohne Nebel-Hof im tiefen Himmelsblau; eine glänzende Lilie[1] aus der zweiten Welt, die sich selber das Zeichen ist, daß sie bald in diese fliehe. – – O sein Herz voll Tugend empfand erschüttert die Nähe der fremden; und mit allen Zeichen der tiefsten Verehrung ging er vor dem ruhigen Wesen vorüber, das sie nicht bemerken konnte.

Erst als ihm mit jedem Schritte ein Himmel entfallen war und er endlich keinen mehr hatte als den über sich: wurd' er ganz sanft und freuete sich, daß er nicht kühner gewesen. – Wie glänzt ihm jetzt die Erde, wie nähert sich ihm der Sonnenhimmel, wie liebt sein Herz! – O noch nach vielen Jahren einst, wenn dieser *glühende* Rosengarten der Entzückung schon weit hinter deinem Rücken liegt, wie wird er dir, wenn du dich umwendest und darnach blickst, so sanft und magisch als ein *weißes* Rosenparterre der Erinnerung nachschimmern! –

[1] Sonst glaubte man, daß eine im Chorstuhle liegende Lilie den Tod dessen bedeute, dem er gehörte.

Siebente Jobelperiode

Albanos Eigenheit – das Nestelknüpfen der Politik – der Herostrat der Spieltische – väterliches mandatum sine clausula – gute Gesellschaft – Herr von Bouverot – Lianens Gegenwart des Geistes und Körpers

36. Zykel

–– Wäre der Lehnpropst von Hafenreffer nicht, sondern nur meine Phantasie: so würd' ich gewiß in meiner Historie fortfahren und der Welt als wahr berichten (und das ganze romantische Schreibgelag ließe sich darauf totschlagen), Albano sei am andern Morgen blind und taub hinter der breit vorgebundenen Binde des Bandagisten Amor dortgesessen – er habe nicht mehr über fünf zählen können, außer abends an der Glocke, um nachher das Froulaysche Wasserhäuschen magisch zu umkreisen wie einer, der das *Feuer besprechen* will, das sich ihm nachschlängelt – aus den beiden Blaselöchern, womit sentimentale Walfische sich öffentlich ausweinen in Buchläden, hab' er beträchtliche Ströme aufgespritzt – übrigens hab' er kein Buch mehr angesehen (ausgenommen einige Bogen im Buche der Natur) und keinen Menschen mehr (einen blinden ausgenommen) –– »und unter diesen meinen Wundzettel erotischer Wundfieber« (würd' ich am Schlusse meiner Lüge sagen) »setzt wohl offenbar die Natur ihr Sekrets-Insiegel.«

Das tut sie nicht, sagt Hafenreffer; – nichts wie verdammte Lügen sinds; die Sache ist vielmehr so:

Zesara schlich kein zweitesmal mehr in Froulays Garten; eine stolze Schamröte überflog ihn schon bei dem Gedanken an die peinliche, mit der er das erstemal einem mißtrauischen oder fragenden Auge aufgestoßen wäre.

Aber auf diese Weise blieb ihm vor der Heilung die liebe Seele verhüllt wie ihr der Mai; und er quälte sich still mit Berechnungen ihrer Leiden und mit Zweifeln an ihrer Kur. Er schämte sich der Freude während ihrer Trauerzeit und verbot sich den Genuß des Frühlings und den Besuch von Lilar; ach er wußte ja auch, es würde durch den liebenden Frühling und durch das Lilar, wo sie so viele Freuden und die letzte Wunde empfangen, sein Herz zu unbändig werden und zu voll.

Sein Durst nach Wissen und Wert, sein Stolz, der ihm bei dem Vater und seinen beiden Freunden in einem rühmlichen Lichte zu stehen gebot, trieben ihn in seine Laufbahn hinein. Mit allem ihm eignen Feuer warf er sich über die Jurisprudenz und machte keinen andern Weg mehr als den zwischen dem Hörsaale und dem Studierzimmer. Zu diesem Eifer zwang ihn ein eigentümlicher Trieb nach *Komplettierung*; alles Unvollendete war ihm beinahe ein physischer Greuel; ihn schmerzten defekte Sammlungen – abgebrochene Monatsschriften – eingeschlafne Prozesse – Bibliotheken, weil er sie nie auslesen konnte – Leute, die als Akzessisten starben, oder in Bau-Planen, oder ohne ein abgeründetes Denksystem, oder als Gesellen, Tuchknappen und Schuhknechte – und sogar Augustis Flötenblasen, ders nur so *beiher* mittrieb. Es war dieselbe Stärke, womit er Psyches Flügelpferde den Zügel straff hielt und womit er ihm das Spornrad einstieß; schon als Kind hatte er diese Stärke an der Zurückhaltung des Atems, oder am peinlichen Pressen einer wunden Stelle versucht – und beim Himmel! figürlich tat er ja nun beides wieder. In ihm wohnte ein mächtiger Wille, der bloß zur Dienerschaft der Triebe sagte: es werde! Ein solcher ist nicht der Stoizismus, welcher bloß über innere *Missetäter* oder *Hämlinge* oder *Kriegsgefangene* oder *Kinder* gebeut, sondern es ist jener genialisch-energische Geist, der die gesunden *Wilden* unsers Busens dingt und bändigt, und der königlicher zu sich, als der spanische Regent zu andern, sagt: Ich, der König! –

– Ach freilich – wie konnte seine warme Seele anders? – stand er oft in der Nachmitternacht am luftigen Fenster und schauete voll Tränen auf die weiße Madonna des ministerialischen Palastes, die der reine Mond versilberte. Ja am Tage zeichnete er oft in sein Souvenir (zufällig wars ein Springbrunnen und eine Gestalt dahinter, weiter nichts) – oder er las im Messias (natürlich fuhr er in dem Gesange fort, den er schon bei der Ministerin angefangen) – oder er belehrte sich über Nervenkrankheiten (war er bei seinem Studieren dagegen gedeckt?) – oder er ließ das Feuer seiner Finger über die Saiten laufen – ja er hätte nichts als Rosen gepflückt, obwohl mit Dornen, wäre ihre Blütezeit gewesen.

Und diese seufzende schwüle Seele mußte sich verschließen! O er war schon in Sorge, jede Taste werde eine Schriftpunze, das Klavier ein Letternkasten und alle Handlungen verräterisch-leserliche Worte. Denn er mußte schweigen. Die erste junge Liebe hat wie die der Geschäftsleute (die kursächsischen ausgenommen) keine Sprachwerkzeuge, höchstens eine tragbare Schreibfeder mit Dinte. Nur die Weltleute, die ihre Liebeserklärungen ebenso wiederholen wie Schauspieler, sind imstande – und aus gleichen Gründen –, sie ebenso zu publizieren wie diese. Aber in der heiligern Zeit des Lebens wird das Bild der geliebtesten Seele nicht im Sprach- und Vorzimmer, sondern im dunkeln stillen Oratorium aufgehangen; nur mit Geliebten spricht man von Geliebten. Ach er hörte über seine Himmelsbürgerin ungern sogar andre reden; und er entwich oft (mit dem innern Rauchopferaltar in sich) aus dem Zimmer, worin man für sie eine Rauchpfanne mehr voll Kohlendampf als Wohlgeruch herumtrug. –

37. Zykel

Man erwartete in Pestitz jeden Tag die Zurückkunft des deutschen Herrn, Mr. de Bouverot, der in Haarhaar an die fest skizzierte Vermählung zwischen Luigi und einer haarhaarschen Prinzessin, Isabella, die letzte retuschierende

Hand gelegt. Augusti war ihm nicht gut und sagte sogar, Bouverot habe keine honnêteté [1]; und erzählte folgendes, aber mit der weichen Ironie eines Weltmannes.

Vor einigen Jahren wurde Bouverot in Kapitel-Streitigkeiten vom haarhaarschen Hofe [2] nach Rom an den Papst versandt; gerade zur Zeit, wo auch Luigi den gewöhnlichen Römerzug der Fürsten tat mit seinen Römer-Zinszahlen. Nun wollte Haarhaar – das eigentlich schon chapeaubas geht mit dem Hohenfließer Fürstenhute und das alle mögliche offizinelle Aussicht hat, ihn aufzusetzen – eben darum nicht gern den Anschein geben, als seh' es das Erlöschen des Hohenfließer Stammes mit kalten Augen an, um so mehr, da eben der Stammhalter Luigi gleich in den ersten Jahren kein Held von nervöser Bedeutung war. Ja dem Haarhaarer Hofe mußte daran liegen, daß der gute dünne Stamm-Herbstflor womöglich *anders* wiederkäme, als er ausgezogen war; und eben aus solchen Gründen war von jenem dem Deutsch-Herrn heimlich aufgetragen, dergestalt über alle seine Freuden und Leiden als maitre de plaisirs – zumal bei maitresses des plaisirs – zu walten und zu wachen, daß man damit zufrieden wäre. War inzwischen Abiturient schon als Fötus eingesessen, so wurd' er leider gar zum punctum saliens ausgeschliffen zurückgefahren, besonders da er durch mehrere Bocks- und andre Sprünge durch den Reif der Lust verdorben war zu einem *Rittersprunge*. Es kann möglich sein, daß der Deutsch-Herr der Verjüngung des Fürsten zu sehr entgegenging; ja er kanns der jungmachenden Wunderessenz des Marquis d'Aymar [3] nachgetan haben, welche eine alte unschuldige Dame, die vom Elixier mehr versalbte, als gegen ihre Jahre nötig war, durch das übermäßige Verjüngen zum kleinen Kinde einzog. – – Kurz durch diesen Kreuzzug hinter dem Kreuzherrn Bouverot wird einmal – wie öfters durch Kreuzzüge – der Hohenfließer Fürstensessel offen zu rechter Zeit, und Haarhaar setzt sich darauf. – –

Ich gestehe ungern, daß Albano anfangs – weil bei aller seiner Scharfsicht seine Reinheit ebenso groß war – das Faktum nur verworren faßte; als ers aber begriff, wars für ihn *pharmazeutisches* Manna, wie für Schoppe *israelitisches*. »Der Kreuzherr« (sagte dieser) »trägt sein Kreuz nicht umsonst – es tut ihm ebensoviel Dienst wie den Häusern in Italien ein darangeschmiertes, es darf beide keine Seele anpissen, ob mans gleich in Rom vor jedem Vorzimmer mag.« –

Nicht lange darnach gingen unsre drei Freunde in der Stunde, wo die Wagen lärmend zum Tee und Spiele rollen, auf der Gasse, als man vor

[1] Honnêteté schließet in den höhern Ständen Morden, deshonnêteté, Lügen etc. völlig aus; ausgenommen in einem *gewissen* Grade.

[2] Dieser Hof ist katholisch, aber das Land lutherisch, und zu dieser letztern Konfession bekennt sich auch der Hohenfließer.

[3] S. des Grafen Lamberg Tagebuch eines Weltmannes.

ihnen eine Sänfte mit dem Sitze *rückwärts*, worin gleichwohl jemand saß, vorübertrug. »Du heiliger Vater!« (rief Schoppe) »da drinnen sitzt der leibhafte *Zefisio* aus Rom, der mich irgendeinmal durchprügeln muß.« – »Leise, leise!« (sagte Augusti) »das ist der deutsche Herr; Zefisio ist sein arkadischer Name[1].« – »Nun, so freu' ich mich desto mehr, daß ich mit der Rotnase einmal herzlich schlecht umsprang«, sagt' er und kehrte um und begleitete mit untergesteckten Armen die Sänfte fast zehn Schritte weit, um den Vogel des Bauers besser zu beschauen, bis dieser die Vorhänge vorriß. Albano ertappte darin im Vorübereilen nur einen scharfen, gleich einem Dolche gezognen Blick und einen rotglimmenden Nasenknopf. –

Schoppe kam wieder und erzählte die Händel in Rom. Nämlich gegen alle Todsünder, Blutschuldner und Sündenbälge trug er keinen so bittern Ingrimm als gegen Professions-Bankhalter, Croupiers und Grecs; er sagte, hätt' er ein Raupeneisen, womit er dieses Gewürm von der Erde wegschaben, oder eine Kochenille-Mühle, worin er es zerknicken könnte, er tät' es ganz lustig; »O Himmel,« (rief er dann aus) »hielt' ich vollends über den ringelnden verwickelten Wurmstock gerade meinen ausgestreckten Fuß (und wäre auch das Podagra daran), freudig stieß' ich ihn darein und träte den Bettel aus.« – Was er aber konnte, tat er. Da er sein eigner Reisediener und eine in ganz Europa hin- und herfahrende Lauferspinne war: so hatt' er recht oft die Freude, diese Pharao-Blattwickler und Blattminierer unter die Finger zu bekommen – ihr Schein-Genosse zu werden – ihre Kriegslisten einzulernen – und dann irgendein Feuerrad in ihre zischende Schlangenhöhle zu rollen. Ich bin nicht näher unterrichtet, ob man es in Leipzig weiß, wer der Rädelsführer war, der vor kurzem in der Messe eine Vexier-Polizei mit Schein-Stadtknechten spielte und eine Bank aufhob; – wenigstens waren die Bankiers darüber irrig, weil sie den andern Tag der wahren Polizei aufwarteten und um einige Indulgenzen und Un-Rechtswohltaten anbettelten; aber ich bin hier imstande, den Diebsfänger zu nennen: Schoppe wars gewesen. – – Die Beute legt' er meistens zu neuen Fladderminen unter Pharao-Tischen an.

Mit Zefisio hatt' ers anders gekartet. Er trat vor dessen Bank und sah einige Minuten zu und belegte endlich ein Blatt mit einem Schildlouisd'or. Es gewann, und er zeigte hinter der Karte eine lange Rolle von Louis. Bouverot wollte diese Rolle nicht bezahlen; »er habe« (sagt' er) »nichts gesehen.« – »Wozu sitzt Ihr Croupier denn dort?« sagte Schoppe und erklärte sie für Betrüger, wenn sie nicht zahlten. Man zahlte ihm, um größern Schaden zu vermeiden, den Gewinst. Er nahm ihn kalt und schied mit den Worten an die Pointeurs: »Meine Herren, Sie spielen hier doch mit ausgemachten Betrügern; aber bloß weil ich sie kenne, haben sie mich bezahlt.« Unter dem Steif- und Blaßwerden der Interessenten ging er langsam mit seiner breit-

[1] Wer in die Akademie der Arkadier tritt, nimmt einen arkadischen Namen an.

schultrigen gedrungnen Figur und mit seinem Knotenprügel unversehrt davon. – –

Augusti wünschte von Herzen – der Verfolgung wegen –, daß Bouverot den Bibliothekar nicht mehr kenne. Zu Hause fanden sie eine Einladung vom Minister auf Tee und Souper; »die arme Tochter!« (sagte Augusti) »Dieses Bouverot wegen muß die Halbblinde morgen an die Tafel.« – – Indes sieht sie doch unser Jüngling endlich wieder, und nur ein Frühlingstag sondert ihn vom teuersten Wesen ab! – Hat Augusti recht: so trifft meine Bemerkung hier ein, daß ein guter Filou immer der motivierende Hecht wird, der den frommen Karpfensatz der Stillen im – Teiche zum Schwimmen bringt; die versteckte Blattermaterie, die kalte Kinder auf einmal lebendig macht.

38. Zykel

Lianens Augen heilten, aber nur langsam; die Natur wollte sie nicht auf einmal aus ihrem düstern Kerker in die Sonne führen; jetzt konnte sie erst, wie die Philosophen, mehr Licht als Gestalten erkennen. Gleichwohl gab der Minister den Kabinettsbefehl, sie müsse übermorgen die Harmonika spielen, bei dem Souper erscheinen und sogar den Salat machen und dabei ihre Blindheit maskieren. Er befahl zuweilen unmögliche Dinge, um so viel Ungehorsam zu finden, als sein Zorn zum Bestrafen brauchte; gewisse Leute sind den ganzen Tag schon im voraus voll Ärger für irgendeine Zukunft, gleich dem Urinphosphor, der immer unter dem Mikroskope kocht, oder den Eisenhütten, worin jeden Tag Feuer auskommt.

Die Ministerin sagte dazu ein sanftes festes Nein. Über die Harmonika, sagte sie, habe sie in seinem Namen den Doktor gefragt, der es streng' verboten, und das übrige sei eine Unmöglichkeit. Hier konnt' er schon, so gut wurd' es ihm, über mehrere Dinge ungehalten werden, besonders über das Fragen des Doktors, das aber gar noch – nicht geschehen war; er wurde toll genug und schwur, er handle nach *seinen* Prinzipien und frage den Teufel nach *fremden*.

Dieses Prinzip war dasmal der deutsche Herr. Die obige Anekdote nämlich – Bouverots Fürsorge für den reisenden Erbprinzen – oder die Absicht dabei war an beiden Höfen assemblee- und tafelfähig, und nur dem Fürsten Luigi verdeckt; denn an Thronen gibt es fast für niemand Geheimnisse (kaum für seine Frau) als für den, der darauf sitzt, wie in Schallgewölben die Leute in fernen Winkeln alles laut vernehmen, nur der nicht, der in der Mitte steht. Der deutsche Herr war also im Hohenfließer Systeme die wichtige Pfortader und Lungenpulsader, womit auch Froulay sich wässern wollte. Dieser mußte durchaus der Gegenwart und der Zukunft oder zweien Herren dienen, von denen der Haarhaarer sehr bald seiner werden konnte.

Bouverot war nicht bloß an Froulay den Minister, sondern auch den

Vater geknüpft; ein Mann wie er, der sich aus Italien ein ganzes Kunstkabinett nachfahren lässet und dessen Kunst-Kenntnisse eben ihn und den Fürsten so lange verknüpfen, mußte eine Madonna von solcher Karnation wie Liane und aus der römischen Schule und die noch dazu, von der Leinwand abgelöset, sich als eine volle atmende Rose bewegte, ein solcher mußte dergleichen zu schätzen wissen. Heiraten konnt' er die Rose nicht wollen, da er deutscher Herr war.

Er hatte sie seit seiner welschen Reise nicht gesehen – der Graf auch nicht – beiden wollte sie der Minister zeigen als eine Zahlperle von besonderer Weiße und Figur. Froulay hatte – was überhaupt öfter ist, als man denkt – gleich viel Eitelkeit und Stolz; diesen gegen den Tadel, jene für das Lob. Aber ich müßte nun ein Turnierbuch schreiben, um sein Toben, Rennen, Lanzenstoßen in einem Gefechte, wo er unter den Fahnen der Feindschaft, der Eitelkeit und Habsucht diente, nur zum Teil auf die Nachwelt zu bringen. Er war so wenig totzujagen als ein Wolf. Alle Waffen waren ihm gleich, und er nahm immer schärfere und giftigere. In den alten *gerichtlichen* Zweikämpfen zwischen Mann und Frau stand gewöhnlich der Mann bis an den Magen in einem Loche, um seine Stärke zur weiblichen herabzubringen, und sie schlug gegen ihn mit einem in einen Schleier gewickelten Stein; in den *ehelichen* aber scheint der Mann im Freien zu stehen und die Frau in der Erde und hat oft nur den *Schleier* ohne den Stein. –

– In diesem Gefechte stellte sich ein glänzender Friedensengel zwischen beide und fing die Wunden auf, nämlich Liane. Die Tochter, die eine schwärmerische Liebe für die Mutter und die weibliche Achtung des stärkern Geschlechts für den Vater hatte, und die so unendlich unter dem Zwiespalte litt, fiel der Mutter um den Hals und bat sie, ihr das zu erlauben, was der Vater fordere – sie wolle alles gewiß so machen, daß man nichts merke, sie wolle sich recht anstrengen und vorher besonders üben – ach er werde sonst ihrem armen Bruder nur noch ungewogner – diese Uneinigkeit bloß ihrentwegen sei ihr so schmerzlich und vielleicht schädlicher als das Harmonika-Spiel.

»Mein Kind, du weißt,« (sagte die Mutter, denn jetzt hatte sie gefragt) »was gestern der Arzt gegen die Harmonika gesagt hat; das andre kannst du wagen!« Liane küßte sie freudig. Man mußte sie zum Vater führen, damit sie vor ihm die Freude ihres Gehorsams lautmachte. »Ich dank' euchs mit dem Henker,« (sagt' er sanft) »es ist eure verfluchte Schuldigkeit.« – Sie ging mit zerstobener Freude, aber ohne große Schmerzen; sie war es schon gewohnt.

39. Zykel

Der Lektor bat Albano noch auf dem Wege zum Minister, das Feuer seiner Behauptungen und seiner Pantomime zu mäßigen. Er machte ihm vom Hauskriege nur so viel bekannt, als nötig war, damit er nicht Lianen durch den

Wahn der Heilung in Verlegenheit setze. Als sie ins Spielzimmer traten, war schon alles im Feuer.

Da ihm jetzt niemand präsentiert wird: so muß ich es tun; es sind Jünger (wenigstens *zwölfte*) des Ministers.

Zuerst stelle ich dir den Herrn Justizpräsidenten von Landrock vor, eine gute Apothekerwaage der Themis, die Skrupel auswägt und worin keine falsche Gewichte liegen, aber, was ebensoschlimm ist, viel Schmutz, Reste und Rost. Die am L'hombretisch daneben sind die Herren und Frauen von Vey, Flöl und Kob, glatte feine Seelen, die wie Mineralien in Kabinetten auf der Schauseite abpoliert sind, nur aber auf der verborgnen Basis noch eckig und kratzend.

Geh mit mir an den Eingang des andern Zimmers; hier hab' ich dir zu präsentieren den jungen, aber fetten Domherrn von Meiler, der, um seinen innern Menschen mit einem dicken warmen äußern zu bekleiden und auszuschlagen, jährlich nicht mehr Bauern abzurinden braucht, als der Russe Lindenstämme für seine Bastschuhe abschindet, nämlich 150.

Das Zimmer, worein du siehst, präsentier' ich dir als ein Fliegenglas voll Hofbediente, die, um ins *Himmelreich* zu kommen, nicht bloß *Kinder*, sondern gar *Embryonen* von vier Wochen wurden, die bekanntlich aussehen wie Fliegen; sie wollen, wenn Swift von seinen Bedienten nichts begehrt als das *Zumachen* der Türen, nichts von ihrem Brotherrn als das *Offenlassen* derselben.

Ich habe die Ehre, dir dort – es ist der, der nicht spielt – den Herrn Kirchenrat Schäpe, der Oberhofprediger werden will, vorzustellen, einen weichen Halunken, der die Samenkörner des göttlichen und menschlichen Worts wie Melonenkerne (sie sollen dadurch früher in den Herzen aufgehen) so lange in gezuckertem Weine einweicht, bis sie in jenen verfaulen; ein geistlicher Herr, der in seinem Leben nie andre Bitten *tat* als die beiden, die er stets *abschlägt*, die *vierte* und die *fünfte*. –

– Aber der Lektor wird dir im Fenster ja alle Herren und Damen kalt, leise und ohne Pantomime nennen. Jetzt führt dich der Minister selber einem spielenden Herrn mit einem Kreuze zu, der Wasser mit Salpeter trinkt und immer den dürren Mund beleckt; es ist Bouverot – jetzt steht er vor dir auf, betrachte das kalte, aber kecke und schneidend-geschliffne Auge, dessen Winkel eine offne Blechschere oder aufgestellte Falle scheinen – die rote Nase und den harten lippenlosen Mund, dessen rötliche Krebsschere sich abgewetzt zusammenzwickt – das aufgestülpte Kinn und die ganze stämmige feste Figur. Albano überraschet ihn nicht, er hat alle Menschen schon gesehen, und er fragt nach keinem.

Der Minister erquickte den in sich verworrenen Jüngling mit der Verheißung, bei dem Souper werd' er ihm seine Tochter vorstellen. Er bot ihm ein Spiel an; aber Alban versetzte mit einem zu jugendlichen Akzent: er spiele nie. –

Er konnte nun die Spieltischgassen durchstreichen und alles besehen, was er wollte. In einem solchen Falle postiert man sich, wenn man niemand in der Gesellschaft ausstehen kann, gerade vor oder neben das Gesicht, das man am meisten anfeindet, um sich über jedes Wort und jeden Zug des Gesichts heimlich zu erärgern. Albano hätte viele Gesichter gehabt, die wenigstens in einem kleinen Grade nicht zu leiden waren und zu denen er sich hätte stellen können; – ja es wären keine hinlängliche Gründe anzugeben, warum er nicht einen gewissen ausgepelzten eingetrockneten Kleisteraal, einen Schwächling voll Impertinenz in einem fort angesehen hätte, da dieser mit einer Flügelbrille die aufgehenden Kartengestirne observierte, indes Albano die Fühlhörner seiner Sehnerven bis zu den Kartenfarben des zweiten Zimmers ausstrecken konnte – es wären keine Gründe dagewesen, wäre nicht der deutsche Herr dagewesen; vor diesen mußt' er sich stellen; von diesem wußt' er das Meiste und Schlimmste; dieser stand ja mit Schoppe in weiter Verbindung, sogar mit Lianen –– Verdammt! neben gewissen Gesichtern krümmen und mausern sich die Seelenschwingen, wie neben Adlerkielen Schwanen- und Taubenfedern zerfallen; allen schuldlosen Gefühlen in der so geräumigen Brust Albanos wurd' es so unruhig und eng wie einem Taubenfluge, in dessen Schlag man einen Iltisschwanz geworfen.

Ich darf es nicht verhehlen, er murrte und grollte innerlich über alles, was der Mann tat und hatte – dieser mochte nun Finger tragen, deren Spitzen feingeschabet waren für das Pharaospiel und deren Nägel von einem ganz noch schlimmern *Hasardspiele* sich etwas abgeblättert hatten – oder er mochte zuweilen durch die Haare der Augenbraunen blicken – oder (nur *einmal*) eine Mücke durch ein schnelles Schnappen der Lippen erquetschen wie die Fliegenfalle – oder bald eine deutsche, bald eine gallische Zeile sagen, was ich doch von guten Zirkeln erwarte, indes nur schlechte kein deutsches Wort vorbringen, wenige solche wie Lansquenet, canif (Kneif), birambrot (Bier am Brot) ausgenommen ––– genug er dachte immer an Schoppes schönen Ausspruch: »Es gibt Menschen und Zeiten, wo einen rechtschaffenen Mann nichts mehr erquicken könnte als – Prügel, die er gäbe.« Duellieren ist ebensogut, meinte der Graf.

Indes muß er hier entschuldigt werden durch eine Autorität. Nämlich selber Schreiber dieses – sonst ein so weiches warmes Schwanenfell – wurde immer zu einem völligen Kampfhahne hinter Spiel-Sesseln und spreizte den kratzenden struppigen Flügel weiter auf, je länger er müßig zusah; der Grund ist der, weil man überhaupt nur die Menschen immer leidlicher und besser findet, mit denen man einerlei treibt und will.

Albano wünschte sich herzlich seinen Waffenbruder Schoppe her; er ging zwar oft zu Augusti, sich auszuschütten; aber dieser linderte stets; ja er schnitt ihm durch die Verflechtung mit dem Kirchenrate die Gelegenheit ab, seine jugendliche unerfahrne Seele Horchern zu verraten. Auch wählte der

Lektor nachher auf eine halbe Stunde – was Hausfreunde oft tun in Abwesenheit der Hausfreundinnen – letztere (die Abwesenheit).

Der Graf stand einige Zeit hinter Bouverots Sessel und sah in einen innen mit grotesken Bildern lackierten sinesischen Spiegel und veränderte seine Stellung so lange, bis er darin Zefisios Gesicht hart neben einem gemalten Drachen stehen hatte zur bloßen Vergleichung; – das alles fiel vor, aber mit immer stärkern Herzschlägen für Lianen unterbrochen: – – als die Bedienten die Türen öffneten zu dem Speisesaale; und ihm nun das Herz bis zum Schmerzen pochte und seine ohnehin so jugendlich-blühende Gestalt ganz voll Rosen der frohen und verschämten Röte hing.

40. Zykel

Schnellatmend und glühend machte er sich in die bunte Wandel-Reihe mit irgendeiner alten Dame hinein, die ihn eitel mißverstand und auf einmal als eine Armschnalle mit Ressort an seinem Arme hing und die nichts von ihm erhielt als – Antworten. Mit durchfliegenden Blicken trat er in den hellen, wie aus Licht kristallisierten Saal voll Köpfe. Er antwortete eben, als er im Tumulte hinter sich das leise Wort vernahm: »Ich höre ja den Bruder« – und sogleich die leisere Widerlegung: »Es ist mein Graf.« – Er drehte sich um – zwischen dem Lektor und der Mutter stand die liebe Liane, der verschämte, erschrockne, blaßrote Engel, im schwarzen Seidenkleide, das nur der blinkende Frühlingsreif einer silbernen Kette überlief, und mit einem leichten Band im blonden Haar. Die Mutter stellte sie ihm vor, und die zarte Wange blühte röter auf – denn sie hatte ja die gleichen Stimmen des Gastes und des Bruders vermengt –, und sie schlug die schönen Augen nieder, die nichts sehen konnten. Ach Albano, wie zittert dein Herz so sehr, da die Vergangenheit zur Gegenwart, die Mondnacht zum Frühlingsmorgen wird und da diese stille Gestalt in der Nähe noch allmächtiger wirkt als in jedem Traum! – Sie war ihm zu heilig, als daß er vor ihr über die scheinbare Heilung hätte lügen können; er schwieg lieber; – und so kam der wärmste Freund ihres Lebens zum ersten Male nur verhüllt und stumm zu ihr.

Der Lektor führte sie bald weg an ihren Sitz unter dem zweiten Lüster – ihr gegenüber saß die Mutter (wahrscheinlich darum, damit die gute unwissende Tochter, die doch nicht immer die Augenlider senken konnte, diese freundlich und mit Anstand gegen ein geliebtes Wesen heben durfte) – der deutsche Herr, als Bekannter, setzte sich ohne weiteres zu ihrer Rechten, Augusti, zur Linken – Zesara, als Graf, kam oben weit hinauf neben die höchste Dame. – –

Der Henker hol's! – das ist leider so oft mein eigner Fall! Ich behaupte oben den Ehrenplatz – und bemerke unten eine Meile von mir die Tochter, aber als Myop nur halb und kann den ganzen Abend nichts machen. –

Rangiert mich doch ungescheuet hinunter zu ihr – ihr habt mit nichts weniger als einem aufgeblasenen Manne zu tun – warum sollen denn auf der Erde, wie im Himmel, gerade die größten Wandelsterne am weitesten von ihrer Sonne absitzen? –

Ich ziehe jetzt die Leser an des Ministers Tafel, nicht um ihnen die ministerialische, auf Habsucht eingeimpfte Pracht oder seinen zwischen das Parallellineal der Etikette eingesperrten Ehrentanz oder auch dessen Familienwappen zu zeigen, das auf jedem Wärmteller und Salzfaß und mit dem Eise und Senfe herumgegeben wurde – uns sei die Allgegenwart des Wappenwerks auf seinen Blumentöpfen, Hemden, Bettschirmen, Hunds-Krawatten und Gedanken genug –, sondern der Leser soll jetzt nur auf meinen Helden sehn.

Sehr sticht er hervor. Über einen solchen Ankömmling hat man in einer Residenzstadt noch früher, als er dem Schwager das Trinkgeld gegeben, schon alles mögliche Licht der Natur und der Offenbarung; 19 Anwesende waren als seine moralischen Schrittzähler an ihm festgemacht. Die Kühnheit seines Wesens und sein Rang ersetzten bei ihm die Welt; und diese vermißte man nirgends als darin, daß er keinen andern Anteil nahm als den stärksten und daß er sich immer in allgemeine und weltbürgerliche Betrachtungen verlief. Aber seht doch – o ich wollte, Liane könnt' es sehen –, wie die Rosenglut und das frische Grün seiner Gesundheit unter den gelben Maroden des Jahrhunderts glänzt, denen wie Schiffen an der afrikanischen Küste der Jugend alles zusammenhaltende Pech abgeflossen war – und wie ihn das Wangenrot der geistigen Gesundheit, ein zartes, immer wiederkommendes Erröten (aus Sorge um Lianen), schmückt, indes mehrere Weltleute am Tische gleich der Baumwolle alle *Farben* leichter anzunehmen scheinen als die *rote*!

Er schauete und horchte, wider die Ordnung des Visiten-Heils, zu sehr Lianen zu. Sie aß, unter dem höhern Rote der Furcht, fehlzugreifen, nur wenig, aber unbefangen; der Lektor sperrte ihr mit leichter Hand den kleinsten Irrweg zu. Was ihn wunderte, war, daß sie ein so empfindliches und so leicht weinendes Herz mit einer so unbefangnen Heiterkeit des Angesichts und des Gesprächs bedeckte – – junger Mann, das ist bei den weichsten Mädchen ohne Schmerzen der Liebe kein Bedecken und Verstellen, sondern Genuß des Augenblicks und gewohnte Gefälligkeit! – Sie behielt so besonnen die (wahrscheinlich vorher gelernte) Rangordnung der bekannten Stimmen, daß sie ihre Antwort nie gegen eine falsche Stelle richtete. Sie blickte aber oft zu ihrer Mutter mit vollen Augen auf und lächelte dann noch heiterer, aber nicht um zu täuschen, sondern aus rechter herzlicher Liebe. –

Anlangend ihren Salat, so würde die beste und tafelfähigste Leserin, die ihn mischen sehen, mehrere Gabeln davon nehmen. Ungemein gut ließ es, da sie ernster und röter vor der blauen Himmels-Halbkugel aus Glas die Handschuhe abzog – mit weißen Händen und mit geschmeidigen Armen ohne eine seidne Falte zwischen dem gläsernen Blau und seidenem Schwarz im Grünen arbeitete – bedächtlich nach dem Essig- und Ölgestelle fassete und so viel zugoß, als ihre Übung (und der verzifferte Rat des Lektors; wenigstens scheint mirs so) gebot. –– Beim Himmel! das Machen ist hier der Salat; und der eitle Minister, der sich nicht auf Gemälde verstand, hatte viel Einsichten in Dingen, die zu Gemälden taugten.

Die Mutter schien kaum auf die Blätter-Mengerei hinzusehen. –– Dem Grafen schien heute die Ministerin nur Welt und keine fromme Strenge zu haben; aber er kannte noch nicht genug jene hellen Weiber, die Feinheit ohne Witz, Empfindung ohne Feuer, Klarheit ohne Kälte haben; die von den Schnecken die Fühlhörner, die Weichheit, die Kälte und den stummen Gang entlehnen und die mehr Vertrauen verdienen und fordern als erhalten.

Nun trat Zefisio als ein Engel unter drei Menschen im feurigen Ofen ein, aber als ein schwarzer. Dem Grafen war dessen Nahesitzen und jedes Wort zu ihr ohnehin eine Kreuzigung – nur von ihr zu ihm mit dem Blicke zu gehen war schon ein Jammer, wenig verschieden von dem, den ich haben würde, wenn ich in Dresden einen Tag im Antiken-Olymp der alten Götter zubrächte und dann bei dem Herausgehen in ein Refektorium voll geschwollner Mönche oder in ein Naturalienkabinett voll ausgestopfter Malefikanten-Bälge und einmarinierter Fötus-Kanker geriete. – Indes wurde er doch dadurch beruhigt – nach meiner Meinung nur getäuscht –, daß der deutsche Herr nicht neben ihr lyrisch loderte, noch im Himmel oder außer sich war, sondern bei sich und ganz gesetzt und sehr artig. Auf keine Tauben, Graf, – frage die Landwirte – schießen die Habichte öfter nieder als auf *glänzendweiße!* –

Der deutsche Herr brachte jetzt eine Tabatiere hervor mit einem niedlichen Gemälde von Lilar und fragte Lianen, wie es ihr gefalle; ihm gefalle daran das Sentimentalische vorzüglich.

Der Lektor erschrak, bog sich dem Dosenstücke entgegen und jagte einige Urteile voraus, die die Halbblinde in den ihrigen führen sollten; aber nachdem sie damit ein paarmal schief gegen die Lichter und nahe vor ihren Augen vorbeigefahren war, konnte sie selber das eigne fällen, daß das von der halbuntergesunkenen Sonne angestrahlte Kind, das unter dem Triumphbogen eine Blumenkette in die Höhe zieht, nach ihrem Gefühle »so gar lieblich« sei. Hier kam – und ich habe denselben Fall an einer halbblinden Frau von mächtiger Phantasie und offnem Kunstsinne bemerkt – die Anstrengung und der Kunstsinn oder das geistige Auge dem leiblichen auf halbem Wege entgegen. – Die Dose wurde wie ihr Tabak weiterpräsentiert und stieg hinab zum Kunstrat Fraischdörfer – dem jetzt die Kunstliebe des neuen Fürsten und die Kunstgelehrsamkeit des Günstlings neue Kronen aufsetzten –; er rügte nichts als das Blütenweiß: »Der Frühling« (sagt' er) »ist wegen seines verdrüßlichen Weißes ein leeres Monochroma; ich habe Lilar nur im Herbste besucht.« – »Wir können ja den Nachtigallengesang auch nicht malen, und hören ihn doch«, sagte Liane heiter; er war ihr Lehrer und jetzt in der malerischen Technologie sogar ihres Vaters seiner. Über allen ihren Kenntnissen und innern Früchten und Blüten war die Rose des Schweigens gemalt; daran hatte sie der gebieterische Vater überhaupt gewöhnt, und vor Männern besonders; in welchen sie immer kopierte Väter furchtsam ehrte. –

Als die Landschaft zu Albano kam und er jene Frühlingsnacht verkleinert vor sich hielt, wo ihm Lilar und der edle Greis so zaubernd erschienen – und da er berührte, was die liebe Seele angerührt – und da in der seinigen alle Wohllaute zitterten: so griff wieder der Teufel einen dissonierenden Septimenakkord:

»Der Fürst, gnädiger Herr,« (sagte der Minister zum deutschen Herrn) »wurde gestern heimlich beigesetzt; schon in acht Tagen haben wir das öffentliche Begräbnis. Wir müssen eilen, weil die Suspension der Hoftrauer so lange dauert, bis die Huldigung am *Himmelfahrtstage* vorüber ist.« Ich bin zu feurig, mich über den ewigen Zeremonienmeister Froulay auszulassen, der auf der Sonne Laternensteuer eingetrieben hätte und Brückenzoll vor Parks- und Eselsbrücken; aber Albano, von so vielen innern Seiten- und Streiflichtern geblendet – erinnert an Lianens Trauer über den alten Mann, an seinen Geburtstag, an das Herz ohne Brust und an den Wahnsinn der Welt –, war nicht imstande, so sehr er sich vorgesetzt, in Sanftmut und Lammskleidern vor Froulay zu erscheinen, letztere anzubehalten: sondern er mußte (und lauter, als er meinte) gegen seinen Gegennachbar, den Kirchenrat Schäpe, mit zu großer Jugend-Ergrimmung (die durch das nach der Bruderstimme sehnsüchtige Zuhören Lianens nicht kleiner wurde) sich erklären gegen viel – gegen das ewige tote Vexierleben der Menschen – gegen den zeremoniellen Hohn einer entseelten Gestalt – gegen dieses Darben an Liebe bloß aus Vorspiegeln derselben – – ach sein ganzes Herz brannt' auf seiner Lippe....

Der redliche Schäpe, den ich oben einen Halunken genannt, trat ihm mit mehreren Mienen bei. – Aber ich gar nicht; Freund Albano! du mußt erst noch lernen, daß die Menschen in Rücksicht der Zeremonien, Moden und Gesetze, gleich einem Zug Schafe, insgesamt, wofern man nur den Leithammel über einen Stecken setzen lassen, an der Stelle des Stabes, den man nicht mehr hinhält, noch aus Vorsicht aufspringen; – und die meisten und höchsten Sprünge im Staate tun wir ohne den Stecken. Aber ein Jüngling wäre mittelmäßig, der das bürgerliche Leben sehr zeitig lieb hätte; so gewiß auch er und wir alle über die Fehler eines jeden Amtes zu bitter richten, das wir nicht selber bekleiden.

Die Gesellschaft hörte schweigend zu und wunderte sich aus Artigkeit nur innerlich; auf Lianens Gestalt trat weicher Ernst.

Man stand auf – die Enge verschwand – sein Eifer auch; – aber ich weiß nicht, kam es von der Trunkenheit des Sprechens oder des liebenden Anschauens, oder von einem jugendlichen Überspringen der Visiten-Zäune – (von Mangel an Lebensart kams aber nicht her), genug das Faktum ist nicht zu leugnen (und ich tu' auch am besten, es geradezu zu geben), daß der Graf die arme alte, von ihm hergeführte Dame – Hafenreffer weiß selber nicht, wie sie heißet – stehen ließ und, ich glaube unbewußt, zum Führen Lianen nahm. – Ach diese! Was soll ich sagen von der magischen Nähe der geträumten Seele – vom leichten Aufliegen ihrer Hand, das nur der Arm des innern Menschen, nicht des äußern spürte – von der Kürze des Himmelsweges, der wenigstens so lang hätte sein sollen als die Friedrichs-Straße? – Wahrhaftig er selber sagte nichts – er dachte bloß ans abscheuliche Inhibitorial-Zimmer, wo ihre Scheidung vorfallen mußte – er zitterte unter dem Suchen eines Lauts. »Sie haben wohl« (sagte Liane leicht und offen, die gern die befreundete Stimme, zumal nach der warmen Rede hörte) »unser Lilar schon besucht?« – »Wahrhaftig nicht, aber Sie?« sagt' er zu verwirrt. – »Ich und meine Mutter wohnten gern in jedem Frühlinge da.« –

Nun waren sie im Scheide-Zimmer. Leider stand er so mit ihr, die nichts sah, einige Sekunden fest und sah geradeaus, willens, etwas zu sagen, bis die Mutter ihn aufweckte, die für ihre von dem ganzen Abend so genährte Liebe eifrig eine abgetrennte Stunde am Tochterherzen suchte. – Und so war alles vorbei; denn beide schwanden wie Erscheinungen weg.

Aber Alban war wie ein Mensch, den ein herrlicher Traum verlässet und der den ganzen Morgen so innig-selig ist, aber ihn nicht mehr weiß. – Und wie, steht ihm nicht Lilar offen, und sieht ers nicht gewiß, sobald nur Liane es auch sehen kann? –

Nie war er sanfter. Der aufmerksame Lektor legte in dieser warmen fruchtbaren Säezeit einigen guten Samen ein. Er sagte, als sie miteinander noch in die Mondnacht heraussahen, Albano habe heute fast bloß stachlichte und sperrige Wahrheiten vorgebracht; die nur erbittern, nicht erleuchten. – Zu einer andern Zeit hätt' ihn der Graf befragt, ob ers wie Froulay und Bouverot hätte machen sollen, die einander ganz tolerant Theses und Antitheses vortrugen wie ein akademischer Respondent und Opponent, die vorher bei einander logische Wunden und Pflaster von gleicher Länge bestellen; – aber heute war er ihm sehr gut. Augusti hatte so delikat und liebreich für Mutter und Tochter gesorgt – er hatte ohne Schwärzen und Schminken viel Gutes, aber nicht hastig gesagt, und man hatte seinem Auseinandersetzen ruhig zugehört – er hatte weder geschmeichelt noch beleidigt. Albano versetzte also sanft: »Aber erbittern ist doch besser, lieber Augusti, als einwiegen. – Und wem soll ich denn die Wahrheit sagen als denen, die sie nicht haben und nicht glauben? – Doch nicht den andern?« – »Man kann jede sagen,« sagt' er, »aber man kann nicht jede Art und Stimmung, womit man sie sagt, zur Wahrheit rechnen.«

»Ach!« sagte Albano und blickte hinauf; unter dem Sternenhimmel stand wie eine Schutzheilige die Marmor-Madonna des Palastes sanft beglänzt – und er dachte an ihre Schwester – und an Lilar – und an den Frühling – und an viele Träume – und daß sein Herz so voll ewiger Liebe sei und daß er doch noch keinen Freund und keine Freundin habe. –

Achte Jobelperiode

Le petit lever des Doktor Sphex – Steig nach Lilar – Waldbrücke – der Morgen in Arkadien – Chariton – Lianens Brief und Dankpsalm– empfindsame Reisen durch einen Garten – das Flötental – über die Realität des Ideals

41. Zykel

Ich bin in voriger Nacht bis gegen Morgen aufgesessen – denn ich kann keinen fremden Dechiffreur darüberlassen –, um die Jobelperiode bis zum letzten Worte zu entziffern, so fest hielt mich ihr Reiz; ich hoffe aber, da schon das dünne Blätterskelett aus Hafenreffers Hand so viel tat, so soll jetzt das Blatt, wenn ich seine Adern mit Saftfarben und gleißendem Grüne durchziehe, vollends Wunder tun.

Mit dem Grafen stand es seit dem letzten Abend betrübt. Denn die duldende bescheidne Gestalt, die er gesehen, glänzte, wie der Vorsatz einer großen Tat, allen Bildern seiner Seele vor, und in seinen Träumen und vor dem Einschlafen ward ihre holde Stimme die Philomele einer Frühlingsnacht. – Dabei hört' er noch immer von ihr sprechen, besonders den Physikus, der jeden Tag weitere Fortschritte der Augenkur verkündigte und zuletzt Lianens Abreise nach Lilar immer näher stellte – (Von einer Geliebten aber hören ist, sei es immer etwas Gleichgültiges, weit mächtiger als an sie denken) – Er hörte ferner, daß ihr Bruder sich seit der Ermordung ihrer Augen der ganzen Stadt entzogen, in welcher er nicht wieder erscheinen will als auf einem sogenannten *Freudenpferde* bei der Fürstenleiche – – – Und um dieses Eden, oder vielmehr um die Schöpferin desselben, war eine so hohe Gartenmauer gezogen, und er ging um die Mauer und fand kein Tor. – –

Verhaßteres kenn' ich nichts als das; aber in welcher Residenzstadt ists anders? Schrieb' ich jemals einen Roman (wozu es keinen Anschein hat), das beteur' ich öffentlich, vor nichts würd' ich mich so hüten als vor einer Residenzstadt und vor einer stiftsfähigen Heldin darin. Denn die Konjunktion der obern Planeten trägt sich leichter zu als die hoher Amanten. Will Er ein Wort mit Ihr allein reden am Hofe oder beim Tee oder bei ihrer Familie, so steht der Hof, die Teegesellschaft, die Familie dabei; – will Er Ihr im Park aufstoßen, so reiset Sie, wie die sinesischen Kuriere, doppelt, weil man den Mädchen gern das Gewissen, wie die Natur alle wichtige Glieder, doppelt gibt, wie gutem Weine doppelten Boden; – will Er Ihr zufällig wenigstens auf der Gasse begegnen, so schreitet (wenn diese in Dresden liegt) ein saurer Bedienter hinterdrein als ihr Pestessig, Seelensorger, curator sexus, chevalier d'honneur, Sokrates-Genius, Kontradiktor und Pestilenziarius –– Hingegen auf dem Lande läuft (das ist alles) die Pfarrtochter, weil der Abend so himmlisch ist, um die Pfarrfelder spazieren, und der Kandidat braucht nun weiter nichts zu tun als Stiefel anzuziehen. – Wahrlich unter Leuten von Stande scheint der Mantel der (erotischen) Liebe anfangs ein Doktor Fausts-Mantel zu sein, der alles zu überfliegen schwört, indes er bloß alles überdeckt; allein am Ende steht einem das Schreckhorn, der Pilatusberg und die Jungfrau vor der Nase.

Seliger Held! Am Freitage kam der Lektor und referierte, am Montage werde der Höchstselige – nämlich dessen leere Särge – beigesetzt, und Roquairol reite das Freudenpferd – und Liane sei fast genesen, denn sie gehe mit der Ministerin morgen nach Lilar, höchstvermutlich um einigen trüben, mit einem Trauerrande umfaßten Gedenkzetteln und Leichen-Erinnerungen zu entrinnen – und am Himmelfahrtstage darauf sei Huldigung und Redoute....

Seliger Held! wiederhol' ich. Denn bisher, was besaßest du vom blühenden Tempe-Tal als die dürre Anhöhe, worauf du standest und in den Zauber hinuntersahest? –

42. Zykel

Am Mai-Sonnabend schwand um 7 Uhr jeder Dunst aus dem Himmel, und die hell-entweichende Sonne zog einem herrlichen Sonntage entgegen. Albano, der dann endlich das ungesehene Lilar besuchen wollte, war abends vorher so heilig-froh, als feiere er den Beichtabend vor dem ersten Abendmahle; – sein Schlaf war ein stetes Entzücken und Erwachen, und in jedem Traume ging ein betörender Sonntagsmorgen auf, und die Zukunft wurde das dunkle Vorspiel der Gegenwart. –

Sonntags früh wollt' er fort, als er vor der halben Glastüre des Physikus vorübermußte: »Herr Graf, auf einen Augenblick!« rief dieser. Da er eintrat, sagte der Doktor: »Gleich, lieber Herr Graf!« und fuhr fort. –– Den Zeichnern, die in künftigen Jahrhunderten so aus mir schöpfen wollen wie bisher aus dem Homer, geb' ich folgende Gruppe des Doktors als einen Schatz: er lag auf der linken Seite; Galenus bügelte mit einer kleinen Kratzbürste den Rücken des Vaters, indes neben ihm Boerhaave mit einem weiten Kamme stand und solchen unaufhörlich steilrecht (nicht schief) durch die Haare führte. Er sagte stets, er wüßte nichts, was ihn so aufheiterte und öffnete als Bürste und Kamm. Vor dem Bette stand van Swieten in einem dicken Pelze, den der Züchtling bei warmem Wetter und schlimmer Aufführung tragen mußte, um darin sowohl ausgelacht als halb gekocht zu werden.

Zwei Mädchen warteten in voller Sonntagsgala da und gedachten aufs Land zu einer Pfarrtochter und in die Dorfkirche; diese klopfte er erst von Glied zu Glied mit dem Hammer des Gesetzes ab. Er stellte seine Kinder, als Gegenfüßler römischer Beklagter in Lumpen, gern in Manschetten und Quasten und galoniert auf die Pillory, besonders vor Fremden. Der Graf hatte sich schon längst der roten Kinder wegen gegen das offne Fenster gekehrt; konnte sich aber doch nicht enthalten, lateinisch zu sagen: »wär' er sein Kind, er hätte sich längst umgebracht; er kenne nichts mehr Beschämendes, als im Putze gescholten zu werden.« – »Desto tiefer« (sagte Sphex deutsch) »greift es eben ein« und holte bei den Mädchen nur noch dieses nach: »Ihr seid ein Paar Gänse und werdet in der Kirche nur von eurem Lumpenkrame schnattern – warum gebt ihr nicht auf den Pfarrer acht? Er ist ein Esel, aber für euch Eselinnen predigt er gut genug; abends sagt ihr mir die Predigt ganz her.« –

»Hier ist ein Laxiertrank, Herr Graf, den ich Sie, da Sie nach Lilar gehen, der Landbaumeisterin zu geben bitte für ihre kleinen Kröten; aber nehmen Sie es nicht übel!« – Beim Henker! das sagen gerade die Leute am häufigsten, die sich nichts übelnehmen. Der Graf – der ihm zu andrer Zeit verachtend den Rücken zugekehrt hätte – steckt' es errötend und schweigend vor dem Retter seiner Liane zu sich, auch weil es für die Kinder seines geliebten Dians war, an dessen Gattin er Grüße und Nachrichten bringen wollte.

43. Zykel

Lilar ist nicht, wie so viele Fürstengärten, ein herausgerissenes Blatt aus Hirschfeld – ein toter Landschafts-Figurant und Vexier- und Miniaturpark – ein schon an jedem Hofe aufgesetztes und abgegriffenes Schaugericht von Ruinen, Wildnissen und Waldhäusern: sondern Lilar ist das Naturspiel und bukolische Gedicht der romantischen und zuweilen gaukelhaften Phantasie des alten Fürsten. Wir kommen bald insgesamt hinter dem Helden hinein, aber nur ins *Elysium*; der *Tartarus* ist ganz etwas anders und Lilars zweiter Teil. Die Absonderung der Kontraste lob' ich noch mehr wie alles; ich wollte schon längst in einen bessern Garten gehen, als die gewöhnlichen chamäleontischen sind, wo man Sina und Italien, Lust- und Gebeinhaus, Einsiedelei und Palast, Armut und Reichtum (wie in den Städten und Herzen der Inhaber) auf *einem* Teller reicht und wo man den Tag und die Nacht ohne Aurora, ohne Mitteltinte nebeneinander aufstellt. Lilar hingegen, wo das Elysium seinen frohen Namen durch verknüpfte Lustlager und Lusthaine rechtfertigt, wie der Tartarus seinen düstern durch einsame überhüllte Schrecken, das ist mir recht aus der Brust gehoben. –

Aber wo geht jetzt unser Jüngling mit seinen Träumen? – Noch auf der romantischen einleitenden Straße nach Lilar, eigentlich dem ersten Gartenwege desselben. Er wanderte auf einer belaubten Straße, die sanft auf Hügel mit offnen Baumgärten und in gelbblühende Gründe stieg und die wie der Rhein sich bald durch grünende Felsen voll Efeu drängte, bald fliehende lachende Ufer hinter den Zweigen auftat. Jetzt wurden die weißen Bänke unter Jesminstauden und die weißen Landhäuser vielfältiger, er kam näher, und die Nachtigallen und Kanarienvögel [1] Lilars streiften schon hieher, wie Land ansagende Vögel. Der Morgen wehte frisch durch den Frühling, und das zackige Laub hielt noch seine leichten ätherischen Tropfen fest. Ein Fuhrmann lag schlafend auf seinem Leiterwagen, den die rechts und links abrupfenden Tiere sicher auf dem glatten Wege zogen. Albano hörte am stillen Sonntage nicht das Feldgeschrei der drängenden Arbeit, sondern die Ruhe-Glocken der Türme; im Morgengeläute spricht die zukünftige, wie im Abendgeläute die vergangene Zeit; und an diesem goldnen Alter des Tages stand auch eines in seiner frischen Brust. –

Jetzt zuckten gabelschwänzige Rauchschwalben mit der Purpurbrust über das Himmelblau des wilden Gamanders und kündigten mit ihren Wohnungen unsre an: als seine Straße durch ein zerstörtes altes offnes, von fetten dicken Blättern wie Schuppen behangnes Schloß durchwollte, an dessen Ein- oder Ausgange ein wegweisender roter Arm sich mit der weißen Aufschrift: »Weg *aus* dem Tartarus ins Elysium« gegen eine nahe Waldung ausstreckte.

Sein Herz fuhr auf bei dieser doppelten Nähe so verschiedener Tage. Mit weiten Schritten drang er gegen den Elysiums-Wald, den ein breiter Graben abzuschneiden schien. Aber er kam bald aus dem Buschwerke vor eine grüne Brücke, die sich in den Bogen der Riesenschlange über den Graben, aber nicht auf die Erde, sondern in die Gipfel schwang. Sie trug ihn durch die hereinblühende Wildnis von Eichen-, Tannen-, Silberpappeln-, Frucht- und Linden-Wipfeln. Dann hob sie ihn hinaus in die freie Gegend, und Lilar warf ihm schon von Osten über die weite spitzige Gipfel-Saat den Glanz einer hohen Goldkugel entgegen. Die Brücke senkte sich mit ihm wieder ins duftende dämmernde Geniste, und unter und neben ihm riefen und flatterten die Kanarienvögel, Singdrosseln, Finken und Nachtigallen, und die geätzte Brut schlief gedeckt unter der Brücke. Endlich stieg diese nach einem Bogengange wieder ans Licht – er sah schon die grünende Bergkuppe mit dem weißen Altar, woran er in einer jugendlichen Nacht gekniet hatte; und mehr südlich hinter sich die Decke und Scheidewand des Tartarus, einen hochaufgebäumten Wald – und wie er weitertrat, deckte sich ihm das Elysium weiter auf – eine Gasse kleiner Häuser mit welschen Dächern voll Bäumchen lachte den Blick freudig und einheimisch aus der grünen Weltkarte von

[1] Sie haben eine ganze Stube zum Winterleben, der man im Sommer bloß die Fenster aushebt.

Tiefen, Hainen, Bahnen, Seen an – und in Morgen schlossen fünf Triumphtore dem Auge die Wege in eine weitausgespannte, wie ein grünendes Meer fortwogende Ebene auf, und in Abend standen ihnen fünf andere mit geöffneten Ländern und Bergen entgegen. – –

So wie Albano die langsam-niederschwebende Brücke herabging, so kamen bald brennende Springbrunnen, bald rote Beete, bald neue Gärten im großen entwickelt hervor, und jeder Tritt schuf das Eden um. Voll Ehrfurcht trat er wie auf einen geheiligten Boden heraus, auf die geweihte Erde des alten Fürsten und des *frommen Vaters* [1] und Dians und Lianens; sein wilder Gang wurde wie von einem Erdbeben umwickelnd gehalten; das reine Paradies schien bloß für Lianens reine Seele gemacht; und jetzt erst machte ihm die scheue Frage über die Schicklichkeit seiner hastigen Nachreise und die liebende Furcht, zum ersten Male ihrem genesenen Auge zu begegnen, den frohen Busen enge.

Aber wie festlich, wie lebendig ist alles um ihn her! Auf den Wassern, die durch die Haine glänzen, ziehen Schwanen, in die Büsche schreitet der Fasan, Rehe blicken hinter ihm neugierig aus dem Walde, über den er gegangen war, und weiße und schwarze Tauben laufen emsig unter den Toren, und an den Abendhügeln hängen rufende Schafe neben liegenden Lämmern; sogar der Turteltaube zittert in irgendeinem verhüllten Tale die Brust vom Languido der Liebe. Er schritt durch ein langes hochstaudiges Rosenfeld, das die Niederlassung und Pflanzstadt von Grasmücken und Nachtigallen schien, die aus den Büschen auf die wachsenden Grasbänke hüpften und vergeblich ausliefen nach Würmchen; und die Lerche zog oben über diese zweite Welt für die frömmern Tiere und fiel hinter den Toren in die Saaten nieder.

Berausche dich immer, guter Jüngling, und kette deine Blumen so ineinander wie der Knabe, dem du zueilst! – Nämlich oben auf dem welschen Dache, vor dessen Brustgeländer Silberpappeln von breiten Rebenblättern umgürtet spielen, und das er in der Frühlingsnacht für eine Laube in Rosen angesehen, stand ein kerniger herübergebückter Knabe, der eine Dotterblumenkette niederließ und dem zu kurzen grünen Ankerseile immer neue Ringe einsteckte. »Pollux heiß' ich,« (versetzt' er frisch auf Albans sanfte Frage) »aber meine Schwester heißet Helena [2], aber das Brüderchen heißt Echion.« – »Und dein Vater?« – »Er ist gar nicht da, er ist weit draußen in Rom; gehe nur hinein zur Mutter Chariton, ich komme gleich.« – An welchem schönen Tage und Orte, mit welchem schönern Herzen konnt' er in des geliebten Dians heilige Familie kommen als an diesem Morgen und mit dieser Brust?

[1] So hieß überall der einsiedlerische Emeritus, der da wohnende Hofprediger *Spener*, der mit dem edlen alten frommen Spener nicht nur von väterlicher Seite verwandt war, sondern auch von geistiger.

[2] Sie hatten als Zwillinge diese Namen.

Er ging ins helle lachende Haus, das voll Fenster und grüner Jalousieladen war. Als er in die Frühlingsstube eintrat: so fand er Chariton, ein junges, schmächtiges, fast noch jungfräulich-aussehendes Weib von 17 Jahren, mit dem kleinen Echion an der säugenden Brust, sich wehrend gegen die kränklich-lebhafte Helena, die, auf einem Stuhle stehend, immer aus dem Fenster eine vielblättrige Rebenschlinge hereinzog und die Hülle um die Augen der Mutter gürten wollte. Mit zauberischer Verwirrung, da sie zugleich aufstehen, mit der Linken die belaubten Fessel ohne Zerreißen abnehmen und den Säugling tiefer verhüllen wollte, trat sie dem schönen Jünglinge gebückt entgegen, kindlich-freundlich und feurig, aber unendlich schüchtern, nicht seiner standesmäßigen Kleidung wegen, sondern weil er ein Mann war und so edel aussah, sogar ihrem Griechen ähnlich. Er sagte ihr mit einer zauberischen Liebe auf dem kräftigen Angesichte, die sie vielleicht nie so herrlich gesehen, seinen Namen und den Dank, den sein Herz ihrem Gatten aufbewahre, und Nachrichten und Grüße von diesem. Wie loderte an der furchtsamen Gestalt das unschuldige Feuer aus den schwarzen Augen! »War denn mein Herr« (so nannte sie ihren Mann) »sehr gesund und froh?« Und so fing sie jetzt, unbefangen wie ein Kind, ein langes Verhör bloß über ihren Gatten an.

Pollux sprang mit seiner langen Kette herein – Alban nahm den Trank vom Doktor scherzend aus der Tasche und sagte: »Das sollst du einnehmen.« – »Soll ichs gleich aussaufen, Mutter?« sagte der Heros. Hier erkundigte sie sich ebenso unbefangen nach dem ausführlichen Rezepte des Doktors und so lange, bis der kleine Säugling am Busen rebellierte und sie in ein Nebenzimmer über die Wiege trieb. Sie entschuldigte sich und sagte, der Kleine müsse schlafen, weil sie mit Lianen spazieren gehe, auf die sie jede Minute aufsehe.

Kinder lieben kräftige Gesichter; Alban wurde zugleich von Kindern und von Hunden geschätzt; nur konnte er auf dem kindlichen Spielplatze nie mit der kleinen springenden Truppe agieren, wenn erwachsene Logen dabei waren.

»Ich kann sehr viel«, sagte Pollux; – »ich kann auch lesen, Herr!« versetzte dem Bruder Helena. »Aber doch nur deutsch; ich aber kann lateinische Briefe prächtig herlesen, du!« erwiderte ihr das junge Männlein und lief in der Stube nach Lektüre und Leseproben umher, aber umsonst. »Mann! warte ein wenig!« sagte er und lief die Treppe hinauf in – Lianens Zimmer und holte einen Brief von Lianen. – –

43. *Zykel*

Albano wußte nicht, daß Liane ordentlich das obere, so blühend beschattete Zimmer für sich innenhabe, worin sie häufig – zumal wenn die Mutter in der Stadt zurückblieb – zeichnete, schrieb und las. Die kindliche Chariton, vom Liebestranke der Freundschaft begeistert, wußte gar nicht, wie sie nur der schönen liebreichen Freundin ihr Feuer so recht zeigen konnte; ach was war ein Zimmer! – In dieses immer offne kamen nun die Kinder, die Liane zuweilen lesen ließ; und so konnte jetzt Pollux aus dem einsamen den Bogen holen, den sie an diesem Morgen geschrieben. –

Als Albano während des Holens so allein im Wohnzimmer des fernen Jugendfreundes neben dessen stiller, blasser Tochter saß, die bald auf ihn, bald auf eine ihm noch aus Lianens Morgenzimmer bekannte Spiel-Schäferei hinsah – als das Morgenwehen durchs kühle Fenster das herrliche Getümmel hereintrieb – besonders als im lichten Ausschnitte des Fußbodens die sinesischen Schatten des Wein- und Pappellaubes sich ineinander kräuselten – und als endlich Chariton den Säugling mit einem eiligern lautern Wiegenliede einsang, das ihm tönte wie ihr nachhallender Seufzer nach dem schönen Jugendlande: so wurd' ihm das volle, vom ganzen Morgen angeregte Herz so wunderbar und – besonders durch das wankende Schattengefecht – fast bis zum Weinen bewegt; und das Kind blickt' ihm immer bedeutender ins Gesicht.

Da kam Pollux mit seinen beiden Quartblättern zurück und setzte sich nun selber auf seine Leseprobe. Schon die erste Seite komponierte zu Albans innern Liedern die Melodie; aber er erriet weder die Verfasserin noch das Datum des Briefes, außer später durch ein hin- und herspringendes Lesen. Die Blätter gehörten zu vorigen – nicht einmal Streusand bezeugte ihre junge Geburt (denn Liane war zu höflich, einen zu brauchen) – ferner waren alle Namen anders; nämlich Julienne, an die sie gerichtet waren, hatte leider, in d'Argensons bureau décachetage, d. h. am Hofe wohnhaft, verzifferte verlangt, und sie hieß mithin Elisa, Roquairol Karl und Liane ihre kleine Linda. Linda ist bekanntlich der Taufname der jungen Gräfin von Romeiro, mit welcher die Prinzessin am Tage jener für Roquairol so blutigen Redoute ein ewiges Herzens- und Korrespondenz-Bündnis aufgerichtet hatte; – Liane, vor deren reinen dichterischen Augen sich jedes edle weibliche Wesen zur Gebenedeieten und Heroine, der undurchsichtige Edelstein zum durchsichtigen aufhellte und reinigte, liebte die hohe Gräfin gleichsam mit dem Herzen ihres Bruders und ihrer Freundin zugleich, und die sanfte Seele nannte sich, ihres Wertes unbewußt, nur die kleine Linda ihrer Elisa.

Auch die zarte ausgezogene Handschrift kannte Albano nicht; Julienne liebte die gallische Sprache bis zu den Lettern, aber Lianens ihre glichen nicht den gallischen Sudel-Protokollen, sondern der reinlichen geründeten Handschrift der Briten.

Hier ist endlich ihr Blatt – – O du holdes Wesen! wie lange hab' ich nach den ersten Lauten deiner erquickenden Seele gedürstet! –

Sonntags-Morgen

– »Aber heute, Elisa, bin ich so innig-froh, und der Abendnebel liegt als eine Aurora am Himmel. Ich sollte dir wohl das Gestrige gar nicht geben. Ich war zu bekümmert. Konnt' aber nicht meine liebe Mutter, die doch bloß meinetwegen hierher gegangen war, dadurch noch kränker werden, so leidlich sie auch eben deswegen sich gegen mich anstellte? – Und dann kam ja deine Gestalt, Geliebte, und all dein Schmerz und die harte Nachbarschaft [1] und unser letzter Abend hier, o alles das zog ja so klagend vor mein banges Herz! – Sieh, als wir vor dem Hause der lieben Chariton hielten und sie meiner Mutter die Hand mit freudigen Tränen küßte: so war ich so schwach, daß ich auch abgewandte vergoß, aber andre und über die Frohlockende selber, die ja nicht wissen konnte, ob nicht in dieser Stunde ihr teurer Freund in Rom erkranke oder untergehe. – –

Nun aber ist der dunkelgraue Nebel auf dem Blumengarten deiner kleinen Linda ganz verweht, und alle Blüten des Lebens glänzen in ihren reinen hohen Farben vor ihr. – – Nach Mitternacht wich die Migräne meiner Mutter fast ganz, und sie schlummerte so süß noch an diesem Morgen. O wie war mir da! – Nach 5 Uhr schon ging ich in den Garten hinunter und fuhr über den Glanz zusammen, der im Taue und zwischen den Blättern brannte – die Sonne sah erst unter den Triumphtoren herein – alle Seen sprühten in einem breiten Feuer – ein glänzender Dampf umfloß wie ein Heiligenschein den Erdenrand, den der Himmel berührte – und ein hohes Wehen und Singen strömte durch die Morgenpracht – – –

Und in diese aufgeschlossene Welt kam ich genesen zurück und so froh; ich wollte immer rufen: ich habe dich wieder, du helle Sonne, und euch, ihr lieblichen Blumen, und ihr stolzen Berge, ihr habt euch nicht verändert, und ihr grünet wieder wie ich, ihr duftenden Bäume! – – In einer unendlichen Seligkeit schwebt' ich wie verklärt, Elisa, schwach, aber leicht und frei, ich hatte die drückende Hülle – so war es mir – unter die Erde gelegt und nur das pochende Herz behalten, und im entzückten Busen flossen warme Tränenquellen gleichsam über Blumen über und bedeckten sie hell. – –

›Ach Gott,‹ sagt' ich in der großen Freude schreckhaft, ›war es denn ein bloßer Schlaf, das unbewegliche Ruhen der Mutter?‹ und ich mußte – lächle immer –, eh' ich weiterging, wieder zu ihr hinauf. Ich schlich atemlos vor das Bette, bog mich horchend über sie, und die gute Mutter schloß die immer leise schlummernden Augen langsam auf, sah mich müde, aber liebreich an und tat sie, ohne sich zu regen, wieder zu und gab mir nur die liebe Hand.

Nun durft' ich recht selig wieder in meinen Garten gehen; ich brachte aber der immer heitern Chariton den Morgengruß und sagt' ihr, daß ich auf

[1] Der Tartarus mit dem Vaterherzen Juliennens.

dem breiten Wege zum *Altare* [1] bliebe, sollt' ich etwan gesucht werden. – Ach Elisa, wie war mir dann! Und warum hatt' ich dich nicht an meiner Hand, und warum sah mein bekümmerter Karl nicht, daß seine Schwester so glücklich war! – Wie nach einem warmen Regen das Abendrot und das flüssige Sonnenlicht von allen goldgrünen Hügeln rinnt: so stand ein zitternder Glanz über meinem ganzen Innern und über meiner Vergangenheit, und überall lagen helle Freudenzähren. Ein süßes Nagen nahm mein Herz auseinander wie zum Sterben, und alles war mir so nahe und so lieb! Ich hätte der lispelnden Zitterpappel antworten und den Frühlingslüften danken mögen, die so kühlend das heiße Auge umwehten! Die Sonne hatte sich mütterlich-warm auf mein Herz gelegt und pflegte uns alle, die kalte Blume, den jungen nackten Vogel, den starren Schmetterling und jedes Wesen; ach so soll der Mensch auch sein, dacht' ich. Und ich ging den Sandweg und schonte das Leben des armen Gräschens und der liebäugelnden Blume, die ja hauchen und erwachen wie wir – ich vertrieb die weißen durstigen Schmetterlinge und Tauben nicht, die sich nebeneinander von der nassen Erdscholle zum Tranke bückten – o ich hätte die Wellen streicheln mögen – – diese Schöpfung ist ja so kostbar und aus Gottes Hand, und das noch so klein gestaltete Herz hat ja doch sein Blut und eine Sehnsucht, und in das Augen-Pünktchen unter dem Blatte kehrt ja doch die ganze Sonne und ein kleiner Frühling ein. –

Ich lehnte mich, ein wenig ermattet, unter den ersten Triumphbogen, eh' ich zum Altare aufstieg; und sah hinaus in die glimmende Landschaft voll Dörfer und Baumgärten und Hügel; und der flimmernde Tau und das Läuten der Dörfer und das Glockenspiel der Herden und das Schweben der Vögel über allem füllte mich mit Ruh' und Licht. Ja, so ruhig und unbekannt und heiter will ich mein eilendes Leben führen, dacht' ich: redet mir nicht der Trauermantel zu, der vor mir mit seinen vom Herbste zerrissenen Schwingen doch wieder um seine Blumen flattert; und mahnet mich nicht der Nachtschmetterling ab, der erkältet an der harten Statue klebt und sich nicht zu den Blüten des Tages aufschwingen kann? – Darum will ich nie von meiner Mutter weichen – bleibe nur die teure Elisa auch so lange bei uns, als ihre kleine Linda lebt, und rufe sie ihre hohe Freundin bald [2], damit ich sie sehe und herzlich liebe! –

Ich stieg den grün-schattigen Berg hinan, aber mit Mühe; die Freude entkräftet mich so sehr; – denk an mich, Elisa, ich werde einmal an einer großen sterben, oder an einem großen, allzugroßen Weh. Der Schneckenweg zum Altare war von den Farben des Blütenstaubes gemalt, und droben wanden sich nicht gefärbte feste, sondern rege brennende Regenbogen durch

[1] So heißet jener Berg, den Albano in der bekannten Frühlingsnacht gefunden.

[2] Linda de Romeiro.

die Zweige des Berges. Warum stand ich heute in einem Glanze wie niemals sonst? [1] Und als die Morgenluft mich wie ein Flügel anflatterte und hob und als ich mich tiefer in den blauen Himmel tauchte, so sagt' ich: nun bist du in Elysium. – Da war mir, als sage eine Stimme: das ist das irdische, und du bist noch nicht geheiligt für das andre. O feurig faßt' ich wieder den Entschluß, mich von so manchen Mängeln loszuwickeln und besonders dem zu schnellen Wahne der Kränkung abzusagen, den ich andern zwar verhehle, womit ich sie aber doch verletze. Und da betete ich am Altare und sagte der ewigen Güte Dank und weinte unbewußt vielleicht zu sehr, aber doch ohne Augenschmerzen.

Zuletzt schrieb ich das hier beigelegte Dankgedicht, das ich in Verse bringe, wenn es der *fromme Vater* gutheißet.

Dankgedicht

So schau' ich wieder mit seligen Augen in deine blühende Welt, du Allliebender, und weine wieder, weil ich glücklich bin? Warum hab' ich denn gezagt? Da ich unter der Erde ging in der Finsternis wie eine Tote und nur von fern die Geliebten und den Frühling über mir vernahm: warum war das schwache Herz in Furcht, es gebe keine Öffnung mehr zum Leben und zum Lichte? – Denn du warst in der Finsternis bei mir und führtest mich aus der Gruft in deinen Frühling herauf; und um mich standen deine frohen Kinder und der helle Himmel und alle meine lächelnden Geliebten! – – O ich will nun fester hoffen; brich immer der siechen Pflanze üppige Blumen ab, damit die andern voller reifen! Du führest ja deine Menschen auf einem langen Berge in deinen Himmel und zu dir, und sie gehen durch die Gewitter des Lebens am Berge nur verschattet, nicht getroffen hindurch, und nur unser Auge wird naß. – – Aber, wenn ich zu dir komme, wenn der Tod wieder seine dunkle Wolke auf mich wirft und mich weg von allen Geliebten in die tiefere Höhle zieht und du mich, Allgütiger, noch einmal freimachst und in deinen Frühling trägst, in den noch schönern als diesen herrlichen: wird dann mein schwaches Herz neben deinem Richterstuhle so freudig schlagen wie heute, und wird die Menschenbrust in deinem ätherischen Frühlinge atmen dürfen? O mache mich rein in diesem irdischen und lasse mich hier leben, als wenn ich schon in deinem Himmel ginge! – –«

*

Wenn schon euch, ihr Freunde, die duldende reine Gestalt ungesehen lieb und rührend wird, die sich ergeben freuen kann, daß doch die Wetterwolke

[1] Die Ursache ist, weil sie nach der Genesung noch kurzsichtig war, und ein Kurzsichtiger sieht den Tau glänzender.

nur Platz-Tropfen und keine Schloßen auf sie warf: wie mußte sie erst das bewegte Herz ihres Freundes erschüttern! – Er fühlte eine Heiligung seines ganzen Wesens; gleichsam als komme die Tugend, in diese Gestalt verkörpert, vom Himmel nieder, um ihn heiligend anzulächeln, und fliege dann leuchtend zurück und er folg' ihr begeistert und gehoben nach.

Er drang eifrig dem Knaben das Zurücktragen der Blätter ab, um ihr und sich, da sie jede Minute erscheinen konnte, die peinlichste Überraschung zu ersparen; doch beschloß er fest – was es auch koste –, wahr zu sein und ihr noch heute sein Lesen zu beichten.

Der Kleine lief die Treppe hinauf, wieder herab, blieb lange vor der Türe und kam herein mit – Lianen an der Hand, die weiß gekleidet und schwarz verschleiert war. Sie sah ein wenig betroffen umher, als sie mit beiden Händen den Schleier von ihrem freundlichen Gesichte zurückhob, hörte aber Charitons Wiegenlied. Sie kannt' ihn nicht, bis er sprach; und hier errötete ihr ganzes schönes Wesen wie eine beleuchtete Landschaft nach dem Abendregen; sie habe die Freude, sagte sie, seinen Vater zu kennen. Wahrscheinlich kannte sie den Sohn durch Juliennens und Augustis Malereien noch besser und von verwandtern Seiten; auch bewegte sich gewiß ihr schwesterliches Herz von seiner Bruderstimme; denn der Reiz und sogar Vorzug der Ähnlichkeit und Kopie ist so groß, daß sogar einer, der einem gleichgültigen Wesen ähnlich sieht, uns lieber wird, wie das Echo eines leeren Rufs, bloß weil hier wie in der nachahmenden Kunst die Vergangenheit und Abwesenheit eine durch die Phantasie durchscheinende Gegenwart wird.

Das immer leisere Einsingen der Mutter sagte das tiefere Einschlummern des Säuglings an, und endlich verstummte das Diminuendo, und Chariton lief mit blitzenden Augen der Hand Lianens zu. Eine heitere offne Freundschaft blühte zwischen den unschuldigen Herzen und verstrickte sie wie der Wein die nahen Pappeln. Chariton erzählte ihr Albanos Erzählung mit der Voraussetzung der innigsten Teilnahme; Liane hörte gespannt-aufmerkend der Freundin zu; aber das war ja so viel, als blicke sie die nahe historische Quelle selber an.

44. Zykel

Endlich reisete man in den Garten aus; Pollux blieb ungern und nur auf Lianens Verheißung, ihm heute wieder ein Pferdstück zu zeichnen, als Schutzheiliger der Wiege zurück. Alban sagte zur höchsten Freude der Baumeisterin, die nun alles dem schönen Manne zeigen konnte, er habe noch wenig von Lilar gesehen. Wie reizend gingen vor ihm die befreundeten Gestalten nebeneinander! Chariton, wiewohl eine Frau, doch griechischschlank, flatterte als die kleinere Schwester neben der Lilientaille seiner ein wenig längern Liane fort; jene schien, nach der Einteilung der Landschaftsmaler, die Natur in Bewegung zu sein, Liane die Natur in Ruhe. Als er wieder neben Liane trat, an deren linken Hand Helena lief – zu rechten die Mutter –, so fand er ihr weich-niedergehendes Profil unbeschreiblich-rührend und um den Mund Züge, die der Schmerz zeichnet, die Narben wiederkehrender Tage; indes das schöne Mädchen in der Sonnenseite des Vollgesichts wie in ihrem leichten Gespräche eine unbefangene beglückende Heiterkeit entfaltete, die Albano, der noch an keiner Schultüre eines weiblichen Philanthropins angeklopft, mühsam mit ihrer weinenden Dichtkunst ausglich. O wenn die weibliche Träne leicht flieht, so entflattert ja noch leichter das weibliche Lächeln, und dieses ist ja noch öfter als jene nur Schein!

Er suchte aus Sehnsucht des durstigen Herzens das Händchen der Kleinen zu fassen, allein sie hing sich mit beiden auf Lianens Linke; entlief aber gleich und holte drei Irisblumen – wie sie, den Schmetterlingen ähnlich – und teilte der Mutter eine zu und Lianen mit den Worten zwei: »Gib *dem* auch eine!« Und Liane reichte sie ihm freundlich-anschauend mit jenem heiligen Mädchenblicke, der hell und aufmerksam, aber nicht forschend, kindlich-teilnehmend ohne Geben und Fordern ist. Gleichwohl senkte sie diese heiligen Augen heute mehrmals nieder; aber – das zwang sie dazu – auf Zesaras felsigem, obwohl von der Liebe erweichtem Gesichte ruhte ein physiognomisches Recht des Stärkern, er schien eine scheue Seele mit hundert Augen anzusehen, und seine beiden wahren loderten so warm, obwohl ebenso rein, wie das Sonnenauge im Äther.

Die Irisblumen haben das Sonderbare, daß der eine sie riecht, der andre aber nicht; nur diesen dreieinigen Menschen taten sich die Kelche gleich weit auf, und sie erfreueten sich lange über die Gemeinschaft desselben Genusses. Helena lief voraus und verschwand hinter einem niedrigen Gebüsche; sie erwartete auf einer Kinderbank neben einem Kindertische lächelnd die Erwachsenen. Der gute alte Fürst hatte überall für Kinder niedrige Moosbänke, kleine Gartenstühle, Tischchen und Scherben-Orangerien und dergleichen um die Ruheplätze ihrer Eltern gestellt; denn er trug diese erquickenden offnen Blumen der Menschheit so nah' an seinem Herzen! – »Man wünscht so oft,« (sagte Liane) »in der patriarchalischen Zeit, oder in Arkadien und auf Otaheiti zu leben; die Kinder sind ja – glauben Sie es nicht? – überall dieselben, und man hat eben an ihnen das, was die fernste Zeit und die fernste Gegend nur gewähren mag.« – Er glaubt' es wohl und gern; aber er fragte sich immer: wie wird aus dem toten Meere des Hofes eine so unbefleckte Aphrodite geboren, wie aus dem salzigen Seewasser reiner Tau und Regen steigt? – Unter dem Sprechen zog sie zuweilen ein ungemein holdes – wie soll ichs beziffern – »*Hm*« nach, das, wiewohl ein Cour-Donatschnitzer, eine unsägliche Gutmütigkeit verriet; ich schreibe es aber nicht dazu her, damit den nächsten Sonntag alle Leserinnen diesen Interpunktionsreiz hören lassen.

»Das nämliche« (versetzte Albano, aber gutmeinend) »gilt von den Tieren;

der Schwan dort ist wie der im Paradiese.« Sie nahm es ebenso auf, wie ers meinte: aber die Ursache war der fromme Vater, Spener, ihr Lehrer; denn auf Albans Frage über Lilars Fülle an schönen sanften Tieren antwortete sie: »Der alte Herr liebte diese Wesen ordentlich zärtlich, und sie konnten ihn oft bis zu Tränen bringen. Der fromme Vater denkt auch so; er sagt, da sie alles auf Gottes Geheiß tun durch den Instinkt, so sei ihm, wenn er die elterliche Sorge für ihre Jungen sehe, so, als tue der Allgütige alles selber.« Sie stiegen jetzt eine halbbelaubte Brücke über einen langen, von Pappeln umflatterten Wasserspiegel hinauf, worin Lianens Ebenbild, nämlich ein Schwan, auf den Wasserringen schlief, den gebognen Hals schön auf den Rücken geschlungen, den Kopf auf dem Flügel, und leise mehr von den Lüften gedreht als von den Wellen. »So ruht die unschuldige Seele!« sagte Albano und dachte wohl an Liane, aber ohne Mut zum Bekenntnis. »Und so erwacht sie!« setzte bewegt Liane dazu, als diese weiße vergrößerte Taube den Kopf langsam von dem Flügel aufhob; denn sie dachte an das heutige Erwachen ihrer Mutter. –

Chariton wandte sich, wie ganz aus hüpfenden Punkten zusammengesetzt, immer fragend an Liane: »Wollen wir dahin? oder dorthinein? oder hier hinaus? – Wäre nur mein Herr da! der kennt alles!« – Sie hätte ihn gern um jede Quelle und Blume herumgeführt; und blickte dem Jünglinge so liebend wie der Freundin ins Gesicht. – Liane sagte ihr auf dem Kreuzwege an der Brücke: »sie glaube, das Flötental dort mit der leuchtenden Goldkugel sei vielleicht am schönsten, besonders für einen Freund der Musik; auch werde man sie da suchen, wenn man ihrer Mutter die Harfe bringe.« Sie hatte ihr mit dieser zurückzukommen versprochen. Sie mied alle Steige nach Süden, wo der Tartarus hinter seinem hohen Vorhange drohte.

Liane sprach jetzt über den Wettstreit der Malerei und Musik und über Herders reizenden offiziellen Bericht von diesem Streite; sie, wiewohl eine Zeichnerin, ergab sich, dem weiblichen und lyrischen Herzen gemäß, ganz den Tönen, und Albano, obwohl ein guter Klavierist, mehr den Farben. »Diese herrliche Landschaft« (sagte Albano) »ist ja ein Gemälde und jede menschliche schöne Gestalt.« – »Wär' ich blind,« (sagte Chariton naiv) »so säh' ich ja meine schöne Liane nicht.« – Sie versetzte: »Mein Lehrer, der Kunstrat Fraischdorfer, setzte auch die Malerei über die Musik hinauf. Mir ist aber bei ihr, als hört' ich eine *laute Vergangenheit* oder eine *laute Zukunft*. Die Musik hat etwas Heiliges, sie kann nichts als das Gute [1] malen, verschieden von andern Künsten.« – Wahrlich sie war selber eine moralische Kirchenmusik, die Engelstimme in der Orgel; der reine Albano fühlte neben ihr die Notwendigkeit und das Dasein einer noch zärtern Reinheit; und ihm

[1] Dieser Satz, daß die reine Musik ohne Text nichts Unmoralisches darzustellen vermöge, verdient von mir mehr untersucht und ausgeführt zu werden.

schien, als könne ein Mann diese Seele, deren Verstand fast nur ein feineres Fühlen war, verletzen, ohne es selber zu wissen, wie Fenstergläser von reiner Durchsichtigkeit oft zerstoßen werden, weil sie unsichtbar erscheinen. Er drehte sich, weil er immer um einen Schritt voraus war, mechanisch um, und nicht nur das blühende Lilar, sondern auch Lianens volle Gestalt leuchtete ihm auf einmal und neugestaltet in die Seele. -- Nicht sie an sein Herz zu drücken, war jetzt sein Sehnen, sondern dieses Wesen, das so oft gelitten, aus jeder Flamme zu reißen, für sie mit dem Schwerte auf ihren Feind zu stürzen, sie durch die tiefen kalten Höllenflüsse des Lebens mächtig zu tragen -- das hätte sein Leben erleuchtet.

45. Zykel

Sie sahen schon einige nasse Lichter der hohen, oben hereinspringenden Fontänen des Flötentals hochschweben: als Liane wider Charitons Erwartung beide in einen unwegsamen Eichenhain mitzugehen bat – sie sah ihn so vergnügt und offenherzig dabei an und ohne jenen weiblichen Argwohn, mißverstanden zu werden! Im düstern Haine stand ein wilder Fels auf, mit den Worten: »Dem Freunde Zesara«. Die vorige Fürstin hatte diese erinnernde Alpe Albanos Vater setzen lassen. – Ergriffen, erschüttert, mit Schmerzen in den Augen stand der Sohn davor und lehnte sich daran wie an Gaspards Brust und drückte den Arm an den scharfen Stein hinauf und rief innigst bewegt: »O du guter Vater!« – Seine ganze Jugend – und Isola bella – und die Zukunft überfielen auf einmal das vom ganzen Morgen bestürmte Herz, und es konnte sich der zudringenden Tränen nicht länger erwehren. Chariton wurde ernsthaft, Liane lächelte weich fort, aber wie ein Engel im Gebet. – Wie oft, ihr schönen Seelen, hab' ich in diesem Kapitel mein ergriffenes Herz bezwingen müssen, das euch anreden und stören wollte! aber ich will es wieder bezwingen.

Sie traten schweigend in den Tag zurück. Aber Albanos Wogen fielen nie schnell, sie dehnten sich in weite Ringe aus. Sein Auge war noch nicht trocken, als er in das himmlische Tal kam, in diesen Ruheplatz der Wünsche, wo Träume frei, ohne Schlaf, herumgehen konnten. Chariton – durch den Ernst viel geschäftiger – war nach einer Augenfrage an Liane, ob sie es solle – nämlich das Spielenlassen gewisser Maschinen –, voraus hineingeeilt. Sie gingen durch den weichenden blühenden Schleier; – und Albano erblickte nun vor sich den jugendlichen Traum von einem bezauberten, mit Düften und Schatten umstrickenden Zaubertale in Spanien lebendig auf die Erde herausgestellt. An den Bergen blühten Orangengänge, den Untersatz in die höhere Terrasse versteckt – alles, was große Blüten auf seinen Zweigen trägt, von der Linde bis zur Rebe und zum Apfelbaume, sog unten am Bache oder bestieg oder bekränzte die zwei langen Berge, die sich mit ihren Blüten um die Blumen der Tiefe wanden und sich miteinander bogen, um ein unendliches Tal zu versprechen – schiefgestellte Fontänen an den Bergen warfen hintereinander silberne Regenbogen über die Bäume in den Bach – in Osten brannte der Goldglobus neben der Sonne, der letzte Spiegel ihres sterbenden Abendblicks. – »Habe Dank, du edler Greis!« wiederholte Albano immer.

Liane ging mit ihm am westlichen Berge bis zu einer überblühten Bank unter dem herüberflatternden Bogen, wo man die erste und zweite Krümmung des Tals und oben in Norden hohe Fichten und hinter ihnen eine Kirchturmspitze und unten eine Aurikeln-Wiese überschauen kann, indes Chariton auf dem östlichen gegenüber hinter einer Musen-Statue – denn die neun Musen glänzten aus dem grünen Tempe – an Gewichten zu winden und auf Springfedern zu drücken schien. »Mein Bruder« (brach Liane leise das Schweigen und strickte die Arbeit fort, die sie der Freundin abgenommen) »wünscht recht sehr, Sie zu sehen.« Die nun mit allen heiligen Kräften aufgewachte Seele Albanos fühlte sich ihr ganz gleich und ohne Verlegenheit, und er sagte: »Schon in meiner Kindheit hab' ich Ihren *Karl* wie einen Bruder geliebt; ich habe noch keinen Freund.« Die bewegten Seelen merkten nicht, daß der Name Karl aus dem Briefe sei.

Auf einmal flogen einzelne Flötentöne oben auf den Bergen und aus den Lauben auf – immer mehrere flogen dazu – sie flatterten schön-verworren durcheinander – endlich stiegen mächtig auf allen Seiten Flötenchöre wie Engel auf und zogen gen Himmel – sie riefen es aus, wie süß der Frühling ist und wie die Freude weint und wie unser Herz sich sehnt, und schwanden oben im blauen Frühlinge – und die Nachtigallen flogen aus den kühlen Blumen auf die hellen Gipfel und schrien freudig in die Triumphlieder des Maies – und das Morgenwehen wiegte die hohen schimmernden Regenbogen hin und her und warf sie weit in die Blumen hinein. – –

Lianen entsank die Arbeit in den Schoß, und sie schlug nach einer ihr eignen Weise, indes sie den Kopf wie eine Muse vorsenkte, den Blick empor, ihn in eine träumerische Weite heftend; ihr blaues Auge schimmerte, wie der blaue wolkenlose Äther in der lauen Sommernacht blitzend überquillt; – aber des Jünglings Geist brannte in der Bewegung auf wie das Meer im Sturme. Sie zog den schwarzen Schleier – gewiß nicht allein gegen Sonne und Luft – herab; und Albano, mit einer innern Welt auf seiner bewegten Gestalt, spielte – erhaben mit sich selber kontrastierend – an den Löckchen der hergezogenen Helena und sah ihr mit großen Tränen in das blöde kleine Gesicht, das ihn nicht verstand.

Jetzt eilte die Mutter ins Schweigen herüber und fragte recht freundlich, wie es ihm gefiele. Seine andern Entzückungen löseten sich in ein Lob der Töne auf; und die liebe Griechin erhob das, was sie so oft gehört, selber immer stärker, als wär' es ihr neu, und horchte sehr mit zu.

– Ein Mädchen mit der Harfe blickte durch das Eingangsgesträuch des

Tales herein, und Liane sah den Wink und stand auf. Indem sie den Schleier heben und scheiden wollte: so fiel dem großherzigen Jünglinge sein Bekenntnis ein: »Ich habe Ihren heutigen Brief gelesen, bei Gott, das muß ich jetzo sagen«, sagt' er. Sie rückte den Schleier nicht höher und sagte mit zitternder Stimme: »Sie haben ihn gewiß nicht gelesen, Sie waren wohl nicht in meinem Zimmer« und sah Chariton an. Er versetzte, ganz hab' er ihn auch nicht, aber doch viel; und erzählte mit drei Worten eine mildere Geschichte, als Liane ahnen konnte. »Der böse Pollux!« sagte immer Chariton. – »O Gott, vergeben Sie mir diese Sünde der Unwissenheit!« sagte Albano; sie hob den dunkeln Schleier auf eine Terzie lang zurück und sagte hochrot, mit niedergesenktem Blicke – vielleicht durch die Freude über die Widerlegung der schlimmern Erwartung versöhnt –: »Er gehörte bloß an eine Freundin – und Sie werden wohl, wenn ich Sie bitte, nichts wieder lesen« – und unter dem Falle des Schleiers ging das Auge mildernd und vergebend auf, und sie schied langsam mit ihren Geliebten von ihm.

O du heilige Seele, liebe meinen Jüngling! – Bist du nicht die erste Liebe dieses Feuerherzens, der Morgenstern in der dämmernden Frühe seines Lebens, du, diese Gute, Reine und Zarte! O die erste Liebe des Menschen, die Philomele unter den Frühlingslauten des Lebens, wird ohnehin immer, weil wir so irren, so hart vom Schicksale behandelt und immer getötet und begraben; aber wenn nun einmal zwei gute Seelen im blütenweißen Lebens-Mai – die süßen Frühlingstränen im Busen tragend – mit den glänzenden Knospen und Hoffnungen einer ganzen Jugend und mit der ersten unentweihten Sehnsucht und mit dem Erstlinge des Lebens wie des Jahres, mit dem Vergißmeinnicht der Liebe im Herzen – wenn solche verwandte Wesen sich begegnen dürften und sich vertrauen und im Wonnemonat den Bund auf alle Wintermonate der Erdenzeit beschwören und wenn jedes Herz zum andern sagen könnte: Heil mir, daß ich dich fand in der heiligsten Lebenszeit, eh' ich geirret hatte; und daß ich sterben kann und habe niemand so geliebt als dich! – O Liane, o Zesara, so glücklich müssen euere schönen Seelen werden! –

Der Jüngling blieb noch einige Minuten in der um ihn fortarbeitenden Zauberwelt, deren Töne und Fontänen wie die Wasser und Maschinen in dem einsamen Bergwerke rauschten; aber am Ende war etwas Gewaltsames im einsamen Forttönen und Schimmern des Tals, worin er so allein zurückgelassen war. Hastig schritt er auf dem nähern Wege, und mit Wasseradern beworfen, durch den Lauben-Vorhang und trat wieder in die freie Morgen-Erde Lilars hinaus. Wie sonderbar! wie fern! wie verändert war alles! In seine weit offne innere Welt drang die äußere mit vollen Strömen ein. Er selber war verändert; er konnte nicht in die Eichennacht an das felsichte Ebenbild des Vaters treten. Als er über die in Zweigen stehende Brücke war, sah er auf dem breiten silberweißen Gartenwege die sanfte Gesellschaft langsam gehen, und er pries Lianen selig, die nun an ihr bewegtes Herz das mütterliche drücken konnte. – Die Kleine drehte sich oft tanzend um und sah ihn vielleicht, aber niemand wandte sich zurück. Durch die nachgetragne Harfe riß sich der Morgenwind und führte von den erregten Saiten Töne wie von Äolsharfen mit sich weiter; und der Jüngling hörte wehmütig dem zurückklingenden Fliehen wie von Schwanen zu, die über die Länder eilen, indes hinter ihm das leere Tal einsam in den flötenden Hirtenliedern der Liebe fortsprach und ihn wehende nachziehende Laute matt und dunkel erreichten. Aber er ging auf den Berg des Altars zurück; und da er über die helle Gegend schauete und noch die fernen weißen Gestalten gehen sah, ließ er seine ganze schöne Seele weinen – Und hier schließe sich der reichste Tag seines jungen Lebens!

– Aber, ihr guten Menschen, die ihr ein Herz tragt und keines findet, oder die ihr die geliebten Wesen nur *in* und nicht *an* dem Herzen habt, bild' ich nicht alle diese Gemälde der Wonne, wie die Griechen, gleichsam an den Marmorsärgen euerer umgelegten schlafenden Vorzeit ab? Bin ich nicht der *Archimimus*, der vor euch die zerfallnen Gestalten nachspielt, die euere Seele begrub? Und du, jüngerer oder ärmerer Mensch, dem die Zeit statt der Vergangenheit erst eine Zukunft gab, wirst du mir nicht einmal sagen, ich hätte dir manche selige Gestalten wie heilige Leiber verbergen sollen aus Furcht, du würdest sie anbeten, und wirst du nicht dazusetzen, du hättest ohne diese Phönix-Bildnisse leichtere Wünsche genährt und manche erreicht? – Und wie wehe hab' ich dann euch allen getan! – Aber mir auch; denn wie konnt' es mir besser ergehen als euch allen? –

Euer Schluß wäre demnach dieser: Da ihr schöne Tage nie so schön erleben könnt, als sie nachher in der *Erinnerung* glänzen oder vorher in der *Hoffnung*: so verlangtet ihr lieber den Tag ohne beide; und da man nur an den beiden Polen des elliptischen Gewölbes der Zeit die leisen Sphärenlaute der Musik vernimmt, und in der Mitte der Gegenwart nichts: so wollt ihr lieber in der Mitte verharren und aufhorchen, Vergangenheit und Zukunft aber – die beide kein Mensch erleben kann, weil sie nur zwei verschiedene Dichtungsarten unsers Herzens sind, eine Ilias und Odyssee, ein verlornes und wiedergefundnes Miltons-Paradies – wollt ihr gar nicht anhören und heranlassen, um nur taubblind in einer *tierischen* Gegenwart zu nisten. –

Bei Gott! Lieber gebt mir das feinste stärkste Gift der Ideale ein, damit ich meinen Augenblick doch nicht verschnarche, sondern verträume und dann daran versterbe! – Aber eben das Versterben wäre mein Fehler; denn wer die *poetischen* Träume ins Wachen [1] tragen will, ist toller als der Nord-

[1] Es kann mir nicht vorgeworfen werden, daß ja die Szenen meines Buchs wirklich erlebte wären und daß man keine bessere zu erleben wünschte; denn in der Darstellung der Phantasie nimmt die Wirklichkeit neue Reize an, Reize, mit welchen auch jede andere zurückgewichene Gegenwart magisch die Erinnerung durchschimmert. Ich berufe mich hier auf die Empfindung des Personales selber, das im *Titan* handelt, ob es nicht in meinem

amerikaner, der die *nächtlichen* realisiert; er will wie eine Kleopatra den Glanz der Tauperlen zum Labetrunk, den *Regenbogen* der Phantasie zum haltbaren, über Regenwasser geführten *Schwibbogen* verbrauchen. – Ja, o Gott, du wirst und kannst uns einmal eine Wirklichkeit geben, die unsre hiesigen Ideale verkörpert und verdoppelt und befriedigt – wie du es uns ja schon in der hiesigen Liebe bewiesen hast, die uns mit Minuten berauscht, wo das Innere das Äußere wird und das Ideal die Wirklichkeit – aber *dann* – nein, über das *Dann* des Jenseits hat dieses kleine *Jetzt* keine Stimme; aber wenn hienieden, sag' ich, das Dichten Leben würde und unsre Schäferwelt eine Schäferei und jeder Traum ein Tag: o so würde das unsere Wünsche nur erhöhen, nicht erfüllen, die höhere Wirklichkeit würde nur eine höhere Dichtkunst gebären und höhere Erinnerungen und Hoffnungen – in *Arkadien* würden wir nach *Utopien* schmachten, und auf jeder Sonne würden wir einen tiefen Sternenhimmel sich entfernen sehen, und wir würden – seufzen wie hier! –

Neunte Jobelperiode

Lust der Hoftrauer – das Begräbnis – Roquairol – Brief an ihn – die sieben letzten Worte im Wasser – die Huldigung – Redoute – Puppenredoute – der Kopf in der Luft, der Tartarus, die Geisterstimme, der Freund, die Katakombe und die vereinigten Menschen

46. Zykel

Die werdende Liebe ist die stillste; die schattigen Blumen in diesem Frühlinge meiden, wie die im andern, das Sonnenlicht. Albano spann sich tief in seine Sonntagsträume ein und zog, so gut er konnte, das grüne Wohn-Blatt der Wirklichkeit in sein Gespinste; nämlich den Montag, der ihm bei dem Paradebegräbnisse des Fürsten den Bruder seiner Freundin zeigen sollte.

Dieses Trauerfest, wo der dritte, aber größte fürstliche Sarg sollte zur Ruhe bestattet werden, brach endlich an und war schon durch das Vorfest wichtig gemacht, wo man die zwei ersten Särge samt dem Greise beigesetzt, wie man etwa Tugenden schon im Anfange eines Jahrhunderts beerdigt und erst am Ende desselben ihre leeren Namen, Gehäuse und Franzbände. Am Probe- und Vorbildsbegräbnisse des Höchstseligen war noch dazu der alte fromme Vater, Spener, sein letzter Freund, mit in die Gruft hinabgegangen, um sich das hölzerne und zinnerne Gehäuse des ausgelaufenen

Buche – wenn es anders darüber gerät – an den abgemalten Szenen, die doch seine eignen sind, einen höhern Zauber findet, der den wirklichen abging, und ders freilich machen könnte – aber ganz mit Unrecht –, daß das Personale wünscht, sein eignes Leben zu – erleben.

Gehwerks öffnen zu lassen und auf die stille Brust des lieben Schläfers noch dessen Jugend-Porträt und sein eignes mit der umgestürzten Farbenseite zu decken, ohne zu reden und zu weinen; und der Hof machte viel aus dieser Morgen- und Abendgabe der Freundschaft.

Alles schwillt für die Menschen ungeheuer an, wovon sie lange reden müssen – alle Pestitzer Gesellschaften waren Sterbebeitragsgesellschaften und voll Leichenmarschalle – jedes Gerüste der benachbarten Zukunft war ein Trauergerüste und jedes Wort ein Leichensermon oder eine Grabschrift auf den blassen Mann – Sphex als Leibmedikus freuete sich auf seinen Anteil am Leidtragen und Mitziehen – der Lektor hatte statt der versetzten Winterkleider die Hoftrauer schon an- und approbiert – der Hofmarschall hatte keine Minute Rast, und der Jüngste Tag, der die Gräber auf-, aber nicht zumacht, wär' ihm heute schief gekommen – der Minister von Froulay, den der kalte Luigi willig alles machen ließ, war als Liebhaber alles altfürstlichen Pompes und als Kreisausschreibender Direktor des gegenwärtigen so gut im Himmel als der Höchstselige – die Weiber waren als Hochselige aus den Betten gestiegen, weil für diese fleißigen *Gewändermalerinnen* eine lange Wesenkette von Röcken und von deren Trägern wohl so schwer wiegt als für ihre Männer eine gekuppelte Sippschaft von Pferden.

Albano harrte ungeduldig am Fenster auf Lianens Bruder und liebte den Unsichtbaren immer heißer; wie zwei Flügel hoben und regten Freundschaft und Liebe in ihm einander verbunden auf. Die Trauerspule – nämlich der leere Sarg – war im Tartarus angelegt und wurde allmählich abgespulet, und man konnte das dunkle Trauerband nun bald bis in die Bergstadt spannen. Schon anderthalb Stunden vor Ankunft des Zuges war der Salpeter der weiblichen Volksmenge an den Mauern und Fenstern angeschossen. Sara, die Frau des Doktors, kam mit den Kindern und dem tauben Kadaver in Schoppes Zimmer herauf, dessen zweite Türe in Albanos seines offen stand, und sagte liebäugelnd zum Grafen hinein: »hier oben wäre alles besser zu übersehen, und Seine Gnaden würden verzeihen.« – »Bleibt nur zusammen da und molestiert mir den Herrn Grafen nicht«, sagte sie zurückgewandt zu den Kindern und wollte ins gräfliche Zimmer, auf dessen Schwelle sie der von Albano kommende Schoppe auffing und anhielt.

Sara war nämlich eine jener gemeinen Frauen, die von ihren Reizen mehr selber hingerissen werden als damit andre hinreißen – sie setzte bloß ihr Gesicht auf den Sessel und ließ es zünden und sengen und brennen, indes sie ihres Orts (im Vertrauen auf ihren *faulen Heinz* [1] des Gesichts) ruhig und kalt andre Dinge machte, entweder einfältiges Zeug oder bösen Leumund; und dann, wenn sie eine *Kleidergeißel* der Weiber gewesen war, wie Attila eine *Göttergeißel* der Völker, so schauete sie auf und besah den Feuerschaden

[1] Oder Athanor, ein chemischer Ofen, der lange Zeit ohne Nachschüren fortarbeitet.

ihres Gesichts in den männlichen Tabaksschwämmen umher. Besonders auf den reichen schönen Grafen hatte sie ein Auge – unter der Amors-Binde. Ihr Kopf lag voll guter physiognomischer Fragmente; und Lavaters Vorwurf, daß die meisten Physiognomisten leider am ganzen Menschen nichts studierten als das Gesicht, konnte ihren reinen physiognomischen Sinn niemals treffen.

Schoppe, leicht erratend, daß bei der Seelen-käuferin der Gang ein Preßgang, das Weißzeug Jagdzeug, der Shawl eine Schlagwand sei und der Hals ein Schwanenhals für einen nahen Fuchs, faßte sie auf der Schwelle beider Stuben an der Hand und fragte sie: »Nehmen Sie auch so viel Anteil an der allgemeinen Landesfreude und erwünschten Hoftrauer wie ich? Ihre Augen lassen dergleichen lesen, Frau Landphysikussin.« – »Was für einen Anteil?« sagte die Physika, ganz dumm gemacht. – »An der Lust der Hofleute, die sich ohnehin wie die Urangutangs dadurch von den Affen unterscheiden, daß sie selten Freudensprünge tun; wenigstens trommeln sie wie junge Klavieristen ihre traurigsten und ihre lustigsten Stückchen ungerührt hintereinander weg. Wenn nur dem Hofstaate nichts Herbes die Trauer versalzt! – Wünschen Sie, daß die Lieben die schwarzen Freudenkleider, worin sie, wie die Nepoten der in der leuktrischen Schlacht Gebliebnen, dem Jubel eines neuen Fürsten entgegengehen, umsonst angezogen haben? Wie?« – Unglücklicherweise versetzte sie spöttisch: »Schwarz ist hierzulande Trauerfarbe, Herr Schoppe.« – »Schwarz, Frau Doktorin?« (prallt' er staunend zurück) »Schwarz? – Schwarz ist Reisefarbe und Brautfarbe und Galafarbe und in Rom Fürstenkinderfarbe, und in Spanien ists ein Reichsgesetz, daß die Hofleute wie in Marokko die Juden [1] schwarz erscheinen.

Pestalozzi, Madame – aber Malz, versteht Er mich denn?« fuhr Schoppe herum und munterte den Menschen, der seine Trommel anhatte und sie heimlich unter dem Zuge rühren wollte, um etwas vom gedämpften Leichentrommeln zu vernehmen, zum Schlegel auf, damit er vom Diskurse profitierte. – »Malz,« sagt' er lauter, »Pestalozzi bemerkt ganz gut, daß die Großen unsrer Zeit sich in Gesicht, Kleidung, Stellung, Bilderdienst, Aberglauben und Liebe zu Scharlatanen den Asiaten täglich nähern; – es spricht für Pestalozzi, daß sie den Sinesern, die sich für die Freude schwarz und für die Trauer weiß anziehen, nicht bloß Tempel und Gärten und Fratzenbilder, sondern auch eben dieses Freudenschwarz abborgen.«

Unter den Kindern – wovon die unerzognen allein noch nicht ungezogen waren – hoben sich Boerhaave, Galenus und van Swieten am meisten durch eingelegte Arbeit und Handzeichnungen, die sie von den Anwesenden mit den Fingern auf ihr Butterbrot gravierten, und Galenus wies seine satirische Projektion von der Mama, sagend: »Schau't, was Mama'n für 'ne lange Nas' an'setzt hab'.«

[1] Nach Lempriere.

Der Bibliothekar, der etwas Ähnliches drehte, hielt sie, als sie hineinwollte, indem er versicherte, er lasse sie nicht, bis sie sich ergebe; die Trauermarschsäule könne kaum einen Acker lang aus dem Tartarus heraus sein und geb' ihm Zeit genug. Er fuhr fort:

»Echte Trauer hingegen, Liebe, macht immer wie der Zorn bunt oder wie der Schrecken weiß; z. B. die Kreaturen eines toten Papstes trauern violett, der französische König auch, seine Frau kastanienbraun, der venezianische Senat um den Doge rot. – Allein Trauer können Sie so gut wie ich keinem Regenten verstatten; dem Hohenpriester und einem Judenkönige [1] war sie ganz verboten; warum wollen wir der Dienerschaft mehr verstatten als dem Herrn? – Und müßte ein Landesherr, Beste, der die kostbare Landtrauer zuließe, nicht offenbar die abgestellte Privattrauer aufwecken? Und könnt' er, indem er durch sein Exilium, wie Cicero durch seines [2], 20 000 Leute in Trauerhabit steckte, es verantworten, daß sein letzter Akt ein droit d'Aubaine, eine Beraubung wäre und daß das Sterbebette, worauf man sonst Bedienten und Armen Kleider vermacht, ihnen welche auszöge? – Nein, Madame, das sieht wenigstens Regenten nicht ähnlich, die sogar durch ihr Sterben oft, wie Marcion [3] von Christi Höllenfahrt behauptete, einen Kain, Absalon und mehrere alttestamentliche Verdammte aus der Hölle bringen in den Himmel der neuen Regierung.

Sie ergeben sich noch nicht, und der Kadaver sieht mich an wie ein Vieh; aber bedenken Sie das: Perücken- und Zeugmacher haben häufig gekrönte Häupter angefleht, ihre Produkte zu tragen, damit sie abgingen; – ein Erb- und Kronprinz zieht sich gleich am ersten frohen Huldigungs- und Regierungstage, wo er den Vorfahrer absetzt, d. h. begräbt, kohlenschwarz an, weil die schwarze Wolle wenig taugt und wenig abgeht, und ein solches Exempel beschlägt auf einmal den ganzen Hofstaat, sogar Vieh, Pauken, Kanzeln schwarz. – Nur noch ein Wort, Liebe; wahrlich es kommt noch nichts als die Chorschülerschaft. Eben deswegen wird der fürstliche Leichnam, der leicht die ganze Freude des Leichenbegängnisses stören könnte, vorher beseitigt und nur ein vakanter Kasten mitgeführt, damit der Zug keine andere pensées habe als anglaises [4] ... – O Traute, das letzte Wort; was sehen Sie denn am Stall- und Pagenkorps? – Meinetwegen! auch ich freue mich, auf einmal so viele Menschen und Fürsten mitten unter seinen Kindern so froh zu sehen.« – –

Aber je länger er die Prozession, dieses schlaffe Gauklerseil, woran man den leeren, aber figurierten Cypselus-Kasten in die Familiengruft einließ,

[1] Sanhedrin. c. 2. Misch. 3.

[2] Cic. ad Quirit. post redit. c. 3.

[3] Seine Sekte ließ durch Christi Höllenfahrt alle Böse aus der Hölle kommen, Abraham, Enoch, die Propheten etc. aber nicht. Tertull. adv. Marcion.

[4] So heißen schwarze Farben.

werden sah, desto zorniger wurde sein Spott. – Er passete die Hypothese jedem beflorten Gliede der schwarzen Kette an. – Er lobte es, daß man den Bal masqué der neuen Regierung mit diesen langsamen Menuettpas eröffne und sich auf den Walzer der Vermählung und den Großvatertanz der Huldigung anschicke. – Er sagte, da man sich und Tieren an Freudentagen gern alles leicht mache, wie daher die Juden am Schabbes sich und ihr Vieh nichts, nicht einmal die Hühner die angehangnen Läppchen tragen lassen, so seh' ers gern, daß in den Zeremonienwägen und im Paradekasten und auf den Klagepferden nichts säße, ja daß sogar die Schleppen der Trauermäntel von Pagen und die vier Leichentuchzipfel von vier handfesten Herren fortgebracht würden. – Nur tadelte er es, daß die Soldateska in der Lust das Gewehr verkehrt ergriffen und daß gerade die Personen vom höchsten Range, Luigi, Froulay, Bouverot, da sie vom schnellen Leichentrunke auf einmal ins Freie kämen, sich wankend müßten auf beiden Seiten führen lassen. – –

47. *Zykel*

In Albano sprach ein andrer Geist als in Schoppe, aber beide begegneten sich bald. Dem Grafen machten die Nachtgestalten aus Flor, die stillen Trauerfahnen, der Totenmarsch, der schleichende Krankengang, das Glockengetöse die Totenhäuser der Erde weit auf, zumal da vor seine blühenden Augen zum ersten Male diese Totenspiele kamen; aber lauter als alles rief vor ihm etwas – das man kaum erraten wird – die Scheidungen des Lebens aus, der vom Leichentuche erstickte Trommelschlag; eine gedämpfte Trommel war ihm ein von allen irdischen Katakomben gebrochener Widerhall. Er hörte die stummen erwürgten Klagen unsrer Herzen; er sah höhere Wesen oben herunterschauen auf das dreistündige weinerliche Lustspiel unsers Lebens, worin das rote Kind des ersten Akts im fünften zum Jubelgreis ermattet und dann erwachsen und gebückt vor dem herablaufenden Vorhange verschwindet.

Wie wir im Frühlinge mehr an Tod, Herbst und Winter denken als im Sommer, so malet sich auch der feurigste kräftigste Jüngling öfter und heller in seiner Jahreszeit die dunkle entblätterte vor als der Mann in seiner nähern; denn in beiden Frühlingen schlagen sich die Flügel des Ideals weit auf und haben nur in einer Zukunft Raum. Aber vor den Jüngling tritt der Tod in blühender griechischer Gestalt, vor den müden ältern Menschen in gotischer.

Mit *komischem* Humor fing Schoppe gewöhnlich an und endigte mit *tragischem*; so führte auch jetzt der leere Trauerkasten, die Flöre der Pferde, die Wappen-Schabaracken derselben, des Fürsten Verachtung des schwerfälligen deutschen Zeremoniells und die ganze herzlose Mummerei, alles das führte ihn auf eine Anhöhe, wohin ihn immer das Anschauen *vieler*

Menschen auf einmal trieb und wo er mit einer schwer zu malenden Erhebung, Ergrimmung und lachenden Kümmernis ansah den ewigen, zwingenden, kleinlichen, von Zwecken und Freuden verirrten, betäubten schweren Wahnsinn des Menschengeschlechts; – und seinen dazu.

Plötzlich durchbrach die schwarze Kette ein bunter glänzender Ritter, Roquairol auf dem paradierenden Freudenpferde, und erschütterte unsre zwei Menschen, und keinen weiter. Ein blasses eingestürztes Angesicht, vom langen innern Feuer verglaset, von allen Jugendrosen entblößet, aus den Demantgruben der Augen unter dem schwarzen Augenbraunen-Überhange blitzend, ritt in einer tragischen Lustigkeit daher, deren Linien-Geäder sich unter den frühen Runzeln der Leidenschaft verdoppelte. Welch ein Mensch voll verlebten Lebens! – Nur Hofleute oder sein Vater konnten dieses tragische Frohlocken zu einer schmeichlerischen Freude über die neue Regierung herabsetzen; aber Albano nahm ihn ganz in sein Herz hinein und wurde bleich vor inniger Bewegung und sagte: »Ja, *er* ists! – O guter Schoppe, er wird gewiß unser Freund, dieser zerrissene Jüngling. – Wie schmerzlich lacht der Edle über diesen Ernst und über Kronen und Gräber und alles! Ach er starb ja auch einmal.« – »Daran tut der Reiter recht,« (sagte Schoppe mit zuckenden Augen und tippte schnell an Albanos Hand und dann an seinen eignen Kopf) »mir kommt schon der Schädel da als ein enger bonsoir, als ein Lichttöter vor, den mir der Tod aufgesetzt – wir sind artige, mit Silber überzogne Figuren, in einem elektrischen Tanze begriffen, und vom Funken springen wir auf, ich bewege mich zum Glücke doch noch .... und dort schleicht unser guter Lektor auch daher und zieht seinen langen Flor« – – wobei freilich Augustis bürgerlich-ernste Stimmung sehr gegen die menschlich-ernste des Bibliothekars abstach.

Auf einmal sagte Schoppe verdrüßlich über die Rührung: »Welche Maskerade wegen einer Maske! Lumperei wegen Lumpenpapier! Werft einen Menschen still in sein Loch und rufet niemand dazu. Ich lobe mir London und Paris, wo man keine Sturmglocken läutet und die Nachbarschaft rege macht, wenn der Undertaker einen Eingeschlafnen zu Bette bringt.« – »Nein, nein,« (sagte Zesara, voll Kraft zum Schmerz) »ich lob' es nicht – wem die heiligen Toten gleichgültig sind, dem werden es die Lebendigen auch – nein, ich lasse gern mein Herz in eine Träne nach der andern zerreißen, kann ich nur des lieben Wesens noch gedenken.« –

O wie traf die Nachbarschaft mit seinem Herzen zusammen! In einer Zisterne, wovor der Sarg des Sarges vorüberging, stand der abgebildete Greis auf einem Pferde in Bronze und sah unter sich vorübergehen die abgesattelten Trauerpferde und das berittne Freuden-Roß – ein Taubstummer machte mit seiner Glocke an den Türen ein bettelndes Geläute, das er wie der Begrabne nicht vernahm – und war nicht der vergessene Fürst ungesehen und einsamer unter die Erde gelegt als irgendeiner seiner Untertanen? – O Zesara, dir fiel es aufs Herz, wie leicht der Mensch vergessen wird, er liege in der Urne oder in der Pyramide – und wie man unser unsterbliches Ich wie einen Schauspieler für *abwesend* ansieht, sobald es nur in der Kulisse steht und nicht auf der Bühne unter den Spielern poltert. – –

Aber legte nicht der graue Einsiedler Spener dem tiefern Einsiedler eine doppelte Jugend auf die gesunkne Brust? O zählet nicht in dieser frostigen Stunde des Gepränges die treue Julienne alle Töne des Leichengeläutes an ihren Tränen ab, diese arme, durch Krankheit nur vom Zeremoniell, nicht vom Schmerze befreiete Tochter, die nun den *vorletzten*, vielleicht den *letzten* Verwandten verloren, da ihr Bruder kaum einer ist? – Und wird Liane in ihrem Elysium nicht das Nachspiel des Schmerzes erraten, das so nahe vor ihr hinter den hohen Bäumen im Tartarus gegeben wird? Und wenn sie etwas vermutet, o wie wird sie nicht so innig trauern! –

– Dieses alles hörte der edle Jüngling in seiner Seele an, und er dürstete heiß nach der Freundschaft des Herzens; – ihm war, als wehe ihre Berg- und Lebensluft aus der Ewigkeit herab und treibe den Totenstaub weg vom Lebenssteige und er sehe droben den Genius die umgestürzte Fackel auf den kalten Busen stellen, nicht um das unsterbliche Leben auszulöschen, sondern um die unsterbliche Liebe anzuzünden.

Er konnte nun nicht anders, sondern mußte ins Freie gehen und unter dem fliegenden Getöne des Frühlings und unter dem dumpf-zurückmurmelnden Totenmarsche die folgenden Worte an Lianens Bruder schreiben, womit er ihm jugendlich sagte: sei mein Freund!

An Karl

»Fremder! jetzt in der Stunde, wo uns im Totenmeere und in den Tränen die Siegessäulen und Thronen der Menschen und ihre Brückenpfeiler *gebrochen* erscheinen, fragt dich frei ein wahres Herz – und deines antwort' ihm treu und gern!

Wurde dir das längste Gebet des Menschen erhört, Fremder, und hast du deinen Freund? Wachsen deine Wünsche und Nerven und Tage mit seinen zusammen wie die vier Zedern auf Libanon, die nichts um sich dulden als Adler? Hast du zwei Herzen und vier Arme, und lebst du zweimal wie unsterblich in der kämpfenden Welt? – Oder stehst du einsam auf einer frostigen verstummten schmalen Gletscherspitze und hast keinen Menschen, dem du die Alpen der Schöpfung zeigen könntest, und der Himmel wölbt sich weit von dir und Klüfte unter dir? – Wenn dein Geburtstag kommt, hast du kein Wesen, das deine Hand schüttelt und dir ins Auge sieht und sagt: wir bleiben noch fester beisammen? –

Fremder, wenn du keinen Freund hättest, hast du einen verdient? – Wenn der Frühling glühte und alle seine Honigkelche öffnete und seinen reinen Himmel und alle hundert Tore an seinem Paradiese: hast du da schmerzlich aufgeblickt wie ich und Gott um ein Herz gebeten für deines? – O wenn abends die Sonne einsank wie ein Berg und ihre Flammen aus der Erde fuhren und nur noch ihr roter Rauch hinanzog an den silbernen Sternen: sahest du aus der Vorwelt die verbrüderten Schatten der Freundschaft, die auf Schlachtfeldern wie Gestirne *eines* Sternbildes miteinander untergingen, durch die blutigen Wolken als Riesen ziehen, und dachtest du daran, wie sie sich unvergänglich liebten, und du warst allein wie ich? – Und, Einsamer, wenn die Nacht, wo der Geist des Menschen, wie in heißen Ländern, *arbeitet* und *reiset*, ihre kalten Sonnen verkettet und aufdeckt und wenn doch unter allen weiten Bildern des Äthers kein geliebtes teures ist und die Unermeßlichkeit dich schmerzlich aufzieht und du auf dem kalten Erdboden fühlest, daß dein Herz an keine Brust anschlägt als nur an deine: o Geliebter, weinest du dann und recht innig? –

– Karl, oft zählt' ich am Geburtstage die wachsenden Jahre ab, die Federn im breiten Flügel der Zeit; und bedachte das Verrauschen der Jugend; da streckt' ich weit die Hand nach einem Freunde aus, der bei mir im Charons-Nachen, worin wir geboren werden, stehen bliebe, wenn vor mir die Jahreszeiten des Lebens am Ufer vorüberlaufen mit Blumen und Blättern und Früchten und wenn auf dem langen Strome das Menschengeschlecht in tausend Wiegen und Särgen hinunterschießet.

Ach nicht das bunte Ufer fliehet vorüber, sondern der Mensch und sein Strom; ewig blühen die Jahreszeiten in den Gärten des Gestades hinauf und hinab, aber nur wir rauschen einmal vor den Gärten vorbei und kehren nicht um.

Aber der Freund geht mit. O wenn du in dieser Stunde der Gaukeleien des Todes den bleichen Fürsten mit den Jugend-Bildern auf der Brust ansiehst und an den grauen Freund denkst, der ihn verborgen im Tartarus betrauert: so wird dein Herz zerfließen und in sanften warmen Flammen in der Brust umherrinnen und leise sagen: ich will lieben und dann sterben und dann lieben; o Allmächtiger, zeige mir die Seele, die sich sehnet wie ich!

Wenn du das sagst, wenn du so bist, so komm an mein Herz, ich bin wie du. Fasse meine Hand und behalte sie, bis sie welkt. Ich habe heute deine Gestalt gesehen und auf ihr die Wunden des Lebens; tritt an mich, ich will neben dir bluten und streiten. Ich habe dich schon früh gesucht und geliebt. Wie zwei Ströme wollen wir uns vereinigen und miteinander wachsen und tragen und eintrocknen. Wie Silber im Schmelzofen rinnen wir mit glühendem Lichte zusammen, und alle Schlacken liegen ausgestoßen um den reinen Schimmer her. Lache dann nicht mehr so grimmig, daß die Menschen Irrlichter sind; gleich Irrlichtern brennen und fliegen wir fort im regnenden Sturme der Zeit. – Und dann, wenn die Zeit vorbei ist, finden wir uns wie heute, und es ist wieder im Frühlinge.

Albano de Cesara.«

48. Zykel

Wie herrlich – eh' dem innern Menschen, wie dem äußern im Alter, alle Pulsadern zu Knorpeln erstarren und alle Gefäße unbiegsam und erdig werden und das moralische Herz wie das andre kaum sechzig Schläge in der Minute tut und eh' der alte scheue Narr sich bei jeder Rührung ein Stück seines Wesens aufhebt, das er kalt und trocken erhält und das aufpassen soll, wie benetzte Himbeerblätter stets auf der rauhen Seite trocken bleiben – wie herrlich, sag' ich, tritt dagegen vor dieser Spionen-Periode ein Jüngling, zumal ein Albano, seine Bahn daher, wie frei, keck und froh! Und sucht gleich dreist den Freund wie den Feind und tritt dicht an ihn, um zu kämpfen entweder für ihn oder wider ihn! –

Damit entschuldige man Albanos feurigen Brief! Den andern Tag erhielt er von Roquairol diese Antwort:

»Ich bin wie du. Am Himmelfahrtsabende will ich dich suchen unter den Larven.

Karl.«

Dem Grafen stieg die Röte der Kränkung über dieses gesuchte Verschieben der Bekanntschaft ins Gesicht; er wäre – fühlt' er – nach einem solchen Laute des Herzens, ohne ein totes Interim von fünf Tagen und ohne eine *Huldigungsredoute* im doppelten Sinne, sofort zum Freunde gegangen und seiner geworden. Jetzt aber schwor er, ihm nicht weiter entgegenzulaufen, sondern ihn nur zu erwarten. – Gleichwohl verflatterte bald das gerührte Zürnen, und er bewilligte dem ersten Blättchen des so lang gesuchten Lieblings immer schönere Milderungen: – Karl konnte ja z. B. in dieses huldigende Getöse nicht gern die heilige Zeit des ersten Erkennens mengen wollen – oder die erste selbst-mörderische Redoute machte ihm jede zur begeisternden Ära eines neuen zweiten Lebens – oder er wußte wohl gar um Albanos Geburtstag – oder endlich dieser glühende Mensch ging oder flog seinen eignen Pfad. – –

Indes machte dessen Blatt, daß sich der Graf sein eignes vorrückte als eine Sünde gegen seinen – Schoppe; er hielt das Sehnen in der Freundschaft nach der Freundschaft für Sünde; aber du irrest, schöne Seele! Die Freundschaft hat Stufen, die am Throne Gottes durch alle Geister hinaufsteigen bis zum unendlichen; nur die Liebe ist ersättlich und immer dieselbe und wie die Wahrheit ohne drei Vergleichungsgrade, und ein einziges Wesen füllet ihr Herz. Auch hatten sich Albano und Schoppe bei einer so gegenseitigen Seelenwanderung ihrer Ideen und einer so nahen Verwandtschaft ihres Trotzes und Adels weit lieber, als sie sich zeigten. – Denn da Schoppe überhaupt nichts zeigte, so konnte man ihn wieder nur mit dem Finger auf der Lippe, aber vielleicht desto stärker lieben. Albano war ein heißbrennender

Hohlspiegel, der seinen Gegenstand nahe hat und ihn aufgerichtet hinter sich darstellt, Schoppe einer, der ihn ferne hat und ihn verkehrt in die Luft wirft.

Abends vor seinem Geburts- und dem Huldigungstage stand Albano einsam am Fenster und wog seine Vergangenheit – denn ein letzter Tag ist feierlicher als ein erster; am 31sten Dezember überrechn' ich 365 Tage und deren Fata, am 1sten Jenner denk' ich an nichts, weil ja die ganze Zukunft durchsichtig ist oder in fünf Minuten aus sein kann –; er maß, während über sein zu Ende gehendes zwanzigstes Jahr die Vesperglocke läutete und die Vesperhora in ihm anging, die *Apsidenlinie* [1] seines moralischen Wesens und sah an den aufgetürmten morgenden Tag hinauf, der vollhing entweder von Frühlingsregen oder von Hagelkörnern. Noch nie hatt' er so weich den Kreis geliebter Menschen überschauet oder durch die offnen Tore der Zukunft geblickt als dasmal.

Aber die schöne Stunde störte Malz, der mit der Nachricht hereinbrach, der hinkende Herr sei ins Wasser gesprungen. Aus dem Dachfenster sah man einen zurückkehrenden Dorf-Leichenzug um die Ufer-Stelle gehäuft, wo sich Schoppe hineingestürzt. Mit fürchterlicher Wildheit – denn Zorn war in Albano der Nachbar des Schreckens und Schmerzes – riß er den trägen Landphysikus zur Hülfe mit fort und sogar durch harte drohende Worte; denn Sphex wollte auf einen Wagen passen, auch mögliche Fälle von zu späten Rettungsanstalten auseinandersetzen und hatte überhaupt vielleicht die Hoffnung gern, den Bibliothekar auf den Anatomiertisch als Doktorschmaus der Wissenschaft aufzutragen.

Der Jüngling rannte mit ihm hinaus – durch Kornfelder – unter Tränen – unter Flüchen – mit geballter, mit ausgespreizter Faust, und immer mehr schwindelte sein Auge und brannte sein Herz, je näher sie dem dunkeln Zirkel zuliefen. Endlich konnten sie den Bibliothekar nicht nur sehen, sondern auch – hören; wohlbehalten drehte er ihnen den kraushaarigen Kopf aus dem Schilfrohre entgegen und hob zuweilen, weil er das Trauerkondukt haranguierte, feurig den behaarten Arm über die Wasserpflanzen.

Freilich wars so:

Sein Sorites war, solang' er lebte, dieser: »er sei keine Steiß-, sondern eine Gesichtsgeburt und trage mithin Kopf und Nase hoch und empor [2], weil er müsse – nun kenn' er keine echtere Freiheit als Gesundheit – jede Krankheit schließe die Seele krumm, und die Erde sei bloß darum ein allgemeines Stockhaus und eine la Salpetrière, weil sie ein Quetschhaus [3] sei – wer eine Austern-, Schnecken-, Vipern-Kur gebrauche, sei selber eine

[1] So heißet die Linie, die man von der Sonnennähe zur Sonnenferne zieht.

[2] Ein mit dem Gesichte zuerst in die Welt tretendes Kind kann später den Kopf nicht vorwärts beugen. Hausmutter V. B.

[3] So heißet das Invalidenhospital in Kopenhagen.

schleimige geschlängelte klebende Viper, Auster, Schnecke, und daher töteten die semperfreien Wilden die Siechlinge, und die kräftigen Sparter gaben keinem Patienten ein Amt, geschweige die Krone – besonders sei Stärke vonnöten, um in unsern niedrigen Zeiten qualifizierte Subjekte auszuprügeln, weil seines Wissens die Faust mit einigem Inhalte die beste Injurienklage und actio ex lege diffamari sei, die ein Bürger anstellen könne.« –

Darum badete er Sommer und Winter eiskalt, so wie er eben darum in allem enthaltsam blieb.

Nun war er bei dem häßlichen Wonnemonatswetter bloß in seinem grauen Husarenmantel – daheim sein Schlafrock – und mit niedergetretenen Schuhen ans Wasser gegangen; zu Hause hatt' er sich vorher ordentlich ausgezogen, um am Gestade sogleich fertig zu sein. Die Trauerkompagnie, die ihn mit seinem schnellen Schritte am Wasser gehen und endlich alles zurückwerfen und hineinspringen sah, mußte glauben, der Mensch wolle sich ertränken, und rannte vereinigt seinem Badeorte zu, um ihn nicht zu lassen. »Ersäuf' Er sich nicht!« schrie die Trauer-Negerei von weitem. Er ließ sie erst heran, um mit ihr näher aus der Sache zu reden: »Ich nehme noch Vernunft an, ob ich gleich schon im Wasser stehe; aber lasset euch auch bedeuten, lieben *Kerstene* insgemein, denn so hieß man zu Karls Zeiten die Christen! Ich bin ein armer Sakramenter und erinnere mich kaum, wovon ich bisher lebte, so blutwenig wars. Was ich in der Welt nur anfing, dabei war kein Segen, sondern Krebsgang hinten und vorn. Ich legte in Wien ein hübsches Magazin von Schnepfendreck an, aber ich setze nichts ab, aus Mangel an Schnepfen. – Ich griffs am andern Ende an und hausierte in Karlsbad für große Herren, die sonst auf jeden Bettel und Sessel ein Gemälde setzen, mit hübschen Kupferstichen für den Abtritt, damit sie da statt des bloßen gedruckten Papiers etwas Geschmackvolles hätten zum Verbrauche; behielt aber die ganze Suite auf dem Halse, weil die Manier zu hart war und nicht idealisch genug. – In London macht' ich Reden voraus (denn ich bin ein Gelehrter) für Menschen, die gehangen werden und doch noch etwas sagen wollen; ich trug sie den reichsten Parlamentsrednern und selber Spitzbuben von Buchhändlern an, hätte aber die Reden beinah selber gebraucht. – Ich hätte mich gern vom Vomieren genährt [1], aber dazu gehört Fond. – Ich suchte einmal bei einem gräflichen Regimente als Notenpult unterzukommen, weils bei der Wachtparade dumm aussieht, daß jeder einen musikalischen Lappen auf der Schulter hängen hat, den der andre vom Blatte spielt; ich wollte für ein weniges alle Musikalien an mir tragen und mit den Noten vor ihnen stehen, aber der Premier-Leutnant (er sitzt zugleich in der Regierung und Kammer) glaubte, die Pfeifer würden lachen, wenn sie bliesen. So ging mirs

[1] In Darwins Zoonomie I. B. S. 529, wird einer angeführt, der vor Zuschauern es machte. In Paris tat ein andrer dasselbe durch Luft, die er in den Magen schluckte.

von jeher, teuere Kerstene; aber trabt nicht auf meinem teuern Mantel herum! – Zum Unglück schritt ich gar in die Ehe mit einer mit eingeschmolzenen Siegeln [1] ausgestatteten Wienerin, namens Praenumerantia Elementaria Philanthropia [2] – ihr wisset nicht, was es zu deutsch heißt –, einem wahren Höllenbesen, der mich wie einen Parforcehirschen hier ins Schilfrohr hereingehetzt. Kerstene, ich blamiere mich im Wasser, wenn ich mit unserm Wehestande ganz herausgehe; kurz meine Philanthropia war vor der Ehe wie die Stacheln eines neugebornen Igels weich, aber in der Ehe, als das Laub herunter war, sah ich wie auf Bäumen im Winter ein Raben- und Teufels-Nest nach dem andern. Sie zog sich stets so lange an, bis sie sich wieder ausziehen mußte – wenn ein Fehler an mir oder den Kindern gehoben war, zankte sie noch ein wenig fort, wie man sich noch fort erbricht, wenn das emeticum und alles schon heraus ist – sie gönnte mir wenig, und hätt' ich ein Fontanell gehabt, sie hätte mir die frische Erbse vorgerückt, die ich jeden Tag hätte hineinlegen müssen – kurz wir wollten beide verschieden hinaus, der Rungnagel der Liebe war ausgezogen, und ich fuhr mit den Vorderrädern ins Wasser herein, und meine Praenumerantia hält mit den Hinterrädern zu Hause. – Seht, meine Weiber, darum tu' ich mir mein Leid an – der Atzmann [3] hätte mich ohnehin bei der Kehle gegriffen –; spiegelt euch aber! Denn wenn ein Mann, der ein Gelehrter ist und darum, weil ihr von *Fichten* noch wisset, als angestellter Aufseher, Lehrherr und Mentor des Menschengeschlechts herumgeht, vor seiner Frau ins Wasser springt und seine Ephorie und Hofmeisterstelle fahren lässet: so könnt ihr schließen, wozu eure Männer, die sich mit mir gar nicht messen dürfen in der Gelehrsamkeit, kapabel sind, falls ihr solche Pränumerantien, Elementarien und Philanthropien seid, wie ihr leider das Ansehen habt. – – Aber« (beschloß er plötzlich, da er Albano und den Doktor sah) »schert euch fort, ich will ersaufen!« – –

»Ach lieber Schoppe!« sagte Albano – Schoppe errötete über die Lage – »Es will ein Hanswurst sein«, sagte das weichende Leichen-Kondukt – »Was ist denn das für eine Kinderei?« fragte Sphex, nachzürnend über Albanos vorige Heftigkeit und über den anatomischen Fehlschuß, und nahm sich Genugtuung durch die Erzählung von dessen Toben. Schoppe erkannte, wie herzlich ihn der edle Jüngling liebe, und er wollte nichts sagen, weil er sich schämte, aber er schwur sich, ihn nächstens (nach seinem auch im stummen Denken bizarren Ausdrucke) in seine Brusthöhle einzulassen und ihm darin ein ganzes wildes Herz voll Liebe hängend zu weisen.

[1] In Wien machte ein Institut aus altem Lack neuen und steuerte mit dem Ertrage Arme aus.

[2] So geschmacklos wollte Basedow eine Tochter zum Andenken des auf Pränumeration erscheinenden Elementarwerks taufen lassen. S. Schlichtegrolls Nekrolog.

[3] So heißet an einigen Orten die Schwindsucht.

49. Zykel

Der blaue Tag, wo eine Himmelfahrt, eine Huldigung und ein Geburtstag gefeiert wurde, stand schon über Pestitz nach abgelegter Morgenröte – zwei Pferde waren schon die Vorläufer von vieren, der niedrige Kutschbock vom höchsten – der Landadel ging schon unbequem-frisiert in die Wirtsstuben herab und kränkte sich über das gestohlne schönste Wetter zur Birkhahn-Falz, und der Stadtadel sprach noch ungepudert über den Tag, aber ohne wahren Ernst – der Hof-Mikrometer [1], der Hofmarschall, war von allen seinen Furiers umgeben – die Hof-Passageinstrumente [2], die Hofleute, hatten statt ihres halben Feiertages, wo sie nur nachmittags fronen, einen ganzen Werkeltag und standen schon am Waschtische – der Huldigungsprediger Schäpe glaubte fast alles von seiner Rede, weil er sie zu oft gelesen, und die Nähe der Publikation flößte ihm Rührung ein – kein Domino für den Abend war mehr zu haben, außer bei den Juden – – als ein Mann vor der Haustüre des Doktors abstieg, ders unter allen mit der Huldigung am redlichsten und wärmsten meinte, der Direktor Wehrfritz. Es war ein Sohn und ein Vater einander in den Armen, ein feuriger Jüngling und ein feuriger Mann. Albano schien ihm nicht mehr der alte zu sein, sondern noch – wärmer als sonst. Er brachte von »seinen Weibern«, wie er sie nannte, glückwünschende Briefe und Angebinde für den Geburtstag mit; er selber machte nicht viel aus dem Tage oder vergaß ihn, und Albano hatt' ihn nur nach dem Erwachen ein wenig gefeiert. Diese Feste gehören mehr weiblichen Wesen an, die gern mit Zeiten liebend und gebend tändeln.

Der Titularbibliothekar marschierte auf ein Dorf, namens Klosterdorf, hinaus, wo der Schulz mit seiner Familie nach einer alten Sitte den Fürsten mit der seinigen nachmachen und so als Kommissionär die Huldigung des benachbarten Umkreises eintreiben mußte; diese, sagte Schoppe, lass' er sich noch gefallen, aber die andre wirke zu fatal auf seine Eingeweide. Der vom heutigen Tage geblendete und mit einer Amtsrede vorn an die Ritterschaft postierte Direktor biß sich mit Schoppe herum: »Die Kammer und der Hof«, sagt' er, »sind freilich von jeher, wie sie sind; aber die Fürsten, lieber Herr, sind gut, sie werden selber ausgesogen, und dann scheinen sie auszusaugen.« – »Wie etwan«, versetzte Schoppe, »die Leichen-Vampyren nur Blut von sich geben, indes sie es zu nehmen scheinen; aber das bring' ich dadurch wieder ein, daß ich den Regenten außer den fremden Sünden auch fremde Verdienste, Siege und Opfer ganz beimesse; hier sind sie die Pelikane, die ein Blut für ihre Kinder vergießen, das wirklich ihr eignes zu sein scheint von weitem.« –

[1] Ein Mikrometer besteht aus feinen, in das Sehrohr eingespannten Fäden, die zum Messen der kleinsten Entfernung dienen.

[2] Das Passageinstrument oder Kulminatorium beobachtet es, wenn ein Stern den höchsten Stand in seinem Laufe hat.

Alle gingen; Schoppe aufs Land; Wehrfritz in die Kirche mit der Prozession; Albano in eine Zuschauer-Loge am Huldigungssaale; denn er wollte auf keine Weise in die Schleppe des Fürsten eingestickt sein, nicht einmal als Besatz. Das Prunk-Getümmel rauschte bald in den Saal zurück. – Die Ritterschaft, die Geistlichkeit und die Städte bestiegen die Schwurbühne. – Im Schloßhofe stand ein Fuß auf dem andern, und eine Nadel konnte zwar zur Erde kommen, aber kein Mensch, um sie aufzuheben; jeder sah auf den Balkon herauf und fluchte früher, als er schwur. – Der Fürst blieb auch nicht weg – der Thron, dieser graduierte und paraphrasierte Fürstenstuhl, stand offen, und Fraischdörfer hatt' ihn mit schönen mythologischen und heraldischen Verkröpfungen und Außenwerken dekoriert. –

Dem Grafen gegenüber blühten die Hofdamen und darunter eine Rose und eine Lilie, Julienne und Liane. – – Wie man das Auge von der frostigen starren Wintergegend zum blauen wehenden Himmel aufhebt, der unsre Frühlingsabende ansah und worin die leichten Sommerwolken gingen und der Regenbogen stand: so blickte er über das glänzende Schneelicht des Hofes zur lieblichen Grazie des Lenzes hin, um welche Erinnerungen wie Blumen hingen, und die nun so fern stand, so abgetrennt, so eingekerkert in den schweren Putz des Hofes! Nur durch die nahe Freundin wurde sie leise mit der grellen Gegenwart verschmolzen und versöhnt. –

Nun fingen schöne Amtsreden an, die längste hielt der alte Minister, die kürzeste Wehrfritz; der Fürst ließ an seinem Dezember-Gesicht, ohne aufzutauen, die warmen Lobreden vorüberstreichen; eine fehlerhafte Gleichgültigkeit! Denn das Lob vom Minister wie von andern Hof-Bedienten kann ihm noch bei der Nachwelt helfen, da nach Bako keines gültiger ist als das, so Bediente geben, weil sie ja den Herrn am besten kennen. –

Dann las der Obersekretär Heiderscheid Luigis Stammtafel ab und beleuchtete den hohlen Stammbaum samt seiner Baumtrocknis und dem letzten blaßgrünen Ästchen; – mit gesunknen Augen hörte Julienne dieses unter dem Vivat des Volkes an, und Albano, nie von *einem* Gedanken allein bezwungen, sah ihre Augen und konnte, so hart auch der Regent zuhörte, sich des Leichengemäldes nicht erwehren, wie einmal, d. h. sehr bald, dieser erloschne Mensch den Namen seines ganzen Stammes in die Gruft nachziehen werde; er sah das Wappen verkehrt einhauen und den Schild verkehrt aufhängen und hörte die Schaufeln, die den Helm zerstießen und dem Sarge nachwarfen. – – Düstre Idee! die weiche Schwester hätte gewiß geweint, wäre sie nur allein gewesen! –

Zuletzt kam die Reihe auch an die, an welche sie nie zuerst kommt, ob sie gleich die einzigen sind, die es mit solchen Zeremonien herzlich meinen; Heiderscheid trat auf den Balkon und ließ die wimmelnde laute Menge die Vorderfinger und den Daum ausstrecken und den Eid nachsagen. Diese immer bezauberte jauchzete Vivat – in den geblendeten Augen funkelte die Zuversicht einer bessern Regierung und die Liebe für einen Ungekannten. –

Der Graf, den ohnehin eine Menge feurig, so wie Schoppen trübe machte, glühte begeistert von Bruderliebe und Tatendurst; er sah die Fürsten wie Allmächtige auf ihren Höhen walten und sah die blühenden Landschaften und die heitern Städte eines weise regierten Landes aufgedeckt – er stellte es sich vor, wie er, wär' er ein Fürst, mit dem schlagenden Funken aus der Zepterspitze in Millionen verknüpfter Herzen auf einmal belebend und erschütternd strahlen könnte, indes er jetzt so mühsam einige nächste entzünde – er sah seinen Thron als einen Berg in Morgenlicht, der schiffbare Ströme statt der Lava in die Länder herabgießet und die Stürme bricht und um dessen Fuß Ernten und Feste rauschen – er dachte sichs, wie weit er von einer so hohen Stelle das Licht umherstreuen könnte, gleichsam ein Mond, der nicht die Sonne am Tage verbauet, sondern ihr fernes Licht aus seiner Höhe der Nacht zuwirft – und wie er die Freiheit, statt sie nur zu verteidigen, *erschaffen* und *erziehen* und ein Regent sein wollte, um Selbstregenten[1] zu bilden; »aber warum bin ich keiner?« sagt' er traurig.

Edler Jüngling! geben denn dir deine Rittergüter keine Untertanen? – Aber ebenso glaubt der kleinere Fürst, ein Herzogtum wollt' er ganz anders regieren, und der höhere glaubt es von einem Königreiche und der höchste von der Universalmonarchie.

Indes zogen sich den ganzen sonderbaren unruhigen Tag wilde Jünglings-Perspektiven vor ihm hin und her, und die alte Geisterstimme, der er heute entgegenging, wiederholte in ihm den dunkeln Zuruf: Nimm die Krone! – Wehrfritz kam abends mit rotem Gesichte vom feurigen Huldigungsmahle zurück, und Albano nahm von ihm einen bewegten Abschied, gleichsam von der Ebbe und Windstille des Lebens, von der kindlichen Jugend; denn heute tritt er tiefer in die Wellen desselben. Schoppe kam zurück und wollte ihn vor das Loch seines Guckkastens haben, worin er die Vikariats-Huldigung in Klosterdorf in komischen Bildern vorbeischob; aber diese stachen zu hart mit höhern ab und machten wenig Glück.

Nachts legte Albano seine schöne ernste Charaktermaske an, die eines Tempelherrn – zu einer komischen war seine Gestalt und fast seine Gesinnung zu groß –; die letztere wurde noch feierlicher durch dieses Totenkleid eines ganzen ermordeten Ritterordens. Nachdem er sich noch einmal die schauerlichen Gänge des Tartarus und die Begräbnisstätte des Fürstenherzens wegen des nächtlichen Verirrens beschreiben lassen: so ging er um 10 Uhr fort mit einer hochschlagenden Brust, welche die Nachtlarven der Phantasie und die Freundschaft und die Liebe und die ganze Zukunft vereinigt aufregten.

[1] Autarchen; denn Monarchen oder Einherrscher sind von Selbstherrschern etymologisch verschieden.

50. Zykel

Albano trat zum ersten Male in die verkehrte Marionettenwelt einer Redoute wie in ein tanzendes Totenreich. Die schwarzen Gestalten – die aufgeschlitzten Larven – die darhinter wie aus der Nacht blickenden fremden Augen, die wie an jenem zerstäubten Sultan im Sarge allein lebendig blieben – die Vermischung und Nachäffung aller Stände – das Fliehen und Ringrennen des klingenden Tanzes und seine eigne Einsiedelei unter der Larve, das versetzte ihn mit seiner shakespeareschen Stimmung in eine Zauber- und Geister-Insel voll Gaukeleien, Schattenbilder und Verwandlung. Ach das ist das Blutgerüste, dacht' er zuerst, wo der Bruder deiner Liane sein junges Leben wie ein Trauergewand zerriß; und er sah bange umher, als fürcht' er, Roquairol versuche wieder den Tod.

Unter den Masken fand er keine, worunter er ihn vermuten konnte; – diese geistlose Vetterschaft von stehenden Rollen, die Läufer, die Fleischer, die Mohren, die Altvordern etc., diese konnten keinen Geliebten Albanos verbergen. Einsam und umherblickend schritt er hinter den Reihen der Anglaise auf und ab; und mehr als zehn Augen, die gegenüber in der ringförmigen Finsternis der Spitzenmaske blitzten – denn die Weiber lieben aus Offenherzigkeit die Masken nicht, sondern zeigen sich gern –, folgten der kräftig und geschmeidig gebaueten Gestalt, die mit dem kühnen Helme und Federbusche, mit dem bekreuzten weißen Mantel und dem Panzerglanze auf der Brust einen Ritter aus der heroischen Zeit zu bringen schien.

Endlich ging eine verlarvte Dame, die zwischen unverlarvten plauderte, mit großen Schritten und Füßen auf ihn zu und faßte keck wie zum Tanze seine Hand. Er war äußerst verlegen über die Kühnheit der Aufforderung und über die Wahl der Antwort; gerade die Tapferkeit ist gern mit Galanterie vermählt, wie die Damaszener Waffe außer der Härte noch einen ewigen parfümierten Geruch besitzt; – aber die Dame schrieb nur die Frage nach seinem Namen – v. C.? – in die Hand; und nach dem Ja sagte die reizende leise: »Kennen Sie mich nicht mehr? – den Exerzitienmeister von Falterle?« Albano bezeugte, ungeachtet seines Widerwillens gegen die Rolle, eine wahre Freude über den Fund eines Jugend-Genossen. Er fragte, welche Maske der Oberst Roquairol sei; Falterle versicherte, er sei noch nicht da.

Nun gingen – da die Läufer, die Fleischer, Falterle u. s. w. nur die Schneeglöckchen dieses Redoutenfrühlings waren – schon bessere Blumen, Veilchen, Vergißmeinnicht und Primeln, auf oder herein. Für ein solches Vergißmeinnicht seh' ich einen hereinkommenden, hinten und vornen ausgewachsenen und wie ein Brennglas konvexen Kerl an, der bald das Hintergebäude öffnete und Konfekt aus dem Buckel ausschüttete, und dann das Vordergebäude und Bratwürste gebar. Hafenreffer aber schreibt, die Invention sei schon einmal auf einer Wiener Redoute gewesen. Dann kam eine Gesellschaft deutscher – Spielkarten, die sich selber mischten und ausspielten und stachen;

ein schönes Sinnbild des Atheismus, das ihn ganz ohne das Ungereimte darstellt, womit man ihn so gern beschmitzte! – Herr von Augusti erschien auch, aber im einfachen Kleide und Domino; er wurde (dem Grafen unbegreiflich) sehr bald der Polarstern der Tänzer und der regierende kartesianische Wirbel der Tanzschule.

Mit welchem elenden schwarzen Kommiß- und Bettelbrote von Freude – dachte Albano, dem den ganzen Tag seine Träume, diese Tauben Jupiters, Götterbrot zutrugen – kommen diese Menschen aus! – Und wie kahl und fahl ist ihr Feuer, ihre Phantasie und Sprache (dacht' er dazu), ein wahres Leben unten in einer finstern Gletscherspalte! Denn er glaubte, jeder müsse so angespannt und glühend sprechen und fühlen wie er. –

Jetzt kam ein hinkender Mann mit einem großen Glaskasten auf dem Bauche; – freilich war der Bibliothekar leicht zu kennen; er hatte – entweder weil er zu spät nach einem Domino schickte oder keinen bezahlen wollte – vom Leichenmäntel-Verleiher etwas Schwarzes an und war von der Achsel bis auf das Schienbein mit greulichen Masken besetzt, die er mit vielen Fingerzeigen meistens den Leuten antrug, die hinter entgegengesetzten agierten, z. B. langnasigen kurznasige. Er wartete auf den Anfang einer Hopsanglaise, deren Noten gerade auf der Spielwalze seines Kastens standen; dann fing er auch an; er hatte darin eine treffliche, von Bestelmaier gehobelte Puppen-Redoute und ließ nun die kleinen Larven hopsen parallel mit den großen. Es war ihm um vergleichende Anatomie beider Maskeraden zu tun, und der Parallelismus war betrübt. Dabei hatt' ers noch mit Beiwerken aufgeputzt – kleine Stummen schwenkten im Kasten ihr Glöcklein – ein ziemlich erwachsenes Kind schüttelte die Wiege eines unbelebten Püppchens, womit das Närrchen noch spielte – ein Mechanikus arbeitete an seiner Sprachmaschine, durch welche er der Welt zeigen wollte, wie weit bloßer Mechanismus dem Leben der Puppen nachkommen könne – eine lebendige weiße Maus[1] sprang an einem Kettchen und hätte viele vom Klub umgeworfen, falls sie es zerrissen hätte – ein lebendiger eingesargter Star, eine wahre erste griechische Komödie und Lästerschule im kleinen, verübte an der Tanzgesellschaft den Zungentotschlag ganz frei und distinguierte nicht – eine Spiegelwand ahmte die lebendigen Szenen des Kastens täuschend nach, so daß jeder die Bilder für wahre Puppen nahm. – –

Auf Albano traf die Schneide dieses kosmisch-tragischen Dolches senkrecht genug, da ihm ohnehin das hüpfende Wachsfigurenkabinett der großen Redoute die Einsamkeit des Menschen zu verdoppeln und zwei Ichs durch vier Gesichter zu trennen schien; aber Schoppe ging weiter.

In seinem Glasschranke stand eine Pharaobank und daneben ein Männchen, das den verlarvten Bankier in schwarzes Papier ausschnitt, aber dem

[1] Spielet er damit auf die fürchterliche weiße Gestalt in meiner Vision von der Vernichtung an?

deutschen Herrn ähnlich; diese Schilderei trug er ins Spielzimmer, wo eine bankhaltende Maske – ganz gewiß Zefisio – ihn hören und sehen mußte. Der Bankier sah ihn einigemal fragend an. Dasselbe tat eine ganz schwarz gekleidete Maske mit einer sterbenden Larve, die das hippokratische Gesicht vorstellte[1]. Albano sah feurig nach ihr, weil ihm vorkam, es könne Roquairol sein, denn sie hatte dessen Wuchs und Fackelauge. Die bleiche Larve verlor viel und verdoppelte immer den Verlust; dabei trank sie aus einem Federkiele unmäßig Champagner-Wein. Der Lektor kam dazu; Schoppe spielte vor den zulaufenden Augen weiter; die bleiche Larve sah unverrückt und strenge den Grafen an. Schoppe nahm vor Bouverot seine eigne herab – aber eine Unterzieh-Maske saß darunter – er zog diese aus – eine Unterzieh-Maske der Unterzieh-Maske erschien – er triebs fort bis zur fünften Potenz – endlich fuhr sein eignes höckeriges Gesicht hervor, aber mit Goldschlägergold bronziert und sich gegen Bouverot fast fürchterlich-gleißend und lächelnd verziehend.

Die bleiche Larve selber schien zu stutzen und eilte mit weiten Schritten weg in den Tanzsaal; sie warf sich wild in den wildesten Tanz. Auch das bewährte Albanos Vermutung, so wie ihr großer trotzender Hut, der ihm eine Krone schien, weil er an dem männlichen Anzuge nichts höher schätzte als Pelz, Mantel und Hut. –

Immer mehrere Finger zogen die Lettern v. C. in seine Hand, und er nickte unbekümmert. Die Zeit umgab ihn mit vielfachen Dramas, und überall stand er zwischen Theater-Vorhängen. Als er mit dem unruhigen Kopfe und Herzen ins Bogenfenster trat, um zu sehen, ob er bald Mondschein für seinen Nachtgang habe: so sah er über den Markt einen schweren Leichenwagen zwischen Fackeln ziehen, der einen Rittergutsbesitzer seiner Familiengruft zufuhr; und der ungestörte Nachtwächter rief dem schleichenden Toten den Anfang der Geister- und einer uns teuren Geburtsstunde nach. Mußte nicht sein getroffnes Herz es ihm sagen, wie der harte, feste, unauflösbare Tod mit seiner Gletscherluft so scharf durch die warmen Szenen des Lebens rückt und alles, worüber er wegweht, hinter sich starr lässet und schneeweiß? – Mußt' er nicht an die erkaltete junge Schwester denken, deren Stimme jetzt seiner im Tartarus wartete? – Und als Schoppe mit seiner Puppen-Travestierung zu ihm kam und er ihm die Gasse zeigte und dieser sagte: »Bon! der Freund Hein sitzt auf seinem Pürschwagen und guckt ruhig herauf, als wolle der Freund sagen: bon! tanzt nur zu, ich fahre retour und bring' euch auch an Ort und Stelle« – wie mußt' es ihm so enge werden unter dem schwülen Visier! – In dieser Sekunde kam die bleiche Larve mit andern ins Fenster – er öffnete das glühende Gesicht der Kühlung – ein schneller Weintrunk und noch mehr seine Phantasie zeigte ihm die Welt in brennenden Oberflächen – die Larve beschauete ihn nahe mit einer un-

[1] So heißet die Gestalt eines Sterbenden.

gewissen dunkeln Augen-Glut, die er am Ende nicht länger vertrug, weil sie ebensogut vom Hasse als von der Liebe angezündet sein konnte, so wie Sonnenflecken bald Gruben, bald Gebürgen ähnlich schienen. –

Eilf Uhr war vorbei, er entwich plötzlich den heißen Blicken und dem kreischenden Gedränge und begab sich auf den Weg zum Herzen ohne Brust.

51. Zykel

Indes er am Tore auf seinen Degen wartete: lief eine Gruppe neuer Masken (meistens Repräsentanten der Leblosigkeit, z. B. ein Stiefel, ein Perückenstock u. s. w.) in die Stadt, und sie guckten verwundert den fremden weißen langen Ritter an. Er nahm den Degen mit, aber nicht den Bedienten. Übrigens ließ ihm sein Charakter bei aller Gefahr, worein der Besuch eines abgelegnen düstern Katakombenganges und das fremde Vorauswissen dieses Besuches ihn stürzen konnte, doch keine andre Wahl als die getroffne; nein, er hätte sich lieber morden lassen als vor seinem Vater geschämt.

Wie stieg dein Geist empor, gleich einem Blitze, der aufwärts gegen den Himmel hineinschlägt, als die große Nacht mit ihrem Heiligenscheine aus Sternen aufgerichtet vor dir war! – Unter dem Himmel gibt es keine Angst, nur unter der Erde! Breite Schatten legten sich ihm in den Weg nach Elysium, den am Sonntage Tautropfen und Schmetterlinge färbten. In der Ferne wuchsen feurige Zacken aus der Erde und gingen; es war der Leichenwagen mit den Fackeln in der tiefen Straße. Als er an den Scheideweg kam, der durch die Schloßruinen in den Tartarus führt: sah er sich nach dem Zauberhaine um, auf dessen gewundner Brücke ihm Leben und Freudenlieder begegnet waren; alles war stumm darin, und nur ein langer grauer Raubvogel (wahrscheinlich ein papierner Drache) drehte sich darüber hin und her.

Er kam durch das alte Schloß in einen abgesägten Baumgarten, gleichsam ein Baumkirchhof; dann in einen bleichen Wald voll abgeschälter Maienbäume, die alle mit verblühten Bändern und erblaßten Fahnen gegen das Elysium sahen; – ein verdorrter Lusthain so vieler Freudentage. Einige Windmühlen griffen mit langen Schattenarmen dazwischen, um immer zu fassen und zu schwinden.

Ungestüm lief Albano eine von Überhängen verfinsterte Treppe hinab und kam auf ein altes Schlachtfeld – eine dunkle Wüste mit einer schwarzen Mauer, nur von weißen Gipsköpfen durchbrochen, die in der Ecke standen, als wollten sie versinken oder auferstehen – ein Turm voll blinder Tore und blinder Fenster stand in der Mitte, und die einsame Uhr darin sprach mit sich selber und wollte mit der hin- und hergeführten eisernen Rute die immer wieder zusammenrinnende Welle der Zeit auseinanderteilen – sie schlug drei Viertel auf 12 Uhr, und tief im Walde murmelte der Widerhall wie im Schlafe und sagte noch einmal leise den entfliegenden Menschen die fliegende Zeit. Der Weg umlief im ewigen Kreise ohne Pforte die Gottesackermauer; Alban mußte, nach der Nachricht, eine Stelle an ihr suchen, wo es unter ihm brausete und schwankte.

Endlich trat er auf einen mit ihm sinkenden Stein, da fiel ein Ausschnitt der Mauer um, und ein verstrickter Wald aus Baumklumpen, deren Stämme sich in Buschwerk einwickelten, war vor jeden Strahl des Mondes gewälzt. Als er unter der Pforte sich umsah, hing über der schattigen Treppe ein bleicher Kopf gleich einer Büste des Mordfeldes und ging ohne Körper herab, und die verbluteten Toten schienen aufzuwachen und ihm nachzulaufen – der kalte Höllenstein des Schauders zog sein Herz zusammen; er stand; – der Leichenkopf schwebte unbeweglich über der letzten Staffel.

Auf einmal sog das Herz wieder warmes Blut, er wandte sich gegen den unförmlichen Wald mit gezogenem Degen, weil er sein Leben neben dem bewaffneten Tode vorbeitrug. Er folgte in der Finsternis der grünenden Türme dem Getöse des unterirdischen Flusses und dem Wiegen des Bodens. Zum Unglück sah er sich wieder um, und der Leichenkopf stand noch hinter ihm, aber hoch in den Lüften auf dem Rumpfe eines Riesen. – – Der höchste Schauer trieb ihn allzeit mit zugedrückten Augen auf ein Schreckbild los; er rief zweimal durch den hallenden Wald: »Wer ist da?« Aber als jetzt auf einmal ein zweiter Kopf neben dem ersten zu stehen schien; so klebte seine Hand an dem eiskalten Schlosse der Pforte der Totenwelt gefroren an, und er riß sie blutig ab. –

Er floh und stürzte durch immer dichtere Zweige endlich hinaus in einen freien Garten und in den Glanz des Mondes; – hier, ach hier als er den heiligen unsterblichen Himmel und die reichen Sterne im Norden wieder schimmern sah, die nie auf- und untergehen, den Pol-Stern und Friedrichs Ehre, die Bären und den Drachen und den Wagen und Kassiopeja, die ihn mild wie mit den hellen winkenden Augen ewiger Geister anblickten; da fragte der Geist sich selber: »Wer kann mich ergreifen, ich bin ein Geist unter Geistern«; und der Mut der Unsterblichkeit schlug wieder in der warmen Brust. – –

Aber welcher sonderbare Garten! Große und kleine blumenlose Beete voll Rosmarin, Raute und Taxus zerstückten ihn – ein Kreis von Trauerbirken umgab wie ein Leichengefolge gesenkt den stummen Platz – unter dem Garten murmelte der begrabne Bach – und in der Mitte stand ein weißer Altar, neben welchem ein Mensch lag.

Albano wurde gestärkt durch die gemeine Kleidung und durch den Handwerksbündel, worauf der Schläfer ausruhte; er trat ganz dicht an ihn und las die goldne Inschrift des Altars: »Nimm mein letztes Opfer, Allgütiger!« – Das Herz des Fürsten sollte hier zur Asche werden im Altare.

Ach nach diesen starren Szenen linderte es seine Seele bis zu Tränen, hier Menschenworte zu finden und einen Menschenschlaf und die Erinnerung an

Gott; aber als er gerührt dem Schläfer zusah, sagte ihm plötzlich die Schwesterstimme, die er auf Isola bella gehört, leise ins Ohr: »Linda de Romeiro geb' ich dir.« – »Ach guter Gott!« rief er und fuhr herum – und nichts war um ihn – und er hielt sich an die Altarecke – »Linda de Romeiro geb' ich dir«, sagte es wieder – fürchterlich packte ihn der Gedanke, der schwebende Leichenkopf rede neben ihm – und er riß am festen Schläfer, der nicht erwachte – und riß und rief noch gewaltsamer, als die Stimme zum dritten Male sprach.

»Wie?« – (sagte der Schlaftrunkene) »Gleich! – Was will Er? – Sie?« und richtete sich unwillig und gähnend auf, aber er fiel bei dem Anblicke des nackten Degens wieder auf die Knie und sagte: »Barmherzigkeit! ich will ja alles hergeben!« –

»Zesara!« rief es im Walde, »Zesara, wo bist du?« und er hörte seine eigne Stimme; aber kühn rief er nun zurück: »Am Altare!« – Eine schwarze Gestalt drang heraus mit einer weißen Maske in der Hand und stockte im Mondlichte vor der bewaffneten; da erkannte endlich Albano den Bruder Lianens, nach dem er so lange gelechzet – er schleuderte den Degen zurück und lief ihm entgegen – Roquairol stand stumm, bleich und mit einer erhabnen Ruhe auf dem Gesichte vor ihm – Albano blieb nahe stehen und sagte gerührt: »Hast du mich gesucht, Karl?« – Roquairol nickte stumm und hatte Tränen in den Augen und öffnete die Arme. – Ach da konnte der selige Mensch mit allen Flammen und Tränen der Liebe an die langgeliebte Seele stürzen, und er sagte unaufhörlich: »Nun haben wir uns, nun haben wir uns!« Und immer heftiger umschlang er ihn wie den Pfeiler seiner Zukunft und strömte in Tränen hin, weil ja nun die verschlossene Liebe so langer Jahre und so viele zugedrückte Quellen des armen Herzens auf einmal fließen durften. – Roquairol drückte ihn nur zitternd an sich und leise mit *einem* Arme; und sagte, aber ohne Heftigkeit: »Ich bin ein Sterbender, und das ist mein Gesicht,« (indem er die gelbe Totenmaske emporhielt) »aber ich habe meinen Albano, und ich sterbe an ihm.«

Sie verstrickten sich wild – das Mark des Lebens, die Liebe, durchdrang sie schöpferisch – der Boden über dem rollenden Erdenflusse wankte heftiger – und der Sternenhimmel zog mit dem weißen Zauberrauche seiner zitternden Sterne um die magische Glut – –

Ach ihr Glücklichen! –

52. *Zykel*

Einige Menschen werden verbunden geboren, ihr erstes Finden ist nur ein zweites, und sie bringen sich dann als zu lange Getrennte nicht nur eine Zukunft zu, sondern auch eine Vergangenheit; – die letztere forderten einander die Glücklichen ungeduldig ab. Roquairol antwortete auf Albans Frage, wie er hieher komme, mit Feuer: »er sei ihm diesen ganzen Abend gefolgt – er habe ihn am Fenster unter dem Leichengepränge so peinlich-schmachtend angeschauet und beinahe umarmen müssen – er sei schon vorhin dicht an ihm gestanden und habe auf seine Frage: ›wer da?‹ sogleich die Maske abgetan.« – – Jetzt griff wieder Albanos gefallner Arm straff durch das dünne Schattenspiel der Geisterfurcht, da er nun erfuhr, der zweiköpfige Riese sei bloß vom optisch-vergrößernden Wahne der Ferne einer so nahen Gestalt erwachsen, und der Leichenkopf habe auf der Treppe seinen Rumpf nur eingebüßt durch die finstern Überhänge und durch die schwarze Bekleidung; sogar die harte Geisterszene am Altare schien ihm jetzt bezwinglicher durch den reichen Gewinst der lebendigen Liebe.

Roquairol fragte ihn, welche Qual oder Freude ihn in der Mitternacht hierher auf einen *herrnhutischen* Gottesacker getrieben und wohin er den Menschen mit dem Degen abgeschickt. Albano wars unbekannt, daß hier Herrnhuter ruhen; und ebenso hatt' er den wahrscheinlich aus Furcht des Gebrauchs verübten Diebstahl des Degens nicht bemerkt. Er antwortete: »Meine tote Schwester wollte am Altare mit mir reden; und sie hat geredet«; aber er fürchtete sich, mehr davon zu sprechen. Da änderte sich plötzlich Roquairols Gesicht – er starrte ihn an und forderte Beteuerung und Erklärung – unter dieser schauete er in die Luft, als wollt' er aus ihr durch Blicke Gesichter ziehen, und sagte, indem er doch Albano ansah, eintönig: »Tote, Tote, rede wieder!« – Aber nur der Totenfluß redete unter ihnen fort und nichts weiter. Aber er warf sich vor dem Altare auf die Knie und sagte vermessen und doch mit bebenden Lippen: »Spring auf, Geisterpforte, und zeige deine durchsichtige Welt – ich fürcht' euch Durchsichtige nicht, ich werde einer von euch, wenn ihr erscheint, und gehe mit und erscheine auch.« – »O mein Guter, lasse nach«, bat Albano, nicht nur aus Gottesfurcht, auch aus Liebe; denn ein Zufall, ein vorüberschießender Nachtvogel konnte sie ja durch ein Entsetzen töten; – auch stand dieses Entsetzen nicht weit von ihnen; denn auf der erleuchteten Seite der Trauerbirken trat eine majestätische weiße alte Gestalt heraus. Aber da Roquairol, durch Wein und Phantasie wahnsinnig, die sterbende Larve in die Lüfte reichte und gegen das Grab des Herzens sagte: »Nimm dieses Gesicht, wenn du keines hast, alter Mann, und blicke mich an hinter ihr!« so riß ihn Albano auf – die weiße Gestalt trat mit gebücktem Kopfe und gefalteten Händen in die Zweige zurück – der runde Turm auf dem Schlachtfelde schlug die Stunde aus, und die träumende Gegend schlug sie murmelnd nach.

»Komm an mein warmes Herz, du heftige Seele – o daß ich dich gerade an meinem Geburtstage in meiner Geburtsstunde erhalten durfte!« – Dieser Laut schmolz auf einmal den immer wechselnden Menschen, und er hing sich mit nassen Freudenaugen an ihn und sagte: »– und bis in unsre Sterbestunden hinein! O sieh mich nicht an, du Unveränderlicher, weil ich so schwankend und gebrochen erscheine – in den Wogen des Lebens bricht sich und ringelt sich der Mensch, wie der Stab im Wasser flattert, aber das

Ich steht doch fest wie der Stab. – Ich will dir folgen in andre Orte des Tartarus; aber erzähle auch die Geschichte.«

Diese Geschichte geben, hieß ein Allerheiligstes des Innern oder auch einen Sarg dem Tageslichte öffnen; aber glaubt ihr, daß Albano sich eine Minute bedachte? Oder ihr selber? – Wir sind alle bessere, offnere, wärmere Freunde, als wir wissen und zeigen; es begegne euch nur der rechte Geist, wie ihn die dürstende Liebe ewig fordert, rein, groß, hell und zart und warm, dann gebt ihr ihm alles und liebt ihn ohne Maß, weil er ohne Fehler ist. Albano fand in diesem Fremdlinge den ersten Menschen, der sein ganzes Herz mit gleichen Tönen erwiderte, das erste Auge, das seine schüchternen Gefühle nicht flohen, eine Seele, vor deren erster Träne aus seinem ganzen künftigen Leben Blumen auffuhren wie aus den trocknen Wüsten heißer Länder unter der Regenzeit; – daher gab die Liebe seinem starken Geiste nur die gleiche weite Bewegung eines Meeres, indes der obwohl ältere und länger gebildete Freund ein Strom mit Wasserfällen war.

Karl führte ihn in die sogenannte Katakombe, indes er der Geistergeschichte von Isola bella zuhörte, aber, von der vorigen erschöpft, mit fallender Furcht. Ein ödes verkohltes Tal voll offner verfallner Schachte sonnte sich grau im Mondscheine; aus dem Walde kroch unter ihren Füßen der Totenfluß hervor und sprang auf eine steinerne Treppe in die Katakomben hinein; beide folgten ihm auf einer darneben. Der Eingang trug als Stirnblatt ein altes Zifferblatt, wovon einmal der Donner gerade die Stunde *Eins* weggeschlagen: »Eins?« (sagte Alban) »Sonderbar! Gerade unsre künftige Stunde?«

Wie abenteuerlich zieht sich die Katakombe fort! Der lange Totenfluß murmelt verfinstert tief hinein und blitzt zuweilen unter dem silbernen Dampfe, den das Mondlicht durch die Schachtlöcher hereintreibt – feste Tiere, Pferde, Hunde, Vögel, stehen saufend am finstern Ufer, nämlich ihre ausgepolsterten Häute – schmale, von der Zeit geschleifte Leichensteine mit wenigen Namen und Gliedern sind das Pflaster – an einer hellern Nische lieset man, daß hier eine Nonne eingemauert gewesen – in einer andern steht das vererzte Skelett eines verschütteten Bergmanns mit vergoldeten Rippen und Schenkeln – an zerstreueten Orten waren schwarze Papierherzen arkebusierter Menschen und Blumensträuße armer Sünder gesammlet, die Rute, die einen Begnadigten durch Bestreifen getötet, eine gläserne Büste mit einem Phosphorpunkte im Wasser, Westerhemdchen und andre Kinder-Kleider und Spielwaren und ein Zwergskelett – – –

Als ihm Roquairols erklärende Worte, dessen Lebensweg immer in Grüfte hinab- und auf Gräber hinauflief, das Leben immer durchsichtiger und flitterhafter schlugen; so fuhr Zesara nach seiner Art auf einmal kopfschüttelnd, die Brust vorhebend, in den Sand einstampfend und fluchend (was er leicht im Erschrecken und in großer Rührung tat) mit den Worten auf: »Beim Teufel! – Du zerdrückst mir und dir die Brust. Es ist ja nicht so!

Sind wir nicht beisammen? Hab' ich nicht deine warme lebendige Hand? Brennt in uns nicht das Feuer der Unsterblichkeit? Ausgebrannte Kohlen sind diese Gebeine und weiter nichts; und das himmlische Feuer, das sie zerlegte, hat wieder andres Brennholz ergriffen und lodert fort. – O,« (setzt' er wie getröstet dazu und trat in den Bach und blickte durch die Schacht-Öffnung zum reichen Monde empor, der vom Himmel herunterströmte, und seine großen Augen standen voll Glanz) »o, es ist ein Himmel und eine Unsterblichkeit – wir bleiben nicht in der dunkeln Höhle des Lebens – wir ziehen auch durch den Äther wie du, du glänzende Welt!«

»Ach, du Herrlicher!« (sagte Karl, dessen Seele aus Seelen bestand) »ich will dich nun auch zu einer frohern Stelle bringen.« – Sie waren kaum acht Schritte weg, als es sich hinter ihnen verdunkelte und ein oben hereingeworfener Degen aufrecht mit der Spitze in den Sand der Wellen fuhr. »O du höllischer Teufel droben!« rief der ergrimmte Roquairol; aber Alban wurde weich über die eiserne Jungfrau der Sterbensstunde, die so nahe an ihm die scharfen Arme zusammengeschlagen hatte. Sie faßten sich wärmer und gingen still und bange einem leisen Getöne und einem Grabhügel entgegen. Sie setzten sich auf ihn, gegenüber einem mit der quälenden Katakombe einen rechten Winkel bildenden Gang, den grünes Moos auslaubte und dessen Länge die zerbröckelten Funken von faulem Holze bezeichneten. Er verlor sich in eine offne Pforte und Aussicht ins – Elysium, von welchem nur die weißen Gipfel einiger Silberpappeln zu erkennen waren, und in der Ferne sah man das Frühlingsrot der Mitternacht am Himmel blühen, und zwei Sterne blitzten darüber. Doch wurde die Pforte vergittert und bewacht durch ein Skelett mit einer Äolsharfe in der Hand, das auf ihr die dünnen Molltöne zu greifen schien, mit denen jetzt der Zugwind in die Höhle floß.

»Erzähle hier« (sagte Karl an der schönen Stelle und neugieriger durch den Mörderwurf von Albans Degen) »das Heutige aus!« Albano berichtete ihm redlich das Wort der Schwesterstimme: »Linda de Romeiro geb' ich dir.« Er dachte im Geräusche seines Innern nicht an die Anekdote, daß ja Karl für eben diese als Knabe sterben wollen. »Die Romeiro?« (fuhr dieser auf) »Sei still! – O diese? – Spielender Scharfrichter, du Schicksal! Warum sie und heute? Ach Albano, für diese ging ich früh dem Tode entgegen,« (fuhr er weinend fort und sank ihm an die Brust) »und darauf ist mein Herz so schlecht geworden, weil ich sie verloren habe – Nimm sie nur hin, denn du bist ein reiner Geist – die herrliche Gestalt, die dir auf dem Meere erschien, so sieht sie aus, oder jetzt noch schöner. – – Ach Albano!« – Dieser edle Mensch erschrak über die Verwickelung und über das Schicksal und sagte: »Nein, nein, du lieber Karl, du denkst über alles ganz falsch.«

Plötzlich war es, als tönten alle Gestirne und ein melodisches Geisterchor dränge unsichtbar durch die Pforte herein; Albano war betroffen. »Nichts, laß es!« (sagte Karl) »Es ist das Skelett nicht; der *fromme Vater* geht im

Flötentale und zieht jetzt seine Flöten, weil er betet -- Aber wie sagst du, ich dächte über alles falsch?« -- »Wie?« wiederholte Albano und konnte im zauberischen Kreise dieser Nachklänge, die den Sonntagsmorgen allmächtig wiederbrachten, nicht denken und reden. Wehten denn nicht die Silberpappeln an den Sternen hin und her, und Rosenwolken lagerten sich um den Himmel, und das ganze Elysium zog offen vorüber mit den Lauten, die es durchschwebet, mit den Tränen, die es benetzet hatten, und mit den Träumen, die kein Herz vergisset, und mit der heiligen Gestalt, die ewig in seinem bleibt? – Die Hand ihres Bruders hielt er jetzt so fest; der Liebe und der Freundschaft, diesen zwei Brennpunkten in der Ellipse der Lebensbahn, war er so nahe; – ungestüm umfassete er den Bruder mit den Worten: »Bei Gott, sag' ich dir, die, so du genannt, geht mich nichts an – und sie wird es nie.«

»Aber, Albano, du kennst sie ja nicht?« sagte Karl, viel zu hart fortfragend; denn der edle Jüngling neben ihm war zu blöde und zu fest, dem Verwandten der Geliebten – einem Fremden viel leichter – das Heiligtum seiner Wünsche aufzuschließen. »O martere du mich nicht!« (antwortete er empfindlich; aber er setzte sanfter hinzu) »glaube mir doch das erstemal, mein guter Bruder!« – Karl gab ebenso selten nach wie er und sagte, obwohl den Fragton verschluckend und recht liebend, doch dieses: »Bei meiner Seligkeit, ich tu' es; und mit Freude – ein Herz muß herrlich-geliebt und göttlich-glücklich sein, das ein solches entbehren kann.« Ach weiß denn das Albano? – Nur schweigend lehnt' er sich mit der Feuerwange voll Rosen an Lianens Bruder, verschämt das Erforschen scheuend; bloß als die schwindenden Rufe des Flötentals sich wie Seufzer in seiner Brust versammelten und ihn zu oft erinnerten, wie der Sonntagsmorgen schloß, wie Liane wich und wie er ihr mit nassen dunkeln Blicken vom Altare nachsah: so brach sein Auge, obwohl nicht sein Herz, und er weinte heftig, aber schweigend an seinem ersten Freunde. –

Dann kehrten sie mit stummen Seelen nach Hause und schaueten sinnend den langen schwindenden Wegen der Zukunft nach; und als sie schieden, fühlten sie wohl, daß sie sich recht von Herzen liebten, nämlich recht schmerzlich. --

Am Morgen darauf lag der fromme Vater an einer Erschütterung darnieder, die mehr selig als traurig war; denn er sagte, er habe in der Nacht seinen Freund, den verstorbenen Fürsten, weißgekleidet im Tartarus gehen sehen. –

ZWEITER BAND

Zehnte Jobelperiode

Roquairols advocatus diaboli – der Feiertag der Freundschaft

53. *Zykel*

Nicht nach den Kinderjahren, sondern nach der Jünglingszeit würden wir uns am sehnsüchtigsten umkehren, wenn wir aus dieser so unschuldig wie aus jenen herkämen. Sie ist unser Lebens-Festtag, wo alle Gassen voll Klang und Putz sind und um alle Häuser goldne Tapeten hängen, und wo Dasein, Kunst und Tugend uns noch als sanfte *Göttinnen* mit Liebkosungen locken, die uns im Alter als strenge *Götter* mit Geboten rufen! – Und in dieser Zeit wohnt die Freundschaft noch im heiter offnen griechischen Tempel, nicht wie später in einer engen gotischen Kapelle.

Herrlich und reich schimmerte jetzt um Albano das Leben, mit Inseln und Schiffen bedeckt; er hatte die ganze Brust voll Freundschaft und Jugend und durfte die drängende Kraft der Liebe, die auf Isola bella an einer Statue, am Vater, zurückprallte, nun ungebändigt und fröhlich auf einen Menschen stürmen lassen, der ihm völlig so erschien, wie ihn der Jünglingstraum entwirft. Er konnte keinen Tag von Karl lassen – er deckte ihm seine Seele auf und sein ganzes Leben (nur Lianens Name stieg tiefer in sein Herz zurück) – alle Vorbilder der Freundschaft unter den Alten wollt' er nachbilden und erneuern und alles tun und leiden für seinen Geliebten – sein Dasein war jetzt ein Doppelchor, er trank jedes Glück mit zwei Herzen, sein Leben schloß ein doppelter Himmel in lauter Äther ein.

Als er am andern Tage die befreundete feste Gestalt antraf, die ihm aus dem nächtlichen Spektakelstück der Geisterwelt übrig geblieben war, wie ein blasser Mond aus den weggelöschten Sternen der Nacht; und als er sie so kahlköpfig und bleich fand – wie die feurige Ätnas-Rauchsäule am Tage grau aufsteigt –: so sah er gleichsam den vorigen Selbstmörder vor sich stehen; freier, aber desto wärmer reicht' er dem einsamen Wesen, das nach dem Sprunge über das Leben nur noch auf seinem Grabe wie auf einem fernen Eiland wohnte, die Hand hinüber. Andere ziehen sie eben darum weg; der gestörte Selbstmörder, der das schöne feste Leben durchrissen, kehrt aus seiner Todesstunde als ein fremder unheimlicher Geist zurück, dem wir nicht mehr trauen können, weil er in seiner Ungebundenheit jede Minute das wegwerfende Spiel mit der Menschengestalt wieder treiben kann.

Daher sah Albano im chaotischen Leben des Hauptmanns nur die Unordnung eines Wesens, das einpackt und auszieht. Als er das erstemal in dessen Sommerstube trat, so hatt' er freilich darin eine Bedienten-, eine theatralische Anziehstube und ein Offizierszelt auf einmal vor sich. Auf der Tafel lagen verworrene Völkerschaften von Büchern, wie auf einem Schlachtfeld, und auf Schillers Tragödien das hippokratische Gesicht von der Redoute, und auf dem Hofkalender eine Pistole – das Bücherbrett bewohnte die Degenkuppel neben ihrer Seifenkugel aus Kreide, ein Schokoladequerl, ein leerer Leuchter, eine Pomadebüchse, Fidibus, das nasse Handtuch und die eingetrocknete Mundtasse – das Glashaus der ausgelaufenen Standuhr und der Wasch- und der Schreibtisch standen offen, auf welchem letztern ich mit Erstaunen umsonst nach Unterlage und Streusand suche – der Pudermantel lehnte sich in der Ottomane zurück, und ein langes Halstuch ritt auf dem Ofenschirm, und das Hirschgeweihe an der Wand hatte zwei Federhüte aufs rechte und linke Ohr geschoben – Briefe und Visitenkarten waren wie Schmetterlinge an die Fenstervorhänge gespießet. Ich wäre nicht fähig, darin ein Billet zu schreiben, geschweige einen Zykel.

Gibt es aber nicht ein sonnenhelles freiflatterndes Alter, wo man alles gerne sieht, was reisefertige Unruhe, Abbrechen der Zelte und Nomadenfreiheit verkündigt, und wo man mit Dank in einem Reisewagen haushielte und darin schriebe und schliefe? Und hält man nicht in diesen Jahren gerade eine solche Studentenstube für geistiges Studentengut des Genies und jedes Chaos für ein infusorisches voll Leben? Man gönne meinem Helden diese irrende Zeit; es hielt ihn doch etwas Edles in seiner Natur zurück, aus einem Lobredner ein Nachahmer zu werden.

Wie nach einem weggeschmolznen Nachwinter auf einmal die grüne Erdendecke in Blumen und Blüten hoch aufflattert, so fuhr in der warmen Luft der Freundschaft und Phantasie auf einmal Albanos Wesen üppig blühend und grünend aus. Karl hatte und kannte alle Zustände des Herzens, er erschuf sie spielend in sich und andern, er war ein zweites Sanenland, das alle Klimate von Frankreich bis Nova Sembla beherbergt, und worin eben darum jeder seines findet; er war für andere alles, wiewohl für sich nichts. Er konnte sich in jeden Charakter werfen, wiewohl ihm eben darum zuweilen einkam, bloß den bequemsten durchzusetzen. Die Gurt-, Brust-, Schwanz- und Sattelriemen des höfischen, kleinstädtischen und bürgerlichen Lebens hatte sein Buzephalus längst abgesprengt; und wenn sich der Graf jeden Tag über den Sprach-Laufzaum des Lektors ärgerte, der alles richtig sagte, Kanaster statt Knaster, Juften statt Juchten, funfzig statt fufzig, und barbieren (welches R ich selber für eine dumme Härte halte): so war Roquairol ein Freidenker bis zum renommistischen Freiredner und sprach nach seinem eignen Ausdruck, der zugleich das Beispiel war, »von der Leber und vom Maule weg«. Dem Grafen klebte zu seinem Verdruß eine gewisse epische, von Büchern anerzogene Sprach-Würde an. Sie überdachten und verwünschten oft miteinander das erbärmliche Glatzen-Leben, das man hätte, wenn man, wie der Lektor, als ein wohlgewachsener Staatsbürger von Extraktion dahinlebte, Konduite und einen saubern Anzug hätte und hübsche, nicht unebene Kenntnisse von mehreren Fächern und zur Erholung seinen Tischwein und Geschmack an trefflichen Maler- und andern Meistern, und wenn man zu höhern Posten avancierte, bloß um von da aus zu noch höhern aufzusteigen, und man so nach allem diesen sich frisiert und gewaschen in den Sarg streckte, damit doch die gigantische Körperwelt ihren Pestitzer auch der erhabenen Geisterwelt einhändige. – – Nein, sagte Albano, lieber wirf eine schwarze Bergkette von Schmerzen ins platte Leben, damit nur eine Aussicht dasteht und etwas Großes. –

Aber Roquairol war nicht der, der er ihm schien; – die Freundschaft hat ihre Täuschungen wie die Liebe – und oft wenn er diesen liebestrunknen hochherzigen Jüngling mit keuschen Mädchenwangen und stolzer Männerstirn, der ein solches Vertrauen auf seine wankende Seele setzte, und dessen Herz so weit offen stand, und an dessen Phantasie sogar er die Heiligkeit beneidete, lang anblickte: so rührte ihn die Täuschung des Edeln bis zum Schmerz, und sein Herz drängte sich vor und wollte ihm mit Tränen sagen: Albano, ich bin deiner nicht wert. Aber dann verlier' ich ihn, setzt' er allemal hinzu; denn er scheuete die moralische Orthodoxie und die Entschiedenheit eines Mannes, der nicht wie ein Mädchen spielend zu erzürnen und wieder zu gewinnen war.

Und doch kam der wichtige Tag für beide, wo ers tat. Wie hätt' er je *der* Phantasie widerstanden, da er nur *durch* Phantasie widerstand! – Ich tu' ihm halb unrecht; höret den bessern Engel, der seinen Mund aufschloß.

Roquairol ist ein Kind und Opfer des Jahrhunderts. Wie die vornehmen Jünglinge unserer Zeit so früh und so reich mit den Rosen der Freude überlaubt werden, daß sie wie die Gewürz-Insulaner den Geruch verlieren und nun die Rosen zum Sybariten-Polster unterbetten, Rosensirup trinken und in Rosenöl sich baden, bis ihnen davon nichts zum Reiz mehr dasteht als die Dornen: so werden die meisten – und oft dieselben – von ihren philanthropischen Lehrern anfangs mit den *Früchten* der Erkenntnis vollgefüttert, daß sie bald nur die honigdicken Extrakte begehren, dann den Apfel-Wein und Birnmost davon, bis sie sich endlich mit den gebrannten Wassern daraus zersetzen. Haben sie noch dazu wie Roquairol eine Phantasie, die ihr Leben zu einem Naphthaboden macht, aus welchem jeder Fußtritt Feuer zieht: so wird die Flamme, worein die Wissenschaften geworfen werden, und die Verzehrung noch größer. Für diese Abgebrannten des Lebens gibt es dann keine neue Freude und keine neue Wahrheit mehr, und sie haben keine alte ganz und frisch; eine vertrocknete Zukunft voll Hochmut, Lebensekel, Unglauben und Widerspruch liegt um sie her. Nur noch der Flügel der Phantasie zuckt an ihrer Leiche.

Armer Karl! – Du tatest noch mehr! Nicht bloß die Wahrheiten, auch die Empfindungen antizipierte er. Alle herrliche Zustände der Menschheit, alle

Bewegungen, in welche die Liebe und die Freundschaft und die Natur das Herz erheben, alle diese durchging er früher in Gedichten als im Leben, früher als Schauspieler und Theaterdichter denn als Mensch, früher in der Sonnenseite der Phantasie als in der Wetterseite der Wirklichkeit; daher als sie endlich lebendig in seiner Brust erschienen, konnt' er besonnen sie ergreifen, regieren, ertöten und gut ausstopfen für die Eisgrube der künftigen Erinnerung. Die unglückliche Liebe für Linda de Romeiro, die ihn später vielleicht gestählet hätte, öffnete so früh alle Adern seines Herzens und badete es warm im eignen Blute; er stürzte sich in gute und böse Zerstreuungen und Liebeshändel und stellte hinterher alles auf dem Papier und Theater wieder dar, was er bereuete oder segnete; und jede Darstellung höhlte ihn tiefer aus, wie der Sonne von ausgeworfenen Welten die Gruben blieben. Sein Herz konnte die heiligen Empfindungen nicht lassen, aber sie waren eine neue Schwelgerei, höchstens ein Stärkungsmittel (ein tonicum); und gerade von ihrer Höhe lief der Weg zu den Sümpfen der unheiligsten abschüssiger. Wie im dramatischen Dichter engelreine und schmutzige Zustände nebeneinander stehen und folgen, so in seinem Leben; er fütterte wie in Surinam die Schweine mit Ananas; gleich den ältern Giganten hatt' er hebende Flügel und kriechende Schlangenfüße.

Unglücklich ist die weibliche Seele, die sich in ein so großes, mitten im Himmel aufgespanntes Gewebe verfliegt; und glücklich ist sie, wenn sie sich unvergiftet durchreißet und bloß die Bienenflügel beschmutzt. Aber diese allmächtige Phantasie, diese strömende Liebe, diese Weichheit und Stärke, diese erobernde Besonnenheit wird jede weibliche Psyche mit Gespinsten überziehen, sobald sie nicht die ersten Fäden wegschlägt. – Könnt' ich euch warnen, arme Mädchen, vor solchen Kunturs, die mit euch in ihren Krallen auffliegen! Der Himmel unserer Tage hängt voll dieser Adler. Sie lieben euch nicht, aber sie glauben es; weil sie wie die Seligen in Muhammeds Paradies statt der verlornen Liebes-Arme nur Fittiche der Phantasie haben. Sie sind gleich großen Strömen nur am Ufer warm und in der Mitte kalt.

Bald Schwärmer, bald Libertin in der Liebe, durchlief er den Wechsel zwischen Äther und Schlamm immer schneller, bis er beide vermischte. Seine Blüten stiegen am lackierten Blumenstabe des Ideals hinauf, der aber farbenlos am Boden verfaulte. Erschreckt, aber glaubt es: er stürzte sich zuweilen absichtlich in die Sünde und Marter hinab, um sich drunten durch die Wunden der Reue und Demut den Schwur der Rückkehr tiefer einzuschneiden; wie etwan die Ärzte (Darwin und Sydenham) behaupten, daß *stärkende* Mittel (China, Stahl, Opium) kräftiger wirken, wenn vorher *schwächende* (Aderlaß, Brechmittel etc.) verschrieben worden.

Äußere Verhältnisse hätten ihm vielleicht etwas helfen können, und das Gelübde der Armut hätt' ihm die beiden andern erleichtert; hätte man ihn als Neger verkauft, sein Geist wäre ein freier Weißer und ein Arbeitshaus ihm ein Purgatorium geworden. Daher gaben die ersten Christen den Besessenen immer Geschäfte, z. B. Kirchenausfegen[1] u. s. w. Aber das müßige Offiziersleben arbeitete ihn bloß noch eitler und kecker aus.

So stand es in seiner Brust, als er an Albanos seine kam – Liebe schwelgerisch aufjagend, aber bloß um mit ihr zu spielen – mit einem unwahren Herzen, dessen Gefühl mehr lyrisches Gedicht als wahres dichtes Wesen ist – unfähig, wahr, ja kaum falsch zu sein, weil jede Wahrheit zur poetischen Darstellung artete und diese wieder zu jener – leichter vermögend, auf der Bühne und auf dem tragischen Schreibpult die wahre Sprache der Empfindung zu treffen als im Leben, wie Boileau nur Tänzer nachmachen konnte, aber keinen Tanz – gleichgültig, verschmähend und keck gegen das ausgeschöpfte stofflose Leben, worin alles Feste und Unentbehrliche, Herzen und Freuden und Wahrheiten, zerschmolzen herumschwammen – mit ruchloser Kraft vermögend, alles zu wagen und zu opfern, was ein Mensch achtet, weil er nichts achtete, und immer nach seinem eisernen Schutzheiligen umblickend, nach dem Tode – an seinen Entschlüssen verzagend und sogar in seinen Irrtümern schwankend – aber doch nur des *Stimmhammers*, und nicht der *Stimmgabel* der feinsten Moralität beraubt und mitten im Brausen der Leidenschaft stehend im hellen Lichte der Besonnenheit, wie der Wasserscheue seinen Wahnsinn kennt und davor warnt. – –

Nur *ein* guter Engel war nicht mit den andern entflohen, die Freundschaft. Zur Liebe konnte sich sein so oft aufgeblähtes und zusammengefallenes Herz schwer aufheben; aber die Freundschaft hatt' er noch nicht verschwendet. Seine Schwester hatt' er bisher befreundet geliebt, so brüderlich, so umgehemmt, so wachsend! Und jetzt tritt ihm Albano glänzendgewaffnet entgegen! –

Anfangs spielt' er auch mit ihm lügend wie mit sich, in der Redoute und im Tartarus. Er merkte bald, daß ihn der ländliche Jüngling vor eignen Strahlen falsch und geblendet sehe; aber er wollte lieber den Irrtum wahrmachen als benehmen. Die Menschen – und er – gleichen der Quelle der Sonne neben dem Tempel des Jupiter Ammon, die am Morgen nur kalt war, mittags lau, abends warm, mitternachts heiß; von den Tageszeiten hing er nun so sehr ab – wie der rüstige gesunde Albano so wenig, der sich daher vorstellte, ein großer Mann sei den ganzen Tag vom Aufstehen bis zum Niederlegen groß, wie die Heraldiker dem Adler immer die Schwingen ausspreizen –, daß er selten am Morgen und meistens abends zu Albano ging, wenn die ganze Girandole seiner Kräfte und Gefühle brannte in dem Weingeist, den er vorher aus Flaschen zugegossen. – –

Aber kennt ihr die Arzenei des Beispiels, die Heilkraft der Bewunderung und der seelenstärkenden Achtung? »Es ist schändlich von mir;« (sagte Roquairol) »ist er nicht so gläubig und offen und bieder? – Nein, die ganze Welt will ich belügen, nur seine Seele nicht! –« Solche Naturen wollen die

[1] Simons christl. Altertümer, von Mursinna etc. p. 143.

Verheerung der Menschheit durch Treue gegen *einen* vergüten. Die Menschheit ist ein Sternbild, in welchem *ein* Stern oft die Hälfte des Bildes malet.

Von dieser Stunde an stand sein Entschluß der herzlichsten Beichte und Buße fest; und Alban, vor welchem das Leben noch nicht in einen Brei der Verwesung zerlief, sondern sich fest und scharf und organisch zergliederte und der nicht wie Karl klagte, daß ihn nichts recht erpacke und alles nur luftig umspüle, dieser sollte dessen kranken Wünschen Jugend wiederbringen, und mit dem unwandelbaren Sinn des reinen Jünglings und mit der Gefahr der Freundschaft wollte Roquairol sich zwingen, diesem das Wort der fruchttragenden Bereuung zu halten, das er sich selber zu oft gebrochen.

Lasset uns ihm folgen in den Tag, wo er alles sagt.

54. Zykel

Einst kam Albano schon vormittags zum Hauptmann, wo dieser sonst nach seiner Sprache noch »ein von gestern herabgebranntes Lichtstümpfchen auf Stacheln« war; aber heute stand er brausend-arbeitend wechselnd am Pianoforte und am Schreibpult und war wie ein verdorrtes Infusionstierchen schon so früh der Rege und Alte, weil Wein genug aufgegossen war, nämlich viel. Voll Entzückung lief er dem willkommnen Freunde zu. Albano bracht' ihm von Falterle die kindlichen Blätter der Liebe (– denn der Exerzitienmeister hatte nicht den Mut gehabt, sie ins Feuer zu werfen), die er aus Blumenbühl an das unbekannte Herz geschrieben. Karl wäre darüber bis zu Tränen gerührt geworden, wär' ers – nicht schon vor der Ankunft gewesen. Der Graf mußte dableiben – den ganzen Tag – und alles versäumen – es war sein erster unordentlicher Tag – komisch wars, wie sich der sonst so unbändige, aber einer langen Gewohnheit täglicher Anstrengungen dienstbare Jüngling gegen die kurze Meerstille, worin er keine Schiffe trieb, wie gegen eine Sünde sträubte.

Indessen wars himmlisch; der tiefliegende Kindertag, der ihn sonst beflügelte, wenn das Haus voll Gäste war und er – wo er nur wollte, kam wieder herauf; die Gespräche spielten und beschenkten mit allem, was uns hebt und bereichert; alle Kräfte waren ohne Ketten und im trunknen Tanz. Genialische Menschen haben so viele Festtage als andere Werkeltage, und daher ertragen jene so schwer einen Trivial- und Schlendrians-Schalttag – und vollends an solchen Jünglingstagen! – Wenn ihm Karl tragische Gewitterwolken aus Shakespeare, Goethe, Klinger, Schiller vorführte und sich das Leben kolossalisch im dichterischen Vergrößerungsspiegel beschauete: so standen alle schlafenden Riesen seines Innern auf, sein Vater kam und seine Zukunft, selber sein Freund stand neu wie aus jener glänzenden phantastischen Kinderzeit herausgehoben da, wo er sich ihn in diesen Rollen vorgeträumt, und in den innern Heldenzug wurde sogar die Wolke, die durch den Himmel schwamm, und die über den Markt wegmarschierende Wach-Truppe eingeschichtet. Zu groß erschien ihm der Freund, weil er wie alle Jünglinge noch von Schauspielern und Dichtern glaubte, daß sie wie die Bergleute immer die Metalle in den Leib bekommen, in denen sie arbeiten. Wie oft sagten beide in der Jünglings-Metapher: »Das Leben ist ein Traum« und wurden bloß froher und wacher dadurch! Der Greis sagt es anders. Und die schwarze Todespforte, an welche Karl so gern hinführte, wurde vor dem Jünglingsauge eine Glastür, hinter welcher das helle goldne Zeitalter des verspäteten Herzens in unermeßlichen Auen lag.

Mädchen, bekenn' ich, – da ihre Gespräche zerstückter, faktischer und weniger berauschend sind – erstehen statt eines solchen Eden-Parks einen hübschen holländischen Garten, gut zugeschnitten von Krebs- und Damesscheren und (nachmit-)täglich dargereicht von der schwarzen Stunde, die ihnen auf dem Kaffee- oder Teebrette das schmale schwarze Brett einiger übeln Nachreden, ein paar neue dasitzende Shawls, einen wohlgewachsenen Menschen, der mit einem Testamente oder Trauschein vorbeigeht, und letztlich die Hoffnung des häuslichen Referats serviert. – Kommt zu den Jünglingen zurück!

Gegen Abend bekam der Hauptmann ein rotes Billet. »Es ist ganz gut!« sagt' er zur Überbringerin und nickte. »Wird nichts daraus, Madame!« (sagt' er, sich gegen Albano kehrend) – »Bruder, wahre dich nur gegen Eheweiber! Schnappe einmal zum Spaße nach einem roten Schminkläppchen von ihnen: flugs schieben sie dir die Angelhaken in die Rückenhaut[1]. Der Haken sieben sind in meiner allein, wie du sie da siehst, seßhaft.« Das unschuldige Kind Albano! Es nahm es für etwas moralisch-Großes, die Freundschaft von sieben Eheweibern auf einmal zu behaupten, und wäre froh in Karls Fall gewesen; er konnte das Schlimme nicht finden, daß die Freundinnen, wie die Römer, der Viktoria (nämlich uns) gern die Flügel abschneiden, damit die Gottheit nicht weiterfliege. –

An einem schönen Tag ist nichts so schön als sein Sonnenuntergang; der Graf schlug vor, ins Abendrot hinauszureiten und auf der Höhe nach der Sonne zu schauen. Sie trabten durch die Straßen; Karl zog bald vor einer schönen Nase, bald vor einem großen Augenpaar, bald vor durchsichtigen Stirnlocken den großen schiefsitzenden Hut ab. Sie flogen in die Lindenallee, die sich mit einer bunten Lambris von Spazier–sitzerinnen festlich putzte. Ein großes, feurig durchblickendes Weib schritt im roten Shawl und gelben Kleide durch das weibliche Blumenbeet, hoch wie die Blumengöttin; es war die Konzipientin des roten Blattes; sie war aber aufmerksamer auf den schönen Grafen als auf ihren Freund. An allen Wänden und Bäumen blühte das Rosenspalier des Abendrots. Sie brauseten die weiße Straße nach

[1] Anspielung auf die Art, Frösche mit einem Stückchen roten Tuch zu angeln.

Blumenbühl hinauf – an beiden Seiten schlug das goldgrüne Meer des Frühlings die lebendigen Wellen – eine geflügelte Welt ruderte darin, und die Vögel tauchten sich tief in die Blumen unter – hinter den Freunden brannte die Sonne, und vor ihnen lag die Blumenbühler Höhe ganz rosenrot. Oben wandten sie die Pferde gegen die Sonne, die hinter den Kuppeln und Rauchsäulen der stolz-brennenden Stadt in fernen hellen Gärten ruhte. Nahegerückt lag die erleuchtete Erde um sie her, und Albano konnte die weißen Statuen auf Lianens Dach lebendig unter dem blühenden Gewölk erröten sehen. Er drängte sein Pferd an das fremde, um die Hand auf Karls Achsel zu drücken; und so sahen sie schweigend zu, wie die liebevolle Sonne die goldne Wolkenkrone ablegte und mit dem flatternden Laubgewinde um die heiße Stirn ins Meer hinunterzog. Und als es dämmerte auf der Erde und glühte am Himmel und Albano sich hinüberneigte und seinen Freund ans brennende Herz herüberzog: so stieg das Abendgeläute in Blumenbühl herauf – »Und dort drunten«, sagte Karl mit sanfter Stimme und kehrte sich hin, »liegt dein friedlich Blumenbühl wie ein stiller Kirchhof deiner Kindertage. – Wie sind die Kinder glücklich, Albano, ach, wie sind die Kinder glücklich!« – »Sind wirs nicht?« (antwortete er mit freudigen Tränen) »Karl, wie oft stand ich auf den Höhen an Abenden wie dieser und streckte inbrünstig meine kindischen Hände aus nach dir und nach der Welt. – Nun hab' ichs ja alles. Wahrlich du hast nicht recht.« – Aber er, am brausenden Ohrenklingen vergangner weiter Zeiten krank, blieb taub gegen das Wort und sagte: »Nur die Wiegenlieder, nur die zurücktönenden Wiegenlieder schläfern die Seele ein, wenn sie heiß geweinet hat.«

Stiller und langsamer ritten sie zurück. Albano trug eine neue Welt der Liebe und der Wonne in der Brust; und der Jüngling – noch nicht ein Schuldner der Vergangenheit, sondern ein Gast der Gegenwart – sank, vom langen Jubel des Tags süß abgespannt, in helldunkle Träume unter, gleichsam ein hoher Raubvogel, still auf entzückt-offnen Schwingen hängend.

»Wir wollen die ganze Nacht bei Ratto bleiben«, sagte Karl in der Stadt.

55. *Zykel*

Sie stiegen in Rattos italienischen Keller hinunter. Das Haus kam anfangs nach dem Anblicke der weiten Natur dem Grafen wie ein Felsenstück darübergewälzt vor – wiewohl ja jedes Stockwerk unter architektonischen Lasten liegt –; aber das schwere Gefühl des unterirdischen Zwingers vergaß sich bald, und sonderbar klang in die welsche Grube das hohe Rasseln der Wagen herein. Der Hauptmann bestellte einen Punch royal – – Wenn er so fortfährt in seiner guten Feuerordnung und immer ein volles Gefäß im Hause hat als Löschanstalt und die Schlangenspritzen probiert: so kann mein Buch nie der Vorwurf treffen, daß man darin wie im Grandison zuviel Tee konsumiere; eher zuviel starkes Getränk geht auf.

Schoppe saß im welschen Souterrain. Er liebte den Hauptmann nicht, weil sein unversöhnliches Auge an ihm zwei ihm herzlich unleidliche Fehler auswitterte, »das chronische Geschwür der Eitelkeit und ein unheiliges Schlemmen und Prassen in Gefühlen«. Karl gab die Abneigung zurück; die heißesten Wellen seines Enthusiasmus setzten sogleich vor des Titularbibliothekars Gesichte Eisspieße an. Nur heute nicht! – Er trank so hinlänglich vom Königspunsch – wovon ein paar Gläser durch alle Köpfe des Briareus oder der lernäischen Schlange durchbrennen konnten –, daß er dann alles sagte, sogar das Fromme. »Bei Gott!« (sagt' er, sich im Bethesda-Teich durch – Herausschöpfen heilend) »da es doch Lumperei mit dem Besserwerden ist, so sollte man sich etwas vor die Stirn drücken, damit der gehetzte Geist nur einmal loskäme von seinen Wunden und Sünden.« – »Von Sünden?« – (sagte Schoppe) »Läuse und Bandwürmer der bessern Art werden allerdings aus meinem Gebiet auswandern, wenn ich mich kalt mache; aber die schlimmen trägt mein innerer Mensch gewiß mit hinauf. Beim Henker! wer sagt Euch denn, daß dort der ganze hiesige Armesünders-Kirchhof auf einmal als eine unsichtbare Kirche voll Märtyrer und Sokratesse einziehen werde und jedes Bedlam als eine Loge zum hohen Licht? – Ich dachte heute ans andere Leben, als ich eine Frau auf dem Markte mit fünf Schweinchen sah, die sie, jedes mit einem Strick am Bein, vor sich hertreiben wollte, die ihr aber wie elektrische Strahlenbüschel auseinanderfuhren; jetzt schon, sagt' ich, mit unsern wenigen Kräften und Wünschen, die das kultivierende Säkulum im quintuplo stellte, geht es uns schon so erbärmlich wie der Frau mit ihrer Kuppel; wenn wir nun vollends zehn und mehr neue Ferkel (da die zweite Welt wie ein Amerika doch neue Objekte und Wünsche bringen muß) an den Strick bekommen, wie will da der Ephorus amtieren? – Auf größere unbeschreibliche Nöten, Lehnsfrevel und Oppositionen mach' ich mich da gefaßt.« Aber Roquairol war in seiner roten Lohe; er setzte sich über Schoppe und sich hinweg und leugnete die Unsterblichkeit geradezu, um Schoppen zu parodieren: »Ein einziger Mensch« (sagt' er) »glaubte seinetwegen allein schwerlich die Unsterblichkeit; aber da er mehrere sieht, hat er Mitleiden und hält es der Mühe wert und glaubt, die zweite Welt ist ein Monte testaccio aus Menschen-Scherben. Der Mensch kann Gott und dem Teufel künftig nicht näher kommen, als ers hier schon tat; wie ein Wirtshausschild ist sein Revers so bemalt wie sein Avers – Aber wir brauchen die künstliche Zukunft zur Gegenwart; wenn wir noch so still schweben über unserem Schlamm, so zappeln wir noch immer wie stilliegende Karpfen mit den poetischen Flossen und Flügeln. Daher müssen wir den künftigen Paradiesesgarten so herrlich anlegen, daß nur Götter hineinpassen, aber, so wie in Fürstengärten, keine Hunde. Lumperei ists! Wir schneiden uns verklärte Leiber zu, die den Soldatenröcken gleichen: *Taschen* und

Knopflöcher fehlen; welche Freuden können sie denn fassen? –« Alban sah ihn staunend an. »Weißt du, Albano, was ich meine? – Just das Gegenteil.« So leicht wird der Phantasie alles, auch Laune.

Jetzt wurd' er hinausgerufen. Er kam zurück mit einem roten Billet. Er warf die Halsbinde um – à la Hamlet war er dagesessen – und sagte zu Albano, in einer Stunde flieg' er zurück. Unter der Schwelle stockt' er noch sinnend, ob er weg solle; dann lief er rasch die Treppe hinan.

In Albano floß der Freudenbecher, worein der ganze Tag zugeschüttet hatte, mit dem glänzenden Schaume einer schalkhaften Laune über. Beim Himmel! Die Scherzhaftigkeit stand ihm so lieblich wie eine Rührung, und er ging oft lange, ohne Sprechen, schalkhaft-lächelnd umher, wie schlummernde Kinder lächeln, wenn, wie man sagt, mit ihnen Engel spielen.

Roquairol kam wieder mit sonderbar empörten Augen; er hatte wild in sein Herz hineingestürmt; er war schlecht gewesen, um zu verzweifeln und unten auf dem Abgrund kniend dem Freunde sein Leben zu bekennen. Dieser so willkürliche Mensch lag unwillkürlich auf den Windmühlen-Flügel seiner Phantasie geflochten und wurde bald von der Windstille gefesselt, bald vom Sturme umgeschleudert, den er zu durchschneiden glaubte. Er wurde, nach dem Beispiele der Feuerfresser, jetzt ein Feuersäufer, in der unruhigen Erwartung, daß Schoppe weiche. Dieser wich endlich trotz Albanos Bitte mit der Antwort: »Kaufet die Zeit, sagte der Apostel, das heißet aber: fristet euer Leben länger; das ist die Zeit. Dazu fodern nun die besten Kaufbuden der Zeit, die Apotheken, daß der Mensch nach dem Punch royal zu Bette gehe und unmäßig schwitze.« –

Wie wurd' es jetzt anders! – Da ihm Zesara freudig um den Hals fiel – da der Jugend-Rausch zu Liebesmelodien wurde, wie der Regen in der Höhle zu Derbyshire von ferne zu Harmonien – da dem Grafen süß, wie man sich schlummernd verblutet, das ganze Innere, sein ganzes voriges Leben von der Lippe floß und alle Plane des künftigen, sogar die stolzesten (nur der zärteste nicht) – und da er sich, wie (nach der Bourignon) Adam im Unschulds-Stand, so kristallen-durchsichtig vor das befreundete Auge stellte, nicht aus Schwäche, sondern aus altem Drang und im Glauben, so müsse der Freund sein: so traten dem unglücklichen Roquairol helle Tränen der liebevollsten Bewunderung über die ungeschminkte Reinheit und über die energische, gläubige, noch in nichts schwankende Natur und über den fast zum Lächeln reizenden naiven hohen Ernst des rotwangigen Jünglings in die Augen. Er schluchzete an dieser freudetrunknen Brust, und Albano wurde weich, weil er dachte, er sei es zu wenig und sein Freund so sehr.

»Hinaus, hinaus!« sagte Karl; und das war lange Albanos Wunsch. Es schlug *ein* Uhr, als sie auf der engen Kellertreppe die Sterne des Frühlingshimmels oben an der Einfahrt des Schachtes blitzen sahen. Wie frisch quoll die eingeatmete Nacht über die heißen Lippen! – Wie fest bauete sich über die flüchtigen Zeltgassen der Stadt die Welt-Rotunda mit ihren festen Sternenreihen dahin! Wie erquickte und erweiterte sich das feurige Auge Albanos an den Riesenmassen des dämmernden Frühlings, an dem unter dem durchsichtigen Mantel der Nacht schlummernden Tag! Zephyre, die Schmetterlinge des Tags, flatterten schon um ihre lieben Blumen und sogen aus den Blüten und trugen Weihrauch für den Morgen ein, eine schlaftrunkne Lerche fuhr zuweilen in den stillen Himmel hinauf mit dem lauten Tage in der Kehle, über die dunkeln Auen und Stauden war schon der Tau gegossen, dessen Juwelenmeer vor der Sonne entbrennen sollte, und in Norden wehten die Purpur-Wimpel der Aurora, die gen Morgen schiffte. – – Erhebend faßte der Gedanke den Jüngling an, daß nun dieselbe Minute Millionen kleine und lange Leben messe und den Gang der Minierraupe und den Flug der Sonne und daß jetzt dieselbe Zeit durchlebet werde vom Wurm und von Gott, von Welten zu Welten – überall. – »O Gott,« rief er, »wie herrlich ists, daß man *ist*!«

Karl klebte bloß mit dem hängenden schweren Gefieder des Nachtvogels an den heitern Gestirnen um ihn: »Wohl dir,« sagt' er, »daß du so sein kannst und daß die Sphinx in deiner Brust noch schläft. Du weißt nicht, was ich will. Ich kannte einen Elenden, der sie recht gut schildern konnte. In der Brusthöhle des Menschen, sagt' er, liegt das Ungeheuer mit aufgehobenem Madonnengesicht auf seinen vier Tatzen und lächelt eine Zeitlang umher und der Mensch mit. – Plötzlich springt es auf, gräbt die Krallen in die Brust, zerschlägt sie mit dem Löwenschweif und den harten Flügeln und wühlt, drängt und tobt, und überall rinnt Blut an der zerritzten Brusthöhle. – Auf einmal legt es sich blutig wieder hin und lächelt wieder fort mit dem schönen Madonnenangesicht. O er sah ganz blutlos aus, der Elende, weil das Tier so von ihm zehrte und durstig an seinem Herzen leckte.«

»Greulich!« (sagte Albano) »und doch versteh' ich dich nicht ganz.« – – Der Mond hob jetzt sich und eine finster an seinen Seiten gelagerte Wolken-Herde empor und zog einen Sturmwind nach, der sie unter die Sterne jagte. Karl fuhr wilder fort: »Anfangs hatt' es der Elende noch gut, er hatte noch derbe Schmerzen und Freuden, rechte Sünden und Tugenden; aber als das Untier immer schneller lächelte und zerriß und er immer schneller Lust und Pein, Gutes und Böses wechselte; und als Gotteslästerungen und Kotbilder in seine Gebete krochen und er sich weder bekehren noch verstocken konnte: da lag er in öder Verblutung in der lauen, grauen, trocknen Nebel-Masse des Lebens da und starb so durch das Leben fort. –

Warum weinest du? Kennst du den Elenden?« – »Nein«, sagte Albano mild. – »Ich bins!« – »Du? – schrecklicher Gott, du nicht!« – »O, ich bins; und wenn du mich auch verachtest, du wirst, was ich ..... Nein, mein Unschuldiger, ich sag' es nicht. Sieh, jetzt steht die Sphinx wieder auf. O bete mit mir, hilf mir, daß ich nicht sündigen muß, nur nicht *muß*. Ich muß saufen, ich muß verführen, ich muß heucheln – ich heuchle jetzt –« Zesara sah das starre Auge, das bleiche zerrissene Gesicht und schüttelte liebendentrüstet ihn mit beiden Armen und stammelte gerührt: »Das ist beim Allmächtigen nicht wahr; du bist ja so sanft und blaß und unglücklich und unschuldig.« –

»Rosenangesicht,« (sagte Karl) »ich scheine dir rein und hell wie der dort droben[1], aber er wirft wie ich den langen Schatten gegen den Himmel hinauf.« – Zesara ließ ihn los, sah lange nach dem erhabnen dunklen, wie ein Leichenzug um das Elysium haltenden Tartarus und drückte bittere Tränen weg, die über die Erinnerung flossen, daß er darin seinen ersten Freund gefunden, der sich jetzt neben ihm auflöse. Da brach der Nachtwind eine von der Waldraupe getötete Tanne daraus ab, und Albano zeigte stumm auf die Niederbrechende; Karl rief erschrocken: »Ja, das bin ich!« – »Ach Karl, hab' ich dich denn heute verloren?« sagte der schuldlose Freund mit unendlichem Schmerz, und die schönen Sterne des Frühlings fielen wie zischende Funken in seine Wunde.

Vor diesem Worte lösete sich Karls gespanntes Herz in treue gute Tränen, ein heiliger Geist kam über ihn und gebot ihm, die reine Seele nicht zu quälen mit seiner, ihr nicht den Glauben zu nehmen, ihr das wilde Ich und jede Eigensucht stumm zu opfern. Sanft legt' er sich an des Freundes Herz, und mit zauberisch-leisen Worten und voll Demut und ohne Feuerbilder sagt' er ihm sein ganzes Herz – und daß es nicht böse sei, sondern nur unglücklich und schwach – und daß er nur so herzlich-aufrichtig gegen ihn, der zu gut von ihm denke, habe sein müssen wie gegen Gott – und daß er schwöre bei der Stunde des Todes, zu werden wie er, ihm ewig alles zu bekennen, sich zu heiligen an ihm – »Ach ich wurde nur noch so wenig geliebt!« beschloß er. – Und Albano, der liebestrunkne, glühende Mensch, der gute Mensch, der an sich die heiligen Übertreibungen der Reue kannte und der diese Bekenntnisse für jene hielt, kehrte begeistert in den alten Bund zurück mit Liebe ohne Maß. »Du bist ein warmer Mensch!« (sagte Karl) »Warum liegen denn die Menschen immer wie die Toten auf dem Bernhardus-Berg[2] einander erfroren an der Brust, mit steifem Aug', mit starren Armen? – O warum kamest du so spät zu mir? Ich wäre anders geworden. Warum kam jene[3] so früh? – Dort im Dorfe drunten an der engen niedrigen Kirchtüre, da sah ich *sie* zuerst, durch die mein Leben zur Mumie ward. Wahrlich ich spreche jetzt gefasset. Man trug vor mir her, als ich heraus spazieren ging, einen leichen-weißen Jüngling auf einer Bahre in den Tartarus; es war nur eine Statue, aber sie war das Ebenbild meiner Zukunft. Ein böser Genius sagte zu mir: liebe die Schöne, die ich dir zeige. Sie stand an der Kirchtüre, von Kirchleuten umzingelt, die sich über die Kühnheit

[1] Der Mond.

[2] Die unbekannten Erfrornen werden von den Mönchen unbegraben aneinander, jeder an die Brust des andern angelehnt.

[3] Linda de Romeiro.

wunderten, womit sie mit beiden Händen eine silbergraue züngelnde Schlange annahm und wog. Wie eine kühne Göttin senkte sie die feste ebene Stirn, das schwarze Auge, die Rosenblüten ihres Angesichts auf den von der Natur platt getretnen Otterkopf und spielte damit dicht an ihrem Herzen. ›Kleopatra!‹ sagt' ich, obwohl ein Knabe. Auch sie verstand es schon, blickte ruhig und kalt von der Schlange auf und gab sie zurück und wandte sich um. O an meine junge Brust warf sie die erkältende Leben-fressende Viper. – Aber wahrlich jetzt ists vorbei, und ich spreche ruhig. Nur in den Stunden, Albano, wo mir aus jener Nacht meine blutigen Kleider, die meine gute Schwester aufgehoben, zu Gesichte kommen, da leid' ich mehr und frage: armer gutmeinender Knabe, warum wurdest du denn älter? Aber wie gesagt, es ist ganz vorbei. Zu dir, nur zu dir spreche ein besserer Genius: liebe die Schöne, die ich dir zeige!« –

Aber welche Welt von Gedanken flog jetzt auf einmal Albano zu! »Er martert sich« (dacht' er) »mit dem alten Argwohne über Romeiro fort – ich will Herz gegen Herz öffnen und es dem guten Bruder sagen, daß ich ja seine Schwester ewig liebe.« – Seine Wangen glühten, sein Herz flammte, er stand priesterlich vor dem Altare der Freundschaft mit der schönsten Gabe, mit der Aufrichtigkeit. »O jetzt, Karl,« sagt' er, »wäre sie wohl anders gegen dich – mein Vater reiset mit ihr, und du wirst sie sehen.« – Er ging Hand in Hand schneller mit ihm einer dunklen Baumgruppe zu, um im Schatten die zart-errötende Seele zu öffnen. »Nimm mein teuerstes Geheimnis hin« (fing er an) – »aber sprich nicht davon – und nicht mit mir – errätst du es nicht, mein erster Bruder? die Seele nicht, die ich so lange liebte wie dich?« – Leise, leise setzte er dazu: »Deine Schwester?« und sank ihm auf den Mund, um die ersten Laute wegzuküssen.

Aber Karl, im Aufruhr des Entzückens und der Liebe wie eine Erde bei dem Aufgange des Frühlings, bändigte sich nicht; er preßte ihn an sich; er ließ ihn los; er umfaßte ihn wieder, er weinte selig, er drückte Albanos Augen zu und sagte neu-verschwistert: »Bruder!« Vergeblich wollte Albano mit der Hand jede andere Silbe auf seinen Lippen erdrücken. Er fing vor dem betroffenen Jüngling – der unter der einsamen und poetischen Bücherwelt eine höhere Zartheit gewonnen, als die Wirklichkeit des Umgangs lehrt – Lianen abzumalen an, wie sie dulde und handle, wie sie für ihn sorge und rede und sogar verarme, um seine Schulden zu tilgen; wie sie ihn nie hart tadle, sondern nur mild bitte, und alles das nicht aus künstlicher Duldung, sondern aus heißer echter Liebe, und wie doch das noch kaum das Beiwerk ihres Bildes sei. Er war in seiner reinern Begeisterung, als ihm dieser Abend zugelassen, darum so selig, weil er seine Schwester unter allen Menschen am meisten und uneigennützigsten und am freiesten von poetischer Schwelgerei und Willkür lieben konnte – ordentlich dadurch gestärkt, daß er einmal aus reiner heiliger Liebe jauchzen dürfe, zog er die Hände wieder frei gemacht heraus, die bisher wie Milos seine im Baum des Glücks und Lebens, den er zerreißen wollte, eingeklemmt gefangen waren; er atmete frische Lebensluft und Mut, und der Plan seiner innern Vollendung war jetzt durch neues Glück und schönes Bewußtsein hold geründet. –

Der Mond stand hoch, die Wolken waren vertrieben, und nie ging der Morgenstern zwei Menschen heller auf.

Elfte Jobelperiode

Stickrahmen – Anglaise – cereus serpens – musikalische Phantasien

56. Zykel

Freudig trug Roquairol am ersten Abende, da er seinen Vater verreiset wußte, zum Freunde die Bitte, zur Mutter mitzugehen. Albano errötete zauberisch über jene feurige Nacht zum ersten Male, die ihm das älteste Geheimnis abgedrungen; denn bisher hatten beide in den gemeinen Stunden des Lebens das Heiligtum nicht wieder berührt. Nur der Hauptmann konnte leicht und gern von Linda so wie von jedem Verluste sprechen.

Liane erblickte ihren Bruder – den regierenden Schöpfer ihrer weichsten Stunden – allezeit mit herzlichster Freude, ob er gleich meistens etwas haben wollte, wenn er kam; vor Freude trug sie ihm das Buch, woraus sie der stickenden Mutter vorgelesen, in der Hand entgegen. Sie und die Mutter hatten den ganzen Tag heiter und einsam mit gegenseitigem Ablösen in Sticken und Lesen verlebt; sooft der Minister verreiste, waren sie zugleich von Unfriede und Visiten-Charivari frei. Wie gerührt erkannte Albano das Morgenzimmer wieder, aus dem er das erstemal das teuere Mädchen nur als Blinde in der Ferne zwischen Wasserbogen stehen sehen! Die gute Liane nahm ihn unbefangener auf, als er es durch Karls Einweihung in seine Wünsche bleiben konnte. Welche paradiesische Mischung von unberechneter Scheu und überfließender Freundlichkeit, Stille und Feuer, von Blödigkeit und Anmut der Bewegung, von scherzender Güte, von schweigendem Wissen! Dafür gebührt ihr der herrliche Beiname Virgils: die *Jungfräuliche.* In unsern Tagen der weiblichen Krachmandeln, der akademischen Kraftfrauen, der Hopstänze und Doubliermarschschritte im platten Schuh kommt der virgilianische Titel nicht oft vor. Nur zehn Jahre lang (vom 14ten an gezählt) kann ich ihn einem Mädchen geben; später wird es manirierter. Dreizehn und siebzehn Jahre zugleich ist gewöhnlich ein solches holdes Wesen alt.

Warum warest du so reizend-unbefangen, zarte Liane, als weil du wie die Bourignon nicht einmal wußtest, was zu fliehen war, und weil deine heilige Schuldlosigkeit noch das verdächtige Ausspähen der entlegensten Absichten, das an die Erde gebückte Behorchen des kommenden Feindes und alle kokette Manifeste und Ausrüstungen ausschloß? – Die Männer waren dir noch gebietende Väter und Brüder; und darum erhobest du zu ihnen noch nicht *stolz*, sondern so *freundlich* das treue Augenpaar! –

Und mit diesem gütigen Blick und mit ihrem Lächeln – dessen Fortdauer oft auf *männlichen* Gesichtern, aber nicht auf *jungfräulichen* die Titelvignette der Falschheit ist – nahm sie unsern edeln Jüngling an, aber ihn nicht allein.

Sie setzte sich an den Stickrahmen; und die Mutter schiffte den Grafen bald in das kühle Weltmeer allgemeiner Gespräche ein, in das nur zuweilen der Sohn eine grüne warme Insel herauftrieb. Alban sah zu, wie Liane ihre musivischen Blumenstücke wachsen ließ; wie die kleine weiße Hand auf dem schwarzen Atlasgrunde (Froulays Thorax soll an seinem Geburtstage die Blumen anziehen) lag, und wie ihre reine Stirn, von gekräuselten Haaren durchsichtig überwebt, sich vorbückte, und wie sich ihr Angesicht, wenn sie sprach oder wenn sie neue seidene Farben suchte, mit dem höhern Feuer der Arbeit im Auge und auf der Wange beseelet aufrichtete. Karl streckte ihr zuweilen hastig die Hand entgegen. Sie reichte ihre willig hinüber, er legte sie zwischen seine beiden und wandte sie um, sah in die inwendige, drückte sie mit beiden, und die Geschwister lächelten einander liebreich an. Und da lächelte Albano allemal treuherzig aus den Gesprächen mit der Mutter mit herein. Aber armer Held! – Schon an sich ists herkulische Arbeit, neben einer feinen müßig zu sitzen, neben Sticken, Miniaturmalen u. s. w.; aber vollends mit deinem Geiste, der so viele Segel nebst einem Paar Stürmen hinterdrein hat, untätig neben dem Stickrahmen zu ankern und nicht etwan ein Herkules zu sein (das wäre leicht), welcher spinnt, sondern einer, der nur spinnen sieht – und das vor dem großen Frühling und Sonnenuntergange draußen – und noch dazu neben der wortkargen Mutter (überhaupt ists schon neben jeder eine Unmöglichkeit, ein erhebliches Gespräch mit der Tochter einzuleiten) – – das sind schwere Sachen.

Er sah scharf gegen die gestickte Flora nieder: »Mich schmerzt nichts so sehr,« – sagte er, weil er überall philosophierte und weil ihn alles Vergebliche auf der Erde peinlich beklemmte – »als daß so viele tausend künstliche Zieraten auf der Welt umsonst geschaffen werden, ohne daß sie je ein Auge trifft und genießet. Mir kann es ordentlich nahe gehen, wenn das grüne Blättchen *hier* nicht besonders angesehen wird.« Mit derselben Trauer über fruchtlose ungenossene Pflanzungen der Mühe hielt er oft sein Auge nahe an den Tapeten-Baumschlag, an geblümte Zeuge, an architektonische Verzierungen.

Liane konnt' es für einen malerischen Tadel des überladenen Näh-Gartens nehmen, den sie bloß ihrem Vater zu Liebe so voll säete – denn Froulay, aus den Zeiten gebürtig, wo man noch mit dem Kleide die Tressen besetzte, knöpfte gern ein kleines Seiden-Herbarium an den Leib –; aber sie sagte nichts als lächelnd das: »Nun das Blättchen ist dem bösen Schicksal ja entgangen, es ist angeschaut.«

»Was tut Vergehen und Vergeblichkeit?« (nahm Roquairol voll Gleichgültigkeit gegen den Lektor, der eben hereintrat, das Wort und voll Gleichgültigkeit gegen die Meinung der Mutter, der wie dem Vater ihn nur die Bitten der Schwester zuweilen unterwarfen) »Genug, wenn etwas *ist.* Über der Wüste singen die Vögel und ziehen die Sterne, und kein Mensch sieht die Pracht. Wahrlich überall geht in und außer dem Menschen mehr ungesehen vorüber als gesehen. Die Natur schöpft aus ewigen Meeren und erschöpft sich nicht; wir sind auch eine Natur und sollen schöpfen und ausgießen und nicht immer bekümmert dem wässernden Nutzen jedes Strichregens und Regenbogens nachrechnen. – Sticke nur fort, Schwester!« beschloß er ironisch.

»Die Prinzessin kommt heute!« sagte der Lektor, und entzückt über die Hoffnung, küßte Liane der Mutter die Hand. Sie sah oft und vertraulich von der Stickerei zu dem Hofmann auf, der sehr einheimisch zu sein schien, aber, als ein feiner Mann, ebenso geehrt und ehrend war, als steh' er zum ersten Male da.

Die Anmeldung der Prinzessin setzte den Hauptmann in eine reizende gelenke Freude; eine weibliche Rolle war ihm zur Gesellschaft so nötig wie den Franzosen zur Oper, und eine Frau, die da war, unterstützte ihn so sehr im Dozieren, wie Kant ein Knopf, der fehlte [1]. Er nahm, um seine Schwester von den Blumen abzuführen, einer Statue auf dem Spiegeltische den roten Flor ab und warf ihn, wie ein kleines Morgenrot, den Lilien auf dem Gesichte der Stickerin über; – da gingen die Türen auf und Julienne herein – Liane verwickelte sich in die kleine Morgenröte unter dem Abheben derselben im Entgegeneilen. – Albano reichte ihr mechanisch die Hand zum Empfange des Schleiers – und sie gab ihm diesen und einen weiten lieben Blick dazu – – o wie glänzte seiner trunken!

Julienne brachte ein Gefolge von Scherzen mit. Der Hauptmann, der wie ein Feuerwerker seinem Feuer alle Formen und Farben geben konnte, verstärkte sie mit seinen; und seine Schwester säete gleichsam die Blumen, mit welchen die Zephyretten der Scherze spielen konnten. Julienne sagte fast zum Ja Nein und zum Nein Ja. Nur gegen die Ministerin war sie ernst und nachgiebig, ein Zeichen, daß auf ihrer Disputier-Arena unter den Sandkörnern noch die Goldkörner lagen, indes für Philosophen die Arena der Preis und der Boden ist, zugleich das Schlacht-, März- und elysische Feld. Den Grafen fixierte sie leidenschaftlich so kühn, als nur Fürstinnen dürfen und pflegen; und als er ihr wieder ins braune Auge blitzte, schlug sie es nicht nieder, sondern sie erinnerte ihn an ihren alten Besuch in Blumenbühl

[1] Er soll lehrend immer auf die leere Knopf-Stätte eines Studenten gesehen haben; und wurde irre, als dieser sie besetzt hatte.

und fragte nach den Seinigen. Er machte jetzt gern etwas, das so feurig war wie sein Inneres – Lobeserhebungen. Es ist gegen den feinsten Ton, Personen – Sachen darf man – mit Heftigkeit zu loben oder zu tadeln. Indem er mit dankbarer Erinnerung seine Schwester Rabette malte: versank Julienne so ernst und tief in sein Auge, daß sie auffuhr und den Lektor nach den Touren der Anglaise fragte, die er in der Redoute vorgetanzt. Als er sein Bestes getan im Nachschildern: sagte sie, sie habe kein Wort verstanden, man müss' es lieber exekutieren.

Und hiemit werden plötzlich sämtliche Leserinnen von mir auf einen Hausball von zwei Paaren geführt. Sehet die Seelenschwestern nebeneinander wie zwei Flügel an *einer* Taube harmonisch auf- und niederfliegen! Albano hatte erwartet, Julienne werde sich durch feuriges vielgelenkes Geflatter von dem stillen Schweben ihrer Freundin unterscheiden; aber beide walleten gleich Wellen leicht neben- und ineinander, und keine Regung war zu viel und keine zu schnell.

Daher wünscht' ich so oft, die Mädchen tanzten völlig und immer wie die Grazien und die Horen – nämlich bloß miteinander, nicht mit uns Herren. Der jetzige Bund der weiblichen Wellenlinie mit dem männlichen Schwalbenzickzack sowohl in der *Bekleidung* als in der *Bewegung* verschönert den Tanz nicht beträchtlich.

Liane nahm eine neue ätherische Gestalt an, wie etwan ein Engel unter dem Zurückfliegen in den Himmel seine holde irdische weglegt. Für die weibliche Schönheit ist der Tanzboden, was für unsere das Pferd ist, auf beiden entfaltet sich der gegenseitige Zauber, und nur ein Reiter holet eine Tänzerin ein. Glücklicher Albano! der du kaum von der dargebotenen Hand Lianens die Fingerspitzen anzufassen wagst mit deinen! du bekommst genug. Und siehe nur dieses freundliche Mädchen an, dessen Augen und Lippen die Charis so lachend für den Tanz erheitert, und das doch wieder so rührend erscheinet, weil es ein wenig erblasset! Wie verschieden von jenen launischen oder ungelenken Stiefschwestern, die, mit dem halben Kato von Utika auf dem faltigen oder gespannten Gesichte, hopsen, abfallen und schleifen. Julienne flieht freudig hin und her, und es ist schwer zu sagen, vor wessen Augen sie am liebsten flattere, vor Lianens oder Albanos. –

Als es vorbei war: wollt' es Julienne wieder von vornen anfangen – Liane sah ihre Mutter an – und bat sogleich ihre Freundin lieber um Abkühlung. Es ist Vorwand! Eine Freundin ist gern einsam mit der Freundin; beide hatten sich vor andern nur mit Herzen unter dem Schleier lieb und trachteten nach der dunklen Laube, wo er fallen durfte. Liane hatte ordentlich eine liebende Ungeduld, bis sie mit ihrer Nebenseele, ihrem Zwillingsherzen zeugenfreie Minuten im Mai- und Abendgarten hatte pflücken können. Sie kamen verändert zurück, voll weichen Ernstes. Die schönen Wesen waren sich vielleicht im Innersten und im stillen so ähnlich wie im Tanze und mehr, als es schien.

Und so ging vor dem Jüngling ein schön-gestirnter Abend vorbei! Haltet ihm aber zugute, daß er diesen Blütenstrauß so fest drückte und fassete, bis er einige Stacheln darin herausfühlte. Sein Herz, dessen Liebe neben dem fremden schmerzlich wuchs, mußte dieses, ohne ein Zeichen der Antwort, zugleich *höher* und *ferner* finden. Ihre Liebe war Menschenliebe – ihr Lächeln galt jedem guten Auge – sie war so heiter – in Lilar kam sie leicht in Rührung und in allgemeine Betrachtungen; hier aber nicht – freilich sah sie recht teilnehmend auf den wild-liebenden Bruder hin, der seit jener Beicht-Nacht gleichsam mit Eichenwurzeln sich um den Liebling strickte; aber ihre halbblinde Liebe für den Bruder konnte ja im Trug des Widerscheins auf dessen Freund nachglänzen –– Das alles sagte sich der Bescheidne. Aber was er im vollen Maße der Entzückung genossen hatte, war die so steigende, helle, zarte, stete Liebe seines Seelenbruders. ––

57. *Zykel*

Über Lianens stille Gesinnung und Zesarens Zukunft werd' ich nie Mutmaßungen anstellen, ob ich sie gleich vor ihrem Abdruck wieder wegstreichen könnte. Ich erinnere mich, was wir herausbrachten, wenn ich und andere auf Hafenreffers offizielle Berichte über Sachen von Belang vorher die Hände deckten und nun mit bloßer Phantasie entwickeln wollten, wie es möchte gegangen sein –– es war nicht brauchbar. Und natürlich! Schon an und für sich haben die Weiber und spanischen Häuser viele *Türen* und wenige *Fenster*, und es ist in ihr Herz leichter zu *kommen* als zu *schauen*. Vollends Mädchen! Ich meine, da die Frauen sowohl physiognomisch als moralisch bestimmter, kecker entwickelt und gezeichnet sind: so will ich lieber zehn Mütter als zwei Töchter erraten und mithin akkopieren. Die körperlichen Porträtmaler klagen ebenso.

Wer die Nacht beobachtet, findet, daß sie die Zweifel und Sorgen, die er den Abend vorher über die Heldin seines Lebens aufgefangen, meistens bis gegen den Morgen hin totgemacht. – Albano schlug am Frühlingsmorgen die Augen im Leben wie in einem Siegeswagen auf, und die frischen Rosse stampften davor, und er durfte ihnen nur den Zügel lassen.

Er stieg mit seinem Freund bei Lianen aus nach wenigen Jahren, d. h. Tagen; der Minister war noch nicht zurück. Himmel! wie neu und blütenjung war ihre Gestalt und doch wechsellos ihr Betragen! Warum kann ich, dacht' er, nur ihre Bewegungen, nicht alle ihre Züge auswendig, warum kann ich dieses Antlitz nicht bis auf das kleinste Lächeln wie eine heilige Antike rein und tief in mein Gehirn abdrücken, damit sie in ewiger Gegenwart vor mir schwebe? – Darum, Lieber: schöne und junge Gestalten sind eben dem Gedächtnis wie dem Pinsel schwer und alte, schroffe, männliche beiden leichter. – Wieder mit Freuden und Seufzern füllete er sich durch ihr Schauen – und sie wurden größer durch den nahen Garten, worein sich der Junius mit seiner Abendpracht lagerte – o wenn ihm nur *eine* Minute käme, wo seine ganze Seele begeistert reden dürfte! Draußen lag der junge feurige Frühling wie ein Antinous im Garten und sonnete sich, und der Mond stand, ungeduldig auf die schöne Juniusnacht, schon unter dem Morgentor und traf noch den lebendigen Tag und die zögernde Sonne an. – – Aber die Mutter schlug dem fragenden Blicke Lianens den Sonnenuntergang ab – – »des ungesunden Serein wegen« [1]. Albano mit dem Herzen voll Männerblut fand diesen mütterlichen Verhack um die kindliche Gesundheit sehr klein.

Der Torschluß seines heutigen Edens hätte sich nun in der nächsten Minute eingeläutet, wäre – der Hauptmann und der cereus serpens nicht gewesen.

Jener kam vom welschen Dache herabgelaufen und verkündigte, der cereus blühe diesen Abend um zehn Uhr auf, sage der Gärtner, und er bleibe da, »und du mit«, sagt' er zu Albano. Alles, was nur die doppelten Grenzen der schonenden Zartheit gegen Schwester und Freund zufließen, setzt' er liebend ins Spiel, um diesen zu erfreuen. Liane bat ihn selber, das Blühen abzuwarten; sie war so entzückt über das nahe! – Ihre Seele hing, wie Bienen und Tau, an Blumen. Schon ihr Freund, der fromme Spener, der ein trunknes Auge auf diese lebendigen Arabesken an Gottes Throne heftete, hatte sie mit diesen stummen, immer schlafenden Kindern des Unendlichen befreundet; aber noch mehr ihr jungfräuliches Herz und ihr leidendes. Sind euch nie zarte weibliche Seelen begegnet, in deren Blütezeit das Schicksal kalte Wolken geworfen und die nun gleich Rousseau andere Blumen als die der Freude suchten, und die in Tälern und auf Felsen sich ermüdeten und bückten, um zu sammeln und zu vergessen und von der gestorbenen *Pomona* zu flüchten zur jungen *Flora*? – Der Generalbaß und das Latein, womit *Hermes* Mädchen zerstreuen will, weichen hier der weiten bunten Bilderschrift der Natur, der reichen Botanik.

Eine namenlose Zärtlichkeit für Liane kam in Albanos Seele am kleinen viersitzigen Eßtisch – ihm war, als sei er ihr jetzt näher und ihr Verwandter – und doch faßte er die Verwandte nicht, wenn sie die Mutter aus jedem Ernst, worein diese versank, mit Scherzen zurücklockte. – Draußen riefen die Nachtigallen die Menschen in die schöne Nacht; und keiner schmachtete mehr als er hinaus.

Für Seelenaugen ist das Himmel*blau*, was für körperliche das Erden*grün* nämlich eine innige Stärkung. Als Zesara endlich aus den Ketten des Zimmers, aus diesem geistigen Hausarrest, los und ledig hinaustrat unter das freie Reich des Himmels und aller Sterne und auf den magischen Statuen-Olymp, nach welchem er so oft sehnsüchtig aufgeblickt: so schlug die

[1] Die Zeit des Sonnenuntergangs, welche die südlichen Länder so sehr fliehen.

gewaltsam zusammengezogne Brust elastisch auseinander; wie rückten die Sternbilder des Lebens in hellere Formen zusammen, wie waltete der Frühling und die Nacht! –

Der alte Gärtner, der bloß aus dankbarer Anhänglichkeit ans »seelengute leutselige Fräulein« mit seltener Mühe dem cereus serpens solche Früh-Blüten abgenötigt hatte, stand schon als scheinbarer Beobachter der Blumen, in der Tat aber aufs größte Lob aufsehend, mit einem braunen, gezackten, punktierten und ernsten Gesichte droben, das mit keinem Lächeln zum Lobe ausfoderte.

Liane dankte dem Gärtner, ehe sie an den Blüten war; dann lobte sie diese und seine Mühe. Der alte Mann wartete bloß, bis jeder andere von der Gesellschaft auch erstaunet war, darauf ging er schläfrig mit dem festen Glauben fort zu Bette, Liane werd' ihn morgen schon so bedenken, daß er zufrieden sein müsse.

Der ausländische Nektarduft, der in fünf weißen, gleichsam mit braunem Blätterwerk bekränzten Kelchen perlte, ergriff die Phantasie. Die Wohlgerüche aus dem Frühling eines heißern Weltteils zogen sie in entlegne Träume hin. Liane strich mit leisem Finger, wie man über Augenlider gleitet, nur über die kleinen Duft-Vasen, ohne das volle Gärtchen von zarten Staubfäden, das sich im Kelche drängte, raubend anzustreifen: »Wie lieblich, wie so gar zart!« (sagte sie kindlich-froh) – »Wie fünf kleine Abendsterne! – Warum kommen sie nur nachts, die lieben scheuen Blumen?« – Karl schien eine brechen zu wollen. »O laß sie leben« (bat sie) – »morgen sind sie ohnehin tot. – Karl! so welkt so viel«, setzte sie leiser dazu. »Alles!« sagt' er barsch. – Aber die Mutter hatt' es wider Lianens Willen gehört: »Solche Sterbe-Gedanken« (sagte sie) »lieb' ich an der Jugend nicht, sie lähmen ihr die Flügel.« – »Und dann« (versetzte Liane, es mädchenhaft-umkehrend) »bleibt sie eben; wie der Kranich in Kleists Fabel, dem man die Flügel brach, damit er nicht fortzog mit den übrigen ins warme Land.«

Dieser heitere bunte Schleier des tiefen Ernstes war unserem Freunde nicht durchsichtig genug. Aber später hatte das gute Mädchen Mühe, so auszusehen, wie die sorgsame Mutter es wollte. Die betäubende Vorstecklilie der Erde, der Mond – und das ganze blendende Pantheon des Sternenhimmels – und die mit Nacht-Lichtern durchbrochne Stadt – und die majestätischen hohen schwarzen Alleen – und auf Fluren und Bächen das milchblasse Lunens-Silber, womit sich die Erde in einen Abendstern einspann – und die Nachtigallen aus fernen Gärten – rührte denn das nicht jedes Herz allmächtig an, daß es weinend seine Sehnsucht bekennen wollte? Und das weichste, das jetzt unter den Sternen schlug, hätte vermocht, den Schleier ganz über sich zu ziehen? – Beinahe! Sie hatt' es vor der Mutter gewohnt, die Träne, eh' sie wuchs, sozusagen mit dem Auge abzutrocknen.

Sonderbar erschien sie in der nächsten Minute dem Grafen. Die Mutter sprach mit dem Sohn. Liane stand, fern von jenem, mit halbverwandtem, vom Monde ein wenig entfärbtem Gesicht neben einer weißen Statue der heiligen Jungfrau und blickte in die Nacht. Auf einmal schaute und lächelte sie an, gleichsam als erschien' ihr ein lebendiges Wesen im Äther-Abgrund, und die Lippe wollte reden. Erhabner und rührender war ihm noch keine Erdengestalt begegnet; das Geländer, in das er griff, ging hin und her (aber er selber regte es), und seine ganze Seele rief: heute, jetzt lieb' ich die Himmlische am höchsten, am innigsten. So sagt' er neulich auch, und so wird er öfter sagen; kann der Mensch mit den unzähligen Wogen der Liebe Höhenmessungen anstellen und auf diejenige zeigen, die am meisten stieg? – So glaubt der Mensch stets, wo er auch stehe, in der Mitte des Himmels zu stehen.

Ach in dieser Minute wurd' er wieder überrascht, aber eben mit einem Ach. Liane ging zur Mutter, und als sie an der Hand der Gefälligen ein kleines Schaudern fühlte, drang sie in sie, aus der Nachtluft zu gehen, und gab nicht eher nach, als bis sie mit ihr die Zauberstätte verließ.

Die Freunde blieben zurück. Nach Albanos Rechnung wär' es freilich nicht zu viel gewesen, hätte man sich in dieser offenherzigen Zeit, worin unsere heiligern, vom gemeinen Tag bedeckten Gedanken sich wie Sterne offenbaren, bis gegen Morgen auf dem Dache aufgehalten. Beide gingen eine Zeitlang schweigend auf und ab. Endlich hielt sie der Rauchaltar der fünf Blumen fest. Albano faßte zufällig die nahe Statue mit beiden Händen und sagte: »An hohen Orten will man gern etwas hinabstürzen – sogar sich oft. – Und hinein in die Welt, in weite ferne Länder möcht' ich mich auch stürzen, sooft ich in das Nachtrot dort schaue – und sooft ich unter Orangerie-Blüten komme, wie unter diese. Bruder, wie ist dir? – Der Himmel und die Erde breiten sich so aus: warum soll denn der Geist so zusammenkriechen?« – »Mir ist ebenso,« (sagt' er) »und im Kopf hat der Geist überhaupt mehr Gelaß als im Herzen.« Aber hier ging er zart-erratend auf schönen Umwegen zur zufälligen Eröffnung über, warum seine Schwester so bald hinuntergeeilet.

»Bis zum Eigensinn« (sagt' er) »treibe sie die Aufmerksamkeit für die Mutter – das letztemal merkte sie, daß die Mutter das Erblassen unter dem Tanze sehe, sofort hörte sie auf – nur ihm zeige sie das ganze Herz und jeden Blutstropfen und alle unschuldigen Tränen darin – besonders glaube sie etwas von der Zukunft, was sie der Mutter sorgsam verdecke.« – »Sie lächelte vorhin für sich,« (sagte Albano und legte auf seine Augen Karls Hand) »als sähe sie ein Wesen aus der Schleier-Welt droben.« – »Hast du das« (versetzte Karl) »auch gesehen? Und dann regte sie die Lippe? – O Freund, Gott weiß, was sie betört; aber das ist gewiß, sie glaubt fest, sie sterbe künftiges Jahr.« – Albano ließ ihn nicht weitersprechen, so heftig aufgeregt drückte er sich an des Freundes Brust, sein Herz schlug wild, und er sagte: »O Bruder, bleibe stets mein Freund!«

Sie gingen hinab. Im Zimmer, das an Lianens ihres stieß, fanden sie ihr Pianoforte offen. Wahrlich das wars, was dem Grafen fehlte. In der Leidenschaft (sogar im bloßen Feuer des Kopfes) greift man weniger nach der Feder als nach der Saite; und nur in ihr gelingt das musikalische Phantasieren besser als das poetische. Albano setzte sich – indem er der Tonmuse dankte, daß es vierundvierzig Ausweichungen gebe – mit dem Vorhaben an die Tasten, nun eine musikalische Feuertrommel zu rühren und wie ein Sturm in die stille Asche zu brausen und ein helles Funken-Heer von Tönen aufzujagen. – Er tats auch, und gut genug und immer besser; aber das Instrument sträubte sich. Es war für eine weibliche Hand gebauet und wollte nur in weiblichen Tönen, mit Lauten-Klagen reden, als eine Freundin mit einer Freundin.

Karl hatt' ihn nie so spielen gehört und erstaunte über die Fülle. Aber die Ursache war, der Lektor war nicht da; vor gewissen Menschen – und darunter gehörte dieser – gefriert die spielende Hand, so daß man nur in einem Paar Blechhandschuhen hin- und herarbeitet; und zweitens, vor einer Menge spielt sichs leichter als vor *einem,* weil dieser bestimmt vor der Seele haftet, jene aber zerflossen. Und noch dazu, beglückter Albano! du weißt, wer dich hört. – Die Morgenluft der Hoffnung umflattert dich in Tönen – das wilde Jugendleben schreitet mit rüstigen Gliedern und lauten Schritten vor dir auf und ab – das Mondlicht, von keinem irdischen groben Lichte verunreinigt, heiligt das tönende Zimmer. – Lianens letzte Gesänge liegen vor dir aufgeschlagen, und der anrückende Mondschein kann dich sie bald lesen lassen – und die Nachtigall in der Mutter nahem Zimmer kämpfet, wie von der Tuba ins Feld gerufen, mit deinen Tönen. – –

Liane trat mit ihrer Mutter erst spät herein, weil das heftige Ton-Getümmel für beide etwas Hartes und Peinigendes hatte. Er konnte beide seitwärts am untern Fenster sitzen sehen, und wie Liane die Hand der Mutter hielt. Karl ging in weiten Schritten nach seiner Sitte auf und ab und stand zuweilen an ihm still. Albano trat in dieser Nähe der stillen Seele bald aus der harmonischen Wildnis in mondhelle einfache Stellen heraus, wo nur wenige Töne sich wie Grazien und ebenso leicht verbunden hold bewegen. Der künstliche Wirrwarr enharmonischer Irrlichter ist nur der Vorläufer der melodischen Charitinnen; und nur diese allein schmiegen sich an die weicheren Seelen an. Ihm war bis zur Täuschung, als sprech' er laut mit Lianen; und wenn die Töne immer wie Liebende dasselbe wiederholten vor Innigkeit und Lust: meinte er nicht Lianen und sagte ihr: wie lieb' ich dich, o wie lieb' ich dich? Fragt' er sie nicht: was klagest du, was weinest du? – Und sagt' er nicht zu ihr: blick in dies stumme Herz und flieh es nicht, o Reine, Fromme, Meine?

Wie errötet der Gute, als plötzlich der liebkosende Freund ihm die Hände um die Augen legte, die bisher ungesehen im Dunkel vor Liebe übergeflossen waren! – Karl trat heftig zur Schwester, und sie nahm selber seine Hand und sagte Worte der Liebe. Dann flüchtete sich Albano in die brausende Wildnis so lange, bis die Augen getrocknet waren für den beleuchteten Abschied – langsam ließ er die Wiege unsers Herzens ausschwanken und schloß so mild' und leise und verstummte ein wenig und stand langsam auf. – – O in dieser jungen stummen Brust lebte alles, womit die herrlichste Liebe segnen kann!

Sie schieden ernst. – Niemand sprach über die Töne – Liane schien verklärt – Albano wagt' es in dieser Geisterstunde des Herzens nicht, mit einem Auge, das sich so kurz vorher gestillet hatte, lang' auf ihren milden blauen zu ruhen. – Ihre gerührte Seele drückte sie, wie Mädchen pflegen, bloß am Bruder durch eine heißere Umarmung aus. – Und dem heiligen Jüngling konnte sie scheidend den Ton und den Blick nicht verhehlen, den er nie vergisset. –

Er erwachte oft in dieser Nacht und wußte nicht, was sein Wesen so selig wiege – ach der Ton war es, der durch den Schlummer nachklang, und das liebe Auge, das ihn noch in Träumen anblickte.

Zwölfte Jobelperiode

Froulays Geburtstag und Projekte – Extrablatt – Rabette – die Harmonika – die Nacht – der fromme Vater – die Wundertreppe – die Erscheinung

58. Zykel

Glücklicher Albano! du wärest es nicht geblieben, hättest du am Geburtstage des Ministers das gehöret, was er da vorbrachte!

Schon seit geraumer Zeit war Froulay voll bedenklicher gewitterhafter Zeichen, und jede Minute konnte – mußte man fürchten – der Donnerschlag aus ihm fahren; er war nämlich munter und mild. So drohet auch bei phlegmatischen Kindern große Munterkeit Ausbruch der Pocken. Da er Hausvater war und Despot – die Griechen hatten für beides nur das Wort Despot –: so erwartete man von ihm als ehelichem Wettermacher [1], er werde die gewöhnlichen Stürme und Ungewitter für die Familie besorgen. – Eheliche Gewittermaterie zum bloßen *Trüben* der Ehe kann nie fehlen, wenn man bedenkt, wie wenig sogar zum *Scheiden* derselben gehöret, z. B. bei den Juden bloß, daß die Frau zu laut schreie, das Essen anbrenne, ihre Schuhe am Platze der männlichen lasse u. s. w. Noch dazu war manches da, worüber

[1] Tempestiarii oder Wettermacher hießen im Mittelalter die Hexenmeister, welche Ungewitter erregen konnten. Man brauchte in Kirchen Wettergebete gegen sie; und andere Hexenmeister, die jenen entgegenarbeiteten.

gut zu donnern war; z. B. Liane, an welcher man die Missetat des – Bruders heimsuchen konnte, weil dieser hartnäckig wegblieb und um keine Gnade bat. Man ist immer gern auf Frau, Tochter und Sohn zugleich ungehalten und lieber ein Land- als Strichregen; *ein* Kind kann leichter eine ganze Familie versalzen als versüßen.

Aber Froulay verblieb der lächelnde Johannes. Ja trieb ers nicht – die Beweise hab' ich – so weit damit, daß er, da die Tochter der Prinzessin einmal beim Abschiede um den Hals fiel, anstatt ihr mit blitzenden Augen vorzuhalten, wie man Vertraulichkeiten bei Höhern nur annehmen, nicht erwidern und sich eben da nicht vergessen müsse, wo sie sich vergessen – und anstatt ernst zu fragen, ob sie ihn je in seiner wärmsten Liebe gegen den Fürsten wider die déhors habe verstoßen sehen – daß er, sag' ich, anstatt dieses hageInd und stürmend zu tun, diesesmal bloß in die schönen Worte ausbrach: »Kind, du meinst es zu gut mit deiner vornehmen Freundin; frage deine Mutter, sie weiß auch, was freundschaftliche liaisons sind.«

Bloß Liane – obwohl so oft von dieser Meerstille hintergangen – war voll unsäglicher Hoffnung und Freude über den häuslichen Frieden und glaubte Bestand, zumal in der Nähe des väterlichen Geburtstages, dieser Olympiade und Normalzeit, wornach das Haus vieles rechnete. Das ganze Jahr lauerte der Minister auf diesen Tag, um am Morgen, wenn die Wünsche kamen, das sichtbare Vergessen desselben nicht zu vergessen, sondern darüber zu erstaunen – die Geschäfte machens, sagt' er – und um abends, wenn die Gäste kamen – der Geschäfte wegen dinier' er nie, sagt' er –, erstaunen zu lassen. Er war wechselnd der Anbeter und der Bilderstürmer der Etikette, ihre Ministerial- und Oppositionspartei, wie es gerade sein Schimmer gebot.

Liane drang so lange in den Bruder, bis er den Vater mit etwas zu erfreuen versprach: er machte dazu ein Familienstückchen, worein er die ganze Beicht-Nacht zwischen sich und Albano einschob, nur daß er Albano in eine Schwester verkehrte. Gern lernte Liane noch diese Rolle für den Geburtstag ein, ob sie gleich die blühende Weste lieferte.

Der Minister nahm die Weste, den Hauptmann und dessen Komödienzettel des abendlichen Spiels wider Vermuten – gütig auf; da er sonst wie einige Väter desto lauter knurrte, je öfter ihn die Kinder streichelten. Er tanzte wie ein Polacke[1] ganz aufgeräumt mit seiner Familie dahin und versteckte die Peitsche fest unter den Pelz. Es ging ihm jetzt nichts Schlimmers im Kopfe herum als bloß die Frage, wo das Liebhabertheater am besten, ob im Salon de lecture oder ob im Salon der bains domestiques aufzuschlagen; denn beide Säle waren ganz von einander und von andern Zimmern durch die Namen unterschieden.

[1] Die polnischen Tänzer tragen immer eine Peitsche unter dem Pelze, damit die Tänzerin durch die Schläge entschuldigt ist, wenn sie mit ihm fehlet. Oberschles. Monatsschrift, 1stes St., Jul. 1788.

Der Tag kam. Albano, dessen Einladung Karl ertrotzen müssen, weil der Minister seinen Stolz hassete aus Stolz, brachte leider den Ton in seiner Seele mit, den ihm das letztemal Liane nach Hause gegeben. Seine Hoffnung hatte bisher von diesem Tone gelebt. O verdenkts ihm nicht! Das luftige Nichts eines Seufzers trägt oft eine Schäferwelt oder einen Orkus auf dem Ephemeren-Flügel. Alles Wichtige ist wie ein Fels auf einen Punkt zu stellen, wo es ein Kinderfinger drehen kann.

Aber der Ton war verklungen. Liane wußt' es gar nicht anders, als daß man unter der Visitengemeinde – deren moralische Pneumatophobie [1] sie nicht einmal ganz kannte – vor jede betende Empfindung den Kirchenfächer halten müsse.

Logen, Parterre und Groschengalerie wurden fast um die gewöhnliche Schauspielszeit mit stiftsfähigen Gratulanten verziert und ausgefüllt. Der deutsche Herr ragte sehr hervor durch den reichen Trotz seiner Verhältnisse. Von der Visitenkompagniegasse kann im Durchgehen nur angemerkt werden, daß in ihr und im antiphlogistischen System der *Sauerstoff* die Hauptrolle spielte, welchen aber weniger die Lunge abschied als das Herz. –

Als der Vorhang auseinanderging und Roquairol jene Nacht der Vergebung und Entzückung noch feuriger wieder vorbeiführte, als sie gewesen war; als diese träumerische Nachäffung erst die rechte Wirklichkeit schien: wie glühend und tief brannt' er sich dadurch in seines Freundes Seele ein! (Guter Albano! Diese Kunst, sein eigner révenant, sein Vexier- und After-Ich zu werden und die Prachtausgabe des eignen Lebens nachzudrucken, hätte dir kleinere Hoffnungen verstatten sollen!) – Der Graf mußte in der ernsthaftesten Sozietät, die je um ihn saß, ausbrechen in ein unschickliches – Weinen. Und warum legte Karl Albanos Worte in jener Nacht der zauberisch-gerührten Liane in den Mund und machte die Liebe durch so viele Reize groß bis zum Schmerz? –

Selber der deutsche Herr gab Lianen, diesem weißen Schwan, der errötend durch das Abendrot des Phöbus schwamm, mehrere laute und dem Grafen verdrüßliche Zeichen des Beifalls. Der Minister war hauptsächlich froh, daß das alles zu seiner Ehre vorfalle und daß die Pointe des letzten Aktes ihm noch einen ganz besondern epigrammatischen Lorbeerkranz auf den Scheitel werfen müsse.

Er überkam den Kranz. – Das Kinderpaar wurde von der anwesenden Erlanger Literaturzeitung und von der Belletrischen sehr günstig rezensiert und mit Kronen überdeckt, mit edlen Märtyrerkronen. – Der deutsche Herr hatte und brauchte das laute Recht, die Krönung und den Kronwagen anzuführen. Niedriger Mensch! warum dürfen deine Käfer-Augen über die heiligen Rosen, welche die Rührung und die Geschwister-Liebe auf Lianens Wangen pflanzt, nagend kriechen? – Aber wie noch viel munterer wurde der

[1] Geisterscheu.

alte Herr – so daß er mit den ältesten Damen badinierte –, als er den Ritter sein Interesse an Lianen nicht phantastisch oder sentimentalisch, sondern durch stilles stetes Nähern und verständige Aufmerksamkeit, durch Scherze und Blicke und kluges Anreden und endlich durch etwas Entscheidendes herrlich an den Tag geben sah! – Der deutsche Herr zog nämlich den alten in ein Kabinett hinein, und beide kehrten heftig-belebt daraus zurück.

Die einsame, ins eigne Herz versenkte Liane flüchtete vom Giftbaum des Lorbeers weg zur erquickenden Mutter. Liane hatte mitten in den stürmischen Mühlengängen täglicher Assembleen eine leise Stimme und ein zartes Ohr behalten, und der Tumult hatte sie eingezogen und fast scheu gelassen.

Die schöne Seele erriet selten etwas – eine schöne Seele ausgenommen –; so leicht ihr Ebenbild, so schwer ihr Gegenbild. Bouverots Annäherungen schienen ihr die gewöhnlichen Vor- und Seitenpas der männlichen Höflichkeit; und sein Ritter-Zölibat erlaubte ihr nicht, ihn ganz zu verstehen: – prangen nicht die Lilien der Unschuld früher als die Rosen der Scham, wie die Purpurfarbe anfangs nur bleich färbt und erst später rot anglüht, wenn sie vor der Sonne liegt? – Sie hielt sich diesen Abend der Mutter nahe, weil sie an ihr einen ungewöhnlichen Ernst wahrnahm. –

Als Froulay das Geburtstags-Kränzchen, worin mehr Stacheln und Stiele als Blumen steckten, oder das Dornenkrönchen von seinem Kopfe heruntergetan hatte und in der Nachtmütze unter seiner Familie stand: macht' er sich an das Geschäft, worauf er den ganzen Abend gesonnen hatte. »Täubchen« (sagt' er zur Tochter und entlehnte einen guten Ausdruck aus der Bastille [1]) – »Täubchen, lasse mich und Guillemette allein.« – Er entblößte jetzt das Ober-Gebiß durch ein eignes Grinsen und sagte, er hab' ihr, wie er hoffe, etwas Angenehmes zu hinterbringen. »Sie wissen,« (fuhr er fort) »was ich dem deutschen Herrn schuldig bin« – Er meinte nicht Dank, sondern Geld und Rücksicht.

– – Man will es sehr preisen an der Familie der Quintier [2], daß sie nie Gold besessen; ich führe – ohne tausend andere Familien aufzustellen, von denen dasselbe zu beschwören ist – nur die Froulaysche an. Gewisse Familien haben wie Spießglas durchaus keine chemische Verwandtschaft mit diesem Metall, wenn sie auch wollten; – wahrlich Froulay wollte; er sah sehr auf seinen Vorteil (auf etwas anderes nicht), er setzte (obwohl nur in Kollisionsfällen) gern Gewissen und Ehre beiseite; aber er brachte es zu nichts als zu großen Ausgaben und großen Projekten, bloß weil er das Geld nicht als Endzweck des Geizes, sondern nur als Mittel des Ehrgeizes und der Tätigkeit sucht. Sogar für einige Gemälde, die Bouverot für den Fürsten in Italien gekauft, war er jenem noch den Kaufschilling schuldig, den er von der Kammer erhoben. Durch seine Schuldbriefe stand er wie durch Zirkelbriefe in ausgebreiteten Verbindungen. Er hätte gern seinen Ehekontrakt

[1] So nannten ihre Schließer die Gefangnen.
[2] Alexand. ab Al. V. 4.

in einen Schuldbrief umgeschrieben und mit der Ministerin wenigstens die innigste Gemeinschaft – der Güter gehabt – denn unter den jetzigen Umständen grenzten Scheidung und Konkurs nachbarlich aneinander –; aber wie gesagt, manche Menschen haben bei den besten Krallen – wie der Adler des römischen Königs [1] – nichts darin. –

Er fuhr fort: »Jetzt höret diese Gêne vielleicht auf. Haben Sie bisher Beobachtungen über ihn gemacht?« – Sie schüttelte. »Ich« (versetzt' er) »schon lange und solche, die mich wahrhaft soulagierten; – j'avois le nez bon quant à cela – er hat reelle Neigung für meine Liane.«

Die Ministerin konnte keinen Verfolg erraten und bat ihn mit verdecktem Erstaunen, zur angenehmen Sache zu kommen. Komisch rang auf seinem Gesicht der freundliche Schein mit der Erwartung, er werde sich sogleich erbosen müssen; er versetzte: »Ist Ihnen das keine? Der Ritter meint es ernsthaft. Er will sich jetzt mit ihr heimlich verloben; nach drei Jahren tritt er aus dem Orden, und ihr Glück ist gemacht. Vous êtes je l'espêre pour cette fois un peu sur mes interêts, ils sont les vôtres.« –

Ihr so schnell und tief getroffenes Mutterherz weinte und konnte kaum verhüllet werden. »Herr von Froulay!« (sagte sie nach einiger Fassung) »ich verberge mein Erstaunen nicht. Eine solche Ungleichheit in den Jahren – in den Neigungen – in der Religion« [2] – –

»Das ist des Ritters Sache, nicht unsere«, versetzt' er, erquickt von ihrer entrüsteten Verwirrung, und warf wie das Wetter in seiner Kälte nur feinen spitzen Schnee, keinen Hagel. – »Was Lianens Herz anlangt, dieses bitt' ich Sie eben zu sondieren.« – »O dieses fromme Herz? – Sie persiflieren!« – »Posito! desto lieber wird das fromme Herz sich fügen, um das Glück des Vaters zu machen, wenn sie nicht die größte Egoistin ist. Ich möchte die gehorsame Tochter nicht gern zwingen.« – »N'épuisez pas ce chapitre; mon coeur est en presse. – Es wird ihr das Leben kosten, das ohnehin an so schwachen Fäden hängt.« – – Diese Erwähnung schlug allezeit Zornfeuer aus seinem Kiesel: »Tant mieux,« (sagt' er) »so bleibt es bei der Verlobung! hätt' ich bald gesagt – sacre – –! Und wer ist daran schuld? So gehts mir mit dem Hauptmann auch; anfangs versprechen meine Kinder alles, dann werden sie nichts. – Aber, Madame,« (indem er sich schnell und giftig zusammenfaßte und statt seiner Lippen und Zähne bloß die Gehörwerkzeuge eines schlafenden Schoßhundes mäßig drückte) »Sie allein wissen ja alles durch Ihren Einfluß auf Liane zu dressieren und zu redressieren. Sie gehorcht Ihnen vielleicht noch eher als mir. Ich werde dann nicht bei dem Ritter kompromittiert. – Die Vorteile detaillier' ich nicht weiter.« Seine Brust wurde hier schön erwärmt unter dem Geierfell der Entrüstung.

Aber die edle Frau stand jetzt unwillig auf und sagte: »Herr von Froulay!

[1] Um sich von dem Adler des Kaisers zu unterscheiden, der in beiden Fängen etwas hält.

[2] Bouverot war katholisch.

Bis jetzt sprach ich nicht von mir – Nie werd' ich es raten, oder billigen, oder zulassen; ich werde das Gegenteil tun. – Herr von Bouverot ist meiner Liane nicht würdig.« –

Der Minister hatte während der Rede mehrmals mit der Lichtschere ohne Not über den Wachslichtern zugeschnappt und nur die Flammenspitze geköpft; die fixe Luft des Zorns strich jetzt die Rosen seiner Lippen (wie die chemische die botanischen) blau an. – »Bon!« – (versetzt' er) – »Ich verreise; Sie können darüber reflechieren – aber ich gebe mein Ehrenwort, daß ich nie in irgendeine andere Partie konsentiere, und wäre sie« (wobei er die Frau ironisch ansah) »noch ansehnlicher [1] als die eben projektierte – entweder das Mädchen gehorcht, oder sie leidet – decidez! – Mais je me fie à l'amour que vous portez au pere, et à la fille; vous nous rendrez tous assez contents.« Und dann zog er fort, nicht als Gewitter, sondern als Regenbogen, den er aus der achten Farbe allein verfertigte, aus der schwarzen, und zwar mit den Augenbraunen.

Nach einigen mit der Mutter und – Tochter zürnenden Tagen reisete er als Luigis Geschäftsträger nach Haarhaar zur fürstlichen Braut. Die bedrängte Mutter vertrauete ihrem ältesten und einzigen Freunde, dem Lektor, das trübe Geheimnis. Beide hatten jetzt ein reines Verhältnis der Freundschaft gegeneinander, das in Frankreich durch die höhere Achtung für die Weiber häufiger ist. In den ersten Jahren der ministerialischen Zwangsehe, die nicht mit Morgentau, sondern mit Morgenreif anbrach, flatterte vielleicht der Dämmerungsvogel, Amor, ihnen nach; aber später vertrieben die Kinder diese Sphinx. Über die Mutter wird oft die Gattin verschmerzt. Sie nahm daher mit der ihr eignen kalten und klaren Stärke alles Schwankende in ihrem Verhältnis gegen Augusti auf immer weg; und er machte ihr die Festigkeit durch die seinige leichter, weil er bei mehr Ehr- als Weiber-Liebe über kein Flechtwerk röter wurde als über das eines Korbes und irrig glaubte, ein Empfänger habe sich so zu schämen wie eine Empfängerin.

Der Lektor konnte voraussehen, daß sie auch nach ihrer Ehescheidung – die sie nur Lianens wegen verschob – schon darum unverbunden bleiben werde, um ihrer Tochter ein Allodialgut, Klosterdorf, für dessen Vorbehaltung sie nun 21 Jahre lang den Sturmbalken und Sichelwagen und Doppelhaken des alten Ministers bloßgestanden, nicht zu entziehen. Ob sie einem so festen und zarten Manne, der in nichts von ihr abwich als in der Welt-Kälte gegen positive Religion, nicht ihre teuere Liane selber schweigend zudenke, ist eine andere und schönere Frage. Eine solche Wechselgabe wäre einer solchen Mutter und Freundin würdig, die aus ihrem Herzen wußte, daß Zart- und Ehrgefühl zusammen einer geliebten Seele ein festeres Glück bereiten als die Genieliebe, dieser Wechsel von fliegender Hitze und fliegender Kälte, dieses Feuer, das wie das elektrische stets zweimal zertrümmert, bei dem Anfliegen

[1] Er meinte eine mit dem armen Lektor.

und bei dem Abspringen. Der Lektor selber warf jene Frage nicht auf; denn er machte nie unsichere, kecke Plane; und welcher wär' es mehr gewesen als der einer solchen Verbindung bei seiner Armut oder bei einem solchen Schwiegervater in einem Lande, wo, wie in Kursachsen, ein so wohltätiges Gesetz (– für die Eltern) sogar eine vieljährige Ehe, die kein elterlicher Konsens geschlossen, wieder abbestellen kann! –

Mit nassen Augen zeigte die Ministerin ihm die neuen Sturmwolken, die wieder über sie und ihre Liane heraufstiegen. Sie konnte auf sein feines Auge für die Welt, auf seine stumme Lippe und auf seine gewandte Hand für Geschäfte bauen. Er sagte – wie immer –, das hab' er alles vorausgesehen; bewies ihr aber, daß Bouverot sein Ritterkreuz – schon aus Habsucht – nie gegen den Ehering vertauschen werde, welche Absichten er auch auf Lianen nähre. Er ließ sie, soweit es die Schonung für ihre wunden Verhältnisse vertrug, es erraten, bis zu welchem Grade von Bereitwilligkeit für Bouverots Wünsche gerade Lianens zerbrechliches Leben den Minister locken könne, um es abzuernten, bevor es abblühe. Denn Froulay brachte Zumutungen gegen die Ehre behender die Kehle hinab als Verletzungen seiner Eitelkeit, wie der Wasserscheue leichter derbe Brocken als Flüssiges. Doch klang das alles der Ministerin nicht so unmoralisch-hart, als Leser aus den mittlern Ständen denken möchten; ich berufe mich auf die vernünftigen aus den höhern.

Augusti und die Ministerin sahen, man müßte in der Abwesenheit des Ministers doch etwas für Liane tun; und beide trafen wunderbar im Projekte zusammen. – Liane muß aufs Land in dieser schönen Zeit – sie muß ihre Gesundheit rüsten für die Kriege der Zukunft – sie muß den Besuchen des Ritters entzogen sein, die nun der Geburtstag vervielfältigen wird – der Minister muß sogar gegen den Ort nichts einzuwenden haben. – – Und wo kann dieser liegen? – Bloß unter dem Dache des Direktors Wehrfritz, der den deutschen Herrn nicht ausstehen kann, weil er sein vergiftendes Verhältnis zum Fürsten weiß. Aber freilich sind vorher noch andere Berge zu übersteigen als der nach Blumenbühl.

Selber der Leser muß jetzt über einen niedrigen hinüber; und der ist ein kurzes komi-tragisches Extrablatt

über den grünen Markt mit Töchtern

Folgendes ist gewiß: jeder Inhaber einer sehr schönen oder sehr reichen Tochter verwahrt gleichsam einen Pitt unter dem Dach, der ihm selber unbrauchbar ist und den er erst nach langem Ruhen einem *Regenten*[1] ver-

[1] Ich meine nicht (wie es etwa aus dem Verkaufen scheint) Pitt den Minister, sondern Pitt den Diamanten, den der Vater des jetzigen dem Herzog Regenten von Frankreich verhandelte und für dessen Splitter er noch 12 000 Dukaten bekam.

kaufen muß. Genau und merkantilisch gesprochen sind Töchter eigentlich kein Handelsartikel – denn die elterlichen Großavanturhändler kann niemand mit jenen Trödlerinnen und Ständel- oder Fratschlerweibern vermengen, deren Transitohandel man nicht gern nennt –, sondern eine Aktie, mit der man in einer Südsee gewinnt, oder eine Scholle, womit man das Grundstück symbolisch (scotatione) übergibt. »Je ne vends que mes *paysages* et donne les *figures* par dessus le marché« [1], sagte Claude Lorraine, wie ein Vater – und konnt' es leicht, weil er durch *andere* die Figuren in seine Landschaften malen ließ –; ebenso werden nur die Rittersitze in den Kauf- oder Ehekontrakt gesetzt und die Braut, die auf jenen sitzt, dareingegeben. Ebenso höher hinauf ist eine Prinzessin bloß ein blühender Zweig, den ein fürstlicher Sponsus nicht der *Früchte* wegen, sondern weil sich ein *Bienenschwarm* von Land und Leuten daran angelegt, abnimmt und nach Hause trägt.

Hat ein Vater – wie unser Minister – nicht viel, so kann er die Kinder, wie die Ägypter die Eltern (nämlich die Mumien davon), als Schuld- und Faustpfänder oder Reichspfandschaften, die man nicht einlöset, einsetzen.

Jetzt hat sich der Kaufmannsstand, der sonst nur fremde Produkte vertrieb, auch dieses Handelszweigs bemächtigt; mich dünkt aber, er hätte in seinem untern Kaufgewölbe Spielraum genug, eigennützig und verdammt zu werden, ohne die Treppe hinaufzusteigen zur Tochter. In Guinea darf nur der Adel handeln; bei uns ist ihm fast aller Handel, außer dem kleinen mit den Töchtern und den übrigen wenigen Dingen, die auf den eignen Gütern wachsen, abgeschnitten und verwehrt; daher hält er so fest auf diese Handelsfreiheit, und die Noblesse scheint hier eine für diesen zarten Handelszweig verbundne Hansa zu sein; so daß man gewissermaßen den erhabnen Stand mit dem *erhabnern* im eigentlichen Sinn vergleichen mag, den in Rom verkäufliche Leute besteigen mußten [2], um besehen zu werden.

Es ist eine gemeine Einwendung sogenannter gefühlvoller junger Herzen, daß dergleichen Verhandlungen die Liebe sehr sperren oder gar sprengen; indes ihr wohl nichts so sehr vorarbeitet als eben dies. Denn ist nur der Handel geschlossen und vom Buchhalter (dem Pfarrer) ins Hauptbuch eingetragen: so tritt ja die Zeit ein, wo die Tochter ihr Herz bedenken und versorgen darf, nämlich die schöne Zeit nach der Heirat, die allgemein in Frankreich und Italien und allmählich auch in Deutschland als die schicklichere angenommen wird, wo ein weibliches Herz frei unter der Männer-Schar erwählen kann; ihr Staat wird dann, wie der venezianische, aus einem merkantilischen ein erobernder. Auch den Gemahl selber unterbricht das kurze Handlungsgeschäft so wenig nach- als vorher in seiner Liebe; nur tritt jetzt – wie in Nürnberg dem Juden eine alte Frau – unserem immer eine

[1] Ich verkaufe bloß die Landschaften und gebe die Figuren zum Kauf darein.

[2] Plaut. Bach. Act. 4. Scen. 7. 17.

junge nach. Ja oft fasset der eheliche Handels-Mann selber Neigung für das heimgeführte Subjekt – welches ein ungemeines Glück –, und wie Moses Mendelssohn mit dem seidnen Waren-Bündel unter dem Arm seine *Briefe* über die *Empfindungen* aussann, so meditieren bessere Männer unter dem Handel Liebesbriefe an den Handelszweig und handeln mit der Jungfrau – wie Kaufleute in Messina [1] mit der heiligen – in Compagnie; aber freilich solche profitable Verbindungen der Liebe mit Geschäften bleiben seltene Vögel und sind wenig zu prätendieren. – –

– Das Vorige schrieb ich für Eltern, die gern scherzen mit – kindlichem Glück; ich will jetzt aus ihrem und meinem Scherz Ernst machen. Ich frage euch erstlich über euer Recht, moralischen freien Wesen die Neigungen oder gar den Schein derselben vorzuschreiben und durch *eine* Machthandlung den giftigen Blei-Zepter über ein ganzes freies Leben auszustrecken. Eure zehn Lehrjahre des Lebens mehr machen so wenig einen Unterschied in der gegenseitigen Freiheit als Talent oder sein Mangel. Warum befehlt ihr denn Töchtern nicht ebensogut Freundschaft auf Lebenslang? Warum übt ihr bei der zweiten Ehe nicht dasselbe Recht? Aber ihr habt eben keines zu verwerfen, ausgenommen in der minorennen Zeit, wo das Kind noch keines hat, zu wählen. Oder fodert ihr für die Erziehung zur Freiheit beim Abschiede als Ehrensold das Opfer der Freiheit?– Ihr tut, als hättet ihr erzogen, ohne selber erzogen zu sein, indes ihr bloß eine schwere geerbte Schuld, die ihr an eure Eltern nie bezahlen könnt, an eure Kinder abtragt; und ich kenne hierin nur *einen* unbezahlten Gläubiger, den ersten Menschen, und nur *einen* insolventen Schuldner, den letzten. Oder schützet ihr euch noch mit dem barbarischen unmoralischen römischen Vorurteil, das Kinder als weiße Neger der Eltern feilbietet, weil die frühere erlaubte Gewalt über das nichtmoralische Wesen sich hinter der Allmählichkeit seiner Entwicklung unbemerkt als eine über das moralische herüberschleicht?

Dürft ihr aus Liebe Kinder zu ihrem Glück, so dürfen sie später ebensogut aus Dankbarkeit euch zu eurem zwingen. Aber was ist denn das Glück, wofür sie ihr ganzes Herz mit allen seinen Träumen wegwerfen sollen? – Meistens *eures*; *eure* Beleuchtung und Bereicherung, *eure* Feind- und Freundschaften sollen sie mit dem Opfer des Innersten büßen und kaufen. Dürft ihr eure stillen Voraussetzungen zum Glück einer Zwangsehe laut bekennen, z. B. die Entbehrlichkeit der Liebe in der Ehe, die Hoffnung eines Todesfalles, die vielleicht doppelte Untreue sowohl gegen den ehelichen Käufer als gegen den außer-ehelichen Geliebten? Ihr müsset Sünderinnen [2] voraussetzen, um nicht Räuber zu sein.

Tut mir nicht dar, daß Neigungsehen oft schlecht und Zwangsehen oft gut

[1] 7ter Teil der neuen Sammlung der Reisebeschreibungen.

[2] Ich spreche mehr von Töchtern, weil diese die gewöhnlichsten und größten Opfer sind; die Söhne sind unblutige Meßopfer.

genug ausgefallen, wie an Herrnhutern, Germanen und Orientalern zu ersehen. Nennt mir sonst lieber alle barbarische Völker und Zeiten her, worin, weil beide ja nur den Mann, nie die Frau berechnen, eine glückliche Ehe nichts bedeutet als einen glücklichen Mann. Niemand steht nahe genug dabei, die weiblichen Seufzer zu hören und zu zählen; der ungehörte Schmerz wird endlich sprachlos; neue Wunden schwächen das Bluten der ältesten. Ferner: am Mißgeschick der Neigungs-Ehen ist eben ihr Verwehren und euer Krieg gegen die Verehlichten schuld. – Ferner: jede Zwangs-Ehe ist ja meistens zur Hälfte eine Neigungs-Ehe. Endlich: die besten Ehen sind im mittlern Stand, wo mehr die Liebe, und die schlechtesten in den höhern, wo die Rücksicht bindet; und sooft in diesen ein Fürst bloß mit seinem Herzen wählte, so erhielt er eines, und er verlor und betrog es nie. – –

Welches ist denn nun die Hand, in welche ihr so oft die schönste, feinste, reichste, aber widersträubende presset? Gewöhnlich eine schwarze, alte, welke, gierige. Denn veraltete, reiche oder steigende Libertins haben zu viel Kenntnis, Sättigung und Freiheit, um sich andere Wesen zu stehlen als die herrlichsten; die minder vollkommnen fallen bloß Liebhabern anheim. Aber wie niedrig ist ein Mann, der, verlassen vom eignen Wert, bloß vom fremden Machtgebot beschützt, sein Glück bezahlend mit einem gestohlnen, nun die unbeschirmte Seele von einer geliebten nachweinenden in ein langes kaltes Leben wegschleppen und sie in seine Arme wie in frostige Schwerter drücken und sie darin so nahe an seinem Auge blutend erbleichen und zucken sehen kann! – Der Mann von Ehre gibt schon errötend, aber er nimmt nicht errötend; und der bessere Löwe, der tierische, schonet das Weib [1]; aber diese Seeleneinkäufer erpressen vom bezwungnen Wesen noch zuletzt das Zeugnis der Freiwilligkeit.

Mutter des armen Herzens, das du durch Unglück beglücken willst, höre du mich! Gesetzt, deine Tochter härte sich ab gegen das aufgedrungene Elend: hast du ihr nicht den reichen Traum des Lebens zum leeren Schlafe gemacht und ihr daraus die glückseligen Inseln der Liebe genommen und alles, was auf ihnen blüht, die schönen Tage, wo man sie betritt, und das ewige frohe Umsehen nach ihnen, wenn sie schon tief im Horizonte mit ihren blühenden Gipfeln liegen? Mutter, war diese frohe Zeit in deiner Brust, so nimm sie der Tochter nicht; und war sie dir grausam entzogen, so denk an deinen bittersten Schmerz und erb' ihn nicht fort.

Gesetzt ferner, sie macht den Entführer ihrer Seele glücklich, rechne nun, was sie für den Liebling derselben gewesen wäre und ob sie dann nichts verdiene, als den zu ihr von *einer* Gefängnistüre auf immer eingeschlossenen Kerkermeister zu ergötzen! – Aber so gut ists selten; – du wirst ein doppeltes Mißgeschick auf deine Seele häufen, den langen Schmerz der Tochter, das Erkalten des Gatten, der später die Weigerungen fühlt und

[1] Plin. H. N. VIII. 16.

rügt. – Du hast die Zeit verschattet, wo der Mensch am ersten Morgensonne braucht, die Jugend. O macht lieber alle andere Tageszeiten des Lebens trübe – sie sind sich alle ähnlich, das dritte und das vierte und fünfte Jahrzehend –, nur bei Sonnenaufgang lasset es nicht ins Leben regnen; nur diese einzige, nie umkehrende, unersetzliche Zeit verfinstert nicht.

Aber wie, wenn du nicht bloß Freuden, Verhältnisse, eine glückliche Ehe, Hoffnungen, eine ganze Nachkommenschaft für deine Plane und Befehle opfertest, sondern das Wesen selber[1], das du zwingst? Wer kann dich rechtfertigen oder deine Tränen trocknen, wenn die beste Tochter – denn gerade diese wird gehorchen, schweigen und sterben, wie den Mönchen von La Trappe ihr Kloster niederbrennt, ohne daß einer das Gelübde des Schweigens bricht[2] – wenn sie, sag' ich, wie eine Frucht halb vor der Sonne, halb im Schatten, nach außen hin blüht und nach innen kalt erbleicht, wenn sie, ihrem entseelten Herzen nachsterbend, dir endlich nichts mehr verhehlen kann, sondern jahrelang die Blässe und die Schmerzen des Unterganges mitten im Aufgange des Lebens herumträgt – und wenn du sie nicht trösten darfst, weil du sie zerstöret hast und dein Gewissen den Namen Kindermörderin nicht verschweigt – und wenn nun endlich das ermüdete Opfer vor deinen Tränen daliegt und das ringende Wesen so bang und früh, so matt und doch lebensdurstig, vergebend und klagend, mit brechenden und sehnsüchtigen Blicken peinlich-verworren und streitend in den bodenlosen Todesfluß mit den blühenden Gliedern untersinkt: o schuldige Mutter am Ufer, die du sie hineingestoßen, wer will dich trösten? – Aber eine schuldlose würde ich rufen und ihr das schwere Sterben zeigen und sie fragen: soll dein Kind auch so untergehen? –

59. *Zykel*

Es war ein romantischer Tag für Zesara, sogar von außen; Sonnenfunken und Regentropfen spielten blendend durch den Himmel. Er hatte einen Brief von seinem Vater aus Madrid bekommen, der auf den gedrohten Tod seiner

[1] Und das ist durchaus wahrscheinlich. Doktor Eduard *Hill* berechnete, daß in England jährlich 8 000 an der unglücklichen Liebe – am gebrochnen Herzen, wie die Engländerinnen rührend sagen – sterben. *Beddoes* erweiset, daß die vegetabilische Kost – und diese lieben gerade diese Wesen – die Schwindsucht nähre und daß die weiblichen sich zu dieser neigen. Noch dazu fallen die Zeiten der Sehnsucht, die schon ohne Fehlschlagen, wie das Heimweh zeigt, eine vergiftend-herumziehende Bleikugel ist, in die Jugend ein, wo der Same der Brustkrankheiten am leichtesten aufgeht. O manche fallen in der Ehe unter falschen Auslegungen vor dem Todesengel, dem sie vor ihr das Schwert geschärft und gegeben.

[2] Forsters Ansichten. 1. B.

Schwester endlich das schwarze Siegel der Gewißheit drückte und worin nichts Angenehmes war als die Nachricht, daß Don Gaspard mit der Gräfin de Romeiro, deren Vormundschaft er nun schließe, in dem Herbste (dem italienischen Frühling) nach Italien gehe. Zwei Töne waren ihm aus der Tonleiter der Liebe gerissen: er erfuhr nie, wie man einen Bruder liebe und eine Schwester. Das Zusammentreffen ihrer Sterbenacht mit der Tartarus-Nacht, dieses ganze Einkrallen in die heiligen Bilder und Wünsche seines Herzens empörte seinen Geist, und er fühlte zornig, wie ohnmächtig eine ganze antastende Welt Lianens Bild in ihm wegzurücken suche; und fühlte wieder schmerzlich, daß eben diese Liane selber an ihr nahes Vergehen glaube. –

So fand ihn eine unerwartete Einladung von der – Ministerin selber – – Sonnenfunken und Regentropfen spielten auch in seinem Himmel. – Er flog; im Vorzimmer stand der Engel, der die sechs apokalyptischen Siegel erbrach – Rabette. Sie war ihm entgegengelaufen aus Scheu vor der Gesellschaft und hatt' ihn früher umarmt als er sie. Wie gern sah er ins bekannte redliche Angesicht! Mit Tränen hört' er den Namen Bruder, da er heute eine Schwester verloren! – –

Die Ursache ihrer Erscheinung war diese: als der Direktor das letztemal bei der Ministerin war, hatte diese mit leichter verdeckter Hand seiner Tochter »zur Kenntnis des leeren Stadtlebens und zur Veränderung« – ihr Haus geöffnet, um künftig an seines für ihre klopfen zu dürfen. Er sagte, »er spedier' ihr den weiblichen Wildfang mit Freuden«. Und da ihm in Blumenbühl Rabette Nein, dann Ja, dann Nein, dann Ja geantwortet und sie mit der Mutter noch vor Mitternacht eine Reichskammergerichts-Revision, einen Münzprobations-Tag über alles gehalten hatte, was ein Mensch vom Land anziehen kann in der Stadt: so packte sie dort auf und hier – ab.

»Ach ich fürchte mich drinnen,« (sagte sie zu Albano) »sie sind alle zu gescheut, und ich bin nun so dumm!« – Er fand außer dem Familienkleeblatt noch die Prinzessin und die kleine Helena aus Lilar, dieses schöne Medaillon eines schönen Tages für sein gerührtes Herz. Unbeschreiblich ergriff ihn Lianens weibliche Annäherung an Rabette, gleichsam als teil' er sie mit ihr. Mit Leutseligkeit und Zartheit kam die Milde, die ohne Falsch und Stolz war, der verlegnen Gespielin zu Hülfe, auf deren Gesicht die angeborne lachende und beredte Natur jetzt sonderbar gegen den künstlichen Stummen-Ernst abstach. Karl war mit seiner gewandten Vertraulichkeit mehr imstand, sie zu umstricken als loszuwickeln; bloß Liane gab ihrer Seele und Zunge schon durch den Stickrahmen freies Feld; Rabette schrieb mit der Sticknadel zwar keine Zier- und Anfangsbuchstaben, aber doch eine gute Kurrenthand.

Sie gab – das Gesicht gegen das brüderliche gewandt, um Mut davon zu holen – von dem gefährlichen Wege und Umwerfen einen deutlichen Bericht und lachte dabei, nach der Sitte des Volks, wenn es sein Unglück erzählt.

Der Bruder war ihr auf Kosten der Gesellschaft selber die Gesellschaft und die Welt; nach ihm allein strömte ihre Wärme und Rede hin. Sie sagte: sie könn' ihn aus ihrer Stube »klavieren« sehen. Liane führte beide sofort darein. Wie reich und erhaben über Rabettens Ansprüche ans Stadtleben war das jungfräuliche Hospitium ausgestattet, von der Tulpe an – keiner blühenden, sondern einem Arbeitskörbchen von Liane, wiewohl jede Tulpe eines für den Frühling ist – bis zum Klavier, von dem sie gegenwärtig freilich nicht mehr verbrauchen kann als sieben Diskanttasten für einen halben Walzer! Fünf mäßige Kleiderkästen – denn damit glaubte sie auszukommen und der Stadt zu zeigen, daß auch das Land sich kleiden könne – stellten ihm in ihren wohlbekannten Blumenstücken und Blechbändern gleichsam die alten Drucke (Inkunabeln) der ersten Lebenstage vor; und heute erquickte ihn jede Spur der alten Liebes-Zeit. Sie ließ ihn seine Fenster suchen, aus deren einem der Bibliothekar einen soliden Blick auf einen Gassenstein heftete, um ihn immer zu treffen mit Anspucken.

Hier einsam neben dem Bruder sagte Liane der Schwester das Wort der Freundschaft lauter und versicherte, wie sie sie erfreuen wolle und wie gut und wahr sie es mit ihr meine. O sehet in die Flamme der reinen religiösen schwesterlichen Liebe mit keinem gelben Auge des Argwohns! Fasset ihr nicht, daß diese schöne Seele eben jetzt ihre reichen Flammen zerteile für alle Schwesterherzen, bis die Liebe sie zusammendrängt in *eine* Sonne, wie nach den Alten die zerstreueten Blitze der Nacht am Morgen sich zu *einer* dichten Sonne sammlen? – Sie war überall Auge für jedes Herz; wie eine Mutter vergaß sie nicht einmal die Kleine über Große; – und sie goß – keiner streiche mir dieses kleine Beispiel weg – der kleinen Helena die Tasse Kaffee, die der Doktor verbot, halb voll Sahne, damit er ohne Kraft und Nachteil sei.

Die ungeduldige Prinzessin hatte schon zehnmal nach dem Himmel geschauet, durch welchen bald Lichtstrahlen, bald Regensäulen flogen – bis endlich aus dem verzehrten Wolkenschnee das Blau in weiten Feldern wuchs und Julienne die erfreueten jungen Leute in den Garten zum Anstoß der Ministerin entführen konnte, die ungern Lianen dem Serein, fünf oder sechs Abendwind-Stößen und dem Waten durch das $^1/_{19}$ Linie hoch stehende Regenwasser aussetzte. Sie selber blieb zurück. Wie war alles drunten so neu geboren, widerscheinend und liebkosend! Die Lerchen stiegen aus den fernen Feldern wie Töne auf und schmetterten nahe über dem Garten – in allen Blättern hingen Sterne, und die Abendluft warf das nasse Geschmeide, die zitternden Ohrrosen aus den Blüten in die Blumen herab und trieb süße Düfte den Bienen entgegen. Die Idylle des Jahrs, der Frühling, teilte sein holdes Schäferland unter die jungen Seelen aus. Albano nahm die Hand seiner Schwester, aber er hörte mühsam auf ihre Berichte vom Hause. Liane ging mit der Prinzessin weit voraus und labte sich am offnen Himmel der Vertraulichkeit.

Plötzlich stand Julienne mit ihr scherzend still, um den Grafen heranzulassen und zu fragen nach Briefen von Don Gaspard und nach Nachrichten von der Gräfin Romeiro. Er teilte mit erglühendem Gesicht den Inhalt des heutigen mit. In Juliennes Physiognomie lächelte fast Neckerei. Auf die Nachricht von Lindas Reise versetzte sie: »Daran erkenn' ich sie; alles will sie lernen – alles bereisen. – Ich pariere, sie steigt *auf* den Montblanc und *in* den Vesuv. Liane und ich nennen sie darum die Titanide.« Wie freundlich hörte diese zu, mit den Augen ganz auf der Freundin! »Sie kennen sie nicht?« fragte sie den Gepeinigten. Er verneinte heftig. Roquairol kam nach; »Passez, Monsieur!« sagte sie, Platz machend und ihn fortwinkend. Liane blickte sehr ernst nach. »La voici!« sagte Julienne, indem sie an einem Ringe ihrer kleinen Hand durch einen Druck die Decke eines Bildnisses aufspringen ließ. – – Guter Jüngling! es war ganz die Gestalt, welche in jener Zaubernacht aus dem Lago maggiore aufstieg, dir von den Geistern zugeschickt! – »Sie ist getroffen«, sagte sie zu dem erschütterten Menschen. »Sehr!« sagt' er verwirrt. Sie untersuchte dieses widersprechende »Sehr« nicht; aber Liane sah ihn an; »Sehr – schön und kühn!« (fuhr er fort) »aber ich liebe Kühnheit an Weibern nicht.« – »O, das glaubt man den Männern gern«, versetzte Julienne; »keine feindliche Macht liebt sie an der andern.«

Sie gingen jetzt in der Kastanienallee vor der heiligen Stätte vorbei, wo Albano die Braut seiner Hoffnungen zum ersten Male hinter den Wasserstrahlen hatte glänzen und leiden sehen. O er hätte hier mit dieser vom Gegeneinanderarbeiten wunderbarer Verhältnisse bang-erhitzten Seele gern vor dem nahen stillen Engel niederknien mögen! – Die zarte Julienne merkte, sie habe ein bewegtes Herz zu schonen; nach einem ziemlich *lauten* Schweigen sagte sie in ernstem Ton: »Ein holder Abend! Wir wollen aufs Wasserhäuschen. – Liane wurde da geheilt, Graf! Die Fontänen müssen auch springen.« – »O die Fontänen!« sagte Albano und sah unbeschreiblich-gerührt Lianen an. Sie dachte aber, er meine die im Flötental. Helena gebot hinter ihnen, zu warten, und kam mit zwei Händchen voll gepflückter tauiger Aurikeln nachgetrippelt und gab sie alle Lianen, von ihr als der Kollatorin der Benefizien die Blumen-Spende erwartend; »auch die Kleine denkt noch an den schönen Sonntag in Lilar«, sagte Liane. Sie gab der Prinzessin ein paar, und Helena nickte; und als Liane sie ansah, nickte sie wieder zum Zeichen, der Graf soll' auch etwas haben; – »noch mehr!« rief sie, als er bekommen; und je mehr jene gab, desto mehr rief sie »mehr!« – wie Kinder in den Hyperbeln ihres Hanges zur Unendlichkeit pflegen.

Man ging über eine grüne Brücke und kam in ein niedliches Zimmer. Statt des vorigen Pianofortes stand ein gläsernes Heiligenhaus der Tonmuse da, eine Harmonika. Der Hauptmann schraubte innen hinter einem Tapetentürchen, und sogleich fuhren draußen alle festgebundnen Springwasser mit silbernen Flügeln gen Himmel. O wie brannte die beregnete Welt, als sie hinaus auf die Höhe traten!

Warum warst du, mein Albano, gerade in dieser Stunde nicht ganz glücklich? – Warum stechen denn durch alle unsre Bündnisse Schmerzen, und warum *blutet* das Herz wie seine Adern am reichsten, wenn es *erwärmt* wird? – Über ihnen lag der stille verwundete Himmel im Verband eines langen weißen Gewölkes – die Abendsonne stand noch hinter dem Palast, aber auf beiden Seiten desselben wallete ihr Purpurmantel aus Wolken in weiten Falten über den Himmel hin – und wenn man sich umkehrte nach Osten, zu den Bergen von Blumenbühl, so liefen grüne Lebens-Flammen hinauf, und wie goldne Vögel hüpften die Irrlichter durch die feuchten Zweige und an die Morgenfenster, aber die Fontänen warfen noch ihr weißes Silber in das Gold. – –

Da schwamm die Sonne mit roter heißer Brust, goldne Kreise in den Wolken ziehend, hervor, und die gebognen Wasserstrahlen brannten hell.... Julienne sah Albano, neben welchem sie immer gleichsam gutmachend geblieben, herzlich an, als ob es ihr Bruder wäre, und Karl sagte zu Liane: »Schwester, dein Abendlied!« – »Von Herzen gern«, sagte sie; denn sie war recht froh über die Gelegenheit, sich mit dem wehmütigen Ernst ihres Genusses zu entfernen und drunten in der einsamen Stube auf den Harmonikaglocken alles laut zu sagen, was die Entzückung und die Augen verschweigen.

Sie ging hinab, das melodische Requiem des Tages stieg herauf – der Zephyr des Klanges, die Harmonika, flog wehend über die Garten-Blüten – und die Töne wiegten sich auf den dünnen Lilien des aufwachsenden Wassers, und die Silberlilien zersprangen oben vor Lust und Sonne in flammige Blüten – und drüben ruhte die Mutter Sonne lächelnd in einer Aue und sah groß und zärtlich ihre Menschen an. – – Hältst du denn dein Herz, Albano, daß es mit seinen Freuden und Leiden verborgen bleibt, wenn du die stille Jungfrau im Mondschein der Töne wandeln hörst? O wenn der Ton, der im Äther vertropft, ihr das frühe Verrinnen ihres Lebens ansagt und wenn ihr die langen weichen Melodien als das Rosenöl vieler zerdrückter Tage entfließen: denkst du daran nicht, Albano? – Wie der Mensch spielet! Die kleine Helena wirft mit Aurikeln nach den lodernden Wasseradern, damit sie eine mit aufschleudern; und der Jüngling Zesara bückt sich weit über das Geländer und lässet an der schiefen Hand den Wasserstrahl auf sein heißes Gesicht und Auge abspringen, um sich damit zu kühlen und zu verhüllen. – Durch seine Schwester wurde ihm der feurige Schleier geraubt; Rabette gehörte unter die Menschen, welche dieses tönende Beben sogar physisch zernagt – so wie wieder den Hauptmann die Harmonika wenig ergriff, der immer am wenigsten gerührt war, wenn es andere am meisten waren –; die Unschuldige war mit keinen Schmerzen weniger vertraut als mit süßen; die bittersüße Wehmut, worein sie in der müßigen Einsamkeit der Sonntage versank, hatten sie und andere bloß für Verdrießlichkeit gescholten. Jetzt fühlte sie auf einmal mit Erröten ihr rüstiges Herz wie von heißen Strudeln gefasset, umgedreht und durchgebrannt. Ohnehin war es heute durch das Wiederfinden des Bruders, durch das Verlassen der Mutter und die verlegne Bangigkeit vor Fremden und selber durch den sonnenroten Blumenbühler Berg hin und her bewegt. Umsonst kämpften die frischen braunen Augen und die überreife volle Lippe gegen den aufwühlenden Schmerz, die heißen Quellen rissen sich durch, und das blühende Angesicht mit dem kräftigen Kinn stand errötend voll Tränen. Schmerzlich-verschämt und bange, für ein Kind gehalten zu werden, zumal da alle Rührungen der andern unsichtbar geblieben waren, drückte sie das Schnupftuch über das brennende Gesicht und sagte zum Bruder: »Ich muß fort, mir ist nicht wohl, es will mich ersticken« – und lief hinab zur sanften Liane.

Dahin trage nur die scheuen Schmerzen! Liane wandte sich und sah sie schnell und heftig die Augen trocknen. Ach ihre waren ja auch voll. Da Rabette es sah, sagte sie mutig: »Ich kanns ja nicht hören – ich muß heulen – ich schäme mich wohl recht.« – »O du liebes Herz,« (rief Liane, freudig ihr um den Hals fallend) »schäme dich nicht und blick in mein Auge – Schwester, komme zu mir, sooft du bekümmert bist, ich will gern mit deiner Seele weinen und will dein Auge noch eher abtrocknen als meines.« – Ein überwältigender Zauber war in diesen Liebestönen, in diesen Liebesblicken, weil Liane wähnte, sie trauere über irgendeinen verfinsterten Stern des Lebens. – Und nie hat die furchtsame Dankbarkeit ein verehrtes Herz frischer und jugendlicher umarmet als Rabette Lianen.

Da kam Albano. Vom Austönen des Wiegenliedes erwachend, war er ihr nachgeeilt, ohne alle kalte und andere Tropfen von seinen feurigen Wangen zu wischen; »wie ist dir, Schwester?« fragt' er eilig. Liane, noch in der Umarmung und Begeisterung schwebend, antwortete schnell: »Sie haben eine gute Schwester, ich will sie lieben wir ihr Bruder.« Die süßen Worte, die so innig gerührten Seelen, der feurige Sturm seines Wesens rissen ihn dahin, und er umschloß die Umarmenden und drückte die verschwisterten Herzen aneinander und küßte die Schwester; als er über Lianens bestürztes Wegbeugen des Kopfes erschrak und blutrot aufflammte. – –

Er mußte entfliehen. Mit diesen wilden Erschütterungen konnt' er nicht vor Lianen und vor den kalten Spiegeln der Gesellschaft bleiben. Aber die Nacht sollte so wunderbar werden wie der Tag; er eilte mit Lebens-Blicken, die wie zornige aussahen, aus der Stadt zur Titanide, zur Natur, die uns zugleich stillet und erhebet. Er ging vor aufgedeckten Mühlenrädern vorbei, um welche sich der Strom schäumend wand. – Die Abendwolken streckten sich wie ausruhende Riesen aus und sonnten sich im Morgenrot Amerikas – und der Sturm fuhr unter sie, und die feurigen Zentimanen standen auf – die Nacht bauete den Triumphbogen der Milchstraße, und die Riesen zogen finster hindurch. – Und in jedem Elemente schlug die Natur wie ein Sturmvogel den rauschenden Flügel.

Albano lag, ohne es kaum zu wissen, auf der Wald-Brücke Lilars, worunter die Windströme durchrauschten. Er glühte, gleich den Wolken, von *seiner* Sonne nach – seine innern Flügel waren, wie die des Straußes, voll Stacheln und verwundeten ihn im Erheben – – der romantische Geistertag, der Brief des Vaters, Lianens Auge voll Tränen, seine Kühnheit und seine Wonne und Reue darüber und jetzt die erhabne Nacht-Welt auf allen Seiten um ihn her zogen erschütternd im jungen Herzen hin und her – er berührte mit der Feuer-Wange die beregneten Gipfel und kühlte sich nicht und war dem tönenden fliegenden Herzen, der Nachtigall, nahe und hörte sie kaum. – – Wie eine Sonne geht das Herz durch die blassen Gedanken und löschet auf der Bahn ein Sternbild nach dem andern aus. – – Auf der Erde und an dem Himmel, in der Vergangenheit und in der Zukunft stand vor Alban nur eine Gestalt; »Liane« sagte sein Herz, »Liane« sagte die ganze Natur.

Er ging die Brücke hinab und stieg die westlichen Triumphbogen hinauf, das dämmernde Lilar ruhte vor ihm. – Siehe da sah er den alten »frommen Vater« auf dem Geländer des Bogens eingeschlummert. Aber wie anders war die verehrte Gestalt, als er sie sich nach der des verstorbnen Fürsten vorgemalt! Die unter dem Quäkerhute reichvorwallenden weißen Locken, die weiblich und poetisch runde Stirn, die gebogne Nase und die jugendliche Lippe, die noch nicht im späten Leben einwelkte, und das Kindliche des sanften Gesichts verkündigten ein Herz, das in der Dämmerung des Alters ausruht und nach Sternen blickt. Wie einsam ist der heilige Schlaf! Der Todesengel hat den Menschen aus der lichten Welt in die finster überbauete Einsiedelei geführt, seine Freunde stehen draußen neben der Klause; drinnen redet der Einsiedler mit sich, und sein Dunkel wird immer heller, und Edelsteine und Auen und ganze Frühlingstage entglimmen endlich – und alles ist hell und weit! – Albano stand vor dem Schlaf mit einer ernsten Seele, die das Leben und seine Rätsel anschauet – – nicht nur der Ein- und Ausgang des Lebens ist vielfach überschleiert, auch die kurze Bahn selber; wie um ägyptische Tempel, so liegen Sphinxe um den größten Tempel, und anders als bei der Sphinx löset das Rätsel nur der, welcher stirbt. –

Der alte Mann sprach hinter dem Sprachgitter des Schlafs mit Toten, die mit ihm über die Morgen-Auen der Jugend gezogen waren, und redete mit schwerer Lippe den toten Fürsten und seine Gattin an. Wie erhaben hing der mit einem langen Leben übermalte Vorhang des veralteten Angesichts vor der hinter ihm tanzenden Schäferwelt der Jugend nieder, und wie rührend wandelte die graue Gestalt mit dem jugendlichen Kranz im kalten Abendtau des Lebens umher und hielt ihn für Morgentau und sah nach Morgen und der Sonne! – Nur die Locke des Greises rührte der Jüngling liebend-schonend an; er wollte ihn – um ihn nicht mit einer fremden Gestalt zu erschrekken – verlassen, ehe der aufgehende Mond seine Augenlider weckend berührte. Nur wollt' er vorher den Lehrer seiner Geliebten mit den Zweigen eines nahen Lorbeerbäumchens bekränzen. Als er davon zurückkam: drang schon der Mond mit seinem Glanze durch die großen Augenlider; und der Greis schlug sie auf vor dem erhabnen Jüngling, der mit dem glühenden Rosenmond seines Angesichts, vom Monde verkläret, vor ihm wie ein Genius mit dem Kranze stand. »Justus!« (rief der Alte) »bist du es?« Er hielt ihn für den alten Fürsten, der eben mit blühenden Wangen und offnen Augen in der Unterwelt des Traums mit ihm gegangen war.

Aber er kam bald aus dem träumerischen Elysium ins botanische zurück und wußte sogar Albanos Namen. Der Graf faßte mit offner Miene seine Hände und sagte ihm, wie lange und innig er ihn achte. Spener erwiderte wenig und ruhig, wie Greise tun, die alles auf der Erde so oft gesehen. Der Glanz des Mondlichts floß jetzt an der langen Gestalt herab, und das ruhig-offne Auge wurde erleuchtet, das nicht sowohl eindringt als alles eindringen lässet. Die fast kalte Stille der Züge, der junge Gang der langen Gestalt, die ihre Jahre aufrecht trug als einen Kranz auf dem Haupte, nicht als Bürde auf dem Rücken, mehr als Blumen denn als Früchte, die sonderbare Mischung von vorigem männlichen Feuereifer und weiblicher Zartheit, alles dieses weckte vor Albano gleichsam einen Propheten des Morgenlandes auf. Dieser breite Strom, der durch die Alpen der Jugend niederbrausete, zieht jetzt still und eben durch seine Auen; aber werft ihm Felsen vor, so steht er wieder brausend auf.

Der Greis sah den jugendlichen Jüngling je öfter je wärmer an; in unsern Tagen ist Jugend an Jünglingen eine körperliche und geistige Schönheit zugleich. Er lud ihn ein, ihn in dieser schönen Nacht in sein stilles Häuschen zu begleiten, welches droben neben der Turmspitze steht, die oben ins Flötental hereinschauet. Auf den sonderbaren Irrsteigen, die sie jetzt wandelten, verwirrte sich Lilar vor Albano zu einer neuen Welt, wie nächtliche fliegende Silber-Wolken baueten sich die dämmernden Schönheiten in immer andere Reihen durcheinander, und zuweilen drangen beide durch ausländische Gewächse mit grellfärbigen Blüten und wunderlichen Düften. Der fromme Vater fragt' ihn teilnehmend sein voriges und jetziges Leben ab.

Sie kamen vor einen dunkeln Gang in der Erde. Spener faßte freundlich Albanos rechte Hand und sagte, dieser führe zu seiner Bergwohnung *hinauf*. Aber bald schien es hinabzugehen. Der Strom des Tales, die Rosana, klang noch herein, aber nur einzelne Tropfen des Mondlichts sickerten durch zerstreuete, mit Zweigen übersponnene Bergöffnungen durch. Die Höhlung sank weiter nieder – noch ferner rauschte das Wasser im Tale. – Und doch sang eine Nachtigall immer nähere Lieder – Albano schwieg gefasset. Überall gingen sie vor engen Pforten des Glanzes vorbei, den bloß ein Stern des Himmels hereinzuwerfen schien. – Sie stiegen jetzt zu einer fernen erleuchteten Zauberlaube hinab, aus hellroten und giftigen dunkeln Blumen, aus kleinen Zackenblättern und großem breiten Laube zugleich gewölbt, und ein verwirrendes weißes Licht, halb von hereinschäumenden Strahlen lebendig verspritzt und halb aus Lilien nur als weißer Staub angeflogen, zog das

Auge in einen trunknen Schwindel – Zesara trat geblendet hinein, und indem er rechts nach dem einregnenden Feuer sah, fand er Speners Auge scharf links geheftet – er blickte hin und sah im Vorübereilen einen alten Mann, ganz dem verstorbnen Fürsten ähnlich, in eine Nebenhöhle schreiten – seine Hand zuckte erschrocken, Speners seine auch – dieser drang eilig weiter hinab – und endlich glänzte eine blaue gestirnte Öffnung – sie traten hinaus.....

Himmel! ein neues Sternengewölbe – eine blasse Sonne zieht durch die Sterne, und sie schwimmen ihr spielend nach – unten ruht eine entzückte Erde voll Schimmer und Blumen, ihre Berge laufen leuchtend am Himmelsbogen hinauf und beugen sich herüber nach dem Sirius – und durch das unbekannte Land wandeln Entzückungen wie Träume, worüber der Mensch vor Freude weint.

»Was ist das? Bin ich in oder über der Erde?« (sagte Albano erstaunt und flüchtete das irrende Auge auf das Angesicht eines lebendigen Menschen) – »ich sah einen Toten.« – – Viel liebreicher als vorher antwortete der Greis: »Das ist Lilar, hinter uns ist mein Häuschen.« Er erklärte den mechanischen Schein [1] des Hinabsteigens. »Hier stand ich nun schon so viel tausendmal und ergötzte mich herzinniglich an den Werken Gottes. – Wie sah die Gestalt aus, mein Sohn?« – »Wie der tote Fürst«, sagte Alban. Betroffen, aber fast gebietend sagte Spener leise: »Schweig wie ich bis zu seiner Zeit – er wars nicht – dein Heil und vieler Heil hängen daran – gehe heute nicht mehr durch den Gang.« –

Albano, durch den ganzen sonderbaren Tag halb entrüstet, sagte: »Gut, so geh' ich durch den Tartarus zurück. Aber was bedeutet das Geister-Wesen, was mich überall verfolgt?« – »Du hast« (sagte der Alte, ihm liebend und erquickend auf die Stirn die Finger legend) »lauter unsichtbare Freunde um dich – und verlasse dich überall auf Gott. Es sagen so viele Christen, Gott sei nahe oder ferne, seine Weisheit und seine Güte erscheine ganz absonderlich in einem Saeculo oder in einem andern – das ist ja eitel Trug – ist er nicht die unveränderliche ewige Liebe, und er liebt und segnet uns in der einen Stunde nicht anders als in der andern?« Wie wir die Sonnenfinsternis eigentlich eine Erdfinsternis nennen sollten, so wird nur der Mensch verfinstert, nie der Unendliche; aber wir gleichen dem Volke, das der Verfinsterung der Sonne im Wasser zusieht und dann, wenn dieses zittert, ausruft: seht, wie die liebe Sonne kämpft!

Albano trat in die Einsamkeit der reinlichen geordneten Wohnung des alten Mannes nur beklommen, weil in der heißen Asche seines Vulkans alles üppiger trieb und grünte. Spener zeigte von seinem Bergrücken hin-

[1] Weigel in Jena erfand die Verkehrtbrücke (pons heteroclitus), eine Treppe, wo der Mensch hinabzugehen glaubt durch Aufsteigen. Busch Handbuch der Erfindungen. 7. B.

über auf das sogenannte »Donnerhäuschen«[1] und riet ihm, es diesen Sommer zu bewohnen. Albano schied endlich, aber sein bewegtes Herz war ein Meer, in welchem die Morgensonne glühend noch halb steht und in welches sich in Abend ein bleifarbiges Gewitter taucht und das glänzend schwillt unter dem Sturm. Er sah aus der Tiefe nach dem nachblickenden Greise hinauf; aber er hätte sich heut kaum gewundert, wenn dieser versunken oder aufgestiegen wäre. In zornig-mutigen Entschlüssen, für seine Liebe, wornach kalte Hände griffen, mit seinem Leben zu bürgen und zu opfern, schritt er durch den vom Vergrößerungsspiegel der Nacht zum schwarzen Riesen-Troß aufgezogenen Tartarus ohne *alle Furcht;* so ist die Geisterwelt nur ein Weltteil unserer innern, und das Ich fürchtet nur das Ich. Da er vor dem Altare des Herzens in der stummen Nacht, wo nichts laut war als der Gedanke, stand, so riet ihm der kühne Geist einige Male, den alten Toten zu rufen und laut zu schwören bei seinem Herzen voll Staub; – aber als er zum schönen Himmel aufsah, wurde sein Herz geheiligt, und es betete nur: »O guter Gott, gib mir Liane!« –

Es wurde finster, die Wolken, die er für glänzende, in den Himmel herübergebogne Gebirge einer neuen Erde genommen, hatten den Mond erreicht und düster überzogen.

Dreizehnte Jobelperiode

Roquairols Liebe – Philippica gegen die Liebhaber – die Gemälde – Albano Albani – das harmonische tête-à-tête – die Blumenbühler Reise

60. Zykel

Aus den Tropfen, welche die Harmonika aus Rabettens Herzen gezogen hatte, bereitet der alte Zauberer, das Schicksal, wie andere Zauberer aus Blut, vielleicht finstere Gestalten; denn Roquairol hatte es gesehen und sich über das Gefühl eines Herzens verwundert, das bisher mehr Arbeiten als Romane in Bewegung gesetzt hatten. Nun trat er ihr mit Anteil näher. Er hatte seit der Nacht des Schwurs sein Herz aus allen unwürdigen Ketten gezogen. In dieser Freiheit des Sieges ging er stolzer einher und streckte die Arme leichter und sehnsüchtiger nach edler Liebe aus. Er besuchte jetzt seine Schwester unaufhörlich; aber er hielt noch an sich. Rabette war ihm nicht schön genug neben der zarten Schwester, eine Bandrose neben einer von van der Ruysch; sie sagte selber naiv, sie sehe mit ihrer Dorf-Farbe im wei-

[1] Es hatte den Namen von seiner Höhe und von dem öftern Einschlagen des Blitzes.

ßen Linon wie brauner Tee in weißen Tassen aus. Aber in ihren gesunden, noch nicht von tragischen Tropfen mattgebeizten Augen und auf den frischen Lippen glühte Leben, ihr kräftiges Kinn und ihre gebogne Nase drohten und versprachen Mut und Kraft, und ihr aufrichtiges Herz ergriff und verstieß entschieden und heftig. Er beschloß, sie zu – prüfen. Der Talmud [1] verbietet, nach dem Preis einer Sache zu fragen, wenn man sie nicht kaufen will; aber die Roquairols feilschen immer und gehen weiter. Sie reißen eine Seele wie Kinder eine Biene entzwei, um aus ihr den Honig zu essen, den sie sammeln will. Sie haben vom Aale nicht nur die Leichtigkeit, zu entschlüpfen, sondern auch die Kraft, den Arm zu umschlingen und zu zerbrechen.

Er ließ nun vor ihr alle blendenden Kräfte seines vielgestaltigen Wesens spielen – das Gefühl seiner Überlegenheit ließ ihn sich frei und schön bewegen, und das sorglose Herz schien nach allen Seiten offen – er kettete den Ernst an den Scherz, die Glut an den Glanz, das Größte ans Kleinste so frei und die Kraft an die Milde. – Unglückliche! nun bist du sein; und er trägt dich von deinem festen Boden mit Raubschwingen in die Lüfte, und dann wirft er dich herab. Wie ein Gewächs am Gewitterableiter wirst du deine Kräfte reich an ihm entfalten und hinaufgrünen; aber er wird den Blitz auf sich und deine Blüten ziehen und dich entblättern und zerschlagen.

Rabette hatte einen solchen Menschen nie gedacht, geschweige gesehen; er drang gewaltsam in ihr gesundes Herz, und eine neue Welt folgte ihm nach. Durch Lianens Liebe gegen den Hauptmann ging ihre noch höher auf; und beide konnten von ihren Brüdern in freundlichem Wechsel sprechen. Die gute Liane suchte der Freundin mancherlei beizubringen, was sich schwer festsetzen wollte, besonders die Mythologie, welche ihr durch die französische Aussprache der Götter noch unbrauchbarer wurde. Sogar mit Büchern suchte Liane sie zusammenzubringen, so daß Lektüre ihr eine Art von Wochen-Gottesdienst wurde, dem sie mit wahrer Andacht beiwohnte und dessen Ende sie stets ergötzte. Durch alle diese Schöpfräder der Erkenntnis strömte Roquairols Liebe hindurch und half treiben und schöpfen. – Wie viele Errötungen flogen jetzt ohne allen Anlaß über ihr ganzes Gesicht! Das Lachen, womit sie sonst heiter war, kam jetzt zu oft und bedeutete nur ein unbeholfnes Herz, das seufzen will.

So stand ihr Verhältnis, als Karl einst scherzend hinter sie schlich und ihr die Augen mit einer Hand verdeckte, um ihr unter der Maske der brüderlichen Stimme sanfte schwesterliche Namen zu geben. Sie verwechselte die ähnliche Stimme, sie drückte inbrünstig die Hand, aber ihr Auge war heiß und naß. Da fand sie den Irrtum und floh mit der bedeckten Abend- und Morgenröte ihres Angesichts aus dem Zimmer. Jetzt schaute er Lianen, die in darüber tadelte, näher ins Auge, und auch ihres hatte geweint. Sie wollte

[1] Basa Mezia. c. 4. m. 10.

ihm anfangs den Gegenstand der verschwisterten Rührung verhehlen; aber das fremde Nein war für ihn von jeher ein Hülfswort, ein Rückenwind, der ihn in den Hafen brachte. Liane wurde immer bewegter, endlich erzählte sie, daß Rabettens Berichte von Albanos Jugendgeschichte ihr die von der seinigen abgefodert und daß sie ihr die Sterbe-Nacht auf der Redoute gemalt und sogar sein blutiges Kleid gewiesen habe. »Und da weinte sie« (sagte Liane) »mit mir so herzlich, als wenn sie deine Schwester wäre. – O es ist ein liebes Herz!« Karl sah beide wie zwei Auen miteinander verbunden, nämlich durch den Regenbogen, der auf beiden mit Tropfen aufsteht; er zog sie mit dankender Liebe an die Brust. »Bist du denn glücklich?« fragte Liane mit einem Ton, der etwas Trübes weissagt.

Sie mußte ihr volles Herz aufschließen und ihm alles sagen – – staunend höret er, daß ihr die ganze Tartarus-Nacht, worin die unbekannte Stimme Linda de Romeiro seinem Freunde zugesprochen, bekannt geworden. Durch wen? – Sie schwieg unerbittlich; er beruhigte sich, weil es doch nur Augusti sein konnte, der allein es wußte. »Und nun glaubst du, du Herz vom Himmel,« (sagt' er) »ich und mein Seelenbruder könnten uns je raubend entzweien? O es ist all' anders, all' anders! – Er verflucht die After-Geister und den Zweck der Äfferei – o er liebt mich; und mein Herz wird am Tage glücklich sein, wo es seines wird.« Der vielfache rührende Sinn dieser letzten Worte löste ihn in eine heilige Wehmut auf.

Aber sie nahm sich mitten in der herzlichsten Ergießung wie aus Frömmigkeit der Geister an und sagte: »Sprich nicht so von Geister-Erscheinungen! Sie sind, das weiß ich. – Nur nicht zu fürchten braucht man sie. –« Sie hielt aber hier mit fester Hand den Schleier über ihren Erfahrungen fest; auch wußt' er längst, daß sie, ungeachtet ihres fast zuckend-weichen Gefühls, das sogar den Anblick der blauen Adern auf der Lilien-Hand wie eine Wunde scheuete, doch vor Toten und in den Geisterstunden der Phantasie unerwartet beherzt erschien.

Hinter den Wellen so verschiedener Art, die jetzt sein Herz auf- und abtrieben, war Rabette verdunkelt. Er brannte nun bloß nach der Stunde, wo er seinem Albano die sonderbare Verräterei des Lektors sagen konnte.

61. Zykel

Noch ehe der Hauptmann seinem Freunde Augustis wahrscheinliche Verräterei entdeckte: war Albano fast ganz mit dem Lehrer-Paar in Zwist. In einem Kreise voll Jünglingsherzen, die für einander schlagen und noch lieber fechten, fassen immer zwei unzerreißlich ineinander und werden eins auf fremde Kosten.

Albano schied sich keck von jedem, dem Karl mißfiel. Schoppe wurde ohnehin von wenigen lange geliebt, weil wenige einen ganz freien Menschen erdulden; die Blumenketten halten besser, denken sie, wenn Galeerenketten durch sie laufen. Er litt es daher nicht, wenn einer »mit zu enger Liebe sich so fest um ihn klammerte, daß er die Arme so wenig freibehielte, als trag' er sie in Bandagen von 80 Köpfen«. Die sarkastische Lebhaftigkeit seiner Pantomime erkältete durch den Schein einer strengen Beobachtung den Hauptmann mehr als das gelassene Gesicht des Lektors, der eben darum alles schärfer ins stille Auge faßte.

Der gute Schoppe hatte einen Fehler, den kein Albano vergibt; nämlich eine Intoleranz gegen die »weiblichen Heiligenbilder von Hausenblase«, wie er sagte, gegen die sanften Irrungen des Herzens, gegen die heiligen Übertreibungen, durch welche der Mensch ins kurze Leben eine noch kürzere Freude einwebt. Einst ging Karl wie auf einer Bühne mit untergesteckten Armen und niedergesenktem Kopfe auf und ab und sagte zufällig, daß es der Titular-Bibliothekar vernahm: »O ich wurde noch wenig von den Menschen verstanden in meiner Jugend.« Weiter sagt' er nichts; aber man schütte aus Scherz ein Mandel Hornisse, ein Schock Krebse, eine Kanne voll Waldameisen auf einmal über die bibliothekarische Haut und beobachte flüchtig die Wirkungen des Stechens, Kneipens, Beißens: so kann man sich doch einigermaßen vorstellen, was in ihm zuckte, schwoll und auffuhr, sobald er die obige Phrasis vernahm. »Herr Hauptmann,« (fing er tief-einatmend an) »ich halte viel auf dieser rostigen Tölpel-Erde aus, Hungersnot – Pestilenz – Höfe – den Stein – und die Narren von Pol zu Pol – aber Ihre Phrasis übersteigt meine Schultern. Herr Hauptmann, Sie dürfen – ganz gewiß – die Redensart mit Fug gebrauchen, weil Sie, wie Sie sagen, nicht verstanden werden. Aber o Himmel, o Teufel! Ich höre ja 30 000 Jünglinge und Mädchen von Leihbibliothek zu Leihbibliothek alle mit aufgeblähter Brust rings umher sagen und klagen, es fasse sie niemand, weder der Großvater noch die Paten noch der Konrektor, da doch das packpapierne Alltags-Pack selber nicht fasset. Aber der Junge meint damit bloß ein Mädchen und das Mädchen einen Jungen; diese können einander fassen. Aus der Liebe will ich wie aus den Kartoffeln 14 verschiedene Gerichte zubereiten; man scher' ihr, wie dem Bären in Göttingen, das tierische Haar ab, kein Blumenbach kennt sie mehr.

Herr v. Froulay, ich habe diese verdammte Erhebung der Seelen bloß aus Niedrigkeit wohl öfters mit den englischen Pferdeschwänzen verglichen, die auch immer gen Himmel stehen, bloß weil man ihre Sehnen durchschnitten. Soll man nicht toll werden, wenn man alle Tage höret und alle Tage lieset, wie die gemeinsten Seelen, die Leberreime und Trompeterstückchen der Natur, sich durch die Liebe über alle Leute erhoben denken wie Katzen, die mit angeschnallten Schweinsblasen fliegen; – wie sie sich ins Hasenlager und in die Stapelstadt der Liebe, in die andere Welt bestellen wie auf einen Blocksberg, und wie sie auf diesem Finkenherd in dieser theatralischen Anziehstube – die dann das Gegenteil wird – ihr Wesen treiben, bis sie kopuliert sind? Dann ists vorbei, Phantasien und Poesien, die ihnen jetzt erst recht dienlich wären, sind geholt! Sie laufen von ihnen weg wie Läuse von Toten, ob diesen gleich die Haare dazu fortsprießen. Vor der zweiten Welt grauset ihnen; und werden sie Witwer und Witwen, so machen sie ihre Liebschaft recht gut ab ohne Schweinsblasen und ohne das Federspiel und die spanische Wand der zweiten Welt. – So etwas, Herr Hauptmann, bringt nun auf, und dann muß in der Hitze der Gerechte mit dem Ungerechten leiden, wie Sie leider hören.« – –

Alban, der nie leichtsinnig vergab, sonderte sich schweigend von einem Herzen ab, das, wie er unrecht sagte, die Flammen der Liebe mit satirischer Galle auslöschte.

In der Kette der Freundschaft mit Augusti brach vollends ein Ring nach dem andern entzwei. Der Graf fand im Lektor den Kleinigkeitsgeist, der ihm widriger war als jeder böse; – die Eleganz des guten Hofmanns – sein Anstand, selber in der Einsamkeit – seine Neigung, die kleinsten Mysterien so gut zu verwahren als die großen – seine Sucht, hinter jeder Handlung einen langen Plan aufzutreiben – sein Wahrheitsdurst nach echten historischen Quellen am Hofe und in der Stadt – und seine Kälte gegen die Philosophie trocknete das Bild, das sich Albano von ihm aufgespannt, so aus, daß es einrunzelte und rissig wurde. Solche Unähnlichkeiten schlagen unter gebildeten Menschen nie zu offnen Fehden aus; aber sie legen heimlich dem innern Menschen ein Waffenstück nach dem andern an, bis er hartgepanzert dasteht und losschlägt.

Nun war noch dazu der Lektor dem Hauptmann von Herzen gram, weil dieser der Ministerin viele bange Stunden und Lianen und sogar dem Grafen viel Geld kostete und weil er ihm den Jüngling zu verdrehen schien. Die sonst gerade aufsteigende Flamme Albanos wurde jetzt durch die Hindernisse der Liebe nach allen Seiten gebogen und glühte wie Lötfeuer schärfer; aber diese Schärfe schrieb Augusti dem Freunde zu. Albano erschien denen, die er liebte, wärmer, denen, die er ertrug, kälter, als er war, und sein Ernst wurde leicht mit Trotz und Stolz vermengt; aber der Lektor glaubte, ihm sei dessen Liebe gestohlen von Karl.

Er versuchte mit gleichviel Feinheit und Freimütigkeit, dem Grafen eine gute Karte von den Flecken zuzuspielen, die im Himmelskörper dieses Jupiter ausgesäet waren. Aber er zerriß jede Karte – Karls schmerzliche Bekenntnisse in jener Nacht löschten alle fremde Nachträge aus – und Albanos herrlicher Glaube, man müsse den Freund ganz decken und ihm ganz vertrauen, wehrte jeden Einfluß ab. O es ist eine heilige Zeit, worin der Mensch für den Altar der Freundschaft und Liebe noch Opfer und Priester *ohne Fehl* begehrt und – erblickt; und es ist eine zu harte, worin die so oft belogne Brust sich an der fremden mitten im Liebestrunk des Augenblicks die kalte Nachbarschaft der Gebrechen weissagt! –

Da der Lektor überall sah, daß Alban über manche seiner Rügen an Karl, z. B. dessen Wildheit und Unordnung, darum kalt bleibe, weil er selber unter fremdem Tadel gemeinet zu sein glauben konnte, wie die Franzosen (nach Thickneß) das Lob eines Fremden an Einheimische richten: so griff er statt der Ähnlichkeit eine vollendete Unähnlichkeit des Hauptmanns an, seinen Leichtsinn gegen das Geschlecht. – Aber damit verdarb er noch mehr. Denn in der Liebe war ihm Karl der höhere Feueranbeter und der Lektor nur der, den die Kohle dieses Feuers schwärzt. Augusti nährte über die Liebe ziemlich die Grundsätze der großen Welt, die er bloß aus Ehre nie in Taten ausprägte, und gab nur den Erde-nahen Wolkenhimmel der Liebe zu; der Hauptmann aber sprach von einem dritten oder Freudenhimmel derselben, worin nur Heilige die Seligen sind. Augusti sprach nach der Sitte der großen Welt viel freier, als er handelte, und zuweilen so offen, als speis' er in einem – Brunnensaal; Karl sprach mädchenhaft. Das jungfräuliche Ohr Albanos – das leicht in guten Visitenzimmern abfällt, und das in Studierstuben festsitzt – vereinigt mit seinem Mangel an der Erfahrung, daß sich eine zynische Zunge oft bei den enthaltsamsten Menschen, z. B. bei unsern possenreißenden Vorfahren, und eine aszetische in bescheidnen Libertins aufhalte – beides mußte den reinen Menschen in einen doppelten Irrtum verwickeln.

So jagte in ihm Augusti immer mehr Sturmvögel auf. Beide standen oft nahe an völliger Trennung und Ausforderung; denn der Lektor hatte zu viel Ehre, um sich vor irgend etwas zu fürchten, und wagte mit kaltem Blut so viel als andere mit heißem.

Jetzt entdeckte Karl nun vollends seinem Freunde, obwohl mit aller Zartheit der Freundschaft, Lianens Bekanntschaft mit jener Tartarus-Nacht. – Der sonst verschwiegene Lektor muß nähere Vorteile durch sein Plaudern suchen, schloß Albano, und nun sog sich die Kröte der Eifersucht, die im lebendigen Baume lebt und wächst ohne sichtbaren Eingang und Ausgang, in seinem warmen Herzen fest. Die unbeantwortete Liebe ist ohnehin die eifersüchtigste. Gott weiß, ob er nicht der Maschinendirektor der mit so vielen Rädern ineinander gehenden Geisterszenen ist. Alles das sind Albanos verhüllte Schlüsse; offne Anklagen waren seinem Ehrgefühl versagt. Aber sein warmes, sich immer aussprechendes Herz forderte eine wärmere Nachbarschaft; und diese fand er, wenn er dem frommen Vater folgte und nach Lilar ins Donnerhäuschen zog – mitten unter die Blumen und Gipfel, um, näher am Herzen der Natur gelagert, schöner zu träumen und zu genesen.

Nur eine warme sonnen-helle Stelle war für ihn in Karls historischem Gemälde: es war die Hoffnung nämlich, daß vielleicht bloß die Irrtümer über sein Verhältnis zur Gräfin, aus denen der Bruder Lianen geholfen, ihr das bisherige immer gleich-kalte Benehmen gegen ihn vorgezeichnet haben. Auf diese sonnige Stelle warf Rabette ein Billet, worin sie ihm schrieb, sie reise Sonnabends zu ihren Eltern zurück, weil der Minister komme. Jene Hoffnung – diese Nachricht – die künftig ungünstigern Umgebungen – sein Ziehen nach Lilar, das alles entschied in ihm den Vorsatz, eine einsame

Minute an sich zu reißen und darin vor Lianen den Schleier von seiner Seele zu werfen und von ihrer.

62. Zykel

Sonderbar durchschnitten sich die Zufälle an dem Tage, wo Albano ins ministerialische Haus zum Abschiednehmen von Rabetten – und von Lianen, sagte in ihm eine zitternde Stimme – kam. Rabette winkt' ihn aus dem Fenster in ihr Zimmer. Sie hatte die Ikarusflügel ihres Anzugs in die Kästen zusammengelegt. Über ihr Inneres fuhr ein beugender Sturm hin und her; Karl hatte das Gleichgewicht ihres Herzens durch seine Wärme aufgehoben und es durch kein Wort der Belohnung wieder hergestellt. Gleich den Tauben flattert sie um das hohe Schadenfeuer; o möge sie nicht wie jene mit verzehrtem Gefieder entweichen und wiederkommen und endlich darin zerfallen! – Sie sagte, sie sehne sich zu den Ihrigen, seit sie gestern eine Herde Schafe durch die Stadt treiben sehen. Sie begleiten am Sonnabend Liane und die Mutter, um der Einweihung der Kirche und der Beisetzung des Fürstenpaares beizuwohnen. Er bat sie so schnell und hastig, ihm heute im Garten eine einsame Minute mit der Freundin zuzubereiten, daß er ihre schöne Nachricht von Lianens Zurückbleiben und Aufenthalt bei ihr gar nicht hörte.

Leider fand er bei der Ministerin den Vorzeiger herrlicher Gemälde, der wie die Natur nicht nur den Anfang seines Lenzes, sondern auch das Ende seines Herbstes mit Giftblumen [1] machte, Herrn v. Bouverot. Dian hatt' ihm vier himmlische Kopien aus Rom gesandt; diese schlug er mit trocknem Kunstgaumen auf. – Liane empfing den Grafen wieder wie immer. War etwan Raffaels Madonna della Sedia, in deren vom Himmel gesunknes Palladium sich ihre zarte Seele eingesenkt, die Siegelbewahrerin ihres heiligsten Geheimnisses? Der alles vergessende Künstler-Eifer ließ ihr so hold! Ihre Sehnerven waren durch ihr langes Malen gleichsam weiche Fühlfäden geworden, die sich eng um schöne Formen schlossen. Gewisse weibliche Bilder – wie dieses – regten ihre ganze Seele auf. Sie hatte nämlich in der Kindheit sich von den Heldinnen der Romane und überall von ungesehenen Weibern glänzende Sternbilder in ihren innern Himmel hingezeichnet, große Ideen von ihrem Mute, ihrem himmlischen Wandel, ihrer Erhabenheit über alles, was sie je gesehen, und sie hatte gleichviel Scheu und Sehnsucht empfunden, einer zu begegnen. Daher ging sie aus diesem kolossalischen Nymphäum ihrer Phantasie so leicht geblendet und mit solcher feurigen Herzens-Achtung reinen Freundinnen und der Gräfin Romeiro entgegen. Gewisse Gemälde führten nun diese Altarblätter wie Kopien zurück. Die

[1] Bekanntlich sind die Frühlingsblumen wegen der Nässe und des Schattens meist verdächtige; wie die Herbstblumen.

Gute dachte nicht daran, aber wohl ihr Freund, daß man dieser liebend niedersehenden Marie die Augen bloß lebendig zu regen und diese Lippen bloß mit Lauten zu erwärmen brauche – dann hatte man Liane.

Der deutsche Herr fuhr fort und legte nun Raffaels Joseph, der den Brüdern einen Traum erzählt, und den ältern Joseph, der dem König einen erklärt, nebeneinander und fing an, die drei Raffaele in Worte zu übersetzen, und das mit so vielem Glück und nicht nur mit so vieler Einsicht ins Mechanische und Genialische, sondern auch mit einer so bestimmten Hervorhebung jedes menschlichen und moralischen Zugs, daß – Alban ihn für einen Heuchler hielt und Liane für einen sehr guten Menschen. Sie ergriff jedes Wort mit einem weit offnen Herzen. Als Bouverot den weissagenden Joseph malte, zugleich als kindlich, unbefangen, still und felsenfest und glühend und drohend: so stand das Urbild an ihrer Seite.

Dem deutschen Herrn entfuhr weiter viel Gedachtes über da Vincis Christus-Knaben im Tempel, über die herrlich vollführte Verbrüderung und Einkindschaft des Knaben und Jünglings in *einem* Gesicht. – – Liane hatte die Kopie auch kopiert, allein sie und die Mutter verschwiegen es bescheiden. –

Aber endlich störte Franziskus Albani mit seiner »Ruhe auf der Flucht« die bisherige Ruhe. Indem er den Traumdeuter dieser malerischen Träume machte und Rabette scharf auf dem mit dem offnen Buche neben Marie sitzenden heiligen Joseph dieses Bildes haftete, sagte Liane unglücklicherweise: »Ein schöner *Albani*!« – »Ich dächte nicht,« (sagte Rabette leise) »der Bruder ist viel schöner als dieser betende Joseph!« – Sie hatte Albani mit Albano vermengt, ihre ganze Bildergalerie steckte in dem Gesangbuch, dessen Lieder sie mit goldnen roten Heiligen auseinandersperrte. Die andern verstanden nichts – sie kannten ihn nur als Grafen von Zesara –, aber Liane warf auf Rabette süß-errötend einen zärtlich strafenden Blick und sah mit stummem Erdulden ein anderes Gemälde näher an. Nie hatte in Albano – in welchem sich die stärksten und die zärtesten Gefühle paarten, wie das Echo den Donner lauter und die Musik leiser macht – die bittersüße Mischung von Liebe und Mitleiden und Schamröte wärmer gearbeitet, und er hätte vor dem Mädchen zugleich knien und doch schweigen mögen.

Der deutsche Herr war fertig und sagte zu den Männern mit einer Miene voll Sieg, »er habe doch noch etwas in der Tasche, was es mit den Raffaels aufnehme; und er bitte sie, ins Nebenzimmer zu folgen«. Unterwegs merkt' er an, wenige Werke seien mit so herrlicher Freiheit und keckem Mutwillen ausgeführt. Im Zimmer packt' er einen erzenen kleinen Satyr aus, gegen den sich eine eingeholte Nymphe wehrt. »Göttlich,« (sagte Bouverot und hielt die Gruppe an einem Faden, um den Rost nicht abzugreifen) »göttlich! Ich setze den Satyr an den Christus!« Wenige haben vom Erstaunen meines Helden nur einen mäßigen Begriff, als dieser auf einmal den Kritikus Tugend und Laster an einen runden Tisch ohne Rangstreitigkeiten setzen sah.

Mit einem Feuerblick der Verachtung wandt' er sich ab und wunderte sich, daß der Lektor blieb. Ihm scheint unbekannt zu sein, daß die Malerei wie die Dichtkunst sich nur in ihrer Kindheit auf Götter und Gottesdienst bezogen, daß sie aber später, als sie höher heranwuchsen, aus diesem engen Kirchdorf herausschreiten mußten, wie eine Kapelle ursprünglich eine Kirche mit Kirchenmusik war, bis man beides weg ließ und die reine Musik behielt. Bouverot hatte die Achtung für reine Form in so hohem Grade, daß ihm nicht nur der schmutzigste, unsittlichste Stoff, sondern sogar auch der frömmste, andächtigste nicht den Genuß verunreinigte; gleich dem Schiefer bestand er die beiden Proben, zu glühen und zu gefrieren, ohne sich zu ändern.

Albano hatte die Mädchen durch das Fenster in der Allee gesehen und eilte zum Abschiede von der Schwester hinunter und zu etwas Wichtigerem. Er kam mit vollern Rosen auf den Wangen, als um ihn glühten, zu einer Grasbank, wo Liane neben der Schwester hinter dem roten Sonnenschirm mit halbgesenkten Augenlidern und seitwärts geneigtem Haupte ruhte – sanft in die Ernte des Abends versunken – sonnenrot übergossen vom Schirme – im weißen Kleide – mit einem dünnen schwarzen Kreuzchen auf der zarten Brust – und mit einer vollen Rose; sie blickte unsern Geliebten so unbefangen an, ihre Stimme war so schwesterlich und alles so reine sorglose Liebe! Sie sagte ihm, wie sie sich freue auf seinen Jugend-Ort und auf das Landleben und wie Rabette sie überall hinführen werde – und besonders auf die Einweihungsrede, die am Sonntage ihr Beicht-Vater Spener halte. Sie sprach sich ins Feuer durch das Gemälde, wie die große Brust des Greises der Klage- und der Siegsgesang über dem Aschen-Gehäuse des fürstlichen Freundes groß bewegen werde.

Rabette hatte nichts im Sinne als die einsame Minute, die sie dem Bruder mit ihr geben wollte. Sie bat sie aufgeweckt, ihr noch einmal auf der Harmonika vorzuspielen. Albano pflückte sich bei diesem Antrage einen mäßigen Strauß von – Baumlaub. Liane sah sie warnend an, gleichsam als wolle sie sagen: ich verderbe dir wieder deine Munterkeit. Aber sie blieb dabei. Albano überflog bei dem Eintritte ins Wasserhäuschen ein leichtes Erröten über die letzte Vergangenheit und nächste Zukunft.

Liane machte eilig die Harmonika auf, aber das Wasser, das Kolophonium der Glocken, fehlte. Rabette wollte unten ein Glas am Springbrunnen füllen, um – beide allein zu lassen; aber der Graf kam ihr aus männlicher Unbehülflichkeit, in eine List schnell einzugreifen, höflich zuvor und holte es selber. Kaum hatte endlich das liebliche gefällige Wesen seufzend die zarten Hände auf die braunen Glocken gelegt: als Rabette ihr sagte, sie wolle in die Allee hinunter, um zu hören, wie es sich von weitem anhöre. Gleichsam zum schmerzlichen Sonnenstich einer zu schnellen und großen Lust fuhr sein Herz auf, er hörte den Siegeswagen der Liebe von ferne rollen, und er wollte in ihn springen und dahinrauschen ins Leben. Die gläubige

Liane hielt das Entfernen für einen Schleier, den Rabette über das in den Tönen süß brechende Auge werfen wolle, und zog sogleich die Hände von den Glocken; aber Rabette küßte sie bittend, drückte ihr die Hände selber darauf und lief hinab. »Das treue Herz!« sagte Liane, aber das arglose helle Vertrauen auf die Freundin rührte ihn, und er konnte nicht Ja sagen.

Wenn in den Fluren Persiens ein Glücklicher, der auf der üppigen Aue tief unter Nelken und Lilien und Tulpen schlief, vor dem ersten Abendrufe der Nachtigall selig die Augen aufschlägt in die laue stille Welt und in die bunte Dämmerung, durch welche einige Goldfaden der Abendsonne glühend fließen: so gleicht der Selige dem Jüngling Albano im magischen Zimmer – die Jalousiefenster streueten gebrochne Lichter, grüne zitternde Schatten aus, und es dämmerte heilig wie in Hainen um Tempel – nur tönende Bienchen flogen aus der lauten fernen Welt durch die schweigende Klause wieder ins Getöse – einige scharfe Sonnenstreife, gleichsam Blitze vor Schlafenden, wurden romantisch neben der Rose hin- und hergeweht – und in dieser träumerischen Grotte mitten im rauschenden Walde der Welt wurde die Einsamkeit nicht einmal durch das Schattenwesen eines Spiegels gestört. –

In diesen Zauber ließ sie die Töne wie Nachtigallen aus ihren Händen fliegen – die Töne wurden Albano wie von einem Sturme bald heller, bald matter zugetrieben – er stand vor ihr mit gefalteten Händen wie betend und ruhte mit tausend Blicken der Liebe auf der niederschauenden Gestalt. – Einmal hob sie das heilige Auge von Anteil langsam zu ihm auf, aber sie schlug es schnell vor dem Sonnenblick des seinigen nieder.

Nun deckten die großen Augenlider unbeweglich die süßen Blicke zu und gaben ihr wie ein Schlaf den Schein der Abwesenheit – sie schien eine weiße Maiblume auf winterlichem Boden, die das Blütenglöckchen senkt – sie war eine sterbende Heilige in der Andacht der Harmonie, die sie mehr hörte als machte – nur die rote Lippe nahm sie als einen feurigen Widerschein des Lebens, als eine letzte Rose mit, die den eilenden Engel schmückt – o konnt' er dieses Beten der Tonkunst stören mit seinem Wort? –

Mit immer engern Kreisen faßten ihn die magnetischen Wirbel der Töne und der Liebe an. – Und nun da das Ziehen der Harmonika wie das Wasserziehen der stechenden Sonne sein Herz aufleckte – und da die Blitze der Leidenschaft über sein ganzes Leben fuhren und das Gebirge der Zukunft und die Höhlen der Vergangenheit beleuchteten und da er sein ganzes Dasein in einen Augenblick zusammenfaßte: so sah er einige Tropfen aus Lianens gesenkten Augen quellen, und sie blickte heiter auf, um sie fallen zu lassen – da riß Albano die Hand aus den Tönen und rief mit dem herzzerschneidenden Ton seiner Sehnsucht: »O Gott, Liane!« –

Sie zitterte, sie errötete, sie sah ihn an und wußte nicht, daß sie fortweinte und ansah und nicht mehr fortspielte. – »Nein, Albano, nein!« sagte sie sanft und zog die Hand aus seiner und verhüllte sich – erschrak über den

Stillstand der Töne – und ermannte sich und ließ sie wieder langsam strömen und sagte mit zitternder Stimme: »Sie sind ein edler Mensch – Sie sind wie mein Karl, aber ebenso heftig. – Nur *eine* Bitte! – Ich verlasse die Stadt eine Zeitlang«.....

Sein Erschrecken darüber wurde Entzückung, als sie den Ort bestimmte, sein Blumenbühl. Sie fuhr mühsam fort vor dem Erfreueten – ihre Hand lag oft lange auf der Dissonanz im Vergessen der Auflösung – ihre Augen schimmerten feuchter, ob sie gleich nichts weiter sagte als das folgende: »Sein Sie meinem Bruder, der Sie unaussprechlich liebt wie noch keinen, o sein Sie ihm alles! Meine Mutter erkennt Ihren Einfluß – Ziehen Sie ihn – ich sag' es heraus – besonders vom hohen Spiele ab!«

Er konnte kaum das Ja verwirrt beteuern, als Rabette mit der fast unschicklich akzentuierten Botschaft hereilte, daß die Mutter komme. Wahrscheinlich hatte diese Rabettens Alleinsein gesehen. Albano trennte sich mit abgebrochnen Reise-Wünschen von dem Paare und vergaß im Sturm, Rabettens Bitte um Besuche zu bejahen. Die begegnende Mutter schrieb sein Feuer dem brüderlichen Scheiden zu.

Indem er durch die Fülle der Jahrs-Zeit eilte, dacht' er an die reiche Zukunft, an Lianens Stammeln und Verhüllen: brauchen nicht schöne weibliche Seelen wie jene Engel vor dem Propheten nur zwei Flügel zum Erheben, aber vier zum Verhüllen? – Das Meer des Lebens ging in hohen Wellen, aber überall leuchtete es auf seiner weiten Fläche, und Funken tropften vom Ruder.

63. Zykel

Ach am Morgen darauf wurde freilich aus dem Abendrote eines ganzen Himmels ein trübes Gewölke. Denn Liane ging dem Jüngling in so langen dichten Schleiern dahin. Irgendein Geheimnis der Not wirft kalte Klostermauern zwischen nahen Herzen auf – das ist offenbar. Bis hieher bogen mancherlei Zufälle einige Blumen, die Liane verhüllend über das Herz gezogen, wie die Erdstockwerke in Städten durch Blumen und Reben das Einsehen in die Fenster abwehren, von der dunkelsten Ecke des Hintergrundes weg, in der etwan die Rückseite eines Brustbildes hing, das umgedreht vielleicht dem Grafen glich. Aber noch hängt das Bild mit dem Gesichte gegen die Wand. – Indes gleicht ein weibliches Herz oft dem Marmor: der geschickte Steinmetz tut tausend Schläge, ohne daß der parische Block nur in die Linie eines Sprunges reiße; aber auf einmal bricht er auseinander eben in die Form, die der geschickte Steinmetz so lange hämmernd verfolgte.

Am Sonnabend, wo die Ministerin und das Freundinnen-Paar nach Blumenbühl abreisen wollten, um das Begraben und Einweihen anzusehen, kam der Hauptmann nicht nur voll Freude – denn er hatte gern aus Liebe zu Rabetten für Lianen zwar nicht die *Flügel*, aber doch die *Flügeldecken* machen und aus dreifachem Interesse gegen den Freund am Flugwerk spannen helfen –, sondern auch voll Angst zum Grafen .... Aber ihr Musen! warum sind in der poetischen Welt alle die Begebnisse selten so vielfach motiviert als häufig in der wirklichen? ....

Seine Angst war bloß die, daß sein Vater früher anfahre als seine Mutter ab – denn er kannte den Minister. Letzterer wollte nach seinen Briefen Montags, Dienstags (spätestens am Sonnabend) anlangen; allein dies konnte – da Froulay gern die Seinigen im breiten Spielraum des Erwartens schwimmen ließ – noch gewisser drohen, daß er – weil er wie die Basler Uhren immer eine Stunde zu früh bloß in der Hoffnung ausschlug und kam, seine Leute über irgend etwas recht Häßlichem zu ertappen – in jeder Minute zum Hoftore hereinjage. Kam er angejagt, an diesem Vormittage oder in der Minute, wo der Bediente die Tochter in den Wagen hob und die Mutter schon darin saß: so war so viel durch tausend Schlüsse aus der Observanz gewiß, daß beide wieder hinauf mußten in die Zimmer – daß er alle Kisten und Schachteln wieder abpacken hieß und daß er die Landschafts-Direktors-Tochter nach ihren 10 000 Bitten – wiewohl ihr schon die zweite auf der Lippe erfröre – freundlich mit ganz spaßhafter Gleichmut als einsame Konklavistin im zugemachten Wagen nach Hause würde ziehen lassen. Gewisse Menschen – und er ist ihr Generalissimus – wissen sich kein süßeres Labsal, als den Ihrigen die Gartentüre irgendeines Arkadiens, wozu sie ihnen nicht die Reiseroute und die Landkarte aufgesetzt, vor der Nase ins Schloß zu werfen und solche gerichtlich zu versiegeln. Kurz vor einer Lustfahrt setzen ohnehin die meisten Eltern Galle ab; konnte Froulay vollends eine verriegeln, so war ihm das so viel, als komm' er von einer rot und munter nach Hause. –

Nachmittags um 3 Uhr gingen unsere Freunde unter dem schönsten Himmel spazieren – alles war schon geordnet, Karl wollte morgen nachgehen, Albano erst nach der allgemeinen Rückreise, am Montag (seine zarten Rücksichten und fremde harte entschieden) – und es zog durch das ganze gewölbte Blau kein Nebel als Karls Besorgnis, die zweite Lokation der Fürsten-Leichen ziehe seinen Vater noch heute her –– als er plötzlich herausfluchte: dort fahr' er. Er kannt' ihn an dem Tiger-Postzug und noch mehr an den lang vorgespannten Vorderpferden. Eine Fegfeuer-Lebens-Minute! – Der Wagen fuhr rasch die Straße herab – die Vorderpferde zogen noch länger ganz unförmlich voraus – man wunderte sich – endlich wurde die Ziehweite einen Acker lang – das schien ganz unmöglich – als Albanos Adlerauge keine lederne Verbindung zwischen dem Postzug und zuletzt gar entdeckte, daß bloß ein fremder Kerl mit zwei Pferden zufällig vor dem Wagen herreite. Und in dieser Minute sahen sie den offnen Triumphwagen mit der weiblichen Dreieinigkeit langsam die Blumenbühler Höhe hinaufziehen, und das vermengte Tulpenbeet der drei Sonnenschirme schimmerte ihnen lange zurück.

Vierzehnte Jobelperiode

Albano und Liane

64. Zykel

In unserer innern Welt fliegen so viele zarte und heilige Empfindungen herum, die wie Engel nie den Leib einer äußern Tat annehmen können; so viele reiche gefüllte Blumen stehen darin, die keinen Samen tragen, daß es ein Glück ist, daß man die Dichtkunst erfunden, die alle jene ungebornen Geister und den Blumenduft leicht in ihrem limbus aufbewahret. Mit dieser fass' ich, lieber Albano, deinen herrlich verduftenden Sonntag auf und halte den unsichtbaren Weihrauch fest für die Schneidersche Haut der Welt! –

Am Sonntage bezog er das Donnerhäuschen in Lilar. Der Lektor hielt sich mit der Hoffnung aufrecht, der Graf werde das Blumenparterre des neuen Genusses schon bald so platt und welk zusammentreten wie einen Kreuzweg. Es war ein schöner Morgen – vom Tau ganz beregnet – ein frischer Wind wehte von Lilar über das blühende Korn – und die Sonne brannte allein in einem kühlen Himmel. Auf der Blumenbühler Straße zog ein Menschen-Gewimmel hinan, und niemand ging lange allein; auf der Morgenhöhe sah' er seinen Freund Karl mit dem gebognen Federbusch der Sonne entgegensprengen.

Lilars Lüfte flogen Orangenduft-ausatmend entgegen und wehten die Asche weg, die auf den glühenden Altarkohlen jenes ersten herrlichen Sonntags stand. Er ging die Brücke hinab, und der früh geputzte Pollux trieb ihm einen aufgeblätterten Truthahn entgegen. Eine Soeur servante des alten Speners kochte schon eine Stunde lang bei der Chariton, bloß um ihn vorbeigehen zu sehen. Diese lief festlich-geschmückt aus dem Häuschen, das sich heiter mit allen Fenstern dem ganzen Himmel öffnete, ihm entgegen und brach in der Verlegenheit der Freude mit der Hauptsache zuerst heraus, es sei nämlich droben im Häuschen alles schön parat, und ob er das Essen hinaufhaben wollte. Sie wollte mitten im Gespräch Polluxen aus des Grafen – Fingern ziehen, aber er ließ ihn zum Kusse aufschweben und erntete damit jedes Herz, auch das alte hinter der Küchenflamme.

Indem er nach seinem Häuschen durch den westlichen Triumphbogen hinausging, fühlt' er unbeschreiblich stark und süß, daß die holde Jugendzeit unser Welsch- und Griechenland ist voll Götter, Tempel und Lust – ach und welches so oft Goten mit Tatzen durchstreifen und ausleeren. –

Seine blühende Bahn lief endlich in die Tiefen- und Höhentreppe, die er mit Spener bestiegen – einzelne Tages-Streifen brannten sich dem nassen Boden ein und färbten zerstreuete Zweige feurig und golden. – An der mystischen Laube, wo vor ihm der tote Fürst in der Seitenhöhle geschritten war, fand er diese nicht, sondern nur eine leere Nische. Er trat oben heraus wie aus der Hüfte der Erde. Sein Häuschen lag auf dem herumgebognen Bergrücken. Drunten ruhten um ihn die Elefanten der Erde, die Hügel, und das sich in Blüten herrlich blähende Lilar, und er schauete aus seinen Fenstern in das Lager der Riesen der Natur.

Inzwischen konnt' er jetzt nicht auf dem Fensterstocke bleiben, oder neben der begeisternden Äolsharfe, oder im Augen-Kerker, den Büchern; durch Ströme und Wälder und über Berge zu schweifen verlangte die frische Natur. Das tat er.

Es gibt zwischen den Alltags-Taten des Lebens – wo der Regenbogen der Natur uns nur zerbrochen und als ein unförmlicher bunter Klumpe am Horizont erscheint – zuweilen einige Schöpfungstage, wo sie sich in eine schöne Gestalt ründet und zusammenzieht, ja wo sie lebendig wird und wie eine Seele uns anspricht. Heute hatte Albano diesen Tag zum erstenmal. Ach es gehen Jahre dahin, und sie bringen keinen. Indem er so auf dem Bergrücken auf beiden Seiten dahinwandelte, flutete der Nord-Ost ihm immer voller entgegen – ohne Wind war ihm eine Landschaft eine steife festgenagelte Wandtapete – und wühlte das feste Land zum flüssigen um. Die nahen Bäume schüttelten sich wie Tauben süß-schauernd in seinem Bade, aber in der Ferne standen die Wälder wie gerüstete Heere fest und ihre Gipfel wie Lanzen. – Majestätisch schwammen durch das Blau die silbernen Inseln, die Wolken, und auf der Erde schritten Schatten riesenhaft über Ströme und über Berge – im Tale blitzte die Rosana und rollte in den Eichenhain. – Er trat ins warme Tal hinab, die Weiden schäumten, und ihr Same spielte in seiner Wolken-Flocke, eh' ihn die Erde befestigte – der Schwan dehnte wollüstig den langen Flügel, gepaarte Tauben ätzten sich vor Liebe, und überall lagen die Beete und Zweige voll heißer Mutterbrüste und Eier. – Wie ein herrlicher blauer Blumenstrauß schillerte in hohen Gräsern der Hals des ruhenden Pfaues. – Er trat unter die Eichen, die mit knotigen Armen den Himmel anfaßten und mit knotigen Wurzeln die Erde. – Die Rosana sprach allein mit dem brausenden Wald und fraß schäumend an Felsenstücken und am morschen Ufer – Nacht und Abend und Tag verfolgten einander im mystischen Hain. – Er trat in den Fluß und ging mit ihm hinaus vor eine rege warme Ebene voll Dörfer und aus ihnen klang der Sonntag und aus den Ährenfeldern fuhren Lerchen und an den Bergen krochen Menschen-Steige hinauf, die Bäume regten sich als Lebendige und die fernen Menschen schienen festzuwurzeln und wurden nur Schößlinge an der tiefen Rinde des ungeheuern Lebensbaumes. – –

Die Seele des Jünglings wurde in das heilige Feuer geworfen, wie Asbestpapier zog er sie ausgelöscht und unbeschrieben heraus, ihm war, als wiss' er nichts, als sei er *ein* Gedanke, und hier trat ihn auf eine wunderbar neue Weise das Gefühl an: das ist die Welt, du bist auf der Welt – er war *ein* Wesen mit ihr – alles war *ein* Leben, Wolken und Menschen und Bäume. –

Er fühlte sich von unzähligen Polypenarmen ergriffen und zugleich mit ihnen verschlungen und doch fortrinnend im unendlichen Herz.

Trunken kam er vor seine Wohnung, von welcher sich ihm der kleine Pollux den Berg herab entgegenrollte, um ihn zum Essen zu rufen. Im Häuschen wurde das, was er meinte, ausgesprochen von der Äolsharfe am offnen Fenster. Indes das Kind mit den Fäustchen auf dem Klaviere nachdonnerte und die Vögel aus den Bäumen freudig dareinschrien: so fuhr der Weltgeist durch die Äols-Saiten jauchzend und seufzend, regellos und regelmäßig, spielend mit den Stürmen und sie mit ihm; und Albano hörte, wie die Ströme des Lebens rauschten zwischen den Ufern der Länder – und durch die Blumen- und Eichenadern – und durch die Herzen – um die Erde, Wolken tragend – und den Strom, der durch die Ewigkeit donnert, goß ein Gott aus unter dem Schleier – –

Albano kam mit dem unschuldigen vortanzenden Knaben zur fortlächelnden Mutter. Sogar hier zwischen den vier Wänden zogen ihn noch die Segel fort, die der große Morgen aufgebläht. Nichts fiel ihm auf, nichts schien ihm gemein, nichts fern, die Woge und der Tropfe im unendlichen Meere des Lebens verflossen unteilbar mit den Strömen und Strudeln, welche darin gingen. Vor Chariton stand er wie ein glänzender Gott, und sie hätte gern entweder ihn verschleiert oder sich. Nie war die Menschheit in reinere Formen, die kein Wulst irgendeines Geburtslandes verkrüppelte, gesondert als in diesem Freudenkreise, worin die Kindheit, die Weiblichkeit und die Männlichkeit, von Blumen durchwunden, sich begegneten und sanft anfaßten.

Chariton sprach immer von Liane, nicht bloß aus Liebe zur Fernen, sondern auch zum Nahen; denn ob sie gleich mit jenen offnen Augen schaute, die mehr still abzuspiegeln als anzublicken, mehr einzulassen als einzuziehen scheinen, so war sie doch wie Kinder, Jungfrauen, Landleute und Wilde zugleich offenherzig-wahr und schlau. Sie hatte Albanos Liebe leicht erlauscht, weil überall den Weibern alles leichter zu verdecken ist, sogar der Haß, als sein Gegenteil. Sie lobte Lianen unendlich, besonders die unvergleichliche Güte, und »ihr Herr habe gesagt, wenige Männer hätten so viel Herz als sie, denn sie sei oft ohne alle Furcht nachts mit ihr im Tartarus gewesen«. Allerdings war das auch dem Grafen nicht erklärlich. Das Wunderbare ist der Heiligenschein eines geliebten Hauptes; eine Sonne, zum Menschenantlitz besänftigt, ergreift weniger als ein geliebtes, zum Sonnenbild verklärt.

Sie, immer heißer erfreuet durch seine Freude, bot ihm an, ihn in Lianens Zimmer zu führen. Ein einfaches Zimmerchen – vom Weinlaube gründämmernd – einige Bücher von Fenelon und Herder – alte Blumen noch in ihren Wassergläsern – kleine sinesische Tassen – Juliennens Porträt und ein anderes von einer verstorbenen Jugendfreundin, welche Karoline hieß – ein unbeflecktes Schreibzeug mit englischem gepreßten Papier – – das fand er.

Die heiligen Frühlingsstunden der Jungfrau zogen vor ihm wie sonniges Gewölke tauend vorüber.

Zufällig berührte er ein Federmesser, als ihm Chariton Kiele zum Schneiden brachte, »weil man« (sagte sie) »so viel Not damit hätte, seit ihr Herr weg sei«. Denn eine Frau kann leichter jede Feder führen – sogar die epische und kantische – als eine schneiden; und hier muß wie in mehr Fällen das stärkere Geschlecht dem schwachen unter die Arme greifen.

Albano wünschte noch das Arbeits-Zimmer seines Lehrers zu sehen; aber dieses schlug sie – ob sie gleich durch ein stundenlanges Zusammenessen nicht mutiger geworden – doch entschieden ab, weil es ihr Herr verboten habe. Er bat noch einmal; aber sie lächelte immer schmerzlicher und blieb bei dem freundlichen Nein.

Er verträumte nun den Rausch des Morgens im magischen Garten, auf dessen Wasser und Steige der Mond- und Widerschein der Erinnerung spielte. Wie treten aus den 9 Millionen Quadratmeilen der gemeinen Erde doch einige poetische Länder heraus durch ein poetisches Herz! Auf dem Berg mit dem Altare, wo er sie unten einmal verschwinden sehen, wehte ihn, umflattert vom freiern Äther, das Nachmittagsgeläute von Blumenbühl an; und sein Kindheitsleben und die jetzigen Szenen dort und Liane gaben ihm ein weiches Herz, und er überschauete mit dunklern Augen das verklärte Land.

Abends kamen frohe Kirchgänger aus Blumenbühl und priesen das Einweihen und Beisetzen gewaltig. Er sah noch den frommen Vater drüben auf dem Bergrücken stehen. Der Morgen, wo er einen ganzen Tag Lianen sehen und ihr vielleicht alles sagen konnte, überzog sein Leben mit einem ihn in prächtigen Regenbogenkreisen umschimmernden Morgentau. Noch im Bette sang er vor Lust das Morgenlied der Ruderleute auf dem Lago maggiore – die Sternbilder über Blumenbühl glänzten in das offne Fenster seines Alpenhäuschens herüber an das zusinkende Auge. – Als ihn der helle Mond und Flötentöne aus dem Tal wieder weckten: glühte das stille Entzücken unter der Asche des Schlafes noch fort, und das größere drückte die Augen wieder zu.

65. Zykel

Unter einem frischen Morgenblau ging er voll Hoffnungen, heute sein immer in weiße Nebel hineinlaufendes Leben aufzuhellen, jenen alten Weg, den er einmal (im 23sten Zykel) nachts herwärts gemacht, um auf dem Berge Elysium und Liane zu sehen. Der ganze blühende Steig war ihm eine römische Erde, woraus er schönbemalte Vasen der Vergangenheit ausgrub; und je näher dem Dorfe, desto breiter wurden die geheiligten Plätze. Er wunderte sich, daß die Lämmer und Hirtenknaben nicht, wie das Gras, länger aufgeschossen während seiner Entfernung, die ihm durch den Wachstum seines Herzens und den bunten Wechsel seiner Erfahrungen selber verlängert vorkam. Wie ein Morgentrunk von hellem Alpenwasser rann der alte Klang des Hirtenhorns in seine Brust; aber die enge Erlenbahn, worin er das Reitpferd des Direktors vor dem Absatteln getummelt, und selber der Schloßhof, sogar die vier Wände und das Deckengemälde des häuslichen Glücks krempten seiner treibenden Seele, die in die Erde und in den Himmel hineinwachsen wollte, Wurzel und Gipfel ein; er war noch in den Jahren, wo man vom Klavichord des Lebens mit einem Fußtritt den Deckel hochlüftet, damit das harmonische Brausen überall vorwalle.

Wie verschwenderisch wurde im Schlosse sein Herz mit Herzen bedeckt und die jüngste Liebe durch alte übertäubt, von der leichtweinenden Mutter Albine an bis zu den händegebenden alten Bedienten, die seinetwegen die versteinerten Glieder behender bewegten! – Er fand alle seine Lieben – Liane ausgenommen – in Wehrfritzens Museum, weil dieser »junges Volk« und Diskurse lieb hatte und allzeit darauf bestand, daß man das Frühstück auf seinem Aktentisch aufsetzte, der, wie er sagte, so gut sei als ein Frühstück-Tisch mit lackierten Fratzen, die niemand ansehe. Albano plagte sich mit der Furcht, die Ministerin sei die Kirchenräuberin einer Göttin selber geworden und habe gestern Liane zurückgeführt – bis der Hauptmann die Unsichtbarkeit eilig erklärte. Die gute Seele hatte gestern die Bewegungen ihres teilnehmenden Herzens mit Migräne büßen müssen. Ihr geliebter Lehrer Spener mit seiner erhabenen Seelen-Stille – die Augen, die nicht mehr über die Erde weinten, auf das befreundete Fürstenpaar gesenkt – mit dem Haupte unter dem kalten Polarstern der Ewigkeit stehend, das wie der Pol keine Sterne mehr auf- und untergehen sah – ruhig und mit apostolisch ineinander gelegten Händen allmächtig redend über den Schmerz und das Ziel des bleichen Lebens, begeistert die Herzen nahe an die weinende Rührung drängend, und doch sie mit erhabener Besänftigung zurückziehend vom höchsten Schmerz, damit nur das Herz weine ohne das Auge – und nun die Einsegnung der gepaarten Särge und der Kirche – o in der weichen Liane mußten diese Rührungen ja zu Leiden arten, und alles, was ihr Lehrer verschwieg, wurde in ihr ausgesprochen. Noch dazu hatte sie nicht die gewöhnliche Kur, sich still zu halten, gebraucht, sondern alle Stiche hinter tätige Freude versteckt, um der fortreisenden Mutter keine Schmerzen zu geben, obwohl sich viel zu große.

In diese Erzählung trat sie selber freundlich herein im weißen Morgenkleid mit einem Strauß von sinesischen Röschen – ein wenig blaß und müde – träumerisch-weich aufblickend – die Stimme leiser – die Wangenrosen zu Knospen geschlossen – und wie ein Kind jedes Herz anlächelnd – – du Engel des Himmels, wer darf dich lieben und belohnen? Sie erblickte den hohen Jüngling – – alle Lilien ihres stillen Angesichts wurden wider ihre Gewohnheit in ein himmlisches Morgenrot der Freude getaucht, und ein zarter Purpur blieb an ihnen.

Sie fragte ihn offen, warum er gestern nicht zur Festlichkeit gekommen, und entdeckte angelegentlich, daß sie alle heute den frommen Vater, für welchen ihre Zwerg-Rosen gebunden waren, besuchen würden. Er nahm gern die vierte Stimme im Konzert der Lustfahrt. Welcher herrliche hängende Garten mit seinen liebsten Blumen und Aussichten ist in die Abendstunden hineingebauet! Wie viel Glückliche bedeckt ein einziges Dach!

Die redliche Rabette, vor stillem Freuen flinker und geschäftiger, war unverdrossen Lianens Kranken- und Roquairols Löwen-Wärterin und die maitresse de plaisirs, welche jeden mütterlichen Grundriß einer Lust noch um die Hälfte breiter machte, und das ganze Wesen war so glücklich! Ach ihr armes reines Herz wurde ja noch von keinem geliebt, und darum glüht es mit den frischen Kräften der ersten Liebe so hell und treu vor einem mächtigen, das zu ihm segnend wie ein liebender Gott niederzukommen scheint und einen ganzen Himmel nachzieht! – Roquairol sah, wie reizend die arbeitsame Beweglichkeit im Spielraum ihres Eigentums und ihrer Geschäfte das schwer niederhängende Laub verschiebe, das im Visitenzimmer sich finster über ihren Wert herzog; sie wurde sogar schöner durch das dunklere nette Hauskleid, nachdem er durch Predigten jede weiße Draperie ihrer brünetten Gestalt in den Kleiderschrank zurückgeschickt. Sie gehorchte der Mutter hierin nicht eher, als bis er es verlangt hatte. Ja er hatte sie gestern dahingebracht, die Uhr, womit die stolze Ministerin sie beschenkt, wirklich an sich herumzutragen mit heißem Erröten über den ungewohnten Schmuck. Indes wollt' er mit ihr gleichsam einen recht geschlängelten Blumenweg zum Altare seines *lauten* Ja's der Liebe nehmen – das *stumme* sagt' er hinlänglich –; er wußte, sie sitze sogleich ein, sobald er mit dem Muschelwagen der Venus vorfahre, wovor er eine Taube und einen Habicht vorgehängt.

Wie herrlich flog der Vormittag dahin auf goldnen Flügeldecken und auf durchsichtigen Flügeln! Der geliebte Albano wurde in alle Veränderungen des Hauses eingeführt; die schönste war in seiner Studierstube, welche Rabette in ihre Putz-, Näh- und Studierstube umgekleidet hatte, die seit gestern wieder zum Gast- und Lesestübchen Lianens geworden. Wie gern trat er ans Fenster nach Abend, wo er so oft im Kristallspiegel seiner Phantasie seinen unsichtbaren Vater und die Geliebte überirdisch erscheinen lassen! In die Scheiben waren von seiner Knabenhand viele L und R gezogen. Liane fragte, was die R bedeuteten; – »Roquairol«, sagte er, denn sie fragte nicht nach dem L. Unendlich süß floß die Betrachtung um sein Herz, daß doch seine Geliebte in der träumerischen Klause seines ersten grünen Lebens einige blühende Tage verlebe. Liane zeigte ihm mit kindlicher Freude, wie sie alles, nämlich das Zimmer, redlich mit Rabetten teile in ihrer Doppelwirtschaft und Stuben-Kameradschaft, und wie sie ihre Wirtin selber zu ihrem Gaste gemacht.

Ich habe oft das schöne leichte Nomaden-Leben der Mädchen in ihren arkadischen Lebens-Abschnitten bewundert mit Neid; leicht flattern diese *Flugtauben* in eine fremde Familie und nähen und lachen und besuchen da mit der Tochter des Hauses ein oder zwei Monate lang, und man hält das Kopulierreis für einen Familienzweig; – hingegen wir *Stubentauben* werden schwer versetzt und einheimisch und reiten meistens nach einigen Tagen wieder zurück. Da wir als sprödere Materie schwerer mit dem Familien-Guß verschmelzen; da wir unsere Arbeiten nicht so leicht – weil uns Wagen voll Arbeitsgeräte nachfahren müssen – wie Mädchen ihre einweben in fremde und da wir viel brauchen und – anstiften: so ist daraus unser Laufzettel sehr gut abgeleitet ohne unsern geringsten Nachteil.

Nach einer halben Ewigkeit der Ankleidung – da in der Nähe der Geliebten eine Stunde der Abwesenheit länger dauert als ein Monat in ihrer Ferne – traten die reisefertigen Mädchen im schwarzen Schmucke der Bräute herein. Wie reizend stehen Rabetten die Rosen im dunkeln Haar und der dunkle Spitzen-Saum auf dem weißen Hals und die furchtsamen Flammen ihres reinen Auges und die anfliegenden Errötungen! – Und Liane – ich rede nicht von dieser Heiligen. Sogar der gute alte Direktor mußte, als ihn das fromme Angesicht unter dem bloß einfach und nonnenhaft herübergelegten weißen Kopfschleier von indischer, mit Goldlahn besprengter Mousseline kindlich anblickte, seinem Wohlgefallen die Worte geben: »Wie eine Nonne, wie ein Engel!« – Sie antwortete: »Ich wollte auch einmal eine werden mit einer Freundin; aber nun nehm' ich den Schleier später als sie«, setzte sie mit wunderbarem Ton dazu.

Sie hing heute mit zärtlicher Schwärmerei an Rabette, vielleicht aus siecher Weichheit, vielleicht aus Liebe zu Albano und zu den Eltern und vielleicht, weil Rabette durch die Liebe so gut und schön war und weil sie selber nichts war als Herz. Sie hatte den heiligen Fehler zu schwärmerischer Vorstellungen von ihren Freundinnen – in welchen die edlern Mädchen leicht fallen und womit bloß Ehefrauen wenig behaftet sind – sonst noch höher getrieben: so konnte sie z. B. ihre Freundin Karoline, die ihr wie eine Romanheldin nur im romantischen Spielraum der Freundschaft und der schönen Natur begegnet war, sich anfangs gar nicht ohne Abbruch des poetischen Heiligenscheins mit Händen denken, welche die Nähnadel und Plätte und anderes Geräte des weiblichen Ackers führten.

Wer die zärteste Mitfreude fühlen will, der sehe nicht frohe Kinder an, sondern die Eltern, die sich über frohe erfreuen. Niemals blickte die blau- und rundäugige Albine – in deren Gesicht die Zeit manche Lebenstöne dreimal gestrichen hatte, worunter aber kein stief- und schwiegermütterlicher Mißton vorkam – öfter hin und her und segnender als unter diesen – Paaren; denn das wurden sie nach der mütterlichen Sterndeuterei der Aberrationen und Pertubationen dieser Doppelsterne. – Der Vater, der die »Kopf- und Ohrenhängerei des jetzigen jungen Volks« gegen die Ehrensprünge seiner Kameraden hielt, wurde an den Hauptmann gekettet, der sich als Regisseur seines innern Theaters heute die Rolle eines frohen Jünglings zugeteilt hatte. Er gefiel ihm sogar durch die derben Redeblumen, die das verborgne Wehen von ihm losblätterte; denn da jedes Genie sein Grobians-Idiotikon, seine Knittelverse haben muß: so hatt' er – andere haben den Teufel, den Henker – den genialischen Handwerksgruß »Lump« samt den Derivativis »Lumperei« u. s. w. Aber wie noch hinreißender nahm Albano alle weibliche Herzen durch die Stille weg, womit er wie ein ruhiger Nachsommer seine Früchte fallen ließ. Die Eltern schrieben diese weiche Haltung dem Stadtleben zu, als wäre nicht Karl länger in diese Malerschule gegangen. Nein, die Liebe ist die italienische Schule des Mannes; und der kräftigere und höhere ist eben der höhern Zartheit fähig, wie auf hohen Bäumen sich das Obst milder und süßer ründet als auf niedrigen. Nicht an unmännlichen Charaktern entzückt die Milde, sondern an männlichen; wie nicht an unweiblichen die Kraft, sondern an weiblichen.

Der gute Jüngling! – So unschuldig lodert dir – indes Karl es allzeit leider deutlich wußte, wenn sein Blick brannte und blitzte – aus den Augen ein glühendes Herz, das es nicht weiß! Möge dein Abend das Samenkorn einer blütenvollen Jugend werden! Der Wagen rollet vor, dir ungewiß, ob er ein Elias- oder Phaetons-Wagen wird, ob du durch ihn den Himmel erfliegst oder aus ihm fällst!

66. Zykel

Der Wagen flog durchs Dorf mit den vier jungen Menschen – wie tut unserm Jüngling die Weite des Himmels und der Erde wohl! Das Portal des Lebens, die Jugend, war mit Blumen und Lichtern behangen. Sie rollten unten am Berge vor der Vogelstange vorbei, der Zeigerstange eines Knaben-Arkadiens, vor der Wiege, wo er kindlich-schlaftrunken nach dem hohen Himmel langte mit dem Knaben-Arm – und durch das ihm jetzt nur zu Gebüsch gesunkne Birkenwäldchen, das er an jenem goldnen Morgen so breit und lang gefunden – und vorbei vor den östlichen offnen Triumphbogen, hinter denen das Meer des vielgestaltigen Lilars seine Reize wogen ließ – und hinter der Bergmauer des Flötentals schickten sie den Wagen zurück.

Sie gingen auf einer herrlichen Erde unter einem herrlichen Himmel. Rein und weiß schwamm die Sonne wie ein Schwan durch die blaue Flut – Fluren und Dörfer drängten sich dichter an die fernen niedrigen Gebürge – ein sanfter Wind trieb die grünen Ähren-Wogen auf der Ebene umher – an den Hügeln ruhten Schatten unter den Schwingen weißer Wölkchen fest – und hinter den Gipfeln der Anhöhe zogen die Mastbäume der Rheinschiffe majestätisch weg.

Wie Albano so nahe neben der Geliebten ging, fiel das unter seinem Eden brennende Fegfeuer immer tiefer in den Erdkern zurück; voll Unruhe und Hoffnung warf er das feurige Auge bald auf den Sommer, bald auf den milden Hesperus-Stern, der so nahe an ihm aus dem Frühlingsäther schimmerte. Die Gute schien heute stiller, ernster und unruhiger als sonst. Als sie durch ein überall offnes Laubwäldchen am Hügelrücken, der das Flötental umzog, hingingen: sagte Liane plötzlich zum Grafen, sie höre Flöten. Kaum konnt' er sagen, er höre nur ferne Turteltauben: als sie auf einmal sich wie zu etwas Wunderbarem sammelte – ihre Augen in den Himmel heftete – lächelte – und plötzlich sich nach Albano umsah und rot wurde. Sie redete ihn an: »Ich will aufrichtig sein, ich höre jetzt in mir Musik [1] – sehen Sie mir heute meine Schwäche und Weichheit nach; es kommt von gestern.« – »Ich – Ihnen?« sagt' er heftig; denn er, um welchen in Krankheiten nur brennende Bilder stürmten, wurde zur Verehrung eines Wesens begeistert, zu welchem gleichsam aus einer höhern Welt in seinen Schmerzen wie goldne Sonnenstrahlen leise Töne reichen, die verhüllt durch die rauhe Tiefe gehen.

Aber Liane, wie um sein Feuer abzuwenden, kam auf ihre Freundin Karoline und sagte: wie sie ihr an solchen Tagen und zumal auf diesem Spaziergange immer vorschwebe. »Anfangs sucht' ich sie auf,« (sagte Liane) »weil sie meiner Linda glich. Sie war meine Lehrerin, ob sie gleich nur einige Wochen älter war als ich. Ihr frommer, strenger, unerschrockner Charakter und ihre Willigkeit, sich freudig und stumm aufzuopfern, machte sie sogar, wenn ich es so sagen darf, in den Augen ihrer Mutter verehrungswürdig. Man sah sie niemals weinen, so weich sie auch war, bloß um ihre Mutter immer heiter zu machen. Wir wollten miteinander den Schleier nehmen, um beisammen zu bleiben; ich würde nicht alt werden, sagte sie, und ich müßte mein kurzes Leben froh und ohne Sorgen, aber auch in Zubereitung auf das andere verbringen. Ach sie ging selber voran! Die Nachtwachen am Krankenbette ihrer Mutter und der Schmerz über den Tod nahmen sie dahin. Sie empfing das heilige Nachtmahl, auf das wir uns miteinander zubereiteten, im Sterben allein. – Da gab mir der Engel diesen Schleier, worin ich ihr einst folgen soll. – O, gute, gute Karoline!« – Sie weinte unverhohlen und drückte bewegt Albanos Hand. »O ich hätte nicht davon anfangen sollen! – Dort kommt schon unser Freund; wir wollen recht heiter sein.« –

Sie waren jetzt durch ein hohes Gebüsche, das neckend die umherschweifenden Landschaften auf- und zudeckte, nahe an die über das Flötental hereinschauende Turmspitze gelangt, neben welcher eine einsame Kirche und Speners Wohnung lag und unten in der Ebene das offne Dorf. Spener ging seiner Schülerin – nach Greisen-Sitte um andere unbekümmert – entgegen,

[1] Dieses Selbst-Ertönen – wie die Riesenharfe bei verändertem Wetter unberührt anklingt – ist in Migräne und andern Krankheiten der Schwäche häufig; daher im Sterben; z. B. in Jakob Böhme schlug das Leben wie eine Konzertuhr seine Stunde von Harmonien umrungen aus.

und ein junges Reh lief ihm nach. Eine schöne Stelle! Kleine weiße Pfauen – freie Turteltauben – eine Bienenstadt mitten in ihrer Bienenflora – alles sagte den ruhigen Alten an, dem nun die ehrende Erde dient und der, gleichgültig gegen sie, nur in Gott lebt. Er kam gegen die Erwartung eines kirchlichen Ernstes mit einem leichten Scherz über die bunte Reihe und legte die segnenden Finger auf Lianens Stirn, die seine Enkelin zu sein schien, gleichsam eine zweite Baum-Blüte im Spätherbst des Lebens. Sie steckte ihm töchterlich den Strauß der Zwerg-Röschen an die Brust und gab sehr acht, ob es ihn besonders freue. Sie lächelte ganz heiter, und alle ihre Tränen schienen verweht; aber sie glich dem beregneten Baum unter der wiederlachenden Sonne: die kleinste Erschütterung wirft den alten Regen vom stillen Laub.

Der alte Mann erfreuete sich über die Teilnahme der jungen Leute und blieb mit ihnen auf der blühenden und lärmenden Anhöhe, welche zwischen einer weiten Landschaft und zwischen den reichbeladen ins Elysium hineinlaufenden Bergrücken thronte. Sie ließen ihn, da zu ihm wie zu einem, der im Luftschiff aufsteigt, die Töne der Erde nicht so weit nachreichten als die Gestalten, mehr reden als hören, wie man Alte schonet.

Er sprach bald von dem, worin sein Herz atmete und lebte; aber in einer sonderbaren, halb theologischen, halb französischen, Wolffianischen und poetischen Sprache. Man sollte von manches Schwärmers Poesie und Philosophie statt der Verbal- Realübersetzungen geben, damit man sähe, wie die gold-reine Wahrheit unter allen Hüllen glühe. Spener sagt in meiner Übersetzung: »er habe sich sonst, eh' er das Rechte gefunden, in jeder menschlichen Freundschaft und Liebe gemartert. Er habe, wenn er inbrünstig geliebt wurde, zu sich gesagt, daß er sich selber ja nie so ansehen oder lieben könne; und ebenso könne ja das geliebte Wesen nicht so von sich denken wie das liebende, und wär' er noch so vollkommen oder so eigenliebig. Sähe jeder den andern an wie er sich: so gäb' es keine feurige Liebe. Aber jede fordere einen unendlichen Wert und sterbe an jedem unauflöslichen, deutlich erkannten Fehl; sie hebe ihren Gegenstand aus allen heraus und über alle und verlange eine Gegenliebe ohne Grenze, ohne allen Eigennutz, ohne Teilung, ohne Stillstand, ohn' Ende. Das sei ja das göttliche Wesen, aber nicht der flüchtige, sündige, wechselnde Mensch. Daher müsse sich das liebeskranke Herz in den Geber dieser und jeder Liebe selber, in die Fülle alles Guten und Schönen, in die uneigennützige, unbegrenzte All-Liebe senken und darin zergehen und aufleben, selig im Wechsel des Zusammenziehens und Ausdehnens. Dann sieht es zurück auf die Welt und findet überall Gott und seinen Widerschein – die Welten sind seine Taten – jeder fromme Mensch ist ein Wort, ein Blick des All-Liebenden; denn die Liebe zu Gott ist das Göttliche, und ihn meint das Herz in jedem Herz.« – –

»Aber« – (sagte Albano, dessen frisches energisches Leben aller mystischen Vernichtung widersträubte) – »wie liebt uns denn Gott?« – »Wie ein

Vater sein Kind, nicht weil es das beste ist, sondern weil es ihn braucht.« [1] – »Und woher« (fragt' er weiter) »kommt denn das Böse im Menschen und der Schmerz?« – »Vom Teufel«, sagte der Greis und malte ununterbrochen mit verklärter Freude den Himmel seines Herzens aus, wie es immer umgeben sei vom all-geliebten All-Liebenden, wie es gar kein Glück und keine Gaben von ihm begehre (die man nicht einmal in der irdischen Liebe wünsche), sondern nur immer höhere Liebe gegen ihn selber, und wie es, indem der Abendnebel des Alters immer dichter um seine Sinne ziehe, sich im Lebens-Dunkel immer fester von den unsichtbaren Armen umschlungen fühle. »Ich bin bald bei Gott!« sagt' er mit einem Glanze der Liebe auf dem vom Leben erkälteten und unter den Jahren einbrechenden Gesicht. Man hätt' es ausgehalten, ihn sterben zu sehen. So steht der Montblanc vor dem aufgehenden Mond; die Nacht verhüllt seinen Fuß und seine Brust, aber der lichte Gipfel hängt hoch im dunkeln Himmel, als ein Stern unter den Sternen.

Liane hatte wie eine Tochter das Auge und die Hand nicht von ihm gelassen und jeden Laut schmachtend eingesogen; ihr Bruder hatt' ihn mit mehr Freude als Alban gehört, aber bloß um den mystischen Heros ganz in den mimischen Berg Athos seiner Nachbildung reiner abzuformen; und Rabette hatt' ihn wie in einer Kirche unter gläubigen – Nebengedanken angeschauet.

Er entfernte sich jetzt ohne Umstände, um für seine Tiere zu sorgen, die er wie alles Unwillkürliche, z. B. die Kinder, wie aus der ersten Hand Gottes kommend liebte; alles sei göttlich, sagt' er, und nichts irdisch als das Unmoralische. Er konnte keine Bienen schwefeln, keine Blumen im Scherben-Käfig verdursten lassen, kein abgetriebenes, wundes Pferd ertragen und ging vor einer Fleischbank nur mit schaudernden Gliedern vorüber.

»Wollen wir« (sagte der Freund Karl) »den herrlichen Abend auf der prächtigen Bergstraße einnehmen und dein Donnerhäuschen besehen und jeden Leidens-Kelch herunterwerfen in die Täler hinein?« – Welche magische Nachbarschaft durchzogen sie nun auf dem gebognen Gebirge zum Donnerhäuschen! Zur Rechten gleichsam den Okzident der Natur, zur Linken ihren Orient – vor ihnen das prangende Lilar in der Abendfeerei – der glänzenden Rosana in den Armen liegend – Ährengold hinter Pappelsilber – und darüber den Himmel, gefüllt mit lebenstrunknen lärmenden Wesen – und der Sonnengott schreitet über seinen Abend weg und bückt sich ein wenig unter der Mitternacht, um in Osten das goldne Haupt zu erheben. Albano ging an Lianens heiliger Hand voraus. »O wie ist alles so schön!« (sagt' er) »Wie rauschet die aufgeblätterte Weltkarte mit langen Flüssen und Wäldern – wie sonnen sich die Morgenberge in fester Ruhe – wie steigen die Haine mit

[1] Irgendeine uneigennützige Liebe muß ewig gewesen sein. Wie es ewige Wahrheiten gibt, so muß es auch eine ewige Liebe geben.

glühenden Stämmen die Hügel hinauf – man möchte sich in die rauchenden Täler stürzen und in die kalten glänzenden Wellen – ach Liane, wie ist alles so schön!« – »Und Gott ist auf der Welt«, sagte sie – »und in dir!« sagte er und dachte an das Wort des Greisen, daß die Liebe Gott meine und er im Herzen wohne, das wir ehren.

Jetzt rollten ihm schon die großen Wogen entgegen, welche die Äolsharfe im Donnerhäuschen schlug; und sein Genius flog vor ihm vorbei mit den Worten: sag ihr darin dein ganzes Herz.

Vor der kleinen Hütte der gestrigen Träume ging sein stürmendes Herz auseinander; und die Sonne und die Erde schwankten vor den wilden Tränen. Da er hineintrat mit ihr in den füllenden Rosenglanz der Abendsonne und in das Geistergetümmel der einsam miteinander redenden Töne: so faßte er Lianens Hände und drückte sie wild an seine Brust und sank vor ihr ohne Laut und geblendet nieder – Flammen und Tränen flogen über Augen und Wangen – der Wirbelwind der Töne wehte in seine lodernde Seele – der milde Engel der Unschuld bückte sich weinend und bebend gegen den brennenden Sonnengott – und es schlängelte sich ein Schmerz wie eine bleiche Schlange durch die Rosen des milden Angesichts – und Albano stammelte: »Liane, ich liebe dich –«....

Da kehrte die Schlange um und faßte und bedeckte die süße Rosen-Gestalt. »O guter Mensch, du bist unglücklich, aber ich bin unschuldig.« Sie trat erhaben zurück und zog schnell den weißen Schleier über ihr Gesicht herab und sagte außer sich: »Liebst du die Toten? Das ist mein Leichenschleier; im künftigen Jahre liegt er auf diesem Gesicht.« – »Das ist nicht wahr«, sagte Albano. »Karoline, antworte ihm!« sagte sie und sah starr in die brennende Sonne wie nach einer höhern Erscheinung. Fürchterliche Minute! wie bei dem Erdbeben das Meer wogt und die Luft fürchterlich still ruht, so war seine Lippe neben der Verschleierten stumm und das ganze Herz ein Sturm – auf den Saiten wandelte eine seufzende Geisterwelt vorüber, und der letzte endigte mit einem scharfen Schrei – die Schönheit der Erde verzerrte sich vor ihm, und in das Abendgewölk waren breite Feuerfahnen gepflanzt, und das Sonnenauge schloß sich blutend zu. – –

Auf einmal faltete Liane wie betend die Hände und lächelte und errötete; da hob sie den Schleier von den göttlichen Augen, und die Verklärte, vom Rosen-Widerschein angestrahlt, sah ihn zärtlich an – und schlug das Auge nieder – und hob es wieder auf – und senkt' es nieder – und der Schleier fiel wieder vor, und sie sagte leise: »Ich will dich lieben, guter Albano, wenn ich dich nicht elend mache.« – »Ich sterbe mit dir,« sagt' er, »was ists?« – – Und nun verhüllte die heilige Wolke den Sonnengott, der flammend durch seine Sterne zieht! – –

Seine Einsamkeit und Lianens Auflösung so vieler Wunder wurden durch den Eintritt Rabettens und Karls verschoben, welche beide mehr gerührt als beglückt schienen, sie durch die tröstende Nähe des Geliebten, er durch die sonderbare Lage und durch den zwingenden Abend; denn gewissen Menschen geht ein Sturm nach, und sie müssen die Schritte, die sie tun, wider Willen schneller machen.

Als Albano wieder mit dem Friedensengel seines Lebens, mit der Geliebten, die mitten im Rauschen der Gefühle doch die Stimme ihrer Freundin hörte, allein vorausging auf den Felsen-Damm zwischen duftenden Tempetälern in der dämmernden Welt: so war ihm, als habe sich sein Leben wie ein Adler durch eine Sturmwolke durchgearbeitet und der schwarze Sturm laufe unter seinen Flügeln weiter und der ganze Sternenhimmel brenne hell über seinem Haupt. Liane, jungfräulich-edel und fest, gab ihm, eh' er eine Frage getan, die Antwort: »Ihnen muß ich nun ein Geheimnis sagen, was ich jedem und sogar meiner Mutter verbarg, weil es sie beunruhigt hätte. Ich erzählte vorhin von meiner unvergeßlichen Karoline. Am Tage meines Abendmahls, das ich mit ihr empfangen wollen, ging ich nachts von meinem Lehrer zur Mutter zurück, und zwar durch die sonderbare lange Höhle, worin man niederzusteigen glaubt, wenn man aufwärts steigt. Mein Mädchen ging mit der Laterne voraus. In der romantischen Laube, wo ein Hohlspiegel steht, kehr' ich mich gegen den hereinströmenden Vollmond, aus Furcht vor dem wilden Spiegel, der den Menschen so grausam verzieht. Plötzlich hör' ich ein himmlisches Konzert, wie nachher öfters wieder in Krankheiten – ich denke an meine selige Freundin – und schaue voll Sehnsucht in den Mond. – – Da sah' ich sie mir gegenüber, mit unzähligen Strahlen – in ihren schönen Augen war ein zärtlicher Blick, aber doch etwas Auflösendes; der zarte, fast allein lebendige Mund glich einer roten, aber durchsichtigen Frucht, und alle ihre Farben schienen nur Licht zu sein. Doch nur im blauen Auge und roten Munde schien der Engel Karolinen ähnlich. Ich könnt' ihn zeichnen, wenn man mit Licht malen könnte. Ich wurde gefährlich krank; da erschien sie mir öfter und erquickte mich mit unsäglichsüßen Lauten – es waren keine rechte Worte –, worauf ich immer in einen sanften Schlaf wie in einen süßen Tod versank. Einmal fragt' ich sie – mehr mit innern Worten –, ob ich denn bald zu ihr ziehe ins Reich des Lichts. Sie antwortete, ich stürbe jetzt nicht, sondern etwas später, und sie nannte recht deutlich das künftige Jahr und sogar den Tag, den ich aber vergessen .... O lieber Albano! vergeben Sie mir nur einige Worte! Ich genas bald und trauerte über die lange schleppende Zeit ......«

»Nein« – (unterbrach Albano sie, dessen Gefühle wie Schwerter gegeneinanderschlugen) – »ich ehre, aber hasse Ihr gefährliches Schreckbild. Phantasie und Krankheit sind die Eltern des luftigen Würgengels, der wie ein taubes Wetterleuchten sengend über alle Blüten der Jugend fliegt.«

Sie antwortete gerührt: »O du guter, frommer Geist! du hast mich nie betrübt, du hast mich stets getröstet, geleitet, froh und fromm gemacht. – Ein Schreckbild ist er, Albano? – Eben gegen alle Schreckbilder, gegen alle Geisterfurcht bewahrt er mich, weil er immer um mich ist. Warum, wenn er nur ein Traumbild ist, erscheint er mir nie in meinen Träumen? [1] Warum kommt er nicht, wenn ich will? Sondern bloß in wichtigen Fällen; dann frag' ich ihn und gehorche sehr gern. Er ist mir heute, Albano,« (setzte sie leiser und blöder hinzu) »schon zweimal erschienen, unterwegs, als ich die innere Musik hörte, und vorhin im Donnerhäuschen, als die Sonne unterging, und hat mir liebreich geantwortet.«

»Und was sagt' er, Himmlische?« fragte Albano unschuldig. – »Ich sah ihn unterwegs nur an und fragte nichts«, versetzte die Kindliche errötend; und hier stand auf einmal ihre heilige Seele unwissend ohne Flor vor ihm; denn sie hatte im Donnerhäuschen von der unsichtbaren Karoline das Ja zu ihrer Liebe empfangen, weil jene ihr Geschöpf war und dieses ihre – Eingebung. Jawohl, Himmlische! du stehst vor dem Spiegel mit dem jungfräulichen Schleier über deiner Gestalt, und wenn dein Bild seinen leise hebt, glaubst du dich noch verhüllt! –

Kein Wort spricht Albanos Verehrung eines so geheiligten Herzens aus, das verklärte Wesen so helle träumte – dessen goldne Blumen auf dem Gedanken des Todes, wie irdische auf Gottesäckern, nur höher wuchsen – das zugleich mit ihm unsichtbare Hände in zwei ähnliche Träume [2] gezogen – dem man sich schämte, gemeine Wahrheiten zu geben für seine heiligen Irrtümer. – – »Du bist vom Himmel« – (sagt' er begeistert, und seine Freude wurde die im Auge zerschmolzene Perle, die den Durst des Menschenherzens löscht) – »darum willst du wieder dahin!« – »O ich weihe dir, mein Freund,« (sagte sie lächelnd-weinend und drückte seine Hand an ihr frommes Herz) »das ganze kleine Leben, das ich habe, jede Stunde bis zur letzten, und vorher will ich dich auf alles zubereiten, was Gott schickt.«

Eh sie in des frommen Vaters Hütte traten, griff Albano nach des Freundes Hand, und die Schwestern vereinigten sich. Die Freunde gingen eine Zeitlang stumm voraus; Karl blickte Albano an und fand den Frieden der Seligkeit auf seinem Angesicht. Als dieser sah, wie Liane das überfüllte Herz an das schwesterliche drückte: so wurde die Aufrichtigkeit und Freude in ihm zu stark, und er fiel ohn' ein Wort dem lieben Bruder der ewigen Braut ans Herz und ließ ihn stumm alles erraten aus den Tränen der Seligkeit. O er hätt' es doch erraten aus dem bräutlichen Blick der Liebe, den seine Schwester von seinem Freunde seltener wegzog, und aus der Innigkeit, womit sie Rabetten – gleichsam als würden beide bald einander verwandt, als würde selber der Bruder bald schöner sprechen, da er sie lange nicht mehr die kleine Linda hieß – an ihrem Herzen einweihte für das brüderliche. Bei dem frommen Vater versteckte sich der entzückte Blick wenig, den Albano,

[1] Darum vielleicht, warum der Dichter seine so bestimmt und oft angeschaueten Geschöpfe nicht in seinen Träumen unter den Bildern des Tages gehen sieht.

[2] Denn an seinem und ihrem Abendmahlstage hatt' er an ihren Tod durch das Gewitter geglaubt.

gleichsam unter dem Tore der Ewigkeit stehend, in die Himmel warf, die wie Welten hintereinander schimmerten; er war still, sanft, und in seinem Herzen wohnten alle Herzen. O liebe *eines* rein und warm, so liebst du alle nach, und das Herz in seinem Himmel sieht wie die wandelnde Sonne vom Tau bis zum Meere nichts als Spiegel, die es wärmt und füllt.

Aber in Roquairol fuhr sogleich, als er das himmlische Glück so nahe sah, der aufrührerische Geist seiner Vergangenheit und schlug epileptisch die Glieder des innern Menschen blutig – die unsterblichen Seufzer nach dem ewig fliehenden Frieden quälten ihn wieder, seine Fehltritte und Irrtümer und sogar die Stunden, wo er unschuldig litt, wurden ihm schmerzlich vorgerechnet – und da sprach er (und rührte jedes Herz, am meisten aber das der armen Rabette, das er, sich zu erwärmen, an sich preßte, wie nach der Sage der Adler die Taube, der dann sie nicht zerreißet) – da sprach er edel von der Wüstenei des Lebens und vom Schicksal, das den Menschen wie den Vesuv zum Krater ausbrenne und dann wieder kühle Auen darein säe und ihn wieder mit Feuer fülle – und vom einzigen Glück des hohlen Lebens, von der Liebe, und von der Verletzung, wenn das Geschick mit seinen Winden eine Blume [1] reibend hin- und herbewege und dadurch die grüne Rinde an der Erde durchschneide. – –

Aber indem er so sprach, sah er die glühende Rabette an und wollte durch diese Erwärmung gleichsam die feste Blumen-Knospe seiner Liebe gewaltsam sprengen und die Blätter unter die Sonne breiten – o ganz glücklich war doch der Verworrene und Sehnsüchtige auch heute nicht, und er wollte weniger andere rühren als sich.

Wie selig-ahnend traten sie wieder heraus vor die Sphinx der Nacht, welche lächelnd mit sanften Sternenblicken vor ihnen lag. Gingen sie nicht durch eine stille, dämmernde Unterwelt, leicht und frei ohne die schwere, klebende Erde an den Füßen, und im weiten Elysium flattert nur der warme Äther, weil ihn unsichtbare Psychen mit ihren Flügeln schlagen? Und aus dem Flötentale sendet ihnen der Greis seine Töne als süße Liebespfeile nach, damit das schwellende Herz an ihren Wunden selig blute. – Albano und Liane kamen vor eine Aussicht, wo die weite Morgenlandschaft mit den Lichtstreifen von blühenden Mohnfeldern und mit dunkeln Dörfern an die sanften Gebirge hinanstieg, wo der Mond aufwachte und der Glanz seines Gewandes schon wie der eines Geistes durch den Himmel streifte – hier blieben sie, auf die Luna wartend, stehen. Albano hielt ihre Hand. Alle Gebirge seines Lebens standen im glühenden Morgenrot. »Liane,« (sagt' er) »so unzählige Frühlinge sind jetzt droben auf den Welten, die herunterhängen; aber dieser ist der schönste.« – »Ach das Leben ist lieblich, und heute wird es mir zu lieb. – Albano,« (setzte sie leise dazu, und ihr ganzes Angesicht wurde eine erhabne tränenlose Liebe, und die Sterne webten

[1] z. B. die Winterlevkoje.

und stickten ihr Brautkleid) »wenn mich Gott fodert, so lass' er mich dir immer erscheinen wie mir Karoline; o wenn ich dich nur so durch dein ganzes liebes Leben begleiten und trösten und warnen könnte, ich wünschte gern keinen andern Himmel.«

Aber als er die Fülle seiner Liebe und den zürnenden Schmerz über den Todeswahn aussprechen wollte, so kam sein wilder Freund, der, wie ein Vesuv Lava- und Regenströme zugleich über die gläubige Rabette ausgießend, ihr und sich das Herz nur voller, nicht leichter gemacht; da sah Karl die verherrlichten Menschen an und den blauen Horizont, wo schon der Mond seinen Schimmer zwischen den festen Mastspitzen und Gipfeln vorauswarf, und blickte wieder in den Glanz der heiligen Liebe. -- Da konnt' er sich nicht länger halten, sein qualvolles Herz stieg wie zu Gott auf zu einem ewigen Entschluß, und er umfaßte Albano und Rabette und sagte: »Geliebter! – Geliebte! – behaltet mein unglückliches Herz!« –

Rabette umklammerte ihn mitleidig wie eine Mutter das Kind und gab ihm heiß-weinend ihre ganze Seele hin. – Albano umschloß staunend den Liebesbund. – Liane wurde vom Strudel der Wonne an die geliebten Herzen gezogen. – Ungehört riefen die Flöten fort, ungesehen wehten die weißen Fahnen der Sterne darüber. – Karl sprach wahnsinnige Worte der Liebe und wilde Wünsche des Freuden-Todes. – Albano berührte bebend Lianens Blumenlippe, wie Johannes Christum küßte, und die schwere Milchstraße bog sich wie eine Wünschelrute hernieder zu seinem goldnen Glück. – Liane seufzte: »O Mutter, wie sind deine Kinder glücklich.« – Der Mond war schon wie ein weißer Engel des Friedens in das Blau geflogen und verklärte die große Umarmung; aber die Seligen merkten es nicht. Wie ein Wasserfall überdeckte sie brausend das reiche Leben, und sie wußten es nicht, daß die Flöten schwiegen und alle Hügel glänzten.

DRITTER BAND

Funfzehnte Jobelperiode

Der Mann und das Weib

67. Zykel

Vor der Bühne hab' ich die frohe Erfahrung gemacht, daß ich an den Schmerzen, die darauf sofort nach dem Aufzuge des Vorhanges erschienen, nur geringen Anteil, hingegen an Freuden, die sogleich hinter der Musik auftraten mit ihrer eignen, den größten nahm; der Mensch will mehr, daß die Klage, als daß die Entzückung sich motiviere und entschuldige. Ohne Bedenken fang' ich daher einen dritten Band mit Seligkeiten an, die ohnehin das vorhergehende Paar überflüssig vorbereitete.

Jetzt in dieser Minute muß unter allen Adamsenkeln, welche ein freudiges Gesicht zum Himmel aufhoben und ihm einen noch schönern darauf nachspiegelten, irgendeiner gewesen sein, der den größten hatte, ein Allerseligster. – Ach freilich muß auch unter allen tragenden Wesen auf dieser Kugel, die unser kurzer Lauf zur Ebene macht, eines das unglücklichste gewesen sein, und möge der Arme schon im Schlafe liegen unter, nicht auf seinem steinigen Wege! – Ob ichs gleich wünschte, daß Albano nicht jener Allerglücklichste gewesen wäre – damit es noch einen höheren Himmel über seinem gäbe –, so ist doch wahrscheinlich, daß er am Morgen nach der heiligsten Nacht, im jetzigen Traume vom reichsten Traume, tief in den dreifachen Blüten der Jugend, der Natur und der Zukunft stehend, den weitesten Himmel in sich trug, den die enge Menschenbrust umspannen kann.

Er sah aus seinem Donnerhäuschen, diesem kleinen Tempel, an dessen Wänden noch der Schimmer der Göttin stand, die ihm darin sichtbar geworden, auf die neugestalteten Berge und Gärten Lilars hinaus, und es war ihm, als säh' er hinein in seine weiß und rot blühende, mit Berg- und Fruchtgipfeln aufgeschmückte Zukunft, ein volles Paradies, in die nackte Erde gebauet. Er sah sich in seiner Zukunft nach Freuden-Räubern um, die seinen Triumphwagen anfallen könnten; – er fand sie alle sichtbar zu schwach gegen seine Arme und Waffen. Er stellte Lianens Eltern und seinen eignen Vater und das bisherige in der Luft arbeitende Geister-Heer mitten auf seinen Weg zur Geliebten hin; – in seinen Muskeln glühte überflüssige Kraft, sich leicht zu ihr durchzuschlagen und sie in sein Leben mitzunehmen durch Arbeit und Gewalt. »Ja,« (sagt' er) »ich bin ganz glücklich und brauche nichts mehr, kein Schicksal, nur mein und ihr Herz!« Albano, möge dein böser Genius diesen gefährlichen Gedanken nicht gehöret haben, damit er ihn nicht zur Nemesis trage! O in diesem wildverwachsenen Leben ist kein Schritt, sogar in den blühenden Lustgängen, ganz sicher, und mitten in der Fülle dieses Kunstgartens erwartet dich ein fremder finsterer Giftbaum und hauchet kalte Gifte in das Leben! – Daher war es sonst besser, da die Menschen noch demütig waren und zu Gott beteten in der großen Entzückung; denn neben dem Unendlichen senkt sich das feurige Auge und weinet, aber nur aus Dankbarkeit.

Kein kleinliches Kalendermaß werde an die schöne Ewigkeit gelegt, die er nun lebte, da er die Geliebte jeden Abend, jeden Morgen in ihrem Dörfchen sah. Als Abendstern ging sie vor seinen Träumen, als Morgenstern vor seinem Tage her. Den Zwischenraum füllten beide mit Briefen aus, die sie einander selber brachten. Wenn sie abends schieden, nicht weit vom Wiedersehen, und dann in Norden unten am Himmel schon die Rosenknospen-Zweige hinliefen, die unter dem Menschenschlafe schnell nach Osten hinwuchsen, um mit tausend aufgeblühten Rosen vom Himmel herabzuhängen, eh' die Sonne wiederkam und die Liebe – und wenn sein Freund Karl nachts bei ihm blieb und er nach einer Stunde fragte, woher das Licht komme, ob vom Morgen oder vom Mond – und wenn er aufbrach, da noch Mond und Morgen in den tauenden Lustwäldern zusammenschienen, und wenn ihm der Weg, vor einigen Stunden zurückgelegt, ganz neu vorkam und die Abwesenheit zu lange (weil Amors Pfeil halb ein Sekundenzeiger ist, der den Monatstag, und halb ein Monatszeiger, der die Sekunde weiset, und weil in der Nähe der Geliebten die kleinste Abwesenheit länger dauert als in ihrer Ferne die große) – und wenn er sie wiederfand: so war die Erde ein Sonnenkörper, aus welchem Strahlen fuhren, sein Herz stand in lauter Licht, und wie ein Mensch, der an einem Frühlingsmorgen von dem Frühlingsmorgen träumt, ihn noch heller um sich findet, wenn er erwacht, so schlug er nach dem seligen Jugendtraum von der Geliebten die Augen auf vor ihr und verlangte den schönsten Traum nicht mehr.

Zuweilen sahen sie sich, wenn der lange Sommertag zu lang wurde, auf entfernten Bergen, wo sie der Abrede gemäß der Ernte zusahen; zuweilen kam Rabette allein nach Lilar zum Bruder, damit er einiges von Lianen hörte. Wenn Liane ein Buch gelesen: las ers nach; oft las ers zuerst und sie zuletzt. Was die schönsten, unschuldigsten Seelen einander Göttliches zeigen können, wenn sie sich auftun, ein heiliges Herz, das noch heiliger, ein glühendes, das noch glühender macht: das zeigten sie sich. Albano wurde gegen alle Wesen mild, und der Glanz einer höhern Schönheit und Jugend füllte sein Angesicht. Die schönen Gebiete der Natur oder seiner Kindheit wurden durch die Liebe geschmückt, nicht diese durch jene; er war von dem blassen, leisen Mondwagen der Hoffnung auf den rauschenden, glänzenden Sonnenwagen der lebendigen Entzückung gestiegen. Sogar auf den Ruderschiffen hölzerner Wissenschaften schlugen jetzt, wie von Bacchus' Wunderhand belebt, Maste und Taue zu Weinstöcken und Trauben aus. – Ging er ins Froulaysche Haus: so kam er, weil er voll Toleranz hineinging, ohne Kosten derselben daraus zurück; der Minister, der mit einem Flore von heitern, blühenden Ideen auf dem Gesichte von Haarhaar zurückgekehrt, gab ihm reizende Aussichten auf den Jubel mit, womit Stadt und Land das nahe Vermählungsfest des Fürsten und den Gewinn der schönsten Braut begehen werde.

Und hatt' er nicht zu allem noch seinen Freund dazu? Wenn man so nahe vor der Flamme der Freude steht, so flieht man zwar Menschen – weil sie leicht zwischen uns und die schöne Wärme treten –, aber man sucht sie auch; ein herzlicher Freund ist unser Wunsch und Glück, welcher den frohen Traum, worin wir schlafen und sprechen, leise weiterleitet, ohne ihn fortzujagen. Karl spielte sanft in des Freundes Traum; er hätt' es aber auch schon aus inniger Liebe gegen die Schwester getan.

In der Tat mit so viel Jugend – Sommerwetter – Unschuld – Freiheit – schöner Gegend – und hoher Liebe und Freundschaft lässet sich wohl schon unten auf der Erde etwas dem Ähnliches zusammensetzen, was man oben im Himmel einen Himmel nennt; und eine Himmelskarte, ein Elysiums-Atlas, den man davon mappierte, würde wohl nicht anders aussehen als so: vorne ein langes Hirtenland mit zerstreueten Lustschlössern und Sommerhäusern – ein Philanthropistenwäldchen in der Mitte – die Taborsberge oben mit Sennen – lange Kampanertäler – darauf der weite Archipelagus mit Peters-Inseln – drüben die Ufer eines neuen festen Hirtenlandes, ganz bedeckt mit Daphnischen Hainen und Alkinous-Gärten – dahinter wieder das weit hineinlaufende Arkadien u. s. w.

Alles, was nun Albano von Philosophie und Stoizismus in sich hatte – denn er hielt das, was ihm der Arm aus den Wolken gab, für Ausbeute des eignen –, wandte er an, um durch sie seiner Entzückung das Maß, das sie geben, zu nehmen. Mäßigen, sagt' er, sei nur für Patienten und Zwerge; und alle jene bekümmerten, gleichschwebenden Temperaturisten und Taktmesser hätten, es sei in der Ausbildung einer Freude oder eines Talents, mehr sich als der Welt genützt, hingegen ihre Antipoden mehr der Welt als sich.[1]

Er brachte sich sehr gute Grundsätze vor das Auge: der Mensch, sagt' er, ist frei und ohne Grenze nicht in dem, was er machen oder genießen, sondern

[1] Jede partiale Ausbildung wirkt freilich für das Ganze gut, aber nur darum, weil dessen entgegengesetzte partiale sie in einer höheren Gleichung und Summe aufhebt, so daß aus allen einzelnen Menschen nur die Glieder eines einzigen Riesen werden, wie der Schwedenborgische ist. Aber insofern in dem einen Individuum ein Mangel entsteht, der einem entgegengesetzten in dem andern abhilft – so daß der Weg der Menschheit gleich sehr plagt und stößet durch Vertiefung und durch Erhöhung –, so sieht man, daß jede einseitige Fülle nur Kur der Zeit ist, nicht Gesundheit derselben; und daß das höhere Gesetz zwar langsamere individuelle, aber harmonische Ausbildung bleibt; zwar kleinere, aber allseitige und dadurch in der spätern Zeit sogar schnellere. Wir vergessen immer, daß – wie in der Mechanik sich Kraft und Zeit gegenseitig ergänzen – die Ewigkeit die unendliche Kraft sei.

in dem, was er entbehren will; *alles* kann er, wenn er *will*, entbehren *wollen*. Überhaupt, fuhr er fort, hat man bloß die Wahl, entweder *immer* oder *nie* zu fürchten; denn dein Lebenszelt steht auf einer geladenen Mine, und rings umher halten die Stunden offne Geschosse auf dich. – Nur das tausendste[1] trifft; und in jedem Fall fall' ich doch lieber stehend als feig gebückt. Allein – beschloß er, um sogar sich darüber zu entschuldigen – ist denn die Standhaftigkeit zu nichts Besserm gemacht als zu einer Wundärztin und Magd, und nicht vielmehr zu unserer Muse und Göttin? denn sie ist ja nicht ein Gut, weil sie ein verlornes entbehren hilft, sondern sie ist selber eines, und ein größeres als das ersetzte; auch der Seligste muß sie erwerben, sogar ohne Gelegenheit und Gabe von außen; ja es ist desto besser, wenn sie früher besessen wird als angewandt.

Zum Teil waren diese Täuschungen oder Rechtfertigungen Not- und Schutzwehr gegen den tragischen Roquairol, der jede Freude und auch die seines Freundes mit düstern Kontrasten heben wollte; zum Teil muß auf jene ein edler Mann, der bisher sich in den Schmerz warf, ohne dessen Tiefe zu messen, und der immer seine Kraft, durch das Leben zu schwimmen, fühlen wollte, notwendig geraten, wenn er innen wird, daß sich der Schwerpunkt seiner Seligkeit und seiner Hölle verrückt und aus seinem Ich in ein fremdes begeben habe. »O wenn sie stürbe?« fragt' er sich. Er hatt' es nicht gewohnt, vor irgendeinem Tode so zu erschrecken wie vor diesem. Daher faßte er diese Disteln der Phantasie recht scharf in die Hand, um sie zu zerdrücken. Am Ende, da die reine Landluft der Liebe und der Schäfertanz in diesem Arkadien immer mehr Rosen auf Lianens Wangen brachten, so hörten seine Disteln zu wachsen auf.

Allen übrigen Ottern des Lebens – sobald sie nur keinen Durchgang durch

[1] Nach dem Ingenieur Borreux trifft wörtlich nur der 1 000te Schuß des kleinen Gewehrs. – So ists überall; fürchte den Tod, so stehen fallende Blumentöpfe der Fenster, Blitze aus blauem Himmel, losgehende Windbüchsenschüsse, Herzpolypen, wütige Hunde, Räuber, jede Fingerwunde, aqua toffana, Schwamm-Leckerei etc., kurz die ganze Natur – diese immer fortgehende zerquetschende Kochenillen-Mühle – steht mit unzähligen geöffneten Parzenscheren rings um dich, und du hast keinen Trost, als daß – demungeachtet die Leute achtzig Jahre alt werden. – Fürchte die Verarmung: so fassen dich Feuers-, Wasser-, Teurungs- und Kriegsnöten, eine Diebs-Vendee, Revolutionen mit gierigen Krallen und Fängen ein, und doch, du Reicher, wird der Arme – unter denselben Stoßvögeln hinkriechend – am Ende so reich wie du. Geh also kühn durch die schlummernde Löwenherde rechts und links liegender Gefahren zum Brunnen hindurch, nur wecke sie nicht mutwillig auf. – Freilich zieht einzelne ein Höllengott hinab, die nichts fürchteten; aber auch einzelne ein oberer Gott hinauf, die nichts erwarteten; und Furcht und Hoffnung gehen hier unter in einer gemeinschaftlichen Nacht.

Lianens Herz sich machen konnten – war er unzugänglich. Um jeden Preis – und sollte er alles verlassen, entbehren, erzürnen, unternehmen – wollt' er Lianen erkaufen. Die Schreckgespenster, die ihm aus zwei Häusern, Froulays und Gaspards, drohend entgegenliefen, ließ er heran und lösete sie auf: steht der Feind einmal da, dacht' er, so bin ich seiner auch.

Oft stand er im Tartarus und fand in diesem Stilleben des Todes von erhobner Arbeit Seelenstille. Die Gegenwart nimmt schneller unsern Widerschein als wir ihren an; auch hier gewann er sanfte, weite, das Leben lichtende Hoffnungen und süße Tränen, die ihm über Lianens Sterbe-Glauben entflossen, nicht weil er die Wahrscheinlichkeit, sondern weil er die Unwahrscheinlichkeit desselben sich dachte, die durch Liebe und Freude und Genesung täglich größer wurde.

Nur *ein* Unglück gabs für ihn, woran jede Waffe zersprang, dessen Möglichkeit er aber für einen sündigen Gedanken hielt, daß nämlich er und Liane durch Schuld, Zeit oder Menschen aufhören könnten, einander zu lieben; hier, auf zwei Herzen vertrauend, trotzt' er kühn der Zukunft: – O, wer sagte nicht, wenn er im Vertrauen auf eine warme Ewigkeit seine Entzückung ausdrückte: die Parze kann unser Leben zerschneiden, aber sie komme und öffne die Schere gegen das Band unserer Liebe! Den Tag darauf stand die Parze vor ihm und drückte die Schere zu.

68. Zykel

Einst kam Roquairol ganz spät, um Albano mitzunehmen zur »Abendstern-Partie« auf der Sennenhütte, die jener mit Rabetten verabredet hatte. Der Hauptmann führte um die warmen Quellen seiner Liebe und Freude gern die Brunnenfassung ganz auserlesener Tage und Umstände; konnt' ers machen, so erklärte er z. B. seine Liebe etwan an einem Geburtstage – unter einer totalen Sonnenfinsternis – an einem Schalttag – in einem blühenden Treibhaus im Winter – hinter dem Stuhlschlitten auf dem Eise – oder in einem Gebeinhaus; ebenso zerfiel er mit andern gern an bedeutenden Orten und Tagen, in dem Kirchstuhle – in Frühlings- oder Wintersanfang – in der Kulisse des Liebhabertheaters – auf einer Brandstätte – unweit des Tartarus oder im Flötental. Albano aber war zu jung – wie andere zu alt –, um seine frischen Gefühle erst mit künstlichen Stunden und Stellen zu würzen; er machte lieber durch jene diese schöner.

Mit ungestümer Freude flog Albano auf den ungehofften Weg der Freude. Der gestrige Abend war so reich gewesen – die vier Paradiesesflüsse waren in *einer* Katarakte vom Himmel in sein Herz gestürzt – am heutigen wollt' er in die stäubenden Wirbel desselben springen. – Schon der Abendhimmel war so schön und rein, und der Hesperus ging mit wachsendem Glanz seine helldämmernde Bahn hinab.

Rabette wartete unten am Berge der Sennenhütte (des Schießhäuschens), um ihn unbemerkt an die unvorbereitete Freundin zu führen, die im Fenster mit dem glänzenden Auge am Hesperus sinnend lag und an die vollen glühenden Herbstblumen dachte, welche nun in ihrem Leben so spät und so nahe neben der längsten Nacht aufgingen. Sie war heute über manches trübe. Sie hatte überhaupt bisher ihre Liebe mehr zu verdienen und zu rechtfertigen als zu genießen und zu vergrößern, und mehr mit ihr das fremde Herz als das eigne zu beglücken gesucht. Wie sehnte sie sich unbeschreiblich nach Taten für Ihn – nur Opfer waren ihr Taten – und beneidete ordentlich ihre Freundin, die für Karl jedesmal doch ein – Getränk zu bereiten hatte! Da sie nichts weiter wußte, so drückte sie ihren Diensteifer durch größere töchterliche Liebe und Annäherung gegen Albanos Eltern und Schwester aus; und lernte sogar ein wenig kochen, welches ihr andere Ministers-Töchter, die nichts machen als Salat und Tee, mit Nachsicht und mit dem Gedanken verzeihen müssen, daß sie in Lianens Falle auch nichts anders machen würden, sondern eher ein Gericht mehr. Ja, sie hielt Rabette für tugendhafter, weil diese mehr in die Breite und Länge tätiger sein konnte; Rabette hielt wieder Lianen für besser, weil sie lieber betete; den ähnlichen Irrtum verdoppelten sie über die Brüder: Rabetten kam Karl sanfter vor und Lianen Albano, beiden nach Schlüssen aus ihren gegenseitigen Berichten.

Solang' ein Weib liebt, liebt es in einem fort – ein Mann hat dazwischen zu tun –; Liane verwandelte alles in sein Bild und seinen Rahmen; dieser Berg, dieses Stübchen, diese für ihn einmal gefährliche Vogelstange wurden die Pastellstifte zu seinem festen Bilde. Sie kam immer darauf zurück, daß er etwas Besseres verdiene als sie; denn die Liebe ist Demut; der Trauring prangt mit keinem Juwel. Es rührte sie, daß ihn ihr früher Tod betrübe. Da sah sie noch das von Blattern erblindete Mädchen, das er einmal unwissend sich ans Herz gedrückt[1]; und sie fand sich mit dem Witze der Trauer auch darin der Blinden ähnlich, nicht bloß in der gleichen, obwohl kürzern Nacht, die einmal der Schmerz über ihre Augen geworfen.

So sanft wie ihr Ebenbild, der Hesperus, sich in den Abendhorizont des Lebens eintauchend, fand sie ihr Geliebter. Sie konnte nie sogleich aus ihrem Herzen heraus in die überraschende Gegenwart; ihre Wendungen waren immer wie der Sonnenblume ihre nur langsam, und jede Empfindung lebte lange in ihrer treuen Brust. Selten findet überhaupt der Liebende den Empfang der Liebenden dem letzten Bilde ähnlich, das ihm der Abschied mitgegeben; eine weibliche Seele soll – das begehrt der Mann – völlig mit den Flügeln, Stürmen, Himmeln der letzten Minute wieder in die nächste brausen. Aber von jeher empfing Liane ihren Freund scheu und sanft und anders, als sie geschieden war; und zuweilen kam dem Feuergeiste dieses

[1] Titan I. B. S. 107.

zarte Warten, dieses langsame Heben des Augenlids fast wie ein Umkehren in die alte Kälte vor.

Heute ergriff es den wärmern Grafen stärker als sonst. Wie ein Paar fremde Kinder, die miteinaner bekannt werden sollen und sich anlächeln und anrühren, standen beide freundlich und verlegen nebeneinander. Sie erzählte, daß sie von seiner Schwester sich sein Kindeswagstück auf diesem Berge erzählen lassen. Eine Geliebte kennt keine schönere, reichhaltigere Geschichte als die ihres Freundes. »O da schon« (sagt' er bewegt) »blickt' ich nach deinen Bergen! Dein Name ist wie eine goldne Inschrift an meine ganze Jugend geschrieben. Ach Liane, hast du mich wohl geliebt wie ich dich, als du mich noch nicht gesehen?« –

»Gewiß nicht, Albano,« (antwortete sie) »viel später!« Sie meinte aber ihre Blindheit und sagte, er sei ihr in dieser Augendämmerung an jenem Abend, wo er bei ihrem Vater aß, wie ein alter nordischer Königssohn, etwa wie Olo [1] vorgekommen, und sie habe ihn wie ihren Vater und Bruder ehrend gefürchtet. Ihre hohe Achtung für die Männer waren die wenigsten kaum zu erraten wert, geschweige zu veranlassen. »Und als du sehen konntest?« sagte Albano. »Das sagt' ich eben«, versetzte sie naiv. »Aber da du meinen Bruder so liebtest« (fuhr sie fort) »und so gut warst gegen deine Schwester: so wurd' ich freilich ganz beherzt und bin und bleibe nun deine zweite Schwester – du hast ohnehin eine verloren – Albano, glaube mir, ich weiß es, ich bin gewiß zu wenig, zumal für dich, – aber ich habe *einen* Trost.« –

Verwirrt von dieser Mischung von Heiligkeit und Kälte, konnte er sie nur heftig küssen und mußte, ohne sie zu widerlegen, sogleich fragen: »Welchen Trost?« – »Daß du einmal ganz glücklich wirst«, sagte sie leise. »Liane, deutlicher!« sagt' er. Denn er verstand nicht, daß sie ihren Tod und Lindas Verkündigung durch Geister meinte. »Ich meine, nach *einem* Jahre,« (versetzte sie) »nach den Prophezeiungen.« Er sah sie stumm, wild, ratend und bänglich an. Sie fiel ihm weinend ans Herz und lösete plötzlich das Gedränge innerer Seufzer: »Bin ich denn dann nicht« (sagte sie heftig) »gestorben und seh' aus der Seligkeit zu, daß du belohnet wirst für deine Liebe gegen Liane? Und das gewiß recht sehr!« –

[1] Am Hofe des Königs Olaus bot sich der Königsjüngling Olo, als Landmann gekleidet, der Tochter zum Schutze gegen Räuber an. Damals galt Feuer der Augen und Adel der Gestalt als Beweis einer hohen Abkunft; so erkannte z. B. die Suanhita den König Regner in der Hirtentracht an der Schönheit seines Auges und Gesichts. Die Königstochter blickte prüfend in Olos Flammenauge und kam der Ohnmacht nahe; sie versuchte den zweiten Blick und war ohne Besinnung, und bei dem dritten in Ohnmacht. Der göttliche Jüngling schlug daher das Augenlid nieder, enthüllte aber die Stirn und sein goldnes Haar und seinen Stand. S. der Deutsche und sein Vaterland von Rosenthal und Karg I. S. 166, 167. -

Weine, zürne, leide, frohlocke und bewundere immerhin, heftiger Jüngling! Aber du fassest diese demütige Seele doch nicht! – Heilige Demut! einzige Tugend, die nicht vom Menschen, sondern von Gott geschaffen wird! Du bist höher als alles, was du verbirgst oder nicht kennst! Du himmlischer Lichtstrahl, wie das irdische Licht[1] zeigst du alle fremde Farben und schwebst unsichtbar ohne eine im Himmel! Niemand entheilige deine Unwissenheit durch eine Belehrung! Sind deine kleinen weißen Blüten gefallen: so kommen sie nicht wieder, und um deine Früchte deckt dann nur die Bescheidenheit ihr Laub.

Schmerzhaft zerteilte sich in Albano das Herz in Widersprüche, gleichsam in seines und in Lianens Herz. Sie war nichts als die lautere Liebe und Demut, und ihr Talentenglanz war nur ein fremder Besatz, wie Götterbilder von weißem Marmor den bunten nur als Zierat haben; man konnte nichts tun als sie anbeten, sogar auf ihren Irrwegen. Auf der andern Seite hatte sie neben weichen, beweglichen Gefühlen so feste Meinungen und Irrtümer, seine Bescheidenheit bekriegte so vergeblich ihre Demut, und sein Ansehn ihren Geisterwahn. Das feindselige Gefolge, das dieser nachschleppte, sah er so deutlich über alle Freuden ihres Lebens herziehen. Sein ihm ewig nachstellender Argwohn, daß sie ihn liebe, bloß weil sie nichts hasse, und daß sie immer eine Schwester statt einer Liebhaberin sei, drang wieder gewaffnet auf ihn ein. So stritt hier alles gegeneinander, Wunsch, Pflicht, Glück und Ort. Beide waren sich neu und unbekannt aus Liebe; aber Liane erriet so wenig als er. O wie zwei Menschen, ähnliche Wesen, einander fremd und ungleich werden, bloß weil eine Gottheit zwischen beiden schwebt und beide anglänzt!

Etwas blieb in ihm unharmonisch und unaufgelöst; er fühlt' es so sehr, da die Sommernacht für höhere Entzückungen schimmerte, als er hatte – da der tief im Äther zitternde Abendstern der Sonne durch die Wolkenrosen nachdrang, worunter sie begraben war – da die Ährenfluren dufteten und nicht rauschten, und die zugeschlossenen Auen grünten und nicht glühten – und da die Welt und jede Nachtigall schlief, und da das Leben unten ein stiller Klostergarten war, und nur oben die Sternbilder als silberne Ätherharfen vor Frühlingswinden ferner Erden zu zittern und zu tönen schienen.

Er mußte Liane morgen wiedersehen, um sein Herz auszustimmen. Rabette kam unendlich erheitert mit ihrem Freunde vom Berge herauf, beide schienen von Scherzen und Lachen fast ermattet; denn Roquairol trieb alles, sogar den Scherz, bis zur Pein hinauf. Er hatte den Abendstern, auf den er heute eingeladen, in ein Treib- und Stammhaus lustiger Einfälle und Anspielungen umgebauet. Anfangs wollt' er nicht schon morgen mitkommen;

[1] Denn was man Licht nennt, ist nur stärkeres Weiß. Niemand sieht nachts den Lichtstrom, der vor der Erde vorbei von der Sonne auf den Vollmond hinaufstürzt.

aber endlich sagt' ers zu, da Rabette versicherte, »sie errate den feinen Herrn recht gut, aber er solle doch sie nur sorgen lassen«.

Als die Morgenröte aufging, kam Albano mit ihm wieder, aber die Gartentüre am »Herrschaftsgarten« war schon offen und Liane schon in der Laube. Ein Akten-Heft (so schien es) lag auf ihrem Schoß und ihre gefalteten Hände daneben, sie blickte mehr sinnend geradehin als betend empor; doch empfing sie ihren Albano so mild- und fremdlächelnd, wie ein Mensch einen ins Gebet hereintretenden Gast grüßend anlächelt und dann weiterbetet. Der Graf hatte sich bisher immer auf eine Zurückgezogenheit des Empfangs rüsten müssen. Ein Mißverstand, der schnell wiederkommt, wirkt, sooft er auch gehoben sei, immer wieder so irrend und neu wie zum ersten Male. Er fühlte recht stark, daß ihn etwas Festeres als die erste jungfräuliche Blödigkeit, womit ein Mädchen für die blendende Sonne der Liebe immer außer der Morgenröte noch eine Dämmerung und für diese wieder eine erfinden will, im feurigen Verschmelzen ihrer Seelen störe.

Er fragte, was sie lese; sie stockte bedenkend; ein schnell heranfliegender Gedanke schien ihr Herz zu öffnen; sie gab ihm das Buch und sagte, es sei ein französisches Manuskript, nämlich geschriebene Gebete – von ihrer Mutter vor mehreren Jahren aufgesetzt –, welche sie mehr rührten als eigne Gedanken; aber noch immer blickte durch das zartgewebte Gesicht ein Klostergedanke, der ihr Herz zu verlassen suchte. – Was konnte Albano dieser Herzens-Psalmistin vorwerfen, wer kann einer Sängerin Antwort geben? – Eine Betende steht wie eine Unglückliche auf einer hohen, heiligen Stätte, die unsere Arme nicht erreichen. – – Aber wie schlecht müssen die meisten Gebete sein, da sie – obwohl früher als Reize bezaubernd gleich dem Rosenkranz, der aus wohlriechenden Hölzern gemacht wird – später, im Alter, nur als Flecken und der Reliquie oder dem Totenkopf ähnlich wirken, womit eben der Rosenkranz aufhört! –

Ohne auf seine Frage zu warten, sagte sie ihm auf einmal, was sie unter ihrem Gebete gestöret habe; nämlich die Stelle in diesem: »O mon dieu, fais que je sois toujours vraie et sincère etc.«, da sie doch ihrer lieben Mutter bisher ihre Liebe verschwiegen habe. Sie setzte dazu, sie komme nun bald, und dann werde ihr das verschlossene Herz aufgetan. »Nein,« (sagt' er fast zornig) »du darfst nicht, dein Geheimnis ist auch meines.« – Männer verhärtet oft das in der Prosa, was sie in der Poesie erweicht, z. B. weibliche Frömmigkeit und Offenherzigkeit.

Nun haßte niemand mehr als er das Eingreifen der elterlichen Schreib- und Zeige- und Ohrfinger in ein Paar verknüpfte Hände; nicht daß er etwan vom Minister Kriege oder Nebenwerber befürchtete – er setzte eher offne Arme und Freudenfeste voraus –, sondern weil seinem befreieten und befreienden, großmütigen Geiste nichts peinlicher widerstand als die widrige Erwägung, was nun auf dem Altar der Liebe an das heilige Opferfeuer die Eltern für schmutzigen Torf zur Feuerung nachlegen oder für Töpfe zum

Kochen ansetzen könnten – wie leicht dann sogar poetische Eltern sich oft mit den Kindern verwandeln in prosaische oder juristische, der Vater sich ins Regierungs-, die Mutter ins Kammerkollegium – wie wenigstens dann die Hofluft leibeigen mache, so wie nur der poetische Himmels-Äther frei – und welche Perturbationen seinem Hesperus von dem anziehenden Weltkörper, vom alten Minister bevorständen, der bei der Liebe nichts unnützer fand als die Liebe und dem die heiligsten Empfindungen für Standesehen so brauchbar schienen wie für Predigtämter das Hebräische, nämlich mehr im Examen als im Dienste. – So schlimm dacht' er von seinem Schwiegervater, denn er kannte das Schlimmere nicht.

Aber die gute Tochter dachte von ihrer Mutter viel höher als ein Fremder, und ihr Herz widerstrebte schmerzlich dem Schweigen. Sie berief sich auf ihren hereintretenden Bruder. Aber dieser war ganz Albanos Meinung: »Die Weiber« (setzte er, nicht in der besten Laune, hinzu) »mögen lieber *von* als *in* der Liebe sprechen, die Männer umgekehrt.« – »Nein,« (sagte Liane entschieden) »*wenn* mich meine Mutter fragt, so kann ich nicht unwahr sein.« – »Gott!« (rief Albano erschrocken aus), »wer könnte auch das wünschen?« Denn auch ihm war freie Wahrheit der offne Helm des Seelenadels; nur sagte er sie bloß aus Selbstachtung, und Liane sie aus Menschenliebe.

Rabette kam mit dem Tee-Zeug und einer Flasche, worin für den Hauptmann Tee-Mark und Elementarfeuer oder Nerven-Äther war, Arrak. Er ging ungern am Morgen zu Leuten, bei denen er ihn erst am Abend trinken konnte; Rabette hatte gestern diese Unart gemeint und heute befriedigt. – »Wie kann das freie Ich« (sagte der gesunde Albano oft zu ihm) »sich zum Knechte der Sinnen und Eingeweide machen? Sind wir ohnehin nicht enggebunden genug durch die Körper-Bande, und du willst noch Ketten durch die Ketten ziehen?« – Roquairol hatte darauf immer dieselbe Antwort: »Umgekehrt! Durch Körper befreie ich mich eben von Körpern, z. B. durch Wein von Blut. Sobald du aus der Leibeigenschaft der leiblichen Sinne nie herauskannst und all dein Bewußtsein und dein Denken nur durch körperliche Dienstbarkeit, die auf dem Grundstück der Erde haftet, bei ihrem Adel bleiben: so seh' ich nicht ab, warum du nicht diese Rebellen und Despoten recht zu deinen Dienern brauchst. – Warum soll ich den Körper nur schlimm auf mich wirken lassen und nicht ebensowohl vorteilhaft?« – Albano blieb dabei, das stille Licht der Gesundheit sei würdiger als die Mohnöl-Flamme eines Opiums-Sklaven; und die körperliche Kriegsgefangenschaft, die unser Geist mit der ganzen menschlichen Mannschaft leide, sei ehrenvoller als der persönlich-krummschließende Arrest.

Indes heute konnte nicht einmal das spirituöse geschwefelte Teewasser eine gewisse Unbehaglichkeit aus Roquairol verwaschen, den das Nachtwachen bleicher, wie den Grafen feuriger gefärbt hatte. Es wollt' ihm nicht recht gefallen, daß der Herrschaftsgarten ganz in den Rahmen eines mannshohen Bretterverschlags eingezogen war, der weniger wie eine Billardsbande den Augapfel nicht hinaus-, als wie eine Marktschreierbude nichts hereinlassen sollte und der freilich keine andere Aussicht gewährte als die eigne Ansicht; ebensowenig erhielt der Lustgarten dadurch seinen Beifall, daß die Rasenbänke in der Laube, wo sie saßen, noch nicht gemäht waren – daß auf allen Beeten nur Einfassungsgewächse des Kochfleisches wehten – daß noch nichts Reifes dahing als ein paar Maulwürfe in ihren Hängsterbebetten – daß an einer Kugelbahn, worauf man in ein klingelndes Mittelloch kegelt, die schräge Retour-Rinne die Kugeln leichter wieder einwandern ließ, als sie über das Ackerland der Bahn (wenn man sie nicht warf) wegzubringen waren, und daß nirgends Orangerie zu sehen war, ausgenommen einmal, da zum Glücke die Gartentüre offen stand, als eben auf einem Schiebekarren ein blühender Orangeriekasten nach Lilar vorüberfuhr.

Der Hauptmann brauchte diese Züge bloß satirisch vorzutragen und damit die äußerlich lachende Rabette innerlich zu verwunden – weil keine den Tadel ihrer körperlichen Absenker verträgt, es seien nun Kinder, Kleider, Kuchen oder Möbeln [1] –: so konnten sich seine Berghöhen allmählich wieder entwölken, und Rabette konnte noch ungemeiner fröhlich sein.

Albano war in dieser Tags-, gleichsam Kindheits-Frühe und in diesem Paradiesgärtlein seiner Kinderjahre heimlich-froh – denn in der ersten Liebe kommt, wie in Shakespeares Stücken, nichts auf die bretterne Bühne ihres Spieles an –; aber der heutige Nachwinter der gestrigen Erkältung wollte doch nicht schmelzen. Die Morgenbläue wurde mit immer hellern Gold-Flocken gefüllt – er machte, da der Garten wie kleine Städte nur zwei Tore hatte, das obere und untere, wie eine Aurora dieses der Morgensonne auf – der Glanz quoll über das dampfende Grün herein – die unten ziehende Rosana faßte Blitze auf und warf sie herüber – Albano schied endlich voll Liebe und Seligkeit.

Aber die Liebe war größer als die Seligkeit.

69. Zykel

Fliegender Frühling! (ich meine die Liebe, so wie man den Nachsommer einen fliegenden Sommer nennt) du eilest selber über uns pfeilschnell dahin, warum eilen Autoren wieder über dich? – Du gleichst der deutschen Blüten-

[1] Dieses wärmere, zartere, furchtsamere, immer gelobte, mehr in fremder als eigner Meinung lebende Geschlecht sticht ein Tadel giftig, der uns nur blutig reißet, wie verletzende Tiere in warmen Ländern und Monaten vergiften, und in kalten nur verwunden. Daher bedenke der Mädchenschulmeister, daß eine Dosis, welche Satire auf den Knaben ist – der ohnehin der Meinung widerstehen soll –, Pasquill wird, wenn sie seine Schwester einbekommt.

zeit – die nie einen Blütenmond lang ist –; wir lesen den ganzen Winter in Almanachen und Gleichnissen viel von ihrer Herrlichkeit und schmachten; endlich hängt sie dick an den schwarzen Ästen sechs Tage lang und noch dazu unter kalten Maigüssen, reißenden Wonnemonds-Stürmen und unter dem Stummsitzen aller halb-erfrornen Nachtigallen – und dann, wenn man endlich in den Garten hinauskommt, ist schon der Fußsteig blütenweiß und der Baum höchstens voll Grün; dann ists vorbei, bis wir wieder im Winter den Anfang eines Märchens herzerhoben hören: »Es war eben in der schönen Blütezeit.« – Ebenso seh' ich wenig Autoren am langen romantischen Sessions- und Schreibetisch rechts und links für das Lesepult arbeiten, welche nach der langen Vorrede zur Liebe nicht diese, sobald sie wie ein Krieg erkläret ist, sofort schlössen; – und wirklich gibts *zur* Liebe mehr Stufen als *in* ihr; alles *Werden*, z. B. der Frühling, die Jugend, der Morgen, das Lernen, geht vielfärbiger und geräumiger auseinander als das feste *Sein*; aber ist dieses nicht wieder ein Werden, nur ein höheres, und jenes ein Sein, nur ein schnelleres? –

Albano wollte die fliegende, göttliche Zeit, wo das Herz unser Gott ist, schöner lenken, sie sollte mehr *empor-* als *hinweg*fliegen. Er zürnte den andern Tag mit niemand als mit sich. Er riß sich durch solche kleine und doch eng-umschnürende Schmerzen durch, durch einen Zustand wie bei einem Erdbeben, wo ein unsichtbarer Dunst den verstrickten, schweren Fuß hält; ich will mich lieber auf Bergen beregnen lassen, sagt' er, als in Tälern. Menschen von Phantasie söhnen sich leichter mit der ab- als anwesenden Geliebten aus.

Nach einigen Tagen ging er wieder nach Blumenbühl, kurz vor Sonnenuntergang. Ein brennendes Rot schnitt durch die Laubnacht. Sein finsterer Holzweg wurd' ihm von den dareinhüpfenden Flammen zu einem verzauberten gemacht. Er setzte seine beleuchtete Gegenwart tief in eine künftige, schattige Vergangenheit hinein. O, nach Jahren, dacht' er, wenn du wiederkommst, wenn alles vergangen ist und verändert – die Bäume gewachsen – die Menschen entwichen – und nur die Berge und der Bach geblieben – da wirst du dich selig preisen, daß du einmal in diesen Gängen so oft zum schönsten Herzen reisen durftest und daß auf beiden Seiten die klingende und glänzende Natur mit deiner freudigen Seele mitging, wie dem Kinde der Mond durch alle Gassen nachzulaufen scheint. – Eine ungewöhnliche Entzückung warf durch sein ganzes Wesen den langen, breiten Sonnenstreif, die fernsten Blumen seiner Phantasie taten sich auf, alle Töne gingen durch einen hellern Äther und näher heran. Auch die Blumen außer ihm dufteten stärker, und der Glockenschlag tönte näher; und beides sagt Ungewitter an.

So innigfroh erschien er – und zwar ohne Roquairol, der überhaupt immer seltner kam – vor der Geliebten oben in seinem Kindheitsmuseum, ihrem Gastzimmer, das jetzt der gewöhnliche Spielplatz seiner Besuche war. In einem weißen Kleide mit schwarzem Besatz, wie in schöner Halbtrauer, saß sie am Zeichentisch, mit schärfern Augen in ein Bild vertieft. Sie flog ihm ans Herz, aber um ihn bald wieder vor die Gestalt zu führen, an welcher ihres wie in Mutterarmen hing. Sie erzählte, heute sei mit der Prinzessin ihre Mutter dagewesen, und diese habe so viele Freude über ihre genesende Farbe gehabt, so unendliche Güte gegen die glückliche Tochter. »Sie mußte sich« (fuhr sie fort) »von mir ein wenig zeichnen lassen, damit ich sie nur länger ansehen und etwas von ihr dabehalten konnte. Jetzt zeichn' ich das Gesicht weiter aus, es ist aber gar zu schlecht geraten.« Sie konnte ihre Phantasie weder vom Bilde, noch weniger vom Urbilde loswickeln. Freilich kann *auf* einem töchterlichen Herzen – oder gar *in* ihm – kein schöneres Medaillon hängen als das mütterliche; aber Albano glaubte doch heute, das Gehenke nehme eine zu breite Stelle ein.

Sie sprach bloß von ihrer Mutter: »Ich sündige gewiß« (sagte sie) – »sie fragte mich so freundlich, ob du oft kämst, aber ich sagte nur Ja und weiter nichts. O, guter Albano, wie gern hätt' ich ihr die ganze Seele offen hingegeben!«

Er antwortete, die Mutter schiene nicht so offen zu sein, sie wüßte vielleicht schon alles durch den Lektor, und den reinen Trank der Liebe würden nun lauter fremde Körper trüben. Gegen Augusti erklärt' er sich sehr stark, aber Liane beschützte ihn ebenso stark. Durch beides gewann der Falschmünzer der Wahrheit, nämlich der Argwohn – der, daß sie ihn wohl liebe, wie sie alles liebe, da sie an alles Gute gleichsam lebendig anwachse – unter Albanos Empfindungen, die noch dazu heute so warm und froh gewesen waren, immer mehr Prägstempel und Umlauf.

Sie ahnete nichts, sondern sie kam wieder auf ihr Schweigen: »Warum tut mirs aber weh,« (sagte sie) »wenn es recht ist? – Meine Karoline, Geliebter, erscheint mir auch nicht mehr, und das ist wahrhaftig nicht gut.« – Dieses Geisterwesen zog immer für ihn so schwül und grau herauf wie eben draußen das Gewittergewölke. Seine alte Erbitterung gegen die eignen Neckereien durch Luftaffen, die er nicht packen konnte, ging in eine gegen Lianens optischen Selbstbetrug über. Jener von Karolinen geschenkte Schleier, womit sie sich anfangs so erhaben eingekleidet für das Kloster der Gruft, dieser Reiseflor für die zweite Welt, war diesem Herkules längst ein brennendes, mit Nessus' Giftblute getränktes Gewand geworden, daher sie ihn nicht mehr vor ihm tragen dürfen. Der Schluß, daß der Wahn des Todes die Wahrheit desselben säe, und daß in der herübergerückten tiefen Wolke ein Zufall den schlagenden Funken des Todes leicht locke, fiel wie eine Trauer in seine Liebesfeste ein. So sind alle fremde Meerwunder der Phantasie (wie dieser Sterbens-Wahn) nur in der Phantasie (im Roman), aber nicht im Leben erwünscht, außer einmal auf phantastischen Höhen; aber dann müssen solche Schwanzsterne sich wie andere bald wieder aus unserem Himmel zurückziehen.

Er sprach jetzt sehr ernst – von selbstmörderischen Phantasien – von

Lebenspflichten – von eigensinniger Verblendung gegen die schönsten Zeichen ihrer Genesung, zu denen er das Verschwinden der optischen Karoline so gut rechnete wie das Blühen ihrer Farbe. – Sie hörte ihn geduldig an; aber durch die Prinzessin, die, ihrer Liebe ungeachtet, ihm selten erfreuliche Spuren nachgelassen, hatte heute ihre Phantasie einen ganz andern Weg genommen, weit vor ihrem Ich und ihrem Grabe vorbei. Sie stand bloß vor Lindas Bild, von der ihr Julienne diesen Nachmittag schärfere Umrisse, als sonst Mädchen von Mädchen geben – »es ist ein sehr gutes Mädchen«, sagt jedes von jedem –, anvertrauet hatte; Lindas männlicher Mut, ihre warme Anhänglichkeit an Gaspard bei ihrer Verachtung des Männerhaufens, ihre Unveränderlichkeit, ihr kühnes Fortschreiten in männlichem Wissen, ihre herrlichen, oft harten, mehr körnigen als blumigen Briefe und am meisten ihr vielleicht nahes Hieherkommen nahmen ihr zartes Herz gewaltig ein. »Mein Albano muß sie haben«, dachte immer dieses uneigennützige Gemüt und merkte, wenn die Prinzessin die Absicht demütigender Vergleichungen gehabt, sie nicht, sondern erfüllte sie. Dabei fand die Gute so viel höhere Schickung, – daß z. B. ihr Bruder nun nicht mehr der Nebenbuhler ihres Geliebten und seines Freundes sein – daß sie selber ihren kräftigen Albano vormalen könne der stolzen Romeiro, und daß ja, trotz alles Widerstandes, doch alle Geister-Weissagungen einander eingreifend faßten und hielten. – – Das alles sagte sie nun, weil sie nur ihre Schmerzen, nicht ihre Hoffnungen verbarg, dem Grafen gar ins Gesicht.

Welchen knirschenden Biß in sein weichstes Leben tat jetzt ein böser Genius! – Diese glühende, ungeteilte, nicht teilende Liebe hatt' er, nicht sie, – glaubt' er. Er war recht nahe daran, sein wie von einem Gewitterschlag auf einmal in die Höhe brennendes Wesen auch so zu zeigen; nur die schuldlose, weiße Stirn mit frohen Rosen in den kleinen Locken, der kindlichhelle Aufblick des reinen, blauen Augenpaars und das weiche Angesicht, das schon bei einem musikalischen Fortissimo und bei jeder Heftigkeit im fremden Bewegen oder Lachen kränklich durch das klopfende Herz errötet, und sein verschämter Haß der Leichtigkeit, mit der ein Mann seine Allmacht und sein Geschlecht zum Erschrecken des zarteren mißbrauchen kann, hielten ihn wie Schutzgeister ein, und er sagte bloß in jenem edeln Zorne, der wie eine Rührung klang: »O Liane, du bist heute hart!«

»Und ich bin ja so weich!« sagte die Unschuldige. Beide waren bisher am Fenster vor dem aus Lilar herschwellenden finstern Gewitter gestanden. Sie kehrte sich schnell um – denn sie konnte seit ihrer Erblindung, wo eine dunkle Wolke gegen sie zu fliegen geschienen, keine mehr lange ansehen –, und Albanos hohe Gestalt mit dem ganzen glühend-lebendigen Gesicht und mit den Seelen-Augen stand vom Abendlicht erhellet vor ihr. Sie legte mit der spielenden Hand, die er frei ließ, sein dunkles Haar aus der trotzigen Stirn sanfter an die Seiten, strich die gedrängte Augenbrahme glatter und sagte, als sein Blick wie eine Sonne stach und sein Mund sich ernst schloß:

»O freudig, freudig soll künftig einmal dies schöne Angesicht lächeln!« Er lächelte, aber schmerzlich. »Und dann will ich noch seliger sein als heute!« sagte sie und erschrak, denn ein Blitz fuhr über sein ernstes Gesicht wie über ein zackiges Gebürge und zeigte es wie das des Kriegsgottes von Kriegsflammen erleuchtet.

Er schied schnell; ließ sich nicht halten; sprach von Wetterkühlen, ging ins Wetter hinaus und ließ Lianen in der Freude zurück, daß sie doch heute recht aus bloßer reiner Liebe gesprochen habe. Aus dem letzten Hause des Dorfs sprang ihm Rabette entgegen; über sein Gesicht fielen die Wetterbäche der verhaltnen Tränen herab; »was fehlt dir, was weinst du?« rief sie. »Du träumest«, rief er und eilte vor allen Dingen ins Ungewitter hinaus, das sich plötzlich wie ein Mantelfisch erstickend über den ganzen Himmel hergeworfen hatte. Er suchte sich unter dem regnenden Blitzen zuerst die besten Beweise zusammen, daß Liane heilige Reize, göttlichen Sinn, alle Tugenden habe, besonders allgemeine Menschenliebe, Mutterliebe, Bruderliebe, Freundesliebe – nur aber nicht die glühende Einzigen-Liebe, wenigstens nicht gegen ihn. Sie wird nur – er schließet immer fort – von der Gegenwart so gänzlich gefasset und gefüllt, von meiner so gut als von der eines Armbruchs des kleinen Pollux, welche ihr Himmel und Erde verdeckt. – Darum wird ihr der Untergang des Lebens so leicht wie der eines Sternchens und alle Scheidungen dabei. – Darum stand ich so lange mit einer leidenden Brust voll Liebe neben ihr, und sie sah nicht in meine, weil sie keine in der ihrigen fand. – Und so ists so bitter, wenn der Mensch, unter den gemeinen Herzen der Erde verarmend, durch das edelste doch nichts wird als zum letztenmal unglücklich.

Der Regen zischte durch die Blätter, das Feuer schlug durch den Wald, und der wilde Jäger des Sturms trieb seine unsinnige Jagd. Das erfreuete ihn als eine kühlende Hand, woran ein Freund ihn führte. Da er nicht durch die Höhle, sondern außen am Bergrücken zu seinem hohen Donnerhäuschen hinaufstieg: so sah er eine dicke, graue Regennacht das grüne Lilar belasten, und auf dem gebognen Tartarus ruhte unter dem Blitz der erleuchtete Sturm. Er fuhr zusammen bei dem Eintritt in sein Häuschen vor einem Schrei, den seine Äolsharfe unter den Griffen des Windes tat; denn sie hatte einst, von der Abendsonne beglänzt, seine junge Liebe ätherisch wie Sterne eingekleidet und war ihr mit allen Tönen nachgefolgt, da sie hinausging über das leidende Leben.

70. Zykel

Am Morgen darauf waren beide Gewitter aufgelöset in ein stilles Gewölke. – Und aus den größeren Schmerzen wurden nur Irrtümer. Wir Schwache! wenn das Schicksal uns bei unserer Scheinhinrichtung mit der Rute berührt, nicht mit dem Schwerte: so sinken wir ohnmächtig vom Stuhle und fühlen das Sterben noch weit ins Leben hinein! – Alle Fieber, so auch die geistigen, kühlt der neue, frische Morgen, so wie sie alle der bange Abend glühend schürt. Welcher von uns wickelte sich nicht an Abenden – dieser eigentlichen Geisterstunde der Plage-, Haus- und Poltergeister – in den Faden, den er selber spann, den er aber für fremdes Fanggewebe hielt, immer enger durch Entfliehen und Wenden ein, bis er am Morgen seinen Schließer vor sich sah, nämlich sich! –

Albano sah auf dem ganzen gestrigen Kriegsschauplatz nichts mehr stehen als eine blasse, gute Gestalt in Halbtrauer, welche nach ihm mit unschuldigen Mädchenaugen umherblickte, und wornach er doch ewig hinübersah, wenn sie auch mehr eine Braut Gottes als die eines Menschen blieb. Er fühlte jetzt freilich mehr, wie hoch seine Foderungen an wirkliche Freunde stiegen, als sonst, wo er die höchsten an geträumte Wesen, die er immer gerade in die jedesmalige Form seines Herzens goß, nach Gefallen steigern konnte; und wie in ihm ein niemand schonender Geist regiere, der jedem fremden die Flügel nach seinen eignen ausdehnen wolle, weil er keine Eigenheit dulde außer der kopierten. –

Er hatte bisher von allen seinen Geliebten zu wenig Widerstand erfahren, wie Liane zu viel; beides schadet dem Menschen. Der geistige wie der physische wird ohne Widerstand der äußern Luft von der innern aufgeblasen und zersprengt, und ohne Widerstand der innern von der äußern zusammengequetscht; nur das Gleichgewicht zwischen innerer Wehr und äußerem Druck hält einen schönen Spielraum für das Leben und sein Bilden frei. – Männer dulden ohnehin – da nur die besten an den besten Männern feste, starke Überzeugung achten – diese an Weibern schwer und wollen letztere nicht bloß zu ihrem Widerschein, sondern auch zu ihrem Nachhall haben. Sie wollen, mein' ich, nicht bloß die Miene, auch das Wort bejahend.

Albano bestrafte sich mit einigen Tagen freiwilliger Entfernung, bis die unreinen Wolken aus ihm weggezogen wären, die den Sonnenzeiger seines Innern verschattet hatten. Bin ich ganz heiter und gut, sagt' er, so geh' ich wieder zu ihr und irre nie mehr. Er irret jetzt; ist ein fremder, unheimlicher Halbton einmal zwischen alle Harmonien zweier Wesen wiederkehrend durchgedrungen, so schwillt er immer feindlicher an und übertäubt den Grundton und endigt alles. Der Scheideton war hier die Stärke der männlichen Tonart neben der Stärke der weiblichen. Aber die höchste Liebe verwundet sich am leichtesten am kleinsten Unterschied. O, dann hilft es wenig, wenn der Mensch zu sich sagt: ich will mich ändern. Nur im schönsten, unverletzten Enthusiasmus setzt er sich es vor; aber eben im verletzten, wo er kaum des Vorsatzes fähig wäre, soll er sich zur Erfüllung desselben heben und kann es schwer.

Der Graf ging am Morgen wie gewöhnlich in seine Hörsäle und Sprachzimmer der Stadt. In den erstern war es ihm schwer, nach den Sternen der

Wissenschaften seine Instrumente und Augen festzurichten und zu visieren, da er auf einem solchen Meere voll Bewegung ging. In den letztern fand er den Lektor kälter als sonst, den Bibliothekar wärmer, die Hauswirtsleute aufgeblasener. Er ging zu Roquairol, den er heute noch inniger liebte und behandelte, um gleichsam der beleidigten Schwester genugzutun. Karl sagte sogleich mit seinem tragischen schnellen Aufreißen des Vorhangs der Zukunft: »es sei alles entdeckt –– höchst wahrscheinlich!« Sooft Liebende sehen, daß die seefahrende Welt ihre Kalypsos-Insel – die doch frei auf der offnen See daliegt – endlich in die Augen bekommt und die Segel darauf richtet: so verwundern sie sich zum Verwundern. Hat denn irgendein Paradies so weite und niedrige Staketen – so daß jeder Vorbeigehende hineinsehen kann – als ihres? –

Schon längst hatten, erzählt' er, die Doktors-Kinder immer etwas bei der Baumeisterin in Lilar zu holen, Blumen, Arzneigläser u. s. w.; gewiß als Seh- und Hörröhre Augustis – dieser sei wieder der Operngucker seiner Mutter – kurz sein Vater sei wenigstens bei der Griechin gestern gewesen, hab' aber zum Glück nur ein leeres Paket [1] von Rabette an ihn (Karln) gefunden, das er nach den Freiheiten der ministerialischen Kirche auf- und zugemacht. »Warum zum Glück?« (sagte Albano) »Ich werde meine Liebe vor der Welt rechtfertigen und ehren.« – »Ich bezog es auf mich,« (versetzt' er) »denn nie war mein Vater freundlicher gegen mich, als seitdem er meine letzten Briefe erbrochen. Er ist diesen Nachmittag in Blumenbühl, und wohl mehr meinet- als der Schwester wegen.«

Albano fürchtete nicht, daß die Stadt Minengänge unter sein Kindheitsland hintreiben könne, um etwa durch *eine* Flamme die glückselige Insel zu zersprengen – durft' er nicht seinem Wert und Mut und Lianens ihrem trauen? – aber es schmerzte ihn jetzt, daß er so unnütz der kindlichen Liane die Freude und das Verdienst einer kindlichen Offenherzigkeit genommen. Wie sehnt' er sich nun nach dem abbüßenden und belohnenden Augenblick des ersten Wiedersehns, nach dem nächsten Morgen!

Er blieb bei seinem Freund wie bei einem Troste und ging erst zurück, als die Abendröte in den Regenwolken umherfloß. – Als er kam, fand er von Lianen schon einen Brief von heute:

»O, guter Albano! warum kamst du nicht? Wie viel hatt' ich dir zu sagen! Wie hab' ich Freitags deinetwegen gezittert, als die wütende Wolke dich mit ihrem Donner verfolgte! Du hast mich zu sehr vom Schmerz entwöhnt,

[1] Nämlich immer waren Briefe von Lianen an Albano dareingeschlagen. Man sehe hier wieder an zwei Exempeln, wie an der Liebes-Harmonika ein Bruder als Tastatur für die Schwester vorstehen müsse, die zu den Glocken will. Es sollte daher immer ein Paar Paare geben, kreuzweise verschwistert und liebend.

so fremd und schwer wird er mir nun. Ich war den ganzen Abend untröstlich, endlich fiel mir nachts noch dazu ein, daß du wie von Ahnungen beklommen gewesen und daß es gern ins Donnerhäuschen schlage. Warum bist du doch da? Ich stürzte heraus und kniete neben meinem Bette und flehte Gott an, obgleich das Wetter längst verzogen war, daß er dich möge erhalten haben. Lächle über mein spätes Gebet; aber ich sagte zu ihm: du wußtest es ja, Allgütiger, daß ich beten würde. Ich wurde auch getröstet, da ich die Sterne ansah, und der gebrochene Strahl der Wonne zitterte in mir.

Aber am Morgen machte mich Rabette wieder traurig. Sie hat dich auf dem Wege weinen sehen. Tausendmal hab' ich untersucht, ob ich daran schuld habe. Sollt' es daher kommen – denn sie sagts –, daß ich dich mit meinen Sterbegedanken zu sehr betrübe? Nie mehr sollst du sie hören, auch der Schleier ist eingeschlossen; aber ich berechnete dich nach meinem Bruder, dem, wie er selber sagt, das Todes-Dunkel eine Abenddämmerung ist, wo ihm die Gestalten lieblicher werden. – Wahrlich, ich bin ganz selig – denn du sogar bist es, und hast doch so wenig an mir, nur eine kleine Blume für dein Herz, aber ich habe dich. Lasse mir mein Grab; wie von einem Berg kommt bessere fruchtbare Erde davon in mein Tal. O wie liebt man, Albano, wenn alles neben uns bricht und fällt und verraucht und wenn doch der Bund und Glanz der Liebe unzerrissen und fest auf dem wegfließenden Leben steht, wie ich oft bei Wasserfällen mit Rührung auf den zerspringenden, reißenden Fluten einen Regenbogen unverrückt und unverändert schweben sah! – O, ich wollte, die Nachtigallen sängen noch, jetzt könnt' ich mit ihnen singen; deine Äolsharfe, meine Harmonika wünscht' ich in meiner Hand. Mein Vater war bei uns und heiterer und freundlicher gegen alle als je. Sieh! sogar er ist gut. Meine Eltern schicken gewiß kein Gewitter in unser Rosenfest. Ich tat ihm daher leicht den Gefallen – vergib es –, ihm zu versprechen, daß ich keine fremde Besuche in einem fremden Hause – weil es unschicklich sei, sagt' er – annehmen würde. Ich muß auf einige Tage nach Hause wegen der fürstlichen Vermählung; aber ich sehe dich bald. O vergib! Wenn mein Vater sanft spricht, so kann meine Seele unmöglich Nein sagen. – Lebe wohl, mein Herrlicher! L.

N. S. Bald fliegt wieder ein Blättchen auf deinen Berg. Sei nur in ewiger Freude! O Gott! warum bin ich nicht mächtiger? Welche Menschen solltest du dann an deinem Herzen haben! – Du Lieber!«

Wie beschämt' ihn diese vollblühende Liebe, die es gar nie recht weiß, wenn sie verkannt wird, und die keine andere Schuld voraussetzt als eigne! – Wie tat ihm die gebotene Entfernung jetzt nach der freiwilligen weh! – Er konnte sie nun lieben als einen wehrenden Engel *vor* dem Paradiese, wie viel mehr als einen gebenden *in* ihm! – Aber schwer ists einem Manne, fühlte der Jüngling, im weiblichen Herzen, zumal in diesem, Absicht von Instinkt,

Ideen von Gefühlen rein zu sondern und an diesem dunkeln, vollen Himmel alle Sterne zu zählen und zu reihen. – Jede Härte, jede unscheinbare Knospe ging zuletzt als Blume auf; und ihr Wert breitete sich wie der Frühling stückweise aus; indes gewöhnlich von andern Mädchen ein Reisender, der sie besucht, sogleich beim ersten Abschiede abends eine kleine vollständige Blumenlese aller ihrer Reize und Künste fortnimmt, wie ein Brocken-Passagier im Wirtshause einen niedlichen Strauß überkommt, aus den Moosarten gebunden, welche der Berg trägt.

Er glaubte, sie sei nun bei den Eltern, und folgte nicht als zerrender Knabe, sondern als einstimmiger Mann dem Riesen des Schicksals nach. Im Garten herrschte Regenwetter, die Aussaat jedes starken Gewitters, das immer wie ein Krieg den Kriegsschauplatz verdirbt.

Das verheißene Blättchen erschien: »Sei nur froh. Wir sehen uns sehr, sehr bald, und dann recht selig. Vergib mir! – ach, ich sehne mich am meisten. – L.«

Jetzt empfand er's, welche Tage es waren, die *sonst* d. h. bloß vor einigen Tagen – vor ihm wie göttliche Erscheinungen vorübergezogen waren und die nun wieder heraufsteigen sollten in Osten als wiederkehrende Sterne! – Warum schneidet sich erst das verlorne Gut wie ein scharfer Demant so tief ins Herz? Warum müssen wir erst etwas beweinet haben, eh' wir es heiß bis zum Schmerze lieben? –

Albano warf Vergangenheit und Zukunft von sich weg, um nur ganz rein in der Gegenwart zu wohnen, die ihm von Lianen versprochen worden.

71. Zykel

Am Sonntags-Morgen, als der ganze blaue Himmel offen stand und die Erde festlich geschmückt mit Perlen und Zweigen, klopfte an Albanos Türe ein leiser Finger, der einer weiblichen Hand gehören mußte. Liane trat so früh schon herein; Rabette und Karl riefen draußen einen lauten Gruß. An seiner jauchzenden Brust lag das schöne, vom Gehen blühende Mädchen mit seligen, hellen Augen, eine frisch-betauete Rosenknospe. Es war sein schönster Morgen, er fühlte rein, daß Liane liebe. Als die Äolsharfe einklang, sah sie hin, erinnerte sich errötend an den schönsten Bundes-Abend und hörte still zu und trocknete das Auge, da sie es wieder auf Albano wandte. – Aber er konnte in diesen Tempel der Freude nicht eintreten, ohne sich gereinigt und geheiligt zu haben durch Offenheit über seine neulichen Irrtümer. Welcher süße Wettstreit um Bekennen und Vergeben, da Liane liebend erschrak und bekannte, daß sie ihn neulich nicht erraten – daß nur sie die Schuldige sei und daß sie jetzt schon besser sprechen wolle. Sie konnte sich über die verdeckten Schmerzen, die sie ihrem Freund gemacht, gar nicht zufrieden geben. Wie Mahagoni-Geräte in keiner Temperatur bricht und keine Flecken annimmt und kein Polieren bedarf: so ist dieses Herz, fühlte Albano; der sich nun schwur, überall, auch wo er sie nicht errate, zu sich zu sagen: sie hat recht.

Sie lösete ihm das Rätsel ihrer heutigen Erscheinung mit jenen freundlichen Mienen, welche ein guter Mensch verdoppelt, wenn er etwas zu versüßen hat: »sie gehe nämlich heute nach Pestitz zurück – aber spät, erst abends, erst um die Teezeit komme der Wagen, und ihnen bleibe ein ganzer Tag; und sie hoffe nicht, daß ihr Vater diesen Umweg über Lilar für einen Bruch ihres Versprechens nehmen werde.« Ein liebendes Mädchen wird unbewußt kühner. – Darauf suchte sie ihn über die friedlichen Absichten ihres Vaters recht ruhig zu machen und stellte ihm seine Strenge, womit er sich und andere der Konvenienz unterwarf, als die Ursache seiner Verbote, so wie ihrer Zurückberufung zum Vermählungsfeste vor. Albano, so nahe am letzten Schwure, hielt ihn und sagte: sie hat recht.

Der Hauptmann trat mit der rotwangigen Rabette herein, in deren Augen die Freude blitzte. Das kleine Zimmer machte durch Enge und Verwirrung die Lust nicht kleiner. Karl, sonst so sehr dem Vesuve ähnlich, der in den ersten Morgenstunden noch beschneiet ist, stand schon mit einem warmen Gipfel da; er setzte sich ans Instrument und donnerte mit einem aufgeschlagnen Prestissimo von Haydn – diesem rechten Stundenrufer jauchzender Stunden – in die laute Gegenwart und spielte zur Verwunderung der Weiber das Schwerste so leicht vom Blatte, daß er mehr hinein- als herausspielte und vieles (z. B. den Baß) immer selber setzte, indes Albano mit fast komischer Treue in der Musik ebensosehr die Wahrheit wiedergab als in jeder Geschichte, die immer in Karls Munde wieder eine erlebte. Der Morgen legte allen Seelen die Flügel an, die der Mittag den Menschen immer bindet – daher die Aurora mit geflügelten Rossen fährt und der Tagsgott mit flügellosen. – »Aber wie sind nun unsere sieben Freudenstationen zu machen?« (fragte Karl) »denn der Tag liegt wie ein Gartensaal mit lauter Lustgängen nach allen Seiten vor uns offen.« – »Karl, ist es denn nicht einerlei, wo ein Mensch liebt?« sagte Albano. – Seliger, dessen Herz nichts braucht als noch eines, aber keinen Park dazu, keine opera seria, keinen Mozart, keinen Raffael, keine Mondsfinsternis, nicht einmal einen Mondschein und keinen vorgelesenen oder nachgespielten Roman!

»Zuerst muß ich meine Chariton sehen«, sagte Liane. – »Die kann uns ja« (nahm ihr Bruder sogleich auf) »unser Essen in den gotischen Tempel nachtragen.« – Er wollte an diesem holden Tage im 12ten Jahrhundert essen und bei einem bänglichen, bunten Scheibenlicht und auf eckigem, schwerem, dickem Gerät und gleichsam dunkel unter der Erde der oben grünenden Gegenwart mit blühenden Gesichtern sitzen; denn so überlud er die vollsten Genüsse noch mit äußern Kontrasten und genoß jede frohe Gegenwart am meisten in der nahen Beleuchtung und Abspieglung der geschliffnen Sichel, die sie abmähte[1]. »Gott bewahre und behüte, Freund!« sagte Rabette. Auch Albano fand die freundliche Griechin, ihre lachenden Kinder und die nahen Rosenfelder besser dazu; und siegte mit Lianen. Vor dem belaubten Häuschen liefen ihnen die Kinder entgegen, Helene mit dem Schürzchen voll aufgelesener Orangenblüten, weil ihr das Brechen verboten war, und Pollux im letzten, leichten Verbande des gebrochnen Arms, dessen Hand jetzt mit der Rechten am hohlen Zusammenfalten und Platzen der Rosenblätter hatte arbeiten müssen. Beide berichteten ein: »die Mutter sei noch nicht fertig und habe sie zuerst angezogen.« – Aber schon nett und einfach wie zum Priesterin-Tanze um den Altar froher Götter sprang Chariton ihrer Liane entgegen und passete die schnell angelegten Kleider nur noch durch ein leichtes Rücken und Zucken gar an. »Das ist« (sagte Roquairol, nachdem er von Rabetten das nickende Ja sehr leicht dazu erhalten, weil sie seine französische Bitte um dasselbe nicht verstanden) »meine Gemahlin seit gestern –«, und er genoß ohne Umstände das Du-Recht, das sie seit dem freundlichen Zuspruche des Ministers mit jungfräulichen Ahnungen lieber annahm.

Da Liane freundlich vier Gäste des Mittags bei Chariton anmeldete: so standen in den schwarzen Augen der Griechin Freudenblitze, und das kleine Gesicht mit italienischen großen Augenbraunenbogen wurde ein feststehendes Lächeln, das nicht Küchenverlegenheit, sondern nur zungenlose Freudigkeit war, welche ihren weißen Zahnhalbzirkel noch weiter glänzen ließ, da Karl vollends sagte: »Du kannst ihr ja helfen, Frau!« – »Das versteht sich!« sagte Rabette ganz entzückt, weil ihr Herz weiter keine andere Lippen hatte als ihre beiden Hände, für welche es so viel war, als wenn sie von der geliebten gedrückt würden, wenn sie für sie harte Arbeit angreifen durften. Verwünschte sie nicht so oft ihre unberedte, stockende Kehle, wenn Roquairol vor ihr seine feurigen Ströme brausen ließ? – Jetzt, da er wieder die Nähe mit künstlichen, schattierenden Scheidungen ausgeschmückt hatte, drang er freilich darauf, daß Chariton die expedierende Sekretarin bliebe und Rabette nur unterzeichnete. Auch Liane wollte aus gleicher Weiblichkeit etwas für ihren Liebling schaffen; aber da sie als ein Mädchen von Stande nichts kochen konnte, sondern nur etwas backen, so wurd' ihr – aber ungern von ihrem Freunde, der die süße Gestalt nirgendswo gern sah als, wie andere Schmetterlinge, nur unter Blumen bei ihm – zugestanden, ganz spät und

[1] »Ein solcher Charakter« (schreibt Hafenreffer dabei) »wäre für Romanen-Kotzebues erwünscht, weil diese, da er seiner Natur nach immer den Wert der Situation durch den zufälligen Ort derselben schaffen und heben will, unter dem Deckmantel seiner Persönlichkeit ganz der ihrigen frönen und die Schwäche des Dichters in die Schwäche des Helden verkleiden könnten.« Mich dünkt, dieses ist, so viel ein Biograph von Romantikern urteilen kann, sehr treffend.

zehn Minuten lang mit den Augen und in seltenen Fällen mit den drei Schreibfingern an den Schneebällen mitzuarbeiten, welche das Dessert beschließen sollten.

Einen breitern Baldachin oder einen schöner geschnitzten Zepter und Apfel hatte noch keine Küchen-Ballkönigin, oder gar schöneres dames d'atour, als Chariton; und Geschirr und Feuer wurden ganz dadurch verdunkelt.

Nun gingen die glücklichen Paare – und die Kinder mit – hinaus in den freudigen Tag, in den jugendlichen Garten, um wie Wandelsterne mit ihren Monden einander bald nahe, bald ferne, bald im Gegenschein, bald in der Zusammenkunft zu stehen auf der himmlischen Kreisbahn um dieselbe Sonne. »Wir wollen auf geratewohl« (sagte Karl im Hafen) »ausschiffen und zusehen, ob wir uns nicht treffen.« – Albano ging mit Lianen den Kindern nach, die schon an den kleinen Häusern durch die Rosengänge hüpften, auf die Brücke über den singenden Wald. Wem das Herz so ruhig-selig schlägt, der sucht in der unsichtbaren Kirche keine sichtbare – der ganze Tempel der Natur ist der Tempel der Liebe, und überall stehen Altäre und Kanzeln. Auf dem glattniedergehenden Lebensstrome steht der Mensch ohne Ruder selig in seinem Kahn und regiert ihn nicht.

Dann lenkten die Kinder, eingedenk der mütterlichen Auswanderungsverbote, auf der Brückenhöhe rechts hinüber zu den westlichen Triumphbogen, und Helene lief bloß als ziehende Führerin des Rekonvaleszenten mit seiner Hand recht unerwartet wild voraus. Albano folgte den kleinen Lotsmännchen und Leithündchen so gern. Himmel! wenn sie sich so auf der herrlichen Höhe umsahen und in den reich ausgebreiteten Tag und in ihre Augen darauf: wie wölbten sich die Bogen der Lebensbrücke so frei und weit, und die Schiffe flogen mit aufgeblasenen Segeln und stolzen Masten hindurch! – Rosenbäume kletterten an den Triumphbogen herauf, die Kinder langten hinaus, knickten Rosen von ihrem Gipfel und trabten, den fremden Gehorsam verarbeitend und erprobend, über vier Tore hinweg, um von dem fünften in den glatten, blanken See darunter zu schauen und in den »Zauberwald« hinabzusteigen, wo die Kunst wie die Kinder spielte.

Aus dem Eingange des Waldes traten Karl und Rabette heraus, um zu Chariton über die Bogen zurückzugehen, jener zum Flaschenkeller – er hatte etwas Leeres daraus in der Hand –, diese ein wenig in die Küche. Er ging selig wie auf Flügeln und sagte: »Das Leben fährt heute auf dem Wagengestirn im Blauen dahin.« Er kehrte aber um, um vor ihnen die Plejaden aufgehen zu lassen, nämlich den sogenannten »verkehrten Regen«, der bloß fünf Minuten lang und eigentlich nur bei Illumination steigt. Er führte alle in den Wunderwald durch ein im Mittagsschlummer liegendes Licht, das unter freien Bäumen glühte, deren weit-auseinanderstehende Stämme sich nur die langen Zweige boten. Auf dem Brennpunkt der malerischen Bahnen ließ er sie das Spiel des Regens erwarten. Die Kinder sprangen mit ihren Hoffnungen nach und setzten sich, vom Mute der Erwachsenen gedeckt, mit diesen auf bezeichnete Götter- oder Kindersitze, zwischen zwei kleinen runden Seen.

Während Karl schnell im Zickzack, der hydraulischen und mechanischen Maschinerie wegen, hin- und herlief – ohngefähr nach den Punkten des Irrgartens in Versailles –: so konnten sie den überall aufgehenden Zauberwald durchfliegen – ein allmächtiger Arm der außen vorbeigehenden Rosana griff unter die Blumen herein und trug eine schwere, reiche Welt – bald war das Wasser ein fester Spiegel, bald eine gewundne, wellenschlagende Ader, bald eine Quelle, bald ein Blitz hinter Blumen, oder ein schwarzes Auge hinter Blätter-Schleiern – schmale Ufer, kurze Beete, Kindergärten, runde Inseln, kleine Hügel und Landzünglein wohnten dazwischen, sie hielten ihre bunten, blühenden Kinder auf dem Arm und Schoß, und die blauen Augen der Vergißmeinnicht und die vollen Tulpenwangen und die blaßwangigen Lilien spielten wie Geschwister, von Fremden geschieden, beisammen, aber Rosen liefen durch alle. Jetzt hörten die Menschen murmeln und rauschen, die Seen neben ihnen walleten; an einem abgerindeten, auf eine Insel eingepfählten Maienbaum fingen oben die gelben Tannennadeln zu tropfen an – von den Hängebirken auf der Landzunge glitt ein innerer Regen nieder – aus den beiden Seen neben ihnen flogen Wasserstrahlen wie fliegende Fische gen Himmel – Jetzt quoll es überall, und Reihen von Quellen, diesen Wasser-Kindern, spielten mit den Blumenkindern – Wie Vögel flatterten Strahlen mit breiten Flügeln aus den Lorbeerhecken und fielen in die Rosengruppen nieder – an einem Hügel voll Eichen kroch eine Wasserschlange hinauf – kriegend schossen aus allen Ufer-Mündungen belagernde Bogen an die Gipfel – Plötzlich fanden sich die überlisteten Zuschauer mit Regenbogen überwölbt, denn die Seen warfen ihre Wasser hoch über sie hinüber, daß durch das Tropfengegitter die wankende Sonne brannte wie durch eine zersplitterte Juwelenwelt. – Die Kinder schrien erschrocken. – Die aufgejagten Vögel kreuzten durch den Regen – Nachtschmetterlinge wurden niedergeworfen – die Turteltauben schüttelten sich, an die Erde gedrückt, in den Güssen – die Ufer und die Beete hielten ihre blühenden Kleinen dem Himmel unter. – –

Nach fünf Minuten war alles vorbei, und nur in allen Blumen und Augen zitterte der nasse Glanz und auf den Wellen die Sterne fort. Die Kinder liefen dem Wundertäter Karl nach. »Vorbei draußen,« (sagte Albano) »aber nicht in uns. Ich bin heute recht still-froh, denn du liebst mich, und auch die ganze Welt ist freundlich. – Bist du auch glücklich, Liane?« – Sie antwortete: »Noch froher, und ich müßte vor Freude weinen, wenn ich es sagte.« – Aber sie weinte schon. »Sieh! die Tropfen!« sagte sie naiv, als er sie anblickte, und nahm *seine* vom Regenbogen angesprützte sanft von seinen Wangen weg. Sein Mund berührte ihr heiliges, zärtliches Auge, aber das andere stand offen, und ihr Herz und ihre Liebe blickten ihn daraus an, und nie schwebte ihre heilige Seele ihm näher.

Nach wenigen Minuten war auch dieser nach dem Himmel gekehrte Regen vorüber. Sie gingen mitten über den freien Garten den Morgen-Partien und -Toren zu. Wie lagen in der offnen Welt die Küsten der Zukunft so hell vor ihnen mit dickem, hohem Grün, und Nachtigallen flogen um die Ufer! – Die Entzückung macht das männliche Herz weiblicher; die Stimme seiner vollen Brust redete nur leise zu Lianen, auf deren seitwärts und gen Himmel geneigten Angesicht ein stilles, frommes Danken lag, sein feuriger Blick regte sich nur langsam und ruhte an der schönen Welt, und er ging ohne hastiges Überschreiten um die kleinste Landspitze. Die junge Nachtigall wetzte den abgefütterten Schnabel am Zweige und schüttelte sich lustig, die alte sang ein kurzes Wiegenlied und hüpfte mit Tönen nach neuer Kost – Und überall flogen und schrien die Kinder des Frühlings und ihre Eltern durcheinander – Kleine, weiße Pfauen liefen ungeputzt wie kleine Kinder im Grase – Selig floß der Schwan zwischen seinen Wellen mit dem weißen Bogen über den untergetauchten Augen, und selig schwebte die glänzende Tonmücke wie ein fester Stern unverrückt in den Lüften über einer fernen, blumigen Glocke. – Die Schmetterlinge, fliegende Blumen, und die Blumen, angekettete Schmetterlinge, suchten und überdeckten einander und legten ihre bunten Flügel an Flügel – Und die Bienen tauschten Blumen nur gegen Blüten, und die Rose, die keine Dornen für sie hat, nur gegen die Linde. »Liane,« (sagte Albano) »wie lieb' ich heute durch dich die ganze Welt, ich möchte den Blumen einen Kuß geben und in die vollen Bäume mich drücken; ich könnte nicht dem langen Käfer da unten in den Weg treten.« – »Sollte man« (versetzte sie) »je anders fühlen? Wie kann ein Mensch, dacht' ich oft, der eine Mutter hat und ihre Liebe kennt, das Herz einer Tiermutter so kränken und zerreißen? Aber wir vergeben den Tieren, sagt Spener, auch nicht einmal ihre Tugenden.« – »Laß uns zu ihm,« sagt' er.

Sie kamen außerhalb der Morgentore an dem Bergweg hinter dem Flötental oben an dem mittagshellen Häuschen des alten Speners an; aber da sie ihn laut lesen und beten hörten, gingen sie lieber in großer Ferne vorüber, um in seinen heiligen Himmel nicht einmal ihren Schatten zu werfen.

Sie schaueten ins schöne, stille Flötental und wollten eben hinein; endlich sprach es zu ihnen mit *einer* Flöte hinauf. Ihre Freunde schienen drunten zu sein. Die Flöte klagte lange einsam und verlassen fort, keine Schwestern und keine Fontänen rauschten darein. Endlich keuchte neben der Flöte eine scheue, zitternde Singstimme angestrengt daher. Es war hinter den langen Gesträuchen Rabette. Sie rührte beide in die tiefste Seele, weil die Arme mit dem Arbeiten ihrer unbehülflichen Stimme dem Geliebten das demütige Opfer des Gehorsams brachte. »O, mein Albano,« (sagte Liane, sich entzückt an ihn schlingend) »welche Süßigkeit, daß mein Bruder glücklich ist und Seelenfrieden hat und durch deine Schwester!« – »Er verdient meinen,« (sagt' er bewegt) »aber wir wollen sie beide nicht stören, sondern den alten

Weg zurückgehen.« Denn Rabettens Töne wurden oft zerschnitten, aber es war ungewiß, ob von Furcht – oder von Küssen – oder von Rührung.

Als sie wieder durchs Morgentor hereintraten: kam die Sängerin und Karl ihnen aus der grünenden Pforte entgegen, beide verweint. Karl, gewaltsam über lebendige Beete tretend und mit irrenden Augen, griff nach beider Hand mit seinen und sagte: »Das ist doch einmal ein Tag auf der Regenwelt, der nicht wie eine Nacht aussieht – Bruder, aber wenn man so innig selig ist und Sphären vernimmt, so sinds solche Töne, wie man einmal zum Zeichen hörte, daß vom Markus Antonius sein Schutzgott Herkules weiche.« – So werden die Freuden, wie andere Edelsteine, mechanische Gifte, welche bloß in der Ferne glänzen, aber berührt und verschlungen uns zerschneiden. Aber Albano versetzte lächelnd: »Da du dich jetzt fürchtest, Lieber, so hast du nichts zu fürchten; denn du bist nicht rein glücklich. Ich aber fürchte leider nichts.« – »Bravo!« (sagte Karl) »Nun geht in eure Küche, Mädchen!« Er ging in den sogenannten »Tempel des Traums«, drang aber bald in die verbotene Küche nach.

Albano besuchte Lianens Frühlingsstübchen. Hier malt' er sich jenen Glanz-Sonntag zurück, wo ihn Liane durch Lilar geführet, und er ließ die Vergangenheit in die Gegenwart mildernd schimmern; aber diese überstrahlte sie. Draußen im Garten standen und glänzten, so schien es ihm, die reinen Säulen seines Himmels, die Träger seines Tempels, die Bäume; und alles, was er hier neben sich sah, gehörte wieder zu seinem Glück, Lianens Bücher und Bilder und Blumen und jede kleine Zeichnung von ihrer zarten Hand.

Endlich trat die Heilige der Rotunda selber – jungfräulich errötend über diese Nähe und über sein Erröten – herein, um ihn ins kühle Eßzimmer hinabzuholen. Es war klein und dämmernd, aber das Herz bedarf zu seinem Himmel nicht viel Platz und nicht viel Sterne daran, wenn nur der der Liebe aufgegangen. Zu den Tischreden – wodurch erst ein Essen ein menschliches wird – und zu den Scherzen – den feinsten Zwischengerichten, dem Streuzucker des Gesprächs – lieferten die Kinder das Ihrige, zumal da sie, unfähig, vom verbotnen *Du* zum *Sie* zu steigen, immer *Du-Sie* zugleich gebrauchten. Die hochrote Chariton machte Auszüge aus Dians Briefen und aus ihrer Lebensgeschichte und aus den Wundzetteln von Pollux' Armbruch; sie suchte die Schneeballen zu schätzen, hörte schalkhaft-gläubig auf den Hauptmann hin, der das scherzhafte Ehe-Du gegen Rabette zu fünf Akten verspann, und lächelte gern da, wo es verlangt wurde. Am meisten lief die Spielwelle aller Seelen, Karl, fröhlich um; dieser Jupiter, den immer die Finsternisse so vieler Trabanten umflogen, konnte einen großen, heitern Glanz zeigen, wenn er und man wollte. Sooft Albano wie vorhin nicht in sein Trauerspiel ging, zog er den Vorhang eines Lustspiels auf. Der guten Rabette war sein Anreden so viel wie sein Anschauen, obwohl sie nur das letztere erwiderte, um weder ins Du noch Sie zu fallen. Albano, mit Ohren und Augen an *eine*

Seele geknüpft, konnte mit den Lippen nicht viel mehr hervorbringen als ein seliges Lächeln; einen Hymnus hätte er leichter gemacht als ein Bonmot, ein Tischgebet leichter als eine Tischrede.

Denn seine Liane war heute zu liebreich! So vergnügt und ermunternd schauete das süße Mädchen umher, mit so herzlichem Spiel die gesprächige, neckende Wirtin machend, daß ein Mann, der es sah und an ihren festen Sterbeglauben dachte, von diesem Tanz um das Grab mit Blumen auf dem Haupt nur desto inniger gerühret wurde, wenn er auch merkte – oder vielmehr eben darum –, daß sie hier mit dem Scherze selber Scherz treibe, bloß um – nach ihrer neuen moralischen Trauerordnung – ihrem Geliebten jede Scheide-Stunde zu versüßen, sowohl die nächste als die letzte. Aber das war schwer zu merken, weil in weiblichen Seelen jedes Scheinen leicht Wahrheit wird, nicht nur das trübe, auch das frohe.

Wie wurde ihr Freund und jeder gute Mensch so froh, weil die Heilige sich selber selig sprach! Und dann wurde wieder sie es mehr. So schlägt, wie zwischen zwei Spiegeln, der Glanz der Wonne zwischen teilnehmenden Herzen in wachsender Vervielfältigung hin und her und wird unabsehlich.

72. *Zykel*

Die Stunde der Abfahrt rollte auf schnellern Rädern heran, mehrere Sternbilder der Freude gingen unter, als heraufkamen. So grünen die blühenden Weingärten des Lebens immer an einem bergigen Hinauf und Hinab, nie in einer ruhigen Ebene. Die zwei Liebenden brauchten jetzt Stille, keine Gänge. Sie machten den nächsten, den ins Donnerhäuschen. Sie traten in die wehende Vesper-Erde wie in ein neues Land; mitten im Tage wird der Mensch aus *einem* Traum nach dem andern wach und hat immer vergessen und sieht immer verneuet. In Albano stand der goldne Saitenglanz der Freude noch unter der wegrückenden Sonne; er sagte ihr froh, wie oft er sie besuchen würde bei ihren Eltern und wie er diese gewiß befreundet zu finden hoffte. Liane malte alle seine Hoffnungen noch als Tochter und Liebende mit ihren aus. Aber jetzt ließ sie ihr vorhin leichtes Herz, das auf den Blumen des Scherzes sich wiegte, auf dem festern Ernst ausruhen.

Wenn im Menschen Friede und Fülle ist, so will er nichts mehr genießen als sich, jede Bewegung, sogar die körperliche, verschüttet den vollen Nektarkelch. – Sie eilten aus dem lauten, regen Garten ins stille, dunkle Donnerhäuschen. Aber da sie, wie geschieden von der Welt, die um die Fenster hellglänzend und sich entfernend hinauslag, in der kleinen Dämmerung einsam nebeneinander standen und sich ansahen – und da Albanos Seele war wie ein sonnentrunkenes Gebirge am Abend, licht, warm, fest und schön, und Lianens Seele wie die aufdringende Quelle am Gebirge, die hellrein und kühl und verborgen dahinrinnt, und nur vom Abendstrahl berührt, rosenrot glüht – und da diese einzigen Seelen gerade *sich* fanden in der weiten uneinigen Erde: so durchschauerte sie eine gewaltsame Freude wie ein Gebet, und sie stürzten sich ans Herz und glühten weinend und schaueten sich groß an in der Umarmung; – und an der Äolsharfe taten sich schnell die Flügeltüren eines begeisterten Konzertsaales auf, und herausschlagende Harmonien wehten vorbei, und schnell gingen die Pforten wieder zu.

Sie setzten sich ans luftige Morgenfenster, vor welchem die Blumenbühler Berge und Lilars Hügel und Pfade im Sonnenglanze lagen. Um sie war der Abendschatten und alles still, und die Ätherharfe atmete leise. Sie sahen sich nur an und freueten sich ins Innerste hinein, daß sie einander liebten und bewahrten. Wie entronnen blickten sie, von dieser Burg beschirmt, hinab in die rauschende, bewegliche Welt; unten blies der Wind die Mohn- und Tulpen-Lohe breiter und in die schwere, gelbe Ernte – die Silberpappeln, ewigen Mai-Schnee tragend, flatterten mit aufgewühltem Glanz – ein Taubenflug rauschte eintauchend ins Blau hinein – und drüben standen unter fliegenden Wolken die runden Tempel Gottes, die Berge, nebeneinander in Reihen und trugen bald Nächte, bald Tage – und der fromme Vater stand allein auf seiner Höhe und reichte seinem Rehe weiche Äste.

»So bleiben wir!« sagte Albano und drückte ihre liebe Hand mit seinen beiden an sein Herz. »Hier und dort!« (sagte sie) – »Albano, wie oft hab' ich gewünscht, du wärest zugleich meine Freundin, damit ich mit dir von dir reden könnte. Wer weiß es auf der Erde, wie ich dich achte, als ich allein!« – »Hier und dort? – Liane, ich bin glücklicher als du, denn ich allein glaube an unser *langes* Leben hier«, sagte er auf einmal verändert.

Welche Ursache es nun sei – entweder die, daß der Mensch gar nicht gewohnt ist, in einer von aller Zukunft und Vergangenheit abgelöseten reinen Gegenwart glücklich zu sein, weil sein innerer Himmel wie der physische immer gerade und nahe über ihm finsterblau aussieht, und erst um den fernen Horizont herum glänzend – oder daß es ein so zartes überirdisches Glück gibt, was wie der Mondschein von jeder Wolke zu dunkel wird, indes rohes wie das Tageslicht die breiteste verträgt – oder daß Albano zu sehr den Männern glich, die immer in der Freude ihre Kräfte so stark fühlen, daß sie lieber den Göttertisch umstoßen als ein Gericht und Himmelsbrot weniger darauf sehen wollen, lieber ganz unglücklich sein als nicht ganz glücklich –: genug er konnte und wollte der Furcht und dem Verhüllen nichts mehr schuldig sein.

Daher als Liane ihn statt zu beantworten nur umarmte und schwieg, weil sie den ganzen Tag ihrem Versprechen treu bleiben wollte, die Festtapeten schöner Tage mit keinem Trauertuche auszuschlagen: so sagte er, wie von einem fremden Geiste fortgestoßen, geradezu: »Du beantwortest nichts? – Nur Freuden, nicht Leiden soll ich teilen? – Du hast deinen Schleier nicht? – Mich willst du schonen wie einen Schwachen? Und dich allein drückt dein

Todes-Glaube fort? – Liane, ich will auch Schmerzen haben und alle deine, sag alles!« –

»Wahrlich, nur mein Versprechen wollt' ich halten« (sagte sie) »und mehr nicht. Aber was soll ich denn zu dir sagen, Lieber?« –

»Du stirbst also gewiß nach einem Jahre, glaubst du, Abergläubige? – Himmlische!« sagte er.

»Wofern es Gottes Wille so ist, gewiß!« (sagte sie) »O mein guter Albano, was kann ich denn für meinen Glauben, der dich auch so schmerzt?« Und hier konnte sie ihre Tränen nicht mehr hindern, und alle Kruzifixe der Erinnerung regten sich in der schönen Seele lebendig und bluteten heftig.

»Gottes Wille?« (fragt' er) – »Ebensogut könnt' er jetzt einen Winter wie einen Eisberg in diesen frohen Sommer stürzen –– Gott?« wiederholt' er, sah auf, kniete hin und betete: »O, du alliebender Gott...«

»Und du stirbst mir nicht!« kehrt' er sich wie zornig gegen sie, zum Weiterbeten unfähig vor dem Geschrei seines Herzens und mit beiden Händen hastig über sein nasses Gesicht wegstreifend – Nun betete er sanfterzitternd fort: »Nein, du Alliebender! töte nicht dieses schöne, junge Leben! Laß uns beisammen, lang und fromm!«

Sie kniete unwillkürlich neben ihn – heute matter von Freuden und unbekannten innern Siegen, sogar vom langen Gehen – desto heftiger angefallen von einer rührenden Wirklichkeit, da sie von rührenden Phantasien verwöhnt und erweicht war – und unsäglich leidend bei Albanos Schmerz – sie konnte nicht reden – wie unter einer schnell aufgeworfnen Last bückte sich ihr Haupt und Hals – und so blickte sie, wie vom ganzen Leben schwer umwölkt, auf den Boden hin – der umfangende Todesfluß rauschte mit *einem* Arm um sie – da sah sie, ohne aufzublicken, irgendwo ihre Karoline im Brautkleide und mit dem weißen, gold-punktierten Schleier ziehen, der sich lang über das Leben wegschleppte, und sie sah es deutlich, wie die Gestalt, da Albano um ihr Leben bat, langsam hin- und herschüttelte.

»Hör auf zu beten!« (rief sie trostlos) »Du harte Erscheinung, erhöre aber mich und mache nur *Ihn* glücklich!« betete sie, aber sie sah nichts mehr; und sie verbarg das von Qualen durchzogne Gesicht mit unaussprechlicher Liebe an seiner Brust.

Hier rief ihr Bruder herauf, der Wagen sei da. Sie warf ein schnelles, dünnes Ja hinab. »Trennen wir uns?« fragte Albano; der Feuerregen der Entzückung war nun als ein finsterer Aschenregen in seine offne Seele zurückgefallen – und darum fuhr er ohne alle Schranken seines Schmerzes fort: »So haben wir uns zum letztenmal gesehen?« und unter dem geschlossenen Augenlide weinte sein gutes Auge.

»Nein, bei dem Allgütigen, nein!« sagte sie und stand auf, um zu gehen. »Bleibe!« sagt' er, und sie blieb und umarmte ihn wieder. »Aber begleite mich nicht!« bat sie. »Nicht!« sagt' er und hielt die Wegziehende lang' an den Fingerspitzen; es schmerzte ihn so sehr, da er die auf diese stille Gestalt getriebnen Leiden ansah, daß diese weißen Schwingen der Unschuld sich an seinen Klippen und Berghörnern voll Blut geschlagen. Er zog sie wieder an sich, eh' er sie und sein Heil entließ. Er sah ihr nach, wie sie langsam an dem sonnigen Berg, unter den Zweigen sich trocknend, hinunterschlich und gesenkt lauter heitere, blühende Wege des Vormittags ging. Er schauete aber nicht nach, da ihr Wagen über den fröhlichen Wald wegrollte; er stand am Morgenfenster und sah seine Kindheits-Berge zittern, weil er seine Augen zu trocknen vergaß.

Sechzehnte Jobelperiode

Die Leiden einer Tochter

73. Zykel

Wolken wie die letzten bestanden für Albano weniger aus niederfallenden Tropfen als aus niedersinkendem Staub. Sein Leben war noch ein Treibhaus und stand daher nach der Sonnenseite. Jeder Tag brachte eine neue Schutzschrift für die ferne schöne Seele, bis sie am Ende gar keine mehr brauchte. Aber jedem Tage gab er auch einen Ablaßbrief ihres Schweigens mit; später wurden Anstandsbriefe (Moratorien) daraus; endlich als sie immer gar nichts von sich hören und lesen ließ: so fing er an, in den obigen Schutzschriften wieder nachzusehen und manches darin auszustreichen.

Ebensowenig fand er für sich oder für ein Blatt eine Treppe zu ihr. Sogar der Hauptmann war seit einigen Tagen nach Haarhaar verreiset. Mit müden Händen hielt er den schweren, ausgetrunknen Freudenbecher, der leer am schwersten wiegt. – Die wilden Hypothesen, welche der Mensch in einem solchen Falle durch sich traben lässet – wie in diesem z. B. die von Lianens Krankheit, Erkältung, Gefängnis, Abreise –, sind in ihrem Wechsel und Werte mit nichts zu vergleichen als mit der ebenso großen Wildheit und Zahl der Plane, die er anwirbt und abdankt, z. B. den der Entführung, des Hasses, der Duelle, der Verzweiflung.

Die harte, feststehende Zeit hatte keinen Zeiger auf ihrem Zifferblatte. Er stand seinem Schicksal so nahe wie der Mensch seinen Träumen; ohne daß er beider Gestalt erkennen oder vorbereiten kann. Er ging oft in die Stadt, deren sämtliche Gassen durchritten, durchlaufen und durchfahren wurden, weil man die Balken zum herrlichsten Throngerüste zusammentragen und -nageln wollte, auf welchen sich die fürstliche Braut bei ihrem Eintrittskomplimente im Lande am weitesten umsehen konnte; aber er hörte nichts darin von der seinigen, als daß sie öfters mit dem Minister die Bildergalerie besuche.

Dadurch schienen zwei ängstlichen Hypothesen, die ihrer Krankheit und ihres Hauskriegs, die Stacheln auszufallen. Das Beste, obwohl Schwerste war, geradezu den Minister wie den Vesuv zu besuchen, um da die schönste Aussicht zu haben. Er besuchte den Vesuvius. In der Tat war dieser Vulkan nie stiller und grüner; er fragte nach allem und ließ sich über vieles heraus, was das Vermählungsfest unmittelbar anging; auch sucht' er seine Hoffnungen und Wünsche nicht zu verbergen, daß der Graf die bewundernswürdige Braut bewillkommen helfen werde.

Am Ende mußte dieser auch die seinigen über die Weiber zu eröffnen wagen. Der Minister versetzte ungemein heiter, daß beide das »brave Fräulein von Wehrfritz« eben nach Blumenbühl zurückbrächten; und ließ sich sofort aufs Lob dieser »unverdorbnen Natur« ein. Albano ging bald, aber viel froher. Auf seinem Wege brannten doch einige Gassenlaternen.

Aber am Morgen geriet er in ein Winkelgäßchen, wo keine einzige war; nämlich Rabette, das Renntierchen, kam nach Lilar gelaufen, wie gestern nach Pestitz – denn was ist für ein Landfräulein ein Meilenlauf anders als eine gerade Allemande? – und schüttete und schüttelte vor ihm ihr Herz bis auf die Herzohren aus, woraus nichts herausfiel als frohe Bilder, einige Himmel, ein vollständiger Hochzeittag, ein Paar Schwiegereltern und eine Hauptmännin. »Die Ministers waren gegen mich so höflich gewesen, aber – nachher noch mehr gegen meine Eltern die Mutter – und sie haben den Hauptmann so sehr genannt und gelobt – kurz, sie wissen freilich alles, mein herrlicher, herzlieber Bruder!« sagte sie, – aber von Lianen wußte sie dem herrlichen Bruder nichts zu bringen, außer ihren Gesundheitspaß; ihr freudiges Auge hatte sich nach gar keiner dunkeln Gegend gewandt. »Wir waren keine Minute allein, das machts«, setzte sie dazu und kam wieder auf ihren Hauptmann, den der Minister als Marschkommissarius der einrückenden Fürstin auf die Haarhaarer Straße versendet habe; doch verwies sie ihn auf die Illuminations-Nacht in Lilar, wo sie und Liane und beiderseitige Eltern dabei zu sein ausgemacht hätten. Du gutes Geschöpf! wer gönnt dir nicht den blitzenden Ring der Freude, den du an deiner braun und hart gesottenen Hand ansiehst, und wer wünschet nicht gern, daß seine Steine nie ausfallen! –

Bald darauf flog dem Verlassenen der Bruder der vergangnen Feste an das Herz, Karl. Er wiederholte beinahe Rabettens Aussagen, obwohl nicht ihre Entzückung; er sagte – aber ohne sonderliche Rührung –, daß der Vater wirklich ihm den Bruderkuß mit einer Kußhand durch mehrere Zimmer zuwerfe, ihn ganz besonders aus- und anzeichne und zu Geschäften freundlich verbrauche – und das alles bloß, seitdem er hinter die Liebe gegen Rabette und das stille Zunicken der Eltern gekommen sei; denn vom Herzen zwar sei bei dem Vater die Rede nicht, aber doch von Rabettens Weiberlehn, zumal da man ihm bei der romantischen Wechselreiterei seines Herzens nicht trauen könne, ob er nicht sonst einmal die Ärmste bringe.

Mit einer seufzenden Brust, die gern mehr einer erwartenden mitgebracht hätte, erzählte Karl bloß, daß er Lianen gesund und still, aber keine Minute allein gefunden. Die Zusammenhaltung der fremden Dürftigkeit mit dem eignen offnen, reichen Glück war – so glaubte Albano – die schöne, zarte Ursache, warum Karl mit so flüchtiger, kühler Freude über die elterliche Einsegnung seines Seelenbundes weglief. O, wie liebt' er ihn jetzt! Könnt' er ihn je mehr lieben, so tät' ers, wenn Liane gar seinem Glück verloren wäre, bloß um sich und ihm zu zeigen, daß die heilige Freundschaft kein drittes Herz begehre, um ein zweites zu lieben.

Dieses Gewölke des Schweigens legte sich nun wochenlang und immer finstrer um seine schönsten Höhen fest, und der Schuldlose ging unter dem Dunkel im Kreise von Widersprüchen umher. Wie mußte dieser Jüngling sich abarbeiten, wenn er bald dachte, daß die Eltern wohl gar eine Verwandtschaft mit ihm ausschlagen, da er doch mehr ihre vergessen als vergelten zu müssen glaubte, und daß sie zwei Herzen der politischen Herzlosigkeit opfern könnten – oder wenn er auf die fromme Liane den Verdacht des Weichens vor elterlichen Angriffen fallen ließ, der noch aus der Vergangenheit Zufuhr durch die Vermutung erhielt, daß sie ihn wohl mehr poetisch und fromm und mehr mit Flügeln umhalset als mit Armen und daß sie überhaupt, an so lange Ergebungen gewöhnt, Opfer und Neigungen kaum absondern und jene für diese halten könne – oder wenn er bald und am öftersten alle diese Waffenspitzen gegen seine eigne Brust kehrte und sich fragte, warum er in der Freundschaft ein so festes Vertrauen habe und in der Liebe ein so wankendes: Dann führte ihn dieser Vorwurf zu einem zweiten über jeden vorigen, den er der guten Seele gemacht, bloß um sie nach der Proselytenmacherei und Reformiersucht, welche die Männer mehr an ihren Weibern als Freunden üben, für seine eigne Gußform einzuschmelzen. Letzteres konnt' er rügen, wie Holberg[1] bemerkt, daß die Männer Landgüter nicht so gut erhalten als die Weiber, weil jene mehr als diese sie reformieren wollen: aus demselben Grunde verderben die Liebhaber auch die Weiber mehr als diese jene.

Um nur aus dem langsamen Gerichtshof der Zukunft schneller sein Bluturteil zu holen oder ein schöneres Blatt, ging er wieder ins ministerielle Haus. Er wurde vom Minister wieder lächelnd und von der Mutter ernst empfangen, und – auf seine Frage – war Liane nicht wohl auf. – Er legte dem alten, sich jetzt wärmer andrängenden Schoppe, der seit einiger Zeit neben dem Skalpell des Doktors weiter kein Herz studierte, als was auszuspritzen und zu präparieren war, eine kurze Frage über des Doktors Besuch beim Minister vor; wie erstaunt' er, da er vernahm, daß niemand weiter aus dem Hause welche in jenem mache, da Liane ganz blühend in alle Zirkel fahre, als bloß der Lektor häufigere!

[1] Dessen moralische Abhandlungen II. 96.

Er begriff wohl, daß nur die Medusenköpfe der Eltern das weichste Herz gegen ihn versteinern könnten; aber eben das fand er nicht recht, er foderte keck, daß er von ihr mehr als die Eltern geliebt werde; »nicht aus Egoismus,« (sagt' er zu sich) »nicht meinet-, sondern ihrentwegen.« Der Liebende will eine große, unbeschreibliche Liebe – von der er sich immer nur als den zufälligen und unwerten Gegenstand glaubt –, bloß um selber die höchste zu geben.

Sogar der schweigende Lektor, der sonst alle neu aufgehende Lichter hinter Licht- und Ofenschirme stellte, teilte ungebeten dem Grafen die Neuigkeit zu, Liane werde bei der kommenden Fürstin – etwas, Gesellschaftsdame. Sein alter eifersüchtiger Argwohn über Augustis Wünsche oder Verhältnisse erlaubte ihm keine Antwort darauf.

Jetzt ermannte sich sein Geist, und er schrieb geradezu an die Seele, die ihm gehörte; und schickte dem Bruder das Blatt zur Übergabe. – Dieser kam den Tag darauf; schien ihm aber noch keine Antwort zu haben, weil er sie sonst mit dem ersten Gruß gegeben hätte. Karl führte ihn an den Haarhaarer Hof, wo er neulich gewesen – sagte, jeder Nerve da hätte Steifstiefeln an und jedes Herz einen Reifrock – kam weiter preisend auf die jüngste, aber angefeindetste Prinzessin, *Idoine* – erklärte, sie besitze nach allen Vorzügen, z. B. der Heiligkeit, der Güte, des entschiednen Charakters, der sich sogar auf dem Throne sein eignes Los und Leben aussucht, ferner der Liebenswürdigkeit, da sogar die niemand liebende Fürstin-Braut an ihrem Herzen hänge, noch den Vorzug der täuschenden Ähnlichkeit mit Lianen.

»Hat diese nun mein Blatt?« fragte Albano. Karl händigt' es ihm wieder ein: »Bei Gott!« (sagt' er feurig und doch doppelsinnig) »ich konnt' es ihr jetzt nicht beibringen – Aber Bruder, kannst du nur eine Minute lang glauben, sie bleibe nicht ewig die Deinigste?« – »Ich glaube gar nichts« (sagte Albano beleidigt und zerriß sein Blatt in Blättchen von der Größe der Buchstaben darauf) – »Wollen nur wir« (fuhr er mit gerührter Stimme fort) »bleiben, wie wir sind, fest wie Eisen und biegsam wie Eisen aus Glut!« Der gerührte Freund suchte folgenden Trost hervor: »Erwarte doch nur den Illuminations-Abend [1] – da spricht sie mit dir – sie muß durchaus erscheinen, und du sollst dich wundern, in welcher Rolle und für wen.« Er nickte stumm; er setzte sich ihre Rolle leicht aus ihrer Ähnlichkeit mit Idoine und aus ihrem angeblichen Hofamte zusammen; aber was half es seinem Glück?

Mit der Umkehr seines Blättchens, das er wider seinen Ehrgeiz abgeschickt, kam dieser verstärkt zurück. Nun war auf Albanos blutende Lippe ein heißes Siegel gedrückt; er hatte nun nichts für und vor sich als die Zeit, die jetzt sein Gift wurde, und erst später, wie er hoffte, seine Arzenei. Über sein aufgerufenes Ehrgefühl wurde überhaupt nichts Herr; er konnte hinaufsehen zu einer Richtstätte, auf der Blut aufsprang, aber er konnte nicht an

[1] Bei der fürstlichen Vermählung.

einen Pranger schauen, wo unter gift-schwerer, tötender Pein eigner und fremder Verachtung ein niederblickendes, verworrenes Gesicht auf die sündige Brust hing.

Karl näherte sich zuweilen mit einigen Lichtern dem langen, nächtlichen Rätsel; aber Albano, so sehr er sie wünschte, machte ihn irre durch Entgegentreten und suchte ihn nicht einmal auszuhören, geschweige auszufragen. So lag er auf harten, jugendlichen, stachlichten Rosen-knospen, die eine einzige Stunde zu weichen Rosen aufschließen kann. Siege geben Siege -- wie Niederlagen Niederlagen; er fand jetzt gegen die Empfindungen, die ihn belagerten, wenn nicht einen Entsatz, doch eine auf die Ewigkeit verproviantierte Bergfestung in einer – Sternwarte. Mit ganzer, festzusammengefaßter Seele warf er sich auf die theoretische Sternkunde, um nicht den Tag, und auf die tätige, um nicht die Nacht zu sehen. Die Sternwarte stand zwar auf einem Zwischenberge zwischen der Stadt und Blumenbühl und deckte beide auf; aber er schickte seine Augen nur auf Sternbilder, nicht auf jene rosenroten Stellen der Erde aus, wo sie jetzt aus den kalten Blumenkelchen nur Wasser statt Honig hätten saugen können. So ging er unter den Fest-Zurüstungen in Lilar dem langsamen Abend, wo ihn die Gegenwart der schönsten Seele entweder segnen oder zerstören sollte, bewahrt entgegen, vergeblich von Zeit zu Zeit zum fernen Telegraphen seines Schicksals aufblickend, der sich immer bewegte, ungewiß, ob friedlich oder kriegerisch.

74. Zykel

Die Siegel von den inrotulierten Akten der bisherigen Geschichte zur Einsicht abnehmen – oder die blinden Fenster derselben ab- und die wahren aufreißen – oder so viele bedeckte Wege und Wagen aufdecken – oder endlich die ganze Sache -- das sind lauter Metaphern – und die unähnlichsten dazu –, welche zu nichts dienen können, als die lang' erwartete Auflösung, welche sie beschreiben wollen, nur noch länger und verdrüßlicher aufzuhalten; vielmehr, glaub' ich, wird besser der ganze Kriegs- und Friedensetat im ministeriellen Palaste sogleich frei entblößet wie folgt:

Herr von Froulay war, wie schon gedacht, mit einem belle-vue im Gesicht und mit einem mon-plaisir im Herzen (falls diese Wendungen nicht mehr gesucht als ausgesucht scheinen) von Haarhaar nach Hause gekommen. Er sagte seiner Frau offen, was ihn bisher so lange aufgehalten und bezaubert, – die künftige Fürstin, die für ihn mehr als gewöhnliche Neigung gefasset habe. Er warf ein volles, prahlendes Licht auf ihren bereicherten Verstand – weiter lobt' er an Frauen nichts [1] –, so wie einen schwachen Streifschatten auf der *seinigen* ihren; und schätzte sich glücklich mit der Eroberung einer

[1] Bei den Ägyptern waren die Zauberer nur Gelehrte; bei ihm die Gelehrten Zauberinnen.

Person, deren feine, fortgesetzte Koketterie (sagt' er) er seines Orts als Muster empfehlen könne, und deren Neigung er, das verhehl' er gar nicht, auf halbem Weg erwiderte, aber nur auf halbem, da der Herzog von Lauzun [1] so wahr behaupte: um die Liebe von Prinzessinnen zu behalten, so halte man sie nur recht hart und kurz. Im alten Manne schießet sonach, wie wir sehen, ganz spät – nicht ungleich den frischen Zähnen, die oft Greise erst als Neunziger trieben – ein Liebhaber-Herz unter dem Stern an; allein es ist mehr zu wünschen als zu hoffen, er werde dabei sonderlich den Lächerlichen spielen. Denn da er die ganze Woche das Steuerruder des Staats entweder auf der Ruderbank, um es zu bewegen, oder auf der Schnitzbank hält, um es für den Fürsten fein und leicht zuzuschnitzen: so ist er Sonnabends so müde, daß ihn kein Virgil und kein Gewitter bereden könnte – und hätt' er nicht mehr *Schritte* dahin als Virgils Hexameter Füße oder Moses Gebote –, eine Dido aus dem Sturm in die nächste Höhle zu begleiten. Er tuts nicht. Ebenso frei wie von sinnlicher Liebe bleibt er von sentimentalischer und weinerlicher, zumal da er besorgt, daß diese ihn am Ende in jene verflechte, weil sie wie ein Mollton eine ganz andere Tonleiter hat rückwärts- als hinaufwärtssteigend. Das Ironische und Stachlige am Mann machte ihm wie andern Weltleuten jede Vermählung – auch die der Seelen – am Ende so sauer als den Igeln die Stacheln die ihrige. Er hebt also in Zukunft für die Fürstin nur eine kalte, politische, kokette, höfliche Liebe auf, wie sie wohl selber hat und wie er braucht, um weniger sie als von ihr zu erobern, und zuerst den ganzen Fürsten. Ich verspreche mir Welt-Leser, die hoffentlich keine Beleidigung für diesen in Froulays Neigung für jene finden; denn sobald nur einmal der Hofprediger die kopulierende Hand auf die Fürstin gelegt, so hat dieser Haushofmeister gleichsam den Schnitt [2] in die Pfauhenne getan, und sie kann dann unangerührt abgehoben und an andern Orten verspeiset werden.

Ich habe im zweiten Bande schon die Besorgnis der Ministerin mitgeteilt, daß der Minister, wenn er (in diesem) wiederkäme und Liane nicht zu Hause fände, keifen würde; aber wider Erwarten genehmigte er; ihr Gebrauch des Dorfluft-Bads schlug recht in seine Absicht ein, sie ins Dampfbad der Hofluft zu treiben. Er sagte der Mutter, es sei ihm nicht mißfällig, daß sie sich jetzt gar ausheile, da die neue Fürstin sie zu ihrer Gesellschaftsdame erlesen werde auf sein Wort. Er konnte nicht drei Minuten einen Zepter oder ein Zepterlein neben sich liegen sehen, ohne dessen Polarität für sich zu probieren und damit etwas entweder zu ziehen oder zu stoßen. Wie der berühmte Gottesgelehrte Spener – ein Vorfahr des unsrigen – so schön täglich zu Gott dreimal für seine Freunde bat: so findet man mit

[1] Mémoires secrets sur les règnes de Louis XIV etc. par Duclos. T. I.

[2] Bekanntlich wird ein Schnitt in einen ganzgebliebenen Vogel etc. zum Zeichen gemacht, daß er auf der fürstlichen Tafel gewesen, damit er nicht wieder aufgesetzt werde, sondern sonst genossen.

ähnlicher Freude, daß der Hofmann bei seinem Gotte, dem Fürsten, täglich ein wenig für seine Freunde bittet und etwas haben will.

Die Ministerin, gegen seine wechselnden Plane nie im Entwerfen, sondern erst im Ausführen kriegend, vertrug sich mit seinem neuesten leicht, weil er wenigstens mit dem alten der Bouverotischen Verlobung eben in keiner helfenden Gemeinschaft zu stehen schien. –

Eines Abends landete leider der fatale, ängstliche Lektor – der das kleinste Visitenblatt an eine Fuldaische Geschichtskarte anklebte – vor ihr mit seinem Postschiff an und stieg mit den Staats- und Reichsanzeigen von ihren beiden Kindern unter beiden Armen – unter jedem hatt' er eines – ans Land; und doch warum fahr' ich über den Mann her? Konnte ein Doppelroman, zumal im Freien gespielt, verborgner bleiben als sonst ein einfacher? –

Ihr Erstaunen kann nur mit dem größeren ihres Gemahls verglichen werden, der zufällig im dritten Zimmer sein blechernes Ohr – von Schropp aus Magdeburg –, um auf die Bedienten zu horchen, eingeschraubt hatte, und der jetzt manches vernahm. Doch hatte das Doppel-Ohr von Augustis leisen Hoflippen nur einzelne, lange, eigne Namen, wie Roquairol und Zesara, mit den weiten Maschen seines Nachtgarns aufgefischt. Kaum war der leise Lektor hinaus, so trat er mit dem Ohr in der Hand froh ins Zimmer herein und foderte ihr einen Bericht von den Berichten ab. Er hielt es unter seiner Würde, je seinen Argwohn – der sich auch in der freundlichsten und frohesten Laune seine Argus-Ohren und -Augen nicht zumachen ließ – oder sein Horchen nur mit einer Silbe oder Schamröte zu verkleistern oder zu decken; die schönen Lilien der ungefärbtesten Unverschämtheit waren ihm nicht aufgemalt, sondern eingebrannt. Die Ministerin ergriff sogleich die weibliche Partei, die Wahrheit zu sagen – zur Hälfte; nämlich die angenehme von Roquairols gut aufgenommenen Annäherungen zum Wehrfritzischen Hause, dessen Landgut und Landschaftsdirektorat recht anpassend dem Schwiegervater angegossen waren. Indes hatte dieser in der Gattin Antlitz den Trauerrand um dieses frohe Notifikationsschreiben viel zu klar und breit gesehen, um sich nicht nach dem vortönenden Wort Zesara, das sein zarthöriger Blech-Sucher auch mit aufgefasset, obwohl vergeblich zu erkundigen; denn die Mutter hatte ihre fromme Tochter zu lieb, um ihr diesen Wolf in ihr Eden nachzuhetzen; sie hoffte sie daraus auf eine sanftere Art durch Gottesstimme und Engel zu bringen; und umging seine Frage.

Aber der Wolf rannte nun auf seiner Fährte weiter; er bekam Darmgicht – so wurde dem Doktor Sphex gesagt –, foderte von diesem schnelle Hülfe und auch einige Nachrichten von seinem Mietsmann, dem Grafen. Herr und Madame Sphex waren ohnedies dem aufgeblasenen Jüngling so gram – durch ihre ausgeschickten vier Kinder, als enfants perdus in jedem Sinn, als vier Gehörknochen jeder Stadt-Sage, war viel von Blumenbühl und Lilar auf Avisjachten heimzubringen. – – Kurz die Gehörknochen griffen in fremde so gut ein, daß Froulay in einigen Tagen imstande war, mit seiner Lilien-stirn bei der Griechin nach einem Briefe an seinen Sohn zu fragen, den er mitnehmen wolle.

Er fand einen, den er recht freudig erbrach, ohne doch etwas von Albanos oder Lianens Hand darin zu finden, ausgenommen einige dumme Anspielungen Rabettens auf jenes Paar, welche für den Minister so viel waren, als hätt' er mit seinen scharfen Mautners-Suchnadeln in Lianens Herz gebohrt und darin auf das Konterbande getroffen. Ohne langes knechtisches Kopieren des vorigen Siegels setzte er das zweite auf den Brief und ging erleuchtet davon.

Wir können ihm alle nachfolgen, wenn wir uns nur wenige Minuten zu seiner Rechtfertigung aufgehalten haben bei meinem

Schutz- und Stichblatt für das zweite Briefsiegel in Staatssachen.

Ob dem alten Froulay das Examinatorium fremder Briefe als Minister oder als Vater zustehe – wiewohl dieser jenen, der Landesvater jeden andern Vater und seinen eignen dazu voraussetzt –, das will ich nicht entscheiden, außer durch die eben hergesetzte Parenthese. Der Staat, der die Postpferde vor die Briefe spannt, hat, scheint es, das Recht, diesen nicht sowohl blinden als blind machenden Passagieren genauer unter das geschlossene Siegel-Visier zu sehen, um zu wissen, ob er nicht seinen Feinden Pferde vorlege. Der Staat, ein immer ziehender Lichtmagnet, will ja nur Licht in der Sache und besonders Licht über alles Licht überhaupt; er verlangt nur die Wahrheit ganz nackt, ohne Couvert; alles, was durch seine Tore reitet und fährt, soll nur, sei es auch in ein Couvert gekleidet, den roten Mund *auf*machen und sagen, was für Name und für Geschäfte. –

Da der gemeine Soldat seine Briefe vorher seinem Offizier vorweisen muß – der Bastillen-Garnisonist seine dem Gouverneur – der Mönch seine dem Prior – der amerikanische Kolonist seine dem Holländer [1] (damit er sie verbrenne, wenn sie über ihn klagen) –: so kann wohl kein Staatsmann, er mag nun den Staat für eine Kaserne – oder für eine Engelsburg – oder für ein monasterium duplex – oder für eine *europäische Besitzung in Europa* ansehen, ihm das Recht absprechen, sich alle Briefe so offen zu erhalten, wie Fracht-, Adels-, Kauf- und Apostelbriefe es sind. Der einzige Fehler ist bloß, daß er die Briefe nicht eher vorbekommt als zugepicht und zugesperrt; das ist unmoralisch genug; denn es nötigt die Regierung, auf- und zuzumachen – den Brief aus der Scheide zu ziehen und in sie zu stecken, wie der Koch mühsam die Schnecke aus ihrer Schale drehet und dann, sobald sie vom Feuer weg ist, in diese wieder zurückgeschoben aufsetzt.

Letzteres ist der Punkt und Hauptwind, der uns weiterzuführen hat. Denn so allgemein es auch anerkannt, so wie Observanz sei, daß die Regierung aus demselben Grunde, woraus sie den *letzten* Willen öffnet, auch jeden

[1] S. Klockenbrings gesammelte Aufsätze.

vorvorletzten und endlich den ersten müsse früher entsiegeln können als der Erbe desselben – und daß ein Fürst noch viel leichter Diener-Briefe in dieselbe Entzifferungskanzlei (und in ihr Vorzimmer, die Entsieglungskammer) müsse ziehen können, worin Fürsten- und Legaten-Briefe aufgehen vor der Springwurzel –: so ist doch das Korkziehen der Briefe – das Koppelsiegel – das Vikariatsiegel – das mühsame Nachmachen des L. S. oder Loco Sigilli etwas sehr Verdrüßliches und beinahe Abscheuliches; aus dem Unrecht muß daher ein Recht gemacht werden durch gesetzliche Wiederholung.

Etwas davon würde, hoff' ich, sein, wenn befohlen würde, die Briefe nur auf Stempelpapier zu schreiben; ein dazu eingesetztes Schau- und Stempelämtchen läse dann vorher alles durch.

Oder man könnte die Pitschafte, als Münzstempel für Privatmünzen, nicht mehr zulassen. Es schlüge sich dann eine Siegel-Kammer mit großen Rechten ins Mittel und verpetschierte, wie jetzt den Nachlaß der Verstorbnen, alsdann der Lebendigen ihren.

Oder – was vielleicht vorzuziehen – eine *Brief-Zensur* müßte anfangen. Ungedruckte Zeitungen, nouvelles à la main, nämlich Briefe, können, weil sie noch größere Geheimnisse austragen, nie eine größere Zensurfreiheit fodern, als gedruckte Zeitungen genießen; besonders da jeder Brief jetzt so leicht ein umherrennender Zirkelbrief wird. Ein Katalog verbotener Briefe (index expurgandarum) wäre dann für den Korrespondenten immer ein Wort.

Oder man vereide die Postmeister, daß sie treue Referendarien alles dessen werden, was sie Wichtiges oder Bedenkliches in den Briefen angetroffen, die sie vor deren Abgang auf die geistige Briefwaage gelegt und mit der Hoffnung wieder zugemacht, sie nach dem Leibnizischen Prinzip des nichtzuunterscheidenden Siegels weiterzuschicken.

Findet der Staat alle diese Wege, Briefe zu lesen und zu schließen, neu und hart: so mag er auf seinem fortfahren, sie aufzumachen.

*

Lachend flog Froulay zur Frau und beteuerte, ihre Falschheit gegen ihn sei ihm gar nichts Neues – ihren gegenwärtigen Plan, bloß um dem Herrn v. Bouverot und ihm entgegenzuarbeiten, versteh' er ganz wohl – daher habe Rabette herein-, die Tochter hinausgemußt – inzwischen woll' er der Heuchlerin und Betschwester, und wer es sei, zeigen, daß sie nicht bloß eine Mutter habe, sondern auch einen Vater. – »Sie muß sogleich herein; je la ferai *damer* [1], mais sans vous et sans Mr. le Comte«, beschloß er mit Anspielung auf die Hofdamenstelle.

[1] Damer oder zur Dame machen mußte der König vorher ein unverheiratetes Mädchen von Stande, eh' es nach Versailles an den Hof gehen durfte.

Aber die Ministerin fing – gemäß ihrer harten Verachtung gegen seine Projekte und Kräfte – mit jener Kälte, die jeden Warmen mehr erbittert hätte als diesen Kalten, an, ihm zu sagen, daß sie Lianens und des Grafen Liebe noch mehr mißbilligen und bekriegen müsse als er – daß sie bloß im zu weit getriebenen und sonst nie widerlegten Vertrauen auf Lianens offne Seele lieber ihr als sich geglaubt und sie bei so manchen Zeichen der Neigung Albanos nach Blumenbühl gelassen – daß sie aber ihm ihr Wort hier gebe, mit gleichem Feuer gegen den Grafen zu wirken wie gegen den deutschen Herrn, und daß sie, so wie sie Lianen kenne, des schönsten leichten Erfolges fast versichert sei.

Allerdings war ihm das unerwartet und – unglaublich, zumal nach dem vorigen Verschweigen; nur die feinste Männerseele sondert in der weiblichen die zusammenlaufenden Grenzen der Selbsttäuschung und der willkürlichen Täuschung ab, der Schwäche und des Trugs, des Zufalls und des Entschlusses; die Ministerin ohnehin gehörte unter die Weiber, die man erst lieben muß, um sie zu kennen, was sich sonst umkehret. Er akzeptierte auf der einen Seite gern das Bekenntnis der Beistimmung und Mitwirkung – bloß um es künftig als Waffe gegen sie zu wenden –; konnt' aber auf der andern ihr nicht verbergen, daß sie *also wiede*r (so sprach er stets) nach eignem Geständnis über ihre Kinder aus Mangel an Argwohn fehlgesehen habe. Er behielt die Gewohnheit bei, auf eine offenherzige Seele, die ihm ihre Lücken zeigte, durch diese Lücken, als hab' er sie selber gebrochen, gewaffnet einzudringen. Das Beichtkind, das vor ihm um Vergebung kniete, drückt' er tiefer nieder und zog statt des Löseschlüssels den Hammer des Gesetzes hervor.

Ich bin hier den Spaniern, die mich einst aus schlechten Übersetzungen kennen lernen, und der österreichischen goldnen Vlies-Ritterschaft, die vielleicht das Original im Nachdruck lieset, es schuldig, die Ursachen anzugeben, warum nicht das Froulaysche Haus Freudenfeste – statt Hoftrauer – ansagen ließ bei dieser Annäherung ihres Ordenssohnes, eines spanischen Großen, der oft einen deutschen Fürstenzepter als Elle an sich legt. – Denn jeder Spanier muß sich bisher darüber gewundert haben.

Ich antworte jeder Nation. Die Froulays hatten gegen die Verbindung erstlich nichts als die – Gewißheit der Trennung; da aus demselben Grunde, den mir die Vliesritter und Spanier entgegengesetzt, der alte Gaspard de Cesara auf keine Weise eine Brücke zwischen seinem Gotthard und der Jungfrau kann schlagen lassen. Zweitens konnte eben darum der Minister dieser romantischen Liebe eine viel ältere, weisere, die er für den deutschen Herrn und dessen Gelder und Liaisons trug, entgegenstellen, so wie des Vliesritters alten Groll. Drittens hatte die Ministerin außer denselben Gründen – und außer einigen für den Lektor vielleicht – noch einen ganz entscheidenden, und der war: sie konnte den Grafen nicht ausstehen; nicht bloß allein darum, weil sie eine harte Ähnlichkeit zwischen ihm und ihrem

Sohne und sogar Gemahle ausfand im Stolze, im Aufbrausen, in genialischer Wildheit gegen arme Eheweiber, im Mangel an religiöser Demut und Gläubigkeit, sondern sie konnte ihn vorzüglich deshalb nicht gut ausstehen, weil sie ihn nicht – leiden konnte. Wie das System der Prädestination einige Menschen zur Hölle verurteilt, sie mögen nachher den Himmel verdienen oder nicht: so nimmt eine Frau den Haß, zu welchem sie jemand einmal verdammte, nicht wieder zurück, es mögen Land und Stadt, Gott, die Jahre und der Person Tugenden dagegen sagen, was sie wollen.

Im Friedensschlusse des gewöhnlichen Zimmerkriegs wurden zwischen den Eheleuten diese geheimen Artikel ausgemacht: der Graf muß des Vaters und des Direktors wegen mit höflichster Achtung behandelt und beiseite geschoben werden – und Liane sanft und langsam von Wehrfritzens Hause abgelöset – die ganze Scheidung des Verlöbnisses muß ohne elterliche Einmischung bloß durch die abspringende Tochter selber zu geschehen scheinen – und alles ein Geheimnis bleiben. Froulay hoffte, vor Lianens früherem Verlobten, dem deutschen Herrn, den ganzen Zwischenakt geheimzuhalten, da er zumal jetzt im August mehr an den Spieltischen der Bäder als zu Hause war.

So blieb es; und in dieses kalte, schauerliche Geklüft zog die freundliche Liane hinein, als sie an jenem lebenswarmen Sonntag das selige, offne Lilar verließ. Geläutert und geheiligt von der Freude – denn jeder Himmel wurde ihr ein reinigendes Fegefeuer –, kam sie edel an die Mutterbrust, ohne den fremden Ernst des Empfangs zu merken vor eignem. Ihr leichtes Geständnis der Gartengesellschaft öffnete die harte Szene – fast in der Kulisse. Denn die Mutter, die anders anfangen wollte, mußte sogleich auf den Donnerwagen steigen, um gegen das unbegreifliche Vergessen der weiblichen Schicklichkeit zu blitzen und zu donnern; und doch hielt sie die Donnerpferde mitten im Laufe inne, um Lianen sogleich, da der Minister jede Minute kommen konnte, das Verschweigen der heutigen Gartengesellschaft aufzulegen. Nun warf sie den tiefsten Schlagschatten auf ihre bisherige stumme Falschheit gegen eine Mutter; denn sie verlegte die Säe- und Blütezeit dieser Liebe eigenmächtig schon in die Tage vor der Reise aufs Land. Wie erschrak die warme Seele über die Möglichkeit einer solchen Lieblosigkeit! Sie führte, so weit sie nur konnte, die Mutter den reinen, lichten Perlenbach ihrer Geschichte und Liebe hinauf und sagte alles, was wir wissen, aber ohne sehr zu befriedigen, weil sie gerade die Hauptsache ausließ; denn aus Schonung gegen die Mutter mußte sie die erscheinende Karoline, die anfangs die Bilderstürmerin ihrer Liebe und dann die begeisternde Muse und Brautführerin derselben gewesen, mit dem Totenschein der Zukunft in der Erzählung unsichtbar bleiben lassen. –

Sie hielt mit inbrünstigem Druck die mütterliche Hand unter immer frohern Versicherungen, wie sie ihr hab' immer alles sagen wollen; sie dachte hoffend, sie brauche nichts zu retten als ihr *offnes* Herz. O, du hast mehr zu retten, dein warmes, dein ganzes und lebendiges! – Die Mutter tadelte nun, ihr aus alter Gewohnheit halb glaubend, nichts weiter als die ganze Sache, ihre Unschicklichkeit, Unmöglichkeit, Tollheit. »O, gute Mutter,« (sagte Liane bloß immer sanft unter dem harten Abmalen des künftigen Albano) »o, so ist er nicht, gewiß nicht!« – Ebenso sanft sah sie über das mit schwarzen Strichen vorgezeichnete Nein Don Gaspards weg, weil für ihren Glauben die Erde nur ein im Äther hängender, blühender Grabeshügel war: »Ach,« (sagte sie, ihre Erden-Eile meinend) »unsere Liebe ist so wichtig nicht.« Die Mutter nahm dieses Wort und den ganzen sanften Widerstand für Vorspiele des leichten Siegs.

Jetzt ging Albanos Schwiegervater herein, mit einer Heerpauke, Sturmglocke, Feuertrommel und Klapperschlange im Gürtel, um sich damit vernehmlich zu machen. Zuerst fragt' er – er hatte vergeblich gehorcht – ganz erboset die Ministerin, wohin sie sein Ohr versteckt habe – (es war das blecherne Koppelohr, worin sich, wie in einem venezianischen Löwenkopfe, alle Geheimnisse und Anklagen der ganzen Dienerschaft und Familie sammleten) – jetzt brauch' ers ein wenig, zumal seit den neuesten »Avanturen der frommen Tochter da!« – Die Siamer Ärzte fangen die Heilung eines Patienten damit an, daß sie ihn mit Füßen treten, welches sie Erweichen nennen. Auf ähnliche Art erweichte Froulay gern zur moralischen Vor-Kur; und begann daher sich, mit den gedachten Sprachmaschinen im Gürtel, deutlich zu erklären über umschlagende Kinder – über deren Ränke und Schliche – und über Liebschaften hinter Väterrücken – (so daß kein Vater einen Band Liebesgedichte vorn mit der Prosa-Vorrede begleiten kann) – versah vieles mit den stärksten politischen Gründen, die sich alle auf ihn selber und seinen Nutzen bezogen – und schloß mit einigen Verfluchen.

Liane hörte ihn ruhig, und an solche wie am Gleicher täglich wiederkehrende Gewittergüsse schon gewohnt, ohne andere Bewegung an, außer daß sie oft das niedergeschlagne Auge zu ihm bedauernd aufhob aus zärtlichem Mitleiden mit dem väterlichen Mißvergnügen. In der Stille wurd' er am lautesten: »Sie sorgen dafür, Madame,« (sagt' er) »daß sie morgen vormittags dem Grafen, was sie von ihm hat, samt dem Abschied schickt und ihm ihr neues Amt als eine leichte Entschuldigung notifiziert – du wirst Hofdame bei der regierenden Fürstin – ob du gleich es nicht wert warest, daß ich für dich arbeitete.« –

»Das ist hart«, rief Liane, mit zerbrechendem Herzen an ihre Mutter fallend. Er glaubte, sie meine die Trennung von Albano, nicht die von der Mutter; und fragte zornig: warum? – »Vater, ich will so gern« (sagte sie und wandte nur ihr Angesicht aus der Umarmung) »bei meiner Mutter sterben!« Er lachte, aber die Ministerin machte selber den Flammen, die er noch wollte herausschlagen lassen, die Höllenpforte zu und versicherte ihn, es sei genug, Liane werde gewiß ihren Eltern gehorchen, und sie selber wolle dafür Bürge sein. Der Gesetzprediger stieg seine Kanzeltreppe mit einem vernehmlichen Stoßgebet um eine bessere Bürgschaft und unter dem Zurückrufen herab, sein Ohr müsse morgen her, und soll' ers in allen Schränken selber suchen.

Die Mutter schwieg nun und ließ die Tochter sanft an ihrem Halse weinen; beiden war nach dieser Seelen-Dürre der Trank der Liebe Erfrischung und Arzenei. Sie ließen einander ausgeheitert aus den Armen los, aber beide mit ganz irrenden Hoffnungen.

75. Zykel

Ein harter, schwarzer Morgen! – Nur der atmosphärische draußen war dunkelblau, nichts war stürmisch und laut als etwan die Bienenflüge im Lindendickicht, der Himmelsäther schien über die steinernen Gassen hoch wegzuflattern, um im hellen, offnen Lilar sich tief in alle Gipfel und Spitzen einzusenken und blau wie Pfauengefieder aus den Zweigen zu schillern.

Liane fand auf ihrem Schreibtisch ein Billet, in Großquart gebrochen, worin der wie ein Herz ewig arbeitende Minister schon am frühen Morgen, eh' er für die einzelnen Regierungs- und Kammerräte die zur Fruchtbarkeit nötigen Strichgewitter aus den Akten aufgezogen, auf die schauernde Tochter mit einem kalten Morgenwolkenbruche niederzugehen suchte. Im gedachten Dekretalbriefchen setzt' ers auf anderthalb Bogen mehr auseinander, was er gestern gemeint – Scheidung auf der Stelle –, und bog sechs Scheidungsgründe an, – erstlich sein verstimmtes Verhältnis mit dem Vliesritter – zweitens ihre und des Grafen Jugend – drittens die nahe Hofdamenstelle – viertens sei sie seine Tochter und dieses das erste Opfer, auf welches ihr Vater für alle seine bisherigen Anspruch mache – fünftens sehe sie an seinem nachsichtigen Ja zur Liebe ihres Bruders, dessen anscheinende Besserung er ihr zum Vorbilde vorhalte, daß er nur für das Glück seiner Kinder lebe und sorge – sechstens send' er sie in die Festung *** zu seinem Bruder, dem Kommendanten, falls sie widerspenstig sei, um sie zu entfernen, zu bestrafen und zurechte zu bringen, und weder Weinen noch Fußfallen, noch Mutter noch Hölle sollen ihn beugen; und er schenk' ihr drei Tage Zeit zur Vernunft. –

Sie gab stumm mit nassen Augen ihrer bisherigen Trösterin das schwere Blatt. Aber aus dieser wurde eine Richterin: »Was willst du tun?« sagte die Ministerin. – »Ich will leiden,« (sagte Liane) »damit Er nicht leide; wie könnt' ich so sehr gegen Ihn sündigen?« – Die Mutter nahm entweder im wirklichen alten Wahne ihrer leichten Bekehrung oder aus Verstellung jenen Er für den Vater und fragte: »Mich nennst du nicht?« Liane errötete über die Vertauschung und sagte: »Ach, ich Arme, ich will ja nicht glücklich sein, nur treu.« – Wie hatte sie nicht in dieser Nacht zwischen bangen Kriegen aller ihrer innern Engel betend gelebt und geweint! Eine so schuldlose, von der heiligen Freundin im Himmel eingesegnete Liebe – eine vom frühen Tode so sehr abgekürzte Treue – ein so fester, mit hohem, fruchttragendem Gipfel gen Himmel wachsender Jüngling, den nicht einmal Geisterstimmen aus seiner treuen Kindheitsliebe gegen sie Unbedeutende schrecken oder locken konnten – der ewige Unwille und Gram, den er über die erste, größte Lüge gegen sein Herz empfinden würde – ihre kurze Durchgangsgerechtigkeit durchs Leben und die nahe Wegscheide, an der sie nicht Steine, sondern Blumen auf die andern Pilger zurückwerfen wollte – alle diese Gestalten nahmen sie an der *einen* Hand, um sie von der Mutter wegzuziehen, die ihr mit den Worten nachrief: sieh, wie du undankbar von mir gehst, und ich habe so lange für dich ertragen und getan. Da zog Liane wieder aus dem warmdunkeln Rosental der Liebe in die trockne, platte Erdfläche eines Lebens zurück, worin sich nichts hebt als ihr letzter Hügel. O, wie blickte sie bittend zu den Sternen auf, ob sie sich nicht als Augen ihrer Karoline regten und ihr es sagten, *wie* sie sich opfern sollte, ob für den Geliebten oder für die Eltern; allein die Sterne standen freundlich, kalt und still am festen Himmel.

Aber als die Morgensonne wieder ihr Herz anstrahlte, schlug es hoffend und von neuem gestärkt vom Entschluß, für Albano heute recht viele Leiden zu erdulden, ach, ja erst die ersten; konnte Karoline, dachte sie, eine Liebe bejahen, der ich untreu sein müßte? –

Kaum war sie mit dem Morgengruß von den Lippen der Mutter weg, so suchte diese, aber ernster als gestern, die Wurzeln dieses festen Herzens aus seinem fremden Boden zu rücken durch den längern Gebrauch der gestrigen Blumenheber. Sie wurde in der vergleichenden Anatomie zwischen Albano und Roquairol von der gleichen Stimme an bis zur ähnlichen Taille immer schneidender, bis Liane mit dem Mädchenwitz auf einmal fragte: »Aber warum darf denn mein Bruder Rabetten lieben?« – »Quelle comparaison!« (sagte die Mutter) »Bist du nichts Bessers als sie?« – »Sie tut eigentlich viel mehr als ich«, sagte sie ganz aufrichtig. – »Strittest du nie mit dem wilden Zesara?« fragte die Mutter. – »Nie, außer wenn ich unrecht hatte«, sagte sie unschuldig.

Erschrocken nahm die Mutter immer heller wahr, daß sie tiefere und stärkere Wurzeln, als leichte Blumen schlagen, auszuziehen habe; sie sammlete alle ihre mütterlichen Anziehungskräfte und Hebemaschinen auf *einen* Punkt zum Sturze der stillen, grünen Myrte; sie entdeckte ihr des Ministers schwarzen Verlobungsplan mit dem deutschen Herrn, ihre bisherigen verschwiegenen Kriege und Seufzer darüber, ihren bisher zurückdrängenden Widerstand und die neueste väterliche Kriegslist, sie zur Festungsgefangnen bei seinem Bruder zu machen und dadurch wahrscheinlich den Herrn von Bouverot zum Festungsbelagerer. – –

Für einige Leser und Relikten aus dem schwerfälligen goldnen Zeitalter der Moral wird hier die Anmerkung gesetzt und gedruckt: daß eine besondere kalte, nichts schonende, oft grausame und empörende Offenherzigkeit über die nächsten Verwandten und über die zartesten Verhältnisse in den höhern Ständen so sehr zu Hause ist, daß auch die schönern Seelen – worunter doch diese Mutter gehört – es gar nicht anders wissen und machen.

»O, du beste Mutter!« rief Liane erschüttert, aber nicht vom Gedanken an die Klapper und den Schlangenatem Bouverots oder an dessen Mordsprung nach ihrem Herzen – sie dachte so kaltblütig an sein Verloben wie jeder Unschuldige an sein Sterben auf einem Blutgerüste –, sondern vom Gedanken an das lange Überbauen der mütterlichen Tränen, der mütterlichen Liebesquellen, welche bisher nährend tief unter ihren Blumen geflossen waren; sie warf sich dankend zwischen diese helfenden Arme. Sie schlossen sich nicht um sie, weil die Ministerin durch keine Woge und Brandung schneller Aufwallungen weich und locker auszuspülen war.

In diese Umfassung griff oder trat der Minister ein. »So!« sagt' er schnell. »Mein Ohr, Madame,« (fuhr er fort) »findet sich unter den Domestiken durchaus nicht wieder vor; das hab' ich Ihnen zu sagen.« Denn er hatte sich heute auf einen Gesetz-Sinai gestellt und der an dessen Fuß versammelten Dienerschaft in die Ohren gedonnert, um seines zu erfragen, »weil ich glauben muß,« (hatt' er ihr gesagt) »daß ihr mirs aus sehr guten Gründen gestohlen habt«. Dann war er als Hagelschauer, wie ein Küchendampf bei windigem Wetter, durch die einzelnen Dienerzimmer und Winkel nach dem Ohr gezogen. – »Und du?« sagt' er halbfreundlich zu Liane. Sie küßte seine Faust, die er, wie der Papst den Fuß, allezeit als den Lehn- und Lippenträger, Agenten und de latere-Nuntius des Mundes den Küssen schickte.

»Sie bleibt ungehorsam«, sagte die strenge Frau. »So gleicht sie Ihnen ein wenig«, sagt' er, weil der Mißtrauische die Umarmung für eine Verschwörung gegen ihn und seinen Bouverot ansah. Nun barst sein Eis-Hekla und flammte und floß – bald auf Tochter, bald auf Frau – erstere sei gar erbärmlich, sagt' er, und nur der Hauptmann etwas wert, den er glücklicherweise allein gebildet – er errat' alles, hör' alles, wenn man auch sein Ohrblech verborgen – es werde demnach, wie er sehe (er zeigte auf seinen entsiegelten Morgenpsalm), zwischen beiden Kollegien kommuniziert – aber Gott soll' ihn strafen, wenn er nicht – »Töchterchen, antwort doch endlich!« bat er.

»Mein Vater« – (sagte Liane, seit der Bouverotischen Verbrüderung und der Mißhandlung der Mutter ihr Herz mehr fühlend, das aber nur verachten und nie hassen konnte) – »meine Mutter hat mir heute und gestern alles gesagt; aber ich habe doch Pflichten gegen den Grafen!« Eine kühnere Lebhaftigkeit, als die Eltern sonst an ihr vermisset und gefunden hatten, strahlte unter dem aufgehobenen Auge. »Ach, ich will ihm ja nur so lange treu verbleiben, als ich lebe«, sagte sie. »C'est bien peu«, versetzte der Minister, über die Keckheit erstaunend.

Liane hörte jetzt erst ihr entflognes Wort nach; da ergriff sie, um die Vergangenheit und ihre Mutter zu rechtfertigen, den schönen und lächerlichen Entschluß, den alten Herrn zu rühren und zu bekehren durch ihre Geister- oder Traumseherei. Sie bat ihn um eine einsame Unterredung und nachher – als sie schwer vergönnet war – darin um sein heiliges Versprechen, gegen die Mutter zu schweigen, weil sie fürchtete, dieser Liebenden die dem Ausschlagen nahe rasselnden Uhrräder ihrer Sterbeglocke zu zeigen. Der alte Herr konnte nur mit einer komischen Miene – wobei er aussah wie einer, der in grimmiger Kälte lachen will – hinlängliches Worthalten geloben, weil nie, so viel er sich entsinnen konnte, das Wort von ihm, sondern bloß oft er vom Wort gehalten wurde. In solchen Menschen sind Wort und Tat dem theatralischen Donner und Blitze ähnlich, welche beide, sonst im Himmel gleichzeitig verbunden, auf der Bühne aus getrennten Ecken und durch verschiedne Arbeiter hervorbrechen. Aber Liane ruhte nicht eher, als bis er ein wortfestes, offnes Gesicht – ein gemaltes Fenster – aufgetragen. Darauf fing sie nach einem Faustkuß ihre Geistergeschichte an.

Mit fortgesetztem Ernst, fest zusammengehaltenen Muskeln hörte er dem Unerhörten zu; dann nahm er sie, ohne ein Wort zu sagen, an der Hand und führte sie vor die Mutter zurück, der er sie mit einem langen Lob- und Dankpsalm auf ihre glückliche Töchterschule überreichte; – »seine Knabenschule mit Karl sei ihm wenigstens nicht in diesem Grade geglückt«, setzt' er hinzu. Zum Beweise teilt' er ihr offenherzig – und alle Schmerzen Lianens kaltblütig verarbeitend, wie der Faßbinder Zypressenzweige zu Tonnenreifen – das wenige mit, was er zu verschweigen verheißen, weil er immer entweder sich wegwarf oder den andern, meistens beide. Liane saß hochrot, heißwerdend, mit gesenkten Augen da und bat Gott um Erhaltung ihrer Kindesliebe gegen den Vater.

Kein teilnehmendes Auge werde ferner mit dem Eröffnen einer neuen Zeit gequält, wo das Eis seiner Ironie brach und ein wütender Strom wurde, in welchen noch dazu mütterliche Tränen des Zorns flossen über ein teueres Wesen und dessen verderbliches, fieberhaftes Hineinträumen in den letzten Schlaf. – Das Ziel und die Gefahr kopulierte fast die Eheleute zum zweitenmal; wenn es glatteiset, gehen die Menschen sehr Arm in Arm. »Du hast nichts nach Lilar geschickt?« fragte der Vater. – »Ohne Ihre Erlaubnis würd' ichs gewiß nicht tun«, sagte sie, meinte aber ihre Briefe, nicht Albanos seine. – Er benutzte den Mißverstand und sagte: »Du hast sie ja aber.« – »Ich will alles gern tun und lassen,« (sagte sie) »aber nur wenn der Graf einwilligt, damit ich ihm nicht unredlich erscheine; er hat mein heiliges Wort auf meine Treue.« An diese milde Festigkeit, an diesen mit weichen Blumen überzognen Petri-Fels stieß sich der Vater am härtesten. Dazu war der Übertritt eines stolzen Liebhabers von eignen Wünschen zu den feindlichen, gesetzt man hätte Lianen die Frage an den Grafen erlaubt, so unmöglich auf der einen Seite, und das Gesuch um diese Veränderlichkeit, es mochte bewilligt oder abgeschlagen werden, überhaupt so heruntersetzend auf der andern, daß die betroffne Ministerin stolz aufstand, wieder fragte:

»Ist das dein letztes Wort an uns, Liane?« – und als Liane weinend antwortete: »Ich kann nicht anders, Gott sei mir gnädig!«, sich zornig wegwandte an den Minister und sagte: »Tun Sie nun, was Sie für convénable halten, ich bin unschuldig.« – »Nicht so ganz, ma chere; aber gut!« (sagt' er:) »Du bleibst von morgen an in deinem Zimmer, bis du dich korrigierst und unsers Anblicks würdiger bist«, kündigte er hinausgehend Lianen mit zwei auf sie geworfenen Augen-Salven an, worin meines Ermessens weit mehr Reverberierfeuer-Plagegeister – ätzende, fressende Medikamente – Gehirn- und Herzensbohrer versprochen wurden, als sonst ein Mensch gebend halten oder empfangend tragen kann.

Armes Mädchen! dein letzter August ist sehr hart und kein Erntemonatstag! – Du siehst in die Zeit hinaus, wo dein kleiner Sarg steht, an welchem ein grausamer Engel die schönen, um ihn herumlaufenden, noch frischen Blumenstücke der Liebe wegwischt, damit er ganz weiß, so rosenweiß wie deine Seele oder deine letzte Gestalt, herübergetragen werde! –

Dieses Vertreiben von der Mutter in die Einöde ihres Klosterzimmers war ihr ebenso fürchterlich, nur nicht fürchterlicher als das Zürnen derselben, das sie heute erst zum drittenmal erlebte, obwohl nicht verdiente. Es war ihr, als wenn nun nach der warmen Sonne auch noch gar das helle Abendrot unter den Horizont gesunken wäre, und es wurde dunkel und kalt in der Welt. Sie blieb diesen ganzen noch eingeräumten Tag bei der Mutter; gab aber nur Antworten, blickte freundlich an, tat alles gern und behend und hatte – da sie jeden zusammenrinnenden Tautropfen schnell mit dem Zwergfinger aus den Augenwinkeln schlug, als sei es Staub, weil sie dachte: nachts kann ich weinen genug – sehr trockne Augen; und das alles, um der belasteten Mutter nicht zu neuer Last zu sein. Aber diese, wie Mütter so leicht, verwechselte die scheue liebende Stille mit dem Anbruche der Verstockung; und als Liane in unschuldiger Absicht des Trostes sich Karolinens Bild aus Lilar wollte bringen lassen, galt auch diese Unschuld für Verhärtung und wurde mit einer elterlichen gestraft und erwidert; nämlich mit der Erlaubnis, zu schicken. Nur forderte die Ministerin die französischen Gebete von ihr zurück, als sei sie nicht wert, diese ihrem jetzigen Herzen unterzulegen. Nie ist der Mensch kleiner, als wenn er strafen und plagen will, ohne zu wissen *wie*.

Da jeder, der regiert, er sitze auf einem Lehr- oder Fürstenstuhl, oder wie Eltern auf beiden, dem Fußbewohner desselben den vorigen Gehorsam, sobald er ihn einmal aussetzt, nicht als Milderung seiner Schuld anschreibt, sondern als Vergrößerung: so tat es die Ministerin auch gegen ihr von jeher so folgsames Kind. Sie haßte ihre reine Liebe, die wie Äther ohne Asche, Rauch und Kohle brannte, um desto mehr und hielt sie für Schadenfeuer oder Feuerschaden, besonders da ihre eigne bisher fast nie mehr als ein vornehmes Kaminstück gewesen.

Liane stieg zuletzt, zu schwer zusammengepresset, da jenseits der Wandtapete der heitere Tag, der schönste Himmel blühte, aufs welsche Dach hinauf. Sie sah, wie die Menschen vergnügt von kleinen Lustörtern, weil die Erde ein großer war, zurückfuhren und -ritten; auf Lilars Stauden-Pfad wandelten die Spaziergänger selig-langsam heim – auf den Gassen wurde laut an den Fest-Gerüsten und Himmelswagen für die Fürstenbraut gezimmert, und die fertigen Räder wurden prüfend gerollt – und überall hörte man die Übungen der jungen Musik, die erwachsen vor sie treten sollte. Aber als Liane auf sich blickte und hier ihr Leben allein im dunkeln Gewande stehen sah – drüben das leere Haus des Geliebten – hier das ihrige, das auch leer für sie geworden – diese Stelle, die noch an eine schönere, seltnere Abblüte als des cereus serpens erinnerte – und o! diese kalte Einsamkeit, da ihr Herz heute zum ersten Male ohne ein Herz lebte; denn ihr Bruder, der Chorist ihres kurzen Freudengesanges, war verschickt und Julienne seit einiger Zeit ihr unbegreiflich unsichtbar – nein, sie konnte die schöne Sonne, die so hell und weiß mit ihrem hohen Abendsterne sich tiefer wiegte, nicht niedergehen sehen – oder das frohe Abendchor des langen Tages anhören, sondern verließ die glänzende Höhe. O, die fremde Freude stirbt im unbewohnten dunkeln Busen, wo sie keine Schwester antrifft, und wird zum Gespenst darin! So deutet das schöne Grün, diese Frühlingsfarbe, sobald es eine Wolke malt, nichts als an lange Nässe.

Da sie bald in die Freistatt des Tags, das Schlafzimmer, trat, wetterleuchtete draußen der Himmel; o, warum jetzt, hartes Geschick? – Aber hier, vor dem Stilleben der Nacht, wenn das Leben, von ihrem Flor bezogen, leiser tönt – hier dürfen alle ihre Tränen fließen, die ein schwerer Tag gekeltert hat. – Auf dem Kopfkissen, als trüg' es den längsten Schlaf, ruhet dieses verblutete Haupt sanfter als an der Brust, die ihm seine Tränen zankend nachzählt; und es weinet sanft nicht *über*, nur *um* Geliebte.

Wie gewöhnlich wollte sie ihre mütterlichen Gebete aufschlagen; als sie erschrocken daran dachte, daß man sie ihr genommen. Da blickte sie heißweinend auf zu Gott und bereitete allein aus dem zerbrochnen Herzen ihm ein Gebet, und nur Engel haben die Worte und die Tränen gezählt.

76. Zykel

Der Vater hatte die Zimmer-Gefangenschaft zum strafenden Merkmal ihres Neins gemacht. Mit hohen Schmerzen sprach sie dieses stumme Nein, indem sie freiwillig im Zimmer blieb und dem Morgenkuß der Mutter entsagte. Sie hatte in der Nacht oft das tote Bild ihrer ratgebenden Karoline flammend angeblickt, aber kein Urbild, kein Fieberbild war ihr erschienen: kann ich länger zweifeln, schloß sie daraus, daß die göttliche Erscheinung, die das Ja zu meiner Liebe gesprochen, etwas Höheres als mein Geschöpf gewesen, da ich sie sonst ihrem Bilde gegenüber müßte wieder bilden können?

Sie hatte Albanos blühende Briefe in ihrem Pulte und schloß es auf, um hinüberzusehen aus ihrer Insel in das entrückte Morgenland der wärmern Zeit; aber sie schloß es wieder zu; sie schämte sich, heimlich froh zu sein, da ihre Mutter traurig war, die in die trüben Tage nicht einmal wie sie aus schönen kam.

Froulay ließ sie nicht lange allein, sondern bald rufen; aber nicht um sie zu verhören oder loszusprechen, sondern um sie – wozu freilich eine ungeschminkte Stirne und Backe gehörten, deren Fibern-Garn so schwer wie seine mit dem türkischen Rot der Scham zu färben war – zu seiner Malersprachmeisterin zu vozieren und sie in die fürstliche Galerie mitzunehmen, um von ihr die Erklärung dieser Titelkupfer (für ihn) in diesem Privat-Stummeninstitut so gut nachzulernen, daß er imstande wäre – sobald die Fürstin sie besieht – etwas Bessers als einen Stummen bei den Schönheiten der Bilder und der bilderdienerischen Regentin vorzustellen. Liane mußte ihm jedes gemalte Glied mit dem dazu gehörigen Lobe oder Tadel in sein ernstes Gehirn nachprägen, samt dem Namen des Meisters. Wie erfreuet und vollständig gab sie diese Kallipädie ihrem brummenden Maler-Kornuten, der nicht eine einzige dankbare Miene als Schulgeld entrichtete! –

Mittags erst fand die Tochter die ersehnte Mutter unter den Speisebedienten sehr ernst und traurig; sie wagte ihr nicht den Mund, nur die Hand zu küssen und schlug das liebeströmende Auge nur scheu und wenig zu ihr auf. Das Diner schien ein Leichenessen. Nur der alte Herr, der auf einem Schlachtfeld seine Hochzeitmenuett getanzt und seinen Geburtstag gefeiert hätte, war wohlgemut und bei Appetit und voll Salz. War Hauskampf, so speist' er gewöhnlich en famille und holte sich unter beißenden Tischreden, wie gemeine Leute im Winter und in der Teuerung, schärfere Eßlust. Zanken stärkt und befeuert schon an sich, wie Physiker sich bloß dadurch elektrisieren können, daß sie etwas peitschen [1].

Lächerlich und doch schmerzlich war es, daß die arme Liane, die den ganzen Tag einen Kerker hüten sollte, gerade heute immer daraus gerufen wurde; dasmal wieder in den Wagen, der das traurige Herz und das lächelnde Gesicht vor lauter hellen Palästen absetzen sollte. Sie mußte mit den Eltern zur Prinzessin gehen und so glücklich aussehen, wie die waren, die sie auf dem trüben Wege zu beneiden fanden. So blutet das Herz, das nicht weit vom Thron geboren worden, immer nur hinter dem Vorhang und lacht bloß, wenn er aufgeht; so wie eben diese Vornehmen sonst nur ingeheim hingerichtet wurden. Der über seine Vermählung lächerlich-laute Fürst – der von den Spieltischen oder Kaperbrettern zurückgekehrte Bouverot, den jetzt Liane seit den neuesten Nachrichten nur schaudernd litt –

[1] Beseke fand es. S. über das Elementarfeuer, von ihm 1786.

und die Prinzessin selber, die ihre bisherige Entfernung von ihr mit den zerstreuenden Zurüstungen zum Feste entschuldigte, und die ganz fremd auf einmal über Liebe und Männer spottete – alle diese Menschen und Zufälle konnten nur einer Liane, die so wenig erriet, so viel litt und so gern ertrug, nicht die unerträglichsten scheinen.

Ach, was war unerträglicher als die eiserne Unveränderlichkeit dieser Verhältnisse, die Festigkeit eines solchen ewigen Bergschnees? Nicht die Größe, sondern die Unbestimmtheit des Schmerzes, nicht der Minotaurus des Labyrinths, der Kellerfrost, die Eckfelsen und Gruben desselben ziehen uns darin die Brust zusammen, sondern die lange Nacht und Windung seines Ausgangs. Sogar unter den Körper-Krankheiten kommen uns daher ungewohnte neue, deren letzter Augenblick über unsere Weissagung hinausliegt, drohender und schwerer vor als wiederkehrende, die als nachbarliche Grenzfeinde uns immer anfallen und in der Rüstung finden.

So stand die stumme Liane im Gewölk, als die frohlockende Rabette mit der Brust voll alter Freuden und neuer Hoffnung ins Haus lief, diese Schwester des heiligen, weggerissenen Menschen, die Bundesgenossin so glänzender Tage. Sie wurde ehrend aufgenommen und immer von einer Ehrenwache, der Ministerin, begleitet, weil sie ja eine Gesandtin des Grafen ebensogut sein konnte als eine Wahlherrin ihres Sohnes. Die Listige suchte einige einsame Augenblicke mit Lianen um das kühne Betteln um deren Begleitung nach Blumenbühl zu erhaschen; die Begleitung wurde auch zugestanden und sogar der Mutter ihre dazugetan. Liane fuhr den Weg nach Blumenbühl, über den noch blühenden Gottesacker eingesenkter Tage. Welcher Tränenstrom arbeitete in ihrer Brust herauf, da sie von der noch glücklichen Rabette schied! –

Diese hatte unschuldigerweise dem Hause einen der größten Zankäpfel für das Abendessen dagelassen, den je der Minister für die Fruchtschale mit seinem Apfelpflücker sich geholet hatte; daher soupiert' er wieder en famille. Rabetten war nämlich ein dummes Wort über das sonntägige Beisammensein in Lilar entfahren; »davon« (sagte Froulay ganz freundlich) »hast du uns ja kein Wort merken lassen, Tochter.« – »Der Mutter sogleich!« versetzte sie zu schnell. »Ich nähme auch gern Anteil an deinen Lustbarkeiten«, sagt' er, Grimm versparend. Ganz aufgeräumt setzte sich dieser Flößknecht so vieler Tränen und abgehauener Blütenzweige, die er darauf hinabschwimmen ließ, an die Abendtafel. Nach seinem Verstärkungsohr fragt' er zuerst Bediente und Familie. Darauf ging er ins Französische über – wiewohl die Tellerwechsler eine grobe Übersetzung davon für sich, eine versio interlinearis, auf seinem Gesichte fanden –, um zu berichten, der vornehme Graf sei dagewesen und habe nach Mutter und Tochter gefragt. »Mit Recht verlangt' er euch beide« (fuhr der moralische Glacier fort, der gern das warme Essen kühlte) – »ihr verschweigt immer, wie ich heute wieder hörte, gemeinschaftlich gegen mich; aber warum soll ich euch denn noch trauen?« Er haßte jede Lüge von Herzen, die er nicht sagte; so hielt er sich ernstlich für moralisch, uneigennützig und sanft bloß darum, weil er auf das alles bei dem andern unerbittlich drang. Mit den reichlichen Brennnesseln der Persiflage – auch botanische kommen in kaltem und steinigem Boden am besten fort – überdeckte er alle seine auf- und zugehenden Hummerscheren, wie wir Bachkrebse in Nesseln fassen, und nahm zuerst sein weiches Kind zwischen die Scheren. Das sanfte, ergebene Lächeln desselben nahm er für Verachtung und Bosheit – – Wie kommt diese Sanfte erklärlicherweise zu seinem Vaternamen, wenn man nicht die alte Hypothese annimmt, daß Kinder gewöhnlich dem am ähnlichsten werden, wornach sich die schwangere Mutter vergeblich sehnte, welches hier ein sanfter Gatte war? – Dann griff er, aber heftiger, die Mutter an, um bei seinem Mißtrauen sie mit der Tochter zu entzweien, ja um vielleicht diese durch die mütterlichen Leiden zu kindlichen Opfern und Entschlüssen zu peinigen. Ganz frei erklärt' er sich – denn der Egoist trifft die meisten Egoisten an, wie die Liebe und Liane nur Liebe und keine Selbstliebe – gegen den Egoismus um und neben sich und verbarg es nicht, wie sehr er beide immer Egoistinnen (wie die alten Heiden die Christen Atheisten) innerlich schelte.

Die Ministerin, gewohnt, mit dem Minister in keiner Ehe weniger zu leben als in der der Seelen – wie Voltaire die Freundschaft definiert –, sagte bloß zu Lianen: »Für wen leid' ich so?« – »Ach ich weiß es«, antwortete sie demütig. Und so entließ er beide voll tiefster Leiden und dachte nachher an seine Geschäfte.

Dieser allseitige Jammer wurde durch etwas größer, was ihn hätte kleiner machen sollen. Der Minister ärgerte sich, daß er täglich den Geschmack der Weiber mitten im Zorne zu Rate ziehen mußte über sein – Äußeres. Er wollte am Vermählungsfeste – seiner Geliebten wegen – ein wahrer Paradiesvogel, ein Paradeur, eine Venus à belles Fesses sein. Von jeher macht' er gern die Doppelrolle des Staats- und Hofmanns und wollte, um Stolz und Eitelkeit zusammen zu kaufen, zu einem Diogenes-Aristipp verwachsen. – Aber etwas davon war nicht Eitelkeit, sondern der männliche Plagegeist der Ordnungs- und Rechtshaberei wollte nicht aus ihm fahren. Er war imstande, die Kleidergeißel, womit der Bediente wenige Stäubchen im Staatsrocke sitzen lassen, gegen die Livree selber in Schwung zu setzen; noch gefährlicher wars – weil er zwischen zwei Spiegeln saß, dem Friseur- und dem großen Spiegel im Ofenschirm –, auf seine eigne Wolle den Staub recht aufzutragen; und am schwersten wurd' er vom Putze seiner Kinder befriedigt. – Liane als Zeichnerin mußte ihm nun jetzt die rechte Farbe eines neuen Überbalgs vorschlagen – Sachets oder Riechsäcke ließ er füllen und mit diesen die Schubsäcke – und einen Moschuspflanzen-Topf in sein Fenster stellen, nicht weil er die Blätter zum Riechen (das erwartete er von seinen Fingern), sondern weil er sie zum Einölen für diese durch Reiben brauchen wollte – Patentpomade für Fäuste und englisches gepreßtes Zier-Papier auch für diese (wenn sie eine Billetdoux-Feder ansetzen wollten) und andere Nippes erregten weniger Aufmerksamkeit als der Schnupftabak, den er sich anschaffte, aber nicht für die Nase, sondern für die Lippen, um solche rot zu reiben. – In der Tat, vor mancher lustigen Haut hätt' er sich ganz lächerlich gemacht, wenn sie ingeheim ihn aus seinem Souvenir die Haarzange und mit dieser aus seinen Augenbraunen da, wo der Sattel des Lebens wie auf einem Pferde das Haar weiß gedrückt hatte, letzteres hätte ausziehen sehen; und nur der Minister selber konnte ernsthaft dabei aussehen, wenn er vor dem Spiegel die feinern Weisen zu lächeln durchlächelte – die beste hielt er fest – oder wenn er die leichtern Würfe anprobierte, womit man sich aufs Kanapee bringt – wie oft mußt' er sich werfen! – und wenn er überhaupt an sich arbeitete.

Zum Glück für die Mutter kam der gute Lektor; aus der Hand dieses alten Freundes hatte sie so oft, wenn nicht eine Himmelsleiter, doch eine Grubenleiter, um darauf aus dem Abgrund zu steigen, genommen; hoffend brachte sie jetzt alle ihre Not vor ihn. Er versprach einige Hülfe unter der Bedingung, mit Lianen allein auf ihrem Zimmer zu sprechen. Er ging zu ihr und erklärte zart seine Wissenschaft um ihre Lage.

Wie errötete das kindliche Mädchen über die scharfen Tagsstrahlen, welche die duftende Nachtviole ihrer Liebe trafen! Aber ihr Kindheitsfreund sprach sanft an dieses geschlagne Herz – und von seiner gleichen Liebe gegen sie und ihren Freund – von dem Temperamente des Vaters – und von der Notwendigkeit bedachtsamer Maßregeln – und sagte, die beste sei es, wenn sie ihm heilig gelobe, dem elterlichen Wunsche, den Grafen strenge zu meiden, nur so lange nachzugeben, bis er von dessen Vater, den er als Begleiter des Sohnes längst über das neue Verhältnis benachrichtigen und fragen müssen, das Ja oder Nein dazu erhalten; sei es ein Nein – was er aber nicht verbürge –, so müsse Albano das Rätsel lösen; sei es ein Ja, so steh' er selber für das zweite ihrer Eltern; zugleich müss' er aber auf ihr festestes Schweigen gegen diese über sein Anfragen, wodurch sie sich vielleicht kompromittiert finden könnten, Anspruch machen. Damit wurzelte er nur noch tiefer in ihr Vertrauen ein.

Sie fragte zitternd, wie lange die Antwort verziehe. »Sechs, acht, eilf Tage nach der Vermählung höchstens!« sagt' er rechnend. – »Ja, guter Augusti! – Ach, wir leiden ja alle«, sagte sie und setzte vertraulich und aus weinender Brust hinzu: »es geht Ihm aber wohl?« – »Er ist fleißig«, versetzt' er.

So brachte er sie, mit zwei Geheimnissen beladen und für jetzt eine Interims-Absonderung bejahend, zur Mutter zurück; aber diese zahlte nur dem Lektor den Lohn eines freundlichen Blickes aus. Er verlangte indes – nach seiner Kartäuser-Manier – keinen andern als das gütigste Schweigen gegen den Minister über seine Einmischung, da dieser sein Verdienst dabei etwan für größer halten könnte, als es wäre.

Dem Minister wurde die achttägige Besserung und Enthaltung angesagt. Er glaubte – sich Mißtrauen in die Frau vorbehaltend – doch weiter in Feindes Land einzudringen mit seinen Waffen; auch ließ er sich die neue Frist und Lianens Entkerkerung mit darum gefallen, um seine Tochter bei dem Vermählungsfest blühend und gesund als eine glänzende Pfauhenne an seine Geliebte und vor sich her zu treiben.

Roquairol kam jetzt von dieser zurück; und strahlte ein paar Wolken im Hause mit schönem, hellem Morgenrote voll. Er überbrachte dem Vater Nachrichten und Grüße von der Fürstin. Lianen brachte er das Echo jener geliebten Stimme mit, die einmal zu ihrem Himmel gesagt hatte: er werde! – ach die letzte Melodie unter den Mißtönen der uneinigen Zeit. Er erriet leicht – denn er erfuhr wenig von der ihn vernachlässigenden Mutter und nichts von der Tochter –, wie alles stehe. Als er vollends Albanos Blatt an diese ihr am dämmernden Abend in den Arbeitsbeutel schieben wollte und sie mit einem Ach der Liebe sagte: »Nein, es ist wider mein Wort – aber künftig etwan, Karl!« –: so sah er »mit brausendem Ingrimm seine Schwester im offnen Charons-Kahn zum Tartarus aller Leiden schiffen«, wie er sagte. An den Freund dacht' er weniger als an die Schwester. Der freundliche, schmeichelnde Minister – er schenkte zum Beweis dem Hauptmann einen Sattel von Wert – berichtete ihm den Besuch Rabettens und gab Winke über Verlobung und dergleichen; Karl sagte keck: er schiebe all sein Glück hinaus, solange seine liebe Schwester keines voraussehe. Um den alten Herrn wieder mehr für Lianen einzunehmen, führt' er ihn für das Vermählungsfest auf eine romantische Invention, die Froulay nicht ahnete, als er schon ganz dicht an ihr stand: nämlich Idoine (die Schwester der Braut) war Lianen auffallend ähnlich. Die Fürstin liebte sie unaussprechlich, sahe sie aber nur selten, weil sie ihres starken, einmal zu einer Thron-Ehe neinsagenden Charakters wegen auf einem von ihr selber gebaueten und regierten Dorfe wohnte, höflich vom Hofe verbannt. Er legte nun dem Vater die poetische Frage vor, ob Liane nicht in der Illuminationsnacht einige Minuten lang im Traum-Tempel, der ganz zu diesem schönen Truge passe, die Fürstin mit dem Widerschein ihrer geliebten Schwester erfreuen könne.

Entweder machte den Minister die Liebe gegen die Fürstin kühner, oder der Wunsch trunkner, Liane als Hofdame glänzend einzuführen: genug er fand in der Idee Verstand. Wenn etwas für den Separatfrieden, den er mit dem Sohne gemacht, den Tabak in die Friedenspfeife hergab: so war es dieses Rollenblatt. Er eilte sogleich zum Fürsten und zur Prinzessin mit der Bitte um seine Erlaubnis und um ihre Teilnahme; – darauf, als er beides hatte, zu seinem Orest Bouverot und sagte: »Il m'est venu une idée très singulière qui peut-être l'est trop; cependant le prince l'a approuvée etc.« – und endlich zu Lianen, um doch auch diese nicht zu vergessen.

Der Hauptmann hatte schon früher sie zu bereden gesucht. Die Mutter war gegen diese Nachspielerei aus Selbstbewußtsein und Liane aus Demut;

eine solche Repräsentation kam dieser als eine zu große Anmaßung vor. Aber zuletzt gab sie nach, bloß weil die schwesterliche Liebe der Fürstin ihr so groß und unerreichbar geschienen, gleich als pflegte sie nicht eine ähnliche in ihrem Herzen; so fand sie immer nur das Spiegelbild, nie sich schön, wie der Astronom denselben Abend mit seinem roten Glanze und Nachtschatten zauberischer und erhabener findet, wenn er ihn im Monde antrifft, als wenn er auf der Erde mitten darin steht. Vielleicht lag noch eine ganz dunkle Süßigkeit, nämlich eine schwiegertöchterliche, in Lianens Liebe für die Fürsten-Braut; weil diese einmal des Ritter Gaspards seine hatte werden sollen. Die Weiber achten Verwandtschaft mehr als wir, daher auch ihr Ahnenstolz immer einige Ahnen älter wird als unserer.

So bereitete sie denn das gepreßte Herz zu den leichten Spielen des glänzenden Festes vor, das die künftigen Zykel gleichsam am Neujahrsfest einer neuen Jobelperiode geben.

Siebzehnte Jobelperiode

Fürstliche Vermählungs-Territion – Lilars Illumination

77. Zykel

Welche allgemeine Landfreude konnte jetzt von einem Grenzwappen zum andern acht Tage lang jauchzen! Denn so lange war die Landtrauer suspendiert – die Glocken läuteten zu etwas Besserem als zum Grabe – es war wieder Musik erlaubt allen Spieluhren und Spielleuten – alle Theater wären geöffnet worden, wäre eines dagewesen, oder der Hof verschlossen, der beständig spielte – und man konnte höhern Orts acht Tage ohne schwarzen Rand gehen und dekretieren – – Nachher nach dem erfrischenden Zwischenakt, wo man das Orchester, Punsch und Kuchen genoß, sollte wieder aufgeräumter ans Weinen und Trauerspielen gegangen werden.

Der Fürst ritt am Morgen der langweiligen Einholungs-Wagenfahrt über die Grenze voraus mit Bouverot und Albano; alle drei als die einzigen im Lande unabhängigen, bei dem Feste nicht interessierten Leute. Der arme Luigi! Ich hab' es schon im ersten Band des Titans sehr deutlich gesagt, daß der fürstliche Bräutigam, der heute die Decke beschlägt, bloß ein *Landes*-Vater sein kann, keiner für das Haus; unter seinem Fürsten-Himmel ist wie auf der ersten Schachfelder-Gasse alles zu machen und zu regenerieren, Offiziere, selber die Schachkönigin, aber der Schach nicht. Es wäre zu wünschen – da der Umstand das Fest ins Lächerliche schattiert –, der Bräutigam könnte manchen ihn auslachenden *alten* Familien – die es so oft selber im heraldischen und medizinischen Sinne zugleich sind – zur Beschämung nur einige Dutzend von den Prinzen um den Traualtar gestellet zeigen, die er in Kalabrien, Wallis, Asturien, in der *Dauphiné* – ganz Europa war ihm eine – sitzen lassen, kurz in so vielen *aktiven* Erbländern, d. h. in den Erbinnen, nicht Erbschaften fremder Prinzen; – könnt' er das, so würd' er vergnügter in die heutigen Glückwünsche dreinschauen, weil schon einige Dutzende Erfüllungen darneben ständen und zuhorchten. Aber wie das Bette des Marquis von Exeter in London, das 3000 Pfund kostet, die Marquisin in einen Thron verwandeln kann: so muß das die Fürstin auch tun, ohne es wie diese rückwärts verwandeln zu können.

Ich will ihn daher auf dem heutigen Tanzplatz der Freude gar nicht als Bräutigam, sondern immer – so wie man Krone sagt ohne gekröntes Haupt – bloß als Bräutigamsrock aufstellen und vorführen, um ihn nicht lächerlich zu machen. – Albano ritt mit einer Brust voll Zorn, Verachtung und Bedauern neben diesem Opfertiere der schwarzen Staatskunst her und begriff bloß nicht, wie Luigi nicht den deutschen Herrn, diese gemietete Axt und diesen Wurzelheber seines Stammbäumleins, mit *einem* Fersenstoße weit von sich wegschlage. Guter Jüngling! ein Fürst macht sich leichter von Menschen los, die er liebt, als von solchen, die er recht lange hasset; denn seine Furcht ist stärker als seine Liebe. –

Der großherzige, nie eng-, immer weitbrüstige Jüngling fand heute in seiner feierlichen, schmerzlichen Stimmung alles Tragische, Edle und Unedle größer, als es war. Er zeigte zwar nur ein feuriges Auge und heiteres Angesicht, weil er zu jung und schamhaft war, persönlichen Schmerz prunkend auszulegen; aber unter dem Auge, das sich nach der hohen Wetterscheide richtete, an der heute sein dunkles Gewölke auseinandergehen oder zu ihm herunterkommen sollte, brannte der Tropfe. Der heutige Abend, in den er so oft hineingesehen als in eine Hölle, und ebensooft als in einen Himmel, stand jetzt als ein verworrenes Mittelding von beiden so nahe, und doch hart an ihm! – Ein Gewimmel verwandter Gefühle begleitete ihn zu der (nach seiner Meinung unglücklichen) Braut seines – Vaters und dieses Fürsten.

Eine Viertels-Meile jenseits Hohenfließ fuhr schon ihr – Gibbon voraus, bekannt bei allen Naturforschern – nicht bei den Politikern – durch die langen Arme, welche bekanntlich dieser Molukken-Besitzer und Affe trägt. »Wo ist mein Gibbon?« fragte die Fürstin gewöhnlich (gesetzt, daß sie auch den englischen Namensvetter, den Geschichtsschreiber mit langen Nägeln und kurzen Sätzen gegen die Christen, in der Hand hatte), denn sie verlangte ihren Langarm.

Endlich kam sie dahergesprengt – im Federbüsch – im Reitrock – auf dem schönsten Engländer – eine große majestätische Gestalt, die, unbekümmert um ihr, obwohl mit Verwandten befrachtetes Cour-Gefolge, lieber der blauen Morgensonne hinter einem aufsteigenden Pferd- und Schwanenhals hatte entgegenschauen wollen. Sie gab dem Bräutigamsrock anständig Gruß und Kuß, aber weder gerührt noch verstellt noch verlegen, sondern recht frei und frank und froh, zu weit über die Lächerlichkeit ihres genealogischen Mißverhältnisses erhaben, ja sogar über jedes notdürftige oder gebotene. In ihrem sonst schön gebauten – mehr als schön gezeichneten – Gesichte war bloß ihre Nase es nicht, sondern eckig geschnitten und der regierenden Wochentäglichkeit mehr Knochen als Knorpel entgegensetzend. Bei den Weibern bedeuten ausgezeichnete, regellose Nasen, z. B. mit tiefem Wurzel-Einschnitt oder mit konkaven oder konvexen Biegungen oder mit Facetten am Knopfe u. s. w., weit mehr für das Talent als bei den Männern; und – wenige ausgenommen, die sich selber gesehen – mußte immer die Schönheit etwas dem Genie aufopfern, obwohl nicht so viel als nachher das fremde ihrer, wie wir Männer sämtlich wohl leider getan.

Der Graf wurd' ihr vom Fürsten vorgestellt; aber sie hatt' ihn – ob sie gleich von ihm gehöret und seinen Vater so lange gesehen hatte – nicht gekannt, sondern eher dem Bräutigamsrock ähnlich gefunden. Dem Rocke konnte – oder sollte – diese blühende Ähnlichkeit nicht anders als schmeicheln. Die Ähnlichkeit erklärt den schönen Anteil ganz, den sie jetzt an beiden nehmen mußte, weil zu einer Ähnlichkeit immer ein Paar Menschen gehören.

Sie sprach mit dem Sohne ohne alle Verlegenheit über den von ihr und ihrem Hofe mit einem (Blumen-) Korbe beschenkten Vlies-Ritter und rühmte dessen Kenntnisse der Kunst. »Die Kunst« (sagte sie) »macht am Ende alle Länder gleich und angenehm. Sobald sie nur da ist, denkt man an weiter nichts. In Dresden in der innern Galerie glaubt' ich recht eigentlich, ich wäre im fröhlichen Italien. Ja, wenn man dahin käme, würde man sogar Italien vergessen über alles, was man da hat.« – Albano antwortete: »Ich weiß, ich werde mich auch einmal im Most der Kunst berauschen und durch sie glühen, aber für jetzt ist sie bloß ein schöner, blühender Weinberg für mich, dessen Kräfte ich gewiß voraus weiß, ohne sie noch zu fühlen.« – Die Fürstin gewann so sehr seine Achtung, daß er ihr, als der Fürst einige Schritte ferner am Fenster die heranschwellende Flut des Pestitzer Gefolges besah, die Frage tat, wie ihrem Kunstsinn bei den deutschen Zeremonien ihres Standes zumute werde; »sagen Sie mir,« (sagte sie leicht) »welcher Stand unter uns nicht ebenso viele hat, und wo nicht überall Priester und Advokaten mitspielen! – Sehen Sie einmal die Hochzeiten der Reichsstädter an. Die Deutschen sind hier nicht besser und schlimmer als jede Nation, alte und neue, wilde und polierte. Denken Sie an Ludwig XIV. Der Mensch ist einmal so; aber ich acht' ihn freilich nicht darum.«

Der Fürst erinnerte nun an die Stunde des Einzugs; und die Fürstin rief zu ihrem Anzuge für den Einzug mehr Putzjungfern und Putzkästchen zusammen, als Albano nach ihren Worten oder wir nach ihren Nasenknorpeln – die geistige Flügelknochen schienen – hätten erwarten sollen. Ihre eiligen Leute folgten ihr mit mehr Furchtsamkeit als Verehrung des

Standes oder Wertes; und einige, die zuweilen aus dem Putzzimmer vorbeiliefen, hatten niedergeschlagene Gesichter.

Endlich erschien sie wieder, aber viel schöner. Es muß doch dem männlichsten Weib mehr reizende Weiblichkeit, als wir denken, zugehören, da dieses durch den weiblichen Putz gewinnet, wodurch der weiblichste Mann nur verlöre. »Der Stand« (sagte sie zu Albano, eine große Offenherzigkeit in Meinungen zeigend, die leicht mit einer ebenso großen Verschwiegenheit in Empfindungen besteht) »drückt und beschränkt eine große Seele oft weniger als das Geschlecht.« – Daß sie sich eine große Seele nannte, mußte den Grafen frappieren, weil er jetzt das erste Beispiel – ein anderer Mann kennt unzählige Beispiele – vor sich sah, daß ausgezeichnete Weiber sich geradezu und weit mehr selber loben als ausgezeichnete Männer.

Man brach auf; an einer Grenz-Brücke, zugleich wie der Buchdrucker-Hyphen das Trennungs- und Verbindungszeichen beider Fürstentümer, hielt schon das halbe Hohenfließ zu Wagen und Pferd, weil es nicht weiter herankonnte, bevor eine umgelehnte Kröpel-Fuhre mit Dorf-Komödianten wieder aufs vierte Rad gehoben war und der mythologische Hausrat, den sie in Händen hatten, aufgepackt. Als aber die Fürstin mit Gewalt auf die Brücke fuhr, verkehrten sich plötzlich die Passagiere und Auflader in Musen, Musengötter, Liebesgötter und einen hübschen Hymen und setzten, im theatralischen Ornat und Apparat, die umrungene Braut unter poetisches Wasser, den Krieg der andern Götter gegen den Jungfernräuber Hymen vortragend. Der Musensohn, der die Sache versifiziert hatte, agierte selber mit als Musenvater. Ich darf sagen, daß diese eigne Erfindung des Ministers recht gut aufgenommen wurde sowohl von Haarhaar als Hohenfließ.

Froulay trat geschmückt und gepudert, als streckte er sich auf dem Paradebette zwischen Trauergueridons aus, vor sie als Sprecher des Landes hin, das seinen frohen Teil an ihrer Vermählung mit dem Bräutigamsrocke zu bezeugen wünschte. Die Fürstin kürzte und schnitt alles Festlügen mit einer feinen Damens-Schere ab.

Froulay hatt' unter andern Wagen auch einen mit mehrern überallher verschriebnen Trompetern und Paukern mitgebracht, auf welchem scherzeshalber Schoppe mit stand, der darum nicht oft aus großen Aufzügen der Menschen wegblieb, wie er sagte, weil die Menschen nie lächerlicher aussähen, als wenn sie etwas in Massa und Menge täten. Um Salz in die Feier zu bringen, stellt' er auf seinem Wagen die Hypothese auf, das alles tue man bloß, um die Braut aus der besten Meinung wieder dahin zu treiben, wo sie hergekommen, teils um ihr die Vexier- und Bühnen-Ehe zu ersparen, teils um dem Lande den neuen Hofstaat. Ihr Ohr soll nur – nahm er an, als die auf die umstehenden Hügel aufgefahrnen Kanonen sich mit seinem trompetenden Donnerwagen vereinigten und drei Postmeister mit funfzehn Postillonen dazu- und dareinstießen, welche nicht umsonst mit ihren besten Hörnern und Lungenflügeln aufgesessen waren – ihr Ohr soll sehr gehänselt und sie daran durch einen solchen Willkomm etwan zurückgezogen werden, daher man sogar leere Staatswagen mitschickt zum Rasseln, so wie im Ansbachischen der Landmann die Hirsche bloß durch fürchterliches Schreien, ohne Gewehr und Hund, von seiner Saat vertrieb.[1] Wie Schiffe in Nebeln durch Laternen und Trommeln, so wollen Staaten sich durch Erleuchtung und Schießen auseinanderhalten.

»Sie fährt doch, wie ich sehe, weiter« – sagt' er unterwegs, wo er zuweilen selber den Doppellauter der Pauke in die Hände nahm mit Nutzen – »und wir müssen alle sonach nach; aber vielleicht ist das Ohr schon tot, und ihr ist nur noch am Auge beizukommen.« Sehr erfreueten ihn in dieser Hoffnung die scheckigen Uniformen sämtlicher Beamten und die Federlappen der Hoflivreen – »jetzt kommt noch«, weissagt' er freudig, »gar der goldflitterne Ehrenbogen mit Vasen und Pfeifen, durch den sie gerade durch muß, und scheucht man denn nicht Spatzen mit Goldblechen und Selzerkrügen aus Kirschenbäumen?« –

»O,« (dacht' er, als sie durch war), »wenn jener gotische Wüterich sich durch den entgegenkommenden Bittzug des Papstes von dem plündernden Einmarsch ins heilige Rom rückwärts lenken lassen: so schlägts gewiß durch, daß ihr in der Vorstadt die Waisenkinder mit ihrem Waisenvater bittend entgegentreten – dann die Schulmeister mit ihren Pagerien – dann Gymnasium und Universität – was doch nur erst Gefechte mit Vorposten sind – – denn das Tor ist mit Infanterie besetzt, der ganze Markt mit der wehrhaften Bürgerschaft – die Hauptkirche wird von der Geistlichkeit, das Rathaus vom Magistrat bewacht – alle bereit, wenn sie nicht umkehrt, ihr in gewisser Entfernung als Scharwachen und Observationschöre nachzuziehen – und halten sich nicht am Schloßtore 7 Brautpaare als 7 Bitten und Bußpsalme auf und tragen ihr auf einem Lasterstein von Atlas ein fatales Pereat-Karmen[2], von mir selber verfasset, ein Dekret vom 19. Juni entgegen, des Effekts ganz ungewiß?« –

»Recht!« sagt' er, als der ganze Zug zu einer leichtern Übersicht für die in den Schloßfenstern liegende Herrschaft zum zweiten Male den Schloßhof durchreisete, – »die verdoppelte Dosis soll durchgreifen.« Schoppens Hoffnungen nahmen am wenigsten ab, als gar oben – weil Gala war – man sich lange verborgen und verschwiegen hielt und endlich der Fürst als Sieger, aber müde von Hofkavaliers herabgebracht wurde in die Kapelle, um

[1] Fürchterlich schreiet dieses wahre Geschrei der Menschheit im 4. Teil von Heß's Durchflügen S. 156 nach; jetzt hat es eine wohltätigere Regierung durch die Wildsteuer gestillt.

[2] Für ihn wars innerster Genuß, ein solches Hochzeitgedicht ganz mit den Reimen, Flügen und Ausrufungs- und Anrufungszeichen des ersten besten Neujahrsreimers der Welt zu schenken; und das Bewußtsein seiner reinen, obwohl satirischen Absicht beruhigte ihn ganz über jeden Tadel einzelner schwülstiger oder zu sklavischer Wendungen.

öffentlich für den Zurückzug der feindlichen Macht zu danken; ja als bald darauf auch die Braut nachdrang, aber von Kammerherren an den Armen zurückgehalten, sogar an der Schleppe von ihren Hofdamen zurückgezogen: so konnte der Bibliothekar leicht ohne Sorgen bleiben.

Albanos bewegte, wallende Seele spiegelte die verworrene Hof-Welt noch wilder und unförmlicher zurück, als sie war. Er hörte es, wie die fürstlichen Vettern, sogar der künftige Thron- und Stuhlfolger, dem Vetter Luigi Glück zur Gesundheit, Vermählung und nächsten Zukunft wünschten, ob sie gleich durch ihren Freund Bouverot – ein lebendiges Sukzessionspulver – ihm von diesen drei Dingen hatten so viel nehmen lassen, daß sie ihm eben ihre kaltblütige Verwandtin als die Kronwache ihrer nahen Thronfolge zugeben konnten. Er hörte dieselben Hochzeitgesänge von allen Hof-Pestitzern, die, wie ein Muskel, ein besonderes Bestreben äußerten, sich kurz zu machen. Er sah, wie der Fürst – obwohl mit dem Gefühle, bald in seiner Fett- oder Wassersucht zu ersaufen – alle Lügen leicht und kalt und schadenfroh dahinnahm – – O, müssen nicht die Fürsten, dacht' er, selber lügen, weil sie ewig belogen, selber schmeicheln lernen, weil sie immer geschmeichelt werden? – Er selber konnte sichs nicht abgewinnen, nur den kleinsten Scherf eines lügenden Glückwunsches in den allgemeinen Lügen-Fiskus zu werfen.

Die Fürstin warf dem Grafen – sooft es ging und fast öfter – zwei Blicke oder Worte zu; denn dieser Blühende erinnerte unter den Thron-Küstenbewohnern, von denen man leichter ein Echo als eine Antwort hört, allein an seinen kräftigen Vater. Der Hauptmann brachte einigemal – weil er gleich allen Schwärmern wie die Schaben und Grillen die *Wärme* liebte und das *Licht* floh und weil ihn alle Menschen von bloßem Verstande drückten – den Tadel zu Albano, daß die Fürstin ihm mit ihrem kalten witzigen Verstande mißfalle; aber der Graf konnte – aus Achtung für die väterliche Geliebte und aus Haß gegen ihre Opferpriester und Schächter – ein Wesen nur bedauern, das vielleicht jetzt hassen muß, weil seine größte Liebe unterging. Wie viele edle Weiber, die es sonst für höher hielten zu bewundern als bewundert zu werden, wurden kräftig, kenntnisreich, beinahe groß, aber unglücklich und kokett und kalt, weil sie nur ein Paar Arme fanden, aber kein Herz dazu, und weil ihre heiße hingegebne Seele kein Ebenbild antraf, womit eine Frau gerade ein unähnliches meint, nämlich ein höheres Bild! Der Baum mit den erfrornen Blüten steht dann im Herbst hoch, breit, grün und frisch und dunkel vom Laube da, aber mit leeren Zweigen ohne Früchte.

Endlich kam man aus den schwülen Speisesälen in den frischen Lilars-Abend ins Freie und zur Freiheit. Halb zürnend, halb liebestrunken ging Albano einer verhangnen Stunde entgegen, in welcher so manches Rätsel und sein teuerstes sich lösen sollte. Was sieht der Mensch vor sich, wenn er endlich mit dem Faden in der Hand aus der Irrhöhle heraustritt? Nichts als die offnen Eingänge in andere Labyrinthe, und bloß die Wahl darunter ist sein Wunsch.

78. Zykel

Am schönsten Abende, als der Himmel bis auf den Boden aller Sterne durchsichtig war, ließ der Fürst die müde Versammlung nach Lilar fahren, um besser mit seinen beiden Unsichtbarkeiten, mit der Illumination und mit Lianens Rolle, zu trügen. Wie schlug dem redlichen Albano das weiche Herz banger und sanfter, als er unter dem Herabrollen von der Waldbrücke ins wartende Volksgetümmel sich dachte: *Sie* ist auch diesen Weg in das Lilar gegangen, das ihr sonst so lieb gewesen. Sein ganzes Ideenreich wurde ein Abendregen, dessen eine Hälfte vor der Sonne glänzend zittert und dessen andere grau verschwindet. Ach, vor Lianen hatt' es ohne Sonnenschein geregnet, als sie heute verborgen bloß in den Tempel des *Traums* herüberfuhr, um nur ein geliebtes Wesen zu spielen, aber keines zu sein.

Noch brannte keine Lampe. Albano blickte in jede grüne Vertiefung nach seinem Engel des Lichts. Sogar der Fürst selber, der die plötzliche Peterskuppel-Entzündung noch mit seinen Winken zurückhielt, sah dem an Höfen so seltenen Vergnügen entgegen, zweifach zu überraschen. Die Fürstin hatte dem Minister die Verlegenheit der Lüge oder Antwort erspart, denn sie hatte gar nicht nach der künftigen Hofdame Liane gefragt, gleich dieser ganzen starken Weiberklasse gegen ihr Geschlecht gleichgültig, aber desto fester an einer Auserwählten hangend. Albano erblickte im treibenden, verdunkelten Getümmel seine Pflegeeltern und Rabette, aber in diesem Taumel des Bodens und der Seele konnt' er wie andere seine Augen nur auf den selber verhangnen Vorhang richten, hinter dem er mehr als alle andere zu finden und zu verlieren hatte. Doch in Jugendjahren hängt kein schwarzer, nur ein bunter herab, und an allen ihren Schmerzen sind noch Hoffnungen!

Das Volk wartete auf den Glanz und auf die Musik. Der Fürst führte endlich seine Braut dem Tempel des Traumes entgegen; Karl, heute blind gegen, nicht für seine Rabette, nahm den brennenden Grafen mit. Am äußern Tempel ließ sich nichts erraten, was seinem magischen Namen entsprach; bloß die Fenster gingen vom Dache dieses Pavillons bis auf den Boden nieder und waren, statt von Rahmen und Fenstersteinen, in Zweige und Blätter gefasset. Aber als die Fürstin durch eine Glas-Türe eingetreten war, schien ihr der Pavillon verschwunden; man stand, schien es, auf einem einsamen, von einigen Baumstämmen bewachten freien Platz, welchen alle Perspektiven des Gartens durchkreuzten. Wunderbar, wie von spielenden Träumen, waren Lilars Gegenden untereinandergeworfen und die entgegengesetzten zusammengerückt – neben dem Berg mit dem Donnerhäuschen stand der mit dem Altare, und hart neben dem Zauberwald bäumte sich der hohe, schwarze Tartarus auf – Ferne und Nähe verschlangen sich ineinander – ein frischer Regenbogen von Gartenfarben und ein entfärbter Nebenregenbogen liefen nebeneinander fort, wie im Erwachen der Schatten des Traumbilds noch sichtbar vor der blitzenden Gegenwart entläuft. Indes die Fürstin noch in das träumerische Blendwerk versank[1]: so trat wie aus der Luft Liane durch eine gläserne Seiten-Türe in Idoinens Lieblingsanzug, im weißen Kleide mit Silberblumen und in ungeschmücktem Haar mit einem Schleier, der nur angesteckt an der linken Seite lang niederfloß, wankend hervor und lispelte, als die Fürstin getäuscht »Idoine!« ausrief, zitternd und kaum hörbar: »Je ne suis qu'un songe.«[2] – Sie sollte mehr sagen und eine Blume reichen; aber als die bewegte Fürstin fortrief: »Sœur cherie!« und sie heftig in die Arme schloß, so vergaß sie alles und weinte nur ihr Herz an einem andern Herzen aus, weil ihr das fremde, vergebliche Schmachten nach einer Schwester so rührend war. – Albano stand nahe an der erhebenden Szene; der Verband von allen Wunden wurd' ihm abgerissen, und ihr Blut floß warm aus allen nieder. O, nie war sie oder irgendeine Gestalt so ätherisch-schön, so himmlisch-blühend und so demütig gewesen! –

Als sie die Augen aus der Umarmung aufhob, fielen sie auf Albanos bleiches Gesicht. Es war bleich nicht vor Krankheit, sondern vor Bewegung. Sie fuhr zuckend zurück, umarmte die Fürstin wieder; der bleiche Mensch hatte ihr bewegtes Herz in eine Träne nach der andern zerrissen; aber beide grüßten sich nicht – und so fing ihr Abend an.

Während der Täuschung und Umarmung waren auf einen Wink des Fürsten alle Zweige und Tore des Gartens in einen glänzenden Brand gesteckt – alle Wasserwerke des Zauberwaldes flatterten mit goldnen Flügeln aufgeschreckt hoch empor – im umgekehrten Regen spielte eine weiße, grüne, goldne und finstere Welt, und die Wasser- und die Flammenstrahlen flogen wie Silber- und Goldfasanen mutwillig gegeneinander an. – Und der Glanz des brennenden Edens umfing den Tempel des Traums, und der Widerschein legte sich in sein inneres grünes Laubwerk vergoldend.

Liane trat an der Hand der ehrenden Fürstin mit niedergeschlagnen, verschämten Augen in die helle, rege Sonnenstadt heraus, ins Getümmel der Musik und der frohen Zuschauer. Auf Albano schoß die stürmische Gegenwart wie ein Strom, die entgegengesetzten verworrenen Rollen vor entgegengesetzten Menschen – der Freudenglanz des Abends – und die nächtliche Verwirrung in seiner Brust machten seinen festen Gang durch diesen Abend schwer.

Die Fürstin zog ihn bald in ihren Wirbeln weiter; Lianen ließ sie nicht von sich. Der Minister färbte und steifte mit alten Galanterien den erotischen Sklaven auf; aber jedem schien er, da die Fürstin den Kredit nach dem Tode des Fürsten bestimmt, nur die Sitte der Minister nachzumachen,

[1] Zwischen zwei Fenstern stand immer ein Pfeilerspiegel und mengte seine zurückgespiegelte ferne Perspektive unter die der Fenster. Jedem Spiegel stand nur *ein* Fenster gegenüber; den Zwischenraum zwischen beiden verbarg und erfüllte Laubwerk.

[2] Ich bin nur ein Traum.

deren Geist gern vom Vater und Dauphin – filioque – zugleich ausgeht, um sich nicht zwischen, sondern auf zwei Fürsten-Stühle zu setzen. Sie schien indes seit seiner Maschinerie mit Lianen ihn stolzer aufzunehmen. Hinlänglich beglückte ihn das Glück der Tochter, wie seinen Schwiegersohn Bouverot die Nähe derselben genug, und das Schelmen-Paar lag tief und ganz in Blumen weidend. Albano erriet weiter nichts, als daß sogar ein kalter Drache, ein Seelen-Urangutang die Reize dieses Engels dunkel spüre.

Die Ministerin und der Lektor teilten sich leicht wechselnd in die Bewachung Lianens vor jedem Worte – Albanos. Die Fürstin ließ sich durch die funkelnden Lustgänge, durch den in nassen Blitzen stehenden Zauberwald und zuletzt an das Donnerhäuschen führen, um den brennenden Garten aus allen Punkten in ihr malerisches Auge zu nehmen; Liane und Albano begleiteten sie durch alle Gänge ihres welken, kahlen Arkadiens und hielten ihre zertrümmerten Herzen stumm und fest zusammen. Sie gab, treu ihrem Wort gegen die Eltern, ihm keinen wärmern Blick und Anklang wie jedem, aber auch keinen kältern; denn ihre Seele wollte ja nicht quälen, sondern nur leiden und gehorchen. Er machte – glaubt' er – alle Blicke und Laute sanft; auch rächte sich der edle Mensch durch keinen Schein der Kälte oder gar einer untreuen Befreundung mit der fürstlichen Kron- und Herzenswerberin.

Die Fürstin fing an, ihm unverständlich zu werden. Man kam vom Romantischen auf Roman, dann auf die Frage, warum er die Ehe nicht male; »weil er« (versetzte sie) »ohne den Amor nicht sein kann.« – »Und die Ehe?« fragte unhöflich Albano. – »Nicht ohne einen Freund;« (sagte sie) »aber Amor ist ein Gott, nec deus intersit nisi dignus vindice nodus inciderit [1] ––«, setzte sie dazu, weil sie Latein der Dichter wegen gelernt hatte.

Bouverot sagte den Vers gar aus, um den Sinn doppelsinnig zu machen:

»– nec *quarta* loqui persona laboret.« [2]

Niemand verstand das letztere als der Lektor und die Fürstin.

»Warum sind an jenem Hause« (fragte sie) »keine Lampen, wer wohnt da?« Sie meinte Speners Haus. Liane beantwortete nur das letztere und schloß das warme Bild mit den Worten: »Er lebt für die Unsterblichkeit.« – »Was schreibt er?« fragte die mißverstehende Fürstin; und Liane mußte eine christliche Erklärung geben, worüber die Ungläubige lächelte. Es erhob sich sogar für und gegen den ewigen Schlaf ein Streit, der nicht viel weniger Zeit wegnahm, als sie brauchten, um das Donnerhäuschen zu umkreisen.

[1] Es braucht eben keinen Gott, wenn nicht ein Knoten daliegt, der nicht anders zu lösen ist.

[2] Und ein Vierter (wenn nämlich die Eheleute und der Freund da sind) braucht nicht mit in die Sache zu reden.

Die Fürstin fing an: »Wir würden gegen unsern täglichen Schlaf ebensoviel, wenn er nicht da wäre, einzuwenden wissen wie gegen den ewigen.« – »Noch mehr aber gegen das Erwachen daraus«, griff Albano ein und kürzte die Religionsunruhen ab.

Die Fürstin kam auf den ihr durch die lange Trauer über ihren verstorbnen Schwiegervater auffallenden Spener wieder nachfragend zurück; und Liane, des mütterlichen Beifalls gewiß, ergoß sich in einen Strom der Rede und Rührung – ihren Augen war einer verboten –, der ein erhabenes Bild ihres Lehrers vorübertrug. Wie erschütterte die Erhabenheit dieser so weichen, zarten Seele ihren Freund! So richten sich im blassen, kleinen Mond und Abendsterne höhere Gebürge als auf der größern Erde auf! – »Sie war auch einmal für dich begeistert, aber nun nicht mehr«, sagte Albano zu sich und blieb hinter allen zurück, weil seine Seele schon längst voll Schmerzen war und weil ihm jetzt die Fürstin zu mißfallen anfing.

Er stellte sich allein und sah dem rauschenden, leuchtenden Waffentanze der Freude zu. Die Kinder liefen beglänzt durch den Lärm und im hellgrünen Laub. Die Töne schwebten, zu *einem* Kranze ineinandergeschlungen, hoch in ihrem Äther über den lauten Menschen fest und sangen ihnen ihre Himmelslieder herab. Nur in mir, sagt' er sich, wälzen die Töne und die Lichter den Schmerz hin und her, in niemand weiter, in Ihr gar nicht; sie hat für alle das alte erfreuende Liebesherz mitgebracht, für mich nicht; sie hat bisher nicht gelitten, sie blüht genesen. Er bedachte aber nicht, daß ja auch seine Kämpfe keinen Tropfen Wasser in das dunkle Rot seiner Jugend gegossen; in Lianen konnten Wunden aus solchen Kämpfen nur wie jene der geritzten Aphrodite die weißen Rosen zu roten färben.

Aber er nahm sich vor, ein Mann zu bleiben vor so vielen Augen und die Entscheidung und Lianens Einsamkeit abzuwarten. Er wechselte daher mit seinen Pflege-Verwandten aus Blumenbühl mehrere verständige Worte; – er sagte zu Rabetten: »Nicht wahr, es gefällt dir?« – er schreckte ohne Willen den um einige neue Gesichter aus Haarhaar schwebenden Hauptmann mit der nichtsmeinenden Frage auf: »Warum lässest du meine Schwester so allein?« –

Aber sooft er hinübersah zu Lianen, die heute in ihrem langen Schleier als die einzige ohne schwere dicke Gala-Hülse, gleichsam als eine junge, atmende, weiche Gestalt unter steinernen angestrichnen Statuen ging, so verschämt-beschämend, wie eine Zitternadel glänzend und bebend, so oft wälzten sich Flammen-Klumpen in ihm los. Die Leidenschaft wirft uns, wie die Epilepsie oft ihre Elenden, gerade an gefährliche Stellen des Lebens, an Ufer und Klüfte hin. Er lehnte den Kopf an einen Baum, ein wenig gebückt; da kam Karl aus seinen Freuden-Walzern daher und fragte ihn erschrocken, was ihn so erzürne; denn das Niederbücken hatte auf sein straffes, markiges Gesicht düstere, wilde Schatten geworfen; »nichts«, sagt' er, und das Gesicht leuchtete mild, da ers emporhob. Jetzt kam auch die unbedachtsame Rabette und wollte ihn in die Freude ziehen und sagte: »Dir fehlt was!« – »Du«, versetzt' er und sah sie sehr zornig an.

»Geh in den finstern Eichenhain an Gaspards Felsen!« (rief sein Herz) »dein Vater beugte sich nie; sei sein Sohn!« Er schritt durch die Glanz-Welt darauf hin; aber als er innen in der Finsternis mit dem Kopfe am Felsen lehnte und die Töne neckend hereinspielten und er sich dachte, wie er eine so edle Seele geliebet hätte, o wie sehr: so war es, als sag' etwas in ihm: »Jetzt hast du deinen *ersten Schmerz* auf der Welt!«
Wie bei dem Erdbeben Türen springen und Glocken schlagen: so riß bei dem Gedanken »erster Schmerz« seine Seele auseinander, und harte Tränen schlugen nieder. Aber er wunderte sich, daß er sich weinen hörte, und trocknete erzürnt das Gesicht am kalten Moose ab.

Schwächer, nicht härter trat er in das zauberische, mit glimmenden Edelsteinen beworfene Land heraus und unter die trunkener entgegenhüpfenden Töne, die die Seele wegreißen und aufheben und auf Höhen stellen wollten, damit sie in weite Frühlinge des Lebens hinunterschauete! Hier auf diesem sonst seligen Boden sah er die zerrissene, zertretene Perlenschnur seiner künftigen Tage liegen. »O, wie wir in diesem Abende hätten selig sein können!« dacht' er und sah ins helle Laubhüttenfest, in das vergoldete, aber lebendige Laubwerk – in den grünen umherirrenden Widerschein, vom Nachtwinde gewiegt – und in das Lauffeuer brennender Gebüsche in den fließenden Wassern – auf den bogigen Triumphtoren standen Lichter wie herabgezogne Himmelswagen – und hinter ihm die schwarze Klostermauer des Tartarus, der erhaben in seinen Gipfeln nur einzelne Lichtchen zeigte – und drüben die stillen, schlafenden Berge in der Nacht und hier das laute Leben der Menschen, mit den Nachtschmetterlingen um die Lampen spielend! –

So erschafft sich in uns das Feuer selber den Sturmwind, der es noch höher jagt. Neben ihm liefen die Töne und sagten ihm jeden Gedanken, den er töten wollte. Wie der Mensch sich selber sieht, so hört er sich selber oft vor dem Tone.

Jetzt ging Liane in einiger Ferne von der Menge mit Augusti. »Ich will mit ihr reden, so ists aus«, sagt' er zu sich. Als er neben ihr kämpfend und ringend ging: merkt' er wohl, daß sie wieder unter fremde Zuhörer zurückwollte. »Liane, was hab' ich dir denn getan?« sagte er mit dem Seelentone eines zärtlichen Herzens, bitter des Lektors Gegenwart und Kräfte verachtend. »Verlangen Sie nur heute keine Antwort, lieber Graf«, sagte sie zurückkehrend und nahm eilig Augustis Arm; aber er merkte nicht, daß sie es tat, um nicht zu sinken. Hier warf er auf diesen einen Flammenblick, hoffend, beleidigt und dann gerächt zu werden – verließ sie hastig und stumm – den süßesten Liebes-Wein hatte ein heißer Strahl zu Essig geschärft – und er verlief sich, ohn' es zu wissen, in den Traum-Tempel.

Er ging darin auf und ab, murmelte: »Je ne suis qu'un songe«; wurde aber bald vom Hasse der mitlaufenden Spiegel-Ichs hinausgetrieben in den Tartarus und von dem nachfliegenden ewigen Frühling der Töne, der ihm jetzt neben dem umgeackerten Blumenbeete des Lebens so unerträglich war.

Im Tartarus fand er alle Anstalten des Schreckens sehr kleinlich und lächerlich. Da kamen ihm unweit des Katakombenganges Roquairol und Rabette entgegen. Roquairols flammendes Gesicht erlosch, und Rabetten ihres kehrte sich rückwärts, da Albano heftig gegen sie hinschritt und, durch die Erinnerung gleichzeitiger Himmel mehr erbittert und durch das Anwehen in seine glühenden Ruinen aufflammend, den Hauptmann anpackte: »Bist du ein Freund? – Bist du kein Teufel? – – Du hast mich auf diesen Abend verwiesen; nie, nie red ein Wort mehr von ihm!« – Beide zitterten bestürzt und entfärbt; Albano schrieb das Erbleichen und Abwenden, ohne weiter nachzudenken, ihrem Anteile an seiner Marter zu. Welche verwirrende, feindselige Nacht!

Er schweifte immer weiter, ihn peinigte das nachleckende Freudenfeuer der Töne unsäglich – lügende entgegenflatternde Tropikvögel der schönern wärmern Zone waren sie ihm – »Ich will ja bloß in mein Bette, sobald es nur still wird drinnen!« – Er war eine halbe Meile weit, als das Lilarsche Tönen ihm noch immer nachzog; er drückte grimmig die Ohren zu, aber Lilar spielte darin noch fort – da merkte er, daß er nur sich höre. Aber immer war ihm, als müßte sich das lustige Geklingel wie im Don Juan auflösen in das Zetergetöne von Geistern.

Fürchterlich spitz lief ihm die Allee der künftigen Tage zu, da er nun aus ihnen den Mond seines Himmels, der schon über sein kindisches Herz und über die Blumenbühler Pfade geleuchtet, herausriß. Der blühende, hüpfende Genius seiner Vergangenheit schlich ungesehen, den Freudenkranz bloß in der Hand, hinter ihm weg, indes er mit dem vor ihm gehenden schwarzen Engel der Zukunft kämpfte, der ihn nachschleppte durch brausende Waldungen – durch schläfrige Dörfer – durch nasse, triefende Täler. – Endlich sah Albano gen Himmel unter die ewigen, unzähligen Sterne, zu dem hängenden Blüten-Garten Gottes: »Ich schäme mich vor euch nicht,« sagt' er, »weil ich auf dieser Kugel weine und gepresset bin vor eurer Unermeßlichkeit – droben steht ihr alle weit auseinander – und auf allen großen Welten hat jeder arme Geist doch nur eine kleine Stelle unter seinen Füßen, wo er glücklich oder elend wird. – Ist nur diese Nacht vorbei und ich ins Bette: morgen bin ich gewiß ein Mann und fest!«

Plötzlich hört' er mehrmals einen fast erbitterten Klage-Schrei. Endlich erblickt' er neben einem Flusse ausgestreckte weiße Ärmel und Arme; er ging an die weibliche Gestalt. »Ich bin leider Gottes blind«, sagte sie; »ich war auch mit bei der Illumination und bin irre gelaufen – ich kenne sonst Weg und Steg, drüben liegt unser Dorf, ich höre den Hirtenhund – aber ich kann den Steg übers Wasser nicht finden.« Es war die erwachsene Blinde von der Sennenhütte. »Gehts noch lustig da zu?« fragt' er unter dem Führen. »Alles aus«, sagte sie. Am Rosana-Stege ließ sie sich aus Eitelkeit nicht weiter zurechtweisen.

Er kehrte durch die schönen, schon vom Morgen tauenden Gebüsche auf eine Höhe vor Lilar – alles war still drunten – wenige zerstreuete Lampen flackerten im Flötental, und noch am Tartarus das Paar wie Todes-Tigeraugen – er ging in das leere Land hinunter über das stumme, platte Grab hinweg – seinen finstern, sinkend-steigenden Höhlengang hinauf – und in sein Bette hinein. »Morgen!« sagt' er kräftig und meinte seine Standhaftigkeit. –

Achtzehnte Jobelperiode

Gaspards Brief – die Blumenbühler Kirche – die Sonnen- und Seelenfinsternis

79. Zykel

Wenn in der vorigen Nacht ein feindseliger fremder Geist die Menschen hinter Augenbinden hart widereinander und auseinander jagte: so wird er am Morgen darauf, wenn er auf einer kalten Wolke sein Schlachtfeld mit funkelnden Augen überblickte, fast gelächelt haben über alle die Freuden und Ernten, die rings um ihn darniederliegen.

In Blumenbühl drückt Rabette in einsamen Ecken gewaltsam ihre Hände mit zitternden Armen ineinander und haucht die Kalkwand an, um die Tränen-Röte wegzuwaschen – Aus Lilar kommt düster Albano, blickt die Erde statt der Menschen an und auf der Sternwarte begierig den Himmel und sucht keinen Freund – Roquairol treibt Pferde und Reiter zusammen und macht sich außer Lands einen lustigen, trunknen Abend – Augusti schüttelt den Kopf über Briefe aus Spanien und sinnt verdrüßlich, aber tief nach – Liane lehnt in einem Schlafsessel, zerknickt mit dem gegen die Schulter fallenden Angesicht, worauf nichts mehr blüht als die Unschuld – der Vater schreitet rotbraun auf und ab, sie antwortet nur schwach, indem sie die gefalteten Hände von Zeit zu Zeit ein wenig hebt – – Vor dem Nachtgeist auf der Wolke geht die Menschen-Zeit schnell als ein dahinfliegendes Flügel-Paar ohne Schnabel und Schweif; der Geist hat die ferne Woche neben sich, wo Albano nachts auf der Sternwarte sieht, daß in der Blumenbühler Kirche ein Altarlicht brennt, daß Liane darin mit aufgehobnen Händen kniet und daß ein alter Mann die seinigen auf ihre heitere, glänzende Stirn auflegt, die sich mit tränenlosen Augen gen Himmel richtet.

Der Geist sieht tiefer in die Monate hinab, vor Lust kreiset er sich um sich und grinset über alle umliegenden Wohn- und Lustörter der Menschen; oft lacht er um alle seine offnen Höllenzähne herum, nur zuweilen knirscht er sie bedeckt unter dem Lippenfleisch...

Seht weg – denn auch das sieht und will es – und tretet herab von dem winterlichen Gespenst unter die warmen Menschen und auf die feste Wirklichkeit, wo die fliegende Zeit wie die fliegende Erde auf ruhenden Wurzeln zu liegen und wo nur die Ewigkeit wie die Sonne zu kommen scheint.

Albanos Wunde, die seinen ganzen innern Menschen durchschnitt, könnt ihr am besten am Verbande messen, den er um sie zu bringen suchte. Aus dem Troste und Selbst-Truge wird unser Schmerz erraten. Am Morgen ließ er die Schmerzen durcheinanderreden und lag still vor ihrem Leichengeschrei als die Leiche; dann stand er auf und sagte so zu sich: »Nur eines von beiden ist möglich: entweder sie ist mir noch getreu, und nur die Eltern zwingen sie jetzt – dann muß man diese wieder bezwingen, und da ist gar nichts zu jammern –; oder sie ist mir aus irgendeiner Schwäche etwan gegen die wütigen und geliebten Eltern nicht mehr treu, oder aus Kälte gegen mich, oder aus Religiosität, Irrtum und so weiter – dann seh' ich« (fuhr er fort und suchte die beiden Füße tiefer und fester in den Boden einzutreten, ohne doch einen Widerhall zu haben) »weiter nichts zu tun als nichts, nicht ein plärrender Säugling, ein ächzender Siechling, sondern ein eiserner Mann zu sein – nicht blutig zu weinen über ein vergangnes Herz, über die tiefe Todesasche auf allen Feldern und Pflanzungen meiner Jugend und über meinen ungeheuern – Schmerz.« So betört' er sich und hielt das Bedürfnis des Trostes für die Gegenwart desselben.

Jeden Abend besuchte er die Sternwarte außer der Stadt auf der Blumenbühler Höhe. Er fand den alten, einsamen, magern, ewig rechnenden, weib- und kinderlosen Sternwärtel immer freundlich und unbefangen wie ein Kind, nichts fragend nach Kriegszeitungen, Modejournalen und Poesien; und nirgends für sein Vergnügen Geld ausgebend außer auf der Post an Bode und Zach. Aber funkelnd blickte das alte Auge unter den sparsamen Augenbraunen in den Himmel, und poetisch erhob sich ihm Herz und Zunge, wenn er von der höchsten irdischen Stelle, dem lichten Himmel über der schwarzen, tiefen Erde, sprach – von dem unübersehlichen Welt-Meer ohne Ufer, worein der Geist, der vergeblich überfliegen will, ermüdet sinke und dessen Ebbe und Flut nur der Unendliche sehe unten an seinem Throne – und von der Hoffnung auf den Sternenhimmel nach dem Tode, den dann keine Erdscheibe wie jetzt durchschneide, sondern der sich um sich selber ohne Anfang und Ende wölbe.

Wenn Sokrates den stolzen Alcibiades durch die Erdkarte verkleinerte: so muß, wenn die Himmelskarte diese selber vernichtet, unser Stolz und Schmerz auf ihr noch mehr erröten. Albano schämte sich, an sich zu denken, wenn er aufsah in die ungeheuere aufsteigende Nacht über ihm, worin Tage und Morgenröten stehen und ziehen. – Er erhob sich und seinen Lehrer, wenn er davon sprach, wie jetzt droben in der Unermeßlichkeit Frühlinge und Paradiese junger Welten und donnernde Sonnen und zusammenbrennende Erden durcheinanderfliegen, und wir stehen hier unten als Taube unter dem erhabnen Orkan, und der brausende Gewitterguß zeigt sich uns in dieser Ferne nur als ein stiller, stehender weißer Regenbogen auf der Nacht. –

Sooft Albanos großes Auge vom Himmel kam, fand es die Erde heller und leichter. Endlich aber kam die Nacht, die der feindselige Geist schon so lange *erlebt*. Es war schon sehr spät und der Himmel ganz heiter, die Nebelflecken drangen sich als höhere Marktflecken näher heran, der Himmel schien mehr weiß als blau, Albano dachte an die verborgne Geliebte, die neben ihm den Himmel und ihn noch mehr heiligen würde durch ihr Herz voll unaufhörlicher Gebete: als er plötzlich durch das niedersinkende Sternrohr in der Blumenbühler Kirche Licht erblickte – die Fürstengruft offen – Lianen am Altare kniend mit aufgehobnen Händen – und einen alten Mann neben ihr, sie gleichsam einsegnend – – Fürchterlich standen die Kerzenflammen und Lianens Gesicht und Arme nach der Tiefe umgestürzt, weil das Sternrohr alles umgekehrt erscheinen ließ.

Albano bat schaudernd den Astronomen, dahin zu schauen. Auch dieser sah die Erscheinungen, ihm aber namenlose. »Es sind wohl Leute in der Kirche«, sagt' er gleichgültig. Aber Albano stürzte hinab – kaum konnt' ihm der verwunderte Astronom die Einladung auf die morgendliche totale Sonnenfinsternis nachrufen – und rannte Blumenbühl zu. Wie sich sein Herz unter dem Rennen und am meisten in Vertiefungen, worin er die erleuchtete Kirche verlor, abarbeitete, das bleibt verhüllt, weil es sich ihm selber verhüllte unter seinem Sturm. Endlich sah er die weiße Kirche vor sich, aber die Kirchenfenster waren ohne alles Licht. Er klopfte hart an die eiserne Kirch-Türe und rief: »Aufgemacht!« Er hörte nur den Nachhall in der leeren Kirche und nichts weiter.

So ging er mit der stürmenden Vergangenheit in seiner Brust durch die schlafende Nacht zurück – die Erde war ihm eine Geisterinsel, die Geisterinseln waren ihm Erden – sein Wesen, seine Stadt Gottes brannte ab, fühlt' er.

Sie lag am Morgen noch in völliger Glut, als der Lektor zu ihm kam und ihm die unbegreifliche Bitte von Lianen brachte, daß sie ihn gegen die Mittagszeit allein in Lilar zu sprechen wünsche. Er wurde diesesmal nicht gegen den verdächtigen Boten erzürnt und sagte voll Verwunderung Ja. Mit welchen kühnen, abenteuerlichen Formen steigt unser Lebens-Gewölke den Himmel hinan, eh' es verschwindet! –

80. Zykel

Lasset uns zu Lianen gehen, wo die Rätsel wohnen! – Am Morgen nach der erleuchteten Nacht fühlte sie erst die grausame Anspannung nach, womit sie ihren Eltern das Versprechen des Schweigens gehalten; mit aufgelösten Kräften sank sie darnieder, aber auch mit feuriger erneueter Treue. »Womit« (sagte sie sich immerfort) »hatt' es denn dieser edle Mensch verdient, daß ich ihm seinen ganzen Abend voll Schmerzen machte? – Wie oft sah er mich bittend und richtend an! – O, hätt' ich dein schönes Haupt halten dürfen, da du es schwer an die rauhe Fichten-Rinde lehntest!« – Was sie in der schweren Mitternacht am wehmütigsten gemacht, war sein stummes Verschwinden gewesen; wie oft hatte sie nach seinem außen mit Lampen erleuchteten Donnerhäuschen hinaufgesehen, wo innen nur Finsternis am Fenster lag! Jetzt fühlte sie, wie nah' er ihrer Seele wohne; und sie weinte den ganzen Morgen über die Nacht, und der Strahl der Liebe stach sie immer heißer, so wie Brennspiegel die Sonne stärker vor uns legen, wenn sie gerade nach Regen niederblickt. Die Mutter wurd' ihr heute für das opfernde worthaltende Gestern durch zurückkommende, vertrauende Liebe dankbar – obwohl der Vater mit nichts, da man bei ihm so wenig wie bei den ältern Lutheranern durch gute Werke selig wurde, sondern nur durch den Mangel derselben verdammt –; aber eben jetzt, wo die Eltern aus der Nacht die neuesten Hoffnungen der Entsagung geschöpfet hatten, konnte die Tochter keiner einzigen schmeicheln.

Wie oft dachte sie an Gaspards Brief! – Ist er ein abgedrückter Pfeil, der mit der Wunde an der Gift-Spitze auf dem langsamen Weg von Spanien nach Deutschland ist, oder das freundliche Licht eines nie gesehenen Fixsternes, das erst auf der weiten Bahn zu uns heruntergeht? –

Augusti hatte aber den Brief schon vor der Illuminationsnacht erhalten, allein nur Ursachen gefunden, ihn nicht zu übergeben. Hier ist er:

»Ich muß Ihre Ängstlichkeit sehr schätzen, ohne sie anzunehmen. Albanos Liebe für das F. v. Fr., an dem ich schon sonst sozusagen eine gewisse Virtuosität in der Tugend recht gern bemerkte, stellet uns und ihn gegen den Einfluß der Geister-Maschinerie und gegen anderweitige Verbindungen sicher, die für seine Studien und sein warmes Blut wohl bedenklicher wären. Nur muß man dergleichen Jugend-Spiele ihrem eignen Gange überlassen. Hält er an ihr zu fest: so mag er zusehen, wie sich die Sache entwickelt. Warum sollen wir ihm diese Freude noch verkürzen, da Sie mir ohnehin leider die Kränklichkeit des schönen Wesens klagen? Im Spätherbste seh' ich ihn. Seine kräftige, brave Natur wird wohl zu entraten wissen. Versichern Sie das Froulaysche Haus meiner besten Gesinnungen.

G. d. C.«

Der Lektor hätte gern dieses Papier in die Papiermühle geworfen, da so wenig daran »ostensible« war. Zwar Gaspards mörderisch geschliffne Ironie über Lianens Kränklichkeit blieb, wenn er ihr das Schreiben zeigte, für diese arglose Friedensfürstin in der Scheide; – auch der Nordwind des Egoismus, der das Blatt durchstrich, wurde von der Liebenden, da er doch für Albanos frohe Lebensfahrt ein günstiger Seitenwind war, nicht gefühlt oder geachtet; – aber eben darum; denn sie konnte Gaspards verdecktes Nein für ein Ja ansehen und sich gerade in das Seil tödlich verwirren, woran der Freund sie aus ihrem steilen Abgrund ziehen wollen.

Indes der Brief mußte übergeben werden – aber er tats mit langen, scheuen Weigerungen, die ihr gleichsam den Schleier von dem bedeckten Nein wegziehen sollten. Sie las ihn furchtsam, lächelte weinend bei der mörderischen Ironie und sagte sanft: ja wohl! – Der Lektor hatte schon eine halbe Hoffnung im Auge. – »Wenn der Ritter« (sagte sie) »so denkt, darf ichs denn weniger? Nein, guter Albano, nun bleib' ich dir treu! Mein Leben ist so kurz, darum sei es ihm so lange erfreulich und gewidmet, als ich vermag.«

Sie dankte dem Lektor so warm und froh für den Pfeil aus Spanien, daß dieser unfähig war, hart genug zu sein, um dessen schwarz vergiftetes Ende in das schöne Herz zu stoßen. Sie bat ihn, zu seiner Schonung nicht bei ihrer festen Erklärung gegen ihren Vater zu sein, lieber höchstens zu ihrer und der mütterlichen die ihrige gegen die Mutter zu übernehmen. Er willigte bloß in – beides, statt in eines.

Die sanfte Gestalt trat ruhig vor ihren Vater hin und brachte, vor keinem Blitz und Donner zusammenfahrend, ihre Erklärung zu Ende, daß sie ihre gemißbilligte Liebe hart bereue, daß sie alle Strafen tragen und alles opfern, alles hier und bei der Fürstin tun und lassen wolle, wie »cher père« fodern würde, daß sie aber länger nicht den schuldlosen Grafen v. Zesara beleidigen dürfe durch den Schein des pflichtwidrigsten Abfalls. Auf diese Anrede konnte der Minister – der sich durch das bisherige folgsame Enthalten sehr von labenden Erwartungen hatte heben lassen –, unten auf dem Boden ausgestreckt, von seinem tarpejischen Felsen dahin geworfen, keinen weitern Laut von sich geben als diesen: »Imbécile! du heiratest den Herrn von Bouverot – er malt dich morgen – du sitzest ihm.« Er zog sie mit harter Hand und drei entsetzlich langen Schritten zur Ministerin: »Sie bleibt« (sagt' er) »in ihrem Zimmer bewacht, niemand darf zu ihr außer mein Schwiegersohn – er will die Imbécile malen en miniature. – Geh, Imbécile!« sagte er außer sich. Ihr gänzlicher Mangel an weiblicher Verschlagenheit hatte wirklich für den Staatsmann eine Decke über ihr tiefes, scharfes Auge gezogen; ein gerader Mensch und Verstand gleicht einer geraden Allee, die nur halb so groß erscheint als eine auf krummen Wegen laufende.

Der Lektor, der nie für einen besondern Liebhaber ehelicher Lusttreffen wollte angesehen sein, hatte sich schon fortgemacht. Der dreißigjährige Krieg der Gatten – nur wenige Jahre fehlten daran – gewann Leben und Zufuhr. Der alte Ehemann verbreitete über sein Gesicht jenes zuckende Lächeln, das bei einigen Menschen der Zuckung des Korkholzes ähnlicht, welche das Anbeißen des Fisches ansagt. Er fragte, ob er nun wohl unrecht gehabt, weder der Tochter noch der Mutter – die er beide eines parteigängerischen Einverständnisses gegen ihn beschuldigte – zu trauen; und versicherte nun, nach solchen Proben wären ihm weder strengere Maßregeln zu verargen noch ein gerades Losgehen auf sein Ziel, und mit dem Sitzen, um das ihn der deutsche Herr schon zweimal gebeten, höb' er an. Die Ministerin schwieg zu Lianens Strafe über ein so übergroßes Geschenk an Bouverot, wie ein Miniaturbild ist.

Die zarte Tochter, gedrängt und zerquetscht zwischen steinernen, zuschreitenden Statuen, stellte der Mutter vor, sie sei unmöglich imstande, ein so langes männliches Anblicken auszuhalten, und am wenigsten von Herrn v. Bouverot, dessen Blicke oft wie Stiche in ihre Seele führen. Hierauf antwortete und retorquierte in der Mutter Namen der Vater dadurch, daß er einen Sessel an den Sekretär hinzog und auf der Stelle den deutschen Herrn auf morgen einlud zum Malen. Dann wurde Liane mit einem Worte fortgeschickt, das sogar aus dieser weichen Blume den Blitz eines kurzen Hasses zog.

Das Reichsfriedensprotokoll lag jetzt vor beiden Gatten aufgeschlagen; und es fehlte bloß an jemand, der diktierte, als die Ministerin aufstand und sagte: »Sie sollen mich mehr achten lernen.«

Sie ließ anspannen und fuhr zum Hofprediger Spener. Sie kannte Lianens Achtung für ihn und seine Allmacht über ihr frommes Gemüt. Sogar ihr selber imponiert' er noch. Aus jener frühern theologischen Zeit, wo noch der lutherische Beichtvater näher an dem katholischen regierte, hatt' er durch die Kraft und Großmut seines Charakters einen Hirtenstab, der vom Bischofsstabe sich bloß im bessern Holze unterschied, herübergebracht. Sie mußt' ihm Lianens Verhältnis zweimal erzählen; der feurige, erzürnte Greis konnte eine Liebe gar nicht fassen und glauben, die sich sogar vor seinen alten Augen sollte fortgesponnen haben ohne sein Wissen. »Ihro Exzellenz« (antwortete er endlich) »haben freilich gefehlet, daß Sie mir diese importante Begebenheit erst heute mitteilen. Wie leicht würd' ich alles durch Gottes Hülfe zu einem gesegneten Ausgang geleitet haben! Es ist aber nichts verloren. Senden Ihro Exzellenz das Fräulein noch diese Nacht zu mir, aber allein, ohne Sie; das muß geschehen; dann steh' ich für das übrige!«

Einwendungen und Bedenklichkeiten würden bloß den Ehrgeiz und Zorn des Greises – welche beide unter dem Eis seiner Haare fortarbeiteten – entzündet haben; sie sagte ihm also vertrauend alles zu mit jenem Gehorsam, den sie auch auf Lianen vererbet hatte.

Recht hoffend nahm Liane den Befehl der Nachtreise zum guten frommen Vater auf. Sie fuhr bloß mit ihrem ergebenen Mädchen ab. Mit tiefbewegter Seele erschien sie vor ihrem Beichtvater. Sie eröffnete sich ihm wie einem Gott; er entschied ebenso. Welch ein Anblick für ein anderes, weniger stolzes Auge als das Spenersche wäre diese demütige, aber gefaßte Heilige gewesen, deren Herz immer wie der Sonnenstrahl am schönsten in der Zerspaltung erschien! –

Aber hier geht die Geschichte in Schleiern! Der Greis befahl ihrem Mädchen zurückzubleiben und nahm sie allein in das stumme Blumenbühl hinüber. Er schloß ihr die Kirche auf, zündete noch eine Kerze auf dem Altare an, damit das wüste Dunkel ihrem scheuen Auge nichts vorspiele, und vollendete, was die Eltern nicht konnten.

Wie er es erzwang, daß sie auf ewig ihrem Albano entsagte, wird von der großen Sphinx des Eides, den sie ihm schwur, bewacht und bedeckt. – Nur der ferne Mensch, der die schöne Seele verlor, hatte auf der Sternwarte von den Sonnen auf die hellen Kirchenfenster geblickt und hinter ihnen zerrüttende Erscheinungen gefunden, ohne zu wissen, daß sie wahr wären und sein Leben entschieden.

Sie ging kalt über die Auen und Berge der alten Tage, die geleuchtet hatten, wieder in die Wohnung des Greises zurück, der sie mit größerer Ehrerbietung entließ, als er sie aufgenommen. Auf dem Nachtweg war sie stumm und in sich gesenkt gegen ihr Mädchen. Die Eltern erwarteten sie noch, die Mutter blickte bang' in die Nacht und in die Zukunft. Endlich rollte der lebendige Wagen in den Hof. Groß und mächtig, wie eine unschuldig Hingerichtete wieder vor dem Zergliederer auflebt und, ihn für den höhern Richter achtend, entfesselt und freudig spricht, so trat sie vor die Eltern; wie der kalte Marmor einer Göttergestalt stand sie bleich, tränenlos, kalt und ruhig da. Sie wußte und wollt' es nicht, aber sie ging hoch über das Leben, sogar über die kindliche Liebe – sie konnte die Mutter nicht so inbrünstig küssen wie sonst – sie stellte sich unerschrocken vor den polternden Vater und sagte dann ohne Träne, ohne Bewegung, ohne Röte und mit sanfter Stimme: »Ich habe heute vor Gott meiner Liebe entsagt. Der fromme Vater hat mich überzeugt.« – »Und hatte der Mann bessere Gründe dazu in petto als ich?« sagte Froulay. – »Ja,« (sagte sie) »aber ich habe im Tempel geschworen, zu schweigen, bis alles die Zeit entdeckt. – Nun bitt' ich Sie nur bei dem Allgerechten, mir es zu erlauben, daß ich *Ihm* seine Briefe persönlich wiedergebe und ihm es sage, daß ich aufhöre, die Seinige zu sein, aber nicht aus Wankelmut, sondern aus Pflicht; – das bitt' ich, liebe Eltern. – Dann walte Gott weiter, und ich werde Ihnen in nichts mehr ungehorsam sein.«

Der elende Vater, durch diesen Sieg aufgeblähter, wollte ihr noch die letzte Bitte des sterbenden Herzens sauer machen und ließ sogar Argwohn über die Absicht der Zusammenkunft blicken; aber die Mutter, in ihrer schönen Seele von der schönsten ergriffen, trat eifrig und verachtend dazwischen und bejahte es eigenmächtig. Auch schien Liane das Vater-Nein wenig zu bemerken. Als er fort war, riß die Mutter die stille Gestalt selig-weinend an sich: aber Liane weinte doch nicht so leicht an ihr wie sonst aus Liebe, es sei, daß ihr Herz zu erhaben stand, oder daß es ebenso langsam in die alte Lage wiederkam, als es aus ihr wich. »Habe Dank, Tochter,« (sagte die Mutter) »ich werde dir nun das Leben froher machen.« – »Es war froh genug. Ich sollte sterben; darum mußt' ich lieben«, sagte sie. – So ging sie lächelnd in die Arme des Schlafes mit hartklopfendem Herzen. Aber im Traume kam es ihr vor, sie sinke ohnmächtig dahin, verliere die Mutter und ringe sich aus dem fliegenden Tode bange wieder auf und weine dann froh, daß sie wieder lebe. Darüber erwachte sie, und die frohen, durch den Traum sanft abgelöseten Tropfen flossen aus den offnen Augen fort und erweichten wie Tauwind das starre Leben. –

Ihr großen oder seligen Geister über uns! Wenn der Mensch hier unter den armen Wolken des Lebens sein Glück wegwirft, weil er es kleiner achtet als sein Herz: dann ist er so selig und so groß wie ihr. Und wir sind alle einer heiligern Erde wert, weil uns der Anblick des Opfers erhebt und nicht niederdrückt und weil wir glühende Tränen vergießen, nicht aus Mitleiden, sondern aus der innersten, heiligsten Liebe und Freude. –

81. Zykel

Warm und glänzend trat die Sonne, die heute wie die Unglückliche verfinstert werden sollte, ihren Morgen an. Liane erwachte zum Begräbnis-Tage ihrer Liebe nicht mit der gestrigen Stärke, sondern weich und matt, aber heiterer durch die Aussicht in die Wiederkehr der friedlichen Zeit. Die Mutter, obwohl selber kränklich, drückte sie schon frühe an ihr Herz, um den Puls des teuersten zu prüfen. – Liane blickt' ihr liebreich und sehnsüchtig recht lange mit nassem Auge ins nasse und schwieg. »Was willst du?« fragte die Mutter. – »Mutter, liebe mich jetzt mehr, da ich allein bin«, sagte sie. Dann band sie vor der Mutter alle Briefe Albanos zusammen, ohne sie zu lesen, den ausgenommen, worin er ihren Bruder um seine Liebe bittet. Sie scherzte gegen die Mutter, wie das Schicksal es mit uns wie arme Eltern mit ihren Kindern machte, die ihnen anfangs helle, bunte Gewänder angäben, weil diese leichter in dunkle umzufärben wären.

Die Mutter suchte allmählich ihre Geisterphantasien, gleichsam das Todes-Moos, das an ihrem jungen, grünen Leben sauge, von ihr abzunehmen: »Du siehst,« (sagte sie) »wie dein Engel irren kann, da er deine Liebe billigte, die du nun mißbilligst.« Aber sie hatte eine Antwort: »Nein, der fromme Vater sagte, sie sei recht gewesen, bis da er mir das Geheimnis sagte, und die Bibel sage, man müsse alles verlassen der Liebe wegen.« – So steigt denn dieses arme Geschöpf, wie man vom Paradiesvogel sagt, so lange im Himmel gerade empor, bis es tot herunterfällt.

Sie zeigte der Mutter fast eine fieberhafte Heiterkeit, einen Sonnenschein am letzten Tage des Jahres. Sie sagte, wie es sie erquicke, daß sie nun mit ihrer lieben Mutter von ihren vorigen schönen Tagen frei reden dürfe – sie malte ihr Albanos glühendes, großes Herz, und wie er die Opfer verdiene und die »Perlenstunden«, die sie zusammen gelebt. »Im Grunde ist« (sagte sie heiter, aber so, daß dem Zuhörer Tränen ankamen) »ja nichts davon vorbei, Erinnerungen dauern länger als Gegenwart, wie ich Blüten viele Jahre konservieret habe, aber keine Früchte.« Ja, es gibt zarte weibliche Seelen, die sich nur in den Blüten des Weingartens der Freude berauschen, wie andere erst in den Beeren des Weinbergs. Des Lektors Billet kam an mit der Nachricht, daß Albano sie in Lilar erwarte.

Jetzt, da die Stunde der Zusammenkunft so dicht anrückte, wurd' ihr immer banger. »Wenn ich ihn nur überreden kann,« (sagte sie) »daß ich als ein rechtschaffenes Mädchen gehandelt habe.« Ehe sie ihr Morgenzimmer gegen den Trauerwagen vertauschte, legte sie darin alles zum Zeichnen zurecht, wenn sie wiederkäme; sie habe, sagte sie, einen sehr bösen Traum gehabt, aber sie hoffe, er treffe nicht ein.

Sie stieg mit ihrem Arbeitskörbchen, worin die Briefe lagen, am Arme in den Wagen, den man aufmachen mußte, weil seine schwüle Luft sie drückte. Aber die Schwüle atmete ihr Geist, und alles Schöne, was ihr begegnete, wurd' ihr heute zur betäubenden Giftblume. Sie faßte und drückte furchtsam immer die Hand der Mutter, weil sie jeder Schrei, jede schnell vorüberlaufende Gestalt wie ein Sturmvogel rauschend überflatterte; ein Ausrufer schnitt mit seinem rohen Ton in ihre Nerven; sie bebten nur erst sanfter wieder, da ein Geistlicher und sein Diener mit dem Krankenkelch für den Abendtrank der müden Menschen vorübergingen. O, der schöne Weg wurd' ihr lang! Sie mußte das zerfallende Herz, das recht fest und bestimmt mit dem Geliebten reden sollte, so lange mit ermattenden Kräften zusammenhalten.

Der Himmel war blau, und doch merkten beide es nicht, daß es ohne Wolken anfange dunkel zu werden, da der Mond schon mit seiner Nacht an der Sonne stand. Als sie über die Waldbrücke und das lebendige Lilar fuhren, wo an allen Zweigen die alten Brautkleider einer geschmückten Vergangenheit hingen, sagte Liane mit Heftigkeit zur Mutter: »Um Gottes Willen nicht ins alte Toten-Schloß!« [1] – »Wohin denn aber? Er ist dahin bestellt«, sagte die Mutter. – »Überall hin – in den Traumtempel – Er sieht uns schon, dort geht er auf den Toren«, sagte sie. »Gott der Allmächtige sei mit dir, und sprich nicht lange«, sagte die weinende Mutter, als sie von ihr in den Tempel ging, in dessen Spiegeln sie der Trennung der unschuldigen Menschen zuschauen konnte.

Albano kam langsam oben in den Gängen daher, er hatte sein Auge von Tränen rein gemacht und sein Herz von Stürmen. O, wie hatt' er bisher wie ein lang umhergetriebner Seefahrer in seine dunklen Wolken hineingesehen, um zwischen ihren Nebelspitzen die Bergspitze eines festen grünen Landes auszufinden! – daß er heute so viel, nämlich alles verlieren sollte, so weit waren seine traurigsten Schlüsse nicht gegangen; ja er bewahrte so viel

[1] Wo der Fürst gestorben und sie erblindet war.

Ruhe, daß er oben den kleinen nachtanzenden Pollux nicht bedrohend, sondern beschenkend zurückschaffte.

Endlich stand er mit zuckenden Lippen vor der geliebten schönen Gestalt, die kindlich, bleich, zitternd und das Arbeitskörbchen bewachend, ihn ein wenig anblickte und dann mit ihren niederfallenden Augen kämpfte. Da schmolz sein Herz; die Flut der alten Liebe rauschte hoch in sein Leben zurück. »Liane,« (sagt' er im sanftesten Ton, und seine Augen tropften) »bist du noch meine Liane? Ich bin noch wie sonst; und du hast dich auch nicht verändert?« – Aber sie konnte nicht Nein sagen. In die Pulsader ihres Lebens wurde geschnitten, und Tränen sprangen auf statt Blut. Seine gute Gestalt, seine bekannte Bruder-Stimme standen wieder so nahe an ihr, und seine Hand hielt ihre wieder, und doch war alles vorbei, ein heißer Sonnenblick streifte über ihr voriges, blumiges Gartenleben und zeigt' es wehmütig erleuchtet, aber es lag fern von ihr. »Laß uns« (fuhr er fort) »jetzt stark sein in diesem sonderbaren Wiedersehen – sage mir recht kurz alles, warum du bisher so schwiegest und so tatest – ich habe nichts zu sagen – dann sei alles vergessen.« – Er hatte unbewußt ihre Hand erhoben, aber die Hand drückte sich nieder und zitterte dabei. »Zitterst du oder ich?« sagt' er. – »Ich, Albano,« (sagte sie) »aber nicht aus Schuld – ich bin treu, o Gott, ich bin treu bis in den Tod.« – Er sah sie irrend an. »*Ihnen*, Ihnen bin ichs, aber alles ist vorbei«, rief sie verwirrt und verwirrend. »Nein« – (setzte sie gebietend dazu, als er zufällig mit ihr aus der Perspektive des Traum-Tempels gehen wollte) – »nein, meine Mutter will uns sehen, dort aus dem Traumtempel.«

Er wurde rot über die mütterliche Wache, sein Auge blitzte in ihres wider das »Ihnen«, und die heißen Blicke wollten aus ihrem bewegten Gesicht das aufhaltende Rätsel ziehen. Die Not gebot Kraft; sie fing an.

»Hier« – (stammelte sie und konnte zitternd das Körbchen kaum aufbringen) – »Ihre Briefe an mich!« Er nahm sie sanft. »Ich hab' Ihnen entsagt,« (fuhr sie fort) »meine Eltern sind nicht schuld, wenn sie gleich unsere Liebe nicht wollten – ein Geheimnis betrifft bloß Sie und Ihr Glück – das hat mich bezwungen, daß ich von Ihnen schied und von jeder Freude.« – – »Ihre Briefe wollen Sie auch« – – sagt' er. »Meine Eltern – –« sagte sie. »Das Geheimnis über mich« – – sagt' er. – »Ein Schwur bindet mich« – sagte sie. – »Heute nachts in der Kirche zu Blumenbühl vor dem Priester« – fragt' er. Sie deckte ihre Hand auf die Augen und nickte langsam.

»O Gott!« (rief er laut weinend) – »Das ists mit dem Leben und der Freude und aller Treue? – so? – Wie habt ihr gelogen« (er sah seine Briefe an) »von ewiger Treue und Liebe. – Wen habt ihr denn gemeint, ihr höllischen Lügner?« Er warf sie weg. Liane wollte sie aufheben, er trat stark darauf und sah die Erschrockene bitter an; – nun geriet er in Sturm und goß, wie ein Schöpfrad unter dem Gießen schöpfend, seine brausende, leidende Brust aus und hörte grausam gar nicht auf mit den Gemälden seiner Liebe, ihrer Schwäche, ihrer Kälte, seines Schmerzes, ihrer vorigen Eide und ihres jetzigen meineidigen über sein geheimnisvolles Glück, das er ja nicht wolle. Ihr Schweigen trieb ihn wilder um. Ihr schnelles heftiges Atmen hört' er nicht.

»Quäle dich nicht. Es ist nun alles unmöglich«, antwortete sie bittend. »O,« (sagt' er zornig) »die Änderung will ich nicht wieder ändern; denn der Lektor und der Pfaffe würden wieder das ändern!« Er geriet nun in die männliche Verstockung und Herzens-Starrsucht; der Strom der Liebe hing als ein gefrorner zackiger Wasserfall über den Felsen.

»Ich dachte nicht, daß du so hart wärest«, sagte sie und lächelte fremd. »Noch härter bin ich« (sagt' er) – »ich rede, wie du handelst.« – »Hör auf, hör auf, Albano – es wird mir so finster – o, zu meiner Mutter will ich gleich«, rief sie plötzlich; die zwei alten, schwarzen Spinnen, vom Schicksal herabgelassen, standen wieder über ihren schönen Augen und überzogen sie, emsig-spinnend, immer dichter; und über die goldnen Streifen des Lebens wuchs schon grauer Schimmel her.

»Es ist die Sonnenfinsternis«, sagt' er, das Erblinden der matt glänzenden Sichel des Sonnenviertels zuschreibend. Er sah oben im blauen Himmel den Mond-Klumpen wie einen Leichenstein in die reine Sonne geworfen – nicht einmal recht schattige, sondern entnervte Schatten lebten im ungewissen, grauen Lichte – die Vögel flatterten scheu umher – kalte Schauder spielten wie Geister der Mittagsstunde im kleinen, matten Scheine, der weder Sonnen- noch Mondlicht war. Dunkel, dunkel lag dem Jüngling das Leben vor, im langen schwarzmarmornen Säulengang der Jahre schritten die Schmerzen als Pantertiere heran und wurden hell gefleckt unter den weglaufenden Sonnenblicken der Vergangenheit.

»Das passet ja recht für heute,« (fuhr er fort) »eine solche schnelle Nacht ohne Abendröte – Lilar muß heute zugedeckt werden – blick hinauf zum Mond, wie er sich schwarz über die Sonne gewälzt hat, sonst war er auch unser Freund – O, mach es noch finsterer, ganz Nacht!« –

»Albano, schone, ich bin unschuldig, und ich bin blind – wo ist der Tempel und die Mutter?« rief sie jammernd: die Spinnen hatten die nassen Augen von Tränen zugewebt.

»Bei dem Teufel; es ist die Sonnenfinsternis«, sagt' er und schauete in das blind herumirrende bange Gesicht und erriet alles; aber er konnte nicht weinen, er konnte nicht trösten. Der schwarze Tiger des grausamsten Schmerzes hing an seine Brust geklammert, und er trug ihn fort. »Nein, nein,« (sagte Liane) »ich bin blind und bin auch unschuldig.«

Der frohe, beschenkte Pollux hatte einen bettelnden Stummen nachgeführt, der mit der läutenden Stummenglocke folgte: »Der stumme Mann kann nur nichts sagen«, sagte Pollux. – Liane rief: »Mutter, Mutter! Mein Traum kommt, das Totenglöcklein läutet.«

Die Ministerin stürzte heraus. »Ihre Tochter« (sagte Albano) »ist wieder blind, und Gott strafe den Vater und die Mutter und wer daran schuld ist am Elend.« – »Was gibt es?« rief der schnell heraustretende Spener, der vorhin das Zusammenwandeln gesehen und zur Mutter gekommen war. »Eine Unglückliche, Euer Werk auch!« versetzte Albano.

»Lebe wohl, unglückliche Liane!« sagt' er und wollte scheiden; stand aber, und nachdem er das gefolterte schöne Gesicht, das mit den blinden Augen weinte, starr angeblickt, rief er: »Entsetzlich!« und ging.

Lange lag er oben im Donnerhäuschen auf den Armen mit den Augen, und als er sich endlich spät, ohne zu wissen, wo er sei, wie aus einem Traume aufrichtete: sah er die ganze Landschaft von einem heitern Tag beleuchtet, die Sonne glänzte unverhüllt und warm im reinen Blau, und der verschlossene Wagen mit der Blinden rollte schnell über die Brücke des Waldes. Da sank Albano wieder auf die Arme darnieder.

Neunzehnte Jobelperiode

Schoppes Trostamt – Arkadien – Bouverots Porträtmalerei

82. Zykel

Da Albano nun ohne Liebe und Hoffnung lebte – da er den Angelstern seines Lebens als eine Sternschnuppe in seine totenstille Wüste hatte fallen sehen – da jede seiner Handlungen jetzt einen Skorpionenstachel ausstreckte und jede Erinnerung, und er Lianens Briefe zurücksandte, Lilar verließ, das Haus des Doktors, den Lektor, Lianens Verwandte und den frommen Vater – da er sein allmählich bleich werdendes Gesicht nur auf Bücher und nach Sternen richtete: so mußten Menschen, die keinen höhern Schmerz kennen als den eigennützigen, glauben, seine Brust werde von nichts gedrückt als vom Schutte der zertrümmerten Luftschlösser seiner Hoffnung und Jugendliebe. Aber er war edler unglücklich und trostlos, er wars, weil er zum erstenmal einen Menschen und den besten elend gemacht – seine Geliebte blind; – in diese Vertiefung seines Herzens flossen alle benachbarten Quellen des Leidens zusammen. Die kleinsten bunten Scherben seines Glückstopfes wurden gleichsam von neuem zerschlagen, wenn er von Tag zu Tag vernahm, daß die Arme, obwohl täglich auf das Wasserhäuschen vor die heilenden Fontänen gestellt, doch immer ohne Lichtschein zurückgebracht werde und daß sie jetzt auf dieser Raub-Erde nichts weiter fürchte und bejammere, als daß der Tod vielleicht die Augen schließe, ehe sie noch einmal die Mutter angesehen.

O die Wunde des Gewissens wird keine Narbe, und die Zeit kühlt sie nicht mit ihrem Flügel, sondern hält sie bloß offen mit ihrer Sense. Albano rief sich Lianens bitteres Flehen um Schonung zurück, und da tröstete es ihn nicht, daß er unter jener Sonnenfinsternis nicht ihre Augen aufopfern wollen, sondern nur ihr Herz. Im Brenn- und Vergrößerungsspiegel des Erfolges zeigt uns das Schicksal das leichte, spielende Gewürme unseres Innern als erwachsene und bewaffnete Erinnyen und Schlangen. Wie viele Sünden gehen wie nächtliche Räuber ungesehen und mit sanften Mienen durch uns, weil sie, wie ihre Schwestern in Träumen, sich nicht aus dem Kreise der Brust verlaufen und nichts Fremdes anzufallen und zu würgen bekommen! – Die schöne Seele entdeckt leicht im Zufall eine Schuld; nur jene harten Himmels- und Erd-Stürmer, vor deren Siegeswagen vorher eine Wagenburg voll Wunden und Leichen auffährt, nämlich die Väter des Krieges – welches in der ganzen Geschichte öfter die Minister waren als die Fürsten –, nur diese können ruhig alle Vulkane der Erde anzünden und alle ihre Lavaströme kommen lassen, bloß um – Aussichten zu haben. Sie düngen elysische Felder zum Schlachtfeld, um darin einen Rosenstock für eine Geliebte röter zu ziehen.

Das erste, was Albano tat, als er in des Doktors Hause ankam, war, daß er darauszog in die ferne Talstadt hinab, um weder den verdächtigen Lektor zu sehen, noch weniger den boshaften Doktor Sphex über das Rezidiv der Blindheit täglich zu hören. Nur der treue Schoppe zog mit, zumal da er durch ein zweckmäßiges Betragen sich unter der Sphexischen Familie selber hatte eine Oppositionspartei zu bilden gewußt, die ihn nicht mehr im Hause litt. Die bibliothekarische Wärme hatte mit des Lektors Kälte sehr gegen den Grafen zugenommen – und aus gleichen Gründen; das kecke Ausziehen nach Lilar und die leidenschaftliche Wildheit hatten ihn näher an Albanos Seite geschlossen: »Ich dachte anfangs,« (sagte Schoppe) »der junge Mann lasse sich zu nichts an als zu einem ältlichen, als ich ihn so in die Schule schreiten sah. Ich hielt oft den Mann im Mond, wo es bekanntlich aus Mangel an Durst und Dunstkreis nichts einzuschenken gibt, für einen größern Trinker als ihn. Aber endlich greift er aus. Ein Jüngling muß nicht, wie der alte Spener, alles in der Vogelperspektive, von oben herab darstellen. Er muß anfangs wie Inzipienten in Schreib- und Malerstuben alle Züge ein wenig zu groß machen, weil sich die kleinen geben. Es gibt Donnerpferde, aber keine Donneresel und Donnerschafe, wie doch die Hofmeister und Lektores gern hätten und gern vor sich hertrieben, die wie die Billard-Markörs kein offnes Feuer in der Pfeife leiden, sondern nur eines unter dem Deckel.« –

Jetzt lebte Albano einsam unter den Büchern. Der Bruder Lianens kam selten und eiskalt zu ihm; und schwieg über die Leidende, ob er gleich immer um diese blieb. Da er selber das erste Gewebe zu dieser Blindheit einmal gesponnen: so mußt' er, zumal bei seiner ungeschminkten Feuerliebe für seine Schwester, den ordentlich hassen, der es wieder über sie hereingezogen – glaubte Albano und ertrug es gern zur Strafe. Desto öfter ließ sich der Hauptmann zum deutschen Herrn hinziehen, bei dem er jetzt wider

Erwarten gewann. Es ist die Frage – nämlich keine –, ob nicht seine Fähigkeit und Neigung, sich mit den unähnlichsten Menschen zu verflechten, bloße Kälte gegen alle Herzen ist, die er alle nur bereiset, weil er keines bewohnt.

Auch Rabette schrieb dem Grafen mehrere Klage-Zettel über den weichenden Hauptmann; in einem sagt sie sogar: »Könnt' ich dich nur sehen, um einmal jemand zu haben, der mich weinen ließe, denn das Lachen kenn' ich schon seit geraumer Zeit nicht mehr.« Der gute Albano zeichnete auch dieses Entweichen in sein Sündenregister ein, gleichsam als Enkel seiner Teufelskinder.

Die Fürstin vermocht' ihn zuweilen aus der Einsamkeit zu locken, wenn sie ihre leise Lockpfeife an die schönen Lippen legte. Sie schien des Vaters wegen wahren Anteil am trüben Sohn zu nehmen, der zwar keine Schmerzen, aber auch keine Freuden zeigte. Auch das Mann-Weib, das mehr gehelmte als gehaubte, rückt gern unter das kranke Haupt das Ruhekissen und unter das ohnmächtige als Lehne den Arm; und tröstet gern und zart, oft zärter als das zu weibliche. Fast täglich besuchte sie ihre künftige Hofdame und Gesichts-Schwester bei dem Minister und konnte daher dem Geliebten alles sagen. Indem sie tat, als wisse sie nichts von Albanos Verhältnissen zur Blinden – schon das Verstellen verrät zarte Schonung gegen zwei Menschen auf einmal, sagte Albano –: so konnte sie ihm frei alle Krankenzettel der schönen Dulderin geben, so wie die Gutachten über sie überhaupt. Nach der Sitte der Kraftweiber ließ sie ihr alle lobende Gerechtigkeit ohne weibisch-kleinlichen Abzug angedeihen und wünschte nichts so sehr als ihre Herstellung und künftige Gegenwart.

»Ich bin fähig, *für* ein ungemeines Weib alles zu tun, so wie alles *gegen* ein gemeines«, sagte sie und fragte ihn, ob ihm schon sein Vater über ihren Plan mit Lianen geschrieben. Er verneint' es; und bat sie darum; aber sie verwies ihn auf den väterlichen Brief, der bald kommen müsse. Sie tadelte bloß Lianens Neigung, immer Fantaisie-Blumen in ihr Leben zu sticken, und nannte sie eine reine Barockperle.

Aber aus allen diesen Unterhaltungen kehrte Albano nur betäubter zu Schoppe zurück; er hörte nur Wort-Trost und das Todes-Urteil, daß die geduldige Seele, der er die Schöpfung gestohlen, noch immer eingemauert sei in die tiefste Höhle des Lebens, neben welcher bloß die tiefere des Grabes hell und offen liegt. Jedes sanfte, lindernde, ihm von den Wissenschaften oder Menschen geschenkte warme Lüftchen ging über jene kalte Höhle und wurde für ihn ein scharfer Nord. O, hätt' er sie aus seinen sinkenden Armen entlassen müssen unter schöne Tage, in ein langes, ewiges Paradies, und sie hätte ihn trunken vergessen: das hätt' er auch vergessen können; aber daß er sie hineingestoßen in ein kaltes Schattenreich und daß sie sich seiner erinnern muß aus Schmerz – – nur das mußt' er sich immer erinnern.

Schoppe wußte gegen alle diese Not kein »Pflaster als« (nach seinem schönen Wortspiel) »das Steinpflaster«, nämlich eine Flugreise. Wenigstens, schloß er, hören außer Landes die Fragen über das Befinden und die giftigen Sorgen über das Antworten auf; und bei der Retour finde man viel Schmerz erspart oder gar allen gehoben.

Albano gehorchte seinem letzten Freund; und sie reiseten ins Fürstentum Haarhaar ab.

83. Zykel

Wer denkt, daß Schoppe unterwegs für Albano ein fliegendes Feldlazarett des Trostes – ein antispasmoticum – eine Struvische Not- und Hülfstafel – eine gepülverte *Fuchslunge* gegen die Hektik des Herzens u. s. w. gewesen und daß er auf jedem Meilenstein eine Trostpredigt gehalten, wer das denkt, den lacht er aus.

»Was tut es denn,« (sagt' er) »wenn das Unglück den jungen Menschen derb durchknetet? – Das nächstemal wird *er* den Schmerz, der ihn jetzt in der Gewalt hat, in der seinigen haben. Wer nichts getragen, lernt nichts ertragen.« Was das Weinen anlangt, so war er als ein Stoiker wohl am wenigsten davon ein Feind; Epiktet, Antonin, Kato und mehr solche weniger aus Eis als Eisen gebildete Männer, sagt' er so oft, hätten sehr gern dem Leibe dergleichen letzte Ölungen des Schmerzes eingeräumt, falls nur der Geist darhinter sich trocken erhalten hätte. Es ist echte Trostlosigkeit, sagt' er, Trost zu wünschen und anzunehmen; warum will man denn nicht einmal den Schmerz rein durchdauern ohne alle Arzenei?

Allein seine Ansicht und sein Leben wurde ohne sein Zielen über den Grafen mächtig, den alles Große nur vergrößerte, wie es andere verkleinert. Schoppe saß als ein Kato auf Ruinen, aber freilich auf den größten; wenn der Weise die Barometerröhre am Äquator sein muß, in der selber der Tornado wenig verschiebt, so war er dergleichen. Zufällig riß er in einem Wirtshause dem Grafen durch den Hamburgischen Unparteiischen Korrespondenten, den er da vorfand, die verklebten Flügel auf. Schoppe las zwei weite Schlachten daraus vor, worin wie durch einen Erdfall Länder statt der Häuser versanken und deren Wunden und Tränen nur der böse Genius der Erde konnte wissen wollen; darauf verlas er – nach den Totenmärschen ganzer Generationen und nach den aufgerissenen Kratern der Menschheit – mit fortgesetztem Ernste die Intelligenz-Anzeigen, wo einer allein auf ein unbekanntes Gräblein steigt und der Welt, die ihm sonst kondoliert, ansagt und beteuert: »Fürchterlich war der Schlag, der unser Kind von 5 Wochen« – oder: »Im bittersten Schmerz, den je« – oder: »Bestürzt über den Verlust unsers einundachtzigjährigen Vaters etc.«

Schoppe sagte, das sprech' er für recht, denn jede Not, selber die allgemeine, hause doch nur in *einer* Brust; und läg' er selber auf einem roten Schlachtfelde voll gefällter Garben, so würd' er sich darunter aufsetzen, falls er könnte, und an die Umliegenden eine kurze Trauerrede über seine Schußwunde halten; so habe Galvani bemerkt, daß ein Frosch, der in elektrischen Verbindungen stehe, so oft zucke, als der Donner über der Erde nachrolle.

Bei diesem Satz blieb er auch im Freien. Er führt' es tadelnd an, daß Matthison es als eine reisebeschreibende Notiz annotiere, wie man im jetzigen Avenches in der Schweiz an den Stellen der von den Römern zermalmten helvetischen Hauptstadt Aventicum in den dünnern Streifen des Grases den Abriß der Straßen und Mauern finden könne; indes ja offenbar dieselben stereographischen Projektionen der Vergangenheit überall lägen auf jeder Wiese – jeder Berg sei das Ufer einer verschwemmten Vorzeit – jede Stelle hienieden sei ja 6 000 Jahre alt und Reliquie – alles sei Gottesacker und Ruine auf der Erde – besonders die Erde selber; »Himmel,« (fuhr er fort) »was ist überhaupt nicht schon vergangen, Völker – Fixsterne – weibliche Tugend – die besten Paradiese – viele Gerechtsame – alle Rezensionen – die Ewigkeit a parte ante – und jetzt eben meine schwache Beschreibung davon! – Wenn nun das Leben ein solches Nichtigkeits-Spiel ist, so muß man lieber der *Kartenmaler* als der *Kartenkönig* sein wollen.«

Ein kräftiger, stolzer Mensch – wie Albano – wird dann schwerlich mitten unter dreißigjährigen Kriegern – Jüngsten Tagen – wandernden Völkern – verstäubenden Sonnen sein Kleid ausziehen und sich oder dem Universum die zerrissene Ader vorzeigen, die auf seiner Brust ausblutet.

So stand es, als beide abends eine halboffne Waldhöhe erstiegen, von der sie ein wunderbares Glorien-Land unter sich sahen, so freundlich und ausländisch, als sei es übrig geblieben aus einer Zeit, da noch die ganze Erde warm war und ein immer grünes Morgenland – es schien, so weit sie vor den Bäumen und vor der Abendsonne sehen konnten, ein aus der zusammentretenden Berg-Ecke unabsehlich nach Westen auseinanderlaufendes Tal zu sein – eine vor der Sonne mit den breiten Flügeln umschlagende buntgemalte Windmühle verwirrte das Auge, das das Gedränge von Abend-Lichtern, Gärten, Schafen und Kindern sondern wollte – an beiden Abhängen hüteten weißgekleidete Kinder mit lang nachflatternden grünen Hutbändern – eine gefleckte Schweizerei ging im Wiesengrün am dunkeln Bach – auf einem hochgewölbten Heuwagen fuhr eine wie zum Hochzeitmahle gekleidete Bäuerin, und nebenher gingen Landleute im Sonntagsputz – die Sonne trat hinter eine Säulen-Reihe von runden Laubeichen, diesen deutschen Freiheits-Bäumen und Tempel-Pfeilern – und sie schwebten verklärt und vergrößert hoch im goldnen Blaue aufgezogen. – Jetzt sahen die betroffnen Wanderer das nahe beschattete holländische Dorf unten – wie aus zierlichen, bemalten Gartenhäuschen zusammengerückt, mit einem Linden-Zirkel in der Mitte und einem jungen, blühenden Jäger nicht weit davon, oder eine Amazone, die mit der einen Hand ihren Hut voll Zweige abnahm und mit der andern den Balken-Arm mit dem Eimer über den Born hoch aufsteigen ließ.

»Mein Freund,« (fragte Schoppe einen ihnen mit Botenblech und Ranzen nachkommenden Amtsboten) »wie nennt Er das Dorf?« – »Arkadien«, versetzt' er. – »Aber ohne alles dichterische Weißglühen und Kulminieren gesprochen, mein poetischer Freund, wie schreibt sich eigentlich die Ortschaft unten?« fragte Schoppe wieder. Verdrüßlich antwortete der Amtsbote: »Arkadien, sag' ich, wenn Ers nicht behalten kann – es ist ein altes Kammergut, unsere Prinzessin Idone (Idoine) hält sich da auf, jahraus, jahrein, für beständig – und macht da alles nach eignem Pläsier, was will man mehr?« – »Ist Er auch in Arkadien?« – »Nein, in Saubügel«, antwortete der Bote sehr laut, schon fünf Schritte weiter vorn, zurück.

Der Bibliothekar, der seinen Freund bei der Botenrede in großer Bewegung sah, tat ihm freudig die Frage, ob sie ein besseres Nachtquartier hätten treffen können als dieses, ausgenommen dieses selber im Maimond. Aber wie erstaunt' er vor Albanos Zurücksturz in die Vorhölle, die das Gewissen und seine Liebe anzündeten! Idoinens täuschende Ähnlichkeit mit Lianen war plötzlich vor ihn gezogen: »Weißt du,« (sagt' er, in der Erschütterung durch den Abendzauber heftiger fortbebend) »worin Idoine Ihr unähnlich ist? – Sie kann sehen,« setzt' er selber dazu, »denn sie hat mich noch nicht gesehen. O vergib, vergib, fester Mann, ich bin wahrlich nicht immer so – Sie stirbt jetzt, oder irgendein Unglück zieht ihr nahe; wie ein Dampf vor der Feuersbrunst steigts düster und in langen Wolken in meiner Seele auf – ich muß durchaus zurück.«

»Glauben Sie mir,« (sagte Schoppe) »ich werde Ihnen einmal alles sagen, was ich jetzt denke – gegenwärtig aber will ich Sie schonen.« Auch das verfing nichts, er kehrte um; aber am ganzen andern Reisetag blieb sein Leidenskelch, den Schoppe so glänzend gescheuert hatte, naß und schwarz angelaufen. Sie konnten erst abends ankommen, da ein Zauberrauch von Zwielicht, Mondlicht, Dampf, Dunst und Wolkenrot die Stadt fremder machte. Albanos Adlerauge teilte den Rauch entzwei, und er – entlief. Die blinde Liane allein sah er auf dem hohen welschen Dache gegen die Statuen laufen oder zum Abgrund hin. Wild ohn' einen Laut rannt' er durch die tiefern Gassen – verlor den verbaueten Palast und lief grimmiger – er glaubte, er finde sie auf dem Steinpflaster zertrümmert – er sieht die weißen Statuen wieder, sie hält eine umschlungen, und der alte Gärtner des cereus serpens steht mit dem Hute auf dem Kopfe vor ihr. – Als er endlich ganz unten am Palaste ankam, stand oben ein fremdes Mädchen bei ihr, und unten sahen zusammengelaufne Weiber hinauf, einander fragend: »Gott, was gibt es denn?« – Liane blickte (wie es schien) an den Himmel, worin nur einige Sterne brannten, und dann lange in den Mond, und darauf herunter auf die Menschen; aber sogleich trat sie von den Statuen zurück. Der Gärtner kam aus dem Hofe und sagte vorübergehend seiner fragenden Frau: »Sie sieht.« – »O, guter Mann,« (sagte Albano) »was sagt Er?« – »Gehen Sie nur hinauf!« versetzt' er und schritt emsig weiter. Jetzt kam Bouverot zu Fuße – Albano trat ihm mit einem kurzen Verbeugen und Gruße in den Weg –

Bouverot sah ihn ein wenig an: »Ich habe nicht die Ehre, Sie zu kennen«, sagt' er wild und eilte davon.

84. Zykel

Schauet nur die blinde Liane näher an!

Von dem Tage an, wo sie zerstöret heimgeführet wurde von der Mutter, fing sich unter ihrer Sonnenfinsternis mit Verweilen ein kühleres, ruhendes Leben für sie an. Die Erde hatte sich verändert, ihre Pflichten gegen diese schienen ihr abgetan – der Silberblick der Jugend wie ein Menschenblick nun erblindet, ihre kurzen Freuden, diese kleinen Maienblümchen, schon unter dem Morgenstern abgepflückt – ihr erster Geliebter leider, wie die Mutter es weissagte, nicht so fromm und zart, als sie gedacht, sondern sehr männlich, rauh und wild wie ihr Vater – die Zeit und Zukunft vertilgt und die künftigen Tage daraus für sie nur eine blind gemalte Jubelpforte, die Menschenhände nicht öffnen, und durch welche sie nicht mehr dringen kann, außer mit der entbundnen Seele, wenn diese den trägen Schlepp-Mantel des Körpers auf die Erde zurückgeworfen.

Ihr Herz klammerte sich jetzt – wie Albano dem männlichen – noch mehr dem weiblichen an, das zärter und ohne die Fieber der Leidenschaften schlug; so wie die Kompaßnadel sich als eine gewundne Lilie zeigt, so die Tugend sich ihr als weibliche Schönheit.

Ihre Mutter wich nicht von ihrem Blinden-Stuhl, sie las ihr vor, sogar die französischen Gebete, und hielt sie tröstend aufrecht; und sie wurde leicht getröstet, denn sie sah nicht das bekümmerte Gesicht der Mutter und hörte nur die ruhige Stimme. Julienne warf seit dem Begräbnis der ersten Liebe eine alte Kruste ab, und ein frisches Feuer für die Freundin ging aus dem Herzen auf: »Ich habe nicht redlich an dir gehandelt«, sagte sie einmal; da erklärten sie sich verborgen einander, und dann reiheten sich ihre Seelen wie Blumen-Blätter zu *einem* süßen Kelche zusammen. Die Fürstin sprach ernst über Wissenschaften und gewann sogar die Mutter, der sie in männlicher Gesellschaft weniger gefallen. Abends vor dem Einschlafen flog noch wie aus dem Freudenhimmel Karoline in ihr Schattenreich herab und wuchs täglich an Glanz und Farbe, sprach aber nicht mehr; und Liane entschlummerte sanft, indem sie einander anblickten.

Zuweilen fuhr der Schmerz an sie herüber, daß sie vielleicht ihre teuern Gestalten, zumal ihre Mutter, nie mehr sehe; dann war ihr, als sei sie selber unsichtbar und wandle schon allein im dunkeln, tiefen Gange zur zweiten Welt und höre die Freundinnen an der Pforte weit hinter sich ihr nachrufen – Da liebte sie zärtlich wie aus dem Tode herüber und freuete sich auf das große Wiedersehen. Spener besuchte seine Schülerin täglich; seine männliche Stimme voll Stärkung und Trost war in ihrem Dunkel die Abendgebetglocke, die den Wanderer aus der düstern Waldung wieder zu froheren

Lichtern führt. So wurde ihr heiliges Herz noch heiliger emporgezogen, und die dunkeln Passionsblumen der Schmerzen schlossen sich in der lauen Augen-Nacht schlafend zu. Wie anders sind die Leiden des Sünders als die des Frommen! Jene sind eine Mondsfinsternis, durch welche die schwarze Nacht noch wilder und schwärzer wird; diese sind eine Sonnenfinsternis, die den heißen Tag abkühlt und romantisch beschattet und worin die Nachtigallen zu schlagen anfangen.

Auf diesem Wege bewahrte Liane mitten unter fremden Seufzern um sie und im Gewitter um sie her eine ruhige, genesende Brust; so zieht oft das zarte, weiße Gewölke anfangs zerrissen und gejagt, aber zuletzt geründet und langsam durch den Himmel, wenn unten der Sturm noch über die Erde schweift und alles bewegt und zerreißet. Aber, gute Liane, alle 32 Winde, sie mögen schöne Tage zu- oder wegwehen, halten länger an als die Windstille der Ruhe!

85. Zykel

Der Minister hatte, als sie aus Lilar mit getöteten Augen heimgekommen, in sein rechtes eine Hölle, ins linke ein Fegefeuer gelegt; – denn so sehr belogen hatt' ihn noch kein Geschick; nämlich so sehr gebracht um alle seine Projekte und Prospekte, um das Hofdamenamt der Tochter, diesen Vorsteckring am Finger der Fürstin, und endlich um jeden Fang seines doppelt gewebten Gespinstes.

Unsäglich wehrte sich der Mann vor dem Löffel, worin ihm das Schicksal das Pulver vorhielt, auf welches er die verschluckten Demante seiner Plane sollte fahren lassen; er hielt die stärksten Sermone – so hieß er, wie Horaz, seine Satiren – gegen »seine Weiber«; er war ein Kriegsgott, ein Höllengott, ein Tier, ein Untier, ein Satan, alles – er war imstande, jetzt alles zu unternehmen, aber was halfs? –

Viel, als gerade der deutsche Herr ihn in dieser moralischen Stimmung betraf. Solcher trug kein Bedenken, das väterliche Versprechen der Tochter für die Miniatur-Malerei wieder aufzufrischen und in Anspruch zu nehmen; er war übrigens allwissend und schien unwissend. Für die Sitz-Szene einer Blinden hatt' er eigne romantische Verwicklungen nach den Notizen zugeschnitten, die er aus dem Hauptmann gelockt. Seine Kunst-Liebe gegen Lianens Gestalt hatte bisher wenig gelitten, und sein langsames An- und Umschleichen war seiner Vipern-Kälte und seiner weltmännischen Kraft gemäß. Der alte Vater – der im Leben wie in einem Reichsanzeiger immer einen Kompagnon mit 60, 80 Tausend Taler zu seiner Handlung suchte – bezeugte sich nichts weniger als abgeneigt. Diese zwei Falken auf *einer* Stange, von *einem* Falkenmeister, dem Teufel, abgerichtet, verstanden und vertrugen sich gut. Der deutsche Herr gab zu erkennen, ihr Miniaturbild sei bei ihrer frappanten Ähnlichkeit mit Idoine, die wie sie niemals sitzen wollen, zu manchem Scherze bei der Fürstin behülflich, aber noch mehr seiner »Flamme« für Liane unentbehrlich, und jetzt in ihrer Blindheit könne man sie ja zeichnen ohne ihr Wissen – und er werde unter das Bild schreiben: la belle aveugle oder so etwas. Der alte Minister goutierte, wie gesagt, den Gedanken ganz. Wie die welschen Sängerinnen eine sogenannte Mutter statt eines Passes auf ihren Reisen führen, so hielt er sich für einen solchen sogenannten Vater; er dachte: mit dem Mädchen wirds ohnehin wenig mehr, es liegt als totes Kapital da und verzinset sich schlecht; ich kann den angeöhrten Patenpfennig, den der deutsche Herr bei seinem Gevatterstand mir als dem Vater anbietet wie dem Kinde den Namen, in die Tasche stecken.

Das Schelmen-Duplikat wurde in seinem Schusse und Flusse bloß durch einen Floßrechen aufgehalten, der ihnen den Raub aus den Hechtzähnen zu ziehen drohte: eine alte, keifende, aber seelentreue Kammerjungfer aus Nürnberg war der Rechen; diese wäre nicht von Lianen und nicht zum Schweigen zu bringen gewesen. Bouverot freilich, ein Robespierre und Würgeengel seiner Dienerschaft, hätte an Froulays Stelle die Nürnbergerin ein paar Tage vorher von einem Diener mit einigen komplizierten Frakturen versehen und dann auf die Gasse werfen lassen; aber der Minister – sein Herz war weich – konnte das nicht; alles, was ihm möglich war, das war: er berief sie auf sein Zimmer – hielt ihr es vor, daß sie ihm sein Ohr aus Magdeburg gestohlen – blieb mit dem anwesenden Gehör taub gegen jede Einwendung, aber nicht gegen jede Unhöflichkeit – und fand sich endlich gar genötigt, die diebische Grobianin Knall und Fall aus dem Dienst zu jagen. Bei jeder Nachfolgerin hatte, als einer neuen, Geld Gewicht, wußt' er.

Er wollte darauf die Fürstin um eine Einladung für sich und die Ministerin zu Tee und Souper bitten – den Miniaturmaler bestellen – das neue Kammermädchen belehren – und alles recht anlegen.

Zwei Tiger höhlten, nach der Legende, dem Apostel Paulus das Grab; so scharret hier unser Paar an einem für eine Heilige, um so mehr, da ich sonst nicht absehe, wozu – wenn nichts gemacht werden soll als ein Bild – so viele Umstände. Aber den Vater könnt' ich fast entschuldigen; erstlich sagte er ausdrücklich zum deutschen Herrn, die Zofe könne seiner Meinung nach im Zimmer oder im anstoßenden passen, falls etwan die Patientin etwas haben wolle – zweitens hatte der sonst weiche Mann von seinem ministerialischen Verkehr mit der Justiz einen gewissen Kies angesetzt, eine gewisse Grausamkeit angenommen, welche der hinter der Binde und als Areopag ohne den Anblick der Schmerzen urtelnden Themis um so natürlicher ist, da schon Diderot[1] behauptet, daß Blinde grausamer wären – und drittens war wohl niemand mehr bereit, sein Kind, das er, wie sonst angeblich Juden und Hexen Christenkinder, kreuzigte, um wie jene mit dem Blute

[1] Dessen Lettres sur les Aveugles.

etwas zu tun, tiefer zu betrauern, falls es stürbe, als er, da ohnehin die Eltern und überhaupt die Menschen zwar *leicht* das *Unglück* derer, die ihnen nahe liegen, aber *schwer* deren *Verlust* verschmerzen, so wie wir bei dem noch näher liegenden Haar nicht das Brennen und Schneiden, aber schmerzlich das Ausreißen desselben verspüren – und viertens hatte Froulay immer das Unglück, daß Gedanken, die in seinem Kopfe eine leidliche, unschuldige Farbe hatten, gleich dem Hornsilber oder der guten Dinte auf der Stelle schwarz wurden, wenn sie ans Licht traten.

Sonst – und von diesen Milderungen abgesehen – steckt wohl manches in seiner Handlung, was ich nicht verteidige.

Der Abend erschien. Die Ministerin ging am ehelichen Arme an den Hof. – Die neue Kammerjungfer hatte als Brautführerin Bouverots schon vor drei Tagen die nötigsten Anstalten gemacht, oder Spitzbübereien – sie hatte ihm Lianens Briefe an Albano sehr leicht, da die Mutter aus Gewohnheit ein gegenwärtiges Auge für ein sehendes hielt, vorleihen und er sich daraus die historischen Züge oder Farben-Tusche abholen können, womit er sich bei einer Erkennung auf dem Theater vor der Blinden den Anstrich ihres Helden, nämlich Albanos, geben konnte – mit Roquairol hatt' er oft genug gespielt, um dessen Stimme, mithin Albanos seine, in der Gewalt zu haben.

Mich dünkt, seine Rüsttage vor dem Festabend waren zweckmäßig hingebracht.

Er konnte, da kleine Residenzen früher Tee trinken, schon so früh erscheinen, als ein Miniaturmaler im September durchaus muß. Als er die stille Gestalt im Sorgenstuhl erblickte, mit den entfärbten Blumenkelchen der Wangen, aber fester gewurzelt in jedem Entschluß, eine kälter gebietende Heilige: so stieg in ihm die aus ihren Briefen zugleich gesogne Erbitterung und Entzündung miteinander höher – nur in solchen Brusthöhlen, zugleich mit Metall- und Darmsaiten, mit Härte und Wollust, bespannt, ist ein solcher Bund von Lust und Galle denklich. Bouverots ganze Vergangenheit und Lebens-Geschichtbücher müßten – wie die von Herodot den neun Musen – so den drei Parzen, jeder eines, zugeeignet werden.

Er schlich ins Fenster, setzte sich und sein Farben-Kästchen hin und fing hastig zu punktieren an. Unterdessen ließ sich Liane von ihrem sehr gebildeten, belesenen Kammermädchen aus dem zweiten Bande der Œuvres spirituelles von Fenelon vorlesen. Zefision rührte der Erzbischof gar nicht – was er etwa von reiner Liebe (sur le pur amour de Dieu) vernahm, setzt' er zu unreiner durch Anwendungen um und ließ sich teuflisch entzünden durch das Göttliche – was übrigens rührend war in Lianens Bezug, ließ er an seinen Ort gestellt, da er jetzt zu malen hatte. Häßlich leckten seine vielfärbigen Panther-Augen gleich roten, scharfen Tiger-Zungen über das süße, weiche Antlitz! – »Liebe Justa, hör auf, das Lesen wird dir sauer, du atmest so kurz!« sagte sie endlich, weil sie den Porträtmaler atmen hörte. Es war für ihn kein Opfer, sondern ein Vor-Genuß, ein süßer Imbiß, den Kuß dieser zarten, kleinen Hand und Lippe und die ganze Schaustellung seines brennenden Herzens hinauszusetzen, bis er ihren Abriß mit den Gift-Tinten auf das weiße Elfenbein durch die schnelle Dupfmaschine seiner Hand abpunktieret sah.

Endlich hatt' er sie Bunt auf Weiß. »Gut, liebe Justa,« (sagte sie) »die Gebetglocke läutet, du kannst nichts mehr sehen. – Führe mich lieber zum Instrument« – nämlich zur Harmonika. Sie tats. Bouverot gab Justen einen Scheide-Wink – sie tats wieder. Der gelbe Gartenkanker lief nun auf die zarte, weiße Blume zu. – Der Kanker hörte ihren Abend-Choral nicht ohne Vergnügen, und das betende Aufschlagen ihrer zerstörten Augen schien ihm eine recht malerische Idee, die der true Painter[1] dem Elfenbein-Stück einzuverleiben beschloß, wenns gehen würde.

»Schöne Göttin!« rief er plötzlich mit Albanos gestohlner Stimme unter jene heiligen Töne, die einmal Albano in einer frohern Stunde, aber edler unterbrochen hatte. Sie horchte erschrocken auf, aber ungläubig an ihr Ohr in dieser Nacht. Das Staunen mißfiel dem Prospektmaler – denn ihr Gesicht war sein Prospekt – ganz und gar nicht; »erinnere dich an diese Harmonika im Donnerhäuschen.« Er verwechselte es mit dem Wasserhäuschen. – »Sie hier, Graf? – Justa! wo bist du?« rief sie ängstlich. – »Justa, kommen Sie her!« rief er dazu nach. Das Mädchen folgte seiner Stimme und seinem – Auge. »Gnädiges Fräulein?« fragte sie. Aber jetzt hatte Liane nicht den Mut, sie um die Pforte und das Einlaßbillet des Grafen zu fragen. Mit dem Liebhaber französisch zu sprechen, ging nicht, da es die Jungfer verstand; daher verbot man auch in Wien in den Revolutionsjahren einsichtig diese Sprache, weil sie so zuverlässig eine gewisse *Gleichheit* – die *Freiheit* folgt – zwischen dem Adel und der Dienerschaft pestartig ausbreitet.

Boshaft und freudig erinnerte Bouverot, dem sie jetzt über den Grafen ein brauchbares Mißtrauen zu verraten schien, das seiner Charaktermaske einen freiern Spielraum anwies, die Sinnende an ihre Befehle für Justa; sie mußte sie nun Licht holen lassen.

»Infidele,« (fing er darauf an) »ich habe alle Hindernisse überwunden, um mich Ihnen zu Füßen zu werfen und Ihre Vergebung zu erflehen. Je m'en flatte à tort peut-être, mais je l'ose« (fuhr er fort, heftiger durch sie gemacht) – »O cruelle! de grâce, pourquoi ces regards, ces mouvements? – Je suis ton Alban, et il t'aime encore – Pense à Blumenbühl, ce séjour charmant – Ingrate, j'espérois de te trouver un peu plus reconnaissante. – Souviens-toi de ce que tu m'a promis« (sagt' er, um sie auszufragen) »quand tu me pressas contre ton sein divin.....«

Eine reine Seele spiegelt, ohne sich zu beflecken, die unreine ab und fühlt unwissend die quälende Nähe, so wie Tauben, sagt man, sich in reinem Gewässer baden, um darin die Bilder der schwebenden Raubvögel zu sehen.

[1] Die helle Kammer.

Der kurze Atem, der wankende Sprachton, jedes Wort und ein unerklärliches Etwas trieben das schreckliche Gespenst nahe vor ihre Seele, den Argwohn, es sei Albano nicht. Sie fuhr auf: »Wer sind Sie? Gott, Sie sind der Graf nicht. Justa, Justa!« –– »Wer wär' es sonst,« (versetzt' er kalt) »der sich meinen Namen geben dürfte? Oh, je voudrais que je ne le fusse pas. Vous m'avez écrit que l'espérance est la lune de la vie – Ah, ma lune s'est couchée; mais j'adore encore le soleil qui l'éclaire.«

Hier faßte er die Hand dieser verfinsterten, mit einem Drachen kämpfenden Sonne. – Da entdeckten ihr seine weggenagten Fingernägel und die dürren Finger und ein vorbeistreifendes Berühren seines Ordenskreuzes den wahren Namen. Sie riß sich schreiend los und lief weg, ohne zu sehen wohin, und geriet wieder an seine Hand. Er riß ihre heftig an die magern heißen Lefzen hinauf: »Ja, ich bin es« (sagt' er) »und liebe Sie mehr als Ihr Graf mit seiner étourderie.«

»Sie sind schlecht und gottlos gegen ein blindes Mädchen – was wollen Sie? – Justa! hilft mir denn niemand? – Ach, du guter Gott, gib mir meine Augen!« (rief sie fliehend, unwissend wohin und eingeholt) »Bouverot! du böser Geist!« rief sie, abwehrend an Orten, wo er nicht war. Er, wie das Schießpulver, kühlend auf der Zunge und sengend und zerschmetternd, wenn ihn die Gier zündete, stellte sich in einiger Schlag-Weite von ihr, warf ein Maler-Auge auf das reizende Wallen und Beugen ihres aufgestürmten Blumenflors und sagte ruhig mit jener Milde, die der ätzenden und fressenden Milch der Schwämme ähnlich ist: »Nur ruhig, Schönste! Ich bin es noch; und was hälf' Ihnen alles, Kind?« –

Taumelnd vom Schlangenhauch der Angst, fing die irre Natur zu singen an, aber lauter Anfänge. »Freude, schöner Götterfunken« – »Ich bin ein deutsches Mädchen« – sie lief herum und sang wieder: »Kennst du das Land« – »Du böser Geist!« –

Jetzt bäumte sich die damit geschmeichelte Riesenschlange auf ihren kalten Ringen mit zückender Zunge in die Höhe, um hinzuschießen und zu umflechten: »Mon cœur« (sagte die Schlange, die immer in der Leidenschaft französisch sprach) »vole sur cette bouche qui enchante tous les sens.« – »Mutter!« (rief sie) – »Karoline! – O Gott, lasse mich sehen! O Gott, meine Augen!« – Da gab der Alliebende sie ihr wieder, die Qual der Natur, die lauten Anstalten des Begräbnisses öffneten der Scheinleiche wieder das Auge.

Wie behend entflog sie aus der Marterkammer! Das getäuschte Raubtier rechnete auf Blindheit und Verirrung fort. Aber da Bouverot sah, daß sie leicht die Treppe zum welschen Dache hinaufstürze: so schickte er bloß das herbeilaufende Mädchen ihr nach, damit sie keinen Schaden nehme; und hielt jetzt wieder die bisherige Blindheit für Verstellung. Er selber holte aus dem Zimmer den Miniatur-Riß ab und schleppte sich wie ein hungriges, verwundetes Ungeheuer verdrüßlich und langsam aus dem Hause hinaus.

Zwanzigste Jobelperiode

Gaspards Brief – Trennungen

86. Zykel

»Sie sieht wieder«, rief Karl im Freudenrausche am Morgen darauf dem Grafen zu, ohne sich um alle kalte Verhältnisse der letzten Zeit zu bekümmern; und war ganz der Alte. Seine Feindschaft war hinfälliger als seine Liebe, denn jene wohnte bei ihm auf dem Eise, das bald zerfloß, diese auf dem Flüssigen, worauf er immer schiffte. Errötend fragte Albano, wer der Augenarzt gewesen. »Gutgemeinter Schreck« (sagt' er) – »der deutsche Herr tat, als wollt' er sie malen, als meine Eltern auf Verabredung nicht da waren – oder malt' er sie wirklich – ich weiß jetzt alles nur verwirrt – auf einmal hörte sie eine fremde Mannsstimme, und Schreck und Furcht wirkten natürlich wie elektrische Schläge.« Obgleich der Hauptmann alle Stimmen nur verworren unten auf dem Meersboden in sein flutendes Meer hinunterhörte: so hatt' er doch diesmal richtig gehört; denn Liane hatte von ihrer Mutter das Zuhüllen der Martergeschichte errungen, um ihrem Bruder den Anlaß zu entziehen, ihr seine Liebe durch einen Zweikampf mit ihrem Widersacher zu beweisen.

Albano behielt viele Fragen über die dunkle Geschichte in seiner Brust; und brach das Gespräch durch seine Reisebeschreibung ab.

Nach einigen Tagen hört' er, daß Liane mit ihrer Mutter die Stadt verlasse und ein über Blumenbühl liegendes Bergschloß einer alten einsamen Edelwitwe beziehe. Auf dem reinen Lande sollte wieder Licht in ihr Leben einfallen, und die mütterliche Hand sollte dessen nachdunkelnde Farben neu übermalen. Der Minister, der sonst wie alte Menschen und alte Haare schwer zu kräuseln und zu formen war, wurde in der letztern tiefen Fallgrube des Schicksals ganz mutlos angetroffen, so daß er Lianen, die auch darin gefangen war, nicht auffraß, sondern sie ziehen ließ. Die ganze Geschichte wurde vor dem Publikum wie die Mauer eines Parks sehr verdeckt und umblümt. Nur der Lektor wußte sie ganz, aber er konnte schweigen. Er foderte im Namen der Mutter vom deutschen Herrn das Miniaturbild zurück; dieser gab an dessen Statt kalte, leere Lügen; doch konnte Augusti, von Mutter und Tochter gebeten, sich beherrschen und die Ausfoderung, womit er für alle Rache nehmen wollte, ihnen opfern.

Unsern Freund traf jetzt, seitdem sein Gewissen über den Zufall des Erfolgs besänftigt war, der Schmerz über seine leere Gegenwart neu und unvermischt; die teuerste Seele ging ihn nichts mehr an; seine Stunden wurden nicht mehr harmonisch vom Glockenspiel der Dichtkunst und Liebe ausgeschlagen, sondern einförmig von der Turmuhr der Alltäglichkeit. Daher flüchtete er sich zu Männern und zur Freundschaft, gleichsam unter die neben dem Schutthaufen des Brandes noch grünenden Bäume; Weiber floh er, weil sie ihn, wie fremde Kinder einer Mutter, die ihres verloren, zu schmerzlich erinnerten. Wie heiter geht dagegen ein Simultanliebhaber, der nur Allerseelen- und Allerheiligenfeste feiert, ordentlich neugeboren umher, wenn er sich endlich aus einem fassenden Herzen glücklich ausgehenkt und er nun alle weibliche Gestalten wieder mit der Ansicht eingelöster Güter überzählen kann! Schon das Gefühl dieser Freiheit kann ihn ermuntern, sich öfter, um es wieder zu schmecken, einem weiblichen Herzen als Gefangnen zu überliefern.

Albano verlief sich an Roquairols und Schoppens Händen in wilde Männerfeste – die das Sphären-Echo der Freude auf der Heerpauke vortragen wollen –; es waren nach den Rosenfesten nur die Dornenfeste. So gibt es ein Verzweifeln, das sich mit Schwelgen hilft; wie z. B. in der Pest zu Athen – oder in der Erwartung des Jüngsten Tages – oder in der Erwartung des Robespierrischen Schlacht-Messers. Der Hauptmann ging tiefer in seine alte Verworrenheit und Wildnis zurück und zog, so weit er konnte, den unschuldigen Jüngling in seine Volksfeste mit sogenannten Musensöhnen, in seine immerwährende Weinlese und auf seine Freuden-Werbplätze nach, gleichsam als hab' er seinetwegen nötig, den Freund ein wenig zu sich herabzubringen.

Albano bildete sich ein, mit diesen Dithyramben sei seine weinende Seele ganz eingesungen, und er wiegte sie nur noch ein wenig fort. Indes wurden, wiewohl ers nicht eingestehen wollte, seine jungen Rosenwangen so bleich wie eine Stirn, und das Gesicht fiel wie eine Taste unter der zersprungnen Saite ein. Es war rührend und hart zugleich, wenn er lachend unter seinen Freunden und deren Freunden saß mit einem entfärbten Gesicht – mit höhern, schärfern Knochen der Augen und der Nase – mit einem wildern Auge, das aus einer dunklern Knochentiefe loderte. Vor Musik, zumal Roquairols seiner, worin das leidenschaftliche Wogen und Werfen unsers Schiffs mit dem tonkünstlerischen abgenützten Wechsel des Dämpfers und Donners zu lebendig arbeitete, entfloh sein Ohr und Herz wie vor einer aufreibenden Sirene. Der abgebrochne Lanzensplitter der Wunde zog in seinem ganzen Wesen nagend herum. O, wie in den Kinderjahren, wenn ihm die Rosen-Wolke am Himmel gerade auf dem Berge aufzuliegen und so leicht zu ergreifen schien, das herrliche Gewölk weit in den Himmel zurückfuhr, sobald er den Berg erstiegen hatte: so stand jetzt die Aurora des Lebens und Geistes, die er nahe fassen wollen, so hoch und ferne droben über seiner Hand im Blau. Mühsam erreicht der Mensch die Alpe der idealischen Liebe, noch mühsamer und gefährlicher ist – wie von andern Alpen – das Herabsteigen von ihr.

Eines Tages kam Chariton in die Stadt, bloß um ihm endlich einen Brief ihres Mannes – denn Dian machte wie alle Künstler leichter und lieber ein

Kunstwerk als einen Brief – zu überbringen, worin er sich freuete, daß er Albano so bald sehen würde. »Er kommt also wieder?« fragte der Graf. Sie rief betrübt aus: »Bei Leibe! – Ja das! – Nach seinem vorigen Schreiben bleibt er noch sein Jahr.« – »So versteh' ich ihn nicht«, sagte Albano.

Er wurde an demselben Abend auf herkulanische Bilderbücher – die mit Charitons Brief *eine* Post genommen hatten – von der Fürstin eingeladen. Sie trat ihm mit jener erheiterten Liebesmiene entgegen, welche man vor einem aufspannt, der vor uns sogleich, wie wir hoffen, seinen grenzenlosen Dank aus dem Herzen ziehen wird. Aber er hatte nichts daraus zu ziehen. Sie fragte endlich betroffen, ob er heute keine Briefe aus Spanien erhalten. Sie vergaß, daß die Post gegen kein Haus höflich und eilig ist als gegen das Fürstenhaus. Da aber sein Brief schon gewiß in seinem Zimmer lag: so erlaubte sie sich, die Rolle der Zeit zu nehmen, welche alles an den Tag bringt, und sagte, was im Briefe stehe, »daß sie nämlich im Herbste eine kleine Kunstreise nach Rom unternehme, auf der sie sein Vater begleiten werde und er diesen, wenn er wolle; das sei das ganze Geheimnis.« – Es war das halbe; denn sie setzte bald darauf hinzu, daß sie der besten Zeichnerin in der Stadt am liebsten die Freude dieser Reise zuwende, sobald diese nur genese – Lianen.

Wie plötzlich das ganze Herz freudig erleuchtet wird, wenn nach einem langen finstern Regentage endlich abends die Sonne sich unter dem schweren Wasser ein goldnes, offnes Abendtor wölbt, darin rein-glänzend wie in einer Rosenlaube vor der widerscheinenden Erde steht, ihr einen schönern Tag ansagt und dann mit warmen Blicken verschwindet aus der offnen Rosenlaube: so war es unserem Albano.

Der schöne Tag war noch nicht da, aber der schöne Abend. Er ließ die herkulanischen Bilder unter ihrem Schutt und eilte, so schnell als es die Dankbarkeit vergönnte, zum Blatte des Vaters zurück, der so selten eines gab.

Es war dieses da:

»Liebster Albano! Meine Geschäfte und meine Gesundheit sind endlich in solcher Ordnung, daß ich meinen Plan bequem ausführen kann, den ich mit der Fürstin vorhabe, eine kleine Kunstreise nach Rom noch im Herbste zu machen, zu der ich dich einlade und im Oktober selber abhole. Die übrige Reisegesellschaft wird dir nicht mißfallen, da sie aus lauter tüchtigen Kunstkennern besteht, Herrn v. Bouverot, Herrn Kunstrat Fraischdörfer, Herrn Bibliothekar Schoppe (wenn er will). Leider muß Herr v. Augusti als Lektor zurückbleiben. Dein Lehrer in Rom (Dian) erwartet dich mit vieler Sehnsucht. Man hat mir geschrieben, daß du die neue Hofdame der guten Fürstin, Fräulein v. Fr., deren ich mich als einer sehr braven Zeichnerin entsinne, besonders begüngstigest. Es wird dich daher interessieren, daß die Fürstin sie auch mitnimmt, zumal da ihr, wie ich höre, eine Gesundheitsreise so nötig ist wie mir. – Im Frühling, der ohnehin nicht die schönste Jahreszeit in Italien ist, kehrest du wieder zu deinen Studien nach Deutschland zurück. – Noch etwas im Vertrauen, mein Bester! Man hat meiner Mündel, der Gräfin von Romeiro, deine Geister-Visionen aus Pestitz unverhohlen mitgeteilt. Da sie nun den Herbst und den Winter während meiner Abwesenheit bei ihrer Freundin, der Prinzessin Julienne, zubringt und noch dazu eher ankommt als ich: so lasse dich es nicht frappieren, daß sie deiner Bekanntschaft ausweicht, weil sich ihr weiblicher und ihr persönlicher Stolz durch den gauklerischen Gebrauch ihres Namens gekränkt und gerade zur Widerlegung der Gaukler recht aufgefodert findet. In der Tat konnte man – wenn die Spielerei anders einen ernsthaftern Zweck hat – wohl kein schlechteres Mittel dazu erwählen. – Du wirst tun, was die Ehre gebietet, und ob sie gleich meine Mündel ist, sie nicht zudringlich aufsuchen. Alles bleibt unter uns. Addio!

G. v. C.«

Diese Aussichten – die erhebende, neben dem Vater so lange zu sein – die heilende, aus dieser tiefen Asche herauszuwaten in ein freieres, leichteres Land – die schmeichelnde, daß das kranke, geplagte Herz im Bergschlosse vielleicht in Zitronen- und Lorbeerwäldern Freude und Genesung wieder finde, auch wohl wieder gebe – diese Aussichten waren, was die Freuden der Menschen sind, sehr schöne Spaziergänge im Hofe des Gefängnisses.

Auf diesem frohen Spaziergange störte ihn bald das Bild der kommenden Linda – aber nicht seinet-, sondern seiner armen Schwester und seines Freundes wegen. Wie feindselig muß dieses fremde Irrlicht, dacht' er, in den nächtlichen Kampf aller gegeneinander rennenden Verhältnisse hüpfen! Roquairol schien ohnehin die zu heftig liebende Rabette mit ihren einsamen Wünschen allein zu lassen; sie schickte wöchentlich ihre durch einen Einschluß an Albano – sonst wars umgekehrt –, briefliche Seufzer und Tränen, die er alle kalt einsteckte, ohne von ihnen oder der Verlassenen zu sprechen.

Albano – im stillen Lianen und Rabetten abwägend – beklagte selber das ungleiche Los seines übereilten Freundes, über dessen Sonnenpferde nur eine Amazone und Titanide, aber nicht ein gutes Landmädchen den Zügel werfen konnte und dessen Psyches- und Donnerwagen ihm zu gut schien zu einem bloßen ehelichen Post- oder Kinderwagen. Erwürgend wird sich alles durcheinanderschlingen, dacht' er, wenn er, am Traualtar mit Rabetten kniend, zufällig aufsieht und unter den Zuschauerinnen die unvergeßliche hohe Braut seiner ganzen Jugend findet und laut das entsagende Ja ausstammeln muß!

Er war daher zweifelhaft, ob er ihm den Inhalt des Briefs entdecken dürfe, aber doch nicht lange; »soll ich dem Freund« (sagt' er) »verhehlen und vorgaukeln? Darf ich ihn als schwach voraussetzen und die Beschleunigung der Verhältnisse scheuen, die doch mit Ihr kommen?« –

Sobald Karl zu ihm kam, sagt' er ihm zuerst die Abreise und sogar die Bitte um dessen Mitreise; bewegt von der ersten Trennung seines Jugendfreundes. Der Hauptmann – dessen Herz immer den Sangboden der Phantasie zum Anklang brauchte – war auf der Stelle nicht vermögend, beträchtliche Empfindungen über den Abschied zu haben und zu malen. Da gab ihm Albano – über die Lippe konnt' ers nicht bringen – den ganzen Brief.

Unter dem Lesen wurde Roquairols ganzes Gesicht häßlich, sogar in des Freundes Auge. – Er schleuderte dann ein so flammendes Zornauge gegen Albano, daß dieser es erwiderte unwillkürlich und unwissend. »O, wahrlich, ich versteh' alles« (sagte Karl) – »So mußt' es sich lösen. Warte nur bis morgen!« Alle Muskeln an ihm waren rege, alle Züge irre, alles bewegt, so wie im heftigen Gewitter kleine Wölkchen umeinander wirbeln. Albano wollte ihn fragen und halten. »Morgen, morgen!« rief er und stürmte davon.

87. Zykel

Am Morgen erhielt Albano einen sonderbaren Brief von Roquairol, zu dessen Verständnis einige Nachrichten von seinem Verhältnis mit Rabetten vorausstehen müssen.

Nichts ist schwerer, wenn man seinen Freund recht liebt, als dessen Schwester kaum anzusehen. Nichts ist leichter – nur das Umgekehrte ausgenommen – als nach der Entzauberung durch Stadtherzen die Bezauberung durch Landherzen. Nichts ist einem Simultanliebhaber, der *alle* liebt, natürlicher als die Liebe gegen *eine* darunter. Es braucht nicht erwiesen zu werden, daß der Hauptmann in allen drei Fällen auf einmal gewesen, da er zum ersten Male zu Rabetten sagte, sie habe ein sogenanntes Herz. Sie hätte freilich die Hamadryade in einem solchen Giftbaum, durch dessen Saft so viele Amors-Pfeile vergiftet wurden, nicht so nahe anbeten sollen; aber sie und ihre meisten Schwestern werden von den männlichen Vorzügen gegen den männlichen Mißbrauch davon verblendet.

Anfangs ging manches gut; die reine Unschuld seiner Schwester und seines Freundes warf ein fremdes Zauberlicht auf den widernatürlichen Bund. Das Vorzüglichste war, daß er als Konzertmeister seiner Liebe wenig mehr von Rabetten bedurfte als die – Ohren; Lieben war bei ihm Sprechen, und Handlungen sah er bloß für die Zeichnung unserer Seele, Worte aber für die Farben an. Es gibt eine doppelte Liebe, die der Empfindung und die des Gegenstandes. – Jene ist mehr die männliche, sie will den Genuß ihres eignen Daseins, der fremde Gegenstand ist ihr nur der mikroskopische Objekt- oder vielmehr Subjekt-Träger, worauf sie ihr Ich vergrößert erblickt; sie kann daher leicht die Gegenstände wechseln lassen, wenn nur die Flamme, in die sie als Brennstoff geworfen werden, hoch fortlodert; und durch Taten, die immer lang, langweilig und beschwerlich sind, genießet sie sich weniger als durch Worte, die sie zugleich malen und mehren. Hingegen die Liebe des Gegenstandes genießet und begehret nichts als das Glück desselben (so ist meistens die weibliche und elterliche), und nur Handlungen und Opfer tun ihr Genüge und wohl; sie liebt, um zu beglücken, wenn jene nur beglückt, um zu lieben.

Roquairol hatte sich längst der Liebe der Empfindung gewidmet. Daher mußt' er so viel Worte machen. Überhaupt wurde sein Herz erst durch den Transport über die Zunge und Lippe recht feurig und trinkbar; am Rheinfall wär' er nicht von der besten, nämlich gerührtesten Laune gewesen, bloß weil er zum Lobe desselben – da der Fluß alles überdonnert – nichts hätte vorbringen können vor erhabenem Lärm.

Sein Roman mit Rabetten nach der Liebes-Erklärung war in verschiedene Kapitel abgeteilt.

Das erste Kapitel bei ihr versüßte er sich dadurch, daß sie ihm neu war und zuhörte und bewundernd gehorchte. Er schilderte ihr darin große Stücke von der schönen Natur ab, mischte einige nähere Rührungen dazu und küßte sie darauf; so daß sie seine Lippen wirklich in zwei Gestalten genoß, in der redenden und in der handelnden; von ihr wollt' er, wie gesagt, nur ein Paar offne Ohren. In diesem Kapitel nahm er noch einige Möglichkeit ihrer – Heirat an; die Männer vermengen so leicht den Reiz einer neuen Liebe mit dem Wert und der Dauer derselben.

Er machte sich an sein zweites Kapitel und schwamm darin selig in den Tränen, aus denen er es zu schreiben suchte. In der Tat gewährte ihm diese Augenlust mehr wahre Freude als fast die besten Kapitel. Wenn er so neben ihr saß und trank – denn wie ein totes Fürsten-Herz begrub er gern sein lebendes in Kelche – und nun anfing zu malen sein Leben, besonders seinen Tod, und seine Leiden und Irrtümer vorher und seinen Selbst- und Knabenmord auf der Redoute und seine weggestoßene Liebe für Linda: wer war da mehr zu Tränen bewegt als er selber? – Niemand als Rabette, deren Augen – durch ihren Vater und Bruder so wenig mit Männertränen bekannt geworden als mit Elefanten-, Hirsch- und Krokodilstränen – desto reicher in seine Trauer und Liebe, aber nicht so süß als bitter überströmten. Das goß wieder neues Öl in seine Flamme und Lampe, bis er am Ende wie jener Schüler des Hexenmeisters von Goethe die Besen, welche Wasser zutrugen, nicht mehr regieren konnte. Poetische Naturen haben eine mitleidige; gleich der Justiz besolden sie neben der Folterbank einen Wundarzt, der die gebrochnen Glieder sogleich wieder ordnet, ja sogar vorher die Stellen der Quetschungen reguliert.

Der Mann sollte nie seinetwegen, ausgenommen vor Entzückung, weinen. Aber Dichter und alle Leute von vieler Phantasie sind Zauberer, welche – gerade als Widerspiele der verbrannten Zauberinnen – leichter weinen, obwohl mehr vor Bildern als vor dem rohen, wunden Unglück selber, um die armen Zauberinnen auf die schlimmste Wasserprobe zu setzen. Trauet nicht! Auf dem Machinellen-Giftbaum werden die Regentropfen giftig, die von seinen Blättern rollen.

Indes muß es nie verschwiegen werden, daß der Hauptmann in diesem zweiten Kapitel seinen Entschluß bestärkte, die gute und so weiche Rabette wirklich zu – ehelichen; »du weißt,« (sagt' er zu sich) »was im ganzen an den Weibern ist, ein paar Mängel auf oder ab tun wenig; deine männliche Narrheit, sie wie die Zins- und Deputattiere ohne Fehl zu fodern, ist doch wohl vorüber, Freund.« –

Jetzt setzt' er sich hin, um zu seinem dritten Kapitel einzutunken, worin er spaßte. Seine Lippen-Allmacht über das zuhorchende Herz erquickt' ihn dermaßen, daß er häufige Versuche machte, ob sie sich nicht halb tot lachen könnte. Weiber nehmen in der Liebe aus Schwäche und Feuer das Lachkraut am leichtesten; sie halten den komischen Heldendichter noch mehr für ihren Helden – und beweisen damit die Unschuld ihres Auslachens. Aber Roquairol liebte die Lachende weniger.

In seinem vierten Kapitel – oder Sektor, oder Hundsposttag, oder Zettelkasten, oder wie ich sonst (lächerlich genug) statt der Zykel abteile – in seiner vierten Jobelperiode, sag' ich, hielt es sozusagen härter mit ihm. Rabette wurd' es endlich gewohnt und satt, daß er immer abstieg und den zwischen den Rädern hängenden Teertopf der Tränendrüse aufmachte, um den Trauerwagen zu teeren. Tiefes Rühren und Bewegen wurd' ihm täglich sauerer gemacht und vergället, er mußte immer längere und grellere Trauerspiele geben. Da fing er an zu merken, daß die Zunge des Landmädchens nicht eben die größte Landschaftsmalerin, Seelenmalerin und Silhouettrice sei und daß sie zu ihm wenig mehr zu sagen wisse als: du mein Herz! Er machte deshalb im vierten Kapitel seltnere Besuche; das half wieder viel, aber kurz. Glücklicherweise gehörte die halbe Meile von Pestitz nach Blumenbühl zu Rabettens Schönheitslinien und Strahlen; in der Stadt, in *einer* Straße oder gar unter *einem* Dache wär' er zu kalt geblieben vor Nähe.

Die natürlichste Folge aus einem solchen Kapitel ist das fünfte oder das Wechselkapitel, das einige Flammen noch durch den immer schnellern Wechsel von Vorwürfen und Versöhnungen aufbläset, so daß beide sich, wie elektrische Körper kleine, wechselnd anziehen und abstoßen. Zuweilen trank er nichts und fuhr sie bloß an, zuweilen nahm er sein Glas und sagte zu ihr: »*Ich* bin der Teufel, *du* der Engel.« Den größten Stoß gab seiner Liebe sein Vater durch den Beifall, den er ihr wider Verhoffen schenkte. Dem Hauptmann war gänzlich so, als begeh' er die Silberhochzeit, wenn er einmal die goldne feiere. Im Dienste der Liebesgöttin wird man leichter kahl als grau; er war schon gegen die Silberbraut moralisch-kahl. Zum Glücke trieb er kurz vor dem Flammensonntag in Lilar[1] alle Vernachlässigungen und Sünden so weit, daß er am Sonntag imstande war, sie zu verfluchen; nur nach Zürnen und Sündigen konnt' er leichter lieben und beten, wie der kriechende Springkäfer sich nur aufschnellt, auf den Rücken gekehrt. Es ist

[1] Wo Albano zum letzten Male selig mit Lianen war.

wohl wenigen Lesern aus jenem Sonntag entfallen, wenigstens entgangen, daß Roquairol morgens mit Rabetten im Flötentale gesessen – daß Rabette da beklommen und einsam gesungen – und daß er aufgelöset seinem von der Liebe verherrlichten Freunde aufgestoßen. Die Tal-Sache ist natürlich: nach so langem Kühl- (nicht Kalt-) Sinn – an diesem luftigen, freien Otaheiti-Tage – bei so vielem, was er in den Händen hatte (eine fremde – und eine Flasche) – neben ihrem Herzen, so warm und doch so ruhig wie die Sonne droben – neben der einsamen Waisen-Flöte, die er rufen ließ – und bei seinem herzlichsten Wunsche, von einem solchen Tage und Himmel etwas zu profitieren – – da sah er sich ordentlich genötigt, wahre Rührung vorzuholen, über seine Vergangenheit sich auszulassen (er glich den alten Sprachen, die nach Herder viele Präterita und kein Präsens haben) – ja über seinen Tod (auch ein Bruchstück der Vergangenheit) – und dann wie auf einem Himmelswege weiterzugehen. Freilich ging er nicht weit; er ließ wieder sein heil. Januars-Blut flüssig werden, nämlich seine Augen, und also vorher sein eignes und foderte dann der entzückten, im schönsten Himmel umhergeschleuderten Seele nichts Geringeres ab als – da sie vor dem zugeworfnen Schnupftuch verstummte wie der Kanarienvogel unter dem übergeworfnen – ein schwaches Singen. Rabette konnte nicht singen, sie sagte es, sie weigerte sich, sie sang endlich; aber sie dachte unter dem leeren Singen an nichts weiter als an ihn und sein wildes, nasses Gesicht.

Das schlimmste Kapitel unter allen, die er in seinen Roman brachte, ist wohl das sechste, das er in der Illuminationsnacht in Lilar niederschrieb. Anfangs hatt' er die stumme, glanzlose Zuschauerin einsam stehen lassen, indem er hinter dem Venuswagen voll fremder Göttinnen nachlief und aufsprang. Allmählich kroch eine Freude nach der andern herzu und gab ihm den Tarantelbiß, dem ein krankes Toben folgte. Da Mäßigkeit eine wahre stärkende Arzenei des Lebens ist: so nahm er zu dieser kräftigen Arzenei, um sie nicht in immer stärkern Dosen brauchen zu müssen, ungemein selten die Zuflucht und gewöhnte sich durchaus nicht an sie. Endlich erschienen an ihm wie am sinesischen Porzellan [1] die Gestalten durch Füllen; er trat mitleidend und liebend zu Rabetten und glaubte mit ihr, gegen sie weich oder gut zu sein, da ers bloß gegen alle war.

Er wollte sie aus dem feindlichen Augen-Heer entführen, um bei ihr den Kuß zu suchen, dem das Verbot und die Entbehrung wieder den Honig gab; aber sie weigerte sich, weil da, wo das Auge aufhört, der Verdacht anfängt, als er zum Unglück die Blinde aus Blumenbühl ansichtig wurde und zur scheinbaren Wache Rabettens rufen konnte, um diese aus der Versuchung unter Menschen in die Versuchung in die Wüste zu führen. Sie ungestüm-

[1] Die Sineser konnten sonst auf Porzellan Fische und andere Gestalten malen, die nur sichtbar wurden, wenn man das Gefäß anfüllte. Lettres édifiantes etc. XII. recueil.

liebend an sich drückend wie nie – daß die arme, diesen Abend so verlassene Seele über die Wiederkehr aller ihrer Freuden weinte – und zu ihr redend wie ein Engel, der wie keiner handelt, gelangt' er mit ihr im stillen Tartarus, wo alles blind und stumm war, unwillkürlich an.

Rabette hatte die Blinde nicht entlassen; aber als sie in den Katakombengang eingingen, der nur zwei Personen fasset, wenn nicht die dritte im Wasser schleichen will, wurde die augenlose Magd an die Pforte gestellt, um so mehr da er sich nicht gern von einer überflüssigen Zuhörerin wollte hemmen lassen. Und was war denn mitten im Guckkasten des Grabes auch zu scheuen?

Drinnen sprach er über die überall ausgestreckten Zeigefinger des Todes, »und daß sie hinwiesen, das Leben, so dumm es auch sei, nicht noch dümmer zu machen, sondern lustig«. Er setzte sich mit ihr liebkosend – wie der Würgeengel unsichtbar neben dem blühenden Kinde sitzt, das im alten Gemäuer spielt und dem er den schwarzen Skorpion in die zarten Händchen drückt –; es war die Stelle, wo er mit Albano, gegenüber dem Gerippe mit der Äolsharfe, in der ersten Bundesnacht gesessen, als ihm der Freund die Entsagung Lindas beschwor. Seine Zunge strömte wie sein Auge – Er war weich, wie nach dem Volksglauben Leichen weich sind, denen Traurende nachsterben – Er warf Feuer-Kränze in Rabettens Herz, aber sie hatte nicht wie er Wortströme zum Löschen – sie konnte nur seufzen, nur umarmen; und die Männer versündigen sich am leichtesten aus Langerweile an guten, aber langweiligen Herzen – Schneller sprangen Lachen und Weinen, Tod und Scherz, Liebe und Frechheit ineinander über; das moralische Gift macht die Zunge so leicht als physisches sie schwer – Die Arme! die jungfräuliche Seele ist eine reife Rose, aus der, sobald *ein* Blatt gezogen ist, leicht alle gepaarte nachfallen; seine wilden Küsse brachen die ersten Blätter aus – Dann sanken andere – Umsonst wehet der gute Genius fromme Töne aus der Harfe des Todes und rauschet zürnend im Orkus-Flusse der Katakombe herauf – Umsonst! – Der schwärzeste Engel, der gern foltert, aber lieber Unschuldige als Schuldige, hat schon vom Himmel den Stern der Liebe gerissen, um ihn als Mordbrand in die Höhle zu tragen. Der Wehrlosen enges, armes Lebens-Gärtchen, worin nur wenig wächst, steht auf dem langen Minengang, der unter Roquairols ausgedehnten Lustlagern wegläuft; und der schwärzeste Engel hat die Minen-Lunte schon angesteckt – Feurig frisset der gierige Punkt sich weiter. Noch steht ihr Gärtchen voll Sonnenschein, und seine Blumen wiegen sich – der Funke nagt ein wenig am schwarzen Pulver, plötzlich reißet er einen ungeheuern Flammen-Rachen auf – Und das grüne Gärtchen taumelt, zersprengt, zerstäubt, in schwarzen Schollen aus der Luft herab an ganz fernen Stellen – und das Leben der Armen ist Dampf und Gruft. – –

Aber Roquairols ausgebreiteten, weiten und zusammengewurzelten Lust-Parks widerstanden dem Erdstoße viel kräftiger. – Beide traten dann betrübt – denn dem Hauptmann war eine kleine Laube aufgeschleudert – aus dem Miniergange heraus, trafen aber die Blinde nicht mehr an, die suchend sich verlaufen hatte, sondern stießen nur dem umherirrenden Albano auf, der sehr trauerte und tobte, ob er gleich diesen Abend nichts verloren hatte als – Freuden.

Lasset uns die Betrogne und ihre Mit-Millionen mit einigen Worten vor einen milden Richter führen! – Nicht das allein wird dieser Richter wiegen, daß sie, vom Blütenstaube eines rauchenden Freuden-Frühlings betäubt, stumm-erstickt mit dem jungfräulichen Schleier, erlegen dem Sturm der Phantasie – da Weiber um so leichter vor der fremden und poetischen fallen, je seltner ihre eigne weht und ihnen das Feststehen angewöhnt –, den Lohn eines ganzen jungfräulichen Lebens sterben ließ: sondern das mildert am stärksten das Urteil, daß sie Liebe im Herzen trug. Warum erkennt es denn das Männer-Geschlecht nicht, daß die Liebende in der Stunde der Liebe ja nichts weiter tun will als alles für den Geliebten, daß die Frau *für* die Liebe alle Kräfte, *gegen* sie so kleine hat und daß sie mit derselben Seele und in derselben Minute ebensoleicht ihr Leben hingäbe als ihre Tugend? – und daß nur der fodernde und nehmende Teil schlecht sei, besonnen und selbstsüchtig?

Das letzte oder siebente Kapitel seines Räuberromans ist sehr kurz und widersprechend. Den dritten Tag besucht' er sie in ihrem Garten, war zärtlich, vernünftig, nüchtern, zurückhaltend, als wär' er ein Ehemann. Da er sie voll Kummer fand, den sie doch nur halb aussprach: so kam er aus Angst für ihre Gesundheit mehrmals wieder; und als diese nicht im geringsten gelitten, blieb er – weg. Gegen Albano war er während besagter Angst demütig; und nach derselben wie sonst, aber nicht lange. Denn als seine Schwester, die er vielleicht unter allen Menschen am reinsten liebte, durch Albanos Wildheit erblindete: warf er, eben wegen der Ähnlichkeit der Schuld, auf diesen einen wahren Haß und etwas Ähnliches auf alle dessen Verwandte. Rabette bekam jetzt nichts weiter von ihm als – Briefe und Entschuldigungen, kurze Gemälde seiner wilden Natur, die freien Spiel-Raum haben müsse, und die, einer fremden angeheftet, diese bloß ebensosehr mit der Kette zerschlagen und drücken müsse als sich selber. Alle Einwürfe Rabettens wußt' er so gut zu heben, da sie nur in Worten, und nicht in Mienen und Tränen bestanden, daß er am Ende selber einsah, er habe recht; und der von diesem stürzenden, glatten Maienbaum erschlagnen Maiblume blieb fast nichts übrig als das rechte letzte Wort, nämlich die stumme Lippe, die es dem Mörder nicht erst meldet, daß er das Herz getroffen und zerstöret habe.

88. Zykel

Hier ist Roquairols Brief an Albano:

»Einmal muß es geschehen, wir müssen uns sehen, wie wir sind, und dann hassen, wenn es sein muß. Ich mache deine Schwester unglücklich, du meine und mich dazu; das hebt sich auf gegenseitig. Du verzerrest dich aus meinem Engel immer heftiger zu meinem Würgengel. Würge mich denn, aber ich packe dich auch.

Jetzt sieh mich an, ich ziehe meine Maske ab, ich habe konvulsivische Bewegungen auf dem Gesicht, wie Leute, die genossenen Gift überstanden! Ich habe mich in Gift betrunken, ich habe die Giftkugel, die Erdkugel, verschluckt. Frei heraus! Ich jauchze nicht mehr, ich glaube nichts mehr, ich jammere nicht einmal recht tapfer. Ausgehöhlt, verkohlt vom phantastischen Feuer ist mein Baum. Wenn so zuweilen die Eingeweidewürmer des Ichs, Erbosung, Entzückung, Liebe und dergleichen, wieder herumkriechen und nagen und einer den andern frisset: so seh' ich vom Ich herunter ihnen zu; wie Polypen zerschneide und verkehr' ich sie, stecke sie ineinander. Dann seh' ich wieder dem Zusehen zu, und da das ins Unendliche geht, was hat man denn von allem? Wenn andere einen Glaubens-Idealismus haben, so hab' ich einen Herzens-Idealismus, und jeder, der alle Empfindungen oft auf dem Theater, dem Papier und dem Erdboden durchgemacht, ist so. Wozu dients? – Wenn du jetzt stürbest, sag' ich mir oft, so wäre ja alles, da alle Radien des Lebens in den kleinen Punkt eines Augenblicks zusammenlaufen, weggewischt, unsichtbar; mir ist dann, als wär' ich nichts gewesen. Oft seh' ich die Berge und Flüsse und den Boden um mich an, und mir ist, als könnten sie jeden Augenblick auseinanderflattern und verrauchen und ich mit. Das künftige Leben, da das anwesende kaum eines ist, und alles, was daranhängt, gehört unter die Entzückungen, denen man zusieht; zumal unter einer, in der Liebe.

Da du so leicht jede Verschiedenheit von dir für Entkräftung hältst: so sag' ich dir gerade heraus: steige nur weiter, knete dich nur mehr durch, hebe nur den Kopf aus den heißen Wogen der Gefühle höher, dann wirst du dich nicht mehr in sie zerlaufen, sondern sie allein verwallen lassen. Es gibt einen kalten, kecken Geist im Menschen, den nichts etwas angeht, nicht einmal die Tugend; denn er wählt sie erst, und er ist ihr Schöpfer, nicht ihr Geschöpf. Ich erlebte einmal auf dem Meer einen Sturm, wo das ganze Wasser sich wütend und zackig und schäumend aufriß und durcheinanderwarf, indes oben die stille Sonne *zusah*; – so werde! Das Herz ist der Sturm, der Himmel das Ich.

Glaubst du, daß die Romanen- und Tragödienschreiber, nämlich die Genies darunter, die alles, Gottheit und Menschheit, tausendmal durch- und nachgeäfft haben, anders sind als ich? Was sie – und die Weltleute – noch reell erhält, ist der Hunger nach Geld und nach Lob; dieser fressende Magensaft ist der tierische Leim, der hüpfende Punkt in der weichen Fluß-Welt und Fließ-Welt. – Die Affen sind Genies unter dem Vieh; und die Genies sind – nicht bloß vor höhern Wesen, wie Pope von Newton sagt – sondern auch hier unten Affen, im ästhetischen Nachmachen, in der Herzlosigkeit, Bosheit, Schadenfreude, Wollust und – Lustigkeit.

Letztere und vorletztere beding' ich mir aus. Gegen die Longueurs im Lebens-Buche, das kein Mensch versteht, gibts nichts als einige lustige Stellen, an die ich nicht mehr denke, sobald ich sie gelesen. Um nur wegzukommen über das höckerige, kalte Leben, will ich doch mir lieber Rosenkelche als Dornenreiser unterstreuen. Die Freude ist schon etwas wert, weil sie etwas verdrängt, eh' man sich mit schwerem Haupte niederlegt ins Nichts.

So bin ich; so war ich; da sah ich dich und wollte dein Du werden – aber es geht nicht, denn ich kann nicht zurück, aber du vorwärts, du wirst mein Ich einmal – und da *wollt'* ich deine Schwester lieben! Sie verzeihe es mir! Hier trinke reinen Wein! Ich weiß am besten, wie weit es mit den Weibern geht – wie ihre Liebe beglückt und beraubt – wie jede Liebe sich gleich anderem Feuer an viel besserem Holze *entzündet* als *ernährt* – und wie überall der Teufel alles holt, was er bringt. – –

O, warum kann denn keine Frau nur soweit und nicht weiter lieben, als man haben will? Gar keine? – Meinetwegen; überall wollen schlaffe Prediger uns von jeder vergänglichen Lust abhalten durch die nachfahrende Unlust. Ist denn die Unlust nicht auch vergänglich? – Rabette meint' es gut mit mir, aus demselben Grunde des Wunsches, warum ichs mit ihr und mir so meinte. Aber weiß es denn jemand, welche Fegefeuer-Stunden man mit einem fremden Herzen durchwatet, das voll ist, ohne zu füllen, und dessen Liebe man am Ende hasset – *vor* welchem, aber nicht *mit* welchem man weint und nie über Gleiches und dem man sich jede Rührung zu enthüllen scheuet, aus Furcht, sie in Nahrung der Liebe verwandelt zu sehen – aus dessen Zorn man den größern Zorn und aus dessen Liebe man den kleinern saugt? – Und nun vollends auf immer in diese Peinlichkeit die heitern Verhältnisse eingeschraubt, die uns sonst über die peinlichen emporhalten sollen – auf immer das lang gewünschte Götter-Glück des Lebens in einen platten Schein und Kupferstich verkehrt – das Herz in eine Brust und Larve – das Mark des Daseins in spitze Knochen – Und doch bei allen Vorwürfen der Kälte nur ans Schweigen gekettet, unschuldig und stumm auf die Folter gebunden – und das eben ohne Ende! –

Nein, lieber den Wahnsinn her, den man aus dem Tempel der Liebe sowohl wie der Eumeniden holt! Lieber recht unglücklich-entbrannt, ohne Hoffnung, ohne Laut, bis zur Bleichheit und Wut, als so geliebt-nicht liebend! – Wer einmal in dieser Hölle brannte, Albano, der – fährt immerfort in sie; das ist das neue Unglück. Verschmerz' ich nicht das Leben und den Tod und die Wunden und Stacheln vorher und bin gewiß nicht schwach? –

Doch bin ich nicht imstande, einer empfindsamen Rede – oder Klavierphantasie – oder Vorlesung oder Vorsingung Einhalt zu tun, und wenn mir der Schmerz in Person eine von allen Göttern unterschriebene Drohung vorhielte, daß eine Zuhörerin, die ich nicht leiden kann, sogleich darauf meine Liebhaberin würde und daraus meine Geliebte und Hölle.

Die Griechen gaben dem Amor und dem Tode dieselbe Gestalt, Schönheit und Fackel; für mich ists eine Mordfackel, aber ich liebe den Tod und darum den Amor. Längst war mir mein Leben eine tragische Muse; gern geb' ich dem Dolche einer Muse die Brust; eine Wunde ist fast ein halbes Herz. –

Höre weiter! Rabette hat eine schöne Natur und folgt ihr, aber meine ist für sie eine Wolke mit leerer, vergänglicher Bildung und Gestalt; sie versteht mich nicht. Könnte sie es, so vergäbe sie mir am ersten. O, ich habe sie wohl mißhandelt, als wäre ich ein Schicksal und sie ich. Zürne, aber höre. In der Illuminationsnacht führte ihre Sehnsucht und meine Leerheit im Feuerregen der Freude uns wärmer aneinander – unter den glattgepanzerten und mattgeschliffnen Hofgesichtern blühte ihr aufrichtiges so schön und so lebendig wie ein frisches Kind auf der Bühne und am Hofe – Wir gerieten in den Tartarus – Wir saßen an der Stelle, wo du mir deinen Verzicht auf Linda geschworen – In meinen Sinnen glühte der Wein, in ihren das Herz – O, warum hat sie, wenn man spricht und strömt, keine andere Worte als Küsse und macht einen sinnlich aus Langeweile – und zwingt zum Sprechen ihrer Sprache? – Meine wahnsinnige Kühnheit, die mir die Phantasie und der Rausch einhauchen und die ich kommen sehe und doch erwarte, ergriff mich und trieb mich wie einen Nachtwandler. – Aber immer ist etwas in mir Hellblickendes, das selber das Zuggarn des Wahnsinns strickt, über mich wirft und mich verhüllt darin führt. – So sieh mich in jener Nacht mit dem brennenden Netz um das Haupt, der Totenbach murmelt zu mir, das Skelett greift durch die Harfe – Aber umschlungen, vergittert, verdunkelt, geblendet vom Feuer-Geflechte der Lust, acht' ich weder Vernichtung noch Himmel noch dich und jenen Abend, sondern ich schlinge alles durcheinander und ins Geflechte – Und so sank die Unschuld deiner Schwester ins Grab, und ich stand aufrecht auf dem Königssarg und ging mit hinunter.

Ich verlor nichts – in mir ist keine Unschuld –, ich gewann nichts – ich hasse die Sinnenlust –; der schwarze Schatte, den einige Reue nennen, fuhr breit hinter den weggelaufenen bunten Lustbildern der Zauberlaterne nach; aber ist das Schwarze weniger optisch als das Bunte?

Verdamme deine arme Schwester nicht; sie ist jetzt unglücklicher als ich, denn sie war glücklicher; aber ihre Seele ist unschuldig geblieben. Bewahrt lag ihre Unschuld in ihrem Herzen wie ein Kern in der steinigen Pfirsichschale; der Kern selber zersprengte in der nährenden, warmen Erde seinen Panzer und drängte sich grünend ans Licht.

Ich besuchte sie nachher. Alle ihre Seelenschmerzen gingen in mich über; zu allen Taten und Opfern für sie fühlt' ich mich leicht; aber zu keinen

Empfindungen. Macht, was ihr wollt, du und mein Vater, ich werde mich in diesem dummen Stoppel-Leben, wo man in der Freiheit so wenig erntet, nicht vollends in das enge dreißigjährige Gehege der Ehe bannen. Bei Gott! für den erbärmlichen erpreßten Sinnen-Rausch hab' ich schon bisher und unter ihm mehr ausgestanden, als er wert ist.

Nicht das, was ich gestern bei dir gelesen, gibt mir diesen Entschluß – das frage Rabetten über ihn –, und meine Freimütigkeit gegen dich ist ein willkürliches Opfer, da die Mysterie unter zweien hätte ohne mich eine bleiben können: sondern ich will nicht von dir verkannt sein, gerade von dir, der du, bei so wenigen Reflexen deines Innern, so leicht nachteilig vergleichst und nicht merkst, daß du meine Schwester in Lilar gerade so, nur mit geistigern Armen, opfertest und ihre Augen und Freuden in den Orkus warfst. Ich tadle dich nicht; das Schicksal macht den Mann zum Unter-Schicksal des Weibes. Die Leidenschaften sind poetische Freiheiten, die sich die moralische nimmt. Du hieltest mich doch nicht für zu gut, ich bin alles, wofür du mich nahmest, nur aber noch *mehr dazu;* und das Mehr-Dazu fehlt dir noch selber.

O, wie fliegt mein Leben schneller, seit ich weiß, daß *Sie*[1] kommt! Das Schicksal, das so oft Gewicht und Räder spielt und den Perpendikel des Lebens mit eigner Hand auswirft, hebt den meinigen aus, und alle Räder rollen der seligen Stunde unbändig entgegen. *Sie* ist meine erste, meine reinste Liebe; vor *ihr* riß ich alle meine blühenden Jahre aus und warf sie ihr hin auf ihren Weg als Blumen; für *Sie* opfer' ich, wag' ich, tu' ich alles, wenn *Sie* kommt. O, wer in der leeren Schaum- und Gaukel-Liebe nichts fürchtet, was sollte der in der rechten, lebendigen Sonnen-Liebe scheuen oder weigern? – Du Engel, du Würgengel, du flogst herein in mein kahles, ebenes Leben, du fliehst und erscheinst, bald hier, bald da, auf allen meinen Steigen und Auen, o verweile nur so lange, bis ich vor deinen Füßen mir mein Grab aufgewühlet habe, während du zu mir heruntersahest! –

Albano, ich schaue die Zukunft und greif' ihr vor; ich sehe recht deutlich das lange, über den ganzen Strom gespannte Netz, das dich fassen, schnüren und würgen soll; dein Vater und noch andere ziehen darin euch beide einander zu, Gott weiß warum. – Darum kommt *Sie* jetzt, und dein Reisen ist nur Schein. – Meine arme Schwester ist bald besiegt, nämlich ermordet; besonders da man dazu bei ihrem Geisterglauben keine andere Stimme braucht als jene körperlose, die über dem alten Fürstenherzen dem deinigen die Grenze anwies!

Welche Lichter in der Zukunft, die zwischen finstern Verhältnissen und Gebüschen, in Mord-Winkeln brennen! – Wie es sei, ich trete in die Höhlen hinein; ich danke Gott, daß das ohnmächtige, *kaltschwitzende* Leben wieder einen Herzschlag, eine Leidenschaft gewinnt; und dann oder jetzt tue gegen mich, der ich sicher und versteckt und unredlich handeln konnte, was du

[1] Linda.

magst. Schlage dich heut oder morgen mit mir. Es soll mich freuen, wenn du mich in den längsten Schlaf auf den Rücken bringst. O, das Opium des Lebens macht nur anfangs lebhaft, dann schläfrig, o so schläfrig! Gern will ich nicht mehr lieben, wenn ich sterben kann. Und so ohne ein Wort weiter hasse oder liebe mich, leb aber wohl!

Dein Freund
oder dein Feind.«

89. Zykel

»Mein Feind!« rief Albano. Der zweite heiße Schmerz schlug vom Himmel in sein Leben ein, und der Wetterstrahl brannte grimmig wieder hinauf. Als ein herzloser Rumpf der vorigen Freundschaft war ihm Roquairol vor die Füße geworfen; und er fühlte den ersten Haß. Diese Giftmischung von sinnlicher und geistiger Schwelgerei, dieser Gärbottich von Sinnen-Hefe und Herzens-Schaum – dieser Vertrag von Liebes- und Mordlust und gegen dasselbe schuldlose Herz – dieser geistige Selbstmord des Gemüts, der nur ein lustiges, umherschweifendes, sich wechselnd verkörperndes Gespenst übrig ließ, auf das kein Verlaß mehr bleibt und das ein tapferer Mann schon zu hassen anfängt, weil er diesen weichen Gift-Nebel nicht packen und bekämpfen kann – das alles erschien dem Grafen, der ohne die Übergänge und Mitteltinten der Gewohnheit und Phantasie aus dem vorigen Lichte der Freundschaft in diese Abenddämmerung geführet wurde, noch schwärzer, als es war. Neben die flache Wunde, die sein Familienstolz in der gemißhandelten Schwester empfing, kam die tiefe giftige, daß Roquairol ihn mit sich und Lianens Zerstörung mit Rabettens ihrer verglich. »Bösewicht!« knirschte er; auch die kleinste Ähnlichkeit schien ihm eine Verleumdung.

Allerdings hatte Roquairol an ihm sich verrechnet und seine poetische Selbst-Verdammnis zu sehr auf Rechnung eines poetischen Richterspruchs aufgesetzt. Wie man im Geräusche unwissend lauter spricht, so wußte er, wenn die Phantasie mit ihren Katarakten um ihn brauste, nicht recht, was er rief und wie stark. Da er oft doch weniger Schwärze an sich fand, als er schilderte: so setzt' er voraus, der andere finde dann sogar noch weniger als er selber. Auch hatt' er im poetischen und sündigen Taumel sich am Ende das moralische Zifferblatt selber beweglich gemacht, daß es mit dem Zeiger ging; in dieser Verwirrung wurd' ihm nicht gezeigt, wo Unschuld war.

Hätt' er vorausgesehen, daß seine brieflichen Beichten in feindlichern Winkeln an- und abprallen würden als einstmals seine mündlichen: er hätte sie anders gerichtet.

Vor Erschütterung konnte Albano nicht sogleich den kurzen Scheidebrief – keinen Fehdebrief – an den Verlornen schreiben, sondern zögerte in der Gewißheit, daß der Hauptmann nicht selber komme – als er kam. Denn Zögern vertrug er nicht; körperliche und geistige Wunden nahm er als theatralische auf; zu sehr gewohnt, Menschen zu gewinnen, verwand ers zu leicht, Menschen zu verlieren. – Eine schreckliche Erscheinung für Albano; nur der aufgestellte lange Sarg des getöteten Lieblings! – Daß nun über dieses kräftig-knochige Gesicht, sonst die Feste ihrer Seelen, die Furchen des Unkrauts sich krümmten, daß dieser Mund, den die Freundschaft so oft auf seinen gelegt, ein Pest-Krebs, eine deckende Rose des Zungenskorpions für die trauend-annahende gute Rabette gewesen, das zu sehen und zu denken war reiner Schmerz. –

Kaum hörbar war Gruß und Dank; stumm gingen sie auf und ab, nicht neben-, sondern widereinander. Albano suchte seinen Zorn in die Gewalt zu bekommen, um nichts als die Worte zu sagen: gehe von mir und lasse mich deiner vergessen. Er wollte Lianen im Bruder schonen, der ihn das Opfermesser derselben gescholten; ungerechte Vorwürfe erhalten uns in der nächsten Zukunft besser, weil wir sie zu keinen gerechten wollen werden lassen. – »Offen bin ich, siehst du« – (fing Roquairol gemäßigt an, weil seine Wallungen halb vertropft und verschrieben waren) – »sei es auch und antworte dem Brief.« – »Ich war dein Freund – nun nicht mehr«, sagte Albano erstickt. – »*Dir* hab' ich doch nichts getan«, versetzte jener.

»Himmel! Laß mich nicht viel reden« – (sagte Albano) »Meine elende Schwester – Meine Unschuld an der Gräfin Kommen – Meine elende, verworfne Schwester –– O Gott! empör mich nicht – Ich achte dich nicht mehr, und da geh!« –

»So schlage dich!« sagte der Hauptmann, halb seelen-, halb wein-trunken. »Nein!« (sagte Albano, laut-einatmend wie zum Seufzer des Zorns) »dir ist nichts heilig, nicht einmal ein Leben!« Dieser Zögling des Todes warf den eignen Lebenstagen und Freuden und Planen so leicht alle fremde nach in die Gruft; das meinte Albano und dachte nur an die kranke, so leicht an *fremden* Wunden sterbende Liane, die Liebe war *(statt der Freundschaft)* wie ein milderndes Weib vor seine aufgebrachte Seele gegangen; aber der Feind verstand ihn falsch.

»Du mußt,« (spottete wild der Hauptmann) »deines soll mir teuer sein!« –

»Himmel und Hölle! ich meinte ein besseres« (sagt' er) – »Verleumder, gegen deine Schwester hab' ich nicht so gehandelt wie du gegen meine – ich habe sie nicht elend machen wollen, ich bin nicht wie du! – Und ich schlage mich nicht; ich schone sie, nicht dich.« – Aber der Höllenfluß des Zorns, den er durch Liane in flaches Land hatte leiten und seichter machen wollen, schwoll davon wie unter Zauberhand auf, weil Roquairols Lüge ihres Hinopferns dabei so nahe lag.

»Du fürchtest dich«, sagte der erbitterte Roquairol und nahm doch zwei Degen von der Wand. »Ich achte dich nicht – und schlage mich nicht«, sagte Albano, ihn und sich mehr reizend, da er doch sich bezwingen wollte.

Da trat Schoppe herein; »er fürchtet sich«, wiederholte jener gewaffnet. Albano gab errötend mit drei brennenden Worten die Geschichte. »Ein wenig müsset ihr euch vor mir schlagen!« rief der Bibliothekar voll alten Haß gegen Roquairols poetisches Blend- und Gaukel-Herz. Albano, lechzend nach kaltem Stahl, griff unwillkürlich darnach. Der Kampf begann. Albano fiel nicht an, aber immer wütender wehrt' er sich; und wie er so den zornigen Affen des vorigen Freundes mit dem Dolch in der Hand sah, der aus den blühenden Beeten der schönsten Tage ausgeackert war und in welchen er mit seinen Wunden getreten; und wie der Hauptmann mit wachsendem Sturme auf ihn fruchtlos einblitzte: so sah er auf dem grimmigen Gesicht den dunkeln Höllenschatten wieder stehen, der darauf gestanden und gespielet, als er unter sich die sträubende Rabette erwürgte; – die Aufziehbrücke der Gesichter, worauf sonst beide Seelen zusammenkamen, stand hoch, auseinandergerissen in die Luft. Glühender blickte Albano, zorntrunkner griff er den Werwolf der verschlungnen Freundschaft an – plötzlich hieb er ihm wie eine Tatze das Gewehr ab: als Schoppe, vom ungleichen Schonen und Fechten entflammt, mit Rabettens Namen die Rache rufen wollte und schrie: »Die Schwester, Albano!« –

Aber Albano verstand darunter Karls Schwester – und schleuderte das *eine* Schwert dem andern nach, und Feuertropfen standen in seinem Auge und verzogen unförmlich das feindliche Gesicht vor ihm. »Albano!« sagte zorn-erschöpft Roquairol, auf den weinenden Regenbogen des Friedens bauend; »Albano?« fragt' er und gab ihm die Hand. »Lebe froh, aber geh, noch bin ich unschuldig, geh!« versetzte Albano, der hart das Gewitter des ersten Zorns über sich fühlte, das, zwischen seine Gebürge eingesenkt, fortschlug. »Ins Teufels Namen geht! Am Ende werd' ich auch angesteckt«, fuhr Schoppe dazwischen. »In solchem Namen geht man gern!« sagte der Hauptmann, dem in Schoppens Gegenwart immer die Zungenmuskeln erfroren, und ging schweigend; aber Albano sah ihn längst nicht mehr an, weil er keine fremde Erniedrigung vertrug, sondern, wie jede starke Seele, mit der gebückten Menschheit zugleich sich selber niedergebogen empfand, so wie große Thronen keine Knechts-Abzeichen in ihrer Nähe dulden.[1]

Schoppe fing nun an, ihn an seine frühesten Weissagungen über Roquairol zu erinnern und sich das große Propheten-Quartett zu nennen – dessen unheilbare Mund- und Herzensfäule zu rügen – dessen theatralische Festigkeit mit dem römischen Marmor und Porphyr zu vergleichen, der außen eine Stein-Rinde habe, innen aber nur Holz[2] – anzumerken, dessen innere Besitzung heiße, wie die des deutschen Ordens, nur eine *Zunge* – und überhaupt so heftig gegen alle Selbst-Zersetzung durch Phantasie, gegen alle poetische Weltverachtung sich zu erklären, daß ein anderer als Albano wohl eben den Eifer für einen Schutz gegen das leise Gefühl einer Ähnlichkeit nehmen konnte. – –

[1] z. B. der deutsche kaiserliche Hof keine Bedienten-Livreen.

[2] In Rom scheinen Gebäude aus beiden zu bestehen, haben aber nur den Anwurf davon.

Schoppe hoffte sehr, Albano hör' ihm glaubend zu und werde zürnen, lachen und antworten; aber er wurde ernster und stiller; – er sah den rechtschaffenen Bibliothekar an – und fiel ihm heftig und stumm an den Hals – und trocknete schnell das schwere Auge. O, es ist ein finsterer Trauertag, der Begräbnistag der Freundschaft, wo das ausgesetzte, verwaisete Herz allein heimgeht, und es sieht die Todeseule vom Totenbette derselben schreiend über die ganze Schöpfung fliegen.

Albano hatte anfangs noch heute nach Blumenbühl gehen und seine verlassene Schwester auf das Trauer-Gerüste der Wahrheit führen wollen; aber jetzt war sein Herz nicht stark genug dazu, seine eignen Worte an die Schwester zu ertragen oder ihre Tränen ohne Maß und ohne Tröster.

Einundzwanzigste Jobelperiode

Die Leseprobe der Liebe – Froulays Furcht vor Glück – der betrogne Betrüger – Ehre der Sternwarte

90. Zykel

Seit dem vertilgten Bunde und seit Gaspards Briefe war Albanos Auge nach der schönsten Ruine der Zeit – wenn man die Erde selber ausnimmt –, nach Italien gerichtet, und sein verletzter Blick hielt an diesem neuen Portale seines Lebens fest, das ihn vor das Schönste und Größte, was Natur und Menschen schaffen können, führen sollte. Wie taten ihm die Feuer-Berge und Romas-Ruinen und ihr warmer, blaugoldner Himmel schon ihren Glanz auf, wenn er die leidende Liane vor sie führte und die frommen Augen erquickt die Höhen maßen! – Ein Mensch, der mit der Geliebten nach Italien reiset, hat dadurch, eben weil er *eines* von beiden entbehren könnte, beide verdoppelt. Und Albano hoffte diese Seligkeit, da alle Zeugnisse, die ihm über Lianens Genesung begegneten, diese versprachen. Den Doktor Sphex – der einzige, der für sie eine Grube öffnete und darin die Totenglocke goß und jedem schwur, mit den Blättern falle sie – sah er nicht mehr. Er wollte indes – sagt' er sich – bei der ganzen Mitreise nur ihr Glück, gar nicht ihre Liebe. So sah er sich immer in seinem Selbst-Spiegel, nämlich nur verschleiert; so hielt er sich oft für zu hart, wiewohl er es so wenig war; so hielt er sich für den Sieger über sein Herz, als sein schönes Angesicht schon kranke, blasse Farben trug.

Die Gegenwart stand noch dunkel über ihm, aber ihre benachbarten Zeiten, die Zukunft und Vergangenheit, lagen voll Licht. Welche Reise, worauf eine Geliebte, ein Vater, ein Freund, eine Freundin schon unterwegs die Merkwürdigkeiten sind, zu welchen andere erst ziehen! –

Die Fürstin war die Freundin. Seit Gaspards Briefen an sie und an ihn, seit der Hoffnung einer längern und nähern Gegenwart überwältigte sie alles Gewölke um sich her immer glücklicher, um den Freund nur aus einem blauen Himmel anzulachen und anzuleuchten. Sie allein am Hofe schien den barschen Jüngling, dessen stolze Offenheit so oft gegen den verdeckten Hof-Stolz und besonders gegen den offnen des Fürsten anrennte, mild und recht zu nehmen; sie allein schien – da nichts seltener in und von Zirkeln erraten wird als schöne Empfindsamkeit, zumal von höfischen, zumal die männliche – sanft die seinige auszuspähen und teilend fortzuwärmen. Sie allein ehrte ihn mit jener strengen, bedeutenden Achtung, die so selten die Menschen geben so wie fassen können, weil sie immer nur Liebe und Leidenschaft nötig haben, um – recht zu geben, unfähig, anders als bei Kometen-Licht, bei Kriegsflammen und bei Freudenfeuern die beste Hand zu lesen. Alles, was er war, setzte sie bei ihm bloß voraus; seine Vorzüge waren nur ihre Foderungen und seine Schutzbriefe; sie machte seine Individualität weder zu ihrem Muster noch zu ihrem Widerschein, beide waren Maler, keine Gemälde. Er hörte zwar oft, daß sie männlich-strenge sei, zumal als Befehlshaberin, aber doch nicht, daß sie weiblich-grausam werde. Für das gewöhnliche Höflings-Gewürme, das sich auf seinen Wurm-Ringen nur durch Kriechen Höhen gibt, war sie abstoßend und marternd; ob sie gleich als Neu-Gekommene hätte ein neugebornes Kind sein sollen, das den ältern Kindern Rosinen mitbringt. Am Sonntage, wo an Höfen, wie in Berlin auf der Bühne, immer geistige Volksstücke aufgeführt werden, war sie unter den Sonntagskindern, die mehr Geister sehen als haben, ein Montagskind, das sich einen zu finden wünscht, der – sei er immer nicht geadelt – doch ein Original von der Kopie zu unterscheiden weiß sowohl am eigenen Ich als im – Bilderkabinett. Deswegen dankten viele Herren und noch mehr Damen Gott, wenn sie ihr nichts zu sagen brauchten als: Gott befohlen!

Auf diese Weise erschien sie dem Grafen seines Vaters täglich werter. Wie in einen warmen Sonnenschein des Frühlings trat er zum erstenmal in den schmeichelnden Zauberkreis der weiblichen Freundschaft, die auch hier der Liebe zwei Schwingen goß und formte aus den Wachszellen des genossenen Honigs; es war aber bei ihm die Liebe gegen Liane, der die Freundin am leichtesten Flügel nach Italien geben konnte. Er fühlte, daß bald eine Stunde der überfließenden Achtung schlagen werde, wo er ihr den hoch ummauerten Klostergarten seiner vorigen Liebe vertrauend öffnen könnte. Denn sie machte ihm so oft Raum, ihr nahe zu sein, als es nur der enge Bezirk eines Thrones und die alles verratende hohe Lage desselben vergönnen wollten. Aber etwas störte, bewachte, bekriegte beide, eine, wie es schien, nebenbuhlerische Nachbarin. Es war die sonderbare Julienne, die immer, wenn es anging, aus ihrer Loge auf die Bühne der Fürstin trat und das Spiel verwirrte. Häufig kam sie ihm nach; einige Male hatt' er von ihr Einladungen bekommen, wenn gerade die der Fürstin nachfolgten, denen also jene, wie es schien, hatten zuvorkommen sollen. Was wollte sie? – Wollte sie von einem Jüngling, den sie so oft durch ihre Männer-Verachtung und durch ihr zorniges, blitzschnelles Funkenschlagen aufgebracht, etwan Liebe, vielleicht bloß weil er ihr freundliches Anblicken immer so warm erwidert hatte gegen eine so teure – Freundin seiner Geliebten? – Oder wollte sie von ihm nur Haß gegen die geehrte Fürstin, und zwar aus Neid und gewöhnlicher Weiber-Ähnlichkeit mit dem Elfenbein, dessen *weiße* Farbe so leicht zur *gelben* wird und das nur durch das Erwärmen wieder die schöne bekommt? –

Diese Fragen wurden mehr wiederholt als beantwortet von einem Abende, wo er und Julienne bei der Fürstin waren. Eine gute Vorlesung sollte von Goethes Tasso die Gemälde-Ausstellung geben. Schöne Kunst und nichts als Kunst war für die Fürstin die Passauer-Kunst gegen Hof- und Lebens-Wunden; und überhaupt war ihr das Weltgebäude nur ein vollständiges Bilder- und Pembrokisches Kabinett und Antikenkabinett. – Die Leserollen wurden von der Direktrice, der Fürstin, so verteilt, daß sie selber die Fürstin bekam – Julienne die vertraute Leonore – Albano den Dichter Tasso – ein jungwangiger Kammerherr den Herzog – und Froulay Antonio. Dieser letztere – der Kunststücke Kunstwerken vorzuziehen wußte und die fürstliche Kammer jeder Kunstkammer – stand wider sein Herz zum Einfahren in den Musenberg fertig da, von der Fürstin mit dem Berghabit dazu angetan. So täglich mehr in die poetische Mode eingezwängt, sah er freilich aus wie sonst eine Mißgeburt, die absichtlich mit angebornen Pluderhosen, Kopfputzen und dergleichen auf die Welt trat, um den modischen Weltlauf so zu verdammen wie ein kasselscher Gassenkehrer.

Albano las mit äußerer und innerer Glut – nicht gegen die lesende, sondern gegen die vorgelesene Fürstin, aus Angewohnheit seines unter dem Leben fortglühenden Herzens –, und die Fürstin las die Rolle ihrer Rolle freilich sehr gut. Ihr artistisches Gefühl sagte ihr es – auch ohne Einblasen des zärtlichen –, daß in Goethes Tasso – der sich meistens zum italienischen Tasso verhält wie das himmlische Jerusalem zum befreiten – die Fürstin fast die der Fürstinnen ist; nie ging der Musen- und Sonnengott schöner durch das Sternbild der Jungfrau als hier. Nie wurde die verschleierte Liebe glänzender entschleiert.

Der Minister las den auf Tasso und Albano einzankenden Kraft-Prosaiker Antonio so gut weg wie ein reitender Trompeter die festen Noten auf seinem Ärmel; in der Tat, er fand den Mann ganz verständig.

Die Prinzessin mochte im allgemeinen poetischen Konzert ungefähr einige Viertelstunden mit der Ripienstimme mitgesprochen haben, als sie plötzlich den schönen Band von Goethes Werken, der dreimal da war, lebhaft hinwarf und mit ihrem Ungestüm sagte: »Eine dumme Rolle. Ich mag sie nicht!« Alle Welt schwieg; die Fürstin sah sie bedeutend an; die Prinzessin diese noch bedeutender und ging hinaus, ohne wiederzukommen. Eine Hofdame las gelassen fort.

Für die meisten Anwesenden war dieses Zwischen-Schauspiel eigentlich das interessanteste; und sie dachten ihm unter dem Lesen des letztern gern weiter nach. Die Fürstin, welche längst geglaubt, jene liebe den Grafen, freuete sich über die Unbesonnenheit ihrer Gegnerin. Albano, ob ihm gleich ihr warmes Auge von jeher aufgefallen war, erklärte sich das Entweichen aus dem Unmut über die Subordination ihrer Lese-Rolle und überhaupt aus der Unverträglichkeit beider Frauen. Denn da Julienne auf eigne Kosten die Fürstin vernachlässigte und ihre Meinung wenig zudeckte: so erschien auch die der Fürstin unwillkürlich; sobald eine Person ihren Haß entblößet, so kann die zweite schwer den ihren verstecken vor der dritten.

Als Albano nach Hause kam, fand er folgendes Blatt auf seinem Tisch:

»Die F– lockt dich. Sie liebt dich. Mit èclat sendet sie nächstens den M– zurück, um ihrer Tugend Relief zu geben und dir zu imponieren. Fliehe sie! – Ich liebe dich, aber anders und ewig.

Nous nous verrons
un jour, mon frère.«

*

Wer schriebs? – Nicht einmal über das Entree-Billet dieses Fehde-Billets konnte der Bediente Rechnung ablegen. Wer schriebs? – Julienne; dahin liefen wenigstens alle Wege des Wahrscheinlichen zusammen; nur lagen dann rund um ihn Wunder. Bedeutend war die französische Unterschrift, die gerade unter dem Bilde seiner Schwester, das ihm der Vater auf Isola bella [1] gegeben, ebenfalls stand; aber Zufall war möglich. Er untersuchte jetzt diese neue Silberader seines Dianen- und Stammbaums auf dem Probierstein seiner ganzen Geschichte. Seine Mutter und Juliennens ihre waren mit seinem Vater in *einem* Jahre nach Italien gegangen; beide waren ungewöhnliche Weiber und Freundinnen gewesen und von beiden sein Vater der Freund. Die Möglichkeit eines verhüllten Fehltritts seines Vaters war da. Ebenso leicht konnten Juliennen die Spuren dieses Irrwegs gewiesen sein. Dann würde ferner aus ihrer Schwesterliebe Licht auf ihren ganzen bisherigen Wendelgang fallen: ihr liebender Anteil an Albano, ihr warmer Blick, ihr Liebes-Wettrennen mit der Fürstin – ihr Briefwechsel mit seinem Vater – ihr Anwerben des Grafen für die Romeiro, das sie ebenso, wie es schien, erhitzte gegen die Fürstin als erkältete gegen Lianen – am meisten die Sonderbarkeit ihrer Liebe gegen ihn, die sich nie weiter und offner entwickelte, alles dieses gab Anschein, daß es nur ein verwandtes Schwesterblut sei, was so oft auf ihren runden Wangen loderte, wenn sie ihn zu lange unbewußt angeschauet. Er machte nach diesem Schritt sogleich den Sprung:

[1] Titan I. S. 77.

er vermutete nun auch, daß sie allein ihrer Linda zuliebe ihn mit dem Zauberspiegel des Geister-Wesens zu blenden gesucht.

Was das Verhältnis der Fürstin gegen den Minister anlangt, so war ihm jedes Wort darüber eine Lüge. Er ließ sich ebenso schwer eine gute Meinung von andern nehmen als eine schlimme. Gewöhnliche Menschen geben leicht die gute dahin und halten die schlimme fest; weichere werden leicht versöhnt und schwer entzweiet. Er war beiden ungleich. Bisher hatt' er sich der Fürstin Freundschaft mit dem Minister, ihre Landes-Visitationsreisen mit ihm und dergleichen so leicht aus ihrer männlichen Klugheit und Vorsicht abgeleitet, welche über das künftige Erb-Land ihres Bruders zugleich Wache halten und Aufschluß haben wollte; und bei dieser Wahrscheinlichkeit, da der Minister sich in die verwandten Rollen eines Cicerone und Aufsehers gleich sehr schickte, beharrte er noch.

Die Woche darauf führte eine Begebenheit herbei, welche ein größeres Licht in das dunkle Billet zu werfen schien.

91. Zykel

Die versprochene Begebenheit hat wieder in ältern Begebenheiten ihre Wurzel, die sich zwischen der Fürstin und dem Minister zugetragen; diese schick' ich hier voraus.

Der Minister war sehr bald von seinem Freund Bouverot, der mit seiner klebrigen Spechts-Zunge das Gewürm aller Geheimnisse ungesehen aus allen mürben Thron-Ritzen leckte, mit einem Verzeichnis alles dessen, was die Fürstin von Phönixasche und Schutt in sich verbarg, versehen worden; er hatte ihn belehrt, daß sie kalt wie ein erhaben-geschliffnes Eisstück nie selber, sondern nur andere schmelzen wolle; daß sie zu den seltnern Koketten gehöre, welche wie die süßen Weine durch Wärme sauer werden, und nur durch Kälte süßer; und daß sie daher eine der schlimmsten Angewohnheiten – die jedem die ärgsten Händel mache – an sich habe. Es war nämlich folgende: sie hatte ein Herz und wollte es nie wie ein totes Kapital in der Brust leiden, sondern es sollte sich verzinsen und umlaufen – Der Liebhaber wurde deshalb anfangs von Tag zu Tag aufgeweckter und heitrer, dann von Stund zu Stund – Er wußte alle Holzwege, Hohlwege, Diebsgänge und kürzere Fußsteige in diesem Liebesgarten ordentlich auswendig und wollte die Schäfer-Viertelstunde auf seiner Repetieruhr voraussagen, wo er anlangen würde in der Laube – Es war ihm gar nicht unbekannt (sondern komisch), was es bedeute, daß er bei ihr von Sentenzen zu Blicken, von diesen zum Händekuß, dann zum Mundkuß gelangte, worauf er sich im Whistonschen Kometenschweif ihres Ellen- und Meilenlangen Haars wie in einer Vogel-Schneuß, wo aber die Schlinge auch die Beere war, dermaßen verstrickte, verhaftete und krummschloß, daß er wußte, wieviel Uhr es geschlagen hatte auf seiner Repetieruhr – Aber dann gerade, wenn alle Wolken vom Himmel gefallen schienen, fiel er selber wie aus beiden in einen Korb von ihr – Das war der schlimme Punkt. – In der Tat, deutsche Prinzen aus den ältesten Häusern, die sonst alles versucht hatten, sahen sich unmoralisch, ja lächerlich gemacht und wußten gar nicht, was sie dabei denken sollten – Denn die Fürstin wunderte sich öffentlich über solche Scheusale, gab aller Welt eine Kopie von ihrem Fehdebrief, zeigte aller Welt die Röte und Höhe ihres Truthennen-Halses – und ließ einen solchen altfürstlichen Versucher, oder wers war, nie mehr vor ihr stolzes Angesicht.

Da Prinzen (in solchen Fällen) wissen, was sie wollen: so breiteten sie freilich aus, sie wisse nicht, was sie wolle; und oft erst lange nach einem Erb-Prinz kam der apanagierte Bruder desselben Hofes, und später der legitimierte. Gleichwohl blieb dasselbe; nämlich sie blieb dem sphärischen Hohlspiegel gleich, der zwar das, was nahe an ihm steht, groß und aufgerichtet hinter sich malt, es aber, sobald es gar in seinen Brennpunkt tritt, unsichtbar macht und dann darüber hinaus ganz verkleinert und umgestürzt in die Lüfte hängt. Ihre Liebe war ein Fieber der Schwäche, bei welchem Darwin, Weikard und andere Brownianer durch *Reizmittel*, z. B. Wein, einen *langsamern* Puls erschaffen und eben daraus die Kur verheißen. Soweit Bouverot an den Minister! –

Aber dem Minister geschah dadurch ein unsäglicher Gefallen. Denn Prinzen-Sünden schlugen gar nicht in sein Brotstudium ein. Als sie sich daher für die Nähe seines Verstandes und seiner kräftigen Physiognomie entschieden und ihn zum Minister ihrer innersten Angelegenheiten in Haarhaar berufen hatte: so wars in ihm feierlich niedergelegt und beschworen, niemals, sie mochte immer die Güte selber sein, ihr Ehrenräuber zu werden aus ihrem Strohwitwer. Anfangs kam er wie alle Vorgänger leicht mit bloßen, reinen Gefühlen und Diskursen davon; es wurde noch nichts von ihm begehrt, als daß er zuweilen unversehends einen geheimen Blick voll liebender Zartheit auf sie hinschieße; auch mußt' er sich sehnen. Jenen schoß er hin; Sehnen trieb er auch auf; – und so stand er sich für ein solches Liebes-Glück noch glücklich genug.

Aber dabei blieb es nicht. Kaum war ihr Albano erschienen: so wurde der Stachelgürtel und das Härenhemd des reinen Ministers unverhältnismäßig rauher und stechender gemacht und die stärksten Foderungen, nämlich Gaben verdoppelt, damit der arme Joseph schneller ihre Ehre anfiele und dadurch in seinen Untergang rennte, der des Grafen Köder werden sollte. Jetzt war er schon so weit herabgebracht, daß er in ihrem Flughaar (für ihn giftiges Raupenhaar) webte und knöppelte – er mußte Seufzer-Seifenblasen aus seiner Pfeife auftreiben – er mußte öfter außer sich sein, ja sogar (wollt' er sich nicht als einen heuchlerischen Schuft fortgejagt sehen) halb-sinnlich werden, obwohl noch dezent genug. Inzwischen zu einer Versuchung war er vom Teufel selber nicht zu versuchen. Wenn er nur daran dachte, grausend, daß der kleinste Fehltritt ihn von seinem Minister-Posten werfen könne: so ließ er sich ebensogut pfählen und vierteilen als bezaubern. Für einen Dritten, nicht für beide – diese litten – wär's vielleicht ein Fest gewesen, wahrzunehmen, wie sie (wenn ich ein zu niedriges Gleichnis brauchen darf) einem Paar übereinandergezogner seidner Strümpfe glichen, welche für- und durcheinander, wenn man sie ausgezogen[1] in gewisser Ferne hält, sich ätherisch aufblasen und füllen, sogleich aber platt und matt zusammenfallen, wenn sie einander berühren.

In die Länge fiels freilich dem alten Staatsmann lästig, der tanzenden Pagerie der Liebesgötter als ihr Oberältester vorzuspringen, in Cypripors Triumphwagen eingespannt – einen Blumenkranz auf der Staatsperücke – in den Augen zwei Vauklusens-Quellen – die Brusthöhle eine verschüttete Didos-Höhle – im Knopfloch den Pfeil im Herzen oder das Herz am Pfeile tragend – und auf das Kapitol fahrend, um da nach römischer Sitte nicht sowohl zu opfern als geopfert zu werden. –– Es fächelte nichts als die Blech-Kästen, die ihm zu Hause die Regierungs- und Kammerboten hinsetzten, den schachpatten Mann wieder frisch und kühl, der ein schachmatter werden wollte.

Er las mit ihr den Katull, sie mit ihm die bessern Gemälde aus des Fürsten Kabinett; es wurde ihm erlaubt, sie durch seine Latinität für ihre artistischen Gaben zu belohnen – aber er blieb doch, wie er war.

Wenn Weiber etwas durchsetzen wollen, so werden sie, sobald die Hindernisse immer wiederkehren, am Ende blind und wild und wagen alles. Die Reise nach Italien rückte so nahe; noch immer wollte der Minister seine Hochachtung für die Geliebte nicht fahren lassen – wiewohl eben aus ihrem eignen Motive der Abreise, mit deren Nähe er sich zur frohen Ertragung eines so kurzen Feuers ermunterte –; ihre Heftigkeit für den Grafen nahm durch dessen Ruhe zu, weil Kälte starke Liebe stärkt, so wie physische Kälte Starke kräftiger, und Schwache kränker macht; – Froulay, als ein alter Mann, war, wie es schien, fähig, ein ganzes Säkulum lang so auf das Ziel loszuschleichen, ohne einen einzigen unentbehrlichen Sprung zu tun, da Alte wie Schiffe immer langsamer gehen, je länger sie gingen, und aus einerlei Grund, weil beide durch den Ansatz von Unrat, Muscheln und dergleichen schwerfälliger geworden –– Kurz die Fürstin fragte am Ende nach nichts, sondern es ging so:

Der Fürst war verreiset, die Fürstin zu Gevatter gebeten aufs Land. Der

[1] Symmer beobachtete folgendes: weiße und schwarze Strümpfe, bei trocknem, kaltem Wetter übereinander getragen, sind, wenn man den äußern bei dem untern Ende, den innern beim obern auseinanderzieht, entgegengesetzt geladen, der weiße positiv, der schwarze negativ; in der Ferne blasen sie sich gegeneinander auf und suchen sich; einander berührend, hängen sie platt und breit darnieder. Fischers physik. Wörterbuch. I. B.

Schloßvogt auf einem ihrer Landschlösser, der schon im Jahre vorher den Minister gebeten, hatte sich nicht entblödet, sich an diesem Treppen-Strick mit seinem Deszendenten unter dem Arm noch weiter herauf zu machen und oben auf dem Throne ihr, der Fürstin selber, sein Landeskindlein in die Arme zu legen. Gern lassen sich Fürsten herunter – an dünnen Raupenfaden – wie (hinauf); sie schätzen das gute dumme Volk und wollen die armen Kriech- und Zwergbohnen – denn sie wissen wohl, wie wenig daran ist – dadurch etwas heben und sozusagen stängeln und stiefeln durch das Fürstenstuhl-Bein. Der Minister war als sogenannter »Altgevatter« ohnedies invitiert. Der Herbsttag war heller, lauterer Frühling, und die Herbstnacht stand unter einem glänzenden Vollmond. Höfe wünschen sich so sehr auf das Land, in die Idyllen murmelnder Quellen, rauschender Gipfel und blökender Schweizereien und Pächter hinein; – Höfe – d. h. Hofleute, Hofdamen und dienende Kammerherrnstäbe und andere – sehnen sich so sehr unter Menschen; wie Tiere der Dezember-Hunger, so treibt sie ein edler vom Thron-Gebirge in die platten Ebenen herab; nicht daß sie die Langweile flöhen, sondern sie begehren nur eine andere, da ihre Kurzweile eben in der Abkürzung und Abwechslung ihrer Langweile besteht.

Kaum hatte der Hof seine erste Sehnsucht nach dem Volke, mit welchem er eine halbe Viertelstunde auf vertraulichem, dialogischem Fuß lebte, gestillt: so kam er wieder zu sich selber und zerstreuete sich in den fürstlichen Garten, um die Sehnsucht nach der Natur in nicht kürzerer Zeit zu befriedigen. Eine Zeugin der Taufzeugin versprach an der Fürstin und des Kindes Statt Christentum. Diese selber knüpfte den Minister wie einen Kammerherrn an sich. Der Altgevatter sah in einen verdammt langen Abend hinaus, worin er ihre Prozessionsfahne würde herumtragen müssen. Zum Genuß des Abends war Konzert, und zum Genusse des Konzerts Spiel arrangiert; und zum Genusse des letztern hatte sich die Fürstin mit Froulay allein gesetzt, um unter dem allgemeinen Spielen der Instrumente und Karten ungehört mit ihm zu reden. Plötzlich wurden die zwei Pfunde, die in seiner Brust aufgehangen waren – denn mehr wiegt nach den Anatomen kein Herz –, um zwei Zentner schwerer, als sie ihn fragte, ob er standhaft sei, vertrauen und für sie wagen könne. Er schwur, schon als Fürstin dürfe sie jede Aufopferung und Verehrung von seinem Doppeltpfünder erwarten. Sie fuhr fort: sie hab' ihm heute wichtige Dinge über sich und den Fürsten anzuvertrauen; sie wolle, wenn die Foule fort wäre, mit ihm allein sprechen; er brauche bloß von der Gartenseite die kleine Treppe herauf an die Tür des Bibliothekzimmer zu gehen; diese sei aufgeschlossen; am poetischen Bücherschrank sei links in der Wand eine Springfeder, deren Druck ihm die Tapetentüre des Zimmers öffne, wo er sie erwarten sollte.

Sogleich stand sie auf, das Ja voraussetzend. Wie es jetzt in den beiden Pfunden eines 64lötigen Herzens herging, kann bloß seinen Todfeinden ein Vergnügen, es zu erfahren, sein. So viel lag mit langen, dicken, steinernen

Buchstaben wie auf einem Epitaphium geschrieben ihm vor, daß nach wenig Stunden, wenn die andern Herren, sonst noch größere Sünder als er, ruhig in den schönen, den Schloßhof formierenden Dienerhäusern schnarchen dürften, daß dann für ihn schuldlosen Schelm bald die Wolfs-, nämlich die Schäferstunde schlagen werde, wo er auf der blumigsten Aue unter das Schächter-Messer knien müsse. Aber er tat sich – zornig, daß sein Glaube an weibliche und fürstliche Frechheit wahr rede – stille Schwüre aller Art, daß er, setze man ihm auch zu wie den größten Heiligen und Weltweisen, doch wirtschaften wolle wie beide, z. B. wie der alte Zeno und Franz.

Die Fürstin suchte ihn den ganzen Abend weniger als sonst. Endlich empfahl er sich mit dem ganzen Hof, aber mit der Aussicht, nicht wie dieser unter Seiden-Matratzen, sondern unter kalte Lauben zu schleichen. Er rückte auch, seiner gewiß, auf der Treppe an – machte das Bibliothekzimmer auf – fand die Springfeder – ließ sie springen und trat durch die Tapetentüre in das fürstliche – Schlafgemach. »Es ist also gewiß« – sagt' er und fluchte in seinem Innern herum, wie er wollte, unter dem Liebesbrief-Beschwerer ganz breit zerdrückt hinliegend. Im Seitenzimmer linker Hand hört' er sie schon und eine Kammerfrau, die auskleidete. Rechts klaffte die Türe eines zweiten, aber erleuchteten Zimmers. Er stand lang' im Zweifel, sollt' er in dasselbe treten, oder unter dem Lichtschirm des dunkeln Ortes verbleiben. Endlich griff er zum Schirm der Nacht.

Während seines Passens und ihres Häutens hielt er Leseprobe oder Probekomödie seiner Rolle; jetzt kam er mit sich überein, im Notfalle – und falls man ihn zu sehr poussierte – um so mehr, da der Ort mehr gegen *sie* spräche als gegen *ihn* selber, indem jeder fragen müßte, ob er wohl sonst würde hergekommen sein – in einem solchen Notfalle, wo nur die Wahl zwischen Satire und Satyr bliebe, sich auf der Stelle umzusetzen in einen ehrerbietigen – Faun.

Schnell schritt die Fürstin herein, aber gegen das helle Zimmer hin: »Ich brauche dich nicht mehr«, rief sie der Kammerfrau zurück. »Diable!« (schrie sie im Schlafzimmer, den langen Minister ersehend) »wer steht da? – Hanne, Licht!« – »Ciel!« (fuhr sie, ihn erkennend, fort, aber französisch, weil Hanne keines verstand) – »Mais Monsieur! – Me voilà donc compromise! – Quelle méprise! – Vous vous êtes trompé de chambres! – Pardonnez, Monsieur, que je sauve les dehors de mon sexe et de mon rang. Comment avez-vous pu – –« Sie sagte alles, vielleicht um die deutsche Zeugin zu blenden, mit zornigem Akzente. Der Altgevatter – der sich nach allen bisherigen Genüssen so fühlte wie ein Hahn, der viele lebendige Käfer verschluckte und dem sie nun im geängstigten Kropfe Lebensgefahr drohen – schwieg nicht, sondern versetzte deutsch, indem er die Tapetentüre aufmachte, er habe eben, wie sie befohlen, die Bücher aus der Bibliothek in das helle Zimmer gelegt und sei im Herweg begriffen gewesen. Er ging sogleich durch die Tapete hindurch, sie aber konnte vor Schrecken schwer sich erhalten, ließ am Morgen den Arzt kommen und schickte ihr Gefolge zurück. Froulay – so sehr er ihre Romane den spanischen ähnlich fand, worunter nach Fischers Behauptung die besten die Gauner-Romane sind – wußte zuletzt selber nicht, woran er war.

Die Kammerfrau mußte mit dem Gelübde des Schweigens Profeß tun, das sie hielt, so streng sie konnte, aber nicht strenger. Am Morgen stiegen wenige vor ihren eignen Haustüren ab, die meisten vor fremden, um die Neuigkeit auszuschiffen samt dem Verbote der Fürstin, die Sache éclatant zu machen, weils sonst der Fürst erführe.

War je das vornehme Pestitz in Massa glücklich: so wars an diesem Morgen. Nichts fehlte der allgemeinen Freude als eine Kammerfrau, die nur so viel Französisch verstanden hätte wie ein Jagdhund.

92. Zykel

Albano vernahm das Gerücht, der Minister war ihm längst als eine kalte Seelen-Leiche verunreinigend erschienen; jetzt haßt' er ihn noch mehr als quälenden, blutsaugenden Toten. Für die Fürstin stand ihm bisher sein Herz. Sie war ihm ein blauer Tag-Himmel, worin andern nur eine heiße Sonne blitzt, woran er aber aus dem Geheimnis der Freundschaft und der Seelentiefe sanfte Sternbilder gefunden. Allein jetzt seit dem Gerüchte, das, wie die Zauberer neben Moses, Ruß in ihren Himmel warf, stand sie für ihn unter neuen Lichtern glänzend. Der Haß, den er schon von Natur, d. h. aus Stolz, gegen jedes Gerücht hatte, weil es beherrscht und nicht zu beherrschen ist, wirkte mit frischem Feuer in ihm; er entschloß sich, eben weil Liane die Tochter entweder ihres Erbfeindes oder ihres Liebhabers und weil die Fürstin deren Nebenbuhlerin sein soll, auf sein Herz und das davon erkannte frei zu wagen und gerade jetzt der Fürstin seine Bitte um Vermittelung für Lianens Mitreise, d. h. für seinen Himmel, offen zu vertrauen.

Am Morgen darauf kam der Fürst zurück – die Prinzessin ließ sogleich anspannen – gegen Abend kam sie mit einem Wagen mehr in die Stadt. Das Gerücht durchlief alle Spieltische, die spanische Gräfin Romeiro sei im Schlosse angelangt. Gerüchte sind wie Polypen: das Verwunden und Zerstören vervielfacht sie; nur das Ineinanderstecken macht einen aus zweien; – das Gerücht von Lindas Ankunft schlang das Gerücht von Froulays Ehrenraub in sich.

Aber Albano! – Wie die Entdeckung einer neuen Welt kehrte diese seine alte um. Linda, dieser ausländische Tropikvogel, flog seinem nahen Vater voraus, der wie ein reiches Land vor ihm aus der Ferne aufstieg – Der Boden, wo er so viel Dornen und Blumen gefunden, sank bald hinter seinem Rücken mit allen Schätzen und Tagen ein. – Nur Liane darf nicht mit verschwinden; diese Muse seiner Jugend muß er mit ins Land der Jugend ziehen. Durch diese gewöhnlichen Zauberkünste des Herzens war von Lindas Nähe eine unüberwindliche Sehnsucht nach Lianen in ihm wach geworden.

Er war nun entschieden, die Fürstin an ihr früheres Versprechen, den Lebensbalsam einer südlichen Reise auf Lianens kranke Nerven zu gießen, zu mahnen und durch sie noch früh genug, eh' die Verwirrung des drängenden Augenblickes etwas vereitele, die Ministerin zu bestimmen und zu gewinnen, welche wie alle Hofmenschen gewiß schwer einem fürstlichen Wunsche und einer Glücks-Perspektive widerstreben werde.

Blieb aber Liane zurück aus eigner oder fremder Schuld: so war es sein Vorsatz und Schwur, vor keiner Gewalt, selber der väterlichen nicht, aus dem Vaterland der ewigen Braut zu weichen, sondern einzuwurzeln vor ihrem Kranken-Kloster, bis sie daraus entweder frei und heiter wieder in das offne Leben geht oder dunkel-eingeschleiert sich ins finstere Nonnen-Chor der Toten verbirgt. O, wiederzukommen, sie im romantischen Boden der alten Zeit zu suchen, und sie nirgends zu finden als hinter dem Sprach-Gitter der Erbgruft – diesen Gedanken hielt sein Herz nicht aus.

Die Fürstin führte ihm selber die Gelegenheit seiner Bitte zu: sie schickte ihm zu einer astronomischen Partie auf der Sternwarte eine Einladung durch ihre treue Hofdame Haltermann. »Ich soll Ihnen bloß folgendes wörtlich schreiben« (schreibt diese:) »Kommen Sie heute auch aufs Observatorium, ich und meine gute Haltermann gehen dahin.« Diese Haltermann, ein Fräulein von wenigen Reizen und Geistesschwungfedern, aber vielen Glaubenslehren und frühzeitigen Runzeln, hing der Fürstin schon seit Jahren unauflöslich an, alles verschweigend und alle ihre »Stelldicheine« (Rendezvous) begünstigend, bloß weil sie sagte: meine Fürstin ist rein wie Gold, und nur wenige kennen sie wie ich.

Günstiger konnte Albanos Wunsche kein Zufall kommen. Er stand am frühesten auf der schönen Sternwarte mitten in der lieblichen Nacht. Es war einige Tage nach dem Vollmond; seine glänzende Welt verschloß sich noch hinter die Erde, aber das angelassene Springwasser seiner Strahlen hob sich in Ansätzen herauf. Auf allen Bergspitzen schimmerte schon ein blasses Licht, als falle der ferne Morgen überirdischer Welten auf sie. Durch die Täler streckte sich noch das lichtscheue schwarze Erdentier der Nacht aus und bäumte sich auf gegen die Berge. Das Bergschloß Lianens war unsichtbar und zeigte wie ein Welt-Stern nur ein Licht. Plötzlich war der Herbstpurpur auf allen Gipfeln um das Schloß vom Monde silbern betauet, und es regnete leuchtend an den weißen Wänden und in die weißen Gänge des Gartens nieder – endlich lag ein fremder blasser Morgen, durch alle Lauben dämmernd, im Garten, gleichsam das zarte Leuchten eines hohen, ganz reinen Geistes, der nur in der heiligen stillen Nacht die tiefe Erde betritt und da nichts sucht als die reine, stille Liane. –

Als Albano blickte und träumte und sich sehnte, kam die Fürstin mit ihrer Haltermann herauf.

Der Professor brach sich vor Verehrung gegen sie fast entzwei und ließ den Fix-Sonnen keinen astrologischen Einfluß auf sein gerades Stehen zu. – Albano und die Fürstin fanden sich mit einem Gewinst gegenseitiger Wärme wieder. Aber die erste Frage der Fürstin war: ob er die spanische Gräfin gesehen. Gleichgültig sagt' er, von der Prinzessin sei er seit ihrer Ankunft eingeladen worden, sei aber nicht gekommen. »Ma belle-sœur bewundert sie am meisten,« (fuhr die Fürstin fort) »aber sie ists ein wenig wert. Sie ist majestätisch gebauet, länger als ich, und schön, zumal ihr Kopf, ihr Auge und Haar. Doch sie ist mehr plastisch als malerisch schön, eher einer Juno oder Minerva ähnlich als einer Madonna. Aber sie hat Eigenheiten. Sie verträgt sich mit keinen Frauen, außer den schlichten und blindguten; daher ihre Kammerfrauen für sie leben und sterben. Die Männer hält sie für schlecht und sagt, sie würde sich verachten, wenn sie je die Frau oder Sklavin eines Mannes würde; aber sie sucht sie der Kenntnisse wegen. Dem Fürsten hat sie ohne Not, wenn sie auch recht hatte, Bitterkeiten gesagt. Er lacht darüber und sagt, sie liebe ohnehin nichts, nicht einmal Kinder und Schoßhunde. Sie müssen sie sehen. Sie lieset viel, sie lebt bloß mit der Prinzessin und scheint es, nach ihrem Putze zu schließen, wenigstens an unserem Hofe auf keine Eroberungen anzulegen.«

Albano sagte, manche dieser Züge wären ja herrlich, und brach kurz ab. Während des Gesprächs hatte der Professor fleißig alles recht gestellt und festgeschraubt und war jetzt des Anfangs gewärtig. Er bemerkte die helle sommerlaue Nacht – ging mit einigen Einleitungen in den Mond voraus, um die sechs Augen auf die beträchtlichsten Mondsflecken zu lenken – schattete vorläufig einige Schatten droben ab – führte an den Krater Bernoulli (»ich bediene mich Schröterscher Namen«, sagt' er) – das höchste Gebirge Dörfel (»es besteht freilich aus drei Höhen«, sagt' er) – den Landgrafen von Hessen-Kassel (»den Berg Horeb aber nennt ihn Hevel«, sagt' er) – den Montblanc – die Ringgebürge überhaupt und schloß mit der listigen Versicherung, es gebreche freilich der Warte noch sehr an Instrumenten.

Die Haltermann sehnte sich unbeschreiblich nach dem Landgrafen von Hessen-Kassel im Mond und trachtete nach dem Sehrohr. »Es ist nur ein Flecken im Planeten, mein Kind!« sagte die Fürstin. – »Und so ists wohl mit dem Montblanc droben auch nichts?« fragte sie getäuscht. Die Fürstin nickte und schauete ins Sternrohr; der magische Mond hing als ein Stück Tag-Welt dicht am Glase: »Wie vergeht sein schönes blasses Licht und seine ganze Magie in der Nähe! Als wenn Zukunft Gegenwart wird!« sagte sie zum Erstaunen des Professors, der aus dem Weltkörper gerade erst in der Nähe etwas machte. Sie ersucht' ihn um den Ring des Saturns. »Es sind eigentlich zwei, Ihro Durchlaucht; aber der Sternwarte fehlet zur Zeit noch ein Instrument, es zu sehen«, sagt' er und zielte wieder nach Vorschuß.

Albano sah rund umher seine Lebensgärten glänzen vom warmen Schimmer eines Nachfrühlings; und sein Inneres erbebte süß und schmerzlich. Er nahm einen Kometensucher und flog unter den Gestirnen umher, nach Blumenbühl, in die Stadt, auf die Berge, nur nicht auf das weiße Schloß mit dem erleuchteten Eckzimmer und dem kleinen Garten; das ganze Herz kehrte vor Scham und Liebe um vor der Tür des Paradieses.

Jetzt ging die Haltermann auf einen Wink zum Aufbruch mit dem Sternseher voraus hinab, um der Fürstin einen zeugenlosen, freien Augenblick zuzuwenden. Albano stand edel im Mondschimmer vor ihr, sein Auge war glänzend, seine Züge gerührt; sie faßte seine Hand und sagte: »Wir mißverstehen einander gewiß nicht, Graf!« Er drückte die ihrige, und seine Augen quollen voll. »Nein, Fürstin!« (sagt' er sanft) »Sie geben mir Ihre Freundschaft. Ich verdiene sie nicht, wenn ich ihr nicht ganz vertraue. Ich geb' Ihnen jetzt die Probe meines offnen Vertrauens. Sie kennen vielleicht die Geschichte meines Glücks und meines Verlusts; Sie kennen den Minister.« – »Leider, leider!« (sagte sie) »auch Ihre harte Geschichte, edler Mann, wurde mir bekannt.«

»Nein,« (versetzt' er heftig) »ich war härter als mein Schicksal, ich quälte ein unschuldiges Herz, ich machte eine gehorsame Tochter elend, krank und blind. – Aber ich habe sie verloren« (fuhr er mit steigender Rührung fort und kehrte sich seitwärts, um Lianens schimmernde Wohn-Höhe nicht zu sehen) »und ertrag' es, wie ich kann, aber ohne heimliche Wege zum Wiederbesitz – Nur das Opfer darf dort drüben nicht gar verbluten bei der harten, engherzigen Mutter. – O, die Honigtropfen der Freuden, Sie und Italiens Himmel können *sie* wohl heilen – Sie stirbt, wenn sie bleibt, und ich bleibe, um zuzusehen – Freundin! o, wie groß ist meine Bitte!« –

»Sie sei Ihnen gern gewährt! Übermorgen fahr' ich zur Mutter und Tochter und bestimme diese gewiß für die Reise, insofern es von mir abhängt. Aber ich tu' es – um auch offen zu sein – bloß aus echter Freundschaft für Sie; denn das Fräulein gefällt mir nicht ganz mit ihrem Mystizismus und liebt gewiß nicht wie Sie; sie tut alles für die Menschen bloß aus Liebe zu Gott; und das lieb' ich nicht.« –

»Ach, so dacht' ich sonst auch; aber wen soll die Göttliche sonst lieben als Gott?« sagt' er, in sich und die Nacht versunken und für die Fürstin zu hyperbolisch – sein schimmerndes Auge hing fest am weißen Bergschloß, und Frühlinge wehten vom Monde herab auf dem beglänzten Wege seiner Augen hin und her; und der schöne Jüngling weinte und drückte heftig der Fürstin Hand, aber er wußte beides nicht. Sie ehrte sein Herz und stört' es nicht.

Endlich kamen beide die hohe Treppe herunter, wo sie der Astronom freudig erwartete und beiden gestand, wie sehr ihn, frei zu reden, ihre Anhänglichkeit und Achtung für die Sternkunde nicht nur erfreue, sondern auch ermuntere.

»Übermorgen gewiß!« mit diesen Worten schied die Fürstin, um dem sinnenden, vollen Jüngling Trost und Träume mitzugeben.

Zweiundzwanzigste Jobelperiode

Schoppes Herz – gefährliche Geister-Bekanntschaften

93. Zykel

Jetzt war Albano wieder auf die Ixions-Räder der Uhr geflochten. Die Fahrt und Antwort der Fürstin sollte plötzlich Lichter in der dunkeln weiten Höhle aufstecken, in der er so lange gegangen war, ohne zu wissen, ob sie fürchterliche Bildungen und giftige Tiere verschließe oder ob sie mit glänzenden Bogen und unterirdischen Säulenhallen sich wölbe und fülle. Über Lianens Zustand hatten bisher zwei Hände, Augustis und der Ministerin, den Schleier festgehalten; beides waren Menschen, die ungern auf die Frage antworteten: wie befinden Sie sich? Aber auf der Fürstin ließ er nun seine ganze Seele ruhen, seit dem astronomischen Abende; von welchem er jetzt kaum begriff, wie er da gegen eine Freundin so viel und mehr von seiner Liebe sprechen können als je gegen einen Freund. Allein ungern spricht der Mann vor einem Manne seine Empfindung aus und gern vor einem Weibe, ein Weib aber am liebsten vor einem Weibe. Indes hielt ihn die Fürstin durch die feinste Schmeichelei, die es gibt, durch entschiednes stilles Achten, in Banden; dem wörtlichen Lobe war er ebenso gram und gewachsen, als dem tätigen gewogen und zinsbar.

Bis zur Ankunft der Entscheidung verlief eine verworrene Zeit; wie ein Mensch, der in der Nacht reiset, hört' er Stimmen und sah Lichter, und ihrer feindlichen oder freundlichen Bedeutung fehlte ein Morgen. – Rabette lag krank und verblutet am matten Herzen; denn nicht er hatte aus ihm den blutstillenden Dolch, nämlich Karls Liebe, herausgezogen, sondern dieser selber war ihm zuvorgekommen mit bitter-süßen Tränen über die bittersten.

Letzterer war ihm einmal begegnet, mit hereingedrücktem Hut und grimmig-stechendem Blick ohne Gruß. – Überall hört' er, daß jener umsonst Lindas und Juliennens Doppeltor belagere und berenne; dieses und Lianens Kranksein machte den tropischen Wilden gleichsam zum wilderwachsenen Knaben aus einem Wald. Auch in der jetzigen Absonderung – auf der Walstatt des *Freundes* – hielt es Albano für eine Wunde des *Menschen*, daß Karl nicht von ihm voraussetzte – denn diesem Mangel schrieb er den Gassen-Grimm zu –, er werde die Gräfin nicht zu sehen suchen.

Sogar im Bibliothekar schien seit einigen Tagen ein Geheimnis zu lauern; dieser aber ging, seit es ihm in dessen Tiefen immer lichter geworden und er hinter dessen komische Larve hineingesehen bis zum redlichen Auge und liebevollen Mund, sein Herz so nahe an, zumal nach so vielen Trennungen. Denn auch der Lektor hielt sich nach seiner Gewohnheit, um keines Menschen oder gar abtrünnigen Freundes Liebe zu werben, von ihm geschieden; was denselben Jüngling kränkte, der es innerlich billigte.

Seit einigen Tagen war nämlich Schoppe in eine andre Tonart umgesetzt und sein eigner Restant und Nachsommer geworden. Es fing damit an, daß er an einem elenden Heulied den ganzen halben Tag auf dem Waldhorn verblies; den übrigen halben versang er daran mündlich. Statt zu lesen und zu schreiben, ging er in der Stadt und Stube auf und ab. Alles, was er sonst schnell abmachte, Laufen, Verschlingen des Essens, Sprechen, Rauchen, Befehlen, Auffahren, das ging jetzt mit Klöppeln zwischen den Füßen und stand fast. Sein langsames Auffahren und sein zarter, leiser Schritt konnten Kennern seiner Vorzeit lächerlich vorkommen. Seinen großen, herrlichen Wolf-Hund, von dem er sich täglich zehnmal mit den Vorder-Pfoten umhalsen ließ und dessen am Felle aufgezogne Brust er so gern auf seine drückte, wenn er mit ihm ein Langisches und Konsistorial-Kolloquium hielt, vernachlässigte er in dem Grade, daß der Hund attent wurde und nicht wußte, was er denken sollte. Wie wenig konnt' er sonst das Geschrei eines geprügelten Hundes ertragen, ohne zur Haustüre als Schutzherr hinauszufahren, weil er glaubte, man könne wohl Menschen wie Hunde traktieren, aber Hunde nicht! – Jetzt konnt' er das Schreien hören, bloß weil er es, wie es schien, nicht hörte.

Wie er sonst oft zu Albano ging, um bloß auf- und ab- und fortzugehen ohne ein lautes Wort – weil er sagte: »Daran erkenn' ich eben den Freund, daß er mich oder sich nicht unterhalten, sondern bloß dasitzen will« –, so kam er jetzt noch stummer, berührte oft wie ein spielendes Kind zärtlich des lesenden Albanos Achsel und sagte, wenn dieser sich umsah: »Nichts!« Albano fragte indes der Veränderung nicht nach; denn er wußte, er entschleiere sie ihm doch zur rechten Zeit. Ihre Herzen standen wie offne Spiegel gegeneinander.

So lag nun der dunkle Wald des Lebens mit durcheinander- und tief ins Dickicht hineinlaufenden Steigen vor Albano, als er auf dem Kreuzwege seiner Zukunft stand und auf den Genius wartete, der entweder als ein feindseliger oder als ein guter ihm Lianens Entscheidung bringen sollte. Endlich kam aus dem finstern Wald ein Genius, aber der dunkle, und gab ihm dieses Blatt von der Fürstin:

»Lieber Graf! Wahr bin ich immer und schone lieber nicht. Das kranke Fräulein v. F. ist nicht mehr imstande, eine Reise zu machen oder davon zu profitieren. Ich nehme innigen Anteil daran. Sogern ich Ihnen heute selber Trost zuzusprechen wünschte: so hoff' ich doch nicht, nach dieser Nachricht die Gelegenheit dazu zu haben.

Ihre Freundin.«

Welcher finstere Wolkenbruch aus dem jugendlichen Morgenrot! So war also die geheime Freude, die er bisher nährte, der Vorbote des entsetzlichen Schlags gewesen, das sanfte Tönen vor dem Wasserfall.[1] Daß gerade seine Liebe das glühende Schwert werden mußte, das durch Ihr Leben drang, o das betrachtete er immer so, das schmerzt' ihn so! Aber kein Auge wurde naß; der Wermut des Gewissens verbittert sogar den Schmerz.

Wenn der Mensch sein eigner Freund nicht mehr ist, so geht er zu seinem Bruder, der es noch ist, damit ihn dieser sanft anrede und wieder beseele; – Albano ging zu seinem Schoppe.

Er fand ihn nicht, aber etwas anderes. Schoppe führte nämlich ein Tagebuch über »sich und die Welt«, worin sein Freund lesen durfte, was und wenn er wollte; nur mußt' ers vergeben, wenn er darin – da es durchaus so geschrieben wurde, als säh' es niemand weiter – zornige Fächerschläge und noch dazu mit dem harten Ende wegtrug. »Warum soll ich dich mehr schonen als mich?« sagte Schoppe. Zu diesem Du waren sie gekommen, ohne sagen zu können wann, so sehr sie sonst mit dieser Herzens-Kurialie, mit diesem heiligsten Seelen-Dualis gegen andere geizten; »denn ich danke Gott,« (sagte Schoppe) »daß ich in einer Sprache lebe, wo ich zuweilen Sie sagen kann, ja sogar, wenn die Menschen und Schelme darnach sind, zwischen jedem Komma Euer sowohl Wohl- als Hoch- und Sonst-Geboren.«

Albano fand das Tagebuch aufgeschlagen und las mit Erstaunen dieses:

»*Amandus-Tag.* Ein dummer und äußerst merkwürdiger Tag für den bekannten Hesus und Hanus[2]! Ich kann mich schwer bereden, daß es der arme Donnergott verdiente, hinter der langen Proserpina[3] nachzugehen und ihr endlich ins Gesicht zu gucken, auf die Stirn, auf den Mund, auf den Hals! O Gott! Wenn ein solcher Gott nun auf dem Platze geblieben wäre! – Als Pastor fido stand er zum Glück wieder auf und ging davon. O Höllengöttin, Hesi Himmelsstürmerin, du hast dich zu seinem Himmel gemacht, kann er dich je lassen?

Nachmittags. Der Pastor wird sein eignes Hatzhaus, er weiß nicht zu bleiben; er wohnt nun in allen Gassen, um seine Jeanne d'Arc-en-Ciel[4] zu erblicken, und leidet genug. Aber Hesus, sind nicht Leiden die Dornen, womit die Schnalle der Liebe verknüpft? – Heute ging Freitag[5] mit der Fürstin auf die Sternwarte. – Der Wind ist Südostost – 13 Monatsschriften in 1 Stunde gelesen – Spener sieht das Leben im glänzenden Vergrößerungsspiegel Gott verklärt und poetisch so gut als einer.

[1] Auf Wilhelmshöhe geht ein langer musikalischer Ton dem Fallen der Wasser voraus.

[2] Beides ist der Name des alten deutschen Donnergottes; er meint sich aber damit selber.

[3] Die Molosser nannten alle schönen Weiber Proserpinen.

[4] So sollte man Schillers heilige Jungfrau nennen.

[5] Sein Albano.

Sabinenstag. Mit dem Pastor wirds ärger, wenn ich recht sehe. Er ist auf dem Wege, sich einen Billetdoux-Beschwerer anzuschaffen, sich nachts im Bette zu pudern, und der Schelm wirft in der Hitze, wie Milch, die warm steht, schon poetische Sahne auf. Lasse nur der Himmel niemals zu, daß er mit seiner Höllengöttin je in einen vernünftigen Diskurs gerate, Gesicht vor Gesicht, Atem gegen Atem, und die zwei Seelen untereinander gemengt! – Wahrlich, der Flins [1] raffte ihn weg, Hesus verschlänge ein tausendjähriges Reich auf einmal; ich sorge, er würde vom Göttertrank zu wild und wäre zu schwer zu bändigen von mir.

Abends. Ists nicht schon so weit mit dem Pastor, daß er sich einen Autor aus dem Wimmer-Jahrzehnt des Säkuls (er schämt sich, ihn zu nennen) geborgt hat und sich vom dummen Zeuge rühren lassen will, indem er über den Effekt nachsinnt, den der Autor im 14ten Jahre auf ihn gemacht? Freilich stößet er ihm im jetzigen wie ein Nachtwächter am Tage auf; aber er ruft sich doch das Rufen zurück und hat neue Rührung über die alte. So lächelt mich die Deklination cornu in der Grammatik noch bis auf diese Stunde an, weil ich mich entsinne, wie leicht und behend ich in den goldnen Kindheitsmonden den ganzen Singularis behielt.

Simon Jud. Verdammt! Ein schönes Gesicht und ein falscher Maxd'or machen im Kurs von einem Jahre ein paar hundert Schelme, die sich bloß im Wunsche zu behalten und wegzuschaffen unterscheiden. Hesus feindet und ficht schon Millionen Nebenbuhler an; wie Knopfmacher und Posamentierer, oder wie Gelb- und Rotgießer, so lassen so nahe Handwerker einander nicht aufkommen. Recht, Höllengöttin! daß du alle Männer hassest; das ist doch etwas für den Pastor, eine Wundsalbe. – Scioppius, die beiden Scaliger und die kräftigen Schlegel u. s. w.« – –

Hier kommt das Tagebuch auf andere Dinge. Ein altes Porträt, zu welchem Schoppe sich selber gesessen, hatt' er retouchieret; eine Beilage als Inserat für das Pestitzer Wochenblatt kündigte dessen Bestimmung an:

»Endes Unterschriebner, ein Porträtmaler aus der niederländischen Schule, macht bekannt, wie er sich in Pestitz gesetzt, und daß er bereit ist, alles von jedem Stand und Geschlecht zu malen, was ihm sitzt. Als Probe, was er leiste, kann man bei ihm ein Selbstporträt besehen, das ihn vorstellt, wie er nieset, und es zugleich mit ihm daneben zusammenhalten. – Ich schneide auch aus.

Peter Schoppe.
No. 1778.«

Vermutlich sollte das die Höllengöttin bewegen, einmal dem niesenden Maler zu sitzen. Albano mußte mitten im tiefen Schmerze erstaunen. Anfangs hatt' er nach seiner einfachen Natur geglaubt, er selber sei unter dem Hanus verstanden.

[1] So nannten die Wenden den Tod.

Jetzt kam Schoppe. Sanft sagte Albano zuerst: »Ich habe auch dein Tagebuch gelesen.« Der Bibliothekar fuhr mit einem Exklamations-Fluche zurück und sah glühend zum Fenster hinaus. »Was ist, Schoppe?« fragte sein Freund. Er drehte sich um, sah ihn starr an und sagte, die Gesichtshaut auseinander ringelnd, wie einer, der sich die Zähne putzt, und die Oberlippe aufziehend, wie ein Knabe, der in ein Butterbrot beißet: »Ich liebe« und lief im Feuer die Stube auf und ab, klagend dabei, daß er noch so etwas an sich erleben müsse in seinen ältesten Tagen. – »Lies mein Tagebuch nicht mehr« – (fuhr er fort) »Frage nach keinem Namen, Bruder; kein Teufel, kein Engel, nicht die Höllengöttin darf ihn wissen – Einst vielleicht, wenn ich und Sie in Abrahams Schoß sitzen und ich auf ihrem – – Du bist so betrübt, Bruder!« –

»Fliege froh in der Sonnenatmosphäre der Liebe!« (sagte sein Freund in der Gewissenstrauer, die den Menschen einfach, still und demütig macht) »Ich werde dich nie fragen oder stören! Lies das!« Er gab ihm das Blatt der Fürstin und sagte noch, während jener las, zu ihm: »Verfluchet sei jede Freude, wo Sie keine hat. Ich bleibe hier, bis sie lebt oder nicht!« – »Auch ich bleibe hier«, versetzte Schoppe unwillkürlich-komisch. »Sei ernsthaft!« sagte Albano. »Sonst konnt' ichs,« (sagte er weinerlich) »seit ehegestern nicht mehr!«

Albano hieß indes Schoppens Absonderung von der Reisegesellschaft gut; beide erhielten einander auch in der Freundschaft die köstlichste Freiheit. Von Hofmeister-Begleitung war bei beiden nicht die Rede. Schoppe lachte oft Hofmeister von vielen Kenntnissen und Lebensarten aus, wenn sie annahmen, er erziehe aus oder an Albano etwas. »Das Säkulum erzöge,« (sagt' er) »nicht ein Tropf – Millionen Menschen, nicht einer – eigentlich höchstens ein pädagogisches Siebengestirn leuchte nach, nämlich die sieben Alter des Menschen, jedes Alter ins nächste hinein – das Individuum gleiche sehr der ganzen Menschheit, deren Revolutionen und Verbesserungen weiter nichts als Umarbeitungen einer Schikanedrischen Zauberflöte durch einen Vulpius wären; indes schwebe doch um das tolle, dissonierende Stück ein Mozartischer Wohllaut, worüber man den Vater und den Sprachmeister verwinde.« –

»Wozu schleichen und brummen wir Sünder hier herum? Laß uns zu Ratto!« sagte Schoppe. Äußerst ungern bequemte sich Albano dazu; er sagte, der Keller habe etwas Unheimliches für ihn, und eine schwüle Ahnung drücke seine Brust. Schoppe erklärte die Ahnung aus dem Druck der Balken seines eingestürzten Lustschlosses, die auf seiner Brust noch lägen, und aus der Erinnerung an den jetzt im Abgrund fliegenden Roquairol, der einmal ihm im Keller zugetrunken und nachher ihm in Lilar gebeichtet habe. Albano folgte endlich, erinnerte ihn aber an das Eintreffen einer andern Ahnung, die er auf der Höhe vor Arkadien gehabt.

»Wir spielen beide nicht die besten verliebten Figuren, indes ziehen wir in den Keller«, sagte Schoppe unterwegs und legte seinen Liebling ganz ungewöhnlich-hart auf die Folterleiter seines Spaßes; sonst, als er nicht selber liebte, war er eines zarten, schonenden, ernsten Schweigens darüber so fähig, jetzt aber nicht mehr.

94. Zykel

Im Keller war der alte Ab- und Zulauf bekannter und fremder Gesichter. Albano und Schoppe stiegen miteinander auf jene reinen Höhen der Musenberge, wo wie auf physischen der Dunstkreis des Lebens leichter aufliegt und der Äther näher an die kürzere Luftsäule reicht. Auf ihrem Ararat trösten sich die Männer leichter als die Weiber in ihren Tempetälern. Nachdem Schoppe, durch die gewitterhafte Luft von Punsch und Liebe feuriger, ziemlich lange den Blitz-Funken seines Humors hatte im Zickzack und verkalkend durch das Weltgebäude schießen lassen: so trat plötzlich ein Unbekannter, wie ein Totenkopf gänzlich kahl und sogar ohne Augenbraunen, aber welk- und rosenwangig, an ihren Tisch und sagte mit eiserner Miene zu Schoppe: »Binnen heute und 15 Monaten seid Ihr wahnsinnig geworden, Spaßvogel!«

»Oho!« fuhr Schoppe äußerlich auf, aber innerlich zusammen. Albano wurde blaß. Jener faßte sich wieder, starrete die widerwärtige Gestalt, die die welke, aber rosenrote Haut auf scharfen hohen Gesichtsknochen hin- und herrollte, scharf und mutig an und sagte: »Wenn Ihr mich versteht, prophetischer Galgen- und Spaßvogel, und nicht selber wahnsinnig seid: so bin ich imstande, darzutun, daß man sich sehr wenig daraus zu machen habe aus der Tollheit.« Hierauf bewies er – aber doch abgekühlt, abgebrannt und verlassen von seinem Bilder-Heer –: Wahnsinn wie Epilepsie gebe mehr dem Zuschauer als dem Spieler Schmerzen – denn er sei nur ein früherer Tod, ein längerer Traum, eine Tag- statt Nachtwandelung – meistens geb' er, was das ganze Leben, Tugend und Weisheit nicht könne, eine *fortdauernde* angenehme Idee [1] – auch wenn er, was selten sei, in eine peinliche schmiede, so werde diese doch ein Panzer gegen alle körperlichen Leiden des Menschen – er habe daher nie für sich den Wahnsinn gefürchtet, so wenig als den Traum, könn' aber an andern weder das Reden in beiden noch den Anblick davon ertragen. »Uns schaudert« (sagte Albano) »ein Mensch, der schlafend zu uns spricht wie zu einem Abwesenden oder der wachend nur allein mit sich redet; und hör' ich mich selber allein, so ist es dasselbe.«

»Ich bin kein Philosoph«, sagte gleichgültig der Kahlkopf, dessen vollendete glänzende Kahlheit mehr fürchterlich als häßlich war. Schoppe fragte erbittert, »wer er denn sei, quis und quid und ubi und quibus auxiliis und

[1] Ein Engländer bemerkte, daß unter den fixen Ideen des Irrhauses selten die der Unterwürfigkeit vorkomme; meistens bewohnen es Götter, Könige, Päpste, Gelehrte.

cur und quomodo und quando[1]« – »Quando? – Nach 15 Monaten komm' ich wieder – Quis? – Nichts; Gott braucht mich bloß, wenn er jemand unglücklich machen muß«, sagte der Kahle und bat sich ein Glas und die Erlaubnis mitzutrinken aus. Albano sagte, es gern erlaubend, im Frageton: er sei wohl erst angekommen? »Eben vom großen Bernhard«, sagte der Kahle, aber widriger mit jedem Wort, weil sein altes Rosen-Gesicht ein Zickzack konvulsivischer Verziehungen war, so daß immer ein Mensch nach dem andern dazustehen schien. Er ging ein wenig hinaus. Schoppe sagte ganz außer sich: »Ich ergrimme immer mehr gegen ihn wie gegen ein greuliches, hüpfendes Fieberbild. Um Gottes Willen laß uns fort. – Es ist mir immer hinter mir, als stoße mich eine böse Faust auf ihn zu, damit ich ihn abwürge. Auch wird er mir immer bekannter, wie ein vermooseter Todfeind.«

Albano versetzte sanft: »Sieh, meine Ahnung! – Aber nun ich ihr nicht gehorcht, muß ich auch sehen, wo hinaus es geht.« Seine mutige Natur, seine romantische Geschichte und Lage ließen ihn nicht wegrücken von einer so abenteuerlichen Perspektive.

»Aber warum« (fragte Schoppe den Kahlen, da er wiederkam) »schneidet Ihr so viele Gesichter, die eben nicht zu Eurem Besten ausfallen?« – »Sie kommen« (sagt' er) »von Gift her, das man mir vor zehn Jahren gegeben – Habt Ihr gesehen, wie aqua toffana, in Menge genommen, verzieht? – In Neapel zwang ichs einem sechzehnjährigen schönen Mädchen hinein, das schon einige Jahre damit gehandelt hatte, und ließ es vor mir sterben. Es gibt wohl nichts Gottloseres als Giftmischerei.« – »Abscheulich!« rief Albano, ergriffen von einem innersten Widerwillen gegen den Mann; Schoppen hatte der Grimm ordentlich abgespannt.

Jetzt trat eine arme, magere Tischlersfrau, Likör zu holen, herein, welche die Augen vor Scham und Schwäche nieder- und halb zugezogen trug; sie getrauete sich nicht aufzusehen, weil die ganze Stadt wußte, daß sie nachts gewaltsam aus dem Bette in die Gasse getrieben werde, um einem Leichenzuge, der dann durch dieselbe nach einigen Tagen wirklich ziehe, in seinem Vorspiele und Vorbilde vor ihr zuzuschauen. Kaum hatte sie der Kahle erblickt, als er sich das Gesicht bedeckte: »Es ist ein einziger Unschuldiger unter uns« (sagt' er, ganz bleich und unruhig) – »der Jüngling hier«, indem er auf Albano zeigte. Eben donnerte oben ein Wagen mit sechs Pferden vorüber. Schoppe sprang auf, fragte zweimal schnell den sinnenden Albano: »Gehst du mit?«, kehrte sich zornig von dessen Nein weg, trat dicht vor den Kahlen und sagte wütend: »Hund!« – und kehrte sich um und ging fort. Am Kahlen regte sich keine Miene auf der bleichgebliebnen Haut, sondern nur die Hand ein wenig, als sei in ihrer Nähe ein Stilett zum Griff; aber er sah ihm mit jenem Blicke nach, vor welchem das Mädchen in Neapel starb.

Albano ergrimmte über den Blick und sagte: »Mein Herr, dieser Mann

[1] Wenn.

ist ein durchaus redlicher, treuer, kräftiger Mensch; aber Sie haben ihn selber gegen sich erbittert und müssen ihn freisprechen.« – Mit sanfter, schmeichelnder Stimme versetzte er: »Ich kenn' ihn nicht erst seit heute, und er kennt mich auch.« – Albano fragte, ob er vorhin mit dem großen Bernhard den Schweizerberg gemeint. »Wohl!« (versetzt' er) »Ich reise jährlich hin, um eine Nacht mit meiner Schwester zuzubringen.« – »Meines Wissens sind nur Mönche da«, sagte Albano. – »Sie steht unter den Erfrornen in der Klosterkapelle [1],« (versetzt' er) »ich bleibe die ganze Nacht vor ihr und sehe sie an und singe Horen.«

Sonderbar fühlte sich Albano während des Zuhörens verändert – was er nur dem Punsch zuschreiben konnte – es war weniger Rausch als Glut, eine fliegende Lohe brausete über seine innere Welt, und der rote Schein irrte an ihren fernsten Grenzen umher; nun war ihm, als steh' er ganz mit dem Kahlkopf auf *einem* Boden und könne mit diesem bösen Genius ringen. – »Ich hatt' auch eine« (sagte Albano) – »kann man Tote zitieren?« – »Nein, aber Sterbende«, sagte der Kahle. – »Huh!« sagte Albano bebend. – »Wen wollt Ihr sehen?« fragte der Kahle. – »Eine lebende Schwester, die ich noch nicht gesehen«, sagte glühend Albano. »Es kommt« (sagte der Kahle) »auf ein wenig Schlaf an, und daß Ihr noch wisset, wo die Schwester an ihrem letzten Geburtstag war.« – Zum Glück war Julienne, die er für seine Schwester nahm, an dem ihrigen im Schlosse zu Lilar gewesen. Er sagt' es ihm. »So kommt mit mir!« sagte der Kahle.

In dieser Minute brachte ihm Schoppens Bedienter einen Stockdegen und folgendes Blatt:

»Bruder, Bruder, trau ihm nicht – Hier hast du eine Waffe, denn du bist gar zu tollkühn – Stich ihn gleich durch, macht er nur Miene – Allerlei unbekannte Leute haben diesen Abend nach dir und deinem Orte gefragt – Mir ist, als sei mir vor der Bestie gar kein Leben gesichert, deines, *Ihres* – Hüte dich und komme!

Schoppe.

Erstich ihn aber, ich bitte dich.«

*

»Fürchtet Ihr Euch etwa?« fragte der Kahle. – »Das wird sich zeigen«, sagte Albano zornig und nahm den Stockdegen und ging mit ihm. Als beide durch das kleine dunkle Vorzimmer des Kellers gingen, sah Albano in einem Spiegel seinen eignen Kopf in einen Flammen-Ring gefasset. – Sie kamen aus der Stadt ins Freie. Der Kahle ging voraus. Der Himmel war sternenhell. Dem Grafen war, als hör' er die unterirdischen Wasser und Feuer der Erdkugel und der Schöpfung brausen. Kaum erkannt' er draußen den Weg nach

[1] Bekanntlich lehnen sie da unverweset aneinander.

Blumenbühl. Plötzlich lief der Kahle links feldein; die magere Tischlerin stand auf der Blumenbühler Straße ganz starr und sah vertieft eine Leiche ziehen, die unsichtbar vorüberging, und hörte die ferne Glocke, die der Stumme trägt, der Tod. So schien es.

Da folgte Albano dem Kahlkopf verwegner nach, die Geisterfurcht tötet die Menschenfurcht. Beide gingen stumm nebeneinander. In der fernen Tiefe schien es, als schwebe ein Mensch, ohne zu schreiten und rege zu sein, fest und langsam in den Lüften weiter. Am Kahlen zuckte unaufhörlich die weiße Haut, und eine unsichtbare Faust nach der andern zog sich aus dem Ton seines Gesichts und zeigte den Griff; einmal lief auf ihm das Gesicht des Vaters des Todes [1] vorüber.

Plötzlich hörte Albano um sich das dumpfe Gemurmel und Durcheinandersprechen eines Gewimmels; nichts war um ihn. »Hört Ihr nichts?« fragte er. »Es ist alles still«, sagte der Kahle. Aber das Gewimmel murmelte und lispelte begierig und heiß fort, als könne es nicht fertig und einig werden; – der kühne Jüngling schauderte, die Tore des Schattenreichs standen weit offen in die Erde, Träume und Schatten schwärmten aus und ein und flogen nahe ans helle Leben.

Beide traten ans Laubgehölze vor Lilar; da half sich ein Knabe mit einem unförmlich-großen Kopfe auf zwei Krücken heraus und hatte eine Rose, die er dem Jüngling nickend anbot. Albano nahm sie, aber der Kleine nickte unaufhörlich, als woll' er sagen, er möge doch daran riechen. Albano tats – und plötzlich zog ihn die Theaterversenkung des Lebens, ein bodenloser Schlummer, in die dunkle Tiefe.

Als er belastet erwachte, war er allein und ohne seine Waffe in einem alten bestäubten gotischen Zimmer – ein mattes Lichtlein streuete nur Schatten umher – er sah durch das Fenster – Lilar schien es zu sein, aber auf die ganze Landschaft war Schnee gefallen und der Himmel weiß bewölkt, und doch stachen sonderbar die Sterne durch. Was ist das, steh' ich im Larventanz der Träume? fragt' er sich.

Da ging eine Tapete auf – eine verhangne weibliche Gestalt mit unzähligen Schleiern auf dem Angesicht trat herein – stand ein wenig – und flog ihm an sein Herz. »Wer ists?« fragte er. Sie drückte ihn heftiger an sich und weinte durch die Schleier hindurch. »Kennst du mich?« fragt' er. Sie nickte. »Bist du meine unbekannte Schwester?« fragt' er. Sie nickte und hielt ihn mit festen Schwesterarmen, mit heißen Liebestränen, mit ungestümen Küssen an sich fest. »Rede, wo lebst du?« Sie schüttelte. »Bist du gestorben oder ein Traum?« – Sie schüttelte. – »Heißest du Julienne?« – Sie schüttelte. »Gib mir ein Zeichen deiner Wahrhaftigkeit!« – Sie zeigte ihm einen halben goldnen Ring auf einem nahen Tisch. »Zeige dein Gesicht, damit ich dir glaube!« – Sie zog ihn vom Fenster weg. »Schwester, bei Gott, wenn

[1] Der ihm auf Isola bella erschienen war.

du nicht lügst, so hebe die Schleier!« – Sie wies mit dem ausgestreckten langen umwickelten Arme nach etwas hinter ihm. Er bat immer fort, sie deutete heftig nach einem Orte hin und drückte ihn von sich; endlich folgte er und kehrte sich seitwärts – Da sah er in einem Spiegel, wie sie schnell die Schleier aufriß und wie darunter die veraltete Gestalt erschien, deren Bild ihm sein Vater auf Isola bella mit der Unterschrift gegeben. Aber als er sich umkehrte, fühlt' er auf seinem Gesicht eine warme Hand und eine kalte Blume; und sein Ich zog wieder ein Schlaf hinunter.

Als er erwachte, war er allein, aber mit seiner Waffe und an der Waldstelle, wo er zum ersten Male eingeschlafen war. Der Himmel war blau, und die lichten Bilder schimmerten – die Erde war grün und der Schnee verwischt – den halben Ring hatt' er nicht mehr in der Hand – um ihn war kein Laut und kein Mensch. War alles der verwehte Wolkenzug der Träume gewesen, das kurze Wirbeln und Bilden in ihrem Zauberrauch?

Aber das Leben, die Wahrheit hatte ja so lebendig an seiner Brust gebrannt; und die Schwestertränen lagen noch auf seinem Auge. »Oder wären es nur meine Brudertränen?« sagte sein verwirrter Geist, als er aufstand und in der hellen Nacht nach Hause ging. Alles war so still, als schlafe das Leben noch fort – er hörte sich und fürchtete, es zu wecken – er schauete seinen gehenden Körper an: ja, dacht' er, dieses dichte, um uns gewickelte Bette spielt uns eben die Qualen und Freuden des Lebens zu. So wie wir schlafend unter herüberfallenden Bergen zu ersticken glauben, wenn das Deckbette sich auf unsere Lippen überschlägt, oder über klebendes Glut-Blech zu schreiten, wenn es mit zu dicken Federn die Füße drückt, oder als nackte Bettler zu frieren, wenn es sich kühlend verschiebt: so wirft diese Erde, dieser Leib in den siebzigjährigen Schlaf des Unsterblichen Lichter und Klänge und Kälte, und er bildet sich daraus die vergrößerte Geschichte seiner Leiden und Freuden; und wenn er einmal erwacht, ist nur wenig wahr gewesen!

»Gott, warum kommst du so spät – und so blaß?« fragte Schoppe, der in Albanos Zimmer lang' auf ihn gewartet hatte. »O, frag mich heute nicht!« sagte Albano.

Dreiundzwanzigste Jobelperiode

Liane

95. Zykel

Nie fuhr sich Schoppe mit mehr Flüchen an als am Morgen unter Albanos Erzählung, und zwar darüber, daß er nicht geblieben war, um dem Kahlen, dem Schwungrad so vieler Geister-Bewegungen, mitten unter dem Drehen in die Speichen zu fahren. Er flehte inständig den Grafen an, doch bei der nächsten Erscheinung – zumal in Italien – dem Kahlen ohne Schonung die Larve abzureißen, und bliebe das Leben darin hängen. Den Jüngling hatte die Nacht zu stark bewegt; daher sprach er ungern und flüchtig davon. Da in ihm alle Empfindungen sich ernster und übermächtiger regten als in Roquairol: so hatt' er nicht wie dieser Freude an ihrem Malen, sondern Scheu davor. Er suchte das kleine alte Schwesterbild auf, das ihm sein Vater auf der Insel gegeben; – welcher treffende Widerschein des nächtlichen Spiegelbildes! Dieses Alter-Moos an einer Schwester mußte, bloß um damit ihre Ähnlichkeit zu überdecken, durch Kunst gesäet sein. Die Vermutung auf Julienne gab er nach dem Nein der Verschleierten und bei der Unwahrscheinlichkeit einer solchen Nachtrolle wieder auf und setzte die Höhen-Berechnung aller dieser unbegreiflichen Lufterscheinungen auf die Hülfe seines so nahen Vaters hinaus.

Ach über allen seinen Gedanken zog in Geier-Kreisen unaufhörlich eine ferne dunkle Gestalt, der Würgengel, der auf die hülflose Liane hungrig niederfliegen wollte! Das Starren der Leichen-Seherin auf dem Blumenbühler Weg – zumal nach dem trüben Blatte der Fürstin – gaukelte jetzt in den dunkeln, durcheinanderkreuzenden Laubgängen, worein sein Lebensweg getrieben war, als ein flatterndes Schreckbild fort.

Ein neuer, einziger Entschluß stand jetzt in seiner Seele wie ein starrer Arm am Wege fest, der immer nach *einer* Richtung zeigte, auf die Blumenbühler Straße: »Du mußt zu ihr« – sagte der Entschluß – »sie darf nicht in dem Wahne deines Zürnens und deiner alten Härte sterben – du mußt sie wiedersehen, um ihr abzubitten, und dann weinest du, bis ihr Grab aufgeht und sie wegnimmt.« – O, wie werd' ich dann, sagt' er zu sich, vor dem Sterbe-Throne dieses Engels mein hartes, stolzes, wildes Herz zerknirschen und alles, alles, womit ich die sanfte Seele in Lilar blind und wund gemacht, zurücknehmen, damit sie nicht zu sehr verachte die kurzen Tage ihrer Liebe und damit doch ihr Herz verscheide mit einer kleinen letzten Freude von mir! – Und das, o Gott, bescheide uns! –

Vergeblich trug Schoppe darauf an, daß er mit ihm die Expeditionsstube der Nacht-Wunder, die so wahrscheinlich im gotischen Tempel anzutreffen sein mußte, suchen sollte; noch an diesem Tage wollte er vor die bleiche Geliebte dringen. Auffallend bestand Schoppe auf dem Besuch von Lilar fort und verlangte diesen zuletzt, voreilig befehlend; – aber jetzt war es verdorben und Albanos Nein verpanzert. »Verflucht! wozu lass' ich mich denn in diesen Tränentöpfen kochen«, sagte Schoppe und fuhr hinaus.

Aber nach kurzer Zeit kam er wieder, mit einem Blatte von – Gaspard, worin dieser auf heute Relais-Pferde von der Post verlangte, und mit einem Vorschlag von sich selber, dem Vater entgegenzugehen. Wie erfrischend wehte die väterliche Nähe über Albanos schwüle Wüste! – Gleichwohl sagte er das zweite Nein: das lange Wollen und Streiten und jede Stunde hüllte ihm Lianen immer finsterer in ihre Wolke, und er dachte bange an seinen Traum über sie auf Isola bella [1]; – und am Ende stutzte er argwöhnisch über das bedenkliche Zurückzerren.

Und darin irrt' er nicht; Schoppe handelte nach ganz andern Begebenheiten, als er noch erfahren hatte. Der Lektor nämlich, der mit alter kluger Redlichkeit über den abtrünnigen, aber von ihm überall gelobten Jüngling von fernen Wache hielt durch den stellvertretenden Schoppe, hatte diesem den aufgetürmten bleischweren Wolkenbruch gezeigt, der sich nun gesenkt gegen das Haupt des edlen Jünglings herbewegte; nämlich Lianens ganz nahen Tod.

Früher war der Streit mit den Eltern, gleichsam diese poetische Härte für Lianens Nerven, noch Eisenwein gewesen, die nachher im weichen Wasser der Entsagung, Herbstruhe und Andacht schmolzen. Es gibt eine warme Windstille, welche Menschen wie Schiffe zerlässet; eine Wärme, worin das Wachsbild des Geistes zerrinnt. Täglich kam noch dazu der fromme Vater und breitete ihre Schwingen aus, lösete sie ab von den Erden-Hoffnungen und Erden-Bangigkeiten und führte sie in den Glanz des göttlichen Thrones. – Die schönen Frühlingslüfte ihrer geendigten Liebe ließ sie wieder wehen, aber in höherer Stelle, es waren dünne, milde Äther-Zephyre, Blumen-Hauche. – Sie wußte jetzt zugleich, sie sterbe und liebe Gott. Sie stand wie eine Sonne schon ruhig und fern an ihrem Himmel, aber wie eine Sonne schien sie folgsam um den kleinen Tag ihrer Mutter zu gehen und wärmte sie sanft. – Ihre Tränen entflossen so süß wie Seufzer, wie Abendtau aus Abendrot – Wie man selig-wogend sinkt in heitern Träumen, so floß sie mit schwimmendem Körper-Gewand auf dem Todesflusse, lange getragen, langsam angezogen.

Nur ein einziger irdischer Widerstand hatte bisher den süßen Fall gebrochen – die heiße Erwartung der kommenden Romeiro, dieser ihr so innig befreundeten Freundin ihrer Freundin Julienne. Endlich erschien ihr diese und ergriff ihre Phantasie zu sehr; denn gerade die Flügel der Phantasie waren an diesem sanften, steten Schwane [2] zu stark. Wie stellte sich die Kranke unter diese glänzende Göttin herunter! Wie fand sie sich unwürdig der vorigen Liebe für Albano! – So wenig hatte Spener, der nur vor Gott demütig war, sie hindern können, zwei Kleinode aus ihrem vorigen Leben in ihr jetziges verklärtes heraufzunehmen, die alte Demut vor Menschen und das alte bekümmerte Sorgen für Geliebte.

Julienne mocht' ihr noch so oft abgeraten haben, sie schlang sich doch an einem Abende – wo sie Albanos Wegziehen nach Italien vernommen – um Lindas Herz und sagte ihr mit gewöhnlicher Überwallung, nur Albano verdiene sie. Linda antwortete bewundernd: sie fasse eine Liebe nicht, die

[1] Wo sie ihm in der Wolke zerflossen war, als er sie umfassen wollte.
[2] Ein Schwan kann mit dem Flügelschlag einen Arm zerbrechen.

sich selber vernichte; in Ihrem Falle würde sie sterben. »Und tu' ich's denn nicht?« sagte Liane.

Julienne bat gleich darauf Lianen, die verlegne edle Gräfin darüber zu schonen. Liane schwieg unbeleidigt; aber der neue Wunsch ergriff sie nun, ihren verlornen Albano noch einmal wiederzusehen und ihm ihre vorige Treue und seinen Irrtum zu beweisen und ihm mit sterbendem Herzen ein neues großes zu vermachen. Sie war sehr offenherzig mit allen letzten Wünschen ihrer heiligen Seele. Solange die Mutter und Augusti konnten, hielten sie ihr die Hand, damit sie sich eine so giftige schwarze Blume, als die Freude eines solchen Wiedersehens sein müßte, nicht ans kranke Herz steckte. Aber sie versicherte ihre Mutter, was könn' es ihr in diesem Jahre schaden, da sie ja erst im künftigen – nach Karolinens Weissagung – von hinnen gehe. – Indes suchte man ihr das letzte Ziel immer hinauszurücken, in der Hoffnung, daß Gaspard den Grafen wegführe, und mit dem Vorsatz, nur im Notfalle aller verlornen Hoffnungen ihr diese tödliche zu stillen.

Da wandte sie sich mit ihrem Wunsche an ihren Bruder; aber dieser, halb aus erbitterter Eitelkeit, halb aus Liebe gegen die Schwester, schilderte Albano von der kältern Seite, sagte, er ziehe in ein frohes Land, verschmerze sie leicht u. s. w. Wie entrüstete sich beinahe die sanfte Seele, weil sie daraus mit weiblicher Scharfsicht einen nahen Bruch der Liebe gegen Albano und Rabette und eine Wiederkehr der Neigung für die dableibende Linda entdeckte! Sie hatte schon längst die lange Unsichtbarkeit Rabettens untersucht. Denn diese arme Seele war seit ihrem Falle, seit dem Begräbnis ihrer Unschuld, durch keine Bitten und Befehle zu zwingen gewesen, vor die Freundin der ewigen Unschuld mit dem niedergeworfnen Sünder-Auge zu treten; und jetzt war es ihr vollends unmöglich, seit ihr durch Lindas Ankunft und Besuche auch das kleinste schillernde Gewebe ihres fliegenden Sommers zertreten war und ihr Mund voll Qual dumpf am hereingezognen Leichenschleier erstickte. »Bruder, Bruder,« (sagte Liane begeistert) »bedenke, was unsere armen Eltern von uns Kindern haben! Ich erfülle ihnen keine Hoffnung; auf dir ruht jede; ach wie wird unser Vater zürnen!« setzte sie mit alter Scheu und Liebe dazu. Der Bruder hielt es für recht, die Wahrheit (über Rabettens Hinab- und Wegstoßen), welche diesesmal die Gestalt einer bewaffneten Parze haben würde, von ihr zu entfernen, und setzte an die Stelle der Wahrheit seine Bruder-Liebe. Daher hatt' er bisher die einzige Gelegenheit, mit der Gräfin zu sprechen, entbehrt – Lianens Krankenstuhl. »Du mußt sterben,« (sagte er einmal im Enthusiasmus zu ihr) »es ist gut, daß dein Gewebe so zart ist, damit es das Durcheinandergreifen so vieler Tatzen entzweireißet – Was hättest du bis in dein 70. Jahr nicht leiden können unter Menschen und Männern!« Auch er glaubte – aus eigner Erfahrung –, daß es mehr Weiber- als Männer-Schmerzen gebe, so wie es am Himmel mehr Mond- als Sonnenfinsternisse gibt.

So stand es bis in die Nacht, wo Albano den Kahlkopf, die Spiele der

Finsternisse und die verschleierte Schwester sah; in dieser sprang eine Saite nach der andern in Lianens Leben, sie wurde schnell verändert, und am frühen Morgen empfing sie schon das Abendmahl aus ihres Speners Hand. Der Lektor bekam diese trübe Nachricht von der Ministerin um 9 Uhr morgens. Darum sucht' er mit solchem Eifer durch Schoppe den Jüngling vom Anblick einer verscheidenden Braut zu verdrängen.

Später kam Gaspards Billett, welches beide auf den Gedanken brachte, ihn zum Entgegenfahren zu locken und – durch eine Nachricht an den Vater – diesen zu bereden, wenigstens auf einige Tage mit Albano vor dem nahen Erdfall umzukehren, damit dieser sinke, ehe ihn der Sohn betreten.

Aber auch das, wie schon erzählt worden, schlug fehl; Albano bekannte Schoppen geradezu seinen Argwohn irgendeiner unheimlichen Begebenheit. Dieser wollte eben eine Antwort geben, als sie ihm ersparet wurde durch einen keuchenden Boten aus Blumenbühl, der an Albano folgendes Blatt von Spener überbrachte:

»P. P.

Ew. Hochgeboren Gnaden soll in aller Eile melden, daß das todkranke Fräulein von Froulay noch heute mit Denenselben zu sprechen sehnlichst verlangt, daher Sie um so mehr zu eilen haben, da selbige nach eigner Aussage höchst wahrscheinlich (und um so mehr, als Patienten dieses genre immer ihren Tod richtig vorauszusagen wissen) den heutigen Abend schwerlich überleben, sondern aus dieser Leiblichkeit einziehen wird in die ewige Herrlichkeit. Ich für meine Person brauche Ew. Gnaden als einen Christen wohl nicht erst zu vermahnen, daß wohl ein sanftes, stilles, frommes Betragen und Gebet bei dem Sterbebette dieser herrlichen Braut Christi, von deren Tod jeder wünschen wird: Herr, mein Tod sei wie dieser Gerechten!, nicht aber grausame weltliche Trauer sich gebühre und gezieme, der ich mit sonderbarem Respekte verharre

Ew. Hochgeboren Gnaden

Untertäniger
Joachim Spener
Hofprediger

P. S. Kommen Dieselben nicht sogleich mit dem Expressen: so bitte sehr um einige Zeilen Antwort.«

*

Albano sagte kein Wort – gab das Blatt seinem Freunde – drückte leise dessen Hand – nahm den Hut – und ging langsam und mit trocknen Augen auf die Gasse hinaus, auf den Weg nach dem Bergschloß.

96. Zykel

Schaudernd lief er draußen um die Stelle vorbei, wo in der vorigen Nacht die Leichen-Seherin gestanden hatte, um ihre in schwarze Menschen verwandelten Träume langsam von der Bergstraße herunterziehen zu sehen. – Es war ein stiller, warmer, blauer Nachsommer-Nachmittag – das Abendrot des Jahres, das rotglühende Laub, zog von Berg zu Berg – auf toten Auen standen die giftigen Zeitlosen unverletzt beisammen – auf den übersponnenen Stoppeln arbeiteten noch Spinnen am fliegenden Sommer und richteten einige Fäden als die Taue und Segel auf, womit er entfloh – der weite Luft- und Erdkreis war still, der ganze Himmel wolkenlos – und die Seele des Menschen schwer bewölkt.

Albanos Herz ruhte auf der Zeit wie ein Kopf auf dem Enthauptungsblock –– Nichts sah er im weiten Himmelsblau als die darin fliegende Liane, nichts, nichts auf der Erde als ihre liegende leere Hülle.

Er zuckte, da ihm plötzlich auf der Blumenbühler Höhe das weiße Bergschloß entgegenglänzte. Er rannte hinab – wild vor dem verhaßten entstellten Blumenbühl vorbei – und draußen in den tiefen Hohlweg hinauf, der zum Bergschloß führet. Da aber dieser sich in zwei aufsteigende Täler spaltet: so verirrte sich der vom Schmerz verschleierte Mensch in das linke und eilte zwischen dessen Wänden immer heftiger, bis er nach langem Treiben auf die Höhe heraustrat und das schimmernde Trauerschloß hinter sich erblickte. Da war ihm, als rühre sich die weite hinabliegende Landschaft wie ein stürmendes Meer durcheinander mit wogenden Feldern und schwimmenden Bergen; und der Himmel schauete still und hell auf das Bewegen nieder. Nur unten am westlichen Horizonte schlief eine lange dunkle Wolke.

Er stürmte wieder bergab und kam in wenigen Minuten im kleinen Blumengarten des Trauerhauses an. Als er heftig durch ihn schritt, sah er oben an den Schloßfenstern mehrere Menschen-Rücken; wenn sie sich umkehren (sagt' er), so wird sogleich die Sage umlaufen: der Mörder kommt. Jetzt trat die Ministerin an ein Fenster, wandte sich aber schnell um, da sie ihn erblickte. Er stieg schwer die Treppe hinauf, der Lektor kam ihm gerührt entgegen, sagte zu ihm: »Fassung für Sie und Schonung für andere! Sie haben keinen Zeugen Ihrer Unterredung als Ihr Gewissen« und machte dem stummen Jüngling das stille Krankenzimmer auf.

Vom Schmerz belastet und gebückt, trat er leise hinein. In einem Krankenstuhl ruhte eine weißgekleidete Gestalt mit weißen, tiefen Wangen und ineinandergelegten Händen und lehnte den Kopf, den ein bunter Grasblumenkranz umzog, an die Seitenlehne. Es war seine vorige Liane. »Sei mir willkommen, Albano!« sagte sie mit schwacher Stimme, aber mit dem alten, aufgehenden Sonnen-Lächeln und reicht' ihm die mühsam gehobne Hand entgegen; das schwere Haupt konnte sie nicht erheben. Er trat hin, sank auf die Knie und hielt die teuere Hand, und die Lippe zitterte stumm. »Sei mir recht willkommen, mein guter Albano!« wiederholte sie noch zärtlicher in der Meinung, er hab' es das erstemal wohl nicht gehört; und alle Tränen seines Herzens riß die bekannte wiederkommende Stimme in *einem* Regen nieder. »Auch du, Liane!« stammelte er noch leiser. Mühsam ließ sie ihr Haupt auf die andere, ihm nähere Lehne herüberfallen; da schaueten ihre lebensmüden blauen Augen recht nahe seine feurigen nassen an; wie fanden beide ihr Angesicht von *einem* langen Schmerz entfärbt und veredelt! Rotwangig und vollblühend und Schmerzen tragend war Liane in das kalte fremde Totenreich der schweren Prüfung für die höhere Welt gegangen, und ohne Farbe und ohne Schmerzen war sie wiedergekommen und mit himmlischer Schönheit auf dem irdisch-verblühten Gesicht – Albano stand vor ihr, auch bleich und edel, aber er brachte auf dem jungen kranken, eingefallnen Angesicht die Kämpfe und die Schmerzen zurück und im Auge die Lebens-Glut.

»Gott, du hast dich verändert, Albano« – fing sie nach einem langen Blicke an – »Du siehst ganz eingefallen aus – Bist du so krank, Lieber?« – fragte sie mit der alten Liebes-Bekümmernis, die ihr weder der fromme Vater noch der letzte Genius, der den Menschen erkältet gegen das Leben und Lieben, eh' er es entrückt, aus dem Herzen nehmen konnten. – »O, wollte Gott! – – Nein, ich bins nicht«, sagte er und erstickte aus Schonung den innern Sturm; denn er hätte so gern seinen Jammer, seine Liebe, seinen Todes-Wunsch ausgerufen vor ihr mit einem tödlichen Schrei, wie eine Nachtigall sich zu Tode schmettert und vom Zweige stürzt.

Ihr erkältetes Auge ruhte, sich erwärmend, lange auf seinem Angesicht voll unaussprechlicher Liebe, und sie sagte endlich mit schwerem Lächeln: »So liebst du mich also wieder, Albano! – Du hattest dich auch in Lilar ganz geirrt. Erst nach langer Zeit wird mein Albano es erfahren, warum ich von ihm gewichen bin, nur zu seinem Wohl. Heute, heute an meinem Sterbetage sag' ich dir, daß mein Herz dir treu geblieben. – Glaub es mir! – Mein Herz ist bei Gott, meine Worte sind wahr – Sieh! darum bat ich dich heute zu mir – denn du sollst sanft, ohne Reue, ohne Vorwurf auf deine erste Jugendliebe herübersehen in deinem künftigen langen Leben. – Heute wirst du nicht böse über die kleine Linda, daß sie vom Sterben spricht – Siehst du wohl, daß ich damals recht hatte? – Hole mir das Blatt dort!« –

Er gehorchte; es war ein mit zitternder Hand gemachter Umriß von ihr, der Lindas edeln Kopf vorstellte. Albano sah das Blatt nicht an. »Nimm es zu dir«, sagte sie; er tat es. »Wie bist du so willig und gut!« (sagte sie) »Du verdienst Sie – ich nenne sie dir nicht – als den Lohn deiner Treue gegen mich. Sie ist deiner würdiger als ich, sie blüht wie du, siecht nicht wie ich; aber tu ihr nie unrecht – Deine Liebe zu ihr ist mein letzter Wunsch – Wirst du mich betrüben, festes Gemüt, durch ein heftiges Nein?« –

»Himmels-Seele!« – (rief er und blickte sie bittend an und brachte ihr das Totenopfer des erstickten Neins) »ich antworte dir nicht – Ach vergib,

vergib der frühern Zeit!« – Denn nun sah er erst, wie demütig, leise und doch innig die zarte, stille Seele ihn geliebt, die noch jetzt im zerfallenden Körper ganz wie an Lilars schönen Tagen sprach und liebte, so wie die schmelzende Glocke im brennenden Turm noch aus den Flammen die Stunden tönt.

»So lebe nun wohl, Geliebter!« (sagte sie ruhig und ohne Träne, und ihre matte Hand wollte seine drücken) »Reise glücklich in das schöne Land! – Habe ewigen Dank für deine Lieb' und Treue, für die tausend frohen Stunden, die ich dort erst verdienen will[1], für Lilars schöne Blumen .... Die Kinder meiner Chariton haben sie mir aufgesetzt[2] ...... Je ne suis qu'un songe –– Was wollt' ich dir sagen, Albano? Mein Lebewohl! Verlasse meinen Bruder nicht! – O, wie du weinst! Ich will noch für dich beten!«

Die Sterbenden haben trockne Augen. Das *Gewitter* des Lebens endigt mit *kalter* Luft. Sie wissen es nicht, wie ihre lallende Zunge einschneide in die weit aufgerissenen Herzen. Die sanfteste Seele wußt' es nicht, wie sie ein Schwert nach dem andern durch ihren Albano stieß, der es nun fühlte, daß er der Heiligen, der schon die Frühlingswinde, die Frühlingsdüfte des ewigen Ufers entgegenzogen, nichts mehr sein, nichts mehr geben konnte, nicht einmal die Demut nehmen.

Als sie es gesagt, richtete ihr Haupt mit der Blumenkrone sich begeistert auf, sie zog ihre Hand aus seiner und betete laut mit Inbrunst: »Erhöre mein Gebet, o Gott! und lasse Ihn glücklich sein, bis er eingeht in deine Herrlichkeit. Und wenn er irret und wankt, so schon ihn, o Gott! und lasse mich ihm erscheinen und ihm zureden. – Dir aber allein, du Allgütiger, sei Preis und Dank gesagt für mein frohes, stilles Leben auf der Erde, du wirst mir nach der Ruhe droben schenken den schönen Morgen, wo ich arbeiten kann .... Wecke mich früh aus dem Todesschlafe .... Wecket mich, wecket! .... Mutter, das Morgenrot[3] liegt schon auf den Bäumen.« ––

Da stürzte die Mutter ins Zimmer mit andern Menschen. Der todesschlaftrunkne Blick und das Irrereden sagten an, daß nun der kalte Schlaf mit offnen Augen komme. »Erscheine mir, du bist ja bei Gott!« rief Albano sinnlos. Umsonst wollt' ihn Augusti wegführen; ohne Antwort, ohne Regung stand er eingewurzelt fest. Liane wurde immer blasser, der Tod schmückte sie mit dem weißen Brautkleid des Himmels an; da hörte sein weinendes Auge auf, die Qual gefror, und das weite, schwere Eis der Pein füllte die Brust.

Unverrückt hing Lianens Blick an einer lichten Stelle des sanft bezognen

[1] Sie hielt ihr hiesiges Leben für ein ruhiges Spiel- und Kinder-Leben, erst das zweite für das tätige.

[2] Hier und weiter redet sie zwar irre; aber sie weiß es doch, daß der Grasblumenkranz von Charitons Kindern ist.

[3] Sie sieht das Herbstlaub.

Abendhimmels, wie forschend und erwartend, daß der Himmel aufgehe und die Sonne gebe. Gleichgültig gegen alle stürmte ihr Bruder jammernd herein: »Geh nicht zu Gott, ich seh' dich sonst nie mehr – sieh mich an, segne, heilige mich, gib mir deinen Frieden, Schwester!« – Sie war still in die lichter aufbrechende Sonnenwolke vertieft. »Sie hält dich für mich« (sagte Albano zu Karl wegen ihrer ähnlichen Stimmen) »und gibt dir keinen Frieden!« – »Stiehl meine Stimme nicht«, sagte Karl zornig. – »O, lasset Sie in Ruhe«, sagte die Mutter, aus deren gebückten Augen nur kleine, sparsame Tränen auf den Kranz der Tochter zitterten, deren mattes, nach dem Himmel aufblickendes Haupt sie an sich angelehnt mit beiden Händen hielt.

Auf einmal, als die Sonne die Wolken wie Augenlider aufschlug und hell herunterblickte, erschütterte sich die stille Gestalt; Sterbende sehen doppelt, sie sah zwei Sonnenkugeln und rief, an die Mutter geschmiegt: »Ach, Mutter, wie groß und feurig sind seine Augen!« – Sie sah den Tod am Himmel stehen. »Bedecket mich mit dem Leichenschleier« (flehte sie ängstlich) – »meinen Schleier!« Ihr Bruder griff nach ihm und deckte damit die irren Augen und die Blumen und Locken zu; auch die Sonne zog schonend wieder das Gewölke über sich.

»Denk an den allmächtigen Gott!« rief ihr der fromme Vater zu. »Ich denke an ihn«, antwortete leise die Verhüllte. Die Aurora der zweiten Welt steht schwarz vor den Menschen, sie bebten alle. Albano und Roquairol ergriffen und drückten einander die Hand, dieser aus Haß, Albano aus Qual, wie man in Metall knirscht. Das Zimmer war voll unähnlicher, befeindeter Menschen, die der Tod gleich machte. Seitwärts sah Albano eine fremde hereingeschlichene, ihm widrige Gestalt; es war sein unkenntlicher Vater, dessen große, düstere Augen scharf und hart auf dem Sohne hafteten. – Aus dem zweiten Zimmer blickten zwei lange verschleierte weibliche Gestalten auf die dritte und sahen kein Gesicht und niemand ihres.

Liane spielte mit den Fingern am Schleier. Der Abend stand im Zimmer und die Stille zwischen dem Blitze und dem Donnerschlag. »Denke an den allmächtigen Gott!« rief Spener. – Sie antwortete nicht – er sprach weiter: »An unsere Quelle und an unser Meer, er allein steht dir jetzt im Dunkeln bei, wo dir die Erde und die Menschen aus der Hand entsinken und alle Lichter des Lebens.« – Plötzlich fing sie an und sagte ganz freudig-leise und schnell hintereinander, wie wenn der Mensch im Schlafe spricht, und immer entzückter und schneller: »Karoline – hier, hier, Karoline – das ist meine Hand – wie bist du so schön!« – Der unsichtbare Engel, der ihre erste Liebe geheiligt, der ihr Leben begleitet hatte, schimmerte wieder wie ein aufgegangener Mond über das ganze dunkle Sterben, und der Glanz verschmolz die kleine Mainacht leise mit dem großen Frühlingsmorgen der andern Welt.

Nun lehnte die verschleierte Nonne des Himmels ganz still an der Mutter – Der Todesengel stand unsichtbar und zornig unter seinen Opfern –

Mit großen Flügeln hing die Todes-Eule der Angst sich über die Menschen-Augen und hackte mit schwarzem Schnabel in die Brust herab, und man hörte nichts in der Stille als die Eule – Düster wälzten sich des Ritters melancholische Augen in ihren tiefen Höhlen zwischen der stillen Braut und dem stillen Sohne hin und her; und Gaspard und der Würgengel schaueten einander finster an. –

Da klang aus Lianens Harfe ein heller, hoher Ton lang in die Stille; die Parze, die an ihrem Leben spann, kannte das Zeichen, hielt innen und stand auf, und die Schwester mit der Schere kam. Lianens Finger hörten auf zu spielen, und unter dem Schleier wurd' es still und unbeweglich.

»Dein Kopf ist schwer und kalt, meine Tochter«, sagte die trostlose Mutter. »Reißt den Schleier weg«, rief der Bruder; und als er ihn herunterzog, ruhte Liane zufrieden und lächelnd darunter, aber gestorben – die blauen Augen offen nach dem Himmel – der verklärte Mund noch Liebe atmend – die jungfräuliche Lilien-Stirn von der tiefer herabgesunknen Blumenkrone umwunden – und bleich und verklärt vom Mondschein der höhern Welt die fremde Gestalt, die groß aus den kleinen Lebendigen unter ihre hohen Toten trat.

Da quoll die goldne Sonne durch die Wolken und durch die Tränen hindurch und übergoß mit dem blühenden Abendlicht, mit dem jugendlichen Rosen-Öl ihrer Abendwolken die entfärbte Himmelsschwester, und das verklärte Antlitz blühte wieder jung. Am Himmel schlugen alle Wolken, berührt von ihren Flügeln, als sie durch sie zog, in lange rote Blüten aus – und durch den hohen, über die Erde geblähten Nebelflor glühten die tausend Rosen hindurch, die gestreuet und gewachsen waren auf der Wolken-Bahn, worauf die Jungfrau über die Erde zu dem Ewigen ging.

Aber Albano, der verlassene Albano stand ohne Tränen und Augen und Worte unter den gemeinen Klagestimmen des Schmerzes im rosenroten Abendfeuer des heiligen Verklärungs-Zimmers, unter dem irdischen Getümmel neben der stillen Gestalt; in tiefer Vergangenheit zeigte ihm der Schmerz ein Medusenhaupt, und er sah es noch an, als sein Herz schon davon versteinert war, und er hörte immer das finstere Haupt die Worte murmeln: »Wie bitter hatte die Tote in Lilar über den harten Albano geweint!« – Ihr Bruder sagte auf seiner Folter viele grausame Worte zu ihm; er vernahm sie nicht, weil er dem grausamern Gorgonenhaupt zuhörte.

»Sohn!« (rief Gaspard Cesara ernst) »Sohn, kennst du mich nicht?« Durch das schwere Leichen-Herz blitzt ihm eine Lebens-Stimme; er blickt umher, und auf den Vater, ordnet sich erschreckend die Gestalt und stürzt auf seine Brust und ruft nur »Vater!« und immer wieder »Vater!« – Er rief fort, ihn heftig wie ein Feind umflechtend, und sagte: »Vater, das ist Liane!« – Noch heftiger wurde die Umarmung, nicht aus Liebe, nur aus Qual. – »Komme zu dir, und zu mir, lieber Albano!« sagte der Ritter. »O, ich will es tun, Sie ist nun gestorben, Vater!« sagt' er erstickt, und nun zerriß sein Schmerz am Vater, wie ein Gewölke am Gebürge, in *eine* unaufhörliche Träne – sie strömte fort, als wollte sich die innerste Seele verbluten aus allen offnen Adern – aber das Weinen wühlte nur die Qualen auf wie ein Wolkenbruch ein Schlachtfeld, er wurde trostloser und ungestümer und wiederholte dumpf das alte Wort.

»Albano!« (sagte Gaspard nach einiger Zeit mit stärkerer Stimme) »willst du mich begleiten?« – »Gern, mein Vater!« sagte er und folgte ihm, wie der Mutter ein blutendes Kind mit seiner Wunde. – »Morgen will ich schon sprechen«, sagte Albano im Wagen und nahm die väterliche Hand. Die weit offnen Augen hingen geschwollen und blind an der warmen Abendsonne fest, die schon auf dem Gebürge ruhte – er blieb lächelnd und bleich und in seinem leisen sanften Weinen – und er merkt' es nicht, daß die Sonne unterging und er in der Stadt ankam.

»Morgen, mein Vater!« sagt' er kraftlos und bittend zum Ritter; und schloß sich ein. Man hörte nichts mehr von ihm.

Vierundzwanzigste Jobelperiode

Das Fieber – die Kur

97. Zykel

Lange blieb Albano im Nebenzimmer stumm. Der Vater überließ ihn der heilenden Stille. Schoppe wartete auf ihn geduldig, um ihn tröstend anzusehen und anzuhören. Endlich hörten sie ihn darin heftig beten: »Liane, erscheine mir und gib mir den Frieden!« Gleich darauf trat er stark und frei wie ein entketteter Riese heraus, mit allen Blut-Rosen auf seinem Gesicht – mit Blitzen in den Augen – mit hastigem Schritt. »Schoppe,« (sagt' er) »komm mit auf die Sternwarte, es hängt am Himmel ein heller, hoher Stern, auf dem wird Sie begraben; ich muß das wissen, Schoppe!«

Die edle Seele lag in der gewaltigen Hand des Fiebers. Er wollte mit ihm hinaus, als er den Ritter erblickte, der ihn starr anschaute. »Erstarre nur nicht wieder, mein Vater!« sagt' er, umarmte ihn nur leise und vergaß, was er gewollt.

Schoppe holte den Doktor Sphex. Albano ging wieder in sein Zimmer und langsam darin mit gesenktem Haupt, mit gefalteten Händen auf und ab und redete sich tröstend zu: »Warte doch nur, bis es wieder ausschlägt.« – Sphex kam und sah und – sagte, »es sei ein einfaches entzündliches Fieber«. Aber keine Gewalt brachte ihn dahin, sich für das Bette oder nur für eine Ader-Wunde zu entkleiden. »Wie?« (sagt' er schamhaft) »Sie kann mir ja zu jeder Stunde erscheinen und den Frieden geben – nein, nein!« Der Arzt verschrieb einen ganzen kühlenden Schneehimmel, um damit diesen Krater vollzuschneien. Auch diesen Kühlungen und Frost-Zuleitern weigerte der Wilde sich. Aber da fuhr ihn der Ritter mit der ihm eignen donnernden Stimme und mit dem Grimm des Auges an, der das immerwährende, aber bedeckte Zornfeuer der stolzen Brust verriet: »Albano, nimm!« – Da besann und fügte sich der Kranke und sagte: »O, mein Vater, ich liebe dich ja!«

Durch die ganze Nacht, deren Wächter und Arzt der treue Schoppe blieb, spielte der wahnsinnige Körper seine glühende Rolle fort, indem er den Jüngling auf- und abtrieb und bei jedem Ausschlagen der Glocken betend niederzuknien zwang: »Liane, erscheine doch und gib mir den Frieden!« Wie oft hielt ihn der sonst Zeichen-arme Schoppe mit einer langen Umarmung fest, um nur dem Umhergetriebnen eine kurze Ruhe zuzuspielen. – Unbegreiflich waren am Morgen dem Arzte die Kräfte dieser eisernen und weißglühenden Natur, die Fieber, Pein und Gehen noch nicht gebogen hatten, und auf welcher alle verordnete Eisfelder trocken verzischten; – und fürchterlich erschienen ihm die Folgen, da Albano noch immer sein Selbst-Mordbrenner blieb und bei jedem Stunden-Schlage auf den Knien nach der himmlischen Erscheinung lechzete und blickte.

Aber sein Vater überließ ihn wie eine Menschheit den eignen Kräften; er sagte, er sehe mit Vergnügen eine solche seltne ungeschwächte Jugendkraft und sei gar nicht in Furcht; auch ließ er ungestört alles für die Reise nach Italien packen. Er besuchte den Hof, d. h. alles. Wer es wußte, was er den Menschen abzufodern und abzuleugnen pflegte, dem gab diese allgemeine Gefälligkeit gegen alle Welt die Schmerzen eines verwundeten Ehrgefühls, wenn ihn Gaspard auch anredete. Er besuchte zuerst den Fürsten, welcher an ihm, ob ihn gleich der Ritter in Italien ruhig die vergiftete Hostie der Liebe samt ihrem Giftkelch hatte empfangen lassen, immer mit Angewöhnung hing. Der Ritter besichtigte mit ihm den Zuwachs der neuen Kunstwerke; beide glichen scharf und frei ihre Urteile darüber gegeneinander aus und gaben einander Aufträge für die Abwesenheit.

Darauf ging er zur Reisegefährtin, zur Fürstin, gegen welche zwar sein aufreibender Stolz nicht *ein* Blütenstäubchen der vorigen Liebe übrig gelassen, die aber im glatten, kalten Spiegel seiner epischen Seele, in welchem alle Figuren sich rein-aufgefasset und frei bewegten, vermöge ihrer kräftigen Individualität als eine Hauptfigur den Vordergrund bewohnte. Da er Freiheit, Einheit, sogar Frechheit des Geistes weit über sieches Frömmeln, Nachheucheln fremder Kräfte und bußfertigen Zwiespalt mit sich selber setzte: so war die Fürstin sogar mit ihrem Zynismus der Zunge ihm »in ihrer Art lieb und wert«. Sie erkundigte sich mit vielem Feuer nach seines Sohnes Zustand und Mitreise; er gab ihr mit seiner alten Ruhe die besten Hoffnungen.

Die Prinzessin Julienne war unzugänglich. Daß sie es hatte sehen müssen, wie die treue Gespielin ihrer Jugendzeit ein feindlicher, rauher Arm vom blumigen Ufer in den Todesfluß hineingezogen und wie die Arme ermattet hinuntergeschwommen, das warf sie hart darnieder, und sie wäre gern dem Opfer nachgestürzt. Sie war gestern nicht imstande, mit den zwei Verschleierten hinzugehen.

Jetzt eilte Gaspard zur einen davon, zur Gräfin Romeiro, wo er auch die andere fand – die Prinzessin Idoine. Diese hatte unmöglich so viel von ihrer Gesichts- und Seelen-Schwester in allen Briefen lesen können, ohne selber aus ihrem Arkadien zu ihr herzureisen und die schöne Verwandtschaft zu prüfen; aber als sie im Schleier ankam im Schmerzenhause, hatte schon ihre Verwandte den ihrigen über das brechende Auge gezogen; und als er aufging, sah sie sich selber verloschen und im tiefen Spiegel der Zeit ihr eignes Sterbe-Bild. Sie schwieg in sich selber gleichsam wie vor Gott, aber ihr Herz, ihr ganzes Leben war bewegt.

Die Ähnlichkeit war so auffallend, daß Julienne sie bat, nie der gebeugten Mutter zu erscheinen. Idoine war zwar länger, schärfer gezeichnet und weniger rosenfarb als Liane in ihrer Blütenzeit; aber die letzte blasse Stunde, worin diese neben ihr erschien, machte die bleiche Gestalt länger und das Angesicht edler und zog die blumige jungfräuliche Verhüllung vom scharfen Umriß weg.

Idoine sprach wenig zum Ritter und sah nur zu, wie ihre Freundin Linda ordentlich in kindlicher Liebe überfloß gegen seine fast väterliche. Beide Jungfrauen behandelte er mit einer achtenden, warmen und zarten Moralität, welche einem Auge (z. B. dem des Fürsten) wunderbar erscheinen mußte, das oft Zeuge der ironischen Unbarmherzigkeit gewesen, womit er wurmstichige, anbrüchige Herzen – halb eingepfarret in Gottes Kirche und halb in des Teufels Kapelle –, scheue, weiche, empfindsame Sünder, innerlich-bodenlose Phantasten, z. B. Roquairols, gern in einer langsamen Spirale frecher Reden immer tiefer und froher in den Mittelpunkt der Schlechtigkeit hinabzudrehen pflegte. Der Fürst dachte dann: »Er denkt gerade wie ich«; aber Gaspard macht' es mit ihm ebenso.

Auch die wankende, blasse Julienne schlich endlich herein, um ihn zu sehen. Man umging, so weit man konnte, ihrentwegen das offne Grab der Freundin; aber sie fragte selber nach dem kranken Geliebten derselben recht angelegentlich. Der Ritter – welcher für die meisten wichtigen Antworten sich ein eignes Phrases-Buch des Nichts, besondere Rede-Eisblumen angeschafft hatte, dergleichen waren: »es geht, so gut es kann« oder »man muß es erwarten« oder »es wird sich wohl geben« – bediente sich der letzten Redeblume und versetzte: »Es wird sich wohl geben.«

Als er nach Hause kam, hatte sich nichts gegeben, sondern hoch war die Flut des Übels gestiegen. Der Jüngling lag nieder – angekleidet auf dem Bette – unvermögend mehr zu gehen – brennend – irre redend – und doch bei jedem Glockenschlage seine alte Bitte in den hohen versperrten Himmel rufend. Bis hieher hatte sein kräftiges, festes Gehirn die Vernunft wenigstens für alles, was Lianen nicht betraf, fest zu behalten gewußt; aber allmählich ging die ganze Masse in die Gärung des Fiebers über. Vergeblich waffnete sich sein Vater einmal, da er kniete und um die Erscheinung der Toten bat, mit dem ganzen Sturm und Donner seiner Persönlichkeit; »gib mir den Frieden«, betete Albano sanft weiter und sah ihm sanft dabei ins Gesicht.

Schoppe nahm jetzt mit der Miene eines wichtigen Geheimnisses den Vater allein und sagte, er wisse ein unfehlbares Mittel. Gaspard bezeugte seine Neugierde. »Die Prinzessin Idoine« (sagt' er) »muß nach erbärmlichen Kindereien gar nichts fragen, sondern keck, wenn es eben schlägt und er kniet, ihm als der selige Geist erscheinen und den fatalen Frieden schließen.« – Wider alles Vermuten sagte der Ritter unmutig: »Es ist unschicklich.« Umsonst sucht' ihn der predigende Schoppe in die Sonnenseite zu rücken – bloß in der Winterseite zog er weiter hinein bei dem Anschein fremder Absicht; in eine sanfte Wärme konnt' ihn niemand bringen als nur er sich selber. – Zuletzt ließ Gaspard nach seiner Sitte über dem ewigen Grundeis seines Charakters so viel Treibeis obengenannter Phrasen schwimmen, daß Schoppe stolz und zornig schwieg. Noch dazu gingen die Anstalten zur Abreise fort, als sei der Vater willens, den Sohn brennend aus dem Fieber-Brande zu ziehen und wahnsinnig aus den alten Liebes-Zirkeln zu reißen. Schoppe machte ihm seinen Vorsatz, daheim zu bleiben, bekannt; er sagte, er habe nichts dagegen.

Nun fühlte Schoppe an seinem eignen zerritzten Gesicht den schneidenden Nord dieses von ihm sonst beschützten Charakters; »traue keinem langen, schlanken Spanier, sagte Kardanus mit Recht« [1], sagte er.

Albano war krank und daher nicht trostlos. Er schöpfte aus der Lethe des Wahnsinns die dunkle Betäubung gegen die Gegenwart; nur wenn er kniete, spiegelte sich im Strom seine zerrissene Gestalt und ein wolkiger Himmel. – Er hörte nichts davon, wie die Dürftigen ihren Namen nannten, um dankend um die ruhende Wohltäterin zu weinen, vor deren Klagen jetzt das heilende Saitenspiel ihrer Mienen taub und stumm lag – Er hörte nichts von dem Toben ihres Bruders, noch vom lauten (akustisch-gebaueten) Schmerze ihres Vaters, oder von der starren, in dumpfe Qual gewickelten Mutter – Er wußt' es nicht voraus, daß die bleiche Charis in ihrem Krönungszimmer an einem Abende zwischen Lichtern zum letztenmal der Erde erscheinen werde, bekränzt, geschmückt und schlummernd – Ihm starb zwar in jeder Stunde eine unendliche Hoffnung, aber jede gebar ihm auch eine neue. – –

»Armer Bruder,« (sagte Schoppe am andern Tag im edeln Zorn) »ich schwöre dirs, du bekommst heute deinen Frieden.« – Der blasse Kranke sah ihn bittend an. »Bei Gott!« schwur Schoppe und weinte beinahe.

[1] Die Stelle heißet in Cardan. praecept. ad filios c. 16. so: Longobardo rubro, Germano nigro, Hetrusco lusco, Veneto claudo, *Hispano longo* et *procero*, mulieri barbatae, viro crispo, Graeco nulli confidere nolite.

98. Zykel

Schoppe hatte sich vorgesetzt, um den Ritter – der den Abend halb an den Minister und halb an Wehrfritz in Blumenbühl verteilte – sich gar nicht zu bekümmern, sondern geradezu vor die Prinzessin Idoine mit der großen Bitte zu treten. Vorher wollt' er sich den Lektor dazu holen als Türhüter oder Billeteur der versperrten Hoftüren und als Bürgen seiner Worte. – Aber Augusti erschrak unbeschreiblich; er versicherte, das geh' unmöglich an – eine Prinzessin und ein kranker Jüngling – und gar eine ridiküle Geister-Rolle u. s. w., und der eigne Vater seh' es ja schon ein. Schoppe wurde darüber ein aufspringendes Sturmfaß und ließ wenig Flüche und Bilder liegen, die er nicht gebrauchte über den menschenmörderischen Widersinn der Hof- und Weiber-Dezenz – sagte, diese sei so schön gebildet und so blutig quälend wie eine griechische Furie – sie binde an Menschen wie Köchinnen an Gänsen die Hals-Wunde nur nach dem Verbluten zu, damit sich die Federn nicht befleckten – und er sei so gut ein Courtisan, schloß er zweideutig, als Augusti und kenne Dezenz; »auch der Fürstin, die ihn doch so gern hat, darf ichs nicht vortragen?« Augusti sagte: »Der Fall ist nicht verschieden.« – »Juliennen auch nicht?« – »Auch nicht«, sagt' er. – »Auch dem so satanischen Satan nicht?« – »Ein guter Engel ist doch dazwischen,« (versetzte Augusti) »den Sie wenigstens schicklicher als Vorbitter brauchen können, weil er dem Vliesritter von Cesara Verbindlichkeiten schuldig ist – die Gräfin von Romeiro.« – »O, warum nicht gar?« sagte Schoppe betroffen.

Der Lektor – unter die niemals eigenhändigen Menschen gehörig, die alles gern durch die dritte, sechste, fernste Hand nach einer der Fingersetzung ähnlichen Hände-Setzung tun – legte seine Bereitwilligkeit, ihn bei Linda einzuführen, und ihr Vermögen, in dieser »epinösen Affäre« zu wirken, dem Nachdenker näher vor.

Schoppe fuhr ungemein hin und her – schüttelte oftmals heftig den Kopf und stockte doch plötzlich – flog und schüttelte noch heftiger – sah mit scharfer Frage den Lektor an – endlich stand er fest – schlug mit beiden Armen nieder und sagte: »Der Donner und das Wetter hole die Welt! Nun gut, es sei! Ich will vor *sie* – – Himmel, warum bin ich denn Ihnen sozusagen so lächerlich, jetzt gerade, mein' ich?« – Gleichwohl hatte der höfliche Lektor das Lächeln der Lippen nur in das Lächeln der Augen versetzt. – Auf Schoppes Gesicht stand die Wärme und Eile des Selbst-Siegers. Wie Menschen zugleich harthörig unter dem gemeinen Lebens-Getöse sein können und doch den feinsten musikalischen Lauten offen[1]: so waren Schoppens innere Ohren verhärtet gegen das Volks-Gepolter des allgemeinen Treibens,

[1] z. B. der Kapellmeister Naumann.

aber durstig zogen sie alle weiche, leise Melodien der heiligen Seelen ein.

Der Lektor – den Grafen weit herzlicher liebend als dieser ihn – nahm stürmisch den Bibliothekar sogleich mit fort ins Schloß, weil eben jetzt die recht-erlesene Hof-Ferien-Stunde sei, von $4^1/_2$ bis $5^1/_2$. Schoppe sagte, er sei dabei. Im Schloß befahl Augusti einem Diener, der ihn verstand, Schoppen ins Spiegelzimmer zu führen. Er tats; brachte Lichter nach; und Schoppe ging langsam mit seinem verdrüßlichen Gefolge stummer flinker Spiegel-Urang-utangs auf und nieder, seiner Rolle und Zukunft nachrechnend. Seltsam fühlt' er sich jetzt betroffen von seinem jungen, frischen Gefühl der bisherigen Freiheit, die er eben suspendierte; er erkannte sie an, hielt sie fest, sah sie an, sprach ihr zu: gehe nur ein wenig fort, rette ihn und dann komme wieder! –

Seine eigne Vervielfältigung ekelte ihn: »Müsset ihr mich stören, ihr Ichs?« sagt' er, und er legte sichs nun vor, wie er stehe vor der reichsten, hellesten Minute und feinsten Goldwaage seines Daseins, wie ein Grab und ein großes Leben liege auf dieser Waage, und wie sein Ich ihm schwinden müsse wie die nachgemachten gläsernen Ichs umher. – – – Plötzlich flog ihn eine Freude an, nicht über den Wert seines Entschlusses, sondern über die Gelegenheit dazu.

Endlich gingen nahe Türen auf und dann die nächste. Da trat mit noch halb zurückgewandtem Kopfe eine große Gestalt herein, ganz in lange schwarze Seide eingehüllt. Wie ein entzückter Mond auf hohen Laubgipfeln, stand auf der seidnen dunkeln Wolke ein üppig-blühender schmuckloser Kopf voll Leben vor ihm, mit schwarzen Augen voll Blitze, mit dunkeln Rosen auf dem blendenden Gesicht und mit einer thronenden Schnee-Stirn unter dem braunen Locken-Überhang. – – Schoppen war, da sie ihn ansah, als liege sein Leben im vollen Sonnenschein, und er fühlte ängstlich, daß er sehr nahe an der Königin der Seelen stehe. »Herr v. Augusti« (fing sie ernst an) »hat mir gesagt, daß Sie eine Bitte für Ihren kranken Freund in meine Hände geben wollen. Sagen Sie mir solche klar und frei, ich werde Ihnen gern und bestimmt und offen antworten.«

Alle Rollen-Erinnerungen waren in ihm zu Boden gesunken und aufgelöst; aber der große Schutzgeist, der unsichtbar neben seinem Leben flog, stürzte sich mit feurigen Flügeln in sein Herz, und begeistert antwortete er: »Auch ich! – Mein Albano ist tödlich krank – er ist im Fieber seit gestern abends – er liebte das verstorbene Fräulein Liane – er ist auf die Greifgeier-Schwinge des Fiebers gebunden und wird hin- und hergerissen – er stürzt bei jedem Glocken-Ausklang auf die Knie und betet, dicht an der Glutseite der Phantasie liegend, immer heißer; erscheine mir und gib mir Frieden – er steht aufrecht und angekleidet auf dem hohen Scheiterhaufen der phantastischen Kreis-Flammen und lechzet und brät und dorret sehr aus und krümmt sich nieder, wie ich wohl sehe....«

»O, finissez donc!« (sagte die Gräfin, welche den Venus-Kopf schaudernd zurückgebogen und langsam geschüttelt hatte) »Fürchterlich! – Ihre Bitte!«

»Nur die Prinzessin Idoine« (sprach er, zu sich kommend) »kann sie erfüllen und ihn erretten, wenn sie ihm erscheint und ihm Frieden zusagt, da sie eine so nahe Ass- Kos- [1], Kopie und Nebensonne von der Verstorbnen sein soll.« – »Ist das Ihre Bitte?« sagte die Gräfin. »Meine größte«, sagte Schoppe. »Hat Sie sein Vater hergeschickt?« sagte sie. »Nein, ich« – (sagt' er) »der Vater, damit ich klar und frei und bestimmt sei, will es nicht.« –

»Sind Sie nicht der Maler des niesenden Selbst-Porträts?« fragte sie. Er verbeugte sich und sagte: »Ganz gewiß!« Als sie ihm geantwortet, in einer Stunde hör' er die Entscheidung, machte sie ihm eine kurze achtende Abschiedsverbeugung – und die einfache, edle Gestalt verließ ihn mitten in seinem trunknen Nachschauen; und er war unwillig, daß die kindischen Spiegel umher der einzigen Göttin so viele Nachschatten nachzuschicken wagten.

Zu Hause fand er zwar den Wahnsinnigen, dessen Ohren allein nur in der Wirklichkeit fortlebten, wieder auf den Knien vor dem sechsten Glockenschlage; aber seine Hoffnung blühte jetzt unter einem warmen Himmel. – Nach einer Stunde erschien der Lektor und sagte mit bedeutend-froher Miene: es gehe recht gut, er hole einen Ausspruch des Arztes über die Krankheit, und dann entscheid' es sich darnach.

Herr v. Augusti gab ihm mit hofmännischer Ausführlichkeit den bestimmten Bericht: die Gräfin flog zur Fürstin, deren Achtung für den künftigen Reisegefährten sie kannte, und sagte ihr, sie würd' es in Idoinens Falle ohne Bedenken tun. – Die Fürstin bedachte sich ziemlich und sagte, hierüber könne nur ihre Schwester entscheiden – Beide eilten zu ihr, malten ihr alles vor, und Idoine fragte erschrocken, was sie für ihre Ähnlichkeit und ihre wohlwollende Reise könne, daß man sie so tief in solche phantastische Verwicklungen ziehen wolle. – In dieser Sekunde trat Julienne blaß herzu und sagte, sie habe schon seit dem Morgen Nachricht davon, das Erscheinen sei einer so guten Seele Pflicht. – Da antwortete Idoine, sich und alles bedenkend und mit Würde: es sei gar nicht das Ungewöhnliche und Unschickliche, was sie schrecke, sondern das Unwahre und Unwürdige, da sie mit dem heiligen Namen einer abgeschiednen Seele und mit einer flachen Ähnlichkeit einen Kranken belügen solle. – Die Gräfin sagte, sie wisse darauf keine Antwort, und doch sei ihr Gefühl nicht dagegen – Alle schwiegen verlegen. – – Die gewissenhafte Idoine war im weichsten Herzen bewegt, das unter dem Gewichte einer solchen Entscheidung über ein Leben zitternd erlag. – Endlich sagte Linda mit ihrem Scharfsinn: »Es wird aber doch eigentlich kein moralischer Mensch getäuscht, sondern ein Schlafender, ein Träumer, und Einbildung und Lüge soll ja an ihm nicht bestärkt, sondern besiegt werden.« – Julienne nahm Idoinen mit sich, um ihr den Jüngling,

[1] Er wollte Assonanz und Kosekante sagen.

den sie so wenig wie Linda gesehen, wahrscheinlich näher zu malen. – Bald darauf kam Idoine mit dem Ausspruche zurück:

»Wenn der Arzt ein Zeugnis gibt, daß ein Menschen-Leben daran hänge: so muß ich mein Gefühl besiegen. Gott weiß es,« (setzte sie bewegt dazu) »daß ich es ebenso willig tue als unterlasse, wenn ich nur erst weiß, was recht ist. Es ist meine erste Unwahrheit.«

Der Lektor eilte von Schoppe zum Doktor, um von ihm unter vielen Wendungen gerade das schicklichste Zeugnis mitzunehmen.

Schoppe wartete lange und ängstlich – nach 7 Uhr kam ein Blatt von Augusti: »Halten Sie sich bereit, Punkt 8 Uhr kommt die bewußte Person!« – Sogleich ließ er, um die Fieberaugen zu schonen, im Krankenzimmer statt der Wachslichter die magische Hänge-Lampe aus Beinglas brennen.

Den kranken Jüngling zündete er mit Geschichten von Wiedergekommenen noch stärker an und riet ihm, mit langen Feuer-Gebeten vor der festen Todespforte zu knien, damit Ihr milder, barmherziger Geist sie aufreiße und ihn auf der Schwelle heilend berühre.

Kurz vor acht Uhr kamen in Sänften die Fürstin und ihre Schwester. Schoppe wurde selber schaudernd von dieser auferstandnen Liane ergriffen. Mit funkelndem Auge und versperrtem Munde führt' er die schönen Schwestern in die Kulisse, auf deren Bühne draußen sie schon den Jüngling beten hörten. Aber Idoinens zarte Glieder zitterten vor der ungeübten Rolle, worin ihr wahrhafter Geist sich verleugnen sollte; sie weinte darüber, und der fromme schöne Mund war voll stummer Seufzer; oft mußte die Schwester sie umarmen, um ihr Mut zu machen.

Die Glocke schlug – fürchterlich-heiß flehte der Wahnsinnige drinnen um Frieden – die Zunge der Stunde gebot – Idoine schickte einen Blick als Gebet zu Gott. – Schoppe öffnete langsam die Türe. – –

Drinnen kniete mit gen Himmel gehobnen Armen und Augen ein schöner, in der magischen Dunkelheit blühender Göttersohn im eisernen Zauberkreise des finstern Wahnsinns und rief nur noch: »O Frieden, Frieden!« – Da trat die Jungfrau begeistert wie von Gott gesandt hinein; weißgekleidet wie die Verstorbne im Traumtempel und auf der Bahre, mit dem langen Schleier an der Seite, aber höher gestaltet, weniger rosenfarb und mit einem schärfern, hellern Sternenlicht im blauen Äther des Auges und ähnlicher der Liane unter den Seligen und erhaben, als komme sie als ein verjüngter Frühling von den Sternen wieder, so trat sie vor ihn – sein greifender Flammenblick erschreckte sie – leise und wankend stammelte sie: »Albano, habe Frieden!« – »Liane?« stöhnte seine ganze Brust, und seine weinenden Augen bedeckte er darniedersinkend. »Frieden!« rief sie stärker und mutiger, weil sie nicht mehr sein Auge traf und irrte; und sie entwich, wie ein überirdischer Geist die Menschen wieder verlässet.

Die Schwestern schieden still und voll hoher Erinnerung und Gegenwart. Schoppe fand ihn noch kniend, aber entzückt dahinblickend, ähnlich einem im Sturm erkrankten Schiffer auf den tropischen Meeren, der nach langem Schlaf an einem stillen rosenroten Abend die Augen aufschlägt vor dem brennenden Untergang der Sonne – und die schlagende Wellen-Bahn wallet als ein Rosen- und Flammenbeet in die Sonne, und das sprühende Gewölk zerspringt in stumme Feuerkugeln – und die fernen Schiffe schweben hoch im Abendrot und schwimmen fern über den Wogen. – So war es dem Jüngling.

»Ich habe nun meinen Frieden, guter Schoppe,« (sagt' er sanft) »und nun will ich in Ruhe schlafen.« Verklärt, aber blaß stand er auf, legte sich auf das Bette, und in wenig Minuten sank das matte, so lange im heißen Fieber-Sande watende Gemüt auf die frische, grüne Rasenbank des Schlummers nieder.

Fünfundzwanzigste Jobelperiode

Der Traum – die Reise

99. Zykel

Spät fuhr der Vlies-Ritter an. Schoppe zeigte ihm erfreuet das schlafende Gesicht, dessen Rosenknospen wie in feuchter warmer Nacht aufzubrechen schienen. Der Ritter zeigte sich sehr erheitert darüber und noch mehr der spät nachschauende Doktor Sphex. Dieser fand den Puls nicht nur voll, auch langsam und auf dem Wege zu noch mehr Ruhe; er führte zugleich Chaudeson und mehrere offizinelle Beispiele an, daß große Geistes-Leiden sich durch das Opium von innen, die Schlafsucht, sehr glücklich gehoben hätten.

Zuletzt machte Schoppe den Vater mit Idoinens ganzer Kurmethode bekannt. Stolz versetzte Gaspard: »Sie wußten aber meine Meinung noch, Herr Bibliothekar?« – »Gewiß, aber auch meine«, sagte erbittert der betroffne Schoppe. Der Ritter ließ sich indes in nichts weiter ein – ganz nach seiner Weise, über sein Ich, könnt' es auch noch so viel dabei gewinnen, nie nur das kleinste Licht zu geben –, sondern erteilte dem Freunde ein sehr kaltes Zeichen zum Zurückzug.

Den Morgen darauf fand Schoppe seinen Geliebten noch in der Seelen-Wiege des Schlafes. Wie er sproßte und blühte! – Wie der Atem der entketteten Brust sich nun gleich einem freien Menschen nur langsam, aber stark bewegte! – Indes hielt Gaspards gepackter Wagen, der den Jüngling nach Italien rollen sollte, schon am Morgen mit schnaubenden, scharrenden Pferden vor der Tür, und der Ritter erwartete jede Minute das Aufwachen und – Einsitzen.

Der Arzt kam auch – pries Krisis und Puls – fügte bei, der Weinsteinrahm (den er mit verschrieben) sei der Lebens-Rahm – und sagte dem

Vater geradezu ins Gesicht, als dieser den Jüngling wecken wollte zur Abfahrt, »er habe in seiner Praxis noch niemand gekannt, der so wenig von kritischen Punkten gewußt wie er; jeder Wecker sei hier ein Mörder, und er verbiete es recht ausdrücklich als Arzt«. –

Von Stunde zu Stunde wurde Schoppe gegen den Vater unwilliger; er dankte – wenn er des Ritters abspülendes Ein- und Anströmen an dieses fruchttragende Eiland bedachte – jetzt Gott, daß Albano nicht nur die *Hitze*, sondern auch die *Härte* eines Felsen hatte.

Der Ehre- und Kunst-liebende Sphex bewachte wie eine drohende Äskulaps-Schlange das Kopfkissen und wurde heiterer – Schoppe verblieb da, gefasset gegen jede Härte. – Der Ritter nahm in des Sohnes Namen von jedem Abschied und trieb weiche Herzen nach Hause; denn die Pflegemutter Albine und andere durften den Schlafenden nicht einmal sehen – weil ihm Tränen ein verdrüßlicher kalter Staubregen waren. – Die Fürstin und ihr Gefolge fuhr schon mit den bunten Wimpeln der Hoffnung auf dem Wege nach dem glänzenden Italien. –

Der Abend wurde nun unwiderruflich zur Abfahrt angesetzt, zumal da in der Nacht die entschlummerte Liane in das Schlafgemach geführet werden sollte, das die Menschen nicht wieder öffnen.

Den blühenden Endymion überdeckte schon Lächeln und Freuden-Glanz als ein vorlaufender Morgenstern seines wachen Tags. Seine Seele ging lächelnd in der funkelnden Höhle der unterirdischen Schätze umher, die der Geist des Traums aufsperrt; indes das gemeine Auge des Wachens blind vor dem nahen, von Schlaf ummauerten Geister-Eldorado stand. Endlich öffnete ein unbekanntes Wonne-Übermaß Albanos Auge – der Jüngling erstand sogleich mit Kraft – warf sich mit der Entzückung der ersten Erkennung dem Vater an die Brust – und schien im ersten, träumerischen Rausche sich des vorbeigezognen Gewitters hinter seinem Rücken nicht zu erinnern, sondern nur des seligen Traums – und erzählte trunken diesen:

»Ich fuhr in einem weißen Kahn auf einem finstern Strom, der zwischen glatten, hohen Marmorwänden schoß. An meine einsame Welle gekettet, flog ich bange im Felsen-Gewinde, in das zuweilen tief ein Donnerkeil einfuhr. Plötzlich drehte sich der Strom immer breiter und wilder um eine Wendeltreppe herum und hinab. – Da lag ein weites, plattes, graues Land um mich, das die Sonnen-Sichel mit einem eklen, erdfahlen Licht begoß. – Weit von mir stand ein untereinander gekrümmter Lethe-Fluß und kroch um sich selber herum. – Auf einem unübersehlichen Stoppelfelde schossen unzählige Walküren [1] auf Spinnenfäden pfeilschnell hin und her und sangen: ›Des Lebens Schlacht, die weben wir‹; dann ließen sie einen fliegenden Sommer nach dem andern unsichtbar gen Himmel wallen.

[1] Walküren sind reizende Jungfrauen, die vor der Schlacht diese weben und die Helden bestimmen, die fallen müssen.

Oben zogen große Weltkugeln; auf jeder wohnte ein einziger Mensch, er streckte bittend die Arme nach einem andern aus, der auch auf einer stand und hinüberblickte; aber die Kugeln liefen mit den Einsiedlern um die Sonnensichel, und die Gebete waren umsonst. – Auch ich sehnte mich. Unendlich weit vor mir ruhte ein ausgestrecktes Gebürge, dessen ganzer aus den Wolken ragender Rücken golden und blumig schimmerte. Quälend watete der Kahn in der flachen, trägen Wüste des abgeplatteten Stroms. – Da kam Sandland, und der Strom drückte sich durch eine enge Rinne mit meinem zusammengequetschten Kahne durch. Und neben mir ackerte ein Pflug etwas Langes aus, aber als es aufstieg, verdeckt' es ein Bahrtuch – und das dunkle Tuch zerfloß wieder in eine schwarze See.

Das Gebürge stand viel näher, aber länger und höher vor mir und durchschnitt die hohen Sterne mit seinen Purpurblumen, über welche ein grünes Lauffeuer hin- und herflog. Die Weltkugeln mit den einzelnen Menschen zogen über das Gebürge hinüber und kamen nicht wieder; und das Herz sehnte sich hinauf und hinüber. ›Ich muß, ich will‹, rief ich rudernd. Mir schritt ein zorniger Riese nach, der die Wellen mit einer scharfen Mondsichel abmähte; über mir lief ein kleines festes Gewitter, aus der zusammengepreßten Dunstkugel der Erde gemacht, es hieß die Giftkugel des Himmels und schmetterte unaufhörlich nieder.

Auf dem hohen Gebürge rief eine Blume mich freundlich hinauf; das Gebürge watete der See dämmernd entgegen; aber es rührte nun beinahe an die herüberfliegenden Welten, und seine großen Feuerblumen waren nur als rote Knospen in den tiefen Äther gesäet. Das Wasser kochte – der Riese und die Giftkugel wurden grimmiger – zwei lange Wolken standen wie aufgezogne Fallbrücken nieder, und auf ihnen rauschte der Regen in Wellen-Sprüngen herab – das Wasser und mein Schiffchen stieg, aber nicht genug. ›Es geht hier‹ (sagte der Riese lachend) ›kein Wasserfall herauf!‹

Da dacht' ich an meinen Tod und nannte leise einen frommen Namen. – – Plötzlich schwamm hoch im Himmel eine weiße Welt unter einem Schleier her, eine einzige glänzende Träne sank vom Himmel in das Meer, und es brauste hoch auf – alle Wellen flatterten mit Floßfedern, meinem Schifflein wuchsen breite Flügel, die weiße Welt ging über mich, und der lange Strom riß sich donnernd mit dem Schiffe auf dem Haupte aus seinem trocknen Bette auf und stand auf der Quelle und im Himmel und das blumige Gebürge neben ihm – und wehend glitt mein Flügel-Schiff durch grünen Rosen-Schein und durch weiches Tönen eines langen Blumen-Duftes in ein glänzendes, unabsehliches Morgenland. –

Welch ein entzücktes, leichtes, weites Eden! Eine helle, freudige Morgensonne ohne Tränen der Nacht sah, von einem Rosenkranz umschwollen, mir entgegen und stieg nicht höher. Hinauf und hinab glänzten die Auen hell von Morgentau: ›Die Freudentränen der Liebe liegen drunten,‹ (sangen oben die Einsiedler auf den langsam ziehenden Welten) ›und wir werden sie auch vergießen.‹ Ich flog an das Ufer, wo der Honig blühte, am andern blühte der Wein; und wie ich ging, folgte mir auf den Wellen hüpfend mein geschmücktes Schiffchen mit breiten, als Segel aufgeblähten Blumen nach – ich ging in hohe Blütenwälder, wo der Mittag und die Nacht nebeneinander wohnten, und in grüne Täler voll Blumen-Dämmerungen und auf helle Höhen, wo blaue Tage wohnten, und flog wieder herab ins blühende Schiff, und es floß tief in Wellen-Blitzen über Edelsteine weiter in den Frühling hinein, der Rosensonne zu. Alles zog nach Osten, die Lüfte und die Wellen und die Schmetterlinge und die Blumen, welche Flügel hatten, und die Welten oben; und ihre Riesen sangen herab: ›Wir schauen hinunter, wir ziehen hinunter, ins Land der Liebe, ins goldne Land.‹

Da erblickt' ich in den Wellen mein Angesicht, und es war ein jungfräuliches voll hoher Entzückung und Liebe. Und der Bach floß mit mir bald durch Weizen-Wälder – bald durch eine kleine duftige Nacht, wodurch man die Sonne hinter leuchtenden Johanniswürmchen sah – bald durch eine Dämmerung, worin eine goldne Nachtigall schlug – bald wölbte die Sonne die Freuden-Tränen als Regenbogen auf, und ich schiffte durch, und hinter mir legten sie sich wieder als Tau brennend nieder. Ich kam der Sonne näher, und sie stand schon im Ähren-Kranz; ›es ist schon Mittag‹, sangen die Einsiedler über mir.

Träge, wie Bienen über Honigfluren, schwammen im finstern Blau die Welten gedrängt über dem göttlichen Lande – vom Gebürge bog sich eine Milchstraße herüber, die sich in die Sonne senkte – helle Länder rollten sich auf – Lichtharfen, mit Strahlen bezogen, klangen im Feuer – Ein Dreiklang aus drei Donnern erschütterte das Land, ein klingender Gewitterregen aus Glanz und Tau füllte dämmernd das weite Eden – Er vertropfte wie eine weinende Entzückung – Hirtenlieder flogen durch die reine, blaue Luft, und noch einige Rosenwölkchen aus dem Gewitter tanzten nach den Tönen. – Da blickte weich die nahe Morgensonne aus einem blassen Lilienkranze, und die Einsiedler sangen oben: ›O Seligkeit, o Seligkeit, der Abend blüht.‹ Es wurde still und dämmernd. An der Sonne hielten die Welten umher still und umrangen sie mit ihren schönen Riesen, der menschlichen Gestalt ähnlich, aber höher und heiliger; wie auf der Erde die edle Menschengestalt in der finstern Spiegel-Kette der Tiere hinabkriecht: so flog sie droben hinauf an reinen, hellen, freien Göttern, von Gott gesandt – Die Welten berührten die Sonne und zerflossen auf ihr – auch die Sonne zerging, um in das Land der Liebe herabzufließen, und wurde ein wehender Glanz – Da streckten die schönen Götter und die schönen Göttinnen gegeneinander die Arme aus und berührten sich, vor Liebe bebend; aber wie wogende Saiten vergingen sie Freude-zitternd dem Auge, und ihr Dasein wurde nur eine unsichtbare Melodie, und es sangen sich die Töne: ›Ich bin bei dir und bin bei Gott‹ – Und andere sangen: ›Die Sonne war Gott!‹ –

Da schimmerte das goldne Gefilde von unzähligen Freudentränen, die unter der unsichtbaren Umarmung niedergefallen waren; die Ewigkeit wurde still, und die Lüfte ruhten, und nur das fortwehende Rosenlicht der aufgelösten Sonne bewegte sanft die nassen Blumen.

Ich war allein, blickte umher, und das einsame Herz sehnte sich sterbend nach einem Sterben. Da zog an der Milchstraße die weiße Welt mit dem Schleier langsam herauf – wie ein sanfter Mond schimmerte sie noch ein wenig, dann ließ sie sich vom Himmel nieder auf das heilige Land und zerrann am Boden hin; nur der hohe Schleier blieb – Dann zog sich der Schleier in den Äther zurück, und eine erhabene, göttliche Jungfrau, groß wie die andern Göttinnen, stand auf der Erde und im Himmel; aller Rosenglanz der wehenden Sonne sammelte sich an ihr, und sie brannte in Abendrot gekleidet. Alle unsichtbaren Stimmen redeten sie an und fragten: ›Wer ist der Vater der Menschen und ihre Mutter und ihr Bruder und ihre Schwester und ihr Geliebter und ihre Geliebte und ihr Freund?‹ Die Jungfrau hob fest das blaue Auge auf und sagte: ›Gott ists!‹ – Und darauf blickte sie mich aus dem hohen Glanze zärtlich an und sagte: ›Du kennst mich nicht, Albano, denn du lebst noch.‹ – ›Unbekannte Jungfrau,‹ (sagt' ich) ›ich schaue mit den Schmerzen einer Liebe ohne Maß in dein erhabenes Angesicht, ich habe dich gewiß gekannt – nenne deinen Namen.‹ – ›Wenn ich ihn nenne, so erwachst du‹, sagte sie. ›Nenne ihn‹, rief ich. – Sie antwortete, und ich erwachte.«

100. Zykel

»Du kannst doch eine Nacht wachen und fahren?« – mit dieser Frage führte ihn der Vater eilig an den reisefertigen Wagen, um ihn noch mitten im warmen Traume mit den eingewiegten Erinnerungen zu entführen und um besonders der bleichen Braut vorzufahren, die in dieser Nacht auf demselben Weg in die letzte Erbschaft des Menschen ziehen sollte. »Im Wagen sollst du alles hören«, versetzte Gaspard auf des Sohnes sanfte Frage nach dem Ziel. Noch lichttrunken vom glänzenden Lande der Träume, gehorchte Albano willig und blind. Er sah noch Lianen in hoher Göttergestalt auf dem abendroten, von Freuden übertaueten Sonnenboden stehen, und sein Auge voll Glanz reichte nicht herunter in den Erden-Keller auf die abgeworfne enge Puppen-Hülse der befreieten, fliegenden Psyche.

Schoppe begleitete ihn an den Fackel-Wagen, aber verschwiegen, um nicht sein Herz durch eine Nachricht seines Zieles zu wecken; er drückte dem geliebten schönen Jüngling feurig die wiederdrückende Hand und sagte nichts als: »Wir sehen uns wieder, Bruder!« Darauf trat er, keines abschiednehmenden Blickes vom herrischen Vater gewürdigt, bewegt von seinem warm nachgrüßenden Freunde zurück; und fliegend rollte der Wagen mit zurückwehenden Fackeln in die helle, hohe Sternennacht hinaus.

Neu und ernst breitete sich vor dem Genesenen die dämmernde Schöpfung aus. Der Saturn ging eben auf, und der Gott der Zeit reihte sich als ein sanfter blitzender Juwel in den schimmernden Zaubergürtel des Himmels. Mit zugebundnen Augen wurde der unwissende Jüngling von der Senne seiner Jugend herabgeführt und aus dem Hirtentale seiner ersten Liebe hinweg und den großen, ewigen Sternbildern der Kunst entgegen und in das göttliche Land, wo der dunkle Äther des Himmels golden und die hohen Ruinen der Erde anmutig und die Nächte Tage sind. Kein Auge schauete auf die Blumenbühler Höhe hinüber, von der eben jetzt ein schwarzes Wagengefolge langsam mit aufrecht-brennenden Trauerfackeln wie ein ziehendes Schattenreich herunterging, um das stille gute Herz, worin Albano und Gott gelebt, mit seinen toten Wunden an den sanften Ort der Ruhe zu führen. Flammend rollte der Fackel-Wagen die Bergstraße nach Italien hinan.

Tränenlos und weit ruhte Albanos Auge am schimmernden, unaufhörlich gehenden Schöpfrad der Zeit, das ewig Sternbilder in Morgen einschöpfte und in Westen ausgoß; und seine kindliche Hand faßte leise die väterliche.

VIERTER BAND

Sechsundzwanzigste Jobelperiode

Die Reise – die Quelle – Rom – das Forum

101. Zykel

Solange die Nacht dauerte, schimmerten Albanos Traumbilder mit den Sternbildern fort, und erst vor dem hellen Morgen erloschen sie alle. Gaspard sagte ihm lächelnd, er sei auf dem Wege nach Italien. Unerwartet gefasset empfing er die Nachricht seiner Auswanderung; er fragte bloß, wo sein Schoppe sei. Als er hörte, er habe nicht mitgewollt: rückte ihm die Lindenstadt plötzlich über die Berge und Täler nach, und sein letzter Freund stand mitten auf dem Markte, ganz allein, mit sich selber im Mokierspiele begriffen, um ein treues starkes Herz zu stillen, das verschmerzen will und lieben. An diesem Freunde, den Albano nicht aus seiner Seele ließ, zog er sich wie an einer Jupiters-Kette die ganze Bühne und Welt seiner Vergangenheit nach, und jeder traurige Ort kam dicht an ihn. Ungesehen rollten die Städte, die Länder vor ihm vorbei. Die Wellen, die der Schmerz um uns auftreibt, stehen hoch zwischen uns und der Welt und machen unser Schiff einsam mitten im Hafen voll Schiffe. Schaudernd kehrt' er sich von jeder schönen Jungfrau weg; sie erinnerte ihn wie eine Klage an die erblaßte; ewig aufgedeckt zog Lianens bleiches Angesicht – wie eine Leiche in Italien [1] – auf dem unendlichen Weg zum Grabe, und nur unkenntliche Gestalten mit Larven gingen hinter ihr lebendig. So ist der Mensch und sein Schmerz; zum Widerspiele des Schiffziehens, wo die Lebendigen den Toten mitschleppen, nimmt der Tote die Lebendigen mit und zieht sie weit nach in sein kaltes Reich.

Durch die Zeit wurde allmählich sein Schmerz entwickelt, nicht entkräftet. Sein Leben war ihm eine Nacht geworden, wo der Mond unter der Erde ist, und er glaubte nicht daran, daß Luna allmählich mit einem wachsenden Licht-Bogen wiederkehre. Keine Freuden, nur Taten – diese entfernten Sterne der Nacht – waren jetzt sein Ziel. Er hielt es für unrecht, die Tränen, die oft mitten im fremden Gespräche aus ihm drangen, darum vor dem Vater zurückzuhalten, weil dieser keinen Teil an ihnen nahm; doch zeigt' er ihm durch die Kraft seiner Gespräche und Entschlüsse noch den starken Jüngling. Nur der Vorwurf, den er sich über seine Schuld an Lianens Tod gemacht, hatte sich in den Frieden aufgelöset, den ihm Idoine gegeben, ob er gleich jetzt ihre Erscheinung nur für einen wachen Fiebertraum von Lianen hielt.

Sein Vater schwieg ganz über Idoinens Auftritt so wie über alle unan-

[1] Die Leiche gehet aufgedeckt zum Begräbnis, ihre Begleiter folgen vermummt.

genehme Erinnerungen, er sprach aber viel von Italien und von dem Kunst-Gewinn, den Albano da erbeuten werde, zumal durch die vorausgehende Gesellschaft der Fürstin, des Kunstrates und des deutschen Herrn, die man bald einholen könne. Der Sohn wandte sich endlich mit der kühnen Erkundigung an ihn, ob er wirklich noch eine Schwester habe, und erzählte die Geschichte mit dem Kahlkopf. »Es könnte wohl sein,« (sagte Gaspard unangenehm spaßhaft) »daß du noch mehr Brüder und Schwestern hättest, als ich wüßte. Aber was ich weiß, ist, daß deine Zwillingsschwester Severina in diesem Jahre in ihrem Kloster gestorben ist. Wofür hältst denn du die Nacht-Geschichte?« – »Beinah für einen Traum«, versetzt' er. Zufällig kam seine Hand hier in die Tasche und traf zu seinem Erstaunen auf den halben Ring, den die Schwester ihm geschenkt. Das Wunderbare trat dicht unter seine Sinne, und jene Schauer-Nacht ging schnell und kalt durch seinen Mittag. Er und der Vater besahen die Enden des zerschnittenen Rings, an deren jedem ein abgerissener Namenszug aufhörte. »Es gibt aber nichts Wunderbares«, sagte der Ritter. »Woher wissen wir alsdann, daß es etwas Natürliches gibt?« sagte Albano. »Das Wunder« (versetzte Gaspard) »oder die Geisterwelt wohnt nur im Geiste.« – »Wir müssen uns« (fuhr jener fort) »auch bei den gemeinsten optischen Kunststücken auf etwas anderes als auf die Auflösung des Trugs der Phantasie in einen Trug der Sinnen freuen, weil uns sonst nach der Auflösung das Zauberwerk mehr gefallen müßte als vorher. Das sind die Stellen und Pole der menschlichen Natur, worüber die ewigen Polarwolken hängen. Unsere Landkarten vom Wahrheits- und Geisterreiche sind die Landkartensteine, welche Ruinen und Dörfer abbilden; diese sind *erlogen*, aber doch *ähnlich*. Der Geist, ewig unter Körper gebannt, will Geister.« – »Ungefähr so meint' ich auch«, sagte Gaspard.

Albano drang aber bestimmter auf dessen Urteil über den Kahlkopf und die Schwester. »Von etwas anderem!« (sagte der Ritter ganz verdrüßlich) »für mich ists ein sehr unangenehmes Gespräch. Nimm die Welt nach *deiner* Weise und sei ruhig!« – »Lieber Vater,« fragte Albano betroffen, »klären Sie mich irgend einmal bestimmt darüber auf?« – »Sobald ich kann«, sagte kurz der Ritter, mit so scharfen und stechenden Blicken auf den Sohn, daß dieser, ihnen wie Pfeilen ausweichend, den Kopf eilig aus dem Wagen hinausbeugte: als er erst merkte, daß ihn der Vater gar nicht meine; denn noch blickte er so scharf in der vorigen Richtung fort, als sei er nahe daran, in seine alte Erstarrung zu fallen.

Gaspards Wort über das Inwohnen der Geisterwelt im Geiste und sein Blick und der Gedanke an sein Erstarren gaben für Albano der Stunde und der Stille romantische Schauer. Drunten am Ufer des Stroms standen zusammengelaufne Menschen, und einer eilte wie fliehend oder ansagend aus dem Haufen. Ein ferner Knabe warf sich auf einem Hügel nieder und legte das Ohr an die Erdkugel, um ihren rollenden Wagen etwan recht zu hören. Im Dorfe, wo sie Mittag hielten, läutete es unaufhörlich. Ihr Wirt war zugleich ein Müller; das Toben der Wellen und Räder füllte das ganze Haus; und Kanarienvögel lärmten noch durch den Lärm hindurch.

Es gibt Augenblicke, wo die beiden Welten, die irdische und die geistige, nahe aneinander vorüberstreifen und wo Erdentag und Himmelsnacht sich in Dämmerungen berühren. Wie die Schatten der himmlischen Glanzwolken über die Blüten und Ernten der Erde weglaufen: so wirft überall der Himmel auf die gemeine Fläche der Wirklichkeit seine leichten Schatten und Widerscheine. So fand es jetzt Albano. Der Ring und das schwärmerische Wort seines kalten Vaters hatten ihn wie Blitze geblendet. Unten an der Haustüre fand er ein Mädchen, das ein Warenlager von Zitronen vor sich trug. Plötzlich und unangenehm brach das Geläute ab; er blickte zum Glockenturm, und ein weißer Geier saß auf der Fahne. Bald kam der Glocken-Zieher selber, um etwas zu trinken, und fing mit starkem und doch nicht übel gemeintem Fluchen auf den Kammerherrn an, der ihn seit drei Wochen läuten lasse und dem er bloß wünsche, daß solcher, wie er selber im vorigen Jahre, nur drei Tage lang ordentlich hinter der seligen Tochter nachläuten müßte. Er ermahnte den Müller, »von den Zitronen zu kaufen, weils gute wären, saftig, von dünner Rinde – und er und der ›Pfarrbube‹ [1] kennten sie von dem Begräbnis des gnädigen Fräuleins her – und in 14 Tagen brauch' er doch für die gesamte Geistlichkeit welche, als Brautvater!« – »Wie sind hier die Sitten?« fragte Albano.

»Wenn nämlich jemand stirbt,« (sagte der Küster sehr ehrerbietig und freundlich) »so bekommt der Pfarrer und meine Wenigkeit eine Zitrone und so auch die Leiche. – Wird aber jemand getrauet, so bekommt die Geistlichkeit und so auch die Braut dergleichen. Das ist aber bei uns so Sitte, mein gnädigster Herr!« –

Albano ging in den nahen Garten am Haus, in welchen die aufgedeckten Mühlenräder ihre Silberfunken warfen und welcher vom Glanze und Getöse des offnen Wassers wie verschlungen ward. Indem er in die schimmernden fliegenden Wirbel sah: schwebten die Zitronen, welche die Leiche sowohl als die Braut bekommt, vor dem bewegten Geist. Die Rührung ist voll Gleichnisse; Liane sollte einst, dacht' er, in das Zitronenland und in die niedrigen Wälder, wo der Schnee der Blüten und das Gold der Früchte zwischen Grün und Blau zusammenspielen, ziehen und erquickt genesen; nun hält sie die Zitrone in der erkalteten Hand, und sie wurde nicht erquickt.

Er blickte umher und glaubte in einer fremden Welt zu stehen; im Himmelsblau rauschte wie ein Geist ein unsichtbarer Sturm ohne Wolken – lange Hügel-Reihen funkelten bewegt mit roten Früchten und roten Blättern, aus den bunten Bäumen wurden glühende Äpfel geworfen, und der Sturm flog von Gipfel zu Gipfel und herunter auf die Erde und rauschte durch den langen aufgewühlten Strom hinab. Wie wenn Geister um die Erde spielten

[1] So heißet z. B. in Ungarn der Diakonus.

oder auf ihr erscheinen wollten, so seltsam schien die helle Gegend bewegt und beleuchtet. Da war Albano unbewußt in eine dunkle Baum-Wildnis gekommen; darin hüpfte ungesehen, ungehört eine reine lichte Quelle aus der Erde auf die Erde – der Sturm draußen war still, nur die Quelle hörte man. – »Die Heilige ist mir nahe,« (sagte sein Herz) »ist die Quelle nicht ihr Bild, nicht ihrer ewigen Tränen Ebenbild, dringt sie nicht aus der Erde herauf, wo sie wohnt?« Auf einmal sah er in seiner Hand – als hab' es ihm eine fremde dareingelegt – die Zeichnung von Lindas Kopf, welche Liane mit sterbenden Händen gemacht und gegeben hatte; aber seine Phantasie drückte gewaltsam dem Bilde die Ähnlichkeit mit der Zeichnerin auf, er sah Lianens sanftes Gesicht so klar auf dem Blatt.

Er ging wieder hinaus in die glänzende Welt. »Wie arm bin ich!« (rief er) »Ich sehe Sie auf der goldnen Wolke, die von der Abendsonne nach dem Morgen zieht, ich sehe Sie in der kalten Quelle im Tal und auf dem Mond und auf der Blume – ich sehe Sie überall; und Sie ruht nur an *einem* Ort. O wie arm!« – Und er blickte zum Himmel, und eine einzige lange Wolke zog darin eilig weiter.

102. Zykel

So flogen die Tage mit ihren Städten und Landschaften vorüber, und in Albanos Leben spiegelte sich wie in einem Gedichte die Welt. Eine Kraft nach der andern, die ganze gebeugte Ernte seines Innern stand allmählich wieder auf und grünte tropfend; aber zu gleicher Zeit erstarkte auch der Dorn des Schmerzes. Während sein Auge und Geist sich mit der Welt und jeder Beute der Kenntnis erfüllte: so wohnte das böse Gespenst der Pein in der Ruine und drang hervor, wenn das Herz allein war, und ergriff es.

Er berührte Wien, wo er sich gefallen lassen mußte, einigen vornehmen Freunden Gaspards vorgestellt zu werden, der ihm erst hier entdeckte, daß er nicht zu den Cavalleros del Tuzone gehöre, sondern ein österreichischer Vliesritter sei. »Mir ist es hier« (sagte Albano) »so sonderbar bekannt; woher kommt das?« – »Von irgendeiner ähnlichen Stadt« (sagte Gaspard) – »wer viel reiset, kommt aus ähnlichen Städten in ähnliche.« Täglich wurd' ihm der Vater lieber und verständlicher; und doch nicht vertrauter und näher; nach einem warmen Tage und vertrauten Gespräche mit Gaspard stand man in der nächsten Zusammenkunft darauf wieder im Vorzimmer seiner Bekanntschaft; wie bei strengen Mädchen fing nach jedem Wonnemondstag der geschmolzene Maifrost wieder von neuem einzufallen an. Das Alter achtet die Liebe, aber – ungleich der Jugend – wenig die Zeichen der Liebe. Indes behielt Albano den Stolz, daß er sich dem Vater ganz und mit allen Verschiedenheiten sehen ließ, ohne den Sommer vor dem Winter zu verstecken.

Von Tag zu Tag fand Gaspard Briefe an sich auf den Posten, besonders von Pestitz, wie Albano außen an den Post-Lettern ersah; denn es wurden ihm keine gegeben. Er wünschte immer mehr, der Fürstin nachzukommen, die nur noch eine Tagereise vor ihnen voraushatte. Sie sahen schon die Riesen des Winters, die Schweizer- und Tiroler Alpen, im Lager; die Göttersöhne standen, mit Lauwinen und Katarakten und Wintern bewaffnet, Wache um das göttliche Land, wo Götter und Menschen einander wechselseitig nachahmten. Wie oft blickte Albano, wenn abends die Sonne sich glühend mit den beschneieten Alpenhöhen vermischte, schmerzlich ergriffen nach diesen Thronen hin, die er einmal ganz anders, viel goldner, so hoffend und so glaubend, von Isola bella angeschauet. – Die Höhen deiner Vergangenheit, sagt' er sich, sind auch weiß, und keine Alphörner tönen mehr droben unter sonnenhellen Tagen, und du bist tief im Tal!

Sie kamen noch vor dem Volksfeste einer verspäteten Weinlese vorüber. Der Ritter erkundigte sich nach allem mit der Wißbegierde eines Weinhändlers und mit der Kenntnis eines Winzers. So botanisierte er überall auf der Erde nach jedem Gräschen und Kraut der Erkenntnis. Albano verwunderte sich darüber, da er bisher geglaubt, Gaspard suche und lange nach nichts als nach den Paris- und Hesperiden-Äpfeln der Kunst, weil er alle andre Früchte und ihr Fleisch und ihren Kern in seinem Stande weder zum Genießen noch zum Säen brauchen konnte.

Sie versanken in die Tiefen der Tiroler Gebürge. Die Höhen standen schon ins feste weiße Leichentuch des Winters gehüllt, und durch die Täler ging nur der kalte Sturm lebendig hin und her. Albanos Sehnen nach dem milden Lande der Jugend wuchs zwischen den Stürmen und Alpen immer höher; und Roms Bild breitete sich kolossalisch aus, je länger es sich ihm näherte. Gaspard ließ die Reise auf Flügeln gehen, um den Regenwolken des Herbstes vorzukommen.

In einer dunkeln Reise-Nacht arbeiteten sie sich gleichsam durch das Gebürge hindurch, gleich ihrem Gefährten, dem Adigo-Strom, der einen Riesen-Felsen aufreißet und in die milde Ebene stürzt und darin sanft weitertaumelt. Die Sonne erschien – und Italien.

Es hatte geregnet, eine laue Luft flatterte von den Zypressenhügeln durch das Tal und durch die Wein-Gehenke der Maulbeerbäume her und hatte sich zwischen Blüten und den Früchten der Pomeranzen durchgedrängt – der Adigo schien wie eine geringelte Riesenschlange auf der vielfarbigen Landschaft an den Landhäusern und Olivenwäldern zu ruhen und Regenbogen aneinanderzusetzen. – Das Leben spielte im Äther – nur Sommervögel schweiften in dem leichten Blau – nur der Venuswagen der Freude rollte über die sanften Hügel.

Albanos volle Seele ergoß sich gleichsam in das breite Bette, das ihn von der milden Ebene zu der prächtigen Roma führte! – »Wenn wir rückwärts reisen,« (sagte Gaspard) »so erinnere dich an deinen Eintritt.« – Sie hielten in einem Dorfe mit großen steinernen Häusern. Albano sah das warme außerhäusliche Leben um sich an, den unbedeckten Kopf, die nackte Brust und die blitzenden Augen der Männer – das große Schaf mit Seidenwolle – das schwarze kleine muntre Schwein und den schwarzen Truthahn – als er plötzlich vom Balkon herab einen deutschen Gruß und seinen Namen hörte.

Es war die Fürstin, ihre Wagen standen seitwärts, Bouverot und Fraischdörfer bei ihr. Wie dringt es balsamisch durchs Herz, im fremden Lande, und sei es das schönste, den Bruder, die Schwester des rauhern wiederzufinden, gleichsam in der zweiten Welt den verwandten Erdensohn! – Auch der Adigo, der vorher ihn im wilden Gebürge unter dem Namen Etsch begleitet hatte, folgte ihm mit dem schönern in die Ebene nach. Die Fürstin schien ihm, er wußte nicht warum, milder, jungfräulicher geworden in Gestalt und Blick, und er warf sich seinen frühern Irrtum vor. Aber er beging einen spätern: über ihre stark gezeichnete Physiognomie stiegen hinter Wien die welschen schärfern empor, und die schreienden Farben, worein sie sich gern kleidete, wurden von den italienischen überschrien. Ein fremder Boden ist ein Redouten- und Brunnensaal, wo nur menschliche Verhältnisse und keine politische walten, und in der Fremde ist man sich am wenigsten Fremdling – alles berührte sich freundlich, wie fremde Hände sich suchen und fassen unter dem Steigen von Bergen. Wie verehrend sah Albano die Fürstin an! Denn er dachte: »Sie wollte die Erblaßte mitnehmen in das heilende Eden. – O die Heilige würde ja an diesem Morgen glücklich sein und weinen mit dem blauen Auge vor Seligkeit.« – Dann tat es seines, aber nicht vor Seligkeit; und so sind die Feuerwerke des Lebens, wie die andern, immer an und auf Wasser gebauet. Da wurde in ihm der Schwur feierlich vor dem schönen Totenhaupte Lianens abgelegt: »Ich will der Freund ihrer Freundin recht sein!« – Eine neue Rolle des Lebens spielt der Mensch am wärmsten und besten; über unsern Antrittspredigten schwebt der heilige Geist brütend mit Taubenflügeln – nur später liegen die Eier kalt. Albano, noch in keine Freundschaft eingeweiht als in die männliche, betete die weibliche an wie ein aufsteigendes Gestirn, und für diese fand er, wie für die männliche, weit mehr Opfer-Kräfte in seiner warmen Seele aufbewahrt als für die Liebe. In der Freundschaft ist der Mann wie in der Liebe die Frau – und umgekehrt –; nämlich mehr den Gegenstand suchend als die Empfindung für ihn.

Mit neuen vollen Segeln und Wimpeln – in geschmückten singenden Schiffen – mit günstigen Seitenwinden – flog die muntere Fahrt durch Städte und Auen.

Nichts hängt über einen langen Reise-Korso eine schönere Frucht- und Blumenschnur hin – für einen Wagen, der vorausgeht – als ein paar Wagen, die nachkommen. Welche Gemeinschaft der Freude und Gefahr im Nachtquartier! Welches Besprechen der Marschroute! Welche Freude über die nach- und vorfahrenden Avanturen, nämlich über die Berichte davon! Und wie liebt einer den andern!

Nur gegen Bouverot bewies Albano eine feste Kälte; aber der Ritter war freundlich. Albano, mehr unter Büchern als unter Menschen aufgewachsen, wunderte sich oft, daß ihm in jenen die Verschiedenheit der Meinungen so leicht vorüberging, die ihn unter diesen so scharf anfiel. Am Ende fragt' ihn einmal sein Vater: »Warum benimmst du dich gegen Herrn v. Bouverot so fremd? Nichts erbittert mehr als ein besonnenes stilles Hassen, das leidenschaftlichste weit weniger.« – »Weil es mein Gesetz ist,« (antwortete er) »die ewige Unwahrheit der Menschen in ihren Verbindungen zu fliehen und zu hassen. Aus bloßer Humanität sich Ungleichen gleichstellen, einem irgendeiner Absicht wegen ein freundliches Gesicht machen, so sein gegen jemand, daß man es ihm nicht auf der Stelle heraussagen darf, das ist wohl ganze Knechtschaft und verwirrt den Reinsten.« – »Wer nichts lieben will als sein Ebenbild,« (versetzte Gaspard) »hat außer sich nichts zu lieben. Von Bouverot« (setzt' er lachend hinzu) »ist doch ein braver Wirt und Reise-Kompagnon.« – Albano, der sogar Menschen widerstehen konnte, die er verehrte, fragte nichts nach seinem Vater, sondern fand den deutschen Herrn nur desto verächtlicher.

Dieser, ganz zu Hader und Handel geboren, hatte sich nämlich tiefe Fußstapfen im Schnee des Ritters und der Fürstin – welche beide, wie alle lange Reisende, ungemein geizig waren – dadurch gebahnt, daß er alle Wirte und Welsche, das Patto berichtigend, übersah und überlistete, und daß er sogar die Kunst verstand, zur rechten Zeit tief-grob zu sein, indes er, vom Wirte sich umkehrend, gegen die Fürstin wieder ein Mann von Welt war wie Fontenelle oder irgendein Franzose, der in solchen Fällen länger rechnet und flucht als zehrt. Der Vliesritter, der, wie er gestand, nie so wohlfeil gereiset, bedeckte ihn daher mit dem Lorbeer, der hier überall wuchs, und sah so heiter aus wie niemals. Nur dem Sohne war der kalte, zornige, grobe Mensch ein Vulkan, der Schlamm und Wasser auswirft. Reitet einem gekrönten Haupte oder einem klassischen Autor, der auch eines ist, eine Meile vor und überhaupt Leuten, die Geld haben und nicht schonen, und erkargt ihnen nur täglich einige Goldstücke: nie werdet ihr beide Häupter froher oder dankbarer gesehen haben als in diesem Fall! –

Überall wollte Albano aussteigen und in große Ruinen und in den Glanz der entfallnen Kleinodien treten, welche den Welteroberern auf dem Wege nach Rom von den Triumphwagen verloren gegangen. Aber der Ritter riet ihm an, seine Augen und Begeisterung zu sparen und aufzuheben für Rom. Wie schlug sein Herz, als sie endlich in der wüsten Campagna, die voll Lava-Würfe um den Horst der römischen Adler, dieser über die Welt getriebnen Sturmvögel, lag, auf der Flaminischen Straße rollten! – Aber er und Gaspard fühlten sich wunderbar beklommen – den stehenden See einer schwülen Schwefelluft glaubt' man zu durchwaten, die sein Vater den Schwefelhütten zu Baccano zuschrieb – er lechzete nach dem Schnee auf den fernen Bergen – der Himmel war schwarzblau und still – einzelne hohe

Wolken flogen pfeilschnell durch die stille Wüste – ein Mann in der Ferne setzte eine ausgegrabene Urne wieder hin und betete, ängstlich gen Himmel blickend, seinen Rosenkranz – Albano wandte sich nach den Gebürgen, denen die Abendsonne, wie aufgelöset in stechendem Glanz, zusank. – Auf einmal ließ der Ritter den Postillon halten, der heftig die Arme, da es unter dem Wagen noch fortrollte, gen Himmel warf und rief: »Heilige Mutter Gottes, ein Erdbeben!« Aber Gaspard berührte den sonnentrunknen Sohn und sagte zeigend: »Ecco Roma!« – Albano blickte hin und sah in tiefer Ferne die Kuppel der Peterskirche im Sonnenglanz. Die Sonne ging unter, die Erde bebte noch einmal, aber in seinem Geiste war nichts als Rom.

103. Zykel

Eine halbe Stunde nach dem Erdstoße wickelte sich der Himmel in Meere ein und warf sie stück- und stromweise herunter. Die nackte Campagna und Heide verdeckte der Regenmantel – Gaspard war still – der Himmel schwarz – der große Gedanke stand einsam in Albano, daß er dem Blut- und Throngerüst der Menschheit, dem Herzen einer erkalteten Helden-Welt, der ewigen Roma zueile; und als er auf dem Ponte molle hörte, daß er jetzt über die Tiber gehe: so war ihm, als sei die Vergangenheit von den Toten auferstanden und er schiffe im zurücklaufenden Strome der Zeit; unter den Strömen des Himmels hört' er die alten sieben Bergströme rauschen, die einst von Roms Hügeln kamen und mit sieben Armen die Welt aus dem Boden aufhoben.

Endlich rückte das breitstehende Sternbild der Bergstadt Gottes in Nächte auseinander, Städte mit sparsamen Lichtern lagen hinauf und hinab, und die Glocken (für ihn Sturmglocken) schlugen vier Uhr [1], als der Wagen durch das Triumphtor der Stadt, die Porta del Popolo, rollte: so riß der Mond seinen schwarzen Himmel auf und goß aus der Wolken-Kluft den Glanz eines ganzen Himmels hernieder; da stand der ägyptische Obeliskus des Tors wolkenhoch in der Nacht, und drei Straßen liefen glänzend auseinander. So bist du (sagte sich Albano, als sie im langen Corso nach der zehnten Region fuhren) wirklich im Lager des Kriegsgottes; hier, wo er das Heft des ungeheuern Kriegsschwertes faßte und mit der Spitze die drei Wunden in drei Weltteile machte. – Guß und Glanz durchflogen die weiten, breiten Straßen – zuweilen kam er plötzlich vor Gärten vorbei und in breite Stadtwüsten und Marktplätze der Vergangenheit. – Das Rollen der Wagen unter dem Rauschen des Regens glich dem Donner, dessen Tage dieser Heldenstadt sonst heilig waren, gleichsam der donnernde Himmel der donnernden Erde – eingemummte Gestalten mit kleinen Lichtern schlichen durch

[1] Zehn Uhr.

die finstern Straßen – oft stand ein langer Palast mit Säulen-Reihen im Feuer des Mondes, oft eine graue einsame Säule, oft eine einzelne hohe Fichte, oder eine Statue hinter Zypressen. Einmal, da weder Regen noch Mondlicht war, ging der Wagen um die Ecke eines großen Hauses, auf dessen Dache eine blühende lange Jungfrau, mit einem aufblickenden Kinde an der Hand, eine kleine Handleuchte bald gegen eine weiße Statue, bald gegen das Kind selber richtete und so wechselnd die ganze Gruppe beleuchtete. Mitten in das erhobene Gemüt drang die freundliche Gesellschaft und brachte ihm manche Erinnerungen mit; besonders war ihm ein römisches Kind eine ganz neue und mächtige Idee.

Sie stiegen endlich aus bei dem Fürsten di Lauria, Gaspards Schwiegervater und altem Freund. Nah' an seinem Palast lag der Campo vaccino (das alte Forum), und auf die breiten Treppen und die drei Wunder-Gebäude des Kapitols schien der helle Mond; in der Ferne stand das Coliseo. Zögernd ging Albano in das erleuchtete Haus, wovor der Wagen der Fürstin stand, und wandte schwer das Auge von diesen Höhen der Welt, wovon einst ein leichtes Wort wie eine Schneeflocke lange rollte und ewig wuchs, bis es in einem fremden Lande eine Stadt erdrückte mit der Schlaglauwine.

Die Fürstin mit ihrer Gesellschaft sah erfreuet die neue kommen. Der alte Fürst Lauria empfing höflich und zurückhaltend seinen Enkel. Seine unzähligen Bedienten redeten fast alle Sprachen Europas durcheinander. Albano fragte sogleich den Ritter nach seinem Lehrer Dian, diesem auf den Römer geimpften Griechen; aber gerade an das Menschlichste hatte, wie immer die Großen, Gaspard nicht gedacht. Man schickte in dessen nahe Wohnung; er war nicht zu Hause.

Man speisete. Der Fürst bewirtete sogleich mit seinem Lieblings-Schaugericht, mit dem politischen Weltlauf, und gab das Neueste von der französischen Revolution. Zeitungen waren ihm Ewigkeiten, Nouvellen Antiken; er hielt alle Blätter Europas und daher zu jedem den deutschen, den russischen, den englischen, den polnischen Bedienten, der es ihm übersetzte. Bei seiner satirischen Kälte gegen alle Menschen und Sachen erschien der politische und welsche Eifer stärker, womit er gegen den Ritter die Franzosen beschirmte, der sie gelassen verachtete und, sich nach seiner Weise sogar in schlechten Wortspielen auslassend, den alten Römern das Forum und den neuern das Campo vaccino, und ebenso den alten Galliern das Marsfeld und den neuern ein Märzfeld eingab.

Albano glaubte, so nah' am Forum geb' es keinen Scherz und jedes Wort müsse groß sein in dieser Stadt. Der kalte Lauria sprach warm für Gallien, wie ein Minister nur Völker, nicht Individuen achtend, und seine Meinung gefiel dem Jüngling.

Da lenkte die Fürstin den Strom auf Roms hohe Kunst. Fraischdörfer zerlegte den Koloß in Glieder und wog sie auf der engsten Waage. Bouverot stach den Riesen in historisches Kupfer. Die Fürstin sprach mit vieler Wärme, aber ohne Bedeutung. Gaspard schmolz alle ein, gleichsam zu einem korinthischen Erz, und umfaßte alle, ohne gefasset zu werden. Auf seiner kalt, aber stark aufdringenden Lebensquelle ließ er die Welt wie eine Kugel spielen und schweben.

Albano bewahrte, mit allen unzufrieden, seine Begeisterung, den unterirdischen Göttern der Vergangenheit um ihn her nach alter Sitte opfernd, nämlich mit Schweigen. Wohl hätt' er reden wollen und können, aber anders, in Oden, mit dem ganzen Menschen, mit Strömen, die aufwärts stiegen und wüchsen. Immer sehnsüchtiger sah er an die Fenster nach dem Mond im reinen Regenblau und nach einzelnen Säulen des Forums; draußen glänzte ihm die größte Welt. – Endlich stand er zürnend und schmachtend auf und schlich hinunter in die dämmernde Herrlichkeit und trat vor das Forum; aber die Mondnacht, die Dekorationsmalerin, die mit unförmlichen Strichen arbeitet, macht' ihm fast die Bühne unkenntlich.

Welch' eine öde, weite Ebene, hoch von Ruinen, Gärten, Tempeln umgeben, mit gestürzten Säulen-Häuptern und mit aufrechten einsamen Säulen und mit Bäumen und einer stummen Wüste bedeckt! Der aufgewühlte Schutt aus dem ausgegossenen Aschenkrug der Zeit – und die Scherben einer großen Welt umhergeworfen! Er ging vor drei Tempel-Säulen [1], die die Erde bis an die Brust hinuntergezogen hatte, vorbei und durch den breiten Triumph-Bogen des Septimius Severus hindurch; rechts standen verbundne Säulen ohne ihren Tempel, links an einer Christen-Kirche die tief in den Bodensatz der Zeit getauchte Säulenreihe eines alten Heidentempels, am Ende der Siegesbogen des Titus und vor ihm in der öden waldigen Mitte ein Springwasser, in ein Granitbecken sich gießend.

Er ging dieser Quelle zu, um die Ebene zu überschauen, aus welcher sonst die Donnermonate der Erde aufzogen; aber wie über eine ausgebrannte Sonne ging er darüber, welche finstere tote Erden umhängen. O der Mensch, der Mensch-Traum! riefs unaufhörlich um ihn. Er stand an der Granitschale, gegen das Coliseo gekehrt, dessen Gebürgsrücken hoch in Mondlicht stand, mit den tiefen Klüften, die ihm die Sense der Zeit eingehauen – scharf standen die zerrissenen Bogen von Neros goldnem Hause wie mörderische Hauer darneben. – Der palatinische Berg grünte voll Gärten, und auf zerbrochnen Tempel-Dächern nagte der blühende Totenkranz aus Efeu, und noch glühten lebendige Ranunkeln um eingesenkte Kapitäler. – Die Quelle murmelte geschwätzig und ewig, und die Sterne schaueten fest herunter mit unvergänglichen Strahlen auf die stille Walstatt, worüber der Winter der Zeit gegangen, ohne einen Frühling nachzuführen – die feurige Weltseele war aufgeflogen, und der kalte zerstückte Riese lag umher, auseinandergerissen waren die Riesen-Speichen des Schwungrads, das einmal der Strom der Zeiten selber trieb. – Und noch dazu goß der Mond sein Licht wie

[1] des Jupiter tonans.

ätzendes Silberwasser auf die nackten Säulen und wollte das Coliseo und die Tempel und alles auflösen in ihre eignen Schatten! –

Da streckte Albano die Arme in die Lüfte, als könnt' er damit umfassen und zerfließen wie mit Armen eines Stroms, und rief aus: »O ihr großen Schatten, die ihr einst hier strittet und lebtet, ihr blickt herab vom Himmel, aber verachtend, nicht trauernd, denn euer großes Vaterland ist euch nachgestorben! Ach, hätt' ich auf der nichtigen Erde voll alter Ewigkeit, die ihr groß gemacht, nur eine Tat eurer wert getan! Dann wär' es mir süß und erlaubt, mein Herz zu öffnen durch eine Wunde und zu vermischen das irdische Blut mit dem geheiligten Boden und aus der Gräber-Welt wegzueilen zu euch Ewigen und Unvergänglichen! Aber ich bin es nicht wert!« –

Hier kam plötzlich auf der via sacra ein langer, tief in den Mantel gewikkelter Mann daher an die Fontäne, warf, ohne umzublicken, den Hut hin und hielt den pechschwarzen, lockigen, fast steilrechten Hinterkopf unter den Wasserstrahl. Aber kaum erblickte er, sich aufwärts kehrend, das Profil des in seine Bilder versunknen Albano: so fuhr er tropfend auf – starrte den Grafen an – staunte – warf die Arme hoch in die Luft – sagte: »Amico?« – Albano sah ihn an. – Der Fremde sagte: »Albano!« – »Mein Dian!« rief Albano; sie nahmen sich heftig und weinten vor Liebe.

Dian begriff es gar nicht; er sagte italienisch: »Ihr seid es aber ja nicht, Ihr sehet alt aus.« – Er glaubte so lange deutsch zu sprechen, bis er hörte, daß Albano italienisch antwortete. Beide taten und bekamen nur Fragen. Albano fand den Baumeister bloß bräuner, aber den Blitz der Augen und jede Kraft im alten Glanz. Mit drei Worten erzählt' er ihm die Reise und die Begleitung. »Wie bekommt Euch Rom?« fragte Dian heiter. »Wie das Leben,« (versetzte sehr ernsthaft Albano) »es macht zu weich und zu hart. – Ich erkenne hier gar nichts wieder,« (fuhr er fort) »gehören jene Säulen dem herrlichen Friedenstempel?« – »Nein,« (sagte Dian) »dem Konkordientempel, von jenem steht dort nichts als das Gewölbe.« – »Wo ist Saturnus' Tempel?« fragte Albano. »In der St. Adrians-Kirche begraben«, sagte Dian und setzte eilend hinzu: »Nebenan stehen die zehn Säulen von Antonins Tempel – drüben Titus' Thermen – hinter uns der palatinische Berg und so weiter. Nun erzählt mir!«

Sie gingen das Forum auf und ab, zwischen den Bogen des Titus und Severus. Albano war – zumal neben dem Lehrer, der ihn in der Kinderzeit so oft hieher geführt – noch voll vom Strome, der über die Welt gezogen war, und das alles bedeckende Wasser sank nur langsam. Er fuhr fort und sagte: »heute, als er den Obeliskus erblickt, sei ihm der leise, zarte Schein des Mondes ordentlich unpassend für die Riesenstadt erschienen; eine Sonne hätt' er lieber auf ihrer weiten Fahne blitzen sehen; aber jetzt sei der Mond die rechte Leichenfackel neben dem Alexander, der zusammenfällt, nur angerührt.« – »Mit dergleichen Gefühlen kommt der Künstler nicht weit,« (sagte Dian) »auf ewige Schönheiten schau' er, rechts und links.« – »Wo ist«

(fragte Albano fort) »der alte Curtius-See – die Rednerbühne – die pila horatia – der Tempel der Vesta – der Venus und aller jener einsamen Säulen?« – »Und wo ist das marmorne Forum selber?« (sagte Dian) »Dreißig Spannen tief liegts unter dem Fuß.« – »Wo ist das große freie Volk, der Senat aus Königen, die Stimme der Redner, der Zug auf das Kapitolium? Begraben unter den Scherbenberg. O Dian, wie kann ein Mensch, der in Rom einen Vater, eine Geliebte verliert, eine einzige Träne vergießen und bestürzt um sich sehen, wenn er hierhertritt, vor dieses Schlachtfeld der Zeit, und hineinschauet ins Gebeinhaus der Völker? – Dian, hier wünschte man ein eisernes Herz, denn das Schicksal hat eine eiserne Hand!« –

Dian, der sich nirgends ungerner als auf solchen tragischen, gleichsam ins Meer der Ewigkeit hineinhängenden Klippen aufhielt, sprang immer mit einem Scherze davon; wie die Griechen mischte er Tänze ins Trauerspiel: »Manches konserviert sich, Freund!« (sagt' er) »dort in der Adrians-Kirche werden Euch noch von drei Männern die Knochen gewiesen, die im Feuer gewesen.« – »Das ist eben« (versetzte Albano) »das fürchterliche Spiel des Schicksals, daß es mit den zu Sklaven geschornen Mönchen die Höhen der alten Großen besetzt.« –

»Neue Räder treibt der Strom der Zeit,« (sagte Dian) »dort liegt Raffael zweimal begraben.[1] Was macht Chariton und die Kinder?« – »Sie blühen fort«, sagte Albano, aber in traurigem Ton. »Himmel!« (rief Dian mit allem Vater-Schrecken) »es ist doch so?« – »Wahrhaftig, Dian!« sagte Albano sanft. »Kommt noch« (sagte Dian) »Liane oft zu Chariton? Und was macht denn die Holde?« – Leise versetzte Albano: »Sie ist tot.« – »Was, tot? – Unmöglich! Froulays Tochter, Albano? Die Gold-Rose? O sprecht!« rief er. Albano nickte bejahend. – »Nun du gutes Mädchen,« (klagt' er mit Tränen in den schwarzen Augen) »so freundlich, so liebreizend, so feine Zeichnerin! Wie gings aber zu? Habt Ihr denn das holde Kind gar nicht gekannt?« – »Einen Frühling lang« (sagte schnell Albano) – »Mein guter Dian, ich will jetzt zum Vater zurück und antworte nicht mehr.« – »O meinetwegen! – Ich muß aber mehr erfahren«, beschloß Dian. Und so stiegen sie schweigend und eilend über Schutt und Säulentorsos, und keiner gab auf die große Rührung des andern acht.

[1] Der Leib im Pantheon, der Kopf in der heiligen Luka-Kirche.

Siebenundzwanzigste Jobelperiode

Peterskirche – Rotonda – Coliseo – Brief an Schoppe – der Krieg – Gaspard – der Korse – Verwicklung mit der Fürstin – die Krankheit – Gaspards Bruder – Peterskuppel und Abschied

104. Zykel

Rom ist wie die Schöpfung ein ganzes Wunder, das sich allmählich in neue Wunder zergliedert, in das Coliseo, in das Pantheon, die Peterskirche, in Raffael u. s. w.

Mit dem Durchgang durch die Peterskirche fing der Ritter den schönen Lauf durch die Unsterblichkeit an. Die Fürstin ließ sich von der Kunst mit dem Männer-Kreise verbinden. Da Albano mehr von Gebäuden als von jedem andern Kunstwerk ergriffen wurde: so sah er mit heiligem Herzen von weiten das lange Kunst-Gebürg, das wieder Hügel trug – und so trat er vor die Ebene, um welche zwei ungeheuere Kolonnaden wie Korsos laufen, ein Volk von Statuen tragend; in der Mitte steigt der Obeliskus und zu seiner Rechten und Linken ein ewiges Wasser auf, und von den hohen Stufen schauet die stolze Kirche der Welt, innen mit Kirchen besetzt, auf sich einen Tempel gen Himmel reichend, auf die Erde herunter. – Aber wie waren in der Nähe ihre Säulen und ihre Felsenwand ungeheuer aufgestiegen und flohen den Blick!

Er trat in die Zauberkirche, die der Welt Segen, Fluch, Könige und Päpste gab, – mit dem Bewußtsein, daß sie wie das Weltgebäude sich immer mehr erweitere und entferne, je länger man in ihr ist. Auf zwei Kinder von weißem Marmor, die eine Weih-Muschel von gelbem hielten, gingen sie hin; die Kinder wuchsen durch das Nahen, bis sie Riesen waren. Endlich standen sie am Hauptaltar und dessen hundert ewigen Lampen – welch eine Stelle! – Über sich das Himmelsgewölbe der Kuppel, auf vier innern Türmen ruhend, um sich eine überwölbte Stadt von vier Straßen, worin Kirchen standen. – Am größesten wurde der Tempel durch Gehen; und wenn sie um eine Säule traten, so lag ein neuer vor ihnen, und heilige Riesen schaueten ernst herab. – Hier wurde dem Jüngling nach langer Zeit das große Herz gefüllt: »In keiner Kunst« (sagt' er zu seinem Vater) »wird die Seele so gewaltig vom Erhabnen angefasset als in der Baukunst; in jeder andern steht der Riese in ihr und in den Tiefen der Seele, aber hier steht er außer und dicht vor ihr.« – Dian, dem alle Bilder deutlicher waren als abstrakte Ideen, sagte: »Er hat vollkommen recht.« – Fraischdörfer versetzte: »das Erhabene stecke auch hier nur im Kopfe, denn die ganze Kirche stehe doch in etwas Größerem, nämlich in Rom und unter dem Himmel, wobei wir ja nichts empfänden.« Auch klagt' er, »daß dem Erhabnen der Platz in seinem

Kopfe sehr verengt werde durch die unzähligen Schnörkel und Monumente, die der Tempel zugleich mit sich in ihn hineintreibe«. Gaspard sagte, alles mit einem großen Sinne nehmend: »Steht nur einmal das Erhabne wirklich da, so verschlingt und vertilgt es eben seiner Natur nach alle kleinen Zierden um sich her.« Er führte zum Beweise den Münsterturm und die Natur selber an, die durch ihre Gräser und Dörfer nicht kleiner werde.

Die Fürstin genoß unter so vielen Kunstverständigen schweigend.

Das Ersteigen der Kuppel riet Gaspard einem regen- und wolkenlosen Tage aufzuheben, um die Welt-Königin Roma auf und von dem rechten Throne zu schauen; er schlug dafür sehr eifrig den Besuch des Pantheons vor, weil er es gern schnell hinter den Eindrücken der Peterskirche wollte folgen lassen. Sie gingen dahin. Wie einfach und groß tut sich die Halle auf! Acht gelbe Säulen tragen ihre Stirn, und majestätisch wie das Haupt des Homerischen Jupiters wölbt sich sein Tempel! Es ist die Rotonda oder das Pantheon. – »O der Niedrigen,« (rief Albano) »die uns neue Tempel geben wollen! Hebt die alten aus dem Schutte höher, so habt ihr genug gebauet.« [1] – Sie traten hinein; da wölbte sich ein heiliges, einfaches, freies Weltgebäude mit seinen hinaufstrebenden Himmelsbogen um sie, ein Odeum der Sphärentöne, eine Welt in der Welt! – Und oben [2] leuchtete die Augenhöhle des Lichts und des Himmels herab, und das ferne Flug-Gewölk schien die hohe Wölbung zu berühren, über die es wegschoß! – Und um sie her standen nichts als die Tempel-Träger, die Säulen! – Der Tempel *aller* Götter vertrug und verbarg die kleinlichen Altäre der spätern.

Gaspard befragte Albano über sein Gefühl. Dieser zog die größere Peterskirche vor. Der Ritter billigte es und sagte, »daß überall der Jüngling gleich den Völkern das Erhabene besser empfinde und leichter finde als das Schöne, und daß der Geist des Jünglings vom Starken zum Schönen reife, wie der Körper desselben vom Schönen zum Starken; indes zieh' er selber das Pantheon vor.« – »Wie könnten auch Neuere« (sagte der Kunstrat Fraischdörfer) »etwas bauen, außer einige Berninische Türmlein?« – »Dafür« (sagte der verletzte Land-Baumeister Dian, der den Kunstrat verachtete, weil dieser niemals eine gute Figur machte als in der ästhetischen Richterstube als Richter, nie in dem Ausstellungssaal als Maler) »sind wir Neuern ohne Widerrede in der Kritik stärker, wenn wir auch in der Praxis samt und sonders Lumpe sind.« Bouverot merkte an: »Die korinthischen Säulen könnten höher sein.« Der Kunstrat sagte: »er wisse doch nichts dieser schönen Halbkugel Ähnlicheres als eine viel kleinere, die er im Herkulanum in Asche ausgedrückt gefunden – vom Busen einer schönen Flüchtlingin.« Der Ritter lachte, und Albano trat unwillig zur Fürstin.

[1] Pantheons-Halle scheint zu niedrig, weil einen Teil ihrer Stufen der Schutt verbirgt.

[2] 27 Fuß hat die Dach-Öffnung im Durchmesser.

Sie fragte er um ihre Stimme über beide Tempel. »Hier Sophokles, dort Shakespeare; aber den Sophokles fass' ich leichter«, versetzte sie und blickt' ihm mit neuen Augen in das neue Angesicht. Denn die überirdische Erleuchtung durch das Zenith des Himmels – nicht durch einen dunstigen Horizont – verklärte ihr das schöne bewegte Gesicht des Jünglings; und sie setzte voraus, der Heiligenschein der Kuppel hebe auch ihre Gestalt. Da er ihr antwortete: »Sehr gut! Aber in Shakespeare steckt auch Sophokles, aber in Sophokles nicht Shakespeare – und auf der Peterskirche steht Angelos Rotonda!« so ging plötzlich das hohe Gewölk, wie durch den Schlag einer Hand aus dem Äther, entzwei, und die entrückte Sonne schauete, wie das Auge der durch den alten Himmel ziehenden Venus, die sonst auch hier stand, aus hoher Tiefe mild herein – da füllte ein heiliger Glanz den Tempel und brannte auf dem Porphyr des Bodens, und Albano sah betroffen und entzückt umher und sagte mit leiser Stimme: »Wie ist jetzt alles so verklärt an dieser heiligen Stelle! Raffaels Geist geht in der Mittagsstunde aus seinem Grabe, und alles, was sein Widerschein berührt, erglänzt göttlich!« Die Fürstin sah ihn zärtlich an, und er legte leicht seine Hand auf ihre und sagte wie überwältigt: »Sophokles!« –

Am nächsten mondhellen Abende darauf bestellte Gaspard Fackeln, damit das Coliseo mit seinem Riesen-Kreis zuerst im Feuer vor ihnen stände. Dem Ritter, der nur allein mit dem Sohne düster im düstern Werke, wie zwei Geister der alten Zeit, umhergehen wollte, drang sich noch die Fürstin auf, aus zu lebhaftem Wunsch, mit dem edlen Jüngling große Minuten und wohl gar ihr Herz und seines zu teilen. Die Weiber begreifen nicht genug, daß die Idee, wenn sie den männlichen Geist erfüllt und erhebt, ihn dann vor der Liebe verschließe und die Personen verdränge, indes bei Weibern alle Ideen leicht zu Menschen werden. –

Sie gingen über das Forum auf der via sacra zum Coliseo, dessen hohe zerspaltene Stirn unter dem Mondlicht bleich herniederschauete. Sie standen vor den grauen Felsenwänden, die sich auf vier Säulenreihen übereinander hinaufbaueten, und die Flammen schossen hinauf in die Bogen der Arkaden, hoch oben das grüne Gesträuch vergüldend; und tief in die Erde hatte sich das schöne Ungeheuer schon mit seinen Füßen eingegraben. Sie traten hinein und stiegen am Gebürge voll Felsenstücke von einem Sitze der Zuschauer zum andern; Gaspard wagte sich nicht zum sechsten oder höchsten, wo sonst die Männer standen, aber Albano und die Fürstin. Da schauete dieser über die Klippen auf den runden grünenden Krater des ausgebrannten Vulkans herunter, der einst auf einmal neuntausend Tiere verschlang und der sich mit Menschenblut löschte – der Flammenschein fuhr in das Geklüft und ins Geniste des Efeus und Lorbeers und unter die großen Schatten des Mondes, die wie Abgeschiedne sich in den Höhlen aufhielten – in Süden, wo die Ströme der Jahrhunderte und der Barbaren hereingedrungen waren, standen einzelne Säulen und geschleifte Arkaden – Tempel und drei Paläste hatte der Riese mit seinen Gliedern genährt und gefüttert, und noch schauete er lebendig mit seinen Wunden in die Welt. –

»Welch ein Volk!« (sagte Albano) »Hier ringelte sich die Riesenschlange fünfmal um das Christentum – Wie ein Hohn liegt drunten das Mondlicht auf der grünen Arena, wo sonst der Kolossus des Sonnengottes stand – Der Stern des Nordens [1] schimmert gesenkt durch die Fenster, und der Drache und die Bären bücken sich. Welch eine Welt ist vorüber!« – Die Fürstin antwortete, »daß zwölftausend Gefangne dieses Theater baueten und daß noch weit mehrere darauf bluteten«. – »O die Bau-Gefangnen haben wir auch,« (sagt' er) »aber für Festungen; und das Blut fließet auch noch, aber mit dem Schweiß! Nein, wir haben keine Gegenwart, die Vergangenheit muß ohne sie die Zukunft gebären.«

Die Fürstin ging weg, um einen Lorbeerzweig und blühenden Güldenlack zu brechen. Albano versank ins Sinnen – der Herbstwind der Vergangenheit ging über die Stoppeln – auf dieser heiligen Höhe sah er die Sternbilder, Roms grüne Berge, die schimmernde Stadt, die Cestius-Pyramide, aber alles wurde zur Vergangenheit, und auf den zwölf Hügeln wohnten, wie auf Gräbern, die alten hohen Geister und sahen streng in die Zeit, als wären sie noch ihre Könige und Richter.

»Zum Andenken der Stelle und der Zeit!« sagte die kommende Fürstin, ihm den Lorbeer und die Blumen gebend. – »Du Gewaltige, ein Coliseo ist dein Blumentopf, dir ist ja nichts zu groß und nichts zu klein!« sagte er und brachte die Fürstin in einige Verwirrung, bis sie merkte, daß er die Natur meine. Sein ganzes Wesen schien neu und schmerzlich bewegt und wie fern entrückt – er sah nach dem Vater hinab und suchte ihn auf – er blickte ihn scharf an und drückte heftig seine Hand und sprach diesen Abend über nichts mehr.

105. Zykel

Albano wurde wie eine Welt von Rom wunderbar verändert. Nachdem er so mehrere Wochen zwischen Romas Ruinen und Schöpfungen gelagert war – nachdem er aus Raffaels kristallenem Zauberbecher getrunken, dessen erste Züge nur kühlen, wenn die letzten ein welsches Feuer durch alle Adern führen – nachdem er den Bergstrom Michel Angelos bald als Katarakte, bald als Ätherspiegel gesehen – nachdem er sich vor den letzten größten Nachkommen Griechenlands gebeugt und geheiligt hatte, vor dessen Göttern, die mit ruhigem heitern Anlitz in die unharmonische Welt hereinblicken, und vor dem vatikanischen Sonnengott, welcher zürnt über die Prosa der Zeit, über diese niedrige Pythonische Schlange, die sich immer wieder verjüngt – nachdem er lange so vor dem Vollmond der Vergangenheit im Glanze

[1] Der Polstern steht wie andere nördliche Sternbilder in Süden tiefer.

gestanden: so überzog sich auf einmal seine ganze innere Welt und wurde ein einziges Gewölk. Er suchte Einsamkeit – er hörte auf zu zeichnen und Musik zu treiben – er sprach wenig mehr von Roms Herrlichkeit – nachts, wo der tägliche Regen aufhörte, besucht' er allein die großen Trümmer der Erde, das Forum, das Coliseo, das Kapitolium – er wurde heftiger, ungeselliger, schärfer – ein tief eingesenkter Ernst waltete auf der hohen Stirn, und durch das Auge brannte ein düsterer Geist.

Gaspard schickte unbemerkt seinen Blick allen geheimen Entfaltungen des Jünglings nach. Ein bloßer Nachschmerz über Liane schien sein Zustand nicht zu sein. Im nordischen Winter wäre diese Wunde nur zugefroren und nicht zugeheilt; aber hier, im Tempel der Welt, wo Götter begraben liegen, stärkte sich ein edles Herz und schlug für ältere Gräber. Die Fürstin, die unter dem Deckmantel des Vaters dem Sohne nachjagte, suchte er weniger als den alten kalten Lauria und den feurigen Dian.

In derselben Zeit sehnt' er sich schmerzlich nach seinem Schoppe; an dieser Brust, dacht' er, hätte das Geheimnis der seinigen den rechten Ort und Trost gefunden. Es war ihm, als hab' er seit dieser Abwesenheit in einem fort mit ihm zusammengelebt und sich fester verbrüdert. So wohnen und schmelzen die Geister im unsichtbaren Lande zusammen; und wenn sich die Leiber im sichtbaren wieder begegnen, finden die Herzen sich bekannter wieder. Leider hört' er, so viel auch sein Vater Briefe aus Pestitz bekam, keinen Laut von dem Freunde über die Berge herüber, den er in den dunkeln Verhältnissen einer wunderbaren verwirrenden Leidenschaft zurückgelassen. Er rechnete Schoppen, dessen Haß und Zank gegen alles Briefschreiben er kannte, das Schweigen nicht an; aber sein eignes Herz konnt' es nicht verlängern, und er schrieb so an ihn:

»Wir wurden schlafend voneinander gerissen, Schoppe! Jene Zeit hat sich bedeckt und bleibt es. Sehr wach wollen wir uns wieder erblicken. Von dir weiß ich nichts; wenn mir Rabette nicht schreibt, muß ich die brennende Ungeduld bis zu unserer Zusammenkunft im Sommer umhertragen und leiden. Was ist von mir zu schreiben? Ich bin verändert bis ins Innerste hinab und von einer hineingreifenden Riesenhand. Wenn die Sonne über den Scheitelpunkt der Länder zieht, so hüllen sie sich alle in ein tiefes Gewölk; so bin ich jetzt unter der höchsten Sonne und bin eingehüllt. Wie in Rom, im wirklichen Rom, ein Mensch nur genießen und vor dem Feuer der Kunst weich zerschmelzen könne, anstatt sich schamrot aufzumachen und nach Kräften und Taten zu ringen, das begreif' ich nicht. Im gemalten, gedichteten Rom, darin mag die Muße schwelgen; aber im wahren, wo dich die Obelisken, das Coliseo, das Kapitolium, die Triumphbogen unaufhörlich ansehen und tadeln, wo die Geschichte der alten Taten den ganzen Tag wie ein unsichtbarer Sturmwind durch die Stadt fortrauschet und dich drängt und hebt, o wer kann sich unwürdig und zusehend hinlegen vor die herrliche Bewegung der Welt? – Die Geister der Heiligen, der Helden, der Künstler gehen dem lebendigen Menschen nach und fragen zornig: was bist du? – Ganz anders gehst du aus dem Vatikan des Raffaels und über das Kapitolium herunter, als du aus irgendeiner deutschen Bildergalerie und einem Antikenkabinett heraustrittst. Dort siehst du auf allen Hügeln alte ewige Herrlichkeit, jede Römerin ist mit Gestalt und Stolz noch ihrer Stadt verwandt, der Transteveriner ist der Sparter, und du findest so wenig einen Römer als einen Juden stumpf; indes du in Pestitz fast unduldsam werden mußt schon gegen den Kontrast der bloßen Gestalt. Sogar der ruhige Dian behauptet, die häßlichen Masken der Alten sähen wie die deutschen Gassen-Gesichter und ihre Faunen und andere Tiergötter wie edlere Hof-Gesichter aus; ihre Kopierbilder Alexanders, der Philosophen, der römischen Tyrannen wären, so scharf und prosaisch sie sich auch von ihren poetischen Statuen der Götter abschnitten, den jetzigen Idealen der Maler gleich.

Tut es da genug, mit Augen voll Bewunderung und gefalteten Händen um die Riesen zu schleichen und dann welk und klein zu ihren Füßen zu verschmachten? Freund, wie oft pries ich in den Tagen des Unmuts die Künstler und Dichter glücklich, die ihre Sehnsucht doch stillen dürfen durch frohe leichte Schöpfungen, und welche durch schöne Spiele die großen Toten feiern, Archimimen der Heldenzeit. – Und doch sind diese schwelgerischen Spiele nur das Glockenspiel am Blitzableiter; es gibt etwas Höheres, Tun ist Leben, darin regt sich der ganze Mensch und blüht mit allen Zweigen. – Es ist nicht von den bangen engen Kleintaten auf der Ruder- und auf der Ruhebank der Zeit die Rede. Noch stehet an der Krönungsstadt des Geistes ein Tor offen, das Opfertor, das Janustor. Wo ist denn weiter auf der Erde die Stelle als auf dem Schlachtfeld, wo alle Kräfte, alle Opfer und Tugenden eines ganzen Lebens, in *eine* Stunde gedrängt, in göttlicher Freiheit zusammenspielen mit tausend Schwester-Kräften und Opfern? Wo sind denn allen Kräften, von dem schnellsten Scharfblick an bis zu allen körperlichen Fertigkeiten und Abhärtungen, von der höchsten Großmut und Ehre an bis auf die weichste Träne herab, von jeder Verachtung des Körpers an bis zur tödlichen Wunde hinauf, so alle Schranken aufgetan für einen wetteifernden Bund? Wiewohl eben darum der Spielraum aller Götter auch dem Larventanz aller Furien freisteht. Nimm nur den Krieg höher, wo die Geister, ohne Verhältnis des Gewinstes zum Verlust, nur aus Kraft der Ehre und des Zwecks, sich dem Schicksal verdingen, daß es unter ihren Körpern die Leichen auslese und das Los des Sieges aus den Gräbern ziehe. – Zwei Völker gehen auf die Schlacht-Ebene, die *tragische Bühne* eines höhern Geistes, um ohne persönlichen Haß die Todesrollen gegeneinander zu spielen – still und schwarz liegt die Gewitterwolke auf dem Schlachtfeld – die Völker ziehen hinein in die Wolke, und alle ihre Donner schlagen, und düster und allein brennt die Todesfackel über ihr – es wird endlich Licht, und zwei Ehrenpforten stehen aufgebauet, die Todespforte und das Siegestor, und das Heer hat sich geteilt und ist durch beide gezogen, aber durch beide mit Kränzen. – Und wenn es vorüber ist, stehen die Toten und die Lebendigen erhaben in der Welt, weil sie das Leben nicht geachtet hatten. – Wenn aber der große Tag noch größer werden, wenn dem Geiste das Köstlichste kommen soll, was das Leben heiligen kann: so stellt Gott einen Epaminondas, einen Kato, einen Gustav Adolph vor das geheiligte Heer – und die Freiheit ist zugleich die Fahne und die Palme – o selig, wer dann lebt oder stirbt für den Kriegs-Gott und für die Friedens-Göttin zugleich. – –

Lasse mich das nicht durch Sprechen entweihen. Nimm aber hier mein leises festes Wort und leg es in deine Brust zurück, daß ich mir, sobald Galliens wahrscheinlicher Freiheitskrieg anhebt, meine Rolle durchaus nehme in ihm, für ihn. Abhalten kann mich nichts, auch nicht mein Vater. Dieser Entschluß gehört zu meiner Ruhe und Existenz. Aus Ehrgeiz ergreif' ich ihn nicht; obwohl aus Ehrliebe gegen mich selber. Schon in meinen frühern Jahren konnt' ich nie das platte Lob einer ewigen häuslichen Glückseligkeit genießen, was gewiß eher Weiber als Männern geziemt. Freilich deine Stärke oder Gemütsweise, alles Große ruhig aufzunehmen und die Welt still in einen innern Traum zu zerschmelzen, hat wohl niemand. Du schauest die Abendwolken an und hernach die Milchstraße und sagst kalt: Gewölk! Kommst du aber doch nicht zu tief in dieses Gefühl, in diese kalte Gruft hinunter? Zwar will das Gift dieses Gefühls einen überall und gerade in Rom, diesem Kirchhof so ferner Völker, so entgegengesetzter Jahrhunderte, süßer als irgendwo verzehren; aber wüßtest du vom Vergänglichen ohne den Nebenstand des Unvergänglichen, und wo wohnt der Tod als im Leben? Lasse verstieben und versiegen! es gibt doch drei Unsterblichkeiten – wiewohl du die erste, die überirdische, nicht glaubst –: die unterirdische (denn das All kann verstäuben, aber nicht sein Staub) – und die ewigwirkende darin, die, daß jede Tat viel gewisser eine ewige Mutter wird als eine ewige Tochter ist. Und dieser Bund mit dem Universum und mit der Ewigkeit macht der Ephemere Mut, in ihrer Flug-Minute das Blütenstäubchen weiterzutragen und auszusäen, das im nächsten Jahrtausend vielleicht als Palmenwald dasteht.

Ob ich mich meinem Vater entdecke, ist mir noch zweifelhaft, weil ich es noch darüber bin, ob ich seine bisherigen Äußerungen gegen die Neufranken für scharfen Ernst zu nehmen habe oder nur für die scherzhafte Kälte, womit er sonst gerade seine Gottheiten – Homer, Raffael, Cäsar, Shakespeare – aus Ekel gegen den nachsprecherischen Götzendienst, den der Pöbel der wahren Hoheit wie der falschen erweiset, im Munde führet. – Grüße meinen braven mannhaften Wehrfritz und erinner' ihn an unser Bundesfest am Zeitungstage der niedergerissenen Bastille. Lebe wohl und bleibe bei mir!

Albano.«

An dem Abende dieses Briefes ging er mit seinem Vater in eine Conversazione im Palazzo Colonna – hier fanden sie die schwarz-marmorne Galerie voll Antiken und Gemälde aus einem Kunst- und Gesellschaftszimmer in einen Fechtboden verkehrt, alle Arme und Zungen der Römer waren in Bewegung und Kampf über die neuesten Entwicklungen der gallischen Revolution, und die meisten für sie. Es war damals, wo fast ganz Europa einige Tage lang vergaß, was es aus der politischen und poetischen Geschichte Frankreichs jahrhundertelang gelernt hatte, daß dasselbe leichter eine vergrößerte als eine große Nation werden könnte. Der Ritter allein gab sich lieber den Kunstwerken als dem leeren Gefechte seiner Nachbarschaft hin; endlich aber hört' er von weitem, wie Albano, gleich allen damaligen Jünglingen, der *Himmels-Königin,* der *Freiheit,* jauchzend nachzog, unter den ewigen Freien und ewigen Sklaven mitgehend nach der damaligen Gleichheit; da trat er näher und merkte nach seiner Weise an: »die Revolution sei etwas sehr Großes; er finde indes an großen Werken, z. B. an einem Coliseo, Obeliskus, an dem Flor einer Wissenschaft, an dem Kriege, an der Höhe der Astronomie, der Physik weniger als andere zu bewundern, denn bloß die Menge in der Zeit oder im Raume schaff' es, eine beträchtliche Vielheit *kleiner* Kräfte. Aber nur *große* achte man [1]. In der Revolution seh' er mehr jene als diese – Freiheit werde an *einem* Tage so wenig gewonnen als verloren; wie schwache Individuen im Rausche gerade ihr Gegenteil wären, so geb' es auch wohl einen Rausch der Menge durch die Menge.« –

Bouverot versetzte darauf: »Das ist ganz meine Meinung auch.« Albano antwortete recht sichtbar nur seinem Vater – weil er den deutschen Herrn tief verachtete und ihn ganz unwürdig des Genusses hoher Kunstwerke hielt, wofür er vornehmen Geschmack mitgebracht, obwohl keinen Sinn – und sagte: »Lieber Vater, die 12 000 Juden entwarfen nicht das Coliseo, das sie baueten, aber die Idee war doch irgendeinmal ganz in *einem* Menschen, im Vespasian; und so muß überall den konzentrischen Richtungen kleiner Kräfte irgendeine große vorstehen, und wär' es Gott selber.« – »Dahin,« (sagte Gaspard) »wo alles Göttliche verlegt wird, magst du es denn auch versetzen.« – Bouverot lächelte. – »Der gallische Rausch« (versetzte Albano heftig) »ist doch wahrlich kein zufälliger, sondern ein Enthusiasmus, in der Menschheit und Zeit zugleich gegründet; woher denn sonst der allgemeine

[1] Die Summe und das System elektrischer, galvanischer, chemischer, anatomischer Erfahrungen, die Taktik, ein corpus juris u. s. w. können uns wohl in Erstaunen setzen, aber die Menschheit selber erscheint nicht größer durch Riesengebäude, die von Millionen *Elefantenameisen* zusammengetragen werden; allein wenn *ein* Elefant ein Gebäude trägt, wenn ein Individuum irgendeine Kraft in neuen Graden und Verhältnissen zeigt, Newton die mathematische Anschauung, Raffael die bildende, Aristoteles, Lessing, Fichte den Scharfsinn, oder ein anderes die Güte, die Festigkeit, den Witz u. s. w.: dann gewinnt die Menschheit, und ihre Schranken rücken hinaus.

Anteil? – Sie können vielleicht sinken, aber um höher zu fliegen. Durch ein rotes Meer des Bluts und Kriegs watet die Menschheit dem gelobten Lande entgegen, und ihre Wüste ist lang; mit zerschnittenen, nur blutig-klebenden Händen klimmt sie wie die Gemsenjäger empor.« – »Die Gemsenjäger selber« (sagte der Ritter) »tun das mehr, wenn sie von der *Alpe herab*-wollen; indes sind solche Hoffnungen reizend, und wir wollen gern ihre Erfüllung wünschen.« – »Signor Conte« (setzte Bouverot dazu) »nannte sehr gut den Aufstand einen Rausch. Man schläft ihn aus; aber am Morgen ist manches zerbrochen und zu bezahlen.« – »Rausch?« (sagte Albano) »Welches Beste ist nicht im Enthusiasmus geschehen, und welches Schlechteste nicht in der Kälte? – Welches, Herr von Bouverot? Ja es gibt einen gräßlichen, grimmigen Seelen-Frost, so wie einen ähnlichen physischen, der wie die größte Hitze schwarz und blind und wund macht [1]; so etwas wie die französische Tragödie, *kalt* und doch *grausam*.« –

»Du näherst dich dem Tragischen, Sohn« (unterbrach ihn Gaspard und schützte den deutschen Herrn) – »Wir dürfen von den Franzosen recht viel politische Sagazität erwarten, zumal in der Not; das ist ihre Stärke. Darin kommen sie den Weibern bei. Auch sind sie wie die Weiber entweder ungemein zart, sittlich und human, wenn sie gut sind, oder wie diese ebenso grausam und roh, wenn sie außer sich kommen. – Es lässet sich weissagen, daß sie in einem Freiheitskriege, wenn er ausbräche, an Tapferkeit es allen Parteien zuvortun werden. Das wird sehr blenden, da doch nichts seltener ist als ein feiges Volk. Man lernt die Kriegstapferkeit gemäßigt schätzen, wenn man sieht, daß die römischen Legionen, gerade als sie feil, schlecht, sklavisch und zur Hälfte Freigelassene waren, nämlich unter dem Triumvirat, mutiger stritten als vorher. Für den unbedeutenden Mordbrenner Katilina stritten und starben die Bürger bis auf den letzten Mann, und nur Sklaven wurden gefangen.« –

Diese Rede drückte ein heißes Siegel auf Albanos Mund; es schien ordentlich, als errate ihn der Vater und mache sich die alte Freude, wie ein Schicksal einen Enthusiasmus zu erkälten und Erwartungen Lügen zu strafen, sogar trübe. Der beleidigte, sich selber ausbrennende Geist blieb nun fest vor Gaspard und Bouverot zugedeckt.

Aber seinem Dian zeigt' er alles am Morgen darauf; er wußte, wie dieser mit dem Arme eines Künstlers und Jünglings zugleich die Freiheitsfahne trug und schwang, und darum brach er vor ihm das dunkle Siegel seines bisherigen Trübsinns auf. Er gestand dem geliebtesten Lehrer den großgewachsenen Vorsatz, sobald der unheilige Krieg gegen die gallische Freiheit, der jetzt seine Pechkränze in allen Straßen der Stadt Gottes aushing, in Flammen schlage, an die Seite der Freiheit zu treten und früher zu fallen als sie. »Wahrlich, Ihr seid ein wackerer Mensch« (sagte Dian) – »Hätte

[1] In Grönland macht die heftige Kälte schwarz und blind.

ich mir nicht Kind und Kegel aufgehalset, bei Gott! ich zöge selber mit. Der Alte, wie dergleichen, sieht viel und hört schlecht. Wittern soll er nichts und seine Bestie von Barigello auch nicht.« Den Kunstrat Fraischdörfer meint' er, den er mit Künstler-Eigensinn ewig verabscheuete, weil der Kunstrat schlechter malte und besser kritisierte als er. »Dian, Euer Wort ist schön gesagt, ja wohl macht das Alter physisch und moralisch *weitsichtig* für sich und *taub* gegen den andern«, sagte Albano. – »Hab' ich gut gesprochen, Albano? Aber wahrlich so ist die Sache«, sagt' er, sehr erfreuet, bei seinem Mißtrauen in seine Sprache, über das Lob ihrer Schönheit.

Nach einiger Zeit sagte der Ritter, gleich als sehe er durch das Siegel hindurch, einige Worte, die den Jüngling auf allen Seiten griffen: »Es gibt« (sagt' er) »einige wackere Naturen, die gerade auf der Grenze des Genies und des Talentes stehen, halb zum tätigen, halb zum idealischen Streben ausgerüstet – dabei von brennendem Ehrgeize. – Sie fühlen alles Schöne und Große gewaltig und wollen es aus sich wieder erschaffen, aber es gelingt ihnen nur schwach; sie haben nicht wie das Genie *eine* Richtung nach dem Schwerpunkt, sondern stehen selber im Schwerpunkte, so daß die Richtungen einander aufheben. Bald sind sie Dichter, bald Maler, bald Musiker; am meisten lieben sie in der Jugend körperliche Tapferkeit, weil sich hier die Kraft am kürzesten und leichtesten durch den Arm ausspricht. Daher macht sie früher alles Große, was sie sehen, entzückt, weil sie es nachzuschaffen denken, später aber ganz verdrüßlich, weil sie es doch nicht vermögen. Sie sollten aber einsehen, daß gerade sie, wenn sie ihren Ehrgeiz früh einzulenken wissen, das schönste Los vielartiger und harmonischer Kräfte gezogen; sowohl zum Genusse alles Schönen als zur moralischen Ausbildung und zur Besonnenheit ihres Wesens scheinen sie recht bestimmt zu sein, zu *ganzen* Menschen; wie etwan ein Fürst sein muß, weil dieser für seine allseitige Bestimmung allseitige Richtungen und Kenntnisse haben muß.«

Sie standen gerade, als er dies sagte, auf dem Aventinischen Berge, vor sich die Cestius-Pyramide, dieses Epitaphium des Ketzer-Gottesackers, worin so mancher unausgebildete Künstler und Jüngling schläft, und nahe dabei der hohe Scherben-Berg [1] (monte testaccio), wovor Albano immer mit einem ekeln kahlen Gefühl schaler Ödheit vorbeiging. Der Stoß der väterlichen Ideen gegen seine und die Verwandtschaft des Scherben-Bergs mit dem Fremden-Kirchhof machten, daß Albano mehr sich als dem Vater antwortete, mit einem geschmolzenen Eisen-Tropfen des Unwillens im Auge: »Ein solcher namenloser Töpfer-Berg ist im ganzen auch die Geschichte der Völker. – Aber man möchte sich doch lieber auf der Stelle töten, als erst nach einem langen Leben sich so namen- und tatenlos in die Menge eingraben.« –

Seit seiner Einigkeit mit sich selber wurd' er glücklicher; mit Eifer tat er sich schon jetzt zum Werk, seiner Natur gemäß, die wie im Samenkorn

[1] Wohin seit Servius Tullius' Zeit alle Scherben geworfen werden.

Stamm und Wurzel aus einer Samenspitze trieb, Gedanken und Taten.

Er warf alles andere Treiben weg und studierte alte und neue Kriegskunst, wozu ihm Dian die Bücher und das Museum borgte und lieferte. Mit namenloser Entzückung und Erhebung durchlief er wieder die Sonnenkarten der römischen Geschichte, hier auf dem ausgebrannten Sonnenkörper selber, und oft, wenn er ihre Entzündungen gezeichnet las, stand er eben in den Kratern, wo sie aufgegangen waren.

Dian gab noch dazu seine Kenntnis des kleinen Dienstes und sich gern zu körperlichen Übungen her, wenn er ihn vorher zu dem Gottesdienste unter Raffaels Kunsthimmel hinaufgezogen, wo Grazien wie Sternbilder im hohen Äther gehen; denn bei Dian war Leib und Seele *ein* Guß, der weichste Augennerve und härteste Armmuskel *ein* Band. Zuletzt führt' er, da ihm ein Wort viel sauerer wurde als eine Tat und da er lieber den ganzen Leib als die Zunge regte, dem Grafen einen rednerischen Kriegs-Genossen zu, einen korsischen Jüngling, lebendig wie aus lauter Mark des Lebens geformt.

Beide Jünglinge liebten und übten sich eine Zeitlang in romantischer Freiheit, ohne einander nur die Namen abzufragen. Sie fochten, lasen, schwammen. Der Korse vergötterte fast Albanos Gestalt, Kraft, Kopf und Mut und goß sein ganzes Herz in eines, das er nicht ganz faßte; wie viele Mädchen nirgends als in der Liebe, so zeigte er nirgends als im Kriegsspiele Seele und Sinn. Albanos helles Gold spiegelte gefällig die fremde Gestalt zurück, ohne wie Glas dabei die eigne zu vernichten.

Einst wurde des Korsen Glut eine Flamme, die das ganze eigne Leben dem Freunde beleuchtet zeigte und seinen einzigen Zweck und Durst, nämlich den nach Franzosen-Blut, »den er« (sagt' er) »im kommenden Kriege zu löschen hoffe«. Wär' ihm Albano ähnlich gewesen, so hätten sie sich wie kämpfende Hirsche in die Geweihe tödlich verwickelt; denn die störrische, unbiegsame Tapferkeit des Korsen – mehr eine sinnliche, so wie Albanos seine mehr eine geistige – litt kein Gegenwort. Gleich seiner Klasse begehrte er auf seine Rede ein recht starkes Zuwort von Albano; aber dieser sagte: »Das ist eben das Große im Kriege, daß man ohne leidenschaftliche Erbitterung, ohne persönliche Feindschaft alles kann und wagt, was der Schwächling nur durch sie vermag; wahrlich es wäre edler, in der Schlacht einen Geliebten als einen Gehaßten zu töten.« – »Tolle Chimären!« (sagte der Korse zornig) »wie? du willst die Franzosen töten und sie doch lieben?« – Albanos Großsinn warf jede bange Larve ab und sagte: »Mit *einem* Wort, ich streite einst für die Gallier mit.« – »Du, Falscher?« (sagte der Korse) »Unmöglich! – Gegen mich?« – »Nein,« (versetzte Albano) »ich bitte Gott, daß wir uns in jener Stunde nie begegnen.« – »Und ich will ihn recht anflehen,« (sagte der Korse) »daß wir uns nicht mehr treffen als einmal mit dem Bajonett. Addio!« So schied er entrüstet von ihm und kam nicht wieder.

106. Zykel

Unähnlich andern Vätern war Gaspard gegen Albano seit dem ersten Kriege über den Krieg noch wie sonst, ja fast besser; mit seiner alten Achtung für jede starke Individualität nahm er es heiter auf, daß so merklich des Jünglings Sonne in die Zeichen des Sommers trat und über die Erde sowohl höher stieg als wärmer.

Er gab ihm den nächsten Beweis dadurch, daß er unter den allmählichen Anstalten zur Rückreise nach Pestitz ihm einen ganz unerwarteten Wunsch der – Trennung bejahte. Nämlich Albano, der jetzt wie Efeu mit allen Blüten und Zweigen immer fester um und in alle Denkmäler der heroischen Vergangenheit ging, wollte nicht von Rom scheiden, ohne Neapel gesehen zu haben. Zu seiner Sehnsucht kam noch Dians Begeisterung für dies Tochterland seines Vaterlandes, für dessen Glanz des Himmels und der Erde, für dessen griechische Trümmer, die der Baumeister den römischen vorzog. »In Rom« (hatte Dian gesagt) »habt Ihr nur Vergangenheit, hingegen in Neapel tapfere Gegenwart – ich begleit' Euch hin und her, und wir gehen zusammen nach Haus. Denn eigentlich versteht Ihr Euch doch nicht recht auf das Schöne, sondern auf die Natur, auf das Heroische und den Effekt. Da ist Neapel der Ort.« Der Ritter willigte – obgleich durch Albanos Erheiterung der ganze Zweck der Reise schon gewonnen war – ohne Zögern in den Zusatz einer zweiten unter der Bedingung, daß er nicht länger als einen Monat nachbleibe.

Aber dieser Zeit, wo sich seine innere Welt so harmonisch stimmen durfte, kamen feindliche Mißtöne immer näher, die er in der Ferne noch für Wohllaut hielt. Aus seinem unbestimmten Verhältnis mit der Fürstin entwickelte sich langsam der Mißlaut; weil jedes unbestimmte mit Weibern sich endlich hart entscheidet, seltener zu Liebe als zu Haß.

Die Fürstin tat und litt bisher alles, um ihm noch früher gefährlich zu werden als verständlich. Sie spielte Lianen, so gut sie wußte, nach und nahm den Nonnenschleier einer religiösen Jungfräulichkeit aus ihrer Bühnen-Garderobe hervor, obgleich genialische Weiber meistens ungläubig sind, wie genialische Männer gläubig. Sie machte ihn zum Vertrauten ihrer – Vergangenheit und gab die Geschichte derer, die für sie gestorben waren, oder doch verschmachtet, nach weiblicher Art mehr froh als reuig; nur das Verhältnis mit seinem Vater ließ sie schonend hinter einem rührenden Leichenschleier auferstehen und ahmte überhaupt dem Sohne in der Achtung für den Ritter nach, den sie innerlich bitter haßte. Wenn Albano stundenlang die Gegenwart vergaß und starr ins Opferfeuer der Vergangenheit und Kunst blickte und ihr auf den Bergen seiner Welt Flammen zeigte, die nicht auf ihrem Altar brannten, so begleitete sie ihn geduldig auf diesem Kunst-Wege und hielt nur, wo sie konnte, vor Stellen an, wo man einige Aussicht in die – Gegenwart hatte.

Er wurde täglich ihr *wärmerer* Freund, ohne sie nur zu erraten. Nur ein Mann – keine Frau – kann eine fremde Liebe gänzlich übersehen; die lang übersehene wird dann selten oder nie eine erwiderte. Albano war zu zart, um in der Geliebten seines Vaters und in der Frau eines andern und in einer Freundin seiner eignen Geliebten diesen Wunsch einer Unschicklichkeit vorauszusetzen. Auch setzt' er auf seinen Wert immer ein ebenso kleines Vertrauen als auf sein Recht ein großes.

Sie zweifelte, aber verzweifelte nicht an einer wärmern Gesinnung. Ein Weib hofft so lange, als ein zweites nicht mit hofft. Albanos nächtliche Besuche des Kapitols und Coliseos wurden von nachgeschickten Augen immer seines edlen Charakters würdig befunden. Täglich lieber wurd' ihr der feste Jüngling durch sein neues Aufblühen und durch seine männliche Entwickelung. Zuweilen hoffte sie stark, von seiner freundschaftlichen Redlichkeit und von jener heroischen Schwermut bestochen, die ihr sonst aus keiner Ferne und Nähe zu erklären war. Dieses ihr ungewohnte Auf- und Niedersteigen auf ihren Wellen erschütterte ihre Gesundheit und ihren Charakter, und sie wurde wider Willen der Liane ähnlicher, mit deren Taubengefieder sie sich anfangs nur weiß schmücken wollen – der glänzende Sonnenregenbogen wurde ein Mondregenbogen – sie warf mit ihren starken Kräften die Hälfte ihres vorigen Selbstes weg, die Putz-, Kunst- und Gefallsucht – und sie wurde heftig getroffen, wenn eine Römerin mit südlicher Lebhaftigkeit oft hinter dem vorbeigehenden Grafen ausrief: »Wie schön er ist!« – Schwer wurde sie für ihr früheres mutwilliges Lustspiel mit fremden Herzen und Leiden gezüchtigt durch das eigne; aber in solchen dunkeln Tagen wurzelt eben die Liebe mehr, wie man Bäume am besten an wolkigen impft.

Albano merkte ihre Veränderung; die reizende Schwermut ihres sonst kräftigen Gesichts, dieser Widerschein ihres stillen Nebels, bewegte ihn zur teilnehmenden Frage über ihr Glück. Sie antwortete immer so verworren und verwirrend – zuweilen sogar bei Albanos Scharfsinn mit dem Glauben an dessen Verstellung und Bosheit –, daß sie ihn in den sonderbarsten Irrtum führte.

Nämlich bei so großer Gewißheit, daß ein Erdschatte durch ihr ganzes jetziges Leben gehe und nicht rücke, mußt' er den Weltkörper dazu suchen; – dieser ward ihm Gaspard, den sie, wie er glaubte, noch liebe. Er führte diese Vermutung leicht durch alle ihre früheren Gespräche und Blicke hindurch; – es war so natürlich, daß die früher durch einen Thron Getrennten sich jetzt im schönen Lande der freien Verhältnisse wieder zusammensehnten; – noch dazu hatte der Ritter nach seiner unerbittlichen Ironie ihren Schein, ihn zu suchen, auch mit Schein, nämlich mit Ernst aufgenommen und sich daher immer zu ihrem Genusse des Sohnes als Zukost gesetzt und einen Nachwinter in den Frühling verlegt; – diesen doppelten Schein rief Albano zurück als doppelte Wahrheit. – –

Da trat das Schicksal plötzlich unter seine neuen Schlüsse – sein Vater wurde bedenklich krank an einem entnervenden Frühlingsfieber unter dem *Scirocco*-Wind. »Nimm keinen besondern Teil« (sagte Gaspard zu ihm) »weder an meinen Leiden noch Äußerungen; ich habe in solchem Zustande eine Erweichung, deren ich mich nachher schäme und doch nicht erwehre.« Albano wurde von manchen unerwarteten Herzens-Ausbrüchen des kranken Mannes bis zur wärmsten Liebe bewegt. Wenn die Ruinen eines Tempels wehmütig begeistern, dacht' er, warum sollen es mich nicht noch mehr die Ruinen einer großen Seele? Es gibt Menschen voll kolossalischer Überreste, gleich der Erde selber; in ihrem tiefen, schon erkalteten Herzen liegen versteinerte Blumenbilder einer schönern Zeit; sie gleichen nordischen Steinen, auf welchen Abdrücke indischer Blumen stehen. –

Die Krankheit grub unter sich. Gaspard blieb ohne Teilnahme an sich selber; nur seine Geschäfte, nicht sein Ende bekümmerten ihn. Mit seinem Schwiegervater Lauria hielt er geheime Unterredungen, um auf sein Leben das schwarze Gerichtssiegel schließend zu drücken. Ein Eilbote mußte fertig stehen, um nach seinem Todesaugenblick mit einem Brief zu Linda zu fliegen, sein Sohn sollte einen selber erbrechen und einen versiegelten an die Fürstin übergeben. Sehr hart und gebietend benahm er sich gegen diesen, als er von ihm den Eid begehrte, sogleich nach seinem Tode nach Pestitz abzureisen. Denn da Albano, der so gern Neapel sah und dem alle diese den väterlichen Tod voraussetzenden Bedingungen schwer ankamen, zögernd weigerte, so sagte Gaspard: »das sei so recht menschlich und üblich, fremde Schmerzen ungemein zu beklagen und redlich mitzufühlen, sie aber ohne Anstand zu schärfen, sobald das Geringste getan werden solle.« Albano gab das Wort und den Eid; und zeigt' es ihm nie mehr, wenn er weinte aus Kindesliebe.

Unerwartet erschien vor diesem Krankenbette Gaspards nächster und frühester Anverwandter, sein Bruder. Albano stand dabei, als das seltsame Wesen ankam und den Todkranken ansprach und zwei starre gläserne Augen, als wären sie eingesetzte, weit von dem wegdrehte, womit es redete – so phantastisch und doch voll kalter Welt gegen den sterbenden Bruder – mit hängender Gesichtshaut auf bedeutenden Gesichtsknochen – ein aufgerichteter falber Werwolf, erst aus der tierischen Haut in die menschliche getrieben – gleich dem Würgengel, ein Würgmensch und doch ohne Leidenschaft. – Es streckte nach Albano die lange Hand aus, aber dieser, von etwas Unnennbarem abgestoßen, konnte sie nicht anfassen. Dieser Bruder sagte, er komme von Pestitz – übergab zwei Briefe daraus, einen an Gaspard, einen für die Fürstin – und fing an, einiges über seine Reisen zu sagen, was ungemein scharfsinnig, phantastisch, gelehrt, unglaublich und oft recht unverständig schien. Einmal sagte Albano: »Das ist geradezu unmöglich.« Er fing die Erzählung wieder an, machte sie noch unglaublicher und beteuerte, es sei so in der Tat. Darauf ging er fort, wie er sagte, nach Griechenland, und nahm vom sterbenden Bruder den kühlsten Abschied.

Gaspard sagte jetzt zu Albano: »er möge nach seinem Tod diesen Sonderling, wenn er ihm nahe komme, recht wägen oder lieber meiden, da er nie ein wahres Wort sage, bloß aus reiner Freude an reiner Lüge ohne Eigennutz; noch mehr« (fuhr er fort) »weiche dem tiefen tödlichen Skorpionstachel Bouverots aus, so wie seinem betrügerischen Spiel.« Albano wunderte sich über die Ansicht dieser Anrede (freudig über die moralische Schärfe), da er bisher ganz andere Gesinnungen für Bouverot im Vater anzutreffen geglaubt.

Am Tage darauf fand er den Vater schon wieder auf der Treppe aus der Gruft. Der Eilbote wurde abgedankt – alle Briefe zurückgefodert – der Fürst Lauria stand heiter da –: »Bloß eine fremde Krankheit hat meine geheilt«, sagte der Vater. Der Brief, den ihm der Bruder aus Pestitz gebracht, hatte die Nachricht enthalten, daß sein alter Freund, der dasige Fürst, der letzten Stunde schnell zueile, weil man seine Wassersucht bloß für Embonpoint gehalten und ihn versäumet habe. – »Ich hoffe,« (sagte Gaspard) »durch meinen Anteil so heilsam erschüttert zu sein, daß ich noch früh genug die Reise zur letzten Stunde der Freundschaft zu machen vermag.« Er setzte dazu, daß dann diese Reise wieder Bahn zu Albanos seiner nach Neapel mache.

Da kam die Fürstin in der Bestürzung über den Brief, der ihres Gemahls Gefahr und ihre Abreise ansagte. – Gaspard antwortete mit einem verlangenden Winke zur Einsamkeit, den er dem Sohne gab. Sie blieben lange allein. Endlich kam die Fürstin verändert wieder und bat ihn fast stotternd, heute sie in die Opera seria zu begleiten. Sie war bewegt und verlegen, ihre Augen schimmernd, ihre Züge begeistert; – auch den Vater fand er aufgeregt, aber wie gestärkt.

Hier schoß ihm ein langer Mittagsstrahl durch den ganzen bisherigen Irrwald, nämlich die bestätigte Vermutung der Liebe seines Vaters, die jetzt durch die annahende Lösung der Ehekette der Fürstin und in der kränklichen Erweichung stärker ausgebrochen sei; daher Gaspards Brief an die Fürstin, daher ihr Beisammenbleiben in Rom und auf dem Wege dahin u. s. w.

Nie liebte Albano seinen starken Vater mehr als nach dieser Entdeckung einer zärtern Gesinnung; und gegen die Fürstin wurde nun sein Herz aus einem Freunde auf einmal ein Sohn. Da er ohnehin von den fünf Treffern der menschlichen Erb-Liebe nur einen, den Vater, (keine Mutter, keinen Bruder, keine Schwester und kein Kind) gewonnen: so war er so neu entzückt über den Gewinn einer Mutter. Was die Achtung tun, die Wärme sprechen und die Hoffnung verraten durfte, das ließ er zu.

Es war eine Nacht, wo in Rom schon wieder der Frühling Blumen durch die Wolken des Winters warf. Im Schauspielhause gab man Mozarts Tito. Wie nimmt den Menschen auf fremdem Boden das vaterländische Lied dahin, das ihm nachgezogen! Die Lerche, die über römischen Ruinen gerade so singt wie über deutschen Feldern, ist die Taube, die uns mit ihrem bekannten

Gesang den Ölzweig aus dem Vaterland bringt. – Bis hieher hatte Albano auf dem Alpenwege über Ruinen das Auge straff nur durch die künftige Kriegs-Laufbahn blicken lassen und es selten gen Himmel gehoben, wo die verklärte Liane war, und hatte gewaltsam jede Träne darin zerstäubt. Aber jetzt hatte der kranke Vater den Vorhang des unterirdischen Bettes aufgezogen, wo ihre Hülle schlief. Nun drang auf einmal der helle Strom der Töne, der durch seine Jugendländer, in seinen Paradiesen gegangen war, über die Gebürge herüber und rauschte mit den alten Wellen herab so nahe an ihm. Anfangs wehrte sich sein Geist gegen die alte eingeschlafne Zeit, die im Schlummer sprach; aber als endlich die Töne, die Liane selber einst vor ihm gespielet und gesungen hatte, über die Bahre der Gebürge herüberkamen und sich herunterhingen als glänzende Teppiche der goldnen Tage; als er daran dachte, welche Stunden er und Liane hier gefunden hätten, aber nicht fanden: da lief der schwarze Gram wie ein böser ausplündernder Genius die Tonleiter hinauf, und Albano sah seinen entsetzlichen Verlust hell im Himmel stehen. Da kehrt' er das Auge nicht gegen die Fürstin, aber in der Weihe der Töne drückt' er die Hand, an der einst die Verklärte hatte in diese Gefilde kommen sollen. Spät sagte er: »Ich werde mich im reichen Neapel immer sehnen nach meiner einzigen Freundin und den Glücklichen beneiden, der sie begleiten darf.« Sie kam in große Bewegung über diese neue Nachricht von seinem trennenden Abweg, und in eine noch größere über seine leidenschaftliche Veränderung, die sie mit der reichsten Aussteuer für ihre zartesten Hoffnungen aus ihrer Abreise und sogar aus ihres Gemahls bevorstehender herzuleiten wußte. Aber sie verbarg die größere Bewegung hinter die kleinere. Beide schieden mit gegenseitigen Freuden und Irrtümern auseinander. Albano wurde immer seliger durch den genesenden Vater; die Fürstin wurd' es durch den wärmern Sohn, und ihr Leben stieg aus dem Kriegsschiff in ein fliegendes Friedensschiff über. So kamen beide immer dichter an den Vorhang, dessen Gemälde sie für die Bühne selber hielten, um desto mehr zu staunen, wenn er aufging.

107. Zykel

Im Ritter war das vertrocknete Bette des Lebens wieder reichlich angequollen durch die Erschütterungen seines Herzens; – eben weil er in gesunden Tagen sich gleich Bergen durch Eis und Moos zusammenhielt, so stellte in kranken, schien es, eine rechte innere Bewegung leichter die alte Kraft und Ruhe wieder her. Er rüstete sich zum Reisen, das am besten seinen eigensinnigen Körper auf- und nachbauete. Die Fürstin verschob das ihrige von Tag zu Tag, bloß in der festen, feurigen Erwartung, Albano werde ihr das schönste Endwort ihres ganzen Lebens mitgeben auf den Weg. In Albano war die Sehnsucht nach – Spanien aufgewacht im blühenden Land, und

Neapel, hofft' er, werde sie stillen. Der Frühling dämmerte schon in Rom und ging auf in Neapel – die Nächte durchsang die Nachtigall und der Mensch – und die Mandelbäume blühten überall. Aber es schien, als ob die drei Menschen mit dem Reisen aufeinander warteten. Konnte die Fürstin von dem Herzen eilen, auf welchem ihr Dasein blühte und wurzelte, gleich einem abgerissenen Rosmarinzweige, dessen Wurzeln zugleich mit denen eines keimenden Weizenkorns doppelt in die Erde greifen? – Auch Albano wollte nicht die Stunde beschleunigen, die ihn zugleich von dem Vater und der Freundin in ferne Erd-Ecken warf, jene in den Nachwinter, ihn in den Vor- und Nachfrühling; – gerade jetzt am wenigsten; sein Geist hatte sich durch den Entschluß zum Kriege befriedigt und versöhnt mit sich, sein Portici war glänzend aufgebauet auf dem verschütteten Herkulanum seiner Vergangenheit.

Ein Brief von Pestitz entschied – der todkranke Fürst schrieb an die Fürstin und bat um das Wiedersehen – der Brief war ein Feuer, das den gemeinschaftlichen Boden, und wer darauf stand, auseinandersprengte – die drei Verbündeten faßten den Schluß, an *einem* Tage abzureisen, an *einem* Morgen, so daß *eine* Morgenröte ihr Gold zugleich in drei Reisewagen würfe.

Noch etwas begehrte die Fürstin am Abend vor der Abreise: am Morgen Albanos Begleitung auf die Peterskuppel; sie wollte Rom noch einmal in die scheidende Seele fassen, wenn es Morgenrot und Morgenglanz bedeckten. Auch Albano wollte gern den Most einer feurigen Stunde trinken, der sich zu einem ewigen Wein für das ganze Leben aufhellt; denn er wußte nicht, daß die lebhafte Fürstin – noch lebhafter durch Italien –, nach langem Harren auf das schönste Wort von ihm, endlich zornig sich in eine Abschiedsstunde wagte, in der es ihm entfahren sollte.

Früh vor Sonnenaufgang, wo in Rom noch mehrere einschlafen als aufstehen, holte er sie ab; nur ihre treue Haltermann begleitete sie. Von der durchwachten Nacht glühte sie noch und schien sehr bewegt. Rom schlief noch; zuweilen begegneten ihnen Wagen und Familien, die eben ihre Nacht beschließen wollten. Der Himmel stand kühl und blau über dem dämmernden Morgen, dem frischen Sohn der schönen Nacht.

Der weite Zirkus vor der Peterskirche war einsam und stumm, wie die Heiligen auf den Säulen; die Fontänen sprachen; noch ein Sternbild erlosch über dem Obeliskus. – Sie gingen die Wendeltreppe von anderthalb hundert Stufen auf das Dach der Kirche und kamen aus einer Gasse von Häusern, Säulen, kleinen Kuppeln und Türmen durch vier Türen in die ungeheuere Kuppel – in eine gewölbte Nacht – unten in der Tiefe ruhte der Tempel wie ein weites finsteres einsames Tal mit Häusern und Bäumen, ein heiliger Abgrund, und sie gingen nahe vor den musivischen Riesen, den farbigen breiten Wolken am Himmel des Doms vorbei. Während sie in der hohen Wölbung stiegen, blinkte immer röter Aurorens Goldschaum an den Fenstern, und Feuer und Nacht schwammen im Gewölb' ineinander.

Sie eilten höher und blickten hinaus, da schon ein einziger Lebensstrahl wie aus einem Auge hinter dem Gebürg in die Welt zückte – um den alten Albaner rauchten hundert glühende Wolken, als gebäre sein kalter Krater wieder einen Flammentag, und die Adler flogen mit goldnen, in die Sonne getauchten Flügeln langsam über die Wolken. – Plötzlich stand der Sonnengott auf dem schönen Gebürg, er richtete sich auf im Himmel und riß das Netz der Nacht von der bedeckten Erde weg; da brannten die Obelisken und das Coliseum und Rom von Hügel zu Hügel, und auf der einsamen Campagna funkelte in vielfachen Windungen die gelbe Riesenschlange der Welt, die Tiber – alle Wolken zerliefen in die Tiefen des Himmels, und goldnes Licht rann von Tuskulum und von Tivoli und von Rebenhügeln in die vielfarbige Ebene, an die zerstreueten Villen und Hütten, in die Zitronen- und Eichenwälder – im tiefen Westen wurde wieder das Meer wie am Abend, wenn es der heiße Gott besucht, voll Glanz, immer von ihm entzündet und sein ewiger Tau.

In der Morgenwelt lag unten das große stille Rom ausgebreitet, keine lebendige Stadt, ein einsamer ungeheuerer Zaubergarten der alten verborgnen Heldengeister, auf zwölf Hügel gelegt. – Der menschenlose Lustgarten der Geister sagte sich durch die grünen Wiesen und Zypressen zwischen den Palästen an und durch die breiten offnen Treppen und Säulen und Brücken, durch die Ruinen und hohen Springbrunnen und den Adonisgarten und die grünen Berge und Götter-Tempel; die breiten Gänge waren ausgestorben; die Fenster waren vergittert; auf den Dächern blickten sich die steinernen Toten fest an – nur die glänzenden Springwasser waren rege, und eine einzige Nachtigall seufzete, als sterbe sie zuletzt. –

»Das ist groß,« (sagte endlich Albano) »daß unten alles einsam ist und man keine Gegenwart sieht. Die alten Heldengeister können in der Leere ihr Wesen treiben und durch ihre alten Bogen und Tempel ziehen und oben an den Säulen mit dem Efeu spielen.«

»Nichts« (versetzte die Fürstin) »mangelt der Pracht als diese Kuppel, die wir auf dem Kapitolium gar dazu sähen. Aber nie werd' ich diese Stelle vergessen.«

»Was wär' es sonst mit allem!« (sagt' er) »Ohnehin gehen die flachen Gegenden des Lebens ohne Merkmal vorüber, aus mancher langen Vergangenheit schlägt kein Echo zurück, weil kein Berg die breite Fläche stört! – Aber Rom und diese Stunde neben Ihnen leben ewig in uns.«

»Albano,« (sagte sie) »warum muß man sich so spät finden, und so früh trennen? Dort geht Ihr Weg neben der Tiber her, Gott gebe in kein verschlingendes Meer!« –

»Und dort geht Ihrer über die hellen Berge«, sagt' er. Sie nahm seine Hand, denn sein Ton war so bewegt und bewegend. Göttlich leuchtete die Welt von den dunkeln Frühlingsblumen bis zum hellen Kapitol empor, und die Horen-Glocken tönten herauf – die Freudenfeuer des Tags loderten auf allen Höhen – das Leben wurde weit und hoch wie die Aussicht – sein Auge stand unter der Träne, aber keiner trüben, sondern unter jener, wo es wie das Weltauge unter dem Wasser sonnig glänzt und höhere Farben hat, welche die trockne Welt verzehrt. – Er drückte ihre Hand, sie seine. – »Fürstin, Freundin,« (sagt' er) »wie acht' ich Sie! – Nach dieser heiligen Stunde trennen wir uns – ich möchte ihr ein unvergängliches Zeichen geben und meinem Vater ein kühnes Wort sagen, das mich und meine Achtung ausspräche und das wohl manche Rätsel lösete.«

Sie schlug das Auge nieder und sagte bloß: »Dürfen Sie wagen?« – »O verbieten Sie es nicht!« (sagte er) »So manches Götterglück ging durch eine zaghafte Stunde verloren. Wenn soll denn der Mensch ungewöhnlich handeln als in ungewöhnlichen Lagen?« Sie schwieg, den Morgenlaut seiner Liebe erwartend, und beide gingen im fortgesetzten Handdruck von der hohen Stelle herab. Albans Wesen war eine bebende Flamme. Die Fürstin begriff nicht, warum er noch diesen Frühlingston verschiebe; er erriet sie ebensowenig, ungeübt, die Weiber und deren halbe abgeteilte Wörter zu lesen, diese Bildergedichte, halb *Gestalt* und nur halb *Wort*. – Gleichsam als wäre ein Adler aus seinem Morgenglanz herabgeflogen und hätte als ein Raub-Genius die Flügel über seine Augen geschlagen: so hatt' ihn der leuchtende Morgen so sehr verblendet, daß er wagen wollte, jetzt in der Abschiedsstunde zwischen seinem Vater und der Fürstin der Mittler durch *ein* Wort zu werden, das beiden die Scheidewand zwischen ihrer Liebe wegzöge. Vieles wandt' ihm seine Zartheit dagegen ein, aber gegenüber einem wichtigen Ziele verabscheute er nichts so sehr als zagende Vorsicht; und Wagen hielt er für einen Mann so viel wert als Gewinnen.

Die Fürstin, mißverstehend, doch nicht mißtrauend, folgte ihm in des Vaters Haus, mit einer Erwartung – kühner als seine –, er bekenne vielleicht gar dem Ritter die Liebe gegen sie. Sie fanden den Vater allein und sehr ernst. Albano fiel ihm, wiewohl er dessen Abneigung gegen körperliche Herzenszeichen kannte, um den Hals mit den halb erstickten Worten des Wunsches: »Vater! Eine Mutter!« – Zu diesem kindlichen Verhältnis hatte sich sein bisheriges gehoben und gereinigt. »Gott, Graf!« rief die Fürstin, über Albano bestürzt und entrüstet. – Der zornfunkelnde Ritter ergriff voll Entsetzen eine Pistole, sagte: »Unglückliches –«, aber ehe man nur wußte, auf wen von drei Menschen er sie abdrücken wollte, faßte ihn seine Starrsucht und hielt wie eine umwindende Schlange ihn in der mörderischen Lage gefangen. »Graf, verstand ich Euch?« sagte die Fürstin wegwerfend gegen ihn, gleichgültig gegen den versteinerten Feind. – »O Gott,« (sagte Albano, von der väterlichen Gestalt bewegt) »ich verstand wohl niemand.« – »Das konnte« (sagte sie) »nur ein Unwürdiger. Lebt wohl! Mög' ich niemals Euch mehr begegnen!« – Dann ging sie.

Albano blieb, unbekümmert, ob er nicht selber mit der Pistole gemeint sei, bei dem Kranken, der einer vornehmen Männer-Leiche gegenüber entgegenstarrte, die man eben zu schminken beschäftigt war. Allmählich rang sich das Leben wieder aus dem Winter auf, und der Ritter setzte, wie Starrsüchtige müssen, die mit dem Worte »unglückliches« angefangne Anrede so fort: »Weib, von wem bist du Mutter?« – Er kam zu sich und sah wach umher; aber schnell rann wieder die Lava des Zorns durch seinen Schnee: »Unglücklicher, wovon war die Rede?« Albano entdeckte ihm mit gerader unschuldiger Seele, daß er bei dem wahrscheinlichen Tode des Fürsten auf eine Vereinigung zwischen beiden und auf das Glück, eine Mutter zu erhalten, sich die Hoffnung gemacht.

»Ihr junges Volk bildet euch immer ein, man könne keine echte Liebe haben, ohne sie nach außen zu treiben und auf jemand zu richten«, versetzte Gaspard und fing an, hart zu lachen und das »sentimentalische Mißverständnis« sehr komisch zu finden; aber Albano fragte ihn nun sehr ernst nach dem Ursprunge des seinigen. Gaspard gab ihm diesen. Neulich in seiner Krankheit hatt' er bei der ersten Nachricht von des Fürsten naher Abblüte einen erbitterten Kampf mit der Fürstin, welche in dessen Todesfalle eine Regentschaft – oder Vormundschaft – begehrte, schon wegen der Möglichkeit eines Fürstenhut-Erben. Der Ritter sagt' ihr geradezu, diese Möglichkeit sei eine Unmöglichkeit und er werde mit neuen, ihr unbekannten Beweisen sie ohne weiteres angreifen. Er gab ihr geradezu zu verstehen, daß er sogar gegen den Fall gerüstet sei, wo ein augenscheinlicher Beweis des Gegenteils (ein Erbprinz) ihm entgegengestellet würde. Die Fürstin versetzte erbittert, sie errate nicht, warum er für die haarhaarsche Linie und Erbfolge sich im geringsten mehr bekümmere und sorge als für die Hohenfließer. Er brachte sie bis zu Tränen; denn er konnte ohne Schonung ihr die grausamsten Worte wie Widerhaken tief ins Herz werfen; er hatte die vollendete Entschlossenheit eines Staatsmannes, der wie ein großer Raubvogel das Opfertier, das er nicht bezwingen oder schleppen kann, an einen Abgrund treibt und mit den Flügeln hinunterschlägt, um es drunten besiegt zu finden. Ein Leben, das, so wie es fortrückt, gleich den fortrückenden Gletschern, alte Leichen aufdeckt! So wie der Glückliche seine Liebe eines Individuums wärmend über die Menschheit ausbreitet, so hält der Menschenfeind den stechenden Brenn- oder Frostpunkt seiner weiten Kälte gegen die Menschheit auf *einen* großen Feind allein, indes vorher jede kleinere Beleidigung dem einzelnen vergeben und nur der gesamten Menschheit angeschrieben wurde.

Das war also jene geheime Unterredung, deren Spuren Albano für schönere Bewegungen genommen hatte als des Hasses. »Als du nun« (sagte der Ritter jetzt geradeheraus, um mit der schneidenden Frechheit sein Hochgefühl zu strafen) »die kurz- und dunkelgefaßte Anrede: ›Eine Mutter!‹ hieltest, mußt' ich dich für den Vater nehmen, und daraus magst du leicht das übrige erklären.« – »Vater,« (sagt' er) »das war schreiend unrecht gegen jeden«; und schied mit drei heißen Wunden, vom Dreizack des Schicksals gerissen. Beim Abschiede erinnerte ihn Gaspard, sein Wort der monatlichen Zurückkunft zu halten, und fügte noch scherzend bei: »Der Alte, den man drüben schminke, sei ein deutscher Herr, womit er ehedem wohl den Spaß getrieben, ihn eilig zu bekehren.« [1]

Noch in dieser Stunde reisete Albano mit seinem Dian aus dem erleuchteten Rom. Auf den Höhen und auf der Peterskuppel wogte herunterschwebend der blaue Himmel, und lange Schatten schliefen noch, mit Tauperlen umkränzt, auf den Blumen; aber der selige Morgen war weit zurückgeflohen aus dem harten Tage. Beide begegneten vor dem Tore einer Kreis-Menge, die um einen schönen Ermordeten stand und, statt unwillig über den Mörder, freudig über die Gestalt wiederholte: »Quanto è bello!« [2] – und Albano dachte daran, wie oft man hinter ihm gesagt: »Quanto è bello!« –

Achtundzwanzigste Jobelperiode

Brief aus Pestitz – Mola – die Himmelfahrt eines Mönchs – Neapel – Ischia – die neue Göttergabe

108. Zykel

Ein kleines Licht in unserm Zimmer kann uns gegen das Blenden des ganzen himmelbreiten Blitzes schirmen; so braucht es in uns eine einzige fortleuchtende Idee und Tendenz, damit uns der schnelle Flammen- und Licht-Wechsel von *außen* nicht betäube. Hätte Albano nicht ein weit zu sehendes Ziel, einen Obeliskus in seiner Lebensbahn vor seinem Auge behalten: wie lange würde ihn die letzte Szene mit ihren durcheinandergreifenden Schmerzen verwirret haben! – Jetzt glich er den angezündeten Öl- und Lorbeerblättern um ihn, deren Flammen so gut grünen wie sie selber.

Dian, der fremde Schmerzen wegtrieb, weil er leicht beweglich bald aus einem Zuschauer derselben ein Mitspieler wurde, machte Albano und sich durch seine feurige Teilnahme an jeder schönen Gestalt, an jeder Ruine, an jeder kleinen Freude heiter. Er hatte die schöne seltene Gabe, auf Reisen froh zu sein, jede Blume zu brechen, aber keine Distel; indes der größere Teil mit der Schlafmütze unter dem Hute, von Station zu Station unter dem Fahren gähnend und im murrenden Kriege mit jedem Gesichte, ganze Paradiese wie Vorhöllen durchziehet.

In den leeren pontinischen Sümpfen, worin nur Büffel gedeihen und die Menschen erbleichen, suchte Dian alles und auch seine Brieftasche hervor, um über das letzte Fischwasser des Kirchenstaats aus Petrus-Nachfischern zu

[1] S. Titan I. S. 69.
[2] Wie schön ist er!

kommen, ohne tödlich einzuschlafen. Da stieß er mit einem neu-griechischen Fluch auf einen Brief an Albano, der in einen von Chariton eingeschlossen gewesen und den er in Rom in der Eile der Abreise zu geben vergessen; aber er lachte bald darüber und fand es gut, daß man in diesem »Teufelstal« etwas gegen den Schlaf zu lesen habe.

Es war folgender von Rabette:

»Herzlicher Bruder, man möchte wohl wissen, ob du noch ein bißchen an deine Blumenbühler denkst, da du in dem prächtigen Italien gewiß ganz in deinem Essée bist, daß du in unser aller Herzen lebst, das weißt du längst, und du solltest nur wissen, wie lange wir alle bei deinem Abschied um dich geweinet haben, sowohl die Mutter als ich, und ein Gewisser [1] denkt jetzunder ganz anders von dir als vordem. In diesem Winter fiel viel vor. Die Ministerin hat sich von ihrem Gemahl geschieden und lebt auf ihrem Gute, zuweilen in Arkadien bei der Prinzesse Idoine, unser Fürst ist an der Wassersucht gefährlich krank, und kann der Vater ein Stück Arbeit von der Landschaft dabei kriegen, wie er sagt. Dein Schoppe ist auf ein paar Monate verreiset mit Zurücklassung eines Briefes an dich, den er dem Vater anvertrauet. Er hielt sich letztlich bei uns auf in deiner Stube und besuchte fleißig die Gräfin Romeiro. Es ist schade für ihn, denn er meints gut, aber der Magister Wehmeier und wir alle im Orte sind überzeugt, daß er in kurzen toll wird, und er glaubts auch und sagt, er bestelle deshalb schon sein Haus. Was die Gräfin Romeiro anlangt, so ist sie mit der Prinzeß [2] abgereiset, kein Mensch weiß aber wohin, man sagt, der Fürst hab' ihr zu deutliche attentions bewiesen und sie sei lieber fort nach Spanien. Andere reden von Griechenland, aber mich versichert der Gewisse, sie sei nach Rom zu ihrem Vormund, das wirst du nun besser wissen als ich. Der Gewisse unternahm alles Menschmögliche, sie zu gewinnen, teils durch Briefe, teils selber, umsonst, keinen guten Blick konnt' er erlangen, sooft er sie auch bei cour anredete. Das alles hab' ich (wirst du es glauben?) aus seinem Munde, denn er ist wieder oft bei mir und vertraut mir sein ganzes Herz. Meines aber halt' ich fest zusammen, daß nur kein Blutströpfchen daraus quillt, und Gott allein sieht, wie es darin hergeht und weint. Ach Albano, ein armes Mädchen, das gesund ist, muß viel ausstehen, eh' es sterben kann. Oft kann mein Auge nicht länger trocken bleiben, und ich sage dann, sein Reden tu' es, was doch teils auch wahr ist, dir aber zeig' ich das dessous des cartes. – Nie, nimmer kann ich mehr die Seinige werden, denn er hat nicht redlich an mir gehandelt, sondern ganz ruchlos, und er weiß es auch. Es wird ihm auch kein Kuß gestattet, und ich sag' ihm, er möge das nur nicht um Gottes Willen für eine kokette Manier halten, ihn an mich zu ziehen.

[1] Roquairol.

[2] Julienne.

Die guten Eltern wissen nicht recht, was sie aus unserem Umgang machen sollen, und ich fürchte, der Vater bricht los, dann hab' ich sehr bittere Tage. Aber soll ich das arme kranke blasse Gemüt auch von mir verstoßen, soll die glühende Seele wie Rauch verduftend gen Himmel steigen und sich konsumieren? Wem will nicht das Herz zerspringen, wenn er bei einem Festin ist und sie seinetwegen sogleich beleidigt nach Hause zurückfährt, wie neulich geschah und er mir im vollen Toben sagte: ›Gut, gut, Linda, *einmal* wird dir doch um mich dein Auge naß.‹ Da weiß ich ja, daß er nichts Gutes meint, und ich schone ihn aus Angst davor; sollen denn die zwei Geschwister in ihrer Blüte untergehen? Er wäre ihr längst nachgereiset, wenn er nicht täglich hoffte, sie komme wieder. Ach könnt' ich mein liebendes Herz aus meiner Brust ausreißen und in ihr einsetzen statt des andern, damit sie ihn recht liebte mit meiner ganzen Liebe, Albano, ich wollt' es gerne tun. Das Papier geht aber auf dieser Seite zu Ende, und die Mutter will auf die andere einen Gruß schreiben. Lebe wohl, das wünscht

deine treue Schwester
Rabette.

Wie geht es meinem teuersten Sohn? Ist er glücklich, noch fromm, und gesund? Denkt er seiner treuen Pflegeeltern noch? Das fragt und wünscht im Namen des Vaters und in ihrem eignen

seine treue Mutter
Albine v. W.

P. S. Auch der alte Lehrer Wehmeier grüßet seinen Liebling in fernen Landen; und wir alle freuen uns auf seine Wiederkehr. A.

P. S. Bruder, ich muß auch ein P. S. machen, Schoppe hat die Bewußte gemalt, und auch daraus entstanden Szenen. Aber ein Mehres mündlich. Die Prinzessin Idoine fuhr diesen Winter oft zu unserer. R.«

*

Da Briefe sich mehr nach dem Orte, wo sie geboren, als nach dem, wo sie abgegeben werden, richten: so kommt oft, was als Same abging, schon keimend und mit Wurzeln an nach dem langen Wege und umgekehrt Blüten als trockner Same; und jedes Blatt ist eine Doppelgeburt von zwei fernen Zeiten, der schreibenden und der lesenden. So wurde jetzt Albano unter diesem hellern Himmel, auf diesem Boden einer größern Vorzeit und mit dem Geiste voll neuer Triebfedern weniger von Rabettens Brief, durch welchen die nordischen Winternebel zogen, erreicht und verfinstert. Die redliche Rabette, die linde Albine kamen ihm nur sanft über die fremden Berge und Lüfte nach und legten an seine heiße Stirn die kühlende Hand; sein alter Schoppe stand in alter Würde vor ihm, und Liane schwebte wieder durch das hohe Blau. Gegen den verwitterten Roquairol fühlt' er nicht einmal Mitleid, sondern eine harte Geringschätzung; und Lindas standhafter Sinn war recht nach seinem, wie der stolze Blick und Gang der Römerinnen. Jetzt dacht' er über manches heiterer als sonst und wünschte sogar, einmal jener Heroine ins Zauber-Gesicht zu schauen.

In *Fondi* fing der neapolitanische Weltgarten an, und sie fuhren auf dem Wege nach *Mola* in immer dichtere Blüten und Blumen. In fliegenden Blättern – vielleicht an seinen Vater, noch wahrscheinlicher an seinen Schoppe – sprach sich sein Glück und seine Seele aus; sie bewahrten gleichsam einige entfallne Orangenblüten des schnell durchflognen Edens auf. Hier sind sie:

»Kurz vor Sonnenuntergang kamen wir am Himmelfahrtstag in Mola an, der eingeborne Dian war ebenso überwunden von der grünenden Herrlichkeit, die er lange nicht gesehen, wie ich, und ich glaub' ihm noch nicht, daß es um Neapel schöner blühe und dufte. Ich ging gar nicht in die Stadt, denn die Sonne hing schon gegen das Meer. Um mich quillt der Blumenrauch aus Zitronenwäldern und Jesmin- und Narzissen-Auen – zu meiner Linken wirft der blaue Apennin seine Quellen von Berg zu Berg, und zu meiner Rechten dringt das gewaltige Meer an die gewaltige Erde an, und die Erde streckt den festen Arm aus und hält eine glänzende Stadt [1], mit Gärten behangen, weit ins Wogen-Gewimmel hinein – und ins unergründliche Meer sind hohe Inseln als unergründliche Berge [2] hineingeworfen – tief in Süden und Osten greift ein schimmerndes Nebelland, die Küste von Sorrento, wie ein gekrümmter Jupiters-Arm um das Meer, und hinter dem fernen Neapel steht der Vesuvius mit einer Wolke im Himmel unter dem Mond. ›Fall auf deine Knie, Glückseliger,‹ (sagte Dian) ›vor der kostbaren Weite!‹ O Gott, warum nicht ernstlich es tun? Wer kann denn im Abendscheine das ungeheuere Wellen-Reich anschauen, wie dort das Regen sich in der Ferne stillt und nur glänzt und endlich blau und golden mit dem Himmel verschwebt, und wie hier die Erde das weiche schwebende Feuer mit ihren langen Ländern in einem rosigen festen Erdschatten einschließet, wer kann den Feuerregen des unendlichen Lebens, den webenden Zauberkreis aller Kräfte im Wasser, im Himmel, auf der Erde erblicken, ohne niederzuknien vor dem unendlichen Natur-Geiste und zu sagen: wie bist du mir so nahe, Unaussprechlicher! – O hier ist er in der Nähe und Ferne, die Seligkeit und die Hoffnung schimmert von der Nebel-Küste her, und auch aus den nahen Quellen, die das Gebürge in das Meer heruntergießet, und in der weißen Blüte über meinem Haupt. O rufet denn nicht diese Sonne, von brennenden Wellen umflattert, und das Blau droben und drüben und die erglühenden Menschen-Länder,

[1] Gaeta.

[2] Die Insel Ischia mit dem Berg Epomeo, so hoch wie der Vesuv – Kapri u. s. w.

die Welten in der Welt, rufet nicht diese Ferne das Herz und alle seine stolzen Wünsche heraus? Will es nicht schaffen und in die Ferne greifen und seine Lebensblüte vom höchsten Gipfel des Himmels reißen? Wenn es aber sich umsieht auf seinen Boden, auch da wieder ist der Gürtel der Venus um den blühenden Umkreis geworfen, hell grünet der hohe Myrtenbaum neben seiner kleinen dunkeln Myrte, die Orange schimmert im hohen kalten Grase, und oben duftet ihre Blüte, der Weizen weht mit breiten Blättern zwischen dem Mandel- und Narzissen-Schmelze, und ferne ist die Zypresse und die Palme stolz; alles ist Blume und Frucht, Frühling und Herbst. Soll ich hin, soll ich her, das fragt das Herz in seinem Glück.

So ging mir die Sonne unter die Wellen hinab – die roten Küsten flohen unter ihre Nebel – die Welt erlosch von Land zu Land, von einer Insel zur andern – der letzte Goldstaub auf den Höhen wurde verweht – und die Gebetglocken der Klöster führten das Herz über die Sterne hinauf. –

O wie war meines so froh und so sehnend, zugleich ein Wunsch und ein Feuer, und in meinem Innersten sprach ein Dankgebet fort, dafür, daß ich war und bin auf dieser Erde.

Nie vergess' ich das! Wenn wir das Leben wegwerfen als zu klein gegen unsere Wünsche: gehören nicht diese zu jenem und kamen von ihm? Wenn die bekränzte Erde solche Blüten-Ufer, solche Sonnen-Gebürge um uns zieht, will sie damit Unglückliche einschließen? Warum ist unser Herz enger als unser Auge, warum erdrückt uns eine kaum meilenlange Wolke, die doch selber unter unermeßlichen Sternen steht? Ist nicht jeder Morgen ein Frühlingsanfang und jede Hoffnung? Was sind die dichtesten Lebensschranken anders als ein Rebengeländer, zum Reifen der Weinglut aufgebauet? – Und da das Leben sich immer in Viertel zerhackt, warum sollen es lauter letzte sein, nicht ebensooft erste, auf welche ein vollstrahlender Mond nachfolgt? – O Gott, sagt' ich, als ich durch die grünende Welt zurückging, die am nächsten Morgen eine glühende wird, nie lasse mich deine Ewigkeit irgendeiner Zeit leihen, ausgenommen der seligsten; die Freude ist ewig, aber nicht der Schmerz, denn du hast ihn nicht geschaffen.

›Freund,‹ sagt Dian unterwegs zu mir, da ich ihm meine innigste Bewegung nicht recht verhüllen konnte, ›wie kann Euch erst sein, wenn Ihr nach Neapel zurückschauet etwan auf der Überfahrt nach Ischia! – denn man merkts sehr, daß Ihr in Nordland geboren seid.‹ – ›Lieber,‹ sagt' ich, ›jeder wird *mit* seinem Norden oder Süden gleich geboren, ob *in* einem äußern dazu – das macht wenig.‹«

*

So weit sein Blatt über Mola. Aber eine wunderbare Begebenheit schien ihn über die letzte Versicherung desselben noch diese Nacht beim Worte zu nehmen. Im Hofe des Gasthauses sammelten sich viele Schiffer und andere, alle stritten heftig über eine Meinung, und die meisten sagten immer: »Es ist doch heute Himmelfahrt, und Wunder hat *er* auch getan.« – »Himmelfahrt?« dachte Albano und erinnerte sich seines Geburtstages, der an diesem Feste oft fiel. Dian kam herauf und erzählte lachend, das Volk drunten erwarte die Himmelfahrt eines Mönchs, der sie in dieser Nacht versprochen, und viele glaubten ihm darum, weil er schon ein Wunderwerk getan, nämlich einem Toten auf zwei Stunden die Sprache gegeben vor ganz Mola. Beide wurden eins, das Werk mit anzusehen. Die Menge schwoll an – der versprochene Mensch kam nicht, der sie zu dem Orte der Auffahrt leiten sollte – alles wurde zornig mehr als ungläubig – endlich spät in der Nacht erschien eine Maske und gab mit einem Wink der Hand das Zeichen, ihr zu folgen. Alles strömte nach, auch Albano und sein Freund. Der reine Mond schien frisch aus blauen Lüften, der weite Garten der Gegnd schlief in seinen Blüten, aber alles duftete, die schlummernden und die wachen Blumen.

Die Maske führte die Menge an die Ruinen von Ciceros Haus oder Turm und zeigte aufwärts. Oben auf der Mauer stand ein zitternder Mensch. Albano fand sein Gesicht immer bekannter. Endlich sprach der Mensch: »Ich bin ein Vater des Todes – der Vater des Lebens sei mir gnädig. – Wie es mit mir geht, weiß ich nicht – Unter euch« (setzt' er auf einmal in fremder, nämlich in spanischer Sprache dazu) »steht einer, dem ich auf Isola bella am Karfreitage erschien und den Tod seiner Schwester kundtat; er reise fort nach Ischia, dort trifft er seine Schwester an.«

Ergriffen und ergrimmend mußte Albano diese Worte hören, die Gestalt des Vaters des Todes auf jener Insel sah er jetzt recht klar auf der Ruine; und dessen Versprechen, ihm an einem Karfreitage zu erscheinen, fiel ihm wieder ein. Er suchte sich jetzt an der Ruine hinaufzuarbeiten, um den Mönch zu packen. Ein Molaner rief, da er die fremde Sprache hörte: »Der Mönch spricht mit dem Teufel.« – Der Himmelfahrer sagte nichts darwider – er zitterte heftiger – aber das Volk suchte den, der es gesagt, und schrie: der mit der Maske sei es, denn der sei nicht mehr zu finden. Endlich bat der Mönch bebend, sie möchten still sein, wenn er verschwinde, und für ihn beten und nie seinen Körper suchen. Albano war ihm jetzt, von Dian ungesehen, nahe hinter dem Rücken. Da kam hoch im dunkeln Blau ein Zug Wachteln langsam geflogen. Der Mönch hob sich schnell und wankend auf – zerstreuete die Vögel – rief in dunkler Ferne: »Betet« – und schwand in die weiten Lüfte dahin.

Das Volk rief und jauchzete und betete zum Teil, viele glaubten jetzt, der Teufel sei im Spiel. Unter den Zuschauern lag ein Mensch mit dem Gesicht auf der Erde und rief immer: »Gott sei mir gnädig!« Aber niemand brachte ihn zu einer Erklärung. Dian, heimlich ein wenig übergläubig, sagte: ›hier steh' ihm der Verstand still. Aber Albano erklärte, schon lange zucke und ziehe ein Geister-Komplott an seinem Lebensvorhang, allein irgendeinmal greif' er gewiß glücklich durch den Vorhang durch, und er sei fest entschlossen, sogleich von Neapel nach Ischia überzugehen, um seine Schwester zu suchen. »Wahrlich,« (setzt' er dazu) »in diesem Mutterlande der Wunderphantasie und jeder Größe glaubt man so leicht schöne gebende Wunder des Schicksals, wie in Norden entsetzliche .raubende Wunder der Geister.«

Dian war auch für den frühsten Besuch der Insel Ischia, »weil sonst,« (setzt' er dazu) »wenn Albano in Neapel seine Briefe übergeben hätte und in die Ricevimenti hinein- oder auf den Posilippo und den Vesuv hinaufgeraten wäre, dann kein Wegkommen sein würde.«

Am Tage darauf gingen sie von Mola ab. – Das schöne Meer deckte sich an ihrem Wege auf und zu, und nur der goldne Himmel verhüllte sich nie. Neapels Freudenbecher berauschte schon von fernen mit seinem Dufte und Geiste. Albano warf trunkne Blicke auf die campania felice, auf das Coliseo in Kapua und auf den weiten Garten voll Gärten und sogar auf die rauhe appische Straße, die ihr alter Name sanfter machte.

Aber er seufzete nach der Insel Ischia, diesem Arkadien des Meers und dieser Wunderstelle, wo er eine Schwester finden sollte. Sie konnten nicht eher als Sonnabends in der Vornacht – wenn anders Wachen und glänzendes Leben eine ist, besonders eine welsche Sonnabends-Nacht – in Aversa ankommen. Albano bestand darauf, in der Nacht fortzureisen nach Neapel. Dian wollte noch ungern. Zufällig stand ein schönes, etwan vierzehnjähriges Mädchen im Posthause, sehr betrübt über die verfehlte Post und entschlossen, noch diese Nacht nach Neapel zu gehen, um am heiligen Sonntag noch früh genug nach Ischia zu kommen, wo ihre Eltern waren. »Aus Santa Agata« (sagte sie) »komme sie her, heiße aber nur Agata, und nicht Santa.« – »Wahrscheinlich ihr alter Spaß«, sagte Dian, war aber nun – bei seinem Umschweben jeder schönen Form – selber recht zur Nachtreise aufgelegt, damit man die Schwarzäugige, die freudig und hell in fremdes Augenfeuer blickte, fortbringen könnte. Sie nahm es lustig an und schwatzte vertraut wie ein Naturforscher viel vom Epomeo und Vesuv und weissagte ihnen unzählige Freuden auf der Insel und zeigte überall eine verständige Besonnenheit weit über ihr Alter. Endlich flogen sie alle unter die hellen Sterne in die schöne Nacht hinaus.

109. Zykel

Albano fährt in der Beschreibung seiner Reise so fort:

»Eine helle Nacht ohnegleichen! Die Sterne allein erhellten schon die Erde, und die Milchstraße war silbern. Eine einzige, mit Weinblüten durchflochtene Allee führte der Prachtstadt zu. Überall hörte man Menschen, bald nahes Reden, bald fernes Singen. Aus schwarzen Kastanienwäldern auf mondhellen Hügeln riefen die Nachtigallen einander zu. Ein armes schlafendes Mädchen, das wir mitgenommen, hörte das Tönen bis in den Traum hinab und sang nach und blickte, wenn es sich damit geweckt, verwirrt und süßlächelnd umher, mit dem ganzen Ton und Traum noch in der Brust. Singend rollte auf einem dünnen leichten Wagen mit zwei Rädern ein Fuhrmann, auf der Deichsel stehend, lustig vorüber. – Weiber trugen in der Kühle schon große Körbe voll Blumen nach der Stadt; – in den Fernen neben uns dufteten ganze Paradiese aus Blumenkelchen; und das Herz und die Brust sogen zugleich den Liebestrank der süßen Luft. – Der Mond war hell wie eine Sonne an den hohen Himmel heraufgezogen, und der Horizont wurde von Sternen vergoldet – und am ganzen wolkenlosen Himmel stand die düstere Wolkensäule des Vesuvs in Osten allein. –

Tief in der Nacht nach zwei Uhr rollten wir in und durch die lange Prachtstadt, worin noch der lebendige Tag fortblühte. Heitere Menschen füllten die Straßen – die Balkons warfen sich Gesänge zu – auf den Dächern blühten Blumen und Bäume zwischen Lampen, und die Horen-Glöckchen vermehrten den Tag, und der Mond schien zu wärmen. Nur zuweilen schlief ein Mensch zwischen den Säulengängen gleichsam an seinem Mittagsschlafe. – Dian, aller Verhältnisse kundig, ließ an einem Hause auf der Süd- und Meerseite halten und ging tief in die Stadt, um durch alte Bekannte die Abfahrt nach der Insel zu berichtigen, damit man gerade bei Sonnenaufgang aus dem Meere herüber die herrliche Stadt mit ihrem Golf und ihren langen Küsten am reichsten auffassete. Die Ischianerin wickelte sich in ihren blauen Schleier gegen Mücken und entschlief am schwarz-sandigen Ufer.

Ich ging allein auf und ab, für mich gabs keine Nacht und kein Haus. Das Meer schlief, die Erde schien wach. Ich sah in dem eiligen Schimmer (der Mond sank schon dem Posilippo zu) an dieser göttlichen Grenzstadt der Wasserwelt, an diesem aufsteigenden Gebürg von Palästen hinauf, bis wo das hohe Sant Elmo-Schloß weiß aus dem grünen Strauße blickt. Mit zwei Armen umfassete die Erde das schöne Meer, auf ihrem rechten, auf dem Posilippo, trug sie blühende Weinberge weit in die Wellen, und auf dem linken hielt sie Städte und umspannte seine Wogen und seine Schiffe und zog sie an ihre Brust heran. Wie eine Sphinx lag dunkel das zackige Kapri am Horizont im Wasser und bewachte die Pforte des Golfs. Hinter der Stadt rauchte im Äther der Vulkan, und zuweilen spielten Funken zwischen den Sternen.

Jetzt sank der Mond hinter die Ulmen des Posilipps hinab, die Stadt verfinsterte sich, das Getöse der Nacht verklang, Fischer stiegen aus, löschten ihre Fackeln und legten sich ans Ufer, die Erde schien einzuschlafen, aber das Meer aufzuwachen. Ein Wind von der sorrentinischen Küste trieb die stillen Wellen auf – heller schimmerte Sorrentos Sichel vom Monde zurück und vom Morgen zugleich wie silberne Fluren – Vesuvs Rauchsäule wurde abgeweht, und vom Feuerberg zog sich eine lange reine Morgenröte über die Küste hinauf wie über eine fremde Welt.

O es war der dämmernde Morgen, voll von jugendlichen Ahnungen! Spricht nicht die Landschaft, der Berg, die Küste gleich einem Echo desto mehr Silben zur Seele, je ferner sie sind? – Wie jung fühlt' ich die Welt und mich, und der ganze Morgen meines Lebens war in diesen gedrängt!

Mein Freund kam – alles war berichtigt – die Schiffer angekommen – Agata wurde zur Freude geweckt – und wir stiegen ein, als die Morgenröte die Gebürge entzündete, und aufgebläht von Morgenlüften, flog das Schiffchen ins Meer hinaus.

Ehe wir noch um das Vorgebürg des Posilippo herumschifften, warf der Krater des Vesuvs den glühenden Sohn, die Sonne, langsam in den Himmel, und Meer und Erde entbrannten. Neapels halber Erdgürtel mit morgenroten Palästen, sein Marktplatz von flatternden Schiffen, das Gewimmel seiner Landhäuser an den Bergen und am Ufer hinauf und sein grünender Thron von S. Elmo standen stolz zwischen zwei Bergen, vor dem Meere.

Da wir um den Posilippo kamen, stand Ischias Epomeo wie ein Riese des Meers in der Ferne, mit einem Wald umgürtet und mit kahlem weißen Haupt. Allmählich erschienen auf der unermeßlichen Ebene die Inseln nacheinander wie zerstreuete Dörfer, und wild drangen und wateten die Vorgebürge in das Meer. Jetzt tat sich, gewaltiger und lebendiger als das vertrocknete vereinzelte starre Land, das Wasserreich auf, dessen Kräfte alle, von den Strömen und Wellen an bis zum Tropfen, zusammengreifen und sich zugleich bewegen. – Allmächtiges und doch sanftes Element! Grimmig schießest du auf die Länder und verschlingst sie, und mit deinen aushöhlenden Polypenarmen liegst du an der ganzen Kugel. Aber du bändigst die wilden Ströme und zerschmilzest sie zu Wellen, sanft spielest du mit deinen kleinen Kindern, den Inseln, und spielest an der Hand, die aus der leichten Gondel hängt, und schickst deine kleinen Wellen, die vor uns spielen, dann uns tragen, und dann hinter uns spielen.

Als wir von dem kleinen Nisita vorbeikamen, wo einst Brutus und Kato nach Cäsars Tod Schutzwehr suchten – als wir vor dem zauberischen Baja und dem Zauberschlosse, wo einst drei Römer die Teilung der Welt beschlossen, und vor dem ganzen Vorgebürge vorübergingen, wo die Landhäuser der großen Römer standen, und als wir nach dem Berge von Cuma hinabsahen, hinter welchem Scipio Afrikanus in seinem Linternum lebte und starb: so ergriff mich das hohe Leben der alten Großen, und ich sagte zu meinem Freunde: ›Welche Menschen waren das! Kaum erfahren wir es gelegentlich im Plinius oder Cicero, daß einer von ihnen dort ein Landhaus hat, oder daß es ein schönes Neapel gibt – mitten aus dem Freudenmeer der Natur wachsen und tragen ihre Lorbeern so gut wie aus dem Eismeere Deutschlands und Englands, oder aus Arabiens Sand – in Wüsten und in Paradiesen schlugen ihre starken Herzen gleich fort, und für diese Weltseelen gab es keine Wohnung, außer die Welt. Nur bei solchen Seelen sind Empfindungen fast mehr wert als Taten, ein Römer konnte hier groß vor

Freude weinen! Dian; sage, was kann der neuere Mensch dafür, daß er so spät lebt hinter ihren Ruinen?‹ –

Jugend und Ruinen, einstürzende Vergangenheit und ewige Lebensfülle bedeckten das misenische Gestade und die ganze unabsehliche Küste – an die zerbrochnen Aschenkrüge toter Götter, an die zerstückten Tempel Merkurs, Dianens spielte die fröhliche leichte Welle und die ewige Sonne – alte einsame Brückenpfeiler im Meer, einsame Tempelsäulen und Bogen sprachen im üppigen Lebensglanze das ernste Wort – die alten heiligen Namen der elysäischen Felder, des Avernus, des toten Meers wohnten noch auf der Küste – Felsen- und Tempeltrümmer lagen untereinander auf der bunten Lava – alles blühte und lebte, das Mädchen und die Schiffer sangen – die Berge und die Inseln standen groß im jungen feurigen Tage – Delphine zogen spielend neben uns – singende Lerchen wirbelten sich im Äther über ihre engen Inseln heraus – und aus allen Enden des Horizonts kamen Schiffe herauf und flogen pfeilschnell dahin. Es war die göttliche Überfülle und Vermischung der Welt vor mir, brausende Saiten des Lebens waren über den Saitensteg des Vesuvs und Posilipps herüber bis an den Epomeo gespannt.

Plötzlich donnerte es *einmal* durch den blauen Himmel über das Meer her. Das Mädchen fragte mich: ›Warum werdet Ihr bleich? es ist nur der Vesuv.‹ Da war ein Gott mir nahe, ja Himmel, Erde und Meer traten als drei Gottheiten vor mich – von einem göttlichen Morgensturm wurde das Traumbuch des Lebens rauschend aufgeblättert, und überall las ich unsere Träume und ihre Auslegungen. –

Nach einiger Zeit kamen wir an ein langes, den Norden verschlingendes Land, gleichsam der Fuß eines einzigen Berges, es war schon das holde Ischia, und ich stieg selig-trunken aus, und da erst dacht' ich an das Versprechen, daß ich da eine Schwester finden sollte.«

110. Zykel

Bewegt, gleichsam feierlich betrat Albano das kühle Eiland, es war ihm, als wehten ihm die Lüfte immer die Worte zu: der Ort der Ruhe. Agata bat sie beide, bei ihren Eltern zu wohnen, deren Haus am Ufer, nicht weit vom Vorstädtchen [1], liege. Als sie über die Brücke gingen, die den grünen, mit Häusern umwundenen Fels mit dem Ufer und dem Städtchen zusammenhängt: so zeigte sie freudig im Osten das einzelne Haus. Wie sie so langsam gingen und sich der hohe runde Felsen und die Häuserreihe im Wasser abspiegelte – und wie auf den flachen Dächern die schönen Weiber, welche die Feier-Lampen für den Abend ordneten, zueinander emsig herübersprachen

[1] Borgo d'Ischia.

und wie sie die wiederkommende Agata grüßten und fragten – und wie alle Gesichter so heiter waren, alle Gestalten so zierlich und selbst die ärmste in Seide – und wie die lebendigen Knaben kleine Kastaniengipfel niederzogen – und wie der alte Vater der Insel, der hohe Epomeo, vor ihnen ganz in Weinlaub und Frühlingsblumen gekleidet stand, aus deren süßem Grün nur zerstreuete weiße Lusthäuser beglückter Berganwohner schaueten: so war es Albano, als sei ihm das lästige Gepäcke des Lebens in die Wellen entfallen und die aufrechte Brust sauge weit den kühlen, von Elysium her wehenden Äther ein; – über dem Meere drüben lag die vorige stürmische Welt mit ihren heißen Küsten.

Agata führte beide ins elterliche Haus am östlichen Abhang des Epomeo und rief sogleich im lauten frohlockenden Empfang ebenso laut: »Das sind zwei brave Herren, die ins Haus wollen.« Der Vater sagte sofort: »Willkommen, Exzellenzen! Ihr sollt gern die Zimmer behalten, wenn auch nachher viele Badegäste kommen. Ihr findet nirgends besseres Quartier. Ich war sonst nur ein ›Dreher‹ in der Fayence-Fabrik; aber seit acht Jahren bin ich ein Winzer und kann etwas geben. Wenn war denn irgendein Dezember und März[1] besser als diesmal? Befehlt, Exzellenzen!« – Plötzlich weinte Agata; die Mutter hatt' ihr das Begräbnis der jüngsten Schwester berichtet, zu dessen Feier, nach der Sitte der Insel, heute ein Freuden-Abend angeordnet war, weil man einander zur ewigen seligmachenden Bestätigung einer Kindes-Unschuld durch den Tod Glück zu wünschen pflegte. Der Alte wollte erst recht ins Erzählen eingehen, als Dian seinen Albano bat, nach so langer Seelen- und Körperbewegung schlummern zu gehen bis Sonnenuntergang, wo er ihn wecke. Agata wies ihm sein kühles Zimmer an, und er ging hinauf.

Hier vor dem kühlenden See-Zephyr war das Einschlummern schon der Schlummer, und das nachklingende Träumen schon der Schlaf. Sein Traum war ein unaufhörliches Lied, das sich selber sang: der Morgen ist eine Rose, der Tag eine Tulpe, die Nacht ist eine Lilie, und der Abend ist wieder ein Morgen.

Er träumte endlich sich in einen langen Schlaf hinab. – Spät, im Dunkeln, schlug er verjüngt wie ein Adam im Paradies das Auge auf, aber er wußte nicht, wo er war. – Er hörte fernes süßes Tönen – unbekannte Blütendüfte durchschwammen die Luft – er sah hinaus – der dunkle Himmel war mit goldnen Sternen wie mit feurigen Blüten bestreuet – an der Erde, auf dem Meere schwebten Lichter-Heere, und in tiefer Ferne hing eine helle Flamme mitten im Himmel fest. Ein unbekannter Traum verwirrte noch die wirkliche Bühne mit einer verschwundenen, und Albano ging durch das stille menschenleere Haus fortträumend heraus ins Freie wie in eine Geisterinsel.

[1] Er meint die Traube, die dreimal des Jahres da gewonnen wird, im Dezember, März und August.

Hier zogen ihn Nachtigallen zuerst mit Tönen in die Welt herein. Er fand den Namen Ischia wieder und sah nun, daß das Schloß auf dem Felsen und die lange Dächer-Gasse der Ufer-Sadt voll brennender Lampen stand. – Er ging auf die erleuchtete, von Menschen umlagerte Stelle der Töne zu und fand eine ganz in Freudenfeuern stehende Kapelle. Einer Madonna und ihrem Kinde in der Nische wurde unter dem geschwätzigen Rausche der Freude und Andacht eine Nachtmusik vorgespielt. Hier fand er seine Wirtsleute wieder, die ihn alle im Jubel ganz vergessen hatten, und Dian sagte: »Ich hätt' Euch schon geweckt, die Nacht und die Lust währt noch lange.«

»Hört und seht doch dort den göttlichen Vesuvio, der das Fest so recht gut mitfeiert«, rief Dian, der sich so tief in die Wellen der Freude eintauchte als irgendein Ischianer. Albano sah hinüber nach der hoch im Sternenhimmel webenden Flamme, die wie ein Gott den großen Donner unter sich hatte, und die Nacht hatte das misenische Vorgebürg wie eine Wolke neben dem Vulkan aufgerichtet. Neben ihnen brannten tausend Lampen auf dem königlichen Palaste der nahen Insel Procita.

Indem er über das Meer hinblickte, dessen Küsten in die Nacht versunken waren und das unermeßlich und finster als eine zweite Nacht dahinlag: so sah er zuweilen einen zerfließenden Glanz darüberschweifen, der immer breiter und heller floß. Auch zeigte sich eine ferne Fackel in der Luft, deren Lodern lange Feuer-Furchen durch die flimmernden Wellen zog. Es kam eine Barke näher mit eingezognem Segel, weil der Wind vom Lande ging. Weibliche Gestalten erschienen auf ihr, worunter eine nach dem Vesuv gewandte von königlichem Wuchs, an deren rotem Seidenkleide der Fackelschein lang herunterfloß, das Auge festhielt. Wie sie näher schifften und das helle Meer unter den schlagenden Rudern auf beiden Seiten aufbrannte: so schien eine Göttin zu kommen, um welche das Meer mit entzückten Flammen schwimmt und die es nicht weiß. Alle stiegen in einiger Ferne ans Land, wo bestellte Diener, wie es schien, dazu gewartet hatten, um alles zu erleichtern. Von der langen Gestalt nahm eine kleine, mit einer Doppellorgnette versehene einen kurzen Abschied und ging mit einem ansehnlichen Gefolge fort. Die rotgekleidete zog einen weißen Schleier über das Gesicht und ging, von zwei Jungfrauen begleitet, ernst und einer Fürstin ähnlich, der Stelle zu, wo Albano und die Töne waren.

Albano stand nahe an ihr, zwei große schwarze Augen, mit Feuer gefüllt und mit innigem Ernst auf dem Leben ruhend, strahlten durch den Schleier, der die stolze gerade Stirn und Nase verriet. In der ganzen Erscheinung war für ihn etwas Bekanntes und doch Großes, sie kam ihm als eine Feenkönigin vor, die vorlängst sich mit einem himmlischen Angesicht über seine Wiege lächelnd und begabend hereingebückt und die nun der Geist mit alter Liebe wiedererkennt. Er dachte wohl an einen Namen, den ihm Geister genannt, aber diese Gegenwart schien hier nicht möglich. Sie heftete ihr Auge mit Wohlgefallen und Aufmerksamkeit auf das Spiel zweier Jungfrauen, welche, niedlich in Seide gekleidet, mit Gold-besetzten seidnen Schürzen, zur Tamburine einer dritten anmutig mit verschämt gesenktem Haupte und gesenkten Augen tanzten; die beiden andern, von der Fremden mitgebrachten Jungfrauen und Agata sangen mit italienischer halber Stimme süß zur holden Lust. »Es geschieht alles« (sagte ein alter Mann zur Fremden) »in der Tat zur Ehre der heiligen Jungfrau und des heiligen Nikola.« Sie nickte langsam ein ernstes Ja.

Da stand plötzlich Luna, vom Opferfeuer des Vesuvs umspielet, drüben am Himmel, als die stolze Göttin des Sonnengottes, nicht bleich, sondern feurig, gleichsam eine Donnergöttin über dem Donner des Bergs – und Albano rief unwillkürlich: »Gott, der große Mond!« – Schnell hob die Fremde den Schleier zurück und sah sich bedeutend nach der Stimme wie nach einer bekannten um; als sie den fremden Jüngling lange angeblickt, wandte sie sich nach dem Monde über dem Vesuv.

Aber Albano war von einem Gott erschüttert und von einem Wunder geblendet: er sah hier Linda de Romeiro. Als sie den Schleier hob, strömte Schönheit und Glanz aus einer aufgehenden Sonne; zarte jungfräuliche Farben, liebliche Linien und süße Fülle der Jugend spielten, wie ein Blumenkranz um eine Götterstirn, mit weichen Blüten um den heiligen Ernst und mächtigen Willen auf Stirn und Lippe und um die dunkle Glut des großen Auges. Wie hatten die Bilder über sie gelogen und diesen Geist und dieses Leben so schwach ausgesprochen!

Als wollte die Zeit die glänzende Erscheinung würdig umgeben, so schön spielten Himmel und Erde mit allen Strahlen des Lebens ineinander – liebesdurstig flogen Sterne wie Himmelsschmetterlinge ins Meer – der Mond war über die ungestüme Erdflamme des Vesuvs weggezogen und bedeckte mit seinem zarten Licht die frohe Welt, das Meer und die Ufer – der Epomeo schwebte mit seinen versilberten Wäldern und mit der Einsiedelei seines Gipfels hoch im Nacht-Blau – darneben lebten die singenden, tanzenden Menschen mit ihren Gebeten und ihren Fest-Raketen, die sie in die Höhe warfen. – Da Linda lange über das Meer nach dem Vesuv gesehen: redete sie den stillen Albano, um seinem Ausruf zu antworten und ihr schnelles anblickendes Umwenden nach ihm gutzumachen, selber an: »Ich komme vom Vesuv,« (sagte sie) »aber er ist ebenso erhaben in der Nähe als in der Ferne, was so selten ist.« – Ganz fremd und geistermäßig klang es ihm, daß er diese Stimme wirklich hörte. Mit sehr bewegter versetzt' er: »Aber in diesem Lande ist ja alles groß, sogar das Kleine durch das Große – diese kleine Menschenfreude hier zwischen dem ausgebrannten Vulkan[1] und dem brennenden – alles ist eins und darum recht und so göttlich.« Zugleich an- und weggezogen, ihn nicht kennend, obwohl vorhin von seiner Stimmen-Ähnlichkeit mit Roquairol getroffen, seinen einfachen Worten gern nach-

[1] Die Insel Ischia selber.

denkend, blickte sie länger, als sie merkte, das redliche, aber trotzige und warme Auge des Jünglings an; antwortete nichts, wandte sich langsam ab und sah wieder still den Spielen zu.

Dian, der schon lange die schöne Fremde angesehen, fand endlich in seinem Gedächtnis ihren Namen und kam zu ihr mit der halb stolzen, halb verlegnen Miene der Künstler gegen den Stand. Sie kannte ihn nicht wieder. »Der Grieche Dian,« (sagte Albano) »edle Gräfin!« – Verwundert über des Grafen Erkennung sagte sie zu diesem: »Ich kenne *Sie* nicht.« – »Meinen Vater kennen Sie,« (sagte Albano) »den Ritter von Cesara.« – »O dio!« rief die Spanierin erschrocken, wurde eine Lilie, eine Rose, eine Flamme, suchte sich zu fassen und sagte: »Wie sonderbar! Eine Freundin von Ihnen, die Prinzessin Julienne, ist auch hier.«

Das Gespräch floß jetzt ebener. Sie sprach von seinem Vater und drückte als Mündel ihre Dankbarkeit aus: »Es ist eine mächtige Natur, die sich vor allem Gemeinen bewahrt«, sagte sie, sogleich gegen die vornehme Sitte schon teilnehmend von Personen sprechend. Den Sohn beglückte das Lob auf einen Vater, er erhöhte es und fragte in froher Erwartung, wie sie seine Kälte nehme.

»Kälte?« – (sagte sie lebhaft) »das Wort hass' ich recht; wenn einmal ein seltener Mensch einen ganzen Willen hat und keinen halben und auf seiner Kraft beruht und nicht wie ein Schaltier sich an jedes andere klebt: so heißet er kalt. Ist die Sonne in der Nähe nicht auch kalt?« – »Der Tod ist kalt,« (rief Albano sehr bewegt, weil er oft selber mehr Kraft als Liebe zu haben glaubte) »aber eine erhabene Kälte, eine erhabene Qual kann es wohl geben, die mit Adlersklaue das Herz in die Höhe entführt, aber es zerreißet mitten im Himmel und vor der Sonne.«

Sie sah ihn groß an: »Ihr sprecht ja wie ein Weib,« (sagte sie) »das allein hat ohne die Macht der Liebe nichts zu wollen und zu tun; aber es war artig.« – Dian, zu allgemeinen Betrachtungen verdorben und nur zu individuellen tüchtig, unterbrach sie mit Fragen über einzelne Kunstwerke in Neapel; sie teilte sehr offen ihre eigentümliche Ansicht mit, obwohl ziemlich entscheidend. Albano dachte zuerst an seinen zeichnenden Freund Schoppe und fragte nach ihm; »bei meiner Abreise« (sagte sie) »war er noch in Pestitz, ob ich gleich nicht begreife, was ein so ungemeines Wesen da will – es ist ein gewaltiger Mensch, aber verworren und nicht klar. Er ist sehr Ihr Freund.« – »Was macht« (fragte Dian halb scherzend) »mein alter Gönner, der Lektor Augusti?« – Sie antwortete kurz und fast über dessen vertrauliches Fragen empfindlich: »Es geht ihm gut am Hofe. – Wenigen Naturen« (wandte sie sich, über Augusti fortfahrend, an Albano) »geschieht so viel Unrecht des Urteils als solchen einfachen, kühlen, konsequenten wie der seinigen.« Albano konnte nicht ganz Ja sagen; aber er erkannte in ihrer Achtung für die fremdeste Eigentümlichkeit froh die Schülerin seines Vaters, der ein Gewächs nicht nach der glatten oder rauhen Rinde, sondern nach der

Blüte schätzte. Nie zeichnet der Mensch den eignen Charakter schärfer als in seiner Manier, einen fremden zu zeichnen. Aber Lindas hohe Offenherzigkeit dabei, die feingebildeten Weibern so oft abgeht als kräftigen Männern Feinheit und Hülle, ergriff den Jüngling am stärkesten, und er glaubte zu sündigen, wenn er nicht seine große natürliche gegen sie verdoppelte.

Sie rief ihre Jungfrauen zum Fortgehen. Dian ging fort: »Diese sind mir nötiger,« (sagte sie zu Albano) »als sie es scheinen.« Sie habe nämlich, erzählte sie, etwas von der Augenkrankheit[1] vieler Spanierinnen, nachts unendlich kurzsichtig zu sein. Er bat, sie begleiten zu dürfen, und es geschah; er wollte sie führen ihrer Anmerkung wegen, sie verbats.

Unter dem Gehen stand sie oft still, um nach der schönen Flamme des Vesuvs zu blicken. »Er steht« (sagte Albano) »in diesem Hirtengedicht der Natur als eine tragische Muse da und hebt alles wie ein Krieg die Zeit.« – »Glauben Sie das vom Krieg?« sagte sie. – »Entweder große Menschen« (versetzte er) »oder große Zwecke muß ein Mensch vor sich haben, sonst vergehen seine Kräfte, wie dem Magnet die seinigen, wenn er lange nicht nach den rechten Welt-Ecken gekehrt gelegen.« – »Wie wahr!« (sagte sie) – »Was sagen Sie zu einem gallischen Krieg?« – Er bekannte seinen Wunsch für dessen Entstehung und die eigne Teilnahme daran. Er konnte, sogar auf Kosten seiner Zukunft, gegen sie nichts sein als offenherzig. »Selig seid ihr Männer,« (sagte sie) »ihr grabt euch durch den Lebens-Schnee durch und trefft endlich die grüne Saat darunter an. Das kann keine Frau. Ein Weib ist doch ein dummes Ding der Natur. Ich ehre ein paar Häupter der Revolution, besonders das politische Kraft-Ungeheuer, den Mirabeau, ob ich ihn gleich nicht liebhaben kann.«

Unter diesen Reden stiegen sie am Epomeo auf. Agata begleitete die beiden Gespielinnen ihrer frühern Zeit mit voller Zunge und hungrigem Ohre für so viele gegenseitige Neuigkeiten. Da er jetzt neben der schönen Jungfrau ging und zuweilen in das Angesicht blickte, das durch die geistige Kraft noch schöner wurde, zugleich Blume, Blüte und Frucht, statt daß sonst umgekehrt der Kopf durch das Gesicht gewinnt: so richtete er strenge über sein bisheriges Betragen gegen dieses edle Wesen; ob er gleich wie sie aus Zartheit über das bisherige Gaukelspiel mit ihrem Namen so wie über das Wunder des heutigen Begegnens schwieg. – Still gingen sie in der seltnen Nacht und Gegend. Auf einmal blieb sie auf einer Höhe stehen, um welche der Brautschatz der Natur nach allen Seiten in Bergen aufgehäufet war. Sie blickten im Glanze umher, der Schwan des Himmels, der Mond, wogte fern vom Vesuve im hohen Äther – die Riesenschlange der Erde, das Meer, schlief fest in ihrem von Pol zu Pol reichenden Bette – die Küsten und Vorgebürge

[1] Taggesicht (Hemeralopie) ist gewöhnlich in heißen Ländern; der stärkste Grad ist, nachts sogar gegen Licht blind zu sein und erst am Morgen wieder sehend.

dämmerten nur wie Mitternachtsträume – Klüfte voll Baumblüten flossen über von ätherischem Tau aus Licht, und unten in Tälern standen finstere Rauchsäulen auf heißen Quellen und verwallten oben in Glanz – hoch lagen überall erleuchtete Kapellen und tief um das Ufer dunkle Städte – die Winde standen still, die Rosendüfte und die Myrtendüfte zogen allein – weich und lau umfloß die blaue Nacht die entzückte Erde, um den warmen Mond wich der Äther aus, und er sank liebestrunken mitten aus dem Himmel immer größer auf den süßen Erdenfrühling herein – der Vesuv stand jetzt ohne Flamme und ohne Donner, weiß von Sand oder Schnee, in Morgen – im dunklern Blau waren die Goldkörner der feurigen Sterne weit auseinandergesäet. – –

Es war die seltene Zeit, wo das Leben den Durchgang durch eine überirdische Sonne hat. Albano und Linda begegneten sich mit heiligen Augen, und die Blicke löseten sich wieder sanft auseinander; sie schaueten in die Welt und in das Herz und sprachen nichts aus. Linda kehrte sich sanft um und ging still weiter.

Da rief auf einmal eines der nachgehenden geschwätzigen Mädchen aus: »Es kommt wahrlich ein Erdbeben, ich fühl' es recht, gute Nacht!« – Es war Agata. »Gott geb' eines«, sagte Albano. »O warum?« sagte Linda eifrig, aber leise. – »Alles, was die unendliche Mutter will und gibt, ist mir heute kindlich-lieb, sogar der Tod – gehören wir nicht mit zu ihrer Unsterblichkeit?« sagt' er. – »Ja, das darf in der Freude der Mensch fühlen und glauben, nur im Schmerze sprech' er nicht von Unsterblichkeit, in solcher Seelenohnmacht ist er ihrer nicht würdig.«

Albanos Geist stand hier von der Fürstenbank auf, um die hohe Verwandte zu grüßen, und sagte: »Unsterbliche! und wär' es sonst niemand!« Sie lächelte still und ging fort. Sein Herz war ein beschriebenes Asbestblatt, ins Feuer geworfen, brennend, nicht verbrennend, das ganze vorige Leben losch weg, das Blatt glänzte feurig und rein für Lindas Hand.

Als sie die letzte Anhöhe erreichten, worunter Lindas und Juliennens Wohnung lag, und sie nebeneinander zur Trennung standen, da rief plötzlich unten das Mädchen: »Ein Erdbeben!« – Aus der Hölle heran rollte ein Donnerwagen in den unterirdischen Wegen – ein breiter Blitz schlug die Flügel am reinen Himmel unter den Sternen auf und zu – die Erde und die Sterne zitterten, und aufgeschreckte Adler flogen durch die hohe Nacht. – Albano hatte die Hände der wankenden Linda ergriffen. Ihr Angesicht war vor dem Monde zu einer blassen Götter-Statue aus Marmor verblüht. Es war schon vorbei; nur einige Sterne der Erde schossen noch aus dem festen Himmel ins Meer, und wunderbare Wolken zogen unten ringsherum auf. »Bin ich nicht recht furchtsam?« sagte sie weich. Albano schauete ihr lebendig und heiter wie ein Sonnengott im Morgenrot ins Angesicht und drückte ihre Hände. Sie wollte sie heftig wegziehen. »Gib sie mir ewig!« sagte er heftig. – »Kühner Mensch,« (sagte sie verwirrt) »wer bist du? – Kennst du mich? – Wenn du bist wie ich, so schwöre und sage, ob du immer wahr gewesen!« – Albano sah gen Himmel, sein Leben wurde gewogen, Gott war nahe bei ihm, er antwortete sanft und fest: »Linda, *immer*!« – »Ich auch!« sagte sie und neigte schamhaft das schöne Haupt an seine Brust, hob es aber sogleich wieder auf mit den großen feuchten Augen und sagte schnell: »Gehen Sie jetzt! Früh morgens kommen Sie, Albano! Addio, addio!« –

Die Mädchen kamen herauf, Albano ging hinab, die Brust gefüllt mit Lebenswärme, mit Lebensglanz – die Natur wehte mit frischern Düften aus den Gärten her – das Meer rauschte unten wieder, und auf dem Vesuv brannte eine Amors-Fackel, ein Freudenfeuer – durch den Nacht-Himmel zogen noch einige Adler nach dem Mond wie nach einer Sonne – und an das Himmels-Gewölbe war die Himmelsleiter aus goldnen Sprossen von Sternen gelehnt.

Da Albano so einsam in der Seligkeit ging, aufgelöset in die Wonne der Liebe, in den Duft der Täler, in den Glanz der Höhen, träumend, schwebend: so sah er Zugvögel über das Meer gegen den Apennin nach Deutschland fliegen, wo Liane gelebt. »Heilige droben,« (rief sein Herz) »du wolltest dies Glück, erscheine und segne es!« Unerwartet stand er vor einer Kapellen-Nische, worin die heilige Jungfrau stand. Der Mond verklärte die blasse Statue – die Jungfrau belebte sich unter dem Glanze und wurde Lianen ähnlicher – er kniete hin, und heiß gab er Gott die Dankgebete und Lianen die Tränen. Als er aufstand, girrten in Träumen Turteltauben und schlug eine Nachtigall, die heißen Quellen dampften schimmernd, und er hörte das frohe Singen der fernen Menschen herauf.

Neunundzwanzigste Jobelperiode

Julienne – die Insel – Sonnenuntergang – Neapel – Vesuv – Lindas Brief – Streit – Abreise

111. Zykel

Nach einer langen Nacht wehte der frische Morgen, wo Albano die Schätze des seligsten Traums, die vom Monde geöffneten Blumen des Glücks, vor der Sonne wiederfinden sollte. Ihm jauchzete das Leben, da er die gestrigen Höhen, die vom Firniß des Lichtes überzogen glänzten, wieder bestieg; nicht zu einem Rosenfest, sondern zu allen Blumen- und Erntefesten auf einmal, zu Myrten- und Lilienfesten, zu Ährenlesen und Blütenlesen ging die Sonne über den glücklichen Boden hervor, und wie ein Pfau mit seinem schleppenden Regenbogen in einen Blütenbaum hineinfliegt, so hob sich der junge Tag farbenschwer und mit Gärten beladen und voll Widerscheine auf die blauen Höhen und lachte kindlich in die Welt. – Albano sah jetzt von seiner Höhe unten das Zauberschloß, worein sich gestern die mächtige Zauberin verloren.

Er kam unten an. Ein singendes Mädchen auf dem blumenvollen Dache, das auf ihn gewartet zu haben schien, zeigte, unter dem Fortsingen sich herüberbeugend, ihm das nahe Zimmer unter ihr, in das er gehen sollte. Er trat hinein; es war einsam – durch die Fenster aus geöltem Papier quoll ein wunderliches Morgenlicht – auf die hölzerne Stubendecke waren Figuren aus dem Herkulanum gemalt – in einer kampanischen Vase standen gelbe Schmetterlingsblumen und Myrtenblüten und zogen einen süßen Duftkreis um sich her. Die sonderbare Umgebung umschloß ihn immer enger, da er gar einige Bilder und Geräte fand, die ihm bekannt vorkamen. Endlich erblickte er bestürzt auf dem Tische einen halben Ring. – Er nahm seinen halben hervor, den er im gotischen Zimmer in jener Geisternacht von der angeblichen Schwester bekommen und den er für den Zufall der Vergleichung immer bei sich trug. Er drückte die Halbzirkel ineinander – plötzlich schlossen sie einfassend sich zu einem festen Ringe zu – Gott! dacht' er, was greift wieder ins Leben! –

Da wurde hastig die Tür geöffnet, und die Prinzessin Julienne eilte lächelnd und weinend herein und rief, ihm zufliegend: »O mein Bruder! mein Bruder!« – »Julienne,« (sagt' er ernst und innig) »bist du endlich meine Schwester wirklich?« – »O lange genug ist sie es«, versetzte sie und sah ihn zärtlich und selig an und lächelte ins Weinen. Dann umarmte sie ihn wieder und sah ihn wieder an und sagte: »Du schöner Albano-Bruder! – So lange bin ich wie ein Mond um dich herumgezogen und mußte kälter und weiter bleiben wie er; und will ich dich auch ausnehmend liebhaben, so recht zurücklieben und vorwärts dazu!« – »Allmächtiger!« (brach Albano weinend aus, da er sich so plötzlich von einem gebenden Arm aus der Wolke umschlungen fand) »das alles gibst du mir auf einmal jetzt?« – »Ach,« (rief Julienne lebhaft) »weint' ich nur auch vor lauter Freude! Aber ich esse mein bitteres Stück Schmerz mit dazu! Lieber Bruder, Luigi schreibt mir gestern aus Pestitz, ich sollte zurückeilen, sonst erleb' er schwerlich meine Wiederkunft. Dacht' ich das bei der Abreise? So soll ich, was ich mit der einen Hand einnehme, mit der andern ausgeben.« Albano schwieg dazu, weil er am Fürsten keinen Anteil nehmen konnte. Desto mehr erquickt' er sich mit frischer klarer Freude am offnen wehenden Orient der frühesten Lebenstage, an dem Blicke auf diese junge reine Blume, die gleichsam in und aus der hellen frischen Quelle seiner Kindheit wuchs und spielte.

»Aber Himmel! erkläre mir,« (fing Albano an) »wie alles zuging.« – »Jetzt, weiß ich, hebt das Fragen an« (versetzte sie) – »Die ostensible Hauptsumme sollst du kurz haben – fragst du nach mehr, willst du ins Geheimbuch gucken, so schlag' ichs zu und sage dir einige Lügen vor. Im nächsten Oktober, wohl eher, kommt alles ans Licht. Zu allererst! Meine Mutter war und bleibt wahrlich rein und heilig bei dieser Verwandtschaft, bei dem allmächtigen Gott!« –

»Welch ein Rätsel!« (sagt' er) »bist du die Tochter meines Vaters? Ist Luigi mein Bruder? Ist meine tote Schwester Severina deine Schwester?« fragt' er.

Julienne. Frage den Oktober!

Albano. Ach Schwester!

Julienne. O Bruder! Traue der Tochter Melchisedeks. Ferner: ich war wohl die erscheinende Schwester, die der Mensch mit dem kahlen Kopfe dir in Lilar zuführte; ich konnte nicht, ich mußte dich haben, eh' du ins Ausland entflogst. Das Alter, das ich damals im Spiegel hatte, war, wie du siehst, nur vom Kunstspiegel [1] gemacht.

Albano. Wahrlich, ich dachte damals an niemand als an dich. Nur wie kommt ein Mensch wie der Kahlkopf und wie der Vater des Todes – der mir so unbegreiflich in Mola vorausgesagt, daß ich dich finden würde – –

Julienne. Das ist unmöglich – Meinen Namen nannt' er?

Albano. Bloß dieser fehlte. Der Pater ist übrigens nach aller Wahrscheinlichkeit mit dem Kahlkopf *ein* Mensch. Er fuhr dabei gen Himmel.

Julienne. Da bleib' er ja und der andere mit. Geht und ficht mich oder dich dieser dunkle Zauber-Bund etwas an, der in seinen falschen Wundern bisher immer durch seltsame wahre unterbrochen wurde? Ich kam damals in Lilar unschuldig dazu und verhütete vielleicht etwas Fürchterliches.

Albano. Bei Gott, ich muß fragen. Was ist denn sein Zweck, wer sein Leiter, sein Oberer? –

Julienne. Vermutlich der Vater der Gräfin, denn er lebt noch unbekannt und ungesehen, hör' ich, obgleich dein Vater Vormund ist. Erstaune, wenn du zu Hause bist, und lasse die Rätsel, die sich ja für uns beide schon so freudig entwickeln, und erwarte die Oktobertage.

Albano. Aber eins, geliebte Schwester, versage mir doch nicht, ein klares Wort über mein und dein wunderbares Verhältnis zur edlen Gräfin! Nur das!

Julienne. Hat dirs denn schon mein Herz versagt? – Die Herrliche! – Wohl ihr und mir und dir! Dein erstes Wort der Liebe – die Götter setzten dies nun so fest – sollte das Merkwort zu dem meinigen an dich werden, erst von der Geliebten durftest du die Schwester empfangen. Was Gaukler und Geister dazu und davon taten, das weiß niemand besser als der – Oktober; was soll ich erst lange zwischen Lügen und Meineid auslesen? Ich tat bloß alles, euch beide nur voreinander hinzustellen; das Übrige wußt' ich voraus. Nichts gelang – lauter erwürgender Wirrwarr – alles ging bergan – ich sah teuere Menschen [2] in einem unseligen Frühling entsetzliche Schmer-

[1] Es gibt metamorphotische Spiegel, die junge Gesichter veraltet darstellen.

[2] Ihn und Liane.

zen säen und dabei so voll Hoffnungen lächeln und konnte ihre unglücklichen Hände nicht halten – ich, die so gewiß allen Jammer vorauswußte.« – »O du fromme reine Seele droben!« sagte sie auf einmal mit zitternder Lippe zum Himmel hinauf – die Geschwister umfaßten sich sanft und weinten still über das unschuldige Opfer.

»Nein,« (sagte Albano sehr warm) »kein Höllenbund konnte uns scheiden, wäre sie nur bei mir geblieben oder doch auf der Erde.« – »Sieh, Albano,« (sagte Julienne, ihre frohern Lebensgeister wieder zusammenrufend, und öffnete alle dunkele Fenster) »wie der Morgen-Hügel auf und ab prangt und wallet! – Lasse mich ausreden! Recht zum größten Glück erfuhr ich im Winter, daß du nach Neapel gedächtest. Linda war schon einmal dagewesen, und ihre Mutter in den hiesigen Bädern. ›Mir,‹ (sagt' ich zu ihr) ›täten Ischias Bäder so wohl als einer, reise mit, den tristen Vormund in Rom wollen wir gar nicht berühren und besuchen.‹ Sie willigte leicht ein. Deiner wurde natürlich nicht gedacht, vorher aber oft genug in Briefen und sonst, wo ich dich immer unmäßig lobte. – Und nun nous voici donc! – Gestern erhielt ich in Neapel den traurigen Brief meines Bruders. Von deiner Ankunft wußt' ich noch nichts. Ich ließ die Gräfin allein zu deinem Ton-Fest gehen und eilte mit dem schweren Herzen heim. Da sie freudig kam, tat sie ihres auf und sagte mir alles – und dann ich ihr alles. – Ach, gottlob,« (setzte sie, ihm an den Hals fallend, dazu) »daß wir nun endlich im Elysium ausgestiegen sind und daß uns der morsche Charons-Kahn nicht hat ersaufen lassen. – Aber für ganz Europa, auch für deinen Dian, bleibet auf unserer Verwandtschaft das Sekretsinsiegel daran, merke!« Er mußte noch einige Fragen tun; sie antwortete immer aufgeweckt: »Der Oktober, der Oktober!« bis sie auf einmal, wie erwachend, ausrief: »O wie kann ich das so lustig sagen?« aber ohne sich darüber zu erklären.

»Jetzt will ich dich, wie ichs bisher machte, zur Gräfin bringen, aber über einen kürzeren Weg!« sagte sie, nahm seine Hand, führte ihn hinaus, öffnete das Zimmer gegenüber, wo Linda wohnte, und sagte: »Ich stelle dir meinen Bruder vor.« Hoch errötend ging ihnen die edle Gestalt entgegen und umarmte ohne ein Wort die liebe Freundin. Als ihr Auge Albano wiederfand, wurde sie so betroffen, daß sie die Hand zurückzuziehen suchte, die er küßte; denn sie hatte gestern kaum nur dämmernd sein schönes Auge und seine edle Stirn und den Mund der Liebe gesehen; und dieser blühende Mensch stand, von doppelter Rührung beseelt, so hell und still und ernst vor ihr, voll edler, rechter Liebe. Ihr Herz wäre gern an seines gefallen; wenigstens ihre Hand gab sie ihm in seine wieder und wünschte ihm Glück zu diesem Morgen. Die nahe Antwort: »Und zum gestrigen Abend« konnt' er nicht über die Lippe bringen, aus eigner verschämter Scheu, Lob zu geben wie zu nehmen. »Endlich ist der dritte Mann zum Reise-Kollegium gefunden« (sagte Julienne) – »Denn du mußt in einigen Tagen gleich fort, nach Pestitz mußt du mit, Albano.« – »Ich mit, Schwester?« (sagt' er) »ich wollte einen Monat bleiben, in einige Tage aber ist der Besuch des Vesuvs, Herkulanums und Neapels zusammengedrängt.« – Er wunderte sich nachher selber über den süßen Gehorsam unter die schönen Befehle der Liebe, da er sonst zu sagen pflegte: »Befiehl mir, zu befehlen: so gehorch' ich nicht.« – »Ich begleite meine Freundin,« (sagte Linda) »so gern ich nach Griechenland gegangen wäre, dem ich schon zweimal so nahe bin.« –

»Noch in dieser Nacht flieg' ich fort,« (sagt' er) »ich will nur wachen, sehen, leben, lieben.« Julienne fing schon mit Schwester-Sorgen für seine Gesundheit und seine Zwecke an – geteilt zwischen zwei Brüder, hätte sie sich gern, wär' es nur möglich, beiden zugleich geopfert. – »Ischia hat der gute Mensch auch noch nicht genossen,« (sagte sie) »das muß er heute haben.«

Albano fühlte bei dieser neuen weiblichen Liebe, das Weib sei das Herz in der schönsten Gestalt. In ihm klang ein Freudenlied: welch ein Tag liegt vor dir, und welche Jahre! – Vom Überhang der doppelten Liebes-Blüten süß umschlungen und eingesponnen, sah er das Leben und die Erde voll Duft und Licht – über den Morgentau der Jugend war nun eine Sonne heraufgeführt, und die dunkeln Tropfen strahlten durch alle Gärten hinauf und hinab.

Er warf endlich einen Blick auf den Ort, der ihn umgab; Niobes Gruppe, der Genius von Turin, Amor und Psyche standen abgegossen da, aus dem Kabinette eines Künstlers in Neapel entlehnt – die Wände waren mit seltenen Gemälden geschmückt, worunter der – niesende Schoppe war. Dieser allein drang mit der nordischen Vergangenheit heftig in sein erweichtes Herz, und er sagte der Geliebten sein Gefühl. »Sie ziehen« (sagte sie) »der Kunst die Freundschaft vor, denn das Porträt ist das Schlechteste in meiner Sammlung; aber das Original verdient wohl alle Achtung.«

Sie ging ins Kabinett und holte ein Miniaturbild von sich selber, das sie nach türkischer Sitte darstellt, eingeschleiert und nur *ein* Auge aufgedeckt. Wie neben der Schleier-Dämmerung das offne Seelen-Auge lebendig blickte und traf! Wie die Flamme ihrer Macht die Hülle der Milde durchbrannte! – Linda nannte den Meister des herrlichen Bildes, eben diesen Schoppe, und setzte dazu: er habe gesagt, hier müsse der Meister aus Gegengefälligkeit selber ein Werk loben, das ihn so parteiisch und kräftig lobe wie noch kein anderes Werk von ihm. Sie erklärte diese Verschiedenheit seines Pinsels aus einer Ursache, die er ihr selber fast wörtlich gesagt: er habe nämlich in seiner frühesten Jugend ihre Mutter so lange geliebt, als er sie gesehen, und hernach niemand weiter, und darum hab' er, da sie ihr ähnlich sei, sie con amore gemalt und wirklich etwas zu leisten gesucht.

»O redlicher alter Mensch!« sagte Albano und konnte sich kaum der Tränen aus Augen, die so oft glücklich waren, erwehren; aber nur aus heiligem Freundschafts-Schmerz. Denn es fuhr nun durch ihn – wie ein Wetterstrahl durch den hellsten Himmel – die durch alles, durch Schoppens

Tagebuch und Lindas Worte und Rabettens Brief gewisse Vermutung, daß Linda die Seele sei, die der sonderbare Mensch verborgen geliebt. Ein scharfer Schmerz schnitt eilig, aber tief durch seine Stirn; und er überwand sich bloß durch seine jetzige jüngere Frische des Geistes, durch neu gesammelte Kraft und Gewalt und durch den freien Gedanken, daß ein Freund dem Freunde wohl und leicht die *Geliebte*, aber nicht die *Liebende* geben und opfern könne und dürfe.

Julienne sagte: »Ein Wunder ists nur, daß der Bruder zwischen zwei solchen Phantasten – wie dieser Schoppe und Roquairol – nicht selber einer geworden.« Ein flüchtiger Krieg brach aus. Linda sagte: »Schoppe ist nur eine südliche Natur im Kampfe mit dem nordischen Klima.« – »Eigentlich mit dem Leben selber«, sagte Albano. Julienne blieb dabei: »Ich liebe überall Regel im Leben; bei beiden ist man nie ruhig und à son aise, sondern nur à leur aise.« Sie fragte ihn geradezu über Roquairol. »Er war einmal mein Freund, und ich spreche nicht mehr von ihm«, sagt' Albano, dem des zernichteten Lieblings folternde Liebe gegen Linda und selber dessen Verwandtschaft mit Liane die Zunge band. Linda ging mit dem bloßen Urteile eines überspannten Schwächlings leicht und ohne besonderes Gedenken seiner Liebe gegen sie oder ihres Abscheues vor ihm darüber hin; sie vergaß in der Ferne ebenso kalt jeden, der ihrem Innern widrig war, als sie in der Nähe ihn heftig davonstieß.

Julienne entfernte sich, um die Anstalten zur kleinen Tag- und Inselreise zu treffen. Albano schickte ein Blatt an Dian als Marschroute nach Neapel; Linda sagte über Julienne: »Ein tief- und festgegründetes Gemüt!« – »Das Stamm und Zweige nur in lauter kleine duftende Blüten einhüllt«, setzt' er hinzu. – »Und gerade, was sie in Büchern und Gesprächen hasset, die Poesie, die treibt sie recht in Taten. Individualität ist überall zu schonen und zu ehren als Wurzel jedes Guten. – Sie sind auch sehr gut«, setzte sie mit sanfter Stimme dazu. »Wahrlich, jetzt bin ichs,« (sagt' er) »denn ich liebe recht; und nur ein vollendetes Wesen kann man recht lieben und ganz uneigennützig!« –

So muß das Sonnenbild vollendet und rund auffallen, um zu brennen. »Oder eines, das man dafür hält« (sagte sie) – »Ich bin, was ich bin, und werde schwerlich anders. Wenn nur der Mensch einmal einen Willen hat, der durch das Leben geht, nicht von Minute zu Minute, von Mensch zu Menschen wechselt – das ist die Hauptsache.« – »Linda,« (rief Albano) »ich höre meine Seele – es gibt Wörter, welche Taten sind; Ihre sinds.« Wenn sie so ihre Seele aussprach, verschwand vor seinem bezauberten Geiste die schöne Gestalt, wie die goldne Saite verschwindet, wenn sie zu tönen anfängt. Von der Vergangenheit verwundet und bestraft für seine oft harte Kraft, hauchte er – ob ihn gleich jetzt das Leben, die Welt und selber das Land kühner, heller, fester und heißer gemacht – die *unisonen* Äolssaiten dieser *vieltönigen* Seele nur mit leisem Atem an. Aber wie mußte sie ein Mann bezaubern, zugleich so mächtig und so zart – ein sanftes Sternbild aus nahen Sonnen – ein schöner Kriegsgott mit der Lyra – eine Sturmwolke voll Aurora – ein mutiger, heißer Jüngling, der so redlich dachte! – Aber sie sagte es nicht, sondern liebte bloß wie er.

Er warf einen zufälligen Blick auf ihre kleine Tisch-Bibliothek. »Lauter Franzosen!« sagte sie; er fand den Montaigne, das Leben der Guyon, den Contrat social und zuletzt Madame Staël: »Sur l'influence des passions«. Er hatte diese gelesen und sagte, wie ihm die Artikel über die Liebe, die Parteien und die Eitelkeit unendlich gefallen und überhaupt ihr deutsches oder spanisches Feuerherz, aber nicht ihre französische kahle Philosophie, am wenigsten ihre unmoralische Selbstmordsucht. – »Lieber Gott,« (rief Linda) »ist nicht das Leben selber ein langer Selbstmord? – Albano, alle Männer sind doch irgendwo Pedanten, die guten in der sogenannten Moralität, und Sie besonders – Kantische Maximen, breite weite Fächer, Prinzipien müssen sie alle haben. – Ihr seid alle geborne Deutsche, recht deutsche Deutsche, Sie auch, Freund. Hab' ich recht?« setzte sie sanft dazu, als begehre sie ein Ja.

»Nein!« (sagte Albano) »Sobald einmal ein Mensch etwas recht ernstlich und ausschließend treibt und verlangt: so heißet er ein Phantast oder Pedant.« – »O die ewigen Leser und Leserinnen!« rief Julienne, hereintretend, über sein Buch in der Hand aus. »Nie hat die Prinzessin eine Vorrede und eine Note gelesen,« (sagte Linda) »wie ich noch keine weggelassen.« – Weiber, die Vorreden und Noten lesen, sind bedeutende; bei Männern wäre höchstens das Gegenteil wahr. – »Wir können reisen, alles ist fertig«, sagte Julienne.

112. Zykel

Wie wehte draußen – als sie in die festliche Welt kamen – das kühle Himmelsblau herab statt der Erdenlüfte! Wie glänzte die Welt und der Tag – und die Zukunft! Wie schäumte im Lebenskelche der Liebestrank, für jeden der drei Menschen aus zwei berauschenden Mitteln gemacht, glänzend über! –

Sie folgten dem Wege nach dem Gipfel des Epomeo, aber in ausweichender Freiheit und in einem Wechsel der Natur, der nirgends weiter auf der Erde so ist. Sie begegneten Tälern mit Lorbeern und Kirschen, mit Rosen und Primeln zugleich. – Es kamen kühle Schluchten, mit reifen Orangen und Äpfeln ausgefüllt, neben heißen Felsen von Aloe und Granaten, und an die Gipfel des Kirsch- und Apfelbaums rührten oben die Wein- und Orangenblüten. – In den blühenden Klüften schlugen sichere Nachtigallen, und aus den Ritzen schossen giftlose Schlangenköpfe ans Licht – Zuweilen kam ein Kloster in einem Zitronenwäldchen, zuweilen ein weißes Haus am Weingarten, bald eine kühle Grotte, bald ein Kohlgarten neben rotem Klee, bald eine kleine Aue voll weißer Rosenblumen und Narzissen, und überall ein Mensch, der singend, tanzend und anredend vorüberging. – Wechselnd deckten Höhen und Gärten das Land und das Wasser auf und zu, und lange schimmerte oft das weite ferne Meer und seine Wolken-Küste wie ein zweiter Himmel durch die grünen Zweige nach. – –

Sie kamen dem Hause des Einsiedlers auf dem Gipfel immer näher, auf bunten goldnen Schwungfedern des Lebens sich wiegend. Sie sagten einander zuweilen ein freudiges Wort, aber nicht um sich mitzuteilen, sondern weil das Herz nicht anders konnte und ein Wort nichts war als ein freudiger Seufzer. Sie standen endlich auf dem Erden-Thron und blickten wie von der Sonne herunter. Rings um sie war das Meer gelagert, ins Blau des Horizonts verschmolzen – von Kapua her zog in der Tiefe der weiße Apennin um den Vesuv und herüber auf der langen Küste Sorrentos fort – und vom Pausilipp an verfolgten die Länder das Meer bis über Mola und Terracina – auf der geöffneten Welt-Fläche erschien alles, die Vorgebürge, die gelben Krater-Ränder auf den Küsten und die Inseln rings umher, die der verhüllte fürchterliche Gott unter dem Meere aus seinem Feuerreich an die Sonne getrieben – und das holde Ischia, mit seinen kleinen Städten an den Ufern und mit seinen kleinen Gärten und Kratern, stand wie ein grünendes Schiff im großen Meer und ruhte auf zahllosen Wogen.

Da verschwanden drunten die Größen der Erde, nur die Erde allein war groß, und die Sonne mit ihrem Himmel wars. »O wie sind wir glücklich!« sagte Albano. Ja, ihr waret glücklich dort, wer wird es nach euch sein? – Sich auf dem Baum des Lebens wiegend, auf welchen schon sein Kindes-Auge so früh und sehnsüchtig geblickt, sagt' er alles, was ihn erhob und ergriff: »Daran erkenn' ich die Allgewaltige, zornig und flammend steigt sie aus dem Meersboden herauf, pflanzt ein brennendes Land, und dann teilt sie wieder lächelnd an ihre Kinder Blumen aus; so sei der Mensch, Vulkan – dann Blume.« – »Was sind dagegen« (sagte Julienne) »alle Winterlustbarkeiten des deutschen Wonnemonds! Ist das nicht eine kleinere Schweiz, nur in einem größern Genfersee?« – Die Gräfin, durch ihr Spanien einheimischer in solchen Reizen, hielt sich meistens still. »Der Mensch« (sagte sie) »ist die Oreade und Hamadryade oder sonst eine Gottheit und beseelet Wald und Tal, und den Menschen selber beseelet wieder ein Mensch.«

Der Einsiedler erschien und sagte, ihr heraufgesandtes Mahl sei längst angekommen; er lobte seine Höhe mit: »Oft« (sagt' er und machte Julienne lachen) »raucht mein Berg wie der Vesuv, und Badgäste sehen herauf und fürchten etwas, es ist aber, weil ich mein Brot hier oben backe.« – Sie lagerten sich im schattigen Freien. Man mußte immer wieder auf die liebliche verkleinerte Insel hinabsehen, die mit ihren in Gärten gesäeten Gärten, mit ihren mit Herbsten durchflochtenen Frühlingen so ganz und nahe lag, ein großer Familiengarten, wo die Menschen alle beisammen wohnen, weil nicht

Länder sich mit Ländern verwirren, und die Bienen und die Lerchen fliegen nicht weit über den Garten des Meeres hinaus. Gleich offnen stillen Blumen waren die drei Seelen nebeneinander, duftend fliegt der Blumenstaub hin und her, neue Blumen zu erzeugen. Linda versank ganz in ihr großes tiefes Herz; der Liebe ungewohnt, wollte sie sie darin anschauen und genießen, indes kein Wort Albanos ihr entfloh, denn es gehörte zur Liebe im Herzen. Von Milde übergossen und sinnend war sie da, mit dem großen Auge halb unter dem niedergehenden Augenlid – nach ihrer Sitte immer lange schweigend wie lange sprechend. Wie der Diamant ebenso glänzt wie der Tautropfe, nur aber mit fester Kraft und auch ohne Sonne: war ihr Herz dem weichsten in jeder weiblichen Milde und Reine gleich und übertraf es nur an Stärke. Entzückt sah Julienne es an, wenn sie etwa – nach einem kindlichen Vergessen Albanos, weil ihr Rede-Strom sie von einer Welt in die andere gerissen – plötzlich und mit unbefangener Freude mit ihrer feingeformten Hand zu des Jünglings seiner zurückkehrte, dem ihr Händedruck nichts Kleineres war als eine zärtere Umarmung.

Sie nahmen den nähern Rückweg gegen Albanos Wohnung herab, die immer in ihrem Reben-Geniste zu ihnen heraufsah. Man war noch zu kurz beieinander – am Morgen reisete Albano. – Er sollte von Portici aus schreiben, ein Bote den Brief holen – »und er bringt mir auch einen«, sagt' er; – »gewiß nicht!« sagte Linda. Albano bat. »Sie wird sich schon ändern und schreiben«, sagte Julienne. Sie verneinte. Allmählich liefen Schattenfurchen neben den schwarzen Lavaströmen den Berg hinab, und in den Pappeln fingen Nachtigallen schon ihre melodische Dämmerung an. Sie kamen Albanos Haus nahe; Dian lief entzückt der Prinzessin entgegen. Albano bat ihn, ohne beide gefragt zu haben, eine Barke zu schaffen, damit man den Abend genieße. Gerade zu gewaltsamen Anträgen der Freude sagen die Mädchen am liebsten das Ja. Dian war sogleich mit einer zur Hand; mit seiner Freude hing er schnell an jeder fremden.

Sie stiegen alle ein und fuhren unter die Sonnenblumen, die jeder Sonnenstrahl auf die Wellen-Beete immer dichter pflanzte. Albano vergaß – im jetzigen Feuer, gewohnt an die Sitten des warmen Landes, wo der Liebende vor der Mutter spricht und sie von ihm mit der Tochter, wo die Liebe keinen Schleier trägt, nur der Haß und das Gesicht, und wo die *Myrte* in jedem Sinne die Einfassung der Felder ist – sich einen Augenblick vor Dian und nahm Lindas Hand; schnell entriß sie ihm sie, der Mädchen-Sitte treu, die den Arm verschenkt und den Finger und Fingerhut verweigert. Aber sie sah ihn sanft an, wenn sie abgeschlagen.

Sie kamen auf ihrer Fahrt von Osten nach Norden wieder vor dem Felsen mit den Häusern und vor den Gassen der Ufer-Vorstadt vorüber. Alles war froh und freundlich – alles sang, was nicht schwatzte – die Dächer waren mit Webstühlen seidner Bänder besetzt, und die Weberinnen sprachen und sangen zusammen von Dach zu Dach. Julienne konnte kaum das Auge von diesem südlichen Vereine ablassen. Sie zogen weiter ins Meer, und die Sonne ging ihm näher zu. Die Wellen und die Lüfte spielten miteinander, jene wehend, diese wogend – Himmel und Meer wurden zu *einem* Blau gewölbt, und in ihrer Mitte schwebte, frei wie ein Geist im All, das leichte Schiff der Liebe. – Der Umkreis der Welt wurde ein goldner geschwollner Ährenkranz voll glühender Küsten und Inseln – Gondeln flogen singend ins Weite und hatten schon Fackeln für die Nacht bereit – zuweilen zog hinter ihnen ein fliegender Fisch seinen Bogen in der Luft, und Dian sang ihnen ihre bekannten vorübergleitenden Lieder nach. – Dort segelten stolz und langsam große Schiffe her, mit rotem und blauem Helmbusch gleich dem Himmel flatternd, und als Sieger dem Hafen zu. – Überall war Lebens-Most ausgegossen und arbeitete brausend – So spielte eine göttliche Welt um den Menschen! »O hier an dieser großen Stelle,« (sagte Albano) »wo alles Platz hat, die Paradiese und die schwarzen Orkus-Ufer aus Lava – und das weiche Meer – und Vesuvs graues Gorgonenhaupt – und die spielenden Menschen – und die Blüten und alles – hier, wo man glühen muß wie eine Lava – dürfte man da nicht sich gleich der heißen Lava umher in die Wellen begraben in seiner Glut, wenn man wüßte, es könne etwas vergehen von dieser Stunde, nur etwas vom Andenken davon, oder ein Pulsschlag für ein Herz? – Wäre das nicht besser?« – »Vielleicht«, sagte Linda. – Julienne wurde durch die weiche Freude vor das ferne Krankenbette ihres Bruders gezogen und sagte lachend: »Kann man es nicht wie die schöne Sonne drüben machen und unter die Wellen gehen und doch wiederkommen? – Schauet doch ihrem Untergange recht zu, nirgends ist er auf der Erde so.« –

Die Sonne stand schon, zu einem großen Goldschild gewachsen, vom Himmel gehalten, über den Ponzischen Inseln und vergoldete das Blau derselben – die weiße Krone aus Felsen-Stacheln, Kapri, lag in Glut, und von Sorrentos bis Gaetas Küsten war den Welt-Mauern dämmerndes Gold angeflogen – die Erde rollte mit ihrer Achse wie mit einer Spielwelle nahe an der Sonne und schlug aus ihr Strahlen und Töne – seitwärts lagerte sich versteckt der Riesen-Bote der Nacht auf das Meer, der unendliche Schatte des Epomeo. –

Jetzt berührte die Sonne ihr Meer, und ein goldner Blitz zitterte durch den nassen Äther umher – und sie wiegte sich auf tausend feurigen Wellen-Flügeln – und sie zuckte und hing liebesbrünstig, liebeglühend an dem Meere, und das Meer sog brennend alle ihre Glut – Da warf es, als sie vergehen wollte, die Decke eines unendlichen Glanzes über die erblassende Göttin – – Dann wurd' es still auf der Welt – eine bewegliche Abendröte überfloß mit Rosen-Öl alle Wogen – die heiligen Untergangs-Inseln standen verklärt – die fernsten Küsten traten heran und zeigten ihr Rot der Entzückung – auf allen Höhen hingen Rosenkränze – der Epomeo glühte bis zum Äther hinauf, und auf dem ewigen Wolkenbaum, der aus dem hohlen Vesuv aufwächset, verglomm im Gipfel der letzte dünne Glanz.

Sprachlos wandten sich die Menschen von dem Westen nach dem Ufer um. Die Schiffer fingen wieder an zu sprechen. »Mache,« (bat Linda ihre Freundin leise) »daß dein Bruder sich immer nach Abend wendet.« Sie erfüllte die Bitte, ohne deren Grund sogleich zu erraten. Immer sah Linda in sein schön beglänztes Angesicht. »Bitt ihn wieder,« (sagte sie zum zweitenmal) »es dämmert zu sehr, und meine kranken Augen sehen ohne Licht so übel.« Es geschah nicht; denn sie stiegen sogleich ans Ufer. Die Erde zitterte ihnen, da sie sie betraten, als ein Sangboden der seligen Stunde nach. Albano war in sprachloser Rührung auf das geliebte Angesicht geheftet, das er bald wieder verlassen sollte; »ich schreibe Ihnen«, sagte sie unaufgefodert mit einem so rührenden Widerrufe der vorigen Drohung, daß er sich, wär' er nicht unter fremden Augen gewesen, danktrunken auf ihre Hand, an ihr edles Herz gestürzet hätte. Das Scheiden und das Ende eines harmonischen Tages wurde schwer, worin der Ton jeder einzelnen Minute wieder ein Dreiklang gewesen. Jetzt schied Dian schon. »Nicht einmal die Rosen des Abends« (sagte Julienne) »sind ohne Dornen.« – »Abgebrochen, ist überall das beste; wir wollen nach Hause«, sagte Linda. Albano bat, daß er begleiten dürfe. »Wozu?« sagte Linda. – Leise setzte sie ihrer Augen wegen dabei: »Ich kann Euch kaum mehr sehen – indes kommt nur, ich höre doch.« – »Schöne Veränderliche!« sagte Julienne. »Ich verändere mich,« (sagte sie) »aber kein anderer – nur bis zur Kapelle, Albano, Ihr schiffet morgen früh fort.« – »Nicht einmal, heute noch vielleicht«, sagte er.

Indem sie nun so langsam und immer langsamer den Berg hinangingen und die Nachtigallen schlugen und die Myrtenblüten dufteten und die lauen Lüfte flatterten und oben die ganze zweite Welt wie eine verschleierte Nonne durch die Silber-Gitter der Sternbilder heilig schauete: so überfloß jedes Herz von treuer Liebe, und der Bruder und die Schwester und die Geliebte nahmen wechselnd einander die Hand.

Auf einmal stand Linda an der Stelle der gestrigen Vereinigung und sagte: »Hier soll er gehen, Julienne!« und zog schnell ihre Hand aus seiner und streichelte leicht über seine Locken und seine Wangen und dann über sein Auge und fragte: *»Wie?«* in einen Traum verirrt. »Gleich,« (sagte Julienne) »aber auf den italienischen Winter muß man doch, um nur heimzukommen, gar warten, auf den Mond.« Da fiel der Bruder der zarten Schwester, welche ihm dadurch die längere Gegenwart und der Freundin das Wiedersehen durch die stärkere Beleuchtung zubereiten wollte, an das Herz und rief mit Tränen aus: »O Schwester, wie viel hast du nicht für mich getan, eh' ich etwas tun oder dir danken konnte – du reichst mir ja alles, jedes Glück, die höchste Seligkeit, o wie bist du!« – »Der Mond ist da!« (rief sie) »nun reise glücklich und scheide!«

Wie ein silberner Tag war der Mond auf die Gebürge heraufgetreten, und die verklärte Geliebte sah des Geliebten blühendes Angesicht wieder. Er nahm ihre Hand und sagte: »Lebe wohl, Linda!« – sie sahen sich lange an, die Augen voll Seelen, und sie wurden sich fremder und höher – da drückte er, ohne zu wissen wie, die erhabene Jungfrau, wie ein seliger Geist eine Frühlingssonne, sich an das Herz – und er berührte das Heiligtum ihres Angesichts mit dem seinigen, und wie Morgenröten zweier Welten schmolzen ihre Lippen zusammen. Linda schloß die Augen und küßte zagend, und nur ein einziges Leben und Glück rollte und glühte zwischen zwei Herzen und Lippen. Julienne umschlang leise die Umarmung mit ihrer und begehrte kein anderes Glück. Darauf schieden alle, ohne wieder zu sprechen oder sich umzusehen.

113. Zykel

Albano flog mit der neuen Hastigkeit, die jetzt in seinen Handlungen regierte, schon unter dem kühlen Morgenstern von dem glücklichen Boden davon. Er sagte dem Baumeister Dian sein ganzes Glück, weil er wußte, wie sehr der Mann noch ein Jüngling für die Liebe blieb; »bravo!« (antwortete Dian) »Wer kann ohne Liebe in Italien auskommen? Unsereiner wenigstens nicht. Hoffentlich ist Euere prächtige Juno gegen Euch nicht so stolz wie gegen andere Leute: dann mags wohl ein Götterleben geben.«

In den Morgenlüften, von Sonne und Woge angestrahlt, schwebt' er gleitend auf dem blauen Spiegel-Meer zwischen zwei Himmeln, und sein Auge war selig, wenn es nach dem Olymp, Epomeo, zurücksah, und war selig, wenn es wieder auf die hinauf- und hinabschimmernden Küsten, auf den langen ausgelegten Markt der Erde blickte.

Als sie unter den schwimmenden Palästen, den Schiffen, vorbei an die stehenden kamen: trafen sie das Volk im Taumel eines Heiligen-Festes. Er vergrub gezwungen den blauen Tag und das Meer in Tempeln – in Bildersälen – in vierten Stockwerken, wo nach der Sitte einige Große wohnten, an welche er von seinem Vater Briefe abgab – und schöner in der unterirdischen finstern Gasse, die sich durch den blühenden Posilippo wölbt.

Nur der Aussicht, daß er in der ersten nächsten Einsamkeit mit dem entrückten Herzen reden werde, beruhigte seinen immer aus der Gegenwart fliehenden Geist. Abends bestiegen sie die schönste Höhe über Neapel, das Kamaldolenser Kloster, wo er unter den Freuden der Aussicht in grauer Ferne hinter dem Posilippo den hohen Epomeo stehen sah. Er hielt sich nicht länger, sondern fing an einer dichter umblühten Stelle, die er sich dazu aussuchte, diesen Brief an Linda an:

»Endlich, edle Seele, kann ich zu dir reden und deine Insel wieder schauen, wiewohl nur als eine aufgerichtete sonnenrote Abendwolke am Horizont. Linda, Linda, o daß ich dich habe und hatte! Dauert denn der zweitägige Götter-Traum noch herüber ins kalte Heute? Du bist jetzt so fern und stumm, und ich höre kein Ja. Als ich in Rom auf der Peterskuppel in den blauen Morgenhimmel sah und das Leben um mich brausend schwoll, wie die Lüfte mich umwehten: so war mir, als müßt' ich mich in ein fliegendes Königsschiff werfen und ein Ufer suchen, das unter dem tiefsten Sternbild grünt; als müßt' ich wie eine Kaskade hinabflattern durch den Himmel und mich drunten durch das steinige Leben reißen, dringend und zerstörend und tragend. Und so ist mir jetzt wieder und noch stärker; ich möchte zu dir hinüberfliegen und sagen: du bist mein Ruhm, mein Lorbeerkranz, meine Ewigkeit, aber ich muß dich verdienen; ich kann nichts für dich tun, außer für mich. – In der alten Zeit waren geliebte Jünglinge groß, Taten waren ihre Grazien und der Panzer ihr Feierkleid. – Heute, als ich auf den Golf von Baja und auf die Ruinen hinübersah, wo die Gärten und Paläste der großen Römer noch mit Trümmern oder Namen liegen; und als ich die alten trotzigen Riesen stehen sah mitten in Blumen und Orangen und in lauen Duftlüften, davon erquickt, aber nicht erweicht, mit der Hand den schweren Dreizack hebend, der drei Weltteile bewegte, und mit der markigen Brust entgegentretend dem Winter im Norden, der Glut in Afrika und jeder Wunde: da fragte mein ganzes Herz: bist du so? O Linda, kann der Mann anders sein? Der Löwe geht über die Erde, der Adler geht durch den Himmel, und der König dieser Könige habe seine Bahn auf der Erde und in dem Himmel zugleich. Noch war und tat ich nichts; aber wenn noch das Leben ein leerer Nebel ist, kannst du ihn übersteigen, oder festgreifen und zerschlagen? Willst du einmal, du Uranide, einen Mann lieben, so tret' ich vor keinem zurück. Aber Worte sind an Taten nur Sägespäne von der Herkuleskeule, wie Schoppe sagt. Sobald der Krieg und die Freiheit aufeinanderstoßen, so will ich dich im Sturm der Zeit verdienen und dir Taten mitbringen und die unsterbliche Liebe.

Hier steh' ich auf der göttlichen Höhe des Klostergartens und blicke in ein grünes Himmelreich ohnegleichen hinab. Die Sonne ist schon über den Golf hinüber und wirft ihre Rosenfeuer unter die Schiffe, und ein ganzes Ufer voll Paläste und voll Menschen brennt rot – durch die langen aufgebreiteten Straßen unter mir rollt das Festgetümmel schon herauf, und die Dächer sind voll geschmückter Menschen und voll Musik, Balkons und Gondeln erwarten die göttliche Nacht zu den Gesängen. Und hier bin ich allein und bin doch so glücklich und sehne mich ohne den Schmerz. Aber wär' ich vor vier Tagen, Linda, wo ich dich noch nicht kannte und noch nicht hatte, hier gestanden und hätte angesehen diesen Abend – das goldne Meer – das heitere Portici, das Sonne und Meer mit Flammen anspülen – den herrlichen Vesuv mit goldgrünen Myrten umwunden und mit dem grauen Aschen-Haupt voll Sonnenglut – und hinter mir die grüne Ebene voll Wolken aus Blütenstaub, die aus Gärten steigen und in Gärten regnen – und den ganzen webenden Zauberkreis freudiger Kräfte, diese in Licht und Leben schwimmende Welt: – dann, Linda, hätte ohne dich die warme Seligkeit ein kalter Schmerz gezückt, und im goldnen Abendlicht wären Erinnerungen mit Trauer-Larven gegangen.

O Linda, wie hast du meine Welt gereinigt und erweitert, und ich bin nun überall glücklich. Du hast den schweren scharfen Pflug des Lebens, der mühsam an der Ernte arbeitet, in einen leichten Griffel und Pinsel verwandelt, der umherspielt, bis er eine Götter-Gestalt erschafft. Sah' ich heute nicht jeden Tempel und jeden Hügel froher, wie von dir vergoldet, und jede Schönheit, sie mochte an der Statue, auf der Leinwand oder auf der singenden Lippe oder auf den Gipfeln blühen, prangte und duftete üppiger, und dann flog ich von der kleinen Blume auf zur blühenden Linda? –

Wie herrschet die dunkle Gewalt hinter der Wolke! Versiegelte Befehle gibt sie uns mit, damit wir sie auf einer späten fremden Stelle erbrechen. Gott, erst auf Ischias Epomeo mußt' ich meinen öffnen, da ging ein Augenblick über das Leben und gebar die Ewigkeit, der Schmetterling brachte die Göttin!

Der Abend geht unter, und ich muß schweigen. Wüßt' ich nur, wie der deinige ist! Mein Leben besteht jetzt aus zwei Stunden, deinen und meinen, und ich kann nicht mehr mit mir allein leben. – Dieser Tag sei dir doch reich und mild entwichen und dein Abend wie meiner! Die Sonne rötet nur noch den Vesuv, die Inseln verglühen langsam im dunkeln Meer, ich schaue nun, ohne mit dir zu sprechen, den großen Abend an, aber o Gott, so anders als in Rom! Selig werd' ich mein Auge nur an deine auslöschende Insel im Glanz-Getümmel des Abendrots heften und lange noch hinsehen, wenn schon Epomeos Gipfel in der Nacht verwittert; und dann werd' ich heiter in das mit Lichtern umstellte Grab der Farben unter mir schauen – frohe Gesänge werden durch die Dämmerung ziehen – die Sterne werden liebreich schimmern – und ich werde sagen: ›Ich bin allein und still, aber unaussprechlich selig, denn Linda hat mein Herz, und ich weine nur aus Liebe, weil ich an ihres denke‹, und trunken werd' ich durch den Blütenrauch des Bergs hinuntergehen.« –

*

Er kam langsam nach Neapel zu seinem Freunde Dian zurück, alle Fest-Lust, die ihm begegnete, das ganze Odeum der Wonne, in welchem das klingende Rad der Leier schwindelnd umrollte, schien ihm bloß ein Nachklang zu sein, indes sonst erst den äußern sinnlichen Saiten des Menschen die innern nachklingen. Er wollte nur immer weiter und noch – wenn es ginge – diese Nacht auf den Weg nach dem Vesuv, für ihn gab es jetzt nur *eine* Tageszeit. Das wärmere Klima samt der Liebe und dem Mai schienen alle Frühlingswinde seiner Kräfte zu wecken, sie wehten ungestüm, ihm selber sogar bewußt; nur vor der Geliebten war er, noch wund von der Vergangenheit, bloß ein Zephyr, der die stäubende Blüte schont.

Am andern Tage wollt' er nun den Vesuv besteigen und am Morgen darauf seinen Dian in Portici erwarten, wenn er vorher auf dem Vulkan die Sonne hatte aufgehen sehen.

114. Zykel

Seine Reise beschrieb er seiner Geliebten:

In der Hütte des Einsiedlers auf dem Vesuv

»Warum liegt nicht der Mensch auf den Knien und betet die Welt an, die Berge, das Meer, das All? Wie erhebt es den Geist, daß er ist und daß er die ungeheuere Welt denkt und sich! – O Linda, ich bin noch voll von dem Morgen; auch wohne ich noch auf der erhabnen Hölle. Gestern reisete ich am Morgen mit meinem Bartolomeo durch den reichen vollen Gartenweg nach dem heitern Portici, das sich an den Riesen anschmiegt wie Catana an den Ätna. Immer dieselbe große, durch dies erhabene Land ziehende epische griechische Verschmelzung des Ungeheuern mit dem Heitern, der Natur mit den Menschen, der Ewigkeit mit der Minute. – Landhäuser und eine lachende Ebene gegenüber der ewigen Todesfackel – zwischen alten heiligen Tempelsäulen geht ein lustiger Tanz, der gemeine Mönch und der Fischer – die Glut-Blöcke des Bergs türmen sich als Schutzwehr um Weingärten, und unter dem lebendigen Portici wohnt das hohle tote Herkulanum – ins Meer sind Lavaklippen gewachsen, und in die Blumen schwarze Sturmbalken geworfen. Das Steigen war anfangs meiner Seele Erquickung, der lange Berg wurde der vollen Wolke ein Ableiter. Spät nachts im ewigen Steigen kamen wir ohne Genuß der Abendsonne, durch deren roten Glanz auf der Asche wir schnell waten mußten, hier beim Einsiedler an; der Mond war noch nicht herauf, deine Insel noch unsichtbar. Oft donnerte es unter dem Fußboden der Stube. Da wurd' ich auf einmal vom Einsiedler schön an meinen alten Schoppe erinnert, indem er mir erzählte, daß einmal ein hinkender Reisender mit einem Wolfshund hierüber gesagt: im Vesuv sei der Stall der unaufhörlich polternden Donnerpferde. Das war nach allem gewiß nur Schoppe.

In der Mitternacht, meine Linda, als der Mond über den Apennin herüber war und mit einem entzückten langen Silberblick vom Himmel sah und ich an dich dachte, stand ich auf und ging leise hinaus, um wieder zu sehen, wo du wohnest, meine Linda. Draußen war es überall still, ich hörte gleichsam die Erde auf ihrer Bahn im Himmel donnern – die Schatten der Lindenbäume um mich schliefen fest auf dem grünen Rasen – Vesuvs Rauch stieg empor in die reine Luft – über das dampfende Meer hin glänzte wunderlich der Mond, und mühsam sucht' und fand ich endlich den einsamen Berg deiner Insel, hoch ins Blau gezogen, silbern blühend unter den Sternen um ihn her, eine schimmernde Tempelzinne für mein Herz. – ›Dort wohnt und schlummert Sie auf dem Tabor, eine Verklärte des Elysiums!‹ sagte ich mir. – Um mich war Asche der Jahrhunderte, Stille des Sargs, und nur zuweilen ein Poltern, als werfe man auf jenen den Grabhügel – ich war weder im Land des Todes noch der Unsterblichkeit – Die Länder wurden Wolken – Neapel und Portici lagen verdeckt – das weite Himmelsblau umfing mich – ein hoher Nachtwind bog die Rauchsäule des Vulkans nieder und führte sie wechselnd-beglänzt in langen Wolken durch den reinen Äther fort. – Da sah ich nach Ischia, und sah gen Himmel, o Linda, ich bin aufrichtig, hör' es, daß ich die fromme Liane, die dich so unendlich liebte, bat, jetzt um dich zu schweben und dir das Glück zu bereiten, das sie dir sonst so gönnte. – – Auf einmal wurden die Donner des Berges ganz still, die Sterne blitzten heller; da schauderte mich die Stille und das Leben, und ich ging in die Hütte zurück, aber lange noch weint' ich vor Entzückung über den bloßen Gedanken, daß du glücklich würdest.

Der Morgen ging auf; und mitten in seinem dunkeln Winter traten wir die Reise nach der Feuer-Schlucht und Rauchpforte an. Wie in einer abgebrannten dampfenden Stadt ging ich neben Höhlen um Höhlen, neben Bergen um Berge vorbei und auf dem zitternden Boden einer ewig arbeitenden Pulvermühle dem Pulverturm zu. Endlich fand ich den Schlund dieses Feuerlands, ein großes glühendes Dampf-Tal wieder mit einem Berg – eine Landschaft von Kratern, eine Werkstätte des Jüngsten Tags – voll zerbrochner Welt-Stücken, gefrorner, geborstener Höllenflüsse – ein ungeheuerer Scherbenberg der Zeit – aber unerschöpflich, unsterblich wie ein böser Geist und unter dem kalten reinen Himmel sich selber zwölf Donnermonate gebärend.

Dunkelröter steigt auf einmal der breite Dampf, wilder gehen die Donner ineinander, heißer raucht die schwere Höllen-Wolke – plötzlich fährt Morgenluft herein und schleppt den flammenden Vorhang den Berg hinab – – Da stand die helle gütige Sonne auf dem Apennin, und der Somma und Ottayano und Vesuv blühten im Friedens-Glanz, und die Welt ging langsam nach der Sonne auf mit Gebürgen, Inseln und Küsten. Der Ring der Schöpfung lag auf dem Meere vergoldet vor mir, und wie die Zauberstäbe der Strahlen die Länder berührten, so fuhren sie lebendig empor. – Und der alte Königs-Bruder des Vesuvs, der Ätna, saß auf seinem goldnen Thron und schaute über sein Land und Meer. – Und wie Schnee rollte von den Gebürgen der lichte Tag in das Meer herunter, in Glanz zerrinnend, und floß über das weite glückliche Kampanien und in dunkle Kastanien-Täler. – Und die Erde wurde unabsehlich, und die Sonne zog im weiten Strahlen-Netz die süß-gefangne Welt im schönsten Äther weiter.

O Linda, da prangte deine Insel ausgebreitet, stolz gelagert im Meer mit herunterfließendem Morgenrote, ein hochmastiges Kriegsschiff – und ein Adler, der Vogel des Donnergottes, flog in die selige Weite, als trag' er mein Herz in seiner Brust zu deinem Epomeo hin. – O ich möchte ihm nach, sagte mein Geist. – Der heiße Boden tat Donnerschläge, und der Rauch umhüllte mich. – Ich möchte sterben, damit ich dem Adler nachflöge und jetzt in Ischia wäre ...«

*

Hier hielt die heftig erregte Seele sich innen. Er ging oder glitt den Abhang nach Portici herab. In einem gegenseitig vorher festgesetzten Hause glaubt' er seinen Freund wiederzufinden. Aber er fand weder Dian noch den erwarteten Brief von Linda. Entkräftet von Gehen, Wachen und Glühen, fiel er im kühlen, stillen Zimmer in einen Traumschlaf. Da er erwachte, stand die Mitternacht des italienischen Tags um ihn, die Siesta – alles ruhte unter dem heißen stillen Lichte – im Himmel war keine Lerche – die grünen Sonnenschirme neben seinem Fenster, die Fichten, standen ungeregt in der Erde, und nur die Pappeln wiegten leise die neugeborne Blüte des Weins, die in ihren Armen lag – und der Efeu, der von Gipfeln hing, schwankte ein wenig. – Solche Schattenzweige spielten einst in Lilar in Charitons Zimmer, als er Lianen erwartete und damals an Italien dachte. – Der große ebene einfache Garten von Portici nach Neapel, ein von Wellen umspültes Garten-Gewebe von Dörfern, Baumwäldchen und Landhäusern, führte sein Auge über Blüten nach seinem Paradies im Meer. – Diese einsame stille Zeit voll Sehnsucht erweichte unendlich sein schönes Herz. Er endigte so den abgebrochnen Brief:

In Portici

»O meine Linda! Ich bin dir wieder näher, aber die Ferne zwischen uns wird mir hier in der Stille so weit! O Linda, ich liebe dich mit Schmerzen, in der Nähe, in der Ferne – o mit welchen verlör' ich dich erst? – Warum bin ich denn deiner Liebe so gewiß? Oder so ungewiß? Leise spricht dein Herz zu mir. *Leise* Musik und Liebe ist einer *entfernten* gleich, – und die ferne auch wieder der leisen. Hat mich der erhabne Säulenstuhl des Donnergottes neben mir so sehr erschüttert, oder denk' ich zu lebhaft an das hohle tote Herkulanum unter mir, wo *eine* Stadt *ein* Sarg ist: weinend und beklommen seh' ich über das Meer an die stille Insel, worauf du wohnst. – O daß es so lange wird, bis wir uns sehen, daß du nicht gleich jeden Gedanken aus meinem Herzen schöpfst und ich aus deinem! Warum stellt mir das Ausbleiben deines Briefs auf einmal größere Schmerzen, ach die größten vor die Seele? Warum denk' ich: die tiefsten Schmerzensstriche auf unserer Stirn, die Runzeln des Lebens sind nur kleine Linien aus dem ungeheuern Bauriß, den der Weltgeist zieht, unbekümmert, welche Stirnen und Freuden seine Glückslinie schmerzhaft durchschneide? – Wenn diese Linie einmal durch unsere Liebe ginge – O vergib den voreilenden Schmerz; in diesem Leben, dem Wechsel zwischen Strichgewittern und Sonnenblicken, ist er wohl erlaubt ...«

*

Hier unterbrach ihn die Freude und Dian in Begleitung eines Ischianers, der einen Brief von Linda brachte, um seinen mitzunehmen. Er las ihn heftig und gab seinem noch die Worte wie eine Freudenträne mit: »Übermorgen komm' ich auf die Insel. Was ist die Rede gegen ein Herz! Du bist mächtig, du hältst mein ganzes blühendes Dasein empor in den Himmel, und es stürzt auf dich, wenn es stürzt. Lebe wohl! Ich fürchte wahrlich weder das heiße Öl noch die Flamme der Psyche.« – Hier ist Lindas Brief:

»Wir beide leben sehr still, seit der artige Flüchtling auf Bergen und in Palästen umherschwärmt. Wir sprachen fast zu viel von ihm und ließen uns noch dazu die schwatzende Agata holen, um gar von seiner Reise zu erfahren. Ihre Julie ist voll Segen und Hülfe für Linda. Noch nie sah' ich eine so klare, bestimmte, scharf durchblickende und doch kalte Natur, die nur gebend liebt, mehr als liebend gibt. Sie wird zwar nie die Schmerzen fühlen, die Venus Urania ihren Erwählten schenkt; aber sie ist eine geborne Mutter und eine geborne Schwester; und ich frage sie zuweilen: warum hast du nicht alle Brüder und alle Waisen?

Seit dem Erdbeben bin ich etwas kränklich. Ich habe es vielleicht nicht gewohnt, zu lieben und so zu sterben. Ich nehme ein philosophisches Buch – denn Dichter greifen mich jetzt zu heftig an – und glaub' ihm noch zu folgen, wenn ich schon längst weggeflogen bin über das Meer. Ich lese jetzt das Leben der herrlichen Guyon, diese weiß, wie man liebt – dieser göttliche Affekt gegen das Göttliche, dieses Selbst-Verlieren in Gott, dieses ewige Leben und Bestehen in *einer* großen Idee – diese wachsende Heiligung durch die Liebe und die wachsende Liebe durch die Heiligung! Mir entsinkt das Buch, ich schließe die Augen, ich träume und weine und liebe dich. O Albano, komme früher. Was willst du jetzt an Bergen und Ruinen suchen? Kommen wir nicht wieder? Aber ihr zerstreueten Männer! Nur die Weiber lieben, es sei Gott oder euch leider. Die Guyon, die heilige Therese, die etwas prosaische Bourignon liebten Gott wie kein Mann (außer der heilige Fenelon); der Mann geht mit dem höchsten Wesen nicht viel besser als mit dem schönsten um. Albano, hast du eine andere Sehnsucht als ich, begehrst du mehr auf der Erde als mich, mehr im Paradies als mich: so sag es, damit ich aufhöre und sterbe. Wahrlich, wenn du deine Schwester umarmest: so bin ich eifersüchtig und möchte deine Schwester sein, und dein Freund Schoppe und dein Vater und alles, was du liebst, und dein Ich, wenn du es liebtest, und dein ganzer Himmel und dein ganzes Du im Ich, dein Ich im Du.

Ich will Euch einiges von meiner Geschichte erzählen. Still ging ich lange über die Erde – ich sah die Höfe, die Nationen und Länder und fand, daß die meisten *Menschen* nur *Leute* sind. Was ging es mich an? Man sage gar von nichts: das ist bös, sondern nur: das ist dumm – und denke nicht mehr daran. Was ich nicht liebe, existiert für mich auch nicht, und anstatt lange zu hassen oder zu verachten, hab' ichs vergessen. Ich wurde für stolz und phantastisch gescholten und konnt' es niemand rechtmachen. Aber ich bewahrte und nährte mein Inneres, denn kein Ideal darf aufgegeben werden, sonst erlischt das heilige Feuer des Lebens, und Gott stirbt ohne Auferstehung. – Ich sah die Männer und fand immer bloß den Unterschied unter ihnen, daß die einen fein, verständig und zart waren ohne Enthusiasmus und Gemüt, die andern sehr herzlich und enthusiastisch mit bornierter Roheit, alle aber selbstsüchtig; wiewohl sie, wenn ihr Herz voll und nicht im Abnehmen ist, eben wie der volle Mond die wenigsten Flecken zeigen. Neben den Lehren meiner großen Mutter, neben Ihrem großen Vater bestand *keiner*. Ihren Roquairol konnte man weder lieben noch hassen noch achten noch fürchten, wiewohl sehr nahe an alles dieses zusammen kommen.

Es machte viel auch, daß ich immer reisete; Reisen erhält oft kälter. Wenn ich nach der Küste sehe und denke, daß ein großer Römer bald in Baja, bald in Deutschland, bald in Gallien, bald in Rom war, und daß ihm die Erde eine große Stadt wurde: so begreif' ich leicht, daß ihm die Menschen zu Massen wurden. Reisen ist Beschäftigung, was uns Weibern immer fehlet. Die Männer haben immer zu tun und schicken die Seele auswärts, die Weiber müssen den ganzen Tag daheim bei ihrem Herzen bleiben. In der Schweiz legt' ich mir (so wie die Prinzessin Idoine) eine kleine Ökonomie an, und ich weiß, wie man über kleine Ziele, die man täglich erreicht, sich über das hohe tröstet, das wie ein Gottes-Thron in der Höhe liegt.

Da kam ich gerade in dieser *stillen Woche* des Lebens an den Eissee in Montanvert. An pittoresken Bergen, Ebenen, Klüften hatt' ich mich in Spanien satt gesehen, und an Eisbergen in der Schweiz. Aber ein Eismeer in dieser Höhe, ein einsames uraltes blaugrünes Meer, von roten Felsen umstanden, eine breite Wüste voll reger aufstehender Wellen im Sturm, die ein plötzlicher Tod, ein Medusenhaupt so mitten im Leben starr und fest gemacht! Es schlug ein Gewitter, mir sonst furchtbar, damals mit Flammen den Berg herauf, ich merkt' es kaum, meine Seele hing sinnend an der Stille eines versteinerten Sturms, an der *Ruhe* des – Eises! Ich erschrak, weinte ungewöhnlich den Berg herab, und in derselben Woche legt' ich das ökonomische Spielwerk beiseite und reisete fort.

Ich machte aber keine Wettergebete, sondern wohnte drunten ohne Klage in der Regenschlucht eines dunkeln kalten Daseins. Da brachte mich das Schicksal auf den Epomeo, und da wollten die Götter, daß es sich änderte.

Aber nun muß es so bleiben. Wenn ein seltenes Wesen zu einem seltenen Wesen gesagt hat: Du bists!, so sind sie nur durch- und füreinander. Die Psyche mit der Lampe wird es nicht fühlen, wenn die Lampe ihre Locken und ihre Hand und Herz ergreift und verbrennt, während sie selig den schlummernden Amor anschauet; aber wenn der entschlüpfende heiße Öltropfe aus der Lampe den Gott berührt und er aufwacht und ihr zornig entfliegt auf ewig – auf ewig – Ach du arme Psyche! – Was hilft dir der Tod im aufgelösten Eismeer? – – Hat denn noch kein Mann den Schmerz der verlornen Liebe empfunden, damit er wisse, wie noch tausendmal härter er eine Frau verheere? Welcher hat denn Treue, die rechte, die keine Tugend und keine Empfindung ist, sondern das Feuer selber, das den Kern der Existenz ewig belebt und erhält? –

Ich bin krank, Albano, sonst weiß ich nicht, wie ich zu diesen tristen Ideen komme. Ich bin so ruhig im Innersten; ich habe nur die Saiten, nicht die Stimmung gezeigt. Wir sollen nicht auf die Zukunft wirken und sehen, sondern auf die nächste Gegenwart. Erschiene je die Zeit – ich habe weder Reue noch Geduld – je die Zeit, wo du mich nicht mehr und recht liebtest: ach ich würde stiller, stärker, kürzer sein als jetzt, und was gibt es weiter, als entweder *für* den Geliebten sterben oder – *durch* ihn?

Komme bald, Holder! Es ist sehr schön um uns, es hat geregnet, alle Welt jubiliert und sieht die Sonnen-Tropfen und hat sich einen Himmels-Trank gesammlet; auch ich habe für dich Tassen und Vasen in der Eile hinausgestellt. Komme, ich will dir das Ölblatt und den Myrtenzweig bringen und um das Haupt Rosen und Violen winden. Komme, ich dachte sonst nicht, daß ich so oft nach dem Posilippo sehen würde. –

L.«

»N. S. Auch die Nebenbuhlerin sieht nach dem Posilippo und freuet sich auf dein Wiedersehen. Doch übereile nichts. Addio, caro. J.«

*

Albano fand in diesem Charakter eine stille Rechtfertigung und Erfüllung aller Foderungen, die er früher bei Lianens Leben immer an ein geliebtes Wesen machen mußte; er nahm aber in der Unschuld seiner Liebe nicht wahr, daß gerade diesem Wesen die in seinem Briefe regierende Sehnsucht nach Krieg und Taten nicht gefallen könne.

Er besuchte nun die unterirdische Stadt in ihrem Gottesacker, gleichsam neben der Cestius-Pyramide des Vulkans. Dian ging mit ihm das Herkulanum als ein antiquarisches Lexikon durch, um ihm die ganze Haushaltung der Alten bis zum Mahlen hinauf aufzublättern; aber Albano war bewegter als sein Freund von dieser mitten in der Gegenwart wohnenden Vergangenheit, von den stillen Häusern und nächtlichen Gassen und von den häufigen Spuren der fliehenden Verzweiflung. »Wären denn nicht diese Leute alle jetzt doch tot ohne den Vesuv?« fragt' ihn Dian heiter im heitern Lande. »Ich frag' Euch lieber,« (fuhr er fort) »ob ein Baumeister, wenn er aus dieser Kunstkammer oder Kunststadt gekommen, in Eurem Deutschland noch viel Lust haben kann, nach der größten Ruine der Erde die erbärmlichen winzigen für Eure Fürstengärten anzugeben.« – Sie sahen in einem dunkeln Vorhaus eben eine irdene Maske an, die man in Gräber stellte, mit Lampen wie Augen darhinter. Da blickte ihn Albano starr an und sagte: »Sind wir nicht blitzende Larven aus Erde am Grab?« – »Pfui, die häßliche Idee!« sagte Dian.

Noch lange draußen im lebendigen Sonnenschein gingen ihm dunkle Gedanken nach, neben dem glänzenden Portici stand der Vesuv als Scheiterhaufen und der Todesengel darauf. Er dachte an Hamiltons Weissagung, daß das schöne Ischia einst auf der Mine eines Erdbebens sterbe. Selber Lindas Brief betrübte ihn mit dem bloßen Gemälde ihres möglichen Verlusts.

In Neapel besah er noch einige Merkwürdigkeiten; dann schifft' er sich am andern Morgen nach dem Eden der Wellen ein.

115. Zykel

Und als sie sich wieder sahen und wieder faßten: waren sie entzückter und verbundner, als es jedes glückliche Herz vorausgesehen. Linda saß still und sanft, sah den schönen Jüngling an und ließ ihn und die Schwester erzählen, die sich oft unterbrach, um beide zu küssen. Er sprach sehr erfreuet über Lindas Brief; Männer machen überall mehr aus dem Geschriebenen als Weiber. Linda sprach gleichgültig: »Ach was! Ists geschrieben und gelesen, so sei es vergessen. In Ihrem ist zuweilen auch ein nordisches Faux-brillant.« – »Die Gräfin« (sagte Julienne) »lobt niemand ins Gesicht als sich.« Linda ertrug mit eigner Gutmütigkeit den Spott. Albano, ihr oft gefallend und mißfällig, wo ers nicht wußte, vergab der Liebe so leicht. Der Freundschaft vergibt die beleidigte Eitelkeit schwerer.

»Zwar doch!« (holte Julienne plötzlich unter dem Schleier der Lustigkeit zu einer ernsten Rede aus) »Dein Emigrier-Projekt nach Frankreich ist ein Faux-brillant. Kannst du denn glauben, daß man es dir zulässet? daß eine Prinzessin-Schwester von Hohenfließ dem Bruder Pässe zu einem demokratischen Feldzuge unterschreibt? Nimmermehr! Und gar kein Mensch, der dich liebt!« – Albano lächelte, wurde aber am Ende ernst. Linda war still und senkte das Auge. »Zeige mir« (sagte er sanft wie nur mit halbem Ernst und Scherz) »auf der Landkarte eine bessere Laufbahn!« – »Einen bösern Laufgraben?« (sagte sie spielend) »Wohl kaum!« Nun schattete sie mit aristokratischen, weiblichen und fürstlichen Farben zugleich, mit dreifarbigen Farbenerden alle Flammen, Rauchwolken und Wellen ab, womit der Monte nuovo der Revolution aus dem Grunde aufgestiegen war. Und setzte dazu: »Lieber ein müßiger Graf als das!« – Er wurde rot. Von jeher war ihm das weibliche Binden der männlichen Kraft, das liebende Krummschließen zu Blumen herab, das ungerechte Umschmieden des Liebes-Rings zum Galeeren-Ring so aufschreckend und verhasset; – »in einer Welt, die nur eine Meßwoche und ein Maskenball ist, nicht einmal Meß- und Maskenfreiheit zu behalten, ist stark«, hatte einmal Schoppe gesagt und er nie vergessen, weil es aus seiner Seele in sie kam. »Schwester, du bist entweder nicht mein Bruder, oder ich deine Schwester nicht,« (sagt' er) »sonst verständen wir uns leichter.« Lindas Hand zuckte in seiner, und ihr Auge ging langsam zu ihm auf und schnell nieder. – Julienne schien vom Vorwurfe des Geschlechts betroffen zu sein. Albano dachte an die Zeit, wo er ein Herz aus Wachs zerdrückte mit einem aus Eisen, und sagte, heller und kälter: »Julienne, ich will gern kein Nein zu dir sagen, wenn du es nur für kein Ja ansiehst.« – Er könnte, fiel ihm ein, seinen Widerspruch leicht hinter die Zukunft verstecken, da ja noch kein Krieg in Europa entschieden war; aber er fand das nicht ehrlich und stolz genug. – »Quäle nicht!« sagte Linda zu ihr. »Jawohl,« (sagte Julienne aufspringend) »ich darf ja nur an das und an das denken – was weiß ich!« und sah sehr ernsthaft aus. »Noch zwei Tage« (setzte sie dazu und suchte aus dem Ernst zu kommen) »können wir auf der Insel wie Götter, ja wie Göttinnen verleben; wiewohl zu einem Gott taug' ich allenfalls, nur zu keiner Göttin; diese muß länger sein; ich bin nur die Folie der Gräfin aus unendlicher Güte.« Denn Juliennens Gestalt verlor durch die Nachbarschaft der majestätischen Linda.

Aber der Krieg der liebenden Menschen hatte sich durch keinen Frieden geschlossen und blieb daher in seinen Waffen. Wie der Vesuv glühende Steine, so wirft der Mensch seine Vorwürfe so lange in sich empor und erhebt und verschlingt sie wechselnd, bis endlich eine glücklichere Richtung sie über den Rand hinaustreibt.

In Albano arbeitete wohl die Frage, was Lindas Schweigen zum kleinen Kriege über und wider den großen bedeute; allein er legte sie nicht vor. Der Unabänderlichkeit seines Entschlusses sich bewußt, war er milder gegen die Schwester, die er, glaubt' er, doch einmal sehr damit verwunden würde. So war er durch den kalten und warmen Wechsel des Lebens sanft geworden, wie ein Edelstein durch schnelles Erglühen und Abkühlen sich in Arzenei verwandelt.

Schnell und schön gingen die letzten Freudentage über die Insel hinüber, die nach dem Regen wie ein deutscher Garten grünte. Die weiche kühle Luft – die Myrten- und die Orangendüfte – einzelne Glanzwolken am warmen Himmel – der Zauberrauch der Küsten – die goldne Sonne am Morgen und am Abend – und die Liebe und die Jugend schmückten und krönten die einzige Zeit. Hoch brannte auf der blühenden Erde die Opferflamme der Liebe in den blauen stillen Himmel. Wie zwei Spiegel voreinander stehen und der eine den andern und sich und die Welt abmalt und der andere alles dies und auch die Gemälde und den Maler: so ruhten Albano und Linda voreinander, Seele in Seele ziehend und malend. Wie der Montblanc herrlich sich im stillen Chedersee hinabspiegelt in einen blassern Himmel: so stand Albanos ganzer fester lichter Geist in Lindas ihrem. Sie sagte: er sei ein Redlicher und Edler zugleich und habe, was so selten sei, einen *ganzen* Willen; nur wollt' er, wie oft die Männer, noch mehr lieben, als er liebe, und daher merk' er seine stille Erbsünde vor Selbstsucht nicht genug. Gegen nichts sträubt' er sich zorniger und aufgebrachter als gegen den letztern Tadel, und er vergab ihn niemand als der Gräfin. Er widerlegte sie, so stark er konnte;

aber ihre Meinung wurde durch die beste Vertilgung nur eine Scheinleiche und trat ihm in der nächsten Stunde wieder lebendig entgegen.

Mit sich wurd' er durch sie näher bekannt als mit ihr selber. Er nannte sie die Uranide, weil sie ihm wie der Himmel zugleich so nahe und so fern erschien; und sie hatte nichts gegen diesen vollen Lorbeerkranz. Es gibt eine himmlische Unergründlichkeit, die den Menschen göttlich und die Liebe gegen ihn unendlich macht; so ließen die Alten die Freundschaft die Tochter der Nacht und des Erebus sein. Wenn Albano so über den weiten reichen Geist Lindas hinsah – sie, zugleich ihrer Liebe lebend und jede fremde beschirmend und doch gleichsam vom Wissens-Durste trunken – zugleich ein Kind, ein Mann und eine Jungfrau – oft hart und kühn mit der Zunge, für und gegen Religion und Weiblichkeit und doch voll der zärtesten kindlichsten Liebe gegen beide – glühend zerschmelzend vor dem Geliebten und schnell erstarrend bei kaltem Anrühren – ohne alle Eitelkeit, weil sie immer vor dem Throne einer göttlichen Idee stand und der Mensch nie eitel ist vor Gott, aber sich alles zutrauend und vor niemand demütig, ohne doch sich oder andere zu vergleichen – voll männlicher kecker Aufrichtigkeit und voll Achtung für Gewandtheit und listigen Welt-Verstand – so ohne Eigennutz und kindlich über Frohe froh, ohne besondere Sorge und Achtung für Menschen – so unbeständig und unbiegsam, jenes in Wünschen, dieses im Wollen – aber ewig ihr Auge und Leben gegen die Sonne und den Mond des geistigen Reichs, gegen Würde und Liebe gerichtet, gegen das eigne und gegen ein geliebtes Herz: – wenn Albano das alles vor sich spielen und weben sah, so lebt' er gleichsam auf dem einfachen und doch unabsehlichen, dem beweglichen und doch allgewaltigen Meere, dessen Grenze bloß der klare Himmel ist, der keine hat.

An dem Himmel der drei Liebenden erschien endlich die Morgenröte des Reise-Tages. Es wurde von beiden Freundinnen bestimmt, daß Albano sie nur bis Neapel, wo ihre Leute ihrer warteten, begleiten – dann sie in Rom einmal zufällig – dann auf Isola bella zum letzten Male zufällig finden dürfte; eine sehr unfreundliche Unterwürfigkeit unter den Welt-Schein, auf welche aber Linda so stark als Julienne drang und zu welcher selber Albano, durch seine Geburt mehr zum Standes-Zwange abgehärtet als ein bürgerlicher Jüngling von gleicher Seele, leicht das schmerzliche Ja unter dem schweren Schleier aller Verhältnisse hergab. Julienne entschied über alle kleinern Maßregeln; sie war auf der ganzen Reise die Geschäftsträgerin der Gräfin gewesen, die, wie sie sagte, nicht Kopf genug habe, um sich einen Hut darauf zu kaufen, so rasch, geldvergessen und träumend sei sie. Die Schwester war so munter und ganz hergestellt, sagte aber, alle fünfunddreißig heiße Quellen der Insel hätten nicht halb so viel für ihre Genesung getan als ebenso viele Freudentränen, die sie zum Glück vergossen habe.

Sonderbar erschien alles um sie am Reise-Morgen: ein helles warmes Gewölk' vertropfte silbern – die Sonne schien zwischen zwei Bergen darein –

die entzückten Eiländer sangen ein neues Volkslied unter der Regen-Ernte oder Tropfen-Lese – indes ihre Freunde eilig von den Wellen aus ihrem Freuden-Kreise weggezogen wurden. Agata stand, um sich zu kühlen, mit einer Schlange in der Hand am Ufer, und Albano fühlte dabei einen Schmerz, den er sich nicht zu erklären wußte. Jetzt warf der Epomeo den Wolken-Himmel auseinander, und glänzende Wolken-Stücke zogen langsam ihnen voraus, nach dem Apennin, dem Norden zu, dem Wohnhimmel der Nebel, und schnell und leicht glitten die Schatten des Himmels über die wimmelnden Wellenspitzen.

»Immer« (sagte Albano, nach der nach Westen zurückschwimmenden Insel blickend) »bestehe mit deinem Berg; nie reiße ein Unglück das schönste Blatt aus dem Buche der Seligen!« – »Wie wird es mit uns allen sein,« (sagte Linda) »wenn wir einmal wiederkommen und den schönen Boden wieder suchen?« – Da erblickten sie einen hochgewölbten Regenbogen, der halb auf der Insel und halb auf den Wellen stand, die ihn wie einen gewölbten bunten Wasserstrahl auf das Ufer auszuwerfen schienen. »Wir werden« (sagte Julienne entzückt) »durch den Bogen des Friedens eingehen.« Bei diesem Worte verschwand der Regen und der Farbenkranz; und allein die Sonne glänzte hinter ihnen.

Durch den Fackeltanz der Wellen lief die Fahrt. Die Fernen glänzten und dampften herrlich. »Warum ergreifen die Fernen so mächtig die Seele, obgleich aus denselben Farben wie die Näh gemalt?« sagte Albano. »Das ist eben die Frage«, sagte Dian. Gewaltig lag das Meer wie ein Ungeheuer an den Küsten über ihren ganzen Weg nach Rom hin ausgestreckt und hob die Schuppen von Wellen auf und nieder. Albano sagte: »Da ich auf dem Vesuv das Gebürg' ansah und das Meer: so dacht' ich daran, wie klein und falsch teilet der enge Mensch die zwei Kolossen der Erde in kleine benannte Glieder entzwei und tut, als reiche nicht dasselbe Meer um die ganze Erde.«

Seine Freundinnen konnten, zu innig und trübe bewegt, nichts antworten, und vor den fremden Augen standen ihnen keine Worte, kaum Blicke frei. Als Albano wieder das Schlachtfeld der Zeit, die Ruinen-Küste, näher sah, die den Mann ewig fassen und heben – die alten Tempel und Thermen, wie alte Schiffe auf dem Lande sterbend – hier einen niedergedrückten Riesentempel, dort eine Stadtgasse unten auf dem Meersboden[1] – die heiligen Gedächtnissäulen und Leuchttürme voriger Größe leer und ausgelöscht neben der ewig jungen Schönheit der alten Natur: so vergaß er die Nachbarschaft seiner eignen Vergänglichkeit und sagte zu Linda, deren Auge er dahin gerichtet: »Vielleicht errat' ich, was Sie jetzt denken, daß die Ruinen der zwei größten Zeiten, der griechischen und römischen, uns nur an eine *fremde* Vergangenheit erinnern, indes andere Ruinen uns nur gleich der Musik an die *eigne* mahnen, das dachten Sie vielleicht.« – »Wir denken

[1] Bei Baja.

hier gar nichts,« (sagte Julienne) »es ist genug, wenn wir weinen, daß wir fort müssen.« – »Wahrlich, die Prinzessin hat recht«, sagte Linda und setzte wie unmutig über Albano und alles dazu: »Und was ist das Leben weiter als eine gläserne Himmelspforte? Sie zeigt uns das Schönste und jedes Glück, aber sie ist doch nicht offen.«

Durch Zufälle fremder Umgebung waren sie gezwungen, sich mit kaltem Scheine zu verlassen und nach der Gewohnheit des neckenden Schicksals eine große Vergangenheit mit einer kleinen Gegenwart zu beschließen.

Albano reisete, so schnell sein Sinn es vermochte, über die erhabne Welt um ihn her. Als er in Mola ankam, hört' er die seltsame Nachricht, daß man in Gaeta eine ganze lederne Kleidung mit einer Maske weit im Meere schwimmend gefunden, die des aufgefahrnen Mönchs seine gewesen sein müsse und bei welcher man nichts so unbegreiflich gefunden als die Leerheit ohne einen toten Leib. – In Mola verduftete endlich die schöne Ischias-Insel, die hohe Himmelsburg, und der steigende Pol bedeckte unter andern südlichen Sternbildern auch dieses warme, das mit Glückssonnen so lange über ihm geschimmert; und der letzte Stern des kurzen Frühlings ging hinab.

Das ist das Leben, das ist das Glück. Wie der spielende Mond besteht es aus ersten und letzten Vierteln, und langsam nimmt es zu und langsam ab – in seiner Hoffnung, in seiner Furcht –; ein kurzer Blitz ist der Vollmond der innersten Entzückung, eine kurze Unsichtbarkeit der Neumond der innersten Öde; – und immer hebt das leichte Spiel wie der Mond seinen Kreis von neuem an.

Dreissigste Jobelperiode

Tivoli – Streit – Isola bella – die Kinderstube – die Liebe – Abreise

116. Zykel

Albano trat wieder bei dem Fürsten Lauria ab, der bisher in einem solchen Zustrom neuer Begebenheiten geschwommen war, daß er die Abwesenheit kaum innen geworden und sich über die Wiederkunft wundern wollte. Es war unterdessen der deutsche Krieg gegen Frankreich festgesetzt worden. Diese Botschaft trug er seinem Enkel voll von der freudigen Erwartung entgegen, welche große Szenen ein solcher Kampf entfalten müsse. Auch Albano wurde lange mit ihm von diesem hohen Strome gezogen, eh' er daran dachte, daß diese Nachricht anders und niederschlagender auf seine Schwester wirken würde als auf ihn. Aber das heroische Feuer, in welches er sich mit dem politischen Lauria hineinsprach, spielte ihm einen leichten Sieg über die schwesterliche Liebe vor.

Er wollte den Freundinnen seine Ankunft sagen, als er vom Fürsten vernahm, daß beide, wie er von der Fürstin Altieri, bei der sie wohnten, gehört, schon nach Tivoli gegangen. – Wie glücklich reisete er, die freundliche Absicht dieser Zwischenreise erratend, aus dem von Liebe und Frühling strahlenden Rom und sah ebenso heiter nach der Zukunft, wo sein Leben sich blühend auseinanderschlug, als nach Tivoli, wo er zwei Herzen an eines zu drücken hoffte.

Er fand, da er in der Stadt Tivoli ankam, die feurigen Mädchen schon entwichen nach der Kaskade. Wie ein Mensch im Tempe-Tal oder vor dem Genfersee nur im unachtsamen Traum am Ufer vor den Wasserbildern des Himmels und der Erde vorübergeht, weil ihn die blühenden Urbilder rings umher umfangen und entzünden: ebenso glitten die Felsen der bevölkerten Landschaft und der runde Vestas-Tempel und die ineinanderfließenden Täler vom römischen Tore an bis zum Tempel, diese glänzenden Reihen glitten nur als Traum- und Wasserbilder vor dem Herzen vorüber, worin eine Geliebte lebendig blühte und mit der Fülle einer Welt eine Welt verdrängte.

Er irrte unter dem Gewühle der Aussichten umher, ohne die schönste zu finden, als ihn ein kurzer blaßgelber reichgekleideter Mensch mit eingeschrumpftem Gesichte erblickte und mit dem seidnen Arm auf den Weg zur Kaskade zeigte, ungefragt sagend: wenn er die Damen suche, so seien sie bei der großen Kaskade.

Albano schwieg, ging weiter, sah zwei und erkannte Linda an ihrer hohen Gestalt. Endlich sahen, fanden, umfaßten sich die drei Menschen, und der herrliche Wassersturm wehte in die Entzückung. Linda sagte zärtliche Worte der Liebe und glaubte stumm zu sein, denn das schöne Gewitter aus Strömen zerriß die zarten Silben wie Schmetterlinge. Sie hatten sich nicht gehört und standen, schmachtend nach ihren Lauten, umrungen von fünf Donnern, mit weinenden Augen voll Liebe und Freude voreinander. Heilige Stelle, wo schon so viele tausend Herzen heilig brannten und selig weinten und sagen mußten: das Leben ist groß! – Heiter und fest glänzt in der Sonne oben die Stadt über dem Wasser-Krater dahin – stolz schauet Vestas zerrissener Tempel, mit Mandelblüte bekränzt, von seinem Felsen auf die Strudel nieder, die an ihm graben – und ihm gegenüber spielet der strudelnde Anio alles auf einmal vor, was Himmel und Erde Großes hat, den Regenbogen, den ewigen Blitz und den Donner, Regen, Nebel und Erdbeben.

Sie gaben sich Zeichen, zu gehen und das stillere Tal zu suchen. Wie klangen ihnen darin die Worte Bruder, Schwester, Linda wie neue Menschenlaute im Paradies! Hier, ehe sie den Hügel voll neuer Wasserstürze, Blitze und Farben bestiegen, suchten sie sich ihre Reisen und ihre Nachrichten einander zu erzählen. Julienne berichtete die frohe, ihr Bruder, der Fürst, gebe wieder Hoffnung der Genesung, seitdem er wachend, wie er beteuere, seinen toten Vater gesehen, der ihm längeres Leben versprochen.

Die schöne Linda blühte im Paradies wie eine verhüllte Göttin, die ihren Geliebten auf der Erde lange suchte und endlich gefunden hat. Sie nahm oft seine Hand und drückte sie wider ihre Augen und Lippen und lispelte kaum hörbar, wenn er mit ihr oder Juliennen sprach: »Lieber! – Freundlicher Mensch!« – Über die Gegend schwieg sie; denn über jede sprach sie erst, wenn sie aus ihr gekommen war.

Julienne, über die brüderliche Genesung so froh, fing allerlei Scherze an, sagte, daß sie bedauere, aus Neapel ihrem Ludwig ein vergebliches Spezifikum gegen sein Übel gesandt zu haben, und fragte endlich Albano: »Kennst du nicht einen Jüngling namens Cardito? er will dich kennnen.« – Er sagte Nein, erzählte aber, ein kleiner stämmiger Mensch hab' ihn hier zu kennen geschienen und zur Kaskade gewiesen. Julienne fuhr auf und sagte, es sei entschieden der haarhaarische Prinz, der auf Luigis Tod und Thron so boshaft hoffe; er wohne in Tivoli im Hause des Herzogs von Modena und gehe gewißlich als ihrer aller Spion umher. Um sich selber nach diesem gehaßten Mißlaut wieder auszustimmen, setzte sie die Frage über Cardito fort und sagte: »Es ist ein sehr schöner derber Korse (der Prinz ist ja die lebendige Ungestalt), und er kündigt dir ganz ernsthaft den Krieg an.«

»Den soll er wahrlich haben«, sagte Albano, der nun alles begriff; und – alles erzählte. Cardito war jener Korse, mit dem er früher sich über den gallischen Krieg entzweiet hatte. »Bruder, das ist noch dein Ernst?« sagte Julienne mit gedehntem Akzent. »Jetzt besonders!« sagt' er entschieden, um den Streit sogleich auszuschließen. Heftig drückte Linda seine Hand in ihre Augen, als wolle sie sie damit bedecken. »Nun, so verhandle deinen Prozeß mit mir, so vernünftig du kannst, und lasse deine Rechtsgründe hören; aber laß uns erst auf den Hügel, damit man dabei auch etwas sieht«, sagte die Schwester.

Auf dem Hügel – vor dem Grün des blitzenden Tals, wo überall der Strom wie ein verwundeter Adler mit dem Flügel an der Erde schlug – vor den auf die Blumen herunterblitzenden drei Kaskatellen – fing Albano bewegt und begeistert an: »Ich habe nur *einen* Grund, liebe Schwester – ich bin noch nichts – ich bin kein Dichter, kein Künstler, kein Philosoph, sondern nichts, nämlich ein Graf. Ich habe aber Kräfte zu manchem, warum soll ichs nicht sagen? – Wahrlich wenn ein Da Vinci alles ist, oder ein Crichton, oder wenn ein Richelieu, ob er gleich den politischen Thron behauptet, doch noch den poetischen besteigen will: soll ein anderer mit kleinern Wünschen nicht entschuldigt sein? – Und bei Gott! eigentlich will ein Mensch doch alles werden, denn er kann nicht anders, er sehnet und treibt sich dazu hin, und das innige versteckte Herz weint Blutstropfen, die keine Menschenhand abtrocknet, nur die hohen Eisenschranken der Notwendigkeit halten ihn auf – Schwester, Linda, was hab' ich denn noch getan auf der Erde?« –

»Diese Frage; – und diese ist genug vor Gott«, sagte Julienne, bewegt von der wund-stolzen Bescheidenheit des Jünglings und von seiner schönen

Stimme, welche zornig so klang wie gerührt. »Worte! was sind Worte?« (sagt' er) »O man schämt sich wohl freilich, daß man etwas früher nur denken und sagen muß, eh' mans tut, obgleich der dürftige Mensch nicht anders kann, sondern jede Tat wie eine Statue vorher im elenden Wachs der Worte modellieren muß. Ach, Linda, liegen hier nicht überall um uns Taten, statt der Worte und Wünsche? – Hab' ich nicht auch einen Arm, ein Herz, eine Geliebte und Kräfte wie andere und soll mit einem morschen mürben spanisch- oder deutschen Grafenleben aus der Welt gehen? – O meine Linda, streite du für mich!«

»Ich bin« (sagte sie, scharf nach der großen Kaskatella blickend, die hoch aus Bäumen herniederstürmte) »nicht von vielen oder beredten Worten und verstehe Sie auch nicht ganz. Ich muß mir immer die Worte in Ideen und Wahrheiten übersetzen und vermag es nicht allzeit. Bei Ihren Worten, Graf, denk' ich mir gar nichts. Wem die Liebe nicht allein genügt, der ist von ihr nicht erfüllet worden. Freilich, so mit dem Herzen alles vergessend wie wir, so konzentriert in *eine* Idee des Lebens sind die Männer nie. Ach und so wenig ist der Mensch dem Menschen, ein Menschen-Bild ist ihm mehr und jede kleine Zukunft!«

»Auch du, Brutus?« sagte Albano betroffen. »Würden Sie« (fuhr er sich fassend fort) »dem Elysiums-Leben auf Ischia eine Ewigkeit für einen Mann geben? Würden Sie ihn als Jüngling ins Kloster der seligsten Ruhe schicken? Gewiß nur als Greis. Jenes hieße den Baum mit dem Gipfel in die finstere Erde pflanzen.«

»Das ist wieder der Deutsche,« (sagte sie) »nur immer recht Betriebsamkeit. Die ruhigen Neapolitaner, die Völker am Apennin, an den Pyrenäen, am Ganges, in Otaheiti, voll Genuß und Beschauung, sind diesem Spanier ein Greuel. Ich dächte, wenn ein Mensch nur für sich etwas würde, nicht für andere, das reichte zu. Was *große Taten* sind, das kenn' ich gar nicht; ich kenne nur ein *großes Leben*; denn jenen Ähnliches vermag jeder Sünder.« –

»Wahrlich, das ist wahr,« (sagt' er) »es gibt nichts Erbärmlicheres als einen Menschen, der sich durch dies oder das zeigen will, was ihm selber groß, selten und ohne Verhältnis zu seinem Wesen vorkommt und ihm daher gar nicht angehört. Jede Natur treibt ihre eigne Frucht und kann es nicht anders; aber ihr Kind kann ihr niemals groß erscheinen, sondern immer nur klein oder gerecht. – Ists anders, so ist ihr eine ganz fremde Frucht an den Zweig gehangen.«

»Albano! wie wahr! Aber Ihr hattet sonst nie einen halben Willen, wie ist's?« sagte Linda. »Jetzt auch nicht!« sagt' er ohne Härte. Man ist am sanftesten, wo man am stärksten ist mit dem Entschluß. Er suchte nun seine eignen Worte – das Öl und den Wind für sein Feuer – recht zu sparen und zu meiden; um so mehr, weil Worte doch gegen nichts helfen, sondern vielmehr das fremde Gefühl anstatt aus- nur anblasen; dabei wurd' er noch der häufigen Fälle eingedenk, wo er Linda mit einem einzigen Worte bei aller Unschuld zur Flamme aufgetrieben. Sie standen, und er schauete hin über das göttliche Land, als Linda, nach einem stummen Blicken in sein Angesicht, ungeachtet ihres scheinbar-ruhigen Philosophierens, auf einmal heftig seine Hand anfaßte und rief: »Nein, du darfst nicht, bei meiner Seligkeit, bei allen Heiligen – bei der heiligen Jungfrau – bei dem Allmächtigen! – du darfst, du sollst nicht!« Einen Raub gibt es, wogegen ewig der Mann unaufhaltsam entbrannt aufsteht, und beging' ihn eine Göttin aus Liebe und böte sie dafür eine Welt von Paradiesen: es ist der Raub seiner Freiheit und freien Entwickelung. Ja, daß es Liebe ist, aber despotische, zugleich Freiheit übende und raubende, das erbittert ihn nur noch mehr, und aus dem *Nebel* des Irrtums wird später das *Gewitter* der Leidenschaft. – Linda wiederholte: »Du darfst nicht.« Er sah' ihr bewegtes glänzendes Antlitz an, dessen südliche Heftigkeit doch mehr einem Enthusiasmus glich als einem Zorn, und sagte fest: »O Linda, ich werde wohl dürfen und wollen!« – »Nein, ich sage Nein!« rief sie. –

»Bruder!« fing die Schwester an. »O Schwester,« (rief er) »sprich sanft, ich bin ein Mann und habe heftige Fehler.« Ihn zog der erhabene Krieg des Wassers mit der Erde und mit Felsen, das Durcheinanderstürmen der blitzenden Regengestirne umher wie an Flügeln in die Wirbel – die große Kaskatella warf aus hohen Bäumen ihren Wolkenbruch heraus, und aus dem Himmel ohne Donner stäubte eine schimmernde Welt – und in Osten zeigte sich fern das Meer im dunkeln Schlaf, und die untergehende Sonne drang glänzend in den Glanz herein.

»Gewiß werd' ich sanft reden« (sagte die Prinzessin, die, viel empfindlicher und nachklingender als Linda, einige Mühe hatte, den Sprachton zu ihrem Versprechen zu stimmen) – »Es braucht nichts weiter als die Betrachtung, daß unser Streit zu früh ist; ich tue bloß die Bitte, ihn bis zum Oktober auszusetzen, und das Versprechen, daß er dann anders ausgeht.« – »O es sei!« sagte Albano. Linda nickte sanft und langsam und legte wider Erwarten seine Hand mit beiden an ihr Herz und sah ihn an, aus großen Augen weinend, denen sonst Feuer gewöhnlicher war als Wasser. Ihn zerschmolz der Anblick, daß diese kräftige Natur nur Heftigkeit ohne Hassen und Zürnen hatte, und ihn erfrischte unendlich sein voriges geheimes Niederschlagen seiner auffahrenden Flammen.

Die Schwester wurde durch beide erweicht, und eine Minute der zärtesten Liebe umschlang bald die drei Menschen mit *einer* Umarmung. Die Hyperbeln des Zorns sind dem Menschen nie so ernst als die der Liebe, jene soll nur der andere glauben, diese glaubt er selber; alle hatte das Aussprechen ausgeheitert.

Wenn sonst eine vergangne kalte Minute den Liebenden, wie eine kalte Nacht den Bienen, noch die Blumen zuschließet, woraus sie den Honig nehmen, so war hier nach dem Sturm aus klarer blauer Luft der Himmel reiner und stiller, und die Ruhe wurde Seligkeit wie die Seligkeit Ruhe.

Durch Albano war, obwohl schnell, die Furie der Furcht gegangen, die ein umgekehrtes Sternrohr hält und dadurch den Menschen einen ganz fernen ausgeleerten Himmel ohne Sterne zeigt; aber nicht so durch Linda: sie hatte immer in Liebe und Hoffnung fortgesprochen, und für ihr glühendes Herz gab es keine Stellen mit Eis. Darum war er jetzt so selig, und so beglückt vom Anschauen der kräftigen Natur! Eine hohe lange Tal-Kette, worin Wein und Öl in Blütendüften flossen, führte alle dem großen Rom entgegen. Eine Zeitlang durfte sie der Jüngling begleiten; endlich mußt' er zu einer langen Entfernung Herz und Auge von den Geliebten reißen, als über die grünen Täler her schon die mächtige Peters-Kuppel herüberglänzte und die Zypressen, stolz nur von Zypressen umgeben, das Gold des Abends auf den Zweigen trugen, ohne sie zu regen. Alle hatten das Auge am schönen Rom, aber ihr Herz war nur auf Isola bella, wo sie einander wiederzufinden versprachen.

117. Zykel

Auf dem Wege nach Isola bella dacht' er seiner kriegerischen Stunde mit der heftigen Linda nach und dem Charakter dieser Kriegsgöttin. Er erschrak über die steile Höhe, über welche er sich vor wenigen Tagen so weit herübergebückt, da Linda so entschieden ist, nichts kennt als Leidenschaft oder Vernichtung. Und doch fand er jetzt in der Abkühlung ihre gebietende Foderung an seine Freiheit noch härter und sagt' es sich stark, das Weib dürfe nicht das heilige Gebiet der männlichen Entfaltung einengen oder beherrschen. Von der andern Seite war ja alles Liebe und deren Übermaß – und je länger er reisete und verglich, desto einsamer und dunkler wurd' es auf der Stelle seines Lebens, auf welche nur sie die große Flamme warf. Sie rückte ihm durch sein stilles Beschauen ihres Geistes im Geiste viel heller und näher als durch die Gegenwart vorher, weil jenes sie auf einmal in Harmonie, diese sie mit den einzelnen Dissonanzen ohne die Auflösung gab. Ihre Kraft der allseitigen Unparteilichkeit für alle Charaktere war ihm an einem Weibe ebenso selten als groß erschienen; zumal da er selber diese Kraft mehr in der Achtung für sie und in dem freudigen freien Auffassen großer, exzentrischer, poetischer Erscheinungen, aber nicht aller und der platten und schlechten wirken ließ.

Gleich mächtig und gewachsen standen in ihm nebeneinander Liebe und Freiheit; nur durch einen neuen Entschluß wurden sie verbunden und versöhnt, sanft zu sein, nicht bloß stark, ihr sein Freiheitsrecht und seine liebende Seele recht offen hinzulegen und das edle Wesen zu werden, das ihr gehört: bin ichs nicht, wenn ichs recht will? sagt' er.

In der höchsten Lebensfreude, in der Einigkeit mit sich und dem Schicksal, machte er seine Reise nach Isola bella so schnell, als hab' er da die Geliebte schon zu finden, nicht erst zu erwarten. Wie manches stand jetzt kleiner an seinem Wege, an das er das römische Maß und nicht das deutsche legte und wovor er nun, wie ihm sein Vater vorausgesagt, flüchtiger vorüberging! –

Endlich sah er die Kunst-Alpe von Isola bella in den Wellen stehen; und landete freudig mit seinem Lehrer in dem Kindheits-Garten an, wo er so viel erwarten und mit neuen welschen Lebens-Blüten am Herzen aus dem gelobten Lande scheiden sollte.

Er wartete mehrere lange Tage, sich sehnend und bangend nach den Freundinnen, ob ihm gleich der heitere Freund immer die Geschwindigkeit seiner Reise vorrechnete. Sein Entschluß, recht sanft zu sein, wurde immer unnötiger und unwillkürlicher. Die Insel selber lösete schon mit ihren Frühlingen aus Düften und mit dem fernen Kranz aus Alpen die Seele auf. Im vorigen Jahre hatt' er sie mehr in Blättern als in Blüten gesehen. Es war ja sein Kindheitsland – an vielen Plätzen an der See schimmerten ihm Sterne aus einer tiefen nachmitternächtlichen Lebens-Frühe herauf – hier hatt' er zuerst seinen Vater gefunden und zuerst Lindas Gestalt über den Wellen gesehen – hier findet und verliert er sie nach der längsten Trennung wieder für eine noch längere – und hier steht er im Tore zwischen Norden und Süden. Das freie duftende Land voll Inseln, die Himmelsleiter des Lebens, steigt ihm in den Äther zurück, und er geht herab in ein kaltes voll Zwang und voll Augen – seine Liebe wird gerichtet vom Vater, sie wird angefallen vom untergegangenen Freund. »Ihr Tage in Ischia,« (seufzte er) »ihr Stunden auf dem Vesuv und in Tivoli, könnet ihr umkehren? könnet ihr je wiederkommen und das unersättliche Herz von neuem überströmen, daß es trinken und sagen kann: es ist genug?«

Zu seinem Dian sprach er, gleichsam um sich und sein grenzenloses Sehnen zu entschuldigen, häufig von Chariton und ihren Kindern und fragt' ihn, wie es seinem Herzen dabei gehe; »sprecht mir nicht so viel davon,« (sagt' er, nach seiner Weise mehr empfindend als erratend und verratend) »wir sind noch so häßlich weit davon – man verdirbt sich die Reise ohne Grund – hab' ich sie alle aber.... nun ei Gott!« – – Dann schwieg er, riß sich den Jüngling in die Arme und küßt' ihn nicht.

An einem blauen frischen Morgen stand Albano, noch eh' die Sonne am Himmel auferstanden war, auf der hohen umblühten Terrassen-Pyramide, wo er einmal im Erwachen den teuern Vater ohne Abschied hatte entfliehen sehen – und blickte bewegt in den leeren weiten See hinab – und an die Gipfel der Eisberge umher, welche schon im Widerscheine der hoch herabziehenden Aurora blühten – und niemand war bei ihm als die Vergangenheit. Er blickte auf sich und in seine Brust und dachte: welche lange schwere Zeit ist seitdem durch diese Brust gezogen! Eine ganze Welt ist darin zum Traum geworden! Und das Herz schlägt noch frisch und fest darin! – Auf einmal sah er im lichten Morgen-Rauche des Sees ein Fahrzeug rudern. Langsam, träge watet' es, denn er sah es aus großer Ferne. Endlich glitt es, flog es, das Segel blühte auf im Morgenbrande, und die grünen Wellen wurden ein umspielendes Lauffeuer wie damals in Ischia um Lindas Schiff. – –

Linda war es und die Schwester. Sie sahen hinauf und grüßten winkend. Er rief in eiliger Wonne: »Dian, Dian!« und lief die vielfachen Treppen hinab, ganz verwundert und entzückt über den ausgebreiteten Glanz, weil er unter der frohen Erscheinung den Aufgang der Sonne nicht gesehen, welche vor der Geliebten die schönen Flammen, die Morgenblumen gleichsam in den Weg des Wassers unterstreuete.

»Seid ihrs wieder, ihr Göttlichen? O sprecht, weint vor Freude, daß ich selig werde und euch habe! Kommt ihr denn mit alter, rechter Liebe wieder?« so sprach er fort in beredter Trunkenheit, aus dem langen träumenden Warten geschöpft. Linda sah mit heimlicher Engels-Lust, mit lieblichem Widerschein in die hoch spielenden Flammen seiner Liebe; und die Schwester genoß in süßer Regung die schöne Milde auf beider Angesicht, welche an der Kraft so bezaubert wie Mondlicht an einem Gebürg. Reisebeschreibungen wurden von beiden Seiten angefangen, aber keine geendigt; Tags- und Insel-Ordnungen vorgelegt, aber keine gewählt. Julienne hielt ihm sein Wort und ihre Bedingung, daß er abends weiterziehen müsse, ans Herz als eine kleine Kühlung gegen das Freudenfeuer darin; traurig sah' er zur freundlichen hellen Morgensonne auf, als steige sie nicht höher, sondern schon tiefer.

Sie gingen nun in schönem Irren durch die Insel, überall blühte neben der Gegenwart eine stille Vergangenheit, unter der Rose ein Vergißmeinnicht. Hier in dieser Grotte vor den aufhüpfenden Wellen hatt' er einst mit seiner Schwester Severina gespielt, und auf diesem Eiland wurde ihm ihr Tod verkündigt. »Aber Julie, du bist meine Severina und mehr«, sagt' er; – »ich denke,« (sagte sie sanft) »ebensoviel.« – Nicht weit von der Arkade hatt' er zum erstenmal in das Angesicht seines Vaters geschauet: »O wenn findest du aber deinen endlich? Sprich darüber, gute Linda!« sagt' er. Sie errötete und sagte: »Ich werd' ihn finden, wenn das Schicksal es zulässet.« – »Wenn aber ist das?« – »Ich weiß nichts«, sagte sie zögernd sanft. Da rührte ihn Julienne winkend an und sagte in so vielem französischen Latein, als sie zusammentreiben konnte, aber in einem gleichgültigen Ton, als spreche sie vor sich selber hin: »Non eam interroga amplius, nam pater veniet (ut dicitur) die nuptiarum [1].« Er blickte sie verwundert an, sie nickte sehr oft. »Julie ist« (sagte Linda lächelnd) »wie die Weiber, so listig im Handeln als offen im Sprechen. Ich hätte mich keinem Bruder so lange verstecken können.« – »Dafür« (versetzte sie) »bekamen die Geschwister einander gleich ausgewachsen und mit allen Vollkommenheiten und können

[1] Frage sie nicht länger, denn ihr Vater soll, wie man sagt, an ihrem Hochzeittage kommen.

sich leicht liebhaben, wenn andere Schwestern erst viele Jahre die Fehler des heranwachsenden Bruders zu verwinden haben.«

Jetzt kamen sie auf die Galerie zwischen Limonien-Blüten, wo Gaspard seinem Sohne so viele Schleier und Masken um die Zukunft hängend hatte sehen lassen; da sagte Albano mit Unwillen: »Hier mußt' ich mir viele Rätsel ankündigen lassen – und dort« (er meinte die Stelle im Meer, wo ihm zuerst Lindas Bild auf den Wellen erschien) »wurde sogar diese teuere Gestalt nachgeäfft.« – »Mein Gott,« (sagte Linda heftig) »warum es noch gar aussprechen? o es war so schlecht, es zu tun!« – »Eingebüßet aber hat doch niemand viel dabei,« (sagte scherzend Julienne) »ausgenommen ein Paar die Herzen und ich die Anonymität!« – »Könnten wir beide nicht antworten, Albano?« sagte Linda leise und hob die Augen auf. »Bei Gott!« sagte er stark, denn ohne jene Vorspiele hätten sie sich früher gesucht und gefunden.

Unter diesen Blicken in eine seltsame, mit Zukunft durchwebte Vergangenheit waren sie in den borromäischen Palast, der diesen Tag zum Glück ohne die Besitzer war, getreten; weil Albano beide, auf Lindas Gesuch, in die Zimmer führen sollte, wo er mit Severina erzogen worden. Der Schloßwärter wollte sie, glaubend, sie suchten nur Aussicht – denn die Kindheitszimmer lagen im fünften Stockwerk –, auf das Dach hinausbringen; er beteuerte, es wären staubige Kinderstuben und seit undenklichen Jahren zugesperrt. Mühsam drehte der Mann mit einem rostigen Schlüssel ein eingerostetes Schloß auf. Sie traten ins bestäubte helldunkle leere hohe Zimmer, worin eine leere Wiege, ein Blumentopf mit einem gleich seiner Erde vertrockneten sinesischen Rosenstöckchen, eine Kinder-Zinn-Uhr, eine weibliche Spiel-Küche mit altmodischem Geschirr, eine gerollte glänzende Klaviersaite, ein deutscher Kalender von 1772, viele schwarze Siegel mit bloßen antiken Köpfen, ein ausgetrockneter Lianenzweig und dergleichen verloren umherlag. Der Mensch sieht bewegt in die tiefe Zeit hinunter, wo seine Lebensspindel fast noch nackt ohne Faden umlief; denn sein Anfang grenzt näher als die Mitte an sein Ende, und die aus- und einschiffende Küste unsers Lebens hängt ins dunkle Meer. Albano wurde wehmütig angeregt von der Umgebung und von dem Blicke auf das Menschenleben und auf seine eignen grünen, noch winterlich-niedrig stehenden Felder hinaus – und von der Stätte, wo er mit einer Mutter und Schwester gelebt, die aus der Erde, ja sogar aus seiner Phantasie entwichen waren. – Er nahm die Zinn-Uhr zu sich und sagte: »Gibt es für das Alter, das keine Zeit, sondern eine Ewigkeit hat, eine bessere Uhr als die mit dem Zeiger ohne Gehwerk?«

Überrascht wurde Linda, als sie von einem Glaskästchen einen Vorhang wegzog und als ein engelschönes Kind von Wachs darin in die hellen Augen Licht bekam. »Es ist die tote Severina«, sagte Albano eilig, mit dem rauhen Beiwort »tot«, was Linda nicht gern litt. Immer mehr wurd' ihm in der helldunkeln Stube unheimlich – ein Sonnenstreif brannte seltsam durch das hohe Fenster herab – beseelter auferstandner Staub spielte in ihm – die Geister der Schwester und Lianens konnten jede Minute durch das Erdenlicht blitzen – und entfernter standen die Gebürge draußen im Leben. Er sah die blühende Linda an, da kam sie ihm auf einmal anders vor, fremd, überirdisch, als erscheine sie unter den Geistern und gehe wieder von hinnen. Sie sah ihn bedeutend an mit den Worten: »Hier ists unheimlich, gehen wir!« – »Weib,« sagt' er mit starker Stimme auf deutsch, einem innerlichen Schrecken antwortend, und faßte ihre Hand, »wir wollen zusammenhalten wie ein lebendiges Herz, wenn man es zerreißen will.« Linda versetzte: »Ich bleibe nicht länger, Julienne!« Und man ging.

Auf der Schwelle kam es dem Grafen ein, in das Nebenzimmer zu schauen; er macht' es auf und fuhr zusammen, rief aber: »Geht nur voraus!« und ging hinein. Er hatte nämlich sich im Spiegel zweimal nachgespielt erblickt. Drinnen fand er sich in einer Nische in französischer Uniform stehen in Wachs, aber schon als Jüngling, und darneben, was die Tür bedeckt hatte, seinen Vater auch als Jüngling, altmodisch bekleidet, aber schön wie ein griechischer Gott; das warme volle blumige Gesicht war noch nicht im starren Leben überwintert und blühte noch liebend. Er stürzte tief ins Meer der Vergangenheit. Die kolossalischen Statuen draußen und die beglänzten Gebürge hatten sich aus dunkeln Wellen aufgerichtet und standen in tropfendem Schimmer. Man rief draußen. Er blickte wieder in sein Gesicht, aber zornig. »Wozu zweimal«, sagt' er und zerquetschte sein Gesicht, aber ihm war es wie Selbstmord und Betasten des Ichs. Die väterliche Gestalt gönnte er noch weniger der fremden unbewachten Stelle, aber sie war ihm zu heilig zur kleinsten Berührung.

Er ging zurück und schwieg über die Bilder, um nicht an Lindas Phantasie die großen widerspenstigen Flügel aufzumachen. Der grünende, blühende, glänzende Tag verschlang bald die kalten Schatten, die von Höhen und Gräbern der Vergangenheit hereingefallen waren. »Aber jetzt,« (sagte Albano zu Linda) »da Sie eben aus meiner Kinderstube gekommen sind, führen Sie mich einmal in die Ihrige.« – »Ich will dich nur erst bekränzen, da wir am rechten Orte sind«, sagte sie und brach und band aus dem Lorbeerwald, durch dessen Gewimmel von lichten und dunkeln Wellen sie jetzt gingen, Zweige zum Kranz. Körperliche Geschäftigkeit gab dieser Jungfrau, welche leichter Töne und Farben und Ideen verknüpfte, ein besonders rührendes Ansehen von Kindlichkeit und naiver Herablassung. Sie flocht die Krone, aber mühsam, verwechselte einmal den ähnlichen Erdbeerbaum mit dem Lorbeerbaum, tat noch einen blühenden Myrtenzweig hinein und schmückte damit sein lockiges Haar, aber sehr ernst: »Der Kranz geziemt dir; die hohen Lorbeern oben am Gipfel wirst du dir schon einmal selber holen«, sagte sie. Er glaubte, sie spiele unter dem Ernst; allein sie sah den Bekränzten freudig und prüfend an und lächelnd, aber wie eine Mutter, und sagte: – »So ists recht! Was willst du noch? Ich bring' es. Albano, ich habe in dieser

Stunde eine ganz besondere und neue Liebe zu dir, ich möchte für dich viel tun, viel leiden. Mein Herz ist bewegt von überschwenglicher Liebe. Küsse mich nicht. Ich will dir erzählen.« Die schöne Weiblichkeit, die den Geliebten heißer und näher liebt, wenn sie zum ersten Male sein Eigentum, seine Kindheitsörter, seine Wohnungen betreten, erfüllte unerkannt ihr starkes Herz. Er küßte sie nicht – er sah sie an und weinte in Liebes-Wonne – sie neigte sich herüber und sagte, aber heiter: »Ich weine sehr schwer, Lieber! Ich will dir das von meiner Kindheit erzählen, was du verlangtest. Von meinen ersten Kindheits-Plätzen ist mir wenig geblieben, vielleicht weil wir immer reiseten und weil ich auch mehr nach Menschen als nach Gegenden sehe – außer mein längster Aufenthalt in Valencia. – Vom frühen Reisen hab' ich wohl meine Reise-Sucht. Am Ende liegt sie doch in mir. Aber ihr glaubt immer, wie die Deutschen, das zu erlernen, was ihr eigentlich ererbt oder erschafft. Von meiner Mutter wurd' ich mehr als von jemand gehasset und geliebt. Jetzt bin ich klar über sie. Sie war ganz für die Kunst oder für die Künste geboren, ob ich wohl glaube, daß sie von den Göttern eigentlich für die Bühne ausersehen war. Sie war alles in dieser Minute, nichts in der andern – Flüche und Gebete, Glaube und Unglaube, Haß und Liebe wechselten ab in dieser epischen Natur. – Sie hätte eine Welt verschenken und eine stehlen können. – Sie drückte mich einmal an ihr Herz und sagte: ›Wärst du nicht meine Tochter, ich würde dich stehlen oder töten aus bloßer Liebe‹; – und das war, als ich gesagt hatte: ›Ich liebe die Medea mehr als Kreusa!‹ –

Indes war sie zu inkonsequent, um ganz geliebt zu werden; meinen unsichtbaren Vater liebt' ich weit mehr, ich dacht', er sei Gott der Vater. Ich bildete mir einmal ein, er müsse in Porta Celi [1] wohnen; stundenlang ging ich um den Totengarten des Klosters und blickte sehnsüchtig durch die Palmen über die Rosen der Gräber. Ich hing an allem Lebendigen bis zum Schmerz; ein sterbender Kanarienvogel machte mich einmal krank, und die Totenmesse, glaubt' ich, werde für ihn gelesen. Auch an Gott und Geistern hing ich trunken. Im Feuer, das ich im Dunkeln einmal aus dem Zucker schlug, blitzten sie mir vorüber. Ich habe nie gespielt, sondern früh gelesen. Da ich sehr ernst war und meine Gestalt sich zeitig entwickelte, so wurd' ich früh als eine Erwachsene behandelt, und ich begehrt' es auch. Niemand war mir ernst genug, außer der Vormund, der mit heimlicher Hand meine Entwicklung regierte. Vor Büchern und im Reisewagen da verging mein erstes Leben. Ich beneidete die Männer um ihr Wissen und ihre Freiheit, aber sie gefielen mir nicht, die Weiber noch weniger. Ich galt für stolz – und früher war ichs auch – und für phantastisch; ich nahm es nicht übel und sagte: ›Ihr habt euere Weise und ich meine.‹« – – Durch Dian und Julienne wurde die Erzählung gestört.

[1] Eine sehr schöne Kartause bei Valencia.

118. Zykel

Die erste einsame Minute, die Albano mit seiner Schwester fand, legte er zur Nachfrage über ihre lateinische Nachricht an, daß Lindas Vater gerade an ihrem Hochzeittage erscheinen würde; aber sie verwies ihn auf seinen eignen, der ihm alles über Lindas ihren sagen könne – und bat ihn, »Linda zu schonen, nicht nur in ihrer Zartheit, sondern auch in ihrer eignen Ehe-Scheu, die sehr weit gehe. Sie konnte nicht einmal eine Freundin an den Traualtar begleiten,« (setzte Julienne dazu) »sie nannte diesen den Richtplatz der weiblichen Freiheit, den Scheiterhaufen der schönsten freiesten Liebe und sagte, das Heldengedicht der Liebe werde dann höchstens zum Schäfergedicht der Ehe. Freilich weiß sie nicht, wohin solche Grundsätze endlich führen.« – »Ich hoffe auch, daß du ihr vertrauest«, sagte Albano, sich diese Seltsamkeit anders und höher ableitend als seine strenge Schwester. Sie brach schnell ab, um ihm noch den Rat nach Pestitz mitzugeben, die Fürstin zu fliehen, die ins Innerste hinein kalt, falsch, rach- und selbstsüchtig sei. »Sie hat etwas und zwar viel mit dir vor – und ihr Haß gegen die Gräfin kommt jetzt dazu – Linda fasset sie scharf auf, aber doch lässet sie sich aus Heftigkeit durch alle hinreißen und benutzen, die sie übersieht und voraussieht.« Albano blieb bei seinem alten sanftern Urteil über die Fürstin – um so mehr, da er Juliennens moralische Härte gegen jede genialische schon aus ihrem Mißurteil über Lianen kannte –; aber er gab ihr das leichte Wort, sie zu fliehen, ohne ihr den Grund, nämlich ihre so hart entzauberte Liebe für ihn, zu sagen. Für sein Zartgefühl gab es keine größere Roheit als dieses öffentliche Erbrechen und Vorlesen eines Liebesbriefs, als das männliche Auffangen und Ausrufen eines weiblichen Seufzers der Liebe durch ein Sprachrohr fürs Volk.

Alle kamen wieder zusammen – lagerten sich auf eine Stelle, die den See und die Alpen und die Blüten-Schatten gab – der Tag glühte sich ab und sank von Schönheit zu Schönheit zum Abend hinunter. – »Auf dieser feinen Insel« (sagte Dian) »fängt sich schon das nordische Wesen an, und wir stehen bald zu Hause unter einem spitzen Dach.« – »Nun ja,« (sagte Julienne) »aber endlich hat mans doch auch gern, wenn man wieder einen reinlichen Menschen, eine Blondine und einen Schatten sieht und ein paar Vögel hört.« [1] – »An Tivoli und Ischia und den Posilippo denk' ich nicht,« (sagte Albano) »ich denke an meine Kindheit und an die Alpen. – Drüben am Ufer des Langsees (Lago maggiore) mögen sich freilich die beiden Insel-Zuckerhüte nicht zum besten darstellen; aber dafür stellet sich hier auf dem Zuckerhut das Ufer und der See desto besser dar, und für den, der auf dieser Seealpe steht, ist sie doch gemacht.« – »Mir ist alles gleichgültig,« (sagte

[1] Die Sangvögel sind in Italien selten, weil man sie für die Küche auf dem Markt verkauft.

Linda) »denn ich finde mich hier ganz wohl. Das Rezensieren schöner Gegenden ist auch ein nordisch Wesen, weil man sie da nur aus Büchern kennen kann; der Italiener, der sie hat, genießet sie wie die Gesundheit und ist sich nur der Entbehrung bewußt; deswegen ist er nicht einmal ein großer Landschaftsmaler.«

»Man sollte« (sagte Dian) »das prächtige Welschland noch auf der Grenze besingen, wenn man von dem Kastellan eine Gitarre bekäme.« Er ging und brachte eine. Nun fing er italienisch zu improvisieren an. Er sang: »In Apollo wurde die alte Liebe nach dem vorigen Schäferlande auf der Erde und nach der verlornen verhüllten Daphne wieder wach – er stieg vom Himmel, um beide zu finden – ihm hatte Jupiter den Momus mitgegeben, der ihm das Häßliche zeigen sollte, damit er zurückfliege – als ein schöner lächelnder Jüngling ging er über die Inseln, durch die Ruinen der Tempel, durch ewige Blüten, vor göttlichen Gemälden einer unbekannten hehren Jungfrau mit einem Kinde und vor neuen Tönen vorüber und zog wie über die Zauberkreise einer schönern neuen Erde. – Vergeblich zeigte Momus ihm die Mönche und Seeräuber und seine von der Zeit niedergeworfnen Tempel und ließ ihn spottend Thermensäulen für Tempelsäulen nehmen – der Gott sah hinauf zum hohen kalten Olymp und sah herab auf dies warme Land, auf diese große goldne Sonne, diese hellblauen Nächte, diese ewigblühenden Düfte, diese Zypressen, diese Myrten- und Lorbeerwälder und sagte: hier ist Elysium, nicht in der Unterwelt, nicht auf dem Olymp – da gab ihm Momus einen Lorbeerzweig von Virgils Grabe[1] und sagte: das ist deine Daphne. Jetzt erzürnte sich seine große Schwester Diana, sie gab Daphnen ihre Gestalt und Kleidung, als komme sie aus den Wäldern der Pyrenäen herüber; aber er erkannte die Geliebte und ging mit ihr in den Olympus zurück.« – Als Dian das sang und die Lieder mit den Saitentönen fliegen ließ, so standen hoch drüben im Himmel die ewigen Glanz-Gebürge aus Eis, von den Bergen flatterten Quellen und Schatten in den hellen See, und der Abend bewegte sich entzündet und entzückt. Da ergriff der stille Albano die Saiten, senkte das Auge in den Blitz der Gebürge ein und fing errötend an: »Verweile, o Sänger, bei den hohen Geistern, die auf das Schlachtfeld zogen, tötend, sterbend – und die aufbaueten die ewigen Tempel der Menschheit – verweile bei den reinen Demanten, die glänzend und fest unter dem Hammer des Schicksals blieben – verweile bei der alten Zeit, bei dem Meere Roms, das einen Weltteil trug und die andern untergrub – aber fliehe vor der Zeit, die ihren Gipfel in ihren eignen Krater senkte. – Verweile, Sänger, auf der Höhe und schaue in den Garten der Welt herunter, der ein spielendes Menschenleben ist – die Ruine wird Fels, und der Fels Ruine – auf dem hohen Vorgebürge duftet die Blüte, unten liegt das Meer mit offnem Rachen – über die Scylla glänzen schöne Häuser und Gassen

[1] Dian liebte den Virgil nicht.

zwischen dem Lager erschrecklicher Felsen. – Und der Gott fliegt über das Land und sieht das Kind auf der Tempelsäule am Ufer und die Göttertempel voll Mönche, die Sümpfe voll namenloser Ruinen und die Küste voll Blüten und Grotten – und die blühenden Myrten und Reben und die Feuerberge und die Inseln – und Ischia....«

Aber ihm entsank die bestürmte Gitarre und die Stimme, das Auge ging tief in den Himmel und in das Leben des Menschen ein, und er entfernte sich, um das laute Herz zu stillen. In der kühlenden Einsamkeit bemerkte er, wie weit schon die Sonne hinabgeflogen sei wie mit Amorsflügeln durch einen kältern Himmel; – er kehrte schnell zurück, in der Abendröte schlug seine Scheidestunde aus.

Als er wiederkam, war Linda allein – denn Julienne hatte seinen Dian unter dem Vorwande, das Bilderkabinett zu besehen, von den Liebenden weggezogen, denen heute ohnehin nur ein kürzester Tag des Glücks beschieden war – und die Geliebte sah ihn bedeutend an: »Dian sang eigentlich besser« (sagte sie) »und epischer, aber Euer lyrisches Wesen hab' ich doch auch sehr lieb.« Sie blickte ihn wieder an, dann wieder, dann in sein Auge, dann umarmte sie ihn schnell, und kein Laut erklärte den plötzlichen Kuß. »Wir wollen auf die Terrasse«, sagte sie leise. Sie bestiegen die schöne Höhe der zehn Terrassen, welche mit Lorbeer- und Zitronenbäumen und mit Pyramiden und kolossalischen Statuen und mit der Aussicht auf das ferne, von Dörfern und Alpen umzogne Ufer das Auge füllt und wo einst Albano seinen Vater hatt' entfliehen sehen. »Du gefällst mir immer mehr, Albano,« (sagte Linda) »ich glaube fast, du kannst recht lieben; erzähle mir deine erste Liebe, ich habe dir auch erzählt.« – »O Linda,« (sagt' er) »wie viel begehrst du! Aber ich bin wahr und sage dir alles; du wirst Sie lieben, wie Sie dich liebte. – Sieh hier dein Bild, das Sie sterbend machte und mir gab!«

Er reichte ihr die kleine Zeichnung, und ihr Auge wurde naß. Darauf fing er leise und feierlich das Gemälde seiner ersten Liebe an – wie er Sie so früh noch ungesehen und in ersten Morgenstrahlen des Lebens verehrt und gesucht – und wie er Sie fand – und wie Sie glücklich machte und es nicht wurde – wie sanft Sie war und er so wild und hart – wie er seinen eignen Ungestüm des Herzens Ihr zumutete – wie grausam er Ihre Entsagung aufnahm und wie Sie durch ihn unterging. Linda weinte mehr als gewöhnlich. »O ich habe hart gehandelt, gute Linda!« sagt' er. »Nein,« (sagte sie) »ich wein' über euch beide.« – »Ich habe große Mängel«, sagt' er. »Alle vergeb' ich dir,« (sagte sie) »wenn du nur lieben kannst; aber das liebliche Wesen hat auch sehr gefehlt und gegen die Liebe.« – Sie hielt innen, dann fragte sie leise: »Albano, ist Sie noch in deinem Herzen?« – »Ja, Linda«, sagte er. »O du redlicher und treuer Mensch!« (rief sie begeistert und legte ihr Haupt an seine Brust und betete:) »heiliger Gott, gib deinen Unsterblichen alles, nur laß mir ewig dieses Menschen Brust, damit er recht geliebt wird, recht unaussprechlich, und damit ich nicht untergehe! – Willst du, Lieber,«

(lispelte sie plötzlich und richtete sich auf, ihn anblickend mit unendlicher Liebe und Hingebung) »daß ich in Lilar wohne, so gebiet es nur.«

Dieses weibliche gehorchende Ergeben eines so freien mächtigen Geistes machte ihn sprachlos – wie ein Adler faßte ihn die Liebesflamme und hob ihn empor – er glühte an ihrem blühenden Angesicht, und die Brautfackel der untergehenden Sonne schlug mit großen Flammen zwischen beide herein. »Linda,« (fing er endlich mit zitternder feierlicher Stimme an) »wenn wir es wissen könnten, daß wir uns je verließen und verlören – O! Linda,« (fuhr er mühsam fort unter seinen Tränen und Küssen) »wenn das möglich wäre, es sei durch meine Schuld, oder durch das kalte Schicksal: wär' es dann nicht schöner, wenn wir uns in dieser Minute hinunterstürzten in den See und in unserer Liebe stürben?« – Die Sonnenglut brannte wie eine Aurora herein, welche Jünglinge und Jungfrauen zu den Göttern entführt; und die Lebens-Dämmerung war zu hellem Morgenrot entzündet. »Wenn du das weißt,« (sagte Linda) »so stirb jetzt mit mir.« – –

Da weckte beide Juliennens ferne Stimme – endlich kam sie selber mit Dian zum Abschied. Sie sahen erwachend, von der Sonne und Liebe geblendet, umher, und alles war verändert – die Sonne war versunken, der weite See mit Nebel-Schatten bezogen und die Welt erkältet, nur die hohen Eisberge loderten noch rosenrot ins Blau, wie Gedächtnissäulen der flammenden Bundes-Stunde.

Vor Albanos Seele stand noch das menschentrennende Schicksal, die kalte verhüllte Felsen-Gestalt, deren Schleier auch steinern ist und den niemand hebt. Er wollte nun durchreißen und sogleich ohne feiges Zögern in den Winter hinunter. »O bis der Hesperus untergegangen, verzieh!« lispelte Linda. Er blieb; aber beide hatten keine Worte mehr, nur die Augen; die festgehaltenen Adler, die vorhin den himmlischen Venuswagen durch den Himmel gerissen, flatterten daran wild auf. Der Abendstern ging unter; der halbe Mond in der Himmelsmitte legte Strahlen als Zauberstäbe an die Erde an und verwandelte sie in eine heilige blasse Welt des Herzens. »Nur noch den großen Stern laß hinab« – sagte sie und sah ihn sehnsüchtig an. Er tats. Die Nachtigallen hüpften tönend zwischen den Silberzweigen; nur die Menschen hatten Himmel und Liebe ohne Stimme.

»Nur noch ein Sternchen!« bat sie; er gehorchte, schon vom Worte gerührt; aber sie entschied sich selber und sagte: »Nein, geh!« – »Wir wollen, Dian!« sagt' er. Dieser ging Liebe-schonend die Terrassen voraus hinab. Heftig und lange lagen die beiden Geschwister einander am Herzen und wünschten sich ein heiteres unbestürmtes Wiederfinden. Linda gab ihm nur die Hand und sagte kein Wort; wie der stille Himmel der Nacht seine heiße Sonne bedeckt, so war ihr flammendes Herz verborgen; und da er ging, schloß sie, ohne nachzublicken, seine Schwester an die wallende Brust.

Glanz und Nacht und Duft bestreueten die Himmelsleiter der Terrassen, die er herunterging. Leise flog sein Schiff durch den Sternen- und Blüten-

Schnee, der auf den Wellen wehte – die Nachtigallen der beiden Inseln klangen zusammen – die Schiffer sangen ihnen frohe Lieder zurück – die Orangendüfte führte der günstige Wind dem Schiffchen nach; – aber Albano hatte Herz und Angesicht weinend nach der versinkenden Pyramide gewandt. Die Schwester hatte allein auf der Höhe nachgesehen, dann war auch diese verschwunden – die Nachtigallen riefen noch leise nach – endlich war alles verhüllt. – Er kehrte sich um nach den blaß-schimmernden Eisgebürgen, wie nach den Leuchttürmen seiner Fahrt, und vom Himmel dieses Tags war ihm nun nichts geblieben als die leitende Liebe, wie der Schiffer dem Magnete folgt, wenn die heiligen Sterne sich verborgen haben und ihn nicht mehr führen.

119. Zykel

Albano und Dian flogen über die deutschen Gefilde freudig so manchem teuern Herzen entgegen, und nichts wurde getäuscht als ihre – Furcht vor dem Abstande ihrer Reise-Länder. Statt des schwarzen Lavasandes und des verbrannten Bodens hinter ihnen deckte jetzt das helle frische Grün die Ebenen und kühlte das geblendete Auge. Die Wellen grüner Ähren-Fluren schlugen sich so lustig als die Wellen des blaugrünen Meers. In dichtern, längern, höhern Wäldern wehten neue Schatten, gleichsam schöne kleine Abende, die sich vor dem Tag verkrochen. Nach dem schwarzen Grün der welschen Bäume kehrte das helle lachende der deutschen Gärten zurück; und neue Vögel-Chöre wiegten sich in Wolken und in Wäldern und grüßten das Menschen-Herz und schickten ihm ihre leichte schuldlose Freude herab.

Von Frühling zu Frühling zog der glückliche Albano mit seinen Liebesträumen; wie hinter ihm eine südliche Blüte fiel, so tat sich vor ihm eine nördliche auf; und sein Reisewagen blieb auf dem bunten Wege und unter den Blüten-Schatten eines langen Gartens.

Endlich stand er vor dem Hause, wozu ihn der Garten führte, vor der Lindenstadt; so stand er auch im vorigen Jahre auf der Höhe vor ihr, zum Wolkenzuge der Zukunft aufsehend, ohne zu erraten, wozu das Gewölk sich bilde, ob zur Aurora, oder zum Abendgewitter. Wie viele alte Schmerzen streiften jetzt gleich Schatten von Wolken über die alte Gegend, über die Blumenbühler Höhen und über die Häuser hinüber, als er die bekannten, zuweilen mit Tränen bezeichneten Wege der Vergangenheit überschauete! Er ging jetzt, das bedacht' er, seinem Vater mit der Nachricht seines neuen Glücks entgegen – seinem abtrünnigen Freunde mit der geraubten Geliebten – mit alter und neuer Liebe seinem wiederkehrenden Schoppe, dessen Herz und Schicksal ihm jetzt zugleich so dunkel und so wichtig waren – und der sonderbaren Zeit und Stunde, wo die unterirdischen Wasser, deren Treiben und Rauschen er bisher so oftmals erfahren, auf einmal aufgedeckt und mit allen Krümmungen und Quellen entblößet vor dem Tagslicht liegen sollten – und der heiligen Stelle, wo er die Geliebte, die ihm jetzt auf dem deutschen Wege und in der Nähe der vorigen Schwierigkeiten noch größer und unerreichbarer erschien als auf dem Epomeo in der Nachbarschaft alles Erhabnen am Himmel und auf der Erde, kühn ans Herz nehmen und schließen durfte auf ewig, ohne wieder zu fragen: wirst du mich lieben? – Da dacht' er an ein Bild zurück, das er auf dem Vesuv[1] gefunden, und sagte zu Dian: »Hinter dem Menschen arbeitet und geht ein langsamer Strom, der glühend ihn verzehrt und zermalmt, wenn er ihn ergreift; aber der Mensch schreite nur tapfer vorwärts und schaue oft rückwärts, so entkommt er unbeschädigt. Mein geliebter Lehrer, so will ichs jetzt in meinen neuen bedenklichen Verhältnissen machen; wende du mich aber nach der Lava um, wenn ichs in schönen Gegenden zuweilen vergessen sollte!« –

»Sprecht bessere, günstigere Worte!« (sagte Dian) »Heil uns, die Götter sind schon gewogen! – Dort kommt Euer Vater den Schloßberg herauf und sieht so lustig und glücklich aus, wie ich ihn nie getroffen!«

Einunddreissigste Jobelperiode

Pestitz – Schoppe – Ehescheu – Arkadien – Idoine – Verwicklung

120. Zykel

Gaspard hatte gegen seinen Sohn die gewöhnliche vornehme Kälte der ersten Stunde, wie Briefe kälter anfangen als endigen. Erst als dieser Morgen-Reif geschmolzen und es wärmer um ihn geworden, entdeckte ihm Albano ohne Furcht und ohne kleinmütiges Erröten mit gereifter Männlichkeit den Bund, den er mit Linda und mit sich auf ewig geschlossen, und bat ihn um das dritte Ja. »So hat es doch« (versetzte der Ritter) »der alte Zauberer am Ende noch durchgesetzt; freilich unter dem Beistand einer jungen Zauberin. Daß ich dich in dem, was du mit ganzer Seele und auf immer ergreifest, niemals störe, das weißt du noch vom vorigen Jahre aus einem ähnlichen Fall.« Albano wurde über die bittere Erwähnung seiner ersten Liebe rot, hatte aber seit einem halben Jahre die Kraft gewonnen, da männlich zu schweigen, wo er sonst jugendlich sprach. Gaspard, heute froher und gegen ihn wärmer als sonst, fuhr doch, als er dessen Empfindlichkeit bemerkte, fort: »Ich heiß' es gut! Wie der Siegelgräber das Wappen anfangs

[1] So schwer und langsam wälzt sich der breite Lavastrom herunter, daß ein Mensch vor diesem glühenden Todesfluß, der alles verschlingt, erstickt und zerschmilzt, was er berührt, vorausgehen und die Zerstörung hinter sich sehen kann, ohne sich in die Gefahr einer eignen zu setzen.

in Wachs, und erst dann in den Edelstein sticht, so versucht der Mann das seinige in mehr als ein Herz zu graben, bis er endlich das festeste hält. Man muß bekennen, du hast nicht am schlimmsten ausgewählt in meiner Mündel, und ich gebe gern mein Wort dazu.« –

Albano drückte die Hand, die den süßen Knoten der Liebe noch fester zog, und sagte im Rausche des Danks: »Auch meine Schwester fand ich, die Prinzessin, aber ich tue an Sie keine Frage wie neulich, sondern rechne auf die Zeit.« – »Spötter!« (sagte Gaspard und nahm, ihn abzukühlen, wie es schien, den grausamen Schein an, als denk' er, der reine edle Sohn hab' ihm mit der Erwähnung der Schwester den Spott der vielfachen Liebe zurückgeben wollen) »schweige nur über alles im Innersten wie ich selber bisher; und verbirg dein Wissen dem Hofe; gib mir dein Ehrenwort.«

Albano sagte, auch Juliennen hab' ers schon gegeben; er wurd' aber durch Gaspards ganzes Betragen auf Schlüsse zurückgetrieben, die weder seinem Vater noch Juliennens Mutter sittliche Kränze aufsetzten.

Gaspard setzte noch dazu, es sei für einen Mann ein Unglück, mit phantastischen Weibern – wie Albano schon seine Mutter kenne – und zwar mit dreien auf einmal verwickelt zu sein, und riet ihm, seinen Schritt wie bisher tapfer durch alle Rätsel fort zu tun und sie ihrer eignen Auflösung zu überlassen; darauf legt' er ihm als eine Probe der dritten Phantastin die Frage vor, ob er schon wisse, daß die Gräfin ungeachtet seiner Vormundschaft ihren lebendigen Vater noch habe, der erst an ihrem Hochzeittage erscheinen wolle. Er bejaht' es. Gaspard fuhr nun fort: schon dieser Grund allein – damit Linda ihren Vater und sie alle endlich die Ruhe der Klarheit fänden – bestimmte ihn für eine frühe heimliche Verbindung beider durch den ehrlichen Spener.

Albano – ordentlich erschreckend vor der schnellen nahen Verwandlung seliger Stunden in selige Jahre und ebenso unvermögend, sich seine Titanide als Gattin zu denken wie als Kind – antwortete bescheiden und mit uneigennütziger Rücksicht auf Lindas Ehe-Scheu: über die Zeit seines besiegelten Glücks dürfe und könne niemand entscheiden als Linda selber.

Gaspard war zufrieden: »Nur um einen Aufschub halt' ich bei euch an,« (fügt' er noch bei) »mein Freund, der Fürst, ist seinem Ende wieder näher – die wohltätige Wirkung, die auf ihn eine Geister-Erscheinung gemacht, hat allmählich nachgelassen, und er fürchtet täglich die Wiederkunft des Phantoms, das ihm die letzten Stunden vorauszusagen versprochen. – In solcher Zeit taugt mir euer Fest nicht. – Im Vertrauen gesagt, der arme Kranke hatte selber ein Auge auf die schöne Braut. – Es ist doch billig, ihn mit der größten Gewißheit seines Verlustes zu verschonen. Seinetwegen verschieb' ich auch meine Abreise.«

Wie wenn ein Mensch in das junge Paradies träte und alle Vögel auf einmal, Nachtigallen und Adler und Eulen und Paradiesvögel und Geier und Lerchen, umzögen ihn: so verworren fühlte sich Albano durch diese durchkreuzende Ansichten erregt, und er merkte, hierin geb' es keinen Verlaß und Vorhalt als auf sein eignes Herz und Linda ihres.

Gaspard schien ungeduldig auf das Wiedersehen der Gräfin zu sein, die er seine einzige Freundin nannte. »Ich glaubte leider in Rom meinem Bruder nicht,« (setzt' er dazu) »da er beiden Frauen in Neapel wollte begegnet sein. – Apropos, dieser ist vor einiger Zeit hier durch nach Spanien gegangen; in Rom behauptete er, nach Griechenland zu reisen – du siehst, mit welcher poetischen Lust und Genialität er das reine Lügen treibt.«

Gaspard schied sehr warm von ihm mit den Worten: »Albano, ich bin mit dir zufrieden, ich wär' es unendlich, wenn die Reinheit des Jünglings in den Mann überginge – noch hab' ichs nie gefunden.« – Albano wollte gerührt beteuern und beschwören. »Darum« (fuhr er mit einer leichten, den Eid wegtreibenden Hand-Bewegung fort) »fandest du mich so froh über dein Glück, denn die Fürstin, Freund, hatte mir deine Liebe schon am Morgen verkündigt. Nimm dich in acht vor ihr, denn sie hasset dich ohne Grenzen.«

Hart und schauerlich tritt, wie ein neues wunderbares Raubtier hinter dem Gitter, zum erstenmal ein rechter, wenn auch waffenloser Haß vor ein gutes Herz. Albano begehrte keine Bekräftigung und Erklärung dieser traurigen Nachricht, denn der Fürstin Liebe und Irrtum, ihre Bekanntschaft mit seiner vorigen Kälte gegen Linda, ihr stiller Ingrimm gegen diese selber waren ja für sie Flammen genug, um daran den stärksten Gift zu kochen.

Er wohnte wieder auf des Vaters Ersuchen bei dem für ihn unbedeutend in der Tiefe liegenden Doktor Sphex; und Gaspard wieder im Schloß nahe am kranken Freund. Der Ritter stellte ihn schnell dem Hofe vor, der das Reise-Braun, den schärfern Augen-Blitz und die ganze letzte Entwicklung seiner großen Gestalt schnell bemerkte und bemerken ließ. Die Fürstin empfing ihn mit der leichtesten feinsten Kälte, gleichsam einer aqua toffana, die nur reines geschmackloses Wasser scheint. Der Fürst saß im Krankenbette aufrecht mit verdrüßlichem Gesicht vor herkulanischen Zeichnungen und ließ sich darüber von Bouverot belehren. Wie ein Gesicht, auf welchem in den späten grauen Jahren des Lebens noch schöne Freudigkeit sich bilden kann, ein schönes Leben und schönes Herz verkündigt: so lächelt der Heilige nie himmlischer als auf dem Krankenbette, und der Verlorne nie härter als eben da. Albano wandte sein Auge ab vom siechen verzerrten Bruder seiner Schwester.

Schmachtend sah er nach dem vergangnen Hesperien zurück und auf die Paradieses-Pforte hin, die endlich aufgehen und Linda und die Schwester im Eden zeigen sollte. »Es wird dir recht sein,« (hatte Gaspard gesagt) »daß ich es unter dem Vorwand der Krankheit Luigis gemacht, daß beide im alten Schloß zu Lilar wohnen, wo du sie unbemerkter sehen kannst.« Er begegnete dem Minister Froulay, und ihm kam entgegen der Lektor; – mit beiden ging ein dunkles vielfaches Schatten-Gefolge von harten alten Erinnerungen mit.

Noch hatt' er den Hauptmann Roquairol nicht gesehen, jetzt für ihn der Abendnebel eines untergegangnen Frühlingstags.

Er trug, so schnell er konnte, sein stummes Herz – das eine Äolsharfe in der Windstille war – nach dem kindlichen Blumenbühl, um die elterlichen Menschen zu begrüßen und die Blätter seines nächsten Seelen-Nachbars Schoppe zu lesen, nach dessen versprochner Wiederkunft er sich jetzt mehr als jemals sehnte.

121. Zykel

Es war ein blauer frischer Sommertag, da Albano nach seinem alten Blumenbühl ging, ohne zu wissen, daß ers gerade an dem Jakobi- oder väterlichen Geburtstag tue, den er einmal in der Kindheit mit so seltsamen Vorspielen seines Lebens verbracht. In den alten Gärten und auf den alten Höhen umher bis nach Lilars Walde hinüber lag überall noch der junge schimmernde Tau der Kindheit unvertrocknet von der Sonne Hesperiens; auch manche Tränentropfen standen darunter auf Blumen; aber sein frischer genesender Geist wehrte sich jetzt gegen weiches Verschwimmen in die laue Verflossenheit, diese Lethe der Gegenwart. Im Dorfe wurd' er über ein Pferd, das man beschlug, betroffen, weil ers am Zeuge und allem als Roquairols Freudenpferd erkannte. Ein Fest trug er in das Fest hinein, als er in die laute Vaters-Stube voll Geburtstagswähler trat, blühend, entwickelt, gerade, ein befestigter Mann mit entschiednem Blick und Zug. Rabette schrie auf – Roquairol rief: »Aha!« – und der alte Lehrer Wehmeier: »Gott und mein Herr!« – und seine Kindheits-Engel, die Eltern, umfaßten ihn unverändert, und aus Albinens blauen Augen rannen die hellen Tropfen.

Aber verändert stand die fremde Jugend neben seiner. Rabettens Angesicht, die vorigen vollen Wangen und blühenden Lippen waren niedergefallen und mit dem aufliegenden weißen Schleier überlegt und verwachsen, und sie hatte zwei graue Tränen statt der Augen; indes lächelte sie sehr. Wie sein eignes Gorgonenhaupt erschien Roquairols Gesicht blaß und hart, gleichsam auf seinen Grabstein gehauen; nur schroffe Pfeiler standen in der Flut ohne die leichten Bogen der schönen Brücke. Zu Albanos Blüten-Stamme sahen Albine und Rabette unverwandt hinauf, er schien ein italienisches Gewächs zu sein, ein Neapolitaner, im täglichen Bade des Golfs genervigt. Roquairol hatte sogleich seine Rolle in der Gewalt, leichter als Albano seine Wahrheit; er benahm sich gegen den, der ihm den Zauberstab des Lebens entzweigebrochen und als zwei Bettelstäbe hingeworfen hatte, mit der höchsten Höflichkeit, küßte ihn auf die Wange, hielt in dem leichtesten, oft französischen Sprachton aus, zog die nächsten Nachrichten über Welschland ein und gab wieder die erheblichsten, so gut er sie, sagt' er, für einen Mann mit hesperischem Maßstab auftreibe, aus dem Lande zum besten. Auch erzählte er, »daß des Ritters Bruder dagewesen, ein Mann voll Talente, zumal mimischer Art, und von der sonderbar-heftigsten Phantasie bei der höchsten Kälte des Charakters, vielleicht aber nicht immer wahr genug.« – »Bei meinem Trauerspiel« (setzt' er dazu) »wär' er Goldes wert. Lieber Bruder, sei bei dieser Gelegenheit auch gleich eingeladen dazu; es heißet: der Trauerspieler – Ich geb' es bald – Rabette kennts.« Sie nickte, Albano schwieg unter seiner Glut. Unter allen Rollen gelang dem Hauptmann die eines Weltmanns am reinsten; auch ist der Schein der Kälte leichter und wahrer als der Schein der Wärme. Albano blieb in einem stolzen Abstande. Der gekränkten welken Rabette gegenüber konnte Roquairol durch nichts gewinnen, auch nicht durch die Vorbitte seiner Gestalt voll zertrümmerten Lebens; etwas auf ewig Verworrenes und die Wachsflügel zu einem Klumpen gequetscht fand Albano, und ihm war hier enge wie einem, der von der hellen Welt herab auf einmal in eine niedrige feuchte Kellerhöhle kriecht.

Der Hauptmann stand auf, erinnerte noch einmal an seine Bitte für den »Trauerspieler« und sprengte auf dem Freudenpferde davon.

Hinter ihm schwieg jeder von ihm wie verlegen. Die Weiber, von Albanos glänzender Gegenwart ein wenig scheu, getraueten sich nur schwer mit der alten einheimischen Vergangenheit hervor, indes der Pflegevater Wehrfritz, in seinen Meinungen und Sitten fortgewachsen, noch in das alte Geschrei der Kanarienvögel und Hunde eingefasset, gar keine Zeit kannte, dem Pflegesohne innigen Dank für die verbindliche Erinnerung und Wahl seiner Geburtstagsfeier sagte, den Albano notwendig und vergeblich ausschlug, im vorigen Du und Vaterwesen fortfuhr, sich über die Franzosen und ihre künftigen Siege entzückte und jetzt dem ältern Pflegesohne mehr Prämien des Lobes als jemals dem jüngern bewilligte, um ihm dadurch, hofft' er, ein so großes Vergnügen zu machen wie sonst. Der Magister unterstützte von weitem das Lob, ob er gleich nicht unterlassen konnte, sofort, als sein Schüler Napel, Baja, Cuma ausgesprochen hatte, eine Gelegenheit zu ergreifen, um Neapel, Bajä, Cumä auszusprechen. Albano war rein, wahr, menschlich, offen und herzlich gegen alle; Eitelkeit war nicht in seinem selbstvergessenen Stolz.

Rabette fand endlich ein Hebezeug, den glänzenden und doch trauten Bruder aus dem Gastzimmer in ihres oder sein voriges aufzuwinden, um allein zu sein an seiner Brust. Als sie hineintraten, so fing sie sogleich mit den Worten: »Kennst du die Stube noch, Albano?« unendlich zu weinen an mit den so lange gesammelten Tränen; und Albano zeigt' ihr in den seinigen sein langes bisheriges Mitleiden, riß aber dadurch die ganze wundenvolle Vergangenheit auf. Sie griff selber zum Heilmittel, zum Erzählen – so sehr er auch vorschützte, er wisse und errate ja alles –; und berichtete, die Augen trocknend, wie alles stehe – und »daß Karl viel bei seiner Mutter in Arkadien sei – daß der Minister noch gegen das einzige Kind den alten Wütrich mache und ihm nicht einen Heller mehr als sonst zuschieße, ob er gleich immer große und größere Schulden häufe, zumal seitdem keine Liane sie mehr im stillen tilge – daß er überall borge, nur aber von ihr nichts annehme – daß er noch immer weiter nichts begehre und kenne als die Gräfin – und daß Gott wisse, wohinaus das alles noch wolle«. – Allem Fragen zuvorkommend, setzte sie dazu: »Er weiß schon jetzt alles, dein ganzes Leben mit derselbigen Person – er tut dabei still und lustig, aber ich kenn' ihn genugsam. – Ach!« seufzete sie in der Jammer-Fülle und setzte sogleich mit derselben Stimme dazu: »Du siehst mich an, nicht wahr, du findest mich sehr mager gegen sonst?« – »Jawohl, Arme!« sagte er. »Ich trank viel Essig seinetwegen, weil Karl schlanke Taillen liebt; und der Gram tut auch viel«, sagte sie.

Albano wollte sie trösten mit der nähern Möglichkeit einer Verbindung Karls mit ihr, seit der entschiednen Unmöglichkeit jeder andern, und bot sich ihr gern zu jedem Vorwort und Zwangsmittel an; – »er ist vor Gott und uns dein Mann«, sagt' er. »Das hat er nie« (versetzte sie errötend) »sein mögen, nämlich honett; ich schrieb dir ja, daß ich jetzt auch zu stolz bin dazu.« – Nichts bestach ihn mehr als sittlicher Stolz: »So wirf ihn einmal weg auf immer!« sagt' er. – »Ach,« (sagte sie bänglich) »weiß ich denn, daß er kein Leid gegen sich selber vorhat? – Dann würf' ich mirs ewig vor.« Unwillkürlich mußte er mit dieser liebenden heiligen Furcht die Härte der Fürstin vergleichen, die es so froh und stolz erzählen konnte, daß manches verliebte Leben das Opfer ihres spröden Herzens und koketten Gesichts geworden. »Was willst du nun tun?« fragt' er. »Ich weine« (sagte sie) – »ach Alban, das ist ja genug, daß du mir Gehör und Rat gegeben; ich bin wieder ganz heiter. Aber werde wieder sein Freund.«

Er schwieg, über die weibliche Unart ein wenig erzürnt, die unter dem Vorwand, Rat zu suchen, nur Gehör verlangt. »Was ist das,« (fragt' er, ein Blatt ihr zeigend) »das ist völlig meine Hand, und ich hab' es nie geschrieben?« – Sie sah es und sagte: »Karl probiere oft so in den Händen bei ihr.« Es wunderte ihn, und er sagte: »Überall nur Nachspielen und Nachmachen! Aber wie kannst du denken, daß ich ihm vergebe?« – Einige Reisebeschreibungen auf ihrem sonst bücherarmen Nachttisch fielen ihm auf; »ich wollte doch wissen,« (sagte sie) »wie es dir etwan da und dort mochte ergehen, und las deshalb das lange Zeug.« – »Du bleibst meine Schwester!« sagt' er und küßte sie herzlich. Sie fragte ihn noch viel und zudringlich über sein neues Verhältnis, aber er eilte wortkarg mit dem vollen Herzen hinab. –

Das erste Wort drunten an den Landschaftsdirektor war die Bitte um das »deponierte Schoppische Schreiben«. Wehrfritz brachte den im Eisenkästchen der Schuldscheine aufbewahrten breiten Brief und lieferte ihn hoffentlich, wie er sagte, richtig ab. Kaum hielt Albano die Tränen zurück, als er die krausen, aber werten Spuren der geliebten Hand, die gewißlich nie im Leben gewankt oder sich befleckt, in der seinigen hielt. Da er nichts erbrach, so fingen sie alle gutmütig an, ihm seinen Freund Schoppe nach den Mutmaßungen und Ansichten, die sich der Mensch über jeden höhern Geist so keck und froh erlaubt, mit allen seinen Taten oder Farben vorzuschildern, als wären Taten oder Farben Striche und Umriß. Wehrfritz und Wehmeier bedauerten, daß er toll würde, wenn ers nicht schon sei. Der Magister hielt mit seinem Hauptbeweise zurück, bis der Landschaftsdirektor die kleineren Nebenbeweise beigebracht.

Sein Leben unter diesem Schloßdache wurde ab- und aufgedeckt, aber im guten. Er hatte bisher – so gingen die Berichte – nichts Reelles oder Solides »bezweckt«. Wehrfritz schwur, er habe selber zugesehen, daß er die Literaturzeitung so gelesen, wie sie ineinander Halbbogen-weise steckte, und sagte, daß ers freilich weniger der Tollheit als einer Geistes-Abwesenheit zuschreibe, weil er wisse, mit welcher Lust er immer den Reichsanzeiger – den solcher selber für den Torschlüssel der Reichsstadt Deutschland erkläret – in die Hand genommen und verständig durchgegangen. Mitten in der Gesellschaft hab' der Bibliothekar seine Hände angesehen mit den Worten: »Da sitzt ein Herr leibhaftig und ich in ihm, wer ist aber solcher?« – Gearbeitet hab' er sehr wenig, Bücher von Gewicht, wie Herr Wehmeier wisse, selten angesehen, leichter die allerschlechtesten von Bauern, z. B. ganze Traumauslegebücher. – Sein liebster Umgang sei ihm sein Wolfshund gewesen, mit dem er stundenlang ordentlichen Diskurs geführt und von dessen Murren er ernsthaft behauptet, es klinge wie ein sehr ferner Donner. – Gern sei er vor dem Spiegel gesessen und habe sich in ein langes Gespräch mit sich eingelassen; zuweilen hab' er in die camera obscura gesehen, dann schnell wieder in die Gegend, um beide zu vergleichen, und habe unoptisch genug behauptet, die laufenden regen Bilder der camera würden von der äußern Welt vergrößert, aber täuschend nachgeäfft. »Ein schlauer Vogel« (setzte der Direktor dazu) »bliebs bei alledem; verschiedene meiner Bekannten auf den benachbarten Rittersitzen ließen sich von ihm malen, weil ers wohlfeil gab; er wußte aber immer etwas ins Gesicht einzuschieben, daß einem die Physiognomie ganz lächerlich oder einfältig vorkam; und das hieß er sein Schmeicheln. Natürlich saß ihm in die Länge nichts Honettes mehr.«

»Wär' es mir verstattet,« (fing Wehmeier an) »so würd' ich jetzt dem Herrn Grafen ein Faktum vom Herrn Bibliothekar mitteilen, das vielleicht, das ist wenigstens meine Meinung, so frappant ist als manches andere. Die Schulwohnung ist, wie Sie gewiß noch wohl wissen, dicht an der Kirche.« Darauf gab er in einer langen Erzählung diese: Einst sei in der tiefen Mitternacht die Orgel gegangen – Er habe an der Kirchtüre gelauscht und Schoppen deutlich einen kurzen Vers aus einem Hauptlied singen und orgeln hören – Darauf sei dieser laut vom Chore herab und auf die Kanzel hinaufgestiegen und habe eine Kasualpredigt an sich selber mit den Worten angefangen: »Mein andächtiger Zuhörer und Freund in Christo« – Im Exordium hab' er das stille, leider so schnell vergangne Glück *vor* dem Leben berührt, obwohl nicht nach rechter Homiletik, da der zweite Teil fast den Eingang repetieret – darauf einen Kanzelvers mit sich gesungen und aus

Hiob, Kap. 3, wo dieser die Freude des Nicht-Seins zeigt, den 26sten Vers verlesen, der so lautet: »War ich nicht glückselig? war ich nicht fein stille? hatt' ich nicht gute Ruhe? Und kommt solche Unruhe« – Vorgestellt hab' er sich: die Leiden und Freuden eines Christen; im ersten Teil die Leiden, im zweiten die Freuden – Hierauf hab' er, aber auf närrische Art und Sprache, aber doch auch mit Bibelsprüchen, die Not auf der Welt kurz zusammengedrängt, worunter er sehr unerwartet sonderbare Sachen, lange Predigten, die beiden Pole, häßliche Gesichter, die Komplimente, die Spieler und die Welt-Dummheit, gezählt – Darauf sei er zum Trost im zweiten Teile vorgeschritten und habe die künftigen Freuden eines Christen beschrieben, welche, wie er lästerlich gesagt, in einer Himmelfahrt ins zukünftige Nichts, in dem Tode nach dem Tode beständen, in einer ewigen Befreiung vom Ich – Da hab' er, grausend sei es zu hören gewesen, die benachbarten Toten unten in der Kirche und in der fürstlichen Gruft angeredet und gefragt: ob sie zu klagen hätten? »Ersteht,« (sagt' er) »setzt euch in die Stühle und schlagt die Augen auf, falls sie naß sind. Aber sie sind trockner als euer Staub. O wie liegt die unendliche Vorwelt so still und schön gewickelt in den eignen Schatten, auf das Bette der Selbst-Asche weich gelegt, und hat nicht ein Traum-Glied mehr, in das eine Wunde geht. Swift, alter Swift, der du sonst so sehr in der letzten Zeit nicht bei Verstande warst und an jedem Geburtstage das ganze Kapitel durchlasest, woraus der heilige Text unserer Erntepredigt genommen ist, Swift, wie bist du nun so zufrieden und gänzlich hergestellt, der Haß deiner Brust ausgebrannt, die Zahlperle, dein Ich, in der heißen Träne des Lebens endlich zerbeizt und zerlassen, und diese steht allein hell da! – Und du hattest vor dem Küster gepredigt wie ich.« – Hier habe Schoppe geweint und sich über die Rührung, Gott weiß vor wem, entschuldigt – Darauf sei er an die Nutzanwendung gegangen und habe scharf auf Besserung des Zuhörers und Predigers gedrungen, auf lautere redliche Wahrhaftigkeit, Freundestreue, stolzen Mut, bittern Haß der Süßlichkeit, des Schlangengangs und weicher Unzucht – Endlich hab' er mit einer Bitte an Gott, daß er ihn, sollt' er einmal Gesundheit oder den Verstand oder dergleichen verlieren, doch möge sterben lassen wie einen Mann, die Andacht beschlossen und sei auf einmal aus der Kirchentüre herausgefahren. »Er brachte mich« (setzte Wehmeier dazu) »fast um meinen Verstand durch Schrecken, da er auf einmal zornig mich anfuhr: ›Scheinleiche, was schleichst du ums Grab?‹ und ich machte mich entfärbt und hurtig nach Hause, ohne ihm das geringste darauf versetzt zu haben. Was sagen aber der Herr Graf?« –

Albano schüttelte den Kopf mit Heftigkeit, ohne ein belehrendes Wort, mit Schmerz und Tränen auf dem Gesicht. Er nahm bloß schnell von allen Abschied und bat sie um Vergebung der Eile; – und suchte Abend-Sonne und die Freiheit, um des edlen Menschen Brief und die Absicht seiner Reise zu lesen. Er schlug den alten Weg nach Lilar ein, wo er an der frohen südlichen Brust seines frohen Dians wieder die südliche Heiterkeit und Gewohnheit zu finden hoffte; denn sein Herz war durch ein Erdbeben aufgedrängt und aufgehoben, weil ihm in diesem Schoppe doch manches wilde Zeichen, gleichsam ein übermäßiges Leuchten und Blitzen dieses Gestirns, einen Untergang und Jüngsten Tag zu melden schien, den er zu seinem höchsten Schmerz dem Aufgehen des neuen Sterns der Liebe, der diese Welt anzündete, zuzuschreiben gezwungen war.

122. Zykel

Er las folgenden Brief von Schoppe:

»Dein Schreiben, mein lieber Jüngling, kam mir richtig zu. Ich preise deine Tränen und Flammen, die einander wechselnd unterhalten und nicht löschen. Werde nur etwas, auch viel, nur nicht alles, damit du es in einer so äußerst leeren Sache, wie das Leben ist – ich möchte wissen, wers erfunden hat –, ausdauern kannst vor Wüstenei. Ein Homer, ein Alexander, die nun die ganze Welt erobert und unter sich haben, müssen sich oft mit den verdrüßlichsten Stunden plagen, weil nun ihr Leben aus einer Braut eine Frau geworden. So sehr ich mich dagegen verpalisadierte und mich festmachte, um nicht über jedermann zu steigen und als das Faktotum der Welt oben zu sitzen: so kam ich doch am Ende unvermerkt und stehend in die Höhe, bloß weil unter meinem langen Besehen der ganze Erdkreis voll Schaumberge und Nebel-Riesen immer tiefer auftauete und zusammenkroch; und schaue nun allein und trocken von meinem Berghorn herunter, ganz besetzt mit Blutigeln des Welt-Ekels.

Bruder, es wird aber in diesem Jahre anders und ich flott. Deswegen wird dir hier im Februar ein langer, mir ganz verdrüßlicher Brief geschrieben, der dir über meine nahe Einspinnung und Verpuppung sagt, wo und wie; denn bin ich einmal eine glänzende Chrysalide, so kann ich mich nur schwach mehr regen und zeigen.

Ich will mich *deutlicher* erklären, setzen die Deutschen hinzu, wenn sie sich *deutlich* erklärt haben. Es schickt und trifft sich besonders glücklich – was ich schätze wie einer –, daß gerade Ende des Jahrs Ende meines bisherigen väterlichen Vermögens ist und folglich, wenn Amsterdam aufhört zu zahlen, ich auch falle und nichts mehr in Händen habe als schwache chiromantische Wahrsagungen und nichts im Leibe habe außer dem Magen. Ich wollte, ich könnte noch von meinem Nabel leben wie in meinen frühern Zeiten und mich so weich betten.

Was soll ich dann machen? Mich von den Herren Menschen jahraus, jahrein beschenken zu lassen, dazu acht' ich sie nicht genug; und die wenigen, die man etwa bei Gelegenheit achtet, sollen wieder mich zu hoch achten, es anzubieten. Was, ein Floh soll ich sein am dünnsten goldnen Kettlein, und ein Herr, der mich darangelegt, damit ich ihm springe, aber nicht davon, zieht mich öfters auf den Arm und sagt: saug nur zu, mein Tierchen!? – Teufel! Frei will ich bleiben auf einer so verächtlichen Erde – keinen Lohn, keinen Befehl in diesem großen Bedientenzimmer erhaltend – kerngesund, um kein Mitleiden und keinen Hausarzt zu erwecken – ja wollte man mir das Herz der Gräfin Romeiro unter der Bedingung zuschlagen, es zu erknien, so würd' ich das Herz zwar annehmen und es küssen, aber gleich darauf aufstehen und davonlaufen (entweder in die zweite oder in die neue Welt), ehe sie Zeit hätte, sich die Sache zu rekapitulieren und mir vorzurücken.

Werden freilich etwas – und dadurch ebensoviel verdienen –, das könnt' ich (schlägt man mir vor) doch versuchen, ohne sonderliche Einbuße von Freiheit und Ungleichheit. In der Tat seh' ich hier aus meinem Zentrum an 360 Weg-Radien laufen und weiß kaum zu wählen, so daß man lieber das Zentrum zum Umkreis auszuplätten oder diesen zu jenem einzuziehen versuchen möchte, um nur fortzustehen. *Dienen,* wie die Regimentsstäbe sagen, wäre freilich das nächste am Herrschen. Du willst selber, wie du schreibst, ins Feld. (Deinen Brief hab' ich richtig erhalten und darin deine Scheu und Sucht recht und gut gefunden und dich ganz.) Und in Wahrheit, errichtete der Erzengel Michael eine heilige Legion, eine legio fulminatrix von einigen schwachen Septuagintas gegen das *gemeine Wesen* der Welt, kündigte er den Riesenkrieg dem Pöbelsaufgebote an, um vier oder fünf Weltteile durch ein sechstes Weltteilchen (auf einer Insel hätt' es vielen Platz) aus der Welt zu treiben oder in die Kerker und um alle geistige Knechte zu leiblichen zu machen: sei versichert, in diesem glücklichen Fall stellte ich mich am ersten hinter die Spitze und führte die Kanonen mit der kurzen flüchtigen Bemerkung: wie Händel zuerst Kanonen in die Musik, so brächte man hier umgewandt zuerst Musik in die Kanonen. Kämen wir nun sämtlich zurück, wehte der heilige Landsturm wieder herwärts: so stände Gottes Thron auf der Erde, und heilige Männer gingen mit hohen Feuern in Händen hinauf, viel weniger um droben den Weltkörper zu regieren als dem Weltgeiste zu opfern.

Mit der Franzmannschaft demnach stehst du für deine Person, wie du schreibst, künftig für *einen* Mann. Freilich fällt mirs schwer, sonderlich von 25 Millionen zu denken, wovon zwar die Kubikwurzel frei lief und wuchs, aber Stamm und Gezweig doch jahrhundertelang am Sklaven-Gitter trocknete und dorrte. Wer nicht vor der Revolution ein stiller Revolutionär war – wie etwan Chamfort, mit dessen feuerfesten Brust ich einmal in Paris an meiner schönes Feuer schlug, oder wie Montesquieu und J. J. Rousseau –, der spreize sich mit seiner Tropfenhaftigkeit nicht breit unter seine Haustür aus. Freiheit wird wie alles Göttliche nicht gelernt und erworben, sondern angeboren. Freilich sitzen im Frank- und Deutschreich überall junge Autoren und Musensöhne, die sich über ihren schnellen Selbst-Gehalt verwundern und erklären, nur verflucht erstaunt, daß sie nicht früher ihr Freiheitsgefühl gefühlt, weiche Schelme, die sich als ganze blasende Walfische ansehen, weil sie einiges Fischbein davon um die Rippen zu schnüren fanden – Immer würd' ich in einem Kriege, wie ihn die tote Zeit geben kann, glauben, zwar gegen Toren zu kämpfen, aber auch für Toren.

Die jetzigen zynischen, naiven, freien Naturmenschen – Franzen und Deutsche – gleichen fast den nackten Honoratioren, die ich in der Pleiße, Spree und Saale sich baden sah: sie waren, wie gesagt, sehr nackt, weiß und natürlich und Wilde, aber der schwarze Haarzopf der Kultur lag doch auffallend auf den weißen Rücken. Einige große lange Menschen und Väter der Zeit, wie Rousseau, Diderot, Sidney, Ferguson, Plato, haben ihre abgetragnen Hosen abgelegt, und diese tragen ihre Jungen nach und nennen sich, weil sie ihnen so weit, lang und offen sitzen, deswegen Ohne-Hosen.

Zwar statt des Degens könnte ich auch sehr gut das Federmesser ergreifen und als schreibender Cäsar aufstehen, um die Welt zu bessern und ihr und sie zu nutzen. Es wird mir denkwürdig bleiben, das Gespräch, das ich darüber mit einem berlinischen allgemeinen deutschen Bibliothekar aushielt, als wir still im Tiergarten auf- und abgingen. ›Jeder wuchere doch seinem Vaterland mit seinen Kenntnissen, die sonst vergraben liegen‹, sagte der deutsche Bibliothekar. ›Zu einem Vaterland gehört zuvörderst einiges *Land,*‹ sagt' ich, ›der Malteser Bibliothekar aber, der hier spricht, erblickte das Licht der Welt zur See unter einem pechfinstern Sturm. Kenntnisse besitz' ich freilich genug und weiß, daß man sie wie ein Glas voll Kuhpocken, vernünftig genommen, nur dazu hat, um sie einzuimpfen – der Schüler seinerseits schlingt sie wieder nur ein, um sie von sich zu geben, und so gibt sich das Weitere. So fährt das Licht, wie im Spiel »stirbt der Fuchs, so gilts den Balg« der glimmende Span, von Hand zu Hand, bis aber doch der Span in einer – meiner – verlöscht und verbleibt.‹

›Launig genug!‹ (sagte der allgemeine Bibliothekar) ›Mit einer solchen Laune verbinden Sie nur noch Studium schlechter Menschen und guter Muster, so bilden Sie uns einen zweiten Rabener, der die Narren geißelt.‹ – ›Herr!‹ (versetzt' ich ergrimmt) ›ich würde die Weisen vorziehen und Euch den ersten Schlag versetzen. Weise lassen sich berichten und waschen, haben überall ihr Einsehen und sind gute Narren und meine Leute; ein Mann wie ein allgemeiner deutscher Kurschmied, der dem Musenpferd an den Puls greift, halte mir seinen vor, und ich befühl' ihn gern. Aber der Welt-Rest, Sir? Wer kann das Weltmeer abschäumen, wenn er ihm nicht die Ufer wegbricht? Ists nicht ein Jammer und Schade, daß alle genialische Menschen, von Plato bis zu Herder, laut und gedruckt worden und häufig gelesen und studiert vom gelehrten Pack und Packhof, ohne daß dieser sich im geringsten ändern können? Bibliothekar, ruft und pfeift doch alles, was in den kritischen Hundshütten neben jenen Tempeln Wache liegt, heraus und fragt sämtliche Windspiele, Doggen und Packer, ob in ihren Seelen sich etwas anders bewege als ein potenzierter Magen, statt eines poetischen und heiligen Herzens! Im Bergkessel sehen sie den Wurst- und Braukessel, im Laub die Schelle der Karte, und der Donner hat für sie – als ein größerer elektrischer Funke – einen sehr säuerlichen Geschmack, den er nachher dem März-Biere einflößet.‹

›Spielen Sie an?‹ fragt' er. ›Sicher!‹ (sagt' ich) – ›Aber weiter, Bibliothekar, gesetzt wir beide wären so glücklich, uns auf dem Absatze herumzudrehen und mit *einem* Umherhauchen alle Toren wie mit einem Hüttenrauche ganz verpestet umzuwehen und maustot hinzuwerfen: so kann ich doch nicht absehen, wo der Segen herauskommen will, weil ich, außerdem daß wir noch selber nebeneinander stehen und auch uns anzuhauchen haben, in allen Ecken umher Weiber sitzen sehe, welche die erlegte Welt von neuem hecken. –

Bester Püsterich[1] voll Feuer,‹ (fuhr ich fort) ›kann aber das sehr zum satirischen Handwerke rufen und prägen? – O nein! Echte Laune ist bei mir da, vielleicht fremde Tollheit gleichfalls, vielleicht – aber ach wird nicht der seltsame Scherzmacher, sogar in ihrer ungemeinen Bibliothek, dem Stachelschweinmanne in London (dem Sohne) gleichen, der bei dem Tierhändler Brook den Dienst hatte, den Fremden im wilden Viehstand und ausländischen Tiergarten herumzuführen, und der auf der Schwelle dabei anfing, daß er sich selber zeigte als Mensch betrachtet? – Bedenken Sie es kalt und vorher! Noch schwing' ich meinen Satyr-Schweif ungebunden und lustig und etwan gegen eine gelegentliche Bremse; wird mir aber ein Buch darangebunden, wie in Polen an den Kuh-Schwanz eine Wiege, so rüttelt das Tier die Wiege der Leser und gibt Lust, der Schwanz aber wird ein Knecht.‹

›Zu solchen Bildern‹ (sagte der Bibliothekar) ›wäre allerdings die gebildete Welt durch keinen Rabener oder Voltaire gewöhnt, und ich erkenne nun selber die Satire nicht für Ihr Fach.‹ – ›O so wahr!‹ versetzt' ich, und wir schieden gütlich.

– Aber ernsthaft genommen, Bruder, was hat nun ein Mensch übrig (sowohl an Aussichten als an Wünschen), dem das Säkulum so versalzen ist wie mir und das Leben durch die Lebendigen – den die allgemeine matte Heuchelei und die glänzende Politur des giftigsten Holzes verdrießet – und die entsetzliche Gemeinheit des deutschen Lebenstheaters – und die noch größere des deutschen Theater-Lebens – und die pontinischen Sümpfe Kotzebuischer ehr- und zuchtloser Weichlichkeit, die kein heiliger Vater austrocknen und festmachen kann – und der ermordete Stolz neben der lebendigen Eitelkeit umher, so daß ich mich, um nur Luft zu schöpfen, stundenlang zu den Spielen der Kinder und des Viehs hinstellen kann, weil

[1] Oder Püster, die bekannte altdeutsche Götzenstatue voll Löcher, Flammen und Wasser.

ich doch dabei versichert bin, daß beide nicht mit mir kokettieren, sondern nichts im Sinne und liebhaben als ihr Werk – was hat, fragt' ich auf der letzten Zeile des vorigen Blattes, einer nun übrig, den, wie gesagt, so vielerlei anstinkt und vorzüglich noch *der* Punkt, daß Besserung schwer ist, aber Verschlimmerung ganz und gar nicht, weil sogar die Besten den Schlimmsten etwas weismachen und dadurch sich auch und weil sie bei ihrer verborgnen Verwünschung und Sänften- und Achselträgerei der Gegenwart wenigstens um Geld und Ehre tanzen und sich dafür gern vom festern Pöbel brauchen lassen, als Weinfässer zu Fleischfässern – was hat ein Mann, sag' ich, Freund, in Zeiten, wo man, wie jetzt im Druck, aus *Schwarz* zwar nicht *Weiß* macht, aber doch *Grau* und wo man, wie Katecheten sollen, gerade die Fragen auf *Nein* und *Ja* vermeidet, noch übrig außer seinem Hasse der Tyrannen und Sklaven zugleich und außer dem Zorne über die Mißhandlung sowohl als über die Gemißhandelten? Und wozu soll sich ein Mann, dem der Panzer des Lebens an solchen Stellen dünn gearbeitet oder dünn gerieben ist, ernsthaft entschließen?

Ich meines Orts, falls von mir die Rede ist, entschloß mich im halben Scherze zu einer dünnen hellen Anfrage für den Reichsanzeiger, die du vielleicht schon in Rom gelesen, ohne mich eben zu erraten:

Allerhand.

Wohl *zuverlässig* steht gesunder *Verstand* und *Vernunft* (mens sana in c. s.) unter den zu würdigenden Gütern des Lebens *zunächst* nach einem reinen Gewissen *obenan.* Ein Satz, den ich bei den Lesern dieses Blattes vorauszusetzen wage. Was sonst hierüber noch gesagt werden kann (sowohl von als gegen Kantner [so schreibt Campe statt Kantianer viel richtiger]), gehört gewiß nicht hieher in ein ganz *populäres Volksblatt.* Unterzeichneter dieses ist nun in dem *betrübten* Falle, daß er hier genötigt die Ärzte Aus- und Deutschlands befragt – Mitleiden mit Leiden gebe, schicke die Antworten ein –, *wenn* er (gerade heraus vor Deutschland!!) ganz toll werden werde, indem der Anfang davon schon einen genommen.

Das *Wenn,* aber nicht das *Ob* liegt edeln Menschenfreunden zu beantworten ob. Hier meine Gründe, Deutsche! Abgesehen, daß mancher schon aus der Anfrage folgern könnte – was doch wenig entscheidet –, so sind folgende Stücke bedenklich und gewiß: 1) des Verfassers bunter Stil selber, der weniger aus diesem Inserat (in den überlegtesten Intervallen gemacht) als aus der ähnlichen Schreibart eines sehr beliebten und geschmacklosen Schriftstellers zu erkennen ist, wie denn ein buntes Übermaß ganz wildfremder Bilder so gut am Kopfe wie buntes Farbenspiel am Glase nahe Auflösung bedeuten – 2) die Weissagung eines Spitzbuben[1], an die er immerfort denkt, was schlimme Folgen haben muß – 3) seine Liebe und

[1] Des Kahlkopfs, der ihm nach 14 Monaten Wahnsinn prophezeiete.

sein Treiben Swifts, dessen Tollheit Gelehrten nicht fremd ist – 4) seine gänzliche Vergeßlichkeit – 5) seine häufige schlimme Verwirrung geträumter Sachen mit erlebten und vice versa – 6) sein Unglück, daß er nicht weiß, was er schreibt, bis ers nachgelesen, weil er gegen seinen Zweck bald etwas auslässet oder bald etwas hinsetzt, wie das durchstrichne Manuskript leider am besten bezeugt – 7) sein ganzes bisheriges Leben, Denken und Spaßen, was hier zu weitläuftig wäre, und 8) seine so unvernünftigen Träume. Nun ist die Frage, *wenn* in solchen Verhältnissen (schlagen nämlich keine Fieber, keine Liebschaften dazu) vollständige Verrückung (Idea fixa, mania, raptus) eintritt. Bei Swift fiels sehr spät, im Alter, wo er ohnehin schon an und für sich halb närrisch sein mochte und nachher alles nur mehr zeigte. Wenn man betrachtet, daß einmal der Professor Büsch ausrechnete, daß seine Augen-Schwäche sehr gut ohne seinen Schaden von Jahr zu Jahr wachsen könnte, weil die Periode seiner gänzlichen Erblindung über sein ganzes langes Leben hinausfiele bloß auf sein Grab, so sollt' ich annehmen, daß meine Schwäche so stufenweise aufschwellen könnte, daß ich keine petites maisons brauchte als den Sarg selber; so daß ich vorher dabei heiraten und amtieren möchte wie jeder andere rechtschaffene Mann.

Was ich hiermit bezwecke, ist bloß, mich hierüber mit irgendeinem Menschenfreunde (er sei aber philosophischer Arzt!!) in Korrespondenz zu setzen. Meine Adresse hat die Expedition des Reichsanzeigers. Näher bekannt mach' ich mich vielleicht körperlich und bürgerlich in eben diesem Blatte auf dem Blatte, wo ich eine Gattin suche. Pestitz, den Februar.

S–s, L–d, L–r, G–l, S–e.

Albano, du weißt, unter welchem Gebüsch mein Ernst liegt. Der Reichs- und Schoppens-Anzeiger hat acht Gründe für die Sache, die nicht nur mein Ernst sind, sondern auch mein Spaß. Seit der Kahlkopf mir nach einem Jahre den Aufgang meines tollen Hundssterns ansagte, sah ich immer die Aurora dieses Fix-Gestirns vor mir und sah mich daran zuletzt blind und feige; ich muß es heraussagen. O ich hatte im Januar, Bruder, acht furchtbare Träume hintereinander – nach der Zahl der Gründe im Anzeiger und selber unter den achten Grund gehörig –, Träume, worin ein wilder Jäger des Gehirns durch den Geist jagte und ein reißender Strom voll Welten, voll Gesichter und Berge und Hände wallete – ich will dich nicht damit ängstigen – Dante und sein Kopf sind Himmel dagegen.

Da wurd' ich verdrüßlich über die Feigheit und sagte zu mir: ›Hast bisher so lange gelebt und die reichsten Ladungen leicht ins Wasser geworfen, sogar diese und die zweite Welt, und dich von allem, und von Ruhm und von Büchern und Herzen so rein entkleidet und hast nichts behalten als dich selber, um damit frei und nackt und kalt auf der Kugel zu stehen vor der Sonne: auf einmal krümmst du dich unversehends vor dem bloßen tollen fixen Gedanken an eine tolle fixe Idee, die dir jeder Fieber-Pulsschlag, jeder

Faust-Schlag, jedes Giftkorn in den Kopf graben kann, und verschenkst auf einmal deine alte göttliche Freiheit – Schoppe, ich weiß gar nicht, was ich von dir halten soll; wer irgend etwas noch fürchtet im Universum, und wär' es die Hölle, der ist noch ein Sklave.‹ –

Da ermannte sich der Mann und sagte: ich will das haben, was ich fürchtete; und Schoppe trat näher an den breiten hohen Nebel, und siehe! Es war (man hätte sich gern auf der Stelle hineingebettet) nur der längste Traum vor dem längsten Schlaf, mehr nicht, was sie Wahnsinn nennen. Geht man nun auf einige Zeit z. B. in ein Irrhaus zum Scherz: so kann man den Traum haben, lässet es sich sonst alles so dazu an wie bei manchem. Und dahinein will ich nun allgemach sinken, in den Traum, wo an der Zukunft die Dolchspitze abgebrochen ist und an der Vergangenheit der Rost abgewischt – wo der Mensch ohne Störung in dem Schattenreich und dem Barataria-Eiland seiner Ideen das regierende Haus allein ist und der Johann ohne Land und er wie ein Philosoph alles *macht*, was er *denkt* – wo er auch seinen Körper aus den Wellen und Brandungen der Außenwelt zieht und Kälte, Hitze, Hunger, Nervenschwäche und Schwindsucht und Wassersucht und Armut ihn nicht mehr antasten und den Geist keine Furcht, keine Sünde, kein Irrtum im Irrhaus – wo die 365 Träume jährlicher Nächte sich in einen einzigen, die flüchtigen Wolken in *ein* großes Glut-Abendrot zusammengewebt – –

Da sitzt etwas Böses! Der Mensch muß imstande sein, sich seinen Traum, seine gute fixe Idee – denn ein hoher Ameishaufen der grimmigsten und der liebreizendsten wimmelt vor ihm – mit Verstand auszuklauben und zuzueignen, sonst kann er so schlimm fahren, als wär' er noch bei Verstand. Ich muß nun besonders meine Anstalten treffen, daß ich einen liebreichen favorablen Fix-Wahn finde und anerkenne, der gut mit mir umgeht. Kann ichs dahin bringen, etwan der erste Mensch zu sein im irrigen Hause – oder der zweite Momus – oder der dritte Schlegel – oder die vierte Grazie – oder der fünfte Kartenkönig – oder die sechste kluge Jungfrau – oder die siebente weltliche Kur – oder der achte Weise in Griechenland – oder die neunte Seele in der Arche – oder die zehnte Muse – oder der 41ste Akademiker – oder der 71ste Dolmetscher – oder gar das Universum – oder gar der Weltgeist selber: so ist allerdings mein Glück gemacht und dem Lebens-Skorpion der ganze Stachel weggeschlagen. Aber was steht nicht noch für goldnes edelsteinernes Glück offen! Kann ich nicht ein sehr begünstigter Liebhaber sein, der den Sonnenkörper einer Geliebten den ganzen Tag im Himmel ziehen sieht und hinaufschauet und ruft: ich sehe nur dein Sonnen-Auge, aber es genügt? – Kann ich nicht ein Verstorbner sein, der voll Unglauben an die zweite Welt in solche gefahren ist und nun da gar nicht weiß, wo er hinaus soll vor Lust? – O kann ich nicht – denn der kürzere Traum und das Alter verkindern ja schon – wieder ein unschuldiges Kind sein, das spielt und nichts weiß, das die Menschen für Eltern hält und das nun einen aus der bunten Blase des Lebens zusammengefallenen Tränentropfen vor sich stehen hat und den Tropfen wieder mit der Pfeife geschickt zum flimmernden Farben-Weltkügelchen aufbläset?

Es ist eben Mitternacht; ich muß jetzt in die Kirche gehen, meine Vesper-Andacht zu halten.

Drei Wochen später

Nota bene!

Gewissermaßen war ich seit deiner Reise verdammt unglücklich bis diesen Morgen gegen 1 Uhr; – um 2 Uhr faßt' ich meinen Entschluß, jetzt um 5 die Feder, um 6, wenn ich ausgetrunken und ausgeschrieben, den Reisestab, dessen Stachel nach 2 Monaten in den Pyrenäen steht. O Himmel! mußte etwas Gestacheltes längst neben mir stehen, was ich so lange für einen Herisson nahm, indes es die beste Spielwalze voll Stifte ist, aus der ich nichts Geringeres (ich drehte sie vor einigen Stunden) haben kann als das beste Flötengedackt – unverfälschte Sphären- und Kreismusik zu den Bravourarien der drei Männer im Feuer – einen ganzen lebendigen Vaucansons-Flötenspieler von Holz – und unerhörte Sachen, womit die Maschine nicht sich einen Bruch bläset, sondern einigen Spitzbuben, wovon ich vorzüglich den Kahlkopf nenne? –

O höre, Jüngling! Es geht dich an. Ich will deinetwegen, was die Welt offenherzig nennt, jetzt sein, nämlich unverschämt, denn wahrlich ich decke lieber meinen Steiß als mein Herz auf und bin weniger rot.

Es gab einmal in alten Zeiten eine junge Zeit, eine voll Feuer und Rosen, wo der alte Schoppe seines Orts auch jung genug war – wo der alerte, anschlägige Vogel leicht heraushatte, wo der Hase liegt und die Häsin – wo der Mann sich noch mit den bekannten vier Weltteilen in Güte setzte, oder auch ebenso leicht wie ein Stier mit dem Horn nach jeder Fliege stieß – wo er, jetzt ein Silberfasan kühler Zeit, noch als ein warmer Goldfasan im ganzen Welschland auf- und abschritt oder flog und bald auf Buonarottis Moses saß, bald auf dem Coliseo, bald auf dem Ätna, bald auf der Peterskuppel und vor Lust krähete, die Flügel schlug und gen Himmel stieg. –

Es war nämlich dieselbe Zeit, wo der noch ungerupfte Sturmvogel einmal in Tivoli sich durch die Wasserfälle hin- und herschwang, kostbar selig war und da gelegentlich – plötzlich – oben – in Vestas Tempel – zum ersten Male – weiter nichts erblickte als – die Prinzessin di Lauria, nachher, mutmaß' ich, von einem Vliesritter weggeholt als sein güldnes Vlies. Solche sehen – sich aus einem Sturmvogel in einen Tauber an der Venus Wagen verwandeln – von Gespann und Zügel sich abreißen – vor jene Göttin fliegen – sie in immer engern Kreisen umziehen, das alles war nicht eins, sondern dreierlei. Ich mußte erst zu einem Paradiesvogel wachsen und mich färben, um in ein Paradies zu fliegen; ich mußte nämlich Malerei erlernen, um vor Sie zu dürfen.

Als ich endlich den Porträt-Pinsel und die Silhouetten-Schere in der Gewalt hatte und an einem Morgen mit beiden vor der Prinzessin und dem Fürsten erschien, mußt' ich ihn selber malen und schneiden; seine Tochter war schon vermählet und heimlich abgereiset; denn dein Großvater weissagt (anstatt wie andere ihr Treiben voraus) seines nur hintennach und öffnet den Mund bloß zum – Hören.

Ich schnitt ihn schnell aus, den Mann – packte ein – ging in alle Welt – nach beinah drei Jahren stand ich auf der zehnten Terrasse der Isola bella ganz unerwartet vor der Gräfin Cesara – Himmel und Hölle! welch ein Weib war deine Mutter! Sie warf jeden in beide auf einmal, ich weiß nicht ob deinen Vater auch. Schreiber dieses stand in seiner letzten ornithologischen Verwandlung vor ihr, als stiller Perlhahn (Tränen müssen die Perlen sein), und konterfeiete sie ab, nach wenigen Wochen.

Sie hatte zwei Kinder, dich – deiner schon damals geschärften Bildung entsinn' ich mich klar – und deine Schwester, die sogenannte Severina. Dein Vater war nicht da, aber sein Wachsbild, wornach ich ihn gleich achtzehn Jahre später in Rom wieder erkannte. Auch deine Schwester war noch wächsern wiederholt, nur du nicht. Eine dir von weitem ähnliche Wachsfigur, die dich als einen Mann vorgaukelte, stellte der Bruder deines Vaters, der mit da war, dir immer als einen Flügelmann deiner Zukunft vor, sagte, du seiest hier im voraus kubiert und schon ins Große getrieben, von der Flasche auf das Faß gefüllt, um dich anzufeuern, damit du erwüchsest. Man mußte dir eine ähnliche Uniform, wie der Wachsmann trug, anziehen – ich weiß nicht welche – Du fordertest dann keck, um deinen eignen Mikromegas schreitend, ihn heraus, aus der Zukunft in die Gegenwart. Jetzt weißt du, was du geworden, und magst wohl wieder und mit mehr Recht so stolz auf den Kleinen herabsehen wie der Kleine sonst zu dem Großen hinauf. Ich wollte nie deinem Oheim diese Maschine der geistigen Streckbarkeit gutheißen; dabei hab' ich vor allen Wachs-Marionetten einen so hassenden Schauder!

Mein einziger Zweck auf der schönen Insel war die Abreise von ihr und von der schönen Insulanerin, sobald ich diese abgemalt hätte. Dummes Jahrhundert, sagt' ich, will ich denn mehr von dir? Sie saß mir gern – wie auf einem Thron – ich riß, halb im Gewitter, halb im Regenbogen wohnhaft, sie ab und mußt' ihr natürlich das Bild lassen unkopiert. Aber, Jüngling, einige Buchstaben, die meinen damaligen Namen formierten und die ich aufs Bild an der Stelle des Herzens unter die Wasser-Farben schrieb und versteckte, können für dich ein Tetragrammaton, elf Sonntagsbuchstaben und Lesemütter (matres lectionis) deines Daseins werden, falls ich glücklich nach Spanien komme und in Valencia am Bildnis die Färberei von meinen Buchstaben wegwischen und nun in dessen Herzen lesen kann: *Löwenskiold.* So dänisch hieß ich damals.

Dann ist die Gräfin Linda de Romeiro ohne Gnade deine Schwester Severina. Gott schenke nur, daß du sie nicht vor diesem Brief etwan gesehen hast und geheiratet; sie soll, wie ich gestern hörte, nach Italien abgereiset sein.

Denn als ich die Gräfin Linda hier zum ersten Male sah, war mir auf dem Pestitzer Markt-Viereck, als ständ' ich oben auf der Terrasse der Isola bella und schauete die Alpen, deine Mutter, meine Jugend kaum drei Schritte vor mir! Bei Gott, wie als wäre aus der tiefen Ferne im Pfeilerspiegel der Zeit auf einmal das weiße Rosenbild deiner verhüllten Mutter heraufgerissen worden dicht ans Glas heran und hinge davor nun rotblühend, so stand Linda vor mir! Denn die göttliche Ähnlichkeit beider ist so groß! Gar kein Arianisches *Homoiusion,* sondern ein ganzes orthodoxes *Homousion* ist hier zu glauben, würd' ich dir gerne schreiben, hättest du sonst die nötige Kirchengeschichte dazu auf dem Lager.

Ich malte auch Linda in diesem Winter. Was sie mir vom Charakter ihrer Mutter erzählte, war ganz dasselbe, was ich ihr hätte vom Charakter der Prinzessin di Lauria berichten können –

Lindas Vater oder Herr von Romeiro wollte nie erscheinen, und doch ist er noch nicht verschwunden, wie ich höre –

Lindas Mutter hieß sich eine Römerin und eine Verwandte des Fürsten di Lauria –

In Spanien, wo ich zweimal war und fragte, wollte nirgends der Name einer Cesara wohnen –

Trillionen Spinnenfäden der Wahrscheinlichkeit spinnen sich zum Ariadnens-Strick im Labyrinth –

Eine neue unbekannte Schwester wird dir im gotischen Hause mit Schleiern und in Spiegeln vorgeführt – –

Und zwar wird vom redlichen Kahlkopf – dem fast mehr zum Christuskopf fehlt als die Locken, und den ich im Herbste einen Hund geheißen – dirs vorgespiegelt aus wirklichen Spiegeln –

Gedachter Anubis- oder Kahl-Kopf stand nun (der Himmel und der Teufel wissen am besten warum, aber ich glaub' es) als Vater des Todes auf Isola bella, lag als Handwerkspursch am Fürstengrabe und in jedem Hinterhalt, um dir deine Schwester zur Frau zu geben – – falls ichs litte; aber sobald ich jetzt zugesiegelt, brech' ich nach Spanien auf und in Lindas Bilderkabinett ein, suche nach einem gewissen Bilde ihrer Mutter, dessen Stelle und Zimmer ich mir deutlich angeben lassen – und ist es das Bild von mir: so ist alles richtig, und der Donner kann in alles schlagen –

Der Kahlkopf ist schon ein Fünfviertelsbeweis – er gehört unter die wenigen Menschen, die schon, kaum Spinnen-dick, in ihrer Mutter Leib aus Bosheit pißten –

Vielleicht treff' ich deinen Oheim, der mich hier, wie er sagte, wiedererkannte und der wirklich nach Valencia abgereiset ist [1] –

O Himmel, wenn mirs gelänge (aber warum nicht, da meine Zunge von Eisen bleibt und dieses Blatt in Eisen kommt, beim redlichen Wehrfritz, dessen Herz ein alter Deutscher ist, und mit Recht stellt in der Jungfer Europa *Deutschland* das *Herz* vor), ich schreibe, wenn mirs gelänge, daß ich anbrennte an einem verfluchten Geheimnis eine Strohtür, risse alles auf, ein und weg, blinde Tore und Opfertore, und ein starkes Licht fiele herein auf die tapfere Linda und den tapfern Jüngling, anleuchtend den nahen Kahlkopf (vielleicht noch jemand), der eben in der Dunkelheit mit zwei langen blanken Okulier- und Schlachtmessern in die Geschwister schief herunterstechen will – –

Wenn mir das einmal gelänge, nämlich im Erntemonat – denn da käm' ich in Pestitz wieder an und hätte das Bildnis in der Tasche –, und ich hätte mich und zwei Unschuldige tapfer gerächt an Schuldigen: dann würd' ich mirs für sehr erlaubt halten, an meinen Kopf zu greifen und zu sagen: à bas, gare, Kopf weg! Wozu gewiß – da ja von keiner dummen Abtreibung des Leibes durch ein Werther-Pulver die Rede ist, sondern nur vom Vorsatze, das, was Sachverständige meinen Verstand nennen, gelegentlich zu verlieren – meine Freunde stimmen müßten, weil sie mich noch hätten (der Körper wird dabei anbehalten), obwohl als das Nachtstück eines Menschen, weil ich dann einen vernünftigen Diskurs so gut über alles (nur den Fix-Wahn greife keiner an) führen wollte als einer und dabei einen gesitteten guten Spaß (wahrlich die wahre Würze) einzustreuen gewiß nicht vergäße und weil der Staat mich Tag und Nacht gerüstet und gesattelt finden sollte, ihm nach dem Beispiele der Berliner Irrhäusler, die einmal beim Feuer im Haus am besten löschten und retteten, zu dienen und zu Hülfe und zupasse zu kommen, wenn die dunkeln Intervalle seiner andern Staatsdiener nicht anders auszufüllen wären als mit unsern hellen.

Lebe wohl! Ich brech' auf. Die Welt lacht mich heiter an. In Spanien find ich ein Stück Jugend wieder – wie in diesem Schreiben.

Schoppe.

Apropos! Stieß dir der Kahlkopf nirgends auf? – Ich kann dir nicht sagen, wie ich täglich jetzt arbeite, um mir vor dem Wunsche, ihn künftig in der Tollheit niederzustoßen, wahren Abscheu und Greuel im voraus einzuprägen und eigen zu machen, damit nachher die etwanige Tat mir nicht als eine Spätfrucht des vorigen vernünftigen moralischen Zustandes könne herüber zugerechnet werden in den andern.

Vernichte diesen Brief!«

[1] Der Oheim hatte wieder gelogen, denn er war, wie man aus diesem Bande weiß, vorher nach Rom gegangen, wo er dem Ritter und der Fürstin die Pestitzer Briefe übergeben.

Als Albano die feurigen Augen von dem Briefe aufhob, stand er vor Lilar unter einem hochgewölbten Triumphbogen, und die Sonne ging in Pracht hinter dem Elysium unter. »Kennst du mich nicht?« fragte leise neben ihm Linda in Reisekleidern, weinend in heller Liebe und Wonne – und Julienne drängte sich, beiden Vorsicht zuwinkend, aus dem Eingangsgebüsch des Flötentals hervor und rief zum listigen Scheine: »Linda, Linda, hörst du denn die Flöten nicht?« – Und Albano hatte den schweren Brief vergessen.

123. Zykel

Wie ein schnell mit hundert Flügeln aufrauschendes Konzert, so schlug die schnelle Gegenwart alter Liebe und Freude über den verlassenen, um den Freund bekümmerten Jüngling in schönen Fluten zusammen; und von der Entzückung getroffen, sah er Linda wieder wie auf Ischia; aber diese sah ihn wieder wie in einem andern Elysium, sie war weicher, zärter, heißer, eingedenk seiner Vergangenheit in diesem Garten. Sie wollte gar nichts von ihrer eignen Reise-Geschichte erzählen oder hören. Albano bedeckte sein Geheimnis von Schoppe mit mächtiger, aber zitternder Brust; nur seinem Vater brannt' er sie aufzutun. Unaufhörlich hielt er sich die Unmöglichkeit einer Verwandtschaft vor und die Leichtigkeit, daß Schoppe die angebliche Schwester mit der wahren, mit Juliennen, verwechsle; noch diesen Abend wollt' er den Vater fragen.

Er gab ihr das Ja desselben zu ihrem Bunde mit großer Freude, aber nicht mit der größten, weil Schoppes Brief nachtönte. Julienne nahm es wahr, daß nur eine Kaskatella statt der Kaskade heute aus ihm komme, und sucht' ihn lustig-listig auszuholen, indem sie ihn leicht durch das ganze wichtige Personale seiner und ihrer Bekanntschaft durchantworten ließ. Sie hatte einige Neigung, am Theatervorhang zu weben und zu malen oder auch ein Souffleurloch in ihn zu stechen. Sie fing die Fragen von Idoine an – welche kurz nach seiner Ankunft ihren Rückweg aus der Stadt genommen – und hörte mit ihnen bei Schoppen auf – nach dessen Reise-Ziele sie forschte –; aber Albano hatte jene nicht gesehen, dieser, sagt' er, hab' es ihm allein vertraut. Eine schöne, unbiegsame Marmorader der Festigkeit lief durch sein Wesen. Lindas schwarzes Auge war ein offnes treues deutsches und sah ihn nur an, um ihn zu lieben.

Aus dem Flötental kam der Rest der Gesellschaft, der Lektor u. a.; Julienne nötigte die Liebenden zur Scheidung und sagte: »Hier ist kein Ischia; ohne mich könnt ihr euch hier im Schloß gar nicht sehen; ich werde dirs durch deinen Vater allzeit sagen lassen, wenn ich da bin.«

Als er allein stand in Lilar, mit dem schweren Gedanken an Schoppe und Linda, und er die anmutigen Gegenden und Stellen schöner Stunden übersah: so kam ihm auf einmal vor, als verziehe sich in der Dämmerung das Elysium wie ein reizendes Gesicht zu einem Hohn über ihn und über das

Leben – kleine boshafte Feen sitzen an den kleinen Kinder-Tischchen, als wären sie sanfte Kinder und sähen sehr gern Menschen und Menschenlust – sie fahren auf als wilde Jägerinnen und rennen durch die Blüten – tausend Hände wenden den Garten mit Blütenbäumen um und richten sein schwarzes finsteres Wurzeln-Dickicht wie Gipfel im Himmel auf – aus den Zweigen blicken Gorgonenhäupter, und oben im Donnerhäuschen weint und lacht es unaufhörlich – nichts ist schön und sanft als der tapfere große Tartarus.

Indes ging Albano, da es der kürzere Weg zu seinem Vater war, hart und zornig durch den Garten, über die Schwanenbrücke, vor dem Traum-Tempel, vor Charitons Häuschen, vor den Rosenlauben vorbei und über die Wald-Brücke; und kam bald im Fürstenschlosse bei seinem Vater an, der eben vom kranken Luigi zurückgekommen. Mit ironischer Miene erzählte ihm dieser, wie der Patient von neuem schwelle, bloß weil er fürchte, der tote Vater, der ihm zum zweitenmal als Zeichen des Todes zu erscheinen versprochen, gebe das Zeichen und hole ihn darauf. Nun erzählte Albano, ohne allen Eingang und ohne Erwähnung von Schoppen und von dessen Verhältnissen, die Hypothese der seltsamsten Verwandtschaft, ohne etwa ausforschende lange Fragen oder auch nur die kurze schnelle: »Ist Linda meine Schwester?« zu tun aus Achtung für den Vater. Dieser hörte ihn ruhig aus: »Jeder Mensch« (sagt' er erzürnt) »hat eine Regen-Ecke seines Lebens, aus der ihm das schlimme Wetter nachzieht; die meinige ist die Geheimnisträgerei. Von wem hast du die neueste?« – »Darüber muß ich schweigen aus Pflicht«, versetzt' er. »In diesem Falle« (sagte Gaspard) »hättest du besser ganz geschwiegen; wer den kleinsten Teil eines Geheimnisses hingibt, hat den andern nicht mehr in der Gewalt. Wie viel glaubst du, daß ich von der Sache weiß?« – »Ach was kann ich glauben?« sagte Albano. »Dachtest du an meine Erlaubnis deiner Verbindung mit der Gräfin?« sagte zorniger Gaspard. »Sollt' ich denn schweigen, und entwickelte sich nicht am Ende aus allen Geheimnissen die Schwester Julienne?« – Hier sah ihn Gaspard scharf an und fragte: »Kannst du auf das ernste Wort eines Mannes vertrauen, ohne zu wanken, zu irren, wie auch der Schein dagegen rede?« – »Ich kanns«, sagte Albano. »Die Gräfin ist deine Schwester nicht; vertraue mir!« sagte Gaspard. – »Vater, ich tu' es!« (sagte Albano ganz freudig) »und nun kein Wort weiter darüber.«

Aber der ruhigere Alte fuhr fort und sagte, dieser neue Irrtum veranlasse ihn, jetzt ernstlich bei Linda auf ein Ja zur schnellen Verbindung zu dringen, weil der Vater derselben, vielleicht der geheime bisherige Wundertäter, seine Erscheinung durchaus an einen Hochzeittag gebunden. Noch einmal ließ er den Sohn seinen Wunsch nach dem Wege merken, auf welchem er zu jener Hypothese gekommen; aber umsonst, die heilige Freundschaft konnte nicht entheiligt oder verlassen werden, und seine Brust schloß, wie der dunkle Fels um den hellen Kristall, sich mächtig um sein offnes Herz.

So schied er warm und glücklich vom schweigenden Vater. – In der harten Stunde des Briefs hatt' er nur eine künstliche Felsenpartie des Lebens überstiegen, und die bunten Gärten lagen wieder da bis an den Horizont; – doch der vergebliche mühvolle Irrtum seines Schoppe und dessen von Hassen und Lieben verheerter Geist, der sich sogar im Ton des Briefes niederzubeugen schien, und die Zukunft eines Wahnsinns gingen wie ein fernes Leichengeläute in seiner schönen Gegend klagend, und das glückliche Herz wurde voll und still.

124. Zykel

Bald darauf ließ die gütige Schwester Albanos an der Spieluhr seines Glücks, deren Wächterin sie war, wieder eine hesperische Stunde schlagen und spielen, wo das ganze Leben hinauf und hinab mittönte und sich aushellte und wo nun wie in der Schweiz, wenn eine Wolke sich öffnet, auf einmal Höhen, Eisberge, Berghörner aus dem Himmel blicken. Er sah seine Linda wieder, aber in neuem Licht, glühend, aber wie eine Rose vor dem glühenden Abendrot; ihr Lieben war ein weiches stilles Flammen, nicht ein Hüpfen irrer stechender Funken. Er schloß, daß sein wortfester Vater die Bitte um eine priesterliche Verbindung ihr schon getan und sogar ihre Bejahung bekommen. Julienne sagt' ihm, sie woll' ihn den nächsten Abend um 6 Uhr auf dem väterlichen Zimmer sprechen; das macht' ihn noch gewisser und froher. Mit neuen, noch zärter anbetenden Gefühlen schied er von Linda; die Göttin war eine Heilige geworden.

Als er den andern Tag ins väterliche Zimmer kam: fand er niemand darin als Julienne. Sie küßte ihn kurz und kaum, um schnell mit ihren Nachrichten fertig zu werden, da ihre Abwesenheit auf so viele Minuten eingeschlossen war, als die Fürstin brauchte, um vom Krankenbette des Mannes in das Zimmer der Prinzessin zu kommen. »Sie heiratet dich nicht,« (fing sie leise an) »so sehr und so fein auch dein Vater ihr bei dem ersten Empfang nach der Reise die Freude über das neue Glück seines Sohnes ausdrückte, für das er nun bloß nichts mehr zu wünschen brauchte, sagt' er, als das Siegel der Fortdauer – Es war noch feiner versilbert und vergoldet, ich weiß es nicht mehr. – Darauf erwiderte sie in ihrer Sprache, die ich nie behalte, ihr und dein Wille wären das rechte Siegel, jedes andere politische drücke Ketten und Sklaven auf dem schönsten Leben aus.«

Hart wurd' Albano von einer offnen Weigerung verletzt, die ihn bisher als eine stille und als Philosophie auftretende nur wie wesenloser Schatte unberührt umflossen hatte. »Das war nicht recht; *spät* konnte sie sagen, aber nicht *nie*«, sagt' er empfindlich. – »Gemäßigt Freund,« (sagte Julienne) »darauf erinnerte sie dein Vater freundlich an die bedingte Erscheinung des ihrigen, indem er sagte, daß er sehr wünschen müsse, ihr Glück aus seinen Händen in nähere zu übergeben. Keine künstliche Bedingung darf einen

Willen zwingen oder vernichten, sagte sie. Dein Vater fuhr ruhig fort und setzte dazu, er habe den schönsten Lebensplan für euch beide in diesem Falle entworfen; im andern aber stehe seine Einwilligung in die Liebe nur so lange offen als sein Hiersein, das mit dem Tode seines Freundes endige. Dann ging er gelassen fort, wie die Männer pflegen, wenn sie uns recht entrüstet haben.«

»Hesperien, Hesperien!« (rief Albano zornig) »Linda verdoppelte doch ihr Nein?« – »O leider! Aber Bruder?« fragte staunend Julienne. »Lasse mich,« (versetzt' er) »ist es denn nicht ungerecht, dieses elterliche Antasten der schönsten zartesten Saiten, deren Klang und Schwung sie auf einmal töten, um einen neuen aus ihnen zu rupfen? Ists denn nicht sündlich, Göttergeschenke zu Staats-Zöllen und Partie-Geldern, jawohl *Partie*-Geldern herabzuziehen? – Gute Linda, nun stehen wir wieder auf dem Boden, wo man die Blumen der Liebe zu Heu anschlägt – und wo es im Paradies keine andere Bäume gibt als Grenzbäume. – Nein, freies Wesen, durch mich sollst du nie aufhören, es zu sein!« –

Julienne trat einige Schritte zurück, sagte: »Ich will dich nur auslachen«, tat es und setzte ernst dazu: »*Sie* also, willst du, soll *dir* den Tag anberaumen, wo der alte Vater sichtbar werden soll?« – »Das folge gar nicht«, sagte er. Sie bemerkte ruhig, daß immer ein hitziger Mann über die Hitze des andern klage und daß Albano schon in der Ruhe zu strenge auf fremdes und eignes Recht dringe; daß solche Leute dann in der Leidenschaft etwas über das Recht hinaus verlangten, wie ein Stift, der in der Uhr zu genau passet, erwärmt sie durch seine Größe anhält. Jetzt bat sie ihn liebreich, das Auseinanderzupfen des »ganzen Wirrwarrs« bloß ihren Fingern zu überlassen und sanft und still zu bleiben, damit nicht noch mehr Leute, etwa gar ihre »belle-sœur«, zwischen ihren Bund sich drängten. Albano nahm es freundlich an, bat sie aber ernst, nur keine Plane zu machen, weil er zu ehrlich dazu gegen Linda sein und ihr sogleich das ganze Wort der Charade sagen würde.

Sie entdeckte ihm, sie habe weiter keinen zu etwas gemacht als zu einem frohen Tag für morgen, den nämlich, mit Linda die Prinzessin Idoine in Arkadien zu besuchen, der sie außer dem Besuch noch größere Dinge schuldig sei, besonders ihr halbes Herz: »Du reitest uns zufällig nach und triffst uns mitten im Schäferleben an« (setzte sie dazu) »und überraschest deine Linda.« – Er sagte sehr entschieden Nein; weil er vor Idoinens Ähnlichkeit mit Lianen – ob er gleich nur wußte, daß Liane jene im Traum-Tempel vorgespielt, noch nicht aber, daß Idoine diese vor seinem Krankenbette nachgebildet – und vor der Gegenwart der Ministerin die Flucht aus Scheu sowohl der bittern Erinnerungen als der süßen nahm, welchen beiden Roquairol in solchem Falle nachgezogen wäre. Julienne wandte boshaft ein: »Fürchte nur nichts für die Prinzessin; sie mußte, um vom verhaßten Bräutigam nur loszukommen, allen Ihrigen eidlich angeloben, nie einen unter ihrem Stande zu wählen – und das hält sie, sogar bei dir.« – Er beantwortete den Scherz bloß mit der ernsten Wiederholung des Neins. Nun so bestehe sie darauf, versetzte sie, daß er ihnen beiden wenigstens auf halbem Weg entgegenkomme und sie im »*Prinzengarten*« – einem von Luigi als Erbprinz angelegten und auf dem Fürstenstuhle vergessenen Park – erwarte. Das ergriff er sehr freudig.

Sie fragte scheidend noch scherzhaft: »Wer hat dich von neuem mit einer Schwester beschenkt?« Er sagte: »Das konnte mein Vater nicht von mir erfahren.« – »Bruder,« (sagte sie sanft) »ein Herr wars, der Prinzessinnen leicht für Gräfinnen nimmt und der nächstens noch toller zu werden glaubt, als er schon ist – dein Schoppe« und flog davon.

125. Zykel

Am Morgen darauf fuhren beide Freundinnen nach Arkadien. Julienne – obwohl betrübter durch ihren *kränkern* Bruder – heiterte sich durch das Vertrauen auf einen Plan auf, den sie ungeachtet ihrer Versicherung zum Glücke des *gesunden* entworfen, um ihn in Arkadien auszuführen. Sie verbarg öfters, wie andere hinter den schwarzen Trauerfächern der Trauer und Empfindung, so hinter dem heitern Putzfächer des Lachens, der den Zuschauern die bemalte Seite zukehrte, ihren Kopf mit seinen Entwürfen; unter Lachen und Weinen ging und dachte sie diesen nach. So hatte sie an Albano die Bitte, Idoine mit zu besuchen, nur aus Schein und in der Gewißheit getan, daß er sie abschlage, oder im Falle er komme, daß es dann Idoine tue; denn sie wußte aus Idoinens Besuchen im vorigen Winter, daß diese an den von ihr hergestellten schönen Fieberkranken häufig in Gesprächen gedacht und daß sie jetzt vor seiner Ankunft geflohen war, um nicht über seine helle liebende Gegenwart, die ihr am leichtesten durch die Fürstin bekannt geworden, als ein Gewölke aus der Vergangenheit hereinzuziehen voll trüber Ähnlichkeiten. Julienne hatte sogar erfahren, daß die Fürstin sie umsonst länger halten und aufbewahren wollen, um vielleicht den Jüngling durch sie zu erinnern, zu schrecken, zu ändern, oder zu strafen. Juliennens Liebe gegen die Prinzessin wäre durch jene zarte Flucht vor Albano vielleicht so warm geworden, als die gegen Linda war, wenn eben diese Liebe nicht dazwischen gestanden hätte; wenigstens hatt' ihr diese schöne Flucht ein *ungemessenes* Vertrauen – was eben das rechte und einzige ist – auf die Prinzessin gegeben.

Der Reisetag war ein schöner Ernte-Morgen voll bevölkerter Kornfluren, voll Kühle und Tau und Lust. Linda freuete sich kindlich auf Idoine und sagte die Gründe in frohem Tone: »Zuerst weil sie deinem Bruder das Leben gerettet – und weil sie doch wußte, was sie wollte, und darauf mutig beharrte und sich nicht wie andere Prinzessinnen zum Opfer des Thrones verhandelte – und weil sie die deutscheste Französin ist, die ich kenne, außer der Madame Necker – Ja mir gehört sie ordentlich mit aller schönen Jugend unter die alten Frauen, und diese sucht' ich von jeher vor, denn es ist doch etwas von ihnen zu lernen. Dich liebt sie sehr, mich, glaub' ich, weniger, einem so reizenden Mittelding von Nonne und Ehefrau schein' ich zu weltlich, ob es gleich nicht ist.«

Beide kamen im schönen Zauberdorfe – als schon die netten Kinder sich zur Ährenlese verbündeten und die Wagen schon den Sammlern der Garben entgegenfuhren – nachmittags vor dem Mittagessen an. Idoinens Bruder, der künftige Erbfürst von Hohenfließ – der Zwerg in Tivoli –, sah aus dem Fenster, und Julienne bedauerte fast die Reise. Idoine flog ihr entgegen und drückte sie herzlich an die Brust. Als Julienne dieses große blaue Auge und jeden verklärten Zug der Gestalt, die einst ihr Bruder so selig und schmerzlich geliebt, vor und auf ihrem Angesicht hatte: so glaubte sie jetzt, da sie seine Schwester geworden, gleichsam als seine Stellvertreterin die Liebe der Stellvertreterin Lianens zu empfangen; und sie mußte, wie allzeit seit diesem Tode bei dem ersten Empfange, innig weinen.

Linda wurde von der Prinzessin mit einer so tiefen Zärtlichkeit empfangen, daß sich Julienne wunderte, da sonst beide in einem Wechsel von Kälte und Liebe lebten. Die Ministerin Froulay stand da, von der Trauer so alt, kalt, still und höflich, so kalt gegen die Zeit und die Menschen (ausgenommen das Ebenbild ihrer Tochter), besonders gegen Linda, deren kecker, entschiedner, philosophischer Ton ihr unweiblich und eine Trommete an zwei Frauen-Lippen zu sein schien.

Der künftige Erbprinz von Hohenfließ entfernte sich zum Glücke bald von einem so unbequemen Ort, wo er auf einem Schiffbruchsbrett statt in einer Gondel fuhr. Nachdem er Julienne mit Anteil um das Befinden ihres Bruders, seines jetzigen Vorfahrers, gefragt – und sie und Linda an ihre und seine welsche Reise erinnert hatte: so wurd' er über Juliennens Kaltsinn und über die moralischen Gespräche der Weiber und über einen gewissen sittlichen Gewitterdruck – den Lüstlinge bei Weibern empfinden, wo alles Rauhe, die Selbsucht, die Anmaßung als Mißton schreiet – und über die allgemeine plagende Heuchelei – wofür er sogleich alles nehmen mußte – so verdrüßlich und verstimmt, daß er leicht aufbrach und dieses Schäferleben um den einzigen Wolf verkürzte, der darin schlich. Lüstlinge halten es unter *vielen* edlen Frauen, gedrückt von deren vielseitigen scharfen Beobachtungen, nie lange aus, obwohl leichter bei einer allein, weil sie diese zu verstricken hoffen. Was ihm am wehesten tat, war, daß er sie alle für Heuchlerinnen erklären mußte. Er fand keine gute Weiber, weil er keine glaubte; da man sie glauben muß, um sie da zu sehen, wo sie sind; so wie die Tugend üben, um sie zu kennen, nicht umgekehrt.

Mit ihm schien eine schwarze Wolke aus diesem Eden und Äther wegzuziehen. Die Ministerin erhielt eine Karte von ihrem Sohne Roquairol, der eben angekommen, und ging auch – zu Juliennens Freude, die an ihr ein kleines Hindernis ihres Bekehrungsplans für Linda fand, weil diese die Ministerin für eine einseitige, enge, bängliche, unnachgiebige Natur ansah. Idoine bat die beiden Jungfrauen, ihr kleines Reich mit ihr zu bereisen. Sie gingen hinab ins reine weite Dorf. Auf den Treppen begegneten ihnen heitere dienstgefällige Gesichter. Aus den fernen Zimmern des Schlosses hörte man bald Singen, bald Blasen. Wie am Vogel sich das glänzende Gefieder schnell und glatt in- und auseinanderschiebt: so bewegten um Idoine sich alle Geschäfte; ihre ökonomische Maschine war keine plumpe knarrende Turmuhr, sondern eine spielende Bilderuhr, welche hinter Töne die Stunden, hinter Bilder die Räder versteckt.

In einem Wiesengarten spielten die jüngsten Kinder wild durcheinander. Herrnhutische und holländische Reinlichkeit hatten das Dorf zu einer glatten hellen Putzbude gewaschen und gemalt. Neu und blank hing der Eimer über dem Brunnen – unter der Linden-Rotunda des Dorfs war die Erden-Diele sauber gekehrt – überall sah man reine, ganze, schöne Kleider und freudige Augen – und Idoine zeigte unter der fremden Heiterkeit bedeutenden Ernst in den Blicken, womit sie ihr Arkadien Blume nach Blume prüfte.

Sie führte ihre Freundinnen über die verschiednen Sonntags-Tanzplätze der verschiednen Alter, vor dem Hause des Amtmanns vorüber, worin die Ministerin wohnte und jetzt, zu Juliennens Furcht, ihr Sohn war, in die helle schmucklose Kirche. Bald kamen ihr der Pfarrer und Amtmann, für welche das Vorübergehen ein Wink gewesen, in die Kirche nach und holten von ihr Aufträge; beide waren junge schöne Männer mit offner Stirn und ein wenig Jugendstolz. – Als man aus der Kirche war, sagte sie: durch diese jungen Männer regiere sie über den Ort, und sie selber lenke sie sanft; nur junge seien mit Haß und Mut gegen den Schlendrian und mit Enthusiasmus und Glauben ausgerüstet. Sie setzte scherzhaft dazu, nichts beherrsche sie als eine Schule von Mädchen, an der ihr mehr gelegen sei als an der andern, weil Erziehung Angewöhnung sei und diese ein Mädchen mehr als ein Knabe brauche, dem die Welt doch keine lasse; und sie habe einigen Hang, eine la Bonne zu sein, weil sie es schon als Mädchen oft bei ihren Schwestern habe sein müssen.

Sie führte beide darauf in mehrere Häuschen; überall fanden sie ausgeweißte geordnete Zimmer, Blumen und Weinreben an Fenstern, schöne Weiber und Kinder, und bald eine Flöte, bald eine Violine, und nirgends ein spinnendes Kind. In allen hatte sie Aufträge zu geben, und was bloßer Spaziergang schien, war auch Geschäft. Sie zeigte einen scharfen Durchblick durch Menschen und ihr verwachsenes Treiben und einen Geschäftsverstand, der das Allgemeine und Besondere zugleich besaß und verknüpfte: »Ich wünschte freilich auch« (sagte sie) »nur Freuden und Spiele um mich; aber ohne Arbeit und Ernst verdirbt das Beste in der Welt; nicht einmal ein rechtes Spiel ist möglich ohne rechten Ernst.« – Linda lobte sie, daß sie alle an Musik gewöhnte, diesen rechten Mondschein in jedem Lebens-Dunkel; »ohne Poesie und Kunst« (setzte sie dazu) »vermoose und verholze der Geist im irdischen Klima.« – »O was wäre ohne Töne der meinige?« sagte Idoine feurig.

Linda fragte nach dem Bürgerrechte in diesem heitern Staate. »Meistens bekamen es Schweizerfamilien,« (sagte Idoine) »die ich an Ort und Stelle selber kennen lernte auf meiner Reise. Nach den Französinnen stell' ich sogleich meine Schweizer.« – Julienne versetzte: »Sie sagen mir Rätsel vor.« Sie lösete ihr sie, und Linda, die kurz nach ihr in Frankreich gewesen, bestätigte es, daß da unter den Weibern von gewissem höhern Ton, zu denen kein Crebillon je hinaufgekommen, eine in Deutschland ungewöhnliche Ausbildung der zartesten Sittlichkeit, beinahe Heiligkeit gegolten. »Nur« (setzte Linda hinzu) »hatten sie in der Sittlichkeit, wie in der Kunst, Vorurteile des feinen Geschmacks und mehr Zartheit als Genie.« –

Sie gingen zum Dorfe hinaus, der schönsten Abendsonne entgegen; auf den Bergen antworteten sich Alphörner, und im Tale gingen heitere Greise zu leichten Geschäften. Diese grüßte Idoine mit besonderer Liebe, weil es, sagte sie, nichts Schöneres gebe als Heiterkeit auf einem alten Gesicht, und unter Landleuten sei sie immer das Zeichen eines wohl und fromm geführten Lebens.

Linda öffnete ihr Herz der goldnen Gegenwart und sagte: »Wie müßte dies alles in einem Gedicht erfreuen! Aber ich weiß nicht, was ich dagegen habe, daß es nun so in der wirklichen Wirklichkeit da ist.« –

»Was hat Ihnen« (sagte Idoine scherzend) »diese genommen oder getan? Ich liebe sie; wo sind Sie für uns denn anders zu finden als in der Wirklichkeit?« – »Ich« (sagte Julienne) »denke an etwas ganz anderes: man schämt sich hier, daß man noch so wenig tat bei allem Wollen. Vom Wollen zum Tun ists hier doch weit« (fügte sie dazu, indem sie den kleinen Finger aufs *Herz* aufsetzte und die Hand vergeblich nach dem *Kopf* ausspannte) – »Idoine, sagen Sie mir, wie kann man denn ans Große und Kleine zugleich denken?« – »Wenn man ans Größte zuerst denkt« (sagte sie) – »Wenn man in die Sonne hineinsieht, wird der Staub und die Mücke am sichtbarsten. Gott ist ja unser aller Sonne.«

Die Erden-Sonne stand ihnen jetzt tief auf einer unabsehlichen Ebene unter milden Rosen des Himmels entgegen – eine ferne Windmühle schlug breit durch die schöne Purpur-Glut – an den Bergabhängen sangen Kinder neben den geweideten Herden, und ihre kleinern Geschwister spielten bewacht – die Abendglocke, welche in Arkadien allzeit unter dem Scheiden der Sonne gezogen wurde, wiegte die Sonne und Erde mit ihren Tönen ein – nicht nur jugendlich, sogar kindlich lag das sanfte Dörfchen und seine Welt um sie her – kein Sturm, dachte man, kann hereingreifen in dies sanfte Land, kein Winter im schweren Eispanzer hereinschreiten, hier ziehen nur, dachte man, Frühlingswinde und Rosenwolken, keine Regen fallen als Frühregen und keine Blätter als der Blüten ihre, nur Staub aus Blumen kann steigen, und den Regenbogen halten nur Vergißmeinnicht und Maiblumen auf ihren blau und weißen Blättchen – die Gegend und alles und das Leben schienen hier nur eine unaufhörliche Morgendämmerung zu sein, so frisch und neu, voll Ahnung und Gegenwart ohne Glut und Glanz, und mit einigen Sternen über dem Morgenrot.

Kinder mit Ähren-Sträußern in der Hand saßen auf fremden Wagen voll Garben und fuhren stolz herein.

Idoine hing mit inniger Liebe, als wär' alles neu durch diesen Abend, an den doppelten Gruppen. »Nur der Landmann allein ist so glücklich,« (sagte sie) »daß er in allen arkadischen Verhältnissen seiner Kindheit fortlebt. Der Greis sieht nichts um sich als Gerätschaften und Arbeiten, die er auch als Kind gesehen und getrieben. Endlich geht er jenen Garten drüben hinauf und schläft aus.« – Sie zeigte auf den Gottesacker am Berge, der ein wahrer Garten mit Blumenbeeten und einer Mauer aus Fruchtbäumen war. Julienne blickte erschüttert hin, sie sah den schwarzen Vorhang zittern, hinter welchen ihr kranker Bruder bald getrieben wurde.

Mit durchsichtigem Abend-Goldstaub war der Garten überweht – der laute Tag war gedämpft und das Leben friedlich, Ölzweige und ihre Blüten sanken aus dem stillen Himmel langsam nieder. – »Dort ist der einzige Ort,« (sagte Idoine) »wo der Mensch mit sich und andern einen ewigen Frieden schließet, sagte so schön zu mir ein französischer Geistlicher.« – »Solchen christ-katholischen Jammergedanken« (versetzte Linda) »bin ich so gram wie den Geistlichen selber. Wir können so wenig eine Unsterblichkeit erleben als eine Vernichtung.« – »Ich versteh' das nicht« (sagte Julienne) – »ach Idoine, wenn es nun keine Unsterblichkeit gäbe, was täten Sie?« – »J'aimerois« [1], sagte sie leise zu ihr.

Plötzlich wurde vor ihnen wie aus weiter Ferne gesungen: »*Freut*« – dann spät »*euch des*« – endlich »*Lebens*« – »Das ist aus dem Gottesacker das Echo«, sagte Idoine und suchte zur Rückkehr zu bereden. »Echo und Mondschein und Gottesacker zusammen« (fuhr sie scherzend fort) »sind wohl zu stark für Frauenherzen.« – Dabei berührte sie ihr Auge mit einem Wink an Julienne, gleichsam als tu' es ihr weh, daß die Gräfin nur hinter dem Nebel ihrer Augen den schönen Abend von fernen stehen sehe. »Die Singstimme klingt mir so bekannt«, sagte Linda. »Roquairol ists, nichts weiter, wollen wir fort!« sagte Julienne; aber Linda bat zu bleiben, und Idoine willigte höflich ein.

Nun gab das Echo – das Mondlicht des Klangs – wieder Töne wie Totenlieder aus dem Toten-Chor; und es war, als sängen die vereinigten Schatten sie in ihrer stillen Woche unter der Erde nach, als regte sich der Leichen-

[1] Ich würde lieben.

schleier auf der weißen Lippe und aus den letzten Höhlen tönte ein hohles Leben wieder. Das Singen hörte auf, Alphörner fingen auf den Bergen an. Da ging wieder das Nachspiel des Tonspiels feurig herüber, als spielten die Abgeschiednen noch hinter der Brustwehr des Grabhügels und kleideten sich ein in Nachklänge. Alle Menschen tragen Tote oder Sterbende in der Brust; auch die drei Jungfrauen; Töne sind schimmernd zurückflatternde Gewänder der Vergangenheit und erregen damit das Herz zu sehr.

Sie weinten, und keine konnte sagen, ob trübe oder froh. Die bisher so gemäßigte Idoine ergriff Lindas Hand und legte sie sanft an ihr Herz und ließ sie wieder sinken. Sie kehrten schweigend und einig um. Idoine behielt Linda an der Hand. Die unterirdischen Wasser der Toten-Echos und Alphörner rauschten ihnen nach, obwohl ferner. Juliennen entging es nicht, wie sehr Idoine ihr Gesicht, bloß um es ihr mit den großen Tropfen in den großen Augen zu entziehen, immer der dicht verschleierten Linda zuwandte; und sie schloß daraus, daß Idoine vieles wisse und kenne und die Braut des Jünglings ehre, dem sie durch ihre schöne Ähnlichkeit das frohe Leben zurückgegeben.

»Was haben wir nun davon?« (sagte Idoine spät und nahe am Dorfe) »Wir sehen voraus, daß wir zu weich würden, und geben uns doch hin. Darum nennen uns eben die Männer schwach. Sie bereiten sich auf ihre Zukunft durch lauter Abhärtungen vor, und nur wir uns durch lauter Erweichungen.« – »Was soll man denn machen,« (sagte Julienne) »in Flüsse springen, auf Berge, auf Pferde und so weiter?« – »Nein,« (sagte Idoine) »denn ich seh' es an meinen Bäuerinnen: sie leiden an Nerven bei aller Muskel-Arbeit so gut wie andere – Mit dem Geiste, glaub' ich, müßten wir alle mehr tun und suchen; aber wir lassen immer nur die Finger und Augen sich üben und regen, das Herz selber weiß nichts davon und tut dabei, was es will, es träumt, weint, blutet, hüpft – Ein wenig Philosophieren wär' uns dienlich; aber so geben wir uns allen Gefühlen gebunden dahin, und wenn wir denken, ists bloß, um ihnen noch gar zu helfen.« –

Sie kamen ins Dorf zurück, es war voll geschäftigen Abendlärms, Kinder tanzten Idoinen entgegen, von den Höhen klangen Alphörner herein und aus den Häusern Flöten und Lieder heraus. Idoine gab heiter Abendbefehle. »Wie doch« (sagte sie) »die äußere Ruhe so leicht die innere aufhebt! Ein beschäftigtes Herz ist wie ein umgeschwungenes Gefäß mit Wasser: man halt' es still, so fließet es über.«

Julienne hatte schon einigemal, aber vergeblich, nach dem Steuerruder der Zeit und Rede gehascht, um ihren Plan zu vollführen; jetzt, da sie Lindas Schweigen, Rührung und Träumen bemerkte, glaubte sie die lang' erwartete günstige Stunde zu treffen, wo einige Worte, die Idoine über die Ehe ausstreuete, in Linda einen aufgeweichten Boden für ihre Wurzeln finden würden. Durch die leichte Wendung eines Lobs, das sie Idoinen über ihren mutigen Widerstand gegen das Schiffziehen in einer verhaßten Fürsten-

Ehe und über den Gewinn eines ewigen Jugendlebens gab, brachte sie die Gräfin dazu, ihren ketzerischen Haß gegen die Ehe zu offenbaren und zu sagen, daß diese die Blume mit einem scharfen Eisenringe an ihren Stab peinlich gefangen lege – daß Liebe ohne Freiheit und aus Pflicht nichts sei als Heuchelei und Haß – und daß das Handeln nach der sogenannten Moral so viel sei, als wenn einer nach der Logik, die er vor sich hätte, denken oder dichten wollte, und daß die Energie, der Wille, das Herz der Liebe etwas Höheres sei als Moral und Logik.

Jetzt kam ein Briefchen von der Ministerin, worin sie ihre heutige Abwesenheit mit dem zu traurigen Abschiede entschuldigte, den ihr Sohn diesen Abend so sonderbar und wie auf immer von ihr genommen. So viele stille Gedanken auch diese Nachricht in Julienne und Linda nachließ: Idoine kam durch sie nicht aus der lebhaften Bewegung, worein die vorige Rede sie gesetzt, sondern mit einem edlen Zürnen, das aus der schönen Jungfrau einen schönen Jüngling machte und ihr Minervens Helm aufsetzte, erklärte sie der hohen Gegnerin, die weniger durch fremde Heftigkeit als durch fremde Gesinnung aufzureizen war, diesen Krieg: gewiß sei nur ihre Abneigung gegen die »Priester« an der zweiten Abneigung gegen die Ehe schuld – sei denn das Eheband etwas anders als ewige Liebe, und halte sich nicht jede rechte für eine ewige? – eine Liebe, die einmal zu sterben glaube, sei schon tot, und die ewig zu leben fürchte, fürchte umsonst – wenn sogar Freunde am Altare verbunden würden, wie irgendwo geschehen soll[1], sie würden höchstens sich nur noch heiliger binden und lieben – man zähle ebenso viele, wo nicht mehrere unglückliche Liebeshändel als unglückliche Ehen – man könne zwar eine Mutter, aber nicht ein Vater sein ohne die Ehe, und dieser müsse jene und sich durch die Sitte ehren – »Ich bin eine Deutsche« (beschloß sie) »und achte die alten Ritterfrauen, meine Ahnen, hoch; selig ist eine Frau wie eine Elisabeth und ein Mann wie Götz von Berlichingen in ihrer heiligen Ehe.« – –

Auf einmal fand sie sich selber überrascht von ihrem Feuer und ihrem Strome: »Ich bin ja« (setzte sie lächelnd hinzu) »eine pedantische Predigerswitwe geworden; das macht, ich bin die höchste Obrigkeit von dem Dörfchen und lasse, da fast in jeder Hütte eine glückliche Widerlegung der Ehelosigkeit wohnt, ungern andere Meinungen hier aufkommen.«

»O, Mädchen« (sagte Julienne lustig, weil sie Linda ernst sah) »sprechen immer mitunter ein wenig von Liebe und Ehe; sie ziehen sich gern aus einem Brautkranz Blumen.« –

»Daraus, wissen Sie, könnt' ich mir wohl keine nehmen«, sagte Idoine, auf das eidliche Versprechen anspielend, welches sie ihren über ihre enthusiastische Kühnheit argwöhnischen Eltern geben müssen, nie unter ihrem Fürstenstande zu heiraten, was ihr nach ihrer scharfen Gesinnung und Lage

[1] Bei den Morlacken. S. Sitten der Morlacken. Aus d. Italien. 1775.

so viel hieß als Ehelosigkeit. – »Recht hatten Sie indes,« (verfolgte Julienne und wollte scherzhaft bleiben) »die Liebe ohne Ehe gleicht einem Zugvogel, der sich auf einen Mastbaum setzt, der selber zieht; ich lobe mir einen hübschen grünen Wurzelbaum, der dableibt und ein Nest annimmt.« –

Wider ihre Gewohnheit lachte Linda darüber nicht, sondern ging allein, ohne ein Wort zu sagen, in den Garten und Mondschein hinunter.

»Die Gräfin« (sagte Idoine zur Freundin, bekümmert über die Bedeutung des stummen Ernstes) »hat uns, hoff' ich, nicht mißverstanden.« – »Nein,« (sagte Julienne mit freudigen Mienen über den errungnen Eindruck, den die Rede auf Linda gemacht) »sie hat die seltenste Gabe, zu verstehen, und das häufigste Unglück, nicht verstanden zu werden.« – »Das ist immer beisammen«, sagte sie, sann nach, sah Juliennen an, endlich sagte sie: »Ich muß ganz wahr sein, ich wußte der Gräfin Verhältnis durch meine Schwester – Freundin, ist Er ihrer ganz wert?« Eine Frage, deren Quelle die Prinzessin nur in rachsüchtigen Einflößungen der Fürstin suchen konnte.

»Ganz!« antwortete sie stark. »Ihnen glaub' ich gern«, versetzte Idoine, mit den Lauten eilend, aber mit Blicken ruhend. Sie sah die Schwester Albanos immer länger an – die großen blauen Augen schimmerten stärker – Minervens Helm war vom jungfräulichen Haupte abgehoben – das sanfte Angesicht erschien lieblich, ruhig, klar, nicht stärker bewegt, als es ein Gebet vor Gott erlaubt, und so wenig begehrend wie eine Verklärte, und doch immer himmlischer glänzend. – Juliennens schönes Herz stürmte auf, sie sah Liane wieder, als sei sie vom Himmel gekommen, den geliebten Menschen an einem neuen Herzen einzusegnen; – sie sagte mit Tränen: »Du, du hast Ihm einst den Frieden gegeben.« – Idoine wurde überrascht – aus ihren hellen Augen drangen zwei Tränen – mit Nachdruck antwortete sie: »*Gegeben*« – erschrocken und heftig drückte sie sich an die Freundin – sagte: »Ich liebte Sie schon lange«, und weiter sprachen sie nichts.

Schnell faßte sie sich – erinnerte Julienne an Lindas Nachtblindheit – und bat sie geradezu, ihr als ihre Freundin nachzugehen, ob sie gleich selber gern ihr dieses Verdienst abstehlen würde, wenn sie dürfte. Julienne eilte in den Garten, fühlte es aber nach, daß Idoine ihr Du nicht erwidert hatte. Idoine mied das weibliche Du; ungleich den Orientalerinnen, welche vor Verwandten den Schleier weglassen, nahm sie, wie ihre Französinnen, sogar in die Herzlichkeit die zarten Gesetze der Politesse herüber.

Julienne fand ihre Freundin im Garten in einer dunkeln Laube still, mit tief gesenkten Augen, in Träume eingegraben. Linda fuhr auf: »Sie liebt Ihn!« (sagte sie mit Schmerz und Feuer) »Hör es, Julienne, Sie liebt Ihn!« – Diese konnt' ihr über das Aussprechen einer Wahrheit, mit der sie gerade aus Idoinens Armen gekommen war, nichts als ihr Erschrecken zeigen; aber Linda nahm es für Erstaunen und fuhr fort: »Bei Gott! – Mein Blick hat sie aufgehascht. O sonst war sie weit nicht so lebhaft und ernst und rührbar und weich – Ihre innerste Bewegung bei meinem Erblicken – und ihr Weinen bei Roquairols Stimme, weil sie seiner gleicht – und ihre lange feurige Hochzeitpredigt – Und die Seelenblicke auf mich – o hat sie Ihn denn nicht im großen herrlichen Augenblick gesehen, da der Blühende weinend kniete und das göttliche Haupt gen Himmel hob und die Verklärte und den Frieden herunterrief? – O daß sie es nur wagte, ihm beides vorzuspielen! Und kann sie das vergessen?« –

Julienne kam endlich zum Worte: »So setz es denn; ist Idoine aber nicht edel und fromm?« – »Ich habe nichts wider sie und nichts für sie« (antwortete Linda) – »Wenn aber Er sie nun sieht, wenn er die Fromme noch einmal der Verstorbnen ähnlich findet, wenn die ganze erste Liebe umkehrt und über die zweite triumphiert? ... Bei Gott! Nein,« (setzte sie stolz und stark dazu) »nein, das duld' ich nicht; bitten will ich nicht, weinen nicht, oder resignieren, um ihn aber kämpfen will ich. – Bin ich nicht auch schön? Ich bin schöner, und mein Geist ist kühner geschaffen für seinen. Was kann sie geben, was ich ihm nicht dreifach biete? Ich wills ihm geben, mein Glück, mein Dasein, auch meine Freiheit, ich kann ihn so gut heiraten wie sie, ich wills .... O sprich, Julienne! Aber du bist eine kalte Deutsche und ihr heimlich zugetan aus gleicher Gottesfurcht. O Gott, Julienne, bin ich denn schön? Beteuer' es mir doch! Bin ich der Verklärten gar nicht ähnlich? Säh' ich nur so aus, wie er es gerade wollte! Warum war ich nicht seine erste Liebe und seine Liane und wäre auch gestorben? – Gute Julienne, warum sprichst du nicht?« –

»Lasse mich nur sprechen«, sagte diese, wiewohl nicht ganz wahr. Sie war ergriffen und gestraft von Lindas treffender Wahrheit und vom eignen Bewußtsein, daß sie einen Plan, Lindas Vorurteile gegen die Ehe aufzulösen, angelegt, dessen Hülfsmittel ihr von Linda gerade als Rechtfertigung der Eifersucht vorgezählt worden; und daß sie einen Felsen auf der Spitze eines Felsen in Bewegung und in den Fall gebracht, den sie nun nicht mehr regieren konnte. Auch war sie betäubt, ja erzürnt von einem ihr fremden Ungestüm der Liebe, vor welchem sie den verhaßten Trost gar nicht aussprechen durfte, daß Albano stets nach der *Pflicht* der Treue handeln würde. – Schön war sie überrascht von der geglückten Bekehrung zum Trauungs-Ja. Mit einiger Ungewißheit des Erfolgs bei Linda, die durch das Mondlicht und die ferne milde Bergmusik nur stürmischer geworden, fuhr sie fort: »Ich wollte dich nicht gern unterbrechen mit dem Lobe deines Entschlusses zur Ehe – Unrecht hast du sonst in allen Stücken. Freilich ist Sie jetzt ernster; aber Sie stand am Sterbebette ihres Ebenbildes und sah sich in Lianen erbleichen – das mäßigt sehr. Ihn anlangend: so, hätt' Er dich früher gesehen....«

»Sah er nicht früh das Bild auf dem Lago maggiore, aber unähnlich, wie er sagt?« –

»So will ich dirs denn gestehen, Wilde,« (versetzte Julienne) »weil man dich nicht überraschen soll, daß ich ihn gestern gebeten, mit zur Prinzessin zu reisen, und daß er eben aus Rücksicht und Kälte gegen alle Ähnlichkeiten mir es derb abgeschlagen; aber morgen erwartet er uns im Prinzengarten.«

Verändert – weich – mit verklärten Augen sagte Linda mit gesunkner Stimme: »Mein Freund liebt mich so sehr? – Ich lieb' ihn aber auch sehr, den Reinen. Morgen will ich zu ihm sagen: nimm meine Freiheit und bleibe ewig bei mir. Vom Altare ziehen wir davon, meine Julienne, du und er und ich, nach Valencia, nach Isola bella, oder wohin er will, und bleiben beisammen. Du guter Mond und Musik! Wie die Töne und die Strahlen so kindlich miteinander spielen! – Umarme mich, meine Geliebte, vergib, daß Linda unartig gewesen!« – Hier war der Sturm des Herzens in süßes Weinen zergangen. So wird in den Ländern unter der scheitel-rechten Sonne täglich der blaue Himmel Donner, Sturm und schwarzer Regen, und täglich geht die Sonne wieder blau und golden unter.

Julienne versetzte bloß: »Schön! nun wollen wir hinauf!«, weniger als sie zu schnellen Übergängen fähig. Als sie oben die stille, helle, nichts begehrende Idoine wiedersah – die fest und heiter Handelnde – klagenlos und hoffnungslos – nur den Ährenkranz der Taten, nie den blumigen Brautkranz tragend – so viele weiße Blüten zu ihren Füßen, die zu keinem Kranz und Gewinde zusammengehen – ihre helle reine Seele einem hellen reinen Tone gleich, der seinen Reiz durch nasse wolkige Luft ungetrübt und ungebrochen trägt: so fühlte sie, Idoine sei ihr schwesterlicher verwandt als Linda, jene sei ihr ein Ideal und Sternbild in ihrem Himmel über ihr, diese ein fremdes, das fern und unsichtbar in einer zweiten Halbkugel des Himmels glänzt; aber in ihr wirkte die weibliche Kraft, fortzulieben fast bis in den Haß hinein, stärker als in irgendeiner Frau, und sie blieb der alten Freundin getreu. Idoine gehörte unter die weiblichen Seelen, die dem Monde ähnlich sind: blaß und matt muß er am prächtigen Abendhimmel, den Glanz und brennende Wolken schmücken, stehen und kann auf der Erde keinen einzigen Schatten verdrängen und steigt mit unsichtbaren Strahlen, aber das fremde Licht verbleicht, und seines wächset aus dem Schatten auf, bis zuletzt sein überirdischer Glanz die Erden-Nacht umzieht und in eine zweite Welt umkleidet, und alle Herzen lieben ihn weinend, und die Nachtigallen singen in seinen Strahlen.

Alles war nun bestimmt und geendigt. Linda hielt sich in ihrer Ferne und bloß aus Gesetz der geselligen Artigkeit, das sie niemals übertrat. Idoine zog sich, eine Veränderung erratend, aus der vorigen Nähe sanft zurück. Früh am dunkeln Morgen schieden sie, aber Julienne sagte es ihrer Freundin nicht, daß sie Idoinen, als sie voneinander gingen, sich mit nassen Augen hatte wenden sehen.

126. Zykel

Albano hatte während Lindas Abwesenheit von Roquairol die Bitte bekommen, nur jetzt nicht lange zu verreisen, damit er in einigen Tagen sein Trauerspiel »den *Trauerspieler*«, noch sehen könne. Gaspard, den er unwillig über Lindas Ehescheu antraf, gab ihm ein sonderbares Kartenblatt für Linda mit, worauf von ihrem unsichtbaren Vater nichts stand als dies:

»Ich genehmige deine Liebe. Ich erwarte, daß du sie besiegelst, damit ich meine Tochter endlich umarme.

Der Zukünftige.«

So viele fremde wichtige Wünsche, die mit dem seinigen zusammenflossen, hielten nun von seinem zarten Ehrgefühl den Verdacht der Selbstsucht und Zudringlichkeit ab, wenn er sie um das schönste Fest seines Lebens bat. Er machte seinen Vater sehr zufrieden durch diesen Entschluß, zu bitten. Gaspard teilt' ihm geheime Kriegsnachrichten mit und sagte ihm scherzend, nun sei es bald Zeit, daß er für seine Freunde, die Neufranken, fechten helfe. Albano sagte, es sei sogar sein Ernst. Das hör' er gern von einem Jüngling – sagte Gaspard – der Krieg bilde für Geschäfte, und das Recht oder Unrecht desselben tue nichts zur Sache und gehe andere an, die ihn erklären.

Albano machte seine Reise froh durch Erinnerung, noch froher durch Hoffnung. Er hatte jetzt den Mut, sich den Tag auszudenken, wo Linda, eine Königin, in die glänzende Krone ihres Geistes den weichen Brautkranz schmiegt – wo diese Sonne als eine Luna aufgeht – wo ein Vater, den der seinige liebt, das hohe Fest unterbricht durch ein höchstes – und wo einmal zwei Menschen zu sich sagen dürfen: nun lieben wir uns ewig. – So beglückt und mit einer unendlichen Liebe und sonnenwarmen Seele kam er im Prinzengarten an.

Überall kam er viel zu früh nach seiner leidenschaftlichen Pünktlichkeit. Niemand war noch da als zwei – Abreisende, Roquairol und die Fürstin. Beide sah man jetzt oft und so öffentlich beisammen, daß das Scheinen Absicht schien. Roquairol ging ihm höflich entgegen und erinnerte ihn an das erhaltene Billet: »Das ist der Schauplatz, Lieber,« (sagt' er) »wo ich nächstens spiele, die meisten Zurüstungen hab' ich schon getroffen, besonders heute. Meine treffliche Fürstin hat mir diesen Platz vergönnt.« – »Sie kommen doch auch?« sagte diese zu Albano freundlich. »Ich hab' es ihm schon versprochen«, sagte Albano, den mitten in seinem Frühling zwei Eiskeller anwehten. Das Fräulein v. Haltermann allein zeigt' ihm großen entschiedenen Zorn. »Gehen wir zu meiner Schwester vorher?« fragte Roquairol die Fürstin unter dem Wegführen. Albano verstand das nicht. Die Fürstin nickte. Sie nahmen von ihm Abschied. Fräulein v. Haltermann schien ihn zu vergessen. Sie entflogen, hielten oben auf einem von der ganzen blühenden Gegend umrungnen Berge neben einem Blumengärtchen still und rollten dann hinunter.

Der Himmelswagen mit den geliebten Mädchen kam jetzt in den französischen Prinzengarten herein. Feurig drückten sich Albano und Linda einander an die Herzen, die sie sich – gleichsam zum zweiten Male füreinander geschaffen und geschmückt durch das Schicksal – mit neuen Hoffnungen und Welten heute noch einmal tauschend geben wollten! – Alles war so glänzend um sie her, alles neu, selten, ruhig, die ganze Welt ein Garten voll hoher flatternder Springbrunnen, welche vor der Sonne glanztrunken ihre Bogen durcheinanderwarfen! – Julienne zog ihn beiseite, um ihm Lindas schönen Entschluß zu sagen; aber er kam ihr mit der Nachricht des seinigen zuvor. Sie bestärkte ihn durch die ihrige, entzückt über das seltne Getriebe zusammengreifender Glücksräder.

Als Albano wieder bei der Braut war, und sie bei ihm, fühlten sie eine neue Wärme des Herzens – keine von einer ausbrennenden dumpfen Glutkohle, die am Ende schwarz zerbröckelt, sondern die einer höhern Sonne, die aus lauten Flammen stille Strahlen macht und die die Menschen mit einem warmen milden Frühlingstag umgibt. Albano schob nicht auf und leitete nicht ein, sondern er gab ihr das Blatt ihres Vaters hin und sagte unter dem Lesen mit bebender Stimme: »Dein Vater bittet mit mir und für mich.« – Lindas Tränen stürzten – der Jüngling zitterte – Julienne rief: »Linda, sieh, wie er dich liebt!« – Albano nahm sie an sein Herz – Linda stammelte: »So nimm sie denn hin, meine liebe Freiheit, und bleibe bei mir« – »bis zu meiner letzten Stunde«, sagt' er – »und bis zu meiner, und gehst in keinen Krieg«, sagte sie zärtlich-leise – er drückte sie bestürzt und stark ans Herz – »nicht wahr, du versprichst es, mein Lieber?« wiederholte sie. –

»O, du Göttliche, denke jetzt an etwas Schöneres«, sagte er. – »Nur ja, Albano, ja?« fuhr sie fort. – »Alles wird sich durch unsere Liebe lösen«, sagt' er. – »Ja? Sage nur Ja!« bat sie – er schwieg – sie erschrak: »Ja?« sagte sie stärker. – »O Linda, Linda!« stammelte er – sie entsanken einander aus den Armen – »ich kann nicht«, sagt' er – »Menschen, versteht euch«, sagte Julienne – »Albano, sprich dein Wort«, sagte Linda hart. – »Ich habe keines«, sagt' er.

Linda erhob sich beleidigt und sagte: »Ich bin auch stolz – ich fahre jetzt, Julienne.« Kein Bitten der Schwester konnte die Staunende oder den Staunenden schmelzen. Der Zorn, mit seinem Sprachrohr und Hörrohr, sprach und hörte alles zu stark.

Die Gräfin ging fort und befahl anzuspannen. »O ihr Leute und du Hartnäckiger,« (sagte Julienne) »geh ihr doch nach und stille sie.« Aber der empfindlichen Sinnpflanze seiner Ehre waren jetzt Blätter zerquetscht; das ihm neue Auffahren, der Schlagregen ihres Zorns hatt' ihn erschüttert; er fragte nach nichts. »Schau hinauf zu jenem Garten,« (sagte die Schwester außer sich) »dort liegt deine erste Braut begraben, und schone die zweite!« – Das wirkte gerade das Gegenteil: »Liane« (sagt' er kalt) »wäre nicht so gewesen; begleite nur die Gräfin!« – »O die Männer!« rief sie und ging.

Bald darauf sah er beide davonfahren. Allmählich zerstob das wilde Heer des Zorns. Aber er hatte, fühlt' er, nicht anders gekonnt. Er war ihr, sie ihm mit solcher neuen Zärtlichkeit entgegengereiset – keines wußte von der fremden – und der unbegreifliche Kontrast entrüstete darum beide so sehr – Er haßte schon an andern Menschen das Bitten, wie viel mehr an sich selber, und nie war er vermögend, einen Menschen, der ihn verkannte, zurechtzuweisen. Er sah jetzt um sich, alle prangenden Springbrunnen der Freude waren plötzlich niedergefallen, die Lüfte verödet, und das Wasser murmelte in den Tiefen. Er ritt hinauf zum Garten, wo Lianens Grab sein sollte. Nur Blumenbeete, einen Lindenbaum mit einer Zirkelbank sah er darin; aber kein Grab. Betäubt und verworren blickt' er hinein und in den glänzenden Gegenden umher. Verstockt – tränenlos – mit einem im zurückgetriebnen Strom der Liebe erstickenden Herzen – hinschauend in die weite Zukunft, die zwischen Bergen in krumme Täler ging und sich versteckte, ritt er düster nach Hause. Hier traf er folgendes Blatt von Schoppe an, das der vorauseilende Oheim bei ihm abgegeben:

»Es ist richtig – Ich fand das bewußte Porträt – Ich bring' es in der Jagdtasche mit – In wenigen Wochen oder Tagen komm' ich – Den Kahlkopf hab' ich angetroffen und hinlänglich totgemacht – Ich bin sehr bei Sinnen. Dein seltsamer Oheim reisete lange mit mir. S.«

Zweiunddreissigste Jobelperiode

Roquairol

127. Zykel

Linda hatte den ganzen Tag darauf in schweigendem Seelenschmerze zugebracht über den Geliebten, der ihr, wie einst Liane ihm, nicht im ganzen lebendigen Feuer der Liebe zu leben schien wie sie – sie war lange von der Fürstin umlagert und dann durch sie Juliennens für eine Lustreise beraubt worden, die ihr nur die Nachricht zuwerfen konnte, daß Albano diesen Tag auch einen Ausflug gemacht, um Schoppen früher zu umarmen – sie war still geblieben nach ihrem Grundsatze, daß der weibliche Stolz hier Schweigen, Ruhe und sogar Vergessen gebiete: – als sie abends durch das blinde Mädchen aus Blumenbühl, das sie in ihre Dienste genommen, folgenden Brief erhielt:

»Du Meine! Sei es wieder! Ich will noch sterben, aber für dich, nicht für ein Volk auf dem Schlachtfeld. Vergib das Gestern und beglücke das Heute. Ich habe meinen Vorsatz einer Entgegenreise wieder aufgegeben, um dir heute noch an das Herz zu stürmen und deinen Himmel auszuschöpfen und meinen zu füllen. Ich kann nicht warten, bis Julienne wiederkommt: mein Herz brennt nach dir. Morgen muß ich ohnehin im Prinzengarten sein, wo Roquairol seinen Trauerspieler endlich gibt. Komme diesen Abend – ich flehe dich bei unserer Liebe an – um 8 Uhr entweder, wenn es hell ist, in die Tartarus-Höhle, deren Totengräber-Putz und Orkus-Ameublement dir gewiß nur lächerlich sein wird, oder, wenn es wolkig ist, in das Ende des Flötentals.

Dein blindes Mädchen nimmst du nur mit. Du kennst ja das Spionenwesen, das gerade uns umstellt. Ich erwarte und begehre keine Antwort von dir, sondern Schlags acht Uhr schleich' ich durch das Elysium, um zu sehen, wo die Göttin steht, der Himmel, die Sonne, die Seligkeit, du.

Dein
Albano.«

Wie durch einen Wetterstrahl des Himmels war ihr ganzes Wesen geschmolzen, zu weicher seliger Glut; denn sie glaubte der Handschrift, daß das Blatt von Albano sei – so unerwartet ihr auch an ihm eine so schnelle Umkehrung erschien –, ob es gleich von Roquairol geschrieben war. Lasset uns zurückgehen bis an die finstere Quelle des reißenden Höllenflusses, der seinen eiskalten Arm nach der Unschuld und nach dem Himmel ausstreckt.

Roquairol war im Winter bei allen Fehlschlagungen seiner unbändigen Wünsche ziemlich glücklich und gut geblieben; der Abendstern der Liebe, ob er wohl für ihn mehr ab- und zunahm, stand doch noch nicht unter dem Horizont, sondern nur unter Gewölke. Aber sobald Linda mit Julienne abgereiset war – und zwar, wie er sogleich erriet und früh erfuhr, nach Italien –: so bewegte sich ein neuer Sturm durch sein Leben, der ihm die letzten Blüten abriß und mit dem lange gelegenen Staub verfinsterte, weil er nun, wie er Albano selber vorausgesagt, das Netz zu diesem und der Gräfin im Strome heraufkommen sah, das beide eng gefangennahm. Das fressende Gift der Viel-Liebhaberei und Vielgötterei lief wieder heiß in allen Adern seines Herzens um –: er machte wilden Aufwand, Spiele, Schulden, so weit es nur ging – setzte Glück und Leben auf die Waage – warf seinen eisernen Körper dem Tode zu, der ihn nicht sogleich zerschlagen konnte – und berauschte sich in der Wilden-Trauer um sein gemordetes Leben und Hoffen im Leichentrunk der Schwelgerei; ein Bund, den Wollust und Verzweiflung schon oft auf der Erde miteinander auf Kriegsschauplätzen und in großen Städten geschlossen haben.

Nur etwas hielt den Hauptmann noch aufrecht, die Erwartung, daß Albano in seiner Ferne von Linda beharre, und die, daß diese wiederkomme. Jetzt kam die Fürstin zurück, noch mit allem frischen Hasse gegen den kalten Albano, für dessen »dupe« sie sich hielt. Roquairol bewog leicht seinen Vater, ihn ihr näher zu bringen, da er bei ihr über Albano und alles Nachrichten zu finden hoffte. Er wurd' ihr bald durch die ähnliche Stimme und die vorige Freundschaft gegen ihren Feind bedeutend, und noch mehr durch seine seltene Gewandtheit, einer Frau immer das zu sein, was sie gerade begehrte.

Da sie alle seine frühern Verhältnisse und Wünsche schon längst gekannt: so warf sie, sobald ihre Fernschreiber von Albano ihr die Nachricht von seiner neuen Liebe gegeben, ihm leicht die Erwähnung davon hin. Trotz der warmen Rolle, die Roquairol gegen sie zu spielen hatte, wurd' er doch vor ihr wütend-blaß, atemlos, bebend und starrend im Abwechsel; »ists so?« fragt' er leise – sie zeigt' ihm einen Brief – »Fürstin,« (sagte er wütend, ihre Hand an seine Lippen fortpressend) »du hattest recht, vergib mir nun alles.«

Wie groß er von Albano gedacht, sah er erst jetzt aus seiner Verwunderung über das Natürlichste von der Welt. Nie hasset das Herz bitterer, als wenn es den Gegenstand, den es vorher unter dem Hassen achten mußte, nun ohne Achten hassen muß; so wie aus demselben Grunde den schlimmen Menschen die Heuchelei des andern weit tiefer und eigennütziger entrüstet als den frommen. Roquairol glaubte jetzt, den stolzen Freund recht anfeinden zu dürfen; er wurde aus einer deutschen Ruine eine welsche voll Skorpionen. Die Fürstin wurde das heiße Klima, das die Skorpionen erst recht vergiftet. Sie erzählte ihm, wie Albano sie so lange zu gewinnen und auf seine tiefen Minen zu locken gesucht, bloß um bei deren Aufspringen den Genuß der Kälte und des Hohns zu haben, und wie er so gleichgültig vom Hauptmann gesprochen, ohne ihn nur des Hasses zu würdigen.

Die Fürstin erlaubte dem Hauptmann, eine Stufe nach der andern an ihrem Throne hinaufzugehen, bis er keine mehr hatte als ihre eigne Person. Sie gab ihm auch die letzte Stufe unter der Bedingung preis, sie zu rächen. Er sagte, er räche sie und sich, denn Albano habe feierlich in dem Tartarus der Gräfin für ihn entsagt. So schienen beide ihre wahre Liebe unter die Larve der Rache zu stecken, die Fürstin ihre für den Hauptmann, er seine für Linda.

Sie brachte ihm einen Plan immer dichter vor das Auge, den er nicht erblickte, so sehr sie ihn reizte durch die Bemerkung, daß Albano ein größerer Weiber-Liebling sei und sein werde, als man bisher noch dachte, daß sogar ihre fromme besonnene Schwester Idoine nach ihren stillen Fragen in Briefen und nach andern Zeichen fast beides durch ihn verloren, was sie ihm am Krankenbette wiedergegeben, Gesundheit und Friede, und daß er nie hoffen solle, die Gräfin je abtrünnig zu sehen oder auch zu machen.

Endlich sagte sie langsam das fürchterliche Wort: »Roquairol, Sie haben Seine Stimme, und Sie hat abends kein Auge.« – »Himmel und Hölle!« rief er aus, wechselnd rot und blaß und zugleich in Himmel und Hölle sehend, deren Türen vor ihm aufsprangen. »Va!« setzt' er schnell dazu, ohne die schwarze Tiefe dieses weißschäumenden Meers noch durchdrungen zu haben. Die Fürstin umarmt' ihn feurig, er sie noch feuriger. »In einer poetischen Dichtung« (sagt' er) »wäre mir *dein* Gedanke leicht gekommen, aber in der Wirklichkeit hab' ich keine List!« – »O Schalk!« sagte sie. So früh und so lang' er nur durfte, sagte er Du, weil er das Herz kannte, besonders das weibliche. – Bald darauf, als sie noch offenherziger gegeneinander gewesen waren, sagte sie: »Bleibt Sie unschuldig bei Ihnen, so haben Sie niemand beleidigt, und niemand hat verloren; bleibt Sie es nicht, so war Sie es entweder nicht, oder Sie verdiente die Probe und Strafe, getäuscht zu werden.« – »Ja, das ist göttlich – das gehört in den herrlichen Trauerspieler kurz vor dem Ende«, sagt' er, wollte sich aber nicht darüber erklären.

Jetzt kam Ziel und Mittelpunkt in die wilden Kreise seines Treibens. Er zerlegte kalt Albanos Briefe der Liebe in große und kleine Buchstaben, bloß um sie pünktlich nachzumachen; daher fand einmal Albano bei Rabetten seine Handschrift ohne seine Gedanken. Er fragte Rabetten alle kleine Verhältnisse Albanos ab, um seine Rolle bis ins kleinste auszuarbeiten; und ebenso las er alle italienische Reisebeschreibungen, um mit Linda über jede schöne Stelle frei zu sprechen, wo er als Schein-Albano mit ihr das hesperische Leben genossen. Es kitzelte ihn, so mit der Flamme in der Brust und mit dem kalten Eislicht im Kopfe einmal alle theatralischen Zurüstungen und Verwicklungen, so wie sonst für die Bühne, jetzt für das Leben anzulegen und besonnen zu regieren.

Er sah Albano von der Reise kommen, der ihn stolz behandelte – er sah die blühende Göttin in Lilar gehen – er hörte durch die Spionen der Fürstin von ihrer Verbindung: hoch ging sein totes Meer in schweren Wellen und suchte die Opfer aus ihrem Fluge bis vom Himmel herabzuziehen. Unmittelbar nach dem Trauerspiel, das er mit Linda zu spielen vorhatte, sollte sein eigenes im Prinzengarten kommen, das er von Zeit zu Zeit zu geben versprach und verschob; er mußte lange harren und spähen, bis eine Zeit erschien, in welche so viele Zähne eines doppelten Maschinenwerks zugleich eingreifen konnten.

Endlich erschien die Zeit, und er schrieb das oben mitgeteilte Blatt an Linda. Alles war berechnet und abgetan und jede Hülfe des Zufalls in den Plan gewebt. Sein Trauerspiel war von seinen Bekannten längst eingelernt, obwohl niemals einprobiert, weil er, wie er sagte, die Mitspieler selber mit seiner Rolle mitten im Spiele überraschen wollte. Die Freude, die er von jeher hatte, Abschied zu nehmen – weil ihn hier die Rührung zugleich durch Kürze und Stärke erquickte –, macht' er sich bei so vielen, als ihn liebten. Von Rabette schied er so stürmisch-weich, daß sie erschrocken zu ihm sagte: »Karl, das bedeutet doch nichts Böses?« – »Jetzt ist alles böse an mir«, sagt' er.

Durch Verwendung der Fürstin waren für sein Trauerspiel auf den nächsten Tag die bedeutendsten Zuschauer geworben, auch Gaspard und Julienne samt dem Hof. Das Geheimnis zog an; auch der Fürstin war seine Rolle verdeckt. Nur seinen Vater, der dem Hof gern folgen wollte, strich er aus der Zahl durch einen großen Zorn, worein er ihn setzte, weil er ihn mit keiner andern als dieser Dornhecke abzuhalten wußte. Seine Mutter und Rabette hatt' er beschworen bei ihrem Glück, bei seinem Glück, keine Zuschauerinnen seines Spiels zu werden.

Ein neuer Wind des Zufalls war ihm zum Heben seiner Flugmaschine durch den seltsamen Bruder des Ritters gekommen, der mit solcher Freude von der eisernen Maske seiner tragischen Maske hörte, daß er mit dem Antrag zu ihm kam, er wolle ihm einen neuen wunderbaren Spieler zuführen. »Alles ist besetzt«, sagte der Dichter. »Man mache einen Chor zwischen den Akten und geb' es *einem*«, sagte der Spanier. Roquairol fragte nach dem Namen des Spielers. Der Spanier führt' ihn in seinen Gasthof; innen im Zimmer rief schon eine tierisch-dumpfe Stimme: »Kommst du denn schon wieder, mein Herr?« Sie fanden darin nur eine schwarze Dohle. »Man stelle den Vogel auf das Theater, er sei das Chor, er sage in halbem Gesang mezza voce bloß zwei, drei Zeilen her, die Wirkung wird kommen«, sagte der Spanier.

Roquairol staunte über die langen Sprüche der Dohle. Der Spanier erbat sich einen längern von ihm, um ihn ihr vor seinen Ohren einzulernen. Roquairol gab ihm den: »Im Leben wohnt Täuschung, nicht auf der Bühne.« Der Spanier sagte anfangs bloß ein Wort zum Nachsprechen vor, dann wieder eins, wiederholte es dreimal, sagte dann, mit den Fingern den Vogel ermunternd: »Allons, diablesse!« und das Tier stotterte dumpf die ganze Zeile her. Roquairol fand in dieser komischen Tier-Larve etwas Fürchterliches und nahm den Vorschlag, einige Chorzeilen zu dichten und dem Vogel anzuvertrauen, unter einer eignen Bedingung an, – daß nämlich der Spanier seinen Neffen Albano den Abend vorher von Pestitz entferne unter irgendeinem Vorwand und dann mit ihm im Prinzengarten erscheine. Der Spanier sagte: »Herr Hauptmann, ich brauche keinen Vorwand, ich habe Wahrheit! Ich werde mit ihm seinem Freund Schoppe entgegenreisen, er will morgen abends kommen; auch dieser wird mit zusehen.« –

Albano konnte in seiner verworrenen Stimmung gegen Linda und in der erwartungsvollen gegen Schoppe nichts so leicht annehmen als einen kleinen Reiseplan, um diesen geliebten Schoppe früher an der Brust zu haben. Julienne wurde in Gegenwart des kranken Fürsten von der Fürstin gebeten, sie zu Idoine zu begleiten, die ihrer auf halbem Wege in einem Grenzschloß wartete, und den andern Tag in den Prinzengarten zurückzugehen. Sie weigerte sich. Der kranke angestiftete Bruder tat die von ihm erbetenen Bitten dazu. Die Schwester erfüllte sie.

Nun war alles für den Abend, woran Roquairol Linda sehen wollte, berichtigt – So glimmen nachts in den Scheuern eines schuldlosen Dörfchens die eingelegten Brände – der Sturmwind brauset um die müden schlafenden Einwohner – die Räuber stehen auf den Bergen im Abendnebel und schauen wartend herab, wenn die Feuerschwerter der Flammen auf allen Seiten durch die Nebel glänzen und mit ihnen rauben und morden werden, um zu ihnen herabzukommen.

128. Zykel

Linda las das Blatt unzähligemal, weinte vor süßer Liebe und dachte nicht daran, zu – vergeben. Dieses Wehen der Liebe, das alle Blumen beugt und keine pflückt, hatte sie schon so lange gewünscht: und jetzt auf einmal nach der nebligen Windstille des Herzens ging es lebendig und frisch durch den Garten ihres Lebens. Sie konnte schwer acht Uhr erwarten. Sie half sich über die Zeit hinweg durch Wählen des Putzes, der zuletzt ganz in dem Schleier, Hute, Kleide und allem bestand, was sie getragen, als sie ihren Geliebten zum erstenmal auf Ischia gefunden.

Sie steckte die Paradieses- und Orangenblüten, die Zeiger jener Zeit und Welt, an ihr klopfendes Herz und ging zur bestimmten Stunde, mit dem blinden Mädchen am Arme, in den Garten hinunter. Sowohl aus Haß gegen den Tartarus als aus Willigkeit gegen den Brief nahm sie den Weg ins Flötental. Die Nacht war finster für ihr Auge, und das blinde Mädchen wurde ihre Führerin.

Oben auf dem Lilarsberg mit dem Altare stand, wie der böse Geist auf der Zinne des Paradieses, Roquairol und blickte scharf in den Garten herab, um Linda und ihren Weg zu finden. Sein Freudenpferd war unten im tiefen Gebüsch an ausländische Gewächse angebunden. Voll Ergrimmung sah er noch Dian und Chariton mit den Kindern in dem Garten gehen; und oben im Donnerhäuschen ein kleines Licht. Er verfluchte jede störende Seele, weil er entschlossen war, heute im Notfall jeden Stürmer seines Himmels zu ermorden. Endlich sah er Lindas lange rote Gestalt gegen das Flötental zugehen und das Schwellen-Gebüsch aufziehen und darhinter verschwinden.

Er eilte den langen Schneckenberg herab, warm wie eine vergiftete Leiche. Hinter sich hörte er im langen Busch-Gewinde jemand nacheilen – er entbrannte und zog seinen Stockdegen, den er nebst einem Taschenpistol bei sich hatte – endlich sah er eine häßliche Gestalt, einem bösen Geiste ähnlich, die ihm nachrannte – sie packte ihn – es war der Fürstin langarmiger Affe – Er durchstach ihn auf der Stelle, um nicht von ihm verfolgt zu werden.

Unten im freien Garten ging er langsam, um keinen Verdacht zu wecken. Er schlich leise wie der Tod, der auf dem Donnerwagen einer Wolke ungehört durch Lüfte über den Blütenbaum zieht, worunter eine Jungfrau lehnt, und versteckte den mörderischen Wetterstrahl in seine Brust. Er öffnete das hohe Pforten-Gesträuch des Flötentals; alles war darin still und dunkel; nur hoch im Himmel ging ein seltsamer brausender Sturm und jagte die Wolken-Herde, aber auf der Erde war es leise, und kein Blatt bewegte sich. »Ist jemand da?« fragte die blinde Türhüterin. »Guten Abend, Mädchen!« sagte Roquairol, um durch seinen Sprachton für Albano zu gelten.

Tief im engern laubigen Tale sang Linda leise ein altes spanisches Lied aus ihrer Kinderzeit. Endlich wurde sie erblickt – die Riesenschlange tat den giftigen Sprung nach der süßen Gestalt, und sie wurde tausendfach umwunden.

Er hing an ihr sprachlos – atemlos – die Wolke seines Lebens brach – Tränen der Glut und Pein und Wonne rannen brennend fort – alle Arme, worein der Strom seiner Liebe bisher seicht umhergelaufen war, schossen brausend zusammen und faßten und trugen *eine* Gestalt – – »Weine nicht, mein guter Mensch, wir lieben uns ja immer wieder«, sagte Linda, und die zarte schöne Lippe gab ihm den ersten innigen Kuß. Da kreisete das Feuerrad der Entzückung mit ihm reißend um, und um den darauf geflochtenen Kopf wehten die Flammen-Kreise hoch auf. Aus Furcht, erblickt zu werden, wenn er erblicke, und aus Lust hatt' er die Augen geschlossen; jetzt tat er sie auf – so nahe an sich und in seinen Armen sah er nun die hohe Gestalt, das stolze blühende Antlitz und die feuchten warmen Liebes-Augen. »Du Himmlische,« (sagt' er) »töte mich in dieser Stunde, damit ich sterbe im Himmel. Wie will ich nachher noch leben? – Könnt' ich meine Seele in meine Tränen gießen und mein Leben in deines und wäre dann nicht mehr!«

»Albano,« (sagte sie) »warum bist du heute so anders, so traurig und weich?« –

»Nenne mich« (sagt' er) »lieber bei deinem Namen, wie die Liebenden auf Otaheiti die Namen tauschen. – Vielleicht hab' ich auch etwas getrunken – aber ich bereue ja das Gestern – ich liebe dich ja neu. Ach, du, liebst du denn auch mein Innres, Linda?«

»Süßer Jüngling, kann ich es denn jetzt nicht ewig lieben? – Ich bleibe ja bei dir und du bei mir.«

»Ach du kennst mich nicht. Wenn weiß es denn der Mensch, daß gerade *er*, gerade dieses Ich gemeinet und geliebet werde? Nur Gestalten werden umfasset, nur Hüllen umarmt, wer drückt denn ein Ich ans Ich? – *Gott etwa.*« –

»Und ich dich« – sagte Linda.

»O Linda, liebst du mich fort in meinem Grabe, wenn die Spreu des Lebens verflogen ist – liebst du mich fort in meiner Hölle, wenn ich dich aus Liebe gegen dich belogen habe? – Ist denn Liebe die Entschuldigung der Liebe?« –

»Ich liebe dich fort, wenn du mich liebst. Bist du die Giftblume, so bin ich die Biene und sterbe in dem süßen Kelch.«

Die Braut sank an seinen Hals. Er umklammerte sie heftig – und wurde immer ähnlicher dem Gletscher, der durch Wärme weiterrückt und schmelzend verheert. Um ihn zogen die Freuden mit glänzenden, mit himmlischen Gesichtern, zeigten ihm aber in den Händen Furienmasken.

»Du willst sterben aus Liebe; ich bin schon gestorben aus Liebe – O du weißt nicht, wie lange ich dich schon liebte!« antwortete er.

»Glühender,« (sagte sie) »denk an diese Nacht, wenn du einst Idoinen siehst!« – »So seh' ich nur meine aufgestandne *Schwester*«, sagt' er, aber sogleich über die entfahrne Wahrheit erschreckend. »Man sieht« (setzt' er eilig dazu) »das auferstandne Herkulanum, aber man wohnt im blühenden Portici darüber; ich und du sahen im Baja-Golf unter dem Meer die versunknen Bogen und Tore, und wir schifften nach lebendigen Städten weiter. – Ist mir doch auch Roquairol in so manchem so ähnlich und liebt dich so sehr und so lange und starb auch einmal wie Liane!« –

»Aber diesen hatt' ich nie geliebt, und nun bin ich deine ewige Braut.«

»Der arme Mensch! Aber ich tat, glaub ich, doch nicht recht, da ich einst in der Tartarushöhle dir Ungesehenen im voraus entsagte aus Liebe gegen den Freund.«

»Gewiß nicht; aber wie kommen wir beide auf dieses *unheimliche* Wesen?« sagte sie küssend.

»*Heimlich* möcht' ichs eher nennen«, versetzt' er, entbrennend in hassender Liebe, im Zwiespalt der Rache und Lust und entschlossen, nun den Leichenschleier über ihre ganze Zukunft zu weben. Er schlug die schwarzen Adlerschwingen um das Opfer und erstickte und erweckte Küsse, er riß die Orangenblüten von ihrer Brust und warf sie zurück. »Liebe ist Leben und Sterben und Himmel und Hölle,« (sagt' er) »Liebe ist Mord und Glut und Tod und Schmerz und Lust – Kaligula wollte seine Cäsonia foltern lassen, um nur von ihr zu wissen, warum er sie so liebe – ich wäre das auch imstand.«

»Göttlicher Albano! trinke nicht mehr so! du bist zu ungestüm, deine Augenbraunen stürmen sogar mit – wie bist du denn?«

»Alles auf einmal, wie ein Gewitter, voll Glut – und mein Himmel ist hell durch den Blitz – und ich werfe kalten Hagel – und eine Zerstörung nach der andern, und es regnet warm auf die Blumen – und Himmel und Erde verknüpft ein stiller Bogen des Friedens.«

Jetzt sah er am Himmel die Sturmwolken wie Sturmvögel zwischen den Sternen und neben dem zornigen Glutauge des Mars schon heller fliegen; der Mond, der ihn verjagte und verriet, warf bald das Richter-Auge eines Gottes auf ihn. Im Hohne gegen das Schicksal riß er für seine küssende Wut den Nonnenschleier und Heiligenglanz ihrer jungfräulichen Brust. Fern stand der Leuchtturm des Gewissens, von dicken Wolken umzogen. Linda weinte zitternd und glühend an seiner Brust. »Sei mein guter Genius, Albano!« sagte sie. – »Und dein böser; aber nenne mich nur ein einzigesmal Karl«, sagt' er voll Wut. »O heiße denn Karl, aber bleibe mein voriger Albano, mein heiliger Albano!« sagte sie. –

Plötzlich fingen im Tal die Flöten an, die der fromme Vater zu seinen Abendgebeten spielen ließ. Wie Töne auf dem Schlachtfeld riefen sie den Mord heran – da schmolz Lindas goldner Thron des Glücks und Lebens glühend nieder, und sie sank herab, und das weiße Brautkleid ihrer Unschuld wurde zerrissen und zu Asche.

»Nun die Deinige bis in meinen Tod!« sagte sie leise mit Tränenströmen. »Nur bis in meinen«, sagte er und weinte jetzt weich mit den weinenden Flöten. An der goldnen Kugel auf dem Berge glomm schon der Mond, der wie ein bewaffneter Komet, wie ein einäugiger Riese heraufdrang, den Sünder aus seinem Eden zu jagen. »Bleibe, bis der Mond kommt, damit ich in dein Angesicht sehe«, bat sie. »Nein, du Göttliche, mein Freudenpferd wiehert schon, die Todesfackel brennt herab in meine Hand«, sagte er tragisch-leise. Der Sturm war vom Himmel auf die Erde gezogen; sie fragte: »Der Sturm ist so laut, was sagtest du, Schöner?« – Er küßte wild ihre Lippe und ihren Busen wieder; er konnte nicht gehen, er konnte nicht bleiben: »Gehe morgen nicht« (sagt' er) »in den Trauerspieler, ich flehe dich, das Ende, hör' ich, ist zu erschütternd.«

»Ich liebe ohnehin dergleichen nie. O bleibe, bleibe länger, ich seh' dich ja morgen wieder nicht.« Er preßte sie an sich – deckte ihre Augen mit seinem Angesicht zu – das Gorgonenhaupt des Mondes wurde schon in den Morgen heraufgehoben – er ließ das Leben los, wenn er sie entließ – und doch zehrte jedes gestammelte Wort der Liebe an der kurzen Zeit. Der Sturm arbeitete in den gerissenen Bäumen, und die Flötentöne schlüpften wie Schmetterlinge, wie schuldlose Kinder unter dem großen Flügel weg. Roquairol, wie betäubt von solcher Gegenwart, war nahe daran, zu sagen: sieh mich an, ich bin Roquairol; aber der Gedanke stellte sich schnell dazwischen: »Das verdient sie nicht um dich; nein, sie erfahr' es erst in der Zeit, wo man den Menschen alles vergibt.« – Noch einmal heftig hielt er sie an sich gedrückt, das Mondlicht fiel schon auf beide herein, er wiederholte tausend Worte der Liebe und Scheidung, stieß sie zurück, fuhr schnell um und schritt in Albanos Kleidung durch das Tal hindurch.

»Gute Nacht, Mädchen«, sagt' er vorübergehend zur Blinden. Linda sang nicht wieder wie vorhin. Die Sterne sahen ihn an, die Sturmwinde redeten ihn an – die Freuden gingen neben ihm, hatten aber die Furienmasken nun auf den Gesichtern – aus dem Himmel griff ein Arm herab, aus der Hölle griff ein Arm herauf, und beide wollten ihn fassen, um ihn auseinanderzureißen – »Nu, nu,« (sagt' er) »ich war wohl glücklich, aber ich hätt' es noch mehr sein können, wär' ich Ihr verdammter Albano gewesen« – und schwang sich auf sein Freudenpferd und jagte noch in der Nacht nach dem Prinzengarten.

129. Zykel

Albano und sein Oheim zogen dem angekündigten Schoppe von Dorf zu Dorf weiter entgegen; der Oheim schob die Hoffnung wie einen Horizont immer vor ihnen voraus; einmal abends glaubte der Graf Schoppes Stimme nahe neben sich zu hören – umsonst, der geliebte Mensch kam noch nicht an sein Herz, und schmachtend sah Albano die Wolken im Himmel auf dem Weg herziehen, den sein Teuerer unter ihnen auf der Erde nahm. Der Oheim erzählte ihm lange von einem geheimen Kummer, der den Bibliothekar oft niederdrücke, und von dessen Ansatz zur Tollheit, der ihn auch früher von ihm weggetrieben, weil er unter allen Menschen keine so fürchte als tolle. Von Romeiros Porträt schien er nichts zu wissen. Albano schwieg verdrüßlich, weil der Spanier unter die unleidlichen Menschen gehörte, die mit glattem festen Gesicht und mit zugeschraubter gehelmter Seele den fremden Widerspruch ohne eignen Widerspruch, ohne Echo, ohne Spiegel und Änderung um sich flattern lassen können und für welche die fremde Rede nur ein stiller Tau ist, dessen Fallen keinen Stein aushöhlt. Dazu kam Albanos Erbitterung gegen dessen neue Unwahrhaftigkeit über Schoppens Nähe und gegen sein eignes Unvermögen, eine Stunde lang alles ungläubig anzuhören, was ein Lügner sagt.

»Schoppe ist auf mein Wort durch einen andern Weg schon im Prinzengarten«, sagte endlich der Spanier ganz munter und riet umzukehren an, im warmen Genusse seiner frechen kalten Kraft, jeden, der ihm nicht huldigte, zwischen scharfe langsame Eisfelder zu pressen.

Sie kamen vor dem Prinzengarten unter lauter Wagen an, aus welchen die Zuschauer des heutigen Spielfestes ausstiegen. Albano fand schon unter jenen seinen Vater, die Fürstin und Julienne; und unter den Mitspielern Bouverot, seinen alten Exerzitienmeister Falterle und die gelbgekleidete Kaufmannsfrau in rotem Schal, die einmal weniger *in* als *an* Roquairols Herzen gewesen, und diesen selber. Der Hauptmann trat vor aller Welt sofort den bekannten Albano an und sagte mit gesuchter Leichtigkeit, das Spiel beginne bald, nur Dian mit seiner Frau werde noch erwartet. Dian, überall leicht beweglich, am meisten durch eine Bitte, konnte einer für die Kunst am wenigsten widerstehen; durch ihn wurde bald auch Chariton für das Spiel gewonnen, aber nicht ohne den Umstand, daß sie im Stücke eine Geliebte gegen niemand als ihren Gemahl zu spielen hatte. Als Roquairol mit Albano sprach, so wurde seinem Gesicht so wie einem geschwollnen oder gefrornen das leichte Lächeln schwer und das Aufheben des Augenlids; und innen drückte ein strafender beugender Geist den seinigen vor dem frohen reinen Freunde zur Erde, aus dessen Frühling er die helle Sonne weggerissen und geworfen und dem er eine ewige Pestwolke über das Leben gehangen.

Unter dem Getümmel der Gartenreden und im fruchtlosen Wunsche, der

Schwester Julienne drei sanfte Worte für die ihm so lange verdeckte Linda mitzugeben, sah Albano den Wagen der Gräfin auf die Höhe an Lianens Garten rollen, da halten und sie und Dian und Chariton aussteigen.

Da kannt' er weiter nichts als den Flug zur entbehrten Geliebten, der sich vor den vielen Augen leicht in die Sehnsucht nach Dian einkleidete; und jetzt fragt' er im Durst der Liebe nach gar keinem Auge. »Ach da bin ich doch!« sagte Linda und ging ihm entgegen, mit den weichen Rebenschlingen zarter Blicke sich in seine verwebend – so scheu und so liebevoll – und das Abendrot der Verschämtheit zog, wie Frühlingsröte in der Nacht, um ihren Himmel, und der weiße Mond der Unschuld stand mitten darin! – Albano zerging vom Tauwind dieser Verzeihung, warf sich seine süße Freude an ihrer Umkehrung als selbstsüchtigen Stolz über sein Siegen vor und konnte in der schönen Verwirrung des Glücks kaum das süße Staunen regieren und das aufgelöste Herz, das vor ihr zerrinnen wollte wie ein Gewitter in Abendtau. Er legte in sein Auge die Seele und gab sie der Geliebten. Vor Chariton mußt' er sich verhüllen. Zu Dian und Linda sagt' er, als sie in die hinuntersteigende Sonne sahen, bloß das Wort: »Ischia!«

»Da liegt nun freilich, lieber Anastasius,« (sagte Chariton zu Dian) »meine gute Fräulein Liane begraben, und man weiß nicht eigentlich wo im Garten, denn man sieht ja nichts als Blumen und Blumen; sie hats aber so bestellt.« – »Das ist sehr betrübt und hübsch,« (sagte Dian) »aber laß es, – weg bleibt weg, Chariton!« und führte sie seitwärts von den Liebenden schonend. An Albano, der nichts überhörte und übersah, war die Erschütterung davon so sichtbar. Auch Linda nahm sie wahr. »Sprich nur aus dein Weh,« (sagte sie) »ich liebe *sie* ja auch.« – »Ich denke an die Lebendigen« (sagt' er, sich zusammenfassend, und blickte scheu nicht auf den Blumengarten, sondern auf die sonnentrunkne Abendgegend) – »kann man denn genug auf der Erde vergeben und erraten? – Linda, o wie vergibst du mir heute!«

»Freund« (sagte sie) »wenn Ihr sündigt, sollt Ihr Vergebung empfangen; aber bis dahin seid noch still!« Er sah sie bedeutend an: »Hast du nicht schon vergeben und ich noch nicht? – Aber wüßtest du, wie ich in diesen Tagen auf dem Weg zu meinem Schoppe innigst bei dir lebte und die göttliche Vergangenheit in die Zukunft brachte – ach, kann ich dir denn alles sagen an diesem Orte?« – Zum Glück hörte sie – gleich andern Frauen weniger auf Worte als auf Mienen, Winke und Taten merkend – mehr mit dem geistigen als leiblichen Ohre und trat nicht in den so nahe aufgesperrten Abgrund seiner Worte. So spielten jetzt beide, wie Kinder, neben der kalten, mit Donner durchzognen Gewitterstange, aus welcher bei der kleinsten nähern Nähe die blitzende Sense des Todes fährt.

Beide gaukelten neben dem Gewitter fort. Die Sonne zog neben dem kleinen Berge und ebenen Blumen-Grabe mit ihren Flammen in die fernen Ebenen hinein. Aus dem tiefen Prinzengarten flatterten Töne durch die langen Abendstrahlen herauf und vergötterten die goldne Gegend. – Die Töne waren einsame Schwingen, die sich ihr Herz suchten und dann an ihm weiterflogen – und die liebenden Herzen wurden voll Flügel – Die Strahlen sanken, die Töne stiegen – Um Linda und Albano lag ein goldner Kreis aus Gärten und Bergen und grünen Tiefen, und jede Blume schwankte reich unter dem letzten Gold und wurde die Wiege des Auges, die Wiege des Herzens – Die Liebenden blickten sich und die Erde begeistert an, die glänzende Welt erschien ihnen nur im Zauberspiegel ihrer Herzen, und beide selber waren darin leuchtende schwebende Bilder.

»Linda, ich will sanfter werden,« (sagt' er) »bei der Heiligen schwör' ichs, in deren Garten wir stehen!« – »Werd es, Lieber, in Lilar warst du es eben nicht!« sagte sie. Er verstand es von dem Sturme gegen Liane: »Verhülle dies Andenken in deine Liebe!« sagt' er errötend. Sie sah ihn jungfräulich an, ihr Inneres war jungfräulich geblieben und unschuldig; wie die Pfirsich sich rot und glühend der Sonne zukehrt, aber in den Blättern das zarte Weiß erhält. Ihr Auge trank aus seinem, seines trank aus ihrem, der Himmel vermischte sich mit ihrem Himmel, die Purpursonne schimmerte aus dem warmen Liebestau der Liebesaugen zurück. »O dürft' ich dich jetzt küssen!« sagte Albano. »Ach dürftest du es!« sagte Linda. »So golden ging einst die Sonne auf dem Meere unter!« sagte er. – »Und nachher gaben wir uns den ersten Kuß!« sagte sie. – »Wir wollen uns jetzt viel öfter sehen«, sagt' er. – »Jawohl, und länger am Tage, nachts hab' ich Arme ja kein Auge. Nun geht mir dort schon mein Auge unter«, sagte sie, als die Sonne versank.

Es war ein guter, sanfter Geist, oder Lianens ihrer – jener, der den Menschen nur an der Dämmerung in die Nacht führt, der uns mildernde Tränen in den Jammer und in die Entzückung gießet und der dem Abendstern der Liebe die kurze Bahn nicht überwölkt – dieser Geist war es, welcher ihre Zungen und Ohren vor dem schrecklichen Laute bewahrte, der auf einmal den goldnen Abendkreis in eine ringsumher aufbrennende Hölle aufgerissen hätte.

»Wer kommt dort so eilig?« sagte Linda. »Mein Feind«, sagte Albano. Roquairol hatte ihn vermisset und Lindas Ankunft vernommen; in der Höllenangst, daß sich an diesem Abende vor ihnen der gestrige aufdecke, eilte er unter dem Vorwande, Dian zum Spielen und Albano zum Hören zu holen, den Berg heran. Wie ein Zentaur, halb Mensch, halb Wild, trat er mit verworrenem dumpfen Kriege seines ganzen Wesens unter die melodischen Seelen und Freuden. Aber kaum daß er an ihnen die Weihe der Entzückung wahrnahm und die schwarze Decke noch auf seinem Morde festliegen sah, so richtete sich in ihm der grimmige Geist der Eifersucht auf: »Sie ist nun meine Verlobte«, sagt' er sich; und die Sonnenfinsternis verworrner Reue wurde vom Gewitter des Unmuts verdeckt. Linda, über seine Stimmenähnlichkeit zürnend aus innerm Schauder, stand vor ihm wie ein Diamant, hell, glänzend, hart und schneidend, Albano aber sanft, im Nachtönen der

Harmonie, auf dem Gottesacker der Schwester dieses Bruders und in einiger Verwirrung. In Roquairol schlich wieder der gestrige unreine Argwohn herum, daß vielleicht Albano und Linda nicht mehr unschuldig sein.

Zornig bat er heute Linda, sein Trauerspiel mit anzusehen. »Sie sagten mir,« (sagte sie zu Albano) »es schließe so tragisch, ich bin davon keine Freundin.« – »Er kennt es gar nicht«, sagte Roquairol. »Nein«, sagte Albano. – Wie die Schlange sah er auf das Paradies der ersten Menschen herab, sich froh bewußt, daß er ihnen vom Baume seines Erkenntnisses den Apfel reichen konnte, der sie sogleich daraus verjagte. »Zudem« (fügte sie dazu) »seh' ich abends schlecht oder gar nicht.« Roquairol stellte sich fremde dabei, scherzte über den Gewinn, den er als erster Liebhaber dabei habe, wenn sie ihn nur *höre*, und bat Dian, mitzubitten. Nicht angeborne, sondern erworbene Kälte ist der höchsten Falschheit mächtig, jene nur der Verstellung, diese auch noch der Anstellung, weil sie zugleich alle Wege und Mittel des Feuers kennt und nützt und sich auf dem Glatteis durch die Asche voriger Glut festmacht. Da endlich Albano ihr selber anriet, an der tragischen Freude teilzunehmen und ihren Freunden und Freundinnen drunten die schöne, reine ihrer Gegenwart zu gönnen: so willigte sie ein, verwundert über den Widerruf.

Sie nahm Chariton in ihren Wagen. Die Männer gingen voraus. Unterwegs sagte Roquairol zu Dian, der im Stücke Albanos Rolle zu spielen hatte: »Sobald ich im vierten Akte gesagt habe: ›Auch die geistige Liebe geht der sinnlichen entgegen und kommt wie ein Seefahrer auf dem Wege nach Osten endlich doch in den Ländern des Untergangs an‹, so fallen Sie ein.« – Dian lachte und sagte: »Ich fall' ein. In Italien aber fängt die Fahrt gleich südlicher und westlicher an.« Albano schwieg verdrüßlich und bereuete, daß er Linda zu diesem ungewissen Feste bereden helfen. Die Fürstin warf einige schnelle Blicke der Verachtung auf die betrogne Linda, und diese antwortete darauf mit gleichen; ausgezeichnete Weiber verraten ihr Geschlecht am meisten im feindlichen Zusammenstoßen mit ausgezeichneten.

130. Zykel

Die meisten Zuschauer waren anfangs mehr der Zuschauer und Spieler wegen als des Spieles halber gekommen; aber bald wurden sie vom Geheimnis und der seltsamen Bühne selber angezogen. Die Bühne war auf der sogenannten *Schlummerinsel* des Prinzengartens, welche mit einer wilden dicken Vermischung von Blumen, Gebüschen und hohen Bäumen zugedeckt war. Ihre Morgenseite zeigte einen offnen freien Vorgrund, auf welchem gespielt werden sollte, mit einer weißen Sphinx auf einem leeren Grabmal tiefer im Grün. Die Kulissen waren die dunkeln Laubpartien; Parterre und Logen das jenseitige Ufer, das von der Insel sich durch einen See abtrennte, der so breit war als ein mäßiges Schiff. An zwei Bäume der beiden Ufer gebunden, hing in die Mitte des Sees wie eine Laterne der Käfig der Dohle oder des Chors herab, um ihre dumpfe Stimme den Zuschauern zu nähern. »Ich bin in der Tat neugierig,« (sagte der Ritter zu seinem Sohne) »woher er das Tragische nehmen wird.« – »Doch!« (sagte Roquairol, der bisher schweigend und unruhig und auf den Boden schauend auf- und abgegangen war) »Nur muß ich allgemein um Vergebung des Aufschubs ersuchen. Da ich im fünften Akte den Mond anrede, so kann ich den wahren sehr gut brauchen, wenn ich nur gerade so anfange, daß sein Aufgang mit der letzten Szene zusammentrifft.«

Endlich stieg er blaß werdend in den Charons-Nachen, wie er sagte, und fuhr allein hinüber. Dann schifften die übrigen Spieler nacheinander fort. Alle verloren sich hinter die Bäume. Nun hob sich hinten in den zugelaubten Abend-Ländern der Insel die ewige Ouvertüre aus Mozarts Don Juan wie ein unsichtbares Geisterreich langsam und groß in die Lüfte.

»Diablesse!« rief darauf der Bruder des Ritters zur Dohle und klatschte dabei zum Zeichen in die Hände.

»Macht auf den Sarg« (begann dumpf das Tier, begleitet von einzelnen lugubern Tönen des Orchesters) »auf dem Gottesacker und zeigt zum letzten Male die Leichenbrust und Sein trocknes Augenlid, und dann drückt ihn zu auf immer.«

Jetzt traten *Lilia* (Chariton) und *Carlos* (Dian) heraus, zwei Liebende noch in der ersten Zeit der ersten Liebe – noch kein trüber Tränenregen verschwemmte den goldnen Morgentau – sie sind sich so treu. Lilia freuet sich mit ihm, daß jetzt ihr Bruder *Hiort* von seinen Reisen kommt und seinen Jugendfreund Carlos als ihren ewigen findet. »Vielleicht ist er auch recht glücklich«, sagte Lilia. »O so gewiß,« (sagte Carlos) »er ist ja sonst alles.« Zuweilen schwiegen beide im frohen Anblicken, dann gingen Töne aus dem verhüllten Abend der Insel und trugen die stumme Wonne in den Äther und zeigten sie ihnen schwebend und verklärt. Unter den Zuschauern breitete sich eine süße Teilnahme an Dians und Charitons zartem, aber mit südlicher Glut verwebtem Nachspielen ihrer schönen Wirklichkeit aus; man hörte und sah die Griechen. – Auf einmal entfloh Lilia hinter die Blumen-Gebüsche; denn ihr Feind *Salera*, Carlos' Vater, kam, von Bouverot gespielt.

Salera verkündigte dem Sohne zürnend die Ankunft seiner Braut *Athenais*. Carlos offenbarte ihm jetzt das Geheimnis seiner frühern Liebe und zeigte sich gewaffnet gegen eine ganze Zukunft. Salera rief erbittert: »Wäre Sie doch nicht schön, damit ich dich zwänge und strafte! Aber du wirst Sie sehen und mir gehorchen, und ich werde dich doch hassen.« Carlos versetzte: »Vater, ich habe schon Lilia gesehen.« – Salera ging mit zornigen Wiederholungen ab, und Carlos wünschte jetzt noch heftiger Hiorts Wiederkehr, um mit ihm die Schwester leichter zu entführen durch dessen Bereden und Begleiten zugleich. Hier schloß sich der erste Akt.

Der Bruder des Ritters rief zur Dohle: »Diablesse!« und scharrte zum Zeichen mit dem Fuße.

»Erscheine, blasser Mann,« (sprach das Tier) »die Uhr wiegt die Zeit, Mensch des Jammers, lande auf der stillen Insel an!«

Hiort trat blaß beschminkt hervor mit offner Brust, blickte das Grabmal an und sagte aus innerster Seele: »Endlich!« Die Musik spielte einen Tanz. »Jawohl Schlummerinsel – unser Tag endigt mit Schlaf«, setzt' er dazu. Jetzt kam sein Carlos: »Hiort, bist du tot?« rief er im Schrecken über die Leiche. »Ich bin nur bleich«, sagt' er. »O wie kommst du so aus der schönen bunten Erde zurück?« sagte Carlos. »Ausgeschöpft, Karl – mit totgebornen Hoffnungen – meine Gegenwart ist von der Vergangenheit enterbt – das Sinnenlaub ist gefallen – nicht einmal die schöne Natur mag ich mehr, und Wolken wie Gebürge sind mir lieber als wahre Gebürge – ich habe das bittere Unkraut auf dem Leben recht abgeerntet – und doch muß ich in dieser leeren Brust einen Würgengel herumtragen, der ewig gräbt und schreibt, und jeder Buchstabe ist eine Wunde – Rate nicht! Sie nennens das Gewissen. Aber ein wenig Schlaftrunk her auf der Schlafinsel, Karl!«

Man brachte Wein. Er erzählte nun dem Freunde sein Leben – seine Fehler, worunter er auch den aufführte, den er eben fortsetzte, das Trinken – seine sich wiedergebärende Eitelkeit sogar mit ihrem Selbst-Geständnis – seine Weiber-Siege, die ihn zu einem Magnet-Berge voll angeflogner Nägel zerfallner Schiffe machten – seinen Hang, wie Kardan Freunde zu beleidigen, ein eigenes oder fremdes Glück zu unterbrechen, wie schon als Kind den Prediger, oder im schönsten Spiel das Klavier zu zerschlagen und in einem Enthusiasmus das Frechste zu denken –

»Sonst hatt' ich doch noch zwei Ichs, eines, das versprach und log, eines, das dem andern glaubte; jetzt lügen sie beide einander an, und keines glaubt.« Carlos antwortete: »Schrecklich! – Aber deine Trauer ist ja selber Hülfe und Gabe.« – »Ach was!« (versetzt' er) »Der Mensch verdammt weniger das Schlimme als die vergangne Lage, worin ers beging, indes er es in einer frischen wieder neu und süß findet und fortliebt. – Was dort kalt liegt, das ist mein Bild,« (indem er auf die Sphinx zeigte) »das bewegt sich lebendig in meiner blutigen Brust – hilf mir, ziehe das reißende Untier heraus!« –

Albano ergrimmte im Innersten über die frevelnde Wiederholung jener bekennenden zärtlichen Nacht mit ihm[1]. »Er ist frech genug,« (sagte leise Gaspard zu Albano) »weil er, wie ich höre, wirklich sich selber spielen soll; aber da er sich so sieht, ist er doch besser, als er sich sieht.« – »O,« (sagte Albano) »so dacht' ich sonst! Aber ist denn das Schauen auf den schlechten Zustand ein guter? Ist er nicht desto schlechter, daß er dieses Bewußtsein erträgt, und wird desto schwächer, daß er einen unheilbaren Krebsschaden an sich wachsen sieht? Das Höchste hat er ohnehin verloren, die Unschuld.«

[1] Titan II. S. 249 etc.

– »Eine flüchtige Wiegen-Tugend! – Ein helles, keckes Reflektieren hat er doch«, sagte Gaspard. »Nur weichliche, ehrlose, zweideutige, vielseitige Mattigkeit des Herzens hat er; spricht von Kraft und kann nicht die dünnste Lust-Schlinge zerreißen«, sagte Albano.

»Karl,« (sagte Hiort weich, als antwortete er jenen) »ja, noch *eine* Hülfe gibts. Wenn am Leben eine frische Farbe nach der andern verschießet – wenn das Dasein nun nichts wird, kein *Lust-*, kein *Trauer*-Spiel, nur ein fades *Schau*-Spiel: so ist dem Menschen noch ein Himmel offen, der ihn aufnimmt, die Liebe. Schließet sich dieser zu, so ist er ewig verdammt. Carlos, mein Carlos, ich könnte noch glücklich werden – denn ich habe *Athenais* gesehen – aber ich kann noch unglücklicher werden, denn sie liebt mich nicht. In meinem Herzen liegt dieser prangende, aber scharf fortschneidende Demant, an dem es blutet, sooft es schlägt.« – Überall ließ jetzt Roquairol Lindas Bild mitspielen. Hier brachte anfangs Carlos den Freund mit der Nachricht in Aufruhr, daß Athenais von seinem Vater zu seiner Braut erlesen sei und bald komme; aber er stillte ihn, da seine Schwester Lilia erschien, indem er schnell ihre Hand nahm und sagte: »Nur diese lieb' ich.« – Sie sprachen über die Hindernisse von seiten des alten Salera, den Carlos ein Eisfeld nannte, das unter keiner Sonne trüge und nicht anzubauen wäre. »Stehe mir bei, Karl,« (sagte Hiort) »denke, was du mir geschrieben: wie zwei Ströme wollen wir uns vereinigen und miteinander wachsen und tragen und eintrocknen [1].« – So verständigten, verketteten und erhoben die drei Menschen sich einander wechselseitig, alle hatten *ein* Ziel, das gemeinschaftliche Glück. – Carlos beschwor ewigen Widerstand gegen seinen Vater, Hiort den Schutz seiner Schwester und rief: »Endlich gießet das leere Füllhorn der Zeit, das bisher nichts gab als Klänge, wieder Blumen aus – O die Weiber! Wie gemein und alltäglich sind fast alle Männer! Aber fast jede Frau ist neu!« – Lächelnd sagte Gaspard: »Das Umgekehrte sagen die Weiber von uns und sich.« – Froh und friedlich schloß der zweite Akt.

»Diablesse!« rief der Spanier und streckte seine Rechte hoch in die Luft.

»Flüchtig« (fing die schwarze Dohle unter Tönen an) »ist der Mensch, flüchtiger ist sein Glück, aber früher stirbt der Freund mit seinem Wort.« –

Der dritte Akt drang sofort nach und hob durch die ununterbrochne Fortsetzung des Kunst-Zaubers – welche jedem Schauspiel und jedem gelesenen Kunstwerk gebührte – alles prosaische kalte Erstaunen auf, sogar das über das wunderbare Sprechen der Dohle auf dem See. Eine große schöne stolze Frau erschien – Athenais (von der Kaufmannsfrau, Roquairols Nebengeliebte, gespielt), voll Hoffnung auf ihre alte Freundin Lilia, die sich »die kleine Athenais« nannte, und süß nachträumend den Traum der vorigen Zeiten. Lilia sinkt in ihre Arme mit doppelten Tränen; in ihrer Hand trägt Athenais ja drei Himmel und drei Höllen. »Wie schön kommst du wieder! –

[1] Eine Stelle aus Albanos Brief an Roquairol. Titan I. S. 219.

Mein armer Bruder!« sagte Lilia leise. – »Nenn ihn nicht,« (sagte sie stolz) »er kann für mich sterben, aber ich kann nicht für ihn leben.« – Hier fliegt Carlos herein zu seiner Lilia – erstarrt im Fluge – fasset sich und nähert sich Lilia. Diese sagt: »Graf Salera – Athenais« – er wurde blaß, diese rot. Eine peinliche enge Verwirrung verstrickte sie drei; jeder Honigtropfen wurde aus einer Dornhecke geholt. Lilia wird schaudernd immer stärker Athenais' plötzlichen Sieg über ihr Glück und Lieben gewahr. Athenais ging ab. Beide Liebende sehen sich lange zitternd an: »Hab' ich recht?« fragt Lilia. »Hab' ich schuld?« sagt Carlos. »Nein,« (sagt sie) »denn du bist ein Mensch und, was noch schlimmer, ein Mann.« – Was soll ich denn tun?« versetzt Carlos. »Du sollst« (sagte sie feierlich) »nach einem Jahr in einen Garten auf einer Höhe gehen und dich umsehen und mich suchen im Garten – im Garten – unter den Beeten – tief unter *einem* – ich weiß nicht wie tief« – Sie eilte wie wahnsinnig davon und sang: »Vorüber, vorüber, das Lieben und Leben!«

Carlos stand einige Minuten mit dem wilden Blick am Boden und sagte dumpf: »Du tusts, Gott!« und ging ab – begegnete seinem Freund, der ungestüm und froh ausrief: »Sie ist da!« – eilte aber stolz weiter und rief nur zurück: »Jetzt nicht, Hiort!« Zu diesem kam weinend Lilia und führte ihn fort: »Komm,« (sagte sie) »sieh das Grabmal nicht an, wir sind beide zu unglücklich.«

Da trat der alte Salera auf mit Athenais – vergriff sich zwischen Eis und Brand und nahm seine kalte Münze für warme – lobte männlich sie, und väterlich den Sohn – und sagte wie in einem Schauspiel: da kommt er selber. »Hier stell' ich dir, Sohn,« (sagt' er) »dein Glück vor, wenn du es verdienen kannst.« Carlos hatte Lilias Herz verloren – der Wunsch des Vaters, die Macht der Schönheit, die Allmacht der liebenden Schönheit stand vor ihm, seine Sehnsucht und der Gedanke der Grausamkeit gegen diese Göttin und endlich eine Welt in ihm, die so nahe an ihrer Sonne stand, siegten über eine doppelte Treue – er sank aufs Knie vor ihr und sagte: »Ich bin schuldlos, wenn ich glücklich bin.« – Das Paar geht auf der einen Seite ab; Salera auf der andern und trifft auf Lilia, deren Hand er mit den Worten nimmt: »Sie als eine Freundin meines Hauses und Sohnes nehmen gewiß den innigsten Anteil an dem neuesten Glück desselben durch Athenais.« – So schloß sich der dritte Akt, der Albano durch ungerechte, alles verdrehende Anspielungen mit dem erbitterten Wunsche des Endes entflammte und fühlte, bloß um Roquairol über dieses meuchelmörderische Zücken des tragischen Dolchs zur Rede zu stellen. »Der Patron« (sagte lachend Gaspard) »glaubt mich auch hereinzumalen; ich wünsche aber, daß er derbere Farben nehme.«

Ehe der vierte Akt sich anfing, hob der Spanier die Linke empor, und die schwarze Dohle sprach sogleich: »Die Sünde straft die Sünde und den Feind der Feind; zaumlos ist die Liebe; zaumlos auch die Rache – Seht, nun kommt der Mensch, den sie nicht mehr lieben, und bringt seine Wunden mit und seinen Zorn.« – Hiort stand da, wie vor seinem Grab, das seinen Kopf niederzog – unendlich weinend und trinkend – sanfte Abend-Töne der Musik verschmolzen mit dem aufgelösten Leben: – »Ach so ists!« (rief er aus tiefer, schmerzender Brust) »Wirf sie nur endlich weg, die zwei letzten Rosen des Lebens[1] – zu viele Bienen und Stacheln stecken in ihnen – sie ziehen dein Blut und geben dir Gift – O wie ich liebte! Allmächtiger droben, wie ich liebte! Ach nicht dich! – Und nun so steh' ich leer und arm und kalt, nichts, nichts ist mir geblieben, kein einziges Herz, nicht mein eignes – das ist schon hinunter ins Grab – Der Docht ist aus meinem Leben gezogen, und es rinnt dunkel hin – O ihr Menschen, ihr dummen Menschen, warum glaubt ihr denn, daß es noch Liebe gebe hienieden? Schauet mich an, ich habe keine – Wohl ein luftiges Farbenband der Liebe, ein Regenbogen zieht sich hin und stellt sich fest herüber unter uns wankende Wolken, als binde und trag' er sie – Spaßhaft! er ist auch Wolke und lauter Fall – anfangs glänzen bunte Freudentropfen, dann schlagen schwarze!« –

Er schwieg – ging langsam auf und ab – sah ernst einem Waffen- und Larventanz innerer Gespenster zu – stand still – die Schatten schwarzer Taten spielten durcheinander um ihn – plötzlich fuhr er auf, ein Wetterstrahl eines Gedankens hatte in sein Herz geschlagen – er lief auf und ab, schrie: »Töne her, gräßliche Töne her!« – und die Hochzeitmusik aus Don Juan, die ihn bisher begleitet hatte, erhob das Zetergeschrei des Schreckens – »Göttlich!« sagte er, und nur einzelne Worte, nur Tigerflecken erschienen verschwindend am vorübergehenden Untier – »teuflisch! – das Rosen-Sein, das Blüten-Sein – nun ja! – – ich wickle mich selber in die Lauwine und roll hinunter – und dann sterb' ich schön auf meiner Schlummerinsel«, beschloß er sanft und matt.

»O Lilia! gewähre mir *eine* Bitte!« rief er der kommenden Schwester entgegen. »Jede, die mich nicht am Sterben hindert«, sagte sie. Er legte ihr die Bitte vor: sie sollte ihre Freundin Athenais in die »Nachtlaube« der Insel jetzt nachts unter dem Vorwand bereden, daß ihr Bräutigam Carlos ihr zwei Geheimnisse über Lilia noch heute zeigen wolle – »Ich habe« (setzt' er dazu) »Carlos' Stimme, mit ihr sag' ich ihr mein liebendes Herz, und dann, wenn sie mich liebt, nenn' ich mich Hiort.« – »Ist deine Bitte Wahrheit?« fragte die Schwester. »So wahr ich morgen noch leben will«, sagt' er. »So ist sie bald erfüllt, denn Athenais erwartet mich eben in der Nachtlaube – komme mir nur nach sieben Minuten nach.« Sie ging; er sah ihr nach und sprach mit sich: »Eile, bestelle den Himmel! Schöne Schlummerinsel, zugleich die Schlafstätte für das Brautgemach und für den ewigen Schlaf – O wie wenige Minuten stehen zwischen mir und ihrem Herzen!« – –

»Du bist doch da?« sagt' er und sah nach seiner Pistole. – »Jetzt« (rief er

[1] Liebe und Freundschaft.

feierlich im Abgehen) »ists Zeit zur *helldunkeln* Tat, dann wird das Leichentuch darübergeworfen« und ging schnell ins Laub hinein.

Der Spanier warf einen Zweig ins Wasser, und die schwarze Dohle sprach leise: »Still ist das Glück, still ist der Tod.«

»Der Mensch« (sagte Gaspard) »hat etwas im ganzen Spiele wie wahren Ernst, ich stehe nicht dafür, daß er sich nicht wirklich vor uns allen totschießet.« – »Unmöglich,« (sagte Albano erschreckend) »zu einer solchen Wirklichkeit hat er keine Kraft«; indes vermocht' er doch sich selber nicht recht von dieser bangen Möglichkeit loszubringen.

Verstört, ungestüm, mit losem Haar kam Hiort zurück und sagte leise: »Es ist geschehen. – Ich war selig – niemand wirds nach mir.« – »Bei der Gelben und jetzt in der Nacht steh' ich für nichts«, sagte Gaspard. Albano errötete, über die freche Vermutung verschämt und noch mehr über Roquairols Frevel erzürnt, im Spiele die geheiligte Geliebte zu entehren und zu entführen. »Töne her, aber weiche, gute!« rief er und ließ sich vom Zephyr der Harmonie umwehen und trank unaufhörlich »Leichentrunk« oder Wein; beides zum Verdrusse des Ritters, der das Trinken verabscheuete und die Musik vermied, weil diese oder beide weich machten.

Er legte sich auf den Rasen und die Pistole neben sich und sagte stammelnd: »So lieg' ich denn in der warmen Asche meines aufgebrannten Lebens – und meine kalte kommt dazu« – (Er legte seine Doppellorgnette an die Augen fest und blickte funkelnd hinüber zu Linda) »Ich habe sie am Herzen gehabt, die göttliche Schönheit, meine ewige Liebe; meine Tulpe, die sich nun am Abend über der Biene schließet, damit sie im Blumenkelche sterbe – auf den Rosen meines Abends ruh' ich und sterb' ich – Ich schaue die Holde noch selig an – Ich kann nicht bereuen – Vergib nur, armer Carlos, ich streiche die Schuld mit Blut durch, aber mit Buß-Tränen kann ich nicht – Sollte sich am Ufer der Ewigkeit das, was die Zeit an diesem Ufer abspült, wieder anlegen: so hab' ichs dort schlimm, ich kann mich dort so wenig ändern als hier.« –

Jetzt geschah in der Stadt ein Kanonenschuß, um einen Deserteur anzukündigen. Er nahm seine Pistole in die Hand: »Ja, ja, ein Schuß bedeutet einen Flüchtling – auch aus der Welt – O wenn hebt sich die scharfe Sichel [1] am Morgen und zerschneidet das Leben! Ich bin so müde.« Er sah nach dem Morgenhimmel, aber ein Gewitter, das schon leise donnerte, überzog die Pforte des Monds. Er lächelte bitter:

»Auch diese kleine letzte Freude mißgönnt mir das Geschick! Ich soll den Mond nicht mehr sehen – Nun, ich werde wohl höher kommen als er und sein Gewitter – Nur werden mir meine lieben Zuschauer und Zuhörer des Todes durch den Regen vertrieben – Ja! bist du aus, so bin ich aus!« Er zeigte auf die Flasche.

[1] Der Mond.

»Wilde, gräßliche Töne aus der Tiefe herauf! – Mein blutiges Brautkleid her! Es ist Zeit, die abgehende Freude wirft einen langen, wachsenden Schatten hinter sich.« Albano und Julienne erkannten erstarrend im kleinen Rocke, den man ihm brachte, den mit Blut bespritzten, den er auf der Redoute getragen, wo er als Knabe sich vor Linda ermorden wollen. »Sie sollen es auf meine kalte Brust legen«, sagt' er, da ers von Falterle empfing. Der Donner zog näher, die Blitze wurden glühender, und ans Gewitter wuchs eine Wolke nach der andern. Er trank die Gläser schnell. »Schaden kanns mir jetzt nichts,« (sagte er) »auch der Blitz nicht sonderlich, ob ich gleich unter Bäumen liege – in dieser Röhre steckt ein Blitz gegen alle Blitze, ein rechter Gewitterableiter.« – Das eilende Wetter drängte ihn der Zuschauer wegen zum Ziel, und er wurde zornig empört vom Spotte des Zufalls über seine theatralischen Zurüstungen.

»Nichts ist lustiger und passender als dies Gewitter,« (sagte Gaspard) »indes scheint ihn das Reden und Warten ziemlich zu ergötzen.« Die andern Zuschauer wurden von der Szene gepeinigt, und doch riß sich keiner los. Den Mitspielern war befohlen, den Schuß als das Merkwort zu nehmen und nicht früher zu kommen. Er sagte: »Die Todesschlange klappert in der Nähe – dort auf der Zukunft schwimmt die Leiche heran« – Man hörte, daß er durcheinander sprach und aus dem Stegreif, vom Gewitter gequält. Er sah die Pistole an: »Dein Aufblick! so ist der Blick des Lebens getan und wieder unter dem Augenlid – Ein Funke, ein einziger Funke, so ist der Theatervorhang hinaufgelodert, und ich sehe die Zuschauer stehen, die Geister – oder auch nichts, und den weiten Äther der Welt füllt die ewige schwere Wolke – So steh' ich denn am toten Meer der Ewigkeit, so schwarz, still, weit, tief liegts unter mir, ein Schritt, und ich bin drinnnen und sinke ewig – Meinetwegen! Ich schwamm ja vor der Geburt auch drinnen. – – Nu nu« (sagt' er, indem es tröpfelte, und er nahm das letzte Glas) – »Der Regen will den armen Erkaltenden erkälten – Spielt jetzt etwas Sanftes, Schönes, ihr guten Leute!« –

Darauf spannte er den Hahn des Gewehrs, stand auf, sagte weinend: »Lebe wohl, schönes und hartes Leben! – Ihr paar schönen Gestirne, die ihr oben noch niederblickt, mög' ich euch näher kommen – Du heilige Erde, du wirst noch oft beben, aber der nicht mehr mit, der in dir schläft – Und ihr guten fernen Menschen, die ihr mich liebtet, und ihr nahen, die ich so liebte, es geh' euch besser als mir, und verdammt mich nicht zu hart, ich strafe mich ja selber, und Gott richtet mich sogleich – Lebe wohl, mein lieber beleidigter, aber sehr harter Albano, und du, du bis in den Tod heiß geliebte Linda, verzeihet mir und beweinet mich!« –

»Liane, lebst du noch, so stehe deinem Bruder in der letzten Stunde bei und bitte bei Gott für mich.« Hier drückte er schnell das Gewehr an der Stirne ab und stürzte hin, einiges Blut floß aus dem zerspalteten Kopfe, und er atmete noch einmal und dann nicht mehr.

Bouverot flog nach seiner Rolle heraus und fing sie an: »Eben, mein lieber Hiort, besinnt sich mein Carlos«; aber er fuhr zurück vor der Leiche, stammelte: »Mais! – Mon dieu! il s'est tué re vera – diable, il est mort – Oh qui me payera?« [1] – Linda sank ohnmächtig an Juliennens Busen, und diese stammelte: »O der Sünder und Selbstmörder!« – Die Fürstin rief erzürnt: »Oh le traitre!« – Albano schrie: »Ach Karl! Karl!« und stürzte in den See und schwamm hinüber – warf sich über die zertrümmerte Gestalt – und jammerte weinend: »O hätt' ich das gewußt! – Bruder und Schwester tot – und ich bin schuld – o! wäre ich unglücklich geblieben – ach mein Karl, Karl, vergib – ich war nicht dein Feind – wie er jammervoll zerworfen daliegt, der große Tempel!« – »Sei doch ruhiger,« (sagte Gaspard – der endlich im Kahne herübergekommen war und der mit einer anatomischen Kälte und Neugier jede Verstümmelung ertrug –) »er hatte auch seine Regimentsschulden und fürchtete die Untersuchung bei einer neuen Regierung – Jetzt kann man doch Respekt vor ihm haben, er hat seinen Charakter wirklich durchgeführt.«

Albano richtete sich auf und sagte in der Taubheit der Qual: »Wer sprach das? Ihr, jammervoller Bouverot, Ihr kennt nur Schulden!« – »Monsieur le Comte!« sagte dieser trotzig. »Ich sagt' es«, sagte Gaspard zum Sohn. – »O mein Dian,« (rief Albano und streckte die Hand nach diesem aus, der seine weinende Chariton selber weinend hielt) »komme du her, laß uns ihn verbinden, es kann ja helfen.«

Zur bestürzten Fürstin, welche an ihrem Ufer blieb, trat der Kunstrat Fraischdörfer mit den Worten, die ableiten sollten: »Von der bloßen Seite der Kunst genommen, wäre die Frage, ob man diese Situation nicht mit Effekt entlehnte. Man müßte wie im genialischen *Hamlet* ein Schauspiel ins Schauspiel flechten und in jenem den scheinbaren Tod zum wahren machen; freilich wär' es dann nur Schein des Scheins, spielende Realität in reellem Spiel und tausendfacher, wunderbarer Reflex! – Aber wie es jetzt regnet!« – Der Fürstin wurde von ihrer Haltermann etwas ins Ohr gesagt – sie fuhr auf, mit Armen und Tönen: »Oh monstre! homicide! – Mein armer, unschuldiger Gibbon! – Du Untier!« – Den Affen-Mord hatte sie gehört und schied untröstlich.

Auf einmal trat ins tiefe Blau der entblößte Mond, und jeder merkte ihn, aber das Regnen vorher hatte niemand außer Fraischdörfer wahrgenommen. Albano sah nun die toten Augen und weißen, starren Lippen recht deutlich: »Nein, sie regen sich nicht«, sagt' er. Da klang es wie aus Roquairols Brust und eisernem Mund: »Seid still, ich werde gerichtet!« Und sogleich fing die Dohle als Schluß-Chor des letzten Aktes an: »Der Arme ruht nun fest, und ihr könnt ihn zudecken!«

[1] Aber! – Gott, er hat sich re vera umgebracht – Teufel, er ist tot! – O wer wird mich bezahlen?

Gaspard sah seinen Bruder sehr ernst an. »Bei Gott!« (erwiderte dieser) »so steht in seinem Stück.«

Der ganze Sternenhimmel klärte sich auf. Die Gesellschaft fuhr nach Hause. Albano und Dian mit Chariton blieben bei der Leiche.

Dreiunddreissigste Jobelperiode

Albano und Linda – Schoppe und das Porträt – das Wachskabinett – das Duell – das Tollhaus – Leibgeber

131. Zykel

Albano wollte am Tage darauf sich einkerkern, bitter weinen und büßen und sich nicht erquicken durch den Sonnenschein der Liebe; aber er fand abends folgendes von unbekannter Hand geschriebene Blatt auf seinem Tisch:

»Herr Graf! Man benachrichtigt Sie hiemit, daß Freitags nachts, da Sie verreiset waren, der sel. Hauptmann R. v. Froulay Ihre Rolle bei der Gräfin Romeiro durch *alle* Akte durch im Flötental gespielt. Sie müssen sich der Nebenbuhler wegen eine andere Stimme und der Gräfin nachts Augen schaffen, wiewohl es dieser nicht so ganz unangenehm sein mag, sich auf diese Weise öfters in Ihnen zu täuschen. Leben Sie wohl und künftig ein wenig bescheidener!«

Bleich starrte er das Totengerippe an, das zwei Riesenhände gewaltsam aus blühenden jugendlichen Gliedern auf einmal herausgezogen emporhielten. Aber das Feuer der Pein schoß schnell wieder auf und erleuchtete den Jammer rings umher. Mit schmerzlicher Gewalt, mit blutigen Armen mußte sein Geist den felsenschweren Gedanken, den Leichenstein seines Lebens hin- und herwerfen, um zu prüfen, ob er sich einfüge in die Totengruft: – in Roquairols ganzes Spiel und Ende und Leben griff der Jammergedanke so fassend ein – aber wieder nicht in Lindas Charakter und in den göttlichen Augenblick, den er mit ihr in Lianens letztem Garten zugebracht – und doch wieder sehr in ihre schnelle Versöhnung und in einzelne Worte – und gleichwohl war vielleicht dieses vergiftete Blatt nur eine Frucht der rachsüchtigen Fürstin, von deren Zorn über Roquairols eignen und Affen-Mord ihm Dian erzählet hatte.

So schmerzlich bewegte er sich auf seinen Wunden hin und her und entschloß sich, noch diesen Abend Linda aufzusuchen, wo sie auch sei: als er von ihr dieses Briefchen bekam:

»Komme doch diesen Abend zu mir ins Elysium; es wird gewiß heiter sein. Jetzt lad' ich ein wie du neulich. Du sollst mich auf die schönen Berge führen, und es soll mir genug sein, wenn *du* nur sehen und genießen kannst. Julienne brauchen wir immer weniger. Dein Vater dringt auf unsere Verbindung durch Vorschläge, die du heute hören und wägen sollst. – Komme unausbleiblich! – In meinem Herzen stehen noch so viele scharfe Tränen über das böse Trauerspiel. Du mußt sie verwandeln in andere, du Geliebter!

Die Blinde.«

Er lachte über das Verwandeln; »in gefrorne eher«, sagt' er. Die heiße Liebe war ihm ein heftiger Kuß in die Wunde. Er ging nach Lilar, dumpf, hastig, tief in einen roten Mantel gewickelt wie gegen böses Wetter – blind und taub gegen sich und die Welt – und wie ein Mensch, der stirbt, den Augenblick erwartend, wo er entweder vernichtet hinabraucht oder neu belebt in göttliche Welten hineinfliegt.

Als er Lilar betrat, verzerrte sich der Garten nicht wie neulich, sondern er verschwand ihm bloß. Er ging nahe an einigen vermummten Leuten vorüber, die ein Grab zu machen schienen. »Unrecht ists doch,« (sagte einer davon) »er gehört auf den Anger wie jedes Vieh.« Albano blickte hin, sah eine bedeckte Leiche, glaubte schaudernd, es sei der Selbstmörder, bis er den zweiten Gräber sagen hörte: »Ein Affe, Peter, wenn er vornehm gehalten wird, in Kleidern, sieht reputierlicher aus als mancher Mensch, und ich glaube, er stände auch wieder von Toten auf, wenn man ihn nur ordentlich taufte.« –

Eben da ihm der Gibbon der Fürstin, der hier begraben wurde, wieder jenen gewittervollen Freitag vor die Seele zog: erblickte er Linda unweit des Traumtempels am Arme einer sehenden Kammerfrau. Sie grüßte ihn, nach ihrer Weise vor andern, nur leicht, sagte zur Frau: »Justa, bleib nur hier im Traumtempel, ich gehe hier auf und ab.«

Durch diese Einschränkung auf die Perspektive des Traumtempels schloß sie jedes schöne sichtbare Zeichen der Liebe aus, und Albano kannte an ihr schon jene stille Zufriedenheit mit der bloßen Gegenwart des Geliebten so wie zuweilen die Wildheit ihres süßen Mundes. Als er sie zitternd berührte und nahe neben sich wiedersah: so überfiel ihn dieses Wesen voll Macht mit der ganzen göttlichen Vergangenheit. Aber er verzögerte nicht die Frage der Hölle: »Linda, wer war Freitag abends bei dir?« – »Niemand, Guter; wenn?« versetzte sie. – »Im Flötental« – stammelte er. – »Mein blindes Mädchen«, antwortete sie ruhig. – »Wer noch?« fragte er. – »Gott! dein Ton ängstigt mich« (sagte sie) – »Roquairol brachte in jener Nacht den Affen um. Ist er dir begegnet?« –

»O schrecklicher Mörder! – Mir?« (rief er) »Ich war verreiset die ganze Nacht, ich war mit dir in keinem Flötental« – – »Sprich aus, Mensch,« (rief Linda, ihn an beiden Händen mit Heftigkeit ergreifend) »schriebst du mir nicht die rückgängige Reise und kamst?« – »Nichts, nichts,« (sagt' er) »lauter Höllenlüge. Das tote Ungeheuer Roquairol brauchte meine Stimme – deine Augen – und so ists – sage das übrige.« – »Jesus Maria!« schrie sie, von der Schlagflut getroffen, worein die schwarze Wolke zerriß – und griff mit beiden Armen durch die Laubzweige des Laubengangs und preßte sie an sich und sagte bittend: »Ach Albano, du bist gewiß bei mir gewesen.«

»Nein, bei dem Allmächtigen nicht! – Sage das übrige«, sagt' er. – »Weiche auf ewig von mir, ich bin *seine* Witwe!« sagte sie feierlich. – »Das bleibst du«, sagt' er hart und rief Justa aus dem Traumtempel.

»So lebt er fort, dein Schmerz, mein Schmerz, ich sehe dich nie mehr. Ich will Lebewohl zu dir sagen. Sage du keines zu mir!« sagt' er. Sie schwieg, und er ging. Justa kam, und er hörte sie noch in der Laube beten: »Laß, o Gott, mir diese Finsternis morgen, verschone mit deinem Tageslicht die schwarze Witwe!« Das Mädchen weckte sie auf, nahm sie an der Hand, und sie freuete sich am Arm derselben ihrer Nachtblindheit.

Albano ging in die Nacht. Auf einmal stand er wie hinaufgetragen auf einer jähen Felsenspitze, unten schlug ein schäumender Strom. Er kehrte sich um und sagte: »Du irrest dich, böser Genius; mich ekelt des Selbstmords, er ist zu leicht und gehört für Affen-Mörder – aber es gibt etwas Besseres, und du sollst mich begleiten.«

Er verirrte sich – konnte den Weg zur Stadt nicht finden – glaubte wieder in Lilar zu sein und trieb sich bange umher ohne Ausweg, bis er zuletzt ermüdet niedergezogen in den Arm des Schlummers sank. Als er erwachte am Morgen: war er im Prinzengarten, und die Schlummerinsel wehte mit ihren Gipfeln vor ihm. Eine jähe Felsenspitze über einem reißenden Strom gab es in der ganzen Landschaft nicht.

Er sah den Himmel an und den Tag und sein Herz. »Ja, so ist denn das Leben und die Liebe!« (sagt' er) »Ein gutes, rechtes Feuerwerk, besonders wenn man eine Linda durch viele Zurüstungen haben soll! Lange steht es da mit einem bunten hohen Schaugerüst, voll Statuen, mit kleinern Gebäuden, Säulen und wunderlich und verspricht noch mehr, als es schon verkleidet und verrät – Dann kommt die Nacht in Ischia, ein Funke springt, die Formen reißen, es schweben weiße, helle Paläste und Pyramiden und eine hängende Sonnenstadt am Himmel – in der Nachtluft entfaltet sich gewaltig eine rege fliegende Welt zwischen den Sternen und füllt das Auge und das arme Herz, und der glückliche Geist, selber ein Feuer zwischen Himmel und Erde, schwebt mit –– *einen* ganzen Augenblick lang, dann wirds wieder Nacht und Wüste, und am Morgen steht das Gerüst da, dumm und schwarz.« –

132. Zykel

»Krieg« – dies Wort allein gab Albano Frieden; Wissenschaft und Dichtkunst steckten ihm ihre Blumen nur in seine tiefen Wunden. Er rüstete sich zur Reise nach Frankreich. Nur etwas verschob noch den Aufbruch, Schoppens Ausbleiben, den er mit seinen Rätseln erwarten mußte und womöglich mit entführen wollte. Er hielt sich den ganzen Tag in Wäldern auf, um seinem Vater und Juliennen und jedem zu entgehen. Lindas unglückliche Nacht wurde tief in seine Brust hinabgesenkt, und nur er allein sah hinunter, kein Fremder. Er wünschte, daß sie selber gegen Julienne schweige, weil diese nach ihren frommen weiblichen Ordensregeln hiegegen keine Nachsicht kannte. In seiner Seele hatte jetzt die erste eifersüchtige Aufbrausung einem schmerzlichen Mitleiden mit der betrognen Linda, deren heiliger Tempel ausgeraubt dastand, Platz gemacht. Was ihn unleidlich schmerzte, war das Gefühl der Demütigung, mit welchem die schöne Stolze nun, wie er glaubte, an ihn denken mußte, und das er bei seiner jetzigen bittern Verachtung Roquairols desto stärker annahm. »Nie, nie, wenn sie auch meine Schwester würde, dürfen wir uns mehr erblicken; ich kann sie wohl blutend vor mir sehen, aber nicht gebeugt«, sagt' er sich. Zuweilen überfiel ihn ein kalter Grimm gegen das Verhängnis, das immer mit einem schnellen Wirbelwind zwischen seine Umarmungen fuhr und alles auseinanderdrängte – bald ein Zorn gegen Linda, die nicht wie eine Liane gehandelt hatte und die den Irrtum der Verwechslung durch ihren Grundsatz, der Liebe alles zu vergeben, selber mit verschuldete – bald inniges Mitleiden, da sie ohne alle geistige Ähnlichkeiten nicht hätte verwechseln können, wie ihm das heimliche Gericht des Gewissens sagte, und da sie nun allein dafür büßte, daß sie ihm, ihm sich opfern wollte.

Unaussprechlich haßte er den toten Verführer, weil durch seine Tat sein Tod nur zu einer feigen Flucht geworden war. Den armen Deserteur, dessen Entwischen unter dem Trauerspiel laut geworden, sah er gefangen vor sich vorüberführen; aber der Hauptmann desselben war auf immer der Rache entronnen. Nach einigen Tagen wurden ihm Papiere von dem Toten zugestellt; aber er sah sie voll Abscheu nicht an. Sie enthielten Rechtfertigungen und zugleich Nach-Sünden. Roquairol hatte nach der Freuden-Nacht den ganzen Morgen im Prinzengarten schreibend verlebt, um die Erinnerung zu kolorieren, die allein ihn, schrieb er, belohnet und beredet habe, daß er nicht schon in der Nacht den fünften Lebens-Akt ausgespielt.

Der Lektor gab in Albanos Abwesenheit kleine Briefe von Juliennen ab, worin sie ihn um seine Erscheinung bat und ihm Ort und Zeit im Schloß bestimmte, wohin sie aus Lilar gezogen war. Er kam nicht. Sein Vater schien sich nichts um ihn zu bekümmern. Zuweilen kam ihm vor, als wenn ferne Spür-Menschen ihn in weiten Kreisen umschlichen.

Einst stand er abends noch unten an einem Waldhügel, als er oben einen herausschreitenden Wolf erblickte – der Wolf sah ihn, sprang zu ihm herunter und wurde Schoppes Wolfhund – bald trat oben sein Freund selber mit einem alten Manne aus den Bäumen heraus – erblickte ihn, gab dem Manne schnell Geld und ging langsamer zu ihm herunter als er zu ihm hinauf. »Ei, einen guten Abend, Albano«, sagte Schoppe mit der alten Kälte, womit er sprach, wenn er nicht schrieb, und lächelte dabei, aber mit so vielen Linien, daß er Albano ganz fremd erschien. Albano preßte ihn heftig ans Herz und verwandelte die heißen Worte, die jener nicht liebte, in heiße Tränen. Es war ein alter Stern aus dem Frühlingsmorgen, wo seine Liane noch lebte und liebte; er ging ihm unter an einem Grabe in jener Reise-Nacht; jetzt ging er auf, und Albano war wieder unglücklich.

Schoppe besah mit sichtbarem Wohlbehagen Albanos gereifte Gestalt und zog gleichsam dessen schimmernde Flügel auseinander: »Du hast dich« (sagt' er) »recht gut gestreckt und angefärbt – hast Mai und August auf *einem* Ast, wie ein Pomeranzenbaum.« Albano hatte keine Freude darüber: »Erzähle mir nur dein Leben, mein Bruder«, sagte er. – »Ich dächte, du erst deines, ich bin müde bis zur Dummheit«, sagte Schoppe, indem er sich setzte und seine Jagdtasche aufschnallte. »Künftig!« (versetzte Albano) – »Was du brauchst, will ich dir sagen – ich bekam deine Briefe – ich liebte wirklich die Bewußte – ein Unglück trennte uns – ich bin unschuldig, und sie ist groß – o Gott, sei heute damit zufrieden!« Nie konnt' er seinen Freunden Schmerzen klagen; noch weniger jetzt das Unglück einer Geliebten entblößen. »Noch länger,« (versetzte Schoppe) »nur sage, setzt es neues Elend, wenn ich die Beweise für eure Schwester- und Bruderschaft aus Spanien mitbringe und auspacke?« – »Nein,« (sagte Albano) »ich brauche über keine Vergangenheit zu erschrecken.« – »Du gehst noch nach Frankreich?« fragte Schoppe. »Morgen, wenn du mitgehst«, versetzte Albano.

»Allerdings als deine Feldpredigerei – Nicht aus Mangel an Kunstgeist, wie du aus Rom schreibst, sondern aus Überfluß daran gehst du unter die Soldaten. Ich säh' es gern, wenn du bedächtest, daß auch Dante, Cäsar, Cervantes, Horaz vorher dienten, eh sie kostbar schrieben – nur Studenten kehrens um und dichten etwas Kurzes und Gutes und nehmen später Dienste. – Auf meine Reise zu kommen, so kostets mich schon viel, nämlich Zeit, wenn ich dir erzähle, daß ich deinen närrischen Oheim mit einem Wagen Gepäck im Neste Ondres anderthalb Posten von Bayonne ertappte. Ich gestand ihm, ich ginge nach Valencia, um die dasigen Seidenstrumpfwürkerstühle zu zergliedern, meinen Tropfen Eis und eine Westentasche voll Valenz-Mandeln dabei zu genießen und die wenigen Professoren zu besuchen, die bessere Kompendien für 3 000 Realen geliefert[1]. Er komme vor mir gewiß an, sagt' er. Wir bestellten uns in *einen* Gasthof in Valencia.

[1] So viel bekommt jeder Professor Preis-Geld für jede bessere Grammatik und jedes bessere Kompendium; so für jede Dissertation 50 Dukaten u. s. w. Tychsens Zusätze zu Bourgoings Reise. 2. B.

Mir war an ihm gelegen, da er mich am leichtesten einführen konnte in Romeiros Haus. Aber ich paßte da 14 Tage umsonst auf ihn. – Bei dem Haushofmeister fand ich kein Gehör, ob ich ihm gleich seinen dummen Schatten fünfmal mit der Bitte ausschnitt, einem reisenden Maler das Bilderkabinett aufzusperren, wo ich das mütterliche Bild der Gräfin suchte.

Jetzt war ich halb und halb entschlossen, schwanger zu werden und in diesem Habit alles für meine Sehnsucht zu fordern, was selber der spanische König keiner Schwangern abschlägt [1]. In Italien hat man das Kind auf dem Arm, um zu erbitten; in Spanien brauchts diese Sichtbarkeit nicht einmal. Aber zum Glück kam der Oheim. Die Bilderkabinettstür wurde aufgetan. Ich machte mich ans Kopieren – eines dummen Küchenstücks – und schauete überall nach meinem Insel-Porträt. Aber nichts war zu sehen« – (Hier zog er ein hölzernes Futteral aus der Jagdtasche und legt' es vor sich und fuhr fort:) »bis ichs sah zuletzt – ein Bild lehnte auf der Diele an der Wand, mir die Winter- und Hinterseite zuweisend –– es war mein Pinsel-Kind, und seine Zurücksetzung ging mich an – verdrüßlich und ruhig steckt' ichs bei – und schnappte im Küchenstück mitten in einem halben Iltis ab –– Sieh das Bildnis an!« –

Er zog den Futteral-Deckel davon ab – und Linda strahlte seinen Freund mit einem Strom von Geist und Reizen an, nur in ältere Tracht gehüllt. Albano konnte kaum stammeln vor Bewegung: »Das wäre meines Vaters Gemahlin und meine teuere Mutter? Und du weißt gewiß, daß dieses hier das Bild ist, das du auf Isola bella von ihr gemacht?« –

»Eben tu' ichs dar!« (sagte er und scheuerte an einer Rose des Bildes auf der Stelle des Herzens) »Mein damaliger Paphos-Name Löwenskiold steckt sub rosa und wird gleich vorkommen. Hätt' ich ihn schon unterwegs aufgekratzt, so hättet ihr geglaubt, ich hätte mich erst unterwegs hineingeschrieben.« – Wie vor einer schreibenden Geisterhand schauderte Albano zurück, als wirklich ein L und ö unter der Rose vortraten: »Weiter schab' ich« (sagte Schoppe) »nicht vor, das übrige heb' ich Ihr auf.« Albano goß nun vor seinem biedern Herzenfreund sein Herz aus; ihm durft' er sagen und einwenden, daß Julienne seine Schwester sei – »wogegen ich gar nichts habe«, sagte Schoppe – und daß Gaspard eine künftige Heirat zwischen ihm und Linda genehmigt habe; »es ist kein Ausweg,« (setzt' er dazu) »ist sie seine Tochter, so bin ich nicht sein Sohn – ich kann sein heiliges Ehrenwort unmöglich zur Lüge machen – und Gott! in welchen ungeheueren Lasterpfuhl müßte man dann schauen!« – »Anlangend das Wort und den Pfuhl,« (sagte Schoppe ganz kalt) »so lassen sich, wiewohl ich überflüssig doch mit deinem Vater vorher aus der Sache spreche und vorher mit der Gräfin, wahrscheinliche Beweise führen, daß der Kahlkopf, der, wie er mir selber be-

[1] Eine verlangte z. B. den König zu sehen; er trat so lange auf den Balkon heraus, bis sie befriedigt war.

richtete, deines Vaters Meßhelfer, Braut- und Bärenführer gewesen, kein Mann von den frischesten Sitten war, sondern daß er – obwohl sonst in viele Sättel gerecht, den moralischen ausgenommen – seine Stunden und Jahrhunderte hatte, wo er als ein solcher Hund und Strauchdieb handelte, daß mein Hund da ein Monatsheiliger gegen ihn ist und ein Kirchenvater. Ich hätt' ihm nur das Lebenslicht nicht ausblasen sollen, das freilich mehr stank als glomm.«

Albano konnt' ihm seinen Schauder über die Tat nicht verhehlen. »Ich kann nichts bereuen, höre«, sagte Schoppe und berichtete dieses: »Schon in Valencia erzählte mir dein Oheim, daß er in Madrid einen Kerl so und so – ganz wie der Kahlkopf – angetroffen, der ein Wachsfigurenkabinett von lauter Tollen anführe und herumzeige; oft spreche das ganze Kabinett, und er sitze selber mit darin als Wachs und helfe reden – Dein abergläubiger Oheim warb und lieh ihm Geister dazu und machte böse und fürchterliche Sachen daraus.

Einst in einer Posada hört' ich im Schlafzimmer neben dem meinigen allerlei Stimmen durcheinander murmeln und sagen: ›Schoppe kommt auch zu uns.‹ Ich stand auf, das fremde Zimmer war zugeschlossen. Ich hör' es wieder, das teuflische: ›Schoppe kommt auch herein.‹ Meine Stube hatte einen Erker, aus dem konnt' ich durch das nahe Fenster in die Murmel-Stube bei dem Mondlicht sehen. In Graus und kraus saß sämtliches Wachs drinnen und ließ sich hören, der wächserne Kahlkopf mitten darunter; ich suchte aber den lebendigen auf. Die Wachs-Bestien wechseln gegeneinander ihre fixen Ideen aus, und mich wechseln sie ein – ›Dort guckt unser Ehrenmitglied herein‹, sagte der Wachs-Kahle. – Bei Gott! ich muß kurz sein, mir brennt das Blut wieder durchs Herz. – Ich wüte, hole Geschoß und ersuche Gott um ein verträgliches Gemüt, das nachgibt. Zum Unglück merk' ich hinten in einer mondleeren Ecke neben einem Vater des Todes und einer Schwangern von Wachs einen schwarzen Mantel, der sich regt und aus welchem der lebendige Tongeber, der Kahlkopf, guckt. ›Schwarzer Bauchsprachmeister,‹ (rief ich) ›schweige um Gottes Willen, ich seh' dich dort hinten und schieße hinein.‹ – Ich hielts für Bauchsprache.

Jetzt fing erst das Tollhaus recht an, ich hörte es lachen – mich hineinrufen und einen Kameraden und Klubisten mich betiteln – ›Präses,‹ (sagt' ich) ›ich bin bekanntlich ein Mensch und seh' dich ganz deutlich‹ – Es half nichts, der wächserne Kahlkopf versetzte vielmehr: ›Dort sitzt ja Bruder Schoppe schon‹, und ich sah wirklich auch mich bossiert und poussiert alldort. – ›Hier ist er auch zu haben‹, rief ich grimmig und schoß auf den Logenmeister hin, der blutend umstürzte.

Ich machte mich in dieser Stunde davon. – Dem Oheim kam ich später in den Wurf für kurze Zeit; er scheuet Tolle und wollte mich aus Furcht, ich schlage selber dahinein, nicht lange haben. Er befragte mich, ob mir der Wachsfiguren-Direktor des fahrenden Tollhauses aufgestoßen; ich konnt' ihm nur wenig anvertrauen – behalt es allein.« – »Du bist ein wilder, treuer Mensch,« (sagte Albano mit so innigem Wunsch, ihn zu umarmen) »du tust viel für andere und bist doch viel für dich. Ich kann dich nun nicht mehr lassen. Meine vorige Lebens-Insel mit allen Blumen steht tief unter Wasser; und ich muß mich ins unendliche Weltmeer werfen; gib mir deine Hand und schwimme mit. Wir reisen morgen nach Frankreich!« –

»Morgen?« (sagte Schoppe) »Jawohl! so geh' ich heute abends zur Gräfin und dann zu Don Cesara.« – »Sag ihr,« (bat Albano) »daß ich sie auch als Bruder, wenn ichs würde, nicht besuche, nicht aus Kälte, sondern weil ich ihr großes Gemüt verehre, sag ihrs – und Gott helfe dir.« Albano wollte gehen und ihn allein ins nahe Lilar wandern lassen. »Nein, begleitet mich, mein Herr,« (sagte Schoppe ungestüm) »ich habe den alten Kerl abgedankt droben im Wald durch redliche Auszahlung des Geleite-Geldes – und wäre jetzt allein vis-à-vis de moi.« – »Ich versteh' dich nicht,« (sagte Albano) »wovor scheuest du dich?« – »Albano,« (sagte er leise und wichtig, und seine sonst geraden Blicke schlugen scheu seitwärts, und seinen lächelnden Mund umzingelten unzählige große Faltenkreise) »der Ich könnte kommen, ja, ja!«

Verwundert und fragend, wer das sei, blickte ihm Albano ins Gesicht. »Verflucht,« (sagte Schoppe) »ich errate Euch ganz gut, Ihr haltet mich nicht für achtels so vernünftig als Euch selber, sondern für toll. Wolf, komm herauf! Du Bestie warst häufig auf einsamen Wegen und Stegen mein Schirmvogt und Teufelsbanner gegen den Ich. – Herr, wer Fichten und seinen Generalvikar und Gehirndiener Schelling so oft aus Spaß gelesen wie ich, der macht endlich Ernst genug daraus. Das Ich setzt Sich und den Ich samt jenem Rest, den mehrere die Welt nennen. Wenn Philosophen etwas, z. B. eine Idee oder sich aus sich ableiten, so leiten sie, ist sonst was an ihnen, das restierende Universum auch so ab, sie sind ganz jener betrunkne Kerl, der sein Wasser in einen Springbrunnen hineinließ und die ganze Nacht davor stehen blieb, weil er kein Aufhören hörte und mithin alles, was er fort vernahm, auf seine Rechnung schrieb – Das Ich denkt Sich, es ist also Ob-Subjekt und zugleich der Lagerplatz von beiden – Sapperment, es gibt ein empirisches und ein reines Ich – die letzte Phrasis, die der wahnsinnige Swift nach Sheridan und Oxford kurz vor seinem Tode sagte, hieß: ich bin ich – Philosophisch genug!« –

»Und was schließest du Furchtbares aus allem?« sagte Albano mit innigster Trauer. »Alles kann ich leiden,« (sagte Schoppe) »nur nicht den Mich, den reinen, intellektuellen Mich, den Gott der Götter – Wie oft hab' ich nicht schon meinen Namen verändert wie mein Namens- und Taten-Vetter Scioppius oder Schoppe und wurde jährlich ein anderer, aber noch setzt mir der reine Ich merkbar nach. Man sieht das am besten auf Reisen, wenn man seine Beine anschauet und sie schreiten sieht und hört und dann fragt: wer marschiert doch da unten so mit? – Ewig redet er ja mit mir; sollt' er einmal leibhaftig vor mir auffahren: dann wär' ich nicht der letzte, der schwach würde und totenblaß. Freilich braucht kein Hund Zahnpulver. Aber Kinder sollte man schminken, es stände und ginge. Ich für meinen Teil beobachte das Zeitalter so so und lächle, weil ich nichts sage; man bricht Menschen wie Servietten auf Tellern in schönste, vielste Formen, zu Schlafmützen, zu Pyramiden, zu Kreuzschnäbeln, Sapperment, Albano, zu was denn nicht? Aber die Folge, Bruder? – O Himmel, die Folge? Ich sage nichts, verflucht, ich bin mausstill wie wenige – aber Zeiten können kommen, wo etwa ein Herr anmerkt, Menschen und Musiknoten, Musiknoten und Menschen, kurz und gut und schlecht, bald ist bei beiden der Kopf oben, bald der Schwanz, wenns nämlich schnell gehen soll. Das sind Gleichnisse, ich weiß wohl, Bester, aber die Bäcker kündigen das weiche Gebäck durch steinernes oder tönernes im Laden an, Menschen indes ihre härtesten Sachen, worunter das Herz gehört, durch ihre weichsten, wozu Worte gehören.«

Stumm auf diese Ströme führte Albano ihn an der Hand nach Lilar vor Lindas Wohnung. Alles war an dieser ohne Licht und schwarz. »Sprich droben sanft dein Wort, mein Schoppe, und morgen ziehen wir weiter!« sagte sehr leise unten Albano scheidend und ließ ihn ins finstere Trauerschloß allein hinaufgehen. – »Welch eine Gegenwart!« sagte Albano auf dem Rückweg durch den Garten.

133. Zykel

Lange erwartete Albano seinen Freund am andern Tag, niemand erschien, kein Mensch wußte von ihm. Am zweiten Morgen lief das Gerücht, die Gräfin sei in der Nacht und Gaspard am Morgen abgereiset. »Hat Schoppe beide durch Wahrheit fortgetrieben?« fragt' er sich verlassen und allein. Vergeblich spürte er Schoppe mehrere Tage nach; nicht einmal gesehen war er worden. »Auch du, lieber Schoppe!« sagt' er und schauderte über die Grausamkeit des Schicksals gegen sich. Als er so über sich und die stille dunkle Wüste seines Lebens hinsah: so war ihm auf einmal, als würde sein Leben plötzlich erleuchtet und ein Sonnenblick fiele auf den ganzen Wasserspiegel der verflossenen dunkeln Zeit; es sprach in ihm: »Was ist denn da gewesen? Menschen – Träume – blaue Tage – schwarze Nächte – ohne mich hergeflogen, ohne mich fortgeflogen, wie fliegender Sommer, den die Menschenhand weder spinnen noch befestigen kann. Was ist dageblieben? Ein weites Weh über das ganze Herz – aber das Herz auch – Es ist freilich leer, aber fest – unzerrüttet – heiß – Die Geliebten sind verloren, nicht die Liebe, die Blüten sind herunter, nicht die Zweige – Ich will ja noch, wünsche noch, die Vergangenheit hat mir die Zukunft nicht gestohlen – Noch hab' ich die Arme zum Umfassen, und die Hand, um sie ans Schwert zu legen, und das Auge zum Schauen der Welt – – Aber was untergegangen ist, wird wieder kommen und wieder fliehen, und nur das wird dir treu bleiben, was verlassen wird, – du allein. – Freiheit ist die frohe Ewigkeit, Unglück für den Sklaven ist Feuersbrunst im Kerker – – Nein, ich will *sein,* nicht *haben.* Wie, kann der heilige Sturm der Töne nur ein Stäubchen rücken, indes die roh' bewegte Luft Aschenberge versetzt? Nur wo gleiche Töne und Saiten und Herzen wohnen, da bewegen sie sanft und ungesehen. So klinge nur fort, frommes Saitenspiel des Herzens, aber wolle nichts ändern an der rohen, schweren Welt, die nur den Winden gehört und gehorcht, nicht den Tönen.«

Hier fand ihn der Lektor Augusti, der mündlich von der Prinzessin Julienne inständige Bitten brachte, mit ihm in Gaspards Zimmer zu gehen, wo sie ihm die wichtigsten Worte über Schoppen zu sagen habe. Er ging leicht mit; über das bedeckte Schicksal seines Schoppe erwartete er am ersten bei ihr Aufschluß; auch sah er aus der kühnen Wahl des Boten, wie wichtig der armen Schwester seine Erscheinung sei.

In Gaspards Zimmer verließ ihn Augusti schnell, um ihn anzukündigen und – allein zu lassen. In seinem Leben ging jetzt ein langer Donner; kam er vom Himmel, von einem Strome, oder nur von einer Mühle, das wußt' er noch nicht. Julienne stürzte weinend herein, konnte nicht sprechen vor heftigem Herzen: »Du gehst fort?« fragte sie. »Ja!« sagt' er und bat sie sehr, weniger heftig zu sein; denn er wußte, wie leicht ihn fremder Ungestüm ansteckte, da er ohne Zorn nicht einmal lange Schach spielen oder fechten konnte. Sie flehte ihn noch heftiger, nur zu bleiben, bis Gaspard wiederkomme. – »Kommt er wieder?« fragte Albano. »Wie anders? Aber die Unwürdige nicht«, sagte sie. – »Julienne,« (versetzt' er ernst) »o sei nicht so hart gegen sie wie das Schicksal – und lasse mich schweigen!« – »Ich hasse jetzt alle Männer und dich auch« (sagte sie) – »Das kommt aus poetischen Gemütern heraus. – O welche rechtschaffene Braut hätte sich so leicht von einem solchen Selbstmörder verblenden lassen, welche? – Aber ich sehe, du weißt nicht alles.« – »Dients aber zu was?« fragte er. –

Sie fing, verwundert über diese Frage, ohne Antwort die Erzählung an.

Am Tage, wo Albano Schoppen gefunden, wollte Julienne ihre Freundin Linda, die sie seit dem Abende des Trauerspiels nicht gesehen, wieder besuchen. Alle Zimmer in Lilar waren dicht verhangen gegen den Tag. Julienne fand sie in der Finsternis sitzend, mit niedergesenkten, halboffnen Augen, äußerlich sehr ruhig. Nur in langen Zwischenräumen fiel eine kleine Träne aus den Augen heraus. Der reißende Strom ging hoch über die Räder ihres Lebens, und sie standen tief unter ihm still. »Bist du es, Julienne?« (sagte sie sanft) »Verzeih die Finsternis; Nacht ist für meine Augen jetzt Grün. Es tut mir weh, etwas zu sehen.« Die Brautfackel ihres Daseins war ausgelöscht, nun wollte sie Nacht zur Nacht.

Julienne tat bange Fragen der Verwunderung; sie gab keine Antwort darauf. »Ists ein Unglück zwischen dir und meinem Bruder?« fragte Julienne, in welcher die Verwandtschaft immer wärmer sorgte als die Freundschaft. »Erwarte nur den Ritter,« (antwortete sie) »ich hab' ihn herbitten lassen.«

Er trat eben herein. Sie bat ihn, sich in diese kurze Nacht zu fügen. Nach einigem Schweigen stand sie stolz vom Stuhle auf, die schwarzgekleidete lange Gestalt hob vor dem Ritter, den sie nicht sah, die großen Augen gen Himmel, ihr stolzes Leben, bis jetzt ins Leichentuch gewickelt, schlug das Tuch zurück und stand blühend von Toten auf, und sie redete den Ritter an: »Verehrter Gaspard, Sie versprachen es mir, so wie auch mein Vater, daß dieser an meinem Hochzeitstage mir erscheinen werde. Der Tag ist vorbei. – Ich bin eine Witwe. Nun erschein' er mir.«

Hier unterbrach sie der Ritter: »Vorbei? – O, ganz recht! Ist er denn etwas Gescheuteres und Sittlicheres als ein Mensch?« – und spottete wider seine Weise zornig-aufglühend, weil er glaubte, von Albano, dem er so lange vertrauet, sei die Rede.

»Sie verkennen mich,« (sagte Linda) »ich spreche von einem Verstorbenen.« Vor Julienne fuhr plötzlich Roquairols Schatte, ferne Anklänge der Fürstin hatten ihn eingeläutet: »Allmächtiger Gott,« (schrie sie auf) »des verfluchten Selbstmörders Spiel hat Wahrheit?« – »Er spielte, was geschah« (sagte Linda ruhig) – »Wir brechen ab. Ich reise. Ich verlange nichts als meinen Vater.« – Hier hielt Gaspard den von Starrsucht versteinerten Arm, wie von einem gezückten Dolch bewaffnet, gegen die Gräfin – die Finsternis machte die Erscheinung schwärzer und wilder – aber er brach das Eis des Todes wieder mit kalten Händen entzwei und bewegte sich und antwortete mit gelähmter Zunge: »Teufel und Gott! Der Vater ist da! – Der wird alles so nehmen – wie es ist – Weiß Ers?« – »Wer?« fragte Linda. – »Und was beschloß Er? – Himmel! Albano nämlich.« – Gaspard hatte in der Leidenschaft zugleich Cromwells Blödsinn der Zunge und dessen Schlausinn der Taten; und blieb daher jeder Aufwallung, sogar der liebenden, so gram und fern wie »der Dummheit, die ihm« (wie er sagte) »noch viel verhaßter sei als das gerade Laster«. –

»Ich weiß nicht« (sagte Linda) – »Ich gehöre allein dem Toten an, der zweimal für mich gestorben ist. Sagt das meinem Vater. O ich wär' ihm längst nachgefolgt, dem Ungeheuren, ins tiefe Reich; ich stände nicht hier vor dem kalten bösen Tadel oder der christlichen Verwunderung, da es noch Dolche gegen das Leben gibt! – Aber ich bin *Mutter*, und darum leb' ich!« –

»Noch diesen Abend seh' ich Sie wieder«, sagte Gaspard gefasset und eilte hinweg. »Ich glaube, liebe Julienne,« (sagte Linda) »jetzt verstehen wir uns nicht mehr so recht, wenigstens nicht bis zum höchsten Punkte, so wie wir früher über Ihre belle-soeur differierten und Sie an ihr die Koketterie, ich aber gerade die Prüderie groß und unsittlich fand.« – »Das ist wohl wahr,« (sagte Julienne kalt) »Sie sind so wahrhaftig poetisch, ich bin so prosaisch und altfromm. Ein Ungeheuer darum zu lieben, weil es mich so grausam betrügt wie seine Regimentskasse, oder weil es sich genialisch so viele Freiheit lässet als seinem Regimente, oder weil es nach seinem

Tode noch Rollen für die übrigen Schauspieler nachlässet oder Briefe an mich Betrogene« – – »Tat er das?« fragte Albano. – »Sie pries es sogar als genialisch an ihm« (versetzte Julienne) – »Einen solchen zu lieben, sagt' ich, oder solche Leute, die ihn lieben, dazu find' ich in mir kein Herz. Leben Sie denn so wohl, als es gehen mag.« Linda antwortete: »Ich hasse alle Wünsche«; gab ihr die Hand, drückte sie nicht, schwieg still und sah in ihre Nacht. Sie wußte wenig vom leichten und schlaffen Abschied der verlornen Freundin.

Noch in derselben Nacht reisete Linda, nachdem sie ganz allein lange mit dem Ritter gesprochen, in einem Wagen ohne Fackeln, in ihre Schleier gehüllt, ganz einsam ab, und niemand wußte, ob sie geweinet oder nicht.

Als Albano seine Schwester ausgehört hatte, sagte er mit sanfter, bewegter Stimme: »Schließe Frieden mit der Vergangenheit, sie kann der Mensch nicht stürmen. Der großen Unglücklichen lasse die Nacht, in die sie selber hineingezogen ist. – Weswegen wolltest du mich aber so eifrig zu dir haben? Besonders weißt du etwas von meinem Schoppe, so fleh' ich darum.« – »Ich antworte dir,« (sagte sie weinend und verwundert) »aber Bruder, beteuere, daß deine Stille nicht wieder der Vorhang eines neuen Unglücks ist – Ich kenn' euch Männer darin, man sollt' euch alle hassen, und ich tu' es auch.« »Ich habe nichts Trübes vor, vor Gott bezeug' ichs. Ihr Weiber, die ihr euere Hölle erst ausgießen wollt mit Tränen und ausblasen mit Seufzern, begreift nicht, daß oft eine einzige Stunde Denken dem Manne einen Stab oder Flügel geben kann, der ihn auf einmal aus der Hölle hebt, und dann mag sie fortbrennen.« – »So zeige mir« (sagte sie weinerlich-komisch) »deinen Flügel.« – »Daß ich« (versetzt' er) »nicht auf Menschen baue, sondern auf den Gott in mir und über mir. Der fremde Efeu geht um uns herum, an uns herauf, steht als ein zweiter Gipfel neben unserem, und der ist dadurch verdorrt. Die Geister sollen nebeneinander, nicht aufeinander wachsen. Wir sollten lieben wie Gott, als Unvergängliche die Vergänglichen.« –

»Recht gut,« (sagte sie) »wenns dir nur Ruhe schafft. Was deinen armen Schoppe betrifft, so ist er zur Strafe ins Tollhaus gesteckt, aber hör erst ordentlich. Er kramte ein Märchen von einer zweiten Schwester von dir bei deinem ohnehin durch so vieles gereizten Vater aus. Man konnt' ihm diese neue Verstandes-Verwirrung hingehen lassen; aber dein Oheim wurde gerufen, der ihm ins Gesicht sagte, er habe den Kahlkopf ermordet; und ihm wurde stolz die Wahl zwischen Gefängnis und Irrhaus gelassen; so begab er sich in dieses. Bleibe, bleibe! Das Wichtigste kommt. Wie ich auch von ihm denke, ich sehe, er ist dein redlicher Freund; und frei heraus zu reden, sogar Linda legte noch vor der Abreise eine Vorbitte im letzten Blatte an mich für ihn ein. Nicht bloß die närrische Reise nach Spanien macht' er für dich, auch deine Kur; vielleicht bist du ihm das Leben schuldig. Mich wundert, daß ich oder irgend jemand es dir noch nicht gesagt.«

Sie fing nun an mit Idoinens mildtätigem festen Charakter, mit ihrem

Arkadien und mit dem letzten Tage, da sie bei ihr gelebt und ihr in die helle Seele geblickt. Sie kam dann an sein Fieber- und Trauerbette neben Lianens Bahre und auf des alten Schoppe Reden und Laufen und auf seinen schönen Sieg, da er die verklärte Liane endlich in Idoinens Gestalt vor sein Auge gebracht, damit sie das Heil-Wort sage: habe Frieden!

Jetzt war *er* in Sturm und *Julienne* in Frieden: »Darum« (fuhr sie fort) »halt' ichs für Pflicht, mich deines Freundes ein wenig anzunehmen. Der arme Teufel ist unschuldig – durch Gewissensbisse und selber durch seinen jetzigen Ort kann er das, was er von Verstand noch hat, vollends verlieren – ganz unschuldig, sag' ich; denn dein Oheim, den ich längst hasse und der nur erst vor kurzem, aber vergeblich versuchte, meinem kranken Bruder geistermäßig und mordmäßig zu erscheinen – er hätt' es auch bei Lianen wohl getan, wenn sie es erlebt hätte –, dieser Mensch ist – warum darf ichs nicht ruchbar machen, da sich alles geändert und umgeworfen – eine und eben dieselbe Person mit dem Kahlkopf und ein Bauchredner – Bruder!?«

Aber Albano war ihr schon entflogen.

134. Zykel

Albano wollte seinen Freund früher befreien als rächen; daher wollte er erst zu Schoppe eilen und dann zum Oheim. Aber als er an des letztern erleuchteten Zimmern vorüberging, erfaßte ihn ein plötzlicher Zorn, und er mußte hinauf. Der lange, hagere Oheim ging dem aufgebrachten Jüngling mit der Dohle auf der Hand langsam entgegen. Albano warf ihm ohne Umstände seine Doppel-Rolle, sein himmelschreiendes Zerstören Schoppens und die Blendwerke gegen ihn selber mit Flammenaugen vor und forderte Antwort und Rache. »Ja, ja,« (sagte der Spanier, seine Diablesse streichelnd) »ich habe die Pistolen – ich habe keine Zeit, keine Zeit zum Reden.« – »Sie müssen sie haben«, sagte Albano. – »Ich habe keine deo patre et filio et spiritu sancto testibus; es ist bald zwischen 11 und 12, und der Finstere steht hier.« – »Himmel! wozu diese einfältige tragische Szenerie? O Gott, ist es denn nicht möglich, daß Ihr einmal Mensch seid,« (sagte Albano, mit Grausen in seine Gesichtshaut blickend, die durchaus nicht freudig und nicht liebend aussehen konnte) »daß Ihr erschrecken, erröten, bereuen, Euch erfreuen könnt? – Was wußten Sie von meinem Schoppe, da Sie sich einst im Keller bei Ratto als Kahlkopf anstellten, als wüßten Sie eine fürchterliche Tat von ihm?« – »Niemand braucht etwas zu wissen,« (versetzt' er) »man sagt zum Menschen: ich kenne deine verruchte Tat, der Mensch denkt zurück, er findet so eine.« – »Aber was hatt' er Ihnen getan?« fragte Albano erschüttert. Er versetzte trocken: »Er hat zu mir gesagt: du Hund! – Es schlägt 11 Uhr, ich sage nichts mehr, als was ich will.«

Hier brachte der Spanier zwei Pistolen und einen Sack, wies ihm, daß sie nicht geladen wären, bat, eine zu laden (er gab ihm Pulver und Blei), aber die andere nicht. »In den Sack, jede in den Sack,« (sagt' er) »wir losen!« Je kühner, je besser, dachte Albano. Der Spanier rüttelte beide um und ersuchte Albano, mit dem Fuße auf eine zu treten zum Wahlzeichen. Es geschah. »Wir schießen zugleich,« (sagte. der Oheim) »sobald es die zwei Viertel ausschlägt.« – »Nein,« (sagte Albano) »schießet bei dem ersten Schlag, ich bei dem zweiten.« – »Warum nicht?« versetzte jener.

Sie stellten sich in den entgegengesetzten Zimmer-Winkeln einander gegenüber – mit den Pistolen in den Händen den Schlag halb zwölf Uhr erwartend. Der Spanier machte im stummen Horchen die Augen zu. Als Albano in dieses geschlossene Büsten-Gesicht sah, kam ihm vor, als könne an einem solchen Wesen gar keine Sünde begangen werden, geschweige ein Totschlag. Plötzlich murmelten im leisen Zimmer fünf Stimmen durcheinander, als kämen sie von den alten Philosophen-Büsten an den Wänden; der Vater des Todes, der Kahlkopf, die Dohle schienen zu reden und eine unbekannte Stimme, als sei es der sogenannte Finstere. Sie sagten untereinander: »Finsterer, nicht wahr, ich habe keine Wahrheit gesagt? – Ich bringe fünf Tränen, aber kalte – Ich trage die Räder des Leichenwagens auf dem Kopf – Ich führe das Panthertier am Strick – Ich schneid' es los – Ich zeige mit dem weißen Finger auf Ihn – Ich bringe den Nebel – Ich bringe den kältesten Frost – Ich bringe das Schreckliche.« –

Hier tat es den ersten Glockenschlag, und der Spanier schoß ab – bei dem zweiten feuerte Albano – beide standen unverwundet da; Pulverdampf zog umher, aber eine Zersplitterung erschien nirgends, als sei die Kugel nur eine mit Quecksilber gefüllte gläserne gewesen. Mit grimmiger Verachtung sah ihn Albano wegen der vorigen Stimmen an; »ich mußte«, sagte der Oheim.

Plötzlich brach der Lektor atemlos herein, den Julienne abgeschickt, um einen wahrscheinlichen Zweikampf zu hindern. »Graf!« (stammelte er) »ist etwas geschehen?« – »Es muß« (versetzte der Oheim) »in der Nähe etwas geben, der Dampf zog herein; wir wollten uns eben zur guten Nacht umarmen.« Er klingelte und befahl dem Bedienten, den Wirt zu befragen, wer so spät noch abfeuere. Albano staunte und konnte scheidend nur sagen: »Es sei! Aber fürchtet den Wahnsinnigen, den ich loskette!« – »Ach tuts nicht!« sagte der Spanier und schien zu fürchten.

Augusti begleitete ihn auf die Gasse und ließ ihn nur nach dem Ehrenworte los, nicht wieder hinaufzugehen. Albano aber flog noch in der späten Nacht dem Hause des Jammers und dem gekränkten Herzen zu.

135. Zykel

Kaum hatte Albano dem Irrhaus-Inspektor, einem jungen glatten roten Männchen, seinen Namen, den dieser schon kannte, und sein Gesuch um Schoppes Freiheit samt seiner Bürgschaft für ihn bekannt gemacht: so lächelte der Inspektor ungemein vergnügt ihn an und sagte: »Still beobacht' ich seit Jahren das ganze Haus – die kleinsten Züge hasch' ich für ein künftiges philosophisches Publikum; und so legt' ichs sehr ernsthaft auch auf Herrn Schoppen an. Aber nie, mein Herr Graf, nie ertappt' ich ihn über einem Zuge, der Tollheit versprochen hätte; alle meine englischen und deutschen Werke darüber lieset er vielmehr und bespricht sich mit mir über die Heilanstalten in Irrenanstalten. Ein Fichtianer kann er sein (aus seinem Ich schließ' ichs) und ein Humorist auch; ist nun aber eines von beiden schon schwer von Verrückung zu trennen, wie viel mehr ihre Einigung! Mit welcher Freude über das Zusammentreffen unserer Beobachtungen ich Ihnen hier den Schlüssel zu seiner Stube gebe, das denken Sie sich selber!« – »Wenn er kein Narr ist,« (sagte seine Frau) »warum zerschlägt er dann alle Spiegel?« – »Eben darum,« (versetzte der Inspektor) »ist er aber einer, so ist dein Mann ein noch größerer.«

Keine Tür öffnete Albano je beklommener als die zu Schoppens kleinem Zimmerchen. »Ich hole dich ab, mein Bruder«, rief er sogleich, um sich und ihm Schamröte zu ersparen; aber als er den alten Löwen näher sah, fand er ihn in dieser Fanggrube ganz verwandelt, nicht zahm, kriechend, wedelnd, aber entzweigeschlagen und mit zerbrochnen Tatzen auf die Erde gedrückt; – die Anklage des Mords, die er rechtschaffen eingeräumt, verbunden mit Gaspards unbarmherziger Verurteilung, hatten seine stolze freie Brust mit giftiger Scham gefüllt und zerfressen. »Es geht mir hier wohl, nur verspür' ich mich unpaß«, sagte Schoppe mit glanzlosem Auge und tonloser Stimme. Albano konnte die Tränen nicht verbergen, er schlang sich um den Kranken und sagte: »Großmütiger Mensch, du gabst mir einst in meiner Krankheit Genesung und Heil zurück, und ich wußte es nicht und dankte dir nicht; gehe mit mir, ich muß dich in der deinigen pflegen, dich heilen und trösten, wie ich kann, dann reisen wir.«

»Glaubst du, mein Kriton,« (versetzte er, durch den Balsam seines wunden Stolzes gestärkt) »daß ich etwan kein Sokrates bin, sondern wirklich herausgehe aus meinem torre del filosofo? Ein Ehrenwort ist eine dicke Kette.« – »Erzähle mir alles, verschone niemand; aber ich sage dir darauf eine Neuigkeit, an der sogleich deine Kette schmilzt«, sagte Albano.

»Ei! – Indessen ist der Ort hier seines Orts gut genug, wie gesagt ein torre del filosofo, quai de Voltaire und Shakespeares-Street, und wie man sonst sagen mag und soll – Auch hör' ich immer nachts einen oder den andern Mann neben mir an sprechen; und so fürcht' ich gar nicht, daß der Ich kommt. Ich werfe täglich fünf Brotkügelchen; bilden sie ein Kreuz, so bedeutet es – denke, was du willst –, daß ich mir noch nicht erscheine – Sie machen aber immer eines. Ich bin hier in diesem Anticyra über so manches Wahnbild so beruhigt worden – auch durch jene Bücher – sieh sie an, lauter Traktate über den Wahnsinn –, daß ich, wenns auch meinen Mordian [1] ebensowenig ansteckt wie mich, gern hier gewesen sein will. Mein Umgang ist freilich nicht ohne Gefahr, es ist das Inspektorats-Ehepaar (ein Reim), die beide das hiesige Kerkerfieber tüchtig weghaben. Der Mann hat sich – und dadurch der Frau – die fixe Idee in den Kopf gesetzt, er sei unser zeitiger Inspektor und habe aufzuhelfen, aufzusehen und treffliche Bücher zu lesen, die in sein Amt einschlagen – jene Traktate sind vom Narren – Vermutlich hat er draußen in der Stadt seine Inspektorats-Idee zu breit vorgucken lassen, und das medizinische Kollegium steckte ihn mit seiner brauchbaren Idee herein, weil sie am Ende doch jeder Inspektor zum Amtieren haben muß, er sei toll oder nicht. Unter allen hier im Hause gefallen wir uns beide am meisten. Er sondierte mich zu meinem Vorteil; und ich kann ihn sehr brauchen zur Freiheit, nur greif' ich seinen faulen fixen Fleck nicht an. Bloß einen Abendsegen – weil sie kein Gebetbuch haben – improvisier' ich oft beiden vor und flechte in den Segen Winke, die kurmäßig für das Paar sein könnten, wenns wollte. So wandeln wir beide in den Irrgängen dieses Irrgartens vor den Patienten vorbei – hinter ihm, dem unheilbaren Hub von allen, geh' ich ganz tolerant – im Kränzchen herrscht allgemeine Polemik und Skepsis wie in keinem andern Universitätsgebäude – – Es ist zum Tollwerden, sagt er leise zu mir, es ist zum Tollsein, sagt man in diesem Palais d'Égalité, versetz' ich – Ich schneide ihm die Patienten in Schatten aus für sein Manuskript – Wie die Kinder noch etwas haben, das ihnen selber kindisch vorkommt, so haben die Tollen etwas, das ihnen selber toll erscheint – Deutlicher aber werd' ich ihm nie und halte schärfern Spaß an mich. Ach was ist der Mensch, zumal ein gescheuter, und wie dünn sind seine Stecken und Stäbe! – – Rührt dich etwas an mir, Albano? Etwan mein dummes blasses Gesicht?«

Aber Albano konnt' es ihm unmöglich gestehen, daß dieser umgebrochene edle Mensch mit seinen Täuschungen und sogar mit seinem Stile, dessen Flügel auch gerädert waren, ihm die Tränen in die Augen treibe, sondern er sagte bloß: »Ach ich denk' an vieles; aber erzähle doch endlich, Lieber!« – Schoppe hatt' es aber schon wieder vergessen, was er erzählen sollte; Albano nannte den Ablauf der Porträt-Geschichte bei der Gräfin, und jener fing an:

»Die Prinzessin Julienne sprang eben in ihren Wagen, als ich das blinde Mädchen die Treppen hinaufführte, um sagen zu lassen, Bibliothekar Schoppe sei aus Spanien da. Ich wurde in ein verfinstertes Gemach gelassen, worin ich ruhig auf- und abging, auf Leute passend, bis die Gräfin mich grüßte

[1] seinen Hund.

aus dem Dunkeln. ›Die Finsternis‹ (sagt' ich) ›ist mir bei dem Lichte, das ich zu geben habe, erwünscht, nur möcht' ich lieber irisch oder lettisch oder spanisch sprechen, weil ich nicht weiß, wer mich behorcht.‹ – ›Spanisch!‹ sagte sie ernst. Ich erzählte ihr, ich hätte deine Mutter gekannt und gemalt und so weiter und meinen Namen ins Bildnis eingeschwärzt – lange darauf, neulich im Herbste, hätt' ich Sie selber auf hiesigem Marktplatz angetroffen und für das Spiegelbild deiner Mutter genommen, so ähnlich sei sie ihrer eignen – ›Ich weiß nicht,‹ fuhr sie hier mit hitzigem Stolz zwischen meine Narration, ›inwiefern Ihre Geheimnisse zu meinen werden können.‹ – ›Dadurch,‹ (sagt' ich ernst) ›daß Sie mich nach Licht klingeln lassen; denn ich halte das Porträt der Frau von Cesara und von Romeiro, zweier Namen *einer* Person, hier in der Hand.‹ Sie faßte nichts, fragte nichts, und ich sollte nicht klingeln. Ich bekannte ihr, daß ich mich genötigt sähe, mit der rhetorischen Schach-Figur mich zu decken, die man allgemein die Wiederholung der Erzählung nennte; und griff zur Figur. Aber sobald ich darin wieder auf deinen Namen kam, sagte sie: ›ich hätte vermutlich ganz aufgehobene Verhältnisse im Sinne‹ – ›nein,‹ (sagt' ich) ›ein ewiges und hergestelltes hab' ich darin, auch seinen Gruß voll innigster Achtung mit.‹ – Der Gruß schien ihr empfindlich zu fallen, gleichsam als halte man sie einer solchen Versicherung für bedürftig, und sie bat mich, dich lieber wegzulassen. ›Himmel! er ist Ihr Bruder, und hier hab' ich das Porträt Ihrer Mutter aus Valencia gestohlen bei mir, und nur kein Licht!‹

Da wurde Licht gefodert. Als die Flamme die lange treffliche Gestalt in Gold einfaßte, sagte ich geradezu bei mir selber: ›Sie war es so gut wert als der Bruder, daß man den langen Weg nach beider Stammbaum zog, denn sie ist nicht ohne ihre Annehmlichkeiten.‹ – Albano, wär' ich ihr Bruder, wie du die Ehre hast, mein Blut müßte, wenn sie eine Gondel, aber keinen Paradiesesfluß dazu hätte, für sie schiffbar sein, ich trüge sie auf den Händen nicht nur, sondern wie ein Äquilibrist auf Nase und Mund, die Leidliche! Kaum sah sie das Bild, so rief sie: ›Mutter, Mutter!‹ und fuhr immer über die Augen, klagend, daß sie jetzt noch schlechter wären als sonst. Ich hob wieder das Schaben an und grub endlich vor ihren Augen meinen ganzen Namen: Löwenskiold aus, sogar mit dem Beisatz, der mir entfallen war: liebt sehr.

›Der Maler hieß so?‹ (fragte sie) ›Sie sinds? – Sie liebten sie auch?‹ – ›Schönheit ist eine Klippe,‹ (versetzt' ich ernst) ›an der denn ein und der andere Mann zu scheitern sucht, weil sie voll Perlen und Austern sitzt.‹ Freundlich bat sie mich um die deutlichste Wiederholung der Wiederholung, sie wolle besser aufmerken; Hören und Denken werd' ihr jetzt so schwer als Leben. Albano, Ihr hättet mich mit mehr Vorkenntnissen zu ihr abschicken sollen. So aber wurd' ich halb verwirrt und neblig, und als ihr unter meiner Schilderei der Langsee-Insel etwas Nasses aus den Augen sprang, sank ich in den Tropfen hinein und ersoff beinahe darin und wurd' erst spät von mir ins Leben gerieben. Endes meiner Rede stand sie langsam auf, faltete die Hände und betete mit Weinen, als wenn sie dankte: ›O Gott, o Gott! du hast mich geschonet!‹ – was ich doch nicht ganz verstehe.«

Albano verstands wohl, daß sie dem Schicksal für die zufällige Verspätung Schoppens dankte, welche sie mit der kurzen, aber furchtbaren Verwandlung Roquairols in einen Bruder verschonet hatte.

»Sie brach darauf in zu vielen Dank gegen den Maler, Räuber und Lieferanten des gemalten Geburtsscheins aus. Wenn das Herz wie ein Arm eingeschlafen und schwer und fühllos zu bewegen ist, dem durch- und überläufts das erwachende Glied sehr närrisch, wenn ers regt: ›Weniger‹ (sagt' ich) ›konnt' ich nicht tun für den Herrn Bruder; die Sonnenseite ist dann die Mondseite.‹ – Sie sprang auf deinen Vater über und fragte, da er sogleich komme, ob sie oder ob ich ihm diese Rätsel vorlegen sollte. ›Oder lieber beide!‹ versetzt' ich kaum, da trat er wild ein.

Nun ist Gaspard freilich und entschieden dein dir und der Schwester angeborner Vater – und kindliche Liebe gegen ihn ist dir nie zu verdenken; – aber wenn ich zu dir sagen wollte, er sei kein Bär, kein Nashorn, kein Wer- und anderer Wolf, so tät ichs mehr aus seltener Politesse. Er schnaubte mir einen guten Abend zu, ich ihm. Viele Menschen gleichen dem Glas, glatt und geschliffen und stumpf, so lange als man sie nicht zerbricht, dann verflucht schneidend, und jeder Splitter sticht. Die Sache wurd' ihm vorgehalten und das mitgebrachte Gesichtsstück. Wärst du weitläuftiger mit ihm verwandt, so ließ' ich mich heraus. Denn sein Gesicht wurde vom Nordschein des Grimms überzogen, aus den Augen flogen mir gelbe Wespen zu, gerade Linien fuhren auf seiner Gewitterstirn wie elektrische Spieße auf, besonders zwei steilrechte Unglückslinien. Aber wie gesagt, bist du meines Wissens sein Sohn. ›Mein Freund,‹ (donnert' er los) ›mit welchem *Rechte* stehlet Ihr denn Gemälde?‹ – ›Das sollte mir‹ (versetzt' ich sanft) ›schwer anzusagen fallen; aber ein *Unvermögen* hab' ich, einem ungerechten Truge zuzuschauen, ich fahre drein.‹ – ›Gräfin,‹ (sagt' er dampfend) ›in drei Minuten sollen Sie diesen *Herrn* genau kennen.‹ O nein, nein! Er brauchte ein anderes Wort als Herr, aber ich greif' ihn einmal dafür an die Brust, und ständen wir auf den höchsten Stufen des Gottes-Thrones und rängen im Glanz.« – »Schoppe!« sagte Albano. »Erhitze mich nicht!« versetzte Schoppe und fuhr fort:

»Er klingelte – ein Bedienter flog mit einer Karte – wir alle schwiegen – ›Nachsicht, Gräfin,‹ (sagt' er) ›nur auf eine Minute lang!‹ – Er gab ihr darauf einige elende Hof-Novitäten, sie aber blickte schweigend zur Erde. Da kam dein langer Oheim, nickte 16mal mit dem kleinen Kopf, denn das hält er für eine Verbeugung – und trat weit von mir weg. ›Bruder, sage bloß, was hat dieser Herr da hinter Valencia getan?‹ – ›Umgebracht, umgebracht‹, sagt' er schnell. ›Unter welchen Umständen?‹ fragte dein Vater. Hier fing er an, die kleinsten bei meinem Notschuß auf den Kahlkopf so unbegreiflich-scharf vorzulegen, daß ich sagte: ›Das ist wahr!‹ – und selber fortfuhr und immer fragte: ›Nicht so?‹ – und er hurtig nickte – bis ich am Ende war, dann fragt' ich: ›Aber Spaniard, sagts bei Gott! woher wisset *Ihr* es denn?‹ – ›Von mir‹, antwortete eine fremde, dumpfe Stimme, ganz wie des Kahlkopfs seine.

Das Herz wurde mir kalt wie eine Hundsschnauze und die Zunge voll Stein. ›Als convictus und confessus‹ (fing dein Vater an) ›könnet Ihr Euch nun leicht Euer Schicksal prophezeien.‹ – ›Freilich,‹ (murmelte der Oheim, packte sein Schnupftuch aus und ein, faßte das Gemälde an und legt' es weg) ›prophezeien, prophezeien.‹ – ›Inzwischen‹ (fuhr dein Vater fort) ›bleibt es Euch freigestellt, ob Ihr bis zu näherer Untersuchung statt des Gefängnisses, das Euch für den Mord und Diebstahl gehört, den gelindern Ort, das Irrhaus, das Euch für Euere Reise gebührt, erwählen wollt; wählet Ihr nicht, so wähl' ich.‹ – ›Ins Tollhaus, ins Tollhaus,‹ (rief ich) ›wahrer Geselligkeit wegen, auf meine Ehre – Aber ich frage nach nichts, auf dem Waschzettel meines Gewissens steht kein Mord – Brennt Ihr Euch nur weiß und rein – Euer Sonnen- und Ehrenwagen geht bis an den Radnagel in Kot – Gräfin, lasset Euch doch alles bestens aufklären und denkt unaufhörlich an mich, um einen Vater zu bekommen, freilich dem Landesvater der Studenten gleich, der in einem Loch durch den Hut besteht.‹ – ›Tritt weiter weg,‹ (sagte dein Vater zu deinem Oheim) ›die Tollheit ist ausgebrochen.‹ Da tat der Hase achtzehn Sätze über Schwellen und Treppen hinüber. Ich vollzog mein eignes Marsch- und Sitzreglement. Dein Vater wedelte mir noch mit einem leckenden Flammenblick nach; ich lud Gift in mein Auge und sah ihn unter der Türe davon niederstürzen.« – –

Albano fuhr zusammen, fragte nach dem Wie. Da schwieg Schoppe, sann lange und sagte betrübt: »Das hat mir wohl freilich nur geträumt, aber so meng' ich jetzt den Traum ins Wahre und umgekehrt. Ich sollte mehr über Schoppe gerührt sein – er ist doch ein Greis, und Greise weinen gleich dem Eulenspiegel, wenn es bergab geht.« – »Ich will dich nun trösten, mein Freund,« (sagte Albano mit zerrissener Brust) »ich will einen Irrtum von deinem treuen Herzen nehmen, und dann gehst du gewiß mit mir; dieser Kahlkopf, unser Spötter und Gaukler, ist nach dem heiligen Wort meiner Schwester eine und dieselbe Person mit meinem Oheim und ist ein Bauchredner.«

Lange stand Schoppe wie tot, als hab' er nicht gehört; plötzlich stürzte er mit aufblühendem Gesicht, mit funkelnden Augen auf die Knie und stammelte: »Himmel! Himmel! Verrücke mich! – Das Weitere tu ich – –« Hier macht' er eine böse abwürgende Bewegung mit den Händen und sagte erstarkt: »Ich kann dir folgen.«

Jetzt konnt' er das wirklich, vorher aber kaum stehen. Und so führte Albano den unglücklichen gereizten Freund betrübt in seine eigne Wohnung.

136. Zykel

Albano wandte nun alles an, was Freundschaft im Vermögen hat, den edlen Kranken wieder innerlich und äußerlich aufzurichten und zu verjüngen. Besonders suchte er den Steg, worüber alle seine Saiten gezogen waren und den der Ritter und sein Bruder vor Linda umgerissen hatten, wieder aufzustellen, nämlich sein stolzes Bewußtsein, das an der grausamen Demütigung so sehr darniederlag. Wie nur reine Bruder-Achtung und heiliges Anbeten einer göttlichen Reliquie einen wunden Stolz sanft erwärmen und beleben kann, so versucht' es der biedere Albano. Allein ohne Genugtuung am Spanier, dem Anstifter des Unheils und dem Verführer des Ritters, laufe, wie Schoppe selber sagte, sein Rückgrat nie wieder steilrecht und sein Rükkenmark bleibe gebogen. Nur Albanos Duell mit dem Oheim war frisches Wasser für ihn; es mußte ihm mehrmals erzählt werden. Sein durstiger Wunsch war, so gesund zu werden, als er zum Kriege mit dem Spanier brauchte, und dann als ein Toller ihm die Beichte aller Streiche und Gauklereien auf einem Sterbebette, worauf er ihn zu legen dachte, abzupressen: »Dann« (setzt' er jedesmal lächelnd hinzu) »kann es mir wohl egal sein, ob die Welt rund wird oder eckig, und nach Frankreich ist mein erster Schritt.«

Albano mußte dieses griechische Feuer des Zorns, das am Ende zur stärkenden Kur des durch Demütigung erfrornen Körpers wirkte, immer tiefer unter sich brennen lassen, da jedes Löschen es nur nährte; nur mußt' er wachen, daß er keine freie einsame Minute bekäme, um brennend zu entspringen und den Spanier aufzusuchen. Albano wich Tag und Nacht nicht von seinem Kanapee-Lager, auch aus andern Gründen. Denn war Schoppe einsam und sein Mordian schlief (den er niemals weckte, weil der Hund, sagt' er, offenbar träume und da in idealischen Welten fliege und schnuppere, wovon auf den Gassen der wirklichen kaum eine Schatten-Spur zu wittern sei), war er also allein mit dem stillen Tier (denn wacht' es, so hatt' er Gesellschaft genug) und sein Blick fiel zufällig auf seine Beine oder Hände: so fuhr seine kalte Furcht über ihn her, daß er sich erscheinen und den Ich sehen könne. Der Spiegel mußte verhangen werden, damit er sich nicht fände.

Seine Nächte waren ohne Schlaf, aber die Träume gingen nackt und keck um ihn. Albano opferte ihm leicht seine gesunden Nächte, konnt' aber doch nicht alle Träume des Freundes, diese Gespenster, die sonst vor Lebendigen entfliegen und einsinken, von dannen treiben. Sie schlichen und blickten in Winkel-Schatten der Stube. – Einst gegen Mitternacht war Albano hinausgegangen und traf wiederkommend ihn an, wie er eben mit einer Hand die andere fing und sagte: »Wen hab' ich da, Mensch?« – »O guter, bester Schoppe,« (rief Albano halbzürnend) »solche grundlose Spiele! Ebensogut könnte ein Finger den andern fassen!« – »Ja freilich«, versetzt' er. »Aber höre,« (sagt' er leise und kauerte sich, bückte den Kopf und wies mit dem rechten Zeigefinger über die Nase hin in die Höhe) »du nanntest mich Schoppe – so heiß' ich nicht, aber ich darf meinen Namen nicht aussprechen, der Ich, der mich so lange sucht, hörts und fährt her – Ein langer Leichenstein liegt auf dem Namen. Schoppe oder Scioppius konnt' ich mich sehr wohl nennen, weil mein vielnamiger Namensvetter und Namensvater (im Bayle steht alles) sich selber bald so, bald so hieß, bald Junipere d'Ancone, bald Denius, Vargas, oder Grosippe, oder Krigsöder, Sotelo, bald Hay. – Daß der Mann noch wirklicher Titular-Fürst von Athen und Herzog von Theben war durch ottomanische Kanzlei und Gnade, muß ich ganz zu vergessen scheinen, wenn ich Malteser-Bibliothekar bleiben will. In der Tat trat ich sonst in Gasthöfe noch mit manchem Namen ein, der dem nachsetzenden Ich prächtig mitspielte und vormachte, z. B. Löwenskiold, Leibgeber, Graul, Schoppe ohnehin, Mordian (den ich meinem Hund schenkte), Sakramentierer und einmal Huleu – manche kann ich ganz vergessen haben – Der wahre ist« (sagte er scheu lispelnd) »ein ß oder S–s [1] – Gib mir eine *dritte* Hand her – Aus Totenkleidern wird der Name herausgeschnitten, und ich liege darin schon unter dem Grabe. – ›*Ich bin ich*‹, das war zwar des alten hübschen Swifts Endworte, der sonst wenig sagte in seiner so langen Tollheit – Ich möcht' es aber nicht wagen, so bei mir zu sein – Nu, getrost, die unendliche Weisheit hat alles geschaffen, auch Tollheit in Menge. – Aber Gott gebe nur, daß Gott selber niemals zu sich sagt: Ich! Das Universum zitterte auseinander, glaub' ich, denn Gott findet keine dritte Hand.«

Albano schauderte über den Sinn des Unsinns – Schoppe schien Eis – dann warf er sich plötzlich an die Bruder-Brust – beide sprachen nichts über die Sache – und Albano fing heitere Schilderungen vom glücklichen Hesperien an.

So bracht' er pflegend, schonend, liebkosend, geduldig und einsam die Tage, die er gern zu seiner Flucht aus Deutschland verwendet hätte, mit dem kranken Freunde zu; und liebte ihn immer heftiger, je mehr er für ihn tat und ausstand. Er wollt' es durchaus vom Schicksal nicht leiden, daß eine solche Welt voll Ideen ihrem Erdbrand und ein so freies Herz voll Redlichkeit dem letzten Schlage näherkomme. Schoppe hatte in des Jünglings Herzen sogar noch ein größeres Reich als Dian; denn er nahm das Leben freier, tiefer, größer, mutiger; und wenn Dians Lebensgesetz Schönheit war, so hieß seines Freiheit, und er ging wie unser Sonnensystem, nach dem Gestirne des Herkules zu.

Aller Bitten ungeachtet nahm er keine Heilmittel vom Doktor Sphex;

[1] S–s heißet Siebenkäs. Aus den *Blumen-, Frucht- und Dornenstücken* ist bekannt, daß Schoppe früher Siebenkäs sich genannt – dann diesen Namen an seinen ihm bis zum Gesichte ähnlichen Freund Leibgeber abgegeben, von dem er den seinigen angenommen – und daß der Freund sich zum Schein ein Grabmal als Siebenkäs errichten lassen.

denn er habe schon, sagt' er, sich einem alten bekannten Praktiker und Kreisphysikus anvertrauet, der Zeit. Er verstattete Sphexen gern, ein Rezept aufzusetzen, es zu bringen, sah es willig durch, disputierte über den Inhalt, merkte an, es sei leichter, ein Gesundheitsrat zu sein als einen Gesundheitsrat zu geben, und er sehe wohl, daß er seinen Zustand treffe, weil er ihn schwächend behandle, was bei Wahnsinnigen das erste sei; aber er setzte dazu, er begehre eben keine Vernunft, sondern nur ein Paar tapfere Schenkel zum Gehen und Stehen und ein Paar gefüllte Arme zum Zuschlagen, und übrigens sei er ihm gram, weil er Hunde zerschneide. Auch Albano nahm zuletzt an, habe Schoppe nur Muskelkräfte zu einer geselligen Reise mit ihm wiedergewonnen, so fliehe der Wahnsinns-Traum, worein ihn die ungesellige gewiegt, leicht von selber hinweg.

Immer fuhr er den Arzt am meisten an. Einst sagte dieser: »Folgen Sie, wenn nicht mir, doch Ihrem zweiten Ich« und zeigte auf Albano. »Zum Teufel,« (versetzt' er) »mein zweites Ich, das möget ihr selber sein – ich scheue mich genug davor – aber der da ist gewiß, das verhoff' ich, kaum mein sechstes, zwanzigstes oder dergleichen Ich.« –

Indes blieb Sphex bei der Meinung, seine sthenische Schlaflosigkeit, die wechselnd die Tochter und die Mutter seiner Fieberbilder, zumal des Kahlkopfs sei, versperre die Kur und müsse schwächend bezwungen werden. Als einstmals Dian, der seinen Freund Albano oft besuchte, dies vernahm, fragte er, warum man ihn nicht geradezu mit der Nachricht, der Spanier sei aus Furcht vor ihm abgereiset, etwan nach Frankreich, täuschen und heilen wolle. Albano versetzte: »Wahrlich ich wollt' es gern sagen, aber ich kanns nicht, ich könnte ebensogut Gott oder mir eine Lüge sagen wollen.« – »Einbildungen!« (sagte Dian) »ich sag's ihm selber.« – »Wessen ich mir auch gleich vom Spaniard versehen habe«, versetzte Schoppe auf die offizielle Rezept-Lüge. Als Dian fortgegangen war, fragt' er Albano: »Sitz' ich jetzt nicht viel kühler und eisiger da? Und zwar seit der Kahlkopf in Frankreich ist, bin ich fast so ein neuer Mensch. Freilich lüg' ich, aber Dian log früher.«

Endlich entschloß sich der Arzt, ihm geradezu einen Schlaftrunk in sein Getränk zu mischen. Albano erlaubt' es. Schoppe bekam ihn; glühte und phantasierte einige Minuten lang, endlich stieg der Nebel des Schlafs und überdeckte bald den Kranken.

Albano besuchte da nach langer Zeit das Grün der Erde und das Blau des Himmels wieder und seinen Dian in Lilar. Wie viel war seitdem verändert, durcheinander, übereinander gestürzt! Wie viele Blätter waren wieder Knospen geworden! Und mancher Schaum des Lebens, der weiß und zart und leicht ihn sonst erfreuet hatte, erkältete jetzt als graues, schweres Wasser seine Brust, und er hatte außer seinen Lebensmut fast wenig behalten. Bei Dian hört' er von neuen Veränderungen, von des Fürsten nahem Sterben, von Idoinens nahem Kommen zur Schwester vor der Trauer. Wie wunderbar-verstört schlug seine Seele aus ihrem Winter-Schlafe in den warmen

Sonnenschein, den dieses Ebenbild Lianens um sein Leben legte, die Augen auf! – In mancher stillen Nacht neben Schoppens Geister-Lager war ihm schon, seitdem Julienne ihn zum erstenmal die Erscheinung dieses Friedensengels ohne den Schleier sehen lassen, die vorige Zeit und Liebe wie ein Himmel ferner Sterne wieder aufgegangen, und in dem Helldunkel der von Schlaf entkleideten Träume sah er auf dem Meere der Zeit eine ferne, ferne Insel – hinter sich oder vor sich, wußt' er nicht –, wo eine weiße abgewandte Gestalt Lianen gleich oder ähnlich schwebte und als Nachhall sang – Jetzt dicht nach dem Sterbemonat des Bruders folgte der Sterbemonat der Schwester Liane. Wär' es möglich, daß die Überirdische aus dem stillen Spiegel der zweiten Welt und aus dessen unabsehlichen Fenern herausträte wieder in den irdischen Luftzug und nach der Verklärung wieder verkörpert hier ginge?

Aber die Freundschaft foderte Raum für ihre Schmerzen, und diese Wolken-Bilder wurden bald von ihr bedeckt oder umgestürzt. Er war nicht imstande, so sehr ers auch wünschte, von Schoppe eine Beschreibung jener Heilungs-Nacht zu fodern, ja nur zu leiden, worin Idoine Liane gewesen; und doch war diese Gestalt der einzige lebendig-spielende Juwel im Totenring an dem Skelett der harten Zeit, das vor ihm stand. Welche Tage! Was ihm die Gräber nicht wegschlangen, hatte die Erde dahingenommen, und Gaspard, sonst sein hoher Vater auf einem reinen Thron des Himmels, war nun seiner Phantasie mit fürchterlichen Höllen-Kräften und Waffen nach unten erschienen, auf einem Throne des Abgrunds sitzend. –

Desto milder umfloß ihn nun, als er in Dians Hause war, die stillere Gegenwart, der Gedanke des ruhenden Freundes, der Anblick des nahen Traum-Tempels, wo Liane einmal Idoine gewesen, und die Verkündigung, daß das Ebenbild der Geliebten nahe. Er malte sich den süßen und bittern Schrecken ihrer Erscheinung vor ihm; denn wie in dem Strome die hinübergebogne Blume nicht nur ihr *Bild,* auch ihren *Schatten* entwirft, so ist sie Lianens schönes Bild und Schatten zugleich – und in der Lebendigen würde ihm eine Verlorne und eine Verklärte zugleich erscheinen.

Unter diesem träumerischen Helldunkel und Abendrot, aus Vergangenheit und Zukunft zusammengeflossen, kam er in sein Haus zurück. Ein scharfer Blitzstrahl schlug weiß über das träumerische Rot: sein Schoppe war nach wenigen Minuten des Zwangschlafs wild aufgefahren und wahnsinnig entsprungen, niemand wußte wohin. Der Arzt kam und sagte entscheidend, entweder hab' er sich ins Wasser gestürzt oder jeden andern, er sei wild dahingerannt und habe noch seinen Stockdegen mitgenommen.

Vierunddreissigste Jopeleriode

Schoppes Entdeckungen – Liane – die Kreuzkapelle – Schoppe und der Ich und der Oheim

137. Zykel

Da Schoppe seinen großen Degenstock mitgenommen: so vermutete Albano, daß er als Würgengel zum Spanier gegangen. Er eilte in den Gasthof des Oheims. Ein Bedienter sagte ihm, ein Rotmantel mit einem dicken Stocke sei dagewesen und habe vor den Herrn gewollt, aber man habe ihn auf des letztern Befehl ins Schloß geschickt, unterdessen sei der Herr nach dem Prinzengarten abgereiset, um dem starken Bruder entgegenzugehen. Albano fragte: »Wer ist der starke Bruder?« – »Dero Herr Vater«, versetzte der Bediente. Albano eilte auf das Schloß. Hier war laufende Verwirrung um das Krankenbette des Fürsten, der es bald mit dem Paradebette zu vertauschen drohte. Eilige Diener begegneten ihm. Einer konnt' ihm sagen, er habe einen Rotmantel ins große Spiegelzimmer gehen sehen. Albano trat hinein, es war leer, aber voll seltsamer Spuren. Ein großer Spiegel lag auf der Erde, eine Tapetentür darhinter stand offen, ein offnes Souvenir, Räder und weibliche Kleidungsstücke waren um einen wächsernen alten Kopf verstreuet. Ihm war, als seh' er etwas, was er schon gesehen, und konnte sichs doch nicht nennen. Plötzlich erblickte er in einem Eckspiegel tief hinter seinem jungen Gesicht sich noch einmal, aber mit Alter bedeckt und dem wächsernen Kopfe ähnlich. Er blickte sich um, ein erhobner Spiegel-Zylinder schloß ihm gleichsam die Zeit auf, und er sah in ihrer Tiefe sein graues Alter.

Schaudernd verließ er das sonderbare Gemach. Eine Kammerfrau Juliennens stieß ihm auf, sie konnte ihm sagen, daß sie den »Schatten-Schneider« im roten Mantel mit einem Perspektive in der Hand über den Schloßhof habe hinausgehen sehen. Er eilte nach, da kam ihm Augusti unter dem Tore entgegen mit der Bitte des Fürsten, ihn noch einmal zu besuchen; »jetzt unmöglich, ich muß erst den wahnsinnigen Schoppe wieder haben«, versetzt' er. In seiner Brust lebte nur der Freund; auch nahm er den Fürsten nur für die Maske seiner sprechsüchtigen Schwester. »Ich sah ihn auf dem Wege nach Blumenbühl«, sagte der Lektor. Er flog davon. Am Tore wurde Augustis Nachricht von der Wache bestätigt.

Auf der Blumenbühler Straße begegnete ihm der Wagen des Hofpredigers Spener, der zum Fürsten fuhr. Albano fragte nach Schoppe. Spener berichtete, er habe mit ihm, da er vor einem einzelnen Hause, einer kranken alten Beichttochter wegen, eine Stunde lang gehalten, viel gesprochen, ihn gesund, ungemein vernünftig, nur älter und zurückhaltender als gewöhnlich gefunden. Auf die Frage nach seinem Wege versetzte der Hofprediger: er sei nach der Stadt. Das schien ihm unmöglich, aber Speners Leute bestätigten es vom Grünrock. Albano sprach von einem roten Mantel, alle und Spener blieben bei dem grünen Rock.

Er kehrte wieder um in sein eignes Haus, wo vielleicht ihn selber, dacht' er, Schoppe suche und erwarte. Der Leibeigne des Doktors, der hagere Malz, sprang ihm mit der Nachricht entgegen, Herr v. Augusti hab' ihn eben gesucht, und der kranke Herr sei zum alten Tor hinaus spazieren gegangen in einem neuen grünen Rock. Es war die Straße nach dem Prinzengarten, die er nach Albanos Vermutung gewiß genommen, sobald ihm des Spaniers gleiche kund geworden. Draußen wurde sie durch Falterle bestätigt, welcher erzählte, er habe bei dem Austritt ihn eingeholt und sogleich befragt: »Wohin so eilig, Herr Bibliothekar?«; darauf sei er still gestanden, hab' ihn ernsthaft angesehen und die Antwort gegeben: »Wer sind Sie? Sie irren sich« und sei fortgegangen. Albano fragte nach der Kleidung; »in grüner«, versetzte Falterle. Jetzt war sein Weg entschieden. Der müßige Reiter konnte sogar bekräftigen, daß der Oheim früher denselben genommen.

Spät abends kam Albano im Prinzengarten an. Er sah einige Wagen an dem Hofe des kleinen Gartenschlosses. Endlich begegneten ihm Leute seines Vaters, die ihm sagen konnten, Schoppe sei ruhig, froh und lange in dem Garten mit einem Herrn von Hafenreffer aus Haarhaar umhergegangen und mit ihm nach der Stadt gefahren. »An einem Menschen hat er doch wieder einen Schutzgeist und Wärter«, dachte Albano, und der kalte Regen, der ihn bisher quälte, war weggezogen, obgleich der Himmel noch trübe blieb. Er wich mit seinem angegriffnen Herzen, das in dieser Landschaft nur von einem dunkeln Horizont umgeben war, jeder Gesellschaft und dem Lustschloß aus. Fern vorübergehend, wagt' er es, einen traurigen Blick auf die Schlummerinsel zu werfen, wo Roquairols Grabhügel, wie ein ausgebrannter Vulkan, neben der weißen Sphinx zu sehen war. »Still liegt endlich das unbändige Schwungrad um, aus dem Strom der Zeit gehoben, nur mit dem Grabe schloß sich der Janustempel deines Lebens zu, du gequälter und quälender Geist«, dachte Albano voll Mitleiden, denn er hatte den Toten sonst so sehr geliebt. Droben auf dem Gartenberg mit einem Lindenbaum ruhte seine sanfte Schwester, der freundliche, liebliche Friedensengel mitten im Kriegsgetümmel des Lebens, *sie* der ewige Friede, wie *er* der ewige Krieg. Er beschloß, hinaufzugehen und allein oben bei der Himmelsbraut zu sein und auf dem den Blumen geweihten Boden das Beet aufzusuchen, unter welchem ihre Blumen-Asche sich vor den Stürmen zugedeckt. Da er den Vorsatz nur dachte, so drangen Tränenströme wie Schmerzen aus seinen Augen; denn die bisherigen Nachtwachen und Sorgen hatten ihn träumerisch-aufgelöset und so manches Unglück in so kurzer Zeit dazu, das ihm das schöne feste Leben von einem Ende zum andern mit giftigem Stachel und Zahn durchgraben hatte.

Als er in der noch mondlosen, aber sternenreichen Dämmerung, worin nur der Abendstern der Mond war, gleichsam ein kleinerer Spiegel der Sonne, den Hügel hinaufging: sah er aus dem Prinzengarten ein paar graugekleidete Menschen heftig winken, als wollten sie ihm den Gang verbieten. Er ging unbekümmert weiter, ja er wußte nicht einmal, ob nicht sein vom Wachen glühendes und von Lebens-Stößen erschüttertes Gehirn ihm diese Gestalten wie aus einem Hohlspiegel vorflattern lasse.

Wie in einen griechischen dachlosen Tempel trat er in den heiligen Kloster-Garten der stillen Nonne, worin der Lindenbaum laut sprach und die stillen Blumen wie Kinder über der Ruhenden spielten und sich neigten und wiegten. Hoch und weit gingen die Sternenbogen wie schimmernde Ehrenbogen über die kleine Erdenstelle her, über den geheiligten Ort, wo sich Lianens Hülle, das kleine Licht- und Rosenwölkchen, niedergesenkt, als es den Engel nicht mehr zu tragen hatte, der in den Äther gegangen war und aller Wolken nicht mehr bedurfte. Plötzlich erblickte der schaudernde Albano Lianens weiße Gestalt an die Linde gelehnt und gegen den Abendstern und die Abendröte gewandt; lange schauete er an der seitwärts gekehrten Gestalt die himmlisch-herabsteigende Antlitz-Linie an, womit Liane so oft als eine Heilige unbewußt neben ihm gestanden – noch glaubt' er, ein Traum, der Proteus der menschlichen Vergangenheit, ziehe das Luftbild aus dem Himmel hernieder und spiel' es vor, und er erwartete das Vergehen. Es blieb, aber ruhig und stumm. Hinkniend, wie vor der offnen Pforte des weiten langen Himmels voll Verklärung und Gottheit, und aufgerissen aus den Erden-Tälern, rief er aus: »Erscheinung, kommst du von Gott, bist du Liane?«, und ihm war, als sterb' er.

Schnell blickte die weiße Gestalt sich um und sah den Jüngling, sie stand langsam auf und sagte: »Ich heiße Idoine, ich bin unschuldig an der harten Täuschung, sehr unglücklicher Jüngling.« – Da bedeckte er seine Augen, aus schnellem Schmerz über die Wiederkehr der schweren kalten Wirklichkeit. Darauf sah er die schöne Jungfrau wieder an, und sein ganzes Wesen zitterte vor ihrer verklärten Ähnlichkeit mit der Toten; so lächelte sonst Lianens zarter Mund im Lieben und Trauern, so öffnete sich ihr mildes Auge, so ging ihr feines Haar um das blendend-weiße, gefällige Angesicht, so war ihr ganzes schönes Gemüt und Leben aufrichtig in ihr Antlitz gemalt – Nur stand Idoine größer da, wie eine Auferstandene, stolzer und länger ihre Gestalt, blasser ihre Farbe, denkender die jungfräuliche Stirn. Sie konnte, da er sie so schweigend und vergleichend anblickte, sich der Rührung über den getäuschten Unglücklichen nicht erwehren, und sie weinte, und er auch.

»Betrüb' ich Sie auch?« sagte er in höchster Bewegung. Mit dem Sprachtone der Jungfrau, die unter den Blumen lag, sagte unschuldig Idoine: »Ich weine nur, daß ich nicht Liane bin.« Schnell setzte sie hinzu: »Ach diese Stelle ist so heilig, und doch ists der Mensch nicht genug.« – Er verstand ihre Selbst-Rüge nicht. Ehrfurcht und Offenherzigkeit und Begeisterung bemächtigten sich seiner, das Leben stand glänzend aus der engen, bangen Wirklichkeit auf, wie aus einem Sarg, der Himmel sank näher herzu mit hohen Sternen, und beide standen mitten unter ihnen. »Edle Fürstin,« (sagt' er) »hier entschuldigen wir uns beide nicht – Die heilige Stelle nimmt, wie eine zweite Welt, das Fremdsein weg – Idoine, ich weiß es, daß Sie mir einst den Frieden gegeben; und vor der verborgnen Hülle des Geistes, in dessen Sinne Sie sprachen, dank' ich Ihnen hier.«

Idoine antwortete: »Ich tat es, ohne Sie zu kennen, und darum konnt' ich mir den kurzen Gebrauch oder Mißbrauch einer entfliehenden Ähnlichkeit erlauben. Hätt' es von mir abgehangen, so hätt' ich Sie nie mit einer so unbedeutenden, wie eine äußere ist, doch so schmerzlich erinnert. Aber ihr Herz verdient Ihr Andenken und Ihre Trauer. Man schrieb mir, Sie wären nicht mehr in Lindenstadt.« – Sie suchte jetzt zum Fortgehen zu eilen. »In einigen Tagen« (antwortete er) »werd' ich auch reisen. Ich suche Trost im Kriege gegen den Frieden des Grabes und der Wüste, der mein Leben stille macht.« – »Ernste Tätigkeit, glauben Sie mir, söhnet zuletzt immer mit dem Leben aus«, sagte Idoine, aber die ruhigen Worte wurden von einer bebenden Stimme getragen, denn durch Hülfe ihrer Schwester hatte sie das ganze graue Regenland seiner Gegenwart vor das Auge bekommen, und ihr Herz war voll tiefen Mitleidens gegen die Menschen.

Er sah sie hier scharf an, ihre Nonnen-Augenlider, die immer unter dem Sprechen sich über die ganzen großen Augen niedersenkten, machten sie einer entschlummerten Heiligen so ähnlich; – er wurde von ihren letzten Worten an ihr fruchttragendes Leben in Arkadien erinnert, wo der bunte Blütenstaub ihrer Ideen und Träume, ungleich dem schweren toten Goldstaub des bloßen Reichtums, leicht im heitern Leben flatternd, unbemerkt belebend, endlich feste Wälder und Gärten auf der Erde ausbreitete – alles in ihm liebte sie und rief: nur sie könnte deine letzte wie deine erste Liebe sein – und sein ganzes Herz, durch Wunden offen, war der stillen Seele aufgetan. Aber ein ernster, harter Geist schloß es wieder zu: »Unglücklicher, liebe keine mehr, denn ein dunkler Würgengel geht hinter deiner Liebe mit dem Schwert, und welche Rosenlippe du an dich drückst, diese berührt er mit der scharfen Schneide oder mit der Giftspitze, und dann vergeht oder verblutet sie.« –

Er sah schon den Glanz dieses Schwerts im langen Dunkel ziehen; denn Idoine hatte das Gelübde getan, nie unter ihrem Fürstenstande die Hand zum Bunde der Liebe zu reichen. So standen beide geschieden nebeneinander in *einem* Himmel, eine Sonne und ein Mond, durch eine Erde getrennt. Sie beschleunigte ihre Entfernung. Albano hielt es nicht für recht, sie zu begleiten, da er jetzt erriet, daß die graugekleideten Menschen, die ihn zurückgewinket, ihre Bedienten gewesen, ihr die Einsamkeit zusichern sollen. Sie reichte ihm an der Gartentüre die Hand und sagte: »Leben Sie glücklicher, lieber Graf; einst hoff' ich Sie so glücklich wiederzufinden, als

Sie sich machen sollen.« Die Berührung der Hand wie einer himmlischen, die sich aus den Wolken gibt, durchströmte ihn mit einem verklärten Feuer jener Welt, wo Auferstandne leicht und schimmernd schweben, und die hohe, Ehrfurcht gebende Gestalt begeisterte sein Herz; – er konnte nicht sagen, was er in sich besiege und bedecke, aber auch kein anderes kaltes verkleidetes Wort; – er kniete nieder, drückte ihre Hand an die Brust, sah weinend an den Sternenhimmel und sagte bloß: »Frieden, Allgütiger!« – Idoine wandte sich eilig ab und ging nach einigen schnellen Schritten langsam den kleinen Hügel in den Prinzengarten hinunter.

Nach wenigen Minuten sah er die Fackeln ihres Wagens durch die Nacht fliegen, in der sie gern zu reisen wagte. Um den Hügel war es dunkel, die Abendröte und der Abendstern waren untergegangen, die Erde wurde ein Rauch und Schutt der Nacht, am Horizont bauete ein Trauergerüst von Wolken sich auf. Aber in Albano war etwas unbegreiflich Freudiges, ein lichter Punkt in der Finsternis des Herzens. Und als er den Leucht-Atom anschauete, breitete er sich aus, wurde ein Glanz, eine Welt, eine unendliche Sonne. Jetzt erkannt' er es, es war die rechte unendliche und göttliche Liebe, welche schweigen kann und leiden, weil sie nur *ein* Glück kennt, aber nicht das eigne.

Er war erfreuet über das Überhüllen seiner Brust und über seinen Entschluß, sie nicht wiederzusehen in der Stadt. »So still« (sagt' er halb betend, halb sprechend) »will ich sie ewig lieben – ihre Ruhe, ihr Glück, ihr schönes Streben bleibe mir heilig und ihre Gestalt mir verdeckt und fern wie die ihrer Himmels-Schwester – Aber wenn die Schlacht für das Recht anfängt und die Töne neben den Fahnen in die Höhe wehen und das Herz eifriger schlägt, um stärker zu bluten, dann ziehe dein Bild, o Idoine, mir im Himmel voran, und ich streite für dich; und wenn im Getümmel ein unbekannter Würgengel die giftige Schneide über die Brust zieht: so will ich im ermattenden Herzen dich festhalten, bis mir die Erde vergeht.«

Er sah sich nach diesem Gebete heiter um auf dem Gottesacker des jungfräulichen Herzens, er fühlte, Liane allein dürf' es wissen, und sie werd' ihn segnen.

138. Zykel

Albano konnte in einer Gegend, in welcher die einzelnen Säulen und Bogen des zerstörten Sonnentempels seiner Jugend umherlagen, keine Nacht zubringen: sondern er begab sich traurig-träumend auf den Weg zur Stadt. Unterwegs fand er den Landschafts-Direktor Wehrfritz zu Pferd, der ihn suchte. »Herr Sohn,« (sagt' er) »es sind mir von deinem intimen Freunde, Herrn Schoppe, die wichtigsten Sachen zu Händen gestellt worden, die ich nur in deine eignen wieder auszuhändigen habe, was ich denn hiemit eilig tue. Denn Muße hab' ich bei Gott wenig, der Fürst ist diesen Abend mit

Tod abgegangen vor Schreck, weil jemand sagte, sein alter Vater, der ihm zum Todes-Anzeichen soll zum zweitenmal zu erscheinen versprochen haben, sei im Spiegelzimmer zu sehen, was aber nur, hör' ich, was von Wachs gewesen. Es sind die Sachen, die ich auszuliefern habe, erstlich ein Perspektiv, womit du deine Mutter und Schwester gemalt sehen wirst (ich bediene mich mit Fleiß Herrn Schoppens eigner Ausdrücke), zweitens ein geschriebenes Paket, adressiert an ›Albano, erzogen bei Wehrfritz‹, das noch halb in einer zerschlagnen schwarzen Marmorstufe steckt, und drittens dein Porträt.« Das Porträt stellte Albano im jetzigen Alter dar, fand man – so viel die Sterne zu sehen gönnten –, indes er sich doch nie malen lassen. Die schwarze Marmorstufe und das Perspektiv brachten ihm die Prophezeiung seines Vaters auf Isola bella[1] vor die Seele: ihm werde in einem Bilderkabinett eine weibliche Gestalt aus der Wand entgegentreten und ihm einen Ort aufschreiben, wo er die schwarze Stufe, und vorher einen zeigen, wo er das Perspektiv zu finden habe, dessen Okularglas ihm aus dem alten Bilde seiner Schwester ein junges kenntliches und dessen Objektivglas aus dem jungen Bilde seiner Mutter ein altes kenntlich machen werde.

Albano tat ängstliche Fragen nach Schoppe und der Fundgeschichte der seltsamen Fracht. »Mit Herrn Schoppe geht es gut genug,« (antwortete Wehrfritz) »er muß hier in der Nähe sein mit einem fremden Herrn.« Albano fragte nach seiner Kleidung; diese wurde zu seinem Erstaunen wieder aus einer grünen zur roten. Kaum hatte Wehrfritz die wunderbare Geschichte, wie Schoppe jene Wunderdinge überkam, zu geben angefangen: so unterbrach Albano, der daraus die Auflösung der väterlichen Prophezeiung abnahm, vor Erwartung den Bericht mit der Bitte, ihn zu der nahen Kreuzkapelle zu begleiten, um welche mehrere Laternen standen. Er hatte beide Medaillons immer bei sich und war jetzt so begierig, das Angesicht seiner Mutter durch das Objektivglas zu sehen, so wie das Papier zu lesen.

Bei der äußersten Laterne hielten sie, Albano nahm das Medaillon der veralteten Gestalt hervor, worunter stand: Nous nous verrons un jour, mon frère, er besah es durch das Okularglas: siehe, das alte Gesicht war das junge seiner Julienne. Vertrauend und ungestüm hielt er das altmachende Glas ans junge Bild, worunter stand: Nous ne nous verrons jamais, mon fils, – ein freundliches, aus einem langen Leben herüberlächelndes altes Gesicht erschien, dessen erblicktes Urbild ihm in einer tiefen, dunkeln Erinnerung lag, aber namenlos; von Lindas Mutter hatt' es indes keinen Zug.

Auf einmal hört' er eine bekannte Stimme: »Ecco ecco! – Mein Neveu, mein Herr!« Es war Albanos Oheim, der den schwarzgekleideten, wehklagenden Schoppe zu ziehen schien und weinerlich den Neffen anredete: »Ach, Neveu! O ich sage die Wahrheit, nur Wahrheit pour jamais.« Er sah lachend aus und glaubte zu weinen. Der Schwarzrock trat näher, wurde ein

[1] Titan, I. Band, S. 77 u. s. w.

Grünrock und sagte: »Herr Graf, täuschen Sie sich keine Minute, unsre Bekanntschaft beginnt mit einem gemeinschaftlichen Verlust.« – »Mein Schoppe,« (sagte Albano erschüttert) »kennst du mich nicht mehr?« – »O wär' ich es jetzt! Ich heiße Siebenkäs«, versetzte der Grünrock und hob jammernd die Hände in die Höhe. »Er liegt aber da in der Kapelle,« (sagte der Spanier) »ich will alles so wahrhaftig erzählen, daß es schön ist. Ich glaube nicht, daß der Finstere kommt.« – Albano warf einen Blick in die Kapelle, und mit einem Schrei des Schmerzens stürzt' er darnieder.

139. Zykel

Schoppens Geschichte war nach Wehrfritzens und des Oheims Aussagen diese: er war aus dem Notschlummer glühend aufgefahren, auf dem schnaubenden Streitroß der Rachsucht gegen den Spanier wurd' er fortgerissen. Im Gasthofe des letztern wies ihn der Bediente mit einer Lüge nach dem Schlosse. Hier gelangt' er, im verworrenen Getümmel um den leidenden Fürsten, ungefragt, ungesehen in das Spiegelzimmer, wo er einmal die Gräfin Linda um Idoinens Friedenswort für den wahnsinnigen Freund gebeten hatte. Als der Zylinder-Spiegel, der die langen Jahre des Alters auf das junge Gesicht gräbt und Moos und Schutt der Zeit darauf schüttet, ihm sein Bild vermooset und verraset entgegenwarf, sagt' er: »Ho ho, der alte Ich steckt wo in der Nähe« und schauete grimmig umher.

Aus den Spiegeln der Spiegel sah er ein Ichs-Volk blicken. Er sprang auf einen Stuhl, um einen langen Spiegel loszumachen. Indem er den Nagel desselben rückte, schlug in der Wand eine Uhr zwölfmal. Hier fiel ihm die Weissagung Gaspards ein, die sein Freund ihm anvertrauet hatte, und alle Regeln, die diesem zur Lösung der Rätsel vorgeschrieben waren. In der Weissagung war zwar die Rede von einem Bilderkabinette, aber ein Spiegelzimmer ist auch eines, nur flüssiger und tiefer hinter der Wand. Er nahm (folgsam den von Gaspard gegebnen Regeln) den Spiegel herab – fand und öffnete die Tapetentür in der Größe des Spiegels – die hölzerne weibliche Gestalt mit dem offnen Souvenir in der Linken und dem Crayon in der Rechten saß darhinter – er drückte (nach der Vorschrift) den Ring am linken Mittelfinger – die Gestalt stand, innen rollend, auf – trat in das Zimmer hinaus – hielt an der entgegengesetzten Wand still, zeichnete daran mit dem Crayon in der Hand eine Linie herab, er zog die Wandleiste auf – das Perspektiv und der wächserne Abdruck des Sargschlüssels lagen in einem Fach darhinter – Jetzt drückt' er den Ringfinger, die Figur setzte den Crayon aufs Souvenir und schrieb: »Sohn, gehe in die Fürstengruft in der Blumenbühler Kirche und öffne den Sarg der Fürstin Eleonore, so findest du die schwarze Stufe.« –

Wenn das geschehen, hatte der Ritter zu Albano gesagt, und die Marmorstufe doch nicht im Sarge gefunden sei: so soll' er den dritten Ring am Ohrfinger drücken, worauf etwas geschehe, was er selber nicht vorauswisse. Schoppe versuchte vorher, eh' er in die Blumenbühler Kirche ging, den Druck dieses Fingers – die Figur blieb stehen – aber innen fing es zu rollen an – die Arme dehnten sich aus und fielen ab – Räder rollten heraus – endlich zerlegte sich die ganze Gestalt durch einen mechanischen Selbstmord, und ein alter Kopf von Wachs erschien.

Hier ging Schoppe davon, um nach Blumenbühl zu laufen und aus der Gruft die Leuchte für dieses Nachtstück zu holen. Eben waren mittags Kirche und Gruft – vielleicht weil man dem neuen sterbenden Höhlen-Gast Raum vorbereitete – offen gelassen. Ohne erst den wächsernen Schlüssel in einen eisernen zu verwandeln, erbrach er ungestüm mit einem Arbeitseisen den Sarg und holte die Marmorstufe und Albanos Porträt schnell heraus. Er zerschlug jene hinter einem Busch. Als er die Aufschrift las, untersucht' er nicht weiter; er eilte in Albanos Haus, um alles zu übergeben. Beide aber suchten sich wechselseitig umsonst. Indes traf er den rechtschaffenen Wehrfritz an, durch welchen allein er eine so wichtige Beute abschicken konnte; er selber war jetzt dem Todfeinde, dem Spanier, auf der Spur, und keine Gewalt konnt' ihn aus der zornigen Jagdbahn treiben.

Bei Sonnenuntergang erblickte Schoppe den Spanier, der aus dem Prinzengarten, dem Ebenbilde Siebenkäs entfliehend, ihm in die Hände gelaufen kam – Er erstarrte vor des Wahnsinnigen Anblick, rief: »Herr und Gott, seid Ihr hinter mir und vor mir? seid Ihr rot und grün?« – und stürzte seitwärts in die alte Kreuzkapelle hinein, um die heilige Jungfrau kniend anzurufen. Schoppe spannte seine Kontursschwingen aus, schoß hinzu und schlug sie vor der Kapelle zusammen: »Dreh dich um, Spaniard, ich fresse dich von vorne«, sagte er. »Heilige Mutter Gottes, hilf mir – guter böser Geist, steh mir bei, o Finsterer!« betete der Kahlkopf. – »Rutsche herum, Spitzbube, ohne weitern Spaß!« sagte Schoppe, indem er mit dem gezognen Stockdegen in der Luft von hinten ein Hufeisen vor dessen Gesicht beschrieb. Er drehte sich elend auf den Knien herum, und der Kopf hing schlaff vom Halse herab. Schoppe fing an: »Nun hab' ich dich, Missetäter, du betest mich ohne Nutzen auf den Knien an – ich habe das Richtschwert – toll bin ich auch – in wenigen Minuten, wenn wir uns ausgesprochen haben, stech' ich gegenwärtigen Stockdegen in dich – denn ich bin ein Toller voll fixer Ideen.« – »Ach Herr,« (versetzte der Kahlkopf) »Ihr seid gewiß sehr verständig und bei Verstand und bei sich, ich bitte zu leben, es ist so große Todsünde, das Totmachen.« – Schoppe versetzte: »Von meinem Verstande ein andermal! In effigie hab' ich dich schon erschossen, nun will ich die Todsünde und den Gewissensbiß nicht umsonst herumtragen, sondern mich in natura dazutun, du Seelen-Henker, du Herz-Trepan!«

»Schoppe, Schoppe!« rief es jetzt einigemal von fernen mit Albanos Stimme. Er sah sich schnell um, nichts war zu sehen. »Guter Schoppe,«

(fuhr es fort) »lasse meinen Oheim gehen!« Jetzt entbrannte Schoppe und hob den Dolch zum Stich: »Du gar zu versteinerter Bauchredner! Sollte man nicht gleich ins Zeug hineinstechen wie in ein blessiertes Pferd? Siehst du denn nicht den höllischen verdammten Mord und Totschlag vor der Nase, deinen Pestwagen schon angespannt, das ausgepolsterte Gerippe des Todes in mein Fleisch gesteckt und jetzt die Sense heben? – Beichte, Spaniard, um Jesus willen, beichte, Fliege, eh' ich spieße, steche! Etwas präkavierst du dich doch damit vor den Teufeln in der Hölle; bist sonst drüben ein ganz ruinierter Mann.«

»Wo sitzt der Pater? Ich beichte ja wohl«, sagte der Spanier.

»Hier steht dein Galgenpater, schau die Schur«, sagte Schoppe, vom gebückten tonsurierten Kopf den Hut abschüttelnd.

»Hört meine Beichte! – Aber nachts leidet es der Finstere nicht, daß ich die Wahrheit sage – er kommt gewiß, er holt mich, Vater, räuchert mich, wässert mich ein gegen den Teufel.«

»Stief-Beichtsohn und Dieb, bin ich dir nicht Beichtpaters und Beichtvaters genug, der dich schon einwässern wird? Sage nur, Hund, alles, ich absolviere dich und schlage dich dann tot zur Pönitenz. – Sage an, du Krönungsmünze des Teufels, bist du nicht der Kahlkopf und der Vater des Todes und der Mönch zugleich, dessen Figur voll Gas in Mola gen Himmel fuhr, und hattest Bauchrednerei und Wachsbilderei und einige Spitzbüberei bei der Hand?«

»Ja, Vater, Bauchredner*ie* und Wachsbildner*ie*, und den Spitzbuben. Aber der böse Geist war überall dabei, ich sagte oft nichts, und es wurde doch gesagt, und die Gestalten liefen.« –

»Mordian,« (sagte Schoppe, darüber ergrimmt) »faß den Hund! – Noch lügst du, du Kloak ins Paradies gegraben, noch ins Ohr der großen Parze hinein, du mimische Mumie, dein Totenkopf ohne Lippe und Zunge regt sich noch zur Lüge? O Gott, was sind deine Menschen!«

»O Pater, nicht Lügen! Aber der Finstere will sie nachts, ich habe einen Bund mit ihm angestiftet – Ich hab' ihn heute abends gesehen, er sah wie Ihr aus und grün – O Maria, o Pater, ich habe die Wahrheit gesagt, dort kommt er grün – o Pater, o Maria, und hat Eure Gestalt und ein feuriges Auge in der Hand – –«

»Niemand hat meine Gestalt« (sagte Schoppe erschüttert) »als der Ich.«

»O umguck! Der böse Geist kommt zu mir – absolviere – stich – ich will wegsterben!« –

Schoppe schauete sich endlich um. Der schreitende Abguß seiner Gestalt bewegte sich her – das Feuerauge in der Hand stieg in das Gesicht – die Ichs-Larve war grün gekleidet – »Böser Geist, ich bin doch in der Ohrenbeichte, du kannst nicht her, ich bin heilig«, rief der Spanier und faßte Schoppen. Ihn faßte der Hund. Schoppe starrte die grüne Gestalt an – der Degen entfiel ihm. »Mein Schoppe,« (rief sie) »ich suche dich, kennst du mich nicht?«

»Lange genug! Du bist der alte Ich – nur her mit deinem Gesicht an meins und mache das dumme Sein kalt«, rief Schoppe mit letzter Mannes-Kraft. »Ich bin Siebenkäs«, sagte das Ebenbild zärtlich und trat ganz nahe. – »Ich auch, Ich gleich Ich«, sagt' er noch leise, aber dann brach der überwältigte Mensch zusammen, und dieser reinigende Sturm wurde ein seufzendes, stilles Lüftchen. Mit weiß werdendem Gesicht, krampfhaft sich selber die starren Augen zuziehend, stürzte er um, die spielenden Finger schienen den Hund noch anzulocken, und die Lippen wollten sich zu einem Spottwort spitzen, das sie nicht sagten – Sein Freund Siebenkäs, der nichts erraten konnte, hob weinend die kalte, festgeschlossene Hand an sein Herz, an seinen Mund und rief: »Bruder, blick auf, dein alter Freund aus Vaduz steht ja neben dir und sieht dich in der Todesnot, er sagt dir tausend Lebewohl, Lebewohl!« –

Das schien durch die dem Leben noch offnen Ohren ins brechende Herz noch süße Töne der alten lieben Zeit und heitere Träume der ewigen Liebe zu führen – der Mund fing ein kleines Lächeln an, von Lust und Tod zugleich gezogen – die breite Brust stieg noch einmal voll auf zu einem frohen Seufzer – es war der letzte des Lebens, und lächelnd blieb der Verstorbne auf der Erde zurück.

Nun hast du hienieden geendigt, strenger, fester Geist, und in das letzte Abend-Gewitter auf deiner Brust quoll noch eine sanfte, spielende Sonne und füllte es mit Rosen und Gold. Die Erdkugel und alles Irdische, woraus die flüchtigen Welten sich formen, war dir ja viel zu klein und leicht. Denn etwas Höheres als das Leben suchtest du hinter dem Leben, nicht dein Ich, keinen Sterblichen, nicht einen Unsterblichen, sondern den Ewigen, den All-Ersten, den Gott. –– Das hiesige *Scheinen* war dir so gleichgültig, das böse wie das gute. Nun ruhst du im rechten *Sein,* der Tod hat vom dunkeln Herzen die ganze schwüle Lebens-Wolke weggezogen, und das ewige Licht steht unbedeckt, das du so lange suchtest; und du, sein Strahl, wohnst wieder im Feuer.

Fünfunddreissigste Jobelperiode

Siebenkäs – Beichte des Oheims – Brief von Albanos Mutter – das Kron-Rennen – Echo und Schwanengesang der Geschichte

140. Zykel

Lange lag Albano im einsamen finstern Abgrund, bis endlich Licht die Schlucht und die grüne Höhe erleuchtete, von welcher er herunterstürzte. Das sonst lebensfärbige männliche Gesicht des Freundes lag weiß vor ihm, der rote Mantel erhöhte noch den Leichenschnee. Der Hund lag mit dem Kopfe auf der Brust, als woll' er sie wärmen und schützen. Als Albano den nackten Degen sah: blickte er im Kreise umher, schauderte vor dem kalten Oheim, vor dem lebendigen Bruderbild des Toten und vor dem ersten Argwohn zwischen fremdem und Selbstmord und fragte leise: »Wie starb er?« – »Durch mich,« (sagte Siebenkäs) »an unserer Ähnlichkeit, er glaubte sich zu sehen, wie dieser Herr hier versichert.« Der Oheim erzählte einige Punkte, Albano kehrte Ohr und Auge von ihm ab; aber in den warmen Widerschein der befreundeten Gestalt senkt' er den Blick, dem das Tageslicht der Freundschaft untergegangen war. Siebenkäs schien sich in einer seltenen männlichen Haltung zu behaupten. Auch Albano, der jüngere Freund, verbarg seinen Jammer, daß er so viel verloren und daß nun sein Waisen-Herz ausgesetzt sei wie ein hülfloses Kind in die Wüste des Lebens.

Wehrfritz fragte ihn, ob er ihm ein Pferd zur Reise in die Stadt noch schicken solle. »Mir? Ich jemals mehr in die Stadt?« (fragte Albano) »Nein, guter Vater, ich und Schoppe gehen heute in den Prinzengarten.« Er entsetzte sich vor der bloßen schwarzen Kirchhofs-Landschaft der Stadt, wo einmal ein goldner Sonnenschein und Laubengänge und Himmelspforten voll Blumengewinde für ihn geblühet hatten. O der junge Honig der Liebe, der alte Wein der Freundschaft, beide waren ja vom Schicksal in Gräber gegossen! –

Der Tote wurde in das neue Schloß des Prinzengartens gebracht. Nur Albano und Siebenkäs folgten ihm nach. Als sie allein waren, sah Albano erst, daß der Freund seines Freundes bebe und wanke und daß bis jetzt nur der Geist den Körper getragen. »Nun wir beide« (sagte Albano) »dürfen voreinander trauern; aber nur Ihnen glaub' ich. Gott, wie war denn sein Ende?« Siebenkäs ließ vor ihm die letzten Mienen und Laute des Armen vorübergehen. »O Gott,« (sagte Albano) »er starb nicht leicht, wenn der Wahnsinn der Monate zu *einer* Minute wurde – reißend mußte der Höllenfluß sein, der ein so festes Leben wegriß.« – Siebenkäs nahm schwer den Glauben an dessen Wahnsinn an, weil der Tote so oft in seinen schönsten Momenten auf ähnliche Weise verkannt worden; aber Albano überwand ihn endlich. Er erzählte weiter, daß er auf der Heimreise begriffen gewesen, als ihn die wiederholte Verwechslung seiner Person mit dem Toten auf die Vermutung geleitet, hier müsse sein lang entbehrter Leibgeber wandeln, wiewohl er vor der ersten Erscheinung und Vergleichung sich fast fürchten müssen: »Denn, Herr Graf,« (sagt' er) »Jahre und Geschäfte, juristische vollends, ach das Leben selber ziehen den Menschen immer weiter herab, anfangs aus dem Äther in die Luft, dann aus der Luft auf die Erde – Wird er mich kennen? sagt' ich. Ich bin ja nicht mehr, der ich war, und die physiognomische Ähnlichkeit möchte wohl die einzige und festeste noch geblieben sein. Aber auch diese war vergangen; der Selige sieht noch aus wie vor zehn Jahren. O nur eine freie Seele wird nicht alt! – Herr Graf, ich war sonst ein

Mann, der einen und den andern Spaß mit dem Leben trieb und mit dem Tode auch, und ich konnte ausrufen: Himmel! wenn die Hölle aufging, und derlei mehr -- Ach Leibgeber, Leibgeber! Die Zeit hat weiche, kleine Wellen, aber am Ende wird doch der eckigste, schärfste Kiesel darin glatt und stumpf.« –

»Zählen Sie mir jede Kleinigkeit seiner Vorzeit,« (bat Albano) »jeden Tautropfen aus seinem Morgenrote zu, er war so karg mit seiner dunkeln Geschichte!« – »Und das gegen jeden« (sagte der Fremde) – »So viel will ich Ihnen einmal aus wahren, an Ort und Stelle gesammelten Datis beweisen, daß er ein Holländer ist wie Hemsterhuis und eigentlich Kees heißet wie Vaillants Affe, woran er Sieben oder Seven gesetzt; denn Siebenkäs ist sein erster Name. Aus der Amsterdamer Bank bezog er seine Intraden. An jedem Neujahrsabend verbrannt' er die Papiere des vorigen Jahrs; und wie seine Clavis Leibgeberiana bekannt geworden, begreif' ich noch nicht.« – Darauf erzählte er ihren ersten Namen-Wechsel, wo Schoppe von ihm den Namen Leibgeber annahm, dann jede Stunde und Tat seines treuen Herzens gegen den vorigen Armen-Advokaten, dann ihren zweiten Namenstausch, wo Siebenkäs sich namentlich begraben ließ und als Leibgeber fortfuhr, und ihren ewigen Abschied in einem voigtländischen Dorf.

Als Siebenkäs hier stand bei der Erzählung, faßte er die kalte Hand mit den Worten: »Schoppe, ich dachte, ich fände dich erst bei Gott!« und neigte sich weinend über den Toten. – Albano ließ seine Tränen stürzen und nahm die zweite tote Hand und sagte: »Wir fassen treue, reine, tapfere Hände.« – »Treue, reine, tapfere«, wiederholte Siebenkäs und sagte mit einem Schoppischen Lächeln: »Sein Hund sieht zu und bezeugt es einmal.« Aber er wurde von der Bewegung blaß und sah jetzt ganz wie der Tote aus. Da berührten er und Albano sinkend sich auf dem kalten Gesicht, und Albano sagte: »Sei auch mein Freund, Lebendiger, wir können uns lieben, weil er uns liebte. – Blasser, deine Gestalt sei das Siegel meiner Liebe gegen deinen alten Freund.«

Albano riß jetzt das Fenster auf und zeigte ihm ein Grab in Osten und eines in Süden neben dem offnen dritten in der Nacht und sagte: »So weint' ich dreimal über das Leben.« – Siebenkäs drückt' ihm die Hand und sagte bloß: »Die Parzen und Furien ziehen auch mit verbundnen Händen um das Leben, wie die Grazien und die Sirenen.« Er sah den seltenen schönen feurigen Jüngling mit innigster Liebe an; aber Albano, der nur wenig geliebt zu sein voraussetzte und den die Feuerzeichen eines Dians und Roquairols verwöhnt, wußt' es nicht, wie sehr er das ruhigere Herz gewonnen hatte.

141. Zykel

Am Morgen kehrte mehr Sonne und Kraft in Albanos Brust zurück. Er mußte nun in der plattgedrückten Ebene seines Lebens sich den Berg selber vorheben. Nur Pestitz wiederzusehen, wo alle Turniergenossen seiner glänzenden Tage verschwunden waren, den einzigen Dian ausgenommen, verabscheuete er; »hat dieser sein Grab auf der Brust, so zieh' ich und scheide von niemand«, sagte er.

Da langte der verhaßte Oheim mit den Wagen voll Zauberstäbe an und sagte weinerlich, er geh' ins Kartäuser-Kloster, büße für viele Sünden, und er wolle vorher dem Neffen gern alles erklären, sowohl mit Worten als mit den Wagen, was er begehre. »Ich glaub' Euch nichts«, sagte Albano. »Jetzt darf ich alle Wahrheit sagen, denn der Finstere tut mir nichts, ich denke, Cousin« (versetzte der Spanier) – »ist der da« (setzt' er leise mit einem scheuen Blick auf Siebenkäs dazu) »nicht der Finstere, Cousin?« Albano wollte nichts wissen und hören. Siebenkäs fragt' ihn, wer der Finstere sei. »Es sei der unendliche Mann,« (begann er) »sehr schwarz und finster, und sei zum erstenmal vor ihn geschritten über das Meer her, als er an der Küste stand vor einem Nebel – nachts hab' er ihn oft rufen hören, und zuweilen hab' er seine Bauchreden wiederholt – er sei ihm sogleich erschienen mit einer Hand voll Drohungen, sobald er nach Sonnenuntergang viele Wahrheiten gesagt, daher hab' er sich in der Kreuzkapelle vor dem gegenwärtigen Herrn sehr gefürchtet – aber jetzt, seitdem er sich ohne allen Schaden in der Kapelle bekehret habe, sag' er den ganzen Tag Wahrheiten, und im Kartäuser-Kloster gedenk' ers noch mehr.«

»In Klöstern wohnen sie sonst eben nicht, daher wird, glaub' ich, eben das Gelübde des Schweigens gefodert, das immer der Wahrheit zuträglicher ist als dessen Bruch«, versetzte Siebenkäs. »O Ketzer, Ketzer!« rief der Spanier so unerwartet zornig, daß Albano durch diese Menschlichkeit auf einmal von dessen jetziger Wahrhaftigkeit Pfänder bekam, so wie von dessen engerm Geistes-Umfang. Nun erst fragt' er ihn über die Erde und den Samen aus, die er bisher gebraucht, um seine schnellen Wunderblumen vorzutreiben.

Er ließ auf diese Frage einen Kasten herauftragen. »Fragt!« sagt' er. »Wie stieg aus dem Lago maggiore Romeiros Gestalt?« sagte Albano. Der Oheim schloß auf, zeigte eine Wachsfigur und sagte: »Es war nur ihre Mutter.« Albano schauderte vor dieser nahen Nebensonne seiner untergegangnen Sonne und vor der Vermutung der Verwandtschaft, die ihm Schoppe eingeflößet: »Bin ich ihr verwandt?« fragt' er schnell. Der Oheim versetzte bestürzt: »Es wird wohl anders sein.« Albano fragte nach dem himmelfahrenden Mönch in Mola; »er oben mit Gas gefüllt, ich unten an der Mauer stand«, sagte der Oheim. Albano wollte nichts weiter wissen; im Kasten waren noch Hör- und Sprachröhre, eine Gesichtshaut, blaues Glas, durch welches die Landschaften beschneiet erscheinen, seidene Blumen mit Pulver von einem endormeur u. s. w.; Albano wollte nichts mehr sehen.

»Böses Wesen! wer stiftete dich dazu an?« fragte Albano. »Der starke Bruder,« (sagte der Oheim, denn so nannte er den Ritter gewöhnlich) »er gab mir zu leben, und er wollte mich totschießen; denn er lacht sehr, wenn die Menschen sehr hübsch betrogen werden.« – »O keinen Laut darüber!« (rief Albano peinlich, dem der Zorn gegen den Ritter alle Adern mit Tränen-Feuer und Gift ausspützte) – »Unglücklicher! wie wurdest du der?« – »So? Bin ich unglücklich?« fragt' er eiskalt. Er berichtete – aber abgebrochen und verworren, welches ihm in jeder Sprache in seiner eignen Rolle begegnete, indes er in fremdem Namen, z. B. des Kahlkopfs, gut und lange sprechen konnte –: er habe ein schwarzgraues und ein blaues Auge, seit der Mannbarkeit einen verborgnen Kahlkopf und ein besonderes Gedächtnis und habe daher Schauspieler werden wollen; weil er nichts zu tun gehabt, denn er sei nie verliebt gewesen; aber solang' er nicht improvisiert, sei es nicht gegangen. – Den Joseph Clark, der alle Verwachsene nachmachen können, und den Betrüger Price, der in dreifacher Person herumgegangen, hab' er immer im Sinne gehabt – Da sei ihm der Finstere abends wieder in einem Nebel des Ufers über dem Wasser entgegengetreten und habe wie aus dem Bauche gemurmelt: »Peppo, Peppo![1] schluck das wahre Wort zurück, ich will das andere schon aussprechen« – Und von dieser Stunde an hab' er die Bauchsprache gekonnt – Er habe damit Tote und Stumme und Sprachmaschinen und Papageien und Schlafende und fremde Leute ins Theater gut reden lassen, aber niemand in der Kirche, und das hab' ihn wohl ergötzt – Ein unaufhörliches Echo hab' er oft auf Felsen gegeben, so daß die Menschen gar nicht wußten, wenn sie fortgehen sollten. Er habe auch einmal ein ganzes Schlachtfeld voll Toter untereinander reden lassen, in allen Sprachen, zum Erstaunen des alten Generals.

»Wo war das?« fragte Siebenkäs. – Der Spanier kam zu sich und versetzte: »Ich weiß es nicht; ist es denn wahr? Omnes homines sunt mendaces, sagt die Heilige Schrift.« – »So wenig wahr« (sagte Albano) »als Euer finsterer Geist!« – »O Maria, nein« (sagt' er entschieden) – »wenn ich etwas weissagte, so macht' er ja, daß es doch eintraf; dann erschien er mir und sagte: siehst du, Peppo, aber sage nur keine Wahrheit! – Und in der Nacht, da ich neben Euch nach Lilar ging, ging er unten im Tale als ein Mensch durch die Luft hin.« – »Das sah ich auch,« (sagte Albano) »er schwebte weiter, ohne sich zu regen.« – »Der war bloß einer,« (sagte Siebenkäs lächelnd) »der in einem fortschwimmenden Kahne mit versteckten Beinen stand, und nichts weiter.« – Da blickte der Spanier dieses Ebenbild der Leiche mit dem alten Grausen an, womit er es bisher heimlich für den finstern Geist selber gehalten, murmelte Albano ins Ohr: »Sieh, dieses Wesen

[1] Josephchen.

weiß es« und sagte zur Entschuldigung der Wahrheiten: »Die Sonne ist noch nicht untergegangen« und eilte, ohne auf Menschen-Bitten zu hören, deren Kraft ihm nie bekannt geworden, ohne Leid und Freud' davon, um noch vor Sonnenuntergang ins nahe Kartäuser-Kloster einzutreten. Alles Trug-Geräte hatt' er stehen lassen.

»Ein fürchterlicher Mensch!« (sagte Siebenkäs) »Als er vorhin einmal sich über etwas freuen wollte, sah er aus, als greif' ihm ein Schmerz über das Gesicht – Und daß er so dünn und hager dasteht und seitab blickt und die Silben verschluckt! – Ich weiß gewiß, er könnte töten, ohne die Miene zu ändern, nicht einmal zum Zorn.« – »O, er ist der finstere Geist, den er sieht – zitieren Sie ihn nicht!« sagte Albano, in eine ganz neue Welt wegeilend, die jetzt plötzlich vor seinen Geist gezogen war.

142. Zykel

Er dachte nämlich an das bisher vom Nebel des Schmerzens verdeckte Papier, das Schoppe aus der Fürstengruft geholet, und an das Mutterbild, das er unter dem Okularglas hatte finden sollen. Eh' er anfing zu lesen, legt' er das Bild unter dem Glase dem Fremden vor, ob ers etwa zufällig kenne. »Sehr! Es ist die verstorbene Fürstin Eleonore, so weit ein Kupferstich vor dem Landes-Gesangbuch Ähnlichkeiten vorauszusetzen verstattet; denn sie selber sah ich nie.«

Bewegt zog Albano das Papier aus der zerbrochnen Marmorkapsel; aber er wurd' es noch mehr, da er die Unterschrift »Eleonore« und folgendes in französischer Sprache las:

»Mein Sohn!

Heute hab' ich dich nach langen Zeiten wiedergesehen [1] in deinem B. (Blumenbühl); mein Herz ist voll Freude und Sorge, und dein schönes Bild schwebet vor meinen weinenden Augen. Warum darf ich dich nicht um mich haben und täglich anblicken? Wie ich bin gebunden und geängstigt! Aber von jeher schmiedete ich mir Fesseln und erbat andere, mich damit zu binden. Höre deine eigne Geschichte aus dem Munde deiner Mutter an; sie wird dir aus einem andern nicht lieber und wahrhafter kommen.

Ich und der Fürst lebten lange in einer unfruchtbaren Ehe, welche unserem Vetter in Hh. (Haarhaar) immer lebhafter mit der Hoffnung der Sukzession schmeichelte. Spät vernichtete sie ihnen dein Bruder L. (Luigi). Man konnte uns das kaum vergeben. Der Graf C. (Cesara) bewahrt die Beweise einiger schwarzer Handlungen (de quelques noirceurs), die deinen armen, ohnehin

[1] S. 142 im 1. Band des Titans.

schwächlichen Bruder das Leben kosten sollten. Dein Vater war eben mit mir in Rom, als wir es erfuhren. ›Man wird doch endlich über uns siegen‹, sagte dein Vater. In Rom lernten wir den Fürsten di Lauria kennen, der seine schöne Tochter dem Grafen C. (Cesara) nicht eher geben wollte, bis er Ritter des goldnen Vlies-Ordens geworden wäre. Der Fürst wirkte ihm diesen Orden am kaiserlichen Hofe aus.

Dafür glaubte die Cesara mir sehr dankbar sein zu müssen, une femme fort decidée, se repliant sur elle même, son individualité exagératrice perça à travers ses vertus et ses vices et son sexe. Wir lernten uns lieben. Ihr romantischer Geist teilte sich dem meinigen mit, besonders in dem romantischen Lande. Dazu half mit, daß ich und sie uns im rechten Zustande der weiblichen Schwärmerei zugleich befanden, nämlich der Hoffnung zu gebären. Sie kam nieder mit einem wunderschönen, ihr ganz ähnlichen Mädchen, Severina, oder wie man sie nachher nannte, Linda. Hier machten wir den seltsamen Vertrag, daß wir, wenn ich einen Sohn gebäre, austauschen wollten; ich konnte ohne Gefahr eine Tochter erziehen, und bei ihr konnte mein Sohn ohne diejenige aufwachsen, die deinem Bruder bei mir schon gedrohet hatte. Auch sagte sie, ich könnte besser eine Tochter, sie einen Sohn leiten, da sie ihr Geschlecht wenig achte. Der Graf war es gern zufrieden; der Hh. Hof hatte ihm kurz vorher die älteste Prinzessin, um die er geworben, unter dem spöttischen Vorwande, ihrer noch kindischen Jugend abgeschlagen, und er aus Rache beleidigter Ehre und verletzter Eitelkeit, denn er war der schönste Mann und aller Siege gewohnt, war zu allen Maßregeln und Kämpfen gegen den stolzen Hof bereit. Nur der Fürst billigte es nicht, er fand eine Erziehung außer Landes u. s. w. ganz zweideutig und mißlich. Aber wir Weiber verwebten uns eben desto tiefer in unsere romantische Idee.

Zwei Tage darauf gebar ich dich und – Julienne zugleich. Auf diesen reichen Zufall hatte niemand gerechnet. Hier warf sich vieles ganz anders und leichter sogar. ›Ich behalte‹, (sagt' ich zur Gräfin) ›meine Tochter, du behältst die deinige; über Albano‹ (so soll er heißen) ›entscheide der Fürst.‹ Dein Vater erlaubt' es, daß du zwar als Sohn des Grafen, aber unter seinen Augen, bei dem rechtschaffenen W. (Wehrfritz), erzogen würdest. Indes traf er Vorkehrungen, deren guten Wert ich damals im phantastischen Rausche der Freundschaft nicht ganz abzuwägen imstande war. Jetzt wunder' ich mich nur, daß ich damals so mutig war. Die Dokumente deiner Abstammung wurden nicht nur dreimal gemacht – ich, der Graf und der Hofprediger Spener wurden in deren Besitz gesetzt –, sondern später wurdest du auch dem Kaiser Joseph II. als unser Fürstensohn präsentiert, und sein gütiges Blatt, das ich einst deinen Geschwistern vertraue, entscheidet allein genug.

Der Graf nahm jetzt selber am Geheimnis tätigen Teil, indem er – sei es aus Liebe für seine Tochter, sei es aus dem Wunsche einer geschärften Rache am Hh. Hofe – als Lohn des Anteils verlangte, daß einst du und Linda ein Paar werden möchten. Hier trat wieder die Gräfin mit ihren Wundern und Phantasien ein: ›Linda wird mir gewiß ähnlich an Gemüt, wie sie jetzt es ist an Gestalt – Gewalt bewegt sie dann nie – aber Magie des Herzens, der Feenwelt, Reiz des Wunders mag sie ziehen und schmelzen und binden.‹ Ich weiß ihre eignen Worte. Ein sonderbarer Zauberplan wurde dann entworfen, dessen Grenzen der Graf durch die Abhängigkeit, worin sein tausendkünstlerischer Bruder sich zu allem dingen ließ, noch mehr erweiterte, so wie er den Plan dadurch annehmlicher machte. – Linda wird lange vorher, eh' du dies gelesen, dir erschienen, ihr Name genannt, deine Geburt geheimnisvoll verkündigt sein – – Möge, möge dein Geist sich in alles wohl finden, und möge das schwere Spiel dir Gewinn auf seinen aufgeschlagnen Blättern reichen! – Ich bin bange, wie soll ich es nicht sein? – O welche Nachrichten hab' ich nicht eben aus Italien durch den Grafen empfangen, vor denen nun alle meine Hoffnungen auf meinen Ludwig (Luigi) auf einmal erlöschen! Gesiegt hätte nun Hh. (Haarhaar) durch den bösen B. (Bouverot), wenn du nicht lebtest. Und ich muß so froh sein, daß du diesen giftigen Einflüssen entzogen lebst – Ja es scheint, als habe der Graf die Zernichtung deines Bruders absichtlich gern geschehen lassen, um desto stärker mit deiner Auferstehung zu schrecken. Doch will ich ihm nicht unrecht tun. Aber wem soll eine Mutter am Hofe vertrauen und mißtrauen? Und welche Gefahr ist größer? –

Drei Jahre lang mußtest du des Scheines wegen auf Isola bella mit deiner scheinbaren Zwillingsschwester Severina, obwohl unter den Augen des Fürsten, bleiben, indes ich mit Juliennen nach Deutschland zurückging. Länger aber durft' es nicht dauern, so gern es deine Pflegemutter gesehen hätte; du wurdest deinem Vater zu ähnlich. Diese Ähnlichkeit kostete mich manche Träne – denn darum durftest du nie aus B. nach P. (Pestitz), solange der Fürst noch Jugendzüge trug – sogar die Porträts seiner Jugendgestalt mußt' ich darum allmählich wegstehlen und sie dem treuen Spener zu bewahren geben – ja dieser gelehrte Mann sagte mir, daß ein erhobner Spiegel, der junge Gesichter zu alten formte, beiseite zu bringen sei, weil du sogleich als der alte Fürst daständest, wenn du hineinsähest – O, da mein guter, frommer Fürst in seinen matten Tagen allerlei unbewußt ausplauderte und mich über das sichere Schicksal des wichtigen Geheimnisses immer sorglicher machte: wie erschrak ich, als er einstens am Morgen (zum Glück war nur Spener und eine gewisse Tochter des Ministers v. Fr. dabei, eine sanfte, fromme Seele) geradezu und freudig sagte: ›Unser lieber Sohn, Eleonore, war gestern nachts oben am Altar, er wird gewiß ein frommer Mensch, er kniete und betete schön, und ich sagt' ihm nur, denn ich wollte mich nicht decouvrieren: nach Haus, nach Haus, mein Freund, es donnert schon nahe.‹ [1] Ich

[1] 1. Band des Titans, S. 140.

weiß, daß verschiedene über einen natürlichen Sohn des Fürsten schon Winke fallen ließen.

Die Gräfin C. (Cesara) ging nun mit S. (Severina) nach V. (Valencia) ab; gab sich aber vorher den Namen R. (Romeiro) und der Tochter den Namen L. (Linda). Der Prinz di Lauria mußte der Erbschaft wegen mit seiner Einwilligung in dieses Spiel gezogen werden. Durch diesen Namen-Wechsel konnte alles so dicht zugehüllet werden, als es jetzt noch steht. Neun Jahre darauf starb die edle R. (Romeiro), und der Graf hatte unter dem Vorrecht eines Vormunds die Tochter allein in seinem Schutze und in seiner Vorsorge.

Ich sah sie kurz nach dem Tode der Mutter hier [1]; entfaltet sich die Blume ganz aus dieser vollen Knospe, so gehört sie als die vollste Rose an dein Herz. Möge nur das Geisterspiel, das ich der Gräfin zu leichtsinnig zugeschworen, ohne Unglück vorüberziehen! – Sollt' ich vor dem Fürsten auf das Sterbebette kommen, so muß ich noch deine Schwester und deinen Bruder in das Geheimnis ziehen, um ganz gesichert meine Augen zu schließen. Ach ich werd' es nicht erleben, daß ich dich öffentlich als meinen Sohn in meine Arme schließen darf! Die Ahnungen meiner Hinfälligkeit kommen immer häufiger. Es gehe dir wohl, teueres Kind! Werde fromm und redlich wie dein Vater! Gott lenke alle unsere schwachen Hülfsmittel zum besten!

Deine
treue Mutter
Eleonore.

N. S. Noch sehr wichtige Geheimnisse kann ich nicht dem Papier vertrauen, sondern sterbend wird sie mein Mund in das Herz deiner Schwester niederlegen. Leb wohl! Leb wohl!«

143. Zykel

Albano stand lange sprachlos, schauete gen Himmel, ließ das Blatt fallen und faltete die Hände und sagte: »Du schickst den Frieden – ich soll nicht in den Krieg – wohlan, ich habe mein Los!« Lebenslust, neue Kräfte und Plane, Freude am Throne, wo nur die geistige Anstrengung gilt, wie auf dem Schlachtfelde mehr die körperliche, die Bilder neuer Eltern und Verhältnisse und Unwille gegen die Vergangenheit stürmten durcheinander in seinem Geist. Er riß sich von seinem ganzen vorigen Leben los, die Seile des bisherigen Totengeläutes waren entzwei, er mußte, um die Eurydice aus dem Orkus zu gewinnen, wie Orpheus das Zurückschauen auf den vergangnen Weg vermeiden. Er enthüllte dem neuen Freunde alles, denn er kämpfte, sagt' er, nunmehr öffentlich auf freier offner Bahn um sein bisher verstecktes Recht und reise sogleich in die Stadt. Unter dem Erzählen erzürnte ihn das lange gewagte Spiel mit seinen heiligsten Verhältnissen und Rechten noch mehr

[1] 1. Band S. 118.

und das Mißtrauen in seine Kräfte und Waffen gegen die Feinde, denen Luigi unterlag, und dieser Bruder selber, der ihn bisher in einer so harten unbrüderlichen Maske umarmen konnte. »Wie anders war die treue Schwester!« sagt' er. »Warum« (fuhr er fort) »ließ man mich so manchem stolzen harten Geiste so vielen Dank schuldig werden für mein bloßes – Geburtsrecht? – Warum traute man nicht meinem Schweigen ebensogut? – O so mußt' ich die arme Tote droben [1] verkennen, weil sie meinem geoffenbarten Stande in jener feindlichen Nacht am Altare ihr schönes Herz aufopferte! So mußt' ich durch Vermutungen und Vorsätze so manche rechte Seele verletzen! Wie unschuldig könnt' ich sein ohne dies alles!« – »Beruhigen Sie sich,« (sagte Siebenkäs mit feiner Rüge) »die Stärke des Feindes wird zu dem Widerstande geschlagen und von der Niederlage abgezogen; und was wäre ein Sieg auf leerem Schlachtfelde gewesen?«

Siebenkäs war vor dem glänzenden Stande und vor dem Feuer der Leidenschaftlichkeit, die er nur in gemeiner, nicht in edler Erscheinung kannte, um einige Schritte zurückgetreten, die Albano nicht bemerkte, weil er sie nicht voraussetzte. So gut es ging, suchte Siebenkäs – indem dessen innerer Mensch seine im Grabe des Freundes starr gefrornen Glieder allmählich wieder aufwickelte – den sanften Scherz wiederzugewinnen und in diese Blumenketten den heftigen Jüngling einzuschließen: »Ich freue mich,« (sagt' er) »daß ich der erste bin, der zu Ihrem Geburts- und Krönungstage Wünsche bringt, die aber alle in den einzigen gehen, daß Sie immer Ihren Taufnamen behaupten mögen – denn *Alban* ist der bekannte Schutzheilige der Landleute. – Außer dem haarhaarschen Prinzen, den der Ritter recht mit der Devise seines Ordensstifters Philipp trifft: ante ferit quam flamma micet, ist wohl niemand dabei zu bedauern als der Finanzstempelschneider, der jetzt nichts Neues zu schneiden erhält, da die Linie weiterregiert.« Er setzte noch leicht hinzu, weil er den schweren Wälder- und Wolken-tragenden Fels Gaspard nie gesehen: »Welches sonderbare Namenspiel, das noch wenige Cavalleros del Tuzone gespielt, ist es, daß er sich gerade *la Cesara* nennt, da, wie Sie wissen, die Spanier sich wie die alten Römer oft die Namen von ihren Taten und Begegnissen zuteilen. So ists aus den Pièces intéressantes T. I. überall bekannt, daß z. B. Orendayn sich den Namen la Pas zuerkannte, weil er 1725 den Frieden zwischen Österreich und Spanien unterschrieben – mit einem dritten Namen, Transport Réal, tauft' er sich ein, um es zu behalten und zu bemerken, daß er den Infanten nach Italien abgeführt. Cesara ist wohl freilich mehr Zufall.«

Albano wurde durch solche geistige Ähnlichkeiten mit dem freien Schoppe erst recht seinem Herzen zugezogen. Er nahm Abschied von ihm und sagte: »Freund unsers Freundes, wollen wir beisammen bleiben!« – »Wahrlich,

[1] Er meint Liane, welche Spener durch die feierliche Enthüllung von Albanos Geburt und Bestimmung einer unter lauter giftigen Blumen aufgewachsenen Liebe zu entsagen nötigte.

der Zweifel an der Entscheidung Ihres Schicksals, Prinz,« (versetzte Siebenkäs) »wäre allein dafür entscheidend, wenn nur mein Herz allein entschiede; aber –« Albano zuckte die Achseln wie entrüstet, schwieg aber. »So lange bleib' ich indes hier,« (fuhr jener sanfter fort) »bis der Hügel auf dem Seligen liegt; dann steck' ich das hölzerne schwarze Kreuz auf ihn und schreibe alle seine Namen daran.« – »Wohl! So werd' es!« (sagte Albano) »Aber seinen Hund nehm' ich, weil er mich länger kennt. Ich bin ein junger Mensch, noch jung an verlornen Jahren, aber schon sehr alt an verlornen Zeiten, und verstehe so gut wie mancher, den die Zeit bückt, was Menschen-Verlieren ist. Sonderbar ists, daß ich immer auf Gräbern Spiegel finde, worin die Toten wieder lebendig gehen und blicken. So fand ich auf Lianens Grabe ihr lebendiges Bild und Echo; meinen alten liegenden Schoppe fand ich, wie Sie wissen, auch hinter einem Spiegelglas aufrecht und rege, durch das meine Hand ebensowenig durchkann. Ich versichere Sie, sogar meine Eltern werden mir *vorgespiegelt,* meinen Vater kann ich in einem Zylinderspiegel, und meine Mutter durch ein Objektivglas sehen. – Hier ist nun nichts zu tun, wenn man in einer Nacht steht, wo alle Sterne des Lebens hinunterziehen, als sehr fest darin zu stehen. – Aber zu meinem alten Humoristen muß ich noch Addio sagen.«

Er ging ins Leichenzimmer. Schweigend folgt' ihm Siebenkäs, betroffen über die ungewöhnliche Laune der – Schmerzen. Mit trocknen Augen zog Albano das weiße Tuch von dem ernsten Gesicht, dessen feste Augenbraunen sich zu keinem Scherze mehr zogen und das eisern hinschlief ohne Zeit. Der Hund schien den kalten Menschen zu scheuen. Albano suchte durch scharfe, heftige, trockne Blicke das Totengesicht bis auf jede Falte tief abzudrücken in sein Gehirn wie in Gips, zumal da ihm der lebendigste Abdruck, der Freund, entging. Dann hob er sich die schwere Hand auf die Stirn, die den Fürstenhut tragen sollte, gleichsam um sie damit zu segnen und einzuweihen. Endlich bückt' er sich auf das Gesicht nieder und lag lange auf dem kalten Mund; aber als er sich spät aufrichtete, weinten seine Augen und sein ganzes Herz, und er reichte dem Zuschauer bebend die Hand und sagte: »Nun, so lebe du auch wohl!« – »Nein,« (rief Siebenkäs) »ich kann das nicht, wenn ich gehe – Schoppe! ich bleibe bei deinem Albano!« –

Da kamen Wehrfritz und Augusti und unterbrachen die weinende Feier der dreifachen Liebe durch heitere Mienen und Worte.

144. Zykel

Der alte Pflegevater nannte ihn zwar Prinz und nicht mehr Du, aber in landeskindlicher Entzückung drückte er sich den Pflegling seines Hauses innig ans Herz. Augusti übergab ihm mit ernster Höflichkeit und kurzem Glückwunsch folgendes Schreiben von Julienne:

»Liebster Bruder! Nun kann ich dich erst recht Bruder nennen. Ich hab' in einem Auge Trauertränen und doch im andern frohe, da nun alle Wolken von deiner Geburt genommen sind und in Haarhaar auch alles ziemlich gut geht. Der Lektor ist abgeschickt, dir alles zu erzählen, wo hätt' ich Zeit? Auch von Herrn von Bouverot soll er dir sagen, dessen rote Nase und aufgebognes Kinn und geizige Grausamkeit gegen seine wenigen Leute und vielen Gläubiger und dessen Grobheit und Weichlichkeit und trockne Bosheit ich dermaßen hasse –– Inzwischen wird er jetzt durch deine Erscheinung so recht bestraft. Freilich alles ist wie ich in Unordnung und Bestürzung. Ludwigs Testament wurde diesen Morgen nach seinem Willen eröffnet, und er gab dir dein ganzes Recht. Ich will nicht über diesen Bruder mitten unter dem Weinen zürnen; er war eigentlich hart gegen seine zwei Geschwister, gegen mich sehr auch, denn er haßte alle Weiber, bis zu seiner Frau, die nur etwas taugt, wenns ihr gut geht, und die Kunstwerke selber härteten ihn ordentlich ab gegen die Menschen. Aber er ruh' in seinem Frieden, ach den er wohl wenig gefunden! Diesen Abend muß er schon wegen seiner Krankheit und wegen des langen Wegs nach Blumenbühl voraus beerdigt werden. Da bin ich nun bei deinen Pflegeeltern in der Nähe unserer eingeschlossenen Eltern. Deswegen komm unabänderlich! Du bist allein mein Trost in der trüben Nacht, ich muß dich wieder am Herzen halten, das sehr an dir klopfen will und weinen und reden, wenn es nur darf. Nur komme! Nunmehr wird doch Gott, da alles im Tanzsaal zu den Reigen bereit steht, keine kalte Gespenster und entsetzliche Larven hineindringen lassen! Ich bete. Ach nur deinetwegen bin ich so froh, und ich weine genug.

Julie.«

Kaum hatte Albano dem Pflegevater das erfreuliche Versprechen, diesen Abend in seinem Hause zu sein, gegeben, als dieser ohne weiteres davoneilte, um die Seinigen auf die Freude des zwiefachen Besuches vorzubereiten.

Der Lektor wurde um seine Nachrichten gebeten, mit welchen er, bedenklich über Siebenkäs, zu zögern schien, bis Albano bat, ihm und seinem neuen Freund frei alles mitzuteilen. Seine Erzählung war bis auf einige Einschaltungen, die Albano später zukamen, diese:

Bouverot – bei welchen er auf Fragen des neugierig gemachten Albano anfing – war bisher in verborgner Verbindung mit dem haarhaarschen erbsüchtigen Prinzen gewesen und hatte in entschiedener Berechnung, durch diesen das längste Glück und sogar eine unerwartete Heirat zu machen, auf dessen Wort hin sein mit Ehelosigkeit und Einkünften zugleich verknüpftes Ordenskreuz eines Deutsch-Herrn abgehangen und an die Schwester dieses Prinzen, an Idoine, durch diesen selber, der ihm für die Aufhebung ihres ähnlichen Gelübdes[1] stand, ein Miniaturbild von ihr, das er im Fluge

[1] Nie unter ihrem Stand zu heiraten.

gestohlen haben wollte, samt einem halben Bilderkabinett und mit vielen feinen Anspielungen auf seinen Wahl-Namen Zefisio als eines römischen Arkadiers und auf den Namen ihres Arkadiens übergehen lassen. »Oh la différence de cet homme au diable, comme est-elle petite!« sagte ganz ungewöhnlich-heftig Augusti. Albano mußte fragen warum; »ein ganz anderes Bild gab er für der Prinzessin ihres aus«, sagte der Lektor. Mithin wars Lianens ihres, schloß Albano und hatte leicht durch wenige Fragen jene traurige Geschichte von der blinden, vom Tiger Bouverot gejagten Liane erforscht. –

»O ich Unglücklicher!« rief Albano halb in Grimm und halb in Schmerz. Die Leiden taten ihm weh, womit das heilige Herz die kurze reine karge Liebe gegen ihn bezahlen müssen – die zum erstenmal blind wurde, weil sie seinen Vater so liebte[1], und zum zweitenmal, weil sie der Sohn verkannte und liebte. Aber er bezwang sich und sprach nicht darüber, die Vergangenheit war ihm wie Bienen das Echo schädlich. Siebenkäs bezeugte seine Freude über Bouverots Bestrafung durch das Fehlschlagen aller Plane.

Albano hörte, daß auch Luigi die ehelichen Absichten Bouverots zu unterstützen den Schein angenommen, bloß um ihn desto höher herabfallen zu sehen. »Mit welch einer bittern kalten langen Schadenfreude« (dachte Albano) »konnte mein Bruder in der Hoffnung auf die Grube, die sein Tod dem feindlichen Hofe und dessen Anhängern graben würde, allen ihren Erwartungen zusehen und alle ihre Maßregeln von der Ehe der Fürstin an bis auf die Glückwünsche dazu freundlich aufnehmen, indes er die Fürstin und alles haßte! Und wie konnt' er diese lebenslange schweigende Kälte gegen mich behaupten?« – Aber Albano bedachte zwei nahe Ursachen nicht, sein eignes stolzes Benehmen gegen den Fürsten und den gewöhnlichen Fürstengeiz, der sich vor Apanagen-Geldern scheue.

Gaspards Verhandlungen in Haarhaar, welche der Lektor nur mit einigen von Juliennen anbefohlnen Auslassungen gab, waren diese:

Mit eigner Lust und Stille sah der Ritter von jeher den Einwirrungen der menschlichen Verhältnisse zu und gab sie ihrer eignen Auflösung und Zerreißung hin. Hier ließ er alle fremde Träume immer lebendiger und wilder werden, bis er mit einem Griff an die Brust sie alle dem Schläfer wegraffte. Der alte Zorn über die stolze Verweigerung der Fürstenbraut wurde befriedigt, da er ihnen unter dem schimmernden Triumphtore ihrer Wünsche und Arbeiten die Dokumente über Albanos Geburt, von der Hand des alten Fürsten an bis auf die des Bruders Luigi, als ebenso viele bewaffnete Wachen zeigen konnte, die sie aus dem Siegestore wieder rückwärts trieben. Man erstaunte mitleidig, ging auf nichts ein, Albano war weder dem Lande noch Reiche vorgestellt. Gaspard trug sehr ruhig eine frühe Anerkennung von

[1] Liane wurde, wie bekannt, als ihr Bruder neben dem alten Fürsten auf die Brust ohne Herz die Rede hielt, krank und blind. 1. Bd. des Titans, S. 163.

Joseph II. nach. Auch dieses wurde außer der Regel und als ungültig gefunden. Darauf gestand er mit dem entschlossenen Zorn, mit dessen Blitzfunken er so oft plötzlich Menschen und Verhältnisse durchbohrte, daß er ohne weiteres das ganze Betragen des Hofs gegen Luigis achtes Jahr und dessen Reise-Jahre allen Höfen entschleiern werde.

Hier brach man erschrocken die vormittägigen Unterhandlungen ab, um sich zu neuen nachmittägigen zu rüsten. In diesen – welche der Lektor Albano zu verheimlichen beordert war – wurde von weitem der Wunsch eines fortdauernden nähern Bandes zwischen beiden Häusern gezeigt. Unter dem Bande wurde Idoine verstanden, deren Ähnlichkeit mit Lianen und dadurch Albanos Liebe gegen letztere längst als Anekdote bekannt gewesen. Aber Gaspards ganzem Entwurfe seiner vollständigen Genugtuung stand dieser eingemischte schuldlose Engel entgegen; er – der mit seinem hohen zackigen Geweih doch leicht durch das verworrene niedrige Gezweig des Weltlebens flog – stieß gegen die Schranke seiner Vollmacht an, sagte geradezu Nein, und man brach entrüstet ab, mit der höflichen Erinnerung, daß Herr v. Hafenreffer als Bevollmächtigter ihn begleiten und in Pestitz das übrige verhandeln solle.

So kamen beide an. Hafenreffer, ebenso fein und kalt als redlich, erforschte leicht die Verhältnisse der Wahrheit. Gaspard teilte Juliennen – noch im Wahne ihrer alten Liebe gegen seine Tochter Linda – den Wunsch des fremden Hofes mit; aber er wurde bestürzt über ihre Eröffnungen, welche so sehr für Idoine sprachen als ihre bisherigen geheimen Einwirkungen auf Albano. Dazu entrüstete sie ihn noch im verworrenen Helldunkel ihres Zustandes durch den gutgemeinten Antrag, ihm seine väterlichen Auslagen für Albano einigermaßen zu erstatten. »Der Spanier lieset keine Haushaltungsrechnungen, er bezahlt sie bloß«, sagt' er und nahm empfindlich Abschied auf immer, um alle Inseln der Erde zu bereisen. Albano wollt' er nicht mehr sehen, aus Verdruß über den Zufall, daß ihm durch Schoppens Kirchen- und Gräberraub das Vergnügen entwendet war, Albano durch die Entdeckung, daß er nur Lindas Vater und nicht seiner sei, für kühne Zweifel an seinem Werte zu strafen und zu demütigen. Wohin Linda noch in jener Nacht seiner Entdeckung als Vater gegangen war, verbarg er allen kalt.

Darauf nahm er auch feierlichen Abschied von seiner vorigen Braut, der fürstlichen Witwe. »Er halte es für Pflicht,« (sagte er ihr) »ihr die neueste Erbfolge zu hinterbringen, da er einigermaßen sich selber sehr in den Gang der Sache habe verflechten lassen.« Nie war ihr Blick stolzer und giftiger: »Sie scheinen« (sagte sie gefasset) »in mehr als einen Irrtum verleitet zu sein. Wenn es Sie so interessiert, wie Sie sich denn überhaupt für dieses Land zu interessieren scheinen, so mach' ich mir eine Freude daraus, Ihnen zu sagen, daß ich das Glück bekannt zu machen nicht mehr anstehen darf, dem ich nun gewiß entgegensehe, dem Lande vielleicht durch einen Sohn ihres geliebten verstorbnen Fürsten jede Veränderung zu ersparen.

Wenigstens darf man vor der Entscheidung der Zeit keine fremde Einmischung dulden.« Gaspard, über das Erwartete erzürnt, versetzte darauf bloß ein unendlich-freches Wort – weil er leichter *Geschlecht* als *Stand* zu vergessen und zu verletzen vermochte – und nahm darauf vor ihr seinen höflichen Abschied mit der Versicherung, daß er gewiß sei, die Bestätigung dieser sonst so angenehmen Nachricht, wo er auch sein werde, zu erhalten und daß es ihm dann leid tun würde, ihr aus Liebe zur Wahrheit öffentlich einige seltsame – gerichtliche Papiere entgegensetzen zu müssen, die er ungern in Umlauf bringe. »Sie sind ein wahrer Teufel«, sagte die Fürstin außer sich. »Vis-à-vis d'un ange? Mais pourquoi non?« versetzt' er und schied mit den alten Zeremonien.

Albano, dessen Herz in allen diesen Tiefen und Abgründen die nackten verletzten Wurzeln und Fibern hatte, konnte nichts sagen. Aber sein Freund Siebenkäs äußerte ohne weiteres, »daß Gaspard bei jedem Schritte und mit dem ewigen feinen Wanken und Zögern, wie z. B. über die Heirat seiner Tochter und sonst, nichts dargestellt habe als den lebendigen Spanier, wie ihn Gundling im 1. Teil seiner Otia so gut schildere«. Augusti verwunderte sich über diese Offenheit; indes erschien sie ihm leidlicher und zierlicher als Schoppens rauhe. »Was mich am meisten frappieren würde,« (setzte Siebenkäs dazu, der, wie es schien, die Weltgeschichte zum Nebenfach genommen) »wäre das lange Verschwiegenbleiben einer so wichtigen Abstammung unter so vielen Teilhabern des Geheimnisses, wenn ich nicht zu wohl aus *Hume* wüßte, daß die Pulver-Verschwörung unter Karl I. über ganze anderthalb Jahre von mehr als zwanzig Mitwissern wäre verborgen gehalten worden.«

Viel verwundet und durch sich gereinigt ging Albano nach diesen Erzählungen nachmittags ab ins zwieträchtige Reich, aber mit heiterer heiliger Kühnheit. Er war sich höherer Zwecke und Kräfte bewußt, als alle harten Seelen ihm streitig machen wollten; aus dem hellen, freien Ätherkreise des ewigen Guten ließ er sich nicht herabziehen in die schmutzige Landenge des gemeinen Seins – ein höheres Reich, als was ein metallener Zepter regiert, eines, das der Mensch erst erschafft, um es zu beherrschen, tat sich ihm auf – im kleinen und in jedem Ländchen war etwas Großes, nicht die Volksmenge, sondern das Volksglück – höchste Gerechtigkeit war sein Entschluß und Beförderung alter Feinde, besonders des verständigen Froulay. – So sprang er nun zuversichtsvoll aus seinem bisherigen schmalen, nur von fremden Händen getriebnen Fahrzeug auf eine freie Erde hinaus, wo er allein, ohne fremde Ruder, sich bewegen kann und statt des leeren, kalten Wasser-Weges ein festes, blühendes Land und Ziel antrifft. Und mit diesem Trost schied er von dem toten Schoppe und dem lebendigen Freund.

145. Zykel

In der Dämmerung kam er auf dem Berge an, wo er die Stadt, die der Zirkus und die Bühne seiner Kräfte werden sollte, überschauen konnte, aber mit andern Augen als sonst: – Er gehört nun einer deutschen Heimat an – die Menschen um ihn sind seine Landesverwandte – die ahnenden Ideale, die er sich einst bei der Krönung seines Bruders von den warmen Strahlen entwarf, womit ein Fürst als ein Gestirn Länder beleuchten und befruchten kann, waren jetzt in seine Hände zur Erfüllung gelegt – sein frommer, von Landes-Enkeln noch gesegneter Vater zeigte ihm die reine Sonnenbahn seiner Fürsten-Pflicht – nur Taten geben dem Leben Stärke, nur Maß ihm Reiz – Er dachte an die um ihn her in Gräber gelegten eingesunknen Menschen, zwar hart und unfruchtbar wie Felsen, aber auch hoch wie Felsen, an die vom Schicksal geopferten Menschen, welche die *Milchstraße* der *Unendlichkeit* und den *Regenbogen* der *Phantasie* zum Bogen ihrer Hand gebrauchen wollten, ohne je eine Sehne darüberziehen zu können. – Warum ging ich denn nicht auch unter wie jene, die ich achtete? Wallete in mir nicht auch jener Schaum des Übermaßes und überzog die Klarheit?«

Das Schicksal trieb jetzt wieder Spiele der Wiederholung mit ihm: ein flammender Wagen rollte auf einem seitwärts vom Prinzengarten ablaufenden Wege davon; langsam rückte der Leichenwagen des Bruders mit seinen Totenlichtern den Blumenbühler Berg hinan. »Den langsamen Wagen kenn' ich, wer ist der schnelle?« fragte Albano den Lektor. »Herr von Cesara hat uns verlassen«, versetzt' er. Albano schwieg, aber er empfand den letzten Schmerz, den ihm der Ritter geben wollte. Er bat den Lektor sehr, ihn allein den Weg nach Blumenbühl gehen zu lassen, weil er lauter Umwege nehme.

Er wollte im Tartarus das Grabmal des Vater-Herzens ohne Brust besuchen. Als er durch die lärmvolle Vorstadt ging, sah ihn ein alter Mann lange starr an, floh plötzlich mit Schrecken davon und rief einer Frau, die ihm begegnete, zu: »Der Alte geht um!« Der Mann war in der Jugend ein Bedienter des alten Fürsten gewesen, war blind und vor kurzem wieder heil geworden; darum sah er den ähnlichen Sohn für den Vater an. – In der Stadt war die gewöhnliche Volksfreude über Wechsel laut. In einem Hause war ein Kinderball, in einem andern eine Treppe von Sprichwörterspielern; indes die Landtrauer jeden Tanzsaal und jede Bühne verschloß. Aus Roquairols Stube sahen fremde lustige Musensöhne heraus. Im Wirtshause des Spaniers hatte ein Knabe die Dohle an einem Faden. Einige Leute hört' er im Vorbeigehen sagen: »Wer hätte sich das träumen lassen?« – »Ganz natürlich,« (versetzte der andere) »ich mauerte damals auch mit an der fürstlichen Gruft und sah Ihn wie dich.« In der Bergstadt waren am Trauer-Schloß alle Fensterreihen hell beleuchtet, als geb' es ein froheres Fest. Im

Hause des Ministers waren alle finster, oben unter den Statuen des Dachs schlich ein einziges Lichtchen umher.

»Nein,« (dachte Albano) »ich brauche nicht nachzusinnen, warum sank ich nicht auch mit unter. O genug, genug fiel von mir in die Gräber – Ich muß mich doch ewig nach allen entflohenen Menschen sehnen; – wie Taucher schwimmen die Toten unten mit und halten mein Lebensschiff oder tragen die Anker.« Draußen sah er die alte Leichenseherin auf dem Blumenbühler Wege stehen, die ihm einst bei der Begleitung des Kahlkopfs begegnete; sie schauete starr hinauf dem erleuchteten Leichenwagen nach und glaubte, Träume zu denken und die Zukunft, als sie der Wirklichkeit zuschauete. Überall lagen in seiner Bahn die zuckenden Spinnenfüße, welche der erdrückten Tarantel der Vergangenheit ausgerissen waren. Durch einen Flor sah er das Leben liegen, wiewohl es kein schwarzer, sondern ein grüner war.

Sehnsüchtig kam er im Tartarus, aber schaudernd vor ihm, weil ihm die Vergangenheit mit ihren Geistern nachzog, auf dem herrnhutischen Gottesacker an, wo in einem Garten ohne Blumen, den eingesunkne, eingeschlafne Trauerbirken umstanden, der weiße Altar mit dem Vater-Herzen und der goldnen Inschrift schimmerte: »Nimm mein letztes Opfer, Allgütiger!« Vor dem in eine Brust von Stein geschlossenen Herzen, das sich mit nichts regte, nicht mit einem Stäubchen, tat er sein kindliches Gebet zu Gott und fühlte, daß er seine Eltern würde geliebt haben, und schwur sich, ihnen zu gefallen, wenn ihre hohen Augen sich noch in das tiefe Tal des Lebens richten. Er drückte den kalten Stein wie eine Brust an sich; und ging mit sanften Schritten weg, als ginge der Greis neben ihm in seiner eignen, ihm so ähnlichen Gestalt.

Er sah auf von seinem Wege zum Berge, wo ihn der Vater abends am Pfingst- und Abendmahlstage gefunden, wie zu einem Tabor der Vergangenheit; und im Gange durch das Birkenwäldchen erinnerte er sich noch wohl der Stelle[1], wo einst zwei Stimmen, seine Eltern, seinen Namen ausgesprochen hatten. So von der heiligen Vergangenheit eingeweiht, kam er in seinem Kindheits-Dörfchen an und sah die Kirche wie das Wehrfritzische Haus von Lichtern erfüllt, obwohl jene zu traurigem Zweck und dieses zum frohen der Gäste.

146. Zykel

Albano fand in der Verklärung, worin der Himmel ihm nur der Vergrößerungsspiegel einer schimmernden Erde war und die Vergangenheit nur das Vater- und Mutterland heiliger Eltern, in diesem Seelenglanz fand er das Erziehungshaus, worein er trat, festlich und als einen Tempel und alles

[1] Titan, 1. Band S. 105.

Gemeine und Schwere geläutert oder nur nachgespielt auf einer Bühne. Seine Mutter Albine und die Schwester Rabette kamen mit ihren freudigen Mienen als höhere Menschen an sein bewegtes Herz. Sie wichen eilig zurück, Julienne flog die Treppe herab und küßte den Bruder zum erstenmal öffentlich, in einer schweigenden Vermischung von Lust und Weh. Als sie ihn losließ, fing aus der Nacht im Kirchturm das Geläute als Zeichen an, daß der tote Bruder in die Kirche einziehe; da stürzte sie wieder auf Albano zurück und weinte unendlich. Sie ging mit ihm hinauf, ohne zu sagen, wen er droben neben dem Pflegevater finde. Eine alte Flötenuhr, deren mühsames Spiel von jeher seltenen Gästen dargeboten wurde, quoll ihm, als er die Türe öffnete, mit den Nachklängen der Kindertage entgegen.

Eine weibliche lange schwarzgekleidete Gestalt mit einem seitwärts herabgehenden Schleier, welche mit seinem Pflegevater sprach, wandte sich um nach ihm, da er eintrat. Es war Idoine, aber der alte Zauberschein fuhr wieder über seine heute so bewegte Seele, als wenn es Liane aus dem Himmel sei, mit Unsterblichkeit gerüstet, auf überirdische Kräfte stolzer und kühner, nichts von der vorigen Erde mehr tragend als die Güte und den Reiz. Beide fanden sich mit gegenseitigem Erstaunen hier wieder. Julienne sah – ihrer kleinen Verhehlungen und Anstalten sich bewußt – ein rotes Wölkchen des Unwillens über Idoinens mildes Gesicht fliegen; es war aber bald unter dem Horizont, sobald Idoine es bemerkte, daß die Schwester unter dem Leichengeläute des Bruders die Tränen nicht bezwingen konnte, und sie ging ihr freundlich entgegen, ihre Hand aufsuchend. Idoine hatte, durch ihre Strenge leicht zum launischen Zürnen, diesem kleinen Kriege des Zorns, geneigt, sich durch scharfe lange Übung von diesem feinsten, aber stärksten Gift des Seelenglückes freigemacht, bis sie zuletzt an ihrem Himmel stand als ein reiner, lichter Mond ohne einen Regen- und Wolkenkreis der Erde.

Albano, dem die Erde, mit Vergangenheit und Toten gefüllt, eine Luftkugel geworden war, die in dem Äther ging, fühlte sich frei zwischen seinen Sternen und ohne irdisches Bangen; er nahete sich Idoinen – obwohl bei dem Bewußtsein der kämpfenden Verhältnisse ihres und seines Hauses – mit heiligem Mute: »Ihr letzter Wunsch im letzten Garten« (sagt' er) »wurde vom Himmel gehört.« – Mit jungfräulich-entschiednem Sinn ging sie durch die Wildnis, worin sie bald Blumen, bald Dornen auseinanderzubeugen hatte, um weder verlegen noch verletzt zu werden; sie antwortete ihm: »Ich freue mich von Herzen, daß Sie Ihre treue Schwester auf immer gefunden haben.« Wehrfritz war über die Freimütigkeit, womit sie die Wahrheit redlich wider alle Familien-Verhältnisse sprach, ebenso erfreuet als verwundert. »So muß man immer auf der Erde viel verlieren,« (erwiderte ihr Albano) »um viel zu gewinnen« und wandte sich an seine Schwester, als woll' er dadurch diesem Worte einen vieldeutigen Sinn verwehren.

Das Totengeläute dauerte fort. Die seltsame, frohe und trübe Vermischung der irdischen Schicksale gab allen eine feierliche und freie Stimmung. Albine und Rabette kamen herauf, festlich-dunkel gekleidet zum Gange in die Begräbniskirche. Julienne teilte sich zwischen zwei Brüder, und nie hob sich ihr Herz romantischer auf, das zugleich in Tränen und in Flammen stand. Sie erriet, wie über ihren Bruder Albano ihre Freundin Idoine denke, an der sie eine festere Stimme kannte, als die heutige war, und deren süße Verwirrung ihr am leichtesten aus dem kurzen Berichte klar wurde, den ihr die offne Seele von dem Wiedersehen Albanos in Lianens Garten gemacht; auch das kleine jungfräuliche Zurückzittern ihres heutigen Stolzes, da sie sich hier überall für eine auferstandene Liane, diese Geliebte des Jünglings, verlegen mußte gehalten finden, machte Juliennen nicht irrer, sondern gewisser.

»An einem schönen Abend« (sagte Albano zu Idoinen) »sah ich einst in Ihr schönes Arkadien herab, aber ich war nicht in Arkadien.« – »Der Name« (versetzte sie und senkte wieder die klaren Augen bezogen zur Erde) »ist auch bloß Scherz; eigentlich ists eine Alpe und doch nur mit Sennenhütten in einem Tale.« Sie hob die großen Augen nicht wieder auf, als Julienne schweigend ihre Hand nahm und sie fortzog, weil jetzt das Leichengeläute mit traurigen einzelnen Stößen ausklang, als Zeichen, daß die Totenfeier angehe, deren Teilnahme Julienne ihrem schwesterlichen Herzen unmöglich abdingen ließ. »Wir gehen in die Kirche«, sagte Idoine zur Gesellschaft. »Wir wohl alle«, versetzte Wehrfritz schnell. Als die beiden Mädchen an Albano vorübergingen, bemerkte er zum erstenmal an Idoinen drei kleine Blatternarben, gleichsam als Erden- und Lebens-Spuren, die sie zu einer Sterblichen machten. Er blickte der hohen edeln Gestalt mit dem langen wehenden Schleier nach, welche neben seiner Schwester ebenso majestätisch, nur zärter gebauet erschien als Linda, und deren heiliger Gang eine Priesterin verkündigte, die in Tempeln vor Göttern zu wandeln gewohnt gewesen.

Kaum waren beide verschwunden, als die alten Bekannten Albanos, zumal die Weiber, denen Juliennens Gegenwart immer Albanos Stammbaum nahe gehalten, mit allen Zeichen der lang zurückgedrängten Herzlichkeit, voll Wünsche, Freuden und Tränen auf sein Herz eindrangen. »Bleibt meine Eltern!« sagte Albano. »Bravheit ist alles auf der Erde«, sagte der Direktor. – »Ich tat das Meinige wie eine Mutter,« (sagte Albine) »aber wer konnte *das* wissen?« – Rabette sagte nichts, ihre Freude und Liebe waren überschwenglich wie ihre Erinnerung. »Meine Schwester Rabette« (sagte Albano) »hat mir, als ich das erstemal nach Italien ging, die Worte auf eine Börse gestickt mitgegeben: Gedenke unserer – Diese werd' ich euch allen in jedem Schicksal erfüllen« – und hier dacht' er, obwohl zu verschämt-bescheiden, um es zu sagen, an das, was er etwan als Fürst für seinen Pflegevater tun könnte, worunter die Zurückgabe von dessen heimfallenden Männer-Lehn zuerst gehörte. »So wird uns denn manches zeitherige Herzeleid –«, fing Albine an. – »O was Herze, was Leid,« (sagte Wehrfritz) »heute wird alles richtig und glatt.« Aber Rabette verstand die Mutter sehr wohl.

Alle begaben sich auf den Weg zum Trauer-Tempel. Sie hörten aus der Kirche die Musik des Liedes: »Wie sie so sanft ruhn«; in einiger Ferne versuchten sich Waldhörner zu frohern Tönen. Rabette drückte Albanos Hand und sagte sehr leise: »Es ist gut mit mir geworden, weil ich alles erfahren habe.« Sie hatte dem unglücklichen Roquairol, seitdem er ein vielfaches Glück und sich selber ermordet hatte, ihre ganze Liebe ins Grab zum Verwesen nachgeworfen, ohne eine Träne dazuzutun. Sie sprang auf Idoinens Güte über, auf ihre Ähnlichkeit, »mit deren Erwähnung der Vater den Engel heute rot gemacht«, und auf ihr schönes Trösten Juliennens, die vor Albanos Ankunft unaufhörlich geweint. Albine lobte mehr Juliennen wegen ihrer Geschwister-Liebe. Rabette schwieg über diese; beide waren schwesterliche Nebenbuhlerinnen; auch hatte Julienne sie als Schlachtopfer des von ihr verachteten Roquairols nach ihrem scharfen unerbittlichen System sehr kalt angesehen, indes Idoine, welche, durch ihre größere Kenntnis der Menschen, Milde gegen die weiblichen Irrtümer des Herzens und Augenblicks mit Strenge gegen Männer verbinden lernen, nur sanft und gerecht gewesen war.

Als sie in die Kirche voll Trauerlampen traten: schlich sich Albano in eine unbeleuchtete Ecke weg, um nicht zu stören und gestört zu werden. Am hellen Altare stand heiter der ehrwürdige Spener mit dem unbedeckten Haupt voll Silberlocken, der lange Sarg des Bruders stand vor dem Altare zwischen Lichter-Linien. Am Gewölbe der Kirche hing Nacht, und die Gestalten verloren sich in das Dunkel, unten durchkreuzten sich Strahlen und Schlagschatten und Menschen. Albano sah wie eine Todespforte die eiserne Gittertüre des Erbbegräbnisses aufgetan, worein seine frommen Eltern gezogen waren; und ihm war, als schreite noch einmal Schoppens brausender Geist hinein, um in das letzte Haus des Menschen einzubrechen. Der Bruder rührte ihn nur wenig, aber die Nachbarschaft der stillen Eltern, die so lang für ihn gesorgt und denen er nie gedankt, und die unaufhörlichen Tränen der Schwester, die er in der Empor über der Todespforte sah, ergriffen heftig sein Herz, aus welchem die tiefen ewigen Trauertöne die Tränen, gleichsam das warme Blut der Trauer und Liebe sogen. Er sah Idoine mit ihrer halb roten, halb weißen Lankaster-Rose auf der schwarzen Seide neben der Schwester stehen, sich gegen manchen vergleichenden Blick den Schleier über die Augen ziehend – Hier neben solchen Altarlichtern hatte einst die bedrängte Liane unter dem Abschwören der Liebe gekniet – Das ganze Sternbild seiner glänzenden Vergangenheit, seiner hohen Menschen war hinunter unter den Horizont, und nur *ein* heller Stern davon stand noch schimmernd über der Erde, Idoine.

Da erblickte den Jüngling sein Freund Dian und eilte herzu. Ohne viel Rücksichten umarmte ihn der Grieche und sagte: »Heil, Heil der schönen Veränderung! Dort steht meine Chariton, auch sie möchte nach ihrer Sprache[1] grüßen.« – Aber Chariton blickte unaufhörlich Idoinen wegen ihrer Ähnlichkeiten an. »Nun, mein guter Dian, ich habe manches Herz und Glück dafür hin gezahlt, und mich wundert es, daß dich mir das Geschick gelassen«, sagte Albano. – Darauf fragt' er ihn als den Baumeister der Kirche nach der Beschaffenheit des Erbbegräbnisses, weil er nachher sich wolle die Asche seiner Eltern aufdecken lassen, um wenigstens stumm und dankend hinzuknien. »Davon« (sagte Dian betroffen) »weiß ich sehr wenig; aber ein grausamer Vorsatz ists, und wozu soll er führen?« –

Die Musik hörte auf, Spener fing leise seine Rede an. Er sprach aber nicht von dem Fürsten zu seinen Füßen, auch nicht von seinen Geliebten in der Erbgruft, sondern von dem rechten Leben, das keinen Tod kenne und das erst der Mensch in sich erzeuge. Er sagte, daß er, obwohl ein alter Mann, weder zu sterben noch zu leben wünsche, weil man schon hier bei Gott sein könne, sobald man nur Gott in sich habe – und daß wir müßten unsere heiligsten Wünsche wie Sonnenblumen ohne Gram verwelken sehen können, weil doch die hohe Sonne fortstrahle, die ewig neue ziehe und pflege – und daß ein Mensch sich nicht sowohl auf die Ewigkeit zubereiten als die Ewigkeit in sich pflanzen müsse, welche still sei, rein, licht, tief und alles.

Für manche Menschen-Brust in der Kirche wurde durch die Rede der Vergangenheit die Giftspitze abgebrochen. Auf Albanos steigendes Meer hatte sie glattes Öl gegossen, und um sein Leben wurd' es eben und glänzend. Juliennens Augen waren trocken und voll heitern Lichtes geworden; und Idoinens ihre hatten sich schimmernd gefüllet, weil heute ihr Herz zu oft in Bewegung gekommen war, um nicht in der süßen, andächtigen und erhebenden zu weinen. Einmal war Albano, da er zu ihr blickte, als glänze sie überirdisch, und wie auf eine Luna die Sonne unter der Erde, strahle Liane aus der andern Welt auf ihr Angesicht und schmücke das Ebenbild mit einer Heiligkeit jenseits der Erde.

Nach dem Schlusse der Rede ging Albano ruhig zu beiden Freundinnen, drückte seiner Schwester die Hand und bat sie, nicht das Ende der dunkeln Feier abzuwarten. Sie war getröstet und willig. Da sie aus der Kirche traten, war ein wunderbarer heller Mondschein auf der Erde verbreitet wie ein süßes Morgenlicht der höhern Welt. Julienne bat sie, statt zwischen die Mauern, die Kerker der Augen und Worte, und unter das Getümmel hineinzugehen, lieber vorher die hellen stillen Gegenden zu schauen.

Alle trugen in ihrer Brust die heilige Welt des heitern Greises in die schöne Nacht hinaus. – Kein Wölkchen, kein Lüftchen regte sich am weiten Himmel, die Sterne regierten allein, die Erdenfernen verloren sich in weiße

[1] Nämlich: freue dich!

Schatten, und alle Berge standen im silbernen Feuer des Mondes. »O wie lieb' ich Ihren heitern heiligen Greis« (sagte Idoine zu Albano und hatte schon oft Juliennens Hand gedrückt) – »Wie gut ist mir! – Ach das Leben wird wie das Meerwasser nicht eher ganz süß, als bis es gen Himmel steigt.« – Plötzlich kamen zu ihnen ferne Waldhorntöne heraus, welche gutmeinende Landleute vor Albanos Erziehungshause als Grüße brachten. »Wie kommts,« (sagte Julienne) »daß im Freien und nachts auch die unbedeutendste Musik gefällig und rührend wird?« – »Vielleicht weil unsere innere heller und reiner dazu mittönt«, sagte Idoine. – »Und weil vor der Sphärenmusik des Universums menschliche Kunst und menschliche Einfalt am Ende gleich groß sind«, setzte Albano dazu. »Das meint' ich eben, denn sie ist doch auch nur in uns«, sagte Idoine und sah ihm liebreich und offen in die Augen, die vor ihren zusanken, wie wenn ihn jetzt der Mond, der milde Nachsommer der Sonne, blendend überglänzte.

Sie wandte sich seit der Kirchenfeier öfter an ihn, ihre süße Stimme war teilnehmender, obwohl zitternder, die jungfräuliche Scheu vor Lianens Ähnlichkeit schien besiegt oder vergessen, so wie an jenem Abende im letzten Garten; in ihr hatte sich unter Speners Rede ihr Dasein entschieden, und an der Liebe der Jungfrau waren wie an einem Frühling durch *einen* warmen Abend-Regen alle Knospen blühend aufgebrochen. Indem er jetzt dieses klare milde Auge unter der wolkenlosen reinen Stirn anschauete und den feinen, vom unerschöpflichen Wohlwollen gegen jedes Leben überhauchten Mund: so begriff er kaum, daß diese weiche Lilie, diesen leichten Duft, aus Morgenrot und Morgenblumen aufgestiegen, der feste Geist bewohne, der das Leben regieren konnte, so wie die zarte Wolke oder die kleine Nachtigallen-Brust der schmetternde Schlag.

Sie standen jetzt auf dem vom Immergrün der Jugenderinnerung bedeckten hellen Berge, wo Albano sonst in den Träumen der Zukunft geschlummert hatte, wie auf einer lichten hohen Insel mitten im Schatten-Meere zweier Täler. Die Lindenstädter Gebürge, das ewige Ziel seiner Jugendtage, waren vom Mond beschneiet, und die Sternbilder standen blitzend und groß auf ihnen hin. Er sah Idoine nun an – wie gehörte diese Seele unter die Sterne! – »Wenn die Welt rein ist vom niedrigen Tage – wenn der Himmel mit seinen heiligsten fernsten Sonnen das Erdenland ansieht – wenn das Herz und die Nachtigall allein sprechen: – nur dann geht ihre heilige Zeit am Himmel an, dann wird ihr hoher stiller Geist gesehen und verstanden und am Tage nur ihr Reiz«, dachte Albano.

»Wie manchmal, mein guter Albano,« (sagte die Schwester) »hast du hier in deinen verlassenen Jugendjahren zu den Bergen nach den Deinigen gesehen, nach deinen verborgnen Eltern und Geschwistern; denn du hattest immer ein gutes Herz!« Hier blickte ihn Idoine unbewußt mit unaussprechlicher Liebe an – und sein Auge ihres. – »Idoine,« (sagt' er, und ihre Seelen schaueten ineinander wie in schnell aufgehende Himmel, und er nahm die

Hand der Jungfrau) »ich habe noch dieses Herz, es ist unglücklich, aber unschuldig.« – Da verbarg sich Idoine schnell und heftig an Juliennens Brust und sagte kaum hörbar: »Julienne, wenn mich Albano recht kennt, so sei meine Schwester!« –

»Ich kenne dich, heiliges Wesen«, sagte Albano und drückte Schwester und Braut an *eine* Brust. – Und aus allen weinte nur *ein* freudetrunknes Herz. »O ihr Eltern,« (betete die Schwester) »o du Gott, so segne sie beide und mich, damit es so bleibe!« Und da sie gen Himmel sah, als die Liebenden im kurzen heiligen Elysium des ersten Kusses wohnten, so blickten unzählige Unsterbliche aus der blauen tiefen Ewigkeit – die fernen Töne und die milden Strahlen verwoben sich ineinander – und das schlummernde Reich des Mondes erklang – »schauet auf zum schönen Himmel,« (rief die freudentrunkne Schwester den Liebenden zu) »der Regenbogen des ewigen Friedens blüht an ihm, und die Gewitter sind vorüber, und die Welt ist so hell und grün – wacht auf, meine Geschwister!« –

Ende

DES LUFTSCHIFFERS GIANNOZZO SEEBUCH

Erste Fahrt

Luftschiffs-Werft – die Seligkeit eines Gespenstes – Leipzig

Trefft ihr einen Schwarzkopf in grünem Mantel einmal auf der Erde, und zwar so, daß er den Hals gebrochen: so tragt ihn in eure Kirchenbücher unter dem Namen Giannozzo ein; und gebt dieses Luft-Schiffs-Journal von ihm unter dem Titel »Almanach für Matrosen, wie sie sein sollten« heraus. Wahrlich, wär' ich ein säkularischer Mensch wie Shakespeare: ich riebe mich vor Ärger auf, daß die Wochenmenschen, die Allermannsseelen mich nur angreifen dürften mit ihren schmutzigen Augen; die ersten Christen, die Griechen, die Ägypter hatten mit größerem Rechte Verbote der heiligen Bücher, als wir letzten Christen Verbote der unheiligen. Ich aber als ein schlechter Monatsheiliger mag mich allenfalls mit den Monatsrettichen, die unter mir grünen und feststecken, und mit den Mai-, Junius- und Julius-käfern, über die ich hinfliege, und mit den Unterhaus-Gemeinen gemein machen und verunreinigen und kann ohne Schaden allgemein gelesen werden. Nähr' ich doch dabei die Hoffnung, daß ich die Allermannsseelen recht damit in Ärger setze. Euch, ihr Brüder meines Herzens, aber lass' ich den Matrosen-Almanach als einen Ordensbecher nach, woraus ihr den Labe- und Leichentrunk nehmen sollt, wenn ihr lange Flöre aufsetzt und umbindet, bloß weil euer Giannozzo den Hals gebrochen. –

Könntest du doch jetzt unter meinem Luftschiff mithängen, Bruder *Graul* – dieser Name ist viel besser als dein letzter, *Leibgeber* –: du machtest gewiß die Sänftentüren meiner Luft-Hütte weit auf und hieltest die Arme ins kalte Ätherbad hinaus und das Auge ins düstere Blau – Himmel! du müßtest jetzt aufstampfen vor Lust darüber, wie das Luftschiff dahinsauset und zehn Winde hinterdrein und wie die Wolken an beiden Seiten als Marsch-Säulen und Nebel-Türme langsam wandeln und wie drunten hundert Berge, in *eine* Riesenschlange zusammengewachsen, mit dem Gifte ihrer Lavaströme und Lauwinen zornig zwischen den Ameisen-Kongressen der Menschen liegen – und wie man oben in der stillen heiligen Region nichts merkt, was drunten quäkt und schwillt.

– Bruder Graul, hiemit sei dir mein Luft-Schiffs-Journal mit einiger Achtung zugeeignet! Mein Etat hier oben ist dieser:

Du entsinnst dich unserer chemischen Nächte in Paris; aus diesen hat sich für mich ein chemischer Tag abgeschieden; ich hab' ein Doppel-Azot (verzeih den Namen) ausgefunden, wodurch die Luft-Schifferei so allgemein werden kann, daß man die andere zu sehr verachten wird. Ausführlich und deutlich für jedes Kind will ich in zwei Minuten das ganze chemische Rezept samt der mechanischen Verrichtung – da ich bei leichtem Winde sogar steuern kann – hieher schreiben bloß in der Absicht, daß mein Schiff wie ein Wassertropfe in die Gießgrube der schweren, für *einen* Ton und Bug ineinander schmelzenden Glockenspeise der Menschheit springe – Wetter! wie wird die weiche Masse in tausend Zacken und Knällen zerschießen und alles hoch hinauswollen. Nehmet also, ihr Leute, ein halbes Pfund.....

Des Herausgebers Hand am Rand: Aber in unserer alles entmastenden Zeit halt' ich gewiß mit Recht dieses Revolutions-Rezept zurück, bis wenigstens allgemeiner Friede wird. Dem Chemiker geb' ich etwas, wenn ich sage: Giannozzo ist im Besitz einer ganz neuen, noch einmal so leichten azotischen Luft – er extrahiert sie sogar oben, wenn der Eudiometer mehr phlogistische Luft ansagt – er lässet immer ein Naphtha-Flämmchen brennen, wie unter dem Teekessel flackert – er treibt droben oft die Kugel höher, ohne das Abzugsgeld von Ballast auszuwerfen – er hat einen Flaschenkeller von Luft bei sich – die Kugel hat nur den Halbmesser anderer Kugeln, die nicht mehr tragen, zum Diameter – sie besteht (wie mir *Leibgeber* schreibt, der sie gesehen) aus einem feinen, aber unbekannten Leder mit Seide überzogen (vermutlich gegen den Blitz) – Aber nun ists genug. Soweit der Herausgeber.

*

Was sagst du zu diesem Rezept? – Dabei hält mich mein Leder-Würfel, der auf allen 6 Seiten Fenster hat, auch auf dem Fußboden, hier im obern Dezember (der Juni drunten liegt über 3000 Fuß tief) ganz warm, wie eine zerbrochene Bouteille einen Gurkenstengel. Ich warte sogar wie ein Paradiesvogel meinen Schlaf über den Wolken ab und ankere vorher in der Luft. Der gleichzeitige Marsch und Kontremarsch der Wolken hat es dir längst gesagt, daß fast immer entgegengesetzte Winde in verschiedenen Höhen streichen. Zwischen zwei feindseligen Strömen hält nun nach den hydrostatischen Gesetzen durchaus eine neutrale ruhige Luftschicht still. Und in dieser schlaf' ich gemeiniglich.

Auf den ersten Gedanken der Auffahrt brachte mich das Wort: révenant. Einer sprach es zufällig vor mir aus; ich dachte an das Himmelsglück, ein Gespenst zu sein – da tat sich eine Pandorabüchse, ein Äolsschlauch von Phantasien auf. Ihr Geister! wie gern wollt' ich Grenzensteine verrücken und unrechtes Gut einsammlen, wenn ich dadurch die Geister-Maskenfreiheit überkäme, daß ich in schrecklicher Gestalt umgehen und jedem Schelm, der mir gefiele, das Gesicht zu einem physiognomischen Anagramm umzeichnen könnte. Bald würd' ich vor dem Oberkriegskommissar als ein sanfter Haifisch gähnen – bald einen welken roué mitten in seinen impedimentis canonicis als eine Riesenschlange umhalsen wie den Laokoon – bald vor einem Sortiment von Bratenröcken, das die Käferfreßspitzen schon in die braune Pastete setzt, aus dieser belebt und naß aussteigen als greuliche Harpye – und fast täglich würd' ich fait davon machen, daß ich diese statistischen, kleinstädtischen Achtzehnjahrhunderter ohne Geister und Religion mitten in der Kammerjägerei ihrer Brotstudien, Brotschreibereien und ihres Brotlebens mit etwas Überirdischem (ich fahre z. B. als ein Engel durch den Saal) aus der Trödelbude ihres abgeschabten Treibens und Glaubens hinaussprengte, so daß sie sich lieber für toll hielten und für krank und sogleich nach dem Kreisphysikus schickten..... Ach, das sind sanfte Idyllen-Träume!

Aber es geschah doch etwas, wenn ich füllte und in die Luft flog; es wurden mir doch, wenn ich so luftseefahrend weniger wie Howard durch die Kerker als um den großen Kerker aller kleinen reiste, Mittel und Wege gezeigt, besser auf die Menschen zu wirken, es sei nun, daß ich einige Steine meines Ballastes auf sie werfe, oder daß ich als herabkommender révenant wie ein Falke auf ihre Sünden stoße, oder daß ich mich ihnen unsichtbar mache und fest in solcher Lufthöhe und Barometertiefe.

Vorgestern am ersten Pfingsttag, wo der heilige Geist aus dem Himmel niederkam, verfügt' ich mich aus Leipzig in denselben und stieg. Vor dem Peterstore neben der Kirche spannt' ich meine azotischen Flügel aus – zum Glück in *einer* Viertelstunde. Denn der Portier des Tores und der der Kirche (der Küster) schlossen einen Verein und suchten die Polizei aufzuwecken, um es mir verstärkt zu wehren, damit ich nicht unmittelbar vor den langen Kirchenfenstern in die Höhe segelte und sie drinnen turbierte. Ich war aber bald über das zugesperrte Stadttor weggeflogen. Die Wache hatte vielleicht erwartet, daß ich mir es aufschließen ließe. Denn es ist da die gute Einrichtung, daß man die Tore, wie Janus seine, zur Zeit des Gottesfriedens in den Kirchen völlig sperrt – damit die Zuhörer und noch mehr die Armenkatecheten darin nicht gestöret werden durchs Gehör – und solche nur dann aufmacht, wenn Wagen kommen, damit die Passagiere ebensowenig dabei leiden; – und so läuft Einfuhr der Ermahnungen und der Menschen gut nebeneinander fort.

Aber, o ihr Genien, warum schenk' ich hier diesem etwas antigenialischen Pleiß-Hanse-Athen – leider wollt' es sich auf dem Getäfel seiner Ebene mir gar nicht aus dem Gesicht verlieren – nur drei Worte über seine lackierte und getriebene Arbeit von Umgang, über seinen Mangel an Eisenfressern und Überfluß an Eisensäufern[1] und über den Handelsgeist, der nie sagt: ich und du, sondern: ich et du? Warum lass' ich mich herab zu dieser Ebene? Erstlich weil mich ihre galanten Gelehrten ergötzen, die stets einen schönen Mittelweg zu halten wissen, es sei von der scientia media der Philosophie die Rede oder von den Mittelstimmen der Poesie[2]; und zwei-

[1] Er meint wohl die Eisenkuren. D. H.

[2] Offenbar verrät hier Giannozzo seine Unzufriedenheit mit dieser wohlhabenden Stadt so wie seine individuellen Begriffe davon. – Ich kann mir leicht gedenken, daß es ihm darin nicht sonderlich erging; aber der Mensch legt oft die Eier, die man ihm – an den Kopf wirft. Leipzig zeichnet sich (wie vielleicht überhaupt Handelsstädte, z. B. Hamburg, London und die

tens, weil sich die Stadt doch täglich einen frohen Tag macht und aufs Land geht. Sonst wächset an Handelszweigen mehr Holz als Blüte.

»Aber ich strecke meine Arme (an meinem innern Menschen und neuen Adam hängen beide) Dank-betend gegen dich aus, göttliche Sonne, und danke dir, daß ich dir näher bin und ferner von den Menschen, sowohl von den Sachsen als von allen andern! – Ich will sterben, schlaf' ich diese Nacht drunten. – Und doch möcht' ich an dem Steine liegen, wo du einschliefst, heiliger Gustav, und heute zu diesem Jakobs-Kopfkissen niederfahren!« – –

Das schrieb ich, da ich auf dem Schlachtfelde bei Lützen den Gedächtnisstein sah, den ausgeworfenen Ballast, als Gustav blutig höher fuhr; – – aber die Winde wurden meine Sänftenträger, und ich schlief über euerem Gewölke.

Mein Schiff hab' ich – da doch jedes so gut wie eine Glocke oder seine Mannschaft unter der Linie eine Taufe haben will – den *Siechkobel* getauft.

Zweite Fahrt

Endigung der ersten – die Krötenritter – Frosch- und Mäusekrieg im Fürstentum Vierreuter

In Luftschiffs-Journalen muß Ordnung sein; ich fange wieder an. Vorgestern am Auffahrtstage war ich um die Welt nicht herunterzubringen auf diese; vom unsteten Wehen ließ ich mich über Sachsen hin- und herwürfeln. Ich oder der neue Trabant um die Erde mochte ihnen drunten etwan die scheinbare Größe des alten haben. Mein Tischgebet verrichtete ich vor einem weichen Ei, das ich mir in Dintenwein[1] auftrug. Ich könnte ein pläsantes Leben hier oben führen, wenn ich mich nicht den ganzen Tag über alles erboste, was ich mir denke und finde. Schon drunten war ich oft imstande, tagelang die Stube auf- und abzulaufen und die Faust zu ballen, wenn ich über die böse Zwei (die böse Sieben für mich), über *Ungerechtigkeit* und *Aufblasung* reflektierte und mir die greuliche Menge der Schnapphähne und der Krähhähne vorsummierte, die ich in so vielen Ländern und Zeiten muß machen lassen, was sie wollen, ohne daß ich den einen die Sporen, den andern den Kamm abschneiden, dort Köpfe, hier Fenster einschlagen könnte. O Bruder Graul, kennst du auch den Ingrimm, wenn der Mensch sich vergeblich ein paar Sündfluten oder Jüngste Tage oder einen mäßigen Schwefelpfuhl wünscht, und es wie ein fauler Hund mit anschauen muß, wie zahllose

belgischen) durch reichliches Wohltun gegen Arme aus; auch den Vorwurf der Volkshöflichkeit, den er macht, getrau' ich mir zur Hälfte abzutreiben, was bei dem Berliner-Volke nicht anginge.

[1] Vin tinto, der beste Wein in Algarbien und fast dintenschwarz.

Blut- und Schweinsigel, Kirchenfalken und Staatsfalken – in allen Ländern, Departements und den drei Zeit-Dimensionen – ungestraft saugen, stechen, stoßen und rupfen; – wie sie, gleich dem grünen Wasserfrosch, der die bewohnten Schneckenhäuser verdauet, Häuser und Länder verdauen; – wie sie (die besagten Bestien) wie der Ochse des Phalaris sogar den Schrei des Menschenschmerzes in das Brüllen einer wilden Tierstimme verkehren? – O könnte man nur eine Woche lang als ein hübsches volles Gewitter über die Menschenköpfe ziehen und sie zuweilen berühren von oben herab, so wollt' ich nicht klagen!

Da ich vorgestern über ein Dutzend Marktflecken und ein halbes kleiner Städte wegging und durch meinen gläsernen Fußboden und mein englisches Kriegsperspektiv herunterguckte in die Gärten und Gassen und an die Fenster mitten unter die Visiten-Komödien mit Chören hinein: so sagt' ich: ihr armen Sünder allzumal, wollte Gott, ich wäre ein Platzregen! – Graul, du glaubst es nicht. Einer Sedezstadt zuzusehen, das passiert; aber eine ganze Sedezstädte-Bank, eine Austernbank, von oben zu überschauen, das chagriniert. Ich sah in 22 Gärten von mehreren Zwergstädten auf einmal das Knicksen, Zappeln, Hunds-, Pfauen-, Fuchsschwänzen, Lorgnieren, Raillieren und Raffinieren von unzähligen Zwergstädtern, alle (was eben der wahre Jammer ist) mit den Ansprüchen, Kleidern, Servicen, Möblen der Großstädter. – Hier in der einen Tanzkolonne die Sedezstädterinnen mit bleihaltigen Gliedern und Ideen, aber doch in gebildete Shawls eingewindelt und in der griechischen Löwenhaut schwimmend, viele wie Hühner [1] und Offiziere mit Federbüschen kränklich bewachsen, andere in ihren alten Tagen mit bunten Kleiderflügeln behangen als Denkzetteln der jungen, wie man sonst gebräunte Pfauen mit ungerupften Flügeln in der Bratenschüssel servierte. –– In der entgegenstehenden Kolonne die Elegants und Roués, wie sie keine Residenzstadt aufweiset, die Narzissen-Jüngerschaft des Handels, des Militärs und der Justiz, deren modische Kruste in schneller Hitze ausbuk voll schwerer roher Krume, sprechend von Ton und schöner Welt, sehr badinierend über die alte langschößige in der Stadt; nicht gerechnet eine Sammlung gepuderter zarter Junker-Gesichter, die aus Billards und Schlössern vorgucken, wie aus dem durchlöcherten Kaninchenberg weißköpfige Kaninchen. –– Graul, über einen ganz vollen sächsischen Garten dieser Art, einen Kaninchengarten, mit eleganten langhosigen Ohnehosen besamet, streckt' ich im Zorn transitorisch meinen Arm aus, wie Xanthippe ihren über ihren Sokrates unter der Haustüre, und goß es – *ὡς ἐν παρόδῳ* – auf die Lustpartie hinunter –– mit Effekt, gebe der Himmel! Auf keine andere Weise als mit diesem Strichregen macht' ich meine erste Gastrolle in der kursächsischen Atmosphäre als Jagdtäufer.

[1] Nach Doktor Pallas entstehen Federbüsche auf Hühnerköpfen vom Beinfraß.

Aber so ist die ganze ungeweihte Erde. Man denkt sich nur immer die eigne Stadt als das Filial und das Wirtschaftsgebäude zu einer entfernten Sonnenstadt; könnte man aber durch alle Gassen auf der Kugel auf einmal hinunter- und hinaufsehen und so immer dieselbe Gemeinheit der Alltäglichkeit auf beiden Kugelhälften finden: so würde man fragen: ist das die berühmte Erde? »Das Spuckkästchen drunten, das Pißbidorchen, das ist der Planet«, würd' ich einem Seraph antworten, der vor mir vorbeiflöge und mich bäte, ihn zurechtzuweisen.

Das ist eben meine zweite Hölle – oben gedacht' ich meiner ersten –, daß ich so unzählige Narren, die wie Luftbetten nach jeder Erniedrigung sich selber wieder heben – die Billionen, die sich den ganzen Monat die Huldigungsgerüste selber bauen – die Repetieruhren, die es immer wiederholen, wie weit sie *vorgerückt* – alle die Trommelsüchtigen in tausend Dörfern, Gerichtsstuben, Expeditionsstuben, Lehrsälen, Ratsstuben und Kulissen und Souffleurlöchern, welche lustig schwellen können, ohne daß man ihnen mit dem Trokar einen tapfern Stich geben kann, das ist meine Hölle [1], daß ich so viele Windschläuche mir denken muß, denen ich nie beikommen kann, weil manche einen ganzen Erdmesser weit von mir liegen. –– O Gott, nur *einen* Jüngsten Tag der allgemeinen Demütigung – gern fahr' ich dann ab! –

Aber zurück zu meinen andern Fahrten! Gestern am zweiten Pfingsttag erwacht' ich über dem Fürstentümlein *Vierreuter* [2] und wurde gerade auf dessen Haupt- und Residenzstadt hergetrieben. Ich beschloß, in beiden meinen Kaffee zu trinken. Kurz vor dem Parisertore dreht' ich beide Hähne meiner Kugel auf, sowohl den für die Ausfuhr leichter als den für die Einfuhr schwerer Luft – und fiel wie ein Stoßvogel innerhalb der Wache nieder. Aber das machte diese dumm und wild, sie rief den Tor-Katecheten, und dieser wollte durchaus wissen, wer ich wäre, ferner meine Geschäfte, mein Logement und die Zeit meines Bleibens. Ich entgegnete ihm ganz höflich, er würde recht haben, grob zu fragen, so wie die Schildwache, den schiefen Schlagbaum gerade zu ziehen und sich davor grimmig zu postieren – da kleine Fürstentümer und deren Residenzen, wie kleine Juwelen, leichter zu verlieren wären –, wenn ich draußen in einem Wagen vor dem Tor säße und es ansähe; allein jetzt sei ich ja, wie er sehe, darüber weg und schon einpassiert. Er gab durchaus nicht nach, ich auch nicht. Der Wehrstand, in

[1] Diese Überrechnung, wodurch Giannozzo verwildert, mildert andere. Gerade die Vorstellung des aufgeblasenen Heers, dem man doch Schwimmblasen und Schwimmfüße nicht ausreißen kann, lässet uns jeden dastehenden Stolzen, der mit dem *Winde* segelt, den er macht, und jeden Eiteln, der von der *Luft* lebt, die andere ausatmen, als *einen* Toren mehr, viel leichter ertragen. D. H.

[2] Der wahre Name aber heißet, wenn anders die Zensur nicht Sternchen dafür setzt, ******.

den ich mich setzte, lockte den halben Wehrstand der Wachtstube um mich, Haustruppen im eigentlichen Sinn, die nie außerordentlichen Lärm in der Welt gemacht außer vor ihren eignen Ohren, wenn sie eben Gurken aßen. Du sagtest einmal, Graul, du getrautest dich, wenn du am Grenzwappen ständest, über das ganze Fürstentum leicht wegzupissen, so schmal lauf' es fort. Ich gab der Landmacht um mich herum etwas Ähnliches zu verstehen, indem ich sie fragte, ob man hier – so wie eine gewisse Stadt vor einem blinden Tore eine lebendige Wache hätte – nicht ebensogut vor wahre Tore blinde oder gemalte Wachen stellen könnte, die man gar nicht abzulösen brauchte.

Da sich darauf die Landmacht rüstete, mich ernsthafter zu berennen: ließ ich bloß meinen grünen Mantel ein wenig auseinanderfallen; sogleich schlug ich den Heerbann aus dem Felde – mit einer Kröte. Im ganzen Fürstentum Vierreuter steht nämlich kein Orden in größerem Ansehen als der französische oder neufränkische, den der Fürst selber gestiftet, damit er zum Großmeister erhoben würde von sich. Nach der Analogie von Deutschmeistern und deutschen Herren nennt er sich Frankenmeister und die Ritter Frankenherren. Sie tragen (denn er mußte mich in Marseille auch zu einem machen) im Knopfloch an grünem Bande eine goldne Kröte – wenns nicht bloß ein Frosch sein soll (da sie so groß ist wie der am Fiedelbogen) –; vermutlich soll die Kröte auf die französische Lilie (der Sage nach der Nachflor der Kröte) hinführen.

Es ist gar nicht zu sagen – wenn man nicht im Kammerkollegium sitzt –, um wie viele Zolle der vierreutersche Ordensgeneral durch die Erfindung seines Frosch- oder Krötenordens dem Land die Geldgurt weiter und voller gemacht, – – bloß weil er aus beiden kein Goldstäubchen hinausfliegen ließ in fremde Länder für fremde Titel. Erstlich der Fürst selber, der, denk' ich, den besten und daher teuersten Titel verlangen darf, legt – anstatt sich einen, z. B. das überteuerte blaue Hosenband aus England zu verschreiben, eine wahre Staats-Aderlaßbinde – ein inländisches Fabrikat um den Leib, das ihm keinen Heller kostet, sondern nur ein Wort, und er steht so gratis als Groß- und Frankenmeister des Krötenordens fertig vor Europa da. Oder verlangt man, daß ein Herr, der das ganze Jahr Titel und Bänder an alle Welt, oft an die größten Tropfen und Ausländer ausgeworfen, sich selber zu nichts kreieren und durch kein Selbstband zeigen soll, wie er sich ehre? –

Zweitens: da die Menschen auf dem schlaffen Seile der seidnen Bänder am liebsten tanzen: so können in Ländern, die mit *Metall*saiten bezogen werden sollen, gar nicht Basler Ordensbandfabriken genug errichtet werden, damit man die Menschen und ihr Geld bei der Ehre fasse! Der Frosch setzte mich und meine Injurien in Sicherheit und Achtung und darauf in den Gasthof, wo ich sogleich nach dem Balbier und nach dem Hofmarschall schickte, um durch beide den Zutritt zur Cour zu erwerben. Ich und der Fürst waren uns einander ehemals in Marseille in den Kulissen des Théatre des Variétés aufgestoßen und sehr bekannt geworden. Die Wahrheit zu sagen, wollt' ich dem Hofe Verdruß machen und mich nachher wieder in die Luft. Ich wurde angenommen: aber da ich im Verzugs- und Anstandssaale auftrat unter den Frankenherren ohne Courflagge und Courruder, ohne Haarbeutel und Degen: so mußt' ich mich ein wenig auf dem Rücken und von der Seite ansehen lassen. Endlich erschien unser Frankenmeister mit seiner Meisterin. Ich wurde ihm präsentiert wie ein lebender Wechsel auf die Vergangenheit, aber nicht außerordentlich honoriert und akzeptiert; – die Arme, womit er sonst jugendlich an sich drückte, waren – der eine durch das feste Halten des gewichtigen Zepters, der andere als Tragebalken und Atlas des Thronhimmels – ganz steif geworden und die weichen Hände sehr kallös. Er konnte die Ellenbogen so wenig um mich zusammenschlagen als ein Wegweiser seine hölzernen. Ich führte ihn leise auf einige Juvenalia zurück, besonders auf ein Inkognitohaus in Marseille, das eigentlich das wahre Théatre des Variétés war, wo ich ihn mehrere Sonntage vormittags damit außer Fassung brachte, daß ich ihn daran erinnerte, wie gerade jetzt (in diesen etwas apokryphischen Horen) auf allen Kanzeln seines Landes in den kanonischen werde um das Vergnügen und die Tugend des Landesherrn geflehet werden und besonders darum, daß er gesund wiederkomme –: er ging darauf allemal ans Fenster des Theaters und hatte Gedanken.

Aber heute brach er ab mit einem gezwungenen Lächeln. – Serenissima sah stolz über die öden Plätze meines Körpers hin, wo ich mich als eine bloße Henne darstellte mitten unter so vielen Courhähnen mit Kamm und Sporen – nämlich ohne Haarbeutel und Degen. Sie ist eigentlich die Goldschaumschlägerin des zeremoniellen Rausch- und Knistergoldes; ihre Courparole Von hätte den Adam, ihren Urherrn, als einen tafelunfähigen von wenig oder gar keinen Ahnen – weil Präadamiten schwer zu dokumentieren sind – von ihrem Tischtuch verjagt. Sie wußte von den Römern, daß Sklaven oder (in der Sprache des Mittelalters) Leute frei würden, wenn sie mit dem Herrn äßen.

Endlich machte sich der Hof zum Marsche ins Tafel- oder Stummenzimmer mobil, und wir Kammer- und Frankenherren – meistens Leute, die nichts zu essen haben außer im Bratenrock und die sich mit dem Degen an der Seite den Weg bahnen zur Schüssel – und sämtliche Minister des Ländchens drangen in keilförmiger Ordnung voran, und die fürstliche Familie schleifte leicht hintennach. – – Die Langeweile, als die Königin des Balles, war bald hinten, bald vornen und flog wie eine muntere Hausfrau unter den Gästen umher.

Vierundvierzig Worte wurden zur Tafel geliefert und an fünfundvierzigtausend Seufzer – ich hatte Zeit zum Zählen der Lieferungen als der größte Seufzer-Lieferant. O ihr Deutschen, warum sprecht ihr so wenig, zumal am Hofe, und vollends die Vierreuter! Sprechen ist Wachen, Schweigen nur Schlaf. Wenn man in Neapel die Satisfaktion hat, zu erfahren, daß jeder

Balbier und Schneider einen zweiten zum Fremden mitbringt, um, während er rasiert oder misset, ein Sprechmitglied, einen Turniergenossen der Redeübung zu haben – und daß sogar der Souffleur sich noch einen Zungenableiter und Mitlauter im Kasten hält: so weiß man nicht, was man in Deutschland zu dem allgemeinen Zungenkrebs und Lippenkrebs – nur der letztere ist eine Krankheit bei Menschen – sagen soll, und das ist eben wieder deutsch und stumm. Sobald der Deutsche mit seiner Historie fertig ist – denn wie der Brite kein Frühstück ohne gedruckte Zeitung, so genießet überall der Mensch nichts ohne mündliche –: so kommt er gar nicht wie der Franzose erst recht ins ästhetische und philosophische Sprechen hinein, sondern er ist schon fertig mit allem.

Nur die drei Minister – so schreibt man Präsident, wenns mit großen oder Anfangsbuchstaben stehen soll – hatten den Mut (weil man sie haben mußte), zuweilen ein weises und langweiliges Wort zu sagen. Leute von Jahren und von hohen Ämtern exerzieren überall das Servitut der Langenweile, dieser Figurantin der Weisheit. Die Menschen machen es mit sich wie die Vogelfänger mit dem *Hasenbalg*, sie stülpen ihn zu einem *Eulenkopf* um (wie er auf Minervens Panzer sitzen könnte): dann fangen sie das leichtfertige Gevögel.

– Und *dem* fliegt Giannozzo so gern an der Spitze vor. Ich verfiel da wieder auf meinen alten Hotel-Spaß. Ich glaubte nämlich einiges Leben in die Eß-Konsulta zu bringen, wenn ich mich stellte, als entflöhe meines. Anfangs ließ ich einige nicht schrecklose Zuckungen über das Gesicht weglaufen; man sah sie sehr aufmerksam an; ich trug noch ein paar harte nach – und sank unversehens in die Ohnmacht. Ich wurde von einem Käferschwarm von Bedienten aufgefangen und umschnurrt. Da ich wieder auf den Sessel und zum Besinnen kam, fand ich zu meiner Lust den Diskurs allgemein. Ich mußte jeden aus der Angst des Rezidivs herausziehen, damit man mich nur sitzen ließe. Sooft nun wieder Mattigkeit einfiel und Tafeljammer: so lehnt' ich mich zurück und spielte auf meinem Gesicht mit matten Kräusel- und Anfangsbuchstaben von Versterben; aber ein schwacher Zickzack von Mienen reichte hin, alle zu beseelen und mich wieder aufrecht zu setzen. Die kahlköpfigsten Hofleute wollen sich – wie sie mir abermals schmeichelten – keines so amüsanten Diners entsonnen haben, als dieses durch meine mimischen Konfigurationen war. Ich selber wurde überhaupt allgemein gesucht, weil ich aus der Luft herabgefahren war und man mich wieder auffahren zu sehen hoffte. Abends im Novitätentempel – so hieß als Widerspiel des Antikentempels ein schlechter Speisesaal im Park – bracht' ich gar etwas in der Tasche mit, was die Gäste in so viel Feuer und Handlung setzen sollte als die Pucelle oder jede andere Muse und was ich auf dem Kirchturm, den ich deswegen zum Spaß bestiegen, eingesteckt hatte; – es waren ein paar Fledermäuse.

Es fiel darauf ein Land- und Lufttreffen zwischen den Froschrittern und

Fledermäusen im Saale vor, daß der offizielle Bericht durchaus bekannt zu werden verdient, den ich an auswärtige Mächte davon aufgesetzt unter dem imposanten Titel:

Frosch- und Mäusekrieg im Novitätentempel
zu Vierreuter

Als der Schelm Giannozzo eben vor dem warmen Suppenteller saß und jeder andere auch: schlüpft' er heimlich mit der linken in die Tasche und holte unter der Chauve-souris-Maske des Schnupftuchs unbemerkt (weil der Hof auf die Löffel sah) seine Fledermäuse hervor und ließ solche unter der Tafel los. Wenige Sekunden darauf ging die Lust-partie à la guerre an, die zweite Hof-Dame sah zuerst als Vorpost und enfant perdu die fliegenden Drachen oben fahren und rief nicht »wer da«, sondern wußt' es sogleich und schrie bloß: perdu, weil sie: enfant ausließ. Die andern Damen riefen in zwei Sprachen: Himmel! – wenige Herren: Hölle! – die meisten beides. Auf dieses Kriegsgeschrei sprangen viele der meisten Krötenritter von ihren Sesseln auf und wieder darauf hinauf und zogen ihre Hof-Raufer, um sich mit den Mäusen auf Hieb und Stoß zugleich und sogleich einzulassen. Die schwere Kolonne, deren Backen und Bauch am Hofpol wie Wasser im Frost konvex geworden waren, erwartete den Feind auf dem Fußboden und hielt die Hüften-Bajonette vor. – Das Bedientenvolks-Aufgebot rannte aufgebracht umher, die meisten schlugen mit der Fahne der Serviette, womit sie den Teller gehalten, nach den fliegenden Corps, wenige mit den breitgedrückten Halbpfündern von Tellern. – Bloß ihr Chef, der alte ernste, hinter Stühlen grau gewordene Haushofmeister, stand vom Schrecken halb erwürgt und von seinem Verstande verlassen da und versuchte gegen beide Unglücksvögel einige schwache Luftstreiche mit dem Säbel des Trenchiermessers, die man jedoch als Kommandoschwenkungen auf der vorteilhaftern Seite nehmen konnte. – Nur der Generalissimus und Frankenmeister nahm mit einem unbegreiflichen Mute (der ganze Hof ist hier der Nachwelt der beste Bürge) noch ganz gefasset fünf oder sechs Löffel Suppe zu sich, während diese schon eine soupe dansante geworden und das Treffen allgemein, die Ministers aufgestanden und die meisten Weiber und Kammerjunker schon entflohen waren. – Für einen Mann dieses Muts war es, auch wenn er nicht der Kommandeur des Froschordens wäre, wohl nichts weiter, als was sich von ihm präsumieren lässet, daß er den Löffel weglegte und sich, mit nichts als einem Hasenbrecher in der Hand armiert, mitten ins dickste Gefecht mit dem Flügelwerk begab. – Von dem Schelm Giannozzo muß man doch das Gute sagen, daß er die Fürstin als die Schachkönigin deckte als Turm, vor ihr auf einem Stuhl postiert und mit einer Gabel die Mäuse parierend; ja es schreibt den Schelm in die Rubrik großer Helden ein, daß er vermögend war, mitten unter den Schwertern zu raillieren, das Treffen ein Schifferstechen und dergl. zu nennen und seinen eignen Krötenorden nur wenig zu schonen.

Da nun der selber zu seiner prätorianischen Kohorte abreisende Frankenmeister sich an die Spitze der Frosch- und Krötenmäusler setzte: so wirkte er, wie Ziskas Haut auf der Trommel, auf sein Heer: – es entstand ein Handgemenge ohnegleichen – die Krötenritterschaft nahm sich zusammen, und das Flugstechen fing nun erst, da die Ritter bisher öfters vom Geflügel überflügelt worden und der Übermacht gewichen waren, recht erbittert und glücklich an. –– Wahrlich das jetzige Geschrei der Weiber – das Blinken der Stoßgewehre – das Flattern der Fahnen und Mäuse – das Sturmlaufen der Froschmäusler – das Stehen der drei Minister, die den Flug der Vögel beobachteten als Augure – der erwürgte sinnlose Haushofmeister mit dem Messer, der noch schwenkte – das alles zusammen formierte ein Schauspiel, dergleichen man im Novitätentempel zwar kein braveres, aber auch kein terribleres je gesehn hat, ausgenommen etwan sein Ende. Denn der Ordens- und Obergeneral war so glücklich, den rechten feindlichen Flügel mit dem Hasenbrecher unter sich zu bringen und solchen wirklich zu erstoßen; worauf sich sogleich – weil in derselben Zeit der Schelm Giannozzo den linken Flügel an dem rechten der Maus in geschickter Stechweite mit seiner Gabel aufspießte und so alle Gefahr vorüber war – der sämtliche Hof in corpore zu dem Sieger und der Maus hinzudrängte und jeder ihm wie an einer Geburtstags-Cour seine Glückwünsche abstattete. Aus dem lebendigen Gefangenen an der Gabel und dessen Krummschließer wurde, wie es schien, weniger gemacht, und der besagte Schelm mit seinem Vogel schien nur den roten Adler zu tragen an ihr, Serenissimus aber den schwarzen.

Ende des berühmten vierreuterischen Kriegs

Nach den Krötenritterspielen stand die Lust wie ein langes Morgenrot über der Tischgenossenschaft. Sie wollte noch ein Abendrot dazu haben, nämlich meine Auffahrt in der Nacht; und ich wurde daher allgemein geachtet, wie es Menschen pflegen. Ich sah oft »liebenswürdige herrliche Gesellschafter«, die es darum waren, weil sie wie Hähne krähen, oder fünf Kartenkünste machen konnten, oder weil sie einen Pudel mit hatten, der halben Menschenverstand besaß; so wurden meine beiden besten Kugeln, die im Kopf und die in der Brust, bloß durch die ärostatische gehoben. – Zur Belohnung bat ich den Hof, nach meiner Auffahrt eine Stunde lang achtzugeben, ich würde oben unter den Sternen dreimal den Novitätentempel umkreisen und mich senken.

Ich ging ins Wirtshaus und fuhr auf – und davon.

Dritte Fahrt

Das Fisch-Eden – das Saturnianer-Land – das Dörfchen Dorf

Den wahren Himmel auf Erden, sagt' ich oft, besitzt wohl niemand als ein Seefisch. Wär' ich einer, z. B. ein Haifisch, so könnt' ich unter dem Eishimmel des Nordpols hervorbrechen, vor der kalten Zone vorbeischwimmen, dann vor der gemäßigten und am Gleicher halten und wie andere Normänner Menschen rauben – und dann meine Reise um die Welt fortsetzen. – Ich hätte überall etwas zu fressen, nämlich meine Wasser-Sassen, die Stockfische, und wo ich fröre oder schwitzte, säh' ich mein gemäßigtes Klima unter den Floßfedern, in das ich untertauchen könnte. Welches herrliche, freie, weite Reich, worin wir Hai- und andere Fische neben einigen gestrandeten Weltteilen und Inseln, wovon die wenigsten schwimmen, leben ohne Blitz und Überschwemmung, ohne Dürre und Mißwachs und ohne Fischseuche! –

Fast wie einem solchen Fisch im Wasser war mir gestern nachts in der Luft, als ich herauskam aus dem Novitätentempel. Welche lüftende Freiheitsluft gegen den Kerkerbrodem unten! Hier ein rauschendes Nachtluft-Meer, drunten ein morastiges Krebsloch! Ich machte die Sänftenfenster dem frischen Luftzug auf und blies vor Lust mit meinem Posthörnchen hinaus. Drunten auf meinem zurückgelassenen Meersboden stieg ein Dieb in eine Kirche ein – unweit davon stieg ein Mönch aus einem Kloster als Selbstdieb heraus – in den Wald liefen Wilddiebe – auf dem Felde Wächter gegen das diebische Wild – ferner Reisende – Sentimentalisten u. s. w. Was ging mich das tiefe Volk an? – Ich ging zu Bette.

Saussure klagt schon über die Schläfrigkeit auf Höhen; auf meiner gedeihen die Mohnköpfe noch besser. Ich erwachte erst, da ich schon über dem Saturnianerlande schwebte. Es verdient seinen schönen Namen, da wirklich Saturns goldnes Alter sich da noch aufhält. Der Hof, der Hofprediger und die Kammer sagen es dem Fürsten an Geburtstagen, weil sie das Land mehr bereisen und kennen als er. Wenn je ein saturnianisches Lustrum so auf der Erde weilte, wie Hesiod es beschreibt – sagen sie und schlagen den alten Sänger auf –, eines, wo die seligen Menschen ohne Ackerbau, ohne Gold und ohne Fleischessen lebten: so ists hier in unser Land versteckt; wo ist, fragen sie, hier mühsamer Bau des Landes, das alle seine Gaben freiwillig gebiert, die freilich nicht von jedem zu genießen sind? Wo wird weniger Blut vergossen und Fleisch gegessen als da, wo fast gar kein Viehstand ist? – Und was das Gold anbelangt, das eben in goldnen Zeitaltern erweislich nur im Namen steckt, so haben wir die echtesten *Papiere* in Händen, um das Alibi desselben zu dokumentieren; denn das Blei, das unlegiert im Lande rouliert, ist eben die rechte Gedächtnis- und Krönungsmünze des Saturns, den die Chemiker einmütig zum Namenszug dieses Metalles aufgestellt. In andern Ländern wird oft eine Regierung die glückliche unter dem Saturn genannt, weil dieser, wenn nicht seine Landeskinder, doch seine apanagierten Prinzen vor Liebe aufzuessen suchte.

Mittags fütterte ich im saturnianischen Dorfe »Dorf« sowohl mich (freilich mager genug) als das ganze Dorf für 2 Taler 48⁵/₈ Kreuzer ab. Sämtliche Dörfer kamen vor Erstaunen über die Mildtätigkeit eines so reichen Herrn – da der goldhaltige Paktolus sonst nur von unten, wo er entspringt, hinauffließet, ich aber gerade so viel verschenkte, als der Graf zu Wied-Runkel als seinen Anteil für Niederisenburg-Gränzau zum Kammerzieler [1] gibt – und über den famösen Geldhaufen von drittehalb Talern, der in lauter Albus vor ihnen lag – ich sage, sämtliche Dörfer kamen teils vor Erstaunen darüber und teils vom Getränk halb von Sinnen. –

Abends fraß ich in Wien.

Ich mag heute nichts mehr schreiben.

Vierte Fahrt

Der Wiener Schub – das Schul-Pferd – Herr v. Fahland – die sentimentalischen Spitzbuben – das schlimme Rotonden-Loch

Der Siechkobel stieß noch vor tags vom Lande ab, weil ich erst in Wien gewesen. Ein fataler satirischer Südwind trieb mich aber so, daß ich oben gerade mit dem »Wiener Schub« [2], dem Vagabonden-Florilegium, parallel fahren mußte. Österreich frankiert dieses Provinzialkonzilium an Baiern – dieser Kreis akzeptiert die ostindische oder europäische Kompagnie von Selbstpanisten als Transitogut und verführt es nach Schwaben – Schwaben behält die Mission, die wie ein Steppenfeuer den Kreis ordentlich unter sich verteilt und besetzt, so daß nachher die Kolonisten und Emissarien einzeln zusammengesucht und aufgehangen werden. Schwaben kann man, insofern diese Metastase der Krankheitsmaterie des Reichskörpers dahin geschieht, nach der Analogie der Ordenslandkarten, die ein Benediktiner-, ein Jesuitendeutschland etc. haben, als ein Vagabundendeutschland mappieren.

Da der Wind mehr gerade ging als der Schub: so konnt' ich bald divergieren und bei einem Postmeister einkehren, dessen Sohn zu nichts taugt als zu seinem Sukzessor. Er ließ mich sein englisches Pferd im Stall besehen und betasten, das sich auf Hutabziehen, Totanstellen, Küssen, Verbeugen versteht. Ich setzt' ihn zu Rede, warum er nicht dem guten Vieh die Erziehung seines Sohnes anvertraue, damit dieser den Fuchs als seinen Ober-Hof- und Konduitenmeister und Schulfuchs ritte. Der Mann ist selber nicht

[1] Fabris Geogr. für alle Stände 1. T. 1. B. Seite 538.

[2] Jährlich geht von Wien ein solcher Galgenvögelstrich wie andre Vogelstriche zweimal ab.

weit her; sonst könnt' er das Kunst- und Musenpferd, das sich so allmählich tot anstellen kann, auch in die Tragödienproben des Pestitzer Theaters reiten, damit die Akteurs vom Fuchse sterben lernten, um zu leben.

Der ganze Tag verdiente überhaupt gar nicht, daß man ihn durchlebte; und am Abend ärgerte mich noch dazu der Abend. Kurz vor Sonnenuntergang sah ich die Stadt Mülanz [1] kaum noch 6 Meilen entfernt; »ich kann im Neste pernoktieren«, sagt' ich, »da ich mit so gutem Rückenwinde darauf lossegle.« In der Nähe des Parks, über welchen weg ich in die Stadt fahren mußte, ging im Mondenschimmer Herr v. Fahland (schon ein fataler Name!) mit einem ganz schwarz eingekleideten weiblichen Herzen. Ich kenne – und segelte ich über der höchsten Wolke – Fahlanden am Gange der Arme gleich; er ist in Mülanz Zensor des ästhetischen Fachs. Gott geb' ihm noch heute eine höllische Nacht! O ihr schwachen Weiber, welche von euch, wenn man die gute alte, immer treu und jungfräulich bleibende Abbeville [2] aus Billigkeit ausnimmt, hält das größte Feuer aus, das man auf sie gibt, nämlich das poetische? Pulsiert nicht hinter eurer falschen Brust aus Wachs – wie jetzt symbolisch Mode wird – ein ähnliches Herz aus Wachs, das sich nur fest und unverändert erhält in der Kälte, das aber vor der männlichen und poetischen Flamme herunterrinnt, die mit der Spitze gen Himmel zeigt, obwohl mit Grundfläche und Nahrung auf der Erde aufsitzend? –

Die sinnlichen, ehrlichen Roués in Frankreich hatten sonst 365 Weiber in *einem* Jahre, aber doch *nach*einander; aber die poetischen Rouants (diese Seelen-Radebrecher) haben ebenso viele auf einmal zu derselben Zeit und heißen das Simultanliebe, über welche J. P. in seinem Hesperus unverantwortlich leicht weggeht. Ich, Giannozzo, vierreuterscher Frosch- und Frankenritter, muß zwar in manchen Punkten so gut auf meine Brust schlagen als in unzähligen auf fremde Rücken, und es wird niemand, dem ich oft in Paris oder Wien begegnet bin, auf meinem Grabstein hypothekarische Versicherungen einhauen lassen, daß ich ein Tugendspiegel gewesen; aber wahrlich ich beging allzeit meine Todsünde und damit schabab; nie hingegen, nie blies ich ein armes dummes Herz mit Äther auf und ließ den Globen an meinem Faden bald hoch, bald niedrig fliegen und tat zuletzt einen derben Schnitt hinein, daß es mir als ein welkes Häutchen vor die Füße niederfiel nach langem Ziehen, Schwellen, Weinen, Irren und Zagen, und seiner und meiner satt. – –

»Aber du, Fahland, Fahland, hast du nicht acht Bräute in vier Städten und heiratest die neunte in der fünften? Und was hast du so spät im Park mit der schwarzen Schleier-Eule vor?« so sagt' ich oben und sah zu (mit dem Kriegsperspektiv), was er machen wolle.

[1] Auf den Karten heißet sie *****.

[2] Semper fidelis hieß diese Stadt wegen ihrer Untertanentreue, und Jungfer, weil sie nie erobert worden.

Auch wußt' ichs voraus. Er steckte ein Buch in die Tasche, ganz entschieden einen Roman und wohl gar von dem aus *Feucht*-Wangen[1] gebürtigen Jean Paul; pagina jungit amicos, d. h. eine oder ein paar Seiten aus einem Zähren-Buch kopulieren Seelen und ihre Leiber, oder Kuppelpelze. Asserit A, negat E, verum universaliter ambae; d. h. er bejaht Liebe, sie verneinet sie, aber beide nur so ins Blaue hin, aus dem ich eben herniedersah. Beide gingen wie mein Rückenwind, wie es schien, einer Rotonda zu, in welche nirgends einzuschauen ist als durch ein großes Loch von oben. Fahlands Zeigefinger war eine Hand in margine für das Buch der Natur; sein Herz hatte wie ein Hühnerauge Gefühl für das schöne Wetter, und er fuhr mit den Mautners-Suchnadeln seiner Empfindungen in alle Schönheiten der Natur, in Sterne und Käfer. Fahland, wie seine ganze Diebesbande, hält das Abendrot und ganze Haine bloß als Springwurzeln an das weibliche Herz, damit dieses Vorlegeschloß der Person aufspringe; mit der Erdkugel und einigen Himmelskugeln und der zweiten Welt beeren sie die Schlinge für das dumme Schneußvögelein vor.

Es charmierte mich, daß der Zensor im ästhetischen Fache auf der empfindsamen Reise zur Rotonde verblieb; ich half oben dem schwachen Wind mit Rudern nach als dessen Vorspann. Der Zensor ließ schon die Korsarenflagge, das weiße Schnupftuch, flattern und trocknete seinen Augapfel; die Schwarze steckte die weiße auf und trocknete damit auch. – O guter Himmel, treibe sie in die Rotonde und mich oben gerade über das Loch! – Man nehme solchen Zensoren in ästhetischen Fächern das Unglück und also die Klage darüber: so hat man ihnen ihr Liebesglück genommen; wie an dem Räucherstecken der Speck der Schweine, die in die Buchmast gegangen, so tropfen Tropfen dieser Art unaufhörlich und höhlen sich das Herz aus, worauf sie fallen. Ich habe ein Mandel davon beiderlei Geschlechts aufgerechnet, das jetzt ganz verdrüßlich und erkältet wird durch zärtliche Musik, bloß weil das Mandel die besten erotischen Qualen längst verscherzet hat und sich also aller Verluste verlustig sieht, denen etwan in klagenden Arien nachzuweinen wäre.

Das Schnupftuch – dieses Geifertüchlein bärtiger Kinder – ist die beste Herzensfloßfeder, die ich je an solchen Fischen gesehen; die Mädchen sind wie Kalk, den der Freskomaler so lange bearbeiten und bemalen kann, als er naß ist. O warum bin ich nicht der Teufel oder seine Großmutter, um solche Neptunisten – die zu Vulkanisten zu erbärmlich sind – abzuholen und abzutrocknen in der Hölle? –

[1] Solche Wortspiele oder Spielworte, die der Handwerksgruß von Giannozzos Gewerkschaft sind, hab' ich niemals außerordentlich hoch angesetzt. Auch hab' ich oben eine ganze lange mokante Stelle weggelöscht, wo er bloß gegen die Leserinnen und die Ehrensäulen feuert, die ich ihnen hin und wieder aufgerichtet. D. H.

Der halbe Mond stand mitten auf der Himmelsmoschee wie ein türkischer. Das Paar sah sich nicht um, sondern nur nach dem Mond, der wie ein Juwelenschmuck über dessen Haaren stand; es nahm also geblendet mich und meinen nur noch 100 Schritte von ihnen gehenden Weltkörper nicht wahr. Es war so wind- und landstill, daß ich Fahlanden hinaufhören konnte, da er sagte: »Die Gewalt des ungeheuern Schicksals, Edle, etwa? – Nein, dagegen bin ich löwenstark, sobald nur mein Herz an deinem klopft.« Dieses Zusammenklopfen möchte schwerlich – ohne verrenkte Gruppierung – tulich sein, es müßte denn eines von beiden Herzen rechts vorgeschoben werden.

Endlich besah er den Mond und fragte ihn – oder den bekannten Mann im Mond, wenn er nicht den Mann unter demselben meinte, nämlich mich –, ob er (der Mond, oder der Mondmann oder ich) vielleicht so still und heilig glänze, weil er mit ihm schwelge und leide und wandle. »Ich will dich aber allein und abgesondert anschauen, du Heiliger, in deinem Tempel; komm du mit, du Heilige!« Mit diesen Worten, womit er sich und das einsame Besehen des Monds durch das Rotonden-Spundloch introduzierte, war er mit der Schwarzen in den Tempel hinein. – Ich fuhr oben nach.

Matrosen, wie sie sein sollten, wofür dieser Almanach geschrieben, braucht die unsägliche Mühe nicht langweilig abgemalt zu werden, die sich ein Luftschiffer geben muß, wenn er den geizigen Wind – die waagrechte Ferne – die steilrechte – das Öffnen beider Lufthähne – und den Bogen, den er halb sinkend, halb wie eine Bombe zwischen beiden Fernen beschreibt – gerade so berechnen will, daß er zuletzt auf einmal (die Hähne sind ganz aufgedreht) in das Rotondenloch hineinschießet. Verdammt! ich schoß freilich so und ankerte; aber nie verfluchter. Ich blieb mit meiner Sänfte im Introitus stecken, der sie zwischen den beiden Türgriffen so in der Mitte fing, daß ich nicht aufmachen und mich durch Auswurf einiges Ballastes wieder aus dem Schweißloch heben konnte; – ich hatte meinen Ballon gleichsam als eine Peterskuppel auf diesen Tempel gebauet.

Vor allen Dingen sucht' ich mehrere Bannstrahlen aus meinem Souffleurloch auf das mäuschenstille Paar hinunterzuschleudern, eh' es davonlief, und drückte mich in der Sänfte so aus: »O mein Herr Zensor im ästhetischen Fach, der Passagier, der hier in der kläglichen Fassung über Ihnen schwebt – ich meine nicht meines Geistes, sondern des Mastkorbes seine –, kennt Sie sehr gut und hat in der Luft alles gehört und behorcht. Sie Heuchler! – Springt man so um mit Gänslein, wie ganz gewiß das schwarze da unter mir in der Rotonde ist? – Braucht man das Herz zum Diebsdaumen – den Pegasus zum Schießpferd gegen diese einfältigen Trappen – und die schöne Nacht zum Nachtgarn und den Sternenhimmel zum Lerchenspiegel? Herr Federschütz! Stellet ihr Spitzbuben nicht den Mond als Tellerfalle der Nymphen auf und den Regenbogen als Sprenkel? – Ich vermische die Anspielungen, aber ich frage jetzt den Teufel nach Stil, Herr Zensor, aber nicht morum! – Und die Tränen-Stückgießerei! und das eigne Herz, das ihr so zerschnitten vormalt, wie es sonst die Hosen der Vorfahren waren. – – Magdalene sündigte doch, um zu weinen, aber ihr weinet, um zu sündigen, eine teuflische Antithese, aber im Handeln! – Wollte Gott, ich könnte mich nur aus der verdammten Schießscharte, in die ich bloß hineinfeuern muß, hinabmachen. – Sie sollten mich kennen lernen. – – Warum defendiert sich niemand drunten? – Wo stehst du denn, stiller Spitzbube?« –

Aber da ich zufällig einen Blick über den Park warf, stieg das begossene Paar schon weit von mir und meiner Hängekanzel über einen mondhellen Hügel hinüber. Ich schlug daher – weil ich nicht die ganze Nacht in dem Predigt-Eingang hängen wollte – ein Sänftenfenster ein und kroch aufs Dach heraus und war im Zorn gleichsam ein aufs Haus gesetzter roter Hahn. Erst nach langem Toben konnt' ich mir den Park-Inspektor erschreien, der mich gern, da er mich so sitzen sah, auslachte und herunterholte. –

Fünfte Fahrt

Herr v. Gehrischer – die Mülanzer – Plan zu einem Galgen-Jubiläum samt der Jubelrede

Wer könnte einen Tag lang unter den Mülanzern aushalten, wenn er nicht sein Kajüte-Fenster zum Glaser schicken müßte? Herrn Gehrischer, einem Hotel-Bekannten, dem ich in Europa wenigstens dreißigmal entgegenkam, tat ich die Ehre an, sein Gast zu sein zu gleicher Zeit mit zwölf andern. Niemand kann nach jemand weniger fragen als wir beide nach einander; »Giannozzo ist ein sehr pläsanter Hanswurst, gewiß nicht ohne Talent, aber dabei maliziös und impertinent!« sagte er; ich sage, von Gehrischer ist der Stellvertreter der Menschheit. Aus seinem Kopf voll Sprachen und Kenntnisse – aus seinem Stammbuch voll großer Namen – aus einem Bilderkabinett, einem Musikzimmer, einem Büchersaal und Geldkasten, aus allen diesen Perlen der Menschheit setzt er doch nur eine abgeschabte passive Figur wie einen Nußknacker zusammen, der nur andern die Kerne reicht, ein Ding, das (seinesgleichen ausgenommen) nichts macht, kein Werk, kein Glück, kein Unglück, nicht einmal einen Streich. Durchstreicht diesen lebendigen Gedankenstrich, ihr merkt die Korrektur nicht, weil der längere Strich noch da ist. Wie gesagt, er ist der Taschenspiegel der Menschheit. – Hell steigt der Genius vom Himmel nieder, und das Gewölke erglänzet weit, wenn er es durchdringt; und der ätherische Geist berührt die Erde: da verwandelt sich alles – die Felsen gehen auf und zeigen stille große Gestalten – auf die Leinwand und die Mauern fällt der Widerschein von fernen Göttern und ihren Himmeln – alle Körper erklingen, Sehne, Holz und Gold, und die Luft durchfliegen Lieder –; aber die dumpfe Menschenherde hebt ein wenig den Kopf von der Weide verwundert auf und bückt sich wieder und graset weiter; nur einige werden geheiligt und knien verklärt.

Was die Mülanzer anlangt, so treibt dieses ruhige Chor und Käugelag kein Gott von der Gemeinhut; wollt ihr sie aber näher taxieren, ohne euch um mehr als drei Pfund zu verrechnen? Kommt mit mir zum großen Ball, den Gehrischer ihnen heute gab. Ganz Mülanz von Stand ist da, ob er gleich etwas darin setzt – das ist sein einziger Posseß-Titel des Werts –, daß er, wie die alten deutschen Bücher, ohne Titel bleibt. Wie es einen gelehrten Adel gibt, so gibts einen goldnen, der für den *tafelfähigen* offne Tafel halten kann.

Sie kamen, sahen und siegten – über alles, was sie erwartete auf den Tischen. Himmel! es waren aufgeklärte Achtzehnjahrhunderter – sie standen ganz für Friedrich II., für die gemäßigte Freiheit und gute Erholungs-Lektüre und einen gemäßigten Deismus – und eine gemäßigte Philosophie – sie erklärten sich sehr gegen Geistererscheinungen, Schwärmerei und Extreme – sie lasen ihren Dichter sehr gern als ein Stilistikum zum Vorteil der Geschäfte und zur Abspannung vom Soliden – sie genossen die Nachtigallen, wie die Italiener andere, als Braten und machten mit der Myrte, wie die spanischen Bäcker mit der andern, den Ofen heiß – sie hatten die große Sphinx[1], die uns das Rätsel des Lebens aufgibt, totgemacht und führten den ausgestopften Balg bei sich und mußten es für ein Wunder halten, daß ein anderer eines annimmt. – Genie, sagten sie, verwerfen wir gewiß nie, nur feil's – und nur für *ein* Ding brennt ihr frostiger Geist, für den Leib; dieser ist solid und reell, dieser ist eigentlich der Staat, die Religion, die Kunst, und diesem diene die Berliner Monatsschrift. – –

O wie mir dieses blankgescheuerte Blei der polierten Alltäglichkeit, dieses destillierte Wasser, dieser geschönte Landwein ein Greuel ist! – Ich bin ohnehin schon längst die seichte Menschheit durchgewatet und ein Misanthrop der Köpfe weit mehr als der Herzen[2] geworden, weil am Ende jeder Kopf uns mit seinem Ufer und seinem Meersgrunde erschüttert und erschreckt; aber nun gar ihr allgemein-deutsch-bibliothekarischen Men-

[1] Bekanntlich lud Ödip das getötete Tier auf einen Esel u. s. w.

[2] Denn das Herz ist unendlich und ewig-neu. Wir können uns an den größten Schönheiten und Wahrheiten übersättigen und ihnen Reiz und Umriß durch den Genuß zerdrücken; aber keine schöne Tat kommt uns veraltet oder zu oft, und über den moralischen Zauber und Genuß herrschet keine Zeit. Diese seelenstärkende Unveränderlichkeit bauet sich nicht nur auf die Grenzenlosigkeit des freien Herzens, sondern auch auf die eigne Einrichtung unserer Natur, daß wir die moralische Schönheit und Freiheit und das Verdienst nur außer uns finden und also *lieben* können, in uns aber nur moralische Wahrheit und Notwendigkeit antreffen und *billigen.* Ich werde einmal diesem, unsern ganzen innern Menschen und Lebenslauf durchziehenden Unterschied näher nachfolgen. A. d. H.

schen, ihr Kopiermaschinen der Kopien, die ihr niemals ahnet und nichts erratet als Ebenbilder, wie selig seid ihr; denn wenn Madame des Houlieres in ihren Idyllen schon einen mouton glücklicher preiset als einen Menschen: wie muß es erst einer sein, der beides zusammen ist! –

Doch fehlet es den Mülanzern nicht so sehr an ungemeinen Menschen, daß nicht von Zeit zu Zeit einige gemeine aufständen, welche mit der Fichtischen Schule Klagen über den Überfluß an Trivialität repetierten; selber auf dem Gehrischerschen Balle hopseten drei dergleichen Titus-Köpfe mit; so mangelt es auch in Piemont an Hunden nicht, an welchen ebensogut Kröpfe sitzen als an den Piemontesern, noch in Asien an Affen mit Pocken der Menschen.

Morgen – das ist das einzige Erfreuliche – feiert in einer langen bürgerlichen, kanonischen, militärischen, adeligen Prozession Mülanz seine Belehnung mit der Stadtgerechtigkeit vor 100 Jahren. Da nun die Deutschen nichts Seelenloseres, Langweiligeres, Kälteres, Kanzleimäßigeres, Schlafröckigeres haben als – ihre Komparativen ausgenommen – ihre Jubiläen, Prozessionen, Krönungs- und andere Feierlichkeiten: so sitz' ich noch so spät in der Nachmitternacht, wo ich dieses schreibe, ein wenig auf und verfasse etwas Spöttisches, das ich, wenn ich morgen absichtlich durch mein publikes Ab- und Aufsegeln dem Jubel dazwischenkomme, auf den langen Zug herunterwerfen kann, adressiert an den Magistrat des Orts und lautend, wie folgt:

Flüchtiger Plan zu einem Jubiläum des Mülanzer Galgens

Eine Stadt und ein Galgen sind – nicht bloß topographisch – so nahe aneinander, daß alle Kriminalisten diesen nur für die fernste Pforte und Vorpost derselben ansehen; sein Pilaster-Dreizack ist die trinomische Wurzel der städtischen Sittlichkeit und bildet die drei Staatsinquisitoren, auf denen alles ruht.

Wer einen Galgen sieht, erfreuet sich, weil er weiß, daß eine Stadt sogleich nachkommt nach diesem dreibälkigen Telegraph oder sechseckigen Bierzeichen derselben.

Daher glaubt ein ganz fremder Herr – der morgen schon über die jubelierende Kette hinfährt –, den Anteil, den er am untern Jubel nimmt, nicht am schlechtesten dadurch an den Tag zu legen, daß er auch zu einem Jubiläum des Galgens – dieses so nahen Balkenvorsprungs und Heiden-Vorhofs der Jubelstadt – der Orts-Obrigkeit als Andenken folgenden schlechten Vorriß hinterlässet und herunterwirft:

Die Prozession zum Jubelgebäude formiert sich unten am Rathause und bricht in folgender Stufenfolge auf: Zuerst gehen die Spezial-Inquisiten, weiß gekleidet und in der von der Realterrition beizubringenden Meinung, man knüpfe sie auf; ja den reifsten kann man wirklich dazu nehmen. –

Hinter ihnen kommen sämtliche General-Inquisiten beiderlei Geschlechts; die Hand- und Faustzeichnungen der seit 100 Jahren in effigie Gehangnen hängen ihnen als Medaillons auf der Brust. – An diese schließen sich an (es soll ihre Ehre nicht versehren) die bisherigen Statisten im Pranger, da dieser von den größten peinlichen Geistern nie für etwas anderes angesehen wurde als für die Stiftshütte und Sakristei zu dem auf der nordischen Säulenordnung stehenden Jubel-Pantheon.

Dicht hinter ihnen schleichen die Fiskale und Defensores, mit langen Papierrollen in der Hand, gleichsam als wollten die Edeln an diesem feierlichen Tage amtieren, nämlich anklagen und verteidigen.

Es wird das Einerlei unterbrechen, wenn zwischen den Statisten und den Advokaten ein Artillerietrain von 300 Festungs-Karren auffährt, worauf die Kriminalakten des Säkulums aufgeschlichtet liegen. Die Bagagewagen können – wenn die Abkunft auszumitteln ist – von den Deszendenten *der* Kühe gezogen werden, deren Haut sonst über diesen Jubelweg gezogen wurde.

Die malefizische Obrigkeit seh' ich jetzt dahinziehen. –

Verurteilte Gassenkehrer laufen von Zeit zu Zeit zwischen alle und fegen gewandt – sie wollen den Jubel heben.

Nach der Fraisherrschaft erwart' ich das peinliche Offizialat, die maitres des hautes œuvres und die maitresses – einige alte corpora delicti – Diebsdaumen – zerbrochene Stühle und Bänke – Brecheisen, und was, beim Henker! sonst noch als Attribut etwan schmücken und ergreifen kann. Denn soll ich alles vorreißen, so ist man dumm.

Der Fraisdienerschaft tritt die Schuldienerschaft auf die Ferse – dieser die Geistlichkeit – dieser der Magistrat – und am Ende, was Beine hat und einen Begriff davon, was Galgen-Jubiläen bedeuten. –

Es würde vernünftig und symmetrisch sein, wenn dem vordern abstoßenden, aus den Spitzbuben formierten Pole der Jubelsuite hinten einer korrespondieren wollte, der anzöge, aus Hasardspielern gemacht, so daß (wenn ich zierlich reden darf) der lange Jubelstab an beiden Enden magnetisch geschlagen wäre, in der Mitte aber indifferent; allein die Spieler werden nicht aus der Mitte wollen.

Unaufhörlich hört man läuten mit dem Armensünderglöcklein, aber nicht mit allen Glocken.

Langt der Zug am Galgen an: so windet sich die Blumenkette als ein Kränzchen um ihn und nimmt ihn in die Mitte unter unaufhörlichem Rufen: er lebe! Die Stadt-Soldateske gibt drei Salven. Oben zwischen den drei Pfeilern hält auf einer Leiter schon der Galgenpater, der die Jubel-Leute längst erwartete, um sie mit folgender Jubelrede zu empfangen, die ihm wahre Ehre macht:

»Teuerste Jubelseelen!

Die wichtige Stätte, wo ich stehe, ist das Thema meiner Kasualrede. Wir haben uns alle versammlet, um die drei Pfeiler, zwischen denen ich rede, als die Eckpfosten unserer Sittlichkeit, als die Karyatiden, welche das Staatsgebäude halten, zu ehren durch ein jubilierendes Betragen. Wie leicht wird uns allen Redlichkeit und Achtung des Eigentums durch den täglichen Anblick dieser *Hermes*-Säulen, dieser führenden Wolken- und Feuersäulen der Kinder Israels! Alle Stadtkirchen scheinen nur die Filiale zu dieser Rotunda mit drei Türmen zu sein, welche, wie eine Zitadelle, für die Stadt und deren allgemeine Sicherheit und Tugend wacht. Bei der ausgebreiteten Begierde, gleich Schwangern zu stehlen, – welche sich auf uns von Kindern und Wilden vererbt – tut uns ein öffentlicher Ort wohl, wo Mumien hängen, die anders als die ägyptischen bei Gastmählern unsere Gesetzprediger und frères terribles sind.

Ja sogar beinharte Seelen, wie solche, die ich an der Spitze des Jubelkondukts marschieren sah, setzen sich in fromme um, wenn sie dieses offne Bethaus betreten und da ihre Andacht verrichten. Wenn ich nachher die Matrikel der büßenden Brüder verlese, die seit 100 Jahren hier ihr steilrechtes Erbbegräbnis gesucht und gefunden haben: so wird man nicht sieben finden, die zum Teufel fuhren; alle andere wurden nach den gewöhnlichen kriminalistischen Pönitenzen – ich meine die Ohrenbeichte des Spezialverhörs, das Geißeln (aber von fremder Hand), das Kerzenhalten (auch in fremder) – hier in dieser peinlichen Mission ganz umgekehrt und wiedergeboren, wandten sich auf der Stelle um, schlugen den rechten engen Weg ein, der freilich in wenig Minuten aus war, und wurden unter dem Beten, wie Loyola [1], ordentlich emporgezogen. – – So konnten sie leicht als Gesetze ad valvas (hujus) templi affigiert bleiben.

Diese Wiedergeburt erfolge nun, wovon sie will – es sei davon, daß alle Höhen wie die Berghöhen den Menschen läutern, oder daß das Luftbad, worin der Badgast hängt, den Wasserbädern gleiche, welche auch den innern Menschen abwaschen [2] –: so würd' es alten Sündern von Stande ebenso guttun und sie ebensogut umschmelzen, als ob man sie in eine Kapuzinerkutte vor dem Sterben steckte, wenn man bloß den Strick vom Kapuziner nähme und sie daran hier vor ihrem Ende befestigte; und wer sollte ihnen das nicht mit mir wünschen? –

Betrachtet diesen Dreizack, der das Land beherrscht, und zählt unter den Mülanzern, die er seit einem Säkulum bei Ehren erhalten, besonders drei Klassen, die Fallierer, die Nachdrucker und die Spieler. Der Dreizack macht, daß die *Bankeruttierer*-Firma – ob sie gleich die Reichsgesetze [3] sonst unter die Diebe rubrizieren – nicht wie diese auf Chausseen mit Pistolen und auf

[1] Von ihm und andern erzählt man, daß ihr Körper während der Andacht in die Höhe schwebte.

[2] Wie man sonst glaubte, daher sie auch Seelenbäder hießen.

[3] Quistorps peinl. Recht. S. 95.

Leitern an Fenstern stehen muß (was doch immer so äußerst mißlich für Ehre und Leben ist), sondern zu Hause bleiben und auf die anständigste und die sicherste Weise im Schlafrock und Komtoir die Seelenkraft, welche die Philosophie das Begehrungsvermögen nennt, völlig entwickeln kann, indem sie durch eine dem Papier-Adel ähnliche Papier-Kaperei ein Handelsfreund von jedem wird; Freund sagen sie mit den Griechen des Wohlklangs wegen statt Dieb. Nach einiger Zeit lässet der fallite Handelsfreund, anstatt in Häuser einzubrechen, sie bloß fallen, und anstatt viele fremde Kaufläden aufzusprengen, schließet er bloß seinen eignen zu. Nun hat er (der Staat bemerkt es mit Wohlgefallen, wie schon der alte Deutsche und fast alle Wilde Raub außer Lands vergönnten) wie ein inländisches Lotto fremdes Geld und Gut ins Land gezogen. Er wartet noch eine kurze Zeit, bis der Gerichtshof ihm die bulla compositionis [1], gleichsam den Retour-Kaperbrief, ausgefertigt, und dann zieht er sich – er müßte denn noch einmal in die See als Algierer stechen – mit dem besten Vermögenszustande und allgemein geehrt samt seiner Familie zurück und verzehrt wie ein Krokodil den Raub auf dem *Lande.* Welchem Fallierer unter uns ist daher nicht der Galgen venerabel? –

Auch der *Nachdrucker* hält sich an dessen drei Herkulessäulen. Man reiße dieses *tertium* comparationis ein, so läuft der Schelm von Weib und Kind und rennt in den Spessarter Wald und passet Meßleuten auf, statt Meßbüchern. Wie viele Nachdrucker – die sonst gestohlen hätten – haben sich bisher redlich und unter dem Schutze des Staats, der sie wie die Geier um London zu schonen befiehlt, bloß durch das lachende Intestat-Erben der Verleger, deren Verleger sie sind – Erben sag' ich mit den Zigeunern, welche des Wohlklangs wegen das Stehlen so nennen –, samt ihrer Familie so gut ernährt, daß sie statt eines bloß vom Ehrensolde gebaueten Meierschen Hauses [2] ein größeres, vom Unehrensolde errichtetes von Trattnerisches in die Gasse stellen konnten! Ich sage, wie viele taten das bloß aus Ehrliebe, um nicht als Seiltänzer *am* straffen vertikalen Seile da aufzutreten, wo ich es sage! –

Dieser Vorteil wäre aber nicht beträchtlich genug, da dem deutschen Staate am Hängen oder Gehen von vier oder sieben Spitzbuben wahrlich wenig gelegen sein kann – denn höher beläuft sich schwerlich die Zahl der Edlen von T bis Z, welche die Druckerschwärze zum Vier- oder Siebenräuberessig [3] machen –, nicht vorteilhaft genug wäre die ganze Kaperei, sag' ich, wenn nicht sämtliche Leser, Edle in ganz anderem Sinn als Trattner, sich

[1] Diese Bulle erlaubt gegen 6 bis 7 Prozent die Behaltung des gestohlnen Guts.

[2] Der Philosoph Meier bekam in Halle eines für ein Buch.

[3] In Italien heißet der Vinaigre de quatre voleurs: vinaigre de sept voleurs.

Pfeifen aus diesem Rohre schnitten; aber das Wichtige ist eben, daß alles mitstiehlt.

Die Beute, welche der Total-Plagiarius durch Ersparen des Ehrensolds und der Assekuranzprämie macht, repartieren die sämtlichen Käufer unter sich, deren Räuberhauptmann er ist. Obgleich auf jeden Käufer zweiter Drucke nur wenige Groschen *Erb*portion fallen – so daß von einem so geringen Verkaufspreise ihrer Ehrlichkeit nicht aller Anstrich von Schande weggehen will –, so wird doch das gestohlne Gut durch die Wiederholung – wenn man sich die ganze Bibliothek aus der Nachdruckerei verschreibt – sehr verstärkt und noch außer diesem durch den Zweck gestempelt, die eigne schöne Seele auf die fremde schöne, die nachgedruckt worden, zur Veredlung zu impfen. Denn man wählt nur einen geliebten moralischen Ehrensöldner oder Autor zum Bestehlen, wie man in Nitri nur der Geliebten Kleinigkeiten, Nippes etc. raubt. So wächset der Lorbeer der Literatur an Galgenpfeilern wie an Parnassen hinauf.

Endlich wer gab uns, wer bildete uns so viele und so gute *Hasardspieler* als die angeregten Pfeiler? Die deutsche Geschichte sagt uns, daß der Adel sonst vom »Sattel oder Stegreif« lebte, nämlich vom Rauben unter freiem Himmel. Das Reich schränkte es durch die drei Pfeiler auf eines zwischen den vier Pfählen ein, welches man Pharao, vingt-un, Creps u. s. w. heißet. Daher man bloß bürgerlichen Menschen Hasardspiele nie vergönnen kann, weil sie die Rechte der Raubschlösser nie besessen. In Spaa müssen sogar Juden, wenn sie als Bankiers und Croupiers auftreten wollen, sich unter der Hand eigenhändig zu Michaelsrittern erheben. Mit den Galgen bräche man zu Meßzeiten, wo so sehr gespielt und gestohlen wird, zugleich die Spieltische ein, und der abgesetzte Bankier müßte sogleich aufsitzen und in dem nächsten Hohlwege reisen, um dem Viehhändler nach der Geldkatze zu greifen. – – Nein, lieber lasset uns Galgen und Ehrlichkeit behalten und dabei ein Spiel Karten.

Und überhaupt – was soll ich erst lange einteilen – steigen meine drei Säulen mit ihren Fruchtgehängen durch alle Stockwerke des Staatsgebäudes! – Allgemein hat man conscientiam dubiam, Gewissens-Skepsin – Hunger und Sättigung herrschen in vermischter Regierungsform über die Welt – alle Stände haben wenig, wollen viel: – – und doch wird wenig gestohlen! Denn die Gedächtnissäulen stehen da und machen aus allgemeiner Not allgemeine Tugend; sie halten jeden von uns zu einem bloßen Nahrungszweige von dem im ganzen verbotenen Baume an, zum Borgen, zum Liquidieren, zum Handel und Wandel, zum kleinen Küstenhandel mit Ämtern, Kindern, Rechten – in dem wie der menschliche Körper aus lauter *Gefäßen* gebaueten Staatskörper arbeiten, wie in jedem geschwächten, die *einsaugenden* stärker als die *ausdünstenden*; alle Kassen stehen daher da, man hat die Stadtkassen, die Heilandskassen, die Regimentskassen, die Steuerkassen – die Beamten bitten Gott um Ehrlichkeit[1], wenn die Jahre kommen, wo sie zu leben haben – der breite Weg Rechtens bedeckt, wie in Ungarn die breiten Straßen, das fruchtbare Land – die Residenzraubvögel steigen höher, um zu stoßen – alles gedeiht, die Welt ist ehrlich und satt, und der Galgen ist der allgemeine Protektor.

Gehangen daran werden freilich von Zeit zu Zeit mehrere Galgen-Schneußvögel, wie wir denn da unten am heutigen Jubeltage einen ganzen dergleichen Flug vor uns haben; aber auch dem Fluge kann man diese Freitreppe zum Hängebette von sehr annehmlichen Seiten zeigen, und ich als Geistlicher, der über alles trösten soll und der hier ein betrübtes Kondukt vor sich hat, wo die Leiche und der Leidtragende *eine* Person formieren, bin zu einem Trostsermon verpflichtet. Bedenkt also, ihr Spezial- und andere Inquisiten – damit tröst' ich euch –, daß alles sterben muß und mithin irgendwo, also auch auf dieser Handels-Freundschaftsinsel – zieht die ungeheuern Korporationen in Erwägung, welche schon vor euch hier ihre eignen Anker und Schlußvignetten geworden, auch die nach euch – beherzigt, daß es ja noch schlimmer wäre, wenn man euch lebendig spießte, schünde oder in Öl sötte – erwägt, daß ihr weniger euer Leben (das läuft hinter dem Sperrstrick fort) als eure Armut hergebt, weil ja der Staat, so wie er in Blotzheim in Oberelsaß unter zwei gleich edeln Jünglingen, die Augrafen werden wollen, gerade dem ärmsten den Kranz und die Schaumünze überreicht, ebenso unter zwei gleich großen Adspiranten gerade den armen diese drei Gedächtnissäulen einnehmen lässet – macht euch recht tröstliche Bilder von der Sache (denn, wie Young sagt, nicht der Tod, sondern dessen Bild und Pomp erschreckt, das Läuten, die Prediger, das Herausführen), nennt sie mildernd eine Pfänderstrafe, einen bloßen mors civilis, einen kosmischen Untergang, eine Aposiopesis, ein Calando, scheinbare Selbst-Funeralien wie Karls V., die freilich wie ja auch bei Karln am Ende reell ausgehen – und wenn ihr noch andere aus Leichenreden erinnerliche, mir zu lange Salben darüberstreicht, z. B. von Kürze des Lebens und Hängens, vom Prüfungsstand, von der Mehrheit der Welten ––: so werdet ihr es gelassen ertragen, daß andere (was so viele erst mühsam von *sich* erringen) euch hängen.

Nun lasset uns diesen Galgen verlassen, wenn wir miteinander gerufen haben: er lebe, denn er lässet leben.«

Darauf prozessiert man wieder zurück. – Nachts ist die geschmackvollste Stadt- und Galgen-Erleuchtung – frugales Gastmahl von den Henkergeldern (es kann ein Spitzbube zu deren Ersparung auf freien Fuß gelassen werden) – den Hausarmen wird viel gereicht – dabei Kanonen-Salven – Gesundheit-ausbringen – Ball bis in die späte Nacht oder länger .... Verdammt! soll ich euch denn alles vorpfeifen? –

[1] Augustin betete: da mihi castitatem, sed non modo, d. h. verleihe mir Keuschheit, aber nicht gleich.

SECHSTE FAHRT

Das Welttheater – der Brocken – Imprimatur und Vorrede des Teufels zum Brockenbuch – das Menuett-Solo

Heute bei Zeiten macht' ich den *Siechkobel* segelfertig, um zur Rechten über den langweiligen Jubelstrang wegzugehen. Als die Prozession vorn und hinten auf den Raupenfüßen war, lichtete ich die Anker, und das Schiff erreichte nach 5 Sekunden seine höchste Schnelle. Den Jubelplan hing ich aus meiner Hängematte an einem Faden heraus, den ich immer länger werden ließ. Weg war der Mülanzer Jubel – die Stadt sah den Kobel an – die Feierlichkeit wurde von der Neugier aufgefressen – mein Kutter wogte im hohen Blau, mein Plan sank – die Prozessionsraupen schritten zwar vor, aber mit aufguckenden Köpfen, blasende und singende unter ihnen verfluchten Noten und Text und verließen beide hundertmal – es war sehr erbärmlich, der Mangel an Rührung, der Frost gegen den Zweck, die Nachfahrt meiner Himmelfahrt und das beschwerliche Fortfußen dabei – das niederschwebende Jubelprogramm spannte alle Blicke und Muskeln – ich schnitt es ab – und als man sich unten um dasselbe zusammenballte, wickelte mich ein Sturm in seinen Mantel und entflog mit mir.

Vierhalbtausend Fuß tief rannte die weite Erde – ich glaubte festzuschweben – unter mir dahin, und ihr breiter Teller lief mir entgegen, worauf sich Berge und Holzungen und Klöster, Marktschiffe und Türme und künstliche Ruinen und wahre von Römern und Raubadel, Straßen, Jägerhäuser, Pulvertürme, Rathäuser, Gebeinhäuser so wild und eng durcheinander herwarfen, daß ein vernünftiger Mann oben denken mußte, das seien nur umhergerollte Baumaterialien, die man erst zu einem schönen Park auseinanderziehe.

Auf der Fläche, die auf allen Seiten ins Unendliche hinausfloß, spielten alle verschiedenen Theater des Lebens mit aufgezogenen Vorhängen zugleich – einer wird hier unter mir Landes verwiesen – drüben desertiert einer, und Glocken läuten herauf zum fürstlichen Empfang desselben – hier in den brennend-farbigen Wiesen wird gemähet – dort werden die Feuersprützen probiert – englische Reuter ziehen mit goldnen Fahnen und Schabaracken aus – Gräber in neun Dorfschaften werden gehauen – Weiber knien am Wege vor Kapellen – ein Wagen mit weimarschen Komödianten kommt – viele Kammerwagen von Bräuten mit besoffnen Brautführern – Paradeplätze mit Parolen und Musiken – hinter dem Gebüsche ersäuft sich einer in einem tiefen Perlenbach, nach dem dabei zusehenden Kniegalgen zu urteilen – lange Fähren mit vielen Wagen ziehen unten über breite Ströme und ich oben gleichfalls, aber ohne Fährgeld – ein Schieferdecker besteigt den Stadtturm, und ein sentimentalischer Pfarrsohn guckt aus dem Schalloch, und beide können (das kann ich viertehalbtausend Fuß hoch observieren, weil die dünne Luft alles näher heranhebt) sich nicht genug über das hundert Fuß tiefe Volk unter sich verwundern und erheben – Gartendiebinnen mit Brustavisen stehen in Prangern wie Heilige in Kapellen sehr umrungen – einer auf Knien und hinter der Binde muß drei Kugeln seiner dreifarbigen Kokarde wegen in den Pelz auffangen – ein für die Kirmes angeputztes Dorf samt vielen nötigen Verkäufern und Käufern dazu – katholische Wallfahrten, von schlechtem Gesang begleitet – ein lachender, trabender Wahnsinniger muß eingefangen werden – fünf Mädchen ringen entsetzlich die Hände, ich weiß nicht warum – über hundert Windmühlen heben im Sturm die Arme auf – die blühende Erde glänzt, die Sonne brennt aus den Strömen zurück, die muntern Schmetterlinge unten sind nicht zu sehen und die hohen Lerchen nur dünn zu hören, oder ich täusche mich sehr – das Leben hier schweigt und ist groß und droht fast – Gott weiß, welcher gewaltige böse oder gute Geist hier in dieser stillen Höhe dem Treiben grimmig-grinsend oder weinend-lächelnd zusieht und die Tatzen ausstreckt oder die Arme, und ich frage eben nichts nach ihm ....

Da jetzt sich zwei streitende Geier wie Wetterhähne auf meine Rotonda setzten und horsteten: so setzt' ich mich auch als Outside-Passenger [1] auf meine Sänfte heraus, mich an den Strick des Schiffes klammernd; allein da ich so im wilden ewigen Szenenwechsel fünf Stunden lang hingefahren war über eine Religion und Landschaft und Reichsstadt nach der andern, über eine Saat von Völkern, wovon wie Blumen das eine um 5 Uhr morgens, das andere um 9 Uhr, das dritte um 2 Uhr zum Tage erwacht und der Sonne aufgeht, oder auch dumm einschläft – und als so auf dem langen Farbenklavier des Lebens alle finstere und lichte Farben vor mir laufend aufgehüpfet waren: so wurde mir auf meinem alles zusammenspinnenden Weberschiffe miserabel, leer und wehmütig zumute; ein giftiger Stechapfel von Schmerz, von der Größe meines Herzens, ritzte meine Brust, und ich niesete sehr nahe am Weinen – weinte aber nicht. –– Nein, nein, glaubt nicht, Paternosterschnuren von Welten über mir, daß ich getröstet und weinerlich je aufschauen und sagen werde: ach dort droben! – O das Dortdroben werden auch Siechkobel umschiffen, und die Schiffskapitäne darin werden Kalender genug machen über ihr nur anders verrenktes Personale unter ihnen und werden zur Erde sagen: wahrscheinlich tout comme chez nous!

Ein Mensch wie ich – zumal wenn ihm der Sturm die Halsvenen lange zugeschnürt und den Kopf bluttrunken und schläfrig gemacht – steigt lieber und gescheuter in sein Wachthäuschen zurück und schläft den Rausch des Äthers aus. Aber närrisch wurd' ich geweckt: die Fregatte war auf einen Felsen gestoßen – meine Kajüte war mit goldnem Feuer gefüllt – draußen

[1] So heißet in England der, der oben auf dem Kutschen-Himmel fährt.

stand eine Finsternis aufrecht. – Ich war am Brocken gestrandet, die schwarze Flut der Nacht schlug an das Gebürge, und die Abendflamme der Sonne schoß über sie streifend aus der Tiefe herauf.

Ich sprang ans Land und knüpfte meinen unruhigen Kutter an das Brokkenhäuschen fest. Der Philosoph [1] erklär' es, warum mir dieselbe Höhe hier auf dem festen Lande erhabener erschien als in der Luft. Im Häuschen fand ich einen vergessenen Quartanten vom Brockenbuch, der mich durch die Eitelkeit, Heuchelei und Leerheit der Menschen wieder in meinen gewöhnlichen Grimm und Ekel und dadurch in den Stand setzte, noch so spät eine kurze Vorrede davor auf den leeren Revers des Titelblattes in des Teufels Namen zu schreiben, eines Fakultisten, der, ob er gleich bei seinen Lebzeiten nur anonym in den gelehrten Instituten arbeiten will, doch als der Kurator und Nutritor des gelehrten Deutschlandes und der größte Polygraph seine anerkannten Verdienste behält.

Imprimatur und Vorrede des Teufels zum Brockenbuch

Als Zensor hab' ich bloß zu versichern, daß in dieser Reisebeschreibung von mehrern Verfassern, betitelt: das Brockenbuch, nichts vorkommt, was gegen die Ehre und das Interesse meines Obersten, Beelzebubs, laufen könnte, wenn man nicht so unbillig sein will, bloße poetische Gesinnungen für wirkliche zu nehmen. Als Privatgelehrter und Vorredner wünscht' ich einen und den andern meiner Mitteufel auf den vorteilhaftern Standpunkt für dieses Stamm- und Phrasesbuch zu setzen. Vielen von uns – und nicht eben den schlechtesten – muß es anfangs wunderlich und anstößig vorkommen, daß gerade in unserem Kirchenstaat, unserem Nonnenkloster und Altare und unserer Kanzel [2] so nahe, de- und theistische Gesinnungen im Manuskript frei geäußert werden, Floskeln von Anbetung Gottes, Reinheit der Empfindung, Erhebung über die Welt, kurz die gesalbte Sprache jener noch immer nicht ausgerotteten Puritaner oder Katharer, die bekannter unter dem Namen Religiosisten sind. Allein der Billige erwägt, daß es doch offenbar Dichter oder poetische Prosaiker sind, welche in dieser Liederkonkordanz so sprechen. Die Poesie aber muß frei sein und bloße Form, und es muß ihr – wenn man sie nicht wie einige Teufel von mehr Herz als Kopf zum Stoff verkörpern will – jede Empfindung, auch die allersittlichste, darzustellen zugelassen sein. Ist es nicht unbillig, darum von bloßen Darstellungen auf das Herz zu schließen und den Dichter nicht von dem Menschen abzusondern, da man doch in weit schwierigern Fällen Werke wie das des Petronius (nach Lipsius) lesen und (nach Bayle) sogar schreiben kann ohne

[1] Dieser antwortet: weil er mit dem Brocken als Elle, aber nicht mit der durchsichtigen Atmosphäre die Höhe messen konnte. D. H.

[2] Der Teufel meint die sogenannte Teufels-Kanzel, den Hexen-Kongreß etc.

den geringsten Einfluß auf das Herz? Sind denn die gebildeten Europäer Nordamerikaner, welche die Träume der Nacht am Tage zu realisieren suchen?

Wo so etwas – hielte nicht eine so glückliche Scheidewand zwischen Phantasie und Handeln fest – mehr zu befahren gewesen wäre, das wäre bei den Theologen gewesen, welche aus demselben Grunde, warum Pomponius Lätus und Hemon de la Fosse[1] durch das Bewundern der alten Autoren endlich zu wirklichen Heiden umschlugen und den Göttern opferten, sich täglich in die Gefahr begaben, durch das ewige Lesen und Loben der Bibel und des biblischen Personale und durch den täglichen Umgang mit ersten Christen (vermittelst der Kirchengeschichte) zuletzt die Gesinnungen selber anzunehmen, in denen sie auf Kanzeln und Pulten webten und lebten, und so mit dem nun seit so vielen Jahrhunderten abgereisten ersten Christentum auf einer Retourfuhre zum allgemeinen Erstaunen wiederzukommen; allein die Sachen sind besser abgelaufen, und der eigne Charakter der Exegeten und Kirchenhistoriker hat sich so festzuhalten gewußt, daß bis diese Stunde ein erster Christ überhaupt so selten erscheint als ein Steinbock.

Um auf die Mitarbeiter und Mitarbeiterinnen an unserer vorliegenden Liederkonkordanz zurückzukehren, so ist es eine meiner schönsten Erfahrungen, daß die meisten von ihnen – sie mögen hier oben empfunden und gesungen haben, was sie wollen –, sobald sie wieder ins Halberstädtische herunter sind, wieder zu sich kommen und ihren armen alten Adam, der wie Antäus oben in der Luft ganz verwelkte und einrunzelte, auf der Erde lustig herausfüttern. Die morganischen Feen der poetischen Bergpredigt fahren gänzlich unten auseinander, wenn die vornehmen Reisenden sich in unsere Antichristenheiten[2] zerstreuen und wir ihnen die Reiche der Welt viel anziehender in den Tiefen zeigen können als auf Tempelzinnen. In der Tat sollten Teufel sich mehr bedenken, ehe sie über die Menschen, die doch ihre adoptierten Kinder sind, herfahren und sie für Tugend-Puritaner erklären, bloß weil sich einer und der andere auch in erhabenen Empfindungen im Vorübergehen scherzweise versuchen will. O wie ungerecht! Fressen sie sich denn darum sofort in den Kerl auf immer ein, und zieht er damit wie mit Hitzblattern und Höckern im Halberstädtischen und unter Reußen und Preußen räudig herum? Mir wenigstens sind solche Überbeine des Erhabenen weder in Bordellen, noch Kaffeehäusern, noch Spieltischen an solchen Reisenden zu Händen gekommen. Die Schlange wechselt zwar oft die Haut, aber nie die nützlichen Giftzähne. Die Sache ist: mit den Menschen ist es

[1] Letzterer war Schulmeister unter Ludwig XII., man mußt' ihn am Ende seiner klassischen Ketzereien wegen verbrennen. Essais historiques sur Paris de Saintfoix.

[2] Christenheiten nennt man die 20 Landdechaneien im Erzstift Trier.

wie mit den Zibetkatzen; wie diese stets einen von andern geschätzten, ihnen aber verdrüßlichen Zibet in ihrem Beutel hecken, so setzen und häufen jene heimlich in ihrem Herzbeutel einen gewissen Religionsfond an, der drückt und weg muß. Der Holländer zieht alle drei Tage seine eingebauerte Katze am Schwanze ein wenig vor und schöpft mit einem Löffel den kostbaren Fümet-Unrat heraus; gleicherweise tritt von Zeit zu Zeit der Dichter auf das Theater und auf das Papier und sondert sogenannte tugendhafte Empfindungen ab und der Leser mit; darauf wird ihnen wieder ganz leicht, und sie sind nach der Ausschöpfung zu allen Streichen tüchtig. Der Tyrann vergießet seine Kotzebuischen Tränen in der Frontloge und der Lüstling auf dem Parterre, nachher gehen beide heim, und jener lockt den Untertanen, dieser seiner Herzenskönigin ganz andere ab. Genies sind daher vollends des Teufels lebendig, wie andere es später sind.

Ganz besonders interpunktier' ich hier das bekannte In puncto puncti. Wie Aristoteles vom Epos verlangt, daß es dem *untätigen* Teil desselben den reichsten Sprachschmuck anlege, der wegbleibt, wo Charaktere und Handlung regieren: so ist da, wo keine Handlung ist – es sei im Leben oder in der Liebe –, die reichste poetische tugendhafte Diktion nicht nur erlaubt, sondern sogar nötig; und dann muß man weitergehen. Was nun besonders die Weiber betrifft, welche wie der Gott Anubis halb zu den obern, halb zu den untern Göttern gehören: so muß ihnen auch so geopfert werden wie diesem, nämlich doppelt, auf einmal wie jenem weiße und schwarze Hunde; der Mann, der an ihren Altar tritt, muß ein Herz darauf ausbreiten, worin, nach einer richtigen Vermischungsrechnung, Ruchlosigkeit und Sentimentalität in beide Kammern geschickt verteilt sind. Von den Sentimentalen kann nun ein großer Teil auf den Bergen geholt werden.

Mit diesen wenigen, sehr oft abschweifenden Reflexionen hab' ich gegenwärtige Brockenkonzilienakten und Zeugenrotuls der Brocken-Schönheiten den Teufeln übergeben wollen. Ist der Stil oft nicht der beste: so bedenken sie, daß sie selber den heidnischen Orakeln und den christlichen Hexen keinen bessern eingegeben haben, wenn sie nicht gar hier der vielen Lügen wegen wieder die Väter derselben sind. Über die Rapport- und Passagierzettelschreiber in diesem Grund- und Lagerbuch sag' ich nichts, da sie selber nichts sagen und sagten. Im Brockenhäuschen.

Ein Teufel.

Ich trat jetzt trübe und wild auf den Brocken heraus. Die Sterne brannten den Himmel hinab und schimmerten um das düstere Gebürge. Der Nebel der alten Zeiten tat sich auf, und ich sah darin unten auf der weiten Ebene die unzähligen Scheiterhaufen glühen, welche bloß Unschuldige zernagten. Um mich lagen aufgetürmte Felsenklötze wie Quader niedergebrochner Riesenschlösser; und das Renntiermoos der kalten Zone bedeckte als Schimmel der Erde das alte nackte Berghaupt. Der Sturm schnaubte um mich und mein flatterndes Schifflein herum und fuhr wild unter die Sterne hinaus und schien sie zu rütteln. Mein Haar bäumte sich wie eine Mähne, aber im Innersten war mir groß und düster, und ich wünschte, jetzt erschiene mir der Teufel, ich fühlte mich so erhaben und kalt wie er. Aber o wie hohl klang mir in der Stille das Leben! – Drunten liegen die müden Wachslarven auf dem Hinterkopf, hier oben steht eine reflektierende auf dem Hals, sagt' ich und griff über mein Gesicht, um solches wie eine Larve abzunehmen und zu besehen. In der Mitternacht dämmerte ein langes Morgenrot und wollte erfreuen; aber ich lachte darüber, daß uns das auch wieder einen flüchtigen Freudenmorgen und Trost vorspiegele; da war mir plötzlich, als sei die ganze Welt und mein Leben in einem Paar Träumen weggetropft, und das Ich sagte zu sich selber: ich bin gewiß der Teufel; schrieb ich nicht vorhin? –

Jetzt packte auf einmal eine seltsame Erscheinung mein ganzes Wesen an. Eine weiße flatternde Figur sprang den Berg herauf. Funfzehn Schritte von mir stand sie still. Die Augen waren geschlossen, das Haar schwarz, die Augenbraunen borstig, die Nase gebogen groß, die Arme haarig, die Bärenbrust unbedeckt und der – Nachtwandler [1] im Hemde. Endlich faßt' er dieses am Hexentanzplatz wie eine Schürze mit beiden Händen und fing eine närrische Menuett mit sich selber an; er kehrte sich um, ein schwarzer Schlangenzopf wuchs lang hinab; er fuhr wieder herum und sprang und wollte zärtlich minaudieren. Mir wurd' er so verhaßt, daß ich ihn hätte hinunterwerfen mögen. Endlich rannt' er, die Arme emporgehoben, davon. Mich schauderte dieses tragisch-komische Konterfei und Fieberbild des Lebens und die äußere Nachäffung meiner Gedanken.

Aber ich konnte nun auf diesem wie ein Alb drückenden Berge nicht mehr dauern, sondern fuhr in meine Sänfte, schnitt sie los und schwamm ins weite lebendige Nachtmeer hinaus. – –

Siebente Fahrt

Das große Bette der Ehren – das weiße Meer – das anonyme Paradies – die romantischen Bekanntschaften – Durchgang des Globen durch Sonnen

– Aber zwischen Himmel und Erde wurd' ich am einsamsten. Ganz allein wie das letzte Leben flog ich über die breite Begräbnisstätte der schlafenden Länder, durch das lange Totenhaus der Erde, wo man den Schlaf hinlegt und wartet, ob er keine Scheinleiche sei. Die großen Wolken, die unten aufeinanderfolgten, waren der kalte Atem eines bösen Geistes, der in der

[1] Wahrscheinlich aus dem 1/4 Meile davon liegenden Brockenwirtshaus.

Finsternis versteckt lag. Ein Haß gegen alles Dasein kroch wie Fieberfrost an mir heran; ich sagte wieder: ich bin gewiß ein böser Geist. Da riß mich ein zweiter Sturm dem ersten weg und schleuderte mich über unbekannte entlaufende Länder fort.

Plötzlich zog ich über eine anmutige Ebene voll zerstreueter Laubbäume, ganz mit Affen des Lebens, mit Körpern bedeckt, die sich wie Mittagsschläfer warmer Länder zum Schlummer ausstreckten. Neben einem Feuer lagen ihre Kleider – da sah ich einen Mann, der einen in seinem Arme hängenden Leichnam entkleidete. – – O Hölle, es war dein Boden, es war ein unbegrabnes Schlachtfeld! – Ich warf Steine auf das Ungeheuer – ich brüllte ihm aus den Lüften: Teufel! Teufel! zu – ich wurde in einen eiskältern Himmel aufgezuckt – – und der Orkus des Mords floh zurück, und blühende Weinberge flogen daher.

Aber der Erdengreuel hatte durch ein giftiges Fieber meine Herzensmuskeln gelähmt; und ich senkte mich erschöpft tiefer der Wärme entgegen und ließ, von Grimm und Wachen matt, die vergeblichen Augen unter ihre Augenlider kriechen.

Wie sonderbar und hold verträumt' ich den äußern Traum! »Von der Stadt Gottes ist wie von Pompeja erst *eine* Gasse aufgedeckt!« So rief es im Traum; dann wiederholte es bloß sinnlose Worte: Pompeja – Hesperien – warme Blütenwälder – warme Blütenwälder – und dunkle Wellen der Lust liefen über mich hinüber.

Ein helles Glänzen weckte mich. Wo wohn' ich? sagt' ich. Ich glitt warm angeweht auf einem unabsehlichen silbernen, aus den zu zartem Schaum geschlagenen Sternen zusammenwallenden Meere weiter – ein Meer, weich und weiß wie Schneenebel, wie Lichtduft – alle Fenster meiner Hütte schimmerten – ich war ganz erleuchtet. – Ich schiffte in dem über die Nachterde hingedeckten Wolkenhimmel, in dessen Flut der aufgegangne Mond wie ein Schwan mit seinem Glanzgefieder alle Wogen durchstrahlend stand, eh' er herausflog ins Blaue.

Statt wie ein Wasservogel länger über der weißen Fläche wegzustreifen, riß ich meine Lufthähne auf und tauchte mich unter in die lichte Flut der zusammenspringenden Naphthaquellen – So ging es selig dahin – in der weißen busenwarmen Nacht – Ich wußte nicht, welches Land unter mir grüne – Ich wühlte mich noch tiefer in den silbernen Dampf – Ein paarmal wälzte sich der Blütenrauch von Gärten herauf – Einmal fuhren Waldhörner wie Blitze durchs Gewölk und tanzten nahe vor mir wie Geister in der Luft. – – Lange war es still – Wieder klingelte ein Glockenspiel, also aus einer zugedeckten Stadt unter mir – Dann wurd' es kühl – Das Meer zerriß in lange Berge, und weite Spalten schaueten auf die Erde. – –

Ich senkte mich zu den lauten festschwebenden Lerchen hernieder und endlich zu den Nachtigallen in Zweigen und berührte einen unbekannten Boden zwischen schlafenden Blumenbeeten – mit Felsen unter Efeu – und

Orangeblüten weiß, die der Morgenwind statt der Früchte abschüttelte – mit Rasensitzen, in elysäische Felder hinausgerichtet – und ringendes Morgenrot und Mondlicht durchschnitten einander und vergossen wunderliches Licht auf der Zauberstätte – In der Ferne liefen Pappelreihen vor Lusthäusern vorbei, an runden, heitern, mit Wein übersponnenen Bergen flogen Segel hin, und überall zeigte ein durchsichtiger Kastanienwald eine freudige Welt. Ich wurde von dem dunkeln Paradies wie von einem stummen Kinde angelacht; alles, was unbekannt um mich lag, glich einem alten erinnerten Wiegenliede, nicht einer kunstgärtnerischen Georgika. – So hold und neu! – Gebe nur Gott, sagt' ich, daß ich wieder von dannen fahre, ohn' es von einem gehört zu haben, wie das Land sich schreibt! –

Die Weinberge wurden immer heller unter dem feurigen Morgenduft gefärbt. Ein Mohr in türkischer Kleidung lief über eine grüne Gartenbrücke. Da ich mich jedem Rocke zu begegnen hütete, der eine Erkennung nicht auf dem Theater, sondern des Theaters nach sich ziehen konnte, so wich ich fernen Tritten ins ausländische Buschwerk unter Nachtigallen aus. Endlich trat die Sonne wie ein Musengott in den Morgen und nahm die Erde als ihr Saitenspiel in die Hand und griff in alle Saiten.

Ich war ein anderer Mensch, ich küßte den Blüten den Tau lechzend und liebend ab. Da hört' ich italienische Verse munter weggesungen. Eine große weibliche Gestalt, glühend wie der Morgen, mit keckem Schritt, dunklem Haare und schwarzem Auge, kam umherblickend und singend über die Brücke nach und hatte, wie es schien, den Mohren vorangeschickt. Ich ging auf die glänzende Heldin zu, sie stand sogleich wartend. Welcher Sonne schauete ich geradezu in den Jugendglanz aller Reize! Ich sagte italienisch, ich käme heute vom Brocken und bäte sie, mir alles zu sagen, nur nicht, wie sie oder die Gegend heiße, die ich vor mir sähe. Sie sah messend und lächelnd mich und besonders meinen grünen, römisch umgeworfenen Mantel an: »Ihr seid«, sagte sie italienisch, »aus Rom der Maler –?« – »Giannozzo!« sagt' ich. »Giannino?« sagte sie lächelnd. »Der!« sagt' ich[1] und machte sie mit meiner Luftfähre bekannt. Ich bat sie ernsthaft um ein Frühstück durch den Mohren, um wirklich niemand hier zu sehen und zu hören als sie. Sie befahl ihm französisch, es auf den Pharus zu bringen; »vite,« sagte sie, »et ne dis pas qu'oui!«

»Ihr gefallet mir damit,« (sagte sie unter dem Ersteigen der außen laufenden Wendeltreppe des Pharus) »Ihr liebt die Poesie; nichts außer ihr ist schön, die Jugend ist auch eine.« – Ich sagte nur weniges Böse von denen, die aus den Blumen der Poesie immer eine Blutreinigung kochen, und von denen, welche die der Freuden nur wie Lesezeichen in ihre Akten und Handelsbücher legen.

[1] Giannozzo heißet der große Hans; Giannino Hänschen; indes scheint er recht absichtlich eine gewisse Dunkelheit über diesen Morgen zu werfen. D. H.

Oben auf dem Pharus schauete man in eine ausgebreitete Welt hinaus, die sich tief in Südosten mit Gebürgen schloß, wahrscheinlich den schweizerischen. Der Mohr brachte mir Wein. Teresa – denn einen Taufnamen mußt' ich haben – sprach von der Liebe und von ihren Brautführerinnen, der Malerei und der Musik, so groß und so frei wie wenige Männer. Welch eine schöpferische, gerüstete Zeit zieht daher, welche das große, dumpfe Nonnenkloster des weiblichen Geschlechts abbrechen und die finstern Mönchsschleier von den schönsten Augen reißen wird. – Sie blickte oft nach Norden, und ich sah sie dann recht an. Welche schöne, dunkle Augen – halb unter dem sanften Augenlide ruhend – gegen die Gewohnheit der schwarzen nur in einem sanften Glänzen bleibend, das weder wuchs noch fiel und das nur ein heller Tau zuweilen dünn überzog! – Sie entdeckte mir offenherzig, wornach sie so nördlich sehe und abweiche – ihr Geliebter wollte diesen Morgen kommen.

»Liebt nur recht, Schöne,« (sagt' ich) »und so recht über alle Beschreibung! Aber gebt mir eine von Ihm!« Ich würde nachher, setzt' ich dazu, einen Pomeranzenzweig mit einer Frucht abreißen und ihr ihn, wenn ich den Geliebten auf meiner Höhe sähe, herabwerfen zum Zeichen. Ihr göttliches Auge glänzte nicht feuriger, nur feuchter. Es war, beschrieb sie ihn, ein rotgekleideter Jüngling auf einem Rappen, mit einem grünen Reitknecht auf einem Schimmel. Ich holte drunten einige mit Gas gefüllte Kügelchen von Goldschlägerhaut und ließ sie als Wetterhähne und Leuchtkugeln auffliegen, um den obern Wind über der Windstille zu erforschen. Zum Glücke weht' er sehr südlich und trieb mich der Reitbahn des Jünglings entgegen. Ich sagt' ihr alles. »Nun geht!« sagte sie. Meine Avisfregatte war schnell zum Auslaufen ausgerüstet und hing nur an einem Geländer mit einem darum geschlungenen Kettchen fest. Mein Herz schwamm, berauscht, im Glanze der Schönheit und des romantischen Morgens. »Nehmt Euch doch recht in acht, Giannino!« sagte sie. Ich stieg unter dem stolz aufarbeitenden Bucentauro ein und ließ sie das Kettlein lösen. Da zog ich ihr drei Rosen aus der Brust und bückte mich zur Gebückten heraus und flog mit dem Raube eines Flammenkusses von den üppigen, vollen Lippen in den Himmel hinauf. »Addio, caro!« rief sie nach; »addio, carissima!« rief ich herab.

Göttlicher Morgen! Göttliches Weib! Ich schwebte schon in den kalten Monaten der Luft und blickte durch das Glas nach Norden; aber ich entdeckte nichts. Die Teresa stand wie eine Marmorgöttin auf dem Pharus, aber kein Zweig fiel für sie aus der Höhe.

Mit ihren frischen Rosen an den heißen Lippen und mit dem Fernglase an den brennenden Augen flog ich über die Berge und Ströme. – Endlich, als die Blühende dem bewaffneten Auge nur noch ein weißer Schatten hinter mir war, entdeckt' ich damit viele Meilen von mir einen rotgekleideten Menschen auf einem Hügel und neben ihm zwei leere Pferde weidend. Mein Auge wurde naß, da es sich auf zwei getrennte, einander von Bergen verdeckte Menschen richten konnte, beide schmachtend und träumend, er die heilige Zukunft in Süden suchend und sie ihre in Norden; indes für mich wie für einen Gott alles nur Gegenwart war. Ich riß ein Blatt aus diesem Buch, schrieb darauf: »Eile, Jüngling, die schöne Teresa wartet deiner auf dem Pharusturm«, band es an den Pomeranzenzweig und warf es, da ich über seine Augen wegzog, die sich schon lange auf das allein immer schneller fliegende Wölkchen im großen Blau geheftet, über ihm aus, und die Frucht riß das flatternde Blatt der Liebe steilrecht hernieder.

Ich wandte mich um – die schöne Teresa auf dem Pharus war verschwunden – der Jüngling sprengte die Hügel hinab und kehrte den Kopf häufig gegen das eilige erfreuende Wölkchen. O liebt, liebt, ihr Glücklichen! –

Die Knospe meines Rosentags blätterte sich weiter auf. Um 10 Uhr senkt' ich mich in Lilar nieder. Die junge, erst vor einigen Wochen verheiratete Frau führte mich zu meinem alten Freund Dian, der sich im Flötental abkühlte. Wir tranken tapfer wieder. Er sah mich nie so glühend. »Im *Winter*« (sagt' ich) »ist bei dem Volke die größte *Armut;* nur der warme Geist ist ein reicher. Aber hier ists zu heiß; ich kühle meinen Wein oben im Himmel.« – Auf! auf! rief ich und fuhr aus dem prächtigen Garten davon, den leider noch keiner unserer erbärmlichen Reiseskribenten nur mit *einem* Dintentropfen abgemalt.

Um 12 Uhr sank ich in Fantaisie bei Baireuth zum Essen nieder. Blühendes, tönendes, schattendes Tal! – Wiege der Frühlingsträume! Geisterinsel des Mondlichts! Und deine Eltern, die Berge, die in dich hereinblicken, sind so reizend wie ihr Kind in seinem Kranz. Fort von der Lust zu der Lust!

Um 6 Uhr sank ich im Seifersdorfer Tale zum Goutieren nieder. Es war schon ein Josaphats-Tal von Schatten; das Abendlicht lief als vergoldetes Leistenwerk um die Berge. Stilles, reiches Tal! du umschließest, wie ein geschmückter bräutlicher Busen, mit Blumen und Hügeln das Herz eng und süß, und es pocht feuriger im schönen Gefängnis. Fort, fort, der Südost fliegt gerade über Wörlitz.

Mit der Sonne sank ich da in den wechselnden Garten, dessen Aussichten wieder Gärten sind. Da war mir, als gehe die Sonne eben auf; alle Tempel blitzten wie von Morgenlicht – erfrischender Tau überquoll den Boden, und die Morgenlieder der Lerchen flogen umher. – Lange, sonnentrunkne Perspektiven liefen wie glänzende Rennbahnen der Jugend, wie Himmelswege der Hoffnung hin – das goldne Alter des Tags, der Morgen, schien meinem schönen Wahne umzukehren. Ach, kein Morgen und keine Jugend stehet von Toten auf ohne eine Nacht. Die langgegliederten Schatten standen wie angelandete Geister der Nacht an den Ufern und überfielen bald die verlassene Welt. Aber ich sehnte mich nach meiner Sonne zurück und stieg wieder auf, um ihr nachzusehen, wie sie hinter die letzten Gebürge fällt. Droben sah ich sie zehnmal und jedesmal schneller untergehen – und ich flog immer wieder durch das Abwerfen der Erdenlast vor ihr sterbendes Gesicht – auf der ganzen Erdfläche lag schon schwarzer Schlaf – ich gab der Erde den letzten Stein zurück – da sah mich tief unter dem Himmel das erloschne Sonnenangesicht recht bedauernd an, als hätt' ich meinen letzten Freudentaumel gehabt[1] – und unversehends begruben es niedrige Wolken oder Berge. Sogleich warf hinter mir der Brocken den letzten falben Rosenkranz des toten Brauttags weg und sah düster in die Welt; und der Himmel wurde zusehends unter meinen Augen mit Sternenflocken weiß überschneiet. »Teresa«, rief ich, »dein Abend glüht jetzt heller als dein Morgen! – Meiner ist blaß, und der Morgen ist vorbei.«

Achte Fahrt

Kerker – Selbstdefension – Spöhr – Scharweber – juristischer Nutzen der Elektrizität

Morgens um 10 Uhr. »Achte Fahrt« schreib' ich nur, um abzuteilen; denn ich meines Ortes sitze jetzt an einem Orte – gestern um diese Zeit trank ich in Lilar – fest, wo ich nirgends, daß ich wüßte, hinzufahren vermöchte, ausgenommen zum Teufel etwan. Freilich will ichs euch erzählen – was soll ich Gescheuteres anfangen? –, so gram ich Millionen bin. Aber warum war ich gestern nicht unsäglich unmäßig und stürzte nur Freudenbecher in mich, anstatt mich in Heidelberger Freudenfässer? Denn ich konnt's haben. Konnt' ich nicht zu Kinderbällen unter dem Vorsitz der Mädchen-Schulmeister herunterschießen – und auf eine Insel in der Elbe zur Sieste – und zum musikalischen Karrenschieber Federle[2] unter mir – und mitten unter eine heilige Familie auf einer Waldhöhe, wo bunte Shawls an jungen Bäumchen wehten, der alte Vater rauchte und mit den dichterischen Augen auf den Welten des Frühlings lag und die schöne Tochter am wegflatternden Kaffeefeuer blühte und die Mutter über einige muntere kleine Springinsfelder Wache hielt? Aber ich wollte in das sanfte Leben der arkadischen Älpler nicht die Gärung des meinigen gießen. – Wo bin ich? –

Leider hier? Ich flog gestern nachts lange irre und wollte, endlich müde, auf Erden in einem Wirtshaus schlafen. Leider wollte der angebissene Mohnölkuchen, der Mond, gar nicht herauf, und ich konnte von der Stadt, wohinunter ich gedachte, nichts als die Talglichter erkennen. Ich sank ihr demnach langsam und guter Dinge zu, ohne zu merken, daß ich mich dem verfluchten Mülanz, dem ich den Galgenjubel nachgelassen, in den Schoß

[1] Welche sonderbare Ahnung! D. H.

[2] Ein in Deutschland reisender Künstler, der mit einem Karren, indem er ihn schiebt, eine Janitscharenmusik macht. D. H.

setze. Da ich nur sehr gemach – um mit den gläsernen Sänftendielen auf nichts aufzustoßen – niederging und oft im Sinken hielt: so kam ich vor einem hellen Fenster im vierten Stock vorbei, durch welches ich den Zensor Fahland neben einem Bette knien sah, wovon nichts Schlafendes ersichtlich war als ein weißes Händchen, das der Beter hielt. Der Chemiker machte über die Brennbarkeit weiblicher Diamanten seine Versuche. Ich drückte leicht das Fenster (an dessen Kloben mich heftend) auf und wollte seine auf dem Sessel schlafenden Strümpfe und andere zum Untern seiner Karten gehörige Kleider herausziehen, um ihn vor der Welt ins erbärmlichste Licht zu setzen; – und es gelang auch – aber indem ich seine Effekten in die Sänfte hineinhatte, schrie der Diamant im Bette: »Ein Räuber!« (er war da, aber neben dir, dummer Juwel! –) und unter mir riefen drei Nachtwächter dasselbe aus. Hätt' ich nur noch drei Pfund Steine übrig gehabt – von meinen sentimentalischen Aussichten in die Abendsonne –, so konnt' ich mich heben; jetzt fiel ich samt der Fahländischen Verlassenschaft dem Nachtwächtertrio in die Arme und Spieße.

Ich werde mich eurentwegen nicht noch ärgern und meine nächtliche Galle wiederkäuen dadurch, daß ich euch weitläuftig meine Tätlichkeiten, die ich an den Nachtwächtern bloß mit dem Posthörnchen verüben konnte, das Anrücken eines neuen Kontingents, mein wütiges Faustkämpfen und endlich mein gefängliches Abführen ins Rathaus sehr auseinandermalte.

Ists euch nicht zur Last genug, daß ich da noch sitze in der Haft? – Man verschloß mich hier oben in diesen Saal, weil drunten alles besetzt ist durch den Wiener Schub, der mir endlich redlich nachgekommen. Eine hübsche Ehren- oder Schandwache vor der Saaltüre sieht auf mich. Verdammt! allerdings ist es sehr komisch; aber das ist eben verdammt. Mein Schiff und Geschirr seh' ich neben mir in einer fest verriegelten Kammer.

Eben lässet mich der Mülanzer Stadtrat auf 11½ Uhr vor seine Session einladen.

Das Blut kocht mir auf; aber ich will einen Winter hineinwerfen und es kühlen; ich will mit der Konsulta scherzend umspringen; ich will überhaupt wie die confrérie de la Passion jede meiner Leidensgeschichten in ein Possenspiel einkleiden. Diese erbarmungswerten Aufklärer, die wie eine frostige Hökerin vor ihrem Lichtlein gekrümmt sitzen, das den Käufern ihre Äpfel und Pfeffernüsse zeigen soll, diese Ackerpferde der Natur, wie werden sie horchen, wenn ich lächle und gelassen bleibe und sie auf- und herumziehe! – Sollten sie mir einen Eid antragen – nur der Teufel gäb' es ihnen ein –: so würd' ich in meiner gedachten Kälte um die Eidesverwarnung anhalten, und sobald sie aus wäre, ersuchen, mich stärker zu verwarnen, weil noch nichts durchschlüge, und zuletzt würd' ich dastehen, noch stärkerer Verwarnungen gewärtig, zum Meineid bereit. Himmel! es laufen hier vierzig Wege zum Scherz. Ich bin ein Honoratior. »Als solcher« (kann ich ganz schußfest sagen) »seh' ich auf, daß man bei Schwüren, wozu man mich treibt, die Türe zumache. Als solcher macht' ich mir von jeher auf einen Hausarrest Hoffnung, indes ein anderer sich mit öffentlichem behilft. Als solcher erwartete ich von allen Gerichten stehend eine gerichtliche Einladung zum Sitzen und unterscheid' es von einer gerichtlichen Ladung zu sitzen. Der Honoratior dringt jede Stunde darauf, schriftlich vernommen zu werden anstatt mündlich[1]; ich dringe ebenso und will hiemit nicht gehört sein, sondern gelesen und sage kein Wort weiter.« O es kann mir noch mehr einfallen; wer prophezeiet die Späße des Menschen! – Gleich bei dem Eintritt – angesichts der Sitzung – drück' ich, als bestäch' ich, dem Knorpelfisch, dem hagern Ratsdiener, nichts in die Hand als meine. Herrlich, jetzt schlägts! –

Nachmittags um 2, 3 oder 4 Uhr. Verdammt sei der Mensch samt seinen armen Hunden von Vorsätzen – und die Mülanzer Schafshäupter und alles! Nur in der Luft dreitausend Fuß hoch sind noch Minuten von einem guten Tage zu haben. O ich könnte jetzt auch droben unter den Raben und Lerchengeiern sein! – »Nun wird er«, denkt die würdige Lesewelt, »ordentlich anfangen, uns seine Fatalitäten artistisch genug vom Händedruck des Knorpelfisches an bis zum Zornschaum des Stadtsyndikus *Spöhr* vorzutragen, damit es uns königlich ergötze.« – Nein, edle Lesewelt der Schreibewelt, noch sind wenig Anstalten gemacht, dich zu dieser Buchpartie zu laden, zu diesem Armbrustschießen auf mich auf der Stange. – – Freilich, überlegt man wieder flüchtig, daß es mir auf dieser Lesewelt unmöglich an Seelen fehlen werde, die ich durch mein Referat ebensosehr erbittere als den Mülanzer Schöppenstuhl – – Ja, ja, ich seh' es für meine Pflicht an, folgenden treuen Bericht von der Sache abzustatten:

Die Session war schon lange zu Tisch gesessen, als ich mit meinen Hummerscheren erschien als letztes Gericht. Der Stadtsyndikus Spöhr, der sich nicht wie ein Scharfrichter ehrlich richtet, sondern unehrlich und dessen Gesicht die Schwefelpaste von den Diebsphysiognomien ist, die er in die Justizwaage geworfen, zeigt schon durch das nachgebliebene Äußere, daß er schon aus dem Spiegel diejenigen kenne, die er zu richten hat; so ist in Nürnberg ein Schwein oder Rind an diejenigen Häuser gemalt, welche das Recht haben, eines einzuschlachten. Herr Spöhr hob mit der Spolienklage seines Sohnes an und hatte das corpus delicti, die Strümpfe und Halbkleider, dazu vor sich liegen. »Herr v. Fahland ist Ihr Sohn!« rief ich zweideutig, denn ich sah die niedrige Zweideutigkeit, daß er besagte corpora seinem Sohne zuschlage, um die Ehre seiner – Tochter zu retten. Jetzt wurde der Spöhrische Kopf ein mit Ehren- und Kleiderräubern feuernder Brückenkopf – und meiner ein vorrennender Sturmblock. O es ist etwas ganz anders, eine gedachte Schlechtigkeit und Beleidigung – diese ist scherzhaft zu handhaben – und dann eine gegenwärtige vor der Nase. Bei jeder lebendigen

[1] Hommel observ. DCLXVIII.

Schlechtigkeit fühl' ich, daß meine Anthropophobie oder Kollerader gegen die Menschen, die zuweilen an Tagen wie gestern auf der Haut verschwindet, noch ihr altes schwarzes Blut treiben und strotzen könne.

Dazu trat noch der zweite Ratmann *Scharweber* – als stolzer, kecker Mitschreiber an der Mülanzer Monatsschrift und Kantianischer Erlanger Rezensent der Taschenbücher bekannt – und klagte mich als den Stadtpasquillanten (im Galgenjubel) an, als den Privatinjurianten des privilegierten Nachdruckers loci und zweier fallierten Handelsleute und endlich als den Harpunierer und halben Knöchler der Nachtwächter. Ich fragte nach nichts mehr, nicht einmal nach mir – warum soll der Mensch nur etwas wagen dürfen, und nicht ebensogut viel und alles? – Ich sagte zum Ratmännlein, das mich schon früher einmal rezensiert hatte: »In der hiesigen Dezemberschrift und in der Erlanger Literaturzeitung möget Ihr laut reden und pfeifen als ein treuer Hofsekretsschlüsselbewahrer [1] des Geschmacks und der Satire; die *Sieb*macher verfertigen ohnehin zugleich *Trommeln*; aber, Feind Scharweber, Ihr werdet der echten Satire mehr aufhelfen als ihr Gegenstand denn als ihr Richter [2]; richtet höchstens da, wo Ihr nicht wie hier einen Namen unterschreiben, sondern nur einen unterhöhlen müßt. Gott hätt' Euch mehr Gaben bescheren sollen, Scharweber, damit Ihr eher wüßtet, was Ihr wolltet, oder der andere in Satiren; Himmel, würde nicht die Heiligkeit des satirischen Feuers beschmutzt, wenn es nur als der Namenszug einiger Schelme, eines Nachdruckers und Bankbrüchigen, brennen wollte? Nein, die Kunst braucht die einzelnen Menschen nur als *Farben*körner, nicht als *Urbilder*. Sogar wenn ich die heutige Satire aufschriebe, setzt' ich Euern Namen nur statt eines fingierten hinein.«

Dieser Grimm behagte aber den Narren; sie schritten zum Protokoll und nahmen mich für einen zu nah aufstoßenden Hasen, den der Jäger erst auslaufen lässet, bevor er ihn anplätzt. Scharweber fragte lächelnd meinen Namen und Stand – ich nannte mich nur den Edelmann Giannozzo und beharrte dabei; »aber ich würde mir,« (sagt' ich) »wenn einer von ihnen stifts- und degenfähig wäre, ein wahres Vergnügen daraus machen, solchen zu erstechen.« Der Wecker des Protokolls rollte jetzt unverschämt ab, um meine Antworten ganz unbekümmert; antwortet' ich z. B., ich hätte von Fahlands Ein- oder Auskleidung bloß einen Steckbrief verfassen und diesen dem Intelligenzblatt vertrauen wollen: so fragte der Ratmann weiter: »an wen ich ferner meine gestohlnen Sachen gewöhnlich absetzte.«

Ein Pferd auf dem Markte, das sich trotz Hieb und Stoß aufbäumte,

[1] Bekanntlich eine Charge am englischen Hofe. D. H.

[2] Ob dieses Ratmännleinchen und dessen Rezensionen fingiert sind oder nicht, darf ich nicht entscheiden, weil ich die Literaturzeitungen nicht ordentlich genug lese, sondern so wie sie mir auf Casinos im Durchstreifen in die Hände geraten. D. H.

befreiete meine knirschende Seele. Ritterliches Tier, dacht' ich, wenn der niedrige Hund, gepeitschet, heult und wedelt und dient: so trotzest du stumm und blutig und bist nur der Milde folgsam. Ich schwieg wie ein Pferd, sobald ich mein Honoratioren-Privilegium schriftlicher Antworten im Ernste – und nicht mehr im Spaße, o wie verwünsch' ich auch das! – reden lassen.

Aber nun haft' ich hier ohne eine Ritze zur Flucht und mit langen Aussichten auf ein verfluchtes Leben, zumal bei meiner Offenherzigkeit.

In den Schwefelhöhlen und Hundsgrotten ersticket man, wenn man sich bückt; an Gerichts- und andern Höfen, wenn man sich aufrichtet.

Den Tag darauf. Ich kontinuiere das Gestern. Die Aussicht auf heute war bloß, daß ich würde geärgert werden wie ein Truthahn, den man schlachten will. Das Auswanderungsverbot war an alle Wände meines Notstalles angeschlagen. Würgt' ich die Wache nieder, so stand ich an der Haustüre im aufsteigenden Knoten, und der Gerichts-Pöbel ging mit mir herauf. Durchs Fenster auf das Steinpflaster konnt' ich springen – drei Stockwerke hoch. Meinen jetzt fixen Wandelstern, den Siechkobel, sah' ich hundertmal durch die Fugen an; konnt' ich dazu kommen – welches platt unmöglich war, wenn ich nicht die Türe in Brand steckte, was ich fast wollte –, so füllt' ich meinen Kobel halb inner-, halb außerhalb des Fensters und entfuhr.

Jede Not liegt so lange als Inkube felsenschwer auf der Brust, als man kein Glied dagegen regen kann; fängt das Arbeiten dagegen an, so höret der Alb auf. In solchen Nöten fallen einem nichts ein als wieder andere; habe die Beine im Fegefeuer, so kleben die Augen an der Hölle. So griffs mich z. B. unsäglich an, daß ich – indes elende Schreiber wie Älian und Pausanias auf dem Schneeballen und Pfebenkürbis, den sie ihren Kopf nennen, einen immergrünen Kranz herumtragen – künftig so wenig unsterblich werde als der Altonaer Postreuter. – Lauter Zukunft peinigte mich als Gehülfe der Gegenwart: 1874 und 1882 schleicht die Venus wieder durch die Sonne, und es ist ganz unmöglich, daß du den Vorgang observierest, sagt' ich.

Aber da abends um 11 Uhr ein majestätisches Gewitter kam, das ordentlich zu gut und zu erhaben war für die Werkeltagsstadt: so flog der göttliche Gedanke in mir auf, allemal, während der Donner auf seiner Heerpauke fürchterlich wirbelte, an die Kammertüre wie ein Sprengblock mit dem ganzen Leibe anzurennen und sie etwan einzustoßen. Ich rannte vor – ich setzte nach jedem Blitze zu meinem Erdstoß an – die Wache rechnete mich zum Donner und sang ihr Wetterlied – und endlich schlugen zwanzig solche Pralltriller durch. Aber jetzt das schnelle halbe Füllen meiner Schnellkugel – das Befürchten der Wache, mit der ich freilich bei der Wut meiner Arbeit wenig Umstände würde gemacht haben – das hundsüble Fortfüllen, als ich die Kugel zum Fenster hinausgehangen – das Reißen des Sturms – das Anleuchten der Blitze – das Verkündigungsfest des heraufsehenden Nachtwächters – das Hereinstürmen ins Gefängnis – die Hölle des Losschneidens – das Aufzucken – das Nachsteigen kleinerer Trabanten und Kugeln d'Atour aus Büchsenläufen – das betrunkne, an alle Dächer gehende Antaumeln des noch nicht vollen Luftspringers – das hebende Auswerfen der Möbeln – und das Eintauchen ins dicke, triefende, sprühende Gewölke – – – das alles soll bloß denen, die aus dem krachenden, brennenden Toulon rannten, den Höllenweg nach dem Hafen ein wenig wieder auffrischen.

Doch möcht' ich den Spaß fast wieder erleben, denn es war keiner, sondern etwas Rechtes.

Neunte Fahrt

Das Schadenfeuer – die Festung – Blanchard – der Bühnen-Messer – Rosiza

Die Erde war mir jetzt ein Meersboden voll ungestalter Seetiere, zu welchem ich mit meiner Täucherglocke gar nicht mehr herunterwollte, ob ich gleich neue Möbeln einzukaufen hatte. Nur einmal landet' ich auf einem Saatfeld, um frisches Gestein einzunehmen. Ich ging sehr hoch und konnte, als ich über Kasselhessen [1] schiffte, bloß dessen Mikromegas, den Herkules, sehen, aber weder Menschen noch Vieh noch Feldbau. Pernety schreibet sechs Fuß Sehweite vor für ein Gesicht, das gemalet sein will; und so ist für meinen Pinsel die Erde nach Verhältnis gerade in der rechten Erdferne von meiner Zeichenfeder.

Es machte meine Liebe zum Erdkreis nicht fetter, daß in einem mir unbekannten Städtchen am hellen Mittage ein Haus in vollen Flammen und doch die Zuschauer bloß das Feuer besprechend, nicht begießend dastanden und keine Feuerglocke ging [2]. Es nagte und leckte schon an einem nahen Sparrwerke. Der Bauherr des letztern dauerte mich sehr; dieses gewaltsame Fest-

[1] Es ist schwer zu begreifen, was er damit haben will, daß er den Namen umkehrt, so wie damit, daß er weiter unten Berlin, wovon er offenbar spricht, den Namen *Rosiza* schenkt, der einem Örtlein im Ziller-Kreis in Steiermark gehört. D. H.

[2] Von solchen schiefen Seitenblicken wimmeln alle Reisehistorien zu Wasser und zu Land. Es ist ja offenbar, daß das Feuer in einem Residenzstädtchen brannte, wo man nicht eher Feuerlärm und Anstalten machen konnte, als bis es der fürstlichen Familie vorher gesetzmäßig angezeigt worden, weil sonst Schreck derselben die unmittelbare Folge vom Trommeln wäre, zumal nachts. Allein da doch auch dieses spätere Notifizieren das Zusammenfahren der Familie nur verschiebt, nicht ersparet: so wär' es vielleicht vernünftiger angefangen, wenn man ihr – besonders im ersten Schlafe – die ganze Not verhehlte und alles bloß leise löschte und nur durch stille Weckanstalten mit den Händen von Bette zu Bette die Leute zusammenbrächte, besonders da ich nicht sehe, inwiefern die Familie dabei interessiert ist, solange das Schloß nicht brennt. D. H.

halten an der Schwelle der Laufbahn hätte mich tyrannisiert als das Krummschließen am Ziele derselben.

Jetzt ging der Luft-Kaper gegen die Festung *Blasenstein* zu; ich beschloß, die Besatzung zu alarmieren. Gerade über ihr setzt' ich mich tiefer in der windstillen Region fest; und blies den Marseiller Marsch herunter. Himmel! nun wurde das Reichsfriedensprotokoll, die Festung, ein Kriegsschauplatz – alles, was waffenfähig war, rückte ins Freie aus, und die Festung tat einen Ausfall in die Festung selber in völliger Bereitschaft, den Feind über sich nachdrücklich zu empfangen. Der Kommendant ließ mir durch ein Sprachrohr zurufen, mich der Festung Blasenstein nicht weiter zu nähern, sonst müss' er schießen lassen. Ich warf an einem Stein die französische Antwort herab: »Herr Kommendant! ich kenne Ihre Pflicht recht gut, aber ich kenne auch die meinige. Meine Schiffsmannschaft ficht bis auf den letzten Mann, falls Sie es wagten, uns zuerst feindselig zu behandeln. Sie sehen aus dem Stein, an den ich die Antwort gebunden, daß wir mehr Wachteln [1] zu tapfern Kernschüssen geladen haben als der Wachtelbischof auf Caprea [2], indes Sie, mein Herr, Ihre Kanonen und Mörser gar nicht gegen uns steilrecht nützen können, sondern sich bloß auf kleines Gewehrfeuer zurückgebracht sehen, das bis hieher, mehr zum Lauf- als Flugschießen gebraucht, nicht viel tun kann. Aber ich geb' Ihnen mein Ehrenwort, daß meine Flottille Sie weder angreifen noch die Festung entern oder berennen soll, da sie bloß als Observationsflotte hier stehen will. Empfangen Sie, mein Herr etc. etc. etc.

Jean Jean
Bürgerkapitän des Siechkobels.«

Ich sah, daß der Kommendant einen kurzen Kriegsrat mit seinem Stabe hielt. Endlich hörte ich wieder das Sprachrohr, und die Antwort der Festung war, ich sei ein Schlingel und möchte mich sogleich fortpacken, ohne länger zu spionieren. Ich replizierte durch den Stein: »Herr Kommendant, eine halbe Stunde Zeit bitte ich mir zu einer entscheidenden Antwort aus. Empfangen Sie, mein Herr, etc. etc. etc.« – So lange wollt' ich alles, was die stehende Sommerkampagne mitmachte, mit aufwärts gehaltnen Läufen, die gleichsam das Gewehr vor mir präsentierten, unten stehen sehen. Ich setzte folgendes auf: »Schlingel, mein Herr, ist ein Titel, den weder das Völkerrecht noch die große Nation an ihren Schiffskapitäns gewohnt ist; ganz Europa ist aber Zeuge, daß Sie mir ihn beigelegt. Sich und der Ungeschliffenheit schreiben Sie es nun zu, wenn die große, aber geschliffene Nation Ihren Blasenstein vom Kaiser zum Faustpfand verlangt und dann schleift. Ich sehe, daß die Festung sich vor mir fürchtet; verteilen Sie Gözens Todesbetrach-

[1] Dreipfündige Handgranaten.

[2] Das Wachtelbistum hat diesen Namen, weil die jährlich zweimal darüberziehenden Wachteln viel eintragen.

tungen auf alle Tage unter Ihre Garnisonisten; diese beleben; der Krieger wird dreist, wenn er daraus immer zu sich sagt« (jetzt sah ich hinunter, die Besatzung observierte in einem fort den Brief-schreibenden Kobel, der sie blockierte): ›Ich will stets mein Ende bedenken, damit es mir wohl gehe; jede Kugel, jeder Spieß soll mir zurufen: ich treffe dich, und wenn ich meine sterblichen Glieder beschaue, will ich mir vorhalten, wie leicht sie weggeschossen sind. Gedenke des Todes, Soldat!‹ – Wie gesagt, das stärkt. Indes sollen Sie meiner Scherenflotte wegen für keinen Heller Belagerungsmünzen machen müssen; ich segle jetzt ab, nachdem ich Ihren ganzen Blasenstein genau genug besehen und abgezeichnet habe. Empfangen Sie etc.«

Ich schickte den Brief-Stein oder die Brief-Wachtel samt einem Fluge anderer hinab, und der Orlogkobel fuhr höher hinan und hinweg, unter dem entschlossenen Nachfeuern der ganzen Besatzung. –

Der Tempel der Natur war voll ruhiger Kolossen gelagert, aber der Mensch stieg klein und kleinlich auf ihnen herum; er steht in diesem Tempel wie die römischen Deputat-Juden in dem christlichen, wo sie niesen, husten, scharren, um nur dem Bekehren zu entkommen. – Aber warum hab' ich das Unglück auf meiner ganzen Fahrt, daß kein Nordost bläset, der mich über die Schweiz führte?

Diese hehre, heilige Gegend konnt' ich wenigen, am wenigsten dem daherfliegenden Frosch, der sich gerade wie ein anderer im dünnen Luftraum aufbläset, nämlich dem erbärmlichen Luft-Styliten Blanchard vergönnen, der für Geld seinen Küstenhandel nahe an der Erde trieb, und der jetzt mit dem tiefern Gegenwinde daherfuhr. Ich, zu einem Luft-Treffen fertig, stieß wie ein Falke auf sein Schiff, sah' es aber leck nur langsam sinken; der Sünder hatte manches an sich, was er hätte brechen mögen, den Hals kaum gerechnet. Mög' einer diesem Windschiffer einmal hinter einer Windbüchse nachschauen! –

Als ich über das *Laucher* Komödienhaus wegzog, dankt' ich dem Himmel, daß ich nichts davon sah als dessen Zeitmesser an den Mauern. Wie Wasseruhren an den griechischen Festen (nach Aristoteles) den wetteifernden Bühnenstücken die Dauer ihrer Aufführung zumaßen: so standen nicht tragbare, sondern tragende Wasseruhren, die Laucher Herren, gegen die Wand des Hauses gebogen, und die Länge der Szenen war aus der Länge ihres Standes leicht zu ermessen.

Häßlich spät ging ich in *Rosiza* nieder in der Jüdenstraße (keiner Judengasse), bloß um meine Schaukel zu amöblieren. Doch mußt' ich mich noch abends mit dem Wirt überwerfen, der durchaus wissen und nachher notifizieren wollte, zu welchem Tore ich einpassiert sei, weil man den Torzettel mit seinem Nachtzettel konfrontiere. Da ich nun zu gar keinem hereingekommen: so ließ er mich offiziell visitieren, um zu wissen, ob ich nicht den König betröge. – Am andern Tag stieg ich und ein Drache, den ein Junge als meinen Statisten und Nuntius de latere emporschickte, nebeneinander in die Luft; die Straße war etwa mit einer fünf Schuh hohen Lavaschicht von zuschauenden Rosizer-Köpfen überschüttet, welche immer weiterfloß. Rosiza wollte mich mit meinen alten Freunden – mit seinem Freiheitsgeiste – und seinem Gesellschaftstone so verstricken wie sonst; aber der Südsüdwest blies, und ich war des bewohnten Landes satt und so durstig nach dem leeren, reinen Meer.

Zehnte Fahrt

Stadt Ulrichsschlag – Herr van der Haft – der Staat ein Industriekomptoir – Kleiderordnung für Bücher

In diesem Ich-Besteck, in diesem Leibe, braucht man, man ziehe immer die reine Seeluft des Luftsees ein, doch stets seinen Taler Geld. Welcher Luft-Schiffs-Herr von Bedeutung wäre nicht bei einem Südsüdwest, der in die Ostsee trug, gerade über *Ulrichsschlag* weggesegelt, wenn er nicht leider darin gerade einen Großoheim hätte, dem er einen Prima-Wechsel präsentieren kann? – Diese dumpfe, wühlende, in der Walkmühle der Arbeit dampfende Stadt – wovon ganze Gassen an *einem* Knochen, an *einer* Silberstange nagen und schaben – taub gegen Freude und heiß dahinrennend wie ein Gaul, dem man eine bleierne Kugel ins Ohr gesetzt, und in den Gehirnkammern von einer gedrückt – – diese fleißige Stadt und Menschen-Holländerei hatte das Glück, meinen Großohm zu behausen, den Herrn *van der Haft*, einen edlen Bankier, der aus dem Geld nicht viel macht, sondern nur wieder Geld und der das »nach Belieben« auf den Komödienzetteln übersetzt in »tel est notre plaisir« und daher weniger gibt als der Geringste.

Ich wäre aber beinahe in die zugesperrte Judengasse – einen brütenden, summenden Schwarmsack von Menschen – gefahren, hätten mich nicht glücklicherweise zwei Juden [1], welche Hand in Hand abbliesen und absangen, um sich wechselseitig zu decken, seitwärts hinaus gesungen und geblasen durch die Doppelsonate und das doppelte Ausrufungszeichen. Im Vechter-Viertel lief ich im Gasthof zum Vielfraß ein. Den Morgen darauf trug ich meinen Wechsel ins Franecker, wo mein Oheim wohnt.

Es versetzte meine Phantasie magisch ins schöne Holland, wo zwar die Besitzer unreinlich, aber die Besitzungen so äußerst reinlich sind, da die Magd vom Haus, als ich über die neugewaschene Hausflur gestiefelt wegschreiten wollte, mich auffing und mir sagte, ich müßte mich aufsetzen, sie trage mich zum gnädigen Herrn ins Zimmer. Ich ritt als närrischer Zentaur ohne Bügel und Zügel auf dieser Filial-Rosinante vor die Stubentür meines guten Schwertmagens hin und saß ab. Ein altes, lächelndes, rundes, voll

[1] So singt und wacht auch in Kowno in Polen (nach Schulz) ein Nachtwächter-Dualis aus Furcht zusammen. D. H.

Radien gestrichenes, wie ein Dotter im dicken Eiweiß einer Perücke schwimmendes Gesichtlein, auf einem Körperlein seßhaft, nahm mir mit vielen Höflichkeiten den Prima-Wechsel aus der Hand und fragte mich – ich hatte mich nicht genannt –, ob die Zahlung an Ordre zu stellen sei; »ich bin Herr Giannozzo selber und Sie mein Herr Großohm«, sagt' ich. Er bewillkommte ohne Erstaunen seinen Urneffen, sagte sogleich darauf, der Wechsel a uso sei hier erst nach 3 Respit-Tagen und 14 Usos-Tagen zahlbar, er woll' ihn aber (er dachte, ich würde sein Gast) ohne einigen Abzug noch heute »vergnügen«. Als ich ihm freilich sagte, ich bliebe im Vielfraß, tat es ihm leid.

Während der Zahlung a vista schritt ich im Zimmer auf dem Kreuz-Trottoir und breiten Stein zweier Wollendecken auf und ab und konnt' es nicht von mir erhalten, daß ich nicht über den wollenen Fußsteig austrat ins junge Holz. Ich strich das Geld ein, und zauderte mit der Übergabe des Wechsels. Was mich wundert, ist die allgemeine Ehrlichkeit der Menschen: so sehr es scheint, als wenn sie einander ordentlich nicht traueten – da ihnen Wort und Schrift noch keine hypothekarische Versicherung der Bezahlung scheinen –, so sah' ich oft mit meinen Augen, daß der eine das Kapital dem andern und dessen Gewissen zuweilen 3, 4 und mehr Minuten anvertrauete, ohne das Papier ausgewechselt zu haben. Wären die Menschen weniger ehrlich: so müßte man fodern, daß der, der einen persönlichen Wechsel bezahlte, indem er mit der einen Hand den Wechsel zurückholte, mit der andern das Geld hinreichte, weil er das Papier ja sonst unbezahlt wütig fressen könnte. Wir ehren uns selber durch dieses Vertrauen. Freilich geben edle Seelen – z. B. mein Großonkel – Summen Geldes – da dieses dem Gifte so ähnlich und wie dieses in großen Portionen gefährlich ist und nur in kleinen offizinell – wie Materialhändler dieses Gift-Metall oder Metallgift nur gegen *obrigkeitliche* Permisse und *Scheine* aus; aber das ist gutes Her der andere soll sich nicht damit vergiften durch die große Portion.

Ich ritt wieder über die Hausflur hinüber, eingeladen zu einem Eß-Jubiläum oder Eß-Quinquenell auf morgen; denn von fünf zu fünf Jahren gibt er ein Essen. – – Ich komme jetzt davon. Man seh' es einem Urneffen nach, wenn er selber seinem Schwertmagen – zumal von dessen Tischtuch herkommend – mehreres nachsieht und dessen Filzigkeit, so gut er kann, schön anstreicht; denn, in der Tat, ein alter Mann, der immer noch tiefer ins kalte Alter hineinsegelt, gleicht zu sehr den Schiffen, die nach Norden gehen, welche stets mehr Vorrat laden müssen als die, welche nach heißen Ländern laufen. Gräbt nicht das ganze Jahrhundert nach den beiden besten Heilmitteln der *Säuere* und der *Kälte*? das ist aber *Kalk* und *Phlogiston;* und beides macht nach den Chemikern glücklicherweise die einzigen Bestandteile des Goldes aus. Wer ist nun sauerer und kälter als ein Graukopf? –

Es gibt kostbare Gastmahle, wo man wie in der Poesie mehr auf Form als Stoff, mehr auf Löffel und Schüsseln invitiert ist als auf ihr Eingebrachtes; mir und der Ulrichsschlager Kaufmannschaft wurde vom Ohm das feinste Steingut, fünf herrliche Schüsseln von Silber vorgesetzt, und zuletzt wurde ein niedliches Dessert-Besteck von Gold aufgetischt. Noch länger als das Tischtuch war das Tischgebet; und kein Handelsmann schämte sich wie ein Weltmann, das Wort Gott oft zu brauchen. – Nein, ich knirsche die Zähne über die gewinnsüchtigen Heuchler, die Menschen, welche bei ihren Bergwerken, bei ihren Lotteriedevisen [1] Gott wie einen Fürsten zu Gevatter bitten, damit er ihnen ehrenhalber ein Patengeld in die Windeln schiebe – welche bei dem Allerheiligsten wie wir bei einem Titularrat immer seinen Titel anbringen, um ihm zu schmeicheln und abzubetteln. Wär' ich der liebe Gott: so sollten mir die Holländer, die vorher, eh' sie mit ihren Heringsbuisen auslaufen, eine Predigt und ein Lied anhören und um Heringe seufzen, nicht einen Schwanz fangen. O das größte Sammelsurium von Widerspruch, Wahnsinn, Habsucht und Tücke ist ein menschliches gedrucktes Gebet! – Nur du, heiliger Fenelon, konntest beten, denn du liebtest Gott!

Ein Ulrichsschlager klagte über die Handwerksmißbräuche und brachte bei, daß der Professor Hausen erwiesen, daß schon einer mittelmäßigen Stadt – wie unserer z. B., sagt' er – bloß durch den blauen Montag in 1 Jahr netto 13 541 Tl. 16 Gr. vor die Hunde gehen. O wenn ich diese Saite höre! – »Meine Herren!« (fing ich an) »das ist erst nur *eine* Staats-Bankerutt-Quelle und mehr nicht. Aber ringsum springen die Quellen wie Böcke. Außer der Gesundheit wird durchaus nichts häßlicher verschwendet als ihr Surrogat, die Zeit. Welche entsetzliche Summen kostet einem Land der Schlaf, da es durch strenge Schlaf-Edikte leicht dahin zu bringen wäre, daß es nicht mehr schliefe als jeder Nachtwächter! – Werfen wir nicht jährlich wieder 13 541 Tl. 16 Gr. zum Fenster hinaus, daß wir den Sonntag feiern am – Tage, da wir wie andere Völker nachts in die Kirche gehen könnten, wo die Dunkelheit die Andacht, und die Schlaf-Karenz die Buße nicht verderben würde? – So muß auch nicht als etwas Kleinliches aus der Unkosten-Rechnung alles das ausgelassen werden, was das Land jährlich an zwei Personen einbüßet durch Balbieren, indes mit dem Barte der Staat wüchse – und durch Donnerwetter, weil dabei nur Gebetbücher ergriffen werden – und durch stehende Tischgebete, die man ja sitzend still in sich unter dem Käuen verrichten könnte – und durch fremde Passagiere, denen der Staatsbürger durchs Fenster nachsieht, da jeder Narr, der in der Stadt nichts verzehrt und nur durchpassiert, um dieselbe reiten könnte – und besonders durch das allgemeine Müßiggehen und Faulpelzwerk der linken Hand und zweier Füße. Was Nicolai zu allem diesen sagt, möcht' ich wissen. Abgerechnet die wenigen Spinner mit zwei Händen – oder die Krippel, die einen guten Fuß schreiben, nicht eigenhändig (m. ppr.), sondern eigenfüßig (p. ppr.) – oder die Wilden, welche mit den Füßen stehlen und außer den langen Fingern

[1] Beide haben Namen wie z. B. Gotthilf, Gottes Sorge etc. D. H.

und Diebsdaumen noch lange Diebszehen haben und in einem andern Sinn Räuber zu Fuße sind: so tun gerade drei Viertel am Menschen nichts, und er hängt voll Faultiere. Sapperment! kann nicht die Hand oben und der Fuß unten ein Paar Handwerke zugleich treiben? Ist der Tanzmeister, indem er unten mit den Füßen das Seinige tut, nicht zu gleicher Zeit der größte Spieler oben auf dem Geigelein? Und könnte einer, der von oben herab Friseur, Stricker, Wollenkratzer, Former wäre, nicht zugleich von unten hinauf ein Läufer, Fußlanger, Tretrad-Wandler und Orgel-Balgentreter sein? – Wahrlich, der Staat könnte durch ein strenges Wegschneiden aller dieser Eß-, Bet-, Buß- und Gliederferien dahin hinaufgearbeitet und gezogen werden, daß er ein ordentliches großes Raspel- und Arbeits-Haus würde, überall mit emsigem Sitz- und Greif-Fleisch ausgepolstert, alle darin schwitzend, keuchend, kartätschend, scheuernd und wütend, ohne sich nur umzugucken und ohne sich zu scheren um Lust und Liebe und Himmel und Hölle. – Ulrichsschlager! ihr seid fast die Leute dazu.«

Ich werde sogleich fortfahren bei ihnen; ich will nur erst ein solches Arbeitshaus herzlich zu 10 000 Teufeln wünschen und in die Hölle (eine solche Vorhölle) und vorher unter dasselbe einen hübschen Minengang zum Aufsprengen.

»Anlangend das Geld,« (fuhr ich fort) »dieses Herz des innern Menschen, so bedaur' ich seit Jahren die Staaten, die es verfressen und versaufen. Die besten schneiden ihren Festungs-Sassen nur das Kaffeewasser ab; aber warum lassen sie zu, daß der Kaffee seine Repräsentanten ins Unterhaus schickt, Zichorien, Eicheln, Rüben und den Satan? Warum stopft man – dieselben Gründe schreien – der Glückseligkeitslehre nur *eine* Quelle zu? Warum wird Tee, Wein, Fleisch, Bier, Gebacknes so frei zugelassen? Desgleichen Obst, Gemüse und alles nur Leckerhafte, da gesundes Brot seinen Mann ernährt? – Mit alle diesem könnte ja gehandelt werden nach auswärts und ein hübscher Pfennig Geld ins Inland gespielt – alle Waren würden, wenn mans täte, wie bei den edeln Holländern die französischen Bücher, nur spediert und verlegt, ohne das geringste Konsumo – Ulrichsschlager! würde dann nicht das Staatsgebäude ein großer, blanker Silberschrank und alle Untertanen Preziosa für den Fürsten, die er angreifen könnte in der Not?« –

Ein *genießender* Mensch nimmt mich zwar nicht ein, weil der Genuß das selbstsüchtige Selbst entblößet; aber ein *sich Freuender* erfreuet mich, weil die Freude ein reiner Äther ist, worin alle Sphärentöne klingen und fliegen können. Madame Helvetius wünschet, es gäbe Flüsse von Brei, damit nur der Magen in Ruhestand käme; wer würde dann an ihren Ufern wohnen? Offenbar Otaheiter, Griechen, Italiener, Hindus, zu denen die Grön- und Feuerländer und andere Türmer aus den beiden Hungertürmen der Pole herübergucken könnten.

Van der Haft und die übrigen Hafte fanden – ein paar Detail-Händler ausgenommen – meine Grundsätze ganz durchdacht, aber fast zu strenge und schwer ausführbar. – Der Großonkel nahm mich nach dem Essen – er hatte 2¹/₃ Glas Wein im alten Kopf – freundlich beiseite und bat mich, ihm ohne Scheu sub rosa zu entdecken, auf was ich eigentlich mit meinen äronautischen Versuchen hinzweckte. »Ich?« (sagt' ich) »auf nichts, auf Spaß!« – »Ernsthaft, Neffe! Höhenmessungen, astronomische oder meteorologische Versuche, Untersuchungen der Wolken können Sie mir ohnehin eingestehen; aber greifen Ihre mühsamen Reisen nicht mehr ins praktische Leben?« – »Wahrlich, bloß zur Lust leb' ich oben und aus Ekel am Unten.« – »Und deshalb setzen Sie Ihre Gesundheit in der kalten, feinen Luft zu?« – »Herr, die setzt jeder Schuster, jeder Autor, jeder Stubensitzer zu; denn um ganz gesund zu leben, muß man leben wie ein Vieh, wie ein Bär oder Hirsch.« – »Und wenn Euch eine Gewitterwolke an sich zieht?« – »Darauf dacht' ich oft; dann wär's aus; aber ich werde wohl mein Ziel vorher fassen – warum will ichs meinem guten Großohm nicht sagen? Ich reise als geographisch-militärischer Luft-Spion, nehme dann in Schwaben französische Dienste und versuche mein Glück, wenn mich keine Kugel trifft.« – »Das hör' ich gern, Neffe!« sagte der Narr. –– O die Blinden! dem Magen darf man – sie erlaubtens – alles opfern, die Jahre, das Blut, sogar ein Stück Tugend; aber dem Herzen, der Lebensfreude nichts, als was jener vom Opferaltar ungefressen übrig lässet, und die heilige Psyche ist euch nichts als der Futtermarschall, Erzküchenmeister und Erbvorschneider, ach, der Küchenjunge des Magensacks! Geht, ich will wieder hinauf! ––

Ich könnte heute im Vielfraß keine Zeile mehr in mein Seebuch schreiben, aber hereinheften will ich ein herpassendes Aufwandsgesetz, das ich im Namen des Fürsten Saturns (sein Land kam oben vor) als expedierender Sekretär abgefasset.

Kleiderordnung für sämtliche einwohnende
Bücher unsers Landes

Wir etc. etc. etc. werden mit äußerstem Mißfallen den Luxus innen, der in unsern Staaten um sich frisset. Bettler prunken schon in kouleurten humoristischen Habiten, aus einem teuern Gehäcke von allen Zeugen genäht, als wandelnde Farbenpyramiden wie Motten einher, indes ihr Stand ihnen zuruft, gleich Grazien und Würmern bloß den spartischen Schleier der allgemeinen Zucht um sich zu schlagen; wir wollen aber hoffen, daß es nur ausländische Bettler sind, welche freilich die spartische Nationalkleidung unseres Landes nichts angeht.

Allein bei den Büchern ist der Kleiderluxus ebenso klar als enorm. Geistliche, andächtige Werke, die sonst im bescheidnen Priester-Ornat und Trauermantel einherwandelten, kleiden sich wie Gecken nach englischem Schnitt und tragen Tressen und reden doch von Gott. – Juristen-Kinder gingen sonst wie die Schweine, nämlich in deren Leder, oder auch in Schafskleidern, oder ein hölzerner Skaphander war der Rock der Gerechtigkeit, und ihre vier Hufen waren mit Eisen beschlagen; jetzt springen sie uns als Halbfranzen, als Perlhühner entgegen, und wollen gleichwohl Leute en longue robe vorstellen. Es sind die alten Folianten gar nicht mehr, ob sie gleich ihre Sprache reden.

Die Ärzte gehen in Marmor anstatt wie sonst in Halbtrauer – Die historischen, die philosophischen Werke tragen sich, wie sie wollen – Andere sind im deminegligé broschiert – Einige laufen türkisch oder im türkischen Papier – Die sogenannten Monatsschriften haben zwar nichts an sich als die Haut, tätowieren sich aber diese bunt – – Viele Romane kleiden sich so ausschweifend, z. B. in drap d'or, daß sie sich immer in Überröcke und Staub- und Pudermäntel stecken müssen.

Den ärgsten Unfug verführen aber die Neujahrs-Hausierer und Gratulanten, die Almanache. Diese zusammengebrachten Kinder schlagen ihren guten dürftigen Eltern, die selten etwas Ganzes anhaben, wenig nach, sondern schämen sich ihrer und treten in goldnen Gilets, in Seidenröcken oder als patres purpurati (in Maroquin) daher und schnalzen als Goldschleien durch die Finger. Diese Kreaturen sind ordentliche Schaltiere, sitzend immer in Rinden- oder Wachthäuschen, Sänften, elastischen Korsetts oder kleinen Selbstrepositorien[1], woraus man sie erst kriegt und lockt, wenn man sie an ihrem bunten Schärpen- oder Ordensbande zupft.

Wir etc. etc. können nun nicht länger zusehen, daß das Gold und die Farbe, die sonst der Chrysograph und Rubrikator in die Bücher anbrachte, jetzt wie oft bei den Besitzern nur außen an ihnen klebe – daß gutes Leder, das so sehr zu Hosen, Trommeln und Schreibtafeln den Menschen dienen kann, von Büchern getragen werde – daß das beste, stärkste Papier statt nützlicher patriotischer Waren Bücher einfasse, die ja selber um jene Waren gehören – und daß dieses gottlose Wesen so steige wie in London. – Sondern es soll jetzt von Uns verordnet werden, daß die sämtlichen Bücher-Schneidermeister, anstatt Tuchlieferanten zu sein, bei ihrer Heftnadel bleiben und nur Buchhefter, aber nicht Buchbinder sind, wie sie immer in den »Nachrichten an die Buchbinder« heißen. Die Nationalkleidung aller Werke soll natürlich und wie die der Zeitungen und vernünftigen Monatsschriften sein, nämlich entweder ein Schmutztitel vornen und das Ende und Bergleder (das Register) hinten, oder höchstens die beiden weißen Buchbinder- oder Hemd-Blätter.

Bloß diejenigen Werke, die an den Hof zur cour en robe gehen wollen, oder sogenannte Dedikationsexemplare sollen die gewöhnliche Budi-Toilette machen und in goldgestickten Anzügen und in feiner, weißer Wäsche erscheinen, worauf der Hofbuchbinder, der grand maître de *garderobe* der Bücher, vorzüglich zu sehen hat. Denn da das Widerspiel der Biber, wovon

[1] Futteralen.

die einsamen ein schmutziges abgerissenes Fell, die geselligen aber ein feines nettes haben, sowohl von den Menschen als den Büchern gilt: so ist gerade ein Hof der Ort, wo sich das feine Kleid eines guten Buches am besten konserviert, zumal vom fürstlichen Wappen gedeckt, und wo niemand Hand an das schöne Gold seines Bauches legt. etc. etc. etc. etc.

*

Ich dürstete nach dem Meer; und siehe, ein Sturm arbeitet jetzt draußen, der mich noch heute über seine Wüste führen kann.

Elfte Fahrt

Das Meer und die Sonne

In Norden dämmerte die Sonne hinter den Orkaden – rechts nebelten die Küsten der Menschen – als ein stilles, weites Land der Seelen stand das leere Meer unter dem leeren Himmel – vielleicht streiften Schiffe wie Wasservögel über die Fläche, aber sie liefen zu klein und weiß unter dem Schleier der Ferne – Erhabene Wüstenei! über dir schlägt das Herz größer! – Auch du gehst fort, bleiche Sonne, und als ein weißer Engel hinab ins stille Kloster der Eismauern des Pols und ziehest dein blühendes, auf den Wogen golden schwimmendes Brautgewand nach dir und hüllst dich ein! – Die Blasse im Rosenkleide! wo ist sie jetzt? Wird sie in ein warmes, reges Auge schimmern zwischen den Eisfeldern? – Ich schaue herab auf den finstern Winter der Welt! Wie stumm und unendlich ists da unten! Das allgewaltige fortgestreckte Ungeheuer regt sich in tausend Gliedern und runzelt sich, und nichts bleibt groß vor ihm als sein Vater, der Himmel! – Großer Sohn! führest du mich zum Vater, wenn ich einmal zu dir komme? –

Welcher Goldblick! Im Abendrot glüht Aurora an. Was reißet so schnell das schwarze Leichentuch vom Wasser-Orkus weg? – Wie brennen die Länder der Menschen wie goldne Morgen! O kommst du schon wieder zu uns, du herrliche, liebe Sonne, so jung und rosenrot, und willst wieder freundlich hinziehen über den langen Tag und über die Gärten und Spiele der Menschen? – Glühe nur herauf, Unsterbliche! – Ich stehe noch kalt und bleich an meinem Horizont und gehe noch hinunter zu dem dunkeln Eise; aber werd' ich auch wie diese, o Gott, wärmer und heller aufgehen und wieder einen heitern Tag durchlaufen in deiner Ewigkeit?–

Zwölfte Fahrt

Die hohe Schule St. Görgen – dasige Philosophen und Philologen – das falsche Echo – kostbares Fragment von J. P.

Jetzt würd' ich vielleicht nach der Schweiz gelangen, wenn der Wind nur noch drei Tage so südlich fortbliese. Es schadete nichts, daß ich bloß auf einen einzigen mit meinem Luft-Marktschiff einen Wind-Markt, die Universität St. *Görgen* [1], bezog. Unter der Niederfahrt flog ich vor einem hohen Fenster vorbei, wodurch ich den berühmten Deutschlands-Renner *Langheinrich*, der schneckenmäßig jedes passierte Städtchen mit seiner reisehistorischen Dinte beschleimt, steif auf einem Sessel sitzen sah, ich weiß aber nicht – denn er steht schon als dessus de porte vor der allgemeinen deutschen Bibliothek –, ließ der Harttraber sich abzeichnen oder einseifen. Beiläufig! warum verschleudert man ein ganzes heraldisches Figuren-Kabinett von so vielen Ökonomen, Philologen, Juristen als Titelblatts-Vorzimmer für Krünitzens Enzyklopädie, die allgemeine deutsche Bibliothek u. s. w.? Die Physiognomen und Maler wollen mit diesen emsigen, aber so gemeinen Gesichtern wenig verkehren, da ohnehin auf allen Wochen-Märkten solche physiognomische Ware umsonst zu haben ist. Der Liebhaber und Freund will gern den Kopf besonders haben zum Genuß, ohne den schweren Band. So hab' ich z. B. mir eine ganze Suite solcher Köpfe aus großen Werken geschnitten und führe die Suite bei mir; gelang' ich nun einmal zum ruhigen Stillsitzen – welches jeden Morgen nach der ersten Tasse schwarzen Kaffee geschieht –, so zieh' ich meinen Kopf hervor, präge dessen Projektion recht tief dem meinigen ein und tue dann meinerseits auch für die Kehrseite etwas. So werd' ich ewig durch Köpfe von Kopf gehoben und verfeinert und gehe dann leicht als geseimter Honig aus der Welt.

Ich lief zu keinem einzigen Genie in St. Görgen. Mein Stolz würde sich dagegen aufbäumen, wenn ich vor den Thronsessel der sogenannten Genies auf unsichtbaren Regenwurmfüßen mich hinziehen wollte, da er und ich das egoistische Pusten und Blasen und sogar die mündliche Leerheit dieses *fliegenden* Corps seit Jahren kennen; von ihnen ist wenig mehr zu holen als das Weiber- oder Kunkellehn, der Körper, von einem andern, obwohl unberühmten Mann aber sehr oft ein gescheutes Wort, so wie nur unberühmte Leute, deren literaturbriefliche Rezension die Antwort des Freundes ist, die bessern Briefe schreiben. Aber ich hospitierte sehr in St. Görgen. Ich freuete mich den ganzen Tag, daß öffentliche Lehrer das jus Archivi [2] haben

[1] Entweder es ist ** oder ***; aber gewiß nicht *. Den Reisenbeschreiber Langheinrich weiter unten kenn' ich weniger. D. H.

[2] Nach diesem Jus machen Dokumente des Archivs auf *Beweiskraft*, auch wenn sie defekt, ohne Datum oder bloße Kopien sind, bloß durch ihren *Ort* Anspruch. Struvens Nebenstunden 6. Teil.

und ich ihnen also Sachen glauben durfte, die sie gar nicht erwiesen. In drei philosophischen Hörsälen sonderte ich besser ab, nämlich mein Leib, der Appetit wurde geschärft und das Muskelnspiel zumal auf dem Gesichte frisch beseelt [1] – welches alles das zuverlässigste Zeichen war, daß ich noch mit gemäßigtem und unschädlichem Tiefsinn wirtschaftete und die Wahrheit hetzte, so wie die drei Lehrstuhl-Statisten ebenfalls; wären wir vier syllogistischen Figuren mit starkem und unnatürlichem zu Werke gegangen, so hätten die sechs nicht natürlichen Dinge mehr gelitten als gewonnen, und wir wären nach Hause gekommen ganz verstopft, gesichtsfaltig, muskelschwach und halb aufgelöset. Warum halten aber Kreis- und Stadtphysici bloß bei sich, und nicht auch bei philosophischen Adjunkten darauf, daß nie länger und tiefer philosophiert werde, als es dem Magen Freude macht? – Stille Narren in Bicetre flechten in ihren guten Stunden Strohschachteln; leere, feste Wortformen sind dergleichen, und jeder Philosoph wird sie flechten, der seinen Muskeln und Zuhörern mehr geben als nehmen will.

Nachher hospitiert' ich weiter herum bei den Philologen, Historikern und Ästhetikern. Ein alter Prorektor gewann mich durch das komische Licht, das er auf sich warf, da er den Ovid von der Liebe ernsthaft und murrend durchging, ohne – als bleicher Bleicher der klassischen Wäsche und Dezennien lang den Schimmel der Varianten und Konjekturen mähend – in seinem Leben mehr törichte Jungfrauen gekannt zu haben als die fünf Direktricen davon in den vier Evangelisten. – Aber wird ein gesetzter Schulmann, der unter den Hetären bloß mit der babylonischen und unter den idealischen Madonnen bloß mit seiner Hausehre und der Wickelfrau im Vorbeigehen verkehrte, nicht ordentlich verschwendet, wenn ihn Redakteure nötigen, im Schlafrock und Schlafkranz durch Zimmer voll junger, in Verse oder doch zu Papier gebrachter Liebender mit der Rezensionsfeder hinter dem Ohre invigilierend zu marschieren und das allgemeine Knien, Anbeten, Liebeserklären, Brennen aus dem Munde und Küssewerfen in allen Stuben genau zu examinieren und sozusagen zu kredenzen – wie abgeschmackt und widrig schmeckts dem alten Manne! – und nachher Tabellen davon einzureichen? – Warum setzen dem Schulmann die Flammen, denen er in seiner Wirklichkeit entrann, noch auf dem Papiere nach? –

Vor den deutschen Kathedern fand ich wieder, was ich sonst in den deutschen Büchern verfluchte, nämlich ihre Liebe zu Bindwörtern; sie schlichten Reifen in Gestalt eines Fasses aufeinander, und dann haben sie ein Faß. Die Setzer stellen zwischen jedes Wort ein sogenanntes Spatium; die Deutschen verlangen auch wohltuende Spatia zwischen den Gedanken und nehmen dazu Worte und Perioden. Einen, der mit seiner Sache auf einmal herausplatzt, sehen sie ganz verblüfft und erschrocken an; und fährt er gar fort

[1] Nach Platners Anthropologie tut ein mäßiger Grad des Tiefsinns die oben gedachten guten Wirkungen auf die Gesundheit, so wie ein größerer die bösen. D. H.

und springt wieder von Bergspitze zu Bergspitze, ohne erst ordentlich hinab- und hinaufzuschleichen: so verlieren sie den Gipfelspringer sogleich aus dem Gesichte und erholen sich lieber an ihrem Reichsanzeiger, worin kein Mensch *von vornen* anfängt, sondern *eher*. Indessen hat der Fehler sein Gutes: der deutsche Autor und der Ton, die beide das Wasser nur in sich ziehen, aber nicht durchlassen, machen eben dadurch Quellen.

In meinem Wirtshaus fand ich um einen berühmten deutschen Romanschreiber, dessen Autorschaft eine lange deutsche Übersetzung seines französischen Geschlechts-Namens ist, einen Bogen Manuskript geschlagen, dessen ganz artige Sentenzen durchgestrichen waren; ich schälte ihn ab, um ihn hinter die zwölfte Fahrt zu heften.[1] –

Letztlich hospitiert' ich auch bei vier St. Görgnerinnen, Professorinnen; schon das akademische Gericht, das sie über die St. Görgner Lehrstühle hielten, konnte mich überzeugen, daß eine Universität – wenigstens in Rücksicht ihres friedlichen kollegialischen Lebens – dem Sacke nicht ungleich sei, worin man sonst einen Vatermörder ertränkte, und in welchem ein Hahn, eine Schlange, ein Hund und ein Affe (oder in dessen Ermangelung eine Katze) noch außer dem Mörder als Amtsbrüder beisammen hauseten.

Ich ging etwan drei Stunden später ab als der langweilige Langheinrich, der sich einsetzte, um der Sitzwelt außer dem Konterfei seines Gesichts auch eines von den Ländern in die Hand zu geben, die er für würdig hielt, daß er darin stallen ließ. Ich sah ihn unten auf einer weiten Ebene fahren. Als sein Postillon zufällig den Dessauer-Marsch blies, setzt' ich mein Hörnchen an und repetierte wie ein Widerhall den Marsch schwach und stark dreiundzwanzigmal. Langheinrich steckte den Kopf heraus und übersah die leere Ebene, aus welcher das unbegreifliche Echo aus nichts akustisch herzuleiten war; indes verleibte er das merkwürdige Ereignis der Reisebeschreibung ein, um den Physiker zu befragen, was er sich bei dem dreiundzwanzigmaligen *Wiederholen* da, wo alles *platt* ist – moralisch ließe sichs eher glauben –, zu denken habe.

Das folgende ist das gedachte Manuskript:

[1] Wunderbar! Das Blatt ist, wie ich sehe, aus dem Manuskript zu meinem Jubelsenior. Es ist mir aber lieb, daß ers der Fahrt angeheftet, weil doch damit den Kritikern ein wenig gewiesen wird, wie hart ich mich selber zensiere und wie viel ich ausstreiche, was ein anderer drucken ließe. Mit diesen ausgestrichnen Manuskripten wird indes (so hör' ich) ein ansehnlicher Handel getrieben, und sie werden von Nachahmern häufig gesucht, welche die Striche wegradieren und die Blätter als neue eigne Arbeit, wieder mit der ihrigen geschickt vermischt, zum zweitenmal den Setzern geben. D. H.

Ich beschwöre es, daß es kein einziges Land gibt, worin einem Fursten eine treue, alles berichtende Ambassade vom ersten und letzten Range so nötig und ersprießlich wäre – als sein eignes.

*

Wenn die Weiber von Weibern reden, so zeichnen sie besonders an der Schönheit den Verstand, und am Verstande die Schönheit aus, am Pfau die Stimme, das Gefieder an der Nachtigall.

*

Die Frau spielt auf der Bühne besser in einer Rolle, wo sie sich zu weinen stellt, als in einer, wo sie zu weinen hat.

*

Die Menschen verraten ihre Absichten nie leichter und stärker, als wenn sie sie verfehlen.

*

Der Scherz ist unerschöpflich, nicht der Ernst.

*

Dem sentimentalen Heuchler lasse nicht lange Reden zu, weil er sich durch diese erweichen will. Manche können nur weinen, wenn sie reden.

*

Keine Versprechungen werden schwerer und später gehalten als die, bei welchen die Zeit der Erfüllung nicht bestimmt ist. Daher geben viele oft dem Freunde das geborgte Geld nicht zurück.

*

Man glaubt seine Fehler dadurch wieder gutzumachen, daß man sie sogleich hinterher bereuet; warum setzet man denn nicht voraus, daß der andere seine auch bereue, und daß er sie auch damit entsündige?

*

Verschwiegenheit wird darum so schwer, weil sie oft gar keine Grenzen der Dauer kennt. Eine funfzig Jahre lang dauernde gute Handlung wird dem Menschen gar zu sauer.

*

Unsere Begierde verschluckt, wie der Armpolype, mit der Beute zugleich die eignen Arme, die diese ergriffen.

*

Wie Geruch zu Geschmack, so verhält sich Erinnerung zur Gegenwart.

*

In der Jugend ist die Hoffnung ein Regenbogen und in den grauen Jahren nur ein Nebenregenbogen des ersten.

*

Die Reformatoren vergessen immer, daß man, um den Stundenzeiger zu rücken, bloß den Minutenzeiger zu drehen brauche, oft den Terzienzeiger.

*

Gleich dem Jüngsten Tage verwandelt uns die Poesie, indem sie uns verklärt, ohne uns zu verändern.

*

Nur im Leiden sitzt man über seine Fehler zu Gerichte, wie man nur im Finstern Bläschen in großen Spiegeln untersucht und findet.

Dreizehnte Fahrt

Die Atonie des Jahrhunderts – das Bad Herrenleis – cû de Candide – Bauernhochzeit und Predigt dazu

Ich fliege gerade den Schweizer-Bergen zu; nur treiben die wie feindliche Parteien umherstreifenden Gewitterwolken, die meinen Globus attrahieren, ihn zu häufigen Konjunktionen mit der Erde nieder. Heute morgens ging ich ins Bad *Herrenleis* herab, wo ich jetzt sitze. Die invalide beau monde, die eben den Brunnen umrang, lief mit den Bechern zu mir heran. Ich machte kalt vor ihnen allen – wie etwan vor einer zuschauenden Wiederkäu-Herde – meine Sachen zurechte. Eine hübsche Sammlung von Gesichtern! Jedes war an seinen Eigentümer als das schwarze Täfelein angeschlagen, das im Hauptspital zu Wien am Bette eines Kranken hängt und worauf dessen Klistiere, Zuckungen, Husten, Stühle und Durst verzeichnet sind! Der größere Teil davon gehörte noch dazu nicht zu den dienenden, sondern regierenden Brüdern, welche in irgendein Teilchen von diesem Weltteilchen ihren Kranken- und Fürstenstuhl eingesetzet haben. So wird regiert, der Krankenwärter vom Siechling, der Blinde vom Hunde, die Frau vom Manne. Denn seitdem die Weiber männ*lich* und die Männer wei*bisch* werden, wie in Aachen Hirten-Mädchen *pfeifen*, die Knaben aber nur *singen*, seit dieser Dynastie regiert ein Weib beinahe sich selber mehr als einen Mann, weil List und Schwäche lieber befiehlt als Stärke und leichter beherrschet als Recht.

Obgleich die Frage ist, was mehr plagt, ob die Schwere oder die Blendung einer Krone, ob die Handschwielen oder die Rücken-Striemen vom Zepter: so können die Menschen doch nicht einmal einen Ball, ein Essen, ein Schießen durchführen ohn' eine Ballkönigin, einen Eß-, Opfer-, Schützenkönig, die Vizekönige nicht einmal angeschlagen. Kurzsichtige Langhälse schreien über die Augenbraunen eines Monarchen, welche, so wie sie finster nieder- oder heiter aufwärtsgehen, eine Welt senken oder heben; aber zeigt mir in der Geschichte nur einen republikanischen Boden fünf Kubikfuß breit, wo nicht dieselben Augenbraunen wüchsen! Jeder Minister, jeder Generalissimus in Rom oder Paris hat Haare über dem Augenknochen, an deren einem Länder über den Abgrund hängen [1]. Glaubt ihr Menschen denn etwa, daß ihr nicht kleinlich und Opfertiere des Zufalls wäret und daß ihr nicht Gott tausendmal dankt, wenn ein anderer aus Höflichkeit sich in eurem Namen – entschließet? – Warum achtet ihr die Gewohnheit so sehr, diese Geschäfts- und Waffenträgerin der Willenlosigkeit, und den Gebrauch, diesen Kurator des abwesenden Geistes? – Kommt ihr und die Frösche nicht um, aus euren stehenden Teichen in frisches, immer reges Flußwasser geworfen? – Duldet ihr nicht höchstens nur *ein* Original, wie Lübeck nur *einen* Juden, und Millionen Kopisten, anstatt umgekehrt so viele Originale und wenige Kopisten? – Und brütet nicht jedes Original

[1] Allerdings ist diese Unterordnung der Vielheit unter die Eins sogar in den Demokratien, obwohl temporell (aber nur temporell ist auch jedes despotische), da; allein eben darum fodert – mithin bereitet – die praktische Vernunft ein ganz anderes *Menschen*-Reich, wo man nicht bis eins zählt oder bis 5 oder bis 500, sondern bis ins Unendliche und wo keine andere Vernunft regiert als die eigne. Ist denn dieses moralische Reich darum unmöglich, weil es bloß moralische Mitglieder voraussetzt? Kann das in der größern Zahl unmöglich sein, was in der kleinern schon wirklich war?

D. H.

gerade sein Gegenteil aus, den Nachahmer und Affen, und sitzt daher nicht in den deutschen und kritischen Wäldern der gemeine Affe – der Schweineschwanz-Affe – der Hundskopf – der weiße Bartaffe – der schwarze – der mit dem flügelähnlichen Bart – der Hutaffe – der blau- – der weißmäulige – der Gibbon – unzählige Paviane – und noch mehrere Meerkatzen? Endlich da die auslaufende Menschheit wie eine Sanduhr doch nur wieder geht durch *Umkehren*: wenden sich nicht die Menschen wie zusammengeschichtete, nach Amerika adressierte Soldaten in Schiffen wieder zu gleicher Zeit und in Massa um, so daß dabei mehr eine Reformation herauskommt als Reformierte? – Ich bescheide mich daher gern, daß die sattelfesten steifgestiefelten Deutschen mir auf alle jene weit voneinander entlegenen Gleichnisse von ihrer Sattelfestigkeit nur mit wahrem Abscheu nachgesprungen sind.

Jetzt ists Mitternacht; man glaube nicht, daß ich einen ganzen Tag, den ich hätte verfahren können, im Schwitzbad Herrenleis würde versessen haben, wenn nicht die westliche Deklination des Windes gewesen wäre; womit ich mich noch besonders beruhige, ist mit der Hoffnung, daß ich vielleicht (man gönne mir den frommen Traum) den Schwitz-Badort, nämlich den geadelten Teil davon, in einen mehr als gewöhnlichen Grimm und Harnisch gebracht.

Und zwar als Hochzeitprediger. Ich fand nämlich viele alte Bekannte, einen böheimischen Grafen, einen von der berlinischen Legations-Pepiniere, einen Landhofrichter und unsern alten Saufaus mit dem Stern [1]. Ich sprach mit dir, lieber Graul!

Hier ist nun die allgemein gelobte Fürstin Candide, für welche man gern alle Tage etwas anstellte, geschweige an ihrem Geburtstage. Um dir nur ein Beispiel der allgemeinen Verehrung zu geben, so erzähl' ich dir, daß sie die hiesige Gartenschaukel Candidens Steiß (cû de Candide) heißen, seitdem sie darin gesessen. Es kam von einem französischen Spaße her. Der besagte Saufaus machte, da sie in der Schaukel aufgezogen wurde, um hinauszufliegen, den sehr guten Calembourg: »Elle se leve le cû premier, mais c'est la premiere fois« [2]; dadurch verfiel ein anderer darauf, die Schaukel einen Pariser cû de Herrenleis zu nennen; bis endlich der sämtliche Adel sich leicht vereinte, die Prinzessin und die Schaukel durch den obigen Titel zu verewigen. Eine Fürstin oder ihr Mann oder ein Genie huste, niese, stolpere an irgendeiner Bank oder Alpe in einem Park u. s. w.: so verewigt die Alpe die Sache und sich und nennt sich nun Nepomuzenas oder Nepomuks etc. Husten, Niesen etc. So purzelte zum Beispiel im Park zu Brüssel Peter der Große aus dem Wein, wovon er gefüllt herkam, in das dazugehörige Was-

[1] Mir unbekannt. D. H.

[2] Es heißet zugleich: sie steht unrecht auf, aber erst zum erstenmal; und: sie erhebt sich mit dem H. zuerst. D. H.

ser in einem steinernen Becken: seitdem steht der Vorfall oder Fall ans Becken geschrieben. So weiset uns Leipzig im Paulinums-Zwinger – vorher lag der Tropf in der Pauliner Kirche – Tetzels Knochen vor; wozu freilich kommt, daß einer Stadt, die mit so vielen Waren handelt, ein Mann nicht gleichgültig bleiben kann, der den Ablaß dazu verkauft.

Diese schöne Fürstin nun und ihren Geburtstag hielt der gesamte Badadel für wert, daß er an demselben eine böheimische Bauern-Hochzeit ihr in bäuerischen Verkleidungen vorspielte; ich erbot mich zum Hochzeitpater, ich konnte meinen grünen Mantel als den nürnbergischen Kopuliermantel brauchen. Der Zug zog – einige Bäuerinnen waren Lilien und Engel – die Bauerngarnitur sah freilich mehr wie eine Schnur gedörrter Birnen aus, es waren Krebse in der Mause, nämlich unter dem Schein der Schalenpanzer nur eiweiche Naturen – Die Prinzessin wurde schön überrascht, aber nur von keinem Einfall; denn die Masken konnten nichts einkleiden als sich; bloß der Saufaus hatte einen, als Brautvater; die Bauern blieben höflich und stumpf. Die Hof-Deutschen halten die Anziehstube schon für die spaßhafte Bühne. Lange Libertinage macht nur die Weiber klüger, aber die Männer dümmer; die jungen Leute zünden sich wie Branntewein an, und ihr Geist brennt weg; bloß Titel und Zeichen ihres vorigen Verstandes tragen sie noch auf dem Gesichte fort, wie leere Bouteillen auf Tafeln die silberne Ordenskette ihres Inhalts. Aber wie schlecht müssen die Großen sein, da sie nicht einmal das Gefühl ihrer steigenden Entkräftung bessert!

Die langweilige Szene wurde mit Ergebung und Applaus gar durchgespielt. Ich lernte in Wien im Sperl, im Fasen, im Mondschein – es sind Schenken – mehrere »Saal- oder Tanzmenscher« kennen, denen der Wirt für jede Nacht vierzig Kreuzer gibt, welche sie mit seinen Gästen vertanzen; solche Freudentänze hat nun mein Badadel schon an Höfen für Pensionen u. s. w. zu machen gelernt.

Damit nur was passierte, sagt' ich, ich wäre der Hochzeitredner und wünschte wohl anzufangen. Ich stieg auf den cû de Candide, sah, darin aufgestellt, an der um mich versammelten gelben, welken, gedunsenen, suffisanten, platten Vexierbauern-Massa fast ironisch hin und her und sagte, so viel ich noch davon weiß, mit zynischer Badfreiheit dieses:

»Teuere Dorfgemeine!

Ich will euch und das Brautpaar heute bloß froh machen und weise des Endes bloß stärker auf die Vorzüge hin, die euer sonst verachteter Stand so sehr vor dem vornehmen voraus hat. Denn ihr schätzt sie nicht genug. Bedenkt ihr oft genug, ihr Kerngesunden, was ihr für Baummark unter eurer Rinde und was ihr für Blüten an euren Zweigen tragt? Seht euch alle an und dann haltet euch in Gedanken einen Augenblick gegen die Großen in Städten und Baddörfern, die ihr etwa kennt – damit ihr den Unterschied merkt –, ach wie erbärmlich mürbe, rosenfalb, gelbblätterig sehen die Armen aus! Ich bete oft für sie. Mehrere haben sich, so wie sich Scharfrichter ehrlich richten, zur Tugend hinaufgesündigt, z. B. zur unwillkürlichen Enthaltsamkeit, da ihnen als Moralisten freiwillige lieber wäre; einige sterben den ganzen Tag und leben ein wenig im Schlafe; die meisten zerfahren.

Euch, ihr festen unschuldigen Landleute und Böheimer, sind das freilich ganz andere böhmische Dörfer, als ihr bewohnt; euer gesundes Lebenslicht haben noch keine sanfte Frühlingslüfte ausgeblasen oder schneller brennen lassen. Wie, ihr steht den herrlichen, kecken, freien, muskulösen, brustbreiten, eingewurzelten, augenfeurigen Wilden so nahe (nur seid ihr gebildeter) und wisset nicht, was ihr damit habt?

Hört, euch neidet der Vornehme; zuerst um eure Anlagen zur Sünde und dann zur Tugend. Er betrachtet eure starken Fäuste, womit ihr so leicht totmachen könnt – so wie erschaffen –, und erwägt dann sein Nichts. Ja, er beneidet das gesunde Tier wie euch und wünscht, das menschliche Steißbein, das nach den Anatomen das güldene ABC und der Ansatz zum tierischen Schweife ist, wäre weiter fortgesetzt. Wie *Mönche* bewohnen sie die fruchtbarsten Gegenden Europas, mit dem »Gedenke des Todes« auf der Brust. Ich sag' euch, so wie Vornehme in Frankreich die Rechtschreibung ihrer Werke gern vom Setzer und Korrektor annehmen, so würden sie die moralische Orthographie ihres Lebens von ihrem Beichtvater und Leichenredner mit Vergnügen empfangen, wär's ihnen nur vorher vergönnt, ein recht unorthographisches zu führen.

Nicht einmal das Kleinere, eure Tugenden, entrinnen dem Neide der Großen, gute Böheimer! Die armen Reichen und Vornehmen, die noch immer eine gewisse Passion für die Tugend nicht verlassen will und die vielmehr auf diese erpicht sind wie Spinnen und Mäuse auf Musik, müssen sich aus Unvermögen aufs *Anschauen* dieser Grazie auf Bühnen, Bildern und romantischen Papieren einziehen; aber wie gerne wären sie gleich euch im *Besitz* derselben, wenn sichs geben wollte! Ihr wisset kaum, was ihr habt, Zuhörer! – Kränklichkeit gebiert Furcht; aber diese, die sonst die Götter erschuf, vernichtet jetzt das Göttliche. Es ist entsetzlich bis zum Ekelhaften, wie weit ein Gemütsschwächling sich an andern nicht sowohl versündigen kann als an sich, und es ist ordentlich jammerschade, daß er ein Ich hat; so sind auch Leute in physischer Ohnmacht wegen Lähmung der Schließmuskeln nicht in der besten Lage, sondern in ähnlicher. – Daher sagt und weht kein Mensch von einigem Stande mehr scharf Ja oder Nein, sondern er bläset (wie die Winde Nordostwind etc.) Janeinja oder Neinjanein; so wie auch einige deutsche Gelehrte anfangs sagen ›Allerdings‹ – dann ›Freilich‹ – dann ›Indes‹ – dann ›Insofern‹ – dann ›Wiewohl‹ – dann ›Demungeachtet‹ – endlich ›Vielleicht‹. – Daher sind die Großen so hart und kalt gegen eure Not; denn Kranke sind es gegen jede außerhalb ihres Bettes.

Seid indes nicht unbillig gegen den Höhern; wenn ihr euren Rock auszöget, würdet ihr vielleicht nach dem Sprichwort als Bauern, die Edelleute geworden, am schärfsten scheren. Ihr habt freilich mehr Geschmack für Essen als für Künste und Poesien; aber ihr übertrefft wieder den Adel an Adel und Zufriedenheit. Ihr seid keine Odmänner – Odelmänner – (meine heilige Stätte schaukelt zu sehr) – keine Athelinge – Ölinge [1] – Stadtjunker – Gottesjunker [2]; aber Leute oder Litte – Gotteshausleute – Halbfreie – Dreiviertelfreie – Halbspänner – Kossäten – Das fatale Schaukeln! – Ihr habt zwar nichts mit dem Edelmann gemein als das Ackern mit dem polnischen; aber ihr seid doch keine Badgäste, sondern gesunde Badwirte – Ihr seid, wenn nicht zu Rittern, doch zu Bauern *geschlagen* – Ihr lebt unter dem Zepter der schönsten Landesherrin und begeht heute ihren Geburtstag an einem Hochzeittage. – Ihr seid (das bedenkt) arbeitsam, stark, jung, froh, keck, fest, feist –«

Das Schwingen der Kanzel nötigte mich, ohne Amen herauszuspringen. Man lachte und wurde um nichts besser; ich wußt' es vorher. Man dankte mir; ich fragte nichts darnach. Morgen entfahr' ich gewiß, der Wind dreht sich nördlicher. Tiefe Langweile füllet mit stehendem Ätzwasser den Napf meines Herzens. Sogar die derben Ulrichsschlager muß ich neben diesen Herrenleisern wieder vorziehen. Wie miserabel! –

Vierzehnte Fahrt

Letzte –

Der Wind geht so frisch und gerade, daß ich abends sehr gut auf einer Alpe aussteigen kann, wenn ich den ganzen Tag nur hier oben schreibe und speise. Ich tue das, mein Schiff ist ein ordentliches schweres Proviantschiff. Speis und Trank hebt indes sogar mit der Zeit den Menschen und sein Schiff.

In meinem Innern ist aber noch schwüles Wetter von den peinlichen Träumen zurück, an denen ich die ganze Nacht wie auf heißer, schlüpfriger, zurückrieselnder Vesuvsasche mich vergeblich zu einer festen, ebenen Stelle hinaufarbeitete. So träumte mir, ein kohlenschwarzer Hahn stehe und kratze auf meiner blutigen Brust, um sich mein Herz auszuscharren. – Ferner, mein Posthörnchen schrie durch vier Träume hindurch wie lebendig und gepeinigt in den höchsten, schärfsten Tönen und glühte hellrot von einem heißen Atem, den ein Traum ganz leise »das stille Ding« nannte. Sogar du, mein lieber Graul, wurdest unter diese Manen des Wachens geschickt; ich lief dir entgegen, aber du konntest dich durchaus nicht umwenden, du mußtest mir bloß wie eine Gliederpuppe die herumgedrehten Arme rückwärts entgegenrecken und drücktest mich sehr warm an deinen Rücken und Zopf und

[1] Alte Worte für Edelmann. D. H.

[2] Stadtjunker hießen sonst die Patrizier, Gottesjunker die canonici. D. H.

sprachst die Worte ohne vielen Nexus: »Spaß bleibt Spaß – so der liebe Mensch. – Giannozzo, aber so komm doch zu mir!« Aber du ließest mich nicht um dich herum, sondern stricktest mich fester an und riefest doch lauter: »Giannozzo, wo lebst du, Lämmchen? Kannst du mir nicht erscheinen? Wahrlich ich gedenke deiner, armer Teufel!«

Vielleicht find' ich dich in der Schweiz, guter Graul, wenn du gehalten, was du geschrieben.

Eben seh' ich unter mir allerlei laufende Anzeiger, die mir wie die Inschrift einer Gassenecke sagen, wo ich bin; mehrere Konzertisten des Wiener Schubs arbeiten schon als Solospieler in den Wäldern und spielen eigne Sachen; ich stehe also über Schwaben.

Wie grünen die Weinberge! Wie glänzet der Neckar! – Aber immer mehr ist mir, als hätt' ich diese Ebenen schon in alten Träumen durchwandelt. –

Ja, ich habe recht; jetzt zieh' ich über den unbekannten Zauber- und Morgengarten, wo das schwarze Auge der großen Teresa neben mir glänzte und wo ich aus ihrer Brust die Rosen zog. Hier nimm sie wieder, Teresa, ich werfe sie in deine Lustgefilde zurück. Ach du stehst jetzt nicht auf dem Pharusturm. Nie werde deinem großen Geiste der Flügel verwundet! –

Am Horizont wächset ein Vulkanen-Halbzirkel von zackigen Gewitterwolken auf. Ich höre von weitem donnern. Auf den Gletschern wohnt der schöne lange Blitz der Mittagssonne, und ich werde, hoff' ich, früher an den Bergen hängen als das Wetter.

Westlich seh' ich jetzt den Münster und, wie ich glaube, den Straßburger Telegraphen, dessen Zeigefinger des Todes fast erhaben und schauerlich ist; wie eine Parze regt er seine Schere – die Zunge der Völkerwaage, der in- und deklinierende Kompaß der Zeit.

Der Donner rollet immer lauter und voller heran, und doch stehen die weißen Wettergebürge noch so niedrig im Himmel. – O Teufel, er kommt aus einer Schlacht! – Soldatenhaufen sprengen über Hügel – Landleute rennen – ein Dorf brennt als Wachfeuer – in einem Garten seh' ich tote Pferde, und ein Kind trägt einen abgerissenen Arm fort.

Nun seh' ich die Ebene und die Rauchklumpen, die die brennende Hölle auftreibt. Wie mich hineingelüstet! Mein Wind läuft gerade über das dunkle, breite Sterbebette der Völker; und da will ich mich in den entzündeten Schwaden senken und mitschäumen wie der elende Mensch. – Ich höre nur die dumpfen Axtschläge, womit der Tod sein Schlachtvieh trifft, aber noch keine Stimme des Viehs – Ringsum im Blauen liegen die Gewitter des Himmels ruhig an der Erde und schauen gerüstet zu, bis sie aufstehen und auch in die Schlacht ziehen. – Was willst du auf meiner Kugel, schwerer niederdrückender Räuber? Hast du ein Kind von einer stillen Alpe geholt [1]

[1] Er sieht den Lämmergeier, der in der Schweiz oft Kinder raubt. D. H.

und willst es hier verzehren, wie Direktoren ein Hirtenland? Fort, du bist der schwarze Hahn, der diese Nacht nach meinem Herzen grub – O wie hoch ist seit zwei Minuten der Jammer gewachsen!

*

Entsetzlich! – Jetzt darf ich sie recht hassen, die Menschen, diese lächerlichen Kauze und Weisheitsvögel im Hellen, die sogleich zerrupfende Raubvögel werden, sobald sie ein wenig Finsternis gewinnen. Nur mit Schießpulver tun sie alles; nur damit reinigen sie die Kerkerluft der Länder; damit machen sie die Wunde, die ihnen das wütige Laster gebissen, weiter und heil. Jahrhundertelang arbeitet die Habsucht in ihrer Silberhütte, und dann ist endlich in den Giftfängen eurer Herzen so viel Arsenik angelegt, daß mit dem Hüttenrauch alles, was lebt und blüht, fahl und kahl zu machen ist. Himmel! wie zog heute der Edelstein der zweiten Welt die Spreu von Seelen gierig an! Und unten stand der Teufel und hatte einen kleinen Markt mit Gliedern für Leute aufgeschlagen (z. B. Fürsten und Direktoren), die an ihre Heiligen gern Votivglieder hängen wollen, um für ihre salvierten zu danken.

Ein Windstoß warf mich plötzlich mitten über die wolkige Brandstätte voll Waffenglanz; ich riß die Lufthähne auf und vergrub mich in dem Dampf, worin nur das Basiliskenauge des Todes seine heißen *Silberblicke* auf- und zutat. – Ich war nicht nahe und tief genug am Blinken der Bajonette – am Feuerregen des Geschützes – am Blutregen auf der Erde – an den Stimmen der Pein – an der weißen Gestalt des Verblutens – Nur die sanfte Musik, die Heroldin des Seufzers aus Liebe und der Träne aus Freude, mußte unten im Jammer sprechen wie ein Hohn, und die Heerpauke der Kartaunen schlug mit Erdstößen in die weichen, guten Töne, und die Trommel-Wirbel des kleinen Geschützes gingen fort. – O Gott! – der Schmerz ging drunten auf und ab und trat unsere Gesichter mit Füßen und begrub den Toten nur unter Sterbende – mein Herz dröhnte – da hört' ich das Wiehern der guten, unschuldigen Pferde – Jetzt wurd' ich auch von der Wut gepackt, denn ich bin ja auch einer von denen drunten, und schleuderte grimmig und gerade alle Steine, die ich hatte, auf die ringende, vom Erdbeben eines bösen Geistes zum Kampf-Wahnsinn untereinander geschüttelte Masse – – Mög' ich nur kein unschuldiges Pferd getroffen haben! – [1]

Da hob mich der Gewicht-Verlust plötzlich ins hohe Blau hinauf.

Wie glänzte die Sonne in ihrem stillen Himmel so ruhig und kalt über der schwülen irdischen Hölle, als wären die Kriegsfeuer der Menschen nur kranke fliegende Funken vor ihrem großen Auge. Ich sah mich um nach

[1] O Giannozzo, der Wahnsinn, womit du verwunden hilfst, ist eben der greuliche, der die Völker gegeneinandertreibt! D. H.

dem Schlacht-Gewölke, und mein Auge weinte zornig, da ich mir die Tränentropfen der Völker dachte, die sich für hineinleuchtende Kronen als ein stolzer Triumph- und Siegesbogen zusammenwölben. Ach das Schlechteste an der Menschheit oder Unmenschheit ist, daß kein Mensch, kein Fürst, keine Zensur, und sei sie auch noch so tyrannisch oder unverschämt, die bitterste Rüge des Krieges verwehrt, und daß doch die Ehre und die Dauer desselben darum nicht kleiner wird.

Wunderbarer Tag! Hell ziehen schon die schimmernden Schweizergebirge mit ihren Tiefen und Zinnen vor mir heran und schütten den Rhein weg; aber hinter mir wachsen eilig die Gewitterwolken in den Himmel herauf und schweigen grimmig; die Lüfte gehen immer langsamer und bewegen mich kaum.

Jetzt regt sich nichts mehr. Vor welcher Welt schweb' ich still! Vor mir donnert der Rhein, hinter mir das Wetter – die Stadt Gottes mit unzähligen glänzenden Türmen liegt vor mir – tief in der Ferne stehen auf ewigen Tempeln weiße helle Götterbilder und der hohe König der Götter, der Montblanc, und der auf die tiefe Erde herabgeworfene Rhein steigt als ein weißer Riesengeist wieder auf und hat den himmlischen Regenbogen um und schwebt silbern und leicht.

Was ist das? Kommt mein Schicksal? – scharrt der schwarze Hahn? – Ich wollte mich jetzt tiefer senken vor die herrliche, auf der alten ruhende neue Welt; aber ich konnte nicht, die Verbindung zwischen den Lufthähnen ist durch das schnelle Aufreißen in der Schlacht zertrennt; ich kann mich bloß, wenn ich nicht durch Windstöße eine Alpe erreiche, eh' mich das Gewitter ergreift, durch das Aufschlitzen der Kugel erretten.

Jetzt trägt mich ein Windstoß ganz nahe vor die göttliche Glanzwelt. Aber schon arbeiten die Wolken lauter als der Strom, die schwarze Wolkenschlange hinter mir ringelt sich auseinander und zischt und schillert schon neben mir in Osten – Der Sonnenwagen geht schon tief im Erden-Staube. Wie fliegen die Goldadler der Flammen überall, um die Sonne, um die Eiskuppeln, um den zerknirschten Rhein und um die giftige Wolke, und ruhen mit aufgeschlagenen Flügeln an grünen Alpen aus – Ich glaube, ich soll heute sterben, das große Gewitter wird mich fassen. So sterb' ich gern, Verhüllter über mir; vor dem Angesicht der Berge und der Sonne und des gewölbten Blaues weicht gern mein Geist aus der einklemmenden Hütte und fliegt in den weiten, freien Tempel. Ich drücke die sonnenrote Stunde und die gebürgige Welt noch tief ins brausende Herz, und dann zerbrech' es, woran es will.

O wie schön! In Morgen rauschen Donner und Fluten, und auf ihnen hängt statt des Regenbogens ein großes, stilles Farbenrad, ein flammiger Ring der Ewigkeit aus Juwelen – Die warme, sanfte Sonne glimmt nicht weit von den Gewitterzacken – Noch sonnen die goldgrünen Alpen ihre Brust, und herrlich arbeiten die Lichter und die Nächte in den aufeinander geworfnen Welten der Schweiz durcheinander; Städte sind unter Wolken, Gletscher voll Glut, Abgründe voll Dampf, Wälder finster, und Blitze, Abendstrahlen, Schnee, Tropfen, Wolken, Regenbogen bewohnen zugleich den unendlichen Kreis.

Jetzt gähnet ein Wolken-Rachen vor der Sonne; noch seh' ich einen Sennenhirten mit dem Alphorn, dessen Töne nicht herüberreichen, am purpurnen Abhang unter weißen Rindern, und ein Hirtenknabe trinkt an seiner Ziege den Abendtrank. – Wie lebt ihr still im Sturme des Seins! – O die schwarze Wolke frisset an der Sonne! – Das erhabene Land wird ein Kirchhof von Riesengräbern, und nur die weißen, hohen Epitaphien der Gletscher glänzen noch durch. – –

Ich bin geschieden von der Welt – die unendliche Wetterwolke überdeckt die Schweiz und alles – unter dem schwarzen Leichentuch regnet es laut unten auf der Erde – es blitzt lange nicht und zögert fürchterlich. – Sterne quellen oben heraus, und mir ist, als schwämmen ihre matten Spiegelbilder als silberne Flocken auf dem düstern Grund – Ha! der Wind kehret um und treibt mich mitten über die stumme, gefüllte Mine, deren Lunte schon glimmt. Wie düster! Ach unter der Wolke werden noch Bergspitzen in sanftem goldnen Abendscheine stehen.

Kein Blitz, nur Schwüle! – Aber ich merke, die Wolke zieht mich zu sich. Ach! jetzt wölbt sich auf einmal zusehends ein zweites Gewitter über mir; beide schlagen dann gegeneinander, und eines greift mich, jetzt versteh' ichs. –

Bis auf die letzte Schlag-Minute schreib' ich, vielleicht wird mein Tagebuch nicht zerschmettert.

Nun geraten schon die Enden der Gewitter aneinander und schlagen sich. – Wie höllenschwül! – Oho! jetzt riß es meinen Charonskahn in den brauenden Qualm hinab! – Ich sehe nicht mehr – Was ist das Leben – die feigen hockenden Menschen drunten singen jetzt gewiß zu Gott, und die Erbärmlichen werden gewiß jeden vermahnen bei meinem Leichnam – Wie es hinauf- und hinabschlägt – In Wörlitz war mein letzter Tag, das ahnete ich ja – Himmel! der heutige Traum hat ja mich und mein Ende klar geträumt; er soll auch ganz wahr werden, und ich will jetzt mit meinem Posthörnchen wütig ins Wetter blasen, wie ihr Mozart drunten im Don Juan, und den Heuchlern auf dem Boden den Anbruch des Jüngsten Tages weismachen – –

Addio, Graul, ja wohl kannst du mich nicht auf der Brust umarmen ......

*

Giannozzos Freund (Graul oder Leibgeber) erteilte mir – weil sein Herz noch zu matt war vom Schmerze – nur mit einfachen Worten folgenden Bericht von dem Tode des großherzigen Jünglings:

»– Inzwischen braucht die Welt alles das gar nicht zu wissen; er heiße ihr Giannozzo und damit gut. Es ist eine besondere Schickung, daß dieser mein zwar nicht ältester, doch kräftigster Freund mir zweimal begegnete, ohne daß ers wußte. Denn ich war der tanzende Nachtwandler, den er auf dem Brocken in der Menuett gesehen; und auf meinem Wege nach Bern – wo ich meinen Clavis gemacht – stand ich gerade am Rheinfall zu Schaffhausen, als er oben blies. Das Gewitter wütete fürchterlich und nahe an der Erde und stürzte zugleich mit dem Rhein herunter. Wirklich vernahm ich und noch einige ein sonderbares, aber unharmonisches, abgestoßenes, schneidendes Tönen droben aus dem finstern Wolkengewölbe. Endlich durchbrach dieses ein schmetternder Schlag: unweit von uns flog die zerschlitzte Kugel und die Sänfte daran auf einer Wiese nieder. Ich erkannte sogleich meinen teuern Freund. Sein rechter Arm und sein Mund waren weggerissen, das Horn zum Teil geschmolzen, seine langhängenden Augenbraunen auf den hohen Augenknochen kahl weggebrannt und sein Gesicht sehr zornig verzogen; alles andere aber unversehrt. Ich spreche die vernünftigen Worte nach, die mir sein Traum in den Mund gelegt: ›Giannozzo, wo lebst du, Lämmchen? Kannst du mir nicht erscheinen? Wahrlich, ich gedenke deiner, armer Teufel!‹«

ANHANG

ANMERKUNGEN

DAS KAMPANER TAL

Der Anstoß zu dieser Schrift Jean Pauls kam von außen, durch den Geraer Verleger August Hennings, der sich im Dezember 1796 an den Dichter mit der Bitte um ein Buch für seinen neu gegründeten Verlag wandte. Jean Paul sagte zu und begann sogleich im Januar 1797 mit der Ausarbeitung des Gesprächs über die Unsterblichkeit – ein Thema, dem schon im »Hesperus« sein besonderes Interesse gegolten hatte. (Nicht zufällig sind die Briefe des Reisenden »Jean Paul« an den Hauptthelden des »Hesperus«, an Viktor, gerichtet.) Er konnte zudem auf ausgedehnte ältere Aufsätze und Untersuchungen zurückgreifen und schrieb die kleine Erzählung in kurzer Zeit (6. Januar bis 11. Februar 1797) nieder, mit Lust und Freude, aber zugleich unter starkem zeitlichem Druck. Noch während der Arbeit an dem feierlich hochgestimmten Gespräch faßte Jean Paul den Plan, diesem einen selbständigen satirischen Appendix beizugeben. Er verfiel darauf, einen Bilderkommentar nach der Art von Lichtenbergs »Ausführlicher Erklärung der Hogarthischen Kupferstiche« 5 Tle. (1794–1799) zu den elenden Holzschnitten im Bayreuther Katechismus zu schreiben, denen er in ähnlicher Weise eine fortlaufende Erzählung unterschieben wollte. Mit der Ausarbeitung des wenig gelungenen Anhangs begann er Mitte Februar 1797 und schloß sie am 1. April ab. Das Büchlein mit seinen beiden unverbundenen Teilen erschien im Mai des gleichen Jahres bei Hennings in Gera. Obgleich die Nachfrage groß, das kritische Echo günstig war und mehrere Nachdrucke des Büchleins erschienen, kam es bei Lebzeiten Jean Pauls zu keiner rechtmäßigen zweiten Auflage. – Unsere Ausgabe bringt ungekürzt das Gespräch über die Unsterblichkeit der Seele, Jean Pauls ersten geglückten Versuch in der neuen, »objektiven« Erzählweise, deren er sich später für den »Titan« bediente. Dagegen wurde die lange und literarisch unergiebige »Erklärung der Holzschnitte« gestrichen. – Dem Büchlein hatte Jean Paul folgende Vorrede vorangestellt (wir zitieren die auf das Gespräch bezüglichen Teile):

Vorbericht

Der Mensch besteht aus zwei Teilen, aus Spaß und Ernst, – und seine Glückseligkeit besteht daher aus höhern und aus niedern Freuden. Er gleicht dem *zweiköpfigen* Adler der Fabel, der mit dem einen niedergebückten Kopfe verzehrt, indes er mit dem andern umherblickt und wacht.

Daher muß ein guter Autor wie ein Brite für dieses nicht sowohl wider- als doppelsinnige Geschöpf, das in einem Simultaneum zweier Welten lebt, zwei Naturen annehmen, die göttliche und die menschliche. Ein Autor kann es desto leichter, da er selber ein Mensch ist und unter seine Leser gehört.

Das ist die Ursache, warum gegenwärtiges Buch, wie seine ganze ältere Brüderschaft, eine binomische Wurzel oder vielmehr eine Zwitterblüte, nämlich folgende zwei unähnliche Redeteile hat.

I. Das Kampaner Tal oder das Gespräch darin über unsere Unsterblichkeit. In unsern Tagen, worin man die körperlichen Flügelscheiden für die geistigen Flügel hält, wie bei den Bienen die Scheide für den Stachel, muß man dem Menschen immer die Schwungfedern seiner Natur und den hängenden Garten zeigen, in den sie ihn heben. Die kritische Philosophie beweiset jeden Morgen und jede Messe, daß wir unsterblich sind wie sie selber; aber nicht jeder steht nahe genug an ihrem Katheder, ihre leisen Beweise zu vernehmen. Ich hoffe, sie wirft den meinigen nichts vor als den Unterschied der Einkleidung. Aber die Dichtkunst ist der elektrische Kondensator der Philosophie, jene verdichtet erst das elektrische Spinngewebe und die Beatifikation der letztern zu Blitzen, die erschüttern und heilen. Der Mensch geht nicht allmählich von einer Überzeugung zur entgegengesetzten – vom Hasse zur Liebe – von der Liebe zum Hasse – vom Laster zur Tugend über, sondern mit einem Sprung: bloß ein Wetterstrahl kehret seine magnetischen Pole um.

Im Gespräche über die Unsterblichkeit fehlen oft die wichtigsten Beweise, die schon in meinen vorigen Werken stehen. Auch hätt' es nicht bloß schöpfen, sondern erschöpfen sollen; und das Gespräch hat nach meinem eignen Gefühle den Vorwurf nicht genug vermieden, daß es in diesem Zustande mehr ein – Gespräch sei als ein ordentlicher vollständiger Traktat mit dem gehörigen gelehrten Zeugenverhör und mit den nötigen Beweisen durch Okularinspektion, durch Haupteide, durch briefliche Urkunden und durch halbe, $^1/_4$, $^1/_8$, $^1/_{16}$ etc. Beweise. –

. . . .

Hof im Voigtland, den 2. April 1797.

Jean Paul Fr. Richter

S. 9 *Phlegma:* eigtl. die nach der Destillation der geistigen Teile (spiritus) zurückbleibende, wäßrige Flüssigkeit. – *Hundsgrotten:* Anspielung auf die sog. »grotta del cane« bei Neapel. Diese Höhle war seit dem Altertum durch ihre unerklärliche Luftleere berühmt: man warf in der Antike Sklaven, später Hunde in die Grotte, die bereits nach wenigen Augenblicken erstickten. – *Antiparos:* griechische Zykladeninsel, die durch eine schon im Altertum berühmte Höhle ausgezeichnet ist. – *Baumann:* Die Baumanns-Höhle ist eine berühmte Tropfsteinhöhle im Harz, die 1670 von einem

Bergarbeiter mit Namen Baumann entdeckt wurde. – *Hybla:* wohl der Ätna, an dessen Südhang im Altertum die berühmte sizilische Stadt Hybla lag. – *Tabor:* im Neuen Testament der Berg der Verklärung Christi. – *Freundschaftsinseln:* von dem Holländer Tasman 1643 entdeckte Inselgruppe in Polynesien; die Freundschaftsinseln wurden vor allem durch Cooks Reiseberichte als paradiesische Gegenden bekannt, auf denen die Menschen sich noch in glückseligem Naturzustand befanden. – *die seligen Inseln:* Der griech. Dichter Hesiod spricht in seiner »Theogonie« von den *μακάρων νῆσοι* auf denen die Seligen nach dem Tod wohnen, einem Ort, »an dem unter Kronos' Herrschaft das goldene Zeitalter wieder erscheint und wo man sorglos lebt am wogenden Ozean und der fruchtbare Boden dreimal des Jahres die schönsten Früchte des reichsten Bodens bietet«. – *Pappelinsel:* kleine Insel im Park von Ermenonville bei Soissons. Auf ihr wurde J. J. Rousseau beigesetzt. – *Wentworths Park:* großer Park bei Wentworth Woodhouse in Yorkshire, der zugleich mit dem gewaltigen Schloß nach 1720 angelegt und zu Ende des Jahrhunderts in einen Landschaftsgarten verwandelt wurde. – *Daphnens Hain:* berühmter Lustgarten im syrischen Antiochia, der bis in die Zeiten des Pompejus für einen der schönsten Gärten der Welt gehalten wurde. – *paphischer Hain:* In Paphos, einer Stadt auf Cypern, befand sich das Hauptheiligtum der Aphrodite mit einem berühmten Hain. – *Seifersdorfer Tal:* waldreiches Tal in der Gegend von Dresden. – *Kampaner Tal:* das vielbesuchte Tal von Campan, das sich an den Nordhängen der Pyrenäen hinzieht. – J. P. entnahm die Unterlagen für seine Schilderungen im wesentlichen dem unten von ihm selbst angeführten Buch von Arthur Young: »Reise durch Frankreich und einen Teil von Italien in den Jahren 1787–90« (in dt. Übersetzung von E. A. W. Zimmermann und J. G. Chr. Fick 1793–95, 3 Tle.). – *Tempe-Tal:* das idyllische Tal des Penaios zwischen Ossa und Olymp in Nordgriechenland. – *Rosen-Tal:* früher beliebtes Ausflugsziel bei Leipzig. – *Utopien:* Utopia (Nirgendwo) nannte Thomas Morus seinen Idealstaat, den er in dem Staatsroman: »De optimo rei publicae statu, deque nova insula Utopia libellus« (1516) beschrieben hat. – *Kunkellehn:* ein Lehen, das auf die weibliche Linie vererbt werden kann. – *Mußteil:* eigtl. die Hälfte der bei Erbteilung im Hause des Erblassers vorgefundenen Speisevorräte, die nach dem älteren Rechtsbrauch der Witwe des Verstorbenen zufallen. Allgemeiner: das gesetzlich garantierte Mindesterbe der Witwe. – *als der Teufel Christo und Ludwig XIV bot usw.:* im ersten Fall Anspielung auf die Versuchung Christi, vgl. Matth. 4, 8–10. Bei Ludwig XIV. ist wohl an seine Raubkriege gedacht, bei den Päpsten an den Kirchenstaat und ihre Bemühungen um weltliche Macht. – *die Leier Orpheus':* In dem spätantiken Epos: »Argonautica Orphica«, das dem thrazischen Sänger eine Hauptrolle in diesem Sagenkreis zuerkennt, bringt Orpheus die Symplegaden durch seinen Gesang zum Stillstand, bis das Schiff der Helden der Gefahr entronnen ist.

S. 10 *Claude* Gelée, gen. *Le Lorrain* (1600–82): bedeutendster Landschaftsmaler des 17. Jahrhs. Er ließ fast stets die wenigen Staffagefiguren auf seinen Bildern von Filippo Lauri und anderen Gehilfen einflicken. – Joh. Ernst *Fabri* (1755–1825): Professor der Geographie in Erlangen, gab 1780 bis 1790 eine »Elementargeographie« in 4 Bdn. heraus, der er eine vom Dichter vielbenutzte »Geographie für alle Stände« folgen ließ. – *limbus infantum et patrum:* nach altchristlichen Vorstellungen ein Ort am Rande des Himmels zwischen Hölle und Paradies, an dem die Seelen der ungetauft verstorbenen Kinder und der Väter aus dem Alten Testament wohnen.

S. 11 *Corday:* Dem Andenken der Mörderin Marats, der Charlotte d'Armant de Corday (1768–93), widmete J. P. 1801 den Aufsatz »Über Charlotte Corday«, der dann in die Werkchen von »Katzenbergers Badereise« mit aufgenommen wurde. – *Freudenpferd und Trauerroß:* Bei fürstlichen Begräbnissen wurde im Trauerzug ein lediges, schwarzgedecktes Pferd zum Zeichen der Trauer mitgeführt, hinter dem auf einem sog. Freudenpferd ein prächtiger Reiter folgte, der die Freude des Landes über den neuen Regenten vorstellte. – David *Garrick* (1716–79): bedeutender engl. Schauspieler, Freund Fieldings und Hogarth'. Von dem Gemälde des Sir Joshua Reynolds (1723–92), das sich heute in der Rothschild-Collection befindet, hatte J. P. eben zur Zeit der Niederschrift einen Kupferstich geschenkt bekommen. – *wie Milton:* Er ließ seinem Epos: »Paradise Lost« (1665) einige Jahre später ein schwächeres Gegenstück: »Paradise Regained« (1671) folgen.

S. 12 *Weltauge:* der edle Opal. Er erhält durch den beschriebenen Prozeß seine beim Schleifen verlorene Durchsichtigkeit wieder. – *wie in der Epopöe:* wohl Anspielung auf »Adams erstes Erwachen und erste selige Nächte« (1786) vom Maler Müller (1749–1825) – *Hippokrene:* die Musenquelle auf dem Helikon, dem Berg Apollos in Arkadien, die jeden, der aus ihr trank, dazu zwang, in Versen zu sprechen.

S. 13 *Loh-Kasten:* Treibkübel, der mit geriebener Baumrinde (Loherde) gefüllt ist. – *wie von Blaramberg:* Darunter ist Louis Nicolas van Blarenberghe (1716–94) zu verstehn, dessen zierliche Miniatur- und Dosenbilder zu J. P.s Zeit ungewöhnlich geschätzt wurden.

S. 14 *Breitkopfs Land der Liebe:* Unter diesem Titel hatte der Verlag Breitkopf 1777 eine schöne, allegorisierende Landkarte herausgegeben – als Probe eines neuen Kartendruckverfahrens. – *Vauklusens Quelle:* Sie war, in Südfrankreich gelegen, durch den Aufenthalt und die Schilderung des italienischen Dichters Petrarca berühmt geworden.

S. 15 *Erebus:* der Aufenthalt der Verdammten, die Unterwelt in der griech. Mythologie.

S. 16 *drei Tabors-Hütten:* die drei Hütten am Berge Tabor, die Petrus für Christus, Moses und Elias errichten wollte. Vgl. Matth. 17, 1 ff. – *Sorites:* ein von Eubolides erfundener Trugschluß in der Logik.

S. 17 *Mittagshorn:* der Pic du Midi de Bigorre.

S. 18 John Wilmot, *Lord Rochester* (1647–80): geistvoller Satiriker und zynischer Wüstling am Hofe Karls II. von England. – *Wasserfall von Tivoli:* die große Kaskade im Felsgarten der Villa Gregoriana in Tivoli.

S. 19 *die schöne N. N. und ihre jüngere Schwester:* vermutlich Anspielung auf J. P.s Jugendfreundinnen Beate und Wilhelmine von Spangenberg.

S. 20 *voyage pittoresque:* Reise in Bildern, beliebter Titel für franz. Reisebeschreibungen. – *Höfer:* Das Erbauungsbuch: »Kurzer, aber richtiger Himmelsweg« (1672) von Joh. Cyriakus Höfer, das noch vielfältig im 18. Jahrh. wieder aufgelegt wurde, ist wohl nur dem Wortspiel zuliebe dem Kaplan als Lektüre zugewiesen. – *der alte Myrtill und Phylax:* gebräuchliche Namen in der Schäferdichtung des Altertums ebenso wie des 18. Jahrhs.

S. 21 *wie Montaigne, Rousseau:* Beide pflegten, wie übrigens auch J. P. selbst, ihre Schriften auf Spaziergängen auszuarbeiten. – *Kings-Bench:* Gerichtshof in London.

S. 22 *Vox dei soloecismus:* wörtlich: Die Stimme Gottes spricht aus dem Sprechfehler. – *pour odontalgie:* gegen das Zahnweh.

S. 23 *derogieren:* verdrießen. – *Leibnizens Monadologie, harmonia praestabilita etc.:* Gottfried Wilhelm Leibniz (1646–1716) stellte sein philosophisches System 1714 knapp in der Schrift: »Monadologie« vor. Danach besteht das Universum aus Monaden, d. h. einfachen geistigen Substanzeinheiten, den »wahren Atomen der Natur«, die aus einer mit Gott identischen Urmonade entsprungen sind und die in einer von Gott vorbestimmten, universellen Harmonie (harmonia praestabilita) miteinander verbunden sind. – *Demiurg:* Bildner, Werkmeister, bei Plato Gott als Bildner der Welt. Bei den Gnostikern wird der Begriff modifiziert: Demiurg als der dem höchsten Gott untergeordnete Schöpfer der sichtbaren Welt. – *Erklärungen über die Reue usw.:* Die Stellen weist die Kritische Ausgabe nach: »Über Reue spricht Kant ›Kritik der prakt. Vernunft‹, I. Tl., 2. Buch, 3. Hauptstück (S. 176 der ersten Auflage), über Musik ›Kritik der Urteilskraft‹ § 51–53, über den Ursprung des Bösen in der Schrift: ›Die Religion innerhalb der Grenzen der bloßen Vernunft‹ (1794).«

S. 24 *Archimedes:* Dieser erkannte als erster die Gesetze des Schwerpunkts im Menschen. – *Kirwane:* Karawane.

S. 26 *überhaupt will Kant:* Vgl. die Schlußabsätze des ersten Teils der »Kritik der praktischen Vernunft«. – *sokratische Hebammenkunst:* Sokrates, der der Sohn einer Hebamme war, verglich seine Lehrmethode häufig mit der Kunst seiner Mutter. – *Accoucheur:* Geburtshelfer.

S. 27 *epikuräische Abblätterungen:* Epikur lehrte, daß sich alle Dinge wieder in kleinste Bestandteile auflösen, die so lange in der Luft fliegen, bis sie sich wieder zusammenballen und ein neues Ding oder Lebewesen erschaffen. – *gleich der Sonne usw.:* Zur Erklärung des Bildes führt die Kritische Ausgabe folgende Stelle aus einem Brief an Herder an: »Mir tat es allzeit wohl, wenn ich die Sonne mit einem menschlichen Gesicht im

Kalender gemalet sah. Diese Art von Menschwerdung milderte ihren Glanz und brachte sie dem Menschen näher...«.

S. 29 *petitio principii:* unabdingbare Grundvoraussetzung.

S. 30 *a parte ante:* Mit »a parte ante« und »a parte post« bezeichnet man die Teile der Ewigkeit, die vor oder hinter einem liegen. – *mendelssohnplatonisches Kolloquium:* Moses Mendelssohn (1729–86) legte seine Gedanken zur Unsterblichkeit in einer freien Bearbeitung des platonischen Dialogs »Phaidon« nieder (1767), dem 1755 ein schmales Bändchen philosophischer »Gespräche« vorausgegangen war.

S. 31 *Terzie:* der sechzigste Teil einer Sekunde. – Anthonie *Waterloo* (1610–90): holl. Radierer und Landschaftsmaler.

S. 32 *Klotilde:* die weibliche Hauptfigur des »Hesperus«, mit der sich Viktor zu Ende des Romans verlobt. Im Verfolg dieser Fiktion erscheint sie hier als seine Gemahlin. – *Teichdocke:* der Deichzapfen, um an Deichen das Wasser abzulassen. – *Mitraillade:* Kartätschenfeuer.

S. 33 *Dryade:* Baumnymphe. – *das Bonnetsche Unterziehkörperchen:* vgl. in Charles Bonnets (1720–93) »Idées sur l'état futur des êtres vivants, ou Palingénésie philosophique« (1769), im gleichen Jahr übers. von J. K. Lavater unter dem Titel: »Philosophische Untersuchung der Beweise für das Christentum«, 2. Bd. XVI. St. und Lavaters »Aussichten in die Ewigkeit« (1768–78), I. Bd., S. 173 ff. – *das Platnerische Seelen-Schnür-Leibchen:* Ernst Platner (1744–1818): Mediziner und Philosoph an der Leipziger Universität. Er zog durch die Vielfalt seiner Studien den jungen J. P. an und war zu dessen Leipziger Universitätsjahren sein intensivster Anreger. Zu dem angedeuteten Verhältnis von Seele und Körper in Platners Philosophie vgl. dessen »Anthropologie«, I. Bd. (1772), § 208 ff. und seine »Philosophischen Aphorismen« (1793), 2. Bd., § 563 ff.

S. 34 *Planiglob:* Darstellung einer Erd- oder Himmelskarte auf einer ebenen Fläche. – *Vespucius Americus* (1451–1512): genuesischer Seefahrer. Er lieferte auf seinen vier Reisen die ersten Unterlagen für eine kartographische Erfassung des neuen Kontinents, der später nach ihm benannt wurde. – *Ripienstimmen:* Füllstimmen. – *Anastomosierung:* Zusammenmündung (der Adern), Berührung. – *Schiller:* Vgl. dessen Briefe über die ästhetische Erziehung des Menschen (1795). – *wie Longin:* Dem spätantiken Rhetor Cassius Longinus (213–273), der ein Ratgeber der Königin Zenobia von Palmyra war, wird fälschlich eine Schrift: »Vom Erhabenen« beigelegt. – *Hesperus:* Gemeint ist der Viktor zugeschriebene Aufsatz: »Über das Verhältnis des Ich zu den Organen«, in dem sich Jean Paul mit den Theorien der materialistischen Aufklärungsphilosophie auseinandersetzt. Die Angabe im Text bezieht sich auf die Erstausgabe des Romans, in der der »9. Schalttag« noch im 3. Tl. untergebracht war.

S. 35 *ablaktieren:* aufpfropfen.

S. 36 *Montgolfieren:* Die beiden Brüder Jacques-Etienne und Joseph-

Michel Montgolfier konstruierten 1783 den ersten tragfähigen, nach ihnen benannten Flugballon. – *bowling-green:* Rasenfläche in engl. Parkanlagen.

S. 37 *der 9te Kurhut:* Neun Kurfürsten gab es nur von 1692 an (endg. 1708), als Hannover mit der Kurwürde bekleidet wurde, bis zum Aussterben der bayr. Linie der Wittelsbacher 1777. Dann fielen durch die Erbfolge der Heidelberger die getrennten Kurwürden von Bayern (seit dem Beschluß von 1623) und der Pfalz wieder in eine zusammen, und Hannover rückte an die achte und letzte Stelle. – *Wormser Dreizehner-Kollegium:* wohl das Direktorium auf dem Oberrheinischen Kreistag, das aus dreizehn Kanonikern bestand und in Worms zusammentrat. – *Schneiderische Haut:* eigtl. Nasenschleimhaut, nach Konrad Viktor Schneider benannt, der sie 1660 in seinem Werk: »de Catarrhis« zuerst beschrieben hat. Hier ist aber wohl eher an die Netzhaut des Auges zu denken.

S. 39 *ganz wie es Kant vermutet:* vgl. Allgemeine Naturgeschichte und Theorie des Himmels, III. Tl. – *Spiritus rektifizieren:* Bestandteile eines Flüssigkeitsgemisches durch wiederholtes Destillieren trennen. – *destillatio per latus:* Bei älteren Destillierapparaten unterschied man die Vorgänge nach der Richtung, die der Dampf dabei zu nehmen hatte. Eine »d. per latus« oder »d. obliqua« entspricht dabei unserer Destillation in der Retorte.

S. 40 *Pescherähs* (franz. pecherais): kleiner Indianerstamm auf Feuerland. – *Severambenländer:* Märcheninseln, auf denen ein Idealstaat angesiedelt war. Sie wurden zuerst in Thomas Sidens »History of Sevaritas or Severambi« (1675) beschrieben und bekannt durch die Übersetzung des franz. Schriftstellers Vairasse d'Allais: »L'Histoire des Sevarambes« (2 Bde. 1677–79; dt. von J. Gottwerth Müller 1783).

S. 43 Friedr. Wilh. *Herschel* (1738–1822): bedeutender Astronom, der zuerst in den Nebeln der Milchstraße ausgedehnte Sternfelder zu erkennen vermochte. – *Phaläne:* Nachtfalter. – *Maestoso:* Hier verwechselt J. P. wie stets die musikalischen Bezeichnungen »maestoso« (feierlich, erhaben) und »mesto« (traurig, klagend).

S. 48 *884 Geister:* Die 2. Aufl. der »Kritik der reinen Vernunft« hatte 884 Seiten.

S. 49 *Girandole:* das große Rad bei Feuerwerken.

TITAN

Die Arbeit an seinem »Kardinalroman« nahm Jean Paul von dem Beginn der Aufzeichnungen bis zum Abschluß des letzten Bandes fast genau ein Jahrzehnt in Anspruch (31. Dez. 1792–6. Dez. 1802), eine ungewöhnlich lange Entstehungszeit, da der Dichter im allgemeinen seine Werke rasch und in einem Zug vollendete. Die Niederschrift des Romans begann zwar nach der Eintragung des sog. »Vaterblattes«, in dem Jean Paul über das Entstehen seiner Schriften Buch führte, erst am 21. Juni 1797, doch datieren die Entwürfe und Vorarbeiten um mehrere Jahre zurück. Die ersten Skizzen finden sich in einem sehr umfangreichen Heft des Nachlasses, das den Titel: »Das Genie« und das Datum des 31. Dezember 1792 trägt und dessen Aufzeichnungen bis ins Jahr 1796 reichen. Der ursprüngliche Plan gehört also zeitlich noch in den engen Umkreis der »Unsichtbaren Loge« und des »Hesperus«, mit denen noch der fertige Roman eine Reihe von Zügen und Motiven gemein hat. In den ersten Jahren ging die Arbeit nur sehr langsam, tastend und zögernd vor sich: neben dem Ringen um die Gestaltung des Gesamtplanes, dem Sammeln des Materials stehen wohl auch vereinzelte Anläufe zur Ausarbeitung, die jedoch alle bald wieder abgebrochen oder von anderen Arbeiten abgelöst wurden. Auch nachdem der Dichter endgültig mit der Niederschrift begonnen hatte, vergingen noch über zwei Jahre, ehe er mit der neunten Jobelperiode das Manuskript des ersten Bandes abzuschließen vermochte. Immer wieder drängten sich auch jetzt Nebengeschäfte und Abhaltungen zwischen die Arbeit, immer wieder wurde das Werk längere Zeit beiseite gelegt, und immer wieder wurden auch die fertigen Teile überarbeitet oder gänzlich neu geschrieben. Erst Ende August 1799 konnte Jean Paul das Manuskript an seinen alten Verleger Carl Matzdorff nach Berlin abschicken, und im Mai 1800 erschien endlich der erste Band des lange und oftmals angekündigten Werkes. Der Druck, den Jean Paul selbst zum Teil überwacht hatte, fiel bei diesem wie auch bei den folgenden Teilen sehr schön und sorgfältig aus. Die recht unterschiedlich starken Bände folgten jeweils im Abstand eines Jahres, und erst 1803 fand das Werk mit dem Erscheinen des umfangreichen vierten Bandes, der aus zwei ursprünglich selbständigen Teilen zusammengefügt wurde, seinen Abschluß. Der Erfolg entsprach nicht den Erwartungen, die Jean Paul von seinem Lieblingsbuch gehegt hatte. So ist eine zweite, verbesserte Auflage, die der Dichter als ein dringendes Anliegen empfunden hat, zu seinen Lebzeiten nicht mehr erschienen.

Noch ein Wort zu den in Italien spielenden Partien des Romans: Da der Dichter selbst Italien nie betreten hat, mußte er sich in seiner Schilderung auf zeitgenössische Reisebeschreibungen stützen, denen er häufig ungewöhnliche oder abseitige Notizen entnahm und diese in seinen Anspielungen und Metaphern verwandte. Manche dieser Anspielungen und Verweise sind ohne den Vergleich mit der Quelle so gut wie unverständlich, so daß wir in Ausnahmefällen aus Jean Pauls Quellenwerken zitieren müssen. Um das Zitieren dieser Werke in den Anmerkungen zu erleichtern, werden hier die wichtigsten Werke mit genauem Titel angeführt. Auf sie kann in den Anmerkungen dann mit dem Autornamen und der Stellenangabe verwiesen werden. Im wesentlichen benutzte Jean Paul folgende Werke: J. G. Keyßler: »Neueste Reisen durch Teutschland, Böhmen, Ungarn, die Schweiz, Italien und Lothringen«, 2 Bde., Hannover 1740. – J. J. Volkmann: »Historisch-kritische Nachrichten von Italien, welche eine Beschreibung dieses Landes, der Sitten, Regierungsform, Handlung, des Zustandes der Wissenschaften und Besonderheit der Werke der Kunst enthalten«, 3 Bde., Leipzig 1770/71, (Wir zitieren das ehemals sehr berühmte Werk, das auch Goethe als Führer durch Italien diente, nach der 2. Auflage 1777–78.) und Fr. Leop. Graf zu Stolberg: »Reise in Deutschland, der Schweiz, Italien und Sizilien in den Jahren 1791 und 1792«, 4 Bde., Königsberg und Leipzig 1794. Dazu treten für einzelne Punkte noch M. Fr. Münter: »Nachrichten von Neapel und Sizilien, auf einer Reise in den Jahren 1785 und 1786 gesammelt« (Aus dem Dänischen übersetzt 1790), und H. A. O. Reichard: »Handbuch für Reisende aus allen Ständen etc.«, 2. Aufl. Leipzig 1793 (zuerst 1785).

Widmung: Mit der nachfolgenden Traumallegorie widmete J. P. seinen Roman der ihm wohlgesinnten Herzogin Charlotte von Hildburghausen und ihren drei Schwestern: der Königin Luise von Preußen und den Fürstinnen Friederike von Solms und Therese von Thurn und Taxis. Die Dichtung entstand schon 1797 beim ersten Besuch des Dichters in Hildburghausen und wurde im Herbst 1799 zur Dedikation umgearbeitet.

S. 58 *Jobelperiode und Zykel:* Die Überschriften werden von J. P. selbst im Antrittsprogramm des Romans aufgeklärt. – *zürnender Musengott:* Als Vorbild hat J. P. an den Apoll von Belvedere gedacht. – *farnesischer Palast usw.:* Die schon in der Renaissance gegründete Sammlung des Palazzo Farnese – ihre Hauptwerke befanden sich allerdings schon seit 1768 in Neapel –, das unter dem Pontifikat Clemens' XIV. (1769–74) aufgebaute klementinische Museum im Vatikan und die nach 1760 unter Winckelmanns Leitung eingerichtete Villa Albani waren die besuchtesten römischen Antikenmuseen des 18. Jahrh. – *Bischof von Novara mit seinem Degen:* Zur Erklärung führt die Kritische Ausgabe aus Keyßler (Bd. I, S. 347) an: »Weil dem Bischof von Novara auch die weltliche Jurisdiktion in einem großen Striche Landes bis an den Lago Maggiore zusteht, so hat er, wenn er reitet, den Degen zur Seite.« – *Telemach:* Der Sohn des Odysseus geht unter der Obhut Athenes, die sich in die Gestalt seines väterlichen Freundes und Ratgebers Mentor verwandelt, auf die Suche nach seinem verschollenen Vater. Durch den Erziehungsroman: »Les aventures de Télémaque« (1695) des Erzbischofs Fénelon (s. u. zu S. 394), das Urbild und Vorbild aller Entwicklungsromane des 18. Jahrhs., wurden die Namen Telemach und Mentor sprichwörtlich für »Zöglinge« und »Lehrer, Erzieher«. – *Rändelmaschine:* Mit ihr wird an den Münzen der gezackte Rand ausgeprägt.

S. 59 *Raffaels übermaltes Schlafgemach:* Im Alkoven von Raffaels Geburtszimmer befindet sich von der Hand seines Vaters ein Madonnenbild, durch dessen Anblick sich das bildnerische Talent des jungen Raffael entwickelt haben soll. – *Lohkübel:* s. o. zu S. 13. – *chalkographische Gesellschaft:* Diese Gesellschaft wurde 1795 von dem Freiherrn Fr. Moritz v. Brabeck gegründet und bestand bis 1806. Sie sollte durch die Vervielfältigung wertvoller Kunstwerke in Kupferstichen das Verständnis für die bildende Kunst in Deutschland wecken und fördern. – *Ritter des goldnen Vlieses:* Der Orden wurde 1429 von Philipp dem Guten von Burgund gestiftet und ging 1477 an das Haus Habsburg über. Seit die Spanischen Niederlande 1713 an Österreich gefallen waren, wurde der Orden sowohl vom span. König als auch vom deutschen Kaiser verliehen.

S. 60 *Whistonsche Kometenkarte:* Der engl. Theologe und Mathematiker William Whiston (1667–1752) veröffentlichte 1696 eine »New Theory of the Earth«. Darin versuchte er die Genesis durch den Zusammenstoß der Erde mit einem Kometen naturhistorisch auszudeuten. Das mit zahlreichen Kupfertafeln erläuterte Werk wurde 1713 und dann mehrfach ins Deutsche übersetzt. – *Wilkesche magnetische Neigungskarte:* Im Jahre 1768 ließ der Naturforscher J. Karl Wilcke (1757–96) in den Abhandlungen der Stockholmer Akademie den »Versuch einer magnetischen Neigungskarte« erscheinen. – *sie:* die Kälte Gaspards.

S. 61 *Mosisdecke:* Als Moses vom Sinai wiederkehrte, war sein Gesicht so voll Glanz, daß niemand ihn anzublicken vermochte und er sein Haupt beim Sprechen verhüllen mußte. Vgl. 2. Mose 34,29–35. – *Riesenstatue des heiligen Borromäus:* Die gewaltige Statue wurde 1624 nach einem Entwurf von G. B. Crespi, gen. il Cerano, ausgeführt.

S. 62 *die alten Kremnitzer:* erg. Dukaten. Die ung. Stadt Kremnitz, die durch ihre Gold- und Silberbergwerke berühmt war, besaß eine eigene Münzfabrik.

S. 63 *Mikromegas:* Kleingroß, der Name des Helden von Voltaires gleichnamigem Roman (1752). – *bouchieren:* mit einem Pfropfen versehen.

S. 64 *Hesperidenäpfel:* Nach der griechischen Sage bewachen die Hesperiden in einem Garten jenseits des Weltmeers die goldenen Äpfel des Lebens. – *Fasanen:* Die Stelle wird nur durch den Vergleich mit J. P.s Vorlage verständlich. Keyßler schreibt nämlich: »Die Isola Madre dienet gleichsam zu einem weitläufigen Gefängnis für viele Fasanen, welchen die Breite des Sees alle Gelegenheit zur Flucht benimmt. Geschieht es, daß bisweilen einer oder der andere dieser Vögel einen so fernen Flug unternimmt, so hat die Reise bald ein Ende, weil er ins Wasser fällt und daraus mit einem Kahn zurückgebracht wird.« (Keyßler, Bd. 1, S. 354).

S. 66 *Retraiteschuß:* Schuß, mit dem die Soldaten zum Rückzug befohlen werden. – *Trauerroß und Freudenpferd:* s. o. zu S. 11. – *Otaheiti-Insel:* eine der Gesellschaftsinseln, die J. P. aus Joh. Georg Forsters berühmter Beschreibung seiner »Reise um die Welt in den Jahren 1772–74« (dt. 2 Bde. 1778–80) kannte. Otaheiti bedeutet für den Dichter stets eine paradiesische Ideallandschaft nach Rousseauschem Geschmack. – *Judenschutz:* die jährliche Abgabe, welche die Juden für den ihnen gewährten Rechtsschutz an ihren Landesherrn zahlen mußten. – *Prinzessinsteuer:* einmalige Steuererhebung von allen Untertanen für die standesgemäße Aussteuer einer Prinzessin bei ihrer Verheiratung.

S. 67 *Maskopisten und Unioten:* Teilhaber und Vereinigte (»maskopjie« heißt holl. eine Handelsgesellschaft). – *Franklinsche Spitzen:* Benjamin Franklin trat bekanntlich als erster für eine spitze Form der Blitzableiter ein und verdrängte damit Wilsons Theorie von der Zweckmäßigkeit runder oder sog. Knopfableiter.

S. 68 *rezensierende Xanthippen:* Nach der alten, von Diogenes Laërtius (II, 36) überlieferten Anekdote pflegte Xanthippe einen Ehekrach meist dadurch zu beenden, daß sie dem Sokrates einen Topf mit Wasser über den Kopf schüttete. Sokrates bemerkte darauf nur, es sei natürlich, daß auf ein solches Donnerwetter ein Regenguß nachfolge. – *Territorialmandate:* So nannte man ein während der Französischen Revolution in Umlauf gesetztes Papiergeld, das sehr schnell an Wert verlor. – *deutscher Herr:* Mitglied des deutschen Ritterordens. – *das Buch »des erreurs et de la vérité«:* Unter diesem Titel veröffentlichte der franz. Philosoph Louis-Charles, Marquis de Saint-Martin (1743–1803) im Jahre 1775 ein bedeutendes, noch auf die Romantik stark einwirkendes Buch gegen die materialistische Weltauffassung der franz. Aufklärer. Das Buch wurde 1782 von Matthias Claudius übersetzt und geriet durch J. J. Bodes »Schlüssel« von 1790 in ein sehr einseitiges Licht. J. P. bekannte später selbst, er habe sich bei seiner Anspielung allein an Claudius' Vorrede und Bodes »Schlüssel« gehalten. – *Tempesta* (it.): Gewitter, Sturm. – Der holländische Landschaftsmaler Peter Molyn-Tempesta lebte von 1645 bis 1694.

S. 69 *Kotmonat:* ein seit dem 16. Jahrh. geläufiger Name für den Februar. – *wahrer Christ:* vermutlich eine Anspielung auf das auch sonst gelegentlich erwähnte Buch vom »Wahren Christentum« des luth. Theologen und Erbauungsschriftstellers Joh. Arndt (1555–1621), das zuerst 1605 bis 1610 erschienen war. – *Circes-Stab:* Die Zauberin Circe verwandelte bekanntlich die Gefährten des Odysseus in Schweine. Auf seinen Befehl mußte sie ihnen jedoch die *menschliche Gestalt* zurückgeben. Vgl. Odyssee 10,233 ff. – *Menstrua:* auflösende, niederschlagende Mittel. – *Präzipitationen:* Niederschlagungen. – *Pasquino und Marforio:* Namen zweier antiker Brunnenfiguren, an welche die röm. Spottvögel ihre satirischen Verse und Pamphlete anzuheften pflegten. Der Pasquino wurde in der Nähe des Palazzo degli Ursini (heute Palazzo Pio) gefunden und vor dem Palazzo Braschi aufgestellt, während der Marforio auf dem Kapitol steht. Da bei Volkmann (vgl. 2. Bd., S. 419) erwähnt wird, daß der Marforio die Fragen stelle, die der Pasquino dann beantworte, vermutet J. P. beide Statuen irrig an einem Platz. – *Bischof in partibus infidelium:* bis 1882 ein Bischof, dem vom Papst unter dem Titel des Episkopats einer der alten Bischofssitze im Nahen

Osten übertragen war, die bei der ottomanischen Invasion verlorengegangen waren. – *Taufengel herunterlassen:* ein alter, in Italien noch heute üblicher Kirchenbrauch. – *Landrequetenmeister:* Beamter, der über Bittschriften Bericht zu erstatten hatte. – *magister sententiarum:* Lehrmeister der Entscheidungen, ein Beiname des Scholastikers Petrus Lombardus († 1160), der eine Sammlung: »Libri VI sententiarum« (Aussprüche der Heiligen) verfaßt hat. – *Della Porta:* Gemeint ist der Michelangelo-Schüler Guglielmo della Porta (? 1500–77), der einen großen Teil der farnesischen Antiken restauriert und ergänzt hat. – Antonio *Chigi* (od. Chichi): ein röm. Bildhauer, der Bauwerke in kleinem Maßstab aus Kork nachbildete. Seine Werke, von denen sich in Kassel und Gotha noch eine Anzahl befinden, waren 1798 in der Berliner Akademie ausgestellt. – *Scioppius:* s. u. zu S. 627.

S. 70 *Kasualpredigt:* Predigt zu einem besonderen Anlaß. – *don gratuit:* freiwillige Abgabe, in vielen Teilen Frankreichs jedoch als Pflichtsteuer eingeführt.

S. 71 *taillieren:* Karten mischen und abheben. – *langes Parlament:* das von Karl I. von England 1640 einberufene Parlament, das als Rumpfparlament bis 1660 Bestand hatte. – *capitulatio perpetua:* im Westfälischen Frieden getroffenes Wahlabkommen, das dauernde Gültigkeit besitzen sollte. – *wie ein homerischer Gott:* vgl. Homer, Ilias V, 334 ff.

S. 72 *wie Rösel, Lichtenberg und Trembley:* Der Naturforscher und Kupferstecher Aug. Joh. Rösel v. Rosenhof (1705–59) machte zahlreiche anatomische Experimente an Insekten und Polypen, über die er in seinem Hauptwerk, den vier Teilen der »Monatlich herausgegebenen Insekten-Belustigung« (1746–61) berichtete; Georg Christoph Lichtenberg (1742–99) beschrieb seine Versuche in dem »Brief an Herrn Prof. Forster über Versuche mit Polypen«, der im 4. Stück des »Göttinger Magazins der Wissenschaft und Literatur für das Jahr 1782« abgedruckt wurde; der Schweizer Naturhistoriker Abraham Trembley (1700–84) schließlich veröffentlichte 1744 »Mémoires pour servir à l'histoire d'un genre de polypes d'eau douce etc.«, das Goeze 1791 ins Deutsche übersetzte.

S. 73 *Pädagogiarch:* Erziehungsvorsteher. – *Xenophon:* Unter seinen Werken befindet sich bekanntlich die »Kyropädie«, ein politischer Roman über die Erziehung des Kyros. – *Harmattanwind:* sehr trockner, staubführender Wind an der Küste von Guinea. – *wie er von Kardan gehört hatte:* Geronimo Cardano (1501–76), ein bedeutender it. Philosoph und Mathematiker, gab 1542 und 1575 zwei Teile einer Selbstbiographie: »De vita propria« heraus, die auf den jungen J. P. großen Eindruck machte. Im 14. Kapitel erzählt Cardano von körperlichen Peinigungen, mit denen er seelische Schmerzen zu übertäuben suchte. – *grünes Kabinett:* vgl. u. zu S. 107. – *tirare di prima vera:* wörtl. das Schießen des Frühlings. – *elektrisches Pistolenzeug:* wohl ein sog. Pistolenfeuerzeug, bei dem ein überspringender Funke ein Gasgemenge entzündete.

S. 74 *wie in sieben Vesuven:* J. P. verwendet hier, wie auch sonst öfters, das Wort »Vesuv« synonym für »Vulkan«.

S. 75 *Mauerkrone* (corona muralis): eine Zackenkrone, die dem Ritter oder Söldner überreicht wurde, der als erster im Sturm die Mauern einer feindlichen Stadt erstiegen hatte. – *roter Mantel:* Der Mantel und die Ordenskette gehören zur Staatstracht der Vliesritter, die Gaspard wegen des hohen Feiertages angelegt hat.

S. 78 *Guerickes Wettermännchen:* von Otto v. Guericke (1602–86) erfundene, hohle Glasfigürchen. Sie wurden ins Wasser gesetzt, und ihr Steigen oder Sinken diente dann zur Wettervorhersage.

S. 79 *Lindenstadt:* Eindeutschung von Leipzig. Diese Stadt hat J. P. bei der Schilderung von Pestitz verschiedentlich vorgeschwebt. – *ädeln:* Die bei J. P. sonst nicht vorkommende Schreibweise soll offenbar den Tonfall Gaspards andeuten.

S. 81 *Malerkoliken:* Bleivergiftung, die bei Malern durch deren Beschäftigung mit Bleifarben häufig auftrat. – *Ballenbilder:* Kennzeichen auf den Warenballen, die zum Versand gelangen. – *Thesesbilder:* Kupferstiche, die in Bayern, besonders in Augsburg, sehr verbreitet waren. Mit ihnen illustrierten die Mönche in komplizierten Allegorien die Thesen und Themen ihrer Schuldisputationen. – *Shakespeare-Gallery:* eine im 18. Jahrh. in London errichtete Sammlung von Bildnissen, Erinnerungsstücken und frühen Drucken Shakespeares. – *Effigie-Gehangne:* Diebe und Mörder, deren man nicht habhaft werden konnte, wurden *in effigie,* d.h. bildlich durch das Anschlagen ihres Steckbriefs gehängt. – *Sponsierer:* Mitgiftjäger. – *Anschrot:* eigtl. Anschnitt, dann Rand und Besatz. – *Modejournal:* das von Bertuch und Kraus edierte »Journal des Luxus und der Moden«, 1786 ff. – Philips *Wouwerman* (1619–68): holl. Landschaftsmaler, dessen Pferdebilder sehr gesucht waren. – *Basedows Erziehungsanstalt:* 1744 gründete der Pädagoge Joh. Bernh. Basedow (1723–90) das berühmte *Philanthropin* in Dessau, die vielen Anstalten des späteren 18. Jahrh. zum Vorbild diente. – Adrian *van der Kabel* (1630–1705): holl. Radierer, lebte längere Zeit in Italien und starb als geschätzter Tiermaler in Frankreich. – Johannes von *Calkar,* eigtl. Joh. Stephan (um 1500–46): niederländischer Maler, der sich in Italien als Schüler Tizians ein lang dauerndes Ansehen erwarb. – *höflich:* svw. höfisch.

S. 82 *Toleranzmandat:* Duldungserklärung in kirchlichen Streitigkeiten. Gedacht ist wohl an das Toleranzpatent, mit dem 1781 Joseph II. den Protestanten freie Religionsausübung in Österreich zusicherte. – *Ipecacuanha:* das sog. Brechveilchen, aus dessen Wurzel ein starkes Brechmittel gewonnen wurde.

S. 83 *Bettzopf:* lederner Gurt über dem Bett, um das Aufstehen zu erleichtern.

S. 85 Antonio *Ulloa* (1716–95): span. Geograph und Astronom. Bei der

Untersuchung des Sonnendurchgangs von 1777 machte er die aufsehenerregende Entdeckung, daß die Sonne durch eine Öffnung im Mondschatten geleuchtet habe, und beschrieb sie in der Abhandlung: »Observation faite en mer d'une éclipse de soleil« (zuerst span. 1778).

S. 87 *Libation:* Trankopfer, bei dem der Wein zu Ehren des Gottes verschüttet wurde.

S. 90 *flachsenfingisch:* Flachsenfingen heißt das kleine Fürstentum, in welchem J. P.s Hesperus spielt. – *Voltairens Schöpfungsgeschichte des großen Peters:* Voltaire verfaßte 1759–63 eine umfangreiche Abhandlung: »Histoire de la Russie sous Pierre le Grand«. – *wie es Sonnenfels getan:* Der österr. Jurist und Schriftsteller Joseph, Freiherr v. Sonnenfels (1733 bis 1817) stellte der zehnbändigen Ausgabe seiner »Gesammelten Werke« (1783–87) einen kurzen Lebensabriß voraus, den er wie eine Widmung »An mein Herz« überschrieb.

S. 91 *hic, haec, hoc, usw.:* Die chiffrierte Zeile besteht nur in der Deklination des lat. Demonstrativpronomens. – Joh. Georg *Francke d. J.* (1705 bis 1784): ev. Theologe. Er gab 1778 das erwähnte Werk »Novem systema Chronologiae fundamentalis« heraus. – *Jobel- oder Halljahr:* So heißen im A. T. Festjahre, die alle 25 bzw. 50 Jahre eintrafen. Das Halljahr wurde dabei durch das Blasen von Posaunen eingeleitet. – *Extravasat:* aus den Gefäßen getretenes Blut.

S. 92 *Honigmonate:* Vgl. dazu die Vorbemerkung zum »Luftschiffer Giannozzo«. – *Cellinis Geschichte:* In den Jahren 1796 und 1797 übersetzte Goethe Teile aus der Selbstbiographie des florentinischen Bildhauers Benvenuto Cellini und ließ die Fragmente in den entsprechenden Jahrgängen von Schillers Zeitschrift »Horen« als Fortsetzungen erscheinen. – *contract social:* Anspielung auf Rousseaus berühmte Abhandlung von 1762. – *Edikt vom 9ten Juli:* das berüchtigte Religionsedikt des preuß. Staatsministers Joh. Christoph v. Wöllner (1732–1800) vom 9. Juli 1789. – *in allgemeinen Welthistorien:* Anspielung auf die Sammlung: »An Universal History from the Earliest Account of Time to the Present usw.«, die in London 1736–63 in 23 Foliobänden erschienen war. – *Pillory:* Pranger: – *Pasquino und Marforio:* s. o. zu S. 69. – *Servitut:* das Recht an fremdem Eigentum, auch die Last, die mit einem Besitz verbunden ist. – *Quatembersteuer:* Vierteljahrssteuer.

S. 93 *aus dem 45sten Hundsposttag:* Im letzten Kapitel des »Hesperus« gibt sich J. P. als den fünften natürlichen Sohn des flachsenfingischen Fürsten aus. – *Komitialsekretarius:* Sekretär am Regensburger Reichstag. – *Querbank:* Auf ihr saßen in Regensburg die Abgesandten der säkularisierten Stifte Magdeburg und Lübeck. – *Envoyé:* stellvertretender Gesandter. – *biographische Narrenschiffe:* Sebastian Brant veröffentlichte 1497 sein satirisches Gedicht vom »Narrenschiff«, in dem er unter der Fiktion einer Schiffsgesellschaft die Narrheiten seiner Zeit Revue passieren ließ.

S. 94 *Feimer:* Femedichter. – *Pointeur:* Gegenspieler beim Pharao-Spiel. – *Diebsdaumen:* Daumen, die man von Leichen am Galgen abschneidet, sollen zauberische Kräfte besitzen. – *Montgolfiere:* s. o. zu S. 36. – *Posenschraper:* Federnschneider. – *wie Doktor Crusius:* Der Leipziger Theologe Christian Aug. Crusius (1715–75) schrieb 1745 einen für die evangelische Theologie der Zeit grundlegenden »Entwurf der notwendigen Vernunft-Wahrheiten«. Die Stelle findet sich in § 385–88 des angegebenen Werkes.

S. 95 Petrus *Camper* (1722–89): bedeutender Forscher der vergleichenden Anatomie. Er wies in einer Preisschrift 1779 die anatomischen Unterschiede zwischen Mensch und Orang-Utan nach. – Albrecht v. *Haller* (1708–77): »das Wunder seiner Zeit«, Arzt, Naturforscher, Politiker und Dichter. Sein med. Hauptwerk: »Elementa physiologiae corporis humani« (1759–66, dt. 8 Bde. 1762–76) übte auf den jungen J. P. ungemeinen Einfluß aus. – *cul de Paris:* künstlicher oder in J. P.s Übersetzung »Unterziehsteiß«. – *Penultima der Ultima:* Eigtl. ist damit die vorletzte und die letzte Silbe eines Verses gemeint. – George Louis Leclerc, Graf v. *Buffon* (1707 bis 1788): franz. Naturforscher, verfaßte mit Daubenton eine umfängliche »Naturgeschichte der Tiere« (1749–83). Seine berühmte »Histoire naturelle, générale et particulière« erschien fast gleichzeitig mit 38 Bänden in Paris 1749–88.

S. 96 *sonst die Höfer taten:* Seit dem Oktober 1798 wohnte der Dichter in Weimar, wo auch der erste Band des »Titan« abgeschlossen wurde. Die Stelle ist offensichtlich noch in Hof geschrieben und später nur überarbeitet worden. – *Mauersches Geheimnis:* Die Freimaurer waren bekanntlich zu strenger Geheimhaltung ihrer Riten verpflichtet. – *unsichtbare Loge:* So nannte J. P. seinen ersten Roman und gab dort eine konkrete Erklärung, daß dies eine geheime Gesellschaft sei, die im Hintergrund der Handlung eine wichtige Aufgabe besitze. Doch scheint der Ausdruck aus der Freimaurersprache übernommen zu sein und dem theologischen Begriff der »unsichtbaren Kirche« zu entsprechen. – *rochieren und brikolieren:* Platz tauschen und Winkelzüge machen. – *Rotmäntel:* So wurden im österr. Heer die Kroaten genannt. – *patres purpurati:* Name für die seit dem Pontifikat Pauls II. mit dem Purpur bekleideten Kardinäle. – *Pietro von Cortona* (1596–1669): Maler und Architekt, einer der Hauptmeister des it. Hochbarocks.

S. 97 *Benefiz-Schauspiel:* Theateraufführung zugunsten eines der Schauspieler. – *Voltaires Peter und Karl:* Neben der o. zu S. 90 erwähnten Schrift über die Regierung Peters des Großen verfaßte Voltaire 1737 noch eine »Histoire de Charles XII.«. – *Herder:* Vgl. dessen »Ideen zu einer Geschichte der Menschheit« (1784–91), VII,1.

S. 98 *Reflexions critiques usw.:* Die berühmten »Bemerkungen« des franz. Ästhetikers Jean Baptiste Dubos (1670–1742) erschienen zuerst 1719; aus der 5. Aufl. 1746 hatte Lessing größere Teile übertragen.

S. 99 *Myops:* Kurzsichtiger. – *Fechser:* aufgepfropfter Rebenschößling. – *venezianische Löwenköpfe:* Am Dogenpalast waren außen Löwenköpfe aus Metall angebracht, die zum Briefeinwerfen dienten. Durch ihren Rachen konnte man geheime Nachrichten über Aufruhr und Verrat stecken, die dann den Inquisitoren in die Hände kamen. – *Botany-Bay:* gefürchtete engl. Strafkolonie an der Ostküste Australiens.

S. 100 *Interkostal-Nerv:* Rippennerv. – *Vogel Rok:* ein Riesenvogel in den arabischen Märchen.

S. 101 *Revision des Erziehungswesens:* Anspielung auf die »Revision des gesamten Schul- und Erziehungswesens«, die der Pädagoge und Sprachforscher Joh. Heinr. Campe (1746–1818) mit 16 Bdn. von 1785–91 herausgab. – *Superfötation:* Überfruchtung. – *ablaktieren:* aufpfropfen. – *Struvesche Nebenstunden:* Gemeint sind die 1742–65 edierten 6 Teile der »Nebenstunden«, in denen der Rechtsgelehrte Daniel Georg *Strube* (1694–1775) seine kleinen Aufsätze gesammelt hat. – *Otia:* Unter diesem Titel veranstaltete Nic. Hieronymus Gundling (1671–1729), Konsistorialrat und Professor in Halle, 1706–07 eine dreibändige Sammlung gelehrter Abhandlungen. – *Noctes hagianae:* Darunter sind die »Noctes Haganae« des holl. Philologen Rutgerus Ouwens zu verstehen, die gleich nach seinem Tode 1780 erschienen. Die drei gelehrten Buchtitel umschreiben lediglich das Wort »Mußestunden«. – *Enharmonika aller Piccinisten:* Der it. Opernkomponist Nicola Piccini (1728–1800) wurde in Paris gegen Gluck ausgespielt. Darüber zerfielen Komponisten und Publikum in zwei sich heftig befehdende Parteien, die Gluckisten und die Piccinisten. Als wichtigstes Ausdrucksmittel benutzte diese Schule die sog. enharmonische Verwechslung eigentlich gleicher Töne, um damit unerwartete Steigerungen und Übergänge zu erzielen.

S. 102 *Fabris Staatskanzlei:* Die von Antonius Faber gegründete »Europäische Staats-Canzley« erschien mit 142 Bänden von 1697 bis 1767. J. P. verwechselt Faber offenbar mit dem Erlanger Geographen Johann Ernst Fabri (1755–1825). – *aura seminalis:* befruchtende Kraft. – *Lukas:* Dem Evangelisten ist ein Ochse beigesellt. – *meine:* Der Erzähler J. P. gibt sich hier wie in den »Palingenesien« und den »Briefen« (1799) als verheiratet aus.

S. 103 *Ephemere:* Eintagsfliege. – *nach Lambergs Tagebuche:* Die Originalausgabe setzt fälschlich »Lambert«. Das »Tagebuch eines Weltmannes« von Maximilian Joseph, Graf v. Lamberg erschien 1775 in der deutschen Übersetzung von Fr. Leop. Wagner in Frankfurt am Main. Es heißt dort (2. Teil, S. 8): »Ein zu Venedig wegen seiner Talente, vornehmlich aber seiner heimlichen Vorbehaltungen bekannter Mann war der Pater Lodoli. Ein großer Feind des Bejahungswörtchens, verneinte er niemals das Gesagte und gab dennoch durch seine Ausflüchte andern nicht die geringste Blöße.« – *Dehortatorium:* Abmahnungsschreiben.

S. 106 *gelehrtes Deutschland:* Das vielbändige Sammelwerk: »Gelehrtes Deutschland oder Lexikon der jetzt lebenden deutschen Schriftsteller«, von Hamberger 1753 begründet, wurde 1776–78 von Joh. Georg Meusel (1743 bis 1820) neu herausgegeben und dann laufend fortgesetzt.

S. 107 *Dresdner grünes Gewölbe:* Das 1721–24 eingerichtete Grüne Gewölbe barg in seinen acht Räumen die bedeutendste Pretiosensammlung eines deutschen Fürsten im 18. Jahrh. – *Schnurrjude:* bettelnder oder hausierender Jude.

S. 108 *Chignon:* Nackenhaarbund. – *königlich-fränkische Insignie:* Bei den Merowingern galt langes, glattes Haar als ein Abzeichen der königlichen Würde. – *Kapuzinaden:* possenhafte, marktschreierische Predigten. – *Gickse:* Possen, dumme Streiche.

S. 109 *Wagehals:* bedeutet hier »wagemutiger Hals«, nicht wie gewöhnlich »jemand, der seinen Hals wagt«. – *Barock-Perlen:* »schiefe«, unregelmäßige Perlen. – *Plongierbad:* Sturzbad. – *Schreckhorn:* ein Berg in den Schweizer Alpen.

S. 110 *Tiefhammer:* ein Hammer mit bauchiger Bahn an langem Stiel, um mit ihm auf den Boden tiefer Gefäße zu langen. – *aufsteigende Madonna von Raffael:* Gemeint ist hier und S. 132 die »Sixtinische Madonna«, die sich seit 1754 in Dresden befindet. Der Dichter sah sie bei seinem Besuch in Dresden vom Mai 1788.

S. 111 *Herunternehmen des Absaloms:* Der Sohn Davids, der sich gegen seinen Vater empört hatte, blieb auf der Flucht mit seinem langen Haar in den Zweigen eines Baumes hängen und wurde von den Kriegsknechten seines Vaters erschlagen und sein Leichnam anschließend heruntergezerrt. Vgl. 2. Sam. 18,6–15. – *Rostral,* richtig Rastral: eine fünffache Reißfeder, um die fünf Notenlinien auf einmal ziehen zu können. – *Alcibiades:* Anspielung auf die bekannte Anekdote, nach der einmal Alcibiades einem Hund den Schwanz abhackte, um Aufsehen zu erregen. – *Schweif seines – Robespierre:* »queue de Robespierre« wurden die letzten Anhänger Robespierres genannt, die mit ihm nach seinem Sturz im Juli 1794 das Schafott bestiegen. – *durfte:* mundartlich für »mußte« oder »brauchte«. – *apokalyptischer Drache:* vgl. Apok. 12,3 ff. – *Tier von Gevaudan:* Um 1760 trieb in der südfranzösischen Landschaft Gévaudan eine rätselhafte Bestie ihr Unwesen. Als sie schließlich erlegt wurde, stellte sich das Untier als Wolf heraus.

S. 112 *Realterrition:* tätliche Androhung der Folter.

S. 115 *Boyle in seinen Versuchen:* Gemeint sind wohl die posthum 1691 ff. erschienenen »Experimenta et observationes physicae« des engl. Physikers Robert Boyle (1627–91)

S. 116 *Dokimastikum:* Prüfungsschrift. – *Locken:* nach dem Grimmschen Wörterbuch »geringelte Fadennudeln«. – *Passions-Instrumente:* Die Knorpel des Hechtkopfes werden oft so gedeutet.

S. 117 *Kleisteraal:* Infusionstierchen, das vor allem im Kleister und Essig auftritt. – *nach Jefferies:* D. Jefferies »Abhandlung der Diamanten und Perlen usw.« erschien 1756 in deutscher Übersetzung. – *opera supererogationis:* überpflichtige gute Werke. So bezeichnete die Scholastik die Verdienste der Heiligen, die den Sündern zugute kommen. – Nicole *Malebranche* (1638 bis 1715): franz. Philosoph in der Nachfolge des Descartes, der ein umfangreiches Werk: »De la recherche de la vérité« geschrieben hat. – *Pupille:* Mündel.

S. 118 *frère terrible:* Der sog. »schreckliche Bruder« mußte in den Freimaurerlogen die Neueintretenden durch Schrecknisse prüfen. – Leop. Anton *Kotzeluch* (1752–1818): böhm. Komponist und Klaviervirtuose, der Nachfolger Mozarts als Kammerkomponist am kaiserlichen Hof in Wien. Vor allem seine eingängige und gefällige Kammermusik wurde am Ausgang des Jahrhunderts sehr geschätzt. – *Fallhut:* Er wurde kleinen Kindern aufgesetzt, damit sie sich bei Stürzen nicht am Kopf verletzten. – *toga virilis:* weißes Übergewand, mit dem die röm. Jünglinge beim Erreichen der Mannbarkeit bekleidet wurden.

S. 120 *der Hofhund Melak:* Sein Name wurde, wie es nach J. P. damals in der Pfalz Brauch war, von dem verhaßten franz. General Ezechiel de Mélac entlehnt, der im pfälzischen Erbfolgekrieg 1689 auf Befehl Lud wigs XIV. die Pfalz verwüstet hatte. – *Musculus Antagonista:* Gegen muskel.

S. 121 *was im Buch Josua stand:* J. P. hat Josuas Sonnenwunder im Sinn »Sonne, stehe still zu Gibeon, und Mond im Tale von Ajalon.« Vgl. Josu 10,12–13. – *Valisnerie* (nach dem it. Arzt und Naturforscher Vallisne genannt): Wasser- oder Sumpfschraube, eine Pflanzengattung, die gänzlich unter Wasser wächst.

S. 122 *Kröpelfuhre:* ärmliches, bäurisches Fahrzeug. – *Lebens-Höhle von Antiparos:* vgl. o. zu S. 9. – *Hübners biblische Historie:* Der Hamburger Theologe Joh. Hübner (1668–1731) schrieb 1714 »Zweimal 52 biblische Historien und Fragen«. – *Petav und* (Anmerkung:) *Lipsius:* Denis Petau (1583–1652), der den Humanistennamen Petavius trug, war der bedeutendste Chronologist in der ersten Hälfte des 17. Jahrh. Seine Gedanken über den Ursprung der Welt und über die Zeitmessung legte er in den zwei Bänden: »De doktrina temporum«, 1627, nieder; der in der Note erwähnte holl. Humanist und Philologe Just *Lipsius* (1547–1606) beschäftigte sich als Historiograph Philipps II. gleichfalls mit Chronologie.

S. 123 *Karenztag:* Fasttag. – *Cansteinische Bibelanstalt:* eine der sog. Halleschen Stiftungen. Sie wurde 1710 von dem Pietisten Carl Hildebrand v. Canstein (1667–1719) zur Verbreitung der Heiligen Schrift unter das Volk gegründet. – *römische Paulskirche:* San Paolo fuori le mura. Bis zur Zerstörung der Kirche 1823 bestand ihr Boden zu einem großen Teil aus alten Grabplatten.

S. 124 *Friedrichs II. Kleider:* Der alternde König verwandte auf die Wahl und die Reinlichkeit seiner Kleidung nur mehr wenig Sorgfalt. – *Pages:* Anspielung auf einen jungen Mann namens Pages, der aus dem Nachlaß Friedrichs II. alte Kleider kaufte, mit ihnen eine Wachsfigur des Königs bekleidete und in mehreren Städten für Geld zeigte. – *edler Saladin:* Sein Wahlspruch war: »Ein Kleid, ein Pferd, ein Gott!« – Christoph *Scheiner* (1575–1680): Mathematiker und Astronom. Er untersuchte zuerst systematisch die *Sonnenflecke* und legte seine Ergebnisse in einer Streitschrift gegen Galilei ausführlich dar: »De maculis solaribus et stellis circa Jovem errantibus, usw.« (1612). – *Moitistin:* Partnerin.

S. 125 *oszillieren:* schütteln, hin- und herschwingen. – *Palais royal:* Das von Richelieu errichtete Schloß in Paris, das später dem Bruder des franz. Königs als Stadtpalais diente, stand seit den Tagen der Regentschaft durch den Herzog von Orléans in einem sehr schlechten Ruf.

S. 126 *Händelsches Alexanderfest:* Händels berühmtes Oratorium von 1736.

S. 127 *den der blanke Dolch des Kato blendete:* Cato von Utica verübte bekanntlich beim Nahen Caesars mit seinem Dolch Selbstmord. Der Sinn der Stelle ist wohl: Albano, der noch zwischen Tugend und Laster nicht zu unterscheiden vermag (Herkules), verwechselt Roquairols leichtfertiges und törichtes Spiel mit dem Tod mit der heroischen, im 18. Jahrh. viel gefeierten Tat des Römers.

S. 128 *wie nach dem ägyptischen System:* Die Ägypter glaubten, der Himmel ruhe auf Säulen über der Erde und beide seien vom Weltmeer umschlossen.

S. 129 *die neuen Monatsnamen:* die Monatsnamen des franz. Revolutionskalenders. – *die Klopstocksche Rechtschreibung:* 1778 ließ Klopstock eine längere Abhandlung: »Über die deutsche Rechtschreibung« erscheinen, ohne mit seinen Reformvorschlägen jedoch große Wirkung zu erzielen. – Allart van *Everdingen* (1621–75): holl. Landschaftsmaler und Lehrer J. Ruysdaels, dessen knapp umgrenzte und sorgsam gestaltete Landschaften er kleinmeisterlich vorbereitete. – Jan van *Huysum* (1682–1749): Stillebenmaler aus Amsterdam. – *ungleich dem Salomo:* vgl. 1. Kön. 3,5–10. Salomo erlangt in der Bibel jedoch Reichtum und Weisheit.

S. 130 *Anfurt:* Schiffslände, Ankerplatz.

S. 131 *Chrysalide:* goldfarbige Schmetterlingspuppe. – *Mousson:* heißer, periodischer Sturm an der chinesischen und hinterindischen Küste. – *von 10 Weisen:* den drei Weisen aus dem Morgenland und den sieben griechischen Weltweisen. – *Epiktetslampen:* Lukian erzählt von einem reichen Mann, der aus dem Nachlaß des Philosophen dessen tönerne Lampe für teures Geld erworben habe, in der Meinung, damit auch seine Gelehrsamkeit zu erwerben. – *Turiner Lichtchen:* phosphoreszierende Wachslichter in Glasröhren, die sich selbst entzündeten, sobald sie mit der Luft in Berührung kamen. – *Arnolds Kirchengeschichte:* Gemeint ist die »Kurzgefaßte Kirchengeschichte des Königreichs Preußen« (1769) des Königsberger Konsistorialrates Dan. Heinr. Arnold (1706–75). Das in mehrere Bücher eingeteilte Werk besteht nur aus einem Band.

S. 132 *aufschwebende Raffaels-Marie:* s. o. zu S. 110. – *Namen deiner Schutzgöttin:* Im alten Rom war es verboten, den Namen des Stadtgenius auszusprechen, damit nicht auch die Feinde ihn um Schutz bitten könnten.

S. 133 *Fußtritte von Engeln:* So wird in S. Maria in Aracoeli in Rom noch heute der Fußtritt eines Engels gezeigt, der hier dem hl. Gregorius Magnus erschienen war. Vgl. Keyßler, Bd. 1, S. 710. – *heilige Doubletten-Leiber:* Von manchen berühmten Heiligen sind an verschiedenen Orten die gleichen Reliquien aufbewahrt, bei manchen ist sogar der ganze Leichnam doppelt vorhanden. – *Ramlers Schlafmütze:* Karl Wilh. Ramler (1725–98) war lange Zeit der Arbiter Elegantiarum der deutschen Literatur. Damals galt er jedoch bereits als ein zwar korrekter, doch steifer und altväterischer Schriftsteller. – *Stunden-Marke:* ein Zeichen, das der Stundenlehrer am Ende einer Lektion erhielt, um die Anzahl der gegebenen Stunden zu belegen.

S. 134 Stéphanie-Félicité Gräfin von *Genlis* (1746–1830): franz. Schriftstellerin. Neben Gesellschaftsromanen verfaßte sie als Prinzenerzieherin eine Anzahl von Theaterstücken und Erzählungen für die Jugend. – *Alexandriner Bibliothek:* Die berühmte Bibliothek von Alexandria war bis zu ihrer Zerstörung durch Caesar die wichtigste Kulturstätte des Hellenismus. – *blaue Bibliothek:* Die »blaue Bibliothek aller Nationen«, eine Sammlung von Märchen und Zaubergeschichten, erschien mit 12 Bänden 1790–1800 in Gotha und Weimar. – *remittenda:* die Bände, die von den Kommissionsbuchhandlungen an die Verlage zurückgesandt werden. – Joh. Salomon *Semler* (1725–91): evangelischer Theologe. In seinen letzten Jahren beschäftigte er sich viel mit alchimistischen Versuchen, ging darin aber weiter, »als man es von einem Manne, der ein erklärter Feind des Vorurteils aller Art war, hätte denken sollen«. – *Final-Pergamentblätter:* In den Gothaischen Taschenkalendern war hinten ein leeres Doppelblatt für eigene Notizen eingeheftet. – *mittelalterliche Briefe:* Solche »Himmelsbriefe«, die angeblich unmittelbar von Gott oder den Heiligen aus dem Himmel kamen, standen beim einfachen Volk bis zum Ende des 19. Jahrhs. in hohem Ansehen.

S. 135 *Philomele ohne Zunge:* Philomele wurde von Tereus, dem Gemahl ihrer Schwester Prokne, geschändet und ihrer Zunge beraubt. Durch ein von ihr angefertigtes Gewebe konnte sie dennoch den Frevel ihrer Schwester entdecken und wurde dann in eine Nachtigall verwandelt – Jos. *Addison* (1672–1719): einflußreicher Schriftsteller der engl. Aufklärung. Er gab mit seinem Freund Steele zusammen die ästhetisch-moralischen Wochenschriften: »The Tatler«, »The Spectator« und »The Guardian« heraus.

S. 136 *Hagedorn über die Malerei:* vgl. Chr. Ludw. v. Hagedorn (1713 bis 1780): »Betrachtungen über die Malerei« (2 Bde. 1762), Bd. 1, S. 226.

S. 138 *Kesselbaum:* ein kegelförmig zugeschnittener Baum in franz. Parkanlagen.

S. 139 *Die Lauben drehten usw.:* Die Anlage ist als ein sog. Schneckenberg zu denken, wie er in der franz. Gartenkunst sehr beliebt war. In der Bayreuther Eremitage hat sich bis heute ein solcher Schneckenberg erhalten. – *Pappelinsel:* s. o. zu S. 9.

S. 140 *Bischof von Spangenberg:* der herrnhutische Bischof Aug. Gottl. Spangenberg (1704–92). Als J. P. dem Bischof das Adelsprädikat verlieh, dachte er vermutlich an die ihm befreundete Familie v. Spangenberg in Venzka. – *ragende Trümmer des Mondes brannte:* Hier ist offenbar in der Originalausgabe ein Wort ausgefallen. Vermutlich hat man nach »Trümmer« ein »-fackel« oder »-leuchte« zu ergänzen.

S. 141 *Schiffspatron Blanchard:* Der franz. Physiker und Aeronaut François Blanchard (1738–1809) überquerte 1786 als erster mit einem Ballon den Kanal zwischen Dover und Calais. – *Herkulessäulen* (columnae Herculis): Nach antiker Auffassung verschiedene Erderhebungen an den Endpunkten der Welt, die Herkules dort auf seinen Wanderungen errichtet hatte. Im besonderen verstand man darunter die beiden Gebirgszüge an der Meerenge von Gibraltar. – *plombierte Lindenstadt:* Pestitz, zu dem man Albano den Zugang versperrt hatte.

S. 142 *Kothurn:* der hohe Schuh der Tragödie. Kothurn und Sokkus (der niedere Schuh der Komödie) sind beliebte Metaphern für Weinen und Lachen. – *freundliche 12 himmlische Zeichen:* Gemeint sind hier die zwölf Tierkreiszeichen. – *wie bei Götze:* Götz von Berlichingen.

S. 143 *Platosbrust:* Der Sage nach erhielt Plato seinen Namen von seiner breiten Brust. – *Akademie:* hier im Sinn von »Modell«. – *Stylit:* Styliten oder Säulenheilige nennt man Einsiedler, die ihr Leben büßend auf hohen Säulen verbrachten. Sie sind in Ägypten bis ins späte Mittelalter nachweisbar. – *Waldklafter:* Einsiedeleien, Kapellen und Hütten, die als Holzstöße verkleidet waren, sind in der ausgehenden Rokokozeit sehr beliebt gewesen. – *fünf Positionen:* die Grundstellungen im Ballettanz.

S. 144 *Wildschur:* Wolfspelz mit nach außen gekehrten Haaren. – *Schulbakel:* Schulmeisterstock. – *kantschuen:* prügeln. – *Dian füllte das Faß auf:* Hervorhebung, nicht Überschrift! – *Mainotte:* Die Maniaten (Mainotten) vermochten als einziger griechischer Stamm in der unwegsamen Wildnis ihrer Heimat die Freiheit gegen die türkischen Eroberer zu bewahren.

S. 145 *St. Elms- oder Helenen-Feuer:* Lichtbüschel, die sich vor Gewittern bisweilen an den Schiffsmasten zeigen und als Unheilzeichen gefürchtet waren. – *Jupiters-Kette:* Nach der antiken Mythologie forderte Jupiter einmal die Götter, die sich seinem Spruch widersetzen wollten, auf, sich alle an eine goldene Kette zu hängen. Sie vermöchten auch dann nicht, ihn von der

Stelle zu rühren, er aber werde sie mit Leichtigkeit hochziehen. Vgl. Ilias VIII, 17 ff.

S. 146 *Abdera:* Stadt in Thrazien und Heimat von Demokrit und Protagoras. Sie galt als das Schilda des Altertums. Vgl. Chr. M. Wielands Roman: »Die Abderiten« (1774). – *Grubstreet:* Straße in London, in der früher Literaten und Schriftsteller vorzugsweise ihre Wohnung hatten. – *Flammantvogel:* Flamingo. – *Sturzel:* Baumstrunk.

S. 147 *astronomische Ephemeriden und Refraktionstabellen:* astronomische Jahrbücher und Tabellen über Strahlenbrechung. – *castrum doloris* (Lager des Schmerzes): der aufgebahrte Katafalk in der Kirche, dann allg. fürstliches Grabmonument.

S. 148 *britische Wochenschriften:* Die von England ausgehenden Wochenschriften waren auch in Deutschland ein wesentlicher Bildungsträger für die mittleren bürgerlichen Schichten. – *Tabors-Berg:* s. o. zu S. 9.

S. 149 *poussieren:* forthelfen.

S. 151 *Retrogradation:* Rückgang. – *nicht von Rimpler oder Vauban:* Georg Rimpler (1636–83) leitete als Ballistiker die Verteidigung Wiens während der türkischen Belagerung von 1683, bei der er auch ums Leben kam; Sebastian Le Prestre, Seigneur de Vauban (1633–1707), Marschall von Frankreich unter Ludwig XIV., gilt noch heute als der bedeutendste Festungsbaumeister und Ballistiker der Neuzeit.

S. 152 *Merkuriussäule:* Quecksilbersäule. – *drei Kavitäten:* eigtl. die drei Haupthöhlungen des menschlichen Körpers (Kopf, Brust und Bauch) in der Anatomie. – *Erebus:* die griechische Unterwelt. – *Konkordien und Feuerfaxe:* zwei Nelkenarten. Die Namen sind hier übertragen gebraucht.

S. 153 *Hol ihn herauf, van Swieten!:* In seiner Leidenschaft für die Medizin hat Dr. Sphex seinen Kindern die Namen berühmter Ärzte gegeben. Gerard *van Swieten* (1700–72) war der Leibarzt der Kaiserin Maria Theresia; Herman *Boerhaave* (1668–1738), der in Leyden der Lehrer Aug. v. Hallers war, gilt als Begründer der modernen Physiologie; Claudius *Galenus* schließlich war ein berühmter Arzt des 2. Jahrhs. n. Chr. – *Sterbensterzie:* s. o. zu S. 31. – *jener Grieche:* Xenophon. – *Nativität stellen:* eigtl. jemandem sein künftiges Geschick aus der Konstellation der Gestirne in seiner Geburtsstunde voraussagen.

S. 154 *sphragistische Wunden:* Verletzungen des Siegels. – *Weife:* Spule oder Haspel am Spinnrad.

S. 155 *Augiasstube:* Eine der zwölf Arbeiten des Herkules bestand darin, die Ställe des Augias vom Schmutz zu säubern. – *Prosektor:* eigtl. Gehilfe des Anatomen, der die Leichen zur Sektion vorbereitet.

S. 156 *Asphyxie:* Stillstand des Pulses.

S. 157 *siebenfarbige Kokarde:* Anspielung auf die dreifarbige Kokarde der Franz. Revolution.

S. 160 *kopierte Venus von Tizian:* die berühmte »Ruhende Venus« Giorgiones, welche der junge Tizian vollendet hat. Das Bild wurde 1697 von August dem Starken für Dresden erworben, wo es J. P. bei seinem bereits erwähnten Besuch 1798 gesehen hat. – *voyage pittoresque:* s. o. zu S. 20. – *wie Pope, Swift, Boileau:* Alexander Pope (1688–1744) war durch die Weite seines Denkens und die Geschliffenheit seiner Sprache der Gesetzgeber der engl. Aufklärung, wie Nicolas Boileau-Despréaux (1636–1710) der des franz. Klassizismus. Alle drei Autoren stellten in ihren Satiren die Libertinage zynisch und bitter als natürlich dar, während sie selbst jede Ausschweifung verabscheuten. So konnte Lord Bolingbroke z. B. seinen Freund Swift einmal als »umgekehrten Heuchler« bezeichnen. – *Bellona:* altrömische Kriegsgöttin. – Paul *Scarron* (1610–60): franz. Lyriker und Dramatiker, bedeutend als Verfasser des »Roman comique«, berühmter noch als erster Gatte der Maintenon. J. P. spielt hier auf die obszönen, satirischen »Stances pour Madame de Hautefort« an.

S. 161 *Lararium:* im alten Rom ein Hausaltar für die Familiengötter. – *Gescheide:* Magen und Därme des Wildes. – *Hofprezist:* Bittsteller. – *Wildrufdreher:* Treiber, der auf der Jagd das Wild zu locken hat.

S. 162 *Kalzinierofen:* Kalkofen.

S. 163 *Ixionsrad:* Ixion, der Sohn eines Königs der Lapithen, hatte sich in Hera verliebt und wurde deshalb von Zeus zur Strafe auf ein feuriges, nie stillstehendes Rad geflochten.

S. 164 Henri Louis *Cain,* gen. *Lekain* (1728–78): franz. Schauspieler, der vor allem als Darsteller des Affektes in Tragödien ausgezeichnet war.

S. 165 *Reils Archiv usw.:* Das von Joh. Chr. Reil edierte »Archiv für die Physiologie« erschien in 9 Bdn. 1796–1810. Die erwähnten franz. Chemiker Antoine-François de *Fourcroy* (1755–1809) und Louis-Nicolas *Vauquelin* (1763–1829) arbeiteten durch fast zwei Jahrzehnte gemeinsam an chemischen Experimenten, deren Ergebnisse sie in zahlreichen »Mémoirs« veröffentlichten. – *die Unverschämtheit in ihrem Tempel:* Im alten Rom wurde die Pudicitia (die Schamhaftigkeit) als Göttin in einem eigenen Tempel verehrt.

S. 166 *Esprit:* Büschel aus Reiherfedern. – *Schabzieger:* ein aromatischer Kräuterkäse, der in Glarus in der Schweiz hergestellt wird. – *offizinell:* arzneilich, heilsam. – Johann *Junker* (1679–1759): Arzt und Chemiker. Er machte in der Nachfolge Stahls zahlreiche Versuche zur Naturheilkunde. – *hektisch:* schwindsüchtig.

S. 167 *Ephraimit:* schlechte preußische Münzen, die während des Siebenjährigen Krieges geschlagen wurden. – *Probationstag:* Münzprüfungstag. – *Lakrymatorium:* Tränengefäß. – Robert *Whytt* (1714–66): berühmter engl. Physiologe. Auch er war ein Nachfolger Stahls und vertrat sehr entschieden dessen Animismus-Theorie. Seine »Sämtlichen zur Arzneikunst gehörigen Schriften« wurden 1794 ins Deutsche übersetzt.

S. 168 *Wiederstrich:* svw. Wiederkehr.

S. 169 *Prinzenräuber:* Anspielung auf den sächsischen Prinzenraub von 1455. – *à la minuta:* im kleinen. – *preßhaft:* oberdt. für bresthaft. – *antispasmoticum:* krampfstillendes Mittel. – *glutinans und adstringens:* bindendes und zusammenziehendes Mittel. – *Brunnenbelustigung:* Name von Heilquellenbüchern. Am bekanntesten die franz. Schrift: »Les amusements des eaux de Spaa«, von der vermutlich die deutschen Bezeichnungen abgeleitet sind. – *Indossement:* Übertragung eines Wechsels auf einen andern. – *Chrysograph:* Goldschreiber, Schriftenmaler in mittelalterlichen Handschriften. – *Tissots »traité sur les Nerfs«:* Gemeint ist der bedeutende, unvollendete »Traité des nerfs et de leurs maladies« des Schweizer Arztes Simon-André Tissot (1728–97), der 1781–84 ins Deutsche übersetzt wurde.

S. 170 *Hippokrene:* s. o. zu S. 12.

S. 171 *weiße Gestalt aus Schnee:* vgl. o. S. 86. – *zehn Verfolgungen des Lesers:* J. P. denkt an die zehn Christenverfolgungen in der röm. Kaiserzeit. – *Apophthegma:* Sinnspruch, geflügeltes Wort. – *Erasmische Adagia:* Erasmus von Rotterdam gab 1508 erstmals sein Sammelwerk: »Adagiorum chiliades« heraus, eine Sammlung von Sprichwörtern, von der noch zu seinen Lebzeiten mehrere erweiterte Neuauflagen gedruckt wurden. – *Bemerkungen von Rochefoucauld* usw.: Im ersten Falle sind die »Réflexions ou sentences et maximes morales« (1664) des Herzogs von La Rochefoucauld (1613–80) gemeint, im zweiten die »Charactères ou les moeurs de ce siècle« (1686) von Jean de La Bruyère (1645–96). Hingegen ist bei *Lavater* wohl nicht an eine bestimmte Schrift gedacht, sondern an seine zahlreichen kleinen Broschüren und Erbauungsschriften. – *Schlagschatz:* Münzsteuer, auch Abgabe für das Recht, Münzen zu prägen. – *Manuskripte:* 1774 veröffentlichte Joh. Kaspar Lavater (1741–1801) »Vermischte Gedanken; Manuskript für Freunde; herausgegeben von einem unbekannten Freund des Verfassers«.

S. 172 *Supranumerarkopist:* überzähliger, nicht fest angestellter Kopist. – *Menächmen:* Ebenbilder. – *Katoptrik:* Spiegellehre.

S. 174 *Limbus infantum et patrum:* s. o. zu S. 10. – *nosologisch:* zur Krankheitslehre gehörig. – *Dieser* (in der Anmerkung): der Haarhaarsche Hof.

S. 175 *Rudera:* Reste, Überbleibsel.

S. 176 *Friktionen:* Reibungen. – *Pansterketten:* hier svw. Panzerketten; eigtl. ist Pansterkette jene Kette, die das Wasserrad an Mühlen hebt und niederläßt. – *auf die Arria anspielend:* Arria war die Gattin des röm. Verschwörers Caecina Paetus. Als dieser von Kaiser Claudius zum Tode verurteilt wurde, durchbohrte sie sich mit dem Dolch und gab ihn ihrem Gatten mit den Worten: »Paetus, es schmerzt nicht.«

S. 178 *Ossians Wolken:* Ossian ist der Held der irischen Sagenwelt, die durch die empfindsamen, weltschmerzlichen Umbildungen des Schotten James MacPherson aus den Jahren 1766–72 bekannt geworden war. – *Pa-*

raklet: Beistand, Tröster. – *eulenspiegelsche Wünsche:* Eulenspiegel weinte, wenn er einen Berg hinunterging, weil er auf der andern Seite wieder hinaufsteigen mußte, und lachte beim Steigen in der Hoffnung, daß es nun bald wieder bergab gehe. – Guillaume *Le Gentil* (1725–92): franz. Astronom und Weltreisender. Er unternahm 1760 im Auftrag der Pariser Akademie der Wissenschaften eine Fahrt nach Indien, um dort den Durchgang der Venus zu beobachten. Sein Reisebericht: »Voyage dans les mers de Inde à l'occasion du passage de Vénus sur le disque du soleil« erschien 1779–81 in 2 Bdn., ein Jahr später gekürzt auch in dt. Übersetzung.

S. 179 *Selam-Chiffre:* Blumensprache. – *wie griechische Götter:* J. P. hatte bei seinem Besuch in Dresden die Antikensammlung nachts bei künstlicher Beleuchtung gesehen.

S. 180 *der blinde Milton:* in dem Hymnus an die Sonne, mit dem Milton den dritten Gesang seines Gedichtes: »Paradise lost« eröffnet.

S. 181 *Kuntur:* Kondor. – *Anmerkung:* Nach einer Sage vom Kloster Corvey fand dort jeder Mönch am Morgen seines Sterbetages eine Lilie auf seinem Chorstuhl. Vgl Brüder Grimm: »Deutsche Sagen«, Nr. 264. – *Akzessist:* Preisanwärter.

S. 182 *Mandatum sine clausula:* uneingeschränkter, unbedingter Befehl.

S. 184 *Römer-Zinszahl:* Sie gab in den laufenden Kalendern an, das wievielte Jahr es im Indiktionszyklus (d. h. im Kreis der Steuereinschätzung) sei. – *punctum saliens:* Der Satz muß etwa so umschrieben werden: War inzwischen der Fürst bei seiner Abreise schon nur noch ein Fötus, d. h. nicht mehr zeugungsfähig, so wurde er zu einem *ersten Lebenspunkt* (im Ei) reduziert, also völlig unfruchtbar, wieder zurückgebracht. – *Rittersprung:* Er gab nach altem Rechtsbrauch Anrecht auf einen Besitz. Bei J. P. sehr häufig metaphorisch gebraucht. – *Marquis d'Aymar:* ein wahrscheinlich portugiesischer Abenteurer, der unter dem Namen eines Grafen v. Saint-Germain in Paris auftrat. Er besaß angeblich die Kunst, Diamanten zu machen, wußte die Zukunft und gebrauchte ein Lebenselexier, dem er seine ewige Jugend verdankte. Er starb gegen 1790 in Eckernförde. Die Geschichte erzählt Lamberg (s. o. zu S. 103) im 2. Teil, S. 13: »Er hat einen Balsam, der wieder verjünget; eine betagte Frau, welche sich eine größre Portion davon, als nötig war, einreiben ließ, wurde wieder zum Embryo.«

S. 185 *Grecs:* svw. Betrüger. – *Kochenille-Mühle:* Mühle zum Zerreiben der Kochenille-Insekten, aus denen Scharlachfarbe gewonnen wurde. – *Akademie der Arkadier:* eine 1690 unter der Schirmherrschaft der Christina von Schweden in Rom gegründete Gesellschaft von Dichtern, die sich gegen die Schwülstigkeit der manieristischen Dichtkunst wandten. Zur Zeit J. P.s war es üblich, daß sich vornehme Reisende in die Akademie unter einem Schäfernamen aufnehmen ließen. Auch Goethe wurde 1787 bei seinem zweiten römischen Aufenthalt ein Mitglied dieser Gesellschaft. – *Fladderminen:* Minen, die bei der ersten Berührung explodieren.

S. 186 *motivierend:* hier wörtlich gebraucht: bewegend.

S. 187 *Karnation:* Fleischfarbe.

S. 188 *wenigstens zwölfte:* ähnlich dem zwölften Jünger Judas Ischariot. – *Skrupel:* sehr kleines medizinisches Gewicht. – *ins Himmelreich:* nach dem bekannten Bibelwort: »Wenn ihr nicht werdet wie die Kinder, werdet ihr nicht in das Himmelreich eingehen«, vgl. Matth. 18,2–3. – *Swift:* Den Ausspruch Swifts kannte J. P. aus »Swifts Leben von Thomas Sheridan«, übers. durch Ph. v. Knigge 1795, S. 407.

S. 189 *schlimmeres Hasardspiel:* Anspielung auf die Geschlechtskrankheit. – *Lansquenet usw.:* deutsche Wörter, die sich im Französischen eingebürgert hatten.

S. 192 *als ein Engel unter drei Menschen im feurigen Ofen:* Drei gläubigen Juden, die König Nebukadnezar ins Feuer hatte werfen lassen, erschien dort ein Engel, der das Feuer unschädlich werden ließ. Vgl. Dan. 3,19 ff. – *Monochroma:* Gemälde, das in einer Farbe gemalt ist (Grisaille usw.).

S. 193 *Rose des Schweigens:* In den Klöstern wurde früher als Sinnbild des Schweigens eine Rose an die Decke gemalt. Daher auch der Ausdruck: »sub rosa«.

S. 194 *Inhibitorial-Zimmer:* verbotenes Zimmer. Inhibitoriales nannte man Untersagungsbefehle.

S. 195 *Konjunktion:* So nennt man das Zusammentreffen zweier Planeten im gleichen Punkt eines Tierkreiszeichens.

S. 196 *Pestessig:* Vierräuberessig (Vinaigre de quatre voleurs), ein starkes Desinfektionsmittel. – *curator sexus:* Geschlechtsvormund. – *Sokrates-Genius:* Sokrates erzählt in Platons »Apologie« von dem Genius in seiner Brust, der ihm nie zustimmenden Rat erteile, ihn aber stets vor einem falschen Verhalten zu warnen pflege. – *Kontradiktor:* Opponent im juristischen Prozeß. – *Pestilenziarius:* Pestarzt. – *Doktor Fausts-Mantel:* Nach dem Volksbuch vom Doktor Faust trug diesen der Teufel auf seinem Mantel fliegend überall hin, wohin er befahl. – *Schreckhorn, Pilatusberg, Jungfrau:* drei der höchsten Gipfel in den Schweizer Alpen. – *Tempe-Tal:* s. o. zu S. 9.

S. 197 *galonieren:* mit Tressen versehen, verbrämen. – *Laxiertrank:* Abführmittel. – *ein Blatt aus Hirschfeld:* Chr. Caius Lorenz Hirschfeld (1742 bis 1792), Professor der schönen Wissenschaften in Kiel, verfaßte von 1779–85 eine fünfbändige »Theorie der Gartenkunst«. Die einzelnen Bände des gründlichen und damals weitberühmten Werkes waren mit zahlreichen Kupferstichen versehen.

S. 199 *Languido:* mus. Bezeichnung für »schmachtend«. – *der edle alte fromme Spener:* Philipp Jakob Spener (1655–1705), ev. Theologe, war der Begründer des Pietismus. – *als Zwillinge:* Aus der Verbindung des Zeus mit Leda gingen Helena und die Zwillinge Castor und Pollux hervor.

S. 201 *d'Argensons bureau décachetage* (richtig: »de décachetage«): Marie Réné d'Argenson (1652–1721) war lange Jahre der Chef der Pariser Polizei, deren Institution er zu Einfluß und Macht verhalf. Seine Entzifferungskanzlei genoß europäischen Ruf. – *bekanntlich:* Der Leser wird erst hier informiert.

S. 206 *Philanthropin:* s. o. zu S. 81. – *Donatschnitzer:* grober Sprachverstoß gegen die Grundregeln der Grammatik; nach Aelianus Donatus, einem spätlateinischen Grammatiklehrer genannt.

S. 207 *Herders reizender offizieller Bericht:* Gemeint ist die Abhandlung: »Ob Malerei oder Tonkunst eine größere Wirkung gewähre? Ein Göttergespräch«. Herders Aufsatz stand zuerst im Tiefurter Journal von 1783 und wurde dann 1786 in die 1. Sammlung der »Zerstreuten Blätter« aufgenommen.

S. 211 *ein verlornes und wiedergefundnes Miltons-Paradies:* s. o. zu S. 11.

S. 212 *wie eine Kleopatra:* Kleopatra verstand es angeblich, aus Perlen einen Schönheitstrank mit verjüngender Wirkung zu bereiten. – *Arkadien und Utopien:* Arkadien, die Heimat des Pan in der Peloponnes, war ein beliebter Schauplatz für bukolische Erzählungen der Antike und des Barock; Utopien: s. o. zu S. 9. – *sieben letzte Worte:* Anspielung auf die sieben letzten Worte Christi am Kreuz.

S. 214 *gute physiognomische Fragmente:* »Physiognomische Fragmente zur Beförderung der Menschenkenntnis und Menschenliebe« lautet der Titel von Lavaters Hauptwerk über die Physiognomik (4 Tle. 1775–78). – *Preßgang:* nächtlicher Streifzug, auf dem man in England versuchte, Matrosen von Handelsschiffen oder junge Leute, die in der Hafengegend sich herumtrieben, zum Seedienst bei der Flotte zu zwingen. – *Schwanenhals:* Fuchseisen. – *leuktrische Schlacht:* In der Schlacht von Leuktra errangen 371 v. Chr. die Thebaner unter Epaminondas einen blutigen Sieg über die Sparter. – *Pestalozzi:* vgl. Joh. Heinr. Pestalozzis (1746–1827) Erziehungsroman: »Lienhart und Gertrud« (4 Bde. 1781–87), Bd. 4, § 23. – *nach Lempriere:* W. Lemprières »Reise von Gibraltar über Tanger usw. nach Tarudant und Marokko« erschien 1793 in dt. Übersetzung von Zimmermann in Berlin.

S. 215 *droit d'Aubaine:* feudalistisches Gesetz in Frankreich, nach dem die Hinterlassenschaft eines im Lande verstorbenen Fremden dem Landesherrn zufiel. – *Cypselus-Kasten:* Von Kypselos, der sich später zum Herrscher von Korinth aufschwang, erzählt Herodot (V, 92), er sei als Kind von seiner Mutter in einem kunstvoll verzierten Kasten verborgen worden, als ihn seine vom Orakel gewarnten Verwandten töten wollten. Der Kasten wurde lange bewahrt und schließlich dem Orakel in Delphi geweiht. – *Sanhedrin c. 2. Misch. 3.:* d. h. im zweiten Kapitel des Ordnungstraktates »Sanhedrin« aus dem Talmudbuch »Mischnah«. Die Stelle befindet sich in der Übersetzung von J. J. Rabe (1762) in Bd. 4, S. 125. – *Cic. ad Quirit.*

post redit.: Die Stelle in Ciceros Rede (cum populo gratias agit III,8) lautet eigentlich: »Zum Zeichen der Freude über meine Gegenwart wechselten der Senat und mehr als 20 000 Bürger ihr Kleid, über meine Abwesenheit saht ihr nur einen [gemeint ist Ciceros Bruder] trauernd in Sack und Asche gehen«; was einen etwas anderen Sinn ergibt. – *Tertull. adv. Marcion:* Marcion war ein von der Gnosis beeinflußter Häretiker des 2. Jahrh., gegen den Tertullian eine Streitschrift: »contra Marcionem libri V« geschrieben hat.

S. 217 *bonsoir:* svw. das folgende »Lichttöter« oder Lichtauslöscher. – *elektrischer Tanz:* ein physikalisches Spielzeug, bei dem kleine Figuren aus Papier zwischen zwei elektrisch aufgeladenen Metallscheiben bewegt werden.

S. 221 *Sorites:* Kettenschluß in der Logik. – *la Salpetrière:* seit dem Ende des 18. Jahrh. ein Zuchthaus in Paris. Das Gebäude wurde von Ludwig XIV. 1656 als Hospital für verwahrloste und geisteskranke Frauen errichtet.

S. 222 *semperfrei* (urspr.: sendbar-frei): des höchsten Grades von Freiheit teilhaftig. – *actio ex lege diffamari:* synonym mit dem vorausgehenden »Injurienklage«.

S. 223 *emeticum:* Brechmittel. – *Fontanell:* künstlich hervorgerufenes Geschwür zur Ableitung von Krankheitssäften. – *Rungnagel:* ein Bolzen, durch den zwei Wagen zusammengehalten werden. – *wie ihr von Fichten wisset:* Joh. Gottl. Fichte gab 1794 die Schrift: »Vorlesungen über die Bestimmung des Gelehrten« heraus. – *Ephorie:* Aufsichtsstelle. Die Ephoren bekleideten in Sparta eine Stellung, die der des röm. Zensors vergleichbar war. – *Basedow:* s. o. zu S. 81. Sein »Elementarwerk« erschien 1774 in 4 Bdn.

S. 225 *graduiert und paraphrasiert:* hier svw. erhoben und ausgeschmückt.

S. 226 *ermordeter Ritterorden:* Der 1119 gegründete Ritterorden der Templer wurde durch Philipp IV. von Frankreich 1305 in einen Prozeß wegen Ketzerei verwickelt. Dieser endete mit der Hinrichtung zahlreicher Ordensritter und mit der Aufhebung der Templer durch Papst Clemens V. (1312).

S. 227 *Geister-Insel voll Gaukeleien:* die Zauberinsel Prosperos in Shakespeares »Sturm«.

S. 228 *kartesianischer Wirbel:* Nach der Lehre des Descartes (princ. phil. II,19) bewegt sich die flüssige Himmelsmaterie nach Art eines Wirbels um die Sonne. – *diese Tauben Jupiters:* vgl. Odyssee XII,62. – *erste griechische Komödie:* Die sog. alte Komödie in Athen, der Aristophanes und Kratinos angehörten, erlaubte auch direkte Angriffe und Satiren auf Personen im öffentlichen Leben. – *Lästerschule:* Anspielung auf den Titel von Sheridans vielgespielter Komödie: »The School of Scandal«. – *in meiner Vision:* »Die Vernichtung. Eine Vision« war 1796 in der Zeitschrift »Erholungen« erschienen und fand später in den Beigaben zu »Dr. Katzenbergers Badereise« (1809) Aufnahme.

S. 229 *Goldschlägergold:* Blattgold.

S. 234 *Papierherzen:* Soldaten, die arkebusiert (erschossen) werden sollten, steckte man ein Herz aus Papier an die Brust, um das Herz sicherer zu treffen. – *Westerhemdchen:* Taufhemd.

S. 239 *advocatus diaboli:* Anwalt des Teufels bei den Heiligsprechungsprozessen der kath. Kirche. J. P. will als solcher Albanos zu guter Meinung über Roquairol entgegentreten.

S. 240 *Sanenland:* Landstrich im Kanton Bern. – *Buzephalus:* Das Lieblingspferd Alexanders des Großen.

S. 241 *von Extraktion:* von edler Herkunft. – *Sybariten-Polster:* Die Einwohner der reichen Handelsstadt Sybaris im griech. Süditalien waren schon im Altertum für ihr ausschweifendes, üppiges Wohlleben sprichwörtlich.

S. 242 *Surinam:* reiche, damals selbständige Provinz Guayana in Südamerika. – Erasmus *Darwin:* (1731–1802), englischer Arzt und Naturforscher, dessen Hauptwerk: »Zoonomie, oder die Gesetze des organischen Lebens« eben damals ins Deutsche übersetzt worden war (1795–99). – *Thomas Sydenham* (1624–89): engl. Arzt, dessen Augenmerk vor allem auf die Heilung von Epidemien und Fieberkrankheiten gerichtet war. Seine damals ganz neue Methode beschrieb er in seinem »Methodus curandi febres« (1666). – *die beiden andern:* das Gelübde des Gehorsams und das der Keuschheit.

S. 243 *Quelle der Sonne:* Sie befand sich bei dem Heiligtum des Gottes auf der Oase Siwa inmitten der libyschen Wüste. Von der Quelle, deren Wasser sich allerdings *mittags* am meisten abkühlte, geben Herodot (IV, 181) und Plinius d. Ä. (hist. nat. II, 228) ausführliche Schilderungen. – *Girandole:* Armleuchter, die große Feuersonne bei Feuerwerken. – *Simons christliche Altertümer:* Gemeint sind Joh. Simonis »Vorlesungen über die christl. Altertümer«, hrsg. von Samuel Mursinna, Halle 1769.

S. 244 Friedr. Maximilian *Klinger* (1752–1831): der fruchtbarste Dramatiker des Sturm und Drang. Vor allem seine späten Dramen rückt J. P. stets in die Nähe der klassischen Dramen Goethes.

S. 247 *wie im Grandison:* In Samuel Richardsons (1689–1761) letztem Roman: »The History of Charles Grandison« (1753) überwuchert die breite Darstellung des gesellschaftlichen Lebens beinahe alle Handlung. – *alle Köpfe des Briareus oder der lernäischen Schlange:* der Riese trug fünfzig, die Schlange neun Köpfe. – *Bethesda-Teich:* Das Wasser dieses Teiches machte nach Joh. 5,4, wenn es von einem Engel bewegt wurde, jeden gesund, gleichviel an welcher Krankheit er litt. – *Bedlam:* Irrenhaus in London. – *im quintuplo:* fünffach. – *Ephorus:* Aufseher. – *Monte testaccio:* Scherbenberg in Rom.

S. 248 *à la Hamlet:* mit offenem Kragen. – *der Apostel:* Paulus im Epheserbrief 5,16 (vgl. auch Kor. 4,5). – Antoinette *Bourignon* (1616–80): franz. Mystikerin, die ihre Visionen in einer großen Anzahl von Traktaten beschrieb, welche zum Teil erst nach ihrem Tod in 25 Bänden ediert wurden (1679–84).

S. 251 *wie Milo:* Der griechische Athlet Milo von Kroton versuchte einen Baumstamm mit seinen Armen zu zerbrechen. Dabei klemmte er seine Hände ein und wurde von wilden Tieren zerrissen.

S. 252 *cereus serpens:* der cereus grandiflorus (die berühmte »Königin der Nacht«), eine Kakteenart, ist damit gemeint. – *der herrliche Beiname Virgils:* Der röm. Dichter trug wegen seines tugendhaften Lebenswandels den ehrenden Beinamen »der Jungfräuliche«.

S. 253 *musivisch:* mosaikartig. – *ein Herkules, welcher spinnt:* Zur Strafe für die Ermordung des Iphitos mußte Herakles der lydischen Königin Omphale als Sklave dienen. Dabei verweichlichte er so, daß er zuletzt in Frauenkleidern webte und spann.

S. 254 *März- und elysisches Feld:* Darunter ist das Champ de Mars, der Truppenübungsplatz vor der École Militaire und der Vergnügungspark der Champs-Elysées in Paris zu verstehen.

S. 255 *Kato von Utika:* Vom jüngeren Kato erzählt Plutarch, er habe bereits als Kind nie gelacht und nur selten gelächelt.

S. 257 *Antinous:* Liebling des Kaisers Hadrian, der ihn nach seinem Tode göttlich verehren ließ. – *Serein:* eigtl. Abendtau, hier jedoch in der Bedeutung: »Abendluft«. – *gleich Rousseau:* Vgl. in J. J. Rousseaus Spätwerk: »Rêveries d'un promeneur solitaire« (1782 aus dem Nachlaß veröffentlicht) das 5. Kap. – *Pomona und Flora:* die röm. Göttinnen der Früchte und der Blüten. – Jak. Tim. *Hermes* (1738–1821): schriftstellernder ev. Theologe, bekannt durch seine Romane: »Miß Fanny Wilkes« und »Sophiens Reise von Memel nach Sachsen« (6 Bde. 1769–73), trat häufig und entschieden für eine höhere Bildung der Frau ein (»Für Töchter edler Abkunft« 1787).

S. 258 *wie der Kranich in Kleists Fabel:* Anspielung auf Ewald Christian v. Kleists (1715–58) Verserzählung: »Der gelähmte Kranich«. In ihr bleibt der verletzte Kranich nicht zurück, sondern folgt den andern nur langsamer nach.

S. 259 *halbverwandt:* halb zur Seite gekehrt.

S. 262 *lächelnder Johannes:* J. P. denkt wohl an das rätselhafte späte Bildnis des Täufers von Leonardo da Vinci, das sich heute im Louvre befindet.

S. 263 *antiphlogistisches System:* 1789 erschütterte Antoine Laurent Lavoisier (1743–94) durch seine Schrift: »Traité élémentaire de chimie« (2 Bde. 1789, dt. unter dem Titel: »System der antiphlogistischen Chemie« 1792) die damals herrschende Phlogiston-Lehre (Phlogiston: Stickstoff) des deutschen Arztes Georg Ernst Stahl (1660–1734). – *révenant:* Wiedergänger, wiederkehrender Geist. – *Belletrische* (richtig: belletristische) *Zeitung:* Unter diesem Titel erschien 1800 in Gotha eine literarische Zeitschrift.

S. 264 *badinieren:* tändeln, scherzen. – *Alexand. ab. Al. VI:* Alessandro Alessandri, der sich den Humanistennamen Alexander ab Alexandro gab (um 1461–1523), neapolitanischer Juriskonsult und Polyhistor, veröffentlichte kurz vor seinem Tode das gelehrte Sammelwerk: »Genialium dierum libri VI« (1523) in Rom, dessen vorletztem Teil das Zitat entnommen ist.

S. 265 *soulagieren:* erfreuen, aufrichten.

S. 266 *fixe Luft:* Gemeinhin versteht man darunter Kohlensäure, die jedoch umgekehrt reagiert, vielleicht ist auch kohlensaures Salz gemeint. – *Sphinx:* Nachtschmetterling. – *Allodialgut:* das Privatvermögen fürstlicher Familien, auch der lehensfreie Besitz eines Gutsherrn.

S. 267 *einen Pitt:* Thomas Pitt, der Urgroßvater des bekannten engl. Premierministers William Pitt, verkaufte 1717 diesen nach ihm benannten Diamanten an Philipp Herzog von Orléans.

S. 268 *Großavanturhändler:* Handel à la grosse aventure (engl. Respondentia) nennt man im Seerecht das Geldleihen eines Kaufmannes auf Waren, die er verschifft, unter der Bedingung, bei Löschung der Waren das Geld wieder zurückzuzahlen, im Falle des Verlustes aber nicht. – *Fratschlerweiber:* Trödlerinnen. – *Transitohandel:* Handel mit durchgehenden Waren.

S. 269 *Moses Mendelssohn* (1729–86): bedeutender Philosoph des 18. Jahrh. Der junge, mittellose Mendelssohn wurde von einem Berliner Seidenfabrikanten als Erzieher seiner Kinder, später auch als Teilhaber in seine Fabrik aufgenommen und schrieb dort in den wenigen freien Stunden sein erstes Buch, die *»Briefe über die Empfindungen«* (1755). – *insolvent:* zahlungsunfähig.

S. 271 *La Trappe:* Mutterkloster der Trappistenmönche, die bei ihrem Eintritt ins Kloster ewiges Schweigen geloben. Vgl. in Joh. Georg *Forsters* berühmten *»Ansichten vom Niederrhein«* (1791), Bd. 1, S. 111. – John Edvard *Hill* (1716–75): Botaniker und Arzt, Verfasser zahlreicher populärer med. Schriften. J. P. kannte ihn wohl nur mittelbar, da von seinen Werken damals noch keine Übersetzung vorlag. – Thomas *Beddoes* (1760 bis 1808): engl. Arzt, schrieb 1799 einen bedeutenden »Essay on the Causes, Early Signes and Prevention of the Pulmonary Consumption«, auch er dt. erst 1802.

S. 272 *die sechs apokalyptischen Siegel:* vgl. Apok. 5 ff.

S. 276 *Zentimanen:* hunderthändige Riesen.

S. 277 *Quäkerhut:* hoher, spitz zulaufender Hut.

S. 279 *und sah im Vorübereilen einen alten Mann:* Die Szene wird später nicht genügend aufgeklärt: Albano sieht sich in einem Hohlspiegel selbst zum alten Mann verzerrt, so daß er dem alten Fürsten gleicht. Darum ermahnt ihn auch Spener, den Weg nicht mehr zurückzugehen, um einer Entdeckung des Geheimnisses vorzubeugen. – *Weigel in Jena:* Der Astronom und Mechaniker Erhard Weigel (1625–90) ist gemeint, dessen mit wunderlichen Erfindungen und Maschinen versehenes Haus lange zu den sieben Wundern von Jena gehörte. Er beschrieb seine Erfindungen in den »Mathematischen Kunstübungen, sampt ihrem Anhang« (1670), woraus auch die Notiz in Buschs »Versuch eines Handbuchs der Erfindungen« (8 Tle., 1792–98) gezogen ist.

S. 280 *Philippica:* Streitschrift, nach den Kriegsreden des Demosthenes gegen Philipp von Mazedonien genannt. – Rachel *Ruysch* (1664–1750): beliebte holl. Blumenmalerin.

S. 281 *Linon:* besonders feine Leinwand. – *Basa Mezia, c. 4. m. 10:* Auch dieses Zitat ist der Mischnah-Übersetzung von J. J. Rabe (s. o. zu S. 216) entnommen. Vgl. dort 4. Bd., S. 56.

S. 282 *der allein es wußte:* Liane erfährt es jedoch von Julienne, nicht von Augusti, doch wird dieser Irrtum später ebenfalls nicht aufgeklärt.

S. 283 *Hausenblase:* Der Saft, der aus der Blase des Hausen, einer Störart, gewonnen wird, fand früher als Klebestoff Verwendung. – Joh. Friedr. *Blumenbach* (1752–1840): Anatom und Naturwissenschaftler in Göttingen. J. P. schätzte besonders seine erste Schrift, das »Handbuch der Naturgeschichte« (1780). – *Leberreim:* gemeine und schlechte Stegreifgedichte, die nach altem Brauch über dem Essen einer Hechtleber gemacht wurden. – *fliegende Katze:* Die Kritische Ausgabe verweist auf den Kupferstich: »First Stage of Cruelty« des engl. Kupferstechers William Hogarth (1697–1764), der eine solche Katze darstellt.

S. 285 Philips *Thickneß* (1719–92): engl. Offizier, der über seine Reiseerlebnisse mehrere Bücher veröffentlichte. J. P. spielt wohl auf seine »Reisen durch Frankreich und Katalonien« an, das als einziges dieser Werke 1778 übersetzt worden war.

S. 286 *Madonna della Sedia:* Raffaels berühmtes, um 1516 entstandenes Rundbild, das sich seit dem Ende des 18. Jahrh. im Palazzo Pitti zu Florenz befindet. – *Palladium:* Kultbild der Athene, an dessen Gewinnung der Sieg von Troja geknüpft war, dann svw. sorgsam behütetes Heiligtum. – *Nymphäum:* urspr. Nymphenheiligtum, dann Brunnenhäuser und Fassaden, die prunkvoll im Stil der Theaterarchitektur gestaltet wurden.

S. 287 *Raffaels Joseph und der ältere Joseph:* beides Gemälde aus Raffaels Schule in den Loggien des Vatikan. – *da Vincis Christus-Knabe:* B. Luinis Gemälde: »Christus unter den Schriftgelehrten« (heute im Britischen Museum), das sich damals in der Sammlung Aldobrandini in Rom befand, galt lange als ein Werk Leonardos. – *Franziskus Albanis »Ruhe auf der Flucht«:* Von dem Gemälde Albanis (1578–1660), der ein Freund und Nebenbuhler Guido Renis war, gibt es zwei Fassungen, eine im Louvre und eine andere in der Dresdner Galerie.

S. 290 *wie jene Engel vor dem Propheten:* vgl. Jes. 6,2.

S. 292 *Schneidersche Haut:* s. o. zu S. 37. – *Sœur servante:* analog zu »frère servant« gebildet. Dieser verrichtete in den Freimaurerlogen die niederen Dienste, ohne Mitglied zu sein.

S. 293 *wie Asbestpapier:* Auf beschriebenem Asbestpapier verlischt die Schrift, wenn man das Blatt über Feuer hält.

S. 297 *Muschelwagen der Venus:* Nach der antiken Sage wird er von Tauben gezogen.

S. 298 *Goldlahn:* dünner Golddraht. – *Aberrationen und Perturbationen:* Abweichungen und Bahnstörungen eines Planeten durch einen anderen.

S. 299 *Idiotikon:* Mundartwörterbuch. – *Derivativa:* abgeleitete Wörter. – *Elias- oder Phaetons-Wagen:* Der Prophet Elias wurde in einem feurigen Wagen in den Himmel entrückt, während Phaeton, der Sohn des Sonnengottes, vom Blitzstrahl des Zeus getroffen, aus dem Sonnenwagen zur Erde geschleudert wurde.

S. 302 *Berg Athos:* Der griechische Bildhauer und Architekt Deinokrates legte Alexander dem Großen einmal den phantastischen Plan vor, den Berg Athos in eine Kolossalstatue des Königs zu verwandeln.

S. 312 *wie von Bacchus' Wunderhand belebt:* vgl. Ovid, Metamorph. III,664 ff.

S. 313 *Philanthropistenwäldchen:* kleiner Wald, der zu Basedows *Philanthropin* in Dessau gehörte. – *Kampanertal:* s. o. zu S. 9 – *Peters-Insel:* die durch den Aufenthalt J. J. Rousseaus (1765) berühmte Insel im Bieler See. Vgl. Rousseaus Schilderung im 12. Buch der »Confessions«. – *Alkinous-Garten:* der Garten des Phäakenkönigs Alkinous, bei dem Odysseus freundliche Aufnahme fand. Vgl. Odyssee VII,112 ff. – *Schwedenborgischer Riese:* Emanuel v. Swedenborg (1688–1772), schwedischer Physiker und Theosoph, der sich göttlicher Offenbarungen rühmte. In seinem Hauptwerk, den 8 Bdn. seiner »Arcana coelestia« (1749–56), schildert er zahlreiche Erscheinungen und Gesichte.

S. 314 *aqua toffana:* schleichendes Gift. – *Diebs-Vendee:* Die Einwohner der franz. Grafschaft Vendee widersetzten sich der Revolution und dem neuen Regime in dauernden Erhebungen und Aufständen.

S. 320 *wie die Hofluft leibeigen mache:* Anspielung auf den alten Rechtssatz: »Stadtluft macht frei«.

S. 323 *Nessus' Giftblut:* Dejaneira tötete ohne ihr Wissen ihren Gatten Herakles, da sie ihm auf den Rat der Hera ein Kleid schenkte, das mit dem giftigen Blut des Zentauren Nessus getränkt war.

S. 324 *Augenbrahme:* Augenbraue.

S. 325 *Mantelfisch:* Gemeint ist nach einer Erklärung des Grimmschen Wörterbuchs zu dieser Stelle vielleicht jener sagenhafte Tintenfisch, von dem man sich erzählte, daß er mehrere hundert Fuß im Durchmesser habe und eher einer Insel als einem Tier gleiche.

S. 327 *Freiheiten der ministerialischen Kirche:* analog zu den sog. »Freiheiten der gallikanischen Kirche« gebildet, den 1594 von Pithou endgültig formulierten Sonderrechten des franz. Klerus gegenüber der röm. Kurie.

S. 330 *sieben Freudenstationen:* Der Nürnberger Bildhauer Adam Krafft (um 1460–1509) schuf in den Jahren 1505–08 sieben Reliefs mit Darstellungen aus den Stationen der Leidensgeschichte Christi. Sie waren zu J. P.s Zeit noch auf dem Weg zum Tiergärtnertor in Nürnberg aufgestellt.

S. 331 August Wilh. v. *Kotzebue* (1761–1819): seichter, aber virtuos die Gefühlseffekte berechnender Dramatiker (»Die Kleinstädter«, »Menschenhaß und Reue« usw.) und Romanschreiber. – *Romantiker:* hier im älteren Sinn von »Romanschreiber«.

S. 332 *dames d'atour:* Kammerdamen. – *Plejaden:* Die Plejaden gelten als regenbringend.

S. 333 *Irrgarten in Versailles:* Gemeint ist das berühmte, von Ludwig XIV. errichtete Labyrinth im Park von Versailles, das 1775 zerstört und durch das noch heute bestehende »Bosquet de la reine« ersetzt wurde. An den Schnittpunkten der Laubengänge waren dort auf 39 Brunnen die Fabeln des Aesop dargestellt.

S. 335 *Markus Antonius:* vgl. Shakespeares »Antonius und Kleopatra« IV,3. Als Quelle diente das 78. Kap. in Plutarchs Lebensbeschreibung des Mark Anton.

S. 340 *Weiber-* (oder Kunkel-)*lehn:* ein Lehen, das auch auf die weibliche Linie übertragen werden kann.

S. 341 Ludwig v. *Holberg* (1684–1754): dän. Dramatiker und Professor für Geschichte in Kopenhagen. Unter dem Titel: *»Moralische Abhandlungen«* waren 1744 in 2 Bdn. seine philosophischen und moralischen Schriften ins Deutsche übersetzt worden. – *Skalpell:* Seziermesser.

S. 343 *inrotulierte Akten:* ordnungsgemäß eingeheftete Akten, die damit an die nächste Instanz abgefertigt wurden. – *belle-vue und mon-plaisir:* Beide Bezeichnungen waren als Namen für kleine Lust- und Jagdschlösser in Frankreich wie in Deutschland beliebt.

S. 344 Antoine Nompar de Caumont, Herzog von *Lauzun* (1633–1723): glänzender franz. Hofmann und Günstling Ludwigs XIV., später lange Jahre wegen seiner Verbindung zur Prinzessin von Bourbon-Montpensier eingekerkert. Die »Mémoires secrètes« von Charles Pinot-Duclos (1704 bis 1772) wurden 1791 aus seinem Nachlaß in den Druck gegeben. – *Dido:* Königin von Karthago, vgl. u. zu S. 420.

S. 345 *Fuldaische Geschichtskarte:* In Augsburg erschien 1782 in 12 Blättern eine »Charte der Weltgeschichte« von F. K. Fulda. – *enfants perdus:* »Verlorene Kinder« nannte man das nur mit Spießen bewaffnete Fußvolk, das beim Angriff der ersten Schlachtreihe vorauslief und darum als verloren galt. – *Avisjacht:* Schnellschiff zum Überbringen wichtiger Nachrichten.

S. 346 *Engelsburg:* Sie diente seit dem späten Mittelalter auch als Staatsgefängnis der Päpste. – *monasterium duplex:* Doppelkloster. So werden benachbart liegende Frauen- und Männerklöster genannt. – *europäische Besitzung in Europa:* bezieht sich auf das oben angedeutete Verhalten des Holländers gegen seine überseeischen Besitzungen.

S. 347 *nouvelles à la main:* Handgeschriebene Zeitungen waren schon sehr früh üblich und besonders im 18. Jahrh. sehr verbreitet. z. T. bedingt durch die strengen Vorschriften der Zensur. Am berühmtesten ist Melchior Grimms »Correspondance literaire, philosophique et critique« (1753–73), an der auch Diderot hervorragenden Anteil hatte. – *index expurgandarum* (richtig: expurgandorum): Verzeichnis von Schriften, deren Lektüre von der katholischen Kirche nur nach einer gründlichen Bereinigung gestattet wird. J. P. meint jedoch den Index librorum prohibitorum, das Verzeichnis der überhaupt verbotenen Bücher.

S. 348 *Original im Nachdruck:* In Wien waren die Vorschriften gegen den Nachdruck besonders nachlässig und die Wiener Verleger entsprechend wenig angesehen.

S. 350 *venezianischer Löwenkopf:* s. o. zu S. 99. – *Gleicher:* besonders in der Dichtung häufig gebrauchte Eindeutschung von »Äquator«.

S. 353 *de latere-Nuntius:* Kardinalbotschafter.

S. 355 *Reverberierfeuer:* die erhärtende oder schmelzende Glut in Flammöfen.

S. 357 *Kallipädie:* eigtl. die Kunst, die Kinder schön zu erziehen, hier ist jedoch, wie stets bei J. P., die Erziehung zur Schönheit gemeint. – *Kornut:* Halbgeselle bei Buchdruckern, hier svw. Lehrling. – *Beseke:* bezieht sich auf die Schrift: »Über Elementarfeuer und Phlogiston als Uranfänge der Körperwelt« des Magdeburger Naturforschers und Professors der Rechte Joh. Melchior Gottlieb Besecke (1746–1802).

S. 358 *versio interlinearis:* Übersetzung zwischen den Zeilen. – *Glacier:* Gletscher.

S. 359 *Voltaire:* vgl. dessen »Dictionnaire philosophique«, art. Amitié: »L'amitié est le mariage de l'âme«. – *Venus à belles Fesses:* Venus mit den schönen Hinterbacken (franz. Übersetzung des griechischen Beinamens: »Kallipygos«). So hieß eine berühmte Plastik des Praxiteles, die in mehreren Repliken erhalten ist. – *Diogenes-Aristipp:* Die Lehre von der Bedürfnislosigkeit des Diogenes von Sinope und die Genußlehre des athenischen Aristipp standen sich in der griechischen Philosophie schroff gegenüber.

S. 360 *Kartäuser-Manier:* Die Mitglieder des Kartäuserordens sind bekanntlich zu immerwährendem Stillschweigen verpflichtet.

S. 362 *Territion:* (Straf-)Androhung. – *die Decke beschlagen:* So nannte man ehemals die Zeremonie des Zusammenlegens hochgestellter Brautleute im Hochzeitsbett.

S. 363 *Kalabrien, Wallis usw.:* Nach diesen Landschaften werden die Kronprinzen von Neapel, England, Spanien und Frankreich benannt. – *wie das Bette des Marquis:* Objekt des Satzes! Das Subjekt: »die Marquisin« ist nur ungewöhnlich weit nachgestellt. – Edward *Gibbon* (1737–94): der bedeutendste engl. Geschichtsschreiber des 18. Jahrh., dessen Werk über »The Decline and Fall of the Roman Empire« (1776–88) lange als Gipfelpunkt der neueren Geschichtsschreibung betrachtet wurde und dessen knapper, an Tacitus geschulter Stil viel bewundert wurde. Seine kritischen Untersuchungen über die Ausbreitung des frühen Christentums (Kap. 15–24 des ersten Bandes) erregten eine heftige, bis über seinen Tod anhaltende Kontroverse.

S. 364 *innere Galerie:* In dem inneren Umgang der Dresdner Galerie war die Sammlung der italienischen Gemälde untergebracht.

S. 365 *ein anderer Mann:* der Dichter selbst. – *Gueridons:* Leuchtergestelle.

S. 366 *Selzerkrüge:* Krüge, die zum Schöpfen an Salzbrunnen dienten. – *jener gotische Wüterich:* Attila. Er wurde der Sage nach durch ein Wunder des Papstes Leo I. des Großen mit seinen Scharen zur Umkehr vor Rom bewogen. – *Lasterstein:* Er mußte früher von gestrauchelten Mädchen oder beim Ehebruch ertappten Frauen öffentlich getragen werden. – *Dekret vom 19. Juni:* die engl. Magna Charta, die König Johann Ohneland am 19. Juni 1215 unterzeichnete. – *Heß's Durchflüge:* Gemeint ist das Reisebuch von J. L. van Heß: »Durchflüge durch Deutschland, die Niederlande und Frankreich« (7 Bde., 1793 ff.), auf das J. P. damals häufiger anspielt. – *wohltätigere Regierung:* Gemeint ist das preußische Regiment unter dem Minister von Hardenberg.

S. 367 *Sukzessionspulver:* scherzhaft für »Gift«.

S. 368 *Peterskuppel-Entzündung:* Anspielung auf die Illumination der Peterskirche, die im 18. Jahrh. weltberühmt war.

S. 370 *filioque:* Nach der Ansicht der griechischen Kirche geht der Heilige Geist nur vom Vater, nach der Lehrmeinung des Augustinus vom Vater und vom Sohne (filioque) aus. – *nec deus intersit usw.:* Die beiden Verse entstammen Horazens Epistel: »de arte poetica«, V. 191 f.

S. 371 *geritzte Aphrodite:* vgl. Ilias V,335 ff.

S. 373 *Tropikvögel:* in den Wendekreisen heimische Schwimmvögel, die in hellen Nächten die Schiffe umkreisen. Sie gelten als Boten des nahen Landes.

S. 375 *Modejournal:* s. o. zu S. 81. – *an Bode und Zach:* Joh. Elert Bode (1747–1826) und Franz, Freiherr von Zach (1754–1832) waren bekannte Astronomen der Zeit. – *Sokrates:* Anspielung auf die aus Aelian (var. hist. III,28) bekannte Geschichte, nach der Sokrates den prahlenden Alkibiades, der ihm von seinem großen Landgut erzählte, aufforderte, ihm dieses Gut auf einer Erdkarte zu zeigen.

S. 379 *retorquieren:* durch Folterung erzwingen.

S. 386 *Rezidiv:* neuer, wiederkehrender Anfall.

S. 388 *antispasmoticum:* s. o. zu S. 169. – *Struvische Not- und Hülfstafel:* Der volkstümliche medizinische Schriftsteller Christian August Strube gab 1798–99 zwei Sammlungen von »Not- und Hülfstafeln« heraus, in denen er vor den Gefahren von Pocken, Brand, Hundbissen usw. warnte. – *Antonin:* Darunter ist Marc Aurel zu verstehen, der als Adoptivsohn des Antoninus Pius auch den Namen eines Antoninus Philosophus trug. – *ein Kato auf Ruinen:* J. P. schwebte hier wohl jenes Bild des weinenden Scipio Africanus auf den Ruinen Karthagos vor. Mit ihm dürfte hier der ältere Cato, der vornehmlich die Zerstörung der Stadt befördert hatte, verwechselt sein.

S. 389 Aloisio *Galvani* (1737–98): ital. Arzt und Physiker. Er stieß auf die weltbewegende Entdeckung des sog. Galvanischen Effekts, der animalischen Elektrizität, als er zu medizinischen Zwecken einen Frosch sezierte. – Fr. v. *Matthisson* (1761–1831): Dichter und Reisender. – *a parte ante:* s. o. zu S. 30.

S. 390 *Kammergut:* ein Gut, das nicht dem Landesherrn, sondern dem Staat zugehört. Hier offenbar umgekehrt als Erbteil und Heiratsgut der Prinzessin gedacht.

S. 391 *Jubelpforte:* ein vermauerter Seiteneingang der Peterskirche in Rom, der nur alle 25 Jahre zum Jubeljahr vom Papst eigenhändig geöffnet wird.

S. 393 *Apostel Paulus:* J. P. verwechselt hier den Apostel mit dem Einsiedler Paulus, dem nach der Legende zwei Löwen sein Grab aushöhlten. – *Diderots Lettre sur les Aveugles:* Die Stelle findet sich im ersten Teil der berühmten Frühschrift des französischen Aufklärers Denis Diderot (1713 bis 1784) von 1749.

S. 394 *Hornsilber* (oder Hornerz): silberhaltiges, hellglänzendes Mineral, das beim Oxydieren schwarz färbt. – *Œuvres spirituelles von Fenelon:* François de Salignac de la Motte-Fénelon (1641–1715) war lange Prinzenerzieher und Prediger am Hof Ludwigs XIV., dann seit 1695 Erzbischof von Cambray. Sein Reise- und Liebesroman: »Les aventures de Télémaque« (1695) wurde zum Vorbild für alle Erziehungsromane des 18. Jahrh. Der erwähnte Aufsatz: »Sur l'amour de Dieu« steht im 1. Bd. der Basler Ausgabe seiner »Œuvres spirituelles« von 1802.

S. 395 *Je m'en flatte ... ton sein divin:* »Ich schmeichle mich ihrer vielleicht vergeblich, aber ich wage es. – O Grausame, um Vergebung, warum diese Blicke, diese Bewegungen? Ich bin es, dein Albano und er liebt dich noch – Denke an Blumenbühl und unseren reizenden Aufenthalt dort – Undankbare, ich hatte gehofft, dich ein wenig entgegenkommender zu finden. – Denke doch an das, was du mir versprochen hast, als du mich gegen deine göttliche Brust drücktest ...«

S. 396 *Oh, je voudrais .... qui l'éclaire:* »Oh, ich wollte, ich führte den Namen nicht. Ihr habt mir geschrieben, die Hoffnung sei der Mond des Lebens. – Ah, mein Mond ist gesunken, aber noch bete ich die Sonne an, die ihn bescheint.« – *étourderies:* Torheiten.

S. 398 *Rosenfeste:* Anspielung auf die Sitte, ein Fest zu feiern, bei dem das schönste und tugendhafteste Mädchen zur Rosenkönigin gewählt wurde. Am berühmtesten war in der Schäferwelt des späten Rokoko die »Rozière de Salency«, die der heilige Medardus einst in seiner Mutterstadt bei Noyon gestiftet hatte. – *in der Pest zu Athen:* Gedacht ist an jenes Wüten der Pest zu Beginn des spartanischen Krieges, der auch Perikles zum Opfer fiel. Die Athener versuchten damals ihre Angst durch ein ausschweifendes Leben zu übertäuben.

S. 399 *herkulanische Bilderbücher:* Veröffentlichungen über die Ausgrabungen in Herkulanum mit Abbildungen der dort gefundenen Kunstwerke. Am wichtigsten das umfangreiche Bildkorpus Chr. Gottl. v. Murrs: »Abbildungen der Gemälde und Altertümer der verschütteten Stadt Herkulanum«, das 1793–98 zu Augsburg in 8 Foliobänden mit über 700 Kupfern erschien.

S. 401 *Hamadryade:* Baumnymphe.

S. 403 *Deputattiere:* erbeutete Tiere, die als Teil des Soldes an das Kriegsvolk ausgegeben wurden. – *Sektor, Hundsposttag, Zettelkasten:* So sind die Kapitel in der »Unsichtbaren Loge«, im »Hesperus« und im »Quintus Fixlein« eingeteilt.

S. 404 *nach Herder:* vgl. Herders Schrift: »Über den Ursprung der Sprache«, 1. Teil, 3. Abschnitt. – *heil. Januars-Blut:* Das Blut des San Gennaro, des Stadtheiligen von Neapel, soll jedes Jahr, wenn man das Gefäß, in dem es aufbewahrt wird, seinem Kopf nähert, wieder flüssig werden.

S. 408 *Pope:* s. o. zu S. 160. Die Stelle findet sich in seinem didaktischen Gedicht: »Essay on man« II,34.

S. 409 *Amor und Tod:* In der hellenistischen Kunst treten häufig geflügelte Amoretten als Symbole des Todes auf. Sie tragen wie Amor eine Fakkel, halten sie jedoch als Zeichen des erlöschenden Lebens umgekehrt.

S. 412 *mit drei brennenden Worten:* wohl: »Er entehrte Rabette«.

S. 413 *das große Propheten-Quartett:* die vier großen Propheten im Alten Testament. – *Zunge:* Teilgebiet einer Ordensprovinz.

S. 416 *Passauer-Kunst:* die Kunst, sich gegen Verletzungen durch Eisen und Blei »fest zu machen«. Sie wurde angeblich während des Dreißigjährigen Krieges von einem Passauer Hufschmied erfunden. – *Pembrokisches Kabinett:* die große Gemäldesammlung von Philip Herbert, Earl of Pembroke (1584–1650), dem Gönner van Dycks. Sie befindet sich in den Räumen des von ihm neu gebauten Wilton House. – *kasselscher Gassenkehrer:* In Kassel wurden zu Beginn des 18. Jahrh. Modetorheiten dadurch bekämpft, daß man den Gassenkehrern modische Kleider anlegte. – *Ripienstimmen:* Füllstimmen.

S. 417 *Dianen-* (oder Silber-)*baum:* gewächsartiger Niederschlag des Silbers, wenn dieses in Salpetersäure aufgelöst wird.

S. 418 *Phönixasche:* Der Vogel Phönix tötet sich selbst auf einem Scheiterhaufen und ersteht aus seiner Asche zu neuem Leben. – *Whistonscher Kometenschweif:* s. o. zu S. 60. – *Vogel-Schneuß:* Schlinge zum Vogelfang.

S. 419 *Darwin:* s. o. zu S. 242. – Melchior Adam *Weickard* (1742–1803): praktischer Arzt und Hauptvertreter der Brownschen Lehre in Deutschland. – *Brownianer:* Anhänger des engl. Arztes John Brown (1735–88). Dieser hatte die vielbeachtete These entwickelt, die menschliche Gesundheit und das Leben hänge von der Reizbarkeit des Menschen durch Luft, Schlaf usw. ab. Er versuchte darum, alle Krankheiten durch Stimulantien zu bekämpfen, durch die diese Reizbarkeit wieder erweckt wird.

S. 420 *Cypripor:* Sohn der Cypris, ein Beiname des Amor. – *Vauklusens-Quelle:* s. o. zu S. 14. – *Didos-Höhle:* Die Karthagerfürstin Dido gibt sich dem trojanischen Prinzen Äneas hin, als sie auf der Jagd in ein Gewitter geraten und gemeinsam in einer Höhle Zuflucht suchen. Vgl. in Vergils »Äneis« IV,160 ff.

S. 421 *Altgevatter:* eigtl. jemand, der bereits einen Elternteil des Täuflings zur Taufe gehalten hat. – *Foule:* Menge, Pöbel.

S. 422 *wie der alte Zeno und Franz:* Franz von Assisi. Von dem Stoiker Zenon und von dem Begründer der Bettelorden sind zahlreiche Anekdoten über ihre Keuschheit bei sinnlichen Versuchungen überliefert. – *Mais Monsieur .... Comment avez-vous pu:* »Aber, mein Herr! – Wie sehr bin ich bloßgestellt! – Welch ein Mißverständnis! – Sie haben sich im Zimmer getäuscht! – Sie verzeihen, mein Herr, wenn ich die Pflichten meines Geschlechtes und meines Rangs wahre! Wie konnten Sie aber nur – –«

S. 423 *nach Fischers Behauptung:* vgl. Chr. Aug. Fischers Einleitung im ersten Band seiner »Komischen Romane der Spanier«, Leipzig 1801. – *Profeß tun:* das Ordensgelübde bei den Jesuiten ablegen. – *wie die Zauberer neben Moses:* vgl. 2. Mose 9,8 ff.

S. 425 *Schrötersche Namen:* Joh. Hieronymus Schröter gab 1791 »Selenotographische Fragmente zur genauern Kenntnis der Mondfläche usw.« heraus, in denen er für einige von ihm entdeckte Mondvulkane neue Namen vorschlug. – Johannes *Hevelius*, eigtl. Hewelcke (1611–87): bedeutender deutscher Astronom, der 1647 in seinem großangelegten Kupferstichwerk: »Selenographia« erstmals ausführlich die Mondoberfläche beschrieb und eine Topographie von ihr gab.

S. 427 *Ixions-Räder:* s. o. zu S. 163.

S. 428 *Langisches Kolloquium:* bezieht sich auf das verbreitete Schulbuch: »Colloquia scholastica latina captui tironum accomodata« (1713 u. ö.) von Joachim Lange (1670–1744).

S. 429 *Kurialie:* Ehrenformel bei längeren Titeln. – *Amandus-Tag:* 26. Oktober. – *Wilhelmshöhe:* Lustgarten bei Kassel, dessen berühmte, weit abfallende Kaskaden nach 1705 errichtet wurden. – *Pastor fido* (der getreue Schäfer): Liebhaber, urspr. der Titel von B. Guarinis (1538–1612) berühmtem Schäferspiel: »Il pastor fido« (1585). – *Jeanne d'Arc-en-Ciel:* scherzhafte Wortklitterung aus »Jeanne d'Arc« und »Arc-en-Ciel« (Regenbogen). – *Freitag:* Der Gefährte des Robinson in Defoes Roman ist gemeint.

S. 430 *Sabinenstag:* 27. Oktober. – *er schämt sich, ihn zu nennen:* jedenfalls Joh. Martin Miller (1750–1814), dessen tränenseliger Roman: »Siegwart, eine Klostergeschichte« (zuerst 1776 in zwei Teilen) den letzten Höhepunkt der empfindsamen Literatur vor J. P. bildet. Das vierzehnte Jahr bezieht sich auf den Dichter, denn Schoppe wäre damals schon mehr als vierzig Jahre alt gewesen. – *Deklination cornu:* Sie ist besonders leicht zu merken, da sich der Singular des Wortes bis auf den Genitiv völlig gleich bleibt. – *Simon Jud.:* 28. Oktober.

S. 431 Christian August *Vulpius* (1762–1827): Romanschriftsteller. Er hatte 1794 den Versuch gemacht, das schwache Textbuch Schikaneders zur »Zauberflöte« neu zu bearbeiten, ohne jedoch die geschickteste Hand dafür zu besitzen. – *andere Ahnung:* vgl. o. S. 390.

S. 432 *quis, quid, ubi, quibus auxiliis, cur, quomodo, quando:* wer, was, wo, womit, warum, wie, wann – die grammatischen Fragen der Art und Weise, des Umstandes usw.; eigtl. ein lat. Schulhexameter, um das Einprägen dieser Fragen zu erleichtern.

S. 433 *aqua toffana:* schleichendes Gift.

S. 434 *Ihres:* bezieht sich auf Linda von Romeiro.

S. 438 *sein Traum auf Isola bella:* s. o. S. 86.

S. 442 *die kleine Linda:* absichtlicher Namenstausch, wie ihn Julienne und Liane stets in ihren Briefen vornehmen.

S. 449 *Kardanus:* s. o. zu S. 73. Die Stelle in der Anmerkung, die Kardans Schrift: »Anleitungen für Söhne« entnommen ist, lautet übersetzt: »Traut keinem rothaarigen Lombarden, keinem schwarzen Deutschen, keinem einäugigen Tuscier, keinem lahmen Venezianer, *keinem langen und schlanken Spanier*, keinem bebarteten Weibe, keinem kraushaarigen Mann und schon gar keinem Griechen.«

S. 450 *Sturmfaß:* mit Pulver gefüllte Fässer, die man unter die angreifenden Soldaten rollen ließ, um bei ihrer Explosion Verwirrung anzurichten. – Joh. Gottl. *Naumann* (1741–1801): Oberkapellmeister in Dresden, bedeutender und gefeierter Opernkomponist, der in seinen späten Jahren unter Schwerhörigkeit zu leiden hatte.

S. 453 *Beinglas:* svw. wie Milchglas.

S. 454 *Chaudeson:* In J. P.s Exzerpten findet sich die Notiz, ein franz. Postillon mit Namen Claus Chaudeson sei bei drohender Gefahr oder nach einem starken Schrecken stets in unüberwindliche Schlafsucht verfallen.

S. 463 *Jupiters-Kette:* s. o. zu S. 145. – *Schiffziehen:* In J. P.s Notizen heißt es: »Der bei dem Schiffziehen Gestorbene wird von den Lebenden mit fortgezogen.«

S. 466 *Cavalleros del Tuzone:* s. o. zu S. 59.

S. 469 *Patto:* Rechnung. – Bernard le Bovier *Fontenelle* (1657–1757): franz. Dichter, dessen »Dialogues de morts« (1683), dessen geistvolle Abhandlungen und Elogen zu den großen Zeugnissen der franz. Sprache gehören. J. P. charakterisiert Fontenelle auch sonst mehrfach als kalt, glatt und berechnend. – *auf der Flaminischen Straße:* Die alte Via Flaminia, die Ausfallstraße nach Norden, führte über den Ponte Molle und die Porta del Popolo nach Rom.

S. 470 *der ägyptische Obeliskus:* Er mißt mit dem Sockel 36 Meter. Doch dürfte J. P. als Vorbild der bekannte, die Perspektive übersteigernde Stich G. B. Piranesis vor Augen geschwebt haben. – *nach der zehnten Region:* Bis weit ins 19. Jahrh. war Rom in 14 Rioni eingeteilt, deren zehnte, die Rione di Campitelli, die Umgebung des Forums einschloß.

S. 471 *drei Wunder-Gebäude des Kapitols:* der Senatorenpalast, der Konservatorenpalast und das heutige Kapitolinische Museum, deren Entwurf auf Projekte Michelangelos zurückreicht. – *Marsfeld und Märzfeld:* Unter den Merowingern fanden die jährlichen Volksversammlungen im März auf einem danach benannten Platz statt, auf dem Truppenübungsplatz des Champ du Mars in Paris spielten sich viele der Auftritte und Greuelszenen der Revolution ab.

S. 472 *drei Säulen:* Gemeint sind die drei Säulen vom Tempel des Vespasian am Fuß des kapitolinischen Hügels. – *verbundne Säulen ohne ihren Tempel:* wohl die drei Säulen vom Tempel des Kastor und Pollux. – *an einer Christen-Kirche:* An der Rückfront der Kirche von San Lorenzo in Miranda, die in der Zella des alten Tempels der Faustina errichtet wurde, hat sich der Säulenportikus des antiken Baus erhalten. – *Springwasser:* Vgl. Volkmann, Bd. 2, S. 555 f.: »Auf demselben steht eine Fontäne mit einer schönen Schale von Granit, woraus das Vieh an den Markttagen getränkt wird.« Dieser aus antiken Resten gebildete Brunnen neben dem Tempel des Kastor und Pollux wurde bei den Freilegungsarbeiten am Vesta-Tempel zu Ende des 19. Jahrh. beseitigt. – *zerrissene Bogen von Neros goldenem Haus:* auf dem Esquilin, jedoch in ziemlicher Entfernung vom Kolosseum. – *palatinischer Berg:* Zu Ende des 18. Jahrh. stand hier noch unversehrt die Villa Farnese, und der ganze Hügel war von den berühmten, damals jedoch bereits vernachlässigten Farnesischen Gärten bedeckt.

S. 473 *via sacra:* die heilige Straße, die das Gelände des Forums vom Titusbogen bis zu dem des Septimus Severus durchzieht. – *herrlicher Friedenstempel:* die Basilika des Konstantin, deren Gewölbe damals noch als Reste des Friedenstempels galten. – *Konkordientempel:* Darunter sind die acht Säulen des Saturntempels zu verstehen. – *St. Adrians-Kirche:* Die frühchristliche Kirche S. Adriano in Campo Vaccino an der südlichen Ecke des Forums, die 1937 erst zerstört wurde, war nicht im Saturntempel, sondern im Sitzungssaal der röm. Kurie eingebaut. – *Antonins Tempel:* der erwähnte Tempel der Faustina. – *Titus' Thermen:* die Thermen des Trajan, damals noch ein recht beträchtlicher Ruinenkomplex, von dem jedoch 1795 ein sehr großer Teil zerstört wurde. – *Leichenfackel neben dem Alexander:* Augustus besuchte in Alexandria das Grab Alexanders und soll dort seinen Leichnam noch unversehrt vorgefunden haben, der jedoch bei der ersten Berührung zerfiel.

S. 474 *Curtius-See:* Auf dem röm. Forum klaffte in sehr früher Zeit ein Schlund, dem verderbliche Dämpfe entstiegen. Um ein Orakel zu lösen, das Rom erst dann Befreiung versprochen hatte, wenn es seinen besten Besitz geopfert habe, stürzte sich der junge Krieger M. Curtius mit Roß und Waffen in den Abgrund, der sich über ihm schloß. Die Stelle des Tümpels war durch ein anders gelegtes Pflaster kenntlich gemacht und ist heute wieder freigelegt. – *pila horatia:* Pfeiler, an den der siegreiche Horatier nach seinem Sieg im Zweikampf über die Curiatier deren Waffen aufhängte. – *Tempel der Vesta:* heute an der Stelle des erwähnten Brunnens wieder freigelegt. – *Tempel der Venus:* Wahrscheinlich meint J. P. das große Heiligtum der Venus und Roma, das Antoninus Pius gegenüber dem Kolosseum errichtet hatte. – *Adrians-Kirche:* vgl. Volkmann, Bd. 2, S. 557: »Eine sonderbare Reliquie rühmt sich der Orden in dieser Kirche zu besitzen, nämlich die Gebeine der drei Männer, welche in den feurigen Ofen zu Babylon geworfen wurden.« – *in der Luka-Kirche:* Nicht in der Kirche selbst, aber in der angebauten Akademie von St. Luka wurde lange Zeit die Hirnschale Raffaels als eine Art Heiligtum aufbewahrt. Vgl. Volkmann, Bd. 2, S. 549.

S. 476 *Berninische Türmlein:* die sog. Eselsohren des Bernini, zwei kleine, 1626 aufgesetzte Seitentürme am Pantheon, die man 1883 wieder beseitigte.

S. 477 *Venus, die sonst auch hier stand:* Nach einer lange verbreiteten Ansicht war das Pantheon als Doppeltempel für Venus und Mars errichtet. – *Tempel und drei Paläste:* Außer zahlreichen Kirchen wurden nach Volkmann (Bd. 2, S. 183) der Palazzo Farnese, die Cancelleria und der Palazzo Venetia aus Steinen des Kolosseums errichtet.

S. 478 *fünfmal:* Es ist wohl an die fünf übereinanderliegenden Ringe der Arena gedacht. – *Kolossus des Sonnengottes:* Neros berühmte Statue des Apoll stand nicht auf dem Boden des Kolosseums, sondern ihm gegenüber nach der Seite des Forums zu. – *vatikanischer Sonnengott:* der Apoll von Belvedere. – *Pythonische Schlange:* ein Drache, der am Fuße des Parnaß hauste und von Apoll getötet wurde.

S. 480 *Transteveriner:* Die Bewohner des jenseits des Tiber gelegenen Stadtteils galten als rauh und ungeschlacht. – *Janustor:* Die Tore des Janustempels wurden zu Kriegszeiten geöffnet.

S. 483 *Mordbrenner Katilina:* Von den röm. Bürgern, die Catilina nachgefolgt waren, wurde im entscheidenden Gefecht und auf der Flucht keiner lebend gefangen, nur die Sklaven fielen vorher ab und ergaben sich. Vgl. Sallusts Verschwörung des Catilina, Kap. 61.

S. 484 *Barigello:* Anführer der Häscher, Büttel. – *Ketzer-Gottesacker:* Neben der Cestius-Pyramide liegt der protestantische Friedhof von Rom, auf dem zahlreiche Künstler begraben liegen.

S. 491 *musivische Riesen:* Das Innere der Peterskuppel ist mit gewaltigen Mosaiken römischer Manieristen von Gott-Vater, Christus, den Aposteln, den vier Evangelisten und Maria geschmückt.

S. 495 *pontinische Sümpfe:* Diese versumpfte Ebene südlich Roms, deren Trockenlegung erst 1930 gelang, bot lange eine große Gefahr auf dem Weg nach Neapel, da das Einschlafen auf dieser Strecke für lebensgefährlich galt. – *um über das letzte Fischwasser usw.:* Der Sinn ist etwa: »um über den letzten Teil des Kirchenstaates wohlbehalten zu kommen, den sich die Päpste als Nachfolger des ›Menschenfischers‹ Petrus erangelt haben.«

S. 496 *in seinem Essée sein:* verballhornt aus »à son aise sein« (sich wohl befinden). Hier mit Absicht gebraucht, um die derbe Sprechweise Rabettens zu kennzeichnen.

S. 498 *Fondi:* Poststation auf dem Wege nach Neapel, damals an der Grenze des Kirchenstaats gelegen. – *Mola di Gaeta:* das heutige Formia. – *Gaeta:* Die Stadt ist auf einer schmalen, tief ins Meer vorspringenden Landzunge gebaut. – *Epomeo:* Dieser hohe Berg, der die Insel Ischia beherrscht, ist nicht mit dem Vesuv an Größe zu vergleichen.

S. 500 *Ruinen von Ciceros Haus:* Seine Lage ist bis heute nicht sicher identifiziert. J. P.s Kenntnis stammt aus Volkmann, Bd. 3, S. 24: »Zwischen Mola und Gaeta zeigt man Ruinen, welche für des Cicero Landhaus Formianum gehalten werden.« Die Ruinen werden heute auch als Grabmal des Cicero bezeichnet.

S. 501 *Ricevimenti:* Empfänge, Gesellschaften. – *Posilippo:* Der Bergrücken des Posilipp (genannt nach der antiken Villa πανσιλυπον) bildet die westliche Begrenzung des Golfs von Neapel. – *Coliseo in Kapua:* das Capuanische Amphitheater. – *Santa Agata:* Poststation bei Sessa.

S. 502 *Sant Elmo-Schloß:* von Robert v. Anjou errichtete Festung oberhalb Neapels.

S. 503 *Nisita:* eine der kleineren Inseln, die zur Ischia-Gruppe gehören. – *Kato:* richtig Cicero, da Cato die Insel auf seiner Flucht gar nicht betreten hat. Als Quelle diente wohl die Bemerkung bei Stolberg, Bd. 3, S. 100, Brutus habe sich nach Caesars Tod einige Zeit hier aufgehalten und sei von Cicero besucht worden. – *Baja* (lat. Bajae): einstmals der größte Badeort des antiken Rom. Hier wurde 60 v. Chr. zwischen Caesar, Pompejus und Crassus das erste Triumvirat geschlossen. – *Cuma* (lat. Cumae): von den Griechen gegründete Handelsstadt, die noch in der röm. Kaiserzeit in großer Blüte stand. – *Linternum:* In diesen kleinen Ort zog sich der ältere Scipio Africanus nach seiner Verbannung aus Rom zurück und starb dort auf seinem Landgut.

S. 504 *zerstückte Tempel Merkurs, Dianens:* zwei antike, heute sehr verfallene Rundbauten unmittelbar an der Küste von Bajae, die vermutlich zu spätrömischen Badeanlagen gehörten. – *elysäische Felder:* Sie lagen in der Nähe des kleinen Orts Bauli (Bacoli) bei Miseno. – *Avernus:* der Averner See in der drohenden Felslandschaft bei Pozzuoli. Er galt wegen seiner pestartigen Ausdünstung schon im frühen Altertum für einen Eingang zur Unterwelt. – *das tote Meer* (it. mare morto): der alte Hafen von Miseno.

S. 506 *königlicher Palast von Procita:* Die Insel Procita wird von einem ehemals königlichen Kastell überragt, das heute als Strafanstalt dient.

S. 507 *zur Ehre des heiligen Nikola:* Er ist der Schutzpatron der Insel. Auf dem Epomeo befindet sich ein Kloster San Nicolo, nach dem auch der Berg häufig genannt wird.

S. 513 *Tochter Melchisedeks:* Von dem Priesterkönig *Melchisedek* (vgl. 1. Mose 14,18–20) sagt der Hebräerbrief 7,3: »Er ist ohne Vater, ohne Mutter, ohne Geschlecht und hat weder Anfang der Tage noch Ende des Lebens.« – *seltsame wahre Wunder:* So bleibt etwa das Geheimnis des schwebenden Menschen oder des zweiköpfigen Riesen (s. o. S. 435 und S. 231) unaufgeklärt.

S. 515 *Niobes Gruppe:* eine figurenreiche Darstellung der Niobe und ihrer sterbenden Kinder, deren verschollenes Original dem Praxiteles zugeschrieben wird. – *Genius von Turin:* Eine Darstellung des schlafenden Amors in der Antikensammlung der Turiner Akademie der Wissenschaften, die man früher fälschlich dem Michelangelo zuschrieb. – *Amor und Psyche:* die seit dem Altertum häufig nachgeahmte Gruppe von Amor und Psyche, die sich zu einem Kuß leicht umschlingen; befindet sich im Kapitolinischen Museum in Rom.

S. 516 *à son aise, à leur aise:* s. o. zu S. 496. Der Sinn ist hier: »Man muß sich nicht nach der eigenen, sondern nach ihrer Zufriedenheit betragen.«

S. 517 Jeanne-Marie Bouvier de la Motte-*Guyon* (1648–1717): franz. Mystikerin und Illuminatin. Das »Leben der Madame Guyon, von ihr selbst beschrieben« erschien z. T. von P. Poiret überarbeitet kurz nach ihrem Tode 1720 in drei Bänden und wurde bald danach ins Deutsche übersetzt. – *Contrat social:* s. o. zu S. 92. – Anne-Louise Necker, Baronesse von *Staël*-Holstein (1766–1817): franz. Schriftstellerin. Sie veröffentlichte 1796 das aufsehenerregende Buch: »Sur l'influence des passions sur le bonheur des individus et des nations«.

S. 518 *der verhüllte fürchterliche Gott:* Nach antiker Überlieferung liegt unter dem Epomeo der Riese Typhoeus begraben, den Apoll im Gigantenkampf besiegt hatte. Sein Stöhnen und Ächzen macht die Erde erbeben und treibt den Vulkan zu immer neuen Ausbrüchen. – *Oreade:* Bergnymphe. – *Hamadryade:* Baumnymphe.

S. 520 *Ponzische Inseln:* eine kleine Inselgruppe im Westen von Ischia. Sie werden darum weiter unten auch *Untergangs-Inseln* genannt.

S. 522 *unterirdische finstre Gasse:* Durch den Posilipp zieht sich ein antiker Stollen, die sog. »grotta vecchia«. Diese war bis ins 18. Jahrh. durch das merkwürdige Phänomen berühmt, daß die Sonne zweimal im Jahr bei ihrem Untergang den Tunnel in seiner ganzen Länge erleuchtete. – *Kamaldolenser Kloster:* Das 1585 gegründete Kloster von Camaldoli liegt am höchsten Punkt der Phlegräischen Felder und besitzt eine unvergleichliche

Aussicht über Campanien und die Küste von Neapel. Das Kloster liegt jedoch fast zwei Stunden von Neapel ab. Vermutlich verwechselt J. P. das Kloster mit der nicht minder berühmten Kartause von San Martino, die sich unmittelbar über der Stadt erhebt, indem er die betreffende Stelle bei Volkmann (Bd. 3, S. 242 f.) falsch auffaßte: »Unterweges sieht man alte Ruinen, und den Berg der Camaldolenser, welcher der höchste um der Stadt ist. Das Kloster liegt noch höher als das Castel S. Elmo.«

S. 524 *klingendes Rad der Leier:* An alten Drehleiern wurden die Saiten durch ein hölzernes Rad bewegt.

S. 526 *Somma und Ottayano:* zwei Nebengipfel des Vesuv.

S. 528 *heilige Therese:* Teresa de Jesús (1515–82), eine span. Karmeliterin, deren Dichtungen und Schriften zu den Hauptzeugnissen der katholischen Mystik zählen.

S. 529 *Eissee* (mer de glace) *in Montanvert:* Gletscher an der Nordseite des Montblanc. – *Psyche:* Anspielung auf das Märchen des Apuleius. Danach war es Psyche bei Lebensstrafe verboten, einen Blick auf ihren Geliebten Amor zu werfen. Als sie gegen sein Verbot den Schlafenden dennoch beim Schein einer Öllampe betrachtete, erschrak sie vor seiner Schönheit so, daß sie das heiße Öl verschüttete und sich darüber verriet.

S. 530 *Himmels-Trank:* vgl. Stolberg, Bd. 3, S. 114: »An einigen Orten fehlt das frische Wasser; da sammelt man den Regen in Zisternen.«

S. 531 *Hamiltons Weissagung:* Der englische Politiker und Altertumsforscher Sir William Hamilton (1730–1803) schrieb in den Jahren, die er als englischer Gesandter in Neapel lebte, eine Reihe grundlegender archäologischer Werke über die süditalienischen Altertümer (»Campi Phlegraei«, 1776 ff., »Account of the discoveries at Pompeji«, 1777). Eine solche Weissagung war bislang in seinen Werken nicht nachweisbar. – *Fauxbrillant:* falsches Geschmeide. – *dreifarbige Farbenerden:* Anspielung auf die franz. Trikolore. – *Monte nuovo:* ein Berg, der 1538 durch eine vulkanische Eruption an der Küste vor Bajae entstanden ist.

S. 533 *fünfunddreißig heiße Quellen:* nach Hamiltons »Campi Phlegraei«, Bd. 1, S. 82.

S. 534 *Stadtgasse unten auf dem Meersboden:* Der Strand war in der Antike um vieles weiter ins Meer vorgezogen, so daß zahlreiche der röm. Anlagen sich heute unter dem Wasserspiegel befinden. Vgl. Volkmann, Bd. 3, S. 277: »Bei klarem Wetter und stiller See sieht man zwischen Baja und dem Capo di Penate, auf dem Grunde derselben eine gepflasterte Straße, und viele Gewölbe, woraus erhellet, daß die See hier ehemals flacher gewesen.«

S. 535 *deutscher Krieg gegen Frankreich:* Wir befinden uns also im Jahre 1792, da Preußen und Österreich am 20. April dieses Jahres in den Krieg gegen das revolutionäre Frankreich traten.

S. 536 *Altieri:* Die alte röm. Patrizierfamilie Altieri errichtete 1670 einen weitläufigen Stadtpalast an der Piazza del Gesù. – *Kaskade:* Die folgende Szene spielt in dem gewaltigen Felsgarten der Villa Gregoriana, wo im Barock die zahlreichen Wasserfälle des Aniene in eine bizarre Grottenanlage einbezogen wurden. – *Vestas-Tempel:* röm. Rundtempel am höchsten Punkt der Stadtterrasse, unmittelbar vor dem jähen Felsabsturz gegenüber der großen Kaskade. – *fünf Donner:* ein großer und vier kleinere Wasserfälle. – *mit Mandelblüte bekränzt:* Nach Volkmann (vgl. Bd. 2, S. 900) wuchs aus der Mitte der Tempelruine ein großer Mandelbaum.

S. 537 *im Hause des Herzogs von Modena:* Er war damals der Besitzer der vom Kardinal Ippolit errichteten Villa d'Este. – James *Crichton* (1560 bis 1583): schottisches Wunderkind, das mit 20 Jahren schon über zwanzig Sprachen beherrschte und ein ebenso versierter Maler wie Musiker war. – *Richelieu:* Der Kardinal förderte großzügig die literarischen Bestrebungen seiner Zeit und versuchte sich in seinen Mußestunden selbst gelegentlich an poetischen und dramatischen Übungen.

S. 538 *große Kaskatella:* Gemeint ist der größte der fünf Wasserfälle (nicht die »Kaskade«, die abseits davon liegt).

S. 539 *in Osten:* richtig »in Westen«.

S. 545 *Medea und Kreusa:* Die Königstochter von Kolchis, Medea, hatte dem griechischen Helden Jason zum Goldnen Vlies verholfen und folgte ihm dann nach Griechenland. Als er sich jedoch von ihr trennte und Kreusa heiraten wollte, wandelte sich ihre Liebe in Haß; sie tötete ihre Nebenbuhlerin und ihre eigenen Kinder und entfloh. Der Stoff, den schon Euripides in einer Tragödie behandelt hatte, wurde von F. M. Klinger in seinem von J. P. sehr hochgeschätzten Stück: »Medea in Korinth« (1787) gestaltet.

S. 546 *genialische:* erg. »Frau«.

S. 547 *Momus:* der griechische Gott des Spottes und des Tadels. – *Virgils Grab:* Auf seinem Grabmal, das am Fuße des Posilipp gezeigt wird, wuchs seit alters ein berühmter Lorbeerbaum. – *Daphne:* Sie wurde, um den Nachstellungen des Apoll zu entgehen, in einen Lorbeerstrauch verwandelt.

S. 549 *wie eine Aurora:* Vgl. dazu die folgende Stelle aus einem Brief an Jakobi vom 15. Mai 1799: »Die Aurora [gemeint ist Herders Zeitschrift] ist für mich, was die mythologische war, die immer Jünglinge tötend entführte.«

S. 554 *Jakobitag:* 25. Juli. – *Freudenpferd:* s. o. zu S. 11. Roquairol reitet vermutlich das Pferd, auf dem er während der fürstlichen Begräbnisfeier gesessen hatte. – *Geburtstagswähler:* gebildet nach »Tageswähler«, wie im A. T. Leute genannt werden, die aus Aberglauben bestimmte Tage zu bestimmten Geschäften wählen.

S. 555 *Napel, Baja, Cuma usw.:* Während Albano die üblichen italienischen Formen benutzt, sucht der Magister sein Wissen zu zeigen, indem er die Städte mit ihren lateinischen Namen nennt.

S. 557 *Literaturzeitung und Reichsanzeiger:* Im ersten Fall handelt es sich um die »Allgemeine Jenaische Literaturzeitung« (1785 ff.), im zweiten um den »Kaiserlich-privilegierten Reichsanzeiger«, der bis 1802 unter diesem Namen erschien. – *Exordium:* Einleitung einer Predigt. – *Homiletik:* Lehre von der Kanzelberedsamkeit.

S. 559 *ein Alexander:* Nach einer bekannten Erzählung weinte Alexander, als er die ganze bekannte Welt unterworfen hatte, weil ihm kein neues Ziel mehr geblieben war.

S. 560 *legio fulminatrix:* Donnerlegion, Name einer zum großen Teil aus Christen bestehenden Legion Mark Aurels. Nach der Legende erflehten die christlichen Soldaten bei einer großen Wassernot ein Gewitter vom Himmel und bekehrten durch dieses Wunder den Kaiser zum Christentum. – *Septuaginta:* (»die siebzig«), die erste Übersetzung des A. T. in die griechische Sprache, die von 70 (genauer 72) Dolmetschern vorgenommen wurde. – *wie Händel:* In Wirklichkeit war es der italienische Opernkomponist Giuseppe Sarti (1729–1802), der bei der Aufführung eines »Tedeums« in Petersburg Kanonenschüsse als musikalischen Effekt verwendet hat. – Sebastian Roch, gen. *Chamfort* (1741–94): liberaler franz. Schriftsteller, der in seinen zeitkritischen Bemerkungen die Revolution vorbereiten half. Er nahm an ihr auch tätigen Anteil, wurde später jedoch seiner gemäßigten Haltung wegen verdächtigt. Bei seiner Verhaftung machte er einen Selbstmordversuch, an dessen Folgen er starb.

S. 561 Algernon *Sidney* (1622–83): engl. Staatsmann von freidenkender, republikanischer Gesinnung. Er wurde 1683 von Karl II. des Hochverrats bezichtigt und hingerichtet. – Adam *Ferguson* (1723–1816): engl. Moralphilosoph und einflußreicher Historiker. Von besonderer Bedeutung war seine dreibändige »History of the Progress and Fall of the Roman Republic« (1783, dt. 1784 f.). – *Ohne-Hosen:* Eindeutschung von »Sansculottes«, wie die aufrührerischen Proletarier während der Franz. Revolution verächtlich von den Adligen genannt wurden, weil sie nicht die »culottes« (Kniehosen) der Standespersonen trugen, sondern offene, lange Hosen. – *allgemeiner deutscher Bibliothekar:* Mitarbeiter an der von Friedrich Nicolai (1733–1811), dem Berliner Publizisten und Romanschriftsteller, edierten »Allgemeinen deutschen Bibliothek«, die durch Jahrzehnte das Hauptorgan der Aufklärung in Deutschland bildete. – G. W. *Rabener* (1717–71): viel gelesener, satirischer Dichter, der zu J. P.s Zeit häufig sogar mit Horaz verglichen wurde.

S. 562 *pontinische Sümpfe:* s. o. zu S. 495. Papst Pius VI. (1775–99) hatte den fruchtlosen Versuch unternommen, die Sümpfe austrocknen zu lassen. – *Kotzebue:* s. o. zu S. 331.

S. 563 *Allerhand:* So hieß eine ständige Rubrik im »Reichsanzeiger«. – Joachim Heinr. *Campe* (1746–1818): aufklärerischer Pädagoge und Schriftsteller, der auch als Sprachforscher hervorgetreten ist. – *sehr beliebter und geschmackloser Schriftsteller:* Schoppe hat dabei J. P. selbst im Auge.

S. 564 *bei Swift:* Der alternde Swift verfiel in Trübsinn. Viele Züge seiner Krankheit sind auf Schoppe übertragen worden, ja dieser scheint sich häufig selbst mit Swift zu identifizieren. – *der Professor Büsch:* Dabei ist wohl an den bändereichen Hamburger Publizisten Joh. Georg Büsch (1728 bis 1800) zu denken. – *petites maisons:* Zellen in Irrenhäusern. – *S-s, L-d, L-r, G-l, S-e:* Siebenkäs, Löwenskiold, Leibgeber, Graul, Schoppe. – *Anmerkung:* Schoppe wird noch vor Ablauf eines Jahres wahnsinnig.

S. 565 *Barataria:* Trugland, Märcheninsel. Diesen Namen trägt im »Don Quixote« (vgl. in Tiecks Übersetzung Tl. 2, Buch 9, Kap. 15 und Buch 10, Kap. 12) die Insel, über die Sancho Pansa als Statthalter gesetzt wird. – *Momus:* s. o. zu S. 547. – *siebente weltliche Kur:* Von 1692 (endgültig 1708) an, als Hannover mit der Kurwürde bekleidet wurde, bis zum Aussterben der bayrischen Linie der Wittelsbacher 1777 gab es neben den drei geistlichen sechs weltliche Kurfürsten. – *die neunte Seele in der Arche:* Nach 1. Mose 7,7 ff. befanden sich in der Arche außer Noah und seinem Weib noch seine drei Söhne mit ihren Frauen. – *der 41ste Akademiker:* Die Académie française und die Académie des inscriptions haben je vierzig Mitglieder. – *der 71ste Dolmetscher:* s. o. zu S. 560.

S. 566 *Herisson:* Igel. – *Flötengedackt:* eine verdeckte, winddicht geschlossene Orgelpfeife von enger Mensur, deren Ton um eine Oktave tiefer anspricht, dafür aber eine sehr weiche Intonation besitzt. – *Vaucansons-Flötenspieler:* Der berühmte franz. Mechaniker Jacques Vaucanson (1709–82) zeigte 1738 erstmals in Paris seine lebensgroße, sitzende Figur eines Flötenspielers, deren Mechanismus er auch in einer kleinen, recht verbreiteten Schrift: »Le mécanisme du flûteur automate« beschrieben hat. – *Tauber an der Venus Wagen:* s. o. zu S. 297.

S. 567 *Mikromegas:* s. o. zu S. 63. – *Tetragrammaton:* im Jüdischen der aus vier Konsonanten bestehende Namenszug Gottes. – *Sonntagsbuchstabe:* In älteren Kalendern der Buchstabe, auf den nach einem bestimmten Schlüssel der erste Sonntag im Jahr fällt. Die Kenntnis dieses Buchstabens ermöglichte es, das Datum der Wochentage im voraus zu bestimmen. – *Lesemütter:* eingeschaltete, hebräische Buchstaben.

S. 568 *Arianisches Homoiousion:* Die Arianer behaupteten, Christus sei Gott-Vater wesensähnlich (homoiousios), während die Athanasier den Satz vertraten, Christus sei Gott wesensgleich (homousios). – *Anubis-Kopf:* Der ägyptische Totengott trägt einen Hundekopf, was man früher auf seine nur zum Teil göttliche, zum Teil dämonische Abkunft bezog.

S. 569 *vielleicht noch jemand:* Gaspard. – *Abtreibung des Leibes durch ein Werther-Pulver:* d. i. Selbstmord durch Erschießen.

S. 575 *Madame Necker:* Gemeint ist Susanne Necker (1739–94), die Frau des Finanzministers Necker und Mutter der späteren Frau von Staël. J. P. hatte eben damals die »Nouveaux Mélanges« gelesen, die 1801 in 3 Bänden aus ihren Schriften zusammengestellt worden waren.

S. 577 Claude Prosper Jolyot *Crébillon* d. J. (1707–77): franz. Schriftsteller, schrieb zahlreiche, zum Teil vorzügliche, erotische Romane (»Le sopha« 1740).

S. 578 *Freut euch des Lebens:* Lied von Martin Usteri, zuerst 1796 im Göttinger Musenalmanach erschienen. In der Komposition von Nägeli wurde es rasch verbreitet.

S. 580 *Sitten der Morlacken:* Das Buch erschien ohne Verfassernamen 1775 in Bern.

S. 590 *eiserne Maske:* Anspielung auf den wohl noch heute bekannten, geheimnisvollen Staatsgefangenen in der Bastille, der stets eine Eisenmaske vor dem Gesicht trug und nach Voltaires Bericht im »Siècle de Louis XIV.« gern als der Bruder des franz. Königs angesehen wurde. – *mezza voce:* mit halber Stimme, gedämpft (musikalische Ausdrucksbezeichnung).

S. 591 *herabzukommen:* vom Hauptsatz, nicht von »wenn« abhängig!

S. 599 *luguber:* düster, traurig. – *Leichenbrust:* Hiort.

S. 600 *Kardan:* vgl. das 13. Kap. in dessen »de vita propria«.

S. 611 *Anmerkung 1:* Der Göttinger Theologieprofessor Thomas Christian *Tychsen* (1758–1834) fügte seiner Übersetzung der »Reise durch Spanien« von Jean-François de *Bourgoing* (1790) einen Aufsatz: »Über den gegenwärtigen Zustand der spanischen Literatur« bei. Vgl. dort S. 289 ff.

S. 612 *Paphos-Name:* svw. Schäfername. Zu Paphos vgl. o. zu S. 9. – *sub rosa:* s. o. zu S. 193.

S. 613 *Posada* (span.): Gasthaus. – *bossieren:* (in Stein) modellieren.

S. 614 Thomas *Sheridan* (1687–1738): engl. Staatsmann und langjähriger Freund Swifts. – Robert Harley, Graf von *Oxford* (1661–1724): engl. Politiker, Gönner und Freund Swifts. J. P. verwechselt ihn hier jedoch mit Lord *Orrery*, einem anderen Freund Swifts. Die Stelle findet sich im 11. Brief seines Werks: »Bemerkungen über das Leben und die Schriften Swifts« (dt. 1751).

S. 621 *Sokrates:* Nachdem Sokrates zum Tod verurteilt war, bereiteten Kriton und mehrere andere Freunde des Philosophen seine Flucht vor. Doch weigerte sich Sokrates, von dieser Möglichkeit der Rettung Gebrauch zu machen. – *torre del filosofo:* Turm des Philosophen, ein altes Gemäuer am Ätna, das lange als Observatorium des Philosophen Empedokles galt.

S. 622 *Anticyra:* Von den beiden Städten dieses Namens ist wohl an das Bad Anticyra in Phokis zu denken, das durch seine Nießwurz berühmt war, die gegen Wahnsinn und gegen Melancholie helfen sollte. – *Palais de Égalité:* So wurde in der Französischen Revolution das Palais Royal nach seinem Besitzer genannt, dem »roten Prinzen« Philippe Égalité, Herzog von Orléans.

S. 623 *Langsee-Insel:* Isola bella.

S. 625 *als convictus und confessus:* als überführter und geständiger Verbrecher. – *gleich dem Eulenspiegel:* s. o. zu S. 178.

S. 626 *griechisches Feuer:* schon im Altertum besonders im Seekampf verwendetes Kriegsmittel, da das griechische Feuer auch durch die Berührung mit Wasser nicht gelöscht wird.

S. 627 *im Bayle steht alles:* vgl. den Artikel »Scioppius« im »Dictionnaire historique et critique« (4. Aufl. 1730), Bd. 4, S. 174 ff. (vor allem die Anmerkungen C und D) des französischen Aufklärungsschriftstellers Pierre Bayle (1647–1706).

S. 628 *sthenische Schlaflosigkeit:* Nach der Brownschen Theorie werden »sthenisch« Krankheiten genannt, die auf eine übersteigerte Energie zurückgehen und die durch schwächende Mittel, zum Beispiel Aderlaß, bekämpft werden.

S. 637 *Trepan:* Schädel- oder »Hirnbohrer« (J. P.) in der Anatomie.

S. 638 *sich präkavieren:* sich vorsehen, sich schützen. – *ein feuriges Auge in der Hand:* Darunter ist vielleicht eine Lorgnette zu verstehen.

S. 641 *Tiberius Hemsterhuis* (1685–1766): bedeutender holländischer Philologe. – *wie Vaillants Affe:* vgl. François Levaillants (1753–1824) »Reisen in das Innere von Afrika, aus dem Französischen von J. R. M. Forster«, I. Bd. (1790), S. 79 ff. – *Intraden:* Einkünfte. – *Clavis Leibgeberiana:* Die kleine, 1799 entstandene Kampfschrift gegen die Ich-Philosophie J. G. Fichtes, die nicht ohne Absicht Leibgeber-Siebenkäs unterschoben ist, sollte ursprünglich im ersten Bändchen des »Komischen Anhangs zum Titan« erscheinen und wurde dann im März 1800 erweitert allein herausgegeben.

S. 642 *scheide:* svw. verabschiede.

S. 643 *Joseph Clark und der Betrüger Price:* Joseph Clark (gest. um 1696) vermochte seinem Körper den Anschein aller Arten von Verwachsungen zu geben; James Price (1752–83), ein englischer Alchimist, behauptete, aus Quecksilber Gold machen zu können. Als seine Experimente scheiterten, beging er Selbstmord. – *omnes homines sunt mendaces:* »Alle Menschen sind Lügner«, vgl. Psalm 116,11.

S. 646 *einstens am Morgen:* s. o. S. 140.

S. 648 *Ordensstifter Philipp:* Philipp der Gute von Burgund. Seine Devise: »Er schlägt, ehe die Flamme leuchtet« bezieht sich auf das Schlagen des Feuersteins, der auch zum Emblem des Ordens gehört. – *Cavalleros del Tuzone:* s. o. zu S. 59. – *Pièces intéressantes:* eine 1794 anonym zu Paris erschienene Sammlung merkwürdiger Anekdoten und Begebenheiten. – *Orendayn:* Gemeint ist der span. Staatsmann Juan Baptista von Orendayn, Marquis von La Pas (1682–1733).

S. 653 *Vis-à-vis d'un ange? Mais pourquoi non?:* »Einem Engel gegenüber? Aber warum nicht?« – *Gundling:* s. o. zu S. 101. Das Anfangskapitel im ersten Teil seiner »Otia« handelt »Von dem Temperament der Spanier.«

David *Hume* (1711–76): engl. Philosoph und Historiker, der eine zehnbändige »History of England« (1754–62) verfaßt hat. Die *Pulver-Ver-*

schwörung von 1605, ein Anschlag katholischer Fanatiker auf den König und das Parlament, fällt freilich in die Regierungszeit Jakobs I., nicht, wie Siebenkäs meint, in die Herrschaft Karls I.

S. 654 *sah Ihn wie dich:* Der Mann hat offenbar bei der Renovierung der fürstlichen Gruft Albano gesehen und erkannt.

S. 656 *Ihr letzter Wunsch:* vgl. o. S. 633 f.

S. 658 *Wie sie so sanft ruhn:* Anfang des vielgesungenen Liedes: »Der Gottesacker«, dessen erste beiden Strophen A. C. Stockmann dichtete und das später vielfach umgearbeitet und erweitert wurde.

S. 661 *der Regenbogen des ewigen Friedens:* die Milchstraße.

LUFTSCHIFFER GIANNOZZO

Von Anfang an plante J. P., dem in streng »italienischem« Stil gehaltenen Roman Supplementbände beizugeben, in denen er seiner Laune und seiner Lust zu »Ausschweifungen« die Zügel schießen lassen konnte. Kleinere Arbeiten und Aufsätze entstanden unter der Hand, wie etwa Schoppes Leichenrede auf den scheerauischen Fürstenmagen, die er später in den satirischen Anhang mit aufzunehmen gedachte. Für das erste Bändchen, das in der Zeit vom 11. Februar 1799 bis zum 5. November des gleichen Jahres entstand, bot sich ihm so gleichsam von selbst die lockere Form einer Zeitschrift an, bei der Schoppe, Siebenkäs, Viktor, Fenk und andere Gestalten seiner früheren Romane mitarbeiten sollten. – Es erschien, stark von der Zensur verstümmelt, mit dem ersten Hauptband des Romans zugleich zu Ostern 1800.

Für das zweite Bändchen dachte Jean Paul zunächst an eine Fortsetzung der Zeitungsform, gab diese Idee jedoch bald zugunsten einer »leichten sternischen Reise« in einer Montgolfiere auf, die ihm durch das Prinzip der »progressive digression«, der »fortschreitenden Abschweifung«, wie es der englische Romancier Lawrence Sterne (1713–68) entwickelt hatte, nicht minder günstig zur Hand lag, und stellte dieser Erzählung nur einen längeren Aufsatz über die Kritik voraus, den er bereits seit geraumer Zeit geplant hatte. Das zweite Bändchen wurde gleich nach dem zweiten Hauptband in Angriff genommen und in der Zeit vom 14. Dezember 1800 bis zum 7. April 1801 niedergeschrieben. Es erschien mit dem entsprechenden Buch des Romans zu Ostern 1801. Die Absicht, auch den restlichen Teilen des Romans Anhänge und »Honigmonate« beizugeben, mußte Jean Paul aus Zeitmangel aufgeben.

Aus dem »komischen Anhang« nehmen wir in unsere Ausgabe den

»Luftschiffer Giannozzo« als das einzig wirklich bedeutende Stück der Sammlung auf. Dem zweiten Band des »komischen Anhangs« geht die folgende Vorrede voraus (wir beschränken uns wiederum auf die Teile, die den »Luftschiffer Giannozzo« betreffen):

Vorrede

Fast der ganze komische Anhang wird von der Geschichte eines Reisenden nicht zu Wasser, sondern zu Luft gefüllt. Da der wilde Mensch sie selber geschrieben und uns die Nutations- und Aberrationstafeln seines Erd- und seines Himmelskörpers auf seinem Luftschiff keck und offen hingelegt hat: so ersuch' ich weniger den Leser von Verstand als den andern, daß er zuweilen einen Unterschied mache zwischen den Meinungen des Luftfahrers Giannozzo und meinen eignen. Der ungestüme, durchreißende Giannozzo, satt eines prosaischen Jahrhunderts ohne Theokratie und eines Lebens ins Deutsche übersetzt – so recht erbittert von der allgemeinen freundlichen Auswechslung gegenseitiger Lüge und Tücke – recht feind dem schwankenden Halblob aller Parteien und dem schlaffen Bündnisknüpfen, das nur ein verdecktes Nestelknüpfen ist – sich ekelnd vor jeder Mattigkeit – anbetend jede derbe Kraft und die Hände ausstreckend nach dem Äther der Freiheit, – dieser Mensch, den die Sättigung an der tiefen Kerker- und Gassenluft aufgejagt in die Bergluft und der nicht sowohl zu viele *schlimme* Menschen gesehen als zu viele *Menschen,* dieser muß unter die Menge so dreinschlagen, daß er oft ganz falsch trifft. Aber sein Arm ist von meinem sehr zu trennen. Wie Fontenelle bemerkt, daß die Alten ihren Göttern nur *Stärke* gaben, ohne *Gerechtigkeit:* so nehm' ich jetzt an ihren neuen Anbetern so oft dasselbe wahr. Nach der Kraft gibt es nichts so Hohes als ihre Beherrschung; der innere Mensch ist, wie nach Platos Dichtung der äußere, in Mann und Weib gespalten; aber seine Vollendung besteht in der Wiedervereinigung der Macht und Milde. Die Liebe gibt Stärke und die Stärke Liebe, aber die Liebe gibt am reichsten!

Gleichwohl ließ ich den rauhen Seemann der Luft rein ausreden, unbekümmert um die prosaische Voraussetzung, daß der Verfasser immer so denke wie sein Held. Schon wenn diese Geschichte bloß eine Dichtung gewesen wäre, hätt' ich ihr nicht ins Wort fallen dürfen; die Poesie kann ja eben als eine höhere Geschichte nur dadurch das Individuum zur Gattung der Menschheit erheben, daß sie unparteiisch vor ihm die Menschheit auseinanderbreitet und alle Kräfte derselben getrennt und ungeschwächt vor ihm spielen lässet. Allein da vollends die Fahrt nicht aus der Luft gegriffen ist, sondern wirklich in ihr geschehen, so bin ich ganz gedeckt.

Worüber ich vielleicht schwerer zu rechtfertigen sein möchte – aber nicht vor der Partei der Leute, denen alles Kräftige Gift ist wie Quassia den

Fliegen, sondern vor Giannozzos Freunden, denen Menschen ohne allen poetischen und philosophischen Geist viel zu verhasset sind –, das ist, daß ich die Ausfälle auf die letztern, welche Giannozzo nur N. N. (Nikolaiten) nennt, keck genug ausmerzte, in der unschuldigen Hoffnung freilich, vielleicht beide Parteien zu bestechen und zu gewinnen. Was indes so starke Ausfälle wie auf die allgemeine deutsche Bibliothek betrifft, von der er z. B. sagt, daß sie bei ihrer Grausamkeit gegen allen poetischen Geist den Homers-Kopf bloß aus rechtem Hasse auf der Stirne führe, wie in Nürnberg Häuser, welche Vieh einschlachten dürfen, letzteres eben darum abgemalt über die Türe setzen: so bekenn' ich unverhohlen, daß, wenn ich solche Ausfälle auf ein so gutes, altes, ganz in dem Geiste der meisten Journale und periodischen Schriften abgefaßtes Werk wegstrich, ich stets erbötig bin, mich zu verantworten.

. . . .

Berlin, den 1sten Ostertag 1801.

Jean Paul Fr. Richter.

S. 665 *Almanach für Matrosen, wie sie sein sollten:* Anspielung auf den vielfach parodierten Titel des Romans: »Elisa oder das Weib, wie es sein sollte« (1795) von W. K. v. Wobeser.

S. 666 *Eudiometer:* Glasröhre zum Auffangen und Messen von Gasen. – *phlogistische Luft:* Stickstoff. – *révenant:* s. o. zu S. 263. – *roué:* Wüstling. – *impedimenta canonica:* im geistlichen Recht die Hinderungsgründe für ein Ordensgelübde.

S. 667 *wie Howard:* John Howard (1726–90), engl. Philanthrop, der sein Lebenswerk den hygienischen Verbesserungen im Gefängnis- und Hospitalwesen widmete und zu diesem Zweck ausgedehnte Reisen unternahm. Sein Bericht: »The State of the Prisons in England and Wales; and an Account of Some Foreign Prisons« (1777, dt. 1780) erregte ungeheures Aufsehen. – *scientia media:* hier »Wissenschaft«. Eigtl. bezeichnet dieser theol. Begriff das ruhende, inaktive Vorherwissen Gottes. Durch ihn versuchten die Jesuiten Molina und Fonseca den Gegensatz zwischen menschlicher Gedankenfreiheit und göttlicher Entscheidung aufzuheben.

S. 668 *heiliger Gustav:* Gustav Adolf von Schweden. – *Jakobs-Kopfkissen:* vgl. 1. Mose, 28,10 ff. – *Siechkobel:* So wurden in Oberdeutschland die isolierten Quarantänehäuschen vor den Stadttoren genannt.

S. 669 *Phalaris:* Dieser sagenhafte Tyrann von Kreta soll seine Opfer in einem von Perillos gefertigten eisernen Stier verbrannt haben. Die Todesschreie klangen dann wie das Brüllen eines Stieres. – *chagrinieren:* ärgern, verdrießen. – *raillieren:* zürnen. – *Ohnehosen:* s. o. zu S. 561. – *Xanthippe:*

vgl. o. S. 68 und die Anmerkung. – *ὡς ἐν παρόδῳ*: gleichsam im Vorübergehn.

S. 670 *Pißpidorchen:* vielleicht aus holl. »Quißpeldoor« (Spucknapf) korrumpiert. Die Verkleinerungsform: »Quißpeldorchen« hatte sich J. P. vermutlich aus einer Reisebeschreibung in seinen Exzerpten notiert. – *Trokar* (franz. Troikart): med. Instrument zur Entleerung von Flüssigkeiten und Luft aus den Körperhöhlungen.

S. 671 *deutscher Herr:* s. o. zu S. 68. – *französische Lilie:* Diese falsche Behauptung stellte zuerst Claude Fachet in »L'origine des chevaliers, armoiries et hérauts« (1600) auf.

S. 672 *Verzugs- und Anstandssaal:* eigene Verdeutschung von »Antichambre«. – *kallös:* schwielig.

S. 673 *Servitut:* s. o. zu S. 92. – *Eß-Konsulta:* hier svw. Eßversammlung. – *Rezidiv:* s. o. zu S. 386. – *als Widerspiel des Antikentempels:* In Sanssouci hatte Friedrich der Große 1765 durch Karl v. Gontard für seine kleine Sammlung den sog. »Antikentempel« beim »Neuen Palais« errichten lassen. – *Pucelle:* Voltaire ließ 1755 sein schon früher entstandenes frivolkomisches Epos: »La Pucelle d'Orléans« erscheinen.

S. 674 *Chauve-souris-Maske:* Fledermaus-Maske, ein grauer Domino mit Kapuze. – *partie à la guerre:* eigtl. ein Kartenspiel zu vieren. – *enfant perdu:* s. o. zu S. 345.

S. 675 *Ziskas Haut:* Der böhmische Hussitenführer Çisca befahl bei seinem Tod, ihm die Haut abzuziehen und als Fell über die Kriegstrommel zu spannen.

S. 676 *Gleicher:* s. o. zu S. 350. – Horace-Bénoit de *Saussure* (1740–99): bedeutender Schweizer Naturforscher, der mehrmals die Alpen durchwanderte und darüber ein vierbändiges Werk: »Voyages dans les Alpes usw.« (1779–96) veröffentlichte. – *Blei und Saturn:* Das chemische Zeichen des Bleis entspricht dem astronomischen Zeichen des Saturn.

S. 677 *Paktolus:* lydischer Fluß, der im Altertum durch seinen Goldreichtum berühmt war. – *Albus:* Weißpfennig, eine unter Karl IV. 1360 zuerst im westlichen Deutschland eingeführte Scheidemünze. – *Florilegium:* Blütenlese. – *Selbstpanist:* Eigenpfründner. – *Fabri, Joh. Ernst:* s. o. zu Seite 10.

S. 678 *Simultanliebe:* In einem Extrablatt des »Hesperus« (11. Hundposttag) spricht J. P. ausführlich über eine »Gesamt- oder Zugleichliebe«, die der wirklichen Leidenschaft vorausgeht oder, richtiger, sie noch nicht auf einen bestimmten Gegenstand gerichtet hat.

S. 679 *in margine:* am Rande (bei Handschriften). – *Springwurzel:* zauberkräftige Wurzel, mit der man sich Schätze zugänglich machen kann. – *Schneußvögelein:* Hier ist ein Vogel gemeint, der in die Schneuß (Vogelschlinge) geht. – *Tropfen:* Plural von »Tropf«. – *Geifertüchlein:* Kinderlätzchen.

S. 680 *Diebsdaumen:* s. o. zu S. 94. – *Schießpferd:* Ein besonders abgerichtetes Jagdpferd, das beim Fang von Trappen (Rebhuhnart) verwendet wird. – *Sprenkel:* Vogelstrick.

S. 683 Antoinette du Ligier, Madame des *Houlières* (1633–94): franz. Dichterin, die als »zehnte Muse von Frankreich« galt. Ihre Gedichte und Idyllen wurden im 18. Jahrh. viel bewundert, und noch 1797 erschienen ihre »Œuvres completes« in 2 Bdn. zu Paris. – *Realterrition:* tätliche Androhung der Folter.

S. 684 *peinliche Geister:* Juristen, die sich mit der Materie des peinlichen Rechtes (Recht über Leib und Leben) beschäftigen. – *Deszendenten der Kühe:* Manche Verbrecher wurden ehemals in Kuhhäuten zur Richtstätte geschleift. – *Gassenkehrer:* In Wien, München und anderen Städten wurden Strafgefangene als Gassenkehrer beschäftigt. – *maîtres des hautes œuvres:* die Henker.

S. 685 *Hermes-Säulen:* Dem Hermes wurden in Griechenland als dem Gott der Kaufleute und der Sicherheit der Wege auf allen Straßen Säulen errichtet. Zugleich war Hermes jedoch auch der Gott der Diebe. – *frère terrible:* s. o. zu S. 118. – *Kerzenhalten:* Beim zweiten Grad der Folterung wurden brennende Kerzen angewandt. – *ad valvas (hujus) templi:* »An die Tore des (dieses) Tempels« wurden im Alten Rom die Gesetze angeschlagen.

Johann Christoph, Edler v. *Quistorp* (1737–95): Strafrechtsgelehrter, der sich um die Reform des peinlichen Rechts sehr verdient machte. Die Stellenangabe bezieht sich auf sein Hauptwerk: »Grundsätze des Teutschen peinlichen Rechts« (1770).

S. 686 *Kaperbrief:* Regierungsvollmacht zur Freibeuterei. – *Herkulessäulen:* s. o. zu S. 141. – Georg Friedr. *Meier* (1718–77): Philanthrop und aufklärerischer Philosoph, der durch viele Jahre an der Universität Halle wirkte. – Joh. Thomas, Edler v. *Trattner* (1717–98): berüchtigter Wiener Nachdrucker, der sich 1776 aus dem Ertrag seiner zahlreichen, wenig sauberen Geschäfte den nach ihm benannten Trattnerhof in Wien errichten lassen konnte.

S. 687 *Pharao, vingt-un, Creps:* französische Glücksspiele. – *Michaelsritter in Spaa:* Der Orden des hl. Michael wurde 1469 von Ludwig XI. von Frankreich gestiftet, stand bis zum Ende des »ancien regime« in höchstem Ansehen und wurde während der Revolution aufgehoben. In dem belgischen Badeort Spaa gaben sich auch geschäftemachende Juden, ebenso Gauner und Beutelschneider als Mitglieder des Ordens aus, wie J. P. aus Weckherlins »Grauem Ungeheuer« (1785, Bd. 4, S. 179 ff.) wußte. – *conscientia dubia:* zweifelndes, hier svw. zweifelhaftes Gewissen.

S. 688 Edward *Young* (1683–1765): engl. Dichter. Sein lyrisches Hauptwerk: »The Complaint, or Night-Thoughts on Life, Death and Immortality« (1742–45) formulierte am schärfsten den Gedanken der Weltflucht im

18. Jahrh. und wirkte damit über die Empfindsamkeit hinaus bis zum Weltschmerz der Spätromantik. Die erwähnte Stelle findet sich zu Beginn der »4. Nacht«. – *mors civilis:* bürgerlicher Tod (statt faktischer). – *Aposiopesis* (gr. Verschweigen): die rhetorische Figur, eine Rede aus einer Gemütsbewegung heraus abbrechen zu lassen. – *Calando:* sinkend (musik. Bezeichnung). – *scheinbare Selbst-Funeralien:* Karl V. starb bei einer Probe zu seinem Leichenbegängnis.

S. 689 *Kniegalgen:* An den Perlbächen im Bayrischen Wald und im Fichtelgebirge waren zur Warnung vor Diebstahl Galgen errichtet.

S. 691 *Brockenbuch:* 1791 erschienen »Jahrbücher des Brockens von 1753 bis 1790, oder Namenkunde aller Personen, welche in diesem Zeitraum sich in die Originalstammbücher dieses berühmten Berges eingezeichnet haben, nebst ihren hinzugefügten Beischriften, physikalischen Beobachtungen und Nachrichten, Gedichten und teils witzigen und launigen, teils possierlichen und schnakischen Einfällen«, deren Inhalt freilich dem Titel nicht ganz gerecht wird. – *Fakultist:* Mitglied einer Gelehrteninnung an älteren Universitäten. – *Kurator und Nutritor:* Sachwalter und Ernährer (akademische Titel). – *Katharer* (»die Reinen«): Name einer im Mittelalter weitverbreiteten Sekte, die strengste Askese zur religiösen Pflicht machte. Sie wurde später blutig ausgerottet.

Bayle, Pierre: Dictionnaire historique et critique, s. o. zu S. 627.

S. 692 *Pomponius Lätus* (1427–97): it. Humanist, der in seiner Verehrung der Antike und der alten Sprachen so weit ging, daß er sich schließlich beinahe ganz vom Christentum abwandte. – *Antäus:* ein Sohn der Erde. Herkules mußte diesen Riesen in der Luft erwürgen, da ihm seine Mutter bei jeder Berührung mit dem Boden neue Kräfte verlieh. – *morganische Feen:* Die Fee Morgane, die Schwester des sagenhaften englischen Königs Artus, wird in vielen Epen der mittelalterlichen und der Renaissance-Literatur besungen.

Germain-François Poullain de *Saint-Foix* (1698–1776): franz. Schriftsteller. Seine berühmten »Essays historiques« erschienen zuerst in 5 Bdn. 1754–57, dann mehrfach umgearbeitet und übersetzt.

S. 693 *Fümet:* Wohlgeruch. – *Kotzebuische Tränen:* s. o. zu S. 331. – *Aristoteles:* vgl. Poetik XXIV. – *Anubis:* s. o. zu S. 568. – *Rotul:* Aktenbündel.

S. 694 *minaudieren:* eigtl. Fratzen schneiden.

S. 696 *Georgika:* Titel von Virgils berühmtem Gedicht über den Landbau. – *Pharus:* svw. Leuchtturm. – *vite, et ne dis pas qu'oui:* »Schnell, und sage nichts als ja!«

S. 697 *Avisfregatte:* Schnellboot zur Überbringung wichtiger Nachrichten.

S. 698 *Seifersdorfer Tal:* waldreiches Tal in der Nähe von Dresden. – *Wörlitz:* Schloß und berühmter 1796–1802 errichteter Park bei Dessau.

S. 700 *Schiff und Geschirr:* tautologischer Ausdruck für Geschirr, svw. die Gesamtheit des Hausrats, hier jedoch angeregt durch das Wort »Schiff«, da in der Nebenstube Giannozzos Luftschiff aufbewahrt wird.

S. 701 Karl Ferd. *Hommel* (1722–81): verdienstlicher Rechtsgelehrter, dessen »Rhapsodia quaestionum in foro quotidie obvenientium usw.« (1765) ihren Verfasser lange in Ansehen erhielt.

S. 703 *Schwefelhöhlen und Hundsgrotten:* s. o. zu S. 9. – *aufsteigender Knoten* (nodus ascendens): astronomischer Terminus. – *Inkube:* männlicher Buhlteufel, Nachtmahr, der das Alpdrücken erzeugt. – *Pfebenkürbis:* Kloben-kürbis. – *Altonaer Postreuter:* »Reichs-Postreuter« war der Name einer 1740–90 in Altona erscheinenden Zeitschrift.

S. 704 *Kugeln d'Atour:* nach »dames d'atour« (vgl. o. zu S. 332) gebildet. – *aus dem krachenden, brennenden Toulon:* Die franz. Hafenstadt Toulon war im Dezember 1793 bei dem Angriff der Revolutionsheere auf die Stadt und den Hafen sehr verwüstet worden. – *Blanchard:* s. o. zu S. 141. – *Mikromegas:* s. o. z. S. 63.

Antoine Joseph *Pernety* (1716–1801): franz. Bibliothekar Friedrichs II. Sein »Dictionnaire portatif de peinture, sculture et gravure« (1758) erschien in deutscher Übertragung 1764.

S. 705 *Caprea:* Capri. – *Gözens Todesbetrachtungen:* Gemeint sind die »Heilsamen Betrachtungen des Todes und der Ewigkeit, auf alle Tage des Jahres« (2 Tle. 1755), das meist verbreitete Erbauungsbuch des Hamburger Hauptpastors Joh. Melchior Goeze (1717–86).

S. 706 *Orlog:* Kriegsfahrt, Kriegszug. – *Deputat-Juden:* Beutejuden. – *Stylit:* s. o. zu S. 143. – *nach Aristoteles:* vgl. Poetik VII. – *Nuntius de latere:* s. o. zu S. 353.

S. 707 *tel est notre plaisir:* seit Franz I. die Formel, mit welcher der franz. König auf Briefen der Staatskanzlei seine Entscheidungen bezeichnete. – *Franecker:* eigtl. Name einer holl. Stadt, hier aber wohl als Name des Hotels oder Mietshauses gedacht. – *Filialrosinante:* Neben-Rosinante (Rosinante heißt das elende Reitpferd, mit dem Don Quixote auf Abenteuer auszieht). – *Schwertmagen:* entfernter Verwandter. – *nach Schulz:* vgl. Friedrich Schulz: »Reise eines Lifländers«, 1. Heft (1795), S. 20 f.

S. 708 *Wechsel a uso:* üblicher oder sog. Sichtwechsel. – *Respit- und Usos-Tage:* Anstands- oder Verzugstage, die nach dem Ablauf der Wechselfrist noch eingeräumt wurden. – *offizinell:* heilsam, arzneilich. – *Quinquenell:* Wechselfrist von fünf Jahren. – *Phlogiston:* Stickstoff.

S. 709 *Fenelon:* s. o. zu S. 394. – *Nicolai:* s. o. zu S. 561. – *m. ppr. und p. ppr.:* manu propria, pede proprio (eigenhändig, eigenfüßig).

S. 710 *Räuber zu Fuße:* In England unterschied man zwischen »highwayman«, den berittenen Straßenräubern, und den »footpads«, den gewöhnlichen Strolchen, die zu Fuß ihr Gewerbe ausübten. – Anne-Catherine *Helvetius* (1719–1800): die geistvolle Frau des materialistischen Philosophen

Helvetius. Sie lebte umworben von den besten Geistern Europas nach dem Tod ihres Mannes auf einem Gut in der Schweiz: – *Otaheiter:* s. o. zu Seite 66.

S. 712 *Skaphander:* wasserdichter Taucheranzug mit Helm. – *Leute en longue robe:* Bis zum Ausgang des 18. Jahrh. unterschied man in Frankreich zwischen der Kleidung des Klerus und des hohen Adels (robe longue) und der des Militärs (robe courte). – *drap d'or:* vornehmer, schwerer Stoff. – *patres purpurati:* s. o. zu S. 96. – *Chrysograph:* s. o. zu S. 169.

S. 714 *St. Görgen:* Darunter ist vermutlich Göttingen zu verstehen. – *Langheinrich:* J. P. denkt wohl an Nicolai als den Verfasser einer zwölfbändigen »Beschreibung einer Reise durch Deutschland und die Schweiz« (3. Aufl. 1788–96). – *Krünitzens Enzyklopädie:* Gemeint ist Joh. Georg Krünitzens (1728–96) umfangreiche »Ökonomisch technologische Enzyklopädie, oder allgemeines System der Staats-, Stadt-, Haus- und Landwirtschaft« (begonnen 1773, abgeschlossen erst 1858 mit dem 242. Bd.). – *Weiber- oder Kunkellehn:* s. o. zu S. 9. – *Struvens Nebenstunden:* s. o. zu S. 101. Die Stelle findet sich im 6. Teil (1765), 45. Abh. § 50.

S. 715 *vier syllogistische Figuren:* die Grundfiguren in der Logik. – *sechs nicht natürliche Dinge:* »Darunter meinen die Ärzte: 1) Wachen und Schlafen, 2) Essen und Trinken, 3) Bewegung, 4) Atmen, 5) Ausleerungen, 6) Leidenschaften«, erläutert J. P. selbst in einer Fußnote zum »I. Extrablatt« der »Unsichtbaren Loge«. – *Bicetre:* Ein unter Ludwig XIV. ausgebautes Hospiz, das als Krankenhaus, Gefängnis und vor allem als Irrenanstalt diente. – *den Ovid von der Liebe:* Von dem röm. Dichter P. *Ovidius* Naso (43 v. Chr. – 17 n. Chr.) ist ein kurzes Lehrgedicht »de amore« (Von der Liebe) erhalten. – *fünf Direktricen:* Anspielung auf die fünf Mitglieder des »Directoire«, unter der französischen Regierung nach dem Sturz von Robespierres Gewaltherrschaft. – *Ernst Platner* (1744–1818): Mediziner, Anthropologe und philosophischer Schriftsteller, lehrte an der Leipziger Universität. Er zog durch die Vielfalt seiner philosophischen Studien und Gedanken den jungen J. P. an und war in den Leipziger Universitätsjahren 1781–84 der stärkste Anreger des Dichters. Vgl. Neue Anthropologie, I. Bd. (1790), § 1180.

S. 716 *Romanschreiber:* August Heinr. Julius Lafontaine (1758–1831), der mit seinen zahllosen Romanen als der Hauptvertreter des Familienromans gilt. Von der Kritik wurde ihm häufig der Vorwurf gemacht, er ahme J. P. nach.

S. 718 *Terzienzeiger:* Uhrzeiger, der auch die Terzien (jeweils den sechzigsten Teil einer Sekunde) anzeigt. – *Atonie:* Erschlaffung.

S. 719 *jener Generalissimus:* Napoleon.

S. 720 *nach Amerika adressierte Soldaten:* Anspielung auf den zur Zeit des amerikanischen Freiheitskrieges in vielen deutschen Fürstentümern üblichen Soldatenhandel. – *Pepiniere:* eigtl. Pflanzschule. – *cû* (richtig: cul):

Gesäß, »se lever le cû premier« entspricht unserer Redensart: »mit dem linken Bein zuerst aufstehen«.

S. 723 *kohlenschwarzer Hahn:* Cardan (s. o. zu S. 73) erzählt im XXXVII. Kap. seiner Selbstbiographie, wie ihm mehrmals nachts ein Hahn im Traum erschienen sei und ihn bedroht habe.

S. 724 *Straßburger Telegraph:* auf dem Dach des Münsters.

S. 725 *wie Direktoren:* 1798 war nach Pariser Beispiel in der Schweiz von den siegreichen Revolutionstruppen ein aus fünf Mitgliedern bestehendes Direktorium eingerichtet worden.

INHALT

DAS KAMPANER TAL

TITAN

Erster Band

Dritter Band

Vierter Band

DES LUFTSCHIFFERS GIANNOZZO SEEBUCH

Elfte Fahrt

Zwölfte Fahrt

Dreizehnte Fahrt

Vierzehnte Fahrt

ANHANG